历朝通俗演义　第一部

前汉通俗演义

（上）

蔡东藩　著

中国书店

图书在版编目（CIP）数据

前汉通俗演义／蔡东藩著；—北京：中国书店，2012.6（2019.10重印）
（历朝通俗演义）
ISBN 978-7-5149-0386-7

Ⅰ.①前… Ⅱ.①蔡… Ⅲ.①章回小说－中国－现代 Ⅳ.①I246.4

中国版本图书馆CIP数据核字（2012）第108457号

责任编辑　辛　迪
策 划 人　张凌文
装帧设计　肖晋兴
制作统筹　陈　辉

前汉通俗演义
蔡东藩 著

出　版　中国书店
地　址　北京市西城区琉璃厂东街115号
邮　编　100050
发　行　全国新华书店经销
印　刷　天津东辰丰彩印刷有限公司
开　本　680毫米×980毫米 1/16
印　张　44.25
字　数　700,000
版　次　2012年8月第1版
印　次　2019年10月第11次印刷
书　号　ISBN 978-7-5149-0386-7
定　价　598.00元（全十一部，共二十一册）

出版说明

蔡东藩先生从1915年开始创作《清史通俗演义》。此后历经十年，先后完成《元史通俗演义》、《明史通俗演义》、《民国通俗演义》、《宋史通俗演义》、《唐史通俗演义》、《五代史通俗演义》、《南北史通俗演义》、《两晋通俗演义》、《前汉通俗演义》、《后汉通俗演义》。

蔡先生的小说除极具故事性、趣味性之外，还极其重视史料的真实性。不但可以作为一般的休闲读物，也可以作为历史爱好者的参考书。

本套书由上海会文堂新记书局陆续出版，至1926年9月全部出齐。初版11部全部是有光纸石印线装本。1935年5月，会文堂进行改版，全部改为铅印，分装44册，增加了许廑父续写的《民国通俗演义》后40回。全套书书名为《历朝通俗演义》，共11部，600余万字。

此次出版，是以会文堂1935年的铅印本为底本，将繁体竖排改为简体横排。在编辑过程中，尽量保持原书风貌，仅对个别的错字、标点等做了调整和修改。原书的一大特色，蔡东藩自己批注的注释、夹批和后批，全部按原文保留。

希望能带给读者原汁原味的阅读感受。

自序

吾国之有史，繇来旧矣。自汉司马迁创作《史记》，体例独详，遂为后世史家之祖。班固因之，辑成《汉书》，而迁固之名乃并著焉。窃案迁《史》起自黄帝，讫于天汉，大旨在叙古从略，叙秦汉从详，综计得百三十篇，共五十二万六千余言。班《书》则始于秦季，终于孝平王莽，凡百二十卷，计七十余万言，视迁《史》为尤繁矣。后之学者，慕其名，辄购《史》《汉》二书而庋藏之，问其熟览与否，则固无以应也。盖二书繁博，非旬月所能卒读，且文义精奥，浅见之士，尚不能辨其句读，一卷未终，懵然生厌，遑问其再四寻绎乎？他若《涑水通鉴》、《紫阳纲目》，以及《通鉴纪事本末》、《通鉴辑览》、《纲鉴会纂》、《纲鉴易知录》等书，编年纪事，历姓相承，而首数卷间，各列秦汉事实，读史者辄举而窥之，固求其提要钩玄，记忆不忘者，亦罕有所闻。至如稗官野史之纪载，则一鳞一爪，或犹能称道之，是无佗，稗史之引起观感，令人悦目，固较正史为尤易也。鄙人不敏，尝借说部体裁，演历史故事，由今追昔，溯而上之，以至秦汉。秦自始皇至子婴历国三世，第十有五年耳。依事演述，寥寥数回，不足以成卷帙；且名为一朝，但闻暴政，未底于治，实为由周至汉之过渡时代，附入于汉，存其名而已足矣。汉则两京迭嬗，阅年四百有余，而前汉二百一十年间，有女宠，有外戚，有方镇，有夷狄，有嬖幸，有阉宦，有权奸，盖已举古今来病国之厉阶，汇集其中，故治日少而乱日多。其尤烈者，则为女宠，为外戚。高祖以百战成帝业，而其权且移于宫闱；文景惩之，厥祸少杀；至武帝尊田蚡，贵卫青，女宠外戚，于此复盛；至许史盛于宣元，王赵丁傅盛于成哀；平帝入嗣，元皇后老而不死，卒贻王莽篡弑之祸；然则谓前汉一代与女宠外戚相终始，亦无不可也。本编兼采正稗，贯彻初终，所有前汉治乱之大凡，备载无遗，而于女宠外戚之兴衰，尤再三致意，揭示后人，非敢谓有当史学，但以浅近之词，演述故乘，期为通俗教育之助云尔。班马可作，当亦不笑我粗疏也。唯书成仓卒，不无讹词，匡而正之，是在海内之通儒。

中华民国十四年立冬之日，古越蔡东帆叙。

秦朝世系图

凡三主共十五年

❶始皇嬴政[在位十二年 前221年–前210年]——❷二世胡亥[在位三年 前209年–前207年]——❸子婴[不逾年]

前汉世系图

凡十二主共二百一十年

- ❶高帝刘邦［在位八年 前202年—前195年］
  - ❷惠帝盈［在位七年嗣由吕后称制八年（前194年—前188年）］
  - ❸文帝恒［在位二十三年 前179年—前157年］
    - ❹景帝启［在位十六年 前156年—前141年］
    - ❺武帝彻［在位五十四年 前140年—前87年］
      - ❻昭帝弗陵［在位十三年 前86年—前74年］
      - ❼宣帝询［在位二十五年 前73年—前49年］
        - ❽元帝奭［在仁十六年 前48年—前33年］
        - ❾成帝骜［在仁二十六年 前32年—前7年］
          - ❿哀帝欣［在位六年 前6年—前1年］
          - ⓫平帝衎［在位五年 公元1年—公元5年］
          - ⓬孺子婴［在位三年 公元6年—公元8年］

目　录

第一回　移花接木计献美姬
用李代桃欢承淫后

皇有皇猷，帝有帝德，史家推论史事，首推三皇五帝。其实三皇五帝的本身，并未尝自称为皇，自称为帝，后人因他首出御宇，创造文明，把一个浑浑沌沌的世界，化成了雍雍肃肃的国家，真是皇猷丕显，帝德无垠，所以格外推崇，因把皇字帝字的徽号，加将上去。是意未经人道，一经揭破，恰有至理。到了夏商周三朝，若大禹，若成汤，若周文武，统是有道明君，他却恐未及古人，不敢称皇道帝，但降号为王罢了。及东周已衰，西秦崛起，暴如嬴政，凭借了祖宗遗业，招揽关陇间数十百万壮丁，横行海内，蚕食鲸吞，今日灭这国，明日灭那国，好容易把九州版图，一古脑儿聚为己有，便自以为震古铄今，无人可及，遂将三皇的皇字，五帝的帝字，合成了一个名词，叫做皇帝。

咳！这皇帝两字的头衔，并不是功德造就，实在是腥血铸成。试看暴秦历史，有什么皇猷？有什么帝德？无非趁着乱世纷纷的时候，靠了一些武力，侥幸成功，他遂昂然自大，唯我独尊。还有一种千古纪念的事情，就是我国的君主专制，实是嬴政一人，完全造成。从前黄帝开国以来，颁定国法，原是君主政体，历代奉为准绳，但究未尝有“言莫予违，独断独行”的思想。尧置谏鼓，立谤木，舜询四岳，咨十有二牧，禹拜昌言，汤改过不吝，周有询群臣询群吏询万民的制度，简策流传，至今勿替。可见古时的圣帝明王，虽然尊为天子，管辖九州，究竟也要集思广益，依从舆论，好民所好，恶民所恶，才能长治久安，做一位升平主子，贻谋永远，传及子孙。看官听说！这便是开明专制，不是绝对专制哩。声大而闳。

自从嬴政得国，专务君权，待遇百姓，好似牛马犬豕一般，凡所有督责抑勒的命令，严酷残暴的刑罚，无一不作，无一不行，也以为生杀予夺，唯我所为，百姓自然帖伏，不敢再逞，从此皇帝的位置，牢固不破，好教那子子孙孙，千代万代的遗传下去。哪知专欲难成，众怒难犯，本身幸得速死，不致陨首，才及一传，宫廷里面，就闹得一塌糊涂，戍卒叫，函谷举，楚人一炬，可怜焦土。于是楚汉逐鹿，刘项争雄。项羽力能扛鼎，叱咤万夫，却是个空前绝后的壮士，无如有勇无谋，以暴易暴，反让那泗上亭长，出人头地，用了好几个策士谋臣，武夫猛将，终将项霸王除去，安安稳稳的得了中原。史官说他豁达大度，确非凡夫，而且入关约法，尽除苛禁，能得百姓欢心，所以扫秦灭项，五年大成。

但小子追溯汉家事迹，多半沿袭秦制，并没有一番大改革的事业。萧何原是刀笔吏，叔孙通又是绵蕞生，绵蕞系表位标准，绵是置设绵索，蕞是植茅地上，为肄习典礼之处，使知尊卑次序。所见所闻，无非是前秦故事，晓得什么体国经野的宏规，因此佐汉立法，仍旧是换汤不换药的手段，厉行专制政体，尊君抑民。汉高祖尝沾沾自喜，谓吾今日乃知皇帝之贵。照此看来，秦汉二代，规模大略相同，不过严刑峻法，算比暴秦差了一层。史官或铺张扬厉，极端称许，其实多是浮词谀颂，未足尽信呢。汉高一殁，吕后专权，险些儿覆灭刘氏，要继续那亡秦的后尘。这便是贻谋未善。幸亏还有一二社稷臣，拨乱反正，才得保全刘家基业。孝文入嗣，却是个守成令主，允恭玄默，守俭持盈，宽刑律，奖农事，府藏充实，囹圄空虚，汉家元气，实是孝文一代，休养成功。景帝遵业，略带刻薄，用兵七国，未免劳民，但尚是万不得已的举动，未可讥他黩武，此外还有乃父遗风，不忘恭俭。周云成康，汉言文景，两相比例，颇若同揆。传至孝武，与祖考全不相同，简直是好大喜功，仿佛秦始皇一流人物。秦皇好征伐，汉武亦好征伐，秦皇好巡游，汉武亦好巡游，秦皇好雄猜，汉武亦好雄猜，秦皇好诛夷，汉武亦好诛夷，秦皇好土木，汉武亦好土木，秦皇好神仙，汉武亦好神仙，秦皇好财色，汉武亦好财色。后世尝以秦皇汉武并称，还道他力征经营，开拓疆宇，东西南北的外族，闻风远遁，好算是一代武功，两朝雄主。谁知秦亡不由胡亥，实自始皇；汉亡不在孝平，实始武帝。本编并列秦汉，隐寓此意。文景二主四十余年积蓄，被汉武一生荡尽，从此海内虚耗，民生困敝。昭宣二朝，尚能与民更始，励精图治，勉强维持过去。传到元成时代，弘恭石显，几类赵高，杜钦谷永，酷似李斯，外戚王氏，遂得乘隙入朝，把持国柄。哀平昏庸，汉祚潜移。不文不武的王莽，佯作谦恭，愚弄士民，朝野称安汉公功德，多至八千人，虽由王莽善能运动，得此无谓的标榜，但也由汉武以来，人心渐贰，不愿归汉，遂为那逆莽所绐，平白地将汉室江山，篡夺了去。推究祸根，不能不归咎汉武。若谓秦传二世，汉传至十一世，历年久暂，大判径庭，这是由汉祖汉宗，有一两代积德累仁的效果，不比那秦嬴政一味暴横，无人感念，所以一暂一久，有此区别呢。评论的确。话休叙烦，事归正传。

且说秦朝第一代皇帝，就是嬴政，远祖乃是帝舜时代的伯益。益掌山泽，佐禹治水，有功沐封，赐姓嬴氏。好几传到了蜚廉，生子恶来，善走有力，助纣为虐，与纣同诛。恶来五世孙非子，住居犬邱，善养马，得周孝王宠召，令主汧渭间畜牧。马大蕃息，孝王遂封他为附庸，食邑秦地。四传至襄公，佐周平戎，护送平王东迁，得岐丰地，受封为伯，嬴秦始大。又数传至穆公，并国十二，遂霸西戎；再历十余传，正当六国七乱的时候，孝公奋起，用商鞅为左庶长，变法图强，战胜各国，定都咸阳。子惠文君嗣，僭号称王，嗣是为武王、昭襄王，与山东六国争衡，攻城略地，日见盛强。周赧王献地入秦，所有宝器九鼎，统被秦人取归。昭襄王子孝文王，有子异人，入质赵国，阳翟大贾吕不韦，行经赵都邯郸，见了异人，私叹为奇货可居，乃阳为结纳，与订知交。异人质居异地，举目无亲，免不得抑郁寡欢，离愁百结，蓦然碰着了意外良朋，正是天涯知己，相得益欢，当下往来日密，情好日深，遂把那羁旅苦衷，及平生愿望，一一流露出来。不韦遂替他设法，想出一条斡旋的妙计。原来异人出质时，昭襄王尚然在位，孝文王柱，正为太子，有妃华阳夫人，未得生男，异人乃是夏姬所出，兄弟甚多，约有二十余人。不韦既得异人传述，便即乘间进言，谓必取悦华阳夫人，作为嫡嗣，将来方得承统云云。异人当然称善，但恨无人代为先容，偏不韦又愿为效劳，且慨出千金，半赠异人，令结宾客，半贮行囊，西行诣秦，替异人作运动费。这真叫作投机事业。异人听到这般帮忙，怎得不感激万分？便与不韦订了密约，说是计果得成，他日当与共秦国。不韦便欣然西去，沿途购办奇物玩好，携入关中，先向华阳夫人的阿姊处，买通关节，托她入白夫人。大略谓："夫人无子，亟宜择贤过继，若待至色衰爱弛，尚且无嗣承立，悔何可及？今异人出质赵国，日夜泣思太子及夫人，乘此机会，立异人为嫡嗣，请令归国，是异人必感德不忘，夫人亦终身有靠，一举两得，莫如此策"云云。这一席话，说得夫人如梦初醒，非常感佩。当夜转告太子，用着一种含颦带泪的柔颜，宛转陈词，不由太子不从。彼此破符为约，决立异人为嗣子。夫人得自姊言，知由不韦替他划策，便嘱使不韦归傅异人，并赠他厚贶。已经赚得利息。不韦返报异人，异人自然欣慰，从此与异人交谊，又加添了一层。

不韦更怀着鬼胎，随时访觅美人儿，凑巧赵都中有一歌妓，生得袅娜娉婷，楚楚可爱，遂不惜重资，纳为簉室，凭着那天生精力，交欢数次，居然种下了一点灵犀，不韦预先窥测，料是男胎，这是何术？想是不韦蓄有种子秘方。便去引那异人进来，开筵相待。酒到半酣，才令赵姬盛妆出见，从旁劝酒。异人不瞧犹可，瞧着那花容月貌，禁不住目眩心迷，一时神情失主，尽管偷眼相窥。偏那赵姬也知凑趣，转动了一双秋波，与他对映，想是不韦已经授意，但此姬本来狂荡，当然爱及少年。惹得异人心痒难熬，跃跃欲动。可巧不韦似有酒意，就在席间假寐，把手枕头，略有鼾声。异人色胆如天，便去牵动翠袖，涎脸乞怜。那美姬若嗔若喜，半就半推，正要引人入胜，不防座上拍的一声，接连便闻呵叱道："你句你敢调戏我姬人么？"异人慌忙回顾，见不韦已立起座前，面有怒容，顿吓得魂飞天外，只好在不韦前做了矮人，长跪求恕。不韦又冷笑道，"我与君交好有年，不应这般戏侮，就使爱我姬人，也可直言告我，何必鬼鬼祟祟，作此伎俩呢？"异人听了，转惊为喜，便向不韦叩头道："果蒙见惠，感恩不浅，此后如得富贵，誓必图报。"不韦复道："交友贵有始终，我便将此姬赠君，但有条约二件，须要依我。"异人道："除死以外，无不可从。"不韦即说出两大条件："一是须纳此姬为正室，二是此姬生子，应立为嫡嗣。"异人满口应承，方由不韦将他扶起，索性嘱使赵姬，坐在异人座侧，缓歌侑觞，直饮到夜色苍黄，才唤入一乘轻舆，使赵姬陪伴异人上车，同返客馆。这时赵姬的身孕，已经两阅月了。美眷如花，流光似水，异人与赵姬日夕绸缪，约莫过了八个月，本来是腹中儿胎，应该分娩，偏偏这个异种，安然藏着，不见震动，又迟延了两月，方才坐蓐临盆，生下一个男儿。说也奇怪，巧遇是日为正月元旦，因取名为政，寄姓赵氏。非吕非嬴，不如姓赵。异人总道是十月生男，定由己出，哪知是吕氏种下的暗胎，已有以吕代嬴的默兆了。特笔表明。

越三年秦赵失和，邯郸被围，赵欲杀害异人，亏得吕不韦阴赂守吏，把他纵去，逃赴秦军，妻子由不韦引匿。待至魏兵救赵，秦军西还，异人原得归国，不韦也将异人妻子，送入咸阳，俾他完聚。华阳夫人见了异人，异人当即下拜，涕泣陈情，叙那数年离别的思慕，引起夫人的感情。他又因夫人本是楚女，特地改着楚服，取悦亲心。果然夫人悲感交并，也挥泪与语道："我本楚人，汝能曲体我心，便当养汝为子，汝可改名为楚罢。"异人唯唯从命，自是晨昏定省，格外殷勤。想又是不韦所教。就是赵姬母子，得入秦宫，见了华阳夫人，也是致敬尽礼，不敢少疏，因此华阳夫人，喜得佳儿佳妇，便与孝文王再申前约，决不负盟。既而昭襄王病殁，孝文王嗣位，即立楚为太子。丧葬才毕，升殿视事，才阅三日，便即逝世。太子楚安然继统，得为秦王，报德践约的期限，居然如愿以偿。当下尊嫡母华阳夫人为华阳太后，生母夏姬为夏太后，立赵姬为王后，子政为嗣子，进吕不韦为相国，封文信侯，食河南洛阳十万户，一番大交易，至此成功。

会东周君联合诸侯，谋欲伐秦，为秦王楚所闻，遂遣相国吕不韦督兵往攻。东周君地狭兵单，哪里敌得过秦军，诸侯复观望不前，眼见是周家一脉，不得再延。东西周详情，应载入周史中，故本回从略。吕不韦大出风头，灭了东周，把东周君迁锢阳人聚，周朝八百多年的宗祚，反被一个阳翟贾人，铲灭无遗，文武成康，恐也不免余恫呢。明"鬻姬篡"暗移嬴祚，凶狡如吕不韦，怎得久存。不韦班师还朝，饮至受赏，不劳细说。

转眼间又是四年，秦王楚春秋鼎盛，坐享荣华，总道是来日方长，好与那正宫王后，白头偕老，毕世同欢。谁料到二竖为灾，膏肓受厄，终落得呜呼哀哉，伏唯尚飨，年才三十有六。子政甫十三岁，继承秦祚，追谥父楚为庄襄王，尊母为王太后，名目上虽是以子承父，暗地里实是以吕易嬴。画龙点睛。政未能亲政，国事俱委任吕不韦，号为仲父。应该呼父。不韦大权在握，出入宫廷，时常与秦王母子，见面叙谈。只这位庄襄太后，尚不过三十岁左右，骤遭大故，竟作孀姝，她本是个送旧迎新的歌姬，怎禁得深宫寂寂，孤帐沉沉？空守了好几月，终有些忍耐不住，好在不韦是个旧欢，乐得再与勾引，申续前盟。不韦也未免有情，因同她重整旗鼓，演那颠凤倒鸾的老戏文。宫娥彩女，统是太后心腹，守口如瓶，秦王政究竟少年，未识个中情景，所以两口儿暗地往来，仍然与伉俪相似。

一年二年三四年，秦王政已将弱冠了，不韦年亦渐老了。偏太后淫兴未衰，时常宣召不韦，入宫同梦。不韦未免愁烦，一则恐精力寖衰，禁不住连宵戕贼，一则恐少主寖长，免不得瞧破机关，于是想出一法，私拟荐贤自代。凑巧有个浪子嫪毐，读若爱。阳道壮伟，尝戏御桐木小车，不假手力，但用那活儿插入轮轴，也能转捩运行。见不韦列传。事为不韦所闻，立即召为舍人，先向太后关说，极称嫪毐绝技。太后果然歆羡，亲欲一试，当由不韦令人告讦，诬毐有罪，当置宫刑，一面厚贿刑吏，但将毐拔去须眉，并未割势，便使冒作阉人，入侍太后。太后即引登卧榻，实地试验，果然坚强无比，久战不疲，惹得太后乐不可支，如获至宝，朝朝暮暮，我我卿卿，老淫妪又居然有娠了。多年不闻生育，至此又复怀妊。毕竟嫪毐有力。会值夏太后病逝，嫪毐遂与太后密商，买通卜人，诈言宫中不利母后，应该迁居避祸。秦王政不知有诈，就请母后徙往雍宫，嫪毐当然从往。嗣是母子离居，不必顾忌，一索得男，再索复得男，保抱鞠育，视若寻常，且封嫪毐为长信侯，食邑山阳，寻且加封太原郡国。凡宫室车马衣服，及苑囿驰猎等情，均归嫪毐主持，毐至此真快活极了。小子有诗叹道：

宫闱厮养得封侯，肉战功劳也厚酬。
若使雄狐长得志，人生何惮不淫偷！

欲知嫪毐后事，且待下回说明。

本回第一段文字，揭出皇帝专制四字，是笼罩全书之大宗旨。秦造成之，汉沿袭之，是秦汉本一脉相关，无甚区别，此著书人之所以并为一编不烦另提也。且秦皇汉武，为后人连语之口头禅，两两相较，不期而合，即秦即汉，会心固不远耳。叙事以后，即写秦政出世之来历，见得嬴吕相代，暗寓机关。后来政母复通吕不韦，并淫及嫪毐，母既不贞，子安得不流为暴虐？演述之以示后人，亦一儆世之苦心也。

第二回　诛假父纳言迎母
称皇帝立法愚民

却说嫪毐得封长信侯，威权日盛，私下与秦太后密谋，拟俟秦王政殁后，即将毐所生私子，立为嗣王。毐非常快乐，往往得意忘言。一日与贵臣饮博，喝得酩酊大醉，遂互起龃龉，大肆口角，毐瞋目大叱道："我乃秦王假父，怎敢与我斗口？汝等难道有眼无珠，不识高下么？"贵臣等听了此言，便都退去，往报秦王。秦王政已在位九年，年已逾冠，血气方刚，蓦然听到这种丑事，不禁忿怒异常，当下密令干吏，调查虚实。旋得密报，说毐原非阉人，确与太后有奸通情事，遂授昌平君昌文君为相国，引兵捕毐。昌平昌文史失姓名，或谓昌平君为楚公子，入秦授职，未知确否，待考。毐得知消息，不甘坐毙，便捏造御玺，伪署敕文，调发卫兵县卒，抗拒官军。两下里争锋起来，究竟真假有凭，难免败露，再经昌文昌平两君，声明毐罪，毐众当即溃散，单剩毐数百亲从，如何支持，也便窜去。

秦王政更下令国中，悬赏缉毐，活擒来献，赏钱百万，携首来献，赏钱五十万。大众期得厚赏，踊跃追捕，到了好畤，竟得擒住淫贼，并贼党二十人，献入阙下。秦刑本来酷烈，再加嫪毐犯了重罪，当命处毐镮刑，五马分尸。毐党一体骈诛，且夷毐三族。父族、母族、妻族。一面饬将士往搜雍宫，得太后私生二子，扑杀了事。就把太后驱往萯阳宫，派吏管束，不准自由。是谓乐极生悲。吕不韦引毐入宫，本当连坐，因念他侍奉先王，功罪相抵，不忍加诛，但褫免相国职衔，勒令就国，食采河南。

秦大臣等互相议论，多怪秦王背母忘恩，未免过甚，就中有几个激烈官吏，上疏直谏，请秦王迎还太后。秦王政本来蜂鼻长目，鹘膺豺声，是个刻薄少恩的人物，一阅谏书，怒上加怒，竟命处谏官死刑，并榜示朝堂，敢谏者死。还有好几个不怕死的，再去絮聒，徒落得自讨苦吃，身首分离。总计直谏被杀，已有二十七人，太后不谓无罪，谏官真自取死。群臣乃不敢再言。独齐客茅焦，伏阙请谏，秦王大怒，按剑危坐，且顾左右取镬，即欲烹焦。焦毫不畏缩，徐徐趋进，再拜起语道："臣闻生不讳死，存不讳亡，讳死未必得生，讳亡未必终存，死生存亡的至理，为明主所乐闻，陛下今亦愿闻否？"秦王政听了，还道他别有至论，不关母事，因即改容相答道："容卿道来。"焦见秦王怒容已敛，便正色朗声道："陛下今日行同狂悖，车裂假父，囊扑二弟，言之太甚。幽禁母后，残戮谏士，夏桀商纣，尚不至此，若使天下得闻此事，必且瓦解，无复响秦，秦国必亡，陛下必危。臣不忍缄默无言，与国同尽，情愿先就鼎镬，视死如归！"说着，便解去外衣，赴镬就烹。说得秦王政也觉着忙，下座揽焦，当面谢过。秦王政之得据中原，想由这点好处。遂命焦为上卿，令他随往迎母，与太后同辇还都，再为母子如初。

吕不韦既往河南，一住年余，山东各国，多遣使问讯，劝驾请往。莫非也要他去作淫乱事么。事为秦廷所闻，秦王政防他为变，即致不韦书道："君与秦究有何功，得封国河南，食十万户？君与秦究属何亲，得号仲父？今可率领家属速徙蜀中，毋得逗留！"不韦得书览毕，长叹数声，几乎泪下。任君用尽千般计，到头仍是一场空。意欲上书申辩，转思从前情事，统皆暧昧，未便明言，倘若唐突出去，反致速毙。想了又想，将来总没有良好结果，不如就此自尽，免得刀头受苦。主意已定，便取了鸩酒，勉强吞下，须臾毒发，当然毕命。看到此处，方知刁钻无益。

不韦妻已经先死，安葬洛阳北邙，僚佐等恐尚有后命，急将不韦遗骸，草草棺殓，夤夜舁往与妻合葬。后人但知吕母冢，不知吕相坟，其实是已经合墓，乏人知晓，所以有此传闻呢。生时不明白，死也不明白。唯这位庄襄王后，又苟延了七八年，与华阳太后相继病亡。秦王政总算举哀成服，发丧引柩，与庄襄王合葬茝阳。实是不必。这也毋庸细表。

且说秦王政亲揽大权，很是辣手，居然有雷厉风行的气象。当时山东各国，均已寖衰，秦遂乘隙出兵，陆续吞并。秦王政十七年，使内史胜史记作腾。灭韩，虏韩王安；十九年又遣将王翦灭赵，虏赵王迁；二十二年复命将王贲灭魏，虏魏王假；二十四年再令王翦灭楚，虏楚王负刍；二十五年更令王贲灭燕，虏燕王嘉；二十六年饬贲由燕南攻齐，掩入齐都临淄，齐王建举国降秦，被徙至共，活活饿死，六国悉数荡平，秦遂得统一中原，囊括海内了。于是秦王政满志踌躇，想干出一番空前绝后的大事业，号令四方，遂首先下令道：

寡人以眇眇之身，兴兵诛暴乱，赖宗庙之灵，咸伏其辜，天下大定，今名号不更，无以称成功，传后世，其妥议帝号上闻。

这令一下，丞相王绾，御史大夫冯劫，廷尉李斯，便召集博士，会议了一日一夜。越宿方入朝奏闻道，“古时五帝在位，地方不过千里，外列侯服夷服等类，或朝或否，天子常不能制。今陛下兴义兵，除残贼，平定天下，法令统一，自从上古以来，得未曾有，五帝何能及此？臣等与博士合议，统言古有天皇，有地皇，有泰皇，想即人皇。泰皇最贵。今当恭上尊号，奉陛下为泰皇，命为制，令为诏，自称曰朕，伏乞陛下裁择施行。”秦王听了，半晌无言，暗想泰皇虽是贵称，究竟成为陈迹，没甚稀奇，我既功高古人，奈何再袭旧名，众议当然未合，应即驳去，另议为是。嗣又转念道：“有了有了，古称三皇五帝，我何不将皇帝二字合成徽称，较为美善呢。”乃宣谕群臣道：“去泰存皇，更采古帝位号，称为皇帝便了。余可依议。”王绾等便皆匍匐，口称陛下德过三皇，功高五帝，应该尊称皇帝，微臣等才疏识浅，究竟不及圣明。说着又舞蹈三呼，方才起来。一班媚子谐臣。秦王大喜，便命退朝，自己乘辇入宫。过了一日，又复颁制道：

朕闻太古有号毋谥，中古有号，死而以行为谥，如此则子得议父，臣得议君，甚无谓也，朕所弗取，自今以后，除去谥法，朕为始皇帝，后世子孙，以次计数，二世三世至千万世，传之无穷，岂不懿欤！

看官，你道这篇制书，是何命意？他想谥有美恶，都是本人死后，定诸他人。美谥原不必说了；倘若他人指摘生平，加一恶谥，岂不要遗臭万年？我死后，保不住定得美谥，不若除去谥法，免得他人妄议。且我手定天下，无非为子孙起见，得能千万代的传将下去，方不负我一番经营，所以特地颁制，说出这般一厢情愿的话头。当下追尊庄襄王为太上皇，自称始皇，小子依史叙述，此后也呼他为始皇了。提清眉目。

先是齐人邹衍，尝论五德推迁，更迭相胜，如火能灭金，即火能胜金，金能克木，即金能胜木，列代鼎革，就是相胜等语。始皇采用衍说，以为周得火德，秦应称为水德，水能胜火，故秦可代周。自是定为水德，命河名为德水。又因夏正建寅，商正建丑，周正建子，秦应特创一格，与昔不同，乃定制建亥，以十月朔为岁首。阴历莫如夏正，商周改建，不免多事，如秦更觉无谓了。衣服旌旄节旗，概令尚黑，取象水色。水主北方，终数为六，故用六为纪数，六寸为符，六尺为步，冠制六寸，舆制六尺。且谓水德为阴，阴道主杀，所以严定刑法，不尚慈惠，一切举措，纯用法律相绳，宁可失入，不可失出。后世谓秦尚法律，似有法治国规模，不知秦以刑杀为法，如何制治。从此秦人不能有为，动罹法网，赭衣满道，黑狱丛冤。

会丞相王绾等伏阙上言，略说诸侯初灭，燕齐楚地方辽远，应封子弟为王，遣往镇守。始皇不以为然，乃令群臣妥议。群臣多赞成绾言，唯廷尉李斯驳议道："周朝开国，封建同姓子弟，不可胜计，后嗣疏远，互相攻击，视若仇雠，周天子无法禁止，坐致衰亡。今赖陛下威灵，统一海内，何勿析置郡县，设官分治？所有诸子功臣，但宜将公家赋税，量为赏给，不令专权。内重外轻，天下自无异志，这乃是安宁至计哩。"计非不善，但上无令主，无论如何妙法，总难持久。始皇欣然喜道："天下久苦兵革，正因列侯互峙，战斗不休。现在天下初定，若再仍旧制封王立国，岂不是复开兵祸么？廷尉议是，朕当照行！"王绾等扫兴退出，始皇即命李斯会同僚属，规划疆土。费了许多心力，才得支配停当，分天下为三十六郡，列名如下：

内史郡　三川郡　河东郡　南阳郡　南郡　九江郡　鄣郡　会稽郡
颍川郡　砀郡　泗水郡　薛郡　东郡　瑯琊郡　齐郡　上谷郡
渔阳郡　古北平郡　辽西郡　辽东郡　代郡　巨鹿郡　邯郸郡
上党郡　太原郡　云中郡　九原郡　雁门郡　上郡　陇西郡

北地郡　汉中郡　巴郡　蜀郡　黔中郡　长沙郡

每郡分置守尉，守掌治郡，尉掌佐守，典武职甲卒。朝廷设御史监郡，便称为监。每县设令，与郡守尉同归朝廷简放。守令下有郡佐县佐，各由守令任用。以下便是乡官，选自民间，大约十里一亭，亭有长；十亭一乡，乡有三老，及啬夫游徼。三老掌教化，啬夫判诉讼，游徼治盗贼，这还是周朝遗制，略存一斑。改命百姓为黔首，特创出一条恩例，许民大酺。原来秦律尝不准偶语，不准三人以上，一同聚饮，此次因海内混壹，总算特别加恩，令民人合宴一两天，所以叫做大酺。百姓接奉此令，才得亲朋相聚，杯酒谈心，也可谓一朝幸遇。哪知酒兴未阑，朝旨又到，一是令民间兵器，悉数缴出，不准私留；二是令民间豪家名士，即日迁居咸阳，不准迟慢；三是令全国险要地方，凡城堡关塞等类，统行毁去。小子揣测始皇心理，无非为防人造反起见，吸收兵器，百姓无从得械，徒手总难起事。迁入豪家名士，就近监束，使他无从勾结，自然不能反抗朝廷。削平城堡关塞，无险可据，何人再敢作乱？这乃是始皇穷思极想，方有这数条号令，颁发出来。自以为智，实是呆鸟。只可怜这百姓又遭荼毒，最痛苦的是令民迁居。他本来各守土著，安居乐业，不劳远行，此番无端被徙，抛去田园家产，又受那地方官吏的驱迫，风餐露宿，饱尝路途辛苦，才到咸阳。咸阳虽然热闹，无如人地生疏，谋食维艰，好好一个富户，变做贫家，好好一个豪士，也害得垂头丧气，做了落魄的穷氓，可叹不可叹呢！就是名城巨堡，无故削平，虽是与民无碍，但总要劳动百姓，且将来或有盗贼，究靠何处防守？至若兵器一项，乃是民间出资购造，防卫身家，始皇叫他一概缴出，并没有相当偿给，百姓只有自认晦气。郡县守令，把兵器收下，一古脑儿运入咸阳。这种兵器，统是铜质造成，始皇立命熔毁，共有数百万斤。适值临洮县中，报称有十二大人出现，长约五丈，足履六尺，统着夷人服饰云云。始皇以为瑞兆，即命将熔化诸铜，摹肖大人影象，铸成铜人十二个，每个重二十四万斤，摆列宫门外面。这好算做铜像开始。还有余铜若干，令铸钟及钟架，分置各殿。相传这十二个铜人，汉时尚存，至汉末董卓入京，始椎破了十个，移铸小钱，尚剩两个，传到西晋亡后，被后赵主石虎徙至邺城，后来秦王苻坚，又把铜人搬还长安，销毁了事。这是后话不题。

唯秦始皇令行禁止，梦想太平，自思天下可从此无事，乐得寻些快乐，安享天年。从前秦国诸宗庙，及章台上林等苑榭，统在渭南。及削平六国，辄令画工往视，仿绘各国宫室制度，汇呈秦廷，始皇便择一精巧华丽的图样，令匠役依式营造。当下在咸阳北坂，辟一极大旷地，南临渭水，西距雍门，东至泾渭二水合流处，迤逦筑宫，若殿宇，若楼阁，若台榭，沿路连络，层接不穷，下亘复道，上架周阁，风雨不侵，日光无阻。落成以后，就将六国的妃嫔子女，钟簴鼓乐，分置宫中，没一处不有美人，没一室不有音乐。始皇除临朝视政外，往往至宫中玩赏，张乐设饮，唤女侑筵。这班被俘的娇娃，还记什么国亡主辱，但期得始皇欢心，殷勤伺候，一遇召幸，好似登仙一般，巴不得亲承雨露，仰沐皇恩。可惜始皇只有一身，怎能到处周旋，慰她渴望，所以咸阳宫里，怨女成群，唯不敢流露面目，只背人拭泪罢了。亡国妇女，状似可怜。实是可恨。

始皇尚嫌宫宇狭小，才阅一年，又在渭南添造宫室，叫做信宫。嗣复改名“极庙”，取象天极。自极庙通至骊山，造一极大的殿屋，叫做甘泉前殿。殿通咸阳宫，中筑甬道，如街巷相似，乘舆所经，外人不得望见，这也是防人侵犯的计策。始皇到此，好算是穷奢极欲，快乐无比了。偏他是个好动不好静的人物，日日在宫中游宴，似觉得味同嚼蜡，没甚兴趣，遂又想出一法，令天下遍筑驰道，准备御驾巡游。小子有诗叹道：

为臣不易为君难，名论相传最不刊；
古有覆车今可鉴，暴秦遗史试重看！

欲知驰道规模，及始皇出巡事迹，且至下回续详。

嫪毐自称假父，可丑之至，但毐固一无赖子，宜有此等口吻。茅焦乃亦以假父称之，而始皇乃下座谢过，煞是异事！乃母既与毐犯奸，则已自绝于宗祧，迁居别宫，亦无不可。唯秦王若念鞠育之恩，但报之以终养可耳，禁锢固不可也，迎还亦属不必。独怪他人谏死，至二十七人，而茅焦独能数语挽回，此非始皇尚知恋母，实因焦以天下瓦解之语，作为恐吓，始皇有志统一，乃不得不迫而相从尔。不然，嫪毐当诛，吕不韦尚若可赦，胡为亦逼诸死地，不念前功耶？厥后始皇并吞六国，自称皇帝，种种法令，无一非毒民政策，彼果若知孝亲，何至如此不仁？不过彼毒民，民亦必还而毒彼，彼以为智，实则愚甚。夫始皇为吕不韦所生，不韦欲愚人而卒致自愚，始皇亦欲愚民而终亦自愚，有是父即有是子，是毋乃所谓父作子述耶？阅此回，可笑亦可慨矣。

第三回　封泰岱下山避雨
过湘江中渡惊风

却说秦始皇欲出外巡游，特令天下遍筑驰道。驰道便是御驾往来的大路，须造得平坦宽敞，方便游行。当时秦筑驰道，定制广五十步，相距三丈，土高石厚，各用铁椎敲实，两旁栽植青松，浓阴密布，既可却暑，复可赏心，真是最好的布置，不过劳民费财，骚扰天下罢了。始皇二十七年秋季，下诏西巡，令一班文武百官，扈跸起行，卤簿仪仗，很是繁盛。始皇戴冕旒，著衮龙袍，安坐銮舆上面。骅骝开道，貔虎扬镳，出陇西，经北地，逾鸡头山，直达回中。时当深秋，草木凋零，也没有什么景色。唯劳动了地方官吏，奔走供应，迎送往来，费了若干金银，尚不见始皇如何喜欢，但得免罪愆，总算幸事。始皇亦兴尽思归，即就原路回入咸阳。

过了残年，渐渐的冬尽春来，日光和煦。秦以十月为岁首，已见前回，故文中加入渐渐二字。始皇游兴又动，复照着西巡故事，改令东巡。途中俱已筑就驰道，两旁青松，方经着春风春露，饶有生意，欣欣向荣。始皇左顾右瞩，兴致盎然。行了一程又一程，已到齐鲁故地，望见前面层峦叠嶂，木石嵯峨，便向左右问明山名，才知是邹峄山。当下登山游眺，览胜探奇，向东顾视，又有一大山遥峙，比邹峄山较为高峻，岚光拥碧，霞影增红，写景语自不可少。不由的瞻览多时，便指问左右道："这便是东岳泰山么？"左右答声称是。始皇复道："朕闻古时三皇五帝，多半巡行东岳，举办封禅大典，此制可有留遗否？"左右经此一问，都觉对答不出，但说是年湮代远，无从查考。始皇道："朕想此处为邹鲁故地，就是孔孟二人的故乡，儒风称盛，定有读书稽古的士人，晓得封禅的遗制，汝等可派员征召数十人，教他在泰山下接驾，朕向他问明便了。"左右奉命，立即派人前去。始皇又顾语群臣道："朕既到此，不可不勒石留铭，遗传后世！卿等可为朕作文，以便镌石。"群臣齐声遵旨。始皇一面说，一面令整銮下山，留宿行宫。是夕即由李斯等咬文嚼字，草成一篇勒石文，呈入御览。始皇览着，语语是歌功颂德，深惬心怀。翌日便即发出，令他缮就篆文，镌石为铭，植立邹峄山上，当由臣工赶紧照办，不消细叙。

始皇随即启程，顺道至泰山下，早有耆儒七十人候着，上前迎驾。行过了拜跪礼，即由始皇传见，问及封禅仪制。各耆儒虽皆有学识，但自成周以后，差不多有七八百年，不行此礼，倒也无词可对。就中有一个龙钟老生，仗着那年高望重，贸然进言道："古时封禅，不过扫地为祭，天子登山，恐伤土石草木，特用蒲轮就道，蒲干为席，这乃所以昭示仁俭哩。"始皇听了，心下不悦，露诸形色。有几个乖巧的儒生，见老儒所对忤旨，乃易说以进。谁知始皇都不合意，索性叫他罢议，一概回去。便为坑儒伏案。

各儒生都扫兴而回，那始皇饬令工役，斩木削草，开除车道，就从山南上去，直达山巅，使臣下负土为坛，摆设祭具，望空祷祀，立石作志，这便叫作封礼。又徐徐向山北下来，拟至梁父小山名。行禅。禅礼与封礼不同，乃在平地上扫除干净，辟一祭所，古称为墠，后人因墠为祭礼，改号为禅。车驾正要下山，忽刮到一阵大风，把旗帜尽行吹乱，接连又是几阵旋飙，吹得沙石齐飞，满山皆黯，霎时间大雨如注，激动溪壑，上降下流，害得巡行人众，统是带水拖泥，不堪狼狈。幸喜山腰中有大松五株，亭亭如盖，可避风雨，大众急忙趋近，先将乘舆拥入树下，然后依次环绕，聚成一堆。虽树枝中不免余滴，究比那空地中间，好得许多。始皇大喜，谓此松护驾有功，可即封为五大夫。树神有知，当不愿受封。

既而风平雨止，山色复明，乃行，就梁父山麓，申行禅礼，衣仗多半霑湿，免不得礼从简省，草草告成。始皇返入行辕，尚觉雄心勃勃，复命词臣撰好颂辞，自夸功德，勒石山中。史家曾将原文载录，由小子抄述如下。

皇帝临位，作制明法，臣下修饬。二十有六年，初并天下，罔不宾服。亲巡远方黎民，登兹泰山，周览东极。从臣思迹，本原事业，只诵功德。治道运行，诸产得宜，皆有法式。大义休明，垂于后世，顺承勿革。皇帝躬圣，既平天下，不懈于治。夙兴夜寐，建设长利，专隆教诲。训经宣达，远近毕理，咸承圣志，贵贱分明，男女礼顺，慎遵职事。昭融内外，靡不清净，施于后嗣。化及无穷，遵奉遗诏，永承重戒。

封禅已毕，游兴未终，再沿渤海东行，过黄腄，穷成山，跋之罘，之今作芝。历祀山川八神，天主、地主、兵主、阴主、阳主、日主、月主、四时主，共称八神。见《史记·封禅书》。统是立石纪功，异辞同颂。又南登琊琊山，见有古台遗址，年久失修，已经毁圮，始皇问是何人所造？有几人晓得此台来历，便即陈明。原来此台为越王勾践所筑，勾践称霸时，尝在琊琊筑一高台，以望东海，遂号召秦晋齐楚，就台上歃血与盟，并辅周室。到了秦并六国，约莫有数百年，怪不得台已毁圮了。始皇得知原委，便道："越王勾践，僻处偏隅，尚筑一琊琊台，争霸中原，朕今并有天下，难道不及一勾践么？"说着，即召谕左右，速令削平旧台，另行构造，规模须较前高敞数倍，不得有违。左右答称台工浩大，非数月不能成事，始皇作色道："偌大一台，也须数月么？朕准留此数旬，亲自督造，何患不成！"摹写暴主口吻，恰是毕肖。左右不敢再言，只好赶紧兴工。即命就地官吏，广招夫役，日夜营造。万人不足，再加万人，二万人不足，又加万人，三万人一齐动手，运木石，施畚揭，加版筑，劳苦的了不得，尚未能指日告成。始皇连日催促，势迫刑驱，备极苛酷，工役无从诉冤，没奈何拼命赶筑，直至三易蟾圆，方才毕事。台基三层，层高五丈，台下可居数万家，端的是崇闳无比，美大绝伦。始皇亲自察看，逐层游幸，果然造得雄壮，极合己意。乃下令奖励工役。命三万人各迁家属，居住台下，此后得免役十二年。好大皇恩。遂又使词臣珥笔献颂，刻石铭德。略云：

维二十八年，皇帝作始，端平法度，万物之纪。以明人事，合同父子。圣智仁义，显白道理。东抚东土，以省卒士。事已大毕，乃临于海。皇帝之功，勤劳本事。上农除末，黔首是富。普天之下，抟心揖志。器械一量，同书文字。日月所照，舟舆所载，皆终其命，莫不得意。应时动事，是维皇帝。匡饬异俗，陵水经地。忧恤黔首，朝夕不懈。除疑定法，咸知所辟。方伯分职，诸治经易。举措毕当，莫不如画。皇帝之明，临察四方。尊卑贵贱，不逾次行。奸邪不容，皆务贞良。细大尽力，莫敢怠荒。远迩辟隐，专务肃庄。端直敦忠，事业有常。皇帝之德，存定四极。诛乱除害，兴利致福。节事以时，诸产繁殖。黔首安宁，不用兵革。六亲相保，终无寇贼。欢欣奉教，尽知法式。六合之内，皇帝之土，西涉流沙，南尽北户，东有东海，北过大夏，人迹所至，无不臣者。功盖五帝，泽及牛马，莫不受德，各安其宇。

俗语说得好，做了皇帝好登仙，这就是秦始皇故事。始皇督造瑯琊台，一住三月，常在山上眺望，遥见东海中间，隐隐有楼阁耸起，灿烂庄严。俄而又有人影往来，肩摩毂击，仿佛如市中一般。无非是蜃楼海市。及仔细辨认，又觉半明半灭，转眼间且绝无所见了。始皇不禁惊异，连称怪事，左右问为何因？由始皇述及海中形态，并询左右有无见过。左右或言所见略同，且乘间进言道："这想是海上三神山，就叫做蓬莱方丈瀛洲。"捣鬼。始皇猛然触悟道："是了！是了！朕记得从前时候，有燕人宋毋忌羡门子高等，入海登仙，徒侣辗转传授，谓海上有三神山，诸仙丛集，并有不死药，齐威王宣王燕昭王，尝派人入海访求，可惜皆不得至。相传神山本在渤海中，不过舟不能近，往往被风吹回，朕今亲眼看见，才知传闻是实。可惜朕未能亲往，无从乞求不死药，就使贵为天子，总不免生老病死，怎得与神仙相比哩。"说罢，又长叹了数声。左右亦未便劝解，只好听他自言自叹罢了。及瑯琊台筑成，再到海边探望神山，有时所见，仍与前相同，不由的瞻顾徘徊，未忍舍去。

可巧齐人徐市等，市系古黻字，一作徐福。素为方士，上书言事，说是斋戒沐浴，与童男童女若干人，乘舟往求，可到神山云云。始皇大喜，立命他如法施行。徐市等分雇船只，率领童男女数千名，航海东去，始皇便在海滨布幄为辕，恭候了一两天，并不见有好音回报。又越一二日，仍无音信，忍不住焦躁起来，复亲出探望。适有好几船回来，移时停泊，始皇还道有仙药采到，急忙传问。哪知舟中人统是摇首，谓被逆风吹转，虽近神山，不得拢岸，说得始皇满腔欲望，化作冰消，旋由徐市等到来复命，亦如前说。不知到何处玩耍几天。

始皇不便再留，只好命他随时访求，得药即报，自己启跸西归。千乘万骑，陆续拔还。道过彭城，始皇又发生幻想，欲向泗水中寻觅周鼎，因即虔心斋戒，购募熟习水性的人民，入水捞取。原来周有九鼎，为秦昭王所迁，迁鼎时用船载归，行经泗水，突有一鼎跃入水中，无从寻取，只有八鼎徙入咸阳。始皇得自祖传，记在心里，此次既过泗水，乐得乘便搜寻。当下茹素三日，祷告水神，一面传集水夫，共得千人，督令泗水取鼎。千人各展长技，统向水中投入，巴不得将鼎取出，好领重赏。偏偏如大海捞针一般，并没有周鼎影迹。好多时出水登岸，报称鼎无着落，始皇又讨了一场没趣，喝退募夫，渡淮西去。顺道过江，至湘山祠，蓦从水波中刮起狂飙，接连数阵，舟如箕簸，吓得始皇魂魄飞扬，比在泰山上面，还要危险十分。一班扈跸人员，亦皆惊惶得很，还亏船身坚固，舵工纯熟，方才支撑得住，慢慢儿驶近岸旁。登山遇风，过江又遇风，莫谓山川无灵。

始皇屡次失意，懊恼的了不得，待船既泊定，就向岸上望去，当头有一高山，山中露出红墙，料是古祠，便语左右道："这就是湘山祠么？"左右答声称是。始皇又问祠中何神？左右以湘君对。再经始皇问及湘君来历，连左右都答不出来。幸有一位博士，在旁复奏道："湘君系尧女舜妻，舜崩苍梧，二妻从葬，故后人立祠致祭，号为湘君。"始皇听了，不禁大怒道："皇帝出巡，百神开道，什么湘君，敢来惊朕？理应伐木赭山，聊泄朕忿。"左右闻命，忙传地方官吏，拨遣刑徒三千人，携械登山，把山上所有树木，一律砍倒，复放起一把无名火来，烧得满山皆赤，然后回报始皇。始皇才出了胸中恶气，下令回銮，取道南郡，驰入武关，还至咸阳。

好容易又是一年，已是秦始皇二十九年了，天下初平，人心思治，虽是以暴易暴，受那秦始皇的专制，各种法律，非常森严，但比七国战乱的时代，究竟情势不同，略能安静，四面八方，没有兵戈。百姓但得保全骨肉，完聚家室，就是终岁勤劳，竭力上供，也算是太平日子。受赐已多，还要起什么异心？闯什么祸祟？所以始皇两次游幸，只有那风师雨伯，山神川祇，同他演了些须恶剧，隐示儆戒，此外不闻有狂徒暴客，犯跸惊尘等事。始皇得安安稳稳的出入往来，未始非当日幸事。自从东巡还都以后，安息咸阳宫中，所有六国的珍宝，任他玩弄，六国的乐悬，任他享受，六国的美女娇娃，任他颠鸾倒凤，日夕交欢，这也好算得无上快乐，如愿以偿，又况天下无事，不劳筹划，正好乘着政躬闲暇，坐享承平，何必再出巡游，饱受那风霜雨露，跋涉那高山大川呢？哪知他好大喜功，乐游忘倦，还都不过数月，又想出去巡行。默思去年东巡时，余兴未阑，目下又是阳春时候，不妨再往一游，乃即日下制，仍拟东巡。文武百官，不敢进谏，只好遵制奉行。一切仪仗，比前次还要整备，就是随从武士，亦较前加倍。前呼后拥，复出了咸阳城，向东进发。但见戈鋋蔽日，甲乘如云，一排排的雁行而过，一队队的鱼贯而趋，当中乃是赫声濯灵的御驾，坐着一位蜂准鸟膺的暴主，坦然就道，六辔无惊。好在驰道宽大，能容多人并走，拥驾过去。全为下文返射。夹道青松，逐年加密，愈觉阴浓，也似为了天子出巡，露出欢迎气象。始皇到此，当然目旷神怡，非常爽适。一路行来，已入阳武县境，径过博浪沙，猛听得一声怪响，即有一大铁椎飞来，巧从御驾前擦过，投入副车。小子就以博浪椎为题，咏成一诗道：

削平六合恣巡游，偏有奇男誓报仇；
纵使祖龙犹未死，一椎已足永千秋！

毕竟铁椎从何处飞来，且至下回叙明。

巡狩古制也，而封禅不见古书，唯《管子》中载及之，此未始非后人之謷言，伪托管子遗文，作为证据，欺惑时主耳。况古时天子巡狩，度亦必轻车简从，不扰吏民，宁有如秦皇之广筑驰道，恣意巡游，借封禅之美名，为荒耽之佚行也者？而且筑瑯琊台，遣方士率童男女数千，航海求仙，种种言动，无非厉民之举。至若渡江遇风，即非真天意之示儆，亦应知行路之艰难，奈何迁怒湘君，复为此伐木赭山之暴令也！后世以好大喜功讥始皇，始皇之恶，岂止好大喜功已哉！

第四回　误椎击逃生遇异士
见图谶遣将造长城

却说博浪沙在今河南省阳武县境内，向系往来大道，并没有丛山峻岭，曲径深林，况已遍设驰道，车马畅行，更有许多卫队，拥着始皇，呵道前来，远近行人，早已避开，哪个敢触犯乘舆，浪掷一椎。偏始皇遇着这般怪剧，还幸命不该绝，那铁椎从御驾前擦过，投入副车。古称天子属车三十六乘，副车就是属车的别号随着乘舆后行，车中无人坐着，所以铁椎投入，不至伤人，唯将车轼击断了事。始皇闻着异响，出一大惊，所有随驾人员，齐至始皇前保护，免不得讲噪起来。始皇按定了神，喝定讲声，早有卫士拾起铁椎，上前呈报。始皇瞧着，勃然大怒，立命武士搜捕刺客，武士四处查缉，毫无人影，不得已再来复命。始皇复瞋目道："这难道是天上飞来吗？想是汝等齐来护朕，所以被他溜脱，前去定是不远，朕定当拿住凶手，碎尸万段！"说着，即传令就地官吏，赶紧兜拏。官吏怎敢违慢，严饬兵役，就近搜查，害得家家不宁，人人不安，那刺客终无从捕获，只好请命驾前，展宽期限。始皇索性下令，饬天下大索十日，务期捕到凶人，严刑究办。哪知十日的限期，容易经过，那刺客仍没有捕到。奇哉怪哉。始皇倒也无法可施，乃驰驾东行，再至海上，重登之罘，又命词臣撰就歌功颂德的文辞，镌刻石上。一面传问方士，仍未得不死药，因即怅然思归。此次还都，不愿再就迂道，但从上党驰入关中，匆匆言旋，幸无他变。一椎已足褫魄。

看官欲究问椎走情由，待小子补叙出来。投椎的是一个力士，史家不载姓名，小子也不便臆造。唯主使力士，乃是一位大名鼎鼎的人物，后来报韩兴汉，号称人杰，姓张名良字子房。张子房为无双谱中第一人，应该特笔提出。良系韩人，祖名开地，父名平，并为韩相，迭事五君。秦灭韩时，良尚在少年，未曾出仕，家僮却有三百人，弟死未葬，他却一心一意，想为韩国报仇，所有家财，悉数取出，散给宾客，求刺秦皇。无如此时秦威远震，百姓都屏足帖耳，不敢偶谈国事，还有何人与良同志，思复国仇。就使有几个力大如虎的勇士，也是顾命要紧，怎敢到老虎头上搔痒，太岁头上动土？所以良蓄志数年，终难如愿。他想四海甚大，何患无人，不如出游远方，或可得一风尘大侠，籍成己志。于是托名游学，径往淮阳。好容易访闻仓海君，乃是东方豪长，蓄客多人，当下携资东往，倾诚求见。仓海君确是豪侠，坦然出见，慨然与语，讲到秦始皇暴虐无道，也不禁怒发冲冠，愤眦欲裂。再加张良是绝有口才，从旁怂恿，激起雄心，遂为张良招一力士，由良使用。良见力士身躯雄伟，相貌魁梧，料非寻常人物，格外优待，引作知交。平时试验力士技艺，果然矫健绝伦，得未曾有，因此解衣推食，俾他知感，然后与谈心腹大事，求为臂助。力士不待说毕，便即投袂起座，直任不辞。也是专诸聂政一流人物。张良大喜，就秘密铸成一个铁椎，重量约一百二十斤，交与力士，决计偕行。一面与仓海君辞别，自同力士西返，待时而动。

可巧始皇二次东巡，被良闻知，急忙告知力士，迎将上去。到了博浪沙，望见尘头大起，料知始皇引众前来，便就驰道旁分头埋伏，屏息待着。驰道建筑高厚，两旁低洼，又有青松植立，最便藏身。力士身体矫捷，伏在近处，张良没甚技力，伏得较远。这是想当然之事，否则张良怎得逃生？待至御驾驰至，由力士纵身跃上，兜头击去，不意用力过猛，那铁椎从手中飞出，误中副车。扈跸人员，方惊得手足无措，力士已放开脚步，如风驰电掣一般，飞奔而去。张良远远听着响声，料力士已经下手，只望他一击成功；不过因身孤力弱，还是乘此远扬，再探虚实。所以良与力士，分途奔脱，不得重逢，后来闻得误中副车，未免叹惜。继又闻得大索十日，无从缉获，又为力士欣幸，自己亦改姓埋名，逃匿下邳去了。张良以善谋闻，不闻多力，《史记》虽有良与客狙击秦皇之言，但必非由良自击，作者读书得间，故演述情形语有分寸。

且说下邳地濒东海，为秦时属县，距博浪沙约数百里，张良投奔此地，尚幸腰间留有余蓄，可易衣食，不至饥寒。起初还不敢出门，蛰居避祸。嗣因始皇西归，捕役渐宽，乃放胆出游，尝至圯上眺望景色。圯上就是桥上，土人常呼桥为圯，良不过借此消遣，聊解忧思。忽有一皓首老人，踯躅登桥，行至张良身旁，巧巧坠落一履，便顾语张良道："孺子，汝可下去，把我履取来！"张良听着，不由的动起怒来。自思此人素不相识，如何叫我取履？意欲伸手出去，打他一掌，旋经双眼一瞟，见老人身衣毛布，手持竹杖，差不多有七八十岁的年纪，料因足力已衰，步趋不便，所以叫我拾履。语言虽是唐突，老态却是可矜，不得已耐住忿怀，抢下数步，把他的遗履拾起，再上桥递给老人。老人已在桥间坐下，伸出一足，复与良语道："汝可替我纳履。"张良至此，又气又笑，暗想我已替他取履，索性好人做到底，将他穿上罢了。遂屈着一腿，长跪在老人前，将履纳入老人足上。亏他容忍。老人始掀髯微笑，待履已着好，从容起身，下桥径去。良见老人并不称谢，也不道歉，情迹太觉离奇，免不得诧异起来。且看他行往何处，作何举动，一面想，一面也即下桥，远远的跟着老人。走了一里多路，那老人似已觉着，转身复来，又与张良相值，温颜与语道："孺子可教！五日以后，天色平明，汝可仍到此地，与我相会！"张良究竟是个聪明的人，便知老人有些来历，当即下跪应诺。老人始扬长自去，张良也不再随，分投归寓。

流光易过，倏忽已到了第五日的期间，良遵老人前约，黎明即起，草草盥洗，便往原地伺候老人。偏老人先已待着，愤然作色道："孺子与老人约会，应该早至，为何到此时才来？汝今且回去，再过五日，早来会我！"良不敢多言，只好复归。越五日格外留心，不敢贪睡，一闻鸡鸣，便即趋往，哪知老人又已先至，仍责他迟到，再约五日后相会。这也可谓历试诸艰。良又扫兴而回。再阅五日，良终夜不寝，才过黄昏，便已戴月前往，差幸老人尚未到来，就伫立一旁，眼睁睁的望着。约历片时，老人方策杖前来，见张良已经伫候，才开颜为喜道："孺子就教，理应如此！"说着，就从袖中取出一书，交给张良，且嘱咐道："汝读此书，将来可为王者师！"良心中大悦，再欲有问，老人已申嘱道："十年后当佐命兴国；十三年后，孺子可至济北谷城山下，如见有黄石，就算是我了。"说毕遂去。此时夜色苍茫，空中虽有淡月，究不能看明字迹，良乃怀书亟返。卧了片刻，天已大明，良急欲读书，霍然而起，即将书展阅。书分三卷，卷首注明太公兵法，当然惊喜。他亦知太公为姜子牙，熟谙韬略，为周文王师，唯所传兵法，未曾览过，此次由老人传授，叫他诵读，想必隐寓玄机。嗣是勤读不辍，把太公兵法三卷，念得烂熟。古谚有云：熟能生巧，张良既熟读此书，自然心领神会，温故生新，此后的兴汉谋划，全靠这太公兵法，融化出来。唯圯上老人，究系何方人氏，或疑他是黄石化身，非仙即怪。若编入寻常小说，必且鬼话连篇，捏造出许多洞府，许多法术。小子居今稽古，征文考献，虽未免有谈仙说怪等书，但多是托诸寓言，究难信为实事。就是圯上老人黄石公，大约为周秦时代的隐君子，饱览兵书，参入玄妙，只因年已衰老，不及待时，所以传授张良，俾为帝师。后来张良从汉高祖过济北，果见谷城山下，留一黄石，乃取归供奉，计与圯上老人相见，正阅一十三年，这安知非老人尚在，特留黄石以践前言。况老人既预知未来时事，怎见得不去置石，否则张良殁后，将黄石并葬墓内，为什么不见变化呢？夹入论断，扫除一切怪谈。话休叙烦。

再说始皇自上党回都，为了博浪沙一击，未敢远游，但在宫中安乐。一住三年，渐渐的境过情迁，又想出宫游幸。他以为京畿一带，素为秦属，人民向来安堵，总可任我驰驱，不生他变，但尚恐有意外情事，特屏去仪仗，扮作平民模样，微服出宫，省得途人注目。随身带着勇士四名，也令他暗藏兵器，不露形迹，以便保护。一日正在微行，忽听道旁有数人唱歌，歌云：

神仙得者茅初成，驾龙上升入太清，时下玄洲戏赤城，继世而往在我盈，帝若学之腊嘉平。

始皇听得这种歌谣，一时不能索解，遂向里中父老询明歌中的语意，父老便据他平日所闻，约略说明。原来太原地方，有一茅盈，研究道术，号为真人。他的曾祖名濛，表字初成，相传在华山中，得道成仙，乘云驾龙，白日升天。这歌谣便是茅濛传下，流播邑中，因此邑人无不成诵，随口讴吟。始皇欣然道："人生得道，果可成仙么？"父老不知他是当代皇帝，但答称人有道心，便可长生！既得长生，便可成仙。始皇不禁点首，遂与父老相别，返入宫中，依着歌中末句的意思，下诏称腊月为嘉平月，算作学仙的初基。复在咸阳东境，择地凿池，引入渭水，潴成巨浸，长二百里，广二十里，号为兰池。池中垒石为基，筑造殿阁，取名蓬瀛，就是将蓬莱瀛洲，并括在内的痴想。又选得池中大石，命工匠刻作鲸形，长二百丈，充做海内的真鲸。不到数月，便已竣工，始皇就随时往来，视此地如海上神山，聊慰渴望。实是呆鸟。

不意仙窟竟成盗薮，灵沼变做萑蒲，都下有几个暴徒，亡命兰池中，昼伏夜出，视同巢穴。始皇哪里知晓，日日游玩，未见盗踪。某夕乘着月色，又带了贴身武士四人，微行至兰池旁，适值群盗出来，一拥上前，夹击始皇。始皇慌忙避开，倒退数步，吓做一团，亏得四武士拔出利刃，与群盗拼命奋斗，才得砍倒一人。盗众尚未肯退，再恶狠狠的持械力争，究竟盗众乌合，不及武士练就武工，杀了半晌，复打倒了好几个，余盗自知不敌，方呼啸一声，觅路逃去。始皇经此一吓，把游兴早已打消，急忙由武士卫掖，拥他回宫。诘旦有严旨传出，大索盗贼。关中官吏，当然派兵四缉，提了几个似盗非盗的人物，毒刑拷讯。不待犯人诬伏，已早毙诸杖下。官吏便即奏报，但说是已得罪人，就地处决。始皇尚一再申斥，责他防检不严，申令搜缉务尽。官吏不得不遵，又复挨户稽查，骚扰了好几天，直至二旬以后，才得消差。自是始皇不再微行。

忽忽间又过一年，始皇仍梦想求仙，念念不忘，暗思仙术可求，不但终身不死，就是有意外情事，亦能预先推测，还怕什么凶徒？主见已定，不能不冒险一行，再命东游，出抵碣石。适有燕人卢生，业儒不就，也借着求仙学道的名目，干时图进。遂往谒始皇，凭着了一张利口，买动始皇欢心，始皇就叫他航海东去，访求古仙人羡门高誓。卢生应声即往，好几日不见回音，始皇又停踪海上，耐心守候，等到望眼将穿，方得卢生回报。卢生一见始皇，行过了礼，便捏造许多言词，自称经过何处，得入何宫，满口的虚无缥渺，夸说了一大篇，然后从怀中取出一书，捧呈始皇，谓仙药虽不得取，仙书却已抄来。始皇接阅一周，书中不过数百言，统是支离恍惚，无从了解。唯内有亡秦者胡一语，映入始皇目中，不觉暗暗生惊。此语似应后谶，不识卢生从何采入？他想胡是北狄名称，往古有獯鬻猃狁等部落，占据北方，屡侵中国，辗转改名，叫作匈奴。现在匈奴尚存，部落如故，据仙书中意义，将来我大秦天下，必为胡人所取，这事还当了得？趁我强盛时候，除灭了他，免得养痈贻患，害我子孙。当下收拾仙书，令卢生随驾同行，移车北向，改从上郡出发，一面使将军蒙恬，调兵三十万人，北伐匈奴。

匈奴虽为强狄，但既无城郭，亦无宫室，土人专务畜牧，每择水草所在，作为居处，水涸草尽，便即他往。所推戴的酋长，也不过设帐为庐，披毛为衣，宰牲为食，差不多与太古相类。只是身材长大，性质强悍，礼义廉耻，全然不晓，除平时畜牧外，一味的跑马射箭，搏兽牵禽。有时中国边境，空虚无备，他即乘隙南下，劫夺一番。所以中国人很加仇恨，说他是犬羊贱种。独史家称为夏后氏远孙淳维后裔，究竟确实与否，小子也无从证明。但闻得衰周时代，燕赵秦三国，统与匈奴相近，时常注重边防，筑城屯兵，所以匈奴尚不敢犯边，散居塞外。匈奴源流不得不就此略叙。此次秦将军蒙恬，带着大兵，突然出境，匈奴未曾预备，骤遇大兵杀来，如何抵挡，只好分头四窜，把塞外水草肥美的地方，让与秦人。这地就是后人所称的河套，在长城外西北隅，秦人号为河南地，由蒙恬划土分区，析置四十四县，就将内地罪犯，移居实边；再乘胜斥逐匈奴，北逾黄河，取得阴山等地，分设三十四县。便在河上筑城为塞，并把从前三国故城，一体修筑，继长增高，西起临洮，东达辽东，越山跨谷，延袤万余里，号为万里长城。看官！你想此城虽有旧址，恰是断断续续，不相连属，且东西两端，亦没有这般延长，一经秦将军蒙恬监修，才有这流传千古的长城，当时需工若干，费财若干，实属无从算起，中国人民的困苦，可想而知，毋容小子描摹了。小子有诗叹道：

鼛鼓频鸣役未休，长城增筑万民愁。
亡秦毕竟谁阶厉？外患虽宁内必忧。

长城尚未筑就，又有一道诏命，使将军蒙恬遵行。欲知何事，请看下回。

博浪沙之一击，未始非志士之所为，但当此千乘万骑之中，一椎轻试，宁必有成，幸而张良不为捕获，尚得重生，否则如荆卿之入秦，杀身无补，徒为世讥，与暴秦果何损乎？苏子瞻之作《留侯论》，谓幸得圯上老人，有以教之，诚哉是言也！彼始皇之东巡遇椎，微行厄盗，亦应力惩前辙，自戒佚游，乃惑于求仙之一念，再至碣石，遣卢生之航海，得图谶而改辕。北经上郡，遽发重兵，逐胡不足，继以修筑长城之役，其劳民为何如耶？后人或谓始皇之筑长城，祸在一时，功在百世，亦思汉晋以降，外患相寻，长城果足恃乎？不足恃乎？天子有道，守在四夷，筑城亦何为乎！

第五回　信佞臣尽毁诗书
筑阿房大兴土木

却说蒙恬方监筑长城，连日赶造，忽又接到始皇诏旨，乃是令他再逐匈奴。蒙恬已返入河南，至此不敢违诏，因复渡河北进，拔取高阙陶山北假等地。再北统是沙碛，不见行人，蒙恬乃停住人马，择视险要，分筑亭障，仍徙内地犯人居守，然后派人奏报，伫听后命。嗣有复诏到来，命他回驻上郡，于是拔塞南归，至行宫朝见始皇。始皇正下令回都，匆匆与蒙恬话别，使他留守上郡，统治塞外。并命辟除直道，自九原抵云阳，悉改坦途。蒙恬唯唯应命，当即送别始皇，依旨办理。此时的万里长城，甫经修筑，役夫约数十万，辛苦经营，十成中尚只二三成，粗粗告就，偏又要兴动大工，开除直道，这真是西北人民的厄运，累得叫苦不迭！又况西北一带，多是山地，层岭复杂，深谷潆洄，欲要一律坦平，谈何容易。怎奈这位蒙恬将军，倚势作威，任情驱迫，百姓无力反抗，不得不应募前去，今日堑山，明日堙谷，性命却拼了无数，直道终不得完工；所以秦朝十余年间，只闻长城筑就，不闻直道告成，空断送了许多民命，耗费了许多国帑，岂不可叹！一片凄凉呜咽声。

越年为秦始皇三十三年，始皇既略定塞北，复思征服岭南，岭南为蛮人所居，未开文化，大略与北狄相似，唯地方卑湿，气候炎熇，山高林密等处，又受热气熏蒸，积成瘴雾，行人触着，重即伤生，轻亦致病，更利害的是毒蛇猛兽，聚居深箐，无人敢撄。始皇也知路上艰难，不便行军，但从无法中想出一法，特令将从前逃亡被获的人犯，全体释放，充作军人，使他南征。又因兵额不足，再索民间赘婿，勒令同往。赘婿以外，更用商人充数，共计得一二十万人，特派大将统领，克日南行。可怜咸阳桥上，爷娘妻子，都来相送，依依惜别，哭声四达。那大将且大发军威，把他赶走，不准喧哗。看官，你道这赘婿商人，本无罪孽，为何与罪犯并列，要他随同出征呢？原来秦朝旧制，凡入赘人家的女婿，及贩卖货物的商人，统视作贱奴，不得与平民同等，所以此次南征，也要他行役当兵。这班赘婿商人，无法解免，没奈何辞过父母，别了妻子，衔悲就道，向南进行。途中越山逾岭，备尝艰苦，好多日才至南方，南蛮未经战阵，又无利械，晓得什么攻守的方法，而且各处散居，势分力薄，蓦然听得鼓声大震，号炮齐鸣，方才有些惊疑。登高遥望，但见有大队人马，从北方迤逦前来，新簇簇的旗帜，亮晃晃的刀枪，雄纠纠的武夫，恶狠狠的将官，都是生平未曾寓目，至此才得瞧着，心中一惊，脚下便跑，哪里还敢对敌？有几个蛮子蛮女，逃走少慢，即被秦兵上前捉住，放入囚车。再向四处追逐蛮人，蛮人逃不胜逃，只好匍匐道旁，叩首乞怜，情愿充作奴仆，不敢抗命。叙写南蛮，与前回北伐匈奴时，又另是一种笔墨。其实秦兵也同乌合，所有囚犯赘婿商人，统未经过训练，也没有什么技艺，不过外面形式，却是有些可怕，侥幸侥幸，竟得吓倒蛮人，长驱直入。不到数旬，已将岭南平定，露布告捷。旋得诏令颁下，详示办法，命将略定各地，分置桂林南海象郡，设官宰治。所有岭南险要，一概派兵驻守。岭南即今两粤地，旧称南越，因在五岭南面，故称岭南。五岭就是大庾岭，骑田岭，都庞岭，萌渚岭，越城岭，这是古今不变的地理。唯秦已取得此地，即将南征人众，留驻五岭，镇压南蛮。又复从中原调发多人，无非是囚犯赘婿商人等类，叫他至五岭间助守，总名叫做谪戍，通计得五十万人。这五十万人离家远适，长留岭外，试想他愿不愿呢！近来西国的殖民政策，也颇相似，但秦朝是但令驻守，不令开垦，故得失不同。

独始皇因平定南北，非常快慰，遂在咸阳宫中，大开筵宴，遍饮群臣。就中有博士七十人，奉觞称寿，始皇便一一畅饮。仆射周青臣，乘势贡谀，上前进颂道："从前秦地不过千里，仰赖陛下神圣，平定海内，放逐蛮夷，日月所照，莫不宾服，当今分置郡县，外轻内重，战斗不生，人人乐业，将来千世万世，传将下去，还有什么后虑？臣想从古到今，帝王虽多，要象陛下的威德，实是见所未见，闻所未闻。"始皇素性好谀，听到此言，越觉开怀。偏有博士淳于越，本是齐人，入为秦臣，竟冒冒失失的，起座插嘴道："臣闻殷周两朝，传代久远，少约数百年，多约千年，这都是开国以后，大封子弟功臣，自为枝辅。今陛下抚有海内，子弟乃为匹夫，倘使将来有田常等人，从中图乱，淳于越究是齐人，所以仅知田常。若无亲藩大臣，尚有何人相救？总之事不师古，终难持久，今青臣又但知谀媚，反为陛下重过，怎得称为忠臣！还乞陛下详察！"始皇听了，免不得转喜为怒，但一时却还耐着，便即遍谕群臣，问明得失。当下有一大臣勃然起立，朗声启奏道："五帝不相因，三王不相袭，治道无常，贵通时变。今陛下手创大业，建万世法，岂愚儒所得知晓！且越所言，系三代故事，更不足法，当时诸侯并争，广招游学，所以百姓并起，异议沸腾，现在天下已定，法令划一，百姓宜守分安已，各勤职业，为农的用力务农，为工的专心作工，为士的更应学习法令，自知避禁，今诸生不思通今，反想学古，非议当世，惑乱黔首，这事如何使得？愿陛下勿为所疑！"始皇得了这番言语，又引起余兴，满饮了三大觥，才命散席。看官道最后发言的大员，乃是何人？原来就是李斯。李斯此时，已由廷尉升任丞相，他本是创立郡县，废除封建的主议，见第二回。得着始皇信用，毅然改制，经过了六七年，并没有什么弊病，偏淳于越独来反对，欲将已成局面，再行推翻，真正是岂有此理！为此极力驳斥，不肯少容。淳于越却是多事。到了散席回第，还是余恨未休，因复想出严令数条，请旨颁行，省得他人再来饶舌。当下草就奏章，连夜缮就，至翌晨入朝呈上，奏中说是：

丞相李斯昧死上言：古者，天下散乱，莫之能一，是以诸侯并作，语皆道古以害今，饰虚言以乱实，人善其所私学，以非上之所建立。今皇帝并有天下，别黑白而定一尊。私学而相与非法教，人闻令下，则各以其学议之。入则心非，出则巷议，夸主以为名，异趣以为高，率群下以造谤。如此弗禁，则主势降乎上，党与成乎下。禁之便！臣请：史书非秦纪皆烧之；非博士官所职，天下敢有藏诗书百家语者，悉诣守尉杂烧之；有敢偶语诗书，弃市；以古非今者族；吏见知不举者与同罪。令下三十日不烧，黥为城旦。刺面成文为黥，即古墨刑，城旦系发边筑城，每旦必与劳役，为秦制四岁刑。所不去者，医药卜筮种树之书，若欲有学法令，以吏为师。庞言息而人心一，天下久安，永誉无极。谨昧死以闻。

这篇奏章，呈将进去，竟由始皇亲加手笔，批出了一个可字。李斯当即奉了制命，号令四方，先将咸阳附近的书籍，一体搜索，视有诗书百家语，尽行烧毁，依次行及各郡县，如法办理。官吏畏始皇，百姓畏官吏，怎敢为了几部古书，自致犯罪，一面将书籍陆续献出，一面把书籍陆续烧完，只有曲阜县内孔子家庙，由孔氏遗裔藏书数十部，暗置复壁里面，才得保存。此外如穷乡僻壤，或尚有几册留藏，不致尽焚，但也如麟角凤毛，不可多得。唯皇宫所藏的书籍，依然存在，并未毁去，待至咸阳宫尽付一炬，烧得干干净净，文献遗传，也遭浩劫，煞是怪事！无非愚民政策。

一年易过，便是始皇三十五年，始皇厌故喜新，又欲大兴土木，广筑宫殿，乘着临朝时候，面谕群臣道："近来咸阳城中，户口日繁，屋宇亦逐渐增造，朕为天下主，平时居住只有这几所宫殿，实不敷用。从前先王在日，不过据守一隅，所筑宫廷，不妨狭小，自朕为皇帝后，文武百官，比前代多寡不同，未便再拘故辙。朕闻周文都丰，周武都镐，丰镐间本是帝都，朕今得在此定居，怎得不扩充规制，抗迹前王！未知卿等以为何如？"群臣闻命，当然连声称善，异口同辞。于是在渭南上林苑中，营作朝宫，先命大匠绘成图样，务期规模阔大，震古铄今，各匠役费尽心思，才得制就一个样本，呈入御览。复经始皇按图批改，某处还要增高，某处还要加广，也费了好几日工夫，方将前殿图样，斟酌完善，颁发出去，令他照样赶筑；此外陆续批发，次第经营。匠役等既经奉命，就将前殿筑造起来，役夫不足，当由监工大吏，发出宫刑徒刑等人，一并作工，逐日营造。相传前殿规模，东西五百步，南北五十丈，分作上下两层，上可坐万人，下可建五丈旗，四面统有回廊，可以环绕，廊下又甚阔大，无论高车驷马，尽可驱驰。再经殿下筑一甬道，直达南山，上面都有重檐覆盖，迤逦过去，与南山相接，就从山巅竖起华表，作为阙门。殿阙既就，随筑后宫，五步一楼，十步一阁，不消细说。监工人员，与作工役夫，统已累得力尽筋疲，才算把前殿营造，大略告就。偏始皇又发诏令，说要上象天文，天上有十七星，统在天极紫宫后面，穿过天汉，直抵营室。今咸阳宫可仿天极，渭水不啻天汉，若从渭水架起长桥，便似天上十七星的轨道，可称阁道。因此再命加造桥梁，通过渭水。渭水两岸，长约二百八十步，筑桥已是费事，且桥上须通车马，不能狭隘，最少需五六丈，这般巨工，比筑宫殿还要加倍。始皇也不管民力，不计工费，但教想得出，做得到，便算称心。需用木石，关中不足，就命荆蜀官吏，随地采办，随时输运。工役亦依次征发，逐届加添，除匠人不计外，如宫徒两刑犯人，共调至七十万有奇。他尚以为人多事少，再分遣筑宫役夫，往营骊山石椁，所以此宫一筑数年，未曾全竣，到了始皇死后，尚难完成。唯当时宫殿接连，照图计算，共有三百余所，关外且有四百余所，复压至三百多里，一半已经筑就，不过装璜垩饰，想还欠缺，就中先造的前殿，已早告成。时人因他四阿旁广，叫做阿房。其实始皇当日，欲俟全工落成，取一美名，后来病死沙邱，终不能偿此宿愿，遂至阿房宫三字，长此流传，作为定名了。实是幻影。

且说始皇既筑阿房宫，不待告竣，便将美人音乐，分宫布置，免不得有一番忙碌。适有卢生入见，始皇又惹起求仙思想，便问卢生道："朕贵为天子，所有制作，无不可为，只是仙人不能亲见，不死药无从求得，如何是好！"卢生便信口答道："臣等前奉诏令，往求仙人，并及灵芝奇药，曾受过多少风波，终未能遇，这想是有鬼物作祟，隐加阻害。臣闻人主欲求仙术，必须随时微行，避除恶鬼，恶鬼远离，真人便至；若人主所居，得令群臣知晓，便是身在尘凡，不能招致真人，真人入水不濡，入火不爇，乘云驾雾，到处可至，所以万年不死，寿与天地同长。今陛下躬亲万机，未能恬淡，虽欲求仙，终恐无益。自今以后，愿陛下所居宫殿，毋使外人得知，然后仙人可致，不死药亦可得呢。"全是瞎说。这一席话，说得始皇爽然若失，不禁唏嘘道："怪不得仙人难致，仙药难求！原来就中有这般阻难，朕今才如梦初觉了。但朕既思慕真人，便当自称真人，此后不再称朕，免为恶鬼所迷。"面前就是恶鬼，奈何不识。卢生即顺势献谀道："究竟陛下圣明天纵，触处洞然，指日就可成仙了。"指日就要变鬼了。说毕，即顿首告退。看官试想始皇为人，虽然有些痴呆，究竟非妇孺可比；况并吞六国，混一区宇，总有一番英武气象，为什么听信卢生，把一派荒诞绝伦的言语，当作真语相看，难道前此聪明，后忽愚昧么？小子听得乡村俗语云：聪明一世，懵懂一时，越是聪明越是昏，想始皇一心求仙，所以不多思索，误入迷途呢。

自经始皇迷信邪言，遂令咸阳附近二百里内，已成宫观二百余所，统要添造复道甬道，前后联接，左右遮蔽，免得游行时为人所见，瞧破行踪。并令各处都设帷帐，都置钟鼓，都住妃嫱，其余一切御用物件，无不具备。今日到这宫，明日到那宫，一经趋入，便是吃也有，穿也有，侑觞伴寝，一概都有。只是这班宋子齐姜，吴姬赵女，拨入阿房宫里，伺候颜色，打扮得齐齐整整，袅袅婷婷，专待那巫峡襄王，来做高唐好梦。有几个侥幸望着，总算不虚此生，仰受一点圣天子的雨露。但也不过一年一度，仿佛牛郎织女，只许七夕相会，还有一半晦气的美人，简直是一生一世，盼不到御驾来临，徒落得深宫寂寂，良夜凄凄。后人杜牧尝作阿房宫赋，中有数语云：

妃嫔媵嫱，王子皇孙，辞楼下殿，辇来于秦。朝歌夜弦，为秦宫人。明星荧荧，开妆镜也；绿云扰扰，梳晓鬟也；渭流涨腻，弃脂水也；烟斜雾横，焚椒兰也；雷霆乍惊，宫车过也；辘辘远听，杳不知其所之也。一肌一容，尽态极妍，缦立远视，而望幸焉，有不得见者，三十六年。

内多怨女，外多旷夫，兴朝景象，岂宜若此！那始皇尚执迷不悟，镇日里微行宫中，不使他人闻知。且令侍从人员，毋得漏泄，违命立诛。侍从自然懔遵，不过始皇是开国主子，究竟不同庸人，所有内外奏牍，仍然照常批阅，凡一切筑宫人役，劳绩可嘉，便令徙居骊邑云阳，十年免调。总计骊邑境内，迁住三万家，云阳境内，迁住五万家，又命至东海上朐界中，立石为表，署名东门。他以为皇威广被，帝德无涯，哪知百姓都愿守土著，不乐重迁，虽得十年免役，还是怨多感少，忍气吞声。始皇何从知悉？但觉得言莫予违，快乐得很。

一日游行至梁山宫，登山俯瞩，忽见有一队人马，经过山下，武夫前呵，皂吏后随，约不下千余人，当中坐着一位宽袍大袖的人员，也是华丽得很，可惜被羽盖遮住，无从窥见面目。不由的心中惊疑，便顾问左右道：“这是何人经过，也有这般威风？”左右仔细审视，才得据实复陈。为了一句答词，遂令始皇又起猜嫌。小子有诗咏道：

欲成大德务宽容，宁有苛残得保宗！
怪底秦皇终不悟，但工溪刻好行凶。

究竟山下是何人经过。容至下回发表。

始皇之南征北略，已为无名之师，顾犹得曰华夷大防，不可不严，乘锐气以逐蛮夷，亦圣朝所有事也。乃误信李斯之言，烧诗书，燔百家语，果奚为者？诗书为不刊之本，百家语亦有用之文，一切政教，恃为模范，顾可付诸一炬乎？李斯之所以敢为是议者，乃隐窥始皇之心理，揣摩迎合耳。天下非一人之天下，岂一人所得而私？始皇不知牖民，但务愚民，彼以为世人皆愚，而我独智，则人莫予毒，可以传世无穷。庸讵知其不再传而即止耶！若夫阿房之筑，劳役万民，图独乐而忘共乐，徒令怨女旷夫，充塞内外，千夫所指，无疾而死，况怨旷者之数不胜数乎！其亡也忽，谁曰不宜！

第六回　阬深谷诸儒毙命
得原璧暴主惊心

却说梁山下面，经过的大员，就是丞相李斯。当由始皇左右，据实陈明，始皇道："丞相车骑，果如此威风么？"这句说话，明明是含有怒意。左右从旁窥透，便有人报知李斯。李斯听说，吃惊不小，嗣是有事出门，减损车从，不复如前，偏又被始皇看见，越觉动疑，便将前日在梁山宫时，所有侍从左右，一律传到，问他何故泄漏前言？左右怎敢承认，相率狡赖，惹得始皇怒不可遏，竟命武士进来，把左右一齐绑出，悉数斩首。冤酷之至。余人无不股栗，彼此相戒，永不多言。卢生屡给始皇，免不得暗地心虚，私下与韩客侯生商议道："始皇为人，天性刚戾，予智自雄，幸得并吞海内，志骄意满，自谓从古以来，无人可及，虽有博士七千人，不过备员授禄，毫不信用。丞相诸大臣，又皆俯首受成，莫敢进言。尚且任刑好杀，亲幸狱吏，天下已畏罪避祸，裹足不前。我等近虽承宠，锦衣美食，但秦法不得相欺，不验辄死，仙药岂真可致？我也不愿为求仙药，不如见机早去，免受祸殃。"真是乖刁。侯生也以为然，遂与卢生乘隙逃去。

及始皇闻知，追捕无及，不由的大怒道："我前召文学方士，并至都中，无非欲佐致太平，炼求奇药。今徐市等费至巨万，终不得药，卢生等素邀厚赐，今反妄肆诽谤，敢加侮蔑。我想方士如此，其他可知。现在咸阳诸生，不下数百，必有妖言构造，煽惑黔首。我已使人探察，略得情伪，此次更不得不彻底清查了。"随即颁诏出去，令御史案问诸生，讯明呈报。御史等隐承意旨，传集诸生数百人，问他有无妖言惑众等情，诸生等俱齐声道：“圣明在上，某等怎敢妄议？”说尚未毕，但听得一声惊堂木，出人意外。接连有厉声相诃道：“汝等若不用刑，怎肯实供！”说着，即喝令皂役，取出许多刑具，把诸生拖翻地上，或加杖，或加笞，打得诸生皮开肉烂，鲜血直喷。有几个凄声呼冤，又经问官令加重刑。三木之下，何求不得，没奈何屈打成招，无辜诬伏。问官煞是厉害，再把供词深文锻炼，辗转牵引，遂构成一场大狱，砌词朦奏。始皇反说他有治狱才，立即准词批复，饬将犯禁诸生，一体处死，使天下知所惩戒，不敢再犯。可怜诸生遭此惨祸，尽被狱卒如法捆绑，推出咸阳市上，共计得四百六十余人。可巧始皇长子扶苏，入宫省父，瞥见市上一班罪犯，统是两手反翦，踯躅前来，面上都带惨容，口中尚有吁词，情既可怜，迹亦可悯，遂商诸监刑官，叫他暂时停刑，俟自己奏请后，再行定夺。监刑官见是扶苏，自然不敢反抗，连声相应。扶苏忙抢步入宫，寻见始皇，好容易才得觅着，行过了问省礼，便向始皇进谏道：“天下初定，黔首未安，诸生皆诵法孔子，习知礼义，今若绳以重法，概处死刑，臣恐人心不服，反累圣聪。还求陛下特沛仁恩，酌予赦免。”道言甫毕，即闻始皇盛怒道：“孺子何知？也来多言！此处用你不着，你可北赴上郡，监督蒙恬，快将长城直道，赶紧造就，我就要北巡了。”扶苏见始皇面带威稜，料知不好再谏，只得奉谕出宫，饬人报知监刑官，述明情形。监刑官怎好再缓，索性将四百六十多个儒生，尽驱入深谷中，上面抛掷土石，霎时间将谷填满，一班读书士子，冤魂相接，统入枉死城中去了。恐枉死城中尚是容受不住。

扶苏闻诸生坑死，也为泪下，只因父命在身，未敢稽留，只得匆匆北去。也是前去送死。始皇虽尽坑咸阳诸生，尚嫌不足，意欲将四方名士，悉数屠灭，才得斩草除根，不留遗种。唯一旦下诏，叫地方官尽杀文人，究未免令出无名，反致骚动天下，况文人多半狡猾，一闻命令，或即远飏，如卢生侯生等类，在逃未获，终致漏网，岂不可虑！于是辗转图维，竟得想就了一个妙策，下诏求才，限令地方官访求名儒，送京录用。地方官当即采访，便有许多梯荣干进的儒生，冒死应征。不到数月，已由各处保送，陆续赴都，准备召见。始皇大喜，一齐宣入，检点人数，约有七百名，半系耆年，半系后进。当即温言询问，得了答词，或通经，或善文，尽命左右证明履历，然后令退。越宿即传出一道旨意，命七百人都为郎官。七百人得此恩诏，真个是意外高升，弹冠相庆，热中者其听诸。便即联翩入宫，舞蹈谢恩。

转瞬间已届寒冬，忽由骊山守吏，报称马谷地方，有瓜成实，累累可观。始皇便召集郎官，故意惊问道："现当严寒时候，果实皆残，为何马谷生出瓜来？卿等稽古有年，可能道出原因否？"诸郎官闻此异事，倒也暗暗称奇，但又不敢不对答数语。有的说是瑞兆，有的说是咎征，聚讼盈庭，莫衷一是。还是始皇定出主意，叫他同往马谷，亲去审视，方足核定灾祥。各郎官也欲亲往一瞧，验明真伪，随即联袂出都。一口气跑至马谷，果然谷中有瓜数枚，新鲜得很，大众越加惊讶，互相猜疑。正在纷纷议论的时候，猛闻得有爆裂声，不由的慌张四望，说也奇怪，那一声暴响后，便有许多土石，从头上压来。急忙忍痛四窜，觅路欲奔，偏偏谷口外面，已被木石塞住，不留一隙。大众到此，才知始皇是设计阴险，巧为陷害，彼此懊悔无及，哭作一淘。过了数时，都已被木石打倒，骈死谷中。谁叫你等想做高官。看官阅此，应已晓得马谷坑儒的冤案，但冬令如何有瓜，不免费后人疑猜。原来骊山下有温泉，通入马谷，谷中包含热气，无论天时寒暖，常生草木。始皇密令心腹，至谷内植下瓜种，逐渐发生，竟得结实。诸生哪里晓得毒谋，遂为始皇所欺，骗到谷中。那时谷外已预设伏机，一经诸生入谷，便有人扳动机捩，乱抛土石，且把谷口塞断，使他无从飞越，除死以外无他法，七百人竟不留一个。后人称马谷为坑儒谷，或号为愍贤乡，至唐明皇时，又改为旌贤乡，这是后话不提。

且说始皇在世，刻忌的了不得，不但读书士人，冤冤枉枉的死了无算，就是海内百姓，也为了连年徭役，吃尽了许多苦楚，并没有什么封赏。就中只有两人，得叨恩眷，亲受封旌。一个是乌氏县中的贩竖，名叫做倮，一个是巴郡中的寡妇，名叫做清。倮素畜牧，至畜类蕃盛，便即出售，赚了若干银钱，便去改买细绢，运往西戎兜销。戎人素着毛褐，从未见过花花色色的缯彩，一经见到，都是啧啧称羡，立向戎王报知。戎王召倮入见，看了许多缯物，即把玩流连，不忍释手，也是倮福至心灵，便挑选上等细匹，双手奉献。戎王不禁大悦，情愿偿还价值，只苦西戎境内，没有金银，只有牲畜，当下命将牲畜给倮，约千百头，作为缯价，倮乐得收受，谢别戎王，驱归牲畜，再至内地销售，赢利十倍。又辗转豢养马牛，越养越多，数不胜计，连圈笠都不够容纳，索性购置一座山园，就将马牛等驱至谷内，朝出暮羁，但教谷中满足，便算没有走失。从来富可致贵，钱足通灵，不知如何运动官长，竟将他奏闻始皇，说他专心畜牧，因致巨富。若非阿堵物上献，则倮本贩夫，为秦所贱，怎得仰邀封赏。好容易得了一道恩诏，竟比倮为封君，准他按时入都，得与群臣同班朝贺，号为朝请。一介贾竖，居然参入朝班，岂非异数？那寡妇清青年守节，靠着祖传的丹穴，作为生计，克勤克俭，享有巨资，她恐盗贼抢劫，也随时取出金帛，馈送官吏。官吏也派兵保护，严拒盗贼，又复代为出奏，说她如何矢志，如何持家。始皇平日未尝不好色宣淫，独对着民间妇女，偏要他男女有别，谨守防闲。既得巴郡奏举，便下一特旨，叫寡妇清入朝见驾。寡妇清是个女中丈夫，闻命以后，一些儿没有惊惶，当即带着行囊，乘传入都，沿途守吏，因寡妇清由朝廷征召，来历很大，当然不敢怠慢，一切照料，格外周到。妇人就征，却是难得。寡妇清既至咸阳，就将囊中所贮白镪，散给始皇心腹，当有人代为称誉，预达始皇。无非是要钱财做出。始皇即命引见，寡妇清放胆进去，跪下丹墀，九叩三呼，均皆合节。始皇见她楚楚有礼，特垂青眼，命她起身，且嘱左右取过金墩，赐令旁坐。秦朝制度，阶级很不平等，就是当朝丞相，也只得在旁站立，从不闻有赐坐等情。偏这位巴蜀妇人，初次登殿，竟沐这般厚恩，居然以客礼相待，引得两旁文武，无不惊奇。及始皇好言慰问，寡妇清亦应对周详，并无仓皇态度。始皇甚喜，优加赏赐。经清起身拜谢，便欲告辞，又由始皇留住数日，使得周游咸阳宫，然后命归。一别出都，长途无恙，又由官吏沿路欢送，供应与前相同。至清既归家，即有郡守前来问候，据言朝命复下，当为夫人筑一怀清台，旌扬贞节。寡妇清倍加欣慰。果然不日兴工，即就寡妇清所居乡中，倚山建筑，造成一台，颜曰怀清。至今蜀中名为台山，或称贞女山，便是秦时寡妇清居处。事且慢表。

再说始皇三十六年，荧惑守心，焚惑与心皆星名。有流星坠于东郡，化成一石，石上留有字迹，好象有人雕镌。仔细认明，乃是始皇帝死而地分，共得七字，这事虽属希奇，究竟无关紧要，似不必报达朝廷。无如始皇尝下命令，凡世间无论何事，俱由地方官奏闻，不准隐匿。东郡郡守，既得将怪石验明，不敢不报。始皇大怒道："什么怪石！大约是莠民呪我，刻石成词，非派员查明，不能惩奸！"说着，即遣御史速往东郡，严行究治。御史奉诏，立即出发，驰往东郡，传问石旁人民，统说是天空下坠，无人刻字。御史但务严酷，拷讯多日，不得实供，因即使人驰报。谁知始皇还要刻毒，即日传诏，饬将石旁居民，全体诛戮，并将怪石毁去。御史遵诏施行，又晦气了许多百姓，身首两分，石头也遭劫火，变成泥沙，事毕复命。始皇单怕一个死字，虽将石头灭迹，心中尚觉不快。乃使博士各咏仙真人诗，共若干首，无非是长生不死等语，当下付与乐人，叫他谱入管弦，作为歌曲。每出游幸，即令乐工歌弹，消遣愁怀。也是无聊之极思。

到了秋日，有使臣从关东来，经过华阴，出平舒道，忽有一人持璧相授，且与语道："可替我赠滈池君，今年祖龙当死。"使臣愕然不解，再欲详问，那人倏然不见，惊得使臣莫名其妙。顾视手中，璧仍携着，未尝失去。料知事必有因，只好入都报闻。始皇把璧取视，璧上也没有什么怪异，一面摩挲，一面思量，好多时才启口道："汝在华阴相遇，定是华山脚下的山鬼，山鬼有何智识。就使稍有知觉，也不过晓得眼前情事，至多不出一年，何足凭信！"使臣不敢多言，默然自退。始皇又自言自语道："祖龙两字，寓何意义？人非祖宗，身从何来？是祖字应该作始字解；龙为君象，莫非果应在我身不成！"继又自慰道："祖龙是说我先人，我祖亦曾为王，早已死去，这等荒诞无稽的说话，睬他什么？"恰有此种心理，一经作者摹写，比史家叙得有味。当下将璧交与御府，府中守吏，却认得此御府故物，谓从前二十八年时，东行渡江，曾将此璧投水祀神，今不知如何出现，也觉不解。始皇听了，越觉心下动疑，踌躇莫决。不得已召入太卜，叫他虔诚卜卦，辨定吉凶。太卜遂向神祷告，演出龟兆，证诸三易，连山、归藏、周易，号为三易。辞义多半深奥，未尽明了。太卜不便直告，但云游徙最吉。仍是迎合上意。始皇暗想，我可游不可徙，民可徙不可游，不如我游民徙，双方并作，当可趋吉避凶。但又恐山鬼所言，今年当死，一或出游，未免遭人暗算，我且在年内徙民，年外出游，便可无虑了。于是颁诏出去，命将内地百姓三万家，分徙河北榆中。百姓并无事故，又要离乡背井，扶老携幼，辛辛苦苦的历碌奔波，这种不幸情事，真是出诸意外，没奈何吞声饮恨，遵旨移徙去了。

秋去冬来，便经残腊，始皇只恐致死，深居简出。静养了好几月，居然疾病不作，安稳过年。一出正月，即夏正十月。始皇心宽体泰，把数月间的惊惶情态，已尽消释，便即下诏出巡。史称始皇三十七年十月东巡，同年七月至沙邱而崩，想是编年准诸秦法，纪月准诸夏正，否则，十月之后，何又有七月耶。这番巡行，却是不循原辙，特向东南出发。法驾具备，但留右丞相冯去疾居守。本拟令少子胡亥，与去疾同在都中，偏胡亥年已弱冠，也想从父出游，一扩眼界，便即禀请乃父，托名随侍，乞许偕行。始皇本爱怜少子，又见他具有孝思，欣然允诺，遂令他随着，陪辇出都。所有侍从人等，不胜缕述。最著名的乃是左丞相李斯，及中车府令赵高。

赵高是一个阉竖，在宫服役，生性非常刁猾，善伺人主颜色，又能强记秦朝律令，凡五刑细目若干条，俱能默诵。始皇尝披阅案牍，遇有刑律处分，稍涉疑义，一经赵高在旁参决，无不如律。始皇就说他明断有识，强练有才，竟渐加宠信，擢为中车府令，且使教导少子胡亥，判决讼狱。胡亥少不更事，又是个皇帝爱子，怎肯静心去究法律？一切审判，均委赵高代办。赵高熟悉始皇性情，遇着刑案，总教严词锻炼，就使犯人无甚大罪，也说他死有余辜。一面奉承胡亥，导他淫乐，所以始皇父子，并皆称赵高为忠臣。高越加横恣，渐渐的招权纳贿，舞法弄文，不料事被发觉，竟为始皇所闻，饬令参谋大臣蒙毅，审讯高罪。毅依罪定谳，应该处死，偏始皇格外加怜，念他前时勤敏，特下赦书，不但贷他一死，并且赏还原官。偏是此人不死。此次胡亥从行，赵高也一同相随。为了阉人骖乘，遂至贻祸无穷。小子有诗叹道：

休言天道本微茫，假手阉人复帝纲；
若使佥壬先伏法，强秦何至遽沦亡。

欲知始皇出巡后事，待至下回再叙。

始皇之杀人多矣，而心计之刻毒，莫如坑儒，即其亡国之祸根，亦实自坑儒始。儒不坑，则扶苏不至进谏，扶苏不谏，则不至外出，而后日赵高矫诏之事，亦不致发生。始皇道死，扶苏继立，秦其犹可不亡乎！然始皇能杀诸生。而不能杀一赵高，所谓人有千算，天教一算者非与？或谓始皇生平，非无小惠：乌氏倮之比为封君，巴寡妇之待以客礼，亦为后世庸主所未逮。不知巴寡妇尚属可能，乌氏倮何足致赏？赏罚不明，倒行逆施，适以见其昏谬耳。况滥杀石旁居民，肝脑涂地，若再不死，民命曷存？至若归璧一事，似近荒诞，但乖气致戾，反常为妖，莫谓灾异之尽出无凭也？

第七回　寻生路徐市垦荒
从逆谋李斯矫诏

却说始皇出巡东南，行至云梦，道过九嶷山，闻山上留有舜冢，乃望山祷祀。前曾迁怒湘山祠，伐木赭山，此次胡为祀舜？再渡江南下，过丹阳，入钱塘，临浙江，江上适有大潮，风波甚恶，因向西绕道，宽行百二十里。从陋中渡过江流，乃上会稽山，祭大禹陵，又望祀南海。仍依前时故例，立石刻颂。文云：

皇帝休烈，平一宇内，德惠修长。三十有七年，亲巡天下，周览远方。遂登会稽，宣省习俗，黔首斋庄。群臣诵功，本原事迹，追首高朋。秦圣临国，始定刑名，显陈旧彰。初平法式，审别职任，以立恒常。六王专倍，贪戾傲猛，率众自疆。暴虐恣行，负力而骄，数动甲兵。阴通间使，以事合从，行为僻方。内饰诈谋，外来侵边，遂起祸殃。义威诛之，殄熄暴悖，乱贼灭亡。圣德广密，六合之中，被泽无疆。皇帝并宇，兼听万事，远近毕清。运理群物，考验事实，各载其名。贵贱并通，善否陈前，靡有隐情。饰省宣义，有子而嫁，倍死不贞。防隔内外，禁止淫泆，男女洁诚。夫为寄豭，杀之无罪，男秉义程。妻为逃嫁，子不得母，咸化廉清。大治濯俗，天下承风，蒙被休经。皆遵度轨，和安敦勉，莫不顺令。黔首修洁，人乐同则，嘉保太平。后敬奉法，常治无极，舆舟不倾。从臣诵烈，请刻此石，光垂休铭。

立石以后，始皇也不久留，便即启銮北行，还过吴郡，从江乘渡江，又到海上，再至瑯琊。传问方士徐市，曾否求得仙药。徐市借求药为名，逐年领取费用，已不胜计，他是逍遥海上，并未去寻不死药。此次忽蒙宣召，眼见得无从报命，亏他能言善辩，见了始皇，但言连年航海，好几次得到蓬莱，偏海中有大鲛鱼为祟，掀风作浪，阻住海船，故终不得上山求药。臣想蓬莱药非不可得，唯必须先除鲛鱼；欲除鲛鱼，只有挑选弓弩手，乘船同去，若见鲛鱼出没，便好连弩迭射，不怕鲛鱼不死。始皇听说，不但不责他欺诳，还要依议施行，竟择得善射数百人，伴着御舟，亲往射鱼。这虽是始皇求仙心切，容易受欺，但也有一种原因，因致此举。始皇尝梦与海神交战，不能得胜，唯见海神形状，也与常人相同。及醒后召问博士，博士答称水中有神，不易见到，平时常有大鱼鲛龙，作为候验。今陛下祀神甚谨，偏有此种恶神，暗中作祟，理应设法驱除，方得善神相见。全是捣鬼。始皇还将信将疑，及闻徐市言，适与博士相符，不由的迷信起来，所以带了弓弩手数百，亲往督射，欲与海神一决雌雄。愚不可及。随即由瑯琊起程，北至荣成山，约航行了数十里，并不见有什么大鱼，什么鲛龙。再前行至之罘，方有一大鱼扬鬐前来，若沉若浮，巨鳞可辨。各弓弩手齐立船头，突见此鱼，便各施展技艺，向鱼射去。霎时间血水漂流，那大鱼受了许多箭伤，不能存活，便悠悠的沉下水去。各弓弩手统皆喜跃，报知始皇。始皇已早瞧着，即指大鱼为恶神，谓已射死了他，此后当可无虞，乃命徐市再去求药。

徐市即将原有船只，载得童男童女各三千人，并许多粮食物品，航海东去。此番东行，已含有避秦思想，拟择一安身地方，作为巢窟。也是天从人愿，竟被他觅得一岛，岛中草木丛生，并无人迹。当由徐市领着童男童女，齐至岛上眺览多时，且与大众语道："秦皇要我等求不死药，试想不死药从何而来？若再空手回报，必逢彼怒，我等统要被斩首了。"大众听着，禁不住号哭起来。徐市又道："休哭！休哭！我已想得一条活路在此。汝等试看这座荒岛，虽然榛莽丛杂，却是地热易生；若经我等数千人，并力开垦，种植百谷，定有收获，便可资生。好在舟中备有谷种，并有农具，一经动作，无不见效。如虑目前为难，我已筹足资粮，足供半年食料，照此办法，我等均得安居乐业，既不必输粮纳税，又不致犯法受刑，岂不是一劳永逸么？"大众鼓掌称善，当然转悲为喜，愿听徐市指挥。徐市即分派男女，逐日垦荒，即垦即耕，即耕即种，半年以后，便有生息。已而麻麦芃芃，禾役穟穟，竟把这荒芜海岛，变做了饶沃田园。既得足食，复拟营居，辟地筑庐，上栋下宇，起初还是寄宿舟中，朝出暮返，至此复得就地栖身，不劳跋扈。再加徐市体察周到，索性将童男童女，配为夫妇，使得双宿双栖，这是与众同乐，最惬人情。大众俱有室家，安然度日，还想什么西归？就奉徐市为主子，做了一个海外桃源。后来徐市老死，便在岛上安葬。相传现今日本境内，尚留徐市古墓，数千年来，遗迹未泯，倒也好算个殖民首领了。哥仑布不得专美，应该称许。

且说始皇驻舟海上，还想徐市得药，就来回报，偏他一去不返，杳无消息，不得已命驾西还。渡河至平原津，忽觉得龙体不安，寒热交作，连御膳都吃不下去，日间还是勉强支持，夜间更不得安眠，心神恍惚，言语狂谵，好似见神遇鬼，不知人事。随驾非无医官，诊脉进药，全不见效，反且逐日加重，病到垂危。左丞相李斯，逐次省视，眼见始皇病笃，巴不得即日到京，催趱人马，赶快就道。好容易得至沙邱，始皇病已大渐，差不多要归天了。沙邱尚有故赵行宫，至此不得不暂憩乘舆，就借行宫住下。李斯明知始皇将死，每思启问后事，怎奈始皇生平，最忌一个死字，李斯恐触犯忌讳，又不敢率尔进陈。及始皇自知不起，乃召李斯赵高入谕，嘱为玺书，赐与长子扶苏，叫他速回咸阳，守候丧葬。斯高二人，依言草就，呈与始皇复阅，始皇已痰气上壅，只睁着眼对那玺书。李斯还道他留心察视，哪知他已死去，只有双目未瞑。原难瞑目。毕竟赵高乖巧，用手一按，已是气息全无，奄然长逝，他即把玺书取置袖中，方与李斯说明驾崩。李斯不免张皇，急筹后事，也无暇向高索取玺书了。赵高已蓄阴谋。始皇死时，年正五十，一代暴主，从此了局。总计始皇在位三十七年，唯就并吞六国，自称皇帝时算起，只有一十二年。

李斯筹划一番，恐始皇道死，内外有变，不如秘不发丧，暂将始皇棺殓，载置辒辌车中，伪称始皇尚活，仍拟起行。一面催赵高发出玺书，速召扶苏回入咸阳。偏赵高怀着鬼胎，匿书不发，私下语胡亥道："主上驾崩，不闻分封诸子，乃独赐长子书，长子一到，嗣立为帝，如公子等皆无寸土，岂不可虑！"胡亥答道："我闻，知臣莫若君，知子莫若父，父无遗命分封诸子，为子自应遵守，何待妄议。"赵高不悦道："公子错了！方今天下大权，全在公子与高，及丞相三人，愿公子早自为谋，须知人为我制，与我为人制，大不相同，怎可错过？”胡亥勃然道：“废兄立弟，便是不义，不奉父诏，便是不孝，自问无材，因人求荣，便是不能，三事统皆背德，如或妄行，必至身殆国危，社稷且不血食了！”此时胡亥尚有天良，故所言如此。赵高哑然失笑道：“臣闻汤武弑主，天下称义，不为不忠；卫辄拒父，国人皆服，孔子且默许，不为不孝。从来大行不顾小谨，盛德不矜小让，事贵达权，怎可墨守？及此不图，后必生悔，愿公子听臣大计，毅然决行，后必有成。”小人之言，往往于无理中说出一理，故足淆人听闻。这数语说罢，引得胡亥也为心动，沉吟半晌，方叹息道：“今大行未发，丧礼未终，怎得为了此事，去求丞相？”赵高见说，便接口道：“时乎时乎，稍纵即逝！臣自能说动丞相，不劳公子费心。”说着即走，胡亥并不拦阻，由他自去。已为赵高所惑。

赵高别了胡亥，便往见李斯，李斯即问道：“主上遗书已发出否？”赵高道：“这书现在胡亥手中，高正为了此事，来与君侯商议。今日主上崩逝，外人皆未闻知，就是所授遗嘱，只有高及君侯，当时预闻，究竟太子属诸何人，全凭君侯与高口中说出。君侯意中，果属如何？”李斯闻言大惊道：“汝言从何处得来？这是亡国胡言，岂人臣所得与议么？”赵高道：“君侯不必惊忙。高有五事，敢问君侯。”李斯道：“汝且说来。”赵高道：“君侯不必问高，但当自问，才能可及蒙恬否？功绩可及蒙恬否？谋略可及蒙恬否？人心无怨，可及蒙恬否？与皇长子的情好，可及蒙恬否？”李斯道：“这五事原皆不及蒙恬，敢问君何故责我？”赵高道：“高为内官厮役，幸得粗知刀笔，入事秦宫二十余年，未尝见秦封赏功臣，得传二世，且将相后嗣，往往诛夷。皇帝有二十余子，为君侯所深悉，长子刚毅武勇，若得嗣位，必用蒙恬为丞相，难道君侯尚得保全印绶，荣归乡里么？高尝受诏教习胡亥，见他慈仁笃厚，轻财重士，口才似拙，心地却明，诸公子中，无一能及，何不立为嗣君，共成大功？”李斯道：“君毋再言！斯仰受主诏，上听天命，得失利害，不暇多顾了。”赵高又道：“安即可危，危即可安，安危不定，怎得称明？”李斯作色道：“斯本上蔡布衣，蒙上宠擢，得为丞相，位至通侯，子孙并得食禄，这乃主上特别优待，欲以安危存亡属斯，斯怎忍相负呢！且忠臣不避死，孝子不惮劳，斯但求自尽职守罢了！愿君勿再生异，致斯得罪。”赵高见斯色厉内荏，不能坚持，便再进一步，用言胁迫道：“从来圣人无常道，无非是就变从时，见末知本，观指睹归。今天下权命，系诸胡亥手中，高已从胡亥意旨，可以得志，唯与君侯相好有年，不敢不真情相告。君侯老成练达，应该晓明利害。从处制中谓之惑，从下制上谓之贼，秋霜降，草花落，水摇动，万物作，势有必至，理有固然，君侯岂尚未察么？”仍是怵以利害。李斯喟然道：“我闻晋易太子，三世不安，齐桓兄弟争位，身死为戮，纣杀亲戚，不听谏臣，国为邱墟，遂危社稷。总之逆天行事，宗庙且不血食，斯亦犹人，怎好预此逆谋？”不遽声明高罪，反将迂词相答，斯已气为所夺了。赵高听着故作愠色道：“君侯若再疑虑，高也无庸多说，唯今尚有数言，作为最后的忠告。大约上下合同，总可长久，中外如一，事无表里，君侯诚听高计议，就可长为通侯，世世称孤，寿若乔松，智如孔墨，倘决意不从，必至祸及子孙，目前就恐难免。高实为君侯寒心，请君侯自择去取罢。”言毕，即起身欲行。李斯一想，这事关系甚大，胡亥赵高，已经串同一气，非独力所能制，我若不从，必有奇祸，从了他又觉违心，一时无法摆布，禁不住仰天长叹，垂泪自语道：“我生不辰，偏遭乱世，既不能死，何从托命！主上不负臣，臣却要负主上了！”看你后来果能不死否？

赵高见他已有允意，欣然辞出，返报胡亥道：“臣奉太子明令，往达丞相，丞相斯已愿遵从。”胡亥闻李斯也肯依议，乐得将错便错，好去做那二世皇帝。便与赵高密谋，假传诏旨，立子胡亥为太子，另缮一书，赐与长子扶苏，将军蒙恬。略云：

> 朕巡天下，祷祠名山诸神，以延寿命。今扶苏与蒙恬，将师数十万以屯边，十有余年矣，不能进而前，士卒多耗，无尺寸之功，乃反数上书，直言诽谤我所为，以不得归为太子，日夜怨望。扶苏为子不孝，其赐剑以自裁，恬与扶苏居外，不能匡正。应与同谋，为人臣不忠，其赐死！以兵属裨将王离，毋得有违！

书已缮就，盖上御玺，托为始皇诏命，即由胡亥派遣门下心腹，赍往上郡。李斯并皆与闻，明知赵高所为，悖逆天理，行险图功，但为自己身家起见，不能不勉强与谋，暂保富贵，所以一切秘计，无不赞同。人生败名丧节，统为此念所误。赵高又恐扶苏违诏，先入咸阳，因即将辒辌车出发，自与心腹阉人，跨辕参乘。沿途所经，仍令膳夫随食，文武百官，亦皆照常奏事。辒辌车本是卧车，四面有窗帷遮蔽，外人无从了见，还道始皇未死，恭恭敬敬的伫立车旁。那赵高等坐在车内，随口乱道，统当作圣旨一般。好在途中没甚大事，总教随奏随允，便可敷衍过去。百官等既邀允准，大都高兴得很，转身就去，何人敢来探察？因此赵高李斯的诡谋，终未被人窥破。无如时当秋令，天时寒暖无常，有时已是清凉，有时还觉炎热，再加天空红日，照彻车驾，免不得尸气熏蒸，冲出一种臭气。赵高又想出一策，矫诏索取鲍鱼，令百官车上，各载一石。百官都不解何意，只因始皇专制，已成习惯，无论什么命令，总须懔遵无违，才得免罪，所以矫诏一传，无不立办。鲍鱼向有臭气，各车中一概载着，惹得人人掩鼻，怎能再辨得明白，这是鲍鱼的臭气，还是尸身的臭气呢。赵高真是乖巧。

当下一路催趱，星夜前进，越井陉，过九原，经过蒙恬监筑的直道，径抵咸阳，都中留守冯去疾等，出郊迎驾，当由赵高传旨，疾重免朝，冯去疾等也不知是诈，拥着辒辌车，驰入咸阳。可巧前时胡亥心腹，从上郡回来，报称扶苏自杀，蒙恬就拘，胡亥赵高李斯三人，并皆大喜。小子却有诗叹道：

扶苏不死未亡秦，谁料邪谋使逆伦，
祸本已成翻自喜，嗟他忘国并忘身！

欲知扶苏自杀，及蒙恬就拘等情，待小子下回叙明。

徐市一方士耳，假异术以欺始皇，其存心之叵测，与卢生相似。独其后航行入海，垦辟荒岛，不可谓非殖民之至计，较诸卢生等之但知远扬，专务私图者，盖不可同日语矣。始皇稔恶，道死沙邱，赵高包藏祸心，倡谋废立，始唆胡亥，继唆李斯；胡亥少不更事，为高所惑，尚可言也，李斯身为丞相，位至通侯，受始皇之顾命，乃甘心从逆，与谋不轨，是岂大臣之所为乎？虽暴秦之罪，上通于天，不如是不足以致亡，但斯为秦相，应具相术，平时既不能匡主，临变又不思除奸，徒营营于利禄之私，同预废立之计，例以《春秋》书法，斯为首恶，而赵高犹其次焉者也。故本回标目，独斥李斯，隐寓《春秋》之大义云尔。

第八回　葬始皇骊山成巨冢
戮宗室犴狱构奇冤

却说扶苏本监督蒙恬，出居上郡，自胡亥派遣心腹，赍着伪诏御剑，前往赐死，扶苏得书受剑，泣入内舍，即欲自刎。蒙恬慌忙抢入，谏止扶苏道："主上在外，未立太子，令臣将三十万众守边，公子为监，这是天下重任，非得主上亲信，怎肯相授！今但凭一使到此，便欲自杀，安知他不有诈谋，且待派人驰赴行在，再行请命，如果属实，死也未迟。"扶苏却也怀疑，偏经使人连番催促，速令自尽，逼得扶苏胸无主宰，只好痛哭一场，顾语蒙恬道："父要子死，不得不死，我死便罢，何必多请。"说着，即取御剑自挥，青锋入项，颈血狂喷，便即倒毙。也是个晋太子申生。蒙恬替他棺殓，草草藁葬。使人又促蒙恬自裁，蒙恬却不肯遽死，但丢出兵符，给与裨将王离接受，自入阳周狱中，再待后命。使人也无可如何，因即匆匆返报。

胡亥赵高李斯，既得如愿，方传出始皇死耗，即日发丧，就立胡亥为二世皇帝。胡亥即位受朝，文武百官，总道是始皇遗命，自然没有异议，相率朝贺。礼成以后，丞相以下，俱仍旧职，唯进赵高为郎中令，格外宠任。赵高欲尽杀蒙氏兄弟，报复前仇。即蒙毅审讯赵高一事，见第六回中。既将蒙恬拘系阳周，复因蒙毅出外祠神，传诏出去，把他拿办。蒙毅方回至代地，正与朝使相遇，接读诏旨，俯首就缚，暂锢代地狱中。

是年九月，便将始皇棺木，奉葬骊山。骊山在骊邑南境，与咸阳相近，山势雄峻，下有温泉。始皇在日，早已就山筑墓，穿圹辟基，直达三泉，四周约五六里。泉本北流，冲碍墓道，因特用土障住，移使东西分流。且因山上有土无石，须从别山挑运，需役甚多，所以调发人夫，不下数十万，就中多系犯着徒刑，叫他服劳抵罪，小子于第五回中，曾叙及骊山石槨一语，便是指此。待石槨筑成轮廓，已似一座城墙，工程费了无数。还要内作宫观，备极巧妙，上象天文，用绝大的珍珠，当作日月星辰，下象地舆，取极贵的水银，当作江河大海。宫中备列百官位次，刻石为象，站立两旁。余如珍奇物玩，统皆罗致，灿然杂陈。又令匠人制造机弩，分置四围，倘若有人发掘，误触机关，弩矢便即射出，可以拒人。再从东海中觅取人鱼，取油作烛，常爇圹中。人鱼产自东海，四足能啼，状如人形，长约尺许，肉不堪食，唯熬油可以作烛，耐久不灭。似此穷奢极欲，真是古今罕闻，自兴土建筑后，差不多有十余年，工方告竣。棺已待窆，当由二世皇帝胡亥，带着宫眷，及内外文武官吏，一体送葬，舆马仪仗，繁丽绝伦，笔下尚描写不尽。既至葬所，便即下棺，胡亥却自出一令道："先帝后宫，未曾产子，应该殉葬，不必出境！"这例出自何处？这令一下，宫眷等多半无子，当然号啕大哭，响彻山谷。那胡亥毫不加怜，但命有子的妃嫔，走出圹外；余皆留住圹内，不准私逃。有几个已经撞死，有几个亦已吓倒，尚有一大半绝色娇娃，正在没法摆布，偏被工匠闭了圹门，用土封固。这班美人儿不是闷死，便是饿死，仙姿玉骨，尽作髑髅，看官道是惨不惨呢！红粉骷髅，原是一体，不足深怪！工匠等重重封闭，已至外面第一重圹门，有人向胡亥说道："圹中宝藏甚多，虽有机弩伏着，工匠等应皆知悉，保不住有偷掘等事，不如就此除灭，免留后患。"胡亥召过赵高，向他问计。经赵高附耳数语，即由胡亥派令亲卒，遽将外门掩住，再用土石填塞，一些儿不留余隙，工匠等无路可出，当然毕命。胡亥也这般刻毒，好算是始皇肖子。封圹既毕，又从墓旁栽植草木，环绕得周周密密，郁郁苍苍，墓高已五十余丈，再经草木长大起来，参天蔽日，真是一座绝好的山林。谁知不到数年，便被项羽发掘，搜刮一空，后来牧童到此牧羊，为了羊坠圹中，取火寻觅，羊既觅着，掷去余炬，索性将始皇遗冢，烧得干干净净，连枯骨都作灰尘！后人才知始皇父子，用尽心机，俱属无益，倒不如小民百姓，死后葬身，五尺桐棺，一抔黄土，或尚可传诸久远呢！慨乎言之。

且说秦二世胡亥，葬父已毕，还朝听政，即欲释放蒙恬。独赵高阴恨蒙氏，定欲害死蒙氏兄弟，不但欲诛蒙恬，并且欲诛蒙毅。当下向二世进谗道："臣闻先帝未崩时，曾欲择贤嗣立，以陛下为太子；只因蒙恬擅权，屡次谏阻，蒙毅且日短陛下，所以先帝遗命，仍立扶苏。今扶苏已死，陛下登基，蒙氏必将为扶苏复仇，恐陛下终未能安枕哩。"二世闻言，自然不肯轻赦蒙氏兄弟，再经赵高日夜怂恿，也巴不得斩草除根，遂即拟定诏书，欲把蒙氏兄弟，就狱论死。忽有一少年进谏道："从前赵王迁杀死李牧，误用颜聚，燕王喜轻信荆轲，骤背秦约，齐王建屠戮先世遗臣，偏听后胜，终落得身死国亡，夷灭宗祀。今蒙氏兄弟，为我秦大臣谋士，有功国家，陛下反欲将他骈诛，臣窃以为不可！臣闻轻虑不可以治国，独智不可以存君，今诛戮忠臣，宠任宵小，必至群臣懈体，斗士灰心，还请陛下审慎为是！"二世瞧着，乃是兄子子婴。他竟不愿对答，叱令退去，便使御史曲宫，赍诏往代，谴责蒙毅道："先帝尝欲立朕为太子，卿乃屡次阻难，究是何意？今丞相以卿为不忠，将罪及卿宗，朕颇不忍，但赐卿死，卿当曲体朕心，速即奉诏！"误杀大臣，还要示惠。蒙毅跪答道："臣少事先帝，迭沐厚恩，许参末议，先帝未尝欲立太子，臣亦未敢无故进谗。且太子从先帝周游天下，臣又不在主侧，何嫌何疑，乃加臣罪？臣非敢爱死，但恐近臣蛊惑嗣君，反累先帝英明，故臣不能无辞！从前秦穆杀三良，楚平杀伍奢，吴王夫差杀伍子胥，昭襄王杀武安君白起，四君所为，皆贻讥后世，所以圣帝明王，不杀无罪，不罚无辜，唯大夫垂察！"曲宫已受赵高密嘱，怎肯容情？待至蒙毅说罢，竟潜拔佩剑，顺手一挥，砉的一声，毅已首落，曲宫也不复多顾，抽身便走，还都复旨。

二世又遣使至阳周，赐蒙恬书道："卿负过甚多，卿弟毅又有大罪，因赐卿死。"蒙恬愤然道："自我祖父以及子孙，为秦立功，已越三世，今臣将兵三十余万，身虽囚系，势足背畔，今自知必死，不敢生逆，无非是不忘先主，不辱先人。古时周成王冲年嗣阼，周公旦负扆临朝，终定天下。及成王有病，周公旦且祷河求代，藏书金縢。后来群叔流言，成王误信，几欲加罪公旦，幸发阅金縢藏书，流涕悔过，迎还公旦，周室复安。今恬世守忠贞，反遭重谴，想必由孽臣谋乱，蔽惑主聪。桀杀关龙逄，纣杀王子比干，信谗拒谏，终致灭亡。恬死且进言，非欲免咎，实欲慕死谏遗风，为陛下补阙，敢请大夫复命。"朝使答说道："我只知受诏行法，不敢以将军所言，再行上闻。”蒙恬望空长叹道：“我何罪于天，无过而死？”继复太息道：“恬知道了！前起临洮至辽东城，穿凿万余里，难保不掘断地脉，这乃是恬的罪过，死也应该了！”劳役人民，不思谏主，这是蒙恬大罪，与地脉何关。乃仰药自杀。朝使当即返报，海内都为呼冤，独赵高得泄前恨，很是欣慰。

好容易已越一年，秦二世下诏改元，尊始皇庙为祖庙，奉祀独隆。二世复自称朕，并与赵高计议道：“朕尚在少年，甫承大统，百姓未必畏服，每思先帝巡行郡县，表示威德，制服海内，今朕若不出巡行，适致示弱，怎能抚有天下呢？”赵高满口将顺，极力逢迎，越引起二世游兴，立即准备銮驾，指日启程。赵高当然随行，丞相李斯，一同扈驾。此外文武官吏，除留守咸阳外，并皆出发。一切仪制，统仿始皇时办理。路中约历月余，才到碣石。碣石在东海岸边，曾由始皇到过一两次，立石纪功。见第四回。二世复命在旧立石旁，更竖一石，也使词臣等摛藻扬华，把先帝嗣皇的创业守成，一古脑儿说将上去，无非是父作子述，先后同揆等语，文已缮就，照刻石上。再从碣石沿过海滨，南抵会稽，凡始皇所立碑文，统由二世复视，尚嫌所刻各辞，未称始皇盛德，因各续立石碑，再将先帝恩威，表扬一番，并将择贤嗣立的大意，并叙在内，李斯等监工告成，复奏明白，乃转往辽东，游历一番，然后还都。

于是再申法令，严定刑禁，所有始皇遗下的制度，非但不改，反而加苛。中外吏民，虽然不敢反抗，免不得隐有怨声。而且二世的位置，是从长兄处篡夺得来，天下事若要不知，除非莫为，当时被他隐瞒过去，后来总不免渐渐漏泄，诸公子稍有所闻，暗地里互相猜疑，或有交头接耳等情。偏有人报知二世，二世未免加忧，因与赵高密谋道：“朕即位后，大臣不服，官吏尚强，诸公子尚思与我争位，如何是好！”这数语正中赵高心怀，高却故意踌躇，欲言不言。贼头贼脑。二世又惊问数次，赵高乃复说道：“臣早欲有言，实因未敢直陈，缄默至今。”说到今字，便回顾两旁。二世喻意，即屏去左右，侧耳静听。赵高道：“现在朝上的大臣，多半是累世勋贵，积有功劳。今高素微贱，乃蒙陛下超拔，擢居上位，管理内政，各大臣虽似貌从，心中却怏怏不乐，阴谋变乱。若不及早防维，设法捕戮，臣原该受死，连陛下也未必久安。陛下如欲除此患，亟须大振威力，雷厉风行，所有宗室勋旧，一体除去，另用一班新进人员，贫使骤富，贱使骤贵，自然感恩图报，誓为陛下尽忠，陛下方可高枕无忧了！”二世听毕，欣然受教道：“卿言甚善，朕当照办！”赵高道：“这也不能无端捕戮，须要有罪可指，才得加诛。”二世点首会意。

才阅数日，便已构成大狱，有诏拏究公子十二人，公主十人，一并下狱，并将旧臣近侍，也拘系若干，悉付讯鞫。问官为谁？就是郎中令赵高。赵高得二世委任，一权在手，还管什么金枝玉叶，故老遗臣？但令把犯人提出阶前，硬要加他谋逆的罪名，喝令详供。诸公子间或怀疑，并没有确实逆谋，甚且平时言论，也不敢大加谤讟，平白地作了犯人，叫他从何供起？当然全体呼冤。偏赵高忍心害理，专仗那桁杨箠楚，打得诸公子死去活来。诸公子熬受不住，只好随口承认，赵高说一句，诸公子认一句，赵高说两句，诸公子认两句，此外许多诬供，统由赵高一手捏造，连诸公子俱不得闻。至若冤枉坐罪的官吏，见诸公子尚且吃苦，不如拼着一死，认作同谋，省得皮肉受刑。赵高遂牵藤摘瓜，穷根到底，不论他皇亲国戚，但教与己有嫌，一古脑儿扯入案中，谳成死罪。有几个素无仇怨，不过怕他将来升官，亦趁此贬黜了事。乐得一网打尽。当下复奏二世，二世立即批准，一道旨下，竟将公子十二人，推出市曹，尽行处斩，陪死的官吏，不可胜计。还有公主十人，不便在大廷审问，索性驱至杜陵，由二世亲往鞫治，赵高在旁执法。十公主统是生长深宫，娇怯得很，禁锢了好几日，已是黛眉损翠，粉脸成黄，再经胡亥赵高两人，逞凶恫喝，不是气死，已是吓倒，连半句话儿都说不出来。赵高还说他不肯招承，也命刑讯，接连喝了几个打字，鞭挞声相随而下，雪白的嫩皮肤，怎经得一番摧折？霎时间香消玉殒，血渍冤沉。赵高是个阉人，怪不得仇视好女，敢问胡亥是何心肠。

公子将闾等兄弟三人，秉性忠厚，素无异议，至此也被株连，囚系内宫，尚未议罪。二世既捶死十公主，还惜什么将闾兄弟，因遣使致辞道：“公子不臣，罪当死！速就法吏！”将闾叫屈道：“我平时入侍阙廷，未尝失礼，随班廊庙，未尝失节，受命应对，未尝失辞，如何叫做不臣，乃令我死？”使人答道：“奉诏行法，不敢他议。”将闾乃仰天大呼，叫了三声苍天，又流涕道：“我实无罪！”遂与兄弟二人拔剑自杀。

尚有一个公子高，未曾被收，自料将来必不能免，意欲逃走，转思一身或能幸免，全家必且受累，妻子无辜，怎忍听他骈戮？乃辗转思维，想出了一条舍身保家的方法，因含泪缮成一书，看了又看，最后竟打定主意，决意呈入。二世得书，不知他有何事故，便展开一阅，但见上面写着：

> 臣高昧死谨奏：昔先帝无恙时，臣入则赐食，出则乘舆，御府之衣，臣得赐之，中厩之宝马，臣得赐之；臣当从死而不能。为人子不孝，为人臣不忠，不孝不忠者，无名以立于世。臣请从死愿葬骊山之足，唯陛下幸哀怜之！

二世阅毕，不禁喜出望外，自言自语道："我正为了他一人，尚然留着，要想设法除尽，今他却自来请死，省得令我费心，这真可谓知情识意，我就照办便了。"继又自忖道："他莫非另有诡计，假意试我？我却要预防一着，休为所算。"遂召赵高进来，把原书取示赵高。待赵高看罢，便问高道："卿看此书，是否真情？朕却防他别寓诈谋，因急生变呢。"赵高笑答道："陛下亦太觉多心，人臣方忧死不暇，难道还能谋变么？"二世乃将原书批准，说他孝思可嘉，应即赐钱十万，作为丧葬的费用。这诏发出，公子高虽欲不死，亦不能不死了。当下与家人诀别，服药自尽，才得奉旨发丧，安葬始皇墓侧。总计始皇子女共有三四十人，都被二世杀完，并且籍没家产，只有公子高拚了一死，尚算保全妻孥，不致同尽。小子有诗叹道：

> 祖宗作恶子孙偿，故事何妨鉴始皇！
> 天使孽宗生孽报，因教骨肉自相戕。

欲知二世后事，且看下回分解。

始皇之恶，浮于桀纣。桀纣虽暴，不过及身而止，始皇则自筑巨冢，死后尚且殃民。妃嫔之殉葬，出自胡亥之口，罪在胡亥，不在始皇。若工匠之掩死圹中，实自始皇开之，始皇不预设机弩，预防发掘，则好事者无从借口，而胡亥之毒计，无自而萌；然则始皇之死尚虐民，可以知矣。夫始皇一生之心力，无非为一己计，无非为后嗣计，枯骨尚欲久安，而项羽即起而乘其后。至若子女之骈诛，且假之于少子胡亥之手，骨尚未寒，而后嗣已垂尽矣。狡毒之谋，果奚益哉！

第九回　充屯长中途施诡计
杀将尉大泽揭叛旗

却说秦二世屠戮宗室，连及亲旧，差不多将手足股肱，尽行斫去。他尚得意洋洋，以为从此无忧，可以穷极欢娱，肆行无忌，因此再兴土木，重征工役，欲将阿房宫赶筑完竣，好作终身的安乐窝。乃即日下诏道：

> 先帝谓咸阳朝廷过小，故营阿房宫为室堂，未就而先帝崩，暂辍工作，移筑先陵，今骊山陵工已毕，若舍阿房宫而弗就，则是章先帝举事过也。朕承先志，不敢怠遑，其复作阿房宫，毋忽！

这诏下后，阿房宫内，又聚集无数役夫，日夕营缮，忙个不了。二世尚恐臣下异心，或有逆谋，特号令四方，募选才勇兼全的武士，入宫屯卫，共得五万人。于是畜狗马，豢禽兽，命内外官吏，随时贡献，上供宸赏，官吏等无不遵从。但宫内的妇女仆从，本来不少，再加那筑宫的匠役，卫宫的武人，以及狗马禽兽等类，没一个不需食品，没一种不借刍粮，咸阳虽大，怎能产得出许多刍粟，足供上用？那二世却想得妙策，令天下各郡县，筹办食料，随时运入咸阳，不得间断，并且运夫等须备粮草，不得在咸阳三百里内，购食米谷，致耗京畿食物。各郡县接奉此诏，不得不遵旨办理。但官吏怎有余财，去买刍米？无非是额外加征，取诸民间。百姓迭遭暴虐，已经困苦不堪，此次更要加添负担，今日供粟菽，明日供刍藁，累得十室九空，家徒四壁，甚至卖男鬻女，赔贴进去。正是普天愁怨，遍地哀鸣，二世安处深宫，怎知民间苦况？还要效乃父始皇故事，调发民夫，出塞防胡。为此一道苛令，遂致乱徒四起，天下骚扰，秦朝要从此灭亡了。承上启下，线索分明。

且说阳城县中有一农夫，姓陈名胜字涉，少时家贫，无计谋生，不得已受雇他家，做了一个耕田佣。他虽寄人篱下，充当工役，志向却与众不同。一日在田内耦耕，扶犁叱牛，呼声相应，约莫到了日昃的时候，已有些筋疲力乏，便放下犁耙，登垄坐着，望空唏嘘。与他合作的佣人，见他懊恨情形，还道是染了病症，禁不住疑问起来。陈胜道："汝不必问我，我若一朝得志，享受富贵，却要汝等同去安乐，不至相忘！"胜虽具壮志，但只图富贵，不务远大，所出无成。佣人听了，不觉冷笑道："汝为人佣耕，与我等一样贫贱。想什么富贵呢？"陈胜长叹道："咄！咄！燕雀怎知鸿鹄志哩！"说着，又叹了数声。看看红日西沉，乃下垄收犁，牵牛归家。

至二世元年七月，有诏颁到阳城，遣发闾左贫民，出戍渔阳。秦俗民居，富强在右，贫弱在左，贫民无财输将，不能免役，所以上有征徭，只好冒死应命。阳城县内，由地方官奉诏调发，得闾左贫民九百人，充作戍卒，令他北行。这九百人内，陈胜亦排入在内，地方官按名查验，见胜身材长大，气宇轩昂，便暗加赏识，拔充屯长。又有一阳夏人吴广，躯干与胜相似，因令与胜并为屯长，分领大众，同往渔阳。且发给川资，预定期限，叫他努力前去，不得在途淹留。陈吴两人当然应命，地方官又恐他难恃，特更派将尉二员，监督同行。

好几日到了大泽乡，距渔阳城尚数千里，适值天雨连绵，沿途多阻。江南北本是水乡，大泽更为低洼，一望弥漫，如何过去？没奈何就地驻扎，待至天色晴霁，方可启程。偏偏雨不肯停，水又增涨，惹得一班戍卒，进退两难，互生嗟怨。胜与广虽非素识，至此已做了同事，却是患难与共，沆瀣相投，因彼此密议道："今欲往渔阳，前途遥远，非一二月不能到达。官中期限将至，屈指计算，难免逾期，秦法失期当斩，难道我等就甘心受死么？"广跃起道："同是一死，不若逃走罢！"胜摇首道："逃走亦不是上策。试想你我两人，同在异地，何处可以投奔？就是有路可逃，亦必遭官吏毒手，捕斩了事。走亦死，不走亦死，倒不如另图大事，或尚得死中求生，希图富贵。"希望已久，正好乘此发作。广矍然道："我等无权无势，如何可举大事？"

胜答说道："天下苦秦已久，只恨无力起兵。我闻二世皇帝，乃是始皇少子，例不当立。公子扶苏，年长且贤，从前屡谏始皇，触怒乃父，遂致迁调出外，监领北军。二世篡立，起意杀兄，百姓未必尽知，但闻扶苏贤明，不闻扶苏死状。还有楚将项燕，尝立战功，爱养士卒，楚人忆念勿衰，或说他已死，或说他出亡。我等如欲起事，最好托名公子扶苏，及楚将项燕，号召徒众，为天下倡。我想此地本是楚境，人心深恨秦皇，定当闻风响应，前来帮助，大事便可立办了。"借名号召，终非良图。广也以为然，但因事关重大，不好冒昧从事，乃决诸卜人，审问吉凶。卜人见胜广趋至，面色匆匆，料他必有隐衷，遂详问来意，以便卜卦。胜广未便明言，唯含糊说了数语。卜人按式演术，焚香布卦，轮指一算，便向二人说道："足下同心行事，必可成功，只后来尚有险阻，恐费周折，足下还当问诸鬼神。"已伏下文。胜广也不再问，便即告别。途中互相告语道："卜人欲我等问诸鬼神，敢是教我去祈祷么？"想了一番，究竟陈胜较为聪明，便语吴广道："是了！是了！楚人信鬼，必先假托鬼神，方可威众，卜人教我，定是此意。"吴广道："如何办法？"胜即与广附耳数语，约他分头行事。

翌日上午，胜命部卒买鱼下膳，士卒奉令往买，拣得大鱼数尾，出资购归。就中有一鱼最大，腹甚膨胀，当由部卒用刀剖开，见腹中藏着帛书，已是惊异。及展开一阅，书中却有丹文，仔细审视，乃是陈胜王三字，免不得掷刀称奇。大众闻声趋集，争来看阅，果然字迹无讹，互相惊讶。当有人报知陈胜，胜却喝着道："鱼腹中怎得有书？汝等敢来妄言！曾知朝廷大法否？"做作得妙！部卒方才退去，烹鱼作食，不消细说。但已是啧啧私议，疑信相参。到了夜间，部卒虽然睡着，尚谈及鱼腹中事，互相疑猜。忽闻有声从外面传来，仿佛是狐嗥一般，大众又觉有异，各住了口谈，静悄悄的听着。起初是声浪模糊，不甚清楚，及凝神细听，觉得一声声象着人语，约略可辨。第一声是大楚兴，第二声是陈胜王。众人已辨出声音，仗着人多势旺，各起身出望，看个明白。营外是一带荒郊，只有西北角上，古木阴浓，并有古祠数间，为树所遮，合成一团。那声音即从古祠中传出，顺风吹来，明明是大楚兴，陈胜王二语。更奇怪的是丛树中间，隐约露出火光，似灯非灯，似燐非燐，霎时间移到那边，霎时间又移到这边，变幻离奇，不可测摸。过了半晌，光已渐灭，声亦渐稀了。叙笔亦奇。大众本想前去探察，无如时当夜半，天色阴沉得很，路中又泥滑难行，再加营中有令，不准夜间私出，那时只好回营再睡。越想越奇，又惊又恐，索性都做了反舌无声，一同睡熟了。

看官欲知鱼书狐嗥的来历，便是陈胜吴广两人的诡计。倒戟而出。陈胜先私写帛书，夜间偷出营门，寻得渔家鱼网中，蓄有大鱼，料他待旦出售，便将帛书塞入鱼口。待鱼汲入腹中，胜乃悄悄回营。大泽乡本乏市集，自经屯卒留驻，各渔家得了鱼虾，统向营中兜销，所以这鱼即被营兵买着，得中胜计。至若狐嗥一节，也是陈胜计划，嘱令吴广乘夜潜出，带着灯笼，至古祠中伪作狐嗥，惑人耳目。古祠在西北角上，连日天雨，西北风正吹得起劲，自然传入营中，容易听见。后人把疑神见鬼等情，说做篝火狐鸣，便是引用陈胜吴广的古典。陈胜既行此二策，即与吴广暗察众情，多是背地私语，以讹传讹，有的说是鱼将化龙，故有此变，有的说是狐已成仙，故能预知。只胜广两人，相视而笑，私幸得计。好在营中的监督大员，虽有将尉二员，却是一对糊涂虫，他因天雨难行，无法消遣，只把那杯中物作为好友，镇日里两人对饮，喝得酩酊大醉，便即睡着，醒来又是饮酒，醉了又睡，无论什么事情，一概不管，但令两屯长自去办理，无暇过问。胜广乐得设法摆布，又在营中买动人心，一衣一食，都与部卒相同，毫不克扣。部卒已愿为所用，更兼鱼书狐鸣种种怪异，尤足耸动观听，益令大众倾心。

陈胜见时机已至，又与吴广定谋，乘着将尉二人酒醉时，闯入营帐，先由广趋前朗说道："今日雨，明日又雨，看来不能再往渔阳。与其逾限就死，不如先机远扬，广特来禀知，今日就要走了。"将尉听着，勃然怒道："汝等敢违国法么？欲走便斩！"广毫不惊慌，反信口揶揄道："公两人监督戍卒，奉令北行，责任很是重大，如或愆期，广等原是受死，难道公两人尚得生活么？"这数句话很是利害，惹得一尉用手拍案，连声呼笞。一尉还要性急，索性拔出佩剑，向广挥来。广眼明手快，飞起一脚，竟将剑踢落地上，顺手把剑拾起，抢前一步，用剑砍去，正中将尉头颅，劈分两旁，立即倒毙。还有一尉未死，咆哮得很，也即拔剑刺广。广又持剑格斗，一往一来，才经两个回合，突有一人驰至将尉背后，喝一声着，已把将尉劈倒，接连又是一刀，结果性命。这人为谁？便是主谋起事的陈胜。

胜广杀死二尉，便出帐召集众人，朗声与语道："诸君到此，为雨所阻，一住多日，待到天晴，就使星夜前进，也不能如期到渔。失期即当斩首，侥幸遇赦，亦未必得生。试想北方寒冷，冰天雪窖，何人禁受得起？况胡人专喜寇掠，难保不乘隙入犯。我等既受风寒，又撄锋刃，还有什么不死！丈夫子不死便罢，死也要死得有名有望；能够冒死举事，才算不虚此一生。王侯将相，难道必有特别种子么？”大众见他语言慷慨，无不感动，但还道二尉尚存，一时未敢承认，只管向帐内探望，似有顾虑情状。胜广已经窥透，又向众直言道：“我两人不甘送死，并望大众统不枉死，所以决计起事，已将二尉杀死了。”大众到此，才齐声应道：“愿听尊命！”胜广大喜，便领众人入帐，指示二尉尸首，果然血肉模糊，身首异处。当由陈胜宣令，枭了首级，用竿悬着。一面指挥大众，在营外辟地为坛，众擎易举，不日告成。就将二尉头颅，做了祭旗的物品。旗上大书一个楚字。陈胜为首，吴广为副，余众按次并列，对着大旗，拜了几拜，又用酒为奠。奠毕以后，并将二尉头上的血沥，滴入酒中，依次序饮，大众喝过同心酒，当然对旗设誓，愿奉陈胜为主，一同造反。胜便自称将军，广为都尉，登坛上坐，首先发令，定国号为大楚。再命大众各袒右臂，作为记号。一面草起檄文，诈称公子扶苏，及楚将项燕，已在军中，分作主帅。项燕与秦为仇，死于楚难，假使不死，宁有拥戴扶苏之理。陈胜虽智，计亦大谬。

檄文既发，就率众出略大泽乡。乡中本有三老，又有啬夫，见第二回。听得陈胜造反，早已逃去。胜即把大泽乡占住，作为起事的地点。居民统皆散走，家中留有耜头铁耙等类，俱被大众掠得，充作兵器，尚苦器械不足，再向山中斩木作棍，截竹为旗。忙碌了好几日，方得粗备军容。老天却也奇怪，竟放出日光，扫除云翳，接连晴了半个月，水势早退，地上统干干燥燥，就是最低洼的地方，也已滴水不留。老天非保佑陈胜，实是促秦之亡。大众以为果得天助，格外抖擞精神，专待出发。各处亡命之徒，复陆续趋集，来做帮手。于是陈胜下令，麾众北进。原来大泽乡属蕲县管辖，胜既出兵略地，不得不先攻蕲县。蕲县本非险要，守兵寥寥无几，县吏又是无能，如何保守得住？一闻胜众将至，城内已惊惶得很，结果是吏逃民降。胜众不烦血刃，便已安安稳稳的据住县城。再令符离人葛婴，率众往略蕲东，连下铚酂苦柘及谯县，声势大震。沿路收得车马徒众，均送至蕲县，归胜调遣。

胜复大举攻陈，有车六七百乘，骑兵千余，步卒数万人，一古脑儿趋集城下。适值县令他出，只有县丞居守，他却硬着头皮，招集守兵，开城搦战。胜众一路顺风，势如破竹，所有生平气力，未曾施展，完全是一支生力军。此次到了陈县，忽见城门大开，竟拥出数百人马，前来争锋，胜众各摩拳擦掌，一拥齐上，前驱已有刀枪，乱砍乱戳，凶横得很。后队尚是执着木棍，及耜头铁耙等类，横扫过去。守兵本是单弱，不敢出战，但为县丞所逼，没奈何出城接仗。偏碰着了这班暴徒，情形与瘈犬相似，略一失手，便被打翻，稍一退步，便被冲倒，数百兵马，死的死，逃的逃，县丞见不可敌，也即奔还。哪知胜众紧紧追入，连城门都不及关闭。害得县丞无路可奔，不得不翻身拼命，毕竟势孤力竭，终为胜众所杀。县丞身食秦禄，不得谓非忠良。

胜与吴广联辔入城，也想收拾人心，禁止侵掠，各处张贴榜示，居然说是除残去暴，伐罪吊民。过了数日，复号召三老豪杰共同议事，三老豪杰闻风来会，由胜温颜召入，问及善后事宜。但听得众人齐声道："将军披坚执锐，伐无道，诛暴秦，复立楚国社稷，功无与比，应即称王，以副民望。"这数句话正中胜意，只一时不便应允，总要退让数语，方可自表谦恭。当下说了几句假话，引起三老豪杰的哗声，彼誉此颂，一再劝进。胜正要允诺，忽外面有人入报，说有大梁二士，前来求见。胜问过姓名，便向左右道："这二人也来见我么？我素闻二人贤名，今得到此，事无不成了。"说着即命左右出迎，且亲自起座，下阶伫候。正是：

饰礼宁知真下士？伪恭但欲暂欺人。

毕竟大梁二士姓甚名谁，容待下回详报。

暴秦之季，发难者为陈胜吴广，而陈胜尤为首谋。是胜之起事，实暴秦存亡之一大关键也。胜一耕佣，独具大志，不可谓非轶类材。但观其鱼腹藏书，及篝火狐鸣之术，亦第足以欺愚夫，而不足以服枭杰。况其徒贪富贵，孳孳为利，子舆氏所谓蹠之徒者，胜其有焉。唯因暴秦无道，为民所嫉，史家所以大书曰；陈胜吴广，起兵于蕲，实则皆为叛乱之首而已。杀将驱卒，斩木揭竿，乱秦有余，平秦不足。本书之不予胜广，其好治抑乱之心，已寓言中，正不徒以文字见长也。

第十回　违谏议陈胜称王
善招抚武臣独立

却说大梁二士来谒陈胜，一个叫作张耳，一个叫作陈余。两人俱籍隶大梁，家居不远。张耳年长，陈余年少，所以余事耳如父，耳亦待余如子弟，两人誓同生死，时人称为刎颈交。耳曾为魏公子门客，后因犯事出奔，避居外黄，外黄有一富家女，生得美貌如花，艳名鹊起，偏偏嫁了一个庸奴，免不得夫妻反目，时有怨声。一日又复噪闹，甚至互哄，富家女身材袅娜，怎禁得起乃夫老拳！如花美眷，不知温存，还想饱以老拳，真是庸奴。急不暇择，逃出夫家，竟潜至父执家中，匿身避祸。父执见他泪容满面，楚楚可怜，遂与富家女说道："汝果不欲适庸奴，何妨再求贤夫。我意中却有一人，未知汝可愿否？"富家女当然心动，含糊答应。父执复令女在屏后立着，亲判妍媸，自己出外一走。不到片时，已引入一个俊俏郎君，故意的高声与语。女从屏后露出半面，约略相窥，果然是温文尔雅，与前夫大不相同。及父执送客出门，入与女语；女问及来客姓名，才知是大梁人张耳，芳心欲醉，恨不得即与并头。父执愿为玉成，即往与女父熟商，令女改嫁张耳。女父本来溺爱，悔为女误配匪人，至此愿出巨资，给女前夫，与他离婚。女夫与女不和，乐得取钱弃女，听他转嫁。呆鸟。俏佳人终偶才郎，错姻缘幸得改正，不但富家女心满意足，就是亡命徒张耳，得此意外奇逢，也是乐不胜言。还有一桩极好的机缘，张耳既得美妇，又得妇财，索性结交远客，广为延誉，声名渐达魏廷。魏主竟不记前愆，反用耳为外黄令，铜章墨绶，俨然一百里小侯了。富家女得做县令夫人，应更惬意。

陈余少好读书，并喜游览，偶至赵国苦陉地方，得邀富人公乘氏赏识，也愿招他为婿。女貌颇亦不俗，陈余自然乐允，择日成礼。两小无猜，又是一对好夫妻。张陈两人，想都是红鸾星照命。及魏被秦灭，张耳失官，仍在外黄居住，陈余亦挈妻还乡。不料秦朝竟悬出赏格，购缉两人，赏格上面，煌煌写着，获张耳赏千金，获陈余赏五百金。二人不知何因，但情急逃生，不得已移名改姓，避居陈县，充当里正监门。

仔细探听，方知秦令购缉，实恐二人多才，重复兴魏，所以务欲翦除。张耳得此消息，时常戒勉陈余，须要谨慎小心，毋得败露真情，陈余亦格外记着。冤冤相凑，竟为着一些小事，触怒里吏，里吏将加余笞罪。余不肯忍耐，起身欲走，可巧张耳在旁，慌忙把足蹑余，使他受笞。及笞毕吏去。耳引余至桑下，悄悄与语道："我与汝曾已说过，汝奈何失记！区区小辱，不甘忍受，乃欲与里吏拼命，死何足惜！"余始悔悟谢过。复由耳想出一计，用着监门名义，号令里中，叫他访拿张耳陈余。里人怎知诈谋？心下贪赏，还往四处寻缉。其实张陈二人，原在眼前，反被他用计瞒过了。却是好计。

至胜广入陈，张耳陈余，乃踵门求见。胜也闻得二人大名，尝遭秦忌，因此亟欲一见，特地下阶伫候，表明敬意。待二人既入，向胜行礼，胜忙与答揖，引至座前，令他分坐两旁，然后与议军情，并谈及称王意见。张耳答道："秦为无道，破人国家，灭人社稷，绝人后嗣，疲民力，竭民财，暴虐日甚。今将军瞋目张胆，万死不顾一生，为天下驱除残贼，真是绝大的义举。唯现方发迹至陈，亟欲以王号自娱，窃为将军不取！愿将军毋急称王，速引兵西向，直指秦都。一面立六国后人，自植党援，俾益秦敌。敌多力自分，与众兵乃强，将见野无交兵，县无守城，诛暴秦，据咸阳，号令诸侯，诸侯转亡为存，无不感戴，将军再能怀柔以德，天下自相率悦服，帝业也可成就了，还要称王何用！"说到此处，见陈胜默默无言，似有不悦情状。正想开言再劝，那陈余已接入道："将军不欲平定四海，倒也罢了，如有志安邦，宜图大计。若仅据一隅，便拟称王，恐天下都疑及将军，怀挟私意，待至人情失望，远近灰心，将军悔也无及了！"陈胜沉吟半晌，方才说出一语道："容待再议。"两人见话不投机，本想就此告辞，只因途中多阻，不能不暂时安身，再作计较，乃留住陈胜麾下，充作参谋。胜竟自立为王，国号张楚，隐寓张大楚国的意思。

是时河南诸郡县，苦秦苛法，豪民多戕杀官吏，起应陈胜。胜乃使吴广为假王，监督诸将，西攻荥阳。广已出发，张耳陈余，也想乘此外出，离开陈邑，遂由张耳暗嘱陈余，令他向胜献计道："大王举兵梁楚，志在西讨，入关建业，若要顾及河北，想尚未遑，臣尝游赵地，素知河北地势，并结交豪杰多人，今愿请奇兵，北略赵地，既足牵制秦军，复足抚定赵民，岂不是一举两得么？"也想飞去。胜听余言，却也称为奇计，但因他新来归附，总难深信，乃特选故人武臣为将军，邵骚为护军，督同张耳陈余二人，领兵三千，往徇赵地。耳与余不给重任，但使他为左右校尉，作为武臣的帮办。二人别有隐衷，不暇计及官职大小，欣然领命，渡河北去。

胜将葛婴，未曾至陈，独率部往略九江。行至东城，遇着楚裔襄疆，一见如故，竟不待胜命，擅立襄疆为楚王。嗣得陈胜文书，内有张楚王字样，始知胜已称王，不能另立襄疆，自悔一时卤莽，潜图变计。凑巧陈胜命令，又复颁到，叫他领兵还陈，他越恐陈胜动疑，竟将襄疆杀死，持首还报。果然胜已闻知，待婴到后，立即传婴入见，数责罪状，喝令斩首。左右将婴推出，一刀两段，死于非命。婴已悔过，罪不至死。部众见婴惨死，未免寒心，互相私议。胜尚以为令出法行，可无他虑，复遣汝阴人邓宗，东略九江，魏人周市，北徇魏地。

会接吴广军报，说是进攻荥阳，不能得胜，现由秦三川守李由，坚守荥阳城，非再行发兵，难下此城等语。胜乃召集谋士，申议攻秦方法。上蔡人蔡赐，本为房邑君长，献议胜前，请派名将西行，径入函谷关，直捣咸阳。胜依了赐议，并封他为上柱国。一面访求良将，得着陈人周文，召入与语。文自述履历，谓曾事春申君黄歇，又为项燕军占验吉凶，素谙军事。胜即大喜，特给将军印信，使他西行攻秦。周文奉命就道，沿途收集壮士，编入队伍，众至数十万，长驱西进，直薄函谷关。关中守吏，飞章告急，谁知秦廷里面，好象没人一般，任他如何急报，总不闻有将士出援。原来二世恣意淫乐，朝政俱归赵高把持，高专事炀蔽，凡遇外面奏报，一律搁起，不使二世得闻，所以陈胜起兵，已有数月，二世全然不知。会有使臣从东方回来，面谒二世，奏称陈胜造反，郡县多叛，请即遣将讨平。二世还道他是妄言欺主，命将使臣下狱。嗣是他使还京，由二世问及乱事，俱答称幺么小丑，不足有为，现已由各郡守尉，四面兜捕，即可荡平，陛下尽可放心。二世大喜，把乱事置诸度外，毫不提及，朝廷得过且过，也不敢渎陈外事，上下相蒙，乱端益炽，直至周文入关，秦廷尚视若无事，这真叫做糊涂世界呢。不如是，不足致亡。

且说周文一路进兵，攻城掠地，所向无前，当然派人至陈，一再报捷，陈胜喜如所望，遂轻视秦室，不复设备。博士孔鲋，系孔夫子的八世孙，曾持家传礼器，诣陈谒胜，胜因留为博士。至此独进谏道："臣闻兵法有言：不恃敌不攻我，但恃我不可攻，今大王恃敌不攻，未知所以自恃的道理；倘或敌人骤至，无法抵御，一有蹉跌，全局瓦解，虽悔也是迟了！"胜不肯从，唯专望各路捷音，好去做那关中皇帝。怎知福为祸倚，乐极悲生，那四面八方的警报，已是陆续到来。第一路的警信，就是出徇赵地的武臣等军；第二路的警信，乃是进攻秦都的周文等军，小子只有一枝秃笔，不能双管齐下，只好依次叙述，先后说明。

自武臣等率兵北去，从白马津渡河，所过诸县，偏谕豪杰，无非说是暴秦无道，劳役百姓，绳以重法，迫以苛征，今由陈王起义，天下响应，我等奉令北渡，前来招安，诸君皆为豪士，理应并力同心，共除暴秦云云。豪杰等正苦秦暴，听了这番名正言顺的话儿，还有什么不服，当即愿为前导，分趋各城，城中守吏，多被杀死。接连得了十座城池，人数亦越聚越多，渡河时只有三千人，至是却多了好几万名。当下推武臣为武信君，再出招谕。偏是余城不屈，各募兵民拒守，武臣因诸城无关险要，竟引众趋向东北，独攻范阳。范阳令徐公，有志保城，也即缮甲厉兵，准备抵御，偏有一个辩士蒯彻，入见徐公，先说出一个吊字，后说出一个贺字。便是说客口吻。惹得徐公莫明其妙，不得不惊问理由。蒯彻道："彻闻公将死，故来吊公；但公得彻一言，便有生路，故又复贺公。"徐公道："君不必故作疑团，正好明白说来。"彻又道："足下为范阳令，已十余年，杀人父，孤人子，断人足，黥人首，想已不可胜数。百姓无不怀怨，但恐秦法严重，未敢剚刃公腹，致灭全家。今天下大乱，秦法不行，足下岂尚得自全？一旦敌临城下，百姓必乘机报仇，刃及公胸，这岂不是可吊么？幸亏彻来见公，为公定计，俟武信君尚未到来，即由彻先去游说，为公效力，使公转祸为福，这又便是可贺了！"徐公喜道："君言甚善，请即为我往说武信君！"蒯彻因即前往，求见武臣。武臣方招致豪杰，当然许见。蒯彻进言道：“足下到此，必待战胜然后略地，攻破然后入城，未免过劳。彻有一计，可不攻而得城，不战而得地，但教一纸檄文，便足略定千里，未知足下愿闻否？”武臣急问道：“果有此计，怎不愿闻！”蒯彻道：“今范阳令闻公攻城，正拟整顿兵马，守城拒敌，唯城中士卒不多，该令又逡巡畏死，贪恋禄位，目下不肯归降，实因公前下十城，见吏即诛，降亦死，守亦死，故不得不拼死图存。就使范阳少年，嫉吏如仇，起杀范阳令，亦必据城拒公，不甘就死。为公设法，不若赦范阳令，并给侯印，该令喜得富贵，自愿开城出降，范阳少年亦不敢杀令，是全城便唾手可下了。公再使该令乘朱轮，坐华毂，徇行燕赵郊野，燕赵吏民，孰不欣羡，必争先降公。公得不攻而取，不战而服，这就所谓传檄可定呢！”面面俱到，真好口才。武臣点首称善，便令刻就侯印，交彻赍赐范阳令。范阳令徐公，大喜过望，即开城迎武臣军。武臣复如彻言，特给徐公高车驷马，往抚燕赵，赵地果闻风趋附，不到旬月，已平定了三十余城，乘势入邯郸县。适有周文败报，自西传来，又探得陈胜部将，多因谗毁得罪，武臣不免疑惧。张耳陈余，更生异谋。他本怨陈胜不用已言，复只得了左右校尉的名目，未绾兵符，因此乘隙生心，遂进说武臣道：“陈王起兵蕲县，才得陈地，便自称为王，不愿立六国后裔，居心可知。今将军率三千人，下赵数十城，偏居河北，若非称王，何由镇抚，况陈王好信谗言，妒功忌能，将军功高益危，不如南面称王，脱离陈王羁绊，免得意外受祸。时不可失，愿将军勿疑！”武臣听了称王二字，岂有不喜欢的道理，当下在邯郸城外，群地为坛，也居然堂皇高坐，朝见僚属，竟称孤道寡起来。武臣自为赵王，授陈余为大将军，张耳为右丞相，邵骚为左丞相，且使人报知陈胜。

胜得报后，怒不可遏，即欲饬拘武臣家属，尽行屠戮，更发兵往击武臣。独上柱国蔡赐入谏道：“秦尚未灭，先杀武臣家属，是又增出一秦，为大王敌，大王东西受攻，必遭牵制，如何得成大业！今不若遣使往贺，暂安彼心，并令他从速攻秦，遥援周文，是东顾既可无忧，西略便为得势。灭秦以后，图赵未迟，何必急急哩！”陈胜乃转怒为喜，但将武臣家属，徙入王宫，把他软禁。并封张耳子敖为成都君，派人贺赵，乘便报闻。张耳陈余，见了胜使，早已瞧透胜意，表面上佯与为欢，背地里却私语武臣道：“大王据赵称尊，必为陈王所忌，今遣使来贺，明明是怀着诡谋，使我并力灭秦，然后再北向图我。大王不如虚与周旋，优待来使，至来使去后，尽管北收燕代，南取河内。若得南北两方，尽为赵有，楚虽胜秦，也必不敢制赵，反且与我修和，大王却好沉着观变，坐定中原了。”计亦甚是。武臣也称好计，款待胜使，厚礼遣归。随即使韩广略燕，李良略常山，张黡略上党，三路出发，独不遣一卒西向。

那时攻入秦关的周文，孤军无助，竟被秦将章邯击退，败走出关。章邯为秦少府，官名。颇有智勇，因闻周文攻入关中，直至戏地，不由的愤激得很，意欲入宫详陈。可巧警报与雪片相似，飞达咸阳，连赵高也觉吃惊，不得不据实奏明。二世至此，方才似梦初觉，吓出一身冷汗，急召文武百官，入朝会议。自己也亲出御朝，询问御敌方法。百官都面面相觑，莫敢发言，独章邯出班奏道：“贼众已近，亟须征剿，若要征集将士，已恐不及，臣请赦免骊山徒犯，尽给兵器，由臣统领前去，奋力一击，当可退贼。”二世已焦急万分，只望有人解忧，幸得章邯替他划策，并请效力，当然喜逐颜开，褒奖了好几语。一面颁诏大赦，即命章邯为将军，招集骊山役徒，编制成军，出都退敌。章邯确是有些能力，挑选丁壮，作为前驱，自居中坚调度，老弱派充后队，管领辎重。待至戏地相近，又晓谕大众，有进无退，进即重赏，退即斩首。兵役都是犯人出身，本来是不甚怕死，此次得了将令，都望赏赐，当即拼命杀出，冲入周文营中。周文自东至西，沿途未遇大敌，总道是秦人无用，意存轻视。不料章邯兵到，势似潮涌，一时招架不住，只好倒退，那秦兵得占便宜，越加厉害，杀得周军七零八落，东逃西散。周文无法禁遏，也跑出函谷关去了，小子有诗叹道：

孤军转战入函关，一败颓然即遁还；
锐进由来防速退，先贤名论总难删。

秦兵大捷，关内粗安，偏东方复迭出异人，与秦为难。就中更有个真命天子，乘时崛起，奋发有为。欲知他姓名履历待至下回再详。

张耳陈余，号称贤者，实亦策士之流亚耳。当其进谒陈胜，谏阻称王，请胜西向，为胜计不可谓不忠。及胜不从忠告，便起异心，徇赵之计，出自二人，武臣为将，二人为副，渡河北赴，连下赵城，向时之阻胜称王者，乃反以王号推武臣，何其自相矛盾若此？彼且曰："为胜计，不宜称王；为武臣计，正应称王。"此即辩士之利口，荧惑人听，实则无非为一己计耳。始欲助胜，继即图胜，纤芥之嫌，视若仇敌，策士之不可恃也如此。然二人之不克有成，亦于此可见矣。

第十一回　降真龙光韬泗水
斩大蛇夜走丰乡

却说秦二世元年九月，江南沛县地方，有个丰乡阳里村，出了一位真命天子，起兵靖乱，后来就是汉朝高祖皇帝，姓刘名邦字季。父名执嘉，母王氏，名叫含始。执嘉生性长厚，为里人所称美，故年将及老，时人统称为太公。王氏与太公年龄相等，因亦呼为刘媪。刘媪尝生二子，长名伯，次名仲，伯仲生时，无甚奇异，到了第三次怀孕，却与前二胎不同。相传刘媪有事外出，路过大泽，自觉脚力过劳，暂就堤上小坐，闭目养神，似寐非寐，蓦然见一个金甲神人，从天而下，立在身旁，一时惊晕过去，也不知神人作何举动。此亦与姜嫄履拇同一怪诞，大抵中国古史，好谈神话，故有此异闻。唯太公在家，记念妻室，见他久出未归，免不得自去追寻。刚要出门，天上忽然昏黑，电光闪闪，雷声隆隆，太公越觉着急，忙携带雨具，三脚两步，趋至大泽。遥见堤上睡着一人，好似自己的妻房，但半空中有云雾罩住，回环浮动，隐约露出鳞甲，象有蛟龙往来。当下疑惧交乘，又复停住脚步，不敢近前。俄而云收雾散，天日复明，方敢前往审视，果然是妻室刘媪，欠伸欲起，状态朦胧，到此不能不问。偏刘媪似无知觉，待至太公问了数声，方睁眼四顾，开口称奇。太公又问她曾否受惊，刘媪答道："我在此休息，忽见神人下降，遂至惊晕，此后未知何状。今始醒来，才知乃是一梦。"太公复述及雷电蛟龙等状，刘媪全然不知，好一歇神气复原，乃与太公俱归。

不意从此得孕，过了十月，竟生一男。难道是神人所生么？长颈高鼻，左股有七十二黑痣。太公知为英物，取名为邦，因他排行最小，就以季为字。太公家世业农，承前启后，无非是春耕夏耘，秋收冬获等事。伯仲二子，亦就农业，随父营生。独刘邦年渐长大，不喜耕稼，专好浪游。太公屡戒勿悛，只好听他自由。唯伯仲娶妻以后，伯妻素性悭吝，见邦身长七尺八寸，正是一个壮丁，奈何勤吃懒做，坐耗家产，心中既生厌恨，口中不免怨言。太公稍有所闻，索性分析产业，使伯仲挈眷异居。邦尚未娶妻，仍然随着父母。

光阴易过，倏忽间已是弱冠年华，他却不改旧性，仍是终日游荡，不务生产。又往往取得家财，结交朋友，征逐酒食。太公本说邦秉资奇异，另眼相看，至此见他年长无成，乃斥为无赖，连衣食都不愿周给。邦却怡然自得，不以为意，有时恐乃父叱逐，不敢回家，便至两兄家内栖身。两兄究系同胞，却也呼令同食，不好漠视。哪知伯忽得疾，竟致逝世，伯妻本厌恨小叔，自然不愿续供了。邦胸无城府，直遂径行，不管她憎嫌与否，仍常至长嫂家内索食。长嫂尝借口孤寡，十有九拒，邦尚信以为真。一日更偕同宾客数人，到长嫂家，时正晌午，长嫂见邦复至，已恐他来扰午餐，讨厌得很，再添了许多朋友，越觉不肯供给，双眉一皱，计上心来，急忙趋入厨房，用瓢刮釜，佯示羹汤已尽，无从取供。邦本招友就食，乘兴而来，忽闻厨中有刮釜声，自悔来得过迟，未免失望。友人倒也知趣，作别自去。邦送友去后，回到长嫂厨内，探视明白，见釜上蒸气正浓，羹汤约有大半锅，才知长嫂逞刁使诈，一声长叹，掉头而出。不与长嫂争论，便是大度。

嗣是绝迹不至嫂家，专向邻家两酒肆中，做了一个长年买主。有时自往独酌，有时邀客共饮。两酒肆统是妇人开设，一呼王媪，一呼武妇。史记作负，负与妇通。二妇虽是女流，却因邦为毗邻少年，也不便斤斤计较；并且邦入肆中，酤客亦皆趋集，统日计算，比往日得钱数倍，二主妇暗暗称奇，所以邦要赊酒，无不应允。邦生平最嗜杯中物，见二肆俱肯赊给，乐得尽情痛饮，往往到了黄昏，尚未回去，还要痛喝几杯。待至醉后懒行，索性假寐座上，鼾睡一宵。王媪武妇，本拟唤他醒来，促令回家，谁知他头上显出金龙，光怪离奇，不可逼视。那时二妇愈觉稀罕，料邦久后必贵，每至年终结账，也不向邦追索。邦本阮囊羞涩，无从偿还，历年宕账，一笔勾消罢了。

两妇都也慷慨。

但邦至弱冠后，非真绝无知识，也想在人世间，做些事业，幸喜交游渐广，有几人替他谋划，教他学习吏事。他一学便能，不多时便得一差，充当泗上亭长。亭长职务，掌判断里人狱讼，遇有大事，乃详报县中，因此与一班县吏，互相往来。最莫逆的就是沛县功曹，姓萧名何，与邦同乡，熟谙法律。何为三杰之一，故特笔叙出。次为曹参夏侯婴诸人，每过泗上，邦必邀他饮酒，畅谈肺腑，脱略形骸。萧何为县吏翘楚，尤相关切，就使刘邦有过误等情，亦必代为转圜，不使得罪。

会邦奉了县委，西赴咸阳，县吏各送赆仪，统是当百钱三枚，何独馈五枚。及邦既入咸阳城，办毕公事，就在都中闲逛数日。但见城阙巍峨，市廛辐辏，车马冠盖，络绎道旁，已觉得眼界一新，油然生感。是时始皇尚未逝世，坐了銮驾，巡行都中。邦得在旁遥观，端的是声灵赫濯，冠冕堂皇，至御驾经过，邦犹徘徊瞻望，喟然叹息道："大丈夫原当如是哩！"人人想做皇帝，无怪刘季。

既而出都东下，回县销差，仍去做泗上亭长。约莫过了好几年，邦年已及壮了，壮犹无室，免不得怅及鳏居。况邦原是好色，怎能忍耐得住？好在平时得了微俸，除沽酒外，尚有少许余蓄，遂向娼寮中寻花问柳，聊做那蜂蝶勾当。里人岂无好女？只因邦向来无赖，不愿与婚。邦亦并不求偶，还是混迹平康，随我所欲，费了一些缠头资，倒省了多少养妇钱。

会由萧何等到来晤谈，述及单父单音善，父音斧。县中，来了一位吕公，名父字叔平，与县令素来友善。此次避仇到此，挈有家眷，县令顾全友谊，令在城中居住，凡为县吏，应出资相贺云云。邦即答道："贵客辱临，应该重贺，邦定当如约。"说毕，大笑不止。已寓微旨。何亦未知邦怀何意，匆匆别去。越日，邦践约进城，访得吕公住处，昂然径入。萧何已在厅中，替吕公收受贺仪，一见刘邦到来，便宣告诸人道："贺礼不满千钱，须坐堂下！"明明是戏弄刘邦。刘邦听着，就取出名刺，上书贺钱盈万，因即缴进。当有人持刺入报，吕公接过一阅，见他贺礼独丰，格外惊讶，便亲自出迎，延令上坐。端详了好一会，见他日角斗胸，龟背龙股，与常人大不相同，不由的敬礼交加，特别优待。萧何料邦乏钱，从旁揶揄道："刘季专好大言，恐无实事。"吕公明明听见，仍不改容，待至酒肴已备，竟请邦坐首位。邦并不推让，居然登席，充作第一位嘉宾。大众依次坐下，邦当然豪饮，举杯痛喝，兴致勃然。到了酒阑席散，客俱告辞，吕公独欲留邦，举目示意。邦不名一钱，也不加忧，反因吕公有款留意，安然坐着。吕公既送客出门，即入语刘邦道："我少时即喜相人，状貌奇异，无一如季，敢问季已娶妇否？"邦答称尚未。吕公道："我有小女，愿奉箕帚，请季勿嫌。"邦听了此言，真是喜从天降，乐得应诺。当即翻身下拜，行舅甥礼，并约期亲迎，欢然辞去。吕公入告妻室，已将娥姁许配刘季。娥姁即吕女小字，单名为雉。吕媪闻言动怒道："君谓此儿生有贵相，必配贵人，沛令与君交好，求婚不允，为何无端许与刘季？难道刘季便是贵人么？"吕公道："这事非儿女子所能知，我自有慧鉴，断不至误！"吕媪尚有烦言，毕竟妇人势力，不及乃夫，只好听吕公备办妆奁，等候吉期。转瞬间吉期已届，刘邦着了礼服，自来迎妇。吕公即命女雉装束齐整，送上彩舆，随邦同去。邦回转家门，迓女下舆，行过了交拜礼，谒过太公刘媪，便引入洞房。揭巾觑女，却是仪容秀丽，丰采逼人，不愧英雌。顿时惹动情肠，就携了吕女玉手，同上阳台，龙凤谐欢，熊罴叶梦。过了数年，竟生了一子一女，后文自有表见，暂且不及报名。

只刘邦得配吕女，虽然相亲相爱，备极绸缪，但他是登徒子一流人物，怎能遂不二色？况从前在酒色场中，时常厮混，免不得藕断丝连，又去闲逛。凑巧得了一个小家碧玉，楚楚动人，询明姓氏，乃系曹家女子，彼此叙谈数次，竟弄得郎有情，女有意，合成一场露水缘，曹女却也有识。她却比吕女怀妊，还要赶早数月，及时分娩，就得一男。里人多知曹女为刘邦外妇，邦亦并不讳言，只瞒着一个正妻吕雉，不使与闻。已暗伏吕雉之妒。待吕氏生下一子一女，曹女尚留住母家，由邦给资赡养，因此家中只居吕妇，不居曹妾。

邦为亭长，除乞假归视外，常住亭中。吕氏但挈着子女，在家度日。刘家本非富贵，只靠着几亩田园，作为生活，吕氏嫁夫随夫，暇时亦至田间刈草，取做薪刍。适有一老人经过，顾视多时，竟向吕氏乞饮。吕氏怜他年老，回家取汤给老人，老人饮罢，问及吕氏家世，吕氏略述姓氏，老人道："我不意得见夫人，夫人日后必当大贵。"吕氏不禁微哂，老人道："我素操相术，如夫人相貌，定是天下贵人。"当时何多相士。吕氏将信将疑，又引子至老人前，请他相视，老人抚摩儿首，且惊且语道："夫人所以致贵，便是为着此儿。"又顾幼女道："此女也是贵相。"说毕自去。适值刘邦归家，由吕氏具述老人言语，邦问吕氏道："老人去了，有多少时候？"吕氏道："时候不多，想尚未远。"邦即抢步追去，未及里许，果见老人踯躅前行。便呼语道："老丈善相，可为我一看否？"老人闻言回顾，停住脚步，即将邦上下打量一番，便道："君相大贵，我所见过的夫人子女，想必定是尊眷。"邦答声称是。老人道："夫人子女，都因足下得贵，婴儿更肖足下，足下真贵不可言。"邦喜谢道："将来果如老丈言，决不忘德！"老人摇首道："这也何足称谢。"一面说，一面转身即行，后来竟不知去向。至刘邦兴汉，遣人寻觅，亦无下落，只得罢了。唯当时福运未至，急切不能发迹，只好暂作亭长，静待机会。

闲居无事，想出一种冠式，拟用竹皮制成。手下有役卒两名，一司开闭埽除，一司巡查缉捕，当下与他商议，即由捕盗的役卒，谓薛地颇有冠师，能作是冠，邦便令前去。越旬余见他返报，呈上新冠，高七寸，广三寸，上平如板，甚合邦意。邦就戴诸首上，称为刘氏冠。后来垂为定制，必爵登公乘，才得将刘氏冠戴着。这乃是汉朝特制，为邦微贱时所创出，后人号为鹊尾冠，便是刘邦的遗规了。叙入此事，见汉朝创制之权舆。

二世元年，秦廷颁诏，令各郡县遣送罪徒，西至骊山，添筑始皇陵墓。沛县令奉到诏书，便发出罪犯若干名，使邦押送前行。邦不好怠玩，就至县中带同犯人，向西出发。一出县境，便逃走了好几名，再前行数十里，又有好几个不见，到晚间投宿逆旅，翌晨起来，又失去数人。邦孑然一身，既不便追赶，又不能禁压，自觉没法处置，一路走，一路想，到了丰乡西面的大泽中，索性停住行踪，不愿再进。泽中有亭，亭内有人卖酒，邦嗜酒如命，怎肯不饮，况胸中方愁烦得很，正要借那黄汤，灌浇块垒，当即觅地坐下，并令大众都且休息，自己呼酒痛饮，直喝到红日西沉，尚未动身。

既而酒兴勃发，竟抽身语众道："君等若至骊山，必充苦役，看来终难免一死，不得还乡，我今一概释放，给汝生路，可好么？"大众巴不得有此一着，听了邦言，真是感激涕零，称谢不置。邦替他一一解缚，挥手使去，众又恐刘邦得罪，便问邦道："公不忍我等送死，慨然释放，此恩此德，誓不忘怀，但公将如何回县销差？敢乞明示。"邦大笑道："君等皆去，我也只好远扬了，难道还去报县，寻死不成？”道言至此，有壮士十数人，齐声语邦道：“如刘公这般大德，我数人情愿相从，共同保卫，不敢轻弃。”邦乃申说道：“去也听汝，从也听汝。”于是十数人留住不行，余皆向邦拜谢，踊跃而去。刘邦胆识，可见一斑。

邦乘着酒兴，戴月夜行，壮士十余人，前后相从。因恐被县中知悉，不敢履行正道，但从泽中觅得小径，鱼贯而前。小径中最多荆莽，又有泥洼，更兼夜色昏黄，不便急走。邦又醉眼模糊，慢慢儿的走将过去，忽听前面哗声大作，不禁动了疑心。正要呼问底细，那前行的已经转来，报称大蛇当道，长约数丈，不如再还原路，另就别途。邦不待说毕，便勃然道：“咄！壮士行路，岂畏蛇虫？”说着，独冒险前进。才行数十步，果见有大蛇横架泽中，全然不避，邦拔剑在手，走近蛇旁，手起剑落，把蛇劈作两段。复用剑拨开死蛇，辟一去路，安然趋过。行约数里，忽觉酒气上涌，竟至昏倦，就择一僻静地方，坐下打盹，甚且卧倒地上，梦游黑甜乡。待至醒悟，已是鸡声连唱，天色黎明。

适有一人前来，也是丰乡人氏，认识刘邦，便与语道：“怪极！怪极！”邦问为何事？那人道：“我适遇着一个老妪，在彼处野哭，我问他何故生悲？老妪谓人杀我子，怎得不哭？我又问他子何故被杀，老妪用手指着路旁死蛇，又向我呜咽说着，谓我子系白帝子，化蛇当道，今被赤帝子斩死，言讫又泪下不止。我想老妪莫非疯癫，把死蛇当做儿子，因欲将她笞辱，不意我手未动，老妪已经不见。这岂不是一件怪事？”邦默然不答，暗思蛇为我杀，如何有白帝赤帝等名目，语虽近诞，总非无因，将来必有征验，莫非我真要做皇帝么？想到此处，又惊又喜，那来人还道他酒醉未醒，不与再言，掉头径去。邦亦不复回乡，自与十余壮士，趋入芒砀二山间，蛰居避祸去了。小子有诗咏道：

不经冒险不成功，仗剑斩蛇气独雄；
漫说帝王分赤白，乃公原不与人同。

刘邦避居芒砀山间，已有数旬，忽然来了一个妇人，带了童男童女，寻见刘邦。欲知此妇为谁，请看下回便知。

本回叙刘季微贱时事，脱胎《高祖本纪》，旁采史汉各传，语语皆有来历，并非向壁虚造。唯史官语多忌讳，往往于刘季所为，舍瑕从善，经本回一一直叙，才得表明真相，不没本来。盖刘季本一酒色徒，其所由得成大业者，游荡之中，具有英雄气象，后来老成练达，知人善任，始能一举告成耳。若刘媪之感龙得孕，老妪之哭蛇被斩，不免为史家附会之词；然必谓竟无此事，亦不便下一断笔。有闻必录，抑亦述史者之应有事也。

第十二回　戕县令刘邦发迹
杀郡守项梁举兵

却说芒砀二山，本来是幽僻的地方，峰回路转，谷窈林冥。刘邦与壮士十余人，寄身此地，无非为避祸起见，并恐被人侦悉，随处迁移，踪迹无定。偏有一妇人带着子女，前来寻邦，好象河东熟路，一寻就着。邦瞧将过去，不是别人，正是那妻室吕氏。夫妻父子，至此聚首，正是梦想不到的事情。邦惊问原委，吕氏道："君背父母，弃妻孥，潜身岩谷，只能瞒过别人，怎能瞒妾？"邦闻言益惊，越要详问。吕氏道："不瞒君说，无论君避在何地，上面总有云气盖着，妾善望云气，所以知君下落，特地寻来。"父善相人，女善望气，确是吕家特色。邦欣然道："有这等事么？我闻始皇常言，东南有天子气，所以连番出巡，意欲厌胜，莫非始皇今死，王气犹存，我刘邦独能当此么？"始皇语借口叙出，可省笔墨。吕氏道："苦尽甘来，安知必无此事。但今日是甘尚未回，苦楚已吃得够了。"说着，两眼儿已盈盈欲泪，邦忙加劝慰，并问他近时苦况。待吕氏说明底细，邦亦不禁泪下盈眶。

原来邦西行后，县令待他复报，久无消息。嗣遣役吏出外探听明白，才知邦已纵放罪徒，逃走了去。当下派役搜查邦家，亦无着落，此时邦父太公，已令邦分居在外，幸免株连。只吕氏连坐夫罪，竟被县役拘送至县，监禁起来。秦狱本来苛虐，再经吕氏手头乏钱，不能贿托狱吏，狱吏遂倚势作威，任意凌辱。且因吕氏华色未衰，往往在旁调戏，且笑且嘲。吕氏举目无亲，没奈何耐着性子，忍垢蒙羞，巧有一个小吏任敖，也在沛县中看管狱囚，平时与刘邦曾有交谊，一闻邦妻入狱，便觉有心照顾，虽然吕氏不归他看管，究竟常好探视，许多便当。某夕又往视吕氏，甫至狱门，即有泣声到耳。他便停步细听，复闻狱吏吆喝声，嫚侮声，谑浪笑敖，语语难受。顿时恼动侠肠，大踏步跨入门内，抡起拳头，就向该狱吏击去。狱吏猝不及防，竟被他殴了数拳，打得头青目肿，两下里扭做一团，往诉县令。县令登堂审问，彼此各执一词，一说是狱吏无礼，调戏妇女，一说是任敖可恶，无端辱殴。县令见他各有理由，倒也不好遽判曲直，只好召入功曹萧何，委令公断。萧何谓狱吏知法犯法，情罪较重，应该示惩。任敖虽属粗莽，心实可原，宜从宽宥。左袒任敖，就是隐护吕氏。这谳案一经定出，县令亦视为至公，把狱吏按律加罚。狱吏挨了一顿白打，还要加受罪名，真是自讨苦吃，俯首退下，连呼晦气罢了。谁教你凌辱妇人？萧何更为吕氏解免，说他身为女流，不闻外事，乃夫有过，罪不及妻，不如释出吕氏，较示宽大等语。县令也得休便休，就将吕氏释放还家。吕氏既至家中，不知如何探悉乃夫，竟挈子女寻往芒砀，得与刘邦相遇。据吕氏谓望知云气，或果有此慧眼，亦未可知。

邦已会晤妻孥，免得忆家，索性在芒砀山中，寻一幽谷，作为家居。后世称芒砀山中有皇藏峪，便是因此得名，这且不必絮述。

且说陈胜起兵蕲州，传檄四方，东南各郡县，往往戕杀守令，起应陈胜。沛县与蕲县相近，县令恐为胜所攻，亦欲举城降胜。萧何曹参献议道："君为秦吏，奈何降盗？且恐人心不服，反致激变，不若招集逋亡，收得数百人，便可压制大众，保守城池。"县令依议，乃遣人四出招徕。萧何又进告县令，谓刘季具有豪气，足为公辅，若赦罪召还，必当感激图报。县令也以为然，遂使樊哙往召刘邦。哙亦沛人，素有膂力，家无恒产，专靠着屠狗一业，当做生涯，娶妻吕媭，就是吕公的少女，吕雉的胞妹。哙得吕媭为妻，想亦由吕公识相，特配以女，好与刘邦做成一对特别连襟。县令因他与邦有亲，故叫他召邦。果然哙已知邦住处，竟至芒砀山中，与邦相见，具述沛令情意。邦在山中已八九月，收纳壮士，约有百人，既闻沛令相招，便带领家属徒众，与哙同诣沛县。

行至中途，蓦见萧何曹参，狼狈前来。当即惊问来意，萧曹二人齐声道："前请县令召公，原期待公举事，不意县令忽有悔意，竟疑我等召公前来，将有他变，特下令闭守城门，将要诛我两人，亏得我两人闻风先逃，逾城而出，尚得苟延生命。现只有速图良策，保我家眷了。”邦笑答道：“承蒙两公不弃，屡次照拂，我怎得不思报答？幸部众已有百人，且到城下察看形势，再作计较。”萧曹二人，遂与邦复返，同至沛县城下。城门尚是关着，无从闯入。萧何道：“城中百姓，未必尽服县令，不若先投书函，叫他杀令自立，免受秦毒。可惜城门未开，无法投递，这却如何是好？”刘邦道：“这有何难？请君速即缮书，我自有法投入。”萧何听着，急忙草就一书，递与刘邦。邦见上面写着道：

天下苦秦久矣！今沛县父老，虽为沛令守城，然诸侯并起，必且屠沛。为诸父老计，不若共诛沛令，改择子弟可立者以应诸侯，则家室可完！不然，父子俱屠无益也。

邦约略阅过，便道：“写得甚好！”便将书加封，自带弓箭，至城下呼守卒道：“尔等毋徒自苦，请速看我书，便可保住全城生命。”说罢，即把书函系诸箭上，用弓搭着，飕的一声，已将箭干射至城上。城上守卒，见箭上有书，取过一阅，却是语语有理，便下城商诸父老。父老一体赞成，竟率子弟们攻入县署，立把县令杀死，然后大开城门，迎邦入城。

邦集众会议，商及善后方法，众愿推邦为沛令，背秦自主。邦慨然道：“天下方乱，群雄并起，今若置将不善，一败涂地，悔何可追？我非敢自爱，恐德薄能鲜，未能保全父老子弟，还请另择贤能，方足图谋大事。”众见邦有让意，因更推萧何曹参，萧曹统是文吏出身，未娴武事，只恐将来无成，诛及宗族，因力推刘邦为主，自愿为辅。邦仍然推辞，诸父老同声说道：“平生素闻刘季奇异，必当大贵，且我等已问过卜筮，莫如季为最吉，望勿固辞！”邦还想让与别人，偏大众俱不敢当，只好毅然自任，应允下去。众乃共立刘邦为沛公，是时刘邦年已四十有八了。

九月初吉，邦就沛公职，祠黄帝，祭蚩尤，杀牲衅鼓，特制赤旗赤帜，张挂城中。他因前时斩蛇，老妪夜哭，有赤帝子斩白帝子语，故旗帜概尚赤色。即授萧何为丞，曹参为中涓，樊哙为舍人，夏侯婴为太仆，任敖等为门客。部署既定，方议出兵。看官听说！自刘邦做了沛公，史家统称沛公二字，作为代名，小子此后叙述，也即称为沛公，不称刘邦了。沛公令萧何曹参，收集沛中子弟，得二三千人，出攻胡陵方与，俱县名，方音旁，与音豫。命樊哙夏侯婴为统将，所过无犯。胡陵方与二守令，不敢出战，但闭城守着。哙与婴正拟进攻，忽接到沛公命令，乃是刘媪去世，宜办理丧葬，未遑治兵，因召二人还守丰乡。二人不好违命，只得率众还丰。沛公至丰治丧，暂将军事搁起。那故楚会稽郡境内，又出了项家叔侄，戕吏起事，集得子弟八千人，横行吴中。叙出项氏叔侄，笔亦不苟。

看官欲知他叔侄姓名，便是项梁项籍。项梁本下相县人，即楚将项燕子，燕为秦将王翦所围，兵败自杀，楚亦随亡。梁既遭国难，复念父仇，常思起兵报复，只因秦方强盛，自恨手无寸铁，不能如愿。有侄名籍，表字子羽，少年丧父，依梁为生。梁令籍学书，历年无成，改令学剑，仍复无成。梁不禁大怒，呵叱交加，籍答说道："学书有什么大用？不过自记姓名。学剑虽稍足护身，也只能敌得一人。一人敌何如万人敌，籍愿学万人敌呢！"有志如此，也好算是英雄。梁听了籍言，怒气渐平，方语籍道："汝有此志，我便教汝兵法。"籍情愿受教。梁祖世为楚将，受封项地，故以项为姓。家中虽遭丧乱，尚有祖传遗书，未曾毁灭，遂一律取出，教籍阅读。籍生性粗莽，展卷时却很留心，渐渐的倦怠起来，不肯研究，所以兵法大意，略有所知，终未能穷极底蕴。籍之终于无成者，便由此夫。梁知他的本性难移，听他蹉跎过去。

既而梁为仇家所讦，株连成狱，被系栎阳县中。幸与蕲县狱掾曹无咎，素相认识，作书请托，得无咎书，投递狱掾司马欣，替梁缓颊，梁才得减罪，出狱还家。唯梁是将门遗种，怎肯受人构陷，委屈了事？冤冤相凑，那仇人被梁遇着，由梁与他评论曲直，仇人未肯认过，惹起梁一番郁愤，竟把仇人拳打足踢，殴死方休。一场大祸，又复闯出，自恐杀人坐罪，为吏所捕，不得已带同项籍，避居吴中。吴中士大夫，未知项梁来历，梁亦隐姓埋名，伪造氏族，出与士大夫交际，遇事能断，见义必为，竟得吴人信从，相率悦服。每遇地方兴办大工，及豪家丧葬等事，辄请梁为主办。梁约束徒众，派拨役夫，俱能井井有条，差不多与行军相似，吴人越服他才识，愿听指挥。

当秦始皇东巡时，渡浙江，游会稽，梁与籍随着大众，往看銮驾。大众都盛称天子威仪，一时无两，独籍指语叔父道："他！句他虽然是个皇帝，据侄儿看来，却可取得，由我代为呢！”与刘季语异心同。梁闻言大惊，忙举手掩住籍口道：“休得胡言，倘被听见，罪及三族了！”籍才不复说，与梁同归。时籍年已逾冠，身长八尺，悍目重瞳，力能扛鼎，气可拔山，所有三吴少年，无一能与籍比勇，个个惮籍。梁见籍艺力过人，也料他不在人下，因此阴蓄大志，潜养死士数十人，私铸兵器，静待时机。

到了陈胜发难，东南扰攘，梁正思起应，忽由会稽郡守殷通，差人前来，召梁入议。梁奉召即往，谒见郡守，殷通下座相迎，且引入密室，低声与语道：“蕲陈失守，江西皆叛，看来是天意亡秦，不可禁止了。我闻先发制人，后发为人所制，意欲乘机起事，君意以为何如？”这一席话，正中项梁心坎，便即笑颜相答，一力赞成。殷通又道：“行兵须先择将，当今将才，宜莫如君。还有勇士桓楚，也是一条好汉，可惜他犯罪逃去，不在此地。”梁答道：“桓楚在逃，他人都无从探悉，唯侄儿项籍，颇知楚住处。若召楚前来，更得一助，事无不成了！”殷通喜道：“令侄既知桓楚行踪，不得不烦他一往，叫楚同来。”梁又说道：“明日当嘱籍进谒，向公听令。”说着，即起身告辞，径回家中，私下与籍计议多时，籍一一领教。

翌日早起，梁令籍装束停当，暗藏利剑，随同前往。既至郡衙，即嘱籍静候门外，待宣乃入。并申诫道：“毋得有误！”话里藏刀。籍唯唯如命。梁即入见郡守殷通，报称侄儿已到，听候公命。殷通道：“现在何处？”梁答道：“籍在门外，非得公命，不敢擅入。”殷通闻言，忙呼左右召籍。籍在外伫候传呼，一闻内召，便趋步入门，直至殷通座前。通见籍躯干雄伟，状貌粗豪，不由的喜欢得很，便向梁说道：“好一位壮士，真不愧项君令侄。”梁微笑道：“一介蠢夫，何足过奖。”殷通乃命籍往召桓楚，梁在旁语籍道：“好行动了。”口中说着，眼中向籍一瞅。籍即拔出怀中藏剑，抢前一步，向通砍去，首随剑落，尸身倒地。殷通的魂灵儿恐尚莫名其妙。

梁俯检尸身，取得印绶，悬诸腰间。复将通首级拾起，提在手中，与项籍一同出来。行未数步，就有许多武夫，各持兵器，把他拦住。籍有万夫不当的勇力，看那来人不过数百，全不放在心里，一声叱咤，举剑四挥，剑光闪处，便有好几个头颅，随剑落地。众武夫不敢近籍，一步步的倒退下去。籍索性大展武艺，仗着一柄宝剑，向前奋击，复杀死了数十人，吓得余众四散奔逃，不留一人。府中文吏，越觉心慌，统在别室中躲着，不敢出头。还是项梁自去找寻，叫他无恐，尽至外衙议事。于是陆续趋出，战兢兢的到了梁前。梁婉言晓谕，无非说是秦朝暴虐，郡守贪横，所以用计除奸，改图大事。众人统皆惊惶，怎敢说一个不字，只好随声应诺，暂保目前。梁又召集城中父老，申说大意，父老等不敢反抗，同声应命。

全城已定，派吏任事。梁自为将军，兼会稽郡守，籍为偏将，遍贴文告，招募兵勇。当有丁壮逐日报名，编入军籍，复访求当地豪士，使为校尉，或为候司马。有一人不得充选，竟效那毛遂故事，侈然自荐。项梁道："我非不欲用君，只因前日某处丧事，使君帮办，君尚未能胜任，今欲举大事，关系甚巨，岂可轻易用人！君不如在家安身，尚可无患。"这一席话，说得那人垂头丧气，怀惭自去。众益称项梁知人，相偕畏服。梁即使籍往徇下县。籍引兵数百，出去招安，到处都怕他英名，无人与抗，或且投效马前，愿随麾下，籍并收纳，计得士卒八千人，统是膂力方刚，强壮无比。籍年方二十有四，做了八千子弟的首领，越显出一种威风。他表字叫做子羽，因嫌双名累赘，减去一字，独留羽字，自己呼为项羽，别人亦叫他项羽，所以古今相传，反把项羽二字出名，小子后文叙述，也就改称项羽了。小子有诗咏道：

欲成大业在开端，有勇非难有德难。
一剑敢挥贤郡守，发硎先已太凶残。

项氏略定江东，同时又有几个草头王，霸据一方。欲知姓名履历，容至下回再详。

刘项起兵，迹似相同，而情则互异。沛令从萧何言，往召刘邦，设非后来之翻悔，则亦不致自杀其身。且杀令者为沛中父老，非真邦亲手下刃也。若项梁之赴召，明明为郡守之诚意，梁正不妨依彼举事，为君父复仇，何必计嘱项籍，无端下刃乎！况仇为秦皇，无关郡守，杀之尤为无名，适以见其贪诈耳。观此而刘项之仁暴，即此而分，即刘项之成败，从此而定。老夫刘邦之退让鸣恭，项梁之专横自立，盖第为一节之见端，犹其小焉者也。

第十三回　说燕将厮卒救王　入赵宫叛臣弑主

却说陈胜为张楚王，曾遣魏人周市，北略魏地。见前文第十回。市引兵至狄城，狄令拟婴城固守。适有故齐王遗族田儋，充当城守，独与从弟田荣田横等，潜谋自立。当即想出一法，佯把家奴缚住，说他有通敌情事，押解县署，自率少年同往，请县令定罪加诛。县令不知是计，贸然出讯，被田儋拔出宝剑，砍死县令，也与项梁相类，怪不得与梁同死。遂招豪吏子弟，当面晓谕道："诸侯皆背秦自立，我齐人如何落后？况齐为古国，由田氏为主百数十年，儋为田氏后裔，理应王齐，光复旧物。"大众各无异言，儋遂自称齐王，募兵数千，出击周市。周市经过魏地，未遇剧战，猛见齐人奋勇前来，料知不便轻敌，遂即引兵退还。儋既击退周市军，威名渐震，便遣荣横等分出招抚，示民恢复。齐人正因秦法暴虐，追怀故国，闻得田儋称王，自然踊跃投诚，不劳兵革。唯周市退还魏地，魏人亦欲推市为王，市慨然道："天下昏乱，乃见忠臣，市本魏人，应该求立魏王遗裔，才好算是忠臣呢。"会闻魏公子咎，投效陈胜麾下，市即遣使往迎。胜不肯将咎放归，再经市再三固请，直至使人往复五次，方得陈胜允许，命咎返魏，立为魏王。市为魏相，辅咎行政。于是楚赵齐魏已成四国。

同时尚有燕王出现，看官道是何人？原来就是赵将韩广。见前文第十回。赵王武臣，使韩广略燕，广一入燕境，各城望风归附，燕地大定。燕人且欲奉广为王，广也欲据燕称尊；但因家属居赵，并有老母在堂，不忍致死，所以对众告辞，未敢相从。燕人说道："当今楚王最强，尚不敢害赵王家属，赵王岂敢害将军老母？尽请放心，不妨自主。"广见燕人说得有理，便自称燕王。赵王武臣，得知此信，遂与张耳陈余商议，两人意见，以为杀一老妪，无甚益处，不如遣令归燕，示彼恩惠，然后乘他不防，再行攻燕未迟。武臣依议，遣人护送广母，并广妻子，一同赴燕。广得与骨肉相见，当然大喜，厚待赵使，遣令归谢。

武臣便欲侵燕，亲率张耳陈余诸人，出驻燕赵交界的地方。早有探马报知韩广，广恐赵兵入境，急令边境戒严，增兵防守。张耳陈余，觇知燕境有备，拟请武臣南归，徐作后图。偏武臣志在得燕，未肯空回，耳余也无可如何，只好随着武臣，仍然驻扎。唯彼此分立营帐，除有事会议外，各守各营，未尝同住。武臣独发生异想，竟思潜入燕界，窥探虚实，只恐耳余二人谏阻，不愿与议，自己放大了胆，改装易服，扮做平民模样，挈了仆从数名，竟出营门，偷入燕境。燕人日夕巡逻，遇有闲人出入，都要盘查底细，方才放过。冒冒失失的赵王武臣，不管什么好歹，闯将进去，即被燕人拦住，向他究诘。武臣言语支吾，已为燕人所疑，就中还有韩广亲卒，奉令助守，明明认得武臣，大声叫道："这就是赵王。快快拿住！"道言未绝，守兵都想争功，七手八脚，来缚武臣，武臣还想分辩，那铁链已套上头颈，好似凤阳人戏猢狲，随手牵去。咎由自取。余外仆从，多半被拘，有两三个较为刁猾，转身就走，奔还赵营，报知张耳陈余。

耳余两人，统吃了一大惊，寻思没法营救，互商多时，别无他策，只有选派辩士，往说燕王韩广，愿将金银珍宝，赎回赵王。及去使返报，述及燕王索割土地，必须将赵国一半，让与了他，方肯放还赵王。张耳道："我国土地，也没有什么阔大，若割去一半，便是不成为国了。这事如何允许！"陈余道："广本赵臣，奈何无香火情；况从前送还家眷，亦应知感，今当致书诘责，令彼知省，万不得已，亦只能许让一二城，怎得割界一半呢？"书生迂论。张耳踌躇一会，委实没法，乃依陈余言，写好书信，复遣使赍去。哪知待了数日，杳无复音，再派数人往探消息，仍不见报。到后来逃回一人，说是燕王韩广，贪虐得很，非但不允所请，反把我所遣各使，陆续杀死。顿时恼动了张耳陈余，恨不即驱动大众，杀入燕境，把韩广一刀两段。但转想投鼠忌器，如欲与燕开战，胜负未可预料，倒反先送了赵王性命。两人搔头挖耳，思想了两三日，终没有什么良策，忽帐外有人入报道：“大王回来了！”张耳陈余，又惊又疑，急忙出营探望。果见赵王武臣，安然下车，后面随一御人，从容入帐。二人似梦非梦，不得不上前相迎，拥入营中，详问情状。我亦急欲问明。武臣微笑道：“两卿可问明御夫。”二人旁顾御者，御者便将救王计策，说明底细。

原来御人本赵营厮卒，不过在营充当火夫，炊爨以外，别无他长。自闻赵王被掠，张陈两将相，束手无策，他却顾语同侪道：“我若入燕，包管救出我王，安载回来！”同侪不禁失笑道：“汝莫非要去寻死不成？试想使人十数，奉命赴燕，都被杀死，汝有什么本领，能救我王？”厮卒不与多言，竟换了一番装束，悄悄驰往燕营，燕兵即将他拘住，厮卒道：“我有要事来报汝将军，休得无礼！”燕兵不知他有何来历，倒也不敢加缚，好好的引他入营。厮卒一见燕将，作了一个长揖，便开口问燕将道：“将军知臣何为而来？”燕将道：“汝系何人？”厮卒道：“臣系赵人。”直认不讳，确是有胆有识。燕将道：“汝既是赵人，无非来做说客，想把赵王迎归。”厮卒道：“将军可知张耳陈余为何等人？”飏开一笔妙。燕将道：“颇有贤名，今日想亦无策了。”厮卒道：“将军可知两人的志愿否？”燕将道：“也不过欲得赵王。”厮卒哑然失笑，吃吃有声，好做作。燕将怒道：“何事可笑！”厮卒道：“我笑将军未知敌情，我想张耳陈余，与武臣并辔北行，唾手得赵数十城。他两人岂不想称王？但因初得赵地，未便分争，论起年龄资格，应推武臣为王，所以先立武臣，暂定人心。今赵地已定，两人方想平分赵地，自立为王。可巧赵王武臣，为燕所拘，这正是天假机缘，足偿彼愿。佯为遣使，求归赵王，暗中巴不得燕人下手，立把赵王杀死，他好分赵自立，一面合兵攻燕，借口报仇，人心一奋，何战不克？将军若再不知悟，中他诡计，眼见得燕为赵灭了！”三寸舌贤于十万师。燕将听了，频频点首，待厮卒说罢，便道：“据汝说来，还是放还赵王为妙。”正要你说出这句。厮卒道：“放与不放，权在燕国，臣何敢多口！又作一飏愈妙。但为燕国计，不如放还赵王，一可打破张陈诡谋，二可永使赵王感激，就使张陈逞刁，有赵王从中牵制，还有何暇图燕呢！”明明为自己计，反说为燕国计，真好利口。燕将乃进白韩广，广也信为真情，遂放出赵王武臣，依礼相待，并给车一乘，使厮卒御王还赵。张耳陈余，穷思极索，反不及厮卒一张利口，也觉惊叹不置。赵王武臣，乃拔营南归，驰回邯郸。

适赵将李良，自常山还报，谓已略定常山，因来复命。赵王复使良往略太原，进至井陉。井陉为著名关塞，险要得很，秦用重兵扼守，阻住良军。良引兵到了关下，正拟进攻，偏有秦使到来，递入一书，书面并不加封，由良顺手取出一纸，但见上面写着，竟是秦二世的谕旨。略云：

> 皇帝赐谕赵将李良：良前曾事朕，得膺贵显，应知朕待遇之隆，不应相负。今乃背朕事赵，有乖臣谊，若能翻然知悔，弃赵归秦，朕当赦良罪，并予贵爵，朕不食言！

李良看罢，未免心下加疑。他本做过秦朝的官员，只因位居疏远，乃归附赵国，愿事赵王。此次由二世来书，许赐官爵，究竟是事赵呢？还是事秦呢！哪知这封书信，并不由二世颁给，乃是守关秦将，假托二世谕旨，诱惑李良，且故意把书不封，使他容易漏泄，传入赵王耳中，令彼相疑，这就叫做反间计呢。李良不知是计，想了多时，方得着一条主意。当下遣回秦使，自引兵径回邯郸，且到赵王处申请添兵，再作计较。

一路行来，距邯郸只十余里，遥见有一簇人马，吆喝前来，当中拥着銮舆，前后有羽扇遮蔽，男女仆从，环绕两旁，仿佛似王者气象。暗想这种仪仗，除赵王外还有何人？遂即一跃下马，伏谒道旁，那车马疾驰而至，顷刻间已到李良面前，良不敢抬头，格外俯伏，口称臣李良见驾。道言甫毕，即听车中传呼，令他免礼。良才敢昂起头来，约略一瞧，车中并不是赵王，乃是一个华装炫服的妇人。正要开口启问，那车马已似风驰电掣一般，向前自去。李良勃然起立，顾问从吏道：“适才经过的车中，究系何人坐着？”有数人认得是赵王胞姊，便据实相答。良不禁羞惭满面，且愧且忿道：“王姊乃敢如此么？”旁有一吏接口道：“天下方乱，群雄四起，但教才能迈众，便可称尊。将军威武出赵王右，赵王尚且优待将军，不敢怠慢，今王姊乃一女流，反敢昂然自大，不为将军下车，将军难道屈身妇女，不思雪耻么？”这数语激动李良怒气，越觉愤愤不平，便下令道：“快追上前去，拖落此妇，一泄我恨！”说着，便奋身上马，加鞭疾走。部众陆续继进，赶了数里，竟得追着王姊的车马，就大声呼喝道：“大胆妇人，快下车来！”王姊车前的侍从，本没有什么骁勇，不过摆个场面，表示雌威。既见李良引众赶来，料他不怀好意，统吓得战战兢兢。有几个胆子稍大的，还道李良不识王姊，因此撒野，遂撑着喉咙，朗声答道："王姊在此，汝是何人，敢来戏侮？"李良叱道："什么王姊不王姊？就使赵王在此，难道敢轻视大将不成！"一面说，一面拔出佩剑，横掠过去，砍倒了好几人。部众又扬声助威，霎时间把王姊侍从，尽行吓散。王姊素来嗜酒，此次出游郊外，正是为饮酒起见。她已喝得醉意醺醺，所以前遇李良，视作寻常小吏，未尝下车。邯郸城内岂无美酒，且身为王姊，何求不得，必要出城觅饮，真是自来送死！偏偏弄成大错，狭路中碰着冤家，竟至侍从逃散，单剩了孤身只影，危坐车中。正在没法摆布，见李良已跃下了马，伸出蒲扇一般的大手，向她一抓。她便身不由主，被良抓出，摔在地上，跌得一个半死半活。是喝酒的回味。发也散了，身也疼了，泪珠儿也流下来了，索性拚着一死，痛骂李良。良正忿不可耐，怎忍被她辱骂？便举剑把她一挥，断送性命。好去做女酒鬼了。

王姊既死，良已知闯了大祸，还是先发制人，乘着赵王尚未知晓，一口气跑到邯郸。邯郸城内的守兵，见是李良回来，当然放他进城，他竟驰入王宫，去寻赵王武臣。武臣毫不预防，见良引众进来，不知为着何事，正要向良问明，良已把剑砍到，一时不及闪避，立被劈死。宫中卫兵，突然遭变，统皆逃去。良又搜杀宫中，把赵王武臣家眷，一体屠戮，再分兵出宫，往杀诸大臣，左丞相邵骚，也冤冤枉枉的死于非命。不良如此，如何名良！只右丞相张耳，大将军陈余，已得急足驰报，溜出城门，不遭毒手。两人素有闻望，为众所服，所以城中逃出的兵民，陆续趋附。

才过了一二日，已聚了数万人，两人便想编成队伍，再入邯郸，替赵王武臣报仇，适有张耳门客，为耳献谋道："公与陈将军，均系梁人，羁居赵地，赵人未必诚心归附。为两公计，不如访立赵后，由两公左右夹辅，导以仁义，广为号召，方可扫平乱贼，得告成功。"张耳也觉称善，转告陈余，余亦赞成。乃访得故赵后裔，叫做赵歇，立为赵王，暂居信都。那李良已据住邯郸，胁迫居民，奉他为主，遂部署徒众，增募兵勇，约得一二万人，即拟往攻张耳陈余，会闻张陈复立赵王歇，传檄赵地，料他必来报复，还是赶早发兵，往攻信都，较占先着。主见已定，当即率兵前往，倍道亟进。

张耳陈余，正思出击邯郸，巧值李良自来讨战，便由张耳守城，陈余出敌。安排妥当，余即领兵二万，开城前行，约越数里，已与李良相遇。两阵对圆，兵刃相接，彼此才经战斗，李良麾下的人马，已多离叛，四散奔逃。看官听说！师直为壮，曲为老，本是兵法家的恒言。李良已为赵臣，无端生变，入弑赵王，并把赵王家眷，屠戮殆尽，这乃大逆不道的行为。时局虽乱，公论难逃，人人目李良为乱贼，不过邯郸城内的百姓，无力抵御，只好勉强顺从。良尚自鸣得意，引众攻入，怎能不溃？张耳陈余，本来是有些名声，更且此番出师，纯然为主报仇，光明坦白，又拥立一个赵歇，不没赵后，足慰赵人想望，因此同心同德，一古脑儿杀将上去。李良抵挡不住，部众四窜，各自逃生。陈余见良军败退，趁势追击，杀得良军七零八落，人仰马翻。李良也逃命要紧，奔回邯郸。尚恐陈余前来攻城，支持不住，不若依了秦二世的来书，投降秦朝。当下派将守城，自率亲兵数百人，径至秦将章邯营中，屈膝求降去了。小子有诗咏道：

人心叵测最难防，挟刃公然弑赵王；
只是舆情终未服，战场一鼓便逃亡。

欲知章邯驻兵何地，待至下回叙明。

赵王武臣，为燕所拘，张耳陈余二人，竭毕生之智力，终不能迎还赵王，而大功反出一厮卒，可见皂隶之中，未尝无才，特为君相者不善访求耳。史称厮卒御归赵王，不录姓氏，良由厮卒救王以后，未得封官，仍然湮没不彰，故姓氏无从考据耳。夫有救主之大功，而不知特别超擢，此赵王武臣之所以终亡也。赵王姊出城游宴，得罪李良，既致杀身，并致亡国，古今来之破家复国者，往往由于妇人之不贤，然亦由君主之不知防闲，任彼所为，因至酿成巨衅。故武臣之死，衅由王姊，实即武臣自取之也，于李良乎何诛！

第十四回　失兵机陈王毙命　免子祸婴母垂言

却说秦将章邯，自击退周文后，追逐出关。文退至曹阳，又被章邯追到，不得不收众与战。哪知军心已散，连战连败，再奔入渑池县境，手下已将散尽，那章邯还不肯罢休，仍然追杀过来。文势穷力竭，无可奈何，便即拚生自刎，报了张楚王的知遇。士为知己者死，还算不负。

时已为秦二世二年了，章邯遣使奏捷，二世更命长史司马欣，都尉董翳，领兵万人，出助章邯，嘱邯进击群盗，不必还朝。邯乃引兵东行，径向荥阳进发。荥阳为楚假王吴广所围，数月未下。见前文第十回。及周文战死，与章邯进兵的消息，陆续传来，吴广尚没有他法，仍然顿屯城下，照旧驻扎。部将田臧李归等，私下谋议道："周文军闻已败溃了，秦兵旦暮且至，我军围攻荥阳，至今未克，若再不知变计，恐秦兵一到，内外夹攻，如何支持！现不若少留兵队，牵制荥阳，一面悉锐前驱，往御秦军，与决一战，免致坐困。今假王骄不知兵，难与计议，看来只有除去了他，方好行事。"除去吴广，亦未必遂能成功。于是决计图广，捏造陈王命令，由田臧李归两人赍入，直至广前。广下座接令，只听得田臧厉声道："陈王有谕，假王吴广，逗留荥阳，暗蓄异谋，应即处死！"说到死字，不待吴广开口，便拔出佩刀，向广砍去。广只赤手空拳，怎能抵御，况又未曾防着，眼见得身受刀伤，不能动弹。再经李归抢上一步，剁下一刀，自然毙命。随即枭了广首，出示大众，尚说是奉命诛广，与众无干。大众统被瞒过，无复异言。也是广平日不得众心之过。

田臧刁猾得很，即缮就一篇呈文，诬广如何顿兵，如何谋变，说得情形活现，竟派人持广首级，与呈文并达陈王。陈胜与吴广同谋起兵，资格相等，本已暗蓄猜疑，既得田臧禀报，快意的了不得，还要去辨什么真假？当即遣还来使，另派属吏赍着楚令尹印信，往赐田臧，且封臧为上将。臧对使受命，喜气洋洋，一俟使人去讫，便留李归等围住荥阳，自率精兵西行，往敌秦军。到了敖仓，望见秦军漫山遍野，飞奔前来，旗械鲜明，兵马雄壮，毕竟是朝廷将士，比众不同，楚兵都有惧色，就是田臧也有怯容，没奈何排成队伍，准备迎敌。秦将章邯，素有悍名，每经战阵，往往身先士卒，锐厉无前，此次驰击楚军，也是匹马当先，亲自陷阵。秦军踊跃随上，立将楚阵冲破，左右乱搅，好似虎入羊群，所向披靡。田臧见不可敌，正想逃走，恰巧章邯一马突入，正与田臧打个照面，臧措手不及，被章邯手起一刀，劈死马下。好与吴广报仇。楚军失了主帅，纷纷乱窜，晦气的个个送终，侥幸的还算活命。章邯乘胜前进，直抵荥阳城下。李归等闻臧败死，已似摄去魂魄一般，茫无主宰，既与秦军相值，不得不开营一战。那秦军确是利害，长枪大戟，无人敢当，再加章邯一柄大刀，旋风飞舞，横扫千军。李归不管死活，也想挺枪与战，才经数合，已由章邯大喝一声，把好头颅劈落地上，一道灵魂，驰入鬼门关，好寻着密友田臧，与吴广同对冥簿去了。贪狡何益。余众或死或降，不消细叙。

且说章邯阵斩二将，解荥阳围，复分兵攻郯，逐去守将邓说，自引兵进击许城。许城守将伍徐，亦战败逃还，与邓说同至陈县，进见陈胜。胜查讯两人败状，情迹不同，伍徐寡不敌众，尚可曲原；独邓说不战即逃，有忝职守，因命将他绑出，置诸死刑。遂命上柱国蔡赐，引兵御章邯军，武平君畔，出使监郯下军。时陵县人秦嘉，铚县人董緤，符离县人朱鸡石，取虑县人郑布，徐县人丁疾等，各纠集乡人子弟，攻东海郡，屯兵郯下。武平君畔奉使至郯，欲借楚将名目，招抚各军，秦嘉不肯受命，自立为大司马，且遍告军吏道："武平君尚是少年，晓得什么兵事，我等难道受他节制么？"说着，即率军吏攻畔。畔麾下只数百人，怎能敌得过秦嘉，急切无从逃避，竟被杀死。就是上柱国蔡赐，与章邯军交战一场，也落得大败亏输，为邯所杀。邯长驱至陈，陈境西偏，有楚将张贺驻守，贺闻秦军杀到，飞报陈胜，请速济师。胜至此才觉惊惶，急忙调集将吏，呼令出援。偏是众叛亲离，无人效命，害得陈胜仓皇失措，只好带领亲卒千人，自往援应。

原来胜自田间起兵，所有从前耕佣，多半与胜相识，且因胜有富贵不忘的约言，所以闻胜为王，统想攀鳞附翼，博取荣华。癞虾蟆想吃天鹅肉。当下结伴至陈，叩门求见。门吏见他面目黧黑，衣衫褴褛，已是讨厌得很，便即喝问何事？大众也不晓得什么称呼，但说是要见陈涉。门吏怒叱道："大胆乡愚，敢呼我王小字！"一面说，一面就顾令兵役，拿下众人。还亏众人连忙声辩，说是陈王故交，总算门吏稍留情面，饬令免拿，但将他撵逐出去。大众碰了一鼻子灰，心尚未死，镇日里在王宫附近，伫候陈胜出来，好与他见面扳谈。果然事有凑巧，陈王整驾出门，众人一齐上前，争呼陈胜小字，陈胜听着，低头一瞧，都是贫贱时的好朋友，倒也不好怠慢，便命众人尽载后车，一同入宫。乡曲穷氓，骤充贵客，所见所闻，统是稀罕得很，不由的大呼小叫，满口喧哗。或说殿屋有这么高大，或说帷帐有这般新奇，又大众依着楚声，伙颐伙颐，道个不绝。楚人谓多为伙，颐语助声，即多唉之意。宫中一班役吏，实在瞧不过去，只因他们是陈王故人，不便发作，但把那好酒好肉，取供大嚼。众人吃得高兴，越加胡言乱道，往往拍案喧呼道："陈涉陈涉，不料汝竟有此日！沉沉王府，由汝居住。"还有几个凑趣的愚夫，随口接着道："我想陈涉佣耕时，衣食不周，吃尽苦楚，为何今日这般显耀，交此大运呢？"随后你一句，我一语，各将陈胜少年的故事，叙述出来，作为笑史。谁知谈笑未终，刀锯已伏，这种鄙俚琐亵的言论，早有人传入陈王耳中，且请陈王诛此愚夫，免得损威。陈胜老羞成怒，依了吏议，竟把几个多说多话的农人，传将进去，一体绑缚，砍下头颅。酒肉太吃得多了，应该把头颅赔偿。大众不防有此奇祸，蓦听得这个消息，顿吓得魂飞天外，情愿回去吃苦，不愿在此杀头，遂陆续告辞，踉跄趋归。胜有妻父妻兄，尚未知胜如此薄情，贸然进见。胜虽留居王宫，唯惩着前辙，当作家奴看待。妻父怒说道："怙势慢长，怎能长久！我不愿居此受累！"即不别而行，妻兄亦去。为此种种情迹，他人都知陈胜刻薄，相率灰心，不肯效力。胜尚不以为意，命私人朱房为中正，胡武为司过主司，专察将吏小疵，滥加逮捕，妄用严刑。甚至将吏无辜，唯与朱胡有嫌，即被他囚系狱中，任情刑戮。于是将吏等越加离心，到了秦军入境，个个冷眼相看，谁愿为胜致死，拼命杀敌。胜悔恨无及，只因大敌当前，没奈何自去督战。行至汝阴，已有败兵逃回，报称张贺阵亡，全军覆没。贺死用虚写，笔法一变。

陈胜一想，去亦无益，徒自送死，不若逃回城中，再作后图，遂命御人速即回车。御夫叫作庄贾，依言返奔，途中略一迟缓，便被胜厉声呼叱，骂不绝口。庄贾当然衔恨，驱车至下城父，索性停车不进，自与从吏附耳密谈。胜焦急异常，连叫数声，贾竟反唇相讥，恶狠狠的仇视陈胜。结果是掣剑在手，没头没脑，劈将过去，可怜六个月的张楚王，竟被一介车夫，砍成两段！贾不顾胜尸，驰入陈县，草起降书，遣人往投秦营。去使尚未回报，将军吕臣已从新阳杀入，为胜复仇，诛死庄贾。当即收胜尸首，礼葬砀山。后来汉沛公平定海内，追念胜为革命首功，特命地方官修治胜墓，且置守冢三十家，俾得世祀。若大佣夫，得此食报，也算是不虚此一生了。原还值得。

先是陈令宋留，奉胜军令，率兵往略南阳，西指武关，至胜已被杀，秦军复将南阳夺去，截住宋留归路。留进退失据，奔还新蔡，又遭秦军邀击，苦不能支，只好乞降。章邯以宋留本为陈令，不能死难，反为陈胜攻秦，罪无可恕，因将留捆缚起来，囚解进京。二世向来苛酷，命处极刑，车裂以徇。各郡县官吏，得此风声，引为大戒，既已叛秦自主，不得不坚持到底，誓死拒秦。秦嘉等闻陈胜已死，求得楚族景驹，奉为楚王，自引兵略方与城，攻下定陶，且遣公孙庆往齐，欲与齐王田儋，合兵御秦。田儋尚未知陈胜死状，遂向庆诘责道："我闻陈王战败，生死未卜，怎得另立楚王，且何不向我请命，竟敢擅立呢！"庆不肯少屈，也大声对答道："齐未尝向楚请命，自立为王，楚何必向齐请命，方得立王呢！况楚首先起兵，西攻暴秦，诸侯应该服从楚令，奈何反欲楚听齐命呢？"田儋听他言语不逊，勃然怒起，竟命将庆推出斩首，不肯发兵助楚。

那吕臣既据陈县，也假楚字为名，号令人民。秦将章邯，连下各地，军威大震，又收得赵将李良，自往邯郸，徙赵民至河内，毁去城郭，随处部署，无暇亲攻二楚。回应前回李良降秦事。但遣左右校秦官名。引兵击陈。吕臣出战败绩，引兵东走，途次遇见一彪人马，为首一员猛将，面有刺文，生得威风凛凛，相貌堂堂，麾下兵士，统用青布包头，不似秦军模样。料知他是江湖枭桀，乘乱起事，与秦抗衡，当下停住下马，拱手问讯。来将却也知礼，在马上欠身相答，彼此各通姓名，才知来将叫做黥布。如闻其声。吕臣从未闻有黥姓，不禁相讶，及黥布详叙本末，方得真相。当由吕臣邀布为助，反攻秦军。布慨然乐允，因与吕臣一同北行。

看官欲知黥布履历，待小子演述出来。布系六县人氏，本来姓英，少时遇一相士，谛视布面，许为豪雄，且与语道："当先受黥刑，然后得王。"布半疑半信，唯恐他日受黥，特改称黥布，谋为厌解。偏偏厌解无效，过了数载，年已及壮，竟至犯法论罪，被秦吏捉入狱中，谳定黥刑，就布面上刺成数字，且充发骊山作工。布欣然笑道："相士谓我当刑而王，莫非我就要做王了！"旁人听了，都相嘲讽，布毫不动怒，竟启行到了骊山。骊山役徒，不下数十万名，有几个骁悍头目，材技过人，布尽与交好，结为至友。当即密谋逃亡，乘隙偕行，辗转遁入江湖，做了一班亡命奴。及陈胜发难，也想起应，只因朋辈寥寥，不过三五十人，如何举事！闻得番阳番音婆，即今之鄱阳县。令吴芮，性情豪爽，喜交宾客，随即只身往谒，劝他起兵。吴芮见他举止不凡，论断有识，不觉改容相待，留居门下。嗣复面试技艺，又是拳棒精通，弓马纯熟，引得吴芮格外器重，愿招布为快婿，诹吉成礼。一个是壮年俊杰，出色当行，一个是仕女班头，及时许嫁，两人做了并头莲，真个是郎才女貌，无限欢娱。艳语夺目。唯布具有大志，怎肯在温柔乡中，消磨岁月，当下招引旧侣，并集番阳，即向吴芮借兵，出略江北，可巧碰着了楚将吕臣，互谈心曲，布毫不踌躇，愿助吕臣一臂之力，夺还陈县。吕臣喜出望外，便合兵还陈，再与秦军交战，秦军无战不胜，无攻不克，偏遇了这位黥将军，执槊飞舞，无论如何勇力，不敢进前，并且黥布麾下的弁目，亦无一弱手，东冲西突，杀人如麻，吕臣也麾众继进，立将秦阵踹破，扫将过去，赶得一个不留。

秦左右校统已窜去，由吕臣收还陈城，邀入黥布，置酒高会。欢宴了好几天，布不屑安居，便与吕臣作别，率徒众东去。适项梁叔侄，渡江西指，声威传闻远近，布亦乐得相从，遂径诣项氏营中，愿为属将。项梁方招揽英雄，哪有不收纳的道理，唯项氏西向的原因，却也有一人引他出来。

当时有一广平人召平，曾为陈胜属将，往攻广陵，旬月未下。会接陈胜死耗，自知孤军难恃，恐为秦军所乘，乃渡江东下，伪称陈王尚在，矫命拜项梁为上柱国，且传语道："江东已定，请即西向击秦！"梁信为真言，就带了八千子弟，逾江西行。沿途有许多难民，扶老携幼，向前急趋。梁未识何因，遂命左右追捉数人，问明意见。难民答道：“现闻东阳县令，为众所戕，另立令史陈婴。陈公素来长厚，体恤民艰，小民等所以前往，求他保护，免得受殃。”梁不禁惊叹道：“东阳有这般贤令史么？我当先与通问，邀他同往攻秦，方为正当办法。”说罢，遂将难民纵去，自命属吏缮就一书，招致陈婴，派人持去。

婴平日循谨，为邑人所推重，自经东阳乱起，避居家中，不欲与闻。偏东阳少年，聚积至数千人，杀死县令，公议立婴，统至婴门固请，定要他出来统众。婴固辞不获，只得出诣县署，妥为约束。并将县令遗尸埋葬。远近闻婴贤名，争先趋附，越数日即得二万人。众又欲推婴为王，婴不敢遽允，立白老母，母摇首道：“自从我为汝家妇，从不闻汝家先代出一贵人，可见汝家向来寒微，没有闻望。今汝投效县中，又不过一寻常小吏，徒靠着平生忠厚，与人无忤，方得大众信从。但忠厚二字，只能勉强自守，不能突然兴国，若骤得大名，非但不能享受，转恐惹出祸殃，况且天下方乱，未知瞻乌所止，汝断不可行险侥幸，自取后悔！我为汝计，不如择主往事，有所依附，事成可得封赏，事败容易逃亡，省得被人指名，这还是处乱知几的方法呢！”如此审慎，才不愧为母教。婴唯唯而出，决意不受王号，但自称东阳县长。适项梁遣使到来，递入梁书，由婴展阅一周，便召集属吏部兵，开言晓谕道：“今项氏致书相招，欲我与他连和，合兵西向，我想项氏世为楚将，素有威名，项梁叔侄，又是英武绝伦，不愧将种，我等欲举大事，非与他叔侄连合，终恐无成。看来不如依书承认，徙倚名族，然后西向攻秦，不患不能成事了！”众人听得婴言，颇有至理，且闻项氏叔侄，英名盖世，势难与敌，还是先机趋附，保全城池为是。乃齐声称善，各无异言。婴就写好复书，先遣来使返报。旋即持了军籍，赴项梁营，愿率部众相依，悉听指挥。

项梁大喜，受婴军籍，仍令婴自统部众。不过出兵打仗，总要禀承项氏，方好遵行。这乃是主权所关，不足深怪。项梁遂与婴合兵渡淮，并得黥布相从，已约有四五万人。嗣复来了一位蒲将军，也有一二万部众，投附项梁。史记不载蒲将军姓名，故本书亦从阙略。于是项梁属下的兵士，差不多有六七万名，一古脑儿会齐下邳，探听前途消息，再定行止。忽有探卒走报，乃是秦嘉驻兵彭城，不容大军过去。项梁听说，遂召谕将士道：“陈王首先起事，攻秦失利，未即死亡，秦嘉乃遽背陈王，擅立景驹，这便叫做大逆不道，诸君当为我努力，往诛此贼！”道言未绝，各将士已齐声应令，便排好队伍，执定兵械，一声炮响，好似潮水奔赴，争向彭城杀去。小子有诗咏道：

八千子弟渡江来，一鼓便将伪楚摧；
若使到头无误事，声威原足挟风雷。

欲却胜负如何，待至下回详叙。

历朝革命，首事者往往无成，而胜广之名为益著，即其败亡也亦甚速。广不足道耳。陈胜以陇上耕佣，一呼而起，集众数万，据陈称王，何兴之暴也？厥后各军连败，秦兵相逼，胜不能一战，竟死于御者之手，又何其惫也！史称其滥杀故人，苛待属吏，遂至众叛亲离，以底于亡，此固不可谓非陈胜之定评，然自来真主出现，必有首事者为之先驱，首事者死，而真主乃得收功，项氏且不能据有海内，遑论一陈胜乎？若陈婴母其知此道矣，诫婴称王，嘱使依人，宁辞大名，免遭大祸。莫谓巾帼中必无智者，婴母固前事之师也。

第十五回　从范增访立楚王孙
信赵高冤杀李丞相

却说项梁带领部众，杀奔彭城，仗着一股锐气，冲入秦嘉营垒，杀的杀，砍的砍，利害得很。嘉自起兵以来，从未经过大敌，骤然遇了项家兵队，勇悍异常，叫他如何抵挡？没奈何弃营逃去。项梁驱兵追赶，直至胡陵，逼得秦嘉无路可奔，只好收集败兵，还身再战。奋斗多时，究竟强弱不敌，终落得兵败身亡。残众进退两难，统皆弃械投降。秦嘉所立的楚王景驹，孤立无依，出奔梁地，后来也一死了事。项梁进据胡陵，复引兵西进，适值秦将章邯，南下至栗，为梁所闻，乃使别将朱鸡石余樊君等，往击秦军。余樊君战死，朱鸡石逃还。梁愤杀鸡石，驱兵东出，攻入薛城。忽由沛公刘邦，到来乞师，梁与沛公本不相识，两下晤谈，见沛公英姿豪爽，却也格外敬礼，慨然借兵五千人，将吏十人，使随沛公同行。沛公谢过项梁，引兵自去。回应第十二回。

唯沛公何故乞师，应该就此补叙。沛公前居母丧，按兵不动，偏秦泗川监官名来攻丰乡，乃调兵与战，得破秦兵。泗川监遁还，沛公命里人雍齿居守，自引兵往攻泗川，泗川监平，及泗川守北，出战败绩，逃往薛地，又被沛公军追击，转走戚县。沛公左司马曹无伤，从后赶去，杀死泗川守，只泗川监落荒窜去，不知下落。沛公既得报怨，乃还军亢父，不意魏相周市，遣人至丰，招诱雍齿，啖以侯封。雍齿素与沛公不协，竟背了沛公，举丰降魏。沛公闻报，急引兵还攻雍齿，偏雍齿筑垒固守，屡攻不下。丰乡为沛公故里，父老子弟，本已相率畏服，不生贰心，乃被雍齿胁迫，反抗沛公，沛公如何不愤！自思顿兵非计，不如另借大兵，再来决斗，乃撤兵北向，拟至秦嘉处乞师。道出下邳，巧与张良相遇。张良伏处有年，闻得四方兵起，也欲乘势出头，特纠集同志百余人，拟往从楚王景驹。会见沛公过境，因乘便求见，沛公与语一切兵机，良应对如流，大得沛公赏识，授为厩将。最奇怪的是张良所言，无人称赏，独沛公一一体会，语语投机。良因叹息道："沛公智识，定由天授，否则我所进说，统是太公兵法，别人不晓，为何沛公独能神悟呢？"良得太公兵法，见前文第四回。嗣是良遂随着沛公，不复他去。会秦嘉为项梁所杀，景驹走死，沛公乃竟造项梁营门，乞师攻丰。既得项军相助，便亟返丰乡，再攻雍齿。雍齿保守不住，出投魏国去了。

沛公逐去雍齿，驰入丰乡，传集父老子弟，训责一番。大众统皆谢过，乃不复与较，但改丰乡为县邑，筑城设堡，留兵扼守，再向薛城告捷，送还项军。旋接项梁来书，特邀沛公至薛商议另立楚王。沛公方感他厚惠，当然应召，带同张良等趋至薛城。适值项羽战胜班师，因得与羽相见，询明战状，乃是羽拔襄城，尽坑敌兵，方才告归。羽一出师，便尽坑襄城敌兵，其暴可知。惺惺惜惺惺，两人一见如故，联成为萍水交。刘项相交自此始。

过了一宵，项氏属将，一齐趋集。当由项梁升帐议事，顾语大众道："我闻陈王确已身死，楚国不可无主，究应推立何人？"大众听了，一时也不便发言，只好仍请项梁定夺。有几个乘机献媚的将吏，竟要项梁自为楚王，梁方欲承认下去，忽帐外有人入报，说是居鄛人范增，前来求见。鄛一作巢，即今巢县。梁即传令入帐。少顷见一个老头儿，伛偻进来，趋至座前，对梁行礼。死多活少，何苦再来干进！梁亦拱手作答，延坐一旁，并温颜与语道："老先生远来，必有见教，愿乞明示！"范增答道："增年已老朽，不足谈天下事，但闻将军礼贤下士，舍己从人，所以特来见驾，敬献刍言。"项梁道："陈王已逝，新王未立，现正筹议此事，尚无定论，老成人想有高见，幸即直谈！"增又道："仆正为此事前来，试想陈胜本非望族，又乏大才，骤欲据地称王，谈何容易！此次败亡，原不足惜。自从暴秦并吞六国，楚最无罪，怀王入秦不反，楚人哀思至今。仆闻楚隐士南公，深通术数，尝谓楚虽三户，亡秦必楚，照此看来，三户尚足亡秦，今陈胜首先起事，不知求立楚后，妄自称尊，怎得不败！怎得不亡！将军起自江东，渡江前来，故楚豪杰，争相趋附，无非因将军世为楚将，必立楚后，所以竭诚求效，同复楚国。将军诚能俯顺舆情，扶植楚裔，天下都闻风慕义，投集尊前，关中便一举可下了。”增言亦似是而非。

项梁喜道：“我意也是如此，今得老先生高论，更无疑义，便当照行。”增闻言称谢，梁又留与共事，增亦不辞。此时增年已七十，他本家居不仕，好为人设法排难，谋无不中。既居项梁幕下，当然做了一个参谋。梁遂派人四出，访求楚裔，可巧民间有一牧童，替人看羊，查问起来，确是楚怀王孙，单名是个心字，当即报知项梁。梁即派遣大吏数人，奉持舆服，刻日往迎。说也奇怪，那牧童得了奇遇，倒也毫不惊慌，就将破布衣服脱下，另换法服，居然象个华贵少年，辞别主人，出登显舆，一路行抵薛城。项梁已率领大众，在郊迎接，一介牧童，不知从何处学得礼节，居然不亢不卑，与梁相见。梁遂导入城中，拥他高坐，就号为楚怀王，自率僚属谒贺。牧童为王，虽后来不得令终，总有三分奇异。行礼既毕，复与大众会议，指定盱眙为国都，命陈婴为上柱国，奉着怀王，同往盱眙。梁自称武信君，又因黥布转战无前，功居人上，封他为当阳君。布乃复英原姓，仍称英布。

张良趁此机会，谋复韩国，遂入白项梁道：“公已立楚后，足副民望，现在齐赵燕魏，俱已复国，独韩尚无主，将来必有人拥立，公何不求立韩后，使他感德；名虽为韩，实仍属楚，免得被人占了先着，与我为敌呢。”语有分寸。项梁道：“韩国尚有嫡派否？”良答道：“韩公子成，曾受封横阳君，现尚无恙，且有贤声，可立为韩王，为楚声援，不至他变。”梁依了良议，遂使良往寻韩公子成。良一寻便着，返报项梁。梁因命良为韩司徒，使他往奉韩成，西略韩地。良拜辞项梁，又与沛公作别，径至韩地，立韩成为韩王，自为辅助，有兵千人，取得数城。从此山东六国，并皆规复，暴秦号令，已不能远及了。

独秦将章邯，自恃勇力，转战南北，飘忽无常，竟引兵攻入魏境。魏相周市，急向齐楚求救，齐王田儋，亲自督兵援魏，就是楚将项梁，亦命项它领兵赴援。田儋先至魏国，与周市同出御秦，到了临济，正与秦军相遇，彼此交战一场，杀伤相当，不分胜负。儋与市择地安营，为休息计，总道夜间可以安寝，不至再战。哪知章邯狡黠得很，竟令军士衔枚夜走，潜来劫营。时交三鼓，齐魏各军，都在营中高卧，沉沉睡着，蓦地里一声怪响，方才从梦中惊醒，开眼一瞧，那营内已被秦军捣入。急忙爬起，已是人不及甲，马不及鞍，如何还能对敌？秦军四面围杀，好似砍瓜切菜一般，齐魏兵无路可奔，多被杀死。田儋周市，也死于乱军中，同至枉死城头，挂号去了。章邯踏平齐魏各营，遂驱兵直压魏城。魏王咎自知不支，因恐人民受屠，特遣使至章邯营，请邯毋戮人民，便即出降。邯允如所请，与定约章，遣使回报。魏王咎看过约文，心事已了，当即纵火自焚，跟着祝融氏祝融，火神名。同去，却是一个贤王，可惜遭此结果。弟魏豹缒城出走，巧遇楚将项它，与述国破君亡等事，项它知不可救，偕豹还报项梁。

梁方出攻亢父，闻得魏都破灭，项它还军，正拟自往敌秦，赌个输赢。适值齐将田荣，差来急足，涕泣求援。经梁问明底细，才知田儋死后，齐人立故齐王建弟田假为王，田角为相，田间为将。独田儋弟荣不服田假，收儋余兵，自守东阿，秦兵乘势攻齐，把东阿城围住。城中危急万分，因特遣使求救，项梁奋然道："我不救齐，何人救齐！"遂撇了亢父，立偕齐使同赴东阿。

秦将章邯，方督兵攻东阿城，限期攻入，忽闻楚军前来救齐，乃分兵围攻，自率精锐去敌项梁。一经交锋，觉得项梁兵力，与各国大不相同，当下抖擞精神，率兵苦斗，偏项军都不怕死，专从中坚杀来，无人敢当，章邯持刀独出，拦截楚军，兜头碰着一个楚将，横槊相迎，刀槊并交，不到数合，杀得章邯浑身是汗，只好抛刀败退。看官道楚将为谁？就是力能扛鼎的项羽。邯生平未遇敌手，乃与项羽争锋，简直是强弱悬殊，不足一战。自思楚军中有此健将，怎能抵敌？不如赶紧收军，走为上计，于是挥众急走，奔回东阿，索性将攻城人马，一律撤去，向西驰还。田荣引兵出城，会合楚军，追击秦兵至十里外，望见章邯去远，荣托词告归。独项梁尚不肯舍，再追章邯，逐节进兵。

既而田假逃至，报称为荣所逐，乞师讨荣，项梁未许，但促田荣会师攻秦。荣方驱逐田假，及田角田间，另立兄儋子市为齐王，自为齐相，弟横为将，出徇齐地，无暇发兵攻秦。及楚使到来，荣与语道："田假非前王子弟，不应擅立，今闻他逃入楚营，楚应为我讨罪。田角田间，与假同恶，现皆奔往赵国；若楚杀田假，赵杀田角田间，我自当引兵来会，烦汝回报便了。"田假系齐王建弟，岂必不可为王？荣为是言，无非强词夺理。楚使还见项梁，具述荣言，项梁道："田假已经称王，今穷来投我，怎忍杀他？田荣不肯来会，由他去罢。"一面说，一面使沛公项羽，往攻城阳。羽亲冒矢石，首先登城，入城以后，又将兵民尽行屠戮。沛公亦无法劝阻，俟羽屠城毕事，同归告捷。

项梁复率众西追章邯，再破秦军，邯败入濮阳，乘城固守。梁攻城不克，移攻定陶。定陶城内亦有重兵守着，兀自支撑得住。梁自驻定陶城下，指挥军事，另命沛公项羽，往西略地。两人行至雍邱，却遇秦三川守李由引兵迎敌，项羽一马当先，突入秦阵，李由不知好歹，仗剑来迎，被项羽手起一槊，挑落马下，眼见是一命告终了。秦兵失了主将，自然大乱，逃去一半，死了一半。唯李由为秦丞相李斯长子，战死沙场，总算是为秦尽忠，哪知秦廷还说他谋反，竟把乃父李斯，拘入狱中！李由死无对证，李斯冤枉坐罪，这真叫做不明不白，生死含冤呢。也是李斯造孽太深，故有此报。说将起来都是赵高一人的狡计。

秦二世宠任赵高，不亲政务，及四方乱起，警报频闻，却不向赵高归罪，但去责成丞相李斯。李斯是个贪恋禄位的佞臣，只恐二世加谴，反要迎合上意，请二世讲求刑名，严行督责，且云督责加严，臣民自然畏惧，不敢生变。这数语正合二世心理，遂大申刑威，不论有罪无罪，孰贵孰贱，每日总要刑戮数人，总算实做那督责的事情。官民栗栗危惧，各有戒心，赵高平日，恃恩专恣，往往报复私仇，擅杀无辜，此次恐李斯等从旁讦发，祸及己身，乃先行设法，入白二世道："陛下贵为天子，亦知天子称贵的原因么？"二世茫然不解，转问赵高，高答说道："天子所以称贵，无非是高拱九重，但令臣下闻声，不令臣下见面。从前先皇帝在位日久，臣下无不敬畏，故得日见臣下，臣下自不敢为非，妄进邪说。今陛下嗣位，才及二年，春秋方富，奈何常与群臣计事？倘或言语有误，处置失宜，反使臣下看轻，互相诽议，这岂不是有玷神圣么？臣闻天子称朕，朕字意义，解作朕兆，朕兆便是有声无形，使人可望不可近，愿陛下从今日始，不必再出视朝，但教深居宫禁，使臣与二三侍中，或及平日学习法令诸吏员，日侍左右，待有奏报，便好从容裁决，不致误事。大臣见陛下处事有方，自不敢妄生议论，来试陛下，陛下才不愧为圣主了。"好似哄骗小儿。

二世闻言甚喜，乐得在宫安逸，恣意淫荒。从前尚有视朝的日子，至此杜门不出，唯与宦官宫妾，一淘儿寻欢取乐，所有诰命出纳，统委赵高办理。赵高便往访李斯，故意谈及关东乱事，李斯皱眉长叹，唏嘘不已。高便进说道："关东群盗如毛，警信日至，主上尚恣为淫乐，征调役夫，修筑阿房宫，采办狗马无用等物，充斥宫廷，不知自省。君侯位居丞相，不比高等服役宫中，人微言轻，奈何坐视不言，忍使国家危乱哩！"哄骗李斯又另用一番口吻。李斯道："非我不愿进谏，实因主上深居宫中，连日不出视朝，叫我如何面奏？"赵高道："这有何难，待我探得主上闲暇，即来报知君侯，君侯便好进谏了。"李斯听着，还道赵高是个忠臣，怀着好意，当即欣然允诺。

过了一二日，果由赵高遣一阉人，通知李斯促令进谏。李斯忙穿了朝服，匆匆至宫门外，求见二世。二世正在宫中宴饮，左抱右拥，快乐无比的时候，忽见内官趋入，报称丞相李斯求见，不由的艴然道："有何要事，败我酒兴？快叫他回去罢！明日也好进来。"内官出去，依言拒斯，斯只好回去。明日再往求见，又被二世传旨叱回，斯乃不敢再往。偏赵高又着人催促，说是主上此刻无事，正好进谏，不得再误。斯尚以为真，急往求见，又受了一碗闭门羹。斯白跑三次，倒也罢了，哪知二世动了懊恼，赵高乘势进谗，说是沙邱矫诏，斯实与谋，他本望裂地封王，久不得志，因与长子由私下谋反。近日屡来求见，定有歹意，不可不防！二世听了，尚在沉吟，赵高又加说道："楚盗陈胜等人，统是丞相旁县子弟，斯为上蔡人，与陈胜阳城相近，故云旁县。为什么得横行三川，未闻李由出击？这就是真凭实据了。请陛下速拘丞相，毋自贻患！"二世仍沉吟多时，究因案情重大，不好草率，特先使人按察三川，是否有通盗实迹，再行问罪。赵高不敢再逼，只好听二世派人出去，暗中贿嘱使臣，叫他诬陷李斯父子。

偏李斯已知中计，且闻有查办李由等情，因上书劾奏赵高，历陈罪恶。二世略阅斯书，便顾语左右道："赵君为人，清廉强干，下知人情，上适朕意，朕不任赵君，将任谁人？丞相自己心虚，还来诬劾赵君，岂不可恨！"李斯越弄越糟。说着，即将原奏掷还。李斯见二世不从，又去邀同右丞相冯去疾，将军冯劫，联名上书，请罢修阿房宫，请减发四方徭役，并有隐斥赵高的语意。惹得二世越加动怒，愤然作色道："朕贵为天子，理应肆意极欲，尚刑明法，使臣下不敢为非，然后可制御海内。试看先帝起自侯王，兼并天下，外攘四夷，所以安边境，内筑宫室，所以尊体统，功业煌煌，何人不服。今朕即位二年，群盗并起，丞相等不能禁遏，反欲举先帝所为，尽行罢去，是上不能报先帝，次又不能为朕尽忠，这等玩法的大臣，还要何用呢？”赵高在旁，连忙凑趣，请即将三人一并罢官，下狱论罪。二世当即允准，遂由赵高派出卫士，拿下李斯冯去疾冯劫，囚系狱中。

去疾与劫，倒还有些志趣，自称身为将相，不应受辱，慨然自杀。独李斯还想求生，不肯遽死，再经赵高奉旨讯鞫，硬责他父子谋反，定要李斯自供。斯怎肯诬服？极口呼冤，被赵高喝令役隶，搒掠李斯，直至一千余下，打得李斯皮开肉烂，实在熬受不住，竟至昏晕过去。若得就此毕命，也免身受五刑。小子有诗叹道：

严刑峻法任君施，祸报临头悔已迟。
家族将夷犹惜死，桁杨况味请先知。

毕竟李斯性命如何，且看下回续叙。

范增之请立楚后，与张耳陈余之进说陈胜，其说相同。此第为策士之诈谋，无足深取。丈夫子迈迹自身，岂必因人成事？试观郦食其请立六国后，而张良借箸以筹，促销刻印，汉卒成统一之功，是可知范增之谋，不足图功，反足贻祸。项氏之亡，实亡于弑义帝，谓非增贻之祸而谁贻之乎？或谓张良亦尝请立韩公子成，夫良之请立韩后，不过为韩存祀而已，其与范增之借楚为名，亦安可同日语者。苏子瞻资议范增，犹目之为人杰，毋乃尚重视范增欤！彼夫李斯之下狱，原属冤诬，然试思残刻如斯，宁能令终？坑儒生者李斯，杀扶苏蒙恬者亦李斯，请行督责者亦李斯，斯杀人多矣，安保不为人杀乎？故杀斯者为赵高，实不啻斯自杀之耳，冤云乎哉！

第十六回　驻定陶项梁败死
屯安阳宋义丧生

却说李斯受了刑讯，搒掠至千余下，竟至昏晕不醒。赵高令左右取过冷水，喷上斯面，斯才苏醒转来。再经高喝令供实，斯恐重遭搒掠，不得已当堂诬服，随即牵还狱中。斯且忍痛作书，自叙前功，尚望二世从轻发落，特浼狱吏呈将进去，偏又为赵高所闻，呼吏入责道："囚犯怎得上书？汝莫非受他贿托么？"说得狱吏魂魄飞扬，慌忙自称不敢，叩谢而出。斯书当然毁去，不得上闻。赵高复使心腹人伪为御史，及侍中谒者等官，私往按验，至再至三，斯一呼冤，便即笞杖交下，不令翻供，嗣经二世派人复审，斯以为徒受笞杖，无从明冤，不如拚了一死，诬供了事。复审员还报二世，二世喜说道："若非赵君，几为李斯所卖！"于是斯遂谳成死罪。及三川查办员还都，先向赵高处陈明，说是李由阵亡，死无对证，正好捏造反词，构成大狱。赵高喜甚，遂令他捏词奏报。二世益怒，竟令斯备受五刑，并诛三族。应有此报。

可怜李斯家内，所有子弟族党，一古脑儿拿到法庭，与李斯一同捆缚，推出市曹。斯顾次子呜咽道："我欲与汝再牵黄犬，出上蔡东门，赶捕狡兔，已不能再得了！"说着，大哭不止，次子亦哭，家属无一不哭。俄而监刑官至，先命将李斯刺字，次割鼻，次截左右趾，又次枭首，又次斩为肉泥。五刑用毕，斯魂早入阿鼻地狱。余外子弟族党等，一并诛死，真落得阴风惨惨，冤魄沉沉。总计李斯一门，除长子由为三川守外，诸男多尚秦公主，诸女多嫁秦公子，显贵无比。李斯也尝叹物极必衰，终因贪恋禄位，倒行逆施，害得这般结果，可见贵富二字，最足误人，愿后世看作榜样，切勿贪心不足呢！暮鼓晨钟，无此异响。

且说赵高既害死李斯，遂得代斯后任，做了一个中丞相，凡军国大事，都归他一人包揽，二世似傀儡一般，毫无主权。高因祸乱日亟，特致书章邯，责成平盗。章邯困守濮阳，也想出奇制胜，建立战功，每日派遣侦骑，探听项梁军情，以便乘隙定计。项梁驻兵定陶城下，适值霪雨兼旬，不便力攻。沛公项羽，自雍邱还攻外黄，亦为雨所阻，但把外黄城围住，为持久计。项梁屡胜而骄，既不将两军召回，又复逐日宽懈，但在营中饮酒消遣，所有军纪军律，几乎搁起一边，不复过问，全营将士，亦乐得逍遥自在，快活几天。这种情形，早被秦探窥知，往报章邯，邯尚恐兵力未足，不敢轻出，但向各处征调兵马。待至各军趋集，方图大举，与项梁决一雌雄。

项梁麾下，有一谋士宋义，察知秦兵日增，引以为忧，遂入帐谏项梁道："公渡江到此，屡破秦军，威名日盛，可喜无过今日，可惧亦无过今日，大约战胜以后，将易骄，卒易惰，骄惰必败，不如不胜。试看各营将士，已渐骄了，已稍惰了，秦兵虽败，秦将章邯，究竟是经过百战，不可轻视。近闻他屡次添兵，必将与我决一死斗；若我军不先戒备，一旦被他袭击，如何抵敌！所以义日夜担忧，为公增惧呢。"项梁道："君亦太觉多心。章邯屡次败退，哪里还敢再来！就使他逐日添兵，也不过守着濮阳罢了；况天公连日下雨，路上泥泞得很，怎能攻我，一俟天晴，我即当攻克此城，去杀那章邯，看他逃往何处！"说至此，掀髯大笑。骄态如绘。

宋义尚欲有言，项梁先接入道："我前拟征集齐师，同去攻秦，偏田荣有怀私怨，忘我大惠，我本想遣使诘责，只因一时无暇，延误多日，今若虑章邯增兵，与我为难，不如再召田荣，率师来会。荣若仍然不至，我却要移兵攻齐了。"宋义见梁语益支离，料难再谏，眉头一皱，计上心来，即向项梁说道："公如欲使齐，臣愿一往。"梁欣然许诺，义即起身辞行，出营东去。越快越妙。

走至半途，适遇齐使高陵君显，免不得互相接谈。义便问显道："君将往见武信君么？"显答声称是。义又与说道："我受武信君差遣，出使贵国，一是为两国修和，二是为一己避祸，愿君亦不可速进，免受灾殃。"显不禁诧异，详问原因，义答道："武信君屡战屡胜，已致骄盈，士卒亦多懈怠，恐难再战。我闻秦将章邯，连日增兵，志在报复，武信君轻视秦军，拒谏不纳，将来必为所乘，不败何待？君今前去，未免受累，看来还是徐徐就道，方可无虞。我料这旬日内，武信君就要失败了！"显似信非信，乃与义拱手揖别，各走各路。自思义为楚臣，有此关照，不为无因，今何妨迟迟吾行，较为妥当。遂嘱咐舆夫，缓缓前进。

果然高陵君未到楚营，武信君已经败亡。原来项梁遣去宋义，仍然宽弛得很，不但军中未曾戒严，就是斥堠巡卒，也听他散处，不加检查。时当秋季，凄风苦雨，连宵不止，把定陶城下的几座楚营，直压得黑气弥漫，不见天日。便是不祥之兆。楚军也无人占候，但知昼餐夜宿，蹉跎过去。一夕俱安睡营中，忽闻营外喊杀连天，好似千军万马，奔杀进来。楚军方才惊起，但见四面统是火光，照彻内外，一队队的敌军，统向营门中突入，见人便砍，遇马便刺，吓得楚军倒躲不及。勉强持了军械，上前拦阻，哪里是敌军对手，徒断送了许多头颅。最利害的是后面大将，金盔铁甲，跃马舞刀，锋刃所及，血肉横飞，越使楚人丧胆，只恨自己未生羽翼，不能飞上天空，逃脱性命。还有这位武信君项梁，仓皇出帐，单穿着一身常服，执着一把短剑，要想冲出大营，觅路逃生。冤家碰着狭路，正与敌军中大将相值，被他拦住。两下里争起锋来，一个是长刀乱劈，光焰逼人，一个是短剑难支，心胆已落。才阅片时，即由敌帅一刀剁下，劈作两段。敌帅为谁？就是秦将章邯。邯既招集兵马，衔夜冒着风雨，来劫楚营，项梁毫不预备，自然中了邯计，一死不足，还要害及全军，这便叫做骄兵必败，应了宋义的前言呢。前回述章邯劫营，是顺叙而下，此回却用倒笔，愈见突兀。

楚营中失了主帅，没头乱跑，当被秦兵掩杀一阵，多半毙命。只有几个命不该死的兵士，溜出营外，逃往外黄，报知沛公项羽。项羽不听犹可，听了叔父阵亡，不由的悲从中来，放声大哭。沛公亦为泪下，待羽停住哭声，方与羽商议道："武信君已死，军心不免摇动，此处断难再驻了。我等只好东归，保卫怀王，抵御秦军。"羽也以为然，乃撤外黄围，引兵东还。道出陈县，复邀同吕臣军，共至江左，择地分驻。吕臣军驻彭城东，项羽军驻彭城西，沛公军驻砀郡，彼此列成犄角，约为声援。嗣恐怀王居住盱眙，为秦所攻，因请他移都彭城。怀王依议迁都，至彭城后，命将项羽吕臣两军，并作一处，自为统帅。牧童能作统帅，却是不凡。唯沛公军仍使留砀，授为砀郡长，封武安侯。号项羽为鲁公，封长安侯，进吕臣为司徒，且使吕臣父青为令尹。部署已定，专待章邯到来，与他厮杀。偏章邯不来攻楚，反去攻赵，他道是项梁已死，楚无能为，所以北去。怀王闻秦军北行，料知魏地空虚，即使魏豹往略魏地。魏豹奔楚见前回。给兵千人，即日出发。豹却也顺手，竟得平定二十余城，派人报捷。怀王乃命豹为魏王，使作屏藩，这且慢表。

且说齐使高陵君显，在途中缓行数日，果得项梁死耗，才服宋义先见，幸得避灾。只因使命尚未交卸，不便回齐，且在途中探听楚人消息，再定行止。嗣闻楚怀王迁都彭城，刘项等同心夹辅，兵威复震，乃改道转趋彭城，入见怀王，传达使命。怀王依礼接见，赐座与谈。显问及宋义使齐，有无回来，怀王答称尚未。显又述及途次相遇，幸得宋义指示，不至及祸等情，怀王愕然道："义何以知项君必败？"显答道："据宋使言，武信君志骄气满，已露败象，后来不到数日，竟如所料。试想兵未交战，先见败征，岂不是特别知兵么？"怀王点头称是。

事有凑巧，正值宋义回来，即由怀王立刻召见，问明使齐情形，义据实复陈，无非说是齐愿修和，只因国内未定，所以暂缓出师。怀王复与语项梁败状，义答道："臣早知有此祸变，武信君不肯听臣，因致败亡。"怀王乃更商及拒秦政策，义仍主张西进，谓必须择一良将，剿抚兼施，进止有法，方可成功。怀王大喜，遂留宋义居侍左右，随时与议。一面遣回齐使，令他复命。俟齐使去后，乃遍召诸将，会议攻秦。怀王首先开口道："秦始皇暴虐人民，海内交怨，今二世尤为无道，自速危亡，前武信君西向进攻，所过皆克，不幸中道失计，忽遭败挫，现拟再接再厉，誓灭暴秦，还问何人敢当此任？"说至此，即顾视两旁，见诸将瞠目结舌，无一应命。怀王复朗声道："诸君听着，今日无论何人，但能麾兵西向，首先入关，便当立为秦王。"言未已，即有一人应声道："末将愿往！"是怀王激励出来。往字方才说毕，又有一人厉声道："我亦愿往！须当让我先去。"两人口吻，便有区别。怀王瞧着，第一个应声的乃是沛公，第二个厉声的就是项羽，两人统要西行，反弄得怀王左右为难，俯首沉吟。项羽又进说道："叔父梁战死定陶，仇尚未报，末将谊关子侄，誓不甘休！今愿请兵数千，捣入秦关，复仇雪耻，就使刘季愿往，末将亦决与同行，前驱杀贼。"怀王听着，方徐声道："两将能同心灭秦，尚有何言？现且部署兵马，择日启行。”

沛公项羽，奉令趋出。尚有老将数人，未曾告退，续向怀王进言道：“项羽为人，慓悍残忍，前次往攻襄城，月余才得破入，他因日久怀恨，纵兵屠戮，直把襄城百姓，杀得一个不留。嗣复转攻城阳，又将全城人民，任情残杀。此外所过地方，无不酷待，如此凶暴，怎好令他统军？况楚兵起义以来，陈王项梁，统皆无成，这都为了以暴易暴，不足服人，所以终归败死。今既定议攻秦，不应单靠武力，须得一忠厚长者，仗义西行，沿途约束军士，慰谕父老，非至万不得已，不可加诛，彼秦地百姓，苦秦已久，若得义师前去，除暴救民，自然箪食相迎，无思不服。故为大王计，项羽决不可遣，宁可独遣沛公！沛公宽大有名，必不致如项羽的残暴呢。”怀王道：“我知道了！”诸老将方兴辞而出。怀王返入内室，免不得大费踌躇，自思羽若不遣，是自背前言；若遣令同往，必至所过残掠，大拂民意。想了多时，究竟是不遣为佳。

次日升堂议事，沛公项羽，都来禀请出兵的日期。怀王顾语项羽，叫他暂留彭城，不必与沛公同行。项羽不禁暴躁起来，正要与怀王辩论，可巧外面有人入报，说是赵国使臣，前来求见。怀王正恐项羽多言，乐得打断了他，急命左右召入赵使。赵使踉跄进来，行过了礼，便将国书呈上。怀王虽做过牧童，究竟幼时读书识字，未尝忘却，况且天资聪敏，一习便熟，所以看到来书，就知赵使来楚乞援。原来秦将章邯，移兵攻赵，赵王歇使将军陈余，出兵抵敌，吃了一个大败仗，退至巨鹿。赵相张耳，亟奉赵王歇入巨鹿城，令陈余屯营城北，保护城池。章邯在城南下寨，就棘原筑起甬道，两面叠墙，俾通粮路，自督兵士攻城，昼夜不辍。城中当然危急，不得不遣使四出，分道求援。怀王将来书阅毕，传示诸将，惹得项羽雄心勃勃，又想去攻杀章邯，替叔报仇。当下请命欲行，怀王说道：“此行正要烦君，但须有人同去，方慰我心！”无非防他残虐。遂即命宋义为上将，加号卿子冠军，卿子系时人褒美之辞，即与公子相类。冠读去声，有统军之意。作为统帅，项羽为次将，范增为末将，率兵数万，前往救赵。

赵使先归，宋义等随后出发，行至安阳，顿兵不进。怀王深信宋义，不欲遥制，由他自定行止，唯另遣沛公西行。沛公别过怀王，出都就道，遇着陈胜项梁散卒，一并收集，约得万人。复至砀郡招领旧部，共同西进，过了成阳杠里二县，连破秦军二戍，击走秦将王离，因向昌邑进发。时已为秦二世三年了。是年为秦亡之岁，不能从略。

秦将王离，败走河北，投章邯军，邯令他助攻巨鹿，巨鹿守兵，越加惱惧，日望楚军入援。偏宋义逗留安阳，不肯进兵，甚至赵使一再敦促，仍然不行。接连住了四十六日，部将等俱莫名其妙，项羽更忍耐不住，入帐语义道："秦兵围赵甚急，我军既已来援，应该速渡黄河，与秦交战，我为外合，赵为内应，秦兵便可破灭，为什么久驻此间，坐失时机呢？"宋义摇首道："公言错了！古谚有言，当搏牛虻，不当破虮虱，虻大虱小，我等应从大处下手，方得大功。今秦兵攻赵，就使战胜，兵亦必疲，我可乘敝进攻，无虑不破。若秦兵不能胜赵，我便鼓行西进，直入秦关，还要去顾什么章邯？我所以按兵不进，专待秦赵两军，决一胜负，方定进止，公亦何必性急，且住为佳。总之披坚执锐，我不如公；运筹决策，公尚不如我哩。"言已，鼓掌大笑。义能知梁，不能知羽，想是命已该绝了。

羽忿忿而出。少顷有军令传出道："猛如虎，狠如羊，贪如狼，强不可使，俱应处斩！"这数语明明是指着项羽，气得项羽三尸暴炸，七窍生烟，恨不得手刃宋义，立即渡河。那宋义全然不睬，且遣子襄往做齐相，亲送至无盐地方，饮酒高会，自鸣得意。会值天气严寒，雨雪纷飞，士卒且冻且饥，不得一餐，独宋义堂皇高坐，与诸将豪饮大嚼，谈笑生风。看官试想！如此行为，能令众人心服么？将卒须共尝甘苦，义号为知兵，奈何不晓。

项羽虽然列席，胸中却说不出的烦躁，但借酒浇愁，喝干了数大觥。待至酒阑席散，宋襄东去，宋义归营，约莫是夜餐时候，士卒都一齐会食，羽独无心下膳，自出巡行，听得士卒且食且谈，互有怨言，不由的激起宿愤，乘机欲发。一俟大众食毕，即趋入宣言道："我等冒寒前来，实为救赵破秦起见，为何久留此地，不闻进行？方今岁饥民贫，士卒食芋菽，军营无现粮，乃尚饮酒高会，不思引兵渡河，往就赵粟，合攻秦兵，反说要乘他疲敝。试想秦兵强悍，攻一新立的赵国，势如摧枯，赵灭秦且益强，何敝足乘？况我国新遭败衄，主上坐不安席，尽发境内兵士，属诸上将军，国家安危，在此一举，今上将军不恤士卒，但顾私谋，这还好算得社稷臣么？"大众听了，虽未敢高声响应，但已是全体赞成。项羽窥透众意，方才归寝。宋义已经酒醉，回营便睡，一些儿没有知晓。竟变做糊涂虫。

到了翌日早起，羽借进谒为名，大踏步驰入义帐，义方在盥洗，被羽走近身旁，拔剑砍义，砉的一声，已将义首级劈落帐下。小子有诗叹道：

漫言智识果超群，一死何殊武信君！
才识恃才徒速祸，可怜身首已中分。

羽既杀死宋义，复枭了他的首级，提出帐前，举示大众。欲知大众是否服羽，且看下回便知。

项梁之死，失之于骄，宋义之死，亦未始非骄所致。义知项梁之骄兵必败，而果为其所料，诩诩然自夸先见之明，盖亦骄矣。及怀王召入幕中，宠信日深，更足酿成义之骄态。及擢为上将军，给以美号，畀以重权，而义之骄乃益甚。夫救兵如救火然，岂可中道逗留，月余不进乎？况行兵以锐气为主，锐气一衰，何足御敌？义尝以此讥项梁，而不知自蹈此辙，即使项羽无杀义之举，亦安在而不至败也！视人则明，处己则昏，吾于宋义亦云。

第十七回　破釜沉舟奋身杀敌
损兵折将畏罪乞降

却说项羽杀死宋义，携首出帐，举示大众，且号令军中道："宋义与齐私通，谋叛楚国，我奉楚王命令，已把他斩首了。"众将士已多怨义，更见羽奋髯如戟，振喉如雷，仿佛与黑煞神相似，顿令人人生畏，莫敢枝梧。当有数将士应命道："首立楚国，原出将军家中，今将军诛乱有功，应该代任上将军，统辖全营。"羽接入道："这也须禀明我王，静候旨意。"将士复道："军中不可无主，将军何妨摄行职务，再候王命未迟。"羽便允诺，大众便同声推立，称羽为假上将军。羽想出一条斩草除根的法子，索性派遣心腹将弁，赶上宋襄，一刀杀死，然后使属将桓楚，报命怀王，诡言宋义父子，谋叛不道，已由大众公同议决，诛死了事。怀王亦明知项羽夺权，但又不能制服项羽，只好将错便错，遣使传命，就使项羽为上将军。怀王之不得其死，已在此处伏案。一朝权在手，就把令来行，便遣当阳君英布，及蒲将军等，领兵二万人，渡河前进，自为后应，徐徐进行。

赵将陈余，自为秦军所败，不敢与秦争锋，唯征集常山兵数万人，屯驻巨鹿城北，虚张声势。秦兵得王离为助，饷足兵多，急攻巨鹿。巨鹿城内，日夜不安，守兵逐日伤亡，粮草又逐日减少，急得赵相张耳，焦灼异常，屡使人缒城夜出，往促陈余进战。余只畏战不进，耳越加惶急，又使张黡陈泽二将，往责陈余，传述己言道："耳本与君为刎颈交，誓同生死，今王与耳困坐围城，朝不保暮，所望唯君，君乃拥兵数万，不肯相救，岂非有负前盟！如果诚心践约，何不亟赴秦军，拼同一死！死中或可求生，十分危险中，未必无一二分侥幸，请君细思。”陈余喟然道：“我非不欲相救，但兵力未足，冒昧前进，有败无胜，有亡无存，且余所以不敢轻死，实欲为赵王张君，破秦报怨，今若同去拼死，譬如举肉喂虎，有何益处！”语虽近是，终由怯战。张黡陈泽道：“事已万急，总须誓死全信，后事也无暇顾虑了。”余又道：“据我意见，同死终归无益，两君必欲尽忠，何勿先去一试？”黡泽齐声道：“公如拨兵相助，虽死何辞！”原是要你去死。余乃拨兵五千人，使随二人进战。还要断送五千人性命。黡泽也嫌兵少，因未便申请，就把死生置诸度外，引着五千兵士，径向秦营杀去。秦军开壁与战，拥出千军万马，来斗黡泽，黡泽虽拼命力争，怎奈秦兵越来越多，部兵越斗越少，终落得全军覆没，一并归阴。

秦兵益振，巨鹿益危。燕齐诸国，为了赵使一再乞援，各派兵赴救。张耳子敖，也从代郡招兵万余，入援巨鹿。唯皆惮秦兵威，只远远的驻扎兵马，未敢轻试。陈余也为加忧，因闻楚兵已发，多日不至，乃更使人敦促，直至项羽营中。羽正拟进兵，复得英布蒲将军兵报，前驱尚称得利，唯请后军接应等语，羽遂与赵使约定军期，先使归报，一面驱动大队，悉数渡河。既至对岸，便下令沉船，破釜甑，烧庐舍，但令军士持三日粮，与秦兵决一死战，不求生还。将士等到了绝地，也晓得有进无退，个个怀着必死的念头，向前驰去。

行了半日有余，即与英布蒲将军相遇。两人见了项羽，谓已与秦兵交战数次，杀死多人，不过秦兵气势尚盛，粮运不绝，须先断彼粮道，方可制秦云云。项羽点头道：“断截粮道，原是要策；但秦将章邯王离等人，岂有不防？且待我直救巨鹿，杀他一阵，再作计较。”说着，复麾兵急进，趋向巨鹿。途次遇着秦兵拦阻，但教项羽横槊一扫，都已东倒西歪，抱头窜去。及望见巨鹿城，城上虽有守兵列着，已是残缺不全，城下的秦营，好似围棋一般，四面密布，杀气腾腾。羽毫不畏缩，仍然拨马当先，率兵前进。

秦将王离等，听得楚军远来，竟敢进战，也料他有些胆力，不敢轻视，且又接得败兵回报，具述楚将厉害，于是调动兵马，自往接仗，留他将涉闲围城，命裨将苏角守住甬道，放心大胆，去敌楚军。离城仅及里许，已碰着楚军前队，慌忙布阵，哪知前队的统帅，就是项羽，举槊一扬，楚将楚兵，便向秦阵拥入。羽亦跃马入阵，王离麾兵拦截，俱被杀退。再加羽一杆长槊，神出鬼没，不可捉摸，秦阵里面，只见他一道槊影，七上八下，戳倒人马无数。离料不可当，回马便退，羽步步进逼，不肯少缓。惹得王离性起，仗着人多势旺，翻身再战，偏项羽越战越勇，余外将士，亦越斗越奋，直杀到山摇地动，天日无光。离三进三却，只好奔回本营。

章邯见王离战败，亲来援应，再与楚军对垒。这时候的各国援军，统在自己营中，踞壁观战。遥见秦楚两方的将士，渐渐接近，秦兵甲仗整齐，人马雄壮，差不多如泰山一般，聚成一堆。楚军是衣服简陋，步伐粗疏，三三五五，各自成队，也没有什么阵式，但向秦垒中冲来。各国将士，还道楚军没有纪律，一味蛮触，必败无疑，徒观皮相，晓得什么！哪知项羽是杀星下降，但令兵士向前奋斗，不管什么形式。况且楚兵不多，比秦兵要少一半，若要将对将，兵对兵，配搭均匀，方好动手，简直是不够分派，只好罢休。所以羽申令将士，使他各自为战，不必相顾，违令立斩。一班楚军，统是拼着性命，上前争杀，一当十，十当百，呼声动天地，怒气冲斗牛。不但秦兵在场交手，挡不住这种劲敌，吓得胆战心惊，就是壁上旁观的将士，也不禁目瞪口呆，不寒自栗。章邯本已在项羽手中，经过败仗，此次见楚军越加利害，料难久持，连忙引兵退下，十成中已丧失了三五成。项羽见章邯退去，才令部众下营休息，到了夜间，仍然严装待着。

好容易过了一宵，令军士饱食干粮，再行进攻。羽且下令道："今日若不扫尽秦兵，粮要绝了，彼死我活，就在今日，大众务要努力！"众将士齐称得令，就从营中拥出，直奔秦军。秦将章邯，不得已再来接战，这次交锋，邯亦鼓励将士，誓决雌雄。无如部下已经胆落，任你章邯如何激励，总是不能敌楚。章邯屡令前进，部众进一步，退两步，进两步，退四步，直至五进五退，已是不能成军了。计自项羽至巨鹿城下，与秦兵先后大战，已经九次，秦兵无一不败，章邯逃回城南大营，王离涉间，勉强守住本寨，不敢出头。项羽乃得使英布蒲将军，往堵甬道，自攻王离涉间。捣将进去，营门立破，王离想夺路逃生，兜头碰着项羽，只得持枪抵敌，战不三合，被羽用槊一拨，那王离手中的枪杆，陡向天空中飞了上去，奇语。离只剩一双空手，回头欲跑，楚兵一齐赶上，把离打倒，活擒出寨。涉间见王离被擒，自知死在眼前，索性放起火来，把营盘烧个净尽，连自身也葬入火窟，变做一段黑灰团。造语亦新。

羽见秦营火起，倒也一惊，忙令军士少退。俄而火势渐衰，秦营已成焦土，秦兵非死即降。各国军将，方陆续趋集，求见项羽，愿共击章邯军，羽狞笑道："嘻，此时才来见我么？"得意语，亦奚落语。说罢，复命各国军将，往候自己营前，准备传见。羽整辔回营，升帐上坐，才召见各国军将。各军将正要入营，蓦见有一彪人马，拥着两员大将，踊跃前来。一将手持长枪，枪上挑着一个血淋淋的首级，可惊可怖。既至营前，两将一同下马，命部兵留站营外，且将枪械交付弁目，但携首级进去。须臾即有一人持出首级，悬示营门。各国军将，越觉惊惶，问明楚军，方知进营两将，就是英布蒲将军，所携首级，乃是秦将苏角，为布所杀，故特来报功。杀苏角用虚写法，比实写尤有神采。各国军将听了，恐慌愈甚，不由的跪倒营门，膝行而入，至项羽座前，俯伏报名，不敢仰视。丑。羽故意迟慢，好一歇才命起身，刁。各军将又叩头称谢，慢慢儿的立起。经羽嘱令旁坐，略问了两三语，但听各人齐声道："上将神威，古今罕有，末将等愿听指挥！"羽也不多让，即答说道："既承诸公见推，我有僭了！诸公且回营静守，俟有战事，自当通报。"各军将乃一律告退。

既而赵王歇及赵相张耳，也出城至项羽营，表明谢意，羽始下座相迎，与赵王歇等分坐左右。歇拱手称谢，羽略略谦逊，谈了数语，歇与耳亦起座辞去。耳尚私恨陈余，不及回城，便往陈余营中，责他坐视不救。又问及张黡陈泽二人，陈余道："张黡陈泽劝余拼死，余以为徒死无益，他两人定要出战，余乃拨遣五千人随他同往，果致全军覆没，两人俱死，真正可惜！"张耳变色道："恐怕不是这般。"陈余道："余与两人无仇无怨，想不至暗中加害，况两将出兵，万人注目，亦非余一人可以捏造，请公休疑。"两人虽非余所杀，但余也不能无咎。张耳总是不信，还要问他如何战死，如何不去救应，唠唠叨叨，说个不休，余不觉动怒道："公何怨余至此！余情愿缴出将印罢了！"说着，便将印绶解下，交与张耳，耳不意陈余决裂，倒也未敢接受。余将印绶置诸案上，出外如厕，当由张耳随员，私下语耳道："古人有言，天与不取，反受其咎。今陈将军解印与公，公若不受，恐违天不祥，何必多辞！"耳乃取过印绶，佩诸身上。及陈余复入，见张耳居然佩印，越有愠色，不复再言。竟出与亲卒数百人，悻悻自去，散居河上泽中，捕鱼猎兽，自寻生活，待后再表。余若从此不出，却是一个高人。

且说陈余既去，张耳身兼将相，收揽陈余部曲，仍奉赵王歇还居信都，自复引兵随从项羽，一同攻秦。项羽遂进逼章邯，邯在棘原固垒自守，部众尚有二十余万人，羽又欲麾兵猛攻，还是这位老将范增，主张缓战，待他粮尽势蹙，自然溃退，省得多费兵力。羽乃就漳南下寨，与邯相持。邯也不敢出战，唯奏报咸阳，具陈败状，请旨定夺。

赵高独揽大权，竟将邯奏报搁着，概不呈入，二世当然无闻。偏有一班宦官宫妾，交头接耳，互谈章邯败耗，致被二世闻知。二世乃召入赵高，诘问军事，高复奏道："现在朝廷兵马，多归章邯一人调遣，臣忝为内相，不能远察军情，章邯亦没有什么军报，不过近日传来风闻，说他损兵折将，究竟如何情状，尚未详悉。臣正拟奏闻，不意陛下烛照四方，先已周知，臣想关东群盗，多系乌合，为何章邯手拥重兵，不亟荡平，请陛下降诏切责，免致玩延。"二世听着，仍以赵高为忠，嘱使颁诏出去。其实赵高是疑忌章邯，还道他暗通内线，禀闻二世，所以将纵盗玩寇的罪名，一古脑儿推在章邯身上，即令文吏缮就严诏，派人驰递邯营。

邯接读诏书，且愤且惧，又使长史司马欣速诣咸阳，面奏一切。欣不敢怠慢，星夜入都，趋至朝门，急求进谒。哪知二世久不视朝，殿内只有赵高作主，听得章邯差人到来，故意不见，但使他在外伺候。欣只好耐心待着，一住三日，仍不闻有召见消息。不得已贿托门吏，探问底细，凡事非钱不行。门吏才为告知，无非说是丞相赵高，阴忌章邯等语。欣吃了一惊，且恐自己受累，急向朝门逃出，上马离都，从小路奔还棘原。待赵高闻欣出走，遣人追捕，但从官道赶去，杳无影迹，白跑了数十里，只好返报。那司马欣奔回本营，便向章邯报明情迹，且皇然道："赵高居中用事，不利将军，将军有功亦诛，无功亦诛，请将军自图良策。"章邯听到欣言，自然加忧，一时也想不出方法，但闷坐营中，嗟叹不已。忽帐外传入一书，当即取过展阅，但见上面写着：

章大将军麾下：仆闻白起为秦将，南征鄢郢，皆楚地。北坑马服，赵括嗣父官爵，号马服君，为白起所杀。攻城略地，不可胜计 而竟赐死。蒙恬为秦将，北逐戎人，开榆中地数千里，竟斩阳周。何者？功多秦不能尽封，因以法诛之，今将军为秦将三岁矣，所亡失以十万数，而诸侯并起，今且益多，彼赵高但知阿谀，今事急，亦恐二世诛之，故欲以法诛将军以塞责，使人更代将军以脱其祸。夫将军居外日久，必多内隙，无功固诛，有功亦诛。且天之亡秦，无论智愚，并皆知之，今将军内不能直谏，外为亡国将，孤持独立，而欲常存，岂不哀哉！将军何不还兵，与诸侯合纵连盟，约共攻秦，分王其地，南面称孤，岂不愈于身伏釜鑕，妻子为戮乎？唯将军图之！故赵将陈余再拜。

章邯阅了又阅，反复数周，颇为感动，乃使候官始成，诣项羽营中请和。羽拍案大怒道："章邯杀我叔父，仇恨未消，我方欲枭邯首级，祭我叔父，乃还敢来请和么？本该将汝先斩，今暂借汝口还报，叫章邯速来受死，还可赦汝全军！"说罢，喝令左右将始成驱出营门。始成踉跄回报，邯愁上加愁。正在进退两难的时候，突有探骑入禀道："楚兵已渡三户津，由蒲将军带领过来，想是要来攻营了。"邯忙说道："休教他进逼我营！"一面说，一面即派令偏师，出去堵截。才越半日，便有败兵跑入道："楚兵甚锐，我军敌他不过，只好退回，请主帅速即济师。"章邯一想，项羽不来总还可当，不如自去抵敌为是。当下披挂上马，麾兵径行，才至汙水岸旁，便已接着楚军，彼此毫不答话，立即交战，约有一两个时辰，不分胜负。蓦听得楚军后面，喊声震地，鼓角喧天，乃是项羽引着大队人马，亲自杀到。写得有声有色。邯不禁心慌，秦兵越觉胆怯，纷纷倒退。说时迟，那时快，楚军已突过战线，冲破秦兵阵脚，秦兵登时大乱，四散奔逃；章邯亦顾命要紧，回马便走。好容易逃入本营，已亡失了无数士卒，还幸楚军赶了数里，便即停住，尚得徐收溃兵，勉守大寨。

邯至此穷极没法，都尉董翳，又劝邯向楚乞降，邯皱眉道："项羽记念前仇，不肯收纳，奈何？"董翳道："可教司马欣前去，便无他虑。"邯乃召入司马欣，叫他赍书降楚，欣竟不推辞，索书即去。未几便得欣复报，说是项羽已肯收容，不念旧怨了。看官，你道司马欣投诣楚营，何故一说便妥？原来欣曾充过栎阳狱掾，救免项梁，与项氏本有交情，小子于十二回中，也已叙及。此次往见项羽，便把前情说起，且劝羽舍私图公。羽尚不肯遽允，由范增从旁解劝，并言兵多粮少，未易支持，还是收降章邯，较为得计，羽乃允欣所请，与欣订约，决不害邯。总不免有负叔父。于是邯与司马欣董翳等人，至洹水南岸，候着项羽，解甲乞降。小子有诗咏道：

扫尽雄威作楚奴，男儿志节太卑汙；
洹南立约虽逃死，终愧昂藏七尺躯！

欲知羽与邯相见等情，待至下回再表。

项羽之救巨鹿，为秦史上第一大战，秦楚兴亡之关键，实本于此。盖章邯为秦之骁将，邯不败，即秦不亡。且山东各国，无敢敌邯，独羽以破釜沉舟之决心，与拔山扛鼎之大力，一往直前，九战皆胜，虏王离，杀苏角，焚涉间，卒使能征善战之章邯，一蹶不振，何其勇也！然使秦无赵高之奸佞，二世之昏愚，则邯犹不致降楚，或尚能反攻为守，亦未可知。天意已嫉秦久矣，故特使赵高以乱其中，复生项羽以挠其外，章邯一去而秦无人，安得不亡！谁谓冥冥中无主宰乎？

第十八回　智郦生献谋取要邑
愚胡亥遇弑毙斋宫

却说章邯等行至洹南，向羽请降，羽引着许多将士，及各国军帅，昂然前来，旌旗严整，甲仗鲜明，威武的了不得，既至洹南，才一簇儿停住。洹南在安阳县北，商朝盘庚迁殷，就是此处，故号为殷墟。章邯等见羽到来，慌忙下马，长跪道旁。羽传令免礼，方起立道："邯为秦臣，本思效忠秦室，无如赵高用事，二世信谗，秦亡只在旦夕，邯不能随他俱亡。今仰将军神威，无战不克，此去除暴安良，入关称王，舍将军外，尚有何人。邯早欲择主而事，不过前时奋不顾私，触犯将军，自知负罪，未敢遽投。现蒙将军宽宥，恩同再造，誓当竭力图效，借报深恩。"说至此，呜咽流涕。想亦怕羞起来。羽乃出言抚慰道："君也不必多心，既知去逆效顺，我亦不便因私废公；若得乘此灭秦，富贵与共，决不食言。"章邯拜谢，秦将士并皆叩首。俟项羽一一登录，方敢起立，羽即命司马欣为上将军，令他带领秦兵二十余万，充作前驱，立章邯为雍王，留置营中。全是专擅行事，已不知有楚怀王了。自己引着楚军，及各国将士，约得四十万人，按程前进，关中大震。

还有一位赶先走着的沛公，已经向西直入，一路顺风，径指秦关。说将起来，也有一番事迹，自从沛公道出昌邑，守将据城不下，只好督兵进攻。适有昌邑人彭越，领了徒众，来见沛公，沛公甚喜，即令越一同攻城。城上矢石如雨，反伤了几百攻城兵，沛公饬令暂停，且与彭越另商他法。

越小字为仲，向在巨鹿泽中，捕鱼为业，膂力过人，泽中少年，推为渔长。及陈胜发难，项梁继起，海内鼎沸，相率叛秦，越党也欲起事，劝越据地自立。独越未肯遽发，说是两龙方斗，少待为佳。转眼间又过一年，泽中有百余少年，往从彭越，定要举他为长，定期举事。越辞无可辞，乃与诸少年预约，翌晨会议，后期即斩。诸少年应声而去。到了次日，越早起待着，诸少年陆续到来，或先至，或后至，最后的竟迟至日中。越忿然作色道："我原不欲为诸君长，诸君乃按年推立，必欲长我，应该听我指挥。昨与诸君立约，日出会议，今已差不多日中了，违约迟来，共计有十余人，本当一律处斩，但念人数太多，不可尽诛，只有将最后一人，斩首号令。"诸少年不待说完，便都笑说道："何至如此！后当遵约便了。"哪知越已令校长，竟将后至的少年，推出外面，剁成两段。一面设坛祭神，悬首示众。也是一个杀星下凡。诸少年始相惊畏，不敢违越。越遂招集各地散卒，得千余人，一闻沛公过境，遂来助战。

沛公见昌邑难下，意欲改道进兵，与越相商。越谓改从高阳，亦无不可。沛公乃与越作别，但以后会为期，自率部兵径往高阳。叙彭越事，为后文封王张本。

高阳有一老儒，家贫落魄，无以为生，但充当里中监门吏，姓郦名食其。食音异，其音几。项梁等起兵楚中，尝遣将吏过高阳，先后约数十人。郦食其问明姓氏，统以为龌龊小才，不足成事，免不得背地揶揄。旁人笑他满口狂言，因呼为狂生。郦之不得令终，亦由多言取祸。至沛公到了高阳，有一麾下骑士为郦生同里子弟，与郦生素来认识，彼此相见，当然有一番扳谈。郦生语骑士道："我闻沛公性情倨傲，不肯下人，究竟是否属实？"骑士道："这种传说，不为无因；但却喜求豪俊，所过必问，如果有智士与谈，倒也极表欢迎，未尝轻视。"沛公之所长在此。郦生道："照汝说来，沛公确有大略，与众不同。我却愿与从游，汝肯为我先容否？"骑士半晌无言，郦生道："汝疑我老不中用么？汝可去见沛公，但言同里中有个郦生，年六十余，身长八尺，素号大言，里人都目为狂生，他却自谓非狂，读书多智，能助大业呢。"骑士摇首道："沛公最不喜儒生，遇有儒冠文士，前来求见，沛公便命他免冠，作为溺器，就是平日谈论，亦常谓儒生迂腐，笑骂不休，公奈何欲以儒生名义，往说沛公？"郦生道："汝试为我进言，我料沛公必不拒我。"

骑士欲试郦生智识，乃径见沛公，如郦生言。沛公也不多说，但令骑士往召。及郦生进谒时，沛公方在驿馆中，踞坐床上，使两女子洗足。郦生瞧着，故意徐进，从容至沛公前，长揖不拜。沛公仍然不动，好似未曾看见一般。郦生朗声道：“足下引兵到此，欲助秦攻各国呢？还是与各国攻秦呢？”沛公见他儒服儒冠，已觉惹厌，并且举动粗疏，语言唐突，不由的动了怒意，开口骂道：“竖儒！尚不知天下苦秦么？诸侯统欲灭秦，难道我独助秦不成！”郦生接口道：“足下果欲伐秦，为何倨见长者！试想行军不可无谋，若慢贤傲士，还有何人再来献计呢！”无非战国时说士口吻。

沛公听了，才命罢洗，整衣而起，延他上坐。两下问答，郦生具述六国成败，口若悬河，滔滔不绝。沛公很是佩服，便与商及伐秦计策。郦生道：“足下兵不满万，乃欲直入强秦，这真是驱羊入虎，但供虎吻罢了。据仆愚见，不如先据陈留，陈留当天下要冲，四通八达，进可战，退可守，且城中积粟甚多，足为军需，仆与该县令相识有年，愿往招安，倘若该令不从，请足下引兵夜攻，仆为内应，城可立下。既得陈留，然后招集人马，进破关中，这乃是今日的上计。”沛公大悦，即请郦生先行，自率精兵继进。

郦生到了陈留，投刺进见，当由该令迎入。叙过几句寒暄套话，郦生便将利害得失的关系，说了一遍，偏该令不为所动，情愿与城俱亡。郦生乃改变论调，佯与县令议守，一直谈到日昃时候，县令甚为合意，设宴相待。郦生本是酒徒，百杯不醉，那县令饮了数大觥，却已烂醉如泥，自去就寝，令郦生留宿署中。郦生待至夜半，竟静悄悄的混出县署，开了城门，放入沛公军，复导至县署左右。一声鼓噪，大众拥入，县署中能有几个卫队，一古脑儿逃之夭夭。县令尚高卧未醒，被军士突至榻前，用刀乱砍，便即身死。当下大开城门，迎入沛公，揭榜安民，秋毫无犯。城中百姓，统皆帖服，毫无异言。沛公检查谷仓，果然贮粟甚多，益信郦生妙算，封号广野君。

郦生有弟名商，颇有智勇，由郦生荐诸沛公，召为裨将，使他招募士卒，得四千人，沛公遂命他统带，随同西进，围攻开封。数日未下，蓦闻秦将杨熊，前来救应，沛公索性麾兵撤围，竟去截击杨熊。行至白马城旁，正值杨熊到来，便即冲杀过去。熊未及防备，慌忙退军，前队兵马，已伤亡多人，及退至曲遇东偏，地势平旷，熊因就地布阵，准备交战。沛公引兵进击，两阵对圆，各不相让。正杀得难解难分，忽有一支生力军赶到，竟向杨熊阵内，横击过去，把熊军冲作两段。熊军前后截断，自然溃乱！再经沛公乘势驱杀，哪里还能支持？杨熊夺路奔走，逃入荥阳，手下各军，伤失殆尽。唯沛公此次交兵，幸亏有人夹攻杨熊，有此大捷。正要派员道谢，来将已到面前，滚鞍下马，向沛公低头便拜。沛公也下马答礼，亲自扶起，当头一瞧，乃是韩司徒张良，突如其来，回应第十五回。故人重聚，喜气洋洋，当即择地安营，共叙契阔。良自言拜别以后，与韩王成往略韩地，取得数城。可恨秦兵屡来骚扰，数城乍得乍失，不得已在颍川左右，往来出没，作为游兵。今闻沛公过此，特来相助云云。沛公道："君来助我，我亦当助君且去取了颍川，再攻荥阳。"说罢，便麾动人马，南攻颍川。

颍川守兵，登陴抵御，高声辱骂。沛公大怒，亲自督攻，好几日才得破入，尽将守兵杀死，乃复议进兵荥阳。会有探骑来报，秦将杨熊，已由秦廷遣使加诛了。沛公喜道："杨熊已死，近地可无他患，我等且把韩地夺还，再作计较。"张良亦以为然。

会闻赵将司马卬，也欲渡河入关，沛公恐自己落后，乃北攻平阴，急切不能得手，改趋雒阳。雒阳颇多秦戍，攻不胜攻，因移就轘辕进军。轘辕乃是山名，岭路崎岖，共计有十二曲，须要盘旋环行，故名轘辕。秦人以地势迂险，不必扼守，遂使沛公畅行无阻。一过轘辕，势如破竹，连下韩地十余城。适韩王成来见沛公，沛公即令居守阳翟，自与张良等南趋阳城，夺得马千余头，配充马队，令作前驱，直向南阳进发。南阳郡守名齮，史失其姓。出兵至犨县东，拦截沛公，被沛公迎头痛击，齮军大败，走保宛城。沛公追至城下，望见城上已列守卒，不愿围攻，便从城西过兵，迤逦而去。约行数十里，张良叩马进谏道："公不欲攻宛，想是急欲入关，但前途险阻尚多，秦戍必众，若不下宛城，恐滋后患，秦击我前，宛塞我后，进退失据，岂非危迫！不如还攻宛城，掩他不备，幸得攻下，方可后顾无忧了。"沛公依议施行，复由良详为划策，传令各军绕道回宛，偃旗息鼓，夤夜疾行。静悄悄的到了城下，天色尚是未明，便将宛城围住，环绕三匝。布置已定，方放起号炮，响彻城中。

南阳守齮，总道沛公已去，不致再回，乐得放心安胆，鼾睡一宵。及城外炮声大震，方才惊起，登城俯视，见敌军环集如蚁，吓得魂飞天外，踌躇多时，除死外无他法，不由的凄然道："罢！罢！"说到第二个罢字，便拔出佩剑，意欲自刎。忽后面有人急呼道："不必，不必，死时尚早呢！"救星来了。齮闻言回顾，乃是舍人陈恢，便惊问道：“君叫我不死，计将安出？”陈恢道：“沛公宽厚容人，公不如投顺了他，既可免死，且可保全禄位，安定人民。”齮半晌方答道：“君言也是有理，肯为我往说否？”恢一口应承，便缒城下来，当被攻城兵拘住。恢自称愿见沛公，军士便押至沛公座前。

沛公问他来意，恢进说道：“仆闻楚王有约，先入关中，便可封王。今足下留攻宛城，宛城连县数十，吏民甚众，自知投降必死，不得不乘城固守，足下虽有精兵猛将，未必一鼓就下，反恐士卒多伤；若舍宛不攻，仍然西进，宛城必发兵追蹑，足下前有秦兵，后有宛卒，方且腹背受敌，胜负难料，如何骤能进关？为足下计，最好是招降郡守，给他封爵，使得仍守宛城，通道输粮，一面带领宛城士卒，一同西行，将见前途各城，闻风景慕，无不开门迎降，足下自可长驱入关，毫无阻碍了。”沛公一再称善，且语陈恢道：“我并非拒绝降人，果使郡守出降，自当给他封爵，烦君还报便了。”恢即驰回城中，报知郡守。

郡守齮开城相迎，引导沛公入城。沛公封齮为殷侯，恢为千户，官名。仍然留守宛城。随即招集宛城人马，引与俱西，果然沿途城邑，无不迎降。嗣是经丹水，出胡阳，下析郦，严申军禁，毋得掳掠。秦民安堵如常，统皆喜跃，王师原宜如此。沛公遂得直抵武关。关上非无守将，只因沛公兵长驱直进，忽然掩至，急得仓皇无措，不及征兵，但令老弱残卒数千人，开关迎敌，不值沛公一扫，守将抱头窜去，好好把一座关城，让与沛公。沛公安然入关，咸阳一夕数惊，讹言四起，人多逃亡；那阴贼险很的赵高，至此也惶急起来。恶贯已将满了。

赵高威权日重，已把二世骗入宫中，好似软禁一般，不得过问。还恐朝上大臣，或有反对等情，因特借献马为名，入报二世。二世道：“丞相来献，定是好马，可即着人牵来。”赵高遂令从吏牵入。二世瞧着，并不是马，乃是一鹿。便笑说道：“丞相说错了！如何误鹿为马？”高尚说是马，二世不信，顾问左右，左右面面相觑，未敢发言。再经二世诘问，方有几个大胆的侍臣，直称是鹿。不料赵高竟忿然作色，掉头径去。不到数日，高竟将前时说鹿的侍臣，诱出宫禁，一并拿住，硬派他一个死罪，并皆斩首。二世全然糊涂，竟不问及，一任赵高横行不法。唯宫内的近侍，宫外的大臣，从此越畏惮赵高，没一个稍敢违慢，自丧生命。及刘项两路兵马，东西并进，赵高还想瞒住二世，不使得闻。到了沛公陷入武关，遣人入白赵高，叫他赶紧投降，高方才着急。一时想不出方法，只好诈称有病，数日不朝。

二世平日，全仗赵高侍侧，判决政务，偏赵高连日不至，如失左右两手，未免惊惶。日间心乱，夜间当然多梦，朦朦胧胧，见有一只白虎，奔到驾前，竟将他左骖马캐死，还要跳跃起来，吓得二世狂叫一声，顿时醒悟，心下尚突突乱跳，才知是一个恶梦。死兆已见。翌日起床，越想越慌，乃召太卜入宫，令占梦兆。太卜说是泾水为祟，须由御驾亲祭水神，方可禳灾。敢问他如何依附上去？二世信为真言，遂至泾水岸旁的望夷宫，斋戒三日，然后亲祭。唯二世既离开赵高，总不免有左右侍臣，报称外间乱事，且云楚军已入武关。二世大惊，忙使人责问赵高，叫他赶紧调兵，除灭盗贼。

高不文不武，徒靠着一种刁计，窃揽大权，此次叫他调兵御乱，简直是无能为力，况且敌军逼近，大势已去，无论如何智勇，也难支持。高欲保全身家，想出一条卖主的法儿，意欲嫁祸二世，杀死了他，方得借口有资，好与楚军讲和。当下召入季弟赵成，及女婿阎乐，秘密定计。赵高阉人，如何有女，想是一个干女婿。成为郎中令，乐为咸阳令，是赵高最亲的心腹。高因与二人密语道："主上平日，不知弭乱，今事机危迫，乃欲加罪我家，我难道束手待毙，坐视灭门么？现在只有先行下手，改立公子婴。婴性仁俭，人民悦服，或能转危为安，也未可知。"毒如蛇蝎，可惜也算错了一着。成与乐唯唯听命。高又道："成为内应，乐为外合，不怕大事不成！"阎乐听了，倒反迟疑道："宫中也有卫卒，如何进去？"高答道："但说宫中有变，引兵捕贼，便好闯进宫门了。"乐与成受计而去。高尚恐阎乐变心，又令家奴至阎乐家，劫得乐母，引置密室，作为抵押。乐乃潜召吏卒千余人，直抵望夷宫。

宫门里面，有卫令仆射守着，蓦见阎乐引兵到来，忙问何事。乐竟麾令左右，先将他两手反绑，然后开口叱责道："宫中有贼，汝等尚佯作不知么？"卫令道："宫外都有卫队驻扎，日夜梭巡，哪里来的剧贼，擅敢入宫！"乐怒道："汝尚敢强辩么？"说着，便顺手一刀，把卫令枭了首级，随即昂然直入，饬令吏卒射箭，且射且进。内有侍卫郎官，及阉人仆役，多半惊窜，剩下几个胆力稍壮的卫士，向前格斗，毕竟寡不敌众，统皆杀死。赵成复自内趋出，招呼阎乐，同入内殿，乐尚放箭示威，贯入二世坐帐。二世惊起，急呼左右护驾，左右反向外逃去，吓得二世莫名其妙，转身跑入卧室。回顾左右，只有太监一人随着，因急问道：“汝何不预先告我，今将奈何！”太监道：“臣不敢言，尚得偷生至今，否则，早已身死了！”

答语未完，阎乐已经追入，厉声语二世道：“足下骄恣不道，滥杀无辜，天下已共叛足下，请足下速自为计！”二世道：“汝由何人差来？”阎乐答出丞相二字。二世又道：“丞相可得一见否？”阎乐连称不可。二世道：“据丞相意见，料必欲我退位，我愿得一郡为王，不敢再称皇帝，可好么？”阎乐不许。二世又道：“既不许我为王，就做一个万户侯罢！”乐又不许。二世呜咽道：“愿丞相放我一条生路，与妻子同为黔首。”乐瞋目道：“臣奉丞相命，为天下诛足下，足下多言无益，臣不敢回报。”说着，麾兵向前，欲弑二世。二世料不可免，便横着心肠，拔剑自刎。总计在位三年，年二十三岁。小子有诗叹道：

虎父由来多犬儿，况兼阉祸早留贻；
望夷求免终难免，为问祖龙知不知。

阎乐既杀死二世，当即返报赵高。欲知赵高后事，且至下回表明。

沛公素不喜儒，乃独能礼遇郦生，虽由郦生之语足动人，而沛公之甘捐己见，易倨为恭，实非常人所可及。厥后从张良之计，用陈恢之言，何一非舍己从人，虚心翕受乎！古来大有为之君，非必真智勇绝伦，但能从善如登，未有不成厥功者，沛公其前师也。彼赵高穷凶极恶，玩二世于股掌之上，至于敌军入境，不惜卖二世以保身家，逆谋弑主，横尸宫中，此为有史以来，宦官逞凶之首例。汉唐不察，复循覆辙，何其愚耶！顾不有二世父子，何有赵高。始皇贻之，二世受之，一赵高已足亡秦，刘项其次焉者也。

第十九回　诛逆阉难延秦祚
坑降卒直入函关

却说阎乐返报赵高，高闻二世已死，自然大喜，立即趋入宫中，抢得传国玉玺，悬挂身上。本想自己篡位，因恐中外不服，且将公子婴抬举上去，俟与楚军讲定和议，再作后图。主见已定，乃召集一班朝臣，及宗室公子，当众晓示道："二世不肯从谏，恣行暴虐，天下离畔，人人怨愤，今日已自刎了。公子婴仁厚得众，应该嗣立。唯我秦本一王国，自始皇统驭天下，乃称皇帝，现在六国复兴，海内分裂，秦地比前益小，不应空沿帝号，可仍照前称王为是。"大众闻言，心中统皆反对，因为积威所制，未敢异议，只好勉强作答，听凭裁夺。赵高便令子婴斋戒，择日庙见，行受玺礼。一面收拾二世尸首，视作寻常百姓一般，草草棺殓，藁葬杜南宜春苑中。三年皇帝，求生不得，死且不许服衮冕，也觉可怜！

公子婴虽被推立，自思赵高弑主，大逆不道，倘非设法加诛，将来必致篡位。旁顾大臣公子，无一可与同谋，只有膝下二儿，系是亲生骨肉，不妨密商，乃唤入与语道："赵高敢弑二世，岂尚畏我！不过布置未妥，暂借我做个傀儡，徐图废立。我不先杀赵高，赵高必且杀我了。"二子听着，不禁泣下。

正密议间，忽有一人踉跄趋入道："可恨丞相赵高，遣使往楚营求和，将要大杀宗室，自称为王，与楚军平分关中了。"子婴一瞧，乃是心腹太监韩谈，可与密商，因低声嘱咐道："我原料他不怀好意，今使我斋戒数日，入庙告祖，明明是欲就庙中杀我，我当托病不行，免遭毒手。”韩谈答道：“公子但言有病，尚非善策。”子婴道：“我若不去告庙，高必自行来请，汝可与我二子，先伏两旁，俟他进见，突出刺高，大患便可永除了。”谈欣然领命，与子婴二子预先准备，专等赵高进来，一同下手。

高正遣人诣沛公营，欲分王关中，偏沛公不肯允许，叱还高使。高不得逞计，且恐人心益散，急欲子婴告庙，镇定一时，因此定了日期，派人往报子婴，子婴并不推辞。届期这一日，高先至庙中，待了多时，竟不见子婴到来。一再差人催促，回称公子有疾，不能亲临。高愤然道：“今日何日，尚好不至么？我当亲往速驾。”今日是汝死期，汝尚不知么？说毕，即匆匆驰赴斋宫。下马入门，遥见子婴伏案假寐，便大声呼道：“公子今已为王，速宜入庙告祖，奈何不行！”道言未绝，两旁趋出三人，持刃至前，喝声弑君乱贼，还敢胡言！赵高不及答话，已被韩谈手起刀落，砍倒地上，再经子婴二子，双刃并举，连下二刀，当即送命。也有此日。子婴见赵高已诛，亟召群臣入宫，指示高尸，历数罪恶。群臣争颂子婴英明，且言高死不足蔽辜，应夷三族。从前何皆无言？子婴点首，便令卫队往捕赵高家属，并及赵成阎乐一并拿到，俱处死刑，于是往告祖庙，嗣登大位，征兵遣将，往守峣关。

探报至沛公营，具述底细，沛公即欲引兵进击，张良进言道：“秦兵尚强，未可轻攻。良闻守关秦将，系一屠家子，必然贪利，愿公暂留营中，但使人赍着金宝，往啖秦将，一面就峣关四近，登山张旗，作为疑兵，秦将内贪重赂，外怯强兵，还有什么不降？”沛公依议施行，命郦食其赍宝入关，招诱秦将，且拨部兵数千，悄悄上山，遍列旗帜。秦将登关东望，但见高低上下，统是楚帜竖着，不由的胆裂心寒。可巧郦生叩关入见，送上多珍，引得秦将心花怒开，看一样，爱一样，便问沛公何故厚遗？郦生道：“沛公素仰大名，所以备物致意，通告将军，将军试想事至今日，秦朝尚能长存么？将军若孤守关中，愿为秦死，沛公有精兵数十万，当与将军相见。唯闻将军明察事机，熟知利害，所以先礼后攻，敢请将军明示。”秦将不待听毕，便已一口应承，愿与沛公连和，同攻咸阳。所谓利令智昏。

郦生当即告别，还报沛公。沛公甚喜，复欲令郦生入关订约，旁有一人出阻道：“不可！句。不可！”沛公把头回顾，就是前日献计的张良。不觉动了疑心，问为何意？我亦要疑。张良道：“这不过秦将一人，贪利轻诺，料他部下未必尽从。我若骤与连和，入关同行，万一彼众生变，潜袭我军，可危孰甚！最好是乘他不备，即日掩击，定获全胜。”是从假途灭虢的遗计变化出来。沛公连声称善，便令部将周勃，引步兵潜逾蒉山，绕出峣关后面，径袭秦营。秦将方以为郦生去后，必来续约，安心待着。猛听得一声喊起，即有许多敌兵，从营后杀来，秦兵茫无头绪，还道是做梦一般，纷纷惊溃，秦将不识何因，亲至营后察看，不防一大将持刀突入，直至面前，刀光闪处，已把秦将劈开头颅，脑浆迸流，死于非命。实是该死！

这大将就是周勃。勃系沛邑贫民，少时学织蚕箔，赚钱糊口，又因他善能吹箫，常往丧家充役，列入乐工。既而渐届壮年，身长力大，学习弓马，无不具精。沛令闻他技勇，引为中涓。官名。及沛公起兵入城，勃即投效麾下，战必先驱，所向有功。沛公为砀郡长，拜勃为虎贲令，及随军西向，尤多战绩。至是复杀死秦将，踏平秦营，关上守卒，亦皆遁去。沛公又引军入关，接应周勃，追杀秦兵。到了蓝田县南境，遇有戍将拦截，便痛击一阵。戍将大败，逃回咸阳。嗣是沿途无阻，直抵霸上。

是年适为夏正十月间，秦王子婴沿秦旧例，方在改元，交相庆贺，是年为汉元年，故特提明。不意败将溃兵，陆续逃回，报称沛公军已逼都下。子婴闻报，惶急失措，忙集大臣计议。好多时来了三五人，统皆束手无策，莫敢发言。子婴越加焦灼，俄有军书递入，取过一阅，乃是沛公招降书。子婴想了一会，既不能战，又不能守，只好依书出降。乃驾着素车，乘着白马，用带套颈，捧着传国玉玺，流泪出城，至轵道旁，守候沛公。沛公领着全军，整队驰入，戈铤并耀，徒御无惊。既至子婴面前，子婴不得不屈膝就跪，俯首请降。始皇子孙，出丑至此，当是始皇在日百思不到。沛公接了玉玺，命他起身，偕入咸阳，众将中或请杀子婴，免滋后患，沛公道：“怀王遣我入秦，正因我宽容大度，不为已甚，况人已投降，还要杀他，也是不详，君等幸勿多言！”说着，遂召过属吏叫他看管子婴，自率将佐入殿去了。总计子婴为王，只有四十六日，便把秦室江山，双手奉献。这并非子婴误国，实由始皇二世，造孽太深，所以有此惨象呢。评断的确。话休叙烦。

且说沛公既入殿中，与众休息，将士等乘隙取财，各去打开府库，携出金银宝贝，大家分用。独萧何自往丞相府，特觅秦朝图籍一并收藏，好待日后检查，得知海内情形，凡关塞险要，户口多寡等事，都可按图寻索，一目了然。这就是萧何特别精细，与他人不同。不愧为佐汉元勋。沛公也趁着闲暇，入宫探视，但见雕楼画栋，曲榭回廊，一步步的引人入胜，一层层的换样生新，到了内外便殿，端的是规模宏丽，构筑精工，所有花花色色的帷帐，奇奇怪怪的珍玩，罗列四围，目不胜睹。最可怜的是一班美人儿，娇怯怯的前来迎接，有的是蛾眉半蹙，有的是蝤领低垂，有的是粉脸生红，有的是云鬟亸翠，有的是带雨海棠，盈盈欲泪，有的是迎风杨柳，袅袅生姿，沛公左顾右盼，不禁惹动那好色心肠，一面传谕免礼，一面步入正寝，将身坐定，好多时不见出来。

突有一将趋入道："沛公欲有天下呢？还是做个富家翁，便算满志呢？"沛公看是樊哙，默然不答，但呆呆的坐着。痴了。哙又道："沛公一入秦宫，难道就受迷不成！试看秦宫有此奢丽，所以致亡，沛公何需此物，请速还军霸上，毋留宫中！"沛公仍然不动，徐徐答道："我自觉困倦，今夕便在此一宿罢！"看中一班美人了。哙不觉动恼，又恐出言唐突，反致触怒，便转身趋出，去寻那智士张良。可巧张良进来，即与语沛公情形，浼他进谏。良点头径入，与沛公说道："秦为无道，故公得至此，公为天下除残去暴，首宜反秦敝政，力与更新。今始入秦都，便想居此为乐，恐昨日秦亡，明日公亡，何苦为了一时安佚，自败垂成？古人有言：良药苦口利于病，忠言逆耳利于行，愿公听樊哙言，勿自取祸。"

沛公听了良言，倒也翻然自悟，起身趋出，幸有此尔。封府库，闭宫室，竟回霸上。召集父老豪杰，慨然与语道："父老苦秦苛法，不为不久，诽谤受族诛，偶语便弃市，使诸父老痛苦至今，如何得为民上？今我奉怀王命令，伐暴救民，怀王曾有约语，先入秦关，便可称王，今我已入关中，当为秦王。从此与诸父老等约法三章：杀人处死，伤人及盗抵罪，外如亡秦苛法，一律除去，凡官吏人民，统可安枕，不必惊惶，我所以还军霸上，不过待别军到来，共定约束，余无他意。"父老豪杰，当然心喜，拜谢而去。沛公即传令大小三军，不得骚扰居民，违令立斩。又使人会同秦吏，安抚郡县，秦民欢欣鼓舞，唯恐沛公不为秦王，沛公因在霸上驻扎，听候项羽消息。

项羽自收服章邯，由东入西，行至新安，蓦闻秦兵有谋变消息，又惹动项羽一片杀机。原来秦朝盛时，各处吏卒，征调入都，往往为秦兵所虐待，此次联同项羽，战胜攻取，做了上手，那秦兵反为降虏，自然受着报复，被他凌辱。秦兵遂私相告语道："章将军无端投楚，教我等一同归降，我等被他哄骗，自入罗网，充做各国奴隶。如楚军得乘胜入关，我等尚得一见骨肉，死也甘心；否则，各国吏卒，把我等掳掠东归，秦必杀我父母妻子，奈何奈何！"这种议论，渐渐的传到各国军中，各国军将，便去告知项羽。项羽道："我自有计！"说着，即召英布蒲将军入帐，与他面语道："秦兵虽然投降，闻他私下谋议，心甚不服，若我军到了秦关，降兵不肯听我号令，猝然生变，作为内应，我军尚能生还么？看来只有先行下手，夤夜围击，把他一并杀死，只留章邯司马欣董翳三人，同他入秦，方可无虞。"一语杀死二十万人，羽心何毒！

英布蒲将军，受了面命，就去预备妥当，待到夜半，趁着月色无光，引兵出营，往袭降兵。降兵在新安城南，靠山立寨，沉沉夜睡。英布指麾部众，把他三面围住，单留后面山路，故意纵他逃走。又分兵与蒲将军，令他上山伏着，待有秦兵入山，便用矢石抛发，不使遗留。蒲将军分头自去，英布与兵士休息片时，大约蒲将军已可上山，乃驱动兵士，破营直入。降兵方才惊起，睡眼模糊，不知外兵从何处杀到，就是司马欣亦未知秘计，慌忙出来，兜头遇着英布，英布道："君为全营统领，奈何营中谋变，尚安然睡着哩！亏得我军已侦破逆谋，前来剿杀，君可速往项上将营，自去声辩，免得连坐呢。"司马欣中了布计，急觅得一马，将身跃上，加鞭径去。英布放出司马欣，便将营门堵住，秦兵逃出一个，杀死一个，逃出两个，杀死一双。可怜秦兵前无去路，只得向后逃生，后面都是山谷，七高八低，就是日间行走，也防失足，况且天色又暗，心内又急，忙不择路，多半堕入谷中。忽见山上火炬齐明，还道是遇着救星，谁知却是催命使，或放箭，或掷石，一班逃兵，不受箭伤，就遭石压。到了鸡声远起，曙色微明，二十万人，已经死完，简直是一个不留了！惨乎不惨！

英布蒲将军，坑尽降兵，返报项羽。项羽早已接见司马欣，好言慰谕，留置本营，自己坐待消息。及两将复命，才得放心进兵，拔营西指。途中已无秦垒，如入无人之境，一口气跑至函谷关，关门却是紧闭，上面列着守卒，也是楚军，只随风荡漾的旗帜，当中都有刘字写着。羽在途中，已微闻沛公入关音信，至此见有刘字旗帜，越觉心中着忙，便仰呼守卒道："汝等替何人守关？"守卒答道："奉沛公令，在此守着。"羽复道："沛公已入咸阳否？”守卒又答道：“沛公早破咸阳，现在霸上驻扎。”羽急说道：“我率大军前来，汝等快快开关，使我入见沛公。”守卒道：“沛公有命，无论何军，不准放入！”羽大怒道：“刘季无礼，竟敢拒我么？”便令英布等努力攻关，自在后面监督，退后立斩。英布等挥兵猛攻，沿关驾起云梯，冒险上登。守兵不过数千，顾左失右，顾右失左，如何禁遏得住。不到一日，便被英布等跃登关上，杀散守兵，随即开关迎入项羽，进至戏地。

时已天暮，就在戏地西首，扎下营盘。这地方叫作鸿门，羽在营中设宴，大飨士卒，且与将佐商议，对付沛公。有主张决裂的，有主张从缓的，羽亦不能自决，忽来了一个使人，说是沛公左司马曹无伤，有机密事传报。羽即召他入帐，那人上前跪禀，谓由曹无伤差来。羽问为何事？那人道：“沛公欲王关中，用秦子婴为相，秦宫府中一切珍宝，都想据为己有了。”羽不禁跃起，拍案大骂道：“可恨刘邦，目无他人，我明日定要灭他！”范增在旁进言道：“沛公居山东时，贪财好色，今入秦关，闻他不取财物，不近妇女，先后若出两人，这定是具有大志，不可小觑！且增已令望气人士，遥观彼营，据言营上有龙虎形，叠成五彩，就是天子气。若此时不除，还当了得！请将军号令将士，急击勿失！”增既知有天子气，应该舍此就彼，才算智士，奈何尚欲逆天行事呢？羽悍然道：“我破一刘邦，如摧枯朽，有何难处！今日大众饮宴，时又昏夜，且让他活着一宵，明晨进击便了。”说罢，遣回来使，嘱他还报曹无伤，明日进兵，请作内应，来使应声自去。

看官听说！项羽有众四十万，号称百万，气焰无比。沛公只有兵十万人，比那项羽部下，四成中仅得一成。并且鸿门霸上，相距止四十里，又没有什么险阻，羽兵一发即至，如何遮拦？眼见得一强一弱，一众一寡，沛公生死关头，就在旦夕间了。哪知人有千算，天教一算，天意已属沛公，当然有救星出现，化险为夷。小子有诗咏道：

到底天心是好生，云龙独护沛公营，
任他亚父多谋算，怎及苍穹视听明？

欲知何人往救沛公，下文自当说明。

子婴不动声色，能诛赵高，未始非英明主；假使秦尚可为，子婴得在位数年，兴利除害，救衰起弊，则秦亦不致遽亡。然如始皇之暴虐，二世之愚顽，岂尚得传诸久远？子婴不幸，为始皇之孙，贤而失位，且为项羽所杀，祖宗不善，贻祸子孙，报应其果不爽欤！项羽以暴易暴，坑死秦降卒二十万人，无道若此，宁能久存？沛公虽弱，独能除暴救民，约法三章，且财物无所取，妇女无所幸，一变至道，天命攸归，项羽岂能加害乎？范增于项羽之暴，并不进谏，且激项羽之怒，欲害沛公。人谓其智，吾谓其愚，如增者何足道焉！

第二十回　宴鸿门张樊保驾
焚秦宫关陕成墟

却说项羽有个叔父，叫做项伯，为楚左尹。他在秦朝时候，因怒杀人，自知不免死罪，逃往下邳，幸亏遇着张良，与他同病相怜，引同居处，方得避祸。嗣是记念旧恩，常欲图报，时正在项羽营中，闻知范增计策，不免为张良担忧。暗思沛公被攻，与我无涉，唯张良跟着沛公，一同受祸，岂不可惜！当下乘夜出营，单骑加鞭，直至沛公营前，求见张良。好在沛公营内，闻得项羽入关，驻扎鸿门，也恐他夜来袭击，所以格外戒严，不敢安睡。张良也凭烛坐着，听说项伯来会，料有密事，急忙出迎。项伯入见张良，即与悄语道："快走快走！明日便要遇祸了！"良惊问原委，由项伯略述军情。良沉吟道："我不能急走！"项伯道："同死何益，不如随我去罢！"良又道："我为韩王送沛公，沛公今有急难，我背地私逃，就是不义。君且少坐，待我报知沛公，再定行止。"说着，抽身便去，项伯禁止不住，又未便擅归，只好候着。

张良匆匆入沛公营，可巧沛公亦尚未寝，即向沛公说道："明日项羽要来攻营了！"沛公愕然道："我与项羽并无仇隙，如何就来攻我？"良答道："何人劝公守函谷关？"沛公道："鲰生前来语我！鲰生即小生，或谓姓鲰。谓当派兵守关，毋纳诸侯，方可据秦称王。我乃依议照行，莫非我误听了么？"自知有误，便是聪明。良便问道："公自料部下士卒，能敌项羽否？"沛公徐说道："只怕未必。"良接口道："我军只十万人，羽军却有四十万，如何敌得！今幸项伯到此，邀良同去，良怎敢负公？不得不报。”沛公顿足道：“今且奈何？”良又道：“看来只好情恳项伯，叫他转告项羽，只说公未尝相拒，不过守关防盗，请勿误会。项伯乃是羽叔，当可止住羽军。”沛公道：“君与项伯何时相识？”良答道：“项伯尝杀人坐罪，由良救活，今遇着急难，故来告良。”沛公道：“比君少长如何？”良答言项伯年长。沛公道：“君快与我呼入项伯，我愿以兄礼相事。如能代为转圜，决不负德！”

良乃出招项伯，邀他同见沛公。项伯道：“这却未便。我来报君，乃是私情，怎得径见沛公？”良急说道：“君救沛公，不啻救良，况天下未定，刘项二家，如何自相残杀？他日两败俱伤，与君亦属不利，故特邀君入商，共议和平。”娓娓动人。项伯尚要推辞，再经良苦劝数语，方偕良入见沛公。沛公整衣出迎，延他上坐，一面令军役摆出酒肴，款待项伯，自与良殷勤把盏，陪坐一旁。酒至数巡，沛公开言道：“我入关后，秋毫不敢私取，封府库，录吏民，专待项将军到来。只因盗贼未靖，擅自出入，所以遣吏守关，不敢少忽，何尝是拒绝将军？愿足下代为传述，但言我日夜望驾，始终怀德，决无二心。”项伯道：“君既见委，如可进言，自当代达。”张良见项伯语尚支吾，又想出一法，问项伯有子几人，有女几人？想入非非。项伯一一具答，良乘间说道：“沛公亦有子女数人，好与伯结为姻好。”沛公毕竟心灵，连忙承认下去。项伯尚是迟疑，托词不敢攀援，良笑说道：“刘项二家，情同兄弟，前曾约与伐秦，今得入咸阳，大事已定，结为婚姻，正是相当，何必多辞！”好一个撮合山。沛公闻言遽起，奉觞称寿，递与项伯，项伯不好不饮，饮尽一觞，也酌酒相酬。良待沛公饮讫，即从旁笑谈道：“杯酒为盟，一言已定，他日二姓谐欢，良亦得叨陪喜席。”项伯沛公，亦皆欢洽异常，彼此又饮了数杯。项伯起身道：“夜已深了，应即告辞。”沛公复申说前言，项伯道：“我回去即当转告，惟明日早起，公不可不来相见！”沛公许诺，亲送项伯出营。

项伯上马亟驰，返入本营，差不多有三四更天气了。营中多已就寝，及趋入中军，见项羽还是未睡，因即进见。羽问道：“叔父何来？”项伯道：“我有一故友张良，前曾救我生命，现投刘季麾下，我恐明日往攻，破灭刘季，良亦难保，因此往与一言，邀他来降。”项羽素来性急，即张目问道：“张良已来了么？”项伯道：“良非不欲来降，只因沛公入关，未尝有负将军，今将军反欲加攻，良谓将军未合情理，所以不敢轻投，窃恐将军此举，未免有失人心了。”羽愤然道：“刘季乘关拒我，怎得说是不负？”项伯道：“沛公若不先破关中，将军亦未能骤入，今人有大功，反欲加击，岂非不义！况沛公守关，全为防备盗贼起见，他却财物不敢取，妇女不敢幸，府库宫室，一律封锁，专待将军入关，商同处置，就是降王子婴，也未尝擅自发落。如此厚意，还要遭击，岂不令人失望么？”力为沛公解说，全是张良之力。羽迟疑半晌，方答说道：“据叔父意见，莫非不击为是？”项伯道：“明日沛公当来谢罪，不加好为看待，借结人心。”羽点头称是。项伯方才退出，略睡片刻，便即天晓。

营中将士，都已起来，吃过早餐，专候项羽命令，往击沛公。不料羽令未下，沛公却带了张良樊哙等人，乘车前来。到了营前，即下车立住，先遣军弁通名求谒。守营兵士，入内通报，项羽即传请相见，沛公等走入营门，见两旁甲士环列，戈戟森严，绕成一团杀气，不由的忐忑不安。独张良神色自若，引着沛公，徐步进去。既至中军营帐，始让沛公前行，留樊哙守候帐外，自随沛公趋入。项羽高坐帐中，左立项伯，右立范增，待沛公已到座前，才把身子微动，总算是迓客的礼仪。沛公身入虎口，不能不格外谦恭，便向羽下拜道：“邦未知将军入关，致失迎谒，今特踵门谢罪。”羽冷笑道：“沛公亦自知罪么？”沛公道：“邦与将军，同约攻秦，将军战河北，邦战河南，虽是两路分兵，邦却遥仗将军虎威，得先入关破秦。为念秦法暴酷，民不聊生，不得不立除苛禁，但与民约法三章，此外毫无更改，静待将军主持，将军不先示邦，说明入关期间，邦如何得知？只好派兵守关，严备盗贼。今日幸见将军，使邦得明心迹，尚复何恨？唯闻有小人进谗，使将军与邦有隙，这真是出人意外，还求将军明察！”这一席话，想是张良教他。

项羽本是个粗豪人物，胸无城府，喜怒靡常，一闻沛公语语有理，与项伯所说略同，反觉自己薄情，错恨沛公。因即起身下座，握沛公手，和颜直告道：“这是沛公左司马曹无伤，使人来说，否则籍何至如此！”沛公复婉言申辩，说得项羽躁释矜平，欢昵如旧，便请沛公坐下客位。张良亦谒过项羽，侍立沛公身旁。羽在主位坐定，命具酒肴相待，才阅片时，已将筵宴陈列，由羽邀沛公入席。沛公北向，羽与项伯东向，范增南向，各就位次坐定，张良西向侍坐，帐外奏起军乐，大吹大打，侑觞劝酒。沛公素来善饮，至此却提心吊胆，不敢多喝。羽却真情相劝，屡与沛公赌酒，你一杯，我一觥，正在高兴得很。偏范增欲害沛公，屡举身上所佩玉玦，目示项羽。一连三次，羽全然不睬，尽管喝酒。增不禁着急，托词趋出，召过项羽从弟项庄，私下与语道："我主外似刚强，内实柔懦，沛公自来送死，偏不忍杀他，我已三举玉玦，不见我主理会，此机一失，后患无穷。汝可入内敬酒，借着舞剑为名，刺杀沛公，我辈才得安枕了！"何苦逞刁。

项庄听罢，遂撩衣大步，闯至筵前。先与沛公斟酒，然后进说道："军中乐不足观，庄愿舞剑一回，聊助雅兴。"羽也不加阻，一任项庄自舞。庄执剑在手，运动掌腕，往来盘旋。良见庄所执剑锋，近向沛公，慌忙顾视项伯。项伯已知良意，也起座出席道："剑须对舞方佳。"说着，即拔剑出鞘，与庄并舞，一个是要害死沛公，一个是要保护沛公，沛公身旁，全仗项伯一人挡住，不使项庄得近，因此沛公不致受伤。但沛公已惊慌得很，面色或红或白，一刻数变。张良瞧着，亦替沛公着急，即托故趋出帐外。见樊哙正在探望，便与语道："项庄在席间舞剑，看他意思，欲害沛公。"哙跃起道："依此说来，事已万急了！待我入救罢！"张良点首。哙左手持盾，右手执剑，闯将进去。帐前卫士，看了樊哙形状，还道他要去动武，当然出来拦住。哙本来力大，再加此时拼出性命，不管什么利害，但向前乱撞乱推，格倒卫士数人，得了一条走路，竟至席前，怒发上冲，瞋目欲裂。项庄项伯，见有壮士突至，都停住了剑，呆呆望着。项羽倒也一惊，便问哙道："汝是何人？"哙正要答言，张良已抢步趋入，代哙答道："这是沛公参乘樊哙。"项羽随口赞道："好一个壮士！可赐他卮酒彘肩。"左右闻命，便取过好酒一斗，生猪蹄一只，递与樊哙。哙横盾接酒，一口喝干，复用刀切肉，随切随食，顷刻亦尽。屠狗英雄，自然能食生肉。乃向羽拱手称谢。项羽复问道："可能再饮否？"哙朗声答道："臣死且不避，卮酒何足辞！"羽又问道："汝欲为谁致死？"哙正色道："秦为无道，诸侯皆叛，怀王与诸将立约，先入秦关，便可称王。今沛公首入咸阳，未称王号，独在霸上驻扎，风餐露宿，留待将军，将军不察，乃听信小人，欲杀功首，这与暴秦何异？臣窃为将军不取呢！唯臣未奉传宣，遽敢突入，虽为沛公诉枉而来，究竟是冒渎尊严，有干禁令，臣所以谓死且不避，还请将军鉴原！"羽无言可答，只好默然。

张良又目视沛公，沛公徐起，伪说如厕，且叱樊哙出外，不必在此絮聒。哙因即随同出帐。既至帐外，张良也即出来，劝沛公速回霸上，勿再停留。沛公道："我未曾辞别，怎得遽去？"张良道："项羽已有醉意，不及顾虑，公此时不走，尚待何时？良愿代公告辞。唯公随身带有礼物，请取出数件，留作赠品便了。"沛公乃取出白璧一双，玉斗一双，交与张良，自己另乘一马，带了樊哙，及随员三人，改从间道行走，驰回霸上。独张良一人留着，迟迟步入，再见项羽。真好大胆。羽据席坐着，但觉得醉眼朦胧，似寐非寐，好一歇方才旁顾道："沛公到何处去了？如何许久不回！"他已去远，不劳费心。良故意不答。项羽因使都尉陈平，出寻沛公。既而陈平入报，谓沛公车从尚在，只沛公不见下落。羽乃问张良道："沛公如何他去？"良答道："沛公不胜酒力，未能面辞，谨使良奉上白璧一双，恭献将军，还有玉斗一双，敬献范将军！"说着，即将白璧玉斗取出，分头献上。项羽瞧着一双白璧，确是光莹夺目，毫无瘢点，不由的心爱起来，便即取置席上，且顾问张良道："沛公现在何处？"良直说道："沛公自恐失仪，致被将军督责，现已脱身早去，此时已可还营了。"羽愕问道："为何不告而去？"良又道："将军与沛公情同兄弟，谅不致加害沛公；唯将军部下，或与沛公有隙，想将沛公杀害，嫁祸将军。将军今日，初入咸阳，正应推诚待人，下慰物望，为何要疑忌沛公，阴谋设计？沛公若死，天下必讥议将军，将军坐受恶名，诸侯乐得独立。譬如卞庄刺虎，一计两伤，沛公不便明言，只好脱身避祸，静待将军自悟。将军英武天纵，一经返省，自然了解，岂尚至责备沛公么？"好似为项羽划策，妙甚。

项羽躁急多疑，听了张良说话，反致疑及范增，向他注视。增因计不得行，已是说不出的懊恼，再见项羽顾视，料他起了疑心，禁不住怒上加怒，气上加气，当即取过玉斗，掷置地上，拔剑砍破，且目视项庄，恨恨说道："唉！竖子不足与谋！将来夺项王天下，必是沛公，我等将尽为所虏哩！"项羽见增动怒，不欲与较，起身拂袖，向内竟入。范增等也即趋出，只项伯张良，相顾微笑，徐徐引退。到了营外，良谢过项伯，召集随从人员，一径回去。是时沛公早回霸上，唤过左司马曹无伤，责他卖主求荣，罪在不赦。无伤不能抵赖，垂首无言，当被沛公喝令推出，枭首正法。待张良等还营报闻，沛公喜惧交并，且再驻扎霸上，徐作计较。

过了数日，项羽自鸿门入咸阳，屠戮居民，杀死秦降王子婴，及秦室宗族，所有秦宫妇女，秦库货币，一古脑儿劫取出来，自己收纳一半，余多分给将士。最可怪的是将咸阳宫室，付诸一炬，无论什么信宫极庙，及三百余里的阿房宫，统共做了一个火堆。今日烧这处，明日烧那处，烟焰蔽天，连宵不绝，一直过了三个月，方才烧完。可怜秦朝数十年的经营，数万人的构造，数万万的费用，都成了眼前泡影，梦里空花！秦固无谓，项羽尤觉无谓。羽又令兵士三十万名，至骊山掘始皇墓，收取圹内货物，输运入都，足足搬了一月。只剩下一堆枯骨，听他抛露，此外搜刮净尽，毫不遗留。厚葬何益。本来咸阳四近，是个富庶地方，迭经秦祖秦宗，创造显庸，备极繁盛。此次来了一个项羽，竟把他全体残破，弄得流离满目，荒秽盈途。羽为了一时意气，任意妄行，及见咸阳已成墟落，也觉没趣，不愿久居，便欲引众东归。适有韩生入见，劝羽留都关中，且向羽说道："关中阻山带河，四塞险阻，地质肥饶，真是天府雄国，若就此定都，便好造成霸业了。"羽摇首道："富贵不归故乡，好似衣锦夜行，何人知晓？我已决计东归哩！"韩生趋出，顾语他人道："我闻里谚有言，楚人沐猴而冠，今日果然相验，才知此言不虚了。"哪知为了这语，竟有人传报项羽，羽即命将韩生拿到，剥去衣服，掷入油锅，用了烹燔的方法，把韩生炙成烧烤。看官试想，惨不惨呢！羽之暴且过亡秦。

羽既烹韩生，便想起程，转思沛公尚在霸上，我若一走，他便名正言顺的做了秦王，如何使得？看来不如报知怀王，请他改过前约，方好将沛公调徙远方，杜绝后患。于是派使东往，嘱他密请怀王，毋如前约。待使人去后，眼巴巴的望着复报，好容易盼到回音，乃是怀王不肯食言，仍将如约二字，作了复书。羽顿时动恼，召集诸将与议道："天下方乱，四方兵起，我项家世为楚将，所以权立楚后，仗义伐秦。但百战经营，全出我叔侄两人，及将相诸君的劳力。怀王不过一个牧竖，由我叔父拥立，暂畀虚名，毫无功业，怎得自出主见，分封王侯？今我不废怀王，也算是始终尽道，若诸君披坚执锐，劳苦三年，怎得不论功行赏，裂土分封？诸君可与我同意否？"诸将皆畏项羽，且各有王侯希望，当然齐声答应，各无异词。项羽又道："怀王究系我主子，应该尊他帝号，我等方可为王为侯。"何必尊牧儿为帝，不如废去了他，较为直捷。众又同声称是。羽遂决称怀王为义帝，另将有功将士，按次加封。唯第一个分封出去，已觉有些为难，先不免踌躇起来。正是：

只手难遮天下目，分封要费个中思。

毕竟项羽欲封何人，须待踌躇，小子且暂停一停，俟至下回发表。

沛公身入鸿门，为生平罕有之危机，项羽令焚秦宫，为史册罕有之大火，于此见刘项之成败，即定楚汉之兴亡，鸿门一宴，沛公已在项氏掌握，取而杀之，反手事耳。乃有项伯为之救护，有张良樊哙为之扶持，卒使项羽不能逞其勇，范增不能施其智，虽曰人事，岂非天命！天不欲死沛公，羽与增安得而杀之？若羽之焚秦宫，愚顽实甚，秦宫之大，千古无两，材料无不值钱，散给民生，正足嘉惠黎庶，焚之果何为者？武王灭纣，不闻举纣宫而尽焚之，越王沼吴，又不闻举吴台而尽焚之，羽果何心，付诸一炬？甚且杀子婴，屠咸阳，掘始皇冢，烹韩生，以若所为，求若所欲，安往而不败亡耶？秦之罪上通于天，羽且过之，故秦尚能传至二世，而羽独及身而亡。

第二十一回　烧栈道张良定谋　筑郊坛韩信拜将

却说项羽欲分封诸将，想了多时，自己不能决定，只好仍请范增商议。范增虽为了鸿门一役，有些懊恼，但总不忍遽去，尚为项氏效忠。血气既衰，戒之在得，增何不三复斯言，洁身早去。既闻项羽召请，便即入帐相见。项羽与增密议道："我欲按功加封，别人都不难处置，只有刘季一人，封他何处，请君为我一决。"增答道："将军不杀刘季，实是错着，今日又把他加封，是更留遗患了。"项羽道："他未尝有罪，无故杀他，必致人心不服，且怀王又欲照原约，种种为难，君亦应该谅我。并非我不肯从君！"增又答道："既经如此，不如封他王蜀，蜀地甚险，易入难出，秦时罪人，往往发遣蜀中，便是此意。且蜀亦关中余地，使为蜀王，也好算是依照旧约了。"项羽点首称善。增又道："章邯、司马欣、董翳三人，皆秦降将，最好令他分王关中，使他阻住蜀道，他必感恩效力，堵截刘季，就是将军东归，亦可无虞。后来偏不如所料，奈何！羽喜说道："此计甚妙，应即照行。"说罢，复与增妥议各将封地，及所有名称，一一决定，增始退出。

适由沛公遣人探信，至项伯处详问一切，项伯已闻项羽定议，封沛公为蜀王，乃即告知大略。来人忙去回报沛公，沛公大怒道："项羽无礼，竟敢背约么？我愿与他决一死战。"樊哙周勃灌婴等，亦皆摩拳擦掌，想去厮杀。独萧何进谏道："不可，不可！蜀地虽险，总可求生，不至速死。"沛公道："难道去攻项羽，便至速死么？"萧何道："彼众我寡，百战百败，怎能不死？汤武尝服事桀纣，无非因时机未至，不得不因屈求伸。今诚能先据蜀地，爱民礼贤，养精蓄锐，然后还定三秦，进图天下，也未为迟哩。”沛公听了，怒气稍平，因转问张良。良亦如萧何言，但请沛公厚赂项伯，使他转达项羽，求汉中地。为暗度陈仓伏案。沛公乃取出金币，派人遣遗项伯，乞将汉中地加封。项伯已阴助沛公，且有金币可取，乐得代为说情。项羽竟依了项伯，把汉中地加给沛公，且改封沛公为汉王。于是颁发分封诸王的命令，列记如下：

沛公为汉王，得巴蜀汉中地，都南郑。　秦降将章邯为雍王，得咸阳以西地，都废邱。　司马欣为塞王，得咸阳以东地，都栎阳。　董翳为翟王，得上郡地，都高奴。　魏王豹徙封河东，号西魏王，都平阳。　赵王歇徙封代地，仍号赵王，都代郡。　赵将张耳为常山王，得赵故地，都襄国。司马卬为殷王，得河内地，都朝歌。　申阳张耳嬖臣先下河南迎楚。　为河南王，得河南地，都洛阳。　楚将英布为九江王，都六。　楚柱国共敖曾击南郡有功。为临江王，都江陵。燕王韩广徙封辽东，改号辽东王，都无终。　燕将臧荼从楚救赵，且随项羽入关。为燕王，得燕故地，都蓟。　番君吴芮芮为英布妇翁，曾由布招芮，从羽入关。为衡山王，都邾。　齐王田市徙封胶东，改号胶东王，都即墨。　齐将田都从楚救赵，随羽入关。为齐王，得齐故地，都临淄。　田安故齐王建孙，下济北数城，引兵降楚！为济北王，都博阳。韩王成封号如旧，仍都阳翟。

项羽自称西楚霸王，拟还都彭城，据有梁楚九郡。一面派遣将士，迫义帝迁往长沙，定都郴地。郴音琛。郴地僻近南岭，比不得彭地繁庶。羽欲自去建都，怎肯使义帝久住，所以将他逼徙，好似迁锢一般。另拨部兵三万人，托词护送沛公，即令西往就国。此外各国君臣，皆一律还镇。

沛公既为汉王，此后叙述，应该以汉王相呼。汉王就从霸上起行，因念张良功劳，赐金百镒，珠二斗。良拜受后，却去转赠项伯，并与项伯作别，还送汉王出关。就是各国将士，或慕汉王仁厚，也尽愿跟随西去，差不多有数万人，汉王并不拒绝，一同登程。好容易到了褒中，张良意欲归韩，即向汉王说明，汉王乃遣良东归。两下告别，统是依依不舍。良复请屏左右，献上一条密计，汉王也即依从。良即拜辞而去，汉王仍然西进。不料后队人马，统皆喧嚷起来。当下问为何因？有军吏入报道："后面火起，烈焰冲天，闻说栈道都被烧断了！"汉王绝不回顾，但促部众西行，说是到了南郑，再作后图，部众不敢违慢，只好前进。旋闻栈道为张良所烧，免不得咒骂张良，说他断绝后路，永不使回见父老，真是一条绝计，太觉忍心。哪知张良烧绝栈道，却是寓着妙算，与庸众思想不同。一是计给项羽，示不东归，好教他放心安胆，不作准备；二是计御各国，杜绝出入，好教他知难而退，不敢入犯。当时拜别汉王，与汉王秘密定谋，便是这条计策。良之决送汉王，也是为此。汉王已经接洽，自然不致惊惶，一心一意的驰赴南郑去了，既至南郑，拜萧何为丞相，此外将佐亦皆授职有差，不必细述。

唯张良拜别汉王，转身东行，过一路，烧一路，已将栈道烧尽，方向阳翟进发，等候韩王成归国。原来项羽入关，韩王成未曾相随，嗣经羽进驻鸿门，号令诸王，韩王成方才往见。羽虽嫌他无功，终究是无罪可加，不得不许复旧封。只有一语相嘱，叫他召回张良。及韩王成与良接洽，良亦知项羽加忌，不令事汉，所以有此要约，当时答复韩王，俟送汉王出境，然后还韩。韩王不便相强，因即应诺。偏偏项羽借口有资，责成违命纵良，将他留住，不令归国，但使随军东行。成无拳无勇，怎能拗得过项羽，没奈何跟着羽军，出发秦关。羽把秦宫中所得金银，及子女玉帛等类，一古脑儿载入后车，启程东归，到了彭城，复将韩王成贬爵，易王为侯。过了数月，索性把他杀死了事。还有燕王韩广，不愿迁往辽东，被臧荼引兵逐出，追至无终，一鼓击死。韩广了。乃使人报知项羽，羽不咎臧荼擅杀，反说荼讨广有功，令他兼王辽东。就是齐王田市，本由齐将田荣拥立，田荣前不愿从项氏攻秦，为羽所憎，见第十六回。故羽徙封田市，改封田都田安，独将田荣搁起不提。全是私心用事。荣秉性倔强，不服羽命，竟羁留田市，拒绝田都，待田都将到临淄，竟发兵邀击中途，把都杀败，都逃往彭城。田市闻田都败却，恐他向羽求救，复来攻齐，因此潜身脱走、驰诣胶东。偏田荣恨他私逃，自领兵追杀田市，荣亦太觉猖狂。再西向袭击济北，刺死田安，便自称齐王，并有三齐。是时彭越尚在巨野，彭越见前文。有众万人，无所归属，田荣给与将军印绶，使他略夺梁地，越遂为荣效力，攻下数城。赵将陈余，自去职闲游后，羁居南皮，仍然留意外务，常欲出山。陈余事见前文，但余既归隐，何必再寻烦恼。他本与张耳齐名，项羽封耳为常山王，却有人进说项羽，请封陈余。羽因余未尝从军，但封他南皮附近的三县。余怒说道："余与张耳，功业相同，今耳封常山王，余乃只得三县地方，充个邑侯，岂非不公！我要这三县地何用呢？"当下使党徒张同夏说，往见田荣道："项羽专怀私意，不顾公道，所有部将，尽封善地，独将旧王徙封，使居僻境，如此不公，何人肯服？今大王崛起三齐，首先拒羽，威声远震，东海归心。赵地与齐相近，素为邻国，现赵王被徙至代，也觉不平，臣余本赵旧将，愿大王拨兵相助，往攻常山，若得将常山攻破，仍迎赵王还国，当世为齐藩，永不背德！"田荣听了，立即应允，因派兵往助陈余。陈余尽发三县士卒，会同齐兵，星夜驰击常山。张耳未曾预防，仓猝拒敌，竟被杀败，向西遁走。陈余遂迎赵王歇还国，遣还齐兵。赵王号余为成安君，兼封代王。余因赵王初定，不便遽离，仍然留辅赵王，但命夏说为代相，令往守代，事且慢表。

且说汉王刘邦，到了南郑，休兵养士，安息了一两月，独将士皆思东归，不乐西居。汉王部下，有一韩故襄王庶孙，单名为信，此与淮阴侯韩信异人同名。曾从汉王入武关，辗转至南郑，为汉属将。因见人心思归，自己亦生归志，乃入见汉王道："项王分封诸将，均在近地，独使大王西居南郑，这与迁谪何异？况军吏士卒，皆山东人，日夜望归，大王何不乘锋东向，与争天下？若待海内已定，人心皆宁，恐不可复用，只好老死此地了。"汉王道："我亦未尝不忆念家乡，但一时不能东还，如何是好！"正议论间，忽有军吏入报，丞相萧何，今日出走，不知去向。汉王大惊道："我正思与他商议，奈何逃去！莫非另有他事么？"说着，即派人往追萧何。一连二日，未见萧何回来，急得汉王坐立不安，如失左右两手。方拟续派得力兵弁，再去追寻，却有一人踉跄趋入，向王行礼，望将过去，正是两日不见的萧何。却是奇怪。心中又喜又怒，便佯骂道："汝怎得背我逃走？"何答道："臣不敢逃，且去追还逃人！"汉王问所追为谁？何又道："臣去追还都尉韩信！"汉王又骂道："我自关中出发，直至此地，沿途逃亡多人，就是近日又有人逃去，汝并不往追，独去追一韩信，这明明是骗我了。"何说道："前时逃失诸人，无关轻重，去留不妨听便，独韩信乃是国士，当世无双，怎得令他逃去？大王若愿久居汉中，原是无须用信，如必欲争天下，除信以外，无人合用，故臣特亟去追回。"汉王道："我难道不愿东归，乃郁郁久居此地么？"

何即接入道："大王果欲东归，宜急用韩信，否则信必他去，不肯久留了。"汉王道："信有这般才干么？君既以为可用，我即用他为将，一试优劣。"何又道："但使为将，尚未足留信。"汉王道："我就用他为大将可好么？"何连说了几个好字。汉王道："君为我召入韩信，我便当命为大将。"何正色道："大王岂可轻召么？本来大王用人，简慢少礼，今欲拜大将，又似传呼小儿，所以韩信不愿久留，乘隙逃去。"汉王道："拜大将当用何礼？"何答道："须先择吉日，预为斋戒，筑坛具礼，敬谨行事，方算是拜将的礼节。"汉王笑道："拜一大将，须要这般郑重么？我就依君一行，君为我按礼举行便了。"看到此种问答，便是兴王大度。何乃退出，便去照办。

究竟韩信，是何等人物？听小子约略叙明。信为三杰中人，自应补叙明白。信本淮阴人氏，少年丧父，家贫失业，不农不商，要想去充小吏，也属无善可推，因此游荡过日，往往就人寄食。家中虽有老母，不获赡养，也累得愁病缠绵，旋即逝世。南昌亭长，颇与信相往来，信常去吃饭，致为亭长妻所嫉。晨炊蓐食，不使信知，待信来时，好多时不见具餐。信知惹人厌恨，乃掉头径去，从此绝迹不至。便是有志。独往淮阴城下，临水钓鱼。有时得鱼几尾，卖钱过活，有时鱼不上钩，莫名一钱，只好挨着饥饿，空腹过去。会有诸老妪溯水漂絮，与韩信时常遇着，大家见他落魄无聊，当然不去闻问。独有一位漂母，另具青眼，居然代为怜惜，每当午餐送至，辄分饭与信。信亦饥不择食，乐得吃了一餐，借充饥腹。哪知漂母慷慨得很，今日饲信，明日又饲信，接连数十日，无不如此。与亭长妻相较，相去何如！信非常感激，便向漂母称谢道："承老母这般厚待，信若有日得志，必报母恩。"道言甫毕，漂母竟含嗔相叱道："大丈夫不能谋生，乃致坐困，我特看汝七尺须眉，好象一个王孙公子，所以不忍汝饥，给汝数餐，何尝望汝报答呢！"妇人中有此识见，好算千古一人。说着，携絮自去。韩信呆望一会，很觉奇异，但心中总怀德不忘，待至日后发迹时，总要重重谢她，方足报德。无如福星未临，命途多舛，只好得过且过，将就度日。他虽家无长物，尚有一把随身宝剑，时时挂在腰间，一日无事，踯躅街头，碰着一个屠人子，当面揶揄道："韩信，汝平时出来，专带刃剑，究有何用？我想汝身体长大，胆量如何这般怯弱呢？"信绝口不答，市人却在旁环视。屠人子又对众嘲信道："信能拼死，不妨刺我，否则只好出我胯下！"说着，便撑开两足，立在市中。韩信端详一会，就将身子匍匐，向他胯下爬过。能忍人所不能忍，方可有为。市人无不窃笑，信却不以为辱，起身自去。

到了项梁渡淮，为信所闻，便仗剑过从，投入麾下。梁亦不以为奇，但编充行伍，给以薄秩。至项梁败死，又属项羽，羽使为郎中。信屡次献策，偏不见用，于是弃楚归汉，从军至蜀。汉王亦淡漠相遭，唯给他一个寻常官职，叫做连敖。连敖系楚官名，大约与军中司马相类。信仍不得志，未免牢骚，偶与同僚十三人，叙饮谈心，到了酒后忘情，竟发出一种狂言，大有独立自尊的志愿。适被旁人闻知，报告汉王，汉王疑他谋变，即命拿下十三人，并及韩信，立委夏侯婴监斩。婴将众犯驱往法场，陆续枭首，已有十三个头颅，滚落地上。猛听得一人狂呼道："汉王不欲得天下么？奈何杀死壮士！"这是命中注定，应有一番作为，故脱口而出。婴不禁诧异，便命停斩，引那人至面前，见他状貌魁梧，便动了怜才的念头。及验过斩条，乃是韩信，便问他有什么经略？信将腹中所藏的材具，一一吐露出来，大为婴所叹赏。就与语道："十三人皆死，唯汝独存，看汝将来当为王佐，所以漏出刀下，我便替汝解免罢！"说着，遂命将信释缚，自去返报汉王，极称信才，不应处死，且当升官。汉王是个无可无不可的人物，一闻婴言，即宥信死罪，命为治粟都尉。治粟都尉一官，虽比连敖加升一级，但也没甚宠异。独有丞相萧何，留意人才，随时物色。闻得夏侯婴器重韩信，也召与共语，果然经纶满腹，应对如流，才知婴言不谬，即面许他为大将才。信既得何称许，总道是相臣权重，定当保荐上去，不致长屈人下。偏偏待了旬月，毫无影响，自思汉王终不能用，不如见机引去，另寻头路，乃收拾行装，孑身出走，并不向丞相署内报闻。及有人见信自去，告知萧何，何如失至宝，忙拣了一匹快马，耸身跃上，加鞭疾驰，往追韩信。差不多跑了百余里，才得追及，将信挽住。信不愿再回，经何极力敦劝，且言自己尚未保荐，因此稽迟。信见他词意诚恳，方与何仍回原路。既入汉都，由何禀报汉王，与汉王问答多词，决意拜为大将。语见上文。因即命礼官选定吉日，筑坛郊外。

汉王斋戒三日，才届吉期，清晨早起，即由丞相萧何，带领文武百官，齐集王宫，专候汉王出来。汉王也不便迟慢，整肃衣冠，出宫登车。萧何等统皆随行，直抵坛下。当由汉王下车登坛，徐步而上。但见坛前悬着大旗，迎风飘扬，坛下四围，环列戎行，静寂无哗，容止不紊，天公都也做美，一轮红日，光照全坛，尤觉得旌旄变色，甲杖生威，顿令汉王心中，倍加欣慰。这是兴汉基础，应该补叙数语。丞相何也即随登，捧上符印斧钺，交与汉王。一班金盔铁甲的将官，都翘首伫望，不知这颗斗大的金印，应该属诸何人？就中如樊哙周勃灌婴诸将，身经百战，积功最多，更眼巴巴的瞧着，想总要轮到己身。忽由丞相何代宣王命，请大将登坛行礼，当有一人应声趋出，从容步上。大众眼光，无不注视，装束却甚端严，面貌似曾相识，仔细看来，乃是治粟都尉韩信，不由的出人意外，全军皆惊！小子有诗咏道：

胯下王孙久见轻，谁知一跃竟成名；
古来将相本无种，庸众何为色不平！

欲知韩信登坛情形，容至下回再表。

本回叙述，可作为三杰合传，张良之烧绝栈道，一奇也，萧何之私追逃人，二奇也，韩信之骤拜大将，三奇也。有此三奇，而汉王能一一从之，尤为奇中之奇。乃知国家不患无智士，但患无明君，汉王虽倨慢少礼，动辄骂人，然如张良之烧栈道而不以为怪，萧何之追逃人而不以为嫌，韩信之拜大将而不以为疑，是实有过人度量，固非齐赵诸王，所得与同日语者。有汉王而后有三杰，此良臣之所以必择主而事也。

第二十二回　用秘计暗度陈仓 受密嘱阴弑义帝

却说韩信上登将坛，向北立着，便有乐工奏起军乐，鸣铙击鼓，响遏行云。既而弦管悠扬，变成细曲，当由赞礼官朗声宣仪，第一次授印，第二次授符，第三次授斧钺，俱由汉王亲自交代，韩信一一拜受。汉王复面谕道："阃外军事，均归将军节制，将军当善体我意，与士卒同甘苦，无胥戕，无胥虐，除暴安良，匡扶王业。如有藐视将军，违令不从，尽可军法从事，先斩后闻！"说到末句，喉咙格外提响，故意使大众闻知。大众听了，果皆失色。韩信拜谢道："臣敢不竭尽努力，仰报大王知遇隆恩。"汉王大喜，因命信旁坐，自己亦即坐下，开口问道："丞相屡言将军大材，将军究有何策，指教寡人？"信答道："大王今欲东向争衡，岂非与项王为敌么？"汉王说了一个是字。信又道："大王自料勇悍仁强，能与项王相比否？"汉王沉吟道："寡人恐不如项王。"信应声道："臣亦谓大王不如项王，但臣尝投项王麾下，素知项王行为。项王喑呜叱咤，千人皆惊，独不能任用良将，这乃所谓匹夫之勇，不足与语大谋。有时项王亦颇仁厚，待人敬爱，言语温和，遇人疾病，往往涕泣分食，至见人有功，应该加封，他却把玩封印，未肯遽授，这乃所谓妇人之仁，不足与成大事。此两节，实不如汉王。今日项王虽称霸天下，役使诸侯，乃不都关中，往都彭城，明明是自失地利；况违背义帝原约，任性妄行，甚且放逐义帝，专把私人爱将，分封善地，诸侯亦皆效尤，各将旧王驱逐，据国称雄，试想山东诸国，倏起倏仆，争夺不休，如何致治？且项王称兵以来，所过地方，无不残灭，天下多怨，百姓不亲，不过眼前威势，总要算项王最强，所以被他劫制，不敢俱叛，将来各国势力，逐渐养足，何人肯再服项王？可见项王虽强，容易致弱。今大王诚能遵道而行，与彼相反，专任天下谋臣勇将，何敌不摧？所得天下城邑，悉封功臣，何人不服？率领东归将士，仗义东征，何地不克？三秦诸王，虽似扼我要塞，犄角设防！但彼皆秦朝旧将，带领秦士卒数年，部下死亡，不可胜计，到了智尽能索，复胁众归降项王，项王又起了杀心，诈坑秦降卒二十余万，只剩章邯司马欣董翳三人，生还秦关。秦父老怨此三人，痛入骨髓，恨不得将三人食肉寝皮，今项王反立此三人为王，秦民当然不服，怎肯诚心归附？唯大王首入武关，秋毫无犯，除秦苛法，与秦民约法三章，秦民无不欲大王王秦，且义帝原约，无人不知，大王被迫西行，不但大王怨恨项王，就是秦民亦无不怀愤！大王若东入三秦，传檄可定，三秦既下，便好进图天下了！”看似平常计议，但已如兵法所云，知己知彼，百战百胜。汉王喜甚，即慰谕道：“寡人悔不早用将军！今得亲承指导，如开茅塞。此后全仗将军调度，指日东征！”信复答道：“将非练不勇，兵非练不精，项王虽有败象，终究是百战经营，未可轻视，现须部署诸将，校阅士卒，约过旬月，方可启行。”汉王称善，乃与信下坛回朝。

越日即由信升帐阅兵，定出军律数条，号令帐外。大小将士，因他兵权在手，只好勉遵约束。信遂亲自督操，口讲指划，如何排列阵势，如何整齐步伐，如何奇正相生，如何首尾相应，如何可合可分，如何可常可变，种种法制，都是樊哙周勃灌婴等人，未曾详晓，既得韩信训示，才知信确有抱负，不等寻常，于是相率敬畏，各听信命。操演部曲，甫经数日，已是军容不振，壁垒一新。乃择定汉王元年八月吉日，出师东征。特标年月，点清眉目。是时栈道已经烧绝，不便行军。汉王却早由张良定计，叫他明修栈道，暗渡陈仓。当下召入韩信，问明出路，信所言适与张良相合。汉王鼓掌道：“英雄所见，毕竟略同。”遂派了兵士数百人，佯去修筑栈道，自与韩信率领三军，悄悄的出发南郑。但使丞相萧何居守，征税收粮，接济军饷。

时当仲秋，天高气爽，将士等各愿东归，日夜趱程，由故道直达陈仓。雍王章邯，本奉项王密嘱，堵住汉中，作为第一重门户，平时亦派兵巡察，但恐汉王出来。不过他算差一着，总道汉王东出，必须经过栈道，栈道未曾修筑，纵有千家万马，也难通行，所以章邯安心坐待，一些儿不加防备。旋经探卒走报，汉兵已有数百人，修理栈道，章邯微笑道："栈道甚长，烧毁时原是容易，修筑时却是万难，区区数百人，怎能济事？汉王既欲东来，当时何必烧绝栈道，呆笨如此，真正可笑极了！他并不獃，你却甚！既而又有人传入邯耳，谓汉已拜韩信为大将。邯尚不知韩信为何人，复派干员探明履历，及返报后，闻说韩信屈身胯下，毫无志节，遂又大笑道："胯下庸夫，也配做大将么？汉王如此糊涂，怪不得他行为乖谬，前烧栈道，已是失策，今修栈道，又只派了数百人，看他至何年何月，方将栈道修竣哩！"嗣是愈加轻视，毫不为意。

到了八月中旬，忽有急报传到，乃是汉兵已抵陈仓。章邯尚疑是说谎，顾语左右道："栈道并未修好，汉兵从何处出来，难道真能插翅高飞么？"话虽如此，但也不得不再派干员，探听明白。未几果有陈仓逃兵，走至废邱，报称汉王亲率大军，据住陈仓，杀死戍将，不日就要进攻了。章邯才觉有些着忙，自思汉兵未经栈道，如何通路，莫非另有小径，可出陈仓！今不如亲领兵队，前往邀击为是。乃引兵数万，径赴陈仓，邀截汉军。一路行去，但见逃兵，不见难民。原来汉兵经过的地方，丝毫不准侵掠，所以民皆安堵，不致流离。章邯将逃兵收集，急急的赶到陈仓，正值汉兵整队东来。两下相遇，便即交战，汉兵是积愤已深，奋身不顾，一经对垒，好似猛虎离山，无论什么刀兵水火，统是不怕，只管向前杀去。章邯部下的兵士，本是怀恨未销，勉强隶属，怎肯为邯拼着死力，自伤生命？所以战不多时，已经四溃。章邯只得回走，奔往好畤，汉兵从后追杀，不肯罢休。

究竟章邯是个惯战人员，也不愿为了一败，甘心歇手。且看部兵丧失一半，还有一半随着，不若回头再战，出敌不意，返戈奋斗，或能转败为胜，亦未可知，因此号令军中，再与汉兵赌个死活。哪知韩信早已防着，嘱令前驱小心追赶，免为所乘，自己居中调度，随时策应，待至章邯还军拼命，汉兵前队，毫不慌乱，仍然照前厮杀，无懈可击，邯见汉兵整肃如故，自知所谋不遂，添了一种懊恼，没奈何支撑一阵，偏汉中军又调出左右两翼，策应前驱，前锋就是樊哙，左翼主将，就是灌婴，右翼主将，就是周勃。这三人系著名大将，夹攻一个章邯，叫邯如何抵敌！徒然断送了许多士卒，去做一班冤死鬼。邯却乘间溜脱，使长子平一说平为邯弟。入守好畤，自引败卒遁还废邱。

汉军两获胜仗，即进攻好畤，章平已知汉兵利害，怎敢出头？只有召集兵民，乘城拒守。汉将樊哙等率兵围城，竭力攻扑，约阅两日，见城上守兵稍懈，哙即令兵士架起云梯，督令登城。城上尚有矢石，陆续放掷，兵士未敢遽上，恼动樊哙性子，左拥盾，右执刀，首先登梯。此公惯用两般兵器。梯级尚未毕登，那城上已是大哗，乱放硬箭，乱掷巨石，哙竟用盾格开，觑着城上空隙，一跃而上，用刀乱掠，剁落头颅好几个。守兵措手不迭，再经汉兵蜂拥登城，杀散守兵，立即下城开门，放入余军。章平忙从后门逃出，落荒窜去。县令县丞，不及出奔，尽被杀死。城中百姓，无一反抗，情愿降汉。汉兵不杀一民，当即平定。韩信也即入城，叙哙首功，报知汉王。汉王已封哙为临武侯，至此复加授郎中骑将。哙与周勃灌婴等，分徇下郿槐里柳中诸地，俱皆略定。乘势攻入咸阳，击走守将赵贲。唯废邱为章邯所守，往攻不下。

韩信得报，亲至废邱城外，周览地势，已得破城方法，遂召樊哙等授以密计，嘱他分头往办。章邯因汉兵攻城，日夜防守，很是留意。长子章平，已从好畤逃至废邱，与乃父相助为理，竭力抵御，所以汉兵虽盛，急切未能攻入。一日到了夜间，忽闻城中兵民，大噪起来。章邯父子，慌忙巡视，但见平地上面，水深数尺，却不知从何处涌来。未几水势更涨，仿佛似万马奔腾，不可控遏。转眼间竟涨至丈许，漂没民庐，外面偏喊声大震，骇人听闻。章邯料不能守，急同长子平带领家小，及所有将士，从北门水浅处冲出，奔往桃林。最奇的是章邯一走，城中水势，便即退下。看官道是何因？原来废邱城两面环水，自西北流向东南，韩信令樊哙等，壅住下流，使水不得顺下，水无可归，当然泛滥，涌入城中。况当秋季水涨，奔流湍急，单靠一座城墙，如何阻得住急流。章邯名为大将，徒知浪战，不知预防，正中了韩信的秘计。叙得明白。樊哙等既逐章邯，便将下流宣泄，水自泻去，城中就点滴不留。汉兵陆续入城，安民已毕，复去追击章邯，章邯父子，无路可奔，再战再败，章平被擒，章邯自刎而亡。始终难免一死，不若前时死于漳南，免为贰臣。

雍地尽为汉有，乃移兵转攻翟塞二王。翟王董翳，塞王司马欣，本来是章邯手下的属将，勇武远不及章邯。邯败走后，曾遣人向二王求救，二王恐汉兵入境，不敢发兵救雍。及闻章邯败死，更吓得胆战心惊。再加民心不服，一闻汉兵杀到，多去降汉。董翳先知不敌，向汉请降，司马欣越加孤立，也只有低首下心，降汉了事。三秦地方，不到一月，都归汉王，项霸王第一着计策，是完全失败了。赵相张耳，西行入关，正值汉兵平定三秦，也即投顺汉王。汉王兵力，因此益强。

项王前闻齐赵皆叛，已是忿恨，此次又闻关中失去，三秦都为汉属，不由的大肆咆哮，急欲西向击汉。一面令故吴令郑昌为韩王，牵制汉兵，一面使萧公角率兵数千，往攻彭越。萧公当是官号，角为萧公名。越击败萧角，项羽更为动怒，自思彭越小丑，何能为力，无非仗着田荣声势，有此猖狂，欲除彭越，不得不先除田荣。于是既欲攻汉，又欲攻齐。可巧来了一封书函，接过一阅，乃是张良署名。他本深忌张良，偏这番看了良书，竟要依他行事，是又堕入张良计中了。张良书中，略言汉王失职，但得收复三秦，如约即止，不再东进。唯有齐梁蠢动，连同赵国，要想灭楚等语，这明明是良为汉计，使项王北向击齐，不急攻汉，好教汉王乘隙东来。那项王有勇无谋，竟被张良一激便动，先去攻齐。良复归入汉，为汉王划策东行。

汉王使韩庶子信领兵图韩，许俟韩地平定后，封为韩王，信即受命去讫。张良又欲从信东去，因由汉王挽留，乃居住幕下，受封为成信侯。汉王复遣郦商等往取上郡北地，俱皆得手，再使将军薛欧王吸，引兵前往南阳，会同王陵徒众，东入丰沛，迎取眷属入关。陵亦沛人，素与汉王相识，颇有胆略，汉王因陵年较长，事以兄礼。及起兵西进，路过南阳，适值陵亦集党数千人，在南阳独立一帜，汉王因遣人招陵，陵尚不甘居汉王下，托词不往。至此次薛王二将，复来邀同王陵，陵闻汉王已得三秦，声威远著，乃决拟归汉。且有老母在沛，正好乘此迎接，脱离危机，于是合兵东行。到了阳夏，却被楚兵拦住，不得前进，只好暂时停驻，派人报告汉王，时已为汉王二年了。汉王得薛王二将报告，本思即日东略，只因项王兵威未挫，正是一个劲敌，不便轻率发兵，所以大加简阅，广为号召，待筹足三五十万兵马，方好启行。

那项王却已亲率大众，向齐进攻，临行时候，征召九江王英布，一同会师。英布独称病不赴，但遣偏将往会。项王也不加诘责，另有一道密嘱，寄与英布，叫他即日照行，不得再违。布接着密令，明知事关重大，易受恶名，唯不好屡次违拗，开罪项王，没奈何叫过心腹，示以项王密书，令他前去照办。心腹将士，奉令承教，便去改扮装束，乘了快船，急向长江上流，星夜驰去。约莫赶了数百里，望见前面有大小船只，鼓棹西行，料知办事目的，已在眼前，当即抢前速驶，追行数里，已得与前船相并，可巧天日已暮，夜色朦胧，一班改装的九江兵，竟跳上前船仓中，拔出利刃，顺手剁去，前船也有军人，一时不及对敌，只好伸着头颅，由他屠戮。还有一位身穿龙袍的主子，无从奔避，也落得一命呜呼，死得不明不白。究竟此人为谁？就是前号怀王，后号义帝的楚王孙心。画龙点睛。

自从项王回都彭城，迁徙义帝，义帝不能不行。但左右群臣，依恋故乡，未肯速徙，义帝也须整顿行李，慢慢儿的启程。至项王将到彭城，不愿再见义帝，屡使人催促西行。义帝不得已出都就道，所有从吏，陆续逃去，就是舟夫水手，也瞧不起义帝，沿途延挨，今日驶了五十里，明日驶了三十里，因此出都多日，尚不能到郴地，终被九江兵追及，假扮强盗，弑死义帝。舟中人夫，不做刀头面，就做江中鬼。九江兵既经得手，乐得将舟中财物，搬取一空，饱载而回。途次又遇着好几艘来船，彼此问讯，乃是衡山王吴芮，临江王共敖。两处遣派的兵士，也是受了项王密命，来弑义帝，及见九江兵已占先着，不烦再进，遂各分路回去。九江兵还报英布，布自然转达项王。项王方自喜得计，谁知被人做了话柄，反好声罪致讨了！小子有诗叹道：

敢将故主弑江中，如此凶残怎望终？
没道阴谋人未觉，须知翘首有苍穹。

欲知何人声讨项羽，容待下回说明。

不识地理者，不足以为将；章邯为将有年，乃于栈道以外，未知汉中之可出陈仓，是实颟顸糊涂，毫无将略，无惑乎其败死也。汉王还定三秦，为项羽计，正宜大举攻汉，杜其侵轶，乃因张良一书，不攻汉而攻齐，尤为误事。良书所言，不足以欺他人，而项羽乃堕其计中，全是有勇无谋之弊。且敢冒天下之大不韪，弑义帝于江中，夫乱臣贼子，人人得诛，自羽弑义帝，为天下所不容，而汉乃得起而乘之，故羽之失道，莫甚于弑义帝，而羽之失计，亦莫过于弑义帝。

第二十三回　下河南陈平走谒
过洛阳董老献谋

却说汉王整缮兵马，志在东略，且闻项羽攻齐，相持未决，正好乘间出师，遂与大将韩信等，出关至陕郡。关外父老，相率欢迎，汉王传令慰抚，众皆喜悦，额手称庆。河南王申阳，望风输款，由汉王复书许降，唯改置河南郡，仍令申阳镇守。会接韩地捷音，乃是韩庶子信击败郑昌，昌穷蹙乞降，韩地大定，汉王乃实授信为韩王。郑昌当然失位，不过做了一个韩王的属员，苟全性命罢了。项羽第二着拒汉计谋，又复失败。

是时已值隆冬，雨雪纷飞，途中多阻。汉尚沿秦正朔，故虽已改年，尚在隆冬。汉王因未便远征，重还关中，暂都栎阳。开放秦时苑囿，令民耕作，改秦社稷，为汉社稷赦罪人，减赋税，凡民年五十以上，具有善行，得选为三老，每乡一人；复就乡三老中，采择一人，令为县三老，辅助县令丞尉，兴教施仁，关中大安。待至春回寒尽，汉王乃复引兵东出，从临晋关渡过黄河，直抵河内。河内为殷王司马卬居守，闻知汉兵入境，不得不发兵迎敌。一场交战，哪里敌得过汉军，徒折伤了好几千人，败回朝歌。汉将樊哙等进逼城下，麾众围攻，司马卬自然督守，不敢少懈。一面遣人驰报项王，乞求援兵。

项王方攻入齐地，所向无敌，进迫城阳，齐王田荣，未娴兵略，徒靠那一股悍气，横行青齐，但欲与项羽赌决雌雄。究竟强弱不同，主客悬绝，所以田荣屡战屡败，连城阳都不能守，只带了残卒数百，走入平原。平原百姓，未尝实受荣惠，荣反叫他输粮纳刍，不准迟延，顿时恼动众意，纠合至万余人，围住田荣，荣手下只敌百残兵，如何抵挡，眼见得众怒难犯，坐被那平原百姓，击毙了事。军阀家其鉴诸。项王乘势直入，纵兵焚杀，毁城郭，坏庐舍，坑死降兵，拘系老弱妇女，一些儿没有仁恩。唯复立田假为齐王，总算不绝齐后。田假为荣所逐，亡入楚军，事见前文。齐人不愿奉假，情愿拥戴田荣弟田横，横得收集余烬，得众数万，逐走田假，再据城阳。假又走入楚营，项王说他庸弱无才，不能自立，索性赏他一刀，结果性命，自领兵猛扑城阳，总道田横新立，容易铲灭，谁知田横却得人心，合力拒守，齐人又皆惮羽凶威，自知难免一死，不如拼出性命，坚持到底，因此楚兵虽盛，终不能攻破城阳，项王又未肯舍去，总想把城阳荡平，方足泄恨。接连数旬，仍然相持不下。及河内求救，不过分拨将士若干名，作为援应，且令使人先归，虚张声势，但言楚军将移动全队，来援朝歌。只是误事。

司马印得了复音，越觉抖擞精神，乘城拒敌，忽见汉兵逐渐撤围，一日一夜，竟皆撤尽，不留一人。他想汉兵无故退去，定由项王亲自到来所以致此，此时正好追击一阵，干些功劳。遂不待踌躇，立率城中将士，开门追赶。约跑了五六十里，未见动静，天色却已薄暮，四面又尽是山林，司马印也防有埋伏，吩咐收兵。道言未绝，林中一声炮响，闪出两员汉将，各带精兵，来攻司马印。司马印不敢恋战，往后便退，部众慌乱，多半弃甲抛戈，随印奔回。印策马先奔，只恐汉兵赶来，恨不得一步入城，好容易到了城下，突遇一猛将据住吊桥，大声喝道：“司马印往哪里走？快快下马受缚，免得一死！”印魂飞天外，欲想窜避，又虑后面追兵到来，越觉难敌。没奈何硬着头皮，挺枪与战，才经三合，已被猛将用刀格枪，轻舒左臂，把印擒住，及印众奔还，印已早作俘囚。又经猛将厉声呼降，还有何人再敢交锋，落得匍匐桥边，乞降求生。究竟这猛将是谁？就是汉先锋樊哙，还有埋伏林中的两将，就是周勃灌婴，这三将分头伏着，都是韩信所授的密计。他料司马印败还城中，必向项王外求援，倘或援兵骤至，里应外合，反不胜防，因特用了诱敌的方法，佯为撤围，使樊哙退伏城隅，周勃灌婴退伏林间，专诱司马印来追，便好前后截杀，把他擒捉，果然司马印贪功中计，被樊哙活捉到手，献至汉王面前。汉王令即解缚，慰谕数语，印拜伏地上，自称愿降，当由汉王带领将士，偕印入城，城中兵民，见印已归顺汉王，自然全体投诚。

汉兵复出略修武，适有一美貌丈夫，前来投谒，当由军吏问过姓名，便是楚都尉陈平，名见前文。自称阳武县人，与汉王部将魏无知，素来相识。至说明履历，即有人入报魏无知，无知便出营迎入。班荆道故，相得益欢，且为陈平设宴接风，私下问道：“闻足下已事项王，为何今日到此？”陈平道：“险些儿不能见君，还亏平具有小智，方得脱险前来。”无知惊问原因，陈平道：“平自往事项王，受官都尉，虽未得项王宠信，却还不见薄待。前因殷王司马卬，谋叛项王，项王遣平往讨，平不欲劳兵，只与殷王说明利害，殷王总算谢罪了事。平还报项王，项王却赐平金二十镒。近日汉王攻殷，由项王拨兵救应，行至中途，闻殷王已经降汉，因即折回。项王见救兵还营，问明情形，登时大怒，便欲将平加罪。平只好封还金印，脱身西走，是以到此。”陈平弃楚投汉，借他口中叙出，且将司马卬前时叛楚，及楚兵救司马卬中道折还等情，一并叙过，省却许多转折。无知道：“汉王豁达大度，知人善任，远近豪杰，相率归心。今足下弃暗投明，无知当即为荐举，俾展大才！”陈平道：“故人高谊，很是可感，但平尚有一种危险的情事，容待说明。平逃出楚营，还幸无人知觉，得离大难。乃到了黄河，雇舟西渡，舟子却有四五人，统是粗蛮大汉，平急不暇择，只好下船坐着，催他速驶。偏舟子一面摇船，一面只管向我注目，还道我怀珍宝，要想谋财害命。我身旁只有一剑，并且不习武事，怎能敌得过数人？君想这般情景，岂不是危险万分么？”无知道：“这却如何脱难？”平笑道：“我想舟子动疑，无非利我财物，我索性脱下衣服，赤着身体，帮他摇船。他看我空无所有，也就罢休，一到对岸，我仍将衣服穿好，付与船钱，跳上河岸，一口气跑到此间，还算是天大的造化哩。”又借平口中自述，以见平之急智。无知道：“如足下的聪明，真是一时无两了。”说着，复与平畅饮多时，待至日暮更深，即留平住宿营中。

翌日早起，无知便往见汉王，面荐陈平。汉王遂召平入见。平从容进谒，行过了礼，未蒙汉王问及，只好站立一旁。时当午餐，汉王即顾令左右，引平至侧厢就食。同席共有七人，俱是因事进见，留赐午膳，及彼此食毕，平又欲入白汉王，使中涓石奋代请，适汉王饮酒微醺，不愿见平，只令他往就馆中。石奋出语陈平，平答道：“臣为要事前来，今日便当详告，不能再延。”奋因再报汉王，汉王乃复召入，问有何谋，平进言道：“大王诚欲讨楚，何不乘项王伐齐时，迅速东行，捣破巢穴，若得入彭城，截彼归路，那时楚军心乱，容易溃散，项王虽勇，也无能为了。”汉王大喜，复问及进军方略。平具陈路径，了如指掌，说得汉王眉飞色舞，欣慰异常，便问平在楚时，受何官职？平答言曾为都尉。汉王道：“我亦任汝为都尉，何如？”平当然拜谢。汉王道：“且慢！我还要使汝参乘，兼掌护军。”平亦即受命，再拜而出。

帐下诸将，见陈平骤得贵官，不禁大哗，你一言，我一语，无非说是陈平初至，心迹未明，如何得引为亲近，不辨贤奸！这种私议，传入汉王耳中，汉王不以为意，且待平加厚。这便是汉王过人处。一面整顿兵马，指日东行。平代为部署，急切筹备，限令甚严。众将故意试平，向平行贿，乞稍展限，平亦未尝峻拒，每得贿金，往往直受不辞。于是众将得隙攻平，并推周勃灌婴出头，进白汉王道：“陈平虽美如冠玉，恐徒有外貌，未具真才。臣等闻他家居时，逆伦盗嫂，今掌护军，又多受诸将贿金，如此淫黩，实为不法乱臣，请大王熟察，毋为所惑！”汉王听了此言，也不免疑心起来，遂召入魏无知，当面诘责道：“汝荐陈平可用，今闻他盗嫂受金，行止不端，岂不是荐举非人么？”无知道：“臣举陈平，但重平才，大王乃责及行谊，实非今日要务，今日楚汉相距，全仗奇谋，不尚细行，就使信若尾生，古信士，与女子期于桥下，女子不来，水至不去，抱桥柱而死，语见《庄子》。贤如孝己，殷高宗子事亲至孝，高宗惑于后妻之言，放之而死。有何效用？大王但当察平计划，曾否可采，不必详究盗嫂受金等事。倘平实无智能，臣甘坐罪！”无知所言，亦未免落偏。汉王听着，尚是半信半疑，待无知退后，又召平入责问。平直答道：“臣本为楚吏，项王不能用臣，故弃楚归汉，沿途受尽艰难，只剩得孑然一身，来归大王，若不受金，即无自取资，如何展策！大王今日，如以为臣言可用，不妨听臣行事，否则原金具在，尽当输官，请恩赐骸骨便了！”必受金，方可行事，平之言毋乃太过。汉王乃改容谢平，更加厚赐。嗣且迁任护军中尉，监护诸将，诸将乃不敢复言。

唯受金一事，平既自认不讳，毋庸拟议，独盗嫂事关系暧昧，平不自辩，无知亦未尝代为洗刷，迄今犹传为疑案。其实事属子虚，应该剖白，免致误传。平少丧父母，唯与兄伯同居，兄已娶妻，务农为业，独平喜读书，手不释卷。兄见他诚心好学，遣使从师，情愿独身耕稼，勉力持家，但兄妻是女流见识，很滋不悦。一日陈平在家，有里人看他面色丰腴，便戏语道："君家素来贫乏，君食何物，乃这般丰肥？"平尚未及答，忽伊嫂遽出来对答道："我叔有何美食，无非吃些糠粞罢了，有叔如此，不如无有！"此妇亦与汉王嫂相类，但庸妇局量，往往如此，能有几个漂母慧眼识人？这数语明寓讥嘲，急得陈平面红耳赤，几乎无地自容。可巧乃兄进来，亦有所闻，怒责彼妇，说他离间兄弟，立刻休回母家。平慌忙解劝，乃兄决计不从，竟将彼妇撵逐。好一位贤兄。照此看来，嫂叔绝对不和，何有私通情事？况且陈平后来，又得了一个美妻，乃是同里富翁张负的孙女。平不事生产，年逾弱冠，尚未娶妻，富家不肯与平联姻，贫家亦为平所不愿。适张负孙女，五次许字，五次丧夫，遂致无人过问。独平见张宅多财，张女又貌美如花，暗暗艳羡，只苦无人替他作伐。事有凑巧，里人举办大丧，浼平襄理，平先往后归，格外出力。张负亦在丧家吊唁，见平丰仪出众，办事精勤，不由的大加赏识，记在胸中。嗣复往视平家，虽是陋巷贫居，门外却有贵人车辙，当下趋回家中，召子仲与语道："我欲将孙女嫁与陈平。"仲愕然道："陈平系一介贫儒，邑人统笑他寒酸，不愿联姻，奈何我家独遣女往嫁呢？"张负拈髯笑道："世上岂有美秀如陈平，尚至长久贫贱么！"也是别具青眼。仲尚是不欲，入问伊女，伊女却无违言。想是平日亦见过陈平，两心相悦之故。再经张负遣媒定约，上下相迫，任他张仲如何不乐，也只好筹办妆奁，嫁女出门。张负又阴出财帛，给与陈平，使得诹吉成礼。平大喜过望，指日完娶。亲迎这一日，张负且叮嘱孙女，叫她谨守妇道，勿得倚富压贫。孙女唯唯登舆，到了平家，青庐交拜，绿酒谐欢，可意郎君，得了如花美眷，真个是情投意合，我我卿卿，一夜夫妻百夜恩，无论什么外缘，总夺不去两人恩爱，就使乃兄再娶后妻，亦不过乡村俗女，怎及得张女纤秾，是可知盗嫂情事，定属虚诬。自从平娶得张女，用度既充，交游益广，就是里人亦另眼相待。会遇里中社祭，公推平为社宰，分肉甚均，父老交口称赞道："好一个陈孺子，不愧社宰。"平闻言叹息道："使我得宰天下，也当如分肉一般，秉公办事呢！志趣不凡，平佐汉王定天下，后为丞相，故补叙独详。既而陈胜起兵，使部将周市徇魏，立魏咎为魏王，见前文。平就近往谒，得为太仆。未几有人构平，平乃走投项羽，从羽入关，受官都尉。至此复西归汉王，言听计从，指挥如意，遂得与汉家三杰，并传不朽了。这且慢表。

且说汉王传集人马，统率东征，渡过平阴津，进抵洛阳。途次遇一龙钟老人，叩谒马前，汉王询明姓氏，乃是新城三老董公，年已八十有二。当即命他起立，问有何言？董公道："臣闻顺德必昌，逆德必亡，师出无名，如何服人？敢问大王出兵，究讨何人？"汉王道："项王不道，所以往讨。"董公又道："古语有言，明其为贼，敌乃可服，项羽原是不仁，但逆天害理，莫如弑主一事。大王前与羽共立义帝，北面臣事，今义帝被弑江中，遗骸委地，虽说江畔居民，捞尸藁葬，终究是阴灵未瞑，逆恶未彰。为后文建立义帝祠冢张本。为大王计，果欲东讨项羽，何不为义帝发丧，全军缟素，传檄诸侯，使人人知义帝凶信，罪由项羽，然后师出有名，天下瞻仰，三王盛举，亦不过如是了。"汉王听说，很觉有理，遂向董公答道："好极！好极！若非先生，寡人几不得闻此正论了。"足愧三杰。当下欲留住董公，使参军政。董公自称老病，不求仕进，告辞而去。汉王乃为义帝举哀，令三军素服三日，分遣使人，赍着檄文，布告各国。文中说是：

> 天下共立义帝，北面事之，今项羽放杀义帝于江南，大逆无道，寡人亲为发丧，诸侯皆缟素，悉发关内兵，收三河士，南浮江汉以下，愿从诸侯王击楚之杀义帝者！

这檄文传报各国，魏王豹复书请从，汉王当然作答，叫他发兵相助。魏王豹如约而来，唯汉使至赵，赵相陈余，却要汉王杀死张耳，方肯听命。使人返报汉王，汉王不忍杀耳，偏从兵中寻出一人，面貌与耳相类，竟将他割下首级，仍遣原使持示陈余。杀一无辜而得天下，仁者不为，汉王此举，毋乃伤仁！余举首审视，已是血肉模糊，未能细辨，不过大略相似，遽以为真，因也拨兵从汉。汉得塞翟韩魏殷赵河南各路大兵，共计五十六万人，浩浩荡荡，杀奔彭城。又恐项羽乘虚袭秦，特使韩信留驻河南，扼要防守，自引大兵东出。路过外黄，正值彭越进谒，报告杀败楚将，收取魏地十余城。见前回。汉王道："将军既得魏地，应该仍立魏后，魏王豹可以复位，将军即为魏相便了。"越领命自去，汉王径至彭城。

彭城里面，守兵寥寥，所有精兵猛将，都随项王伐齐，单剩老弱数千人，留守城中，如何抵敌数十万大兵，当下闻风遁去，听令汉兵入城。汉兵鱼贯而进，即将彭城占住，汉王揽辔徐入，检查项王宫中，美人具在，珍宝杂陈，不由的故态复萌，就在宫中住下，朝饮醇酒，暮拥娇娃，享受那温柔滋味。就是部下将士，亦皆置酒高会，欢呼畅饮，快活异常。此时张良樊哙想亦从军，奈何不复进谏！小子有诗叹道：

乐极悲生本古箴，如何一得便骄淫！
彭城置酒寻欢夜，锦帐沉沉祸已深。

汉王正在纵乐，不料项王已回马杀来。欲知两军胜负，且待下回叙明。

司马印之反复无常，宜为项王所痛恨，然不能责及陈平。平之说降司马印，已为尽职，若印之战败降汉，平亦安能预料。乃项羽无端迁怒，拟加平以连坐之罚，卒使平畏罪走汉，是何异于为丛殴爵，为渊殴鱼乎？汉得陈平，卒赖其六出奇计，以成王业，故本回特详叙履历，代为表扬。至若盗嫂一事，却一再辨诬，所以维持风化，杜后人之口实，意至深也。然陈平主议东征，而未及缟素发丧之大义，反使新城遗老，叩马进辞，是可知策士遗风，但尚诡谋，不知正道，王迹亡而乱贼兴，纲常或几乎息矣，得董公以规正之，未始非末流之砥柱也。

第二十四回　脱楚厄幸遇戚姬
知汉兴拼死陵母

却说彭城溃卒，奔至城阳，往报项羽。羽闻彭城失守，气得暴跳如雷，留下诸将攻齐，自率精骑三万人，倍道回援。由鲁地出胡陵，径抵萧县。萧县东南，有汉兵数营扎住，本由汉王遣使防羽，营中亦不甚戒备。谁知项王夤夜到来，时正黎明，全营将士，方才睡起，竟被项王麾军突入，任意蹂躏。汉兵除被杀外，逃避一空，项王长驱直进，奔向彭城。汉王日耽酒色，宴卧迟起，众将亦连宵醉卧，不知早晚。忽闻楚兵已临城下，统吓得形色仓皇，心神慌乱。当由汉王擦开倦眼，出宫升帐，调齐大队人马，开城迎战。遥见项王跨着乌骓，穿着铁甲，当先开道，挟怒前来。一声大吼，激成异响，已令人胆战心寒，再加楚兵楚将，都是凶悍得很，要来与汉军拼命，夺还家室。这般毒气，不堪逼近，汉将亦晓得厉害，不得已向前争锋。战一合，败一合，战十合，败十合，那项王复亲自动手，执着一竿火尖枪，左右乱搠，无人可当。突然间冲入汉阵，挑落数将，竟向汉王马前，狂杀过来。樊哙等慌忙拦截，统不是项王对手，纷纷倒退。汉王也觉心慌，但恐项王杀到，只好拍马返奔，才走数步，回顾大纛，已被项王枪尖拨倒。大纛为全军耳目，一经倒地，军士自然乱窜，汉王不暇顾及，只好落荒奔去，没命乱跑。众将亦各走各路，无心保护汉王。项王从后追击，杀得昏天黑地，日色无光，汉兵都从谷泗二水旁，逃将过去，前走的自相践踏，后走的都遭屠戮，惨死至十余万人。还有三四十万人马，南窜入山，又为楚兵所追，杀毙了好几万。余众至灵璧县东，竞渡睢水，水中溺死了许多，岸上挤落了许多，约莫有十多万人，随波漂积，睢水为之不流。前日喝得好酒，今日要他去吸清流了。

汉王逃了一程，竟被楚兵追及，围至三匝。自顾随身士卒，止数百骑，如何冲突得出？不禁仰天长叹道："我今日死在此地了！"语尚未毕，忽天上狂风大作，飞砂走石，拔木扬尘，自西北吹向东南，遍地昏冥，好似夜间一般。楚兵既站立不住，又咫尺不辨尔我，只得退回。汉王乘间脱围，觅路再走。行了数里，后面又有楚兵追来，回望楚将面目，很是熟识，便高声呼道："两贤何必相厄？不若放我逃生！"说罢，又掉头急奔，却好后面的楚将，停住不追，竟自回去。这楚将叫做丁公，闻得汉王称为贤人，就乐得卖个人情，收兵还营。谁知后来竟致陨首！因此汉王复得脱走。自思距家不远，不如趁便回家，搬取老父娇妻，免落楚兵毒手，当下驰至丰乡，走近家门，但见双扉紧闭，外加封锁，禁不住吃了一惊，慌忙查问四邻，俱云不知去向。那时孑影徘徊，踌躇了好多时，谅想无从追寻，只好纵辔自去。

行行复行行，倏已走了数十里，日色已经西沉，渐觉得饥寒交迫，疲乏不堪。本拟下马休息，又恐楚兵追来，未便小憩，没奈何垂头丧气，向前再走。又过了好几里，遥闻有犬吠声，料知前面定有村落，及抬头一望，果见前面有一树林，从林隙处露出灯光，隐隐有村落出现，摹写有致。当即策马前进，想到村中借宿。事有凑巧，适与村内老人相遇，不得不殷勤问讯，求宿一宵。老人见汉王容止，不同凡人，因就引至家中，延令上坐，叩明姓氏，汉王也不讳言，讲明实迹。老人说道："老朽不知驾到，有失远迎！今因里中有喜庆事，夜宴归来，得遇大王尊驾，不胜荣幸。"说着，便向汉王下拜。汉王忙即扶起，且转问老人家世，老人道："老朽姓戚，系定陶县人，前因秦项交兵，避乱至此，当时妻子流离，俱皆丧失，现只小女随着，权借此地寓居，乱世为人，不如太平为犬，说也可怜。"言下甚是惨沮。汉王已饥肠辘辘，急欲求食，向老人说道："此处有无酒饭可沽？"老人道："此地乃是僻乡，并无市镇，大王如不嫌简亵，寒家尚有薄酒粗肴，可以上供。"汉王不待说毕，连忙说好。老人即传声入内，叫他女儿整备酒饭。约阅一时，便有一个二九佳人，携着酒食，姗步来前，汉王瞧着，虽是衣衫朴陋，却也体态轻盈，免不得称羡起来。老人命女放下酒肴，便向汉王行礼。汉王起身相答，那戚女盈盈拜毕，转身返入。老人遂与汉王酌饮，汉王连饮数觥，愁肠渐放，娓娓言情，且问戚女曾否字人。老人道："小女尚未许字。前有相士谈及，谓小女颇有贵相，今日大王到此，莫非前缘注定，应侍大王巾栉，未知大王尊意如何？"汉王道："寡人逃难到此，得蒙留宿，已感盛情，怎好再屈令媛为姬妾哩？"也要做作。老人道："只怕小女不配侍奉，大王何必过谦！"汉王乃说道："既承老丈美意，我即领情便了。"当下解交玉带，作为聘礼。老人复唤女出拜，女腼腆出来，含羞裣衽，受了玉带。并由老人叫她斟酒，捧献汉王，汉王一饮而尽。至戚女斟至第二杯，汉王就命戚女酬饮，戚女也不固辞，慢慢儿的喝干，这便算做合卺酒了。既而戚女复入内取饭，出供汉王，汉王又吃了一饱。夜色已阑，老人却甚知趣，便令该女陪着汉王，入室安寝。汉王趁着酒兴，挽女同宿。戚女年已及笄，已解云情雨意，且终身得侍汉王，可望富贵，不如曲意顺承，由他宽衣解带，拥入衾中。两情缱绻，一索得男，居然是结下珠胎，不虚此乐了。为生子如意张本，戚女想做妃嫔，谁知后来竟为人彘！

诘旦起床，出见戚公，吃过早膳，汉王即欲辞行。戚公父女，苦留汉王再住数日，汉王道："我军败溃，将士等不知所在，我何能在此久留？且容我往收散卒，待有大城可住，当来迎接老丈父女，决不爽约！"戚公乃不好强留，送别汉王，只有戚女格外生感，仅得了一宵恩爱，偏即要两地分离，怎得不蹙损眉尖，依依惜别！汉王到了此时，也未免儿女情长，英雄气短，临歧絮语，握着戚女的柔荑，恋恋不舍。结果是硬着心肠，嘱咐了一声珍重，出门上马，扬鞭径去。

走了多时，忽见尘头起处，约有数百骑驰来，他恐防是楚兵，急忙藏入林中，偷眼窥着。待来骑已近，方认得是自己人马，当先一员将弁，不是别人，就是部将夏侯婴。时婴已受封滕公，兼职太仆，常奉王车。彭城一战，婴亦随着，唯因战败以后，汉王舍车乘马，仓皇走脱，所以与婴相失。婴保着空车，突出楚围，四处找寻汉王，走了一夜有余，方得与汉王相遇。汉王见是夏侯婴，自然放胆出来，婴即下马拜见，具述经过情形，且请汉王换马登车。汉王依了婴言，改坐车上，由婴跨辕随行。沿途见有难民，纷纷奔走，就中有一幼童，一幼女，狼狈同行，屡顾车中，夏侯婴眼光灵警，一经瞧见，似曾相识，便语汉王道："难民中有两个孩儿，好似大王的子女，究竟是与不是，请大王鉴察！”汉王方张目外顾，果然两孩非别，乃是亲生的子女，便命婴叫他过来。婴下车招呼，抱登车上，当由汉王问明情由，两孩谓与祖父母亲等，避难出奔，想来寻访我父，途次被乱兵冲散，遂致分离，今祖父母亲，已不知何处去了。汉王又惊又喜，更问及昨宵情状，两孩答道：“儿等已离家两日，夜间统借宿别村。今日出门行路，偏偏撞着乱兵，祖父失散，母亲等又忽然不见，幸亏遇着父亲！”说到亲字，泪下不止。你的父亲，昨夜却快活得很。汉王也为动容。

正叙谈间，夏侯婴忽惊报道：“那边有旗帜飘扬，莫非楚兵追来么？”汉王急着道：“快走罢！”婴也觉着忙，自至汉王车后，亲为汉王推车，向前飞奔。后面果有楚兵追至，首将叫做季布，前来赶拿汉王。汉王走一程，季布追一程，一走一追，看看将及。汉王恐车重行迟，竟将子女推堕车下。夏侯婴见了，仍然左提右挈，把两孩抱置车中。俄而汉王又将两孩推落，夏侯婴再把两孩扶载，接连有好几次，惹得汉王怒起，顾叱夏侯婴道：“我等危急万分，难道还要收管两孩，自丧性命么？”婴抗答道：“这是大王亲生骨肉，奈何弃去？”汉王更加懊恼，拔出剑来，欲杀夏侯婴。何以粗暴乃尔！婴闪过一旁，见两孩复被汉王踢下，索性令别将御车疾驰，自己伸展左右两腋，轻轻挟住两孩，一跃上马，随王走免。楚将季布，追赶不及，也只好领兵回去。

汉王见追兵去远，稍稍放心，夏侯婴亦策马驰至，两下会叙，决向下邑投奔。下邑在砀县东，曾由汉王妻兄吕泽，带兵驻扎。汉王与夏侯婴挈了子女，从间道行至下邑，吕泽正派兵探望，见了汉王，当然迎入，汉王方得了一个安身的地方。已而汉将等闻王所在，陆续趋集，势又渐振。唯调查各路诸侯消息，殷王司马卬已经阵亡，塞王司马欣，与翟王董翳，又复降楚。韩赵河南各路残兵，亦皆散归。这虽是关系不小，但尚随合随离，不足深恨。最关紧要的，乃是汉王父太公，及妻吕氏等人，好多日不闻音信。仔细探听，已被楚军掳掠去了。原来太公带领家眷，避楚奔难，子妇孙女以外，尚有舍人审食其相从。食其亦读为异基。大家扮做难民，鬼鬼祟祟，从僻路潜行出去，首二日还算平安，昼行夜宿，不过稍受一些辛苦。至第三日早起，又复启行，约越数里，适来了许多楚兵，慌忙避开。偏偏楚兵队里，有几个认识太公，及汉王妻吕氏，竟一哄过来，把他两人拘住。审食其不肯舍去，也为所拘，余皆走散。汉王仅得子女二人，所有兄弟亲族，又俱未见，更闻得老父娇妻，为敌所虏，生死未卜，忍不住号啕起来。旋经诸将解劝，勉强收泪，乃引众转趋砀县，再着侦骑往探，寻问太公吕氏音信。后来接得确音，才知二人在楚军中，尚幸未死，只项羽视为奇货，留作抵押，要想汉王往降。汉王怎肯身入虎口，只得暂从割舍，徐图良策。妻子可以割舍，老父亦可割舍吗？

过了数日，复接王陵哀报，乃是老母被掠，伏剑身亡，现愿奉母遗命，事汉无二，誓报大仇云云。汉王听着，悲喜交并，当下复书劝慰，叫他节哀顺变，协力复仇。一面启节西行，道出梁地，复得楚军进攻消息，且惧且忿，特召集将佐，商议退敌方法。将佐等甫经败衄，未敢主战，彼此相觑，不发一言。汉王勃然道："我情愿弃去关东，分授豪杰，但不知何人肯为效力，破楚立功，得享受此关东土地呢！"道言甫毕，即有一人接口道："九江王英布，与楚有隙，彭越助齐据梁，两人皆有大材，可以招致，使为我用。若大王部下，莫如韩信，大王果将关东土地，分给英布彭越韩信三人，彼必感激思奋，愿出死力，项羽虽强，也容易破灭了。"汉王见献计的人，就是张良，便连声称善，并顾问左右道："何人能为我往说九江王，使他背楚从我？"旁有谒者随何，谒者二字，系秦官名，汉亦仍之。挺身出应，自愿前往。汉王乃派吏二千人，与何偕行，何即领命去讫。汉王复向韩彭两军，派使求援，自引兵由梁至虞，由虞至荥阳。荥阳为河右要冲，不得不就此扼住，阻楚西进。汉王命部众屯驻城外，自入城中安歇。

才阅一宵，忽来了一员将弁，素衣素服，踉跄趋入，拜倒汉王座前，呜咽不止。汉王急忙审视，见是沛中故友王陵，当即离座扶起，延令旁坐。陵且泣且语道："臣与逆贼项羽，不知有何宿世冤仇，既逼我母自杀，还要将我母遗骸，付诸鼎烹，臣愤不欲生，愿大王拨助雄师，与臣偕行，若不将贼羽碎尸万段，誓不甘休！"汉王愕然道："项羽竟这般残忍么？不但君欲报仇，就是我与君多年故交，亦当替君出力。况我的衰父弱妻，亦陷没羽军，存亡难料，怎好不前去救应？只恨我军新败，还须搜乘补阙，募兵添将，方好前去争锋，一鼓破贼。否则彼强我弱，彼众我寡，再若一败，不堪收拾了！"王陵仍然流涕，又由汉王慰谕一番，拟俟韩信等兵马到来，便当出发。陵亦无可奈何，只好含泪拜谢。唯陵母也是个女中豪杰，何故自杀，何故被烹，小子应该补叙大略，表明烈妇情形。补笔断不可少。陵母为羽所虏，羽留置军营，胁她招降王陵，陵母不肯作书，由羽使人驰往阳夏，假传陵母遗命，嘱陵弃汉归楚。陵料有诈谋，且亦不愿降羽，乃遣归楚使，另派心腹往楚省母，探明虚实。陵使到了彭城，无从与陵母相见，不得已进谒项羽，传述陵言，愿见陵母，羽即唤陵母出见，使他东向坐着，面谕陵使，叫陵即日来降，保全母命。陵母对着项羽面前，不便直述己见，只得支吾对付，敷衍数语。及陵使辞归，陵母假送使为名，步出辕门。直至使人将要登车，向母拜别，陵母流泪与语道："烦使人传语陵儿，叫他善事汉王，汉王宽厚得民，将来必有天下，吾儿切勿顾念老妇，怀着二心，言已尽此，老妇当以死相送了。"使人尚不知陵母已具死意，还道是一时愤语，不足介怀，但说了尊体保重四字，匆匆上车。哪知陵母袖中，取出一柄亮晃晃的匕首，向西叫了两声陵儿，便咬着牙关，把匕首向颈上一横，喉管立断，鲜血直喷，好一位志节高超的老母，撞倒车旁，一命归阴去了！比漂母更高一倍。使人不及施救，并恐连害自身，疾驰而去。项羽正差人出视陵母，见了陵母言动等情，也为惊愕。至陵母已死，即刻入报，项羽大怒，喝令左右，舁入陵母尸首，掷置鼎镬，用火一烧，顷刻糜烂，羽才算泄忿。但人已死去，烹亦何益？徒使王陵闻知，越加痛恨，这真叫做冤仇不解，越结越深呢。

汉王专待韩信等来援，韩信果然率兵来会，还有丞相萧何，也遣发关中守卒，无论老弱，悉诣荥阳，人数又至十余万。汉王大喜，遂使韩信统军留着，阻住楚锋，自引子女还栎阳。韩信究竟能军，出与楚兵连战三次，统获胜仗。一次是在荥阳附近，二次是在南京地方，南京系春秋时郑京，与近今之江宁不同。三次是在索城境内，楚兵节节败退，不敢越过荥阳。韩信复令军士沿着河滨，筑起甬道，运取敖仓储粟，接济军粮，渐渐的兵精粮足，屹成重镇。汉王到了栎阳，连得韩信捷报，放心了一大半，遂立子盈为太子，大赦罪犯，命充兵戍。太子盈年只五岁，使丞相萧何为辅，监守关中。且立宗庙，置社稷，一切举措，俱委萧何便宜行事。何慨然受命，愿在关中转漕输粟，担任兵饷，并请汉王仍往荥阳，督兵东讨。汉王依议，乃与萧何嘱别，复东往荥阳去了。小子有诗赞萧丞相道：

从龙带甲入关中，转粟应推第一功。

为语武夫休击柱，发踪指示孰如公？

汉王再到荥阳，究竟如何东讨，且看下回叙明。

汉王既入彭城，应该亟迎老父，乃耽恋美人宝货，置酒高会，匪特不知有亲，并且不知有敌，何其昏迷乃尔！睢水之败，乃其自取，太公吕后之被掳，亦何莫非汉王致之？况子身避难，一遇戚女，即兴谐欢，父可忘，妻可弃，兄弟家族可不顾，将帅士卒可不计，而肉欲独不可不偿，汉王亦毋乃不经乎？唯当时项王暴虐，各诸侯亦不足有为，苍苍者天，乃不得不属意汉王，大风之起，已有特征。陵母以一妇人，独能见微知著，拼死嘱儿，是真一女中丈夫，非庸妪所得同日语也。本回叙及戚姬，所以原人彘之祸，不没陵母，所以扬彤帏之光，详正史之所略，而惩劝之意寓于中，是亦一中垒之遗绪云。

第二十五回　木罂渡军计擒魏豹
背水列阵诱斩陈余

却说汉王再至荥阳，与韩信会师进讨，诸将皆踊跃从命，期雪前耻。独魏王豹入白汉王，乞假归视母疾。汉王见他始终相从，未尝擅返，总道是存心不贰，可无他患。况且老母有病，理应归省，遂慨然应诺，与约后期。豹讫约而去，回到平阳，遽将河口截断，设兵扼守，叛汉联楚。当有人报知汉王，汉王虽然懊恨，但尚以为待豹不薄，或可劝他悔悟，免致动兵。因即召过郦食其，令他往说魏豹，且与语道："先生善长口才，若能劝豹回心，使我减去一敌，便是大功，我当拨出魏地万户，封赏先生！"郦生欣然领命，星夜驰往平阳，进见魏豹，仗着三寸不烂的舌根，反复陈词，晓谕祸福。偏魏豹毫不动情，淡淡的答说道："人生世间，好似白驹过隙，若得一日自主，便是一日如愿。况汉王专喜侮人，待遇诸侯群臣，不啻奴仆，今朝骂，明朝又骂，毫无君臣礼节，我不愿与他再见了。"

郦生说他不动，只得归报。汉王大怒，即命韩信为左丞相，率同曹参灌婴二将，统兵讨魏。待韩信等已经出发，又召问郦生道："魏豹竟敢叛我，想必有恃无恐，究竟他命何人为大将？"郦生道："闻他大将叫做柏直。"汉王掀髯笑道："柏直口尚乳臭，怎能挡我韩信，还有骑将为谁？"郦生又答是冯敬。汉王道："敬系秦将冯无择子，颇有贤名，惜少战略，也不能挡我灌婴，此外只有步将了。"郦生接入道："叫做项它。"汉王大喜道："这也不能挡我曹参，我可无虑了！"料事如见。遂放下愁肠，静待韩信军报。

韩信等到了临晋津，望见对岸统是魏兵，不便径渡，乃择地安营，赶办船只，与魏兵隔河相距，暗中却派遣干员，探察上流形势。未几即得探报，谓对河统有魏兵守着，唯上流的夏阳地方，魏兵甚少，守备空虚。韩信听着，便已想得破敌的计策，先召曹参入帐，嘱令引兵入山，采取木料，不论大小，尽可合用，但教从速为妙，参受令而去。继又召入灌婴，叫他派遣兵士，分往市中，购取瓦罂，每罂须容纳二石，约数千具，即日候用，不得少延。灌婴听了，不禁疑讶起来，便问韩信道："瓦罂有何用处？"韩信道："将军不必急问，但教依令往办，自可建功。"婴尚是莫明其妙，只因军令难违，不得不如言办理。才阅两日，参与婴先后缴令，各将木料瓦罂，一律办齐。信又取出一函，交与两人，命他自去展阅，两人受函出帐，拆视函中，乃是叫他制造木罂。这木罂的造法，系用木夹住罂底，四围缚成方格，把绳绊住，一格一罂，两格两罂，数十格即数十罂，合为一排，数千罂分做数十排。制成以后，再行请令。灌婴道："渡河须用船只，现在船已渐集，何故要造这木罂？真正奇事！"故作疑幻，令人不测。曹参道："想元帅总有妙用，我等且监督工兵，依法制就便了。"于是日夜赶造，不到数日，已将木罂制齐，因即请令定夺。韩信亲自验毕，待至黄昏，留兵数千，使灌婴带着，但准摇旗擂鼓，守住船只，不得擅自渡河，违令斩首。灌婴唯唯受教。这却是个美差。信却与曹参督同大兵，搬运木罂，夤夜行抵夏阳，即将木罂放入河中，每罂内装载兵士两三人，却也四平八稳，不致倾覆。兵士就在罂内，用械划动，自然移去。信与曹参亦下马就罂，一同渡河。好容易到了对岸，并皆跃登陆地，整队前行。那魏将柏直等人，但扼住临晋津，不使汉兵得渡。嗣闻汉兵陈船呐喊，越加小心防守，一步儿不敢他去。就是魏王豹亦注意临晋，不及夏阳。因为夏阳平日，向无船只，势难徒涉，所以置诸度外，绝不过问。谁知韩信竟用木罂渡军，无阻无碍，直至东张，才见有魏兵营盘，挡住大道。曹参拍马舞刀，竟向魏营杀入，汉兵当然随上。魏将孙遬，仓猝抵敌，终落得大败亏输，向北窜去。曹参乘胜直入，进薄安邑，守将王襄，出城迎战，甫经数合，即被曹参卖个破绽，让他劈来，轻身一闪，彼落空，此得势，顺手牵住丝绦，活擒下马，掷付部军。魏兵见主将被擒，何人再敢抵敌？或逃或降，安邑城空若无人，遂由曹参引兵占住。韩信也即进城，犒赏将士，再拟入攻魏都。

魏都就是平阳，魏王豹居住都中，连接东张安邑败耗，惊慌的了不得，遂差人追回柏直等军，自率亲兵出都，堵截汉军。到了曲阳，刚遇汉军杀来，当即摆开兵马，与他交战。汉军已经深入，自知有进无退，奋不顾身，俗语说得好，一夫拼命，万夫莫当，况大众不下数万，又有韩信曹参两将帅，前后指麾，凭他如何劲敌，也是不能支持。魏王豹既无韬略，又乏精锐，眼见得有败无胜，向北乱逃。汉兵用力追赶，驰抵东垣，复将魏豹围住。豹冒死冲突，总不得出，韩信知豹穷蹙，传语魏兵，叫他早降免死。魏兵弃甲投戈，都称愿降。魏豹穷极无奈，也顾不得面子，只好下马伏地，束手受擒。却不怕汉王辱骂么？

韩信把豹囚入槛车，直抵平阳城下，便令曹参押豹出示，晓谕守兵，叫他出降。守兵瞠目伸舌，无心抵御，乐得举城奉献，保全性命。韩信曹参，依次入城，下令兵民，一体赦宥，唯将魏豹家眷，尽行拿下，与豹一同系着。会值魏将柏直等引兵回援，途次闻得汉军袭入，连破城邑，并魏王亦被擒去，统吓得不知所为。可巧韩信着人招降，指示一条生路，大众无法可施，没奈何走到平阳，跪降了事。魏将全然无用，果如汉王所料。韩信召到灌婴，令与曹参分徇魏地，各处城邑，无不归附，魏地大定。信欲乘便击赵，留兵不返，但将魏豹全家，悉数解往荥阳，听候汉王发落。自请添兵三万人，往平赵国，且言从赵入燕，从燕入齐，东北既平，方好专力击楚，南下会师。却是绝大计划。汉王允如所请，立拨部兵三万，使张耳带去，会同韩信等击赵。一面提入魏豹，拍案大骂，意欲将豹枭首，慌得豹匍匐座前，头如捣蒜，乞贷死罪。亏他一张老脸皮。汉王转怒为笑道：“量汝这等鼠子，有何能力！我今日不妨饶汝，权给汝首，汝若再有异心，族诛未迟。”豹又叩了几个响头，方才退出。

汉王又命将魏豹家眷，除老母年迈不能充役外，余皆没入为奴。豹妾薄姬，姿容最美，发往织室作工。后来被汉王瞧见，颇觉中意，又把她送入后宫。说将起来，这个薄姬却与汉魏大有关系。姬母薄氏，本为魏国宗女，魏为秦灭，流落他乡，与吴人薄姓私通，俨成夫妇，生下一女，出落得袅袅婷婷，齐齐整整。魏豹得立为王，薄女已经及笄，夤缘入宫，得为豹妾。时有河内老妪许氏，具相人术，言无不中，世人称为许负。负与妇通，注见前文。豹闻许负善相，特召她进来，遍相家属。许负看到薄女，不胜惊愕道：“将来必生龙种，当为天子。”豹亦惊喜道：“可真么？试看我面，应该如何结果。”许负笑说道：“大王原是贵相，今已为王，尚好说是未贵么？”句中有眼。豹听到此语，料知自己不过为王，唯得子为帝，胜如自为，倒也欢喜得很。当下厚赠许负，送她归家，且格外宠爱薄女，几与正室无二。就是兴兵背汉，也为了许负一言，激成变志。他想有子为帝，必须由自身先立基业，方可造成帝系。若尽管臣事汉王，如何独立，如何贻谋，所以决意叛汉，负嵎自雄。子尚未生，便作痴想，安得不败，安得不亡。偏偏痴愿难偿，反致国亡家破，那相亲相爱的薄家女，竟被汉王攫去，罚作宫妃。薄女也自伤薄命，身为罪人，充当贱役，始居织室，继入汉宫，终不见有意外幸事，只得死心塌地，做个白头宫人，便算了却一生。哪知过了年余，竟得了一个梦兆，乃是苍龙据腹，大惊而寤。默思此梦主何吉凶，一时也无从详起。越宿起床，并无征验，迟至夜间，忽接内使宣召，叫她入侍，不得不略略整妆，前去应命。及见过汉王，在旁侍立，汉王方在酣饮，一双醉眼，注视了好几回，等到酒后撤肴，竟将她扯入内寝，要演那高唐故事，此时身不由主，任所欲为，到了交欢的时候，薄女始将昨宵梦兆，告知汉王。汉王道：“这是贵征，我今夕就与汝玉成了。”说也奇怪，薄女经过一番雨露，便得怀胎，十月满足，果生一男，取名为恒，便是将来的汉文帝，只晦气了一个魏王豹，求福得祸，一败涂地。可见人生遇合，都有命数，切勿可过信术士，痴心妄想呢！唤醒世梦。闲话休表。

且说韩信寓居平阳，筹备伐赵，可巧张耳带兵到来，与信会师，信遂合兵东行，进攻代郡。这伐赵的原因，系由赵相陈余，本已出兵从汉，自汉王为楚所败，赵兵散归，报称张耳尚存，顿时恼动陈余，复与汉绝和。张耳诈死见二十三回。韩信援为话柄，责赵背汉，因此长驱攻代，直抵阏与。代为陈余受封地，余留辅赵王，用夏说为代相，使他居守。见二十一回。说闻汉兵已至阏与，距代城不过数十里，当即引兵出敌，与汉兵前队相遇。汉先锋将乃是曹参，跃马持刀，直指夏说，说亦持刀相迎。战了一二十合，参虚晃一刀，拍马就走，汉兵亦返身同奔。明明是诈。说麾兵大进，迤逦追赶，约行了二十多里，忽两面喊声大起，左有灌婴，右有张耳，两路兵杀出，冲断代兵，再经曹参引兵杀回，三面夹攻，代兵大败，说慌忙遁还。偏汉兵不肯罢手，从后急追，走至邬东，已被曹参追及，刃伤说马后股，马负痛倒地，把说掀翻，便为汉兵所擒。参劝说投降，说反骂汉欺人无信，激动参怒，手起刀落，把说劈下头颅，因即攻入代城。

安民已毕，就去迎接韩信。信立即至代，再拟移兵入赵。适有汉王使命到来，调回将士，助守敖仓，信乃使曹参南还。参道出邬城，为赵将戚将军所阻，一场恶斗，力把戚将军劈死，方得打通路径，还诣敖仓去了。唯韩信麾下，要算参最为智勇，所领部曲，亦皆善战。参既南下，部众当然随去，信不得不募兵补阙，好容易招添万人，驱往击赵。沿途探听赵兵消息，先后接得探报，各称赵兵据井陉口，差不多有二十万人。信素知井陉口的险要，未便轻进，约距井陉口三十里外，停兵下寨，再遣细作往觇虚实，然后进兵。

是时赵已知代地失守，格外严防，所以扼险固守，阻住汉军。有谋士广武军李左车，进说陈余道："韩信张耳，乘胜远斗，锋不可当。但臣闻千里馈粮，士有饥色，樵苏后爨，师不宿饱，他敢远道至此，必利在速战。好在我国门户，有井陉口为阻，车不得方轨，骑不得成列，彼若从此处进兵，势难兼运粮草，所有辎重，定在后面。愿假臣三万人，由间道潜出，截取彼粮，足下但深沟高垒，勿与交锋，彼前不得战，后不得还，野无所掠，何从得食，不出十日，两将首级，可致麾下！否则，虽有险阻，不足深恃，恐反为二子所擒了！"左车之计，足以守赵，若必谓足擒信耳，亦觉过夸。陈余本是书生出身，见识迂拘，尝自称为义兵，不尚诈谋，因辞退李左车，屏绝勿用。

事为韩信所闻，暗暗心喜，遂传入骑都尉靳歙，嘱他如此如此。待靳歙去后，又召左骑将傅宽，及常山太守张苍，亦授以密计，令他分头去讫。自己待至夜半，拔寨起行，及抵井陉口，天色微明，只令裨将分给干粮，叫全军暂时果腹，且传谕大众道："今日便好破赵，待成功后，会食未迟。"将士等统皆疑讶，但亦不敢细问，只好齐声应令。却是奇怪。信又挑选精兵万人，叫他渡过泜水，背着河岸，列阵待着。赵军望见背水阵，不禁窃笑，就是汉将等亦皆惊疑。只韩信平日兵谋，往往令人不测，所以依令照行，未敢有违。信复笑语张耳道："赵兵据险立营，未见我大将旗鼓，故坚持不动。我当与君同往，亲去督攻，使彼夺气，彼自然退去了。"耳亦未以为然，勉从信言，相偕渡河。信即命军士扬旗示众，伐鼓助威，大模大样的闯入井陉口。

早有赵卒报达陈余，余大开营门，麾兵出战。两下交绥，赵兵仗着势众，一拥上前，来围韩信张耳。信呼耳急走，且令军士抛去帅旗，掷去战鼓，一齐返奔，驰还泜河。显是诡谋。陈余部众得胜，自然并力追击，还有居守营内的赵兵，也想乘势邀功，竟把赵王歇都拥了出来，掠取汉军旗鼓，扬扬得意，哗声如雷。那时韩信等已退到泜河，陈余等亦皆追至，泜河上面，本有汉军列着，纳入韩信张耳，出拒陈余。韩信下令军中，决一死战，退后立斩。汉兵本无退路，就使没有号令，也只可拼死求生。当下奋力拒战，争先杀敌，自辰牌斗至午牌，不分胜负，陈余恐部众腹饥，不能再战，乃收军回去。不料到了半途，遥见营中旗帜，都已变色，一张张的随风飘动，好似红霞散彩，灿烂异常。及仔细辨认，分明是汉军赤帜，不由的魂驰魄丧，色沮心惊。正在慌张的时候，刺斜里突出一军，乃是汉左骑将傅宽，引兵杀来。余急忙对敌，且战且走，忽又有一路人马，兜头拦住，为首统将，系汉常山太守张苍，吓得余不知所措，反从后面倒退。张苍傅宽，合兵赶杀，却故意不去夹击，唯把余逼回泜水，余军不顾前后，但教有路可逃，走了再说。余明知泜水旁边，驻有汉军，此去乃是一条绝路，自往寻死，为此喝止部众，饬令死战，偏部众已无斗志，不肯听令，只管狂奔。余不觉怒起，命部将连杀数人，越杀越逃，越逃越乱，连余亦只好跟着，不能独返。看看泜水将近，心下愈急，忽来了一个冤家，驱兵乱斫，先将余纛砍翻，继即将余围住。余没甚武力，怎能自脱，即被来兵杀死，这来兵中的主将，究是何人？看官听着，就是前时刎颈交张耳！杀人不杀己，想也好算是刎颈交。

余既被杀，赵兵除逃去外，悉数降汉。张耳还报韩信，且请往拿赵王歇，信微笑道："公得斩陈余，大功已立，那擒拿赵王歇的功劳，就让与别人罢了。"言未毕，已由靳歙部下，押到一个俘虏，张耳瞧着，俘虏非他，正是赵王歇，又喜又惊。韩信令推歇至前，问了数语，歇默然不答，由信喝令斩讫。当有将士奉令，牵歇出外，枭首复命。赵君臣统皆授首，赵地自平。

唯诸将虽得大捷，却看了韩信用兵，好似神出鬼没，无从捉摸，各欲向信问明。好在功成以后，应该入贺，就趁那贺捷的机会，请教玄机。正是：

欲知妙计平强敌，要待明言示暗机。

究竟韩信如何答说，且至下回再详。

本回叙述韩信兵谋，说得迷离惝恍，不可究诘。迨一经揭出，始知韩信用兵，确有神出鬼没之妙。谋固奇而笔亦奇，以视正史中之直言纪载，趣味何如！夫正史尚直笔，小说尚曲笔，体裁原是不同，而世人之厌阅正史，乐观小说，亦即于此处分之。然或向壁虚造，与正史毫不相符，则又为荒诞无稽，何关学术。试看本回之演述木罂渡军，背水列阵，于史事有否不同？不过化正为奇，较足夺目，能令阅者兴味不穷，是即历史小说之特长也。中插薄姬一段，更于阵云战雨之中，辟出风流佳话，尤足生色。且事关汉魏兴亡，不可不叙，文以载事，即以道情，吾于是书亦云。

第二十六回　随何传命招英布　张良借箸驳郦生

却说韩信灭赵，诸将入贺，乘便问及计谋。经韩信从头叙明，才知前时所遣的三路人马，都寓玄机。靳歙一路，是叫他夤夜出发，绕到赵营后面，暗暗伏着，等到赵兵空壁出战，便乘虚劫营，拔去赵帜，改竖汉帜。傅宽张苍两路，是叫他向晨出发，埋伏赵营附近，等到陈余回军，分头截杀，仍使陈余退还泜上，好教张耳守候，把他送终。陈余果然中计，徒落得身首两分。就是赵王歇被众拥出，一闻营塞失陷，当即回马，巧值靳歙杀出，击走赵兵，赵王歇走得少慢，且被勒歙赶着，活捉了来，也致毕命。这都是韩信预先布置，好似设着天罗地网，把赵君臣二十万人，一古脑儿罩住，无从摆脱，待至功成事就，由韩信表白出来，众将方如梦初醒，无不佩服。说破疑团，使人醒目。唯背水列阵，乃是兵法所忌，韩信违法行兵，反得大捷，尚令诸将生疑。要想问个明白，当下齐声问信道：“兵法有言，右背山林，前左山泽，今将军背水为阵，竟得胜赵，究是何因？”信答说道：“这也何尝不是兵法？诸君虽阅兵书，未得奥旨，所以生疑。兵法中曾有二语云：陷之死地而后生，置之亡地而后存，便是此意。试想我军新旧夹杂，良窳难分，信又非善能拊循，徒叫他奋身杀敌，怎望有成？唯置诸死地，使他人自为战，然后勇气百倍，无人可当，这又如兵法所言，驱市人为战，不能不用此术哩。”诸将听了，皆下拜道：“将军妙算，非他人可及，末将等谨受教了。”信又说道：“赵歇陈余，虽皆擒斩，但尚有一谋士李左车，不知去向，此人不除，尚为后患，诸君能为我活擒到来，当有重赏。”诸将受命而出，四处寻捉李左车，竟无音响。信又明悬赏格，谓能生擒李左车，立赏千金。

过了数日，果然有人捉住左车，解到辕门，信验明属实，即出千金为赏，一面召入李左车。诸将在侧，总道是将他立斩，谁知左车进来，信忽下座相迎，亲为解缚，延令东向坐着，自己西向陪坐，仿佛弟子见师，格外敬礼。且柔声婉问道：“仆欲北向攻燕，东向伐齐，如何可收全功？”左车皱眉道：“亡国大夫，不足图存，请将军另择高明！左车何敢参议？”信又道：“仆闻百里奚居虞，无救虞亡，及到了秦国，佐成霸业，这并非为虞计拙，为秦计巧，乃是用与不用，听与不听，因致先后不同。若使成安君陈余号成安君见二十一回。听用君计，恐仆亦束手成擒了。今仆虚心求教，幸勿推辞。”左车方才说道：“将军涉西河，虏魏王，擒夏说，东下井陉，仅阅半日，得破赵兵二十万众，诛成安君，兼虓赵王，名闻海内，威震天下，农夫莫不辍耕释耒，争望将军颜色，这是将军的长处，一时无两了。但迭经战阵，师劳卒疲，不堪再用，今将军若引往攻燕，燕人凭城固守，将军欲战不得，欲攻不克，情急势拙，日久粮尽，燕既不服，齐又称强，二国相持，刘项胜负，终难决定，这反变做将军的短处，岂不可惜！古来良将用兵，须要用长击短，切不可用短击长。”信听言至此，忍耐不住，连忙接问道：“君言甚是，今日究用何策？”左车道：“为将军计，莫若安兵息甲，镇抚赵民，百里以内，如有牛酒来献，尽可宰飨将士，鼓励军心。暗中先遣一辩士，赍着尺书，晓示燕王，详陈利害，燕惧将军声威，不敢不从。待燕已听命，便好东向击齐！齐成孤立，不亡何待！虽有智士，也无能为谋了。这就是先声后实的兵法，请将军采择。”信鼓掌称善，当即厚待左车，留居幕中。特派一个说客，持书赴燕。燕王臧荼，当然畏威乞降，复书报信。信得燕王降书，更遣人报知汉王，且请加封张耳，使他王赵。汉王闻燕赵皆平，当然心喜，因即依了信议，封张耳为赵王，另命信引兵击齐。复使已发，复接得随何书报，已将九江王英布说妥，指日来降。这真是喜气重重，无求不遂了。随何出使九江，见二十四回。

先是随何到了九江，九江王英布，但使太宰招待，留居客馆。一连三日，未许进见，何因语太宰道：“仆奉汉王使命，来谒大王，大王托故不见，迄今已阅三日。仆料大王意思，无非楚强汉弱，尚待踌躇，但亦何妨与仆相见，仆所言如果合意，大王便可听从，倘若不合，就可将仆等二十人，枭首市曹，转献楚王，岂不较快！愿足下转达鄙忱。”太宰乃入白英布，布始召何入见，命坐左侧。何便开口道：“汉王使何到此，敬问大王起居，且嘱何转请大王，为什么与楚独亲？”英布道：“寡人尝为楚属，北向臣事，自不得不相亲了。”何又道：“大王与楚王，俱列为诸侯，今乃北向事楚，想是视楚为强，可以托国；但楚尝伐齐，项王身先士卒亲负版筑，大王理应亲率部众，为楚先驱，奈何只拨四千人，往会楚军，难道北面称臣，好这般敷衍塞责吗？且汉王入彭城时，项王尚在齐地，一时不及赴援，大王距居较近，应早统兵出救，渡淮力争，乃不闻一卒踰淮，坐视成败，难道托身他人，好这般袖手旁观吗？大王名为事楚，并无实际，将来项王动怒，定要归罪大王，前来声讨，不知大王将如何对待呢？”英布听了，沉吟不答，何复申说道：“大王视楚为强，必且视汉为弱，其实楚兵虽强，天下已皆嫉视，不愿臣服。试想项王背盟约，弑义帝，何等不道！今汉王仗义讨逆，招集诸侯，固守成皋荥阳，转运蜀粟，深沟高垒，与楚相持，楚兵千里深入，进退两难，势且坐困，强必转弱，何一可恃？就使楚得胜汉，诸侯必将团结一气，并力御楚，众怒难犯，怎得不败？照此看来，楚实远不及汉哩。今大王不肯联汉，反向外强中干，危亡在迩的楚国，称臣托庇，岂非自误！目前九江军马，虽未必果能灭楚，但使大王背楚与汉，项王必前来攻击，大王能将项王绊住数月，汉王便可稳取天下，那时何与大王，提剑归汉，汉王自然裂土分封，仍将九江归诸大王，大王方得高枕无忧，否则大王与受恶名，必遭众矢，恐楚尚未亡，九江先已摇动，不但项王记念前嫌，要来与大王寻衅呢！”一层逼进一层。英布被他说动，不由的起身离座，与何附耳道：“寡人当遵从来命，唯近日且勿声张，少待数日，然后宣示便了。”何乃辞归客馆。

守候了好几天，仍无动静，探问馆员，才知楚使到来，促布发兵攻汉，布尚未决议，因此迟延。他就想出一法，专伺楚使行止。一日楚使入见，坐催布下动员令，何亦昂然趋入，走至楚使上首，坐定与语道：“九江王已经归汉，汝系楚使，怎得来此征兵？”英布还想瞒住，一经随何道破，当然失色。楚使见有变故，也即惊起，向外走出。随何急语英布道：“事机已露，休使楚使逃归，不如杀死了他，速即助汉攻楚，免得再误！”英布一想，好似箭在弦上，不得不发，索性依了随何，立命左右追拘楚使，一刀两段。于是宣告大众，自即日起，与楚脱离关系，联络汉王，兴师伐楚。

这消息传到彭城，气得项王双目圆睁，无名火高起三丈，立饬亲将项声，与悍将龙且，领着精兵，驰攻九江。英布出兵对敌，连战数次，却也杀个平手，没甚胜败，相持了一月有余，楚兵逐渐加增，九江兵逐渐丧失，害得布支持不住，吃了一回大败仗，只好弃去九江，与随何偕赴荥阳，投顺汉王。

汉王传请相见，即由随何导布进去。到了大厅，尚不见汉王形影，再曲曲折折的行入内室，始见汉王踞坐榻上，令人洗足。恐汉王有洗足癖，故屡次如此。但前见郦生本是无心，此次见布，却是有意，阅者休被瞒过。布不禁懊怅，但事已到此，只得向前通名，屈身行礼。汉王略略欠身，便算是待客的礼节，余不过慰问数语，也没有多少厚情，布因即辞出，很是愧悔。凑巧随何也即出来，便怅然与语道："不该听汝诳言，骤到此地！现在懊悔已迟，不如就此自杀罢！"说至此，拔剑出鞘，即欲自刎。随何连忙止住，惊问何因？布复说道："我也是一国主子，南面称王，今来与汉王相见，待我不啻奴仆，我尚有何颜为人，不如速死了事。"看到英布后来结局，原是速死为宜。随何又急劝道："汉王宿酒未醒，所以简慢，少顷自有殊礼相待，幸勿性急。"

正对答间，里面已派出典客人员，请布往寓馆舍，貌极殷勤，布乃藏剑入鞘，随同就馆。但见馆中陈设华丽，服御辉煌，所有卫士从吏，统皆站立两旁，非常恭敬，俨然如谒见主子一般，既而张良陈平等人，亦俱到来，延布上坐，摆酒接风。席间肴馔精美，器皿整洁，已觉得礼隆物备，具惬心怀。到了酒过数巡，更来了一班女乐，曼声度曲，低唱侑觞，引得布耳鼓悠扬，眼花缭乱，快活的了不得，把那前半日寻死的心肠，早已销融净尽，不留遗迹了。及酒阑席散，夜静更深，尚有歌女侍着，未敢擅去。布乐得受用，左拥右抱，其乐陶陶，一夜风光，不胜殚述。差不多似迷人馆。翌日，乃入谢汉王，汉王却竭诚相待，礼意兼优，比那昨日情形不相同。操纵庸夫，便是此术。布越觉惬意，当面宣誓，愿为汉王效死。汉王乃令布出收散卒，并力拒楚。

布受命退出，即差人潜往九江，招徕旧部，并乘便搬取家眷。好多日方得回音，旧部却有数千人同来，独不见妻妾子女。问明底细，才知楚将项伯，已入九江，把他全家诛戮了。布大为悲忿，立刻进见汉王，说明惨状，原教你全家诛戮，好令死心归汉。且欲自带部卒，赴楚报仇。汉王道："项羽尚强，不宜轻往，况闻将军部曲，不过数千，怎能敷用？我当助兵万人，劳将军往扼成皋，一俟有机可乘，便好进兵雪恨了。"布闻言称谢，出具行装，即日就道。汉王亦知他情急，便派兵万名，随他同往，布即辞行而去。

汉王既遣出英布，拟向关中催趱军粮，与楚兵决一大战。可巧丞相萧何，差了许多兄弟子侄，押着粮车，运到荥阳，汉王一一传见，且问及丞相安否？大众齐声道："丞相托大王福庇，安好如常，唯念大王栉风沐雨，亲历戎行，恨不得櫜鞬相随，分任劳苦。今特遣臣等前来服役，愿乞大王赐录，忝籍从军！"汉王大喜道："丞相为国忘家，为公忘私，正是忠诚无两了。"当下召入军官，叫他将萧氏兄弟子侄，量能录用，不得有违。军官应命，引着大众，自去支配，无庸细说。唯丞相萧何，派遣兄弟子侄，投效军前，却有一种原因。自从汉王出次荥阳，时常遣使入关，慰问萧何，萧何也不以为意。偏有门客鲍生，冷眼窥破，独向萧何进言，说是汉王在军，亲尝艰苦，及时来慰问丞相，定怀别意。最好由丞相挑选亲族，视有丁壮可用，遣使从军，方足固宠释疑等语。萧何依计而行，果得汉王心喜，不复猜嫌，君臣相安，自然和洽，还有什么异言？

唯关中转饷艰难，不能随时接济，全靠那敖仓积粟，取资军食。敖仓在荥阳西北，因在敖山上面，筑城储粮，所以叫做敖仓，这是秦时留存的遗制。前由韩信遣将占据，旁筑甬道，由山达河，接济荥阳屯兵，原是保卫荥阳的要策。回应二十四回，且足补前次所未详。至韩信北征，敖仓委大将周勃驻守，更拨曹参为助，非常注重。项羽屡欲进攻荥阳，发兵数次，不能得手，旋闻汉王招降英布，失去一个帮手，更不禁怒发冲冠，亟拟督军亲出，踏破荥阳。旁有范增献议道："汉王固守荥阳，无非靠着敖仓粮运，今欲往攻荥阳，必须先截敖仓，敖仓路断，荥阳乏食，自然一战可下了。"项王听着，立遣部将钟离昧，率兵万人，往截敖仓粮道，连番冲突，攻破甬道好几处，把汉兵输运军粮，抢去甚多。周勃虽闻信赶救，已是不及，且被钟离昧邀击一阵，反致败回。钟离昧飞书告捷，竟促项王进攻荥阳，项王遂大举西行，直向荥阳进发。

荥阳城内，已忧乏食，刚要派兵救应敖仓，夹攻钟离昧，不防项王统率大军，亲来夺取荥阳。这事非同小可，累得汉王寝馈难安，因召入郦食其，向他问计。郦生答道："项羽倾国前来，锐气正盛，未可与敌。为大王计，唯有分封诸侯，牵制楚军，方可纾患。从前商汤放桀，仍封夏后，周武灭纣，亦封殷后，至暴秦并吞六国，不使存祀，所以速亡。今大王若分封六国后嗣，六国君民，必皆感恩慕义，愿为臣妾，合力拥戴大王。大王得道多助，自可南乡称霸，楚成孤立，必然失势，亦当裣衽来朝，不敢与大王抗衡了。"汉王道："此计甚善，可即命有司刻印，赍封六国，各处都烦先生一行，为我传命。"郦生趋出，当然代戒有司，速铸六国王印，印尚未成，郦生已整装待发。

适值张良入谒，见汉王方在午膳，趑趄不前。汉王已经瞧着，向良招呼道："子房来得正好，可为我商决一事。"良乃趋近座前，汉王又与语道："近日有人献策，请封六国后人，牵制楚军，究竟可否照行？"张良忙答道："何人为大王出此下计？此计若行，大事去了！"汉王不觉一惊，把箸放下，就将郦生所言，转告张良。良随手取箸，指陈利弊道："臣请为大王借管代筹，说明害处。从前汤武放伐桀纣，仍封后嗣，乃是能制彼死命，不妨示恩。今日大王自问，能制项羽的死命否？这就是一不可行。武王入殷，表商容闾，释箕子囚，封比干墓，今日大王能否为此？这就是二不可行。武王发钜桥粟，散鹿台财，专济贫穷，今日大王能否为此？这就是三不可行。武王胜殷回国，偃革为轩，倒载干戈，示不复用，今日大王能否为此？这就是四不可行。休马华山，不复再乘，大王能做得到否？这就是五不可行。放牛桃林，不复再运，大王能做得到否？这就是六不可行。况且天下豪杰，抛亲戚，弃坟墓，去故旧，来从大王，无非为日后成功，冀得尺寸封土，今复立六国后，尚有何地可封诸臣，豪杰统皆失望，不如归事故主，大王得靠着何人，共取天下？这就是七不可行。楚若不强，倒也罢了，倘强盛如故，六国新王，必折服楚国，大王怎得强令称臣？这就是八不可行。有此八害，岂不是大事尽去么？"汉王口中含饭，仔细听说，及张良说罢，竟将口中饭吐出，大骂郦生道："竖儒无知，几误乃公大事！幸亏子房为我指明，免得错行。"说至此，急命左右传语有司，促令销印，郦生一场高兴，化作冰销。但细思良言，确是有理，也觉得自己错想，不敢渎陈了。老头儿太多言。

过了数日，楚兵前锋，竟逼至荥阳城下，城外戍兵，陆续避入城中，汉王急命大小诸将，闭城固守，自在厅室中坐着，默筹方法。适值陈平来报军情，汉王即令他旁坐，商议破敌事宜。这一番有分教：

六出奇谋缘此始，七旬亚父命该终。

欲知陈平如何献谋，且至下回再表。

英布实一鄙夫耳！患得患失之见，横亘胸中，故随何怵以祸福，即为所动，背楚归汉。及入见汉王，偶遭慢侮，便欲自刎，何其轻躁乃尔！就馆以后，服御满前，美人侍侧，采色悦目，肥甘适口，转不禁大喜欲狂，又何其志趣之卑陋也！唐李文饶以汉王见布，深得驾驭英雄之术，吾谓此足以驭鄙夫，断不足以驭英雄。伊尹必三聘而始至，吕尚必师事而后来，倘如汉王之踞床洗足，已早望望然去之矣，宁如英布之易受牢笼乎？郦生之初见汉王，亦遭踞床洗足之侮，而不复他适，其志识亦不过尔尔。请封六国，所见何左，一经张子房之驳斥，而其计谋之绌，已可概见。英布固鄙夫也，不得为英雄，郦生亦庸流耳，宁真得为智士！

第二十七回　纵反间范增致毙　甘替死纪信被焚

却说陈平入见汉王，汉王正忧心时局，亟顾语陈平道："天下纷纷，究竟何时得了？"平答说道："大王所虑，无非是为着项王，臣料项王麾下，不过范亚父，项羽尊范增为亚父。钟离昧等数人，算做项氏忠臣，替他出力。大王若肯捐弃巨金，贿通楚人，流言反间，使他自相猜疑，然后乘隙进攻，破楚自容易了。"汉王道："金银何足顾惜？但教折除敌焰，便足安心。"说着，即命左右取出黄金四万斤，交与陈平，任令行事。平受金退出，提出数成，交与心腹小校，使他扮做楚兵模样，怀金出城，混入楚营，贿嘱项王左右，偏布谣言。俗语说是钱能通神，有了黄金，没一事不能照办，大约过了两三日，楚军中便纷纷传说，无非是嫁诬钟离昧等，说他功多赏少，不得分封，将要联汉灭楚等语。项王素来好猜，一闻讹传，就不禁动了疑心，竟把钟离昧等视做贰臣，不肯信任。唯待遇范增，尚然如故。范增且请速攻荥阳，休使汉王逃走，项王遂亲督将士，把荥阳城团团围住，四面猛扑，一些儿不肯放松。

汉王恐不能守，姑遣人与楚讲和，愿画荥阳为界，将荥阳东面属楚，西面属汉。项王未肯遽允，不过因汉使前来，就也遣使入城，递一个回话手本，且借此探察城中虚实。这也由项王中气渐楞，故愿遣使入城，否则已将汉使杀毙，何用回报！哪知被陈平凑着机会，摆就了现成圈套，好教楚使着迷，堕入计中。楚使未曾预防，贸然径入，先向汉王报命。汉王已由陈平指导，佯作酒醉，模模糊糊的对付数语。楚使不便多言，即由陈平等导入客馆，留他午宴。陈平等走了出去，楚使静坐片刻，便有一班仆役，抬进牛羊鸡豚，及美酒佳肴，向厨房中趋入。楚使心中暗想，莫非汉王格外优待，须要飨我太牢盛馔，所以有许多物品，扛抬进来。已而又由陈平趋进，问及范亚父起居，并询亚父有无手书？楚使道："我奉项王使命，为了和议而来，并非由亚父所遣。"陈平听了，故意失色道："原来是项王使人。"说着又去。未几即有吏人跑入厨房，指令仆役，尽将牲饩酒肴等抬出，且听他厨下私语道："他不是由亚父差来，怎得配飨太牢呢？"楚使不禁惊愕，俟各物抬去后，竟好一歇不见动静。到了日影西斜，饥肠乱鸣，才见有一两人搬入酒饭，放在案上，来请用膳。楚使大略一瞧，无非是蔬食菜羹等类，连鱼肉都不见面，不由的怒气上冲。本想拒绝不吃，只因肚饥难熬，胡乱的吃了少许。不料菜蔬中带着臭味，未能下咽，而且酒也是酸的，饭也是烂的，叫他如何适口？越看越恼，当时放下杯箸，大踏步走出客馆，但与门吏说了一声辞别，匆匆出城去了。分明是个饭桶。

城中守吏，并不阻挡，由他自去。他竟一口气跑回军营，入见项王。便一五一十的报告明白，且言亚父私通汉王，应该防着。项王怒道："我前日早有传闻，还道他是老成可靠，不便遽信人言，哪知他果有通敌情事！这个老匹夫，想是活得不耐烦了！"说着，便欲召入范增，当面诘责。还是左右替增排解，请项王勿可过急，待有真凭实据，方可加罪，否则恐防敌人诡谋，不宜遽信云云。如陈平的反间计，尚易窥破，只因项羽躁急，乃入彀中。项王乃暂从含忍，不遽发作。

独范增尚未得知，一心思想，要为项王设法灭汉。他见项王为了和议，又复把攻城事情，宽懈下去，免不得暗暗着急，因此再入见项王，仍请督励将士，速下荥阳。项王已心疑范增，默默无言。范增急说道："古人有言：当断不断，反受其乱。从前鸿门会宴时，臣曾劝大王速杀刘季，大王不从臣言，因致养痈贻患，挨到今日，复得了天赐机会，把他困住荥阳，若再被逃脱，纵虎离山，一旦卷土重来，必不可敌，臣恐我不逼人，人且逼我，后悔还来得及么！"项王被他一诘，忍不住一种闷气，便勃然道："汝叫我速攻荥阳，我非不欲从汝，但恐荥阳未必攻下，我的性命，要被汝送脱了！"

范增摸不着头脑，只对着项王双目睃着。忽然想到项王平日，从没有这等话说，今定是听人谗间，故有是语。因也忍耐不下，便向项王朗声道："天下事已经大定，愿大王好好自为，勿堕敌人狡计，臣年已衰老，原宜引退，乞赐臣骸骨，归葬乡里便了。"说毕，掉头径出。项王也不挽留，一任增回入本营。增至此已知绝望，遂将项王所封历阳侯印绶，遣人送还项王，自己草草整装，即日东归。一路走，一路想，回溯近几年来，为了项王夺取天下，费尽了无数心机，满望削平刘汉，好教项王混一宇内，自己亦得安享荣华，聊娱暮景。偏偏项王信谗加忌，弄得功败垂成，此后楚国江山，看来总要被刘氏夺去，一腔热血，付诸流水，岂不可叹！于是自嗟自怨，满腹牢骚，日间踯躅途中，连茶饭都无心吃下，夜间投宿逆旅，也是睡不得安，翻来复去，好几夜不能合眼。从来愁最伤人，忧易致疾，况范增已年逾七十，怎经得起日夕烦闷，郁极无聊！因此迫成疾病，渐渐的寒热侵身，起初还是勉强支持，力疾就道，忽然背上奇痛得很，才阅一宵，便突起一个恶疮。途次既无良医，增亦不愿求生，但思回见家人，与他永诀。所以卧在车中，催趱速行。将到彭城，背疽越痛越大，不堪收拾，增亦昏迷不醒。尚有几个从人，见他死在目前，不得不暂停旅舍。过了两日，增大叫一声，背疽暴裂，流血不止，竟尔身亡，寿终七十一岁。时已为汉王三年四月中了。急点年月。

从吏见范增已死，买棺敛尸，运回居鄛，埋葬郭东。后人因他忠事项王，被敌构陷，死得可怜，乃为他立祠致祭，流传不绝。并称县廷中井为亚父井，留作纪念。九原有知，也好从此告慰了。还算是身后幸事。

且说项王闻范增道死，反觉伤感，又未免起了悔心。自思范增事我数年，当无歹意，安知非汉王设计，害我股肱，今与刘季誓不两立，定当踏平此城，方足泄恨。晓得迟了。乃又召入钟离眛等，好言抚慰，且嘱他用力攻城，立功候赏等语。钟离眛等倒也感奋，拼死进攻，四面围扑，晨夕不休。

荥阳城内的将士，连日抵御，害得筋疲力尽，困惫得很，再加粮道断绝，贮食将罄，眼见得危急万分，朝不保暮。汉王亦焦灼异常，陈平张良，虽然智术过人，到此亦没有良法，只好向众将面前，用了各种激励的话头，鼓动众志。果然有一位替死将军，慷慨过人，情愿粉骨碎身，仰报知遇。这人为谁？乃是汉将纪信。当下入见汉王，请屏左右，悄悄相告道："大王困守孤城，已有数月，现在敌势甚盛，城内兵少粮空，定难久守，为大王计，不如脱围他去，方得自全。但敌军四面围着，毫无隙路，须要设法诳敌，把臣躯代作大王，只说是出城投降，好教敌军无备，然后大王可以乘间出围，不至危险了。”汉王道：“如将军言，我虽得出重围，将军岂不冒险吗？”纪信又道：“大王若不用臣言，城破以后，玉石俱焚，臣虽死亦有何益。今只死了一臣，不但大王脱祸，就是许多将士，亦得全生，是一臣可抵千万人性命，也算是值得了！”汉王尚迟疑未决，恐也是做作出来。纪信奋然道：“大王不忍臣死，臣终不能独生，不如就此先死罢。”说着意拔剑在手，遽欲自刎。慌得汉王连忙下座，把他阻住，且向他垂涕道：“将军忠诚贯日，古今无二，但愿天心默佑，共得保全，更为万幸。”纪信乃收剑答说道：“臣死也得所了。”汉王更召入陈平，与语纪信替死等情。陈平道：“纪将军果肯替死，尚有何说！但也须添设一计，方保无虞。”汉王问有何策？平与汉王附耳数语，汉王自然称妙。便由陈平写了降书，嘱使干吏出城，赍书往谒项王。

项王展书阅毕，便问汉使道：“汝主何时出降？”汉使道：“今夜便当出降了。”项王大喜，发放汉使，叫他复告汉王，不得误约。否则明日屠城，汉使唯唯而去。项王便令钟离昧等，领兵伺候，一俟汉王出来，就好将他拿下祭刀，钟离昧等振起精神，眼巴巴的待着。

时至黄昏，尚未见城中动静，转眼间已是夜半，方见东门大启，放出多人，前后并无火炬，望将过去，好似穿着军装，满身甲胄。大众恐他诈降，忙将兵器高举，向前拦阻。但听得娇声高叫道：“我等妇女，无食无衣，只好趁着开门时候，出外求生，还望将军们放开走路，赏我一线生机，将来当福寿双全，公侯万代！”想都是陈平教他。楚兵仔细一瞧，果然是妇人女子，老少不同，有的是鸡皮白发，有的是蝉鬓朱颜，只身上都披着敝甲，扭扭捏捏，好看得很，禁不住惊异起来。又问他出城逃生，如何有这种异装？妇女统答说道：“我等没有衣穿，不得已将守兵弃甲，取来御寒，幸请勿怪！”楚兵听说，虽然释去疑团，总不免少见多怪，暗暗称奇。大众分立两旁，让开走路，看他过去，且个个睁着馋眼，见有姿色的娇娃，恨不将他搂抱过来，图些快乐。更奇怪的是这种妇女，陆续不绝，过了一班，又是一班，连连络络，鱼贯而出，一时传为奇观。却是楚军的眼福。甚至西南北三方的楚兵，亦都趋至东门，来看热闹。楚将也道是东门大启，汉王总要出降，不必顾着营寨，但教趋候东门左右，不使汉王走脱，就好算得尽职，所以兵士到来，将吏等亦皆踵至。那汉王就潜开西门，带着陈平张良，及夏侯婴樊哙等，溜了出去，但留御史大夫周苛，裨将枞公，与前魏王豹同守荥阳，保住城池。

楚兵毫无所闻，专在东门丛集，尚见纷纷妇女出来，好多时才得走完，约莫有二三千人。天色已将黎明了，城中始有兵队继出，还执着旌旗羽葆，徐徐行动。又走了好一歇，无非推延时刻，好使汉王远飏。方来了一乘龙车，当中端坐一位王者，黄屋左纛，前遮后拥，面目模糊难辨。楚将楚兵，总道是汉王来降，都替项王喜欢，高呼万岁，喧声如雷。待至龙车推近楚营，并不见汉王下车，大众不免惊疑，入报项王。项王亲自出营，张开那重瞳炬目，审视车中，那车内仍无动静，不由的大怒道："刘邦莫非醉死，见我亲出，尚端坐如木偶么？"说着，便喝令左右，用着火炬，环照车中。但见坐着这位人物，衣服虽似汉王模样，面貌却与汉王不同，因厉声叱问道："汝是何人，敢来冒充汉王？"车中人才应声出答道："我乃大汉将军纪信。"说了一语，又复停住。一语已足千秋。项王越觉咆哮，大骂不止。纪信反呵呵笑说道："项羽匹夫，仔细听着！我王岂肯降汝？今已早出荥阳，往招各路兵马，来与汝决一雌雄，料汝总要失败，必为我王所擒，汝若知己，不若赶紧退去，尚得免死。"项王气极，麾令军士齐集火炬，烧毁来车。军士应命，环车纵火，烈焰飞腾，车中麾盖，统皆燃着。纪信在车中大呼道："逆贼项羽，敢弑义帝，复要焚杀忠臣，我死且留名，看汝死后何如？"说至此，身上已经被火，仍然忍痛端坐，任他延烧，霎时间皮焦骨烂，全车成灰，一道忠魂，已往九霄云外去了。

项王急欲入城，不料城门已闭，城上又满列守卒，整备矢石，抵御楚军。项王督兵再攻，城中兵粮虽少，却靠着周苛枞公两人，誓死固守，振作士气，连番放箭掷石，不使楚军近城。楚军攻扑数次，终被击退。周苛更与枞公商议道："我等奉了王命，留守此城。城存与存，城亡与亡，仓中尚有积粟数十石，总有旬日可以支持，但恐魏豹居心反复，或被楚兵勾通，作了内应，那时防不胜防，难免失手，不如把他杀死，除绝内患。就使我王将来，责我擅杀，我等也好据实答复，万一我王不肯赦宥，我也宁可完城坐罪，比那亡城死敌，好得多了！"枞公也是一个忠臣，当即赞成，唯说是欲诛魏豹，须要乘他不备，从速下手。周苛遂想出一法，托言会议军情，召豹入商。豹未曾预料，坦然趋至，周苛枞公，迎他入座。才说数语，就被周苛拔出佩剑，砍将过去。豹不及闪避，立致受伤，还想负痛逃走，又由枞公取剑一挥，劈倒地上，了结性命。该死久矣。豹母已死，豹妾薄氏，又由汉王带去，无人出来领尸。周苛索性陈尸军中，声言豹有异心，因此加诛，如有怯战通敌等情，当与豹一同科罪。军吏等统皆咋舌，不敢少懈。嗣是拼死拒敌，戮力同心，竟得将一座危城，兀自守住。周苛见众心已固，方将豹尸收殓埋葬，自与枞公分陴固守。

项王怎肯舍去？还想并力破城。会有侦骑走报，汉王向关中征兵，驰出武关，竟向宛洛进发。说得项王惊愕失常，奋袂起座道："刘邦诡计甚多，我中他诈降计，被他走脱，今复移兵南下，莫非又去攻我彭城？我应急往拦截为是。"随即传令将士，撤围南行。

究竟汉王何故转出武关，说来也有原因。汉王用陈平密计，东放妇女出城，误人耳目，西向成皋驰去，不见楚兵追击，幸得安抵成皋。旋闻纪信被焚，且悲且恨，遂向关中招集兵马，再拟出救荥阳，替信报仇。可巧有一辕生，入白汉王道："大王不必再往荥阳，但教出兵武关，南向宛洛，项王必虑大王复袭彭城，移兵拦阻，荥阳自可解围，成皋亦不至吃紧。大王遇着楚兵，更当坚壁勿战，与他相持数月，一可使荥阳成皋，暂时休息，二可待韩信张耳，平定东北，前来会师，然后大王再还荥阳，合军与战，我逸彼劳，我盈彼竭，还怕不能破楚吗！"汉王道："汝言颇有至理，我当依议便了。"于是出师武关。到了宛城，果闻项王引兵前来，连忙命军士竖栅掘濠，立定营垒，待至楚军逼近，已经预备妥当，好同他坚持过去。小子有诗咏道：

> 到底行军在运筹，尚谋尚力总难侔，
> 深沟高垒坚持日，不怕雄兵不逗留？

欲知项王曾否进攻，容待下回分解。

陈平致死范增，称为六出奇计之二，请捐金以间项王，一也，进草具以待楚使，二也。吾谓此计亦属平常，项王虽愚，度亦不至遽为所欺，或者范增应该毕命，遂致项王动疑，迫令道死耳。夫范增事项数年，于项王之残暴不仁，未闻谏止，而且老犹恋栈，可去不去，安知非天之假手陈平，使之用谋毙增乎？鄛人之立祠致祭，实为无名，死而有知，恐亦愧享庙食矣！彼纪信之甘代汉王，舍身赴难，脱汉王于围城之中，而自致焚死，此为汉室之第一忠臣。及汉已定国，功臣多半封侯，而独不闻有追恤纪信之典，汉王其真寡恩哉！范增有祠，而纪信无祠，此古今仁人智士，所以有不平之叹也。

第二十八回　入内帐潜夺将军印
救全城幸得舍人儿

却说项王移兵至宛，见汉兵固垒守着，好几次前往挑战，并不见汉兵迎敌。要想攻打进去，又为壕栅所阻，不能冲入。项王正暴躁得很，忽接得探马急报，乃是魏相国彭越，渡过睢水，大破下邳驻扎的楚军，杀死楚将薛公，气势甚盛。项王大愤道："可恨彭越，这般撒野，我且去击毙了他，再来擒捉刘邦。"说着，又拔营东去，往击彭越。越自受汉王命，为魏相国，见二十二回。略定梁地十余城。至汉王败走睢水，楚兵漫山遍野，争逐汉军，越亦保守不住，北走河上。项王进攻荥阳，又由越往来游弋，截楚粮道，那时项王已恨越不置，此次越又阵斩楚将，叫项羽如何不愤？倍道东行，一遇越兵，便与豺虎相似，兜头乱噬。越抵敌不住，又只得退渡睢水，仍然向北奔去。项王追赶不及，复拟往攻汉王，因即探听汉王行踪。时汉王已由宛城转入成皋，与英布合兵驻守。英布往扼成皋，见二十六回中。项王接到确音，便引兵西进，顺道先攻荥阳。

荥阳城内，仍由周苛枞公住着，两人原赤胆忠心，为汉守土，但总道项王已去，一时不至骤来，所以防备少疏，与民休息。哪知楚兵大至，乘锐攻打，比前次还要凶狠。周苛枞公，连忙登城拒敌，已是不及。楚兵四面齐上，竟将荥阳城攻破，并把周苛枞公，一并擒住。项王也即入城，先召周苛至前，温颜与语道："汝能坚守孤城，至今才破，不可谓非将才，可惜汝误投汉王，终为我军所擒，若肯向我降顺，我当授汝上将，封邑三万户，汝可愿否？”周苛睁目怒叱道：“汝不去降汉，反要劝我降汝，真是怪极！汝岂是汉王敌手么？”项王怒起，厉声大骂道：“不中抬举的东西！我若将汝一刀两段，还太便宜，左右快与我取过鼎镬来！”左右闻命，即将鼎镬取入，由项王命烹周苛。苛毫无惧色，任他褫剥衣服，掷入鼎镬，眼见是水火既济，熔成一锅人肉羹了。造语新颖。苛既烹死，枞公也被推入。项王令他顾视鼎镬，枞公道：“我与周苛同守荥阳，苛遭烹死，我亦何忍独生！情愿受死，听凭大王处置便了！”项王听他说得有理，总算不使就烹，但令推出斩首，刀光一闪，魂离躯壳，随那汉御史大夫周苛，同返太虚，这也不消细说。已极褒扬。

项王遂进逼成皋，警信传入成皋城内，汉王不免惊心。暗思荥阳已失，成皋恐亦难守，哪里还有第二个纪信，再来替死？因此带同夏侯婴，潜开北门，预先出走。及至诸将得知，汉王已经去远，彼此不愿再留，遂陆续出城追去。英布独力难支，索性也弃城北走，成皋遂被项王夺去。项王闻汉王早出，料知不及追赶，就在成皋驻下，休养兵锋，徐图进取。独汉王驰出成皋，北向修武，拟往依韩信张耳等军。原来韩信本想伐齐，只因赵地未平，乃与张耳四处剿抚，驻扎修武县中。汉王已曾闻报，所以星夜趱程，渡河至小修武，宿了一宵，到了翌晨，清早即起，与夏侯婴出了驿舍，径入韩信张耳营中。

营兵方起，出视汉王，尚是睡眼朦胧，且见汉王未着王服，不知他从何处差来，当下略回来历，不遽放入。汉王诈称汉使，奉命来此，有急事要报元帅。营兵闻有王命，当然不便再阻，但言元帅尚未起来，请入营待报。汉王也不与多说，抢步趋入内帐，当有中军护卫，认识汉王，慌忙向前行礼。汉王向他摆手，不令声张，唯使引往韩信卧室。信还在梦中，一些儿没有知晓。汉王却静悄悄的走至榻旁，见案上摆着将印兵符，当即取在手中，出升外帐，命军吏传召诸将。诸将尚疑是韩信点兵，统来参谒，及走近案前，举头仰望，并不是韩元帅，却是一位汉大王，大家统皆惊愕。但也不便细问，只好依礼下拜。汉王待他拜罢，径自发令，把诸将改换职守，一一遣出。

韩信张耳，至此方得人唤醒，整衣进见，伏地请罪道：“臣等不知大王驾到，有失远迎，罪该万死！”韩信号为国士，何竟有此失着。汉王微笑道：“这也没有什么死罪，不过军营里应该如何严备，方免不测，况天已大明，亦须早起，奈何高卧未醒，连将印兵符等要件，俱未顾着！倘若敌人猝至，如何抵御，或有刺客诈称汉使，混入营中，恐将军首级，亦难自保，这岂不是危险万分么？”韩张二人听着，禁不住满面羞惭，无词可对。汉王又问韩信道：“我本烦将军攻齐，一得齐地，即来会师攻楚。今将军留此不往，意欲何为？”韩信乃答说道：“赵地尚未平定，若即移兵东向，保不住赵人蠢动，复为我患。就使有张耳驻守，恐兵分力薄，未足支持，况臣率士卒数万，转战赵魏，势已过劳，骤然东出，齐阻我前，赵扼我后，腹背受敌，兵不堪战，岂非危道！故臣拟略定赵地，宽假时日，既可少纾兵力，复可免蹈危机，近正部署粗定，意欲伐齐，适值大王驾到，得以面陈。大王且屯兵此地，伺便攻复成皋，臣即当引兵东去，得仗大王威力，一鼓平齐，便好乘胜西向，与大王会师击楚了。”汉王方和颜道：“此计甚善。将军等可起来听令。”两人拜谢而起。汉王命张耳带着本部，速回赵都镇守，使韩信募集赵地丁壮，东往攻齐。所有修武驻扎的营兵，尽行截留，归汉王自己统带，再出击楚。韩张两人，不敢有违，只好就此辞行，分头办事去了。

韩张既去，汉王坐拥修武大营，得了许多人马，复见成皋诸将，陆续奔集，声势复振。因拟再出击楚，忽从外面递入军书，报称项王从成皋发兵，向西进行。汉王忙遣得力将士，前往巩县，堵住楚兵西进，一面与众商议道：“项王今欲西往，无非是窥我关中。关中乃我根本重地，万不可失，我意愿将成皋东境，一律弃去，索性还保巩洛，严拒楚军，免得关中摇动，诸君以为何如？”郦食其急忙应声道：“臣意以为不可！臣闻君以民为本，民以食为天，敖仓储粟甚多，素称足食，今楚兵既拔荥阳，不知进据敖仓，这正是天意助汉，不欲绝我民命呢。愿大王速即进兵，收复荥阳，据敖仓粟，塞成皋险，控太行山，距蜚狐口，守白马津，因势利便，阻遏敌人，敌恐后路中断，必不敢轻向关中，关中自可无虞，何必往守巩洛呢？”汉王乃决计复出敖仓，路经小修武，誓众进战。

郎中郑忠，却献了一条绝粮的计策，谓不如断楚粮饷，使他乏食自乱，然后进击未迟。汉王乃令部将卢绾刘贾，率领步卒二万，骑士数百，渡过白马津，潜入楚地，会同彭越，截楚粮草。越知楚兵辎重，屯积燕西，遂与卢刘二将，议定计策，夤夜往劫。楚兵未曾防备，被彭越等暗暗过去，放起一把火来，烧得满地皆红，一片哔哔剥剥的声音，惊起楚兵睡梦，慌忙起身出望，已是烟焰逼人。再加彭越卢绾刘贾三将，三面杀入，闹得一塌糊涂，楚兵除被杀外，四散窜去，霎时间逃得精光。所有辎重粮草，尽行弃下，一半被焚，一半搬散。彭越更乘势夺还梁地，共取睢阳外黄等十七城。得失原是无常。

项王尚在成皋，未得西军捷报，正在愁烦，不防燕西粮饷，又被彭越等焚掠一空，恼得项王火星透顶，复要亲击彭越。因召大司马曹咎进嘱道："彭越又劫我军粮，可恨已极！且闻他大扰梁地，猖獗异常，看来非我亲自往征，不能扫平此贼！今留将军等守住成皋，切勿出战，但当阻住汉王，使他不得东来，便是有功。我料此番击越，大约十五日内，就可平定梁地，再来与将军相会。将军须要谨记我言，毋违毋误！"项王此言，却也精细，可惜任用非人。曹咎唯唯听命，项王尚恐曹咎误事，复留司马欣助守，然后引兵自去。

彭越不怕别人，但怕项王自至，怎奈冤家碰着对头，偏又闻得项王亲来，越只好入外黄城，督兵拒守。外黄在梁地西偏，项王从成皋过来，第一重便是外黄城。他已怒气勃勃，目无全敌，一见外黄城关得甚紧，上面有守兵等列着，越觉忍无可忍，立率将士攻城。写出项王暴躁，反衬舍人小儿。接连攻了数日，城中很是危急，彭越自知难守，等到夜静更深的时候，开了北门，引兵冲出，得了一条走路，飞马驰去。楚兵不及追赶，仍然留住城下。城内已无主帅，如何保守！因即开门投降。

项王挥动三军，鱼贯入城，既至署中，当即查点百姓，凡年在十五以上，悉令前往城东，听候号令。看官道是何故？他因百姓投顺彭越，帮他守城，好几日才得攻下，情迹可恨，意欲将十五岁以上的男子，一体坑死，方足泄愤。这号令传示民间，人人晓得项王残暴，定是前去送死，你也慌，我也怕，激成一片悲号声，震响全城。就中有一个髫龄童子，发仅及肩，独能顾全万家，挺身出来，竟往楚军中求见项王。楚兵瞧着，怪他年幼，不免问及履历，小儿说道："我父曾为县令舍人，我年一十三岁，今有要事，前来禀报大王，敢烦从速通报。"楚兵见他口齿伶俐，愈觉称奇，遂替他入报项王。项王闻有小儿求见，倒也诧异，便令兵士引入。小儿从容入内，见了项王，行过了拜跪礼，起立一旁。项王见他面白唇红，眉清目秀，已带着三分怜爱，便柔声问道："看汝小小年纪，也敢来见我么？"小儿道："大王为民父母，小臣就是大王的赤子，赤子爱慕父母，常思瞻依膝下，难道父母不许谒见么？”开口便能动人。项王本来喜谀，更兼小儿所言，入情入理，便欣然问道：“汝既来此，定有意见，可即说明。”小儿道：“外黄百姓，久仰大王威德，只因彭越逞强，骤来攻城，城中无兵无饷，只有一班穷苦百姓，不能抵敌，没奈何向他暂降。百姓本意，仍日望大兵来援，脱离苦厄，今幸大王驾临，逐去彭越，使百姓重见天日，感戴何如？乃大王军中，忽有一种讹传，想把十五岁以上的丁口，统皆坑死，小臣以为大王德同尧舜，威过汤武，断不忍将一班赤子，屠戮净尽。况屠戮以后，与大王不但无益，反且有损。所以小臣斗胆进来，请大王颁下明令，慰谕大众，免得人人危疑。”好一番说词，恐郦生等尚恐匆如。项王道：“汝说彭越劫制人民，也还有理，但我已引兵到此，为何尚助越拒我？我所以情不甘休。且我要坑死人民，就使无益，何致有损！汝能说出理由，我便下令安民；否则连汝都要坑死了！”小儿并不慌忙，反正容答说道：“彭越入据城中，部兵甚多，闻得大王亲征，但恐百姓作为内应，就将四面城门，各派亲兵把守，百姓手无寸铁，无从斩关出迎，只好由他守着，唯心中总想设法驱越，所有越令，均不承认，越见人心未附，所以夤夜北遁。若百姓甘心助逆，还要拼死坚守，等到全城死亡，方得由大王入城，最速亦须经过五日十日，今彭越一去，立即开城迎驾，可见百姓并不助越，实是效顺大王。大王不察民情，反欲坑死壮丁，大众原是没法违抗，不得不俯首就死，但外黄以东，尚有十数城，听说大王坑死百姓，何人再敢效顺？降亦死，不降亦死，何如始终抗命，尚有一线希望。试想彭越从汉，必且向汉乞师，来敌大王，大王处处受敌，纵使处处得胜，也要费尽心力，照此看来，便是无益有损了。”说得明明白白，不怕项王不依。项王一想，这个小儿，却是语语不错，况与曹咎期约半月，便回成皋，今已过了数日，倘或前途十余城，果如小儿所言，统皆固守，多费心力，倒也罢了；倘或误过时日，成皋被汉兵夺去，关系甚大，如何使得？因面嘱小儿道：“我就依汝，赦免全城百姓罢。”小儿正要拜辞，项王又令左右取过白银数两，赏赐小儿，小儿领谢而出。

项王即传出军令，收回前命，所有全城百姓，一体免罪，部兵不准侵扰。这令一下，百姓变哭为笑，易忧为喜。起初还道由项王大发慈悲，相率称颂，后来知是舍人儿为民请命，才得幸免，于是感念项王的情意，统移到舍人儿身上。一介黄童，竟得保全千万苍生，真是从古以来，得未曾有了。可惜史家不留姓名。项王复引兵出外黄城，向东进发，沿途所过郡县，统畏楚军声威，不敢与抗。且闻外黄人民，毫不遭害，乐得望风投诚。彭越已向谷城奔去，把前时略定十七城的功劳，化为乌有。项王得唾手取来，行至睢阳，差不多要半个月了。

时已秋尽冬来，照着秦时旧制，又要过年。项王就在睢阳暂住，待将佐庆贺元旦，方才启行。转眼间已是元旦，即汉王四年。项王就在行辕中，升帐受贺。将佐等统肃队趋入，行过了礼，即由项王赐宴，内外列座，开怀畅饮，兴会淋漓。忽有急足从成皋驰来，报称城已失守，大司马曹咎阵亡。项王大惊道："我叫曹咎谨守成皋，奈何被汉兵夺去？"报子说道："曹咎违命出战，被汉兵截住汜水，不能退回，因致自尽。"项王又顿足道："司马欣呢？"报子又说道："司马欣也殉难了。"项王忙即起座，命左右撤去酒肴，立刻传集三军，西赴成皋，小子有诗叹道：

圣王耀德不劳兵，得国何从仗力征，
试问乌骓奔命后，到头曾否告成功！

究竟成皋如何归汉，下回再当叙明。

自汉王起兵以来，所有军谋，似皆出诸他人之口，几若汉王无所用心，不过好受人言，虚怀若谷而已。然观他驰入赵营，潜夺兵符，并不由旁人之授计，乃知汉王未尝无谋，且谋出韩信诸人之上，此张子房之所以称为天授也。但韩信号为名将，而防禁乃疏阔若此，岂古所谓节制之兵者？张耳更无论已。彼十三岁之外黄儿，竟能说动暴主，救出万人生命，智不可及，仁亦有余。昔项王坑秦降卒二十万人，未有能进阻之者，使当时有如外黄儿之善谏，宁有不足动项王之心乎？故项王若能得人，非不足与为善，惜乎其部下将佐，均不逮一黄口小儿，范增以人杰称，对外黄儿且有愧色，遑问其他！无惑乎项王之终亡也。

第二十九回　贪功得祸郦生就烹　数罪陈言汉王中箭

却说楚大司马曹咎，与塞王司马欣，统是项王故人，始终倚任。咎与欣尝有德项梁，事见十二回。项王且封咎为海春侯，叫他坚守成皋，原是特别重委，再派司马欣为助，总道是万稳万当，可无他虞。曹咎也依命守着，不欲轻动。偏汉兵屡来挑战，一连数日，未见曹咎出兵，倒也索然无味，还报汉王，汉王与张良陈平等人，商就一计，用了激怒的方法，使兵士往诱曹咎。一面派遣各将，埋伏汜水左右，专等曹咎出击，好教他入网受擒。布置已定，遂由兵士再逼城下，百般辱骂，语语不堪入耳。城中守兵，都听得懊恼异常，争向曹咎请战。曹咎素性刚暴，也欲开城厮杀，独司马欣谏阻道："项王临行，曾有要言嘱托足下，但守毋战，今汉兵前来挑动，明明是一条诱敌计，请足下万勿气忿，静候项王到来，与他会战，不怕不胜。"曹咎听了，只得勉强忍耐，饬令兵士静守，不准出战。汉兵骂了一日，不见城中动静，方才退出。越日天晓，又到城下喊闹，人数越多，骂声越高，甚至四面八方，环集痛詈。到了日已亭午，未免疲倦，就解衣坐着，取出怀中干粮，饱食一顿，又复精神勃发，仍然叫骂不绝。直到暮色凄凉，乃复收队回营。至第三四日间，汉兵且各持白布幡，写着曹咎姓名，下绘猪狗畜生等类，描摹丑态，众口中仍然一派讥嘲。曹咎登城俯望，不由的怒气填胸，且见汉兵或立或坐，或卧或舞，手中用着兵械，乱戳土石，齐声喧呼，当做剁解曹咎一般。若非诱敌，宁作此态。咎实不能再耐，便一声号令，召集兵马，杀出城来。红曲鳝上钩了。司马欣不及拦阻，也只好跟了曹咎，一同出城。

汉兵不及整甲，连衣盔旗帜等类，一齐抛弃，都纷纷向北逃走。咎与欣从后追赶，但见汉兵到了汜水，陆续跃下，凫水遁去。咎愤愤道："我军也能凫水，难道怕汝贼军不成！"遂催动人马，趋至水滨，不管前后左右，有无埋伏，就督兵渡将过去。才渡一半，便有两岸汉兵，摇旗呐喊，踊跃前来。左岸统将为樊哙，右岸统将为靳歙，各持长枪大戟，来杀楚兵。楚兵行伍已乱，不能抵敌，咎在水中，欣尚在岸上，两人又无从相顾，慌张的了不得。欣心中埋怨曹咎，想收集岸上人马，自返成皋，偏汉兵已经杀到，无从脱身，只好拼命敌住。那曹咎进退两难，还想渡到对岸，冒死一战，谁知对岸又来了许多兵马，隐隐拥着麾盖，竟是汉王带领众将，亲来接应。咎料难再渡，不得已招兵渡回，忽听得鼓声一响，箭似飞蝗般射来。楚兵泅在水中，不能昂头，多半淹毙。咎亦身中数箭，受伤甚重，慌忙登岸，又被汉兵截住，没奈何拔出佩刀，自刎而亡。司马欣左冲右突，好多时不能脱身，手下残兵，只有数十骑随着，眼见得死在目前，不如自尽，索性也举枪自刺，断喉毕命。

汉王见前军大胜，便令停止放箭，安渡汜水，会同樊哙靳歙两军，直入成皋。成皋已无守将，百姓都开城迎接，由汉王慰谕一番，尽命安居复业，百姓大悦。还有项王遗下的金银财宝，一古脑儿归入汉王。汉王取出数成，分赏将士，将士亦喜出望外，欢跃异常。休息三日，汉王命向敖仓运粟，接济军粮。待粮已运至，复引兵出屯广武，据险设营，阻住项王回军，一面探听齐地，专望齐地得平，便可调回韩信，共同御楚。

小子叙到此处，更要补叙数语，方能前后贯通。原来韩信奉汉王命，往招赵地兵丁，东出击齐，免不得费时需日。汉王部下的郦食其，志在邀功，独请命汉王，自愿招降齐王，省得劳兵。汉王乃遣令赴齐。是时齐王为谁？就是田横兄子田广，即田荣子。由田横拥立起来，横为齐相，佐广守齐。齐经过城阳一役，严兵设戍，力拒楚兵。城阳事见二十三回。项王为了彭城失守，南归败汉，嗣后专与汉王战争，无暇顾齐。就是留攻城阳的楚将，也因齐地难下，次第调归，所以齐地已有年余，不遭兵革。回顾前文，笔不渗漏。至韩信募兵击齐，颇有风声传入齐都。齐都便是临淄城，齐王广与齐相横，由城阳还都故土，一闻韩信将要来攻，亟遣族人田解，与部将华无伤等，带同重兵，出戍历下。可巧郦食其驰至，求见齐王，齐王广便即召入，两下相见，郦生就进说道："方今楚汉相争，连年未解，大王可料得将来结果，究应归属何人？"齐王道："这事怎能预料？"郦生道："将来定当归汉。"齐王道："先生从何处看来？"郦生道："汉楚二王，同受义帝差遣，分道攻秦。当时楚强汉弱，何人不知，乃汉王得先入咸阳，是明明为天意所归，不假兵力。偏项王违天负约，徒靠着一时强暴，迫令汉王移入汉中，又将义帝迁弑郴地，海内人心，无不痛恨。自从汉王仗义兴师，出定三秦，即为义帝缟素发丧，传檄讨贼，名正言顺，天下向风。所过城邑，但教降顺，悉仍旧封，所得财货，不愿私取，尽给士卒，与天下共享乐利，所以豪杰贤才，俱愿为用。项王背约不信，弑主不忠，勒惜爵赏，专用私亲，人民背畔，贤才交怨，怎能不败！怎能不亡！照此看来，便可见天下归汉，无庸疑议了。况且汉王起兵蜀汉，所向皆克，三秦既定，复涉西河，破北魏，出井陉，诛成安君，势如破竹，若单靠人力，哪有这般神速！今又据敖仓，塞成皋，守白马津，杜太行坂，距蜚狐口，地利人和，无往不胜，楚兵不久必破。各地诸侯王，已皆服汉，唯齐国尚未归附，大王诚知几助顺，向汉输款，齐国尚可保全，否则大兵将至，危亡就在眼前了！"齐王广乃答说道："寡人依言归汉，汉兵便可不来么？"郦生道："仆此来并非私行，乃由汉王顾惜齐民，不忍涂炭，特遣仆先来探问。如果大王诚心归汉，免动兵戈，汉王自然心喜，便当止住韩信，不复进兵。尽请大王放心！"郦生此时可谓踌躇满志，哪知后来偏不如此。

田横在旁接入道："这也须由先生修书，先与韩信接洽，方免他虑。"郦生毫不推辞，就索了书笺，写明情迹，请韩信不必进兵，即差从人赍书，偕同齐使，往报韩信。信正招足赵兵，东至平原，接着郦生书信，展阅一周，即对着来使道："郦大夫既说下齐国，还有何求？我当旋师南下便了。"随即写了复书，交付来使，遣还齐国。郦生接到复函，立白齐国君相，齐王广与齐相横，互阅来书，当然勿疑，且有齐使作证，更加相信。遂传令历下各军，一律解严，并款留郦生数日，昼夜纵饮，不问外情。郦生本高阳酒徒，见了这杯中物，也是恋恋不舍，今日不行，明日复不行，一连数日，仍然不行，遂致一条老性命，要从此送脱了。酒能误人，一至于此。

自韩信发回齐使，便拟移军南下，与汉王会同击楚，忽有一人出阻道：

“不可！不可！”韩信瞧着，乃是谋士蒯彻，彻系燕人，已见前文。就启问道：“齐已降顺，我自应改道南行，有什么不可呢？”蒯彻道：“将军奉命击齐，费了若干心机，才得东指。今汉王独使郦生先往，说下齐国，究竟可恃与否，尚难料定。况汉王并未颁下明令，止住将军，将军岂可徒凭郦生一书，仓猝旋师呢？还有一说，郦生是个儒生，凭三寸舌，立下齐国七十余城，将军带甲数万，转战年余，才得平赵国五十余城，试想为将数年，反不敌一竖儒的功劳，岂不是可愧可恨么？为将军计，不如乘齐无备，长驱直入，扫平齐境，方得将所有功绩，归属将军了。”韩信闻言，意亦少动，沉吟了好一歇，才向蒯彻道：“郦生尚在齐国，我若乘虚袭齐，齐必将郦生杀毙，是我反害死郦生，这事恐难使得！”韩信尚有良心。蒯彻微笑道：“将军不负郦生，郦生已早负将军了。若使非郦生想夺功劳，摇惑汉王，汉王原遣将军攻齐，为什么又遣郦生呢？”辩士之口，诚属可畏。韩信勃然起座，即刻点齐人马，渡过平原，突向历下杀入。齐将田解华无伤，已接齐王解严的命令，毫不戒备，骤然遇着汉兵，吓得莫名其妙，纷纷四溃。韩信麾兵追击，斩田解，擒华无伤，一路顺风，竟至临淄城下。

齐王广闻报大惊，急召郦生诘责道：“我误信汝言，撤除边防，总道韩信不再进攻，谁知汝怀着鬼胎，佯劝我归汉撤兵，暗中却使韩信前来，乘我不备，覆我邦家，汝真行得好计，看汝今日尚有何说？”郦生也觉着忙，便答语道：“韩信不道，背约进攻，非但卖友，实是欺君！愿大王遣一使臣，同仆出责韩信，信必无言可答，不得不引兵退去了。”齐王尚未及答，齐相田横冷笑道：“先生想借此脱罪么？我前日已经受欺，今可不必哄我了。”郦生道：“足下既疑仆至此，仆就死在此地，不复出城。但也须修书往诘，看韩信如何答复，就死未迟！”广与横齐声道：“韩信如果退兵，不必说了，否则请就试鼎镬，莫怪我君臣无情！”郦生应着，匆匆写好书信，派人出城，递与韩信。信拆书一阅，着墨无多，备极凄恻，也不禁激动天良，半晌答不出话来。偏蒯彻又来进言道：“将军屡临大敌，不动声色，如何为一郦生，反沾沾似儿女子态，不能遽决？一人性命，顾他什么？毕世大功，岂可轻弃？请将军勿再迟疑。”想是前生积有冤孽，故必欲害死郦生。韩信道：“逼死郦生，还是小事，抗违王命，岂非大罪！”蒯彻道：“将军原奉命伐齐，得平齐地，正是为王尽力，有功无罪。若使今日退兵，使郦生得归报汉王，从中谗间，恐真要构成大罪了！”韩信本来贪功，又恐得罪，遂听了蒯彻言语，拒回来使，且与语道：“我是奉命伐齐，未闻谕止，就使齐君臣果然许降，安知非一条缓兵计策，今日降汉，不久复叛？我既引兵到此，志在一劳永逸，烦为我转告郦大夫，彼此为国效死，不能多事瞻顾了。”

来使只好返报。齐王闻着，便令左右取过油鼎，要烹郦生。郦生道：“我为韩信所卖，自愿就烹，但大王国家，亦必就灭，韩信将来，也难免诛夷，果报不爽，恨我不得亲见哩！”为下文韩信夷族张本。说罢，就用衣裹首，投入油鼎，须臾毕命。也是贪功所致。齐君臣登城拒守，不到数日，竟被韩信攻破。齐王广开了东门，当先出走，留住田横断后。田横带领齐兵，再与汉军奋斗数合，终致败却，落荒遁去。君臣先后离散，广奔高密，横走博阳，韩信驰入齐都，安民已毕，复拟引兵东出，追击齐王。齐王广得知风声，很是惶急，不得已派使西出，奉表项王，向他求救。

项王自梁地还兵，使钟离昧为先锋，驰回荥阳。汉王闻楚军到来，急命诸将出阻，诸将跃马驰去，随兵约有好几万名。行至荥阳城东，已与钟离昧相遇，彼此无暇问答，就一齐围裹拢来，把钟离昧困在垓心。钟离昧兵少难支，惶急得很，可巧项王从后驱至，一声呐喊，杀入围中。汉兵慌忙退回，已丧亡了数百人，项王救出钟离昧，进逼广武，与汉王夹涧屯军。广武本是山名，东连荥泽，西接汜水，形势险阻，山中有一断涧划开，分峙两峰，汉王就西边筑垒，依涧自固。项王即就东边筑垒，与汉相拒。彼此不便进攻，各自驻守。唯汉由敖仓运粟，源源接济，连日不绝，楚兵却没有这般谷仓，渐渐的粮食减少，不便久持。项王已是加忧，再经齐使驰至军前，乞发救兵，更令项王心下踌躇。想了多时，还是发兵相救，尚好牵制韩信，免得他来会汉王。乃使大将龙且，副将周兰，领兵二十万东往援齐。一面向汉王索战，汉王只是不出。

项王想出一法，命将汉王父太公，置诸俎上，推至涧旁，自在后面押住，厉声大呼道：“刘邦听着！汝若不肯出降，我便烹食汝父！”这数语响震山谷，汉兵无不闻知，即向汉王通报。汉王大惊道：“这……这却如何是好！”张良在旁进说道：“大王不必着急！项王因我军不出，特设此计，来诱大王。请大王复词决绝，免堕诡谋！”汉王道：“倘使我父果然被烹，我将如何为子？如何为人？”张良道：“现在楚军里面，除项王外，要算项伯最有权力。项伯与大王已结姻亲，定当谏阻，不至他虞。”汉王乃使人传语道：“我与项羽同事义帝，约为兄弟，我翁就是汝翁，必欲烹汝翁，请分我一杯羹！”项王听到此语，怒不可遏，就顾令左右，将太公移置俎下，付诸鼎烹。险哉太公。旁边闪出一人道：“天下事尚未可知，还望勿为已甚，况欲争天下，往往不顾家族，今杀一人父，有何益处？多惹他人仇恨罢了。”项王乃命将太公牵回，照前软禁。这救护太公的楚人，就是项伯，果如张良所料。

项王又遣吏致语道：“天下汹汹，连岁不宁，无非为了我辈两人，相持不下。今愿与汉王亲战数合，一决雌雄，我若不胜，卷甲即退，何苦长此战争，劳疲兵民呢！”汉王笑谢来使道：“我愿斗智，不愿斗力。”楚使回报项王，项王一跃上马，跑出营门，挑选壮士数十骑，令作先驱，驰向涧旁挑战。汉营中有一弁目楼烦，素善骑射，由汉王派他出垒，夹涧放箭。飕飕的响了数声，射倒了好几个壮士。蓦见涧东来了一匹乌骓马，乘着一位披甲持戟的大王，眼似铜铃，须似铁帚，一种凶悍情状，令人生怖，再加一声叱咤，震响山谷，好似天空中霹雳一般，吓得楼烦双手俱颤，不能再射，还有两脚亦站立不住，倒退数步，索性回头就跑，走入营中。见了汉王，心中尚是乱跳，口齿几说不清楚。汉王着人探视敌踪，乃是项王尚在涧旁，专呼汉王答话。

汉王闻报，虽然有些惊心，但又不便始终示弱，因也整队趋出，与项王夹涧对谈。项王又叱语道：“刘邦，汝敢与我亲斗三合否？”专恃蛮力，实属无谓。汉王道：“项羽休得逞强，汝身负十大罪，尚敢向我饶舌么？汝背义帝旧约，王我蜀汉，罪一；擅杀卿子冠军，目无主上，罪二；奉命救赵，不闻还报，强迫诸侯入关，罪三；烧秦宫室，发掘始皇坟墓，劫取财宝，罪四；子婴已降，汝尚把他杀死，罪五；诈坑秦降卒二十万人，累尸新安，罪六；部下爱将，分封善地，却将各国故主，或徙或逐，罪七；出逐义帝，自都彭城，又把韩梁故地，多半占据，罪八；义帝尝为汝主，竟使人扮作强盗，行弑江南，罪九；为政不平，主约不信，神人共愤，天地不容，罪十。我为天下起义，连合诸侯，共诛残贼，当使刑余罪人击汝，难道我配与汝打仗么？”泗上亭长，居然自高位置了。

项王气极，并不答言，但用戟向后一挥，便有无数弓弩手，赶将上来。一阵乱射，放出许多箭镞，跃过断涧，防不胜防。汉王正想回马，那胸中已中了一箭，疼痛的了不得，险些儿堕落马下。幸亏旁列将士，上前救护，把马牵转，驰入营门。汉王痛不可忍，屈身伏鞍，暗暗叫苦。将佐等统皆问安，汉王佯用手扪足道："贼……贼箭中我足趾了！"左右忙扶汉王下马，拥至榻前安卧。当即传召医官，取出箭镞，敷了疮药。还幸疮痕未深，不致伤命。小子有诗咏道：

一矢相遗已及胸，托词中趾示从容，
聪明毕竟由天授，通变才能却敌锋。

汉王中箭回营，项王始转怒为喜，只因绝涧难越，不便进攻，也即收兵退归。欲知后事，且看下回自知。

郦生之被烹，韩信实使之，而韩信将来之受诛，亦即由郦生之烹死，暗伏祸根。郦生之说齐，固奉汉王之命而往，既得招降齐国，不辱使命，乃偏为韩信所卖，卒致焚身，汉王闻之，宁有不隐恨韩信？不过楚尚未平，恃信为辅，因含忍而未发耳。况汉王之生平，本能忍人所不能忍，乃父已置诸敌俎，犹有分我杯羹之言，对父且如此，况他人乎！至若项王索战，夹涧与语，历数项王十罪，虽事有可征，并无虚构，然项王罪恶之大，莫过于弑义帝，汉王置此罪于八九之间，独以背约为罪首，重私轻公，易先为后，其心已可概见矣。彼智如韩信，独不能察汉王之隐，犹沾沾于平齐之功绩，听蒯彻而害郦生，此所以终遭诛戮也。

第三十回　斩龙且出奇制胜
划鸿沟接眷修和

却说项王归营以后，专探听汉营动静，拟俟汉王身死，乘隙进攻。汉营里面的张良，早已料着，即入内帐看视汉王。汉王箭创未愈，还可勉强支持，良因劝汉王力疾起床，巡行军中，借镇人心。汉王乃挣扎起来，裹好胸前，由左右扶他上车，向各垒巡视一周。将士等正在疑虑，忽见汉王乘车巡查，形容如故，方皆放下愁怀，安心守着。汉王巡行既遍，自觉余痛难禁，索性吩咐左右，不回原帐，竟驰返成皋，权时养病去了。这也是汉王急智。项王得着探报，据称汉王未死，仍在军中巡行，又不禁暗暗叹惜，大费踌躇。自思进不得进，退不得退，长此屯留过去，恐粮尽兵疲，后难为继。正在委决不下，蓦地里传到警耗，乃是大将龙且，战败身亡。项王大惊失色道："韩信有这般厉害么？他伤我大将龙且，必要乘胜前来，与刘邦合兵攻我，韩信韩信，奈何奈何！"句法似通非通，益觉形容得妙。说罢，复着人探明虚实，再作计较。究竟韩信如何得胜？龙且如何被杀？待小子演述出来。

龙且领着大兵，倍道东进，行入齐地，即遣急足驰报齐王，叫他前来会师。齐王广闻楚军大至，当然心喜，急忙收集散兵，出高密城，往迎楚军。两下至潍水东岸，凑巧相遇，彼此晤谈以后，一同就地安营。韩信正要向高密进兵，闻得龙且兵到，也知他是个劲敌，因复遣人报知汉王，调集曹参灌婴两军，方才出发，到了潍水西岸，遥见对河遍扎军营，气势甚盛，乃召语曹灌两将道："龙且系有名悍将，只可智取，不可力敌，我当用计擒他便了。”曹灌两将，自然同声应令。韩信命退军三里，择险立寨，按兵不出。楚将龙且，还疑是韩信怯战，便欲渡河进击。旁有属吏献议道：“韩信引兵远来，定必向我奋斗，骤与接仗，恐不可当，齐兵已经败衄，万难再恃，且兵皆土著，顾念室家，容易逃散，我军虽与异趋，免不得被他牵动，他若四溃，我亦难支。最好是坚壁自守，勿与交锋，一面使齐王派遣使臣，招辑亡城。各城守吏，闻知齐王无恙，楚兵又大举来援，定然还向齐王，不肯从汉。汉兵去国二千里，客居齐地，无城可因，无粮可食，怎能长久相持？旬月以后，就可不战自破了。”龙且摇首道：“韩信鄙夫，有何能力？我曾闻他少年贫贱，衣食不周，甚至寄食漂母，受辱胯下。这般无用的人物，怕他什么！况我奉项王命，前来救齐，若不与韩信接仗，就使他粮尽乞降，也没有什么战功，今诚一战得胜，威震齐国，齐王必委国听从，平分土地，一半给我，岂不是名成利就么？”全是妄想。副将周兰，也恐龙且轻战有失，上前进谏道：“将军不可轻视韩信。信助汉王定三秦，灭赵降燕，今复破齐，闻他足智多谋，机谋莫测，还望将军三思后行。”龙且笑说道：“韩信所遇，统是庸将，故得侥幸成功，若与我相敌，管教他首级不保了。”慢说慢说，且管着自己头颅。当下差一弁目，渡过潍水，投递战书。韩信即就原书后面，批了来日决战四字，当即遣回。

楚使既去，信命军士赶办布囊万余，当夜候用，不得有违。又要作怪。原来营中随带布囊，本来不少，多半是盛贮干粮，此次军士得了将令，但将干粮取出，便可移用，因此不到半日，已经办齐。延至黄昏，由信召入部将傅宽，授与密计道：“汝可领着部曲，各带布囊，潜往潍水上流，就在水边取了泥沙，贮入囊中，择视河面浅狭的地方，把囊沉积，阻住流水。待至明日交战时，楚军渡河，我军传发号炮，竖起红旗，可速命兵士捞起沙囊，仍使流水放下，至要至嘱！”傅宽遵令，率兵自去。此处授计用明写法，但非看到后文，尚未知此计之妙。信又召集众将道：“汝等明日交战，须看红旗为号，红旗竖起，急宜并力击敌，擒斩龙且周兰，便在此举，今可静养一宵，明日当立大功了。”众将闻言，俱各归帐安息。信但令巡兵守夜，自己亦即就寝，诘旦起来，命大众饱餐一顿，传令出营。信自往挑战，带同裨将数名，径渡潍水，所有曹参灌婴等军，统叫他留住西岸，分站两旁。潍水本来深广，不能徒涉，此时由傅宽壅住上流，水势陡浅，但教褰衣过去，便可渡登对岸。韩信到了岸东，摆成阵势，正值龙且驱众过来，信便出阵大呼道："龙且快来受死！"龙且听了，跃马出营，大声叱道："韩信，汝原是楚臣，为何叛楚降汉？今日天兵到此，还不下马受缚，更待何时？"信笑答道："项羽背约弑主，大逆不道，汝乃甘心从逆，自取灭亡，今日便是汝的死期了。"龙且大怒，举刀直取韩信，信退入阵中，当有众将杀出，敌住龙且。龙且抖擞精神，与众力战，约有一二十合，未分胜负，副将周兰，也来助阵，汉将等渐渐退却。韩信拍马就走，仍向潍水奔回。众将见信驰还，也即退下，随信同奔。龙且大笑道："我原说韩信无能，不堪一战呢。"说着，遂当先力赶，周兰等从后追上，行近潍水，那汉兵却渡过河西去了。龙且赶得起劲，还管什么水势深浅，也即跃马西渡。唯周兰瞧着水涸，不免动疑，见龙且已经渡河，急欲向前谏阻，因此紧紧随着，也望河西过去。无如龙且跑得甚快，转眼间已达彼岸，周兰不便折回，只好纵马过河，部众统皆落后，跟着龙且周兰，不过二三千骑，余兵或渡至中流，或尚在东岸。猛听得一声炮响，震动波流，水势忽然增涨，高了好几尺，既而澎湃汹涌，好似曲江中的大潮，突如其来，不可推测，河中楚兵，无从立足，多被漂去。只东岸未渡的人马，尚在观望，未曾遇险。还有龙且周兰，及骑兵二三千名，已登西岸，一时免做溺死鬼。还是溺死，省得饮刀。那时汉兵中已竖起红旗，曹参灌婴，两旁杀来，韩信亦领诸将杀回。三路人马，夹击龙且周兰，任你龙且如何骁勇，周兰如何精细，至此俱陷入罗网，摆脱不出。并且寡不敌众，单靠着二三千名骑兵，济得什么战事？结果是龙且被斩，周兰受擒，二三千骑楚兵，扫得干干净净，不留一人。东岸的楚兵，遥见龙且等统已战殁，不寒自栗，立即骇散。齐王广似惊弓鸟，漏网鱼，哪里还堪再吓，便即弃寨逃回。行至高密，因见后面尘头大起，料有汉兵赶来，且随身兵士，多已逃散，自知高密难守，不如走往城阳，于是飞马再奔。将到城阳相近，汉兵已经赶到，七手八脚，把他拖落马下，捆绑了去，解至韩信军前。韩信责他擅烹郦生，太觉残忍，便令推出斩首。总算为郦生抵命。

复使灌婴往攻博阳，曹参进略胶东，博阳为田横所守，闻得田广已死，自为齐王，出驻嬴下，截住灌婴。婴麾兵奋击，杀得田横势穷力竭，止带了数十骑，遁往梁地，投依彭越去了。尚有横族田吸，与横分路逃生，奔至千乘，被灌婴一马追及，戮死了事。此外已无齐兵，遂枭了首级，还营报功。

适值曹参也持了一个首级，奏凯归来，问明底细，乃是胶东守将田既，为参所杀，荡平胶东，回来缴令。两将并入大营，报明韩信，信登簿录功，并将齐地所得财帛，分赏将士，不必细述。

唯韩信既平齐地，便想做个齐王，遂缮了一封文书，使人至汉王前告捷，且要求齐王封印。汉王在成皋养病，已经告痊，复至栎阳察视城守，勾留四日，仍驰抵广武军前。可巧韩信差来的军弁，也到广武，遂将书信呈上。汉王展阅未终，不禁大怒道："我困守此地，日夜望他来助，他不来助我，还要想做齐王么？"张良陈平在侧，慌忙走近汉王，轻蹑足趾。汉王究竟心灵，停住骂声，即将原书持示两人。书中大意，说是齐人多伪，反复无常，且南境近楚，难免复叛，请暂许臣为假王，方期镇定等语。两人看罢，附耳语汉王道："汉方不利，怎能禁止韩信为王？今不若使他王齐，为我守着，可作声援。否则恐变生不测了。"幸有此说。汉王因复佯叱道："大丈夫得平定诸侯，不妨就做真王，为何还要称假呢！"转风得快。随即遣回来使，叫韩信守侯册封，来使自去。汉王便遣张良赍印赴齐，立韩信为齐王，信得印甚喜，厚待张良。良又述汉王意见，劝信发兵攻楚，信亦满口应承。良叨了一席盛宴，饮罢即归。

信择吉称王，大阅兵马，准备击楚，忽有楚使武涉，前来求见。韩信暗想，我与楚为仇敌，为何遣使到此？想必来做说客，我自有主意，何妨相见。因即顾令左右，引入武涉。武涉系盱眙人，饶有口才，素居项王幕下。项王探得齐地确信，果被韩信破灭，当然惊心，所以派遣武涉，往说韩信，为离间计。涉一见信面，便下拜称贺，信起座答礼，且微笑道："君来贺我做甚！无非为了项王，来作说客，尽请道来！"涉乃申说道："天下苦秦已久，故楚汉戮力击秦，今秦已早亡，分土割地，各自为王，正应休息士卒，与民更始，乃汉王复兴兵东来，侵人地，夺人土，胁制诸侯，与楚相争，可见他贪得无厌，志在并吞。足下明智过人，难道尚未能预察么？且汉王前日，尝入项王掌握中，项王不忍加诛，使王蜀汉，也算是情义两尽。偏汉王不念旧谊，复击项王，机诈如此，尚好亲信么？足下自以为得亲汉王，替他尽力，涉恐足下他日，亦必遭反噬，为彼所擒了！试想足下得有今日，实由项王尚存，汉王不能不笼络足下。足下眼前处境，还是进退裕如的时候，左投汉王，汉胜，右投项王，楚胜，汉胜必危及足下，楚胜当不至自危。项王与足下本有故交，时常系念，必不相负！若足下尚不肯深信，最好是与楚连和，三分天下，鼎足称王，楚汉两国，都不敢与足下为难，这乃是万全良策了。”为韩信计，却是此策最善。韩信笑答道：“我前事项王，官不过郎中，位不过执戟，言不听，计不用，所以背楚归汉。汉王授我上将军印，付我数万兵士，解衣衣我，推食食我，我若负德，必至不祥。我已誓死从汉了！幸为我复谢项王。”武涉见他志决，只好辞归。

信送出武涉，有一人随他进去，由信回头一顾，乃是蒯彻，因即邀令入座。彻开口道：“仆近已学习相术了，相君面不过封侯，相君背乃贵不胜言。”信听得甚奇，料他必有微意，复引彻至密室，屏人与谈。彻又说道：“秦亡以后，楚汉分争，不顾人民，专务角逐。项王起兵彭城，转战逐北，直下荥阳，威震远近，今乃久困京索，连年不得再进。汉王率数十万众，据有巩洛，凭借山河，一日数战，无尺寸功，反致屡败，这乃所谓智勇俱困呢。仆料现今大势，非有贤圣，莫能息争。足下乘时崛起，介居楚汉，为汉即汉胜，为楚即楚胜，楚汉两主的性命，悬在足下手中，诚能听仆鄙计，莫若两不相助，三分鼎峙，静待时机。其实如足下大才，据强齐，并燕赵，得时西向，为民请命，何人不服？何国不从？将来宰割天下，分封诸侯，诸侯俱怀德畏威，相率朝齐，岂不是霸王盛业么？仆闻天与不取，反致受咎，时至不行，反致受殃，愿足下深思熟虑，毋忽鄙言！”韩信道：“汉王待我甚厚，怎可向利背义呢？”彻又道：“从前常山王张耳，与成安君陈余，约为刎颈交，后来为了张黡陈泽的嫌疑，竟成仇敌，泜水一战，陈余授首。足下自思与汉王交情，能如张陈二人否？所处嫌疑，止如黡泽一事否？乃犹欲自全忠信，见好汉王，岂非大误！越大夫文种，存亡越，霸勾践，立功成名，尚且被戮，兽死狗烹，已成至论，足下的忠信，想亦不过如大夫种罢了。且仆闻勇略震主，往往自危，功盖天下，往往不赏，今足下已蹈此辙，归汉汉必惧，归楚楚不信，足下将持此何归呢？”语虽近是，但蒯彻与汉无仇，何故唆人叛主。韩信不免动疑，因即语彻道：“先生且休，待我细思，更定进止。”彻乃辞退。过了数日，杳无动静，乃复入见韩信，请他决机去疑，慎勿失时。信终不忍背汉，又自恃功高，总道汉王不至变卦，决将蒯彻谢绝。彻恐久居被祸，假作疯癫，竟向别处作巫去了。信闻彻他去，也不着人挽留，唯心下忐忑不定，且将兵马停住，再听汉王消息。既已拒彻，应即发兵击楚，偏又停住不进，真是何意。

汉王固守广武，又是数旬，日望韩信到来，信终不至。乃立英布为淮南王，使他再赴九江，截楚后路。一面贻书彭越，仍侵入梁地，断楚粮道。布置已定，尚恐项王粮尽欲回，又取出太公，挟制多端，或乘怒将太公杀死，更觉可危。当下与张良陈平，商议救父的方法。两人齐声道："项王乏粮，必将退归，此时正好与他讲和，救回太公吕后了。"汉王道："项王情性暴戾，一语不合，便至动怒，欲要遣使议和，必须选择妥人，方可无虞。"言未毕，有一人应声闪出道："臣愿往。"汉王一瞧，乃是洛阳人侯公，从军有年，素长应对，因即准如所请，嘱令小心从事。侯公遂驰赴楚营，求谒项王。

项王得武涉归报，甚是愁烦，又见粮食将尽，越觉愁上加愁，忽闻汉营中遣到使臣，乃仗剑高坐，传令入见。侯公徐徐步入，见了项王，毫无惧色，从容向前，行过了礼。项王瞋目与语道："汝主既不出战，又不退去，今差汝到来，有何话说？"侯公道："大王还是欲战呢？还是欲退呢？"项王道："我愿一战！"侯公道："战是危机，胜负难料；况相持已久，兵力皆疲，臣今为罢兵息争而来，故敢进见大王。"项王不觉脱口道："据汝来意，是欲与我讲和么？"侯公道："汉王并不欲与大王争锋，大王如为保国安民起见，易战为和，敢不从命。"项王意已稍平，把剑放下，问及议和约款。侯公道："使臣奉汉王命，却有二议，一是楚汉两国，划定疆界，彼此相安，不再侵犯。二请释还汉王父太公，及妻室吕氏，使他骨肉团圆，久感圣德。"项王掀髯狞笑道："汝主又来欺我么？他想保全骨肉，故令汝诡词请和。"侯公道："大王知汉王东出的意思否？人情无不念父母，顾妻子，汉王西居蜀汉，离家甚远，免不得怀念在心，前次潜至彭城，无非欲搬取家眷，嗣闻为大王所拘，急不暇择，遂至与大王为敌，累战不休。今大王无意言和，原是不必说了，既商和议，何不将两人释还，不但使汉王从此感德，誓不东行，就是天下诸侯，亦且争慕大王，无不歌颂。试想大王不杀人父，就是明孝，不污人妻，就是明义，已经拘住，又复放归，所以明仁，三德俱备，声名洋溢，如恐汉王负约，是曲在汉王，直在大王，古人有言：师直为壮，曲为老，大王直道而行，天下无敌，何论一汉王呢！"

项王最喜奉承，听了侯公一番言语，深惬心怀，遂复召入项伯，与侯公商议国界。项伯本是袒汉，乐得卖个人情，两下议决，就荥阳东南二十里外的鸿沟，划分界限，沟东属楚，沟西属汉。当由项王遣使，与侯公同报汉王，订定约章，各无异言。所有迎还太公吕后的重差，仍然要劳烦侯公，侯公再偕楚使同行，至楚营请求如约，项王毫不迟疑，便放出太公吕后，及从吏审食其，使与侯公同归。汉王闻知，当然出营迎接，父子夫妇，复得相见，正是悲喜交集，庆贺同声。汉王嘉侯公功，封他为平国君，是为汉四年九月间事。越日，即闻项王拔营东归，汉王亦欲西返，传令将士整顿归装，忽有两人进谏道："大王不欲统一天下么？奈何归休！"这一语有分教：

坛坫方才休玉帛，疆场又复启兵戈。

欲知两人为谁，待至下回报明。

兵法有言：骄兵必败，龙且未胜先骄，即非韩信之善谋，亦无不败之理。项王以二十万众，委诸龙且，何用人之不明欤？然项王同一有勇无谋之暴主，而龙且即为有勇无谋之莽将，同气相求，故有是失。龙且死而项王亦将败亡，此徒勇之所以无益也。武涉之说韩信，各为其主，原不足怪。蒯彻并非楚臣，何为唆信叛汉，使之君臣相猜，他时钟室之祸，非彻致之而谁致之乎？若汉之遣使请和，得归太公吕后，虽由侯生之善言，实出一时之侥幸，假使项王不允，加刃太公，则汉王虽得天下，终不免为无父之罪人而已，贪天幸以图功，君子所勿取焉。

第三十一回　大将奇谋鏖兵垓下
美人惨别走死江滨

却说汉王欲西还关中，有两人进来谏阻，两人为谁？就是张良陈平。汉王道：“我与楚立约修和，彼已东归，我尚留此做甚。”良平齐声道：“臣等请大王议和，无非为了太公吕后二人。今太公吕后，已得归来，正好与他交战，况天下大势，我已得了大半，四方诸侯，又多归附，彼项王兵疲食尽，众叛亲离，乃是天意亡楚的时候，若听他东归，不去追击，岂不是养虎遗患么？”专知趋利，如信义何！汉王深信二人，遂复变计，再拟向东进攻。只因孟冬已届，照了前秦旧制，又要过年，乃就营中备了酒席，宴饮大小三军，自与吕后陪着太公，在内帐奉觞称寿，畅饮尽欢。太公吕后，从未经过这种乐事，此次父子完聚，夫妇团圆，白发红颜，相偕醉月，金樽玉斝，合宴连宵，真个是苦尽甘回，不胜欣慰了。恐此时吕后心中，尚恨审食其不得在座。元旦这一日，就是汉王五年，大书特书，是为汉王灭楚称帝之岁。汉王先向太公祝釐，然后升座外帐，受了文武百官的谒贺。礼已粗毕，即与张良陈平，商议军事，决定分路遣使，往约齐王韩信，及魏相国彭越，发兵攻楚，中道会师，当下派员去讫。

过了一日，又差车骑数百人，送太公吕后入关，汉王遂亲率大队，向东进发，沿路不复耽延，一直驰至固陵。前驱早有侦骑派出，探得楚兵相去不远，回报汉王。汉王乃择险安营，专待韩彭两军到来，便好合击楚军。偏韩彭两军，杳无音信，那项王已得了消息，恨汉负约，竟驱动兵马，骤向汉营杀来。汉王恐楚兵踹营，反觉不妙，不如督兵出战，较为得势，乃麾众出营，与楚接仗。两下相遇，汉兵尚未成列，项王已拍动乌骓，挺戟当先，专向汉军中坚，鼓勇冲入，寻杀汉王。汉将见项王到来，慌忙拦阻，怎禁得项王一股怒气，把手中戟飞舞起来，任凭汉军中有许多勇将，没有个是他敌手，有几个命中带晦，不是被他刺死，就是被他戳伤，于是汉将俱纷纷倒退。汉王见不可支，还是拍马奔回，避开危险。主帅一动，全军皆散，项王乐得大杀一阵，把汉兵驱回营中，然后收兵自去。汉王狼狈还营，检点兵士，丧失了好几千名，将佐亦伤亡了好几十名，不由的垂头丧气，闷坐帐中。可巧张良进来，因即顾问道："韩彭失约，我军又遭败挫，如何是好！"张良道："楚兵虽胜，尽可勿虑，只是韩彭不至，却是可忧。臣料韩彭二人，必由大王未与分地，所以观望不前。"汉王道："我封韩信为齐王，拜彭越为魏相国，怎得说是没有分地？"良答道："齐王信虽得受封，并非大王本意，信亦当然不安，彭越曾略定梁地，大王命他往佐魏豹，所以移兵，今魏豹已死，越亦望封王，乃大王未尝加封，不免觖望。今若取睢阳北境，直至谷城，封与彭越，再由陈以东，直至东海，封与韩信，信家在楚，尝想取得乡土，大王今日慨允，两人明日便来了。"窥透两人志愿。

汉王不得已依议，再遣使人飞报韩彭，许加封地，果然两人满望，即日发兵。还有淮南王英布，与汉将刘贾，进兵九江，招降守将楚大司马周殷，一些儿不劳兵革，反得了九江许多人马，会同英布刘贾，接应汉王。三路大兵，陆续趋集，汉王自然放胆行军。项王闻汉兵大至，兵食又尽，巴不得急回彭城，所以固陵虽获胜仗，仍然不愿久留，引军再退。路上恐汉兵追袭，用了步步为营的兵法，依次退去。好容易到了垓下，遥听得后面一带，鼓声马声呐喊声，非常震响。当下登高西望，见汉兵踊跃追来，差不多与蚂蚁相似，不禁仰天叹道："好多汉兵，我悔前日不杀刘邦，养成他这番气焰哩！"话虽如此，还仗着自己勇力，并手下将士，尚有十万名左右，倒也不甚着忙。遂就垓下扎营，准备对敌。汉王已会齐三路兵马，共至垓下，人数不下三十余万，复用韩信为大将，调度诸军。韩信素知项王骁勇，无人敢当，特将各军分作十队，各派统将带领，分头埋伏，回环接应，请汉王守住大营，自率三万人挑战。

项王单靠勇力，不尚兵谋，一闻敌兵逼营，立即怒马突出，迎敌汉军。

楚兵亦一齐出寨，随着项王，奋勇向前。两军相接，交战了好几合，项王横戟一挥，部众统不管生死，专望汉军中杀入。韩信且战且走，诱引项王入网。项王平日，所向无敌，全不把韩信放在眼中，就使有人谏阻项王，叫他不可轻追，他亦不甘罢休，定要杀奔前去。约莫追了好几里，已入汉军伏中，一味莽撞，总要遭祸。韩信便鸣放号炮，唤起伏兵。先有两路杀出，与项王交战一次，项王全不退怯，鏖斗了好多时，冲开汉军，还要追赶韩信。但听第二次炮声复发，又有两路伏兵杀出，截住项王，再加厮杀，好多时又被冲破。项王杀得性起，仍旧有进无退，接连是炮声迭响，伏兵迭起。项王杀开一重，又复一重，杀到第七八重时候，部众已零落了，将弁多伤亡了，项王也自觉力疲，渐渐的退却下来。哪知韩信放完号炮，十面埋伏，一齐发出，都向项王马前，围裹拢来。所有楚兵，好似鸡犬一样，纷纷四窜，但靠项王一支画戟，究竟挡不住百般兵器。项王悔已无及，只得令钟离昧季布等断后，自己当先开路，猛喝一声，已足吓退汉兵，再加长戟纵横，一经触着，无不立毙，因此汉兵左右避开，让出一条血路，得使项王走脱，驰回垓下大营。

自从项王起兵以来，向未经过这般挫辱，此次已该数尽，偏碰着汉元帅韩信，用着十面埋伏的计策，杀败项王，把楚营十万锐卒，击毙了三四成，赶走了三四成，只剩得两三万残兵，跟回营中，叫项王如何不恼，如何不忧！他有一个宠姬虞氏，秀外慧中，知书识字，虽遇项王出兵打仗，也尝乘车随行，形影不离。名姬陪着悍王，似觉不甚相配。此番也在营间，守候项王归来。项王战败入营，当由虞姬迎着，见他形容委顿，神色仓皇，也觉惊异得很。待至项王坐定，喘息稍平，才问及战争情状。项王唏嘘道："败了！败了！"虞姬劝慰道："胜负乃兵家常事，愿大王不必忧劳。"项王道："怪不得汝等妇女，未识利害，连我也不曾遇此恶战哩。"虞姬本已嘱咐行厨，整备酒肴，想为项王接风。此时因项王败还，更欲替他解闷，便即令厨役搬出，陈列席间，请项王上坐小饮。项王已无心饮酒，但为了宠姬情意，未便遽却，乃向席间坐下，使虞姬旁坐相陪。才饮了三五杯，就有帐外军弁趋入，报称汉兵围营。项王道："汝去传谕将士，小心坚守，不可轻动，待我明日再决一战罢！"军弁应声退出。

时已天晚，项王复与虞姬并饮数觥，灯红酒绿，眉黛鬟青，平时对此情景，何等惬意，偏是夕反成惨剧，越饮越愁，越愁越倦，顿时睡眼模糊，敛肱欲寐。还是虞姬知情识意，请项王安卧榻中，休养精神。项王才就榻睡下，虞姬坐守榻旁，一寸芳心，好似小鹿儿乱撞，甚觉不宁。耳近又听得凄风飒飒，觱栗呜呜，俄而车驰马骤，俄而鬼哭神号，种种声浪，增人烦闷。旋复有一片歌音，递响进来，如怨如慕，如泣如诉，一声高，一声低，一声长，一声短，仿佛九皋鹤唳四野鸿哀。虞姬是个解人，禁不住悲怀戚戚，泪眦荧荧。从虞姬一边叙入楚歌，尤觉凄切。回顾项王，却是鼻息如雷，不闻不知，急得虞姬有口难言，凄其欲绝。究竟这歌声从何而来？乃是汉营中张子房，编出一曲楚歌，教军士至楚营旁，四面唱和，无句不哀，无字不惨，激动一班楚兵，怀念乡关，陆续散去。就是钟离昧季布等人，随从项王好几年，也忽然变卦，背地走了。甚至项王季父项伯，亦悄悄的往投张良，求庇终身。树未倒而猢狲先散。单剩项王亲兵八百骑，守住营门，未曾离叛。正想入报项王，却值项王酒意已消，猛然醒寤。起闻楚歌，不禁惊疑，出帐细听，那歌声是从汉营传出，越加诧异道："汉已尽得楚地么？为何汉营中有许多楚人呢？"说着，便见军弁禀报，谓将士皆已逃散，只有八百人尚存。项王大骇道："有这等急变吗？"当即返身入帐，见虞姬站立一旁，已变成一个泪人儿，也不由的泣下数行。旁顾席上残肴，尚未撤去，壶中酒亦颇沉重，乃再令厨人烫热，唤过虞姬，再与共饮。饮尽数觥，便信口作歌道：

力拔山兮气盖世！时不利兮骓不逝！骓不逝兮可奈何！虞兮虞兮奈若何！

项王生平的爱幸，第一是乌骓马，第二是虞美人，此番被围垓下，已知死在目前，唯心中实不忍割舍美人骏马，因此悲歌慷慨，呜咽唏嘘！虞姬在旁听着，已知项王歌意，也即口占一诗道：

汉兵已略地，四面楚歌声。大王意气尽，贱妾何聊生！

虞姬吟罢潸潸泪下，项王亦陪了许多眼泪。就是左右侍臣，统皆情不自禁，悲泣失声。蓦听得营中更鼓，已击五下，乃顾语虞姬道："天将明了，我当冒死出围，卿将奈何！”虞姬道：“妾蒙大王厚恩，追随至今，今亦当随去，生死相依；倘得归葬故土，死也甘心！”项王道：“如卿弱质，怎能出围？卿可自寻生路，我当与卿长别了。”虞姬突然起立，竖起双眉，喘声对项王道：“贱妾生随大王，死亦随大王，愿大王前途保重！”说至此，就从项王腰间，拔出佩剑，向颈一横顿时血溅珠喉，香销残垒。阅书至此，虽铁石心肠，亦当下泪。

项王还欲相救，已是不及，遂抚尸大哭一场，命左右掘地成坑，将尸埋葬。至今安徽省定远县南六十里，留有香冢，传为佳话。文人墨客，且因虞姬贞节可嘉，谱入词曲，竟把虞美人三字，作为曲名，美人千古，足慰芳魂。比后来人彘何如？唯项王已看虞姬葬讫，勉强收泪，出乘乌骓，趁着天色未明的时候，带了八百骑亲兵，衔枚疾走，偷过楚营，向南遁去。及汉兵得知，急报韩信，已是鸡声报晓，晨光熹微了。韩信闻项王溃围，急令将军灌婴，率领五千兵马，往追项王。项王也防汉兵追来，匆匆至淮水滨，觅船东渡，部骑又散去大半，只剩了一二百人。行至阴陵，见路有两歧，不知何道得往彭城，未免踌躇。适有老农在田间作工，因向他访问行径，老农却有些认识项王，素来恨他暴虐，竟用手西指道：“向这边去！”项王信是真话，策马西奔，约跑了好几里，扑面寒风，很是凛冽，前途流水澌澌，随风震响，仔细瞧着，乃是一个大湖，挡住去路。至此方知受欺，慌忙折回，再到原处，重向东行。为了这番盘旋，遂被汉将灌婴追及，一阵冲击，又丧失了百余骑。还是项王坐下的乌骓，跑走甚快，当先驰脱。后面陆续跟上，寥寥无几，到了东城，经项王回头察看，只有二十八骑，尚算随着。那四面的金鼓声，呐喊声，仍然不住，渐渐相逼。项王自知难脱，引骑至一山前，走登岗上，摆成圆阵，慨然顾骑士道：“我自起兵到今，倏已八年，大小七十余战，所挡必靡，所击必破，未尝一次败北，因得霸有天下。今日乃被困此间，想是天意已欲亡我，并非我不能与战呢。我已自决一死，愿为诸君再决一战，定要三战三胜，为诸君突围，斩将搴旗，使诸君知我善战，今实天意亡我，与我无干，免得向我归罪了！”善战必亡，奈何至死不悟。

道言甫毕，汉兵已四面赶集，把山围住。项王乃分二十八骑为四队，与汉兵相向。东首有一汉将，不知死活，驱兵登岗，想来活捉项王。项王语骑士道：“君等看我刺杀此将！”说着纵辔欲走，又回头顾语道：“诸君可四面驰下，至东山下取齐，再作三处驻扎罢。”于是奋声大呼，挺戟驰下，一遇汉将，便猛力戳去。汉将不及躲避，陡被刺落，骨辘辘滚下山去，霎时毕命。汉兵见了，统皆逃还，项王便纵马下山。山下的汉将，仗着人多势旺，团团围绕，竟至数匝，都被项王杀退。汉骑将杨喜，上前追赶，由项王回头一喝，人马辟易，倒退了一两里。就是项王部下的二十八骑，亦皆驰集，先与项王打个照面，然后三处分驰。汉兵又从后赶来，未知项王所在，也分兵三路，追围项王。项王左手持戟，右手仗剑，或劈或刺，斩一汉都尉，剁毙汉兵数十百人，仍得杀透重围，再救出两处部骑，重聚一处，检点数目，只少了两个骑兵。便笑向部骑道：“我的战仗如何？”部骑皆拜伏道：“如大王言！”统计项王自山上杀下，一连九战，汉兵遇着项王，无不溃散，故后人称是山为九头山，亦号四溃山。

项王既得脱围，走至乌江，却值乌江亭长，泊船岸旁，请项王渡江过去。且敦促道：“江东虽小，地方千里，尚足自王，现唯臣有一船，愿大王急渡！”项王听了，笑对亭长道：用两笑字，比哭尤惨。“天已亡我，我何必再渡！且籍与江东子弟八千人，渡江西行，今无一生还，就使江东父老，见我生怜，再肯王我，我有何面目相见哩？”说着，后面尘头又起，料知汉兵复到，亭长又出言催促，项王喟然道：“我知公为忠厚长者，厚情可感，我无以为报，唯坐下的乌骓马，随我五年，日行千里，临阵无敌，今我不忍杀此马，特地赐公，见马犹如见我呢。”一面说，一面跳下马来，令部卒牵付亭长，又命部骑皆下马步行，各持短刀，转身待着汉兵。汉兵一齐赶至，项王又鼓勇再战，乱削乱劈，连毙汉兵数百人，自身亦受了十余创。蓦见有数骑将驰至，认得一人是吕马童，凄声与语道：“汝不是我旧友吗？”吕马童不敢正视，但向项王望了一面，便旁顾僚将王翳道：“这位就是项王。”项王又说道：“我闻汉王悬有赏格，得我首级，赐千金，封邑万户，我今日就卖情与汝罢！”说毕，便用剑自刎，年终三十一岁。小子记得前人咏项王诗，曾有二绝，特录述如下云：

争帝图王势已倾，八千兵散楚歌声，
乌江不是无船渡，耻向东吴再起兵。
不修仁政枉谈兵，天道如何尚力争？

隔岸故乡归不得，十年空负拔山名。

项王已死，所余二十六骑，亦皆逃亡。欲知项王尸首如何，待至下回续表。

韩信之十面埋伏计，史策未详，但相传已久，度非无因。况当时汉兵竞集，为特一无二之大举，人数不下三十万，分作十队，绰有余裕，非行此计以困项王，则项王之勇悍，无人敢敌，几何而不蹈固陵之覆辙也。虞姬之别，乌江之刎，最为项氏惨史，经著书人依次写来，尤觉得情节苍凉，令人悲咽。且虞姬守贞，何如吕后戚姬之秽辱？慨然决死，何如韩信彭越之诛夷？美人英雄，名播千秋，泉下有知，其亦足以自慰乎？唯观于项王之坑降卒，杀子婴，弑义帝，种种不道，死有余辜，彼自以为非战之罪，罪固不在战，而在残暴也。彼杀人多矣，能无及此乎！天亡天亡，夫复谁尤！

第三十二回　即帝位汉主称尊　就驿舍田横自刭

却说项王自刎以后，汉将争夺项王尸骸，甚至自相残杀，死了好几十人，结果是王翳得了头颅，吕马童与杨喜吕胜杨武等四将，各得一体，持向汉王前报功。汉王命将五体凑合，果然相符，遂即分封五人，命吕马童为中水侯，王翳为杜衍侯，杨喜为赤泉侯，杨武为吴防侯，吕胜为涅阳侯。楚地望风请降，独鲁城坚守不下，汉王大怒，引兵攻鲁，恨不得立刻入城，一体屠戮，荡成平地。不意到了城下，觉有一种弦诵的声音，悠扬入耳，因不禁转念道："鲁国素知礼义，今为主守节，不得为非，我不如设法招抚为是。"只一转念，便是兴王气象。乃将项王首级，令将士挑在竿上，举示城上守兵，且传谕降者免死，于是鲁城吏民，开门迎降。先是楚怀王尝封项羽为鲁公，至是鲁最后降，汉王因命用鲁公礼，收葬项王尸身，就在谷城西隅，告窆筑坟，亲为发丧。并命文吏缮成一篇祭文，无非说是前同兄弟，本非仇雠，拘太公不杀，虏吕后不犯，三年留养，尤见盛情，死后有知，应视此觞等语。及临祭读文，汉王亦不禁悲泣，泪下潸潸。恐非真情。将士等都为动容，祭毕乃还。吕马童为项王故人，到此亦知感否？今河南省河阳县有项羽墓，就是项羽自刎的地方，便系今日的乌江浦，在安徽省和县东北，留有祠宇，号为西楚霸王庙，这且不必细述。

汉王命赦项氏宗亲，一律免罪，且闻项伯已在张良营中，特别召见，封为射阳侯，赐姓刘氏。卖主求荣，项伯不能无惭。还有项襄项佗等，亦皆封侯赐姓，如项伯例。结婚一节，史中未曾提及，想由汉王赖去。各路诸侯，都附势输诚，奉书称贺。唯临江王共敖子尉，嗣爵为王，尚记念项王旧恩，不肯从汉。经汉王派遣刘贾等人，率兵往讨，才阅旬日，便将共尉擒归，江陵亦平。临江王都江陵，见前文。

汉王还至定陶，与张良陈平二人，密议多时，即趋入韩信营中。信亟起相迎，奉王就座，但听得汉王面谕道："将军屡建大功，得平强项，寡人当始终不忘。今应休兵息民，不复劳师，将军可缴还军符，仍就原镇便了！"此时信无词可拒，只好把印信取出，交还汉王。汉王得了印信，便即持去。俄而又传出一令，说是楚地已定，义帝无后，齐王信生长楚中，习楚风俗，可改封楚王，镇定淮北，定都下邳。魏相国越，勤抚魏民，屡破楚军，今即将魏地加封，号称梁王，就都定陶云云。彭越是加授封爵，当然心喜，便至汉王前拜谢，受印而去。唯韩信易齐为楚，明知汉王记着前嫌，不愿再令王齐，但自思衣锦还乡，也足显扬故土，计不如遵着命令，就此荣归为是。乃亦缴出齐王印，改领楚王印起行。

到了下邳，即差人寻访漂母，及受辱胯下的恶少年。漂母先至，信下座慰问，特赐千金，漂母拜谢去讫。可谓一登龙门，饭价百倍。既而恶少年到来，面无人色，俯伏请罪。信笑说道："我岂小丈夫所为，睚眦必报？汝可不必恐惧，我且授汝为中尉官。"少年叩首道："小人愚蠢，曾误犯尊威，今蒙赦罪不诛，恩同再造，怎敢再邀封赏？"信又说道："我愿授汝为官，汝何必多辞！"少年乃再拜称谢，起身退出。信顾语左右道："这也是个壮士，他辱我时，我岂不能拼死与争？但死得无名，所以忍耐至此，得有今日。"左右都服信大度，交口称贤。信复与梁王彭越，淮南王英布，韩王信，故衡山王吴芮，赵王张敖，是年张耳病殁，子敖嗣爵。燕王臧荼等，联名上疏，尊汉王为皇帝。疏中略云：

> 先时秦为无道，天下诛之，大王先得秦王，定关中，于天下功最多，存亡定危，救败继绝，以安万民，功盛德厚，又加惠于诸侯王，有功者使得立社稷。地分已定，而位号比拟，无上下之分，是大王功德之著，于后世不宜。谨昧死再拜上皇帝尊号，伏乞准行！

汉王得疏，召集群里，与语道："寡人闻古来帝号，只有贤王可当此称，虚名无实，殊不足取。今诸侯王乃推高寡人，寡人乏德，如何敢当此尊号？"群臣都齐声道："大王起自细微，诛不义，立有功，平定海内，功臣皆得裂土分封，可见大王本无私意。今大王德加四海，诸侯王不足与比，实至名归，应居帝位，天下幸甚！"汉王还要推让，再由内外臣僚，合词申请，乃命太尉卢绾及博士叔孙通等择吉定仪，就在汜水南面，郊天祭地，即汉帝位。文武百官，一齐朝贺，颁诏大赦，追尊先妣刘媪为昭灵夫人，立王后吕氏为皇后，王太子盈为皇太子。接连有谕旨二道，分封长沙闽粤二王，文云：

> 故衡山王吴芮，与子二人，兄子一人，从百粤之兵，以佐诸侯，诛暴秦，有大功，为衡山王。项羽侵夺之，降为番君，今其以长沙豫章象郡桂林南海诸郡，立番君芮为长沙王，钦哉唯命！吴芮传国最久，故特录此诏。
>
> 故粤王无诸，越勾践后，姓驺氏。世奉越祀，秦侵夺其地，使其社稷，不得血食，诸侯伐秦，无诸身率闽中兵，以佐灭秦。项羽废而勿立，今以为闽粤王，王闽中地，勿使失职，以酬王庸。此诏并录，为后文闽越不靖张本。

是时诸侯王受地分封，共计八国，就是楚韩淮南梁赵燕及长沙闽粤二王。此外仍为郡县，各置守吏，如秦制相同，汉王命诸侯王皆罢兵归国，所有部下士卒，除量能授职外，亦俱遣令还家，本身免输户赋。一面启跸入洛，即以洛阳为国都。特派大臣赴栎阳奉迎太公吕后及太子盈，又遣使至沛邑故里，召入次兄刘仲，从子刘信，并同父异母的少弟刘交。想是太公继室所生。还有微时外妇曹氏，暨定陶人戚氏父女，亦乘便接入。曹女生子名肥，戚女生子名如意，当然挈同至都。曹氏见第十一回，戚氏见第二十四回。父子兄弟，妻妾子侄，陆续到齐，欢聚皇宫，没一个不喜出望外，额手称庆，汉帝亦乐不胜言。看官听说！汉帝后来庙号叫做高皇帝，并因他为汉朝始祖，就称为汉高祖，史家统是这般纪述，小子此后叙录，也沿例呼为汉高祖了。特笔提清。

高祖既平定海内，筹划政治，却也忙乱了好几月。由春及夏，诸事粗有头绪，方得少闲，因就洛阳南宫，大开筵宴，遍召群臣入内，一同会饮。酒行数巡，高祖乃对众宣言道：“列侯诸将，佐朕得有天下，今日一堂宴会，君臣同聚，最好是直言问答，不必忌讳。朕却有一问，朕何故得有天下？项氏何故致失天下？”当有两人起座，同声答道：“陛下平日待人，未免侮慢，不及项羽的宽仁。但陛下使人攻城略地，每得一城，即作为封赏，能与天下共利，所以人人效命，得有天下。项羽妒贤忌能，多疑好猜，战胜不赏功，得地不分利，人心懈体，乃失天下，这便是得失的辨别呢。”高祖听了，瞧着两人，乃是高起王陵，便笑说道：“公等知一不知二，据我想来，得失原因，须从用人上立说。试想运筹帷幄，决胜千里，我不如子房，镇国家，抚百姓，运饷至军，源源不绝，我不如萧何，统百万兵士，战必胜，攻必取，我不如韩信。这三人系当今豪杰，我能委心任用，故得天下。项羽只有一范增，尚不能用，怪不得为我所灭了！”群臣闻言，各下座拜伏，称为至言。高祖大悦，又令大众归座，续饮多时，兴尽始散。

过了数日，有人入报高祖，说是故齐王田横，避匿海岛，有徒党五百余人，一同居住。高祖不免加忧，即派朝臣，赍了诏书，前往招安。横自被灌婴击败，投奔彭越，见第三十回。留居月余，闻越起兵从汉，自恐被祸，因潜身奔赴东海，寻得一个岛屿，作为枝栖。他本来疏财好士，广结豪侠，此次投奔海岛，有同时随行的，有闻风趋集的，因此人数得五百有余。及汉使到了岛中，交付诏书，由横阅毕，便向汉使说道：“我前时曾烹郦食其，今虽蒙天子赦罪，召令入都，但闻食其弟郦商，方为上将，怎肯不为兄报仇？因此不敢奉诏。”汉使听说，当即告辞，还都复命。高祖道：“这有何妨？横亦不免多虑，”因召入卫尉郦商，当面嘱咐道：“齐王田横，将要来朝，汝不得怀着兄仇，私下陷害！如若有违，罪当夷族。”郦商心虽不服，但未敢辩驳，只好应声退出。高祖再遣原使召横，叫他不必忧惧，且令传谕道：“田横来，大可封王，小亦封侯，倘再违诏不至，朕将发兵加诛，毋贻后悔！”这数语传入横耳，横不得已随使动身，徒党五百余人，俱请相从。横与语道：“我非不愿与诸君同行，唯人数过多，反招疑忌，不如留居此地，听候消息。我若入都受封，自当来召诸君。”大众乃止。横但与门客二人，同了汉使，航海登岸，乘驲赴都。行至尸乡驿，距洛阳约三十里，横顾语汉使道：“人臣入朝天子，应该沐浴表诚，此处幸有驿舍，可许我就馆洗沐否？”汉使不料他有别意，当然应诺，遂入驿小憩，听令沐浴。

横既得避开汉使，密唤二客近前，喟然与语道："横与汉王皆南面称孤，本不相属，今汉王得为天子，横乃降为亡虏，要去北面朝谒汉帝，岂不可耻！况我曾烹杀人兄，乃欲与伊弟并肩事主，就使他震慑主威，不敢害我，我难道就好无愧么？汉帝必欲召我，无非欲见我一面，汝可割下我首，速诣洛阳，此去不过三十里，形容尚可相认，不致腐败。我已国破家亡，死也罢了！"二客大惊，方欲劝阻，哪知横已拔剑在手，刎颈丧生。总之是不肯降汉。汉使坐在外面，并未闻知，及听到二客哭声，慌忙趋过一看，见二客抚着横尸，正在悲恸。当下问明原委，由二客泣述横言。汉使也觉没法，只好将横首割下，令二客捧着，带同入都，报知高祖。高祖即传令二客入见，二客捧呈横首，高祖约略一瞧，面目如生，尚余英气，不由的叹息道："我知道了！田横等兄弟三人，起自布衣，相继称王，好算是当今贤士。今乃慷慨就死，不肯屈节，可惜可惜！"说罢也为流涕。

二客尚跪在座前，高祖命他起来，各授都尉。二客虽然称谢，却没有什么喜容，怏怏退出。高祖又遣发士卒二千人，为横筑墓，并令收殓横尸，将首缝上，即用王礼安葬，送窆墓中。二客送至葬处，大哭一场，就在墓旁挖穿二穴，拔剑自刺，仆入穴中。当有人再行报闻，高祖越加惊叹，复遣有司驰诣墓所，出尸棺殓，妥为营葬。

待葬毕报命，高祖道："田横自杀，二客同殉，却是一种异事。但闻得海岛中，尚有五百多人，若统似二客忠贤，为横效死，岂不是一大隐患么？"乃复遣使驰赴海岛，诈称田横已受封爵，特来相招。汉高但知使诈，无怪田横等宁死不降。岛中五百余人，信为真言，一齐起行，同至洛阳。既入汉都，才知横及二客死耗，免不得涕泪交横，遂共至田横墓前，且拜且哭，并凑成一曲薤露歌，聊当哀词。歌哭以后，统皆自杀。至今河南省偃师县西十五里，尚存田横墓，就是薤露歌，亦流传千古。薤露二字的意义，谓人生如薤上露，容易晞灭。后世常称是歌为挽逝歌，这且搁过不提。

且说汉使既与五百人同来，本拟引他入朝，偏五百人自去谒墓，同时殉主，不得不据实入奏。高祖且惊且喜，仍令吏役一律掩埋。继思田横门客，尚且如此忠义，那项王手下的遗将，保不住暗中号召，与我反对，仔细记忆，想到季布钟离昧二人，嗣复回思睢水战败时，季布追赶甚急，险些儿遭他毒手，现在要将他缉获，醢为肉酱，方足泄恨。因再悬赏千金，购拿季布，如有藏匿不报，罪及三族。这道命令申行出去，哪一个不思得赏，哪一个还敢窝留。究竟季布遁往何处？原来是在濮阳周家。周家与季布交好多年，所以将布收留。旋闻汉廷悬赏缉拿，并有罪及三族的厉禁，也不觉慌急起来。当下想出一法，令布薙去头发，套环入颈，伪充髡钳刑犯，引至鲁朱家处，卖做奴仆。髡钳为奴，是秦朝遗制，汉仍之。朱家是个著名大侠，向与周氏相识，明知他不是贩奴，特欲保全此人，有意转托。若非依言收买，怎好算得济困扶危？于是将季布看了一番，问明身价，立即交付，送出周氏，然后再盘问季布数语。季布阅人已多，见他英姿豪爽，与众不同，已料是一位义士，可以求救，因也吞吞吐吐，说了一篇悲婉的吁词。朱家不待说明，便知除季布外，别无他人，因即买置田舍，使布经营，自己扮做商人模样，径往洛阳，替布设法去了。小子有诗赞道：

挺身入洛救人危，智勇深沉世独推；
“游侠传”中膺首席，大名留与后生知。

欲知朱家如何救布，待看下回便知。

韩信身为大将，能挫项王于垓下，而不能防一汉高，前在修武，被夺军符，至定陶驻军，复由汉高驰入军营，片语相传，立取帅印，何其易也！且易齐为楚，仓猝改封，而韩信不能不去，此由汉高能用善谋，操纵有方，故信无从反抗耳。及汜水称尊，信实为劝进之领袖，前此怀疑而不来，后此献媚而不恤，自相矛盾，皆入汉祖之术中，汉祖其真雄主哉！独田横自居海岛，不肯事汉，应诏起行，所以保众，入驿自刭，所以全名，至若二客同殉，五百人亦并捐躯，其平日信义之相孚，更可知矣。大丈夫虽忠不烈，视死如归，若田横诸人，其庶几乎！

第三十三回　劝移都娄敬献议
伪出游韩信受擒

却说朱家欲救季布，亲到洛阳，暗想满朝公卿，只滕公夏侯婴一人，颇有义气，尚可进言，乃即踵门求见。夏侯婴素闻朱家大名，忙即延入，彼此晤谈，却是情投意合，相得甚欢。遂将他留住幕下，每日与饮，对酌谈心。朱家畅论时事，娓娓动人，说得夏侯婴非常佩服，越加敬重。乃乘间进言道："仆闻朝廷饬拿季布，究竟季布犯何大罪，须要这般严厉呢？"夏侯婴道："布前时帮着项羽，屡困主上，所以主上必欲捕诛。"朱家道："公视季布为何如人？"夏侯婴道："我闻他素性忠直，倒也是一个贤士。"朱家又道："人臣各为其主，方算尽忠。季布前为楚将，应该为项氏效力，今项氏虽灭，遗臣尚多，难道可一一捕戮么？况主上新得天下，便欲报复私仇，转觉不能容人了。季布无地容身，必将远走，若非北向奔胡，便是南向投粤，自驱壮士，反资敌国，这正从前伍子胥去楚投吴，乞师入郢，落得倒行逆施，要去鞭那平王的遗墓呢！公为朝廷心腹，何不从容进说，为国尽言？"夏侯婴微笑道："君既有此美意，我亦无不效劳。"明人不用细说。朱家甚喜，乃向夏侯婴告别，回至家中，静候消息。果然不到数旬，便有朝命颁下，赦免季布，叫他入朝见驾。朱家方与季布说明，季布当然拜谢，别了朱家，至洛阳先见滕公。滕公夏侯婴，具述朱家好意，且已代为疏通等情，布称谢后，即随婴入朝，屈膝殿前，顿首请罪。不及田横客多矣。高祖不复加责，但向布说道："汝既知罪前来，朕不多较，可授官郎中。"布谢恩而退。当时一班朝臣，已由夏侯婴说明原委，都说季布能摧刚为柔，朱家能救人到底，两难相并，不愧英雄，其实季布贪生怕死，未足称道，唯朱家救活季布，并不求报，且终身不与布相见，这真叫做豪侠过人呢。褒贬得当。

且说布既得官，有一个季布母弟，闻知此信，也即赶至洛阳，来求富贵。看官道是何人？原来就是楚将丁公。见前文。布系楚人，丁公系薛人，《楚汉春秋》云：丁公薛人，名固，或云齐丁公伋支裔，故号丁公。两人本不相关，只因布父早死，布母再醮，乃生丁公，籍贯姓氏，虽然不同，究竟是一母所生，故称为季布母弟。他曾在彭城西偏，纵放高祖，早拟入都求见，因恐高祖不念旧情，以怨报德，所以且前且却，未敢遽至。及闻季布遇赦，并得受官，自思布为汉仇，尚且如此，若自己入谒，贵显无疑，乃匆匆驰入洛都，诣阙伺候。殿前卫士，也知他与主有恩，格外敬礼，待至高祖临朝，便即通报。高祖口中，虽嘱令传见，心中却已暗暗筹划。及见丁公趋入，俯伏称臣，便勃然变色，喝令左右卫士，把丁公捆绑起来。丁公连称无罪，并不见睬。卫士等亦暗暗称奇，只因皇帝有命，不敢违慢，只得将丁公两手反翦，牢牢缚定。丁公哭语道："陛下不记得彭城故事么？"高祖拍案怒叱道："我正为了这事，将汝加罪，彼时汝为楚将，奈何纵敌忘忠？"丁公至此，才自知悔，闭目就死，不复多言。求福得祸，可为热中者鉴。高祖又令卫士牵出殿门，徇示军中，且使人传谕道："丁公为项王臣，不肯尽忠；使项王失天下，就是此人！"传谕既遍，复从殿内发出诏旨，立斩丁公。可怜丁公一场高兴，反把性命送脱，徒落得身首两分。刑官事毕复命，高祖且申说道："朕斩丁公，足为后世教忠，免致效尤！"这是汉高祖的狡词，他正因诸将争功，无法处置，故决斩丁公，借以警众。否则项伯来降，何故得封列侯？

正议论间，忽由虞将军入殿，报称陇西戍卒娄敬求见。高祖方有意求才，不问贵贱，已贵者恐反招嫌。且有虞将军带引，料他必有特识，因即许令进谒。虞将军出来召敬，敬褐衣草履，从容趋入。见了高祖，行过了君臣礼，当由高祖命他起立，见敬衣服不华，形貌独秀，便与语道："汝既远来，不免饥馁，现正要午膳了，汝且去就食，再来见朕。"说罢，便令左右引敬就餐。待敬食毕进见，乃问他来意，敬因说道："陛下定都洛阳，想正欲比隆周室么？"高祖点头称是。敬又道："陛下取得天下，与周室不同。周自后稷封邰，积德累仁数百年，至武王伐纣，乃有天下。成王嗣位，周公为相，特营洛邑，无非因地处中州，四方诸侯，纳贡述职，道里相均，故有此举。但有德可王，无德易亡。周公欲令后王嗣德，不尚险阻，非不法良意美，只是隆盛时代，群侯四夷，原是宾服，传到后世，王室衰微，天下莫朝。虽由后王德薄，究竟也是形势过弱，致有此弊。今陛下起自丰沛，卷蜀汉，定三秦，与项羽转战荥阳成皋间，大战七十次，小战四十次，累得天下人民，肝脑涂地，哭声未绝，疮痍满目，乃欲比隆周室，臣却不敢依声附和，徒事献谀。陛下试回忆关中，何等险固，负山带河，四面可守，就使仓猝遇变，百万人都可立办，所以秦地素称天府，号为雄国。为陛下计，莫如移都关中，万一山东有乱，秦地总可无虞，这所谓扼吭拊背，才可操纵自如哩。”这一席话，惹得高祖心下狐疑，未能遽决，因命娄敬暂退，另召群臣会议。群臣多系山东人氏，不愿再入关中，睽违乡里，当即纷纷争议，说是周都洛阳，传国至数百年，秦都关中，二世即亡，洛阳东有成皋，西有崤黾，背河向洛，险亦足恃，何必定都关中？

高祖听着众论，越弄得没有把握，想了多时，还是去召那足智多谋的张子房，商量可否，方能定夺。原来张良佐汉成功，志愿已足，遂学导引吐纳诸术，不甚食谷，并且杜门不出，谢绝交游。尝自语道：“我家累世相韩，韩为秦灭，故不惜重金，替韩复仇。今暴秦已亡，汉室崛兴，我但靠着三寸舌，为帝王师，自问也应知足，愿从此不问世事，得从赤松子游，方足了我一生！”此乃张子房设词，看者莫被瞒过。话虽如此，高祖怎肯听他谢职？不过许令休养，有事仍要入朝。此时为了都城问题，便即遣人宣召。张良不便怠慢，只好应命入见。高祖遂将娄敬所陈，及群臣议论，具述一遍，命良折中裁决。良答道：“洛阳虽有险阻，但中区狭小，不过数百里平原，田地又甚瘠薄，四面受敌，究非用武的地方。若关中左有崤函，右有陇蜀，三面据险，一面东临诸侯，诸侯安定，可由河渭运漕，西给京师；诸侯有变，顺流而下，征发不烦，运输亦便，昔人所谓金城千里，诚非虚言！娄敬所说，不为无见，请陛下决议施行。”高祖接入道：“子房以为可行，朕就依议便了。”当下择日移都，命有司整备行装，不得迟延。百官虽然不愿，也只得遵旨办理。忙碌了好几天，期限已届，即排齐仪仗，摆好法驾，请高祖登程。高祖奉着太公及后妃太子等出宫就辇，向西进发，文武百官，统皆随行。

好容易到了栎阳，丞相萧何，当然接驾。高祖与谈迁都事宜，萧何道："秦关雄固，形势最佳，唯自项羽入关以后，咸阳宫统被毁去，就使剩下几间屋宇，也是残缺不完，陛下只好暂住栎阳，俟臣往修宫室，从速竣工，方好迁居呢。"高祖乃就栎阳住下，使萧何西入咸阳，监修宫阙，何领命自去。

忽有一个警报，从北方传到，乃是燕王臧荼，公然造起反来。是诸侯中第一个造反。高祖大怒道："臧荼本无大功，我因他见机投降，仍使王燕，他不知感恩，反敢叛我。我当亲征便了！"于是部署人马，克日备齐，星夜趱程，突入燕境。臧荼方议出兵，不料汉军已至，且由高祖督兵亲来，正是迅雷不及掩耳，急得脚忙手乱，魄散魂驰。燕地居民，又皆厌乱思治，不服臧荼，臧荼没法，只得冒险一战，胁同部兵，出了蓟城，迎敌汉军。两下里战不数合，燕兵已皆溃散，臧荼也只好逃回。高祖麾兵大进，把蓟城四面围住。城中兵民懈体，单靠着臧荼父子两人，如何济事？勉强支持了三五天，即被汉兵攻入。臧荼不及逃走，竟为所擒，唯荼子臧衍，开了北门，微服走脱，投奔匈奴去了。为下文诱叛卢绾伏案。高祖既得擒住臧荼，把他枭了首级，悬示燕民，燕民自然降顺，燕地遂平。

高祖因欲另立燕王，诏命将相列侯，公选一人，暗中却密嘱心腹遍告大众，叫他保荐太尉卢绾。绾与高祖同里，向属世交，又与高祖同日诞生，少同学，长同游，很见亲爱。高祖起兵，绾即相从，后来受官太尉，出入高祖卧室，不必避嫌，一切衣食赏赐，格外从优，就是萧何曹参等人，都不能及。但绾才不过平庸，连岁从军，也没有多少功绩，只与刘贾往攻江陵，总算把共尉擒回，稍著战功。事见前回。此次高祖出讨臧荼，绾亦随着，有了两番微劳，高祖遂欲假公济私，想将绾抬举上去，封他为王。唯表面上不得不令大众推举，暗地里却又不得不代为疏通，方好玉成此事。好算一番苦心，哪知他后来变卦。大众明知卢绾不配封王，无如主上偏爱卢绾，乐得将顺了事，遂一齐复旨，只说太尉卢绾，随从征战，所向有功，应请立为燕王。高祖遂留卢绾守燕，加了燕王的封册，自率大兵西归。

谁知一波才平，一波又起，降将颍川侯利几，又复逆命。因复移师东征，直抵颍川，利几本是楚臣，为陈县令，项羽败亡，乃举城降汉，受封颍川侯。颍川系一座小城，如何挡得住大兵？也是利几命运该绝，忽生叛志，遂致汉兵一到，城即陷落。好好一个吃饭家伙，随着刀锋，向地上滚了一转，寂静无声了。妙语解颐。

未几已是汉朝第六年，高祖还至洛阳，元旦受贺，宴集群臣，不劳细表。闲暇无事，想起项氏遗臣，尚有一个钟离昧，至今未获，却是可忧。乃复申令通缉，务获到案。未几有人通风报信，谓钟离昧避居下邳，由楚王韩信收留。高祖闻言，不觉失色，他本恐韩信为乱，屡次加防，此次又添了一个钟离昧，居信幕下，怎得不惊，乃亟派使赍诏晓谕韩信，令拿送钟离昧入都。昧与信同为楚人，素来相识，此时穷蹙无归，确是投依韩信。信顾念旧情，权令居住，及接到高祖诏书，仍不忍将昧献出，只托言昧未到此，当饬吏查缉云云。使臣如言返报，高祖似信未信，总难放怀，因此潜派干吏，驰向下邳附近，探察虚实。适值韩信出巡，车马喧阗，前后护卫，不下三五千人，声势很是威赫。侦吏遂援为话柄，密奏高祖，说信已有叛意。

高祖忙召集诸将，询问对信方法，诸将各摩拳擦掌，跃然有声，齐向高祖进言道："竖子造反，但教天兵一至，便可就擒！"莽夫嫚语。高祖默然不答，诸将转觉扫兴，陆续退出。可巧陈平进见，高祖便向他问计。陈平料知韩信未反，只未便替信辩护，但答称事在缓图，不宜欲速。高祖着急道："这事如何从缓？汝总要为朕设法呢！"陈平道："诸将所说如何？"高祖道："都要我发兵往讨。"陈平接口道："陛下如何晓得韩信谋反？"高祖道："已有人密书奏报，谋反属实。"平又道："除有人上书外，有无别人知信反状？"高祖道："这却未曾闻得，想尚没人知晓。"平又道："信可晓得有人奏报否？"高祖又答言未知。平复问道："陛下现有的士卒，能否胜过楚兵？"高祖摇首道："不能！"平又道："陛下如欲用兵，必须遣将，今诸将中有能及韩信否？"高祖又连称不及。平接说道："兵不能胜楚，将又不及信，若突然起兵往击，激成战事，恐信不反亦反了。臣以为陛下此举，未必万全。"高祖皱眉道："这却如何是好？"平踌躇多时，才进陈一策道："古时天子巡狩，必大会诸侯。臣闻南方有云梦泽，向称形胜，陛下但云出游云梦，遍召诸侯，会集陈地，陈与楚西境相接，韩信既为楚王，且闻陛下无事出游，定然前来谒见，趁他谒见的时候，只需一二武夫，便好将信拿下，这岂不是唾手可得么？"相传陈平此策，为六出奇计之一，计非不奇，可惜尚诈！高祖大喜道："妙计！妙计！"当下遣使四出，先向各国传诏，谓将南游云梦，令诸侯会集陈地，诸侯王怎知有诈？一律应命。

唯韩信得了使命，不免动疑，他被高祖两夺兵符，已晓得高祖多诈，格外留心。既知预防，何必收留钟离眛，又何必陈兵出巡。此次驾游云梦，令诸侯会集陈地，更觉得莫名其妙。唯陈楚地界毗连，应该先去迎谒，但又恐有不测情事，意外惹祸，因此迟疑莫决。将佐等见他纳闷，意欲代为解忧，因贸然进言道："大王并无过失，足招主忌，唯收留钟离眛一人，不免违命，今若斩眛首级，持谒主上，主上必喜，还有何忧！"信听了此言，很觉有理，便延入钟离眛，模模糊糊的说了数语，眛听他言中寓意，且面目上含有怒容，不似从前相待，因即出言探试道："公莫非虑眛在此，得罪汉帝么？"信略略点首，眛又道："汉所以不来攻楚，还恐眛与公相连，同心抗拒；若执眛献汉，眛今日死，公亦明日亡了！"一面说，一面瞧着信面，仍然如故。乃起座骂信道："公系反复小人，我不合误投至此！"说着，即拔剑自杀。信见眛已刎死，乐得割下首级，带了从骑数人，径至陈地，谒候高祖。

高祖既派出使臣，不待返报，便自洛阳启行，直抵陈地。韩信已守候多时，一见御跸前来，便伏谒道旁，呈上钟离眛首级。但听高祖厉声道："快与我拿下韩信！"话未说完，已有武士走近信旁，把信反绑起来。信不禁惊叹道："果如人言，狡兔死，走狗烹，高鸟尽，良弓藏，敌国破，谋臣亡，天下已定，我固当烹。"高祖听着，瞋目语信道："有人告汝谋反，所以拘汝。"信也不多辩，任他缚置后车。高祖已得逞计，还要会集什么诸侯，遂复颁诏四方，托词韩信谋叛，无暇往游云梦，各诸侯王不必来会。此诏一传，即带着韩信，仍由原路驰回洛阳。小子曾记得古诗云：

筑坛拜将成何济？破楚封王事已虚，
堪叹韩侯知识浅，何如范蠡五湖居！

究竟韩信如何发落，容待下回说明。

都洛阳，原不如都关中，娄敬之说以矣。然必谓关中险固，可无后忧，则又何解于嬴秦之亡？然则有国家者，仍在尚德，德足服人，天下自治，徒恃险阻无益也。高祖释季布而斩丁公，后世以劝忠称之，实则未然。夫以直报怨，以德报德，乃圣人不偏之至论。季布可赦也，赦之不失为直，丁公可赏也，执而杀之，背德实甚！如谓丁公事楚不忠，罪无可逭，则项伯早在应诛之列，一封一诛，何其背谬若此！要之汉高为当时雄主，一生举措，专喜诡谲，出人意外，释季布而斩丁公，正其所以示人不测也。厥后伪游云梦，诱擒韩信，虽由陈平之进策，实自高祖之好猜。信未尝反，而诬之以反，即斩丁公之谲谋耳。雄主寡恩，其信然乎！

第三十四回　序侯封优待萧丞相
定朝仪功出叔孙通

却说高祖诱执韩信，还至洛阳，乃大赦天下，颁发诏书。大夫田肯进贺道："陛下得了韩信，又治秦中，秦地带河阻山，地势雄踞，东临诸侯，譬如高屋建瓴，由上向下，沛然莫御，所以秦得百二，二万人可当诸侯百万人。还有齐地，濒居海滨，东有琅琊即墨的富饶，南有泰山的保障，西有浊河即黄河。的制限，北有渤海的利益，地方二千里，也是天然生就的雄封，所以齐得十二，二万人可当诸侯十万人。这乃所谓东西两秦呢。陛下自都秦中，更须注重齐地，若非亲子亲弟，不宜使为齐王，还望陛下审慎后行！"高祖恍然有悟道："汝言甚善，朕当依从。"田肯乃退，群臣在旁听着，总道高祖即日下令，封子弟为齐王。不意齐王的封诏，并未颁下，那赦免韩信的谕旨，却传递出来。大众才知田肯所言，不是徒请分封子弟，并且寓有救免韩信的意思。韩信第一次功劳，是定三秦，第二次功劳，就是平齐，田肯不便明说，却先将韩信提出，再把齐秦形胜，略说一遍，叫高祖自去细思。高祖却也乖觉，便随口称善，且思韩信功多过少，究未曾明露反状，若把他下狱论刑，必滋众议。因此决意赦免，但降封韩信为淮阴侯。叙出田肯高祖两人的微意，心细似发。

信既遇赦，不得不入朝谢恩。及退回寓邸，时常怏怏不乐，托疾不朝。高祖已夺他权位，料无能为，因也不再计较。唯功臣尚未封赏，诸将多半争功，聚讼不休，高祖不得不选出数人，封为列侯，约略如下：

萧何封酂侯，曹参封平阳侯，周勃封绛侯，樊哙封舞阳侯，郦商封曲周侯，夏侯婴封汝阴侯，灌婴封颍阴侯，傅宽封阳陵侯，靳歙封建武侯，王吸封清阳侯，薛欧封广严侯，陈婴封堂邑侯，周緤封信武侯，吕泽封周吕侯，吕释之封建成侯，孔熙封蓼侯，陈贺封费侯，陈豨封阳夏侯，任敖封曲阿侯，周昌封汾阴侯，即周苛从弟。王陵封安国侯，审食其封辟阳侯。

还有张良陈平，久参帷幄，功在赞襄，高祖特将张良召入，使自择齐地三万户。良答说道："臣在下邳避难，闻陛下起兵，乃至留邑相会，这是天意举臣授陛下。陛下听用臣谋，幸得有功，今但赐封留邑，臣愿已足，怎敢当三万户呢？"高祖乃封良为留侯，良拜谢而退。嗣又召入陈平，因陈平为户牖乡人，就封他为户牖侯。平拜让道："这不是臣的功劳，请陛下另封他人。"高祖道："我用先生计划，战胜攻取，为何不得言功？"平答说道："臣若非魏无知，怎得进事陛下？"高祖嘉叹道："汝可谓不忘本了！"乃传见无知，特赐千金，且令平仍然受封。平与无知一同谢恩，然后退出。良平两人，毕竟聪明。

一班有功战将，看到张良陈平，俱得封侯，心下已有些不服，暗想两人有谋无勇，也受荣封，真是万幸！但赏虽溢功，总还说得过去。独有萧何安居关中，毫无殊绩，反将他封为酂侯，食邑独多，究竟什么理由？因即约同进见，齐向高祖质问道："臣等披坚执锐，亲临战阵，多至百余战，少亦数十战，九死一生，才得邀受恩赐。今萧何并无汗马功劳，徒弄文墨，安坐论议，如何赏赐独隆，出臣等上？臣等不解，还请陛下明示！"高祖道："诸君亦知田猎否？追杀兽兔，靠着猎狗，发纵指示，靠着猎夫。诸君攻城克敌，却与猎狗相似，徒然取得几只走兽罢了。萧何能发纵指示，使猎狗逐取兽兔，这正可比得猎夫。据此看来，诸君不过功狗，萧何却是功人！况且萧何举族相随，多至数十人，试问诸君从我，能有数十人么？我所以重赏萧何，愿诸君勿疑！"诸将才不敢再言，唯心中总还未惬。后来排置列侯位次，高祖又欲举何为首，诸将慌忙进言道："平阳侯曹参，攻城略地，功劳最多，宜就首位。"高祖不觉沉吟，正想设词谕答，凑巧有一谒者官名。鄂千秋，出班发议道："平阳侯曹参，虽有攻城略地的功劳，究不过是一时的战绩，回忆主上与楚相争，先后共历五年，丧师失众，屡致败北，亏得萧何居守关中，遣兵补缺，输粮济困，才得转危为安，这乃是功传万世，比众不同。臣意以为少百曹参，汉尚无患，失一萧何，汉必无成，奈何欲将一时战绩，掩盖万世丰功！今当以萧何为第一，次属曹参。”高祖喜顾左右道：“如鄂君言，才算公平。因即命萧何列第一位，特赐他剑履上殿，入朝不趋。一面又褒奖千秋，谓进贤应受上赏，加封千秋为安平侯。”迎合上意，究竟取巧。诸将拗不过高祖，纷纷趋退。高祖返入内殿，又想起从前时事，由泗上赴咸阳，别人各送钱三百，唯萧何送钱五百，赆仪独厚，现在我为天子，应该特别酬报，遂又加赏何食邑二千户，并封何父母兄弟十余人。二百钱得换食邑二千户，真好一种大交易。

诸将虽不免私议，但究竟与何无仇，倒也含忍过去。唯韩信曾做过大帅，所有许多战将，统皆隶属麾下，不意世事变迁，升降无定，前时部将，多得封侯，自己亦不过一个侯爵，反要与他称兄道弟，真正冤苦得很。一日闷坐无聊，乃乘着轻车，出外消遣。一路行来，经过舞阳侯樊哙宅门，本意是不愿进去，偏被樊哙闻知，连忙出来迎接，执礼甚恭，仍如前时在军时候，向信跪拜，自称臣仆。且语信道：“大王乃肯下临臣家，真是荣幸极了！”韩信至此，自觉难以为情，不得不下车答礼，入门小坐，略谈片刻，便即辞出。哙恭送出门，俟信登车，方才返入。信不禁失笑道：“我乃与哙等为伍么？”说着，匆匆还邸。嗣是更深居简出，免得撞见众将，多惹愁烦。何不挂冠归休？这且慢表。

且说高祖既封赏功臣，复记起田肯计议，要将子弟分封出去，镇抚四方。将军刘贾，系是高祖从兄，随战有功，应该首先加封。次兄仲与少弟交，更是同父所生，亦应畀他封土，列为屏藩。乃分楚地为二国，划淮为界，淮东号为荆地，就封贾为荆王；淮西仍楚旧称，便封交为楚王。代地自陈余受戮，久无王封，因将仲封为代王。齐有七十三县，比荆楚代地方阔大，特将庶长子肥，封为齐王，即用曹参为齐相，佐肥同去。分明是存着私见。于是同姓诸王，共得四国。唯从子信不得分封，留居栎阳。后来太公说及，还疑是高祖失记，高祖愤然说道：“儿并非忘怀，只因信母度量狭小，不愿分羹，儿所以尚有余恨呢。”事见第一一回。阿嫂原是器小，阿叔亦非真大度。太公默然无言。高祖见父意未惬，乃封信为羹颉侯。号为羹颉，始终不肯释嫌。看官试想，高祖对着侄儿，还是这般计较，不肯遽封。他如从征诸将，岂止二三十人，前此萧何等得了侯封，无非因他亲旧关系，多年莫逆，所以特加封赏。此外未曾邀封，尚不胜数。大众多半向隅，免不得互生嗟怨，隐有违言。

一日高祖在洛阳南宫，徘徊瞻顾，偶从复道上望将出去，见有一簇人聚集水滨，沿着沙滩，接连坐着，身上统是武官打扮，交头接耳，不知商量何事。一时无从索解，只好再去宣召张良，代为解决。待至张良到来，便与良述及情形。良毫不筹思，随口答道："这乃是相聚谋反呢！"一鸣惊人。高祖愕然道："为何谋反？"良解说道："陛下起自布衣，与诸将共取天下，今所封皆故人亲爱，所诛皆平生私怨，怎得不令人疑畏呢！疑畏一生，必多顾虑，恐今日未得受封，他日反致受戮，彼此患得患失，所以急不暇择，相聚谋反了。"高祖大惊道："事且奈何？"良半晌才道："陛下平日，对着诸将，何人最为憎嫌？"高祖道："我所最恨的就是雍齿。我起兵时，曾叫他留守丰邑，他无故降魏，由魏走赵，由赵降张耳。张耳遣令助我攻楚，我因天下未平，转战需人，不得已将他收录。及楚为我灭，又不便无故加诛，只得勉强容忍，想来实是可恨呢！"雍齿数年行迹，正好借口叙过。良急说道："速封此人为侯，方可无虞。"高祖唯良是从，就使不愿封他，也只好权从办理。越宿在南宫置酒，宴会群臣，面加奖励。及宴毕散席，竟传出诏命，封雍齿为什邡侯。雍齿更喜出望外，疾趋入谢，就是未得封侯的将吏，亦皆喜跃道："雍齿且得封侯，我辈还有何虑呢？"不出张良所料。嗣是相安无事，不复生心。高祖闻着，自然喜慰。

转眼间已是夏令，高祖居洛多日，忆念家眷，因启跸回至栎阳，省视太公。太公是个乡间出身，见了高祖，无非依着家常情事。高祖守着子道，每朝乃父，必再拜问安，且酌定五日一朝，未尝失约，总算是孝思维则的意思。独有一侍从太公的家令，见高祖即位已久，如何太公尚无尊号，急切又不便明言，乃想出一法，进向太公说道："皇帝虽是太公的儿子，究竟是个人主；太公虽是皇帝的父亲，究竟是个人臣，奈何令人主拜人臣呢！"太公闻所未闻，乃惊问家令，须用何种礼仪，家令教他拥篲迎门，才算合礼。太公便即记着，待至高祖入朝，急忙持帚出迎，且前且却。高祖大为诧异，慌忙下车，扶住太公。太公道："皇帝乃是人主，天下共仰，为何为我一人，自乱天下法度呢。"高祖猛然省悟，心知有失，因将太公扶入，婉言盘问。

太公朴实诚悫，就把家令所言，详述一遍。高祖也不多说，辞别回宫，即命左右取出黄金五百斤，叫他赏给太公家令。一面使词臣拟诏，尊太公为太上皇，订定私朝礼仪。于是太公得坐享尊荣，不必拥篲迎门了。高祖称帝逾年，尊母忘父，全是不学无术，何张良等亦未闻入请？可见良等不过霸佐，未足称为帝佐。

但太公生平，喜朴不喜华，爱动不爱静，从前乡里逍遥，无拘无束，倒还清闲自在，偏做了太上皇，受了许多束缚，反比不得居乡时候，可以随便游行，因此常提及故乡，有意东归。乡村风味原比皇都为胜，可惜俗子凡夫，未能解此！高祖略有所闻，且见太公多虑少乐，也已瞧透三分，乃使巧匠吴宽，驰往丰邑，把故乡的田园屋宇，绘成图样，携入洛阳，就择栎阳附近的骊邑地方，照样建筑。竹篱茅舍，容易告成。复由丰邑召入许多父老，及妇孺若干人，散居是地，乃请太上皇暇时往游，与父老等列坐谈心，不拘礼节，太上皇才得言笑自如，易愁为乐。这也未始非曲体亲心，才有此举呢。不没孝思。高祖又名骊邑为新丰，垂为纪念。事且慢表。

且说高祖既安顿了太上皇，复想到一班功臣，举止粗豪，全然没有礼法，起初是嫉秦苛禁，改从简易，不料删繁就简，反生许多弊端，有功诸将，任意行动，往往入宫宴会，喧语一堂，此夸彼竞，张大己功，甚至醉后起舞，大呼大叫，拔剑击柱，闹得不成样子。似此野蛮举动，若再不加禁止，朝廷将变作吵闹场，如何是好！可巧有个薛人叔孙通，是秦朝博士出身，辗转归汉，仍为博士，号稷嗣君。平时素务揣摩，能伺人主喜怒，遂乘间入见道："儒生难与进取，可与守成，现在天下已定，朝仪不可不肃，臣愿往鲁征集儒生，及臣所有的弟子，并至都中，讲习朝仪。"高祖道："朝仪要改定，但恐礼繁难行。"叔孙通道："臣闻五帝不同乐，三王不同礼，务在因时制宜，方可合用。今请略采古礼，与前秦仪制，折中酌定，想不致繁缛难行了。"高祖道："汝且去试办，总教容易举行，便好定夺。"

通受命而出，当即启行至鲁，招集了二三十个儒生，嘱使随行入都，共定朝仪。各儒生乐得攀援，情愿相随，独有两生不肯同行，且当面嘲笑道："公前事秦，继事楚，后复事汉，历事数主，想都是曲意奉承，才得这般宠贵。今天下粗定，死未尽葬，伤未尽复，乃欲遽兴礼乐，谈何容易！古来圣帝明王，必先积德百年，然后礼乐可兴，公不过借此献谀罢了。我两人岂肯学公，请公速行，毋得污我！"可谓庸中佼佼。叔孙通被他一嘲，强颜为笑道："汝两人不知世务，真是鄙儒。"乃随他自便，但与愿行诸儒生，返回原路。又从薛地招呼弟子百余人，同至栎阳，先将朝仪大略，公同商定，逐条开明。嗣且实地练习，往就郊外旷地，拣一宽敞场所，与众演礼。唯因朝仪本旨，是在朝上举行，理应由侍臣到场，亲自学习，方免错误，乃奏闻高祖，请拨选左右文吏若干名，至演礼场观习仪文。高祖当然依言，即派文吏数十人，随通前去。大众到了郊外，已有人在场铺设，竖着许多竹竿，当做位置的标准，又用绵线搓成绳索，横缚竹竿上面，就彼接此，分划地位，再把剪下的茅草，捆缚成束，一束一束的植立起来，或在上面，或在下面，作为尊卑高下的次序。这个名目，可叫做绵蕞习仪。布置已定，然后使侍臣儒生弟子等，权充文武百官，及卫士禁兵，依着草定的仪注，逐条演习，应趋即趋，应立即立，应进即进，应退即退，周旋有序，动作有规，好容易习了月余，方觉演熟。当由叔孙通入朝，请高祖亲出一观，高祖便即往视，但见诸人演习的礼仪，无非是尊君抑臣，上宽下严。两语括尽。便欣然语通道："我能为此，尽可照行。"语罢回宫，又颁诏群臣，令各赴演礼场观礼，准于次年岁首举行。

未几已秋尽冬来，例当改岁，仍沿秦制。巧值萧何驰奏到来，报称长乐宫告成。长乐宫就是秦朝的兴乐宫，萧何监工修筑，已经告竣。高祖正好凑便，遂至长乐宫过年。未几为汉朝七年元旦，各国诸侯王与大小文武百官，均诣新宫朝贺。天色微明，便有谒者官名见前。待着，见了诸侯群臣，当即依次引入，序立东西两阶。殿中早陈列仪仗，非常森严。卫官张旗，郎中执戟，左右分站，夹陛对楹。大行官名。肃立殿旁，计有九人，职司传命，迎送宾客。待至高祖乘辇出来，卫官郎中，交声传警，纠饬百官。高祖徐徐下辇，南面升坐，方由大行传呼出来，令诸侯王丞相列侯以下，逐班进见。诸侯王丞相列侯等，趋跄入殿，一一拜贺。高祖不过略略欠身，便算答礼，大行复传语平身，大众才敢起身趋退，仍归位次站立。于是分排筵宴，称为法酒。高祖就案宴饮，余人分席侍宴，旁立御史数人，注意监察，众皆屈身俯首，莫敢失仪，并且不敢擅饮，须按着尊卑次第，捧觞上寿，然后方得各饮数卮。酒至九巡，谒者便进请罢席，偶有因醉忘情，略略欠伸，便被御史引去，不准再坐，因此盈廷肃静，与前时宴会状态，大不相同。及大众谢宴散归，高祖亦退入内廷，不由的大喜道："我今日方知皇帝的尊贵了！"

正是：

拔剑酣歌成往事，肃班就序睹新仪。

高祖既大喜过望，当然要重赏叔孙通。欲知通得何赏赐，且待下回再详。

功人功狗之喻，不为无见，但必譬诸将为狗马，亦未免拟于不伦。子舆氏谓君之视臣如犬马，则臣视君如国人，高祖未能知比，徒以犬马视功臣，无惑乎沙中偶语，臣下不安，反侧者且四起也。况封同姓而忌异姓，全出私情，尊生母而忘生父，几亏子道，绳以修齐治平之大法，有愧多矣，何足与语王者之礼乐乎？叔孙通揣摩求合，欲起朝仪，徒以绵蕞从事，贻讥后世；而高祖反喜出望外，叹为皇帝之贵，及今始知。夸外观而失真意，乌足制治？此鲁两生之所以不肯从行，而名节独高千古也。

第三十五回　谋弑父射死单于
求脱围赂遗番后

却说叔孙通规定朝仪，适合上意，遂由高祖特别加赏，进官奉常，官名。赐金五百斤。通入朝谢恩，且乘机进言道："诸儒生及臣弟子，随臣已久，共起朝仪，愿陛下俯念微劳，各赐一官。"高祖因皆授官为郎。通受金趋出，见了诸生，便悉数分给，不入私囊。诸弟子俱喜悦道："叔孙先生，真是圣人，可谓确知世务了！"原来叔孙通前时归汉，素闻高祖不喜儒生，特改着短衣，进见高祖，果得高祖欢心，命为博士，加号稷嗣君。他有弟子百余人，也想因师求进，屡托保荐，通却一个不举，反将乡曲武夫，荐用数人，甚至盗贼亦为先容。诸弟子统皆私议道："我等从师数年，未蒙引进，却去抬举一班下流人物，真是何意？"叔孙通得闻此语，乃召语弟子道："汉王方亲冒矢石，争取天下，试问诸生能相从战斗否？我所以但举壮士，不举汝等，汝等且安心待着，他日有机可乘，自当引用，难道我真忘记么？"诸弟子才皆无语，耐心守候。待至朝仪订定，并皆为官，然后感谢师恩，方知师言不谬，互相称颂。有其师，必有其弟，都是一班热中客。这且搁过不提。

且说长城北面的匈奴国，前被秦将蒙恬逐走，远徙朔方。见前文。至秦已衰灭，海内大乱，无暇顾及塞外，匈奴复逐渐南下，乘隙窥边。他本号国王为单于王后为阏氏。音烟支。此时单于头曼，亦颇勇悍，长子名叫冒顿，音墨特。悍过乃父，得为太子。后来头曼续立阏氏，复生一男，母子均为头曼所爱。头曼欲废去冒顿，改立少子，乃使冒顿出质月氏，冒顿不得不行。月氏居匈奴西偏，有战士十余万人，国势称强。头曼阳与修和，阴欲进攻，且好使他杀死冒顿，免留后患。因此冒顿西去，随即率兵继进，往击月氏。月氏闻头曼来攻，当然动怒，便思执杀冒顿。冒顿却先已防着暗中偷得一马，黉夜逃归。头曼见了冒顿，不禁惊讶，问明底细，却也服他智勇，使为骑将，统率万人，与月氏战了一仗，未分胜负，便由头曼传令，收兵东还。

冒顿回入国中，自知乃父此行，并非欲战胜月氏，实是陷害自己，好教月氏杀毙，归立少弟。现在自己幸得逃回，若非先发制人，仍然不能免害。乃日夕踌躇，想出一条驭众的方法，先将群人收服，方可任所欲为。主意已定，遂造出一种骨箭，上面穿孔，使他发射有声，号为鸣镝，留作自用。唯传语部众道："汝等看我鸣镝所射，便当一齐射箭，不得有违，违者立斩！"部众虽未知冒顿用意，只好一齐应令。冒顿恐他阳奉阴违，常率部众射猎，鸣镝一发，万矢齐攒，稍有迟延，立毙刀下。部众统皆知畏，不敢少慢。冒顿还以为不足尽恃，竟将好马牵出，自用鸣镝射马，左右亦皆竞射，方见冒顿喜笑颜开，遍加奖励。嗣复看见爱妻，也用鸣镝射去，部众不能无疑，只因前命难违，不得不射。有几个多心人还道是冒顿病狂，未便动手，哪知被冒顿察出，竟把他一刀杀死。从此部众再不敢违，无论什么人物，但教鸣镝一响，无不接连放箭。头曼有好马一匹，放在野外，冒顿竟用鸣镝射去。大众闻声急射，箭集马身差不多与刺猬相似，冒顿大悦。复请头曼出猎，自己随着马后，又把鸣镝注射头曼，部众也即同射。可怜一位匈奴国王，无缘无故，竟死于乱箭之下！虽由头曼自取，然胡人之不知君父，可见一斑。冒顿趁势返入内帐，见了后母少弟，一刀一个，均皆劈死。且去寻杀头曼亲臣，复剁落了好几个头颅，冒顿遂自立为单于。国人都怕他强悍，无复异言。

唯东方有东胡国，向来挟众称强，闻得冒顿弑父自立，却要前来寻衅。先遣部目到了匈奴，求千里马。冒顿召问群臣，群臣齐声道："我国只有一匹千里马，乃是先王传下，怎得轻畀东胡？"冒顿摇首道："我与东胡为邻，不能为了一马，有失邻谊，何妨送给了他。"说着，即令左右牵出千里马，交与来使带去。不到数旬，又来了一个东胡使人，递上国书，说是要将冒顿的宠姬，送与东胡王为妾。冒顿看罢，传示左右，左右统发怒道："东胡国王，这般无礼，连我国的阏氏，都想要求，还当了得！请大单于杀了来使，再议进兵。"冒顿又摇首道："他既喜欢我的阏氏，我就给与了他，也是不妨。否则，重一女子，失一邻国，反要被人耻笑了！”全是骄兵之计，可惜戴了一顶绿头巾。当下把爱姬召出，也交原使带回。又过了好几月，东胡又遣使至匈奴来索两国交界的空地，冒顿仍然召问群臣。群臣或言可与，或言不可与，偏冒顿勃然起座道：“土地乃国家根本，怎得与人？”一面说，一面喝使左右，把东胡来使，及说过可与的大臣，一齐绑出，全体诛戮。待左右献上首级便披了戎服，一跃上马，宣谕全国兵士，立刻启行，往攻东胡，后出即斩。匈奴国人，原是出入无常，随地迁徙，一闻主命，立刻可出。当即浩浩荡荡，杀奔东胡。

东胡国王得了匈奴的美人良马日间驰骋，夜间偎抱，非常快乐。总道冒顿畏他势焰，不敢相侵，所以逐日淫佚，毫不设备。蓦闻冒顿带兵入境，慌得不知所措，仓猝召兵，出来迎敌。那冒顿已经深入，并且连战连败，无路可奔，竟被冒顿驱兵围住，杀毙了事。所有王庭番帐，捣毁净尽，东胡人畜，统为所掠，简直是破灭无遗了。未知匈奴阏氏是否由冒顿带归。冒顿饱载而归，威焰益张。复西逐月氏，南破楼烦白羊，乘胜席卷，把蒙恬略定的散地，悉数夺还。兵锋直达燕代两郊。

直至汉已灭楚，方议整顿边防，特使韩王信移镇太原，控御匈奴。韩王信引兵北徙，既已莅镇，又表请移都马邑，实行防边。高祖本因信有材勇，特地调遣，及接到信表，哪有不允的道理？信遂由太原转徙马邑，缮城掘堑。甫得竣工，匈奴兵已蜂拥前来，竟将马邑城围住。信登城俯视，约有一二十万胡骑，自思彼众我寡，如何抵敌？只好飞章入关，乞请援师。无如东西相距，不下千里，就使高祖立刻发兵，也不能朝发夕至。那冒顿却麾众猛扑，甚是厉害。信恐城池被陷，不得已一再遣使，至冒顿营求和。和议虽未告成，风声却已四达，汉兵正奉遣往援，行至中途，得着韩王求和消息，一时不敢遽进，忙着人报闻高祖。高祖不免起疑，亟派吏驰至马邑，责问韩王，为何不待命令，擅向匈奴求和？韩王信吃了一惊，自恐得罪被诛，索性把马邑城献与匈奴，愿为匈奴臣属。何无志气乃尔！冒顿收降韩王信，令为向导，南逾勾注山，直攻太原。

警报与雪片相似，飞入关中，高祖遂下诏亲征，冒寒出师。时为七年，冬十月中。猛将如云，谋臣如雨，马步兵共三十二万人，陆续前进。前驱行至铜鞮，适与韩王信兵相值，一场驱杀，把信赶走，信将王喜，迟走一步，做了汉将的刀头血。信奔还马邑，与部将曼邱臣王黄等，商议救急方法。两人本系赵臣，谓宜访立赵裔，笼络人心。信已无可奈何，只得听了两人的计议，往寻赵氏子孙。可巧得了一个赵利，便即拥戴起来。好好的国王不愿再为，反去拥戴他人，真是呆鸟。一面报达冒顿，且请出兵援应。冒顿在上谷闻报，便令左右贤王，引兵会信。左右贤王的称号，乃是单于以下最大的官爵，仿佛与中国亲王相似。两贤王带着铁骑万人，与信合兵，气势复盛，再向太原进攻。到了晋阳，偏又撞着汉兵，两下交战，复被汉兵杀败，仍然奔回。汉兵追至离石，得了许多牲畜，方才还军。

会值天气严寒，雨雪连宵，汉兵不惯耐冷，都冻得皮开肉裂，手缩足僵，甚至指头都堕落数枚，不胜困苦。高祖却至晋阳住下，闻得前锋屡捷，还想进兵，不过一时未敢冒险，先遣侦骑四出，往探虚实，然后再进。及得侦骑返报，统说冒顿部下，多是老弱残兵，不足深虑，如或往攻，定可得胜。高祖乃亲率大队，出发晋阳。临行时又命奉春君刘敬，再往探视，务得确音。这刘敬原姓是娄，就是前时请都关中的戍卒，高祖因他议论可采，授官郎中，赐姓刘氏，号奉春君。回应三十三回。此时奉了使命，当然前往。高祖麾兵继进，沿途遇着匈奴兵马，但教呐喊一声，便把他吓得乱窜，不敢争锋，因此一路顺风，越过了勾注山，直抵广武。却值刘敬回来复命，高祖忙问道："汝去探察匈奴情形，必有所见，想是不妨进击哩。"刘敬道："臣以为不宜轻进。"高祖作色道："为何不宜轻进？"敬答道："两国相争，理应耀武扬威，各夸兵力，乃臣往探匈奴人马，统是老弱瘦损，毫无精神，若使冒顿部下，不过如此，怎能横行北塞？臣料他从中有诈，佯示羸弱，暗伏精锐，引诱我军深入，为掩击计，愿陛下慎重进行，毋堕诡谋！"确是有识。高祖正乘胜长驱，兴致勃勃，不意敬前来拦阻，挠动军心，一经懊恼，便即开口大骂道："齐虏！敬本齐人。汝本靠着一张嘴，三寸舌，得了一个官职，今乃造言惑众，阻我军锋，敢当何罪？"说着，即令左右拿下刘敬，械系广武狱中，待至回来发落。粗莽已极。自率人马再进，骑兵居先，步兵居后，仍然畅行无阻，一往直前。

高祖急欲徼功，且命太仆夏侯婴，添驾快马，迅速趱程。骑兵还及随行，步兵追赶不上，多半剩落。好容易到了平城，蓦听得一声胡哨，尘头四起，匈奴兵控骑大至，环集如蚁。高祖急命众将对敌，战了多时，一些儿不占便宜。匈奴单于冒顿，复率大众杀到，兵马越多，气势越盛。汉兵已跑得力乏，再加一场大战，越觉疲劳，如何支撑得住，便纷纷的倒退下来。高祖见不可支，忙向东北角上的大山，引兵退入，扼住山口，迭石为堡，并力抵御。匈奴兵进扑数次，还亏兵厚壁坚，才得保守。冒顿却下令停攻，但将部众分作四支，环绕四周，把山围住。是山名为白登山，冒顿早已伏兵山谷，专待高祖到来，好教他陷入网罗。偏偏高祖中计，走入山中，冒顿乃率兵兜围，使他进退无路，内外不通，便好一网打尽，不留噍类。这正是冒顿先后安排的绝计！狡哉戎首。高祖困在山上，无法脱身，眼巴巴的望着后军，又不见到，没奈何鼓励将士，下山冲突，偏又被胡骑杀退。高祖还是痛骂步兵，说他逗留不前，哪知匈奴兵马，共有四十万众，除围住白登山外，尚有许多闲兵，分扎要路，截住汉兵援应。汉兵虽徒步驰至，眼见是胡兵遍地，如何得入？遂致高祖孤军被围，无法摆脱。高祖逐日俯视，四面八方，都是胡骑驻着，西方尽白马，东方尽青马，北方尽黑马，南方尽赤马，端的是色容并壮，威武绝伦。冒顿不读诗书，何亦知按方定色？

接连过了三五日，想不出脱围方法，并且寒气逼人，粮食复尽，又冻又饿，实在熬受不起。当时张良未曾随行，军中谋士，要算陈平最有智计。高祖与他商议数次，他亦没有救急良方，但劝高祖暂时忍苦，徐图善策。转眼间已是第六日了，高祖越觉愁烦，自思陈平多智，尚无计议，看来是要困死白登，悔不听刘敬所言，轻惹此祸！正惶急间，陈平已想了一法，密报高祖，高祖忙令照行，平即自去办理，派了一个有胆有识的使臣，赍着金珠及画图一幅，乘雾下山，投入番营。天下无难事，唯有银钱好，一路贿嘱进去，只说要独见阏氏，乞为通报。原来冒顿新得一个阏氏，很是爱宠，时常带在身旁，朝夕不离。此次驻营山下，屡与阏氏并马出入，指挥兵士，适被陈平瞧见，遂从他身上用计，使人往试。果然番营里面，阏氏的权力，不亚冒顿，平时举动，自有心腹人供役，不必尽与冒顿说明，但教阏氏差遣，便好照行，因此汉使买通番卒，得入内帐。可巧冒顿酒醉，鼾睡胡床，阏氏闻有汉使到来，不知为着何事，就悄悄的走出帐外，屏走左右，召见汉使。汉使献上金珠，只说由汉帝奉赠，并取出画图一幅，请阏氏转达单于。她原是女流，见了光闪闪的黄金，亮晃晃的珍珠，怎得不目眩心迷？一经到手，便即收下，唯展览画图，只绘着一个美人儿，面目齐整得很，便不禁起了妒意，含嗔启问道："这幅美人图，有何用处？"汉使答道："汉帝为单于所围，极愿罢兵修好，所以把金珠奉送阏氏，求阏氏代为乞请，尚恐单于不允，愿将国中第一美人，献于单于。唯美人不在军中，故先把图形呈上，今已遣快足去取美人，不日可到，就好送来，诸请阏氏转达便了。”阏氏道：“这却不必，尽可带回。”汉使道：“汉帝也舍不得这个美人，并恐献于单于，有夺阏氏恩爱，唯事出无奈，只好这样办法。若阏氏能设法解救，还有何说！当然不献入美人，情愿在阏氏前，再多送金珠呢。”阏氏道：“我知道了！烦汝返报汉帝，尽请放心。”已入彀中。说着，即将图画交还汉使。汉使称谢，受图自归。

阏氏返入内帐，坐了片刻，暗想汉帝若不出围，又要来献美人，事不宜迟，应从速进言为是。当下起身近榻，巧值冒顿翻身醒来，阏氏遂进说道：“单于睡得真熟，现在军中得了消息，说是汉朝尽起大兵，前来救主，明日便要到来了。”冒顿道：“有这等事么？”阏氏道：“两主不应相困，今汉帝被困此山，汉人怎肯甘休？自然拼命来救。就使单于能杀败汉人，取得汉地，也恐水土不服，未能久居；倘或有失，便不得共享安乐了。”说到此句，就呜咽不能成声。是妇女惯技，但亦由作者体会出来。冒顿道：“据汝意见，应该如何？”阏氏道：“汉帝被困六七日，军中并不惊扰，想是神灵相助，虽危亦安，单于何必违天行事？不如放他出围，免生战祸。”冒顿道：“汝言亦是有理，我明日相机行事便了。”于是阏氏放下愁怀，到晚与冒顿共寝，免不得再申前言，凭你如何凶悍的冒顿单于，也不得不谨依阃教了。小子有诗咏道：

狡夷残忍本无亲，床第如何溺美人！
片语密陈甘纵敌，牝鸡毕竟戒司晨。

究竟冒顿是否撤围，待至下回再表。

冒顿之谋狡矣哉！怀恨乃父，作鸣镝以令大众，射善马，射爱妻，旋即射父。忍心害理，不顾骨肉，此乃由沙漠之地，戾气所钟，故有是悖逆之臣子耳。至若计灭东胡，诱困汉祖，又若深谙兵法，为孙吴之流亚。彼固目不知书，胡为而狡谋迭出也？高祖之被困白登，失之于骄，若非陈平之多谋，几致陷没。骄兵必败，理有固然。然冒顿能出奇制胜，而卒不免为妇人女子所愚，百炼钢化作绕指柔，甚矣，妇口之可畏也！

第三十六回　宴深宫奉觞祝父寿
系诏狱拚死白王冤

却说冒顿听了妻言，已经心动，又因韩王信及赵利等亦未到来，疑他与汉通谋，乃即于次日早起，传令出去，把围兵撤开一角，纵放汉兵。高祖自接得使臣复报，一夜不睡，专在山冈上面，眼巴巴的瞧着胡马。待至天色大明，才见山下有一角隙地，平空腾出，料知冒顿已听从阏氏，此时不走，尚待何时？乃即指麾大众，立刻下山。陈平忙说道："且慢，山下虽有走路，但也不可不防，须令弓弩手夹护陛下，张弓搭箭，各用双镞，视敌进止，方可下山。"又顾语太仆夏侯婴道："宁缓毋速，速即有祸！"夏侯婴听着，遂为高祖御车，徐徐下阪。两旁由弓弩手拥护，夹行而下，到了山麓，匈奴兵虽然望见，却也未尝拦阻，汉兵亦不发一箭，慢慢儿的过去，后面汉兵已陆续出围，幸皆走脱。到了平城附近，才得与步兵会合，一齐入城。冒顿见高祖从容不迫，始终防有他谋，不复追击，收兵自去。高祖经过七日的苦楚，侥幸逃生，当然不愿再击匈奴，也即引兵南还。行经广武，亟赦刘敬出狱，向敬面谢道："我不用公言，致中虏计，险些儿不得相见！前次侦骑，不审虚实，妄言误我，我已把他尽诛了！"乃加封敬为关内侯，食邑二千户，号为建信侯。善能悔过，方不愧为英主。又加封夏侯婴食邑千户，再南行至曲逆县，见城池高峻，屋宇连绵，不由的赞叹道："壮哉此县！我遍行天下，唯有洛阳与此城，最算形胜哩。"乃召过陈平，说他解围有功，便将全县采地，悉数酬庸，且改封户牖侯为曲逆侯。总计陈平，随征有年，屡献智谋，一是捐金行反间计，二是用恶劣菜蔬进食楚使，三是夜出妇女，解荥阳围，四是潜蹑帝足，请封韩信，五是伪游云梦，六是救出白登，这便叫作六出奇计。高祖转战四方，幕中谋士，张良以外，要推陈平，此外都声望平常，想是不过如此了。话休叙烦。

且说高祖至曲逆县，略略休息，仍复启行，路过赵国，赵王张敖，出郊迎接，执礼甚恭。他与高祖谊属君臣，情兼翁婿，就是吕后所生一女，许字张敖，虽尚未曾下嫁，却已定有口约，因此敖格外殷勤，小心伺候。史中但言张敖执子婿礼，未及公主下嫁事，但观后来娄敬所言，请以长公主嫁单于，则其未嫁可知。谁知高祖瞧他不起，箕踞谩骂，发了一番老脾气，便即动身自去。为下文贯高谋叛伏笔。行到洛阳，方才住下，忽见刘仲狼狈回来，说是匈奴移兵寇代，抵敌不住，只好奔回。刘仲封代事，见三十四回。高祖发怒道："汝只配株守田园，怪不得见敌就逃，连封土都不管了。"刘仲碰了一鼻子灰，俯首退出。高祖本欲将他加罪，因念手足相关，不忍重惩，因从宽发落，降仲为合阳侯。另封少子如意为代王，如意为戚姬所出，见三十二回。得蒙高祖宠爱，故年仅八岁，便得王封，嗣恐如意年幼，未能就国，特命阳夏侯陈豨为代相，先往镇守。陈豨也领命就任去了。

唯高祖接得萧何奏报，咸阳宫阙，大致告就，请御驾亲往巡视，高祖乃由洛阳至栎阳，复由栎阳至咸阳。萧何当然接驾，导入游览。最大的叫做未央宫，周围约有二三十里，东北两方，阙门最广，殿宇规模，亦多高敞。前殿尤为壮丽。还有武库太仓，分造殿旁，也是崇闳轮奂，气象巍峨。高祖巡视未周，便勃然动怒道："天下汹汹，劳苦已甚，成败尚未可知，汝修治宫室，怎得这般奢侈哩！"何不慌不忙，正容答说道："臣正因天下未定，不得不增高宫室，借壮观瞻。试想天子以四海为家，若使规模狭隘，如何示威！且恐后世子孙，仍要改造，反多费一番工役，还不如一劳永逸，较为得宜！"说到宜字，见高祖改怒为喜，和颜与语道："汝说亦是，我又不免错怪了。"看官听说！前时修筑的长乐宫，不过踵事增华，没甚烦费，若未央宫乃是新造，由萧何煞费经营，两载始成，虽不及秦代的阿房宫，却也十得二三，不过占地较少，待役较宽，自然不至聚怨，激成民变。萧何与高祖结识多年，岂不知高祖性情，也是好夸，所以开拓宏规，务从藻饰，高祖责他过奢，实是佯嗔佯怒，欲令萧何代为解释，才免贻讥。一主一臣，心心相印，瞒不过明人炬眼，唯庸耳俗目，还道是高祖俭约哩！勘透一层。读史得间。高祖又命未央宫四围，添筑城垣，作为京邑，号称长安。当即带同文武官吏，至栎阳搬取家眷，徙入未央宫，从此皇居已定，不再迁移了。

但高祖生性好动，不乐安居，过了月余，又往洛阳。一住半年，又要改岁。至八年元月，闻得韩王信党羽，出没边疆，遂复引兵出击。到了东垣，寇已退去，乃南归过赵，至柏人县中寄宿。地方官早设行幄，供张颇盛，高祖已经趋入，忽觉得心下不安，急问左右道："此县何名？"左右答是柏人县，高祖愕然道："柏与迫声音相近，莫非要被迫不成？我不便在此留宿，快快走罢？"命不该死，故有此举。左右闻言，仍出整法驾，待着高祖上车，一拥而去。看官试阅下文，才知高祖得免毒手，幸亏有此一走呢。作者故弄狡狯，不肯遽说。

高祖还至洛阳，又复住下。光阴易过，转瞬年残，淮南王英布，梁王彭越，赵王张敖，楚王刘交，陆续至洛，朝贺正朔。高祖欲还都省亲，乃命四王扈跸同行。及抵长安，已届岁暮。未几便是九年元旦，高祖在未央宫中，奉太上皇登御前殿，自率王侯将相等人，一同谒贺。拜跪礼毕，大开筵宴，高祖陪着太上皇正座饮酒，两旁分宴群臣，按班坐下。殽核既陈，笾豆维楚，高祖即捧觞起座，为太上皇祝寿。太上皇笑容可掬，接饮一觞，王侯将相，依次起立，各向太上皇恭奉寿酒。太上皇随便取饮，约莫喝了好几杯，酒酣兴至，越觉开颜，高祖便戏说道："从前大人常说臣儿无赖，不能治产，还是仲兄尽力田园，善谋生计。今臣儿所立产业，与仲兄比较起来，究竟是谁多谁少呢？"大庭广众之间，亦不应追驳父言，史家乃传为美谈，真是怪极。太上皇无词可答，只好微微笑着。群臣连忙欢呼万岁，闹了一阵，才把戏言搁过一边，各各开怀畅饮，直至夕阳西下，太上皇返入内廷，大众始谢宴散归。

才过了一两日，连接北方警报，乃是匈奴犯边，往来不测，几乎防不胜防。高祖又添了一种忧劳，因召入关内侯刘敬，与议边防事宜。刘敬道："天下初定，士卒久劳，若再兴师远征，实非易事，看来这匈奴国不是武力所能征服哩。"高祖道："不用武力，难道可用文教么？"敬又道："冒顿单于，弑父自立，性若豺狼，怎能与谈仁义？为今日计，只有想出一条久远的计策，使他子孙臣服，方可无虞；但恐陛下未肯照行。"高祖道："果有良策，可使他子孙臣服，还有何说！汝尽可明白告我。"敬乃说道："欲要匈奴臣服，只有和亲一策，诚使陛下割爱，把嫡长公主遣嫁单于，他必慕宠怀恩，立公主为阏氏，将来公主生男，亦必立为太子，陛下又岁时问遗，赐他珍玩，谕他礼节，优游渐渍，俾他感格，今日冒顿在世，原是陛下的子婿，他日冒顿死后，外孙得为单于，更当畏服。天下岂有做了外孙，敢与外王父抗礼么？这乃是不战屈人的长策呢。还有一言，若陛下爱惜长公主，不令远嫁，或但使后宫子女，冒充公主，遣嫁出去，恐冒顿刁狡得很，一经察觉，不肯贵宠，仍然与事无益了。”刘敬岂无耳目？难道不知长公主已字赵王？且冒顿不知有父，何知妇翁，此等计策，不值一辩。高祖道：“此计甚善，我亦何惜一女呢。”想是不爱张敖，因想借端悔婚。当下返入内寝，转语吕后，欲将长公主遣嫁匈奴。吕后大惊道：“妾唯有一子一女，相依终身，奈何欲将女儿，弃诸塞外，配做番奴？况女儿已经许字赵王，陛下身为天子，难道尚可食言？妾不敢从命！”说至此处，那泪珠儿已莹莹坠下，弄得高祖说不下去，只好付诸一叹罢了。

过了一宵，吕后恐高祖变计，忙令太史择吉，把长公主嫁与张敖。好在张敖朝贺未归，趁便做了新郎，亲迎公主。高祖理屈词穷，只好听她所为。良辰一届，便即成婚，两口儿恩爱缠绵，留都数日，便进辞帝后，并辇回国去了。这位长公主的封号，叫做鲁元公主，一到赵国，当然为赵王后，不消细说。唯高祖意在和亲，不能为此中止，乃取了后宫所生的女儿，诈称长公主，使刘敬速诣匈奴，结和亲约。往返约越数旬，待敬归报，入朝见驾，说是匈奴已经允洽，但究竟是以假作真，恐防察觉，仍宜慎固边防，免为所乘。高祖道：“朕知道了。”刘敬道：“陛下定都关中，不但北近匈奴，须要严防，就是山东一带，六国后裔，及许多强族豪宗，散居故土，保不住意外生变，觊觎帝室，陛下岂真可高枕无忧吗？”高祖道：“这却如何预防！”敬答道：“臣看六国后人，唯齐地的田怀二姓，楚地的屈昭景三族，最算豪强，今可徙入关中，使他屯垦。无事时可以防胡，若东方有变，也好率领东征。就是燕赵韩魏的后裔，以及豪杰名家，俱可酌迁入关，用备驱策。这未始非强本弱末的法制，还请陛下采纳施行！”高祖又信为良策，即日颁诏出去，令齐王肥楚王交等饬徙齐楚豪族，西入关中。还有英布彭越张敖诸王，已早归国，亦奉到诏令，调查豪门贵阀，迫使挈眷入关。统共计算，不下十余万口。亏得关中经过秦乱，户口散离，还有隙地，可以安插，不致失居。但无故移民，乃是前秦敝政，为何不顾民艰，复循旧辙？当时十万余口，为令所迫，不得不扶老携幼，狼狈入关。后来居住数年，语庞人杂，遂致京畿重地，变做五方杂处。豪徒侠客，借此混迹，渐渐的结党弄权，所以汉时三辅，号称难治。汉称京兆左冯翊右扶风，号称三辅。看官试想！这不是刘敬遗下的祸祟么？

高祖还都两月，又赴洛阳，适有赵相贯高的仇人，上书告变。高祖阅毕，立即大怒，遂亲写一道诏书，付与卫士，叫他前往赵国，速将赵王张敖，及赵相贯高赵午等人，一并拿来。这事从何而起？便由高祖过赵，谩骂赵王，激动贯高赵午两人，心下不平，竟起逆谋。他两人年过六旬，本是赵王张敖父执，使他为相，好名使气，到老不衰。自从张敖为高祖所侮，便觉得看不过去，互相私语，讥敖孱弱，且同入见敖，屏人与语道："大王出郊迎驾，备极谦恭，也算是致敬尽礼了。乃皇帝毫不答礼，任情辱骂，难道做得天子，便好如此？臣等愿为大王除去皇帝！"张敖大骇，啮指出血，指天为誓道："这事如何使得？从前先王失国，全仗皇帝威力，得复故土，传及子孙，此恩此德，世世不忘，君等奈何出此妄言！"还有良心。两人见敖不从，出语私人道："我等原是弄错了，我王生性忠厚，不忍背德，唯我等义难受辱，总要出此恶气，事成归王，不成当自去受罪罢。"何必如此。两人遂暗地设法，欲害高祖。

高祖匆匆过境，并不久留，一时无从下手，只好作罢。嗣闻高祖出次东垣，还兵过赵，遂密遣刺客数人，伺候高祖行踪，意图行刺。当时高祖行经柏人，心动即行，并未尝知有刺客，其实刺客正隐身厕壁，想要动手。偏偏高祖似有神助，不宿而去，仍致贯高等所谋不成。回应本回前文，说明事迹。及贯高怨家，讦发密谋，一道严诏，颁到赵国，赵王张敖，全然不觉，冤冤枉枉的受了罪名，束手就缚。赵午等情急拚生，统皆自刭，独贯高怒叱诸人道："我王并未谋逆，事由我等所为，今日连累我王，都教一死了事，试问我王的冤枉，何人替他申辩呢？"于是情愿受绑，随敖同行。有几个赤胆忠心的赵臣，也想随着。偏诏书中不准相从，并有罪及三族的厉禁，乃皆想出一法，自去髡钳，注释见前。假充赵王家奴，随诣洛阳，高祖也不与张敖相见，即交廷尉典狱官名。讯办。廷尉因张敖曾为国王，且是高祖女婿，当然另眼相待，留居别室。独使贯高对簿，贯高朗声道："这都是我等所为，与王无涉。"廷尉疑他袒护赵王，不肯直供，便令隶役重笞贯高。贯高咬牙忍受，绝无他言。一次讯毕，明日再讯，后日三讯，贯高唯坚执前词，为王呼冤，廷尉复喝用严刑，当由隶役取过铁针向火烧热，刺入贯高肢体，可怜贯高不堪忍受，晕过数次，甚至身无完肤，九死一生，仍然不改前言。廷尉也弄得没法，只好把高系狱，从缓定谳。可巧鲁元公主，为了丈夫被逮，急往长安，谒见母后，涕泣求援。吕后也忙至洛阳，见了高祖，力为张敖辩诬，且说他身为帝婿，不应再为逆谋。高祖尚发怒道："张敖若得据天下，难道尚少汝一个女儿。"

吕后见话不投机，未便再请，但遣人往问廷尉。廷尉据实陈明，且即将屡次审讯情形，详奏高祖。高祖也不禁失声道："好一个壮士！始终不肯改言。"口中虽这般说，心下尚不能无疑，乃遍问群臣，何人与贯高相识？中大夫泄公应声道："臣与贯高同邑，也曾相识，高素尚名义，不轻然诺，却是一个志士。"高祖道："汝既识得贯高，可即至狱中探视，问明隐情，究竟赵王是否同谋？"泄公应命，持节入狱。狱吏见了符节，始敢放入。行至竹床相近，才见贯高奄卧床上，已是遍体鳞伤，不忍逼视。可谓黑暗地狱。因轻轻的唤了数声，贯高听着，方开眼仰视道："君莫非就是泄公么？"泄公答声称是。贯高便欲起坐，可奈身子不能动弹，未免呻吟。泄公仍叫他卧着，婉言慰问，欢若平生。及说到谋逆一案，方出言探问道："汝何必硬保赵王，自受此苦？"贯高张目道："君言错了！人生世上，哪一个不爱父母，恋妻子，今我自认首谋，必致三族连坐，难道我痴呆至此？为了赵王一人，甘送三族性命？不过赵王实未同谋，如何将他扳入，我宁灭族，不愿诬王。"泄公乃依言返报，高祖才信张敖无罪，赦令出狱。且复语泄公道："贯高至死，且不肯诬及张王，却是难得，汝可再往狱中，传报张王已经释出，连他也要赦罪了。"于是泄公复至狱中，传述谕旨。贯高跃然起床道："我王果已释出么！"泄公道："主上有命，不止释放张王，还说足下忠信过人，亦当赦罪。"贯高长叹道："我所以拚着一身，忍死须臾，无非欲为张王白冤。今王已出狱，我得尽责，死亦何恨！况我为人臣，已受篡逆的恶名，还有何颜再事主上？就使主上怜我，我难道不知自愧么？"说罢，扼吭竟死。小子有诗咏道：

一身行事一身当，拼死才能释赵王。
我为古人留断语，直情使气总粗狂！

泄公见贯高自尽，施救无及，乃回去复命。欲知高祖如何措置，且至下回说明。

观汉高之言动，纯是粗豪气象，未央宫之侍宴上皇，尚欲与仲兄比赛长短，追驳父语，非所谓得意忘言欤？鲁元公主，已字张敖，乃欲转嫁匈奴，其谬尤甚。帝王驭夷，叛则讨之，服则舍之，从未闻有与结婚姻者，刘敬之议，不值一辩，况鲁元之先已字人乎？本回叙鲁元公主事，先字后嫁，最近人情。否则鲁元已为赵王后，夺人妻以嫁匈奴，就使高祖刘敬，愚鲁寡识，亦不至此。彼贯高等之谋弑高祖，亦由高祖之谩骂而来。谋泄被逮，宁灭族而不忍诬王，高之小信，似属可取。然弑主何事，而敢行乎？高祖之欲赦贯高，总不脱一粗豪之习。史称其豁达大度，大度者果若是乎？

第三十七回　议废立周昌争储　讨乱贼陈豨败走

却说高祖闻贯高自尽，甚是叹惜。又闻有几个赵王家奴，一同随来，也是不怕死的好汉，当即一体召见，共计有十余人，统是气宇轩昂，不同凡俗。就中有田叔孟舒，应对敏捷，说起赵王冤情，真是慷慨淋漓，声随泪下。廷臣或从旁诘难，都被他据理申辩，驳得反舌无声。高祖瞧他词辩滔滔，料非庸士，遂尽拜为郡守，及诸侯王中的国相。田叔孟舒等谢恩而去。高祖乃与吕后同返长安，连张敖亦令随行。既至都中，降封敖为宣平侯，移封代王如意为赵王，即将代地并入赵国，使代相陈豨守代，另任御史大夫周昌为赵相。如意封代王，陈豨为代相，均见前回。周昌系沛县人，就是前御史大夫周苛从弟。苛殉难荥阳，见前文。高祖令昌继领兄职，加封汾阴侯。见三十四回。昌素病口吃，不善措词，唯性独强直，遇事敢言，就使一时不能尽说，挣得头面通红，也必要徐申己意，不肯含糊，所以萧曹等均目为诤臣，就是高祖也称为正直，怕他三分。

一日，昌有事入陈，趋至内殿，即闻有男女嬉笑声，凝神一瞧，遥见高祖上坐，怀中揽着一位美人儿，调情取乐，那美人儿就是专宠后宫的戚姬，昌连忙掉转了头，向外返走。不意已被高祖窥见，撇了戚姬，赶出殿门，高呼周昌。昌不便再行，重复转身跪谒，高祖趁势展开两足，骑住昌项，成何体统？且俯首问昌道："汝既来复去，想是不愿与朕讲话，究竟看朕为何等君主呢？"昌仰面睁看高祖，把嘴唇乱动片刻，激出了一句话说道："陛下好似桀纣哩！”应有此说。高祖听了，不觉大笑，就将足移下，放他起来。昌乃将他事奏毕，扬长自去。

唯高祖溺爱戚姬，已成癖性，虽然敬惮周昌，哪里能把床笫爱情，移减下去？况且戚姬貌赛西施，技同弄玉，能弹能唱，能歌能舞，又兼知书识字，信口成腔，当时有“出塞”“入塞”“望妇”等曲，一经戚姬度入娇喉，抑扬宛转，真个销魂，叫高祖如何不爱？如何不宠？高祖常出居洛阳，必令戚姬相随。入宫见嫉，掩袖工啼，本是妇女习态，不足为怪。因高祖素性渔色，那得不堕入迷团！古今若干英雄，多不能打破此关。戚姬既得专宠，便怀着夺嫡的思想，日夜在高祖前颦眉泪眼，求立子如意为太子。高祖不免心动，且因太子盈秉性柔弱，不若如意聪明，与己相类，索性趁早废立，既可安慰爱姬，复可保全国祚。只吕后随时防着，但恐太子被废，几视戚姬母子，似眼中钉。无如色衰爱弛，势隔情疏，戚姬时常伴驾，吕后与太子盈每岁留居长安，咫尺天涯，总不敌戚姬的亲媚，所以储君位置，暗致动摇。会值如意改封，年已十龄，高祖欲令他就国，惊得戚姬神色仓皇，慌忙向高祖跪下，未语先泣，扑簌簌的泪珠儿，不知堕落几许！高祖已窥透芳心，便婉语戚姬道：“汝莫非为了如意么？我本思立为太子，只是废长立幼，终觉名义未顺，只好从长计议罢！”哪知戚姬听了此言，索性号哭失声，宛转娇啼，不胜悲楚。高祖又怜又悯，不由的脱口道：“算了罢！我就立如意为太子便了。”

翌日临朝，召集群臣，提出废立太子的问题，群巨统皆惊骇，黑压压的跪在一地，同声力争，无非说是立嫡以长，古今通例，且东宫册立有年，并无过失，如何无端废立，请陛下慎重云云。高祖不肯遽从，顾令词臣草诏，蓦听得一声大呼道：“不可！不……不可！”高祖瞧着，乃是口吃的周昌，便问道：“汝只说不可两字，究竟是何道理？”昌越加情急，越觉说不出口，面上忽青忽紫，好一歇才挣出数语道：“臣口不能言，但期期知不可行。陛下欲废太子，臣期期不奉诏。”高祖看昌如此情形，忍不住大笑起来，就是满朝大臣，听他说出两个期期，也为暗笑不置。究竟期期二字是什么解，楚人谓极为綦，昌又口吃，读綦如期，并连说期期，倒反引起高祖欢肠，笑了数声，退朝罢议。群臣都起身退归，昌亦趋出，殿外遇着宫监，说是奉皇后命，延入东厢，昌不得不随他同去。既至东厢门内，见吕后已经立候，正要上前行礼，不料吕后突然跪下，急得昌脚忙手乱，慌忙屈膝俯伏，但听吕后娇声道："周君请起，我感君保全太子，所以敬谢。"未免过礼，即此可见妇人心性。昌答道："为公不为私，怎敢当此大礼？"吕后道："今日若非君力争，太子恐已被废了。"说毕乃起，昌亦起辞，随即自去。看官阅此：应知吕后日日关心，早在殿厢伺着，窃听朝廷会议，因闻周昌力争，才得罢议，不由的感激非常，虽至五体投地，也是甘心了。

唯高祖退朝以后，戚姬大失所望，免不得又来絮聒。高祖道："朝臣无一赞成，就使改立，如意也不能安，我劝汝从长计议，便是为此。"戚姬泣语道："妾并非定欲废长立幼，但妾母子的性命，悬诸皇后手中，总望陛下曲为保全！"高祖道："我自当慢慢设法，决不使汝母子吃亏。"戚姬无奈，只好收泪，耐心待着，高祖沉吟了好几日，未得良谋，每当愁闷无聊，唯与戚姬相对悲歌，唏嘘欲绝。家事难于国事。

掌玺御史赵尧，年少多智，揣知高祖隐情，乘间入问道："陛下每日不乐，想是因赵王年少，戚夫人与皇后有隙，恐万岁千秋以后，赵王将不能自全么？"高祖道："我正虑此事，苦无良法。"赵尧道："陛下何不为赵王择一良相，但教为皇后太子及内外群臣素来所敬畏的大员，简放出去，保护赵王，就可无虞。"高祖道："我亦尝作是想，唯群臣中何人胜任。"尧又道："无过御史大夫周昌。"高祖极口称善。便召周昌入见，令为赵相，且与语道："此总当劳公一行。"昌泫然流涕道："臣自陛下起兵，便即相从，奈何中道弃臣，乃使臣出为赵相呢？"明知赵相难为，故有此设词。高祖道："我亦知令君相赵，迹类左迁，当时尊右卑左，故谓贬秩为左迁。但私忧赵王，除公无可为相，只好屈公一行，愿公勿辞？"昌不得已受了此命，遂奉赵王如意，陛辞出都。如意与戚姬话别，戚姬又洒了许多珠泪，不消细说。屡次下泪，总是不祥之兆。唯御史大夫一缺，尚未另授，所遗印绶，经高祖摩弄多时，自言自语道："这印绶当属何人？"已而旁顾左右，正值赵尧侍侧，乃熟视良久。又自言自语道："看来是莫若赵尧为御史大夫。"尧本为掌玺御史，应属御史大夫管辖。赵人方与公，尝语御史大夫周昌道："赵尧虽尚少年，乃是奇士，君当另眼相看，他日必代君位。"昌冷笑道："尧不过一刀笔吏，何能至此！"及昌赴赵国，尧竟继昌后任。昌得知消息，才佩服方与公的先见，这也不在话下。

且说汉高祖十年七月，太上皇病逝，安葬栎阳北原。栎阳与新丰毗连，太上皇乐居新丰，视若故乡。见三十四回。故高祖徙都长安，太上皇不过偶然一至，未闻久留。就是得病时候，尚在新丰，高祖闻信往视，才得将他移入栎阳宫，未几病剧去世，就在栎阳宫治丧。皇考升遐，当然有一番热闹，王侯将相，都来会葬，独代相陈豨不至。及奉棺告窆，特就陵寝旁建置一城，取名万年，设吏监守。高祖养亲的典礼，从此告终。此事原不能略去。

葬事才毕，赵相周昌，乘便进谒，说有机密事求见。高祖不知何因，忙即召入。昌行过了礼，屏人启奏道："代相陈豨，私交宾客，拥有强兵，臣恐他暗中谋变，故特据实奏闻。"高祖愕然道："陈豨不来会葬，果想谋反么？汝速回赵坚守，我当差人密查；若果有此事，我即引兵亲征，谅豨也无能为呢！"周昌领命去讫，高祖即遣人赴代，实行查办。豨本宛朐人氏，前从高祖入关，累著战功，得封阳夏侯，授为代相。代地北近匈奴，高祖令他往镇，原是格外倚任的意思。豨与淮阴侯韩信友善，且前日也随信出征，联为至交。当受命赴代时，曾至韩信处辞行，信挈住豨手，引入内廷，屏去左右，独与豨步立庭中，仰天叹息道："我与君交好有年，今有一言相告，未知君愿闻否？"豨答道："唯将军命。"信复道："君奉命往代，代地士马强壮，天下精兵，统皆聚集，君又为主上信臣，因地乘势，正好图谋大事。若有人报君谋反，主上亦未必遽信，及再至三至，方激动主上怒意，必且亲自为将，督兵北讨，我为君从中起事，内应外合，取天下也不难了。"豨素重信才，当即面允道："谨受尊教。"信又嘱托数语，方才相别。豨到了代地，阴结爪牙，预备起事。他平时本追慕魏信陵君，即魏公子无忌。好养食客，此次复受韩信嘱托，格外广交，无论豪商巨猾，统皆罗致门下。尝因假归过赵，随客甚多，邯郸旅舍，都被占满。周昌闻豨过境，前去拜会，见他人多势旺，自然动疑。及豨假满赴镇，从骑越多，豨且意气自豪，越觉得野心勃勃，不可复制。昌又与晤谈片刻，待豨出境，正想上书告密，适值上皇驾崩，西行会葬，见陈豨未尝到来，当即谒见高祖，说明豨有谋变等情。嗣由高祖派员赴代，查得陈豨门客，诸多不法，豨亦未免同谋，乃即驰还报闻。高祖尚不欲发兵，但召豨入朝，豨仍不至，潜谋作乱。韩王信时居近塞，侦悉陈豨抗命情形，遂遣部将王黄、曼邱臣，入诱陈豨，豨乐得与他联结，举兵叛汉，自称代王，胁迫赵代各城守吏，使为己属。

高祖闻报，忙率将士出发，星夜前进，直抵邯郸。周昌出城迎入，由高祖升堂坐定，向昌问道："陈豨兵有无来过？"昌答言未来，高祖欣然道：

“豨不知南据邯郸，但恃漳水为阻，不敢遽出，我本知他无能为，今果验了。”昌复奏道：“常山郡共二十五城，今已有二十城失去，应把该郡守尉，拿来治罪。”高祖道：“守尉亦皆造反否？”昌答称尚未。高祖道：“既尚未反，如何将他治罪？他不过因兵力未足，致失去二十城。若不问情由，概加罪责，是迫使造反了。”随即颁出赦文，悉置不问，就是赵代吏民，一时被迫，亦准他自拔来归，不咎既往。这也是应有之事。复命周昌选择赵地壮士，充做前驱将弁。昌挑得四人，带同入见，高祖忽谩骂道：“竖子怎配为将哩！”四人皆惶恐伏地，高祖却又令他起来，各封千户，使为前锋军将。全是权术驭人。左右不解高祖命意，待四人辞退，便进谏道：“从前一班开国功臣，经过许多险难，尚未尽得封赏，今此四人并无功绩，为何就沐恩加封？”高祖道：“这非汝等所能知，今日陈豨造反，赵代各地，多半被豨夺去，我已传檄四方，征集兵马，乃至今还没有到来。现在单靠着邯郸兵士，我岂可惜此四千户，反使赵地子弟，无从慰望呢！”左右乃皆拜服。高祖又探得陈豨部属，多系商人，即顾语左右道：“豨属不难招致，我已想得良法了。”于是取得多金，令干吏携金四出，收买豨将，一面悬赏千金，购拿王黄曼邱臣二人。二人一时未获，豨将却陆续来降。高祖便在邯郸城内，过了残年。至十一年元月，诸路兵马，奉檄援赵，会讨陈豨。豨正遣部将张春，渡河攻聊城，王黄屯曲逆，侯敞带领游兵，往来接应，自与曼邱臣驻扎襄国。还有韩王信，亦进居参合，赵利入守东垣，总道是内外有备，可以久持。那高祖亦分兵数道，前去攻击，聊城一路，付与将军郭蒙，及丞相曹参；曲逆一路，付与灌婴；襄国一路，付与樊哙；参合一路，付与柴武；自率郦商夏侯婴等，往攻东垣。另派绛侯周勃，从太原进袭代郡。代郡因陈豨他出，空虚无备，被周勃一鼓入城，立即荡平。复乘胜进攻马邑，马邑固守不下，由勃猛扑数次，击毙守兵多人，方才还军。已而郭蒙会合齐兵，亦击败张春，樊哙又略定清河常山等县，击破陈豨及曼邱臣，灌婴且阵斩张敞，击走王黄，数路兵均皆得胜。唯高祖自击东垣，却围攻了两三旬，迭次招降，反被守城兵士，罗罗苏苏，叫骂不休。顿时恼动高祖，亲冒矢石，督兵猛攻，城中尚拼死守住，直至粮尽势穷，方才出降。高祖驰入城中，命将前时叫骂的士卒，悉数处斩，唯不骂的始得免死。赵利已经窜去，追寻无着，也即罢休。

是时四路胜兵，依次会集，已将代地平定，王黄，曼邱臣，被部下活捉来献，先后受诛。陈豨一败涂地，逃往匈奴去了。独汉将柴武，出兵参合，未得捷报。高祖不免担忧，正想派兵策应，可巧露布驰来。乃是参合已破，连韩王信都授首了。事有先后，故叙笔独迟。原来柴武进攻参合，先遣人致书韩王信，劝他悔过归汉，信报武书，略言仆亦思归，好似痿人不忘起，盲人不忘视，但势已至此，归徒受诛，只好舍生一决罢。柴武见信不肯从，乃引兵进击，与韩王信交战数次，多得胜仗。信败入城中，坚守不出。武佯为退兵，暗地伏着，俟韩王信出来追赶，突然跃出，把信劈落马下，信众皆降，武方露布告捷。

高祖当然喜慰，乃留周勃防御陈豨，自引诸军西归。途次想到赵代二地，不便强合，还是照旧分封，才有专责。乃至洛阳下诏，仍分代赵为二国，且从子弟中择立代王。诸侯王及将相等三十八人，统说皇中子恒，贤智温良，可以王代，高祖遂封恒为代王，使都晋阳。这代王恒就是薄姬所生，薄姬见幸高祖，一索得男。见前文。后来高祖专宠戚姬，几把薄姬置诸不睬，薄姬却毫无怨言，但将恒抚养成人，幸得受封代地。恒辞行就国，索性将母妃也一同接去。高祖原看薄姬如路人，随他母子偕行，薄姬反得跳出祸门，安享富贵去了。小子有诗咏道：

其道生离不足欢，北行母子尚团圞；
试看人彘贻奇祸，得宠何如失宠安！

高祖既将代王恒母子，遣发出去，忽接着吕后密报，说是诛死韩信，并夷三族。惹得高祖又喜又惊。毕竟韩信何故诛夷，且至下回再详。

周昌固争废立，力持正道，不可谓非汉之良臣。或谓太子不废，吕后乃得擅权，几至以吕代刘，是昌之一争，反足贻祸，此说实似是而非。吕氏之得擅权于日后，实自高祖之听杀韩彭，乃至酿成隐患，于太子之废立与否，尚无与也。唯高祖既欲保全赵王，不若使与戚姬同行。戚姬既去，则免为吕后之眼中钉，而怨亦渐消。试观代王母子之偕出，并无他虞，可以知矣。乃不忍远离宠妾，独使周昌相赵，昌虽强项，其如吕后何哉！若夫陈豨之谋反，启于韩信，而卒致无成，例以“春秋”大义，则豨实有不忠之罪，正不得徒咎淮阴也，豨若效忠，岂淮阴一言所能转移乎？纲目不书信反，而独书豨反，有以夫！

第三十八回　悍吕后毒计戮功臣
智陆生善言招蛮酋

却说韩信自降封以后，怏怏失望，前与陈豨话别，阴有约言。及豨谋反，高祖引兵亲征，信托故不从，高祖也不令随行。原来高祖得灭项王，大功告成，不欲再用韩信，信还想夸功争胜，不甘退居人后，因此君臣猜忌，越积越深。一日信入朝见驾，高祖与论诸将才具，信品评高下，均未满意。高祖道："如我可领多少兵马？"信答道："陛下不过能领十万人。"高祖道："君自问能领若干？"信遽答道："多多益善。"高祖笑道："君既多多益善，如何为我所擒？"信半晌才道："陛下不善统兵，却善驭将，信所以为陛下所擒。且陛下所为，均由天授，不是单靠人力呢。"高祖又付诸一笑。待信退朝，尚注目多时，方才入内。看官可知高祖意中，是更添一层疑忌了。及出师征豨，所有都中政事，内委吕后，外委萧何，因得放心前去。

吕后正想乘隙揽权，做些惊天动地的事业，使人畏服。三语见血。适有韩信舍人栾说，遣弟上书，报称信与陈豨通谋，前次已有密约，此次拟遥应陈豨，乘着夜间不备，破狱释囚，进袭皇太子云云。吕后得书，当然惶急，便召入萧何，商定秘谋。特遣一心腹吏役，假扮军人，悄悄的绕出北方，复入长安，只说由高祖遣来，传递捷音，已将陈豨破灭云云。朝臣不知有诈，便即联翩入贺，只韩信仍然称病，杜门不出。萧何借着问病的名目，亲来探信，信不便拒绝，没奈何出室相迎。何握手与语道："君不过偶然违和，当无他虑，现在主上遣报捷书，君宜入宫道贺，借释众疑。奈何杜门不出呢？"信听了何言，不得已随何入宫。谁知宫门里面，已早伏匿武士，俟信入门，就一齐拥出，把信拿下。信急欲呼何相救，何早已避开，唯吕后含着怒脸，坐在长乐殿中，一见信至，便娇声喝道："汝何故与陈豨通谋，敢作内应？"信答辩道："此话从何而来？"吕后道："现奉主上诏命，陈豨就擒，供称由汝主使，所以造反，且汝舍人亦有书告发，汝谋反属实，尚有何言？"信还想申辩，偏吕后不容再说，竟令武士将信推出，即就殿旁钟室中，处置死刑。信仰天长叹道："我不用蒯彻言，反为儿女子所诈，岂非天命？"说至此，刀已近颈，砉然一声，头已坠地。

看官阅过前文，应知萧何追信回来，登坛拜将，何等重用。就是垓下一战，若非信足智多谋，围困项王，高祖亦未必骤得天下，乃十大功劳，一笔勾消，前时力荐的萧丞相，反且向吕后进策，诱信入宫，把他处决，岂不可叹？后人为信悲吟云：成也萧何，败也萧何，原是一句公论。尤可痛的是韩信被杀，倒也罢了，信族何罪，也要夷灭，甚至父族母族妻族，一古脑儿杀尽，冤乎不冤，惨乎不惨！世间最毒妇人心，即此已见吕后之泼悍。

高祖接得此报，惊喜交并，当即至长安一行，夫妻相见，并不责后擅杀，只问韩信死时，有无他语。其欲信之死也，久矣。吕后谓信无别言，但自悔不用蒯彻计议。高祖惊愕道："彻系齐人，素有辩才，不应使他漏网，再哄他人。"乃即使人赴齐，传语曹参，速将蒯彻拿来。参怎敢违慢，严饬郡吏，四处兜拿，任他蒯彻如何佯狂，也无从逃脱，被吏役拿解进京，由高祖亲自鞫问，怒目诘责道："汝敢教淮阴侯造反么？"彻直答道："臣原叫他独立，可惜竖子不听我言，遂至族诛，若竖子肯用臣计，陛下怎得杀他？"高祖大怒，喝令左右烹彻。彻呼天鸣冤，高祖道："汝教韩信造反，罪过韩信，理应受烹，还有何冤？"彻朗声说道："秦失其鹿，天下共逐，高材疾足，方能先得。此时有什么君臣名义，箝制人心。臣闻跖犬可使吠尧，尧岂不仁？犬但知为主，非主即吠。臣当时亦唯知韩信，不知陛下，就是今日海内粗平，亦未尝无暗地怀谋，欲为陛下所为。试问陛下能一一尽烹否？人不尽烹，独烹一臣，臣所以要呼冤了！"佯狂不能免祸，还是用彼三寸舌。蒯彻佯狂见前文。高祖闻言，不禁微笑道："汝总算能言善辩，朕便赦汝罢！"遂令左右将彻释缚，彻再拜而出，仍回到齐国去了。究竟是能说的好处。

且说梁王彭越，佐汉灭楚，战功虽不及韩信，却也相差不远，截楚粮道，烧楚积聚，卒使项王食尽，蹙死垓下，这种功劳，也好算是汉将中的翘楚。自韩信被擒，降王为侯，越亦恐及祸，阴有戒心。到了陈豨造反，高祖亲征，曾派人召越，使越会师，越托病不赴，是越亦大失着。惹动高祖怒意，驰诏诘责。越又觉生恐，拟自往谢罪，部将扈辄旁阻道："王前日不行，今日始往，定必成擒，不如就此举事，乘虚西进，截住汉帝归路，尚可快心。"越听了扈辄一半计策，仍然借口生病，未尝往谢。但究竟不敢造反，只是蹉跎度日。不料被梁太仆闻知，暗暗记着，当下瞧越不起，擅自行事。越欲把他治罪，他却先发制人，竟一溜烟似的往报高祖。适值高祖返洛，途中遇着，便即上书告讦，谓越已与扈辄谋反。高祖信为实事，立遣将士赍诏到梁，出其不意，把越与扈辄两人，一并拘至洛阳，便令廷尉王恬开讯办。恬开审讯以后，已知越不听辄言，无意造反，但默窥高祖微旨，不得不从重定谳，略言谋反计划，出自扈辄，越果效忠帝室，理应诛辄报闻，今越不杀辄，显是反形已具，应该依法论罪等语。高祖为了韩信受诛，入都按问情形，因将越事悬搁数日。前后呼应。及再到洛阳，乃下诏诛辄，贷越死罪，废为庶人，谪徙至蜀地青衣县居住。越无可奈何，只好依诏西往，行至郑地，却碰着一位女杀星，要将彭越的性命催讨了去。看官道是何人？原来就是擅杀韩信的吕雉。直斥其名，痛嫉之至。

吕后闻得彭越下狱，私心窃喜，总道高祖再往洛阳，定将越置诸死刑，除绝后患。偏高祖将他赦免，但令他废徙蜀中，她一得此信，大为不然，所以即日启行，要向高祖面谈，请速杀越。冤家路狭，蓦地相逢，便即呼越停住，假意慰问。越忙拜谒道旁，涕泣陈词，自称无罪，且乞吕后乘便说情，请高祖格外开恩，放回昌邑故里。向女阎罗求生，真是妄想。吕后毫不推辞，一口应允，就命越回，从原路同入洛阳，自己进见高祖，使越在宫外候信，越眼巴巴的恭候好音，差不多待了一日，哪知宫中有卫士出来，复将他横拖直拽，再至廷尉王恬开处候讯。王恬开也暗暗称奇，便探听宫内消息，再定谳词。未几已得确音，乃是吕后见了高祖，便劝高祖诛越，大旨谓越本壮士，徙入蜀中，仍旧养虎遗患，不如速诛为是，今特把越截住，嘱使同来云云。一面嘱令舍人告变，诬越暗招部兵，还想谋反，内煽外蛊，不由高祖不从，因再执越，交付廷尉，重治越罪。恬开是个逢迎好手，更将原谳加重，不但诛及越身，还要灭越三族。越方知一误再误，悔无及了。诏令一下，悉依定谳，遂将越捆缚出去，枭首市曹。并把越三族拘至，全体屠戮。越既枭首示众，还要把尸身醢作肉酱，分赐诸侯。何其残忍若此？且就悬首处揭张诏书，如有人收祀越首，罪与越同。

才阅数日，忽有一人素服来前，携了祭品，向着越首，摆设起来，且拜且哭，当被守吏闻知，便将那人捉住，送至高祖座前。高祖怒骂道："汝何人？敢来私祭彭越。"那人道："臣系梁大夫栾布。"高祖越厉声道："汝难道不见我诏书，公然哭祭，想是与越同谋，快快就烹！"时殿前正摆着汤镬，卫士等一闻命令，即将栾布提起，要向汤镬中掷入。布顾视高祖道："容待臣一言，死亦无恨。"高祖道："尽管说来！"栾布道："陛下前困彭城，败走荥阳成皋间，项王带领强兵，西向进逼，若非彭王居住梁地，助汉苦楚，项王早已入关了。当时彭王一动，关系非浅，从楚即汉破，从汉即楚破，况垓下一战，彭王不至，项王亦未必遽亡。今天下已定，彭王剖符受封，岂不欲传诸万世，乃一征梁兵，适值彭王有病，不能遽至，便疑为谋反，诛彭王身，灭彭王族，甚至悬首醢肉，臣恐此后功臣，人人自危，不反也将逼反了！今彭王已死，臣尝仕梁，敢违诏私祭，原是拚死前来，生不如死，情愿就烹。"高祖见他语言慷慨，词气激昂，也觉得所为过甚，急命武士放下栾布，松开捆绑，授为都尉，布乃向高祖拜了两拜，下殿自去。

这栾布本是彭越旧友，向为梁人，家况甚寒，流落至齐充当酒保。后来被人掠卖，入燕为奴，替主报仇，燕将臧荼，举为都尉。及荼为燕王，布即为燕将，已而荼起兵叛汉，竟至败死，布为所掳，亏得梁王彭越，顾念交情，将布赎出，使为梁大夫。越受捕时，布适出使齐国，事毕回梁，始闻越已被诛，乃即赶至洛阳，向越头下，致祭尽哀。古人有言："烈士徇名。"又云："士为知己者死。"栾布才算不愧哩！应该称扬。

唯高祖既诛彭越，即分梁地为二，东北仍号为梁，封子恢为梁王；西南号为淮阳，封子友为淮阳王。两子为后宫诸姬所出，母氏失传，小子也不敢臆造。只高祖猜忌异姓，改立宗支，明明是将中国土地，据为私产，也与秦始皇意见相似，异迹同情。若吕后妒悍情形，由内及外，无非为保全自己母子起见，这更可不必说了。讥刺得当。

梁事已了，吕后劝高祖还都，高祖乃挈后同归，入宫安居。约阅月余，忽想起南粤地方，尚未平服，因特派楚人陆贾，赍着印绶，往封赵佗为南粤王，叫他安辑百越，毋为边害。赵佗旧为龙川令，属南海郡尉任嚣管辖。嚣见秦政失纲，中原大乱，也想乘时崛起，独霸一方，会因老病缠绵，卧床不起，到了将死时候，乃召赵佗入语道："天下已乱，胜广以后，复有刘项，几不知何时得安。南海僻处蛮夷，我恐被乱兵侵入，意欲塞断北道，自开新路，静看世变如何，再定进止，不幸老病加剧，有志未逮，今郡中长吏，无可与言，只有足下倜傥不羁，可继我志。此地负山面海，东西相距数千里，又有中原人士，来此寓居，正可引为臂助，足下能乘势立国，却也是一州的主子呢！"佗唯唯受教，嚣即命佗行南海尉事。未几嚣死，佗为嚣发丧，实任南海尉，移檄各关守将，严守边防，截阻北路。所有秦时派置各县令，陆续派兵捕戮，另用亲党接充。嗣是袭取桂林象郡，自称南粤武王。及汉使陆贾，到了南海，佗虽不拒绝，却大模大样的坐在堂上，头不戴冠，露出一个椎髻，身不束带，独伸开两脚，形状似箕，直至陆贾进来，仍然这般容态。陆贾素有口才，也不与他行礼，便朗声开言道："足下本是中国人，父母兄弟坟墓，都在真定，今足下反易天常，弃冠裂带，要想举区区南越，与天子抗衡，恐怕祸且立至了！试想秦为不道，豪杰并起，独今天子得先入关，据有咸阳，平定暴秦。项羽虽强，终致败亡，先后不过五年，海内即归统一，这乃天意使然，并不是专靠人力呢！今足下僭号南越，不助天下诛讨暴逆，天朝将相，俱欲移兵问罪，独天子怜民劳苦，志在休息，特遣使臣至此，册封足下，足下正应出郊相迎，北面称臣。不意足下侈然自大，骤思抗命，倘天子得闻此事，赫然一怒，掘毁足下祖墓，屠灭足下宗族，再遣偏将领兵十万，来讨南越，足下将如何支持？就是南越吏民，亦且共怨足下，足下生命，就在这旦夕间了！"怵以利害，先挫其气。佗乃竦然起座道："久处蛮中，致失礼仪，还请勿怪！"贾答道："足下知过能改，也好算是一位贤王。"佗因问道："我与萧何曹参韩信等人，互相比较，究竟孰贤？"贾随口说道："足下似高出一筹。"略略奉承，俾悦其心。佗喜溢眉宇，又进问道："我比皇帝如何？"贾答说道："皇帝起自丰沛，讨暴秦，诛强楚，为天下兴利除害，德媲五帝，功等三王，统天下，治中国，中国人以亿万计，地方万里，尽归皇帝，政出一家，自从天地开辟以来，未尝得此！今足下不过数万兵士，又僻居蛮荒，山海崎岖，约不过大汉一郡，足下自思，能赛得过皇帝否？"佗大笑道："我不在中国起事，故但王此地；若得居中国，亦未必不如汉帝呢！"乃留贾居客馆中，连日与饮，纵谈时事，贾应对如流，备极欢洽。佗欣然道：“越中乏才，无一可与共语，今得先生到来，使我闻所未闻，也是一幸。”贾因他气谊相投，乐得多住数日，劝他诚心归汉。佗为所感动，乃自愿称臣，遵奉汉约，并取出越中珍宝，作为赆仪，价值千金。贾亦将随身所带的财帛，送给赵佗，大约也不下千金，主客尽欢，方才告别。

贾辞归复命，高祖大悦，擢贾为大中大夫。贾既得主眷，时常进谒，每与高祖谈论文治，辄援据诗书，说得津津有味。高祖讨厌得很，向贾怒骂道：“乃公以马上得天下，要用什么诗书？”贾答道：“马上得天下，难道好马上治天下么？臣闻汤武逆取顺守，方能致治，秦并六国，任刑好杀，不久即亡。向使秦得有天下，施行仁义，效法先王，陛下怎能得灭秦为帝呢？”明白痛快。高祖听说，暗自生惭，禁不住面颊发赤。停了半晌，方与贾语道：“汝可将秦所以失天下，与我所以得天下，分条解释，并引古人成败的原因，按事引证，著成一书，也可垂为后鉴了。”贾奉命趋出，费了好几天工夫，辑成十二篇，奏闻高祖。高祖逐篇称善，左右又齐呼万岁，遂称贾书为新语。小子有诗咏道：

奉书出使赴南藩，折服枭雄语不烦。
更有一编传治道，古今得失好推原。

欲知后事如何，且看下回分解。

韩信谋反，出自舍人之一书，虚实尚未可知，吕后遽诱而杀之，无论其应杀与否，即使应杀，而出自吕后之专擅，心目中亦岂尚有高祖耶？或谓高祖出征，必有密意授诸帷房，故吕后得以专杀，此言亦不为无因，试观高祖之不责吕后，与吕后之复请诛越，可以知矣。然吾谓韩彭之戮，高祖虽未尝无意，而主其谋者，必为吕后。高祖擒信而不杀信，拘越而不杀越，犹有不忍之心，唯吕后阴悍过于高祖，高祖第黜之而不杀，吕后必杀之而后快，越可诬，信亦何不可诬？纲目于韩彭之杀，皆不书反，而杀信则独书皇后，明其为吕后之专杀，于高祖固尚有恕辞也。妇有长舌，洵可畏哉！彼陆贾之招降赵佗，乃以口舌取功名，与郦食其随何相类。唯马上取天下，不能以马上治二语，实足为佐治良谟，新语之作，流传后世，谓为汉室良臣，不亦宜乎！

第三十九回　讨淮南箭伤御驾
过沛中宴会乡亲

却说高祖既臣服南越，复将伪公主遣嫁匈奴，也得冒顿欢心，奉表称谢，正是四夷宾服，函夏风清。偏偏天有不测风云，人有旦夕祸福，高祖政躬不豫，竟好几日不闻视朝。群臣都向宫中请安，哪知高祖不愿见人，吩咐守门官吏，无论亲戚勋旧，一概拒绝，遂致群臣无从入谒，屡进屡退，究不知高祖得何病症，互启猜疑。独舞阳侯樊哙，往返数次，俱不得见，惹得一时性起，号召群僚，排闼直入，门吏阻挡不住，只得任令入内。哙见高祖躺在床上，用一小太监作枕，皱着两眉，似寐非寐，便不禁悲愤道："臣等从陛下起兵，大小百战，从未见陛下气沮，确是勇壮得很，今天下已定，陛下乃不愿视朝，累日病卧，又为何困惫至此！况陛下患病，群臣俱为担忧，各思觐见天颜，亲视安否？陛下奈何拒绝不纳，独与阉人同处，难道不闻赵高故事么？"樊哙敢为是言，想知高祖并非真病。高祖闻言，一笑而起，方与哙等问答数语。哙见高祖无甚大病，也觉心安，遂不复多言，须臾即退。其实高祖乃是愁病，一大半为了戚姬母子，踌躇莫决，所以闷卧宫中，独自沉思。一经樊哙叫破，只好撇下心事，再起听政，精神一振，病魔也自然退去了。

过了数日，忽来一个淮南中大夫贲赫，报称淮南王英布谋反，速请征讨。高祖恐赫挟嫌诬控，未便轻信，乃把赫暂系狱中，别令人查办淮南。究竟英布谋反，是否属实，容小子约略表明。先是彭越被诛，醢肉为酱，分赐王侯。布得醢大惊，恐轮到自己身上，阴使部将带兵守边，预防不测。会因爱姬得病，就医诊治，医家对门，就是中大夫贲赫宅第。赫尝在英布左右，与王姬亦曾见过。此时因姬就医，便想乘便奉承。特购得奇珍异宝，作为送礼。待至姬病渐瘥，又备了一席盛筵，即借医家摆设，恭请王姬上坐，自就末座相陪。男女有别，奈何不避嫌疑？王姬不忍却情，就也入席畅饮，直至玉山半颓，酒阑席散，方才谢别还宫。布见姬已就痊，倒也心喜。有时追问病中情景，姬即就便称赫，说他忠义兼全。哪知布面色陡变，迟疑半晌，方说出一语道："汝为何知赫忠义？"姬被他一诘，才觉得出言冒昧，追悔无及，但又不能再讳，只好将赫如何厚馈，如何盛宴，略说一遍。布不听犹可，听他说完，越加动怒，厉声诃责道："贲赫与汝何亲？乃这般优待，莫非汝与赫另有别情！"姬且悔且惭，又急又恼，慌忙带哭带辩，宁死不认。偏英布不肯相信，竟欲贲赫对质，使人宣召。何必这般性急。赫见了来使，还道是王姬代为吹嘘，非常高兴。及见来使语言有异，乃殷勤款待，探问情由。使人感赫厚情，便与他附耳说明，赫始知弄巧成拙，不敢应召，佯说是病不能起，只好从宽。待至使人去后，又恐布派兵来拿，当即乘车出门，飞奔而去。果然不到半日，即由布发到卫兵，围住赫第，入宅搜捕。四处寻觅，并不见赫，只得回去告布。布又命卫兵追赶，行了一二百里，杳无赫踪，仍然退归。赫已兼程西进，入都告变。

高祖恨不得杀尽功臣，正要他自来寻祸，还是萧何防赫挟嫌，奏明高祖，才得高祖首肯，也虑赫怀有诈意，一面将赫系住，一面派使查布。布因追赫不及，已料他西往长安，讦发隐情。至朝使到来，虽然没有严诏，但见他逐事调查，定由赫从中挑唆。自知一不做，二不休，索性将赫家全眷，尽行屠戮，且欲拿住朝使，一刀两段，亏得朝使预得风声，先期逃脱，奔还长安，报称布已起反。

高祖闻知，乃赦赫出狱，拜为将军，并召诸将会议出师。诸将统齐声道："布何能为？但教大兵一到，便好擒来。"高祖却不免迟疑，一时不能遽决。原来高祖病体新愈，尚未复原，意欲使太子统兵，出击英布。莫非与头曼单于同一思想？太子有上宾四人，统是岩栖谷隐，皓首庞眉。一叫做东园公，一叫做夏黄公，一叫做绮里季，一叫做用音禄里先生。向来蛰居商山，号为商山四皓。高祖尝闻他重名，屡征不至。建成侯吕释之，系吕后亲兄，奉吕后命，要想保全太子，特向张良问计。良教他往迎四皓，辅佐太子，当不至有废立情事。释之也不知他有何妙用，但依了张良所言，卑礼厚币，往聘四人。四人见来意甚诚，勉允出山，面谒储君。及至长安，太子盈格外礼遇，情同师事，四人又不好遽去，只得住下。到了英布变起，太子盈有监军消息，四皓已窥透高祖微意，亟往见吕释之道："太子出去统兵，有功亦不能加封，无功却不免受祸，君何不急请皇后，泣陈上前，但言英布为天下猛将，素善用兵，不可轻敌。现今朝廷诸将，都系陛下故旧，怎肯安受太子节制。今若使太子为将，何异使羊率狼，谁肯为用？徒令英布放胆，乘隙西来，中原一动，全局便至瓦解。看来只有陛下力疾亲征，方可平乱云云。照此进言，太子方可无虞了。"释之得四皓教导，忙入宫报知吕后。吕后即记着嘱语，乘间至高祖前，呜呜咽咽，泣述一番。高祖乃慨然道："我原知竖子不能任事，总须乃公自行，我就亲征便了。"谁知已中了四皓的秘计。

是日即颁下诏命，准备亲征。汝阴侯夏侯婴，尚谓英布未必遽反，特召入门客薛公，与他商议。薛公为故楚令尹，向有才智，料事如神，既入见夏侯婴，说起英布造反等情，便以为确实无疑。婴复问道："主上已裂地封布，举爵授布，布得南面称王，难道还要造反么？"薛公道："往年杀彭越，前年杀韩信，布与信越，同功一体，两人受诛，布怎能不惧？因惧思反，何足为怪？"婴又道："布果能逞志否？"薛公道："未必！未必！"婴深服薛公言论，遂入白高祖，力为保荐。高祖也即传见，向他问计。薛公道："布反不足深虑，设使布出上策，山东恐非汉有；若出中策，胜负尚未可知；唯出下策，陛下好高枕安卧了！"高祖道："上策如何？"薛公道："南取吴，西取楚，东并齐鲁，北收燕赵，坚壁固守，乃为上策，布能出此，山东即非汉有了！"高祖又问及中策下策。薛公道："东取吴，西取楚，并韩取魏，据敖仓粟，塞成皋口，便是中策。若东取吴，西取下蔡，聚粮越地，身归长沙，这乃所谓下策哩。"高祖道："汝料布将用何策？"薛公道："布一骊山刑徒，遭际乱世，得封王爵；其实是无甚远识，但顾一身，不顾日后，臣料他必出下策，尽可无忧！"高祖听了，欣然称善，面封薛公为关内侯，食邑千户。且立赵姬所生子长为淮南王，预为代布地步。

时方新秋，御跸启行，战将多半相从，唯留守诸臣，辅着太子，得免从军，但皆送行出都，共至霸上。留侯张良，平时多病，至此亦强起出送。想是辟谷所致。临别时方语高祖道："臣本宜从行，无如病体加剧，未便就道，只好暂违陛下！唯陛下此去，务请随时慎重，楚人生性剽悍，幸勿轻与争锋！”高祖点首道：“朕当谨记君言。”良又说道：“太子留守京都，关系甚重，陛下应命太子为将军，统率关中兵马，方足摄服人心。”高祖又依了良议，且嘱良道：“子房为朕故交，今虽抱病，幸为朕卧傅太子，免朕悬念。”良答道：“叔孙通已为太子太傅，才足胜任，请陛下放心。”高祖道：“叔孙通原是贤臣，但一人恐不足济事，故烦子房相助，子房可屈居少傅，还望勿辞！”良乃受职自归。无非为着太子。高祖又发上郡北地陇西车骑，及巴蜀材官，并中尉卒三万人，使屯霸上，为太子卫军。部署既定，然后麾兵东行，逐队进发。

布已出兵略地，东攻荆，西攻楚，号令军中道：“汉帝已老，必不亲来，从前善战诸将，只有韩信彭越，智勇过人，今已皆死，余不足虑，诸君能努力向前，包管得胜，取天下也不难呢！”部众闻命，遂先向荆国进攻。荆王刘贾，战败走死。布取得荆地，复移兵攻楚。楚王刘交，分兵三路，出城拒布，有人谓楚统将道：“布善用兵，为众所惮，我若并力抵拒，还可久持。今作为三路，势分力散，彼若败我一军，余军皆散，楚地便不保了！”楚将不从，果然两造交锋，前军为布所败，左右二军，不战自溃，楚将亦遁。就是楚王刘交，也保不住淮西都城，避难奔薛。布以为荆楚已下，正好西进，遂如薛公所料，甘出下计，溯江西行，及抵蕲州属境会甄地方，正值高祖亲率大队，迤逦前来。布望将过去，隐隐见有黄屋左纛，却也吃了一惊。偏不如汝所料。但势成骑虎，不能再下，只得摆成阵势，与决雌雄。

高祖就庸城下营，登高窥敌，见布军甚是精锐，一切阵法，仿佛与项羽相似，心下很是不悦，因即策励诸将，出营与战。布严装披挂，立住阵门，高祖遥与布语道：“我封汝为王，也足报功，何苦兴兵动众，猝然造反！”布说不出什么理由，但随口答说道：“为王何如为帝，我亦无非想做皇帝呢！”倒也痛快。高祖大怒，痛骂数语，便即用鞭一挥，诸将依次杀出，突入布阵。布令前驱射箭，群镞齐飞，争注汉军，汉军虽不免受伤，仍然拼死直前，有进无退。高祖也冒矢督战，毫无惧色。忽遇一箭飞来，迫不及避，竟中胸前，还亏身披铁甲，镞未深入，不过入肉数分，痛楚尚可忍耐。高祖用手扪胸，保护痛处，越觉得怒气上冲，大呼杀贼。诸将见高祖已经中箭，尚且舍命奋呼，做臣子的理应为主效劳，争先赴敌，还管什么生死利害，但教一息尚存，总要拼个你死我活，于是从众矢攒集的中间，拨开一条血路，齐向布阵杀入。布兵矢已垂尽，汉军气尚未衰，顿时布阵捣破，横冲直撞，好似生龙活虎，不可复制，布众七零八落，纷纷四溃，布亦禁止不住，带领残骑，回头退走。高祖尚麾众追击，直逼淮水。布兵渡淮东行，只恐汉军追及，急忙凫水，多被漂没。及渡过对岸，随兵已不满千人，再加沿途散失，相从只百余骑兵，哪里还能保守淮南。布势尽力穷，不敢还都，专望江南窜走。适有长沙王吴臣，贻书与布，叫他避难长沙。吴臣即吴芮子，芮已病殁，由臣嗣立，与布为郎舅亲。布得书心喜，急忙改道前往。行至鄱阳，夜宿驿中，不料驿舍里面，伏着壮士，突起击布。布猝不及防，竟被杀死，好与韩信彭越一班阴魂，混做一淘，彼此诉苦去了。看官不必细猜，便可晓得杀布的壮士，乃是吴臣所遣。既得布首，当然赍献高祖，释嫌报功。大义灭亲，原不足怪，但必诱而杀之，毋乃不情。

那时高祖已顺道至沛，省视故乡父老，寓有衣锦重归的意思。沛县官吏，预备行宫，盛设供张，待至高祖到来，出城跪迎。高祖因他是故乡官吏，却也另眼相看，就在马上答礼，命他起身，引入城中。百姓统扶老携幼，欢迎高祖，香花载道，灯彩盈街，高祖瞧着，非常高兴，一入行宫，即传集父老子弟，一体进见，且嘱他不必多礼，两旁分坐。沛中官吏，早已备着筵席，摆设起来。高祖坐在上面，即令父老子弟，共同饮酒，又选得儿童二百二十人，教他唱歌侑觞，儿童等满口乡音，咿咿呀呀的唱了一番，高祖倒也欢心。并因酒入欢肠，越加畅适，遂令左右取筑至前，亲自击节，信口作歌道：

大风起兮云飞扬，威加海内兮归故乡，安得猛士兮守四方！

歌罢，命儿童学习，同声唱和。儿童伶俐得很，一经教授，便能上口，并且抑扬顿挫，宛转可听，引得高祖喜笑颜开，走下座来，回旋动舞。无赖依然旧酒徒。舞了片刻，又回想到从前苦况，不由的悲感交乘，流下数行老泪。父老子弟等，看到高祖泪容，都不禁相顾错愕。高祖亦已瞧着，便向众宣言道：“游子悲故乡，乃是常情。我虽定都关中，万岁以后，魂魄犹依恋故土，怎能忘怀？且我起自沛公，得除暴逆，幸有天下，是处系朕汤沐邑，可从此豁免赋役，世世无与。”大众听了，俱伏地拜谢。高祖又令他起身归座，续饮数巡，至晚始散。到了次日，复使人召入武负，王媪，及亲旧各家老妪，都来与宴。妇女等未知礼节，由高祖概令免礼，大众不过是敛衽下拜，便算是觐见的仪制。草草拜毕，依次入座。高祖与他谈及旧事，相率尽欢，且笑且饮，又消磨了一日。嗣是男女出入，皆各赐宴，接连至十余日，方拟启行，父老等固请再留。高祖道：“我此来人多马众，日需供给，若再留连不去，岂不是累我父兄？我只好与众告辞了！”乃下令起程。

父老等不忍相别，统皆备办牛酒，至沛县西境饯行，御驾一出，全县皆空。高祖感念父老厚情，命在沛西暂设行幄，与众共饮，眨眨眼又是三日，始决计与别。父老复顿首请命道：“沛中幸免赋役，唯丰邑未沐殊恩，还乞陛下矜怜！”高祖道：“丰邑是我生长地，更当不忘，只因从前雍齿叛我，丰人亦甘心助齿，负我太甚，今既由父老固请，我就一视同仁，允免赋役罢了。”雍齿已给侯封，何必再恨丰人？父老等再为丰人叩谢。高祖待他谢毕，拱手上车，向西自去。父老等回入沛中，就在行宫前筑起一台，号为歌风台。曾记清朝袁子才，咏有歌风台诗云：

高台击筑记英雄，马上归来句亦工。
一代君民酣饮后，千年魂魄故乡中。
青天弓剑无留影，落日河山有大风。
百二十人飘散尽，满村牧笛是歌童。

高祖行次淮南，连接两次喜报，心下大悦。究竟所报何事，待看下回自知。

韩彭未反而被戮，英布已反而始诛，是布固明明有罪，与韩彭之受戮不同。然韩彭不死，布亦未必遽反，兔死狐悲，物伤其类，布之反，实汉高有以激成之耳！究令布终不反，亦未必免祸。功成身危，千古同慨，此张子房之所以独称明哲也。及高祖破布，过沛置酒，宴集父老，大风作歌，慨思猛士，是岂因功臣之死，自觉寂寥，乃为慷慨悲歌乎？夫猛士可使守，枭将亦不反矣。甚矣哉高祖之徒知齐末，不知揣本也！

第四十回　保储君四皓与宴
留遗嘱高祖升遐

却说高祖到了淮南，连接两次喜报，一即由长沙王吴臣，遣人献上英布首级，高祖看验属实，颁诏褒功，交与来使带回。一是由周勃发来的捷音，乃是追击陈豨，至当城破灭豨众，将豨刺死，现已悉平代郡，及雁门云中诸地，候诏定夺云云。高祖复驰诏与勃，叫他班师。周勃留代，见三十八回。唯淮南已封与子长，楚王交复归原镇，独荆王贾走死以后，并无子嗣，特改荆地为吴国，立兄仲子濞为吴王。濞本为沛侯，年方弱冠，膂力过人，此次高祖讨布，濞亦随行，临战先驱，杀敌甚众。高祖因吴地轻悍，须用壮王镇守，方可无患，乃特使濞王吴。濞受命入谢，高祖留神细视，见他面目犷悍，隐带杀气，不由的懊悔起来。便怅然语濞道："汝状有反相，奈何？"说到此句，又未便收回成命，大费踌躇。濞暗暗生惊，就地俯伏，高祖手抚濞背道："汉后五十年，东南有乱，莫非就应在汝身？汝当念天下同姓一家，慎勿谋反，切记！切记！"既知濞有反相，何妨收回成命，且五十年后之乱事，高祖如何预知？此或因史笔好谀，故有是记载，未足深信。濞连称不敢，高祖乃令他起来，又嘱咐数语，才使退出。濞即整装去讫。嗣是子弟分封，共计八国，齐楚代吴赵梁淮阳淮南，除楚王交吴王濞外，余皆系高祖亲子。高祖以为骨肉至亲，当无异志，就是吴王濞，已露反相，还道是犹子比儿，不必过虑，谁知后来竟变生不测呢？这且慢表。

且说高祖自淮南启跸，东行过鲁，遣官备具太牢，往祀孔子。待祀毕复命，改道西行。途中箭创复发，匆匆入关，还居长乐宫，一卧数日。戚姬早夕侍侧，见高祖呻吟不辍，格外担忧，当下觑便陈词，再四吁请，要高祖保全母子性命。高祖暗想，只有废立太子一法，尚可保他母子，因此旧事重提，决议废立。张良为太子少傅，义难坐视，便首先入谏，说了许多言词，高祖只是不睬。良自思平日进言，多见信从，此番乃格不相入，料难再语，不如退归，好几日杜门谢客，托病不出。当时恼了太子太傅叔孙通，入宫强谏道："从前晋献公宠爱骊姬，废去太子申生，晋国乱了好几十年，秦始皇不早立扶苏，自致灭祀，尤为陛下所亲见。今太子仁孝，天下共闻，吕后与陛下，艰苦同尝，只生太子一人，如何无端背弃？今陛下必欲废嫡立少，臣情愿先死，就用颈血洒地罢。"说着，即拔出剑来，竟欲自刎。高祖慌忙摇手，叫他不必自尽，且与语道："我不过偶出戏言，君奈何视作真情？竟来尸谏，幸勿如此误会！"通乃把剑放下，复答说道："太子为天下根本，根本一摇，天下震动，奈何以天下为戏哩？"高祖道："我听君言，不易太子了！"通乃趋退。既而内外群臣，亦多上书固争，累得高祖左右两难，既不便强违众意，又不好过拒爱姬，只好延宕过去，再作后图。

既而疮病少瘥，置酒宫中，特召太子盈侍宴。太子盈应召入宫，四皓一同进去，俟太子行过了礼，亦皆上前拜谒。高祖瞧着，统是须眉似雪，道貌岩岩，心中惊异得很，便顾问太子道："这四老乃是何人？"太子尚未答言，四皓已自叙姓名。高祖愕然道："公等便是商山四皓么？我求公已阅数年，公等避我不至，今为何到此，从吾儿游行？"四皓齐声道："陛下轻士善骂，臣等义不受辱，所以违命不来。今闻太子仁孝，恭敬爱士，天下都延颈慕义，愿为太子效死。臣等体念舆情，故特远道来从，敬佐太子。"高祖徐徐说道："公等肯来辅佐我儿，还有何言？幸始终保护，毋致失德。"四皓唯唯听命，依次奉觞上寿。高祖勉强接饮，且使四皓一同坐下，共饮数卮。约有一两个时辰，高祖总觉寡欢，就命太子退去。太子起座，四皓亦起，随着太子，谢宴而出。高祖急召戚姬至前，指示四皓，且唏嘘向戚姬道："我本欲改立太子，奈彼得四人为辅，羽翼已成，势难再动了。"戚姬闻言，立即泪下。妇女徒知下泪，究属无益。高祖道："汝亦何必过悲，须知人生有命，得过且过，汝且为我作楚舞，我为汝作楚歌。"戚姬无奈，就席前飘扬翠袖，轻盈回舞。高祖想了片刻，歌词已就，随即高声唱着道：

鸿鹄高飞，一举千里。羽翼已就，横绝四海。横绝四海，当可奈何！虽有缯缴，尚安所施！

歌罢复歌，回环数四，音调凄怆。戚姬本来通文，听着语意，越觉悲从中来，不能成舞，索性掩面痛哭，泣下如雨。高祖亦无心再饮，吩咐撤肴，自携戚姬入内，无非是婉言劝解，软语温存，但把废立太子的问题，却从此搁起，不复再说了。太子原不宜废立，但欲保全戚姬，难道竟无别法么？

是时萧何已进位相国，益封五千户。高祖意思，实因何谋诛韩信，所以加封。群僚都向何道贺，独故秦东陵侯召平往吊。平自秦亡失职，在长安种瓜，味皆甘美，世称为东陵瓜。萧何入关，闻平有贤名，招致幕下，尝与谋议。此次平独入吊道："公将从此惹祸了！"何惊问原因，平答道："主上连年出征，亲冒矢石，唯公安守都中，不被兵革。今反得加封食邑，名为重公，实是疑公，试想淮阴侯百战功劳，尚且诛夷，公难道能及淮阴么？"何惶急道："君言甚是，计将安出？"平又道："公不如让封勿受，尽将私财取出，移作军需，方可免祸。"何点首称善，乃只受相国职衔，让还封邑，且将家财佐军。果得高祖欢心，褒奖有加。及高祖讨英布时，何使人输运军粮，高祖又屡问来使，谓相国近作何事。来使答言，无非说他抚循百姓，措办粮械等情，高祖默然。寓有深意。来使返报萧何，何也未识高祖命意，有时与幕客谈及，忽有一客答说道："公不久便要灭族哩！"又作一波。何大惊失色，连问语都说不出来。客复申说道："公位至相国，功居第一，此外已不能再加了。主上屡问公所为，恐公久居关中，深得民心，若乘虚号召，据地称尊，岂不是驾出难归，前功尽隳么？今公不察上意，还要孳孳为民，益增主忌！忌日益深，祸日益迫，公何不多买田地，胁民贱售，使民间稍稍谤公，然后主上闻知，才能自安，公亦可保全家族了。"何依了客言，如议施行，嗣有使节往返，报知高祖，高祖果然欣慰。已而淮南告平，还都养病，百姓遮道上书，争劾萧何强买民田，高祖全不在意，安然入宫。至萧何一再问疾，才将谤书示何，叫他自己谢民，何乃补给田价，或将田宅仍还原主，谤议自然渐息了。过了数旬，何上了一道奏章，竟触高祖盛怒，把书掷下，信口怒骂道："相国萧何，想是多受商人货赂，敢来请我苑地，这还当了得么？"说着，遂指示卫吏，叫他往拘萧何，交付廷尉。可怜何时时关心，防有他变，不料大祸临头，竟来了一班侍卫，把他卸除冠带，加上锁链，拿交廷尉，向黑沉沉的冤狱中，亲尝苦味去了。古时刑不上大夫，况属相国，召平等胡不劝何早去，省得受辱？一连幽系了数日，朝臣都不知何因，未敢营救。后来探得萧何奏牍，乃是为了长安都中，居民日多，田地不敷耕种，请将上苑隙地，俾民入垦，一可栽植菽粟，赡养穷氓，二可收取槁草，供给兽食。这也是一条上下交济的办法，谁知高祖疑他讨好百姓，又起猜嫌，竟不计前功，饬令系治！猜忌之深，无孔不入。群臣各为呼冤，但尚是徘徊观望，惮发正言。幸亏有一王卫尉，代何不平，时思保救。一日入侍，见高祖尚有欢容，遂乘间问高祖道："相国有何大罪，遽致系狱？"高祖道："我闻李斯相秦，有善归主，有恶自受，今相国受人货赂，向我请放苑地，求媚人民，我所以把他系治，并不冤诬。"卫尉道："臣闻百姓足，君孰与不足？相国为民兴利，请辟上苑，正是宰相应尽的职务，陛下奈何疑他得贿呢？且陛下距楚数年，又出讨陈豨黥布，当时俱委相国留守。相国若有异图，但一动足，便可坐据关中，乃相国效忠陛下，使子弟从军，出私财助饷，毫无利己思想，今难道反贪商贾财贿么？况前秦致亡，便是由君上不愿闻过，李斯自甘受谤，实恐出言遭谴，何足为法？陛下未免浅视相国了！"力为萧何洗释，语多正直，可惜史失其名。高祖被他一驳，自觉说不过去，踌躇了好多时，方遣使持节，赦何出狱。何年已老，械系经旬，害得手足酸麻，身躯困敝，不得已赤了双足，徒跣入谢。高祖道："相国可不必多礼了！相国为民请愿，我不肯许，我不过为桀纣主，相国乃成为贤相，我所以系君数日，欲令百姓知我过失呢！"何称谢而退，自是益加恭谨，静默寡言。高祖也照常看待，不消细说。

适周勃自代地归来，入朝复命，且言陈豨部将，多来归降，报称燕王卢绾，与豨曾有通谋情事。高祖以绾素亲爱，未必至此，不如召他入朝，亲察行止。乃即派使赴燕，传旨召绾。绾却是心虚，通谋也有实迹，说将起来，仍是由所用非人，致被摇惑，遂累得身名两败，遗臭万年！先是豨造反时，尝遣部将王黄至匈奴求援，匈奴已与汉和亲，一时未肯发兵，事为卢绾所闻，也遣臣属张胜，前往匈奴，说是豨兵已败，切勿入援。张胜到了匈奴，尚未致命，忽与故燕王臧荼子衍，旅次相遇。衍奔匈奴，见前文。两下叙谈，衍是欲报父仇，恨不得汉朝危乱，乃用言诱胜道："君习知胡事，乃为燕王所宠信，燕至今尚存，乃是因诸侯屡叛，汉不暇北顾，暂作羁縻，若君但知灭豨，豨亡必及燕国，君等将尽为汉虏了！今为君计，唯有一面援豨，一面和胡，方得长保燕地，就使汉兵来攻，亦可彼此相助，不致遽亡。否则汉帝好猜，志在屠戮功臣，怎肯令燕久存哩！”张胜听了，却是有理。遂违反卢绾命令，竟入劝冒顿单于，助豨敌汉。绾待胜不至，且闻匈奴发兵入境，防燕攻豨，不由的惊诧起来。暗想此次变端，定由张胜暗通匈奴，背我谋反，乃飞使报闻高祖，要将张胜全家诛戮。使人方发，胜却自匈奴回来，绾见了张胜，当然要把他斩首，嗣经胜具述情由，说得绾亦为心动，乃私赦胜罪，掉了一个狱中罪犯，绑出市曹，枭去首级，只说他就是张胜。暗中却遣胜再往匈奴与他连和，另派属吏范齐，往见陈豨，叫他尽力御汉，不必多虑。偏偏陈豨不能久持，败死当城，遂致绾计不得逞，悔惧交并。蓦地里又来了汉使，宣召入朝，绾怎敢遽赴？只好托言有病，未便应命。

汉使当然返报，高祖尚不欲讨绾，又派辟阳侯审食其，及御史大夫赵尧，相偕入燕，察视绾病虚实，仍复促绾入朝。两使驰入燕都，绾越加惊慌，仍诈称病卧床中，不能出见，但留西使居客馆中。两使住了数日，未免焦烦，屡与燕臣说及，要至内室问病。燕臣依言报绾，绾叹息道：“从前异姓分封，共有七国，现在只存我及长沙王两人，余皆灭亡。往年族诛韩信，烹醢彭越，均出吕后计划。近闻主上抱病不起，政权均归诸吕后，吕后妇人，阴贼好杀，专戮异姓功臣，我若入都，明明自去寻死，且待主上病愈，我方自去谢罪，或尚能保全性命呢！”燕臣乃转告两使，虽未尝尽如绾言，却也略叙大意。赵尧还想与他解释，独审食其听着语气，似含有不满吕后的意思，心中委实难受，遂阻住赵尧言论，即与尧匆匆还报。审食其袒护吕后，却有一段隐情，试看下文便知。

高祖得两人复命，已是愤恨得很，旋又接到边吏报告，乃是燕臣张胜，仍为燕使，通好匈奴，并未有族诛等情。高祖不禁大怒道：“卢绾果然造反了！”遂命樊哙率兵万人，往讨卢绾。哙受命即去。高祖因绾亦谋反，格外气忿，一番盛怒，又致箭疮迸裂，血流不止。好容易用药搽敷，将血止住。但疮痕未愈，痛终难忍，辗转榻中，不能成寐。自思讨布一役，本拟令太子出去，乃吕后从中谏阻，使我不得不行，临阵中箭，受伤甚重，这明明是吕后害我，岂不可恨？所以吕后太子，进来问疾，高祖或向他痛骂一顿。吕后太子，不堪受责，往往避不见面，免得时听骂声。适有侍臣与樊哙不协，趁着左右无人，向前进谗道："樊哙为皇后妹夫，与吕后结为死党，闻他暗地设谋，将俟宫车宴驾后，引兵报怨，尽诛戚夫人、赵王如意等人，不可不防！"高祖瞋目道："有这等事么？"侍臣说是千真万真，当由高祖召入陈平、周勃，临榻与语道："樊哙党同吕后，望我速死，可恨已极，今命汝两人乘驿前往，速斩哙首，不得有误！"两人闻命，面面相觑，不敢发言。高祖顾陈平道："汝可将哙首取来，愈速愈妙！"又顾周勃道："汝可代哙为将，讨平燕地！"两人见高祖盛怒，并且病重，未便为哙解免，只好唯唯退出，整装起行。在途私议道："哙系主上故人，积功甚多，又是吕后妹夫，关系贵戚，今主上不知听信何人，命我等速去斩哙！我等此去，只好从权行事，宁可把哙拘归，请主上自行加诛罢。"这计议发自陈平，周勃亦极口赞成，便即乘驿前往。两人尚未至哙军，那高祖已经归天了。

高祖一病数月，逐日加重，至十二年春三月中，自知创重无救，不愿再行疗治，吕后却遍访良医，得了一有名医士，入宫诊视，高祖问疾可治否？医士却还称可治，高祖谩骂道："我以布衣提三尺剑，取得天下，今一病至此，岂非天命？命乃在天，就使扁鹊重生，也是无益，还想什么痊愈呢！"说罢，顾令近侍取金五十斤赐与医士，令他退去，不使医治。医士无功得金，却发了一注小财。吕后亦无法相劝，只好罢了。高祖待吕后退出，便召集列侯群臣，一同入宫，嘱使宰杀白马，相率宣誓道："此后非刘氏不得封王，非有功不得封侯。如违此约，天下共击之！"誓毕乃散，高祖再寄谕陈平，令他由燕回来，不必入报，速往荥阳，与灌婴同心驻守，免致各国乘丧为乱。布置已毕，再召吕后入宫，嘱咐后事，吕后问道："陛下百岁后，萧相国若死，何人可代？"高祖道："莫若曹参。"吕后道："参年亦已将老，此后当属何人？"高祖道："王陵可用。但陵稍愚直，不能独任，须用陈平为助。平智识有余，厚重不足，最好兼任周勃。勃朴实少文，但欲安刘氏，非勃不可，就用为太尉便了。"大约是阅历有得之谈。吕后还要再问后人，高祖道："后事恐亦非汝所能知了。"吕后乃不复再言。又越数日，已是孟夏四月，高祖在长乐宫中，瞑目而崩。享年五十有三。自高祖为汉王后，方才改元，五年称帝，又阅八年，总计得十有二年。称帝以五年为始，故合计只十二年。小子有诗咏道：

仗剑轻挥灭暴秦，功成垓下壮图新，
如何功狗垂烹尽，身后牝鸡得主晨。

高祖已崩，大权归诸吕后手中，吕后竟想尽诛遗臣，放出一种辣手出来。当下召入一人，秘密与商，这人为谁？容至下回再详。

四皓为秦时遗老，无权无勇，安能保全太子，使不废立？高祖明知废立足以召祸，故迟回审慎，终不为爱妾所移，其所谓羽翼已成，势难再动，特绐戚夫人耳。戚姬屡请易储，再四涕泣，高祖无言可答，乃借四皓以折其心，此即高祖之智术也。厥后械系萧何，命斩樊哙，无非恐太子柔弱，特为此最后之防维。何本谦恭，挫辱之而已足，哙兼亲贵，刑戮之而始安。至若预定相位，嘱用周勃，更为身后之图，特具安刘之策，盖其操心危，虑患深，故能谈言微中，一二有征。必谓其洞察未来，则尧舜犹难，遑论汉高。况戚姬赵王，固为高祖之最所宠爱者，奈何不安之于豫，而使有人彘之祸也哉！

第四十一回　折雄狐片言杜祸
看人彘少主惊心

却说吕后因高祖驾崩，意欲尽诛诸将，竟将丧事搁起，独召一心腹要人，入宫密商。这人姓名，就是辟阳侯审食其。食其与高祖同里，本没有什么才干，不过面目文秀，口齿伶俐，夤缘迎合，是他特长。高祖起兵以后，因家中无人照应，乃用为舍人，叫他代理家务。食其得了这个美差，便在高祖家中，厮混度日。高祖出外未归，家政统由吕后主持，吕后如何说，食其便如何行，唯唯诺诺，奉命维谨，引得吕后格外喜欢。于是日夕聚谈，视若亲人，渐渐的眉来眼去，渐渐的目逗心挑，太公已经年老，来管什么闲事，一子一女，又皆幼稚，怎晓得他秘密情肠？他两人互相勾搭，居然入彀，瞒过那老翁幼儿，竟演了一出露水缘。这是高祖性情慷慨，所以把爱妻禁脔，赠送他人。一番偷试，便成习惯，好在高祖由东入西，去路越远，音信越稀，两人乐得相亲相爱，双宿双飞。及高祖兵败彭城，家属被掳，食其仍然随着，不肯舍去，无非为了吕后一人，愿同生死。好算有情。吕后与太公被拘三年，食其日夕不离，私幸项王未尝虐待，没有什么刑具，拘挛肢体，因此两人仍得续欢，无甚痛苦。到了鸿沟议约，脱囚归汉，两人相从入关，高祖又与项王角逐江淮，毫不知他有私通情事。两人情好越深，俨如一对患难夫妻，昼夜不舍。既而项氏破灭，高祖称帝，所有从龙诸将，依次加封，吕后遂从中怂恿，乞封食其。高祖也道他保护家属，确有功劳，因封为辟阳侯。床第功劳，更增十倍。

食其喜出望外，感念吕后，几乎铭心刻骨，从此入侍深宫，较前出力。吕后老且益淫，只避了高祖一双眼睛，镇日里偷寒送暖，推食解衣。高祖又时常出征，并有戚夫人为伴，不嫌寂寞，但教吕后不去缠扰，已是如愿以偿。吕后安居宫中，巴不得高祖不来，好与食其同梦。有几个宫娥彩女，明知吕后暗通食其，也不敢漏泄春光，且更帮两人做了引线，好得些意外赏钱，所以高祖戴着绿巾，到死尚未知晓。唯吕后淫妒性成，见了高祖已死，便即起了杀心，一是欲保全太子，二是欲保全情人。他想遗臣杀尽，自然无人为难，可以任所欲为。当下召入食其，与他计议道："主上已经归天，本拟颁布遗诏，立嗣举丧，但恐内外功臣，各怀异志，若知主上崩逝，未必肯屈事少主，我欲秘不发丧，佯称主上病重，召集功臣，受遗辅政，一面埋伏甲士，把他悉数杀死，汝以为可好否？"食其听着，倒也暗暗吃惊，转思功臣诛夷，与自己亦有益处，因即信口赞成，唯尚恐机谋不慎，反致受害，所以除赞成外，更劝吕后慎密行事。

吕后也未免胆小，复召乃兄吕释之等入商。释之也与食其同意，故一时未敢发作。转眼间已阅三日，朝臣俱启猜疑，不过没有的确消息。独曲周侯郦商子寄，素与释之子禄，斗鸡走马，互相往来，禄私与谈及宫中秘事，寄亟回家报告乃父。乃父商愕然惊起，匆匆趋出，径往辟阳侯宅中，见了审食其，屏人与语道："足下祸在旦夕了！"食其本怀着鬼胎，蓦闻此言，不由的吓了一跳，慌忙问为何事？商低声说道："主上升遐，已有四日，宫中秘不发丧，且欲尽诛诸将。试问诸将果能尽诛么？现在灌婴领兵十万，驻守荥阳，陈平又奉有诏令，往助灌婴，樊哙死否，尚未可知，周勃代哙为将。北徇燕代，这都是佐命功臣，倘闻朝内诸将，有被诛消息，必然连兵西向，来攻关中。大臣内畔，诸将外入，皇后太子，不亡何待？足下素参宫议，何人不晓，当此危急存亡的时候，未尝进谏，他人必疑足下同谋，将与足下拼命，足下家族，还能保全么？"怵心之语。食其嗫嚅道："我……我实未预闻此事！外间既有此谣传，我当禀明皇后便了。"还想抵赖。

商乃告别，食其忙入宫告知吕后。吕后一想，风声已泄，计不得行，只好作为罢论，唯嘱食其转告郦商，切勿喧传。食其自然应命，往与郦商说知。商本意在安全内外，怎肯轻说出去，当令食其返报吕后，尽请放怀。吕后乃传令发丧，听大臣入宫哭灵。总计高祖告崩，已四日有余了。棺殓以后，不到二旬，便即奉葬长安城北，号为长陵。群臣进说道："先帝起自细微，拨乱反正，平定天下，为汉太祖，功德最高，应上尊号为高皇帝。"皇太子依议定谥，后世遂称为高帝，亦称高祖。又越二日，太子盈嗣践帝位，年甫一十七岁，尊吕后为皇太后，赏功赦罪，布德行仁，后来庙谥曰惠，故沿称惠帝。

喜诏一颁，四方逖听，燕王卢绾，闻樊哙率兵出击，本不欲与汉兵对仗，自率宫人家属数千骑，避居长城下，拟俟高祖病愈，入朝谢罪。及惠帝嗣立的消息，传达朔方，料知太子登基，吕后必专国政，何苦自来寻死，遂率众投奔匈奴，匈奴使为东胡卢王。事见后文。

唯樊哙到了燕地，绾已避去，燕人原未尝从反，不劳征讨，自然畏服。哙进驻蓟南，正拟再出追绾，忽有一使人持节到来，叫他临坛受诏。哙问坛在何处？使人答称在数里外。哙亦不知何因，只好随着使人，前去受命。行了数里，已至坛前，望见陈平登坛宣敕，不得不跪下听诏。才听得一小半，突有武士数名，从坛下突出，把哙揿住，反接两手，绑缚起来。哙正要喧嚷，那陈平已读完敕文，三脚两步的走到坛下，将哙扶起，与他附耳说了数语，哙方才无言。当由平指麾武士，把哙送入槛车。哙手下只有数人，见哙被拿，便欲返身跑去，可巧周勃瞧着，出来喝住，命与偕行。于是勃与平相别，向北自去，平押哙同走，向西自归。这也是陈平达权的妙计。可谓六出以外又是一出。勃驰至哙营，取出诏书，晓示将士，将士等素重周勃，又见他奉诏代将，倒也不敢违慢，相率听令。勃得安然接任，并无他患。独陈平押着樊哙，将要入关，才接到高祖后诏，命他前往荥阳，帮助灌婴，所有樊哙首级，但速着人送入都中。平与诏使本来相识，当即与他密谈意见，诏使也佩服平谋，且知高祖病已垂危，不妨缓复，索性与平同宿驿中。逍遥了两三日，果然高祖驾崩的音耗，传将出来。平一得风声，急忙出驿先行，使诏使代押樊哙，随后继进。诏使尚欲细问，哪知平已加了一鞭，如风驰电掣一般，赶入关中去了。又要作怪。

看官听说！陈平不急诛哙，无非为了吕后姊妹。幸而预先料着，尚把哙命保留，但哙已被辱。哙妻吕媭，或再从中进谗，仍然不美，不如赶紧入宫，相机防备为是。毕竟多智。计划一定，刻不容缓，因此匆匆入都，直至宫中，向高祖灵前下跪，且拜且哭，泪下如雨。吕后一见陈平，急向帷中扑出，问明樊哙下落，平始收泪答说道：“臣奉诏往斩樊哙，因念哙有大功，不敢加刑，但将哙押解来京，听候发落。”吕后听了，方转怒为喜道：“究竟君能顾大局，不乱从命，唯哙今在何处？”平又答道：“臣闻先帝驾崩，故急来奔丧，哙亦不日可到了。”吕后大悦，便令平出外休息。平复道：“现值宫中大丧，臣愿留充宿卫。”吕后道：“君跋涉过劳，不应再来值宿，且去休息数天，入卫未迟。”平顿首固请道：“储君新立，国是未定，臣受先帝厚恩，理宜为储君效力，上答先帝，怎敢自惮劳苦呢！”吕后不便再却，且听他声声口口，顾念嗣君，心下愈觉感激，乃温言奖励道：“忠诚如君，世所罕有，现在嗣主年少，随时需人指导，敢烦君为郎中令，傅相嗣主，使我释忧，便是君不忘先帝了！”平即受职谢恩，起身告退。

甫经趋出，那吕媭已经进来，至吕后前哭诉哙冤。并言陈平实主谋杀哙，应该加罪。吕后怫然道：“汝亦太错怪好人，他要杀哙，哙死久了，为何把他押解进来？”吕媭道：“他闻先帝驾崩，所以变计，这正是他的狡猾，不可轻信。”吕后道：“此去到燕，路隔好几千里，往返须阅数旬，当时先帝尚存，曾命他立斩哙首，他若斩哙，亦不得责他专擅。奈何说他闻信变计呢？况汝我在都，尚不能设法解救，幸得他保全哙命，带同入京，如此厚惠，正当感谢，想汝亦有天良，为什么恩将仇报哩？”这一番话，驳得吕媭哑口无言，只好退去。未几樊哙解到，由吕后下了赦令，将哙释囚。哙入宫拜谢，吕后道：“汝的性命，究亏何人保护？”哙答称是太后隆恩。吕后道：“此外尚有他人否？”哙记起陈平附耳密言，自然感念，便即答称陈平。吕后笑道：“汝倒还有良心，不似汝妻痴狂哩！”都不出陈平所料。哙乃转向陈平道谢。聪明人究占便宜，平非但无祸，反且从此邀宠了。

唯吕太后既得专权，自思前时谋诛诸将，不获告成，原是无可如何，若宫中内政，由我主持，平生所最切齿的，无过戚姬，此番却在我手中，管教她活命不成。当下吩咐宫役，先将戚姬从严处置，援照髡钳为奴的刑律，加她身上。可怜戚姬的万缕青丝，尽被宫役拔去，还要她卸下宫装，改服赭衣，驱入永巷内圈禁，勒令舂米，日有定限。戚姬只知弹唱，未娴井臼，一双柔荑的玉手，怎能禁得起一个米杵？偏是太后苛令，甚是森严，欲要不遵，实无别法。何不自尽。没奈何勉力挣扎，携杵学舂，舂一回，哭一回，又编成一歌，且哭且唱道：

子为王，母为虏！终日舂，薄暮常与死相伍！相离三千里，谁当使告汝！

歌中寓意，乃是纪念赵王如意，汝字就指赵王。不料被吕太后闻知，愤然大骂道："贱奴尚想倚靠儿子么？"说着，便使人速往赵国，召赵王如意入朝。一次往返，赵王不至，二次往返，赵王仍然不至。吕太后越加动怒，问明使人，全由赵相周昌一人阻往。昌曾对朝使道："先帝嘱臣服事赵王，现闻太后召王入朝，明明是不怀好意，臣故不敢送王入都。王亦近日有病，不能奉诏，只好待诸他日罢！"吕太后听了，暗思周昌作梗，本好将他拿问，只因前时力争废立，不为无功，此番不得不略为顾全，乃想出一调虎离山的法儿，征昌入都，昌不能不至。及进谒太后，太后怒叱道："汝不知我怨戚氏么？为何不使赵王前来？"昌直言作答道："先帝以赵王托臣，臣在赵一日，应该保护一日，况赵王系嗣皇帝少弟，为先帝所钟爱。臣前力保嗣皇帝，得蒙先帝信任，无非望臣再保赵王，免致兄弟相戕，若太后怀有私怨，臣怎敢参预？臣唯知有先帝遗命罢了！"吕太后无言可驳，叫他退出，但不肯再令往赵。一面派使飞召赵王，赵王已失去周昌，无人作主，只得应命到来。

是时惠帝年虽未冠，却是仁厚得很，与吕后性情不同。他见戚夫人受罪司舂，已觉太后所为，未免过甚。至赵王一到，料知太后不肯放松，不如亲自出迎，与同居住，省得太后暗中加害。于是不待太后命令，便乘辇出迓赵王。可巧赵王已至，就携他上车，一同入宫，进见太后。太后见了赵王，恨不得亲手下刃，但有惠帝在侧，未便骤然发作，勉强敷衍数语。惠帝知母不欢，即挈赵王至自己宫中。好在惠帝尚未立后，便教他安心住着，饮食卧起，俱由惠帝留心保护。好一个阿哥，可惜失之柔弱。赵王欲想一见生母，经惠帝婉言劝慰，慢慢设法相见。毕竟赵王年幼，遇事不能自主，且恐太后动怒，只好含悲度日。太后时思害死赵王，唯不便与惠帝明言，惠帝也不便明谏太后，但随时防护赵王。

俗语说得好，明枪易躲，暗箭难防，惠帝虽爱护少弟，格外注意，究竟百密也要一疏，保不定被他暗算。光阴易过，已是惠帝元年十二月中，惠帝趁着隆冬，要去射猎，天气尚早，赵王还卧着未醒，惠帝不忍唤起，且以为稍离半日，谅亦无妨，因即决然外出。待至射猎归来，赵王已七窍流血，呜呼毕命！惠帝抱定尸首，大哭一场，不得已吩咐左右，用王礼殓葬，谥为隐王。后来暗地调查，或云鸩死，或云扼死，欲要究明主使，想来总是太后娘娘，做儿子的不能罪及母亲，只好付诸一叹！唯查得助母为虐的人物，是东门外一个官奴，乃密令官吏搜捕，把他处斩，才算为弟泄恨，不过瞒着母后，秘密处治罢了。

哪知余哀未了，又起惊慌，忽有宫监奉太后命，来引惠帝，去看“人彘”。惠帝从未闻有“人彘”的名目，心中甚是稀罕，便即跟着太监，出宫往观。宫监曲曲折折，导入永巷，趋入一间厕所中，开了厕门，指示惠帝道：“厕内就是‘人彘’哩。”惠帝向厕内一望，但见是一个人身，既无两手，又无两足，眼内又无眼珠，只剩了两个血肉模糊的窟窿，那身子还稍能活动，一张嘴开得甚大，却不闻有什么声音。看了一回，又惊又怕，不由的缩转身躯，顾问宫监，究是何物？宫监不敢说明，直至惠帝回宫，硬要宫监直说，宫监方说出戚夫人三字。一语未了，几乎把惠帝吓得晕倒，勉强按定了神，要想问个底细。及宫监附耳与语，说是戚夫人手足被断，眼珠挖出，熏聋两耳，药哑喉咙，方令投入厕中，折磨至死。惠帝不待说完，又急问他“人彘”的名义，宫监道：“这是太后所命，宫奴却也不解。”惠帝不禁失声道：“好一位狠心的母后，竟令我先父爱妃，死得这般惨痛么？”说也无益。说着，那眼中也不知不觉，垂下泪来。随即走入寝室，躺卧床上，满腔悲感，无处可伸，索性不饮不食，又哭又笑，酿成一种呆病。宫监见他神色有异，不便再留，竟回复太后去了。

惠帝一连数日，不愿起床，太后闻知，自来探视，见惠帝似傻子一般，急召医官诊治。医官报称病患怔忡，投了好几服安神解忧的药剂，才觉有些清爽，想起赵王母子，又是呜咽不止。吕太后再遣宫监探问，惠帝向他发话道：“汝为我奏闻太后，此事非人类所为，臣为太后子，终不能治天下，可请太后自行主裁罢！”宫监返报太后，太后并不悔杀戚姬母子，但悔不该令惠帝往看“人彘”，旋即把银牙一咬，决意照旧行去，不暇顾及惠帝了。小子有诗叹道：

娄猪未定寄豭来，人彘如何又惹灾！

可恨淫姬太不道，居然为蝪复为虺。

欲知吕太后后来行事，且看下回再叙。

有史以来之女祸，在汉以前，莫如褒妲。褒妲第以妖媚闻，而惨毒尚不见于史。自吕雉出而淫悍之性，得未曾有，食其可私，韩彭可杀，甚且欲尽诛诸将，微郦商，则冤死者更不少矣。厥后复鸩死赵王，惨害戚夫人，虽未始非戚氏母子之自取，而忍心辣手，旷古，未闻甚矣，悍妇之毒逾蛇蝎也。惠帝仁有余而智不足，既不能保全少弟，复不能几谏母后，徒为是惊忧成疾，夭折天年，其情可悯，其咎难辞，敝笥之刺，宁能免乎！

第四十二回　媚公主觍颜拜母
戏太后嫚语求妻

却说吕太后害死赵王母子，遂徙淮南王友为赵王，且把后宫妃嫔，或锢或黜，一律扫尽，方出了从前恶气。只赵相周昌，闻得赵王身死，自恨无法保全，有负高祖委托，免不得郁郁寡欢，嗣是称疾不朝，厌闻外事。吕太后亦置诸不问，到了惠帝三年，昌竟病终，赐谥悼侯，命子袭封，这还是报他力争废立的功劳。吕太后又恐列侯有变，增筑都城，迭次征发丁夫，数至二三十万，男子不足，济以妇女，好几年才得造成。周围计六十五里，城南为南斗形，城北为北斗形，造得非常坚固，时人号为斗城。无非民脂民膏。

惠帝二年冬十月，齐王肥由镇入朝。肥是高祖的庶长子，比惠帝年大数岁，惠帝当然待以兄礼，邀同入宫，谒见太后。太后佯为慰问，心中又动了杀机，想把齐王肥害死。毒上加毒。可巧惠帝有意接风，命御厨摆上酒肴，请太后坐在上首，齐王肥坐在左侧，自己坐在右旁，如家人礼。肥也不推辞，竟向左侧坐下，太后越生忿恨，目注齐王，暗骂他不顾君臣，敢与我子作为兄弟，居然上坐。眉头一皱，计上心来，遂借更衣为名，返入内寝，召过心腹内侍，密嘱数语，然后再出来就席。惠帝一团和气，方与齐王乐叙天伦，劝他畅饮，齐王也不防他变，连饮了好几杯。嗣由内侍献上酒来，说是特别美酒，酌得两卮，置诸案上。太后令齐王饮下，齐王不敢擅饮，起座奉觞，先向太后祝寿。太后自称量窄，仍令齐王饮尽，齐王仍然不饮，转敬惠帝。惠帝亦起，欲与齐王互相敬酒，好在席上共有两卮，遂将一卮与肥，一卮接在手中，正要衔杯饮入，不防太后伸过一手，突将酒卮夺去，把酒倾在地上。惠帝不知何因，仔细一想，定是酒中有毒，愤闷得很。齐王见太后举动蹊跷，也把酒卮放下，假称已醉，谢宴趋出。

返至客邸，用金贿通宫中，探听明白，果然是两卮鸩酒。当下喜惧交并，自思一时幸免，终恐不能脱身，辗转图维，无术解救。没奈何召入随员，与他密商，有内史献议道："大王如欲回齐，最好自割土地，献与鲁元公主，为汤沐邑。公主系太后亲女，得增食采，必博太后欢心，太后一喜，大王便好辞行了！"幸有此策。齐王依计行事，上表太后，愿将城阳郡献与公主，未几即得太后褒诏。齐王乃申表辞行，偏偏不得批答，急得齐王惊惶失措，再与内史等商议，续想一法写入表章，愿尊鲁元公主为王太后，事以母礼。以同父姊妹为母，不知他从何处想来？这篇表文呈递进去，果有奇效，才经一宿，便有许多宫监宫女，携着酒肴，趋入邸中，报称太后皇上，及鲁元公主，在后就到，为王饯行。齐王大喜，慌忙出邸恭迎。小顷便见銮驾到来，由齐王跪伏门外，直至銮舆入门，方敢起身随入。吕太后徐徐下舆，挈着惠帝姊弟两人，登堂就座。齐王拜过太后，再向鲁元公主前，行了母子相见的新礼，引得吕太后笑容可掬。就是鲁元公主，与齐王年龄相类，居然老着脸皮，自命为母，戏呼齐王为儿，一堂笑语，备极欢娱。及入席以后，太后上坐，鲁元公主坐左，惠帝坐右，齐王下坐相陪。浅斟低酌，逸兴遄飞，再加一班乐工，随驾同来，笙簧杂奏，雅韵悠扬，太后悦目赏心，把前日嫌恨齐王的私意，一齐抛却，直饮到日落西山，方才散席。齐王送回銮驾，乘机辞行，夤夜备集行装，待旦即去，离开了生死关头，驰还齐都，仿佛似死后还魂，不胜庆幸了。命中不该枉死，故得生还。

是年春正月间，兰陵井中，相传有两龙现影。想是一条老雌龙，一条小雄龙。未几又得陇西传闻，地震数日。到了夏天，又复大旱。种种变异，想是为了吕后擅权，阴干天谴。是为新学界中所不道，但我国古史，尝视为天人相应，故特录之。及夏去秋来，萧相国何，抱病甚重，惠帝亲往视病，见他骨瘦如柴，卧起需人，料知不能再治，便唏嘘问何道："君百年后，何人可代君任？"何答说道："知臣莫若君。"惠帝猛忆起高祖遗嘱，便接口道："曹参可好么？"何在榻上叩首道："陛下所见甚是，臣死可无恨了！"惠帝又安慰数语，然后还宫。过了数日，何竟病殁，蒙谥为文终侯，使何子禄袭封酂侯。何毕生勤慎，不敢稍纵，购置田宅，必在穷乡僻壤间，墙屋毁损，不令修治。尝语家人道：“后世有贤子孙，当学我俭约，如或不贤，亦省得为豪家所夺了！”后来子孙继起，世受侯封，有时因过致谴，总不致身家绝灭，这还是萧相国以俭传家的好处。留讽后世。

齐相曹参，闻萧何病逝，便令舍人治装。舍人问将何往？参笑说道：“我即日要入都为相了。”舍人似信非信，权且应命料理，待行装办齐，果得朝使前来，召参入都为相，舍人方知参有先见，惊叹不休。参本是一员战将，至出为齐相，刻意求治，志在尚文，因召集齐儒百余人，遍询治道，结果是人人异词，不知所从。嗣访得胶西地方，有一盖公，老成望重，不事王侯，乃特备了一份厚礼，使人往聘，竭诚奉迎。幸得盖公应聘到来，便殷勤款待，向他详询。盖公平日，专治黄帝老子的遗言，此时所答，无非是归本黄老，大致谓治道毋烦，须出以清静，自定民心。参很是佩服，当下避居厢房，把正堂让给盖公，留他住着，所有举措，无不奉教施行，民心果然翕服，称为贤相。自从参到齐国，已阅九年，至此应召起行，就将政务一切，交与后任接管，且嘱托后相道：“君此后请留意狱市，慎勿轻扰为要。”后相答问道：“一国政治，难道除此外，统是小事么？”参又说道：“这也并不如此，不过狱市两处，容人不少，若必一一查究，奸人无所容身，必致闹事，这便叫做庸人自扰了，我所以特别嘱托呢！”惩奸不应过急，纵奸亦属非宜。曹参此言，得半失半。后相才无异言。参遂向齐王告别，随使入都，谒过惠帝母子，接了相印，即日视事。

当时朝臣私议，共说萧曹二人，同是沛吏出身，本来交好甚密，嗣因曹参积有战功，封赏反不及萧何，未免与何有嫌。现既入朝代相，料必至怀念前隙，力反前政，因此互相戒儆，唯恐有意外变端，关碍身家。还有相府属官，日夜不安，总道是曹参接任，定有一番极大的调动。谁知参接印数日，一些儿没有变更，又过数日，仍然如故，且揭出文告，凡用人行政，概照前相国旧章办理，官吏等始放下愁怀，誉参大度。参不动声色，安历数旬，方渐渐的甄别属僚，见有好名喜事，弄文舞法的人员，黜去数名，另选各郡国文吏，如高年谨厚，口才迟钝诸人，罗致幕下，令为属吏，嗣是日夕饮酒，不理政务。

有几个朝中僚佐，自负才能，要想入陈谋议，他也并不谢绝，但一经见面，便邀同宴饮，一杯未了，又是一杯，务要劝入醉乡。僚佐谈及政治，即被他用言截住，不使说下，没奈何止住了口，一醉乃去。古人有言，上行下效，捷于影响，参既喜饮，属吏也无不效尤，统在相府后园旁，聚坐饮酒。饮到半酣，或歌或舞，声达户外。参虽有所闻，好似不闻一般，唯有二三亲吏，听不过去，错疑参未曾闻知，故意请参往游后园。参到了后园中，徐玩景色，巧有一阵声浪，传递过来，明明是属吏宴笑的喧声，参却不以为意，反使左右取入酒肴，就在园中择地坐下，且饮且歌，与相唱和。这真令人莫名其妙，暗暗的诧为怪事。原是一奇。参不但不去禁酒，就是属吏办事，稍稍错误，亦必替他掩护，不愿声张，属吏等原是感德，唯朝中大臣，未免称奇，有时入宫白事，便将参平日行为，略略奏闻。

惠帝因母后专政，多不惬意，也借这杯中物，房中乐，作为消遣，聊解幽愁。及闻得曹参所为，与己相似，不由的暗笑道："相国也来学我，莫非瞧我不起，故作此态。"正在怀疑莫释的时候，适值大中大夫曹窋入侍，窋系参子，当由惠帝顾语道："汝回家时，可为朕私问汝父道：高祖新弃群臣，嗣皇帝年尚未冠，全仗相国维持，今父为相国，但知饮酒，无所事事，如何能治平天下？如此说法，看汝父如何答言，即来告我。"窋应声欲退，惠帝又说道："汝不可将这番言词，说明由我教汝哩。"窋奉命归家，当如惠帝所言，进问乃父，唯遵着惠帝密嘱，未敢说出上命。道言甫毕，乃父曹参，竟攘袂起座道："汝晓得什么？敢来饶舌！"说着，就从座旁取过戒尺，把窋打了二百下，随即叱令入侍，不准再归。又是怪事。窋无缘无故，受了一番痛苦，怅然入宫，直告惠帝。知为君隐，不知为父隐，想是有些恨父了。

惠帝听说，越觉生疑，翌日视朝，留心左顾，见参已经站着，便召参向前道："君为何责窋？窋所言实出朕意，使来谏君。"参乃免冠伏地，顿首谢罪，又复仰问惠帝道："陛下自思圣明英武，能如高皇帝否？"惠帝道："朕怎敢望及先帝？"参又道："陛下察臣材具，比前相萧何，优劣如何？"惠帝道："似乎不及萧相国。"参再说道："陛下所见甚明，所言甚确。从前高皇帝与萧何定天下，明订法令，备具规模，今陛下垂拱在朝，臣等能守职奉法，遵循勿失，便算是能继前人，难道还想胜过一筹么？"惠帝已经悟着，乃更语参道："我知道了，君且归休罢。"参乃拜谢而出，仍然照常行事。百姓经过大乱，但求小康，朝廷没有什么兴革，官府没有什么征徭，就算做天下太平，安居乐业，所以曹参为相，两三年不行一术，却得了海内讴歌，交相称颂。当时人民传诵道：“萧何为法，顜音较若划一，曹参代之，守而勿失。载其清净，民以宁一。”到了后世史官，亦称汉初贤相，要算萧曹，其实萧何不过恭慎，曹参更且荒怠，内有淫后，外有强胡，两相不善防闲，终致酿成隐患。秉公论断，何尚可原，参实不能无咎呢！抑扬得当。

且说匈奴国中冒顿单于，自与汉朝和亲以后，总算按兵不动，好几年不来犯边。至高祖驾崩，耗问遥传，冒顿遂遣人入边侦察，探得惠帝仁柔，及吕后淫悍略情，遂即藐视汉室，有意戏弄，写着几句谑浪笑傲的嫚词，当作国书，差了一个弁目，赍书行至长安，公然呈入。惠帝方纵情酒色，无心理政，来书上又写明汉太后亲阅，当然由内侍递至宫中，交与吕后。吕后就展书亲览，但见书中写着：

> 孤偾之君，生于沮泽之中，长于平野牛马之域，数至边境，愿游中国。陛下独立，孤偾独居，两主不乐，无以自娱，愿以所有，易其所无。

吕后看到结末两语，禁不住火星透顶，把书撕破，掷诸地上。想是只喜审食其，不喜冒顿。一面召集文武百官，入宫会议，带怒带说道：“匈奴来书，甚是无礼，我拟把他来人斩首，发兵往讨，未知众意如何？”旁有一将闪出道：“臣愿得兵十万，横行匈奴中！”语尚未完，诸将见是舞阳侯樊哙发言，统皆应声如响，情愿从征。忽听得一人朗语道：“樊哙大言不惭，应该斩首！”这一语不但激怒樊哙，瞋目视着；就是吕太后亦惊出意外。留神一瞧，乃是中郎将季布。又来出风头了。布不待太后申问，忙即续说道：“从前高皇帝北征，率兵至三十多万，尚且受困平城，被围七日，彼时哙为上将，前驱临阵，不能努力解围，徒然坐困，天下尝传有歌谣云：‘平城之中亦诚苦，七日不食，不能彀弩！’今歌声未绝，兵伤未瘳，哙又欲摇动天下，妄言十万人可横行匈奴，这岂不是当面欺上么？且夷狄情性，譬如禽兽，何必与较，他有好言，不足为喜，他有恶言，也不足为怒，臣意以为不宜轻讨哩！”吕太后被他一说，倒把那一腔盛怒，吓退到子虚国，另换了一种惧容。就是樊哙也回忆前情，果觉得匈奴可怕，不敢与季布力争。老了，老了，还是与吕媭欢聚罢。当下召入大谒者张释，令他草一复书，语从谦逊，并拟赠他车马，亦将礼意写入书中，略云：

单于不忘敝邑，赐之以书，敝邑恐惧，退日自图，年老气衰，发齿堕落，行步失度，单于过听，不足以自汙，敝邑无罪，宜在见赦，窃有御车二乘，马二驷，以奉常驾。

书既缮就，便将车马拨交来使，令他带同复书，反报冒顿单于。冒顿见书意谦卑，也觉得前书唐突，内不自安，乃复遣人入谢，略言僻居塞外，未闻中国礼义，还乞陛下赦宥等语。此外又献马数匹，另乞和亲。大约因吕后复书发白齿落，不愿相易，所以另求他女。吕太后乃再取宗室中的女子，充作公主，出嫁匈奴。冒顿自然心欢，不复生事。但汉家新造，冠冕堂皇，一位安富尊荣的母后，被外夷如此侮弄，还要卑词逊谢，送他车马，给他宗女，试问与中国朝体，玷辱到如何地步呢！说将起来，无非由吕后行为不正，所以招尤。她却不知少改，仍然与审食其混做一淘，比那高祖在日，恩爱加倍。审食其又恃宠生骄，结连党羽，势倾朝野，中外人士，交相訾议。渐渐的传入惠帝耳中，惠帝又羞又忿，不得不借法示惩，要与这淫奴算账了。小子有诗叹道：

几经愚孝反成痴，欲罚雄狐已太迟，
尽有南山堪入咏，问他可读古齐诗？

究竟惠帝如何惩处审食其，待至下回再表。

偏憎偏爱，系妇人之通病，而吕后尤甚。亲生子女，爱之如掌上珠，旁生子女，憎之如眼中钉，杀一赵王如意，犹嫌不足，且欲举齐王肥而再鸩之，齐王不死亦仅矣。迨以城阳郡献鲁元公主，即易恨为喜，至齐王事鲁元公主为母，则更盛筵相待，即日启行。夷考迁固二史，于鲁元公主之年龄，未尝详载，要之与齐王不相上下，或由齐王早生一二岁，亦未可知。齐王愿事同父姊妹为母，谬戾已甚，而吕后反喜其能媚己女，何其偏爱之深，至于此极！厥后且以鲁元女为惠帝后，逆伦害理，一误再误，无怪其不顾廉耻，行同禽兽，甘引审食其为寄豭也。冒顿单于遗书嫚亵，咸本自诒，复书且以年老为辞，假使年貌未衰，果将出嫁匈奴否欤？盈廷大臣，不知谏阻，而季布反主持其间，可耻孰甚！是何若屠狗英雄之尚有生气乎！

第四十三回　审食其遇救谢恩人
吕娥姁挟权立少帝

却说惠帝闻母后宣淫，与审食其暗地私通，不由的恼羞成怒，要将食其处死。但不好显言惩罪，只好把他另外劣迹，做了把柄，然后捕他入狱。食其也知惠帝有意寻衅，此次被拘，煞是可虑，唯尚靠着内援，日望这多情多义的吕太后，替他设法挽回，好脱牢笼。吕太后得悉此事，非不着急，也想对惠帝说情，无如见了惠帝，一张老脸，自觉发赤，好几次不能出口。也怕倒霉么？只望朝中大臣，曲体意旨，代为救免，偏偏群臣都嫉视食其，巴不得他一刀两段，申明国法，因此食其拘系数日，并没有一人出来保救。且探得廷尉意思，已经默承帝旨，将要谳成大辟，眼见得死多活少，不能再入深宫，和太后调情作乐了。唯身虽将死，心终未死，总想求得一条活路，免致身首两分，辗转图维，只有平原君朱建，受我厚惠，或肯替我划策，亦未可知，乃密令人到了建家，邀建一叙。

说起朱建的历史，却也是个硁硁小信的朋友，他本生长楚地，尝为淮南王英布门客。布谋反时，建力谏不从，至布已受诛，高祖闻建曾谏布，召令入见，当面嘉奖，赐号平原君。建因此得名，遂徙居长安。长安公卿，多愿与交游，建辄谢绝不见，唯大中大夫陆贾，往来莫逆，联成知交。审食其也慕建名，欲陆贾代为介绍，与建结好，偏建不肯贬节。虽经贾从旁力说，始终未允，贾只好回复食其。会建母病死，建生平义不苟取，囊底空空，连丧葬各具，都弄得无资措办，不得不乞贷亲朋。陆贾得此消息，忙趋至食其宅中，竟向食其道贺。怪极。食其怪问何事？陆贾道：“平原君的母亲已病殁了。”食其不待说毕，便接入道：“平原君母死，与我何干？”贾又道：“君侯前日，尝托仆介绍平原君，平原君因老母在堂，未敢轻受君惠，以身相许；今彼母已殁，君若厚礼相馈，平原君必感君盛情，将来君有缓急，定当为君出力，是君便得一死士了，岂不可贺！”食其甚喜，乃遣人赍了百金，送与朱建当作赙仪。朱建正东借西掇，万分为难，幸得这份厚礼，也只好暂应急需，不便峻情郤还，乃将百金收受，留办丧具。百金足以汙节，贫穷之累人实甚！一班趋炎附势的朝臣，闻得食其厚赠朱建，乐得乘势凑奉，统向朱家送赙，少约数金，多且数十金，统共计算，差不多有五百金左右。朱建不能受此却彼，索性一并接收，倒把那母亲丧仪，备办得闹闹热热。到了丧葬毕事，不得不亲往道谢，嗣是审食其得与相见，待遇甚殷。建虽然鄙薄食其，至此不能坚守初志，只好与他往来。

及食其下狱，使人邀建，建却语来使道：“朝廷方严办此案，建未敢入狱相见，烦为转报。”使人依言回告食其，食其总道朱建负德，悔恨兼并，自思援穷术尽，拼着一死，束手待毙罢了。谁知食其命未该死，绝处逢生，在狱数日，竟蒙了皇恩大赦，放出狱中。食其喜出望外，匆匆回家，想到这番解免，除太后外，还是何人？不料仔细探查，并不由太后救命，乃是惠帝幸臣闳孺，替他哀求，才得释放，不由的惊讶异常。原来宫廷里面内侍甚多，有一两个巧言令色的少年，善承主意，往往媚态动人，不让妇女。古时宋朝弥子瑕，传播“春秋”，就是汉高祖得国以后，也宠幸近臣籍孺，好似戚夫人一般，出入与偕。补前文所未及。至惠帝嗣位，为了母后淫悍，无暇理政，镇日里宴乐后宫，遂有一个小臣闳孺，仗着那面庞俊秀，性情狡慧，十分巴结惠帝，得了主眷，居然参预政事，言听计从。唯与审食其会少离多，虽然有些认识，彼此却无甚感情。食其闻他出头解救，免不得咄咄称奇，但既得他保全性命，理该前去拜谢。及见了闳孺，由闳孺说及原因，才知救命恩人，直接的似属闳孺，间接的实为朱建。

建自回复食其使人，外面毫不声张，暗中却很是关切。他想欲救食其，只有运动惠帝幸臣，帮他排解，方可见功。乃亲至闳孺住宅，投刺拜会。闳孺也知朱建重名，久思与他结识，偏得他自来求见，连忙出来欢迎，建随他入座，说了几句寒暄的套话，即请屏去侍役，低声与语道：“辟阳侯下狱，外人都云足下进谗，究竟有无此事？”一鸣惊人。闳孺惊答道：“素与辟阳侯无仇，何必进谗？此说究从何而来？”建说道：“众口悠悠，本无定论，但足下有此嫌疑，恐辟阳一死，足下亦必不免了。”闳孺大骇，不觉目瞪口呆。建又说道：“足下仰承帝宠，无人不知，若辟阳侯得幸太后，也几乎无人不晓。今日国家重权，实在太后掌握，不过因辟阳下吏，事关私宠，未便替他说情。今日辟阳被诛，明日太后必杀足下，母子龃龉，互相报复，足下与辟阳侯，凑巧当灾，岂不同归一死么？”闳孺着急道：“据君高见，必须辟阳侯不死，然后我得全生。”建答道：“这个自然。君诚能为辟阳侯哀请帝前，放他出狱，太后亦必感念足下，足下得两主欢心，富贵当比前加倍哩。”闳孺点首道：“劳君指教，即当照行便了。”建乃别去。到了次日，便有一道恩诏，将食其释出狱中。看官阅此，应知闳孺从中力请，定有一番动人的词色，能使惠帝怒意尽销，释放食其，可见佥壬伎俩，不亚娥眉。女子小人，原是相类。唯食其听了闳孺所述，已晓得是朱建疏通，当即与闳孺揖别，往谢朱建。建并不夸功，但向食其称贺，一贺一谢，互通款曲，从此两人交情，更添上一层了。看到后来结局，建总不免失计。

吕太后闻得食其出狱，当然喜慰，好几次召他进宫。食其恐又蹈覆辙，不敢遽入，偏被那宫监纠缠，再四敦促，没奈何硬着头皮，悄悄的跟了进去。及见了吕太后，略略述谈，便想告退，奈这位老淫妪，已多日不见食其，一经聚首，怎肯轻轻放出，先与他饮酒洗愁，继同他入帏共枕，续欢以外，更密商善后问题。毕竟老淫妪智虑过人，想出一条特别的妙策，好使惠帝分居异处，并有人从旁牵绊，免得他来管闲事。这条计划，审食其也很是赞成。

看官听着，惠帝当十七岁嗣位，至此已阅三载，刚刚是二十岁了。寻常士大夫家，子弟年届弱冠，也要与他合婚，况是一位守成天子，为何即位三年，尚未闻册立皇后呢？这是吕太后另有一番思想，所以稽延。他因鲁元公主，生有一女，模样儿却还齐整，情性儿倒也温柔，意欲配与惠帝，结做重亲，只可惜年尚幼稚，一时不便成礼。等到惠帝三年，那外孙女尚不过十龄以上，论起年龄关系，尚是未通人道，吕太后却假公济私，迫不及待，竟命太史诹吉，择定惠帝四年元月，行立后礼。惠帝明知女年相差，约近十岁，况鲁元公主，乃是胞姊，胞姊的女儿，乃是甥女，甥舅配做夫妻，岂非乱伦。偏太后但顾私情，不管辈分，欲要与他争执，未免有违母命，因此将错便错，由他主持。真是愚孝。

转瞬间已届佳期，鲁元公主，与乃夫张敖，准备嫁女，原是忙碌得很。吕太后本与惠帝同居长乐宫，此番筹办册后大典，偏令在未央宫中，安排妥当，举行盛仪，一则使惠帝别宫居住，自己好放心图欢，二则使外甥女羁住惠帝，叫他暗中监察，省得惠帝轻信蜚言，这便是枕席喁喁的妙计。此计一行，外面尚无人知觉，就是甥舅成婚，虽似名分有乖，大众都为他是宫闱私事，无关国家，何必多去争论，自惹祸端，所以噤若寒蝉，唯各自备办厚礼，送往张府，为新皇后添妆。吉期一届，群至张府贺过了喜，待到新皇后出登凤辇，又一齐簇拥入宫，同去襄礼。皇家大婚，自有一种繁文缛节，不劳细述。及册后礼毕，龙凤谐欢，新皇后娇小玲珑，楚楚可爱，虽未能尽惬帝意，却觉得怀间偎抱，玉软香柔。恐犹乳臭。惠帝也随遇而安，没甚介意。接连又举行冠礼，宫廷内外的臣工，忙个不了。一面大赦天下，令郡国察举孝悌力田，免除赋役，并将前时未革的苛禁，酌量删除。秦律尝禁民间挟书，罪至族诛，至是准民储藏，遗书得稍稍流传，不致终没，这也是扶翼儒教的苦衷。

唯自惠帝出居未央宫，与长乐宫相隔数里，每阅三五日入朝母后，往来未免费事。吕太后暗暗喜欢，巴不得他旬月不来，独惠帝顾全孝思，总须随时定省，且亦料知母后微意，越要加意殷勤。因思两宫分隔东西，中间须经过几条市巷，銮跸出入，往往辟除行人，有碍交通，乃特命建一复道，就武库南面，筑至长乐宫，两面统置围墙，可以朝夕来往，不致累及外人。当下鸠工赶筑，定有限期，忽由叔孙通入谏道：“陛下新筑复道，正当高皇帝出游衣冠的要路，奈何把他截断，渎嫚祖宗？”惠帝大惊道：“我一时失却检点，致有此误，今即令罢工便了。”叔孙通道：“人主不应有过举，今已兴工建筑，尽人皆知，如何再令废止呢？”惠帝道：“这却如何是好？”通又道：“为陛下计，唯有就渭北地方，另建原庙，可使高皇帝衣冠，出游渭北，省得每月到此。且广建宗庙，也是大孝的根本，何人得出来批评呢。”惠帝乃转惊为喜，复令有司增建原庙，原庙的名义，就是再立的意思。从前高祖的陵寝，本在渭北，陵外有园，所有高祖留下的衣冠法物，并皆收藏一室，唯按月取出衣冠，载入法驾中，仍由有司拥卫，出游高庙一次，向例号为游衣冠。但高庙设在长安都中，衣冠所经，正与惠帝所筑的复道，同出一路，所以叔孙通有此谏诤，代为设法，使双方不致阻碍。实在是揣摩迎合，善承主旨，不足为后世法呢。论断谨严。及原庙将竣，复道已成，惠帝得常至长乐宫，吕太后亦无法阻止，只得听他自由，不过自己较为小心，免露马脚罢了。

既而两宫中屡有灾异，祝融氏尝来惠顾，累得宫娥彩女，时有戒心。总计自惠帝四年春季，延至秋日，宫内失火三次，长乐宫中鸿台，未央宫中的凌室，系藏冰室，冰室失火，却是一奇。先后被焚。还有织室亦付诸一炬，所失不资。此外又有种种怪象，如宜阳雨血，十月动雷，冬天桃李生华，枣树成实，都是古今罕闻。即阴盛阳衰之兆。

过了一年，相国曹参，一病身亡，予谥曰懿，子窋袭爵平阳侯。吕太后追忆高祖遗言，拟用王陵陈平为相，踌躇了两三月，已是惠帝六年，乃决计分任两人，废去相国名号，特设左右二丞相，右丞相用了王陵，左丞相用了陈平，又用周勃为太尉，夹辅王家。未几留侯张良，也即病终。良本来多病，且见高祖屠戮功臣，乐得借病为名，深居简出，平时托词学仙，不食五谷。及高祖既崩，吕后因良保全惠帝，格外优待，尝石他入宴，强令进食，并与语道："人生世上，好似白驹过隙，何必自苦若此！"想她亦守着此意，故乐得寻欢，与人私通。良乃照旧加餐。至是竟致病殁，由吕太后特别赙赠，赐谥文成。良尝从高祖至谷城，取得山下黄石，视作圯上老人的化身，设座供奉。临死时留有遗嘱，命将黄石并葬墓中。长子不疑，照例袭封，次子辟疆，年才十四，吕太后为报功起见，授官侍中。谁知勋臣懿戚，相继沦亡，留侯张良，方才丧葬，舞阳侯樊哙，又复告终。哙是吕太后的妹夫，又系高祖时得力遗臣，自然恤典从优，加谥为武，命子樊伉袭爵。且尝召女弟吕媭，入宫排遣，替她解忧，姊妹深情，也不足怪。总不及汝老妪的快乐。

好容易又过一年，已是惠帝七年了，孟春月朔日食，仲夏日食几尽。到了仲秋，惠帝患病不起，竟在未央宫中，撒手归天。一班文武百官，统至寝宫哭灵，但见吕太后坐在榻旁，虽似带哭带语，唠叨有声，面上却并无一点泪痕。大众偷眼瞧视，都以为太后只生惠帝，今年甫二十有四，在位又止及七年，乃遭此短命，煞是可哀，为何有声无泪，如此薄情？一时猜不出太后心事，各待至棺殓后，陆续退出。侍中张辟疆，生性聪明，童年有识，他亦随班出入，独能窥透吕太后隐情。径至左丞相陈平住处，私下进言道："太后独生一帝，今哭而不哀，岂无深意？君等曾揣知原因否？”陈平素有智谋，到此也未曾预想，一闻辟疆言论，反觉得惊诧起来，因即随声转问道：“究竟是什么原因？”辟疆答道：“主上驾崩，未有壮子，太后恐君等另有他谋，所以不遑哭泣？但君等手握枢机，无故见疑，必至得祸，不若请诸太后，立拜吕台吕产为将，统领南北两军，并将诸吕一体授官，使得居中用事，那时太后心安，君等自然脱祸了。”授权吕氏如刘氏何？辟疆究竟童年，不顾全局。

陈平听了，似觉辟疆所言，很是有理，遂即别了辟疆，竟入内奏闻太后，请拜吕台吕产为将军，分管南北禁兵。台与产皆吕太后从子，乃父就是周吕侯吕泽。南北二军，向为宫廷卫队，南军护卫宫中，驻扎城内，北军护卫京城，驻扎城外，这两军向归太尉兼管，若命吕台吕产分领，是都中兵权，全为吕氏所把持。吕太后但顾母族，不顾夫家，所以听得平言，正惬私衷，立即依议施行。于是专心哭子，每一举哀，声泪俱下，较诸前此情形，迥不相同。过了二十余日，便将惠帝灵輀，出葬长安城东北隅，与高祖陵墓相距五里，一作十里。号为安陵。群臣恭上庙号，叫作孝惠皇帝。惠帝后张氏，究竟年轻，未得生男育女，吕太后却想出一法，暗取后宫中所生婴儿，纳入张后房中，佯称是张后所生，立为太子。又恐太子的生母，将来总要漏泄机关，索性把她杀死，断绝后患。计策固狡，奈天道不容何？惠帝既葬，便将伪太子立为皇帝，号做少帝。少帝年幼，吕太后即临朝称制，史官因少帝来历未明，略去不书，唯汉统究未中绝，权将吕后纪年，一是吕后为汉太后，道在从夫，二是吕后称制，为汉代以前所未闻，大书特书，寓有垂戒后人的意思。存汉诛吕，书法可谓谨严了。小子有诗叹道：

漫言男女贵平权，妇德无终自昔传；
不信但看汉吕后，雌威妄煽欲滔天。

吕太后临朝以后，更欲封诸吕为王，就中恼了一位骨鲠忠臣，要与吕太后力争。欲知此人为谁，待至下回说明。

朱建生平，无甚表见，第营救审食其一事，为《史》《汉》所推美，特为之作传，以旌其贤。夫食其何人？淫乱之小人耳，国人皆曰可杀，而建以百金私惠，力为解免，私谊虽酬，如公道何！且如“史”“汉”所言，谓其行不苟合，义不取容，夫果有如此之行义，胡甘为百金所汙？母死无财，尽可守孔圣之遗训，敛首足形，还葬无椁，亦不失为孝子。建不出此，见小失大，宁足为贤？史迁乃以之称美，不过因自罹腐刑，无人救视，特借朱建以讽刺交游耳。班氏踵录迁文，相沿不改，吾谓迁失之私，而班亦失之陋也。彼如陈平之轻信张辟疆，请封诸吕，更不足道。吕氏私食其，宠诸吕，取他人子以乱汉统，皆汉相有以纵成之，本回标目，不称吕太后，独书吕娥姁，嫉恶之意深矣。然岂仅嫉视吕后已哉！

第四十四回　易幼主诸吕加封
得悍妇两王枉死

却说吕太后欲封诸吕为王，示意廷臣，当时有一位大臣，首先反对道："高皇帝尝召集众臣，宰杀白马，歃血为盟，谓非刘氏为王，当天下共击，不使蔓延。今口血未干，奈何背约！"吕太后瞋目视着，乃是右丞相王陵，一时欲想驳诘，却是说不出理由，急得头筋饱绽，面颊青红。左丞相陈平，与太尉周勃，见太后神色改变，便齐声迎合道："高帝平定天下，曾封子弟为王，今太后称制，分封吕氏子弟，有何不可？"吕太后听了此言，方才易怒为喜，开了笑颜。王陵愤气填胸，只恨口众我寡，不便再言。待至辍朝以后，与平勃一同退出，即向二人发语道："从前与高皇帝喋血为盟，两君亦尝在列，今高帝升遐，不过数年，太后究是女主，乃欲封诸吕为王，君等遽欲阿顺背约，将来有何面目，至地下去见高帝呢？"千人诺诺，不如一士谔谔。平勃微笑道："今日面折廷争，仆等原不如君，他日安社稷，定刘氏后裔，恐君亦不及仆等了。"究属勉强解嘲，不得以后来安刘信为知几之言。陵未肯遽信，悻悻自去。

约阅旬日，就由太后颁出制敕，授陵为少帝太傅。陵知太后夺他相权，不如先几远引，尚可洁身，乃上书称病，谢职引归。后来安逝家中，无庸再表。了过王陵。唯陵既谢免，陈平得进任右丞相，至左丞相一缺，就用那幸臣审食其。食其本无相材，仍在宫中厮混，名为监督宫僚，实是趋承帷闼，不过太后宠眷特隆，所有廷臣奏事，往往归他取决，所以食其势焰，更倍囊时。吕太后更查得御史大夫赵尧，尝为赵王如意定策，荐任周昌相赵，见前文。至此大权在手，遂诬他溺职，坐罪褫官，另召上党郡守任敖入朝，命为御史大夫。敖前为沛县狱掾，力护吕后，见前文。因此破格超迁，以德报德。一面追尊生父吕公为宣王，长兄周吕侯泽为悼武王，作为吕氏称王的先声。又恐人心未服，先从他处入手，特封先朝旧臣郎中令冯无择等为列侯，再取他人子五人，强名为惠帝诸子，一名彊，封淮阳王，一名不疑，封恒山王，一名山，封襄城侯，一名朝，封轵侯，一名武，封壶关侯。适鲁元公主病死，即封公主子张偃为鲁王，谥公主为鲁元太后。父降为侯，子得封王，真是子以母贵。于是欲王诸吕，密使大谒者张释，讽示左丞相陈平等人，请立诸吕为王。陈平等为势所迫，不得已阿旨上书，请割齐国的济南郡为吕国，做了吕台的王封。吕太后有词可借，即封吕台为吕王。偏吕台不能久享，受封未几，一病身亡。早死数年，免得饮刀，却是大幸。吕太后很是悲悼，命台子嘉袭封。此外封吕种释之子。为沛侯，吕平为扶柳侯，吕平系吕后姊子，依母姓吕。吕禄为胡陵侯，吕他为俞侯，吕更始为赘其侯，吕忿为吕城侯，甚至吕太后女弟吕媭，亦受封为临光侯。何不封为女王？

吕氏子侄，俱沐光荣，威显无比。吕太后尚恐刘吕不睦，互相鱼肉，复想出一条亲上加亲的计策，使他联结婚姻，方可永久为欢，不致龃龉。是时齐王刘肥已死，予谥悼惠，命他长子襄嗣封。还有次子章，三子兴居，均召入京师，使为宿卫。当即将吕禄女配与刘章，封章为朱虚侯。兴居也得为东牟侯。又因赵王友与梁王恢，年并长成，也代作撮合山，把吕家女子，嫁与二王为妻。二王不敢违命，只好娶了过去。太后以为刘吕两姓，从此好相安无事了。

哪知外面尚未生衅，内廷却已启嫌，吕太后所立的少帝，起初是年幼无知，由她播弄，接连做了三四年傀儡，却有些粗懂人事，往往偷听近侍密谈，得知吕后暗地掉包，杀死自己生母，硬要他母事张后。心中一恨，口中即随便乱言，就是张后平时教训，也全不听从，且任性怒说道："太后杀死我母，待我年壮，总要为我母报仇！"志向倒也不小，可惜卤莽一点。这种言语，被人听着，当即报知吕太后，太后大吃一惊，暗想他小小年纪，便有这般狂言，将来还当了得，不若趁早废去，结果了他，还可瞒住前谋，除灭后患。当下诱入少帝，把他送至永巷中，幽禁暗室，另拟择人嗣立。遂发出一道敕书，伪言少帝多病，迷罔昏乱，不能治天下，应由各大臣妥议，改立贤君。陈平等一意逢迎，带领僚属，伏阙上陈道："皇太后为天下计，废暗立明，奠定宗庙社稷，臣等敢不奉诏！"说着，复顿首请示。吕太后尚令群臣推选，叫他退朝协议，议定后陈。大众奉命退出，互相讨论，究未知太后属意何人，不敢擅定。毕竟陈平多智，嘱托宫中内侍，密向太后问明，太后却已意有所属，欲立恒山王义，就是前日的襄城侯山。山为恒山王不疑弟，不疑夭逝，山因嗣封改名为义。一经太后授意内侍，转告群臣，群臣遂表请立义，由太后下诏依言，立义为帝。又叫他改名为弘，且将幽禁永巷的少帝，置诸死地，易称弘为少帝。弘年亦幼，吕太后仍得临朝，所有恒山王爵，令轵侯朝接封。已而淮阳王强亦死，壶关侯武继承兄爵，嗣为淮阳王。

独吕王嘉骄恣不法，傲狠无亲，连太后都看不过去，因欲把嘉废置，另立吕产为吕王。产本嘉叔，即吕台胞弟。以弟继兄，已成当日惯例，偏吕太后假托公道，仍欲经过大臣会议，方好另封，所以延迟数日，未曾立定。适有一个齐人田子春，来游都下，察知宫中情事，巧为安排。一来是为吕氏效劳，二来是为刘氏报德，双方并进，也是个心计独工的智士。先是高祖从堂兄弟刘泽，受封营陵侯，留居都中，子春常到长安，旅次乏资，挽人引进泽门，立谈以下，甚合泽意。泽屡望封王，子春允为划策，当由泽赠金三百斤，托他钻谋。不意子春得了厚赠，饱载归齐，泽大失所望，但还疑他家中有事，代为曲原。偏迟至二年有余，仍无音信，乃特遣人到齐，寻访子春，责他负友。子春正得金置产，经营致富，接到来使责言，慌忙谢过，且托使人返报，约期入都。待使人去后，也即整备行装，挈子同行。既至长安，并不向泽求见，却另赁大宅住下，取出囊中金银，贿托大谒者张释密友，为子介绍，求居门下。释本是阉人，因得宠吕后，骤致贵显，他心中也想罗致士人，倚作爪牙，一闻友人荐引田子，便即慨允收留。田子得父秘授，谄事张释，买动欢心，即请释到家宴饮。释绝不推辞，昂然前往，到了子春赁宅，子春早盛设供张，开门迎接。待至释缓步登堂，左右旁顾，见他帷帐器具，无不华丽，仿佛与侯门相似，已是诧异得很，及肴核上陈，又皆件件精美，山珍海错，备列筵前，乐得开怀畅饮，自快老饕。饮至半酣，子春屏人与语道："仆至都中，见王侯邸第百余，多是高皇帝的功臣，唯思太后母家吕氏，亦曾佐助高帝，立有大功，并且谊居懿戚，理应优待，今太后春秋已高，意欲多封母家子侄，但恐大臣不服，止立吕王一人，今闻吕王嘉得罪将废，太后必且另立吕氏，足下久侍太后，难道未知太后命意么？”张释道：“太后命意，无非欲另立吕产呢。”子春道：“足下既知太后隐衷，何不转告大臣，立刻奏请？吕产若得封王，足下亦不失为万户侯，否则足下知情不言，必为太后所恨，祸且及身了！”田生之请封吕产，实是为刘泽着想，略迹原心，尚属可恕。张释惊喜道：“非君提醒此意，我且失机，他日得如君言，定当图报。”子春谦逊一番，又各饮了好几杯，方才尽欢而别。

不到数日，即由吕太后升殿，问及群臣，决意废去吕嘉，改立他人。群臣已经张释示意，便将吕产保荐上去，太后甚喜，下诏废吕王嘉，立吕王产，至退朝后，取出黄金千斤，赏与张释。释却不忘前言，分金一半，转赠田子春。子春坚辞不受，释愈加敬礼，引为至交。嗣是常相往来，遇事辄商。子春方得做到本题，乘间进言道：“吕产为王，诸大臣究未心服，看来须要设法调停，才得相安。”释问他有何妙法？子春道：“现今营陵侯刘泽，为诸刘长，虽得兼官大将军，究竟未受王封，不免怨望。足下何不入白太后，裂十余县，封泽为王？泽得了王封，必然心喜，诸大臣亦可无异言，就是吕王地位，也因此巩固了。”释甚以为然，便去进白太后。太后本不欲多封刘氏，此时听了释言，封刘就是安吕，不为无计，并且泽妻为吕媭女，婚媾相关，当无他患，乃封刘泽为瑯琊王，遣令就国。子春为泽运动，已得成功，方自往见泽，向泽道贺。泽已查知封王原因，功出子春，当即下座相迎，延令就坐，盛筵相待。子春饮了数觥，便命撤席。泽不禁动疑，问为何事？子者道：“王速整装登程，幸勿再留，仆当随王同行便了。”泽尚欲再问，子春但促他速行，不肯明言。故意弄巧。泽乃罢饮整装，夤夜备齐。子春返至寓所，草草收拾，俟至翌晨，复去催泽辞行。泽入宫谒见太后，报告行期，太后并不多言，泽即顿首告退。一出宫门，已由子春办好车马，请泽登车，一鞭加紧，马不停蹄，匆匆的驰出函谷关。既越关门，复急走数十里，始命缓辔徐行。泽尚以为疑，后来得知太后生悔，饬人追还，行至函谷关，已知无及，方才折回。泽乃服子春先见，格外礼遇，欢然就国去了。

太后方悔封刘泽，苦难收回成命，再加赵王友的妻室，入宫告密，说是赵王将有他变，气得吕太后倒竖双眉，立派使人，召还赵王。究竟赵王有无异谋，详查起来，实是子虚乌有，都由他妻室吕氏，信口捏造，有意架诬。

吕女为赵王妻，仗着吕太后势力，欺凌赵王。赵王屡与反目，别爱他姬，吕氏且妒且怒，遂不与赵王说明，径至长安，入白太后道："赵王闻得吕氏为王，常有怨言，平居屡语人道：'吕氏怎得为王？太后百年后，我定当讨灭吕氏，使无孑遗。'此外尚有许多妄语，无非是与诸吕寻仇，故特来报闻。"吕太后信以为真，怎肯甘休？一俟赵王召到，也不讯明虚实，立把他锢住邸中，派兵监守，不给饮食。赵王随来的从吏，私下进馈，都被卫兵阻住，甚且拘系论罪。可怜赵王友无从得食，饿得气息奄奄，因作歌鸣冤道：

诸吕用事兮刘氏微，迫胁王侯兮强授我妃！我妃既妒兮诬我以恶，谗女乱国兮上曾不寤！我无忠臣兮何故弃国，自决中野兮苍天与直！吁嗟不可悔兮宁早自戕，为王饿死兮谁者怜之，吕氏绝理兮托天报仇！

歌声呜呜，饥肠辘辘，结果是饿死邸中。所遗骸骨，但用民礼藁葬长安，未知他妻曾否送葬。吕太后遂徙梁王恢为赵王，改封吕王产为梁王，又将后宫子太封济川王。产始终不闻就国，留京为少帝太傅。太尚年幼，亦不令东往，仍住宫中。赵王恢妻，便是吕产的女儿，阃内雌威，不可向迩，恢秉性孺弱，屡为所制。及移梁至赵，恢本不甚愿意，且从前赵都官吏，半为吕氏所把持，至此复由梁地带去随员，亦有吕姓多人，两处蟠互，累得恢事事受制，一些儿没有主权。那位床头夜叉，气焰越威，竟将恢所宠爱的姬妾，用药毒死。恢既经郁愤，复兼悲悼，辗转思想，毫无生趣，因撰成歌诗四章，令乐工谱入管弦，如怨如慕，如泣如诉，益令恢悲不自胜，索性仰药自尽，到冥府中追寻爱姬，重续旧欢去了。倒是一个情种。

赵臣奏报恢丧，吕太后不责产女，反说恢为一妇人，竟甘自殉，上负宗庙，有亏孝道，不准再行立嗣。另遣使臣至代，授意代王，令他徙赵。代王恒避重就轻，情愿长守代边，不敢移封赵地，乃托朝使告辞。使臣返报吕太后，吕太后遂立吕禄为赵王，留官都中。禄父就是吕释之，时已去世，特追封为赵昭王。会闻燕王建病殁，遗有一子，乃是庶出，吕太后不欲他承袭封爵，潜遣刺客赴燕，刺死建子，独封吕台子通为燕王。于是高祖八男，仅存二人，一是代王恒，一是淮南王长，加入齐吴楚及瑯琊等国，总算还有六七国。恒山淮阳济川三国姓氏可疑，故不列入。那吕氏亦有三王，吕产王梁，吕禄王赵，吕通王燕，与刘氏势力相侔。而且产禄遥领藩封，仍然蟠踞宫廷，手握兵马大权，势倾内外，这却非刘氏诸王，所能与敌。刘家天下，几已变做吕家天下了！

流光如驶，倏忽八年，这八年内，统是吕太后专制时代，阴阳反变，灾异迭生，忽而地震，忽而山崩，忽而水溢，忽而红日晦冥，星且昼现。吕太后却也有些知觉，尝见日食如钩，向天嗔语道："这莫非为我不成？"话虽如此，终究是本性难移，活一日，干一日，除死方休。少帝弘名为人主，不使与政，简直与木偶无二。内唯临光侯吕嬃，左丞相审食其，大谒者张释，出纳诏奏，参赞秘谋；外唯吕产吕禄，分典禁兵，护卫宫廷。右丞相陈平，太尉周勃，有位无权，有权无柄，不过旅进旅退，借保声名。独有一位刘家子孙，少年负气，慷慨激昂，他却不肯冒昧图功，暗暗的待着机会，来出风头。小子有诗咏道：

不顾纲常只逆施，妇人心性总偏私；
须知龙种非全替，且看筵前拔剑时。

欲知此人为谁，待至下回再详。

妇道从夫，乃古今之通例，吕雉若不为刘家妇，如何得为皇后，如何得为皇太后！富贵皆出自夫家，奈何遽忘刘氏，徒欲尊宠诸吕乎？当其媾婚刘吕之时，尚不过欲母家子侄，同享荣华，非必欲遽倾刘氏也。然古人有言，物莫能两大，刘吕并权，势必相倾，彼吕氏两女，犹弃其夫而不顾，况产禄乎？田子春为刘泽计，先劝张释讽示大臣，请封吕产，然后以刘泽继之。泽居外而产居内，以势力论，泽亦何能及产！但观子春之本心，实为刘泽起见，且后来之安刘灭吕，泽与有功，故本回叙及此事，详而不略，贬亦兼褒。至若陈平周勃，则力斥其逢迎之失，不以后事而曲恕之，书法不隐，是固一良史手笔也，若徒以小说目之，慎矣！

第四十五回　听陆生交欢将相　连齐兵合拒权奸

却说吕氏日盛，刘氏日衰，剩下几个高祖子孙，都是栗栗危惧，只恐大祸临头，独有一位年少气盛的龙种，却是隐具大志，想把这汉家一脉，力为扶持。这人为谁？就是朱虚侯刘章。刘氏子弟，莫如此人，故特笔提叙。他奉吕太后命令，入备宿卫，年龄不过二十，生得仪容俊美，气宇轩昂。娶了一个赵王吕禄的女儿，合成夫妇，两口儿却是很恩爱，与前次的两赵王不同。吕太后曾为作合，见他夫妇和谐，自然喜慰，就是吕禄得此快婿，亦另眼相待，不比寻常。哪知刘章却别有深心，但把这一副温存手段，笼络妻房，好教她转告母家，相亲相爱，然后好乘间行事，吐气扬眉。可见两赵王之死，半由自取，若尽如刘章，吕女反为利用了。

一夕入侍宫中，正值吕太后置酒高会，遍宴宗亲，列席不下百人，一大半是吕氏王侯。刘章瞧在眼中，已觉得愤火中烧，但面上仍不露声色，静待太后命令。太后见章在侧，便命为酒吏，使他监酒。章慨然道："臣系将种，奉命监酒，请照军法从事！"太后素视章为弄儿，总道他是一句戏言，便即照允。待至大众入席，饮过数巡，自太后以下，都带着几分酒兴，章即进请歌舞，唱了几曲巴里词，演了一回莱子戏，引得太后喜笑颜开，击节叹赏。章复申请道："臣愿为太后唱耕田歌。"太后笑道："汝父或尚知耕田，汝生时便为王子，怎知田务？"章答说道："臣颇知一二。"太后道："汝且先说耕田的大意。"章吭声作歌道："深耕溉种，立苗欲疏。非其种者，锄而去之。”太后听着，已知他语带双敲，不便在席间诘责，只好默然无言。章佯作不知，但令近侍接连斟酒，灌得大众醉意醺醺，有一个吕氏子弟，不胜酒力，潜自逃去，偏偏被章瞧着，抢步下阶，拔剑追出，赶至那人背后，便喝声道：“汝敢擅自逃席么？”那人正回头谢过，章张目道：“我已请得军法从事，汝敢逃席，明明藐法，休想再活了！”说着，手起剑落，竟将他首级剁落，回报太后道：“适有一人逃席，臣已谨依军法，将他处斩！”这数语惊动大众，俱皆失色。就是吕太后亦不禁改容，唯用双目盯住刘章，章却似行所无事，从容自若。太后瞧了多时，自思已准他军法从事，不能责他擅杀，只得忍耐了事。大众皆踢蹐不安，情愿告退，当由太后谕令罢酒，起身入内。众皆离席散去，章亦安然趋出。自经过这番宴席，诸吕始知章勇敢，怕他三分。吕禄也有些忌章，但为儿女面上，不好当真，仍然照常待遇。诸吕见禄且如此，怎好无故害章，没奈何含忍过去。唯刘氏子弟，暗暗生欢，都望章挽回门祚，可以抑制诸吕。就是陈平周勃等，亦从此与章相亲，目为奇才。

时临光侯后媭，女掌男权，竟得侯封，她与乃姊性情相类，专喜察人过失，伺间进谗。至闻刘章擅杀诸吕，却也想不出什么法儿，加害章身，唯与陈平是挟有宿嫌，屡白太后，说他日饮醇酒，好戏妇人，太后久知媭欲报夫怨，有心诬告，所以不肯轻听，但嘱近侍暗伺陈平。平已探得吕媭谗言，索性愈耽酒色，沉湎不治，果然不为太后所疑，反为太后所喜。一日入宫白事，却值吕媭旁坐，吕太后待平奏毕，即指吕媭语平道：“俗语有言，儿女子话不可听，君但教照常办事，休畏我女弟吕媭，在旁多口，我却信君，不信吕媭哩！”平顿首拜谢，起身自去。只难为了一个皇太后胞妹，被太后当面奚落，害得无地自容，几乎要淌下泪来。太后却对她冷笑数声，自以为能，哪知已中了陈平诡计。她坐又不是，立又不是，竟避开太后，远远的去哭了一场。但自此以后，也不敢再来谮平了。

平虽为禄位起见，凡事俱禀承吕后，不敢专擅，又且拥美姬，灌黄汤，看似麻木不仁的样子。其实是未尝无忧，平居无事，却也七思八想，意在安刘。无如吕氏势焰，日盛一日，欲要设法防维，恐如螳臂挡车，不自量力，所以逐日忧虑，总觉得艰危万状，无法可施。谁叫你先事纵容。

大中大夫陆贾，目睹诸吕用事，不便力争，尝托病辞职，择得好畤地方，挈眷隐居。老妻已死，有子五人，无甚家产，只从前出使南越时，得了赆仪，变卖值一千金，乃作五股分派，分与五子，令他各营生计。自己有车一乘，马四匹，侍役十人，宝剑一口，随意闲游，逍遥林下。所需衣食，令五子轮流供奉，但求自适，不尚奢华。保身保家，无逾于此。有时到了长安，与诸大臣饮酒谈天，彼此统是多年僚友，当然沆瀣相投。就是左丞相府中，亦时常进出，凡门吏仆役，没一个不认识陆大夫，因此出入自由，不烦通报。

一日又去往访，阍人见是熟客，由他进去，但言丞相在内室中。贾素知门径，便一直到了内室，见陈平独自坐着，低着了头，并不一顾。乃开口动问道："丞相有何忧思？"平被他一问，突然惊起，抬头细瞧，幸喜是个熟人，因即延令就座，且笑且问道："先生道我有什么心事？"贾接着道："足下位居上相，食邑三万户，好算是富贵已极，可无他望了。但不免忧思，想是为了主少国疑，诸吕专政呢？"平答说道："先生所料甚是。敢问有何妙策，转危为安？"聪明人也要请教吗？贾慨然道："天下安，注意相，天下危，注意将，将相和睦，众情归附，就使天下有变，亦不致分权，权既不分，何事不成！今日社稷大计，关系两人掌握，一是足下，一是绛侯。仆常欲向绛侯进言，只恐绛侯与我相狎，视作迂谈。足下何不交欢绛侯，联络情意，互相为助呢！"平尚有难色，贾复与平密谈数语，方得平一再点首，愿从贾议。贾乃与平告别，出门自去。

原来平与周勃，同朝为官，意见却不甚融洽。从前高祖在荥阳时，勃尝劾平受金，虽已相隔有年，总觉余嫌未泯，所以平时共事，貌合神离。自从陆贾为平划策，叫他与勃结欢，平遂特设盛筵，邀勃过饮。待勃到来，款待甚殷，当即请勃入席，对坐举觞，堂上劝斟，堂下作乐，端的是怡情悦性，适口充肠，好多时方才毕饮。平又取出五百金，为勃上寿，勃未肯遽受，由平遣人送至勃家，勃称谢而去。

过了三五日，勃亦开筵相酬，照式宴平。平自然前往，尽醉乃归。嗣是两人常相往来，不免谈及国事。勃亦隐恨诸吕，自然与平情投意合，预为安排。平又深服陆贾才辩，特赠他奴婢百人，车马五十乘，钱五百万缗，使他交游公卿间，阴相结纳，将来可倚作臂助，驱灭吕氏。贾便到处结交，劝他背吕助刘。朝臣多被他说动，不愿从吕，吕氏势遂日孤。不过吕产吕禄等，尚未知晓，仍然恃权怙势，不少变更。

会当三月上巳，吕太后依着俗例，亲临渭水，祓除不祥。事毕即归，行过轵道，见有一物突至，状如苍狗，咬定衣腋，痛彻心腑，免不得失声大呼。卫士慌忙抢护，却不知为何因，但听太后呜咽道："汝等可见一苍狗否？"卫士俱称不见，太后左右四顾，亦觉杳然。因即忍痛回宫，解衣细视，腋下已经青肿，越加惊疑。当即召入太史，令卜吉凶，太史卜得爻象，乃是赵王如意为祟，便据实报明。太后疑信参半，姑命医官调治。哪知敷药无效，服药更无效，不得已派遣内侍，至赵王如意墓前，代为祷免，亦竟无效。时衰受鬼迷。日间痛苦，还好勉强忍耐，夜间痛苦益甚，几乎不能支持。幸亏她体质素强，一时不致遽死，直至夏尽秋来，方将全身气血，折磨净尽。吃了三五个月苦痛，还是不足蔽辜？镇日里缠绵床褥，自知不能再起，乃命吕禄为上将，管领北军，吕产管领南军。且召二人入嘱道："汝等封王，大臣多半不平，我若一死，难免变动。汝二人须据兵卫宫，切勿轻出，就使我出葬时，亦不必亲送，才能免为人制呢！"产与禄唯唯受教。

又越数日，吕太后竟病死未央宫，遗诏令吕产为相国，审食其为太傅，立吕禄女为皇后。产在内护丧，禄在外巡行，防备得非常严密，到了太后灵柩，出葬长陵，两人遵着遗嘱，不去送葬，但带着南北两军，保卫宫廷，一步儿不敢放松。陈平周勃等，虽有心除灭诸吕，可奈无隙得乘，只好耐心守着。独有朱虚侯刘章，盘问妻室，才知产禄谨守遗言，蟠踞宫禁。暗想如此过去，必将作乱，朝内大臣，统是无力除奸，只好从外面发难，方好对付产禄。乃密令亲吏赴齐，报告乃兄刘襄，叫他发兵西向，自在都中作为内应，若能诛灭吕氏，可奉乃兄为帝云云。

襄得报后，即与母舅驷钧，郎中令祝午，中尉魏勃，部署人马，指日出发。事为齐相召平所闻，即派兵入守王宫，托名保卫，实是管束。齐王襄被他牵制，不便行动，急与魏勃等密商良策。勃素有智谋，至此为襄划策，往见召平，佯若与襄不协，低声语平道："王未得朝廷虎符，擅欲发兵，迹同造反，今相君派兵围王，原是要着，勃愿为相君效力，指挥兵士，禁王擅动，未知相君肯赐录用否？"召平闻言大喜，就将兵符交勃，任勃为将，自在相府中安居，毫不加防。忽有人来报祸事，乃是魏勃从王府撤围，移向相府，立刻就到，吓得召平手足无措，急令门吏掩住双扉，前后守护。甫经须臾，那门外的人声马声，已聚成一片，东冲西突，南号北呼，一座相府门第，已被勃众四面围住，势将捣入。平不禁长叹道："道家有言，当断不断，反受其乱，我自己不能断判，授权他人，致遭反噬，悔无及了！"遂拔剑自杀。此召平似与东陵侯同名异人。待至勃毁垣进来，平已早死，乃不复动手，返报齐王。齐王襄便令勃为将军，准备出兵，并任驷钧为丞相，祝午为内史，安排檄文，号召四方。

此时距齐最近，为瑯琊济川及鲁三国。济川王是后宫子刘太，鲁王是鲁元公主子张偃，两人为吕氏私党，不便联络。唯瑯琊王刘泽，辈分最长，又与吕氏不甚相亲，并见前文。论起理来，当可为齐王后援。齐王使祝午往见刘泽，约同起事，午尚恐泽有异言，因与齐王附耳数语，然后起行。及抵瑯琊，与泽相见，当即进言道："近闻诸吕作乱，朝廷危急，齐王襄即欲起兵西向，讨除乱贼，但恐年少望轻，未习兵事，为此遣臣前来，恭迎大王！大王素经战阵，又系人望，齐王情愿举国以听，幸乞大王速莅临淄，主持军务！即日连合两国兵马，西入关中，讨平内乱，他时龙飞九五，舍大王将谁属呢？"言甘者心必苦。刘泽本不服吕氏，且听得祝午言词，大有利益，当即与午起行。到了临淄，齐王襄阳表欢迎，阴加监制，再遣午至瑯琊，矫传泽命，尽发瑯琊兵马，西攻济南。济南向为齐地，由吕太后割畀吕王，所以齐王发难，首先往攻。一面陈诸吕罪状，报告各国，略云：

> 高帝平定天下，王诸子弟，悼惠王薨，惠帝使留侯张良，立臣为齐王。惠帝崩，高后用事，听诸吕，擅废帝更立，又杀三赵王，灭梁赵燕以王诸吕，分齐国为四，即瑯琊济川鲁三国，与齐合计为四。忠臣进谏，上惑乱不听。今高后崩，皇帝春秋富，未能治天下，固待大臣诸侯。今诸吕又擅自尊官，聚兵严威，劫列侯忠臣，矫制以令天下，宗庙以危。寡人率兵入诛不当为王者！

这消息传入长安，吕产吕禄，未免着急，遂遣颍阴侯大将军灌婴，领兵数万，出击齐兵。婴行至荥阳，逗留不进，内结绛侯，外连齐王，静候内外消息，再定行止。齐王襄亦留兵西界，暂止进行。独瑯琊王刘泽，被齐王羁住临淄，自知受欺，乃亦想出一法，向齐王襄进说道："悼惠王为高帝长子，王系悼惠冢嗣，就是高帝嫡长孙，应承大统。现闻诸大臣聚议都中，推立嗣主，泽忝居亲长，大臣皆待泽决计，王留我无益，不如使我入关，与议此事，管教王得登大位呢？”齐王襄亦为所动，乃代备车马，送泽西行。赚人者亦为人所赚，报应何速，泽出了齐境，已脱齐王羁绊，乐得徐徐西进，静候都中消息。

都中却已另有变动，计图吕氏。欲问他何人主谋，就是左丞相陈平，与太尉周勃。平勃两人，既已交欢，往往密谈国事，欲除诸吕。只因产禄两人，分握兵权，急切不便发作。此次因齐王发难，有机可乘，遂互相谋划，作为内应。就是灌婴留屯荥阳，亦明明是平勃授意，叫他按兵不动。平又想到郦商父子，向与产禄结有交谊，情好最亲，遂托称计事，把郦商邀请过来，作为抵押。再召郦商子寄，入嘱秘谋，使他诱劝吕禄，速令就国。寄不得已往给吕禄道：“高帝与吕后共定天下，刘氏立九王，即吴楚齐代淮南瑯琊与恒山淮阳济川三国。吕氏立三王。即梁赵燕。都经大臣议定，布告诸侯，诸侯各无异言。今太后已崩，帝年尚少，足下既佩赵王印，不闻就国守藩，乃仍为上将，统兵留京，怎能不为他人所疑。今齐已起事，各国或且响应，为患不小，足下何不让还将印，把兵事交与太尉，再请梁王亦缴出相印，与大臣立盟，自明心迹，即日就国，彼齐兵必然罢归。足下据地千里，南面称王，方可高枕无忧了！”

吕禄信以为然，遂将寄言转告诸吕。吕氏父老，或说可行，或说不可行，弄得禄狐疑未决。寄却日日往探行止，见他未肯依言，很是焦急，但又不便屡次催促，只好虚与周旋，相机再劝。禄与寄友善，不知寄怀着鬼胎，反要寄同出游猎，寄不能不从。两人并辔出郊，打猎多时，得了许多鸟兽，方才回来。路过临光侯吕媭家，顺便入省，媭为禄姑，闻禄有让还将印意议，不待禄向前请安，便即怒叱道：“庸奴！汝为上将，乃竟弃军浪游，眼见吕氏一族，将无从安处了！”却是一个哲妇。禄莫名其妙，支吾对答，媭越加动气，将家中所藏珠宝，悉数取出，散置堂下，且恨恨道：“家族将亡，这等物件，终非我有，何必替他人守着呢？”禄见不可解，惘然退回。寄守候门外，见禄形色仓皇，与前次入门时，忧乐迥殊，即向禄问明原委。禄略与说明，寄不禁一惊，只淡淡的答了数语，说是老人多虑，何致有此禄似信非信，别了郦寄，自返府中。寄驰报陈平周勃，平勃也为担忧，免不得大费踌躇。小子有诗叹道：

谋国应思日后艰，如何先事失防闲？
早知有此忧疑苦，应悔当年太纵奸！

过了数日，又由平阳侯曹窋，奔告平勃，累得平勃忧上加忧。究竟所告何事，容至下回说明。

观平勃对王陵语，谓他日安刘，君不如仆。果能如是，则早应同心合德，共拒吕氏，何必待陆贾之献谋，始有此交欢之举耶！且当吕后病危之日，又不能乘隙除奸，以号称智勇之平勃，且受制于垂死之妇人，智何足道！勇何足言！微刘章之密召齐王，则外变不生，内谋曷逞，吕产吕禄，蟠踞宫廷，复刘氏如反掌，试问其何术安刘乎？后此之得诛诸吕，实为平勃一时之侥幸，必谓其有安刘之效果，克践前言，其固不能无愧也夫。

第四十六回　夺禁军捕诛诸吕
迎代王废死故君

却说平阳侯曹窋，是前相国曹参嗣子，见四十三回。方代任敖为御史大夫，在朝办事，他正与相国吕产，同在朝房。适值郎中令贾寿，由齐国出使归来，报称灌婴屯留荥阳，与齐连和，且劝产赶紧入宫，为自卫计。产依了寿言，匆匆驰去。窋闻知底细，慌忙走告陈平周勃，平勃见事机已迫，只好冒险行事，便密召襄平侯纪通，及典客刘揭，一同到来。通为前列侯纪成子，或谓即纪信子。方掌符节，平即叫他随同周勃，持节入北军，诈传诏命，使勃统兵，又恐吕禄不服，更遣郦寄带了刘揭，往迫吕禄，速让将印。勃等到了北军营门，先令纪通持节传诏，再遣郦寄刘揭，入给吕禄道："主上有诏，命太尉掌管北军，无非欲足下即日就国，足下急宜缴出将印，辞别出都，否则祸在目前了！"此语也只可欺禄，不能另欺别人。禄本来无甚才识，更因郦寄是个好友，总道他不致相欺，乃即取出将印，交与刘揭，匆匆出营。

揭与寄急往见勃，把将印交付勃手，勃喜如所望。握着印信，召集北军，立即下令道："为吕氏右袒，为刘氏左袒！"此令亦欠周到，倘或军中左右袒，勃将奈何！北军都袒露左臂，表示助刘。勃因教他静待后令，不得少哗，一面遣人报知陈平，平又使朱虚侯刘章，驰往助勃。勃令章监守军门，再遣曹窋往语殿中卫尉，毋得容纳吕产。产已入未央宫，号召南军，准备守御，蓦见曹窋驰入，不知他所为何事，乃亦欲入殿探信。偏殿中卫尉，已皆听信曹窋，将产阻住，产不能进去，只好在殿门外面，徘徊往来。与吕禄同是庸奴，怎能不为所杀！窋见产虽无急智，但南军尚听他指挥，未敢轻动，复使人往报周勃。勃亦恐不能取胜，唯令刘章入宫，保卫少帝。刘章道："一人何足成事？请拨千人为助，方好相机而行。"勃乃拨给步卒千余人，各持兵械，随章入未央宫。章趋进宫门，时已傍晚，见产尚立着庭中，不知所为，暗思此时不击，尚待何时？于是顾语步卒，急击勿延。幸有此尔。一语甫毕，千人齐奋，都向吕产面前，挺刃杀去。章亦拔剑继进，大呼杀贼，产大惊失色，回头便跑，手下军士，却想抵敌刘章，不意豁喇一声，暴风骤至，吹得毛发皆竖，立足不住，众心遂致慌乱。更兼吕产平日没有什么恩德，哪个肯为他效死，一哄都走，四散奔逃。章率兵士分头捕产，产不得出宫，逃入郎中府吏舍厕中，踡伏一团。相国要想尝粪么？偏是死期已至，竟被兵士寻着，一把抓出，上了锁链，牵出见章。章不与多言，顺手一剑，砍中产头，眼见是一命呜呼了！

俄而有一谒者持节出来，口称奉少帝命，慰劳军人，章即欲夺节，偏谒者不肯交付，拼死持着。章转念一想，还是胁与同行，乃将他一手扯住，同载车中，出了未央宫，转赴长乐宫。部下千余人，自然跟去。行至长乐宫前，叩门竟入，门吏见有谒者持节，不敢拦阻，由他直进。长乐卫尉，就是赘其侯吕更始，章正为他前来，出其不意，除灭了他，免得多费兵力。更始尚未知吕产被杀，贸然出迎，又被章仗剑一挥，劈落头颅。章不容谒者开口，便即诈称帝命，只诛吕氏，不及他人。卫士各得生命，且见有谒者持节在旁，当然听命。章乃返报周勃，勃跃然起座，向章拜贺道："我等只患一吕产，产既伏诛，天下事大定了！"当下遣派将士，分捕诸吕，无论男女老幼，一古脑儿拿到军前。就是吕禄吕媭，也无从逃免。勃命将吕禄先行绑出，一刀毕命，吕媭还想挣扎，信口胡言，惹动周勃盛怒，命军士揿她倒地，用杖乱笞，一副老骨头，禁得起几多大杖！不到百下，已经断气。何不早死数日。此外悉数处斩，差不多有数百人。燕王吕通，已经赴燕，也由勃派一朝使，托称帝命，迫令自尽。又将鲁王张偃，削夺官爵，废为庶人。后来文帝即位，追念张耳前功，乃复封偃为南宫侯。独左丞相审食其，明明是吕氏私党，并且浊乱宫闱，播弄朝政，理应将他治罪，明正典刑，偏由陆贾朱建，代为说情，竟得幸逃法网，仍官原职。陈平周勃究竟未识大体，就是陆贾亦不免阿私。

陈平周勃，因已扫清诸吕，遂将济川王刘太徙封，改称梁王，且遣朱虚侯刘章赴齐，请齐王襄罢兵，再使人通知灌婴，令即班师回朝。灌婴闻得齐将魏勃，劝襄举兵，并擅杀齐相召平，料他不是个驯良人物，索性把勃召至，面加质问。勃答说道："譬如人家失火，何暇先白家长，然后救火哩。"说着，退立一旁，面有战色，不敢复言。这是魏勃故作此态，瞒过灌婴。灌婴注目多时，向勃微笑道："我道魏勃有什么勇敢，原来是个庸人，有何能为？"遂释使归齐，自引兵驰还长安。

瑯琊王刘泽，探悉吕氏尽诛，内外解严，才得放胆登程，驱车入都。可巧朝内大臣，密议善后事宜，一闻刘泽到来，统以为刘氏宗室，泽齿居长，不能不邀他参议，免有后言。泽从容入座，起初是袖手旁观，不发一语，但听平勃等宣言道："从前吕太后所立少帝，及济川淮阳恒山三王，实皆非惠帝遗胤，冒名入宫，滥受封爵。今诸吕已除，不能不正名辨谬，若使他姓再得乱宗，将来年纪长成，秉国用事，仍与吕氏无二，我等且无遗类了！不如就刘氏诸王中，择贤拥立，方可免祸。"这番论调说将出来，大众统皆赞成，就是泽也无异词。及说到刘氏诸王，当有人出来主张，谓齐王襄系高帝长孙，应该迎立。泽即发言驳斥道："吕氏以外家懿戚，得张毒焰，害勋亲，危社稷，今齐王母舅驷钧，如虎戴冠，行为暴戾，若齐王得立，钧必专政，是去一吕氏，复来一吕氏了。此议如何行得？"陈平周勃，听到此语，当然附和泽议，不愿立襄。其实泽是怀着前恨，借端报复，故有此言。大众又复另议，公推了一个代王恒，并说出两种理由，一是高祖诸子，尚存两王，代王较长，性又仁孝，不愧为君，二是代王母家薄氏，素来长厚，未尝与政，可无他患，有此两善，确是名正言顺，允洽舆情。平勃遂依了众议，阴使人往见代王，迎他入京。

代王恒接见朝使，问明来意，虽觉得是一大喜事，但也未敢骤然动身，因召集僚属，会议行止。郎中令张武等谏阻道："朝上大臣，统是高帝旧将，素习兵事，专尚诈谋。前由高帝吕太后，相继驾御，未敢为非，今得灭诸吕，喋血京师，何必定要迎立外藩？大王不宜轻信来使，且称疾勿往，静观时变。"说到末语，忽有一人进说道："诸君所言，都属非是，大王得此机会，即应命驾入都，何必多疑？"代王瞧着，乃是中尉宋昌，正欲启问，昌已接说道："臣料大王此行，万安万稳，保无后忧！试想暴秦失政，豪杰并起，哪一个不想称尊，后来得践帝位，终属刘家，天下都屏息敛足，不敢再存奢望，这便是第一件无忧呢。高帝分王子弟，地势如犬牙相制，固如磐石，天下莫不畏威，这第二件也可无忧。汉兴以后，除秦苛政，约定法令，时施德惠，人心已皆悦服，何致动摇。这第三件更不必忧了。就是近日吕后称制，立诸吕为三王，擅权专政！何等威严，太尉以一节入北军，奋臂一呼，士皆左袒，助刘灭吕，可见得天意归刘，并不是专靠人力呢。今大臣虽欲为变，百姓不肯听从，如何成事？况内有朱虚东牟二侯，外有吴楚淮南齐代诸国，互相制服，必不敢动。现在高帝子嗣，只存淮南王与大王二人，大王年长，又有贤圣仁孝的美名，传闻天下，所以诸大臣顺从舆情，来迎大王，大王尽可前往，统治天下，何必多疑呢！”见得到，说得透。

代王恒素性谨慎，还有三分疑意，乃入白母后薄氏。薄太后前居宫中，亦经过许多艰苦，幸得西行，脱身免祸，此时尚带余惊，不敢决计令往。代王又召入卜人，嘱令占卦，卜人占得卦象，即向代王称贺，说是大吉。代王问及卦兆爻辞，卜人道：“卦兆叫做大横，爻辞有云：大横庚庚，余为天王，夏启以光。”周易中无此三语，想是出诸连山旧藏。代王道：“寡人已经为王，还做什么天王呢？”卜人道：“天王就是天子，与诸侯王不同。”代王乃遣母舅薄昭，先赴都中，问明太尉周勃，勃极言诚意迎王，誓无他意。薄昭即还报代王，代王方笑语宋昌道：“果如君言，不必再疑！”随即备好车驾，与昌一同登车，令昌骖乘，随员唯张武等六人，循驿西行。

到了高陵，距长安不过数十里，代王尚未尽放心，使昌另乘驿车，入都观变。昌驰抵渭桥，但见诸大臣都已守候，因即下车与语，说是代王将至，特来通报。诸大臣齐声道：“我等已恭候多时了。”昌见群臣全体出迎，料是同意，乃复登车回至高陵，请代王安心前进。代王再使骖乘，命驾进行，至渭桥旁，诸大臣已皆跪伏，交口称臣。代王也下车答拜，昌亦随下。待至诸大臣起来，周勃抢前一步，进白代王，请屏左右，昌即在旁正色道：“太尉有事，尽可直陈；所言是公，公言便是；所言是私，王者无私！”正大光明。勃被昌一说，不觉面颊发赤，仓猝跪地，取出天子符玺，捧献代王。代王谦谢道：“且至邸第，再议未迟。”勃乃奉玺起立，请代王登车入都，自为前导，直至代邸。时为高后八年闰九月中，勃与右丞相陈平，率领群僚，上书劝进。略云：

丞相臣平，太尉臣勃，大将军臣武，即柴武。御史大夫臣苍，即张苍，前文云曹窋为御史大夫，此时想已辞职。宗正臣郢，朱虚侯臣章，章本赴齐，至此已经还都。东牟侯臣兴居，典客臣揭，再拜言大王足下，子弘等皆非孝惠皇帝子，不当奉宗庙，臣谨请阴安侯系高祖兄，刘伯妻，即羹颉侯信母。顷王后系高祖兄，刘仲妻，尝废为郃阳侯，子濞为吴王，故仲死后，得谥为顷王。琅琊王，暨列侯吏二千石，公议大王为高皇帝子，宜为嗣，愿大王即天子位！

代王览书，复申谢道："奉承高帝宗庙，乃是重事，寡人不才，未足当此，愿请楚王到来，再行妥议，选立贤君。"群臣等又复面请，并皆俯伏，不肯起来。代王逡巡起座，西向三让，南向再让，还是向众固辞。平勃等齐声道："臣等几经恭议，现在奉高帝宗庙，唯大王最为相宜，无论天下列侯万民，无思不服，臣等为宗庙社稷计，原非轻率从事，愿大王幸听臣等，臣等谨奉天子玺符，再拜呈上！"说着，即由勃捧玺陈案，定要代王接受。代王方应允道："既由宗室将相诸侯王，决意推立寡人，寡人也不敢违众，勉承大统便了！"群臣俱舞蹈称贺，即尊代王为天子，是为文帝。

东牟侯兴居进奏道："此次诛灭吕氏，臣愧无功，今愿奉命清宫。"文帝允诺，命与太仆汝阴侯夏侯婴同往。两人径至未央宫，入语少帝道："足下非刘氏子，不当为帝，请即让位！"一面说，一面挥去左右执戟侍臣。左右去了多人，尚有数人未肯退去，大谒者张释，巧为迎合，劝令退出，乃皆释戟散走。夏侯婴即呼入便舆，迫少帝登舆出宫。少帝弘战栗道："汝欲载我何往？"婴直答道："出就外舍便是！"说着，即命从人御车驱出，行至少府署中，始令少帝下车居住。兴居又逼使惠帝后张氏，移徙北宫，然后备好法驾，至代邸迎接文帝。文帝即夕入宫，甫至端门，尚有十人持戟，阻住御驾，且朗声道："天子尚在，足下怎得擅入？"文帝不觉惊疑，忙遣人驰告周勃。勃闻命驰入，晓示十人，叫他避开。十人始知新天子到来，弃戟趋避，文帝才得入内。当夜拜宋昌为卫将军，镇抚南北军，授张武为郎中令，巡行殿中，自御前殿，命有司缮成恩诏，颁发出去。诏曰：

制诏丞相太尉御史大夫，间者诸吕用事擅权，谋为大逆，欲危刘氏宗庙，赖将相列侯宗室大臣诛之，皆伏其辜。朕初即位，其赦天下，赐民爵一级，女子百户牛酒，酺五日。

是夜少帝弘暴死少府署中，还有常山王朝，淮阳王武，梁王太三人，当时虽受王封，统因年幼无知，未便就国，仍然留居京邸，这三人亦同时被杀。想是陈平周勃，恐他留为后患，不如斩草除根，杀死了事。文帝乐得置诸不问。究竟少帝与三王，是否惠帝子，亦无从证实，不过这数人无罪无辜，同致杀死，就使果是杂种，也觉得枉死可怜。推究祸原，还是吕太后造下冤孽哩。冤有头，债有主，应该追究。话分两头。

且说文帝既已正位，倏忽间已是十月，沿着旧制，下诏改元。月朔谒见高庙，礼毕还朝，受群臣觐贺，下诏封赏功臣。有云：

前吕产自置为相国，吕禄为上将军，擅遣将军灌婴，将兵击齐，欲代刘氏。婴留荥阳，与诸侯合谋，以诛吕氏。吕产欲为不善，丞相平与太尉勃等，谋夺产等军，朱虚侯章首先捕斩产，太尉勃身率襄平侯通，持节承诏入北军，典客揭夺吕禄印。其益封太尉勃邑万户，赐金千斤，丞相平将军婴邑各三千户，金二千斤，朱虚侯章襄平侯通邑各二千户，金千斤，封典客揭为阳信侯，赐金千斤，用酬劳勚。其毋辞！

封赏已毕，遂尊母后薄氏为皇太后，遣车骑将军薄昭，带着卤薄，往代奉迎。追谥故赵王友为幽王，赵王恢为共王，燕王建为灵王。共灵二王无后，唯幽王友有二子，长子名遂，由文帝特许袭封，命为赵王，移封瑯琊王泽为燕王，所有从前齐楚故地，为诸吕所割封，至是尽皆给还，不复置国。中外胪欢，吏民额手。

忽由右丞相陈平，上书称病，不能入朝，文帝乃给假数日。待至假满，平只好入谢，且请辞职。文帝惊问何因？平复奏道："高皇帝开国时，勃功不如臣，今得诛诸吕，臣功不如勃，愿将右丞相一职，让勃就任，臣心方安。"可见称病是诈。文帝乃命勃为右丞相，迁平为左丞相，罢去审食其。实是可杀。任灌婴为太尉。勃受命后，趋出朝门，面有骄色，文帝却格外敬礼，注目送勃。郎中袁盎，从旁瞧着，独出班启奏道："陛下视丞相为何如人？"

文帝道："丞相可谓社稷臣！"袁盎道："丞相乃是功臣，不得称为社稷臣。古时社稷臣所为，必君存与存，君亡与亡，丞相当吕氏擅权时，身为太尉，不能救正，后来吕后已崩，诸大臣共谋讨逆，丞相方得乘机邀功。今陛下即位，特予懋赏，敬礼有加，丞相不自内省，反且面有德色，难道社稷臣果如是么？"文帝听了，默然不答，嗣是见勃入朝，辞色谨严，勃亦觉得有异，未敢再夸，渐渐的易骄为畏了。暗伏下文。小子有诗叹道：

漫言厚重足安刘，功少封多也足羞，
不是袁丝袁盎字丝。先进奏，韩彭遗祸且临头！

君严臣恭，月余无事，那车骑将军薄昭，已奉薄太后到来，文帝当即出迎。欲知出迎情事，容待下回再详。

诸吕之诛，虽由平勃定谋，而首事者为朱虚侯刘章。齐之起兵，章实使之，前回总评中已经叙及。至若周勃已夺北军，即应捕诛产禄，乃尚不敢遽发，但遣刘章入卫，设章不亟杀吕产，则刘吕之成败，尚未可知。陈平有谋无勇，因人成事，论其后日定策之功，未足以赎前日阿谀之罪。至文帝即位，厚赍平勃，而刘章不即加赏，文帝其亦有私意欤？西向让三，南向让再，无非为矫伪之虚文，彼于刘章之欲戴乃兄，尚怀疑忌，宁有不欲称尊之理？况少帝兄弟，同时毙命，皆不过问，其居心更可见矣。夫贤如文帝，而不免怀私，此尧舜以后之所以终无圣主也。

第四十七回　两重喜窦后逢兄弟
一纸书文帝服蛮夷

却说文帝闻母后到来，便率领文武百官，出郊恭迎。伫候片时，见薄太后驾到，一齐跪伏，就是文帝亦向母下拜。薄太后安坐舆中，笑容可掬，但令车骑将军薄昭，传谕免礼。薄昭早已下马，遵谕宣示，于是文帝起立，百官皆起，先导后拥，奉辇入都，直至长乐宫中，由文帝扶母下舆。登御正殿，又与百官北面谒贺，礼毕始散。这位薄太后的履历，小子早已叙过，毋庸赘述。见前文中。唯薄氏一索得男，生了这位文帝，不但母以子贵，而且文帝竭尽孝思，在代郡时，曾因母病久延，亲自侍奉，日夜不怠，饮食汤药，必先尝后进，薄氏因此得痊，所以贤孝著闻，终陟帝位。一位失宠的母妃，居然尊为皇太后，适应了许负所言，可见得苦尽甘回，凡事都有定数，毋庸强求呢。讽劝世人不少。

说也奇怪，薄太后的遭际，原是出诸意外，还有文帝的继室窦氏，也是反祸为福，无意中得着奇缘。随笔递入。窦氏系赵地观津人，早丧父母，只有兄弟二人，兄名建，字长君，弟名广国，字少君。少君甚幼，长君亦尚年少，未善谋生，又值兵乱未平，人民离析，窦氏与兄弟二人，几乎不能自存。巧值汉宫采选秀女，窦氏便去应选，得入宫中，侍奉吕后。既而吕后发放宫人，分赐诸王，每王五人，窦氏亦在行中。他因籍隶观津，自愿往赵，好与家乡接近，当下请托主管太监，陈述己意。主管太监却也应允，不意事后失记，竟将窦氏姓名，派入代国，及至窦氏得知，向他诘问，他方自知错误，但已奏明吕后，不能再改，只得好言劝慰，敷衍一番。窦氏洒了许多珠泪，自悲命薄，怅怅出都。同行尚有四女，途中虽不至寂寞，总觉得无限凄凉。哪知到了代国，竟蒙代王特别赏识，选列嫔嫱，春风几度，递结珠胎。第一胎生下一女，取名为嫖，第二三胎均是男孩，长名启，次名武。当时代王夫人，本有四男，启与武乃是庶出，当然不及嫡室所生。窦氏却也自安本分，敬事王妃，并嘱二子听命四兄，所以代王嘉她知礼，格外宠爱。会值代王妃得病身亡，后宫虽尚有数人，总要算窦氏为领袖，隐隐有继妃的希望，不过尚未曾正名。至代王入都为帝，前王妃所出四男，接连夭逝，于是窦氏二子，也得头角崭露，突出冠时。有福人自会凑机，不必预先摆布。

文帝元年孟春之月，丞相以下诸官吏，联名上书，请豫立太子。文帝又再三谦让，谓他日应推选贤王，不宜私建子嗣。群臣又上书固请，略言三代以来，立嗣必子，今皇子启位次居长，敦厚慈仁，允宜立为太子，上承宗庙，下副人心。文帝乃准如所请，册立东宫，即以皇子启为太子。太子既定，群臣复请立皇后。看官试想！太子启既为窦氏所生，窦氏应该为后，尚何疑义？不过群臣未曾指名，让与文帝乾纲独断，文帝也因上有太后，须要禀承母命，才见孝思。当由薄太后下一明谕，饬立太子母窦氏为皇后，窦氏遂得为文帝继室，正位中宫，这叫做意外奇逢，不期自至。若使当年主管太监，不忘所托，最好是做了一个妾媵，怎能平空一跃，升做国母呢？彼时幽共二王，内有悍妇，若窦氏做他姬妾，恐怕还要枉死，何止不能为国母呢！

窦氏既得为后，长女嫖受封馆陶公主，次子武亦受封为淮阳王。就是窦后的父母，也由薄太后推类赐恩，并沐荣封。原来薄太后父母，并皆早殁，父葬会稽，母葬栎阳，自从文帝即位，追尊薄父为灵文侯，就会稽郡置园邑三百家，奉守祠冢。薄母为灵文夫人，亦就栎阳北添置园邑，如灵文侯园仪。薄太后以自己父母，统叨封典，不能厚我薄彼，将窦后父母搁过不提。乃诏令有司，追尊窦后父为安成侯，母为安成夫人，就在清河郡观津县中，置园邑二百家，所有奉守祠冢的礼仪，如灵文园大略相同。惺惺惜惺惺。还有车骑将军薄昭，系薄太后弟，时已得封为轵侯，因此窦后兄长君，也得蒙特旨，厚赐田宅，使他移居长安。窦后自然感念姑恩，泥首拜谢，待至长君奉旨到来，兄妹相见，当然忧喜交集，琐叙离踪。谈到季弟少君，长君却唏嘘流涕，说是被人掠去，多年不得音问，生死未卜，窦后关情手足，也不禁涕泗滂沱，待至长君退出，遣人至清河郡中，嘱令地方有司，访觅少君，一时也无从寻着。

窦后正惦念得很，一日忽由内侍递入一书，展开一看，却是少君已到长安，自来认亲。书中述及少时情事，谓与姊同出采桑，尝失足堕地。窦后追忆起来，确有此事，因即向文帝说明，文帝乃召少君进见。少君与窦后阔别，差不多有十余年，当时尚只四五岁，久别重逢，几不相识，窦后未免错愕，不便遽认。还是文帝在座细问，方由少君仔细具陈，他自与姊别后，被盗掠去，卖与人家为奴，又辗转十余家，直至宜阳，时已有十六七岁了。宜阳主人，命与众仆入山烧炭，夜就山下搭篷，随便住宿。不料山忽崩塌，众仆约百余人，统被压死，只有少君脱祸。主人也为惊异，较前优待。少君又佣工数年，自思大难不死，或有后福，特向卜肆中问卜，卜人替他占得一卦，说他剥极遇复，便有奇遇，不但可以免穷，并且还要封侯。少君哑然失笑，疑为荒唐，不敢轻信。连我亦未必相信。可巧宜阳主人，徙居长安，少君也即随往。到了都中，正值文帝新立皇后，文武百官，一齐入贺，车盖往来，很是热闹。当有都人传说，谓皇后姓窦，乃是观津人氏，从前不过做个宫奴，今日居然升为国母，真正奇怪得很。少君听了传言，回忆姊氏曾入宫备选，难道今日的皇后，就是我姊不成？因此多方探听，果然就是姊氏，方大胆上书，即将采桑事列入，作为证据。乃奉召入宫，经文帝和颜问及，乃详陈始末情形。窦后还有疑意，因再盘问道："汝可记得与姊相别，情迹如何？"少君道："我姊西行时，我与兄曾送至邮舍，姊怜我年小，曾向邮舍中乞得米沉，为我沐头，又乞饭一碗，给我食罢，方才动身。"说至此，不禁哽咽起来。那窦后听了，比少君还要增悲，也顾不得文帝上坐，便起身流泪道："汝真是我少弟了！可怜可怜！幸喜得有今日，汝姊已沐皇恩，我弟亦蒙天佑，重来聚首！"说到首字，竟不能再说下去，但与少君两手相持，痛哭起来。少君亦涕泪交横，内侍等站立左右，也为泣下。就是坐在上面的文帝，看到两人情词凄切，也为动容。恻隐之心，人皆有之。待至两人悲泣多时，才为劝止，且召入后兄长君，叫他相会。兄弟重叙，更有一番问答的苦情，不在话下。

唯文帝令他兄弟同居，再添赐许多田宅，长君少君，方拜辞帝后，携手同归。右丞相周勃，太尉灌婴闻知此事，私自商议道："从前吕氏专权，我等幸得不死。今窦后兄弟，并集都中，将来或倚着后族，得官干政，岂非我等性命，又悬在两人手中？且彼两人出身寒微，未明礼义，一或得志，必且效尤吕氏，今宜预为加防，替他慎择师友，曲为陶熔，方不致有后患哩！”二人议定，随即上奏文帝，请即选择正士，与窦后兄弟交游。文帝准奏，择贤与处。窦氏兄弟，果然退让有礼，不敢倚势陵人。且文帝亦惩前毖后，但使他安居长安，不加封爵。直至景帝嗣位，尊窦后为皇太后，乃拟加封二舅，适值长君已死，不获受封，有子彭祖，得封南皮侯，少君尚存，得封章武侯。此外有魏其侯窦婴，乃是窦后从子，事见后文。

且说文帝励精图治，发政施仁，赈穷民，养耆老，遣都吏巡行天下，察视郡县守令，甄别淑慝，奏定黜陟。又令郡国不得进献珍物。海内大定，远近翕然。乃加赏前时随驾诸臣，封宋昌为壮武侯，张武等六人为九卿，另封淮南王舅赵兼为周阳侯，齐王舅驷钧为靖郭侯，故常山丞相蔡兼为樊侯。又查得高祖时佐命功臣，如列侯郡守，共得百余人，各增封邑，无非是亲旧不遗的意思。

过了半年有余，文帝益明习国事，特因临朝时候，顾问右丞相周勃道：“天下凡一年内，决狱几何？”勃答称未知。文帝又问每年钱谷，出入几何？勃又详说不出，仍言未知。口中虽然直答，心中却很是怀惭，急得冷汗直流，湿透背上。文帝见勃不能言，更向左边顾问陈平。平亦未尝熟悉此事，靠着那一时急智，随口答说道：“这两事各有专职，陛下不必问臣。”文帝道：“这事何人专管？”平又答道：“陛下欲知决狱几何，请问廷尉？就是钱谷出入，亦请问治粟内史便了！”文帝作色道：“照此说来，究竟君主管何事？”平伏地叩谢道：“陛下不知臣驽钝，使臣得待罪宰相，宰相的职任，上佐天子理阴阳，顺四时，下抚万民，明庶物，外镇四夷诸侯，内使卿大夫各尽职务，关系却很是重大呢。”真是一张利嘴。文帝听着，乃点首称善。文帝也是忠厚，所以被他骗过。勃见平对答如流，更觉得相形见绌，越加惶愧。待至文帝退朝，与平一同趋出，因向平埋怨道：“君奈何不先教我！”忠厚人总觉带呆。平笑答道：“君居相位，难道不知己职，倘若主上问君，说是长安盗贼，尚有几人，试问君将如何对答哩？”勃无言可说，默然退归，自知才不如平，已有去意。可巧有人语勃道：“君既诛诸吕，立代王，威震天下，首受厚赏，古人有言，功高遭忌，若再恋栈不去，祸即不远了！”勃被他一吓，越觉寒心，当即上书谢病，请还相印。文帝准奏，将勃免职，专任陈平为相，且与商及南越事宜。

南越王赵佗，前曾受高祖册封，归汉称臣。事见前文。至吕后四年，有司请禁南越关市铁器，佗因此动怒，背了汉朝，僭称南越武帝。且疑是长沙王吴回吴芮孙。进谗，遂发兵攻长沙，蹂躏数县，大掠而去。长沙王上报朝廷，请兵援应，吕后特遣隆虑侯周灶，率兵往讨。适值天时溽暑，士卒遇疫，途次多致病死，眼见是不能前行，并且南岭一带，由佗派兵堵住，无路可入，灶只得逗留中道，到了吕后病殁，索性班师回京。赵佗更横行无忌，用了兵威财物，诱致闽越西瓯，俱为属国，共得东西万余里地方，居然乘黄屋，建左纛，与汉天子仪制相同。文帝见四夷宾服，独有赵佗倔强得很，意欲设法羁縻，用柔制刚，当下命真定官吏，为佗父母坟旁，特置守邑，岁时致祭。且召佗兄弟属亲，各给厚赐，然后选派使臣，南下招佗。这种命意，不能不与相臣商议，陈平遂将陆贾保荐上去，说他前番出使，不辱君命，此时正好叫他再往，驾轻就熟，定必有成。文帝也以为然，遂召陆贸入朝，仍令为大中大夫，使他赍着御书，往谕赵佗。贾奉命起程，好几日到了南越，赵佗闻是熟客，当然接见。贾即取书交付，由佗接过手中，便即展阅，但见书中说是：

> 朕，高皇帝侧室子也，奉北藩于代，道路辽远，壅蔽朴愚，未尝致书。高皇帝弃群臣，孝惠皇帝即世，高后自临事，不幸有疾，日进不衰。诸吕为变，赖功臣之力，诛之已毕，朕以王侯吏不释之故，不得不立。乃者闻王遗将军隆虑侯书，求亲昆弟，请罢长沙两将军。朕以王书罢将军博阳侯，亲昆弟在真定者，已遣使存问，修治先人冢。前日闻王发兵于边，为寇灾不止，当时长沙王苦之，南郡尤甚。虽王之国，庸独利乎？必多杀士卒，伤良将吏，寡人之妻，孤人之子，独人父母，得一亡十，朕不忍为也。朕欲定地犬牙相入者，以问吏，吏曰：高皇帝所以介长沙王也，朕不能擅变焉。今得王之地，不足以为大，得王之财，不足以为富，岭以南王自治之。虽然，王之号为帝，两帝并立，无一乘之使以通其道，是争也；争而不让，王者不为也。愿与王分弃前恶，终今以来，通使如故，故使贾驰谕，告王朕意。

赵佗阅毕，大为感动，便握贾手与语道：“汉天子真是长者，愿奉明诏，永为藩臣。”贾即指示御书道：“这是天子的亲笔，大王既愿臣服天朝，对着天子手书，就与面谒一般，应该加敬。”赵佗听着，就将御书悬诸座上，自在座前拜跪，顿首谢罪。贾又令速去帝号，佗亦允诺，下令国中道：“我闻两雄不并立，两贤不并世。汉皇帝真贤天子，自今以后，我当去帝制黄屋左纛，仍为汉藩。”贾乃夸奖赵佗贤明。佗闻言大喜，与贾共叙契阔，盛筵相待。款留了好几日，贾欲回朝报命，向佗取索复书，佗构思一番，亦缮成一书道：

> 蛮夷大长老夫臣佗昧死再拜，上书皇帝陛下：老夫故越吏也，针对侧室子句。高皇帝幸赐臣佗玺，以为南越王。孝惠帝即位，义不忍绝，所以赐老夫者厚甚。高后用事，别异蛮夷，出令曰：毋与蛮夷越金铁田器马牛羊，即予，予牡毋予牝。老夫处僻，马牛羊齿已长，自以祭祀不修，有死罪，使内史藩，中尉高，御史平凡三辈，上书谢罪皆不返。又风闻老夫父母坟墓已坏削，兄弟宗族与诛论，吏相与议曰：今内不得振于汉，外无以自高异，故更号为帝，自帝其国，非敢有害于天下。高皇后闻之大怒，削去南越之籍，使使不通，老夫窃疑长沙王谗臣，故敢发兵以伐其边。且南方卑湿，蛮夷中西有西瓯，其众半羸，南面称王，东有闽越，其众数千人，亦称王，西北有长沙，其半蛮夷，亦称王，老夫故敢妄窃帝号，聊以自娱。老夫处越四十九年，于今抱孙焉，然夙兴夜寐，寝不安席，食不甘味，目不视靡曼之色，耳不听钟鼓之音者，以不得事汉也。今陛下幸哀怜，复故号，通使汉如故，老夫死，骨不腐，改号，不敢为帝矣。谨昧死再拜以闻。

书既写就，随手封固，又取出许多方物，托贾带还，作为贡献，另外亦有赆仪赠贾。贾即别了赵佗，北还报命，及进见文帝，呈上书件，文帝看了一周，当然欣慰，也即厚赏陆贾，贾拜谢而退。好做富家翁了。嗣是南方无事，寰海承平，两番使越的陆大夫，亦安然寿终，小子有诗咏道：

武力何如文教优，御夷有道在怀柔，

诏书一纸蛮王拜，伏地甘心五体投。

未几就是文帝二年，岁朝方过，便有一位大员，病重身亡。欲知何人病逝，容至下回再表。

有薄太后之为姑，复有窦皇后之为妇，两人境遇不同，而其悲欢离合之情迹，则如出一辙，可谓姑妇之间，无独有偶者矣。语有之：塞翁失马，安知非福，两后亦如是耳。长君少君，不期而会，先号后笑，命亦从同，得绛灌之代为设法，择正士以保傅之，而长君少君，卒为退让之君子，是何莫非窦氏之幸福欤。赵佗横恣岭南，第以一书招谕，即顿首谢罪，自去帝制，可见推诚待人，鲜有不为所感动者。忠信之道，行于蛮貊，奚必劳师动众为哉！

第四十八回　遭众忌贾谊被迁
正阃仪袁盎强谏

却说丞相陈平，专任数月，忽然患病不起，竟至谢世。文帝闻讣，厚给赙仪，赐谥曰献，令平长子贾袭封。平佐汉开国，好尚智谋，及安刘诛吕，平亦以计谋得功。平尝自言我多阴谋，为道家所禁，及身虽得幸免，后世子孙，恐未必久安。后来传至曾孙陈何，擅夺人妻，坐法弃市，果致绝封。可为好诈者鉴。这且不必细表。唯平既病死，相位乏人，文帝又记起绛侯周勃，仍使为相，勃亦受命不辞。会当日蚀告变，文帝因天象示儆，诏求贤良方正，直言极谏。当由颍阴侯骑士贾山，上陈治乱关系，至为恳切，时人称为至言。略云：

臣闻为人臣者，尽忠竭愚，以直谏主，不避死亡之诛，臣山是也。臣不敢虚稽久远，愿借秦为喻，唯陛下少加意焉！夫布衣韦带之士，修身于内，成名于外，而使后世不绝息。至秦则不然，贵为天子，富有天下，赋敛重数，音朔百姓任罢，音疲赭衣半道，群盗满山，使天下之人，戴目而视，倾耳而听。一夫大呼，天下响应，盖天罚已加矣。臣闻雷霆之所击，无不摧者，万钧之所压，无不靡者，今人主之威，非特雷霆也，势重非特万钧也，开道而求谏，和颜色而受之，用其言而显其身，士犹恐惧而不敢自尽，又况于纵欲恣暴，恶闻其过乎！昔者周盖千八百国，以九州之民，养千八百国之君，君有余财，民有余力，而颂声作。秦皇帝以千八百国之民自养，力罢不能胜其役，财尽不能胜其求，身死才数月耳，天下四面而攻之，宗庙灭绝矣。秦皇帝居灭绝之中，而不自知者何也？亡无也辅弼之臣，亡直谏之士，天下已溃而莫之告也。今陛下使天下举贤良方正之士，天下之士，莫不精白以承休德，今已在朝廷矣，乃选其贤者，使为常侍诸吏，与之驰骋射猎，一日再三出，臣恐朝廷之懈弛，百官之堕于事也。陛下即位，亲自勉以厚天下，振贫民，礼高年，平狱缓刑，天下莫不喜悦。臣闻山东吏布诏令，民虽老羸癃疾，扶杖而往听之，愿少须臾毋死，思见德化之成也。今功业方就，名闻方昭，四方向风，乃从豪俊之臣，方正之士，与之日日猎射，击兔伐狐，以伤大业，绝天下之望，臣窃悼之！诗曰：靡不有初，鲜克有终，臣不胜大愿，愿少衰射猎，以夏岁二月，定明堂，造大学，修先王之道，风行俗成，万世之基定，然后唯陛下所幸耳。古者大臣不得与宴游，方正修絜音洁之士，不得从射猎，使皆务其方以高其节，则群臣莫敢不正身修行，尽心以称大礼。如此则陛下之道，得所尊敬，然后功业施于四海，垂于万世子孙矣。

原来文帝虽日勤政事，但素性好猎，往往乘暇出游，猎射为娱，所以贾山反复切谏。文帝览奏，颇为嘉纳，下诏褒奖，嗣是车驾出入，遇着官吏上书，必停车收受，有可采择，必极口称善，意在使人尽言。当时又有一个通达治体的英才，与贾山同姓不宗，籍隶洛阳，单名是一谊字。少年卓荦，气宇非凡。贾谊是一时名士，故叙入谊名，比贾山尤为郑重。尝由河南守吴公，招置门下，备极器重。吴公素有循声，治平为天下第一，文帝特召为廷尉。随笔带过吴公，不没循吏。吴公奉命入都，遂将谊登诸荐牍，说他博通书籍，可备咨询，文帝乃复召谊为博士。谊年才弱冠，朝右诸臣，无如谊少年，每有政议，诸老先生未能详陈，一经谊逐条解决，偏能尽合人意，都下遂盛称谊才。文帝也以为能，仅一岁间，超迁至大中大夫。谊劝文帝改正朔，易服色，更定官制，大兴礼乐，草成数千百言，厘举纲要，文帝却也叹赏，不过因事关重大，谦让未遑。谊又请耕籍田、遣列侯就国，文帝乃照议施行。复欲升任谊为公卿，偏丞相周勃，太尉灌婴，及东阳侯张相如，御史大夫冯敬等，各怀妒忌，交相诋毁，常至文帝座前，说是洛阳少年，纷更喜事，意在擅权，不宜轻用。文帝为众议所迫，也就变了本意，竟出谊为长沙王太傅。谊不能不去，但心中甚是怏怏。出都南下，渡过湘水，悲吊战国时楚臣屈原，屈原被谗见放，投湘自尽。作赋自比。后居长沙三年，有鹏鸟飞入谊舍，停止座隅。鹏鸟似鸮，向称为不祥鸟，谊恐应己身，益增忧感，且因长沙卑湿，水土不宜，未免促损寿元，乃更作鹏鸟赋，自述悲怀。小子无暇抄录，看官请查阅《史》《汉》列传便了。

贾谊既去，周勃等当然快意，不过勃好忌人，人亦恨勃，最怨望的就是朱虚侯刘章，及东牟侯刘兴居。先是诸吕受诛，刘章实为功首，兴居虽不及刘章，但清宫迎驾，也算是一个功臣。周勃等与两人私约，许令章为赵王，兴居为梁王，及文帝嗣位，勃未尝替他奏请，竟背前言，自己反受了第一等厚赏，因此章及兴居，与勃有嫌。文帝也知刘章兄弟，灭吕有功，只因章欲立兄为帝，所以不愿优叙。好容易过了两年，有司请立皇子为王，文帝下诏道："故赵幽王幽死，朕甚怜悯，前已立幽王子遂为赵王，见四十七回。尚有遂弟辟彊，及齐悼惠子朱虚侯章，东牟侯兴居，有功可王。"这诏一下，群臣揣合帝意，拟封辟彊为河间王，朱虚侯章为城阳王，东牟侯兴居为济北王，文帝当然准议。唯城阳济北，俱系齐地，割封刘章兄弟，是明明削弱齐王，差不多剜肉补疮，何足言惠！这三王分封出去，更将皇庶子参，封太原王，揖封梁王。梁赵均系大国，刘章兄弟，希望已久，至此终归绝望，更疑为周勃所卖，啧有烦言。文帝颇有所闻，索性把周勃免相，托称列侯未尽就国，丞相可为倡率，出就侯封。勃未曾预料，突接此诏，还未知文帝命意，没奈何缴还相印，陛辞赴绛去了。

文帝擢灌婴为丞相，罢太尉官。灌婴接任时，已在文帝三年，约阅数月，忽闻匈奴右贤王，入寇上郡，文帝急命灌婴调发车骑八万人，往御匈奴，自率诸将诣甘泉宫，作为援应。嗣接灌婴军报，匈奴兵已经退去，乃转赴太原，接见代国旧臣，各给赏赐，并免代民三年租役。留游了十余日，又有警报到来，乃是济北王兴居，起兵造反，进袭荥阳。当下飞调棘蒲侯柴武为大将军，率兵往讨，一面令灌婴还师，自领诸将急还长安。兴居受封济北，与乃兄章同时就国，章郁愤成病，不久便殁。了过刘章。兴居闻兄气愤身亡，越加怨恨，遂有叛志，适闻文帝出讨匈奴，总道是关中空虚，可以进击，因即骤然起兵。哪知到了荥阳，便与柴武军相遇，一场大战，被武杀得七零八落，四散奔逃。武乘胜追赶，紧随不舍，兴居急不择路，策马乱跑，一脚踏空，马竟蹶倒，把兴居掀翻地上。后面追兵已到，顺手拿住，牵至柴武面前，武把他置入囚车，押解回京。兴居自知不免，扼吭自杀。兴居功不及见，乃敢造反，怎得不死。待武还朝复命，验明尸首，文帝怜他自取灭亡，乃尽封悼惠王诸子罢军等七人为列侯，唯济北国撤消，不复置封。

内安外攘，得息干戈，朝廷又复清闲，文帝政躬多暇，免不得出宫游行。一日带着侍臣，往上林苑饱看景色，但见草深林茂，鱼跃鸢飞，却觉得万汇滋生，足快心意。行经虎圈，有禽兽一大群，驯养在内，不胜指数，乃召过上林尉，问及禽兽总数，究有若干？上林尉瞠目结舌，竟不能答，还是监守虎圈的啬夫，官名从容代对，一一详陈，文帝称许道："好一个吏目，能如此才算尽职哩？"说着，即顾令从官张释之，拜啬夫为上林令。释之字季，堵阳人氏，前为骑郎，十年不得调迁，后来方进为谒者。释之欲进陈治道，文帝叫他不必高论，但论近时。释之因就秦汉得失，说了一番，语多称旨。遂由文帝赏识，加官谒者仆射，每当车驾出游，辄令释之随着。此时释之奉谕，半晌不答，再由文帝重申命令，乃进问文帝道："陛下试思绛侯周勃，及东阳侯张相如，人品若何？"文帝道："统是忠厚长者。"释之接说道："陛下既知两人为长者，奈何欲重任啬夫。彼两人平时论事，好似不能发言。岂若啬夫利口，喋喋不休。且陛下可曾记得秦始皇么？"文帝道："始皇有何错处？"释之道："始皇专任刀笔吏，但务苛察，后来敝俗相沿，竞尚口辩，不得闻过，遂致土崩。今陛下以啬夫能言，便欲超迁，臣恐天下将随时尽靡哩！"君子不以言举人，徒工口才，原是不足超迁，但如上林尉之糊涂，亦何足用！文帝方才称善，乃不拜啬夫，升授释之为宫车令。

既而梁王入朝，与太子启同车进宫，行过司马门，并不下车，适被释之瞧见，赶将过去，阻住太子梁王，不得进去，一面援着汉律，据实劾奏。汉初定有宫中禁令，以司马门为最重，凡天下上事，四方贡献，均由司马门接收，门前除天子外，无论何人，并应下车，如或失记，罚金四两。释之劾奏太子梁王，说他时常出入，理应知晓，今敢不下公门，乃是明知故犯，以不敬论。这道弹章呈将进去，文帝不免溺爱，且视为寻常小事，搁置不理，偏为薄太后所闻，召入文帝，责他纵容儿子，文帝始免冠叩谢，自称教子不严，还望太后恕罪。薄太后乃遣使传诏，赦免太子梁王，才准入见。文帝究是明主，并不怪释之多事，且称释之守法不阿，应再超擢，遂拜释之为中大夫，未几又升为中郎将。会文帝挈着宠妃慎夫人，出游霸陵，释之例须扈跸，因即随驾同行。霸陵在长安东南七十里，地势负山面水，形势甚佳，文帝自营生圹，因山为坟，故称霸陵，当下眺览一番，复与慎夫人登高东望，手指新丰道上，顾示慎夫人道："此去就是邯郸要道呢。"慎夫人本邯郸人氏，听到此言，不由的触动乡思，凄然色沮。文帝见她玉容黯淡，自悔失言，因命左右取过一瑟，使慎夫人弹瑟遣怀。邯郸就是赵都，赵女以善瑟著名，再加慎夫人心灵手敏，当然指法高超，既将瑟接入手中，便即按弦依谱，顺指弹来。文帝听着，但觉得嘈嘈切切，暗寓悲情，顿时心动神移，也不禁忧从中来，别增怅触。于是慨然作歌，与瑟相和。一弹一唱，饶有余音，待至歌声中辍，瑟亦罢弹。文帝顾语从臣道："人生不过百年，总有一日死去，我死以后，若用北山石为椁，再加纻絮杂漆，涂封完密，定能坚固不破，还有何人得来摇动呢。"文帝所感，原来为此。从臣都应了一个是字，独释之答辩道："臣以为皇陵中间，若使藏有珍宝，使人涎羡，就令用北山为椁，南山为户，两山合成一陵，尚不免有隙可寻，否则虽无石椁，亦何必过虑呢！"文帝听他说得有理，也就点头称善。时已日昃，因即命驾还宫。嗣又令释之为廷尉。释之廉平有威，都下惮服。

唯释之这般刚直，也是有所效法，仿佛萧规曹随。他从骑尉进阶，是由袁盎荐引，前任的中郎将，并非他人，就是袁盎。盎尝抗直有声，前从文帝游幸，也有好几次犯颜直谏，言人所不敢言。文帝尝宠信宦官赵谈，使他参乘，盎伏谏道："臣闻天子同车，无非天下豪俊，今汉虽乏才，奈何令刀锯余人，同车共载呢！"文帝乃令赵谈下车，谈只好依旨，勉强趋下。已而袁盎又从文帝至霸陵，文帝纵马西驰，欲下峻阪，盎赶前数步，揽住马缰。文帝笑说道："将军何这般胆怯？"盎答道："臣闻千金之子不垂堂，百金之子不骑衡，圣主不乘危，不侥幸，今陛下驰骋六飞，亲临不测，倘或马惊车复，有伤陛下，陛下虽不自爱，难道不顾及高庙太后么？"文帝乃止。过了数日，文帝复与窦皇后慎夫人，同游上林，上林郎署长预置坐席。待至帝后等入席休息，盎亦随入。帝后分坐左右，慎夫人就趋至皇后坐旁，意欲坐下，盎用手一挥，不令慎夫人就坐，却要引她退至席右，侍坐一旁。慎夫人平日在宫，仗着文帝宠爱，尝与窦皇后并坐并行。窦后起自寒微，经过许多周折，幸得为后，所以遇事谦退，格外优容。俗语说得好，习惯成自然，此次偏遇袁盎，便要辨出嫡庶的名位，叫慎夫人退坐下首。慎夫人如何忍受？便即站立不动，把两道柳叶眉，微竖起来，想与袁盎争论。文帝早已瞧着，只恐慎夫人与他斗嘴，有失阃仪，但心中亦未免怪着袁盎，多管闲事，因此勃然起座，匆匆趋出。明如文帝，不免偏爱幸姬，女色之蛊人也如此！窦皇后当然随行，就是慎夫人亦无暇争执，一同随去。文帝为了此事，打断游兴，即带着后妃，乘辇回宫。袁盎跟在后面，同入宫门，俟帝后等下辇后，方从容进谏道："臣闻尊卑有序，方能上下和睦，今陛下既已立后，后为六宫主，无论妃妾嫔嫱，不能与后并尊。慎夫人就是御妾，怎得与后同坐？就使陛下爱幸慎夫人，只好优加赏赐，何可紊乱秩序，若使酿成骄恣，名为加宠，实是加害。前鉴非遥，宁不闻当时'人彘'么！"文帝听得"人彘"二字，才觉恍然有悟，怒气全消。时慎夫人已经入内，文帝也走将进去，把袁盎所说的言语，照述一遍。慎夫人始知袁盎谏诤，实为保全自己起见，悔不该错怪好人，乃取金五十斤，出赐袁盎。妇女往往执性，能如慎夫人之自知悔过，也算难得，故卒得保全无事。盎称谢而退。

会值淮南王刘长入朝，诣阙求见，文帝只有此弟，宠遇甚隆。不意长在都数日，闯出了一桩大祸，尚蒙文帝下诏赦宥，仍令归国，遂又激动袁盎一片热肠，要去面折廷争了。正是：

明主岂宜私子弟，直臣原不惮王侯。

究竟淮南王长为了何事得罪，文帝又何故赦他，待至下回说明，自有分晓。

贾谊以新进少年，得遇文帝不次之擢，未始非明良遇合之机。惜乎才足以动人主，而智未足以绌老成也。绛灌诸人，皆开国功臣，位居将相，资望素隆，为贾谊计，正宜与彼联络，共策进行，然后可以期盛治。乃徒絜聒于文帝之前，而于绛灌等置诸不顾，天下宁有一君一臣，可以行政耶！长沙之迁，咎由自取，吊屈原，赋鹏鸟，适见其无含忍之功，徒知读书，而未知养气也。张释之之直谏，语多可取，而袁盎所陈三事，尤为切要。斥赵谈之同车，所以防宵小；戒文帝之下阪，所以范驰驱；却慎夫人之并坐，所以正名义。诚使盎事事如此，何至有不学之讥乎？唯文帝从谏如流，改过不吝，其真可为一时之明主也欤！

第四十九回　辟阳侯受椎毙命
淮南王谋反被囚

却说淮南王刘长，系高祖第五子，乃是赵姬所出。赵姬本在赵王张敖宫中，高祖自东垣过赵，当是讨韩王信时候。张敖遂拨赵姬奉侍。高祖生性渔色，见了娇滴滴的美人，怎肯放过？当即令她侍寝，一宵雨露，便种胚胎。高祖不过随地行乐，管什么有子无子，欢娱了一两日，便将赵姬撇下，径自回都。薄幸人往往如此。赵姬仍留居赵宫，张敖闻她得幸高祖，已有身孕，不敢再使宫中居住，特为另筑一舍，俾得休养。既而贯高等反谋发觉，事连张敖，一并逮治，见前文。张氏家眷，亦拘系河内狱中，连赵姬都被系住。赵姬时将分娩，对着河内狱官，具陈高祖召幸事，狱官不禁伸舌，急忙报知郡守，郡守据实奏闻，哪知事隔多日，毫无复音。赵姬有弟赵兼，却与审食其有些相识，因即措资入都，寻至辟阳侯第中，叩门求谒。审食其还算有情，召他入见，问明来意，赵兼一一详告，并恳食其代为疏通。食其却也承认，入白吕后，吕后是个母夜叉，最恨高祖纳入姬妾，怎肯替赵姬帮忙？反将食其抢白数语，食其碰了一鼻子灰，不敢再说。赵兼待了数日，不得确报，再向食其处问明。食其谢绝不见，累得赵兼白跑一趟，只得回到河内。

赵姬已生下一男，在狱中受尽痛苦，眼巴巴的望着皇恩大赦，偏由乃弟走将进来，满面愁惨，语多支吾。赵姬始知绝望，且悔且恨，哭了一日，竟自寻死。待至狱吏得知，已经气绝，无从施救。一夕欢娱，落了这般结果，真是张敖害她。只把遗下的婴孩，雇了一个乳媪，好生保护，静候朝中消息。可巧张敖遇赦，全家脱囚，赵姬所生的血块儿，复由郡守特派吏目，偕了乳媪，同送入都。高祖前时怨恨张敖，无暇顾及赵姬，此时闻赵姬自尽，只有遗孩送到，也不禁记念旧情，感叹多时。迟了迟了。当下命将遗孩抱入，见他状貌魁梧，与己相似，越生了许多怜惜，取名为长，遂即交与吕后，嘱令抚养，并饬河内郡守，把赵姬遗棺，发往原籍真定，妥为埋葬。尸骨早寒，晓得什么？吕后虽不愿抚长，但因高祖郑重叮嘱，也不便意外虐待。好在长母已亡，不必生妒，一切抚养手续，自有乳媪等掌管，毋庸劳心，因此听他居住，随便看管。

好容易过了数年，长已有五六岁了，生性聪明，善承吕后意旨，吕后喜他敏慧，居然视若己生，长因得无恙。及出为淮南王，才知生母赵姬，冤死狱中，母舅赵兼，留居真定，因即着人往迎母舅。到了淮南，两下谈及赵姬故事，更添出一重怨恨，无非为了审食其不肯关说，以致赵姬身亡。长记在心中，尝欲往杀食其，只苦无从下手，未便遽行。及文帝即位，食其失势，遂于文帝三年，借了入朝的名目，径诣长安。文帝素来孝友，闻得刘长来朝，很表欢迎，接见以后，留他盘桓数日。长年已逾冠，膂力方刚，两手能扛巨鼎，胆大敢为，平日在淮南时，尝有不奉朝命，独断独行等事，文帝只此一弟，格外宽容。此次见文帝留与盘桓，正合长意。一日长与文帝同车，往猎上苑，在途交谈，往往不顾名分，但称文帝为大兄。文帝仍不与较，待遇如常。长越觉心喜，自思入京朝觐，不过具文，本意是来杀审食其，借报母仇。况主上待我甚厚，就使把食其杀死，当也不致加我大罪，此时不再下手，更待何时！乃暗中怀着铁椎，带领从人，乘车去访审食其。食其闻淮南王来访，怎敢怠慢？慌忙整肃衣冠，出门相迎。见长一跃下车，趋至面前，总道他前来行礼，赶先作揖。才经俯首，不防脑袋上面，突遭椎击，痛彻心腑，霎时间头旋目晕，跌倒地上。长即令从人趋近，枭了食其首级，上车自去。

食其家内，非无门役，但变生仓猝，如何救护？且因长是皇帝亲弟，气焰逼人，怎好擅出擒拿，所以长安然走脱，至宫门前下车，直入阙下，求见文帝。文帝当然出见，长跪伏殿阶，肉袒谢罪，转令文帝吃了一惊，忙问他为着何事？长答说道："臣母前居赵国，与贯高谋反情事，毫无干涉。辟阳侯明知臣母冤枉，且尝为吕后所宠，独不肯入白吕后，恳为代陈，便是一罪，赵王如意，母子无辜，枉遭毒害，辟阳侯未尝力争，便是二罪，高后封诸吕为王，欲危刘氏，辟阳侯又默不一言，便是三罪，辟阳侯受国厚恩，不知为公，专事营私，身负三罪，未正明刑，臣谨为天下诛贼，上除国蠹，下报母仇！唯事前未曾请命，擅诛罪臣，臣亦不能无罪，故伏阙自陈，愿受明罚。”强词亦足夺理。文帝本不悦审食其，一旦闻他杀死，倒也快心，且长为母报仇，迹虽专擅，情尚可原，因此叫长退去，不复议罪。长已得逞志，便即辞行，文帝准他回国，他就备好归装，昂然出都去了。中郎将袁盎，入宫进谏道："淮南王擅杀食其，陛下乃置诸不问，竟令归国，恐此后愈生骄纵，不可复制。臣闻尾大不掉，必滋后患，愿陛下须加裁抑，大则夺国，小则削地，方可防患未萌，幸勿再延！”文帝不言可否，盎只好退出。

过了数日，文帝非但不治淮南王，反追究审食其私党，竟饬吏往拿朱建。建得了此信，便欲自杀，诸子劝阻道："生死尚未可知，何必自尽！”建慨然道："我死当可无事，免得汝等罹祸了！”遂拔剑自刭。吏人回报文帝，文帝道："我并不欲杀建，何必如此！”遂召建子入朝，拜为中大夫。建为食其而死，也不值得，幸亏遇着文帝，尚得贻荫儿曹。

越年为文帝四年，丞相灌婴病逝，升任御史大夫张苍为丞相，且召河东守季布进京，欲拜为御史大夫。布自中郎将出守河东，河东百姓，却也悦服。布为中郎将，见前文。当时有个曹邱生，与布同为楚人，流寓长安，结交权贵，宦官赵谈，常与往来，就是窦皇后兄窦长君，亦相友善，曹邱生得借势敛钱，招权纳贿。布虽未识曹邱生，姓名却是熟悉，因闻曹邱生所为不合，特致书窦长君，叙述曹邱生劣迹，劝他勿与结交。窦长君得书后，正在将信将疑，巧值曹邱生来访长君，自述归意，并请长君代作一书，向布介绍。长君微笑道："季将军不喜足下，愿足下毋往！”曹邱生道："仆自有法说动季将军，只教得足下一书，为仆先容，仆方可与季将军相见哩。”长君不便峻拒，乃泛泛的写了一书，交与曹邱生。曹邱生归至河东，先遣人持书投入，季布展开一看，不禁大怒，既恨曹邱生，复恨窦长君，两恨交并，便即盛气待着。俄而曹邱生进来，见布怒容满面，却毫不畏缩，意向布长揖道："楚人有言：得黄金百斤，不如得季布一诺，足下虽有言必践，但有此盛名，也亏得旁人揄扬。仆与足下同是楚人，使仆为足下游誉，岂不甚善，何必如此拒仆呢！”布素来好名，一听此言，不觉转怒为喜，即下座相揖，延为上客。留馆数月，给他厚赆，曹邱生辞布归楚，复由楚入都，替他扬名，得达主知。文帝乃将布召入，有意重任，忽又有人入毁季布，说他好酒使气，不宜内用，转令文帝起疑，踌躇莫决。布寓京月余，未得好音，乃入朝进奏道：“臣待罪河东，想必有人无故延誉，乃蒙陛下宠召。今臣入都月余，不闻后命，又必有人乘间毁臣。陛下因一誉赐召，一毁见弃，臣恐天下将窥见浅深，竞来尝试了。”文帝被他揭破隐衷，却也自惭，半晌方答谕道：“河东是我股肱郡，故特召君前来，略问情形，非有他意。今仍烦君复任，幸勿多疑。”布乃谢别而去。

唯布有弟季心，亦尝以任侠著名，见有不平事件，辄从旁代谋，替人泄忿。偶因近地土豪，武断乡曲，由季心往与理论，土豪不服，心竟把他杀死，避匿袁盎家中。盎方得文帝宠信，即出与调停，不致加罪，且荐为中司马。因此季心以勇闻，季布以诺闻。相传季布季心，气盖关中，便是为此，这且不必细表。详叙季布兄弟，无非借古讽今。

且说绛侯周勃，自免相就国后，约有年余，每遇河东守尉，巡视各县，往往心不自安，披甲相见，两旁护着家丁，各持兵械，似乎有防备不测的情形。这叫做心劳日拙。河东守尉，未免惊疑，就中有一个促狭人员，上书告讦，竟诬称周勃谋反。文帝已阴蓄猜疑，见了告变的密书，立谕廷尉张释之，叫他派遣干员，逮勃入京。释之不好怠慢，只得派吏赴绛，会同河东守季布，往拿周勃。布亦知勃无反意，唯因诏命难违，不能不带着兵役，与朝吏同至绛邑，往见周勃。勃仍披甲出迎，一闻诏书到来，已觉得忐忑不宁，待至朝吏读罢，吓得目瞪口呆，几与木偶相似。披甲设兵，究有何益！还是季布叫他卸甲，劝慰数语，方令朝吏好生带着，同上长安。

入都以后，当然下狱，廷尉原是廉明，狱吏总要需索。勃初意是不肯出钱，偏被狱吏冷嘲热讽，受了许多腌臜气，那时只好取出千金，分作馈遗。狱吏当即改换面目，小心供应。既而廷尉张释之，召勃对簿，勃不善申辩，经释之面讯数语，害得舌结词穷，不发一言。还亏释之是个好官，但令他还系狱中，一时未曾定谳。狱吏既得勃赂，见勃不能置词，遂替他想出一法，只因未便明告，乃将文牍背后，写了五字，取出示勃。得人钱财，替人消灾，还算是好狱吏。勃仔细瞧着，乃是以公主为证五字，才觉似梦方醒。待至家人入内探视，即与附耳说明。原来勃有数子，长名胜之，曾娶文帝女为妻，自勃得罪解京，胜之等恐有不测，立即入京省父，公主当亦同来。唯胜之平日，与公主不甚和协，屡有反目等情，此时为父有罪，没奈何央恳公主，代为转圜。公主还要摆些身架，直至胜之五体投地，方嫣然一笑，入宫代求去了。这是笔下解颐处。

先是释之谳案，本主宽平，一是文帝出过中渭桥，适有人从桥下走过，惊动御马，当由侍卫将行人拿住，发交廷尉。文帝欲将他处死，释之止断令罚金，君臣争执一番，文帝驳不过释之，只得依他判断，罚金了事。一是高庙内座前玉环，被贼窃去，贼为吏所捕，又发交廷尉。释之奏当弃市，文帝大怒道："贼盗我先帝法物，罪大恶极，不加族诛，叫朕如何恭承宗庙呢！"释之免冠顿首道："法止如此，假如愚民无知，妄取长陵一抔土，陛下将用何法惩办？"这数语唤醒文帝，也觉得罪止本身，因入白薄太后，薄太后意议从同，遂依释之言办理罢了。插叙两案，表明释之廉平。此次审问周勃，实欲为勃解免，怎奈勃口才不善，未能辩明，乃转告知袁盎。盎尝劾勃骄倨无礼，见四六回。至是因释之言，独奏称绛侯无罪。还有薄太后弟昭，因勃曾让与封邑，感念不忘，所以也入白太后，为勃伸冤。薄太后已得公主泣请，再加薄昭一番面陈，便召文帝入见。文帝应召进谒，太后竟取头上冒巾，向文帝面前掷去，且怒说道："绛侯握皇帝玺，统率北军，彼时不想造反，今出居一小县间，反要造反么？汝听了何人谗构，乃思屈害功臣！"文帝听说，慌忙谢过，谓已由廷尉讯明冤情，便当释放云云。太后乃令他临朝，赦免周勃。好在释之已详陈狱情，证明勃无反意，文帝不待阅毕，即使人持节到狱，将勃释免。

勃幸得出狱，喟然叹道："我尝统领百万兵，不少畏忌，怎知狱吏骄贵，竟至如此！"说罢，便上朝谢恩。文帝仍令回国，勃即陛辞而出，闻得薄昭袁盎张释之，俱为排解，免不得亲自往谢。盎与勃追述弹劾时事，勃笑说道："我前曾怪君，今始知君实爱我了！"遂与盎握手告别，出都去讫。勃已返国，文帝知他不反，放下了心。独淮南王刘长，骄恣日甚，出入用天子警跸，擅作威福。文帝贻书训责，长抗词答复，愿弃国为布衣，守冢真定。明是怨言。当由文帝再令将军薄昭，致书相戒，略云：

窃闻大王刚直而勇，慈惠而厚，贞信多断，是天以圣人之资奉大王也。今大王所行，不称天资。皇帝待大王甚厚，而乃轻言恣行，以负谤于天下，甚非计也。夫大王以千里为宅居，以万民为臣妾，此高皇帝之厚德也。高帝蒙霜露，冒风雨，赴矢石，野战攻城，身被疮痍，以为子孙成万世之业，艰难危苦甚矣。大王不思先帝之艰苦，至欲弃国为布衣，毋乃过甚！且夫贪让国土之名，轻废先帝之业，是谓不孝，父为之基而不能守，是为不贤，不求守长陵，而求守真定，先母后父，是谓不义，数逆天子之令，不顺言节行，幸臣有罪，大者立诛，小者肉刑，是谓不仁，贵布衣一剑之任，贱王侯之位，是谓不智，不好学问大道，触情妄行，是谓不祥。此八者危亡之路也，而大王行之，弃南面之位，奋诸贲之勇，专诸孟贲，古之力士。常出入危亡之路，臣恐高皇帝之神，必不庙食于大王之手明矣！昔者周公诛管叔放蔡叔以安周，齐桓杀其弟以反国，秦始皇杀两弟，迁其母以安秦，顷王亡代，即刘仲事见前文。高帝夺其国以便事，济北举兵，皇帝诛之以安汉，周齐行之于古，秦汉用之于今，大王不察古今之所以安国便事，而欲以亲戚之意望诸天子，不可得也。王若不改，汉系大王邸论相以下，为之奈何！夫堕父大业，退为布衣所哀，幸臣皆伏法而诛，为天下笑，以羞先帝之德，甚为大王不取也。宜急改操易行，上书谢罪，使大王昆弟欢欣于上，群臣称寿于下，上下得宜，海内常安，愿熟计而疾行之。行之有疑，祸如发矢，不可追已。

长得书不悛，且恐朝廷查办，便欲先发制人。当下遣大夫但等七十人，潜入关中，勾通棘蒲侯柴武子奇，同谋造反，约定用大车四十辆，载运兵器，至长安北方的谷口，依险起事。柴武即遣士伍开章，汉律有罪失官为士伍。往报刘长，使长南连闽越，北通匈奴，乞师大举。长很是喜欢，为治家室，赐与财物爵禄。开章得了升官发财的幸遇，自然留住淮南，但遣人回报柴奇。不意使人不慎，竟被关吏搜出密书，奏报朝廷。文帝尚不忍拿长，但命长安尉往捕开章。长匿章不与，密与故中尉简忌商议，将章诱入，一刀杀死，省得他入都饶舌。开章得享财禄，不过数日，所谓有无妄之福，必有无妄之灾。悄悄的用棺殓尸，埋葬肥陵，佯对长安尉说道："开章不知下落。"又令人伪设坟墓，植树表书，有开章死葬此下六字。长安尉料他捏造，还都奏闻，文帝乃复遣使召长。长部署未齐，如何抗命，没奈何随使至都。丞相张苍，典客行御史大夫事冯敬，暨宗正廷尉等，审得长谋反属实，且有种种不法情事，应坐死罪，当即联衔会奏，请即将长弃市。文帝仍不忍诛长，更命列侯吏二千石等申议，又皆复称如法。毕竟文帝顾全同胞，赦长死罪，但褫去王爵，徙至蜀郡严道县邛邮安置，并许令家属同往，由严道县令替他营室，供给衣食。一面将长载上辎车，派吏管押，按驿递解，所有与长谋反等人，一并伏诛。

长既出都，忽由袁盎进谏道："陛下尝纵容淮南王，不为预置贤傅相，所以致此。唯淮南王素性刚暴，骤遭挫折，必不肯受，倘有他变，陛下反负杀弟的恶名，岂不可虑！"文帝道："我不过暂令受苦，使他知悔，他若悔过，便当令他回国呢。"盎见所言不从，当然退出。不料过了月余，竟接到雍令急奏，报称刘长自尽，文帝禁不住恸哭起来。小子有诗咏道：

> 骨肉原来处置难，宽须兼猛猛兼宽；
> 事前失算临头悔，闻死徒烦老泪弹。

欲知刘长如何自尽，且至下回再详。

审食其可诛而不诛，文帝之失刑，莫逾于此。及淮南王刘长入都，借朝觐之名，椎击食其，实为快心之举。但如长之擅杀大臣，究不得为无罪，贷死可也，仍使回国不可也。况长之骄恣，已见一斑，乘此罪而裁制之，则彼自无从谋反，当可曲为保全。昔郑庄克段于鄢，公羊子谓其外心积虑，乃成于杀。文帝虽不若郑庄之阴刻，然从表面上观之，毋乃与郑主之所为，相去无几耶！况于重厚少文之周勃，常疑忌之，于骄横不法之刘长，独纵容之，暱其所亲，而疑其所疏，谓为无私也得乎！甚矣，私心之不易化也！

第五十回　中行说叛国降虏庭　缇萦女上书赎父罪

却说淮南王刘长被废，徙锢蜀中，行至中道，淮南王顾语左右道："何人说我好勇，不肯奉法？我实因平时骄纵，未尝闻过，故致有今日。今悔已无及，恨亦无益，不如就此自了吧。"左右听着，只恐他自己寻死，格外加防。但刘长已愤不欲生，任凭左右进食，却是水米不沾，竟至活活饿死。左右尚没有知觉，直到雍县地方，县令揭开车上封条，验视刘长，早已僵卧不动，毫无气息了。赵姬负气自尽，长亦如此，毕竟有些遗传性。当下吃了一惊，飞使上报。文帝闻信，不禁恸哭失声，适值袁盎进来，文帝流涕与语道："我悔不用君言，终致淮南王饿死道中。"盎乃劝慰道："淮南王已经身亡，咎由自取，陛下不必过悲，还请宽怀。"文帝道："我只有一弟，不能保全，总觉问心不安。"盎接口道："陛下以为未安，只好尽斩丞相御史，以谢天下。"盎出此言，失之过激，后来不得其死，已兆于此。文帝一想，此事与丞相御史，究竟没甚干涉，未便加诛。唯刘长经过的县邑，所有传送诸吏，及馈食诸徒，沿途失察，应该加罪，当即诏令丞相御史，派员调查，共得了数十人，一并弃市。冤哉枉也。并用列侯礼葬长，即就雍县筑墓，特置守冢三十户。

嗣又封长世子安为阜陵侯，次子勃为安阳侯，三子赐为周阳侯，四子良为东成侯，但民间尚有歌谣云："一尺布，尚可缝，一斗粟，尚可舂，兄弟二人不相容。"文帝有时出游，得闻此歌，明知暗寓讽刺，不由的长叹道："古时尧舜放逐骨肉，周公诛殛管蔡，天下称为圣人，无非因他大义灭亲，为公忘私，今民间作歌寓讥，莫非疑我贪得淮南土地么？”乃追谥长为厉王，令长子安袭爵，仍为淮南王。唯分衡山郡封勃，庐江郡封赐，独刘良已死，不复加封，于是淮南析为三国。

长沙王太傅贾谊，得知此事，上书谏阻道：“淮南王悖逆无道，徙死蜀中，天下称快。今朝廷反尊奉罪人子嗣，势必惹人讥议，且将来伊子长大，或且不知感恩，转想为父报仇，岂不可虑！”文帝未肯听从，唯言虽不用，心中却记念不忘，因特遣使召谊。谊应召到来，刚值文帝祭神礼毕，静坐宣室中。宣室即未央宫前室。待谊行过了礼，便问及鬼神大要。谊却原原本本，说出鬼神如何形体，如何功能，几令文帝闻所未闻，文帝听得入情，竟致忘倦，好在谊也越讲越长，滔滔不绝，直到夜色朦胧，尚未罢休。文帝将身移近前席，尽管侧耳听着，待谊讲罢出宫，差不多是月上三更了。文帝退入内寝，自言自叹道：“我久不见贾生，还道是彼不及我，今日方知我不及彼了。”越日颁出诏令，拜谊为梁王太傅。

梁王揖系文帝少子，唯好读书，为帝所爱，故特令谊往傅梁王。谊以为此次见召，必得内用，谁知又奉调出去，满腔抑郁，无处可挥，乃讨论时政得失，上了一篇治安策，约莫有万余言，分作数大纲。应痛哭的有一事，是为了诸王分封，力强难制；应流涕的有二事，是为了匈奴寇掠，御侮乏才；应长太息的有六事，是为了奢侈无度，尊卑无序，礼义不兴，廉耻不行，储君失教，臣下失御等情。文帝展诵再三，见他满纸牢骚，似乎祸乱就在目前，但自观天下大势，一时不致遽变，何必多事纷更，因此把贾谊所陈，暂且搁起。

只匈奴使人报丧，系是冒顿单于病死，子稽粥嗣立，号为老上单于。文帝意在羁縻，复欲与匈奴和亲，因再遣宗室女翁主，汉称帝女为公主，诸王女为翁主。往嫁稽粥，音育。作为阏氏。特派宦官中行说，护送翁主，同往匈奴。中行说不欲远行，托故推辞，文帝以说为燕人，生长朔方，定知匈奴情态，所以不肯另遣，硬要说前去一行。说无法解免，悻悻起程，临行时曾语人道：“朝廷中岂无他人，可使匈奴？今偏要派我前往，我也顾不得朝廷了。将来助胡害汉，休要怪我！”小人何足为使，文帝太觉误事。旁人听着，只道他是一时愤语，况偌大阉人，能有什么大力，敢为汉患？因此付诸一笑，由他北去。

说与翁主同到匈奴，稽粥单于见有中国美人到来，当然心喜，便命说住居客帐，自挈翁主至后帐中，解衣取乐。翁主为势所迫，无可奈何，只好拚着一身，由他摆布。这都是娄敬害她。稽粥畅所欲为，格外满意，遂立翁主为阏氏，一面优待中行说，时与宴饮。说索性降胡，不愿回国，且替他想出许多计策，为强胡计。先是匈奴与汉和亲，得汉所遗缯絮食物，视为至宝，自单于以至贵族，并皆衣缯食米，诩诩自得。说独向稽粥献议道："匈奴人众，敌不过汉朝一郡，今乃独霸一方，实由平常衣食，不必仰给汉朝，故能兀然自立。现闻单于喜得汉物，愿变旧俗，恐汉物输入匈奴，不过十成中的一二成，已足使匈奴归心相率降汉了。"稽粥却也惊愕，唯心中尚恋着汉物，未肯遽弃，就是诸番官亦似信非信，互有疑议。说更将缯帛为衣，穿在身上，向荆棘中驰骋一周，缯帛触着许多荆棘，自然破裂。说回入帐中，指示大众道："这是汉物，真不中用！"说罢，又换服毡裘，仍赴荆棘丛中，照前跑了一番，并无损坏。乃更入帐语众道："汉朝的缯絮，远不及此地的毡裘，奈何舍长从短呢！"众人皆信为有理，遂各穿本国衣服，不愿从汉。说又谓汉人食物，不如匈奴的膻肉酪浆，每见中国酒米，辄挥去勿用。番众以说为汉人，犹从胡俗，显见是汉物平常，不足取重了。本国人喜用外国货，原是大弊，但如中行说之教导匈奴，曾自知为中国人否？

说见匈奴已不重汉物，更教单于左右，学习书算，详记人口牲畜等类。会有汉使至匈奴聘问，见他风俗野蛮，未免嘲笑，中行说辄与辩驳，汉使讥匈奴轻老，说答辩道："汉人奉命出戍，父老岂有不自减衣食，赍送子弟么？且匈奴素尚战攻，老弱不能斗，专靠少壮出战，优给饮食，方可战胜沙场，保卫家室，怎得说是轻老哩！"汉使又言匈奴父子，同卧穹庐中，父死妻后母，兄弟死即取兄弟妻为妻，逆理乱伦，至此已极。说又答辩道："父子兄弟死后，妻或他嫁，便是绝种，不如取为己妻，却可保全种姓，所以匈奴虽乱，必立宗种。一派胡言。今中国侈言伦理，反致亲族日疏，互相残杀，这是有名无实，徒事欺人，何足称道呢！"这数语却是中国通弊，但不应出自中行说之口。汉使总批驳他无礼无义，说谓约束径然后易行，君臣简然后可久，不比中国繁文缛节，毫无益处。后来辩无可辩，索性厉色相问道："汉使不必多言，但教把汉廷送来各物，留心检点，果能尽善尽美，便算尽职，否则秋高马肥，便要派遣铁骑，南来践踏，休得怪我背约呢！"可恶之极。汉使见他变脸，只得罢论。

向来汉帝遗匈奴书简，长一尺一寸，上面写着，皇帝敬问匈奴大单于无恙，随后叙及所赠物件，匈奴答书，却没有一定制度。至是说教匈奴制成复简，长一尺二寸，所加封印统比汉简阔大，内写天地所生，日月所置，匈奴大单于，敬问汉皇帝无恙云云。说既帮着匈奴主张简约，何以复书上要这般夸饰。汉使携了匈奴复书，归报文帝，且将中行说所言，叙述一遍，文帝且悔且忧，屡与丞相等议及，注重边防。梁王太傅贾谊，闻得匈奴悖嫚，又上陈三表五饵的秘计，对待单于。大略说是：

> 臣闻爱人之状，好人之技，仁道也，信为大操常义也，爱好有实，已诺可期，十死一生，彼将必至，此三表也。赐之盛服车乘以坏其目，赐之盛食珍味以坏其口，赐之音乐妇人以坏其耳，赐之高堂邃宇仓库奴婢以坏其腹，于来降者尝召幸之，亲酌手食相娱乐以坏其心，此五饵也。

谊既上书，复自请为属国官吏，主持外交，谓能系单于颈，笞中行说背，说得天花乱坠，议论惊人。未免夸张。文帝总恐他少年浮夸，行不顾言，仍将来书搁置，未尝照行。一年又一年，已是文帝十年了，文帝出幸甘泉，亲察外情，留将军薄昭守京。昭得了重权，遇事专擅，适由文帝遣到使臣，与昭有仇，昭竟将来使杀死。文帝闻报，忍无可忍，不得不把他惩治。只因贾谊前上治安策中，有言公卿得罪，不宜拘辱，但当使他引决自裁，方是待臣以礼等语。于是令朝中公卿，至薄昭家饮酒，劝使自尽。昭不肯就死，文帝又使群臣各著素服，同往哭祭。昭无可奈何，乃服药自杀。昭为薄太后弟，擅戮帝使，应该受诛，不过文帝未知预防，纵成大罪，也与淮南王刘长事相类。这也由文帝有仁无义，所以对着宗亲，不能无憾哩。叙断平允。

越年为文帝十一年，梁王揖自梁入朝，途中驰马太骤，偶一失足，竟致颠蹶。揖坠地受伤，血流如注，经医官极力救治，始终无效，竟致毕命。梁傅贾谊，为梁王所敬重，相契甚深，至是闻王暴亡，哀悲的了不得，乃奏请为梁王立后。且言淮阳地小，未足立国，不如并入淮南。唯淮阳水边有二三列城，可分与梁国，庶梁与淮南，均能自固云云。文帝览奏，愿如所请，即徙淮阳王武为梁王，武与揖为异母兄弟，揖无子嗣，因将武调徙至梁，使武子过承揖祀。又徙太原王参为代王，并有太原。武封淮阳王，参封太原王，见四七、四八回中。这且待后再表。

唯贾谊既不得志，并痛梁王身死，自己为傅无状，越加心灰意懒，郁郁寡欢，过了年余，也至病瘵身亡。年才三十三岁。后人或惜谊不能永年，无从见功，或谓谊幸得蚤死，免至乱政，众论悠悠，不足取信，明眼人自有真评，毋容小子絮述了。以不断断之。

且说匈奴国主稽粥单于，自得中行说后，大加亲信，言听计从。中行说导他入寇，屡为边患，文帝十一年十一月中，又入侵狄道，掠去许多人畜。文帝致书匈奴，责他负约失信，稽粥亦置诸不理。边境戍军，日夕戒严，可奈地方袤延，约有千余里，顾东失西，顾西失东，累得兵民交困，鸡犬不宁。当时有一个太子家令，姓晁名错，音措初习刑名，继通文学，入官太常掌故，进为太子舍人，转授家令。太子启喜他才辩，格外优待，号为智囊。他见朝廷调兵征饷，出御匈奴，因即乘机上书，详陈兵事。无非術才。大旨在得地形、卒服习、器用利三事，地势有高下的分别，匈奴善山战，中国善野战，须舍短而用长；士卒有强弱的分别，选练必精良，操演必纯熟，毋轻举而致败；器械有利钝的分别，劲弩长戟利及远，坚甲铦刃利及近，贵因时而制宜。结末复言用夷攻夷，最好是使降胡义渠等，作为前驱，结以恩信，赐以甲兵，与我军相为表里，然后可制匈奴死命。统篇不下数千言，文帝大为称赏，赐书褒答。错又上言发卒守塞，往返多劳，不如募民出居塞下，教以守望相助，缓急有资，方能持久无虞，不致涣散。还有入粟输边一策，乃是令民纳粟入官，接济边饷，有罪可以免罪，无罪可以授爵，就入粟的多寡，为级数的等差。此说为卖官鬻爵之俑，最足误国。文帝多半采用，一时颇有成效，因此错遂得宠。

错且往往引经释义，评论时政。说起他的师承，却也有所传授。错为太常掌故时，曾奉派至济南，向老儒伏生处，专习尚书。伏生名胜，通尚书学，曾为秦朝博士，自秦始皇禁人藏书，伏生不能不取书出毁，只有尚书一部，乃是研究有素，不肯缴出，取藏壁中。及秦末天下大乱，伏生早已去官，避乱四徙，直至汉兴以后，书禁复开，才敢回到家中，取壁寻书。偏壁中受着潮湿，将原书大半烂毁，只剩了断简残编，取出检视，仅存二十九篇，还是破碎不全。文帝即位，诏求遗经，别经尚有人民藏着，陆续献出，独缺尚书一经。嗣访得济南伏生，以尚书教授齐鲁诸生，乃遣错前往受业。伏生年衰齿落，连说话都不能清晰，并且错籍隶颍川，与济南距离颇远，方言也不甚相通，幸亏伏生有一女儿，名叫羲娥，夙秉父传，颇通尚书大义。当伏生讲授时，伏女立在父侧，依着父言，逐句传译，错才能领悟大纲。尚有两三处未能体会，只好出以己意，曲为引伸。其实伏生所传尚书二十九篇，原书亦已断烂，一半是伏生记忆出来，究竟有无错误，也不能悉考。后至汉武帝时，鲁恭王坏孔子旧宅，得孔壁所藏书经，字迹亦多腐蚀，不过较伏生所传，又加二十九篇，合成五十八篇，由孔子十二世孙孔安国考订笺注，流传后世。这且慢表。

唯晁错受经伏生，实靠着伏女转授，故后人或说他受经伏女，因父成名，一经千古，也可为女史生色了。不没伏女。当时齐国境内，尚有一个闺阁名姝，扬名不朽，说将起来，乃是前汉时代的孝女，比那伏女羲娥，还要脍炙人口，世代流芳。看官欲问她姓名，就是太仓令淳于意少女缇萦。从伏女折入缇萦，映带有致。淳于意家居临淄，素好医术，尝至同郡元里公乘阳庆处学医。公乘系汉官名，意在待乘公车，如征君同义。庆已七十余岁，博通医理，无子可传，自淳于意入门肄业，遂将黄帝扁鹊脉书，及五色诊病诸法，一律取授，随时讲解。意悉心研究，三年有成，乃辞师回里，为人治病，能预决病人生死，一经投药，无不立愈，因此名闻远近，病家多来求医，门庭如市。但意虽善医，究竟只有一人精力，不能应接千百人，有时不堪烦扰，往往出门游行。且向来落拓不羁，无志生产，曾做过一次太仓令，未几辞去，就是与人医病，也是随便取资，不计多寡。只病家踵门求治，或值意不在家中，竟致失望，免不得愤懑异常，病重的当即死了。死生本有定数，但病人家属，不肯这般想法，反要说意不肯医治，以致病亡。怨气所积，酿成祸祟。至文帝十三年间，遂有势家告发意罪，说他借医欺人，轻视生命。当由地方有司，把他拿讯，谳成肉刑。只因意曾做过县令，未便擅加刑罚，不能不奏达朝廷，有诏令他押送长安。为医之难如此。

意无子嗣，只有五女，临行时都去送父，相向悲泣。意长叹道：“生女不生男，缓急无所用。”为此两语，激动那少女缇萦的血性，遂草草收拾行李，随父同行。好容易到了长安，意被系狱中，缇萦竟拚生诣阙，上书吁请。文帝听得少女上书，也为惊异，忙令左右取入。展开一阅，但见书中有要语云：

妾父为吏，齐中尝称其廉平，今坐法当刑，妾伤夫死者不可复生，刑者不可复属，虽欲改过自新，其道莫由，终不可得。妾愿没入为官婢，以赎父刑罪，使得改过自新也。

文帝阅毕，禁不住凄恻起来，便命将淳于意赦罪，听令挈女归家。小子有诗赞缇萦道：

欲报亲恩入汉关，奉书诣阙拜天颜，
世间不少男儿汉，可似缇萦救父还。

既而文帝又有一诏，除去肉刑。欲知诏书如何说法，待至下回述明。

与外夷和亲，已为下策，又强遣中行说以附益之，说本阉人，即令其存心无他，犹不足以供使令，况彼固有言在先，将为汉患耶！文帝必欲遣说，果何为者？贾谊三表五饵之策，未尽可行，即如晁错之屡言边事，有可行者，有不可行者。要之御夷无他道，不外内治外攘而已，舍此皆非至计也。错受经于伏生，而伏女以传；伏女以外，又有上书赎罪之缇萦，汉时去古未远，故尚有女教之留遗，一以传经著，一以至孝闻，巾帼中有此人，贾晁辈且有愧色矣。

历朝通俗演义 第一部

前汉通俗演义

（下）

蔡东藩 著

中国书店

第五十一回　老郎官犯颜救魏尚
贤丞相当面劾邓通

却说文帝既赦淳于意，令他父女归家。又因缇萦书中，有刑者不可复属一语，大为感动，遂下诏革除肉刑。诏云：

诗曰：恺悌君子，民之父母，今人有过，教未施而刑已加焉，或欲改过为善，而道无繇至，朕甚怜之！夫刑至断肢体，刻肌肤，终身不息，何其痛而不德也！岂为民父母之意哉？其除肉刑，有以易之！

丞相张苍等奉诏后，改定刑律，条议上闻。向来汉律规定肉刑，约分三种，一为黥，就是面上刻字；二为劓，就是割鼻；三为断左右趾，就是把足趾截去。经张苍等会议改制，乃是黥刑改充苦工，罚为城旦舂；城旦即旦夕守城，见前注。劓刑改作笞三百，断趾刑改作笞五百，文帝并皆依议。嗣是罪人受刑，免得残毁身体，这虽是文帝的仁政，但非由孝女缇萦上书，文帝亦未必留意及此。可见缇萦不但全孝，并且全仁。小小女子，能做出这般美举，怪不得千古流芳了！极力阐扬。后来文帝闻淳于意善医，又复召到都中，问他学自何师，治好何人？俱由意详细奏对，计除寻常病症外，共疗奇病十余人，统在齐地。小子无暇具录，看官试阅《史记》中仓公列传，便能分晓。仓公就是淳于意，意曾为太仓令，故汉人号为仓公。

话分两头：且说匈奴前寇狄道，掠得许多人畜，饱载而去。见前回。文帝用晁错计，移民输粟，加意边防，才算平安了两三年。至文帝十四年冬季，匈奴又大举入寇，骑兵共有十四万众，入朝那，越萧关，杀毙北地都尉孙卬，又分兵入烧回中宫。宫系秦时所建。前锋径达雍县甘泉等处，警报连达都中。文帝亟命中尉周舍，郎中令张武，并为将军，发车千乘，骑卒十万，出屯渭北，保护长安。又拜昌侯卢卿为上郡将军。宁侯魏遬为北地将军，隆虑侯周灶为陇西将军，三路出发，分戍边疆。一面大阅人马，申教令，厚犒赏，准备御驾亲征。群臣一再谏阻，统皆不从，直至薄太后闻悉此事，极力阻止，文帝只好顺从母教，罢亲征议，另派东阳侯张相如为大将军，率同建成侯董赤，内史栾布，领着大队，往击匈奴。匈奴侵入塞内，骚扰月余，及闻汉兵来援，方拔营出塞。张相如等驰至边境，追蹑番兵，好多里不见胡马，料知寇已去远，不及邀击，乃引兵南还，内外解严。

文帝又觉得清闲，偶因政躬无事，乘辇巡行。路过郎署，见一老人在前迎驾，因即改容敬礼道："父老在此，想是现为郎官，家居何处？"老人答道："臣姓冯名唐，祖本赵人，至臣父时始徙居代地。"文帝忽然记起前情，便接入道："我前在代国，有尚食监高祛，屡向我说及赵将李齐，出战巨鹿下，非常骁勇，可惜今已没世，无从委任，但我尝每饭不忘。父老可亦熟悉此人否？"冯唐道："臣素知李齐材勇，但尚不如廉颇李牧呢。"文帝也知廉颇李牧，是赵国良将，不由的抚髀叹息道："我生已晚，恨不得颇牧为将，若得此人，还怕什么匈奴？"道言未绝，忽闻冯唐朗声道："陛下就是得着颇牧，也未必能重用哩。"这两句话惹动文帝怒意，立即掉转了头，命驾回宫，既到宫中，坐了片刻，又转想冯唐所言，定非无端唐突，必有特别原因，乃复令内侍，召唐入问。俄顷间唐已到来，待他行过了礼，便开口诘问道："君从何处看出，说我不能重用颇牧？"唐答说道："臣闻上古明王，命将出师，非常郑重，临行时必先推毂屈膝与语道：阃以内，听命寡人；阃以外，听命将军，军功爵赏，统归将军处置，先行后奏。这并不是空谈所比。臣闻李牧为赵将，边市租税，统得自用，飨士犒卒，不必报销，君上不为遥制，所以牧得竭尽智能，守边却虏。今陛下能如此信任么？近日魏尚为云中守，所收市租，尽给士卒，且自出私钱，宰牛置酒，遍飨军吏舍人，因此将士效命，戮力卫边。匈奴一次入塞，就被尚率众截击，斩馘无数，杀得他抱头鼠窜，不敢再来。陛下却为他报功不实，所差敌首只六级，便把他褫官下狱，罚作苦工，这不是法太明，赏太轻，罚太重么？照此看来，陛下虽得廉颇李牧，亦未必能用。臣自知愚戆，冒触忌讳，死罪死罪！”老头子却是挺硬。说着，即免冠叩首。文帝却转怒为喜，忙令左右将唐扶起，命他持节诣狱，赦出魏尚，仍使为云中守。又拜唐为车骑都尉，魏尚再出镇边，匈奴果然畏威，不敢近塞，此外边防守将，亦由文帝酌量选用，北方一带，复得少安。自从文帝嗣位以来，至此已有十四五年，这十四五年间，除匈奴入寇外，只济北一场叛乱，旬月即平，就是匈奴为患，也不过骚扰边隅，究竟未尝深入。而且王师一出，立即退去，外无大变，内无大役，再加文帝蠲租减税，勤政爱民，始终以恭俭为治，不敢无故生风，所以吏守常法，民安故业，四海以内，晏然无事，好算是承平世界，浩荡乾坤。原是汉朝全盛时代。

但文帝一生得力，是抱定老氏无为的宗旨，就是太后薄氏，亦素好黄老家言。母子性质相同，遂引出一两个旁门左道，要想来逢迎上意，侥宠求荣。有孔即钻，好似寄生虫一般。有一个鲁人公孙臣，上言秦得水德，汉承秦后，当为土德，土色属黄，不久必有黄龙出现，请改正朔，易服色，一律尚黄，以应天瑞云云。文帝得书，取示丞相张苍，苍素究心律历，独谓汉得水德，公孙臣所言非是，两人都是瞎说。文帝搁过不提。偏是文帝十五年春月，陇西的成纪地方，竟称黄龙出现，地方官吏，未曾亲见，但据着一时传闻，居然奏报。文帝信以为真，遂把公孙臣视作异人，说他能预知未来，召为博士。当下与诸生申明土德，议及改元易服等事，并命礼官订定郊祀大典。待至郊祀礼定，已是春暮，乃择于四月朔日，亲幸雍郊，祭祀五帝。嗣是公孙臣得蒙宠眷，反将丞相张苍，疏淡下去。

古人说得好，同声相应，同气相求，有了一个公孙臣，自然倡予和汝，生出第二个公孙臣来了。当时赵国中有一新垣平，生性乖巧，专好欺人。闻得公孙臣新邀主宠，便去学习了几句术语，也即跑至长安，诣阙求见。文帝已渐入迷团，遇有方士到来，当然欢迎，立命左右传入。新垣平拜谒已毕，便信口胡诌道：“臣望气前来，愿陛下万岁！”文帝道：“汝见有何气？”平答说道：“长安东北角上，近有神气氤氲，结成五采。臣闻东北为神明所居，今有五采汇聚，明明是五帝呵护，蔚为国祥。陛下宜上答天瑞，就地立庙，方可永仰神庥。”文帝点首称善，便令平留居阙下，使他指示有司，就五采荟集的地址，筑造庙宇，供祀五帝。平本是捏造出来，有什么一定地点，不过有言在先，说在东北角上，应该如言办理。当即偕同有司，出东北门，行至渭阳，疑神疑鬼的望了一回，然后拣定宽敞的地基，兴工筑祠。祠宇中共设五殿，按着东南西北中位置，配成青黄黑赤白颜色，青帝居东，赤帝居南，白帝居西，黑帝居北，黄帝居中，也是附会公孙臣的妄谈，主张汉为土德，是归黄帝暗里主持。况且宅中而治，当王者贵，正好凑合时君心理，借博欢心。好容易造成庙貌，已是文帝十有六年，文帝援照旧例，仍俟至孟夏月吉，亲往渭阳，至五帝庙内祭祀。祭时举起爟火，烟焰冲霄，差不多与云气相似。新垣平时亦随着，就指为瑞气相应，不若径说神气。引得文帝欣慰异常。及祭毕还宫，便颁出一道诏令，拜新垣平为上大夫，还有许多赏赐，约值千金，于是使博士诸生，摘集六经中遗语，辑成《王制》一篇，现今尚是流传，列入《礼记》中。《礼记》中《王制》以后，便是《月令》一篇，内述五帝司令事，想亦为此时所编。新垣平又联合公孙臣，请仿唐虞古制，行巡狩封禅礼仪。文帝复为所惑，饬令博士妥议典礼，博士等酌古斟今，免不得各费心裁，有需时日。文帝却也不来催促，由他徐定。

一日驾过长门，忽有五人站在道北，所着服色，各不相同。正要留神细瞧，偏五人散走五方，不知去向。此时文帝已经出神，暗记五人衣服，好似分着青黄黑赤白五色，莫非就是五帝不成。因即召问新垣平，平连声称是。未曾详问，便即称是，明明是他一人使乖。文帝乃命就长门亭畔，筑起五帝坛，用着太牢五具，望空致祭。已而新垣平又诣阙称奇，说是阙下有宝玉气。道言甫毕，果有一人手捧玉杯，入献文帝。文帝取过一看，杯式也不过寻常，唯有四篆字刻着，乃是“人主延寿”一语，不禁大喜，便命左右取出黄金，赏赐来人，且因新垣平望气有验，亦加特赏。平与来人谢赐出来，又是一种好交易。文帝竟将玉杯当作奇珍，小心携着，入宫收藏去了。平见文帝容易受欺，复想出一番奇语，说是日当再中。看官试想，一天的红日，东现西没，人人共知，哪里有已到西边，转向东边的奇闻？不意新垣平瞎三话四，居然有史官附和，报称日却再中。想是有挥戈返日的神技。文帝尚信为真事，下诏改元，就以十七年为元年，汉史中叫做后元年。元日将届，新垣平复构造妖言，进白文帝，谓周鼎沉入泗水，已有多年，见前文。现在河决金堤，与泗水相通，臣望见汾阴有金宝气，想是周鼎又要出现，请陛下立祠汾阴，先祷河神，方能致瑞等语。说得文帝又生痴想，立命有司鸠工庀材，至汾阴建造庙宇，为求鼎计。有司奉命兴筑，急切未能告竣，转眼间便是后元年元日，有诏赐天下大酺，与民同乐。

正在普天共庆的时候，忽有人奏劾新垣平，说他欺君罔上，弄神捣鬼，没一语不是虚谈，没一事不是伪造，顿令堕入迷团的文帝，似醉方醒，勃然动怒，竟把新垣平革职问罪，发交廷尉审讯。廷尉就是张释之，早知新垣平所为不正，此次到他手中，新垣平还有何幸，一经释之威吓势迫，没奈何将鬼蜮伎俩，和盘说出，泣求释之保全生命。释之怎肯容情？不但谳成死罪，还要将他家族老小，一体骈诛。这谳案复奏上去，得邀文帝批准，便由释之派出刑官，立把新垣平绑出市曹，一刀两段。只是新垣平的家小，跟了新垣平入都，不过享受半年富贵，也落得身首两分，这却真正不值得呢！福为祸倚，何必强求！

文帝经此一悟，大为扫兴，饬罢汾阴庙工，就是渭阳五帝祠中，亦止令祠官，随时致礼，不复亲祭。他如巡狩封禅的议案，也从此不问，付诸冰阁了。唯丞相张苍，自被公孙臣夺宠，辄称病不朝，且年已九十左右，原是老迈龙钟，不堪任事，因此迁延年余，终致病免。文帝本欲重任窦广国。转思广国乃是后弟，属在私亲，就使他著有贤名，究不宜示人以私。广国果贤，何妨代相。文帝自谓无私，实是惩诸吕覆辙，乃有此举。乃从旧臣中采择一人，得了一个关内侯申屠嘉，先令他为御史大夫，旋即升迁相位，代苍后任。苍退归阳武原籍，口中无齿，食乳为生，享寿至百余岁，方才逝世。那申屠嘉系是梁人，曾随高祖征战有功，得封列侯，年纪亦已垂老，但与张苍相比，却还相差二三十年。平时刚方廉正，不受私谒，及进为丞相，更是嫉邪秉正，守法不阿。一日入朝奏事，蓦见文帝左侧，斜立着一个侍臣，形神怠弛，似有倦容，很觉得看不过去。一俟公事奏毕，便将侍臣指示文帝道："陛下若宠爱侍臣，不妨使他富贵，至若朝廷仪制，不可不肃；愿陛下勿示纵容！"文帝向左一顾，早已瞧着，但恐申屠嘉指名劾奏，连忙出言阻住道："君且勿言，我当私行教戒罢了。"嘉闻言愈愤，勉强忍住了气，退朝出去。果然文帝返入内廷，并未依着前言，申戒侍臣。

究竟这侍臣姓甚名谁？原来叫做邓通。现任大中大夫。通本蜀郡南安人，无甚才识，只有水中行船，是他专长。辗转入都，谋得了一个官衔，号为黄头郎，黄头郎的职使，便是御船水手，向戴黄帽，故有是称。通得充是职，也算侥幸，想什么意外超迁，偏偏时来运至，吉星照临，一小小舵工，竟得上应御梦，平地升天。说将起来，也是由文帝怀着迷信，误把那庸夫俗子，看做奇材。先是文帝尝得一梦，梦见自己腾空而起，几入九霄，相距不过咫尺，竟致力量未足，欲上未上，巧来了黄头郎，把文帝足下，极力一推，方得上登天界。文帝非常喜欢，俯瞰这黄头郎，恰只见他一个背影，衣服下面，好似已经破裂，露出一孔。正要唤他转身，详视面目，适被鸡声一叫，竟致惊醒。文帝回思梦境，历历不忘，便想在黄头郎中，留心察阅，效那殷高宗应梦求贤故事，冀得奇逢。是读书入魔了。

是日早起视朝，幸值中外无事，即令群臣退班，自往渐台巡视御船。渐台在未央宫西偏，旁有沧池，水色皆苍，向有御船停泊，黄头郎约数十百人。文帝吩咐左右，命将黄头郎悉数召来，听候传问。黄头郎不知何用？只好战战兢兢，前来见驾。文帝待他拜毕，俱令立在左边，挨次徐行，向右过去。一班黄头郎，遵旨缓步，行过了好几十人，巧巧轮着邓通，也一步一步的照式行走，才掠过御座前，只听得一声纶音，叫道立住，吓得邓通冷汗直流，勉强避立一旁。等到大众走完，又闻文帝传谕，召令过问。通只得上前数步，到御座前跪下，俯首伏着。至文帝问及姓名，不得不据实陈报。嗣听得皇言和蔼，拔充侍臣，方觉喜出望外，叩头谢恩。文帝起身回宫，叫他随着，他急忙爬起，紧紧跟着御驾，同入宫中。黄头郎等远远望见，统皆惊异，就是文帝左右的随员，亦俱莫名其妙；于是互相推测，议论纷纷。我也奇怪。其实是没有他故，无非为了邓通后衣，适有一孔，正与文帝梦中相合，更兼邓（繁体作鄧）字左旁，是一登字，文帝还道助他登天，应属此人，所以平白地将他拔擢，作为应梦贤臣。实是呆想。后来见他庸碌无能，也不为怪，反且日加宠爱。通却一味将顺，虽然没有异技，足邀睿赏，但能始终不忤帝意，已足固宠梯荣。不到两三年，竟升任大中大夫，越叨恩遇。有时文帝闲游，且顺便至通家休息，宴饮尽欢，前后赏赐，不可胜计。

独丞相申屠嘉，早已瞧不上眼，要想捽去此奴，凑巧见他怠慢失仪，乐得乘机面劾。及文帝出言回护，愤愤退归，自思一不做，二不休，索性遣人召通，令至相府议事，好加惩戒。通闻丞相见召，料他不怀好意，未肯前往，哪知一使甫去，一使又来，传称丞相有命，邓通不到，当请旨处斩。通惊慌的了不得，忙入宫告知文帝，泣请转圜。文帝道：“汝且前去，我当使人召汝便了。”这是文帝长厚处。通至此没法，不得不趋出宫中，转诣相府。一到门首，早有人待着，引入正厅，但见申屠嘉整肃衣冠，高坐堂上，满脸带着杀气，好似一位活阎罗王。此时进退两难，只好硬着头皮，向前参谒，不意申屠嘉开口一声，便说出一个斩字！有分教：

严厉足惊庸竖胆，刚方犹见大臣风。

毕竟邓通性命如何，且至下回分解。

语有之；观过知仁；如本回叙述文帝，莫非过举，但能改过不吝，尚不失为仁主耳。文帝之惩办魏尚，罪轻罚重，得冯唐数语而即赦之，是文帝之能改过，即文帝之能全仁也。他如公孙臣干进于先，新垣平售欺于后，文帝几堕入迷团，复因片语之上陈，举新垣平而诛夷之，是文帝之能改过，即文帝之能全仁也。厥后因登天之幻梦，授水手以高官，滥予名器，不为无咎。然重丞相而轻幸臣，卒使邓通之应召，使得示惩，此亦未始因过见仁之一端也。史称文帝为仁君，其尚非过誉之论乎！

第五十二回　争棋局吴太子亡身　肃军营周亚夫守法

却说邓通进谒申屠嘉，听他开口便是一个斩字，吓得三魂中失去两魂，只好免冠跣足，跪伏地上，叩首乞怜。甲屠嘉却厉声道："朝廷是高皇帝的朝廷，一切朝仪，无论何等人员，均应遵守，汝乃一个小臣，擅敢在殿上戏玩？应作大不敬论，例当斩首？"说至此，便顾视左右府吏，连声喝道："斩！斩！……"府吏满口答应，不过一时未便动手，但为申屠嘉助威恫吓邓通。通已抖做一团，尽管向嘉磕头，如同捣蒜，心中只望朝使到来，替他解救。哪知头额已磕得青肿，甚至血流如注，尚不见有救命恩人，前来解危。真是急煞。那申屠嘉还是拍案连呼，定要将他绑出斩首，左右走将过来，正要用手绑缚，忽外面报有诏使，持节前来。申屠嘉方才起座，出迎诏使。使人见了申屠嘉，当即传旨道："通不过是朕弄臣，愿丞相贷他死罪。"嘉奉到谕旨，始准将通释放，但尚向通吩咐道："汝他日若再放肆，就使主上赦汝，老夫却不肯饶汝了。"通只得唯唯受教。诏使辞别申屠嘉，带通入宫。通见了文帝，忍不住两泪直流，呜咽说道："臣几被丞相杀死了！"文帝见他面目红肿，三分象人，七分象鬼，既好笑，又可怜，便召御医替他敷治，且叫他此后不宜冲撞丞相。通奉命维谨，不敢再有失礼。文帝宠爱如初，并擢通为上大夫。

汉自许负以后，相士不绝，辄与公卿等交游，每谈吉凶，尝有奇验。文帝既宠爱邓通，便召入一个有名相士，为通看相。相士直言不讳，竟说通相貌欠佳，将来难免贫穷，甚且饿死。文帝愀然不乐，竟把相士叱退，且慨然说道："通欲致富，有何难处？但只凭我一言，管教他富贵终身，何至将来饿死呢！"于是下一诏命，竟将蜀郡的严道铜山，赏赐与通，且许通自得铸钱。从前高祖开国，因嫌秦钱过重，约有半两，所以改铸筴钱，每文只重一铢半，径五分，形如榆筴，钱质太轻，遂致物价腾贵，米石万钱，文帝乃复改制，特铸四铢钱，并除盗铸法令，准人民自由铸钱。贾谊贾山，皆上书谏阻，文帝不从。当时吴王濞管领东南，觅得故鄣铜山，铸钱畅行，富埒皇家。至是邓通也得铜山铸钱，与吴王东西并峙，东南多吴钱，西北多邓钱，邓通的富豪，不问可知。

唯通既得此重赐，自然感激不尽，无论如何污役，也所甘心。会当文帝病痈，竟至溃烂，日夕不安，通想出一法，代为吮吸，渐渐的除去败脓，得免痛苦。看官试想！这疮痈中脓血，又臭又腐，何人肯不顾污秽，用口吮去？独邓通情愿为此，毫无厌恶，转令文帝别生他感，触起愁肠。一夕，由通吮去痈血，嗽过了口，侍立一旁，文帝向通启问道："朕抚有天下，据汝看来，究系何人，最为爱朕？"通未知文帝命意，但随口答道："至亲莫若父子，以情理论，最爱陛下，应无过太子了。"文帝默然不答。到了翌日，太子入宫省疾，正值文帝痈血又流，便顾语太子道："汝可为我吮去痈血！"太子闻命，不由的皱起眉头，欲想推辞，又觉得父命难违，没奈何屏着鼻息，向疮上吮了一口，慌忙吐去，已是不堪秽恶，几欲呕出宿食，勉强忍住。却是难受。文帝瞧着太子形容，就长叹一声，叫他退去，仍召邓通入吮余血。通照常吮吸，一些儿没有难色，益使文帝心为感动，宠昵愈甚。唯太子回到东宫，尚觉恶心，暗思吮痈一事，是由何人作俑，却使我也去承当？随即密嘱近臣，仔细探听。旋得复报，乃是邓通常入宫吮痈，免不得又愧又恨。嗣是与邓通结成嫌隙，待时报复，事见后文。

且说齐王襄助诛诸吕，收兵回国，未几便即病亡。襄子则嗣立为王，至文帝十五年，又复去世，后无子嗣，遂致绝封。文帝追念前功，不忍撤除齐国，又记起贾谊遗言，曾有国小力弱的主张，见治安策中。乃分齐地为六国，尽封悼惠王肥六子为王。长子将闾，仍使王齐，次子志为济北王，三子贤为菑川王，四子雄渠为胶东王，五子卬为胶西王，六子辟光为济南王。六王同日受封，并皆莅镇，待后再表。为后文七国造反伏案。

独吴王濞镇守东南，历年已久，势力渐充，既得铜山铸钱，见上文。复煮海水为盐，垄断厚利，国益富强。文帝在位，已十数年，并未闻吴王入朝，但遣子贤入觐一次，就与皇太子相争，自取祸殃，太子启与吴太子贤，本是再从堂兄弟，向无仇怨，此时因贤入朝，奉了父命，陪他游宴，当然和气相迎，格外欢洽。盘桓了好几天，相习生狎，渐觉得熟不拘礼，任意笑谈。吴太子身旁，又有随来的师傅，相偕出入，一淘儿逐队寻欢，除每日酣饮外，又复博弈消闲。两人对坐举棋，左立东宫侍臣，右立吴太子师傅，从旁参赞，各有胜负。彼此已赌赛了好几次，不免有些龃龉，太子启偶受讥嘲，已带着三分懊恼，只吴太子尚有童心，未肯见机罢手，还要与皇太子决一雌雄。太子启也不肯示弱，再与他下棋斗胜。方罫中间，各圈地点，到了生死关头，皇太子误下一着，被吴太子一子掩住，眼见得牵动全局，都要输去。皇太子不肯认输，定要将一着错棋，翻悔转来，吴太子如何肯依？遂起争论。再加吴太子的师傅，多是楚人，秉性强悍，帮着吴太子力争，你一言，我一语，统说皇太子理屈，一味冲撞。皇太子究系储君，从未经过这般委屈，怒从心上起，恶向胆边生；竟顺手提起棋盘，向吴太子猛力掷去，吴太子未曾防备，一时不及闪避，被棋盘掷中头颅，立即晕倒，霎时间脑浆迸流，死于非命。何苦寻死！

吴太子师傅等，当然喧闹起来，幸亏东宫侍臣，保护太子出去，奏明文帝。文帝倒也吃惊，但又不好加罪太子，只得训戒一番，更召入吴太子师傅等，好言劝慰。一面厚殓吴太子，令他师傅等送柩回吴。吴王濞悲恨交并，不愿收受，且怒说道："方今天下一家，死在长安，便葬在长安，何必送来？"当下派吏截住棺木，仍叫他发回长安。文帝闻报，也就把他埋葬了事，从此吴王濞心存怨望，不守臣节，每遇朝使到来，骄倨无礼。朝使返报文帝，文帝也知他为子衔恨，原谅三分。复遣使臣召濞入京，意欲当面排解，释怨修和。偏濞不愿应召，托词有病，却回朝使。文帝又使人至吴探问，见濞并无病容，自然据实返报。文帝倒也惹动怒意，见有吴使入京，即令有司将他拘住，下狱论罪。已而又有吴使西来，贿托前郎中令张武，代为先容，才得面见文帝。文帝开言责问，无非是说吴王何故诈病，不肯入朝？吴使从容答语道："古人有言，察见渊鱼者不祥，吴王为子冤死，托病不朝，今被陛下察觉，连系使人，近日吴王很是忧惧，唯恐受诛。若陛下再加急迫，是吴王越不敢入朝了。臣愿陛下不咎既往，使彼自新，人孰无良，得陛下如此宽容，难道尚不悦服么？”可谓善于措词。文帝听了，很觉有理，遂将所系吴使，一并放归，且遣人赍了几杖，往赐吴王，传语吴王年老，可使免朝。吴王濞自然拜命，不敢生心。

唯当时吴王不反，也亏有一人从中阻止，所以能使积骄积怨的强藩，暂就羁縻。是人为谁？就是前中郎将袁盎。盎屡次直谏，也为文帝所厌闻，把他外调，出任陇西都尉。未几，即迁为齐相，嗣复由齐徙吴。盎有兄子袁种，私下谏盎道：“吴王享国已久，骄恣日甚，今公往为吴相，若欲依法纠治，必触彼怒，彼不上书劾公，必将挟剑刺公了！为公设法，最好是一切不问。南方地势卑湿，乐得借酒消遣，既可除病，又可免灾。只教劝导吴王，不使造反，便可不致生祸了。”盎依了种言，到吴后，如法办理，果得吴王优待。不过有时晤谈，总劝吴王安守臣道，吴王倒也听从，所以盎在吴国，吴王总算勉抑雄心，蹉跎度日。后来袁盎入都，吴王始生变志，这是后话。唯张武曾受吴赂，渐为文帝所闻，文帝并不说破，索性加赐武金，叫他自愧，以赏为罚。不可谓非文帝的权术呢！此事亦未足为训。

且说文帝自改元后，又过了好几年，承平如故，政简刑清，就是控御匈奴，也主张修好，无志用兵。当改元后二年时，复遣使致书匈奴，推诚与语，各敦睦谊，书中有和亲以后，汉过不先等语。匈奴主老上单于，即稽粥，见前文。亦令当户且渠两番官，当户且渠皆匈奴官名。献马两匹，复书称谢。文帝乃诏告全国道：

> 朕既不明，不能远德，使方外之国，或不宁息。夫四荒之外，不安其生，封圻之内，勤劳不处，二者之咎，皆由于朕之德薄，不能达远也。间者累年匈奴并暴边境，多杀吏民，边臣吏民，又不能谕其内志，以重吾不德，夫久结难连兵，中外之国，将何以自宁？今朕夙兴夜寐，勤劳天下，忧苦万民，为之恻怛不安，未尝一日忘于心，故遣使者冠盖相望，结辙于道，以谕朕志于单于。今单于反古之道，计社稷之安，便万民之利，新与朕俱弃细过，偕之大道，结兄弟之义，以全天下元元之民，和亲以定，始于今年。

过了两年，老上单于病死，子军臣单于继立，遣人至汉廷报告。文帝又遣宗室女往嫁，重申和亲旧约，军臣单于得了汉女为妻，却也心满意足，无他妄想。偏汉奸中行说，屡劝军臣单于伺隙入寇。军臣单于起初是不愿背约，未从说言，旋经说再三怂恿，把中国的子女玉帛，满口形容，使他垂涎，于是军臣单于竟为所动，居然兴兵犯塞，与汉绝交。文帝后六年冬月，匈奴兵两路侵边，一入上郡，一入云中，统共有六万余骑，分道扬镳，沿途掳掠。防边将吏，已有好几年不动兵戈，蓦闻虏骑南来，正是出人不意，慌忙举起烽火，报告远近。一处举烽，各处并举，火光烟焰，直达到甘泉宫。文帝闻警，急调出三路人马，派将统率，往镇三边。一路是出屯飞狐，统将是中大夫令勉；一路是出屯句注，统将是前楚相苏意；一路是出屯北地，统将系前郎中令张武。这三路兵同日出发，星夜前往，文帝尚恐有疏虞，惊动都邑，乃复令河内太守周亚夫，驻兵细柳，宗正刘礼，驻兵霸上，祝兹侯徐厉，驻兵棘门。内外戒严，缓急有备，文帝才稍稍放心。

过了数日，御驾复亲出劳军，先至霸上，次至棘门，统是直入营中，不先通报。刘徐两将军，深居帐内，直至警跸入营，才率部将往迎文帝，面色都带着慌张，似乎事前失候，跼蹐不安，文帝虽瞧料三分，但也不以为怪，随口抚慰数语，便即退出。两营将士，统送出营门，拜辞御驾，不劳细述。及移跸至细柳营，遥见营门外面，甲士森列，或持刀，或执戟，或张弓挟矢，仿佛似临敌一般。文帝见所未见，暗暗称奇，当令先驱传报，说是车驾到来，营兵端立不动，喝声且住，并正色相拒道："我等只闻将军令，不闻天子诏！"语可屈铁，掷地作金石声。先驱还报文帝，文帝麾动车驾，自至营门，又被营兵阻住，不令进去。文帝乃取出符节，交与随员，使他入营通报。亚夫才接见来使，传令开门。营兵将门开着，放入车驾，一面嘱咐御车，传说军令道："将军有约，军中不得驰驱！"文帝听说，也只好按辔徐行。到了营门里面，始见亚夫从容出迎，披甲佩剑，对着文帝行礼，作了一个长揖，口中说道："甲胄之士不拜，臣照军礼施行。请陛下勿责！"文帝不禁动容，就将身子略俯，凭式致敬，并使人宣谕道："皇帝敬劳将军。"亚夫带着军士，肃立两旁，鞠躬称谢。文帝又亲嘱数语，然后出营。亚夫也未曾相送，一俟文帝退出，仍然闭住营门，严整如故。文帝回顾道："这才算是真将军了！彼霸上棘门的将士，好同儿戏，若被敌人袭击，恐主将也不免成擒，怎能如亚夫谨严，无隙可乘呢？”说罢回宫，还是称善不置。

嗣接边防军奏报，虏众已经出塞，可无他虑，文帝方将各路人马，依次撤回，遂擢周亚夫为中尉。亚夫即绛侯周勃次子。勃二次就国，不久病逝。长子胜之袭爵，弟亚夫为河内守。闻老妪许负，尚是活着，素称善相，许负相人，屡见前文中。因特邀至署中，令他相视。许负默视多时，方语亚夫道：“据君贵相，何止郡守，再过三年，便当封侯。八年以后，出将入相，手秉国钧，人臣中独一无二了。可惜结局欠佳！”亚夫道：“莫非要犯罪遭刑么？”许负道：“这却不至如此。”亚夫再欲穷诘，许负道：“九年后自有分晓，毋待老妇哓哓。”亚夫道：“这也何妨直告。”许负道：“依相直谈，恐君将饿死。”亚夫冷笑道：“汝说我将封侯，已出意外，试想我兄承袭父爵，方受侯封，就使兄年不永，自有兄子继任，也轮不到我身上，如何说应封侯呢？若果如汝言，既得封侯，又兼将相，为何尚致饿死？此理令人难解，还请指示明白。”许负道：“这却非老妇所能预晓，老妇不过依相论相，方敢直言。”说至此，即用手指亚夫口旁道：“这两处有直纹入口，法应饿死。”许负所言相法，不知从何处学来？亚夫又惊又疑，几至呆若木鸡，许负揖别自去。说也奇怪，到了三年以后，亚夫兄胜之，坐杀人罪，竟致夺封。文帝因周勃有功，另选勃子继袭，左右皆推许亚夫，得封条侯。至细柳成名，进任中尉，就职郎中，差不多要入预政权了。

约莫过了年余，文帝忽然得病，医药罔效，竟至弥留。太子启入侍榻前，文帝顾语后事，且谆嘱太子道：“周亚夫缓急可恃，将来如有变乱，尽可使他掌兵，不必多疑。”却是知人。太子启涕泣受教。时为季夏六月，文帝寿数已终，瞑目归天，享年四十六岁。总计文帝在位二十三年，宫室苑囿，车骑服御，毫无增益，始终爱民如子，视有不便，当即取消。尝欲作一露台，估工费须百金，便慨然道：“百金乃中人十家产业，我奉先帝宫室，尚恐不能享受，奈何还好筑台呢？”遂将露台罢议，平时衣服，无非弋绨。弋黑色，绨厚缯。所幸慎夫人，衣不曳地，帏帐无文绣，所筑霸陵，统用瓦器，凡金银铜锡等物，概屏勿用，每遇水旱偏灾，发粟蠲租，唯恐不逮，因此海内安宁，家给人足，百姓安居乐业，不至犯法。每岁断狱，最多不过数百件，有刑措风。史称文帝为守成令主，不亚周时成康。唯遗诏令天下短丧，未免令人遗议，说他不循古礼，此外却没有什么指摘了。小子有诗赞道：

博得清时令主名，廿年歌颂遍苍生，
从知王道为仁恕，但解安民便太平。

文帝既崩，太子启当然嗣位。欲知嗣位后事，容至下回说明。

文帝即位改元，便立皇子启为太子，彼时太子尚幼，无甚表见，至文帝二次改元，太子年已逾冠矣。吴太子入朝，与饮可也，与博则不可。况为区区争道之举，即举博局掷杀之，虽未始非吴太子之自取，然其阴鸷少恩，已可概见。即如邓通吮痈一事，引为深恨，通固不近人情，太子亦未免量狭。较诸乃父之宽仁，相去远矣。周亚夫驻军细柳，立法森严，天子且不能遽入，遑问他人。将才如此，原可大用，然非文帝有知人之明，几何不至锻炼成狱，诬以大逆乎？司马穰苴受知于齐景，孙武子受知于吴阖庐，周亚夫受知于汉文帝，有良将必赖明君，此良臣之所以择主而事也。

第五十三回　呕心血气死申屠嘉　主首谋变起吴王濞

却说太子启受了遗命，即日嗣位，是谓景帝。尊太后薄氏为太皇太后，皇后窦氏为皇太后，一面令群臣会议，恭拟先帝庙号。当由群臣复奏，上庙号为孝文皇帝，丞相申屠嘉等，又言功莫大于高皇帝，德莫大于孝文皇帝。应尊高皇帝为太祖，孝文皇帝为太宗，庙祀千秋，世世不绝。就是四方郡国，亦宜各立太宗庙，有诏依议。当下奉文帝遗命，令臣民短丧，且匆匆奉葬霸陵。至是年孟冬改元，就称为景帝元年。廷尉张释之，因景帝为太子时，与梁王共车入朝，不下司马门，曾有劾奏情事，见前文。至是恐景帝记恨，很是不安，时向老隐士王生问计。王生善谈黄老，名盛一时，盈廷公卿，多折节与交。释之亦尝在列。王生竟令释之结袜，释之不以为嫌，屈身长跪，替他结好，因此王生看重释之，恒与往来。及释之问计，王生谓不如面谢景帝，尚可无虞。释之依言入谢，景帝却说他守公奉法，应该如此。但口虽如此对付，心中总不能无嫌。才过半年，便将释之迁调出去，使为淮南相，另用张欧为廷尉。欧尝为东宫侍臣，治刑名学，但素性朴诚，不尚苛刻，属吏却也悦服，未敢相欺。景帝又减轻笞法，改五百为三百，三百为二百，总算是新政施仁，曲全罪犯。再加廷尉张欧，持平听讼，狱无冤滞，所以海内闻风，讴歌不息。

转眼间已是二年，太皇太后薄氏告终，出葬南陵。薄太后有侄孙女，曾选入东宫，为景帝妃，景帝不甚宠爱，只因戚谊相联，不得已立她为后。为下文被废张本。更立皇子德为河间王，阏为临江王，余为淮阳王，非为汝南王，彭祖为广州王，发为长沙王。长沙旧为吴氏封地，文帝末年，长沙王吴羌病殁，无子可传，撤除国籍，因把长沙地改封少子，这也不必细表。前后交代，界划清楚。

且说太子家人晁错，在文帝十五年间，对策称旨，已擢任中大夫。及景帝即位，错为旧属，自然得蒙主宠，超拜内史。屡参谋议，每有献纳，景帝无不听从。朝廷一切法令，无不变更，九卿中多半侧目。就是丞相申屠嘉，也不免嫉视，恨不得将错斥去，错不顾众怨，任意更张，擅将内史署舍，开辟角门，穿过太上皇庙的短墙。太上皇庙，就是高祖父太公庙，内史署正在庙旁，向由东门出入，欲至大道，必须绕过庙外短墙，颇觉不便。错未曾奏闻，便即擅辟，竟将短垣穿过，筑成直道。申屠嘉得了此隙，即令府吏缮起奏章，弹劾错罪，说他蔑视太上皇，应以大不敬论，请即按律加诛。这道奏章尚未呈入，偏已有人闻知，向错通报，错大为失色，慌忙乘夜入宫，叩阍进见。景帝本准他随时白事，且闻他黄夜进来，还道有什么变故，立即传入。及错奏明开门事件，景帝便向错笑说道："这有何妨，尽管照办便了。"错得了此言，好似皇恩大赦一般，当即叩首告退。是夕好放心安睡了。

那申屠嘉如何得悉？一俟天明，便怀着奏章，入朝面递，好教景帝当时发落，省得悬搁起来。既入朝堂，略待须臾，便见景帝出来视朝。当下带同百官，行过常礼，就取出奏章，双手捧上。景帝启阅已毕，却淡淡的顾语道："晁错因署门不便，另辟新门，只穿过太上皇庙的外墙，与庙无损，不足为罪，且系朕使他为此，丞相不要多心。"嘉碰了这个钉子，只好顿首谢过，起身退归。回至相府，懊恼得不可名状，府吏等从旁惊问，嘉顿足说道："我悔不先斩错，乃为所卖，可恨可恨！"说着，喉中作痒，吐出了一口粘痰；色如桃花。府吏等相率大惊，忙令侍从扶嘉入卧，一面延医调理。俗语说得好，心病还须心药治，嘉病是因错而起，错不除去，嘉如何能痊？眼见是日日呕血。服药无灵，终致毕命。急性子终难长寿。景帝闻丧，总算遣人赐赙，予谥曰节，便升御史大夫陶青为丞相，且擢晁错为御史大夫。错暗地生欢，不消细说。

唯大中大夫邓通，时已免官，他还疑是申屠嘉反对，把他劾去。及嘉已病死，又想运动起复，哪知免官的原因，是为了吮痈遗嫌，结怨景帝，景帝把他黜免，他却还想做官，岂不是求福得祸么？一道诏下，竟把他拘系狱中，饬吏审讯。通尚未识何因，至当堂对簿，方知有人告讦，说他盗出徼外铸钱。这种罪名，全是捕风捉影，怎得不极口呼冤。偏问官隐承上意，将假成真，一番诱迫，硬要邓通自诬，通偷生怕死，只好依言直认。及问官复奏上去，又得了一道严诏，收回严道铜山，且将家产抄没，还要令他交清官债。通已做了面团团的富翁，何至官款未还？这显是罗织成文，砌成此罪。通虽得出狱，已是家破人空，无从居食。还是馆陶长公主，记着文帝遗言，不使饿死，特遣人赍给钱物，作为赒济。怎晓得一班虎吏，专知逢迎天子，竟把通所得赏赐，悉数夺去。甚至浑身搜检，连一簪都不能收藏。可怜邓通得而复失，仍变做两手空空。长公主得知此事，又私下给予衣食，叫他托词借贷，免为吏取。通遵着密嘱，用言搪塞，还算活了一两年。后来长公主无暇顾及，通不名一钱，寄食人家，有朝餐，无晚餐，终落得奄奄饿死，应了相士的前言。大数难逃，吮痈何益。

唯晁错接连升任，气焰愈张，尝与景帝计议，请减削诸侯王土地，第一着应从吴国开手。所上议案，大略说是：

> 前高帝初定天下，昆弟少，诸子弱，大封同姓，齐七十余城，楚四十余城，吴五十余城，封三庶孽，半有天下。今吴王前有太子之隙，诈称病不朝，于古法当诛，文帝不忍，因赐几杖，德至厚也，当改过自新，反益骄恣，即山铸钱，煮海水为盐，诱天下亡人，潜谋作乱，今削亦反，不削亦反，削之其反亟，祸小，不削则反迟，祸大。末二语未尝无识。

景帝平日，也是怀着此念，欲削王侯。既得错议，便令公卿等复议朝堂，大众莫敢驳斥。独詹事窦婴，力言不可，乃将错议暂行搁起。窦婴字王孙，系窦太后从侄，官虽不过詹事，未列九卿，但为太后亲属，却是有此权力，所以不畏晁错，放胆力争。错当然恨婴，唯因婴有内援，却也未便强辩，只得暂从含忍，留作后图。景帝三年冬十月，梁王武由镇入朝，武系窦太后少子，由淮阳徙梁，事见前文。统辖四十余城，地皆膏腴，收入甚富，历年得朝廷赏赐，不可胜计，府库金钱，积至亿万，珠玉宝器，比京师为多。景帝即位，武已入觐二次，此番复来朝见，当由景帝派使持节，用了乘车驷马，出郊迎接。待至阙下，由武下车拜谒，景帝即起座降殿，亲为扶起，携手入宫。窦太后素爱少子，景帝又只有这个母弟，自然曲体亲心，格外优待。既已谒过太后，当即开宴接风，太后上座，景帝与武左右分坐，一母两儿，聚首同堂，端的是天伦乐事，喜气融融。景帝酒后忘情，对着幼弟欢欣与语道："千秋万岁后，当将帝位传王。"武得了此言，且喜且惊。明知是一句醉话，不便作真，但既有此一言，将来总好援为话柄，所以表面上虽然谦谢，心意中却甚欢愉。窦太后越加快慰，正要申说数语，使景帝订定密约，不料有一人趋至席前，引卮进言道："天下乃高皇帝的天下，父子相传，立有定例，皇上怎得传位梁王？"说着，即将酒卮捧呈景帝，朗声说道："陛下今日失言，请饮此酒。"景帝瞧着，乃是詹事窦婴，也自觉出言冒昧，应该受罚，便将酒卮接受，一饮而尽。独梁王武横目睨婴，面有愠色，更着急的乃是窦太后，好好的一场美事，偏被那侄儿打断，真是满怀郁愤，无处可伸。随即罢席不欢，怅然入内。景帝也率弟出宫，婴亦退去。翌日，即由婴上书辞职，告病回家。窦太后余怒未平，且将婴门籍除去，此后不准入见。门籍谓出入殿门户籍。梁王武住了数日，也辞行回国去了。

御史大夫晁错，前次为了窦婴反对，停消议案，此次见婴免职，暗地生欢，因复提出原议，劝景帝速削诸王，毋再稽迟。议尚未决，适逢楚王戊入朝，错遂吹毛索瘢，说他生性渔色，当薄太后丧葬时，未尝守制，仍然纵淫，依律当加死罪，请景帝明正典刑。太觉辣手。这楚王戊系景帝从弟，乃祖就是元王刘交，即高祖同父少弟，殁谥曰元，前文中亦曾叙过。刘交王楚二十余年，尝用名士穆生、白生、申公为中大夫，敬礼不衰。穆生素不嗜酒，交与饮时，特为置醴，借示敬意。及交殁后，长子辟非先亡，由次子郢客嗣封。郢客继承先志，仍然优待三人。未几郢客又殁，子戊袭爵。起初尚勉绳祖武，后来渐耽酒色，无意礼贤，就使有时召宴穆生，也把醴酒失记，不为特设。穆生退席长叹道："醴酒不设，王意已怠，我再若不去，恐不免受钳楚市了。"遂称疾不出。申公、白生，与穆生同事多年，闻他有疾，忙往探省。既入穆生家内，穆生虽然睡着，面上却没有什么病容，当下瞧透隐情，便同声劝解道："君何不念先王旧德，乃为了嗣王忘醴，小小失敬，就卧病不起呢？"穆生喟然道："古人有言，君子见机而作，不俟终日。先王待我三人，始终有礼，无非为重道起见，今嗣王礼貌寖衰，是明明忘道了。王既忘道，怎可与他久居？我岂但为区区醴酒么？”申公、白生也叹息而出，穆生竟谢病自去。不愧知机。戊不以为意，专从女色上着想，采选丽姝，终日淫乐，所以薄太后丧讣到来，并没有什么哀戚，仍在后宫，倚翠偎红，自图快活，太傅韦孟，作诗讽谏，毫不见从，孟亦辞归，戊以为距都甚远，朝廷未必察觉，乐得花天酒地，娱我少年。哪知被晁错查悉，竟乘戊入朝时，索取性命。还亏景帝不忍从严，但削夺东海郡，仍令回国。

错既得削楚，复议削赵，也将赵王遂摘取过失，把他常山郡削去。赵王遂即幽王友子，见前文。又闻胶西王卬，系齐王肥第五子，见前文。私下卖爵，亦提出弹劾，削去六县。三国已皆怨错，唯一时未敢遽动，错遂以为安然无忌，就好趁势削吴。正在兴高采烈的时候，忽来了一个苍头白发的老人，踵门直入，见了错面，即皱眉与语道：“汝莫非寻死不成？”错闻声一瞧，乃是自己的父亲，慌忙扶令入座，问他何故前来。错父说道：“我在颍川家居，却也觉得安逸，今闻汝为政用事，硬要侵削王侯，疏人骨肉，外间已怨声载道，究属何为？所以特来问汝！”错应声道：“怨声原是难免，但今不为此，恐天子不尊，宗庙不固。”错父遽起，向错长叹道：“刘氏得安，晁氏心危，我年已老，实不忍见祸及身，不如归去罢。”此老却也有识。错尚欲挽留，偏他父接连摇首，扬长自去。及错送出门外，也不见老父回顾，竟尔登车就道，一溜烟似的去了。错还入厅中，踌躇多时，总觉得箭在弦上，不得不发，只好违了父嘱，一意做去。

吴王濞闻楚赵胶西，并致削地，已恐自己波及，也要坐削。忽由都中传出消息，说是晁错议及削吴，果然不出所料，自思束手待毙，终属不妙，不如先发制人，或可泄愤。唯独力恐难成事，总须联络各国，方好起兵。默计各国诸王，要算胶西王最有勇力，为众所惮，况曾经削地，必然怀恨，何妨遣人前往，约同起事。计划已定，即令中大夫应高，出使胶西。胶西王卬，闻有吴使到来，当即召见，问明来意。应高道：“近日主上任用邪臣，听信谗贼，侵削诸侯，诛罚日甚，古语有言，刮糠及米，吴与胶西，皆著名大国，今日见削，明日便恐受诛。吴王抱病有年，不能朝请，朝廷不察，屡次加疑，甚至吴王胁肩累足，尚惧不能免祸。今闻大王因封爵小事，还且被削，罪轻罚重，后患更不堪设想了。未知大王曾预虑否？”卬答道：“我亦未尝不忧，但既为人臣，也是无法，君将何以教我？”应高道：“吴王与大王同忧，所以遣臣前来，请大王乘时兴兵，拚生除患。”印不待说完，即瞿然惊起道：“寡人何敢如此！主上操持过急，我辈只有拼着一死，怎好造反呢？”高接说道：“御史大夫晁错，荧惑天子，侵夺诸侯，各国都生叛意，事变已甚，今复彗星出现，蝗虫并起，天象已见，正是万世一时的机会。吴王已整甲待命，但得大王许诺，便当合同楚国，西略函谷关，据住荥阳敖仓的积粟，守候大王，待大王一到，并师入都，唾手成功，那时与大王中分天下，岂不甚善！”印听了此言，禁不住高兴起来，便即极口称善，与高立约，使报吴王。吴王濞尚恐变卦，复扮作使臣模样，亲至胶西，与印面订约章。印愿纠合齐菑川胶东济南诸国，濞愿纠合楚赵诸国。彼此说妥，濞遂归吴，印即遣使四出，与约起事。

胶西群臣，有几个见识高明，料难有成，向印进谏道：“诸侯地小，不能当汉十分之二，大王无端起反，徒为太后加忧，实属非计！况今天下只有一主，尚起纷争，他日果侥幸成事，变做两头政治，岂不是越要滋扰么！”印不肯从。利令智昏。旋得各使返报，谓齐与菑川胶东济南诸国，俱愿如约。印喜如所望，飞书报吴，吴亦遣使往说楚赵。楚王戊早已归国，正是愤恨得很，还有什么不允？申公、白生，极言不可，反致触动戊怒，把二人连系一处，使服赭衣，就市司舂。楚相张尚，太傅赵夷吾，再加谏阻，竟被戊喝令斩首。狂暴至此，不亡何待。遂调动兵马，起应吴王，赵王遂也应许吴使，赵相建德内史王悍，苦谏不听，反致烧死。比戊还要残忍。于是吴楚赵胶西胶东菑川济南七国，同时举兵。

独齐王将闾，前已与胶西连谋，忽觉此事不妙，幡然变计，敛兵自守。还有济北王志，本由胶西王号召，有意相从，适值城坏未修，无暇起应，更被郎中令等将王监束，不得发兵。胶西王印，因齐中途悔约，即与胶东菑川济南三国，合兵围齐，拟先把临淄攻下，然后往会吴兵。就是失机。唯赵王遂出兵西境，等候吴楚兵至，一同西进，又遣使招诱匈奴，使为后援。

吴王濞已得六国响应，就遍征国中士卒，出发广陵，且下令军中道：“寡人年六十二，今自为将，少子年甫十四，亦使作前驱，将士等年齿不同，最老不过如寡人，最少不过如寡人少子，应各自努力，图功待赏，不得有违！”军中听着命令，未尽赞成，但也不能不去，只好相率西行，鱼贯而出，差不多有二十万人。濞又与闽越东越诸国，东越即东瓯。通使贻书，请兵相助。闽越犹怀观望，东越却发兵万人，来会吴军。吴军渡过淮水，与楚王戊相会，势焰尤威，再由濞致书淮南诸王，诱令出兵。淮南分为三国，事见前文。淮南王刘安，系厉王长冢子，尚记父仇，得濞贻书，便欲发兵，偏中了淮南相的计谋，佯请为将，待至兵权到手，即不服安命，守境拒吴。刘安不即诛死，还亏此相。衡山王勃，不愿从吴，谢绝吴使。庐江王赐，意在观望，含糊答复。吴王濞见三国不至，又复传檄四方，托词诛错。当时诸侯王共有二十二国，除楚赵胶西胶东菑川济南与吴同谋外，余皆裹足不前。齐燕城阳济北淮南衡山庐江梁代河间临江淮阳汝南广川长沙共十五国加入同叛七国，合得二十二国。濞已势成骑虎，也顾不得祸福利害，竟与楚王戊合攻梁国。梁王武飞章入都，火急求援，景帝闻报，不觉大惊，亟召群臣入朝，会议讨逆事宜。小子有诗叹道：

封建翻成乱国媒，叛吴牵率叛兵来，
追原祸始非无自，总为时君太好猜。

景帝会议讨逆，当有一人出奏，请景帝御驾亲征，欲知此人为谁，待至下回再表。

申屠嘉虽称刚正，而性太躁急，不合为相。相道在力持大体，徒以严峻为事，非计也。观其檄召邓通，擅欲加诛，已不免失之卤莽。幸而文帝仁柔，邓通庸劣，故不至嫁祸己身耳，彼景帝之宽，不逮文帝，晁错之狡，远过邓通，嘉乃欲以待邓通者待晁错，适见其惑也。呕血而死得保首领，其犹为申屠嘉之幸事欤？若邓通之不死嘉手，而终致饿毙，铜山无济，愈富愈穷，彼之热中富贵者，不知以通为鉴，尚营营逐逐，于朝市之间，果胡为者？吴王濞首先发难，连兵叛汉，虽晁错之激成，终觉野心之未餍，名不正，言不顺，是而欲侥幸成功也，宁可得乎？彼楚赵胶西胶东菑川济南诸王，则更为不度德不量力之徒，以一国为孤注，其愚更不足道焉。

第五十四回　信袁盎诡谋斩御史
遇赵涉依议出奇兵

却说景帝闻七国变乱，吴为首谋，已与楚兵连合攻梁，急得形色仓皇，忙召群臣会议。当有一人出班献策，请景帝亲自出征。这人为谁？就是主议削吴的晁错。景帝道："我若亲征，都中由何人居守？"晁错道："臣当留守都中。陛下但出兵荥阳，堵住叛兵，就是徐僮一带，暂时不妨弃去，令彼得地生骄，自减锐气，方可用逸制劳，一鼓平乱。"景帝听着，半晌无言。猛记得文帝遗言，谓天下有变，可用周亚夫为将，因即掉头左顾，见亚夫正端立一旁，便召至案前，命他督兵讨逆，亚夫直任不辞。景帝大喜，遂升亚夫为太尉，命率三十六将军，出讨吴楚，亚夫受命即行。

景帝遣发亚夫，正想退朝，偏又接到齐王急报，速请援师。景帝踌躇多时，方想着窦婴忠诚，可付大任，乃特派使臣持节，召婴入朝。既用周亚夫，又召入窦婴，不可谓景帝不明。婴已免官家居，使节往返，不免需时，景帝未便坐待，当然退朝入内。及婴与使臣到来，景帝正进谒太后，陈述意见。应该有此手续。婴虽违忤太后，被除门籍，但此时是奉旨特召，门吏怎敢拦阻？自然放他进去，他却趋入太后宫中，拜见太后及景帝。景帝即命婴为将，使他领兵救齐。婴拜辞道："臣本不才，近又患病，望陛下另择他人。"景帝知婴尚记前嫌，未肯效力，免不得劝慰数语，仍令就任。婴再三固辞，景帝作色道："天下方危，王孙即婴字，见上。谊关国戚。难道可袖手旁观么？"婴见景帝情词激切，又暗窥太后形容，也带着三分愧色，自知不便固执，乃始承认下去。景帝就命婴为大将军，且赐金千斤。婴谓齐固当援，赵亦宜讨，特保荐栾布郦寄两人，分统军马。景帝依议，拜两人并为将军，使栾布率兵救齐，郦寄引兵击赵，都归窦婴节制。

婴拜命而出，先在都中，暂设军辕，即将所赐千金，陈诸廊下。一面招集将士，分委军务，应需费用，令就廊下自取。不到数日，千金已尽，无一入私，因此部下感激，俱乐为用。婴又日夕部署，拟即出发荥阳，忽有故吴相袁盎乘夜谒婴，婴立即延入，与谈时事。盎说及七国叛乱，由吴唆使，吴为不轨，由错激成，但教主上肯听盎言，自有平乱的至计。婴前时与错相争，互有嫌隙，此时听了盎言，好似针芥相投，格外合意。婴错争论，见前回。因留盎住宿军辕，愿为奏达。盎暗喜道："晁错，晁错，看汝今日尚能逞威否？"原来盎与错素不相容，虽同为朝臣，未尝同堂与语，至错为御史大夫，创议削吴，盎方辞去吴相，回都复命，错独说盎私受吴王财物，应该坐罪，有诏将盎免官，赦为庶人。及吴楚连兵攻梁，错又嘱语丞史，重提前案，欲即诛盎，还是丞史替盎解说，谓盎不宜有谋，且吴已起兵，穷治何益，错乃稍从缓议。偏已有人向盎告知，盎遂进见窦婴，要想靠婴势力，乘间除错。婴与他意见相同，哪有不替他入奏。

景帝闻得盎有妙策，自然召见。盎拜谒已毕，望见错亦在侧，正是冤家相遇，格外留心。但听景帝问道："吴楚造反，君意将如何处置？"盎随口答道："陛下尽管放怀，不必忧虑。"景帝道："吴王倚山铸钱，煮海为盐，诱致天下豪杰，白头起事，若非计出万全，岂肯轻发？怎得说是不必忧呢！"盎又道："吴只有铜盐，并无豪杰，不过招聚无赖子弟，亡命奸人，一哄为乱，臣故说是不必忧呢。"错正入白调饷事宜，急切不能趋避，只好呆立一旁，待盎说了数语，已是听得生厌，便从旁插入道："盎言甚是，陛下只准备兵食便了。"偏景帝不肯听错，还要穷根到底，详问计策，盎答道："臣有一计，定能平乱，但军谋须守秘密，不便使人与闻。"明明是为了晁错。景帝因命左右退去，唯错不肯行，仍然留着。盎暗暗着急，又向景帝面请道："臣今所言，无论何人，不宜得知。"何必这般鬼祟！景帝乃使错暂退，错不好违命，悻悻的趋往东厢。盎四顾无人，才低声说道："臣闻吴楚连谋，彼此书信往来，无非说是高帝子弟，各有分土。偏出了贼臣晁错，擅削诸侯，欲危刘氏，所以众心不服，连兵西来，志在诛错，求复故土。诚使陛下将错处斩，赦免吴楚各国，归还故地，彼必罢兵谢罪，欢然回国，还要遣什么兵将，费什么军饷呢！”景帝为了亲征计议，已是动疑，此次听了盎言，越觉错有歹心，所以前番力请亲征，自愿守都，损人利己，煞是可恨。因复对盎答说道：“如果可以罢兵，我亦何惜一人，不谢天下！”盎乃答说道：“愚见如此，唯陛下熟思后行。”景帝竟面授盎为太常，使他秘密治装，赴吴议和，盎受命而去。

晁错尚莫明其妙，等到袁盎退出，仍至景帝前续陈军事，但见景帝形容如旧，倒也看不出什么端倪。又未便问及袁盎所言，只好说完本意，怅然退归。约莫过了一旬，也不见有特别诏令，还道袁盎无甚异议，或虽有异言，未邀景帝信从，因此毫无动静。哪知景帝已密嘱丞相陶青，廷尉张欧等劾奏错罪，说他议论乖谬，大逆不道，应该腰斩，家属弃市。景帝又亲加手批，准如所奏，不过一时未曾发落，但召中尉入宫，授与密诏，且嘱咐了好几语，使他依旨施行。中尉领了密旨，乘车疾驰，直入御史府中，传旨召错，立刻入朝，错惊问何事？中尉诡称未知，但催他快快登车，一同前去。错连忙穿好冠带，与中尉同车出门。车夫已经中尉密嘱，一手挽车，一手扬鞭，真是非常起劲，与风驰电掣相似。错从车内顾着外面，惊疑的了不得，原来车路所经，统是都市，并非入宫要道。正要开口诘问中尉，车已停住，中尉一跃下车，车旁早有兵役待着，由中尉递了一个暗号，便回首向错道：“晁御史快下车听诏！”错见停车处乃是东市，向来是杀头地方，为何叫我此处听旨，莫非要杀我不成！一面想，一面下车，两脚方立住地上，便由兵役趋近，把错两手反翦，牵至法场，令他长跪听诏。中尉从袖中取出诏书，宣读到应该腰斩一语，那晁错的头颅，已离了脖项，堕地有声。叙得新颖。身上尚穿着朝服，未曾脱去。中尉也不复多顾，仍然上车，还朝复命。景帝方将错罪宣告中外，并命拿捕错家全眷，一体坐罪。诛错已不免失刑，况及全家！旋由颍川郡报称错父于半月前，已服毒自尽，回应前回。外如母妻子侄等，悉数拿解，送入都中。景帝闻报，诏称已死勿问，余皆处斩。可怜错夙号智囊，反弄到这般结局，身诛族夷，聪明反被聪明误，看错便可了然！这且毋庸细表。言之慨然。

且说袁盎受命整装，也知赴吴议和，未必有效，但闻朝廷已经诛错，得报宿仇，不得不冒险一行，聊报知遇。景帝又遣吴王濞从子刘通，与盎同行。盎至吴军，先使通入报吴王，吴王知晁错已诛，却也心喜，不过罢兵诏命，未肯接受，索性将通留住军中，另派都尉一人，率兵五百，把盎围住营舍，断绝往来，盎屡次求见，终被拒绝，唯遣人招盎降吴，当使为将。总算盎还有良心，始终不为所动，宁死勿降。

到了夜静更深，盎自觉困倦，展被就睡，正在神思蒙眬，突有一人叫道："快起！快走！"盎猛被惊醒，慌忙起来，从灯光下顾视来人，似曾相识，唯一时叫不出姓名，却也未便发言。那人又敦促道："吴王定议斩君，期在诘朝，君此时不走，死在目前了！"盎惊疑道："君究系何人，乃来救我？"那人复答道："臣尝为君从史，盗君侍儿，幸蒙宽宥，感恩不忘，故特来救君。"盎乃仔细辨认，果然不谬，因即称谢道："难得君不忘旧情，肯来相救！但帐外兵士甚多，叫我如何出走？"那人答道："这可无虑。臣为军中司马，本奉吴王命令，来此围君，现已为君设策，典衣换酒，灌醉兵士，大众统已睡熟，君可速行。"盎复疑虑道："我曾知君有老亲，若放我出围，必致累君，奈何奈何！"那人又答道："臣已安排妥当，君但前去，不必为臣担忧！臣自有与亲偕亡的方法。"盎乃向他下拜，由那人答礼后，即引盎至帐后，用刀割开营帐，屈身钻出。帐外搭着一棚，棚外果有醉卒卧着，东倒西歪，不省人事，两人悄悄的跨过醉卒，觅路疾趋。一经出棚，正值春寒雨湿，泥滑难行。那人已有双屐怀着，取出赠盎，使盎穿上，又送盎数百步，指示去路，方才告别。盎夤夜疾走，幸喜路上尚有微光，不致失足。自思从前为吴相时，从史盗我侍儿，亏得我度量尚大，不愿究治，且将侍儿赐与从史，因此得他搭救，使我脱围。盎之宽免从史，与从史之用计救盎，都从两方语意中叙出，可省许多文字。但距敌未远，总还担忧，便将身中所持的旄节，解下包好，藏在怀中，免得露出马脚。自己苦无车马，又要著屐行走，觉得两足滞重，很是不便，但逃命要紧，也顾不得步履艰难，只好放出老力，向前急行。一口气跑了六七十里，天色已明，远远望见梁都。心下才得放宽，唯身体不堪疲乏，两脚又肿痛交加，没奈何就地坐下。可巧有一班马队，侦哨过来，想必定是梁兵，便又起身候着。待他行近，当即问讯，果然不出所料。乃复从怀中取出旄节，持示梁军，且与他说明情由。梁军见是朝使，不敢怠慢，且借与一马，使盎坐着。盎至梁营中一转，匆匆就道，入都销差去了。侥幸侥幸。

景帝还道盎等赴吴，定能息兵，反遣人至周亚夫军营，饬令缓进。待了数日，尚未得盎等回报，只有谒者仆射邓公入朝求见。邓公为成固人，本从亚夫出征，任官校尉，此次正由亚夫差遣，入报军情。景帝疑问道："汝从军中前来，可知晁错已死，吴楚曾愿罢兵否？"邓公道："吴王蓄谋造反，已有好几十年，今日借端发兵，不过托名诛错，其实并不是单为一错呢！陛下竟将错诛死，臣恐天下士人，从此将箝口结舌，不敢再言国事了！"景帝愕然，急问何故？邓公道："错欲减削藩封，实恐诸侯强大难制，故特创此议，强本弱末，为万世计。今计划方行，反受大戮。内使忠臣短气，外为列侯报仇，臣窃为陛下不取呢！"景帝不禁叹息道："君言甚是！我亦悔恨无及了！"已而袁盎逃还，果言吴王不肯罢兵，景帝未免埋怨袁盎。但盎曾有言说明，要景帝熟思后行，是诛错一事，实出景帝主张，景帝无从推诿。且盎在吴营，拼死不降，忠诚亦属可取。于是不复加罪，许盎照常供职，一面授邓公为城阳中尉，使他回报亚夫，相机进兵。

邓公方去，那梁王武的告急书，一日再至。景帝又遣人催促亚夫，令速救梁，亚夫上书献计，略言楚兵剽轻，难与争锋，现只可把梁委敌，使他固守，待臣断敌食道，方可制楚。楚兵溃散，吴自无能为了。景帝已信任亚夫，复称依议。亚夫时尚屯兵霸上，既接景帝复诏，便备着驿车六乘，拟即驰赴荥阳。甫经启行，有一士人遮道进说道："将军往讨吴楚，战胜，宗庙安；不胜，天下危，关系重大，可否容仆一言？"亚夫闻说，忙下车相揖道："愿闻高论。"如此虚心，怎得不克？士人答道："吴王素富，久已蓄养死士，此次闻将军出征，必令死士埋伏殽渑，预备邀击，将军不可不防！且兵事首贵神速，将军何不绕道右行，走蓝田，出武关，进抵雒阳，直入武库，掩敌无备，且使诸侯闻风震动，共疑将军从天而下，不战便已生畏了。"亚夫极称妙计，因问他姓名，知是赵涉，遂留与同行。依了赵涉所说的路途，星夜前进，安安稳稳的到了雒阳。亚夫大喜道："七国造反，我乘传车至此，一路无阻，岂非大幸！今我若得进据荥阳，荥阳以东，不足忧了！"当下遣派将士，至殽渑间搜索要隘，果得许多伏兵，逐去一半，擒住一半，回至亚夫前报功。亚夫益服赵涉先见，奏举涉为护军。更访得雒阳侠客剧孟，与他结交，免为敌用。然后驰入荥阳，会同各路人马，再议进行。

看官听说！荥阳扼东西要冲，左敖仓，右武库，有粟可因，有械可取，东得即东胜，西得即西胜，从来刘项相争，注重荥阳，便是为此。至亚夫会兵荥阳，喜如所望，亦无非因要地未失，赶先据住，已经占了胜着。说明形势，格外醒目。彼时吴中也有智士，请吴王先机进取，毋落人后，吴王不肯信用，遂为亚夫所乘，终致败亡。当吴王濞出兵时，大将军田禄伯，曾进语吴王道："我兵一路西行，若无他奇道，恐难立功，臣愿得五万人，出江淮间，收复淮南长沙，长驱西进，直入武关，与大王会，这也是一条奇计呢！"吴王意欲照行，偏由吴太子驹，从中阻挠，恐禄伯得机先叛，请乃父不可分兵，遂致一条奇计，徒付空谈。嗣又有少将桓将军，为吴划策道："吴多步兵，步兵利走险阻，汉多车骑，车骑利战平地，今为大王计，宜赶紧西进，所过城邑，不必留攻，若能西据雒阳，取武库，食敖仓粟，阻山带河，号令诸侯，就使一时不得入关，天下已定，否则大王徐行，汉兵先出，彼此在梁楚交界，对垒争锋，我失彼长，彼得我失，大事去了！"吴正濞又复狐疑，偏问老将。老将都不肯冒险，反说桓将军年少躁进，未可深恃。于是第二条良谋，又屏弃不用。吴王该死。好几十万吴楚大兵，徒然屯聚梁郊，与梁争战。

梁王武派兵守住棘壁，被吴楚兵一鼓陷入，杀伤梁兵数万人。再由梁王遣将截击，复为所败。梁王大惧，固守睢阳，闻得周亚夫已至河雒，便即遣使求援。哪知亚夫抱定本旨，未肯相救，急得梁王望眼将穿，一日三使，催促亚夫。亚夫进至淮阳，仍然逗留。梁王待久不至，索性将亚夫劾奏一本，飞达长安。景帝得梁王奏章，见他似泣似诉，料知情急万分，不得不转饬亚夫，使救梁都。亚夫却回诏使，用了旧客邓尉的秘谋，故意的退避三舍，回驻昌邑，深沟高垒，坚守勿出。梁王虽然愤恨亚夫，但求人无效，只好求己，日夜激励士卒，一意死守，复选得中大夫韩安国，及楚相张尚弟羽为将军，且守且战。安国持重善守，羽为乃兄死事，尚为楚王戊所杀，见前回。立志复仇，往往乘隙出击，力败吴兵，因此睢阳一城兀自支持得住。吴楚两王，还想督兵再攻，踏破梁都。不料有探马报入，说是周亚夫暗遣将士，抄出我兵后面，截我粮道，现在粮多被劫，运路全然不通了。吴王濞大惊道："我兵不下数十万，怎可无粮？这且奈何！"楚王戊亦连声叫苦，无法可施。小子有诗咏道：

老悖原为速死征，陵人反致受人陵；

良谋不用机先失，坐使雄兵兆土崩。

欲知吴楚两王，如何抵制周亚夫，且待下回再叙。

晁错之死，后世多代为呼冤。错特小有才耳，其杀身也固宜，非真不幸也。苏子瞻之论错，最为公允，自发而不能自收，徒欲以天子为孤注，能保景帝之不加疑忌耶！唯袁盎借公济私，当国家危急之秋，反为是报怨欺君之举，其罪固较错为尤甚，错死而盎不受诛，错其原难瞑目欤！彼周亚夫之受命出征，以谨严之军律，具翕受之虚心。赵涉，途人耳，一经献议，见可即行，邓尉，旧客也，再请坚壁，深信不疑，以视吴王之两得良谋，终不能用，其相去固甚远矣。两军相见，善谋者胜，观诸周亚夫而益信云。

第五十五回　平叛军太尉建功　保孱王邻封乞命

却说吴楚两王，闻得粮道被断，并皆惊惶，欲待冒险西进，又恐梁军截住，不便径行。当由吴王濞打定主意，决先往击周亚夫军，移兵北行。到了下邑，却与亚夫军相值，因即扎定营盘，准备交锋。亚夫前次回驻昌邑，原是以退为进，暗遣弓高侯韩颓当等，绕出淮泗，截击吴楚粮道，使后无退路，必然向前进攻，所以也移节下邑，屯兵待着。既见吴楚兵到来，又复坚壁相持，但守勿战。吴王濞与楚王戊，挟着一腔怒气，来攻亚夫，恨不得将亚夫大营，顷刻踏破，所以三番四次，逼营挑战。亚夫只号令军士，不准妄动，但教四面布好强弩，见有敌兵猛扑，便用硬箭射去，敌退即止，连箭干都似宝贵，不容妄发一支。吴楚兵要想冲锋，徒受了一阵箭伤，毫无寸进，害得吴楚两王，非常焦灼，日夜派遣侦卒，探伺亚夫军营。一夕，亚夫营中，忽然自相惊扰，声达中军帐下，独亚夫高卧不起，传令军士毋哗，违令立斩！果然不到多时，仍归镇静。持重之效。

过了两天，吴兵竟乘夜劫营，直奔东南角上，喊杀连天，亚夫当然准备，临事不至张皇，但却能见机应变，料知敌兵鼓噪前来，定是声东击西的诡计，当下遣派将吏，防御东南，仍令照常堵住，不必惊惶，自己领着精兵，向西北一方面，严装待敌。部将还道他是避危就安，不能无疑，哪知吴楚两王，潜率锐卒，竟悄悄的绕出西北，想来乘虚踹营。距营不过百步，早被亚夫窥见，一声鼓号，营门大开，前驱发出弓弩手，连环迭射，后队发出刀牌手，严密加防。亚夫亲自督阵，相机指挥，吴楚兵乘锐扑来，耳中一闻箭镞声，便即受伤倒地，接连跌翻了好几百人，余众大哗。时当昏夜，月色无光，吴楚兵是来袭击，未曾多带火炬，所以箭已射到，尚且不知闪避，徒落得皮开肉裂，疼痛难熬，伤重的当即倒毙，伤轻的也致晕翻。人情都贪生怕死，怎肯向死路钻入，自去拚生，况前队已有多人陨命，眼见得不能再进，只好退下。就是吴楚两王，本欲攻其无备，不意亚夫开营迎敌，满布人马，并且飞矢如雨，很觉利害，一番高兴，化作冰消，连忙收兵退归，懊怅而返。那东南角上的吴兵，明明是虚张声势，不待吴王命令，早已退向营中去了。亚夫也不追赶，入营闭垒，检点军士，不折一人。

又相持了好几日，探得吴楚兵已将绝粮，挫损锐气，乃遣颍阴侯灌何等，率兵数千，前去搦战。吴楚兵出营接仗，两下奋斗多时，恼动汉军校尉灌孟，舞动长槊，奋勇陷阵。吴楚兵向前拦阻，被灌孟左挑右拨，刺死多人，一马驰入。孟子灌夫，见老父轻身陷敌，忙率部曲千人，上前接应。偏乃父只向前进，不遑后顾，看看杀到吴王面前，竟欲力歼渠魁，一劳永逸。那吴王左右，统是历年豢养的死士，猛见灌孟杀入，慌忙并力迎战。灌孟虽然老健，究竟众寡悬殊，区区一支长槊，拦不住许多刀戟，遂致身经数创，危急万分。待至灌夫上前相救，乃父已力竭声嘶，倒翻马上。灌夫急指示部曲，将父救回，自在马上杀开吴军，冲出一条走路，驰归军前。顾视乃父，已是挺着不动，毫无声息了。夫不禁大恸，尚欲为父报仇，回马致死。灌何瞧着，忙自出来劝阻，一面招呼部众，退回大营。这灌孟系颍阳人，本是张姓，常事灌何父婴，由婴荐为二千石，因此寄姓为灌。灌婴殁后，何得袭封。孟年老家居，吴楚变起，何为偏将，仍召孟为校尉。孟本不欲从军，但为了旧情难却，乃与子灌夫偕行。灌夫也有勇力，带领千人，与乃父自成一队，隶属灌何麾下。此次见父阵亡，怎得不哀？亚夫闻报，亲为视殓，并依照汉朝定例，令灌夫送父归葬。灌夫不肯从命，且泣且愤道："愿取吴王或吴将首级，报我父仇。"却有血性。亚夫见他义愤过人，倒也不便相强，只好仍使留着，唯劝他不必过急。偏灌夫迫不及待，私嘱家奴十余人，夜劫敌营。又向部曲中挑选壮士，得数十名，裹束停当，候至夜半，便披甲执戟，带领数十骑出寨，驰往敌垒。才行数步，回顾壮士，多已散去，只有两人相随，此时报仇心切，也不管人数多少，竟至吴王大营前，怒马冲入。吴兵未曾预防，统是吓得倒躲，一任灌夫闯进后帐。灌夫手下十数骑，亦皆紧紧跟着。后帐由吴王住宿，绕守多人，当即出来阻住，与灌夫鏖斗起来。灌夫毫不胆怯，挺戟乱刺，戳倒了好几人，唯身上也受了好几处重伤，再看从奴等，多被杀死，自知不能济事，随即大喝一声，拍马退走。吴兵从后追赶，亏得两壮士断住后路，好使灌夫前行。至灌夫走出吴营，两壮士中又战死一人，只有一人得脱，仍然追上灌夫，疾驰回营。灌何闻夫潜往袭敌，亟派兵士救应。兵士才出营门，已与夫兜头碰着，见他战袍上面，尽染血痕，料知已经重创，忙即扶令下马，簇拥入营。灌何取出万金良药，替他敷治，才得不死。但十余人能劫吴营，九死中博得一生，好算是健儿身手，亘古罕闻了！

吴王经他一吓，险些儿魂离躯壳，且闻汉将只十数人，能有这般胆量，倘或全军过来，如何招架得住，因此日夜不安。再加粮食已尽，兵不得食，上下枵腹，将佐离心，自思长此不走，即不战死，也是饿死。踌躇终日，毫无良法，结果是想得一条密策，竟挈领太子驹，及亲卒数千，夤夜私行，向东逃去。蛇无头不行，兵无主自乱，二十多万饥卒，仓猝中不见吴王，当然骇散。楚王戊孤掌难鸣，也想率众逃生，不料汉军大至，并力杀来。楚兵都饿得力乏，怎能上前迎战？一声惊叫，四面狂奔，单剩了一个楚王戊，拖落后面，被汉军团团围住。戊自知不能脱身，拔剑在手，向颈一横，立即毙命。可记得后宫美人否？亚夫指挥将士，荡平吴楚大营，复下令招降敌卒，缴械免死。吴楚兵无路可归，便相率投诚。只有下邳人周邱，好酒无赖，前投吴王麾下，请得军令，略定下邳，北攻城阳，有众十余万，嗣闻吴王败遁，众多离散，邱亦退归。自恨无成，发生了一个背疽，不久即死。吴王父子，渡淮急奔，过丹徒，走东越，沿途收集溃卒，尚有万人。东越就是东瓯，惠帝三年，曾封东越君长摇为东海王，后来子孙相传，与吴通好。吴起兵时，东越王曾拨兵助吴，驻扎丹徒，为吴后缓。回应五十四回。及吴王父子来奔，见他势穷力尽，已有悔心，可巧周亚夫遣使前来，嘱使杀死吴王，当给重赏，东越王乐得听命，便诱吴王濞劳军，暗令军士突出，将濞杀毙。六十多岁的老藩王，偏要这般寻死，所谓自作孽，不可活，与人何尤！但高祖曾说濞有反相，至是果验，莫非因相貌生成，到老也是难免吗？不幸多言而中。濞既被杀，传首长安，独吴太子驹，幸得逃脱，往奔闽越，下文自有交代。

且说周亚夫讨平吴楚，先后不过三月，便即奏凯班师，唯遣弓高侯韩颓当，带兵赴齐助攻胶西诸国。胶西王卬，使济南军主持粮道，自与胶东菑川，合兵围齐，环城数匝。回应前回。齐王将闾，曾遣路中大夫入都告急，景帝已将齐事委任窦婴，由婴调派将军栾布，领兵东援，至路中大夫进见，乃复续遣平阳侯曹襄，曹参曾孙。往助栾布，并令路中大夫返报齐王，使他坚守待援。路中大夫星夜回齐，行至临淄城下，正值胶西诸国，四面筑垒，无路可通，没奈何硬着头皮，闯将进去，匹马单身，怎能越过敌垒，眼见是为敌所缚，牵见三国主将，三国主将问他何来？路中大夫直言不讳。三国主将与语道："近日汝主已遣人乞降，将有成议，汝今由都中回来，最好与我通报齐王，但言汉兵为吴楚所破，无暇救齐，齐不如速降三国，免得受屠。果如此言，我当从重赏汝，否则汝可饮刀，莫怪我等无情！"路中大夫佯为许诺，并与设誓，从容趋至城下，仰呼齐王禀报。齐王登城俯问，路中大夫朗声道："汉已发兵百万，使太尉亚夫，击破吴楚，即日引兵来援。栾将军与平阳侯先驱将至，请大王坚守数日，自可无患，切勿与敌兵通和！"齐王才答声称是，那路中大夫的头颅，已被敌兵斫去，不由的触目生悲，咬牙切齿，把一腔情急求和的惧意，变做拚生杀敌的热肠。舍身谏主，路中大夫不愧忠臣！当下督率将士。婴城固守。未几即由汉将栾布，驱兵杀到，与胶西胶东菑川三国人马，交战一场，不分胜负。又未几由平阳侯曹襄，率兵继至，与栾布两路夹攻，击败三国将士。齐王将闾，也乘势开城，麾兵杀出，三路并进，把三国人马扫得精光。济南军也不敢相救，逃回本国去了。如此不耐久战，造什么反！

胶西王卬，奔还高密，即胶西都城。免冠徒跣，席稿饮水，入向王太后谢罪。王太后本教他勿反，至此见子败归，惹得忧愤交并，无词可说。独王太子德，从旁献议，还想招集败卒，袭击汉军。卬摇首道："将怯卒伤，怎可再用？"道言未绝，外面已递入一书，乃是弓高侯韩颓当、差人送来。卬又吃了一惊，展开一阅，见书中写着道：

> 奉诏诛不义，降者赦除其罪，仍复故土，不降者灭之。王今何处？当待命从事！

卬既阅罢，问明来使，始知韩颓当领兵到来，离城不过十里。此时无法拒绝，只好偕同来使，往见颓当。甫至营前，即肉袒匍匐，叩头请罪。既已做错，一死便了，何必这般乞怜！颓当闻报，手执金鼓，出营语印道："王兴师多日，想亦劳苦，但不知王为何事发兵？"印膝行前进道："近因晁错用事，变更高皇帝命令，侵削诸侯，印等以为不义，恐他败乱天下，所以联合七国，发兵诛错。今闻错已受诛，印等谨罢兵回国，自愿请罪！"颓当正色道："王若单为晁错一人，何勿上表奏闻，况未曾奉诏，擅击齐国，齐本守义奉法，又与晁错毫不相关，试问王何故进攻？如此看来，王岂徒为晁错么？"说着，即从袖中取出诏书，朗读一周。诏书大意，无非说是造反诸王，应该伏法等语。听得刘印毛骨皆寒，无言可辩。及颓当读完诏书，且与语道："请王自行裁决，无待多言！"印乃流涕道："如印等死有余辜，也不望再生了。"随即拔剑自刎。印母与印子，闻印毕命，也即自尽。胶东王雄渠，菑川王贤，济南王辟光，得悉胶西王死状，已是心惊，又闻汉兵四逼，料难抵敌，不如与印同尽，免得受刀。因此预求一死，或服药，或投缳，并皆自杀。七国中已平了六国，只有赵王遂，守住邯郸。由汉将郦寄，率兵围攻，好几月不能取胜。乃就近致书栾布，请他援应。栾布早拟班师，因查得齐王将闾，曾与胶西诸国通谋，不能无罪，所以表请加讨，留齐待命。齐王将闾，闻风先惧，竟至饮鸩丧生，布乃停兵不攻。会接郦寄来书，乃移兵赴赵。赵王遂求救匈奴，匈奴已探知吴楚败耗，不肯发兵，赵势益危。郦栾两军，合力攻邯郸城，尚不能下。嗣经栾布想出一法，决水灌入，守兵大惊，城脚又坏，终被汉军乘隙突进，得破邯郸。赵王遂无路可奔，也拚着性命，一死了事，于是七国皆平。

济北王志，前与胶西王约同起事，虽由郎中令设法阻挠，总算中止。见五三回。但闻齐王难免一死，自己怎能逃咎，因与妻子诀别，决计自裁。妻子牵衣哭泣，一再劝阻，志却与语道："我死，汝等或尚可保全。"随即取过毒药，将要饮下。有一僚属公孙玃，从旁趋入道："臣愿为大王往说梁王，求他通意天子，如或无成，死亦未迟。"志乃依言，遣玃往梁。梁王武传令入见，玃行过了礼，便向前进言道："济北地居西塞，东接强齐，南牵吴越，北逼燕赵。势不能自守，力不足御侮。前因吴与胶西双方威胁，虚言承诺，实非本心。若使济北明示绝吴，吴必先下齐国，次及济北，连合燕赵，据有山东各国，西向叩关，成败尚未可知。今吴王连合诸侯，贸然西行，彼以为东顾无忧，哪知济北抗节不从，致失后援，终落得势孤援绝，兵败身亡。大王试想区区济北，若非如此用谋，是以犬羊敌虎狼，早被吞噬，怎能为国效忠，自尽职务？乃功义如此，尚闻为朝廷所疑，臣恐藩臣寒心，非社稷利！现在只有大王能持正义，力能斡旋，诚肯为济北王出言剖白，上全危国，下保穷民，便是德沦骨髓，加惠无穷了！愿大王留意为幸！”不外恭维。梁王武闻言大悦，即代为驰表上闻，果得景帝复诏，赦罪不问。但将济北王徙封菑川。公孙玃既得如愿，自然回国复命，济北王志才得幸全。

各路将帅，陆续回朝，景帝论功行赏，封窦婴为魏其侯，栾布为鄃侯。唯周亚夫曹襄等早沐侯封，不便再加，仍照旧职，不过赏赐若干金帛，算做报功。其余随征将士，亦皆封赏有差。自齐王将闾服毒身亡，景帝说他被人胁迫，罪不致死，特从抚恤条例，赐谥将闾为孝王，使齐太子寿，仍得嗣封。一面拟封吴楚后人，奉承先祀。窦太后得知此信，召语景帝道：“吴王首谋造反，罪在不赦，奈何尚得封荫子孙？”景帝乃罢。唯封平陆侯宗正刘礼为楚王，礼为楚元王交次子，命礼袭封，是不忘元王的意思。又分吴地为鲁江都二国，徙淮阳王余为鲁王，汝南王非为江都王。二王为景帝子，见五十三回。立皇子端为胶西王，彻为胶东王，胜为中山王。迁衡山王勃为济北王，庐江王赐为衡山王。济南国除，不复置封。

越年，立子荣为皇太子，荣为景帝爱姬栗氏所出，年尚幼稚，因母得宠，遂立为储嗣。时人或称为栗太子。栗太子既立，栗姬越加得势，遂暗中设法，想将薄皇后捽去，好使自己正位中宫。薄皇后既无子嗣，又为景帝所不喜，只看太皇太后薄氏面上，权立为后。见五十三回。本来是个宫中傀儡，有名无实，一经栗姬从旁倾轧，怎得保得住中宫位置？果然到了景帝六年，被栗姬运动成熟，下了一道诏旨，平白地将薄后废去。无故废后，景帝不为无过。栗姬满心欢喜，总道是桃僵可代，唾手告成，就是六宫粉黛，也以为景帝废后，无非为栗姬起见，虽然因羡生妒，亦唯有徒唤奈何罢了。谁知天有不测风云，人有旦夕祸福，栗姬始终不得为后，连太子荣都被摇动，黜为藩王。可怜栗姬数载苦心，付诸流水，免不得愤恚成病，玉殒香消。小子有诗咏道：

欲海茫茫总不平，一波才逐一波生；

从知谗妒终无益，色未衰时命已倾。

究竟太子荣何故被黜，待至下回再详。

吴楚二王之屯兵梁郊，不急西进，是一大失策，既非周亚夫之善于用兵，亦未必果能逞志。项霸王以百战余威，犹受困于广武间，卒至粮尽退师，败死垓下，况如吴楚二王乎？灌夫之为父复仇，路中大夫之为主捐躯，忠肝义胆，照耀史乘备录之以示后世，所以勖子臣也。公孙玃愿说梁王，以片言之请命，救孱主于垂危，亦未始非济北忠臣。假令齐王将闾，有此臣属，则亦何至仓皇毕命。将闾死而志独得生，此国家之所以不可无良臣也。彼七王之致毙，皆其自取，何足惜乎！

第五十六回　王美人有缘终作后
栗太子被废复蒙冤

却说景帝妃嫔，不止栗姬一人，当时后宫里面，尚有一对姊妹花，生长槐里，选入椒房，出落得娉娉婷婷，成就了恩恩爱爱。闺娃王氏，母名臧儿，本是故燕王臧荼孙女，嫁为同里王仲妻，生下一男两女，男名为信，长女名娡，一名姝儿。次女名息姁。未几仲死，臧儿挈了子女，转醮与长陵田家，又生二子，长名蚡，幼名胜。娡年已长，嫁为金王孙妇，已生一女。臧儿平日算命，术士说她两女当贵，臧儿似信非信。适值长女归宁，有一相士姚翁趋过，由臧儿邀他入室，令与二女看相。姚翁见了长女，不禁瞠目道："好一个贵人，将来当生天子，母仪天下！"继相次女，亦云当贵，不过比乃姊稍逊一筹。汉家相士，所言多验，想是独得秘传。臧儿听着，暗想长女已嫁平民，如何能生天子？得为国母？因此心下尚是怀疑。事有凑巧，朝廷选取良家子女，纳入青宫，臧儿遂与长女密商，拟把她送入宫中，博取富贵。长女娡虽已有夫，但闻着富贵两字，当然欣羡，也不能顾及名节，情愿他适。臧儿即托人向金氏离婚，金氏如何肯从，辱骂臧儿。臧儿不管他肯与不肯，趁着长女归宁未返，就把她装束起来，送交有司，辇运入宫。

槐里与长安相距，不过百里，朝发夕至。一入宫门，便拨令侍奉太子，太子就是未即位的景帝。壮年好色，喜得娇娃，娡复为希宠起见，朝夕侍侧，格外巴结，惹得太子色魔缠扰，情意缠绵，男贪女爱，我我卿卿，一朵残花，居然压倒香国，不到一年，便已怀胎，可惜是弄瓦之喜，未及弄璋。

大器须要晚成。唯宫中已呼她为王美人，或称王夫人。美人系汉宫妃妾之称，秩视二千石。这王美人忆及同胞，又想到女弟身上，替她关说。太子是多多益善，就派了东宫侍监，赍着金帛，再向臧儿家聘选次女，充作嫔嫱。臧儿自送长女入宫后，尚与金氏争执数次，究竟金氏是一介平民，不能与储君构讼，只好和平解决，不复与争。此次由宫监到来，传说王美人如何得宠，如何生女，更令臧儿生欢。及听到续聘次女一事，也乐得唯命是从，随即受了金帛，又把次女改装，打扮得齐齐整整，跟着宫监，出门上车。

好容易驰入东宫，乃姊早已待着，叮嘱数语，便引见太子。太子见她体态轻盈，与乃姊不相上下，自然称心合意，相得益欢。当夜开筵与饮，令姊妹花左右侍宴，约莫饮了十余觥，酒酣兴至，情不自持，王美人知情识趣，当即辞去。神女初会高唐，襄王合登巫峡，行云布雨，其乐可知。比乃姊如何。说也奇怪，一点灵犀，透入子宫，竟尔絪缊化育，得孕麟儿。十月满足，产了一男，取名为越，就是将来的广川王。

乃姊亦随时进御，接连怀妊，偏只生女不生男，到了景帝即位这一年，景帝梦见一个赤彘，从天空中降下，云雾迷离，直入崇芳阁中，及梦觉后，起游崇芳阁，尚觉赤云环绕，仿佛龙形，当下召术士姚翁入问，姚翁谓兆主吉祥，阁内必生奇男，当为汉家盛主。景帝大喜，过了数日，景帝又梦见神女捧日，授与王美人，王美人吞入口中，醒后即告知王美人，偏王美人也梦日入怀，正与景帝梦兆相符。景帝料为贵兆，遂使王美人移居崇芳阁，改阁名为绮兰殿，凭着那龙马精神，与王美人谐欢竟夕，果得应了瑞征。待至七夕佳期，天上牛女相会，人间麟趾呈祥，王美人得生一子，英声初试，便是不凡。景帝尝梦见高祖，叫他生子名彘，又因前时梦彘下降，遂取王美人子为彘。嗣因彘字取名，究属不雅，乃改名为彻。王美人生彻以后，竟不复孕，那妹子却迭生四男，除长男越外，尚有寄乘舜三人，后皆封王。事且慢表。

且说王美人生彻时，景帝已有数男，栗姬生子最多，貌亦可人，却是王美人的情敌。景帝本爱恋栗姬，与订私约，俟姬生一子，当立为储君。后来栗姬连生三男，长名荣，次名德，又次名阏。德已封为河间王，阏亦封为临江王，见五十三回。只有荣未受封，明明是为立储起见。偏经王家姊妹，连翩引入，与栗姬争宠斗妍，累得栗姬非常愤恨。王美人生下一彻，却有许多瑞兆相应，栗姬恐他立为太子，反致己子失位，所以格外献媚，力求景帝践言。景帝既欲立荣，又欲立彻，迁延了两三年，尚难决定。唯禁不住栗姬催促，絮聒不休，而且舍长立幼，也觉不情，因此决意立荣，但封彻为胶东王。见前回。

是时馆陶长公主嫖，为景帝胞姊，适堂邑侯陈午为妻，生有一女，芳名叫做阿娇。长公主欲配字太子，使人向栗姬示意，总道是辈分相当，可一说便成。偏偏栗姬不愿联姻，竟至复绝。原来长公主出入宫闱，与景帝谊属同胞，素来亲昵，凡后宫许多妾媵，都奉承长公主，求她先容，长公主不忍却情，免不得代为荐引。乐得做人情。独栗姬素来妒忌，闻着长公主时进美人，很为不平，所以长公主为女议婚，便不顾情谊，随口谢绝。长公主恼羞成怒，遂与栗姬结下冤仇。统是妇人意见。那王美人却趁此机会，联络长公主，十分巴结。两下相遇，往往叙谈竟日，无语不宣。长公主说及议婚情事，尚有恨声，王美人乐得凑奉，只说自己没福，不能得此佳妇。长公主随口接说，愿将爱女阿娇，与彻相配，王美人巴不得有此一语，但口中尚谦言彻非太子，不配高亲。语语反激，才情远过栗姬。惹得长公主耸眉张目，且笑且恨道："废立常情，祸福难料，栗氏以为己子立储，将来定得为皇太后。千稳万当，哪知还有我在，管教她儿子立储不成！"王美人忙接入道："立储是国家大典，应该一成不变，请长公主不可多心！"再激一句更恶。长公主愤然道："她既不中抬举，我也无暇多顾了！"王美人暗暗喜欢，又与长公主申订婚约，长公主方才辞去。王美人见了景帝，就说起长公主美意，愿结儿女姻亲。景帝以彻年较幼，与阿娇相差数岁，似乎不甚相合，所以未肯遽允。王美人即转喜为忧，又与长公主说明。长公主索性带同女儿，相将入宫，适胶东王彻，立在母侧。汉时分封诸王，年幼者多未就国。故彻尚在宫。长公主顺手携住，拥置膝上，就顶抚摩，戏言相问道："儿愿娶妇否？"彻生性聪明，对着长公主嬉笑无言。长公主故意指示宫女，问他可否合意？彻并皆摇首。至长公主指及己女道："阿娇可好么？"彻独笑着道："若得阿娇为妇，合贮金屋，甚好！甚好！"小儿生就老脸皮。长公主不禁大笑，就是王美人也喜动颜开。长公主遂将彻抱定，趋见景帝，笑述彻言。景帝当面问彻，彻自认不讳。景帝想他小小年纪，独喜阿娇，当是前生注定姻缘，不若就此允许，成就儿女终身大事，于是认定婚约，各无异言。长公主与王美人，彼此做了亲母，情好尤深，一想报恨，一想夺嫡，两条心合做一条心，都要把栗姬母子猝去。栗姬也有风闻，唯望自己做了皇后，便不怕他播弄。好几年费尽心机，才把薄皇后挤落台下，正想自己登台，偏有两位新亲母，从旁摆布，不使如愿。这也是因果报应，弄巧反拙呢！

景帝方欲立栗姬为后，急得长公主连忙进谗，诬称栗姬崇信邪术，诅咒妃嫱，每与诸夫人相会，往往唾及背后。量窄如此，恐一得为后，又要看见人彘的惨祸了！景帝听及人彘二字，未免动心，遂踱至栗姬宫内，用言探试道："我百年后，后宫诸姬，已得生子，汝应善为待遇，幸勿忘怀。"一面说，一面瞧着栗姬容颜，忽然改变，又紫又青，半晌不发一言。一味嫉妒，全无才具，怎能免人挤排。待了多时，仍然无语，甚且将脸儿背转，遂致景帝忍耐不住，起身便走。甫出宫门，但听里面有哭骂声，隐约有老狗二字。本想回身诘责，因恐徒劳口角，反失尊严，不得已忍气而去。自是心恨栗姬，不愿册立。长公主又日来侦伺，或与景帝晤谈，辄称胶东王如何聪俊，如何孝顺，景帝也以为然。并记起前时梦兆，多主吉祥，如或立为太子，必能缵承大统。此念一起，太子荣已是动摇，再加王美人格外谦和，誉满六宫，越觉得栗姬母子，相形见绌了。

流光如驶，又是一年，大行官礼官。忽来奏请，说是子以母贵，母以子贵，今太子母尚无位号，应即册为皇后。景帝瞧着，不禁大怒道："这事岂汝等所宜言？"说着，即命将大行官论罪，拘系狱中，且竟废太子荣为临江王。条侯周亚夫，魏其侯窦婴，先后谏诤，皆不见从。婴本来气急，谢病归隐，只周亚夫仍然在朝，寻且因丞相陶青病免，即令亚夫代任，但礼貌反不及曩时，不过援例超迁罢了。看官听说！景帝决然废立，是为了大行一奏，疑是栗姬暗中主使，所以动怒。其实主使的不是栗姬，却是争宠夺嫡的王美人。王美人已知景帝怨恨栗姬，特嘱大行奏请立后，为反激计，果然景帝一怒，立废太子，只大行官为此下狱，枉受了数旬苦楚。后来王美人替他缓颊，才得释放，总算侥幸免刑，那栗姬从此失宠，不得再见景帝一面，深宫寂寂，长夜漫漫，叫她如何不愤，如何不病，未几又来了一道催命符，顿将栗姬芳魂，送入冥府！看官不必细猜，便可知彻为太子，王美人为皇后，是送死栗姬的催命符呢。

唯自太子荣被废，至胶东王彻得为太子，中间也经过两月有余，生出一种波折，几乎把两亲母的秘谋，平空打断。还亏王氏母子，生就多福，任凭他人觊觎，究竟不为所夺，仍得暗地斡旋。看官欲知觊觎储位的人物，就是景帝胞弟梁王武。梁王武前次入朝，景帝曾有将来传位的戏言，被窦婴从旁谏阻，扫兴还梁。见五十三回。至七国平定，梁王武固守有功，得赐天子旌旗，出警入跸，开拓国都睢阳城，约七十里，建筑东苑方三百余里，招延四方宾客，如齐人羊胜公孙诡邹阳，吴人枚乘严忌，蜀人司马相如等，陆续趋集，侍宴东苑，称盛一时。公孙诡更多诡计，不愧大名。常为梁王谋划帝位，梁王倍加宠遇，任为中尉。及栗太子废立时，梁王似预得风闻，先期入朝，静觇内变，果然不到多日，储君易位。梁王进谒窦太后，婉言干请，意欲太后替他主张，订一兄终弟及的新约，太后爱怜少子，自然乐从，遂召入景帝，再开家宴，酒过数巡，太后顾着景帝道："我已老了，能有几多年得生世间，他日梁王身世，所托唯兄。"景帝闻言避席，慌忙下跪道："谨遵慈命！"太后甚喜，即命景帝起来，仍复欢宴。直至三人共醉，方罢席而散。既而景帝酒醒，自思太后所言，寓有深意，莫非因我废去太子，即将梁王接替不成。因特召入诸大臣，与他密议所闻。太常袁盎首答道："臣料太后意思，实欲立梁王为储君，但臣决以为不可行！"景帝复问及不可行的理由，盎复答道："陛下不闻宋宣公么？宋宣公见春秋时代。不立子殇公，独立弟穆公，后来五世争国，祸乱不绝。小不忍必乱大谋，故春秋要义，在大居正，传子不传弟，免得乱统。"说到此语，群臣并齐声赞成。景帝点首称是，遂将袁盎所说，转白太后。太后虽然不悦，但也无词可驳，只得罢议。梁王武不得逞谋，很是懊恼，复上书乞赐容车地，由梁国直达长乐宫。当使梁民筑一甬道，彼此相接，可以随时通车，入觐太后，这事又是一大奇议，自古罕闻。景帝将原书颁示群臣，又由袁盎首先反对，力为驳斥。景帝依言，拒复梁王，且使梁王归国。梁王闻得两番计策，都被袁盎打消，恨不得手刃袁盎，只因有诏遣归，不便再留，方怏怏回国去了。

景帝遂立王美人为皇后，胶东王彻为皇太子，一个再醮的民妇，居然得入主中宫，若非福命生成，怎有这番幸遇！可见姚翁所言，确是不诬。还有小王美人息姁，亦得进位夫人，所生长子越与次子寄，已有七龄，并为景帝所爱，拟皆封王。到了景帝改元的第二年，景帝三次改元，第一次计七年，第二次计六年，第三次计三年，史称第二次为中元年，末次为后元年。即命越王广川，寄王胶东，尚有乘舜二幼子，后亦授封清河常山二王。可惜息姁享年不永，未及乃姊福寿，但也算是一个贵命了。话休叙烦。

且说太子荣，既失储位，又丧生母，没奈何辞行就国，往至江陵。江陵就是临江国都，本是栗姬少子阏分封地，见前文。阏已夭逝，荣适被黜，遂将临江封荣。荣到国甫及年余，因王宫不甚宽敞，特拟估工增筑。宫外苦无隙地，只有太宗文皇帝庙垣，与宫相近，尚有余地空着，可以造屋，荣不顾后虑，乘便构造。偏被他人告发，说他侵占宗庙余地，无非投阱下石。景帝乃征令入都。荣不得不行，就在北门外设帐祖祭，即日登程。相传黄帝子累祖，壮年好游，致死道中，后人奉为行神。一说系共工氏子修。每遇出行，必先设祭，因此叫作祖祭。荣已祭毕，上车就道，蓦听得豁喇一声，车轴无故自断，不由的吃了一惊，只好改乘他车。江陵父老，因荣抚治年余，却还仁厚爱民，故多来相送。既见荣车断轴，料知此去不祥，相率流涕道："我王恐不复返了！"荣别了江陵百姓，驰入都中，当有诏旨传将出来，令荣至中尉处待质。冤冤相凑，碰着了中尉郅都，乃是著名的酷吏，绰号苍鹰，朝臣多半侧目，独景帝说他不避权贵，特加倚任。这大约是臭味相投，别有赏心呢！句中有刺。

先是后宫中有一贾姬，色艺颇优，也邀主眷。景帝尝带她同游上苑，赏玩多时，贾姬意欲小便，自往厕所，突有野彘从兽栏窜出，向厕闯入。景帝瞧着，不禁着忙，恐怕贾姬受伤，急欲派人往救。郅都正为中郎将，侍驾在旁，见景帝顾视左右，面色仓皇，却故意把头垂下，佯作不见。景帝急不暇择，竟拔出佩剑，自去抢救，郅都偏趋前数步，拦住景帝，伏地启奏道："陛下失一姬又有一姬，天下岂少美妇人？若陛下自去冒险，恐对不住宗庙太后，奈何为一妇人，不顾轻重呢！"景帝乃止，俄而野彘退出，贾姬也即出来，幸未受伤，当由景帝挈她登辇，一同还宫。适有人将郅都谏诤，入白太后，太后嘉他知义，赏赐黄金百斤。景帝亦以都为忠，加赐百金，嗣是郅都称重朝廷。也亏贾姬不加妒忌，才得厚赐。既而济南有一瞯氏大族，约三百余家，横行邑中，有司不敢过问。景帝闻知，特命郅都为济南守，令他往治。都一到济南，立即派兵往捕，得瞯氏首恶数人，斩首示众，余皆股栗，不敢为非。约莫过了一年，道不拾遗，济南大治，连邻郡都惮他声威，景帝乃召为中尉。

都再入国门，丰裁越峻，就是见了丞相周亚夫，亦只一揖，与他抗礼。

亚夫却也不与计较。及临江王荣，征诣中尉，都更欲借此申威，召至对簿，装起一张黑铁面孔，好似阎罗王一般。荣究竟少年，未经大狱，见着郅都这副面目，已吓得魂胆飞扬，转思母死弟亡，父已失爱，余生也觉没趣，何苦向酷吏乞怜，不若作书谢过，自杀了事。主意已定，乃旁顾府吏，欲借取纸笔一用，哪知又被郅都喝阻，竟叱令皂役，把他牵回狱中。还是魏其侯窦婴，闻悉情形，取给纸笔，荣写就一封绝命书，托狱吏转达景帝，一面解带悬梁，自缢而亡。却是可怜！狱吏报知郅都，都并不惊惶，但取荣遗书呈入。景帝览书，却也没有什么哀戚，只命将王礼殓葬，予谥曰闵，待至出葬蓝田，偏有许多燕子，替他衔泥，加置冢上。途人见之，无不惊叹，共为临江王呼冤。小子有诗叹道：

入都拚把一身捐，玉碎何心望瓦全？
底事苍鹰心太狠，何如燕子尚知怜！

窦婴闻报，代为不平，便即入奏太后。欲知太后曾否加怜，待下回详细说明。

薄皇后为栗姬所排，无辜被废，而王美人又伺栗姬之后，并栗太子而捽去之，天道好还，何报应之巧耶？独怪景帝为守成令主，乃为二三妇人所播弄，无故废后，是为不义；无端废子，是为不慈。且王美人为再醮之妇，名节已失，亦不宜正位中宫，为天下母，君一过多矣，况至再至三乎！太子荣既降为临江王，欲求免祸，务在小心，旧有王宫，居之可也，必欲鸠工增筑，致有侵及宗庙之嫌，未免自贻伊戚。但晁错穿庙垣而犹得无辜，临江王侵庙地而即致加罪，谁使苍鹰，迫诸死地？谓其非冤，不可得也。夫有栗太子之冤死，益足见景帝之忍心，苏颍滨谓其忌刻少恩，岂过毁哉！

第五十七回　索罪犯曲全介弟
赐肉食戏弄条侯

却说窦婴入谒太后，报称临江王冤死情形，窦太后究属婆心，不免泣下，且召入景帝，命将郅都斩首，俾得雪冤。景帝含糊答应，及退出外殿，又不忍将都加诛，但令免官归家。未几又想出一法，潜调都为雁门太守。雁门为北方要塞，景帝调他出去，一是使他离开都邑，免得母后闻知，二是使他镇守边疆，好令匈奴夺气。果然郅都一到雁门，匈奴兵望风却退，不敢相逼。甚至匈奴国王，刻一木偶，状似郅都，令部众用箭射像，部众尚觉手颤，迭射不中。这可想见郅都声威，得未曾有哩！匈奴本与汉朝和亲，景帝五年，也曾仿祖宗遗制，将宗室女充作公主，遣嫁出去，但番众总不肯守静，往往出没汉边，时思侵掠。自从郅都出守，举国相戒，胆子虽怯，心下总是不甘，便由中行说等定计，遣使入汉，只说郅都虐待番众，有背和约。景帝也知匈奴逞刁，置诸不问。偏被窦太后得知，大发慈威，怒责景帝敢违母命，仍用郅都，内扰不足，还要叫他虐待外人，真正岂有此理！今唯速诛郅都，方足免患。景帝见母后动怒，慌忙长跪谢过，并向太后哀求道："郅都实是忠臣，外言不足轻信，还乞母后贷他一死，以后再不轻用了！"太后厉声道："临江王独非忠臣么？为何死在他手中，汝若再不杀都，我宁让汝！"这数句怒话，说得景帝担当不起，只好勉依慈命，遣人传旨出去，把郅都置诸死刑。都为人颇有奇节，居官廉正，不受馈遗，就使亲若妻孥，也所不顾，但气太急，心太忍，终落得身首两分，史家称为酷吏首领，实是为此。持平之论。

景帝得使臣还报，尚是叹惜不已。忽闻太常袁盎，被人刺死安陵门外，还有大臣数人，亦皆遇害。景帝不待详查，便顾语左右道："这定是梁王所为，朕忆被害诸人，统是前次与议诸人，不肯赞成梁王，所以梁王挟恨，遣人刺死；否则盎有他仇，盎死便足了事，何故牵连多人呢！"说着，即令有司严捕刺客，好几日不得拿获。唯经有司悉心钩考，查得袁盎尸旁，遗有一剑，此剑柄旧锋新，料经工匠磨洗，方得如此，当下派干吏取剑过市，问明工匠，果有一匠承认，谓由梁国郎官，曾令磨擦生新。干吏遂复报有司，有司复转达景帝，景帝立遣田叔吕季主两人，往梁索犯，田叔曾为赵王张敖故吏，经高祖特别赏识，令为汉中郡守，见前文。在任十余年，方免职还乡。景帝因他老成练达，复召令入朝，命与吕季主同赴梁都。田叔明知刺盎首谋，就是梁王，但梁王系太后爱子，皇上介弟，如何叫他抵罪？因此降格相求，姑把梁王撇去，唯将梁王幸臣公孙诡羊胜，当作案中首犯，先派随员飞驰入梁，叫他拿交诡胜两人。诡胜是梁王的左右手，此次遣贼行刺，原是两人教唆出来，梁王方嘉他有功，待遇从隆，怎肯将他交出？反令他匿居王宫，免得汉使再来捕拿。田叔闻梁王不肯交犯，乃持诏入梁，责令梁相轩邱豹及内史韩安国等，拿缉诡胜两犯，不得稽延。这是旁敲侧击的法门，田叔不为无见。轩邱豹是个庸才，碌碌无能，哪里捕得到两犯？只有韩安国材识，远过轩邱豹，却是有些能耐，从前吴楚攻梁，幸赖安国善守，才得保全。见五十四回。还有梁王僭拟无度，曾遭母兄诘责，也亏安国入都斡旋，求长公主代为洗刷，梁王方得无事。此数语是补叙前文之阙。后来安国为诡胜所忌，构陷下狱，狱吏田甲，多方凌辱，安国慨然道："君不闻死灰复燃么？"田甲道："死灰复燃，我当撒尿浇灰！"哪知过了数旬，竟来了煌煌诏旨，说是梁内史出缺，应用安国为内史。梁王不敢违诏，只好释他出狱，授内史职，慌得田甲不知所措，私下逃去。安国却下令道："甲敢弃职私逃，应该灭族！"甲闻令益惧，没奈何出见安国，肉袒叩头，俯伏谢罪。这也是小人惯技。安国笑道："何必出此！请来撒尿！"甲头如捣蒜，自称该死。安国复笑语道："我岂同汝等见识，徒知侮人？汝幸遇我，此后休得自夸！"甲惶愧无地，说出许多感恩悔过的话儿，安国不复与较，但令退去，仍复原职。甲始拜谢而出。从此安国大度，称颂一方。唯至刺盎狱起，诡胜二人，匿居王宫，安国不便入捕，又无从卸责。踌躇数日，乃入白梁王道：“臣闻主辱臣死，今大王不得良臣，竟遭摧辱，臣情愿辞官就死！”说着，泪下数行，梁王诧异道：“君何为至此？”安国道：“大王原系皇帝亲弟，但与太上皇对着高帝，与今上对着临江王，究系谁亲？”梁王应声道：“我却勿如。”安国道：“高帝尝谓提三尺剑，自取天下，所以太上皇不便相制，坐老栎阳。临江王无罪被废，又为了侵地一案，自杀中尉府。父子至亲，尚且如此，俗语有云，虽有亲父，安知不为虎？虽有亲兄，安知不为狼？今大王列在诸侯，听信邪臣，违禁犯法，天子为着太后一人，不忍加罪，使交出诡胜二人，大王尚力为袒护，未肯遵诏，恐天子一怒，太后亦难挽回。况太后亦连日涕泣，唯望大王改过，大王尚不觉悟，一旦太后晏驾，大王将攀援何人呢？”怵以利害，语婉而切。梁王不待说毕，已是泪下，乃入嘱诡胜，令他自图。诡胜无法求免，只得仰药毕命。梁王命将两人尸首，取示田叔吕季主，田吕乐得留情，好言劝慰。但尚未别去，还要探刺案情，梁王不免加忧，意欲选派一人，入都转圜，免得意外受罪。想来想去，只有邹阳可使，乃嘱令入都，并取给千金，由他使用，邹阳受金即行。这位邹阳的性格，却是忠直豪爽，与公孙诡羊胜不同，从前为了诡胜不法，屡次谏诤，几被他构成大罪，下狱论死。亏得才华敏赡，下笔千言，自就狱中缮成一书，呈入梁王，梁王见他词旨悱恻，也为动情，因命释出狱中，照常看待。阳却不愿与诡胜同事，自甘恬退，厌闻国政。至诡胜伏法，梁王始知阳有先见，再三慰勉，浼他入都调护，阳无可推诿，不得不勉为一行。既入长安，探得后兄王信，方蒙上宠，遂托人介绍，踵门求见，信召入邹阳，猝然问道：“汝莫非流寓都门，欲至我处当差么？”邹阳道：“臣素知长君门下，人多如鲫，不敢妄求使令。信系后兄，时人号为长君，故阳亦援例相称。今特竭诚进谒，愿为长君预告安危。”信始竦然起座道：“君有何言？敢请明示！”阳又说道：“长君骤得贵宠，无非因女弟为后，有此幸遇。但祸为福倚，福为祸伏，还请长君三思。”长君听了，暗暗生惊。原来王皇后善事太后，太后因后推恩，欲封王信为侯。嗣被丞相周亚夫驳议，说是高祖有约，无功不得封侯，乃致中止。这也是补叙之笔。今阳来告密，莫非更有意外祸变，为此情急求教，忙握着阳手，引入内厅，仔细问明。阳即申说道：“袁盎被刺，案连梁王，梁王为太后爱子，若不幸被诛，太后必然哀戚，因哀生愤，免不得迁怒豪门。长君功无可言，过却易指，一或受责，富贵恐不保了。”庸人易骄亦易惧，故阳多恫吓语。长君被他一吓，越觉着忙，皱眉问计。阳故意摆些架子，令他自思，急得王信下座作揖，几乎欲长跪下去。阳始从容拦阻，向他献议道：“长君欲保全禄位，最好是入白主上，毋穷梁事，梁王脱罪，太后必深感长君，与共富贵，何人再敢摇动呢！”信展颜为笑道：“君言诚是，唯主上方在盛怒，应如何进说主上，方可挽回？”连说话都要教他，真是一个笨伯！阳说道：“长君何不援引舜事，舜弟名象，尝欲杀舜，及舜为天子，封象有庳，自来仁人待弟，不藏怒，不宿怨，只是亲爱相待，毫无怨言，今梁王顽不如象，应该加恩赦宥，上效虞廷，如此说法，定可挽回上怒了。”信乃大喜，待至邹阳辞出，便入见景帝，把邹阳所教的言语，照述一遍，只不说出是受教邹阳。景帝喜信能知舜事，且自己好摹仿圣王，当然合意，遂将怨恨梁王的意思，消去了一大半。可巧田叔吕季主，查完梁事，回京复命，路过霸昌厩，得知宫中消息，窦太后为了梁案，日夜忧泣不休，田叔究竟心灵，竟将带回案卷，一律取出，付诸一炬。吕季主大为惊疑，还欲抢取，田叔摇手道：“我自有计，决不累君！”季主乃罢。待至还朝，田叔首先进谒，景帝亟问道：“梁事已办了否？”田叔道：“公孙诡羊胜实为主谋，现已伏法，可勿他问。”景帝道：“梁王是否预谋？”田叔道：“梁王亦不能辞责，但请陛下不必穷究。”景帝道：“汝二人赴梁多日，总有查办案册，今可带来否？”田叔道：“臣已大胆毁去了。试想陛下只有此亲弟，又为太后所爱，若必认真办理，梁王难逃死罪，梁王一死，太后必食不甘味，寝不安席，陛下有伤孝友，故臣以为可了就了，何必再留案册，株累无穷。”景帝正忧太后哭泣不安，听了田叔所奏，不禁心慰道：“我知道了。君等可入白太后，免得太后忧劳。”田叔乃与吕季主进谒太后，见太后容色憔悴，面上尚有泪痕，便即禀白道：“臣等往查梁案，梁王实未知情，罪由公孙诡羊胜二人，今已将二人加诛，梁王可安然无事了。”太后听着，即露出三分喜色，慰问田叔等劳苦，令他暂且归休。田叔等谢恩而退。吕季主好似寄生虫。从此窦太后起居如故。景帝以田叔能持大体，拜为鲁相。田叔拜辞东往。梁王武却谢罪西来。梁臣茅兰，劝梁王轻骑入关，先至长公主处，寓居数日，相机入朝。梁王依议，便将从行车马，停住关外，自己乘着布车，潜入关中，至景帝闻报，派人出迎，只见车骑，不见梁王，慌忙还报景帝。景帝急命朝吏，四出探寻，亦无下落。正在惊疑的时候，突由窦太后趋出，向景帝大哭道："皇帝果杀我子了！"不脱妇人腔调。景帝连忙分辩，窦太后总不肯信。可巧外面有人趋入，报称梁王已至阙下，斧锧待罪。景帝大喜，出见梁王，命他起身入内，谒见太后。太后如获至宝，喜极生悲，梁王亦自觉怀惭，极口认过。景帝不咎既往，待遇如初，更召梁王从骑一律入关。梁王一住数日，因得邹阳报告，知是王信代为调停，免不得亲去道谢。两人一往一来，周旋数次，渐觉情投意合，畅叙胸襟。王信为了周亚夫阻他侯封，心中常存芥蒂，就是梁王武，因吴楚一役，亚夫坚壁不救，也引为宿嫌。两人谈及周丞相，并不禁触起旧恨，想要把他除去。梁王初幸脱罪，又要报复前嫌，正是江山可改，本性难移。因此互相密约，双方进言。王信靠着皇后势力，从中媒蘖，梁王靠着太后威权，实行谗诬。景帝只有个人知识，那禁得母妻弟舅，陆续蔽惑，自然不能无疑。况栗太子被废，及王信封侯时，亚夫并来絮聒，也觉厌烦，所以对着亚夫，已有把他免相的意思。不过记念旧功，一时未便开口，暂且迁延。并因梁王未知改过，仍向太后前搬弄是非，总属不安本分，就使要将亚夫免职，亦须待他回去，然后施行。梁王扳不倒亚夫，且见景帝情意寖衰，也即辞行回国，不复逗留。景帝巴不得他离开面前，自然准如所请，听令东归。会因匈奴部酋徐卢等六人，叩关请降，景帝当然收纳，并欲封为列侯。当下查及六人履历，有一个卢姓降酋，就是前叛王卢绾孙，名叫它人。绾前降匈奴，匈奴令为东胡王。见前文。嗣欲乘间南归，终不得志，郁郁而亡。至吕后称制八年，绾子潜行入关，诣阙谢罪，吕后颇嘉他反正，命寓燕邸，拟为置酒召宴，不料一病不起，大命告终，遂至绾妻不得相见，亦即病死。唯绾孙它人，尚在匈奴，承袭祖封，此时亦来投降。景帝为招降起见，拟将六人均授侯封，偏又惹动了丞相周亚夫，入朝面谏道："卢它人系叛王后裔，应该加罪，怎得受封？就是此外番王，叛主来降，也是不忠，陛下反封他为侯，如何为训！"景帝本已不悦亚夫，一闻此言，自觉忍耐不住，勃然变色道："丞相议未合时势，不用不用！"亚夫讨了一场没趣，怅怅而退。景帝便封卢它人为恶谷侯，余五人亦皆授封。越日即由亚夫呈入奏章，称病辞官，景帝也不挽留，准以列侯归第，另用桃侯刘舍为丞相。舍本姓项，乃父名襄，与项伯同降汉朝，俱得封侯，赐姓刘氏。襄死后，由舍袭爵，颇得景帝宠遇，至是竟代为丞相。舍实非相材，幸值太平，国家无事，恰也好敷衍过去。一年一年又一年，已是景帝改元后六年，舍自觉闲暇，乃迎合上意，想出一种更改官名的条议，录呈景帝。先是景帝命改郡守为太守，郡尉为都尉。又减去侯国丞相的丞字，但称为相。舍拟改称廷尉为大理，奉常为太常，典客为大行，后又改名为大鸿胪。治粟内史为大农，后又改名大司农。将作少府为将作大匠，主爵中尉为都尉，后又改名右扶风。长信詹事为长信少府，将行为大长秋，九行为行人，景帝当即准议。未几又改称中大夫为卫尉，但改官名何关损益，我国累代如此，至今尚仍是习，令人不解。总算是刘舍的相绩。挖苦得妙。梁王武闻亚夫免官，还道景帝信用己言，正好入都亲近，乃复乘车入朝。窦太后当然欢喜，唯景帝仍淡漠相遭，虚与应酬。梁王不免失望，更上书请留居京中，侍奉太后，偏又被景帝驳斥，梁王不得不归。归国数月，常闷闷不乐，趁着春夏交界，草木向荣，出猎消遣，忽有一人献上一牛，奇形怪状，背上生足，惹得梁王大加惊诧。罢猎回宫，惊魂未定，致引病魔，一连发了六日热症，服药无灵，竟尔逝世。讣音传到长安，窦太后废寝忘餐，悲悼的了不得，且泣且语道："皇帝果杀我子了！"回应一笔，见得太后溺爱，只知梁王，不知景帝。景帝入宫省母，一再劝慰，偏太后全然不睬，只是卧床大哭，或且痛责景帝，说他逼归梁王，遂致毕命。景帝有口难言，好似哑子吃黄连，说不出的苦闷，没奈何央恳长公主，代为劝解。长公主想了一策，与景帝说明，景帝依言下诏，赐谥梁王武为孝王，并分梁地为五国，尽封孝王子五人为王，连孝王五女，亦皆赐汤沐邑。太后闻报，乃稍稍解忧，起床进餐，后来境过情迁，自然渐忘。总计梁王先封代郡，继迁梁地，做了三十五年的藩王。拥资甚巨，坐享豪华，殁后查得梁库，尚剩黄金四十余万斤，其他珍玩，价值相等，他还不自知足，要想窥窃神器，终致失意亡身。唯平生却有一种好处，入谒太后，必致敬尽礼，不敢少违。就是在国时候，每闻太后不豫，亦且食旨不甘，闻乐不乐，接连驰使请安，待至太后病愈，才复常态。赐谥曰孝，并非全出虚诬呢。孝为百行先，故特别提叙。

梁王死后，景帝又复改元，史称为后元年。平居无事，倒反记起梁王遗言，曾说周亚夫许多坏处，究竟亚夫行谊，优劣如何，好多时不见入朝，且召他进来，再加面试。如或亚夫举止，不如梁王所言，将来当更予重任，也好做个顾命大臣，否则还是预先除去，免贻后患。主见已定，便令侍臣宣召亚夫，一面密嘱御厨，为赐食计。亚夫虽然免相，尚住都中，未尝还沛。一经奉召，当即趋入，见景帝兀坐宫中，行过了拜谒礼，景帝赐令旁坐，略略问答数语，便由御厨搬进酒肴，摆好席上。景帝命亚夫侍食，亚夫不好推辞，不过席间并无他人，只有一君一臣，已觉有些惊异，及顾视面前，仅一酒卮，并无匕箸，所陈肴馔，又是一块大肉，余无别物，暗思这种办法，定是景帝有意戏弄，不觉怒意勃发，顾视尚席道：尚席是主席官名。“可取箸来。”尚席已由景帝预嘱，假作痴聋，立着不动。亚夫正要再言，偏景帝向他笑语道：“这还未满君意么？”说得亚夫又恨又愧，不得已起座下跪，免冠称谢。景帝才说了一个起字，亚夫便即起身，掉头径出。也太率性。景帝目送亚夫出门，喟然太息道：“此人鞅鞅，与怏字通。非少主臣。”谁料你这般猜忌！亚夫已经趋出，未及闻知，回第数日，突有朝使到来，叫他入廷对簿。亚夫也不知何因，只好随吏入朝。这一番有分教：

烹狗依然循故辙，鸣雌毕竟识先机。汉高祖曾封许负为鸣雌亭侯。

究竟亚夫犯着何罪，待看下回便知。

若孔子尝杀少正卯，不失为圣，袁盎亦少正卯之流亚也，杀之亦宜。然孔子之杀少正卯，未尝不请命鲁君，梁王武乃为盗贼之行，潜遣刺客以毙之，例以擅杀之罪，夫复何辞！但梁王为窦太后爱子，若有罪即诛，是大伤母后之心，倘母以忧死，景帝不但负杀弟之名，且并成逼母之罪矣！贤哉田叔，移罪于公孙诡羊胜，悉毁狱辞，还朝复命，片言悟主，此正善处人母子兄弟之间。而曲为调护者也。若周亚夫之忠直，远出袁盎诸人之上，盎之示直，伪也，亚夫之主直，诚也，盎以口舌见幸，而亚夫以功业成名，社稷之臣也，犹将十世宥之，以劝能者，乃以直谏忤旨，赐食而不置箸，信谗而即召质，卒致柱石忠臣，无端饿死，庸非冤乎！黄钟毁弃，瓦釜雷鸣，古今殆有同慨焉。

第五十八回　嗣帝阼董生进三策
应主召申公陈两言

却说周亚夫到了大廷，已由景帝派出问官，责令亚夫对簿，且取出一封告密原书，交与阅看。亚夫览毕，全然没有头绪，无从对答。原来亚夫子恐父年老，预备后事，特向尚方掌供御用食物之官。买得甲楯五百具，作为他时护丧仪器。尚方所置器物，本有例禁，想是亚夫子贪占便宜，秘密托办，一面饬佣工运至家中，不给佣钱。佣工心中怀恨，竟说亚夫子偷买禁物，意图不轨，背地里上书告密。景帝方深忌亚夫，见了此书，正好作为罪证，派吏审问，其实亚夫子未尝禀父，亚夫毫不得知，如何辩说，问官还道他倔强负气，复白景帝。景帝怒骂道："我亦何必要他对答呢？"遂命将亚夫移交大理。即廷尉，见前。亚夫子闻知，慌忙过视，见乃父已入狱中，才将原情详告。亚夫也不暇多责，付之一叹。及大理当堂审讯，竟向亚夫问道："君侯何故谋反？"亚夫方答辩道："我子所买，乃系葬器，怎得说是谋反呢！"大理又讥笑道："就使君侯不欲反地上，也是欲反地下，何必讳言！"亚夫生性高傲，怎禁得这般揶揄，索性瞑目不言，仍然还狱。一连饿了五日，不愿进食，遂致呕血数升，气竭而亡，适应了许负的遗言。命也何如。

景帝闻亚夫饿死，毫不赙赠，但更封亚夫弟坚为平曲侯，使承绛侯周勃遗祀。那皇后亲兄王长君，却得从此出头，居然受封为盖侯了。莫非萦私！独丞相刘舍，就职五年，滥竽充数，无甚补益，景帝也知他庸碌，把他罢免，升任御史大夫卫绾为丞相。绾系代人，素善弄车，得宠文帝，由郎官迁授中郎将，为人循谨有余，干练不足。景帝为太子时，曾召文帝侍臣，同往宴饮，唯绾不应召，文帝越加器重。谓绾居心不贰，至临崩时曾嘱景帝道："卫绾忠厚，汝应好生看待为是！"景帝记着，故仍使为中郎将。未几出任河间王太傅，吴楚造反，绾奉河间王命，领兵助攻，得有战功，因超拜中尉，封建陵侯。嗣复徙为太子太傅，更擢为御史大夫。刘舍免职，绾循资升任，也不过照例供职，无是无非。至御史大夫一职，却用了南阳人直不疑。不疑也做过郎官，郎官本无定额，并皆宿卫宫中，人数既多，退班时辄数人同居，呼为同舍。会有同舍郎告归，误将别人金钱携去，失金的郎官，还道是不疑盗取，不疑并不加辩，且措资代偿。未免矫情。嗣经同舍郎假满回来，仍将原金送还失主，失主大惭，忙向不疑谢过。不疑才说明意见，以为大众蒙谤，宁我受诬，于是众人都称不疑为长老。及不疑迁任中大夫，又有人讥他盗嫂无行，徒有美貌。不疑仍不与较，但自言我本无兄，从来也因从击吴楚得封塞侯，兼官卫尉，卫绾为相，不疑便超补御史大夫，两人都自守本分，不敢妄为。但欲要他治国平天下，却是相差得多呢！断煞两人。

景帝又用宁成为中尉。宁成专尚严酷，比郅都还要辣手，曾做过济南都尉，人民疾首，并且居心操行，远不及郅都的忠清。偏景帝视为能吏，叫他主持刑政，正是嗜好不同，别具见解。看他诏令中语，如疑狱加谳，景帝中五年诏令。治狱务宽，后元年诏令。也说得仁至义尽，可惜是徒有虚文，言与行违，就是戒修职事，后一年诏令。诏劝农桑，禁采黄金珠玉，后三年诏令。亦未必臣民遵听，一道同风。可见景帝所为，远逊乃父，史家以文景并称，未免失实。不过与民休息，无甚纷更，还算有些守成规范。到了后三年孟春，猝然遇病，竟致崩逝，享寿四十有八，在位一十六年。遗诏赐诸侯王列侯马各二驷，吏二千石，各黄金二斤，民户百钱，出宫人归家，终身不复役使，作为景帝身后隆恩。

太子彻嗣皇帝位，年甫十有六岁，就是好大喜功、比迹秦皇的汉武帝。回顾本书第一回。尊皇太后窦氏为太皇太后，皇后王氏为皇太后，上先帝庙号为孝景皇帝，奉葬阳陵。武帝未即位时，已娶长公主女陈阿娇为妃，此时尊为天子，当然立陈氏为皇后。金屋贮娇，好算如愿。又尊皇太后母臧儿为平原君，连臧儿所生子田蚡田胜，亦予荣封。蚡为武安侯，胜为周阳侯。臧儿改嫁田氏，已与王氏相绝，田氏，二子怎得无功封侯？即此已见武帝不遵祖制。所有丞相御史等人，暂仍旧职，未几已将改年。向来新皇嗣统，应该就先帝崩后，改年称元，以后便按次递增，就使到了一百年，也没有再三改元等事。自文帝误信新埋平候日再中，乃有二次改元的创闻。见五十一回。景帝未知干蛊，还要踵事增华，索性改元三次，史家因称为前元中元后元，作为区划。武帝即位一年，照例改元，本不足怪，唯后来且改元十余次，有司曲意献谀，谓改元宜应天瑞，当用瑞命纪元，选取名号，因此从武帝第一次改元为始，迭用年号相系。元年年号，叫作建元，这是在武帝元鼎三年时新作出来，由后追前，各系年号，后人依书编叙，就称武帝第一年为建元元年。看官须知年号开始，创自武帝，也是一种特别纪念，垂为成例呢。标明始事，应有之笔。

武帝性喜读书，雅重文学，一经践阼，便颁下一道诏书，命丞相御史列侯郡守诸侯相等，举荐贤良方正、直言极谏之士。于是广川人董仲舒，菑川人公孙弘，会稽人严助，以及各处有名儒生，并皆被选，同时入都，差不多有百余人。武帝悉数召入，亲加策问，无非询及帝王治要。一班对策士子，统皆凝神细思，属笔成文，约莫有三五时，依次呈缴，陆续退出。武帝逐篇披览，无甚合意，及看到董仲舒一卷，乃是详论天人感应的道理，说得原原本本，计数千言。当即击节称赏，叹为奇文。原来仲舒少治《春秋》，颇有心得，景帝时已列名博士，下帷讲诵，目不窥园，又阅三年有余，功益精进。远近学子，俱奉为经师。至是诣阙对策，正好把生平学识，抒展出来，果然压倒群儒，特蒙知遇。武帝见他言未尽意。复加策问，至再至三。仲舒更迭详对，统是援据《春秋》，归本道学，世称为天人三策，传诵古今。小子无暇抄录，但记得最后一篇，尤关重要，乃是请武帝崇尚孔子，屏黜异言。大略说是：

臣闻天者群物之祖，故遍复包含而无所殊。圣人法天而立道，亦溥爱而无私。春者天之所以生也，仁者君之所以爱也，夏者天之所以长也，德者君之所以养也，霜者天之所以杀也，刑者君之所以罚也，故孔子作《春秋》，上揆之天道，下质诸人情，书邦家之过，兼灾异之变，以此见人之所为，其美恶之极，乃与天地流通，而往来相应，此亦言天之一端也。夫天令之谓命，命非圣人不行，质朴之谓性，性非教化不成，人欲之谓情，情非制度不节，是故古之王者，上谨于承天意，以顺命也，下务明教化民，以成性也，正法度之宜，别上下之序，以防欲也。修此三者，而大本举矣，人受命于天，固超然异于群生，故孔子曰：天地之性人为贵，明于天性，知自贵于物，然后知仁义，知仁义然后重礼节，重礼节然后安处善，安处善然后乐循理，乐循理然后谓之君子。臣又闻之：聚少成多，积小致巨，故圣人莫不以晻与暗字通。致明，以微致显。是以尧发于诸侯，舜兴于深山，非一日而显也。盖有渐以致之矣。言出于己，不可塞也。行发于身，不可掩也，言行之大者，君子所以动天地也，故尽小者大，慎微者著。积善在身，犹长日加益而人不知也，积恶在身，犹火之销膏而人不见也，此唐虞之所以得令名，而桀纣之可为悼惧者也。夫乐而不乱，复而不厌者，谓之道。道者万世无敝，敝者道之失也。夏尚忠，殷尚质，周尚文者，救敝之术，当用此也。道之大原出于天，天不变，道亦不变，是以禹继舜，舜继尧，三圣相授，而守一道，不待救也。由是观之，继治世者其道同，继乱世者其道变，今大汉继乱之后，若宜少损周之文，致用夏之忠者。夫古之天下，犹今之天下，共是天下，古大治而今远不逮，安所缪盭而陵夷若是，意者有所失于古之道与？有所诡于天之理与？天亦有所分予，予之齿者去其角，傅之翼者两其足，是所受大者，不得取小也。古之所予禄者，不食于力，不动于末，与天同意者也。身宠而载高位，家温而食厚禄，因乘富贵之资力。以与民争利于下，民安能如之哉？民日被朘削，寖以大穷，死且不避，安能避罪，此刑罚之所以繁，而奸邪之所以不可胜者也。公仪子相鲁，至其家，见织帛，怒而出其妻，食于舍而茹葵，愠而拔之，曰吾已食禄，又夺园夫红女利乎？红读如工。夫皇皇求财利，尝恐乏匮者，庶人之意也。皇皇求仁义，唯恐不能化民者，大夫之意也。易曰：负且乘，致寇至。言居君子之位，而为庶人之行者，祸患必至也。若居君子之位，当君子之行，则舍公仪休之相鲁，无可为者矣。且臣闻《春秋》大一统者，天地之常经，古今之通谊也。今师异道，人异论，百家殊方，指意不同，是以上无以持一统，法制数变，下不知所守。臣愚以为诸不在六艺之科，孔子之术者，皆绝其道，勿使并进。邪僻之说灭息，然后统纪可壹，法度可明，民乃知所从矣。

这篇文字，最合武帝微意。武帝年少气盛，好高骛远，要想大做一番事业，振古砾今，可巧仲舒对策，首在兴学，次在求贤，最后进说大一统模范，请武帝崇正黜邪，规定一尊，正是武帝有志未逮，首思举行，所以深相契合，大加称赏。当下命仲舒为江都相，使佐江都王非。景帝子，见前。武帝既赏识仲舒，何不留为内用？丞相卫绾，闻得武帝嘉美仲舒，忙即迎合意旨，上了一本奏牍，说是各地所举贤良，或治申韩学，申商韩非。或好苏张言，无关盛治，反乱国政，应请一律罢归。武帝自然准奏，除公孙弘严助诸人，素通儒学外，并令归去，不得录用。卫绾还道揣摩中旨，可以希宠固荣，保全禄位，哪知武帝并不见重，反因他拾人牙慧，格外鄙夷。不到数月，竟将卫绾罢免，改用窦婴为丞相。婴系窦太后侄儿，窦太后尝与景帝说及，欲令婴居相位。景帝谓婴沾沾自喜，量窄行轻，不合为相，所以终不见用。武帝也未尝定欲相婴，意中却拟重任田蚡，不过因蚡资望尚浅，恐人不服，并且婴是太皇太后的兄子，蚡乃皇太后的母弟，斟情酌理，亦应先婴后蚡，所以使婴代相，特命蚡为太尉。太尉一官，前时或设或废，唯周勃父子，两任太尉，及迁为丞相后，并将官职停罢。武帝复设此官，明明是位置田蚡起见。蚡虽曾学习书史，才识很是平常，只有性情乖巧，口才敏捷，乃是他的特长。自从武帝授为武安侯，他亦自知才具不足，广招宾佐，预为计划。入朝时乃滔滔奏对，议论动人，武帝堕入彀中，错疑他才能迈众，欲加大位。为此一误，遂惹出后来许多波澜，连窦婴也要被他排挤，断送性命，这且待后再表。

且说窦婴田蚡，既握朝纲，揣知武帝好儒，也不得不访求名士，推重耆英。适御史大夫直不疑免官，遂同举代人赵绾继任，并又荐入兰陵人王臧，由武帝授为郎中令。赵王两人，既已受任，便拟仿照古制，请设明堂辟雍。武帝也有此意，叫他详考古制，采择施行，两人又同奏一本，说是臣师申公，稽古有素，应由特旨征召，邀令入议。这申公就是故楚遗臣，与白生同谏楚王，被罚司舂。见五十三回。及楚王戊兵败自焚，申公等自然免罪，各归原籍。申公鲁人，归家授徒，独重诗教，门下弟子，约千余人。赵绾王臧，俱向申公受诗，知师饱学，故特从推荐。武帝夙闻申公重名，立即派遣使臣，用了安车蒲轮，束帛加璧，迎聘申公。

申公已八十余岁，杜门不出，此次闻有朝使到来，只好出迎。朝使传述上意，赍交玉帛，申公见他礼意殷勤，不得不应召入都。既到长安，面见武帝，武帝见他道貌高古，格外加敬，当下传谕赐坐，访问治道，但听申公答说道："为治不在多言，但视力行何如。"两语说完，便即住口。武帝待了半晌，仍不闻有他语，两语够了。暗思自己备着厚礼，迎他到来，难道叫他说此二语，便算了事，一时大失所望，遂不欲再加质问，但命他为太中大夫，暂居鲁邸，妥议明堂辟雍，及改历易服与巡狩封禅等礼仪。申公已料武帝少年喜事，行不顾言，所以开口提出二语，待他有问再答。嗣见武帝不复加询，也即起身拜谢，退出朝门。赵绾王臧，引申公至鲁邸，叩问明堂辟雍等古制，申公微笑无言。绾与臧虽未免诧异，但只道是远来辛苦，不便遽问，因此请师休息，慢慢儿的提议。哪知宫廷里面，发生一大阻力，不但议事无成，还要闯出大祸，害得二人失职亡身，这真叫做冒昧进阶，自取祸殃哩。

原来太皇太后窦氏，素好黄老，不悦儒术，尝召入博士辕固取示老子书。辕固尚儒绌老，猝然答说道："这不过家人常言，无甚至理。"窦太后发怒道："难道定要司空城旦书么？"固知太后语意，是讥儒教苛刻，比诸司空狱官，城旦刑法，因与私见不合，掉头自退。固本善辩，从前与黄生争论汤武，黄生主张放弑，固主张征诛，景帝颇袒固说；此番在窦太后前碰了钉子，还是不便力争，方才退出。那窦太后怒气未平，且因固不知谢过，欲加死罪，转思罪无可援，不如使他入圈击彘，俾彘咬死，省得费事。恶之欲其死，全是妇人私见。亏得景帝知悉，不忍固无端致死，特令左右借与利刃，方才将彘刺死。太后无词可说，只得罢休。但每闻儒生起用，往往从中阻挠，所以景帝在位十六年，始终不重用儒生。及武帝嗣位，窦太后闻他好儒，大为不然，复欲出来干预。武帝又不便违忤祖母，所有朝廷政议，都须随时请命。窦太后对着他事，却也听令施行，只有关系儒家法言，如明堂辟雍等种种制度，独批得一文不值，硬加阻止。冒冒失失的赵绾，一经探悉，便入奏武帝道："古礼妇人不得预政，陛下已亲理万几，不必事事请命东宫！"处人骨肉之间，怎得如此直率！武帝听了，默然不答。看官听说！绾所说的东宫二字，乃是指长乐宫，为太皇太后所居。长乐宫在汉都东面，故称东宫。诠释明白，免致阅者误会。自从绾有此一奏，竟被太皇太后闻知，非常震怒，立召武帝入内，责他误用匪人。且言绾既崇尚儒术，怎得离间亲属？这明明是导主不孝，应该重惩。武帝尚想替绾护辩，只说丞相窦婴，太尉田蚡，并言赵绾多才，与王臧一同荐入，所以特加重任。窦太后不听犹可，听了此语，越觉怒不可遏，定要将绾臧下狱，婴蚡免官。武帝拗不过祖母，只好暂依训令，传旨出去，革去赵绾王臧官职，下吏论罪。拟俟窦太后怒解，再行释放。偏窦太后指二人为新垣平，非诛死不足示惩，累得武帝左右为难。哪知绾与臧已拚一死，索性自杀了事。倒也清脱。小子有诗叹道：

才经拜爵即遭灾，祸患都从富贵来；
莫道文章憎命达，衔才便是杀身媒。

绾臧既死，窦太后还要黜免窦婴田蚡。究竟婴蚡曾否免官，待至下回再表。

武帝继文景之后，慨然有为，首重儒生，而董仲舒起承其乏，对策大廷，裒然举首。观其三策中语，持论纯正，不但非公孙弘辈可比，即贾长沙亦勿如也。武帝果有心鉴赏，应即留其补阙，胡为使之出相江都，是可知武帝之重儒，非真好儒也。第欲借儒生之词藻，以文致太平耳。申公老成有识，一经召问，即以力行为勉，譬如对症发药，先究病源，惜乎武帝之讳疾忌医，而未由针砭也。就令无窦太后之阻力，亦乌有济？董生去，申公归，而伪儒杂进，汉治不可问矣。

第五十九回　迎母姊亲驰御驾
访公主喜遇歌姬

却说窦婴田蚡，为了赵绾王臧，触怒太皇太后，遂致波及，一同坐罪。武帝不能袒护，只得令二人免官。申公本料武帝有始无终，不过事变猝来，两徒受戮，却也出诸意外，随即谢病免职，仍归林下，所有明堂辟雍诸议，当然搁置，不烦再提。武帝别用拍至侯许昌为相，武疆侯庄青翟为御史大夫，复将太尉一职，罢置不设。

先是河内人石奋，少侍高祖，有姊能通音乐，入为美人，美人乃是女职，注见前。奋亦得任中涓，内侍官名。迁居长安。后来历事数朝，累迁至太子太傅，勤慎供职，备位全身；有子四人，俱有父风，当景帝时，官皆至二千石，遂赐号为万石君。奋年老致仕，仍许食上大夫俸禄，岁时入朝庆贺，守礼如前，就是家规，亦非常严肃，子孙既出为吏，归谒时必朝服相见，如有过失，奋亦不欲明责，但当食不食，必经子孙肉袒谢罪，然后饮食如常，因此一门孝谨，名闻郡国。太皇太后窦氏，示意武帝，略言儒生尚文，徒事藻饰，还不如万石君家，起自小吏，却能躬行实践，远胜腐儒。因此武帝记着，特令石奋长子建为郎中令，少子庆为内史。建已经垂老，须发尽白，奋尚强健无恙，每值五日休沐，建必回家省亲，私取乃父所服衣裤，亲为洗濯，悄悄付与仆役，不使乃父得知，如是成为常例。至入朝事君，在大庭广众中，似不能言，如必须详奏事件，往往请屏左右，直言无隐。武帝颇嘉他朴诚，另眼相看。一日有奏牍呈入，经武帝批发下来，又由建复阅，原奏内有一个马字，失落一点，不由的大惊道：“马字下有四点，象四足形与马尾一弯，共计五画，今有四缺一，倘被主上察出，岂不要受谴么？”为此格外谨慎，不敢少疏。看似迂拘，其实谨小慎微，也是人生要务，故特从详叙。唯少子庆，稍从大意，未拘小谨，某夕因酒后忘情，回过里门，竟不下车，一直驰入家中。偏被乃父闻知，又把老态形容出来，不食不语。庆瞧着父面，酒都吓醒，慌忙肉袒跪伏，叩头请罪，奋只摇首无言。时建亦在家，见弟庆触怒父亲，也招集全家眷属，一齐肉袒，跪在父前，代弟乞情，奋始冷笑道：“好一个朝廷内史，为现今贵人，经过闾里，长老都皆趋避，内史却安坐车中，形容自若，想是现今时代，应该如此！”庆听乃父诘责，方知为此负罪，连忙说是下次不敢，幸乞恩恕。建与家人，也为固请，方由奋谕令退去，庆自此亦非常戒慎。比现今时代之父子相去何如？嗣由内史调任太仆，为武帝御车出宫，武帝问车中共有几马？庆明知御马六龙，应得六马，但恐忙中有错，特用鞭指数，方以六马相答。武帝却不责他迟慢，反默许他遇事小心，倚任有加。可小知者，未必能大受，故后来为相，贻讥素餐。至奋已寿终，建哀泣过度，岁余亦死，独庆年尚疆，历跻显阶，事且慢表。夹入此段，虽为御史郎中令补缺，似承接上文之笔，但说他家风醇谨，却是借古箴今。

且说弓高侯韩颓当，自平叛有功后，还朝复命，见五十五回。未几病殁。有一庶孙，生小聪明，眉目清扬，好似美女一般，因此取名为嫣，表字叫做王孙，武帝为胶东王时，尝与嫣同学，互相亲爱，后来随着武帝，不离左右。及武帝即位，嫣仍在侧，有时同寝御榻，与共卧起。或说他为武帝男妾，不知是真是假，无从证明。唯嫣既如此得宠，当然略去形迹，无论什么言语，都好与武帝说知。武帝生母王太后，前时嫁与金氏，生有一女，为武帝所未闻。见五十六回。嫣却得自家传，具悉王太后来历，乘间说明。武帝愕然道：“汝何不早言？既有这个母姊，应该迎她入宫，一叙亲谊。”当下遣人至长陵，暗地调查，果有此女，当即回报。武帝遂带同韩嫣，乘坐御辇，前引后随，骑从如云，一拥出横城门，横音光。横城门为长安北面西门。直向长陵进发。

长陵系高祖葬地，距都城三十五里，立有县邑，徙民聚居，地方却也闹热，百姓望见御驾到来，总道是就祭陵寝，偏御驾驰入小市，转弯抹角，竟至金氏所居的里门外，突然停下。向来御驾经过，前驱清道，家家闭户，人人匿踪，所以一切里门，统皆关住。当由武帝从吏，呼令开门，连叫不应，遂将里门打开，一直驰入。到了金氏门首，不过老屋三椽，借蔽风雨。武帝恐金女胆怯，或致逃去，竟命从吏截住前后，不准放人出来。屋小人多，甚至环绕数匝，吓得金家里面，不知有何大祸，没一人不去躲避。金女是个女流，更慌得浑身发颤，带抖带跑，抢入内房，向床下钻将进去。哪知外面已有人闯入，四处搜寻，只有大小男女数人，单单不见金女。当下向他人问明，知在内室，便呼她出来见驾。金女怎敢出头？直至宫监进去，搜至床下，才见她缩做一团，还是不肯出来。宫监七手八脚，把她拖出，叫她放胆出见，可得富贵。她尚似信非信，勉强拭去尘污，且行且却，宫监急不暇待，只好把她扶持出来，导令见驾。金女战兢兢的跪伏地上，连称呼都不知晓，只好屏息听着。一路描摹，令人解颐。

武帝亲自下车，呜咽与语道："嚄！惊愕之辞。大姊何必这般胆小，躲入里面？请即起来相见！"金女听得这位豪贵少年，叫她大姊，尚未知是何处弟兄。不过看他语意缠绵，料无他患，因即徐徐起立。再由武帝命她坐入副车，同诣宫中。金女答称少慢，再返入家门，匆匆装扮，换了一套半新半旧的衣服，辞别家人，再出乘车。问明宫监，才知来迎的乃是皇帝，不由的惊喜异常。一路思想，莫非做梦不成！好容易便入皇都，直进皇宫，仰望是宫殿巍峨，俯瞩是康衢平坦，还有一班官吏，分立两旁，非常严肃，真是见所未见，闻所未闻。待到了一座深宫，始由从吏请她下车，至下车后，见武帝已经立着，招呼同入，因即在后跟着，缓步徐行。

既至内廷，武帝又嘱令立待，方才应声住步。不消多时，便有许多宫女，一齐出来，将她簇拥进去，凝神睇视，上面坐着一位雍容华贵的妇人，左侧立着便是引她同入的少年皇帝，只听皇帝指示道："这就是臣往长陵，自去迎接的大姊。"又用手招呼道："大姊快上前谒见太后！"当下福至心灵，连忙步至座前，跪倒叩首道："臣女金氏拜谒。"亏她想着！王太后与金女，相隔多年，一时竟不相认，便开口问着道："汝就是俗女么？"金女小名是一俗字，当即应声称是。王太后立即下座，就近抚女。女也曾闻生母入宫，至此有缘重会，悲从中来，便即伏地涕泣。太后亦为泪下，亲为扶起，问及家况。金女答称父已病殁，又无兄弟，只招赘了一个夫婿，生下子女各一人，并皆幼稚，现在家况单寒，勉力糊口云云。母女正在泣叙，武帝已命内监传谕御厨，速备酒肴，顷刻间便即搬入，宴赏团圞。太后当然上坐，姊弟左右侍宴，武帝斟酒一卮，亲为太后上寿，又续斟一卮，递与金女道："大姊今可勿忧，我当给钱千万，奴婢三百人，公田百顷，甲第一区，俾大姊安享荣华，可好么？"金女当即起谢，太后亦很是喜欢，顾语武帝道："皇帝亦太觉破费了。"武帝笑道："母后也有此说，做臣子的如何敢当？"说着，遂各饮了好几杯。武帝又进白太后道："今日大姊到此，三公主应即相见，愿太后一同召来！"太后说声称善，武帝即命内监出去，往召三公主去了。

太后见金女服饰粗劣，不甚雅观，便借更衣为名，叫金女一同入内。俗语说得好，佛要金装，人要衣装，自从金女随入更衣，由宫女替她装饰，搽脂抹粉，贴钿横钗，服霞裳，着玉舄，居然象个现成帝女，与进宫时大不相同。待至装束停当，复随太后出来，可巧三公主陆续趋入。当由太后武帝，引她相见，彼此称姊道妹，凑成一片欢声。这三公主统是武帝胞姊，均为王太后所出，见五十六回。长为平阳公主，次为南宫公主，又次为隆虑公主，已皆出嫁，不过并在都中，容易往来，所以一召即至。既已叙过寒暄，便即一同入席，团坐共饮，不但太后非常高兴，就是武帝姊弟，亦皆备极欢愉，直至更鼓频催，方才罢席。金女留宿宫中，余皆退去。到了翌日，武帝记着前言，即将面许金女的田宅财奴，一并拨给，复赐号为修成君。金女喜出望外，住宫数日，自去移居。偏偏祸福相因，吉凶并至，金女骤得富贵，乃夫遽尔病亡，想是没福消受。金女不免哀伤，犹幸得此厚赐，还好领着一对儿女，安闲度日。有时入觐太后，又得邀太后抚恤，更觉安心。

唯武帝迎姊以后，竟引动一番游兴，时常出行，建元二年三月上巳，亲幸霸上祓祭。还过平阳公主家，乐得进去休息，叙谈一回。平阳公主，本称阳信公主，因嫁与平阳侯曹寿为妻，故亦称平阳公主。曹寿即曹参曾孙。公主见武帝到来，慌忙迎入，开筵相待。饮至数巡，却召出年轻女子十余人，劝酒奉觞。看官道平阳公主是何寓意？她是为皇后陈氏，久未生子，特地采选良家女儿，蓄养家中，趁着武帝过饮，遂一并叫唤出来，任令武帝自择。偏武帝左右四顾，略略评量，都不过寻常脂粉，无一当意，索性回头不视，尽管自己饮酒。平阳公主见武帝看了诸女，统不上眼，乃令诸女退去，另召一班歌女进来侑酒，当筵弹唱。就中有一个娇喉宛转，曲调铿锵，送入武帝目中，不由的凝眸审视，但见她低眉敛翠，晕脸生红，已觉得妩媚动人，可喜可爱。尤妙在万缕青丝，拢成蛇髻，黑油油的可鉴人影，光滑滑的不受尘蒙。端详了好多时，尚且目不转瞬，那歌女早已觉着，斜着一双俏眼，屡向武帝偷看，口中复度出一种靡曼的柔音，暗暗挑逗，直令武帝魂驰魄荡，目动神迷。色不醉人人自醉。平阳公主复从旁凑趣，故意向武帝问道："这个歌女卫氏，色艺何如？"武帝听着，才顾向公主道："她是何方人氏？叫做何名？"公主答称籍隶平阳，名叫子夫。武帝不禁失声道："好一个平阳卫子夫呢！"说着，佯称体热，起座更衣。公主体心贴意，即命子夫随着武帝，同入尚衣轩。公主更衣室名尚衣轩。好一歇不见出来，公主安坐待着，并不着忙。又过了半晌，才见武帝出来，面上微带倦容，那卫子夫且更阅片时，方姗姗来前，星眼微饧，云鬟斜亸，一种娇怯态度，几乎有笔难描。怕武帝耶？怕公主耶？平阳公主瞧着子夫，故意的瞅了一眼，益令子夫含羞俯首，拈带无言。好容易乞求得来，何必如此！武帝看那子夫情态，越觉销魂，且因公主引进歌姝，发生感念，特面允酬金千斤。公主谢过赏赐，并愿将子夫奉送入宫。武帝喜甚，便拟挈与同归，公主再令子夫入室整妆。待她妆毕，席已早撤，武帝已别姊登车。公主忙呼子夫出行。子夫拜辞公主，由公主笑颜扶起，并为抚背道："此去当勉承雨露，强饭为佳！将来得能尊贵，幸勿相忘！"子夫诺诺连声，上车自去。

时已日暮，武帝带着子夫，并驱入宫，满拟夜间，再续欢情，重谐鸾凤，偏有一位贪酸吃醋的大贵人，在宫候着，巧巧冤家碰着对头，竟与武帝相遇，目光一瞬，早已看见那卫子夫。急忙问明来历，武帝只好说是平阳公主家奴，入宫充役。谁知她竖起柳眉，翻转桃靥，说了两个好字，掉头竟去。这人究竟为谁？就是皇后陈阿娇。武帝一想，皇后不是好惹的人物，从前由胶东王得为太子，由太子得为皇帝，多亏是后母长公主，一力提携。况幼年便有金屋贮娇的誓言，怎好为了卫子夫一人，撇去好几年夫妻情分？于是把卫子夫安顿别室，自往中宫，陪着小心。陈皇后还要装腔作态，叫武帝去伴新来美人，不必絮扰。嗣经武帝一再温存，方与武帝订约，把卫子夫锢置冷宫，不准私见一面。武帝恐伤后意，勉强照行，从此子夫锁处宫中，几有一年余不见天颜。陈后渐渐疏防，不再查问，就是武帝亦放下旧情，蹉跎过去。

会因宫女过多，武帝欲察视优劣，分别去留，一班闷居深宫的女子，巴不得出宫归家，倒还好另行择配，免误终身，所以情愿见驾，冀得发放。卫子夫入宫以后，本想陪伴少年天子，专宠后房，偏被正宫妒忌，不准相见，起初似罪犯下狱，出入俱受人管束，后来虽稍得自由，总觉得天高日远，毫无趣味，还不如乘机出宫，仍去做个歌女，较为快活，乃亦粗整乌云，薄施朱粉，出随大众入殿，听候发落。武帝亲御便殿，按着宫人名册，一一点验，有的是准令出去，有的是仍使留住。至看到卫子夫三字，不由的触起前情，留心盼着。俄见子夫冉冉过来，人面依然，不过清瘦了好几分，唯鸦鬟蝉鬓，依然漆黑生光。子夫以美发闻，故一再提及。及拜倒座前，逼住娇喉，呜呜咽咽的说出一语，愿求释放出宫。武帝又惊又愧，又怜又爱，忙即好言抚慰，命她留着。子夫不便违命，只好起立一旁，待至余人验毕，应去的即出宫门，应留的仍返原室。子夫奉谕留居，没奈何随众退回，是夕尚不见有消息。到了次日的夜间，始有内侍传旨宣召，子夫应召进见，亭亭下拜。武帝忙为拦阻，揽她入怀，重叙一年离绪。子夫故意说道："臣妾不应再近陛下，倘被中宫得知，妾死不足惜，恐陛下亦许多不便哩！"武帝道："我在此处召卿，与正宫相离颇远，不致被闻。况我昨得一梦，见卿立处，旁有梓树数株，梓与子声音相通，我尚无子，莫非应在卿身，应该替我生子么？"日有所思，夜有所梦，武帝自解梦境，未免附会。说着，即与子夫携手入床，再图好事。一宵湛露，特别覃恩，十月欢苗，从兹布种。小子有诗咏道：

阴阳化合得生机，年少何忧子嗣稀？
可惜昭阳将夺宠，祸端从此肇宫闱。

子夫得幸以后，便即怀妊在身，不意被陈后知晓，又生出许多醋波。欲知后事，且看下回。

武帝与金氏女，虽为同母姊，然母已改适景帝，则与前夫之恩情已绝，即置诸不问，亦属无妨。就令武帝曲体亲心，顾及金氏，亦唯有密遣使人，给彼粟帛，令无冻馁之虞，已可告无愧矣。必张皇车驾，麾骑往迎，果何为者？名为孝母，实彰母过是即武帝喜事之一端，不足为后世法也。平阳公主，因武帝之无子，私蓄少艾，乘间进御，或称其为国求储，心堪共谅，不知武帝年未弱冠，无子宁足为忧？观其送卫子夫时，有贵毋相忘之嘱，是可知公主之心，无非徼利，而他日巫蛊之狱，长门之锢，何莫非公主阶之厉也！武帝迎金氏女，平阳公主献卫子夫，迹似是而实皆非，有是弟即有是姊，同胞其固相类欤？

第六十回　因祸为福仲卿得官　寓正于谐东方善辩

却说卫子夫怀妊在身，被陈皇后察觉，恚恨异常，立即往见武帝，与他争论。武帝却不肯再让，反责陈后无子，不能不另幸卫氏，求育麟儿。陈皇后无词可驳，愤愤退去。一面出金求医，屡服宜男的药品，一面多方设计，欲害新进的歌姬。老天不肯做人美，任她如何谋划，始终无效。武帝且恨后奇妒，既不愿入寝中宫，复格外保护卫氏，因此子夫日处危地，几番遇险，终得复安。陈皇后不得逞志，又常与母亲窦太主密商，总想除去情敌。窦太主就是馆陶长公主，因后加号，从母称姓，所以尊为窦太主。太主非不爱女，但一时也想不出良谋，忽闻建章宫中，有一小吏，叫做卫青，乃是卫子夫同母弟，新近当差，太主推不倒卫子夫，要想从她母弟上出气，嘱人捕青。

青与子夫，同母不同父，母本平阳侯家婢女，嫁与卫氏，生有一男三女，长女名君孺，次女名少儿，三女就是子夫。后来夫死，仍至平阳侯家为佣，适有家僮郑季，暗中勾搭，竟与私通，居然得产一男，取名为青。郑季已有妻室，不能再娶卫媪，卫媪养青数年，已害得辛苦艰难，不可名状。谁叫你偷图快乐。只好使归郑季，季亦没奈何，只好收留。从来妇人多妒，往往防夫外遇，郑季妻犹是人情，怎肯大度包容？况家中早有数子，还要他儿何用？不过郑季已将青收归，势难麾使他去，当下令青牧羊，视若童仆，任情呼叱。郑家诸子，也不与他称兄道弟，一味苛待。青寄人篱下，熬受了许多苦楚，才得偷生苟活，粗粗成人。一日跟了里人，行至甘泉，过一徒犯居室，遇着髡奴，注视青面，不由的惊诧道："小哥儿今日穷困，将来当为贵人，官至封侯哩！"青笑道："我为人奴，想什么富贵？"髡奴道："我颇通相术，不致看错！"青又慨然道："我但求免人笞骂，已为万幸，怎得立功封侯？愿君不必妄言！"贫贱时都不敢痴想。说罢自去。已而年益长成，不愿再受郑家奴畜，乃复过访生母，求为设法。生母卫媪，乃至平阳公主处乞情，公主召青入见，却是一个彪形大汉，相貌堂堂，因即用为骑奴。每当公主出行，青即骑马相随，虽未得一官半职，较诸在家时候，苦乐迥殊。时卫氏三女，已皆入都，长女嫁与太子舍人公孙贺，次女与平阳家吏霍仲孺相奸，生子去病。三女子夫，已由歌女选入宫中。青自思郑家兄弟，一无情谊，不如改从母姓，与郑氏断绝亲情，因此冒姓为卫，自取一个表字，叫做仲卿。这仲卿二字的取义，乃因卫家已有长子，自己认作同宗，应该排行第二，所以系一仲字，卿字是志在希荣，不烦索解。唯据此一端，见得卫青入公主家，已是研究文字，粗通音义。聪明人不劳苦求，一经涉览，便能领会，所以后此掌兵，才足胜任。否则一个牧羊儿，胸无点墨，难道能平空腾达，专阃无惭么？应有此理。

唯当时做了一两年骑奴，却认识了好几个朋友，如骑郎公孙敖等，皆与往还，因此替他荐引，转入建章宫当差。不意与窦太主做了对头，好好的居住上林，竟被太主使人缚去，险些儿斫落头颅。建章系上林宫名。亏得公孙敖等，召集骑士，急往抢救，得将卫青夺回，一面托人代达武帝，武帝不禁愤起，索性召见卫青，面加擢用，使为建章监侍中，寻且封卫子夫为夫人，再迁青为大中大夫。就是青同母兄弟姊妹，也拟一并加恩，俾享富贵。青兄向未知名，时人因他入为贵戚，排行最长，共号为卫长君。此时亦得受职侍中。卫长女君孺，既嫁与公孙贺，贺父浑邪，尝为陇西太守，封平曲侯，后来坐法夺封，贺却得侍武帝，曾为舍人，至是夫因妻贵，升官太仆。卫次女少儿，与霍仲孺私通后，又看中了一个陈掌，私相往来，掌系前曲逆侯陈平曾孙，有兄名何，擅夺人妻，坐罪弃市，封邑被削，掌寄寓都中，不过充个寻常小吏，只因他面庞秀美，为少儿所眼羡，竟撇却仲孺，愿与掌为夫妇。掌兄夺人妻，掌又诱人妻，可谓难兄难弟，不过福命不同。仲孺本无媒证，不能强留少儿，只好眼睁睁的由她改适。哪知陈掌既得少妇，复沐异荣，平白地为天子姨夫，受官詹事。俏郎君也有特益。就是抢救卫青的公孙敖，也获邀特赏，超任大中大夫。

唯窦太主欲杀卫青，弄巧成拙，反令他骤跻显要，连一班昆弟亲戚，并登显阶，真是悔恨不迭，无从诉苦！陈皇后更闷个不了，日日想逐卫子夫，偏子夫越得专宠，甚至龙颜咫尺，似隔天涯，急切里又无从挽回，唯长锁蛾眉，终日不展，慢慢儿设法摆布罢了。伏下文巫蛊之祸。唯武帝本思废去陈后，尚恐太皇太后窦氏。顾着血胤，出来阻挠，所以只厚待卫氏姊弟，与陈后母女一边，未敢过问。但太皇太后已经不悦，每遇武帝入省，常有责言。武帝不便反抗，心下却很是抑郁，出来排遣，无非与一班侍臣，嘲风弄月，吟诗醉酒，消磨那愁里光阴。

当时侍臣，多来自远方，大都有一技一能，足邀主眷，方得内用。就中如词章滑稽两派，更博武帝欢心，越蒙宠任。滑稽派要推东方朔，词章派要推司马相如，他若庄助枚皋吾邱寿王主父偃朱买臣徐乐严安终军等人，先后干进，总不能越此两派范围。迄今传说东方朔司马相如遗事，几乎脍炙人口，称道勿衰。小子且撮叙大略，聊说所闻。东方朔字曼倩，系平原厌次人氏，少好读书，又善诙谐。闻得汉廷广求文士，也想乘时干禄，光耀门楣，乃西入长安，至公车令处上书自陈，但看他书中语意，已足令人解颐。略云：

> 臣朔少失父母，长养兄嫂，年十二学书，三冬文史足用，十五学击剑，十六学诗书，诵二十二万言，十九学孙吴兵法，战阵之具，钲鼓之教，亦诵二十二万言。凡臣朔固已诵四十四万言，又尝服子路之言。臣朔年二十二，长九尺三寸，目若悬珠，齿若编贝，勇若孟贲，孟贲卫人，古勇士。捷若庆忌，吴王僚子。廉若鲍叔，齐大夫。信若尾生，古信士。若此可以为天子大臣矣。臣朔昧死再拜以闻。

这等书辞，若遇着老成皇帝，定然视作痴狂，弃掷了事。偏经那武帝的眼中，却当作奇人看待，竟令他待诏公车。公车属卫尉管领，置有令史，凡征求四方名士，得用公车往来，不需私费。就是士人上书，亦必至公车令处呈递，转达禁中。武帝叫他待诏公车，已是有心留用，朔只好遵诏留着。好多时不见诏下，唯在公车令处领取钱米，只够一宿三餐，此外没有什么俸金，累得朔望眼将穿，囊资俱尽。偶然出游都中，见有一班侏儒，倭人名。从旁经过。便向他们恐吓道："汝等死在目前，尚未知晓么？"侏儒大惊问故。朔又说道："我闻朝廷召入汝等，名为侍奉天子，实是设法歼除。试想汝等不能为官，不能为农，不能为兵，无益国家，徒耗衣食，何如一概处死，可省许多食用？但恐杀汝无名，所以诱令进来，暗地加刑。"亏他捏造。侏儒闻言，统吓得面色惨沮，涕泣俱下。朔复佯劝道："汝等哭亦无益，我看汝等无罪受戮，很觉可怜，现在特为设法，愿汝等依着我言，便可免死。"侏儒齐声问计，朔答道："汝等但俟御驾出来，叩头请罪，如或天子有问，可推到我东方朔身上，包管无事。"说罢自去。侏儒信以为真，逐日至宫门外候着，好容易得如所望，便一齐至车驾前，跪伏叩头，泣请死罪。武帝毫不接洽，惊问何因？大众齐声道："东方朔传言，臣等将尽受天诛，故来请死。"武帝道："朕并无此意，汝等且退，待朕讯明东方朔便了。"

众始拜谢起去。武帝即命人往召东方朔。朔正虑无从见驾，特设此计，既得闻召，立即欣然赶来。武帝忙问道："汝敢造言惑众，难道目无王法么？"朔跪答道："臣朔生固欲言，死亦欲言，侏儒身长三尺余，每次领一囊粟，钱二百四十，臣朔身长九尺余，亦只得粟一囊，钱二百四十，侏儒饱欲死，臣朔饥欲死，臣意以为陛下求才，可用即用，不可用即放令归家，勿使在长安索米，饥饱难免一死呢！"武帝听罢，不禁大笑，因令朔待诏金马门。金马门本在宫内，朔既得入宫，便容易觐见天颜。会由武帝召集术士，令他射复。是游戏术名。详见下句。特使左右取过一盂，把守宫复诸盂下，令人猜射。守宫虫名，即壁虎。诸术士屡猜不中，东方朔独闻信趋入道："臣尝研究易理，能射此复。武帝即令他猜射，朔分蓍布卦，依象推测，便答出四语道：

臣以为龙又无角，谓之为蛇又无足，跂跂脉脉善缘壁，是非守宫即蜥蜴。

武帝见朔猜着，随口称善，且命左右赐帛十四，再令别射他物，无不奇中，连蒙赐帛。旁有宠优郭舍人，因技见宠，雅善口才，此次独怀了妒意，进白武帝道："朔不过侥幸猜着，未足为奇。臣愿令朔复射，朔若再能射中，臣愿受笞百下，否则朔当受笞，臣当赐帛。”想是臀上肉作痒，自愿求笞。说着，即密向盂下放入一物，使朔射复。朔布卦毕，含糊说道：“这不过是个窭数呢。”独言小物。郭舍人笑指道：“臣原知朔不能中，何必谩言！”道言未毕，朔又申说道：“生肉为脍，干肉为脯，著树为寄生，盆下为窭数。”郭舍人不禁失色，待至揭盂审视，果系树上寄生。那时郭舍人不能免笞，只得趋至殿下，俯伏待着。当有监督优伶的官吏，奉武帝命，用着竹板，笞责舍人，喝打声与呼痛声，同时并作。东方朔拍手大笑道：“咄！口无毛，声嗷嗷，尻益高！”尻读若考，平声。郭舍人又痛又恨，等到受笞已毕，一跷一突的走上殿阶，哭诉武帝道：“朔敢毁辱天子从官，罪应弃市。”武帝乃顾朔问道：“汝为何将他毁辱？”朔答道：“臣不敢毁他，但与他说的隐语。”武帝问隐语如何，朔说道：“口无毛是狗窦形，声嗷嗷是鸟哺鷇声，尻益高是鹤俯啄状，奈何说是毁辱呢！”郭舍人从旁应声道：“朔有隐语，臣亦有隐语，朔如不知，也应受笞。”朔顾着道：“汝且说来。”舍人信口乱凑，作为谐语道：“令壶龃，侧加切。老柏涂，丈加切。伊优亚，乌加切。狋音银。吽读若牛。牙。”朔不加思索，随口作答道：“令作命字解；壶所以盛物，龃即邪齿貌；老是年长的称呼，为人所敬；柏是不凋木，四时阴浓，为鬼所聚；涂是低湿的路径；伊优亚乃未定词；狋吽牙乃犬争声，有何难解呢？”舍人本胡诌成词，无甚深意，偏经朔一一解释，倒觉得语有来历；自思才辩不能相及，还是忍受一些笞辱，便算了事。是你自己取咎，与朔何尤。武帝却因此重朔，拜为郎官。朔得常侍驾前，时作谐语，引动武帝欢颜。武帝逐渐加宠，就是朔脱略形迹，也不复诘责，且尝呼朔为先生。

会当伏日赐肉，例须由大官丞官名。分给，朔入殿候赐，待到日昃，尚不见大官丞来分，那肉却早已摆着；天气盛暑，汗不停挥，不由的懊恼起来，便即拔出佩剑，走至俎前，割下肥肉一方，举示同僚道：“三伏天热，应早归休，且肉亦防腐，臣朔不如自取，就此受赐回家罢。”口中说，手中提肉，两脚已经转动，趋出殿门，径自去讫。群僚究不敢动手，待至大官丞进来，宣诏分给，独不见东方朔，问明群僚，才知朔割肉自去，心下恨他专擅，当即向武帝奏明。汝何故至晚方来？武帝记着，至翌日御殿，见朔趋入，便向他问道：“昨日赐肉，先生不待诏命，割肉自去，究属何理？”朔也不变色，但免冠跪下，从容请罪。武帝道：“先生且起，尽可自责罢了！”朔再拜而起，当即自责道："朔来！朔来！受赐不待诏，为何这般无礼呢？拔剑割肉，志何甚壮！割肉不多，节何甚廉，归遗细君，情何甚仁！难道敢称无罪么？"细君犹言小妻，自谦之词。武帝又不觉失笑道："我使先生自责，乃反自誉，岂不可笑！"当下顾令左右，再赐酒一石，肉百斤，使他归遗细君。朔舞蹈称谢，受赐而去。群僚都服他机警，称羡不置。

会东都献一矮人，入谒武帝，见朔在侧，很加诧异道："此人惯偷王母桃，何亦在此。"武帝怪问原因，矮人答道："西方有王母种桃，三千年方一结子，此人不良，已偷桃三次了。"武帝再问东方朔，朔但笑无言。其实东方朔并非仙人，不过略有技术，见誉当时！偷桃一说，也是与他谐谑，所以朔毫不置辩。后世因讹传讹，竟当作实事相看，疑他有不死术，说他偷食蟠桃，因得延年，这真叫做无稽之谈了。辟除邪说，有关世道。唯东方朔虽好谈谑，却也未尝没有直言，即据他谏止辟苑，却是一篇正大光明的奏议，可惜武帝反不肯尽信呢。

武帝与诸人谈笑度日，尚觉得兴味有限，因想出微行一法，易服出游。每与走马善射的少年，私下嘱咐，叫他守候门外，以漏下十刻为期，届期即潜率近侍，悄悄出会，纵马同往。所以殿门叫做期门，有时驰骋竟夕，直至天明，还是兴致勃勃，跑入南山，与从人射猎为乐，薄暮方还。一日又往南山驰射，践人禾稼，农民大哗，鄠杜令闻报，领役往捕，截住数骑，骑士示以乘舆中物，方得脱身。已而夜至柏谷，投宿旅店。店主人疑为盗贼，暗招壮士，意图拿住众人，送官究治。亏得店主妇独具慧眼，见武帝骨相非凡，料非常人，因把店主灌醉，将他缚住，备食进帝。转眼间天色已明，武帝挈众出店，一直回宫。当下遣人往召店主夫妇，店主人已经酒醒，闻知底细，惊慌的了不得。店主妇才与说明，于是放胆同来，伏阙谢罪。武帝特赏店主妇千金，并擢店主人为羽林郎。店主人喜出望外，与妻室同叩几个响头，然后退去。亏得有此贤妻，应该令他向妻磕头。

自经过两次恐慌，武帝乃托名平阳侯曹寿，多带侍从数名，防备不测。且分置更衣所十二处，以便日夕休息。大中大夫吾邱寿王，阿承意旨，请拓造上林苑，直接南山，预先估计价值，圈地偿民。武帝因国库盈饶，并不吝惜。独东方朔进奏道：

臣闻谦游静悫，天表之应，应之以福。骄溢靡丽，天表之应，应之以异。今陛下累筑郎台，郎与廊字通。恐其不高也，弋猎之处，恐其不广也，如天不为变，则三辅之地，尽可为苑，何必盩厔鄠杜乎？夫南山天下之阻也，南有江淮，北有河渭，其地从汧陇以东，商雒以西，厥壤肥饶，所谓天下陆海之地，百工之所取资，万民之所仰给也。今规以为苑，绝陂池水泽之利，而取民膏腴之地，上乏国家之用，下夺农桑之业，其不可一也。且盛荆棘之林，大虎狼之墟，坏人冢墓，毁人家庐，令幼弱怀土而思，耆老泣涕而悲，其不可二也。斥而营之，垣而囿之，骑驰东西，车骛南北，纵一日之乐，致危无堤之舆，其不可三也。夫殷作九市之宫而诸侯叛，灵王起章华之台而楚民散，秦兴阿房之殿而天下乱，陛下奈何蹈之？粪土愚臣，自知忤旨，但不敢以阿默者危陛下，谨昧死以闻。

武帝见说，却也称善，进拜朔为大中大夫，兼给事中。但游猎一事，始终不忘，仍依吾邱寿王奏请，拓造上林苑。小子有诗叹道：

谐语何如法语良，嘉谟入告独从详；
君虽不用臣无忝，莫道东方果太狂！

上林苑既经拓造，遂引出一篇上林赋来。欲知上林赋作是何人？便是上文所说的司马相如，看官且住，容小子下回叙明。

陈皇后母子欲害卫子夫，并及其同母弟卫青，卒之始终无效，害人适以利人，是可为妇女妒者，留下龟鉴。天下未有无故害人，而能自求多福者也。东方朔好为诙谐，乘时干进，而武帝亦第以俳优畜之。观其射复之举，与郭舍人互相角技，不过自矜才辩，与国家毫无补益。至若割肉偷桃诸事，情同儿戏，更不足取，况偷桃之事更无实证乎？唯谏止拓苑之言，有关大体，厥后尚有直谏时事，是东方朔之名闻后世者，赖有此尔。滑稽派固不足重也。

第六十一回　挑嫠女即席弹琴
别娇妻入都献赋

却说司马相如，字长卿，系蜀郡成都人氏，少时好读书，学击剑，为父母所钟爱，呼为犬子；及年已成童，慕战国时人蔺相如，赵人。因名相如。是时蜀郡太守文翁，吏治循良，大兴教化，遂选择本郡士人，送京肄业，司马相如亦得与选。至学成归里，文翁便命相如为教授，就市中设立官学，招集民间子弟，师事相如，入学读书。遇有高足学生，辄使为郡县吏，或命为孝弟力田。蜀民本来野蛮，得着这位贤太守，兴教劝学，风气大开，嗣是学校林立，化野为文，后来文翁在任病殁，百姓追怀功德，立祠致祭，连文翁平日的讲台旧址，都随时修葺，垂为纪念，至今遗址犹存。莫谓循吏不可为。唯文翁既殁，相如也不愿长作教师，遂往游长安，入资为郎。嗣得迁官武骑常侍，相如虽少学技击，究竟是注重文字，不好武备，因此就任武职，反致用违所长。会值梁王武入朝景帝，从吏如邹阳枚乘诸人，皆工著作，见了相如，互相谈论，引为同志，相如乃欲往投梁国，索性托病辞官，竟至睢阳，梁都见前。干谒梁王。梁王却优礼相待，相如得与邹枚诸人，琴书雅集，诗酒逍遥，暇时撰成一篇子虚赋，传播出去，誉重一时。

既而梁王逝世，同人皆风流云散，相如亦不得安居，没奈何归至成都。家中只有四壁，父母早已亡故，就使有几个族人，也是无可倚赖，穷途落魄，郁郁无聊，偶记及临卬县令王吉，系多年好友，且曾与自己有约，说是宦游不遂，可来过从等语。此时正当贫穷失业的时候，不能不前往相依，乃摒挡行李，径赴临卬。王吉却不忘旧约，闻得相如到来，当即欢迎，并问及相如近状。相如直言不讳，吉代为扼腕叹息。眉头一皱，计上心来，遂与相如附耳数语，相如自然乐从。当下用过酒膳，遂将相如行装，命左右搬至都亭；使他暂寓亭舍，每日必亲自趋候。相如前尚出见，后来却屡次挡驾，称病不出。偏吉仍日日一至，未尝少懈。附近民居，见县令仆仆往来，伺候都亭，不知是什么贵客，寓居亭舍，有劳县令这般优待，逐日殷勤。一时哄动全邑，传为异闻。

临卬向多富人，第一家要算卓王孙，次为程郑，两家僮仆，各不下数百人。卓氏先世居赵，以冶铁致富，战国时便已著名。及赵为秦灭，国亡家灭，只剩得卓氏两夫妇，辗转徙蜀，流寓临卬。好在临卬亦有铁山，卓氏仍得采铁铸造，重兴旧业。汉初榷铁从宽，榷铁即冶铁税。卓氏坐取厚利，复成巨富，蓄养家僮八百，良田美宅，不可胜计，程郑由山东徙至，与卓氏操业相同，彼此统是富户，并且同业，当然是情谊相投，联为亲友。一日卓王孙与程郑晤谈，说及都亭中寓有贵客，应该设宴相邀，自尽地主情谊，乃即就卓家为宴客地，预为安排，两家精华，一齐搬出，铺设得非常华美；然后具柬请客，首为司马相如，次为县令王吉，此外为地方绅富，差不多有百余人。

王吉闻信，自喜得计，立即至都亭密告相如，叫他如此如此。总算玉女于成。相如大悦，依计施行，待至王吉别去，方将行李中的贵重衣服，携取出来，最值钱的是一件鹔鹴裘，正好乘寒穿着，出些风头。余如冠履等皆更换一新，专待王吉再至，好与同行，俄而县中复派到车骑仆役，归他使唤，充作驺从。又俄而卓家使至，敦促赴席。相如尚托词有病，未便应召。及至使人往返两次，才见王吉复来，且笑且语，携手登车，从骑一拥而去。

到了卓家门首，卓王孙程郑与一班陪客，统皆伫候，见了王吉下车，便一齐趋集，来迎贵客。相如又故意延挨，直至卓王孙等，车前迎谒，方缓缓的起身走下。描摹得妙。大众仰望丰采，果然是雍容大雅，文采风流，当即延入大厅，延他上坐。王吉从后趋入，顾众与语道："司马公尚不愿莅宴，总算有我情面，才肯到此。"相如即接入道："孱躯多病，不惯应酬，自到贵地以来，唯探望邑尊一次，此外未曾访友，还乞诸君原谅。"卓王孙等满口恭维，无非说是大驾辱临，有光陋室等语。未几即请令入席，相如也不推辞，便坐首位。王吉以下，挨次坐定，卓王孙程郑两人，并在末座相陪。余若驺从等，俱在外厢，亦有盛餐相待，不消多叙。那大厅里面的筵席，真个是山珍海味，无美不收。

约莫饮了一两个时辰，宾主俱有三分酒意，王吉顾相如道："君素善弹琴，何不一劳贵手，使仆等领教一二？"相如尚有难色，卓王孙起语道："舍下却有古琴，愿听司马公一奏。"王吉道："不必不必，司马公琴剑随身，我看他车上带有琴囊，可即取来。"左右闻言，便出外取琴。须臾携至，当是特地带来。由王吉接受，奉交相如。都是做作。相如不好再辞，乃抚琴调弦，弹出声来。这琴名为绿绮琴，系相如所素弄，凭着那多年熟手，按指成声，自然雅韵铿锵，抑扬有致。大众齐声喝彩，无不称赏。恐未免对牛弹琴。正在一弹再鼓，忽闻屏后有环珮声，即由相如留心窥看，天缘辐辏，巧巧打了一个照面，引得相如目迷心醉，意荡神驰。究竟屏后立着何人？原来是卓王孙女卓文君。文君年才十七，生得聪明伶俐，妖冶风流，琴棋书画，件件皆精，不幸嫁了一夫，为欢未久，即悲死别，二八红颜，怎堪经此惨剧，不得已回到母家，嫠居度日。此时闻得外堂上客，乃是华贵少年，已觉得摇动芳心，情不自主，当即缓步出来，潜立屏后。方思举头外望，又听得琴声入耳，音律双谐，不由的探出娇容，偷窥贵客，适被相如瞧见，果然是个绝世尤物，比众不同。便即变动指法，弹成一套凤求凰曲，借那弦上宫商，度送心中诗意。文君是个解人，侧耳静听，一声声的寓着情词，词云：

> 凤兮凤兮归故乡，遨游四海求其凰。有一艳女在此堂，室迩人遐毒我肠。何由交接为鸳鸯！凤兮凤兮从凰栖，得托孑尾永为妃。交情通体必和谐，中夜相从别有谁！

弹到末句，划然顿止。已而酒阑席散，客皆辞去，文君才返入内房，不言不语，好似失去了魂魄一般。忽有一侍儿踉跄趋入，报称贵客为司马相如，曾在都中做过显官，年轻才美，择偶甚苛，所以至今尚无妻室。目下告假旋里，路经此地，由县令留玩数天，不久便要回去了。文君不禁失声道："他……他就要回去么？"情急如绘。侍儿本由相如从人，奉相如命，厚给金银，使通殷勤，所以入告文君，用言探试。及见文君语急情深，就进一层说道："似小姐这般才貌，若与那贵客订结丝萝，正是一对天成佳耦，愿小姐勿可错过！”文君并不加嗔，还道侍儿是个知心，便与她密商良法。侍儿替她设策，竟想出一条黄夜私奔的法子，附耳相告。文君记起琴心，原有中夜相从一语，与侍儿计谋暗合。情魔一扰，也顾不得什么嫌疑，什么名节，便即草草装束，一俟天晚，竟带了侍儿，偷出后门，趁着夜间月色，直向都亭行去。

都亭与卓家相距，不过里许，顷刻间便可走到。司马相如尚未就寝，正在忆念文君，胡思乱想，蓦闻门上有剥啄声，即将灯光剔亮，亲自开门。双扉一启，有两女鱼贯进来，先入的乃是侍儿，继进的就是日间所见的美人。一宵好事从天降，真令相如大喜过望，忙即至文君前，鞠躬三揖。也是一番俟门礼。文君含羞答礼，趋入内房。唯侍儿便欲告归，当由相如向她道谢，送出门外，转身将门掩住，急与文君握手叙情。灯下端详，越加娇艳，但看她眉如远山，面如芙蕖，肤如凝脂，手如柔荑，低鬟弄带，真个销魂。那时也无暇多谈，当即相携入帏，成就了一段姻缘。郎贪女爱，彻夜绸缪，待至天明，两人起来梳洗，彼此密商，只恐卓家闻知，前来问罪，索性逃之夭夭，与文君同诣成都去了。

卓王孙失去女儿，四下找寻，并无下落，嗣探得都亭贵客，不知去向，转至县署访问，亦未曾预悉，才料到寡女文君，定随相如私奔。家丑不宜外扬，只好搁置不提。王吉闻相如不别而行，亦知他拥艳逃归，但本意是欲替相如作伐，好教他入赘卓家，借重富翁金帛，再向都中谋事，哪知他求凰甫就，遽效鸿飞，自思已对得住故人，也由他自去，不复追寻。这谢媒酒未曾吃得，当亦可惜。

唯文君跟着相如，到了成都，总道相如衣装华美，定有些须财产，哪知他家室荡然，只剩了几间敝屋，仅可容身。自己又仓猝夜奔，未曾多带金帛，但靠着随身金饰，能值多少钱文？事已如此，悔亦无及，没奈何拔钗沽酒，脱钏易粮。敷衍了好几月，已将衣饰卖尽，甚至相如所穿的鹔鹴裘，也押与酒家，赊取新酿数斗，肴核数色，归与文君对饮浇愁。文君见了酒肴，勉强陪饮，至问及酒肴来历，乃由鹔鹴裘抵押得来，禁不住泪下数行，无心下箸。相如虽设词劝慰，也觉得无限凄凉，文君见相如为己增愁，因即收泪与语道：“君一寒至此，终非长策，不如再往临卬，向兄弟处借贷钱财，方可营谋生计。”相如含糊答应，到了次日，即挈文君启程。身外已无长物，只有一琴一剑，一车一马，尚未卖去，乃与文君一同登程，再至临卬，先向旅店中暂憩，私探卓王孙家消息。

旅店中人，与相如夫妇，素不相识。便直言相告道：卓女私奔，卓王孙几乎气死，现闻卓女家穷苦得很，曾有人往劝卓王孙，叫他分财赒济，偏卓王孙盛怒不从，说是女儿不肖，我不忍杀死，何妨听她饿死。如要我赒给一钱，也是不愿云云。相如听说，暗思卓王孙如此无情，文君也不便往贷。我已日暮途穷，也不能顾着名誉，索性与他女儿抛头露面，开起一爿小酒肆来，使他自己看不过去，情愿给我钱财，方作罢论。主见已定，遂与文君商量，文君到了此时，也觉没法，遂依了相如所言，决计照办。文君名节，原不足取，但比诸朱买臣妻，还是较胜一筹。相如遂将车马变卖，作为资本，租借房屋，备办器具，居然择日开店，悬挂酒旗。店中雇了两三个酒保，自己也充当一个脚色，改服犊鼻裈，即短脚裤。携壶涤器，与佣保通力合作。一面令文君淡装浅抹，当垆卖酒。系买酒之处，筑土堆瓮。

顿时引动一班酒色朋友，都至相如店中，喝酒赏花。有几人认识卓文君，背地笑谈，当作新闻，一传十，十传百，送入卓王孙耳中。卓王孙使人密视，果是文君，惹得羞愧难堪，杜门不出。当有许多亲戚故旧，往劝卓王孙道："足下只有一男二女，何苦令文君出丑，不给多金？况文君既失身长卿，往事何须追究，长卿曾做过贵官，近因倦游归家，暂时落魄，家况虽贫，人才确是不弱，且为县令门客，怎见得埋没终身？足下不患无财，一经赒济，便好反辱为荣了！"卓王孙无奈相从，因拨给家童百名，钱百万缗，并文君嫁时衣被财物，送交相如肆中。相如即将酒肆闭歇，乃与文君饱载而归。县令王吉，却也得知，唯料是相如诡计，绝不过问。相如也未曾往会，彼此心心相印，总算是个好朋友呢。看到此处，不可谓非相如能屈能伸。

相如返至成都，已得僮仆资财，居然做起富家翁来，置田宅，辟园囿，就住室旁筑一琴台，与文君弹琴消遣。又因文君性耽曲蘖，特向邛崃县东，购得一井，井水甘美，酿酒甚佳，特号为文君井，随时汲取，造酒合欢。且在井旁亦造一琴台，尝挈文君登台弹饮，目送手挥，领略春山眉妩。酒酣兴至，翦来秋水瞳人。未免有情，愿从此老。何物长卿得此艳福。只是蛾眉伐性，醇酒伤肠，相如又素有消渴病，怎禁得酒色沉迷，恬不知返，因此旧疾复发，不能起床。特叙琐事以戒后人。亏得名医调治，渐渐痊可，乃特作一篇美人赋，作为自箴。可巧朝旨到来，召令入都，相如乐得暂别文君，整装北上。不多日便到长安，探得邑人杨得意，现为狗监，掌上林猎犬。代为先容，所以特召。当下先访得意，问明大略，得意说道："这是足下的《子虚赋》，得邀主知。主上恨不与足下同时，仆谓足下，曾为此赋，现正家居。主上闻言，因即宣召足下。足下今日到此，取功名如拾芥了。"相如忙为道谢，别了得意。诘旦入朝，武帝见了相如，便问："《子虚赋》是否亲笔？"相如答道："《子虚赋》原出臣手，但尚系诸侯情事，未足一观。臣请为陛下作《游猎赋》。"武帝听说，遂令尚书给与笔札。相如受笔札后，退至阙下，据案构思，濡毫落纸，赋就了数千言，方才呈入。武帝展览一周，觉得满纸琳琅，目不胜赏，遂即叹为奇才，拜为郎官。

当时与相如齐名，要算枚皋，皋即吴王濞郎中枚乘庶子。乘尝谏阻吴王造反，故吴王走死，乘不坐罪，仍由景帝召入，命为弘农都尉。乘久为大国上宾，不愿退就郡吏，莅任未几，便托病辞官，往游梁国。梁王武好养食客，当然引为幕宾，文诰多出乘手。乘纳梁地民女为妾，乃生枚皋。至梁王病殁，乘归淮阴原籍，妾不肯从行，触动乘怒，竟将她母子留下，但给与数千钱，俾她赡养，径自告归。武帝素闻乘名，即位后，就派遣使臣，用着安车蒲轮，迎乘入都。乘年已衰迈，竟病死道中。使臣回报武帝，武帝问乘子能否属文？派员调查，好多时才得枚皋出来，诣阙上陈，自称读书能文。原来皋幼传父业，少即工词，十七岁上书梁王刘买，即梁王武长子。得诏为郎，嗣为从吏所谮，得罪亡去，家产被收。辗转到了长安，适遇朝廷大赦，并闻武帝曾求乘子，遂放胆上书，作了自荐的毛遂。赵人，此处系是借喻。武帝召入，见他少年儒雅，已料知所言非虚，再命作《平乐馆赋》，却是下笔立就，比相如尤为敏捷，词藻亦曲赡可观，因也授职为郎。唯相如为文，虽迟必佳，皋却随手写来，片刻可成，但究不及相如的工整。就是皋亦自言勿如。唯谓诗赋乃消遣笔墨，毋庸多费心思，故往往诙谐杂出，不尚修辞，后人称为马迟枚速，便是为此。小子有诗咏道：

髦士峨峨待诏来，幸逢天子拔真才，
马迟枚速何遑问，但擅词章便占魁。

尚有朱买臣一段故事，不妨连类叙明，请看官续阅下回，自知分晓。

文君夜奔相如，古今传为佳话，究之寡廉鲜耻。有玷闺箴。而相如则尤为名教罪人，羡其美而挑逗之，涎其富而污辱之，学士文人，果当如是耶！我国小说家，往往于才子佳人之苟合，津津乐道，遂致钻穴窥墙之行，时有所闻。近则自由择偶，不待媒妁，盖又变本加厉。名节益荡然矣。然文君既随相如，虽穷不怨。甚至当垆沽酒，亦所甘心，以视近人之忽合忽离，行同犬彘者，其得毋相去尚远耶！读此回，不禁有每况愈下之感云。

第六十二回　厌夫贫下堂致悔
开敌衅出塞无功

却说吴人朱买臣，表字翁子，性好读书，不治产业，蹉跎至四十多岁，还是一个落拓儒生，食贫居贱，困顿无聊。家中只有一妻，不能赡养，只好与他同入山中，刈薪砍柴，挑往市中求售，易钱为生。妻亦负载相随。唯买臣肩上挑柴，口中尚咿唔不绝，妻在后面听着，却是一语不懂，大约总是背诵古书，不由的懊恼起来，叫他不要再念。偏是买臣越读越响，甚且如唱歌一般，提起嗓子，响彻市中。妻连劝数次，并不见睬，又因家况越弄越僵，单靠一两担薪柴，如何度日？往往有了朝餐，没有晚餐。自思长此饥饿，终非了局，不如别寻生路，省得这般受苦，便向买臣求去。买臣道："我年五十当富贵，今已四十余岁了，不久便当发迹了，汝随我吃苦，已有二十多年，难道这数载光阴，竟忍耐不住么？待我富贵，当报汝功劳。"语未说完，但听得一声娇嗔道："我随汝多年，苦楚已尝遍了，汝原是个书生，弄到担柴为生，也应晓得读书无益，为何至今不悟，还要到处行吟！我想汝终要饿死沟中，怎能富贵？不如放我生路，由我去罢！"买臣见妻动恼，再欲劝解，哪知妇人性格，固执不返，索性大哭大闹，不成样子，乃允与离婚，写了休书，交与妻手，妻绝不留恋，出门自去。实是妇人常态，亦不足怪。

买臣仍操故业，读书卖柴，行歌如故。会当清明节届，春寒未尽，买臣从山上刈柴，束作一担，挑将下来，忽遇着一阵风雨，淋湿敝衣，觉得身上单寒，没奈何趋入墓间，为暂避计。好容易待至天霁，又觉得饥肠乱鸣，支撑不住。事有凑巧，来了一男一女，祭扫墓前，妇人非别，正是买臣故妻。买臣明明看见，却似未曾相识，不去睬她。倒是故妻瞧着买臣，见他瑟缩得很，料为饥寒所迫，因将祭毕酒饭，分给买臣，使他饮食。买臣也顾不得羞惭，便即饱餐一顿，把碗盏交还男人，单说了一个谢字，也不问男子姓名。其实这个男子，就是他前妻的后夫。前妻还算有情。两下里各走各路，并皆归家。

转眼间已过数年，买臣已将近五秩了，适会稽郡吏入京上计，计乃簿帐之总名。随带食物，并载车内，买臣愿为运卒，跟吏同行。既到长安，即诣阙上书，多日不见发落。买臣只好待诏公车，身边并无银钱，还亏上计吏怜他穷苦，给济饮食，才得生存。可巧邑人庄助，自南方出使回来，买臣曾与识面，乃踵门求见，托助引进。助却顾全乡谊，便替他入白武帝，武帝方才召入，面询学术。买臣说《春秋》，言《楚辞》，正合武帝意旨，遂得拜为中大夫，与庄助同侍禁中。不意释褐以后，官运尚未亨通，屡生波折，终致坐事免官，仍在长安寄食。又阅年始召他待诏。

是时武帝方有事南方，欲平越地，遂令买臣乘机献策，取得铜章墨绶，来作本地长官。富贵到手了。看官欲知买臣计议，待小子表明越事，方有头绪可寻。随手叙入越事，是萦带法。从前东南一带，南越最大，次为闽越，又次为东越。闽越王无诸，受封最早，汉高所封。东越王摇及南越王赵佗，受封较迟。摇为惠帝时所封，佗为文帝时所封，并见前文。三国子孙，相传未绝，自吴王濞败奔东越，被他杀死，吴太子驹，亡走闽越，屡思报复父仇，尝劝闽越王进击东越。回应前文五十五回。闽越王郢，乃发兵东侵，东越抵敌不住，使人向都中求救。武帝召问群臣，武安侯田蚡，谓越地辽远，不足劳师，独庄助从旁驳议，谓小国有急，天子不救，如何抚宇万方？武帝依了助言，便遣助持节东行，至会稽郡调发戍兵，使救东越。会稽守迁延不发，由助斩一司马，促令发兵，乃即由海道进军，陆续往援。行至中途，闽越兵已闻风退去。东越王屡经受创，恐汉兵一返，闽越再来进攻，因请举国内徙，得邀俞允。于是东越王以下，悉数迁入江淮间。闽越王郢，自恃兵强，既得逐去东越，复欲并吞南越。休养了三四年，竟大举入南越王境。南越王胡，为赵佗孙，闻得闽越犯边，但守勿战，一面使人飞奏汉廷，略言两越俱为藩臣，不应互相攻击，今闽越无故侵臣，臣不敢举兵，唯求皇上裁夺！武帝览奏，极口褒赏，说他守义践信，不能不为他出师。当下命大行王恢、及大司农韩安国，并为将军，一出豫章，一出会稽，两路并进，直讨闽越。淮南王安，上书谏阻，武帝不从，但饬两路兵速进。闽越王郢回军据险，防御汉师。郢弟余善，聚族与谋，拟杀郢谢汉，族人多半赞成。遂由余善怀刃见郢，把郢刺毙，就差人赍着郢首，献与汉将军王恢。恢方率军逾岭，既得余善来使，乐得按兵不动。一面通告韩安国，一面将郢首传送京师，候诏定夺。武帝下诏罢兵，遣中郎将传谕闽越，另立无诸孙繇君丑为王，使承先祀。偏余善挟威自恣，不服繇王，繇王丑复遣人入报。武帝以余善诛郢有功，不如使王东越，权示羁縻，乃特派使册封，并谕余善，划境自守，不准与繇王相争。余善总算受命。武帝复使庄助慰谕南越，南越王胡，稽首谢恩，愿遣太子婴齐，入备宿卫，庄助遂与婴齐偕行。路过淮南，淮南王安，迎助入都，表示殷勤。助曾受武帝面嘱，顺道谕淮南王，至是传达帝意，淮南王安，自知前谏有误，惶恐谢过，且厚礼待助，私结交好。助不便久留，遂与订约而别。为后文连坐叛案张本。还至长安，武帝因助不辱使命，特别赐宴，从容问答。至问及居乡时事，助答言少时家贫，致为友婿富人所辱，未免怅然。武帝听他言中寓意，即拜助为会稽太守，使得夸耀乡邻。谁知助莅任以后，并无善声，武帝要把他调归。

适值东越王余善，屡征不朝，触动武帝怒意，谋即往讨，买臣乘机进言道："东越王余善，向居泉山，负嵎自固，一夫守险，千人俱不能上，今闻他南迁大泽，去泉山约五百里，无险可恃，今若发兵浮海，直指泉山，陈舟列兵，席卷南趋，破东越不难了！"武帝甚喜，便将庄助调还，使买臣代任会稽太守。买臣受命辞行，武帝笑语道："富贵不归故乡，如衣锦夜行，今汝可谓衣锦荣归了！"天子当为地择人，不应徒令夸耀故乡，乃待庄助如此，待买臣又如此。毋乃不经。买臣顿首拜谢，武帝复嘱道："此去到郡，宜亟治楼船，储粮蓄械，待军俱进，不得有违！"买臣奉命而出。

先是买臣失官，尝在会稽守邸中，寄居饭食，守邸如今之会馆相似。免不得遭人白眼，忍受揶揄。此次受命为会稽太守，正是吐气扬眉的日子，他却藏着印绶，仍穿了一件旧衣，步行至邸。邸中坐着上计郡吏，方置酒高会，酣饮狂呼，见了买臣进去，并不邀他入席，尽管自己乱喝。统是势利小人。买臣也不去说明，低头趋入内室，与邸中当差人役，一同啖饭。待至食毕，方从怀中露出绶带，随身飘扬。有人从旁瞧着，暗暗称奇，遂走至买臣身旁，引绶出怀，却悬着一个金章。细认篆文，正是会稽郡太守官印，慌忙向买臣问明。买臣尚淡淡的答说道："今日正诣阙受命，君等不必张皇！"话虽如此，已有人跑出外厅报告上计郡吏。郡吏等多半酒醉，统斥他是妄语胡言，气得报告人头筋饱绽，反唇相讥道："如若不信，尽可入内看明。"当有一个买臣故友，素来瞧不起买臣，至此首先着忙，起座入室。片刻便即趋出，拍手狂呼道："的确是真，不是假的！"大众听了，无不骇然，急白守邸郡丞，同肃衣冠，至中庭排班伫立，再由郡丞入启买臣，请他出庭受谒。买臣徐徐出户，踱至中庭，大众尚恐酒后失仪，并皆加意谨慎，拜倒地上。不如是，不足以见炎凉世态。买臣才答他一个半礼。待到大众起来，外面已驱入驷马高车，迎接买臣赴任。买臣别了众人，登车自去，有几个想乘势趋奉，愿随买臣到郡，都被买臣复绝，碰了一鼻子灰，这且无容细说。

唯买臣驰入吴境，吏民夹道欢迎，趋集车前，就是吴中妇女，也来观看新太守丰仪，真是少见多怪，盛极一时。买臣从人丛中望将过去，遥见故妻，亦站立道旁，不由的触起旧情，记着墓前给食的余惠，便令左右呼她过来，停车细询。此时贵贱悬殊，后先迥别，那故妻又羞又悔，到了车前，几至呆若木鸡。还是买臣和颜与语，才说出一两句话来，原来故妻的后夫，正充郡中工役，修治道路，经买臣问悉情形，也叫他前来相见，使与故妻同载后车，驰入郡衙。当下腾出后园房屋，令他夫妻同居，给与衣食。不可谓买臣无情。又遍召故人入宴，所有从前叨惠的亲友，无不报酬，乡里翕然称颂。唯故妻追悔不了，虽尚衣食无亏，到底不得锦衣美食，且见买臣已另娶妻室，享受现成富贵，自己曾受苦多年，为了一时气忿，竟至别嫁，反将黄堂贵眷，平白地让诸他人，如何甘心？左思右想，无可挽回，还是自尽了事，遂乘后夫外出时，投缳毕命。买臣因覆水难收，势难再返，特地收养园中，也算是不忘旧谊。才经一月，即闻故妻自缢身亡，倒也叹息不置。因即取出钱财，令她后夫买棺殓葬，这也不在话下。覆水难收，本太公望故事，后人多误作买臣遗闻，史传中并未载及，故不妄入。

且说买臣到任，遵着武帝面谕，置备船械，专待朝廷出兵，助讨东越。适武帝误听王恢，诱击匈奴，无暇南顾，所以把东越事搁起，但向北方预备出师。

汉自文景以来，屡用和亲政策，笼络匈奴。匈奴总算与汉言和，未尝大举入犯，唯小小侵掠，在所不免。朝廷亦未敢弛防，屡选名臣猛将，出守边疆。当时有个上郡太守李广，系陇西成纪人，骁勇绝伦，尤长骑射，文帝时出击匈奴，毙敌甚众，已得擢为武骑常侍，至吴楚叛命，也随周亚夫出征，突阵搴旗，著有大功，只因他私受梁印，功罪相抵，故只调为上谷太守。上谷为出塞要冲，每遇匈奴兵至，广必亲身出敌，为士卒先，典属国官名。公孙昆邪，尝泣语景帝道："李广材气无双，可惜轻敌，倘有挫失，恐亡一骁将，不如内调为是。"景帝乃徙广入守上郡。上郡在雁门内，距虏较远，偏广生性好动，往往自出巡边。一日出外探哨，猝遇匈奴兵数千人，蜂拥前来，广手下只有百余骑，如何对敌？战无可战，走不及走，他却从容下马，解鞍坐着。匈奴兵疑有诡谋，倒也未敢相逼。会有一白马将军出阵望广，睥睨自如，广竟一跃上马，仅带健骑十余人，向前奔去，至与白马将军相近。张弓发矢，飕的一声，立将白马将军射毙，再回至原处，跳落马下，坐卧自由。匈奴兵始终怀疑，相持至暮并皆退回。嗣是广名益盛。却是有胆有识，可惜命运欠佳。

武帝素闻广名，特调入为未央宫卫尉，又将边郡太守程不识，亦召回京师，使为长乐宫卫尉。广用兵尚宽，随便行止，不拘行伍，不击刁斗，使他人人自卫，却亦不遭敌人暗算。不识用兵尚严，部曲必整，斥堠必周，部众当谨受约束，不得少违军律，敌人亦怕他严整，未敢相犯。两将都防边能手，士卒颇愿从李广，不愿从程不识。不识也推重广才，但谓宽易致失，宁可从严。这是正论。因此两人名望相同，将略不同。

至武帝元光元年，武帝于建元六年后，改称元光元年。复令李广程不识为将军，出屯朔方。越年，匈奴复遣使至汉，申请和亲。大行王恢，谓不如与他绝好，相机进兵。韩安国已为御史大夫，独主张和亲，免得劳师。武帝遍问群臣，群臣多赞同韩议，乃遣归番使，仍允和亲。偏有雁门郡马邑人聂壹，年老嗜利，入都进谒王恢，说是匈奴终为边患，今乘他和亲无备，诱令入塞，伏兵邀击，必获大胜。恢本欲击虏邀功，至此听了壹言，又觉得兴致勃发，立刻奏闻。武帝年少气盛，也为所动，再召群臣会议。韩安国又出来反对，与王恢争论廷前，各执一是。王恢说道："陛下即位数年，威加四海，统一华夷，独匈奴侵盗不已，肆无忌惮，若非设法痛击，如何示威！"安国驳说道："臣闻高皇帝被困平城，七日不食，及出围返都，不相仇怨，可见圣人以天下为心，不愿挟私害公。自与匈奴和亲，利及五世，故臣以为不如主和！"恢又说道："此语实似是而非。从前高皇帝不去报怨，乃因天下新定，不应屡次兴师，劳我人民。今海内久安，只有匈奴屡来寇边，常为民患，死伤累累，槥车相望。这正仁人君子，引为痛心，奈何不乘机击逐呢！"安国又申驳道："臣闻兵法有言，以饱待饥，以逸待劳，所以不战屈人，安坐退敌。今欲卷甲轻举，长驱深入，臣恐道远力竭，反为敌擒，故决意主和，不愿主战！"恢摇首道："韩御史徒读兵书，未谙兵略，若使我兵轻进，原是可虞，今当诱彼入塞，设伏邀击，使他左右受敌，进退两难，臣料擒渠获丑，在此一举，可保得有利无害呢！"看汝做来。

武帝听了多时，也觉得恢计可用，决从恢议，遂使韩安国为护军将军，王恢为将屯将军，太仆公孙贺为轻车将军，卫尉李广为骁骑将军，大中大夫李息为材官将军，率同兵马三十多万，悄悄出发。先令聂壹出塞互市，往见军臣单于，匈奴国主名，见前。愿举马邑城献虏。单于似信非信，便问聂壹道："汝本商民，怎能献城？"聂壹答道："我有同志数百人，若混入马邑，斩了令丞，管教全城可取，财物可得，但望单于发兵接应，并录微劳，自不致有他患了！"单于本来贪利，闻言甚喜，立派部目随着聂壹，先入马邑，俟聂壹得斩守令，然后进兵。聂壹返至马邑，先与邑令密谋，提出死囚数名，枭了首级，悬诸城上，托言是令丞头颅，诳示匈奴来使。来使信以为然，忙去回报军臣单于，单于便领兵十万，亲来接应，路过武州，距马邑尚百余里，但见沿途统是牲畜，独无一个牧人，未免诧异起来，可巧路旁有一亭堡，料想堡内定有亭尉，何不擒住了他，问明底细？当下指挥人马，把亭围住，亭内除尉史外，只有守兵百人，无非是了望敌情，通报边泛。此次亭尉得了军令，佯示镇静，使敌不疑，所以留住亭内，谁料被匈奴兵马，团团围住，偌大孤亭，如何固守？没奈何出降匈奴，报知汉将秘谋。单于且惊且喜，慌忙退还，及驰入塞外，额手相庆道："我得尉史，实邀天佑！"一面说，一面召过尉史，特封天王。却是傥来富贵，可惜舍义贪生。

是时王恢已抄出代郡，拟袭匈奴兵背后，截夺辎重，蓦闻单于退归，不胜惊讶，自思随身兵士，不过二三万人，怎能敌得过匈奴大队，不如纵敌出塞，还好保全自己生命，遂敛兵不出，旋且引还。既有今日，何必当初！韩安国等带领大军，分驻马邑境内，好几日不见动静，急忙变计出击，驰至塞下，那匈奴兵早已遁去，一些儿没有形影了，只好空手回都。安国本不赞成恢议，当然无罪，公孙贺等亦得免谴。独王恢乃是首谋，无故劳师，轻自纵敌，眼见是无功有罪，应该受刑。小子有诗叹道：

娄敬和亲原下策，王恢诱敌岂良谋。
劳师卅万轻挑衅，一死犹难谢主忧。

毕竟王恢是否坐罪，且看下回再详。

贪之一字，无论男妇，皆不可犯。试观本回之朱买臣妻，及大行王恢，事迹不同，而致死则同，盖无一非贪字误之耳，买臣妻之求去，是志在贪富，王恢之诱匈奴，是志在贪功，卒之贪富者轻丧名节，无救于贫，贪功者徒费机谋，反致坐罪。后悔难追，终归自杀，亦何若不贪之为愈乎！是故买臣妻之致死，不能怨买臣之薄情，王恢之致死，不能怨武帝之寡德，要之皆自取而已。世之好贪者其鉴诸！

第六十三回　执国法王恢受诛
骂座客灌夫得罪

却说王恢还朝，入见武帝，武帝不禁怒起，说他劳师纵敌，罪有所归。试问自己，果能无过否？王恢答辩道："此次出师，原拟前后夹攻，计擒单于，诸将军分伏马邑，由臣抄袭敌后，截击辎重，不幸良谋被泄，单于逃归，臣所部止三万人，不能拦阻单于，明知回朝复命，不免遭戮，但为陛下保全三万人马，亦望曲原！陛下如开恩恕臣，臣愿邀功赎罪；否则请陛下惩处便了。"武帝怒尚未息，令左右系恢下狱，援律谳案。廷尉议恢逗挠当斩，复奏武帝。武帝当即依议，限期正法。恢闻报大惧，慌忙属令家人，取出千金，献与武安侯田蚡，求他缓颊。是时太皇太后窦氏早崩，在武帝建元六年。丞相许昌，亦已免职。武安侯田蚡，竟得入膺相位，内依太后，外冠群僚，总道是容易设法，替恢求生，遂将千金老实收受，入宫白王太后道："王恢谋击匈奴，伏兵马邑，本来是一条好计，偏被匈奴探悉，计不得成，虽然无功，罪不致死。今若将恢加诛，是反为匈奴报仇，岂非一误再误么？"王太后点首无言。待至武帝入省，便将田蚡所言，略述一遍。武帝答道："马邑一役，本是王恢主谋，出师三十万众，望得大功，就使单于退去，不中我计，但恢已抄出敌后，何勿邀击一阵，杀获数人，借慰众心？今恢贪生怕死，逗留不出，若非按律加诛，如何得谢天下呢！"理论亦正，可惜徒知责人，不知责己。

王太后本与恢无亲，不过为了母弟情面，代为转言。及见武帝义正词严，也觉得不便多说，待至武帝出宫，即使人复报田蚡。蚡亦只好复绝王恢。千金可曾发还否？恢至此已无生路，索性图个自尽，省得身首两分。狱吏至恢死后，方才得知，立即据实奏闻，有诏免议。看官阅此，还道武帝决意诛恢，连太后母舅的关说，都不肯依，好算是为公忘私。其实武帝也怀着私意，与太后母舅两人，稍有芥蒂，所以借恢出气，不肯枉法。

武帝常宠遇韩嫣，累给厚赏。已见前文。嫣坐拥资财，任情挥霍，甚至用黄金为丸，弹取鸟雀。长安儿童，俟嫣出猎，往往随去。嫣一弹射，弹丸辄坠落远处，不复觅取。一班儿童，乐得奔往寻觅，运气的拾得一丸，值钱数十缗，当然怀归。嫣亦不过问。时人有歌谣道："苦饥寒，逐金丸。"武帝颇有所闻，但素加宠幸，何忍为此小事，责他过奢，会值江都王非入朝，武帝约他同猎上林，先命韩嫣往视鸟兽。嫣奉命出宫，登车驰去，从人却有百余骑。江都王非，正在宫外伺候，望见车骑如云，想总是天子出来，急忙麾退从人，自向道旁伏谒。不意车骑并未停住，尽管向前驰去。非才知有异，起问从人，乃是韩嫣坐车驰过，忍不住怒气直冲，急欲奏白武帝。转思武帝宠嫣，说也无益，不如暂时容忍。待至侍猎已毕，始入谒王太后，泣诉韩嫣无礼，自愿辞国还都，入备宿卫，与嫣同列。王太后也为动容，虽然非不是亲子，究竟由景帝所出，不能为嫣所侮，非系程姬所产。乃好言抚慰，决加嫣罪。也是嫣命运该绝，一经王太后留心调查，复得嫣与宫人相奸情事，两罪并发，即命赐死。武帝还替嫣求宽，被王太后训斥一顿，弄得无法转圜，只好听嫣服药，毒发毙命。嫣弟名说，曾由嫣荐引入侍，武帝惜嫣短命，乃擢说为将，后来且列入军功，封案道侯。江都王非，仍然归国，未几即殁，由子建嗣封，待后再表。

唯武帝失一韩嫣，总觉得太后不肯留情。未免介意。独王太后母弟田蚡，素善阿谀，颇得武帝亲信。从前尚有太皇太后，与蚡不合，见前文。至此已经病逝，毫无阻碍，所以蚡得进跻相位。向来小人情性，失志便谄，得志便骄，蚡既首握朝纲，并有王太后作为内援，当即起了骄态，作福作威，营大厦，置良田，广纳姬妾，厚储珍宝，四方货赂，辇集门庭，端的是安富尊荣，一时无两。犹记前时贫贱时否？每当入朝白事，坐语移时，言多见用，推荐人物，往往得为大吏至二千石，甚至所求无厌，惹得武帝也觉生烦，一日蚡又面呈荐牍，开列至十余人，要求武帝任用。武帝略略看毕，不禁作色道："母舅举用许多官吏，难道尚未满意么？以后须让我拣选数人。"蚡乃起座趋出。既而增筑家园，欲将考工地圈入，以便扩充。考工系少府属官。因再入朝面请，武帝又怫然道："何不径取武库？"说得蚡面颊发赤，谢过而退。为此种种情由，所以王恢一案，武帝不肯放松，越是太后母舅说情，越是要将王恢处死。田蚡权势虽隆，究竟拗不过武帝，只好作罢。

是时故丞相窦婴，失职家居，与田蚡相差甚远，免不得抚髀兴嗟。前时婴为大将军，声势赫濯，蚡不过一个郎官，奔走大将军门下，拜跪趋谒，何等谦卑，就是后来婴为丞相，蚡为太尉，名位上几乎并肩，但蚡尚自居后进，一切政议，推婴主持，不稍争忤。谁知时移势易，婴竟蹉跌，蚡得超升，从此不复往来，视同陌路，连一班亲戚僚友，统皆变了态度，只知趋承田氏，未尝过谒窦门，所以婴相形见绌，越觉不平。何不归隐。

独故太仆灌夫，却与婴沆瀣相投，始终交好，不改故态，婴遂视为知己，格外情深。灌夫自吴楚战后，见五十五回。还都为中郎将，迁任代相，武帝初入为太仆，与长乐卫尉窦甫饮酒，忽生争论，即举拳殴甫，甫系窦太后兄弟，当然不肯罢休，便即入白宫中。武帝还怜灌夫忠直，忙将他外调出去，使为燕相，夫终使酒好气，落落难合，卒致坐法免官，仍然还居长安。他本是颍川人氏，家产颇饶，平时善交豪猾，食客常数十人，及夫出外为官，宗族宾客，还是倚官托势，鱼肉乡民。颍川人并有怨言，遂编出四句歌谣，使儿童唱着道："颍水清，灌氏宁，颍水浊，灌氏族。"夫在外多年，无暇顾问家事，到了免官以后，仍不欲退守家园，但在都中混迹。居常无事，辄至窦婴家欢叙。两人性质相同，所以引为至交。

一日夫在都游行，路过相府，自思与丞相田蚡，本是熟识，何妨闯将进去，看他如何相待？主见已定，遂趋入相府求见。门吏当即入报，蚡却未拒绝，照常迎入。谈了数语，便问夫近日闲居，如何消遣？夫直答道："不过多至魏其侯家，饮酒谈天。"蚡随口接入道："我也欲过访魏其侯，仲孺可愿同往否？"夫本字仲孺，听得蚡邀与同往，就应声说道："丞相肯辱临魏其侯家，夫愿随行。"蚡不过一句虚言，谁知灌夫竟要当起真来！乃注目视夫，见夫身着素服，便问他近有何丧？夫恐蚡寓有别意，又向蚡进说道："夫原有期功丧服，未便宴饮，但丞相欲过魏其侯家，夫怎敢以服为辞？当为丞相预告魏其侯，令他具酒守候，愿丞相明日蚤临，幸勿渝约！"蚡只好允诺。

夫即告别，出了相府，匆匆往报窦婴。实是多事。

婴虽未夺侯封，究竟比不得从前，一呼百诺。既闻田蚡要来宴叙，不得不盛筵相待，因特入告妻室，赶紧预备，一面嘱厨夫多买牛羊，连夜烹宰，并饬仆役洒扫房屋，设具供张，足足忙了一宵，未遑安睡。一经天明，便令门役小心侍候。过了片刻，灌夫也即趋至，与窦婴一同候客。好多时不闻足音，仰瞩日光，已到晌午时候。婴不禁焦急，对灌夫说道："莫非丞相已忘记不成！"夫亦愤然道："哪有此理！我当往迎。"说着便驰往相府，问明门吏，才知蚡尚高卧未起。勉强按着性子，坐待了一二时，方见蚡缓步出来。当下起立与语道："丞相昨许至魏其侯家，魏其侯夫妇，安排酒席，渴望多时了。"蚡本无去意，到此只好佯谢道："昨宵醉卧不醒，竟至失记，今当与君同往便了。"乃吩咐左右驾车，自己又复入内，延至日影西斜，始出呼灌夫，登车并行。窦婴已望眼欲穿，总算不虚所望，接着这位田丞相，延入大厅，开筵共饮。灌夫喝了几杯闷酒，觉得身体不快，乃离座起舞，舒动筋骸。未几舞罢，便语田蚡道："丞相曾善舞否？"蚡假作不闻。惹动灌夫酒兴，连问数语，仍不见答。夫索性移动座位，与蚡相接，说出许多讥刺的话儿。窦婴见他语带蹊跷，恐致惹祸，连忙起扶灌夫，说他已醉，令至外厢休息。待夫出去，再替灌夫谢过。蚡却不动声色，言笑自若。饮至夜半，方尽欢而归。即此可见田蚡阴险。

自有这番交际，蚡即想出一法，浼令宾佐籍福，至窦婴处求让城南田。此田系窦婴宝产，向称肥沃，怎肯让与田蚡？当即对着籍福，忿然作色道："老朽虽是无用，丞相也不应擅夺人田！"籍福尚未答言，巧值灌夫趋进，听悉此事，竟把籍福指斥一番。还是籍福气度尚宽，别婴报蚡，将情形概置不提，但向蚡劝解道："魏其侯年老且死，丞相忍耐数日，自可唾手取来，何必多费唇舌哩！"蚡颇以为然，不复提议。偏有他人讨好蚡前，竟将窦婴灌夫的实情，一一告知，蚡不禁发怒道："窦氏子尝杀人，应坐死罪；亏我替他救活，今向他乞让数顷田，乃这般吝惜么？况此事与灌夫何干，又来饶舌，我却不稀罕这区区田亩，看他两人能活到几时？"于是先上书劾奏灌夫，说他家属横行颍川，请即饬有司惩治。武帝答谕道："这本丞相分内事，何必奏请呢！"蚡得了谕旨，便欲捕夫家属，偏夫亦探得田蚡阴事，要想乘此讦发，作为抵制。原来蚡为太尉时，正值淮南王安入朝，蚡出迎霸上，密与安语道："主上未有太子，将来帝位，当属大王。大王为高皇帝孙，又有贤名，若非大王继立，此外尚有何人？"安闻言大喜，厚赠蚡金钱财物，托蚡随时留意。蚡原是骗钱好手。两下里订立密约，偏被灌夫侦悉，援作话柄，关系却是很大。何妨先发制人，径去告讦。蚡得着风声，自觉情虚，倒也未敢遽下辣手，当有和事老出来调停，劝他两面息争，才算罢议。

到了元光四年，蚡取燕王嘉刘泽子。女为夫人，由王太后颁出教令，尽召列侯宗室，前往贺喜。窦婴尚为列侯，应去道贺，乃邀同灌夫偕往。夫辞谢道："夫屡次得罪丞相，近又与丞相有仇，不如不往。"婴强夫使行。且与语道："前事已经人调解，谅可免嫌；况丞相今有喜事，正可乘机宴会，仍旧修好，否则将疑君负气，仍留隐恨了。"婴为灌夫所累，也是够了，此次还要叫他同行，真是该死！灌夫不得已与婴同行，一入相门，真是车马喧阗，说不尽的热闹。两人同至大厅，当由田蚡亲出相迎，彼此作揖行礼，自然没有怒容。未几便皆入席，田蚡首先敬客，挨次捧觞，座上俱不敢当礼，避席俯伏。窦婴灌夫，也只得随众鸣谦。嗣由座客举酒酬蚡，也是挨次轮流。待到窦婴敬酒，只有故人避席，余皆膝席。古人尝席地而坐，就是宾朋聚宴，也是如此。膝席是膝跪席上，聊申敬意，比不得避席的谦恭。灌夫瞧在眼里，已觉得座客势利，心滋不悦，及轮至灌夫敬酒，到了田蚡面前，蚡亦膝席相答，且向夫说道："不能满觞！"夫忍不住调笑道："丞相原是当今贵人，但此觞亦应毕饮。"蚡不肯依言，勉强喝了一半。夫不便再争，乃另敬他客，依次挨到临汝侯灌贤。灌贤方与程不识密谈，并不避席。夫正怀怒意，便借贤泄忿，开口骂道："平日毁程不识不值一钱，今日长者敬酒，反效那儿女子态，絮絮耳语么？"灌贤未及答言，蚡却从旁插嘴道："程李尝并为东西宫卫尉，今当众毁辱程将军，独不为李将军留些余地，未免欺人？"这数语明是双方挑衅，因灌夫素推重李广，所以把程李一并提及，使他结怨两人。偏灌夫性子发作，不肯少耐，竟张目厉声道："今日便要斩头洞胸，夫也不怕！顾什么程将军，李将军？"狂夫任性，有何好处？座客见灌夫闹酒，大杀风景，遂托词更衣，陆续散去。窦婴见夫已惹祸，慌忙用手挥夫，令他出去。谁叫你邀他同来？

夫方趋出，蚡大为懊恼，对众宣言道："这是我平时骄纵灌夫，反致得罪座客，今日不能不稍加惩戒了！"说着，即令从骑追留灌夫，不准出门，从骑奉命，便将灌夫牵回。籍福时亦在座，出为劝解，并使灌夫向蚡谢过。

夫怎肯依从？再由福按住夫项，迫令下拜，夫越加动怒，竟将福一手推开。蚡至此不能再忍，便命从骑缚住灌夫，迫居传舍。座客等未便再留，统皆散去，窦婴也只好退归。蚡却召语长史道："今日奉诏开宴，灌夫乃敢来骂座，明明违诏不敬，应该劾奏论罪！"好一个大题目。长史自去办理，拜本上奏。蚡自思一不做，二不休，索性追究前事，遣吏分捕灌夫宗族，并皆论死。一面把灌夫徙系狱室，派人监守。断绝交通。灌夫要想告讦田蚡，无从得出，只好束手待毙。

独窦婴返回家中，自悔从前不该邀夫同去，现既害他入狱，理应挺身出救。婴妻在侧，问明大略，亟出言谏阻道："灌将军得罪丞相，便是得罪太后家，怎可救得？"婴喟然道："一个侯爵，自我得来，何妨自我失去？我怎忍独生，乃令灌仲孺独死？"说罢，即自入密室，缮成一书，竟往朝堂呈入。有顷，即由武帝传令进见。婴谒过武帝，便言灌夫醉后得罪，不应即诛。武帝点首，并赐婴食，且与语道："明日可至东朝辩明便了。"婴拜谢而出。

到了翌晨，就遵着谕旨，径往东朝。东朝便是长乐宫，为王太后所居，田蚡系王太后母弟，武帝欲审问此案，也是不便专擅，所以会集大臣，同至东朝决狱。婴驰入东朝，待了片刻，大臣陆续趋集，连田蚡也即到来。未几便由武帝御殿，面加质讯，各大臣站列两旁，婴与蚡同至御案前，辩论灌夫曲直。为这一番讼案，有分教：

刺虎不成终被噬，飞蛾狂扑自遭灾。

欲知两人辩论情形，俟至下回再表。

王恢之应坐死罪，前回中已经评论，姑不赘述。唯田蚡私受千金，即恳太后代为缓颊。诚使武帝明哲，便当默察几微，撤蚡相位，别用贤良，岂徒拒绝所请，即足了事耶？况壹意诛恢，亦属有激使然。非真知有公不知有私也。窦婴既免相职，正可退居林下，安享天年，乃犹溷迹都中，流连不去，果胡为者！且灌夫好酒使性，引与为友，益少损多，无端而亲田蚡，无端而忤田蚡，又无端而仇田蚡，卒至招尤取辱，同归于尽，天下之刚愎自用者，皆可作灌夫观！天下之游移无主者，亦何不可作窦婴观也？田蚡不足责，窦婴灌夫，其亦自贻伊戚乎！

第六十四回　遭鬼祟田蚡毙命
抚夷人司马扬镳

却说窦婴田蚡，为了灌夫骂座一事，争论廷前。窦婴先言灌夫曾有大功，不过醉后忘情，触犯丞相，丞相竟挟嫌诬控，实属非是。田蚡却继陈灌夫罪恶，极言夫纵容家属，私交豪猾，居心难问，应该加刑，两人辩论多时，毕竟窦婴口才，不及田蚡，遂致婴忍耐不住，历言蚡骄奢无度，贻误国家。蚡随口答辩道："天下幸安乐无事，蚡得叨蒙恩遇，置田室，备音乐，畜倡优，弄狗马，坐享承平，但却不比那魏其灌夫，日夜招聚豪猾，秘密会议，腹诽心谤，仰视天，俯画地，睥睨两宫间，喜乱恶治，冀邀大功。这乃蚡不及两人，望陛下明察！"舌上有刀。武帝见他辩论不休，便顾问群臣，究竟孰是孰非？群臣多面面相觑，未敢发言。只御史大夫韩安国启奏道："魏其谓灌夫为父死事，只身荷戟，驰入吴军，身被数十创，名冠三军，足为天下壮士，现在并无大恶，不过杯酒争论，未可牵入他罪，诛戮功臣，这言也未尝不是。丞相乃说灌夫通奸猾，虐细民，家资累万，横恣颍川，恐将来枝比干大，不折必披，丞相言亦属有理。究竟如何处置，应求明主定夺！"武帝默然不答，又有主爵都尉汲黯，及内史郑当时，相继上陈，颇为窦婴辩护，请武帝曲宥灌夫。蚡即怒目注视两人，汲黯素来刚直，不肯改言，郑当时生得胆小，遂致语涉游移。武帝也知田蚡理屈，不过碍着太后面子，未便斥蚡，因借郑当时泄忿道："汝平日惯谈魏其武安长短，今日廷论，乃局促效辕下驹，究怀何意，我当一并处斩方好哩！"郑当时吓得发颤，缩做一团，此外还有何人，再敢饶舌，乐得寡言免尤。保身之道莫逾于此。武帝拂袖起座，掉头趋入，群臣自然散归，窦婴亦去。

田蚡徐徐引退，走出宫门，见韩安国尚在前面，便呼与同载一车，且呼安国表字道："长孺，汝应与我共治一秃翁，窦婴年老发秃。为何首鼠两端？"首鼠系一前一却之意。安国沉吟半晌，方答说道："君何不自谦？魏其既说君短，君当免冠解印，向主上致谢道：'臣幸托主上肺腑，待罪宰相，愧难胜任，魏其所言皆是，臣愿免职。'如此进说，主上必喜君能让，定然慰留，魏其亦自觉怀惭，杜门自杀。今人毁君短，君亦毁人，好似乡村妇孺，互相口角，岂不是自失大体么？"田蚡听了，也觉得自己性急，乃对韩安国谢过道："争辩时急不暇择，未知出此。长孺幸勿怪我呢！"及田蚡还第，安国当然别去，蚡回忆廷争情状，未能必胜，只好暗通内线，请太后出来作主，方可推倒窦婴。乃即使人进白太后，求为援助。

王太后为了此事，早已留心探察，闻得朝议多袒护窦婴，已是不悦，及蚡使人入白，越觉动怒，适值武帝入宫视膳，太后把箸一掷，顾语武帝道："我尚在世，人便凌践我弟，待我百年后，恐怕要变做鱼肉了！"妇人何知大体？武帝忙上前谢道："田窦俱系外戚，故须廷论；否则并非大事，一狱吏便能决断了。"王太后面色未平，武帝只得劝她进食，说是当重惩窦婴。及出宫以后，郎中令石建复与武帝详言田窦事实，武帝原是明白，但因太后力护田蚡，不得不从权办理。事父母几谏，岂可专徇母意？乃再使御史召问窦婴，责他所言非实，拘留都司空署内。都司空系汉时宗正属官。婴既被拘，怎能再营救灌夫，有司希承上旨，竟将灌夫拟定族诛。这消息为婴所闻，越加惊惶，猛然记得景帝时候，曾受遗诏云："事有不便，可从便宜上白。"此时无法解免，只好把遗诏所言，叙入奏章，或得再见武帝，申辩是非。会有从子入狱探视，婴即与说明，从子便去照办，即日奏上。武帝览奏，命尚书复查遗诏，尚书竟称查无实据，只有窦婴家丞，封藏诏书，当系由婴捏造，罪当弃市等语。武帝却知尚书有意陷婴，留中不发，但将灌夫处死，家族骈诛，已算对得住太后母舅。待至来春大赦，便当将婴释放。婴闻尚书劾他矫诏，自知越弄越糟，不如假称风疾，绝粒自尽。嗣又知武帝未曾批准，还有一线生路，乃复饮食如常。哪知田蚡煞是利害，只恐窦婴不死，暗中造出谣言，诬称婴在狱怨望，肆口讪谤。一时传入宫中，致为武帝所闻，不禁怒起，饬令将婴斩首，时已为十二月晦日。可怜婴并无死罪，冤冤枉枉的被蚡播弄，陨首渭城，就是灌夫触忤田蚡，也没有什么大罪，偏把他身诛族灭，岂非奇冤，两道冤气，无从伸雪，当然要扑到田蚡身上，向他索命。

元光五年春月，蚡正志得气骄，十分快活，出与诸僚吏会聚朝堂，颐指气使，入与新夫人食前方丈，翠绕珠围，朝野上下，哪个敢动他毫毛，偏偏两冤鬼寻入相府，互击蚡身，蚡一声狂叫，扑倒地上，接连呼了几声知罪，竟致晕去，妻妾仆从等，慌忙上前施救，一面延医诊治，闹得一家不宁，好多时才得苏醒。还要他吃些苦楚，方肯死去。口眼却能开闭，身子却不能动弹。当由家人舁至榻上，昼夜呻吟，只说浑身尽痛，无一好肉。有时狂言谵语，无非连声乞恕，满口求饶。家中虽不见有鬼魅，却亦料他为鬼所祟，代他祈祷，始终无效。武帝亲往视疾，也觉得病有奇异，特遣术士看验虚实，复称有两鬼为祟，更迭笞击，一是窦婴，一是灌夫，武帝叹息不已，就是王太后亦追悔无及。约莫过了三五天，蚡满身青肿，七窍流血，呜呼毕命！报应止及一身。还是田氏有福。武帝乃命平棘侯薛泽为丞相，待后再表。

且说武帝兄弟，共有十三人，皆封为王，临江王阏早死，接封为故太子荣，被召自杀，江都王非，广川王越，清河王乘，亦先后病亡。累见前文。尚有河间王德，鲁王余，胶西王端，赵王彭祖，中山王胜，长沙王发，胶东王寄，常山王舜，受封就国，并皆无恙。就中要算河间王德，为最贤，德修学好古，实事求是，尝购求民间遗书，不吝金帛，因此古文经籍，先秦旧书，俱由四方奉献，所得甚多。平时讲习礼乐，被服儒术，造次不敢妄为，必循古道。元光五年，入朝武帝，面献雅乐，对三雍宫，辟雍，明堂，灵台，号三雍宫，对字联属下文。及诏策所问三十余事，统皆推本道术，言简意赅。武帝甚为嘉叹，并饬太常就肄雅声，岁时进奏。已而德辞别回国，得病身亡，中尉常丽，入都讣丧，武帝不免哀悼，且称德身端行治，应予美谥。有司应诏复陈，援据谥法，谓聪明睿知曰献，可即谥为献王，有诏依议，令王子不害嗣封。河间献王，为汉代贤王之一。故特笔提叙。

河间与鲁地相近，鲁秉礼义，尚有孔子遗风，只鲁王余，自淮阳徙治，不好文学，只喜宫室狗马等类，甚且欲将孔子旧宅，尽行拆去，改作自己宫殿。当下亲自督工，饬令毁壁，见壁间有藏书数十卷，字皆作蝌蚪文，鲁王多不认识，却也称奇。嗣入孔子庙堂，忽听得钟磬声，琴瑟声，同时并作，还疑里面有人作乐，及到处搜寻，并无人迹，唯余音尚觉绕梁，吓得鲁王余毛发森竖，慌忙命工罢役，并将坏壁修好，仍使照常，所有壁间遗书，给还孔裔，上车自去。相传遗书为孔子八世孙子襄所藏，就是《尚书》《礼记》《论语》《孝经》等书，当时欲避秦火，因将原简置入壁内，至此才得发现，故后人号为壁经。毕竟孔圣有灵，保全祠宇。鲁王余经此一吓，方不敢藐视儒宗。但旧时一切嗜好，相沿不改，费用不足，往往妄取民间。亏得鲁相田叔，弥缝王阙，稍免怨言。田叔自奉命到鲁，见前文。便有人民拦舆诉讼，告王擅夺民财，田叔佯怒道："王非汝主么？怎得与王相讼！"说着，即将为首二十人，各笞五十，余皆逐去。鲁王余得知此事，也觉怀惭，即将私财取出，交与田叔，使他偿还人民。还是好王。田叔道："王从民间取来，应该由王自偿。否则，王受恶名，相得贤声？窃为王不取哩！"鲁王依言，乃自行偿还，不再妄取。独逐日游畋，成为习惯。田叔却不加谏阻，唯见王出猎，必然随行，老态龙钟，动致喘息。鲁王余却还敬老，辄令他回去休息。他虽当面应允，步出苑外，仍然露坐相待。有人入报鲁王，王仍使归休，终不见去。待至鲁王猎毕，出见田叔，问他何故留着？田叔道："大王且暴露苑中，臣何敢就舍？"说得鲁王难以为情，便同与载归，稍知敛迹。未几田叔病逝，百姓感他厚恩，凑集百金，送他祭礼。叔少子仁，却金不受，对众作谢道："不敢为百金累先人名！"众皆叹息而退。鲁王余也得优游卒岁，不致负愆。这也是幸得田叔，辅导有方，所以保全富贵，颐养终身哩。叙入此段，全为田叔扬名。

武帝因郡国无事，内外咸安，乃复拟戡定蛮夷，特遣郎官司马相如，往抚巴蜀，通道西南。先是王恢出征闽越，见六十二回。曾使番阳令唐蒙，慰谕南越，南越设席相待，肴馔中有一种枸酱，味颇甘美。枸亦作蒟，音矩，草名，缘木而生，子可作酱。蒙问明出处，才知此物由牂牁江运来。牂牁江西达黔中，距南越不下千里，输运甚艰，如何南越得有此物？所以蒙虽知出处，尚觉怀疑。及返至长安，复问及蜀中贾人，贾人答道："枸酱出自蜀地，并非出自黔中，不过土人贪利，往往偷带此物，卖与夜郎国人。夜郎是黔中小国，地临牂牁江，尝与南越交通，由江往来，故枸酱遂得送达。现在南越屡出财物，羁縻夜郎，令为役属，不过要他甘心臣服，尚非易事呢。"蒙听了此言，便想拓地徼功，即诣阙上书，略云：

南越王黄屋左纛，地东西万余里，名为外臣，实一州主也。今若就长沙豫章，通道南越，水绝难行。窃闻夜郎国所有精兵，可得十万，浮舰牂牁，出其不意，亦制越一奇也。诚以大汉之强，巴蜀之饶，通夜郎道，设官置吏，则取南越不难矣。谨此上闻。

武帝览书，立即允准，擢蒙为中郎将，使诣夜郎。蒙多带缯帛，调兵千人为卫，出都南下。沿途经过许多险阻，方至巴地筰关，再从筰关出发，才入夜郎国境。夜郎国王，以竹为姓，名叫多同，向来僻处南方，世人号为南夷。南夷部落，约有十余，要算夜郎最大。素与中国不通闻问，所以夜郎王坐井观天，还道是世界以上，唯我独尊。后世相传夜郎自大，便是为此。及唐蒙入见，夜郎王多同，得睹汉官威仪，才觉相形见绌。蒙更极口铺张。具说汉朝如何强盛，如何富饶，又把缯帛取置帐前，益显得五光十色，锦绣成章。夜郎王见所未见，闻所未闻，不由的瞠目伸舌，愿听指挥。比南越何如？蒙乃叫他举国内附，不失侯封，并可使多同子为县令，由汉廷置吏为助。多同甚喜，召集附近诸部酋，与他说明。各部酋见汉缯帛，统是垂涎，且因汉都甚远，料不至发兵进攻，乃皆怂恿多同，请依蒙约。多同遂与蒙订定约章，蒙即将缯帛分给，告别还都。入朝复命，武帝闻报，遂特置键为郡，统辖南夷，复命蒙往治道路，由僰音卜。道直达牂牁江。蒙再至巴蜀，调发士卒，督令治道，用着军法部勒，不得少懈，逃亡即诛。地方百姓，大加惶惑，遂至讹言百出，物议沸腾。

事为武帝所闻，不得不另派妥员，出去宣抚，自思司马相如本是蜀人，应该熟悉地方情形，派令出抚，较为妥当。乃使相如赴蜀，一面责备唐蒙，一面慰谕人民。相如驰至蜀郡，凭着那粲花妙手，作了一篇檄文，晓谕各属，果得地方谅解，渐息浮言。莫谓毛锥无用。可巧西夷各部，闻得南夷内附，多蒙赏赐，也情愿仿照办法，归属汉朝，当即与蜀中官吏通书，表明诚意，官吏自然奏闻。武帝正拟派使调查，适相如由蜀还朝，正好问明原委。相如奏对道："西夷如印莋音昨。冉駹，并称大部，地近蜀郡，容易交通，秦时尝通道置吏，尚有遗辙。今若规复旧制，更置郡县。比南夷还要较胜哩。"武帝甚喜，即拜相如为中郎将，持节出使，令王然于壶充国吕越人为副，分乘驿车四辆，往抚西夷。

此次相如赴蜀，与前次情形不同。前次官职尚卑，又非朝廷特派正使，所以地方官虽尝迎送，不过照例相待，没甚殷勤。到了此次出使，前导后呼，拥旌旄，饰舆卫，声威赫濯，冠冕堂皇。一入蜀郡，太守以下，俱出郊远迎，县令身负弩矢，作为前驱。道旁士女，无不叹羡，就是临印富翁卓王孙，亦邀同程郑诸人，望风趋集，争献牛酒。相如尚高自位置，托言皇命在身，不肯轻与相见。卓王孙等只好恳求从吏，表示殷勤。相如才不便却还牛酒，特使从吏向他复报，全数收受。卓王孙还道相如有情，竟肯赏受，自觉得叨受光荣，对着同来诸亲友，喟然叹息道："我不意司马长卿，果有今日！"诸亲友齐声附和，盛称文君眼光，毕竟过人。就是卓王孙拈须自思，也悔从前目光短小，未知当筵招赘，以致诸多唐突，不但对不住相如，并且对不住自己女儿！并非从前寡识，实是始终势利，故先后不同。于是顺道访女，即将文君接回临印。昔日当垆，今日乘轩，也不枉一番慧眼，半世苦心。褒中寓贬。卓王孙复分给家财，与子相等。红颜有幸，因贵致富，相如亦得为妻吐气，安心西行。及驰入西夷境内，也是照着唐蒙老法，把车中随带的币物，使人赍去，分给西夷。印莋冉駹各部落，原是为了财帛，来求内附。此时既得如愿，当然奉表称臣。于是拓边关，广绝域，西至沫若水，南至牂牁江，凿灵山道，架桥孙水，直达印都。共设一都尉，十县令，归蜀管辖。规划已毕，仍从原路回蜀。

蜀中父老，本谓相如凿通西夷。无甚益处。原是无益。经相如作文诘难，蜀父老始不敢多言。卓王孙闻相如归来，亟将文君送至行辕，夫妻相见，旧感新欢，不问可知。相如遂挈文君至长安，自诣朝堂复命。武帝大悦，慰劳有加，相如亦沾沾自喜，渐有骄色。偏同僚从旁加忌，劾他出使时私受赂金，竟致坐罪免官。相如遂与文君寓居茂陵，不复归蜀。后来武帝又复记着，再召为郎。偶从武帝至长杨宫射猎，武帝膂力方刚，辄亲击熊豕，驰逐野兽，相如上书谏阻，颇合上意，乃罢猎而还。路过宜春宫，系是秦二世被弑处，相如又作赋凭吊，奏闻武帝。武帝览辞叹赏，因拜相如为孝文园令。既而武帝好仙，相如又呈入一篇《大人赋》，借谀作规。武帝见相如文，往往称为奇才。才人多半好色，相如前时勾动文君，全为好色起见，及文君华色渐衰，相如又有他念，欲纳茂陵女为妾，嗣得文君"白头吟"，责他薄幸，方才罢议。未几消渴病发，乞假家居，好多时不得入朝。忽由长门宫遣出内侍，赍送黄金百斤，求相如代作一赋。相如问明来使，得悉原因，免不得挥毫落墨，力疾成文。小子有诗叹道：

富贵都从文字邀，入都献赋姓名标。
词人翰墨原推重，可惜长门已寂廖！

究竟相如作赋，是为何人费心，待至下回再叙。

鬼神非尽有凭，而报应却真不爽，田蚡以私憾而族灌夫，杀窦婴，假使作威作福，长享荣华，则世人尽可逞刁，何苦行善？观其暴病之来，非必窦婴灌夫之果为作祟，然天夺之魄而益其疾，使其自呼服罪，痛极致亡，乃知善恶昭彰，无施不报，彼田蚡之但毙一身，未及全族，吾犹不能不为窦灌呼冤也。西南夷之通道，议者辄以好大喜功，为汉武咎，吾谓拓边之举，非不可行，误在知拓土而不知殖民，徒买服而未尝柔服耳。若司马相如之入蜀，蜀中守令，郊迎前驱，卓王孙辈，争送牛酒，恍如苏季之路过洛阳，后先一辙。炎凉世态，良可慨也！本回曲笔描摹，觉流俗情形，跃然纸上。

第六十五回　窦太主好淫甘屈膝　公孙弘变节善承颜

却说司马相如，因病家居，只为了长门宫中，赠金买赋，不得已力疾成文，交与来使带回。这赋叫做《长门赋》，乃是皇后被废，尚思复位，欲借那文人笔墨，感悟主心，所以不惜千金，购求一赋。皇后为谁？就是窦太主女陈阿娇。陈后不得生男，又复奇妒，自与卫子夫争宠后，竟失武帝欢心。见前文。子夫越加得宠，陈后越加失势，穷极无聊，乃召入女巫楚服，要她设法祈禳，挽回武帝心意。楚服满口承认，且自夸玄法精通，能使指日有效。陈后是个女流见识，怎知她妄语骗钱？便即叫她祈祷起来。楚服遂号召徒众，设坛斋醮，每日必入宫一二次，喃喃诵咒，不知说些什么话儿。好几月不见应验，反使武帝得知消息，怒不可遏，好似火上添油一般。当下彻底查究，立将楚服拿下，饬吏讯鞫，一吓二骗，不由楚服不招，依词定谳，说她为后咒诅，大逆无道，罪应枭斩。此外尚有一班徒众，及宫中女使太监，统皆连坐，一概处死。这篇谳案奏将上去，武帝立即批准，便把楚服推出市曹，先行枭首，再将连坐诸人，悉数牵出，一刀一个，杀死至三百余人。楚服贪财害命，咎由自取，必连坐至三百余人，冤乎不冤？陈后得报，吓得魂不附体，数夜不曾合眼，结果是册书被收，玺绶被夺，废徙长门宫，窦太主也觉惭惧，忙入宫至武帝前，稽颡谢罪。武帝尚追念旧情，避座答礼，并用好言劝慰，决不令废后吃苦，窦太主乃称谢而出。

本来窦太主是武帝姑母，且有拥立旧功，应该入宫谯责，为何如此谦卑，甘心屈膝？说来又有一段隐情，从头细叙，却是汉史中的秽闻。窦太主尝养一弄儿，叫做董偃。偃母向以卖珠为业，得出入窦太主家，有时挈偃同行，进谒太主。太主见他童年貌美，齿白唇红，不觉心中怜爱。询明年龄，尚只一十三岁，遂向偃母说道："我当为汝教养此儿。"偃母听了此言，真是喜从天降，忙即应声称谢。窦太主便留偃在家，令人教他书算，并及骑射御车等事。偃却秀外慧中，有所授受，无不心领神会，就是侍奉窦太主，亦能曲承意旨，驯谨无违。光阴易过，又是数年，窦太主夫堂邑侯陈午病歿，一切丧葬，皆由偃从中襄理。井井有条。窦太主年过五十，垂老丧夫，也是意中情事，算不得什么苦孀。偏她生长皇家，华衣美食，望去尚如三十许人，就是她的性情，也还似中年时候，不耐嫠居。可巧得了一个董偃，年已十八，出落得人品风流，多能鄙事，自从陈午逝世，偃更穿房入户，不必避嫌。窦太主由爱生情，居然降尊就卑，引同寝处。偃虽然不甚情愿，但主人有命，未敢违慢，只好勉为效力，日夕承欢。老妇得了少夫，自然惬意，当即替他行了冠礼，肆筵设席，备极奢华。不如行合婚礼，较为有名。一班趋炎附势的官僚，相率趋贺。区区卖珠儿，得此奇遇，真是梦想不到。窦太主恐贻众谤，且令偃广交宾客，笼络人心，所需资财，任令恣取，必须每日金满百斤，钱满百万，帛满千匹，方须由自己裁夺。偃好似得了金窟，取不尽，用不竭，乐得任情挥霍，遍结交游。就是名公臣卿，亦与往来，统称偃为董君。

安陵人袁叔，系袁盎从子，与偃友善，无隐不宣。一日密与偃语道："足下私侍太主，蹈不测罪，难道能长此安享么？"偃被他提醒。皱眉问计。袁叔道："我为足下设想，却有一计在此，顾城庙系汉祖祠宇，文帝庙。旁有揪竹籍田，主上岁时到此，恨无宿宫，可以休息。唯窦太主长门园与庙相近，足下若预白太主，将此园献与主上，主上必喜，且知此意出自足下，当然记功赦过，足下便可高枕无忧了。"偃欣然受教，入告窦太主，窦太主也是乐从，当日奉书入奏，愿献长门园，果然武帝改园为宫，袁叔却从中取巧，坐得窦太主赠金一百斤。可谓计中有计。

已而陈后被废，出居长门宫中，尚觉生死难卜，窦太主为亲女计，复为自己计，没奈何婢颜奴膝，入求武帝，至武帝面加慰谕，方才安心回家。袁叔复替偃划策，再向偃密进秘谋，偃即转告窦太主，令她装起假病，连日不朝。武帝怎知真伪？亲自探疾，问她所欲，窦太主故意唏嘘，且泣且谢道：“妾蒙陛下厚恩，先帝遗德，列为公主，赏赐食邑，天高地厚，愧无以报，设有不测，先填沟壑，遗恨实多！故窃有私愿，愿陛下政躬有暇，养精游神，随时临妾山林，使妾得奉觞上寿，娱乐左右，妾虽死亦无恨了！”武帝答说道：“太主何必忧虑，但愿早日病愈，自当常来游宴，不过群从太多，免不得要太主破费哩。”窦太主谢了又谢，武帝即起驾还宫。过了数日，窦太主便自称病愈，进见武帝。武帝却命左右取钱千万，给与窦太主，一面设宴与饮。席间谈笑，暗寓讽词，窦太主知他言中有意，却也未尝抵赖，含糊答了数语，宴毕始归。又阅数日，武帝果亲临窦太主家，窦太主闻御驾将到，急忙脱去华衣，改穿贱服，下身着了一条蔽膝的围裙，仿佛与灶下婢相似，乃出门伫候，待至武帝到来，伛偻迎入，登阶就座。武帝见她这般服饰，已是一眼窥透，便笑语窦太主道：“愿谒主人翁！”天子无戏言，奈何武帝不知？窦太主听着，不禁赧颜，下堂跪伏，自除簪珥，脱履叩首道：“妾自知无状，负陛下恩，罪当伏诛，陛下不忍加刑，愿顿首谢罪！”亏她老脸。武帝又微笑道：“太主不必多礼，且请主人翁出来，自有话说。”窦太主乃起，戴簪著履，步往东厢，引了董偃，前谒武帝。偃首戴绿帻，臂缠青鞲，皆厨人服。随窦太主至堂下，惶恐匍匐。窦太主代为致辞道：“馆陶公主庖人臣偃，昧死拜谒！”好一个厨宰。武帝笑着，特为起座，嘱赐衣冠，上堂与宴。偃再拜起身，入著衣冠。窦太主吩咐左右，开筵飨帝，奉食进觞，偃亦出来进爵，武帝一饮而尽，且顾左右斟酒，回敬主人，并命与窦太主分坐侍饮。居然是敕赐为夫妇。窦太主格外献媚，引动武帝欢心，饮至日落西山，方才撤席。及车驾将行，窦太主又献出许多金银杂缯，请武帝颁赐将军列侯从官，武帝应声称善，顾命从骑搬运了去。次日即传诏分赐，大众得了财帛，都感窦太主厚惠，无不倾心。窦太主本来贪财，所以平时积贮，不可胜计，且自窦太后去世，遗下私财，都归窦太主受用，此次为了董偃一人，却毫不吝惜，买动舆情，俗语有言，钱可通灵，无论何等人物，总教慷慨好施，自然人人凑奉，争相趋集。况且偃一时贵宠，连天子都叫他主人翁，还有何人再敢轻视？因此远近闻风，争投董君门下，其实这般做作，统是袁叔教他的妙计。总束一句。不烦琐叙。

窦太主既显出丑事，遂公然带偃入朝。武帝亦爱偃伶俐，许得自由往返，偃从此出入宫禁，亲近天颜，尝从武帝游戏北宫，驰逐平乐，系上林苑中台观名。狎狗马，戏蹴鞠，大邀主眷。会窦太主复入宫朝谒，武帝特为置酒宣室，召偃共饮，与主合欢。可巧东方朔执戟为卫，侍立殿侧，闻武帝使人召偃，亟置戟入奏道：“董偃有斩罪三，怎得进来？”武帝问为何因？朔申说道：“偃以贱臣私侍太主，便是第一大罪；败常渎礼，敢违王制，便是第二大罪；陛下春秋日富，正应披览六经，留心庶政，偃不遵经劝学，反以靡丽纷华，蛊惑陛下，是乃国家大贼，人主火蜮，罪无逾此，死有余辜！陛下不责他三罪，还要引进宣室，臣窃为陛下生忧哩！”朝阳鸣凤。武帝默然不应，良久方答说道：“此次不妨暂行，后当改过。”朔正色道：“不可不可！宣室为先帝正殿，非正人不得引入，自来篡逆大祸，多从淫乱酿成，竖刁为淫，齐国大乱，庆父不死，鲁难未平，陛下若不预防，祸胎从此种根了！”武帝听说，也觉悚然，当即点首称善，移宴北宫，命董偃从东司马门入宴，改称东司马门为东交门。改名曰交，适自增丑。唯武帝天姿聪颖，一经旁人提醒，便知董偃不是好人，赐朔黄金三十斤，不复宠偃。后来窦太主年逾六十，渐渐的头童齿豁，不合浓妆，董偃甫及壮年，怎肯再顾念老妪，不去寻花问柳？窦太主怨偃负情，屡有责言，武帝乘机罪偃，把他赐死。偃年终三十，窦太主又活了三五年，然后病殁。武帝竟令二人合葬霸陵旁。霸陵即文帝陵，见前文。

只废后陈氏，心尚未死，暗思老母做出这般歹事，尚能巧计安排，不致获谴，自己倘能得人斡旋，或即挽回主意，亦未可知，犹记从前在中宫时，尝闻武帝称赞相如，因此不惜重金，买得一赋，命宫人日日传诵，冀为武帝所闻，感动旧念。哪知此事与乃母不同，乃母所为，无人作梗，自己有一卫氏在内，做了生死的对头，怎肯令武帝再收废后？所以“长门赋”虽是佳文，挽不转汉皇恩意，不过陈氏的饮食服用，总由有司按时拨给，终身无亏。到了窦太主死后，陈氏愈加悲郁，不久亦即病死了。收束净尽。

话分两头，且说陈废后巫蛊一案，本来不至株连多人，因有侍御史张汤参入治狱，主张严酷，所以锻炼周纳，连坐至三百余名。汤系杜陵人氏，童年敏悟，性最刚强。乃父尝为长安丞，有事外出，嘱汤守舍。汤尚好嬉戏，未免疏忽。至乃父回来，见厨中所藏食肉，被鼠啮尽，不禁动怒，把汤笞责数下。汤为鼠遭笞，很不甘心，遂熏穴寻鼠。果有一鼠跃出，被汤用铁网罩住，竟得捕获。穴中尚有余肉剩着，也即取出，戏做一篇谳鼠文，将肉作证，处他死刑，磔毙堂下。父见他谳鼠文辞，竟与老狱吏相似，暗暗惊奇，当即使习刑名，抄写案牍。久久练习，养成一个法律家。嗣为中尉宁成掾属。宁成为有名酷吏，汤不免效尤，习与性成，尚严务猛。及入为侍御史，与治巫蛊一案，不管人家性命，一味罗织，害及无辜。武帝还道他是治狱能手，升任大中大夫，同时又有中大夫赵禹，亦尚苛刻，与汤交好，汤尝事禹如兄，交相推重，武帝遂令两人同修律令，加添则例，特创出见知故纵法，钳束官僚。凡官吏见人犯法，应即出头告发，否则与犯人同罪，这就是见知法。问官断狱，宁可失入，不可失出，失出便是故意纵犯，应该坐罪，这叫作故纵法。自经两法创行，遂致狱讼繁苛，赭衣满路。汤又巧为迎合，见武帝性好文学，就附会古义，引作狱辞。又请令博士弟子，分治《尚书》《春秋》。

《春秋》学要算董仲舒，武帝即位，曾将他拔为首选，出相江都。见前文。江都王非，本来骄恣不法，经仲舒从旁匡正，方得安分终身。哪知有功不赏，反且见罚，竟因别案牵连，被降为中大夫。无非是不善逢迎。建元六年，辽东高庙及长陵高园殿两处失火，仲舒援据春秋，推演义理。属稿方就，适辩士主父偃过访，见着此稿，竟觑隙窃去，背地奏闻。武帝召示诸儒，儒生吕步舒，本是仲舒弟子，未知稿出师手，斥为下愚。偃始说出仲舒所作，且劾他语多讥刺，遂致仲舒下狱，几乎论死。偃之阴险如此，怎能善终？幸武帝尚器重仲舒，特诏赦罪，仲舒乃得免死。但中大夫一职，已从此褫去了。

先是菑川人公孙弘，与仲舒同时被征，选为博士，嗣奉命出使匈奴，还白武帝，不合上意，没奈何托病告归。至元光五年，复征贤良文学诸士，菑川国又推举公孙弘。弘年将八十，精神尚健，筋力就衰，且经他前次蹉跌，不愿入都，无奈国人一致怂恿，乃襆被就道，再至长安，谒太常府中对策。太常先评甲乙，见他语意近迂，列居下第，仍将原卷呈入。偏武帝特别鉴赏，擢居第一，随即召入，面加咨询。弘预为揣摩，奏对称旨，因复拜为博士，使待诏金马门。齐人辕固，时亦与选，年已九十有余，比弘貌还要高古。弘颇怀妒意，侧目相视。辕固本与弘相识，便开口戒弘道：“公孙子，务正学以立言，毋曲学以阿世！”弘佯若不闻，掉头径去。辕固老不改行，前为窦太后所不容，见前文。此次又为公孙弘等所排斥，仍然罢归。独公孙弘重入都门，变计求合，曲意取容，第一着是逢迎主上，第二着是结纳权豪。他见张汤方得上宠，屡次往访，与通声气。又因主爵都尉汲黯，为武帝所敬礼，亦特与结交。

汲黯籍隶濮阳，世为卿士，生平治黄老言，不好烦扰，专喜谅直。初为谒者，旋迁中大夫，继复出任东海太守，执简御民，卧病不出，东海居然大治。武帝闻他藉藉有声。又诏为主爵都尉。名列九卿。当田蚡为相时，威赫无比，僚吏都望舆下拜，黯不屑趋承，相见不过长揖，蚡亦无可如何。武帝尝与黯谈论治道，志在唐虞，黯竟直答道："陛下内多私欲，外施仁义，奈何欲效唐虞盛治呢！"一语中的。武帝变色退朝，顾语左右道："汲黯真一个憨人！"朝臣见武帝骤退，都说黯言不逊，黯朗声道："天子位置公卿，难道叫他来作谀臣，陷主不义么？况人臣既食主禄，应思为主尽忠，若徒爱惜身家，便要贻误朝廷了！"说毕，夷然趋出。武帝却也未尝加谴，及唐蒙与司马相如，往通西南夷，黯独谓徒劳无益，果然治道数年，士卒多死，外夷亦叛服无常。适公孙弘入都待诏，奉使往视，至还朝奏报，颇与黯议相同。偏武帝不信弘言，再召群臣会议，黯也当然在列。他正与公孙弘往来，又见弘与已同意，遂在朝堂预约，决议坚持到底，弘已直认不辞。哪知武帝升殿，集众开议，弘竟翻去前调，但说由主圣裁。顿时恼动黯性，厉声语弘道："齐人多诈无信，才与臣言不宜通夷，忽又变议，岂非不忠！"武帝听着，便问弘有无食言？弘答谢道："能知臣心，当说臣忠；不知臣心，便说臣不忠！"老奸巨猾。武帝颔首退朝，越日便迁弘为左内史。未几又超授御史大夫。小子有诗叹道：

> 八十衰翁待死年，如何尚被利名牵！
> 岂因宣圣遗言在，求富无妨暂执鞭？

欲知后事如何，且至下回分解。

窦太主以五十岁老妪，私通十八岁弄儿，渎伦伤化，至此极矣。武帝不加惩戒，反称董偃为主人翁，是导人淫乱，何以为治？微东方朔之直言进谏，几何不封偃为堂邑侯也。张汤赵禹，以苛刻见宠，无非由迎合主心。公孙弘则智足饰奸，取容当世，以视董子辕固之守正不阿，固大相径庭矣。然笑骂由他笑骂，好官我自为之，古今之为公孙弘者，比比然也。于公孙弘乎何诛？

第六十六回　飞将军射石惊奇
愚主父受金拒谏

却说元光六年，匈奴兴兵入塞，杀掠吏民，前锋进至上谷，当由边境守将，飞报京师。武帝遂命卫青为车骑将军，带领骑兵万人，直出上谷，又使骑将军公孙敖，出代郡，轻车将军公孙贺出云中，骁骑将军李广出雁门。部下兵马，四路一律，李广资格最老，雁门又是熟路，总道是旗开得胜，马到成功。哪知匈奴早已探悉，料知李广不好轻敌，竟调集大队，沿途埋伏，待广纵骑前来，就好将他围住，生擒活捉。广果自恃骁勇，当然急进，匈奴兵佯作败状，诱他入围，四面攻击，任汝李广如何善战，终究是寡不敌众，杀得势穷力竭，竟为所擒。匈奴将士，获得李广，非常欢喜，遂将广缚住马上，押去献功。广知此去死多活少，闭目设谋，约莫行了数十里，只听胡儿口唱凯歌，自鸣得意，偷眼一瞧，近身有个胡儿，坐着一匹好马，便尽力一挣，扯断绳索，腾身急起，跃上胡儿马背，把胡儿推落马下，夺得弓箭，加鞭南驰。胡兵见广走脱，回马急追，却被广射死数人，竟得逃归。代郡一路的公孙敖，遇着胡兵，吃了一个败仗，伤兵至七千余人，也即逃回。公孙贺行至云中，不见一敌，驻扎了好几日，闻得两路兵败，不敢再进，当即收兵回来，总算不折一人。独卫青出兵上谷，径抵笼城，匈奴兵已多趋雁门，不过数千人留着，被青驱杀一阵，却斩获了数百人，还都报捷。全是运气使然。武帝闻得四路兵马，两路失败，一路无功，只有卫青得胜，当然另眼相待，加封关内侯。公孙贺无功无过，置诸不问，李广与公孙敖，丧师失律，并应处斩，经两人出钱赎罪，乃并免为庶人，看官听说！这卫青初次领兵，首当敌冲，真是安危难料，偏匈奴大队，移往雁门，仅留少数兵士，抵敌卫青，遂使青得着一回小小胜仗。这岂不是福星照临，应该富贵么？李广替灾。

事有凑巧，他的同母姊卫子夫，选入宫中。接连生下三女，偏此次阿弟得胜，阿姊也居然生男。正是喜气重重。武帝年已及壮，尚未有子，此次专宠后房的卫夫人，竟得产下麟儿，正是如愿以偿，不胜快慰！三日开筵，取名为据，且下诏命立禖祠。古时帝喾元妃姜源，三妃简狄，皆出祀郊禖，得生贵子。姜源生弃，简狄生契。武帝仿行古礼，所以立祠祭神，使东方朔枚皋等作禖祝文，垂为纪念。一面册立卫子夫为皇后，满朝文武，一再贺喜，说不尽的热闹，忙不了的仪文。唯枚皋为了卫后正位，献赋戒终，却是独具只眼，言人未言。暗伏后文。武帝虽未尝驳斥，究不过视作闲文，没甚注意，并即纪瑞改元，称元光七年为元朔元年。

是年秋月，匈奴又来犯边，杀毙辽西太守，掠去吏民二千余人，武帝方遣韩安国为材官将军，出戍渔阳。部卒不过数千，竟被胡兵围住，安国出战败绩，回营拒守，险些儿覆没全巢，还亏燕兵来援，方得突围东走，移驻右北平。武帝遣使诘责，安国且惭且惧，呕血而亡。讣闻都中。免不得择人接任，武帝想了多时，不如再起李广，使他防边。乃颁诏出去，授广为右北平太守。

广自赎罪还家，与故颍阴侯灌婴孙灌强，屏居蓝田南山中，射猎自娱。尝带一骑兵出饮，深夜方归，路过亭下，正值霸陵县尉巡夜前来，厉声喝止。广未及答言，从骑已代为报名，说是故李将军。县尉时亦酒醉，悍然说道："就是现任将军，也不宜犯夜，何况是故将军呢？"广不能与校，只好忍气吞声，留宿亭下，待至黎明，方得回家。未几即奉到朝命，授职赴任，奏调霸陵尉同行。霸陵尉无从推辞，过谒李广，立被广喝令斩首，广虽数奇，亦非大器。然后上书请罪，武帝方倚重广才，反加慰勉，因此广格外感奋，戒备极严。匈奴不敢进犯，且赠他一个美号，叫做飞将军。

右北平向多虎患，广日日巡逻，一面了敌，一面逐虎，靠着那百步穿杨的绝技，射毙好几个大虫。一日，复巡至山麓，遥望丛草中间，似有一虎蹲着，急忙张弓搭箭，射将过去。他本箭不虚发，当然射着。从骑见他射中虎身，便即过去牵取，谁知走近草丛，仔细一瞧，并不是虎，却是一块大石！最奇怪的是箭透石中，约有数寸，上面露出箭羽，却用手拔它不起。大众互相诧异，返报李广。广亲自往观，亦暗暗称奇，再回至原处注射，箭到石上，全然不受，反将箭镞折断。这大石本甚坚固，箭锋原难穿入，独李广开手一箭，得把石头射穿，后来连射数箭，俱不能入，不但大众瞧着，惊疑不置，就是李广亦莫名其妙，只好拍马自回。但经此一箭，越觉扬名，都说他箭能入石，确具神力，还有何人再敢当锋？所以广在任五年，烽燧无惊，后至郎中令石建病殁，广乃奉召入京，代任郎中令，事见后文。

唯右北平一带，匈奴原未敢相侵，此外边境袤延，守将虽多，没有似李广的声望，匈奴既与汉朝失和，怎肯敛兵不动，所以时出时入，飘忽无常。武帝再令车骑将军卫青，率三万骑出雁门，又使将军李息出代郡。青与匈奴兵交战一场，复斩首虏数千人，得胜而回。青连获胜仗，主眷日隆，凡有谋议，当即照行，独推荐齐人主父偃，终不见用。偃久羁京师，资用乏绝，借贷无门，不得已乞灵文字，草成数千言，诣阙呈入。书中共陈九事，八事为律令，一事谏伐匈奴。大略说是：

> 臣闻怒为逆德，兵为凶器，争为末节，盖务战胜，穷武事者，未有不悔者也。昔秦皇帝并吞六国，务胜不休，尝欲北攻匈奴，不从李斯之谏，卒使蒙恬将兵攻胡，辟地千里，发天下丁男，以守北河，暴兵露师，十有余年，死者不可胜数。又使天下飞刍挽粟，起自负海，转输北河，率三十钟而至一石，男子疾耕，不足于粮饷，女子纺绩，不足于帷幕，百姓靡敝，孤寡老弱，不能相养，天下乃始叛秦也。及高皇帝平定天下，略地于边，闻匈奴聚于代谷之外，而欲击之。御史成进，进谏不听，遂北至代谷，果有平城之围。高帝悔之，乃使刘敬往结和亲，然后天下无兵戈之事。夫匈奴难得而制，非一世也，行盗侵驱，所以为业也，天性固然，上及虞夏商周，固弗程督，禽兽畜之，不比为人。若不上观虞夏殷周之统，而下循近世之失，此臣之所以大恐，百姓之所疾苦也。且夫兵久则变生，事苦则虑易，使边境之民，靡敝愁苦，将吏相疑而外市，故尉佗章邯，得成其私，而秦政不行，权分二子，此得失之效也。故周书曰：安危在出令，存亡在所用。愿陛下熟计之而加察焉！

这封书呈将进去，竟蒙武帝鉴赏，即日召见，面询数语，也觉应对称旨，遂拜偃为郎中。故丞相史严安，与偃同为临淄人，见偃得邀主知，也照样上书，无非是举秦为戒，还有无终人徐乐，也来凑兴，说了一番土崩瓦解的危言，拜本上呈，具由武帝召入，当面奖谕道：“公等前在何处？为何至今才来上书？朕却相见恨晚了！”遂并授官郎中，主父偃素擅辩才，前时尝游说诸侯，不得一遇，至此时来运凑，因言见幸，乐得多说几语，连陈数书。好在武帝并不厌烦，屡次采用，且屡次超迁。俄而使为谒者，俄而使为中郎，又俄而使为中大夫，为期不满一载，官阶竟得四迁，真是步步青云，联梯直上。严安徐乐，并皆瞠乎落后，让着先鞭。偃越觉兴高采烈，遇事敢言。适梁王刘襄，刘买子。与城阳王刘延，刘章孙。先后上书，愿将属邑封弟，偃即乘机献议道：

> 古者诸侯，地不过百里，强弱之形易制，今诸侯或连城数十，地方千里，缓则骄奢，易为淫佚，急则恃强合纵，以逆京师，若依法割削，则逆节萌起，前日晁错是也。今诸侯子弟或十数。而嫡嗣代立，余虽骨肉，无尺地之封，则仁孝之道不宣。愿陛下令诸侯推恩，分封子弟，以地侯之，彼人人喜得所愿，靡不感德。实则国土既分，无尾大不掉之弊，安上全下，无逾于此。愿陛下采择施行！

武帝依议，先将梁王城阳王奏牍，一律批准，并令诸侯得分国邑，封子弟为列侯，因此远近藩封，削弱易制，比不得从前骄横了。贾长沙早有此议，偃不过拾人牙慧，并非奇谋，然尚有淮南之叛。元朔二年春月，匈奴又发兵侵边，突入上谷渔阳，武帝复遣卫青李息两将军，统兵出讨，由云中直抵陇西，屡败胡兵，击退白羊楼烦二王，阵斩敌首数千，截获牛羊百余万，尽得河套南地。捷书到达长安，武帝大悦，即派使犒劳两军。嗣由使臣返报，归功卫青。无非趋奉卫皇后。因下诏封青为长平侯，连青属下部将，亦邀特赏。校尉苏建，得封平陵侯，张次公得封岸头侯。

主父偃复入朝献策，说是河南地土肥饶，外阻大河，秦时蒙恬尝就地筑城，控制匈奴，今可修复故塞，特设郡县，内省转输，外拓边陲，实是灭胡的根本云云。但知迎合主心，不管前后矛盾。武帝见说，更命公卿会议，大众多有异言。御史大夫公孙弘，且极力驳说道：“秦时尝发三十万众筑城北河，终归无成，今奈何复蹈故辙呢？”武帝不以为然，竟从偃策，特派苏建，调集丁夫，筑城缮塞，因河为固，特置朔方五原两郡，徙民十万口居住。自经此次兴筑，费用不可胜计，累得府库日竭，把文景两朝的蓄积，搬发一空了。

主父偃又请将各地豪民，徙居茂陵。茂陵系武帝万年吉地，在长安东北，新置园邑，地广人稀，所以偃拟移民居住，谓可内实京师，外销奸猾等语。武帝亦唯言是听，诏令郡国调查富豪，徙至茂陵，不得违延。也是秦朝敝法。郡国自然遵行，陆续派吏驱遣，越是有财有势，越要他赶早启程。时有河内轵人郭解，素有侠名，乃是鸣雌侯许负外孙，短小精悍，动辄杀人。不过他生性慷慨，遇有乡里不平事件，往往代为调停，任劳任怨，甚至自己的身家性命，亦可不顾。因此关东一带，说起郭解二字，无不知名，称为大侠。此次亦名列徙中。解不欲迁居，特托人转恳将军卫青，代为求免。青因入白武帝，但言解系贫民，无力迁徙。偏武帝摇首不答，待至青退出殿门，却笑顾左右道："郭解是一个布衣，乃能使将军说情，这还好算得贫穷么？”青不得所求，只好回复郭解，解未便违诏，没奈何整顿行装，挈眷登程。临行时候，亲友争来饯送，赆仪多至千余万缗，解悉数收受，谢别入关。关中人相率欢迎，无论知与不知，竟与交结，因此解名益盛。会有轵人杨季主子，充当县掾，押解至京，见他拥资甚厚，未免垂涎，遂向解一再需索。解却也慨与，偏解兄子代为不平，竟把杨掾刺死，取去首级。事为杨季主所闻，立命人入京控诉，谁知来人又被刺死，首亦不见。都下出了两件无头命案，当然哄动一时，到了官吏勘验尸身，察得来人身上，尚有诉冤告状，指明凶手郭解，于是案捕首犯，大索茂陵。解闻只潜遁，东出临晋关。关吏籍少翁，未识解面，颇慕解名，一经盘诘，解竟直认不讳。少翁越为感动，竟将他私放出关，嗣经侦吏到了关下，查问少翁，少翁恐连坐得罪，不如舍身全解，乃即自杀。解竟得安匿太原。越年遇赦，回视家属，偏被地方官闻知，把他拿住，再向轵县调查旧事。解虽犯案累累，却都在大赦以前，不能追咎。且全邑士绅，多半为解延誉，只有一儒生对众宣言，斥解种种不法，不意为解客所闻，待他回家时候，截住途中，把他杀死，截舌遁去。为此一案，又复提解讯质。解全未预闻，似应免罪，独公孙弘主张罪解，且说他私结党羽，睚眦杀人，大逆不道，例当族诛。武帝竟依弘言，便命把郭解全家处斩，解非不可诛，但屠及全家，毋乃太酷。还是郭解朋友，替他设法，救出解子孙一二人，方得不绝解后。东汉时有循吏郭伋，就是郭解的玄孙，这些后话不提。

且说燕王刘泽孙定国，承袭封爵，日夕肆淫，父死未几，便与庶母通奸，私生一男。又把弟妇硬行占住，作为己妾。后来越加淫纵，连自己三个女儿，也逼之侍寝，轮流交欢。禽兽不如。肥如令郢人，上书切谏，反触彼怒，意欲将郢人论罪。郢人乃拟入都告发，偏被定国先期劾捕，杀死灭口。定国妹为田蚡夫人，事见十三回。田蚡得宠，定国亦依势横行，直至元朔二年，蚡已早死，郢人兄弟，乃诣阙诉冤，并托主父偃代为申理。偃前曾游燕，不得见用，至是遂借公济私，极言定国行同禽兽，不能不诛。武帝遂下诏赐死。定国自杀，国除为郡。定国应该受诛，与偃无尤。

朝臣等见偃势盛，一言能诛死燕主，夷灭燕国，只恐自己被他寻隙，构成罪名，所以格外奉承，随时馈遗财物，冀免祸殃。偃毫不客气，老实收受。有一知友，从旁诫偃，说偃未免太横，偃答说道："我自束发游学，屈指已四十余年，从前所如不合，甚至父母弃我，兄弟嫉我，宾朋疏我，我实在受苦得够了。大丈夫生不五鼎食，死就五鼎烹，亦属何妨！古人有言，日暮途远，故倒行逆施，语本伍子胥。我亦颇作此想呢！"

既而齐王次昌，与偃有嫌，又由偃讦发隐情。武帝便令偃为齐相，监束齐王。偃原籍临淄，得了这个美差，即日东行，也似衣锦还乡一般。哪知福为祸倚，乐极悲生，为了这番相齐，竟把身家性命，一古脑儿灭得精光。小子有诗叹道：

谦能受益满招灾，得志骄盈兆祸胎。
此日荣归犹衣锦，他时暴骨竟成堆。

欲知主父偃如何族灭，待至下回叙明。

李广射石一事，古今传为奇闻，吾以为未足奇也。石性本坚，非箭镞所能贯入，夫人而知之矣，然有时而泐，非必无罅隙之留，广之一箭贯石，乃适中其隙耳。且广曾视石为虎，倾全力以射之，而又适抵其隙，则石之射穿，固其宜也何足怪乎！夫将在谋不在勇，广有勇寡谋，故屡战无功，动辄得咎，后人惜其数奇，亦非确论。彼主父偃所如不合，挟策干进，一纸书即邀主眷，立授官阶，前何其难，后何其易，甚至一岁四迁，无言不用，当时之得君如偃者，能有几人？然有无妄之福，必有无妄之灾，此古君子所以居安思危也。偃不知此，反欲倒行逆施，不死何为？乃知得不必喜，失不必忧，何数奇之足惜云！

第六十七回　失俭德故人烛隐
庆凯旋大将承恩

却说齐王次昌，乃故孝王将闾孙，将闾见前文。元光五年，继立为王，却是一个翩翩少年，习成淫佚。母纪氏替他择偶，特将弟女配与为婚，次昌素性好色，见纪女姿貌平常，当然白眼相看，名为夫妇，实同仇敌，纪女不得夫欢，便向姑母前泣诉，姑母就是齐王母，也算一个王太后，国内统以纪太后相称。这纪太后顾恋侄女，便想替她设法，特令女纪翁主入居宫中，劝戒次昌，代为调停，一面隐加监束，不准后宫姬妾，媚事次昌。纪翁主已经适人，年比次昌长大，本是次昌母姊，不过为纪太后所生，因称为纪翁主。汉称王女为翁主，说见前文。纪翁主的容貌性情，也与次昌相似。次昌被她管束，不能私近姬妾，索性与乃姊调情，演那齐襄公鲁文姜故事，只瞒过了一位老母。齐襄与文姜私通，见《春秋左传》。纪女仍然冷落宫中。

是时复有一个齐人徐甲，犯了阉刑，充作太监，在都备役，得入长乐宫当差。长乐宫系帝母王太后所居，见他口齿敏慧，常令侍侧，甲因揣摩求合，冀博欢心。王太后有女修成君，为前夫所生，自经武帝迎入，视同骨肉，相爱有年。见五十九回。修成君有女名娥，尚未许字，王太后欲将她配一国王，安享富贵。甲离齐已久，不但未闻齐王奸姊，并至齐王纳后，尚且茫然，因此禀白太后，愿为修成君女作伐，赴齐说亲。王太后自然乐允，便令甲即日东行。主父偃也有一女，欲嫁齐王，闻甲奉命赴齐，亟托他乘便说合，就使为齐王妾媵，也所甘心。好好一个卿大夫女儿，何必定与人作妾？甲应诺而去，及抵齐都，见了齐王次昌，便将大意告知，齐王听说，却甚愿意。纪女原可撇去，如何对得住阿姊！偏被纪太后得知，勃然大怒道："王已娶后，后宫也早备齐，难道徐甲尚还未悉么？况甲系贱人，充当一个太监，不思自尽职务，反欲乱我王家，真是多事！主父偃又怀何意，也想将女儿入充后宫？"说至此，即顾令左右道："快与我回复徐甲，叫他速还长安，不得在此多言！"左右奉命，立去报甲，甲乘兴而来，怎堪扫兴而返？当下探听齐事，始知齐王与姊相奸。自思有词可援，乃即西归，复白王太后道："齐王愿配修成君女，唯有一事阻碍，与燕王相似，臣未敢与他订婚。"这数语，未免捏造，欲挑动太后怒意，加罪齐王，太后却不愿生事，随口接说道："既已如此，可不必再提了！"

甲怅然趋出，转报主父偃。偃最喜捕风捉影，侮弄他人。况齐王不肯纳女，毫无情面，乐得乘此奏闻，给他一番辣手，计划已定，遂入朝面奏道："齐都临淄，户口十万，市租千金，比长安还要富庶，此唯陛下亲弟爱子，方可使王。今齐王本是疏属，近又与姊犯奸，理应遣使究治，明正典刑。"武帝乃使偃为齐相，但嘱他善为匡正，毋得过急。偃阳奉阴违，一到齐国，便要查究齐王阴事。一班兄弟朋友，闻偃荣归故乡，都来迎谒。偃应接不暇，未免增恨。且因从前贫贱，受他奚落，此时正好报复前嫌，索性一并召入，取出五百金，按人分给，正色与语道："诸位原是我兄弟朋友，可记得从前待我情形否？我今为齐相，不劳诸位费心，诸位可取金自去，此后不必再入我门！"语虽近是，终嫌器小。众人听了，很觉愧悔，不得已取金散去。

偃乐得清净，遂召集王宫侍臣，鞫问齐王奸情。侍臣不敢隐讳，只好实供。偃即将侍臣拘住，扬言将奏闻武帝，意欲齐王向他乞怜，好把一国大权，让归掌握。哪知齐王次昌，年轻胆小，一遭恐吓，便去寻死。偃计不能遂，反致惹祸，也觉悔不可追，没奈何据实奏报。武帝得书，已恨偃不遵前命，逼死齐王，再加赵王彭祖，上书劾偃，说他私受外赂，计封诸侯子弟，惹得武帝恨上加恨，即命褫去偃官。下狱治罪。这赵王彭祖，本与偃无甚仇隙，不过因偃尝游赵，未尝举用，自恐蹈燕覆辙，所以待偃赴齐，出头告讦。还有御史大夫公孙弘，好似与偃有宿世冤仇，必欲置偃死地。武帝将偃拿问，未尝加偃死罪，偏弘上前力争，谓齐王自杀无后，国除为郡，偃本首祸，不诛偃，无以谢天下。武帝乃下诏诛偃，并及全家。偃贵幸时，门客不下千人，至是俱怕连坐，无敢过问。独洨县人孔车，替他收葬，武帝闻知，却称车为忠厚长者，并不加责。可见得待人以义，原是有益无损呢！借孔车以讽世，非真誉偃。

严安徐乐，贵宠不能及偃，却得安然无恙，备员全身。高而危，何如卑而安。独公孙弘排去主父偃，遂得专承主宠，言听计从，主爵都尉汲黯，为了朔方筑城，弘言反复，才知他是伪君子，不愿与交。朔方事见六十五回。会闻弘饰为俭约，终身布被，遂入见武帝道："公孙弘位列三公，俸禄甚多，乃自为布被，佯示俭约，这不是挟诈欺人么？"假布被以劾弘，失之琐屑。丞相太尉御史大夫称为三公。武帝乃召弘入问，弘直答道："诚有此事。现在九卿中，与臣交好，无过汲黯，黯今责臣，正中臣病。臣闻管仲相齐，拥有三归，侈拟公室，齐赖以霸，及晏婴相景公，食不重肉，妾不衣帛，齐亦称治。今臣位为御史大夫，乃身为布被，与小吏无二，怪不得黯有微议，斥臣钓名。且陛下若不遇黯，亦未必得闻此言。"武帝闻他满口认过，越觉得好让不争，却是一个贤士。就是黯亦无法再劾，只好趋退。弘与董仲舒并学春秋，唯所学不如仲舒。仲舒失职家居，武帝却还念及，时常提起。弘偶有所闻，未免加忌，且又探得仲舒言论，常斥自己阿谀取容，因此越加怀恨，暗暗排挤。武帝未能洞悉，总道弘是个端人，始终信任。到了元朔五年，竟将丞相薛泽免官，使弘继任，并封为平津侯。向例常用列侯为丞相，弘未得封侯，所以特加爵邑。

弘既封侯拜相，望重一时，特地开阁礼贤，与参谋议，什么钦贤馆，什么翘材馆，什么接士馆，开出了许多条规，每日延见宾佐，格外谦恭。有故人高贺进谒，弘当然接待，且留他在府宿食。唯每餐不过一肉，饭皆粗粝，卧止布衾。贺还道他有心简慢，及问诸待人，才知弘自己服食，也是这般。勉强住了数日，又探悉内容情形，因即辞去。有人问贺何故辞归？贺愤然说道："弘内服貂裘，外著麻枲，内厨五鼎，外膳一肴，如此矫饰，何以示信？且粗粝布被，我家也未尝不有，何必在此求人呢！"自经贺说破隐情，都下士大夫，始知弘浑身矫诈，无论行己待人，统是作伪到底，假面目渐渐揭露了。只一武帝尚似梦未醒。

汲黯与弘有嫌，弘竟荐黯为右内史。右内史部中，多系贵人宗室，号称难治。黯也知弘怀着鬼胎，故意荐引，但既奉诏命，只好就任，随时小心，无瑕可指，竟得安然无事。又有董仲舒闲居数年，不求再仕，偏弘因胶西相出缺，独将仲舒推荐出去。仲舒受了朝命，并不推辞，居然赴任。胶西王端，是武帝异母兄弟，阴贼险狠，与众异趋，只生就一种缺陷，每近妇人，数月不能起床，所以后宫虽多，如同虚设。有一少年为郎，狡黠得幸，遂替端暗中代劳，与后宫轮流同寝。不意事机被泄，被端支解，又把他母子一并诛戮，此外待遇属僚，专务残酷，就是胶西相，亦辄被害死。弘无端推荐仲舒，亦是有心加害，偏仲舒到了胶西，刘端却慕他大名，特别优待，反令仲舒闻望益崇。不过仲舒也是知机，奉职年余，见端好饰非拒谏，不如退位鸣高，乃即向朝廷辞职，仍然回家。不愧贤名。著书终老，发明春秋大义，约数十万言，流传后世。所著《春秋繁露》一书，尤为脍炙人口，这真好算一代名儒呢。收束仲舒，极力推崇。

大中大夫张汤，平时尝契慕仲舒，但不过阳为推重，有名无实。他与公孙弘同一使诈，故脾气相投，很为莫逆。弘称汤有才，汤称弘有学，互相推美，标榜朝堂。武帝迁汤为廷尉，景帝时尝改称廷尉为大理，武帝仍依旧名。汤遇有疑谳，必先探察上意，上意从轻，即轻予发落，上意从重，即重加锻炼，总教武帝没有话说，便算判决得宜。一日有谳案上奏，竟遭驳斥，汤连忙召集属吏，改议办法，仍复上闻。偏又不合武帝意旨，重行批驳下来，弄得忐忑不安，莫名其妙。再向属吏商议，大众统面面相觑，不知所为。延宕了好几日，尚无良法，忽又有掾史趋入，取出一个稿底，举示同僚。众人见了，无不叹赏，当即向汤说知。汤也为称奇，便嘱掾属交与原手，使他缮成奏牍，呈报上去，果然所言中旨，批令照办。究竟这奏稿出自何人？原来是千乘人倪宽。倪宽颇有贤名，故从特叙。宽少学尚书，师事同邑欧阳生。欧阳生表字和伯，为伏生弟子，伏生事见前文。通尚书学，宽颇得所传。武帝尝置五经博士，公孙弘为相，更增博士弟子员，令郡国选取青年学子，入京备数。宽幸得充选，草草入都。是时孔子九世孙孔安国，方为博士，教授弟子员，宽亦与列。无如家素贫乏，旅费无出，不得已为同学司炊。又乘暇出去佣工，博资度活，故往往带经而锄，休息辄读。受了一两年辛苦，才得射策中式，补充掌故。嗣又调补廷尉文学卒史，廷尉府中的掾属，多说他未谙刀笔，意在蔑视，但派他充当贱役，往北地看管牲畜，宽只好奉差前去。好多时还至府中，呈缴畜簿，巧值诸掾史为了驳案，莫展一筹。当由宽问明原委，据经折狱，援笔属稿。为此一篇文字，竟得出人头地，上达九重。运气来了。

武帝既批准案牍，复召汤入问道："前奏非俗吏所为，究出何人手笔？"汤答称倪宽。武帝道："我亦颇闻他勤学，君得此人，也算是一良佐了。"汤唯唯而退，还至府舍，忙将倪宽召入，任为奏谳掾，宽不工口才，但工文笔，一经判案，往往有典有则，要言不烦。汤自是愈重文人，广交宾客，所有亲戚故旧，凡有一长可取，无不照顾，因此性虽苛刻，名却播扬。

只汲黯见他纷更法令，易宽为残，常觉看不过去，有时在廷前遇汤，即向他诘责道："公位列正卿，上不能广先帝功业，下不能遏天下邪心，徒将高皇帝垂定法律，擅加变更，究是何意？"汤知黯性刚直，也不便与他力争，只得无言而退。嗣黯又与汤会议政务，汤总主张严劾，吹毛索瘢。三句不离本行。黯辩不胜辩，因发忿面斥道："世人谓刀笔吏，不可作公卿，果然语不虚传！试看张汤这般言动，如果得志，天下只好重足而走，侧目而视了！这难道是致治气象么？"说毕自去。已而入见武帝，正色奏陈道："陛下任用群臣，好似积薪，后来反得居上，令臣不解。"武帝被黯一诘，半晌说不出话来，只面上已经变色。俟黯退朝后，顾语左右道："人不可无学，汲黯近日比前益憨，这就是不学的过失呢。"原来黯为此言，是明指公孙弘张汤两人，比他后进。此时反位居己上，未免不平，所以不嫌唐突，意向武帝直陈。武帝也知黯言中寓意，但已宠任公孙弘张汤，不便与黯说明，因即含糊过去，但讥黯不学罢了。黯始终抗正，不肯媚人，到了卫青封为大将军，尊宠绝伦，仍然见面长揖，不屑下拜。或谓大将军功爵最隆，应该加敬，黯笑说道："与大将军抗礼，便是使大将军成名，若为此生憎，便不成为大将军了！"这数语却也使乖。卫青得闻黯言，果称黯为贤士，优礼有加。

唯卫青何故得升大将军？查考原因，仍是为了征虏有功，因得超擢。自从朔方置郡，匈奴右贤王连年入侵，欲将朔方夺还。元朔五年，武帝特派车骑将军卫青，率三万骑出高阙，锐击匈奴，又使卫尉苏建为游击将军，左内史李沮为强弩将军，太仆公孙贺为骑将军，代相李蔡为轻车将军，俱归卫青节制，并出朔方。再命大行李息，岸头侯张次公为将军，出右北平，作为声援，统计人马十余万，先后北去。匈奴右贤王，探得汉兵大举来援，倒也自知不敌，退出塞外，依险驻扎。一面令人哨探，不闻有什么动静，总道汉兵路远，未能即至，乐得快乐数天。况营中带有爱妾，并有美酒，拥娇夜饮，趣味何如。不料汉将卫青，率同大队，星夜前来，竟将营帐团团围住。胡儿突然遇敌，慌忙入报，右贤王尚与爱妾对饮，酒意已有八九分，蓦闻营帐被围，才将酒意吓醒，令营兵出寨御敌，自己抱妾上马，带了壮骑数百，混至帐后。待至前面战鼓喧天，杀声不绝，方一溜烟似的逃出帐外，向北急遁。汉兵多至前面厮杀，后面不过数百兵士，擒不住右贤王，竟被逃脱。还是忙中有智。唯前面的胡兵，仓皇接仗，眼见是有败无胜，一大半作为俘虏，溜脱的甚属寥寥，汉兵破入胡营，擒得裨王即小王。十余人，男女一万五千余人，牲畜全数截住，约有数十百万，再去追捕右贤王，已是不及，乃收兵南还。

这次出兵，总算是一场大捷，露布入京，盈廷相贺。武帝亦喜出望外，即遣使臣往劳卫青，传旨擢青为大将军，统领六师，加封青食邑八千七百户，青三子尚在襁褓，俱封列侯。青上表固辞，让功诸将，武帝乃更封公孙贺为南窌侯，李蔡为乐安侯，余如属将公孙敖韩说李朔赵不虞公孙戎奴等，也并授侯封。及青引军还朝，公卿以下，统皆拜谒马前，就是武帝，也起座慰谕，亲赐御酒三杯，为青洗尘。旷古恩遇，一时无两，宫廷内外，莫不想望丰仪，甚至引动一位孀居公主，也居然贪图利欲，不惜名节，竟与卫大将军愿结丝萝，成为夫妇。小子有诗叹道：

妇道须知从一终，不分贵贱例相同；
如何帝女淫痴甚，也学文君卓氏风！

究竟这公主为谁，试看下回续叙。

主父偃谓日暮途穷，故倒行逆施，卒以此罹诛夷之祸。彼公孙弘之志，亦犹是耳。胡为偃以权诈败，而弘以名位终？此无他，偃过横而弘尚自知止耳。高贺直揭其伪，而弘听之，假使偃易地处此，度未必有是宽容也。即如汲黯之为右内史，董仲舒之为胶西相，未免由弘之故意推荐，为嫁祸计。但黯与仲舒，在位无过，而弘即不复生心，以视偃之逼死齐王，固相去有间矣。夫天道喜谦而恶盈，偃之致死，死于骄盈，弘固尚不若偃也。彼卫青之屡战得胜，超迁至大将军，而汲黯与之抗礼。反且以黯为贤，优待有加，青其深知持满戒盈之道乎？弘且幸免，而青之考终，宜哉！

第六十八回　舅甥踵起一战封侯
父子败谋九重讨罪

却说卫青得功专宠，恩荣无比，有一位孀居公主，竟愿再嫁卫青。这公主就是前时卫青的女主人，叫做平阳公主。一语已够奚落。平阳公主，曾为平阳侯曹寿妻，此时寿已病殁，公主寡居，年近四十，尚耐不住寂寞嫠帏，要想择人再醮。当下召问仆从道："现在各列侯中，何人算是最贤？"仆从听说，料知公主有再醮意，便把卫大将军四字，齐声呼答。平阳公主微答道："他是我家骑奴，曾跨马随我出入，如何是好！"如果尚知羞耻，何必再醮！仆从又答道："今日却比不得从前了！身为大将军，姊做皇后，子皆封侯，除当今皇上外，还有何人似他尊贵哩！"平阳公主听了，暗思此言，原是有理。且卫青方在壮年，身材状貌，很是雄伟，比诸前夫曹寿，大不相同，我若嫁得此人，也好算得后半生的福气，只是眼前无人作主，未免为难。何不私奔！左思右想，只有去白卫皇后求她撮合，或能如愿，于是淡妆浓抹，打扮得齐齐整整，自去求婚。看官听说！此时候皇太后王氏，已经崩逝，约莫有一年了。王太后崩逝，正好乘此带叙。公主夫丧已阕，母服亦终，所以改着艳服，乘车入宫。卫皇后见她衣饰，已经瞧透三分，及坐谈片刻，听她一派口气，更觉了然，索性将它揭破，再与作撮合山。平阳公主也顾不得什么羞耻，只好老实说明，卫后乐得凑趣，满口应允。俟公主退归，一面召入卫青，与他熟商，一面告知武帝，恳为玉成，双方说妥，竟颁出一道诏书：令卫大将军得尚平阳公主。不知诏书中如何说法，可惜史中不载！成婚这一日，大将军府中，布置礼堂，靡丽纷华，不消细说。到了凤辇临门，请出那再醮公主，与大将军行交拜礼，仪文繁缛，雅乐铿锵。四座宾朋，男红女绿，都为两新人道贺，哪个不说是美满良缘！至礼毕入房，夜阑更转，展开那翡翠衾，成就那鸳鸯梦。看官多是过来人，毋庸小子演说了。卫青并未断弦，又尚平阳公主，此后将如何处置故妻，史皆未详，公主不足责，青有愧宋弘多矣。

卫青自尚公主以后，与武帝亲上加亲，越加宠任，满朝公卿，亦越觉趋奉卫青，唯汲黯抗礼如故。青素性宽和，原是始终敬黯，毫不介意。最可怪的是好刚任性的武帝，也是见黯生畏，平时未整衣冠，不敢使近。一日御坐武帐，适黯入奏事，为武帝所望见，自思冠尚未戴，不便见黯，慌忙避入帷中，使人出接奏牍，不待呈阅，便传旨准奏。俟黯退出，才就原座。这乃是特别的待遇。此外无论何人，统皆随便接见。就是丞相公孙弘进谒，亦往往未曾戴冠，至如卫青是第一贵戚，第一勋臣，武帝往往踞床相对，衣冠更不暇顾及。可见得大臣出仕，总教正色立朝，就是遇着雄主，亦且起敬，自尊自重人尊重，俗语原有来历呢。警世之言。黯常多病，一再乞假，假满尚未能视事，乃托同僚严助代为申请。武帝问严助道："汝看汲黯为何如人？"助即答道："黯居官任职，却亦未必胜人，若寄孤托命，定能临节不挠，虽有孟贲夏育，也未能夺他志操哩。"武帝因称黯为社稷臣。不过黯学黄老，与武帝志趣不同，并且言多切直，非雄主所能容，故武帝虽加敬礼，往往言不见从。就是有事朔方，黯亦时常谏阻，武帝还道他胆怯无能，未尝入耳。况有卫青这般大将，数次出塞，不闻挫失，正可乘此张威，驱除强虏。

那匈奴却亦猖獗得很，入代地，攻雁门，掠定襄上郡，于是元朔六年，再使大将军卫青，出讨匈奴，命合骑侯公孙敖为中将军，太仆公孙贺为左将军，翕侯赵信为前将军，卫尉苏建为右将军，郎中令李广为后将军，左内史李沮为强弩将军，分掌六师，统归大将军节制，浩浩荡荡，出发定襄。青有甥霍去病，年才十八，熟习骑射，去病已见前文。官拜侍中。此次亦自愿随征，由青承制带去，令为嫖姚校尉，选募壮士八百人，归他带领，一同前进。既至塞外，适与匈奴兵相遇，迎头痛击，斩首约数千级。匈奴兵战败遁去，青亦收军回驻定襄，休养士马，再行决战。约阅月余，又整队出发，直入匈奴境百余里，攻破好几处胡垒，斩获甚多。各将士杀得高兴，分道再进，前将军赵信，本是匈奴小王，降汉封侯，自恃路境素熟，踊跃直前；右将军苏建，也不肯轻落人后，联镳继进；霍去病少年好胜，自领壮士八百骑，独成一队，独走一方；余众亦各率部曲，寻斩胡虏。卫青在后驻扎，专等各路胜负，再定行止。已而诸将陆续还营，或献上虏首数百颗，或捕到虏卒数十人，或说是不见一敌，未便深入，因此回来，青将军士一一点验，却还没有什么大损，唯赵信苏建两将军，及外甥霍去病，未见回营，毫无音响。青恐有疏虞，忙派诸将前去救应。过了一日一夜，仍然没有回报，急得青惶惑不安。

正忧虑间，见有一将踉跄奔入，长跪帐前，涕泣请罪。卫青瞧着，乃是右将军苏建。便开口问道："将军何故这般狼狈？"建答说道："末将与赵信，深入敌境，猝被虏兵围住，杀了一日，部下伤亡过半，虏兵亦死了多人。我兵正好脱围，不意赵信心变，竟带了八九百人，投降匈奴。末将与信，本只带得三千余骑，战死了千余名，叛去了八九百名，怎堪再当大敌？不得已突围南走，又被虏众追蹑，扫尽残兵，剩得末将一人，单骑奔回，还亏大帅派人救应，才得到此。末将自知冒失，故来请罪！"青听毕建言，便召回军正闳，长史安，及议郎周霸道："苏建败还，失去部军，应处何罪？"周霸道："大将军出师以来，未曾斩过一员偏将，今苏建弃军逃还，例应处斩，方可示威。"闳安二人齐声道："不可！不可！苏建用寡敌众，不随赵信叛去，乃独拼死归来，自明无贰，若将他斩首，是使后来将士，偶然战败，只可弃甲降虏，不敢再还了！"两人是苏建救星。青乃徐说道："周议郎所言，原属未合，试想青奉令专阃，不患无威，何必定斩属将！就使有罪当斩，亦宜请命天子，青却未便专擅呢。"军吏齐声称善，这便是卫青权术。因将建置入槛车，遣人押送至京。

唯霍去病最后方到，提着一颗血淋淋的首级，入营报功。这首级系是何人？据言系单于大父行借若侯产，接连由部兵绑进两人，一是匈奴相国当户，一是单于季父罗姑。这两人为匈奴头目，由去病活擒了来，此外斩首馘耳，大约二千有余。他自带着八百壮士，向北深入，一路不见胡虏，直走了好几百里，才望见有虏兵营帐，当即掩他不备，驰杀过去。虏兵不意汉军猝至，顿时溃乱，遂为去病所乘，手刃渠魁一人，擒住头目两人，把虏营一力踏破，然后回营报功。卫青大喜，自思得足偿失，不如归休，乃引军还朝。武帝因此次北征，虽得斩首万级，却也覆没两军，失去赵信，功过尽足相抵，不应封赏，但赐卫青千金。唯霍去病战绩过人，授封为冠军侯。还有校尉张骞，前曾出使西域，被匈奴截留十余年，颇悉匈奴地势，能知水草所在，故兵马不致饥渴。当由卫青申奏骞功，也受封博望侯。苏建得蒙恩赦，免为庶人。

赵信败降匈奴，匈奴主军臣单于已早病死，由弟左谷蠡王伊稚斜，逐走军臣子于单，自立有年。于单尝入塞降汉，汉封为陟安侯，未几病死，事在元朔三年。一闻赵信来降，便即召入，好言抚慰，面授为自次王，并将阿姐嫁与为妻。信当然感激，且本来是个胡人，重归故国，乐得替他设策，即教单于但增边幕，不必入塞，俟汉兵往来疲敝，方可一举成功。伊稚斜单于，依言办理，汉边才得少静烽尘。但自元光以后，连岁出兵，军需浩繁。不可胜数，害得国库空虚，司农仰屋。不得已令吏民出资买爵，名为武功，大约买爵一级，计钱十七万，每级递加二万钱，万钱一金，共鬻出十七万级，直三十余万金。嗣是朝廷名器，几与市物相似，但教有钱输入，不论他人品何如，俱好算做命官。试想这般制度，岂不是豪奴得志，名士灰心么！卖官鬻爵之弊，实自此始。

是年冬月，武帝行幸雍郊，亲祠五畤。即五帝祠，称畤不称祠，因畤义训止有神灵依止之意。忽有一兽，在前行走，首上只生一角，全体白毛。众卫士赶将过去，竟得将兽拿住，仔细看验，足有五蹄。当下呈示武帝，武帝瞧着，好似麒麟模样，便问从官道："这兽可是麒麟否？"从官齐声答是麒麟，且言陛下肃祀明禋，故上帝报享，特赐神兽云云。无非献谀。武帝大悦，因将一角兽荐诸五畤。另外宰牛致祭，礼成驾归。途中又见一奇木，枝从旁出，还附木上，大众又不禁称奇。连武帝也为诧异，既返宫廷，又复召询群臣，给事中终军上奏道："野兽并角，显系同本，众枝内附，示无外向，这乃是外夷向化的瑞应，陛下好垂裳坐待了。"亏他附会。武帝益喜，令词臣作《白麟歌》，预贺升平。有司复希旨进言，请即应瑞改元。改元每次，相隔六年，此时已值元朔六年初冬，本拟照例改元，不过获得白麟，愈觉改元有名，元狩纪元，便是为此。

谁知外夷未曾归化，内乱却已发生，淮南王安及衡山王赐，串同谋反，居然想摇动江山。亏得逆谋败露，才得不劳兵革，一发即平。安与赐皆淮南王长子，文帝怜长失国自杀，因将淮南故地，作为三分，封长子安勃赐为王。勃先王衡山，移封济北，不久即歿。赐自庐江徙王衡山，与安虽系兄弟，两不相容。安性好读书，更善鼓琴，也欲笼络民心，招致文士。门下食客，趋附至数千人，内有苏飞、李尚、左吴、田由、雷被、伍被、毛被、晋昌八人，最号有才，称为淮南八公。安令诸食客著作内书二十一篇，外书三十三篇，就是古今相传的《淮南子》。另有中篇八卷，多言神仙黄白术。黄金白银，能以术化，故称黄白术。武帝初年，安自淮南入朝，献上内书，武帝览书称善，视为秘宝。又使安作《离骚传》，半日即成，并上颂德，及《长安都国颂》。武帝本好文艺，见安博学能文，当然器重，且又是叔父行，更当另眼相看。当时武安侯田蚡，曾与安秘密订约，有将来推立意，语见六十三回。安为蚡所惑，乃生逆谋。建元六年，天空中出现彗星，当有人向安密说，说是吴楚反时，彗星出现，光芒不过数尺，今长且竟天，眼见是兵戈大起，比前益甚。安也以为然，遂修治兵器，蓄积金钱，为待乱计。庄助出抚南越，安复邀留数日，结作内援。见六十二回。种种计划，尚恐未足，乃更想出一法，密嘱女陵入都，侦察内情。陵青年有色，又工口才，既到长安，借作内省为名，出入宫闱，毫无拘束。随身又带着许多金钱，仗着财色两字，结识廷臣，何人不喜与交往？抢先巴结的叫作鄂但，系故安平侯鄂千秋孙，年貌相符，便与通奸。第二人为岸头侯张次公，壮年封侯，气宇不凡，也与陵秘密往来，作为腻友。偷得馒头狗造化。陵得内外打通，常有密书传报淮南。

淮南王后姓蓼名荼，为安所爱。荼生一男，取名为迁，尚有庶长子不害，素失父宠，不得立储。因立迁为太子。迁年渐长，娶王太后外孙女为妃，就是修成君女金蛾。见前回。安本意欲攀葛附藤，想靠王太后为护符，偏偏王太后告崩，无势可援。又恐太子妃得烛阴谋，暗地报闻，遂又密嘱太子迁，叫他与妃反目，三月不同席。自己又阳为调停，迫迁夜入妃室，迁终不与寝。妃遂赌气求去，安乃使人护送入都，奏陈情迹，表面上尚归罪己子。武帝尚信为真言，准令离婚。迁少好学剑，自以为无人可及。闻得郎中雷被，素通剑术，欲与比赛高低，被屡辞不获。两人比试起来，毕竟迁不如被，伤及皮肤。迁因此与被有嫌。被自知得罪太子，不免及祸，适汉廷募士从军，被即向安陈请，愿入都中投效。安先入迁言，知他有意趋避，将被免官，被索性潜奔长安，上书讦安。武帝遣中尉段宏查办，安父子欲将宏刺死。还是宏命不该绝，一到淮南，但略问雷被免官事迹，并未讯及别情，且辞色甚是谦和。安料无他患，不如变计周旋，但托宏善为转圜。宏允诺而别，还白武帝。武帝召问公卿，众谓安格阻明诏，不令雷被入都效力，罪应弃市。武帝不从，只准削夺二县，赦罪勿问。安尚且愧愤道："我力行仁义，还要削地么？"这种仁义，自古罕闻。乃日夜与左吴等查考地图，整备行军路径，指日起军。

时庶长子不害，有男名建，年龄寖长，因见乃父失宠，常觉不平，暗中结交壮士，欲杀太子。偏被太子迁约略闻知，竟将建缚住，一再笞责。建更怨恨莫伸，遂使私人严正，入都献书道："臣闻良药苦口，乃足利病，忠言逆耳，也足利行。今淮南王孙建，材能甚高，王后荼及太子迁，屡思加害，建父不害无辜，又尝被囚系，日夜会集宾客，潜议逆谋，建今尚在，尽可召问，一证虚实，免得养痈贻患，累及国家。"武帝得书，又发交廷尉，转饬河南官吏，就便讯治。适有辟阳侯孙审卿，尝怨祖父为厉王长所杀，意图复仇，淮南王长杀审食其事，见前文。便密查安谋逆情迹，告知丞相公孙弘。弘又函饬河南官吏，彻底究治。河南官吏，迭接君相命令，怎敢怠慢？立将刘建传到详细讯明，建将淮南罪状，悉数推到太子迁身上，统是怀私。由问官录供奏闻。安得知此事，谋反益甚。

先是衡山王赐，入朝武帝，道出淮南，安迎入府中，释嫌修好，与商秘谋。赐原有叛意，得安联络，也即乐从，因退归衡山，托病不朝。安部下多浮嚣士，亦屡次劝安起兵，独中郎伍被，极言谏阻，安非但不听被言，且将被父母拘住，逼令同谋，被尚涕泣固谏。至建被传讯，事且益急，安仍向被问计，被乃说道："方今诸侯无异心，百姓无怨气，大王猝思起事，比吴楚还要难成。必不得已，只好伪为丞相御史请书，徙郡国豪杰至朔方，又伪为诏狱书逮诸侯太子幸臣，使民间闻风怀怨，诸侯亦皆疑贰，然后遣辩士四出诱约，或可侥幸万一，还请大王审慎为是！"被不能始终力争，也属自误。安决意起反，遂私铸皇帝御玺，及丞相御史大夫将军等印信，为作伪计。又拟使人诈称得罪，往投大将军卫青，乘间行刺。且私语僚属道："汉廷大臣，只有汲黯正直，尚能守节死义，不为人惑。若公孙弘等随势逢迎，我若起事，好似发蒙振落，毫不足畏呢！"

正部署间，忽由朝廷遣到廷尉监。廷尉府中之监吏。会同淮南中尉，拿问太子迁。迁急禀知乃父，立召淮南相与内史中尉，一并集议，即日发难。偏内史中尉，不肯应召，只有淮南相一人到来，语多支吾。迁料知不能成事，待相退出，索性寻个自尽。趋入别室，拔剑拟颈，毕竟心慌手颤，只割伤一些皮肤，已是不胜痛楚，倒地呻吟。外人闻声入救，忙将他舁到床上，延医敷治。安与后荼，亦急来探视。正在忙乱时候，突有一人入报道："不好了！不好了！外面已有朝使至此，领着大兵，把王宫围住了！"正是：

咎由自取难逃死，祸已临头怎解围？

究竟汉使如何围宫，待至下回表明。

卫青之屡次立功，具有天幸，而霍去病亦如之。六师无功，去病独能战捷，枭虏侯，擒虏目，斩虏首至二千余级，虽曰人事，岂非天命！汉武诸将，首推卫霍，一舅一甥，其出身相同，其立功又同，亦汉史中之一奇也。淮南王安，种种诡谋，心劳日拙，彼以子女为足恃，而讵知其身家之绝灭，皆自子女酿成之。家且不齐，遑问治国？尚鳃鳃然欲窥窃神器，据有天下，虽欲不亡，乌得而不亡！

第六十九回　勘叛案重兴大狱
立战功还挈同胞

却说汉使领了大兵，遽将淮南王宫围住，淮南王安，还是一无预备，怎能抵敌？只好佯作不知，迎入朝使。朝使并不多说，当即指挥兵士，四处搜寻，好一歇寻出谋反证据，就是私造的各种玺印。安至此无可隐讳，只吓得面如土色，听他所为。汉使便将太子迁及王后荼，一并拿去，止留安在宫中，派兵监守。又出宫捕拿许多食客，尽拘狱中。俗语有言：迅雷不及掩耳，这真好算似青天霹雳，令人不防。其实仍由刘安父子，自取祸殃。安前曾拘住伍被父母，硬要迫被同谋，被虽替安想出末策，自知凶多吉少，乃乘汉使到来，前去出首。汉使不便迟慢，因即调兵入宫，搜查证据，证据到手，便好拘人；一面遣人飞报朝廷，听候诏命。未几即有宗正刘弃，持节驰至淮南，来提一班案犯。安已服毒自尽，余犯押解到京，发交廷尉张汤审办。汤是个著名辣手，怎肯从宽？先将荼迁两人，定了死罪，推出枭首。复查出庄助与安有私，鄂但张次公与安女通奸，同时拿问。安女陵无从奔避，当然拿到正法，随那父母兄弟，同入冥途。也快活得够了。还有一班淮南僚佐，与安通同谋反，汤不但悉数致死，并且悉数灭族。就是自行出首的伍被，亦谳成死刑。武帝爱被有才，拟从赦宥，汤独入请道："伍被不能力谏，曾与叛谋，罪不可赦。"武帝不得已准议，乃将伍被处死。庄助本可邀赦，也由汤入朝固争，随即弃市。鄂但张次公，却未闻伏诛，想是与汤有交，但坐奸罪，免官赎死罢了。汤又会同公卿，请逮捕衡山王赐，武帝却批驳道：

"衡山王自就侯封，虽与安为兄弟，究未闻有同谋确证，不应连坐。"这数语批发下来，赐乃得免议，唯将淮南国除为九江郡，总算了案。

哪知余波未静，一仆一起，遂致衡山亦逆谋败露，同就灭亡。衡山王赐，本与安私下订约，专待淮南起兵，当即响应。嗣闻淮南失败，只好作罢。偏是人心不轨，天道难容，也与淮南复辙相似，弄得骨肉相残，全家毕命。赐后乘舒，生下一子二女，长子名爽，立为太子，少子名孝，女名无采。乘舒病殁，宠姬徐来继立为后，徐来亦生有男女四人。唯徐来以外，尚有一个厥姬，也曾得宠，两人素来相妒，不肯相下。至后位被徐来夺去，厥姬哪里甘心？遂向太子爽进谗，伪言太子母乘舒，被徐来暗中毒死。太子爽信以为真，甚恨徐来，会徐来兄至衡山，爽佯与宴饮，伺隙行刺，仅得不死。两造结冤愈深，互相寻衅。赐少子孝，童年失母，归徐来抚养。徐来未尝爱孝，佯示仁慈。孝姊无采，已经出嫁，与夫相忤，离归母家。无采年少思淫，怎肯守着活寡？竟与家客通奸。事为太子爽所闻，屡加诃斥，无采不知敛束，反与长兄有仇。徐来又故意厚待无采，联为臂助。转眼间孝亦长成，与徐来无采，串同一气，谗毁太子。太子爽孤立无助，当然敌不过三人，往往触怒乃父，动遭笞责。刘赐妻子，与乃兄绝对相似，真是难兄难弟。

已而徐来假母，被人刺伤，如乳母相类。徐来硬指为太子所使。赐听信谗言，又将太子敲扑一番，父子遂积成怨隙，好似冤家一般。适赐有疾病，太子爽并不入视，亦假称有疾。徐来与孝，正好乘间进言，说出太子如何心喜，准备嗣位，惹得赐非常懊恼，便欲废爽立孝。徐来见赐有废立意，又想出一种毒计，意欲并孝陷害，好使亲生子广，起嗣王封。徐来有侍女善舞，为赐所宠，适为徐来所嫉忌，乃特纵令伴孝，日夕相亲，干柴碰着热火，怎能不爇？自然凑成一堆。太子爽闻孝奸姬侍，也觉垂涎，暗想弟烝父妾，我何不可遂烝父妻？况徐来屡加谗构，若能引与私通，定当易憎为爱，不致寻仇。想入非非。计划已就，便逐日入宫，向徐来处请安，并自陈前愆，立誓悔过。徐来不能不虚与周旋，取酒与饮，温颜慰劝。爽奉卮上寿，跪在徐来膝前，俟徐来接过酒卮，便将两手捧住两膝，涎脸求欢。徐来且惊且怒，忙将酒卮放下，将身离座，那衣襟尚被爽牵住，不肯放手，急得徐来振喉大呼，方才走脱。爽不能逞计，起身便走，回至住室，正想法免祸，那外面已有宫监进来，传述赐命，把爽拖曳了去。及得见赐面，还有何幸？无非把坐臀晦气，吃了几十下毛竹板子。爽号呼道："孝与王侍女通奸，无采与家奴通奸，王奈何勿问？尽管笞责臣儿！臣儿愿上书天子，背王自去！"说着，竟似痴似狂，向外奔出。赐已气得发昏，命左右追爽，爽怎肯回头，及赐亲自出追，乃将爽牵回，械系宫中。孝反日见宠爱，由赐给与王印，号为将军，使居外家，招致宾客，与谋大事。

江都人枚赫陈喜，先后往依，为孝私造兵车弓箭，刻天子玺及将相军吏印，待机发作。陈喜本事淮南王，淮南事败，乃奔投衡山，为孝划策。孝谋为太子，运动乃父，上书朝廷，废长立幼。太子爽虽然被系，总尚不致断绝交通，因嘱心腹人白嬴潜往长安，使他上书告变，说孝上烝父妾，且与父谋逆等情。书尚未上，嬴却被都吏拘住，讯出孝纳叛人等情，乃行文至沛郡太守，饬他速拿陈喜。喜未尝预防，竟被捉住。孝知已惹祸，也想援自首减罪的律例，自行告发，且归咎枚赫陈喜等人。武帝又委廷尉张汤查办，汤怎肯放松？当然一网打尽，立遣中尉等驰往衡山，围住王宫。仍是一番老手段。赐惊惶自杀，赐后徐来，及太子爽次子孝，与帮同谋反诸党羽，一古脑儿押至都中。经张汤一番审谳，悉数论罪。徐来坐毒前后乘舒，爽坐告父王不孝，孝坐与王侍妾通奸，并皆弃市。所有党羽，亦皆伏诛，国除为郡。总计淮南衡山两案，株累至好几万人，真是汉朝开国以后所仅闻。主意多出自张汤，武帝见汤谳词，都是死有余辜，自然不肯特赦，徒断送了许多生命。

时皇子据年已七岁，即册立为皇太子，储作国本，冀定人心。一面拟通道西域，再遣博望侯张骞，出使西方。骞为汉中人，建元中入都为郎。适匈奴中有人降汉，报称匈奴新破月氏，音支。阵斩月氏王首，取为饮器。月氏余众西走，常欲报仇，只恨无人相助云云。武帝方欲北灭匈奴，得闻此言，便欲西结月氏，为夹击匈奴计，唯因月氏向居河西，与汉不通音问，此时为匈奴所败，更向西徼窜去，距汉更远，急切欲与交通，必须得一精明强干的人员，方可前往。乃下诏募才，充当西使。廷臣等偷生怕死，无人敢行，只张骞放胆应募，与胡人堂邑父等相偕出都，从陇西进发。陇西外面，便是匈奴属地，骞欲西往月氏，必须经过此地，方可相通，乃悄悄的引了徒众，偷向前去。行经数日，偏被匈奴逻骑将他拘住，押送虏廷。骞等不过百人，势难与抗，只好怀着汉节，坐听羁留。匈奴虽未敢杀骞，却亦加意管束，不肯放归。一连住了十多年，骞居然娶得胡妇，生有子女，与胡人往来周旋，好似乐不思蜀的状态。匈奴不复严防，骞竟与堂邑父等伺隙西逃，奔入大宛国境。大宛在月氏北面，为西域中列国，地产善马，又多葡萄苜蓿。骞等本未识路径，乱闯至此，当由大宛人把他截留。彼此问答，才得互悉情形，大宛人即报知国王。国王素闻汉朝富庶，但恨路远难通，一闻汉使入境，当即召见，询明来意。骞自述姓名，并言奉汉帝命，遣使月氏，途次被匈奴羁留，现幸脱身至此。请王派人导往月氏，若交卸使命，仍得还汉，必然感王厚惠，愿奉重酬。大宛王大喜，答言此去月氏，还须经过康居国，当代为通译，使得往达云云。骞称谢而出，遂由大宛王遣人为导，引至康居。康居国同在西域，与大宛毗邻，素来交好。既由大宛为骞介绍，乐得卖个人情，送他过去，于是骞等得抵月氏国。月氏自前王阵亡，另立王子为主，王夫人为辅，西入大夏，据有全土，更建一大月氏国。大夏在妫水滨，地势肥沃，物产丰饶，此时为月氏所据，坐享安逸，遂把前时报仇的思想，渐渐打消。骞入见国王，谈论多时，却没有什么效果。又住了年余，始终不得要领，只好辞归。归途复入匈奴境，又被匈奴兵拘去，幸亏骞居胡有年，待人宽大，为胡儿所爱重，方得不死。会匈奴易主，叔侄交争，即伊稚斜单于与兄子于单争国，事见前文。国中未免扰乱，骞又得乘隙南奔，私挈胡地妻子，与堂邑父一同归汉，进谒武帝，缴还使节。

武帝拜骞为大中大夫，号堂邑父为奉使君。从前骞同行百人，或逃或死，大率无存，随归只有二人，唯多了一妻一子，总算是不虚此行，不怕故妻吃醋么？及定襄一役，骞熟谙胡地，不绝水草，应得积功封侯。回应前回。他却雄心未厌，又想冒险西行，再去一试，乃入朝献议道：“臣前在大夏时，见有邛竹杖蜀布，该国人谓买诸身毒。身音捐，毒音笃，即天竺二字之转音。臣查身毒国，在大夏东南，风俗与大夏相似，独人民喜乘象出战，国濒大川。依臣窥测，大夏去中国万二千里，身毒又在大夏东南数千里，该地有蜀物输入，定是离蜀不远。今欲出使大夏，北行必经过匈奴，不如从蜀西进，较为妥便，当不至有意外阻碍了。”武帝欣然依议，复令骞持节赴蜀，至犍为郡，分遣王然于柏始昌吕越人等四路并出，一出駹，一出莋，一出邛，一出僰。音见前。駹莋等部，本皆为西夷部落，归附汉朝。见六十四回。但自元朔四年以来，内外不通，又多反侧，此次汉使假道，又被中阻，北路为氐駹所梗，南路为嶲音舍。及昆明所塞。昆明杂居夷种，不置君长，毫无纪律，见有外人入境，只知杀掠，不问谁何。汉使所赍财物，多被夺去，不得已改道前行，趋入滇越。滇越亦简称滇国，地有滇池，周围约三百里，因以为名。滇王当羌，为楚将军庄跻后裔，庄跻尝略定滇地，因楚为秦灭，留滇为王，后来传国数世，与中国隔绝多年，不通闻问。及见汉使趋入，当面问讯，才知汉朝地广民稠，乃好意款待汉使，代为觅道。嗣探得昆明作梗，无法疏通，乃回复汉使，返报张骞。骞亦还白武帝。

武帝不免震怒，意欲往讨，特就上林凿通一池，号为昆明池，使士卒置筏池中，练习水战，预备西讨。一面复擢霍去病为骠骑将军，使他带领万骑，出击匈奴。去病由陇西出击，迭攻匈奴守砦，转战六日，逾焉支山，深入千余里，杀折兰王，枭卢侯王，擒住浑邪王子，及相国都尉，夺取休屠王祭天金人，斩获虏首八千九百余级，始奏凯还京。武帝赏去病功，加封食邑二千户。

过了数月，适当元狩二年的夏季，去病复与合骑侯公孙敖，率兵数万，再出北地，另派博望侯张骞，郎中令李广出右北平。广领骑兵四千人为前驱，骞率万骑继进，先后相去数十里，匈奴左贤王探知汉兵入境，亟引铁骑四万，前来抵御。途次与广相值，广只四千马队，如何挡得住四万胡骑？当即被他围住。广却神色不变，独命少子李敢，带着壮士数十骑，突围试敌。敢挺身径往，左持长槊，右执短刀，跃马陷阵，两手挑拨，杀开一条血路，穿通敌围，复从原路杀回，仍至广前，手下壮士，不过伤亡三五人，余皆无恙。颇有父风。军士本皆惶惧，见敢出入自如，却也胆壮起来，且闻敢回报道："胡虏容易抵敌，不足为虑。"于是众心益安。广令军士布着圆阵，面皆外向，四面堵住，胡兵不敢进逼，但用强弓四射，箭如飞蝗。广军虽然镇定，究竟避不过箭镞，多半伤亡。广也令士卒返射，毙敌数千。嗣见箭干且尽，乃使士卒张弓勿发，自用有名的大黄箭，大黄弩名。专射敌将，每一发矢，无不奇中，接连射毙数人，胡儿素知广善射，统皆畏缩不前，唯四面守定圈子，未肯释围。相持至一日一夜，广军已不堪疲乏，个个面无人色，独广仍抖擞精神，力持不懈。俟至天明，再与胡兵力战，杀伤过当。胡兵终恃众勿退，幸张骞驱着大队，前来援应，方得击退胡兵，救出李广，收兵南回。广虽善斗，其如命何！那骠骑将军霍去病，与公孙敖驰出塞外，中途相失，自引部曲急进，渡居延泽，过小月氏，至祁连山，一路顺风，势如破竹，斩首三万级，虏获尤多，方才凯旋。武帝叙功罚罪，分别定论，广用寡敌众，兵死过半，功罪相抵，仅得免罚。张骞公孙敖延误军期，应坐死罪，赎为庶人。只去病三次大捷，功无与比，复加封五千户，连部下偏将，如赵破奴等，皆得侯封。

是时诸宿将部下，俱不如去病的精锐，去病又屡得天佑，深入无阻，匈奴亦相戒生畏，不敢撄锋。至焉支祁连两山，被去病踏破，胡儿为作歌谣云：“亡我祁连山，使我六畜不蕃息！失我焉支山，使我妇女无颜色。”这种歌谣，传入内地，去病声威益盛。武帝尝令去病学习孙吴兵法，去病道：“为将须随时运谋，何必定拘古法呢？”武帝又替去病营宅，去病辞谢道：“匈奴未灭，何以家为？”这数语颇见忠勇，为他人所未及。武帝益加宠爱，比诸大将军卫青。去病父霍仲孺，前在平阳侯家为吏，故得私通卫少儿。少儿别嫁陈掌，仲孺亦自回平阳原籍。去病初不识父名，至入官后，方才知悉。此次北伐回军，道出河东，查知仲孺尚存，乃派吏往迎，始得父子聚首。仲孺已另娶一妇，生子名光，仲孺善生贵子，却也难得！年逾成童，颇有才慧。去病视若亲弟，令他随行，一面为仲孺购置田宅，招买奴婢，使得安享天年，然后辞归。霍光随兄入都，补充郎官，大将军卫青，见甥立功致贵，与己相似，当然欣慰。父子甥舅，同时五侯，真个是势倾朝右，烜赫绝伦。

当时都中人私相艳羡，总以为卫氏贵显，全仗卫皇后一人，因编成一歌道：“生男无喜，生女无怒，独不见卫子夫，霸天下！”卫青虽偶有所闻，但也觉得不错，未尝相怪。无如妇人得宠，全靠姿色，一到中年，色衰爱弛，往往如此。卫皇后生了一男三女，渐渐的改变娇容，就是满头的鬓发，也脱落过半。武帝目为老妪，未免讨厌，另去宠爱了一位王夫人。这王夫人出身赵地，色艺动人，自从入选宫中，见幸武帝，也产下一男，取名为闳，与卫后确是劲敌。卫后宠不如前，卫氏一门，亦恐难保，当有一个冷眼旁观的方士，进策大将军前，与决安危，顿令卫青如梦初醒，依策照行。小子有诗叹道：

到底光荣仗女儿，后宫色重战功轻；
盛衰得失寻常事，何必营营逐利名！

欲知方士为谁，所献何策，容至下回说明。

昔袁盎论淮南王长事，谓文帝纵之使骄，勿为置严傅相，后世推为至论，吾意以为未然。淮南长之不得其死，与安赐之并致夷灭，皆汉高贻谋之不善，有以启之耳。汉高宠戚姬而爱少子，酿成内乱，牝鸡当国，人彘贻殃，微平勃之交欢，预谋诛逆，汉祚殆已早斩矣。淮南王长屡次谋叛，是谓无君，安与赐盖尤甚焉，匪唯无君，甚至举父子兄弟夫妇之道而尽弃之，安死于前，赐死于后，俱由家庭之自相残害，卒至复宗，由来者渐，高祖实阶之厉欤？霍去病三次奏功，原邀天幸，而迎见乃父，提携季弟，孝友固有足多者。且匈奴未灭，何以家为之言，尤见爱国热诚。为将如霍嫖姚，正不徒以武功见称也。

第七十回　贤汲黯直谏救人
老李广失途刎首

却说大将军卫青，声华赫奕，一门五侯，偏有人替他担忧，突然献策。这人为谁？乃是齐人宁乘。是时武帝有意求仙，征召方士，宁乘入都待诏，好多日不得进见，累得资用乏绝，衣履不全。一日踯躅都门，正值卫青自公退食，他竟迎将上去，说有要事求见。青向来和平，即停车动问。乘行过了礼，答言事须密谈，不便率陈，当由青邀他入府，屏去左右，私下问明。乘方说道："大将军身食万户，三子封侯，可谓位极人臣，一时无两了。但物极必反，高且益危，大将军亦曾计及否？"青被他提醒，便皱眉道："我平时也曾虑及，君将何以教我？"乘又道："大将军得此尊荣，并非全靠战功，实是叨光懿戚。今皇后原是无恙，王夫人已大见幸，彼有老母在都，未邀封赏，大将军何不先赠千金，预结欢心？多一内援，即多一保障，此后方可无虑了。"不以大体规人，但从钻营着想，确是方士见识。青喜谢道："幸承指教，自当遵行。"说着即留乘寓居府中，自取出五百金，遣人赍赠王夫人母亲。王夫人母，得了厚赠，自然告知王夫人。王夫人复转告武帝，武帝却也心喜，唯暗想青素老实，如何无故赠金，乃乘青入朝，向他询及，青答说道："宁乘谓王夫人母，尚无封赏，未免缺用，故臣特赍送五百金，余无他意。"武帝道："宁乘何在？"青答称现在府中。武帝立即召见，拜乘为东海都尉。乘谢恩退朝，佩印出都，居然高车驷马，一麾莅任去了。片语得官，真正容易。

忽由匈奴属部浑邪王，入塞请降，由大行李息据情奏报，武帝恐有诈谋，因命霍去病率兵往迎，相机办理。说起这个浑邪王，本居匈奴西方，与休屠王结作毗邻。自从卫霍两将军，屡次北讨，浑邪休屠两王，首先当冲，连战连败，匈奴伊稚斜单于，责他连年挫失，有损国威，因派使征召，拟加诛戮。浑邪王方失爱子，大为悲戚。见前回。又闻单于将声罪行诛，怎得不忧怒交并？乃即约同休屠王，叛胡降汉，可巧汉李息奉武帝命，至河上筑城，浑邪王便遣人请降。求息奏闻。及霍去病领兵出迎，浑邪王往招休屠王邀同入塞。哪知休屠王忽然中悔，延期不至，惹得浑邪王愤不可遏，引兵袭击，杀死休屠王，并有休屠部众，且将休屠王妻子，悉数拘系，牵迎汉军。隔河相望，浑邪王属下稗将，见汉兵甚众，多有畏心，相约欲遁。还是去病麾军渡河，接见浑邪王，察出离心将士，计八千人，一并处死。尚有四万余名，尽归去病带领，先遣浑邪王乘驿赴都，自率降众南归。武帝闻报，命长安令发车二千辆，即日往迎。长安令连忙备办，苦乏马匹，只好向百姓贳马。百姓恐县令无钱给发，多将马藏匿他处，不肯应命，因此马匹不能凑齐，未免耽延时日。武帝还道他有意捱延，饬令斩首，右内史汲黯忍耐不住，便入朝面诤道："长安令无罪，独斩臣黯，民间方肯出马！"快人快语。武帝用目斜视，默然不答。黯复申说道："浑邪王叛主来降，已由各县次传驿相送，也算尽情，何必令天下骚动，疲敝中国，服事夷人呢？"武帝乃收回成命，赦免长安令死罪。

至浑邪王入都觐见，授封漯阴侯，食邑万户，裨王呼毒尼等四人，亦皆为列侯。汉朝定例，吏民不得持兵铁出关，售与胡人。自浑邪王部众到京，沐赏至数十百万，便有钱财与民交易，民间不知法律，免不得卖与铁器，当被有司察出，收捕下狱，应坐死罪，多至五百余人。汲黯又复进谏道："匈奴断绝和亲，屡攻边塞，我朝累年往讨，劳师无算，糜饷又无算，臣愚以为陛下捕得胡人，多应罚作奴婢，分赐将士，取得财物，亦宜遍赏兵民，庶足谢天下劳苦，消百姓怨气。今浑邪王率众来降，就使不能视作俘虏，亦何必优加待遇？今乃倾帑出赐，府库皆虚，又发良民传养，若奉骄子，愚民何知，总道朝廷如此厚待，不妨随便贸易，法吏乃援照边律，加他死罪，待夷何仁？待民何酷？重外轻内，庇叶伤枝，臣窃为陛下不取哩！"武帝听了，变色不答。及汲黯退出，乃向左右道："我久不闻黯言，今又来胡说了。"话虽如此，但也下诏减免，将五百人从轻发落。汲黯也可谓仁人。

既而遣散降众，析居陇西、北地、上郡、朔方、云中五郡，号为五属国。又将浑邪王旧地，改置武威酒泉二郡。嗣是金城河西，通出南山，直至盐泽，已无胡人踪迹。凡陇西北地上郡，寇患少纾，所有戍卒，方得减去半数，借宽民力。霍去病又得叙功，加封食邑千七百户。唯休屠王太子日磾，音低。由浑邪王拘送汉军，没为官奴。年才十四，输入黄门处养马，供役甚勤。后来武帝游宴，乘便阅马，适日磾牵马进来，行过殿下，为武帝所瞧见，却是一个相貌堂堂的美少年，便召至面前，问他姓名。日磾具述本末，应对称旨，武帝即令他沐浴，特赐衣冠，拜为马监。未几又迁官侍中，赐姓金氏。从前霍去病北征，曾获取休屠王祭天金人，见前回。故赐日磾为金姓，余见后文。日磾为汉室功臣，故特笔钩元。

唯自西北一带，归入汉朝，地宜牧畜，当由边境长官，陆续移徙内地贫民，使他垦牧。就是各处罪犯，亦往往流戍，充当苦工。时有河南新野人暴利长，犯罪充边，罚至渥洼水滨，屯田作苦。他尝见野马一群，就水吸饮，中有一马，非常雄骏。利长想去拿捕，才近岸边，马早逸去，好几次拿不到手。乃想出一法，塑起一个泥人，与自己身材相似，舁置水旁，并将络头绊索，放入泥人手中，使他持着，然后走至僻处，倚树遥望。起初见群马到来，望见泥人，且前且却，嗣因泥人毫无举动，仍至原处饮水，徐徐引去。利长知马中计，把泥人摆置数日，使马见惯，来往自如，乃将泥人搬去，自己装做泥人模样，手持络头绊索，呆立水滨。群马究是野兽，怎晓得暴利长的诡计？利长手足未动，眼光却早已觑定那匹好马，待他饮水时候，抢步急进，先用绊索，绊住马脚，再用络头，套住马头，任他奔腾跳跃，力持不放。群马统皆骇散，只有此马羁住，无从摆脱，好容易得就衔勒，牵了回来。小聪明却也可取。又复加意调养，马状益肥，暴利长喜出望外，索性再逞小智，去骗那地方官，佯言马出水中，因特取献，地方官当面看验，果见骅骝佳品，不等驽骀，当下照利长言，拜本奏闻。武帝正调兵征饷，有事匈奴，无暇顾及献马细事，但淡淡的批了一语，准他送马入都。小子就时事次序，下笔编述，只好先将调兵征饷的事情，演写出来。

自从武帝南征北讨，费用浩繁，连年入不敷出，甚至减捐御膳，取出内府私帑，作为弥补，尚嫌不足。再加水旱偏灾，时常遇着，东闹荒，西啼饥，正供不免缺乏。元狩三年的秋季，山东大水，漂没民庐数千家，虽经地方官发仓赈济，好似杯水车薪，全不济事，再向富民贷粟救急，亦觉不敷。没奈何想出移民政策，徙灾氓至关西就食，统共计算约有七十余万口，沿途川资，又须仰给官吏。就是到了关西，也是谋生无计，仍须官吏贷与钱财，因此糜费愈多，国用愈匮。偏是武帝不虑贫穷，但求开拓，整日里召集群臣，会议敛财方法。丞相公孙弘已经病死，御史大夫李蔡，代为丞相。蔡本庸才，滥竽充数，独廷尉张汤，得升任御史大夫，费尽心计，定出好几条新法，次第施行，列述如下：

（一）商民所有舟车，悉数课税。（二）禁民间铸造铁器，煮盐酿酒，所有盐铁各区，及可酿酒等处，均收为官业，设官专卖。（三）用白鹿皮为币，每皮一方尺，缘饰藻缋，作价四十万钱。（四）令郡县销半两钱，改铸三铢钱，质轻值重。（五）作均输法，使郡国各将土产为赋，纳诸朝廷。朝廷令官吏转售别处，取得贵价，接济国用。（六）在长安置平准官，视货物价贱时买入，价贵时卖出，辗转盘剥，与民争利。

为此种种法例，遂引进计吏三人，居中用事，一个叫做东郭咸阳，一个叫做孔仅，并为大农丞，管领盐铁。又有一个桑弘羊，尤工心计，利析秋毫，初为大农中丞，嗣迁治粟都尉。咸阳是齐地盐商，孔仅是南阳铁商，弘羊是洛阳商人子，三商当道，万姓受殃。又将右内史汲黯免官，调入南阳太守义纵继任。纵系盗贼出身，素行无赖。有姊名姁，略通医术，入侍宫闱。当王太后未崩时，常使诊治，问她有无子弟，曾否为官，姁言有弟无赖，不可使仕。偏王太后未肯深信，竟与武帝说及。武帝遂召为中郎，累迁至南阳太守。穰人宁成，曾为中尉，徙官内史，以苛刻为治，见前文。旋因失职家居，积资巨万。穰邑属南阳管辖，纵既到任，先从宁氏下手，架诬罪恶，籍没家产，南阳吏民畏惮的了不得。既而调守定襄，冤戮至四百余人，武帝还说他强干，召为内史，同时复征河内太守王温舒为中尉，温舒少年行迹，与纵略同，初为亭长，继迁都尉，皆以督捕盗贼，课最叙功。及擢至河内守，严缉郡中豪猾，连坐至千余家，大猾族诛，小奸论死，仅阅一冬，流血至十余里。转眼间便是春令，不宜决囚，温舒尚顿足自叹道："可惜可惜！若使冬令得再展一月，豪猾尽除，事可告毕了。”草菅人命，宁得长生！武帝也以为能，调任中尉。当时张汤赵禹，相继任事，并尚深文，但还是辅法而行，未敢妄作。纵与温舒却一味好杀，恫吓吏民。总之武帝用财无度，不得不需用计臣，放利多怨，不得不需用酷吏，苛征所及，济以严刑，可怜一班小百姓，只好卖男鬻女，得钱上供，比那文景两朝，家给人足，粟红贯朽，端的是大不相同了。愁怨盈纸。

偏有一个河南人卜式，素业耕牧，尝入山牧羊，十余年，育羊千余头，贩售获利，购置田宅。闻得朝廷有事匈奴，独慨然上书，愿捐出家财一半，输作边用。武帝颇加惊异，遣使问式道：“汝莫非欲为官么？”式答称自少牧羊，不习仕官。使人又问道：“难道汝家有冤，欲借此上诉么？”式又答生平与人无争，何故有冤。使人又问他究怀何意？式申说道：“天子方诛伐匈奴，愚以为贤吏宜死节！富民宜输财，然后匈奴可灭。臣非素封，颇怀此志，故愿输财助边，为天下倡。此外却无别意呢。”使人听说，返报朝廷，时丞相公孙弘，尚未病殁，谓式矫情立异，不宜深信，乃搁置不报。弘不取卜式，未尝无识。及弘已逝世，式又输钱二十万，交与河南太守，接济移民经费，河南守当然上闻，武帝因记起前事，特别嘉许，乃召式为中郎，赐爵左庶长。式入朝固辞，武帝道：“汝不必辞官，朕有羊在上林中，汝可往牧便了。”式始受命至上林，布衣草履，勤司牧事。约阅年余，武帝往上林游览，见式所牧羊，并皆蕃息，因连声称善。式在旁进言道：“非但牧羊如是，牧民亦应如是，道在随时省察，去恶留善，毋令败群！”渐渐干进，意在言中。武帝闻言点首，及回宫后，便发出诏旨，拜式为缑氏令。式至此直受不辞，交卸牧羊役使，竟接印牧民去了。可见他前时多诈。

武帝因赋税所入，足敷兵饷，乃复议兴师北征，备足刍粮，乘势大举。元狩四年春月，遣大将军卫青，骠骑将军霍去病，各率骑兵五万，出击匈奴。郎中令李广，自请效力，武帝嫌他年老，不愿使行。经广一再固请，方使他为前将军，令与左将军公孙贺，右将军赵食其，后将军曹襄，尽归大将军卫青节制。青入朝辞行，武帝面嘱道：“李广年老数奇，音羁，数奇即命蹇之意。毋使独当单于。”青领命而去，引着大军出发定襄。沿途拿讯胡人，据云单于现居东方，青使人报知武帝。武帝诏令去病，独出代郡，自当一面。去病乃与青分军，引着校尉李敢等，麾兵自去。这次汉军出塞，与前数次情形不同，除卫霍各领兵十万外，尚有步兵数十万人，随后继进，公私马匹计十四万头，真是倾国远征，志在平虏，当有匈奴侦骑，飞报伊稚斜单于，单于却也惊慌，忙即准备迎敌。赵信与单于划策，请将辎重远徙漠北，严兵戒备，以逸待劳。单于称为妙计，如言施行。

卫青连日进兵，并不见有大敌，乃迭派探马，四出侦伺。嗣闻单于移居漠北，便欲驱军深入，直捣虏巢。暗思武帝密嘱，不宜令李广当锋，乃命李广与赵食其合兵东行，限期相会。东道迂远，更乏水草，广不欲前往，入帐自请道："广受命为前将军，理应为国前驱，今大将军令出东道，殊失广意，广情愿当先杀敌，虽死不恨！"青未便明言，只是摇首不答。广愤然趋出，怏怏起程。赵食其却不加可否，与广一同去讫。青既遣去李广，挥兵直入，又走了好几百里，始遇匈奴大营。当下扎住营盘，用武刚车四面环住，武刚车有巾有盖，格外坚固，可作营壁，系古时行军利器。营既立定，便遣精骑五千，前去挑战，匈奴亦出万骑接仗。时已天暮，大风忽起，走石飞沙，两军虽然对阵，不能相见。青乘势指麾大队，分作两翼，左右并进，包围匈奴大营。匈奴伊稚斜单于，尚在营中，听得外面喊杀连天，势甚汹汹，一时情虚思避，即潜率劲骑数百，突出帐后，自乘六骡，径向西北遁去。此外胡兵仍与汉军力战，两下里杀了半夜，彼此俱有死伤。汉军左校，捕得单于亲卒数人，问明单于所在，才知他未昏即遁，当即禀知卫青，青急发轻骑追蹑，已是不及。待到天明，胡兵亦已四散，青自率大军继进。急驰二百余里，才接前骑归报，单于已经远去，无从擒获，唯前面寘颜山有赵信城，贮有积谷，尚未运去等语。青乃径至赵信城中，果有积谷贮着，正好接济兵马，饱餐一顿。这赵信城本属赵信，因以为名。

汉军住了一日，青即下令班师，待至全军出城，索性放起火来，把城毁去，然后引归，还至漠南，方见李广赵食其到来。青责两人逾限迟至，应该论罪，食其却未敢抗议。独广本不欲东行，此时又迂回失道，有罪无功，气得须髯戟张，不发一语。始终为客气所误。青令长史赍遗酒食，促令广幕府对簿，广愤然语长史道："诸校尉无罪，乃我失道无状，我当自行上簿便了！"说着，即趋至幕府，流涕对将士道："广自结发从戎，与匈奴大小七十余战，有进无退，今从大将军出征匈奴，大将军乃令广东行，迂回失道，岂非天命！广今已六十多岁，死不为夭，怎能再对刀笔吏，乞怜求生？罢罢！广今日与诸君长别了！”说至此，即拔出佩刀，向颈一挥，倒毙地上。小子有诗叹道：

> 老不封侯命可知，年衰何必再驱驰？
> 漠南一死终无益，翻使千秋得指疵。

将士等见广自刭，抢救无及，便即为广举哀。欲知后事，请看下回再详。

本回类叙诸事，无非为北征起见。浑邪王之入降，喜胡人之投诚也，长安令之拟斩，怒有司之慢客也；用计臣以敛财，进酷吏以司法，竭泽而渔，迫以刑威，何一不为筹饷征胡计乎？暴利长之献马，与卜式之输财，皆揣摩上意，乃有此举。独汲黯一再直谏，最得治体，御夷以道，救人以义，汉廷公卿，无出黯右，惜乎其硕果仅存耳。若李广之自请从军，全是武夫客气，东行失道，愤激自戕，非不幸也，亦宜也。而卫青固不足责云。

第七十一回　报私仇射毙李敢
发诈谋致死张汤

却说李广因失道误期，愤急自刭，军士不及抢救，相率举哀。就是远近居民，闻广自尽，亦皆垂涕。广生平待士有恩，行军无犯，故兵民相率畏怀，无论识广与否，莫不感泣。广从弟李蔡，才能远出广下，反得从征有功，封乐安侯，迁拜丞相。广独拼死百战，未沐侯封。尝与术士王朔谈及，朔问广有无滥杀情事？广沉吟半晌，方答说道："我从前为陇西太守，尝诱杀降羌八百余人，至今尚觉追悔，莫非为了此事，有伤阴骘么？"王朔道："祸莫大于杀已降，将军不得封侯，确是为此。"就是杀霸陵尉亦属不合。广叹息不已。至是竟刭身绝域，裹尸南归。有子三人，长名当户，次名椒，又次名敢，皆为郎官。当户蚤死，椒出为代郡太守，亦先广病殁，独敢方从骠骑将军霍去病，出发代郡。见前回。去病出塞二千余里，与匈奴左贤王相遇，交战数次，统得胜仗，擒住屯头王韩王等三人，及虏将虏官等八十三人，俘获无算。左贤王遁去，遂封狼居胥山，禅姑衍山，登临瀚海，乃班师回朝。武帝大悦，复增封去病食邑五千八百户，李敢亦加封关内侯，食邑二百户。卫青功不及去病，未得益封，唯特置大司马官职，令青与去病二人兼任。赵食其失道当斩，赎为庶人。这次大举两军，杀获胡虏，共计得八九万名，汉军亦伤亡数万，丧失马匹至十万有余。功不补患。

唯伊稚斜单于仓皇奔窜，与众相失，右谷蠡王还道单于阵亡，自立为单于，招收散卒。及伊稚斜单于归来，方让还主位，仍为右谷蠡王，单于经此大创，徙居漠北，自是漠南无王庭。赵信劝单于休战言和，遣使至汉，重议和亲。武帝令群臣集议，或可或否，聚讼不休。丞相长史任敞道："匈奴方为我军破败，正可使为外臣，怎得与我朝敌体言和？"武帝称善，因即令敞偕同胡使，北往匈奴。好数月不闻复命，想是由敞唐突单于，因被拘留。武帝未免怀忧，临朝时辄提及和亲利弊。博士狄山，却主张和亲。武帝未以为然，转问御史大夫张汤。汤窥知武帝微意，因答说道："愚儒无知，何足听信！"狄山也不肯让步，便接口道："臣原是甚愚，尚不失为愚忠；若御史大夫张汤，乃是诈忠！"虽是快语，但言之无益，徒然取死。武帝方宠任张汤，听狄山言，不禁作色道："我使汝出守一郡，能勿使胡虏入寇么？"狄山答言不能。武帝又问他能任一县否？山又自言未能。至武帝问居一障，即亭障。山不好再辞，只得答了一个能字。武帝便遣山往边，居守一障。才阅一月，山竟暴毙，头颅都不知去向。时人统言为匈奴所杀，其实是一种疑案，无从证明。不白之冤。朝臣见狄山枉送性命，当然戒惧，何人再敢多嘴，复说和亲？但汉兵疮痍未复，马亦缺乏，亦不能再击匈奴。只骠骑将军霍去病，闻望日隆，所受禄秩，几与大将军卫青相埒，青却自甘恬退，主宠亦因此渐衰。就是故人门下，亦往往去卫事霍，唯荥阳人任安，随青不去。

既而丞相李蔡，坐盗孝景帝园田，下狱论罪，蔡惶恐自杀。从子李敢，即李广少子，见父与从叔，并皆惨死，更觉衔哀。他自受封关内侯后，由武帝令袭父爵，得为郎中令。自思父死非罪，常欲报仇。及李蔡自杀，越激动一腔热愤，遂往见大将军卫青，问及乃父致死原由。两下稍有龃龉，敢即出拳相饷，向卫青面上击去。青连忙闪避，额上已略略受伤。嗣经青左右抢护，扯开李敢，敢愤愤而去。敢固敢为，惜太敢死！青却不动怒，但在家中调养，用药敷治，数日即愈，并不与外人说知。偏霍去病是青外甥，往来青家，得悉此事，记在胸中。

既而武帝至甘泉宫游猎，去病从行，敢亦相随，正在驰逐野兽的时候，去病觑敢无备，借着射兽为名，竟向敢猛力射去，不偏不倚，正中要害，立即毙命。当有人报知武帝，武帝还左袒去病，只说敢被鹿触毙，并非去病射死。专制君主，无人敢违，只好替敢拔出箭镞，舁还敢家，交他殓葬，便即了事。天道有知，巧为报复，不到一年，去病竟致病死。武帝大加悲悼，赐谥景桓侯，并在茂陵旁赐葬，特筑高塚，使象祁连山。令去病子嬗袭封。嬗之子侯，亦为武帝所爱，任官奉车都尉，后至从禅泰山，在道病歿。父子俱当壮年逝世，嬗且无嗣，终绝侯封。好杀人者，往往无后。

御史大夫张汤，因李蔡已死，满望自己得升相位，偏武帝不使为相，另命太子少傅庄青翟继蔡后任。汤以青翟直受不辞，未尝相让，遂阴与青翟有嫌，意欲设法构陷，只因一时无可下手，权且耐心待着。会因汤所拟铸钱，质轻价重，容易伪造，奸商各思牟利，往往犯法私铸。有司虽奏请改造五铢钱，但私铸仍然不绝，楚地一带，私钱尤多，武帝特召故内史汲黯入朝，拜为淮阳太守，使治楚民，黯固辞不获，乃入见武帝道："臣已衰朽，自以为将填沟壑，不能再见陛下，偏蒙陛下垂恩，重赐录用。臣实多病，不堪出任郡治，情愿乞为中郎，出入禁闼，补阙拾遗，或尚得少贡愚忱，效忠万一。"武帝笑说道："君果薄视淮阳么？我不久便当召君。现因淮阳吏民，两不相安，所以借重君名，前去卧治呢。"黯只好应命，谢别出朝。当有一班故友，前来饯行，黯不过虚与周旋。唯见大行李息，也曾到来，不觉触着一桩心事，唯因大众在座，不便与言。待息去后，特往息家回拜，屏人与语道："黯被徙外郡，不得预议朝政，但思御史大夫张汤，内怀奸诈，欺君罔上，外挟贼吏，结党为非，公位列九卿，若不早为揭发，一旦汤败，恐公亦不免同罪了！"却是个有心人。息本是个模棱人物，怎敢出头劾汤？不过表面上乐得承认，说了一声领教，便算敷衍过去。黯乃告辞而往，自去就任。息仍守故态，始终未敢发言。那张汤却揽权怙势，大有顺我便生，逆我就死的气势。大农令颜异，为了白鹿皮币一事，独持异议。白鹿皮币见前文。武帝心下不悦，汤且视如眼中钉，不消多时，便有人上书讦异，说他阴怀两端，武帝即令张汤查办。汤早欲将异致死，得了这个机会，怎肯令他再生？当下极力罗织，却没有的确罪证，只有时与座客谈及新法，不过略略反唇，汤就援作罪案，复奏上去。谓颜异位列九卿，见有诏令不便，未尝入奏，但好腹诽，应该论死。武帝不分皂白，居然准奏。看官阅过秦朝苛律，诽谤加诛，至文帝时已将此禁除去，哪知张汤，不但规复秦例，还要将腹诽二字，指作异罪，平白地把他杀死，岂非惨闻！异既冤死，又将腹诽论死法，加入刑律。比秦尤暴，汉武不得辞咎。试想当时这班大臣，还有何人再敢忤汤，轻生试法呢？

御史中丞李文，与汤向有嫌隙，遇有文书上达，与汤有关，文往往不为转圜。汤又欲算计害文，适有汤爱吏鲁谒居，不待汤嘱，竟使人诣阙上书，诬告文许多奸状。武帝怎知暗中情弊！当然将原书发出，仍要这老张查问。李文还有何幸，不死也要处死了。又了掉一个。那张汤正在得意，不料一日入朝，竟由武帝启问道："李文为变，究系何人详知情实？原书中不载姓名，可曾查出否？"汤已知告发李文，乃是府史鲁谒居所为，此时不便实告，只得佯作惊疑，半晌才答道："这当是李文故人，与文有怨，所以告发隐情。"武帝才不复问，汤安然趋出，还至府中，正想召入谒居，与他密谈，偏经左右报告，说是谒居有病，未能进见。死在眼前，何苦逞刁。汤慌忙亲去探问，见谒居病不能兴，但在榻上呻吟，说是两足奇痛。汤启衾看明，果然两足红肿，不由的替他抚摩。一介小吏，乃得主司这般优待，真是闻所未闻。无奈谒居消受不起，过了旬月，竟尔呜呼毕命。谒居无子，只有一弟同居长安，家中亦没有什么积储，一切丧葬，概由汤出资料理，不劳细叙。忽从赵国奏上一书，内称张汤身为大臣，竟替府史鲁谒居，亲为摩足，若非与为大奸，何至如此狎昵，应请从速严究云云。这封书奏，乃是赵王彭祖出名。彭祖王赵有年，素性阴险，令人不测。从前主父偃受金，亦由他闻风弹劾，致偃伏诛。见前文。自张汤议设铁官，无论各郡各国，所有铁器，均归朝廷专卖，赵地多铁，向有一项大税款，得入彭祖私囊，至是凭空失去，彭祖如何甘心？故每与铁官争持。张汤尝使府史鲁谒居，赴赵查究，迫彭祖让交铁権，不得再行占据。彭祖因此怨汤，并恨及谒居，暗中遣人入都，密探两人过恶。可巧谒居生病，汤为摩足，事为侦探所闻，还报彭祖。彭祖遂乘隙入奏，严词纠弹。武帝因事涉张汤，不便令汤与闻，乃将来书发交廷尉。廷尉只好先捕谒居，质问虚实，偏是谒居已死，无从逮问。但将谒居弟带至廷中。谒居弟不肯实供，暂系导官。为少府所属，掌舂御米。一时案情未决，谒居弟无从脱累，连日被囚。会张汤至导官署中，有事查验，谒居弟见汤到来，连忙大声呼救。汤也想替他解释，无如自己为案中首犯，未便相应，只好佯为不识，昂头自去。谒居弟不知汤意，还道汤抹脸无情，很是生恨，当即使人上书，谓汤曾与谒居同谋，构陷李文。李文事使彼供出，造化亦巧为播弄。武帝正因李文一案，怀疑未释，一见此书，当更命御史中丞减宣查究。减宣也是个有名酷吏，与张汤却有宿嫌，既经奉命究治，乐得借公济私，格外钩索，好教张汤死心伏罪。

复奏尚未呈上，忽又出了一桩盗案，乃是孝文帝园陵中，所有瘗钱，被人盗去。这事关系重大，累得丞相庄青翟，也有失察处分，只好邀同张汤，入朝谢罪。汤与青翟，乃是面上交好，意中很加妒忌。当即想就一计，佯为允诺，及见了武帝，却是兀立朝班，毫无举动。青翟瞅汤数眼，汤假作不见，青翟不得已自行谢罪，武帝便令御史查缉盗犯，御史首领就是张汤。退朝以后，汤阴召御史，嘱他如何办法，如何定案。原来庄青翟既为丞相，应四时巡视园陵，瘗钱被盗，青翟却未知为何人所犯，不过略带三分责任。汤不肯与他同谢，实欲将盗钱一案，尽推卸至青翟身上，而且还要办他明知故纵的罪名，使他受谴免官，然后自己好代相位。哪知御史隐受汤命，却有人漏泄出去，为相府内三长史所闻，慌忙报知青翟，替他设计，先发制汤。三长史为谁？第一人就是前会稽太守朱买臣，买臣受命出守，本要他预备战具，往击东越，嗣因武帝注重北征，不遑南顾，但由买臣会同横海将军韩说，出兵一次，俘斩东越兵数百名，上表献功。回应前六十二回。武帝即召为主爵都尉，列入九卿。越数年，坐事免官，未几又超为丞相长史。从前买臣发迹，与庄助同为侍中，雅相友善。张汤不过做个小吏，在买臣前趋承奔走。及汤为廷尉，害死庄助，见前文。买臣失一好友，未免怨汤。偏汤官运亨通，超迁至御史大夫，甚得主宠，每遇丞相调任，或当告假时候，辄由汤摄行相事。买臣蹭蹬仕途，反为丞相门下的役使，有时与汤相见，只好低头参谒。汤故意踞坐，一些儿不加礼貌，因此买臣衔恨越深。还有一个王朝，曾做过右内史，一个边通，也做过济南相，俱因失官复起，权任相府长史，为汤所慢。三人串同一气，伺汤过失，此次闻汤欲害青翟，便齐声禀白道："张汤与公定约，面主谢罪，旋即负约，今又欲借园陵事倾公，公若不早图，相位即被汤夺去了。为公计划，请即发汤阴事，先坐汤罪，方足免忧。"青翟志在保位，听了三长史的言语，当然允许，且令三人代为办理。三人遂潜命吏役，往拿商人田信等，到案审讯。田信等皆为汤爪牙，与汤营奸牟利，一经廷审，严刑逼供，田信等只得招认。当有人传入宫中，武帝已有所闻，便召汤入问道："朝廷每有举措，如何商人早得闻知，莫非有人泄漏不成？"汤并不谢过，又佯为诧异道："大约有人泄漏，亦未可知。"一味使诈，总要被人看穿。

武帝闻言，面有愠色，汤亦趋退。御史中丞减宣，已将谒居事调查确凿，当即乘间奏闻。双方夹攻，不怕张汤不死。武帝越觉动怒，连遣使臣责汤，汤尚极口抵赖，无一承认。武帝更令廷尉赵禹，向汤诘问，汤仍然不服。禹微笑道："君也太不知分量呢！试想君决狱以来，杀人几何？灭族几何？今君被人讦发，事皆有据，天子不忍加诛，欲令君自为计，君何必哓哓置辩？不如就此自决，还可保全家族呢！"汤至此也自知不免，乃向禹索取一纸，援笔写着道：

臣汤无尺寸之功，起刀笔吏，幸蒙陛下过宠，忝位三公，无自塞责，然谋陷汤者，乃三长史也。臣汤临死上闻！

写毕，即将纸递交赵禹，自己取剑在手，拼命一挥，喉管立断，当然毙命。禹见汤已死，乃执汤书还报。汤尚有老母及兄弟子侄等，环集悲号，且欲将汤厚葬。汤实无余财，家产不过五百金，俱系所得禄赐，余无他物。史传原有是说，但复阅前文，恐是说亦未必尽信。汤母因嘱咐家人道："汤身为大臣，坐被恶言，终致自杀，还用什么厚葬呢？"家人乃草草棺殓，止用牛车一乘，载棺出葬，棺外无椁，就土埋讫。先是汤客田甲，颇有清操，屡诫汤不宜过酷，汤不肯听信，遂有这般结局。家族保全，还算幸事。唯武帝得赵禹复报，览汤遗书，心下又不免生悔。嗣闻汤无余资，汤母禁令厚葬，益加叹息道："非此母不生此子！"说着，便命收捕三长史，一体抵罪。朱买臣王朝边通，骈死市曹。买臣妻如死后有知，可无庸追悔了。就是丞相庄青翟，亦连坐下狱，仰药自尽。武帝另用太子太傅赵周为丞相，石庆为御史大夫，命释田信出狱，使汤子安世为郎。唯同时酷吏义纵，已经坐罪弃市，还有王温舒，后来受赃，亦致身死族灭。温舒两弟及两妻家，且各坐他罪，一并族诛。光禄勋徐自为叹道："古时罪至三族，已算极刑，王温舒五族同夷，岂非特别惨报么？"义纵王温舒，并见前文。至若御史中丞减宣，亦不得善终，独赵禹较为和平，总算保全首领，寿考终身。小子有诗咏道：

天道由来是好生，杀人毕竟少公平，
试看酷吏多遭戮，才识穹苍有定衡。

是时武帝已五次改元，因在汾水上得了一鼎，号为元鼎。元鼎二年，得通西域。欲知西域如何得通，待至下回说明。

李广未尝非忠臣，李敢亦未尝非孝子，乃皆以过激致死，甚矣哉血气之不可妄使也！卫青以广之失道，责令对簿，迫诸死地，已觉御下之不情。及为李敢所击伤，却退然自阻不愿报复，青亦渐知悔过欤？霍去病乃从旁挟忿擅射李敢，杀人者死，汉有明刑，即有议亲议贵之条，亦不过贷及一死，乌得曲为掩护，任其妄杀乎？夫唯如武帝之偏憎偏爱，而后权贵得以横行，甚至酷吏张汤，屡陷人于死罪，冤狱累累而不少恤。刀笔吏不可作公卿，汲长孺之言信矣！然势倾朝野而不能延命，智移人主而不足欺天，徒诩诩然逞一时之权诈，果奚益乎？观于霍去病之不寿，与张汤之自杀，而后世之得志称雄者，可废然返矣。

第七十二回　通西域复灭南夷
进神马兼迎宝鼎

却说匈奴西偏，有一乌孙国，向为匈奴役属。当时乌孙国王，叫作昆莫。昆莫父难兜靡，为月氏所杀，昆莫尚幼，由遗臣布就翎侯窃负而逃，途次往寻食物，把昆莫藏匿草间，狼为之乳，乌为之哺，布就知非凡人，乃抱奔匈奴。到了昆莫长成，匈奴已攻破月氏，斩月氏王，月氏余众，西走据塞种地，作为行巢。昆莫乘间复仇，借得匈奴部众，再将月氏余众击走。月氏徙往大夏，改建大月氏国。已见前文。所有塞种故土，却被昆莫占住，仍立号为乌孙国，牧马招兵，渐渐强盛，不愿再事匈奴。匈奴方与汉连年交战，无暇西顾，及为卫霍两军所败，匈奴更势不如前，非但乌孙生贰，就是西域一带，前时奉匈奴为共主，至此亦皆懈体，各有异心。

武帝探闻此事，乃复欲通道西域，更起张骞为中郎将，令他西行。张骞入朝献议道："陛下欲遣臣西往，最好是先结乌孙；诚使厚赂乌孙王，招居前浑邪王故地，令断匈奴右臂，且与结和亲，羁縻勿绝，将见乌孙以西，如大夏等国，亦必闻风归命。尽为外臣了。"武帝专好虚名，但教夷人称臣，无论子女玉帛，俱所不惜。因此令骞率众三百人，马六百匹，牛羊万头，金帛值数千巨万，赍往乌孙。乌孙王昆莫，出来接见，骞传达上意，赐给各物。昆莫却仍然坐着，并不拜命。骞不禁怀惭，便向昆莫说道："天子赐王厚仪，王若不拜受，尽请还赐便了。"昆莫才起身离座，拜了两拜。骞复进词道："王肯归附汉朝，汉当遣嫁公主为王夫人，结为兄弟，同拒匈奴，岂不甚善！”昆莫听了，踌躇未决，乃留骞暂居帐中，自召部众，商议可否。部众素未知汉朝强弱，且恐与汉联和，益令匈奴生忿，多招寇患，所以聚议数日，仍无定论。

就中尚有一段隐情，更令昆莫左支右绌，不能有为。昆莫有十余子，太子早死，临终时曾泣请昆莫，愿立己子岑陬为嗣，昆莫当然垂怜，面允所请。偏有中子官拜大禄，强健善将，夙任边防，闻得太子病殁，自思继立，不意昆莫另立嗣孙，致失所望，于是招集亲属，谋攻岑陬。昆莫得知此信，亟分万余骑与岑陬，使他出御中子，自集万余骑为卫，防备不虞。国中分作三部，如何制治？且因昆莫年老，越觉颓靡不振，姑息偷安。夷狄无亲，可见一斑，汉乃以和亲为长策，实属非计。

骞留待数日，并未得昆莫确报，乃别遣副使，分往大宛康居月氏大夏等国，传谕汉朝威德。各副使去了多日，尚未复命，那乌孙却遣骞归国，特派使人相送，并遗良马数十匹，作为酬仪。骞偕番使一同入朝，番使进谒武帝，却还致敬尽礼，并且所献良马，格外雄壮。武帝见了，不觉喜慰，遂优待番使，特拜骞为大行。骞受任年余，竟致病逝。又阅一年，才由骞所遣副使陆续还都，西域各国，也各派使人随来，于是西域始与汉交通，汉复再三遣使，西出宣抚。各国只知博望侯张骞，不知他人。各使亦讳言骞死，但说是由骞所遣，后人因盛传张骞凿空。凿空谓开凿孔道。且因骞尝探视河源，称为张骞乘槎入天河，其实黄河远源，并不在当时西域中，以讹传讹，不足为信。唯西域一带，地形广袤，东西六千余里，南北千余里，东接玉门阳关，西限葱岭。葱岭以外，尚有数国。今据史传纪载，西域共三十六国，后且分作五十余国，与汉朝往来通使，计有南北二道，南北二道的终点，就是葱岭。小子录述国名如下：

婼羌国，楼兰国，后名鄯善。 且末国， 小宛国， 精绝国， 戎卢国， 扜弥国， 渠勒国， 于阗国， 皮山国，乌秅国， 西夜国， 蒲犁国， 依耐国， 无雷国， 难兜国，以上为南道诸国。 乌孙国， 康居国， 大宛国， 桃槐国， 休循国， 捐毒国。与身毒不同，身毒不入西域传。 莎车国， 疏勒国， 尉头国， 姑墨国， 温宿国， 龟兹国， 尉犁国， 危须国， 焉耆国， 车师国。亦名姑师。 蒲类国， 狐胡国， 郁立师国， 单桓国，以上为北道诸国。　大月氏国，　大夏国，　罽宾国，　乌弋山离国，　犁靬国，　条支国，　安息国，　奄蔡国。以上为葱岭外诸国。

以上数十国，前时多服属匈奴，至此与汉交通，为匈奴所闻知，屡次发兵邀截，汉乃复就酒泉武威两郡外，增置张掖敦煌二郡，派吏设戍，严备匈奴。不意西北未平，东南忽又生乱，累得汉廷上下，又要调兵征饷，出定东南。

先是南越王赵胡，曾遣太子婴齐，入都宿卫，一住数年。见前文。婴齐本有妻孥，唯未曾挈领入都，不得不另娶一妇。适有邯郸人樛氏女子，留寓都中，高张艳帜，常与灞陵人安国少季，私相往来。婴齐却一见倾情，不管她品性贞淫，便即浼人说合。好容易得娶樛女，真是心满意足，快慰非常。未几生下一男，取名为兴。祸胎在此。后来赵胡病重，遣使至京，请归婴齐，武帝准他归省，婴齐遂挈妻子南旋。不久胡死，婴齐当即嗣位，上书报闻，且请令樛女为王后，兴为太子。武帝也即依议，但常遣使征他入朝。婴齐恐再被羁留，不肯应命，只遣少子次公入侍，自与樛女镇日淫乐，竟致尫瘠不起，中年毕命。太子兴继立为主，奉母樛氏为王太后。偏武帝得了此信，又要召他母子一同入朝。当下御殿择使，即有谏大夫终军，自请效劳，且面奏道："臣愿受长缨，羁南越王于阙下！"谈何容易！武帝见他年少气豪，却也嘉许，便令与勇士魏臣等，出使南越。又查得安国少季，曾与樛太后相识，也令同往。

终军表字子云，济南人氏，年未弱冠，即选为博士弟子，步行入关。关吏给与一繻，终军问有何用？关吏指示道："这是出入关门的证券，将来汝要出关，仍可用此繻为证。"繻系裂帛为之，用代符节。终军慨然道："大丈夫西游，何至无事出关！"一面说，一面弃繻自去。果然不到两年，官拜谒者。出使郡国，建旄出关。关吏惊诧道："这就是弃繻生，不料他竟践前言！"终军也不与多说，待至事毕还都，奏对称旨，得超迁至谏大夫。至是复出使南越，见了南越王兴，凭着那豪情辩口，劝兴内附，兴也自然畏服。偏是南越相吕嘉，历相三朝，权高望重，独与汉使反对，阻兴附汉。兴不免怀疑，入白太后，请命定夺。太后樛氏，也即出殿，召见汉使。两眼瞟去，早已瞧见那少年姘夫，当下引近座前，详问一番。安国少季即将朝廷意旨，约略相告，樛太后毫不辩驳，立即乐从，嘱兴奉表汉廷，愿比内地诸侯，三岁一朝。终军得表，遣从吏飞报长安。武帝复诏奖勉，且赐南越相吕嘉银印，及内史中尉太傅等印，余听自置，所有终军等人，都留使镇抚。

吕嘉始终不服，且闻安国少季出入宫禁，更觉怀疑，遂托疾不出，阴蓄异图。安国少季方与樛太后重续旧欢，非常狎昵，但恐吕嘉从中为变，不如劝樛太后带子入朝，自己好相偕北上，一路绸缪。樛太后虽饬治行装，唯意中却欲先除吕嘉，然后启行，乃置酒宫中，款待汉使。一面召入丞相以下诸官吏，共同入宴。吕嘉不得不往，唯嘉弟正为将军，在宫外领兵环卫。樛太后见嘉已列席，行过了酒，便向嘉顾语道："南越内属，利国利民，相君独以为不便，究属何意？"吕嘉听着，料知太后激动汉使，与他反对，因此未敢发言。汉使也恐嘉弟在外，不便发作，只好面面相觑，袖手旁观。樛太后不免着急，忽见吕嘉起身欲走，也即离座取矛，向前刺嘉。还是南越王兴，防有他变，慌忙起阻太后，将嘉放脱。淫妇必悍，实自取死。嘉回到府中，便思发难，转念王兴，并无歹意，倒也不忍起事。蹉跎蹉跎，又过数月，蓦闻汉廷特派前济北相韩千秋，与樛太后弟樛乐，率兵二千人。驰入边疆，乃亟召弟计议道："汉兵远来，必是淫后串同汉使，召兵入境，来灭我家，我兄弟岂可束手就毙么？"嘉弟系是武夫，一闻此言，当然大愤，便劝嘉速行大事。嘉至是也不遑多顾，便与弟引兵入宫。宫中未曾防备，立被突入，樛太后与安国少季，并坐私谈，急切无从逃避，由嘉兄弟持刀进来，一刀一个，劈死了事。死得亲昵。两人再去搜寻王兴，兴如何得免？也遭杀害。嘉索性往攻使馆，戕杀汉使，可怜终军魏臣等，双手不敌四拳，同时殉难。终军不过二十多岁，惨遭此祸，时人因称为终童。

嘉即下令国中道："王年尚少，太后系中国人，与汉使淫乱，不顾赵氏社稷，故特起兵除奸，另立嗣主，保我宗祧。"国人素属望吕嘉，统皆听命，无一异议，嘉乃迎立婴齐长子术阳侯建德为王，系婴齐前妻所生之子。自己仍为相国，且遣人通知苍梧王赵光。苍梧为南越大郡，光与嘉素有感谊，当然复书赞成。于是嘉壹意御汉，专待韩千秋到来，反令边境吏卒，开道供食，诱令深入。千秋也是矜才使气，请愿南来，一入越境，即与樛乐并驱进兵，攻破好几处城池，嗣见南越吏卒，殷勤接待，愿为向导，还道他震慑兵威，畅行无阻，谁知行近越都，相去不过四十里，突见越兵四面杀到，重重裹住。千秋只有二千人马，前无去路，后无救兵，眼见得同归于尽，无一生还。

嘉杀尽汉兵，遂函封汉使符节，使人赍送汉边，设词谢罪。边吏立即奏闻。武帝大怒，颁诏发罪人从军，且调集舟师十万，会讨南越。命卫尉路博德为伏波将军，出桂阳，下湟水；主爵都尉杨仆，为楼船将军，出豫章，下横浦；故归义越侯两人，同出零陵，一名严，为戈船将军，一名甲，为下濑将军；又使越人驰义侯遗，带领巴蜀罪人，发夜郎兵，下牂牁江，同至番禺会齐。番禺就是南越郡城，北有寻陿石门诸险，都被杨仆捣破，直进番禺。路博德部下多罪人，沿途逃散，只有千余人至石门，与仆相会。两军同路并进，到了番禺城下，仆攻东南，博德攻西北，仆想夺首功，麾着部众，奋力猛扑，越相吕嘉，督兵死守，坚拒不退。博德却从容不迫，但在西北角上，虚设旗鼓，遥张声势。一面遣人射书入城，劝令出降。城中已是垂危，又闻博德立营西北，将要夹攻，急得守将仓皇失措，往往缒城夜出，奔降博德。博德好言抚慰，各赐印绶，令他还城相招。适杨仆攻城不下，焦躁异常，督令部兵纵火烧城，东南一带，烟焰冲霄，西北兵民，都已魂飞天外，闻得出降免死，并有封赏的消息，自然踊跃出城，争向博德处投降。吕嘉及南越王建德，如何支持？也即乘夜逃出，穷投海岛。及杨仆破城直入，那路博德早进西北门，安坐府中。斗力不如斗智。仆费了许多气力，反让博德先入，很不甘心，便欲往捕南越君相，再图建功。博德却与仆笑语道：“君连日攻城，劳疲已甚，尽可少休！南越君相，便可擒到，请君勿忧。”仆尚似信非信。过了一两日，果由越司马苏弘，捕到建德，越郎都稽，捕到吕嘉。经博德讯验属实，立命处斩。当即飞章奏捷，保举苏弘为海常侯，都稽为临蔡侯，且奏章中亦备述杨仆功劳。仆始知博德善抚降人，用夷制夷，智略高出一筹，也觉得自愧勿如了。不由杨仆不服。戈船下濑两将军，及驰义侯所发夜郎兵，尚未赶到，南越已平。就是苍梧王赵光，不待往讨，已经闻风胆落，慌忙投诚，后来得封为随桃侯。

自从南越事起，朝廷亟须筹饷，不得不催收租赋。倪宽正为左内史，待民宽厚，不加苛迫，遂致负租甚多，势且获谴。百姓闻宽将免职，竞纳租税，大家牛车，小家担负，全数缴齐，反得课最。宽仍然留任，且因此更结主知。还有输财助边的卜式，已由县令超任齐相，自请父子从军，往死南越。何其热心乃尔。武帝虽未曾准遣，却也下诏褒美，封式关内侯，赐金四十斤，田十顷，布告天下，风示百官。哪知除卜式外，竟无一人继起请效，遂致武帝衔恨在心。巧值秋祭在迩，又行尝酎礼，秋祭曰尝美酒曰酎。列侯例应贡金助祭，武帝借此泄恨，特嘱少府收验贡金，遇有成色不足，即以不敬论罪，夺去侯爵，百有六人。丞相赵周，不先纠举，连坐下狱，愤急自尽。连毙四相，毋乃太酷！另升御史大夫石庆为丞相，召齐相卜式为御史大夫。

已而车驾东巡，将往缑氏。行至左邑桐乡，正值南越捷报到来，甚是喜慰，便命桐乡为闻喜县。再行至汲县中新乡，又闻得吕嘉捕诛，因在新中乡添置获嘉县。且传谕南军，析南越地作为南海、苍梧、郁林、合浦、交趾、九真、日南、珠厓、儋耳九郡，诏路博德等班师回朝。博德已受封符离侯，至此更增食采，杨仆得加封将梁侯，外此封赏有差。唯越驰义侯遗，征兵赴越时，南夷且兰君抗命。杀毙使人，居然叛汉。遗奉诏回军，击死且兰君，乘胜攻破邛莋，连毙二酋，冉駹等国，并皆震慑，奉表归命。当由遗奏报朝廷，旋接武帝复诏。改且兰为牂牁郡，邛为越嶲郡，莋为沈藜郡，冉駹为汶山郡，广汉西白马两处为武都郡，嗣是夜郎及滇，先后降附，蒙给王印，西南夷悉平。

说也奇怪，东越王余善，也甘就灭亡，造起反来。余善尝拟从征南越，上书自效，当即发卒八千人，愿听楼船将军节制。楼船将军杨仆，到了番禺，并未见余善兵到，致书诘问，只说是兵至揭阳，为海中风波所阻。及番禺已破，询诸降人，才知余善且通使南越，阴持两端。仆乃请命朝廷，即欲移兵东讨。武帝因士卒过劳，决计罢兵，但令仆部下校尉，留屯豫章，防备余善。余善恐不免讨伐，索性先行称兵，拒绝汉道，号将军驺力为吞汉将军，自称武帝。汉帝死后称武，余善生前称武，也是奇闻。武帝乃再遣杨仆出兵，与横海将军韩说等分道入东越境，余善尚负嵎称雄，据险不下。相持数月，由故越建成侯敖，及繇王居股，合谋杀死余善，率众迎降，东越复平。武帝以闽地险阻，屡次反复，不如徙民内处，免得生心。乃诏令杨仆以下诸将，把东越民徙居江淮。杨仆等依诏办理，闽峤乃虚无人迹了。两越俱亡。

同时又有先零羌人，零音怜。为唐虞时三苗后裔，散处湟中，阴通匈奴，合众十余万，寇掠令居安故等县，进围枹罕。武帝起李息为将军，使偕郎中令徐自为，率兵十万，击散诸羌，特置护羌校尉，就地镇治，总算荡平。

武帝见诸事顺手，自然欣慰，因记起渥洼水旁，曾有异马产出，即颁诏出去，嘱令送马入都。这异马并非异产，不过由暴利长捏说出来，从中取巧。小子于前文中已经叙明。见六十九回。此时暴利长奉命献马，到了都中，由武帝亲自验看，果觉肥壮得很，与乌孙国所献良马，大略相同。武帝遂称为神马，或与乌孙马共称天马。《通鉴辑览》载此事于元狩三年，《汉书》则在元鼎四年，本书两存其说，故前后分叙。武帝方营造柏梁台，高数十丈，用香柏为梁，因以为名。这台系供奉长陵神君，神君为谁，查考起来，实是不值一辩。长陵有一妇人，产男不育，悲郁而亡。后来妯娌宛若，供奉妇象，说是妇魂附身，能预知民间吉凶。一班愚夫愚妇，共去拜祝，有求辄应，就是武帝外祖母臧儿，也曾往祷，果得子女贵显，遂共称长陵妇为神君。武帝得自母传，遣使迎入神君像，供诸虒氏观中。嗣因虒氏观规模狭隘，特筑柏梁台移供神像，且创作柏梁台诗体，与群臣互相唱和，谱入乐歌。复令司马相如等编制歌诗，按叶宫商，合成声律，号为乐府。及得了神马后，也仿乐府体裁，亲制一《天马》歌。歌云：

泰一况，泰一即天神，见后文。天马下，沾赤汗，沫流赭，志俶傥，精权奇，籋音蹑。浮云，晻上驰，驱容与，迣音逝。万里。今安匹？龙为友。

天马歌成，马入御厩，暴利长非但免罪，且得厚赏。忽又由河东太守，奏称汾阴后土祠旁，有巫锦掘得大鼎，不敢藏匿，因特报闻。这汾阴地方的后土祠，本是元鼎四年新设，不到数月，便有大鼎出现，明明由巫锦暗中作伪，哄动朝廷。也是暴利长一般伎俩。偏武帝积迷生信，疑是后土神显示灵奇，将鼎报锡，当即派使迎鼎入甘泉宫，荐诸宗庙。武帝亲率群臣，往视此鼎，鼎状甚大，上面只刻花纹，并无款识。大众不辨新旧，但模模糊糊的说是周物，统向武帝称贺。独光禄大夫吾邱寿王，谓鼎系新式，怎得说是周鼎？语为武帝所闻，召入诘问，吾邱寿王道："从前周德日昌，上天报应，鼎为周出，故称周鼎。今汉自高祖继周，德被六合，陛下又恢廓祖业，天瑞并至，宝鼎自出，这乃汉宝，并非周宝，臣所以谓非周鼎呢！"武帝转怒为喜，连声称善，群臣亦喧呼万岁。吾邱寿王却得赐黄金十斤，武帝又亲作宝鼎歌，纪述休祥。小子有诗叹道：

虚伪何曾不易知，君臣上下并相欺；
唐虞尚有夸张事，况是秦皇汉武时。

过了月余，又有齐人公孙卿，上书说鼎。欲知他如何说法，容待下回再详。

张骞之凿空西域，后人或力诋其过，或盛称其功。吾谓凿空可也。凿空西域，乃徒以厚赂相邀，并未知殖民政策，是第耗中国之财，而未收拓土之效，宁非有损无益乎！唯断匈奴之右臂，使胡人渐衰渐弱，不复为寇，亦未始非中国之利。然则骞有过，骞亦未尝无功，谓其功过之相抵可耳。东南两越，自取灭亡，伏波楼船，侥天之幸，而武帝益因此骄侈矣。神马也，宝鼎也，无一非作伪之举，武帝岂真愚蠢？任彼所欺？意者其亦欲借此欺人欤？上下相欺，而汉道衰矣。

第七十三回　信方士连番被惑
行封禅妄想求仙

却说齐人公孙卿本是一个方士，因闻武帝新得宝鼎，也想乘时干进，胡乱凑成一书，叫做《札》书，怀挟入都，钻通了一条门路，把书献入。书中语多荒诞，内有黄帝得宝鼎，是辛巳朔旦冬至，今岁汉得宝鼎，适当己酉朔旦冬至，古今相符，足称盛瑞云云。武帝览书，很觉合意，遂召公孙卿入见，问此书为何人所作。卿随意捏造，说是受诸申公，且言申公已死，只有此书遗下。武帝信以为真，且问申公有无他语。卿又答道："申公尝谓大汉肇兴，正与黄帝时代，运数相合。大约高皇帝后，或孙或曾孙，圣圣相承，必有宝鼎出现，宝鼎一出，上与神通，应该封禅，重行黄帝故事。今宝鼎适符圣瑞，可见申公所言，真实不虚了。"武帝复问黄帝如何封禅？公孙卿乱说了一大篇，无非把岳宗泰岱，禅主云亭的套话，信口铺张。又把当时甘泉宫，指为黄帝时代的明庭，谓黄帝曾在明庭接见百神，后来采铜首山，铸鼎荆山，鼎成后龙垂胡须，下迎黄帝，黄帝乘龙登天，带去后宫及大臣七十余人；还有许多小臣，要想攀髯上去，髯被扯断，统皆坠下，连黄帝所带的弓衣，亦被震落，小臣无从再攀，只得抱弓悲号，因以鼎湖名地，乌号名弓。全是牵强附会。这番言词，武帝已听过许多方士，说及大略，不过公孙卿所谈，更觉得娓娓动听，遂不禁长叹道："朕如能学得黄帝，弃妻子也如敝屣哩！"当下拜卿为郎，使至太室候神，太室即嵩岳之一峰。既而卿入都面陈，谓缑氏城上有仙人迹，请武帝自往巡幸。上回所述驾幸缑氏，便是为了公孙卿一言。唯武帝也恐为所欺，曾向卿说道："汝莫非效文成五利否？"卿答称人求神仙，神仙不须求人，应该宽假岁月，精诚感应，方得上迓仙人。

看官听说！这明是借端延宕，不负责任，比那文成五利，更为狡猾。所以文成五利，终致授首，公孙卿却得坐靡廪禄，逍遥了好几年。究竟文成五利，姓甚名谁？小子前时无暇叙入，只好趁此补述出来。是倒戟而出之法。

自武帝迎供长陵神君图像，便有方士李少君，料知武帝迷信鬼神，入都献技。少君不娶妻，不育子，又不肯言籍贯年纪，但挟术周游，语多奇验。及抵长安，便有人替他揄扬，传达宫中。武帝便召见少君，亲加面试，取出一古铜器，令他说明何代所制。少君不待摩挲，立即答道："这是春秋时齐国所制，齐桓公十年，曾陈设柏寝中。"武帝不免称奇。原来铜器下面，曾有文字标识，如少君言，巧被少君猜着，自然目为异人。且少君容貌清癯，似非凡相，益令武帝起敬，赐他旁坐。少君因进言道："祠灶便能致物，致物以后，丹砂可化为黄金，并可益寿，蓬莱仙人，亦可得见。从前黄帝封禅遇仙，竟得不死，乘龙升天。就是臣活了数百年，亦亏得遨游海上，遇见仙人安期生，给臣食枣，形大如瓜，然后延年。"如哄小孩子一般。武帝听了，乃亲祀灶神，且遣方士入海，访寻蓬莱仙人。一面令少君炼砂成金，好多时未见炼成，那少君却已死去。仙枣想已泻出了。

武帝还疑他尸解成仙，很加叹息。可巧来了一个齐人少翁，也与少君一般论调，正好继续少君，说鬼谈仙。适值武帝宠姬王夫人，得病身亡，王夫人有子名闳，由王夫人病重时，以子相托。时武帝长子据，已册为太子，即卫皇后所生。闳当然不能立储，只好许为齐王。王夫人却也道谢。至王夫人死后，武帝追忆不忘，少翁即自言能致鬼魂相见如少时。武帝甚喜，便命少翁作起法来，少翁命腾出净室，四周张帷，并索取王夫人生前衣服，预备招魂。到了夜间，在帷外爇起灯烛，使武帝独坐待着，自己走入帷中，东喷水，西念咒，闹了两三个时辰，果有一个美貌女子，被他引至。武帝正向帷中痴望，见了这般美妇人，不觉出神，凝睇审视，身材等确与王夫人无二。急欲入帷与语，却被少翁出帷阻住，转眼一看，美人儿已没有了。逐句写来，情伪毕露。武帝特作词寄感，列入乐府，词云："是耶非耶？立而望之，翩何姗姗其来迟！"语意原是约略模糊，并非确见，但尚拜他为文成将军，待以客礼，令他求仙。要他求仙亦不应封为将军。

少翁乃请在甘泉宫中，增筑台观，绘塑许多奇形怪状的偶像，或称天神，或称地祇，或称为泰一神。泰一两字，源出古书，大约作上天的解释。当时燕齐方士，竞称天神，最贵要算泰一,五帝尚是泰一的佐使，故泰一当首先供奉。少翁也主此说，武帝方深信少翁，但教少翁如何主张，无不照办。无如神仙杳远，始终不肯光临，武帝也有些疑心起来。一日至甘泉宫，诘问少翁，忽有一人牵过一牛，少翁便指示武帝道："这牛腹中当有奇书。"武帝乃命左右将牛牵住，立刻宰杀，剖腹审视，果有帛书一幅，上载文字，语多隐怪。经武帝看了又看，不由的猛然省悟，便将牵牛的人，拿下审问。一番吓迫，竟得实供，乃是少翁预知武帝到来，嘱将帛书杂入草中，使牛食下，意欲自显神通。哪知书上文字，被武帝瞧破机关，知是少翁亲笔，再加供词确凿，眼见得少翁欺主，头颅落地。何苦作伪？

过了一年，武帝抱病鼎湖宫，多日不愈，遍求天下巫医，适有方士游水发根，说是上郡有巫，能通神语，善知吉凶。武帝即派人迎入，向他问病，巫便作神语道："天子何必过忧？不日自愈，可至甘泉宫相会。"当下使巫往住甘泉宫，说也奇怪，武帝果然渐瘥，乃亲至甘泉宫谢神，且就北宫中更置寿宫，特设神座，尊号神君。神不能言，但凭上郡巫传达，积录成书，名为画法。那上郡巫也是少翁流亚，借着神语，常说少翁枉死。武帝又不觉追悔起来。

乐成侯丁义，迎合意旨，荐上一个方士栾大，谓与少翁同师。武帝即使人往召栾大，大曾为胶东王刘寄家人，寄为景帝子，见前文。寄后系丁义姊，故义特荐引。及大应召入都，武帝见他身长貌秀，彬彬有礼，已是另眼相看。当下询及平时学术，大夸口道："臣尝往来海中，遇见安期羡门等仙人，得拜为师，传授方术，大约黄金可成，河决可塞，不死药可得，仙人可致。唯因文成枉死，方士并皆掩口，臣虽蒙召，亦怎能轻谈方术哩！"武帝忙诡说道："文成食马肝致死，毋得误听！汝诚有此方术，尽可直陈，我却毫无吝惜呢！"大答说臣师统是仙人，与人无求，陛下必欲求仙，须先贵宠使臣，引为亲属，视若宾客，方可令他通告神人。武帝听了，尚恐大空言无术，不禁沉吟。大窥破上意，遂顾令御前侍臣，取得小旗数百杆，分插殿前，喝一声疾，即有微风徐徐过来，再加了几句咒语，风势益大，把几百杆小旗卷入空中，自相触击。顿时满朝臣吏，无不称奇，就是武帝亦见所未见，禁不住失声喝彩。俄而风定旗落，纷纷下地。不过一些觇风微术，实不足奇。武帝更加赞美，面授大为五利将军。又是一位特别将军。大不过道了一个谢字，扬长而出。

武帝见大无甚喜色，料知他心尚未足，但国库方匮，急需金银，又因黄河决口未塞，河南屡有水患，闻得栾大具有是术，还惜什么官爵印绶？一官未足，何妨再给数官，于是天士将军地士将军大通将军的官衔，联翩加封。才阅月余，大已佩了四将军印绶了。哪知大连日入朝，仍没有什么欢容。武帝索性依他要求，加封为乐通侯，食邑二千户，赐甲第，给童仆，所有车马帷帐等类，俱代为备齐，送交过去。待至布置妥当，再将卫皇后所生长公主，嫁与为妻。一介贱夫，平白地得此奇遇，出舆盖，入仆御，一呼百诺，颐指气使，又有娇滴滴的金枝玉叶，任他拥抱取乐，快活何如！武帝未曾得仙，他却做了活神仙了。武帝时常召宴，或且至大第酒叙，赏赐黄金至十万斤，此外各物，不可胜计。大若自能炼金，何必需此巨赏？自窦太主各将相以下，又皆依势逢迎，随时馈献。也想登仙么？武帝再命刻玉印，镂成天道将军四字，特派大臣夜着羽衣，立白茅上，授与栾大。大亦照此装束，长揖受印，这算是客礼相待，明示不臣。总计大入都数月，封侯尚主，身悬六印，富贵震天下。

好容易又过半年，武帝不免要去催促，叫他往迎神仙，大尚支吾对付。后来实不便延宕，只好整顿行装，辞过武帝，别了娇妻，亲赴海上寻师。武帝究竟聪明，密遣内侍扮做平民，一路随去。但见大到了泰山，唯辟地为席，拜祷一番，并没有仙师，出与相语。及祷毕后，无他异举，但在海岸边游玩数日，遂折回长安。无非记着家中的女仙。内侍见他这般捣鬼，既好笑，又好恨，一入都门，不待栾大进谒，先向武帝报知。武帝当然动怒，俟大入报，作色诘责。大还要捏造师言，被武帝唤出内侍，当面对质，不由栾大不服，遂将大拘系狱中，按律坐诬罔罪，腰斩市曹。只难为了卫长公主。

看官试想，这武帝已经觉悟，连诛文成五利，应该将方士尽行驱逐，为何又听信这公孙卿呢？原来武帝不信文成五利，并非不信神仙，他以为文成五利两人，法术未高，所以神仙难致，若果得一有道的术士，当必有效，因此公孙卿进见以后，无非叫他再去一试。所有一切待遇，非但不及五利，并且不及文成。亲女儿不肯无故割舍了！卿受职较卑，不使人忌，再加手段圆猾，反好从此安身。还有封禅一语，乃是公孙卿独自提议，最合武帝意旨。当时司马相如已经病殁，他有遗书上奏，称颂功德，劝武帝东封泰山，武帝已为所动，再经公孙卿一说，便决议举行。只有封禅仪制，自秦后未曾照办，无从援据。就是司马相如家中，亦曾差人查问，他妻卓文君，谓遗书以外无他语。此妇尚未死么？武帝不得已责成博士，要他酌定礼仪。博士徐偃周霸等，采取尚书周官王制遗文，拘牵古义，历久未决。还是左内史倪宽，谓封禅盛事，经史未详，不若由天子自行裁夺，垂定隆规。武帝乃亲自制仪，略与倪宽参酌可否。适卜式上言官卖盐铁，货劣价贵，不便人民，武帝不以为然，并因式不能文章，贬为太子太傅，特迁宽为御史大夫。总要揣摩求合，方可升官。

封禅礼定，武帝又想这般盛举，必先振兵释旅，方可施行。乃于元鼎六年秋季，诏设十二部将军，调齐人马十八万，扈驾巡边。十月初旬出发，自云阳北行，径出长城，登单于台，耀武扬威，遣侍臣郭吉往告匈奴，传达谕旨，略言东南一带，已皆荡平，南越王头，悬示北阙，单于能战，可与大汉天子，自来交锋；否则便当臣服，何必亡匿漠北云云。时伊稚耳单于已死，子乌维单于嗣立，听了吉言，不禁怒起，把吉拘住不放，自己也不发兵。武帝待了数日，不见回音，乃传令回銮。道过上郡县桥山，见有黄帝遗冢，顿觉起疑道："我闻黄帝不死，为何留有遗冢？"公孙卿随驾在旁，亟答说道："黄帝登天，群臣想慕不已，因取衣冠为葬。"武帝喟然道："我若上天，想群臣当亦葬我衣冠哩。"说着即命备礼致祭。祭毕还长安，遣兵回营。转眼间便是孟春，东风解冻，正好趁时东封。当下启跸东巡，行经缑氏，望祭中岳嵩山，从官齐集山下，听得山中发声，恍似三呼万岁一般。恐又是公孙卿捣鬼。便即告知，武帝也只说听见，令祠官加增太室祠，以山下三百户为奉邑，号曰崇高。崇嵩二字，古文通用。再东行至泰山，山下草木，尚未生长，武帝令从吏运石上山，直立山顶，上刻铭词数语道：

> 事天以礼，立身以义，事父以孝，成民以仁。四海之内，莫不为郡县，四夷八蛮，咸来贡职。与天无极，人民蕃息，天禄永得。

立石既毕，遂东巡海上，礼祀八神。天主，地主，兵主，阴主，阳主，月主，日主，四时主。齐地方士，争来献书，统说海中居有神仙，武帝便命多备船只，使方士一并航海，往寻蓬莱仙人。且使公孙卿持节先行，遇仙即报。卿复称夜至东莱见有大人，长约数丈，近视即杳，但留巨迹。武帝听说，自至东莱亲视，足迹尚依稀可认，唯状类鲁蹄，未免动疑。偏从臣也来启奏，谓路中遇一老翁，手中牵犬，说是欲见巨公，言毕不见。都是瞎说。武帝方信为真仙，再命随行方士，乘车四觅。自在海上守候多日，不见回音，乃回至泰山，行封禅礼。即就山下东方致祭，筑土为封，埋藏玉牒，牒中所说，无非求福求寿等语，旁人无从窥悉。又与奉车都尉霍子侯，同登山巅，秘密封土，禁人预闻。子侯名嬗，即去病子，武帝独加宠遇，故使得从行。越宿，从山北下，来禅肃然山。封禅礼成，还驻明堂。到了次日，群臣奏闻封禅各处，夜有祥光，凌晨复有白云拥护，引得武帝色动颜开。再由群臣一齐歌颂功德，武帝越加喜欢，遂下诏改称本年为元封元年，大赦天下。并忆封禅期内，连日晴和，并无风雨，当由天神护佑，或得从此接见神仙，也未可知。乃复至海上探望。但见云水苍茫，并没有神仙形影，怅立多时，心终未死，意欲亲自航海，往访蓬莱。群臣进谏不从，还是东方朔谓仙将自至，不可躁求，才将武帝劝止，不复进行。

适霍子侯感冒风寒，竟致暴死，想是成仙去了。武帝悲悼异常，厚加赙殓，饬人送柩回京。自己再沿海至碣石，终不得一见仙人，乃折向西行，过九原，入甘泉，总计费时五阅月，周行一万八千里，用去金钱巨万，赐帛百余万匹，全亏治粟都尉桑弘羊，职兼大农，置平准官，操奇计赢，才得逐年搜括，供给武帝游资。武帝因他理财有功，赐爵左庶长，金二百斤。弘羊尝自诩为计臣能手，谓民不加赋，国用自饶。独卜式斥他不务大体，专营小利。会因天气亢旱，有诏求雨，式私语亲属，谓不如烹死弘羊，自可得雨，何必祈祷？哪知武帝方依任弘羊，怎肯把他加诛。

是秋有孛星出现天空，术士王朔，反指为德星，群臣依声附和，说是封禅瑞应。武帝大喜，乃至雍地，亲祀五畤，复回甘泉祀泰一神。自从方士称泰一最贵，特在甘泉设祠，号为泰畤。且定例三岁一郊，各畤中随时致祭，不在此例。元封二年，公孙卿又复上言，东莱有神人，欲见天子，武帝乃再出东巡，至缑氏县，拜卿为中大夫，使为前导，直赴东莱。偏是海山缥缈，云雾迷蒙，有什么天神天仙？卿无从解说，又把那野兽脚迹，混充过去。武帝也不便穷诘，但托言天时屡旱，特为人民祈雨，来祷万里沙神祠。万里沙在东莱海滨，借此为名，掩饰天下耳目。还过泰山，又复望祀，再顺路至瓠子口。瓠子河决，已二十多年，武帝尝使汲黯、郑当时前往堵塞，屡堙屡决。更命汲黯弟仁，与郭昌等往修河防，积久无成。此次武帝亲临决口，先沉白马玉璧，致祭河神，随令从官一齐负薪，填塞决河。河旁本有数万人夫，随吏供役，至是见文武百官，尚且这般辛苦，怎得不格外效劳？薪柴不足，济以竹石，好在天晴已久，河水低浅，竟得凭借众力，堵住决河。又上筑一宫，名曰宣防。此举总算为民除患，但梁楚一带，受害已二十多年了。抑扬得当。

武帝还至长安，公孙卿恐车驾徒劳，仙无从致，将来必加严谴，因复想出一法，托大将军卫青进言，谓仙人素好楼居，不如增筑高楼，徐待仙至。武帝乃令长安作蜚廉观，甘泉作通天台，台观统高三四十丈。费了许多经营，仍使公孙卿持节供张，恭候神仙，另在甘泉宫添筑前殿。殿成以后，忽在殿房中生出一草，九茎连叶，大众都称为灵芝，立即上奏。武帝亲往看验，果然不差，乃作芝房歌，颁诏大赦。既而在汶上作明堂，复出巡江汉，由南而东，增封泰山，即就明堂礼祀上帝。小子不胜殚述，但作诗申意道：

谈仙说鬼尽无稽，英主如何也着迷？
累万黄金空掷去，水长山杳日沉西。

土木频兴，迷信不已，辽东突来警报，又起兵戈。欲知如何起衅，待至下回再叙。

观汉武之迷信神仙，几与秦皇同出一辙。秦始皇信方士，武帝亦信方士；秦始皇行封禅，武帝亦行封禅；秦始皇好神仙，武帝亦好神仙；秦始皇兴土木，武帝亦兴土木；凡始皇之所为，武帝皆踵而效之，尤有甚焉。始皇之信徐市卢生也，不过使之奔走海上耳。武帝乃任以高爵，待若上宾，并举爱女而亦嫁之，且少翁戮而栾大复进，栾大诛而公孙卿又进，若明若昧，何其游移若此？要之皆贪心不足，妄冀长生，乃有此种种之谬举耳。夫养心莫善于寡欲，美意乃足以延年，以好货好色好战之人主，反思与天同休，宁有是理？秦皇误于前，汉武误于后，多见其不自量也。若非轮台之悔，则汉武之异于始皇者，果几何耶？

第七十四回　东征西讨绝域穷兵
先败后成贰师得马

却说辽东塞外，有古朝鲜国，在黄海东北隅。周时封殷族箕子，为朝鲜主，传国四十一世，由燕人卫满侵入，逐去朝鲜王箕准，自立为王，建都王险城，攻略附近小邑，势力渐强，再传至孙右渠，诱致汉奸，阻遏汉使，武帝特遣廷臣涉何往责右渠，右渠不肯奉命，但遣裨酋送归涉何。何还渡浿水，入中国境，袭杀朝鲜裨酋，反奏称朝鲜不服，斩将报功。武帝不察底细，遽令何为辽东东部都尉。何喜如所望，受诏莅任，不意朝鲜出兵报复，攻入辽东，将何击毙。警报到了长安，武帝大怒，尽发天下死囚，充当兵役，特派楼船将军杨仆，及左将军荀彘，分领士卒，往讨朝鲜。

朝鲜王右渠，闻汉兵大举东来，连忙调发人马，堵住险要。杨仆从齐地出发，渡过渤海，入朝鲜境，前驱兵七千人，浮水轻进，径至王险城下。右渠只防辽东陆路，未防水道，蓦闻汉兵攻城，却也心惊。幸亏城中也有预备，方得乘城守御。嗣探得汉兵不多，督兵出战，两下奋斗多时，毕竟众寡不敌，汉兵败溃。杨仆走匿山中，十余日才敢出头，收集溃卒，退待荀彘。彘行至浿水，渡过西岸，正与朝鲜戎兵相值，连战数次，未得大胜。当有奏报入都，武帝闻两将无功，又遣使臣卫山，往谕右渠，晓示祸福。右渠也恐不能久持，顿首请降，令太子随同卫山，东行谢罪，并献马五千匹，及随行人众，不下万余。

卫山见朝鲜兵盛，疑有他变，先与荀彘会叙，互商一策，转告朝鲜太子，不得带兵，太子亦恐汉兵有诈，率众驰回。卫山不便再赴朝鲜，只好入朝复命。武帝问明原委，恨山失计，立命处斩，仍遣人催促两将进攻。卫山之死，失之过谨。荀彘乃驱军急进，迭破数险，直抵王险城，围攻西北两隅。杨仆也招集后队，进至城南，荀彘部下，统是燕代健儿，骁勇善战，杨仆部下，多系齐人，闻得前军败北，锐气已衰，因此不敢再斗。那荀彘日夕督攻，杨仆只按兵不动，右渠与荀彘力战，与杨仆讲和。相持数月，城尚无恙。彘屡约杨仆夹攻，仆但含糊答应，终未动手，也想学路博德了。遂致两将生嫌。事为武帝所闻，亟使前济南太守公孙遂，前往观兵，许他便宜从事。遂至彘营，彘当然归咎杨仆，与遂商定秘谋，召仆议事。仆因有诏使到来，不得不往，一见遂面，竟被遂喝令彘军，将仆拿下，且传谕仆众，归彘节制，自己总算毕事，匆匆复命。彘既并有两军，遂将全城围住，四面猛扑。城中危急万分，朝鲜大臣路人韩阴，与尼溪相参将军王唊等，共谋降汉。偏偏右渠不从，路人韩阴王唊，开城出降。尼溪相参，且号召党羽，刺杀右渠，献首汉营。荀彘正率军进城，不意城门又闭，朝鲜将军成已，婴城拒守。彘使降人招谕守兵，如再抗违，一体屠戮，守兵相率惊惶，共杀成已，一齐出降，朝鲜乃平。捷书入奏，武帝令分朝鲜地为四郡，叫作乐浪临屯玄菟真蕃，召彘引师回朝。彘将杨仆囚入槛车，押归长安。途次非常得意，总道此番凯旋，定邀重赏，哪知驰入都门，惊悉公孙遂被诛消息，才转喜为忧。没奈何入朝见驾，武帝不待详报，便责他与遂同罪，擅拘大臣，当即褫去衣冠，推出斩首。至杨仆贻误军机，亦当伏法，但念他平越有功，准得赎为庶人。平心而论，仆罪过彘，一赎一诛，岂非倒置！

同时又有将军赵破奴，与偏将王恢等，领兵西征，往击楼兰车师。此王恢与前王恢同名异人。楼兰车师两国，同为西域部落，见七十一回。阴受匈奴招诱，拦阻西行汉使，武帝因遣两将出讨。破奴佯言进击车师，暗率轻骑七百人，掩入楼兰，得将楼兰王擒住，然后移攻车师。车师闻风骇溃，被破奴捣破虏廷，结果是两国服罪，情愿内附。破奴乃请旨定夺，武帝封破奴为浞野侯，恢为浩侯，使他暂为镇抚，威示乌孙大宛诸国。

乌孙前曾遣使献马，随中郎将张骞入朝，见七十二回。已而来使归国，报称汉朝强大，乌孙王昆莫，方悔从前不用骞言，更闻汉兵连破楼兰车师，势将及己，乃急遣使至汉，愿遵旧约。武帝准如所请，但向来使征求聘礼。来使返报以后，当即送马千匹，作为聘仪。武帝取江都王建遗女，赐号公主，出嫁乌孙。江都王建，就是武帝兄刘非子，非殁建嗣，淫昏无道，上烝下淫，甚至迫令宫女，与犬羊处，同为笑乐，私刻皇帝玺绶，出入警跸，僭拟皇宫。当有人上书告发，由武帝派吏问罪，建惶恐自尽，家破国除，子女没入掖庭。至此乃遣令和亲，嫁与昆莫，昆莫立为右夫人。匈奴也欲招致乌孙，遣女往嫁，昆莫一并收纳，立为左夫人。唯昆莫年已老迈，怎禁得两国少妇，左右相陪？往往独居外帐，不敢入寝。江都公主，既悲远嫁，复适老夫，并与昆莫言语不通，服食皆异，不得已自治一庐，孑身居住。有时愁极无聊，免不得作歌告哀，歌云：

吾家嫁我兮天一方，远托异国兮乌孙王。穹庐为室兮旃为墙，以肉为食兮酪为浆。居常思土兮心内伤，愿为黄鹄兮返故乡！

歌末有黄鹄一语，因相传为《黄鹄歌》。歌词传到长安，武帝颇为垂怜，屡通使问，赐给锦绣帷帐等类。昆莫也知精力不继，死在眼前，愿将公主让与岑陬。岑陬是昆莫孙，巴不得与公主为婚，只是公主自觉怀惭，未便下嫁，不得不上书武帝，恳求召归。武帝要想结好乌孙，共灭匈奴，竟回书劝她从俗。公主无奈，转嫁岑陬，朝为继祖母，暮作长孙妇，真是旷古异闻！虽然降尊就卑，却是以少配少，也还值得。及昆莫病死，岑陬继立，改王号为昆弥，与汉朝通问不绝。

武帝复出巡东岳，禅高里，山名，在泰山下。祠后土，临渤海，望祀蓬莱。再遣方士入海求仙，仍无音信，乃返入长安。忽然柏梁台上，陡起火光，不知如何失慎，致兆焚如！请得一位祝融神，可谓不虚此台。武帝惊惜不已。有方士越人勇之，却说越中风俗，凡有火灾，须亟改造，比前时格外高大，方足厌禳灾殃。武帝乃立命建筑，另择未央宫西偏，造起一座绝大的宫殿，中容千门万户，东凤阙，西虎圈，北凿太液池，又有渐台蓬莱方丈瀛洲壶梁诸名目，无非是想象神仙，凭空构筑。南面有玉堂璧门神明台井干楼，再架飞阁跨城，直通未央宫，说不尽的繁华靡丽，描不完的轩敞崇闳。宫成后求迎神仙，始终不至，唯采选良家女子，收入宫中，相传掖庭簿载总数共一万八千人，有几个得蒙召幸，或拜容华，或充侍衣，总算列入妃嫱，得加俸禄。试想武帝如此好色，尚能延年益寿么？

是时已为元封七年，依照旧例，每六年必一改元，大中大夫公孙卿联络同官壶遂，及太史令司马迁等，上言历纪废坏，宜改正朔，御史大夫倪宽，主张夏正，乃废去前秦正朔，以正月为岁首，改元封七年为太初元年，诏令公孙卿等造太初历。阴历莫如夏正，武帝此举，尚算正时。嗣是色尚黄，数用五，更定官名，协订音律，又费了许多手续，才得成章。

会有西使回来，报称大宛国有宝马，在贰师城，不肯示人。武帝素闻宛马有名，乃特铸金为马，并加千金，使壮士车令等赍往大宛，愿易贰师城宝马。偏偏宛王不从，车令等一再商恳，终被拒绝，惹得车令怒起，诟骂宛王，且椎碎金马，携屑而还。谁知路过郁成，竟遇着番奴千人，阻住去路。车令等与他斗死，所携金币，眼见得被他夺去了。武帝闻报大怒，立拟命将出征。汉将本推卫霍，霍去病早死，已见前文，就是卫青，亦已病亡，只落得赐谥表功，青殁后予谥曰烈。子卫伉等，虽然袭爵，却非将才，乃特选一贵戚李广利，使为贰师将军。

先是王夫人死后，后宫虽多妃妾，却无一能及王夫人。会有中山伶人李延年，入宫供奉，妙解音声，颇得武帝欢心。延年有妹，也善歌舞，又生得姿容秀媚，体态轻盈，当由平阳公主见她美丽，特为荐引。武帝立命召见，端的是天生尤物，比众不同。当下同入阳台，畅施雨露，仗着几番化育，种下胚胎，十月满足，生男名髆，后来封为昌邑王。延年因妹得官，拜为协律都尉，妹亦加封李夫人。这李夫人专宠后房，几与王夫人无二。偏她的命宫寿数，也与王夫人相同，子尚冲龄，母已病厄。武帝遍召名医，诊治无效，渐渐的容销骨瘦，将致不起。到了垂危时候，武帝殷勤探问，她偏用被蒙头，不肯见面，口中但言貌未修饰，难见至尊。武帝必欲一见，用手揭被，不料她转面向内，终不从命。及武帝退出，姊妹等入宫问候，未免说她违忤君心。她却唏嘘答说道："妇女以色事人，色衰便即爱弛，今我病已将死，形容非旧，若为主上所见。必致惹嫌，不复追念，难道尚肯顾我兄弟姊妹么？"语虽不错，但把身子作为玩物终不脱妇女思想。众人听着，方才大悟，不到数日，红颜委蜕，玉骨销香。武帝大为悲悼，葬用后礼，命在甘泉宫绘画遗容。俗语说得好，日有所思，夜有所梦，武帝时思李夫人，遂致梦中恍惚，见李夫人赠与蘅芜，醒后尚有遗香，历久不散，因名卧室为遗芳梦室。李夫人事迹，正好趁此带出。

李夫人有二兄，除延年外，还有广利一人，娴习弓马，随侍宫廷。武帝不能无故加封，乃趁着大宛抗命，竟拜广利为将军，号为贰师，是教他往贰师城取马，故有是名。发属国骑兵六千，及郡国恶少年数万人，尽归贰师将军节制，带同前往。且命浩侯王恢为向导，出玉门，经盐泽，沿途统是沙碛，无粮可因，无水可汲，所过小国，统皆固守境界，不肯给食。汉兵忍不住饥渴，往往倒毙，及抵郁成，部下不过数千，随带干粮，又皆食尽。不得已为冒险计，先攻郁成。郁成王杀死汉使，早恐汉兵前来报复，严兵守候，至汉兵进攻，便即出战。汉兵虽拼死力斗，究竟食少势孤，不能取胜，反折伤了一半人马。广利料难再持，只得收军，退至敦煌，奏请罢兵。武帝曾听姚定汉言，谓大宛兵弱，三千人可以荡平，因此特派广利出去，俾他容易奏功，可授封爵。谁知广利丧师退还，反请罢休，正是大失所望，不由的动起怒来，遣使遮住玉门关，传谕广利军前，如有一人敢入此关，立即斩首！广利奉到此谕，没奈何留驻敦煌，静待后命。

武帝再想添兵征宛，偏来了匈奴密使，说由左大都尉所遣，愿杀儿单于，举国降汉，请汉廷发兵相应等语。武帝问明情形，当然大喜。原来匈奴主乌维单于，自遁居漠北后，用赵信计，阴备军实，阳求和亲。汉使王乌杨信，相继通番，与订和约，乌维单于语多反复，不肯听命。武帝还道两人望浅，特派路充国佩二千石印绶，前往议和，反被匈奴拘住。武帝始知匈奴多诈，命将军郭昌领兵防边。嗣复遣昌往击昆明，虽多斩获，一时不能还镇，昆明事见前文。因调浞野侯赵破奴代任。会乌维单于病死，子詹师庐继立，尚在少年，号为儿单于。单于任性好杀，国人不安，匈奴左大都尉，方遣使至汉请降。武帝得此机缘，如何不喜，即将来使遣归，命将军公孙敖带领工役，至塞外筑受降城，一面授赵破奴为浚稽将军，饬令赴浚稽山，迎接匈奴左大都尉。

赵破奴率兵二万，到了浚稽山下，待久不至，使人探听虚实，才知匈奴左大都尉，谋泄被诛，因即引军南还。忽闻后面有呐喊声，料是胡兵追来，连忙翻身迎敌。待至胡兵行近，杀将过去，把他击走，捕得虏骑数千人，部兵亦伤亡多名。但经此一胜，总道匈奴没有后继，放心南归，距受降城只四百余里，因见天色已暮，随便安营，待且再行。营方扎定，遥见尘头大起，匈奴兵漫山遍野，骋骑前来，破奴不及移军，只好闭营守着。那匈奴兵共有八万骑，一齐趋集，围住汉营，困得水泄不通。汉营乏水，如何解渴，破奴恐军心慌乱，夤夜潜出，自去觅水。离营未及百步，竟被胡兵窥见，一声呼啸，环绕拢来。破奴只有数十个随兵，怎能与敌？一古脑儿被他捉去。全是轻率所致。大将受擒，全营皆震，胡兵乘势猛攻，汉营大乱，一半战死，一半降番。儿单于喜出望外，再进兵攻受降城，还亏公孙敖闻风预备，乘城固守，不为所乘。胡兵攻打不下，方才罢去。

公孙敖拜本上闻，武帝易喜为忧，不得不集众会议。群臣多请罢宛兵，专力攻胡，武帝以宛为小国，尚不能下，如何能征服匈奴？并且西域诸国，亦将轻汉，乃决计向宛添兵，大赦罪犯，尽发各地恶少年，悉数当兵，佐以沿边马队，共得骑卒六万，步卒七万，备足饷械，接济贰师将军李广利，又发天下七科谪戍，使他运粮。七科：谓吏有罪一，亡命二，赘婿三，贾人四，原有市籍五，父母有市籍六，祖父母有市籍七。并派出都尉两员，一号执马，一号驱马，待至攻破大宛，便好牵马归来。注重在马，何贵畜贱人如此！李广利既得大兵，当然再往，沿途各小国，见汉兵此次重来，比前为威，倒也不免惊慌，乃皆出食饷军。唯有轮台一城，独闭门拒绝，广利挥兵屠城，乘势长驱，驰入宛境。宛王毋寡，遣将搦战，与汉兵前队相遇，前队兵共三万人，奋力击射，大破宛兵，宛将败回城中。广利经过郁成城，本拟一击泄恨，因恐宛人日久备厚，不如直攻宛都，乃绕出郁成，进薄宛都贵山城。城内无井，全仗城外流水，经汉兵四面围住，断绝水道，守兵当然危急。毋寡也觉惊惶，急遣人向康居国乞援。广利连日督攻，差不多有四旬余，方将外城攻破，擒住宛勇将煎靡。宛人失去外城，越觉焦急，康居兵又未见到来，于是诸贵官相与私谋道："我王藏匿良马，戕杀汉使，因致汉将广利，大举来攻，目下外援不至，亡在旦夕，不如杀王献马，与汉讲和。万一汉将不从，我等方背城一战，死亦未迟。"大众并皆赞成，遂攻杀宛王毋寡，枭取首级，使人持至汉营，面见广利道："宛人未敢轻汉，咎在宛王一人，今已奉献王首，请将军勿再攻城。宛人当尽出良马，任令择取，且愿供给军粮。如将军不肯允许，宛人将尽杀良马，与决死战。且康居援兵，计日可至，里应外合，胜负难料，请将军熟权利害，何去何从！"广利想了又想，不若许和为善，商诸部将，部将亦无不主和，乃依了宛使，与订和约。宛使返入城中，始将马匹一齐献出，令汉兵自行择取，且赍送粮食至军。广利令两都尉物色良马，得数十匹，中等以下，三千余匹，又遣使入城，觇察情形。宛贵人昧察，接待尽礼，由使人还报广利。广利乃与宛人申约，立昧察为宛王，然后退师。

是时康居闻汉兵势盛，不敢过援。郁成王却是倔强，非但不肯服汉，反截杀汉校尉王申生，及故鸿胪壶充国。广利正想还击郁成，得了此报，愤不可遏，便令搜粟都尉上官桀，引兵往攻，破入城中。郁成王乘乱逃出，奔投康居。桀追入康居境内，移檄索郁成王，康居闻汉已破宛，不敢违命，因将郁成王缚送军前。桀令四骑士押往李广利营，途次恐被走失，互相熟商。还是上邽骑士赵弟，打定主意，竟拔剑出鞘，砍落郁成王首级，持报李广利。广利乃班师东归。这番出师，虽士卒不免阵亡，究竟未及一半。无如将吏贪取财物，虐待部下，遂致死亡甚众，首殣相望，及入玉门关，众不满二万人，马不过千余匹。武帝不遑责备，但见良马到手，便已如愿，遂封李广利为海西侯，食邑八千户。赵弟亦得封为新畤侯。上官桀等均有封赏，不劳细表。

唯武帝因宛马雄壮，比乌孙马为良，乃改称乌孙马为西极马，独名宛马为天马，并作天马歌云：

> 天马徕，从西极，涉流沙，九夷服。天马徕，出泉水，虎脊两，化若鬼。天马徕，历无草，径千里，循东道。天马徕，执徐时，将摇举，谁与期？天马徕，开远门，竦予身，逝昆仑。天马徕，龙之媒，游阊阖，观玉台。

总计李广利出征大宛，先后劳兵十余万，历时共阅四年，结果只得了数十匹良马。小子演述至此，随笔写入一诗道：

> 十万兵残天马来，玉门关外贰师回；
> 冤魂载道愁云结，天子禽荒剧可哀。

大宛既平，西域诸国，未免震慑，多半遣子入传，武帝欲乘此军威，再伐匈奴。欲知后事，且看下回分解。

本回专叙征伐，与上回情迹不同，而其希冀之心，则实出一辙。好神仙，不得不劳征伐，彼之希冀长生者，无非为安享奢华计耳。设非拓大一统之宏规，为天下雄主，则虽得长生，亦何足喜！故不同者其迹，而相同者其心也。朝鲜之灭，荀彘功多罪少，而独诛之；虑其专擅之为患，故用法独苛。乌孙之和，建女上书求归，而独阻之，欲其祖孙之世事，故渎伦不恤。至若征宛一役，则更为求马起衅，阅时四载，丧师糜饷不胜计，乃毫不之惜，反以良马来归，诩诩作歌。其心术尤可概见矣！语曰：止戈为武，武帝之得谥为武，其取义果安在乎？

第七十五回　入虏庭苏武抗节　出朔漠李陵败降

却说武帝既征服大宛，复思北讨匈奴，特颁诏天下，备述高祖受困平城，冒顿嫚书吕后，种种国耻，应该洗雪，且举齐襄灭纪故事，作为引证。齐襄复九世之仇，《春秋》大之，见《公羊传》。说得淋漓迫切，情见乎词。时已为太初四年冬季，天气严寒，不便用兵，但令将吏等整缮军备，待春出师。转眼间已将腊尽，连日无雨，河干水涸，武帝一再祈雨。且因《诗经》中有《云汉》一篇，系美周宣王勤政弭灾，借古证今，不妨取譬，乃特于次年岁首，改号天汉元年。

春光易老，日暖草肥，武帝正要命将出征，忽报路充国自匈奴归来，诣阙求见。当下召入充国，问明情形。充国行过了礼，方将匈奴事实，约略上陈。充国为匈奴所拘，事见前回。原来匈奴儿单于在位三年，便即病死，有子尚幼，不能嗣位，国人立他季父右贤王呴犁湖为单于。才及一年，呴犁湖又死，弟且鞮侯继立。恐汉朝发兵进攻，乃自说道："我乃儿子，怎敢敌汉？汉天子是我丈人行呢。"说着，即将汉使路充国等一律释回，并遣使人护送归国，奉书求和。武帝闻得充国报告，再将匈奴使人，召他入朝。取得来书，展览一周，却也卑辞有礼，不禁欣然。言甘心苦，奈何不思？乃与丞相等商议和番，释怨修好。

丞相石庆，已经寿终，可谓幸免。由将军葛绎侯公孙贺继任。贺本卫皇后姊夫，累次出征，不愿入相，只因为武帝所迫，勉强接印。每遇朝议，不敢多言，但听武帝裁决，唯命是从。前时匈奴拘留汉使，汉亦将匈奴使臣，往往拘留。至此中外言和，应该一律释放，乃由武帝裁决，将匈奴使人释出，特派中郎将苏武，持节送归，并令武赍去金帛，厚赠且鞮侯单于。

武字子卿，为故平陵侯苏建次子，建从卫青伐匈奴，失去赵信，坐罪当斩，赎为庶人。嗣复起为代郡太守，病殁任所。武与兄弟并入朝为郎，此次受命出使，也知吉凶难卜，特与母妻亲友诀别，带同副中郎将张胜，属吏常惠，及兵役百余人，出都北去，径抵匈奴。既见且鞮侯单于，传达上意，出赠金帛，且鞮侯单于并非真欲和汉，不过借此缓兵，徐作后图。他见汉朝中计，且有金帛相赠，不由的倨傲起来，待遇苏武，礼貌不周。武未便指斥，既将使命交卸，即退出虏庭，留待遣归。偏生出意外枝节，致被牵羁，累得九死一生，险些儿陷没穷荒。

当武未曾出使时，曾有长水胡人子卫律，与协律都尉李延年友善。延年荐诸武帝，武帝使律通问匈奴，会延年犯奸坐罪，家属被囚，卫律在匈奴闻报，恐遭株累，竟至背汉降胡。又是一个中行说。匈奴正因中行说病死，苦乏相当人士，一得卫律，格外宠任，立封他为丁灵王。律有从人虞常，虽然随律降胡，心中甚是不愿。适有浑邪王姊子缑王，前从浑邪王归汉，浑邪王事见前文。嗣与赵破奴同没胡中，意与虞常相同，两人联为知己，谋杀卫律，将劫单于母阏氏，一同归汉。凑巧来了副中郎将张胜，曾为虞常所熟识，常私下问候，密与胜谋，请胜伏弩射死卫律。胜志在邀功，不向苏武告知，竟自允许，彼此约定，伺隙即发，适且鞮侯单于出猎，缑王虞常，以为有机可乘，招集党羽七十余人，即欲发难。偏有一人甘心卖友，竟去报知单于子弟，单于子弟，立即兴师兜捕，缑王战死，虞常受擒。且鞮侯单于，闻变驰归，令卫律严讯此案。张胜始恐受祸，详告苏武，武愕然道："事已至此，怎能免累？我若对簿虏庭，岂非辱国？不如早图自尽罢！"说着，即拔出佩剑，遽欲自刎。亏得张胜常惠，把剑夺住，才得无恙。第一次死中遇生。武只望虞常供词，不及张胜，哪知虞常一再遭讯，熬刑不起，竟将张胜供出。卫律便将供词，录示单于，单于召集贵臣，议杀汉使。左伊秩訾匈奴官名。劝阻道："彼若谋害单于，亦不过罪及死刑，今尚不至此，何若赦他一死，迫令投降。"单于乃使卫律召武入庭，当面受辞。武语常惠道："屈节辱命，就使得生，有何面目复归汉朝？"一面说，一面已将剑拔出，向颈欲挥。卫律慌忙抢救，抱住武手，颈上已着剑锋，流血满身，急得卫律紧抱不放，饬左右飞召医生。及医生趋至，武已晕去，医生却有妙术，令律释武置地，掘土为坎，下贮煴火，无焰之火。上覆武体，引足蹈背，使得出血，待至恶血出尽，然后用药敷治，果然武苏醒转来，复有气息。第二次死中遇生。卫律使常惠好生看视，且嘱医生勤加诊治，自去返报且覘候单于。单于却也感动，朝夕遣人问候，但将张胜收系狱中。

及武已痊愈，卫律奉单于命，邀武入座，便从狱中，提出虞常张胜，宣告虞常死罪，把他斩首，复向张胜说道："汉使张胜，谋杀单于近臣，罪亦当死，如若肯降，尚可宥免！"说至此，即举剑欲砍张胜。胜贪生怕死，连忙自称愿降。律冷笑数声，回顾苏武道："副使有罪，君应连坐。"武正色答道："本未同谋，又非亲属，何故连坐？"律又举剑拟武，武仍不动容，夷然自若。律反把剑缩住，和颜与语道："苏君听着！律归降匈奴，受爵为王，拥众数万，马畜满山，富贵如此。苏君今日降，明日也与律相似，何必执拗成性，枉死绝域哩！"武摇首不答，律复朗声道："君肯因我归降，当与君为兄弟；若不听我言，恐不能再见我面了！"武听了此语，不禁动怒，起座指律道："卫律！汝为人臣子，不顾恩义，叛主背亲，甘降夷狄，我亦何屑见汝？且单于使汝决狱，汝不能平心持正，反欲借此挑衅，坐观成败，汝试想来！南越杀汉使，屠为九郡，宛王杀汉使，头悬北阙，朝鲜杀汉使，立时诛灭，独匈奴尚未至此。汝明知我不肯降胡，多方胁迫，我死便罢，恐匈奴从此惹祸，汝难道尚得幸存么？"义正词严。这一席话，骂得卫律哑口无言，又不好径杀苏武，只好往报单于。这也好算苏武第三次重生了。

单于大为嘉叹，愈欲降武，竟将武幽置大窖中，不给饮食。天适雨雪，武啮雪嚼旃，数日不死。第四次死中遇生。单于疑为神助，乃徙武置北海上，使他牧羝。羝系牡羊，向不产乳，单于却说是羝羊乳子，方许释归。又将常惠等分置他处，使不相见。可怜武寂处穷荒，只有羝羊作伴，掘野鼠，觅草实，作为食物，生死置诸度外，但把汉节持着，与同卧起，一年复一年，几不知有人间世了。这是生死交关的第五次。

武帝自遣发苏武后，多日不见复报，料知匈奴必有变卦。及探闻消息，遂命贰师将军李广利，领兵三万，往击匈奴。广利出至酒泉，与匈奴右贤王相遇，两下交战，广利获胜，斩首万余级，便即回军。右贤王不甘败衄，自去招集大队，来追广利。广利行至半途，即被胡骑追及，四面围住。汉兵冲突不出，更且粮草将尽，又饥又急，惶恐异常。还是假司马赵充国，发愤为雄，独率壮士百余人，披甲操戈，首先突围，好容易杀开血路，冲出圈外，广利趁势麾兵，随后杀出，方得驰归。这场恶战，汉兵十死六七，充国身受二十余创，幸得不死。广利回都奏报，有诏召见充国，由武帝验视伤痕，尚是血迹未干，禁不住感叹多时，当即拜为中郎。充国系陇西上邽人，表字翁孙，读书好武，少具大志。这番是发轫初基，下文再有表见。也是特笔。

武帝因北伐无功。再遣因杅将军公孙敖出西河，因杅是匈奴地名。与强弩都尉路博德，约会涿邪山，两军东西游弋，亦无所得。侍中李陵，系李广孙，为李当户遗腹子，少年有力，爱人下士，颇得重名。武帝说他绰有祖风，授骑都尉，使率楚兵五千人，习射酒泉张掖，备御匈奴。至李广利出兵酒泉，诏令陵监督辎重，随军北进。陵乘便入朝，叩头自请道："臣部下皆荆楚兵，力能挽虎，射必命中，情愿自当一队，分击匈奴。"武帝作色道："汝不愿属贰师么？我发卒已多，无骑给汝。"陵奋然道："臣愿用少击众，无需骑兵，但得步卒五千人，便可直入虏庭！"太藐视匈奴。武帝乃许陵自募壮士，定期出发，且命路博德半路接应。博德资望，本出陵上，不愿为陵后距，因奏称现当秋令，匈奴马肥，未可轻战，不如使陵缓进，待至明春，出兵未迟。武帝览奏。还疑陵自悔前言，阴教博德代为劝阻，乃将原奏搁起，不肯依议。适赵破奴从匈奴逃归，报称胡人入侵西河，武帝遂令博德往守西河要道，另遣陵赴东浚稽山，侦察寇踪。时逢九月，塞外草衰，李陵率同步卒五千人，出遮虏障，障即戍堡等类。直至东浚稽山，扎驻龙勒水上。途中未遇一敌，不过将山川形势，展览一周，绘图加说，使骑士陈步乐，驰驿奏闻。步乐见了武帝，将图呈上，且言陵能得志。武帝颇喜得人，并拜步乐为郎，不料过了旬余，竟有警耗传来，谓陵已败没胡中。

原来陵遣归步乐，亦拟还军，偏匈奴发兵三万，前来攻陵。陵急据险立营，先率弓箭手射住敌阵，千弩齐发，匈奴前驱，多半倒毙。陵驱兵杀出，击退虏众，斩首数千级，方收兵南还。不意匈奴主且鞮侯单于，复召集左右贤王，征兵八万骑追陵。陵且战且走，大小至数百回合，斫死虏众三千名。匈奴自恃兵众，相随不舍，陵引兵至大泽中，地多葭苇，被匈奴兵从后纵火，四蹙陵兵。陵索性教兵士先烧葭苇，免得延燃，慢慢儿拔出大泽，南走山下。且鞮侯单于，亲自赶来，立马山上，遣子攻陵。陵拼死再战，步斗林木间，又杀敌数千人，且发连臂弓射单于。单于惊走，顾语左右道："这是汉朝精兵，连战不疲，日夕引我南下，莫非另有埋伏不成？"左右谓我兵数万，追击汉兵数千，若不能覆灭，益令汉人轻视。况前途尚多山谷，待见有平原，仍不能胜，方可回兵。单于乃复领兵追赶。陵再接再厉，杀伤相当，适有军侯管敢，被校尉笞责，竟去投降匈奴，报称汉兵并无后援，矢亦将尽，只有李将军麾下，及校尉韩延年部曲八百人，临阵无前，旗分黄白二色，若用精骑驰射，必破无疑。汉奸可恨，杀有余辜。单于本思退还，听了敢言，乃选得锐骑数千，各持弓矢，绕出汉兵前面，遮道击射。并齐声大呼道："李陵韩延年速降！"陵正入谷中，胡骑满布山上，四面注射，箭如雨下。陵与延年驱军急走，见后面胡骑力追，只好发箭还射，且射且行。将到鞮汗山，五十万箭射尽，敌尚未退。陵不禁太息道："败了！死了！"乃检点士卒，尚有三千余人，唯手中各剩空弓，如何拒敌？随军尚有许多车辆，索性砍破车轮，截取车轴，充作兵器。此外唯有短刀，并皆执着，奔入鞮汗山谷。胡骑又复追到，上山掷石，堵住前面谷口。天色已晚，汉兵多被击死，不能前进，只好在谷中暂驻。陵穿着便衣，孑身出望，不令左右随行，慨然语道："大丈夫当单身往取单于！"话虽如此，但一出营外，便见前后上下，统是敌帐，自知无从杀出，返身长叹道："此番真要败死了！"实是自来寻祸。旁有将吏进言道："将军用少击众，威震匈奴，目下天命不遂，何妨暂寻生路，将来总可望归。试想浞野侯为虏所得，近日逃归，天子仍然宽待，何况将军？"陵摇手道："君且勿言，我若不死，如何得为壮士呢！"意原不错。乃命尽斩旌旗，及所有珍宝，掘埋地中。复召集军吏道："我军若各得数十箭，尚可脱围，今手无兵器，如何再战？一到天明，恐皆被缚了！现唯各自逃生，或得归见天子，详报军情。"说着，令每人各带干粮二升，冰一片，借御饥渴，各走各路，期至遮卢障相会。军吏等奉令散去，待到夜半，陵命击鼓拔营，鼓忽不鸣。陵上马当先，韩延年在后随着，冒死杀出谷口，部兵多散。行及里许，复被胡骑追及，环绕数匝。延年血战而亡，陵顾部下只十余人，不由的向南泣说道："无面目见陛下了！"说罢，竟下马投降匈奴。错了，错了！如何对得住韩延年？部兵大半覆没，只剩四百余人，入塞报知边吏。

边吏飞章奏闻，唯尚未知李陵下落。武帝总道李陵战死，召到陵母及妻，使相士审视面色，却无丧容。待至李陵生降的消息，传报到来，武帝大怒，责问陈步乐。步乐惶恐自杀，陵母妻被逮下狱。群臣多罪陵不死，独太史令司马迁，乘着武帝召问时候，为陵辩护，极言陵孝亲爱士，有国士风，今引兵不满五千，抵挡强胡数万，矢尽援绝，身陷胡中，臣料陵非真负恩，尚欲得当报汉，请陛下曲加宽宥等语。武帝听了，不禁变色，竟命卫士拿下司马迁，拘系狱中。可巧廷尉杜周，专务迎合，窥知武帝意思，是为李广利前次出师，李陵不肯赞助，乃至无功；此次李陵降虏，司马迁袒护李陵，明明是毁谤广利，因此拘迁下狱。看来不便从轻，遂将迁拟定诬罔罪名，应处宫刑。迁为龙门人氏，系太史令司马谈子，家贫不能赎罪，平白地受诬遭刑，后来著成《史记》一书，传为良史。或说他暗中寓谤，竟当作秽史看待。后人自有公评，无庸小子辨明。

武帝再发天下七科谪戍，及四方壮士，分道北征。贰师将军李广利，带领马兵六万，步兵七万，出发朔方，作为正路。强弩都尉路博德，率万余人为后应。游击将军韩说，领步兵三万人出五原，因杅将军公孙敖，领马兵万人，步兵三万人出雁门。各将奉命辞行，武帝独嘱公孙敖道："李陵败没，或说他有志回来，亦未可知。汝能相机深入，迎陵还朝，便算不虚此行了！"敖遵命去讫，三路兵陆续出塞，即有匈奴侦骑，飞报且鞮侯单于。单于尽把老弱辎重，徙往余吾水北，自引精骑十万，屯驻水南。待至李广利兵到，交战数次，互有杀伤。广利毫无便宜，且恐师老粮竭，便即班师。匈奴兵却随后追来，适值路博德引兵趋至，接应广利，胡兵方才退回。广利不愿再进，与博德一同南归。游击将军韩说，到了塞外，不见胡人，也即折回。因杅将军公孙敖，出遇匈奴左贤王，与战不利，慌忙引还。自思无可报命，不如捏造谎言，复奏武帝。但言捕得胡虏，供称李陵见宠匈奴，教他备兵御汉，所以臣不敢深入，只好还军。你要逞刁，看你将来如何保全？武帝本追忆李陵，悔不该轻遣出塞，此次听了敖言，信为真情，立将陵母及妻，饬令骈诛。陵虽不能无罪，但陵母及妻，实是公孙敖一人断送。

既而且鞮侯单于病死，子狐鹿姑继立，遣使至汉廷报丧。汉亦派人往吊，李陵已闻知家属被戮，免不得诘问汉使。汉使即将公孙敖所言，备述一遍，陵作色道："这是李绪所为，与我何干。"言下恨恨不已。李绪曾为汉塞外都尉，为虏所逼，弃泛出降，匈奴待遇颇厚，位居陵上。陵恨绪教胡备兵，累及老母娇妻，便乘绪无备，把他刺死。单于母大阏氏，因陵擅杀李绪，即欲诛陵，还是单于爱陵骁勇，嘱令避匿北方。俄而大阏氏死，陵得由单于召还，妻以亲女，立为右校王，与卫律壹心事胡。律居内，陵居外，好似匈奴的夹辅功臣了。小子有诗叹道：

孤军转战奋余威，矢尽援穷竟被围；
可惜临危偏不死，亡家叛国怎辞讥？

武帝不能征服匈奴，那山东人民，却为了暴敛横征，严刑苛法，遂铤而走险，啸聚成群，做起盗贼来了。欲知武帝如何处置，待至下回表明。

武帝在位数十年，穷兵黩武，连年不息，东西南三面，俱得敉平，独匈奴恃强不服，累讨无功。武帝志在平胡，故为且鞮侯单于所欺，一喜而即使苏武之修好，一怒而即使李陵之出军。试思夷人多诈，反复无常，岂肯无端言和？苏武去使，已为多事，若李陵部下，只五千人，身饵虎口，横挑强胡，彼即不自量力，冒险轻进，武帝年已垂老，更事已多，安得遽遣出塞，不使他将接应，而听令孤军陷没耶？苏武不死，适见其忠；李陵不死，适成为叛。要之，皆武帝轻使之咎也。武有节行，乃使之困辱穷荒；陵亦将才，乃使之沉沦朔漠。两人之心术不同，读史者应并为汉廷惜矣。

第七十六回　巫蛊狱丞相灭门
泉鸠里储君毙命

却说汉廷连岁用兵，赋役烦重，再加历届刑官，多是著名酷吏，但务苛虐，不恤人民。元封天汉年间，复用南阳人杜周为廷尉，杜周专效张汤，逢迎上意，舞文弄法，任意株连，遂致民怨沸腾，盗贼蜂起，山东一带，劫掠时闻。地方官吏，不得不据实奏闻，武帝乃使光禄大夫范昆等，著绣衣，佩虎符，号为直指使者，出巡山东，发兵缉捕。所有二千石以下，得令专诛。范昆等依势作威，沿途滥杀，虽擒斩几个真正盗魁，但余党逃伏山泽，依险抗拒。官兵转无法可施，好几年不得荡平。武帝特创出一种苛律，凡盗起不发觉，或已发觉不能尽诛，二千石以下至小吏，俱坐死罪。此法叫作沉命法，沉命即没命的意义。同时直指使者暴胜之，辄归咎二千石等捕诛不力，往往援照沉命法，好杀示威。行至渤海，郡人隽不疑，素有贤名，独往见胜之道："仆闻暴公于大名，已有多年，今得承颜接辞，万分欣幸。凡为吏太刚必折，太柔必废，若能宽以济猛，方得立功扬名，永终天禄。愿公勿徒事尚威！"胜之见他容貌端庄，词旨严正，不禁肃然起敬，愿安承教。嗣是易猛为宽，及事毕还朝，表荐不疑为青州刺史。暴君不暴，亏有诤友，唯不疑亦从此著名了。又有绣衣御史王贺，亦偕出捕盗，多所纵舍，尝语人道："我闻活千人，子孙有封，我活人不下万余，后世当从此兴盛呢！"为王氏荣宠张本。

是时三辅，注见前文。亦有盗贼。绣衣直指使者江充，系是赵王彭祖门客，他尝得罪赵太子丹，逃入长安，讦丹与姊妹相奸，淫乱不法。丹坐是被逮，后虽遇赦，终不得嗣为赵王。武帝因他容貌壮伟，拜为直指使者，督察贵戚近臣。江充得任情举劾，迫令充戍北方。贵戚入阙哀求，情愿输钱赎罪，武帝准如所请，却得了赎罪钱数千万缗。却是一桩好生意。武帝以充为忠直，常使随侍。会充从驾至甘泉宫，遇见太子家人，坐着车马，行驰道中，当即上前喝住，把他车马扣留。太子据得知此信，慌忙遣人说情，叫充不可上奏。偏充置诸不理，竟去报告武帝。武帝喜说道："人臣应该如此！"遂迁充为水衡都尉。

天汉五年，改元太始，取与民更始的意思。太始五年，又改元征和，取征讨有功，天下和平的意思。这数年间，武帝又东巡数次，终不见有仙人，唯连年旱灾，损伤禾稼。至征和元年冬日，武帝闲居建章宫，恍惚见一男子，带剑进来，忙喝令左右拿下。左右环集捕拿，并无踪迹，都觉诧异得很。偏武帝说是明明看见，怒责门吏失察，诛死数人。实是老眼昏花。又发三辅骑士，大搜上林，穷索不获。再把都门关住，挨户稽查，闹得全城不安，直至十有一日，始终拿不住真犯，只好罢休。何与秦始皇时情事逼肖？武帝暗想如此搜索，尚无形影，莫非妖魔鬼怪不成，积疑生嫌，遂闯出一场巫蛊重案，祸及深宫。

自从武帝信用方士，辗转引进，无论男女巫觋，但有门路可钻，便得出入宫廷。就是故家贵戚，亦多有巫觋往来，所以长安城中，几变做了鬼魅世界。丞相公孙贺夫人，系卫皇后胞姊，见前。有子敬声，得官太仆，自恃为皇后姨甥，骄淫无度。公孙贺初登相位，却也战战兢兢，只恐犯法，及过了三五年，诸事顺手，渐渐放胆，凡敬声所为，亦无心过问。敬声竟擅用北军钱千九百万，为人所讦，捕系狱中。贺未免溺爱，还想替子设法，救出囹圄。适有阳陵侠客朱安世，混迹都中，犯案未获。贺上书武帝，愿缉捕安世为子赎罪，武帝却也应允，贺乃严饬吏役，四出查捕，吏役等皆认识安世。不过因安世疏财好友，暗中用情，任令漏网。此次奉了相命，无法解免，只好将他拿到，但与安世说及详情，免致见怪，安世笑语道："丞相要想害我，恐自己也要灭门了！"遂从狱中上书，告发丞相贺子敬声，与阳石公主私通，且使巫祷祭祠中，咒诅宫廷，又在甘泉宫驰道旁，瘗埋木偶等事。武帝览书大怒，立命拿下公孙贺。一并讯办，并把阳石公主连坐在内。廷尉杜周，本来辣手，乐得罗织深文，牵藤攀葛。阳石公主系武帝亲女，与诸邑公主为姊妹行，诸邑公主是卫皇后所生，又与卫伉为中表亲，伉本承袭父爵，后来坐罪夺封，伉为卫青长子，见七十四回。免不得有些怨言，杜周悉数罗入，并皆论死。贺父子皆毙狱中，卫伉被杀，甚至两公主亦不得再生，奉诏自尽。倒不如不生帝皇家。

武帝毫不叹惜，反以为办理得宜，所有丞相遗缺，命涿郡太守刘屈氂继任。屈氂系中山王胜子。胜为武帝兄弟，嗜酒好色，相传有妾百余，子亦有百二十人。此时胜已病逝，予谥曰靖。长子昌嗣承父位，屈氂乃是庶男，由太守入秉枢机。武帝恐相权过重，拟仿照高祖遗制，分设左右两相。右相一时乏人，先命屈氂为左丞相，加封澎侯。

唯武帝在位日久，寿将七十，每恐不得延年，时常引进方士，访问吐纳引导诸法，又在宫中铸一铜像，高二十丈，用掌托盘，承接朝露，名为仙人掌，得露以后，掺和玉屑，取作饮料，谓可长生，虽是一半谎言，却也未始无益。但武帝生性好色，到老不改。陈后后有卫后，卫后色衰，便宠王李二夫人。王李二夫人病逝，又有尹邢两美姬，争宠后宫。尹为婕妤，邢号娙娥，女官名，貌美之称。两人素不会面。尹婕妤请诸武帝，愿与邢娙娥相见，一较优劣。武帝令她宫女，扮作娙娥，入见尹婕妤，尹婕妤一眼瞧破，便知是别人顶替。及邢娥奉召真至，服饰不过寻常，姿容很是秀媚，惹得尹婕妤目瞪口呆，半晌说不出话来，唯有俯首泣下。邢娥微笑自去。武帝窥透芳心，知尹婕妤自惭未逮，乃有此态。当下曲意温存，才算止住尹婕妤的珠泪。但从此尹邢两人，不愿再见，后人称为尹邢避面，便是为此。夹入此事，也是一段汉宫艳史。

此外还有一个钩弋夫人，系河间赵氏女。相传由武帝北巡过河，见有青紫气，询诸术士，谓此间必有奇女子，武帝便遣人查访，果有一个赵家少女，艳丽绝伦，但两手向生怪病，拳曲不开，当由使人报知武帝。武帝亲往看验，果如所言，遂命从人解擘两拳，无一得释。及武帝自与披展，随手伸开，见掌中握着玉钩，很为惊异。于是载入后车，将她带回。既入宫中，便即召幸，老夫得着少妇，如何不喜？当即特辟一室，使她居住，号为钩弋宫。也是金屋藏娇的意思。称赵女为钩弋夫人，亦名拳夫人。过了年余，钩弋夫人有娠，阅十四月始生一男，取名弗陵，进钩弋夫人为婕妤。武帝向闻尧母庆都，怀孕十四月生尧，钓弋子也是如此，因称钩弋宫门为尧母门。或谓钩弋夫人，通黄帝素女诸术，能使武帝返老还童，仍得每夕御女，这是野史妄谈，断不可信。武帝质本强壮，所以晚得少艾，尚能老蚌生珠。不过旦旦伐性，总有穷期，到了征和改元，武帝病已上身，耳目不灵，精神俱敝。前次见有男子入宫，全是昏眊所致；至公孙贺父子得罪，连及二女，更觉得心神不宁。一日在宫中昼寝，梦见无数木人，持杖进击，顿吓出一身冷汗，突然惊醒；醒后尚心惊肉跳，魂不守舍，因此忽忽善忘。

适江充入内问安，武帝与谈梦状，充却一口咬定，说是巫蛊为祟。全是好事。武帝即令充随时查办，充遂借端巫诈，引用几个胡巫，专至官民住处，掘地捕蛊，一得木偶，便不论贵贱，一律捕到，勒令供招。官民全未接洽，何从供起？偏充令左右烧红铁钳，烙及手足身体。毒刑逼迫，何求不得？其实地中掘出的木偶，全是充暗教胡巫，预为埋就，徒令一班无辜官民，横遭陷害，先后受戮，至数万人。毒过蛇蝎。太子据年已长成，性颇忠厚，平时遇有大狱，往往代为平反，颇得众心。武帝初甚钟爱，嗣见他材具平庸，不能无嫌，更兼卫后宠衰，越将她母子冷淡下去。还是卫后素性谨慎，屡戒太子禀承上意，因得不废。至江充用事，弹劾太子家人，卖直干宠，太子不免介意。见前文。嗣闻巫蛊案牵连多人，更有后言。充恐武帝晏驾，太子嗣位，自己不免受诛，乃拟先除太子，免贻后患。

黄门郎苏文，与充往来密切，同构太子。太子尝进谒母后，移日乃出，苏文即向武帝进谗道："太子终日在宫，想是与宫人嬉戏哩！"武帝不答，特拨给东宫妇女二百人。太子心知有异，仔细探察，才知为苏文所谗，更加敛抑。文又与小黄门常融王弼等，阴伺太子过失，砌词朦报。卫后切齿痛恨，屡嘱太子，上白冤诬，请诛谗贼。太子恐武帝烦扰，不欲渎陈，且言自能无过，何畏人言。已而武帝有疾，使常融往召太子，融当即返报，谓太子颇有喜容。及太子入省，面带泪痕，勉强笑语。当由武帝察出真情，始知融言多伪，遂将融推出斩首。苏文不得逞志，反断送了一个常融，不禁愤惧交并，便即告知江充。充乃请武帝至甘泉宫养疴，暗使胡巫檀何，上言宫中有蛊气隐伏，若不早除，陛下病终难瘥。

武帝正多日患病，一闻何言，当然相信，立使江充入宫究治。更派按道侯韩说，御史章赣为助，就是黄门苏文及胡巫檀何，亦得随充同行。充手持诏旨，率众入宫，随地搜掘，别处尚属有限，独皇后太子两宫中，掘出木人太多。太子处更有帛书，语多悖逆，充执为证据，趋出东宫，扬言将奏闻主上。太子并未埋藏木偶，凭空发现，且惊且惧，忙召少傅石德，向他问计。石德也恐坐罪，因即献议道：“前丞相父子与两公主卫伉等，皆坐此被诛，今江充带同胡巫，至东宫掘出木人，就使暗地陷害，殿下亦无从辨明；为今日计，不如收捕江充，穷治奸诈，再作计较！”太子愕然道：“充系奉遣到来，怎得擅加捕系？”石德道：“皇上方养病甘泉，不能理事，奸臣敢这般妄为，若非从速举发，岂不蹈秦扶苏覆辙么？”扶苏事见前文。太子被他一逼，也顾不得什么好歹，便即假传诏旨，征调武士，往捕江充。卤莽之极。充未曾预防，竟被拿下，胡巫檀何，一并就缚，只按道侯韩说，是军伍出身，有些膂力，便与武士格斗，毕竟寡不敌众，伤重而亡。苏文章赣，乘隙逃往甘泉宫。

太子在东宫待报，不到多时，即由武士拿到江充檀何。太子见了江充，气得眼中出火，戟指怒骂道：“赵虏，汝扰乱赵国，尚未快意，乃复欲构我父子么？”说着，即喝令斩充，并令将檀何驱至上林，用火烧死。虽是眼前快意，但未得实供，究难塞谤。一面使舍人无且，读若居。持节入未央宫，通报卫后，又发中厩车马，武库兵械，载运长乐宫卫士，守备宫门。何不亟赴甘泉宫自首请罪？苏文章赣，奔入甘泉宫，奏言太子造反，擅捕江充。武帝惊疑道：“太子因宫内掘发木偶，定然迁怒江充，故有是变，我当召问底细便了。”遂使侍臣往召太子。侍臣临行时，由苏文递示眼色，已经解意，又恐为太子所诛，竟到他处避匿多时，乃返白武帝道：“太子谋反属实，不肯前来，且欲将臣斩首，臣只得逃归。”

武帝闻言大怒，欲令丞相刘屈牦往拘太子，可巧丞相府中的长史，前来告变。武帝问道：“丞相作何举动？”长史随口答道：“丞相因事关重大，秘不发兵。”武帝忿然道：“人言借借，何容秘密？丞相独不闻周公诛管蔡么？”当下命吏写成玺书，交与长史带回。丞相屈牦，方闻变出走，失落印绶，实是没用家伙。心中正在惶急，忽见长史到来，持示玺书，屈牦乃取书展视，书中有云：

捕斩反者，自有赏罚！当用牛车为橹，毋接短兵，多杀伤士众！坚闭城门，毋令反者得出，至要至嘱！

屈牦看毕，才问明长史往报情形。其实长史往报，也并非由屈牦差遣，就是对答武帝，亦属随机应命。及向屈牦说明，屈牦颇喜他干练，慰勉数语，即将玺书颁示出去。未几又有诏令传至，凡三辅近县将士，尽归丞相调遣。一朝权在手，便把令来行，当即调集人马，往捕太子。太子闻报，急不暇择，更矫诏尽赦都中囚徒，使石德及宾客张光，分领拒敌，并宣告百官，说是皇上病危，奸臣作乱，应该速讨云云。百官也毫无头绪，究不辨谁真谁假，但听得都城里面，喊杀声震动天地。太子与丞相督兵交战，杀了三日三夜，还是胜负未分。至第四日始有人传到，御驾已到建章宫，才知太子矫诏弄兵。于是胆大的出助丞相，同讨太子，就是民间亦云太子造反，不敢趋附。太子部下，死一个少一个，丞相麾下死一个反多一个，长乐西阙下，变作战场，血流成渠。枉死城中，恐容不住如许冤魂！太子渐渐不支，忙乘车至北军门外，唤出护军使者任安，给他赤节，令发兵相助。任安系前大将军卫青门客，与太子本来熟识，当面只好受节，再拜趋入，闭门不出。太子无法，再驱迫市人当兵，又战了两昼夜，兵残将尽，一败涂地。石德张光被杀，太子挈着二男，南走复盎门，门已早闭，无路可出。巧有司直田仁，瞧见太子仓皇情状，不忍加害，竟把他父子，放出城门。及屈牦追到城边，查得田仁擅放太子，便欲将仁处斩。暴胜之已为御史大夫，在屈牦侧，急与语道："司直位等二千石，有罪应该奏明，不宜擅戮。"屈牦乃止，自去详报武帝。武帝怒甚，立命收系暴胜之田仁，并使人责问胜之，何故袒仁不诛。胜之惶惧自杀。前愆究难幸免，但不族诛，还由晚盖之功。武帝又遣宗正刘长，执金吾刘敢，收取卫后玺绶。卫后把玺绶交出，大哭一场，投缳毕命。陈后由巫蛊被废，卫后亦由巫蛊致死，不可谓非天道好还。卫氏家族，悉数坐罪，就是太子妃妾，无路可逃，也一并自尽。此外东宫属吏，随同太子起兵，并皆族诛。甚至任安受节，亦被查觉，拘入狱中，与田仁同日腰斩。

武帝尚怒不可解，躁急异常，群臣不敢进谏，独壶关三老令狐茂上书道：

臣闻父者犹天，母者犹地，子犹万物也。故天平地安，物乃茂盛，父慈母爱，子乃孝顺。今皇太子为汉嫡嗣，承万世之业，体祖宗之重，亲则皇帝之宗子也。江充布衣，闾阎之隶臣耳，陛下显而用之，衔至尊之命，以迫蹙皇太子，造饰奸诈，群邪错谬，太子进则不得上见，退则困于乱臣，独冤结而无告，不忍忿忿之心，起而杀充，恐惧逋逃，子盗父兵，以救难自免耳。臣窃以为无邪心。往者江充谗杀赵太子，天下莫不闻，今又构衅青宫，激怒陛下，陛下不察，即举大兵而求之，三公自将，智者不敢言，辩士不敢说，臣窃痛之！愿陛下宽心慰意，少察所亲，毋患太子之非，亟罢甲兵，勿令太子久亡，致堕奸人狡计。臣不胜惓惓，谨待罪建章阙，昧死上闻！

武帝得书，稍稍感悟，但尚未尝明赦太子。太子出走湖县，匿居泉鸠里，只有二子相随。泉鸠里人，虽然留住太子，但家况甚贫，只有督同家眷，昼夜织履，卖钱供给。太子难以为情，因想起湖县有一故友，家道殷实，不如召他到来，商决持久方法，乃即亲书一纸，使居停雇人往召。不料为此一举，竟致走漏风声，为地方官吏所闻。新安令李寿，率领干役，夤夜往捕，将太子居停家围住。太子无隙可走，便闭户自缢。好去侍奉母后了。唯二男帮助居停主人拦门拒捕，结果是同归于尽。多害死了一家。

李寿飞章上陈，武帝还依着前诏，各有封赏。后来查得巫蛊各事，均多不确，太子实为江充所迫，不得已出此下着，本意并不欲谋反，自悔前时冒失，误杀子孙！高寝郎车千秋，供奉高祖寝庙。又上书讼太子冤，略言子弄父兵，罪不过笞。皇子过误杀人，更有何罪？臣尝梦见白头翁教臣言此。真善迎合。武帝果为所动，即召见千秋。千秋身长八尺，相貌堂堂，语及太子冤情，声随泪下。武帝也为凄然道：“父子责善，人所难言。今得君陈明冤枉，想是高庙有灵，使来教我呢！”始终迷信鬼神。遂拜千秋为大鸿胪，并诏令灭江充家，把苏文推至横桥上面，缚于桥柱，纵火焚毙。特在湖县筑思子宫，中有归来望思台，表示哀忱。小子有诗叹道：

骨肉乖离最可悲，宫成思子悔难追；
当年枚马如犹在，应赋《招魂》续《楚辞》！

太子既死，武帝诸子，各谋代立，又惹出一场祸祟来了。欲知如何惹祸，请看下回便知。

卫氏子夫，以歌女进身，排去中宫，得为继后，贵及一门，当其专宠之时，弟兄通籍，姊妹叨荣，何其盛也！公孙贺起家行伍，因妻致贵，出为将，入为相，彼果知相位之难居，何不急流勇退？况有子敬声，骄奢不法，不教之以义方，反纵之为淫佚，既罹法网，尚思赎罪，几何而不沦胥以亡也。阳石诸邑两公主，并遭连坐，皇女丧生，必及皇子。江充之谮，由来者渐，太子虑不自明，矫诏捕充，充固死有余辜，而父子相夷之祸，自此成矣。太子败而卫后死，卫后死而卫氏一门，存焉者寡。人生如泡影，富贵若幻梦，何苦为此献媚取荣耶？武帝南征北讨，欲为子孙贻谋，而反自杀其子孙，尤为可叹。思子宫成，归来台作，果何益乎？

第七十七回　悔前愆痛下轮台诏
授顾命嘱遵负扆图

却说武帝年至七十，生有六男，除长男卫太子据外，一为齐王闳，见七十三回。一为昌邑王髆，见七十四回。一为钩弋子弗陵，见前回。还有燕王旦，及广陵王胥，系后宫李姬所生，旦胥二子，与闳同时封王，在宗庙中授册，格外郑重。事见元狩元年。闳已夭逝，燕王旦系武帝第三子，两兄俱死，依次可望嗣位，遂上书求入宿卫，窥探上意，偏武帝不许。贰师将军李广利，欲立已甥昌邑王髆为太子，屡与丞相刘屈氂商议；屈氂子娶广利女为妻，儿女私亲，当然允洽。征和三年，匈奴兵入寇五原酒泉，汉廷闻报，即由武帝下诏，遣李广利率兵七万，往御五原；重合侯马通，率四万人出酒泉；秺音妒。侯商邱成，率二万人出西河。李广利陛辞登程，由刘屈氂送至渭桥，广利私下与语道："君侯能早请昌邑王为太子，富贵定可长享，必无后忧。"谁知是催他速死？屈氂许诺而别。

广利麾兵出塞，到了夫羊句山，正与匈奴右大都尉等相遇，当即驱杀一阵，虏兵只有五千骑，战不过李广利军，当即败走，广利乘胜赶至范夫人城。城系边将妻范氏所筑，故有是名。马通军至天山，匈奴大将偃渠，引兵邀击，望见汉军强盛，不战而退，马通追赶不及，因即退还。商邱成驰入胡境，并无所见，乃收兵引归，回走数十里；忽由匈奴大将，与李陵率兵三万，从后追来，不得已翻身与战，击退胡兵，重复南行；偏胡兵且却且前，连番接仗，转战八九日，至汉军南临蒲奴水滨，力将胡兵击退，方得从容回来。两路兵已经言旋，只有李广利未归，武帝正在记念，蓦由内官郭穰，报告丞相屈牦，与贰师将军密约，将立昌邑王为帝，丞相夫人，且使女巫祈祷鬼神，诅咒主上。汉官妻女何好干预政治。武帝又勃然大怒，立拿屈牦下狱，查讯定谳，罪至大逆不道；便命将屈牦缚置厨车，腰斩东市，妻子并枭首华阳街，李广利妻子，亦连坐拘系。

当由广利家人，飞报军前。广利惶急失色。旁有属吏胡亚夫进言道："将军若得立大功，还可入朝自赎，赦免全家；否则匆匆归国，同去受罪，要想再来此地，恐不可复得了！"广利乃冒险再进，行至郅居水上，击败匈奴左贤王，杀毙匈奴左大将，还要长驱直入，誓捣虏庭。军中长史，因广利违众邀功，料他必败，私议执住广利，缚送回国。不幸为广利所闻，立将长史处斩。广利知军心不服，下令班师，还至燕然山，不料胡骑前来报复，抄出燕然山南麓，截住去路。汉军已经疲乏，禁不住与虏再战，只好扎下营寨，休息一宵，再行打仗。到了夜半，营后忽然火起，复有胡兵杀入，汉军大乱，开营急走，偏前面被胡骑掘下陷坑，夜黑难辨，多半跌了下去。李广利虽未坠下，也觉得无路可走，前有深堑，后有大火，眼见得死在目前，自思侥幸得脱，也是一死；不若投降匈奴，还可求生。未必！未必！主见已定，便即下马请降。匈奴兵把他拥去，使见狐鹿姑单于，单于闻他是汉朝大将，特别待遇。后闻汉廷诛死广利妻子，更将己女配与广利为妻，尊宠在卫律上。律阴怀妒忌，欲害死广利，一时无隙可乘。待至年余，适值单于有病，祷治无效，律即买嘱胡巫，叫他入白单于，说是广利屡次入侵，得罪社稷，应该将他祭社，方可挽回。单于尊信鬼神，遂把广利拿下，广利还疑是单于无情，怒骂单于道："我死必灭匈奴！"何若早死，免致丧名。单于竟杀死广利，用尸祭祀。会连日大雪，畜产冻死，人民疫病，单于始记起广利前言，恐他作祟，特为立祠。看官试想，广利死后，不能向卫律索命，岂尚能灾祸匈奴么？是极。话休叙烦。

且说武帝因广利降胡，屠戮李氏一门，连前将军公孙敖赵破奴等，亦皆连累族诛。公孙敖族诛，可为李陵母妻泄恨。唯自思许多逆案，都与巫蛊有关，究竟这班方士，有无神术，且多年求仙，终不见效，索性再往东莱，探视一番，乃再出东巡，召集方士，访问神仙真迹，大众都说是神山在海，屡被逆风吹转船只，不能前往。武帝欲亲自航行，群臣力谏不从。正拟登舟出发，海风暴起，浪如山立，惊得武帝倒退数步，自知不便浮海，但在海滨流留十余日，启跸言归。道出钜定，行亲耕礼；还至泰山，再修封禅，祀明堂，礼毕，乃召语群臣道："朕即位以来，所为狂悖，徒使天下愁苦，追悔无及。从今以后，事有伤害百姓，悉当罢废，不得再行！"大鸿胪田千秋进言道："方士竞言神仙，迄今无功；可见是虚糜廪禄，应该罢遣。"武帝点首道："大鸿胪说得甚是，朕当照行。"遂命方士一律回去，不必空候神人，方士皆索然去讫。武帝亦即还都；随拜田千秋为丞相，封富民侯。

搜粟都尉桑弘羊，上言轮台东偏，有水田五千余顷，写遣卒屯田，设置都尉；再募健民垦荒，分筑亭障，借资战守，免致西域生心。武帝却不愿相从，又下诏悔过，略云：

前有司奏，欲益民赋三十助边用，是重困老弱孤独也。今又遣卒田轮台；轮台在车师千余里，前击车师，虽降其王，以辽远乏食，道死者尚数千人，况益西乎！乃者贰师败没，军士死亡，离散悲痛，常在朕心。今又请远田轮台，欲起亭障，扰劳天下，非所以优民也，朕不忍闻！当令务在禁苛暴，止擅赋，力本农，修马复。养马者，得免徭役。令以补缺，毋乏武备而已。

自经此一诏，武帝始不复用兵；就是从前种种嗜好，也一概戒绝。后人称为轮台悔诏，便是为此。可惜迟了！未几，进桑弘羊为御史大夫，另任赵过为搜粟都尉。过作代田法，令民逐岁易种，每耨草，必用土培根，根深能耐风旱，用力少，得谷多，民皆称便。越年为征和五年，武帝志在革新，复下诏改元，不用什么祥瑞字样，但称为复元元年正月初吉，驾幸甘泉祀郊泰畤。及返入长安，丞相田千秋因武帝连年诛罚，中外恟恟，特与御史以下诸官僚，借着上寿为名，劝武帝施德省刑，和神养志，有玩听音乐娱养天年等语。武帝又复下诏道：

朕之不德，致召非彝。自左丞相与贰师，阴谋逆乱，巫蛊之祸，流及士大夫，朕日止一食者累月，何乐之足听？且至今余巫未息，祸犹不止，阴贼侵身，远近为蛊，朕甚愧之，其何寿之有？敬谢丞相二千石，其各就馆。书曰："无偏无党，王道荡荡。"幸毋复言！

武帝此诏，虽似不从所请，却也知千秋词中有意，特加依畀。千秋本无才名，又无功绩，由一言感悟主心，便得封侯拜相，不特汉廷视为异数，就是外国亦当作奇闻。匈奴狐鹿姑单于，复遣使要求和亲，武帝亦遣使答报。

狐鹿姑单于问汉使道："闻汉新拜田千秋为丞相，此人素无重望，如何大用？"汉使答道："田丞相上书言事，语皆称旨，因此超迁。"狐鹿姑笑道："照汝说来，汉相不必定用贤人，只须一妄男子上书，便好拜相了。"汉使无言可答，回报武帝；武帝责他应对失辞，意欲拘令下狱，还是千秋代为缓颊，方得邀免。千秋敦厚有智，善觇时变，比诸前时诸相，较为称职，但也是适逢机会，有此光荣。虽有智慧，不如乘时。

到了夏盛时候，武帝至甘泉宫避暑，昼卧未起，忽听得一声异响，才从梦中惊寤，披衣出视，见有二人打架，一是侍中驸马都尉金日磾，一是侍中仆射马何罗。武帝正拟喝止，那日磾早朗声急呼道："马何罗反！"一面说，一面将马何罗抱住，用尽生平气力，得将马何罗扳倒，投掷殿下。当由殿前宿卫，缚住马何罗，经武帝面加讯鞫，果然谋反属实，遂令左右送交廷尉，依法治罪。马何罗系重合侯马通长兄，通尝拒击太子，绩功封侯，马何罗亦得入为侍中仆射。至江充族诛，太子冤白，何罗兄弟，恐致祸及，遂起逆谋。何罗出入宫禁，屡思行刺，只因金日磾时常随着，未便下手。适日磾患有小恙，因卧直庐，即直宿处。何罗自幸得机，遂与弟马通及季弟安成，私下谋逆，自己入刺武帝，嘱两弟矫诏发兵，作为外应。本拟夤夜起事，因殿内宿卫严密，挨至清晨，方得怀着利刃，从外趋入。可巧日磾病已少减，早起如厕，偶觉心下不安，折回殿中，莫非有鬼使神差。方才坐定，见何罗抢步进来，当即起问。何罗不禁色变，自思骑虎难下，还想闯进武帝寝门，偏偏手忙脚乱，误触宝瑟，堕地有声，武帝所闻之异响，从此处叙明。怀中刃竟致失落。日磾当然窥破，赶前一步，抱住何罗，连呼反贼。何罗不能脱身，把持许久，竟被日磾掷翻，遂得破获。武帝又令奉车都尉霍光，与骑都尉上官桀，往拿马通马安成。此上官桀与前文上官桀不同。两马正在宫外候着，接应何罗，不意两都尉引众突出，欲奔无路，束手就擒，并交廷尉讯办。依谋反律，一并斩首，全家骈诛。

日磾履历，已见前文。唯日磾母教子有方，素为武帝所嘉叹，病殁后，绘像甘泉宫，署曰休屠王阏氏。至日磾生有两子，并为武帝弄儿，束发垂髫，楚楚可爱，尝在武帝背后，戏弄上颈。日磾在前，瞋目怒视。伊子且走且啼道："阿翁恨我！"武帝便语日磾道："汝何故恨视我儿？"日磾不便多言，只好趋出，唯心中很觉可忧。果然长男渐壮，调戏宫人，日磾时加侦察，得悉情状，竟将长男杀死。武帝尚未识何因，怒诘日磾，经日磾顿首陈明，武帝始转怒为哀，但从此亦加重日磾。且日磾日侍左右，从未邪视，有时受赐宫女，亦不敢与狎。一女年已及笄，武帝欲纳入后宫，偏日磾不肯奉诏，武帝益称他忠谨，待遇日隆。难得有此好胡儿！此次手捽马何罗，得破逆案，自然倍邀主眷。

只武帝遭此一吓，愈觉心绪不宁，自思太子死后，尚未立储，一旦不讳，何人继位？膝下尚有三男，不若少子弗陵，体伟姿聪，与己相类；不过年尚幼稚，伊母钩弋夫人，又值青年，将来子得为帝，必思干政，恐不免为吕后第二。想来想去，只有先择一大臣，交付托孤重任，眼前唯有霍光金日磾两人，忠厚老成，可属大事。但日磾究系胡人，未足服众，不如授意霍光，叫他预悉。乃特使黄门，绘成一图，赐与霍光。光字子孟，是前骠骑将军霍去病弟，前文中亦已叙过。他由去病挈入都中，得充郎官，累迁至奉车都尉光禄大夫，出入禁闼，二十余年，小心谨慎，未尝有失。至是蒙赐图画，拜受回家，展开一览，乃是周公负成王朝诸侯图，也即揣知武帝微意。图既不便奉还，且受了再说。武帝见霍光受图退去，不复再请，当然欣慰。第二着便想处置钩弋夫人，故意寻隙加谴，钩弋夫人脱簪谢罪，武帝竟翻转脸色，叱令左右侍女，把她牵扯出去，送入掖庭狱中。钩弋夫人入宫以后，从未经过这般委屈，此时好似晴天霹雳，出人意外，不由的珠泪盈眶，频频回顾。武帝见她愁眉泪眼，也觉可怜，不得已扬声催促道："去去！汝休想再活了！"实是奇想。钩弋夫人还欲再言，已被侍女牵出，送交狱中，是夕即下诏赐死。北魏屡有此例，不意自武帝作俑。一代红颜，无端受戮，只落得一抔黄土，留碣云阳。或谓钩弋夫人尸解成仙，无非是惜她枉死，故有是说。当武帝忍心赐死时，曾顾问道："外人有无异议？"左右答道："人言陛下将立少子，如何先杀彼母？"武帝喟然道："庸愚无识，何知朕意？从来国家生故，多由主少母壮所致，汝等独不闻吕后故事么？"左右听了，方才无言。

又阅一年，武帝因春日闲暇，就赴五柞宫游览，宫有五柞树，荫复数亩，故以名宫。武帝流连景色，一住数日，不料风寒砭骨，病入膏肓，遂致长卧不起，无力回宫。霍光随侍在侧，流涕启问道："陛下倘有不讳，究立何人为嗣？"武帝答道："君未知前日画意么？我已决立少子，君行周公事便了。"光顿首道："臣不如金日磾。"日磾时亦在旁，亟应声道："臣外国人，若辅幼主，徒使外人看轻，不如霍光远甚。”武帝道：“汝两人素性忠纯，朕所深知，俱当听我顾命。”二人方才退下，武帝又想朝上大臣，除丞相田千秋，御史大夫桑弘羊外，尚有太仆上官桀，颇可亲信，亦当令他辅政。乃便令侍臣草诏，翌日颁出，立弗陵为皇太子，进霍光为大司马大将军，金日磾为车骑将军，上官桀为左将军，与丞相御史一同辅政，五人奉诏入内，都至御榻前下拜。武帝病已垂危，不能多言，只是颔首作答，便麾令出外办事。这五人的资望，上官桀最为后进，桀系上邽人氏，由羽林期门郎，迁官未央厩令，武帝尝入厩阅马，桀格外留意，勤加喂养。既而武帝患病，好几日不到厩中，桀便疏懈下去。谁知武帝少愈，便来看马。见马多瘦少肥，便向桀怒骂道：“汝谓我不复见马么？”桀慌忙跪伏，叩首上言道：“臣闻圣体不安，日夕忧惧，所以无心喂马，乞陛下恕罪。”武帝听罢，便道他忠诚可靠，不但将他免罪，更擢使为骑都尉，至捕获马通兄弟，有功加官，得任太仆。看官阅此，就可知上官桀的品性了。暗伏下文。

且说武帝既传受顾命，病已弥留，越宿即驾崩五柞宫，寿终七十一岁，在位五十四年，共计改元十一次。并见上文。史称武帝罢黜百家，表章六经，重儒术，兴太学，修郊祀，改正朔，定历数，协音律，作诗乐，本是一位英明的主子，即如征伐四夷，连岁用兵，虽未免劳师糜饷，却也能拓土扬威。只是渔色求仙，筑宫营室，侈封禅，好巡游，任用计臣酷吏，暴虐人民，终落得上下交困，内外无亲。亏得晚年轮台一诏，自知悔过，得人付托，借保国祚；所以秦皇汉武，古今并称。独武帝传位少子，不若秦二世的无道致亡，相差就在末着呢！论断公允。后人或谓武帝崩后，移棺至未央前殿，早晚祭菜，似乎吃过一般；后来奉葬茂陵，后宫妃妾，多至陵园守制，夜间仍见武帝临幸；还有殉葬各物，又复出现人世，遂疑武帝随尸解去。这种统是讹传，无容絮述。

大将军霍光等，依着遗诏，奉太子弗陵即位，是谓昭帝。昭帝年甫八龄，未能亲政，无论大小事件，均归霍光等主持。霍光为顾命大臣领袖，兼尚书事，因见主少国疑，防有不测，日夕在殿中住着，行坐俱有定处，不敢少移。且思昭帝幼冲，饮食起居，需人照料，帝母钩弋夫人，已早赐死，此外所有宫嫔，都属难恃，只盖侯王充妻室，为昭帝长姊鄂邑公主，方在寡居，家中已有嗣子文信，不必多管，正可乘暇入宫，叫她护持昭帝。于是加封鄂邑公主为盖长公主，即日入宫伴驾。谁知又种下祸根？内事琐屑，归盖长公主料理，当可无忧。外事与丞相御史等参商，还有辅政两将军酌议，亦不致贻讥丛脞。哪知过了数夕，夜半有人入报，说是殿中有怪，光和衣睡着，闻报即起，出召尚符玺郎，掌玺之官。向他取玺。光意以御玺最关重要，所以索取，偏尚符玺郎亦视玺如命，不肯交付，光不暇与说，见他手中执着御玺，便欲夺得，那郎官竟按住佩剑道："臣头可得，御玺却不可得呢！"却是个硬头子！光始爽然道："汝能守住御玺，尚有何说！我不过恐汝轻落人手，何曾要硬取御玺！"郎官道："臣职所在，宁死不肯私交！"说毕，乃退。光乃传令殿中宿卫，不得妄哗，违命即斩。此令一出，并没有什么怪异，待到天明，却安静如常了。是日即由光承制下诏，加尚符玺郎俸禄二等，臣民始服光公正，倚作栋梁。光乃追尊钩弋夫人为皇太后，谥先帝为孝武皇帝，大赦天下。小子有诗咏道：

知过非难改过难，轮台一诏惜年残；
托孤幸得忠诚士，尸骨虽寒语不寒。

未几已阅一年，照例改元，号为始元元年。这一年间，便发生一种谋反的案情，欲知祸首为谁？待至下回详叙。

太子据死，刘屈氂及李广利一诛一叛，是正所以促武帝之悔心，使之力图晚盖。意者天不亡汉，乃特为此种种之激刺欤！综观武帝生平，多与秦始皇相类，唯初政时尚有可观，至晚年轮台一诏，力悔前愆，更为秦皇之所未闻。武帝有亡秦之失，而卒免亡秦之祸者，赖有此耳！且命立少子，委任霍光，顾托得人，卒无李斯赵高之祸，斯亦武帝知人之特长。本书叙武帝事迹，视他主为详，而于秦皇异同之处，隐隐揭出，明眼人自能体会，固不在处处互勘也。

第七十八回　六龄幼女竟主中宫
廿载使臣重还故国

却说燕王旦与广陵王胥，皆昭帝兄。旦虽辩慧博学，但性颇倨傲；胥有勇力，专喜游猎，故武帝不使为储，竟立年甫八龄的昭帝。昭帝即位，颁示诸侯王玺书，通报大丧。燕王旦接玺书后，已知武帝凶耗，他却并不悲恸，反顾语左右道："这玺书封函甚小，恐难尽信，莫非朝廷另有变端么？"遂遣近臣寿西孙纵之等，西入长安，托言探问丧礼，实是侦察内情。及诸人回报，谓由执金吾郭广意言主上崩逝五柞宫，诸将军共立少子为帝，奉葬时并未出临。旦不待说完，即启问道："鄂邑公主，可得见否？"寿西答道："公主已经入宫，无从得见。"旦佯惊道："主上升遐，难道没有遗嘱！且鄂邑公主又不得见，岂非怪事！"诏帝既予玺书，想必载着顾命，旦为此语，明是设词。乃复遣中大夫入都上书，请就各郡国立武帝庙。大将军霍光，料旦怀有异志，不予批答，但传诏赐钱三千万，益封万三千户。此外如盖长公主及广陵王胥，亦照燕王旦例加封，免露形迹。旦却傲然道："我依次应该嗣立，当作天子，还劳何人颁赐哩？"当下与中山哀王子刘长，中山哀王，即景帝子中山王胜长男。齐孝王孙刘泽，齐孝王即将闾，事见前文。互相通使，密谋为变，诈称前受武帝诏命，得修武备，预防不测。郎中成轸，更劝旦从速举兵。旦竟昌言无忌，号令国中道：

前高后时，伪立子弘为少帝，诸侯交手，事之八年。及高后崩，大臣诛诸吕，迎立文帝，天下乃知少帝非，孝惠子也。我为武帝亲子，依次当立，无端被弃，上书请立庙，又不见听。恐今所立者，非武帝子，乃大臣所妄戴，愿与天下共伐之。

这令既下，又使刘泽申作檄文，传布各处。泽本未得封爵，但浪游齐燕，到处为家，此次已与燕王立约，自归齐地，拟即纠党起应。燕王旦大集奸人，收聚铜铁，铸兵械，练士卒，屡出简阅，克期发难。郎中韩义等，先后进谏，迭被杀死，共计十有五人。正拟冒险举事，不料刘泽赴齐，竟为青州刺史隽不疑所执，奏报朝廷，眼见是逆谋败露，不能有成了。隽不疑素有贤名，曾由暴胜之举荐，官拜青州刺史。见七十六回。他尚未知刘泽谋反情事，适由缾侯刘成，淄川靖王建子，即齐悼惠王肥孙。闻变急告，乃亟分遣吏役，四出侦捕。也是泽命运不济，立被拿下，拘入青州狱中。不疑飞报都中，当由朝廷派使往究，一经严讯，水落石出，泽即伏法，旦应连坐；大将军霍光等，因昭帝新立，不宜骤杀亲兄，但使旦谢罪了事。姑息养奸。迁隽不疑为京兆尹，益封刘成食邑，便算是赏功罚罪，各得所宜。

唯车骑将军金日磾，曾由武帝遗诏，封为秺侯，日磾以嗣主年幼，未敢受封，辞让不受。谁知天不永年，遽生重病，霍光急白昭帝，授他侯封。日磾卧受印绶，才经一日，便即去世。特赐葬具冢地，予谥曰敬。两子年皆幼弱，一名赏，拜为奉车都尉；一名建，拜为驸马都尉。昭帝尝召入两人，作为伴侣，往往与同卧起。赏承袭父爵，得佩两绶。建当然不能相比，昭帝亦欲封建为侯，特语霍光道："金氏兄弟，只有两人，何妨并给两绶呢？"光答说道："赏嗣父为侯，故有两绶；余子例难封侯。"昭帝笑道："欲加侯封，但凭我与将军一言。"光正色道："先帝有约，无功不得封侯！"持论甚正。昭帝乃止。

越年，封霍光为博陆侯，上官桀为安阳侯。光桀与日磾同讨马氏，武帝遗诏中并欲加封，至是始受。偏有人入白霍光道："将军独不闻诸吕故事么？摄政擅权，背弃宗室，卒至天下不信，同就灭亡，今将军入辅少主，位高望重，独不与宗室共事，如何免患？"光愕然起谢道："敢不受教！"乃举宗室刘辟强等为光禄大夫。辟强系楚元王孙，年已八十有余，徙官宗正，旋即病殁。

时光易过，忽忽间已是始元四年，昭帝年正一十有二了。上官桀有子名安，娶霍光女为妻，生下一女，年甫六龄，安欲纳入宫中，希望为后，乃求诸妇翁，说明己意。偏光谓安女太幼，不合入宫。安扫兴回来，自思机会难逢，怎可失却，不如改求他人，或可成功，想了许久，竟得着一条门径，跑到盖侯门客丁外人家，投刺进见。丁外人籍隶河间，小有才智，独美丰姿。盖侯王文信，与他熟识，引入幕中，偏被盖长公主瞧着，不由的惹动淫心，她虽中年守寡，未耐嫠居；况有那美貌郎君，在子门下，正好朝夕勾引，与图欢乐。丁外人生性狡猾，何妨移篙近舵，男有情，女有意，自然凑合成双。又是一个窦太主。及公主入护昭帝，与丁外人几成隔绝。公主尚托词回家，夜出不还。当有宫人告知霍光，光密地探询，才知公主私通丁外人。自思奸非事小，供奉事大，索性叫丁外人一并入宫，好叫公主得遂私欲，自然一心一意，照顾昭帝。这就是不学无术的过失。于是诏令丁外人入宫值宿，连宵同梦，其乐可知。上官安洞悉此情，所以特访丁外人，想托他入语公主，代为玉成。凑巧丁外人出宫在家，得与晤叙。彼此密谈一会，丁外人乐得卖情，满口应承。待至安别去后，即入见盖长公主请纳安女为宫嫔。盖长公主本欲将故周阳侯赵兼女儿，赵兼为淮南厉王舅，曾见前文。配合昭帝，此次为了情夫关说，只好舍己从人，一力作成。便召安女入宫，封为婕妤，未几即立为皇后。六龄幼女，如何作后？

上官安不次超迁，居然为车骑将军。安心感丁外人，便思替他营谋，求一侯爵。有时谒见霍光，力言丁外人勤顺恭谨，可封为侯。霍光对安女为后，本未赞成，不过事由内出，不便固争；且究竟是外甥女儿，得为皇后，也是一件喜事，因此听他所为。唯欲为丁外人封侯，却是大违汉例，任凭安说得天花乱坠，终是打定主意，不肯轻诺。安拗不过霍光，只好请诸乃父，与光熟商。乃父桀与光，同受顾命，且是儿女亲家，平日很是莫逆，或当光休沐回家，桀即代为决事，毫无龃龉。只丁外人封侯一事，非但不从安请，就是桀出为斡旋，光亦始终不允。桀乃降格相求，但拟授丁外人为光禄大夫，光忿然道："丁外人无功无德，如何得封官爵，愿勿复言！"桀未免怀惭，又不便将丁外人的好处，据实说明，只得默然退回。从此父子两人，与霍光隐成仇隙了。此处又见霍光之持正。

且说隽不疑为京兆尹，尚信立威，人民畏服，每年巡视属县，录囚回署，他人不敢过问。独不疑母留养官舍，辄向不疑问及，有无平反冤狱，曾否救活人命？不疑一一答说。若曾开脱数人，母必心喜，加进饮食；否则终日不餐。不疑素来尚严，因不敢违忤母训，只好略从宽恕。时人称不疑为吏，虽严不残，实是由母教得来，乃有这般贤举。特揭贤母。好容易过了五年，在任称职，安然无恙。始元五年春正月，忽有一妄男子，乘黄犊车，径诣北阙，自称为卫太子。公车令急忙入报，大将军霍光，不胜惊疑，传令大小官僚，审视虚实。百官统去看验，有几个说是真的，有几个说是假的，结果是不能咬实，未敢复命。甚至都中人民，听得卫太子出现，也同时聚观，议论纷纷。少顷有一官吏，乘车到来，略略一瞧，便喝令从人把妄男子拿下。从人不敢违慢，立把他绑缚起来，百官相率惊视，原来就是京兆尹隽不疑。一鸣惊人。有一朝臣，与不疑友善，亟趋前与语道："是非尚未可知，不如从缓为是。"不疑朗声道："就使真是卫太子，亦可无虑。试想列国时候，卫蒯聩得罪灵公，出奔晋国。及灵公殁后，辄据国拒父，《春秋》且不以为非。今卫太子得罪先帝，亡不即死，乃自来诣阙，亦当议罪，怎得不急为拿问哩！"临机应变，不为无识。大众听了，都服不疑高见，无言而散。不疑遂将妄男子送入诏狱，交与廷尉审办。霍光方虑卫太子未死，难以处置，及闻不疑援经剖决，顿时大悟，极口称赞道："公卿大臣，不可不通经致用；今幸有隽不疑，才免误事哩。"谁叫你不读经书。看官阅此，应亦不能无疑，卫太子早在泉鸠里中，自缢身死。见七十六回。为何今又出现？想总是有人冒充，但相隔未久，朝上百官，不难辨认真伪，乃未敢咬定，岂不可怪！后经廷尉再三鞫问，方得水落石出，雾解云消。这妄男子系夏阳人，姓成名方遂，流寓湖县，卖卜为生，会有太子舍人，向他问卜，顾视方遂面貌，不禁诧异道："汝面貌很似卫太子。"方遂闻言，忽生奇想，便将卫太子在宫情形，约略问明，竟想假充卫太子，希图富贵。当下入都自陈，偏偏碰着隽不疑，求福得祸，弄得身入囹圄，无法解脱。起初尚不肯实供，嗣经湖县人张方禄等，到案认明，无可狡饰，只得直供不讳。依律处断，罪坐诬罔，腰斩东市。真是弄巧成拙。这案解决，隽不疑名重朝廷，霍光闻他丧偶未娶，欲将己女配为继室，不疑却一再固辞，竟不承命。也是特识。后来谢病归家，不复出仕，竟得考终。

唯霍光自是器重文人，加意延聘。适谏议大夫杜延年，请修文帝遗政，示民俭约宽和。光乃令郡国访问民间疾苦，且举贤良文学，使陈国家利弊，当由一班名士耆儒，并来请愿，乞罢盐铁酒榷均输官。御史大夫桑弘羊，还要坚持原议，说是安边足用，全恃此策。经光决从众意，不信弘羊，才得榷酤官撤消，轻徭薄赋，与民休息，百姓始庆承平。可巧匈奴狐鹿姑单于病死，遗命谓嗣子年幼，应立弟右谷蠡王。偏阏氏颛渠与卫律密谋，匿下遗命，竟立狐鹿姑子壶衍鞮单于，召集诸王，祭享天地鬼神。右谷蠡王及左贤王等，不服幼主，拒召不至。颛渠阏氏方有戒心，自恐内乱外患，相逼到来，乃亟欲与汉廷和亲，遣使通问汉廷。汉廷亦遣使相报，索回苏武常惠等人，方准言和。苏武困居北隅，已经十有九年。前时卫律屡迫武降，武执意不从。见七十五回。至李陵败降胡中，匈奴封陵为右校王，使至北海见武，劝武降胡。武与陵向来交好，未便拒绝，既经会面，不得不重叙旧情，好在陵带有酒食，便摆设出来，对坐同饮，侑以胡乐。饮至半酣，陵故意问武状况，武唏嘘道："我偷生居此，无非望一见主面，死也甘心！历年以来，苦难尽述。犹幸单于弟于靬王弋射海上，怜我苦节，给我衣食，才得忍死至今。今于靬王逝世，丁灵人复来盗我牛羊，又遭穷厄，不知此生果能重归故国否？"陵乘机进言道："单于闻陵素与君善，特使陵前来劝君，君试思孑身居此，徒受困苦，虽有忠义，何人得知？且君长兄嘉，曾为奉车，从幸雍州棫阳宫，扶辇下除，除系除道。触柱折辕，有司即劾他大不敬罪，迫令自杀。君弟贤，为骑都尉，从祠河东后土，适值宦骑与黄门争船。黄门驸马，被宦骑推堕河中，竟至溺死。主上令君弟拿讯宦骑，宦骑遁逃不获，无从复命，君弟又恐得罪，服毒身亡。太夫人已经弃世，尊夫人亦闻改嫁，独有女弟二人，两女一男，存亡亦未可知。人生如朝露，何徒自苦乃尔！陵败没胡廷，起初亦忽忽如狂，自痛负国。且母妻尽被拘系，更觉心伤。朝廷不察苦衷，屠戮陵家，陵无家可归，不得已留居此地。子卿！子卿！苏武表字，见前。汝家亦垂亡，还有何恋？不如听从陵言，毋再迂拘！"苏武内外情事，即由二人口中分叙。武听得母死妻嫁，兄殁弟亡，禁不住涔涔泪下，唯誓死不肯降胡。因忍泪答陵道："武父子本无功德，皆出主上成全，位至将军，爵列通侯。兄弟又并侍宫禁，常思肝脑涂地，报达主恩。今得杀身自效，虽斧钺汤镬，在所勿辞，幸毋复言！"李陵见不可劝，暂且忍住，但与武饮酒闲谈。今日饮毕，明日复饮，约莫有三五日。陵又即席开口道："子卿何妨竟听陵言。"

武慨答道："武已久蓄死志，君如必欲武降，愿就今日毕欢，效死席前！"陵见他语意诚挚，不禁长叹道："呜呼义士！陵与卫律，罪且通天了！"说着，泣下沾襟，与武别去。

已而陵使胡妇出面，赠武牛羊数十头。又劝武纳一胡女，为嗣续计。尚欲笼络苏武。武曾记着陵言，得知妻嫁子离，恐致无后，因也权从陵意，纳入胡女一人，聊慰岑寂，及武帝耗问，传达匈奴，陵复向武报知，武南向悲号，甚至呕血。到了匈奴易主，与汉修和，中外使节往来，武却全然无闻。汉使索还武等，胡人诡言武死，幸经常惠得闻消息，设法嘱通虏吏，夜见汉使，说明底细，且附耳密谈，授他秘语，汉使一一受教，送别常惠。越宿即往见单于，指名索回苏武，壶衍鞮单于尚答说道："苏武已病死久了。"汉使作色道："单于休得相欺，大汉天子在上林中，射得一雁，足上系有帛书，乃是苏武亲笔，谓曾在北海中，今单于既欲言和，奈何还想欺人呢！"这一席话，说得单于矍然失色，惊顾左右道："苏武忠节，竟感及鸟兽么？"乃向汉使谢道："武果无恙，请汝勿怪！我当释令回国便了。"汉使趁势进言道："既蒙释回苏武，此外如常惠马宏诸人，亦当一律放归，方可再敦和好。"单于乃即慨允，汉使乃退。李陵奉单于命，至北海召还苏武，置酒相贺，且饮且说道："足下今得归国，扬名匈奴，显功汉室，虽古时竹帛所载，丹青所画，亦无过足下，唯恨陵不能相偕还朝！陵虽驽怯 但使汉曲贷陵罪，全陵老母，使得如曹沫事齐，盟柯洗辱，宁非大愿？曹沫见列国时。乃遽收族陵家，为世大辱，陵还有何颜，再归故乡。子卿系我知心，此别恐成永诀了！"说至此，泣下数行，离座起舞，慷慨作歌道："经万里兮度沙漠，为君将兮奋匈奴，路穷绝兮矢刃摧，士众灭兮名已隤，老母已死，虽报恩，将安归？"苏武听着，也为泪下。俟至饮毕，即与陵往见单于，告别南归。

从前苏武出使，随行共百余人，此次除常惠同归外，只有九人偕还，唯多了一个马宏。宏当武帝晚年，与光禄大夫王忠，同使西域，路过楼兰，被楼兰告知匈奴，发兵截击，王忠战死，马宏被擒。匈奴胁宏投降，宏抵死不从，坐被拘留，至此得与武一同生还，重入都门。武出使时，年方四十，至此须眉尽白，手中尚持着汉节，旄头早落尽无余，都人士无不嘉叹。既已朝见昭帝，缴还使节，奉诏使武谒告武帝陵庙，祭用太牢，拜武为典属国，赐钱二百万，公田二顷，宅一区。常惠官拜郎中，尚有徐圣赵终根二人，授官与常惠同，此外数人，年老无能，各赐钱十万，令他归家，终身免役。独马宏未闻封赏，也是一奇。想是官运未通。

武子苏元，闻父回来，当然相迎。武回家后，虽尚子侄团聚，追思老母故妻，先兄亡弟，未免伤感得很。且遥念胡妇有孕，未曾带归，又觉得死别生离，更增凄恻。还幸南北息争，使问不绝，旋得李陵来书，借知胡妇已得生男，心下稍慰。乃寄书作复，取胡妇子名为通国，托陵始终照顾，并劝陵得隙归汉，好几月未接复音。大将军霍光，与左将军上官桀，与陵有同僚谊，特遣陵故人任立政等，前往匈奴，名为奉使，实是招陵。陵与立政等，宴会数次，立政见陵胡服椎髻，不觉怅然。又有卫律时在陵侧，未便进言。等到有隙可乘，开口相劝，陵终恐再辱，无志重归，立政等乃别陵南还。临行时，由陵取出一书，交与立政，托他带给苏武。立政自然应允，返到长安复命。霍光上官桀，闻陵不肯回来，只好作罢。独陵给苏武书，乃是一篇答复词，文字却酣畅淋漓。小子因陵未免负国，不遑录及，但随笔写成一诗道：

子卿归国少卿降，陵字少卿。胡服何甘负故邦？
独有杜陵留浩气，苏武杜陵人。忠全使节世无双。

苏武回国以后，只隔一年，上官桀与霍光争权，酿成大祸，连武子苏元，亦一同坐罪。究竟为着何事？待小子下回叙明。

武帝能知霍光之忠，而不能知上官桀之奸，已为半得半失。光与桀同事有年，亦未克辨奸烛伪，反与之结儿女姻亲；是可见桀之狡诈，上欺君，下欺友，手段固甚巧也。女孙不过六龄，乃由子安私托丁外人，运动盖长公主，侥幸成功，得立为后。推原由来，光不能无咎，假使盖长公主不得入宫，则六龄幼女，宁能骤登后位乎？至若苏武丁年出使，皓首而归，忠诚如此，何妨特授侯封，乃仅拜为典属国，致为外人所借口。陵复苏武书中，亦曾述及，而后来燕王旦之谋反，亦借此罪光。光忠厚有余，而才智不足，诚哉其不学无术乎！

第七十九回　识诈书终惩逆党　效刺客得毙番王

却说上官桀父子，为了丁外人不得封侯，恨及霍光。就是盖长公主得知此信，也怨霍光不肯通融，终致情夫向隅，无从贵显，于是内外联合，视霍光如眼中钉。光尚未知晓，但照己意做去，忽由昭帝自己下诏，加封上官安为桑乐侯，食邑千五百户，光也未预闻，唯念安为后父，得受侯封，还好算是常例，并非破格，所以不为谏阻。女婿封侯，丈人亦加荣宠。安却乘此骄淫，庞然自大。有时得入宫侍宴，饮罢归家，即向门下客夸张道："今日与我婿饮酒，很是快乐，我婿服饰甚华，可惜我家器物，尚不得相配哩。"说着，便欲将家中器具，尽付一炬，家人慌忙阻止，才得保存。安尚仰天大骂，哓哓不绝。会有太医监充国，无故入殿，被拘下狱。充国为安外祖所宠爱，当由他外祖出来营救，浼安父子讨情。安父桀，便往见霍光，请贷充国，光仍不许。充国经廷尉定谳，应处死刑，急得桀仓皇失措，只好密求盖长公主，代为设法。盖长公主乃替充国献马二十匹，赎罪减死，嗣是桀安父子，更感念盖长公主的德惠，独与霍光添了一种深仇。桀又自思从前职位，不亚霍光，现在父子并为将军，女孙复为皇后，声势赫濯，偏事事为光所制，很觉不平。当下秘密布置，拟广结内外官僚，与光反对，好把他乘隙捽去。亲家变成仇家，情理难容。是时燕王旦不得帝位，常怀怨望，御史大夫桑弘羊，因霍光撤消榷酤官，子弟等多致失职，意欲另为位置，又被光从旁掣肘，不得如愿，所以与光有嫌。桀得悉两人隐情，一面就近联络弘羊，一面遣使勾通燕王，两人统皆允洽，串同一气，再加盖长公主作为内援，端的是表里有人，不怕霍光不入网中。

会值光出赴广明，校阅羽林军，桀即与弘羊熟商，意欲趁此发难；但急切无从入手，不如诈为燕王旦书，劾奏霍光过恶，便好定罪。商议已定，当由弘羊代缮一书，拟即呈入。不意霍光已经回京，那时只好顺延数日，待至光回家休沐，方得拜本进去。是年本为始元七年，因改号五凤，称为五凤元年，昭帝已十有四岁，接得奏牍，见是燕王旦署名。内容有云：

> 臣闻大司马大将军霍光，出都校阅羽林郎，道上称跸，令太官先往备食，僭拟乘舆。前中郎将苏武，出使匈奴，被留至二十年，持节重归，忠义过人，尽使为典属国。而大将军长史杨敞，不闻有功，反令为搜粟都尉。又擅调益幕府校尉，专权自恣，疑有非常。臣旦愿归还符玺，入宫宿卫，密察奸臣变故，免生不测。事关紧急，谨飞驿上闻。

昭帝看了又看，想了多时，竟将来书搁置，并不颁发出来。上官桀等候半日，毫无动静，不得不入宫探问，昭帝但微笑不答。少年老成。翌日霍光进去，闻知燕王旦有书纠弹，不免恐惧，乃往殿西画室中坐待消息。画室悬着周公负扆图，光诣室坐着，也有深意。少顷昭帝临朝，左右旁顾，单单不见霍光，便问大将军何在？上官桀应声道："大将军被燕王旦弹劾，故不敢入。"昭帝亟命左右召入霍光，光至帝座前跪伏，免冠谢罪，但闻昭帝面谕道："将军尽可戴冠，朕知将军无罪！"胸中了了。光且喜且惊，抬头问道："陛下如何知臣无罪？"昭帝道："将军至广明校阅，往返不到十日，燕王远居蓟地，怎能知晓？且将军如有异谋，何必需用校尉，这明是有人谋害将军，伪作此书。朕虽年少，何至受愚若此！"霍光听说，不禁佩服。此外一班文武百官，都不料如此幼主，独能察出个中情弊。虽未知何人作伪，也觉得原书可疑，唯上官桀与桑弘羊，怀着鬼胎，尤为惊慌。待至光起身就位，昭帝又命将上书人拿究，然后退朝。上书人就是桀与弘羊，差遣出来，一闻诏命，当即至两家避匿，如何破获？偏昭帝连日催索，务获讯办。桀又进白昭帝道："此乃小事，不足穷究。"昭帝不从，仍然严诏促拿，且觉得桀有贰心，与他疏远，只是亲信霍光。桀忧恨交迫，嘱使内侍诉说光罪，昭帝发怒道："大将军是当今忠臣，先帝嘱使辅朕，如再敢妄说是非，便当处罪！"任贤勿贰，昭帝确守此言。

内侍等碰了钉子，方不敢再言，只好回复上官桀。桀索性想出毒谋，与子安密议数次，竟拟先杀霍光，继废昭帝，再把燕王诱令入京，刺死了他，好将帝位据住，自登大宝。却是好计，可惜天道难容。一面告知盖长公主，但说要杀霍光，废昭帝，迎立燕王旦，盖长公主却也依从。桀复请盖长公主设席饮光，伏兵行刺。更遣人通报燕王，叫他预备入都。

燕王旦大喜过望，复书如约，事成后当封桀为王，同享富贵，自与燕相平商议进行。平谏阻道："大王前与刘泽结谋；泽好夸张，又喜侮人，遂致事前发觉，谋泄无成。今左将军素性轻佻，车骑将军少年骄恣，臣恐他与刘泽相似，未必有成。就使侥幸成事，也未免反背大王，愿大王三思后行！"旦尚未肯信，且驳说道："前日一男子诣阙，自称故太子，都中吏民，相率喧哗。大将军方出兵陈卫，我乃先帝长子，天下所信，何至虑人反背呢！"平乃无言而退。过了数日，旦又语群臣道："近由盖长公主密报，谓欲与大事；但患大将军霍光与右将军王莽。此王莽系天水人，与下文王莽不同。今右将军已经病逝，丞相又病，正好乘势发难，事必有成，不久便当召我进京，汝等应速办行装，毋误事机！"众臣只好听命，各去整办。偏偏天象告警，燕都里面，时有变异。忽然大雨倾盆，有一虹下垂宫井，井水忽涸，大众哗言被虹饮尽；虹能饮水，真是奇谈。又忽然有群豕突出厕中，闯入厨房，毁坏灶觚；又忽然乌鹊争斗，纷纷坠死池中。又忽然鼠噪殿门，跳舞而死，殿门自闭，坚不可开，城上无故发火；又有大风吹坏城楼，折倒树木。夜间坠下流星，声闻远近，宫妃宫女，无不惊惶。旦亦吓得成病，使人往祀葭水台水，有门客吕广，善占休咎，入语旦道："本年恐有兵马围城，期在九十月间，汉廷且有大臣被戮，祸在目前了！"旦亦失色道："谋事不成，妖象屡见；兵气且至，奈何！奈何！"正忧虑间，蓦有急报，从长安传来。乃是上官桀父子，逆谋败露，连坐多人；并燕使孙纵之等，均被拘住了。旦吓出一身冷汗，力疾起床，再遣心腹人探听确音。果然真实不虚，同归于尽。

先是盖长公主，听了上官桀计议，欲邀霍光饮酒，将他刺死。桀父子坐待成功，预备庆赏。安且以为父得为帝，自己当然好为太子，非常得意，有党人私下语安道："君父子行此大事，将来如何处置皇后？"安勃然道："逐麋犬还暇顾兔么？试想我父子靠着皇后，得邀贵显；一旦人主意变，就使求为平民，且不可得。今乃千载一时的机会，怎可错过？”不如是，何至族灭？说着，且大笑不止。不料谏议大夫杜延年，竟得知若辈阴谋，遽告霍光，遂致数载经营，一朝失败！这延年的报告，是从搜粟都尉杨敞处得来，杨敞由燕苍传闻。苍前充稻田使者，卸职闲居，独有一子为盖长公主舍人，首先窥悉，辗转传达，遂被延年告发。霍光一闻此信，自然入白昭帝，昭帝便与光商定，密令丞相田千秋，速捕逆党，毋得稽延。于是丞相从事任宫，先去诡邀上官桀，引入府门，传诏斩首；丞相少史王寿，也如法泡制。再去诱入上官安，一刀处死。桀父子已经伏诛。然后冠冕堂皇，派遣相府吏役，往拿御史大夫桑弘羊。弘羊无法脱身，束手受缚，也做了一个刀头鬼。虐民之报。盖长公主闻变自杀；丁外人当然捕诛。淫恶之报。苏武子元，亦与逆谋，甚至武俱连累免官，所有上官桀等党羽，悉数捕戮，乃追缉燕使孙纵之等，拘系狱中，特派使臣持了玺书，交付燕王旦。旦未接朝使，先得急报，尚召燕相平入议，意欲发兵。平答说道：“左将军已死，毫无内应。吏民都知逆情，再或起兵，恐大王家族都难保了！”旦也觉无济，乃在万载宫设席，外宴群臣，内宴妃妾，酒入愁肠，愈觉无聊。因信口作歌道：“归空城兮犬不吠，鸡不鸣，横术术即道路。何广广兮，固知国中之无人！”歌至末句，有宠姬华容夫人起舞，也续成一歌道：“发纷纷兮填渠，骨借借兮亡居，母求死子兮妻求死夫，徘徊两渠间兮，君子将安居？”环座闻歌，并皆泣下。华容夫人更凄声欲绝，泪眦荧荧。俄顷饮毕，旦即欲自杀，左右尚上前宽慰，妃妾等更齐声拦阻，蓦闻朝使到来，旦只得出迎朝使。朝使入殿，面交玺书，由旦展开审视道：

昔高皇帝王天下，建立子弟，以藩屏社稷。先日诸吕，阴谋大逆，刘氏不绝苦发，赖绛侯诛讨贼乱，尊立孝文，以安宗庙；非以中外有人，表里相应故耶？樊郦曹灌，携剑摧锋，从高皇帝耘锄海内，受赏不过封侯。今宗室子孙，曾无暴衣露冠之劳，裂地而王之，分财而赐之，父死子继，兄终弟及，可谓厚矣！况如王骨肉至亲，敌吾一体，乃与他姓异族，谋害社稷，亲其所疏，疏其所亲，有悖逆之心，无忠爱之义；如使古人有知，当何面目复奉斋酎，见高祖之庙乎？王其图之。

旦览书毕，将玺书交付近臣，自悲自叹道：“死了！死了！”遂用绶带自缢，妃妾等从死二十余人。华容夫人想亦在内。朝使即日返报，昭帝谥旦为刺王，赦免旦子，废为庶人，削国为郡。就是盖长公主子文信，亦撤消侯封。唯上官皇后未曾通谋，且系霍光外孙女，因得免议。封杜延年燕苍任宫王寿为列侯。杨敞既为列卿，不即告发，无功可言，故不得加封。另拜张安世为右将军；杜延年为太仆；王䜣为御史大夫；仍由霍光秉政如初。张安世曾为光禄大夫，便是前御史大夫张汤子。杜延年由谏议大夫超迁，乃是前廷尉杜周子。父为酷吏，子作名臣，也算是力能干蛊了。却是难得。

霍光有志休民，不愿再兴兵革；偏得乌桓校尉奏报，乃是乌桓部众，不服管束，时有叛心，应如何控御等语。乌桓是东胡后裔，从前为冒顿单于所破，余众走保乌桓鲜卑二山，遂分为乌桓鲜卑二部，仍为匈奴役属。至武帝时，攻入匈奴各地，因将乌桓人民徙居上谷、渔阳、右北平、辽东四郡塞外，特置乌桓校尉，就地监护，使他断绝匈奴，为汉屏蔽。既而乌桓渐强，遂思反侧。霍光正费踌躇，可巧得匈奴降人，上言乌桓侵掠匈奴，发掘先单于墓，匈奴方发兵报复，出二万骑往攻乌桓。光又另生一计，阳击匈奴，阴图乌桓。当下集众会议，护军都尉赵充国，说是不宜出师；独中郎将范明友，力言可击。光即告知昭帝，拜明友为度辽将军，率二万骑，赴辽东。且面嘱明友道：“匈奴屡言和亲，仍然掠我边境，汝不妨声罪致讨。倘或匈奴引退，便可径击乌桓，掩他不备，定可取胜。”明友领命而去。行到塞外，果闻匈奴兵已经退去，当即麾兵捣入乌桓。乌桓才与匈奴交战，兵力疲乏，再加汉兵袭入，势难拒守，顿时纷纷窜匿，被明友驱杀一阵，斩获六千余人，奏凯班师。明友得受封平陵侯。同时又有平乐监傅介子，也得虏立功，获膺上赏。

介子北地人，少年好学，嗣言读书无益，从军得官。闻得楼兰龟兹两国，叛服靡常，屡杀汉使，朝廷不得通问大宛，乃独诣阙上书，自请效命。好一个冒险壮夫！霍光颇为嘉叹，便命他出使大宛，顺路至楼兰龟兹传诏诘责。介子受命即行，先至楼兰。楼兰当西域要冲，自经赵破奴征服后，向汉称臣。见七十四回。又苦匈奴侵伐，只得一面事汉，一面求好匈奴，两处各遣一子为质。当武帝征和元年，楼兰王死，国人致书汉廷，请遣还质子为王。适质子犯了汉法，身受宫刑，不便遣归，乃设词答复，叫他另立新王，汉廷又责令再遣质子，新王因复遣子入质，更遣一子往质匈奴。未几新王又死，匈奴即释归质子，令王楼兰。质子叫作安归，既回国中，当然得嗣父位。夷俗专妻继母，安归未能免俗，遂将继母据为妻室。忽有汉使驰至，征令入朝。安归怀疑未决，伊妻从旁劝阻道："先王尝遣两子入汉，至今未还，奈何再欲往朝呢？"想是贪恋新婚。安归乃拒绝汉使，复恐汉朝再来严责，索性归附匈奴，不与汉通，且为匈奴遮杀汉使。至傅介子到了楼兰，严词相诘，并言大兵将来讨罪。安归理屈词穷，倒也屈服，连忙谢过。介子因辞别安归，转赴龟兹，龟兹王也即服罪。会值匈奴使人自乌孙还寓龟兹，适被介子探悉，夜率从吏攻入客帐，竟将匈奴使人杀死，持首驰归。汉廷赏介子功，迁官中郎，得为平乐监。

介子又进白霍光道："楼兰龟兹，反复不测，前次空言责备，未足示惩。介子前至龟兹，该国王坦率近人，容易受赚，愿往刺该王，威示诸国。"霍光徐徐答说道："龟兹道远，不如楼兰。汝果有此胆略，可先去一试便了。"介子乃募得壮士百人，赍着金帛，扬言是颁赐各国，奉诏西行。驰至楼兰，楼兰王安归，闻报介子又来，也即出见。介子与他谈数语，旁顾安归左右，卫士甚多，未便下手，因即退出。佯语番官道："我奉天子命，远来颁赐，汝王应该亲自出迎，奈何如此简慢呢？我明日便要动身他去。"番官闻言，亟去报知安归。安归探得介子果然带来许多金帛，不由的起了贪心，立命备办酒席，往邀介子入宴，偏介子不肯应召，连夜整装，似乎行色匆匆。到了诘旦，安归先使人挽留，旋即亲率左右近臣，至客帐中回拜介子，且将酒肴，随后挑到，摆设起来，款待介子。介子怡然就席，故意将金玉锦绣，陈列席前，指示安归。安归目眩神迷，畅怀与饮，待至面色微醺，介子即起座与语道："天子尚有密诏传达，请王屏去左右，方好面陈。"安归酒后忘情，竟命左右退出帐外，突见介子举杯掷地，便有十余壮士，从帐后持刀跃出，飞奔前来，正思急呼救命，那刀尖已斫中心窝，一声猛叫，倒地告终。贪财坏命。帐外番官，闻声吓走。介子却放胆出外，呼语大众道："汝王安归，私结匈奴，屡戕汉使，得罪天子，故遣我来加诛。今汝王就戮，汝等无罪，汝王弟尉屠耆，留质汉廷，现已由大兵拥至，代就王位，汝等若敢妄动，恐不免玉石俱焚了！"大众闻言，只好唯唯听命。介子乃命番官各就原职。伫候新王尉屠耆，自枭安归首级，与壮士飞马入关，诣阙奏功。

霍光大喜，转达昭帝，命将安归首级，悬示阙下，封介子为义阳侯。即日召见尉屠耆，特赐鄯善王册印，并给宫女为夫人，派兵护送登程，由丞相将军等祖饯横门，表示殷勤。尉屠耆质汉数年，无意中得此荣宠，自然泥首拜谢，上车西去。从此楼兰国改为鄯善，不再叛汉了。小子有诗戏咏道：

质子重归得履新，还都再见旧家亲。
穹庐寡嫂应无恙，曾否迎门再献身。

尉屠耆西行归国，汉廷连遇凶丧，甚至昭帝亦得病归天，欲知详情，下回再当续叙。

霍光之不死者亦仅耳！内有淫妇，外有权戚骄亲，圜起而谋一光，光孤而彼众，又当主少国疑之日，其危孰甚！幸而昭帝幼聪，首烛邪谋，以十四龄之冲人，能识燕王诈书，即以周成王视之，犹有愧色。光才智不若周公，而际遇比周为优，此乃天之默鉴忠忱，有以隐相之尔。上官桀父子，妄图篡逆，死有余辜。盖长公主淫而且恶，燕王旦贪而无亲，其速死也，不亦宜乎！范明友之破乌桓，傅介子之刺楼兰王，并得封侯，后人多轻视明友，推重介子，夫明友之得功。原非难事。介子以百人入虏廷，取番王首如拾芥，似属奇闻。然以堂堂中国，乃为此盗贼之谋，适足贻外人之口实，后有出使外夷者，其谁肯轻信之乎！宋司马温公之讥，吾亦云然。

第八十回　迎外藩新主入都
废昏君太后登殿

却说五凤四年，昭帝年已十八，提早举行冠礼，大将军霍光以下，一律入贺，只有丞相田千秋，患病甚重，不能到来。及冠礼告成，千秋当即谢世，谥曰定侯。总计千秋为相十二年，持重老成，尚算良相。昭帝因他年老，赐乘小车入朝，时人因号为车丞相。继任相职，就是御史大夫王䜣。䜣由邑令起家，累迁至御史大夫，超拜宰辅，受封宜春侯；却是步步青云，毫无阻碍，到了官居极阶，反至转运，才阅一载，便即病终。搜粟都尉杨敞，已升任御史大夫，至是继䜣为相。敞本庸懦无能，徒知守谨，好在国家大政，俱由大将军霍光主持，所以敞得进退雍容，安享太平岁月。庸庸者多厚福。至五凤七年元日，复改元始平，诏减口赋钱十分之三，宽养民力。从前汉初定制，人民年十五以上，每年须纳税百二十钱，十五岁以下准免。武帝在位，因国用不足，加增税则：人民生年七岁，便要输二十三钱；至十五岁时，仍照原制，号为口赋。昭帝嗣祚十余年，节财省事，国库渐充，所以定议减征，这也是仁爱及民的见端。

孟春过后，便是仲春，天空中忽现出一星，体大如月，向西飞去，后有众小星随行，万目共睹，大家惊为异事。谁知适应在昭帝身上，昭帝年仅二十有一，偏生了一种绝症，医治无效，竟于始平元年夏四月间，在未央宫中告崩。共计在位十三年，改元三次。上官皇后止十五岁，未曾生育，此外虽有两三个妃嫔，也不闻产下一男。自大将军霍光以下，都以为继立无人，大费踌躇。或言昭帝无子，只好再立武帝遗胤，幸尚有广陵王胥，是武帝亲子，可以继立。偏霍光不以为然，当有郎官窥透光意，上书说道："昔周太王废太伯，立王季；文王舍伯邑考，立武王；无非在付托得人，不必拘定长幼。广陵王所为不道，故孝武帝不使承统，今怎可入承宗庙呢？"光遂决意不立广陵王，另想应立的宗支，莫如昌邑王贺。贺为武帝孙，非武帝正后所出。但武帝两后，陈氏被废，卫氏自杀，好似没有皇后一般。当武帝驾崩时，曾将李夫人配飨。李夫人是昌邑王贺亲祖母，贺正可入承大统，况与昭帝有叔侄谊，以侄承叔，更好作为继子。遂假上官皇后命令，特派少府史乐成，宗正刘德，光禄大夫丙吉，中郎将利汉等，往迎昌邑王贺，入都主丧。光尚有一种微意，立贺为君，外孙女可做皇太后了。

昌邑王贺，五龄嗣封，居国已十多年，却是一个狂纵无度的人物，平时专喜游畋，半日能驰三百里。中尉王吉，屡次直谏，终不见从。郎中令龚遂，也常规正，贺掩耳入内，不愿听闻。遂未肯舍去，更选得郎中张安等人，泣求内用。贺不得已命侍左右，不到数日，一概撵逐，但与驺奴宰夫，戏狎为乐。一日，贺居宫中，蓦见一大白犬，项下似人，头戴方山冠，股中无尾，禁不住诧异起来。顾问左右，却俱说未见，乃召龚遂入内，问为何兆？遂随口答说道："这是上天垂戒大王，意在大王左右，如犬戴冠，万不可用，否则难免亡国了！"这是借端进谏。贺将信将疑，过了数日，又独见一大白熊。仍然召问龚遂，遂复答道："熊为野兽，来入宫室，为大王所独见。臣恐宫室将空，也是危亡预兆。天戒甚明，请王速修德禳灾！"贺仰天长叹道："不祥之兆，何故屡至？"遂叩头道："臣不敢不竭尽忠言，大王听臣所说，原是不悦；无如国家存亡，关系甚大。大王曾读《诗经》三百五篇，中言人事王道，无一不备。如大王平日所为，试问何事能合诗言？大王位为诸侯王，行品不及庶人，臣恐难存易亡，应亟修省为是！"贺也觉惊慌，但甫越半日，便即忘怀。未几又见血染席中，再召龚遂入问，遂号哭失声道："宫室便要空虚了！血为阴象，奈何不慎？"贺终不少悛，放纵如故。

及史乐成等由长安到来，时已夜深，因事关紧要，叫开城门，直入王宫。宫中侍臣，唤贺起视，爇烛展书，才阅数行，便手舞足蹈，喜气洋洋。一班厨夫走卒，闻得长安使至，召王嗣位，都至宫中叩贺；且请随带入京。贺无不乐从，匆匆收拾行装，日中启行。王吉忙缮成一书，叩马进谏，大略举殷高宗故事，叫他谅喑不言，国政尽归大将军处决，幸勿轻举妄动等语。贺略略一瞧，当即掷置，扬鞭径去，展着生平绝技，当先奔驰，几与追风逐电相似，一口气跑了一百三十五里；已到定陶，回顾从行诸人，统皆落后，连史乐成等朝使，俱不见到，没奈何停住马足，入驿守候。待至傍晚，始见朝使等驰至，尚有随从三百余人，陆续赶来，统言马力不足，倒毙甚多。原来各驿中所备马匹，寥寥无几，总道新王入都，从吏多约百人，少约数十人；哪知贺手下幸臣，多多益善，驿中怎能办得许多良马，只好将劣马凑足，供他掉换，劣马不能胜远，自然倒毙。从吏却埋怨驿吏失职，倚势作威，不胜骚扰。龚遂却也从行，实属看不过去，因向贺面陈，请发还一半从吏，免多累坠，贺倒也应允。但从人都想攀龙附凤，如何肯中道折回？又况皆贺平时亲信，这一个不便舍去，哪一个又要强从，弄到龚遂左右为难，硬挑出五十余名，饬回昌邑。还有二百多人，一同前进。

次日行至济阳，贺却要买长鸣鸡，积竹杖。这二物，是济阳著名土产，与贺毫无用处，偏贺竟停车购办，以多为妙。还是龚遂从旁谏阻，只买得长鸣鸡数只，积竹杖二柄，趱程再行。及抵弘农，望见途中多美妇人，不胜艳羡，暗使大奴善物色佳丽，送入驿中。大奴善奉了贺命，往探民间妇女，稍有姿色，强拉登车，用帷蔽着，驱至驿舍。贺如得异宝，顺手搂住，不管她愿与不愿，强与为欢。茕茕弱女，怎能敌得过候补皇帝的威势，只好吞声饮泣，任所欲为。难道不想做妃嫔么？事为朝使史乐成等所闻，谯让昌邑相安乐，不加谏阻。安乐转告龚遂，遂当然入问，贺亦自知不法，极口抵赖。遂正色道："果无此事。大奴善招摇撞骗，罪有所归，应该处罪。"善系官奴头目，故号大奴。当时立在贺侧，即由遂亲自动手，把他牵出，立交卫弁正法，趁势搜出妇女，遣回原家。可惜白受糟蹋。贺不便干预，只得睁着两眼，由他处置。

案已办了，更启行至霸上，距都城不过数里，早有大鸿胪等出郊远迎，请贺改乘法驾。贺乃换了乘舆，使寿成御车，龚遂参乘。行近广明东都门，遂向贺陈请道："依礼奔丧入都，望见都门，即宜举哀。"贺托词喉痛，不能哭泣。再前进至城门，遂复申前请，贺尚推说城门与郭门相同，且至未央宫东阙，举哀未迟。及入城至未央宫前，贺面上只有喜色，并无戚容。遂忙指示道："那边有帐棚设着，便是大王坐帐，须赶紧下车，向阙俯伏，哭泣尽哀。”贺不得已欠身下舆，步至帐前，伏哭如仪。还亏他逼出哭声。哭毕入宫，由上官皇后下谕，立贺为皇太子，择吉登基。自入宫以至即位，总算没有什么越礼，尊上官皇后为皇太后。十五岁为太后，亦属罕闻。过了数日，即将昭帝奉葬平陵，庙号孝昭皇帝。

贺既登位，拜故相安乐为长乐卫尉。此外随来各吏属，都引作内臣，整日里与他游狎。见有美貌宫女，便即召入，令她侑酒侍寝。乐得受用。且把乐府中乐器，尽令取出，鼓吹不休。龚遂上书不报，乃密语长乐卫尉安乐道："王立为天子，日益骄淫，屡谏不听；现在国丧期内，余哀未尽，竟日与近臣饮酒作乐，淫戏无度，倘有内变，我等俱不免受戮了！君为陛下故相，理应力诤，不可再延！”安乐也为感动，转思遂力谏无益，自己何必多碰钉子，还是袖手旁观，由他过去。

唯大将军霍光，见贺淫荒无道，深以为忧；独与大司农田延年，熟商善后方法。延年道："将军为国柱石，既知嗣主不配为君，何不建白太后，更选贤能？”光嗫嚅道："古时曾有此事否？”延年道："从前伊尹相殷，尝放太甲至桐宫，借安宗庙，后世共称为圣人。今将军能行此事，也是一汉朝的伊尹呢！”引伊尹事，不免牵强。光乃引延年为给事中，并与张安世秘密计议，阴图废立。安世由霍光一手提拔，已迁官车骑将军，当然与光联络一气，毫无贰心。此外尚无他人，得知此谋。

会贺梦见蝇矢集阶，多至五六石，有瓦复住，醒后不知何兆，又去召龚遂进来，叫他占验。遂答道："陛下尝读过《诗经》，诗云：'营营青蝇，止于樊；恺悌君子，毋信谗言。'今陛下左右，嬖幸甚多，好似蝇矢丛集，所以有此梦兆。臣愿陛下亟摈昌邑故臣，不复进用，自可转祸为福。臣本随驾前来，请陛下首先放遂便了！”原来贺在昌邑时，曾有师傅王式，授诗三百五篇，所以遂时常提出，作为谏言。偏贺习与性成，并未知改，再经太仆丞张敞进谏，亦不见省，戏游如故。一日，正要出游，有光禄大夫夏侯胜进谏道："上天久阴不雨，臣下必有异谋，陛下将欲何往呢？”贺闻言大怒，斥为妖言惑众，立命左右将胜缚住，发交有司究办。有司转告霍光，光不禁起疑，暗思胜语似有因，或由张安世泄漏隐情，亦未可知。因即召诘安世，安世实未与胜道及，力白冤诬，愿与胜当面对质。光乃提胜到来，亲加研讯，胜从容答道："《洪范传》有言，皇极不守，现象常阴，下人且谋代上位。臣不便明言，故但云臣下有谋。”光不觉大惊，就是张安世在旁，亦暗暗称奇，因将胜贷罪释缚，复任原官。

自经胜一番进谏，几乎把密谋道破，眼见得废立大事，不宜再延。光即使田延年往告杨敞，敞虽居相位，并无胆识，听了延年话语，只是唯唯连声，那身上的冷汗，已吓出了不少。时方盛暑，延年起座更衣，敞妻为司马迁女，颇有才能，急从东厢趋出，对敞说道：“大将军已有成议，特使九卿来报君侯，君侯若不亟允，祸在目前了！”足愧乃夫。敞尚迟疑未决，可巧延年更衣归座，敞妻不及回避，索性坦然相见，与延年当面认定，愿奉大将军教令。延年还报霍光，光即令延年安世两人，缮定奏牍，妥为安排。翌旦至未央宫，传召丞相、御史、列侯，及中二千石、大夫博士，一同入议，连苏武亦招令与会。百僚多不知何因，应召齐集，光对众发言道：“昌邑王行迹淫昏，恐危社稷，如何是好？”大众听了，面面相觑，莫敢发言，唯答了几个是字。田延年奋然起座，按剑前语道：“先帝以幼孤托将军，委寄全权；无非因将军忠贤，足安刘氏。今群下鼎沸，社稷将倾，将军若不立大计，坐令汉家绝祀，试问将军死后，尚有面目见先帝么？今日即当议定良谋，群僚中如应声落后，臣请奋剑加诛，不复容情！”光拱手称谢道：“九卿应该责光，天下汹汹不安，光当首先蒙祸了！”大众才知光有大变，志在必行，若不相从，定遭杀害，乃俱离座叩首道：“宗社人民，系诸将军，唯大将军令，无不遵教！”

光令群臣起来，从袖中取出奏议，遍示群臣，使丞相杨敞领衔，依次署名。名既署齐，遂引大众至长乐宫，入白太后，具陈昌邑王淫乱情形，不应嗣位。太后年才十五，有何主见，一唯光言听行。光请太后驾临未央宫，御承明殿，传诏昌邑群臣，不得擅入。贺闻太后驾到，不得不入殿朝谒。朝毕趋退，回至殿北温室中，霍光从后随入，指挥门吏，遽将室门阖住，不令昌邑群臣入内。贺惊问道：“何故闭门？”光跪答道：“皇太后有诏，毋纳昌邑群臣。”贺复说道：“这也不妨从缓，何必这般惊人！”好似做梦。光不与多言，返身趋出。早由车骑将军张安世，麾集羽林兵，将昌邑群臣，驱至金马门外，悉数拿下，共得二百余人，连龚遂王吉等一并在内，送交廷尉究治。一面报知霍光，光亟传入昭帝旧日侍臣，将贺监守，嘱他小心看护，毋令自尽，致贻杀主恶名。贺尚未知废立情事，见了新来侍臣，尚顾问道：“昌邑群臣，果犯何罪，乃被大将军悉数驱逐呢？”侍臣只答言未知。俄有太后诏传至，召贺诘问。贺方才惶惧，问诏使道：“我有何罪，偏劳太后召我？”诏使亦模糊对答。贺无法解免，只好随往，既至承明殿，遥见上官太后，身服珠襦，坐住武帐中，侍卫森列，武士盈阶，尚不知有什么大事，战兢兢的趋至殿前，跪听诏命。旁有尚书令持着奏牍，朗声宣读道：

丞相臣敞，大司马大将军臣光，车骑将军臣安世，度辽将军臣明友，前将军臣增，韩增。后将军臣充国，御史大夫臣义，蔡义。宜春侯臣谭，王谭。当涂侯臣圣，魏圣。随桃侯臣昌乐，赵昌乐。杜侯臣屠耆堂，太仆臣延年，杜延年。太常臣昌，大司农臣延年，田延年。宗正臣德，少府臣乐成，廷尉臣光，李光。执金吾臣延寿，李延寿。大鸿胪臣贤，韦贤。左冯翊臣广明，田广明。右扶风臣德，周德。故典属国臣武，即苏武。等，昧死言皇太后陛下：自孝昭皇帝弃世无嗣，遣使征昌邑王典丧，身服斩衰，独无悲哀之心，在道不闻素食，使从官略取女子，载以衣车，私纳所居馆舍。及入都进谒，立为皇太子，常私买鸡豚以食，受皇帝玺于大行前，就次发玺不封，复使从官持节，引入昌邑从官二百余人，日与遨游。且为书曰：皇帝问侍中君卿，使中御府令高昌，奉黄金千斤，赐君卿娶十妻。又发乐府乐器，引纳昌邑乐人，击鼓歌吹，作俳优戏。至送葬还宫，即上前殿，召宗庙乐人，悉奏众乐。乘法驾皮轩鸾旗，驱驰北宫桂宫，弄彘斗虎。召皇太后所乘小马车，使官奴骑乘，游戏掖庭之中，与孝昭皇帝宫人蒙等淫乱，诏掖庭令，敢泄言者腰斩。

上官太后听到此处，也不禁怒起，命尚书令暂且住读，高声责贺道：“为人臣子，可如此悖乱么！”贺又惭又惧，退膝数步，仍然俯伏。尚书令又接读道：

取诸侯王列侯二千石绶，及墨绶黄绶，以与昌邑官奴。发御府金钱刀剑玉器彩缯，赏赐所与游戏之人。沉湎于酒，荒耽于色。自受玺以来，仅二十七日，使者旁午，持节诏诸官署征发，凡一千一百二十七事，失帝王礼，乱汉制度。臣敞等数进谏，不少变更，日以益甚，恐危社稷，天下不安。臣敞等谨与博士议，皆曰今陛下嗣孝昭皇帝后，所谓不轨，五辟之属，莫大不孝。周襄王不能事母，《春秋》曰：“天王出居于郑！”由不孝出之，示绝于天下也。宗庙重于君，陛下不可以承天序，奉祖宗庙，子万姓，当废。臣请有司以一太牢，具告宗庙，谨昧死上闻。

尚书令读毕，上官太后即说一可字，霍光便令贺起拜受诏。贺急仰首说道：“古语有言，天子有诤臣七人，虽无道，不失天下。”说得可笑。光不待说完，便接口道：“皇太后有诏废王，怎得尚称天子？”说着，即走近贺侧，代解玺绶，奉与太后。使左右扶贺下殿，出金马门，群臣送至阙外。贺自知绝望，因西向望阙再拜道：“愚戆不能任事！”说罢乃起。自就乘舆副车，霍光特送入昌邑邸中，才向贺告辞道：“王所行自绝于天，臣宁负王，不敢负社稷，愿王自爱！臣此后不得再侍左右了。”随即涕泣自去。

群臣复请徙贺至汉中，光因处置太严，奏请太后仍使贺还居昌邑，削去王号，另给食邑二千户。唯昌邑群臣，陷王不义，一并处斩。只有中尉王吉，郎中令龚遂，素有谏章，许得减轻，髡为城旦。贺师王式，本拟论死，式谓曾授贺诗三百五篇，反复讲解，可作谏书，于是也得免死刑。那应死的二百余人，均被绑赴市曹，凄声号呼道：“当断不断，反受其乱！”这两句的意思，乃是悔不杀光。但光不问轻重，一体骈诛，也未免任威好杀呢。小子有诗叹道：

国家为重嗣君轻，主昧何妨作变更；
只是从官屠戮尽，滥刑毕竟太无情。

贺既废去，朝廷无主，光请太后暂时省政，且迁胜为长信少府，爵关内侯，令授太后经术。胜系鲁人，素习尚书，至是即将生平所学，指示太后。但太后究是女流，不便久亲政务，当由百官会议，选出一位嗣主来了。欲知何人嗣立，且至下回再详。

昌邑王贺，非不可立。但选立之初，宜如何考察，必视贺有君人之德，方可遣使往迎，奈何躁率从事，不问贺之能否为君，便即贸然迎立耶？光以广陵失德，主张迎贺，就令不怀私意，而失察之咎，百喙奚辞。且贺在途中，种种不法，史乐成辈均已闻知，与其后来废立，亦何若预先慎重，遣还昌邑之为愈乎？况废立之举，侥幸成功，设有他变，祸且不测。伊尹能使太甲之悔过，而霍光徒毅然废立，专制成事，其不如伊尹多矣！然以后世之莽操视之，则光犹有古大臣风，与跋扈者实属不同。善善从长，光其犹为社稷臣乎？

第八十一回 谒祖庙骖乘生嫌 嘱女医入宫进毒

却说霍光废去昌邑王贺，汉廷无主，不得不议立嗣君，好几日尚未能决，光禄大夫丙吉，乃向光上书道："将军受托孤重寄，尽心辅政，不幸昭帝早崩，迎立非人。今社稷宗庙，及人民生命，均待将军一举，方决安危。窃闻外间私议，所言宗室王侯，多无德望，唯武帝曾孙病已，受养掖庭外家，现约十八九岁，通经术，具美材，愿将军周谘众议，参及蓍龟，先令入侍太后，俾天下昭然共知，然后决定大计，天下幸甚！"光阅书后，遍问群臣，太仆杜延年也知病已有德，劝光迎立，此外亦无人异议。光复会同丞相杨敞等，上奏太后，略云：

> 孝武皇帝曾孙病已，年十八，师受《诗经》《论语》《孝经》，躬行节俭，慈仁爱人，可嗣孝昭皇帝后，奉承祖宗庙，子万姓，臣等昧死以闻。

上官太后，少不经事，不过名义上推为内主，要她取决，其实统是霍光一人主张；光如何定议，太后无不依从。实是一位女傀儡。当下准如所请，即命宗正刘德，备车往迎皇曾孙。皇曾孙病已，就是卫太子据孙。太子据尝纳史女为良娣，良娣系东宫姬妾，位居妃下。生子名进，号史皇孙。史皇孙纳王夫人，生子病已，号皇曾孙。太子据起兵败死，史良娣、史皇孙、王夫人并皆遇害，独病已尚在襁褓，坐系狱中。却值廷尉监丙吉，奉诏典狱，见了这个呱呱婴儿，未免垂怜。遂择女犯中赵胡二妇，轮流乳养，每日必亲加查验，不令虐待，病已乃得保全。后来武帝养病五柞宫，闻术士言长安狱中，有天子气，因诏令长安各狱中，无论长幼，一律处死。王者不死，岂能擅杀？丙吉见诏使到来，闭门不纳，但传语诏使郭穰道："天子以好生为大德，他人无辜，尚不可妄杀，何况狱中有皇曾孙呢？"郭穰只得回报武帝，武帝倒也省悟道："这真是天命所在了！"乃更下赦书，所有狱中罪犯，一律免死。忽猛忽宽，已与乱命相似，唯因丙吉一言，活人无数，阴德可知。吉又为皇曾孙设法，欲将他移送京兆尹，先为致书相请，偏京兆尹驳还不受。皇曾孙已有数岁，常多疾病，赖吉多方医治，始得就痊。吉因他常留狱中，终属不妙，仔细调查，得知史良娣有母贞君，与子史恭，居住故乡，乃将皇曾孙送归史氏，嘱令留养。史贞君虽然年老，但见了外曾孙，当然怜惜，便振起精神，好生看养。至武帝驾崩，遗诏命将曾孙病已收养掖庭，病已乃复入都，归掖庭令张贺看管。贺即右将军张安世兄，前曾服侍卫太子，追念旧恩，格外勤养皇曾孙，令他入塾读书，脩脯由贺担任。皇曾孙却发愤好学，黾勉有成，渐渐的长大起来。贺知他成人有造，意欲把女儿配与为妻。安世发怒道："皇曾孙为卫太子后裔，但得衣食无亏，也好知足。我张氏女岂堪与配么！"不脱俗情。贺乃另为择偶。适有暴室啬夫许广汉，暴音曝，系宫人织染处，啬夫，官名。生有一女，叫作平君，已许字欧侯氏子为妻，尚未成婚。欧侯氏子一病身亡，遂至婚期中断，仍然待字闺中。广汉与贺，前皆因案牵连，致罹宫刑。贺坐卫太子狱，广汉坐上官桀案，累得身为刑余，充当宫中差使。掖庭令与暴室啬夫，官职虽分高下，唯同为宫役，时常晤面，免不得杯酒相邀，互谈衷曲。一日两人酒叙，饮至半酣，贺向广汉说道："皇曾孙年已长成，将来不失为关内侯。闻君有女待字，何不配与为妻呢？"广汉已有三分酒意，慨然应允。饮毕回家，与妻谈及，妻不禁怒起，力为阻止。还是广汉定欲践言，不肯悔约，且思掖庭令是上级官长，更觉未便违命，乃将皇曾孙的履历，说得如何尊贵，如何光荣。妇人家心存势利，听得许多好处，也不禁开着笑颜。描写逼真。于是依了夫言，将女许嫁。贺便自出私财，为皇曾孙聘娶许女，择日成礼。两情缱绻，鱼水谐欢。且皇曾孙更多了一个岳家，越有倚靠，更向东海澓中翁处，肄习《诗经》，暇时出游三辅，也去斗鸡走马，作为消遣。唯常留心风俗，所有闾里奸邪，吏治得失，颇能一一记忆，历数无遗。尤有一种异相，遍体生毛，起居处屡有光耀，旁人诧为奇事，皇曾孙亦因此自豪。

昭帝元凤三年正月间，泰山有大石自立，上林中大柳已死，忽然重生。柳叶上虫食成文，约略辨认，乃是“公孙病已立”五字，中外人士，莫不惊疑。符节令眭孟，曾从董仲舒受习《春秋》，通纤纬学，独奏称大石自立，僵柳复起，必有匹夫起为天子，应该亟求贤人，禅授帝位。大将军霍光，说他妖言惑众，捕孟处斩。谁知所言果验，竟于元平元年孟秋，由宗正刘德迎入皇曾孙，至未央宫谒见太后，虽是天潢嫡派，已经削籍为民。光以为不便径立，特请诸太后，先封皇曾孙为阳武侯，然后由群臣奉上玺绶，即皇帝位。九死一生的皇曾孙，居然龙飞九五，坐登大宝，后来因他庙号孝宣，称为宣帝。宣帝嗣祚，例须谒见高庙；大将军霍光，骖乘同行，宣帝坐在舆中，好似背上生着芒刺，很觉不安。及礼毕归来，由车骑将军张安世，代光骖乘，宣帝方才安心，怡然入宫。侍御史严延年，却劾奏霍光擅行废立，无人臣礼。至此方言明是卖直。宣帝瞧到此奏，不便批答，只好搁置不提。

未几丞相杨敞病终，升御史大夫蔡义为丞相，封阳午侯，进左冯翊田广明为御史大夫。义年已八十多岁，伛偻曲背，形似老妪，或谓光自欲专制，故用此老朽为相。当有人向光报知，光解说道：“义起家明经，从前孝武皇帝，尝令他教授昭帝，他既为人主师，难道不配做丞相么？”相术与师道不同，光此言似是而非。是时上官太后尚居未央宫，由宣帝尊为太皇太后，只是后位未定，群臣多拟立霍光小女，就是上官太后，亦有此意。宣帝已有所闻，独下诏访求故剑，这乃是宣帝不弃糟糠，特借故剑为名，表明微意。群臣却也聪明，遂请立许氏为皇后。宣帝先册许氏为婕好，嗣即令正后位。并欲援引先朝旧例，封后父广汉为侯。偏霍光出来梗议，谓广汉已受宫刑，不应再加侯封。光妻谋毒许后，实是因此发生。宣帝拗他不过，暂从罢论。

蹉跎过了年余，始封广汉为昌成君。光见宣帝遇事谦退，持躬谨慎，料他没有意外举动，遂请上官太后还居长乐宫。上官太后，当然还驾，光且派兵屯卫长乐宫，借备非常。已而腊鼓催残，椒花献颂，新皇帝依例改元，号为本始元年，下诏封赏，定策功臣。增封大将军霍光，食邑万七千户；车骑将军张安世，食邑万户，此外列侯加封食邑，共计十人，封侯计五人，赐爵关内侯计八人。霍光稽首归政，宣帝不许，令诸事俱先白霍光，然后奏闻。

光子霍禹，及兄孙霍云霍山，俱得受官。还有诸壻外孙，陆续引进，蟠据朝廷。宣帝颇怀猜忌，但不得不虚己以听，唯言是从。独大司农田延年，首倡废立大议，晋封阳城侯，免不得趾高气扬，自鸣得意。哪知有怨家告讦，说他办理昭帝大丧，谎报雇车价值，侵吞公款至三千万钱，当由丞相蔡义，据事纠弹，应该下狱讯办。田延年索性负气，竟不肯就狱，愤然说道："我位至封侯，尚有面目入诏狱么？"俄而又闻严延年劾他手持兵器，侵犯属车，更恨上添恨道："这无非教我速死！我死便罢，何必多方迫我？"说着，竟拔剑自杀。后来御史中丞，反诘责严延年，谓既知田延年有罪，如何纵令犯法，亦当连坐；严延年弃官遁去，朝廷也不加追究。看官阅此，应知两延年一死一遁，都是性情过激，世所难容，终不免受人挤排，摔去了事！

宣帝不好过问，但凭霍光处置，唯自思本生祖考，未有号谥，乃令有司妥为议定。有司应诏奏称，谓为人后者为人子，不得私其所亲，陛下继承昭帝，奉祀陵庙，亲谥只宜称悼，母号悼后，故皇太子谥曰戾，史良娣号戾夫人；宣帝也即准议，不过重行改葬，特置园邑，留作一种报本的纪念。更立燕刺王旦太子建为广阳王，广陵王胥少子弘为高密王，越年复下诏追崇武帝，应增庙乐，令列侯二千石博士会议，群臣皆复称如诏。独长信少府夏侯胜驳议道："孝武皇帝，虽尝征服蛮夷，开拓土宇，但多伤士卒，竭尽财力，德泽未足及人，不宜更增庙乐。"这数语说将出来，顿致舆论哗然，同声语胜道："这是诏书颁示，怎得故违？"胜昂然道："诏书非尽可行，全靠人臣直言补阙，怎得阿意顺旨，便算尽忠？我意已定，死亦无悔了！"又出一个硬头子。大众闻言，统怪胜不肯奉诏，联名奏劾，说他毁谤先帝，罪该不道。独丞相长史黄霸，不肯署名。复被大众举劾，请与胜一同坐罪。宣帝乃命将胜霸二人，逮系狱中。群臣遂请尊武帝庙为世宗庙，且提出武帝在日，巡行郡国四十九处，概令立庙，别立庙乐，号为盛德文始五行舞，世世祭飨，与高祖太宗庙祀相同，宣帝并皆依议，饬令照办。只胜霸两人，久被拘系，好多时不闻究治。两人同在一处，彼此攀谈，却也不致寂寞。霸字次公，籍隶阳夏，少习法律，及长为吏，迁任河南郡丞，宽和得民。宣帝即位，因召为廷尉正，兼署丞相长史。此时被逮下狱，亲友都替他愁苦，他却遇着经师夏侯胜，正好乘闲请教，乞胜传授经学。胜言犯罪当死，何必读经？霸答道："朝闻道，夕死犹可。况今夕尚未必果死哩！"可谓好学。胜乃讲授《尚书》，逐日不绝。直至本始四年，方才遇赦，后文再表。

且说乌孙国王岑陬，前纳继祖母江都公主为妻，仍然臣事汉朝。见前文。越数年后，江都公主病死，岑陬复乞和亲，汉廷因将楚王戊孙女解忧，号为公主，遣嫁岑陬。解忧尚无生育，岑陬却患了绝症，竟致不起。自思有子泥靡，出自胡妇，幼弱未能任事，不如托诸从弟翁归靡，教他代立为王。俟至泥靡长成，然后归还主位。主见已定，遂召翁归靡入帐，述及己意，翁归靡当然听命。及岑陬一死，便即称王，又见解忧年轻有色，也把她占为己妻。继祖母尚可为妻，何况从嫂？解忧只好随缘，与翁归靡结为夫妇，好合数年，得生三男二女，依次长成。长男名元贵靡，留在国中。次男名万年，出为莎车王。最幼名大乐，也为左大将，及昭帝末年，匈奴因乌孙附汉，连结车师，并攻乌孙，乌孙忙发兵守御。一面由解忧公主出面，飞书至汉，求请援师。汉廷得书，正拟调兵往救，适值昭帝驾崩，国事纷纭，无暇外顾。到了宣帝即位，复由解忧夫妇，上书敦促，并言专待汉兵，夹击匈奴。宣帝与霍光议定，大发关东精锐，分路出征。命御史大夫田广明为祈连将军，领四万余骑出西河，度辽将军范明友，领三万余骑出张掖，前将军韩增，领三万余骑出云中；后将军赵充国为蒲类将军，领三万余骑出酒泉，云中太守田顺为虎牙将军，领三万余骑出五原。五路大兵，共计得十六万余人，如火如荼，杀往匈奴。再遣校尉常惠，持节发乌孙兵，会师夹攻。

匈奴主壶衍鞮单于，闻得汉兵大至，亟将人民牲畜，奔徙漠北，塞外一空。汉将五路出师，但见秋高木落，遍地荒凉，并没有什么胡兵，什么胡马，好容易驰入胡境，搜得几个人畜，也不过是老弱陋劣，一时不及迁移，乃被捕获。五将陆续班师，由汉廷严核赏罚，田广明引兵先归，田顺诈报俘虏，皆被察出，下吏自杀。范明友，韩增，赵充国三人，也是半途折回，无功有罪。宣帝因已诛二将，不欲滥刑，特令从宽免议。

独校尉常惠，监护乌孙兵五万余骑，直入右谷蠡王庭内，擒住单于伯叔，及嫂居次，犹汉言公主。名王犁污，掳都尉千长以下三万九千余级，马牛羊驴七十余万头，饱载西归，返入乌孙。乌孙将掳取人畜，悉数自取，毫不分与常惠，反将常惠使节盗去。常惠无从追究，垂头丧气，驰还长安。何其疏忽至此！自料此番回都，必遭重谴，硬着头入报宣帝。宣帝却好言抚慰，面封惠为长罗侯，惠谢恩而退，喜出望外。后来探问同僚，才知宣帝因五将无功，还是乌孙兵得了大捷，虽然没有进益，也足令匈奴丧胆，免为汉患，所以叙功加封。寻且奉诏再使乌孙，令他赍着金帛，犒赏乌孙将士。惠乘机进奏，谓龟兹国前杀朝使，未曾加讨，应该顺道往攻。宣帝恐他多事，不肯照准。唯霍光密与惠言，许得便宜行事，惠遂往乌孙，宣诏颁赏，又矫命乌孙发兵，联合西域各国，进击龟兹。龟兹已经易主，后王绛宾，说是先人误听姑翼，因致得罪汉朝。当下将姑翼缚送军前，由惠喝令斩讫，当即罢兵回国。宣帝闻报，本欲责他专擅，因闻霍光暗中指使，只得作罢，但不复加赏，略示深衷。

谁知霍光专政，情尚可原，那光妻霍显，却是一个淫悍泼妇，公然阴谋诡计，下毒宫闱。说将起来，也是霍光治家不正，肇此祸阶。霍光元配东闾氏，只生一女，嫁与上官安为妻。东闾氏早殁，有婢名显，狡黠异常，为光所爱，曾纳为妾媵，生有子女数人。光便不他娶，就将显升做继室。显有小女成君，尚未字人，满望宣帝登台，好将成君纳入宫中，做个现成皇后。偏宣帝愿求故剑，令故妻许氏正位中宫，竟致霍显失望，满怀不平。日思夜想，拟把许后除去，怎奈一时不得方法，没奈何迁延过去。迟至本始三年正月，许皇后怀孕满期，将要分娩，忽然身体不适，寝食难安。宣帝顾念患难夫妻，格外爱护，遍召御医诊治，且采募女医入宫，俾得日夕侍奉，较为合宜。巧有掖庭户卫淳于赏妻，单名为衍，粗通医理，应募入侍。衍尝往来大将军家，与霍显认识有年，至是淳于赏因妻入宫，便与语道："汝何不往辞霍夫人，为我求得安池监。若霍夫人肯代白大将军，安池监定可补缺，比户卫好得多呢！"衍遵着夫嘱，径至霍家谒显，报告入宫侍后，并求派乃夫差缺。显触着心事，暗暗喜欢道："这番机会到了！"便引衍至密室，悄然与语。特呼衍表字道："少夫！汝欲我代谋差缺，我亦烦汝一件大事，汝可允我否？"衍应声道："夫人有命，敢不敬从！"显笑说道："大将军最爱小女成君，欲使极贵，特为此事，有劳少夫。"衍不解所谓，愕然问道："夫人所嘱，是何命意？"显即将衍扯近一步，附耳与语道："妇人产育，关系生死。今皇后因娠得病，正好将她毒死。天子若立继后，小女成君，就得册纳。少夫如肯为力，富贵与共，幸勿推辞！"顾前不顾后，全是悍妇偏见。衍闻显言，不禁失色，支吾对答道："药须由众医配合，进服时需人先尝，此事恐难为力。"显复冷笑道："少夫若肯代谋，何至无法。现我将军管辖天下，何人敢来多嘴？就使有缓急情事，自当出救，决不相累。只恐少夫无意，才觉难成。”衍沉吟良久，方答说道：“有隙可图，自愿尽力。”总为富贵二字所误。显又再三叮嘱，衍应命辞归，也不及告知乃夫，私取附子捣末，藏入衣袋，径往宫中。

可巧许后临盆，生下一女，却是不做难产，安然无恙。不过产后乏力，还须调理，经御医拟定一方，合丸进服。淳于衍凑便下手，竟将附子取出，掺入丸内。附子虽是有毒，本来可作药饵，并非酰毒可比，但性热上升，不宜产后。许后哪里知晓，取到便吞，待至药性发作，顿时喘急起来，因顾问淳于衍道：“我服丸药后，头觉岑岑。沉重之意。莫非丸中有毒不成？”衍勉强答说道：“丸中何至有毒。”一面说，一面再召御医诊治。御医诊治后脉，已经散乱，额上冷汗淋漓，也不识是何因，才阅片刻，许后两眼一翻，呜呼归天！还幸微贱时已产一男，总算留得一线血脉。小子有诗叹道：

赢得三年国母尊，伤心被毒竟埋冤。
杜南若有遗灵在，好看仇家且灭门。杜南为许后葬处，见下回。

许后告崩，宣帝亲自视殓，悲悼不已。忽由外面呈入奏章，乃收泪取阅。欲知奏章内容，待至下回再表。

史称霍氏之祸，萌于骖乘，是骖乘一事，所关甚大。夫骖乘亦常事耳，张安世亦与谋废立，官拜车骑将军，更非常官；当其代光骖乘，宣帝得从容快意，何独于霍光而疑之。吾料霍光当日，必有一种骄倨之容，流露词色，令人生畏，此宣帝之所以跼蹐不安也。田延年之自杀，祸起怨家；而霍光不为救护，未免怀私。废立之议，倡自田延年，光不欲使为功首，故乐其死而恝视之。严延年之被逐，则实为劾奏霍光而起；御史中丞，诘责严延年，即非由光之授意，而巧为迎合，不问可知。至若常惠之通使乌孙，擅击龟兹，则全出光之指授。光固视宣帝如傀儡，归政之请，果谁欺乎？悍妻霍显，胆敢私嘱女医，毒死许后，何一非由光之纵成。后人或比光为伊周，伊周圣人，岂若光之悖盭为哉？

第八十二回　孝妇伸冤于公造福
淫妪失德霍氏横行

却说宣帝方悲悼许后，即有人递入奏章，内言皇后暴崩，想系诸医侍疾无状，应该从严拿究。宣帝当即批准，使有司拿问诸医。淳于衍正私下出宫，报知霍显，显引衍入内，背人道谢。一时未便重酬，只好与订后约。衍告别回家，甫经入门，便有捕吏到来，把她拘去。经问官审讯几次，衍抵死不肯供认，此外医官，并无情弊，自然同声呼冤。问官无法，一古脑儿囚系狱中。霍显闻知衍被拘讯，惊惶的了不得，俗语说得好，急来抱佛脚，那时只好告知霍光，自陈秘计。霍光听了，也不禁咋舌，责显何不预商。显泣语道："木已成舟，悔亦无及，万望将军代为调护，毋使衍久系狱中，吐出实情，累我全家。"光默然不答，暗思事关大逆，若径去自首，就使保全一门，那娇滴滴的爱妻，总须头颅落地，不如代为瞒住，把淳于衍等一体开释，免得及祸。谁知祸根更大。乃入朝谒见宣帝，但言皇后崩逝，当是命数注定，若必加罪诸医，未免有伤皇仁；况诸医也没有这般大胆，敢毒中宫。宣帝也以为然，遂传诏赦出诸医，淳于衍亦得释出。许皇后含冤莫白，但依礼治丧，奉葬杜南，谥为恭哀皇后。霍显见大狱已解，才得放心，密召淳于衍至家，酬以金帛，后来且替她营造居屋，购置田宅婢仆，令衍享受荣华。衍意尚未足，霍家财钱，却耗费了许多。显知阴谋已就，便为小女安排妆奁，具备许多珠玉锦绣，眼巴巴的望她为后。只是无人关说，仍然无效，没奈何再请求霍光，纳女后宫。光也乐得进言，竟蒙宣帝允许，就将成君装束停当，载入宫中。国丈无不愿为。所有衣饰奁具，一并送入。从来少年无丑妇，况是相府娇娃，总有一些秀媚状态。宣帝年甫逾冠，正当好色年华，虽尚追忆前妻，余哀未尽，但看了这个如花似玉的佳人，怎能不情动神移？当下优礼相待，逐渐宠幸。过了一年，竟将霍氏成君，册为继后。霍夫人显果得如愿以偿，称心满意了。原是快活得很，可惜不能长久。

先是许后起自微贱，虽贵不骄，平居衣服，俭朴无华，每五日必至长乐宫，朝见上官太后，亲自进食，谨修妇道。至霍光女为后，比许后大不相同，舆服丽都，仆从杂沓，只因上官太后谊属尊亲，不得不仿许后故事，前去侍奉。上官太后，系霍光外孙女，论起母家私戚，还要呼霍后为姨母，所以霍后进谒，往往起立一劳，特别敬礼。就是宣帝亦倍加燕好，备极绸缪。

是年丞相义病逝，进大鸿胪韦贤为丞相，封扶阳侯。大司农魏相为御史大夫，颍川太守赵广汉为京兆尹。又因郡国地震，山崩水溢，北海琅琊，毁坏宗庙，宣帝特素服避殿，大赦天下，诏求经术，举贤良方正。夏侯胜黄霸，才得出狱。回应前回。胜且受命为谏大夫，霸出任扬州刺史。胜年已垂老，平素质朴少文，有时入对御前，或误称宣帝为君，或误呼他人表字，君前臣名不应呼字。宣帝毫不计较，颇加亲信。尝因回朝退食，与同僚述及宫中问答。事为宣帝所闻，责胜漏言，胜从容道：“陛下所言甚善，臣非常佩服，故在外称扬。唐尧为古时圣主，言论传诵至今，陛下有言可传，何妨使人传诵呢！”宣帝不禁点首，当然无言。夏侯胜也会献谀。嗣是朝廷大议，必召胜列席。宣帝常呼胜为先生，且与语道：“先生尽管直言，幸勿记怀前事，自安退默。朕已知先生正直了！”胜乃随事献替，多见听从。继复使为长沙少府，迁官太子太傅，年至九十乃终。上官太后记念师恩，赐钱二百万，素服五日。宣帝亦特赐茔地，陪葬平陵。即昭帝陵，见前文。西汉经生，生荣死哀，唯胜称最。胜本鲁人，受学于族叔夏侯始昌。始昌尝为昌邑王太傅，通尚书学，得胜受授，书说益明，时人称为大小夏侯学。胜子孙受荫为官，不废先业，这也好算得诗书余泽呢。归功经术，寓意独深。

且说宣帝本始四年冬季，定议改元，越年元日，遂号为地节元年。朝政清平，国家无事，唯刑狱尚沿积习，不免烦苛。宣帝有志省刑，特升水衡都尉于廷国为廷尉，令他决狱持平。定国字曼倩，东海郯县人。父于公，曾为郡曹，判案廉明，民无不服。郡人特为建立生祠，号为于公祠。会东海郡有孝妇周青，年轻守寡，奉姑唯谨。姑因家况素贫，全靠周青纺织为养，甚觉过意不去，且周青又无子嗣，不如劝令改嫁，免受冻馁，一连说至数次，青决意守节，誓不再醮，姑转告邻人道："我媳甚孝，耐苦忍劳，但我怜她无子守寡，又为我一人在世，不肯他适，我岂可长累我媳么？"邻人总道她是口头常谈，不以为意，那姑竟自缢，反致周青茕茕孑立，不胜悲苦。青有小姑，已经适人，平时好搬弄是非，竟向郯县中控告寡嫂，说她逼死老母。县官不分皂白，便将周青拘至，当堂质讯。青自然辩诬，偏县官疑她抵赖，喝用严刑。青自思余生乏味，不若与姑同尽，乃随口妄供，即由县官谳成死罪，申详太守。太守批令如议，独于公力争道："周青养姑十余年，节孝著名，断无杀姑情事，请太守驳斥县案，毋令含冤！"太守执意不从，于公无法可施，手持案卷，向府署恸哭一场，托病辞去。周青竟致枉死，冤气冲天，三年旱荒。后任太守，为民祈雨，全无效验，乃欲召问卜筮。可巧于公求见，由太守召入与语，于公乃将周青冤案，从头叙明。好在太守不比前任，立命宰牛，至周青墓前致祭，亲为祷告，并竖墓表。及祭毕回署，便觉彤云四布，霖雨连宵。东海郡三年告饥，独是年百谷丰收，民得少苏，自是都感念于公。天既知孝妇之冤，何不降灾郡守，乃独肆虐郡民，此理令人难解。

于公欣然归家，正值里门朽坏，须加修治。里人醵资估工，为缮葺计，于公笑语道："今日修筑里门，应比从前高大，可容驷马高车。"里人问他何故？于公道："我生平决狱，秉公无私，平反案不下十百，这也是一件阴德，我子孙可望兴隆，所以要高大门闾呢。"里人素敬重于公，如言办理，果然于公殁后，有子定国，出掌吏事，超列公卿。既任廷尉，哀矜鳏寡，罪疑从轻，与前此张汤杜周等人，宽猛迥别。都下有传言云："张释之为廷尉，天下无冤民；张释之系文帝时人，见前文。于定国为廷尉，民自以不冤。"定国雅善饮酒，虽多不乱，冬月大审，饮酒越多，判断越明。又恨自己未读经书，辄向经师受业，学习《春秋》，北面执弟子礼，因此彬彬有文，谦和儒雅。大将军霍光，亦很加依重。至地节二年春三月，光老病侵寻，渐至危迫。宣帝躬自临问，见他痰喘交作，已近弥留，不禁泫然流涕。及御驾还宫，接阅光谢恩书，谓愿分国邑三千户，移封兄孙奉车都尉霍山，奉兄骠骑将军去病遗祀。当下将原书发出，交丞相御史大夫酌议，即日拜光子禹为右将军。未几光卒，宣帝与上官太后，均亲往吊奠，使大中大夫任宣等持节护丧，中二千石以下官吏，监治坟茔。特赐御用衣衾棺椁，出葬时候，用辒辌车载运灵柩，辒辌车为天子丧车，车中有窗闭则温，开则凉，故名辒辌车。黄屋左纛，尽如天子制度；征发畿卫各军，一体送葬，予谥宣成侯。墓前置园邑三百家，派兵看守。未免滥赐。丞相韦贤等，请依霍光谢恩书，分邑与山。宣帝不忍分置，令禹嗣爵博陵侯，食邑如旧。独封山为乐平侯，守奉车都尉领尚事。御史大夫魏相，恐霍禹擅权专政，特请拜张安世为大司马大将军，继光后任。宣帝也有此意，即欲封拜。安世闻知消息，慌忙入朝固辞。偏宣帝不肯允许，但取消大将军三字，令安世为大司马车骑将军，领尚书事。安世小心谨慎，事事不敢专主，悉禀宣帝裁定，宣帝始得亲政，励精图治。每阅五日，开一大会，凡丞相以下诸官，悉令列席，有利议兴，有害议革，周谘博访，民隐毕宣。至简放内史守相，亦必亲自召问，循名责实，尝语左右道："庶民所以得安，田里无愁恨声，全靠政平讼理，得人而治。朕想国家大本，系诸民生，民生大要，系诸良二千石，二千石若不得人，怎能佐朕治国呢？"已而胶东相王成，颇有循声，闻他招集流民，约有八万余口，宣帝即下诏褒扬，称为劳来不怠，赐爵关内侯，这是封赏循吏的第一遭。后来王成病死，有人说他浮报户口，不情不实，宣帝亦未尝追问。但教吏治有名，往往玺书勉励，增秩赐金，于是天下闻风，循吏辈出。下文自有交代。

且说地节三年，宣帝因储君未立，有碍国本，乃立许后所生子奭为皇太子，进封许后父广汉为平恩侯。复恐霍后不平，推恩霍氏，封光孙中郎将云为冠阳侯。哪知霍氏果然觖望，虽得一门三侯，意中尚嫌未足，第一个贪心无厌的人物，就是光妻霍显。她自霍禹袭爵，居然做了太夫人，骄奢不法，任意妄为，令将光生前所筑茔制，特别扩充，三面起阙，中筑神道，并盛建祠宇辇阁，通接永巷。所有老年婢妾，悉数驱至巷中，叫她们看守祠墓，其实与幽禁无二。自己大治第宅，特制彩辇，黄金为饰，锦绣为茵，并用五彩丝绞作长绳，绾住辇毂，令侍婢充当车夫，挽车游行，逍遥快乐。日间借此自娱，夜间却未免寂寞，独引入俊仆冯殷，与他交欢。殷素狡慧，与王子方并为霍家奴，充役有年。霍光在日，亦爱他两人伶俐，令管家常琐事。唯子方面貌，不及冯殷，殷姣好如美妇，故绰号叫作子都。显系霍光继室，当然年齿较轻，一双媚眼，早已看中冯殷。殷亦知情识意，每乘光入宫值宿，即与显有偷寒送暖等情，光戴着一顶绿巾，尚全然不晓。家有姣妻，怎得再畜俊奴，这也是光种下的祸祟。及光殁后，彼此无禁无忌，乐得相偎相抱，颠倒鸳鸯。霍禹霍山，也是淫纵得很，游佚无度。霍云尚在少年，整日里带领门客，架鹰逐犬，有时例当入朝，不愿进谒，唯遣家奴驰入朝堂，称病乞假。朝臣亦知他欺主，莫敢举劾。还有霍禹姊妹，仗着母家势力，任意出入太后皇后两宫。霍显越好横行，视两宫如帷闼一般，往返自由，不必拘礼。为此种种放浪，免不得有人反对，凭着那一腔懊恼，毅然上书道：

> 臣闻《春秋》讥世卿，恶宋三世为大夫，及鲁季孙之专权，皆足危乱国家。自后元以来，后元为汉武年号，见前文。禄去王室，政由冢宰。今大将军霍光已殁，子禹复为右将军，兄孙山，亦入秉枢机，昆弟诸婿，各据权势，分任兵官，夫人显及诸女，皆通籍长信宫，宫在长乐宫内，为上官太后所居。或夤夜呼门出入，骄奢放纵，恐渐不制；宜有以损夺其权，破散阴谋，以固万世之基，全功臣之世，国家幸甚！臣等幸甚！

这封书系由许广汉呈入，署名并非广汉，乃是御史大夫魏相所陈。相字弱翁，定陶人氏，少学易，被举贤良，对策得高第，受官茂陵令。迁任河南太守，禁止奸邪，豪强畏服。故丞相田千秋次子，方为雒阳武库令，闻相治郡尚严，恐自己不免遭劾，辞职入都，入白霍光。光还道相器量浅窄，不肯容故相次儿，当即贻书责备。嗣又有人劾相滥刑，遂发缇骑，拘相入都。河南戍卒，在都留役，闻知魏相被拘，都乘霍光公出，遮住车前，情愿多充役一年，赎太守罪。经光好言遣散，旋又接得函谷关吏报告，谓有河南老弱万余人，愿入关上书，请赦魏相。光复言相罪未定，不过使他候质，如果无罪，自当复任等语。关吏依言抚慰，大众方才散归。至相被逮至，竟致下狱，案无左证，幸得不死。经冬遇赦，再为茂陵令，调迁扬州刺史。宣帝即位，始召入为大司农，擢任御史大夫。至是愤然上书，也并非欲报私仇，实由霍氏太横，看不过去。因浼平恩侯许广汉代为呈递，委屈求全。相有贤声，故笔下代为洗刷。

宣帝未尝不阴忌霍家，因念霍光旧功，姑示包容，及览到相书，自无异言。相复托广汉进言，乞除去吏民副封，借免壅蔽。原来汉廷故事，凡吏民上书，须具正副二封，先由领尚书事将副封展阅一周，所言不合，得把正封搁置，不复上奏。相因霍山方领尚书事，恐他捺住奏章，故有此请。宣帝也即依从，变更旧制，且引相为给事中。霍显得知此事，召语禹及云山道："汝等不思承大将军余业，日夕偷安，今魏大夫入为给事中，若使他人得进闲言，汝等尚能自救么？"问汝果做何勾当？禹与云山，尚不以为意。既而霍氏家奴与御史家奴争道，互生龃龉，霍家奴恃蛮无理，竟捣入御史府中，汹汹辱骂。还是魏相出来陪礼，令家奴叩头谢罪，才得息争。旋由丞相韦贤，老病乞休，宣帝特赐安车驷马，送归就第，竟升魏相为丞相。御史大夫一缺，就用了光禄大夫丙吉。吉曾保护宣帝，未尝自述前恩，此次不过循例超迁，与魏相同心夹辅，各尽忠诚。独霍显暗暗生惊，只恐得罪魏相，将被报复。且因太子奭册立以后，尝恨恨道："彼乃主上微贱时所生，怎得立为太子？若使皇后生男，难道反受他压迫，只能外出为王么？"汝试自思系是何等出身？乃悄悄的入见霍后，叫她毒死太子，免为所制。霍后依着母命，怀着毒物，屡召太子赐食，拟乘间下毒。偏宣帝早已防着，密嘱媬姆，随时护持，每当霍后与食，必经媬姆先尝后进，累得霍后无从下手，只好背地咒骂，衔恨不休。有是母必有是女。宣帝留心伺察，觉得霍后不悦太子，心下大疑。回忆从前许后死状，莫非果由霍氏设计，遣人下毒，以致暴崩。且渐渐闻得宫廷内外，却有三言两语，流露毒案，因此与魏相密商，想出一种釜底抽薪的计策，逐渐进行。

当时度辽将军范明友，为未央卫尉，中郎将任胜，为羽林监，还有长乐卫尉邓广汉，光禄大夫散骑都尉赵平，统是霍光女婿，入掌兵权。光禄大夫给事中张朔，系光姊夫，中郎将王汉，系光孙婿，宣帝先徙范明友为光禄勋，任胜为安定太守，张朔为蜀郡太守，王汉为武威太守；复调邓广汉为少府，收还霍禹右将军印，阳尊为大司马，与乃父同一官衔；特命张安世为卫将军，所有两宫卫尉，城门屯兵，北军八校尉，尽归安世节制。又将赵平的骑都尉印绶，也一并撤回，但使为光禄大夫。另使许史两家子弟，代为军将。

霍禹因兵权被夺，亲戚调徙，当然郁愤得很，托疾不朝。大中大夫任宣，曾为霍氏长史，且前此奉诏护丧，因特往视霍禹，探问病恙。禹张目道："我有什么病症？只是心下不甘。"宣故意问为何因，禹呼宣帝为县官，信口讥评道："县官非我家将军，怎得至此？今将军坟土未干，就将我家疏斥，反任许史子弟，夺我印绶，究竟我家有什么大过呢？”宣闻言劝解道：“大将军在日，亲揽国权，生杀予夺，操诸掌握，就是家奴冯子都王子方等，亦受百官敬重，比丞相还要威严。今却不能与前并论了。许史为天子至亲，应该贵显，愿大司马不可介怀！”宣亦有心人，惜语未尽透辟。禹默然不答，宣自辞去。

越数日禹已假满，没奈何入朝视事。天下事盛极必衰，势盛时无不奉承，势衰后必遇怨谤，况霍氏不知敛束，怎能不受人讥弹？因此纠劾霍家，常有所闻。霍禹、霍山、霍云，无从拦阻，愁得日夜不安，只好转告霍显。显勃然道：“这想是魏丞相暗中唆使，要灭我家，难道果无罪过么？”妇人不知咎己，专喜咎人。山答说道：“丞相生平廉正，却是无罪，我家兄弟诸婿，行为不谨，容易受谤，最可怪的是都中舆论，争言我家毒死许皇后，究竟此说从何而来？”霍显不禁起座，引霍禹等至内室，具述淳于衍下毒实情。霍禹等不觉大惊，同声急语道：“这！这！……这事果真么？奈何不先行告知！”显也觉愧悔，把一张粉饰的黄脸儿，急得红一块，青一块，与无盐嫫母一般。无盐嫫母古丑妇。小子有诗叹道：

不经贪贼不生灾，大祸都从大福来；
莫道阴谋人不觉，空中天网自恢恢。

欲知霍氏如何安排，容至下回续叙。

孝妇含冤，三年不雨，于公代为昭雪，请太守祭茔表墓，即致甘霖之下降，是天道固非尽无凭也。天道有凭，宁有如霍显之毒死许后，纳入小女成君，而可得富贵之长保者？人有千算，天教一算，愈狡黠愈遭天忌，愈骄横亦愈致天谴；况霍显淫悍，霍禹霍山霍云，更游佚无度，如此不法，尚欲安享荣华，宁有是理？人即可欺，天岂可欺乎？逮至兵权被削，亲戚被徙，独不知谢职归田，反且蓄怨生谋，思为大逆，其自速灭亡也宜哉！观于霍氏之灭亡，而后之营营富贵者，可自此返矣。

第八十三回　泄逆谋杀尽后族
矫君命歼厥渠魁

却说霍显心虚情怯，悔惧交并，霍禹对显道："既有此事，怪不得县官斥逐诸婿，夺我兵权，若认真查究起来，必有大罚，奈何奈何！"霍山霍云，亦急得没有主意。还是霍禹年纪较大，胆气较粗，自思一不做二不休，将错便错，索性把宣帝废去，方可免患。比母更凶。忽又见赵平趋入道："平家有门客石夏，善观天文，据言天象示变，荧惑守住御星，御星占验，主太仆奉车都尉当灾，若非罢黜，且遭横死。"霍山正为奉车都尉，听了平言，更觉着忙。就是霍禹霍云，亦恐自己不能免祸。正在秘密商议，又有一人进来，乃是云舅李竟好友，叫做张赦。云亦与交好，当即迎入，互相谈叙。赦见云神色仓皇，料有他故，用言探试，便由云说出隐情。赦即替他设策道："今丞相与平恩侯，擅权用事，可请太夫人速白上官太后，诛此两人，翦去宫廷羽翼，天子自然势孤。但教上官太后一诏，便好废去。"云欣然受教，赦也即告别。

不意属垣有耳，竟为所闻，霍氏家中的马夫，约略听见张赦计谋，夜间私议。适值长安亭长张章，与马夫相识，落魄无聊，前来探望。马夫留他下榻，他佯作睡着，却侧着耳听那马夫密谈，待至马夫谈完，统去就寝，便不禁暗喜，想即借此出头，希图富贵。心虽不善，但不如此，则霍氏不亡。朦胧半晌，已报鸡声，本来张章粗通文墨，至此醒来，又复打定腹稿，一至天明，即起床与马夫作别，自去缮成一书，竟向北阙呈入。宣帝本欲杜除壅蔽，使中书令传诏出去，无论吏民，概得上书言事。一面由中书令逐日取入，亲自披览。至看到章书，就发交廷尉查办，廷尉使执金吾官名。往捕张赦石夏等人；已而宣帝又饬令止捕。

霍氏知阴谋被泄，越觉惊惶。霍山等相率聚议道："这由县官顾着太后，恐致干连，故不愿穷究。但我等已被嫌疑，且有毒死许后一案，谣言日盛，就使主上宽仁，难保左右不从中举发，一或发作，必致族诛。今不如先发制人，较为得计！"已经迟了。乃使诸女各报夫婿，劝他一同举事。各婿家也恐连坐，情愿如约。会霍云舅李竟，坐与诸侯王私相往来，得罪被拘。案与霍氏相连，有诏令霍云霍山，免官就第，霍氏愈致失势。只有霍禹一人，尚得入朝办事。百官对着霍禹，已不若从前敬礼，偏又经宣帝当面责问，谓霍家女入谒长信宫，注见前回。何故无礼？霍家奴冯子都等，何故不法？说得禹头汗直淋，勉强免冠谢罪。乃退朝回来，告知霍显以下等人，胆小的都吓得发抖，胆大的越激动邪心。显忐忑不安，夜间梦光与语道："汝知儿被捕否？"光果有灵，当先活捉冯子都，这全是霍显惊慌所致。霍禹也梦车声马声，前来拿人。母子清晨起床，互述梦境，并皆担忧。又见白昼多鼠，曳尾画地，庭树集鸮，恶声惊人。宅门无故自坏；屋瓦无风自飞；种种怪异，不可究诘。

地节四年春月，宣帝求得外祖母王媪，及母舅无故与武，当即称王媪为博平君，封无故为平昌侯，武为乐昌侯；许史以外，又多了王门贵戚，顿使霍家相形见绌，日夜愁烦。霍山独怨恨魏相，侈然语众道："丞相擅减宗庙祭品，如羔如兔蛙，并皆酌省。从前高后时，曾有定例，臣下擅议宗庙，罪应弃市。今丞相不遵旧制，何勿把他举劾呢！"霍禹霍云，尚说此举只有关魏相，未足保家。因复另设一计，欲使上官太后，邀饮博平君，召入丞相平恩侯等，令范明友邓广汉引兵突入，承制处斩，趁势废去宣帝，立霍禹为天子。计议已定，尚未举行，又由宣帝颁诏，出霍云为玄菟太守，任宣为代郡太守。接连又发觉霍山过恶，系是擅写秘书，应该坐罪，不如意事，纷至沓来。霍显替山解免，愿献城西第宅，并马千匹，为山赎罪，书入不报。哪知张章又探得霍禹等逆谋，往告期门官名。董忠，忠转告左曹杨恽，恽又转达侍中金安上。安上系前车骑将军金日磾从子，方得主宠，立即奏闻宣帝，且与侍中史高同时献议，请禁霍氏家族，出入宫廷。侍中金赏，为日磾次子，曾娶霍光女为妻，一闻此信，慌忙入奏，愿与霍女离婚。

宣帝不能再容，当即派吏四出，凡霍氏家族亲戚，一体拿办。范明友先得闻风，驰至霍山霍云家内，报知祸事。山与云魂胆飞扬，正在没法摆布，便有家奴抢入道："太夫人第宅，已被吏役围住了！"山知不能免，取毒先服，云与明友次第服下，待至捕役到门，已经毒发毙命，唯搜得妻妾子弟，上械牵去。那霍显母子，未得预闻，竟被拘至狱中，讯出真情，禹受腰斩，显亦遭诛，所有霍氏诸女，及女婿孙婿，悉数处死。甚至近戚疏亲，辗转连坐，诛灭不下千家。冯子都王子方等，当然做了刀头鬼，与霍氏一门，同赴冥途去了。冯子都阴魂，又好与霍显取乐，只可惜要碰着霍光了。唯金赏已经去妻，幸免株连。霍后坐此被废，徙居昭台宫。金安上等告逆有功，俱得加封，安上受封都成侯，杨恽受封平通侯，董忠受封高昌侯，张章受封博成侯，平地封侯，张章最为侥幸。侍中史高，也得受封乐陵侯。

先是霍氏奢侈，茂陵人徐福，已知霍氏必亡，曾诣阙上书，请宣帝裁抑霍氏，毋令厚亡。宣帝留中不发，书至三上，不过批答了闻知二字。及霍氏族灭，张章等俱膺厚赏，独不及徐福。有人为徐福不平，因代为上书道：

> 臣闻客有过主人者，见其灶直突，旁有积薪。客谓主人，更为曲突，远徙其薪，否则且有火患；主人默然不应。俄而家果失火，邻里共救之，幸而得息。于是杀牛置酒，谢其邻人，灼烂者在于上行，余各以功次坐，而不及言曲突者。人谓主人曰："向使听客之言，不费牛酒，终无火患。今论功而请宾，曲突徙薪无恩泽，焦头烂额为上客耶？"主人乃悟而请之。今茂陵徐福数上书，言霍氏且有变，宜防绝之。向使福说得行，则国无裂土出爵之费，臣无逆乱诛灭之败。往事既已，而福独不蒙其功，唯陛下察之！愿贵徙薪曲突之策，使居焦发灼烂之右。

宣帝览书，心下尚未以为然，但令左右取帛十匹，颁赐徐福；后来总算召福为郎，便即了事。时人谓霍氏祸胎，起自骖乘，见八十一回。宣帝早已阴蓄猜疑，所以逆谋一发，便令族灭。但霍光辅政二十余年，尽忠汉室。宣帝得立，虽由丙吉倡议，终究由霍光决定，方才迎入。前为寄命大臣，后为定策元勋，公义私情，两端兼尽。只是悍妻骄子，不善训饬，弑后一案，隐忍不发，这是霍光一生大错。唯宣帝既已隐忌霍光，应该早令归政，或待至霍光身后，不使霍氏子弟，蟠踞朝廷，但俾食大县，得奉朝请，也足隐抑霍氏，使他无从谋逆。况有徐福三书，接连进谏，曲突徙薪，也属未迟。为何始则滥赏，继则滥刑，连坐千家，血流都市。忠如霍光，竟令绝祀，甚至一相狎相偎的霍后，废锢冷宫，尚不能容，过了十有二年，复将她逐锢云林馆，迫令自杀。宣帝也处置失策，残刻寡恩。后世如有忠臣，能不因此懈体否！孔光扬雄未始不鉴此虑祸，遂至失操，是实宣帝一大误处。

宣帝既诛灭霍家，乃下诏肆赦，出诣昭帝陵庙，行秋祭礼。行至途中，前驱旄头骑士，佩剑忽无故出鞘，剑柄坠地，插入泥中，光闪闪的锋头，上向乘舆，顿致御马惊跃，不敢前进。宣帝心知有异，忙召郎官梁邱贺，嘱令卜易。贺为琅琊人氏，曾从大中大夫京房受教易学。房出为齐郡太守，宣帝求房门人，得贺为郎，留侍左右。贺正随驾祠庙，一召即至，演蓍布卦，谓将有兵谋窃发，车驾不宜前行。宣帝乃派有司代祭，命驾折回。有司到了庙中，留心察验，果然查获刺客任章，乃是前大中大夫任宣子。宣坐霍氏党与，已经伏诛。章尝为公车丞，逃往渭城，意欲为父报仇，混入都中，乘着宣帝出祠，伪扮郎官，执戟立庙门外，意图行刺。偏经有司查出，还有何幸？当然枭首市曹。宣帝亏得梁邱贺，得免不测，因擢贺为大中大夫给事中；嗣是格外谨慎。

为了立后问题，几踌躇了一两年。当时后宫妃嫔，共有数人得宠，张婕妤最蒙爱幸，生子名钦；次为卫婕妤，生子名嚣；又次为公孙婕妤，生子名宇；此外还有华婕妤，但生一女。宣帝本思立张婕妤为后，转思婕妤有子，若怀私意，便与霍氏无二，如何得保全储君；乃更择一无子少妒的宫妃，使登后位。拣来拣去，还是长陵人王奉光的女儿，入宫有年，已拜婕妤，可令她作为继后，母养太子。王奉光的祖宗，曾随高祖入关，得邀侯爵，至奉光时家已中落，斗鸡走狗，落拓生涯，宣帝曾寄养外家，得与相识。奉光有女十余岁，颇具三分姿色，只生就一个怪命，许字了两三家，往往克死未婚夫。到了宣帝嗣阼，奉光女尚未适人，宣帝追怀旧谊，发生异想，把她召入后宫，立命侍寝，赐过了几番雨露，王女幸得承恩，宣帝却也无恙。想是王女命中应配皇帝。后来霍后入宫，张婕妤又复继进，或挟贵，或恃色，惹得宣帝一身，无暇顾及王女，遂致王女冷落宫中，少得入御。不过宣帝却还未忘，命王女为婕妤，得令享受禄秩。王女心已知足，安处深宫，一些儿没有怨言，膝下也无子女。至此竟由宣帝选就，册为继后，就把太子奭交付了她，嘱令抚育。张婕妤等，都诧为异事，引作笑谈。唯王女虽得为后，仍不见宣帝宠遇，且情性甚是温和，毫不争夕，所以张婕妤等仍得相安，由她挂个虚名罢了。王女知足不辱，却是一个贤妇。

是时为宣帝六年，宣帝已改元二次，曾于五年间改号元康，内外百僚，竞言符瑞，连番上奏，说是泰山陈留，翔集凤凰，未央宫降滋甘露，宣帝归德祖考，追尊悼考。即史皇孙，见八十一回。为皇考，特立寝庙，豁免高祖功臣三十六家赋役，令子孙世奉祭祀，赐天下吏爵二级，民一级，女子百户牛酒，鳏寡孤独高年粟帛。又颁诏大赦，省刑减赋，今特胪述于后：

《书》云："文王作罚，刑兹无赦。"今吏修身奉法，未有能称朕意，朕甚愍焉！其赦天下，与士大夫励精更始。

狱者万民之命，所以禁暴止邪，养育群生也。使能生者不怨，死者不恨，则可谓文吏矣。今则不然，用法或持巧心，析律贰端，析律谓分破律条，贰端谓妄生端绪。深浅不平，增辞饰非，以成其罪。奏不如实，上无由知。此朕之不明，吏之不讲，四方黎民，将何仰哉？二千石其各察官属，勿用此人。吏或擅兴徭役，增饰厨传，厨谓饮食，传谓传舍。越职逾法，以取民誉，譬犹践薄冰以待白日，岂不殆哉！今天下颇被疾疫之灾，朕甚愍之，其令郡国被灾甚者，毋出今年租赋，俾民休息！

宣帝又因吏民上书，多因犯讳得罪，特改名为询诏云：

闻古天子之名，难知而易讳也。今百姓多上书触讳以犯罪者，朕甚怜之，其更名询，诸触讳在令前者赦之！

宣帝方整顿内治，未遑外攘。忽由卫侯使冯奉世，报称莎车叛命，弑王戕使，由臣托陛下威灵，发兵讨罪，已得叛王首级，传送京师云云。宣帝并未尝遣讨莎车，不过因西域归附，前此所遣各使，屡不称职，乃依前将军韩增举荐，授郎官冯奉世为卫侯使。持节送大宛诸国使臣，遄返故邦。奉世系上党人，少学春秋，并读兵书，能通六韬三略，既奉宣帝诏命，遂与外使一同西行。及抵伊循城，闻得莎车内乱，有弑王戕使消息，便密语副使严昌道："莎车王万年，前曾入质我朝。只因前王已殁，该国人请他为嗣，由朝使奚充国送往。今乃敢抗违朝命，大逆不道，若非发兵加讨，将来莎车日强，势难更制，西域各国，均受影响，岂不是前功尽废么！"严昌也是赞成，但欲遣人驰奏，请旨定夺。奉世独以为事贵从速，不宜迂缓。乃即矫制谕告诸国，征发兵马，得番众万五千人，进击莎车。莎车国人，本迎立万年为王，万年暴虐，不洽舆情，前王弟呼屠征，乘隙纠众，击毙万年，并杀汉使奚充国，自立为莎车王，且攻劫附近诸国，迫使联盟叛汉。至冯奉世征集番兵，掩至城下，呼屠征毫不预防，慌忙募兵抵御，已是不及，竟被奉世引兵攻入。呼屠征惶急自杀，国人不得已乞降，献出呼屠征头颅。奉世另选前王支裔为嗣王，遣回各国兵士，特使从吏赍呼屠征首，报捷长安；自与大宛使臣，西诣大宛。大宛国王，得知奉世斩莎车王，当然震慑，格外加敬，赠送龙马数匹，马似龙形，故名龙马。厚礼遣归。宣帝接得奉世捷报，即召见前将军韩增，称他举荐得人，且令丞相以下，会议赏功授封。丞相魏相等，均复奏道："春秋遗义，大夫出疆，有利国家，不妨专擅。今冯奉世功绩较著，宜从厚加赏，量给侯封。"宣帝颇思依议，独少府萧望之谏阻道："奉世出使西域，但令送客归国，未尝特许便宜。彼乃矫制发兵，擅击莎车，虽幸得奏功，究竟不可为法。倘若加封爵土，将来他人出使，喜事贪功，必且援奉世故例，开衅夷狄，恐国家从此多事了！臣谓奉世不宜加封。"望之所言，未免近迂。宣帝正欲综核名实，巩固君权，一得望之谏议，便不禁改易初心，待奉世还都复命，只命为光禄大夫，不复封侯。

谁知一波才平，一波又起，侍郎郑吉，曾由宣帝派往西域，监督渠犁城屯田兵士。吉更分兵三百人，至车师屯田，偏为匈奴所忌，屡遣兵攻击屯卒。吉率渠犁屯兵千五百人，亲至驰救，仍然寡不敌众，退保车师城中，致为匈奴兵所围。赖吉守御有方，匈奴兵围攻不下，方才引去。未几又复来攻，往返至好几次，累得吉孤守车师，不敢还兵。乃即飞书奏闻，请宣帝增发屯兵。宣帝又令群臣集议，后将军赵充国，谓自西域通道，方命就渠犁屯田，为控御计。此为武帝时事，借充国口中叙明，与上文冯奉世所述莎车乱事，文法从同。唯渠犁距车师，约千余里，势难相救，最好是出击匈奴右地，使他还兵自援，不敢再扰西域，庶几车师尉犁，共保无虞等语。此计亦妙。宣帝正在踌踏，适丞相魏相上书云：

臣闻之，救乱诛暴，谓之义兵；兵义者王。敌加于己，不得已而起者，谓之应兵，兵应者胜。争恨小故，不忍愤怒者，谓之忿兵；兵忿者败。利人土地货宝者，谓之贪兵；兵贪者破。恃国家之大，矜民人之众，欲见威于敌者，谓之骄兵；兵骄者灭。此五者，非但人事，乃天道也。间者匈奴尝有善意，所得汉民，辄奉归之，未有犯于边境。虽争屯田车师，不足致意中。今闻诸将军欲兴兵入其地，臣愚不知此兵何名者也。今边郡困乏，父子共犬羊之裘，食草莱之实，常恐不能自存，难以动兵，军旅之后，必有凶年，言民以其愁苦之气，伤阴阳之和也。出兵虽胜，犹有后忧，恐灾害之变，因此以生。今郡国守相，多不实选，风俗尤薄，水旱不时，按今年计，子弟杀父兄，妻杀夫者，凡二百二十二人，臣愚以为此非小变也。今左右不忧此，乃欲发兵报纤介之忿于远夷，殆孔子所谓吾恐季孙之忧，不在颛臾，而在萧墙之内也。愿陛下与列侯群臣，详议施行！

宣帝既得相书，乃遣长罗侯常惠，出发张掖酒泉骑兵，往车师迎还郑吉，匈奴兵见有汉军出援，因即引去，吉率屯兵还渠犁。但车师故地，竟致弃去，仍复陷入匈奴。小子有诗叹道：

屡讨车师得荡平，如何甘失旧经营？
敛兵虽足休民力，坐隳前功也太轻。

欲知后事如何，且看下回分解。

霍氏之灭，光实酿成之。论者谓光之失，莫大于隐袒霍显，不发举其弑后之罪。吾谓显之弑后，即光果发举；亦属过迟。弑后何事？显罪固宜伏诛，光岂竟能免谴？误在元配东闾氏殁后，即以显为继室。显一狡婢耳，为大将军夫人，名不正，言不顺，失之毫厘，谬以千里，且教子无方，诒谋无术，霍禹霍山霍云等，无一式谷，几何而不至灭门耶。宣帝惩于霍氏之专擅，故当冯奉世之讨平莎车，因萧望之谏阻侯封，谓其矫制有罪，即停爵赏。夫《春秋》之义，大夫出疆，有利于国，专之可也，魏相之言，不为无据，而宣帝不从，其猜忌功臣之心，已可概见，然于许史王三家，第因其为直接亲戚，不问其才能与否，俱授侯封，厚此而薄彼，宣帝其能免萦私之诮乎？

第八十四回　询宫婢才识酬恩
擢循吏迭闻报绩

却说宣帝在位六七年，勤政息民，课吏求治，最信任的大员，一是卫将军张安世，一是丞相魏相。霍氏诛灭，魏相尝参议有功，不劳细叙。张安世却小心谨慎，但知奉诏遵行，未尝计除霍氏，且有女孙名敬，曾适霍氏亲属，关系戚谊，至霍氏族诛，安世恐致连坐，局促不安，累得容颜憔悴，身体衰羸。宣帝察知情伪，特诏赦他女孙，免致株连，安世才得放心，办事愈谨。安世兄贺，时已病殁，宣帝追怀旧惠，问及安世，才知贺子亦亡，只遗下一孤孙，年甫六龄，取名为霸。贺在时尝将安世季男彭祖，养为嗣子。彭祖又尝与宣帝同塾读书，因此宣帝询明底细，先封彭祖为关内侯。安世入朝固辞，宣帝道："我只为着掖庭令，与将军无关。"安世乃退。宣帝又欲追封贺为恩德侯，并置守冢二百家。安世复表辞贺封，且请减守冢家至三十户，宣帝总算依议，亲定守冢地点，使居墓西斗鸡翁舍。舍旁为宣帝少时游憩地，故特使三十家居住，留作纪念。已而余怀未忘，自思不足报德，便于次年下诏，赐封贺为阳都侯。予谥曰哀，令关内侯彭祖袭爵，拜贺孙霸为车骑中郎将，赐爵关内侯，食邑三百户。霸年幼弱，但予禄秩，不使任事。贺有大德，原应赡养孤孙，但赐禄则可，赐官则不可。唯安世因父子封侯，名位太高，复为彭祖辞禄，诏令都内别藏张氏钱，数约百万。安世持身节俭，身衣弋绨，妻虽贵显，常自纺绩，家童却有七百人，但皆使为农工商，勤治产业，积少成多，所以张氏富厚，胜过霍氏。不过安世约束子弟，格外严谨，终得传遗数世，不致速亡。这是保家第一要旨。

先是安世长子千秋，与霍光子禹，并为中郎将，同随度辽将军范明友，出击乌桓。及奏凯回来，进谒霍光，光问千秋战斗方略，与山川形势，千秋口对指画，毫不遗忘。至转问及禹，禹均已失记，但答言俱有文书，光不禁叹息道："霍氏必衰，张氏将兴了！"谁叫你不知教子？后来光言果验，张氏子孙，出仕不绝。时人谓昭宣以后，汉臣世祚，要算金张两家。金即金日磾子孙，这且待后再表。

且说御史大夫丙吉，本与张贺同护宣帝，论起当时德惠，贺尚不及丙吉，只因吉为人深厚，绝口不道前恩。宣帝自幼出狱，尚是茫无知识，故但记及养生的张贺，未尝忆起救死的丙吉。可巧有一女子名则，尝为掖庭宫婢，保抱宣帝，至是已嫁一民夫，令他伏阙上书，自陈前功。宣帝全然忘记，特交掖庭令查讯，则供言御史大夫丙吉，曾知详细。掖庭令乃引则至御史府，验明真伪。吉见则后，面貌尚能相识，才说起前情道："事诚不虚，但汝尝保养不谨，受我督责，今怎得自称有功？唯渭城胡组，淮阳赵征卿，曾经乳养，却是有功足录呢！"即八十一回之赵胡两妇。掖庭令乃转奏宣帝，宣帝再召问丙吉，吉因述胡赵两妇保养情状。当下传诏至渭城淮阳，访寻两妇，俱已去世；只有子孙尚存，得蒙厚赏。则虽未及两妇辛勤，总觉得前有微劳，也特赐钱十万，豁免掖庭差役。并将则召入细问，则备述丙吉前事，宣帝方知吉有大恩。待则去后，便封吉为博阳侯，食邑千三百户。并将许史两家子弟，如史曾史玄皆史恭子。许舜许延寿等，两许皆广汉弟。曾与宣帝关系亲旧，一体封侯。就是少时朋友，及郡狱中曾充工役，亦各给官禄田宅财物，多寡有差，一面选用良吏，入朝治事。进北海太守朱邑为大司农，渤海太守龚遂为水衡都尉，东海太守尹翁归为右扶风，颍川太守黄霸，胶东相张敞，先后为京兆尹。

朱邑字仲卿，庐江人氏，少为桐乡啬夫，廉平不苛，吏民悦服，迁补北海太守，政绩卓著，推为治行第一。宣帝乃擢为大司农。性情淳厚，待人以德，唯遇人嘱托私情，独峻拒不允，朝臣颇加敬惮。所得禄赐，辄赒济族党，家无余财，自奉却很俭约。入任大司农五年，得病不起，遗言嘱子道："我尝为桐乡吏，民皆爱我。后世子孙，向我致祭，恐反不如桐乡百姓，汝宜将我遗骸，往葬桐乡，休得有违！"言讫即逝。子遵父命，奉葬桐乡西郭，百姓果为起冢立祠，祭祀不绝。

龚遂字少卿，籍隶平阳，前坐昌邑王贺事，枉受髡刑，罚为城旦。见第八十回。至宣帝即位以后，适值渤海岁饥，盗贼蜂起，郡守以下，多不能制。丞相御史，便将龚遂登入荐牍，请令出守渤海，宣帝即召遂入见。遂年逾七十，体态龙钟，且身材本来短小，尤觉得曲背驼腰。宣帝瞧着，殊失所望，但已经召至，不得不开口问道："渤海荒乱，足贻朕忧，敢问君将如何处置盗贼？"遂答道："海滨遐远，未沾圣化，百姓为饥寒所迫，又无良吏抚慰，不得已流为盗贼，弄兵潢池。今陛下俯问及臣，意欲使臣往剿呢？还是使臣往抚呢？"宣帝道："朕今选用贤良，原欲使抚人民，并非壹意主剿。"遂又答道："臣闻治乱民如治乱绳，不应过急，须徐徐清理，方可治平。陛下既有意抚民，使臣充乏，臣愿丞相御史，毋拘臣文法，得一切便宜从事，方可有成。"成竹在胸。宣帝点首允诺，并赐遂黄金百斤，令即为渤海守。遂叩谢而出，草草整装，乘驿入渤海境。郡吏发兵往迎，遂一概遣还。移檄属县，尽罢捕吏，所有操持田器的百姓，尽为良民，吏毋过问，唯持兵械，方为盗贼。盗贼得此命令，闻风解散。及遂单车至府，开发仓廪，赈贷贫民，并把旧有吏尉，去暴留良，使他安抚牧养。人民大悦，情愿安土乐业，不愿轻身试法，烽烟息警，阖郡咸安。渤海民风，向来奢侈，专务末技，不勤田作，遂以俭约率民，劝课农桑，教导树畜，民间或带持刀剑，悉令卖剑买牛，卖刀买犊，且亲加慰谕道："汝等俱系好民，为何不带牛佩犊呢？"百姓无不遵谕，勉为良民。才阅三四年，狱讼止息，吏民富饶。抚字之道，原应如此。宣帝嘉遂政绩，遣使召归。遂奉命登程，吏民恭送出境，望车泣别，议曹王生，独愿随行。王生素来嗜酒，旁人都说他酒醉糊涂，不应与偕，遂未忍谢绝，许得相从。自渤海至长安，王生连日饮酒，未尝进言，及已入都门，见遂下车赴阙，独抢前数步，径至遂后，高声呼遂道："明府且止！愿有所白。"遂闻声回顾，视王生脸上，尚有酒意，不知他说甚话儿。但听王生语道："天子如有所问，公不宜遽陈治绩，只言是圣主德化，非出臣力，愿公勿忘！"无非是教他贡谀，但对于专制君主，只应如此。遂颔首自行，既见宣帝，果然承问治状，便将王生所言，应答出去。宣帝不禁微笑道："君怎得此长者言语，乃来答朕？"确是明察。遂不敢隐讳，索性直陈道："这是议曹教臣，臣尚未知此道呢！"恰也老实。宣帝复问了数语，当即退朝。暗想遂年已老，不能进任公卿，乃命为水衡都尉，并授王生为水衡丞。未几遂即病殁，也是一位考终的循吏。

尹翁归字子兄，音况。世居平阳，迁住杜陵。少年丧父，依叔为生，弱冠后充当狱吏，晓习文法，又喜击剑，人莫敢当。适田延年为河东太守，巡行至平阳，校阅吏役，令文吏在东，武吏在西，翁归时亦在列，独伏不肯起，抗声说道："翁归文武兼备，愿听驱策！"左右目为不逊，唯延年暗暗称奇，令他起立，与语吏事，翁归应对如流。当由延年带归府舍，嘱使谳案。发奸摘伏，民无遁情，延年大加器重，历署吏尉。及延年内调，翁归亦迁补都内令，寻且拜为东海太守。廷尉于定国，系东海人，翁归奉命出守，不能不向他辞行，乘便问及东海民风。定国有邑子二人，欲托翁归带去，量为差遣，哪知互谈多时，竟难出口，只好送他出门。返语邑子道："他是当今贤吏，不便以私相托；且汝两人，亦未能任事，我所以不好启齿呢！"邑子虽然失望，也觉得情真语确，只好罢休。那翁归到了东海，悉心查访，凡吏民贤否，及地方豪猾，一一载入籍中，然后巡行各县，按籍赏罚，善必劝，恶必惩。有郯县土豪许仲孙，武断乡曲，称霸一隅，历届太守，屡缉不获。翁归亲督捕吏，将他拘住，讯出种种罪恶，立命处死。嗣是民皆畏法，不敢为非，东海遂得大治。杀一儆百，也不可少。宣帝复调翁归为右扶风，翁归莅任，仍照东海办法，且访用廉平吏人，优礼接待。详询民间利害，闻有土豪败类，立命县吏拘拿，所至必获，惩罪如律。因此扶风治盗，称为三辅中第一贤能。

至若黄霸履历，已见前文。在八十二回中。唯霸出任扬州刺史，察吏安民，三载考绩，当然课最。有诏迁霸为颍川太守，特赐车中高盖，以示旌异。霸至颍川，宣谕朝廷德惠，使邮亭乡官，皆畜鸡豚，赡养贫穷鳏寡。然后颁布规条，嘱令乡间父老，督率子弟，按章举行。会有密事调查，因派一老成属吏，前往访察，毋得泄机，属吏依言出发，途次易服微行，不敢食宿驿舍，遇着腹饥的时候，但在市中买得饭菜，就食野间。忽有一乌飞下，把他食肉攫去，吏不及抢夺，只好自认晦气，食毕即行。待至事已查毕，回署复命，霸一见便说道："此行甚苦，乌鸟不情，攫去食肉，我已知汝委曲了！"吏闻言大惊，还疑霸遣人随着，无事不知，看来是不能隐蔽，只好将调查案件，和盘说出，详尽无遗。其实霸并未差人随去，不过平日在署，任令吏民白事。有乡民诣署陈情，霸问他途中所见，他即顺口说乌鸟攫肉等事，当由霸记在心中，见吏回来，乐得借端提及，使他不敢欺饰，才得真情。有时鳏寡孤独，死无葬费，由乡吏上书报明，霸即批发出去，谓有某所大木，可以为棺，某亭猪子，可以宰祭，乡吏依令往取，果如霸言，益奉霸若神明。境内奸猾，闻风趋避，盗贼日少，狱讼渐稀。许县有一县丞，老年病聋，督邮太守属吏。欲将他免官，向霸报告。霸独与语道："许丞乃是廉吏，虽是年老重听，尚能拜起如仪，汝等正应从旁帮助，勿使贤吏向隅！"督邮只好退去。或问老朽无用，如何留住？霸答道："县中若屡易长吏，免不得送旧迎新，多需费用。且奸吏得从中舞弊，盗取财物。就使换一新吏，亦未必果能贤明。大约治道，唯去其太甚，何必多此纷更呢？"自是所有属吏，各求寡过，霸亦不轻事变更，上下相安，公私交济。历观黄霸行谊，足称小知，未堪大受，故后来为相，不若治郡之有名。

适京兆尹赵广汉，因私怨杀死邑人荣畜，为人所讦，事归丞相御史查办。案尚未定，广汉却刺探丞相家事，阴谋抵制。可巧丞相府中有婢自杀，广汉疑由丞相夫人威迫自尽，乃俟丞相魏相出祭宗庙时，特使中郎赵奉寿，往讽魏相，欲令相自知有过，未敢穷究荣畜冤情。偏魏相不肯听从，案验愈急。广汉乃欲劾奏魏相，先去请教太史，只言近来星象，有无变动。太史答称本年天文，应主戮死大臣。广汉闻言大喜，总道应在丞相身上，便即放大了胆，上告魏相逼杀婢女，当下奉得复诏，令京兆尹查问。广汉正好大出风头，领着全班吏役，驰入相府。刚值魏相不在府中，门吏无法禁阻，只好由他使威。他却入坐堂上，传唤魏夫人听审，魏夫人虽然惊心，不得已出来候质，广汉仗着诏命，胁令魏夫人下跪，问她何故杀婢？魏夫人怎肯承认？极口辩驳，彼此争执一番，究竟广汉不便用刑，另召相府奴婢，挨次讯问，也无实供。广汉恐魏相回来，多费唇舌，因即把奴婢十余人，带着回衙。魏夫人遭此屈辱，当然不甘，等到魏相回府，且泣且诉。魏相也容忍不住，立即缮成奏牍，呈递进去。宣帝见魏相奏中，略言臣妻未尝杀婢，由婢有过自尽。广汉自己犯法，不肯伏辜，反欲向臣胁迫，为自免计，应请陛下派员查明，剖分曲直云云。乃即将原书发交廷尉，令他彻底查清。廷尉于定国，查得相家婢女，实系负罪被逐，斥出外第，自致缢死。与广汉所言不同。司直官名。萧望之，遂劾奏广汉摧辱大臣，意图劫制，悖逆不道。恐也是投阱下石。

宣帝方依重魏相，自然嫉恨广汉，当即褫职治罪，再经廷尉复核，又得广汉妄杀无辜，鞫狱失实等事，罪状并发，应坐腰斩。廷尉依律复奏，由宣帝批准施行，眼见得广汉弄巧成拙，引颈待诛。广汉为涿郡人，历任守尹，不畏强御，豪猾敛踪，人民乐业，所以罪名既定，京兆吏民，都伏阙号泣，吁请代死。宣帝意已决定，不肯收回成命，当将吏民驱散，饬把广汉正法市曹。广汉至此，也自悔晚节不终，但已是无及了！一念萦私，祸至枭首。

唯京兆一职，著名繁剧，自从广汉死后，调入彭城太守接任，不到数月，便至溺职罢官。乃更将颍川太守黄霸，迁署京兆尹。霸原是一个好官，奉调莅任，也尝勤求民隐，小心办公。谁知都中豪贵，从旁伺察，专务吹毛索瘢，接连纠劾，一是募民修治驰道，不先上闻；一是发骑士诣北军，马不敷坐；两事俱应贬秩，还亏宣帝知霸廉惠，不忍夺职，乃使霸复回原任，改选他人补缺。仅一年间，调了好几个官吏，终难胜任。后来选得胶东相张敞，入主京兆，才能称职无惭，连任数年。

敞字子高，平阳人氏，徙居茂陵，由甘泉仓长迁补太仆丞。昌邑王贺嗣立时，滥用私人，敞切谏不从。至贺废去后，谏牍尚存，为宣帝所览及，特擢敞为大中大夫。嗣复出为山阳太守，著有循声。山阳本昌邑旧封，昌邑王废，国除为山阳郡，地本闲旷，并非难治。只因刘贺返居此地，宣帝尚恐他有变动，特令敞暗中监守，毋使狂纵，敞随时留心，常遣丞吏行察。嗣又亲往审视，见贺身长体瘠，病痿难行，著短衣，戴武冠，头上插笔，手中持简，蹒跚出来，邀敞坐谈。敞用言探视，故意说道："此地枭鸟甚多。"贺应声道："我前至长安，不闻枭声，今回到此地，又常听见枭声了。"敞听他随口对答，毫无别意，就不复再问。但将贺妻妾子女，按籍点验。轮到贺女持辔，贺忽然跪下，敞亟扶贺起，问为何因？贺答说道："持辔生母，就是严长孙的女儿。"说完两语，又无他言。严长孙就是严延年，前因劾奏霍光，得罪遁去。及霍氏族灭，宣帝忆起延年，复征为河南太守。贺妻为延年女，名叫罗紨，他把妻族说明，想是恐敞抄没子女，故请求从宽。敞并无此意，好言抚慰。至查验已毕，共计贺妻妾十六人，子十一人，女十一人，此外奴婢财物，却是寥寥无几，并无什么私蓄。料知贺是沉迷酒色，迹等痴狂，不必虑及意外情事。因即辞别回署，据实奏闻。

宣帝方以为贺不足忧，下诏封贺为海昏侯，食邑四千户。海昏属豫章郡，在昌邑东面，贺奉诏移居后，昏愚如故。侍中金安上奏白宣帝，斥贺荒废无道，不宜使奉宗庙，宣帝乃但使贺得食租税，不准预闻朝廷典礼。已而扬州刺史柯，又复奏称贺有异志，与故太守卒吏孙万世交通。万世咎贺不杀大将军，听人夺去玺绶，实属失策，且劝贺谋为豫章王。贺亦自悔前误，意欲自立为王等情。宣帝虽将原奏发交有司，心中已知贺无材力，不能起事，所以有司复奏，请即逮捕，有诏谓不屑究治，只削夺贺邑三千户。贺入不敷出，未免忧愁，往往驾舟浮江，至赣水口愤慨而还，后人称为慨口。未几贺即病死。豫章太守一面报丧，一面上言贺尝暴乱，不当立后，宣帝因除国为县。后来元帝嗣位，始封贺子代宗为海昏侯，即得传了好几世。小子有诗叹道：

荒淫酒色太神昏，狂悖何能望久存。
多少废王捐首去，得全腰领尚蒙恩。

贺未死时，张敞已经调任胶东，欲知敞在胶东时事，待至下回表明。

尝读《战国策》文，见唐雎说信陵君云："人有德于我，不可忘；我有德于人，不可不忘。"此实为对己对人之要旨。如丙吉之有功不伐，固施恩不望报者；宣帝因宫婢一言，即封吉为博阳侯，亦可谓以德报德，不愧为贤；人不可无天良，宣帝之无德不报，即天良之发现，使然。此其所以为中兴令主也。且其励精图治，选用循吏，尤得抚字之方。若朱邑，若龚遂，若尹翁归，若黄霸，若张敞，果皆以治绩著名，天下多一良吏，即为国家保全数万生灵，而推厥由来，则全赖有选用循良之人主，主德清明，循吏辈出，天下自无不治矣。阅此回，益信为政在人之说，亘古不易云。

第八十五回　两疏见机辞官归里　三书迭奏罢兵屯田

却说张敞久守山阳，境内无事，自觉闲暇得很。会闻渤海胶东，人民苦饥，流为盗贼。渤海已派龚遂出守，独胶东尚无能员，盗风日炽。胶东为景帝子刘寄封土，传至曾孙刘音，少不更事，音母王氏，专喜游猎，政务益弛，敞遂上书阙廷，自请往治，宣帝乃迁敞为胶东相，赐金三十斤。敞入朝辞行，面奏宣帝，谓劝善惩恶，必需严定赏罚，语甚称旨。因即辞赴胶东，一经到任，便悬示赏格，购缉盗贼。盗贼如自相捕斩，概免前愆，吏役捕盗有功，俱得升官，言出法随，雷厉风行，果然盗贼屏息，吏民相安。与龚遂治状不同。敞复谏止王太后游猎，王太后却也听从，深居简出，不复浪游。为此种种政绩，自然得达主知。

可巧京兆尹屡不称职，遂由宣帝下诏，调敞为京兆尹。敞移住京兆，闻得境内偷盗甚多，为民所苦，就私行察访，查出盗首数人，统是鲜衣美食，仆马丽都，乡民不知为盗首，反称他是忠厚长者，经敞一一察觉，不动声色，但遣人分头召至，屏人与语，把他所犯各案，悉数提出，诸盗皆大惊失色。敞微笑道："汝等无恐，若能改过自新，把诸窃贼尽行拿交，便可赎罪。"诸盗叩头道："愿遵明令！不过今日蒙召到来，必为群窃所疑，计唯请明公恩许为吏，方可如约。"敞慨然允诺，悉令补充吏职。诸盗乃拟定一计，告知张敞，敞亦依议，遣令回家。这番治盗又另是一番作用。诸盗既得为吏，在家设宴，遍邀群窃入饮。群窃不知是计，一齐趋贺，列席饮酒，大众喝得酩酊大醉，方才辞出。哪知甫出门外，即被捕役拘住，好似顺手牵羊一般，无一漏网。及诣府听审，群窃还想抵赖，敞瞋目道："汝等试看背后衣裾，各有记号，尚得抵赖么？"群窃自顾背后，果皆染着赤色，不知何时被污，于是皆惶恐伏罪，一一供认。敞按罪轻重，分别加罚，境内少去偷儿数百人，自然闾阎安枕，枹鼓稀鸣。此外治术，略仿赵广汉成迹。唯广汉一体从严，敞却严中寓宽，因此舆情翕服，有口皆碑。

只是敞生性好动，不尚小节，往往走马章台，长安市名。轻衣绔扇，自在游行。有时晨起无事，便为伊妻画眉，都下传为艳闻。盛称张京兆眉妩风流，豪贵又据为话柄，说他失了体统，列入弹章。多事。宣帝召敞入问，敞直答道："闺房燕好，夫妇私情，比画眉还要加甚，臣尚不止为妇画眉呢！"对答得妙。宣帝也一笑而罢，敞亦退出。但为了这种琐事，总觉他举止轻浮，不应上列公卿，所以敞为京兆尹，差不多有八九年，浮沉宦署，终无迁调音信，敞亦得过且过，但求尽职罢了。

是时太子太傅疏广与少傅疏受，谊关叔侄，并为太子师傅，时论称荣。广号仲翁，受字公子，家居兰陵，并通经术，叔以博士进阶，侄以贤良应选，当时太子奭，年尚幼弱，平恩侯许广汉为太子外祖父，入请宣帝，拟使弟舜监护太子家事。宣帝闻言未决，召问疏广，广面奏道："太子为国家储君，关系甚重，陛下应慎择师友，预为辅翼，不宜专亲外家，况太子官属已备，复使许舜参入监护，是反示天下以私，恐未足养成储德呢！"宣帝应声称善，待广退出，转语丞相魏相，相亦服广先见，自愧未逮。嗣是宣帝益器重疏广，屡加赏赐。太子入宫朝谒，广为前导，受为后随，随时教正，不使逾法。叔侄在位五年，太子奭年已十二，得通《论语》《孝经》。广喟然语受道："我闻知足不辱，知止不殆，功成身退，方合天道。今我与汝官至二千石，应该止足，此时不去，必有后悔，何若叔侄同归故里，终享天年！"受即跪下叩首道："愿从尊命！"广遂与受联名上奏，因病乞假。宣帝给假三月，转瞬期满，两人复自称病笃，乞赐放归。宣帝不得已准奏，加赐黄金二十斤。太子奭独赠金五十斤，广与受受金拜谢，整装出都。盈廷公卿，并故人邑子，俱至东都门外，设宴饯行。两疏连番受饮，谢别自去。道旁士女，见送行车马，约数百辆，两下里嘱咐珍重，备极殷勤，不禁代为叹息道："贤哉二大夫！"及广受归至兰陵，具设酒食，邀集族党亲邻，连日欢饮。甚至所赐黄金，费去不少，广尚令卖金供馔，毫不吝惜。约莫过了年余，子孙等见黄金将尽，未免焦灼，因私托族中父老，劝广节省。广太息道："我岂真是老悖，不念子孙，但我家本有薄产，令子孙勤力耕作，已足自存，若添置产业，非但无益，转恐有害，子孙若贤，多财亦足灰志；子孙不贤，反致骄奢淫佚，自召危亡。从来蕴利生孽，何苦留此余金，贻祸子孙！况此金为皇上所赐，无非是惠养老臣，我既拜受回来，乐得与亲朋聚饮，共被皇恩，为什么无端悭吝呢？"看得穿，说得透。父老听了，也觉得无词可驳，只得转告疏广子孙。子孙无法劝阻，没奈何勤苦谋生。广与受竟将余金用罄，先后考终。相传二疏生时居宅，及殁后坟墓，俱在东海罗滕城。这也不必絮述。

且说二疏去后，卫将军大司马张安世，相继病逝，赐谥曰敬。许史王三家子弟，俱因外戚得宠，更迭升官。谏大夫王吉，前曾与龚遂，并受髡刑，见前文。嗣由宣帝召入，令司谏职。吉因外戚擅权，将为后患，已有些含忍不住，并且宣帝政躬清暇，也欲仿行武帝故事，幸甘泉，郊泰畤，转赴河东祀后土祠，又听信方士讹言，添置神庙，费用颇巨，吉乃缮书进谏，请宣帝明选求贤，毋用私戚，去奢尚俭，毋尚淫邪。语语切中时弊，偏宣帝目为迂阔，留中不报。吉即谢病告归，退居琅琊故里。吉少时常游长安，僦屋居住，东邻有大枣树，枝叶纷披，垂入吉家。吉妻趁便摘枣，进供吉食，吉还道是购诸市中，随手取啖。后知是妻室窃取得来，不禁怒起，竟与离婚，将妻撵回。东邻主人闻得王吉休妻，只为了区区枣儿，惹出这般祸祟，便欲将枣树砍去，免得伤情。嗣经里人出为排解，劝吉召还妻室，东邻亦不必砍树，吉始允从众议，仍得夫妇完聚。里人因此作歌道："东家有树，王阳妇去；东家枣完，去妇复还！"原来吉字子阳，故里人称为王阳。吉又与同郡人贡禹为友，当吉为谏大夫时，禹亦出任河南令。时人又称诵道："王阳在位，贡禹弹冠。"至吉乞休归里，禹亦谢归，出处从同，心心相印，真个是好朋友了。不略名人遗事。

唯宣帝不从吉议，依然迷信鬼神。适益州刺史王襄，举荐蜀人王褒，说他才具优长，宣帝当即召见，令作"圣主得贤臣"颂。褒应命立就，词华富赡，独篇末有雍容垂拱，永永万年，不必眇然绝俗等语，宣帝尚未以为然，但既经召至，暂令待诏金马门，褒有心干进，变计迎合，续制离宫别馆诸歌颂，铺张扬厉，方博宣帝欢心，擢褒为谏大夫。可巧方士上言，益州有金马碧鸡二宝，为神所司，可以求致。宣帝因问诸王褒，褒含糊对答，未曾详言。当由宣帝饬人致祭，褒亦乐得奉诏，正好衣锦还乡。其实金马碧鸡，乃是两山名号，不过一山似马，一山似鸡，因形留名，并非国宝。唯山上颇多神祠，褒应诏致祭，逐祠拜祷，有什么金马出现，碧鸡飞翔？褒却在途中冒了暑气，竟致一命呜呼，无从复命。想是得罪山神，故令病死。益州刺史代为报闻，宣帝很加悼惜。只因求宝未获，反致词臣道毙，也渐悟是方士谎言。又经京兆尹张敞，奏入一本，极称方士狡诈，不应亲信，宣帝乃遣散方士，不复迷信鬼神了。还算聪明。

忽由西方传入警报，乃是先零羌酋杨玉，纠众叛汉，击逐汉官义渠安国，入寇西陲。羌人为三苗遗裔，种类甚多，出没湟水附近，附属匈奴。就中要算先零罕幵二升部，最为繁盛。自武帝开拓河西四郡，截断匈奴右臂，不使胡羌交通，并将诸羌驱逐出境，不准再居湟中。及宣帝即位，特派光禄大夫义渠安国，巡视诸羌，安国复姓义渠，也是羌种，因祖父入为汉臣，乃得承袭余荫。先零土豪，闻知安国西来，遣使乞求，愿汉廷恩准弛禁，令得渡过湟水，游牧荒地。安国竟代为奏闻，后将军赵充国，籍隶陇西，向知羌人狡诈，一闻此信，当即劾奏安国，奉使不敬，引寇生心。于是宣帝严旨驳斥，召还安国，拒绝羌人。先零不肯罢休，联结诸羌，准备入寇，且绕道通使匈奴，求为援助。赵充国探得秘谋，趁着宣帝召问时候，便谓秋高马肥，羌必为变，宜派妥员出阅边兵。预先戒备，并晓谕诸羌，毋堕先零诡谋。宣帝乃命丞相御史，择人为使。丞相魏相，拟仍资熟手，再令义渠安国前往，有诏依议，复使安国西行。一误何可再误？安国驰至羌中，召集先零土豪三十余人，责他居心叵测，一体处斩。复调边兵，残戮羌首，约得千余级。先零酋杨玉，本已受汉封为归义侯，至此见安国无端残杀，也不禁怒气上冲，再加部众从旁激迫，忍无可忍，即日麾众出发，来击安国。安国方在浩亹，手下兵不过三千，突被羌人杀入，一时招架不住，拍马便奔。羌人乘势追击，夺去许多辎重兵械，安国也不遑顾及，只是逃命要紧，一口气跑至令居，闭城拒守，当即飞章入报，亟请援师。但知纵火，不能收火。

宣帝闻信，默思朝中诸将，只有赵充国最识羌情，可惜他年逾七十，未便临敌，乃特使御史大夫丙吉，往问充国，何人可督兵西征？充国慨然答道："欲征西羌，今日当无过老臣！"可谓老当益壮。丙吉返报宣帝，宣帝又遣人问道："将军今日出征，应用多少人马？"充国道："百闻不如一见，今臣尚在都中，无从遥决，臣愿驰至金城，熟窥虏势，然后报闻。但羌戎小夷，逆天背叛，不久必亡，陛下诚委任老臣，臣自有方略，尽可勿忧！"这数语传达宣帝，宣帝含笑应诺。充国即拜命起行，直抵金城，调集兵马万骑，指令渡河。又恐为虏骑所遮，待至夜半，先遣三营人马，衔枚潜渡，立定营寨，再由充国率师复渡。到了天明，已得全军过河，遥见虏骑数百，前来挑战。诸将请开营接仗，充国道："我军远来疲倦，不可轻动，况虏骑并皆轻锐，明明是诱我出营。我闻击虏以殄灭为期，小利切不可贪，当图大功！"说罢，遂下令军中，毋得出击，违令者斩！军士奉令维谨，自然坚守勿出。充国即密遣侦骑，探得前面四望峡中，并无守虏，乃复静候天晚，潜师夜进。逾四望峡，径抵落都山，方命下寨，欣然语诸将道："我料羌虏已无能为，若使先遣数千人马，守住四望峡中，我军宁能飞渡呢？"未几又拔寨西行，进至西部都尉府，作为行辕，安然住着。每日宴飨将士，但令静守，不准妄动。羌人连番搦战，始终不出一兵，直伺羌众退去，才遣轻骑追蹑，捕得生口数名，温颜慰问。听他答说，已知羌人互相埋怨，求战不得，各生贰心，乃即纵使归去，仍然按兵不发，坐待乖离。

从前先零罕幵，本为仇敌，先零意欲叛汉，始遣人与罕幵讲和。罕幵酋长靡当儿，疑信参半，特使弟雕靡来见西部都尉，说是先零将反，都尉暂留雕靡，派人侦察，才阅数日，果得先零反状。又闻雕靡部下，亦有通同先零，与谋叛事，遂把雕靡拘住，不肯放归。充国将计就计，索性放出雕靡，当面抚慰道："汝本无罪，我可放汝回去；但汝须传告各部，速与叛人断绝关系，免致灭亡。现今天子有诏，令汝羌人自诛叛党，诛一大豪，得赏钱四十万，诛一中豪，得赏钱十五万，诛一小豪，得赏钱二万，就是诛一壮丁，亦赏钱三千，诛一女子或老幼，每人赏千钱，且将所捕妻子财物，悉数给与。此机一失，后悔难追，汝宜谨记此诏，宣告毋违！"雕靡唯唯受命，欢跃而去。

会有诏使到来，报称天子大发兵马，得六万人，出屯边疆，作为声援。又由酒泉太守辛武贤奏请，愿分兵出击罕幵。充国与诸将会议道："武贤远道出征，劳师费饷，如何取胜？况先零叛汉，罕幵虽与通和，并未明言助逆，现宜暂舍罕幵，独对先零。先零一破，罕幵自不战可服了！”诸将也以为然，遂即送回诏使，上陈计议，宣帝得书，又令公卿集议，群臣俱谓须先破罕幵，然后先零势孤，容易荡平。宣帝乃命乐成侯许延寿为强弩将军，辛武贤为破羌将军，合讨罕幵。且责充国逗留勿进，饬令从速进兵，遥为援应。充国又上书极陈利害，略言先零为寇，罕幵未尝入犯，今释有罪，讨无辜，起一难，就两害，实为非计。且先零欲叛，故与罕幵结好，今若先击罕幵，先零必发兵往助，交坚党合，不易荡平，故臣以为必先平先零，始可收服罕幵。宣帝见了此奏，方才省悟，乃报从充国计议。

充国因引兵至先零，先零已经懈弛，总道充国但守勿战，不意汉兵遽至，统皆骇走，充国虽率兵追逐，却是徐徐进行，并不急赶。部将请诸充国，愿从急进；充国道："这是穷寇，不宜过迫，我若急进，彼无处逃生，必然拼死返斗，反致不妙。"诸将始无异言，及追至湟水岸旁，先零兵各自奔命，纷纷南渡。船少人多，半被挤溺，再加充国从后赶至，益觉心慌。越慌越慢，越慢越僵，好几百人，做了刀头鬼。还有马牛羊十万余头，车四千余辆，不能急渡，尽被汉兵夺来。惩创先零，已经够了。充国已经得胜，却不令兵士休息，反促令大众，驰入罕幵境内，只准耀武，不准侵掠。罕闻知，相率喜语道："汉兵果不来击我了！"正堕老将计中。渠帅靡忘，守住罕幵边疆，遣人至充国军，愿听约束。充国飞书驰奏，道远未得复诏，那靡忘复自诣军前，来议和约。充国推诚相待，赐给酒食，嘱他还谕部落，毋结先零，自取灭亡。靡忘顿首谢罪，情愿遵嘱。充国便欲遣归，将佐等齐声谏阻，统说是未奉朝旨，不宜轻纵。充国道："诸君但贪小利，不顾公忠，我且与诸君道来。"说到此句，诏书已至，准令靡忘悔罪投诚。充国不必再与将校絮谈，当即将靡忘放还，不到数日，便得罕幵酋长谢过书，全部效顺，充国喜如所望，移军再讨先零，适值秋风肃杀，充国冒寒得病，脚肿下痢。虽仍筹划军情，不得不报知宣帝。有诏令破羌将军辛武贤为副，约期冬季进兵。

偏先零羌陆续来降，先后共万余人，充国乃复变计主抚，督兵屯田，静待寇敝，因上屯田奏议，请罢骑兵，但留步兵万余人，分屯要害，且耕且守。这奏牍呈入阙廷，朝臣多半反对，说他迂远难成，宣帝因复诏道："如将军计，虏何时得灭？兵何时得解？可即复奏！"充国乃再条陈利病道：

臣闻帝王之兵，以全取胜，是以贵谋而贱战。蛮夷习俗虽殊，然其欲避害就利，爱亲戚，畏死亡，一也。今虏失其美地荐草，荐草谓稠草。骨肉离心，人有叛志，而明主班师罢兵，但留万人屯田。顺天时，因地利，以待可胜之虏，虽未即伏辜，决可朞月收效。臣谨将不出兵与留田便宜十二事，逐条上陈。步兵力校，吏士万人，因田致谷，威德并行，一也。排折羌虏，令不得居肥饶之地，势穷众涣，必至瓦解，二也。居民得共田作，不失农业，三也。军马一月之费，可支田卒一岁，罢骑兵以省大费，四也。至春省甲士卒，循河湟漕谷至临羌，示羌威武，五也。以闲暇时缮治邮亭，充入金城，六也。兵出乘危，侥幸不出，令反叛之虏，窜于风寒之地，离霜露疾疫瘃堕之患，坐得必胜之道，七也。无径阻远追死伤之害，八也。内不损威武之重，外不令虏得乘间之势，九也。又无惊动河南大幵小幵，皆羌种。使生他变之忧，十也。治隍陿中道桥，令可至鲜水以制西域，信威千里，从枕席上过师，十一也。大费既省，徭役豫息，以戒不虞，十二也。留屯田得十二便，出兵失十二利，唯明诏采择！

是书奏入，宣帝又复报充国，问他朞月期限，究在何时。且羌人若闻朝廷罢兵，乘虚进袭，屯田兵能否抵御？必须妥行部署，方可定夺。充国又奏称先零精兵，不过七八千人，分散饥冻，灭亡在即。待至来春虏马瘦弱，更不敢率众寇边，就使稍有侵掠，亦不足虑。现在北有匈奴，西有乌桓，俱未平服，不能不备，若顾此失彼，两处无成，于臣不忠，于国无福，请陛下明见赐决，勿误浮言！这已是第三次奏请罢兵屯田。宣帝每得一奏，必询诸众议，第一次赞成充国，十人中不过二三；第二次便有一半赞成了；第三次的赞成，十中得八。宣帝因诘责从前反对的朝臣。群臣无词可说，只得叩头服罪。丞相魏相跪奏道："臣愚昧不习兵事，后将军规划有方，定可成功，臣敢为陛下预贺！"也是个顺风敲锣。宣帝始决依充国计策，诏令罢兵屯田。小子有诗赞充国道：

尚力何如且尚谋，平羌全仗幄中筹；
屯田半载收功速，元老果然克壮猷。

屯田策定，偏尚有人主张进攻。欲知是人为谁，待至下回再表。

两疏请老，后人或称之，或讥之。称之者曰：两疏为太子师傅，默窥太子庸懦，不堪教导，故有不去必悔之言，见几而作，得明哲保身之道焉。讥之者曰：太子年甫十二，正当养正之时，两疏既受师傅重任，应合力提撕，弼成君德，方可卸职告归，奈何以后悔为惧，遽尔舍去。是二说者，各有理由，未可偏非。但君子难进易退，与其素餐受谤，毋宁解组归田，何必依依恋栈，如萧望之之终遭陷害乎？若赵充国之控御诸羌，能战能守，好整以暇，及请罢兵屯田，尤为国家根本之计，老成胜算，非魏相等所可几及，而宣帝卒专心委任，俾得成功。有是臣不可无是君，充国其亦幸际明良哉！

第八十六回　逞淫谋番妇构衅　识子祸严母知儿

却说宣帝复报赵充国，准他罢兵屯田，偏有人出来梗议，仍主进击。看官道是何人？原来就是强弩将军许广汉，与破羌将军辛武贤。宣帝不忍拂议，双方并用，遂令两将军引兵出击，与中郎将赵印会师齐进。印即充国长子，既奉上命，不得不从，于是三路并发。许广汉降获羌人四千余名，辛武贤斩杀羌人二千余级，印亦或杀或降，约得二千余人。独充国并不进兵，羌人自愿投降，却有五千余名。充国因复进奏，略称先零羌有四万人，现已大半投诚，再加战阵死亡，不下万余，所遗止四千人，羌帅靡忘，致书前来，情愿往取杨玉，不必劳我三军，请陛下召回各路兵马，免致暴露云云。宣帝乃令许广汉等不必进兵。好容易已过残冬，就是宣帝在位第十年间，宣帝已经改元三次，第五年改号元康，第九年复改号神爵。充国西征，事在神爵元年，至神爵二年五月，充国料知羌人垂尽，不久必灭，索性请将屯兵撤回，奉诏依议，充国遂振旅而还。有充国故人浩星赐，由长安出迎充国，乘间进言道："朝上大臣，统说由强弩破羌二将，出击诸羌，斩获甚多，羌乃败亡。唯二三识者，早知羌人势穷，不战可服，今将军班师入觐，应归功二将，自示谦和，才不致无端遭忌呢！"论调与王生相同。充国叹息道："我年逾七十，爵位已极，何必再要夸功。唯用兵乃国家大事，应该示法后世，老臣何惜余生，不为主上明言利害！且我若猝死，更有何人再为奏闻！区区微忱，但求无负国家，此外亦不暇顾及了！"情势原与龚遂有别。遂不从浩星赐言，诣阙自陈，直言无隐。时强弩将军许广汉，已经旋师，只辛武贤贪功未归，由宣帝依充国言，饬令武贤还守酒泉，且命充国仍为后将军。

是年秋季，果然先零酋长杨玉，为下所戕，献首入关，余众四千余人，由羌人若零弟泽等，分挈归汉。宣帝封若零弟泽为王，特在金城地方，创立破羌允街二县，安置降羌，并设护羌校尉一职，拟选辛武贤季弟辛汤，前往就任。充国方抱病在家，得知此事，力疾入奏，谓辛汤嗜酒，未可使主蛮夷，不如改用汤兄临众，较为得当。宣帝乃使临众为护羌校尉。既而临众因病免归，朝臣复举辛汤继任，汤使酒任性，屡侮羌人，果致羌人携贰，如充国言。事见后文。

唯辛武贤不得重赏，仍还原任，满腔郁愤，欲向充国身上发泄，只苦无计可施。猛然记得赵印晤谈，曾云前车骑将军张安世，亏得乃父密为保举，始得重任，这事本无人知晓，正好把印弹劾，说他泄漏机关，复添入几句谗言，拜本上闻。宣帝得奏，竟将赵印禁止入宫。英主好猜，适中武贤狡计。印少年负气，忿忿的跑入乃父营内，欲去禀白。情急惹祸，致违营中军律，又被有司劾奏，被逮下狱。印越加惭愤，拔剑刎颈，断送余生。真是一个急性子。充国闻印枉死，未免心酸，当即上书告老，得蒙批准，受赐安车驷马，及黄金六十斤，免官就第；后至甘露二年，病剧身亡。充国生前，已得封营平侯，至是加谥为壮，爵予世袭，也不枉一生劳勚了。急流涌退，还算充国知几，才得考终。

自从充国征服西羌，匈奴亦闻风生畏，未敢犯边。又值壶衍鞮单于病死，传弟虚闾权渠单于，国中乱起，势且分崩。胡俗素无礼义，父死可妻后母，兄死可妻长嫂，成为习惯，数见不鲜。壶衍鞮单于的妻室，系是颛渠阏氏，年已半老，犹有淫心，她想夫弟嗣立，自己不妨再醮，仍好做个现成阏氏。哪知虚闾权渠，不悦颛渠，别立右大将女为大阏氏，竟将颛渠疏斥。颛渠不得如愿，当然怨望，适右贤王屠耆堂入谒新主，为颛渠所窥见。状貌雄伟，正中私怀，当下设法勾引，将屠耆堂诱入帐中，纵体求欢。屠耆堂不忍却情，就与她颠倒衣裳，演成一番秘戏图。嗣是朝出暮入，视同伉俪。可惜屠耆堂不能久住，绸缪了一两旬，不能不辞归原镇，颛渠势难强留，只好含泪与别。过了多日，才得重会，欢娱数夕，又要分离，累得颛渠连年悲感，有口难言。至宣帝神爵二年，虚闾权渠单于，在位已有好几年了，向例在五月间，匈奴主须大会龙城，祷祀天地鬼神。屠耆堂当然来会，顺便与颛渠续欢。及会期已过，祭祀俱了，屠耆堂又要别去，颛渠私下与语道：“今日单于有病，汝且缓归；倘得机缘，汝便可乘此继位了！”屠耆堂甚喜。又耽搁了数天，凑巧单于病日重一日，就与颛渠私下密谋，暗暗布置。颛渠弟都隆奇，方为左大且渠，匈奴官名。由颛渠嘱令预备，伺隙即发。也是屠耆堂运气亨通，竟得虚闾权渠死耗，当下召入都隆奇，拥立屠耆堂，杀逐前单于弟子近亲，别用私党。都隆奇执政，屠耆堂自号为握衍朐鞮单于，颛渠阏氏，竟名正言顺，做了握衍朐鞮的正室了。侥幸浇幸！

唯日逐王先贤掸，居守匈奴西陲，素与握衍朐鞮有隙，当然不服彼命，遂遣使至渠犁，通款汉将郑吉，乞即内附。吉遂发西域兵五万人，往迎日逐王，送致京师。宣帝封日逐王为归德侯，留居长安。一面令郑吉为西域都护，准立幕府，驻节乌垒城、镇抚西域三十六国，西域始完全归汉，与匈奴断绝往来。匈奴单于握衍朐鞮，闻得日逐王降汉，不禁大怒，立把日逐王两弟，拿下斩首。日逐王姊夫乌禅幕上书乞赦，毫不见从。再加虚闾权渠子稽侯狦，系乌禅幕女夫，不得嗣位，奔依妇翁，乌禅幕遂与左地贵人，拥立稽侯狦，号为呼韩邪单于，引兵攻握衍朐鞮，握衍朐鞮淫暴无道，为众所怨，一闻新单于到来，统皆溃走，弄得握衍朐鞮穷蹙失援，仓皇窜死。颛渠阏氏未闻下落，不知随何人去了？都隆奇走投右贤王，呼韩邪得入故庭，收降散众，令兄呼屠吾斯为左谷蠡王，使人告右地贵人，教他杀死右贤王。右贤王系握衍朐鞮弟，已与都隆奇商定，别立日逐王薄胥堂为屠耆单于，发兵数万，东袭呼韩邪单于。呼韩邪单于拒战败绩，挈众东奔，屠耆单于据住王庭，使前日逐王先贤掸兄右奥鞬王，与乌籍都尉，分屯东方，防备呼韩邪单于。会值西方呼揭王，来见屠耆，与屠耆左右唯犁当户，谗构右贤王。屠耆不问真伪，竟把右贤王召入，把他处死。右地贵人，相率抗命，共讼右贤王冤情。屠耆也觉追悔，复诛唯犁当户。呼揭王恐遭连坐，便即叛去，自立为呼揭单于，右奥鞬王也自立为车犁单于，乌籍都尉复自立为乌籍单于，匈奴一国中，共有单于五人，四分五裂，还有何幸！同族相争，势必至此。

时为汉宣帝五凤元年，相传为凤凰五至，因于神爵五年，改元五凤。汉廷大臣，闻知匈奴内乱，竞请宣帝发兵北讨，灭寇复仇。独御史大夫萧望之进议道：“春秋时晋士匄侵齐，闻丧即还，君子因他不伐人丧，称诵至今。

前单于慕化向善，曾乞和亲，不幸为贼臣所杀，今我朝若出兵加讨，岂不是乘乱幸灾么？不如遣使吊问，救患邺灾，夷狄也有人心，必且感德远来，自愿臣服。这也是怀柔远人的美政哩！”宣帝素重望之，因即依议。原来望之表字长倩，系出兰陵，少事经师后苍，学习齐诗。后复向夏侯胜问业，博通书礼，当由射策得官，迁为谏大夫。已而出任牧守，调署左冯翊，累有清名，乃召入为大鸿胪。可巧丞相魏相，因病去世，御史大夫丙吉，嗣为丞相，望之进为御史大夫。宣帝因望之湛深经术，格外敬礼，所以言听计从。当下遣使慰问匈奴，偏匈奴内讧益甚，累得汉使无从致命，或至中道折回。那屠耆单于，用都隆奇为将，击败车犁乌籍两单于，两单于并投呼揭。呼揭愿推戴车犁单于，自与乌籍同去单于名号，合拒屠耆单于。屠耆单于率兵四万骑，亲击车犁，车犁单于又败。屠耆方乘胜追逐，不料呼韩邪单于，乘虚进击屠耆境内。屠耆慌忙返救，被呼韩邪邀击一阵，杀得大败亏输，惶急自刎。都隆奇挈着屠耆少子姑瞀楼头，遁入汉关。呼韩邪单于，乘胜收降车犁单于，几得统一匈奴。偏屠耆单于从弟休旬王，收拾余烬，自立为闰振单于，就是呼韩邪兄左谷蠡王呼屠吾斯，亦自立为郅支骨都侯单于，出兵攻杀闰振转击呼韩邪。呼韩邪连年战争，部下已大半死亡，又与郅支接仗数次，虽得力却郅支，精锐杀伤殆尽。乃从左伊秩訾王计议，引众南下，向汉请朝，并遣子右贤王铢镂渠堂入质，求汉援助，再击郅支，郅支也恐汉助呼韩邪，使子右大将驹于利受，入侍汉廷，请勿援呼韩邪。可谓为渊驱鱼。

时已为宣帝甘露元年了，宣帝至五凤五年，又改元甘露，大约因甘露下降，方有此举。自从神爵元年为始，到了甘露元年，中经八载，汉廷内外，却没有什么变端，不过杀死盖韩严杨四人，未免刑罚失当。就中只有河南太守严延年，还是残酷不仁，咎由自取，若司隶校尉盖宽饶，左冯翊韩延寿，故平通侯杨恽，并无死罪，乃先后被诛，岂非失刑？盖宽饶字次公，系魏郡人，刚直公清，往往犯颜敢谏，不避权贵。宣帝方好用刑法，又引入宦官弘恭石显，令典中书。宽饶即上呈封事，内称圣道寖微，儒术不行，以刑余为周召，以法律为诗书。又引韩氏易传云：五帝官天下，三王家天下，家以传子，官以传贤，譬如四时嬗运，功成当去等语。宣帝方主张专制，利及后嗣，怎能瞧得上这种奏章？一经览着，当然大怒，便将原奏发下，令有司议罪。执金吾承旨纠弹，说他意欲禅位，大逆不道，唯谏大夫郑昌，谓宽饶直道而行，多仇少与，还乞原心略迹，曲示矜全。宣帝哪里肯从，竟饬拿宽饶下狱。宽饶不肯受辱，才到阙下，即拔出佩刀，挥颈自刎。

第二个便是韩延寿。延寿字长公，由燕地徙居杜陵，历任颍川东海诸郡太守，教民礼义，待下宽弘。至左冯翊萧望之升任御史大夫，乃将延寿调任左冯翊。延寿出巡属邑，遇有兄弟讼田，各执一词，延寿不加批驳，但向两造面谕道："我为郡长，不能宣明教化，反使汝兄弟骨肉相争，我当任咎！"说至此不禁泪下，两造亦因此惭悔，自愿推让，不敢复争。汉民尚有古风，所以闻言知让。延寿就任三年，郡中翕然，囹圄空虚，声誉比萧望之尤盛，望之未免加忌，适有望之属吏，至东郡调查案件，复称延寿在东郡任内，曾虚耗官钱千余万，望之即依言劾奏。事为延寿所闻，也将望之为冯翊时亏空廪牺官钱百余万，廪司藏谷，牺司养牲。作为抵制。且移文殿门，禁止望之入宫。望之当即进奏，说是延寿要挟无状，乞为申理。宣帝方信任望之，当然不直延寿，虽尝派官查办，终因在下希承风旨，只言望之被诬，延寿有罪，甚且查出延寿校阅骑士，车服僭制，骄侈不法等情，无非接上陵下。宣帝竟将延寿处死，令至渭城受刑，吏民泣送，充塞途中。延寿有子三人，并为郎吏，统至法场活祭乃父。延寿嘱咐道："汝曹当以我为戒，此后切勿为官！"三子泣遵父命，待父就戮后，买棺殓葬，辞职偕归。

延寿已死，未几便枉杀杨恽。恽系前丞相杨敞子，曾预告霍氏逆谋，得封平通侯，受官光禄勋。生平疏财仗义，廉洁无私，只有一种坏处，专喜道人过失，不肯含容。尝与太仆戴长乐有嫌，长乐竟劾恽诽谤不道，宣帝因免恽为庶人。恽失位家居，以财自娱，适有友人孙会宗与书，劝他闭门思过，不宜置产业，通宾客。哪知恽复书不逊，竟把平时孤愤，借书发挥，惹得会宗因好成怨，积下私仇。会值五凤四年，孟夏日食，忽有刍马吏告恽不法，未肯悔过，日食告变，咎在此人。欲加之罪，何患无辞？宣帝得书，便命廷尉查办，当由孙会宗把恽复函，呈示廷尉，廷尉又转奏宣帝，宣帝见他语多怨望，遂说恽大逆不道，批令腰斩。恽因言取祸，坐致杀身，倒也罢了，还要把他全家眷属，充戍酒泉。又将恽在朝亲友，悉数免官。京兆尹张敞，亦被株连，尚未免职。敞使属掾絮舜，查讯要件，絮舜竟不去干事，但在家中安居，且语家人道："五日京兆，还想办什么案情？"不意有人传将出去，为敞所闻。敞竟召入絮舜，责他玩法误公，喝令斩首。舜尚要呼冤，敞拍案道：“汝道我五日京兆么？我且杀汝再说。”舜始悔出言不谨，无可求免，没奈何伸颈就刑。当有絮舜家人诣阙鸣冤。宣帝以敞既坐恽党，复敢滥杀属吏，情殊可恨，立夺敞官，免为庶人。敞缴还印绶，惧罪亡去。已而京兆不安，吏民懈弛，冀州复有大盗，乃由宣帝特旨，再召敞为冀州刺史。盗贼知敞利害，待敞莅任，各避往他处去了。

看官阅过上文三案，应知盖韩杨三人的冤情，唯严延年自被劾去官，逃回故里，见八十一回。后来遇赦复出，连任涿郡河南太守，抑强扶弱，专喜将地方土豪，罗织成罪，一体诛锄。河南吏民，尤为畏惮，号曰屠伯。延年本东海人氏，家有老母，由延年遣使往迎。甫至洛阳，见道旁囚犯累累，解往河南处决，严母不禁大惊。行至都亭，即命停住，不肯入府。延年待久不至，自赴都亭谒母，母闭门拒绝。惊得延年莫名其妙，想必自己有过，不得已长跪门外，请母明示。好多时才见开门，起入行礼，但听母怒声呵责道：“汝幸得备位郡守，管辖地方千里，不闻仁爱，专尚刑威，难道为民父母，好这般残酷么？”延年听着，方知母意，连忙叩首谢罪，且请母登车至府，亲为御车。至府署中，过了腊节，一经改岁，便欲还家。延年再三挽留，母愤然道：“汝可知人命关天，不容妄杀，今乃滥刑若此，天道神明，岂肯容汝！我不意到了老年，尚见壮子受诛，我今去了，为汝扫除墓地罢了！”说毕驱车自去。妇人中有此先见，却是罕闻。

延年送母出城，返至府舍，自思母太过虑，仍然不肯从宽。哪知过了年余，便遇祸殃。当时黄霸为颍川太守，与延年毗邻治民。延年素轻视黄霸，偏霸名高出延年，颍川境内，年谷屡丰，霸且奏称凤凰戾止，得邀褒赏。延年心愈不服，适河南界发现蝗虫，由府丞狐义出巡，回报延年。延年问颍川曾否有蝗？义答言无有，延年笑道：“莫非被凤凰食尽么？”义又述及司农中丞耿寿昌，常作平仓法，谷贱时增价籴入，谷贵时减价粜出，甚是便民。延年又笑道：“丞相御史，不知出此，何勿避位让贤，寿昌虽欲利民，也不应擅作新法。”狐义连碰了两个钉子，默然退出，暗思延年脾气乖张，将来不免遇害，我已年老，何堪遭戮，想到此处，就筮易决疑，又得了一个凶兆。看来是死多活少，不如入都告发，死且留名；于是惘惘登程，直至长安，劾奏延年十大罪恶，把封章呈递进去，便服毒自尽。宣帝将原奏发下御史丞，查得狐义自杀确情，当即报闻。再派官至河南察访，觉得狐义所奏，并非虚诬。结果是依案定罪，谳成了一个怨望诽谤的罪名，诛死延年。严母从前归里，转告族人，谓延年不久必死，族人尚似信非信，至此始知严母先见。严母有子五人，皆列高官，延年居长，次子彭祖，官至太子太傅，秩皆二千石，东海号严母为万石严妪。小子有诗赞严母道：

一门万石并称荣，令子都从贤母生；
若使长男终率教，消城何至独捐生！

延年死后，黄霸且得进任御史大夫。欲知霸如何升官，容至下回说明。

女蛊之害人甚矣哉！不特乱家，并且乱国，古今中外一也。观颛渠阏氏之私通屠耆堂，即致国内分崩，有五单于争立之祸，而雄踞北方之匈奴，自此衰矣。夫以迈迹自身之汉高，雄才大略之汉武，累次北征，终不能屈服匈奴，乃十万师摧之而不足，一妇人乱之而有余，何其酷欤！若夫严母之智能料子，虽不足逭延年之诛，要未始非女中豪杰。且第一延年之杀身，而其余四子，俱得高官，未闻波及，较诸盖韩杨三家，荣悴不同，亦安知非严母之教子有方，失于一子而得于四子耶！然后知败家者妇人，保家者亦妇人，莫谓哲妇皆倾城也。

第八十七回　杰阁图形名标麟史
锦车出使功让蛾眉

却说御史大夫一缺，本是萧望之就任。望之自恃才高，常戏谩丞相丙吉，吉已年老，不愿与较。望之心尚未足，又奏称民穷多盗，咎在三公失职，语意是隐斥丙吉，宣帝始知望之忌刻，特使侍中金安上诘问，望之免冠对答，语多支吾。丞相司直緐延寿，緐音婆。素来不直望之，乘隙举发望之私事，望之乃降官太子太傅。黄霸得应召入京，代为御史大夫。才阅一年，丞相博阳侯丙吉，老病缠绵，竟致不起。吉尚宽大，好礼让，隐恶扬善，待下有恩。常出遇人民械斗，并不过问，独见一牛喘息，却使人问明牛行几里。或讥吉舍大问小，吉答说道："民斗须京兆尹谕禁，不关宰相。若牛喘必因天热，今时方春和，牛非远行，何故喘息？三公当燮理阴阳，不可不察。"旁人听了，都说他能持大体。我意未然。

及丙吉既殁，霸代为丞相，相道与郡守不同。霸治郡原有政声，却非相才，所以一切措施，不及魏丙，一日见有鹖雀飞集相府，鹖音芬，或作鳻。雀形似雉，出西羌中，霸生平罕见，疑为神雀，遽欲上书称瑞。后来闻知由张敞家飞来，方才罢议。但已被大众得知，作为笑谈。从前所称凤凰戾止，想亦如是。既而霸复荐举侍中史高，可为太尉，又遭宣帝驳斥。略言太尉一官，罢废已久，史高系帷幄近臣，朕所深知，何劳丞相荐举等语。说得霸羞惭满面，免冠谢罪，嗣是不敢再请他事。霸为相时，已晋封建成侯，任职五年，幸得考终，谥法与丙吉相同，统是一个定字。唯黄霸的妻室，却是一个巫家女儿。从前霸为阳夏游侥，与一相士同车出游，道旁遇一少女，由相士注视多时，说她后来必贵。霸尚未娶妻，听了此语，便去探问该女姓氏，浼人说合。女父本来微贱，欣然允许，即将该女嫁霸为妻，谁知随霸多年，居然得为宰相夫人，并且所生数子，亦得通显，说也是一段佳话，闲文少表。

且说霸既病殁，廷尉于定国，正迁任御史大夫，复代霸为丞相。时为甘露三年，正值匈奴国呼韩邪单于款塞请朝，宣帝命公卿大夫，会议受朝礼节。丞相以下，俱言宜照诸侯王待遇，位在诸侯王下，独太子太傅萧望之，谓应待以客礼，位在诸侯王上，宣帝有意怀柔，特从望之所言，至甘泉宫受朝。自己先郊祀泰畤，然后入宫御殿，传召呼韩邪单于入见，赞谒不名，令得旁坐，厚赐冠带衣裳弓矢车马等类。待单于谢恩退出，又由宣帝遣官陪往长平，留他食宿。翌日宣帝亲至长平，呼韩邪上前接驾，当有赞礼官传谕单于免礼，准令番众列观。此外如蛮夷降王，亦来迎谒，由长平坂至渭桥，络绎不绝，喧呼万岁。呼韩邪留居月余，方遣令还塞，呼韩邪愿居光禄塞下，系光禄勋徐自为所筑之城。可借受降城为保障，宣帝准如所请，乃命卫尉董忠等，率万骑护送出境，且令留屯受降城，保卫呼韩邪，一面输粮接济。呼韩邪感念汉恩，壹意臣服。此外西域各国，闻得匈奴附汉，自然震慑汉威，奉命维谨。就是郅支单于亦恐呼韩邪往侵，远徙至坚昆居住，去匈奴故庭约七千里。到了岁时递嬗，也遣使入朝汉廷。九重高拱，万国来同，后人称为汉宣中兴，便是为此。提清眉目。

宣帝因戎狄宾服，忆及功臣，先后提出十一人，令画工摹拟状貌，绘诸麒麟阁上。麒麟阁在未央宫中，从前武帝获麟，特筑此阁，当时纪瑞，后世铭功，无非是休扬烈光的意思。阁上所绘十一人，各书官职姓名，唯第一人独从尊礼，不闻书名。看官欲知详细，由小子录述如下：

大司马大将军博陆侯姓霍氏。　卫将军富平侯张安世。
车骑将军龙额侯韩增。頟音额。后将军营平侯赵充国。
丞相高平侯魏相。　丞相博阳侯丙吉。
御史大夫建平侯杜延年。　宗正阳城侯刘德。
少府梁丘贺。　太子太傅萧望之。
典属国苏武。

照此看来，第一人当是霍光，霍家虽灭，宣帝尚追念旧勋，不忍书名。外此十人，只有萧望之尚存，本应最后列名，为何独将苏武落后呢？武有子苏元，前坐上官桀同党，已经诛死，武亦免官。见前文。后来宣帝嗣位，仍起武为典属国，并将武在匈奴时所生一子，许令赎回，拜为郎官。即通国，见前文。神爵二年，武已逝世，宣帝因他忠节过人，名闻中外，故意置诸后列，使外人见了图形，觉得盛名如武，尚不能排列人先，越显得中国多材，不容轻视了！

先是武帝六男，只有广陵王胥，尚然存在。胥傲戾无亲，尝思为变，可惜兵力单薄，未敢发作，没奈何迁延过去。到了五凤四年，忽被人讦发阴谋，说他嘱令女巫，咒诅朝廷。宣帝遣人查访，果有此事，向胥提究女巫，胥竟把女巫杀死，希图灭口。哪知廷臣已联名入奏，请将胥明正典刑。宣帝尚未下诏，胥已先有所闻，自知不能幸免，当即自缢，国除为郡。

宣帝立次子钦为淮阳王，三子嚣为楚王，四子宇为东平王，虽是援照成例，毕竟是树恩骨肉，信任私亲。还有少子名宽，为戎婕妤所生，年龄尚幼，未便加封。钦嚣宇三人生母，见第八十三回，故此处叙及戎婕妤。这数子中，要算淮阳王钦，最得宣帝欢心，一半由钦母张婕妤，色艺兼优，遂致爱母及子；一半由钦素性聪敏，喜阅经书法律，颇有才干，比那太子奭的优柔懦弱，迥不相同。宣帝尝叹赏道："淮阳王真是我子呢！"太子奭雅重儒术，见宣帝用法过峻，未免太苛，尝因入朝时候，乘间进言道："陛下宜用儒生，毋尚刑法。"宣帝不禁作色道："汉家自有制度，向来王霸杂行，奈何专用德教呢？且俗儒不达时宜，是古非今，徒乱人意，何足委任？"杂霸之言，亦岂真足垂示子孙。太子奭见父发怒，不敢再言，当即俯首趋去。宣帝目视太子，复长叹道："乱我家法，必由太子，奈何！奈何！"嗣是颇思易储，转想太子奭为许后所生，许后同经患难，又遭毒死；若将太子废去，免不得薄幸贻讥，因此不忍废立，储位如旧。

甘露元年，复命韦玄成为淮阳中尉。玄成系故相扶阳侯韦贤少子，韦贤年老致仕，见八十二回。生有四男，长名方山，已经早世，次子名弘，三子名舜，四子就是玄成。弘曾受职太常丞，得罪系狱。及贤病终，门生博士义倩等，矫托贤命，使季子玄成袭爵。玄成方为大河都尉，还奔父丧，才知有袭爵消息，暗思上有二兄，怎能越次嗣封？于是假作痴癫，为退让计。偏义倩等已将伪命出奏，宣帝即使丞相御史，传召玄成，入朝拜爵，玄成仍佯狂不理。哪知丞相御史，却已窥出玄成隐情，竟复奏玄成并未真狂。幸有一侍郎，为玄成故人，恐玄成抗命得罪，亟从旁解说道："圣主贵重礼让，应优待玄成，勿使屈志！"宣帝乃知玄成好意，仍使丞相御史，带引玄成入朝。玄成无法，只好应召诣阙，当由宣帝面加慰谕，迫令袭爵，玄成不能再让，方才拜受，寻即诏令玄成为河南太守，并将韦弘释放，使为泰山都尉。未几又召玄成入都，拜未央卫尉，调任太常；嗣复坐杨恽党与，免官归家；忽又起拜淮阳中尉；乃是宣帝为太子奭起见，特令退让有礼的韦玄成，辅导淮阳王钦，教他看作榜样，省得将来窥窃神器，酿成兄弟争端，这也是防微杜渐，苦心调剂的方法呢。

唯淮阳王钦虽然受封，还是留居长安，玄成亦未赴任。宣帝复因钦晓通经术，命与诸儒至石渠阁中，讲论五经异同。当时沛人施仇论易；齐人周堪，鲁人孔霸即孔子十三世孙。论书；沛人薛广德论诗；梁人戴胜论礼；东海人严彭祖即严延年弟。论《公羊传》；齐人公羊高传《春秋》。汝南人尹更始，与太子太傅萧望之等，论《穀梁传》。鲁人穀梁赤亦传《春秋》学。折衷取义，汇奏宣帝。宣帝亲加裁决，并设诸经博士，令习专书，修明经术，称盛一时。

忽由乌孙国遣到番使，呈上一书，乃是楚公主解忧署名。书中大意，系为年老思乡，乞赐骸骨，归葬故土。宣帝看他情词悱恻，也不觉凄然动容，当即派遣车徒，往迎楚公主解忧。

解忧本嫁乌孙王岑陬为妻，寻复改适嗣主翁归靡，生下三男两女，已见前文。见八十一回。翁归靡上书汉廷，愿立解忧所生子元贵靡为嗣，仍请尚汉公主，亲上加亲。宣帝不欲绝好，乃令解忧侄女相夫为公主，盛资遣往，特派光禄大夫常惠送行。甫至敦煌，接得翁归靡死耗，元贵靡不得嗣立，由岑陬子泥靡为王，常惠不得不驰书上奏。一面将相夫留住敦煌，自持节至乌孙，责他不立元贵靡。乌孙大臣，却是振振有词，谓前时岑陬遗言，原欲传国与子，不能另立元贵靡。亦见八十一回。常惠亦驳他不过，只好驰回敦煌，请将楚少主送归。宣帝复书批准，于是常惠即偕楚少主还都。那泥靡既得立为主，性情横暴，又将解忧强逼成奸，据为妻室。解忧已经失节，也顾不得什么尊卑，连宵缱绻，又结蚌胎，满月即产一男，取名鸱靡。但解忧究竟将老，泥靡尚属壮年，一时为情欲所迫，占住后母，渐渐的迁情他女，便与解忧失和。此外一切举动，统是任意妄为，国人号为狂王。可巧汉使卫司马魏和意，及卫侯任昌同往乌孙，解忧得与相见，密言狂王粗暴，可以计诛。问汝何不早死？魏和意即与任昌商定秘谋，安排筵宴，邀请狂王过饮。狂王毫不推辞，竟来赴宴。饮到半酣，魏和意嘱使卫士，剑击狂王，偏偏一击不中，被狂王逃出客帐，飞马窜逸，不复还都。魏和意任昌，驰入都中，托言奉天子命，来诛狂王。番官多恨狂王无道，却无异言。哪知狂王子细沉瘦，为父报仇，召集边兵，进攻乌孙都城。城名赤谷，四面被围。亏得西域都护郑吉，从乌垒城发兵往援，才得将细沉瘦逐去。吉收兵还镇，据实奏闻。宣帝使中郎将张遵等，持医药往治狂王，并赐金币。拿还魏和意任昌两人，责他矫诏不臣，按律当斩。狂王不过略受微伤，既由汉使赐药给金，如法调治，不久即愈，使张遵回朝谢命，自还赤谷城，仍王乌孙。偏又有翁归靡子乌就屠，在北山号召徒众，乘隙袭杀狂王，居然自立。

乌就屠出自胡妇，非解忧所生，汉廷当然不认为王，即命破羌将军辛武贤，领兵万五千人，出屯敦煌，声讨乌就屠，独西域都护郑吉，恐武贤出征乌孙，道远兵劳，胜负难料，不如遣人游说，令乌就屠自甘让位，免动兵戈。当下想出了一位巾帼英雄，浼她前去劝导，果然片言立解，远过行师。这人为谁？乃是解忧身旁一个侍儿，姓冯名嫽，西域称为冯夫人，足当彤笔。她随解忧至乌孙后，嫁与乌孙右大将为妻，生性聪慧，丰采丽都，本来知书达理。及出西域，仅阅数年，即把西域的语言文字，风俗形势，统皆通晓。解忧尝使持汉节，慰谕邻近诸国，颁行赏赐，诸国都惊为天人，相率敬礼。乌孙右大将，得此才妇，自然恩爱有加。唯右大将与乌就屠，素相往来，冯夫人当亦识面，所以郑吉遣使关白，令她往说乌就屠。冯夫人本是汉女，满口应承，立即至乌就屠居庐，开口与语道："昆弥乌孙王号。今日乘势崛兴，可喜可贺！但喜中不能无忧，贺后不能不吊。"乌就屠惊问道："莫非有意外祸变么？"冯夫人道："汉兵已出至敦煌，想昆弥当亦知悉，昆弥自思，能与汉兵决一胜败否？"乌就屠踌躇半晌，方答说道："恐敌不住汉兵。"冯夫人道："昆弥既自知汉兵难敌，奈何尚欲称尊，一旦汉兵前来，必遭屠灭，何若见机知退，听命汉朝，还可借此保全，不失富贵。"却是一个女张良。乌就屠道："我亦不敢长作昆弥，但得一个小号，我便向汉归命了。"冯夫人道："这想是没有难处。"说着，即辞别乌就屠，还报西域都护郑吉。吉便将冯夫人说降乌就屠，详报朝廷。

宣帝得报，便欲一见冯夫人，召令入都。冯夫人应召东来，好几日到了阙下。报名朝见，彬彬有礼，举止大方，再加一张粲花妙舌，见问即答，应对如流。宣帝大喜，面命她作为正使，往谕乌就屠，别遣谒者竺次期门，与甘延寿，两人为副，一同登程。妇人作为朝使，千载一时。冯夫人拜别宣帝，持节出朝，早有人备着锦车，请她登舆。就是竺次期门甘延寿两人，且向冯夫人参见，听从指示。冯夫人与谈数语，从容上车，向西径去。竺次期门甘延寿，随后继进，直抵乌孙。乌就屠尚在北山，未入国都，冯夫人等往传诏命，叫乌就屠速至赤谷城，往会汉光禄大夫长罗侯常惠。原来宣帝遣还冯夫人时，又命常惠驰赴赤谷城，立元贵靡为乌孙王。所以冯夫人到了北山，常惠亦入赤谷城。至乌就屠往见常惠，惠即宣读诏书，册封元贵靡为大昆弥。唯乌就屠也不令向隅，使为小昆弥，乌就屠得如所望，当即乐从。常惠又与他分别辖地，大昆弥得民户六万余，小昆弥得民户四万余，割清界限，免致相争。

越两年余，元贵靡便即病逝。子星靡嗣立，楚公主解忧，年将七十，因上书乞归，得蒙宣帝慨允，派使往迎。解忧挈领孙男女三人，回至京师，入朝宣帝。宣帝见她白发皤皤，倍加怜惜，特赐她田宅奴婢，俾得养老。过了两年，解忧病殁，三孙留守坟墓，毋庸细表。

唯冯夫人曾随解忧回国，至解忧殁后，闻得乌孙嗣主星靡，懦弱无能，恐为小昆弥所害，乃复上书请效，愿仍出使乌孙，镇抚星靡。宣帝准奏，遣百骑护送出塞，后来星靡终得保全，冯夫人已嫁乌孙右大将，想总是功成以后，告老西陲了。冯夫人之殁，史传中未曾详叙，故特从活笔。小子有诗赞道：

锦车出塞送迎忙，专对长才属女郎。
读史漫夸苏武节，须眉巾帼并流芳。

越年有黄龙出现广汉，因改元黄龙。哪知不到年终，宣帝忽然生起病来，欲知病状如何，待至下回再叙。

麟阁图形，计十一人，若黄霸于定国张敞夏侯胜等，皆不得并列，似乎严格以求，宁少毋滥，然如杜延年刘德梁邱贺萧望之四人，不过粗具丰仪，无甚奇绩，亦胡为参预其间，且苏子卿大节凛然，独置后列，虽为震慑外人起见，但王者无私，岂徒恃虚憍之威，所能及远乎？苏武后，复有冯夫人之锦车持节，慰定乌孙，女界中出此奇英，足传千古，惜乎重男轻女之风，已成惯习。宣帝能破格任使，独不令绘其像于麟阁之末，吾犹为冯夫人叹息曰："天生若材，何不使易钗而弁也！"

第八十八回　宠阉竖屈死萧望之
惑谗言再贬周少傅

却说黄龙元年冬月，宣帝寝疾，医治罔效；到了残冬时候，已至弥留。诏命侍中乐陵侯史高为大司马，兼车骑将军，太子太傅萧望之，为前将军，少傅周堪，为光禄大夫，受遗辅政。未几驾崩，享年四十有三。总计宣帝在位二十五年，改元七次，史称他综核名实，信赏必罚，功光祖宗，业垂后嗣，足为中兴令主。唯贵外戚，杀名臣，用宦官，酿成子孙亡国的大害，也未免利不胜弊呢！总束数语，也不可少。太子奭即日嗣位，是为元帝。尊王皇后为皇太后。越年改易正朔，号为初元元年，奉葬先帝梓宫，尊为杜陵，庙号中宗，上谥法曰孝宣皇帝。立妃王氏为皇后，封后父禁为阳平侯。禁即前绣衣御史王贺子，贺尝谓救活千人，子孙必兴，见前文。果然出了一个孙女，正位中宫，得使王氏一门，因此隆盛。王氏兴，刘氏奈何？

唯说起这位王皇后的履历，却也比众不同。后名政君，乃是王禁次女，兄弟有八，姊妹有四。母李氏，生政君时，曾梦月入怀，及政君十余龄，婉娈淑顺，颇得女道。唯父禁不修边幅，好酒渔色，娶妾甚多。李氏为禁正室，除生女政君外，尚有二男，一名凤，排行最长，一名崇，排行第四。此外有谭曼商立根及逢时，共计六子，皆系庶出。李氏性多妒忌，屡与王禁反目。禁竟将李氏离婚。李氏改嫁河内人苟宾为妻。禁因政君渐长，许字人家，未婚夫一聘即死。至赵王欲娶政君为姬，才经纳币，又复病亡。禁大为诧异，特邀相士南宫大有，审视政君。大有谓此女必贵，幸勿轻视。好似王奉先女。真是一对天生婆媳。禁乃教女读书鼓琴，政君却也灵敏，一学便能。年至十八，奉了父命，入侍后宫。会值太子良娣司马氏，得病垂危，太子奭最爱良娣，百计求治，终无效验。良娣且语太子道："妾死非由天命，想是姬妾等阴怀妒忌，咒我至死！"说着，泪下如雨。恐是推己及人。太子奭也哽咽不止。未几良娣即殁，太子奭且悲且愤，迁怒姬妾，不许相见。宣帝因太子年已逾冠，尚未得子，此次为了良娣一人，谢绝姬妾，如何得有子嗣。乃嘱王皇后选择宫女数人，俟太子入朝皇后，随意赐给，王皇后当然照办。一俟太子奭入见，便将选就五人，使之旁立，暗令女官问明太子何人合意？太子奭只忆良娣，不愿他选，勉强瞧了一眼，随口答应道："这五人中却有一人可取。"女官问是何人？太子又默然不答。可巧有一绛衣女郎，立近太子身旁，女官便以为太子看中此人，当即向皇后禀明，王皇后就使侍中杜辅，掖庭令浊贤，送绛衣女入太子宫。究竟此女为谁？原来就是王政君。政君既入东宫，好多日不见召幸，至太子奭悲怀稍减，偶至内殿，适与政君相遇，见她态度幽娴，修秾合度，也不禁惹起情魔，是晚即召令侍寝。两人年貌相当，联床同梦，自有一番枕席风光。说也奇怪，太子前时，本有姬妾十余人，七八年不生一子，偏是政君得幸，一索生男。甘露三年秋季，太子宫内甲观画堂，有呱呱声传御户外，即由宫人报知宣帝。宣帝大喜，取名为骜，才经弥月，便令乳媪抱入相见。抚摩儿顶，号为太孙。嗣是常置诸左右，不使少离。无如翁孙缘浅，仅阅两载，宣帝就崩。太子仰承父意，一经即位，就拟立骜为太子。只因子以母贵，乃先将王政君立为皇后。立后逾年，方命骜为太子，骜年尚不过四岁哩。西汉之亡，实自此始。

且说元帝既立，分遣诸王就国。淮阳王钦，楚王嚣，东平王宇，始自长安启行，各莅封土。还有宣帝少子竟，尚未长成，但封为清河王，仍留都中。大司马史高，职居首辅，毫无才略，所有郡国大事，全凭萧望之周堪二人取决。二人又系元帝师傅，元帝亦格外宠信，倚畀独隆。望之又荐入刘更生为给事中，使与侍中金敞，左右拾遗。敞即金日磾侄安上子，正直敢谏，有伯父风；更生为前宗正刘德子，即楚元王交玄孙。敏赡能文，曾为谏大夫，两人献可替否，多所裨益。唯史高以外戚辅政，起初还自知材短，甘心退让。后来有位无权，国柄在萧周二人掌握，又得金刘赞助萧周，益觉得彼盛我孤，相形见绌，因此渐渐生嫌，别求党援。可巧宫中有两个宦官，出纳帝命，一是中书令弘恭，一是仆射石显。二竖为病，必中膏肓。自从霍氏族诛，宣帝恐政出权门，特召两阉侍直，使掌奏牍出入。两阉小忠小信，固结主心，遂得逐加超擢。小人蛊君，大都如此。尚幸宣帝英明，虽然任用两阉，究竟不使专政。到了元帝嗣阼，英明不及乃父，仍令两阉蟠踞宫庭，怎能不为所欺？两阉知元帝易与，便想结纳外援，盗弄政柄。适值史高有心结合，乐得通同一气，表里为奸。石显尤为刁狡，时至史第往来，密参谋议，史高唯言是从，遂与萧望之周堪等，时有龃龉，望之等察知情隐，亟向元帝进言，请罢中书宦官，上法古时不近刑人的遗训，元帝留中不报，弘恭石显，因此生心，即与史高计划，拟将刘更生先行调出。巧值宗正缺人，便由史高入奏，请将更生调署。元帝晓得什么隐情，当即照准。望之暗暗着急，忙搜罗几个名儒茂材，举为谏官。

适有会稽人郑朋，意图干进，想去巴结望之，乘间上书，告发史高遣人四出，征索贿赂，且述及许史两家子弟，种种放纵情形。宣帝得书，颁示周堪，堪即谓郑朋说直，令他待诏金马门。朋既得寸进，再致书萧望之，推为周召管晏，自愿投效，望之便延令入见，朋满口贡谀，说得天花乱坠，冀博望之欢心，望之也为欢颜。待至朋已别去，却由望之转了一念，恐朋口是心非，不得不派人侦察，未几即得回报，果然劣迹多端。于是与朋谢绝，并且通知周堪，不宜荐引此人，堪自然悔悟。只是这揣摩求合的郑朋，日望升官发财，哪知待了多日，毫无影响。再向萧周二府请谒，俱被拒斥。朋大为失望，索性变计，转投许史门下。许史两家，方恨朋切骨，怎肯相容，朋即捏词相诳道："前由周堪刘更生教我为此，今始知大误，情愿效力赎愆。"许史信以为真，引为爪牙。侍中许章，就将朋登入荐牍，得蒙元帝召入。朋初见元帝，当然不能多言，须臾即出。他偏向许史子弟扬言道："我已面劾前将军，小过有五，大罪有一，不知圣上肯听从我言否？"许史子弟，格外心欢。还有一个待诏华龙，也是为周堪所斥，钻入许史门径，与郑朋合流同污，辗转攀援，复得结交弘恭石显。恭与显遂嗾使二人，劾奏萧望之周堪刘更生，说他排挤许史，有意构陷；趁着望之休沐时候，方才呈入。

元帝看罢，即发交恭显查问。恭显奉命查讯望之，望之勃然道："外戚在位，骄奢不法，臣欲匡正国家，不敢阿容，此外并无歹意。"恭显当即复报，并言望之等私结朋党，互为称举，毁离贵戚，专擅权势，为臣不忠，请召致廷尉云云。元帝答了一个可字，恭显立即传旨，饬拿萧望之周堪刘更生下狱。三人拘系经旬，元帝尚未察觉。会有事欲询周堪刘更生，乃使内侍往召，内侍答称二人下狱，元帝大惊道："何人敢使二人拘系狱中？"弘恭石显在侧，慌忙跪答道："前日曾蒙陛下准奏，方敢遵行。"元帝作色道："汝等但言召致廷尉，并未说及下狱，怎得妄拘？"元帝年将及壮，尚未知召致廷尉语意，庸愚可知。恭显乃叩首谢过。元帝又说道："速令出狱视事便了！"恭显同声应命，起身趋出，匆匆至大司马府中，见了史高，密议多时，定出一个方法，由史高承认下去。翌晨即入见元帝道："陛下即位未久，德化未闻，便将师傅下狱考验。若非有罪可言，仍使出狱供职，显见得举动粗率，反滋众议。臣意还是将他免官，才不致出尔反尔呢！"元帝听了，也觉得高言有理，竟诏免萧望之周堪刘更生，但使出狱，免为庶人。郑朋因此受赏，擢任黄门郎。

才过一月，陇西地震，堕坏城郭庐舍，伤人无数，连太上皇庙亦被震坍。太上皇庙，即太公庙。已而太史又奏称客星出现，侵入昴宿及养舌星，元帝未免惊惶。再阅数旬，复闻有地震警报，乃自悔前时黜逐师傅，触怒上苍。因特赐望之爵关内侯，食邑六百户，朔望朝请，位次将军。又召周堪刘更生入朝，拟拜为谏大夫，弘恭石显，见三人复得起用，很是着忙，急向元帝面奏，谓不宜再起周刘，自彰过失，元帝默然不答。恭显越觉着急，又说是欲用周刘，也只可任为中郎，不应升为谏大夫。元帝又为所蒙，但使周堪刘更生为中郎，忽明忽昧，却是庸主情态。嗣又记起萧望之博通经术，可使为相。有时与左右谈及意见。适为弘恭石显所闻，惶急的了不得。就是许史二家，得知这般消息，也觉日夕不安，内外生谋，恨不得致死望之。望之已孤危得很，谁料到事机不顺，有一人欲助望之，弄巧成拙，反致两下遭殃。这人非别，就是刘更生。

更生本与望之友善，只恐望之被小人所嫉，把他构陷，常思上书陈明，因恐同党嫌疑，特托外亲代上封事。内称地震星变，都为弘恭石显等所致，今宜黜去恭显，进用萧望之等，方可返灾为祥。这书呈入，即被弘恭石显闻知，两人互相猜测，料是更生所为。便面奏元帝，请将上书人究治，元帝忽又依议，竟令推究上书人，上书人不堪威吓，供出刘更生主使是实，刘更生复致坐罪，免为庶人。谋之不臧，更生亦难辞咎。萧望之闻更生得祸，只恐自己株连，特令子萧伋上书，诉说前次无辜遭黜，应求伸雪。多去寻祸。元帝令群臣会议，群臣阿附权势，复称望之不知自省，反教子上书讼冤，失大臣体，应照不敬论罪，捕他下狱。元帝见群臣不直望之，也疑望之有罪，沉吟良久道："太傅性刚，怎肯就吏？"弘恭石显在旁应声道："人命至重！望之所坐，不过语言薄罪，何必自戕。"元帝乃准照复奏，令谒者往召望之。石显借端作威，出发执金吾车骑，往围望之府第，望之陡遭此变，便思自尽。独望之妻从旁劝阻，谓不如静待后命。适门下生朱云入省，望之即令他一决。云系鲁人，夙负气节，竟直答望之，不如自裁。望之仰天长叹道："我尝备位宰相，年过六十，还要再入牢狱，有何面目？原不如速死罢！"便呼朱云速取鸩来，云即将鸩酒取进，由望之一口喝尽，毒发即亡。望之原是枉死，但亦有取死之咎。

谒者返报元帝，元帝正要进膳，听得望之死耗，辍食流涕道："我原知望之不肯就狱，今果如此！杀我贤傅，可惜可恨！"说到此处，又召入恭显两人，责他迫死望之。两人佯作惊慌，免冠叩头。累得元帝又发慈悲，不忍加罪，但将两人喝退。传诏令望之子伋嗣爵关内侯，每值岁时，遣使致祭望之茔墓。一面擢用周堪为光禄勋，并使堪弟子张猛为给事中。

弘恭石显，又欲谋害周堪师弟，一时无从下手，恭即病死。石显代恭为中书令，擅权如故，他闻望之死后，舆论不平，却想出一条计策，结交一位经术名家，自盖前愆。原来元帝即位，尝征召王吉贡禹二人。二人应召入都，吉不幸道死，禹诣阙进见，得拜谏大夫，寻迁光禄大夫。吉禹二人免归，见八十五回。朝臣因他明经洁行，交相敬礼，显更知禹束身自爱，与望之情性不同，乐得前去通意，亲自往拜。禹不便峻拒，只好虚与周旋。偏显格外巴结，屡在元帝面前，称扬禹美。会值御史大夫陈万年出缺，即荐禹继任，禹得列公卿，也不免感念显惠，所以前后上书，但劝元帝省官减役，慎教明刑。至若宦官外戚的关系，绝口不谈。且年已八十有余，做了几个月御史大夫，便即病殁，别用长信少府薛广德继任。

时光易逝，已是初元五年的残冬，越年改元永光，元帝出郊泰畤。礼毕未归，拟暂留射猎，广德进谏道："关东连岁遇灾，人民困苦，流离四方。陛下乃居听丝竹，出娱游畋，臣意以为不可！况士卒暴露，从官劳倦，还请陛下即日返宫，思与民同忧乐，天下幸甚！"元帝总算听从，立命回跸。是年秋天，元帝又往祭宗庙，向便门出发，欲乘楼船。广德忙拦住乘舆，免冠跪叩道：“陛下宜过桥，不宜乘船！”元帝命左右传谕道：“大夫可戴冠。”广德道：“陛下若不听臣，臣当自刎，把颈血染污车轮，陛下恐难入庙了。”元帝莫明其妙，面有愠色。旁有光禄大夫张猛，亟上前解说道：“臣闻主圣臣直，乘船危，就桥安，圣主不乘危，御史大夫言可从。”元帝方才省悟，顾语左右道：“晓人应该如此。”遂令广德起来，命驾过桥，往返皆安，广德直声，著闻朝廷。可惜是注意小节。

偏自元帝嗣阼，水旱连年，言官多归咎大臣，车骑将军史高，丞相于定国，与薛广德同时辞职。元帝各赐车马金帛，准令还家，三人并得寿终。史高亦甘引退，还算不是奸邪。元帝因三人退职，召用韦玄成为御史大夫，未几即擢为丞相，袭父爵为扶阳侯。玄成父子，俱以儒生拜相，闾里称荣。他本是鲁国邹人，邹鲁有歌谣云：“遗子黄金满赢，不如一经。”玄成为相，守正持重，不及乃父，唯文采比父为胜，且遇事逊让，不与权幸争权，所以进任宰辅，安固不摇。御史大夫一缺，即授了右扶风郑弘，弘亦和平静默，与人无忤。独光禄勋周堪，及弟子张猛，刚正不阿，常为石显所忌。刘更生时已失官，又恐堪等遭害，隐忍不住，复缮成奏草一篇，呈入阙廷，奏牍约有数千言，历举经传中灾异变迁，作为儆戒，大旨是要元帝黜邪崇正，趋吉避凶。出口兴戎，何如不言！石显见了此书，明知是指斥自己，越想越恨。转思刘更生毫无权位，不必怕他，现在且将周堪师弟除去，再作计较。于是约同许史子弟，待衅即动。会值夏令天寒，日青无光，显与许史子弟，内外进谗，并言周堪张猛，擅权用事，致遭天变。元帝方信任周堪，不肯听信。谁知满朝公卿，又接连呈入奏章，争劾堪猛二人，弄得元帝心中失主，将信将疑。始终为庸柔所误。

长安令杨兴，具有小材，得蒙宠幸，有时入见元帝，尝称堪忠直可用。元帝以为兴必助堪，乃召兴入问道：“朝臣多说光禄勋过失，究属何因？”兴生性刁猾，听了此问，还道元帝已欲黜堪，即应声道：“光禄勋周堪，不但朝廷难容，就使退居乡里，亦未必见容众口。臣见前次朝臣劾奏周堪，谓与刘更生等谋毁骨肉，罪应加诛。臣以为陛下前日，育德青宫，堪曾做过少傅，故独谓不宜诛堪，为国家养恩，并非真推重堪德呢！”利口喋喋。元帝喟然道：“汝说亦是。但彼无大罪，如何加诛，今果应作何处置？”兴答说道："臣意可赐爵关内侯，食邑三百户，勿使预政，是陛下得恩全师傅，望慰朝廷。一举两得，无如此计。"元帝略略点头，待兴辞退。暗想兴亦斥堪，莫非堪真溺职不成。正在怀疑得很，忽又由城门校尉诸葛丰拜本进来，也是纠劾周堪张猛，内说二人贞信不立，无以服人。元帝不禁懊恨起来，竟亲写诏书，传谕御史道：

城门校尉丰，前与光禄勋堪光禄大夫猛在朝之时，数称言堪猛之美，今反纠劾堪猛，实自相矛盾。丰前为司隶校尉，不顺四时修法度，专作苛暴以获虚威。朕不忍下吏，以为城门校尉。乃内不省诸己，而反怨堪猛以求报举，告按无证之辞，暴扬难言之罪，毁誉恣意，不顾前言，不信之大也。朕怜丰耆老，不忍加刑，其免为庶人！

看官阅此诏书，应疑诸葛丰所为，也与杨兴相似。其实丰却另有原因，激成过举元帝初年，丰由侍御史进任司隶校尉，秉性刚严，不避豪贵，且遵照汉朝故例，得持节捕逐奸邪，纠举不法。长安吏民，见他有威可畏，编成短歌道："间何阔，逢诸葛。"时有侍中许章，自恃外戚，结党横行，有门下客为丰所获，案情牵连许章身上，丰遂欲奏参许章。凑巧途中与许章相遇，便欲捕章下狱，举节与语道："可即停车！"章坐在车中，心虚情急，忙叫车夫速至宫门，车夫自然加鞭急趋，丰追赶不及，被章驰入宫门，进见元帝，只说丰擅欲捕臣。元帝正欲召丰问明，适值丰封章上奏，历数章罪，元帝总觉丰专擅无礼，不直丰言命收回丰所持节，降丰为城门校尉。丰很是气愤，满望周堪张猛，替他伸冤，好几日不见音信。再贻书二人，自陈冤抑，又不见答。于是恨上加恨，还道周堪张猛，也是投井下石，因此平时常称誉堪猛，至此反列入弹章。实是老悖。一朝小忿，自误误人，元帝既削夺丰官，索性将周堪张猛，也左迁出去，堪为河东太守，猛为槐里令。小子有诗叹道：

浊世难容直道行，明夷端的利艰贞；
小卿周堪字。也号通经士，进退彷徨太自轻。

堪猛既贬，石显权焰益张，免不得党同伐异，戮及无辜。欲知显陷害何人，俟至下回说明。

萧望之周堪刘更生三人，皆以经术著名，而于生平涵养之功，实无一得。望之失之傲，堪失之贪，更生则失之躁者也。丙吉为一时贤相，年高望重，望之且侮慢之，何有于史高，然其取死之咎，即在于此。周堪于望之死后，即宜引退，乃犹恋栈不去，并荐弟子张猛为给事中，植援固宠之讥，百口奚辞。刘更生则好为危论，非徒无益而又害之。夫不可与言而与之言，是谓失言，智者不为也。更生学有余而识不足，殆亦意气用事之累欤？若元帝之优柔寡断，徒受制于宦官外戚而已。虎父生犬子，吾于汉宣元亦云。

第八十九回　冯婕妤挺身当猛兽
朱子元仗义救良朋

却说石显专权，怙恶横行。当时有个待诏贾捐之，为前长沙太傅贾谊曾孙，屡言石显过恶，因此待诏有年，未得受官。永光元年，珠崖郡叛乱不靖，朝廷发兵往讨，历久无功。郡在南粤海内，岛屿纷歧。自从武帝平定南越，编为郡县，居民叛服无常，屡劳征伐。元帝因连年未定，拟大举南征，为荡平计，贾捐之独上书谏阻道："臣闻秦劳师远攻，外强中干，终致内溃。武帝秣马厉兵，从事四夷，役赋繁重，盗贼四起。前事可鉴，不宜蹈辙。现今关东饥荒，百姓多卖妻鬻子，法不能禁，这乃是社稷深忧。若珠崖道远，素居化外，不妨弃置。愿陛下专顾根本，抚恤关东为是。"不务植民远地，但以弃置为宜，亦非良策。元帝将原书颁示群臣，群臣多半赞成，遂下诏罢珠崖郡，不复过问。

捐之言虽见用，仍然不得一官，郁郁久居，不堪久待。闻得长安令杨兴，新邀主眷，正好托他介绍，代为吹嘘。当下投刺请谒，互相往来，兴见捐之口才敏捷，文采风流，且是贾长沙后人，自然格外契合。彼此缔交多日，适值京兆尹出缺，捐之乘间语兴，呼兴表字道："君兰雅擅吏才，正好升任京兆尹，若使我得见主上，必然竭力保荐。"兴亦呼捐之表字道："君房下笔，言语妙天下，倘使君房得为尚书令，应比五鹿充宗，好得多了。"原来五鹿充宗，系顿丘地方的经生，与显为友，显曾引为尚书令，故兴特借着充宗，称美捐之。捐之闻言大笑道："果使我得代充宗，君兰得为京兆尹。

我想京兆系郡国首选，尚书关天下根本，有我两人，求贤佐治，还怕不天下太平么！”大言不惭。兴答说道：“我两人若要进见，却也不难，但教打通中书令关节，便可得志了。”捐之不禁愕然道：“中书令石显么！此人奸横得很，我甚不愿与他结欢。”兴微哂道：“慢着！显方贵宠，非得彼欢心，我等无从超擢。今且依我计议，暂投彼党，这也是枉尺直寻的办法呢！”捐之求官情急，不得已屈志相从，兴即与商定，联名保荐石显，请赐爵关内侯。并召用显兄弟为卿曹，再由捐之自出一奏，举兴为京兆尹。两奏先后进去，谁知早被石显闻知，先将贾杨二人密谋，奏达元帝。元帝尚有疑意，待二人奏入，果如显言，乃即饬逮二人下狱，使后父王禁与显究治。禁与显复称贾杨隐怀诈伪，更相荐誉，欲得大位，罔上不道，应即加严刑，有诏坐捐之死罪，兴减死一等，髡为城旦。可怜捐之热中富贵，反落得身首异处，兴虽免死，丢去了长安令，做了一个刑徒，求福得祸，何苦为此？可为钻营奔竞者鉴。

越年日食地震，变异相寻。东海郡经生匡衡，方入为给事中，元帝问以地震日食的原因，衡答言天人相感，下作上应，陛下能只畏天戒，哀悯元元，省靡丽，考制度，近中正，远巧佞，崇至仁，匡失俗，自然大化可成，休征即至云云。元帝因衡奏对称旨，擢为光禄大夫，已而地又震，日又食，自永光二年至四年，迭遭警变。元帝因记起周堪张猛，被贬在外，实是衔冤，乃责问群臣道：“汝等前言天变相仍，咎在堪猛，今堪猛外谪数年，何故天变较甚，试问将更咎何人？”群臣无词可答，只好叩首谢罪。元帝因复征拜堪为光禄大夫，领尚书事；猛为大中大夫，兼给事中。堪猛再入朝受职，总道元帝悔悟，此次总可吐气扬眉，哪知朝上尚书，先有四人，统是石显私党。一个就是五鹿充宗，官拜少府，兼尚书令，第二个是中书仆射牢梁，第三第四叫作伊嘉陈顺，并皆典领尚书。堪与四人位置相同，口众我寡，怎能敌得过四奸？再加元帝连年多病，深居简出，堪有要事陈请，反要石显代为奏闻，累得堪不胜郁愤，有口难言。俗语说得好，忧能伤人，况堪已垂老，如何禁受得起？一日忽然病瘖，噤不成声，未几即殁。张猛失了师援，越觉孤危，遂被石显谗构，传诏逮系。猛不肯受辱，竟在宫车门前，拔剑自刭。石显未去，师弟何苦复来。显是自己寻死。刘更生闻知堪猛死亡，倍增伤感，特仿楚屈原《离骚经》体，撰成“疾谗救危及世颂”凡八篇，聊寄悲怀；还幸自己命不该绝，未被害死，也好算是蒙泉剥果了。

且说元帝后宫，除王皇后外，要算冯傅两婕妤，最为宠幸。傅婕妤系河南温县人，早年丧父，母又改嫁，婕妤流离入都，得事上官太后，善伺意旨，进为才人。上官太后赐给元帝，元帝即位，拜为婕妤。凭着那柔颜丽质，趋承左右，深得主欢，就是宫中女役，亦因她待遇有恩，并皆感激，常饮酒酹地，代祝延釐。好几年生下一女一男，女为平都公主；男名康，永光三年，封为济阳王，傅婕妤得进号昭仪。元帝对她母子两人，非常怜爱，甚至皇后太子，亦所未及。光禄大夫匡衡，曾上书规谏，劝元帝辨明嫡庶，不应得新忘故，移卑逾尊。元帝因令衡为太子太傅，但宠爱傅昭仪母子，仍然如故。傅昭仪外，便是冯婕妤最为得宠。冯婕妤的家世，与傅昭仪贵贱不同，乃父就是光禄大夫冯奉世。奉世曾讨平莎车，只因矫诏的嫌疑，未得封侯。见八十三回。元帝初年，始迁官光禄勋。既而陇西羌人，为了护羌校尉辛汤，嗜酒性残，激怒羌众，复致造反。元帝因奉世夙谙兵法，特使为右将军，领兵出击。丞相韦玄成，御史大夫郑弘等，主张屯戍，只肯发兵万人，奉世谓宜出兵六万，方可平羌。元帝初意尚如丞相御史所言，令率万二千人西行，及奉世到了陇西，绘呈地形，再申前议，元帝乃使太常任千秋为奋威将军，领兵六万，前往策应。奉世既得大队人马，果然一鼓破羌，斩首数千级，余羌并皆遁去，陇西复平。奉世班师复命，得受爵关内侯，调任左将军。子野王为左冯翊，父子并登显阶，望重一时。冯婕妤系奉世长女，由元帝纳入后宫，生子名兴，得拜婕妤，受宠与傅昭仪相似。

永光六年，改元建昭。好容易到了冬令，元帝病体已痊，满怀高兴，挈着后宫妃嫱，亲至长杨宫校猎，文武百官，一律从行。既至猎场，元帝在场外高坐，左有傅昭仪，右有冯婕妤，此外如六宫美人，不可胜述。文官远远站立，武官多去猎射，约莫有三五时辰，捕得许多飞禽走兽，俱至御前报功。元帝大悦，传谕嘉奖。到了午后，还是余兴未尽，更至虎圈前面，看视斗兽，傅昭仪冯婕妤等当然随着。那虎圈中的各种野兽，本来是各归各栅，不相连合，一经汇集，种类不同，立即咆哮跳跃，互相蛮触。正在爪牙杂沓，迷眩众目的时候，忽有一个野熊，跃出虎圈，竟向御座前奔来。御座外面，有槛拦住，熊把前两爪攀住槛上，意欲纵身跳入。吓得御座旁边的妃嫔媵嫱，魂魄飞扬，争相后面窜逸。傅昭仪亦逃命要紧，飞动金莲，乱曳翠裾，半倾半跌的跑往他处。只有冯婕妤并不慌忙，反且挺身向前，当熊立住。却是奇突！元帝不觉大惊，正要呼她奔避，却值武士趋近，各持兵器，把熊格死。冯婕妤花容如旧，徐步引退，元帝顾问道：“猛兽前来，人皆惊避，汝为何反向前立住？”冯婕妤答道：“妾闻猛兽攫人，得人便止。意恐熊至御座，侵犯陛下，故情愿拚生当熊，免得陛下受惊。”元帝听了，赞叹不已。此时傅昭仪等已经返身趋集，听着冯婕妤的答议，多半惊服。只有傅昭仪不免怀惭，由愧生妒，遂与冯婕妤有嫌。妇女性情往往如此。冯婕妤怎能知晓，侍辇还宫。元帝就拜冯婕妤为昭仪，封婕妤子兴为信都王。昭仪名位，乃是元帝新设，比皇后仅差一级，前只有一傅昭仪，至此复有冯昭仪，位均势敌，差不多如避面尹邢，两不相下了。尹邢为武帝时婕妤，事见前文。

中书令石显，见冯昭仪方经得宠，冯奉世父子，又并列公卿，便拟倚势献谀。特将野王弟冯逡，代为揄扬，荐入帷幄。逡已为谒者，由元帝即日召见，欲将他擢为侍中。偏逡见了元帝，极言石显专权误国，触动元帝怒意，斥令退去，反将他降为郎官。石显闻知，当然快意，但与冯氏亦从此有仇，把从前援引的意思，变作挤排。

当时有一郎官京房，通经致用，屡蒙召问。房本与五鹿充宗，同为顿丘人氏，又同学易经，唯充宗师事梁邱贺，房师事焦延寿，师说不同，讲解互异。且充宗阿附石显，尤为房所嫉视，尝欲乘间进言，锄去邪党。一日由元帝召语经学，旁及史事，房遂问元帝道：“周朝的幽厉两王，陛下可知他危亡的原因否？”元帝道：“任用奸佞，所以危亡。”房又问道：“幽厉何故好用奸佞？”元帝道：“他误视奸佞为贤人，因此任用。”房复道：“如今何故知他不贤？”元帝道：“若非不贤，何至危乱？”房便进说道：“照此看来，用贤必治，用不贤便乱。幽厉何不别求贤人，乃专任不贤，自甘危乱呢？”元帝笑道：“乱世人主，往往用人不明。否则自古到今，有什么危亡主子哩？”房说道：“齐桓公与秦二世，也尝讥笑幽厉，偏一用竖刁，一信赵高，终致国家大乱，彼何不将幽厉为戒，早自觉悟呢？”已是明斥石显。元帝道：“这非明主不能见及，齐桓秦二世，原不得算做明君。”房见元帝尚是泛谈，未曾晓悟。当即免冠叩首道：“春秋二百四十年间，迭书灾异，原是垂戒将来。今陛下嗣位数年，天变人异，与春秋相似，究竟今日为治为乱？”元帝道：“今日也是极乱呢！”房直说道：“现在果任用何人？”元帝道：“我想现今任事诸人，当不至如乱世的不贤。”房又道：“后世视今，也如今世视古，还求陛下三思！”元帝沉吟半晌道：“今日有何人足以致乱？”房答道：“陛下圣明，应自知晓。”元帝道：“我实不知，已知何为复用。”房欲说不敢，不说又不忍，只得说是陛下平日最所亲信，与参秘议的近臣，不可不察。元帝方接口道：“我知道了！”房乃起身退出，满望元帝从此省悟，驱逐石显诸人。哪知石显等毫不摇动，反将房徙为魏郡太守。房自知为石显等所忌，隐怀忧惧，但乞请毋属刺史，仍得乘传奏事，元帝倒也允许，房只得出都自去。

才阅月余，便由都中发出缇骑，逮房下狱。案情为房妇翁张博所牵连，因致得罪。博系淮阳王刘钦舅，钦即元帝庶兄。尝从房学易，以女妻房。房每经召对，退必与博具述本末。博儇巧无行，便将宫中隐情，转报淮阳王钦，且言朝无贤臣，灾异屡见，天子已有意求贤，请王自求入朝，辅助主上等语。钦竟为所惑，为博代偿债负二百万，博又报书敦促，诈言已贿托石显，从中说妥，费去黄金五百斤，钦复如数赉给。不料为石显所闻，当即讦发，博兄弟三人，并皆系狱，连京房亦被株连，系入都中定罪，案情为翁婿通谋，诽谤政治，诖误诸侯王，狡猾不道，一并弃市。房原姓李氏，推易得数，改姓为京。前从焦延寿学易，延寿尝谓京生虽传我道，后必亡身，及是果验。御史大夫郑弘，与房友善，房前为元帝述幽厉事，曾出告郑弘，弘亦深表赞成。所以房弃市后，弘连坐免官，黜为庶人，进任匡衡为御史大夫。唯淮阳王钦，不过传诏诘责，由钦上表谢罪，幸得无恙。

接连又兴起一场冤狱，也是石显一手做成。坐罪的是御史中丞陈咸，与槐里令朱云。咸字子康，为前御史大夫陈万年子。万年好交结权贵，独咸与乃父不同，十八岁入补郎官，便是抗直敢言。万年恐他招祸，往往夜半与语，教他宽厚和平。咸在床前立着，听了多时，全与己意不合，但又不便反抗，索性置若罔闻，朦胧睡去。一个打盹，把头触着屏风，竟致震响，万年不禁怒起，起床取杖，意欲挞咸。咸方惊醒跪叩道：“儿已备聆严训，无非教儿谄媚罢了！”原是一言可蔽。这语说出，累得万年无词可驳，也只得将咸喝退，上床就寝，不复与言。未几万年病死，咸刚直如前，元帝却重他材能，累迁至御史中丞。还有萧望之门生朱云，与咸气谊相投，结为好友，两人有时晤谈，辄诋斥石显诸人，不遗余力，可巧显党五鹿充宗，开会讲经，仗着权阉势力，无人敢抗，独朱云摄衣趋入，与充宗互相辩论，驳得充宗垂头丧气，怅然退去。都人士有歌谣云：“五鹿岳岳，朱云折其角。”嗣是云名遂盛，连元帝也有所闻，特别召见，拜为博士，旋出任杜陵令，辗转调充槐里令。云因石显用事，丞相韦玄成等，依阿取容，不如先劾玄成，然后再弹石显，于是拜本进去，具言韦玄成怯懦无能，不胜相位。看官试想，区区县令，怎能扳得倒当朝宰相，徒被玄成闻知，结下冤仇。会云因事杀人，被人告讦，谓云妄杀无辜，元帝因问韦玄成。玄成正怨恨朱云，便答言云政多暴，毫无善状。凑巧陈咸在旁，得闻此言，不由的替云着急，慌忙还家，写成一封密书，通报朱云。云当然惊惶，复书托咸，代为设法，咸即替云拟就奏稿，寄将过去，教云依稿缮成，即日呈进，请交御史中丞查办。计实未善。云如言办理，偏被五鹿充宗看见奏章，欲报前日被驳的羞辱，当即告知石显，批交丞相究治。陈咸见计划不成，又复通告朱云，云便逃入都门，与咸面商救急的计策。越弄越错。丞相韦玄成，派吏查讯朱云，不见下落，再差人探听消息，知云在陈咸家中，当下劾咸漏泄禁中言语，并且隐匿罪人，应一并捕治，下狱论罪。

元帝准奏，饬廷尉拘捕二人，二人无从奔避，尽被拿住，入狱拷讯。咸不肯直供，受了好几次搒掠，困惫不堪，自思受伤已重，死在眼前，忍不住呻吟悲楚。忽有狱卒走报，谓有医生入视，咸即令召入，举目一瞧，并不是什么良医，乃是好友朱博。当下视同骨肉，即欲向他诉苦，博忙举手示意，佯与诊视病状，使狱卒往取茶水，然后问明咸犯罪略情，至狱卒将茶水取至，当即截住私谈，珍重而别。博字子元，杜陵人氏，慷慨好义，乐与人交，历任县吏郡曹，复为京兆府督邮。自闻咸得罪下狱，即移名改姓，潜至廷尉府中，探听消息。一面买嘱狱卒，假称医生，亲向狱中询问明白，然后求见廷尉，为咸作证，言咸冤屈受诬。廷尉不信，笞博数百，博终咬定前词，极口呼冤。好在韦玄成得了一病，缠绵床褥，也愿放宽咸案，咸才得免死，髡为城旦。朱云也得出狱，削职为民。但非朱博热心救友，恐尚未易解决，这才可称得患难至交呢！小子有诗赞道：

临危才见旧交情，仗义施仁且热诚。
谁似朱君高气节，救人狱底得全生。

越年，韦玄成病死，后任丞相，当然有人接替。欲知姓名，试看下回便知。

冯婕妤之当熊，绰有父风，彼虽一娉婷弱质，独能奋身不顾，拼死直前，殆与乃父之袭取莎车，同一识力。彼傅昭仪辈，宁能得此。然傅昭仪因是衔嫌，而冯婕妤卒为所倾，天胡不吊。反使妒功忌能者之得逞其奸，是正足令人太息矣！不宁唯是，天下之为主效忠者，往往为小人所构陷。试观元帝一朝，二竖擅权，正人义士，多被摧锄，除贾捐之死不足惜外，何一非埋冤地下。陈咸之不死，赖有良朋，否则石显韦玄成，朋比相倾，几何不流血市曹也。宣圣有言，女子与小人为难养，诚哉其然！

第九十回　斩郅支陈汤立奇功
嫁匈奴王嫱留遗恨

却说韦玄成死后，御史大夫匡衡，循例升任，另用繁延寿为御史大夫。匡衡虽尚正直，但见石显权势巩固，也不敢与他反对，只得顺风敲锣，做一个好好先生。石显有姊，欲与郎中甘延寿为妻，偏延寿看轻石显，不愿与婚，婉言谢绝。却有特识。显便即衔恨。建昭三年，甘延寿为西域都护骑都尉，与副校尉陈汤，同出西域，袭斩郅支单于，传首长安。朝臣多为甘陈请封，独石显联同匡衡，合词劝阻，舆论遂不直匡衡。

究竟甘陈二人，何故袭斩郅支？说来却有一种原因。郅支单于，徙居坚昆，怨汉拥护呼韩邪，不肯助己，拘辱汉使江迺始等，遣使求还侍子驹于利受。见八十六、八十七回。元帝许令回国，特遣卫司马谷吉送往，吉被郅支杀死。郅支自知负汉，又闻呼韩邪渐强，恐遭袭击。正想再徙他处，适康居国遣使迎郅支，欲令合兵，共取乌孙，郅支乐得应允，便引兵西往康居。康居王将己女嫁与郅支，郅支也将己女嫁与康居王，互相翁婿，也是罕闻。彼此结为婚姻，联兵往攻乌孙。直至赤谷城下，赤谷城为乌孙都，见前文。掠得许多人畜，方才还师。乌孙不敢追击，且将西近康居的地方，弃作荒地，所有旧时居民，一律东徙，免得遭殃。郅支恃胜生骄，即蔑视康居，凌虐康居王女。康居王女不肯服气，惹动郅支怒意，竟拔刀将她砍死。自至都赖水滨，役民筑城，民或少怠，便截斩手足，投入水中。二年余才得毕工，郅支入城居住，据险自固；屡遣使分往大宛诸国，征求岁贡。大宛国怕他强暴，不敢不依。汉廷尚以为谷吉未死，派使探问，才知吉被杀死。再使人索还尸骸，郅支不与，反将汉使羁住，佯求西域都护，自言僻居困厄，情愿归附大汉，遣子入侍。其实是设词相诳，意在缓兵。凶狡已极！西域都护郑吉，已老病归休，元帝乃特简甘延寿陈汤两人，出镇乌垒城。

延寿字君况，北地郅郁人。汤字子公，山阳瑕邱人。延寿素善骑射，向以武力著名；汤却是文士出身，不拘小节，专好奇谋。既与延寿同至西域，所过山川城邑，无不注意。当下与延寿商议道："夷狄畏服大国，本性使然。前时西域，尝服属匈奴。今郅支单于迁移至此，自恃国威，侵陵乌孙大宛，并为康居划策，谋吞二国。若乌孙大宛，果被并吞，势必北攻伊列，西取安息，南击月氏，不出数年，西域诸国，且尽为所有了！且郅支骠悍善战，此时不图，必为西域大患，最好是先发制人，尽发屯田吏士，驱从乌孙部众，直指彼城。彼守备未坚，容易攻入，乘此斩郅支首，上献朝廷，岂不是千载一时的大功么？"延寿也以为然，唯欲先奏后行。汤又劝阻道："朝廷公卿，怎知远谋？如欲奏闻，必不见从。"延寿终以为不便专擅，未肯遽行。正思上书奏请，忽然得病，只好搁置一旁，从事医治。

约过了好几日，病治少瘥，忽闻外面人声马嘶，陆续不绝，忍不住跳落床下，向外查问，但见陈汤检阅兵马，前后来列，差不多有数万人，便喝声道："众兵到此，意欲何为！"汤毫不敛缩，反按剑相叱道："大众齐集，往讨郅支，竖子尚敢阻众么！"敢作敢言。说得延寿瞠目伸舌，不敢异议。及询明实情，才知汤乘着已病，矫制调来。那时箭在弦上，不得不发，只得与汤部勒兵士，分作六队，即日起行。三队从南道逾葱岭，由大宛绕往康居，延寿与汤自率三队，从北道过乌孙国都，入康居境。行至阗池西面，适值康居副王抱阗，领数千骑，侵赤谷城，掳得人畜回来，被汤麾兵截杀一阵，夺还人口四百七十人，交付乌孙大昆弥，牲畜留给军食。再西行入康居界，访闻康居贵人屠墨，与郅支不协，因使人召他至军，晓示祸福，屠墨自愿乞和。汤即与歃血为盟，遣令还抚部众，毋得抗汉，一面沿途揭示，不犯秋毫。途中复得屠墨从子开牟，使为向导，直向郅支居城进发。距城约三十里，扎定营盘。

可巧郅支差人到来，诘问汉兵何故到此？陈汤出应道："汝单于上书归汉，愿遣侍子，故我朝特发兵相迎，因恐惊动左右，未便遽至城下，请单于送交妻孥，我等即当东归。”将计就计。使人返报郅支，郅支本为缓兵起见，设词诳汉。不意弄假成真，惹引汉兵入境，难道真个割舍妻子，送交汉营？当下再遣使诱约，但言行装未备，须宽限时期。汤只准宽限三两日，限满又去催促，郅支只管延宕。两下里使节往来，约有数次，汤忽然作色，怒对来使道：“我等为单于远来，劳兵糜饷，今到此多日，未见一名王贵人，来报实信，为何单于慢客至此？我等粮食将尽，人马困乏，再若延挨，势且不得生还，敢请单于速定筹划，毋得误我！”仍是以假应假。来使自依言回报，郅支虽亦知汉将诈谋，唯远来粮少，想是真情，但教谨守不理，汉兵无粮，不去何待？当下号令人马，分头拒守。城上悬着五彩旗帜，令数百人戴盔披甲，登陴序立。再用壮士百余人，夹门立阵，门下使游骑百余，往来巡逻。

布置甫定，见汉兵已鼓噪前来，百余游骑，却也不管好歹，就纵马来突汉兵，汉兵早已防着，张弓迭射，箭如雨注，得将胡骑射退。汉兵从后追击，遥见城上胡兵，拍手相招道：“能斗即来！”汉兵毫不怯惧，纷纷薄城，用箭仰射，飞上城头。城上守兵，退落城下；城门内外的壮士，亦皆敛入，把门关住。汉兵四面围城。城有两重，外用木城，内用土城，木城有隙，里面胡兵，射箭出来，伤毙汉兵数人。延寿与汤，愤不可遏，命兵士纵火烧城，木城遇火，立即延燃。胡兵抵御不住，多半逃入内城，只有数百锐骑，出外拦阻，统被汉兵射死。汉兵前拥刀牌，后持弩戟，一齐扑入木城，扫尽胡兵，然后再攻土城。郅支单于见汉兵势盛，意欲出走，转思汉兵经过康居，未闻开仗，定是康居挟嫌助汉，任令通道，且汉兵阵内，夹入西域各国兵马，眼见西域诸王，亦皆为汉效力，就使得脱重围，也是无路可奔。因此决计死守，兵马不足，连宫人亦驱登城楼，自己全身披挂，上城指挥。大小阏氏，约数十人，有几个颇能射箭，也弯着强弓，俯射汉兵。汉兵用楯为蔽，觑着空隙，还射上去，弓弦迭响，射倒大小阏氏数人。可谓直中红心。有一箭不偏不倚，正中郅支鼻上，郅支忍痛不住，退入城中。宫人越觉胆怯，自然随下。

汉兵方思缘梯登城，突闻康居发兵万余，来救郅支，王女已经被杀，想是郅支女得宠康居，故以德报怨。延寿与汤，不得不暂缓扑城。时又天暮，且守住营寨，防备康居兵冲突。陈汤复想出一法，暗遣裨将带领偏师，悄悄的抄至康居兵后，举火为号，以便夹击。裨将奉命，乘夜行兵，无人窥悉。康居兵但顾前面，与城中人遥相呼应，喊声四震，奋突汉营。汉营坚壁勿动，待至逼近，方用硬箭射去，济以长枪大戟，迎头痛刺，任他康居兵如何强悍，也觉无孔可钻，一夜间驰突数次，俱被击却。看看天色微明，康居兵已皆疲倦，不意汉营中鼓声忽起，领兵杀出。康居兵急忙退后，回头一望，更不得了，但见火光四迸，烟焰中拥出许多汉兵，截住去路。吓得康居兵进退失据，被汉兵夹击一阵，好与斫瓜切菜相似，万余骑死了八九千，单剩得一二千人，抱头窜去。延寿与汤，既杀败康居兵马，乘势攻扑内城，四面架梯，冒险乘陴，顿将内城捣破。郅支挈同男女百余人，逃入宫中，汉兵纵火焚宫，阖宫大骇。郅支硬着头皮，拼命出战，怎禁得汉兵拥入，团团围住，一着失手，便被斫倒。军侯杜勋，抢前一步，枭了郅支首级，携去报功。诸将士陆续入宫，杀毙阏氏太子名王以下千五百人，生擒番目百四十五人，收降胡兵千余人，搜得汉使节二柄，并前时谷吉所赍诏书。此外金帛牲畜等件，悉数搬取，由甘延寿陈汤两主将，酌量分给，除赏赐部众，遍及各国随征兵士，全体腾欢。

先是延寿与汤，矫诏发兵，已经上书自劾，至阵斩郅支，复将首级献入长安，请悬诸藁街，威示蛮夷。藁街系长安市名，蛮夷使馆，尽在此处，故有是请。石显闻得延寿功成，大为拂意，先使丞相匡衡奏请，时当春令，应掩骸埋胔，不宜悬示虏首。偏车骑将军许嘉，右将军王商，谓春秋夹谷一会，齐优戏侮鲁君，孔子即令将优施处斩，盛夏施刑，首足两分，异门取出。今郅支逆命，幸得受诛，正宜悬示十日，方可埋葬。有诏从两将军议。匡衡见不从己奏，再与石显密商，同劾甘延寿陈汤，矫制兴兵，功难抵罪；且陈汤私取财物，应即查办。元帝乃令司隶校尉，飞饬塞上官吏，按验陈汤吏士。汤上书自讼，略言臣与吏士，共诛郅支，万里还朝，应有使臣迎劳道路。今闻司隶校尉，反令地方官按验，是为郅支报仇，令臣不解。元帝得书，乃收回成命，令沿途县吏，具备酒食，供给西征回来的军士；及全师凯旋，论功行赏。石显匡衡，复先后上奏，谓延寿汤擅自兴兵，幸得不诛，若复加爵士，将来有人出使，各欲乘危侥幸，生事蛮夷，此风断不可开，免得国家贻患等语。元帝以甘陈有功，意欲加封，只因石显匡衡，是内外重臣，却也未便违议，踌躇累日，历久未决。此时刘更生已改名为向，请封甘陈两人，大致说是：

郅支单于，囚杀使者，伤威毁重，群臣皆闵焉。陛下赫然欲诛之意，未尝有忘。西域都护延寿，副校尉汤，承圣旨，倚神灵，总百蛮之君，集城郭之兵，出百死，入绝域，遂陷康居，屠重城，斩郅支之首，扫谷吉之耻，勋莫大焉！臣闻论大功者，不录小过，举大美者，不疵细瑕。宜以时除过勿治，尊宠爵位，以劝有功，则国家幸甚！

这书呈入，元帝有词可借，方封延寿为义成侯，官长水校尉；赐汤爵关内侯，官射声校尉。一面告祠郊庙，大赦天下，群臣置酒上寿，庆赏了好几天。有故建平侯杜延年子杜钦，乘机上书，追述冯奉世前破莎车功绩，与甘陈相同，亦宜补封侯爵，不没功臣。前也为冯昭仪献谀。元帝因奉世已殁，且破灭莎车，乃是先帝时事，不便重翻旧案，因将钦议搁起不提。会御史大夫繁延寿又殁，朝臣多举荐大鸿胪冯野王，称他行能第一。野王系奉世子，由左冯翊入任大鸿胪。石显既与冯氏有嫌，自然仇视野王，当即入语元帝道："现在九卿中，原无过野王，可惜野王系冯昭仪亲兄，臣恐天下后世，还疑陛下偏私，专用后宫亲属呢！"巧言如簧，令人不觉。元帝闻言，不禁点首，遂别任太子少傅张谭，为御史大夫。奉世不得追封，当亦由石显作梗。

石显专以狡黠取宠，此次排挤野王，令元帝自然中计，他尚恐为人所斥，特向元帝密奏道："宫中有所征发，不论早晚，若夜间宫门早闭，不及呈入，请陛下准令开门。"元帝不知有诈，便即照允。显既邀允准，往往黄夜出取物件，故意延挨，待至宫门已闭，即传诏开门，几成惯例，果然有人劾奏石显，矫诏开门。元帝付诸一笑，将原书取示石显，显忙跪下泣陈道："陛下过宠小臣，特加重任，群下无不忌嫉，争谋陷害，幸赖陛下圣明，不予严谴。此后愿仍归旧职，专备后宫扫除，免得他人侧目，臣死亦无遗恨了！"元帝听说，总道显所言非诬，格外垂怜，好言抚慰，并给厚赏。后来遇有劾显诸奏，概置不理，显越得专宠，毫无忌惮。牢梁五鹿充宗等，倚显为援，固宠希荣。都人交口作歌道："牢耶，石耶！五鹿客耶！印何累累！绶何若若！"歌虽如此，传不到元帝耳中，所以元帝一朝，石显等安然无恙。事且慢表。

且说建昭五年以后，复改元竟宁。竟宁元年，呼韩邪单于，自请入朝，奏诏批准，遂自塞外启行，直抵长安。他因郅支受诛，且喜且惧，所以此次朝见，面乞和亲，愿为汉婿，元帝也欲羁縻呼韩邪，慨然允诺。待至呼韩邪退朝，暗想前代曾有和亲故事，辄取宗室子女，充作公主，出嫁单于。今呼韩邪已经投降，迥非昔比，但将后宫女子，未曾召幸，随便选择一人，嫁与呼韩邪，便可了事。主见已定，即命左右取入宫女图，展览一周，任意提起御笔，点选一人，命有司代办妆奁，拣选吉日，将御笔点出的宫女，送交呼韩邪客邸，赐与完婚。待至吉期已届，那宫女装束停当，至御座前辞行。元帝不瞧犹可，瞧了一眼，竟是一个芳容绝代的丽姝，云鬟低翠，粉颊绯红，体态身材，无不合度，最可怜的是两道黛眉，浅颦微蹙，似乎有含着嗔怨的模样。及见她柳腰轻折，拜倒座下，轻轻的啭着娇喉道："臣女王嫱见驾。"芳名由她自呼，转觉得旖旎动人。元帝忍不住问道："汝从何时入宫？"王嫱具述年月。元帝一想，该女入宫有年，为何并未见过？可惜如此美貌，反让与外夷享受，真正错极。本欲将她留住，又恐失信外人，且被臣民訾议，谤我好色，愈觉不妙。没奈何镇定心神，嘱咐数语，待她起身出去，拂袖入宫。再去查阅宫女图，十分中仅得两三分，还是草草描成，毫无生气。嗣又把已经召幸的宫人，比较一番，觉得画工精美，比本人要胜过几分，不由的大怒道："可恨画工，故意毁损丽容。若非作弊，定有他因！"当即传饬有司，查究画工为谁？有司遵将长安画工，一律传讯，当场查出，乃是杜陵人毛延寿，曾绘王嫱面貌，索贿不获，故意把花容玉貌，绘做泥塑木雕一般。案既审定，延寿欺君不道，谳成死刑。唯王嫱身世，应该略叙。

嫱字昭君，系南郡秭归人王穰女，当时被选入宫，例须先经画工摹绘，然后呈上御览，准备召幸。延寿本著名画家，写生最肖。只是生性贪鄙，屡向宫女索贿，宫女巴不得入宫见宠，大都倾囊相赠，延寿就从笔底上添出丰韵，能使易丑为妍。只有王昭君貌本天成，不烦藻采，她又生性奇傲，未肯无故费钱，因此毛延寿有心毁损，特将她易妍为丑，借泄私忿。元帝但凭画图选幸，怎知宫中有如此美人？到了昭君见面，才觉追悔，因将毛延寿处斩。延寿原是该死，只昭君自悲命薄，嫁了一个老番王，无可奈何，由他取乐。呼韩邪单于当然心欢，并向元帝上书，愿代为保塞，免得中国劳师。廷臣皆以为可行，唯郎中侯应，熟习边事，力言北塞边防，万不可撤。反复指陈利害，说得元帝憬然省悟，遂令车骑将军许嘉，传谕呼韩邪单于，略言中国边防，并非专御外患，实恐盗贼出塞，寇掠外人，单于虽怀好意，但尚有窒碍，不能遽从。呼韩邪单于乃愿罢前议，入朝辞行。带了王嫱出塞，号为宁胡阏氏。岁余生下一男，叫作伊屠牙斯。后来呼韩邪单于病死，长子雕陶莫皋嗣立，号为复株纍同累。若鞮单于，见昭君华色未衰，复占为妻室。一介女流，怎能反抗，况且胡俗得妻后母，乃是向来老例，昭君也只好降尊从俗，得过且过。旋复生了二女，长女为须卜居次，次女为当于居次。须卜当于皆夫家氏族，居次注见前。昭君竟老死塞外，墓上草色独青，与他处黄草不同，当时呼为青冢。后人因她红粉飘零，远入夷狄，特为谱入乐府，名昭君怨。或说她跨马出塞，马上自弹琵琶，创成此调，如泣如诉，后来不从胡礼，服毒自尽。这都是为色生怜，凭空臆造，证诸史传，便可知是虚诬了。小子有诗叹道：

娄敬和亲号罪魁，宫妆辱没剧堪哀。
如何番虏投诚日，尚使红颜出塞来？

元帝既遣归呼韩邪，尚是纪念王昭君，愁绪无聊，恹恹成疾，便要从此归天了，欲知详情，下文再当细表。

郅支单于，杀辱汉使，理应声罪致讨，上伸国威。元帝不使甘延寿陈汤，进讨郅支，其庸弱已可见一斑。汤为副校尉，名位不逮甘延寿，独能奋威雪耻，袭斩郅支，虽曰矫制，功莫大焉。况律以《春秋》之义，更觉无罪可言。匡衡号为经儒，乃甘媚权阉，妒功忌能，读圣贤书，顾如是乎？郅支既死，呼韩邪二次请朝，此时匈奴衰弱，何必再袭娄敬和亲之下计？直言拒绝，亦属无伤，仍给以宫女王嫱，徒使绝代丽姝，终沦异域，嗟何及欤！或谓元帝不贪女色，示信外夷，犹有君人之度，讵知王道不外人情，一夫不获，时予之辜，何忍摧残红粉，辱没蛮夷！如果见色不贪，尽可使之出嫁才郎，谐成嘉耦。天子且不能庇一美人，谓非庸弱得乎？“一去紫台连朔漠，独留青冢向黄昏。”读杜少陵诗，窃为之感慨不置云。

第九十一回　赖直谏太子得承基
宠正宫词臣同抗议

却说元帝寝疾，逐日加剧，屡因尚书入省，问及景帝立胶东王故事，即汉武帝。尚书等并知帝意，应对时多半支吾。原来元帝有三男，最钟爱的是定陶王康，系傅昭仪所出，见前文。初封济阳，徙封山阳及定陶，康有技能，尤娴音律，与元帝才艺相同。元帝能自制乐谱，创成新声，尝在殿下摆着鼙鼓，自用铜丸连掷鼓上，声皆中节，与在鼓旁直击相同，他人都不能及。独康亦擅此技，有乃父风，元帝赞不绝口，常与左右谈及。驸马都尉史丹，系前大司马史高长子，随驾出入，日侍左右，闻元帝称美定陶王，便向前直陈道："陛下尝谓定陶王多材，臣愚以为材具称长，莫如聪敏好学的皇太子；若徒以丝竹鼓鼙为能，是黄门鼓吹郎陈惠李微，高出匡衡，何妨使为丞相哩！"元帝听了，也不禁失笑。

已而中山王竟，得病遽殇。竟系元帝少弟，元帝初元二年，方授王封，年幼未能就国，留居都中，与太子骜同学，颇相亲爱。中山王殁，元帝挈着太子，同往吊丧，抚棺流涕，悲不自禁，独太子骜并无戚容，元帝怒说道："天下有临丧不哀，可以仰承宗庙，为民父母么？"说着，旁顾左右，见史丹在侧，便诘问道："汝言太子多材，今果何如！"丹忙中有智，即免冠叩谢道："臣见陛下悲哀过甚，因戒太子不再涕泣，免增陛下感伤，臣罪当死！"既为太子辩护，又为自己表忠，好一个伶俐口才。元帝被他瞒过，怒气自平。到了元帝寝疾的时候，定陶王康，与生母傅昭仪，朝夕入侍。傅昭仪狡黠过人，凭着那灵心慧舌，哄动元帝，改易太子，好把亲子补充储位。元帝颇为所惑，因欲援胶东王故例，讽示尚书。史丹又有所闻，探得傅昭仪母子，不在寝宫，竟大胆趋入，跪伏青蒲上面，尽管叩头。青蒲是青色划地，接近御床，向例只有皇后可登青蒲。史丹急不暇顾，又自恃为元帝近臣，不妨犯规强谏，元帝闻他叩头有声，开眼瞧着，见是史丹，乃惊问何因。丹涕泣陈词道："太子位居嫡长，册立有年，天下莫不归心，今乃道路流言，传说太子不免动摇，如陛下果有此意，满朝公卿，必然死争，臣愿先自请死，为群臣倡！"保全嫡嗣，不失守经之义。元帝素信丹言，且知太子不应轻易，才喟然长叹道："我本无此意，常念皇后勤慎，先帝又素爱太子，我怎好有违？现在我病日加重，恐将不起，愿汝等善辅太子，毋违我意！"丹乃唏嘘起立，退出寝门。

又过数日，元帝驾崩，享年四十有二，在位十有六年，凡改元四次。太子骜安然即位，是谓成帝。当时太皇太后上官氏早殁，皇太后王氏尚存，因尊皇太后王氏为太皇太后，母后王氏为皇太后，封母舅阳平侯王凤为大司马大将军，领尚书事。是王氏揽权之始。奉葬先帝梓宫于渭陵，庙号孝元皇帝。越年改元建始，却有一件黜奸大计，足快人心。原来成帝居丧，朝政俱委任王凤，凤素闻石显奸刁，因即奏请成帝，徙显为长信太仆，夺去重权。丞相匡衡，御史大夫张谭，前曾阿附石显，此次见显失势，竟劾显种种罪恶，并及显党五鹿充宗等人。于是褫免显官，勒令回籍。显怏怏就道，病死途中。得全首领，大是幸事。少府五鹿充宗，被谪为玄菟太守，御史中丞伊嘉，也贬为雁门都尉，牢梁陈顺，一并罢免，舆论称快。又有歌谣传闻道："伊徙雁，鹿徙菟，去牢与陈实无价！"

唯匡衡张谭，既将石显等劾去，总道前愆可盖，从此无忧，谁知恼动了一位直臣王尊，竟奏入一本，直言丞相御史，前知石显奸恶，并未纠弹，反与党合。今显罪已露，乃取巧弹奸，失大臣体，应该论罪！是极。成帝看了此奏，也知衡谭有过，但甫经即位，未便遽斥三公，因将原奏搁置不理。衡得知此信，慌忙上书谢罪，乞请骸骨，缴上丞相乐安侯印绶，成帝下诏慰留，仍将印绶赐还，并贬王尊为高陵令，顾全匡衡面子。衡始照旧行事。但朝臣多是尊非衡，为尊扼腕。尊系涿郡高阳人，幼年丧父，依伯叔为生，伯叔家况亦贫，嘱使牧羊，尊且牧且读，得通文字。嗣充郡中小吏，迁补书佐，郡守嘉他才能，特为保荐，尊遂以直言充选，擢为虢县令。辗转迁调，受任益州刺史。莅郡以后，尝出巡属邑，行至邛郲山，山前有九折阪，不易往来。从前王阳尝出刺益州，王阳即王吉。至九折阪前，慨然长叹道："我承先人遗体，须当全受全归，为何屡经出险呢？"当下辞官自去，及尊过九折阪，记起王阳遗事，独使车夫疾驱向前，且行且语道："这不是王阳的畏途么？王阳为孝子，王尊为忠臣，各行其志便了。"尊在任二年，又奉调为东平相。东平王刘宇，系元帝兄弟，少年骄纵，不奉法度。元帝知尊忠直敢为，特将他迁调过去。尊犯颜进谏，不畏豪威，宇好微行，尊即嘱令厩长，不准为宇驾马。宇亦无可如何，唯心中很是不悦。一日尊入庭谒宇，宇虽与有嫌，不得不延令就坐。尊亦窥透宇意，向宇进说道："尊奉诏来相大王，故人皆为尊作吊，尊闻大王素有勇名，也觉自危，今就职有日，不见大王勇威，不过自恃贵宠，才知大王无勇，如尊方算得真勇呢！"突兀得很。宇听了尊言，不禁变色，意欲把尊格杀，又恐得罪朝廷，眉头一皱，计上心来，因复强颜与语道："相君既自称有勇，腰下佩刀，定非常器，何妨与我一看？"尊注视宇面，屡次色变，料他不怀好意，但呼宇左右侍臣道："汝可为我拔刀，呈示大王！"说着，两手高举，听令侍臣拔刀，一面正色语宇道："大王毕竟无勇，乃欲设计陷尊，说尊拔刀向王，架诬罪名么？"真是急智。宇被尊说破隐情，暗暗怀惭，又久闻尊有直声，更致屈服。乃命左右特具酒席，邀令与宴，尽欢而散。无如宇母公孙婕妤，平生只有此子，很是宠爱，此时得为东平太后，见尊监视甚严，令子抱屈，不由的懊怒异常，妇人溺爱煞是可恨！当即上书朝廷，劾尊倨傲不臣，妾母子事事受制，恐遭逼死等语。元帝览奏，见她情词迫切，不得不令尊免官。及成帝即位，大司马大将军王凤，素慕尊名，因召为军中司马，奏补司隶校尉。偏后因劾奏匡衡张谭，仍然坐贬。尊到官数月，不愿久任，即托病告归。

王凤也知尊负屈，究因事关丞相，未便左袒，只好听尊乞休，徐图召用。唯成帝待遇母党，格外从优，既使大将军王凤秉政，复封母舅王崇为安成侯，王谭王商王立王根王逢时，皆赐爵关内侯。凤与崇俱系太后同母弟，故凤先封侯，崇亦继封，各得食邑万户。王谭以下，统是太后庶弟，所以受封较轻。但数人并无功勋，只为了母后兄弟，都受侯封，爵赏未免太滥，廷臣俱不敢多言。可巧夏四月间，黄雾四塞，咫尺不辨，成帝也觉得奇异，有诏问公卿大夫，各谈休咎，毋得隐讳。谏大夫杨兴，及博士驷胜等，并说是阴盛侵阳，故有此变。从前高祖立约，非功臣不得封侯，今太后诸弟，无功并侯，为历朝外戚所未有，应加裁损等语。大将军王凤，得见此奏，当即上书辞职。偏成帝不肯照准，优诏挽留。是年六月，有青蝇飞集未央宫殿，绕满廷臣坐次，八月间又有两月相承，晨现东方；九月间夜现流星，长四五丈，委曲如蛇形，贯入紫宫。种种灾异，内外多归咎王氏，独成帝因母推恩，倚畀如故。还有太后母李氏，已与太后父王禁离婚，改嫁苟氏，见前文。生下一子，取名为参。太后既贵，使王凤等迎还生母，且欲援田蚡故例，封苟参为列侯，不知大体，无非是庸妇浅见。还是成帝稍有见识，谓田蚡受封，实非正当，苟参不应加封，但尚拜参为侍中水衡都尉。此外王氏子弟，除七侯外，无论长幼，悉授官禄，这真叫做因私废公，无益有害了！

且说成帝嗣阼，年方弱冠，正是戒色时候，偏成帝生性好色，在东宫时已喜猎艳图欢。元帝因母后被毒，不得永年，特选车骑将军平恩侯许嘉女儿，为太子妃。许女秀外慧中，博通史事，并善书法，又与成帝年貌相当，惹得成帝意动神摇，好像得了仙女一般，镇日里相亲相爱，相偎相倚，说不尽的千般恩爱，万种温存。反跌下文。元帝令中常侍与黄门郎，前去探问两口儿情意，统回报是欢洽异常，顿使元帝欣慰，顾语左右道："汝等可酌酒贺我！"左右忙奉觞上寿，齐呼万岁。过了年余，许妃生下一男，阖宫庆贺。哪知兰征方验，玉质遽雕，徒落得一泡幻影，转眼成空。到了成帝登台，眼见这位专宠的许妃，应立为后。唯皇太后王氏，因许妃生儿不育，此外储宫里面，亦未闻有女生男，于是特传诏旨，采选良家女子，入备后宫。前御史大夫杜延年子钦，方为大将军武库令，进白大将军王凤道："古礼一娶九女，无非为承祖广嗣起见，今主上春秋方富，未有嫡嗣，将军何不上采古制，慎择淑女，早备嫔嫱？从来后妃贞淑，必有良嗣，若及今不图，待至储贰无人，另求少艾，将来争宠夺嫡，祸变且百出了！愿将军深思熟虑，毋贻后忧！"王凤闻言，也以为然，乃入告王太后。偏王太后拘守汉制，不愿法古，凤亦未便固争，只好遵循故事罢了。建始二年三月，册立许妃为皇后，专宠如故。

是年夏季大旱，越年秋令，又复霪雨连旬，直至四十余日，尚未放晴。长安人民，忽哄传大水将至，纷纷奔避，你争先，我恐后，老幼妇女，自相蹴踏，甚至伤亡多人。这消息传入宫中，成帝慌忙升殿，召入群臣，商议避水方法。王凤道："如果水势泛滥，陛下可奉两宫太后，乘船暂避，所有宫中后妃，随驾舟行，当可无忧，都中吏民，令他登城避水便了。"语尚未毕，左将军王商接入道：此王商与凤弟同名异人，履历详后。"古时国家无道，水尚不冒城郭，今政治和平，不闻兵革，上下相安，大水为何暴至？这必是民间讹言，断不可信。若再令百姓登城，岂不是更滋扰乱么！"长安地势甚高，原不至为水所湮，但必谓政治和平，愈启成帝骄淫，商亦未免失言。成帝方稍稍放心。商饬吏卒巡视城中，令民毋得妄动，约莫有三五时辰，民情少定，待至日暮，并没有大水到来，才知全城惊动，实为讹言所误。成帝因此重商，屡言商有定识，凤未免惭恨，自悔失言。

说起王商履历，乃是宣帝母舅乐昌侯王武子，王武见前文。武殁后袭爵为侯，居丧甚哀，且自愿推财相让，分给异母兄弟。廷臣因他孝义可风，交章荐举，得进任侍中中郎将。元帝时已迁官右将军，成帝复调任左将军，敬礼有加。不过成帝虽优待王商，究竟是疏不间亲，未及王凤的亲信。就是车骑将军平恩侯许嘉，本兼有两重亲谊，且又辅政有年，嘉系孝宣许皇后从弟，过继平恩侯许广汉，且系成帝后父，故云两重亲谊。偏成帝恐他牵制王凤，特将他大司马车骑将军的印绶，下诏收回。托言将军家重身尊，不宜再累吏职，特赐黄金二百斤，以特进侯就第。汉制凡列侯有功德者，赐号特进，位在三公以下。嘉家居岁余，便即逝世，予谥曰恭。唯许后宠尚未衰，后宫虽有婕妤数人，罕得进见许后不再生男，只产了一个女儿，又致夭逝。太后与王凤等，屡忧成帝无子，成帝却不以为意，每日退朝，只在中宫食宿，与许后恩好甚深，许后虽非妒妇，但必欲令成帝爱情，移到妃嫔身上，亦所不愿，因此朝朝献媚，夜夜承欢。

建始三年十二月朔，日食如钩，夜间又地震起来，未央宫亦为摇动。成帝亦为不安，翌日下诏，令举直言敢谏之士，问及时政阙失。杜钦及太常丞谷永，同时奏对，并言后宫女宠太专，有碍继嗣。成帝明知他指斥许后，置诸不理。丞相匡衡，曾上疏规讽成帝，请戒妃匹，慎容仪，崇经术，远技能，未见成帝听从。及灾异迭见，复屡乞让位，成帝却优诏不许。会衡子昌为越骑校尉，酒醉杀人，坐罪下狱。越骑官属，与昌弟密谋，拟劫昌出狱，不幸谋泄，为有司所讦奏，有诏从严查办。衡闻信大惊，徒跣入朝，免冠谢罪。成帝尚留余地，谕令照常冠履，衡谢恩趋退。不意司隶校尉王骏等，又劾奏衡封邑逾界，擅盗田地，罪该不道，应罢官定罪。衡坐是褫职，免为庶人，余罪免致究治，还算是成帝的特恩。左将军王商，得代衡职，拜为丞相；少府尹忠为御史大夫。建始四年正月，亳邑陨石有四，肥累陨石有二，成帝命罢中书宦官，特置尚书员五人。汉制尚书有四，至此更增一人。四月孟夏，天复雨雪，诏令直言极谏诸士，诣白虎殿对策。太常丞谷永奏对道：

方今四夷宾服，皆为臣妾，北无熏粥冒顿之患，南无赵佗吕嘉之难，三陲晏然，靡有兵革，诸侯大者仆食数县，不得有为，无吴楚燕梁之势，百官盘亘，亲疏相错，骨肉大臣，有申伯之忠，无重合马何罗弟通封重合侯。安阳上官桀。博陆霍禹。之乱，三者无毛发之辜，乃欲以政事过差，咎及内外大臣，皆瞽说欺天者也。窃恐陛下舍昭昭之白过，忽天地之明戒，听暗昧之瞽说，归咎于无辜，倚异乎政事，重失天心，不可之大者也。陛下即位，委任遵旧，未有过政，元年正月，白气起东方，四月黄雾四塞，复冒京师，申以大水，著以震蚀，各有占应，相为表里，百官庶士，无所归依，陛下独不怪与？白气起东方，贱人将兴之表也。黄雾冒京师，王道微绝之应也。夫贱人当起，而京师道微，二者甚丑，陛下诚深察愚臣之言，致惧天地之异，长思宗庙之计，改往返过，抗湛溺之意，解偏驳之忧，奋乾纲之威，平天复之施，使列妾得人人更进，犹尚未足也，急复益纳宜子妇人，毋择好丑，毋论年齿，广求于微贱之间，祈天眷佑，慰释皇太后之忧愠，解谢上帝之谴怒，则继嗣蕃滋，灾异永息矣。疏贱之臣，至敢直陈天意，斥讥帷幄之私，欲离间贵后盛妾，自知忤心逆耳，难免汤镬之诛，然臣苟不言，谁为言之？愿陛下颁示腹心大臣，腹心大臣以为非天意，臣当伏妄言之罪；若以为诚天意也，奈何忘国大本，背天意而从人欲？唯陛下审察熟念，厚为宗庙计，则国家幸甚！

看官阅到此文，应知谷永意中，全然帮着王凤。凤揽权用事，兄弟等并登显爵，已有人议论纷纷，统说天变屡见，实由王氏势盛所致。唯一班对策人士，都未敢明言指斥，不过模模糊糊，说了几句笼统话儿，便算塞责。谷永更趋炎附势，力为王氏洗刷，反嫁祸到许后身上，真是乖刁得很。此外还有武库令杜钦，也与谷永同一论调，果然揣摩得中，两人并列高第。永为首选，钦居第二，永得升官光禄大夫。明明是王凤主选。永字子云，籍隶长安，就是前卫司马谷吉子。吉出使匈奴，为郅支单于所杀，事见前文。钦字子夏，一目患盲，在家饱学，无心出仕。王凤闻他材名，罗致幕下，同时有郎官杜邺，也字子夏，学成登仕，时人因两杜齐名，不便区别，特号钦为盲杜子夏。钦恨人说病，独改制小冠，游行都市，于是都人改称杜邺为大冠杜子夏，杜钦为小冠杜子夏。钦感王凤提拔，阿附王凤，还有可说；永由阳城侯刘庆忌荐入，庆忌系故宗正刘德孙，袭封阳城侯。也欲倚势求荣，比盲杜且不如了！小子有诗叹道：

大廷对策贵摅诚，岂为权豪独徇情？
谁料书生充走狗，学成两字是逢迎。

王氏未去，弭灾无术，俄而淫霖下降，黄河决口，百姓又吃苦不堪了。欲知河患如何得平，且看下回再表。

元帝三男，唯太子骜为王太后所出，以嫡长论，应立为嗣，有何疑义？况储位固已蚤定乎？元帝为傅昭仪所惑，几致易储，史丹一再谏诤，义所当然。或谓太子骜若不得立，则王氏之祸，可以不兴，此说似是而实非。元帝不立骜，即立康，康好声色，必致淫荒，傅昭仪亦非易与者，观哀帝时之傅太后，可见一斑。天下事但当凭理做去，祸福安能逆料乎？彼许女之为太子妃，非以色进，太子骜和好无间，亦属伉俪常情，厥后太子即位，许氏为后，乐而不淫，宁致酿灾？乃变异迭闻，史不绝书，如果为戾气所感召，则王氏应难辞咎。杜钦谷永，不导王凤以谦抑之德，反斥许后之宠爱太专。离间帝后，构成嫌隙，祸水入而火德衰，罪由钦永两人，宁特阿附权戚也哉！

第九十二回　识番情指日解围
违妇言上书惹祸

却说黄河为害，非自汉始，历代以来，常忧溃决，至汉朝开国后，也溃决了好几次。文帝时河决酸枣，东溃金堤，武帝时河徙顿丘，又决濮阳，元封二年，曾发卒数万人，塞瓠子河，筑宣房宫，后来馆陶县又报河决，分为屯氏河，东北入海，不再堵塞。至元帝永光五年，屯氏河淤塞不通，河流泛滥，所有清河郡属灵县鸣犊口，变作汪洋。时冯昭仪兄冯逡，方为清河都尉，请疏通屯氏河，分铩水力。元帝曾令丞相御史会议，估计用费，不免过巨，竟致因循不行。建昭四年秋月，大雨十余日，河果复决馆陶及东郡金堤，湮没四郡三十二县，田间水深三丈，隳坏官亭卢室四万余所。各郡守飞书上报，御史大夫尹忠，尚说是所误有限，无甚大碍。成帝下诏切责，斥忠不知忧民，将加严谴。忠素来迂阔，见了这道严诏，惶急自尽。成帝亟遣大司农非调，调拨钱谷，赈济灾民，一面截留河南漕船五百艘，徙民避水。既而天晴水涸，民复旧居，乃拟堵塞决口，为毖后计。犍为人王延世，素习河工，由杜钦保荐上去，命为河堤使者，监工筑堤。延世巡视河滨，估量决口，饬用竹篾为络，长四丈，大九围，中贮小石，由两船夹载而下，再用泥石为障，费时三十六日，堤得告成。可巧腊尽春来，成帝乘机改元，号为河平。塞一决口，何必改元？进延世为光禄大夫，赐爵关内侯。

忽由西域都尉段会宗，驰书上奏，报称乌孙小昆弥安犁靡，叛命来攻，请急发兵援应等语。究竟小昆弥何故叛汉，应由小子补叙略情。先是元贵靡为大昆弥，乌就屠为小昆弥，画境自守，彼此相安。元贵靡死，子星靡代为大昆弥，亏得冯夫人持节往抚，星靡虽弱，幸得保全。事见前文。后来传子雌栗靡，被小昆弥末振将，遣人刺死。末振将系乌就屠孙，恐被大昆弥并吞，故先行下手，私逞狡谋。汉廷得信，立遣中郎将段会宗，出使乌孙，册立雌栗靡季父伊秩靡为大昆弥，再议发兵往讨末振将。兵尚未行，伊秩靡已暗使翎侯难栖，诱杀末振将，送归段会宗，使得复命。成帝以末振将虽死，子嗣尚存，终为后患，再令段会宗为西域都尉，嘱发戊巳校尉及各国兵马，会讨末振将子嗣。戊巳校尉系守边官名。会宗衔命复往，调了数处人马，行至乌孙境内，闻得小昆弥嗣立有人，乃是末振将兄子安犁靡，再探知末振将子番邱，虽未得嗣立，仍为贵官。自思率兵进攻，安犁靡与番邱必然合拒，徒费兵力，不如诱诛番邱，免得多劳。计划已定，遂留住部兵，只率三十骑急进，遣人往召番邱。番邱问明去使，只有骑兵三十，料不足患，便即带了数人，来见会宗。会宗喝令左右，缚住番邱，令他跪听诏书，内言末振将骨肉寻仇，擅杀汉公主子孙，应该诛夷。番邱为末振将子，不能逃罪。读到此处，即拔剑出鞘，把番邱挥作两段。番邱从人，不敢入救，慌忙返报小昆弥。小昆弥安犁靡，当然动怒，率兵数千骑来攻会宗。

会宗退至行营，尚恐孤军深入，或致失利，因亟驰书请援。成帝亟召王凤入议，凤记起一人，便即荐举。是人为谁？就是前射声校尉陈汤。汤与甘延寿立功西域，仅得赐爵关内侯，已觉得赏不副功。延寿由长水校尉，迁任护军都尉，当即病殁，唯汤尚无恙。及成帝嗣立，丞相匡衡，复劾汤盗取康居财物，不宜处位，汤坐是免官。康居曾遣子入侍，汤又上言康居侍子，非真王子，嗣经有司查验，复称王子是实，汤语涉虚诬，下狱论死。还是太常丞谷永替他奏免，才得贷罪出狱。唯关内侯的爵赏，因此被夺，降为士伍，沦落有年。王凤因汤熟谙外事，请成帝召问方略。成帝即宣汤入朝。汤前征郅支，两臂受湿，不能屈伸，当由成帝特别加恩，谕令免拜。汤谢恩侍立，成帝便将会宗原奏，取出示汤。汤既看罢，缴呈案上，当面推辞道："朝中将相九卿，并属贤才，小臣老病，不足参议！"也是愤懑之词。成帝道："现在国家有急，召君入商，君可勿辞！"汤方答说道："依臣愚料，可保无忧。"成帝问为何因？汤申说道："胡人虽悍，兵械未利，大约须胡人三名，方可当我一人。今会宗西行，非无兵马，何至不能抵御乌孙？况远道发兵，救亦无及，臣料会宗意见，并非必欲救急，实愿大举报仇，乃有此奏。请陛下勿忧！”成帝道：“据汝说来，会宗必不致被围，就使被他围住，也容易解散了。”汤屈指算罢道：“不出五日，当有吉音。”全凭经验得来，故能料事如神。成帝听说，喜逐颜开，命王凤暂停发兵，汤亦辞退。

果然过了四日，接到会宗军报，小昆弥已经退去。原来小昆弥安犁靡，进攻会宗，会宗也不慌忙，出营与语道：“小昆弥听着！我奉朝廷命令，来讨末振将，末振将虽死，伊子番邱，应该坐罪，与汝却是无干。汝今敢来围我，就使我被汝杀死，亦不过九牛亡一毛，汉必大发兵讨汝。从前宛王与郅支，悬首藁街，想汝应早闻知，何必自循覆辙哩！”安犁靡听了，也觉惊慌，但尚不肯遽服，设词答辩道：“末振将辜负汉朝，汉欲加罪番邱，何不预先告我？”会宗道：“我若预告昆弥，倘被闻风逃避，恐昆弥亦将坐罪；况昆弥与番邱，谊关骨肉，必欲捕交番邱，当亦不忍，所以我不便预告，免使昆弥为难。昆弥尚不知谅我苦衷么？”说得宛转。安犁靡无词可驳，不得已号泣退回。

会宗一面具奏，一面携着番邱首级，回朝复命。成帝赐爵关内侯，并黄金百斤。王凤因汤明足察儿，格外器重，特奏为从事中郎，引入幕府，参决军谋。后来汤复因受赃得罪，免为庶人，病死长安。唯会宗再使西域，镇抚数年，寿已七十有五，不及告归，竟在乌孙国中逝世。西域诸国，并为发丧立祠，可见得会宗平日，威爱兼施，故得此报。了过陈汤段会宗，省得后文重提。

还有一位直臣王尊，辞官家居，王凤又荐他贤能，召入为谏大夫，署京辅都尉，行京兆尹事。是时终南山有剧盗傰宗，纠众四掠，大为民害，校尉傅刚，奉命往剿，年余不能荡平。王凤因将尊推荐，嘱使捕盗。尊莅任后，盗皆奔避，地方肃清，尊得实授京兆尹，在任三载，威信大行。独豪贵以为不便，嗾使御史大夫张忠，出头弹劾，说尊暴虐未改，不宜备位九卿，尊遂致坐免，吏民争为呼冤。湖县三老公乘兴上书，力为尊代白无辜，乃复起尊为徐州刺史，寻迁东郡太守。东郡地近黄河，全仗金堤捍卫。尊至东郡，不过数月，忽闻河水盛涨，冲突金堤，急忙跨马往视，到了堤边，见水势很是湍急，奔腾澎湃，险些儿摇动金堤，当下督令民夫，搬运土石，准备堵塞。哪知流水无情，所有土石掷下，尽被狂流卷去，反将堤身冲成几个窟窿。尊看危堤难保，急切也无法可施，只有恭率吏民，虔祷河神。先命左右宰杀白马，投入河中，自己高捧圭璧，恭恭敬敬的立在堤上，使巫代读祝文，情愿拚身填堤，保全一方民命。待祝文焚罢，祭礼告成，索性叫左右搭起篷帐，就堤住宿，听天由命。吏民数十万人，争向尊前叩头，请他回署，尊终不肯去，兀坐不动。俄而水势越大，浪迭如山，离堤面不过两三尺，堤上泥土，纷纷堕落，眼见得危在顷刻，无从挽回。吏民各顾生命，陆续逃散，只尊仍然坐着，寸步不离。身旁有一主簿，不敢劝尊他去，独垂头涕泣，拼死相从。却是一个义吏。那水势却也奇怪，腾跃数回，好似怕着王尊一般，回流自去。嗣是渐渐平静，堤得保全。可谓至诚感神。吏民闻水平堤立，复次第回来，尊又指示堤隙，饬令修堵，竟得无恙。白马三老朱英等，为民代表，奏称太守王尊，身当水冲，不避艰险，终得河平浪退，返危为安。诏令有司复勘，果如所奏，乃加尊秩中二千石，赐金二百斤。既而尊病殁任所，吏民争为立祠，岁时致祭，这也好算是汉朝循吏了。应该赞美。

河平二年正月，沛郡铁官冶无故失性，铁竟上飞。到了夏天，楚国雨雹，形大如釜，毁坏田庐。成帝犹未觉悟，且尽封诸舅为列侯，王谭为平阿侯，王商为成都侯，王立为红阳侯，王根为曲阳侯，王逢时为高平侯。五人同日受封，世因号为五侯。总计王禁八子，唯曼早世，余七子并沐侯封。汉代外戚，此为最盛。前宗正刘向，起为光禄大夫，成帝诏求遗书，令向校勘。向见王氏权位太盛，意欲借书进谏，乃因尚书洪范，推演古今符瑞灾异，历详占验，号为“洪范五行论”，呈入宫中。成帝亦知向寓有深意，但终不能抑损王氏，杜渐防微。丞相王商，虽然也是外戚，但与大将军王凤相较，势力大不相同。凤与商又有宿嫌，恨不得将王商除去。

会值呼韩邪病死，子复株累若鞮单于继立，特遣右皋林王伊邪莫演，入贡方物。伊邪莫演自称愿降，不愿回国，朝臣多言不妨受降。唯谷永杜钦二人，谓单于称臣，无有贰心，今不应受彼逋逃，致生间隙，成帝乃遣还伊邪莫演。复株累若鞮单于，探闻此信，虽未将伊邪莫演免职，但心中却感念汉德，因于河平四年，亲自入朝。成帝御殿召见，单于拜谒如仪。成帝与他问答数语，便命左右导他出朝。单于既出朝门，适遇丞相王商，也即趋前行礼。商身长八尺有余，状貌魁梧，仪容端肃，既与单于相揖，免不得慰劳一番。单于仰面视商，见他有威可畏，不由的倒退数步，立即辞出。当有人告知成帝，成帝叹道：“这才不愧为汉相了！”为此一语，被大将军王凤闻悉，越加生忌。

冤家有孽，刚值琅琊郡内，连出灾异十余事，商派属吏前往查办，琅琊太守杨肜，音融。与王凤为儿女亲家，凤恐肜被参落职，忙向商说情道："灾异乃是天事，非人力所得挽回，肜尚有吏才，幸勿按问！"商竟不从，奏劾肜守郡不职，致干天谴，乞即罢官。成帝留中不报。王凤恨商不留情面，反且出来纠弹，遂欲乘隙构陷，借端报复。一时无过可寻，只说他闺门不谨，使私人耿定上书讦发。成帝阅书，暗思事关暧昧，并无确证，不如搁置不提。偏王凤进去力争，定要彻底查究，成帝乃将原书发出，令司隶校尉查办。商得知消息，也觉着忙，记起前时王太后曾欲选纳己女，充备后宫，当日因女有痼疾，不便允许，现在女病已愈，不若纳入，作为内援。可巧后宫侍女李平，新拜婕妤，方得上宠，正好托她进言，代为说合。于是密嘱内侍致意李婕妤，哪知求荣反辱，越弄越糟。明人也走暗路，怎得不败！会值暮春日食，大中大夫张匡，上言咎在近臣，乞求召对。成帝使左将军史丹问匡，匡言商曾奸父婢，并与女弟淫乱，前耿定上书告讦，俱系实情。现方奉诏查办，商敢私怀怨恨，请托后宫，意图纳女，谋植内援，居心实不可问。臣恐黄歇吕不韦故事，复见今日，亟宜将商免官，穷法究治，庶足上回天变，下塞人谋，乞将军代奏毋迟！史丹即将匡言转达成帝，成帝素器重王商，料知匡言未确，下诏勿问。王凤又入宫固争，方由成帝派遣侍臣，往收丞相印绶。成帝庸柔，酷肖乃父。商将印绶缴出，悔愤交并，惹得肝脉偾张，连吐狂血，不到三日，一命呜呼。朝廷予谥曰戾。所有王商子弟，曾在朝中为官，悉数左迁。一班趋附王凤的走狗，还要诣阙狂吠，夺商世封。成帝总算有些主见，不肯照议，仍许商长子安嗣爵乐安侯，一面超拜张禹为丞相。

禹字子文，河内轵县人氏，以明经著名。成帝为太子时，曾向禹受学《论语》，所以特加宠遇，赐爵关内侯，授官光禄大夫给事中，令与王凤并领尚书事。禹见凤专权秉政，内不自安，因屡次称病，上章乞休。成帝亦屡次慰留，赐金遗膳，优礼相待，累得禹不敢再请，只得迁延度日。及王商免职，竟受封安昌侯，擢为丞相。禹固辞不获，勉强就职，但也不过屡进屡退，随声附和，保全自己的老命罢了。一语断煞。

越年改元阳朔，定陶王刘康入朝，成帝友于兄弟，留令伴驾，朝夕在侧，甚见亲重。王凤恐他入与政权，从旁牵制，因援引故例，请遣定陶王回国。偏成帝体贴亲心，自思先帝在日，常欲立定陶王为太子，事不果行，定陶王却并不介意，居藩供职，现在皇子未生，他日兄终弟及，亦无不可，因此将他留住。就是王凤援例相请，也只好置诸不理。哪知过了两月，又遇日蚀，凤复乘势上书，谓日食由阴盛所致，定陶王久留京师，有违正道，故遭天戒，宜亟令归国云云。但知责人，不知责己。成帝不得已遣康东归，康涕泣辞去，凤才得快意。独有一个京兆尹王章，直陈封事，将日食事归罪王凤。成帝阅罢，颇为感动，因复召章入对。章竟侃侃直陈，大略说是：

> 臣闻天道聪明，佑善而灾恶，以瑞异为符效。今陛下以未有继嗣，引近定陶王，所以承宗庙，重社稷，上顺天心，下安百姓，此正善事，当有祯祥；而灾异迭见者，为大臣专政故也。今闻大将军凤，猥归日食之咎于定陶王，遣令归国，欲使天子孤立于上，专擅朝事，以便其私，安得为忠臣？且凤诬罔不忠，非一事也。前丞相商，守正不阿，为凤所害，身以忧死，众庶愍之。且闻凤有小妇弟张美人，尝已适人，托以为宜子，纳之后宫，以私其妻弟，此三者皆大事，陛下所自见，足以知其余。凤不可令久典事，宜退使就第，选忠贤以代之，则乾德当阳，休祥至而百福骈臻矣！

成帝见章说得有理，欣然语章道："非京兆尹直言，朕尚未闻国家大计。现有何人忠贤，可为朕辅？"章答说道："莫如琅琊太守冯野王。"成帝点首，章乃趋退。这一席话，传到王凤耳中，凤顿时大怒，痛骂王章负义忘恩，意欲乘章入朝，与他拼命。还是盲杜足智多谋，亟劝凤暂从容忍，附耳说了数语，凤始消融怒气，依言做去。原来王章字仲卿，籍隶泰山郡钜平县，宣帝时已为谏大夫。元帝初年，迁官左曹中郎将，诋斥中书令石显，为显所陷，竟致免官。成帝复起章为谏大夫，调任司隶校尉，王凤欲笼络名臣，特举为京兆尹。章少时家贫，游学长安，只有一妻相随，偶然患病，困卧牛衣中。编乱麻为衣，复蔽牛身。自恐将死，与妻诀别，眼中泪流个不住，那妻不禁发怒道："仲卿，汝太无志气！满朝公卿，何人比汝为优？疾病乃人生常事，为什么涕泣不休，作此鄙态哩！"章妻却有丈夫气。章被她一激，精神陡振，病亦渐愈。及受职京兆尹，虽由王凤推荐，心中实不服王凤。待至王商罢相，定陶王遣归，益觉忍无可忍，遂缮成奏牍，函封待呈。章妻瞧着，连忙劝阻道："人当知足，独不念牛衣涕泣时么？"章已义愤填胸，不可复抑，竟摇首作答道："这非儿女子所能知晓，汝勿阻我！"越日便即呈入。又越二日，奉诏入对，接连又入朝数次。不意祸变猝来，骤令下狱，反觉得闺中少妇，尚有先见哩。小子有诗叹道：

牛衣困泣本堪怜，已得荣身好息肩；
何若见几先引去，与妻偕隐乐林泉！

欲知王章如何下狱，容待下回叙明。

本回所叙各节，俱与王凤相干连，凤之行谊，谓为权臣也可，谓为奸臣犹未可也。陈汤被劾失官，而凤独能举之。乌孙一役，不烦兵而自定，汤之智能料敌，即凤之明能举贤也。汤以外又举王章，捕盗障河，不愧民誉，亦未始非由凤之知人。独于王商王章两人，有意构陷，未免失德。但两王之死，不得谓全出无辜，谈彼短而恃己长，为王商一生之大玷，继以纳女一事，更足贻人口实。大丈夫当磊磊落落，遵道而行，顾效儿女子之所为，其能不贻讥当世，受人媒蘖乎！王章泣困牛衣，其志何鄙？及上书劾凤，其气何暴？彼既不愿附凤，则凤之荐为京兆尹，何勿慨然辞去，自洁其身？既已受职，则当视凤为知己，贻书规凤，亦无不可；凤若不从，去之尚未晚也。乃率尔纠弹，沽直适以召祸。名为读书有素，反不及一妇人之智，哀哉！

第九十三回　惩诸舅推恩赦罪
嬖二美夺嫡宣淫

却说王凤深恨王章，听了杜钦计策上书辞职，暗中却向太后处乞怜。太后终日流涕，不肯进食，累得成帝左右为难，只得优诏慰凤，仍令视事。王太后尚未肯罢休，定欲加罪王章，成帝乃使尚书出头，劾章党附冯野王，并言张美人受御至尊，非所宜言。弹章朝入，缇骑暮出，立将章逮系下狱。廷尉仰承风旨，谳成大逆，章知不可免，在狱自尽。章妻及子女八人，连坐下狱，与章隔舍居住。有女年甫十二，夜起恸哭道："前数夕间，狱吏检点囚人，我闻他历数至九，今夜只呼八人，定是我父性刚，先已去世了！"翌日问明狱吏，果系王章已死。当由廷尉奏报成帝，命将王章家属，充戍岭南合浦地方，家产籍没充公。合浦出产明珠，章妻子采珠为业，倒积蓄了许多钱财，后来遇赦回里，却还得安享余年。毕竟章妻多智。冯野王在琅琊任内，闻得王章荐己得罪，自恐受累，当即上书称病。成帝准予告假。假满三月，野王仍请续假，又蒙批准，遂带同妻子归家就医。王凤却嗾令御史中丞，劾野王擅敢归家，罪坐不敬，遂致免官。会御史大夫张忠病逝，凤又引入从弟王音为御史大夫，于是王氏益盛。王凤兄弟，唯崇先逝，此外谭商立根逢时五侯，门第赫奕，争竞奢华，四方赂遗，陆续不绝，门下食客甚多，互为延誉。独光禄大夫刘向，上书极谏道：

臣闻人君莫不欲安，然而常危；莫不欲存，然而常亡，失御臣之术也。夫大臣操权柄，持国政，鲜有不为害者。故书曰：臣之有作威作福，害于而家，凶于而国。孔子曰：禄去公室而政逮大夫，危凶之兆也。今王氏一姓，乘朱轮华毂者二十三人，青紫貂蝉，充盈幄内。大将军秉事用权，五侯骄奢僭盛，依东宫之尊，王太后时居东宫。假甥舅之亲，以为威重，尚书九卿，州牧郡守，皆出其门，称誉者登进，忤恨者诛伤，排摈宗室，孤弱公族，未有如王氏者也。夫事势不两大，王氏与刘氏不并立，如下有泰山之安，则上有累卵之危。陛下为人子孙，守持宗庙，而今国祚移于外亲，纵不为身，奈宗庙何？妇人内夫家而外父母家，今若此，亦非皇太后之福也。明者造福于无形，销患于未然，宜发明诏，吐德音，援近宗室，疏远外戚，则刘氏得以长安，王氏亦能永保，所以褒睦内外之姓，子子孙孙无疆之计也。如不行此策，田氏齐。复见于今，六卿晋。必起于汉，为后嗣忧，昭昭甚明。唯陛下留意垂察！

这书呈入，成帝也知向忠诚，当下召向入见，对向长叹道："君且勿言，容我深思便了！"向乃趋退，成帝终迟疑不决。蹉跎过了一年，王凤忽然得病，势甚危急，成帝亲往问疾，执手垂涕道："君若不讳，当使平阿侯嗣位。"凤在床上叩首道："臣弟谭虽系至亲，但行为奢僭，不如御史大夫音，平生谨饬，臣敢誓死相保。"成帝点首应允，又安慰了数语，当即回宫。看官欲知王凤保举从弟，不荐亲弟，实因谭平时骄倨，未肯重凤，独音百依百顺，与凤名为弟兄，好似父子一般，所以凤舍谭举音。未几凤即谢世，成帝依凤遗言，命音起代凤职，加封安阳侯。另使谭位列特进，注见前文。领城门兵。谭不得当国，未免与音有嫌。但音却小心供职，与凤不同。成帝得自由用人，擢少府王骏为京兆尹。骏即前谏大夫王吉子，夙擅吏才。及为京兆尹，地方称治，与从前赵广汉张敞王尊王章，并有能名。都人常号尊章骏为三王，且并为称誉道："前有赵张，后有三王。"

成帝因畿辅无惊，四方平靖，乐得赏花醉酒，安享太平。起初许后专宠，唯在中宫取乐，廷臣还归咎许后身上，说她恃宠生妒，无逮下恩。其实是许后方在盛年，色艺俱优，故独邀主眷。至成帝即位十余年，许后年近三十，花容渐渐瘦损了，云鬓渐渐稀落了，成帝素性好色，见她面目已非，自然生厌。色衰爱弛，不特许后为然。于是移情妃妾，别宠一个班婕妤。班婕好系越骑校尉班况女，生得聪明伶俐，秀色可餐。成帝尝游后庭，欲与同辇，班婕妤推让道："妾观古时图画，圣帝贤王，皆有名臣在侧，不闻妇女同游，传至三代末主，方有嬖妾。今陛下欲与妾同辇，几与三代末主相似，妾不敢奉命！"成帝听说，却也称善，不使同辇。王太后闻婕妤言，也为心喜，极口称赞道："古有樊姬，今有班婕妤！"樊姬系楚庄王夫人，谏止庄王畋游，见刘向《列女传》。班婕妤承宠有年，生男不育。适有侍女李平，年已及笄，丰姿绰约，也为成帝所爱，班婕妤遂使她荐寝，得蒙宠幸，亦封婕妤，赐姓曰卫。此外还有张美人，就是王凤所进，成帝普施雨露，始终不获诞一麟儿。秀而不实，徒唤奈何！也觉得对着名花，索然无味。巧有一个侍中张放，乃是故富平侯张安世玄孙，世袭侯爵，曾娶许后女弟为妻，貌似好女，媚态动人。成帝引与寝处，爱过嫔嫱，龙阳君宁能生子，越觉得白费精神。遂使他为中郎将，监长乐宫屯兵，得置幕府，仪比将军。放知成帝性好佚游，乘势怂恿，导引微行。成帝就去一试，先嘱期门郎在外候着，自己轻衣小帽，与放出宫，乘小车，跨快马，带同期门郎等，往来市巷，东眺西瞩，自在逍遥。从前成帝一出一入，都由王凤管束，不便轻动。此时凤已早死，王音但求无过，管什么天子微行？莫谓阿凤无益。成帝一次出外，非常畅适，当然不肯罢休。每遇暇日，必与放同行，近游都市，远历郊野，斗鸡走狗，随意寻欢，所有甘泉长杨五柞诸宫，无不备历。放不必避忌，成帝却诡称为富平侯家人。皇帝原是乏味，不如侯门奴卒。

是年复改易年号，号为鸿嘉元年。丞相张禹老病乞休，罢归就第，许令朔望朝请，赏赐甚厚，用御史大夫薛宣为相，封高阳侯。宣字赣君，东海郯人，累任守令，迁官左冯翊。光禄大夫谷永，称宣经术文雅，能断国事，成帝因即召为少府，擢任御史大夫。至是且代禹为相，待后再表。越年三月，博士行大射礼，有飞雉来集庭中，登堂呼觳，嗣又飞绕未央宫承明殿，兼及将军丞相御史等府。车骑将军王音，才因物异上书，谏阻成帝微行。成帝游兴方浓，怎肯中止？仍然照常行动。一日经过一座花园，见园中耸出高台，台下有山，好与宫中白虎殿相似，禁不住诧异起来。当即指问从吏道："这是何家花园？"从吏答称曲阳侯王根。成帝忿然作色，立命回宫，召入车骑将军王音，严词诘责道："我前至成都侯第，见他穿城引水，注入宅中，行船张盖，四面帷蔽，已觉得奢侈逾制，不合臣礼。今曲阳侯又迭山筑台，规仿白虎殿，越不近情理了。如此过去，成何体统！”说得音哑口无言，只好免冠谢罪。成帝拂袖入内，音即起身趋出，归语王商王根。商根亦吓得发怔，意欲自加黥劓，至太后处谢罪。但黥面劓鼻，又觉耐不住痛，且是大失面子，将来如何见人，正在踌躇未定的时候，又有人入报道：“司隶校尉及京兆尹，并由尚书传诏诘问，责他阿纵五侯，不知举发，现俱入宫谢罪去了。”商与根越加着急，嗣复有人赍入策书，付与王音。音展阅一周，内有最要数语道：“外家日强，宫廷日弱，不得不按律施行。将军可召集列侯，令待府舍！”音也觉失色，详问朝使，并知成帝更下诏尚书，令查文帝诛薄昭故事，尤觉得瞠目伸舌，形色仓皇。商与根且抖个不住，待至朝使去后，还是音较有主意，先遣使人入请太后，乞为转圜。一面邀同王商王立王根，同去请罪，听候发落。音席藁待罪，商立根皆身负斧锧，俯伏阙下。约有一两个时辰，竟由内廷传出诏旨，准照议亲条例，赦罪勿诛。原来是银样镴枪头。四人方叩头谢恩，欢跃而归。

成帝既将王氏诸舅，惩戒一番，又复照常微行。偶至阳阿公主家，阳阿公主想是成帝姊妹，史传未详。与同宴饮。公主召集歌女数人，临席侑酒。就中有一个女郎，歌声娇脆，舞态轻盈，惹动成帝一双色眼，仔细端详，真个是妖冶绝伦，见所未见。待至宴毕起身，便向公主乞此歌姬，一同入宫，公主自然应允。成帝大喜，挈回宫中。帝泽如春，妾情如水，芙蓉帐里，款摆柔腰，翡翠衾中，腾挪玉体，妙在回旋应节，纵送任情，直令成帝喜极欲狂，惊为奇遇，欢娱夜短，曙色映帏，好梦回春，披衣并起。露出美人本色，弱不胜娇，溜来秋水微眸，目能传语。成帝越看越爱，越爱越怜，当即亲书纶旨，拜为婕妤。看官欲问她芳名，就是古今闻名的赵飞燕！画龙点睛。相传飞燕原姓冯氏，母系江都王孙女姑苏郡主，曾嫁中尉赵曼，暗地与舍人冯大力子万金私通，孪生二女。分娩时不便留养，弃诸郊外，三日不死，方始收归。天生尤物，岂肯轻死！长名宜主，次名合德。及年至数龄，赵曼病逝，二女俱送归冯家，又过了好几年，万金又死，冯氏中落，二女无家可依，流寓长安，投入阳阿公主家内，学习歌舞。宜主身材袅娜，态度蹁跹，时人看她状似燕子，因号飞燕。合德肌肤莹泽，出水不濡，与乃姊肥瘠不同，但也是个绝世娇娃，凑成两美。飞燕既入宫专宠，合德尚在阳阿公主家中。当时后宫有一女官，叫做樊嫕，乃是飞燕的中表姊妹，成帝因她是飞燕亲戚，另眼相看，樊嫕遂献示殷勤，竟将合德美貌，上达御前。成帝忙命舍人吕延福，用着百宝凤舆，往迎合德。合德却装腔做势，谓必须奉有姊命，方敢入宫。延福还宫复命，成帝曲为体贴，料知合德隐情，恐遭姊妒，乃与樊嫕计议，先赐飞燕许多珍奇，特腾出一所别宫，铺设得非常华丽，名为远条馆，居住飞燕，买动飞燕欢心，然后使樊嫕乘间进言，托称皇嗣未生，正好将合德进御，为日后计。飞燕依了嫕言，便使宫人召入合德。合德巧为梳裹，打扮得齐齐整整，入朝至尊。成帝睁开龙目，注视红妆，但见她鬓若层云，眉若远山，脸若朝霞，肌若晚雪，端的是胡天胡帝，差不多疑幻疑仙。待至合德裣衽下拜，自陈姓氏，只觉得一片莺簧，已把那成帝神魂摄引了去，几不辨为何言何语。就是左右侍御，也不禁目荡心迷，失声赞美。只有披香博士淖方成，立在成帝背后，轻轻唾地道："这是祸水，将来定要灭火了！"独具只眼。成帝勉强按神，低声呼起，合德方才起来。即由成帝指令宫人，拥入后宫，自己亦随了进去。好容易等到天晚，即替合德卸装，轻轻的携入绣帏，着体便酥，胜过重裀氍毹，含苞渐润，快同灌顶醍醐。比诸乃姊欢会时，更别有一种风味，因赐号为温柔乡。描写赵家姊妹欢情，各合身分，不同泛填。尝叹语道："我当终老是乡，不愿效武帝求白云乡了。"

合德入宫数日，也即拜为婕妤，两姊妹轮流侍寝，连夕承欢，此外后宫粉黛，俱不值成帝一顾，只好自悲命薄，暗地伤心。独有正位中宫的许皇后，从前与成帝何等亲昵，此时孤帏冷落，心实不甘。有姊名谒，曾为平安侯王章妻室，王章系宣帝王皇后兄，王舜子。暇时入宫见后，后与谈及心事，谒亦替她忧愁。暗中代延巫祝，设坛祈禳。妇人迷信，最足坏事。不幸为内侍所闻，报达赵家姊妹。赵婕妤飞燕，正想恃宠夺嫡，得了这个消息，立刻告发，竟把咒诅宫廷的罪名，坐在许后身上，并牵连及班婕妤。成帝已经含怒，再加王太后主张严办，立将许谒拿究，问成死罪，即日加诛，并收回许后印绶，废处昭台宫。一面传讯班婕妤，班婕妤从容说道："妾闻生死有命，富贵在天，修正尚未得福，为邪还有何望？若使鬼神有知，岂肯听信谗说？万一无知，咒诅何益，妾非但不敢为，也是不屑为呢！"乐得坦白。成帝听说，颇为感动，遂命班婕妤退处后宫，不必再究。班婕妤虽得免罪，自思赵氏姊妹，从中谗构，将来难免被诬，不如想个自全方法，还可保身。当下思忖一番，凭着慧心妙腕，缮成一篇奏章，自请至长信宫供奉太后，遣宫人呈上成帝。成帝准如所请，班婕妤即移居长信宫，厮混度日。平居无事，吟诗作赋，消遣光阴，悯蕃华之不滋，借秋扇以自比，也未免留有余哀哩。毕竟红颜多薄命。

且说许后既废，当然轮着赵飞燕，入主中宫。成帝即欲择日册立，偏王太后因她出身微贱，尚有异言。成帝未便擅行，只得寻出一个说客，先向太后前讨情。可巧有个卫尉淳于长，乃是太后姊子，又生成一张利嘴，正好嘱充此任。果然数次关白，得蒙太后允许，乃改阳朔五年为永始元年，先封飞燕义父赵临为成阳侯，褒示恩宠，然后册后。赵临系阳阿公主家令，飞燕入公主家，曾因赵临同姓，拜为义父，所以无功受赏，得蒙荣封。真好运气。偏有谏大夫刘辅，上书抗议道：

> 臣闻天之所与，必先赐以符瑞，天之所违，必先降以灾变，此自然之占验也。昔武王周公，承顺天地，以飨鱼乌之瑞，然犹君臣只惧，动色相戒。况于季世，不蒙继嗣之福，屡受威怒之异者乎？虽夙夜自责，改过易行，妙选有德之世，考卜窈窕之女，以承宗庙，顺神祇，子孙之祥，犹恐晚暮。今乃触情纵欲，倾于卑贱之女，欲以母天下，惑莫大焉！俚语曰：腐木不可以为柱，人婢不可以为主。天人之所不平，必有祸而无福，市途皆共知之，朝廷乃莫敢一言，臣窃伤心！不敢不冒死上闻！

这篇奏议，明是大忤上意，成帝即令侍御史收捕刘辅，系入掖庭秘狱，朝夕待死。还亏大将军辛庆忌，右将军廉褒，光禄勋师丹，大中大夫谷永，联名保救，方将辅徙系诏狱，减死一等，释为鬼薪。自是无人敢谏，遂立婕妤赵飞燕为皇后，进赵合德为昭仪。一对姊妹花，同时并宠，花朝拥，月夜偎，风流天子，尝尽温柔滋味，快乐何如！

成帝特命在太液池中，造一大舟，自挈飞燕登舟游咏，嘱令歌舞。又使侍郎冯无方吹笙，亲执文犀簪轻击玉杯，作为节奏。舟至中流，大风忽至，吹得飞燕裙带飘扬，险些儿将身飞去。成帝急令冯无方救护飞燕，无方将笙放下，两手握住飞燕双履。飞燕本爱冯无方，由他紧握，索性凌风狂舞，且舞且歌。俄而风势少定，舞亦渐停，后人谓飞燕能作掌上舞，便是出此。舞罢兴阑，回棹拢岸，成帝与飞燕携手入宫，厚赐冯无方金帛，并许他出入中宫，取悦飞燕。情愿做元绪公。

飞燕本来淫荡，免不得有暧昧情事，成帝好像盲聋一般，由她胡行。飞燕得陇望蜀，复见侍郎庆安世，年轻貌美，雅善弹琴，便借琴歌为名，请成帝许令出入，成帝也即照允。飞燕遂与庆安世眉挑目逗，伺着成帝经宿妹处，就留住庆安世，同效于飞。嗣且因连年不育，妄思借种，查有多子的侍郎宫奴，往往诱与寝狎，逐日迎新。又恐为成帝所闻，另辟密室一间，托言供神祷子，无论何人，不得擅入。其实是密藏少年，恣意肆淫，好好一朵娇花，勾引狂蜂浪蝶，听令摧残，哪里还能够生子呢！小子有诗叹道：

寡欲生男语不诬，纵淫安得望生珠？
绿巾奉戴君王首，毕竟延陵是下愚。延陵系成帝葬处，见下文。

飞燕这般淫荡，合德究属如何，且看下回续表。

观五侯之奢侈，与两赵婕妤之淫恣，可见得成帝之昏，不可救药，然未始非王太后一人酿成。成帝尚知刘向之忠意欲抑损外家，及见王商王根之奢侈逾制，且欲按律加罪，非王太后之隐为袒护，则当商根等待罪之时，亦何至遽行赦免乎？彼飞燕姊妹之入宫，虽由成帝好色，亲为选取；然微行之初，太后胡不预戒？不微行，则两赵无从选入，祸水自消。至于两赵承宠，阴谋夺嫡，讦许皇后诅咒之罪，就使查有实据，而不能不废许后，则继位中宫者，当莫如班婕妤。太后已知班婕妤之贤，乃犹为淳于长所惑，舍班立赵浊乱宫闱，何其懵懵若此！彼成帝尚知有母，其如母德之不明何也！

第九十四回　智班伯借图进谏
猛朱云折槛留旌

却说合德既受封昭仪，成帝命居昭阳宫，中庭纯用朱涂，殿上遍施髹漆，黄金为槛，白玉为阶，壁间横木，嵌入蓝田璧玉，饰以明珠翠羽。此外一切构造，无不玲珑巧妙，光怪陆离。所陈几案帷幔等类，都是世间罕有的珍奇，最奢丽的是百宝床，九龙帐，象牙箪，绿熊席，熏染异香，沾身不散。更兼合德芳体，丰若有余，柔若无骨，怪不得成帝昏迷，恋恋这温柔乡，情愿醉生梦死。合德生性，与乃姊大略相似，不过新承帝宠，自然稍加敛束，但将成帝笼络得住，叫他夜夜到来，便算得计。飞燕日思借种，远条馆中，藏着男妾数十名，恣意欢娱，巴不得成帝不到，就使成帝临幸，也不过虚与周旋，勉强承应。成帝觉得飞燕柔情，不及合德，所以昭阳宫里，御驾常临，远条馆中，反致疏远。一夕成帝与合德叙情，偶谈及乃姊飞燕，有不满意。合德已知飞燕秘事，只恐成帝发觉，连忙解说道："妾姊素性好刚，容易招怨，保不住有他人谗构，诬陷妾姊。倘或陛下过听，赵氏将无遗种了！"说至此，泫然泣下。好一腔手足情谊。成帝慌忙取出罗巾，替合德拭泪，并用好言劝慰，誓不致误信蜚言。有几个莽撞人物，得知飞燕奸情，出来告讦，都被处斩。飞燕遂得公然淫纵，毫无忌惮。

后来由合德与述前言，飞燕颇感她回护，特荐一个宫奴燕赤凤，表明谢忱。赤凤身长多力，体轻善跃，能超过几重楼阁，飞燕引与交欢，非常畅适，因此不忍独乐，使得分尝一脔。合德领略好意，趁着成帝至远条馆时，便约赤凤欢会，果然满身舒畅，比众不同。嗣是赤凤往来两宫，专替成帝效劳，只是远条馆与昭阳宫相隔太远，合德恐赤凤往来，未免不便，遂乞成帝另筑一室，与远条馆相连。成帝自然乐从，饬工赶造，数月告成，名为少嫔馆。合德便即移住，于是两处消息灵通，赤凤踪迹，随成帝为转移。后来成帝因赵氏姊妹，宠幸有年，并不得一男半女，也不能不别有所属，随意召幸宫人，冀得生男。为下文赵氏得罪伏笔。远条少嫔两馆中，俱不见成帝踪迹，赤凤虽然有力，究没有分身法，惹得两姊妹含酸吃醋，几至失和。还是樊嫕力为调停，劝合德向姊谢罪，才复相协。中冓丑事，也得暂免张扬。欲要人不知，除非己莫为。光禄大夫刘向，因采取诗书所载贤妃贞女，淫妇嬖妾，序次为《列女传》八篇，又辑传记行事，著《新序说苑》五十篇，奏呈成帝。且上书屡言得失，胪陈诸戒，无非请成帝轻色重德，修身齐家。成帝非不称善，但知善不用，也是枉然。

还有一件用人失当，种下了亡国祸根，险些儿把刘氏子孙，凌夷殆尽，汉朝的大好江山，竟沦没了一十八年。看官欲知何人为祟？就是那王太后从子王莽！大书特书。莽系王曼次子，曼早死不得封侯，长子亦遭短命。莽字巨君，事母维谨，待遇寡嫂，亦皆体心贴意，曲表殷勤。至若侍奉伯叔，交结朋友，礼貌更极周到，毫无惰容，又向沛人陈参，受习礼经，勤学好问，衣服如寒士相同。当时五侯子弟，竞为侈靡，席丰履厚，乘坚策肥，独莽不挟富贵，好为恭俭，居然象个孝悌忠信的人杰，博取盛名。伯父王凤病危，莽日夕侍疾，衣不解带，药必先尝，引得凤非常怜爱。待到弥留时候，尚面托太后及帝，极口称贤。成帝因拜莽为黄门郎，迁官射声校尉。叔父王商，也称莽恭俭有礼，情愿将自己食邑，分给与莽。就是朝右名臣，亦皆交章举荐，成帝乃进封莽为新都侯，授官光禄大夫侍中。莽越加谦抑，折节下交，所得俸禄，往往赡给宾客，家无余财，因此名高诸父，闻望日隆。成帝优待外家，有加无已，王谭死后，即令王商入代谭职。已而王音又殁，复进商为大司马卫将军，使商弟立领城门兵。商因成帝耽恋酒色，淫荒无度，也引为己忧，尝入见王太后，请为面戒成帝。太后却也训告数次，商亦从旁微谏。无如成帝流连忘返，终不少悛。永始二年二月，星陨如雨，复遭日食，适值谷永为凉州刺史，入朝白事，成帝使尚书问永意见，商即乘便嘱永，叫他具疏切谏，永有恃无恐，遂将成帝过失，一一揭出，力请除旧更新。成帝大怒，立命侍御史收永下狱，商已预有所闻，亟使永出都回任。永匆匆就道，侍御史饬人往追，已经不及，也即复命。成帝怒亦渐平，不复穷究，但仍然淫佚如前。侍中班伯，乃是班婕妤胞弟，因病请假，假满病愈，入宫进谒，可巧成帝与张放等宴饮禁中，引酒满觞，任意笑谑。班伯拜谒已毕，也不多言，唯注视座右屏风，目不转瞬。成帝呼令共宴，班伯口中虽然应命，两眼仍注视屏风上的画图。成帝还道屏风上有甚怪象，忙即旁顾，但见屏上并无别物，只有绘着一幅古迹，乃是商纣与妲己夜饮图。原来为此。当下瞧透班伯微意，故意问道："此图何为示戒？"班伯才对着成帝道："沉湎于酒，微子所以告去，式号式谑，《大雅》所以示儆。诗书所言淫乱原因，无非因酒惹祸哩！"借画进规，不愧为班婕妤之弟。成帝始喟然叹息道："我久不见班生，今日复得闻直言了！"张放等方恨班伯多嘴，不料成帝叹为直言，只好托词更衣，怏怏趋出。成帝也就令撤席，一番酒兴竟被班伯打断，不消多说。

会成帝入朝王太后，太后向他流涕道："皇帝近日颜色瘦黑，也应自知保养，不宜沉湎酒色。班侍中秉性忠直，须从优待遇，使辅帝德。富平侯可遣令就国，慎勿再留！"成帝听了，只好应声而退。到了自己宫中，还不肯将张放遣去。丞相薛宣，御史大夫翟方进，俱由王商授意，联名奏劾张放，成帝不得已将放左迁，贬为北地都尉。过了数月，复召为侍中。王商复白王太后，太后怒责成帝，成帝无法，再出放为天水属国都尉。放临行时，与成帝相顾泣别。俟放去后，常赐玺书劳问。后来放归侍母疾，至母病愈，调任河东都尉；未几又召为侍中。真是情爱缠绵。那时丞相薛宣，已经夺职，翟方进升任丞相，再劾放不应召用。成帝上惮太后，下怕相臣，因赐放钱五百万，遣令就国。放感念帝恩，终日不忘，及成帝驾崩，连日哭泣，毁瘠而死。可惜是个龙阳君，若变做女子身，倒是为主殉节也，可流芳百世了。这是后语不提。

唯丞相薛宣，何故免官，事由太皇太后王氏，得病告崩，丧事办得草率，不尽如仪，成帝坐罪薛宣，免为庶人。连翟方进亦有处分，贬为执金吾。廷臣都为方进解免，争言方进公洁持法，请托不行，于是成帝复擢方进为相，封高陵侯。方进字子威，汝南上蔡人，以明经得官，性情褊狭，好修恩怨。既为丞相，如给事中陈咸，卫尉逢信，后将军朱博，钜鹿太守孙闳等，迭被劾去。咸忧恚成疾，竟致暴亡，但统是与方进有嫌，致遭排击。唯奏弹红阳侯王立，说他奸邪乱政，还算是不畏权贵，放胆敢言。至御史大夫一缺，委任了光禄勋孔光。光字子夏，系孔子十四世孙。父名霸，曾师事夏侯胜，选为博士。宣帝时进任大中大夫，补充太子詹事，元帝赐霸关内侯，号褒成君。光为霸少子，年未二十，已举为议郎，累迁至光禄勋，典领枢机十余年，遵守法度，踵行故事，从未闻独出己见，争论大廷。所有宫中行事，虽对兄弟妻子，亦不轻谈。有人向光问及，谓长乐宫内温室中，栽种何树？光默然不应，另用他语作答。看似持重慎密，实在是借此保身，取容当世罢了！断定孔光。故南昌尉梅福，虽然辞职家居，却是心存君国，遇有朝使过境，往往托寄封事，成帝复置诸不理。至是复上书直谏，略云：

> 士者国之重器，得士则重，失士则轻。臣闻齐桓之时，有以九九见者，九九系算术，如今九章之类。桓公不逆，今臣所言，非特九九也。自阳朔以来，群臣皆承顺上指，莫有执正，故京兆尹王章，面引廷争，戮及妻子，凡受罪被辱皆称为戮，非专主刑杀也。折直士之节，结谏臣之舌，天下以言为戒，最国家之大患也。往者不可及，来者犹可追，方今君命犯而主威夺，外戚之权，日以益隆，陛下不见其形，愿察其景。建始以来，日食地震，三倍春秋，水灾无与比数，阴盛阳微，金铁为飞，此何景也？亲戚之道，全之为上，今乃尊宠其位，授以魁柄，势陵于君，权隆于上，然后防之，亦无及已！

这书呈入，也似石沉大海一般，并不见报。福自是读书养性，杜门不出，及王莽专政，越见得主柄下移，势且倾汉，遂抛妻撇子，一去不还。时人疑为仙去，后有人在会稽道上见他为吴市门卒，呼语不应。问诸旁人，代述姓名，并非梅福两字，才知他是移名改姓，自甘沦落了。录述梅福言行，无非阐发幽光。永始四年孟秋，日复食，越年改号元延，元旦天阴，日再食，孟夏无云闻雷，有流星随着日光，向东南行，四面如雨，自晡及昏，方才不见。到了新秋，星孛东井，天变迭现，成帝也觉惊心，不得不遍谘群臣，使他详陈得失。刘向正调任中垒校尉，掌北军垒门，故称中垒。应诏陈言，始终是归咎外戚。谷永方调任北地太守，也应诏入对，始终是归咎后宫。两人宗旨不同。这两件紧要大事，成帝目中，早已看过数次，都是不能照办，只好迁延度日。

会值大司马卫将军王商病死，依次挨补，应使王立继任。立在南郡垦田数百顷，卖与县官，取值至一万万以上，为丞相司直孙宝所发，成帝乃舍立不用，超迁王根为大司马骠骑将军。根与故安昌侯张禹，素不相容。成帝独待禹甚优，前后赏赐无算，遇有国家大事，必遣使谘问。禹亦倚老卖老，求福得福，置田多至四百顷，前厅舆马，后庭丝竹，尚是贪心不足，还要寻块葬地，为身后计。适有平陵旁肥牛亭地，最为合意，平陵为昭帝陵，见前文。便上书乞请，求恩拨赐。成帝便欲允许，独王根入朝谏阻，谓肥牛亭与平陵毗连，乃是寝庙衣冠，出入要道，理难拨给，只好另赐别地云云。成帝不从。竟将肥牛亭地赐给张禹。根越加妒恨，屡次说禹短处。偏成帝暗暗忌根，每经根毁禹一次，必遣使向禹问遗。且因刘向等屡斥王氏，也欲与禹商决，亲往禹家面谈。既到禹家，值禹抱病在床，不便开口，唯至床前下拜，问候病情。禹在床上叩谢，使少子进谒成帝，拜罢便站立一旁。成帝温言慰问，禹唏嘘道："老臣衰朽，死不足惜，膝下四男一女，三子俱蒙恩得官，一女远嫁张掖太守萧咸，老臣平日爱女，比诸男为甚，只恐老臣临死，不得一见女面，所以未免怀思呢！"成帝道："这有何难！我当调回萧咸，就近为官便了。"禹不能起身，使少子代为拜谢。成帝谕他免礼，少子乃起。禹尚欲替少子求官，碍难出口，唯两眼注视少子，作沉吟状。成帝已经窥透，面授禹少子为黄门郎给事中。禹心中只此两事，并得所请，自然喜欢。老年贪得。既令少子谢恩，复欲强起自拜，成帝忙叫他不必多礼，起身回宫；立调萧咸为弘农太守。待至禹疾已瘳，复亲临禹家，禹亟出门迎谒，延入内堂。由成帝问及安否，禹把仰叨天眷的套话，随口答讫。成帝屏去左右，就袖中取出奏牍数篇，交禹察看。禹展览一周，统是劾奏王氏专政，不由的满腹踌躇。自思年老子弱，何苦与王氏结冤，且前日为了葬地一事，更与王根有嫌，不若替他回护，以怨报德，使他知感为是。乃即答说道："春秋二百四十年间，日食三十余次，地震五次，或主诸侯相杀，或主夷狄内侵，实在天道微渺，人未易知。孔子圣人，且不语神怪，贤如子贡，犹不得闻性与天道，何况是浅见鄙儒！陛下能勤修政事，自足上迓天庥。现在新学小生，妄言惑人，愿陛下切勿轻信哩！"说着，即将奏牍呈还成帝。成帝愿安承教，辞别而去，王氏因此无恙。禹乐得卖情，不免告知亲友，当有人传到王根耳边，根果被笼络，易仇为亲，忙去谢禹，相得甚欢。此外王氏子弟，亦往来禹家，联为至好。

独有故槐里令朱云，前坐陈咸党与，罚为城旦，役满还家。闻得张禹袒护王氏，朋比为奸，又不禁激动忠忱，愤然诣阙，求见成帝。可巧成帝临朝，公卿等站立两旁，云行过拜跪礼，便朗声说道："满朝公卿，济济盈廷，上不能匡主，下不能泽民，无非是尸位素餐，毫不中用！孔子所谓鄙夫事君，患得患失，无所不至，臣愿乞赐上方斩马剑，断佞臣一人头，儆戒群臣！"声可震殿。成帝听他语言莽撞，已滋不悦，当即喝声问道："佞臣为谁？"云直答道："安昌侯张禹！"好胆量。成帝大怒道："小臣居下讪上，廷辱师傅，还当了得！"说着，复顾左右道："此人罪在不赦，应即拿下！"御史奉命，即将云扯出殿外。云攀住殿槛，不肯遽行，御史偏要把他拖去，彼此用力过猛，竟将殿槛折断。云大呼道："臣得从龙逢比干，同游地下，也是甘心！但不知圣朝成为何朝？"说到此句，已由御史牵去。群臣为云所讥，都含怒意，独左将军辛庆忌，尚带侠气，忙免冠至御座前，解去印绶，叩头力谏道："小臣朱云，素来狂直，著名当世，言果合理，原不宜诛；就使妄言，也乞陛下大度包容，臣敢拼死力争！"成帝怒尚未解，不肯照允，直至庆忌碰头出血，淋落座前，也不觉回心转意，命将朱云赦免。云始得放归。后来有司修治殿槛，成帝却面嘱道："不必易新，但从坏处修补，令得留旌直臣！"成帝非全然糊涂，可惜辅导乏人。云返家后，不复出仕，常乘牛车闲游，到处欢迎，年至七十余，在家寿终。

元延三年春月，岷山崩，土石堕落江中，水道被壅，三日不流。刘向闻报，私下叹息道："从前周岐山崩，三川告竭，幽王遂亡，岐山系周朝龙兴地，故主亡周，今汉家起自蜀郡，蜀地山崩川竭，便是亡汉的预兆！况前年星孛东井，从参及辰，辰为大火，本主汉德，乃被怪星闯入，显见是乱亡不远了！"

成帝燕乐如常，还道是内外无事，尽可安心度日，不过年逾四十，未得一男，却也不免加忧。赵家姊妹，又是嫉妒得很，自己好纳男妾，独不许成帝私迎宫人，或得生男。成帝鬼鬼祟祟，偷召宫婢曹晓女曹宫，交欢了两三次，得结珠胎，生下一男。成帝闻知，暗暗心欢，特派宫女六人，服侍曹宫。不意被赵合德察觉，矫制收宫下掖庭狱，迫令自尽，所生婴儿，也即处死，连六婢都不肯放松，勒毙了事。悍妇心肠，毒过蛇蝎。成帝怕着合德，不敢救护，坐看曹宫母子等毕命归阴。

还有一个许美人，住居上林涿沐馆中，每年必召入复室，临幸数次，也得产下一男。成帝使中黄门靳严，带同医生乳媪，送入涿沐馆，叫许美人静心调养。又恐为合德所闻，踌躇多日，计不如自行告知，求她留些情面，免遭毒手。当下至少嫔馆中，先与合德温存一番，引开合德欢颜，方将许美人生男一事，约略说出。话尚未终，即见合德竖起柳眉，易喜为怒，起座指成帝道："常骗我言从中宫来，如果在中宫，许美人何从生男？好好！就去立许美人为皇后罢！"一面说，一面哭，并且用手捣胸，把头触柱，闹得一塌糊涂。侍婢将她扶卧床上，她又从床上滚下，口口声声，说要回去。无非撒泼。成帝呆如木偶，好多时才开言道："好意告汝，为何这般难言，令我不解！"合德只是哭闹，并未答言。时已天暮，宫人搬入夜膳，合德不肯就食，成帝也只好坐待，免不得用言劝解。合德带哭带语道："陛下何故不食？陛下常誓约不负，今将何说？"成帝道："我原是依着前约，不立许氏，使天下无出赵氏上，汝尽可放心了！"合德方才止哭，又经侍婢从旁力劝，勉强就座，略略吃了几颗饭粒。成帝也胡乱进餐，稍得疗饥，便令撤去。是夕留宿少嫔馆中，枕席上面，不知如何调停。嗣是每夕与合德同寝，约阅三五天，竟诏令中黄门靳严，向许美人索交婴孩，用苇编箧，装儿入少嫔馆中，由成帝与合德私下展视，不令人看，好一歇竟将苇箧上封缄，嘱令侍婢取出，发交掖庭狱丞籍武，使他埋葬僻处，休使人知。武乃在狱楼下掘坎埋儿，看官不必细问，就可知这个死儿，是被合德辣手加害了。先是都下曾有童谣云："燕飞来，啄皇孙！"至是果验。小子有诗叹道：

燕燕双飞入汉宫，皇孙啄尽血风红；
古今不少危亡祸，半自蛾眉误主聪。

合德连毙两儿，成帝遂致绝嗣，不得不择人继承。欲知何人过继，待至下回说明。

成帝之世，非无正士，如班伯，如朱云，亦庸中佼佼者流，惜乎其皆非亲近之臣也。班伯疏而不亲，朱云卑而不近，片言进谏，幸则若班伯之见从，为益无多；不幸则若朱云之触怒，险遭不测，非辛庆忌之流血力争，几何而不为王仲卿乎！王氏首秉枢机，第知怙势，张禹望隆师傅，但务阿谀，再加飞燕姊妹之骄淫悍妒，啄尽皇孙，人事如此，不亡何待，遑论天道哉！故吾谓西汉之亡，不待哀平，成帝固已早启之矣。

第九十五回　泄机谋鸩死许后　争座位怒斥中官

却说元延四年春正月，中山王刘兴，及定陶王刘欣，同时入朝。兴系成帝少弟，为冯昭仪所出，由信都移封中山，欣即定陶王刘康嗣子。康中年病殁，正妻张氏无出，唯妾丁姬生子名欣，由祖母傅昭仪抚养成人，得袭父爵。傅昭仪早为王太后，向有智略，闻得成帝无嗣，想把自己孙儿，承继过去，因此乘欣入朝，随令同行，并使傅相中尉，一律相从。中山王兴，只带了太傅一人。两人入谒成帝，成帝见欣少年俊逸，却也生欢，特借端发问道："汝何故带同许多官吏？"欣从容答道："诸侯王入朝，依法得使二千石随行，臣想傅相中尉，秩皆二千石，故使同来。"成帝又问道："汝平日所习何经？"欣答称习诗。成帝随意掇诗数章，令他背诵，欣记得烂熟，历诵无遗。又能讲解大义，亦无差谬。成帝连声称善，嗣又顾问刘兴道："汝为何只带太傅一人？"兴竟不能答。成帝又问他曾习何经？兴答称尚书。及成帝令他背诵数篇，他却断断续续的答了数语，一半已经忘记。冯昭仪颇有干才，如何生此豚儿？成帝暗想兴年已三十有余，为何这般呆笨，反不如十六七岁的少年？因即挥令退去。欣亦随同趋出。成帝回入宫中，可巧欣祖母傅昭仪，亦来相见，成帝慰问路途辛苦，且称她孙儿英敏，赞不绝口。傅昭仪谦逊一番，并言挈欣入朝，一是凑便问安，二是恐欣失仪，随时教导。成帝也谢她厚意，留住宫中。傅昭仪已谒过王太后，又至赵皇后赵昭仪处，问讯一周。且嘱孙儿刘欣入宫遍谒，并使他往候大司马王根，随处周旋，面面俱到。最动人的金帛珍玩，随身带来，半赠两赵姊妹，半赂王根。俗语说得好，钱可通灵，赵氏姊妹，虽然锦衣玉食，但得了许多珍宝，也觉动心。就是王根亦贪得无厌，格外感情。于是互相庇护，共称刘欣多材，足为帝嗣。成帝非无此意，但尚望两赵生男，免得旁继。乃只为欣行了冠礼，遣还定陶；傅昭仪自然随归。赵家姊妹，殷勤饯别，席间由傅昭仪婉言请托，自在意中。至刘欣母子东返，刘兴早已遣归了。

好容易又是一年，赵氏姊妹仍然不育，交相怂恿，劝立定陶王欣为太子。王根亦上书申请，成帝乃决意立欣，改元绥和，使执金吾任宏，署大鸿胪，持节召欣入京。欣祖母傅昭仪，及欣母丁姬，俱送欣至都。御史大夫孔光，独上书请立中山王，想是由王立等嘱托。成帝不从，贬光为廷尉，但加封中山王兴食邑三万户，兴舅谏大夫冯参为宜乡侯，免致兴有怨言。同日立欣为皇太子，入居东宫。又思欣已过继，不便承祀共王刘康，康殁后，予谥曰共，共读如恭。乃另立楚孝王孙刘景为定陶王，使奉共王康祀。傅昭仪与丁姬，留寓定陶邸中，不得随欣入宫，未免怏怏。傅昭仪遂入求王太后，许得与太子相见。王太后商诸成帝，成帝说道："太子入承大统，不应再顾私亲。"王太后道："太子幼时，全靠傅昭仪抱养，好似乳母一般；若令她得见太子，想亦无妨。"实是违礼。成帝难违母意，准令傅昭仪入见太子。唯丁姬不在此例，只好向隅，待后再说。

唯孔光既经遭贬，改任京兆尹何武为御史大夫。武字君公，蜀郡郫县人，向来守法尽公，颇有政声。及为御史大夫，上言世事烦琐。宰相才不及古，却令他职兼三公，未免废弛，应仿古制建三公官。成帝以王根本为大司马，仍令守职，唯罢去骠骑将军官衔。即命何武为大司空，封汜乡侯，罢去御史大夫官衔，俸禄皆如丞相，与丞相并称三公。

已而王根病免，一时乏人接替，暂从缓议。偏侍中王莽，谋代根位，只恐被淳于长夺去，遂与王根说及，谓长见叔父病免，常有喜色，自言必可代任，且有种种不端情事，备细告知。根当然动怒，使莽入白王太后。长本王太后外甥，前次飞燕立后，赖长出力疏通，感念不置，尝劝成帝封长侯爵，成帝因封长为定陵侯。长迭得内援，势倾朝野，成帝时有赏赐，再加诸侯王岁时馈送，积资亿万，广蓄娇妻美妾，恣行淫乐。适有龙頟侯韩宝妻许孊，为废后许氏胞姊，丧夫寡居，姿色未衰，长借吊问为名，一再勾引。妇人多半势利，见长尊荣无比，情愿委身事长，甘做小妻，卑污已极。长竟纳孊为妾，孊尚不知羞耻，堂堂皇皇的探视胞妹，直陈不讳。胞妹系废后许氏，方徙居长定宫，寂寞无聊，还想再承雨露，求为婕妤。姊妹情性相同，都是无耻。因取出从前私蓄，交孊转送淳于长，托长至成帝前说情，力为挽回。长明知此事难言。只因见财起义，不忍割舍，乃想出一法，诡言将乘间入请，立为左皇后，使孊如言转告。废后许氏总道长不去骗她，日夕盼望，有时召孊入问，浼她催促。长反觉惹厌，故意使孊入慰。接连致书与孊，内容语意，多半揶揄许后，说她求欢太急，何不降尊就卑！也想娶为小妻么？真是坏蛋。许后有所需求，只好含羞忍气。不意有人传出，竟被王莽得知。莽向王根报明，无非为着此事，就是入白王太后，也是一五一十，详陈无隐。恐还要加添数语。惹得太后怒起，使莽转告成帝。成帝心尚爱长，不欲治罪，但遣令就国。长吃了一惊，自思无法转圜，不得已收拾行装，准备登程。忽来了王立长子王融，问他索求车马，意以为长既远行，势难把车骑尽行带去，不如留赠自己，却好现成使用。长与融本是中表弟兄，见面时却也应允。但尚想留住都中，屏人与谈，要他转求乃父，代为斡旋，并取出许多珍宝，送与王融。融一力担承，就将珍宝携回家中，向父告知。立前时不得辅政，疑由长暗中进谗，常在成帝面前，揭长过恶。此次见了珍宝，竟致得意忘言，忙入宫去见成帝，为长诉冤。成帝不禁起疑，默然不答，待立趋出，竟命有司彻底查究。有司明查暗访，察出王融私受长赂，便要派吏拿融。立方才悔恨，怨融自去惹祸，累及家门。融无词可说，自知闯了大祸，不如自尽，当即服毒毕命。贪夫结果。吏役到了融家，见融已死，便去回报，有司当即复奏，成帝越想越疑，索性捕长下狱，一再审讯，把长奸淫贪诈的详情，和盘托出，罪坐大逆，瘐死狱中。自作自受。妻子移徙合浦，母归故里。许孊不知下落，想亦充戍合浦去了。成帝复使廷尉孔光，持鸩至长定宫，赐废后许氏自尽。可怜许后在位十四年，听了两个阿姊的邪言，既失位置，复丧性命。虽是自贻伊戚，也觉得可悲可悯呢！抑扬得当。红阳侯王立，勒令就国。

王莽发奸有功，且由王根荐令代位，遂拜为大司马。莽得秉国钧，欲使名誉高出诸父，特聘请远近名士，作为幕僚，所得赏赐，悉数分给宾佐，自己格外从俭，菲食恶衣，与平民相同。会莽母有疾，公卿列侯，各遣夫人探问，大都是绮罗蔽体，珠翠盈头。莽妻王氏，乃是故相宜春侯王䜣曾孙女，同姓不婚，莽既好名，何独不知守礼。急忙出门相迎，衣不曳地，裙仅蔽膝。各女宾还道她是仆妇，及密问左右，才知她是大司马夫人，都不禁诧异起来。莽妻接待女宾，分外周到，唯所供茶点，不过寻常数色。待大众问过太夫人，陆续辞归，各言大司马家俭约过人。莽得闻众言，私心暗喜，毋庸多表。全是矫诈。

且说绥和二年仲春，荧惑守心，丞相议曹李寻，上书丞相，说是灾祸将至，君侯难免当灾，应即与阖府官属商议，趋吉避凶的良策。丞相翟方进，览书惶惑，不知所为。果然不到数日，便有郎官贲丽，奏请天象告变，急须移祸大臣。是翟方进的催命鬼。成帝听着，立召方进入朝，责他为相有年，不能燮理阴阳，致有种种灾异，宜善自为计，毋待朕言。方进免冠叩谢，惶然趋出，回至相府，也知不免一死，但尚望有生路可寻，未肯遽自引决。谁知过了一宵，又由朝使赍入策书，严加责备，且赐他上尊酒十石，养牛一头，叫他自裁。方进接到牛酒，想着汉家故例，牛酒赐给相臣，就是赐死的别名。没奈何硬着头皮，取出鸩酒一杯，忍心吞服，须臾毒发，便即倒毙。冤哉枉也。成帝还托言丞相暴亡，厚加赙恤，特赐乘舆秘器，并且亲往吊丧，掩耳盗铃，煞是可笑！

唯方进既死，丞相出缺，成帝选择廷臣，还是廷尉孔光，居官恭谨，可使为相。因先擢为左将军，再命有司拟定策文，铸成侯印，指日封拜孔光。是时梁王立系梁王揖七世孙。楚王衍宣帝孙，即楚王嚣子。入朝，已由成帝召见数次，预备翌旦辞行。成帝午后无事，便至少嫔馆餐宿，夜间不知为何欢娱，到了天色大明，赵昭仪合德先起，成帝也即起坐，才把袜带系就，忽然扑倒床上，不言不语，竟尔归阴。合德尚不知何因，连呼不应，用手微按，已无气息，不由的神色慌张，急命内侍宣召御医。等到医官入视，已是脉绝身僵，还有什么回生妙方？那时只好报知太后，及内外要人。太后急忙趋视，亲抚帝体，肌冷如冰，当然号啕大哭，皇后赵飞燕等，陆续走集，统皆陪哭一场。及大众止哀，办理棺殓，太后召入三公，独缺丞相。当由王莽禀明，谓丞相已择定孔光接任，于是复召孔光，就灵前拜为丞相，封博山侯。好在策文印绶，俱已办就，即付与孔光领受。光拜谢后，即与王莽等料理大丧。越宿由太后下诏，令王莽孔光，会同掖庭令查明皇帝起居，及暴病一切原因。莽接奉诏旨，乐得从严究治，迭派属吏至少嫔馆调查，细诘赵昭仪合德，气焰逼人。合德虽未尝毒死成帝，自思从前亏心各事，若一经逮问，断难隐讳，且要连累姊弟，一同坐罪。沉吟多时，觉得除死以外，已无别法，遂召集贴身侍婢，各给赏赐，嘱令毋谈前愆，自己仰药毙命。一缕芳魂，总算赶上鬼门关，往寻成帝去了。也是显报。

成帝在位二十六年，改元七次，寿终四十五岁。本来是体质强壮，状貌魁梧，俨然象个尊严天子，怎奈酒色过度，斲丧本元，遂致乐极亡阳，霎时晕死，后来奉葬延陵。太子欣入宫嗣位，是谓哀帝。尊太后王氏为太皇太后，皇后赵氏为太后。太皇太后王氏，喜谀寡断，傅昭仪谋立孙儿，常至长信宫伺候，竭力趋奉，就是丁姬也承欢献媚，孝敬有加，因此哀帝嗣位，太皇太后王氏，便令傅昭仪丁姬两人，十日一至未央宫，与帝相见。又传旨询问丞相孔光，及大司马何武，谓定陶太后应居何宫？孔光素闻傅昭仪权略过人，若得入居宫中，将来必干预政事，挟制嗣君，所以复议上去，请另择地筑宫。何武未知光意，谓不如北宫居住，省得劳费。太皇太后依了武言，遂使哀帝诏迎定陶太后，入居北宫。傅昭仪即日移入，丁姬亦随同进去。北宫有紫房复道，与未央宫相通，傅昭仪得日夕往来，屡向哀帝要求，欲称尊号，并封外家亲属。哀帝甫经嗣阼，不敢自出主张，所以游移未决。巧有高昌侯董宏，得闻消息，意欲乘间迎合，上书引秦庄襄王故事，谓庄襄王本夏氏所生，过继华阳夫人；即位以后，两母并称太后，今宜据以为例，尊定陶共王后为帝太后。亏他寻出佐证。哀帝得书，正想依议下诏，偏大司马王莽，左将军师丹，联名劾宏。略言皇太后名号至尊，有一无二；宏乃引亡秦敝政，蛊惑圣明，应以大不道论罪。哀帝虽然不快，究因王莽为太皇太后从子，未便梗议，乃免宏为庶人。傅昭仪闻信大怒，立到未央宫，面责哀帝，定要速上尊号。哀帝无奈，入白太皇太后，太皇太后允如所请，乃尊定陶共王为共皇，定陶太后傅氏为定陶共皇太后，共皇妃丁姬为定陶共皇后。傅太后系河内温县人，早年丧父，母又改嫁，无亲兄弟，只有从弟三人，一名晏，一名喜，一名商。哀帝为定陶王时，傅太后欲亲上加亲，特取晏女为哀帝妃，至是即立晏女傅氏为后，封晏为孔乡侯。又追封傅太后父为崇祖侯，丁皇后父为褒德侯。丁皇后有两兄，长兄忠，已经去世，忠子满也得受封平周侯，次兄明方值中年，并封为阳安侯。哀帝的本生外家，已经加封，只好将皇太后赵氏弟钦，晋封新城侯，钦兄子䜣为成阳侯。王赵丁傅四家子弟，并膺显爵，朱轮华毂，杂沓都中。

太皇太后王氏，置酒未央宫，拟邀集傅太后赵太后丁皇后等，一同会宴，共叙欢忱。国丧才毕，不宜大开筵宴，王政君也是多事。筵席且备，应设坐位，太皇太后坐在正中，自无疑义，第二位轮着傅太后，即由内者令官名。在正座旁，铺陈位置，预备傅太后坐处。此外赵太后丁皇后等，辈分较卑，当然置列左右两旁。位次既定，忽来了一位贵官，巡视一周，便怒目视内者令道："上面如何设有两座？"内者令答道："正中是太皇太后，旁坐是定陶傅太后。"道言未绝，便听得一声怪叫道："定陶太后，乃是藩妾，怎得与至尊并坐？快与我移下座来！"内者令不好违慢，只好将座位移列左偏。看官道是何人动怒？原来是大司马王莽。莽见座位改定，方才出去。已而太皇太后王氏，及赵太后丁皇后等，俱已到来就席，哀帝亦挈同皇后傅氏，共来侍宴。只有傅太后不至，当下差人至北宫催请，好几次俱被拒绝，显见得傅太后为了坐位，已有所闻，不肯前来赴席。太皇太后不暇久待，乃嘱令大家饮酒。天厨肴馔，比不得吏民酒席，自然丰盛得很。但因傅太后负气不来，反累得满座不欢，饮不多时，当即散席，各归本宫。傅太后余怒未平，免不得迫胁哀帝，叫他撵逐王莽。哀帝尚未下诏，莽已得知风声，自请辞职。当即奉诏批准，特赐黄金五百斤，安车驷马，罢令就第。朔望仍得朝请，礼如三公。公卿大夫，尚称莽持正不阿，进退以义，有古大臣风。又入王莽彀中。

莽既免职，舆情都属望傅喜，喜已任右将军，学行纯正，志操清洁，傅家子弟，要算他最有令名。偏傅太后因喜常有谏诤，与己未协，不欲令他辅政，乃进左将军师丹为大司马，封高乐侯，喜亦托疾辞官，缴还右将军印绶，有诏赐金百斤，令食光禄大夫俸禄，归第养疴。大司空何武，尚书令唐林，皆上书留喜，谓喜行义修洁，忠诚忧国，不应无故遣归，致失众望。哀帝亦知喜贤良，一时为祖母所制，不能不留作后图。过了数日，接阅司隶校尉解光奏牍，乃是一本弹章，指斥著名权戚两人。正是：

由来仕路多艰险，益信人心好诡随。

欲知解光弹劾何人，容俟下回发表。

财能买命，亦足伤命；色可迷人，实足害人。试观淳于长之贪财得赂，复舍财请留，两罪并发，卒致杀身。王融贪财而死，许后舍财而死，财之误人生命，宁不大哉！成帝好色，得遇两美，其乐何如？然绝嗣由此，丧生亦由此，色之为害，最酷最烈故财色二字，为古今之大戒，一为所蛊，其不致亡身灭种者几希！傅昭仪固尝以色进矣，为孙谋承正统，幸得逞志，顾所欲无厌，称尊号，争坐次，藉一己之幸遇，为种种之请求，妇德无极，信而有征。王莽命移坐位，似兢兢于嫡庶之分，言之成理，但窥其私意，仍不外为身家计。外戚争权，不顾王室，刘氏庸有幸乎！

第九十六回　忤重闱师丹遭贬
害故妃史立售奸

却说司隶校尉解光，因见王莽去职，丁傅用事，也来迎合当道，劾奏曲阳侯王根，及成都侯王况。况系王商嗣子，所犯过恶，俱见奏章，略述如后：

> 窃见曲阳侯王根，三世据权，五将秉政，天下辐辏，赃累巨万，纵横恣意，大治室第。第中筑造土山，矗立两市，殿上赤墀，门户青琐。游观射猎，使仆从被甲，持弓弩，陈步兵，止宿离宫。水衡官名。供张，发民治道，百姓苦其役。内怀奸邪，欲筦朝政，推近吏主簿张业为尚书，蔽上壅下，内塞王路，外交藩臣。按根骨肉至亲，社稷大臣，先帝弃天下，根不悲哀，思慕山陵未成，公然聘取掖庭女乐殷严王飞君等，置酒歌舞，捐忘先帝厚恩，背臣子义。根兄子成都侯况，幸得以外亲继列侯侍中，不思报德，亦聘娶故掖庭贵人为妻，皆无人臣礼，大不敬不道。应按律惩治，为人臣戒！

哀帝自即位后，也因王氏势盛，欲加抑损，好得收回主权，躬亲大政。既有此意，奈何复封丁傅。既将王莽免官，复得解光弹劾王根，当然中意，不过大不敬不道罪名，究嫌太重，且对着太皇太后，亦觉不情，乃只遣根就国，黜免况为庶人。到了九月庚申日，地忽大震，自京师至北方，凡郡国三十余处，城郭多被震坍，压死人民四百余人。哀帝因灾异过巨，下诏询问群臣，待诏李寻上书奏对道：

臣闻日者众阳之长，人君之表也。君不修道，则日失其度，晻昧无光。间者日光失明，珥蜺数作，珥蜺系日旁云气。小臣不知内事，窃以日视陛下，志操衰于始初多矣。唯陛下执乾纲之德，强志守度，毋听女谒邪臣之欺，与诸阿保乳母甘言卑词之托，勉顾大义，绝小不忍，有不得已，只可赐以货财，不可私以官位。臣闻月者众阴之长，妃后大臣诸侯之象也。间者月数为变，此为母后与政乱朝，阴阳俱伤，两不相便。外臣不知朝事，窃信天文如此，近臣已不足仗矣。唯陛下亲求贤士，以崇社稷，尊强本朝。臣闻五行以水为本，水为准平。王道公正修明，则百川理落脉通，偏党失纲，则涌溢为败。今汝颍漂涌，与雨水并为民害，咎在皇甫卿士之属，唯陛下抑外亲大臣。臣闻地道柔静，阴之常义，间者关东地数震，宜务崇阳抑阴以救其咎。传曰："土之美者善养禾，君之明者善养士。"中人皆可使为君子，如近世贡禹，以言事忠切，得蒙宠荣，当此之时，士之厉身立名者甚多。及京兆尹王章，坐言事诛灭，于是智者结舌，邪伪并兴，外戚专命，女官作乱。此行事之败，往者不可及，来者犹可追也。愿陛下进贤退不肖，则圣德清明，休和翔洽，泰阶平而天下自宁矣。

原来哀帝初政，也想力除前弊，崇俭黜奢。曾罢乐府官，及官织绮绣，除任子令，汉制凡吏二千石以上视事满三年，得任子弟一人为郎，不以德选，至此才命革除。与诽谤诋欺法，出宫人，免官奴婢，益小吏俸，政事皆由己出，海内颇喁喁望治。偏是傅太后从中干政，称尊号，植私亲，闹个不了，反使哀帝胸无主宰，渐即怠荒。仅阅半年，便致怠弛，无怪后来不长。李寻所言，明明是借着变异，劝勉哀帝，指斥傅太后。哀帝尚知寻忠直，擢为黄门侍郎，唯欲防闲太后，裁抑外家，实在无此能力，只好模糊过去。但朝臣已分为两派，一派是排斥傅氏，不使预政。一半是阿附傅氏，专务承颜。傅太后日思揽权，见有反对的大臣，定欲驱除，好教公卿大夫，联络一气，免受牵掣。大司空汜乡侯何武，遇事持正，不肯阿谀，傅太后心下不乐，密令私人伺武过失。适武有后母在家，往迎不至，即被近臣举劾，斥武事亲不笃，难胜三公重任。

哀帝亦欲改易大臣，乃令武免官就国，调大司马师丹为大司空。师丹系琅琊东武县人，表字仲公，少从匡衡学诗，得举孝廉，累次超擢，曾为太子太傅，教授哀帝。既受任为大司空，也与傅氏一派不合，前后奏章数十上，无非援三年无改的古训，规讽哀帝改政太急，滥封丁傅。哀帝非不感动，但为傅丁两后所压迫，也是无可如何。唯有一侍中傅迁，为傅太后从侄，人品奸邪，舆论不容，哀帝因将迁罢职，遣归故郡。不意傅太后出来干涉，硬要哀帝复还迁官，留任宫廷。哀帝无法，只好再将迁留住。丞相孔光，与师丹入朝面奏，谓诏书前后相反，徒使天下疑惑，无所取信，仍请将迁放归。哀帝说不出苦衷，装着痴聋一般，光丹两人，不得已趋出，迁得为侍中如故。一官都不能黜陟，哀帝亦枉为天子！

先是掖庭狱丞籍武，见赵合德屡毙皇儿，很是不忍。尝与掖庭令吾丘遵密商，拟即告发。无如官卑职小，反恐多言惹祸，因致迁延。吾丘遵又复病殁，武更孤掌难鸣，只得作罢。到了哀帝嗣位，合德自杀，籍武尚然生存，不妨稍露宫中秘情，辗转流传。被司隶校尉解光闻悉，正好扳倒赵家外戚，使傅太后独擅尊荣。当下拜本进去，追劾赵昭仪忍心辣手，曾害死成帝嗣子两人，不但中宫女史曹宫等，冤死莫明，此外后宫得孕，统被赵昭仪用药堕胎。赵昭仪惧罪自尽，未彰显戮，同产家属，尚得尊贵如恒，国法何在？应请穷究正法等语。照此奏议，连赵太后亦不能免辜，赵钦等更不消说得。哀帝因自己入嗣，曾得赵太后调护，厚惠未忘，乃仅将赵钦赵䜣夺爵，免为庶人，充戍辽西。钦䜣封侯，见前回。赵太后不被干连，算是万幸。慢着！时朝廷已经改元，号为建平元年，三公中缺少一人，朝臣多推荐光禄大夫傅喜，乃拜喜为大司马，封高武侯。郎中令冷褒，黄门郎段犹，见喜得列三公，傅氏威权益盛，乐得凑机献媚。上言共皇太后与共皇后，不宜再加定陶二字，所有车马衣服，皆应称皇，并宜为共皇立庙京师。哀帝即将原奏发落，诏令群臣集议可否，群臣都随口赞成。独大司空师丹，首出抗议，大略如后：

古时圣王制礼，取法于天，故尊卑之礼明，则人伦之序正，人伦之序正，则乾坤得其位，而阴阳顺其节。今定陶共皇太后共皇后，以定陶为号者，母从子，妻从夫之义也。欲立官置吏，车服与太皇太后相埒，非所以明尊无二上之义也。定陶共皇号谥，前已定议，不得复改。礼，父为士，子为天子，祭以天子，其尸服以士服，子无爵父之义，尊父母也。为人后者为之子，故为所后服斩衰三年，而降其父母为朞服，明尊本祖而重正统也。孝成皇帝圣恩深远，故为共皇立后，奉承宗祀。今共皇长为一国太祖，万世不毁，恩义已备。陛下既继体先帝，持重大宗，承宗庙天地社稷之祀，义不可复奉定陶共皇，祭入其庙。今欲立庙于京师，而使臣下祭之，是无主也。又亲尽当毁，空去一国太祖不堕之祀，而就无主当毁不正之礼，非所以尊厚共皇也。臣丹谨议。

照这议论，原是至公至正，不可移易，丞相孔光，极力赞同，就是大司马傅喜，也以为丹言甚是，应该如议。独傅太后及傅晏傅商等，共恨师丹，兼及孔光傅喜，统欲把他捽去。第一着先从师丹下手，探得师丹奏草，由属吏私下抄出，传示外人，当即据事奏弹，劾他不敬。里面复有傅太后主张，迫令哀帝下诏，免丹官职，削夺侯封。给事中申咸，博士炔钦，炔音桂。联名上奏，称丹经行无比，怀忠敢谏，奏草漏泄，咎在簿书，与丹无与。今乃因此贬黜，恐失众心。哪知诏书批斥，反将咸钦贬秩二等。尚书令唐林，看不过去，复疏称丹罪甚微，受罚太重，中外人士，统说是宜复丹爵邑，使奉朝请，愿陛下加恩师傅，俯洽众心。哀帝乃复赐丹关内侯，食邑三百户，特擢京兆尹朱博为大司空。从前朱博救免陈咸，义声卓著。见八十九回。咸起为大将军长史，将博引入，为王凤所特赏，委任栎阳长安诸县令，累迁冀州刺史，琅琊太守，专用权术驾驭吏民，相率畏服。嗣奉召为光禄大夫，迁授廷尉，博恐为属吏所欺，故意召集属吏，取出累年积案，意欲判断，多与原判相符。属吏见他明察，不敢相欺，隔了一年，得擢为后将军，坐党红阳侯王立，免官归里。哀帝复征为光禄大夫，使任京兆尹。适值傅氏用事，要想联络几个廷臣，作为羽翼，遂由孔乡侯傅晏，与博往来，结为知交，至师丹罢免，便引博为大司空。博平时专重私情，不务大体，此次与傅晏交好，也是这般行为，从此位置益高，声名反减，居然变做傅家走狗了。一失足成千古恨！

傅太后既除去师丹，便要排斥孔光，因思孔光当日，曾请立中山王兴为嗣，兴已病死，兴母冯昭仪尚存。从前为了当熊一事，留下惭恨，未曾报复，现已大权在手，不但内除孔丞相，还要外除冯昭仪。也是冯昭仪命数该终，一不加防，被他诬成逆案，致令一位著名贤妃，舍生就死，遗恨千秋。

实是可惜！

原来中山王兴，自增封食邑后，得病即亡。王妃冯氏，就是兴舅宜乡侯冯参女儿，生下二女，却无子嗣。兴乃另纳卫姬，得产一男，取名箕子，承袭王封。箕子年幼丧父，并且多病，医家号为肝厥症，不时发作，每发辄手足拘挛，指甲皆青，连嘴唇亦皆变色。冯昭仪只此一孙，当然怜爱，因见他病根不断，医药难痊，没奈何祷祀神祇，希图禳解。当熊侠妇，也要迷信鬼神，总之，不脱妇人性情。哀帝闻箕子有疾，特遣中郎谒者张由，带同医士，前往诊治。既至中山，冯昭仪依礼接待，并不怠慢。由素有疯病，留居数日，见医士调治未愈，不由得惹动愁烦，引起旧恙。喧呶了一两天，竟命从人收拾行装，匆匆回都，入朝复命。哀帝问及箕子痊否，由答言未痊。恼动哀帝怒意，叱令退出。另遣尚书责问，诘他何故速归？由连碰钉子，倒将神志吓清，疯病好了一大半，暗想自己病得糊涂，无端遽返，若没有回话手本，定要坐罪。事到其间，宁我负人，毋人负我，可恶！乃即捏词作答，只说中山王太后冯氏，私下嘱令巫觋，咒诅皇上及傅太后，事关机密，所以匆匆回报。尚书得了口供，慌忙入宫告知。哀帝尚未着急，傅太后已怒不可遏，亟召御史丁玄入内，嘱咐数语，叫他速往中山，尽法究办。丁玄是共皇后丁氏侄儿，与傅氏互相连结，奉命即往。一到中山，就将宫中吏役，以及冯氏子弟，拘系狱中，统共得百余人。由玄逐日提讯，好几天不得头绪，无从复奏。傅太后待了旬日，未见丁玄回音，再遣中谒者史立，与丞相长史大鸿胪丞，同往审讯。史立星夜就道，驰至中山，先与丁玄晤谈。丁玄因不得供词，未免皱着眉头，对立叹息。立却暗暗嘲笑，以为这般美差，可望封侯，乃丁玄如此没用，让我来占功劳，真是富贵逼人，非常侥幸。想到此处，跃跃欲试。当日提齐案卷，升堂鞫讯，一班案中人犯，挨次听审，平白地如何招供，自然一齐呼冤。立不分皂白，专用严刑拷讯，连毙数人，尚无供词。立也觉为难，情急智生，竟令诸人一齐退下，独将男巫刘吾提入，用了种种骗吓手段，教他推到冯昭仪身上，供称咒诅是实。刘吾竟为所赚，依言书供。立得此供词，再将冯昭仪女弟冯习，及寡弟妇君之，提到堂上，硬指她与冯昭仪通谋，冯习不禁怒起，开口骂立，立动了懊恼，喝令左右动刑，笞杖交下。一介弱妇，如何熬受得起，当堂毙命。史立杀有余辜！立见冯习死去，也觉着忙，因习是冯昭仪妹子，比不得寻常吏役，处死无妨，当下命将君之返系狱中；想了多少时候，得着一计，遂去召入医士徐遂成，与他密谈一番，嘱令承认。遂成是经张由带去，未曾回京，此次受了史立嘱托，便出作证人，依嘱诬供道：“冯习与君之，曾对我密语云：‘武帝有名医修氏，医好帝疾，赏赐不过二千万。今闻主上多病，汝在京想亦入治，就使治愈，也不得封侯，不如药死主上，使中山王代为皇帝，汝定可得侯封了！’”立听他说罢，佯作不信，经遂成指天誓日，决非虚诬。立越觉有词可借，竟唤出冯昭仪，面加责问，冯昭仪怎肯诬服，自然与立对辩。立冷笑道：“从前挺身当熊，自甘拼死，勇敢何如？今日何这般胆怯呢！”冯昭仪听了，方才省悟，遂不屑与辩，愤然还宫。顾语左右道：“当熊乃前朝事，且是宫中语言，史立如何得晓？这定是内廷有人陷我！我知道了，一死便罢！”语中已指傅太后。当即仰药自尽。

史立已将冯昭仪等咒诅谋逆等情，谎词奏报，有司即请诛冯昭仪。哀帝还觉不忍，只下诏废为庶人，徙居云阳宫，哪知冯昭仪已死，史立第二次奏报，又复到来。哀帝以冯昭仪自尽，在未废前，仍命用王太后礼安葬，一面召冯参入诣廷尉。参少通尚书，前为黄门郎，宿卫十余年，严肃有威，就是王氏五侯，亦尝见惮；后来以王舅封侯，得奉朝请。此次无辜被陷，不肯受辱，遂仰天叹道：“参父子兄弟，皆备大位，身至封侯。今坐被恶名，死何足惜！但恨地下对不住先人哩！”说至此，竟拔剑自刎。弟妇君之，与习夫及子，皆被株连，或自尽，或被戮，共死十七人。参女为中山王兴妃，免为庶人，与冯氏宗族徙归故郡。

颍川人孙宝，方为司隶校尉，目睹案情冤枉，心甚不平，因即奏请复审。傅太后正在快意，偏遇孙宝硬来干涉，当然动恼，便令哀帝不诏，将宝系狱。尚书令唐林，上书力争，也被贬为敦煌鱼泽障侯。汉官名。大司马傅喜，虽是傅太后从弟，却是情理难安，便与光禄大夫龚胜，一同进谏，请将孙宝复职。哀帝乃转白傅太后，傅太后尚不肯照允。嗣经哀帝一再求情，勉强许可，孙宝才得复还原官。张由首发有功，得受封关内侯，史立迁宫中太仆。仍然不得封侯，何苦屈死多人？有几个公正人士，背地里俱嘲骂张史二人，谗陷取荣，忍心害理，二人还得意洋洋，自诩得计。直至哀帝崩后，由孔光追劾二人过恶，夺官充戍，谪居合浦。但冯氏冤狱，未闻申雪，冯昭仪不得追封，毕竟是乱世纷纷，黑白混淆了。

唯傅太后既报宿仇，便想斥逐孔光，且因傅喜不肯为助，反去助人，心中越想越气，即与傅晏商议，谋斥二人。傅晏复邀同朱博，先后进谗，不是说孔光迂僻，便是说傅喜倾邪。建平二年三月间，遂策免大司马傅喜，遣他就国。越月又策免丞相孔光，斥为庶人。朱博曾奏请罢三公官，仍照先朝旧制，改置御史大夫，于是撤消大司空职衔，使博为御史大夫，另拜丁明为大司马卫将军。未几升博为相，用少府赵玄为御史大夫。博与玄方登殿受策，忽殿中传出怪响，声似洪钟，好一歇才得停止。殿中侍臣，左右骇顾，不知从何处发声，就是博与玄亦惊心动魄，诧为异闻。小子有诗叹道：

国家柱石待贤臣，小智如何秉国钧，
殿上一声传预报，荣身已是兆亡身。

究竟声从何来，且至下回续叙。

史称傅昭仪入宫，善事人，下至宫人左右，饮酒酹地，皆祝延之。不知此正固宠希荣之伎俩，使人堕入术中而不自觉者也。哲妇倾城，本诸古训，傅昭仪固一哲妇耳。哀帝之入嗣大统，全赖傅昭仪之营谋。即位以后，其受制于傅昭仪也，固意中事，善事人者，一变而为善害人。师丹持议甚正，即首黜之；傅喜以行义称为傅氏子弟中之翘楚，而傅昭仪犹不肯相容，何论他人？彼解光之阿旨献谀，劾奏赵氏，原为赵氏姊妹之恶报，犹可言也。冯昭仪何罪？竟以当熊之惭恨，信张由之诬，容史立之诈，卒使贤妃自尽，冯氏凌夷。妇人之心，多半褊刻，宁特赵氏姊妹云尔哉！朱博颇有能名，甘作傅家走狗，无惑乎不得其死也。

第九十七回　莽朱博附势反亡身 美董贤阖家同邀宠

却说朱博赵玄，登殿受策，闻得殿上发出怪声，都是提心吊胆，匆匆谢归。哀帝也觉有异，使左右验视钟鼓，并无他人搏击，为何无故发声？乃召回黄门侍郎扬雄，及待诏李寻，寻答说道："这是《洪范传》所谓鼓妖呢！"名称新颖。哀帝问何为鼓妖？寻又说道："人君不聪，为众所惑，空名得进，便致有声无形。臣谓宜罢退丞相，借应天变，若不罢退，期年以后，本人亦难免咎哩。"哀帝默然不答，扬雄亦进言道："寻言并非无稽，愿陛下垂察！即如朱博为人，强毅多谋，宜将不宜相，陛下应因材任使，毋致凶灾！"哀帝始终不答，拂袖退朝。内有祖母主张，小孙何得擅改？

朱博晋封阳乡侯，感念傅氏厚恩，请上傅丁两后尊号，除去定陶二字。傅太后喜如所望，就令哀帝下诏，尊共皇太后傅氏为帝太太后，古今罕闻。居永信宫。共皇后丁氏为帝太后，居中安宫。并在京师设立共皇庙，所有定陶二字，并皆删去。于是宫中有四太后，各置少府太仆，秩皆中二千石，傅太后既列至尊，寖成骄僭，有时谈及太皇太后，竟直呼为老妪。亏得王政君素来和缓，不与计较，所以尚得相安。赵太后飞燕势孤失援，却去奉承傅太后，买动欢心，往往问候永信宫，不往长信宫。太皇太后虽然懊怅，但因傅氏权力方盛，也只有勉强容忍，听她所为。飞燕不得善终，已兆于此。

博与玄又接连上奏，请复前高昌侯董宏封爵，谓宏首议帝太太后尊号，乃为王莽师丹所劾，莽丹不思显扬大义，胆敢贬抑至尊，亏损孝道，不忠孰甚。宜将莽丹夺爵示惩，仍赐还宏封爵食邑。哀帝当即批答，黜师丹为庶人，令莽出都就国。独谏大夫杨宣上书，略言先帝择贤嗣统，原欲陛下承奉东宫。注见前。今太皇太后春秋七十，屡经忧伤，饬令亲属引退。借避丁傅，陛下试登高望远，对着先帝陵庙，能勿怀惭否？说得哀帝也为耸动，因复封王商子邑为成都侯。

会哀帝屡患痿疾，久不视朝，待诏黄门夏贺良，挟得齐人甘忠可遗书，妄称能知天文。上言汉历中衰，当更受命，宜急改元易号，方可益年延寿。哀帝竟为所惑，遂于建平二年六月间，改元太初，自号陈圣刘太平皇帝。哪知祯详未集，凶祸先来，帝太后丁氏得病，不到旬日，便即逝世。哀帝力疾临丧，忙碌数日，身体愈觉不适，索性奄卧床上，不能起身。幸由御医多方调治，渐渐就痊，遂命左右调查夏贺良履历。仔细钩考，实是一个妖言惑众的匪人。他平生并无技能，单靠甘忠可遗书，作为秘本。甘忠可也是妖民，曾制《天官历》《包平太平经》二书，都是随手掇拾，似通非通。忠可尝自称为天帝垂赐，特使真人赤精子传授。当时曾经光禄大夫刘向，斥他罔上惑民，奏请逮系，卒至下狱瘐死。向当哀帝初年去世，夏贺良乘隙出头，就将甘忠可邪说，奉为师傅，入都干进。可巧长安令郭昌，与他同学，遂替他转托司隶解光，待诏李寻，代为举荐。解光李寻便将贺良登诸荐牍，奉旨令贺良待诏黄门。此次切实调查，报知哀帝，哀帝已知他学说不经，那贺良还不管死活，复奏言丞相御史，未知天道，不足胜任，宜改用解光李寻辅政。自己寻死，尚嫌不足，还要添入两人。哀帝越加动怒，诏罢改元易号二事，立命捕系。贺良问成死罪，并将解光李寻谪徙敦煌郡。解光阿附傅氏，应该至此，李寻未免遭累。

傅太后既减削王赵二外家，独揽国权，自然快慰。只有从弟傅喜，始终不肯阿顺，实属可恨，应该将他夺去爵邑，方好出气。当下嘱令孔乡侯傅晏，商诸丞相朱博，要他追劾傅喜，夺去侯封。博欣然领命，待晏去后，即邀御史大夫赵玄到来，请他联名劾喜。赵玄迟疑道："事成既往，似乎不宜再提。"博变色道："我已应许孔乡侯了。匹夫相约，尚不可忘，何况至尊。君怕死，博却不怕死！"原是叫你去死。玄见他色厉词刚，倒也胆怯，只好唯命是从。傅又想出一法，恐单劾傅喜，反启哀帝疑心，索性将汜乡侯何武，亦牵入案中。当下缮成奏疏，内称何武傅喜，前居高位，无益治道，不当使有爵土，请即免为庶人等语。这奏疏呈将进去，总道与师丹王莽相同，立见批准，不料复诏未下，却由尚书令奉着密旨，召入赵玄，彻底盘问。玄始尚含糊，及尚书说明上意，已知是傅晏唆使，教玄自己委责，老实说明。玄性尚忠厚，不能狡赖，遂将晏嘱使朱博，傅强迫联名，备述一遍。当由尚书复报哀帝，哀帝立即下诏，减玄死罪三等，削晏封邑四分之一，使谒者持节召博入掖庭狱。博才知大错铸成，无法求免，不如图个自尽。当即对着谒者，取出鸩酒，一喝即尽，须臾毕命。鼓妖预兆，至是果验了！冰山未倒，先已杀身。

谒者见博已自刎，回宫销差。哀帝特进光禄勋平当为御史大夫，未几即升任丞相。当字子思，籍隶平陵，以明经进阶，官至骑都尉。哀帝因他经明禹贡，使领河堤。当尝奏称按经治水，只宜疏浚，不宜壅塞，须博求浚川疏河的名士，共同监役，方可奏功，哀帝却也依议。当有待诏贾让，具陈上中下三策。上策是顺河故道，中策是凿河支流，下策是随河筑防，时人叹为名言。贾让三策，随笔插入，是不没名论。平当专主中策，择要疏浚，河患少纾。至拜为丞相，正当建平二年的冬季，汉制冬月不封侯，故只赐爵关内侯。越年当即患病，哀帝召当入朝，意欲加封，当称病不起。家人请当强起受印，为子孙计，当喟然道："我得居大位，常患素餐。若起受侯印，还卧而死，死有余罪。汝等劝我为子孙计，哪知我不受侯封，正是为子孙计哩！"言之有理。说罢，遂命长子晏缮奏，乞请骸骨。哀帝尚优诏慰留，敕赐牛酒，谕令调养。当终不得愈，春暮告终，乃擢御史大夫王嘉为丞相。

嘉字公仲，与平当同乡，也以明经射策，得列甲科，入为郎官。累次超擢，竟登相位，封新甫侯。才阅数月，又出了一场重案，几与中山情迹相同，也有些含冤莫白，枉死多人。王嘉为相未久，不便强谏，只得袖手旁观，付诸一叹罢了！先是东平王宇，宣帝子。受封历三十三年，幸得考终，子云嗣为东平王。建平三年，无盐县中出二怪事。一是危山上面，土忽自起，复压草上，平坦如驰道状。一是瓠山中间，有大石转侧起立。高九尺六寸，比原址移开一丈，阔约四尺。远近传为异闻，哗动一时。无盐属东平管辖，东平王刘云，得知此事，总疑是有神凭依，即备了祭具，挈了王后谒等，同至瓠山，向石祀祷。自去寻祸。祭毕回宫，复在宫中筑一土山，也仿瓠山形状，上立石像，束以黄草，视作神主，随时祈祷。想是祈死。这消息传入都中，竟有两个揣摩求合的妄人，想乘此升官发财，步那张由史立的后尘。

一个叫做息夫躬，系河阳人。一个叫做孙宠，系长安人。躬与孔乡侯傅晏，籍贯相同，素来认识，又曾读过《春秋》大义，粗通文墨，遂入都夤缘，得为待诏。宠做过汝南太守，坐事免官，流寓都门，也曾上书言事，与息夫躬同为待诏朋友。待诏二字，并非实官，不过叫他留住都中，听候录用。两人都眼巴巴的望得一官，好多日不见铨选，怀金将尽，抑郁无聊。自从得着东平王祭石消息，躬便以为机会到来，密对宠笑语道："我等好从此封侯了！"异想天开。宠亦嗤然道："汝敢是痴心病狂么？"躬作色道："我何曾病狂？老实相告，却有一个绝好机会。"宠尚未肯信，经躬邀至僻处，耳语了好多时，宠始心下佩服，情愿与躬同谋。躬遂悄悄的撰成奏疏，托中郎右师谭，转交中常侍宋弘，代为呈入。大略说是：

> 无盐有大石自立，闻邪臣附会往事，以为泰山石立，孝宣皇帝遂得宠兴。事见前文。东平王云，因此生心，与其后日夜祠祭，咒诅九重，欲求非望。而后舅伍弘，咒以医术幸进，出入禁门。臣恐霍显之谋，将行于杯杓；荆轲之变，必起于帷幄，祸且不堪设想矣！事关危急，不敢不昧死上闻。

看官试想，这荆轲霍显两语，何等利害！就使是个聪明令主，也要被他耸动，何况哀帝庸弱，又是连年多病，能不惊心？当下饬令有司，驰往严办，结果是势驱刑迫，屈打成招，只说东平后谒，阴使巫傅恭婢合欢等，祠祭诅祝，替云求为天子。云又与术士高尚，占验天象。料知上疾难痊，云当得天下。所以大石起立，与孝宣皇帝时相同。这种案词复奏上来，东平王夫妇，还有何幸？哀帝诏废云为庶人，徙居房陵。云后谒与后舅伍弘，一并处死。廷尉梁相，急忙谏阻，谓案情未见确实，应委公卿复讯。尚书令鞠谭，仆射宗伯凤，都与梁相同意，奏请照准。哪知哀帝非但不从，反说三人意存观望，不知嫉恶讨贼，罪与相等，应该削职为民。三人坐免，还有何人再敢力争？东平王云，愤急自尽。谒与伍弘，徒落得身首两分，冤沉地下。那息夫躬得为光禄大夫，孙宠得为南阳太守。就是宋弘右师谭，亦得升官。杀人市宠，可恨可叹！居心叵测，一至于此。

哀帝还想借着此案，封一幸臣。看官欲问他姓名，乃是云阳人董贤。父名恭，曾任官御史。贤得为太子舍人，年纪还不过十五六岁。宫中侍臣，都说他年少无知，不令任事，所以哀帝但识姓名，未尝相见。至哀帝即位，贤随入为郎，又厮混了一两年。会值贤传报漏刻，立在殿下，哀帝从殿中看见，还道是个美貌宫人，扮做男儿模样。当即召入殿中，问明姓氏，不禁省悟道："你就是舍人董贤么？"口中如此问说，心中却想入非非。私讶男子中有此姿色，真是绝无仅有，就是六宫粉黛，也应相形见秽，叹为勿如。于是面授黄门郎，嘱令入侍左右。贤虽是男儿，却生成一种女性，柔声下气，搔首弄姿，引得哀帝欲火中烧，居然引同寝处，相狎相亲。贤父恭已出为云中侯，由哀帝向贤问知，即召为霸陵令，擢光禄大夫。贤一月三迁，竟升任驸马都尉侍中，出常骖乘，入常共榻。一日与哀帝昼寝，哀帝已经醒寤，意欲起来，见贤还是睡着，不忍惊动。无如衣袖被贤体压住，无从取出，自思衣价有限，好梦难寻，竟从床头拔出佩刀，将袖割断，悄然起去。后人称嬖宠男色，叫做断袖癖，就是引用哀帝故事。想见当时恩爱远过后妃。及贤睡觉，见身下压着断袖，越感哀帝厚恩。嗣是卖弄殷勤，不离帝侧，就是例当休沐，也不肯回家，托词哀帝多病，须在旁煎药承差，小心伺候。南风烈烈，难道是无妨龙体？哀帝闻他已有妻室，嘱使回去欢聚，说到三番四次，贤终不愿应命。哀帝过意不去，特开创例，叫贤妻名隶宫籍，许令入宿直庐。又查得贤有一妹，尚未许字，因令贤送妹入宫，夤夜召见。凝眸注视，面貌与乃兄相似，桃腮带赤，杏眼留青，益觉得娇态动人，便即留她侍寝，一夜春风，绾住柔情，越宿即拜为昭仪，位次皇后。皇后宫殿，向称椒房，贤妹所居，特赐号椒风，示与皇后名号相联。就是贤妻得蒙特许，出入宫禁，当然与哀帝相见。青年妇女，总有几分姿色，又况哀帝平日，赏赐董贤，无非是金银珠宝，贤自然归遗细君。一经装饰，格外鲜妍。哀帝也不禁心动，令与贤同侍左右。贤不惜己身，何惜妻室，但教博得皇帝宠幸，管什么妻房名节，因此与妻妹二人，轮流值宿。俗语叫做和窠爵。

哀帝随时赏给，不可胜算，复擢贤父为少府，赐爵关内侯。甚至贤妻父亦为将作大臣，贤妻弟且为执金吾。并替贤筑造大第，就在北阙下择地经营，重殿洞门，周垣复道，制度与宫室相同。又豫赐东园秘器，朱襦玉柙，命就自己万年陵旁，另茔一冢，使贤得生死陪伴，视若后妃。二十岁左右就替他起冢，显是预兆不祥。唯贤尚未得封侯，一时无功可言，不便骤赐侯爵。迁延了一两年，正值东平巨案，冤死多人，告发诸徒，平地受封。侍中傅嘉，仰承风旨，请哀帝将董贤姓名，加入告发案内，便好封他为侯。哀帝正合私衷，遂把宋弘除出，只说贤亦尝告逆，应与息夫躬孙宠同膺懋赏，并封关内侯。一面恐傅太后出来诘责，特将傅太后最幼从弟傅商，授封汝昌侯。不意尚书仆射郑崇，却入朝进谏道："从前成帝并封五侯，黄雾漫天，日中有黑气。今傅商无功封侯，坏乱祖制，逆天违人，臣愿拼身命，担当国咎！"说着，竟将诏书案提起，诏书案系承受诏书，形如短几，足长三寸。不使哀帝下诏，扬长而去。忠直有余，智略不足。

崇系平陵人，由前大司马傅喜荐入，抗直敢言。每次进见，必著革履，橐橐有声，哀帝不待见面，一闻履声作响，便笑语左右道："郑尚书履声复至，想是又来陈言了！"道言甫毕，果见崇到座前，振振有词，哀帝却也十依七八。就是此次谏阻封侯，哀帝也想作罢，偏被傅太后闻悉，怒向哀帝道："天下有身为天子，反受一小臣专制么！"哀帝经此一激，决意封商为侯。傅太后母，曾改嫁为魏郡郑翁妻，见九十五回。生子名恽，恽又生子名业，至是亦封为信阳侯，追尊业父恽为信阳节侯。郑崇虽不能谏止封商，但素性戆直，不肯就此箝口，因见董贤宠荣过盛，复入内谏诤，哀帝最爱董贤，怎肯听信？当然要将他驳斥。尚书令赵昌，专务谄媚，与崇积不相容，遂乘间谮崇，诬崇交通宗族，恐有奸谋。哀帝乃召崇责问道："君门如市人，奈何欲禁遏主上？"崇慨然道："臣门如市，臣心如水，愿听查究！"哀帝恨崇答言不逊，命崇系狱逮治。狱吏又壹意迎合，严刑拷迫，打得崇皮开肉烂，崇却抵死不肯诬供。司隶孙宝，知崇为赵昌所诬，上书保救，略言崇搒掠将死，终无一辞，道路都替崇呼冤。臣恐崇与赵昌，素有嫌疑，因遭诬陷，愿将昌一并查办，借释众疑。哀帝竟批斥道："司隶宝附下罔上，为国蠹贼，应免为庶人！"宝被谪归田，崇竟病死狱中。

哀帝复欲加封董贤，先上傅太后尊号，称为皇太太后，买动祖母欢心。再令孔乡侯傅晏，赍着封贤诏书，往示丞相御史。丞相王嘉，为了东平冤狱，尚觉不平，此时见诏书上面，又提及董贤告逆有功，不由的触起前恨，因与御史大夫贾延，并上封事，极力阻止，哀帝不得已延宕数月。后来待无可待，毅然下诏道：

昔楚有子玉得臣，晋公为之侧席而坐。近如汲黯，折淮南之谋，功在国家。今东平王云等，至有弑逆之谋，公卿股肱，莫能悉心聪察，销乱未萌。幸赖宗庙神灵，由侍中董贤等发觉以闻，咸伏厥辜。《书》不云乎？“用德彰厥善”，其封贤为高安侯，孙宠为方阳侯，息夫躬为宜陵侯。

息夫躬性本狡险，骤得宠荣，便屡次进见哀帝，历诋公卿大臣。朝臣都畏他势焰，相率侧目。谏大夫鲍宣，慷慨进谏，胪陈百姓七亡七死，不应私养外亲，及幸臣董贤，就是孙宠息夫躬等，并属奸邪，亟宜罢黜。召用故人司马傅喜，故大司空何武师丹，故丞相孔光，故左将军彭宣，共辅国政，方可与建教化，图安危，语意很是剀切。哀帝因宣为名儒，总算格外优容，但把原书置诸高阁，不去理睬罢了。小子有诗叹道：

熏莸臭味本差池，黜正崇邪两不宜。
主惑如斯民怨起，汉家火德已全衰。

欲知鲍宣生平履历，俟至下回再详。

朱博计救陈咸，颇有侠气。乃其后晚节不终，甘附丁傅，曲媚孔乡，劾傅喜，弹何武，意欲缘此固宠。不意反动哀帝之疑，坐陷诬罔之罪，仰药而死。富贵之误人大矣哉！东平冤狱，不减中山，息夫躬孙宠，犹之张由史立耳。哀帝不察，谬加封赏，且举董贤而羼入之，昏愚至此，可慨孰甚？然观汉书佞幸传，高祖时有籍孺，惠帝时有闳孺，文帝时有邓通，武帝时有韩嫣，成帝时有张放淳于长，几已成为家法。董贤则以色见幸，且举妻妹而并进之，无惑乎其得君益甚，受宠益隆也！特原其祸始，实自祖若宗贻之。其父杀人，其子必且行劫，吾于哀帝亦云。

第九十八回　良相遭囚呕血致毙
幸臣失势与妇并戕

却说谏大夫鲍宣，表字子都，系是渤海人氏。好学明经，家本清苦。少年尝受业桓氏，师弟相亲，情同父子。师家有女桓少君，配宣为妻。结婚时装束甚华，宣反愀然不悦，面语少君道：“少君家富，华衣美饰；我实贫贱，不敢当礼！”少君答道：“家大人平日重君，无非为君修德守约，故使妾来侍巾栉。妾既奉承君子，敢不唯命是从！”少君乃卸去盛装，送还母家，改著布衣短裙，与宣共挽鹿车，同归故里。宣家只有老母，由少君拜谒如仪，当即提瓮出汲，修行妇道，乡党共称为贤妇。特叙桓少君事，好作女箴。

既而宣得举孝廉，入为郎官，大司马王商，闻宣高行，荐为议郎，大司空何武，复荐宣为谏大夫。宣不屑苟谀，所以上书切谏。哀帝置诸不理，宣亦无可如何。忽由息夫躬上言，近年灾异迭见，恐有非常变祸，应遣大将军巡边，斩一郡守，立威应变。毫无道理。哀帝即召问丞相王嘉，嘉当然奏阻，哀帝只信息夫躬，不从嘉言。建平四年冬季，定议改元，遂于次年元日，改称元寿元年，下诏进傅晏为大司马卫将军，丁明为大司马骠骑将军。两大将军同日简选，意欲遣一人出巡，依着息夫躬所言，哪知是日下午，日食几尽，哀帝不得不诏求直言。丞相王嘉，又将董贤劾奏一本，哀帝心中不怿。丹阳人杜邺，以方正应举，应诏对策，谓日食失明，是阳为阴掩的灾象。今诸外家并侍帷幄，手握重权，复并置大司马，册拜时即逢日食，天象告儆，不可不防！哀帝待遇丁傅，不过为外家起见，特示尊崇，若论到真心宠爱，不及董贤，所以董贤被劾，全然不睬。至若丁傅两家，遇人讥议，倒还有些起疑。接连是皇太太后傅氏，生起病来，不到旬日，呜呼哀哉！老妪的洪福也享尽了。先是关东人民，无故惊走，或持稻秆，或执麻秆，辗转付与，说是行西王母筹。有几个披发跣足，拆关逾墙，有几个乘车跨马，急足疾驰，甚至越过郡国二十六处，直抵京师。官吏禁不胜禁，只好由他瞎闹，愚民又多聚会歌舞，祀西王母。当时都下人士，借端谀颂，比太皇太后王氏为西王母，谓当寿考无疆。谁知却应在皇太太后傅氏身上，命尽归西。

傅氏既殁，哀帝又不禁记忆孔光，特派公车征召。俟光入朝，即问他日食原因，光奏对大意，也说是阴盛阳衰。哀帝方才相信，赐光束帛，拜为光禄大夫。董贤也乘时进言，将日食变象，归咎傅氏。巧为卸过。于是哀帝下诏，收回傅晏印绶，罢官归第。丞相王嘉，御史贾延，又上言息夫躬孙宠罪恶，躬宠已失奥援，无人代为保救，便即奉诏免官，限令即日就国。躬只好带同老母妻子，仓皇就道，既至宜陵，尚无第宅，不得已寄居邱亭。就地匪徒，见他行装累累，暗暗垂涎，夜间常去探伺，吓得躬胆战心惊。适有河内掾吏贾惠过境，与躬同乡，入亭问候。见躬形色慌张，询知情由，便教他折取东南桑枝，上画北斗七星。每夜披发北向。执枝诵咒，可以弭盗，又将咒语相告。躬信以为真，谢别贾惠，即依惠言办理，夜夜咒诅，好似疯人一般。偏有人上书告发，指为诅咒朝廷。当由哀帝派吏捕躬，系入洛阳诏狱。问官提躬审讯，但见躬仰天大呼，响声未绝，立即倒地。吏役忙去验视，耳鼻口中，统皆出血，咽喉已经中断，不能再活了。问官见躬扼喉自尽，越道他咒诅属实，不敢剖辩，因此再讯躬母，躬母名圣，白发皤皤，被问官威吓起来，身子抖个不住。问官愈觉动疑，迫令招供，只说是母子同谋，罪坐大逆不道，判处死刑。躬妻子充戍合浦。至哀帝崩后，孙宠及右师谭，也为有司所劾，追发东平冤狱，夺爵充戍，并死合浦郡中。这叫做天道好还，无恶不报哩！当头棒喝。

谏大夫鲍宣，又请起用何武师丹彭宣傅喜，并遣董贤就国。哀帝遣宣为司隶校尉，征召何武彭宣。独对着这位亲亲昵昵的董圣卿，贤字圣卿。非但不肯遣去，还要加封食邑二千户，伪托皇太太后遗命，颁发出来。丞相王嘉，封还诏书，力斥董贤谄佞，不宜亲近，结末有陛下继嗣未立，应思自求多福，奈何轻身肆志，不念高祖勤苦等语。这数句针砭入骨，大忤哀帝意旨。

哀帝乃欲求嘉过失，记起中山案内，梁相鞫谭宗伯凤三人，一体坐免。独嘉复为保荐，迹近欺君。遂召嘉至尚书处责问，嘉只得免冠谢罪。不意光禄大夫孔光，觊觎相位，想把王嘉捽去。竟邀同左将军公孙禄，右将军王安，光禄勋马宫等，联名劾嘉，斥为罔上不道，请与廷尉杂治。独光禄大夫龚胜，以为嘉备位宰相，诸事并废，应该坐咎，若但为保荐梁相诸人，就坐他罔上不道的罪名，不足以示天下。哀帝竟从孔光等奏议，召嘉诣廷尉诏狱。当时相府掾属，劝嘉不如自裁，代为和药，进奉嘉前。嘉不肯吞服，有主簿泣语道："将相不应对狱官陈冤，旧例如此，望君侯即自引决！"嘉摇首不答。内使危坐门首，促嘉赴狱。主簿又向嘉进药，嘉取杯掷地道："丞相得备位三公，奉职负国，当服刑都市，垂为众戒！奈何作儿女子态，服药寻死呢？"说着，即出拜受诏，乘坐小车，径诣廷尉，缴出丞相新甫侯印绶，束手就缚。内使将印绶持报哀帝，哀帝总道王嘉闻命，定即自尽，及闻他径诣诏狱，越加气愤。立命将军以下至二千石，会同穷究。嘉不堪侵辱，仰天叹道："我幸得备位宰相，不能进贤退不肖，以是负国，死有余责了！"大众问及贤不肖主名，嘉答说道："孔光何武是贤人，董贤父子是不肖！我不能进孔光何武，退董贤父子，罪原该死，死亦无恨哩！"将军以下，听嘉如此说法，倒也不能定谳。嘉系狱至二十余日，呕血数升，竟致绝命。看官试想王嘉致死，一半是孔光逼成，嘉却反称光贤，真正可怪。究竟光是何等样人？看到后文，才知他是个无耻小人了！一语断煞。

哀帝闻得王嘉遗言，遂拜孔光为丞相，起何武为前将军，彭宣为御史大夫。宣字子武，淮阳人氏，经明行修，由前丞相张禹荐为博士，累任郡守，入为大司农光禄勋右将军。哀帝本调他为左将军，嗣欲位置丁傅子弟，乃将宣策免，赐爵关内侯，遣令归里。至是复蒙召入，哀帝转罢去御史大夫贾延，使宣继任。

会丞相孔光出视园陵，从吏向驰道中乱跑，有违法度，适为司隶鲍宣所见，喝令左右从事，拘住相府从吏，并把车马充公。光不甘受辱，虽未尝上书劾宣，但与同僚谈及，怨宣不情。当有人趋奉丞相，报知哀帝。哀帝正信任孔光，饬令御史中丞查办。御史使人捕宣从事，却受了一杯闭门羹。当下奏闻哀帝，劾宣闭门拒命，无人臣礼，大不敬不道。哀帝也不问曲直，立命系宣下狱。博士弟子王咸等，都称宣奉法从公，有何大罪？当即就太学中竖起长幡，号召大众道："如欲救鲍司隶，请集此幡下！"诸生听了此语，争先趋集，霎时间多至千余人。乘着孔光入朝，拦住车前，要他救免鲍宣。光见人多势众，不便驳斥，只好佯从众意，托言入朝奏请，定使鲍司隶无恙，众乃避开两旁，使光进去。光既入朝堂，怎肯为宣解免？奸猾可知。诸生复守阙上书，为宣讼冤。哀帝只许贷宣死罪，罚受髡钳，放至上党。宣见上党地宜农牧，又少盗贼，就将家属徙至上党，一同居住。那孔光既得报复私怨，自然快意，从此感激皇恩，但能博得哀帝欢心，无不如命。

哀帝复欲荣宠董贤，使居大位，巧值大司马丁明，怜惜王嘉，为帝所闻，因即将明免官，拟令董贤代任。贤故意推辞，哀帝乃进光禄大夫薛赏为大司马，赏受职才越数日，忽然暴亡，情迹可疑！于是决计令贤为大司马。策文有云：

> 朕承天序，唯稽古，建尔于公，以为汉辅。往悉尔心，统辟王也。元戎，折冲绥远，匡正庶事，允执其中。天下之众，受制于朕，以将为命，以兵为威，可不慎与！

是时董贤年只二十有二，竟得超列三公，掌握兵权，真是汉朝开国以来，得未曾有。想是能摆龙阳君阵，故得超授。贤父恭迁光禄大夫，秩中二千石，贤弟宽信代为驸马都尉，此次董氏亲属，并得联翩入都，受职邀荣。从前丁傅二外家，虽然贵显，尚没有董氏的迅速，这真可谓隆恩优渥了！从前孔光为御史大夫，贤父恭尝为光属吏，及贤为大司马，与光并列三公。哀帝却故意使贤访光，看光如何待贤？光却整肃衣冠，出门恭迎。见贤车已到门前，引身倒退。俟贤既至中门，复避入门侧，直待贤下车后，方延入厅中，低头便拜。拜毕起身，请贤上坐，自在下座陪着，好似卑职迎见长官，不敢乱礼。卑鄙至此，令人齿冷。及贤起座告辞，又恭恭敬敬的送出门外，请贤登车去讫，然后回入府中。贤很是高兴，还报哀帝。哀帝大喜，拜光两兄子为谏大夫常侍，光子放已经就职侍郎，故不另授。在光还道是喜出望外，哪知人格已丧，这区区浮云富贵，有什么稀罕呢？

时外戚王氏失势，只有平阿侯王谭子去疾，尚为侍中，去疾弟闳为中常侍，闳妻父中郎将萧咸，系故将军萧望之子。贤父恭，素慕咸名，欲娶咸女为次媳，特托王闳为媒，前去说合。闳不便推辞，只好转白萧咸，咸慌忙摇手。口中连说不敢当，一面屏去左右，密语闳道："董贤为大司马，册文中有'允执其中'一语，这是尧传舜的禅位文，并非三公故事，朝中故老，莫不惊奇！我女怎能与董公兄弟相配？烦汝善为我辞便了！"闳听罢即行，暗记前日策文，果有此语，难道汉室江山，真要让与董贤，越想越奇，又好笑，又好气，当下仍至董恭处复报，替萧家满口谦逊，只言寒门陋质，不敢高攀。恭尚以为故作谦辞，再向闳申说一番，闳已咬定前言，有坚却意。恭不禁作色，自言自叹道："我家何负天下？乃为人所畏如是！"试问汝家何益天下？闳见恭含着怒意，起身辞去。过了数日，哀帝置酒麒麟殿，召集董贤父子亲属，及一班皇亲国戚，共同宴叙。闳亦在旁侍饮，酒至半酣，哀帝笑视董贤道："我欲法尧禅舜，可好么？"贤陡闻此言，喜欢的了不得，但一时如何答说，也不禁暗暗沉吟。忽有一人进言道："天下乃高皇帝天下，非陛下所得私有。陛下上承宗庙，应该传授子孙，世世相继，天子岂可出戏言！"哀帝听说，举目一瞧，便是中常侍王闳，当下默然不悦，竟遣闳出归郎署，不使侍宴。左右都为闳生愁，恐闳因此得罪。太皇太后王氏，闻知此事，代闳谢过，哀帝乃复召闳入侍。闳却不肯中止，复上书极谏道：

> 臣闻王者立三公，法三光，居之者当得贤人。《易》曰："鼎折足，复公饫。"喻三公非其人也。昔孝文皇帝幸邓通，不过中大夫；武皇帝幸韩嫣，赏赐而已，皆不在大位。今大司马卫将军董贤，无功于汉朝，又无肺腑之连，复无名迹高行以矫世，升擢数年，列备鼎足，典卫禁兵，无功封爵，父子兄弟，横蒙拔擢，赏赐空竭帑藏，万民喧哗不绝，诚不当天心也。昔褒神鼋变化为人，实生褒姒，乱周国，故臣恐陛下有过失之讥，贤有小人不知进退之祸，非所以垂法后世也。

哀帝览书，也觉不欢，但因闳为太皇太后从子，不得不格外含容。前时法尧禅舜一语，未免失言，因此不置可否，模糊过去。会匈奴单于囊知牙斯，及乌孙大昆弥伊秩靡入朝。囊知牙斯乃是复株累若鞮单于少弟，复株累若鞮早死，传弟且麋胥，且麋胥又传弟且莫车，且莫车再传弟囊知牙斯，号为乌珠留若鞮单于。国势寖衰，因此历代事汉，来朝哀帝。参见已毕，由哀帝传旨赐宴，廷臣统在旁侍饮。乌孙大昆弥，当然在座，专顾饮酒，不暇张望。独囊知牙斯年少好奇，左右顾盼，蓦见廷臣中有一青年，唇红齿白，秀丽过人，坐位却在上面，居然首冠百僚。心中不禁诧异，遂向译员指问道："这位大员姓甚名谁？"译员尚未及答，已为哀帝所见。询及原因，便命译员答说道："这就是大司马董贤，年方逾冠，才德兼全，却是我朝的大贤。"董贤既是大贤，哀帝何不特赐双名！囊知牙斯晓得什么董贤品行，一闻此语，便出席起贺，拜称汉得贤臣，哀帝很是心欢。待至宴罢，赏赐囊知牙斯，比乌孙王还要加厚，两番主谢恩回国。

董贤已任大司马，比不得前此在宫，朝夕留侍，所以公事一了，回家休息。不防到了门首，一声怪响，门竟坍倒。贤吓了一跳，自思门第新筑，结构甚坚，且是妻父将作大匠监工，何至遽朽？再令左右检验土木，原是牢固得很，不知何故倒坏？心甚不安。次日有诏颁出，乃是修复三公职衔，贤为大司马如故。改称丞相为大司徒，即令孔光任职。迁御史大夫彭宣为大司空，封长平侯。这诏与贤毫不关碍，贤当然无虞。又过了一二旬，仍无变动情事，贤把那大门倒坏的怪事，也淡淡忘却了。谁知内报传来，哀帝寝疾不起，急得贤神色慌张，立刻入宫省视，只见哀帝卧在床上，委顿异常，一时也不好细问，只得约略请安。哀帝不愿多言，含糊答了数语，唯口中呻吟不绝。贤也觉不佳，但思哀帝年未及壮，当不至一病即崩，自己宽慰自己，就在宫中留侍数日。偏偏哀帝病势日重，即于元寿二年六月中，奄然归天，年止二十有六，在位只有六年。

傅皇后及董昭仪等，入哭寝宫，贤感哀帝厚恩，也在寝门外号恸不休。蓦由太皇太后王氏到来，抚尸举哀，哀止即收取御玺，藏在袖中。一面召贤入问，丧事该若何调度。贤从未办过大丧，且因哀帝告崩，如寡妇失去情夫，三魂中失去二魂，竟至对答不出。好一位大司马。太皇太后方说道："新都侯莽，曾奉先帝大丧，熟习故事，我当令他进来助汝。"贤忙免冠叩首道："如此幸甚！"太皇太后立即遣使，召入王莽。莽倍道入都，进谒太皇太后，首言董贤无功无德，不合尸位，太是太后点首称是。莽遂托太皇太后意旨，命尚书劾贤不亲医药，当即禁贤出入宫殿。贤闻知此信，慌忙徒跣诣阙，免冠谢罪。莽竟传太皇太后命令，就阙下收贤印绶，罢归就第。贤怅怅回家，自思莽如此辣手，定是来报前嫌，将来自己性命，总要被他取去，不如图个自尽，免得受诛。乃即与妻说明意见，妻亦知无可挽回，情愿同死，两人对哭一场，先后自杀。冥途中若遇哀帝灵魂，仍好前后承欢，怪不得哀帝称为大贤呢！

家人还道有大祸临门，不敢报丧，遽将董贤夫妇棺殓，夤夜埋葬，事为王莽所闻，疑他诈死，复嘱有司奏请验尸，自行批准。令将贤棺抬至狱中，开棺相验，果系不差。但因他棺用朱漆，殓用珠璧，又说他僭行王制，把贤尸拖出棺外，剥去衣饰，用草包裹，乱埋狱中。再劾贤父恭骄恣不法，贤弟宽信淫佚无能，一并夺职，徙往合浦。家产发官估卖，约值钱四千三万万缗。贤平时厚待属吏朱诩。诩买棺及衣，至狱中收得贤尸，再为改葬，因即上书自劾，莽大为不悦，另寻诩罪，将他击死。大司徒孔光，专知贡谀献媚，当即邀同百官，推莽为大司马。前将军何武，后将军公孙禄，谓不宜委政外戚，自相荐举。太皇太后决意用莽，竟拜莽为大司马，领尚书事。莽自是手握大权，逐渐放出手段来了。小子有诗叹道：

幸臣死去大奸来，汉室江山已半灰。
毕竟妇人无远识，引狼入室自招灾！

欲知王莽如何举动，待至下回表明。

王嘉入相三年，守正不阿，不可谓非良相，惜乎不得其人，所遇非主耳！且其称美孔光，亦无知人之明。孔光阴险，恶过董贤父子，嘉知董贤父子之不肖，而不知孔光之为大奸，身被构陷，反以为贤，其致死也亦宜哉！司隶鲍宣，亦为孔光所排挤，仅得不死，而对于嬖幸之董贤，至不屑下拜，卑污若此，尚得谓之贤乎！董贤原有可杀之罪，但不当死于王莽之手，即其所劾罪案，亦不足以服人。孔光专媚于前，王莽专横于后，大奸之后，继以大憝，汉亦安能不亡？彼董贤之伏法，吾犹当为之称冤云。

第九十九回　献白雉罔上居功
惊赤血杀儿构狱

却说王莽既得专政，遂与太皇太后商议，迎立中山王箕子为嗣。箕子为哀帝从弟，就是刘兴嗣儿。兴母冯婕妤死后，箕子幸未连坐，仍袭王封。当下派车骑将军王舜，持节往迎。舜系王音子，为莽从弟，太皇太后素来爱舜，故特使迎主立功。舜奉命去讫，宫中无主，太皇太后又老，一切政令，全由莽独断独行。莽即将皇太后赵氏，贬为孝成皇后，皇后傅氏，逼令徙居桂宫。赵太后的罪状，是与女弟赵昭仪，专宠横行，残灭继嗣。傅后的罪状，是纵令乃父傅晏，骄恣不道，未尝谏阻。罪案宣布以后，没一人敢与反对。莽索性追贬傅太后为定陶共王母，丁太后为丁姬，所有丁傅两家的子弟，一律免官归里。傅晏负罪尤甚，令与妻子同徙合浦，独褒扬前大司马傅喜，召入都中，位居特进，使奉朝请。嗣复再废傅太后赵皇后为庶人，二后皆愤恚自杀。论起四后优劣，赵太后生前淫恶，该有此报，傅太后专擅过甚，也应有此，丁姬因哀帝入嗣，不过母以子贵，未闻干政，傅后更无过失，就是傅晏擅权，也由哀帝主见，并非傅后从中请求。王莽怎得不分皂白，一概贬黜？况莽系汉朝臣子，怎得擅贬母后，无论丁姬傅后，不应被贬，即如赵飞燕的淫恶，傅昭仪的专擅，罪有攸归，也岂莽所得妄议！义正词严。太皇太后王氏，平时受着傅赵二后的恶气，还道莽为己泄忿，暗地生欢。哪知莽已目无尊亲，何事不可做得？履霜坚冰，由来者渐，奈何尚沾沾自喜呢！庸妪晓得什么？

莽既连贬四后，恣所欲为，唯见孔光历相三朝，为太皇太后所敬重，不得不阳示尊崇。实是喜他阿谀。特引光女婿甄邯为侍中，兼奉车都尉。凡朝右百僚，但为莽所不合，莽即罗织成罪，使甄邯赍着草案，往示孔光。光不敢不依旨举劾，莽便持光奏章，转白太皇太后，无不邀允。于是何武公孙禄，坐实互相标榜的罪名，一并免官，令武就国。董宏子武，嗣爵高昌侯，坐父谄佞，褫夺侯爵。关内侯张由，史太仆史立等，坐中山冯太后冤案，削职为民，充戍合浦。红阳侯王立，为莽诸父，成帝时遣令就国，哀帝时已召还京师，莽不免畏忌，又令孔光奏立前愆，请仍遣立就国。太皇太后亲弟，只立一人，不愿准奏。又经莽从旁撺掇，谓不宜专顾私亲，太皇太后无可奈何，只好命立回国。莽遂引用王舜王邑王商子。为腹心，甄邯甄丰主弹击，平晏平当子。领机事，刘歆刘向子。典文章，孙建为爪牙。布置周密，一呼百诺，平时欲有所为，但教微露词色，党羽即希承意旨，列入奏章。太皇太后有所褒奖，莽假意推让，叩首泣辞。其实是上欺姑母，下欺吏民，口是心非，自便私图罢了。

大司空彭宣，见莽挟权自恣，不愿在朝，遂上书乞休。莽恨他无端求退，入白太后，策免宣官，令就长平封邑。宣居长平四年，寿考终身。就是傅喜奉诏入都，也觉得孤立可危，情愿还国，莽亦许他归去，亦得寿终。莽因进左将军王崇为大司空，崇为王吉孙，与王太后母弟王崇同名异人。封扶平侯。

既而中山王箕子到来，由莽召集百官，奉着太皇太后诏命，拥他登基，改名为衎，是为平帝。年只九岁，不能亲政，即由太皇太后临朝。莽居首辅，百官总己以听。奉葬哀帝于义陵，兼谥孝哀皇帝。大司徒孔光，却也内怀忧惧，上书求乞骸骨。有诏徙光为帝太傅，兼给事中，掌领宿卫，供奉宫禁。所有政治大权，尽归莽手，与光无涉。莽想权势虽隆，功德未著，必须设一良法，方可笼络人心。踌躇数日，得了一策，暗使人至益州地方，嘱令地方官吏，买通塞外蛮夷，叫他假称越裳氏，献入白雉。地方官当即照办。平帝元始元年正月，塞外蛮人入都，说是越裳氏瞻仰天朝，特奉白雉上贡，莽即奏报太皇太后，将白雉荐诸宗庙。从前周成王时代，越裳氏来朝重译，也曾进献白雉，莽欲自比周公，故特想出此法。果然群臣仰承莽意，奏称莽德及四夷，不让周公旦。公旦辅周有功，故称周公，今大司马莽安定汉朝，应加称安汉公，增封食邑。太皇太后当即依议，偏莽装出许多做作，故意上表固辞，只说臣与孔光王舜甄丰甄邯诸人，共定策迎立中山王，今请将孔光等叙功，臣莽不敢沐恩。太皇太后得了莽奏，不免迟疑。甄丰甄邯等急忙上书，谓莽功最大，不宜使落人后。太皇太后乃谕莽毋辞。莽再三推逊，定要让与孔光等人，寻且称疾不起。太皇太后因封孔光为太师，王舜为太保，甄丰为少傅，甄邯为承安侯，然后乃颁诏召莽，入朝受赏。莽尚托病不至，真会装刁。再经群臣申请封莽，即日下诏，令莽为太傅，赐号安汉公，加封食邑二万八千户，莽始出受官爵名号，但将封邑让还。且为东平王云伸冤，使云子开明为东平王，奉云祭祀。又立中山王宇孙桃乡侯子成都，为中山王，奉中山王刘兴祭祀。再封宣帝耳孙三十六人，皆为列侯。此外王侯等无子有孙，或为同产兄弟子，皆得立为嗣，承袭官爵，皇族因罪被废，许复属籍，官吏年老致仕，仍给旧俸三分之一，赡养终身，下至庶民鳏寡，无不周恤。如此种种恩施，统由王莽创议施行，好教朝野上下，交口称颂，都说是安汉公的仁慈，把老太后小皇帝二人，一概抹煞。真是好计。莽又讽示公卿，奏称太皇太后春秋太高，不宜亲省小事，此后唯封爵上闻，他事尽归安汉公裁决。太皇太后又复依议，于是朝中只知有王莽，不知有汉天子了。

唯当时一班朝臣，偶有私议，谓平帝入嗣大统，本生母卫姬未得加封，不免向隅。莽独惩丁傅复辙，恐卫姬一入宫中，又要引进外家，干预国政。但若不加封卫姬，又未能塞住众口，乃遣少傅甄丰，持册至中山，封卫姬为中山孝王后，帝舅卫宝卫玄，爵关内侯，仍然留居中山，不得来京。扶风功曹申屠刚，直言对策道："嗣皇帝始免襁褓，便使至亲分离，有伤慈孝，今宜迎入中山太后，使居别宫，使嗣皇帝得按时朝见，乐叙天伦，并召冯卫二族，平帝祖母冯婕妤，故云冯卫二族。选入执戟，亲奉宿卫，免得另生他患。"迎母则可，必召入外家宿卫，亦属未善。这数语最中莽忌，莽当然驳斥，因不欲自己出名，特请太皇太后下诏，斥责申屠刚僻经妄说，违背大义，因即放归田里。恩归自己，怨归太后。刚被黜归还，有何人再敢多言？

越年二月，黄支国献入犀牛，廷臣相率惊异，都称黄支国在南海中，去京师三万里，向来未曾朝贡，今特献犀牛，想来又是安汉公的威德。正要上书献谀，偏又接得越嶲郡奏报，说有黄龙出游江中。太师孔光，遂与新任大司徒马宫，以及甄丰甄邯等三人，拟奉表称瑞，归德王莽。旁有大司农孙宝说道："周公上圣，召公大贤，彼此尚有龃龉，今无论遇着何事，都是异口同声，难道近人，果胜过周召么？”众人听了，莫不失色，甄邯遂口称奉旨，暂令罢议。其实犀牛入献，也是买嘱出来，黄龙游江，未必果是真事。邯本与莽同谋，自觉情虚，所以情愿中止，但心中很仇视孙宝，不肯轻轻放过。当下嘱咐党羽，阴伺孙宝过失。适宝遣人迎接老母，并及妻子数人，母至中途，忽患老病，因折回弟家养痾，但遣妻子入都。当有司直陈崇，查得此事，立上弹章，斥宝宠妻忘母。莽即告知太皇太后，将宝免官。大司空王崇，不愿与群小联络，称病乞归。当有诏书批准，令崇解职，改用甄丰为大司空。光禄大夫龚胜，大中大夫邴汉，并皆辞官归里。胜系楚人，节行并茂。同郡人龚舍，与胜友善，胜尝荐为谏大夫，舍不肯就征，再召拜光禄大夫，仍然不起，平居以鲁诗教授生徒，年至六十八乃终，时人称为两龚。邴汉系琅琊人，亦有清行。兄子曼容，养志自修，为官不肯过六百石，稍有不合，当即辞归，因此名望益隆，几出汉右。莽尚欲借此市恩，优礼送归胜汉。胜汉明知莽奸巧，表面上只好道谢，两袖清风，飘然自去。摆脱名缰，莫如此策。

会当盛夏大旱，飞蝗为灾，莽不能视作祥瑞，只得派吏查勘，准备赈饥。一面奏请太皇太后，宜衣缯减膳，表率万民。自己也戒杀除荤，连日茹素，且愿出钱百万，献田三十顷，付诸大司农，助给灾黎。满朝公卿，见莽如此慷慨，也不得不捐田助宅，充作灾赈，共计有二百三十人。但第一发起，总要算安汉公王莽，一班灾民，仍说莽功德及人，莽又借着天灾，得了一种大名。处处使乖。已而得雨经旬，群臣联疏上陈，请太皇太后照常服食，又盛称安汉公修德禳灾，感格天心，果沛甘霖。

可巧匈奴有使人到来，入见王莽。莽问及王昭君二女，是否俱存。来使答言俱已适人，现并无恙，莽乘机说道：“王昭君系我朝遣嫁，既有二女遗传，亦应使他入省外家，顾全亲谊，烦汝转告汝主便了！”来使唯唯受教，谢别而去。过了月余，匈奴单于囊知牙斯，竟依着莽意，特遣王昭君长女云，曾号须卜居次，入谒宫廷。须卜居次，见前文。当由关吏飞章入报，莽闻信大悦，便令地方官好生接待，派妥吏护送来京。及须卜居次已到，莽即禀白太皇太后，说是匈奴遣女入侍，应该召见。太皇太后听着，也是心欢，立即传见须卜居次，须卜居次虽是番装，却尚不脱遗传性质，面貌颇肖王昭君，楚楚动人。再加中朝言语，也有好几句通晓，就是寻常礼节，亦约略能行，所以入见太皇太后，跪拜应对，大致如仪。太皇太后喜动慈颜，赐她旁坐，问过了许多说话，然后赐给衣饰等物，令她留住宫中。须卜居次生长朔方，所居所食，无非毳帐酪浆，此次得至皇宫中寄居数月，服罗绮，戴金珠，饱尝天厨珍馐，有何不愿？不过安汉公以下的走狗，又说得天花乱坠，归德安汉公，能使外人悦服，遣女入侍。就是太皇太后也道由莽德能及远，上下被欺，莽计又被用着了。

时光易过，又是一年，须卜居次怀念故乡，恳请遣归。太皇太后却不加阻，准令北返，临行时复厚给赏赐。须卜居次拜舞而去。平帝年仅一十二岁，情窦未开，但当须卜居次来往时，见她语言举动，半华半夷，很觉有些稀奇，所以每与相见，辄为注目。莽又凑着机会，转告太皇太后，应为平帝择婚，太皇太后自无异议。莽复采取古礼，谓宜援天子一娶十二女制度，方可多望生男，借广继嗣，当下诏令有司，选择世家良女，造册呈入。有司领命，采选数日，已得了数十人，按年编次，呈将进去。莽先行展阅，见他所开选女，原是豪阀名家，但一半是王氏女儿，连己女亦有名在内。莽眉头一皱，计上心来，即携名册入内，面奏太皇太后道："臣本无德，女亦无材，不堪入选，应即除名。"太皇太后听了，不知莽是何用意，俯首细思，想系莽不欲外家为后，故有此议。当下诏令有司，王氏女俱不得选入。哪知王莽本意，正要想己女为后，好做个现成国丈；不过为了选名册中，多采入王氏女，只恐鱼目混珠，被他夺去。偏太皇太后无端误会，竟命将王氏女一概除去，岂不是弄巧成拙么？全是欲取姑与的狡计。正忧虑间，已有许多朝臣，伏阙上书，请立安汉公女为皇后，接连是吏民附和，都奏称安汉公功德巍巍，今当立后，奈何不选安汉公女，反去另采他家？说得太皇太后不能不从，只好依言选定。莽始尚推辞，继见太皇太后已经决意，乃申言臣女为后，亦当另选十一人，冀合古制。群臣又相率上议，竞言不必另选，免多后患。莽还要生出周折，一是请派官看验，一是请卜定吉凶。太皇太后，因遣长府宗正尚书令等，往视莽女，须臾复命，俱言女容窈窕，允宜正位中宫。再令大司徒大司空，策告宗庙，兼及卜筮。太卜又奏称卜得吉兆，乃是金水旺相，父母得位，定主康强逢吉。谁知后来是乌焦巴弓！于是续议聘礼，遵照先代聘后故事，计黄金二万斤，钱二万万缗。莽仍请另选十一媵女，待至选就，自己只受聘礼钱四千万，还把四千万内腾出三千三百万，分给媵女各家，每家得三百万。群臣再奏称皇后受聘，只收受七百万钱，与媵女相去无几，应该加给。太皇太后复增钱二千三百万，合莽原留七百万缗，共计三千万，莽又腾出一千万，散给九族。群臣更寻出古礼，谓古时皇后父受封百里，今当举新野田二万五千六百顷，加封安汉公，莽慌忙固辞，乃不复加封。莽意原不止此。

后既聘定，由太史择定婚期，应在次年仲春吉日。莽家闻信，预备嫁奁，自然有一番忙碌。不意一夕有门吏出外，见有一人立在门前，才打了一个照面，便即窜去。门吏本认识此人，乃是莽长子宇妻舅吕宽，平日尝相往来，为何鬼鬼祟祟，逢人即避？此中定有蹊跷。正在怀疑，蓦闻有一阵血腥气，贯入鼻中，越觉奇怪得很。慌忙返身入门，取火出照，见门上血迹淋漓，连地上亦都沾湿，不由的毛骨悚然。亟入内报知王莽，莽怎肯不问？连夜遣人缉捕吕宽。次日即被捕到，仔细盘问，乃是莽子宇唆使出来。从前莽迎入平帝，只封帝母卫姬为中山王后，不许入都。见本回前文。卫后止有此子，不忍远离，免不得上书请求，莽仍然不从。独莽子宇，不直乃父，恐将来平帝长成，必然怀怨，不如预先筹谋，省得后悔。当下与师吴章，及妻兄吕宽，私下商议良策。章默想多时，方密告道："论理应由汝进谏；但汝父执拗，我亦深知，现在只有一法，夜间可用血洒门，使汝父暗中生疑，向我说起，我方好进言，劝他迎入卫后，归政卫氏便了。"吕宽拍手道："此计甚妙，便可照行。"宇知莽迷信鬼神，亦连声称善，遂托吕宽乘夜办理。宽遂出觅猪羊狗血，聚藏钵内，至夜间往洒莽门。冤冤相凑，撞见门吏，竟被发觉诡谋，不得不卸罪王宇。他想宇是莽子，定可邀恕，谁知莽毫无恩情，立刻将宇召入，问由何人主谋。宇答由吴师所教。莽竟缚宇，送交狱中，连宇妻吕焉一同连坐。越宿即逼宇自杀，吕焉腹中有孕，才令缓刑，复把吴章拿到，磔死市曹。狼心狗肺，至此已露。

章籍居平陵，素通《尚书》，入为博士。生徒负笈从游，约有一千余人。莽都视为恶党，下令禁锢。诸生统皆抵赖，不肯自认为吴章弟子，独有大司徒掾属云敞，自认章徒，且收抱吴章遗尸，买棺殓葬。都人士因此誉敞，就是莽从弟王舜，亦称敞见义必为，足比栾布。布收彭越首级事，见前文。莽专好沽名，因闻敞为众所称，倒也不敢加罪。唯甄邯等入白太皇太后，极称莽大义灭亲。当由太皇太后下诏道："公居周公之位，行管蔡之诛，不以亲亲害尊尊，朕甚嘉之！"为此一诏，更激动贼莽狠心，一不做，二不休，索性杀尽卫氏支属，只留下帝母卫后一人。还有元帝女弟敬武公主，曾为高阳侯薛宣继妻，宣死后留居京师，屡言莽专擅不臣。莽查得宣子薛况，与吕宽为友，遂将他母子株连，迫令敬武公主自尽，处况死刑。外如莽叔父红阳侯王立，及从弟平阿侯王仁，王谭长子。乐昌侯王安，王商子。与莽未协，由莽假传太皇太后诏旨，并皆赐死。又杀死故将军何武，前司隶鲍宣，护羌校尉辛通，函谷都尉辛遵，水衡都尉辛茂，南郡太守辛伯等人，所有罪状，都坐与卫氏通谋。北海人逢萌，留寓长安，怅然语友人道："三纲已绝，若再不去，祸将及身！"说着，即脱冠悬挂东城，匆匆出都。至家中挈领妻子，渡海东游，径往辽东避祸去了。小子有诗叹道：

洒血门前理固差，论心还是望持家。
无端杀尽诸亲属，难怪伊人逝水涯。

越年便是元始四年，平帝大婚期至，特派大员，往迎莽女。所有一切礼仪，且至下回再叙。

本回全叙王莽专恣，见得莽阴贼险鸷，与众不同。甫经起用，即贬废四后，彼岂尚有人臣之义耶？孝元后反喜其报怨，妇人之私，断不足与议大体。越裳氏之献白雉，何足言功？周公之称为元圣，固与白雉无关，况其由买嘱而致乎？厥后黄支献犀牛，越巂现黄龙，何一非侈饰祯祥，矫揉造作。即如须卜居次之入侍，与汉廷有何利益？而朝臣竟称为王莽功德，不值一噱！至若吕宽事起，亲子可杀，已非人情，甚且叔父从弟，无辜被害，是可忍，孰不可忍！宁待入宫逼玺，始无姑侄情乎？要之莽之篡汉，全由孝元后一人酿成，彼孔光等何足责哉！

第一百回　窃国权王莽弑帝
投御玺元后覆宗

却说元始四年春二月，平帝大婚。特遣大司徒马宫，大司空甄丰等，奉着乘舆法驾，至安汉公第恭迎皇后。莽令女儿装束齐整，出受皇后玺绶，登舆入宫。当有典礼官依着仪注，引着一十三岁的小皇帝，与莽女成婚。莽女年龄，与平帝相去不多，也未曾通晓礼节，全赖男女傧相，随时指导。礼成以后，颁诏大赦，三公以下，一律加赏。

太保王舜，邀集吏民八千余人，申请加封安汉公王莽。事下有司复议，议定大略，仍将莽所让还新野诸田，作为赏赐，采集伊尹周公称号，命莽为宰衡，位居上公。赐莽母太夫人号为功显君，莽子安为褒新侯，临为赏都侯，加皇后聘金三千七百万。太皇太后当即依议，亲临前殿，授策封拜。莽率二子入朝，稽首辞让，不敢受赏。又要装腔。及趋退后，复上奏章，只愿受母功显君称号，余皆不受。太师孔光，又出来谀莽，向太皇太后面奏道："安汉公勋德绝伦，所议封赏，尚未足以酬功，公虽谦抑退让，朝廷总当显秩酬庸，毋令固辞！"太皇太后又依言谕莽，莽仍求见太皇太后，叩头涕泣，坚辞封赏。装得像。太皇太后再召问孔光，光答言新野诸田，或可听他让还，功显君名号，止及一身，褒新赏都两国，不过三千户，并非重赏，聘金加给，乃是尊重皇后，与安汉公无关，应再派大员推诚晓喻，勿受让词。王舜为莽从弟，助莽或犹可说，孔光实属可杀。太皇太后乃再命大司徒马宫，大司空甄丰，持节劝莽，莽方才拜受。唯所受例外聘金，又取出千万，赂遗太皇太后，下至宫娥彩女，无不沾润。且请尊太皇太后姊君侠为广恩君，妹君力为广惠君，君弟为广施君，三人均给汤沐邑。妇人女子，得了好处，当然大喜过望，交口誉莽。于是内外一致，莫不称莽为第一好人。

莽又求媚太皇太后，无所不至。暗想老年妇人，寂处深宫，定乏兴趣，不若导令出游，使她快意，遂入请太皇太后，四时出巡，存问孤寡。又是一个好题目。太皇太后果然合意，带领皇后及列侯夫人，乘辇巡幸。莽饬有司预备钱帛牛酒，随辇出发，到处查问孤儿寡妇，量为赐给，一班穷民，欢呼万岁。太皇太后已经大悦，再加辇迹所经，都是长安城外的名胜地方，有山可眺，有水可观，还有草木鸟兽，无奇不备，试想这老太后久处宫中，忽得别开生面，一扩眼界，还有什么不怡情悦色哩！太皇太后有一弄儿，病居外舍，莽且亲往探视，弄儿感激非常，待至病愈，自然入白太皇太后。太皇太后尤为得意，觉得莽面面周到。就是古来孝子，想亦不过如斯，何况是一个侄儿，偏能这般孝顺，真好说独一无二了！哪知他要夺你的家产！

莽既取悦太皇太后，还想笼络天下士人，特创议设立明堂辟雍灵台，踵行周制。想做周公原应如此。并筑学舍万间，招罗天下俊秀，齐集京师。一面立乐经，增博士员，考校士人优劣。贤能为师，愚陋为徒。各有廪饩，不使向隅。群臣又奏言周公摄政七年，制度乃定，今安汉公辅政四年，营作二旬，大功毕成，应请升宰衡位置，在诸侯王上。太皇太后便即许可。群臣具会议九锡隆礼，为莽崇封。莽心想九锡封典，乃是异数，自从辅政以来，虽得运动四方夷狄，南献白雉犀牛，北亦遣女入侍，只是东西两方，还未入贡，应该再广招徕。招徕二字用得妙。乃复派遣心腹，多持金帛，贿通东夷西羌，东献方物，西献鲜水海即青海。允谷盐池等地，莽特增置西海郡，派吏往治。一片荒陬，毫无生产，乃更令罪犯徙居，迫令垦牧。每年充发，多约数万，少约数千，罪犯不足，继以边民，百姓始渐有怨言了。

越年孔光病死，代以马宫，宫比孔光还要谄谀，促成九锡礼仪。且阴嘱吏民，陆续上书，请加赏安汉公。一时书奏杂陈，仅阅旬月，上书人数，总计共得四十八万七千余名，究竟是虚是实，后亦无从确查，大约是见字计数罢了。近来选举敝习，就是从此处学来。太皇太后，见得朝野上下，恭维王莽，遂决行九锡封典。九锡是一锡衣服，二锡车马，三锡弓矢，四锡斧钺，五锡秬鬯，六锡命圭，七锡朱户，八锡纳陛，九锡虎贲。这是古今特别厚赏，由太皇太后御殿亲行。莽上殿拜受，却不推辞，太皇太后更将楚王旧邸，赐给王莽。莽即令修筑，整刷一新，复改造祖庙，统用朱户纳陛，仿佛宫殿规模。会因采风使陈崇王恽等八人，还朝复命，这八人系王莽所遣，叫他观风问俗。他却窥透王莽本意，出去游览一周，管什么风俗醇浇，徒诌成了几句歌功谣，颂德诗，就来复报，莽都说他有功，尽封列侯。好运气。

当时郡国傅相，四方守令，均由采风使与他叙谈，嘱使上陈符瑞。大众统皆应命，独广平相班稚，不肯遵行。琅琊太守公孙闳，反奏报灾荒，大司空甄丰，便劾闳捏造不祥。稚搁置嘉应，俱罪坐不道，应该捕诛。无理之至。当下由王莽批准，命将两人逮京。还是太皇太后有些慈心，与莽谈及，稚系班婕妤弟，为贤妃家属，宜加哀矜，莽乃将稚放归。闳下狱论死。莽又奏上市无二价，官无狱讼，邑无盗贼，野无饥民，道不拾遗，男女异路的古制，颁示天下。有人违法，应处象刑。看官听说！这象刑二字，出自《尚书》，凡刑人俱按律更衣，游行市曹，作为众戒。但也须由王道化成，方足使人无犯，哪里靠着一道文告，就得见效？可笑王莽贼头贼脑，竟欲踵行古制，粉饰太平，天下甚大，岂真尽为莽所欺吗？况莽所行诸事，多是自相矛盾，忽而行仁，忽而逞威。从前吕宽事起，杀子及弟，并害叔父，此外无辜连坐，又有多人，一腔残忍，已见端倪。

至元始五年夏季，又欲发掘丁傅两后坟墓，太皇太后不肯听从。莽却忿然力争道："傅氏丁氏，曾怀着皇太太后帝太后玺绶，今已明旨加贬，若不将玺绶取毁，如何行法？且傅氏更宜徙葬定陶，方足正名。"太皇太后只好应诺，但不准易棺，并须备椁作冢，祭用太牢。莽默然退出，即命有司督同工役，分掘二后坟茔。傅太后曾合葬渭陵，即元帝陵，见前。筑土甚高，工役开掘进去，费了无数气力。突闻一声响亮，土石崩颓，压毙了数百人，余众悉数逃回。丁姬合葬共皇园，甫经掘通椁门，忽有火光射出，烟焰高至四五丈。工役都吓得倒躲，经监工官饬令救火，方用水乱浇。等到火灭烟消，仔细看视，椁中器物，已尽被毁过，只有棺木不动。两处都逢怪象，并报王莽，莽尚不知悔，反奏称共王母前尝骄僭，触怒皇天，故致坍陷。丁姬葬亦逾制，火焚椁中。且两处棺木，并称梓宫，衣用珠玉，更非藩妾所宜，臣前拟只取玺绶，尚属非是，应改易棺木，并将丁姬改葬媵妾墓旁，方为顺天合理云云。太皇太后信为真言，居然许可，于是两棺俱发。傅氏椁中，臭达数里。其生也荣，其死也臭。吏役不得已塞鼻检视，取出玺绶珠宝，把尸骨另易他棺，草草葬讫。丁姬处也是照办。可怪的是丁姬棺上，突来燕子数千，口中统衔泥投棺，惹得工役亦为感动，力为建筑，固土厚封。独莽恐众人私议，令就二后墓上，遍种荆棘，作为瘅恶的榜样，垂戒后人。要说人恶，愈见己恶。

太师马宫，前曾与议傅太后尊谥，此时见莽追翻前案，心下不安，因上书自劾，愿乞骸骨。莽本因宫事事阿顺，无心追究，偏他胆小如鼷，自来请罪，一时无法挽留，不得已请太皇太后下诏，免太师官，以侯爵归第。这种事情，平帝全然不得参议。但平帝年已十四，知识渐开，闻得莽掘迁二后坟墓，也觉不平，并因莽杀尽舅家，单剩生母卫后一人，还不许相见，如此刻毒，实属容忍不住，所以与莽见面，常露愠色，背地里且有怨言。宫中侍役，多是王莽耳目，当然有人报知。王莽一想，皇帝小小年纪，竟要怨我，将来长成，还当了得！况汉室江山，已在掌握，所碍唯一女儿，他时亦好改嫁。我不如先发制人，较为得计！主见已定，也不商诸他人，待到是年腊日，进献椒酒，暗中置毒。汉以大寒后戌日为腊，并非除夕。平帝何从知晓，见酒便喝，一杯下肚，夜间便即发作，自呼腹痛，辗转呻吟。翌日由宫中传出，平帝得病甚剧，医治乏效。莽暗暗心喜，又恐被人瞧破，假意入宫问疾，装作愁眉泪眼一般。及至退出，复令词臣制成一篇祝文，情愿以身代帝，立赴泰畤祷告。再将祝文藏置金縢，故意嘱语群臣，不得多言。群臣以为金縢藏策，是周公故事，周公为了武王有病，愿甘代死，今安汉公也是如此，真是周公重生。哪知平帝一条性命，已被贼莽断送，腹痛数日，竟致告崩。名目上是在位五年，活得一十四岁。

莽入临帝丧，伪作悲号，一面令殓用元服，尊谥为孝平皇帝，奉葬康陵，命官吏丧服三年。太皇太后因平帝无嗣，特召群臣会议立储。时元帝支裔已绝，只有宣帝曾孙五人为王，淮阳王缜，中山王成都，楚王纡，信都王景，东平王开明。及列侯四十八人。群臣拟就五王列侯中，推立一人，独王莽厉声道："五王列侯，统系大行皇帝兄弟，不能相继为后，应就宣帝玄孙中选立。"群臣闻言，都不敢出声。莽利在立幼，故有此说。唯宣帝玄孙二十三人，莽独寻出一个最幼的玄孙，名叫作婴，父为广戚侯显，乃是楚王嚣曾孙，年仅二岁。托言卜相俱吉，应立为嗣。群臣怎敢抗议？全体赞成。先是泉陵侯刘庆上言，谓宜令安汉公摄政，如周公相成王故事，议尚未行。此时又由前辉光谢嚣奏称，武功县长孟通，浚井得白石，上有丹书，文云："告安汉公莽为皇帝。"前辉光就是长安，莽曾改定官名。及十二州郡县界画，分长安为前辉光后承烈二郡。谢嚣由莽荐举，又在都中，因即揣摩迎合，捏造符命。莽亟令王舜转白太皇太后，太皇太后作色道："这是欺人妄语，不宜施行！"晓得迟了！王舜道："事已至此，无可奈何。"莽亦但欲居摄，镇服天下，余无他意。只可欺骗妇人。太皇太后不得已下诏道：

盖闻天生众民，不能相治，为之立君以统理之。君年幼稚，必有寄托而居摄焉，然后能奉天施而成地化。朕以孝平皇帝幼年，且统国政，几加元服，委政而属之。今短命而崩，呜呼哀哉！已使有司征孝宣皇帝玄孙婴，入嗣孝平皇帝之后，玄孙年在襁褓，不得至德君子，孰能安之？安汉公莽，辅政三世，制礼作乐，与周公异世同符。今前辉光嚣上言丹石之瑞，朕深思厥意，云为皇帝者，乃摄行皇帝之事也。其令安汉公居摄践阼，如周公故事，以武功县为安汉公采地，名日汉光邑。所有居摄礼仪，令有司具奏以闻。

群臣接奉诏书，酌定礼仪，安汉公当服天子衮冕，负扆践阼，南面受朝，出入用警跸，皆如天子制度。祭祀赞礼，应称假皇帝。臣民称为摄皇帝，自称臣妾。安汉公自称曰予。若朝见太皇太后皇帝皇后，仍自称臣。这种不伦不类的礼议，呈将上去，有诏许可。转眼间已是正月，便改号为居摄元年。莽戴着冕旒，穿着衮衣，坐着銮驾，前呼后拥，到了南郊，躬祀上帝，祀毕至东郊迎春，又赴明堂行大射礼，亲养三老五更，五更亦老人能知五行更代之事，周制尝设三老五更，故莽特仿行。然后返宫。迟至春暮，方立宣帝玄孙婴为皇太子，号为孺子。尊平帝后为皇太后，使王舜为太傅左辅，甄丰为太阿右拂，读若弼。甄邯为太保后承。这项特别的官名，都是王莽创造出来。

才阅一月，便有安众侯刘崇起兵，前来讨莽。崇系长沙定王发六世孙，定王发系景帝子。闻得莽为假皇帝，遂与相张绍商议道："莽必危刘氏，天下共知莽奸，莫敢发难，我当为宗族倡义，号召天下，同诛奸贼！"张绍很是赞成，崇不顾利害，单率部下百余人，进攻宛城。宛城守兵，却有数千，一经对仗，任你刘崇如何忠勇，也是多寡不敌。崇及绍俱死乱军中。崇族父嘉，绍从弟竦，未被杀死，只恐王莽追究，反诣阙谢罪。莽欲牢笼人心，下诏特赦。张竦能文，又替刘嘉作了一篇奏章，极力谀莽，且愿潴崇宫室，垂为后戒。何其无耻乃尔。莽览奏大喜，立即批准。褒封嘉为率礼侯，竦为淑礼侯。都人替他作歌道："欲求封，无过张伯松；力战斗，不如巧为奏！"伯松系竦表字，竦由他歌笑，大官大禄，总得安然享受了。群臣乘机上奏，略言刘崇谋逆，由安汉公权力太轻，今应许他重权，方可镇抚天下。太皇太后一想，莽已居摄，还有何权可加？再召王舜等入问，舜等谓宜除去臣字，朝见时也即称假皇帝。太皇太后已不能制莽，只好由他称呼。

偏是东郡地方，又有义兵崛起，传檄讨逆，为首的乃是郡守翟义。义为故丞相方进子，表字文仲，居官正直，因闻王莽种种要求，势将篡汉，不由的义愤填胸，遽谋起义。有甥陈丰，年只十八，却生得胆力兼全。义因召丰入议道："新都侯莽，摄天子位，故意择定幼主，号为孺子，将来必篡汉家。今宗室衰弱，外无强藩，没人敢抗国难，我父子受国厚恩，义当为国讨贼，汝意以为何如？"丰扬眉抵掌，朗声应诺。义尚恐陈丰一人，不能济事，再约同东郡都尉刘宇，严乡侯刘信，及信弟璜，共同起事。一面部勒车骑材官，招募郡中勇敢战士，准备出发，自称大司马柱天将军，推立刘信为天子。信系东平王云子，东平一案，人皆称冤，见九十七回。所以将他推戴，以便号召。当下传檄郡国，略言王莽鸩杀平帝，摄天子位，欲灭汉室，今天子已立，当恭行天罚等语。远近义士，见他名正言顺，却也慨然乐从。义克日兴师，自东郡行至山阳，约得十余万众。警报传到长安，莽不觉心惊，几乎食不下咽。慌忙召集党羽，决议迎敌，拜轻车都尉孙建，为奋武将军，成都侯王邑，为虎牙将军，明义侯王骏，为强弩将军，城门校尉王况，为震威将军，忠孝侯刘宏，为奋冲将军，震羌侯窦况，为奋威将军，尽发关东兵甲，分道击义。

正在陆续进兵的时候，又有三辅土豪赵朋霍鸿等，与义相应，趁着都中空虚，竟来攻打长安。莽远近受敌，愈觉着忙，亟令卫尉王级为虎贲将军，大鸿胪阎迁为折冲将军，领兵出御，赵朋霍鸿，兵势甚盛，不下十余万名，到处放火，连未央宫前殿，都瞭见火光。莽又使甄邯为大将军，受钺高庙，总掌天下兵马，屯守城外。王舜甄丰，昼夜巡行殿中。莽抱孺子婴至郊庙间，日夜祷告，且召语群臣道：“昔周公辅相成王，管蔡挟禄父叛周，今翟义亦狭刘信作乱，古时大圣人尚忧此变，况莽本斗筲，何堪遇此？”群臣都应声道：“不经此变，如何得彰明圣德哩！”可谓善颂善祷。莽又仿《周书》作大诰，颁示天下，表明反位孺子的意思。果然计划精良，军士效力，七将军会齐陈留，与翟义等大战一场，先斩刘璜，后获翟义，只刘信逃得不知去向。义被捕至都中，磔死市曹。义有勇无谋，所以败死。七将军班师西行，移攻三辅。赵朋霍鸿，探得翟义兵败，已经气馁，再加莽军大集，愈不能敌，勉强持过了年，终落得兵败身亡，同归于尽。

莽连得捷报，大喜过望，当即大封诸将，颁爵五等。意欲即日篡位，适值莽母功显君得病，只好在家侍奉，佯示孝思。迁延到了秋季，功显君方才死去。莽只服缌缞，自言居摄践阼，当承汉后，但令长孙王宗主丧素服三年。莽专援古例，敢问此例出自何朝？广饶侯刘京，车骑将军千人官名。扈云，太保属吏臧鸿，先后上书，竞言符瑞。京说是齐郡临淄县亭长辛当，梦见天使与语云：“摄皇帝当为真皇帝，如若不值，但看亭中发现新井，便是确证。”次晨辛当起来，往视亭中，果有新井，深至百尺。云说是巴郡有石牛出现，上有丹文。鸿说是扶风雍石，也有文字发表。石牛雍石，一并呈验。全是现造。莽欣然迎纳，还要加造数语，奏白太皇太后，谓雍石文共有八字，乃是天告帝符，献者封侯。看来天意难违，此后令天下奏事，不必称摄，并改居摄三年为初始元年，上应天命。太皇太后已悟莽奸诈百出，但权在莽手，不能不从。期门郎张充，颇怀忠义，密邀同志五人，刺杀王莽，改立楚王刘纡为帝。不幸谋泄，尽被杀死。

梓潼人哀章，素行无赖，挟诈求逞，暗制铜匮一具，上署两签，一署天帝行玺金匮图，一署赤帝玺邦传与皇帝金策书。自己扮作方士模样，黄衣黄冠，趁着黄昏时候，赍匮至高帝庙中，付与守吏。一经交代，匆匆引去。守庙官忙报王莽，莽密令人展视铜匮中语，略言摄皇帝莽，应为真天子，下署佐命十一人，一王舜，二平晏，三刘歆，四就是哀章本名，五甄邯，六王寻，七王邑，八甄丰，九王兴，十孙建，十一王盛。看毕后返报王莽，莽亦知是外人捏造，但正要他这般做作，方好侈言神命，篡窃国家。初始元年十二月朔，莽率群臣至高祖庙，拜受金匮神禅，还谒太皇太后，说了一派胡言。太皇太后正想诘驳，莽已见机趋出，改服天子冠裳，大摇大摆的走至未央宫前殿，居然登座。一班趋炎附势的官僚，居然向莽朝贺。莽喜逐颜开，立命左右写好诏旨，堂皇颁布，定国号曰新，即改十二月朔日为始建国元年正月朔日，服色旗帜尚黄，牺牲尚白。此诏一出，争呼新皇帝万岁。

莽下座回宫，自思得为天子，侥幸已极，只是传国御玺，尚在太皇太后手中，应该向她取索。便召王舜入内，嘱咐数语。舜应命即行，直至长乐宫中，向太皇太后取玺。原来孺子婴未立，玺归太皇太后执管。太皇太后骂舜道："汝等父子兄弟，蒙汉厚恩，尚无报答，今受人托孤，反敢乘机篡夺，不顾恩义？如此过去，恐狗彘将不食其余。天下岂有象汝等兄弟么？且莽既托言金匮符命，自作新皇帝，尽可自去制玺，还要这亡国玺何用？我是汉家老寡妇，死且旦夕，欲与此玺俱葬，汝等休得妄想！"迟了，迟了！说着，涕泣不止。侍女统皆下泪，舜亦俯首唏嘘。过了片时，舜乃仰头申说道："事已至此，臣等无可挽回；若莽必欲得玺，太后岂能始终不与么？"太皇太后沉吟半晌，竟取出御玺，狠命的摔在地上，且大骂道："我老将死，看汝兄弟能不灭族否？"舜也不答言，拾玺即出，缴与王莽。

莽见玺上已缺一角，问明王舜，知被太皇太后掷碎。不得已用金修补，终留缺痕。这玺乃是秦朝遗物，由秦子婴献与汉高祖，汉高祖留与子孙，至是暂归王莽。莽用冠军人张永言，改称太皇太后为新室父母皇太后。未几废孺子婴为定安公，号孝平皇后为定安太后，西汉遂亡。总计前汉十二主，共二百一十年。究竟王莽阴谋诡计，窃得汉家天下，能否长久享受，且孝元孝平两后，及孺子婴等如何结局，当由小子续编《后汉演义》，再行详叙。唯有俚句二绝，作为《前汉演义》的煞尾声。诗曰：

百战经营造汉朝，谁知一旦付鸱鸮？
庸妪无术江山去，空使官僚著黑貂！莽改汉黑貂著黄貂，元后独令宫吏黑貂，事见《后汉演义》。

得自子婴失亦婴，两朝授玺若同情；
从知报应由来巧，莫替刘家恨不平！

孝元皇后，无傅太后之骄恣，又无赵氏姊妹之淫荒，亦可谓母后中之贤者。乃过宠王莽，使其罔上行私，得窃国柄，是则失之愚柔，非失之骄淫也。莽知元后之易与，故设为种种欺媚，牢笼元后于股掌之中。迨弑平帝而元后不察，迎孺子而元后不争，称摄皇帝假皇帝而元后不问，徒怀藏一传国玺，不欲遽给，果何益耶？要之妇人当国，暂则危，久则亡。元后享年八十有余，历汉四世，不自速毙，宜乎汉之致亡也。呜呼元后！呜呼西汉！

历朝通俗演义 第二部

后汉通俗演义 附三国

（上）

蔡东藩 著

中国书店

图书在版编目（CIP）数据

后汉通俗演义 / 蔡东藩著；—北京：中国书店，
2012.6（2019.10重印）
（历朝通俗演义）
ISBN 978-7-5149-0386-7

Ⅰ.①后… Ⅱ.①蔡… Ⅲ.①章回小说－中国－现代
Ⅳ.①I246.4

中国版本图书馆CIP数据核字（2012）第108461号

责任编辑 辛 迪
策 划 人 张凌文
装帧设计 肖晋兴
制作统筹 陈 辉

后汉通俗演义
蔡东藩 著

出 版 中国书店
地 址 北京市西城区琉璃厂东街115号
邮 编 100050
发 行 全国新华书店经销
印 刷 天津东辰丰彩印刷有限公司
开 本 680毫米×980毫米 1/16
印 张 46
字 数 729,000
版 次 2012年8月第1版
印 次 2019年10月第11次印刷
书 号 ISBN 978-7-5149-0386-7
定 价 598.00元（全十一部，共二十一册）

出版说明

蔡东藩先生从 1915 年开始创作《清史通俗演义》。此后历经十年，先后完成《元史通俗演义》、《明史通俗演义》、《民国通俗演义》、《宋史通俗演义》、《唐史通俗演义》、《五代史通俗演义》、《南北史通俗演义》、《两晋通俗演义》、《前汉通俗演义》、《后汉通俗演义》。

蔡先生的小说除极具故事性、趣味性之外，还极其重视史料的真实性。不但可以作为一般的休闲读物，也可以作为历史爱好者的参考书。

本套书由上海会文堂新记书局陆续出版，至 1926 年 9 月全部出齐。初版 11 部全部是有光纸石印线装本。1935 年 5 月，会文堂进行改版，全部改为铅印，分装 44 册，增加了许廑父续写的《民国通俗演义》后 40 回。全套书书名为《历朝通俗演义》，共 11 部，600 余万字。

此次出版，是以会文堂 1935 年的铅印本为底本，将繁体竖排改为简体横排。在编辑过程中，尽量保持原书风貌，仅对个别的错字、标点等做了调整和修改。原书的一大特色，蔡东藩自己批注的注释、夹批和后批，全部按原文保留。

希望能带给读者原汁原味的阅读感受。

自序

客岁编《前汉演义》，就二百一十年间之事迹，撮要演述，而于女宠外戚之祸，独详载无遗，举前辙所以戒后车也。乃者赓续汉事，复及东京，并暨西蜀。而窃按东京，历数与西京略同，而其亡国之厉阶，则亦肇自女宠，成于外戚。或者谓后汉之亡，宦寺方镇实尸之，于女宠外戚似无与焉。岂知木朽则虫生，墙罅则蚁入，不有女宠外戚之播弄于先，何有宦寺方镇之交讧于后？四星耀斗，百桷摧栋，阳弱阴强，刘轻曹重，其所由来者渐矣，繇辨之不早辨也。昔范蔚宗作《后汉书》，于后妃列传中，一则曰权归女主，再则曰委事父兄，三则曰终于陵夷，大运沦，神宝亡，盖嗟叹之不足，故长言之。他如外戚党锢等传中，且连类并书，又复特创新例，作《宦者传》，冠其文曰："邓后以女主临政，帷幄称制，下令不出闺闱之间，不得不委用刑人，寄之国命。"又曰："自曹腾说梁冀，竟立昏弱，魏武因之，遂迁龟鼎。"夫邓后，女宠也；梁冀，外戚也；曹腾，宦寺也；魏武，方镇也；穷原尽委，举一例百，不已昭然揭橥欤？洎乎昭烈偏安，聊延一线，而其后复为一黄皓所误，则宦官之流毒使然。诸葛公所痛恨于桓灵者，不意于后主时又见之，良可慨已！唯史册浩繁，谁遑卒阅？至若编年纪事，各书不一而足，阅者更未免有汪洋之叹，反不若近代之通行《东西汉演义》暨《三国志演义》，则脍炙人口，俗之欢迎也。夫东西汉之叙事脱略，且多臆造，应为有识者所鄙夷。若罗氏所著之《三国志演义》，则脍炙人口，加以二三通人之评定，而价值益增。然与陈寿《三国志》相勘证，则粉饰者十居五六。寿虽晋臣，于蜀魏事不无曲笔，但谓其穿凿失真，则必无此弊。罗氏第巧为烘染，悦人耳目，而不知以伪乱真，愈传愈讹，其误人亦不少也。本编续《前汉演义》之体例，始于新莽之篡汉，终于司马氏之代魏，中历东汉蜀汉之二百数十年，事必纪实，语不求深，合正裨为一贯，俾雅俗之相宜，而于兴亡之大关键，如女宠，如外戚，酿而为阉祸，迫而为兵争，尤三致意焉。先民有言，“文不苟作”，鄙人固无当斯言，特以视附会荒唐，无关世道者，则相去殆有间欤？海内君子，幸鉴正之！

中华民国十五年秋节，古越蔡东帆叙。

后汉世系图

凡十二主共一百九十六年

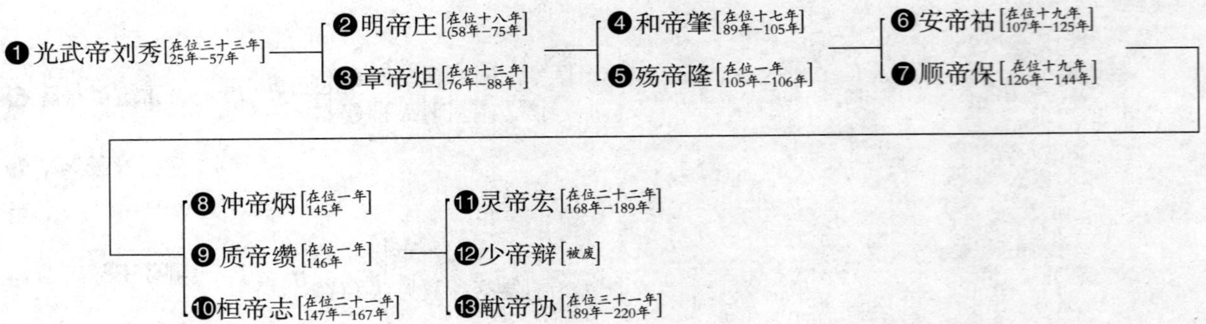

三国世系图

蜀汉 凡二主共四十三年

❶昭烈帝刘备[在位三年 221年–223年]——❷后主禅[在位四十年 224年–263年]

魏 凡五主共四十六年

❶文帝曹丕[在位七年 220年–226年]——❷明帝叡[在位十三年 227年–239年]

❸废帝齐王芳[在位十五年 240年–254年]┬❹废帝高贵乡公髦[在位六年 255年–260年]
└❺元帝奂[在位五年 261年–265年]

吴 凡四世共五十二年

❶大帝孙权[在位二十四年 229年–252年]

❷废帝会稽王亮[在位六年 252年–257年]┬❸景帝休[在位六年 258年–263年]
└❹乌程侯皓[在位十六年 264年–280年]

目　录

第一回　假符命封及卖饼儿　惊连坐投落校书阁

有汉一代，史家分作两撅，号为前后汉，亦称东西汉，这因为汉朝四百年来，中经王莽篡国，居然僭位一十八年，所以王莽以前，叫作前汉，王莽以后，叫作后汉。且前汉建都陕西，故亦云西汉，后汉建都洛阳，洛阳在关陕东面，故亦云东汉。《前汉演义》，由小子编成百回，自秦始皇起头，至王莽篡国为止，早已出版，想看官当可阅毕。此编从《前汉演义》接入，始自王莽，结局三国。曾记陈寿《三国志》，谓后汉至献帝而亡，当推曹魏为正统。司马温公沿袭寿说，也将正统予魏，独朱子纲目，黜魏尊蜀，仍使刘先主接入汉统，后人多推为正论。咳！正统不正统，也没有什么一定系绪，败为寇，成为王，古今来大概皆然，何庸聚讼？一部廿四史从何说起，便是此意。不过刘先主为汉景帝后裔，班班可考，虽与魏吴分足鼎峙，地方最小，只是就汉论汉，究竟是一脉相传，必欲拘拘然辨别正统，与其尊魏，毋宁尊蜀。罗贯中尝辑《三国演义》，名仍三国，实尊蜀汉，此书风行海内，几乎家喻户晓，大有掩盖陈寿《三国志》的势力。若论他内容事迹，半涉子虚，一般社会，能有几个读过正史？甚至正稗不分，误把罗氏《三国演义》，当作《三国志》相看，是何魔力，摄人耳目。小子不敢訾议前人，但既编《后汉演义》，应该将三国附入在内。《前汉演义》附秦朝，《后汉演义》附三国，首尾相对，却也是个无独有偶的创格。可谓戛戛独造。唯小子所编历史演义，恰是取材正史，未尝臆造附会；就使采及稗官，亦思折衷至当，看官幸勿诮我迂拘呢。

若要论及后汉的兴亡，比前汉还要复杂：王莽篡国，祸由元后，外戚为害，一至于此。光武中兴，惩前毖后，亲揽大权，力防外戚预政。明帝犹有父风，国势称盛。章帝继之，初政可观，史家比诸前汉文景，不意后来宠任后族，复蹈前辙。和帝以降，国事日非，外立五帝，安帝懿帝质帝桓帝灵帝。临朝六后章帝后窦氏，和帝后邓氏，安帝后阎氏，顺帝后梁氏，桓帝后窦氏，灵帝后何氏。妇人无识，贪揽国权，定策帷帘，委政父兄，嗣主积不能容，势且孤立，反因是倒行逆施，委心阉竖。于是宦官迭起，与外戚争持国柄，外戚骄横不慎，动辄为宦官所制，辗转消长，宦官势焰熏天，横行无忌，比外戚为尤甚，正人君子，被戮殆尽。天变起，人怨集，盗贼扰四方，不得已简选重臣，出为州牧，内轻外重，尾大不掉。势孤力弱的外戚，欲借外力为助，入清君侧，结果是外戚宦官，同归于尽，国家大权，归入州牧掌握。一州牧起，群州牧交逼而来，又酿成一番州牧纷争的局面，或胜或败，弱肉强食，董卓曹操，先后逞凶，天子且不知命在何时，还有什么汉家命令？当时中原一带，尽被曹氏并吞，唯东南有吴，西南有蜀，力保偏壤，相持有年，曹丕篡汉，仅存益州一脉，不绝如缕，又复出了一个庸弱无能的呆阿斗，终落得面缚出降，赤精衰歇，都随鼎去，岂不可悲？岂不可叹？慨乎言之。总计自光武至章帝，是君主专政的时代，自和帝至桓帝，是外戚宦官更迭擅权的时代，自桓帝至献帝，是宦官横行的时代；若献帝一朝，变端百出，初为乱党交讧时代，继为方镇纷争时代，终为三国角逐时代，追溯祸胎，实启宫闱。母后无权，外戚宦官，何得专横？外戚宦官无权，乱党方镇，何得骚扰？古人有言："哲夫成城，哲妇倾城"，这是至理名言，万世不易呢。即如近数十年间之乱事，亦启自清慈禧后一人，可谓古今同慨。

大纲既布，须叙正文。且说王莽毒死汉平帝，又废孺子婴，把一座汉室江山，平白地占据了去，自称新朝，号为始建国元年，佯与孺子婴泣别，封他为定安公，改大鸿胪府为定安公第，设吏监守。所有乳母佣媪，不得与孺子婴通语，一经乳食，便把他锢置壁中。尊孝元皇后为新室文母，命孝平皇后为定安太后，一是姑母，一是女儿，所以仍得留居深宫。当下封拜功臣，先就金匮策书，按名授爵。这金匮是梓潼人哀章，私造出来，持至高庙，欺弄王莽，见《前汉演义》末回。王莽视为受命的符瑞，就借此物欺弄吏民。计金匮中所列新朝辅佐，共十一人，首列王舜、平晏、刘歆、哀章，莽号为四辅，令舜为太师安新公，晏为太傅就新公，歆为国师嘉新公，章为国将美新公，四辅以后，就是甄邯、王寻、王邑，莽又号为三公，令邯为大司马承新公，寻为大司徒章新公，邑为大司空隆新公。尚有四人号为四将，甄丰为更始将军，孙建为立国将军，王兴为卫将军，王盛为前将军。这一道新朝诏旨颁将出来，哀章是喜得如愿，买得一套朝衣朝冠，昂然诣阙，三跪九叩，谢恩就封。余如王舜、平晏、刘歆、甄邯、王寻、王邑、甄丰、孙建等八人，本是王莽爪牙，即日奉命受职。只有王兴、王盛两姓名，乃是哀章随笔捏造，当然无人承认，好几日没有影响，哀章不敢直陈，只是背地窃笑。偏王莽遣人四访，无论贫富贵贱，但教与金匮中姓氏相符，便命诣阙授官。事有凑巧，访着一个城门令史，叫做王兴，还有一个卖饼儿，叫做王盛，当即召他入朝，赐给衣冠，拜为将军。这两个凭空贵显，还道身入梦境，仔细审视，确是无讹，无端富贵逼人来，也乐得拜爵登朝，享受荣华。天落馒头狗造化。

莽又因汉家制度，未免狭小，特欲格外铺张，自称为黄帝虞舜后裔，尊黄帝为初祖，虞舜为始祖，凡姚、妫、陈、田、王五姓，皆为同宗，追尊陈胡公为陈胡王，田敬仲为田敬王，齐王建孙济北王安，为济北愍王。其实齐王建本姓田氏，齐亡后尚沿称王家，因以为姓。莽借端附会，故由齐追及虞舜，由虞舜追及黄帝。硬要夸张。立祖庙五所，亲庙四所，称汉高祖庙为文祖庙，凡惠、景以下诸园寝，仍令荐祀。唯汉室诸侯王三十二人，贬爵为公，列侯一百八十一人，贬爵为子，所有刚卯金刀的旧例，不得再行。向来汉朝吏民，于每年正月卯日，制符为佩，或用玉，或用金，或用桃木，悬以革带，一面有文字镌着云："正月刚卯，"谓可避一年疫气。金刀乃是钱名，形如小刀，通行民间，莽以刘字左偏，有卯有金，右偏从刀，故将刚卯金刀，一律禁止，另铸小钱通用，径只六分，重约一铢。又欲仿行井田遗制，称天下田曰王田，人民不得私相买卖。如一家不满八口，田过一井，应将余田分给九族乡党。且不准私鬻奴婢，违令重罚，投御魑魅。后从国师刘歆奏议，遵照周制，立五均司市泉府等官。此外所有官职，多半改名，大约是不古不今的称号，胡弄一番，换名不换人，有何益处？后世亦多蹈此辙。唯俸禄尚未酌定，往往有官无俸。后来又欲踵行封建，封了好几千诸侯，但用菁茅及四色土，作为班赏，并没有指定采邑，但给月钱数千，使居都中。看官试想！这种制度，果可行不可行呢？

正在喜事纷更的时候，忽由徐乡侯刘快，起兵讨莽，进攻即墨，莽方拟遣将往御，那即墨已传来捷报，刘快已经败死了。原来快系汉胶东恭王授次子，恭王授系景帝五世孙。有兄名殷，嗣爵胶东王，莽降殷为扶崇公，殷未敢叛莽，独快却志在讨逆，纠众数千人，从徐乡趋即墨城，意欲踞城西向。偏即墨城中的吏民，闭城拒守，快众多系乌合，不能久持，渐渐溃散。守吏趁势杀出，把快击走，快竟窜死长广间。殷闻弟快起兵，惶恐得很，紧阖城门，自系狱中，一面上书谢罪。莽既得捷报，只命快妻子连坐，赦殷勿问。越年为始建国二年，莽恐刘氏余波，仆而复起，索性将汉室诸侯王，一体削夺，废为庶人。只有前鲁王刘闵，中山王刘成都，广阳王刘嘉，曾颂莽功德，侈陈符命，故仍得受封列侯。无耻之徒。嗣复由立国将军孙建等，奏言："汉氏宗庙，不当复在长安，应与汉室一同罢废。"莽欣然许可，唯言国师刘歆等三十二人，夙知天命，夹辅新朝，可存宗祀。歆女为皇子妃，使仍刘姓，余三十一人皆赐姓王氏，并改称定安太后为黄皇室主，示与汉绝婚。

定安太后虽是莽女，却与乃父性情不同，自从王莽篡位以后，镇日里闷坐深宫，愁眉不展，就是莽按时朝会，亦屡次托病，未尝一赴。莽还道她年方二九，不耐孀居，所以将她改号，好与择配，暗思朝中心腹，虽有多人，唯孙建最为效力，建有子豫，又是个翩翩少年，若与黄皇室主配做夫妻，恰是一对佳偶。当下召入孙建，与他密商，建欣然受命，归询子豫，也是喜出望外。得皇后为妻室，且是现成帝婿，有何不愿？于是想出一法，由豫盛饰衣冠，装束得与子都宋朝相似，带着医生，托词问疾，竟至黄皇室主宫中。宫中侍女，不敢拦阻，将他放入。豫得进谒黄皇室主，说是奉旨探视。黄皇室主大为惊异，又见他一双色眼，尽管向自己脸上瞟将过来，料知来意不佳，慌忙退入内室，传呼侍女，责她擅纳外人，亲加鞭扑。豫立在外面，听得内室有鞭扑声，当然扫兴而去，报知王莽。莽始知女儿志在守节，打消前议。

谁知此事一传，偏有一个绔袴郎君，艳羡黄皇室主，要想与她做个并头莲。这人为谁？乃是更始将军甄丰子甄寻。寻素来佻达，专喜渔色，前闻王莽要招孙豫为婿，不由的因羡生妒，背地含酸。后来豫事无成，寻私心窃幸，还道是大好姻缘，应该轮着自己身上，死在目前，还想快活。朝夜思想，定下一计，便悄悄的自去施行。从前寻父甄丰，与王舜刘歆等，同佐王莽，不过依莽希荣，尚未欲导莽篡位，至符命诸说，纷然并起，丰等也不得不顺风敲锣，争言符瑞。莽既据国，尝遣五威将帅，分使五方，颁示符命四十二篇，笼络人心，因此符命诸说，充满天下。且内外官吏，一陈符命，往往封侯，有几个不愿捏造，辄互相嘲戏道："汝奈何没有天帝除书？"统睦侯司命陈崇，司命官名，由莽创造。密白王莽道："符命可暂用，不可久用，若长此过去，奸人都好借此作福，反致生乱。"莽点首无言，俟崇退出，即颁出命令，谓非五威将帅所颁，尽属无稽，应下狱论罪。嗣是符命伪谈，渐渐绝口。甄丰本为大司空，资格名位，不亚王舜刘歆，就是甄寻亦得受封茂德侯，官居侍中，兼京兆大尹。至莽封功臣，依照金匮符命，但拜丰为更始将军，使与卖饼儿王盛同列，不但与王舜刘歆等人，相去太远，甚且也不及弟，连甄邯都出丰上，丰父子当然怏怏。实在由丰素性刚强，平时未免唐突莽前，所以莽有意贬抑，借着符命为名，把丰贬置下列。丰子寻垂涎莽女，错疑莽真信符命，遂从符命上做出文章，先借别事一试，只说新室应当分陕，设立二伯，甄丰可为右伯，太傅平晏可为左伯，得周公召公故事。这道符命呈将进去，竟得王莽批准，令甄丰为右伯，使他西出。丰尚未行，寻越觉符命有效，又是一篇进陈，内言："故汉氏平帝后，应为甄寻妻。"满望王莽再行准议，好教黄皇室主下嫁过来，做个乘龙娇客。哪知宫中传出消息，很是不佳，据言："王莽怒气勃勃，谓黄皇室主为天下母，怎得妻寻？"寻才知弄巧成拙，若再不走，必被逮捕，当下密取金银，一溜烟似的逃出家门。不到半日，果有许多吏卒，来围甄第，入捕甄寻。甄丰尚未知寻所犯何罪，及问明情由，也吓得魂飞天外，急忙自己寻觅，意欲绑子入朝，为自免计。偏偏四觅无着，又经朝使坐索，迫令交出，一时无法对付，只好拚着老命，服毒自尽。朝使见甄丰已死，又入室搜捕，终不得寻，乃回去复命。

莽闻寻出走，下令通缉，一面穷究党羽，查得国师刘歆子侍中刘棻，棻弟长水校尉刘泳，及歆门人骑都尉丁隆，与大司空王邑弟左关将军王奇等，统是甄寻好友，一古脑儿拿入狱中，逐加讯问。数人因甄寻在逃，无从对质，自然极口抵赖，不肯承认。案情悬宕多日，那在逃未获的甄寻，竟被获到。寻本跟着一个方士，逃入华山，蛰居多时，想到外面询探音信，适被侦吏遇着，便将他一把抓住，解入长安。他与刘棻等虽是友善，唯此番想娶故后，假托符命，全是他一人作主，未曾商诸别人，既经到案，却也自作自认，供称刘棻等不过相识，并未通谋。偏问官有心罗织，严刑逼供，没奈何将刘棻等牵扯在内。刘棻等已被扳入，百喙难辞，遂都连坐罔上不道的罪名，谳成死罪。倒是生死朋友，患难与共。还有刘棻的问业师，系是莽大夫扬雄，莽大夫三字头衔，乐得叙出。也做了此案的嫌疑犯，竟遭传讯。雄字子云，蜀郡成都人，素来口吃，却具才思，平时尝慕先达司马相如，每有著述，辄为摹仿。汉成帝时，由大司马王音举荐，待诏宫廷，献入甘泉河东二赋，得邀成帝特赏，授职为郎，嗣经哀平两朝，未获超迁，平居抑郁无聊，但借笔墨消遣，著成《太玄经》及《法言》。《法言》是摹拟《论语》，文尚易解，《太玄经》摹拟《周易》，语多难明。独刘歆借阅一周，尝语扬雄道："《太玄经》词意深奥，非后生小子所能知，将来恐不免复瓿呢。"瓿音部，是贮酱小瓮。话虽如此，意中却很重雄才，特令子棻拜雄为师，学习奇字。此时雄得为莽大夫，方在天禄阁校书，忽闻被刘棻案情牵连，要去听审。自思年过七十，何苦去受严刑，不如一死为愈，乃即咬定牙龈，竟从阁上跃下，跌了一个半死半活。我说他是条苦肉计。朝吏见他老年投阁，撞得头青面肿，很觉可怜，慌忙将他扶起，令人看守，自去返报王莽，具述惨状，且说他并未知情。莽才令免议，但命将甄寻刘棻等，一并诛死。

更有一种可笑的事情，莽欲仿行虞廷故事，流刘棻至幽州，放甄寻至三危，殛丁隆至羽山，三人已经就戮，却将他尸首载入驿车，辗转传致，号为三凶。此外牵连朝臣，也不下数百人。独扬雄九死一生，想去趋奉王莽，特著一篇《剧秦美新文》，谨敬呈入。时人因此作谣道："唯寂寞，自投阁，爰清静，作符命。"为此一谣，文名鼎鼎的扬子云，遂致贻讥千古。雄至王莽天凤五年，方才病死。小子有诗咏扬雄道：

才高依马算文豪，一落尘污便失操。
赢得头衔三字在，千秋笔伐总难逃。

扬雄投阁以后，却有一位铁中铮铮的老成人，为汉殉节，亘古流芳，与扬雄大不相同。欲知此人为谁，待至下回说明。

本回除楔子外，叙入王莽封拜功臣，爰照金匮符命，分授四辅三公四将，连卖饼儿亦得厕入。夫以王莽之狡诈，宁不知金匮之为伪造？其所以依书封拜者，无非为欺人计耳。不知欺人实即欺己，以卖饼儿为将军，宁能胜任？多见其速亡而已，宁待法令纷更，激成众怒，而始决莽之必亡耶？莽女为汉守节，不类乃父，尚有可称，何物甄寻，欲妻故后，其致死也固宜。刘棻丁隆等人，不免枉死，史家因其同为逆党，死不足惜，故不为辨冤。扬雄甘为莽大夫，投阁不死，反为美新之文以谄媚之，老而不死是为贼，区区文名，何足道乎？揭而出之，亦维持廉耻之一端也。

第二回　毁故庙感伤故后
挑外衅激怒外夷

却说前汉哀帝时候，有个光禄大夫龚胜，年高德劭，经明行修，他因王莽擅权，上书乞休，退归楚地原籍，家食自甘，不问世事。及莽已篡位，意欲罗致老成，特遣五威将帅，赍着羊酒，问候胜家，嗣又召为讲学祭酒，胜一再托疾，不肯应命。莽立夫人王氏为皇后，即王盛女，见《前汉演义》。生有四男，长子宇为了卫姬一案，被莽逼死，卫姬系平帝生母，莽不令入宫，宇谋近卫姬，事泄被杀，亦见《前汉演义》。次子获无故杀奴，亦由莽迫使自杀；三子安向来荒荡，为莽所嫉，因立四子临为太子。且为临招致师友各四人，一是故大司徒马宫，令为师疑；一是故少府宗伯凤，令为傅丞；一是博士袁圣，令为阿辅；一是故京兆尹王嘉，令为保拂，音弼。这便叫做四师。又用故尚书令唐林为胥附，博士李充为奔走，谏大夫赵襄为先后，中郎廉丹为御侮，这便叫做四友。胥附奔走先后御侮语，见《诗经》。莽假古立官，故有是名。四师四友以外，还欲添设师友祭酒，因再派吏至楚，使持玺书印绶，征胜入都。

吏奉莽命，到了楚地，料知胜不愿就征，预先邀同郡守县吏，及三老诸生，约千余人，齐集胜门，强为劝驾。胜自称病笃，奄卧床上，首向东方，朝服拖绅，方邀朝使入室，朝使入付玺书，并给印绶，胜当然辞谢，经朝使先劝后迫，定要胜应召入朝，胜喟然叹道："胜素愚昧，更兼老病侵寻，朝不保暮，若迫令起行，必死途中，转负新朝养老盛意，如何是好？"朝使听了，倒也不敢硬逼，退居郡舍，每阅五日，必与郡守一问起居，且向胜子及胜徒高晖，屡言朝廷厚意，将加侯封，就使病不能行，亦当出居传舍，示有行意，此事关系子孙，不可错过等语。晖等颇为所动，入内白胜，胜作色道："我受汉家厚恩，愧无以报，今年已老迈，旦暮入地，难道尚好出事二姓么？"说罢，即命二子预备后事，自己绝粒不食，饿至十有四日，气绝而亡，年终七十九岁。朝使闻得死耗，尚疑胜有诈谋，亲与郡守往吊，审视尸体，果已绝气，方才慨然辞去。胜家当即开丧，门徒毕集，代为料理。忽有一老翁策杖前来，径至灵帷前哭了一场，哭毕又叹惜道："熏以香自烧，膏以明自销，呜呼龚生，竟夭天年，非吾徒也！非吾徒也！"一面说，一面走，扬长自去。确是一奇。大众莫名其妙，也不知他何姓何名，后来到处查问，有人识他是个彭城隐士，年约百岁，姓名不传，但共号为彭城老父罢了。

朝使复报王莽，莽也为唏嘘。未必真情。转思唐林唐尊纪逡诸人，俱系一时名士，幸已罗置朝端。尚有齐人薛方著名已久，亦应遣使招徕。乃更命安车驷马，往迎薛方，方向来使拜谢道："尧舜在上，且有巢由，今明主方著唐虞盛德，小臣愿守箕颍高风，请善为我辞。"措词甚妙。使人回复朝命，备述方言，莽听他称颂自己，很觉惬意，遂不复再征。南郡太守郭钦，兖州刺史蒋翊，常因廉直得名，当王莽居摄时，已皆托病辞职，终身不起。又有沛人陈咸，此非前汉时陈万年子。曾为哀帝时尚书，莽杀何武鲍宣，见《前汉演义》。咸即惊叹道："易称见机而作，不俟终日，我亦好从此去了。"当下谢职归田。莽篡汉后，召为掌寇大夫，仍称病不就。咸有三子参丰钦，俱已出仕，由咸陆续召归，杜门不出。平时尚用汉家祖腊，或说他未合时宜，咸勃然道："我先人怎知王氏腊呢？"遂家居以终。此外还有齐人栗融，北海人禽庆苏章，山阳人曹竟，并以儒生为吏，因莽辞官。这都是洁身自好的志士，可法可传，比诸莽大夫扬雄，原是清浊不同呢！历举志士，维持风节。唯孝元皇后死后诔文，还是莽大夫扬雄所作，语虽寥寥，尚将他列入汉家，不把那新室文母四字，提叙出来。曾记得诔语有云：

太阴之精，沙麓之灵，作合于汉，配元生成，著其协于元城。

相传孝元皇后王政君，初生时曾有奇异，母李氏梦月入怀，方孕政君，所以诔文中说为太阴之精。政君为元城人，元城郭东，有五鹿墟，就是春秋时代的沙麓地方，春秋鲁僖公十四年，沙麓崩，《春秋传》作沙鹿。晋史卜得爻辞，见有阴为阳雄，土火相乘二语，尝叹为六百四十五年后，宜有圣女兴起，大约应在齐国田氏。是一个亡国妇人，何有圣女？王氏为齐王建后裔。见前回。王贺徙居元城，正当沙麓西偏，孙女便是王政君，为元帝后，经元成哀三朝，尚然健在。哀帝时由政君摄政，正与鲁僖公十四年，相隔六百四十五载，所以诔文中说为沙麓之灵。扬雄援据故事，叙入诔文，原为颂扬元后起见。但汉无元后，或不致为王莽所篡，是元后实系亡汉罪魁，何足称道。不过她见莽篡位，也觉悔恨，且莽改称元后为新室文母，与汉绝体，越令元后不安。莽又毁坏刘氏宗庙，连元帝庙亦被拆去，独为新室文母预造生祠，就将元帝庙故殿基址，作为文母纂食堂。纂音撰，具也。建筑告成，号称长寿宫。特请元后过宴，元后至新祠中，见元帝庙废彻涂地，不禁惊泣道："这是汉家宗庙，当有神灵，为何无端毁去，颓坏无余？若使鬼神无知，何必设庙？倘或有知，我乃汉家妃妾，怎得妄踞帝堂，自陈馈食呢？"王莽听了，毫不介意，仍请元后入席，元后不得已坐下，勉强饮了几杯，便即起身告归，私语左右道："此人慢神太甚，怎能久叨天祐？我看他败亡不远哩！"语虽近是，但试问由何人纵成？

莽见元后怏怏回去，料她心怀怨恨，不得不格外巴结，卖弄殷勤，所有一切奉养，常亲往检视，不使少慢。那元后却愈加愁闷，镇日里不见笑颜，汉制令侍中诸官，俱着黑貂，莽独使改着黄貂，独元后宫中的侍御，仍着黑貂，且不从新莽正朔，每遇汉家腊日，自与左右相对，饮酒进食，总算度过残年。好容易过了五载，至王莽始建国五年二月，得病告终，享寿八十有四。若早死一二十年，当可少许免咎。莽为元后持三年服，奉柩出葬渭陵，虽与元帝合墓，中间却用沟夹开。所建新室文母庙中，岁时致祭，反令元帝配食，设座床下，这真叫做阴阳倒置，妇可乘夫了。想就是阴为阳雄之验。

唯元后在日，曾云王莽不得久安，莽总道是老妪恨语。哪知元后殁时，已经内外变起，岌岌不宁。先是莽遣五威将帅王骏，率同右帅陈饶等，北抚匈奴，使单于交出汉玺，改换新朝图印，镌文为新匈奴单于章。匈奴乌珠留若提单于，即囊知牙斯。问明情由，才知汉朝绝统，另易新皇，却也没甚话说，就将图印换讫。陈饶恐单于变计，再求故印，即将原印用斧劈毁。到了次日，果由单于遣人持印，出语王骏道："我闻汉朝制度，凡诸侯王以下印绶，才称为章，我虽受汉册封，原是称玺，今易去玺字，又加新字，是与中国臣下，毫无分别了！我不愿受此新章，仍须还我旧印为是。”陈饶闻言，将原印取示，已经分作数片，且与语及新朝体制，与汉不同。番使返白单于，单于知已受欺，待至莽将南归，便即勒兵朔方，伺隙入寇。

警报到了长安，莽正欲耀武塞外，特改号匈奴单于为降奴服于。莽生平无甚奇巧，不过善改名目。简派立国将军孙建等，募兵三十万人，约期大举，进击匈奴。且分匈奴国土为十五部，饬立前单于呼韩邪子孙十五人，同为单于。呼韩邪子孙，散处朔漠，各有职使，哪个肯来应命？莽乃再遣中郎将蔺苞，副校尉戴级，率兵万人，多赍金帛出塞，招诱呼韩邪诸子，前来听封。匈奴右犁汗王咸，居近中国，闻有金帛相赠，不免心动，因率子助登二人，来会蔺苞戴级，蔺戴即传述莽命，拜咸为孝单于，赐给黄金千斤，杂缯千匹，助为顺单于，赐给黄金五百斤。咸受金后，便欲挈子同归，不意蔺苞戴级，将他二子截留，只准咸一人归庭，咸怏怏自去。蔺苞戴级，遂把助登传送长安，王莽大喜，封苞为宣威公，拜虎牙将军，级为扬威公，拜虎贲将军。事为乌珠留单于所闻，顿时大怒道：“先单于受汉宣帝恩，原不可负，今天子非宣帝子孙，如何得立！我岂肯从他伪命么？”当下纵兵入塞，大杀吏民。莽得知消息，更选出十二部统将，令分率募兵三十万众，各赍三百日粮草，分道并出，为灭胡计。将军严尤，亦奉命与征，独上书谏莽道：

> 臣闻匈奴为害，所从来久矣，未闻上世有必征之者也。后世如周秦汉征之，亦未闻有得上策者，周得中策，汉得下策，秦无策焉。当周宣王时，猃狁内侵，至于泾阳，命将征之，尽境而还。其视戎狄之侵，譬犹蚊虻之螫，驱之而已，故天下称明，是谓中策。汉武帝选将练兵，约赍轻粮，深入远戍，虽有克获之功，胡辄报之，兵连祸结，三十余年，中国罢耗，罢音疲。匈奴亦创艾，而天下称武，是谓下策。秦始皇不忍小耻而轻民力，筑长城之固，延袤万里，转输之行，起于负海，疆境虽完，中国内竭，卒丧社稷，是谓无策。今天下遭阳九之厄，比年饥馑，西北边尤甚，若发三十万众，具三百日粮，必东援海代，南取江淮，然后乃备，计其道里，一年尚未集合，兵先至者聚居暴露，师老械敝，势不可用，此一难也。边既空虚，不能奉军粮，内调郡国，不相及属，此

二难也。计一人三百日食，须用粮十八斛，非牛力不能胜，牛又当自赍食料，加二十斛，重矣，胡地沙卤，辄乏水草，以往事揆之，军出未满百日，牛必尽毙，余粮尚多，人不能负，此三难也。胡地秋冬甚寒，春夏多风，多赍釜鍑薪炭，重不可胜，兵士又不服水土，动有疾疫之忧，故前世伐胡，不过百日，非不欲久，势有不能，此四难也。辎重自随，则轻锐者少，不得疾行，虏徐逃遁，势不能及，幸而逢虏，又累辎重，如遇险阻，衔尾相随，虏要遮前后，危且不测，此五难也。大用民力，功不可必立，臣窃忧之，今既发兵，宜纵先至者，令臣尤等深入霆击，但期创艾胡虏足矣。若必穷兵累日，转饷经年，非臣之所敢闻也。严尤助逆，本不足取，但其言可采，故录之。

王莽得书，不肯听从，仍饬照前旨办理。看官试想，这三十万兵士，三百日粮草，岂是容易所能办到？百姓又最怕当兵，最怕输粮，地方官刑驱势迫，东敲西逼，招若干壮丁，备好若干刍粟，还要陆续转运出去，不是雇船，就是装车，舟子车夫，又没有多少工资，统皆畏缩不前，眼见得有年无月，不能成事。严尤所言，还多从塞外立说，其实内地已不堪征求，民皆疲命，始终总是一死，不如去做盗贼，还可劫掠为生。国家之乱，大率如此。莽待了数月，闻得兵粮尚未办齐，更遣中郎绣衣执法各官，四面督促勒定严限，一班似虎似狼的奸吏，乐得依势作威，压迫州郡，于是法令愈苛，地方愈乱。那匈奴却屡为边寇，外患日甚一日，莽所遣派各将帅，都因兵饷未集，不敢出击，一听胡骑纵横边境，饱掠而去。从前北方一带，自汉宣帝后，好几代不见兵革，户口浸繁，牛马满野。至莽与匈奴构衅，人畜不及迁避，多被掠夺，又害得尸骸盈路，朔漠一空。莽尚望孝单于咸，肯为效力，牵制匈奴，所以咸子助登，入都以后，还是好生看待，优赐廪饩。助不幸病死，莽令登代为顺单于，哪知孝单于咸，前次出塞归廷，自恨为莽将所欺，便去告诉乌珠留单于，涕泣谢罪。乌珠留单于，贬咸为于粟置支侯，且令他入寇中国，将功补过。咸乃令子角出没塞上，会同匈奴部众，骚扰不休。莽将陈钦王巡，出屯云中，分兵防堵，捕得匈奴游骑，讯知为咸子角部下，忙即报达王莽。莽当然发怒，立将顺单于登拿下，枭首市曹。

一波未平，一波又起，西夷钩町王弟承，起兵攻杀牂牁大尹周钦，扰乱西陲。钩町与牂牁相近，汉武帝时，征服西南，建置郡县，但蛮夷部酋，往往仍使王号。钩町王亡波，曾助汉兵平乱，得受册封，传至王莽时候，被莽派出五威将帅，传达朝命，硬要他贬王为侯。钩町王邯，系亡波支裔，自思未曾得罪，何故遭贬？免不得与五威将帅，略有违言。偏莽得了五威将帅报告，遽使牂牁大尹周钦，诱杀钩町王邯，全是鬼蜮手段。邯弟承为兄报仇，倾国大举，攻入牂牁，把钦击死。牂牁附近诸州郡，慌忙连合拒守，飞章上闻。莽正想专力灭胡，不防西夷也这般利害，只好另简冯茂为平蛮将军，往讨钩町。茂方起行，又得益州警耗，乃是蛮夷部落，响应钩町，攻杀益州大尹程隆。莽闻蛮夷迭叛，恐冯茂兵少势孤，不足平蛮，乃令茂大发巴蜀犍为吏士，就地征饷，分讨蛮夷。这消息传到西域，各国亦皆有贰心。车师先叛，降入匈奴。戊己校尉刁护，戊己校尉，系汉时所置。遣吏属陈良终带，扼守要害，免得匈奴车师串同入寇。陈良终带潜怀反侧，竟将刁护刺死，胁掠吏士二千余人，也去投降匈奴。匈奴收纳良带，使为乌贲都尉。莽方想扫平匈奴，谁料到变端百出，连西域也是生乱，边吏胆敢刺死校尉，去做胡奴，那时无名火高起三丈，更派使至高句骊国，征发兵民，要他速渡辽河，夹攻匈奴。高句骊为汉武所灭，夷作郡县，虽遗种尚受侯封，却没有什么兵甲，急切如何成行？偏王莽一再催逼，恼动高句骊遗众，索性拒绝莽使，也为寇盗。

嗣是东西南北诸边疆，无一不乱，弄得王莽顾此失彼，跼蹐不安。未几焉耆国又叛，西域都护但钦被戕，越使王莽焦急，临朝时常带愁容。群臣见莽有忧色，还要当面献谀，只说是夷狄为乱，无伤圣德，不久便可荡平。莽亦意气方张，未肯悔过，但务剿袭古制，粉饰太平。自从小钱颁行，民感不便，莽更作金银龟贝钱布诸品，号为宝货，种类错杂，名目纷繁，民间愈觉烦扰，屏诸不用，但将汉朝遗留的五铢钱，卖买交易。莽乃将宝货停办，另铸五十大钱，使与一文小钱并行，所有汉朝的五诛钱，概令销毁，如百姓尚敢私藏，罪当投荒。官吏借端搜索，闹得鸡犬不宁，偶被搜出，即将全家充戍，如有私铸铜钱，责令五家连坐，一并充军。最可恶的是犯人夫妇充发出去，不准完聚，竟将妇女另行改配，或罚做军人奴婢，永不放还，这真是古今罕有的虐政。莽仿行周官王制，周官即《周礼》，王制即《礼记》。特置卒正连率，同帅。及大尹属令属长州牧，更分六乡六尉六队六服，合为万国，所有郡县名称，辄为变易，一郡易至五名，官吏都不能记忆。莽且自为得计，以为制度改定，天下自然平定。因此召集公卿，日夕会议，聚讼纷纭，甚至各处案件，申报上来，无暇批发出去，就是守令各官，也不遑考绩，听他作恶舞弊，贻害闾阎。每岁虽有绣衣执法，与十一公士，十一公，即前四辅三公四将等官，公之掾属称士。特节出巡，名为察吏善恶，稽民勤惰，实是纵他出刮地皮，到处索贿，死要铜钱。地方官怎肯破囊？无非是取诸民间，移作赆仪。有几处吏民抱屈，诣阙诉冤，亦被尚书搁置，连年守候，不得告归。至若拘系郡县，无故待质，也是沉滞得很，往往至莽下赦文，然后得出。这是乱时通病，不特新莽时为然。就是内外卫兵，本可一年交代，或且迟至三年，边兵陆续招赴，不下一二十万，都要仰食县官，县官无从取给，只好暴敛横征。五原代郡诸民，受祸最烈，为乱最早。莽不问民生疾苦，只知遣兵征剿，百姓外遭胡寇，内受兵灾，除死以外，几无他法。还亏匈奴乌珠留单于，一病遂死，右骨都侯须卜当，方执大权，素与于粟置支侯咸友善，把他拥立，劝咸与中国和亲，咸自称乌累若鞮单于，颇怨乌珠留将他贬号，也把乌珠留诸子降职，且尚未知子登死状，所以依看须卜当计议，遣使入塞，有意请和。莽查得须卜当妻，就是王昭君女须卜居次，因此封昭君兄子王歙为和亲侯，王飒为展德侯，使他赍着金币，往贺单于即位，伪言侍子登无恙，但教单于送出陈良终带诸人，便可将登遣归。单于贪得莽赂，又欲与登相见，遂捕交陈良终带，及手杀刁护贼芝音等人。王歙兄弟，将良带等押解长安，莽援《周易》"焚如死如"的遗训，放起一把大火，把良带等推入火中，烧成灰烬！良带等原是该杀，但必用火烧，亦是过虐。下令召还诸将，罢归屯兵，一番劳师动众的大祸，总算暂时打消。是年王莽改元号为天凤元年。小子有诗咏道：

未谙武略想平胡，功未成时万骨枯；
买得罪人付一炬，可怜民命已难苏。

莽与单于言和，单于遣使报谢，并迎侍子登归国。登已早死，如何遣还？欲知王莽对付情形，容待下回再表。

偏爱者不明，好诈者必败，是二语好为王氏姑侄，作一注脚。孝元皇后之宠莽，全为爱莽而起，莽以媚术博姑母之欢，使之堕入计中而不之觉。迨莽篡窃汉祚，始悔偏爱之失策，晚矣。夫帝可弑，国可盗，则汉室宗庙，何不可毁？孝元后之且惊且泣，料莽不永，纯是妇人咒詈口吻，岂真能预测先几？且黑貂汉腊，何益夫家，大事已去，小节无论已。莽挟诈以欺国人，而不足以欺外夷，匈奴发难，边警迭闻，尚不肯从严尤之请，竟欲大举平胡，北征之师未出，而东西南三面，变端迭起，莽已旰食之不遑，尤复师心稽古，一何可笑。孔子所谓“反古之道，灾必及身，”况如莽之身为乱贼，无在非诈乎？好诈必败，王莽其已事也。

第三回　盗贼如蝟聚众抗官
父子聚麀因奸谋逆

却说乌累单于，遣使至长安报谢，拟即迎登回国，王莽如何交得出？只托言登方病死，当令人送丧出塞，一面厚赆胡使，遣令归报。乌累单于，又觉得为莽所欺，但因自己新立，威信未行，不能不暂时容忍，姑与言和。不过近塞戍兵，仍听劫掠，未尝禁止。莽闻边境未靖，还想讨伐匈奴，适值天变迭兴，彗星出现，乃不敢动兵。既而灾异不绝，日食无光，莽不知责己，但知责人。太师王舜，大司马甄邯，已经早死，莽独咎太傅平晏，免去尚书事省侍中兼职；又将继任大司马逯并，一并策免。哪知变异越多，时有所闻：当夏陨霜，草木枯死，盛暑时黄雾四塞，新秋后大风拔树，雨雹杀牛羊。至天凤二年仲春，日中现星，都下人民，讹言黄龙堕死黄山宫中，相率往观。莽自称黄德，不免寒心，令有司捕系百姓，问及讹言缘起，亦无从证实。适匈奴又遣使到来，求登尸骸，莽因复遣王歙等送登棺木，出至塞下，当由须卜当子大且渠奢，来迎登丧。歙等将棺木交讫，复传述莽命，另赠乌累单于金帛，叫他改号匈奴为恭奴，单于为善于。用了若干金帛，买出恭善两字，有何益处？并封须卜当为后安公，大且渠奢为后安侯，各给印绶，并赐多金。大且渠奢称谢而返，报知乌累单于。乌累单于利得金帛，就依了莽命，遇有使节往来，暂称恭奴善于。既得实惠，何惜虚名？莫谓胡儿不智！唯部兵入塞寇掠，仍然如故。

越年夏季，长平坂西岸堤崩，泾水不流，莽遣大司空王邑巡视。邑还朝奏状，偏有几个媚臣谐子，向莽上寿道："'河图'所谓'以土填水'，应该匈奴灭亡，速讨勿迟！"如何附会上去？莽以匈奴虽然言和，尚是寇盗不息，非大加惩创，不足示威。凑巧群臣有这种计议，正好趁势发兵，乃遣并州牧宋弘，及游击都尉任明等，先出屯边，准备北讨。复令五威将帅王骏，西域都护李崇，率同戊己校尉郭钦等，往抚西域，也欲仿汉武遗计，截断匈奴右臂，免得相连。王骏等到了西域，诸国多出郊迎接，奉献方物。骏因焉耆国前杀但钦，意欲乘便袭击，为钦报仇，当下使戊己校尉郭钦，与偏将何封，另率精兵后进，自与李崇先行。焉耆国王，刁猾得很，佯遣人恭迓骏崇，谢罪乞降。骏以为乐得前进，好使焉耆无备，可以得志。哪知焉耆境内四布伏兵，一俟骏兵入境，突然杀出，把骏围住。李崇见不是路，拍马返奔，单剩骏陷入围中，冲突不出，竟致毙命。焉耆兵复追赶李崇，幸喜郭钦何封，率兵驰至，才得将崇救免，复麾众敌焉耆兵，焉耆兵也即退去，遗下老弱数百人，被郭钦等杀得精光，引兵归报。莽拜钦为填外将军，填同镇。封剿胡子：剿音芟，绝也。何封为集胡男；令李崇退镇龟兹，静待后命。

天下不如意事，十常八九，那平蛮将军冯茂，往击钩町，差不多已两三年，兵马调动了好几万，赋敛民财，值十取五，弄得怨声载道，仍一些儿没有功劳，反报称部下士卒，多染疫病，十死六七。顿时触动莽怒，立将冯茂召还，下狱论死。别遣宁始将军廉丹，统兵往剿。大发天水陇西骑士，及巴蜀吏民十万人，浩荡前进，转输相望。初至时还算得手，斩馘数千；后来蛮夷据险死拒，丹军渐至疲困，疫气熏蒸，粮道不继，仍落得无功而还。越雟蛮酋任贵，见官军再举无成，也乘隙为乱，杀死太守枚根，自称邛谷王。莽再想发兵继进，哪知内地乱民，已经蜂起，骚扰的了不得，还有什么余力，与蛮夷角逐呢？这叫做剥皮及肤。

先是莽有事四夷，岁需浩大，特设出六筦名目，课税民间：一盐税，二酒税，三铁税，四名山大泽采办税，五赊贷税，六铜冶税。如有人违法不纳，即科重罪，贫民无自谋生，富民亦不能自保，当时草泽中间，已多伏莽，再加蠹胥猾吏，代为驱迫良民，叫他去投盗贼，于是愈聚愈众，到处揭竿。临淮人瓜田仪，依据会稽长州，首先发难。未几即有琅琊妇人吕母，也聚党数千人，入海为盗。吕母是一个老妪，为何胆敢作乱？她本来家况小康，未尝犯法，只因有子为海曲县吏，被县宰冤枉杀死，遂致吕母忿起，散财募士，招致少年百余人，攻入海曲，杀死县宰，取首祭子。自思祸已闯大，不能中止，索性逃入海中，明目张胆，去做强盗。就近的亡命无赖，陆续趋附，竟至一万多人。未几又有新市人王匡王凤，也纠结徒众，出没江湖。原来荆州岁饥，人民无谷可食，都到野田间去采凫茈，即荸荠。烹食为生，你抢我夺，免不得有争斗情事。王匡王凤，本是就地土豪，出与排解，处置公平，大众统皆悦服，愿受指挥。独地方官罔恤民艰，非但不知赈给，还要向他加征，饥民忿恨异常，遂推匡凤两人为首领，反抗官吏，聚众起事。南阳人马武，颍川人王常成丹，也是著名盗目，闻风趋集，一同入伙，就借洞庭湖北的绿林山，作为巢窟。绿林山势甚险峻，可居可守，党徒聚至七八千人，四出打劫搬回山中。官吏虽派兵往捕，终因山高势险，不敢深入。一班绿林豪客，竟得快活逍遥。后世称盗薮为绿林，便本此事。同时南郡人张霸，江夏人羊牧，亦分头为盗，党羽亦不下万人。王莽连闻盗警，没奈何遣使招抚，叫他急速解散，方可赦罪。群盗方兴高采烈，怎肯听命？使臣只好返报，莽问及盗贼情形，使臣禀白道："百姓因法禁烦苛，不得安居，力作所得，又不敷租税，就使闭门自守，还要被铸钱挟铜的邻伍，牵连犯罪，大众无从求生，只得去做盗贼了。"莽见他出言不逊，立即撵逐出朝，革职为民，另遣他人查办。他人不敢实报，复称乱民狡黠，应该捕诛；或谓时运适然，不久必灭。莽很觉惬意，辄命超迁，自己亲往南郊，祷天禳灾，采办五彩药石，熔一铜斗，象北斗形，长二尺五寸，号为威斗，谓可厌胜众盗。斗既铸成，付司命官掌管，莽出巡时，令他背负前行，入令在旁相随，仿佛与儿戏一般。无非欺人。

好容易混过一两年，已是天凤五年了。前此诸盗，一处不得荡平，反增添了好几处警耗。琅琊人樊崇，勇猛绝伦，为群盗所敬惮，奉为盗魁，盘踞莒县，一岁间聚至万余人。又有樊崇同郡人逄安，及东海人徐宣谢禄杨音，亦皆起应樊崇，转掠青徐二州间。再加刁子都，汉书作力子都。横行东海，独张一帜，亦在徐兖二州，打家劫舍，出没无常。莽改抚为剿，屡遣兵吏防御。偏是这班兵吏，只能欺贫压懦，不能获丑歼渠，一遇盗贼，大都畏缩不前，反被盗贼击退，这真徒唤奈何了。

天凤六年春月，莽因盗贼四起，特令太史推算三万六千岁历纪，决定六岁一改元，下书布告天下，自言当如黄帝升天，意在诳耀百姓，销解盗贼。

谁知百姓已瞧透机关，知莽专事欺人，无一尊信，反加诽笑，群盗更无所畏忌，越聚越多。会匈奴乌累单于病死，弟舆继立，号为呼都尸道皋若鞮单于。他因乌累单于在世时，常得中国厚赂，至此也想骗取金银，特令须卜当子大且渠奢，入报嗣位日期，并献各种方物。莽又想入非非，召入和亲侯王歙，阴嘱秘谋，使他照计行事。歙依了莽命，带着一队人马，托词送奢，偕行出塞，使奢往召须卜当，同来领赏。须卜当转告单于，单于眼巴巴的望得财帛，一闻赏赐颁来，当然心喜，便令须卜当父子，往会和亲侯王歙。不意王歙见了须卜当，说是朝廷有旨，要他入都觐见。须卜当不禁诧异，但手下没甚兵士，只有两子随来，长子大且渠奢，又被王歙管束，不得脱身，乃命次子回报单于，自与奢入都见莽。莽见须卜当父子入朝，格外优待，面拜须卜当为须卜善于，兼后安公。看官道莽怀何意？无非欲诱服匈奴，他想匈奴易主，未见得服从中国，只有须卜当为王昭君女夫，素主和亲，若将须卜当立为单于，自然感恩降服，又恐须卜当身在匈奴，不便应允，所以将他诱来，特赐尊号，并拟出兵护送，使他归国为王。实是呆想。那知呼都尸道皋单于，接得须卜当次子归报，非但不得财帛，且将须卜当父子劫去，气得两目圆睁，立即调动兵马，入寇边疆。是时严尤为大司马，知莽失计，曾劝莽勿迎须卜当，莽不肯听尤。及闻匈奴侵入边界，欲遣尤与廉丹，共击匈奴，赐姓征氏，号为二征将军，且面加慰勉，大致说是诛舆立当，舆即单于，名见上文。可使匈奴久服，一劳永逸。严尤独面驳道：“陛下且先忧山东盗贼，匈奴事且置作后图。”莽闻言变色，竟将严尤免官，改擢降符伯董忠为大司马，广募天下丁男，及死罪囚吏民奴，充作锐卒，并税天下吏民家资，三十取一，厚兵聚饷，出讨匈奴，又征集天下奇能异士，为冲锋选。说也可笑，竟有数人应召前来，或言能渡水不用舟楫，只用马匹接连，足渡百万兵士；或言出兵不费斗粮，但教服食药物，便能永久不饥；或言插翅能飞，一日远翔千里，不难窥探敌情。首二说未便立试，只自言能飞的技士，叫他当场试演。那人取出两翼，乃是鸟羽编成，系诸身上，两翼中间，绾住机纽，用手一扳，果然徐徐飞起，约数十步，便即堕落，不能再飞。也是后世飞机的滥觞，不可蔑视。莽亦明知无用，但欲激励他人，夸示外国，不得不随便收纳，使为理军，赏给车马。忽有夙夜即东莱不夜城，莽时改为夙夜。连帅韩博，保荐一人，用着大车四马，装载入都。这人叫做巨毋霸，生长蓬莱海滨，身长一丈，腰大十围，卧尝枕鼓，箸尝用铁，轺车不能载，三马不能胜，所以特用大车四马，载至阙下。王莽召见巨毋霸，果然是个硕大无朋的人物，却也暗暗称奇。待巨毋霸行过了礼，略问数语，便叫他充当卫士，随侍銮舆。巨毋霸谢恩退朝，那王莽忽然踌躇起来，暗思自己表字，叫做巨君，韩博应亦知悉，如何不令巨毋霸改名，公然敢触犯忌讳？并且毋霸两字，也觉可疑，莫非叫我毋行霸道，故意替他取这名字，侮弄朕躬？越想越恨，竟不管他是是非非，传旨召博入都，从重处罪。博还道荐贤有功，特蒙宠召，匆匆的赴都听命，不料一到阙下，便见卫士趋出，宣读莽诏，说他慢上不敬，绑出斩首。可怜博希旨求荣，反害得身首两分，不明不白。谁叫你去巴结逆莽。博既杀死，由莽命巨毋霸改名，号为巨母氏，取义在文母授玺，助己霸王的意思。巨字犯讳，何故不改？

越年本为天凤七年，莽依六岁改元的诏命，改号为地皇元年。春夏二季，只是筹备兵马，想击匈奴。适须卜当奇寓长安，不得回国，愁病而亡。莽令须卜当子大且渠奢，袭爵后安公，且将庶女陆逯任，嫁为奢妻，陆逯系莽女封邑，莽改称公主为任，故名陆逯任。奢得为莽婿，倒也安心住下。莽更加意抚慰，谓俟兵马调齐，总当送他回国，立为单于。无如莽有此想，天不相容，莽尝改称未央宫前殿，叫做王路堂，忽被一阵极大的秋风，吹倒许多墙壁。莽以为天变告儆，或由临为太子，安独向隅，舍长立幼，因致上干天怒。乃封安为新建王，临为统义阳王，撤消皇太子名称，聊自解嘲。

先是临母王氏，因二子宇、获被杀，时常悲悼，涕泣失明。宇子名宗，曾封功崇公，私服天子衣冠，擅刻玺章，又由莽查出情弊，迫令自尽。宗姐妨为卫将军王兴夫人，诅姑杀婢，莽使中常侍萛恽责妨，并及王兴，萛音带。兴夫妇又皆自杀。莽自娶王氏，又将孙女亦嫁王家，好古者奈何如是？莽后王氏，既哭二子，又哭孙儿孙女，遂致悲上加悲，激成疾病，奄卧不起，莽令临入侍母疾，日夕在侧。偏有一个黠婢原碧，生有三分姿色，楚楚动人，更兼口齿伶俐，眉目轻佻，王氏倚为心腹，宠爱逾恒。该女却不安本分，常向莽殷勤献媚，引得莽欲火上炎，往往瞒着王氏，与她演几出秘戏图。至临入宫奉母，时与原碧相见，原碧又卖弄风骚，勾动临心。临虽已娶刘歆女为妻，他觉得原碧姿容，比妻尤艳，况由她自来勾引，乐得移篙近舵，兜搭成欢。父子聚麀，倒是古训。俗语说得好："月里嫦娥爱少年"，临年正少壮，与原碧谐欢鱼水，比乃父大不相同，原碧很是快意。不过原碧既为莽所幸，怎得再与临私通？倘或发觉，坐致送命，因此喜中带忧，有时与临欢卧，装出一种嗟叹声，说出几句蹊跷话。临不禁心疑，搂住细问，才知她怕着这老厌物，自己也不觉吃惊。原碧又故意撤手，欲与临中断情缘，此时临已为所迷，怎肯中止？辗转思想，只有弑父一法，尚可免患，当下告知原碧，正中原碧心坎，既得除去眼中钉，复好做个现成妃子，哪有不赞成之理？于是两人商定，待时下手。临妻刘愔，得父歆家传，能观星象，夜见金木二星，聚会一处，心知有异，趁着临回至东宫，即与临语道："星象告变，恐宫中将有白衣会。"临听了白衣会三字，想是指着丧服，大约莽命该死，谋将有成，心下当然暗喜，却未便与妻说明，支吾一番，又跑入中宫，告知原碧。原碧得了此信，正拟安排毒药，俟莽入宫，加入茗中，把他毒死。偏莽颁下诏书，贬临为统义阳王，迁出宫外，临只好向母告辞，又与原碧流涕诀别，姑从缓图。莽因妻病未痊，虽将临迁出东宫，尚未遣令就国。临既不得见慈母，又不得会情女，满怀怅望，愁极无聊，乃寄书与母，略言父皇待遇子孙，很是严酷，前次兄侄等多壮年早死，臣儿年亦及壮，恐母后不测，儿亦不知命在何时。王氏见书，愈增伤感，就将临书掷置案上，可巧莽入宫问疾，览着临书，又起了一种疑心，意欲彻底查问，及见妻病垂危，不便发作，因将临书藏入袖中，忿然趋出。过了数日，莽妻竟死，由莽饬令左右收殓，不准临入宫会丧，待至丧葬已毕，就要将临事追究，仔细考察。得知临与原碧通奸，当下召入法吏，拿下原碧，把她刑讯起来。原碧是个柔弱女子，禁不起粗鞭大杖，一经敲扑，就一五一十，供出实情，通奸以外，还有逆谋。当由问官详报，莽立命捶死原碧，并嘱心腹人刺毙问官，把尸首并埋狱中，省得他传扬出丑。掩耳盗铃，徒滋人怨。一面赐临鸩毒，逼命饮下，临不肯取钦，宁可自刭，拔刀刺胸，须臾毕命，莽赐谥曰缪。又有诏书付与刘歆，谓临本不明星学，事由临妻刘愔妄言，致临犯罪云云。这数语明是归咎刘愔，叫歆转嘱女儿。歆自恐坐罪，慌忙将女儿召去，责备一番。愔无从诉冤，含泪回来，服药自尽，这是地皇二年正月间事。这一月内，莽子新建王安，及莽孙公明公寿，统皆病死，匝月四丧，莽还不自恐惧，反毁坏汉武汉昭两帝庙室，腾出空址，作为子孙葬地。看官试想王莽所为，恶不恶，凶不凶呢？小子有诗叹道：

亲生骨肉且寻仇，事到其间也可休。

祸变至斯犹未悟，恶人到底不回头。

莽既这般凶恶，报应不远，自然要东反西乱，来杀这逆莽了。欲知后来乱事，且看下回再详。

古人有言：“外宁必有内忧”，独王莽则先挑外衅，而内忧乃因之而起，此则莽自欲速祸，故有此变例耳。莽不欲用兵夷狄，则租税当不致过苛，租税不苛，则盗贼亦不致过繁，天下方受莽欺而不之察，若莽能噢咻示惠，逆取顺守，其或能保全身家，亦未可知。乃外夷未叛而莽独迫之，平民未乱而莽又殴之，何其悖谬若此！意者其天夺之魄而益其疾欤？况内有逆子，又有淫婢，暗设机谋，欲行大事，祸机伏于肘腋，莽之不死亦仅矣。然天不欲莽之死于儿女子手，姑使之自翦子孙，然后孤危莫救，供人脔割，足快众心。恶愈稔者报愈酷，非药死所足蔽辜也。

第四回　受胁迫廉丹战死
图光复刘氏起兵

却说巨鹿地方，有一男子马适求，闻莽暴虐不道，意欲纠合燕赵壮士，入都刺莽，事为大司空掾属王丹所闻，立即上告，莽即发兵捕到马适求，把他磔死。又遣三公大夫，穷治党与，辗转株连，杀毙郡国豪杰数千人。于是人心益愤，共思诛莽。魏成大尹李焉，素与卜人王况友善，况进语李焉道："新室将亡，汉家复兴，君姓李，李音属征，音止。征有火象，当为汉辅，不久必有应验了。"焉深信况言，厚自期许。况又东凑西掇，集成谶文十万言，出示焉前。焉奉为秘本，嘱吏抄录，吏竟窃书逃走，入都报莽，莽忙命捕焉及况，下狱杀死。汝南人郅恽，研究天文历数，知汉必再受命，慨然上书，劝莽还就臣位，求立刘氏子孙，方能顺天应人，转祸为福。莽自然动怒，饬将恽拘系诏狱，转思恽未起逆谋，不过妄言无忌，情迹还有可原，因此格外加恩，下令缓决，后来下诏大赦，才得将恽释放。想是恽命未该死，故得重生。真正侥幸。莽见人心思汉，越起恶心，索性遣虎贲将士，携着刀斧，驰入汉高庙中，左斫右劈，毁损门窗户牖，又用桃汤赭鞭，鞭洒屋壁，即将高庙作为兵营，使轻车校尉住著。又记起王况谶文，谓汉室当兴，李氏为辅，因特拜侍中李棽为大将军扬州牧，赐名为圣，遣令统兵击贼。上谷人储夏，自请招降盗首瓜田仪，莽即授官中郎，使他招抚。储夏去了一趟，取得仪降书，返报王莽，请莽加恩封赏。莽又令储夏召仪入朝，面授官爵，谁知储夏再往，仪已死去，只得向莽复命。莽再命往求仪尸，厚加棺殓，代为起冢设祠，赐谥瓜宁殇男，想借此羁縻余盗。偏偏一盗甫死，又添出男女强盗两人，男强盗叫做秦丰，在南郡间纠众人，劫掠良民；女强盗叫作迟昭平，家居平原，粗通文字，擅长博弈，居然招集亡赖少年，约数千人，也想入山落草，做个一时无两的女大王。前有吕母，后有迟昭平，可谓无独有偶。莽闻报惊心，召集群臣，详询平盗方略。群臣尚应声道："这都是天囚行尸，命在漏刻，何必多忧？"独左将军公孙禄抗声道："盗贼蜂起，咎在官吏，现在太史令宗宣，迷乱天文，贻误朝廷；太傅唐尊，崇饰虚伪，偷窃名位；国师刘秀，即刘歆，详见后文。颠倒五经，毁灭师法；明学男官名。张邯，地理侯孙阳，造作井田，使民弃业；义和亦官名。鲁匡，创设六筦，毒虐工商；说符侯崔发，阿谀取容，壅塞下情，为陛下计，亟应诛此数人，慰谢天下。更宜罢讨匈奴，仍与和亲，休兵息民，方可图治。臣看新室大患，不在匈奴，却在这封域间呢！"对牛弹琴，徒失人格。这一席话，说得莽翘起短须，现出一张哭丧脸，遽命殿前虎贲，将禄驱出，但严令内外牧守，督捕盗贼。荆州盗王匡王凤等，盘踞绿林，气焰甚盛，牧守接到莽诏，不敢违慢，只好选募壮士二万人，往讨绿林。王匡等出来迎击，大破官军，荆州牧自去督战，又被王匡等击败，夺去许多辎重，吓得荆州牧屁滚尿流，慌忙返奔。约行里许，忽突出一大队强徒，截住去路，为首一位彪形大汉，须眉似戟，手持一竿长矛，厉声呼道："好汉马武在此，尔等快留下头来！"后来马武降汉，称为中兴名将，故此处独留身分。荆州牧魂飞天外，忙命驱车旁逸，哪知马武的长矛，已刺入车中，回手一钩，立将车辕钩倒，把一个金盔铁甲的荆州牧，复出地上。荆州牧已拼着一死，又听马武大叫道："我等为饥寒所迫，苛政所驱，不得已落山为盗，并非敢戕杀命官，怎奈汝等蠹吏，不思救民，反要虐民，岂不可恨！我今权寄下汝首，叫汝知过必改，勿再肆虐，如若不信，请看此人！"说着，手中矛起，刺死骖乘一将，呼啸而去。荆州牧方敢扒起，旁顾左右，已皆散走，只有一尸首横在地上，越觉得胆战心寒，勉强按定惊魂，呆立片刻，才见逃兵陆续趋回，七手八脚的竖起复车，请令乘坐，急急的奔归州署，此后再不敢轻出击贼，但闭门高卧罢了。

王匡等杀败官军，复攻破竟陵城，转掠云社安陆，虏得妇女数十人，仍回绿林山中，纵欢取乐。百姓失去妻女，无从追寻，报官也是无益，徒落得家离人散，十室九空，皇天有眼，也不使绿林盗贼，安享温柔，蓦然降下一场大疫，把绿林山中的喽罗，瘟死无数，可见盗贼亦有恶报。盗目乃不敢安居绿林，分途引散。王常成丹西入南郡，号为下江兵。王匡王凤马武，及支党朱鲔张印等北入南阳，号为新市兵。莽遣司命大将军孔仁，出徇豫州，再起严尤为讷言大将军，与秩宗大将军陈茂，同略荆州。两路已发，又接东海警报，盗魁樊崇，势甚猖狂，乃更命太师王匡，与更始将军廉丹，率兵讨崇。莽曾改更始将军为宁始将军，至此复称更始。是时郡国官吏，多畏盗如虎，不敢进剿，唯冀平连帅田况，素称勇敢，募得壮丁四万人，各给库械，明定赏格，刻石为约，樊崇等闻风知惧，相戒不入。况上书自请击贼，所向皆克，莽擢况领青徐二州牧事。况又上书白莽，略言："盗贼始发，为势甚微，咎在地方长吏，不以为意，县欺郡，郡欺朝廷，实百言十，实千言百，朝廷忽略，不加督责，遂致蔓延连州。及遣发将帅，出击盗贼，又索郡县供张，竭资迎送，犹恐不足，尚有何心再顾盗贼？将帅复不能躬率吏士，奋勇前敌，每战辄为贼所创，遂致罢兵豢寇，酿成巨变。今洛阳以东，连年饥馑，米石数千钱，臣闻朝廷复遣太师与更始将军，东向讨贼，二人为爪牙重臣，兵多人众，沿途饥匮，何处供求？愚以为不如慎选牧尹，明定赏罚，叫他收合灾民，徙入大城，绩藏谷食，并力固守，贼来攻城，急不得下，退亦无从掠食，势难久存，然后可剿可抚，攻必破，招必降。若徒然多遣将帅，劳苦郡县，恐为害且过盗贼，请陛下即日征还各使，俾郡县少得休息。臣况既蒙委任，二州以内，自可平定，愿陛下俯允臣言，定能奏效。"这一篇奏章，正是当时良策，偏莽阴加猜忌，疑他沮挠军心，遽召况为师尉大夫，另派别人替代。

况一入都，齐地遂空，樊崇等只畏田况，闻况奉调入朝，相率庆贺。可巧女盗吕母病死，余盗多散归樊崇，党羽益盛，遂有意窥齐，严申约束，杀人抵命，伤人偿创，居然定出军律，檄示山东。那莽太师王匡，与将军廉丹，奉命东征，就择定地皇三年孟夏，辞行出都，文武百官，都至都门外饯行。适值天下大雨，全军皆湿，有几个老成练达的长者，看着兵士带水拖泥，不禁背地长叹道："是谓泣军，泣军不祥。"天雨也是常事，实因人心怨莽，才有是言。王匡廉丹，共率锐士十万人，长驱东进，沿途征饷索械，备极严苛，东人作歌谣云："宁逢赤眉，莫逢太师；太师尚可，更始杀我。"原来樊崇闻匡丹东来，必有大战，恐党徒与官兵混斗，致不相识，因令徒众用朱涂眉，作为记号，嗣是号作赤眉。崇自申明纪律以后，稍禁虏掠，反不若官军过境，驱胁吏民，廉丹颇得军心，唯纵兵为虐，比匡尤甚，故时人有此歌谣。百姓恐慌得很，更兼饥不得食，大率扶老携幼，奔入关中。关吏次第报闻，差不多有数十万人，莽不得已开发仓廪，派吏赈饥，吏多贪污，窃取廪粟，饥民仍不得一饱，十死八九。中黄门王业，掌管长安市政，有事白莽，莽问及饥民情形，业诡答道："这等皆是流民，并非真由饥荒，臣看他流寓都门，还是持粱齿肥呢！"乃出取市上所卖粱饭肉羹，入宫示莽，说是流民所食，大概如是。莽信作真言，遂以为关东饥荒，全是虚报，乃一再遣使至军，催促廉丹，赶紧剿贼。丹得书惶恐，夜召掾属冯衍，出书相示。衍乘间进说道："海内人民，怀念汉德，好比周人追思召公，人所鼓舞，天必相从，将军今日，莫若屯据大郡，镇抚吏士，选贤与能，兴利除害，方可显扬功烈，保全福禄，何必冲锋陷阵，委身草野，反弄得功败名丧，贻笑后人呢？"丹摇首不答，衍乃退出。越宿即拔营再进，到了无盐，正值土豪索卢恢等，据城附贼，丹与王匡，麾兵进攻，一鼓直入，杀死索卢恢，斩首万余级。当即飞书告捷，莽遣中郎将赍着玺书，慰劳军士，晋封匡丹为公，赏赐有功将吏十余人。王匡既得荣封，急思荡平盗贼，探得赤眉别校董宪等，聚众数万，据住梁郡，乃遽令出兵击宪。廉丹进谏道："我军新拔坚城，不免劳乏，今且休士养威，徐徐进行！"匡忿然道："行军全靠锐气，既得胜仗，正好鼓勇深入，君若胆小，我愿独进。"说着，便号令军士，速赴梁郡，自己一跃上马，扬鞭出城。丹不好坐观，也只得带领亲兵，随后继进。行至成昌，望见前面排着贼阵，几与泰山相似，军士不战先慌，纷纷倒退，王匡连声喝阻，尚不肯止。那贼众已驱杀过来，势如潮涌，锐不可当，匡知不能支，也即退走，惯说大话，往往无能。贼众在后追赶，杀毙官军无数。匡抱头逃回，正与廉丹相值，高声说道："贼势浩大，不可轻敌，快逃走罢！"丹不觉瞋目道："能战方来，不能战便死，奈何遽走！"匡满面怀惭，俯首无言。丹越觉气愤，从怀中取出印绶符节，掷付与匡道："小儿可走，我为国大将，除死方休。"一面说，一面即跃马前进，突入贼军。贼一拥齐上，把丹困住垓心，丹格杀贼徒数十人，终因寡不敌众，力尽身亡。为莽战死，殊不值得。麾下校尉汝云王隆等二十余人，同声说道："廉公已死，我等何为独生？"当即拼命血斗，并皆战死。只王匡已经走脱，不得不据实报闻，莽下书哀悼，谥丹为果公。国将哀章，自愿赴军平贼，也要出去送死了。莽即遣章东行，与王匡合力御盗。又使大将军阳浚屯兵敖仓，大司徒王寻统兵十万，镇守洛阳。嗣闻严尤陈茂一军，先胜后败，未见得利，免不得焦灼万分，乃拟遣风俗大夫司国宪等，俱是莽时官名。分巡天下，饬除井田奴婢山泽六筦诸禁，与民更始。

书尚未发，忽觉得一声霹雳，突出一位汉家后裔，起兵南阳白水乡，即舂陵封地。要来讨灭王莽，索还汉室江山。真命天子出现，应该大书特书。这人为谁？乃是汉景帝七世孙，为长沙定王发嫡派，本姓是刘，单名为秀，表字文叔，身长七尺三寸，美髯眉，大口隆准，确是汉朝龙种，比众不同。从前景帝生长沙定王发，发生舂陵节侯买，买生郁林太守外，外生钜鹿都尉回，回生南顿令钦，钦娶湖阳樊重女为妻，生下三子，长名縯，次名仲，又次名秀。秀生时，适有嘉禾一茎九穗，因以秀字为名。九龄丧父，寄居叔父刘良家，成童后好稼穑。长兄縯，表字伯升，独有大志，好侠养士，常笑秀为耕佣，比诸高祖兄仲。秀受兄揶揄，也觉业农非计，乃入都求学，拜中大夫许子威为师，肄习尚书，能通大义，嗣因资用乏绝，仍然归家。秀有一姐，曾适新野人邓晨，彼此谊关郎舅，时相往来。一日邀秀至穰人蔡少公家，适值宾朋满座，叙谈朝事，晨与秀都是后生，幸得少公招呼，参坐末席。少公素习图谶，与大众述及谶语道："将来刘秀当为天子！"座中有一人起问道："莫非就是国师刘秀么？"原来莽臣刘歆，也尝究心谶纬，依着谶文，故意改名为秀，回应上文。所以座客闻少公言，还道是秀为国师，容易得为天子，故有是问。少公尚未及答，但听末座上笑声忽起，接说一语道："怎见得不是仆呢？"大众闻声瞧着，乃是刘秀发言，都不禁哄堂大笑。谁知果然是他。秀扬长趋出，晨亦告退。

宛人李守，曾为莽宗卿师，素好星历谶纪，尝私语子通道："刘氏不久当兴，李氏必将为辅。"通将父语记诸心中，也想做个攀龙附凤的功臣，至新莽地皇三年，新市兵窜入南阳，平林人陈牧廖湛，也聚众千余人，起应王匡王凤，号平林兵，闹得南阳境内，风鹤皆惊。李通从弟李轶，因向通进说道："今日四方扰乱，想是汉室当兴，南阳宗室，只有伯升兄弟，泛爱容众，可与共谋大事，愿兄勿失此机！"通欣然道："我意也是如此。"可巧刘秀来宛卖谷，通与轶乘便迎入，与商起义，秀并不推辞，即与订约，归告兄縯。

缜自王莽篡位后，常怀不平，暗中散财倾产，结交豪杰，约莫有百余人，至此一齐召集，面与计议道："王莽暴虐，海内分崩，今复枯旱连年，兵革并起，这是天亡逆莽的时候，我等正好举事，起复高祖旧业，平定万世了！"众豪杰统拍手赞成，乃分遣亲友四出，招募士卒，自发春陵子弟，指日兴师，子弟视为畏途，各谋躲避，竞言伯升造反，必将杀我。嗣见刘秀亦穿着军装，披绛衣，戴大冠，不由的惊疑道："他是有名谨厚，为何也这般装束，莫非果好起事么？"竟究是谨厚的好处。乃稍稍趋集，共得子弟七八千人，缜自称柱天都部，秀年方二十有八，助兄举义，专待李通兄弟到来。通使弟轶出招徒众，自在宛城暗暗布置，准备起应。不料事机未密，被人发觉，当由守吏带着兵役，来捕李通。通闻风逃去，通父守与全家眷属，不及奔避，尽被拘去。官吏立即报莽，莽立即下令族诛，共死六十四人。一事未成，便至倾家，也觉可怜。缜探得李通家属，俱被捕戮，料知通不能起应，乃使族人刘嘉，往说平林新市诸头目，求他帮助。嘉素有口才，凭着那三寸舌，说动了两路兵，彼此定议，合兵进攻长聚，又捣入唐子乡，诱杀湖阳县尉。沿途夺取财物，却是不少，盗众欲据为己有，刘氏子弟，也要分肥，两下里争夺起来，势且决裂，亏得刘秀临机应变，好言劝解族人，令将所得财物，尽畀两路盗兵，盗众方才喜欢，愿与刘秀共攻棘阳。棘阳守兵寥寥，两三日即得夺下，李轶邓晨，亦从他处招得壮丁，来会刘缜。缜拟进取宛城，率众至小长安聚，忽来了莽将甄阜梁邱赐，带领兵马，截住中途。缜怎肯退还？自然麾众接战，已杀得难解难分，蓦见天空中降下大雾，笼住两军，咫尺不辨南北，莽军多系骑兵，趁势蹴踏，缜众统是徒步，如何支持？一时纷纷四散，溃走各方。此次缜倾寨前来，连家眷都带在后面，满望顺风顺势，直达宛城，不防途中遇着这般败仗，只好各走各路，顾不得家属存亡。刘秀亦匹马奔逃，路旁碰着女弟伯姬，急忙唤令上马，并骑前奔。走了半里，又与姐遇，复促令上马同逃。姐即邓晨妻室，单名为元，见秀已挟妹同走，怎好三人一马？便扬手一挥道："弟妹快走！此时已不能顾我了！毋令一齐丧命！"秀还想要劝，怎奈后面喊声震地，有追兵驱杀过来，那时只得急走，可怜姐元及三女儿，尽被追兵杀死。还有秀从兄刘仲，及族人数十，亦败死乱军中。

缜退保棘阳，收集残兵，十去四五，及见秀与妹到来，心中稍慰。秀与述及姐元兄仲，陷入敌兵，恐怕不能生还，缜待了许久，未见踪迹，想是已死，禁不住涕泪交并。俄而新市平林两路贼目，入见刘縯道："莽将甄阜梁邱赐，已渡过潢淳，屯兵沘水，闻他兵势浩大，不下十万，所有辎重，悉数留住蓝乡，他却断桥塞路，示无还心，眼见得来夺棘阳，与我拼命，我等寡不敌众，弱不敌强，如何抵御？不如弃城先走，还可保全生命！"刘縯听了，很是焦急，只得好言劝慰，教他少安毋躁，另筹良谋。正惶惑间，忽有一人驰入，朗声呼道："下江兵已到宜秋，何不前去乞援呢？"刘秀在旁接口道："李兄前来，好了好了！"却是一条生路。縯尚未知来人为谁，及刘秀与他说明，才知便是李轶的从兄李通。当下延通入座，问及下江兵来历，通答说道："通未曾起事，家属先亡，只剩得孑身孤影，奔走四方。探闻下江兵帅王常，颇有贤名，特地致书相招，邀他来攻宛城，今彼已到宜秋，又知君困守棘阳，所以急忙赶来，请君往会下江兵。"縯问通曾否熟识王常，通答说道："素来相识，何妨往见？我等俱有口舌，还是怕他不成？"刘縯大喜，即与通同行，并嘱秀随往，一径至宜秋军营。营兵见縯等驰至，问明来意，縯即答说道："愿见下江一位贤将，与议大事。"兵士当即入报。此时下江营内，王常以外，尚有成丹等人，共推王常出见，常乃迎入縯等，见縯兄弟姿表不凡，已是起敬。两下问答姓名，叙及军事，縯口讲指画，词辩滔滔，再加李通从旁参议，常顿时大悟道："王莽残虐，百姓思汉，今刘氏复兴，就是真主，常愿助君一臂，佐成大功。"豪爽得很。縯笑答道："事若得成，难道我家独享么？"当下面订契约，起座告别，常送出营外，还白党徒，成丹等齐声道："大丈夫既经起事，当思自主，何必依人？"常摇首道"王莽苛酷，致失众心，现在人皆思汉，蠢然欲动，所以我等得乘机起事，但欲建大功，必须应天顺人，若徒负强恃众，虽得天下，亦必复失，试想秦皇项羽，何等威武，尚致复亡，何况我等布衣，啸聚草泽呢？今南阳诸刘，举族起兵，我看他来议诸人，统是英雄，非我辈所能及，若与并合，必成大功，这是上天保佑吾侪，不可错过！"成丹张卬，方才悦服，即与常引兵至棘阳，与縯相会，新市平林诸兵，见有援兵到来，亦皆欢跃。这一番有分教：

漫道鲸鲵吞海甸，好看龙虎会风云。

欲知刘縯如何调度，且至下回叙明。

食人之禄，忠人之事，此为古今通论。但如廉丹之战死成昌，史家不言其死节，或反大书特书曰：“赤眉诛廉丹。”夫赤眉贼耳，廉丹助逆，亦不过一贼而已，以贼杀贼，独书曰诛，词似过激。然即此可以见出处之大防，助逆而死，死且遭讥，为人臣者，顾可不择主而事乎？刘縯倡义，秀乃辅之，阅史者必以为秀之中兴，实赖长兄，不知秀亦非真事田产，无志光复者，观其安知非仆之言，已见雄心；乃绛衣大冠，身服军装，而族中子弟，谓谨厚者亦复如是，此正所以见秀之权略耳。遵养时晦，一飞冲天，秀之才实过乃兄，宜乎兄无成而弟独得国也。

第五回　立汉裔淯水升坛
破莽将昆阳扫敌

却说刘縯会合下江兵，气势复振，连新市平林诸兵，亦改易去志，摩拳擦掌，专待厮杀。縯令各路兵分作六部，休息三日，大排筵宴，与各将士痛饮一宵，申立盟约，时已为新莽地皇三年十二月中。各将士过了三日，便请縯发令出兵，縯谓出兵尚早，当再缓数天。好容易到了除夕，大众方预备守岁，忽由縯传发军令，叫他潜师夜起，进袭蓝乡。蓝乡距棘阳城约数十里，莽将甄阜、梁邱赐，曾在该处留屯辎重，见前回。縯为劫粮起见，留秀守城，自率各路人马，偃旗息鼓，悄悄地行至蓝乡。蓝乡辎重屯聚，非无守兵，只因除夕守岁，大都饮酒至醉，睡梦甚酣，蓦被縯军攻入，连逃避都是不及，还有何心保守辎重？有几个脚长手快的，披衣急起，开步就逃，侥幸保住头颅；若少许迟慢，便做了刀下鬼奴。縯等扫尽守兵，就将所屯辎重，一古脑儿搬运回城，天色不过黎明，已经是正月元日了。縯又点齐军士，置酒犒劳，大众喜气洋洋，巴不得立攻沘水，诛死莽将。縯见士气可用，立命毕饮，引军再出，直向沘水进发。莽将甄阜、梁邱赐，方接得蓝乡败报，辎重尽失，急得仓皇失措，不意敌众复到眼前，没奈何出兵抵敌。縯分部兵为左右翼，使下江兵攻东南，自率本部攻西南。甄阜、梁邱赐，也分队接仗，阜拒縯众，赐敌下江兵。下江兵锐厉无前，才阅半时，便把赐阵突破，赐望后退走。甄阜方督兵奋斗，望见赐军已溃，不禁气沮，部下愈加汹惧，一动百动，尽皆散走，阜禁遏不住，随势返奔。偏后面有潢淳水阻住，急切无从飞渡，一大半不顾死活，纷纷投水，一小半是尚在徘徊，被后面追兵赶到，乱戳乱剁，杀毙了万余人。甄阜、梁邱赐心慌意乱，先后毙命。潢淳水中，又溺毙无数。尚有残众好几万人，得渡彼岸，统觅路逃生去了。寥寥数语，却写得有声有色。

莽将严尤陈茂，闻知下江新市诸兵，连合刘縯，杀毙甄阜、梁邱赐，料知宛城垂危，慌忙引着大军，前来守宛。早有探马报达刘縯。縯因宛城坚固，倘被莽兵守住，与前途大有妨碍，因即陈师誓众，焚积聚，破甑釜，鼓行直前。两军在淯阳相遇，縯匹马当先，持槊陷阵，各将士奋勇继进，一当十，十当百，百当千，杀得莽兵东逃西散，人仰马翻。严尤陈茂，从未经过这般利害，只恐丧掉性命，拍马走还，连部兵都不暇顾及。兵士见无主将，多半投械乞降，逃去的不过二三成。縯乘胜进攻宛城，查点降卒，不下二三万，自己部兵也有一二万，加入新市平林下江三大部，差不多有十万人，此外尚有陆续投附，今日数十，明日数百，真是多多益善，如火如荼。縯即扎下大营，命各军分布城外，把一座宛城，围得铁桶相似。诸将以兵多无主，不便统一，欲立刘氏为主，借从人望。南阳豪杰，均拟立縯，独新市平林诸头目，惮縯威明，选出一个庸懦无能的人物，奉为汉帝。这人也是刘氏宗室，名玄字圣公，系是春陵侯买长子熊渠曾孙，前回所叙郁林太守外，就是熊渠少弟。与刘縯兄弟系出同支，曾在平林军中，列入头目，号为更始将军，生性懦弱，元甚勇略，新市渠帅王匡王凤朱鲔张印，平林渠帅陈牧廖湛，都欲利用刘玄，暗中定议，叫他做个傀儡皇帝，方好任所欲为。縯尚未闻知，及各渠帅与縯说明，縯始慨然道："诸将军欲推立汉裔，厚情可感，唯愚见略有不同，目下赤眉啸聚青徐，有众数十万，若闻得南阳，已立宗室，必然照样施行，彼一汉帝，此一汉帝，两帝不能并立，怎能不争？况王莽未灭，宗室先自相攻，坐失威权，如何再能破莽？自古以来，首先称尊，往往不能成事，陈胜项羽可为前鉴，今春陵去宛三百里，尚未攻克，便想尊立，是使后人得乘吾敝，宁非失策？愚意不如暂称为王，号令军中，若赤眉所立果贤，我等不妨往从，当不致夺我爵位。否则西破王莽，东收赤眉，然后推立天子，也不为迟。"刘縯此议，未尝轻玄，而轻玄之意，自在言外。南阳诸将，听了縯语，当然称善，就是王常亦极口称同。不料新市党徒张印，怒目起座，拔剑击地，且悍然道："疑事无功，今日我等已经定议，不得再有二言！"縯只好含忍过去，默然无语。诸将见縯且如此，乐得做个好好先生，于是决议立玄，就在清水岸上，筑起一坛，择期二月朔日，立刘玄为皇帝。玄首戴帝冕，身服皇袍，由诸将帅拥登坛上，南面升座，大众都称臣拜贺。玄不敢坐定，战兢兢的起立座前，心中七上八下，好似小鹿儿乱撞。听得众人山呼万岁，不由的面庞发赤，冷汗直流。如此无用，何不固辞？待至朝贺礼毕，惘然下坛。回入营中，自有一班捧戴的臣工，预先拟定国号，称为更始。又封拜王匡王凤为上公，朱鲔为大司马，刘縯为大司徒，陈牧为大司空，刘秀为太常偏将军，此外诸将，亦各有职使，不及备述。史家载是年为更始元年，削去王莽地皇年号。但是十月，莽亦被诛，事见后文。划清眉目。

且说王莽闻刘縯起兵，大加震惧，特悬出重赏，购缉刘縯，如有人将縯擒住，封邑五万户，赐金十万斤，位居上公。又令长安中官署，及天下乡亭，各绘縯象，每旦起射，作为厌胜。呆贼。一面佯示镇定，命有司广选淑女，得一百二十一人，送入都中，莽亲自审视，个个是美貌娉婷，最看中有一丽姝，乃是杜陵人史谌女儿，轻盈袅娜，艳冶无双，可惜薄命！当下选为继后，召入史谌，特给黄金三万斤，当作聘礼，还有车马奴婢，杂帛珍宝，不可胜计。莽年已六十有八，须发尽白，他却用煤涂发，用墨染须，假充壮年男子。且使史氏女出外复入，载以凤辇，直至殿前下舆，由莽行亲迎礼，出殿迓女，至上西堂同牢合卺，备极隆仪。封史谋为和平侯，拜宁始将军，谌子二人，并授官侍中。又将一百二十名淑女，悉数纳入后宫，赐号和嫔美御，和为上号，计三人，禄秩如公；嫔为次号，计九人，禄秩如卿；又次为美，计二十七人，禄秩如大夫；又次为御，计八十一人，禄秩如元士。既要纵乐，何必附会古制，多设名目？这一百二十人添居宫内，意欲轮流召幸，可奈年力已衰，不能如愿。乃再征方士入宫，叫他制合仙药，务使返老为童，可御诸女。方士等有何仙术？无非把提神兴阳的药品，熔合成丸，供莽服食。莽略觉有济，勉力合欢，也是这一百二十个美人儿，数合遭晦，无端做那老贼的玩弄品！想莽贼亦自知速死，乐得肆淫。莽又大赦天下，饬令四方盗贼，一律解散，不咎既往，若有迷惑不返，将遣百万雄师，一体剿绝。复命各路将士，赶紧进兵，沿途遇贼来降，不得妄杀，否则合力殄灭云云。此等文书，连日颁发，约莫有好几十万。偏文告日多一日，乱端亦日盛一日，俄而刘玄称帝的消息，传入宫中，又俄而刘縯围宛，刘秀等又别攻颖川，下昆阳，拔郾县，入定陵，急得王莽无心纵乐，不得不召集群臣，会议发兵。当时只有大司空王邑，大司徒王寻，系莽心腹子弟，最算效忠，当由莽遣令至洛，大发郡国兵马，拟召集百万，号为虎牙五威兵，使邑便宜行事，得专封赏。邑乘驿先行，寻复继进，既到洛阳，分头征兵，好容易调动四十二万人，号称百万，直指昆阳。莽又选募知兵能人，得六十三家，人数有好几百，使至军前参谋。再命巨毋霸为垒尉，归王邑王寻节制。巨毋霸能役使猛兽，特至上林兽圈内，放出许多虎豹犀象，使作前驱，一路上张牙舞爪，耀武扬威，直抵王邑王寻营中。就是严尤陈茂，收合败兵，尚有二三万人，一并与王邑王寻会合，旌旗辎重，千里不绝，自从秦汉以来，没有见过这般大军，几乎好横行天下，无人敢当。反跌下文。刘秀正奉更始皇帝命令，带同王凤王常李轶等，连下数城，留守昆阳，闻得莽军大至，乃遣偏师数千人，往截阳关。数千人到了关前，正值莽兵远远驰来，望将过去，好似蚂蚁攒集，不胜指数。更奇怪的是前驱大将，身长体伟，面丑髯张，坐下一乘极大的兵车，两面插着虎旗，带领一大群猛兽，摇尾前来，汉兵见所未见，不知是何妖魔，来助新莽，你也惊，我也慌，索性回头就跑，逃还昆阳。刘秀问他何故逃归？大众一片哗声，说得莽军如何利害，如何怪异，不但守兵闻言大骇，连王凤王常李轶诸人，也是面面相觑，形色仓皇。衬跌刘秀。独刘秀从容自若，还像没事一般。王凤忍不住说道："莽兵如此奇悍，来迫我城，小小昆阳，眼见是固守不住，何如知难先退，还得共保身家？"众皆应声如响，无一异词，刘秀慨然道："今兵谷既少，突遇强寇，全靠将士并力抵御，方可图功，若望风解散，必至玉碎，万难瓦全。况宛城未下，不能相救，再加昆阳一破，寇众长驱直进，恐在宛诸部，亦被灭亡。诸公不思同心合胆，共立功名，反欲牢守妻子财物，难道妻子财物，果能就此保全么？"眼界独超。王凤等闻言发恨道："刘将军有何胆略，竟敢如此？"秀一笑而起，诸将各分头理装，亟欲出走，忽又有探马报入，莽兵已至城北，迤逦数百里，不见后队，大约总有数十万人。诸将听了，越加失色，转思敌临城下，走亦嫌迟，只可别图良策，暂济眉急。当下无人可商，只有刘秀纡徐不迫，究未知他有何良谋，乃再与秀计议。秀答说道："诸公若听我言，未必有败无成，今日城中只有八九千人，势难出战，幸亏城坚濠阔，尚可相持。但外无救兵，内乏现粮，最多亦不过守住旬余，眼前只有派出数人，至郾与定陵两县，招集守兵，背城一战，方可解围。究竟谁守谁出，还请诸公自认。”王凤因敌已凭城，不敢轻出，因高声答应道：“我愿居守！”秀再问何人敢出，好多时不闻声响，乃毅然直任道：“诸公既都愿守城，由秀自往。”言未毕，又有一将道：“我亦愿往！”全是激出来的。秀见是李轶应声，遂邀与同行，留王凤王常居守，自率壮士十人，束装停当，待夜乃发，还有将军宗佻，见秀义勇可嘉，亦愿从行。共计有十三人，乘着天昏月黑，潜开南门，跨马衔枚，向南疾走。莽军初临城下，统在城北驻扎，休息一宵，约定诘旦攻城，未尝顾及城南，秀等十三骑竟得驰脱。也有天幸。

到了翌晨，王邑纵兵围攻昆阳，严尤向邑献议道；“昆阳虽小，城郭甚坚，今刘玄盗窃尊号，乃在宛城，我军不若乘锐趋宛，彼必骇走，宛城得胜，哪怕昆阳不服哩！”邑摇首道：“我前为虎牙将军，围攻翟义，一时不得生擒，便遭诘责，今统兵百万，遇城不拔，如何示威？我当先屠此城，喋血再进！”说着，即指挥部众，环绕昆阳城，约数十匝，列营百数，钲鼓声达数十里。一面竖起楼车，高十余丈，俯瞰城中，且用强弩乱射，箭如飞蝗，城中守兵，辄受箭伤，甚至居民汲水，统是背着门户，不敢昂头。再用冲车撞城，泥土粉坠如雨。王凤等提心吊胆，寝食不遑，没奈何投书乞降。王邑不许，自谓旦夕可下此城，要想杀个痛快，表扬声威。严尤复进谏道：“兵法有言，围城必阙一角，宜使守兵出走，免得死斗，况有兵逃出，亦可使宛下伪主望风破胆，岂不更善？”邑勃然道：“我正要屠尽此寇，还好纵令逃走么？”又不听尤言，意气甚豪。是夜有流星坠入营中，到了诘旦，复有黑气蔽营，状如山倒，当营陨下，营兵统皆惊伏，诧为奇事。复败之兆。

约莫过了旬余，已是六月朔日，城中守卒，待援不至，已觉得无法再生，可巧刘秀李轶等，悉发郾定陵两邑守兵，冒险进援。两邑兵也不过万人，由秀自为前锋，领着步骑千人，向着王邑大营，远远挑战。王邑在营中遥望，见来兵寥寥无几，不值一扫，因只遣数千人出敌。秀麾兵猛进，斩首数十级，竟把敌兵吓退，诸将不禁喜跃道：“刘将军生平，见小敌尚有惧容，今遇大敌，反觉勇气百倍，真正奇极，我等愿前助刘将军。”不如是不成为刘将军。于是人人思奋，个个争先，随着刘秀追杀过去，又枭得数百颗头颅。邑闻前军败退，再遣数千人援应，也阻不住汉兵，反被他砍倒无数，只好纷纷倒退。刘秀得直抵城下，遥呼守兵道：“汝等无恐！宛下兵已悉数来援了！”

看官听着，这是秀故意伪言，安定城中士心。城上守兵，虽略有所闻，但见来兵不多，尚未敢出城夹击。秀又使弁目佯堕军书，使王邑部兵拾去，书中无非说是宛兵大至，请守吏无恐等语。王邑得书，也觉惊心，但尚自恃人多势旺，足敷抵御，下令诸营不得妄动，自与王寻等列阵城西，依水待着。也欲摆背水阵么？昆阳城西北有滍川，东流入汝，王邑就在岸上踞住。刘秀选得敢死士三千人，直冲邑阵，统是以一当百，不顾死生。从来行军接仗，越惜命越是要死，越拼命越是得生，秀部下都是拼命，邑部下都是惜命，所以邑兵虽众，反不及秀军的利害，好容易突入中坚，杀得邑兵七零八落。呆头呆脑的王寻，还想上前拦截，被刘秀大喝一声，吓退三步，秀部下的敢死士，知是敌营大将，一拥上去，你一刀，我一枪，把王寻砍落马下，立时毙命。王邑见王寻被杀，无心恋战，只有退走一法。各营复守着军令，不便出援，那汉兵胆气越壮，喊杀声震动天地，再加昆阳城内的守兵，望见援军得胜，也由王凤等带同出城，来凑顺风。莽军垒尉巨毋霸，本尚依令守营，耐心待命，及闻王寻阵亡，王邑退却，不由的咆哮起来，当即驱出猛兽，冲突汉兵。汉兵倒也着忙，只恐为兽所噬，稍稍住脚。蓦听得雷声大震，雨势狂奔，豁喇喇的几阵怪风，竟将虎豹犀象等吹转，反去冲动巨毋霸。巨毋霸弄得没法，也只好向后退走，后面就是滍川，退无可退，偏猛兽不省人事，尽管向巨毋霸挤去，巨毋霸立脚不住，扑通一声，坠入水中，身重脚沉，不能上跃，简直是无影无踪，漂入水国去了。这叫做巨而毋霸，名足副实。巨毋霸一死，各营皆震，统是不待军令，弃营乱跑。虎豹犀象等兽，还在岸边狂窜，往往连人带兽，并堕入水。水复骤涨，就使素善泅水的兵士，也落得无技可施，活活溺死。王邑严尤陈茂等，跨马凫水，亏得水中有许多死尸，替他填底，才得渡过彼岸，狂奔而去。刘秀传令军士，不必穷追，但命将敌营辎重，搬运入城，一时不能尽取，听令遗留，待至明日再取。所有数十万莽兵，除死亡数万人外，任他四逸，自与诸将缓辔入城，真是好整以暇。次日再令兵士出搬辎重，仍然不尽，接连搬运了好几日，还有零碎杂物剩下，付诸一火。这便是昆阳大捷，成就了汉室光复的首功。小子有诗赞道：

身当大敌反从容，一鼓能销百万锋。

水涨血流风效顺，天公毕竟助真龙。

昆阳解围，群情鼓舞，更可喜的是一座宛城，早由刘縯攻下了。欲知宛城攻克情形，待看下回分解。

刘伯升知首事之难成，劝诸将不必立玄，言固甚是。但伯升亦自犯首事之戒，若稍示退让，姑且韬晦，则使他人当其咎，而一己受其成，亦未始非权宜之善策。惜乎其英锋太露，为人所嫌，卒至宵小播弄，不得其死，可悲亦可悯也。若乃弟文叔，则深知此道矣，见小敌反怯，见大敌独奋，令人无从端倪。昆阳一战，以什不及一之兵士，能摧王邑王寻之军锋，是何神勇，得此奇捷，虽天心助顺，风雨齐来，然必有义勇之过人，始得仰邀天佑耳。史称昆阳一役，为汉室中兴之基础，本回摹写声容，亦觉笔酣墨舞，有其事不可无其文，勿遽以小说目之可也。

第六回　害刘縯群奸得计
诛王莽乱刃分尸

却说昆阳大捷以前，宛城守将岑彭，已经出降。彭字君然，系是棘阳人氏，居守本县。棘阳为刘縯所夺，彭率家属奔往甄阜，阜责他不能固守，拘彭母妻，令他立功赎罪。至阜败死，彭得挈领母妻，奔入宛城，与副将严说共守。刘縯等进军攻宛，约经数月，城中粮食已尽，望援不至，累得势穷力竭，只得与严说一同出降。诸将欲将彭处斩，縯独劝阻道："彭系宛城吏士，尽心固守，不失为义！今既举大事，当表义士，不如封他官爵，方可劝降。"刘玄乃封彭为归德侯，隶縯麾下。岑彭亦中兴名臣，故详叙履历。宛城既下，再加昆阳解围，汉威大震，海内豪杰，往往起应，杀死牧守，自称将军，用刘玄更始年号，静待诏命。刘秀由昆阳出略颍川，屯兵巾车乡，擒住郡掾冯异，面加讯问。异字公孙，颍川郡父城人，少好读书，颇通兵法，曾为颍川郡掾，监督五县。当时留居父城，与父城县长苗萌，为莽拒汉。及闻刘秀出兵略地，料他必来攻父城，父城守兵甚少，因欲向旁县招兵，孑身外出，不料被秀军擒住。押入见秀，异既供述姓名履历，复申说道："异孑然一身，无关强弱，死亦何妨，但有老母留居城中，若明公肯释异见母，异愿归据五城，聊报公恩！"秀听他语诚意美，即纵令回去。异返至父城，对着苗萌，极言刘秀仁明，不如归降，萌依了异言，即与异出降刘秀，异为传檄四城，尽令归汉，秀即留异与萌，共守父城。

嗣是縯秀二人，威名日盛，新市平林诸将，阴怀猜忌，尝向刘玄处进谗，以为刘縯不除，必为后患。刘玄本不识好歹，又被他一番浸润，当然动心，乃与诸将商定密谋，待机发作。会王凤李轶等，自昆阳城输运粮械，接济宛城，诸将以为时机已至，即入献狡谋，借着犒军名目，大会将吏，縯当然在列。刘玄见縯佩剑，故意的说他奇异，欲即取视，縯性情豪爽，不知有诈，当即拔剑出鞘，付与刘玄。玄接剑在手，把玩不释，新市平林诸将，不禁着急，忙使绣衣御史申徒建，献上玉玦，玄仍然不发一言。我说他还是厚道。诸将无可奈何，只暗怨刘玄无能，未几罢会，玄将剑仍付与縯，返身入内，縯携剑趋出，大众皆散。縯舅樊宏，私下语縯道："我闻鸿门大会，范增尝三举玉玦，阴示项羽，今日申屠建复献玉玦，我看他居心叵测，不可不防！"縯似信非信，微笑无言。其实刘玄向縯取剑，明是有人教他，待縯将剑奉上，便好诬他谋弑罪名，把他杀死。偏玄迟疑未决，不敢照行，申屠建献入玉玦，就是叫玄速决的意思，玄又不省，总算縯命尚未绝，才得脱身。但縯以为刘玄庸弱，不足深虑，因此一笑作罢。独新市平林诸将，未肯就此罢休，又去联络李轶，一同设法。轶本在刘縯部下，不属新市平林党派，偏他谄事新贵，卖友希荣，竟甘心做那两党爪牙，与谋除縯。从前刘秀在宛，曾见轶行为奸诈，劝縯不可信任，縯以为用人不疑，待遇如故，谁知他反复无常，果如秀言。这是刘縯粗豪之失。有部将刘稷，勇冠三军，当刘玄称帝时，稷怒说道："此次起兵讨逆，全是伯升兄弟两人做成，更始何功，乃敢称尊号呢？"玄颇有所闻，特授稷为抗威将军。稷不肯受命，玄遂与诸将陈兵数千人，召稷入问，不待开口，便将他拿下，喝令推出斩首。恼动了刘縯一人，挺立玄前，极力固争。玄又觉没有主意，俯首踌躇。不意座旁立着朱鲔李轶，左牵右扯，暗中示意，逼出刘玄说一拿字，道声未绝，已有武士十余人，跑到縯前，竟将縯反绑起来。縯自称无罪，极口呼冤，偏偏人众我寡，不容分说，立被他推至外面，与稷同斩。一位首先起义的豪杰，竟枉送性命，徒落得三魂渺渺，驰入鬼门关去了。阅至此不禁长叹。

刘秀时在父城，闻得阿兄遇害，痛哭一场，当即起身诣宛，见了刘玄，并不多言，只引为己过。司徒官属，向秀迎吊，秀亦唯依礼答拜，不与私谈。又未敢为縯服丧，一切起居饮食，仍如常时。有人问及昆阳战事，他却归功诸将，毫不自矜。何等深沉？原非乃兄所能及。刘玄见秀不动声色，反觉得自己怀惭，乃拜秀为破虏大将军，封武信侯，再遣王匡进攻洛阳，申屠建李松等进攻武关。

两路兵马，领命去讫。那王莽闻得昆阳大败，险些儿心胆俱碎，还想诡托符命，镇压人心。明学男张邯，进言符命，妄引《易经》同人卦九三爻辞云："伏戎于莽，升其高陵，三岁不兴。"这三语说作当代的谶文，莽系帝名，升即刘伯升，高陵即高陵侯子翟义，伯升与义，在新室下暗伏兵戎，最多不过三岁，终不能兴。亏他援引，亏他解释。群臣听邯满口荒唐，未免窃笑，不过对着莽前，还只得顺旨阿谀，齐呼万岁。莽又令东方将士，解送罪犯数人入都，途次扬言是刘伯升等，已经擒获，特送入正法云云。百姓也知他是骗语，无人轻信，付诸一笑。假面具总要戳破。时有莽将军王涉，素信道士西门君惠，惠好谈天文谶记，尝语王涉道："谶文谓刘氏复兴，国师公姓名，就当应谶文了。"涉记着惠言，往告大司马董忠，复与忠屡至国师殿中，谈及谶纬，国师不应。既而王涉屏人与语道："涉欲与公共安宗族，奈何公不肯信涉呢？"国师就是刘歆，早已晓得谶文，因改名为秀。他见涉语真情挚，才答说道："我仰看天文，俯察人事，东方必能有成。"涉接口道："我知新都侯幼年多病，指莽父。功显君平素嗜酒，指莽母。未见得定有生育，现在新室皇帝，恐非我家所出。涉与莽同宗，故自称我家。现在董公指董忠。主中军，涉领宫卫，公长子伊休侯主殿中，歆长子名叠，封伊休侯，为莽中郎将。若能同心合谋，劫帝降汉，彼此宗族，都可保全，否则难免夷灭了！"歆不禁心动，赞成涉议，且语涉道："当待太白星出现，方可举事。"涉将歆言转告董忠，忠因司中大赘莽时官名。起武侯孙伋，亦尝主兵，不得不邀令同谋。伋却也许诺，归至家中，神色顿变，食不下咽，但妻瞧着，料有他事，一经研诘，伋竟和盘说出。但妻大惊，劝伋速去讦发，一对混账夫妻。伋尚觉不忍，经妻舅陈邯得知，从旁怂恿，且云伋不自首，邯当独告，伋无可奈何，只得同去告发。莽忙使卫士分召忠等，忠方阅兵讲武，忽闻诏使到来，便欲应召，护军王咸进说道："谋久不发，恐致漏泄，不如斩使起事，免为人制！"忠不敢遽发，当即入朝。刘歆王涉，也是奉召前来。莽先召忠入，使黄门官疐恽问状，忠含糊对答：即由中黄门把忠拿住，忠正拟拔剑自刎，又听得侍中王望传旨，但说出大司马反四字，已被中黄门锋刃交下，将忠砍死。莽意欲厌凶，再使虎贲诸士，持斩马剑分砍忠尸，盛以竹器，使用醯醢毒药白刃丛棘，掺杂器中，掘坎埋着，又是奇想。一面下令收捕忠族。唯不闻传召歆涉二人，歆涉已知忠被诛，料亦难免，并皆自杀，莽亦不加查究。看官道是何故？他因歆为勋戚，涉系宗室，统是心膂重臣，若将他声罪定罚，反致张扬内乱，不如令他自尽，反好暗瞒过去，因此不愿明言。且查得歆子伊休侯，素性恭谨，实未与谋，但免去中郎将官职，另授中散大夫。歆本汉宗正刘向子，饶有才名，能承父业，平居尝汇集群书，编成七略，上达汉廷，一辑略，二六艺略，三诸子略，四诗赋略，五兵书略，六术数略，七方技略。都下人士，无不因他广见博闻，啧啧称赏，只是助莽为逆，热中富贵，终弄到身死名裂，赔笑后人，这岂不是一朝失足，千古衔悲呢？语重心长，为文人者其听之！话休叙烦。

且说王莽内遭离叛，外复师臣，愁得坐卧不安，未遑顾及军事，乃征还王邑为大司马，进张邯为大司徒，崔发为大司空，苗䜣为国师，自己但饮酒啖鱼，排遣愁闷，暇时又披览军书，倦辄假寐，不复就枕，连那一百二十个美人儿，也是无心顾及。忽又接得外来警报，乃是成纪人隗崔隗义，起兵应汉，推崔兄子嚣为上将军，移檄郡国，号召四方，所有雍州牧安定大尹，俱被杀死，凡陇西武都金城武威酒泉敦煌等郡县，统被夺去。急得莽愁上加愁，长叹了好几声，转思檄文上面，不知如何说法？密令心腹卫士西出，取得一纸，还都呈阅。莽见檄文所说，历数自己罪恶，约十余条，第一条就是鸩杀平帝。当下出坐王路堂，召集公卿，启示从前为安汉公时，代帝请命的策书，并装出一种涕泣情形，晓谕群臣。平帝有疾，莽仿周公遗事，藏策金縢。事见《前汉演义》。正在装腔作势的时候，又有两处急报传来，一是导江郡卒正公孙述，起兵成都；一是故钟武侯刘望，起兵汝南。莽以成都较远，公孙述又不是汉裔，倒还无甚要紧，只是刘玄未平，又出了一个刘望，却是可忧。未几又闻望自立为帝，连故将严尤陈茂，统去投降，不由的失声大叫道："反了反了。"叫杀也是无益。亟派亲信将吏出都，探听虚实。好几日得了回报，方知刘望已死，严尤陈茂并皆伏诛。莽又觉手舞足蹈，连声呼道："好好！"才说到第二个好字，复听得将吏接口道："不好哩！刘望与严尤陈茂，统被刘玄部将刘信击死，现在刘信占住汝南了！"莽复惊起道："有这等事么？"忽又有人驰入道："不好了！不好了！"莽只说两个好字，反引出三个不好来。莽大骇道："为什么大惊小怪？"那人说道："刘玄部将王匡攻洛阳，申屠建李松攻武关，已是猖獗得很，今又有析县人邓晔于匡，起兵相应，自称辅汉左右将军，攻入武关。武关都尉朱萌，已投降了他，右队大夫宋纲阵亡，连湖县都失守了！”索性将四方乱事，并作一束，随笔写下，较为突兀得势。莽闻武关攻破，已觉得藩篱撤去，势甚可危，再加湖县是京兆属县，也致失守，简直是寇入堂奥，祸等燃眉。当下无可为计，慌忙召入王邑张邯崔发苗䜣四大臣，及一班文武百官，商量御寇要策。王邑等仓皇失色，不知所出，崔发独进言道：“臣闻《周礼》及《春秋左传》，俱言国有大灾，宜哭以厌之，故《易》亦云先号咷而后笑，今事变至此，正宜号泣告天，亟求救解！”好一条良策。莽不待说毕，便起座道：“快去快去！”说着即下殿乘舆，由群臣簇拥出城，直至南郊，降舆跪祷，自陈符命本末，且仰天泣语道：“皇天既将大命授与臣莽，何不殄灭众贼？若使臣莽有罪，愿下雷霆殛死臣莽！”天将假手磔汝，不屑雷霆。说罢，拊胸大哭，哭止再祷，磕了无数响头，然后起立，再命词臣作告天策文，自陈功劳千余言，一面召集诸生小民，使他朝夕会哭，特命有司给与粥饭，视有哭得悲哀，并能朗诵策文，即拜为郎官。于是登舆回朝，策拜将军九人，号为九虎，令率北军精兵数万人，东出御寇。好象儿戏。待九虎临行时，要他送入妻子，作为抵押，每人又只给钱四千。此时宫中尚藏有六十匮黄金，一匮约万斤，此外各官署中，统有好几匮藏着，珠玉珍宝，尚不胜计，莽越加吝惜，只有每人四千文，作为赏赐。试想这般将士，尚肯为莽效力么？

九虎将至华阴回溪，据险自守，于匡率弓弩手数千人，登高挑战，邓晔率二万余众，从阌乡南山，绕道北行，直出回溪后面，突入九虎营垒。九虎将顾前失后，顿时慌乱，于匡从高阜望见晔军，当即驰下夹击，杀得九虎将大败亏输，夺路四逸。二虎将史熊王况，诣阙待罪，莽问他余众何在？史熊王况对答不出，抽刀自刎。尚有四虎将窜去，不知下落，只郭钦陈翚成重三虎将，收集散卒，退保京仓。邓晔开了武关，迎入汉将李松兵马，共攻京仓，数日不下。晔使弘农掾王宪为校尉，率数百人渡过渭水，攻城略地，所过皆降。李松亦遣偏将韩臣等，西出新丰，杀败莽将波水将军，追奔至长门宫。诸县大姓，亦纠众来会，各称汉将，王宪乘势招集，直逼长安都城。莽赦城中囚犯，各给兵械，杀豨大猪名豨。与盟道：“如有与新室异心，社鬼当记罪不贷。”盟毕饮血，令后父宁始将军史谌，带领出敌。谋至渭桥，各罪犯一哄而散，单剩谌一人一马，如何御寇？立即拍马逃回。城外各路兵士，乐得恃众横行，发掘莽祖父妻子坟墓，毁去棺廓，并将莽九庙明堂辟雍，尽付一炬，火光照彻城中，昼夜不绝。十月朔日，各兵攻入宣平城门，正值莽司徒张邯出巡，被大众劈头乱砍，立即倒毙。莽司马王邑，带回王林王巡䔮恽等，分头堵御，哪里抵得住一班乱兵？勉强支持了一日，乱兵汹涌异常，各官府邸第，尽行逃亡。到了次日，城中少年朱弟张鱼等，恐被掳掠，也投入乱兵，充作前导，火烧作法门，斧劈敬法闼，敬法殿之小门。哗声大呼道："反虏王莽，何不出降？"连呼了好几声，里面仍绝无声响。各少年恐有埋伏，不敢遽进，但烦劳那祝融氏作了先锋，接连放火，火势窜入掖廷，延及承明宫。宫中为莽女黄皇室主所居，就是汉平帝的皇后，莽女自投火中，还算节烈，故特为叙明后号。她见火已向迩，不能避免，遂望火泣下道："我何面目再见汉家？"说着竟奋身一跃，自投火中，眼见得乌焦巴弓，随那祝融氏去了。莽避居宣室前殿，但见宫人妇女等，披头散发，踉跄奔入道："奈何奈何？"莽亦没法相救，但披着绀服，青赤色为绀。佩着玺绂，手持虞帝匕首，令天文郎持栻在前，栻即近时星盘之类。自己回旋坐席，随着斗柄所在，且坐且语道："天生德于予，汉兵其如予何？"到死还要做作，可笑。转眼间又过了一夜，乱兵愈逼愈近，群臣仓皇趋进，劝莽避入渐台。莽已二日不食，头眩目晕，一时不能起行，由群臣扶掖出殿，南下阁道，西出白虎门，门外已有轻车待着，由莽登车前行，少顷已到渐台。渐台筑在池中，上架桥梁，四面皆水，群臣以有水可阻，因劝莽至此暂避。莽下车后犹抱持符命威斗，过桥登台，从官尚有千余人。司马王邑，日夕战守，累得人困马乏，返奔入宫，四处寻莽，不见形影，乃展转至渐台，途中遇见子王睦，脱去衣冠，意欲逃生，邑怒叱道："我为大司马，汝为侍中，应该为主死节，为何逃去？"睦不得已退至台下，邑亦随入，父子共替莽固守。时乱兵已杀入殿中，狂呼狂叫道："反贼王莽何在？"适有宫女出室，颤声答应道："已往渐台。"大众遂赶至台前，围绕至数百重，望见桥梁已断，一时不能进去，只用强弩乱射。台上众官，亦接连放箭，两下里对射一阵，矢已皆尽。乱兵见台上无箭，便用板迭桥，蜂拥而入，王邑父子，及䔮恽王巡等，还想堵住台门，奋力接战，战至天暮，究竟众寡不敌，并皆战死。死得无名。乱兵攻入台门，拾级登台，台上尚有众官守着，又接斗了好多时，陆续毕命。著名的是苗䜣唐尊王盛王揖赵博，卖饼儿也结果了。以及中常侍王参等，均皆被杀。台上已无莽臣踪迹，单不见莽一人，校尉公宾就，已与众兵混做一淘，想去杀莽报功，蓦见有一人持着玺绶，从内室中出来，便问他道："玺绶从何处得来？"那人回顾道："就在内室！"正问答间，又有众兵到来，便由公宾引入室中，寻至西北角上，果有尸身卧着，仔细一认，正是王莽，当下乱刀分尸，劈做数十段，只有莽首为公宾所枭，持报王宪。其实下手杀莽，便是夺取玺绶的人物，那人本是商民，姓杜名吴。莽年三十八岁为大司马，五十一岁居摄，五十四岁称尊，六十八岁诛死，自居摄至伏诛，居然改元四次，共计一十八年。小子有诗叹道：

粉身碎骨有谁怜？死后还教臭万年。
用尽机心翻速祸，才知翘首有苍天。

王宪得了莽首，遂自称汉大将军，拥兵入宫。欲知王宪如何处置，待至下回叙明。

有大过人之材智，方有大过人之功业，观刘文叔之所为，而益信矣。当其昆阳大战，冒险直前，何等奋勇？及闻兄縯被害，束身诣宛，独能不动声色，躁释矜平，奸党不能害，刘玄不能杀，乃知刘縯之死，非无自取之咎，令乃弟处之，亦何至死于非命乎？莽至死且欲欺人，乱兵四逼，尚欲效法周孔，卒至身膏锋刃，授首他人，作伪心劳日绌，如莽其尤甚者也。而后世之机械变诈者，亦可以知返矣。

第七回　杖策相从片言悟主
坚冰待涉一德格天

却说王宪拥兵入宫，官吏已皆逃散，只有一班妇女，无从趋避，统是缩做一堆，抖得杀鸡相似。宪见妇女们多有姿色，免不得惹起淫心，当令众兵出外驻扎，只说是妇女无辜，不宜侵犯，但发出库藏金帛，分犒众兵。大众得了犒赏，却也应令趋出，独王宪住下东宫，到了夜间，就去传召一班美女，叫她们侑酒侍寝，就是王莽继后史氏，偷生怕死，也只好出见王宪，供他糟趾，直闹得一塌糊涂。胜似嫁与老夫。宪居然穿帝服，乘法驾，向商人杜吴处，取得天子玺绶，出警入跸，也想做起皇帝来了。京仓守将郭钦等，闻得京师失守，王莽毙命，没奈何出降汉营。李松邓晔，驰入都城，将军申屠建赵萌，从后继至，查得王宪私怀玺绶，奸占后宫，即把他捕出斩首，宪只快活了三四日，也落得身首两分。乐极悲生，奈何不慎？当下取莽首级，派人传送至宛。刘玄命将莽首示众，百姓恨莽切骨，多去掷击，甚至将莽舌割下，切作数片，分啖立尽。刘玄因都城已下，会议行止，忽由洛阳传到捷报，乃是上公王匡，已将洛阳收降，缚住莽太师王匡，国将哀章，械送宛城。王匡缚王匡却是异闻。刘玄乃待了数日，等到囚犯解入，遣刑官问讯数语，立命诛死。哀章挟诈得官，至此也送命了。又闻得莽将李圣孔仁，并见前文。俱皆败亡，豫洛肃清，诸将都劝玄暂都洛阳，不必远诣长安。玄本来没有决断，就依了众议，命破虏大将军刘秀，行司隶校尉事，先往洛阳整修宫府，以便定都。

秀自遭兄丧，不愿与闻政事，尝在官舍中闲居度日，想起从前游学长安时，曾自明志愿，留有二语云："仕宦当作执金吾，官名。娶妻当得阴丽华。"现在身为大将军，比长安城中的执金吾，似乎还胜过一筹，独阴丽华年约及笄，未知她曾否适人？遂着人往探消息。丽华系南阳新野人，秀前适新野，见过一面，虽是淡妆素服，却生得姿容韶秀，落落大方。秀心中时常记着，以为娶妻不得如丽华，宁可终鳏，自古英雄多好色。所以在舂陵时，年至二十有八，尚未成婚。也是丽华应配真龙，到了十有九岁，尚未许字，至刘秀着人探问，与丽华兄阴识谈及，识已无父，乐得与阿妹作主，叫她去做汉大将军妻室。丽华亦喜逢佳配，便由阴识与来人说明，托他还报。秀欣如所望，当即聘娶，六礼告成，两美合璧，自然如鱼得水，好合无尤。及秀奉玄命为司隶校尉，乃与阴氏告别，仍使归居新野，自率吏士径赴洛阳。于是置僚属，作文移，从事司察，一秉旧章。待至宫府修成，报知刘玄，玄择日起行。当时三辅官吏，京兆左，冯翊右，扶风，号为三辅。东迎刘玄，见玄麾下诸将，首戴冠帻，服近妇人，莫不暗中窃笑，唯见了司隶僚属，都不禁心喜道："不图今日复见汉官威仪。"嗣是皆归心刘秀，不愿属玄。玄既都洛阳，遣使招降赤眉。樊崇等闻汉室复兴，却也有心归汉，因留部众分驻青徐，自与部目二十余人，径投洛阳，入见刘玄。玄并封为列侯，未给国邑。崇等见刘玄没甚威仪，已失所望，又不得采邑分封，更难如愿，厮混了一二旬，乘隙出走，返入老营。分为二部，崇与逄安为一部，尚有徐宣谢禄杨音等党羽，另成一部，仍然反抗汉命，略地称兵。此外又出了一个淮南王，乃是庐江连帅李宪，曾由王莽命为偏将军，出徇江淮，因闻王莽被杀，遂据住庐江，自称淮南王。刘玄诸将，却无意东封，独谋北略，当下议派遣大将，往定河北。大司徒刘赐，继縯后任，系是刘玄从兄，独谓刘秀才可大用，应即遣往，朱鲔等意在阻秀，语多蹊跷，赐却一力保举，驳去众议，乃令秀行大司马事，持节渡河，镇抚州郡。蛰龙出海了。秀不带多兵，但率亲从数百骑逾河，沿途无犯，察官吏，明黜陟，赦囚徒，革除王莽苛禁，规复前汉官名，吏民大悦，争持牛酒迎接道旁，秀一律却还，婉言慰谕，无不欢呼。再前行至邺城，有一士人杖策追来，报名求见，秀立命延入，下座相迎。这人为谁？乃是南阳人邓禹，系东汉佐命元功，为将来云台二十八将的领袖。郑重言之。他少时游学长安，曾与秀同学，气谊相投，至是久别重逢，当然欢慰，寒暄甫毕，秀却笑问道："我得承制封拜，仲华远来，莫非想做官么？"原来仲华是邓禹表字，故秀有是称。禹笑答道："禹不愿为官。"秀又笑说道："官不愿为，何苦仆仆风尘，前来寻我？"禹应声道："但愿明公威加四海，禹得效尺寸功劳，垂名竹帛，便足称快了。"并非不愿做官，实想做个功臣。秀鼓掌大笑，就留禹同食同宿，与语军情。禹乘势进言道："现今山东未安，赤眉等到处扰乱，动辄万计，更始乃是庸才，不能刚断，部下诸将，又没有什么豪杰，不过志在财帛，但顾目前，明公试想这等庸奴，岂能深谋远虑？尊主安民，将来四方分崩，必致败亡！从来帝王崛兴，必须天时人事，相与有成，今更始方立，天变不绝，便是不得天时；且中兴大业，岂凡夫所能胜任？便是不协人事。明公虽得为藩辅，终属受制他人，不能自主，依禹愚见，如公盛德大功，为天下所响服，何不延揽英雄，收服人心，立高祖大业，救万民生命，一反掌间，天下可定，胜似俯首依人，事事受制哩！"秀不觉大悦，"安知非仆"之志愿，从此激成。令禹常居左右，事必与商，且饬部众呼禹为邓将军。

先是秀居兄丧，阳为谈笑，阴寓悲伤，枕席间常有泪痕。父城留守冯异，当秀入洛阳时，路过父城，异尝开门出迎，奉献牛酒，秀乃令为主簿，使前县长苗萌为从事。异遂从秀至洛，且荐举同里铫期铫音姚。叔寿段建左隆等，并为掾吏。嗣是异一心事秀，秀亦推诚倚任。异见秀平时纳闷，料知秀不忘乃兄，时为劝解。秀摇手道："卿勿多言。"及秀往河北，得遇邓禹说了一篇独立的计议，异亦稍有所闻，也向秀进说道："更始乱政，百姓失依，譬如人当饥渴，一遇饮食，容易充饱，今公专任方面，宜急分遣官属，徇行郡县，理冤结，布惠泽，方好收拾人心！"秀点首称善，依议施行。复北向至邯郸，骑都尉耿纯，出城迎谒，秀温颜接见，偕纯入城。纯字伯山，钜鹿宋子县人，父艾为王莽济平尹，至刘玄称帝，使李轶招抚山东，艾即请降，纯亦随见，轶使艾为济南太守，并因纯应对不凡，承制拜为骑都尉，授纯符节，令他抚集赵魏各城。纯奉令往抚，留寓邯郸，因此得迎谒刘秀。秀待遇有恩，自然惬意，及趋退后，复见秀部下官属，各有法度，益加敬服，意欲格外结纳，特献马及缣帛数百匹。纯亦中兴名臣之一。故赵缪王子刘林，缪王为景帝七世孙，名元。尚在邯郸，入见刘秀道："赤眉现在河东，但教决水灌去，就使他众至百万，也好使作鱼鳖了。"秀以为此计太忍，默然不应，竟留耿纯守邯郸，自率邓禹冯异等出徇真定。

刘林因计不见听，快快不乐，自思卜人王郎，向与友善，不若就去问卜，使决后来吉凶。郎素好诞言，见了刘林，便为道贺。林愕然问故，郎说道："谁不知刘氏当兴？君系刘氏宗室，难道不就此复封么？"林与言献计刘秀，不得见从，甚是可惜，郎又说道："君可径自称尊，何必仰仗别人？"林颇有难色，郎复进策道："我闻得王莽在日，曾由将军孙建，谓有妄男子武仲，冒充成帝子子舆，已经诛讫，君本姓刘，何妨就作为子舆，号召四方？"汉书王莽传，曾有武仲冒充子舆，谓为成帝小妻所生，今特借口补叙。林笑道："我自我，子舆自子舆，怎可混充？如我可冒充子舆，君亦尽可冒充了！"郎跃起道："君若肯助我起事，我就冒充刘子舆。"好好卖卜，也想称尊，真是该死。这一席笑语，竟至弄假成真，遂去连结赵国大豪李育张参等，决议起兵。育与参本认识王郎，平时常向郎卜易，却有几句被郎说着，所以信郎甚深。此次郎欲起事，想他必有把握，因此慨然允许，就将家中私财，搬取出来，招募壮丁，不到旬日，就聚集至数千人。当下拥戴王郎，就在邯郸城内，据住官舍，南面称尊。邯郸百姓，晓得什么真假子舆，并且无拳无勇，如何反抗？只好让他去做皇帝。独有耿纯不服，与从吏夤夜出走，手中尚持着汉节，发取驿舍车马数十乘，载与俱驰，奔归宋子。至王郎派人捕纯，纯早已飏去。郎遂假称刘子舆，传檄郡国，略言圣公未知，误称帝号，翟义不死，已诣行宫，一派荒诞无稽的文告，布示远近，吏民哪里知晓？闻风响应。于是赵国以北，辽河以西，多半向郎上表，自请投诚。上谷太守耿况，已受刘玄使命，遣子弇驰赴长安，贡献方物。弇字伯昭，年方二十有一，与属吏孙仓卫包偕行，道出宋子县，正值耿纯带领从兄䜣宿植等，约有数百人，起程北趋，弇与纯本不认识，见纯从行多人，不由的诧异起来，探问行人，才知邯郸有独立消息，称尊的叫做刘子舆，耿纯不肯从命，所以他往。弇乃与孙仓卫包两人，共商行止，仓与包应声道："刘子舆既为成帝后人，应承正统，我等舍此不归，还想远行，果将何往？"弇不以为然，按剑叱责道："子舆小丑，终为降虏，我今至长安，与国家说明，渔阳上谷的兵马，勇悍可用，然后求得使节，还出代郡，大约在途数十日，便可归至上谷，征发击骑，驱除小寇，好似摧枯拉朽，立见扫平，两君不识去就，恐误投匪人，转眼间就要灭族了！"弇未识破假子舆，又欲去投刘玄，亦非良策，唯知邯郸不能成事，也觉有识。仓包未信弇言，竟悄然逃去，亡归王郎。只剩弇踯躅道旁，孤踪西向。忽有途人传说，谓刘秀转赴卢奴，自思卢奴与上谷相近，不如还投刘秀，较还得计，乃即返辔北行。

时耿纯已与秀相会，报知王郎为乱，势甚猖獗，秀恐幽蓟一带，为郎所欺，因拟先定幽蓟，还击王郎，可巧耿弇亦至，遂留为长史，与他同行至蓟州。既得入蓟州城，乃令功曹王霸，募兵市中，将攻邯郸。霸字元伯，系颍阳人氏，少为狱吏，慷慨有大志，前时秀略颍川，道出颍阳，得霸与俱，命为功曹令史，至此奉令募兵，偏市人无一应募，转用冷语相侵，霸不禁怀惭，还白刘秀。秀见人心未附，便拟南归，官属也都有归志，独耿弇进谏道："明公从南方到此，大势未定，奈何南行？现在渔阳太守彭宠，与公有同乡谊，弇虽家世茂陵，但弇父方为上谷太守，耿弇籍贯，借他自述，省得另表。耿弇王霸皆中兴之名臣，故叙笔不略。若征发两郡兵马，控弦万骑，直捣邯郸，还怕什么假子舆呢？"秀乃有留意，唯官属统思南归，相率喧哗道："死且南首，奈何北行入囊中？"秀笑指耿弇道："这是我北道主人，何用多募？"随即依了弇议，致书渔阳上谷，征发援兵，时已为更始二年春月了。秀尚留住蓟城，专待两郡兵马到来，进击王郎。不料王郎移文至蓟，购索刘秀，标明十万户为赏格。有一个故广阳王刘嘉子接，嘉系武帝五世孙。贪得厚赏，纠众应郎，全城扰乱，讹言百出，纷纷说是邯郸兵至，将捉刘秀。秀因兵单将寡，不便久留，当即带领亲信将士，出南城门，城门已闭，由铫期斩关夺路，方得走脱。晨夜南驰，未敢轻入城邑，行至芜蒌亭，天寒风烈，食尽肠鸣，冯异至民间乞得豆粥，取供刘秀，秀勉强食讫，复起行至饶阳。一班从吏，连豆粥都不得觅食，真是饿肠辘辘，无力再行。秀乃伪称邯郸使人趋入驿舍，索供饮食，驿吏依言进供。偏是这班从吏，好象地狱中放出饿鬼，争先抢食，顷刻便尽。那驿吏当然动疑，自去槌鼓数十通，托言邯郸将军，不久便到，众皆失色，秀亦升车欲驰，忽然情急智生，徐徐还坐道："既系邯郸将军到来，我等应当相见，不妨从缓！"一面说，一面传语驿吏道："请邯郸将军入见！"催一句，愈妙。驿吏本是假语，偏刘秀要当起真来，哪里寻得出邯郸将军？只好含糊对答。秀方知驿吏诈谋，安坐了好多时，才起身呼众道："邯郸将军，想是路上逗留，我等也不便久待了。"众皆应声而出，秀即上车驰去。赖有机变。仍然昼夜兼行，一路上蒙犯霜雪，冻得面无人色，肤皆破裂。吃得苦中苦，方为人上人。到了下曲阳，传闻邯郸追兵，即在后面，大众又惊慌得很，急趋至滹沱河。前驱候吏，还言河水长流，无船可渡，秀再命王霸往视，霸驰至河滨，但见流水潺潺，寒风猎猎，东西南北，并无一船，不由的嗟叹起来。转思追兵在后，死生总须一渡，不如扯一个谎，叫众人齐至河边，再作计较。乃趋还白秀道："河冰方合，正好速渡，"此君也有应变才。众闻言大喜，开步便走。说也奇怪，待至大众临河，果然冰坚可涉，当即依次渡河，渡到对岸，冰又解散，霸暗暗称奇，一时也无暇说明。莫非人定胜天。及抵南宫，兜头刮起一阵大风，雨随风下，滴沥不绝，累得大众衣衫尽湿，冷不可当。又是一番苦楚。秀见道旁有一空舍，当即下车避入，好在空舍中贮有积薪，复有宿麦，并且厨灶兼全，邓禹冯异，就做了两个火夫，一爇火，一抱薪，锅中煮饭，灶上烘衣。秀脱去外袍，烘了片时，略觉干燥，麦饭亦已煮熟，便由异盛了一碗，奉与刘秀，尚有余饭未尽，与众同食，不够半饱，但稍稍得过饭瘾，已算幸事。此时也不遑寻问主人，由秀登车复走，众亦随出。趋至下博，四面各有歧路，不知所从，俄有白衣老人，踉跄前来，并未问及行踪，即举手指示道："努力努力！此去南行八十里，就是信都，信都太守，尚为长安守住此城，可以前往。"秀正要向他称谢，不意白衣老人回头急走，倏忽不见，大众不胜惊异，秀亦知白衣老人不是凡品，遂依他指导，径往信都。信都太守任光，表字伯卿，籍隶宛县，素性谨厚，少为县吏，汉兵至宛，见光衣服鲜明，意欲加害，亏得光禄勋刘赐，替他救免，荐为安集掾，寻拜偏将军，随秀至昆阳，同破王邑王寻，得迁信都太守。及王郎僭号，传檄信都，光不肯服从，独与都尉李忠，县令万修等，协力固守。郡掾持檄劝光，光将他斩首示众，招集精兵四千人，为死守计。适刘秀狼狈到来，光正虑孤城难全，得秀亲至，喜出望外，立即开城迎入，吏民素闻秀仁名，亦皆欢呼万岁。秀略述途中苦况，并言王郎势大，恐难与敌，意欲还见刘玄，请兵北讨。任光见秀兵寥寥，自己亦不过数千部众，只有护秀西行的能力，没有助击王郎的军容，心下颇费踌躇，李忠万修，亦谓不若派兵送秀，以便请兵。正迟疑间，忽报和戎太守邳彤来会，光当然出迎，与同见秀。彤字伟君，家世信都，曾为莽和成卒正，居下曲阳，前次秀徇河北，彤举城出降，因改名和成为和戎，使彤居守。彤感念秀德，故与任光同无贰心。两人皆隶名云台，故分叙履历。彼此相见益欢，共商行止。彤闻秀议定西行，慨然谏阻道：“海内吏民，歌吟思汉，已有数年，所以更始称尊，天下响应。今卜人王郎，假名乘势，集众乌合，虽得牢笼燕赵，究属根本未固，若明公号召二郡兵民，仗义往讨，何患不克？今欲舍此西归，非但空失河北，必且惊动关雒，堕威失机，甚非良策！试想明公西去，邯郸无事，必且缮兵整甲，长驱南来，吏民谁肯千里送公？统皆系念妻孥，中途逃归，人心一散，尚可复收么？”秀恍然道：“伟君所言甚是，我当照行。”遂留住信都，光即行文旁县，征发兵士，好几日只得四千人，秀尚嫌不足，欲向城头子路及刁子都两处借兵，当有一人闪出道：“不可不可！”正是：

莫呼将伯求为助，毕竟男儿当自强。

欲知何人出谏刘秀，待至下回报明。

邓禹杖策追秀，相见之下，从容计划，即进秀以兴汉之谋，此为中兴名臣所未及。故虽智不及良平，勇不及韩彭，而后人推为功臣之冠，良有以也。王郎僭号，刘林助虐，秀狼狈南趋，几不得免，豆粥麦饭，何等困穷？孟子所谓“天降大任于斯人，必先苦其心志，劳其筋骨，饿其体肤，然后动心忍性，增益其所不能。”彼刘秀亦犹是耳！必至如滹沱河之不得济，乃出神力以助之，河冰甫合，复继以大风雨，此正天之巧为磨炼也！非历过诸艰，宁能造成真主乎？

第八回　投真定得婚郭女
平邯郸受封萧王

却说刘秀欲向城头子路，及刁子都处乞援，即有一人出为谏止，那人就是信都太守任光。光进说道："城头子路刁子都，俱是亡命盗贼，何足深恃？兵不在多，但教协力同心，自能成功。明公前破莽将时，尝以一敌十，何患王郎？"秀乃罢议。究竟这城头子路，乃是何人？他姓爰名曾，字子路，本东平人，曾与肥城人刘诩，起兵卢县城头，因号为城头子路，聚众至二十万，寇掠河济间。刘玄初立，曾与诩亦上表称贺，玄拜曾为东莱太守，诩为济南太守，皆行大将军事，暂示羁縻。刁子都起兵东海，前文已经叙及，见第三回。唯刁子都亦受刘玄封爵，拜扬州牧。后来城头子路刁子都，皆为部下所杀，这且慢表。随笔了过。唯刘秀既听了任光，不愿乞援，遂拜任光为左大将军，兼信都都尉；李忠为右大将军，邳彤为后大将军，仍任和戎太守；万修为偏将军，并封列侯。李忠字仲都，东莱黄县人，万修字君游，扶风茂陵人，补叙履历，不略功臣。这数人皆身任军将，从秀出城，留南阳人宗广领信都太守事。耿纯自请回乡招兵，前来会师，秀即令去讫。任光多作檄文，颁示河北，文中伪云：大司马刘公，率城头子路刁子都各兵，有众百万，从东方来，击诸反虏等语，河北吏民，本多为王郎所欺，望风听命，此次得了檄文，又不禁惶惑起来，转相告语，未知适从。秀挈众至堂阳县境，时已昏暮，趁着天色昏黑，扬旗纵火，散骑泽中，吓得堂阳县吏，魂魄飞扬，急忙开城迎降。转至贯县，县吏无法抵敌，也照堂阳一般，出城迎人。昌城人刘植，方聚兵数万，据城自守，当由秀使人招抚，植即投诚。秀使植为骁骑将军，仍领旧部，于是兵威少震。可巧耿纯亦招集宗族宾客，共二千余人，连老幼男女一并带来，与秀相见。秀使为前将军，封耿乡侯，纯从兄䜣宿植，并皆授职偏将军，拨兵为助，令他兄弟前抚宋子城，县吏却也听命。纯使䜣宿植归烧庐舍，然后返报。秀问纯何故毁及家庐，纯答说道："明公单车出使，镇抚河北，本没有什么重赏，可以饵人，不过靠着平时德惠，曲示怀柔，才见士众乐附，所过皆降。今邯郸自立，北州疑惑，纯虽举族归命，老弱皆行，犹恐宗人宾客，或有异心，仍然逃归，因此烧去庐舍，绝他返顾，方能使他凝神一志，服事明公哩！"秀不禁赞叹。再命纯带领前军，北向出发，降下曲阳，进攻中山。秀亦率众继进，得拔卢奴，再传檄至边郡，令他共击邯郸，郡县又陆续响应。唯故真定王刘扬，聚众十余万，联合王郎，未肯归附。秀颇以为忧，骁骑将军刘植献议道："植与扬有一面交，愿借三寸不烂的舌根，说使归降！"秀闻言大喜，便令植往说刘扬。植只带得随身数骑，径往真定，过了数日，便即返报道："扬已被植说下了，但扬欲与公结为姻亲，植亦替公承认，事同专擅，特来请罪。"秀惊疑道："我尚无子女，如何联姻？有妹伯姬，又许字李通为继室，已有成议了。"应上起下。植答说道："扬有甥女郭氏，愿奉箕帚。"秀又以曾娶阴氏为嫌，植笑答道："天子一娶九女，诸侯且一娶三女，两妻也不得为多，况刘扬新附，若不与结为姻亲，如何可恃？植所以擅事代允哩！"谢媒酒稳当了。秀乃心喜，即令植赍着金币，送作聘礼，自己也即随往，扬率众迎接，开馆延宾，择了一个黄道吉日，即将甥女郭圣通，装束停当，送至宾馆，与秀成婚。秀见郭氏丰容盛鬋，华服靓妆，虽不及阴丽华的秀雅，却也纤秾合度，不等凡姝。当下行过了礼，洞房合卺，并枕交欢，不消细叙。嗣闻女父郭昌，素有义行，曾将田宅财产数百万，让与异母兄弟，名著全国。女母刘氏，乃是真定恭王普女儿，普为景帝七世孙。生长王家，独循礼教，持身节俭，有贤母风。秀想父母如此，该女当必不俗，因此由爱生敬，由敬生宠，比从前待遇阴氏，加厚三分。叙明郭氏家族，复伏下被废祸根。

过了数日，就出击元氏房子二县，先后攻下。再进至鄗，鄗城县长，却也不敢迎敌，投书请降；偏有大姓苏氏，不愿迎秀，竟去召入王郎将吏李恽，率兵来敌汉军。当有探马报知耿纯，纯请秀暂留驿舍，自领前军埋伏城隅，专待李恽到来。恽不防有伏，昂然驰至，被纯挺马突出，兜头一枪，把李恽刺落马下，各兵惊溃，纯乘胜抢入城中，得将鄗城据住。查得大姓苏氏头目，杀死数人，余皆崩角稽首，不敢违命。鄗城一下，移军进攻柏人，王郎木将李参，方在柏人驻扎，听得汉军前来，便引兵至要路截击，两下交锋，汉军很是奋勇，杀得李参招架不住，奔还柏人。刘秀麾兵追赶，直抵城下，扑攻数日，不能得手。适有汉中校尉贾复，长史陈俊，奉着汉中王刘嘉命令，诣营下书。此刘嘉与前文广阳王同名异人。秀立即召见，取阅来书，才知嘉已得势，定都南郑，收降武当山草寇延岑，集众数十万人，此次与秀通问，意在联盟，且将贾复陈俊，荐入秀营，俾作臂助。秀览毕大悦，赐令二人旁坐。问明履历，二人答称同居南阳，不过互分县籍，复字君文，系南阳冠军县人，俊字子昭，系南阳西郑县人。书法见前。秀与嘉系出同支，嘉为春陵侯刘买玄孙，是秀族兄，王莽时被黜为民，刘玄即位，封嘉为汉中王，秀因族兄举荐人才，定必不谬，且看他英姿吐属，确非庸常，乃即拜复为破虏将军，俊为安集掾。两人方拜命趋出，忽有弁目入报道："舍中儿犯法不谨，被军令祭遵格毙了！"祭，读如债。秀勃然道："祭遵敢擅杀我舍儿么？"说着，顾令左右，即欲捕遵。主簿陈副在侧，忙进说道："公尝欲军队整齐，今遵奉法不避，明明是仰承公令，怎得言罪？"秀乃省悟，赦遵不究，且进拜遵为刺奸将军。尝语诸将道："诸卿当慎防祭遵，他敢杀我舍中儿，必不肯私庇诸卿哩！"甚得用人之道。诸将听了，当然畏服祭遵。遵字弟孙，颍川颍阳人，少好经书，家本饶富，独遵如贫人，恶衣菲食，及丧母时，亲自负土起坟，县吏目为鄙吝，屡加侵侮，遵乃散财结客，击杀县吏，时人因此惮遵，至秀破王邑王寻，还过颍阳，遵孑身投谒，居秀门下，遂得逐渐知名。遵亦中兴名臣。

秀军久围柏人，兼旬不克，或劝秀留此无益，不如移军钜鹿，进图东北，秀乃引兵略钜鹿郡，拔广阿城。夜间披览地图，见邓禹在旁，便指示道："天下郡国甚多，现在什只得一，汝前言反掌可定，谈何容易？"禹答说道："方今海内扰乱，人望明君，如望慈母，总教有德便兴，不在大小缓急哩！"要言不烦。秀一笑而罢。越宿再拟进兵，忽闻外面哗声不绝，急忙传问，有人报称渔阳上谷兵马，已到城外，恐是由王郎遣来。帐下诸将，听了此言，未免失色。秀将信将疑，亲登城楼，俯首诘问，蓦见来军中跃出一人，倒身下拜，仔细审视，不是别人，乃是蓟城相失的耿弇。当下大喜过望，即命开城延入，详问一番。弇备述颠末，方知渔阳上谷兵马，实是耿弇招来。先是蓟城乱起，弇迟走一步，未及相随，待至混出城门，追了数里，仍然不及，自思前行无益，不如北还上谷，发兵助秀。当下掉头急走，归见父况，请发兵急攻邯郸。况正接得王郎檄文，踌躇莫决，既闻弇言，便即集众会议，功曹寇恂，门下掾闵业同声道："邯郸猝起，未可信响，今闻大司马秀，系刘伯升母弟，尊贤下士，何不相从？"况皱眉道："邯郸方盛，我不能独拒，如何是好？"寇恂道："今上谷完固，控弦万骑，正可详择去就，恂愿再东约渔阳，齐心合众，邯郸便可荡平了。"况颇以为然，乃遣恂东往渔阳。时渔阳太守彭宠，亦由王郎移檄，促令归附，宠部下多欲从郎，独安乐令吴汉，护军盖延，狐奴令王梁，劝宠从秀，宠也觉狐疑。吴汉出止外亭，尚欲设法谏宠，适有一儒生趋至，面目文秀，汉召与共食，询及道路传闻。生言邯郸所立，实非刘氏，只有大司马刘公，所至归心。吴汉大喜，便诈为秀书，征发渔阳兵士，嘱生持往见宠，且使具述所闻。生如言持去，汉复随入，两人先后白宠，方将宠心说动。可巧寇恂驰到，证明邯郸伪主，请宠速发突骑二千人，步兵千人，与上谷会师，同攻邯郸。宠依言发兵，即令吴汉盖延王梁为将，与恂偕行。南经蓟郡，偏遇王郎大将赵闳，并力杀去，将闳砍死。恂使吴汉等守待界上，匆匆报知耿况，况即照渔阳兵数，调发出来，亦令三人为将，一是寇恂，一是耿弇，一是上谷长史景丹。三人领兵出境，与吴汉等相会，六条好汉，所向无前，沿途击斩王郎将士，约三万级，连下涿郡中山钜鹿清河河间等二十二县，直抵广阿。摹写声容数语已足。遥见城上遍悬大汉旗帜，便由景丹勒马高呼道："城守为谁？"守兵答道："是汉大司马刘公！"其声震耳。丹等大喜，便令耿弇前导，共至城下。适值刘秀登城，弇一见便拜，起身入城，具述大略。秀即使弇迎入诸将，诸将一一参见，秀看他个个威武，统系将才，便依次问明籍贯姓字：寇恂答称昌平人，字子翼；景丹答称栎阳人，字孙卿；吴汉答称宛人，字子颜；盖延答称安阳人，字巨卿；王梁字君严，与盖延籍贯相同，俱是二十八将中人，籍贯姓氏由他自述，与初叙耿弇时略同。耿弇前已从秀，当然不必问答了。秀问毕大悦道："邯郸将帅，屡言发渔阳上谷兵，我亦谓将发二郡兵马，聊与相戏，不意二郡将吏，果为我前来，我当与诸君共图功名便了。"于是宰牛设宴，大飨将士，待至饮毕，立即开城出兵，东赴巨鹿，令景丹寇恂耿弇吴汉盖延王梁六人，俱为偏将军，一面承制封拜，遥授耿况彭宠为大将军，并封列侯。军至巨鹿，正遇刘玄所遣尚书仆射谢躬，亦率兵来讨王郎，两下会合，将钜鹿城团团围住，守将王饶，固守不下。忽由信都传来急报，乃是城中大姓马宠，潜降王郎，迎纳郎将，执住留守宗广，及右大将军李忠家属。忠不禁大怒，因马宠弟随为校尉，当即召入，把他格死，诸将皆大惊道："君家属在人手中，奈何格死人弟？"忠慨然道："为国忘家，敢纵贼不杀么？"秀闻言赞美，便使忠还救家属，忠尚不肯往，旋闻刘玄已遣兵攻破信都，乃使忠还行太守事。王郎又遣将倪宏刘奉，率数万人来救钜鹿，秀率部将至南䜌音怜。逆战，前军失利，景丹麾使突骑出击，纵横驰骤，大破敌兵，倪宏等仓皇遁去，秀欣然道："我闻朔方突骑，乃天下精兵，今果所见不虚了！"道言甫毕，即由耿纯献议深："久围巨鹿，徒致疲敝，不若往攻邯郸，邯郸一破，巨鹿不战自服了！"说得甚是。秀乃留将军邓满攻巨鹿，自督将士进攻邯郸，连战皆捷，直抵邯郸城下。王郎势穷力蹙，使谏议大夫杜威至军，奉书乞降。秀责王郎伪充刘氏，罪在不赦，杜威不肯承认，还说王郎是成帝遗体，秀奋然道："就是成帝复生，天下且不可得，况是个假子舆呢？"快语。威复说道："明公以仁信著名，今日邯郸既降，亦应封邯郸主为万户侯。"秀又答道："他敢冒充汉裔，待以不死，也算宽仁，还要想做万户侯么？"威知不可说，转身自去。秀督兵猛攻，又过了二十多日，城内不能支持，王郎少傅李立，夜开城门，纳入汉兵，王郎刘林，从后门出走，觅路窜去。秀将王霸，与臧宫傅俊等人，夤夜追郎，郎被追及，一介卜人，何来武勇？立被王霸一刀劈死，枭了首级。只有刘林不知去向，无从追寻。当即携首归报，秀录霸功劳，加封王乡侯，连臧宫傅俊等，亦并给厚赏。臧宫字君翁，颍川郏人，初为亭长，继入下江兵中，转从刘秀，屡立战功；俊字子卫，亦为颍川襄城县亭长，襄城为俊故里，合族聚居，及秀至襄城，俊投入秀军，家族被莽吏收诛，故秀与王邑交战时，俊争先突阵，杀敌最多。两人俱列入云台。两人与霸同郡，甚是投契，在军中常与霸同营。唯霸善驭士卒，恤死抚伤，事必躬亲，所以后来刘秀即位，任霸为偏将军，兼领宫俊两部兵马，另用宫俊为骑都尉，事见后文。

且说刘秀既收复邯郸，诛死王郎，所有郡县吏民，与王郎往来文书，悉令毁去，顾语诸将道：“好使反侧子自安。”一面部署吏卒，支配各营，众言愿属大树将军。看官道大树将军为谁？原来是偏将军冯异。异为人谦退不矜，与诸将相遇，常引车避道，进退皆有表识，秩序井井；每当休息时候，诸将并坐论功，独异屏居大树下，毫不置议，因此军中呼异为大树将军。秀闻众言，也为赞许，待异益厚。护军朱祐，系南阳宛人，素与刘秀兄弟交游，留居幕中，至是从容语秀道：“更始不君，未能定国，唯公有日角相，中庭骨起状如日，故云日角。天命所归，不宜自误！”秀不待说毕，便笑语道：“快召刺奸将军，收逮护军。”文叔也会使诈。祐乃不敢复言。会由长安使至，持入刘玄封册，封秀为萧王，即令罢兵西归，另派苗曾为幽州牧，韦顺为上谷太守，蔡充为渔阳太守。秀暗暗惊异，面上却未曾流露，照常迎入使人，依册受封。又复细询来使，始知刘玄迁都长安，大封功臣，所以自己亦得封拜。究竟刘玄如何迁都？如何授封？应该就此叙明：自从刘玄由宛迁洛，居住了四个月，长安军将申屠建李松，屡遣人请玄入关，玄乃令刘赐为丞相，入关缮修宫室，更始二年二月，宫室复旧，遂由申屠建李松等，迎玄至长安，入长乐宫，升坐前殿，郎吏两旁站立，玄面有怍容，唯俯首摩席，不敢仰视。实是无用。诸将朝贺已毕，李松赵萌，劝玄封功臣为王，朱鲔独抗议道：“从前高祖有约，非刘氏不王，今宗室且未曾加封，如何得封他人？”松与萌乃请先封宗室，后封诸臣，于是封刘祉为定陶王，祉系刘玄族兄。刘庆为燕王，庆系刘秀族兄。刘歙为元氏王，歙为刘秀族父。刘嘉为汉中王，嘉并见前。刘赐为宛王，赐亦刘秀族兄。刘信为汝阴王。信为赐从子。宗室毕封，乃封王匡为泚阳王，王凤为宜城王，朱鲔为胶东王，王常为邓王，申屠建为平氏王，陈牧为阴平王，张卬为淮阳王，廖湛为穰王，胡殷为随王，李通为西平王，李轶为舞阴王，成丹为襄邑王，宗佻为颍阴王，尹尊为郾王。独朱鲔辞不受命，乃令鲔为左大司马，又使赵萌为右大司马，李松为丞相，共秉内政。命刘赐李轶镇抚关东，李通镇荆州，王常行南阳太守事。赵萌有女，颇具姿色，由萌纳入后宫，大得玄宠。因此玄委政赵萌，萌专权自恣，任情予夺，群小膳夫，都向萌极力逢迎，萌各授官爵，俱着锦衣，长安有歌谣云：“灶下养，中郎将。烂羊胃，骑都尉。烂羊头，关内侯。”为此种种腐败，遂致关中人士，大失所望。

至刘秀得平邯郸，遣使告捷，玄乃封秀为萧王。秀受命后，不由的惶惑不定，昼卧邯郸宫温明殿中，默想方法。耿弇乘间趋入，向秀说道："吏民死伤甚多，弇愿归上谷，添招兵马。"秀应声道："王郎已破，河北略平，还要添什么兵马？"弇答道："王郎虽破，兵革方兴，圣公无才，定难成事，恐不久便将败灭了。"秀惊起道："卿失言了，我当斩卿！"弇又说道："大王待弇，情同父子，弇所以敢披赤心。"秀半晌才说道："我何忍害卿？卿且说明！"弇申说道："百姓患苦王莽，复思刘氏，闻汉兵起义，莫不欢腾，如脱虎口，复归慈母。今圣公为天子，诸将擅命山东，贵戚纵横都内，政治昏乱，比莽更甚，怎能不败？大王功名已著，天下归心，若决计自取，传檄可定，否则恐转归他姓了！"前有邓禹，后有耿弇，前推后挽，自见成功。秀听了弇言，点头无语。忽又有一人进言道："大王请听弇言，幸勿迟疑！"秀瞧将过去，乃是虎牙将军铫期。小子有诗咏道：

明良会合最称难，要仗臣心一片丹。
莫道攀龙原易事，庸才何自庆弹冠？

欲知铫期如何陈词，容至下回再叙。

刘秀既娶阴丽华，复纳郭氏女为室，阴先郭后，理应以阴为正妻，郭为次妻。乃以刘赐见助之故，加宠郭氏，厥后且立郭氏为后，名不正，则言不顺，无怪其凶终除末也。本编于秀娶阴氏，不过标题，而独干郭女之成婚，特为揭出，所以志先事之未慎耳。王郎之败，本意中事，以之敌秀，不亡何待？唯玄于入关以后，委政宵小，不思笼络刘秀，徒假以萧王之虚名，令秀速归，是正所以促其离心耳。蛟龙得势，志在奔腾，宁待耿弇铫期之谏阻乎？

第九回　斩谢躬收取邺中
毙贾强扬威河右

却说虎牙将军铫期，趁着耿弇进言的时候，也入内白秀道："河北地近边塞，人人习战，号为精勇，今更始失政，大统垂危，明公据有山河，拥集精锐，如果顺从众心，毅然自主，天下谁敢不从？请明公勿疑！"秀闻言大笑道："卿尚欲如前称趩么？"原来铫期出蓟州城时，为众所阻，期奋戟大呼道："趩！"众皆披靡，方得出城。看官道趩字何义，古时唯天子出入，才得警跸，跸与趩同，乃是辟除行人的意思。秀因期直前勇往，气敌万夫，平时很加器重，所以有此戏言。于是决计自立，出见长安来使，与言河北未平，不便还都，来使只好辞去。其实邯郸内外，原已早平，就是钜鹿，也相继投降，秀不过设词拒复，未肯西归。从此秀自据一方，竟谢绝了更始皇帝。句中有刺。是时梁王刘永，擅命睢阳，永为梁孝王八世孙，更始元年由刘玄使永袭封。公孙述称王巴蜀，见第六回。李宪自立为淮南王，见第七回。秦丰自号楚黎王，见第四回。张步起琅琊，董宪起东海，延岑起汉中，田戎起夷陵，并置将帅，侵略郡县。又有铜马、大彤、高湖、重连、铁胫、大抢、尤来、上江、青犊、五校、檀乡、五幡、五楼、富平、获索等贼，乘势蜂起，名目繁多，多约一二十万，少约数万，大约不下数十万众，所在寇掠。秀拟出兵四讨，先遣吴汉北往，调发各郡兵马，幽州牧苗曾已到，不肯听命，被吴汉拔剑出鞘，乘曾不备，把他砍死。当下夺得兵符，四处征调，北州震慑，莫不望风而从，发兵来会，共计得数万骑，由汉引兵南行。还有耿弇亦奉着秀令，至渔阳上谷二县征兵，亦收斩韦顺蔡充，苗曾韦顺蔡充共见前回。招得许多突骑，南下返报。可巧秀出至清阳，接着两路人马，自然喜慰。便拜吴汉耿弇为大将军，往讨铜马贼。铜马贼帅东山荒秃上淮况等，方在鄡城，鄡音枭。闻得刘秀引军进攻，意欲先发制人，立即遣众挑战。秀却令各军坚壁不动，伺贼至他处劫掠时，却潜出偏师，截击要路，夺回财物，一面断贼粮道。贼求战不得，求食无着，勉强支持数日，累得饥乏不堪，夤夜遁去。汉军从后追蹑，到了馆陶，大破贼众，一大半弃械乞降，尚有余众四窜。适值高湖重连两路贼兵，从东南来，与铜马余众会合，又来抵御汉军。秀乃鼓励兵士，进至蒲阳交战，复将贼众杀得大败。贼势穷力蹙，只好投降。秀封贼目为列侯，贼尚不自安，只恐将来有变。秀窥知贼意，饬令各军归营，自乘轻骑巡行各寨，降众方相语道："萧王推心置腹，亲疏无二，我等能不替他效死么？"嗣是全体悦服。秀因将降众分配各营，得众数十万，因此关西号秀为铜马帝。莫非权略。

秀又探得赤眉别帅，与青犊、上江、大彤、铁胫、五幡，合十余万众，在射犬城，当即乘锐进击，连毁数十营垒，贼皆西遁。秀顺道南略，招谕河内吏民。河内太守韩歆，举城出降。歆同邑人岑彭，前曾受刘玄封爵，得为归义侯，见第六回。嗣为淮阳都尉，道阻不得就任，乃至河内依歆。歆既出降，彭亦进见，面语刘秀道："彭蒙前司徒矜全，未曾报德，今复得遇大王，愿为大王效力！"秀温语奖勉，即令彭与吴汉，往击邺城。邺城由谢躬居守，从前与刘秀共定邯郸，还屯邺中，见前回。秀南击青犊，曾使人语躬道："我追贼至射犬，必能破贼，尤来在射犬山南，必当惊走，若仗君威力，击此散虏，定可一鼓歼灭了！"躬亦称好计。及秀破青犊，尤来果北走隆虑山，躬留将军刘庆，及魏郡太守陈康守邺，自率将士往击尤来。偏偏穷寇死斗，锋不可当，躬反吃了一大败仗，遁还邺城。秀因躬留邺中，动遭牵掣，此次乘躬外出，先遣辩士说下陈康，然后轻兵继进，径入城中。谢躬尚全无所闻，还至城下，门正开着，便纵辔进去，不意城门左右，埋伏汉军，一声鼓号，便把躬拖落马下，用绳捆住。岑彭尚欲数躬罪状，独吴汉瞋目道："何必再与鬼徒说话？"道言未绝，已从腰间拔出佩剑，手起剑落，把躬劈作两段。当下枭首徇众，众皆慑伏，不敢异言。躬亦南阳人氏，与刘秀同乡，前曾与秀相识，同事刘玄，至此积不能容。躬妻尝密诫道："君与刘公积有嫌隙，乃不知预备，恐遭暗算！”躬视为迂谈，终为所戮。就是躬妻亦被陈康拘禁，连将军刘庆也被拘住，结果是难免一死，同归于尽。臣殉主，妻殉夫，也似不可厚非。

吴汉岑彭，既平定邺城，仍使太守陈康留戍，自引部兵回报刘秀。秀欲乘胜北上，略定燕赵，自思长安孤危，将来必为赤眉所破，因又拟遣兵西出，伺衅并吞。乃拜邓禹为前将军，特分麾下精兵二万人，属禹调度，所有偏裨以下，许得自选，指日西行。禹即部署粗定，向秀告辞，秀复问禹道："更始虽入关中，朱鲔李轶等，尚据守洛阳，若我辈北去，将军又复西行，他必来窥我河内。河内新定，地方完富，不可不择人居守。究竟是何人可使，还请将军教我。"禹答说道："偏将军寇恂，文武全材，足当此任。"秀点首称善，遂召恂入帐，面授恂为河内太守，行大将军事。恂先辞后受，并请任贤为助。秀因中说道："从前高祖尝任用萧何，关中无阻。我今举河内委公，愿公坚守转运，给足军粮，率厉士马，能勿使他兵北渡，便是现今的萧酂侯。萧何曾封酂侯。至若扼住河上，为公外援，我自当另遣良将便了。"恂拜谢而去。秀再命冯异为孟津将军，使统魏郡河内各兵马，屯守河上，拒遏洛阳，异亦受命启行。既至孟津，择要筑垒，屏蔽河内，河内太守寇恂，越得安心筹备，具糇粮，治器械，接济北军，源源不绝。萧王刘秀，自然放胆北进，往击北寇去了。

是时刘玄方封李轶为舞阴王，田立为廪丘王，使与大司马朱鲔，白虎公陈侨，带领部曲，号称三十万众，保守洛阳，又令武勃为河南太守，管领粮食。闻得刘秀北行，将乘虚进攻河内，冯异早已料着，特写了一书，遣人投与李轶，书中略云：

> "愚闻明镜所以照形，往事所以知今。昔微子去殷而入周；项伯叛楚而归汉；周勃迎代王而黜少帝；霍光尊孝宣而废昌邑，彼皆畏天知命，睹存亡之符，见废兴之事，故能成功于一时，垂业于万世也！苟令长安尚可扶助，延期岁月，亦恐疏不间亲，远不逾近，公岂真能安居一隅哉？今长安坏乱，赤眉临郊，王侯构难，大臣乖离，纲纪已绝，四方分崩，异姓并起，是故萧王跋涉霜雪，经营河北。方今英俊云集，百姓风靡，虽邠岐慕周，不足以喻。公诚能觉悟成败，亟定大计，论功古

人，转祸为福，在此时矣！若待猛将长驱，严兵围城，虽有悔恨，亦无及已！”

李轶得书，踌躇了好多时，暗想从前起事，本与刘秀兄弟，很相亲爱，悔不该陷没刘縯，构成嫌隙。现在刘玄庸弱，不足有为，赤眉渠帅樊崇逢安谢禄杨音等，分道入关，樊崇等见第七回。西兵连败，长安危急，眼见他不能久存，若又事刘秀，恐触彼前嫌，复难自全，不得已含糊作复，交与来使带回。冯异正待使归报，既得复书，忙展开一阅，但见书中写着：

轶本与萧王首谋造汉，结死生之约，同荣枯之计；今轶守洛阳，将军镇孟津，俱据机轴，千载一会，思成断金，唯期转达萧王，愿进愚策，以佐国安人。

冯异览罢，已知轶意，当然喜慰。反间计已得告成了。遂只留数千人屯守，自督锐卒万余，北攻天井关，连拔上党两城，再回师河南，略定成皋以东十三县，削平各堡，收降至十余万众。河南太守武勃，闻得成皋一带，俱降冯异，不由的愤惧交乘，忙率兵万人，往徇成皋。到了士乡亭边，正值冯异引兵到来，两下相见，不及答话，便即彼此交锋。异军素皆整炼，又皆是百战雄师，无人可敌，偌大武勃，怎能抵挡得住？大约交战了一二时，勃众多半败退，独有勃不顾死活，还想上前厮杀，巧巧碰着大树将军，见前。横刀拦住，刀戟相交，不到几个回合，但听得砉的一声，勃首已经落地，太不经杀。败兵慌忙逃散，一半儿做了刀头鬼，冯异趁势攻下河南。果然李轶在洛，不发一兵，坐听武勃授首，袖手旁观。异因李轶践言，才将轶原书报知刘秀。秀此时已至河北，连破尤来大枪五幡等贼，追至顺水北面，突被贼众袭击，仓猝抵御，竟为所败。秀只率数骑急走，后面有群贼追来，刃及马腹，马负痛欲倒，亏得秀纵身一跃，投落岸下。说时迟，那时快，将军耿弇，带同突骑王丰等，前来寻秀，见秀危急万分，当即奋力杀贼，砍死贼目数人，方将余贼击退。王丰见秀在岸下，忙下马引秀，把他扶起岸上，执辔相授。秀足已受伤，抚住丰肩，方得上马。耿弇上前请安，秀顾弇微笑道：“几为贼笑！”是镇定语。言未已，又有贼众鼓噪前来，耿弇忙弯弓力射，箭无虚发，射倒前驱贼数名，贼始骇退，彝乃保秀入范阳。余众为贼所迫，前已四散，及贼已退归，才敢趋集，诸将大半聚首，互问主子，都云不见，众皆错愕，不知所为。大将吴汉道："卿等但期努力，就使我王失踪，尚有王兄子等在南阳，何患无主呢？"诸将听着稍稍安心。过了数日，才知秀已退保范阳，乃相偕往会。秀得收集将士，搜乘补阙，不到旬日，军势复振，乃复进兵安次，再击贼众。贼众飘忽无常，一党败去，一党复来，秀军虽连日得胜，终究相持不下，五校贼尤为猖獗，竞斗不退。恼动了一位强弩将军，姓陈名俊字子昭，籍隶南阳，目无北虏，杀到难解难分的时候，挺身突出，与贼渠短兵相搏，拖贼下马，格去贼手利刃，挥拳击贼，中脑毙命。再持短刀杀入贼队，所向披靡，贼方才胆落，纷纷窜去。俊又当先追击，直赶至二十余里，斫死贼目数人，然后驰还。刘秀望见叹息道："战将若尽能如此，还有何忧？"力赞陈俊，与前文分叙中兴功臣，同体异文。正赞叹间，陈俊已到面前，报称贼众已退入渔阳。秀且喜且忧道："渔阳险固，贼若负嵎自守，倒也未易荡平！"俊答说道："贼众轻佻，无粮可因，全恃剽掠为生计，最好是我出轻骑，绕过贼前，谕令百姓坚壁清野，阻绝贼锋，贼进不得食，退无所据，自然解散，不战可平了！"秀依计而行，即遣俊带领轻骑，驰出贼前，巡视民间堡砦，劝令缮守，且代为了望保护，所有田野积聚，一并收藏。贼众无从掠取，果然饥乏，逐渐散去，刘秀益称俊为神算。

正要遣将平贼，适接到冯异捷报，附上李轶原书，秀览罢后，即手书报异，略言季文多诈，切勿轻信。季文即李轶字。一面将原书颁示守尉，饬令戒备，部将多以为非策。哪知萧王秀是计中有计，将乘此借刀杀人，报复兄仇。也是李轶自取其祸，不得谓刘秀忌刻。约阅月余，轶竟被人刺死。主使的乃是朱鲔。鲔与轶同守洛阳，分领部曲，本来是没甚嫌隙，至轶书宣露，鲔始知轶有异谋，使人毙轶。复遣部将苏茂贾强，领兵三万余人，渡过巩河，直攻温邑，再由鲔自率数万兵马，进捣平阴，牵制冯异。警报与雪片相似，迭传河内，太守寇恂，当即勒兵出城，移文属县，谕令发卒御敌，同会温下，军吏都向恂谏阻，谓宜待众军毕集，方可前往。恂慨然道："温邑为郡城屏蔽，失去温邑，郡城将如何保守呢？"遂不从众议，驱兵急进。既至温下，诸县兵亦陆续到来，就是冯异也遣兵来援，士马四集，旌旗蔽空。恂令士卒乘城，大呼刘公兵到，接连喧噪了好几声。望见敌军阵动，便麾兵出击，踊跃直前，敌军里面的苏茂，最是胆怯，不战先溃；贾强勉力支持，禁不住恂军奋迅，只好退去。一经退走，阵伍便乱，那寇恂如何肯舍？自然招呼各军，并力追来，渐渐逼至河滨。苏茂渡河先遁，茂部下多半溺死；贾强迟了一步，即被恂军围住，一时冲突不出，竟至战死。武勃不武，贾强不强，何况一庸弱的刘玄呢？残众不及渡河，都为恂军所获。恂长驱渡河，拟迫洛阳，可巧冯异亦引兵过河，击朱鲔途次，与恂会师，同至洛阳城下，环攻了一昼夜。见城上守兵尚盛，料非旦夕可下，乃收兵退归，各向刘秀处报捷。秀闻河内有警，唯恐失守，及恂书传入，方大喜道："我原知寇子翼可重任呢？"子翼即寇恂字，见前文。诸将联翩入贺，并上尊号，秀摇首不答。忽有一将闪出道："大王自甘谦退，难道不顾宗庙社稷么？今宜先即尊位，然后可言征伐，否则彼此从同，究竟谁王谁贼？"快人快语。秀闻声审视，见是前锋将马武，不禁作色道："将军休得妄言，莫谓钢刀不利呢！"想是言不由衷。武乃趋退。

先是武为绿林豪客，表字子张，也是南阳人氏。自从刘玄称尊，武与刘秀同事刘玄，共破王寻，因此倾心刘秀，后来又随谢躬同攻王郎，王郎破灭，谢躬受诛，武乃投入刘秀麾下，充当前锋。秀爱他材勇，颇加信任，至此独拒绝所请，引军还蓟。马武履历至此补出。复令马武为先驱，耿弇景丹等为后应，吴汉为统帅，出兵数万，穷追尤来等贼，斩首至三千余级，直至俊靡，方才班师。余贼窜入辽西辽东，为乌桓貊人所抄击，杀掠殆尽。唯都护将军贾复，追五校贼至真定，十荡十决，大破贼党，身上亦受了许多创痕，退卧营中，几不能起。当下报达刘秀，秀大惊道："贾复勇敢绝伦，我尝不令他自统一军，正恐他轻敌致伤，今果至此，岂不是失我名将？我闻他妻室有孕，如若生女，将来即为我子妇，幸得生男，我女即嫁彼为媳，不使他忧及妻子呢！"叙得得体。这一番言语，传入复耳，复格外感激，静心调养，竟得渐痊。因即驰赴蓟城，与秀相见，秀慰劳甚厚，待遇益隆。复字君父，亦南阳人，少时习尚书学，师事舞阴人李生，李生见复英姿卓荦，许为将相器。后事汉中王刘嘉，任为校尉。及刘秀出略河北，复辞嘉从秀，战必先登，不顾身家，真定一战，受伤颇重，危而复安，好算得一大幸事。复亦二十八将之一。小子有诗赞道：

摧锋陷阵敢争先，勇士轻生不受怜；

幸有天心阴鉴佑，伤痕复合庆生全。

贾复至蓟，正值同僚诸将，共议劝进，复当然列名，究竟刘秀曾否允议，待看下回自知。

刘秀之出师河北，为蛟龙出水之权舆，而其危难之处，亦不亚于昆阳遇敌之时。东北有群贼，西南有群敌，秀以孤军支柱其间，一或失算，即有跋前疐后之虞，岂非危难交迫乎？幸而吴汉岑彭，诱斩谢躬，邺城下而不忧牵掣；寇恂冯异，击毙贾强，河内固而不患侵陵，故本回事迹颇繁，而独以二事为标目，揭其要也。若夫贼众乌合，本不足道，驱而逐之，尚非难事，然顺水一役，以智勇深沉之汉光武，且为贼党所乘，几不得兑，战事岂可轻言乎？故刘氏之得中兴，虽曰人事，岂非天命？

第十回　光武帝登坛即位
淮阳王奉玺乞降

却说刘秀在蓟，诸将又共思劝进，表尚未上，偏秀又下令启行，从蓟城转至中山，大众只好整装随行。及已到中山城下，秀尚无意逗留，不过入城休息，权宿一宵，诸将趁此上表，请秀速上尊号。秀仍不许，诘旦复出城南趋，行至南平棘城，又经诸将面申前议，秀答说道："寇贼未平，四面皆敌，奈何遽欲称尊呢？"诸将见秀无允意，正欲退出，将军耿纯奋进道："士大夫捐亲戚，弃乡土来归大王，甘冒矢石，无非欲攀龙附凤，借博功名，今大王违反众意，不肯正位，士大夫望绝计穷，尽有去志，恐大众一散，不能复合，大王亦何苦自失众心呢？"秀沉吟半晌，方答说道："待我三思后行。"口吻已渐软了。说着，复前行至鄗，沿途接得两处军报，一是平陵人方望等，从长安劫取孺子婴，到了临泾，立婴为帝，自称丞相，当被刘玄闻知，遣部将李松往攻，一场交战，望被击毙，连孺子婴亦死乱军中。婴自被王莽废黜，黜居定安公第中，及年近弱冠，尚不能识猪狗，莽尝以女孙妻婴，即王宇女。及莽已受诛，婴才得自由，不料方望等把他劫去，硬加推戴，做了一个月傀儡皇帝，竟致毙命，这真叫做祸不单行呢！了过孺子婴。还有一个公孙述，击走刘玄部将李宝，已自立为蜀王，此时复听了功曹李熊谀言，僭称帝号，纪元龙兴。述字子阳，本系茂陵人氏，因自成都发迹，遂号为成家，即用李熊为大司徒，使弟光为大司马，恢为大司空，招集群盗，奄有益州。刘秀闻得孺子婴惨死，尚为叹惜，唯公孙述胆敢称帝，未免不平，因思一不做，二不休，不如依了诸将的计议，乘时正位，免落人后。主见已定，再召冯异至鄗，与决可否。异奉命进谒，从容献议道："更始必败，天下无主，欲保宗庙，唯仗大王，大王正应俯从众请，表率万方！"秀答说道："我昨夜梦赤龙上天，醒后尚觉心悸，恐帝位是不易居呢！"异听言甫毕，忙下席拜贺道："天命所归，精神相感，还有什么疑义？若醒后心悸，这是大王素来慎重，乃有此征，不足为凭。"秀尚未及答，忽有军吏入报道："有一儒生从关中来，自称为大王故人，愿献祥符。"秀问及姓名，军吏答称姓强名华。秀猛然记着，便向军吏说道："我少年游学长安，曾有同舍生强华，今既到来，应该由他进见便了。"军吏闻言，便返身出帐，引入强华。秀起座相迎，顾视强华，形容非旧，状态犹存，当然有几分认识，便向他寒暄数语，然后询及来意。强华从袖中取出一函，双手捧呈，秀接过一阅，封面上标明赤伏符三字，及被阅内文，开首有三语云：

刘秀发兵备不道，四夷云集龙斗野，四七之际火为主。

秀看这三语，已觉费解，乃复质问强华。强华道："大汉本尚火德，赤为火色，伏有藏意，故名赤伏符。所云四七之际，四七为二十八，自从高祖至今，计得二百二十八年，正与四七相合。四七之际火为主，乃是火德复兴，应该属诸大王，愿大王勿疑！"借口释义。秀开颜为笑道："这果可深信么？"强华道："谶文相传，为王瑞应，强华何敢臆造呢？"究是何人所造，我愿一问。秀乃留华食宿，与谈古今兴废事宜，夜半乃寝。翌晨即由诸将递入表文，大略说是：

受命之符，人应为大，万里合信，不议同情，周之白鱼，曷足比焉？今上无天子，海内淆乱，符瑞之应，昭然著闻，宜答天神，以塞群望。

秀批准众议，乃命有司就鄗南设坛，择日受朝。有司至鄗城南郊，看定千秋亭畔，五成陌间，筑起坛场，高约丈许。并拣选六月己未日，为黄道吉辰，请萧王刘秀即皇帝位。届期这一日，巧值天高气爽，旭日东升，萧王刘秀，戴帝冕，服龙袍，出乘法驾，由诸将拥至南郊，燔柴告天，禋六宗，祀群神，祝官宣读祝从，文云：

皇天上帝，后土神祇，眷顾降命，属秀黎元，为人父母，秀不敢当。群下百辟，不谋同辞，咸曰：王莽篡位，秀发愤兴兵，破王寻王邑于昆阳，诛王郎铜马于河北，平定天下，海内蒙恩，上当天地之心，下为元元所归。谶记曰：刘秀发兵捕不道，卯金修德为天子。与赤伏符又不同？秀犹固辞，至于再，至于三，群下佥曰：皇天大命，不可稽留。秀敢不敬承？钦若皇天，祗承大命。

祝文读毕，祭礼告终，萧王刘秀，缓步登坛，南面就座，受文武百官朝贺，改元建武，颁诏大赦，改名鄗邑为高邑。是年本为更始三年六月，史家因刘秀登基，汉室中兴，与刘玄失败不同，所以将正统归于刘秀，表明建武为正朔，且因秀后来庙号，叫做光武，遂沿称为光武皇帝。小子依史演述，当然人云亦云，此后将刘秀二字搁起，改名光武帝，看官不要驳我前后矛盾呢！特笔叙明。

且说刘玄称尊三载，毫无建树，部下诸将，多半离心。再加赤眉称兵入关，守将闻风瓦解，因此关中大震。河东守将王匡张卬，又为汉前将军邓禹所破，奔回长安，私下语诸将道："河东已失，赤眉且至，我等不如先掠长安，径归南阳，事若不成，复入湖池为盗，免得在此同尽呢！"诸将均以为然，遂由张卬入白刘玄，劝玄为东归计。玄默然不应，面有愠色，卬乃退出。是夕即由刘玄下令，使王匡陈牧成丹赵萌等出屯新丰，李松移军掫城，守边拒寇。张卬心甚怏怏，复与将军申屠建等密谋，欲劫刘玄出关，仍行前计，建等亦皆赞成。还有御史大夫隗嚣，就是前时自称上将军，应玄招抚，入关受职，隗嚣见第六回。至是闻光武即位，也劝玄见机让位，归政河北。玄哪里肯从？嚣因与张卬等通谋，指日劫玄，不料为玄所闻知，竟诱申屠建入殿，伏甲出发，把建杀死。一面遣人召嚣，嚣早已防着，称疾不入。玄遂使亲兵围住嚣第，并捕张卬，嚣与门客突围夜出，奔还天水。卬却号召部曲，返击玄宫。玄亲督卫士，且守且战，哪知卬纵火烧门，烈焰飞腾，急得刘玄走投无路，慌忙开了后门，挈领妻子车骑百余人，奔往新丰，投依赵萌。萌女为刘玄夫人，见第八回。见玄夫妇狼狈来奔，当即迎纳。玄与谈及张卬叛乱，并疑王匡等亦有异志，意欲一并除去。萌乃替玄设计，诡传玄命，并召王匡陈牧成丹三人，入营议事。陈牧成丹，闻召即至，突被萌兵杀出，砍死了事。只有王匡命未该绝，偏偏迟了一步，当有人通知风声，匡急忙拔营入都，与张卬合兵拒玄。玄既庸弱无能，还要猜忌他人，安得不亡？玄遣赵萌收抚陈牧成丹两营，往攻长安。张卬王匡据城相持，连日未下。玄再遣使至掫城，召还李松，自与松督兵援萌，猛扑长安城门。张卬王匡，出战败绩，分头窜去。玄乃得返入长安，故宫被毁，残缺不全，因徙居长信宫。

怎奈内讧未平，外寇又至，那赤眉渠帅樊崇等，竟从华阴长驱驰入，迫近长安。先是赤眉部众，分道西进，见前回。连败刘玄诸将，会集华阴。适有方望弟方阳，欲为兄望报仇，因迎谒樊崇，乘间献议道："更始荒乱，政令不行，故使将军得至此地，今将军拥众甚盛，西向帝都，乃尚无一定名号，反使人呼为盗贼，如何可久？计不如求立宗室，仗义讨罪，那时名正言顺，自不致有人反抗了！"崇徐答道："汝言亦自有理，我当照行。"原来崇部下有一齐巫，尝托词景王附身，为崇所信。景王就是高帝孙刘章，当时曾与平吕氏，复安刘宗，得由朱虚侯晋封城阳王，殁谥曰景。齐巫借此惑众，或笑巫妄言不道，动辄致病。因此部众亦惮服齐巫，并及景王。崇得方阳计议，颇思求立景王后裔。齐巫亦乘机怂恿，乃决意探访景王后人。可巧军中掠得刘氏子二名，一名茂，一名盆子，二人原是一门弟兄，盆子最幼，为樊崇右校刘侠卿牧牛，呼为牛吏。侠卿查问盆子履历，确是景王嫡派，当下报知樊崇。崇尚嫌他出身卑微，不足服众，因再四觅景王支裔，共得七十余人，及与盆子兄弟，互叙世系，唯前西安侯刘孝，及盆子兄弟，总算是直接景王。崇乃率众进至郑县，令在城北筑起坛场，设立景王神主，祷告一番，然后书札为符，共备三份，置诸箧中。两份系是空札，唯一份写着上将军三字。上将军的名义，系是樊崇创说，以为古时天子将兵，尝称上将军，因将这三字作为代名。刘孝年长，先就箧中摸取，启视札中，不得一字。刘茂继进，也摸了一个空札。独盆子取得上将军符号，樊崇遂扶盆子南向，领众朝谒，再拜称臣。盆子年仅十五，被发跣足，敝衣垢面，蓦见诸将下拜，不禁大骇，惶急欲啼。比刘玄还要不如。樊崇忙劝慰道："不必惊恐，好好藏符！"盆子因惧成愤，竟将符号啮破，掷弃坛下，仍然还依侠卿。侠卿为制绛衣赤帻，轩车大马，使得服御乘坐，盆子反视为不便，往往偷易旧衣，出与牧儿闲游。侠卿乃将盆子锢居一室，不准出入，就是樊崇等亦未尝问候，不过假名号召，愚弄人民。崇本欲自为丞相，因不能书算，才将丞相职衔，让与徐宣，自为御史大夫，使逄安为左大司马，谢禄为右大司马，他如杨音以下，尽为列卿，或称将军。于是向西再进，直抵高陵，张印王匡便往迎降，反导樊崇等入攻长安。刘玄闻赤眉到来，亟遣将军李松，领兵出御，自与赵萌闭城拒守。侍郎刘恭，系是刘盆子长兄，前曾入关事玄，受封式侯，此次闻赤眉拥弟为帝，来攻都城，不得不诣狱待罪。玄无暇究治，但望李松杀退赤眉，尚可求全。哪知李松败报，传入都中，不但松军败死多人，连松都被活擒了去。玄心慌意乱，忙召赵萌入议战守，偏是待久不至，再四催促，反报称不知去向，累得玄仓皇失措，顿足呼天。忽又有一吏入报道："陛下快走！赤眉已入都城了！"玄颤声道："何人敢放赤眉入城？"吏答说道："就是李松弟李泛。"玄不及再问，抢步出宫，上马独行。奔至厨城门，门已大开，加鞭急驰，蓦听后面有妇女声，连呼陛下，且云陛下何不谢城？于是速忙下马，向城门拜了两拜，这是何礼？令人不解。再上马出城，落荒遁去。

樊崇等既得李松，使人走语城门校尉李泛，叫他速开城门，方活乃兄。泛为救兄起见，当然开门纳入，赵萌等统皆投降。补叙明白。刘恭尚留狱中，及闻刘玄出走，乃脱械出狱，追寻玄至渭滨，才得相见。右辅都尉严本，托词从玄，阴怀叵测，欲将刘玄献与赤眉。为邀功计，因此劫玄至高陵，领兵监守。樊崇等虽入长安，不得俘玄，遂颁令远近，说是圣公来降，圣公即刘玄字，见前。封为长沙王，若过二十日，虽降勿受。玄已穷蹙得很，得此命令，只好遣刘恭往递降书。当由樊崇等准令投降，使谢禄召玄进见。玄随禄还都，肉袒登殿，殿上坐着十有五龄的小牛吏，倒也没甚凶威，只两旁站着许多武夫，统是粗眉圆眼，似黑煞神一般，吓得刘玄不敢抬头，没奈何屈膝殿庭，奉上玺绶。何如一死？刘盆子不发一言，旁有丞相徐宣，代为传命，总算说了免礼二字，玄始敢起立。张印王匡等人，怒目视玄，手中按着佩剑，各欲拔刀相向。还是谢禄心怀不忍，急引玄退坐庭下。印等尚未肯甘休，又经谢禄代为说情，刘恭极力吁请，仍然无效。印与匡同白盆子，必欲杀玄报怨。盆子有何主见？只是闭口无言，印不待应允，便挥玄出去。玄含泪趋出。刘恭追呼道："臣已力竭，愿得先死！"说罢，即拔出佩剑，意图自刎。亏得樊崇眼快，慌忙下殿阻恭。恭请崇赦免刘玄，方可不死。崇乃还告盆子，请赦玄为畏威侯。盆子自然许可，就是张印等亦惮崇势力，未便遽抗，玄始得暂保头颅，就借谢禄居宅，作为寄庐。刘恭又进告樊崇，谓应实践前言，封玄为王，借示大信。崇也以为然，方封玄为长沙王。唯光武帝闻玄破败，犹怀前谊，有诏封玄为淮阳王，所以史家相传，但把淮阳王三字，作为刘玄的头衔。至若赤眉授玄的封爵，却搁过不提，这且毋庸絮表。看官莫视作闲笔。唯刘玄既依着谢禄，更兼刘恭随时保护，幸得苟且偷生。也不过是个寄生虫。无如赤眉暴虐，苛待吏民，京畿三辅，即京兆，左冯翊，右扶风。不堪受苦，还觉得刘玄为主，较为宽平，因拟纠众入都，将刘玄救出虎口，仍把他拥戴起来，好与赤眉为难。可巧光武帝所遣的邓禹，扫平河东，渡河西进，沿途严申军律，不犯秋毫。关中人民才将救取刘玄的计策，暂从搁置，专待邓禹到来。外如关西一带的百姓，已是扶老携幼，往迎禹军，禹辄停车慰勉，俯从民望，百姓无不感悦，真个欢声载道，喜气盈衢。禹部下亟请入关，偏禹老成持重，不欲速进，独面谕诸将道："我兵虽多，不耐久战，且前无寇粮，后乏馈运，一或深入，反多危险！赤眉新拔长安，粮足气盛，未可猝图，必须待他群居致变，方得下手，现不若往略北道，就食养兵，俟衅乃动，一鼓可下，何必劳敝将士，与这盗贼拼命呢？"部将才不复多言。禹即北徇栒邑，所过郡县，陆续归附。唯长安人民，眼巴巴的望着王师，不意禹军迂回北去，愈望愈远，好多时没有影响，又欲试行前计，盗取刘玄。张印等恨玄切骨，一得消息，正好借这名目，把玄杀死，当下与樊崇等说明利害。崇亦觉得留玄贻患，乃召谢禄入商，嘱使杀玄。禄尚不忍许，印勃然道："诸营长多欲篡取圣公，一旦失去，合兵来攻，公岂尚能自存么？"说得谢禄也为所动，退至宅中，伪言至郊外阅马，邀玄同行。玄只得从去，及出诣郊外，由禄指示兵士，将玄挤落马下，用绳缢死。是夕为刘恭所闻，方把尸骸收殓，草草藁葬，两年有余的过渡皇帝，弄到这般结局，也觉可怜。莫非自取。后来邓禹入长安，接奉光武帝诏谕，为玄徙葬霸陵。玄有三子求、歆、鲤，奉母往洛阳，俱得封爵。求受封为襄邑侯，承玄遗祀；歆为谷孰侯；鲤为寿光侯，这都是光武帝的例外隆恩。小子有诗叹道：

不是真龙是假龙，玄黄血战总成凶；
圣公一死犹称幸，妻子安然沐帝封。

刘玄死时，光武帝已入洛阳。欲知光武帝入洛情形，且至下回再叙。

少康复夏，宣王绍周，历史上传为美谈，若汉光武之中兴，亦夏少康周宣王之流亚耳。自鄗南即位，而帝统有归，当时之盗名窃字者，至此始逐渐湮没。盖明月出而爝火无光，理有固然，亦何足怪？必假疆华之呈入谶文，资为号召，得毋犹迹近欺人乎？彼庸弱如刘玄，与光武相差甚远，乃欲拥众称尊，是真所谓不度德、不量力者。况古人有言，无为祸首，将受其咎。项羽百战百克，犹难免垓下之败亡，何物刘玄，敢贪天位？无惑乎其肉袒奉玺，逃死不遑也。然玄以弱败，非以暴亡，子孙得受世禄，虽曰幸事，亦有由来，项王无嗣，更始有儿，读史者可知所鉴矣。

第十一回　刘盆子乞怜让位　宋司空守义拒婚

却说光武帝即位以后，曾授大将军吴汉为大司马，使率朱鄗岑彭贾复坚谭等十一将军，往攻洛阳。洛阳为朱鲔所守，拼死拒战，数月不下。光武帝自鄗城出至河阳，招谕远近。刘玄部将廪邱王田立请降。前高密令卓茂，爱民如子，归老南阳，光武帝特征为太傅，封褒德侯。茂为当时循吏，故特夹叙。一面遣使至洛阳军前，嘱岑彭招降朱鲔。彭尝为鲔校尉，持帝书入洛阳城，劝鲔速降。鲔答说道："大司徒被害时，鲔曾与谋。指刘縯冤死事。又劝更始皇帝，毋遣萧王北伐，自知罪重，不敢逃死，愿将军善为我辞！"彭如言还报，光武帝笑说道："欲举大事，岂顾小怨？鲔果来降，官爵尚使保全，断不致有诛罚情事。河水在此，我不食言！"彭复往告朱鲔，鲔因孤城危急，且闻长安残破，无窟可归，乃情愿投诚。当由彭遣使迎驾，光武帝遂自河阳赴洛。鲔面缚出城，匍匐请罪。光武帝令左右扶起，替他解缚，好言抚慰。鲔当然感激，引驾入城。光武帝驻跸南宫，目睹洛阳壮丽，与他处郡邑不同，决计就此定都。洛阳在长安东，史称光武中兴为后汉，亦称东汉，便是为此。回应前文，语不厌烦。光武帝封朱鲔为扶沟侯，令他世袭。这也未免愧对乃兄。鲔不过一个寻常盗贼，侥幸得志，但教保全富贵，已是满意，此后自不敢再有贰心了。

御史杜诗，奉着诏命，安抚洛阳人民，禁止军士侵掠。独将军萧广，纵兵为虐，诗持示谕旨，令广严申军纪，广阳奉阴违，部兵骚扰如故。遂由诗面数广罪，把他格死，然后具状奏闻。光武帝嘉诗除害，特别召见，加赐棨戟。棨戟为前驱兵器，仿佛古时斧钺，汉时唯王公出巡，始得用此；杜诗官止侍御，也得邀赐，未始非破格殊荣。嗣是骄兵悍将，并皆敬惮，不复为非，洛阳大安。唯前将军邓禹，已由光武帝拜为大司徒，令他迅速入关，扫平赤眉。禹尚逗留栒邑，未肯遽进，但遣别将分攻上郡诸县；更征兵募粮，移驻大要，留住冯愔宗歆二将，监守栒邑。谁知冯愔宗歆，权位相等，彼此闹成意见，互相攻杀，歆竟被愔击毙。愔非但不肯服罪，反欲领兵攻禹。累得禹无法禁遏，不得已奏报洛阳。邓禹实非将才。光武帝顾问来使道："冯歆所亲，究为何人？"使臣答称护军黄防。光武帝又说道："汝可回报邓大司徒，不必担忧；朕料缚住冯歆，就在这黄防身上呢！"来使唯唯自去。光武帝便遣尚书宗广，持节谕愔，并嘱他暗示黄防。果然不到月余，防已将愔执住，交与宗广，押送都门。是时赤眉肆虐，凌辱降将，王匡成丹赵萌等，不为所容，走降宗广。广与共东归，行至安邑，王匡等又欲逃亡，为广所觉，一一诛死，但将冯愔缚献朝廷。愔膝行谢罪，叩首无数。光武帝欲示宽大，贷罪勿诛；叛命之罪，不可不诛，光武虽智足料人，究难为训。一面再促邓禹入关。

禹自冯愔抗命，军威稍损，又复徘徊河北，未敢南行。于是梁王刘永，自称为帝，见第九回。招致西防贼帅佼强，联络东海贼帅董宪，琅琊贼帅张步，据有东方。还有扶风人窦融，累代仕宦，著名河西，尝与酒泉太守梁统等友善，归附刘玄，授官都尉。至是因刘玄败死，为众所推，号为大将军，统领河西五郡，武威张掖酒泉敦煌金城，称为河西五郡。抚结豪杰，怀辑羌胡。此外又有安定人卢芳，诈称武帝曾孙刘文伯，煽惑愚民，占据安定，自称上将军西平王，且与匈奴结和亲约。匈奴迎芳出塞，立为汉帝，复给与胡骑，送归安定，声焰渐盛。就是隗嚣奔还天水，见第十回。仍然招兵买马，蟠踞故土，自为西州上将军。三辅耆老士大夫，避乱往奔，嚣无不接纳，引与交游。以范逡为师友，赵秉苏衡郑兴为祭酒，申屠刚杜林为持书，马援王元等为将军，班彪金丹等为宾客，人才济济，称盛一时。邓禹闻他名震西州，乃遣使奉诏，命嚣为西州大将军，使得专制凉州朔方事宜。嚣答书如礼，与禹连和。禹乃放心南下，往击赤眉。

赤眉将帅，虽奉刘盆子为主，但不过视同傀儡，无一禀命。建武元年腊日，赤眉等置酒高会，设乐张饮，刘盆子出坐正殿，中黄门等持兵后列。酒尚未行，大众离座喧呼，互相争论。大司农杨音，拔剑起詈道：“诸卿多系老佣，今日行君臣礼，反敢扰乱至此，难道宫殿中好这般儿戏么？若再不改，格杀毋悔！”大众听了，并皆不服，霎时间闹做一堆，口舌纷争，拳械并起。刘盆子慌得发抖，幸经中黄门扶他下座，躲入后廷。杨音见不可当，只好却走。乱众大掠酒肉，饱嚼一顿，还想入内杀音。卫尉诸葛稚，勒兵入卫，格毙乱党百余人，方得少定。余众陆续散去，稚始引兵退出，杨音亦得驰归。唯刘盆子遭此一吓，不敢出头，但与中黄门同卧同起，苟延性命。当时掖庭里面，尚有宫女数百人，赤眉置诸不问。不去掠做婢妾，还算有些礼义。可怜这班宫女，镇日幽居，无从得食，或在池中捕鱼，或就园中掘芦菔根，即萝卜根。胡乱煮食，终究是不得疗饥，死亡累累，积尸宫中。尚有乐工若干人，衣服鲜明，形容枯瘦，出见刘盆子，叩首求食。盆子使中黄门觅得粮米，每人给与数斗，才得一时救饥。未几又复绝粮，仍做了长安宫中的饿鬼。俗语说得好：“宁作太平犬，毋为乱世人。”照此看来，原非虚言。建武二年元旦，赤眉等又复大会，聚列殿廷。式侯刘恭，料知赤眉无成，已在前夜密教盆子，嘱使让位。是日樊崇以下，俱请盆子登殿受朝。盆子尚有惧意，勉强跟着刘恭，慢步出来。恭即开口语众道：“诸君共立恭弟为帝，厚意可感；但恭弟被立一年，扰乱日甚，恐将来徒死无益，情愿退为庶人，更求贤才为主，唯诸君省察！”崇等随声作答道：“这皆崇等罪愆，与陛下无涉！”恭复固请让位。突有一人厉声道：“这岂是式侯所得专主？请勿复言！”恭被他一驳，惶恐避去。盆子记着兄言，急解下玺绶，向众下拜道：“今蒙诸君推立天子，仍无一定纪律，党徒四掠，人民怨愤，盆子自知无能，所以愿乞骸骨，退避贤路。必欲杀死盆子，下谢臣民，盆子亦无从逃避。若承诸君不弃，曲赐矜全，贷我一死，感且无穷！”说着，涕泗如雨。亏他记忆，不忘兄教。樊崇等见他情词悱恻，不禁生怜，乃皆避席顿首道：“臣等无状，辜负陛下，从今以后，不敢放纵，请陛下勿忧！”语毕皆起，抱持盆子，仍将玺绶佩上，盆子号呼多时，终由樊崇等竭力劝解，护送入内。待大众退出后，各闭营自守，不复出掠。三辅同声称颂，所有避乱的百姓，争还长安，市无虚舍。不意赤眉等贼心未改，连日不得劫掠，已皆仰屋唏嘘，且人民返集都中，免不得携筐提篋，载货同归。赤眉越加垂涎，又复出营打劫，一倡百和，索性大掠一番，无论财货粮食，一古脑儿取夺得来。蓦闻汉大司徒邓禹，领兵西来，大众无心对敌，遂收取珍宝，纵火焚阙，把宫庭付诸一炬，方将刘盆子载出，拔队西行。众号百万，自南山转掠城邑，驰入安定北地，沿途所过，鸡犬皆空。邓禹已经入关，探得长安空虚，倍道进兵，径入长安，屯兵昆明池，大飨士卒。嗣率诸将斋戒三日，礼谒高庙，收集十一帝神主，遣使奉诣洛阳。光武帝加封禹为梁侯，此外各功臣亦晋封侯爵，各赐策文。文云：

在上不骄，高而不危；制节谨度，满而不溢。敬之戒之，传尔子孙，长为汉藩！

封赏已毕，便就洛阳建置宗庙社稷，并在城南设立郊天祭坛，始正火德，色仍尚赤。正在制礼作乐的时候，突接到真定警报，乃是真定王刘扬，与绵蔓县贼勾通，私下谋反。光武帝乃遣将军耿纯，持节往幽冀间，借着行赦为名，探验虚实，便宜行事。扬为郭夫人母舅，从前光武帝尝投依真定，得纳郭氏，结为姻亲。见第八回。至光武即位，扬忽阴生异志，不愿称臣。他与光武帝世系相同，均为高祖九世孙，又尝项上患瘿，故诡造谶文，说是赤九之后，瘿扬为主，意欲借此欺人，传闻远近。纯既至真定，留宿驿舍，探得扬造作讹言，谋反属实，乃邀扬相见。扬因纯母为真定刘氏，颇有亲谊，料纯不敢为难，且胞弟让与从兄绀，俱各拥兵万人，势亦不弱，怕什么一介朝使？于是带领将士，及兄弟二人，昂然出城，亲至驿舍中拜会。纯出舍相迎，延扬入内，备极敬礼，复请扬兄弟一同面谈。扬兄弟不以为意，就令将士留待门外，大踏步趋入舍中。纯与他周旋片刻，只说有密诏到来，当闭门宣读，俟门已扃闭，立即指麾从吏，把扬兄弟三人拿下。扬兄弟还自称无罪，经纯详诘反状，说得他有口难分。诏命一传，三首骈落。当下开门径出，宣布扬兄弟逆案，举首示众，众皆瞠目无言。纯又谓汝曹无罪，应该奏闻天子，立扬亲属，仍为汝主。众情尤为悦服，喏喏连声，遂引纯入真定城。纯慰抚刘扬家属，叫他静听后命，方才还报。光武帝果封扬子德为真定王，使承宗祀，真定复平。想仍为了郭夫人面上。

上党太守田邑，举部请降。光武帝使邑持节，招降河东军将鲍永。永即前司隶校尉鲍宣子，宣为王莽所杀，永伏居上党，以文学知名。更始二年，征永出仕，迁擢尚书仆射，行大将军事，镇抚河东。永领兵赴任，击破青犊等贼，得超封中阳侯。至刘玄破败，三辅道绝，光武帝遣使招谕，永尚有难意，拘系使人。及田邑持节招降，方知刘玄已死，乃释放来使，遣散部曲，封上将军列侯印绶，但与故客冯衍等，幅巾束首，径诣河内见驾。光武帝召永入问道："卿拥有重兵，今已何往？"永离席叩首道："臣前事更始，不能保全故主，负惭实甚，若再拥众求荣，更觉无颜。所以一并遣散，束身来归。"光武帝作色道："卿言亦未免自大呢！"说着，即挥永使退。时怀县守吏为刘玄亲将，负固不服，光武帝遣将往击，多日不克，乃更召永与语，使永招降。永与守吏素来相识，奉命往抚，片言即下。帝始大喜，拜永为谏议大夫，引令对食，且赐他上商里宅，永拜辞不受。寻闻东海盗帅董宪，分兵扰鲁，因拜永为鲁郡太守，拨兵数千，使他平乱。永受命即行，独永客冯衍，向有才名，与永来归，也想博取爵位，借展才能。偏光武帝恨他迟迟来降，废黜不用，衍未免失望。永就职时，私自慰衍道："从前高祖诛丁公，赏季布，具有微权，今我与君同遇明主，何必过忧？"衍意终未释。后来做了一任曲阳令，诛获剧盗，仍然不得超迁，坎壈终身，唯著述甚富，传诵当时。后人谓光武知人，尚失冯衍，几拟衍为贾长沙即贾谊。董江都一流人物，说亦难信，看官但阅冯衍列传，自有分晓，毋庸小子哓哓了。叙入鲍永，所以阐扬桓鲍夫妇之前行，至附评冯衍，阴短文人，亦自有特见。

且说光武帝援据谶文，始登大位，因见人心悦服，诸事顺手，乃将赤伏符作为秘本，事多仿行。符中曾有谶语云："王梁主卫作玄武。"玄武系水神名号，光武帝以为司空一职，管领水土，想符中玄武名目，当是司空代词。可巧王梁为野王县令，当即遣使召入，擢梁为大司空。王梁履历已见第八回中。梁自随光武帝，平定邯郸，便令他出宰野王。至入任司空，才未称职，年余罢去，改用长安人宋弘。弘曾为哀平时侍中，王莽使为共工，及赤眉入关，胁弘就职，弘投入渭水，经家人救出，佯作死状，始得免归。光武帝闻他清正有操，特征为大中大夫。弘正色立朝，仪容端肃，更为光武帝所称赏，乃迁为大司空，使代王梁后任，加封栒邑侯。弘持身俭约，所得俸禄，分赡九族，因此位列公卿，不啻寒素。光武帝体贴入微，徙封弘为宜平侯。宜平采邑，比栒邑为多。弘仍分给族里，家无余资。尝荐沛人桓谭为给事中，为帝鼓琴，辄作繁声。弘朝服坐府第中，召谭加责，不稍徇情。既而光武帝大会群臣，复使谭入殿弹琴。弘正容直入，惹得谭手足失措，弹不成声。光武帝未免惊异，顾问桓谭。谭尚未及答，弘离席免冠，顿首谢罪道："臣荐谭入侍，无非望他忠诚辅主，称职无惭。不料他诡道求合，反令朝廷耽悦郑声，这是臣所荐非人，理应坐罪！"光武帝闻言改容，仍令戴冠，嘱谭退席，不复听琴。弘更别求贤士，引为侍臣。一夕入宫进谒，见御座旁所列屏风，尽绘列女。光武帝屡次顾及，弘即从旁进规道："未见好德如好色，圣训果不谬呢！"光武帝听着，即命将屏风撤去，向弘微笑道："闻善即改，卿以为何如？"弘答说道："陛下德业日新，臣不胜喜庆呢！"光武帝有二姐一妹，长姐名黄，次姐名元。元即邓晨妻室，先已殉难。见前文第四回。妹名伯姬，已嫁李通为继室。建武二年，追封次姐元为新野长公主，又封长姐黄为湖阳长公主，妹伯姬为宁平长公主。召通入卫，封固始侯，拜大司农。独湖阳长公主，方在寡居，光武帝怜她岑寂，特与语及大臣优劣，微窥姐意。公主说道："我看朝上大臣，莫如大司徒宋公，威容德器，非群臣所可及！"光武点首道："我知道了。"光武颇重名节，奈何欲姐再醮？待至宋弘进见，乃令公主坐在屏后，自出语弘道："俗语有言：'贵易交，富易妻，'这也是常有的人情，卿可知此否？"弘正色道："臣闻贫贱交，不可忘；糟糠妻，不下堂！"光武帝不待说毕，便回顾公主道："事不谐了！"公主怏怏返入，弘亦徐徐引退，一场婚议，从此打消。小子有诗赞宋弘道：

夫宜守义妇宜贞，礼教昌明化始成；
毕竟宋公能秉正，糟糠不弃两全名。

帝姐不得再婚，帝后却已册定。欲知何人为后，请看下回再详。

刘永刘扬，虽系汉家支裔，与盗贼不同，然皆非帝王气象，不足有为，遑问一刘盆子？但盆子固非欲为帝者。一介童子，为盗所掠，得充牧牛小吏，幸全生命，已自知足。无端被迫，胁使为帝，惶怖之念，出自真诚，观其承受兄教，向众宣言，亦非蚩蚩无知者比。厥后之得保首领，廪禄终身，亦天之所以报其谨厚耳。永扬皆死，而盆子不死，有由来也。彼湖阳长公主之寡居，度其年已逾三十，就令不耐守孀，光武亦宜正言晓谕，完彼贞节。万一不可，亦唯有代为择偶已耳。乃使之自择大臣，且令其坐诸屏后，公然炫鬻，微宋弘之守正不阿，岂非导人为不义之行，使之易妻娶孀乎？光武为中兴令主，犹有此失，而宋公之威容德器，诚哉其不可及欤！

第十二回　掘园陵淫寇逞凶
张扺伐降王服罪

却说建武二年五月，册立郭贵人为皇后，子强为皇太子。郭氏即刘扬甥女，随驾入洛。当光武帝即位时，得产一男，取名为强。时阴丽华也迎入洛阳，阴丽华见第七回。与郭女同受封贵人。丽华容色，实过郭女，并且性情和顺，毫无妒意，光武帝本欲立她为后，她却以为郭氏有子，理应正位中宫，且郭氏生长王家，与自己出身不同，所以情甘退逊，将后位让与郭氏。看到后来，实可不必。光武帝乃立郭氏为后，就将二岁幼儿，作为储君。这且待后再表。帝又分封宗室，封叔父良为广阳王；后来徙封赵王。族父歙为泗水王；族兄祉为城阳王；歙子终为淄川王；追谥兄縯为齐武王；仲为鲁哀王；縯子章授封太原王；后来徙封齐王。仲殁无子，命縯次子兴过继，袭封鲁王。封爵已定，乃再拟荡平群寇。唯一时人心未靖，乱端不已，除上文所述诸渠魁外，尚有渔阳太守彭宠，破虏将军邓奉，相继造反，警信频闻。提叙一笔，暗伏下文。光武帝虽遣将出讨，但尚无暇全力对付，只好先就近处着手，次第廓清。自从刘玄败死，诸将吏散处南方，未肯归命洛阳。光武帝召集诸将，会议出师，当下向众宣言道："郾城最强，次为宛城，何人敢率兵进击？"语未绝口，即有一人突出道："臣愿攻郾城！"光武帝见是执金吾贾复，就笑说道："执金吾前去击郾，朕复何忧？宛城当属大司马便了！"复领兵自去。另遣大司马吴汉，往略宛城。郾城守将尹尊，曾由刘玄封为郾王，与贾复相持月余，城中食尽，因即出降。就是宛城为宛王刘赐所守，一经吴汉兵到，退保沟阳，未几亦即归降。两处先后报捷，光武帝因赐本族兄，前曾共事，所以召赐入见，封为慎侯。再命贾复进略召陵新息，统得平定。

复有部将过颍川郡，妄杀良民，正值河内太守寇恂，调往颍川，立即拘复部将，枭首示众。复引为己耻，顾语左右道："寇恂敢杀我部将，藐我太甚，我当前去见恂，手刃此仇！"遂自颍川进发。粗莽可笑。恂闻复挟怒前来，料无好意，故不愿与见。姐子谷崇语恂道："崇为军将，应带剑侍侧，就使有变，也可抵挡得住，相见何妨！"恂摇首道："我闻蔺相如不畏秦王，独为廉颇屈志，彼区区赵国，尚知先公后私，难道我反悍然不顾么？"好寇君。乃饬属县盛设酒肴，遇有执金吾军入界，全体供给，一人须兼二人饮食，县吏自然遵令，不敢怠慢。恂托辞出迎，行至中途，因疾折回。复正勒马待着，按剑欲试，不意恂已驰归，惹得怒上加怒，亟欲勒兵追恂。偏部兵已皆被酒，不愿进行，复亦孤掌难鸣，只好罢休。恂使谷崇具状奏闻，光武帝召复班师，并征恂入朝。恂奉命进谒，见复在御座前，急起欲避。光武帝与语道："天下未定，两虎怎得私斗？朕当与两卿和解，互释前嫌。"说着，赐令共坐，宴叙甚欢。及退出殿外，复令同车并出，两人曲体主心，自然释怨平争，言归于好，恂复辞回颍川去了。

大司马吴汉，方自宛城往略南阳，忽报檀乡贼与五校贼会合，寇掠魏郡清河。光武帝召汉还师，自督诸将至内黄，进击五校贼，大破贼众，收降至五万余人。适值吴汉领兵来会，乃将军事付汉，折回都中。汉与檀乡贼连战数次，无不获胜，斩馘数万，降服数万。先是檀乡贼徒，统是刁子都余党，刁子都见前文。子都为部曲所杀，余众转走檀乡，后纠集他处盗匪，号为檀乡贼，共计得十余万名。及为吴汉所败，或死或降，所余无几，遁入西山，再推贼目黎伯卿为渠帅。伯卿负嵎数月，仍被吴汉捣破，窜死崖谷间，河右复安。光武帝接得捷书，亲往慰抚，增封吴汉采邑，由舞阳侯晋封广平侯。此外随汉同征，尚有建义大将军朱祐，大将军杜茂，执金吾贾复，扬化将军坚镡，偏将军王霸，骑都尉刘隆马武阴识等，亦各有功绩，俱得奖叙。朱祐字仲先，南阳宛人，曾从刘氏起义，转战有年。杜茂字诸公，南阳冠军人，自光武帝出徇河北，投入麾下，效力戎行。坚镡字子伋，颍川襄城人，尝为郡县掾吏，颇有干才，或向帝前推荐，方得召用，积功为扬化将军。唯刘隆字元伯，本与光武帝同宗，乃父名礼，前与安众侯刘崇讨莽，并皆败死，隆年尚幼，幸得免祸，后来游学长安，刘玄召为骑都尉，隆见玄不能成事，托词迎取家眷，转至河内从光武帝，光武帝使仍旧职，加封列侯。四人俱列二十八将中，故特提叙。至若贾复王霸马武履历，已见前文，不复追叙。独阴识为阴贵人兄，受封阴乡侯，光武帝因他从军有功，拟加封邑。识叩头固让道："臣托属掖庭，累加爵土，不可以示天下，幸勿加恩！"光武帝见他意诚，乃不复加封。识小心谨慎，未尝以贵戚自骄，就是出征有功，亦谦退不伐，因此为士论所称。却是难得。

光武帝慰劳已毕，复遣汉还定南阳，连下涅阳郦穰新野诸城。复与偏将军冯异，北击五楼五幡诸残贼，所向皆捷。偏大司徒邓禹，入关抚民，又经赤眉还寇长安，屡战不利，竟从长安退至高陵，兵士饥困，几难成军。于是光武帝另费踌躇，不得不改遣他将，往讨赤眉。赤眉前次出关西行，意欲入陇，迴应前回。陇右方为隗嚣所据，遣将杨广统率锐卒，迎头截击。杀得赤眉七零八落，慌忙回走，所掠财物，抛弃殆尽。道出阳城山谷中，适遇大雪，冻死多人，尸骸满道，没奈何再返长安。他想长安内外，十室九空，无从再掠，且长安已由邓禹守住，料不易入，不如往发汉朝陵寝，或可劫取遗藏，免致落空。乃一哄而往，闯入园陵，守陵吏民，逃得精光，赤眉得任意掘坟。最注意的是后妃各冢，连棺椁尽被劈开，有几椁用玉匣为殓，尸皆未烂，面目如生。查汉制收殓后尸，自腰以下，用玉为札，长一尺，阔二寸半，垂至两足，用黄金缕缀系，叫做玉匣，尸骸得借宝玉精华，历久不朽。谁知这种奢华的制度，反使各女尸身后不安，当时短命致死，颜色未衰，却被赤眉贼触动淫心，竟把她剥去衣服，赤条条的卧在地上，侮辱一番。这也可谓生死交。更可怪的是吕后遗骸，全然不变，面色反比生时娇嫩，至此也竟受污。待到污辱以后，尸才变色，这难道是生前淫妒，应该受此恶报么？吕后死时，年已将迈，乃遭此报，定是天道恶淫，故孔圣谓丧欲速朽。独霸陵为文帝遗冢，文帝素尚俭德，如所幸慎夫人等，衣不曳地，想来总没有什么厚殓，故赤眉不去发掘，幸得保全。更有杜陵为宣帝墓所，却由汉中豪帅延岑，引众居守，赤眉不敢过犯，安然如故。延岑系南阳人，也是一个绿林流亚，起兵汉中，杀败汉中王刘嘉，据境称雄。刘嘉向关中乞师，刘玄尚未败没，特遣部将李宝，领兵往会，与嘉并击延岑。岑寡不敌众，乃由汉中北出散关，进屯杜陵。他虽往来剽掠，迹同盗贼，但与赤眉相比，尚觉得稍有纪律，差胜一筹。邓禹闻赤眉发掘陵寝，亟令将士往击，反为赤眉所败，伤亡甚众。禹乃督兵自出，行至云阳，又接长安警耗，被赤眉乘虚捣入，长安失守，累得禹无路可归。会闻赤眉将逄安，往攻延岑，也想伺隙进袭。好容易到了长安城下，正要麾兵攻扑，偏又来了赤眉将谢禄，一场交战，禹又败走，不得已退至高陵。军中随带粮食，本属有限，渐渐的食尽囊空，势难久持，因特奏报洛阳，急求接济。光武帝筹划再四，已知邓禹兵敝，不堪再用。此时唯有偏将军冯异，智勇兼优，可代禹任，乃特召异入见，嘱令西征。异拜命出都，光武帝亲送至河南，赐异车马宝剑，并面嘱道："三辅人民，迭遭变乱，生灵涂炭，无所依诉，今遣卿讨贼，并非欲卿略地屠城，期在平定安集，救民疾苦。朕看诸将亦多健斗，往往未善抚循，独卿平日能驭吏士，所以委卿重任，卿此行须除暴安良，勿负朕望！"保民而王，莫之能御。异顿首受教，拜别车驾，向西进发。途中宣布威德，民皆畏服，群盗多降。光武帝还居洛阳，连接冯异军书，知异威爱并用，定能胜任，乃决计召还邓禹，专任冯异。会得邓禹奏称，刘玄旧将廖湛，联合赤眉，并攻汉中，汉中王刘嘉，出谷迎战，大破寇众，阵斩廖湛，嘉因军士乏食，就谷云阳，正好乘便招抚云云。光武帝准禹所请，令禹传诏谕嘉，禹当然照行。嘉妻为来歙女弟，歙系光武帝姑子，与帝戚谊相关，因即劝嘉从命。嘉始浼禹转达表文，自请效顺，将表文驿递洛阳，并言廖湛一死，赤眉失势，近日赤眉将逄安，又被延岑击败，约毙十余万人，臣料赤眉不久必灭，俟臣筹足军食，便可一鼓歼灭等语。先生休矣！何必妄想？光武帝已遣异代禹，不改初衷，因复颁诏寄禹，略云：

> 卿慎毋与穷寇争锋，赤眉无谷，自当东来，吾以饱待饥，以逸待劳，折箠笞之，非诸将忧也，卿其速归，无得复妄进兵！

邓禹得诏，尚以无功为耻，未肯遽归洛阳。可巧三辅大饥，人自相食，城郭皆空，白骨蔽野，赤眉无从掳掠，果然东下，余众还有二十万人。光武帝得知消息，使破奸将军侯进等，出屯新安，建威大将军耿弇等出屯宜阳。出发时复传谕道："贼若东走，可引宜阳兵会新安；贼若南走，可引新安兵会宜阳。"一面令冯异择险邀击，决歼此虏。创业之主，必有良谟。异奉命进驻华阴，正值赤眉东来，即扼要拒击，先后六十余日，交战至数十仗，多胜少败，收降赤眉将卒五千余人。

未几已是建武三年，朝命异为征西大将军，节制西行人马，且促邓禹交代，限期还都。禹还想鼓励饥卒，邀击赤眉，仍然失利，才率车骑将军邓弘等东归。途次与冯异相遇，又欲与异共攻赤眉。贪功之心，何竟至此？异从容道："异与贼相拒数十日，虽得俘获贼将，但贼众尚多，须推示恩信，徐徐招诱，未可遽劳兵力！且皇上已遣诸将分屯渑池，使异在西夹击，彼此并力，一举聚歼，乃是万全的计策。公不若遵旨东还，待异荡平此虏便了。"禹听了异言，还道异不肯分功，益加猜忌。就是邓弘亦有此私意，决欲一战，遂自请为先锋，引兵遽进。赤眉齐来接仗，交战多时，见弘军微有饥容，却不望前进，反向后退。弘军当然追逼，赤眉抛弃辎重，纷纷却走，弘军尚不知是计，但见辎重车上，有豆载着，争相掬食，顿致行伍散乱，无心恋战。不防赤眉翻身杀转，猛击弘军，弘军已经乱伍，仓猝间不能成列，自然四溃，弘亦只得返奔。邓禹在后面望着，忙邀冯异一同往援，两人并辔驰往，麾动部兵，截杀赤眉。复酣斗了好一歇，赤眉稍稍退去。还是诱敌。异亟向禹进谏道："赤眉小却，并非真败，我军已多饥倦，宜暂休息，毋使前进！"禹不肯听异，反驱兵急进。异未便停马，相偕进军，蓦听得几声胡哨，赤眉等四面兜集，踊跃来前。禹与异慌忙对敌，怎禁得赤眉涌至，驰突入阵，把禹异两军冲作数截。禹异两军，已是饥乏得很，望见敌势汹涌，统皆怯战，觅路乱逃。禹亦自知不支，但率亲兵二十四骑，冲开血路，径向宜阳奔去。邓弘已早经遁走，不知去向，单剩得冯异一军，也是东逃西散，如何支持？异急走至回溪阪，溪长四里，旁有峭壁，状甚陡峻。异弃马逾溪，与麾下数人跃登峻阪，方得驰脱。这番战仗，汉军死伤至三千余人，余皆散逸。还亏冯异脱身回营，下令收集溃卒，军士方知异无恙，夤夜奔投，复得万人，守住营壁。越日复由异整兵募众，遍召各处城堡戍卒，一并会聚，再与赤眉约期会战。赤眉恃胜生骄，轻视冯异，待至战期已届，便令万人为前驱，凌晨挑战。异早经部署，申定号令，一闻寇至，但使锐卒一二千人，出营交锋。赤眉见异军寥寥，越加蔑视，存了一种灭此朝食的妄想，悉众来围异军。异乃纵兵大出，与赤眉鏖战一场，两下里旗鼓相当，兵刃交接，呐喊声震动远近，好容易杀到日昃，还是未分胜败，相持不舍。异却把红旗一招，突有一支人马，向赤眉阵中搅入，衣服与赤眉相同，赤眉错认是自己党羽，慌忙招呼，谁料到劈头一撞，都害得颈血模糊，十死五六。赤眉后队，顿时大乱。再经异麾军纵击，杀毙赤眉，不可胜计。看官道这支人马，究从何处杀来？原来冯异知赤眉势盛，但凭力敌，未易杀退，所以预先设计，令壮士千人，改服赤眉衣饰，夜伏道旁，约用红旗为号，叫他捣乱贼军。果然赤眉中计，一败涂地。当由异军追至崤底，截住男女八万人，谕令降者免死。八万男女，一体匍匐，束手归诚。尚有残众十余万，东走宜阳。将恃谋，不恃勇，于此可见。异驰书报捷，光武帝特赐玺书云：

赤眉破平，士卒劳苦，始虽垂翅回溪，终能奋翼渑池，可谓失之东隅，收之桑榆，方论功赏，以答大勋。

玺书既下，光武帝复亲率六军，至宜阳截住赤眉。赤眉正拼命东走，到了宜阳，见前面戈铤耀日，旌旗蔽天，当中拥着汉天子御驾，黄屋大纛，八面威风。吓得赤眉叫苦不迭，如樊崇逄安等人，经过百战，杀人未尝眨眼，至此亦仓皇失措，不知所为。当下经众会议，只有乞降一法，乃遣刘恭持书请降。恭既至汉营，得见光武帝，行过了礼，呈上降表。光武帝准令降顺，恭面请道："盆子率百万众降陛下，敢问陛下如何待遇？"光武帝接说道："待他不死便罢。"王言如纶。恭因即返报，盆子率徐宣以下三十余人，肉袒归降，献上所得传国玺绶，并将所有兵甲，悉数缴付，堆积宜阳城外，高与熊耳山相齐。光武帝令县厨赐食，降众正苦饥馁，随到随食，总算十万余人，并得一饱。光武帝见降贼甚多，恐有反复，特就次日清晨，大陈兵马，遍布洛水岸旁，令盆子等随驾观兵，且顾语盆子道："汝自知当死否？"盆子跪答道："罪原当死，但求陛下恩赦呢！"光武帝微笑道："儿亦太黠，宗室中原无愚人！"说至此，又顾问樊崇等道："汝等曾悔降否？朕愿遣汝等回营，鸣鼓相攻，再决胜负，可好么？"好权术。徐宣等叩头道："臣等出长安东都门，君臣计议，已愿归命圣德，唯百姓可与图成，难与虑始，所以未曾遍告。今日得降，如脱去虎口，得依慈母，诚喜诚欢，还有什么悔恨呢？"光武帝语徐宣道："卿可谓铁中铮铮、庸中佼佼了！"乃敛兵归营。更谕诸降将道："汝等大为不道，所过成墟，屠老弱，溺社稷，污井灶，残暴已极，本应骈诛。但朕念汝等尚有三善：攻破城邑，几遍天下，妻妇未尝弃易，算是一善；立君能用宗室，算是二善；他贼乘乱立君，待至危急，往往弑君持首，乞降邀功，独诸卿尚知大义，奉主来降，算是三善。朕所以网开三面，法外行仁，此后总宜洗心革面，共享太平！”降将都一齐跪下，齐呼万岁。光武辨论善恶，亦俱得当。光武帝挥众令起，启行还都，令降将分居洛阳，每人赐宅一区，田二顷，余众给资遣归。唯杨音与帝叔刘良有旧，良先依刘玄，玄败没时，独良得杨音礼待，才得免害。因此光武帝为叔报德，封音为关内侯，得与徐宣安享天年。刘恭替刘玄报仇，刺死谢禄，系狱自首，亦得贷死。独樊崇逄安，居洛数月，又想造反，谋泄被诛。不死胡为？光武帝矜怜盆子，赏赐甚厚，使为叔父良部下郎中。盆子病目失明，方令免官，尚给荥阳均输官地，食税终身。小子有诗咏道：

牛吏何堪作帝王？崤山一跌便沦亡；
得全首领犹云幸，总为童儿质尚良。

赤眉已平，余寇犹炽，免不得再加征伐，劳动王师。欲知后来情事，且看下回续叙。

项羽掘始皇冢，后人以凶残嫉之，顾未有如赤眉之甚者。赤眉不法，发掘园陵，裸辱女尸，阅《汉书·刘盆子传》中，载入此事，谓有玉匣附殓者，多被淫秽，姓氏不概传，独于吕后则标明之。意者其亦嫉吕后生前之奢淫，特揭此以为后人戒欤？邓禹已入长安，不能捍卫陵寝，咎实难辞，乃复以饥疲之卒，贪功邀战，屡致失利，甚且累及冯异，同致复师。微异之奋翼渑池，则赤眉东来，众尚二十万，即如光武之勒兵亲征，截击宜阳，胜负亦未可料，安能不战屈人乎？光武能专任冯异，卒成大功。至若刘盆子之降，待以不死，陈兵示威，笑语屈贼，光武固一英辟也欤？而樊崇逄安之自外生成，终遭诛殛，何一非恶贯满盈之果报也！

第十三回　诛邓奉惩奸肃纪　戕刘永献首邀功

却说赤眉既降，关中无主，盗贼又乘机蜂起，各据一隅。下邽有王歆，新丰有芳丹，霸陵有蒋震，长陵有公孙守，谷口有杨周，陈仓有吕鲔，汧骆有角闳，长安被张邯占住，各称将军，互相攻击。独延岑屯据杜陵，击破赤眉将逢安，意气自豪，再移部众入蓝田，僭称武安王，分置牧守，居然想做关中霸主。闻得征西大将军冯异进兵，亟诱同张邯等众，共攻异军。一番接仗，竟被异军杀毙千余人。张邯等战败先逃，延岑亦向东南窜去。异进驻上林苑中，号令远近，先抚后剿，所有前时附近诸堡砦，附属延岑，至此都向异投诚。异又遣复汉将军邓晔，辅汉将军于匡，领兵追岑。到了析县，正值岑督众围城，一遇邓晔等到来，慌忙解围对敌，偏部众惩着前败，不敢再战，裨将苏臣等投械先降。岑不敢再持，奔归南阳，又被汉建威大将军耿弇等，迎头截击，斩首三千余级，生擒将士五千余人。岑势孤力竭，但率数骑奔投秦丰，嗣复转诣西蜀，下文自有交代。唯邓奉本光武帝姐夫邓晨兄子，从征有功，官拜破虏将军。自吴汉出略南阳，兵多侵暴，连邓奉故乡新野县中，亦遭蹂躏。奉返省乡里，庐舍荡然，不由的怒气填胸，竟纠合流氓，造起反来。乡里遭殃，何妨劾奏吴汉，奈何造反？当即攻入淯阳，逐去守兵。顾应前回。尚有堵乡人董䜣，杏聚人许邯，亦纠众应奉，四出骚扰。董欣攻入宛城，拘住南阳太守刘䜣，幸汉扬化将军坚镡，尚未远去，一闻宛城失守，便引兵夜至城下，使壮士悄悄登城，斩关纳入兵士，一鼓而进。欣未曾防备，势难招架，只好弃城窜去，逃归堵乡。光武帝时已闻警，亟授岑彭为征南大将军，使讨邓奉董䜣，且拟添将助彭。适值王常自邓来归，常即前时下江帅，与光武帝同破莽军，转事刘玄。玄曾命常为廷尉大将军，封知命侯，进爵邓王。至是方挈眷入洛，谒见光武。光武帝与语道：“王廷尉良苦，每念前时与同艰险，无日忘怀！奈何至今始来相见哩？”常顿首谢道：“臣蒙大命，得效鞭策，始遇宜秋，继会昆阳，幸赖陛下威武，终破大敌。更始不量臣愚，委任南州。赤眉入关，伤心失望，以为天下复失纲纪。今闻陛下即位河北，如日重明，臣等得见阙廷，虽死亦无遗恨了！”光武帝笑说道：“我与卿戏言，不必介意，今得见卿，南顾无忧了。”遂指常语诸将道：“王将军曾率下江诸将，辅翼汉室，心如金石，真好算是忠臣呢！”于是面授常为汉忠将军，使与朱祐贾复耿弇郭守刘宏刘嘉耿植等，一同南下，由征南大将军岑彭节制。彭率众至杏聚，击破许邯，邯穷蹙始降。再顺便进攻堵乡，董䜣向邓奉乞援，奉率锐卒万余，往救董䜣，两人并力拒守。岑彭等连攻数月，尚不能克。到了建武三年夏间，光武帝下诏亲征，带领六军出都。行至叶县，适遇董䜣别将数千人，沿途拦阻，车驾不得前进，正要麾兵开道，巧值彭亦引兵杀到，前后夹攻，一霎时扫得精光。光武帝进军堵阳，邓奉不禁胆怯，夜奔淯阳。董䜣独力难支，自缚出降。积弩将军傅俊，骑都尉臧宫，奉着帝命与岑彭等追赶邓奉，驰抵小长安，得及奉兵，当然再战。奉抵死格拒，酣斗经时，互有杀伤。蓦闻光武帝亲来接应，车骑大至，汉军越加奋勇，杀死奉兵无数，奉欲逃无路，迫急乃降。光武帝记奉前功，且由吴汉起衅，拟从赦宥。岑彭与耿弇进谏道：“邓奉背恩造反，致王师暴露经年，罪无可逭！若不诛奉，何以惩恶？”说得光武帝不便徇情，乃将奉正法示众。国法原是难容。唯许邯董䜣，幸得贷免。光武帝启驾还都，但使岑彭与傅俊臧宫等三万余人，南击秦丰去了。

过了月余，得虎牙大将军捷报，说是刘永授首，睢阳报平。究竟刘永如何败死？应该详叙情形。永在睢阳僭称帝号，专据东方。见十一回。内有沛人周建等为爪牙，外有佼强董宪张步等为羽翼，除国都睢阳外，如济阴山阳沛楚淮阳汝南等二十八城，俱归管辖，差不多将青兖徐三州包括了去。光武帝曾拜盖延为虎牙大将军，使与降将苏茂，相偕东征。茂本刘玄部将，前与朱鲔共守洛阳，鲔既出降，茂亦归命。及随盖延东行，独不肯受延节制，分军自去，掠得数县，据住广乐，反向刘永处遣使称臣。永拜茂为大司马，封淮阳王。盖延独进攻睢阳，且奏达苏茂叛状，光武帝再遣驸马都尉马武，骑都尉刘隆，护军都尉马成，偏将军王霸等，往助盖延，为延副将，合攻睢阳城。彼此经过好几次战仗，城中兵不能取胜，闭门死守。两下里复相持数旬，延尽收田间禾麦，作为军粮，守兵无粮可因，渐生恟惧，当被延军窥出间隙，缘梯夜登，入城击永。永不知所措，亟引兵走出东门，延等追杀一阵，横尸遍野，只剩得骑士数十人，保住刘永家属，奔往虞城。虞城人不愿纳永，反将永母及妻子，一并杀死，永仓皇走脱，得抵谯邑。永将苏茂佼强周建等，合兵三万余人，至谯救永，永复得成军，再拟拒延。延连拔薛城沛城，斩鲁郡太守梁邱寿，及沛郡太守陈修，长驱追永。永率苏茂等三将军，至沛西逆战，又吃了一大败仗。不得已再弃谯城，转奔湖陵，苏茂奔还广乐，唯佼强周建，还是与永同行，未曾舍去。

盖延乘胜略地，收抚沛楚临淮各城。光武帝也遣大中大夫伏隆，持节使青徐二州，招谕郡国。青徐群盗，多望风请降。就是琅琊盗帅张步，亦迎谒伏隆，敛兵听命。隆许为归报，嘱步静候朝旨，步乃使掾吏孙昱，随隆诣阙，贡献鳆鱼。鳆似蛤，即石决明。光武帝迁隆为光禄大夫，仍使隆赍着诏书，拜步为东莱太守。隆即与步掾孙昱，仍向东行。哪知为刘永所闻，忙遣人立步为齐王，并封东海贼帅董宪为海西王。步贪得王爵，欲背隆约。及隆持诏前来，竟摆起国王的架子，拒诏不受。隆探悉情隐，因向步晓谕道："高祖与天下约，非刘氏不得封王；今君果去逆效顺，总不失为万户侯，何必贪受伪封，但顾目前，不顾日后哩？"步不以为然，唯留隆共守青徐二州，隆愤然道："君不受朝命，必有后悔！我奉命到此，谕君反正，岂肯随君附逆？我就此返报便了。"说着，持节欲行，步却麾动左右，把隆拘住，锢居一室。隆缮就密书，交付从吏，嘱使乘间脱身，归报朝廷。从吏一住数日，觑得步兵防检少疏，乘夜逸出，好容易奔还洛阳，把隆书呈递进去。光武帝立即展阅，但见书中写着：

臣隆奉使无状，受执凶逆，虽在困厄，授命不顾。步固桀骜，属吏知其反叛，心不附之，愿以时进兵，无以臣隆为念！臣隆得生到阙廷，受诛有司，此其大愿；若令没于寇手，以父母昆弟长累陛下。愿陛下与皇后太子永享万国，与天无极！臣隆待死上言。

光武帝览罢，知隆已陷入寇中，亟召隆父伏湛，示隆来书，且流涕与语道："隆节同苏武，忠诚贯日，朕却恨他不如姑许，自求生还哩！"这是无聊慰语，莫被光武瞒过。湛泣拜而退。湛为济南伏胜九世孙，世传经学。伏胜为秦时耆儒，见《前汉演义》。高祖伏孺，徙居琅琊郡东武县；父伏理曾为高密太傅。湛承父荫，补充博士弟子员；王莽时为绣衣执法；刘玄入关，使为平原太守；光武帝即位，闻湛才名，征拜尚书，令订旧制。至是因伏隆被执，意欲加慰湛心，擢任公卿。时邓禹已早还都中，自愧无功，缴上大司徒及梁侯印绶，光武帝赐还侯印，但将大司徒一职，悬缺不补。回应前回。此次拟迁擢伏湛，正好使他代任大司徒，乃即日锡命，使行大司徒事。未几即命他实授，加封阳都侯，一面调遣大司马吴汉，率同骠骑大将军杜茂等，会攻刘永。并拟另派别将，专讨张步。忽由幽州牧朱浮，驰使告急，请速济师。顿令光武帝不遑东顾，又要筹及北防。

这朱浮告急的原因，便是为了彭宠造反，逼迫幽州。彭宠本为渔阳太守，尝发突骑助光武军，得平王郎。至光武正位，封赏功臣，如宠所遣的吴汉王梁，皆位跻三公，宠仍守原官，不获超迁，因此不平。光武帝也未免负宠。幽州牧朱浮，年少好客，尝向渔阳征取银米，充作廪饩。宠不肯照发，且有怨言。浮致书责宠，讥他为辽东白豕，只好夸示辽阳，不足比衡河右。宠得书越加恨浮，浮更密表谮宠，光武帝乃征宠入都。宠请与浮一同就征，奉诏不许，宠遂怀疑惧。宠妻素好干政，劝宠不必应征，尽可自主；此外属吏亦无人劝行，于是迁延不发。宠有从弟子后兰卿，随光武帝居洛阳，光武帝因遣令谕宠，宠留住子后兰卿，竟出兵二万余人，往攻朱浮。又因上谷太守耿况，也是功高赏薄，与己相同，不妨诱与同反。于是一再遣使，驰诣上谷。哪知有去无来，所遣使人，俱被耿况斩首了。彭宠造反，前回已曾提及，此外所叙各事，参观前文便知。光武帝闻朱浮被攻，曾遣游击将军邓隆，引兵援浮。隆与浮立营太远，呼应不灵，被宠兵突破隆营，隆仓猝走脱，部下多死。浮不能相救，只好还守蓟城，与宠相拒。既而涿郡太守张丰，也与宠连兵，自称无上大将军。宠得一帮手，气焰越张，索性大举围蓟。朱浮不敢出战，唯飞章入洛，乞请援师。

光武帝得报，想了数日，一时腾不出兵马粮饷，乃令来使还报，教他静守毋战，俟筹足军实，方可来援等语。浮又固守了好几月，城中粮尽，人自相食，那外面却攻扑甚急，险些儿陷没全城，就使弃城不顾，也是无路可出，眼见得危急万分，朝不保暮。亏得上谷太守耿况，遣到两三千骑兵，冲破围城一角，浮得趁此机会，开城杀出，由上谷兵在外接应，才得走脱。只蓟城吏民，不及随行，上谷兵又复退去，无人相救，没奈何出降宠军。宠既得蓟城，复陷右北平上谷数县，遂自称燕王，北通匈奴，南结张步，又收集朔方遗贼，称雄一隅。光武帝时思北讨，但恐刘永未平，一或远征，免不得顾此失彼，患生眉睫，所以耐心待着，只望盖延吴汉两军，早日平永，便好移师北行。偏偏事多周折，波浪层生，前次睢阳城已经攻下，只逃脱了刘永一人。及盖延往略沛楚，永又从间道还至睢阳，睢阳人又反城迎永。盖延再去围攻，急切又不能得手。唯吴汉一军，行至广乐，与永将苏茂连战数次，茂奔广乐见上文。茂败入城中。吴汉督兵猛攻，四面架起云梯，将要登城，不防来了一个周建，带着大队十多万人，救茂击汉。汉自率轻骑，前去截击，虽是敌众我寡，倒也未尝胆怯。一场混战，毕竟杀不过茂众，看看将败退下去，汉不禁性起，怒马向前，挺戟突阵，刺死敌兵数人。蓦然来了一箭，射中马首，马负痛一蹶，把汉掀翻地下，幸亏左右将士，抢前力救，才得将汉扶归。汉膝上受伤，不能起立，困卧榻上，诸将只得闭垒自固，一听周建入城。到了日晚，吴汉尚病不能兴，未免呻吟。杜茂等入语道："大敌在前，公乃因伤久卧，恐致摇动众心，还请详察。"汉听言未毕，便跃然起坐，裹创出帐，椎牛飨士，下令军中道："贼众虽多，统皆乌合，胜不相让，败不相救，并没有什么忠义。今日为诸君立功时候，杀贼封侯，在此一举，望诸君勉力。"麾下不禁鼓舞，齐称得令，将士同心，不忧不胜。于是士气复振，待旦厮杀。到了昧爽，城中已有鼓角声，传入汉营。汉知周建等又来挑战，遂选四部精兵黄头吴河等，黄头系首戴黄巾，为敢死士。及乌桓突骑三千余人，作为先驱，自督诸将随出，号令全军，闻鼓齐进，退后立斩。当下大开营门，严阵以待。望见周建领兵出来，即由汉亲自擂鼓，蓬蓬勃勃，激动士气，前驱奋勇杀出，后军继进，一古脑儿冲入建军。建军抵挡不住，立即返奔，被汉军快马追上，守卒不及闭门，顿至门前挤住，彼此争入，结果是全城捣毁，周建苏茂，夺路遁去。汉入城安民，留杜茂陈俊居守，自率兵追蹑建茂，直抵睢阳。建与茂入城见永，相偕守御。汉会同盖延，昼夜急攻。城中被困，已将百日，兵吏皆有菜色，再加建茂败兵，从外窜至，人数虽是较多，粮食越加不济，没奈何保住刘永，溃围出走。延军截住辎重，从后追击。永等拼命乱跑，将抵酇城，众已四散，连建茂亦自去逃生。只有永将庆吾，还是跟着，眉头一皱，计上心来，竟悄悄的拔出佩刀，向永脑后劈去，永未曾预防，当然被杀，庆吾遂枭了永首，迎献延军。延令庆吾携首入都，伏阙呈报，庆吾得受封为列侯。好侥幸。

永弟防尚守住睢阳，闻得永已毙命，也开城出降。独永子纡随着建茂，同至垂惠。建茂因立纡为梁王，收合余烬，再图起复。永将佼强走保西防，仍与建茂等，遥为声援，共保刘纡。纡且使人至剧城，传报嗣立情状，剧城为张步所居，正在拥兵拓土，夺得齐地十二郡，侈然自大。既接刘纡使命，意欲尊纡为帝，自称定汉公。也想摹仿王莽么？独琅琊太守谏阻道：“梁王尝归附刘宗，所以山东听命，今若尊立彼子，恐众情未必翕从。且齐人多诈，不可不防！”步乃罢议，但将来使遣归。王闳即王莽从弟，王谭子。颇有胆略，为莽所忌，遣为东郡太守。至刘玄为帝，闳率东郡三十余万户，拜表降玄，玄因令闳移守琅琊。张步起事，受永封爵，闳与战不胜，单骑见步，步陈兵相见，怒目视闳道：“步有何过，乃为君所不容，屡次见攻？”闳按剑道：“闳为大汉太守，奉命守土，今文公张步字。拥兵相拒，不服朝命，闳只知讨贼，管什么有过无过呢？”步为闳所折，不禁心服，遂离席跪谢，陈乐献酒，待遇如上宾礼，仍使闳守郡如故。闳此次进谏，是知刘纡不能成事，意欲张步仍归顺洛阳。步但不愿帝纡，未肯从洛，且杀死洛阳使臣伏隆，据境自雄。正是：

狐鼠徒知争窟穴，蟪蛄原不识春秋。

张步尚是专横，彭宠却已速死。究竟宠何故毙命，请看官续阅下回。

邓奉为邓晨兄子，与光武帝戚谊相关，乃以新野被掠之嫌，遽敢造反，实属罪无可贷。光武帝之欲加赦宥，未免循私。岑彭耿弇，共请正法，所言甚当。卒之叛臣伏罪，国法得伸，光武帝之曲从众请，诚哉其以公灭私也。刘永亦高祖后裔，名位与光武相类，光武可帝，永亦未尝不可帝；但永之才智，不逮光武，必欲据有青齐，抗衡河洛，不败何待？不死胡为？唯庆吾既为永臣，乃乘永穷蹙之时，遂加手刃，携首求功，光武帝竟封为列侯，毋乃过甚。帝尝语盆子诸臣，谓其奉主来降，不失为善，是明知弑臣之非义，奈何犹加封赏也？耿弇诸将，能谏阻光武之赦奉，不知谏阻光武之封吾，其亦一得一失也欤！

第十四回　愚彭宠卧榻丧生
智王霸举杯却敌

却说彭宠僭称燕王，已阅年余。光武帝意欲亲征，预备六军出发，文武百官，未敢异议。独大司徒伏湛上疏谏阻，略云：

> 臣闻文王受命，而征伐五国，犬戎密须耆邗崇。必先询之同姓，然后谋于群臣，加占蓍龟以定行事，故谋则成，卜则吉，战则胜，然后俟时而动，三分天下而有其二。陛下承大乱之后，受命而兴，出入四年，灭檀乡，制五校，降铜马，破赤眉，诛邓奉之属，不为无功。今京师空匮，资用不足，未能服近而先事边外，似属非宜。且渔阳之地，逼接北狄，黠虏困迫，必求其助。又今所过县邑，尤为困乏，大军远涉二千余里，士马罢劳，转粮艰阻。今兖豫青冀中国之都，寇贼纵横，未及归化。渔阳以东，本备边塞地，贡税微薄，安平之时，尚资内郡，况今荒耗，岂足先图？而陛下舍近务远，弃易就难，四方疑怪，百姓怨惧，诚臣之所惑也。愿远览文王重兵博谋，近思征伐前后之宜，顾问有司，使极愚诚，采其所长，择之圣虑，以中土为忧念，则不胜幸甚！

光武帝览疏，方才罢议。但使建义大将军朱祐，建威大将军耿弇，征虏将军祭遵，骁骑将军刘喜等，出略北方。涿郡太守张丰，叛应彭宠，为宠屏蔽，祭遵以张丰不除，无从灭宠，乃引军先行。倍道至涿郡城下，一鼓登城，城中大乱，张丰仓猝欲奔，被功曹孟厷缚住，献与遵军。丰素信方术，有道士向丰谀媚，谓丰当为天子，且用五彩囊裹住一石，令丰系诸肘后，伪云石中有玉玺，俟得就尊位，方可剖取。丰信为真言，因即谋反。此次做了罪囚，推至遵前，遵诘问反状，丰尚述道士讹言，举肘示遵。遵令将五彩囊解下，取出一石，用椎击破，并无玉玺，便掷石示丰，丰始知被诈，仰天叹道："当死无恨。"真是呆鸟。遵即命推出斩首，传诣洛阳。光武帝闻张丰伏诛，撤去渔阳羽翼，当然心慰。唯因岑彭往击秦丰，数月不得捷音，见前回。乃将朱祐调回，使助岑彭。留祭遵屯良乡，刘喜屯阳乡，使耿弇进击渔阳。弇因父况与宠同功，迹近嫌疑，且无兄弟留侍京师，益恐遭忌，未敢独进。因上书求还洛阳，愿将渔阳事让与祭遵。光武帝览悉内容，即下诏赐弇道："将军尝举宗相依，为国忘家，功效卓著，今何嫌何疑，反欲求征？且屯兵涿郡，勉图方略，平叛课功。"弇接到诏谕，乃暂驻涿郡，并作书禀父，请况为国效力，夹攻彭宠。况得书后，已知弇意，便遣弇弟耿国入侍。光武帝嘉况忠诚，晋封况为隃麋侯。会因彭宠出兵两路，分攻祭遵刘喜，一路由宠引兵数万，自击祭遵；一路使弟纯领着匈奴骑兵，约有好几千人，往击刘喜。纯行至军都，忽刺斜里突出一彪人马，大刀阔斧，拦住厮杀，纯不及措手，慌忙倒退。有两个匈奴统将，不识利害，向前接战，谁知上谷骑士，比胡骑还要利害，左冲右突，无人敢当。且有一位青年骁将，横槊当先，飘飘飞舞，锋刃到处，流血淋漓，两个匈奴军将，都做了无头鬼奴，余众自然骇散，纯亦逃归。看官道来将为谁？就是耿况次子耿舒。倒戟而出。况曾遣谍骑，往探渔阳消息，既知彭纯出发，即遣次子耿舒，率锐邀截。纯却不曾防备，适被耿舒横击一阵，败回渔阳。军都乃是县名，本已附属彭宠，此次由耿舒乘胜进攻，也是垂手得来。宠闻彭纯败还，军都失守，不由的心惊胆落，连忙引兵折回，自保巢穴，尚恐祭遵刘喜，与耿况连兵捣入，日夕不安。就是渔阳城内的百姓，也是担忧得很，未遑宁处。

蹉跎过了数月，已是建武五年。彭宠妻夜卧床间，恍恍惚惚，觉得自己裸体登城，被髡徒推堕城下，骇极大呼，才得惊寤，醒后始知是一场恶梦，大为惶惑。越夕由宠升堂，闻火炉下有虾蟆声，阁阁乱鸣，宠将火炉移开，并不见有虾蟆形迹，再令左右掘地寻觅，亦无影响。为此种种怪异，便召卜人筮易，术士望气，统云不必防外，但当防内。宠闻言细思，只有从弟子后兰卿，由洛阳到来，见前回。莫非蓄有阴谋，潜图为变？乃将他调戍边防，不令居内。且欲祀神禳灾，先期斋戒，移居静室。苍头子密等三人，见宠心绪烦乱，后必无成，遂暗中密谋，拟将宠夫妇杀死，往降汉营。当下伺宠卧着，踅将进去，把宠缚住床上，再出告外吏，说是大王斋禁，令众归休。待外吏散去，又伪传宠命，收缚奴婢，分置密室，然后召出宠妻。宠妻不知何因，趋入斋室，蓦见宠被绳捆住，忍不住惊叫道："叛奴造反！"说到反字，已被子密等揪住头发，用掌击颊，打得宠妻面目红肿，不敢作声。谁叫你唆宠造反？宠慌忙大呼道："快为诸将军办装，不必多言！"子密等乃释放宠妻，随他入取宝物，但留一奴守宠。宠顾语道："汝为我所爱，想为子密胁迫至此，若肯解我缚，当使女珠嫁汝，家中财物，与汝同分！"守奴颇为所动，出视户外，见子密尚未他去，因不敢替宠释缚。子密等取得金玉珍宝，复将宠妻牵入宠室，迫使缝两缣囊，盛贮各物，宠妻不敢不从。到了缣囊缝就，已经夜半，子密又放开宠手，使他亲写手敕，谕告城门将军，但言今遣子密等往报子后兰卿，速即开门，毋令稽留。宠已同傀儡一般，如言写就，子密便拔刀在手，剁落宠头；转身把宠妻也是一刀，首随刀落。当即取两首盛入囊中，与宠书一并携着，出室跨马，赚开城门，径奔洛阳。斋室门至晓不开，外吏敲门不应，踰垣进去，见宠夫妇尸身委地，各无头颅，不禁大骇。当下召齐官属，查缉凶手，早已不知去向。尚书韩立等，收殓宠夫妇遗尸，立宠子彭午为王，召入子后兰卿为将军。才经数日，又被国师韩利，枭取午首，持献汉征虏将军祭遵。遵驰诣渔阳，夷宠家族，然后遣使奏闻。就是子密亦驰至阙下，呈上宠夫妇首级，光武帝封子密为不义侯。既云不义，如何封侯？

北方既平，只有东南一带，尚未告靖。征南大将军岑彭，与秦丰部将蔡宏相持，累月不见胜负，光武帝已遣朱祐往助，复传诏责彭逗留。彭且惧且奋，不待祐至，便夜勒兵马，佯云当西向进击，又故意纵去俘虏，使他还报秦丰。丰即悉众西行，邀击彭军。彭却引兵潜渡沔水，悄悄东进，袭破丰将张扬。又从川谷间伐木开道，进捣黎邱。黎邱是秦丰巢穴，在西方接得警报，慌忙还救。彭与诸将驻营东山，严兵待着。丰与蔡宏夤夜攻彭，彭开营迎击，大破丰军，丰遁还黎邱。蔡宏被彭军追及，回马再战，一个失手，头已落地，彭遂进逼黎邱。秦丰相赵京，方守宜城，惧威出降。彭据实上奏，光武帝进封彭为舞阴侯，拜赵京为成汉将军。彭引京同围黎邱，就是建义大将军朱祐，也领兵会彭，共攻秦丰。丰有女夫田戎，尝拥众夷陵，自称扫地大将军，闻得秦丰被围，惊惶得很，即欲降服洛阳。唯丰有数妻，一妻母家姓辛，有兄辛臣，曾在田戎帐下，入谏田戎道："今四方豪杰，各据郡国，洛阳地处四塞，未必稳固，不如按甲敛兵，静待时变！"戎摇首道："强大如秦王，尚为征南所围，何况是我？我已决计降汉了！"本意原是不错。乃留辛臣守夷陵，自率众沿江泝沔，进向黎邱，拟至岑彭处请降。不意辛臣盗取珍宝，弃去夷陵，先从间道降彭，但作书招戎。戎恨他前后反复，且恐他先进谗言，祸将不测，因此未敢降汉，反说是往救秦丰，与丰合兵，表里相应。岑彭留朱祐围城，自引兵攻击戎营，又是好几月不下。后来戎支持不住，连战皆败，部将伍公投降彭军，戎逃归夷陵。光武帝亲至黎邱，慰劳吏士，封赏至百余人。探得城中势弱，兵只千余，粮亦将尽，不久可克，乃令朱祐独攻黎邱，使彭与积弩将军傅俊，往讨田戎。一面谕令秦丰，出降免死。丰复命不逊，乃将军事委任朱祐，期在必克，自己启驾还都。彭与俊移军夷陵，尽力攻扑。戎出兵搏战，伤亡无算，遂将夷陵弃去，向西逃走。彭追至秭归，因戎越山奔蜀，不便穷追，方才班师。独朱祐围攻秦丰，丰自知孤危，忙向外郡飞召党羽，还援巢穴。适有丰将张康，从蔡阳进援，与祐军鏖战兼旬，并将粮食输送秦丰，城内又复得食，拼命坚守。祐分兵绕出张康营后，先断张康粮道，然后鼓动部曲，捣入康营，康军自然溃乱，不战便走。祐从后追击，将抵蔡阳，巧值截粮军回来，拦住康前，康进退无路，免不得手忙脚乱，被祐赶至马前，一刀砍死。祐枭取康首，回示黎邱守兵。守兵俱有惧色，但因粮食未尽，还想坐守过去。至建武五年夏间，兵尽粮竭，丰无法可施，只得与母妻九人，肉袒出降。祐囚丰入都，光武帝责他负嵎不服，罪无可赦，因即谕令正法，敕祐还师。又了结一个盗首。另遣捕虏将军马武，骑都尉王霸，往攻垂惠，再击刘纡。纡向海西王董宪求救。宪正拟率众赴援，不意兰陵守将贲休，举城降汉，遂致宪怒气上冲，先去围攻兰陵。虎牙大将军盖延，方屯楚郡，闻得兰陵被围，愿与平狄将军庞萌，同援兰陵。光武帝答诏道："宪巢窟在郯，若直捣郯城，兰陵自可解围了。"这却是釜底抽薪的妙计。盖延奉诏，领兵出发，途次屡接兰陵警报，危在旦夕，不得已先诣兰陵。董宪但遣偏将挑战，由延军一阵击退，长驱入城。入城也是失着。过了一宵，宪竟纠合大队，合围兰陵。延始知中计，引兵突出，方去攻郯。一误再误。光武帝得报，急传谕责延道："朕令将军先去攻郯，无非欲掩他不备，使他情急还援，将军失算，先救兰陵，不能击退贼众，尚欲往攻郯城，贼既知备，兰陵益危，岂不是一举两失么？"延等已至郯城，不能复返，只好奋力督攻，果然守备甚固，累攻不下。那兰陵城已被宪陷入，贲休战死，枉送了一条性命。独刘纡待宪不至，使苏茂出招徒党。茂收得五校遗众，还救垂惠，约有四千余人，截击汉军粮路。汉骑都尉马武，闻信驰救，见茂来军不多，意在轻视，正在交战时候，城中复突出周建，引兵夹击，武腹背受敌，慌忙冲开血路，奔至王霸营前，大呼求救。霸佯作痴聋，坚壁不出，军吏统劝霸出军，霸摇首道："茂招集亡命，来势甚锐，马都尉已经败还，但望我军出援，士无斗志，若我军开营接战，军心不一，势必两败。今我闭营固守，示不相援，贼必乘胜轻进，逼压马军，马军无援可恃，不得不拼死与战，待至贼众疲乏，我出乘彼敝，何忧不胜？诸君但听我号令便了！"军吏方才退去，整甲待命。已而苏茂周建，带着两路兵马，围裹马军。马武见霸不肯出救，愤然下令，与茂建决一死斗，两下里喊杀连天，撼动山谷。约有两三个时辰，霸尚按兵不动，营中壮士路润等，忍耐不住，截发请战，霸乃下令出救，却不开前门，独引精骑潜出后帐，绕至敌军背后，喧呼入阵。茂与建正双战马武，蛮横得很，谁料后队已乱，来了一位金盔铁甲的大将军，摆动一干方天画戟，左挑右拨，破入中坚。建急忙回马接战，未及三合，胁上已为戟所伤，负痛亟走。苏茂瞧着，也即舍了马武，觅路退回。马武正危急万分，见来将击退茂建，当然大喜，仔细审视，正是王霸。便将前时恨霸的心思，变作感激，索性再奋余勇，驱杀一阵。霸部下统是生力军，踊跃追击，杀得敌众大败亏输，奔入城中，霸与武才收兵回营。又越两日，茂建复鼓众出来，独至王霸营前挑战，霸却安坐营中，与军吏饮酒作乐，谈笑自如。又要作怪。突有一贼箭飞来，将近霸颊，霸用手中所执的酒杯，轻轻格去。杯系铜制，但听得叮当一声，箭坠席前，军吏统皆变色，霸镇定如故，徐语军吏道："苏茂带着客兵，来救此城，我料他粮食不足，所以一再挑战，幸图一胜。今我闭营休士，以逸待劳，便是不战屈人，指日可下了。"军吏似信非信，好容易俟至日暮，营外已无哗声，敌皆退尽。夜半有逻骑入报，谓茂建不得入城，奔往他方。霸拈须微笑道："我已知他不能久持了。"军吏又请发兵往追，霸又笑道：“穷寇勿追，况在昏夜？料他亦无能为呢！”越宿由城中守将周诵，递到降书，霸慨然允降，与马武勒兵入城。周诵当然迎谒，不必絮述。唯周诵究是何人？为何不顾茂建，径来降汉？原来诵系周建兄子，与建有嫌，且因苏茂招来贼众，不守法度，徒耗粮食，城中积粟已罄，势必俱尽，因此拒绝茂建，决计降汉。唯刘纡本在城中，猝然闻变，亟率卫士数十骑，夺门出走，奔往西防，投依佼强。周建负创未愈，又恨兄子为变，怒不可遏，激动创痕，流血不止，就在途中毙命。茂走至下邳，与董宪合军。时盖延攻郯未克，顿兵城外，忽由平狄将军庞萌，起了歹意，竟嗾动军士，反袭延营。延猝不及防，仓皇走脱，北渡泗水，沉舟毁桥，方得截住庞萌。萌本为下江盗首，转依刘玄，玄令为冀州牧，使随谢躬同攻王郎，郎死后躬亦被戮，见前文。乃归降光武。平时颇知逊顺，为光武帝所信爱，尝谓托孤寄命，非萌莫属，因拜为平狄将军。知人则哲，唯帝其难之。至是与盖延共讨董宪，诏书独不及庞萌，萌暗里怀疑，且因延违诏无功，恐延嫁祸己身，所以遽叛。延具状奏闻，光武帝不禁大愤，且与诸将玺书道：“我尝称庞萌为社稷臣，卿等能勿笑我妄言否？老贼罪当族诛，愿卿等各厉兵秣马，会集睢阳，待我亲往督战。”这玺书颁发出去，随即启跸亲征，行抵蒙城，闻知彭城失陷，太守孙萌，为萌所执，几至被杀。还亏郡吏刘平，伏住太守身上，泣求代死，方得释免。光武帝不遑休息，留下辎重，竟率轻骑驰赴亢父。日已将暮，从臣奏请停跸，不得邀允，再驰越十余里，始至任城留宿。庞萌自号东平王，探悉车驾亲征，飞报董宪。宪令刘纡入兰陵，苏茂佼强，合助庞萌。萌亟移屯桃城，阻住车驾来路。桃城距任城仅六十里，总道御跸亲临，定有一场恶战，谁料待了三日，并无音响。不由的大惊道：“前闻汉帝远来，昼夜兼行，疾驰至数百里，今乃高坐任城，不发一兵，究是何意？真正令人不解呢！”乃与茂强等猛攻桃城，城中已知帝驾在迩，可以无恐，自然安心静守。萌连攻二十余日，仍不能下。忽由光武帝亲督大军，前来援应，车骑如云，驺从如雨，所有吴汉王常盖延马武王霸等百战良将，一齐会集，尽抵桃城。庞萌等望尘先怯，没奈何硬着头皮，率众迎敌，仿佛似卵敌石，如蛾扑火，不消半日，已经十死四五。苏茂佼强，引兵先溃，庞萌也落荒窜去。小子有诗咏道：

用人容易识人难，误把忠奸一例看。

犹赖庙谟能补过，叛臣一举便摧残。

桃城围解，光武帝入城犒赏，休军数日，复启行南下。欲知驾幸何地，且至下回再表。

彭宠与耿况，同助光武，宠因功高赏薄，怏怏失望，且又为朱浮所激，卒至反戈，情迹虽似可原，然耿况不反，而宠独反，宠将何以自解乎？宠妻一妇人耳，不以大义劝夫，反且促成叛乱，祸生梦寐，衅起帷廧，其夫妇同死也宜哉！唯宠为逆，而光武讨之，子密既为宠奴，竟敢手刃其主，亦一逆也！光武明知其非义，乃封以侯爵，又以不义为名，不义可侯，谁愿守义？以视庆吾之得受侯封，其误尤甚。及秦丰伏诛，董宪未灭，刘纡以睢阳余孽，奔赴宪军，死灰复燃。盖延失计，马武又败，幸有智勇深沉之王霸，能战能守，谈笑却戎。光武帝录取人才，胜任者多，不胜任者少，此所以一失之彭宠，再失之庞萌，而终无碍于中兴也。

第十五回　奋英谋三战平齐地　困强虏两载下舒城

却说光武帝自桃城启行，转幸沛郡，亲祠高庙，复进至湖陵，探得董宪刘纡，合众数万，屯据昌虑，因即督兵往攻。到了蕃县，与昌虑相隔百里，忽又由探马走报，董宪招诱五校余贼，进逼建阳。诸将以贼来较近，请即出击，光武帝面谕道："五校远来，粮必不继，食尽自退，何必与群贼争命呢？不如坚壁待敝，自足制胜！"与前回王霸义意，大致相同。诸将乃奉谕静守。过了数日，五校食尽，果然引去。唯庞萌苏茂佼强三人，自桃城败走后，辗转奔依董宪。宪拥众生骄，不甚戒备，光武帝却探知消息，督率将士，驰至昌虑。不待安营布阵，便使将士分攻宪营，四面并举。宪慌忙分兵四防，勉强支持了三昼夜，被汉军捣破营壁，一齐突入，刀枪杂进，好似斫瓜切菜一般。宪不能再持，跨马急奔，庞萌亦与宪同走，逃往缯山。苏茂不及偕行，走依张步，刘纡乱窜出营，唯佼强解甲请降。光武帝既得大捷，再遣吴汉率军追剿，宪与萌复自缯山潜出，招集散卒百余骑，还入郯城。吴汉等从后追至，宪萌兵微将寡，自知不能守郯，再奔朐城。吴汉不肯遽舍，仍然追去。朐城属东海郡，形势险固，储粮颇多，宪萌依次扼守，就是吴汉乘间围攻，倒也不能遽下。唯刘纡穷无所归，东跑西走，厮混了好几日，被随兵高扈，剁落头颅，持献汉营。

光武帝因梁地已平，还幸鲁地，致祭孔子。且使建威大将军耿弇，进兵向剧声讨张步。步闻耿弇将至，亟遣部将费邑屯兵历下，又分兵驻守祝阿，另就泰山钟城等处，列营数十，专待交锋。耿弇渡河直进，先攻祝阿，半日即下，却故意开城一角，纵令守兵逸去。守兵齐奔钟城。钟城人闻祝阿失陷，当然恟惧，你也逃，我也走，只剩得空垒数所，阒寂无人。弇却不往夺取，反引兵转攻巨里。巨里为费邑弟费敢所守，当然报闻费邑。弇使人到处砍树，扬言将填塞坑堑，一面严令军中，促修战具，限期三日，当力破巨里城。这消息又为费邑所闻，邑恐乃弟失守，自率锐卒三万余人，来救巨里。耿弇得报，喜语诸将道："我正欲诱他前来，今他果中我计，是自来送死了！"遂派将士三千人，直压巨里城下，自引精兵万人，往截费邑来路，择得一座高山，上冈伏着。那费邑仗着锐气，驱兵过来，才到山前，只听山上一声鼓响，竖起一面大旗，上书一个耿字，随风飘荡，却没有一人下山。邑伫望多时，不见人影，便顾语部曲道："这是疑兵，不必怕他！"说着，仍挥军前进，哪知山上的鼓声，又复继起，并有数百人出现山顶，持械欲下。邑又待了半晌，仍然不见下来，又要纵辔前行，偏是鼓声越紧，旗帜越多，迷眩耳目，令人莫测。原是一条疑兵计。猛听得一声呐喊，已有无数人马，冲入军中。邑急忙对敌，怎禁得来兵势盛，好似生龙活虎，不可捉摸；且军心已经散乱，无复行列，越弄得手足无措，血肉横飞。邑正要退走，不防一大将跃马来前，劈头一刀，不及趋避，慌忙把头一偏，却晦气了左臂，竟被砍断。邑痛彻心腑，自然昏晕过去，撞落马下，再由来将顺手砍下头颅，了结性命。好头颅已被人取去了，军中失了主帅，顿时大溃，迟逃一步的，都登鬼箓。看官不必细猜，便可知汉将耿弇，计斩费邑，先用旗鼓乱彼耳目，然后从山旁绕出，骤入彼阵，使邑措手不迭，马到成功。费敢在巨里城中，已知乃兄来援，拟即出兵接应，无奈城下有汉兵数千，堵住城门，未便轻出，弇之拨兵压城，原是为此。只好登陴遥望，守待援军。蓦见汉兵大至，先驱执着长竿，血淋淋的悬着一颗首级，急切里尚难辨认，但闻汉兵高呼道："这是费邑头颅，汝等细看，若再不出降，也要与这头颅相似了！"费敢审颜察貌，果是兄首，不由的涕泪交流。守卒莫不惊慌，无心守御，夤夜出走，敢亦遁归剧城。弇入城收取积聚，又分兵连下四十余垒，得平济南。

张步亟使弟蓝，率兵二万守西安，更征集诸郡吏士万余人守临淄，两城相隔四十里。弇进抵划中，居二城间，饬诸将校部署人马，约五日后会攻西安。与前计大同小异。至五日期届，诸将校齐集听命，弇令大众蓐食，夜食床蓐间，故曰蓐食。待旦至临淄城。护军荀梁，因军令与前不符，入帐申请道："攻临淄不如攻西安，临淄有急，西安必且往救；西安有急，临淄却不能赴援，且前令原会攻西安，何必改约？"弇喟然道："汝不知兵机，无怪相疑。西安虽小，却甚坚固，蓝兵又精，未易攻克。若临淄名为大城，守兵乃是乌合，一鼓可下。我前言将攻西安，明是声东击西的计策，今我不攻西安，独攻临淄，掩人无备，容易得手。临淄一下，西安亦孤，张蓝与步隔绝，必且亡去，一举两得，莫如此计。否则顿兵坚城，死伤必多，就使得克，张蓝必还奔临淄，并兵合势，与我相持，我深入敌地，复无转输，不出旬月，便是束手坐困了。奈何攻西安，不攻临淄？"荀梁方默然退去。弇即乘夜出兵，径攻临淄，城内果不及备，半日即下。再拟移攻西安，那张步已弃城遁去，奔回剧城。于是荀梁等拜服弇谋。弇乃揭榜安民，严禁军中掳掠，唯张步罪在不赦，若自来受死，毋得轻纵，手到擒来。这数语传入剧城，步不禁大笑道："我自兴兵以来，战胜攻取，如尤来大枪十数万众，我且踹营破灭，今大耿兵不如彼，又皆转战疲劳，反说出这般大言，要想擒我，岂不可笑？看我与彼一战，究竟谁胜谁负？"正要诱你出来。当下与三弟张蓝张弘张寿，及大枪降盗重异等兵，号称二十万，进至临淄城东，连营数里，指日攻城。弇闭城严守，不与争锋。事为光武帝所闻，恐弇寡不敌众，驰书劳问。弇复奏道："臣得据临淄，深沟高垒，守备有余，张步从剧县来攻，疲劳饥渴，臣不与交战，待他气竭欲归，当发兵追击，用逸待劳，用实击虚，约阅旬日，步首可坐致了。"这复文已呈递行在。在弇乃出兵淄水，列阵岸旁。重异领着旧部，径来挑战。弇军即欲迎战，偏弇故意示怯，反令各军退回小城，但使都尉刘歆，及泰山太守陈俊，分兵列阵，驻扎城下。重异疑弇军怯战，越逼越紧，就是张步，亦自恃兵众，随后涌至，冲动刘歆陈俊两军，歆与俊不得不战，遂即督兵接仗，奋斗起来。临淄本属齐都，旧有王宫，宫中有台，半已圮毁，唯基址尚存。弇登台了望，见城外两军交战，势甚汹涌，因即下台跨马，麾动健卒，跃出东门，向步军横突过去。步连忙拦阻，阵势已乱，被弇兵一场蹂躏，伤毙甚多。急得步招架不住，忙令弓弩手放箭射弇，弇用盾遮护，且战且进，突有一流矢穿入弇股，弇仍不惊慌，但执刀截去箭镞，督兵如故。毕竟步兵多势盛，虽然杀伤不已，还是不肯退去，战至日暮，方才败却。弇亦鸣金收军，翌晨复勒兵出列城下。光武帝时在鲁地，接得弇书，尚自放心不下，因引军东行，亲往救弇，先遣人向弇报知。弇方拟与步再战，陈俊进说道："强寇势盛，不如闭营休士，静待驾至，再与决斗未迟！"弇奋然道："乘舆且至，臣子当椎牛酾酒，接待百官，奈何反以贼虏遗君父呢？"说毕，遂出兵待战。适值步众趋至，便接住厮杀，自旦及暮，大破步众，积尸满濠。弇料步将退，特令偏师绕出步背，分伏两旁。待至天昏月黑，步果引退，才行半里，两面伏兵突出，纵横驰骤，所向披靡，步众都有归志，不意冤家路狭，竟碰着两支催命军，并且昏黑不辨，如何对敌？只好夺路乱奔。偏弇军很是利害，在后力追，逃得越快，追亦愈紧，步抱头先窜，后队往往剩落，都做了无头的僵尸，直至钜昧水上，去临淄城已八九十里，追兵方渐渐缓行；但沿路收截辎重，约有二千余车，饱载而回。究竟谁胜谁负？过了数日，光武帝驾至临淄，弇率诸将从容迎谒，拜伏道旁，当由帝面慰数语，令弇等起身入城。及车驾进至齐王故宫，下舆升座，大飨群臣。酒酣席散，再由光武帝赐谕耿弇，嘉奖功绩，略云：

> 昔韩信破历下以开基，今将军攻祝阿以发迹，此皆齐之西界，功足相方。而韩信袭击已降，见《前汉演义》。将军独拔劲敌，其功乃难以信也！又田横烹郦生，及田横降，高帝诏卫尉即郦商。不听为仇，张步前亦杀伏隆，若步来归命，吾当诏大司徒释其怨，又事尤相类也。将军前在南阳，建此大策，常以为落落难合，有志者事竟成也！

先是光武帝尝幸舂陵，亲祠园庙，大会故人父老，置酒旧宅，欢宴竟日，耿弇曾扈驾同行。及启驾还都，弇曾向驾前献议，请收上谷兵，定彭宠，取张丰，平张步等。光武帝大为嘉纳，依议进行。后来张丰受擒，彭宠授首，弇皆与征有功。至是弇受命专征，复得击走张步，所以末数语中，说他有志竟成。弇再拜谢奖。光武帝休息一宵，便即与弇进攻剧城。步经过一番大创，才知耿弇多谋，不可力敌。晓得迟了。且闻光武帝亲来督攻，越加惊慌。张蓝张弘张寿，比步还要胆小，分兵自去；步亦停足不住，弃城出奔。城中无主，待到御跸临城，自然开门迎降。弇不暇进城，再引兵穷追张步，步往奔平寿。可巧苏茂出招旧部，得万余人，来援张步。步与语及战败情形，茂作色道："善战如延岑，又率着南阳健卒，尚被耿弇击走，见第十三回。大王奈何遽攻彼营？茂一出即还，难道不能少待么？”步赧然道：“负负，事已至此，也不必再说了。”已而弇军大至，纷纷薄城，步不敢出战，唯与茂婴城拒守。光武帝使人招步，嘱令斩茂来降，不失封侯。步竟将茂杀死，自奉茂首，出诣弇营，肉袒请降。弇送步至剧城，请光武帝发落；自入城中安抚兵民。见步众尚有十多万人，因特竖起十二郡旗帜，鸣鼓示众，使步兵各自认旗上郡名，分立旗下。步兵依令分投，再由弇检点名数，嘱令毋哗。一面收验辎重，尚有七千余车，当即酌给步众，使他得资归乡，众皆拜谢去讫。步至剧城，匍匐谢罪，光武帝不食前言，封步为安邱侯，并传诏赦免步弟，步弟蓝弘寿相继归降。就是琅琊太守王闳，亦诣剧投诚。光武帝迁陈俊为琅琊太守，并使弇荡平余贼，自率张步还都，令与妻子同居洛阳。陈俊入琅琊境，盗贼皆散。弇略地至城阳，尽降五校余党，齐地悉平，乃振旅还朝。张步居洛未久，复起异心，潜挈妻子逃奔临淮，意欲再招旧部，入海为盗，被琅琊太守陈俊截住，立即击死；妻子一体骈诛。可为伏隆雪恨。话分两头。

且说齐地告平以后，忽忽间又阅一载，就是建武六年，一交春令，便得了两处捷音。小子不能双管齐下，只好依次写来。自从李宪据住庐江郡，僭号淮南王，见第七回。至建武三年，居然自称为帝，也设立九卿百官，管辖九城，有众十余万，区区九城，也想做皇帝么？越年由汉扬武将军马成，奉诏讨宪。马成字君迁，系南阳郡棘阳县人，少为县吏，光武帝前徇颍川，使成守郏，至光武移军河北，成弃官渡河，屡从征伐。建武纪元，迁官护军都尉，越四年授扬武将军，使率诛虏将军刘隆，振威将军宋登，射声校尉王赏，调发会稽丹阳九江六安四郡兵马，进攻舒城。马成为二十八将之一，前文已叙过二十七将，至成乃毕。舒城为李宪根据地，设守甚严，马成到了城下，巡阅一周，见他城高濠阔，已觉得不易攻取，并且城上守兵，多半雄壮，甲仗等又很鲜明，断非指日可下。乃择地安营，但求自固，不求进取。一面上表洛阳，具述情势，谓须俟一二年后，方可报功。光武帝复谕马成，准他便宜行事。成遂坚壁不动，宪屡出挑战，始终严守，数月不接一仗。唯分兵袭宪粮道，截夺了好几次，于是逐渐围城，四面筑栅，还是以守为攻。宪复遣兵冲突，屡被击退。直至建武六年，城中食尽，乃鼓励将士，并力扑城，不到旬日，便即攻入。宪拼命杀出，连妻子都不及带走，落荒窜逸。马成将李氏家属，全体诛戮，更遣将追捕李宪。隔了两日，有人持首来献，问明底细，乃是宪部吏帛意杀宪来降。马成乃传首诣阙，乘势略定九城，江淮悉平。成奏凯班师，晋封平舒侯；帛意亦得邀封渔浦侯。同时吴汉亦攻下朐城，擒住董宪妻孥。宪与庞萌夜走赣榆，乘虚袭入，偏为琅琊太守陈俊所闻，亟引兵往攻。宪萌无兵可守，再走泽中，途穷日暮，四顾仓皇，随从只有数十骑，又都是刀残械缺，甲胄不全。宪不禁唏嘘道："数年称王，一朝复灭，妻被人掳，子被人掠，家亡国破，尚有何言？"说至此，顾语从骑道："诸卿依我数年，为我所累，流离辛苦，竟弄到这般结局，岂不可怜？此后请各择羁栖，努力自爱！"骑士等听了此言，并皆涕下。猛觉得后面尘起，又有追兵杀来，宪萌忙即飞奔，行近方与，竟被来将追及，一阵扫荡，宪即毙命，首级为来将取去。来将乃是吴汉部下的校尉韩湛，湛枭取宪首，复追觅庞萌。萌从乱军中逃出，夜无可归，趋入方与人黔陵家内。黔陵见他狼狈情形，一再盘诘，由萌说出真名真姓，陵佯为留宿，趁他睡熟时候，取刀杀萌，把首级送往吴汉军前。汉即将宪萌二首，传诣洛阳，并报明韩湛黔陵两人的功劳，两人俱得沐封侯。黔陵封侯，比诸庆吾帛意等较为得当。山东亦平，各将吏奉诏西归。小子有诗咏道：

扰扰中原太不平，真人崛起渐澄清；
鼠偷狗窃俱无效，才识兴王莫与京。

东征已毕，光武帝乃续议西征。欲知西征详情，容至下回再叙。

张步拥兵数年，据有齐地，初事刘玄，继臣刘永，彼亦以尊刘为得计，奈何托身非人，独于白水真人而忽之。意者其亦如朱鲔等之戴圣公，樊崇等之戴盆子，如其易与而阳奉之欤？伏隆被杀，耿弇出征，彼尚恃强生骄，大言不惭。迨三战以后，銶羽请降，宜其惩前毖后，安老洛阳；乃犹潜逃临淮，妄图入海，一误再误，不死何待？大盗毙而良将功成，此识时者之所以为俊杰也。马成攻舒，两载乃下，智略似未及耿弇，然卒能扫锄强虏，肃清江淮，其亦一人杰矣哉！彼吴汉等之得平董宪庞萌，未始无功，但宪与萌已成弩末，汉犹积久而后平之，其功尤出马成下。观本回叙事之有详略，便知功绩之有高下云。

第十六回　诣东都马援识主　图西蜀冯异定谋

却说建武六年复月，光武帝因关东平定，乃拟西略陇蜀，先抚后攻。蜀地为公孙述所据，称王称帝，自霸一方。唯陇西一带，要算隗嚣为西州领袖，名盛一时。公孙述两见前文，隗嚣为西州大将军，见十一回。嚣前曾附汉，助击赤眉，尝受汉大司徒邓禹署爵，号为西州大将军，专制凉州朔方事宜。及赤眉平定，嚣特遣使上书，称颂功德。光武帝答书示谦，用敌国礼。会陈仓人吕鲔拥众数万，与公孙述联合，入寇三辅。汉征西大将军冯异，且战且守；嚣复遣兵助异，击走吕鲔。异与嚣俱上书言状，光武帝手书报嚣，格外嘉奖。书中有云：

慕乐德义，思相结纳。昔文王三分，犹服事殷，但驽马铅刀，不可强扶。数蒙伯乐一顾之价，伯乐为古时之善相马者。而苍蝇之飞，不过数步，即托骥尾，得以绝群。将军南距公孙之兵，北御羌胡之乱。指卢芳。是以冯异西征，得以数千百人，踯躅三辅。微将军之助，则咸阳已为他人禽矣。今关东寇贼，往往屯聚，志务广远，多所不暇，未能观兵成都，与子阳角力。子阳系公孙述表字。如令子阳到汉中三辅，愿因将军兵马，旗鼓相当。倘肯如言，蒙天之福；即智士计功割地之秋也。管仲曰："生我者父母，成我者鲍子。"自今以后，手书相闻，勿用旁人解构之言。

看官阅到此书，应知光武帝待遇隗嚣，也好算是推诚相与了。时公孙述已经称帝，特用大司空扶安王印绶，遣使授嚣。嚣因光武帝相待不薄，未便背汉，特将来使斩首，出兵防边。述闻报大怒，即日发兵击嚣。嚣连破述军，述亦无可如何，置作缓图。适关中汉将，屡上书请攻西蜀，光武帝将原书寄嚣，意欲使嚣会师同讨。嚣以为时机未至，因遣长史上书，极言三辅单弱，刘文伯在边，卢芳诈称刘文伯，见第十一回。未宜谋蜀。光武帝始疑嚣阴持两端，音问渐疏，就使略通信使，也与对待群臣一般，不少假借。因此嚣亦改易初衷，渐有异图。嚣有部将马援，表字文渊，系扶风郡茂陵县人，曾祖父马通，尝仕汉为重合侯，因坐兄马何罗叛案，伏法受诛。见《前汉演义》。援再世不显，少年又复丧父，依兄为生，具有大志。长兄况另眼相看，尝谓援当大器晚成。未几况竟病殁，援守制期年，不离墓侧。又敬事寡嫂，不正衣冠，未敢相见。叙此以告人弟。嗣为扶风郡督邮，押送罪犯至司命府，王莽尝置司命官，纠察吏民。罪犯辗转哀号，援不觉动怜，纵使他去，自己亦亡命北地。会遇王莽行赦，乃寓居牧畜。过了几年，得有牛马羊数千头，谷数万斛，附近人士，多往归附。援尝语宾客道："大丈夫穷当益坚，老当益壮！"宾客亦叹为至言。及王莽末年，四方兵起，援复叹息道："人生积蓄财产，须要赒济亲朋；否则徒为守钱奴，有何益处？"鄙吝者其听之！乃将家产分给兄弟故旧，自着羊裘皮裤，转游陇汉间，后来寄寓西州。适值隗嚣奔还天水，收揽人才，因即招援入幕，使为绥德将军，与参谋议。援与公孙述少同里闾，素相认识，至是嚣满怀犹豫，联汉联蜀未能决定，特使援先往蜀中，觇察虚实。援既到成都，总道述相见如旧，欢语平生。谁知述盛设仪仗，方延援入，彼此一揖，略谈数语，便令援出居客馆。一面替援制就衣冠，向宗庙中大会百官，特设宾座，邀援入宴。述坐着銮驾，旗旄警跸，呵道前来，既入庙门，才下舆见援，屈躬示敬。当下开筵相待，备极丰腆。酒至半酣，便令左右取入衣冠，送至援前，愿授援侯封官大将军。援起座语述道："天下久乱，雌雄未定，公孙不吐哺走迎国士，与图成败，乃徒知修饰边幅，如木偶相似，这般情形，怎能久留天下士呢？"说罢，就拱手告辞，掉头径去。匆匆返至西州，入语隗嚣道："子阳乃井底蛙，未知远谋，妄自尊大，不如专意东方为是！"独具只眼。嚣乃使援再奉书洛阳。援行抵阙下，报过了名，即由中黄门引见光武帝。光武帝在宣德殿下，袒帻坐迎，笑颜与语道："卿遨游二帝间，今来相见，令人生惭！”援顿首称谢道：“当今时代，不但君择臣，臣亦择君；臣本与公孙述同县，少相友善，前次臣往蜀中，述乃盛卫相见，今臣远来诣阙，陛下安知非刺客奸人，为何简易若此？”光武帝复笑说道：“卿非刺客，乃是一个说客呢。”援答说道：“天下反复，盗名窃字的，不可胜数，今见陛下恢廓大度，同符高祖，才知帝王自有真哩。”光武帝因留援在都，常使从游。过了数月，方使大中大夫来歙，持节送援，西归陇右。隗嚣见援回来，很是欢昵，与同卧起，详问东方流言，与京师得失。援因进说道：“前到洛都，引见十余次，每与汉帝接谈，自朝至暮，确是一位英明主子，比众不同。且开心见诚，毫无隐蔽，阔达多大略，与高帝智识相同。又博览政事，文辩无比，真是古今罕见哩！”嚣复问道：“究竟比高帝何如？”援答说道：“略觉不如，高帝无可无不可，今上颇好吏士，动必如法，又不喜饮酒。”说到此句，嚣不禁作色道：“如卿所言，比高帝还胜一筹！怎得说是不如呢？”既而大中大夫来歙，去后复来，传旨谕嚣，并劝嚣遣子入侍。嚣闻刘永彭宠，均已破灭，乃遣长子恂随歙诣阙。马援亦挈家偕往，同至洛阳。光武帝使恂为胡骑校尉，封镌羌侯。唯马援居洛数月，未得要职，自思三辅地旷，最宜屯垦，因上书求至上林苑中，自去屯田。光武帝准如所请，援乃辞去。光武帝不遽用援，未知何意？独隗嚣虽遣子入侍，终不免心怀疑贰，尝与部吏班彪，谈及秦汉兴亡沿革，且谓应运迭兴，不当再属汉家。彪却谓汉德未衰，必当复兴。嚣尚不以为然，彪退作王命论，反复讽示。论文有云：

昔尧之禅舜曰：“天之历数在尔躬。”舜亦以命禹。洎于稷契，咸佐唐虞，至汤武而有天下。刘氏承尧之祚，尧据火德而汉绍之，有赤帝子之符，故为鬼神所福飨，天下所归往。由是言之，未见运世无本，功德不纪，而可崛起在此位者也。俗见高祖兴于布衣，不达其故，至比天下于逐鹿，幸捷而得之，不知神器有命，不可以智力求也。悲夫！此世之所以多乱臣贼子者也。夫饿莩流隶，饥寒道路，所愿不过一金；然终转死沟壑，何则？贫穷亦有命也！况乎天子之贵，四海之富，神明之祚，可得而妄处哉？故虽遭罹厄会，窃其权柄，勇如信布，强如梁籍，成如王莽，然卒润镬伏锧，交醢分裂。又况么麽，远不及数子，而欲暗干天位者乎？昔陈婴之母，以婴家世贫贱，猝富贵不详，止婴勿王。王陵之母，知汉王必得天下，伏剑而死，以固勉陵。夫以匹妇之明，犹能推事理之致，探祸福之机，而全宗祀于无穷，垂策书于春秋，而况大丈夫之事乎？是故穷达有命，吉凶由人，婴母知废，陵母知兴，审此二者，帝王之分决矣。英雄陈力，群策毕举，此高祖之大略，所以成帝业也。若乃灵瑞符应，其事甚众，故淮阴留侯，谓之天授，非人力也。英雄诚知觉寤，超然远览，渊然深识，收陵婴之明分，绝信布之觊觎，拒逐鹿之瞽说，审神器之有授，毋贪不可冀，为二母之所笑，则福祚留于子孙，天禄其永终矣！

嚣见了此文，仍然未悟。彪见他执迷不返，遂托故辞去，避迹河西。河西五郡大将军窦融，与彪同籍扶风郡，窦融见第十一回。闻彪去嚣来游，即遣使延入，辟为从事，待若上宾。彪乃替融划策，知无不言。先是融僻居河西，与洛阳隔绝音问，唯随着隗嚣，遵受建武正朔，嚣尝发给将军印绶，与通往来。及嚣有异志，特遣辩士张玄，游说河西，劝融联络陇蜀，为合纵计。融曾召部属计议，部吏多谓汉承尧运，历数延长，今皇帝姓名，实应图谶，且宅中主治，兵甲最强，将来必当统一天下，务请倾心结纳，毋惑异言云云。融乃婉谢张玄，遣令回去。及得见班彪，听他计议，更决意事汉，使他撰成表文，交与长史刘钧，驰诣洛阳。光武帝将有事陇蜀，亦发使招谕河西，途次与钧相遇，乃即偕钧同还。钧入阙上书，由光武帝好言慰劳，特赐盛宴，并令折回复谕，授融为凉州牧，赐金二百斤。融自是有绝嚣意，虽尚通使节，不过虚与应酬。嚣矜己饰智，自比周父，每欲僭称王号。河南开封人郑兴，曾为凉州刺史，免官寓居，得嚣敬礼，引为祭酒，兴因一再谏嚣，毋徒自尊。嚣意虽不怿，倒也未敢遽违正议，毅然称王。兴已窥悉嚣意，特借归葬父母为名，辞嚣东归。见机而作。还有茂林人杜林，素有志节，由嚣破格优待，引为治书。林见嚣反复无常，不愿屈事，屡次托疾告辞。嚣不肯令归，且出令道：“杜伯山，林字伯山。天子不能臣，诸侯不能友，譬如伯夷叔齐，耻食周粟，今且暂为师友，待至道路清平，必使遂志！”到了建武六年，三辅早平，林弟成正当病逝，乃许送丧回籍。林已东去，嚣复生悔，密遣刺客杨贤，追杀杜林。即此可见嚣之必败。贤追至陇坻，见林亲推鹿车，护送弟丧，不由的感叹道："现当乱世，谁知行义，我虽小人，何忍杀义士？"乃随林出陇，掉头亡去，林始得安抵扶风。

看官听说：隗嚣部下的豪杰，第一个要推马援，马援以外，如班彪郑兴杜林，统是博学多闻，饶有见识。嚣不能慰留，自失羽翼，遂至黄钟毁弃，瓦釜雷鸣。一班贪功徼利的鄙夫，怂恿嚣前，要想他为皇为帝，迫入阱中。当时有一个部将王元，靠着三分膂力，藐视中原人物，便乘机语嚣道："从前更始入关，四方响应，天下喁喁，相望太平，一旦败坏，大王几无处安身。竟称嚣为大王。今南有子阳，北有文伯，江湖海岱，王公十数，尚欲信儒生迂谈，弃千乘宏基，羁旅危国，希图万全。这真是复辙相循，求得反失。现在天水完富，士马精强，元请以一丸泥，为大王东封函谷关，乃是万世一时的机会。否则蓄养士马，据险自守，旷日持久，静待世变，就使图王不成，也足称霸。总之大鱼不可离渊，神龙失势，穷等蚯蚓，愿大王三思为是。"嚣未曾听罢，已经颔首，及听毕以后，不由的眉飞色舞，意气洋洋。独治书申屠刚进谏道："愚闻人与必天归，汉帝乃是天授，非全是人力所能为。今玺书屡至，委国全信，欲与将军共同吉凶，试想一介布衣，尚且不负然诺，况万乘至尊，何致背约？将军若疑虑却顾，自招祸变，恐不免上负忠孝，下愧当世呢！"嚣听了刚言，又觉得愀然不乐，俯首沉吟。实是一个多疑少断的人物。刚乃趋出，元亦引退。嚣总不欲终事汉室，且依了王元的后策，徐起图功。乃再遣部吏周游诣阙，佯表殷勤。

游道出关中，过征西大将军冯异营前，竟为仇家所杀。于是谣言纷起，谓异将自为咸阳王，不服汉命，故杀嚣使。甚至有人上书劾异，居然以假当真。异入关已三年有余，除暴安良，人民悦服，闻得流言摇惑，心不自安，因上书乞请还都，亲侍帷幄。光武帝优诏不许，但使宋嵩西往，赍示弹章。异惶恐陈谢，申请入朝。光武帝方图陇蜀，欲与异面商，乃准令入谒。异既至阙下，叩首行礼，光武帝顾语群臣道："这是我起兵时主簿，为我披荆棘，定关中，功劳很大呢！"说着，又旁令中黄门，取出珍宝衣服钱帛，当面赐异。异受赐再拜，光武帝谕令起坐，温言与语道："芜蒌亭豆粥，滹沱河麦饭，至今不忘，恨尚无以报卿。"事见前文。异复起身拜谢道："臣闻管仲对齐桓公，愿君毋忘射钩，臣无忘槛车，君臣相勉，终霸齐国！臣今愿陛下毋忘河北时，臣亦不敢忘陛下隆恩！"异被获邀赦，亦见前文。光武帝大喜，召异同入内庭，与商陇蜀事宜。光武帝说道：“朕因将士久劳，本欲将二子置诸度外，怎奈公孙述未肯敛迹，隗嚣又阴持两端，将来必为朕患，卿意究应如何处置？”异答说道：“臣看两人分据西南，非大加惩创，终难降服，臣虽不才，愿为国家效力！”光武帝又说道：“关中为陇蜀要冲，最关紧要，卿亦未便遽离，必不得已，朕当亲至长安，调度兵马，先行讨蜀。”异乃申陈陇蜀地势，及行军纪略，差不多有数千言，至日昃方才退出。嗣复引见数次，定议讨蜀，始辞回关中。前时异受命西征，未挈家眷，至此接奉特旨，令带妻子同行，无非是坦怀相待的意思。

是时公孙述方收集延岑田戎两军，令岑为大司马，封汝宁王；戎亦邀封翼江王。延岑奔蜀，见十三回。田戎奔蜀，见十四回。特使部将任满，与戎同出江关，沿途收戎旧部，窥取荆州诸郡。一面妄引谶纪，说是孔子作春秋，尊周尚赤，周尚赤。共得十二公；汉亦用赤帜，自汉高至平帝，中加吕后称制，也是十二代，历数已尽，一姓不能再兴。又引《录运法》中遗语，谓“废昌帝，立公孙”，尚有“括地象”云：“帝轩辕受命公孙氏握”，“援神契”云：“西太守，乙卯金”。述曾任蜀郡太守，故把西太守三字，作为己证，且将乙字作轧字讲解，谓将轧绝卯金。种种附会，诱惑人心。再因《掌文》中常刻公孙帝三字，诩作奇瑞，移书远近。光武帝尚不欲遽讨，作书贻述，内云：

> 图谶言公孙即宣帝也，代汉者当涂高，君岂高之身耶？乃复以《掌文》为瑞，王莽何足效乎？君非吾乱臣贼子，仓猝中人皆欲为君事耳，何足数也！君日月已逝，妻子弱小，当早为定计，可以无忧。天下神器，不可力争，宜留三思！是书原不能折服公孙述。

书后署名，称述为公孙皇帝，称呼亦误。述置诸不答。部下有骑都尉荆邯，向述献议，请急速发兵东向，令田戎出据江陵，延岑出汉中，定三辅，又收降天水陇西，与汉争衡。述召问群臣，博士吴柱等，多言不宜远出；有弟名光，亦劝述依险自固。累得述欲前又却，瞻顾徬徨。也是隗嚣一流人。延岑田戎，屡请发兵，述又以为降将难恃，未足深信。唯出入警跸，添置仪卫，夸示表面上的威风。且立两幼子为王，使食犍为广汉各数县。左右谓成败难定，将士暴露，不应遽封皇子，专顾私恩，述亦不从。于是人心懈体，阴兆土崩。光武帝恨述倔强，势难罢手，当即亲幸长安，谒祠园陵。各陵前被赤眉毁掘，已由冯异入关，修葺告成。回应十二回，亦不可少。及光武帝谒祠已毕，遂命建威大将军耿弇，虎牙大将军盖延等七军，从陇道伐蜀。兵将启行，先遣来歙赍奉玺书，往谕隗嚣，令他即日发兵，夹击公孙述。歙已迁官中郎将，一到天水，即将玺书交付与嚣，嚣阅书后，好多时不发一言。歙问他愿否出兵，嚣仍不应。歙不禁愤起，奋然责嚣道："朝廷以君知臧否，识废兴，并将手书赐示足下，足下曾效忠国家，遣子入侍，今乃接书不决，忽思背约，上叛君，下负子，忠信何在？恐不久便要族灭哩！"说得隗嚣作色起座，投袂欲入。歙欲拔剑刺嚣，究竟嚣多卫士，无从下手，乃杖节出厅，登车欲行。偏由嚣将王元，目顾兵士，意图害歙；嚣亦怒不可遏，竟使牛邯追歙，用兵围住。还是他将王遵谏阻，谓两国相争，不斩来使，况歙为汉帝外兄，郑重将命，歙为光武姑子，见前。加刃无益，徒激彼怒！伯春嚣子恂字。留质洛阳，何苦以一子易一使，不如遣归为是！嚣尚以爱子为念，乃纵歙使归，唯使王元领兵万骑，出据陇坻，伐木塞道，阻住汉军前行。这一番有分教：

一著误施全局去，三军尽复满城哀。

隗嚣既抗阻汉军，免不得有一场战事。欲知胜负如何，待至下回再详。

公孙述据蜀自雄，隗嚣负陇自固，当其号令一隅，延揽物望，亦若庸中佼佼者流，以视赤眉铜马，固相去有间矣。然述多夸而嚣多疑，疑与夸，皆非霸王器也。马援笑述为井底蛙，而劝嚣事汉，已料二子之不足有为。及东至洛阳，见光武帝之脱帻相迎，即有君择臣臣择君之语，一见倾心，愿效奔走，援诚不愧智士，抑光武帝之驾驭英雄，令人心服故也？至若冯异之遭人谗构，而光武不以为疑，且以河北故事相劝勉，然后进图讨蜀，与定密谋。大树将军，原非彭宠庞萌可比。然非光武之推诚相与，亦安能感人肺腑乎？且光武不忘河北之难，异不忘巾车之恩，君臣一德，安不忘危，以此定国，有余裕矣。彼隗嚣公孙述辈，曷足以知之？

第十七回　抗朝命甘降公孙述
重士节亲访严子陵

却说王元奉着隗嚣命令，出据陇坻，阻遏汉军。汉军尚未知确音，贸然前往，途次遇着来歙，也不过说是隗嚣拒命，未及王元出兵情形。耿弇盖延诸将，以为陇坻一带，尚无阻碍，待至来歙别归，即匆匆赶路，期在速进。哪知王元已安排妥当，静待汉军。汉军行近陇坻，见前途塞住木石，已觉惊心，但尚未遇兵将，还想进去。当下将木石搬徙，徐徐引入，好容易开通一路，走了一程，又是七丫八杈，横截道路；再辟再走，费去了许多气力，还是不能尽通。并且羊肠峻阪，逐步崎岖，害得军不成伍，马不成群。蓦闻陇上鼓角齐鸣，一彪军从高趋下，持着长枪大戟，奔向汉军。汉军已人困马倦，如何抵敌？没奈何倒退下去。那敌势很是凶悍，再加领兵主将，就是隗嚣部下主战的王元，锐气方张，迫人险地，满望一鼓荡平汉军，怎肯轻轻放过？汉军叫苦连天，慌忙退走，已是不及，前队多被杀死，后队自相蹴踏，又伤毙了许多。耿弇盖延，虽都是能征惯战，怎奈势不相敌，无法可施，也只好引兵出险，且战且行。何故轻进？王元紧追不舍，又来了隗嚣大队，漫山蔽谷，悉众前来。汉军只恨脚短，逃得不快。嚣与元步步进逼，一些儿不肯放松，恼了汉捕虏将军马武，激厉勇士，返身断后，手持一干长戟，向嚣兵冲杀过去，勇士一齐随上，击毙追兵数百人。嚣兵乘兴进来，不防有这场回马阵，倒吓得脚忙手乱，一齐退去，嚣与元也恐有失，鸣金收回，汉军才得退入长安。

光武帝时已还都，闻诸将败还，亟令耿弇移军漆邑，祭遵移军汧城，使吴汉等保守长安，另遣冯异出屯栒邑。异奉命即往，行至半路，有探马报称嚣将行巡，来攻栒邑，兵已下陇。异申令将士，倍道亟进。部将统言虏兵方盛，不可与争，宜择地安营，徐思方略。异勃然道："虏兵临境，幸得小胜，便思深入，若栒邑被取，三辅动摇，岂不可虑？兵法有言：'攻者不足，守者有余。'我若得先至据城，用逸待劳，便可阻住虏马，并不是急欲与争呢！"确是有识之言。乃长驱急驰，竟得入城，但使将士静守，偃旗息鼓，待着敌军。行巡引众至城下，见城上毫无守备，总道是唾手可取，不如休息片时，再行督攻。部众得令，并皆下马散坐，无复纪律。异从城楼上悄望，备悉虏情，当即击鼓扬旗，麾兵杀出。行巡未及防备，当然着忙，部下越加惊乱，上马亟奔，被异追杀数十里，斩获无算，方才收军回城。同时祭遵在汧，亦得击走王元军，汉军复振。北地诸豪长耿定等，俱闻风献表，背嚣降汉。马援在上林苑屯田，上书阙廷，具陈破嚣计划，且言："臣非负嚣，嚣实负臣，臣初次诣阙，嚣曾与约事汉，不料他反复如此，所以臣愿献密议，决除此虏。"光武帝因召援进见，面询方略。援请先翦羽翼，继攻腹心。光武帝乃给发突骑五千，带领前往，便宜从事。援即往来游说，离间嚣将高峻任禹等人。嚣自觉势孤，始上书谢过，略云：

吏民闻大兵猝至，惊恐自救，臣嚣不能禁止。兵有大利，不敢废臣子之节，亲自追还。昔虞舜事父，大杖则走，小杖则受。臣虽不敏，敢忘斯义！今臣之事，在于本朝，赐死则死，加刑则刑，如遂蒙恩，更得洗心，死骨不朽！

书至阙下，诸将以嚣虽陈谢，言仍不逊，请光武帝诛嚣质子，大举入讨。光武帝心尚未忍，复使来歙至汧，传递复谕。谕云：

昔柴将军柴武。与韩信书云：信系韩王信，非淮阴侯。"陛下宽仁，诸侯虽有亡叛而后归，辄复位号，不诛也。"以嚣文吏晓义理，故复赐书，深言则似不逊，略言则事不决。今若束手听命，复遣恂弟诣阙，则爵禄获全，有浩大之福矣。吾年垂四十，在兵中十载，不为浮语虚词，如不见听，尽可勿报！

嚣得谕后，已知光武帝察破诈谋，竟不作答。凉州牧窦融，遣弟友上书，自陈忠悃。适因隗嚣叛命，道梗不通，友从中途折回，另遣司马席封，从间道至长安，呈上书奏。光武帝答书慰藉，情意兼至。融乃贻书责嚣，语多剀切，由小子再录如下：

伏维将军国富政修，士兵怀附，亲遇厄会之际，国家不利之时，守节不回，承事本朝。后遣伯春即嚣子恂，见上。委身于国，无疑之诚，于斯有效。融等所以欣服高义，愿从役于将军者，良为此也。而忿悁之间，改节易图，君臣分争，上下接兵，委成功，造难就，去纵义，为横谋，百年累之，一朝毁之，岂不惜乎？殆执事者贪功建谋，以至于此，融窃痛之。当今西州地势局迫，民兵离散，易以辅人，难以自建。计若失路不返，闻道犹迷，不南合子阳，则北入文伯耳。夫负虚交而易强御，恃远救而轻近敌，未见其利也。融闻智者不违众以举事，仁者不违义以要功，今以小敌大，于众何如？弃子徼功，于义何如？且初事本朝，稽首北面，忠臣节也。及遣伯春，垂涕相送，慈父恩也。俄而背之，谓吏士何？忍而弃之，谓留子何？自起兵以来，转相攻击，城郭皆为邱墟，生民转于沟壑，今其存者，非锋刃之余，则流亡之孤。迄今伤痍之体未愈，哭泣之声尚闻，幸赖天运少还，而将军复重其难，且使积疴不得遂瘳，幼孤复将流离，其为悲痛，尤足愍伤，言之可为酸鼻，庸人且犹不忍，况仁者乎？融闻为忠甚易，得宜实难。忧人太过，以德取怨，知且以言获罪也。区区所献，唯将军省焉！想是班彪手笔。

融既贻嚣书，专待使人返报。过了旬日，使人回来，甚是懊怅，报称被嚣斥归。融也觉动怒，召集河西五郡太守，部署兵马，并上疏行在，请示师期。光武帝优诏褒美，且因融七世祖广国，为孝文皇后亲弟，文帝后窦氏，见《前汉演义》。曾封章武侯，谊关姻戚，特赐汉祖外属图等，表示情好。一面敕令右扶风太守，修理融父坟墓，祭用太牢。所有四方贡献珍物，往往转赐与融，使命不绝。融当然感激，毁去嚣所给将军印绶，令武威太守梁统，刺死嚣使张玄，更发兵攻入金城，大破嚣党先零羌封何，夺得牛马羊万头，谷数万斛，充作军实，守候车驾西征。嚣因汉军压境，河西失和，自觉孤立无助，不得已遣使诣蜀，称臣乞援。仍要向人称臣，何苦背汉？述封嚣为朔宁王，遣兵往来，与为犄角。嚣正拟发兵内犯，又闻得汉将冯异，夺去安定上郡各城，因即率步骑三万人，往攻安定。行抵阴繁，适与冯异相遇，交战数次，不获一胜，怏怏引还。再令别将攻汧，又为祭遵所破，退回天水。两番跋涉，统是空劳，反丧失了若干士卒，若干刍粮。嚣将王遵，屡次进谏，俱不见纳，会得来歙招降书，因潜挈家属径投洛阳，诣阙请降，得拜大中大夫，封向义侯。光武帝欲亲往讨嚣，偏遇日食告变，乃暂罢军事。诏求直言，并敕公卿以下，举贤良方正各一人。先是建武五年，光武帝尝访求高士，得周党王良等人，三征始至。周党字伯况，籍隶太原，素有清节，王莽篡位，更托疾杜门，足迹不涉乡里。及征车迭至，不得已奉命诣阙，布衣敝巾，坦然入见。到了光武帝座前，虽然跪伏，却是未尝呼谒，但自言山野布衣，不谙政事，仍请放还云云。光武帝并未加责，叫他退朝候命。独博士范升，上疏奏劾道：

臣闻尧不须许由巢父，而建号天下；周不待伯夷叔齐，而王道以成。伏见太原周党等，蒙受厚恩，使者三聘，乃肯就车；及陛见帝廷，党不以礼屈，伏而不谒，偃蹇骄悍，有失臣道。党等文不能演义，武不能死君，钓采华名，希得三公之位。臣愿与坐云台之下，考试图国之道，倘不如臣言，臣愿伏虚妄之罪；果党等敢私窃虚名，夸上求高，亦当罪坐不敬，为天下戒。臣昧死上闻。

光武帝览毕，将原疏颁示公卿，另行下诏道：

自古明王圣主，必有不宾之士，伯夷叔齐，不食周粟；太原周党，不受朕禄，亦各有志焉。其赐帛四十匹，许遂所志。

党受诏即归，与妻子隐居渑池，著书成上下篇，寿考终身。邑人共称党为贤，设祠致祭，岁时不绝。唯东海人王良，受官沛郡太守，迁任大中大夫，进为大司徒司直，在位恭俭，妻子不入官舍，布被瓦器，如寒素时。司徒史鲍恢，因事至东海，过候王家，良妻布裙曳柴，方从田间归来，恢素未相识，错疑是良家佣妇，便昂然与语道："我为司徒掾属，便道至此，欲见王司直夫人！"良妻答道："妾身便是！掾史得无劳苦么？"恢不禁惊讶，慌忙下拜，并问良妻有无家书。良妻答称在官言官，不敢以家事相烦。恢叹息而还。贤妇风范，比义夫尤为难得。后来良因病辞归，病愈后应征复起，道出荥阳，探访故友。故友不肯出见，但传语道："不有忠言奇谋，乃窃取大位，岂不可耻？奈何尚仆仆往来，不自惮烦呢？"良听了此言，未免自惭，乃谢病归里，终不就征。此外尚有太原人王霸，隐居养志，亦被征入都，引见时称名不称臣，有司向霸诘问，霸答道："天子有所不臣，诸侯有所不友，原是儒生本分呢！"时大司徒伏湛免官，进用尚书令侯霸为大司徒，侯霸素重王霸名，情愿推贤让能，王霸独乞病告归，偕妻逃隐，茅屋蓬户，安享余年。又如北海人逄萌，雁门人殷谟，累征不起，并为逸民。

最著名的乃是七里滩边的钓夫，羊裘一袭，遗范千秋，小子述及姓名，想看官应亦早有所闻，此人非别，本姓是庄，单名为光，表字子陵，会稽郡余姚县人。汉史避明帝名讳，改庄为严。因此后人只称他为严子陵先生，不叫他做庄子陵。特别提出，复特别辨明。光武帝少时游学，曾与他一同肄业，到了光武即位，他却移名改姓，避家他去。光武帝忆念故人，令会稽太守访问踪迹，不见下落；再令海内各处搜求，亦无影响。光武帝终不肯忘怀，口述形容，使画工绘成肖像，到处物色。"天下无难事，总教有心人。"果然有人奏报，说在齐国境内，有一男子身披羊裘，屡钓泽中，面目与画图相似。光武帝大喜道："这定是子陵无疑了！"仿佛得宝。忙命有司备安车，携玄纁，往齐礼聘。严光接着，尚未肯自道姓名，只说是："朝廷误征。"使臣哪里肯放？不论他是真是假，定要请他上车，三请三却，毕竟一难当十，被朝使手下的随员，前推后挽，竟将他拥至车上，飞驰入都。光武帝闻光到来，尚防他乘间逸去，特命就舍北军，妥给床褥，使太官主膳之官。朝夕进膳，奉若神明。大司徒侯霸，与光为旧识，忙使部属侯子道，奉书问候。光踞坐床上，启书读讫，半晌才顾问道："我与君房相别已久，侯霸字君房。君房素有痴疾，今得为三公，痴疾可少愈否？"奇人奇语。子道答道："位居鼎足，怎得再痴？"光正色道："既无痴疾，为何遣汝来此？"子道接口道："司徒闻先生辱临，本欲即来问候，适因公务匆忙，未能脱身，愿俟日暮稍闲，前来受教。”光又笑道：“汝言君房不痴，这岂不是痴想么？天子使人征我，三请方来，我尚不欲见人主，难道就先见人臣？”子道听罢，也不便多与絮聒，但求光复书还报。光托言手不能书，只好口授，因接说道：“君房足下，位至鼎足，甚善。怀仁辅义天下悦，阿谀顺旨要领绝！”说到末语，便即住口。子道再欲请益，光大笑道：“君莫非来买菜么？求益何为？”原是够了。子道乃返报侯霸。霸将光语录出，封奏进去。光武帝微哂道：“这也是狂奴故态，不足计较！”说着，即命驾出宫，亲往访光。早有人向光报闻，光置诸不理，高卧如故，佯作闭目熟睡状。亦太矫情。光武帝亲至床前，见光坦腹卧着，因用手抚腹道：“咄咄子陵，何故不肯相助为理？”光仍然不起，良久始张目熟视，也不陈谢，但答说道：“从前唐尧有天下，帝德远闻，尚有巢父洗耳。士各有志，奈何相迫如是？”光武帝喟然道：“子陵，我竟不能屈汝么？”乃升舆还宫。既而令侯霸邀光入阙，略迹谈情，与叙旧事，光始从容坐论，不复倨傲。光武帝婉颜问光道：“君看我比前日何如？”光答道：“似胜往时！”光武帝鼓掌大笑，留光食宿，与同寝卧。光用足加帝腹上，伪作鼾声，好一歇方才移去。到了诘旦，即由太史入奏，谓客星侵犯御座，状甚危迫。光武帝笑说道：“朕与故人子陵共卧，难道便上感天象么？”因面授光为谏议大夫，光并不称谢，亦不辞行，拂袖自去。返至富春山中，仍旧做那耕钓生涯，年至八十乃终。今浙江省桐庐县南，有严陵濑，与七里滩相接，背后有山，叫做严山，山下有石，能容十人，就是严光钓鱼处，俗呼为严子陵钓台。地因人传，流芳百世，可见得亮节高风，比那封侯拜相，还要光荣十倍哩！热中者可以返省。这且搁过不提。

且说渔阳告平以后，光武帝尝使茂陵人郭伋，就任渔阳太守。伋镇抚百姓，纠除群盗，境内咸安。唯卢芳窃据北塞，屡引匈奴兵入寇，大为边患。伋复整勒士马，修缮堡砦，阻绝胡骑南下，一尘不惊，人民得安居乐业，户口日蕃，中外都称为贤太守。会因大司空宋弘，有事免职，朝臣多举伋代任。光武帝以卢芳未平，不便将伋内调，所以未曾允议。建武七年春三月晦日，太史又奏称日食，有诏令百官各上封事，毋得言圣。当时杜林郑兴等人，弃器归乡，见前回。统由光武帝闻名召入，各授官职：林为侍御史，兴为大中大夫。此次因变陈言，谓应俯从众议，调任郭伋为大司空，且言日月交会，数应在朔，今日食每多在晦，乃是月行太速，故有此变。君为日象，臣为月象，君元急故臣下促迫，致见咎征，望陛下垂意洪范，勉思柔克等语。光武帝也优诏褒答，唯仍不愿调回郭伋，却令妹夫李通代任。通首先倡义，弼成大业，身尚公主，仍然谦恭自持，不敢骄盈，故得保全爵位，以功名终。富贵寿考，全赖谦冲。太傅褒德侯卓茂，已经病殁，特赐棺茔地，表彰耆硕。叙笔载明生卒，亦无非阐扬名士。并因前侍御史杜诗，累任沛郡汝南各都尉，所在称治，乃更调任南阳太守。南阳为光武帝故乡，从龙诸臣，半出南阳，历任太守，反视为畏途，只恐得罪贵戚。及杜诗莅郡，兴利除害，政治清平，无论贵贱，一体翕服。又修治陂池，广拓土田，在郡数年，家给人足，时人比诸前汉的召信臣。信臣曾为南阳太守，也是一位施德行惠的好官。南阳人所以传出两语云："前有召父，后有杜母。"小子亦有一诗，录述于后：

黄堂太守一麾来，万汇全凭只手栽；
召父已亡推杜母，养民毕竟仗贤才。

转眼间又是一年，光武帝顾念陇西，又要遣将往讨了，欲知何人西征，待至下回发表。

隗嚣据有西州，自称上将军，因时乘势，崛起图功，原不必定居人下。迨既受邓禹之承制封拜，则君臣之名义已定，又何得再怀反侧乎？设当光武讨蜀之时，率兵效命，功且十倍窦融，他日即不得封王，公侯可坐致也。乃惑于蜚言，反复不定，始则助汉而诛蜀使，继且叛汉而为蜀臣，同一屈膝，朝秦暮楚胡为者？况洛阳如旭日，而蜀如朝露，一可恃，一不可恃，于可恃者而背之，不可恃者而亲之，甚矣其愚也！彼如严子陵之孤身高蹈，抗礼阙廷，后世不讥其无君，反称其有节，诚以其敝屣富贵，超出俗情，云台诸将，且不能望其项背，遑论隗氏子哉！若周党王霸逢萌诸人，亦子陵之流亚，而王良其次焉者也，然亦足以风矣。

第十八回　借寇君颍上迎銮
收高峻陇西平乱

却说建武八年春月，中郎将来歙，与征虏将军祭遵，奉命西征，进取略阳。遵在途遇病，折回都中，独歙率精兵二千余人，伐山开道，绕出番须回中，直抵略阳城下。守将叫做金梁，在城安坐，一些儿没有预备。等到城外鼓声大作，方才登陴了望，足未立定，头已不见。怪语。原来歙远道进行，实为偷袭城池起见，途中并未声张，到了城下，还是悄悄的整备云梯，架住城堞，一经办妥，方击鼓麾众，缘梯直上。可巧金梁跑上城来，正好凑那歙兵的快手，一刀劈去，适中头颅，呜呼哀哉！城中失了统将，或逃或降，才阅片时，便由歙据住略阳城。有溃卒走报隗嚣，嚣大惊道："这军从何处进来？有这般神速哩！"话尚未毕，王元行巡诸部将，已闪出两旁，请即发令出军。嚣使元拒陇坻，巡守番须口，王孟塞鸡头道，牛邯戍瓦亭，自率大众数万人，围攻略阳。略阳为西州要冲，自为歙所攻入，飞章奏捷，光武帝闻报大喜，笑语诸将道："来将军得攻克略阳，便是捣入隗嚣腹心，心腹一坏，肢体自然渐解了！"忽又由吴汉等，呈上表章，报称出师应歙。光武帝又复懊恨道："谁叫他进兵？须知隗嚣失去要城，必悉锐往攻，略阳城坚可守，旷日不下，嚣兵必敝，那时方好乘危进兵了！"知己知彼，百战不殆。说着，忙遣使持节西出，追还吴汉等人，听令来歙独守略阳。并非弃歙，实已早知歙才。隗嚣率众往攻，把略阳城团团围住，四面攻扑，终不能下。公孙述亦遣部将李育田弇，助嚣攻歙，亦不能克。好容易过了两三月，一座略阳城，仍然无恙，惹得隗嚣发急，斩木筑堤，决水灌城，费尽无数计划。歙督兵固守，随机肆应，箭已放尽，即毁屋断木，作为兵器，誓死不去。光武帝闻略阳围急，乃下诏亲征，部署既定，便即启行，光禄勋郭宪进谏道："东方初定，车驾未可远征。"光武帝摇首不答，宪拔出佩刀，截断乘舆中马缰，帝终不从。西行至漆邑，诸将亦多言王师重大，不宜深入险阻，累得光武帝也费踌躇，不能遽决。适值马援夤夜到来，报名求见，光武帝立即召入，与商军情，且述及群议，使定行止。援驳去众口，独伸己见，力言隗嚣将士，已兆土崩，王师一进，必破无疑，又在帝前聚米为山，指划形势，详陈路径，何处可攻，何处可守，说得明明白白，昭然可晓。光武帝不禁大悟道："虏已在我目中了！"次日早起，即麾军大进，抵高平第一城。凉州牧窦融，率领五郡太守，及羌虏小月氏等番兵前来相会，共计得步骑数万人，辎重五千余车。光武帝置酒待融，遍犒来军，趁着兴高采烈的时候，合兵上陇，分道深入，势如破竹。隗嚣闻报，自知不能抵敌，退保天水，略阳城才得解围。大中大夫王遵，自弃嚣归汉后，得帝宠眷，参与军谋，王遵降汉，见前回。此次随驾西征，因与嚣将牛邯，素相友善，遂奏明光武帝，作书招邯。书云：

遵前与隗王歃盟为汉，自经历虎口，践履死地，已十数矣。于时周洛以西，无所统一，故为王策，欲东收关中，北取上郡，进以奉天人之用，退以惩外夷之乱，数年之间，冀圣汉复存，当挈河陇奉旧都以归本朝，生民以来，臣人之势，未有便于此时者也。而王之将吏，群居穴处之徒，人人抵掌，欲为不善之计。遵与孺卿即邯字。日夜所争，害几及身者，岂一事哉？前计抑绝，后策不从，所以吟啸扼腕，垂涕登车，幸蒙封拜，得延论议。每及西州之事，未尝敢忘孺卿之言。今车驾大众，已在道路，吴耿骁将，云集四境，而孺卿以奔离之卒，拒要厄，当军冲，其形势何如哉？夫智者睹危思变，贤者泥而不滓，管仲束缚而相齐，黥布杖剑以归汉，去愚就义，功名并著。今孺卿当成败之际，遇严兵之锋，宜断之心胸，参之有识，毋使古人得专美于前，则功成名立，在此时矣。幸孺卿图之！

牛邯得书，观望了好几日，觉得西州一隅，终非汉敌，不如依书投降，乃谢绝士众，奔诣行在。光武帝慰勉有加，亦拜为大中大夫。邯为隗嚣部下的骁将，一经归汉，全体瓦解，不待王师云集，已是望风趋附。约阅一月，嚣将十三人，属县十六城，兵士十余万，俱向行在乞降。嚣惶惧的了不得，亟使王元赴蜀求援，自挈妻子奔往西城，投依大将军杨广。就是蜀将田邽李育，一时也不能还蜀，退保上邽。光武帝到了略阳，来歙率众出郊，迎驾入城。当下置酒高会，因歙攻守有功，赐坐特席，位居诸将上首，至欢宴已毕，又赐歙妻缣一千匹，歙当然拜谢。光武帝又进幸上邽，驰诏告嚣道："汝若束手自归，保汝父子相见，不咎既往，必欲终效黥布，亦听汝自便！"嚣仍不答报。甘为黥布，有死而已。光武帝传诏诛恂，即嚣子。使吴汉岑彭围西城，耿弇盖延围上邽，加封窦融为安丰侯，融弟友为显亲侯，此外五郡太守，亦俱封列侯，一古脑儿遣令还镇。融尚自请从军，另求派员代镇凉州，光武帝复谕道："朕与将军如左右手，乃屡执谦退，转失朕望，其速返原镇，勉抚士民，毋擅离部曲！"这数语柔中寓刚，反令融爽然若失，拜辞行在，率众西去。光武帝调度各军，满拟即日平嚣，然后凯旋。忽接到都中留守大司空李通奏报，略言颍川盗起，河东守兵亦叛，京师骚动，请即回銮靖寇云云。光武帝不禁叹息道："悔不从郭子横言，今始觉费事了！"横即郭宪字，语见上文。说罢，即自上邽起程，昼夜东行，马不停蹄。途次赐岑彭等书云："两城若下，便可将兵南击蜀虏。人生苦不知足，既平陇，复望蜀，每一发兵，头发皆白，未知何日能肃清哩！"这是聪明人口吻。及既还洛阳，幸尚安谧，前颍川太守寇恂，已入任执金吾，扈跸往还，随侍左右。光武帝因与语道："颍川逼近京师，亟应平乱，朕思卿前守颍川，盗贼屏迹，今仍委卿前往，当可立平。卿忠心忧国，幸勿辞劳！"恂答说道："颍川人民，素来轻狡，闻陛下远踰险阻，有事陇蜀，遂不免为匪徒所惑，乘间思逞；今若乘舆南向，先声夺人，贼必惶怖归死，怎敢抗命？臣愿执锐前驱便了。"光武帝乃使命驾南征，使恂先驱。直至颍川，果然盗贼尽骇，沿路跪伏，自请就诛。恂禀命驾前，但诛盗首数人，余皆赦免。郡中父老，夹道迎恂，且共至驾前匍匐，乞复借寇君一年。为官者，不当如是耶？光武帝勉从众请，乃留恂暂居长社，安抚吏人，收纳余降，自率禁军还宫。适东郡济阴县亦有盗贼，警报入都，光武帝再遣大司空李通，与大将军王常，领兵剿捕。又因东光侯耿纯，尝为东郡太守，威信并行，因召他诣阙，拜为大中大夫，使与大兵共赴东郡。东郡闻纯入界，无不欢迎，盗贼九千余人，皆诣纯乞降，大兵不战而还。诏即令纯为东郡太守，连任五年，境内帖然。后来病殁任所，赐谥成侯。东汉功臣，多能牧民，如纯，如恂，其尤著者。

且说吴汉岑彭，围住西城，月余未下，光武帝传诏至军，叫他遣归羸卒，但留精锐，免得虚糜粮食等语。汉情急邀功，未肯遽遣，又探得杨广病死，城中失恃，越想并力攻城，日夕不息，军令倍严，吏士日久苦役，不免逃亡。嚣将王捷，登城大呼道："汉军听着！我等为隗王守城，誓死无二，必欲与我相持过去，愿以颈血相易，我为首倡，请汝等看来！"说到末语，竟拔刀挥颈，血溅头殊，身尚立着，好一歇方才扑倒。何故乃尔？汉军见他无故自杀，统皆诧异，又想他人人拼命，就使攻下城池，亦必有一场恶斗。眼见是性命相搏，彼此俱难免伤亡，惧心一起，不觉气馁，遂致易勇为怯，懈弛下去。岑彭因持久不克，想出一计，分兵至谷水下流，用土堵住，使水势涌入城中。谷水由西至东，绕过西城，下流被遏，水无去路，自然向城中灌入，渐涨渐高，距城头仅及丈许，守兵虽然恟惧，却还未肯出降。蓦听得城南山上，鼓声四震，有一大队披甲勇士，长驱驰下，先行执着一杆大旗，上书一个斗方大的蜀字，炫人眼目，且乘风大呼道："蜀兵有百万人到来了。"一面说，一面直迫汉垒。汉军猝不及防，竟被冲破，且因来军大声恫吓，多半骇散。暮气已深，怎能再战？吴汉岑彭，也不能支持，觅路退去。就是谷水下流的汉兵，都一哄儿逃得精光。其实蜀兵只有五千人，由嚣将王元借来，用了一条虚喝计，竟得吓退汉军，安然入城，城内水已骤退，复得安居。王元且勒兵复出，来追汉兵。汉兵已经乏粮，且恐蜀兵大至，无心恋战，遂由吴汉下令，焚去辎重，逐步退走。待至王元追来，还亏岑彭返斗一阵，击走王元，才得全师东归。唯校尉温序，为嚣将苟宇所获，迫令降嚣，序怒叱道："叛虏怎敢迫胁大汉将军？"说着，持节乱挝，打倒数人。宇众大愤，争欲杀序，宇摆手道："这是当代义士，可给彼剑！"乃拔剑付序，序接剑在手，亟拈须衔入口中，顾语左右道："既为贼所杀，毋令须污血！"说毕，把剑一横，魂归天上。不没忠臣。从事王忠，随序陷虏，苟宇却令他收殓序尸，送归洛阳。光武帝特赐墓地，并召序三子为郎。序本太原人氏，留葬洛中，乃是旌示忠臣的意思。

自从吴汉等引兵退还，耿弇盖延亦撤围引归，独祭遵尚留屯汧城。未几已是建武九年，遵病殁营中，讣至洛阳，光武帝悲悼异常，令冯异驰领遵营，派员护丧东归。遵为人廉约小心，克己奉公，所得赏赐，尽给士卒，家无私财，身无华服，取士专用儒术，对酒设乐，必雅歌投壶，饶有儒将风规。遵妻裳不加缘，相夫克俭，唯生男不育，终致无嗣。遵兄午买女送遵，使为遵妾，遵为国忘家，却还不受，临殁时不言家事，但遗嘱从吏，只用牛车载丧，薄葬洛阳。及丧至河南，有诏令百官先会丧所，然后由车驾素服亲临，哭奠尽哀，予谥曰成，葬后尚就墓御祭，顺道存问家属。遵妻当然拜谒。光武帝见他家无婢妾，室宇萧条，不由的悲感道："怎得忧国奉公，如祭征虏一流名将呢？"嗣后帝思遵不忘，辄加叹息。无非是借励诸将。唯自冯异接任，吏士亦俱悦服，驻守如故。独隗嚣不愿再居西城，移居冀邑，复遣兵分略各城，于是安定北池天水陇西，复为嚣有。只因粮饷不继，屡患乏食，嚣又积劳成病，多卧少起，没奈何出城谋食，唯得了数斛大豆，粗粝不堪下咽，越觉恚愤得很，还入城中，病即加剧，不久便死。部将王元周宗等，立嚣少子纯为王，总兵据冀，仍向公孙述处称臣乞援。述将田弇李育，已经归蜀，述复使田弇北行，唯将李育留住，换了一个赵匡，与弇同至冀城，援助隗纯。汉将冯异，奉诏进讨，相持未下。公孙述欲大举攻汉，为纯纾忧，特使翼江王田戎，大司徒任满，南郡太守程泛，率兵数万人下江关，攻入巫峡，拔夷陵夷道二县，据住荆门虎牙两山，横江架桥，并设关楼，面水倚山，结营自固，差不多有进窥两湖，退挟三川的威势。汉大司马吴汉等，尚屯兵长安，光武帝特使来歙监军，马援为副，观察陇蜀情势，取示进止。歙因上书献策道：

> 公孙述以陇西天水为藩蔽，故得延命假息，今若平荡二郡，则述智计穷矣。宜益选兵马，储积资粮，昔赵之将帅多贾人，高帝悬之以重赏，今西州新破，兵民疲馑，若招以财谷，则其众可集。臣知国家所给非一，用度不足，然有所不得已也。

光武帝览奏，乃诏令有司备谷六万斛，用驴四百头输运，尽至汧城交卸，积作西征军输。到了秋高马肥，兵精粮足，特遣歙为统帅，率同征西大将军冯异、建威大将军耿弇、虎牙大将军盖延、扬武将军马成、武威将军刘尚等，共攻天水。冯异已与蜀将田弇赵匡，会战数十次，蜀兵伤亡过半，再加耿弇等率兵会集，士气百倍，大破蜀兵，阵斩田弇赵匡。独隗纯留居冀城，使王元等驻扎落门，依险拒守；还有高平第一城，又为嚣将高峻所据，未肯服汉。于是冯异等进攻落门，耿弇等进攻第一城，两路分攻。越年未下，冯异且在军抱病，竟至谢世，光武帝赐谥节侯，令异长子彰袭爵，且复议亲征西州。执金吾寇恂，已自长社还洛，仍然随驾起行。既至关中，恂叩马谏阻道："长安道里居中，应接近便，安定陇西，闻车驾出驻长安，必然震惧，自当望风来降，若必以万乘之尊，亲履险阻，实非所宜，颍川前辙，不可不戒！"也说得是。光武帝不以为然，驱车再进，直抵汧城，方使恂招降高峻。峻本已由马援说下，受汉封为关内侯，拜通路将军，所以汉军出入，峻常为引导，不致阻碍。援说高峻，见前回。及吴汉等败还长安，峻乃复归故营，据住高平，坚守不下。寇恂奉诏谕峻，峻遣军师皇甫文出谒，语多倨傲，貌亦骄盈，两下里辩驳一番，惹动寇恂怒意，顾令左右缚文，拟置死刑。文尚不肯服礼，反唇相讥，诸将向恂进谏道："高峻拥兵万人，且多强弩，西遮陇道，连年不下，今欲将峻招降，奈何反杀峻使？"恂瞋目道："要斩便斩，怕他什么？"说着，即命把文处斩，将首级交文随员，使他带归。且嘱令传语道："军师无礼，已经正法，欲降即降，不降固守！"斩钉截铁。这数语传将进去，峻竟开城出降，迎纳汉军。诸将莫名其妙，都向恂请问道："杀死来使，反得降峻，究是何因？"恂答说道："皇甫文系峻腹心，受遣来会，我看他辞意不屈，必无降志。我若将他放还，反损军威，唯杀死了他，使峻胆落，自不得不降了。"诸将才拜贺道："寇君神算，我等不及。"恂将峻解往行在，幸得免诛。中郎将来歙，因落门尚未攻破，即与耿弇盖延等，鼓励将士，猛扑不休，守兵不能再支，各有降意，周宗行巡苟宇赵恢，拥着隗纯，开门出降；独王元引着残部，突围奔蜀，陇右乃平。光武帝令将隗氏宗族，徙居京师，自率寇恂等还朝。后来隗纯复与宾佐数十人，潜逃朔方，行至武威，被地方官捕住，杀死了事。小子有诗咏道：

敢将螳臂当王车，一举三年便复家；
父死子降犹受戮，可怜全族半虫沙。

得陇望蜀，光武帝已操成算。至建武十一年春间，遂遣大司马吴汉，率同刘隆臧宫刘歆三将，与征南大将军岑彭，会师伐蜀。毕竟蜀地能否荡平，再至下回分解。

陇右未平，颍川又乱，处兴亡绝续之交，其欲制治也难矣。幸有寇恂扈驾南征，节钺一临，盗贼四伏，非素得民心者，其能若是乎？父老遮道，乞借寇君，莫谓小民果蚩蚩也。厥后西赴高平，斩皇甫文于城下，成算在胸，卒收劲敌，不战屈人，寇君有焉。他若耿弇七军，轻进致败，吴汉诸将，劳师无功，谋之不臧，乌能制胜？视寇君有愧色矣。独祭征虏公而忘私，国而忘家，人皆去而彼独留，功未竟而命先陨，何怪光武帝之哀恸逾恒乎？要之云台诸将，非无优劣，本书叙人述事，自有阳秋，阅者于夹缝中求之，即知所区别矣。

第十九回　猛汉将营中遇刺
伪蜀帝城下拚生

却说征南大将军岑彭，自引兵下陇后，不与陇西战事，但在津乡驻兵，防御蜀军。津乡地近江关，江关为蜀兵所踞，堵塞水陆，负嵎自雄。岑彭屡督兵往攻，终因江关险阻，不能奏功。光武帝乃遣大司马吴汉，率同刘隆臧宫刘歆三将，调发荆州兵六万余人，骑五千余匹，行抵荆门，与彭会师。彭曾备有战舰数十艘，所用水手，统从各郡募集，不下一二千名。吴汉谓水手无用，多费粮食，拟酌量遣归。想是惩着西域前辙，哪知情势不同。彭独言蜀兵方盛，今靠水战得利，方可深入，怎宜遽减水手？两下里互有龃龉，特表达洛阳，请旨定夺。光武帝复谕道："大司马惯用步骑，未习水战，荆门事决诸征南公，大司马毋得掣肘"云云。明见千里。彭得伸己见，越加感奋，当下号令军中，募攻浮桥，有人先登，应受上赏。俗语说得好："重赏之下，必有勇夫。"遂由偏将军鲁奇，应募前驱，鼓棹直上。可巧东风狂急，吹满征帆，奇船顺势向前，直冲浮桥。桥旁设有攒柱，丛木为柱。柱上有反扎钩，钩住奇船，早被蜀兵瞧着，齐来截击。奇拼死与斗，且令随兵燃着火炬，飞掷桥楼，火随风猛，风促火腾，那桥楼是用木造成，一经燃烧，势不可遏。复有许多黑焰，迷乱蜀兵眼目，如何再能打仗？又加岑彭等率着众舰，顺风并进，所向无前，蜀兵大乱，溺毙至数千人。蜀大司徒任满，措手不及，被鲁奇一刀砍死。蜀南郡太守程泛，下桥欲奔，被刘隆跃登岸上，手到擒来。只有蜀翼江王田戎，飞马逃生，得还江州。岑彭等驰入江关，禁止军中掳掠，沿途人民，都奉献牛酒，迎劳彭军。彭辞还不受，面加慰谕，百姓大悦，开门争降。当下露布告捷，举刘隆为南郡太守，并录叙鲁奇首功。有诏悉依彭议，命彭为益州牧，所下各郡，即由彭兼行太守事。彭进军江州，探得城内积粮尚多，料不易下，但留偏将冯骏围攻，自引兵直指垫江，攻破平曲，取得粮米数十万斛，分给各军。大司马吴汉，攻克夷陵，筹备露桡数百艘，露桡，船名。桡系小楫，露系在外，故名露桡。在后继进。还有护军中郎将来歙，虎牙大将军盖延等，亦引兵入蜀。蜀中大震，公孙述忙授王元为大将军，使与领军环安，出拒河池。凑巧来歙盖延，两路杀到，即与元安两军接战，自午至暮，大破蜀兵，斩馘数千。元与安狼狈奔回，歙等复捣破下辨城，麾军再进，至夜深时，方才下营。军中不遑安寝，但凭几假寐，守待鸡鸣。不料双目蒙眬的时候，忽觉心中一阵奇痛，惊醒睡魔，用手抚胸，有物格住，不瞧犹可，剔灯审视，乃是亮晃晃的匕首，插入胸前，血流不止，连忙叫起帐后卫士，使请盖将军入营。盖延闻信，飞奔进来，见歙已遭毒手，禁不住泪下潸潸，不能仰视。歙瞋目叱延道："虎牙何敢作此态！今我为刺客所伤，无从报国，故呼君嘱托军事，乃反效儿女子哭泣么？须知刃虽在身，尚能勒兵斩公，奈何不察？"歙之不得其死，恐亦由性暴所致。延勉强收泪，愿听歙遗命。歙乃使从吏取过纸笔，自写遗表道：

臣夜人定后，为何人所贼，伤中臣要害，不敢自惜，诚恨奉职不称，以为朝廷羞。夫理国以得贤为本，大中大夫段襄骨鲠可任，愿陛下裁察！又臣兄弟不肖，终恐被罪，陛下哀怜，数赐教督。

写到末句，实已忍不住苦痛，把笔掷去，抽刃出胸，大叫一声，竟尔气绝。盖延大恸一场，替他棺殓，立遣人赍歙遗表，驰奏殿庭。光武帝闻报大惊，省书流涕，特赐给策文，追赠歙征羌侯印绶，予谥节侯。另命扬武将军兼天水太守马成，继歙后任。一面部署六军，亲出征蜀，由洛阳进次长安。公孙述闻得车驾亲征，亟使部将王元延岑与吕鲔公孙恢等，悉众出拒广汉，及资中要隘；又遣他将侯丹率二万余人，屯守黄石。岑彭令臧宫领兵五万，从涪水至平曲，截住延岑，自分兵引还江州，另溯都江上流，往袭侯丹，出丹不意，把他击走。当即倍道急进，日夕不停，直驰二千余里，径抵武阳。

武阳守吏，立即骇走，只有一座空城，被彭安然据住。彭再使锐骑进击广都，距成都仅数十里，势若风雨，无人敢当。公孙述高坐成都，总道汉兵尚相持平曲，隔离尚远，不料岑彭从黄石进兵，数日间即至广都，反绕出延岑等背后，不由的慌张万分，举手中杖掷击地上，顿足狂呼道："汉军有这般迅速，莫非神兵不成？"你已倒运，自然有此急变。当下募兵出守广都，并飞报延岑等人，叫他分兵还援。延岑方陈兵沅水，与臧宫相持不决。宫因兵多食少，转输不继，正觉得进退两难，不能持久，适光武帝遣使诣岑彭营，有马七百匹。宫得知此信，情急智生，竟伪传诏命，截留来马，使骑士跨马张旗，登山鼓噪，一面麾动战船，逆流而上，两岸夹着步骑各军，进薄蜀营，呼声动地，旗影蔽天。延岑正接到成都警信，忐忑不定，又见汉军水陆大集，越觉惊忙。登高遥望，对山复有许多敌骑，由高趋下，几不知有多少兵马，会集来攻。大众都是股栗，回头就跑，延岑亦急忙返奔，霎时间旗靡辙乱，好似风卷残云，向西四散。臧宫纵兵追击，但教刀快戟长，乐得把头颅多剁几颗。蜀兵怎敢还手？尽管向前急奔。越是逃得快，越是死得多，最便宜的是弃械乞降，倒还有一条生路，不致毙命。所有辎重粮草，统让送了汉军。总算慷慨。延岑只引了数十骑，走回成都。臧宫军至平阳乡，收得降兵，差不多有十多万人。全蜀精锐，已经荡尽，就是一向主战的王元，也束手无策，举众来降。非但对不住隗嚣，也恐对不住公孙述。光武帝连得捷音，尚欲招降公孙述，遣使致书，晓示祸福，并举大义相勉，誓不相害。述览书叹息，出示心腹将常少张隆，少与隆俱劝述降汉。述瞿然道："废兴由命，天下岂有降天子么？"还要夸口。少隆等不敢再言，自思亡在旦夕，相率忧死。

光武帝因平蜀有日，不必亲往督军，下令回銮，将入都城，忽有急报传来，乃是征南大将军舞阴侯岑彭，又被公孙述遣人刺死。彭自进军广都，所驻营地，叫作彭亡，当时未知地名，因即下寨，及有人传报，彭始知地名不祥，拟即徙往别处。适有一弁目来降，自称为公孙述亲随，被挞来奔。彭不防有诈，收入帐下，到了夜半，竟被降卒混入，把彭刺死。当由大中大夫郑兴，代领部曲，飞使奏闻。彭治军有法，秋毫无犯，邛谷王任贵，闻彭威信，数千里驰使输诚，并贡方物，光武帝方重加倚任，满望他进扫成都，特授懋赏；一闻被刺，当然生悲，遂将任贵所献各物，尽赐彭妻子，且赐谥彭为壮侯。一面敕大司马吴汉，即日进军，继彭入讨。吴汉接诏，便由夷陵出发，率三万人溯江直上，至鱼涪津。述已遣将魏党公孙永，踞住津口，结筏自固。吴汉挥动将士，一鼓击退，乘胜进围武阳，又遇述婿史兴来援，把他痛击一阵，扫得精光，兴单骑逃免。会有诏令至吴汉营，嘱汉直取广都，据蜀心膂，汉奉命急进，捣入广都城，守兵尽遁，再遣轻骑绕成都市桥，成都吏民，无不震惊，将士等陆续夜遁，述虽严刑示惩，尚不能止。那光武帝虽屡次闻捷，还恐成都兵众，总有一番鏖斗，所以必欲降述，因复颁书谕述道："勿以来歙岑彭，受害自疑，今若亟来诣阙，保汝宗族安全，否则后悔难追！"述得书后，仍无降意。总要做个死皇帝。甚至江州为冯骏所夺，田戎已被擒去，还想坚持到底，不肯转头。光武帝待述复报，始终不至，乃复传谕吴汉道："成都虽困，守兵尚有十余万，不可轻敌！卿但坚据广都，勿与争锋，待他力屈计穷，前去奋击，自然一战可下了！"吴汉急欲邀功，未肯依谕，竟率步骑二万人，进逼成都；去城约十余里，阻江为营，中架浮桥，自引兵立营江北；使副将武威将军刘尚，率万余人，屯江南，相去二十余里；当下奏达朝廷，具陈进兵安营情况，且谓可立破成都。光武帝大惊失色，忙亲书手谕道："近敕公千条万端，奈何临事错乱？既已轻敌深入，又与尚隔江立营，缓急不能相倚；若贼出兵缀公，别遣大众攻尚，尚营一破，公还能站得住么？速速引还广都，幸勿急攻！"英主见识，毕竟过人。这道手谕，交付亲将，叫他飞寄吴汉，究竟途程辽远，朝发不能夕至，那吴汉果为述将所困，险些儿败没虏中。原来公孙述因汉军相迫，特遣部将谢丰袁吉，率众十余万，分作二十余营，并出攻汉。又命别将万余人，渡江击尚，使他不能相救。汉与谢丰等大战一日，竟至挫衄，退入营中。谢丰袁吉，便将汉营围住。汉待尚不至，料知尚被牵制，无法驰援，乃召集将士，面加鼓励道："我与诸君逾越险阻，转战千里，无攻不胜，得入深地。今与刘尚两处受围，声援隔绝，祸且不测，计唯潜师救尚，并力御贼，诚能同心合力，人自为战，大功可成；否则一败无遗，如何报命？成败在此一举，愿诸君努力！"诸将齐声应诺。赖有此尔。于是飨士秣马，闭营三日，固守勿出。谢丰等攻扑数次，亦不得入，索性不去挑战，专待汉军食尽，然后再攻。哪知汉伺他懈弛，夜半开营，引军疾走，竟得渡过江南，驰入尚营。谢丰等尚未察觉，等到天明，望见汉营中旗帜高张，烟火不绝，还道汉营如故，哪知吴汉已与刘尚合军，击退江南蜀兵，蜀兵走入谢丰营中，丰等才悔中计，莫非半死不成？不得已分兵南渡，攻击汉尚。汉与尚早已守候，见他越江过来，不待蜀兵成列，便张开左右两翼，夹击过去。蜀兵仓猝，接仗已觉着忙，再加两面受敌，越发招架不住，不过人数众多，总想勉力支撑，幸图一胜。偏汉兵越斗越勇，蜀兵愈战愈怯，渐渐的势不相当，败退下去。袁吉一个失手，竟被汉将砍倒，结果性命。两将中死了一人，顿时全军慌乱，如山遽倒。谢丰麾军急退，自为后拒。恰巧吴汉追到，与谢丰交战数合，砉的一声，已把丰头脑劈去，倒毙马下，蜀兵大溃。汉与尚追杀一阵，毙敌无算，获甲首五千余级，方才勒兵回营。适值朝使亦至，交付光武帝手书。吴汉阅罢，不禁伸舌，幸亏转败为功，还好有言相答；乃即留尚拒述，自领兵还驻广都，具状奏闻，深自引责。光武帝又复谕道："公还广都，很属得宜，述必不敢舍尚击公，若彼先攻尚，公可从广都赴援，彼此相应，破述无疑了。"汉懔遵谕旨，不敢违慢，待至蜀兵来攻，方才应敌。果然述兵屡出，由汉率军屡击，八战八克，复逼成都。还有臧宫一支人马，也得拔绵竹，破涪城，斩公孙恢，长驱直达，与吴汉共会成都城下，并力合攻，捣入外郭。急得公孙述不知所措，慌忙召入汝宁王延岑，向他问计。岑答说道："男儿当死中求生，怎可束手待毙？今唯有倾资募士，决一死战。若能击退汉兵，财物复可积聚，何足介怀？"述乃悉出金帛，募得敢死士五千人，充作前锋，使岑统领残兵，作为后继。一声号令，麾众齐出，几似疯狗一般，逢人便噬。吴汉见来势凶猛，勒军遽退，至市桥中拣一旷地，列阵待着。岑令前锋鸣鼓挑战，暗率部众绕道，袭击吴汉背后。汉只遏前敌，不及后顾，竟被延岑冲破后队，搅乱阵势。汉军腹背受敌，当然溃散，汉被挤入水中，几至灭顶，亏得眼明手快，攀住马尾，马系汉素常骑坐，能识人意，方得将汉徐徐引出。好在臧宫兵尚未遽溃，百忙中援应一阵，蜀兵始退，汉得安回营中。兵事真不可测。检查兵士，丧失尚不过千余人，只是粮食将尽，不过七日可支，乃令阴具船只，伺隙欲归。谒者张堪，方奉使命劳军，输送缣帛，在途又受官蜀郡太守，驰诣成都，闻得军中乏粮，汉有退志，因亟往见汉，谓述亡在即，不宜退师。汉勉从堪议，使臧宫屯兵咸门，自在营中偃旗息鼓，故意示弱，诱令蜀兵出战。约阅三日，公孙述亲出搏战，直攻汉营；令延岑往敌臧宫，两路并举。岑拼命死斗，三合三胜，宫几难支持，忙使人向汉求援。汉与述已战了半日，未分胜负，急切不便援宫，但见述兵已有饥色，特使护军高午唐邯，领着锐卒万人，向述众横击过去。这支兵马，乃是汉留住营中，故意不发，待至述兵已疲，才令突出。述不防有此生力军，挺击过来，连忙号召将士，拦阻兵锋，已是不及。高午持槊急进，猛刺述胸，述痛不可耐，撞落马下，左右抵死救护，才得扶起述身，舁至车上，逃入城中。延岑在咸门酣战，得知述负伤消息，当然惶急，鸣金退回，反被臧宫还杀一阵，伤了许多人马。好容易入城见述，述已晕过两次，经岑唤醒，勉强睁眼一看，不禁下泪，模糊说了数语，无非是嘱咐后事，挨到日暮，便即毙命。岑为具棺殓，草草办就，到了翌晨，自觉无术拒守，乃开城出降。吴汉等纵辔入城，枭述尸首，传诣洛阳，尽屠公孙氏家族，并将延岑处斩，戮及妻孥，再纵火烧述宫室，付诸一炬，是为建武十二年事。述欲称帝时，曾梦有人与语云："八厶子系，十二为期。"醒后告知妻室，妻答说道："朝闻道，夕死尚可，况期限十二呢？"想是急思为后，故有此语，但不知杀头时候，可追悔否？述因即僭号。至是全家灭亡，刚刚应了十二为期的梦兆。妖梦是践。光武帝闻汉入城屠掠，遣使责汉，又谕副将军刘尚道："城降三日，吏民从服，孩儿老母，人口万数，一旦纵兵放火，居心何忍？汝系宗室子孙，尝居吏职，奈何亦为此残虐？仰视天，俯视地，未必相容，大非朕伐罪吊民的初意呢！"一将功成万骨枯，故王者耀德不观兵。

先是述尝征广汉人李业为博士，业称疾不起，述惭不能致，使人持药酒相迫。业抚膺叹道："古人云：'危邦不入，乱邦不居。'我情愿饮药便了。"遂服毒自尽。述又聘巴郡人谯玄，玄亦不应，述又劫以毒药。玄慨然道："保志全高，死亦何恨？"遂对使受药。玄子瑛叩头泣血，愿出千万钱赎父，方得幸免。至成都残破，玄已早终。更有蜀人王皓王嘉，亦不肯事述。述先将他妻子系住，胁令出仕。皓对来使说道："犬马尚且识主，况我非犬马，怎得妄投？"说着，竟拔剑自刎。述竟将他妻子杀死。王嘉闻皓自杀，也即戕生。犍为人费贻，漆身为癞，佯狂避征；同郡任永冯信，都伪托青盲，巧辞征命。此次光武帝因蜀地告平，申命吴汉等访求遗逸，方得查出数人志节，奉诏表李业闾，祀谯玄以中牢，为王皓王嘉伸冤，抚恤后裔，特诏费贻任永冯信入都，面授官职。永信同时病殁，唯贻入见后，拜为合浦太守。此外如述将程乌李育，颇有才能，亦由光武帝下诏叙用，不令向隅。又追赠述故臣常少为太常，张隆为光禄勋。常少张隆，见前文。于是西土悦服，莫不归心。小子有诗咏道：

抚我为君虐我仇，安民有道在怀柔；
井蛙小丑何知此？身死家亡地让刘。

蜀地平定，吴汉等振旅还朝。欲知后事如何，且看下回再表。

公孙述一夸夫耳，无他功能，乘乱窃据，但以僻处西陲，依险自固，故尚得苟延岁月，僭号至十有二年。及关东已平，王师西指，述不能用荆邯之策，空国决胜，乃徒豢二三刺客，戕来歙，害岑彭，何济于事？彼既不愿为降天子，何勿堂堂正正，与决胜负？成固甚善，败亦有名，仅恃此鬼蜮伎俩，暗杀汉将，汉将岂能一一被刺乎？来歙岑彭，不幸遇刺，而吴汉臧宫诸将，长驱直前，进捣成都，述尚欲死中求生，背城借一，卒至洞胸坠马，亡国覆宗。诈术果可恃耶？不可恃耶？项羽谓天实亡我，非战之罪；公孙述谓废兴有命，是皆不度德，不量力，一败涂地，乃诿诸天命，无聊之语，可笑亦可悯也！

第二十回　废郭后移宠阴贵人
诛蛮妇荡平金溪穴

却说蜀地告平，全军凯旋，凉州牧窦融，上表称贺，有诏令融与五郡太守，一同入朝。融遂与武威太守梁统、张掖太守史苞、酒泉太守辛肜、敦煌太守竺曾，金城太守库钧，奉诏入都。既抵阙下，即缴上安丰侯凉州牧印绶。光武帝赐还侯印，即日召见，赏赐恩宠，无与伦比。寻拜融为冀州牧，融辞不就任。适大司空李通，因病去职，由扬武将军马成，暂行代理，未尽胜任，乃进融为大司空；并授梁统为大中大夫。凉冀二州，另行简员镇守。好在陇蜀已平，西北无事，只有卢芳伪称刘文伯，连结匈奴乌桓，常为边患。屡见前文。骠骑大将军杜茂等，奉诏往讨，历久未平，芳部将随昱留守九原，阴通汉军，欲胁芳降汉。芳与十余骑逃入匈奴，昱即诣阙请降，得拜五原太守，封镌胡侯。后至建武十六年间，芳复入居高柳，遣使奉上降书。光武帝乃立芳为代王，令他和辑匈奴。芳申请入朝，奉诏批准。及芳南至昌平，又遇朝使传谕，叫他折回。芳不免疑惧，仍背汉投胡，既而病死。自是函夏无尘，全国统一。光武帝增封功臣，得三百六十五人，外戚封侯，计四十五人，唯宗室诸王，却为了将军朱祐计议，反降封为公侯。如赵王良，由广阳徙封。齐王章、即刘縯长子。鲁王兴，縯子过继刘仲，均见前。三人统称为公。长沙王兴、真定王德、即刘杨子。河间王邵、中山王茂四人，俱景帝后裔。统称为侯。更封孔子后裔孔安为宋公，周公后裔姬常为卫公，此外宗室封侯，共一百三十七人。光武帝久在兵间，厌心武事，且知天下疲耗，益欲息肩，自陇蜀平定后，非遇急警，不复言兵。皇太子强，年已十余，有时侍侧，问及攻战方略，光武帝正色道："从前卫灵公问陈，孔子不对，此事非尔所宜问呢！"此实一权宜之语，并非至训。邓禹贾复，知帝欲偃武修文，不愿功臣拥众京师，乃投戈讲道，修明儒学。耿弇等亦缴还大将军印绶，并以列侯就第。朱祐尝荐贾复端重，可为宰相，光武帝置诸不答。唯移封邓禹为高密侯，使食四县。贾复为胶东侯，使食六县。李通已封固始侯，位兼勋戚，因得与邓禹贾复，参议国家大事，恩遇从隆。其余功臣数百人，不过给与廪禄，令他安享太平，不复重用。保全功臣，莫如此策。至若朝廷宴会，辄召功臣集饮，济济盈堂，无不守礼。光武帝当大宴时，历问群臣道："卿等若不得遇朕，果有何为？"邓禹起答道："臣尝学问，可做一文学掾吏。"光武帝笑道："这也未免太谦了！卿志行修整，可官功曹。"及问至马武，武答言："臣粗具膂力，可为守尉，督捕盗贼。"光武帝又笑说道："且自己不为盗贼，做个亭长罢了！"武平素嗜酒，任气使性，常在御前折辱同列，故光武帝随事加诫，略示裁抑。但功臣稍有过失，帝必曲为优容，所有远方进贡珍甘，亦尝先赐列侯，不少悭吝。故功臣皆怀德畏威，不生怨望，安上全下，比那高祖时代，迥然不同。这是光武帝的识量过人，故有是良法美意，卓越古今。应该称扬。

独骠骑大将军杜茂，尚留守北方，备御匈奴。光武帝不欲劳兵，特使吴汉等北往，督徙边民，尽入内地，但谕茂缮治城障，阻住胡烽。茂令兵士屯田筑堡，毋敢少疏。会因军吏冤杀无辜，遂致连带免官，减削食邑，由修侯降为参蘧乡侯，另命蜀郡太守张堪为骑都尉，使他往领茂营。匈奴闻茂去职，乘隙进攻，兵至高柳，被张堪督兵邀击，大破胡兵，飞章告捷。光武帝因令茂为渔阳太守，兼辖军民。茂赏善罚恶，公正无私，吏士并乐为用。匈奴以高柳被挫，再图报复，竟发万骑入渔阳。才入境内，即有数千健卒，当头截住，仿佛与长城相似，丝毫不能动摇。再加张堪领着后队，鸣鼓继进，锐厉无前，把胡骑冲得七零八落。匈奴将帅，连忙奔还，十成中已丧失了四五成，从此畏堪如神，不敢近塞。堪乃劝民耕稼，特就狐奴地方，开稻田八千余顷，不到数年，桑麻菽麦，偏地芃芃。百姓踊跃作歌道："桑无附枝，麦穗两歧；张公为政，乐不可支！"总计堪守郡八载，户口蕃庶，物阜民康。光武帝欲征堪内用，堪竟病逝，有诏褒扬政绩，赐帛百匹。堪字君游，系南阳郡宛县人，少时已有志操，号为圣童，入蜀时不私秋毫，布被终身。中兴循吏，杜诗以外，要算张堪。赞美循吏，借以风世。

沛郡太守韩歆，亦刚直有声，建武十三年间，大司徒侯霸病逝，特擢歆为大司徒。歆就职后，每好直言，尝在帝前指天画地，不少隐讳。光武帝未免动怒，歆仍不少改，在任二年，坐被谴归。未几又颁诏申责，歆愤激自杀，子婴亦死。都人士替他呼冤，为帝所闻，乃追赐钱谷，具礼安葬。遇主如光武，且以直言贾祸，遑问他人。后来欧阳歙戴涉，相继为大司徒，俱坐罪论死，光武帝亦稍稍严急了。最错误的是废后一事，为光武帝平生大累。事在建武十七年间。光武帝既立郭氏为皇后，嫡子强为皇太子，相安有年，见十二回。郭后复生子四人，一名辅，一名康，一名延，一名焉。阴贵人亦生五子，长名阳，次名苍，次名荆，又次名衡，名京。尚有一子名英，为许美人所出。许美人无宠，当夕甚稀，故只生一男。就中总算这位阴贵人，最得宠爱，光武帝有时出征，尝命阴贵人随行。阴贵人初次生男，曾在元氏县中分娩，彼时从征彭宠，适当有娠，故在行辕中产儿，取名为阳，两颊甚丰，至十岁时能通春秋，光武帝目为奇童。夺嫡之兆，已寓于此。建武十五年，大司马吴汉等，上书请封皇子，三奏乃许。使大司空窦融告庙，封皇子辅为右翊公，英为楚公，阳为东海公，康为济南公，苍为东平公，延为淮阳公，荆为山阳公，衡为临淮公，焉为左翊公，京为琅琊公。这是因年序封，故与上文叙次不同。诸子受封，才及月余，有诏令天下州郡，检核垦田户口。刺史太守，依诏施行，次第奏报。独陈留吏牍中夹入一纸，上书二语云："颍川弘农可问，河南南阳不可问。"光武帝瞧着，问所从来，吏人谓由长寿街上拾取，误夹牍中。这是因光武好谶引惹出来。光武帝因疑生怒，顿有愠色。东海公阳，年才十二，适侍帝后，便乘间进言道："河南帝城，必多近臣，南阳帝乡，必多近亲；田宅逾制，不便细问，故有是言！"光武帝大悟，再使虎贲将穷诘吏人，吏人无从隐蔽，所对如东海公语。光武乃更遣谒者巡行河南南阳，纠察长吏，实地钩考，免得徇私。但自此爱阳有加，自悔立储太早，不得使阳为冢嗣。天下事不宜生心，一有芥蒂，免不得形诸词色。郭皇后暗中窥透，当然怀嫌，因此对着帝前，往往冷嘲热讽，语带蹊跷。光武帝积不能容，遂致夫妻反目，动有违言。到了十七年冬月，竟突然下诏道：

皇后怀势怨怼，数违教令，不能抚循他子，训长异室。宫闱之内，若见鹰鹯，既无关雎之德，而有吕霍之风，岂可托以幼孤，恭承明祀？今遣大司徒戴涉，时涉尚未坐罪。宗正刘吉，持节往谕，其上皇后玺绶。阴贵人乡里良家，归自微贱，自我不见，于今三年。两句援引诗经，为追忆之词。宜奉宗庙为天下母。异常之事，非国休福，不得上寿称庆，特颁诏以闻。

诏既颁发，群臣互相错愕，莫敢发言。郭皇后只好缴出印绶，徙居别宫。那色艺兼优的阴贵人，竟得超居中宫，母仪天下。句中有刺。殿中侍讲郅恽进奏道："臣闻夫妇情好，父子间尚且难言，况属在臣下，怎敢参议？但望陛下慎察可否，勿令天下贻议社稷，方可无忧！"光武帝答道："卿能曲体朕意，朕亦不为已甚哩！"乃暂不易储，更进郭后次子辅为中山王，号郭后为中山太后。余如东海公阳以下，俱进封为王。嗣且命赵齐鲁三公，均复王爵，这且待后再表。

且说光武帝即位以后，尝出幸春陵，亲祠先人园庙，旋又改春陵乡为章陵县，永免徭役，比拟高祖时代的丰沛。至建武十七年冬季，复至章陵祭祖，治旧宅，观田庐，置酒作乐，大会宗室，无论男妇老幼，并得列席。酒至半酣，诸母相与絮语道："文叔光武帝小字，见前文。少时谨信，与人交际，无甚款曲，不过柔顺有容，素无争忤。谁料今日尊荣至此！"光武帝凑巧听见，不由的接口道："我御天下，亦欲以柔道为治，并不致后先矛盾哩！"说着，鼓掌大笑。诸宗室相率腾欢，至日暮方才散席。越宿由光武帝谕令有司，为宗室尽建祠堂，然后命驾起行，还至宫中，已将残腊。倏忽间又是建武十八年了，孟春无事，过了一月，忽得蜀郡警报，乃是守将史歆，据住成都，自称大司马，猝攻太守张穆，穆逾城走入广都，飞书乞援。光武帝亟令大司马吴汉，率同臧宫刘尚二将，领兵万余，往讨史歆。汉至武都，再发广汉巴蜀三郡兵马，进围成都，数旬即下，把史歆擒斩了事。宕渠人杨伟，朐䏰人徐容等，本已为史歆诱惑，各纠众数千人，与歆相应。吴汉等既收复成都，再乘桴沿江，进至巴郡。杨伟徐容，闻风骇走，终被汉军擒诛，余党皆降，徙居南郡长沙。蜀郡复平，汉等还朝复命。

不意南方交阯，突出了两个蛮女，公然聚众造反，寇掠岭南六十余城。

吕母迟昭平后，复出了两个蛮女，甚是奇特。两蛮女叫做征侧征贰，本是一对姐妹花，为麊泠县雒将女儿。麊泠音糜零，交阯僻处南海，从前未设郡县，为土人所分据，随地垦田，有雒王雒将雒民等名。面貌不过寻常，身材很是长大，力举千钧，霸占一方。侧尤骁勇，已嫁与朱鸢人诗索为妻，她却不安家室，唯与妹征贰玩刀耍枪，练习武艺。及刀枪纯熟，自谓技艺无敌，想做一个南方女大王。可号为井底雌蛙。于是号召徒众，待机即发。适交阯太守苏定，执法相绳，饬令缴械散众，不得生事。侧与贰遂愤然发难，攻陷郡城，苏定出走，南方大乱。九真日南合浦各蛮夷，哗然起应，郡守纷纷内避，被她闹得一塌糊涂，所有岭南六十余城，并罹兵阨。侧竟自立为王，令贰为大将，两蛮女振动雌威，名闻远近。警报传到洛阳，光武帝怎能坐视？便选出虎贲中郎将马援，使为伏波将军，令与扶乐侯刘隆，督率楼船将军段志等，南下讨贼。援前为大中大夫，与来歙同为监军。见十八回。歙尝奏言陇西侵残，羌种杂沓，非马援不能平定。光武帝因拜援为陇西太守，援连破叛羌，征服余众，缮城治坞，辟田劝耕，陇西以安。嗣被召为虎贲中郎将，屡得进见，尝与光武帝谈论兵法，意俱相合。再出讨皖城妖人李广，一鼓即平。这是补叙之笔。至是复受命南征，航海前进。军至合浦，段志得着急病，竟至逝世。援令弁目护丧归葬，自与刘隆并领水军，水尽登岸，辟山通道，得达浪泊。征侧方安据交阯，南面称尊，总道是天高地迴，任所欲为，蓦闻汉军已至浪泊，也不禁吃了一惊。当下升帐点兵，得数万人，使妹征贰为先锋，自为后应，至浪泊中搦战。两阵相交，金鼓连天，约莫有两三个时辰，蛮众究竟乌合，敌不过百战雄师，一败便走，势若散沙。征侧征贰，但靠着两臂蛮力，目无中原，至此才知王师利害，觅路逃走。援驱军追杀，斩首数千级，收降万余人，女流究属无用，不堪一战。趁势至交阯城下，四面围攻。征侧自觉孤危，即与征贰商议道："我与汝奋臂一呼，远近响应，不到数月，得攻克六十余城，满望杀往岭北，进据中原，哪知中朝天子，遣到精兵猛将，锐不可当，现今坐困危城，如何是好？"征贰想了多时，才答说道："据妹子看来，此城断不可守，不如奔往金溪穴中，扼险自固，就使猛将如云，亦不能捣破此穴，待他粮尽引退，我等复好出据此城了。"征侧点首称善，随即弃城夜遁。马援闻知，率众力追，行抵金溪，连战数阵，蛮众除杀死外，多半溃散。唯征侧征贰两姐妹，拼命逃走，得入金溪穴中，穴甚深邃，四围有大山包住，只有一口可通，也是险仄得很。侧与贰窜入此穴，使残众堵住穴口，大有一夫当关，万夫莫开的形势。援率众到了穴前，察视四周，除穴口外，竟是无缝可钻，倒也踌躇得很。自思航海南来，费尽千辛万苦，得入此地，倘若畏难即退，岂不是尽隳前功？况且留此两妇，终究是将来祸祟，理应斩草除根，方免后患。于是下令军士，随山伐木，就谷口筑起巨栅，容纳全师；再命游骑巡弋四围，截虏蛮众，想得几个俘虏，询问路径，或有一线可通，便好令他向导，捣杀进去。谁知一住半月，竟无人迹，山上瘴气熏蒸，军士一不小心，往往触瘴致疾，真个是欲退不得，欲进不能。援却抱定主意，誓灭此虏，勉令将士围住谷口，一面分兵略定各郡，收聚粮食，输运军前。征侧征贰总以为汉军无法，定必速退，且穴中曾备有粮草，足资一年，但教安心耐守，自可解围。螺蚌缩入壳中，能长此不开么？不意过了数月，汉兵不退，又过数月，仍然不退，直至岁暮年阑，汉兵尚在谷外扼住，未曾退去。穴内粮食，已将告罄，且水道亦被汉兵塞断，涓滴不见流入，害得又饥又渴，无可为生。勉强过了残冬，已是建武十九年正月。侧与贰不能再伏穴中，只得驱众杀出，众兵已困惫不堪，没奈何硬着头皮，冲出谷口，汉兵早已出栅待着，见一个，杀一个，见两个，杀一双，吓得蛮众又复倒退。马援知蛮众不济，传令投降免死，蛮众听着，遂一齐抛去兵械，匍匐乞降。唯征侧征贰两人，罪在不赦，只得不管死活，舍命格斗，结果是跌倒地上，双双就擒，当由汉军缚住，推至马援面前，两人跪倒磕头，哀求饶命。马援作色道："无知贱婢，也想抗拒天朝，今日还想求生么？"说毕，即令刀斧手将两人推出，一同枭首，献入都中。恐洛阳城中，难得见此好头颅？有诏封援为新息侯，食邑三千户。援乃宰牛酿酒，大飨将士，且笑且语道："我从弟少游，与我志趣不同，尝谓人生在世，但教饱食暖衣，乘下泽车，跨款段马，做一个郡县掾吏，老守坟墓，乡里间称为善人，也好知足，何必奔波劳碌，妄求功名？我当初意不谓然，今至浪泊西里，转战年余，下潦上雾，毒气弥漫，仰视飞鸢摇摇，似堕水中，卧念少游平生时语，几不可得。还亏诸君戮力，得破二妇，乃先受恩赏，独得佩金拖紫，食采封侯，真令我且喜且惭了！"将士等都离席跪伏，喧呼万岁。援复令起饮，至醉方散。越日又率楼船大小二千余艘，战士二万余名，四处搜捕余孽，斩获五千余人，岭南乃平。援再至交阯，设立铜柱，上书："大汉伏波将军马援建此。"然后振旅而还。小子有诗咏道：

何来蛮女敢称雄，负险经年扼谷中；
幸有老成操胜算，坚持到底庆成功。

欲知马援还朝情形，待至下回再详。

光武帝能容功臣，独不能容一妻子，废后之举，全出私意，史家多讥其不情。吾谓光武之误，不在于废后之时，而在于立后之始。阴氏女娶于先，郭氏女纳于后，岂可因出身之贵贱，为后先之倒置乎？况“娶妻当得阴丽华”，光武帝已有成言，本昵爱之初衷，得相攸于微贱，正应立彼为后，不负前盟。故剑可求，杜陵之遗规犹在，何得以郭氏之早生皇子，超列中宫？古人有言：“慎厥初，唯厥终”，未有初基不慎，而可与之图终者也。彼征侧征贰，以南方之妇女，敢尔称兵，想亦由戾气所钟，故有此异事耳。幸而伏波往讨，务绝根株，千里奔波，一年耐久，卒得擒二妇于窟穴之间。倘非坚持不敝，贯彻始终者，亦安能若是耶？伏波铜柱，照耀千秋，宜哉！

第二十一回　雒阳令撞柱明忠
日逐王献图通款

却说马援讨平交阯，振旅还朝，将抵都门，朝中百官，或与援素有交谊，并皆出都远迎。待援到来，彼此下马欢叙，就在驿馆中休息片时。平陵人孟冀，系援老友，亦在座中，当即起身称贺。援笑说道："我望先生劝善规过，奈何亦作此俗谈？从前伏波将军路博德，开置南方七郡，见《前汉演义》。不过受封数百户，今我不过擒斩二妇，略具微劳，乃得叨封大邑，滥沐恩荣，功薄赏厚，如何持久？究竟先生如何教我？"谦谦君子。冀答谢道："愚实未足知此。"援又说道："方今匈奴乌桓，尚扰北边，我还想自请出击，男儿要当拼死边野，用马蓐裹尸还葬。怎能僵卧床上，在儿女子手中讨生活呢？"老当益壮，此公固不负前言；但亦未始非后来谶语。冀接入道："既为烈士，原该如此。"大众亦无不赞叹。随即相偕入都，由援诣阙复命，奏明一切。光武帝当然慰劳一番，特赐援兵车一乘。援谢恩退朝，复因从征军士，除战死外，遇疫身亡，差不多十中四五，乃具录上闻，请得许多银粮，抚恤兵士家属，慰死安生，这且无庸细表。

且说建武十九年正月，五官中郎将张纯，及太仆朱浮等计议，谓人子当事大宗，降私亲，应为本支先祖，增立四庙。光武帝览奏后，自思昭穆次第，当为元帝后裔，乃追尊宣帝为中宗，更祀昭帝元帝于太庙，成帝哀帝平帝于长安，春陵节侯买。以下于章陵，各设太守令长，为典祠官。正在制礼作乐的时候，忽报河南原武县中，出了一班妖贼，为首的叫做单臣傅镇，拘住守吏，据有县城，自称大将军。光武帝特遣前辅威将军臧宫，发黎阳营兵数千人，往讨贼众。原武城内，积粟甚多，贼得据粮坚守，累攻不克，反丧亡了若干士卒。光武帝未免忧劳，特召集公卿王侯，商议方略。群臣多请悬赏购募，东海王阳独进说道："妖巫胁众为乱，势难久持，就中必有心中悔恨，意欲出亡，只因外围紧急，无从脱身，没奈何拼命死守。今宜敕军前缓围，纵令出城，贼众解散，渠魁孤立，一亭长亦足擒斩了。"足智多谋，可称肖子。光武帝甚以为然，即遣使传谕军前，令臧宫缓围纵贼，果然，贼众陆续出奔，顿致城内空虚。宫得一鼓入城，击毙单臣傅镇，原武遂平。嗣是光武帝愈爱东海王，只有皇太子强，自母后被废后，常不自安；又见东海王逐日加宠，越觉生忧。殿中侍讲郅恽，遂进白太子强道："殿下久处疑位，上违孝道，下近危机。从前殷高宗为一代令主，尹吉甫亦千古良臣，尚因纤芥微嫌，放逐孝子。《家语》载：曾参出妻，不复再娶，尝谓高宗以后，妻杀孝子，尹吉甫以后，妻放伯奇，吾上不及高宗，中不比吉甫，何如不娶？至若'春秋'大义，母以子贵，为殿下计，不如引愆让位，退奉母氏，方为不背所生，毋亏圣教呢！"太子强听了恽言，便表请让位，愿为外藩。光武帝不忍遽许，强又密托诸王近臣，再三恳请，乃决意易储，当即下诏道：

《春秋》之义，立子以贵。东海王阳，皇后之子，宜承大统。皇太子强，崇执谦退，愿备藩国，父子之情，重久违之，其以强为东海王。此诏。

强奉诏后，便缴上太子印绶，即日册立东海王阳为太子，改名曰庄。唯郭后母子，虽皆被废，光武帝顾念郭氏亲属，恩尚未衰。郭况为故后亲弟，受封绵蛮侯；郭竟为故后从兄，尝官骑都尉，从征有功，受封新郪侯；竟弟匡亦得封发干侯；郭梁为故后从父，早死无子，有婿陈茂，且因外戚贻恩，封南𬘘侯。𬘘读若绵。况谦恭下士，颇得声誉，光武帝亦格外恩宠，更徙封况为阳安侯，食邑比前加倍。至建武二十年间，徙封中山王辅为沛王，即令中山太后郭氏为沛太后，即郭皇后，见前文。又进况为大鸿胪，车驾屡至况第，会集公卿列侯，一同宴饮，赏赐况金银缣帛，不可胜计。京师称况家为金穴。况母刘氏，素号郭主，至病殁时，由光武帝临丧送葬，百官大会，并迎况父郭昌遗柩，由真定至洛阳，与郭主合葬。追赠昌为阳安侯，予谥曰思。这也算是光武帝不忘旧情，所以有此恩遇呢！虽属厚恩，究难补憾。话休絮烦，唯帝姐湖阳长公主，经宋弘拒婚后，见十一回。总算守孀全节，光武帝格外怜悯，厚赐财物。因此公主得豢养家奴，数以百计。家奴中良莠不齐，有几个狡悍苍头，往往倚势作威，横行都市，甚至白日杀人，避匿主家，地方官不便往捕，致成悬案。会公主出外闲游，即令苍头骖乘，昂然从行。究竟不似节妇行为。雒阳令董宣，正因前案未了，屡次候着，可巧碰见了公主苍头，正是杀人要犯，便即驻车下马，拦住公主辇前，不令前行。公主不免动怒，欲叱董宣。宣拔出佩刀，画地有声，直斥公主纵奴为暴，罪当连坐。一面令苍头下车，词色甚厉，苍头无奈，下车谢罪。哪知董宣竟不容情，把手中宝刀一挥，将苍头劈作两段；然后放公主过去。公主究是女流，一时不便与争，只好悻悻的驰还宫中，向帝前哭诉一番。妇人不知己过，专用这般伎俩。光武帝也不禁动怒，立召宣入，责他冲撞公主，令左右执箠挞宣。宣叩头道："愿乞容臣一言，然后处死！"光武帝勃然道："汝尚有何言？"宣答说道："陛下圣德中兴，乃令长公主纵奴杀人，如何制治天下？臣不须箠，请自杀便了！"说着，用头撞柱，血流满面。光武帝听言辨色，也觉得董宣理直，怒为少平，因嘱小黄门官名。将宣扶住，不使再撞，但令他叩谢公主。宣不肯依谕，再由小黄门揿住宣头，叫他对公主叩首。宣两手据地，终不肯俯。公主顾光武帝道："文叔为布衣时，藏匿亡命，吏役不敢至门，今贵为天子，反不能威行一令么？"光武帝笑答道："天子与布衣不同。"究竟是聪明主子。说至此，复语宣道："强项令可即出去！"宣依谕即出。寻复有诏嘉宣守法，特赐钱三十万。宣拜受恩赐，散给诸吏。从此宣搏击豪强，威震都下。宣字少平，陈留人，都人为作歌道："枹鼓不鸣董少平。"后来在任五年，因病去世，年已七十四岁。有诏遣使临视，只一布被复尸，妻子相向对泣，内室唯大麦数斛，敝车一乘，使人还报光武帝。帝很是叹惜，命用大夫礼安葬。史家因他历任守令，好刚任杀，特列入酷吏传中，虽是尚宽禁暴的意思，但看他不畏豪强，非常廉洁，究竟是一位好官。试问古今以来的守令，能有几个似董少平呢？可为董君吐气。光武帝待遇董宣，还算不薄，唯对着三公，却是不肯轻轻放过。自从大司徒韩歆，逼令自杀，见前文。继任大司徒戴涉，又为了太仓令奚涉罪案，失察下狱，竟坐死刑。并将大司空窦融，牵入在内，亦令罢官。独大司马吴汉，就职有年，未尝遇谴，平时谨慎小心，持重不苟，一经出师，朝受诏，夕即就道，并没有什么留滞。至若从驾出征，或有挫失，诸将皆惶惧不安；唯汉意气自如，仍然整理器械，训勉士卒。光武帝尝使人战视，得知情状，每叹为吴公大材，隐若敌国，所以一心委任，到老不衰。汉妻孥因汉出兵，偶买田宅，汉还家诘责道："将士在外，粮饷不足，奈何多买田宅哩？"说着，即将田宅分给兄弟外家。总计汉居官二三十年，不筑一第；夫人先死，薄葬小坟。至建武二十年间，一病不起，光武帝亲往临视，问所欲言，汉答说道："臣本愚蒙，无甚知识，但愿陛下慎勿轻赦哩！"轻赦二字，怎能包括大政？汉此语亦未免有失。及车驾还宫以后，汉即谢世，有诏予谥曰忠。发北军五校轻车甲士送葬，如前汉大将军霍光故事。另任中郎将刘隆为骠骑大将军，行大司马事。擢广汉太守蔡茂为大司徒，太仆朱浮为大司空，这也不必细表。

单说伏波将军马援，有志从戎，不遑宁处，尝因匈奴乌桓，屡扰北方，震惊三辅，因此复自请防边。光武帝乃令援出屯襄国，令百官祖饯都门，黄门郎梁松窦固，时亦在列。援顾语二人道："人生幸得贵显，当使可贱，如卿等长欲富贵，须居高思危，小心自保，幸勿轻弃鄙言！"两人口虽答应，心中却未以为然。原来松为大中大夫成义侯梁统长子，曾尚帝女舞阴公主，固为窦融弟显亲侯友长子，亦尚帝女涅阳公主。两人俱得为馆甥，贵宠逾恒，总道是与国同休，怕什么意外变故？援与梁统窦友，同官为僚，尝相来往，因恐他嗣子青年，挟贵致骄，故出言相诫。未始非一片好意，谁知反种下祸根。语毕即行，引兵自去。说起这个乌桓国，本是东胡支裔，西汉初年，匈奴单于冒顿，翦灭东胡，余众奔回乌桓鲜卑二山，分为二部，在乌桓山一支，就号作乌桓国，在鲜卑山一支，亦号作鲜卑国。《前汉演义》中亦曾叙及。二部苟延残喘，仍不得不臣服匈奴。及武帝时卫青霍去病。为将，屡破胡虏，匈奴乃衰，乌桓乃徙入内地，分居上谷渔阳右北平辽东诸郡间，背胡事汉，生齿渐番。昭帝元凤年间，乌桓欲报前仇，出掘匈奴单于祖墓，匈奴复击破乌桓。大将军霍光，曾遣度辽将军范明友，率二万骑往辽东，邀击匈奴。匈奴兵已早出境，明友转袭乌桓，斩获甚多。嗣是乌桓复与汉有隙，匈奴部酋，乘间引诱乌桓，连兵寇汉，直至光武中兴，仍然不息。事迹虽已见《前汉演义》，但此书亦不能不叙。马援出屯襄国，部署兵马，越年领三千骑出五院关，掩袭乌桓。乌桓兵先已扬去，援追赶一程，只斩得虏首百级，收兵南归。乌桓却狡黠得很，伺援班师，复来尾追。还亏援星夜趋还，才得全师；但马已死了千余匹。鲜卑与中国，本不相通，因见乌桓扰边，屡有劫掠，也不禁暗暗垂涎；再加匈奴亦遣人招诱，自然利欲熏心，同来生事。建武二十一年秋间，鲜卑引万余骑入塞，寇掠辽东。太守祭肜，系故征虏将军祭遵从弟，素有勇略，能开三百斤强弩。至是闻鲜卑入境，自率数千人迎击，披甲持刀，当先陷阵，部兵一拥齐上，杀死虏众多人，虏兵统皆骇走，急不择路，各跃入断涧中，溺毙过半。祭肜穷追出塞，斩首至三千余级，获马好几千匹。于是鲜卑震怖，不敢入犯。可巧匈奴亦连年旱荒，人畜多死，也不能南下寇汉，朔方少安。先是西域各国，已为汉属；王莽篡位，贬易侯王，西域因此瓦解，转降匈奴。匈奴征求无厌，诸国皆不堪命，且闻光武中兴，汉威再震，乃复遣使入洛，乞请内附。光武帝因天下初定，未遑外事，竟谢绝番使，不从所请。莎车王贤，承袭祖父遗业，雄长西域，未肯臣事匈奴，特与鄯善王安，贡献方物，再求属汉。廷臣如窦融等，并上言莎车王事汉，初衷不改，宜加赐位号，毋失彼望。光武帝乃赐贤西域都护印绶，及车旗锦绣等物。前汉本有西域都护，中经莽乱，此官乃废。偏敦煌太守裴遵，得知此事，独奏称夷狄无信，不可假以大权，遂致光武帝翻悔前言，收还西域都护印绶，另命贤为汉大将军。出尔反尔，亦属不合。贤从此怀恨，虽将印绶缴还，尚诈称大都护，蒙骗各国。各国未识真假，只得听命。贤逐渐骄横，意欲并吞西域，先向各国苛求赋税，稍不如意，便发兵相迫。各国敌他不过，没奈何请命洛阳，遣子入侍，愿另简都护，镇定西陲。无如光武帝坚持初意，见了各国侍子，但用金帛为赏，一律遣归。各国闻信，忙与敦煌太守裴遵檄文，托他代为申奏，仍请留侍子，置都护，威惩莎车。遵当然代奏，光武帝迁延不报，各国侍子，久留敦煌，均怀归志，竟分途潜返。莎车王贤，知汉廷无意西方，遂致书鄯善，劝令绝汉。鄯善王安，不纳贤书，且将来使杀死，贤因发兵报怨，攻入鄯善。鄯善王迎战败绩，逃往山中。贤复移兵袭杀龟兹王，并有龟兹国土，气焰益张。鄯善王安，再上书洛阳，复请遣子入侍，速简西域都护。光武帝使人复谕道："朝廷方偃武修文，不欲劳师勤远，若诸国力不从心，东西南北，尽请自便。"这也太觉迂拘。鄯善王得此复谕，乃与车师等国，悉附匈奴。匈奴在前汉时代，呼韩邪单于入朝归命，与汉和亲，娶得汉宫美人王昭君，产下一男，叫做伊屠知牙师。唯呼韩邪已有二妻，生了数子，故伊屠知牙师不得继立，至呼韩邪死后，长子雕陶莫皋嗣为单于，号称复株累若鞮单于。雕陶莫皋奉母遗训，传国与弟，弟且麋胥，得嗣立为搜谐若鞮单于。且麋胥再传弟且莫车，为车牙若鞮单于。且莫车又传弟囊智牙斯，为乌珠留单于。囊智牙斯在位时，正值王莽篡汉买嘱匈奴，改授新匈奴单于章。至囊智牙斯病殁，弟咸入嗣，名乌累若鞮单于。咸复传弟呼都而尸道皋若鞮单于，名叫作舆。舆弟就是伊屠知牙师，应由右谷蠡王进为左贤王，左贤王即匈奴储君，累世单于，往往经过此职。偏舆心想传子，诬杀伊屠知牙师。当时恼动了一个贵官，系是日逐王比，为乌珠留单于长子，私下怨恨道："依兄终弟及的制度，右谷蠡王应该序立，否则我为前单于长子，应该由我继承，怎得诬杀右谷蠡王，妄思立子呢？"差不多似吴公子光。自是与舆有嫌，庭会稀疏。舆竟立子乌达鞮侯为左贤王，且派遣心腹，监领比部下士卒。既而舆死，乌达鞮侯立为单于。未及一年，又复病逝，弟蒲奴进承兄位。适值旱蝗为灾，赤地数千里，人马死亡大半，蒲奴恐中国出师，乘隙进击，乃遣使入塞，至渔阳乞求和亲，复敦旧好。光武帝亦遣中郎将李茂，传达复命。独日逐王比，满怀怨望，无从发泄，也密遣汉人郭衡，赍奉匈奴地图，南诣西河，恳请内属。前时由舆所派的心腹将士，监领比众，至此忙报知蒲奴，请即诛比。比弟斩将王亦一官名。在蒲奴帐下，得悉风声，慌忙驰报乃兄，比且惧且愤，遂召集八部兵四五万人，说明蒲奴兄弟，不当为主；并为伊屠知牙师伸冤。八部酋长，相率赞成，遂即联同一气，共抗蒲奴。蒲奴遣兵讨比，见比护众自固，不敢进攻，靡然退去。于是八部共推比为主，仍袭先祖遗名，叫做呼韩邪单于，一面款塞通诚，愿为藩蔽。光武帝闻报，询问公卿，众谓天下初定，中国空虚，不应受此降虏。唯五官中郎将耿国，援据孝宣帝故事，力请受降。光武帝依耿国言，许令归附。比遂自称呼韩邪单于，向汉称臣，作为外藩。匈奴从此分为南北了。小子有诗咏道：

招携怀远本仁声，况复胡人自款诚；
夷狄寖衰中国利，朔方从此少兵争。

南匈奴奉藩称臣，汉廷上下，共相庆贺。忽由南方传来急报，乃是武威将军刘尚，战殁蛮中。究竟如何战殁，待至下回叙明。

兼听则明，偏听则暗，人情大都如此，而抚有国家者，尤不可不三复斯言。试观光武帝为中兴令主，犹以女兄一言，几欲置董宣于死地。曾亦思皇亲犯法，庶民同罪？公主纵奴杀人，罪应连坐，乃反欲因董宣之守法，加以不测之诛，可乎不可乎？微董宣之直言无隐，拼死撞柱，则光武且为公主所蒙，而宣且枉死矣！此偏听之所以最易生憎也。尤可怪者，西域内附，一再却还，至日逐王比，款塞通诚，议者犹以拒绝为得计，夫不能自强，即闭关坚守，亦难免外侮之内侵。幸耿国排除众议，独伸己见，而光武帝亦恍然知悟，慨允投诚，可见西域之谢绝，实由无人为之谏诤耳。兼听则明，斯事亦其一证乎？

第二十二回　马援病殁壶头山　单于徙居美稷县

却说洞庭湖西南一带，地名武陵，四面多山，山下有五溪分流，就是雄溪樠溪西溪沅溪辰溪。这五溪附近，统为蛮人所居，叫作五溪蛮。相传蛮人是槃瓠种，槃瓠乃是犬名。古时高辛氏帝喾，屡征犬戎，犬戎中有个吴将军，勇敢绝伦，无人可敌。帝喾乃悬赏购募，谓有人能得吴首，当配以少女。部下尚无人敢去，独有一犬，为宫中所蓄，毛具五采，取名槃瓠，他虽然不能人言，却是能通人性，竟潜至犬戎寨下，啮死吴将军，衔首来归。帝喾以犬虽有功，究竟人畜两途，不便践约，还是少女为父守信，自愿下就槃瓠。槃瓠负女入南山，作为夫妇，生了六男六女，互相配偶，辗转滋生，日益繁盛。这是无稽之谈，不足尽信。历代多视为化外，听他自生自养，只有他出来骚扰，不得不用兵征剿，稍平即止。建武二十三年，蛮酋单程等，又出掠郡县，由武威将军刘尚，奉诏往征，沿途遇着蛮众，一击便走，势如破竹。安知非诱敌计？尚以为蛮众无能，乐得长驱深入，好乘此捣穴平巢，谁知越走越险，越险越艰，满眼是深山穷箐，愁雾浓烟。此时正是建武二十四年春季，点明年月。天方暑湿，瘴气熏人，军士不堪疲乏，尚亦自觉难支，正拟回马退归，忽蛮峒中钻出许多蛮人，持刀执械，蜂拥前来。那时尚不及奔回，只好舍命与争。怎奈蛮众四至，数不胜计，霎时间把尚军围住，尚冲突不出，力竭身亡；手下都被杀尽，无一生还。未始非平蜀时候，屠戮蜀人之报。蛮众得了胜仗，愈无忌惮，便出寇临沅。临沅县令飞章告急，并陈明刘尚败没情形。光武帝又遣谒者李嵩，及中山太守马成，引兵前往，虽得保住临沅一城，终究是惩尚复辙，未敢轻进。光武帝待了数月，不见捷音，免不得与公卿谈及，面有忧容。伏波将军马援，已自襄国还朝，闻得蛮众不平，复向光武帝前，自请出征。兵乃凶事，何苦常行。光武帝沉吟半晌，方与语道："卿年已太老了！"援不待说毕，便答说道："臣年虽六十有二，尚能披甲上马，不足言老。"光武帝仍然沉吟，援急欲一试，便走至殿外，取得甲胄，穿戴起来，再令卫士牵过战马，一跃登鞍，顾盼自豪，示明可用。光武帝在殿内瞧着，不禁赞叹道："矍铄哉是翁！"乃命援出征。带同中郎将马武耿舒刘匡孙永等人，并军士四万余人，经秋出发，故友多送援出都，援顾语谒者杜愔道："我受国厚恩，年老日暮，常恐不得死所，今得受命南征，万一不利，死亦瞑目；但恐权豪子弟，在帝左右，或有蜚言，耿耿此心，尚不能无遗恨呢！"实是谶语。杜愔闻言，也觉得援语不祥，唯不便出口，只好劝慰数语，珍重而别。

看官阅过前回，应知援前次北征，曾规诫梁松窦固二人，二人不能无嫌，其实援与二人，积有嫌隙，尚不止为此一事。从前援尝有疾，梁松往援家问候，直至援榻前下拜，援高卧如故，不与答礼。及松去后，诸子并就榻问援道："梁伯孙松字伯孙。系是帝婿，贵重朝廷，公卿以下，无不惮松，大人奈何不为答礼？"援慨然道："我为松父友，彼虽贵，难道可不识尊卑么？"诸子才不敢再言。但松即从此恨援。援有兄子严敦，并喜讥议廷臣，援引为己忧，当出军交阯时，亦尝致书诫勉，教他谨言慎行，勉效龙伯高，毋效杜季良。伯高名述，当时为山都长，季良名保，为越骑司马。会保有仇人上书，劾保蔽群惑众，并连及梁松窦固，说他与保交游，共为不法；一面觅得马援诫兄子书，作为证据。光武帝览奏后，召责松固，且示及援书，松固叩头流血，方得免罪，但将保褫职，擢述为零陵太守。自经此两番情事，松与固并皆嫉援，松且尤甚。援亦知两人挟嫌，恐他从中谗构，故与杜愔谈及后患。既知两人为患，何必定要出征。不过因皇命在身，未遑他顾，所以引军南下，冒险直前，途中饱历风霜，到了下隽，已是腊尽春来的时候。援在下隽县城中，度过残年，即使人探明武陵路径，计有两道可入，一从壶头山进去，路近水险；一从充县进去，路远地平。中郎将耿舒，谓不如就充县进行，较为妥当。援却拟舍远就近，免得旷日费粮。将帅各持一议，再由援上书奏明，无非说是急进壶头，扼贼咽喉，成功较速等语。光武帝当然从援，复诏依议。援遂由下隽出发，行至临乡，距壶头山约数十里，蛮众已闻援将至，出来堵截，被援驱杀一阵，斩获至二千余人，蛮众四散，尽向竹林中逃去。援命军士四处追寻，不见一贼，乃即进诣壶头山。壶头山高一百里，广袤至三百里，是第一著名的天险；再加急湍深滩，千回百折，几乎没有一片坦途，费了若干时日，才寻出一块平原，扎下营寨。举头相望，见蛮众已在高冈守着，堵住隘口，虽有千军万马，一时也杀不上去，援只得耐心静守，俟机再动。怎奈一住数日，并无机会，天气忽尔暴热，瘴疠交侵，士卒多染疫身亡，援亦不免困惫，乃穿壁为屋，入避炎气。有时闻蛮众鼓噪，不得不力疾出来，防备不测，甚至喘息频频，还要三令五申，亲厉将士。左右见他尽瘁王事，无不叹惜，有几个且为涕下。中郎将耿舒，系建威大将军耿弇胞弟，因见前议不用，终致顿兵壶头，饱尝艰苦，心中很觉不平，遂寄书与弇，大略说是：

前舒上书当先击充，粮虽难运，而兵马可用，军人数万，争欲先奋，今壶头竟不得进，大众怫郁，行且坐死，诚可痛惜！前到临乡，贼无故自至，若夜击之，即可殄灭。伏波类西域贾胡，到一处辄止，以是失利，今果疾疫，皆如舒言。

耿弇得书，恐舒困顿蛮中，连忙将原书入奏。光武帝乃授梁松为虎贲中郎将，使他赍诏责援，且代监军。这个差事，想是由梁松运动得来。及松行抵壶头，援已病殁，松正好借端报怨，飞书上闻，不但劾援贻误军机，并诬援在交阯时，曾取得无数珍宝，满载而归，甚至与援同行的马武，及于陵侯侯昱等，昱系前大司徒侯霸子。亦交章毁援，俱云援载宝还朝，确有此事。光武帝信以为真，立遣使收还新息侯印绶，还想追论援罪。至援柩运归，妻子不敢报丧，唯在城西买田数亩，草草藁葬，宾客故人，莫敢往吊。援妻子尚恐被谴，与援兄子严草索相连，诣阙请罪。光武帝方颁出松书，令他自阅。妻子才知为松所诬，连忙上书诉冤，书上至第六次，辞甚哀切，方得从宽。原来援在交阯时，尝饵薏苡仁，俗呼米仁。得祛风湿，轻身益气，后来功成将归，特因南方薏苡，颗粒较大，因收买数斛，载回家中。那知松等诬为珠宝，几遭奇祸，僚友不为一言，还是前云阳令朱勃，与援同郡，独诣阙上书，为援讼冤。书云：

> 臣闻王德圣政，不忘人之功；采其一善，不求备于众。故高祖赦蒯通，即蒯彻，避汉武讳，改彻为通。而以王礼葬田横，大臣旷然，咸不自疑。夫大将在外，谗言在内，微过辄记，大功不计，诚为国之所慎也！昔章邯畏口而奔楚，燕将据聊而不下，岂其甘心末规哉！末规犹言下计。悼巧言之伤类也！窃见故伏波将军新息侯马援，拔自西州，钦慕圣义，间关险难，触冒万死，孤立群贵之间，旁无一言之佐！驰深渊，入虎口，宁自知得邀七郡之使，膺封侯之福耶？建武八年，车驾西讨隗嚣，国计狐疑，众营未集，援建宜进之策，卒破西州。及吴汉下陇，冀路断隔，唯狄道为国坚守，士民饥困，寄命漏刻；援奉诏西使，镇慰边众，乃招集豪杰，晓谕羌戎，卒救倒悬之急，存几亡之城，兵全师进，因粮敌人。陇冀略平，而独守空郡，兵动有功，师进辄克，诛锄先零，缘入山谷，猛怒力战，飞矢贯胫。又出征交阯，土多瘴气，援与妻子生诀，无悔吝之心，遂斩灭征侧，克平一州。间复南讨，立拔临乡，师已有功，未竟而死，吏士虽疫，援不独存。夫战或以久而立功，或以速而致败，深入未必为得，不进未必为非，人情岂乐久屯绝地，不思生归哉？唯援得事朝廷二十二年，北出塞漠，南渡江海，触冒蛮瘴，为国捐躯，乃名灭爵绝，国士不传，海内不知其过，众庶未闻其毁，卒遇三夫之言，横被诬罔之谗，三夫见《韩子》，即三人，言市中有虎之讹。家属杜门，葬不归墓，怨隙并兴，宗亲怖栗，死者不能自讼，生者莫为伸冤，臣窃伤之！臣闻《春秋》之义，罪以功除，圣王之亲臣有五义，若援所谓以死勤事者也。愿下公卿平援功罪，宜绝宜续，以厌海内之望！臣年已六十，常伏田里，窃感栾布哭彭越之义，冒陈悲愤。战栗阙庭，伏乞明鉴。

这书呈入，光武帝始许援归葬旧茔。好在武陵蛮亦已乞降，由监军宋均奏报，于是援事更不追问了。看官阅此，应疑前次征蛮，何等艰难，后来收降蛮众，为何又这般容易？说将起来，仍不得不归功马援。援在壶头数月，军士原劳顿不堪，蛮众登高拒守，不得下山，也是饥困得很。谒者宋均，本在援营监军，探得蛮众疲敝，意欲矫制归降，得休便休。唯援已病殁，军中无主，何人敢赞同均议？均却毅然说道："忠臣出境，有计议可安国家，何妨专命西行！"乃矫制调伏波司马吕种，赍着伪诏，驰入蛮营，晓示恩信；一面鸣鼓扬旗，作进攻状。蛮酋单程，不免惶惧，因与吕种定约，情愿投降。种返报宋均，均复邀单程出见，好言宣抚，特为设置长吏，事毕班师。途次先遣使上书，自言矫制有罪，听受处分。光武帝略罪论功，待均还朝，敕赐金帛。唯马援四子，不得嗣封，援葬后亦无赠恤明文，但置诸不论罪罢了。未免寡恩。是时大司空朱浮免官，进光禄勋杜林为大司空，林受任数月，又复去世，大司徒蔡茂亦殁。乃更擢陈留太守玉况为大司徒，太仆张纯为大司空。既而玉况又卒，光武帝又记起前议，要想变易旧章。原来故建义大将军朱祐，曾奏称唐虞时代，契作司徒，禹作司空，并无大字名号，圣贤且未敢称大，后人岂易当此？应令三公并去大名，以法经典，奏入不报。此时朱祐已殁，遗疏尚存，又值蔡杜等人，接连病逝，光武帝以大字不祥，不如追从祐议，令二司不得称大，并改大司马为太尉。即日将行大司马事刘隆，免去职衔，另授太仆赵熹为太尉，大司农冯勤为司徒。特叙此事，为下文叙述各官标明沿革。熹与勤无甚奇勋，特以从驾有年，积劳已久，得膺上选。唯司空张纯，为前汉富平侯张安世玄孙，世袭封爵，敦谨有守，建武初先来朝谒，故仍使复国。建武五年，拜为大中大夫，使率颍川突骑，安集荆徐扬各州，管领粮道，接济诸将帅军营，颇称有功。嗣又屯田南阳，迁五官中郎将。有司奏称前代列侯，若非宗室，不宜复国，光武帝因纯有勋劳，未忍削夺，但徙封武始侯，比富平禄食减半。及继杜林为司空，志在萧规曹随，即萧何曹参，见《前汉演义》。清静无为，故亦无特迹可纪。光武帝亦注重安民，不喜纷更，故自中原平定以后，唯简用二三老成人，作为三公。如蔡茂杜林诸徒，半是清廉有操，靖共尔位，虽与开国功臣，劳逸不同，但太平时候，得此守法奉公的大吏，也可谓称职无惭了。持论平允。至若守令中间，却有几个著名的循吏：桂阳太守卫飒，九真太守伍延，卢江太守王景，都是为民兴利，教养有方。还有江陵令刘昆，遇着火灾，向火叩头，火竟灭熄，再迁为弘农太守，弘农多山，山中有虎，并皆负子渡河。事为光武帝所闻，特召昆入问道："前在江陵，反风灭火，后守弘农，虎北渡河，究竟有何德政，能致是事？"昆答说道："这也不过偶然遇此呢！"却是真话。左右听了，不禁窃笑。光武帝独赞叹道："这真是忠厚长者，言无虚饰，若他人作答，不是自夸，便是贡谀了！"遂命书诸策中，面授昆为光禄勋，昆始谢恩退去。未几又有前京兆掾第五伦，管领市政，素有清名。光武帝召伦入见，与语政事，伦奏对称旨，遂拜伦为会稽太守。伦莅政后，为政廉平，民皆称颂，备述贤吏，不没循声。光武帝也有意劝廉，增置吏俸，禄养既足，方使专心牧民，这未始非上以是求，下以是应呢！重禄劝官，本是要道。

且说匈奴日逐王比，既自立为单于，向汉称藩，时人遂称比为南单于。光武帝特遣中郎将段彬，音琛。副校尉王郁，往授南单于玺绶，且准令入居云中。南单于欣然受命，一面遣子入侍，奉表谢恩。光武帝复嘉谕南单于，使得徙居西河郡美稷县，并授段郴为中郎将，王郁为副，嘱他留戍西河，拥护南单于。南单于亦设置诸侯王，助汉捍边。凡云中五原朔方北地定襄雁门上谷代八郡边民，前时避寇内徙，至此各赐钱谷，悉数遣归。独北匈奴单于蒲奴，恐南单于导引汉兵，乘间进击，乃将从前所掠汉民，陆续放还，且遣使至武威郡，乞请和亲。武威太守据实奏闻，光武帝令群臣集议，连日不决。皇太子庄进言道："南单于新来归附，北虏自恐见伐，故前来请和；若遽尔允许，恐南单于将有贰心，不如勿受为是。"光武帝乃复谕武威太守，谢绝来使。朗陵侯臧宫，扬虚侯马武，却联名上书，请击北匈奴，略谓匈奴贪利，不知礼信，穷乃稽首，安即侵盗，现在北虏饥荒，疲困乏力，万里死命，悬诸陛下，诚使命将出塞，招募羌胡，厚加购赏，并力攻击，不出数年，定可平虏等语。光武帝不愿依议，独下诏答复道：

> 《黄石公记》曰："柔能制刚，弱能制强。舍近谋远者，劳而无功；舍远谋近者，逸而有终。故曰：务广地者荒，务广德者强，有其有者安，贪人有者残。残灭之政，虽成必败。"今国无善政，灾变不息，百姓惊惶，人不自保，而复欲远事边外乎！孔子曰："吾恐季孙之忧不在颛臾。"且北狄尚强，而屯田警备，传闻之事，恒多失实。诚能举天下之半，以灭大寇，岂非至愿！苟非其时，不如息民。诸王侯公卿，其各知朕意！

越年为建武二十八年，北匈奴又遣使诣阙，贡马及裘，更请和亲，并请音乐，且求率西域诸国胡客，一同朝贡。光武帝再令三公以下，商议可否。当有一位文学优长的掾史，胪陈计议，拜表上闻。正是：

明主倦勤唯偃武，词臣弭笔且和戎。

欲知何人具奏，所奏何词，容待下回再叙。

光武帝优待功臣，独于伏波将军马援，轻信梁松之谗，立收印绶，不使归葬，后人多讥光武之寡恩，为盛德累，固矣！夫马援之进军壶头，尝上书奏闻，明邀俞允，即使失策，光武亦不能辞责，况不过兵士劳顿，并无败军复师之罪，光武何嫌？乃以梁松一言，暴怒至此。意者其由松为帝婿，有舞阴公主之媒孽其间，乃激成此举欤？援既知蜚言之可惧，而不先引身乞退，自蹈祸机，殆亦明于料人，昧于责己耳！南单于款塞通诚，不妨受降，唯不宜徙入内地，华夷之界，不可不严，一或溃防，后患匪浅。汉虽未遭其害，而典午适当其祸，推原祸始，不能不为光武咎。光武对内则失之伏波，对外则失之南单于，为政固非易事哉。

第二十三回　纳直言超迁张佚
信谶文怒斥桓谭

却说北匈奴一再求和，公卿等聚议纷纷，尚难解决。独司徒掾班彪，陈述己见，请光武帝暂与修和，并为草拟诏书，大略如下：

> 臣闻孝宣皇帝敕边守尉曰："匈奴大国，多变诈，交接得其情，则却敌折冲；应对失其宜，则反为所欺。"今北匈奴见南单于来附，惧谋其国，故屡乞和亲；又远驱牛马，与汉合市，重遣名王，多所贡献，斯皆外示富强，以相欺诞也。臣见其贡益重，其国益虚；求和愈数，为惧愈多。然今既未获助南，则亦不宜绝北，羁縻之义，理无不答。谓可颇加赏赐，略与所献相当，明加晓告以前世呼韩邪郅支行事。报答之辞，必求适当，今立藁草并上曰：下文是代诏书口吻。"单于不忘汉恩，追念先祖旧约，欲修和亲，以辅身安国，计议甚高，为单于嘉之！往者匈奴数有乖乱，呼韩邪郅支，自相仇隙，并蒙孝宣帝垂恩救护，故各遣侍子，称藩保塞。其后郅支忿戾，自绝皇泽；而呼韩附亲，忠孝弥著。及汉灭郅支，遂保国传嗣，子孙相继。今南单于携众向南，款塞归命，自以呼韩嫡长，次第当立，而侵夺失职，猜疑相背，数请兵将，归扫北庭，策谋纷纭，无所不至。唯念斯言不可独听，又以北单于比年贡献，欲修和亲，故拒而未许，将以成单于忠孝之义。汉秉威信，总率万国，日月所照，皆为臣妾，殊俗百蛮，义无亲疏，服顺者褒赏，叛逆者诛罚，善恶

之效，呼韩郅支是也。今单于欲修和亲，款诚已达，何嫌而欲率西域诸国，俱来献见！西域国属匈奴与属汉何异！单于数连兵乱，国内虚耗，贡物裁以通礼，何必献马裘！今赍杂缯五百匹，弓鞬韇丸一，矢四发，遗单于；又赐献马左骨都侯右谷蠡王，并匈奴官名。杂缯各四百匹，斩马剑各一。单于前言先帝时，所赐呼韩邪竽瑟箜篌皆败，愿复裁赐。念单于国尚未安，方厉武节，以战攻为务，竽瑟之用，不如良弓利剑，故未以赍。朕不爱小物，于单于便宜，所欲遣驿以闻。”

光武帝得书后，颇觉彪言有理，即照他所拟草诏，缮发出去，所有赏赐各物，亦俱如彪言。北匈奴受诏而去。会值沛太后郭氏，即废后。见二十一回。得病身亡，光武帝命从丰棺殓，使东海王强奉葬北邙。并使大鸿胪郭况子潢，得尚帝女淯阳公主，进潢为郎。亲上加亲，还是不忘故后的意思。且因东海王强去就有礼，加封鲁地，特赐虎贲旄头钟虡等物，徙封鲁王兴为北海王。兴系齐武王刘縯子，见前文。唯自东海王强以下诸兄弟，虽俱受王封，还是留居京都，未尝就国。当时诸王竞修名誉，广结交游，门下客多约数百，少亦数十人。王莽从兄王仁子磐，自莽被灭后，幸得免祸，家富如故，平时雅尚气节，爱士好施，著名江淮间。旋因游寓京师，与士大夫往来，名誉益盛，列侯公卿，喜与接谈，就是诸王邸中，亦常见王磐足迹。故伏波将军马援，有一侄女，嫁磐为妻。援却不甚爱磐，且闻他出入藩邸，愈为磐忧，尝与姐子曹训道：“王氏已为废族，为子石计，磐字子石。理应屏居自守，乃反在京浪游，妄求声誉，我恐他不免遭殃呢！”已而复闻磐子肃来往北宫，及王侯邸第，乃复语司马吕种道：“国家诸子并壮，不与立防，听令交通宾客，将来必起大狱！卿等须预先戒慎，免得株连！”观人不可谓不审，料事不可谓不明。吕种似信非信，总道诸王势大，可以无虞，因此将援言撇诸脑后，也在藩邸中奔走伺候，曲献殷勤。哪知郭氏殁后，便有人诣阙上书，说是王肃父子，漏网余生，反得为王侯宾客，终恐因事生乱，亟宜加防。光武帝览书生愤，便饬郡县收捕王肃父子，并及诸王宾佐，辗转牵引，系狱至千余人。吕种亦遭连坐，不禁悔叹道：“马将军真神人呢！”但祸已临头，嗟亦无及，就使没有什么大罪，到此已玉石不分，无从辩诉。冤冤相凑，又出了一种杀人的巨案。从前刘玄败没，光武帝尝封玄子鲤为寿光侯。鲤记念父仇，迁怨刘盆子兄弟，因将盆子兄故式侯刘恭，乘间刺死。鲤与沛王辅友善，案情且连及沛王。故鲤坐罪下狱，沛王亦一同被系。光武帝恨上加恨，遂将王肃父子，并诸王宾客，相率处死。沛王系狱三日，经王侯等力为救请，才得释出，乃一并遣令归国，不得仍留京师。诸王奉诏，不得不入朝辞行，分道去讫。

皇太子庄，春秋渐高，留居东宫，光武帝欲为选师傅，辅导储君，因向群臣咨问，令他各举所知，太子舅阴识，已受封原鹿侯，官拜执金吾，群臣俱上言太子师傅，莫如阴侯。独博士张佚进说道："今陛下册立太子，究竟为天下起见呢？还是为阴氏起见呢？为阴氏起见，阴侯原可为太子师傅；若为天下起见，应该选用天下贤才，不宜专用私亲！"光武帝点头称善，且顾语张佚道："欲为太子置师傅，正欲储养君德，为天下计；今博士且能正朕，况太子呢？"当下拜佚为太子太傅，佚直任不辞，受职而退。还有太子少傅一缺，另任博士桓荣，各赐辎车乘马等物。荣沛郡人，资望比张佚为优，少时游学长安，师事博士朱普，习尚书学，家贫无资，佣食自给，十五年不归问家园。及朱普病殁，送丧至九江朱家，负土成坟，遂在九江寓居，教授生徒，多至数百人。王莽末年，天下大乱，荣怀藏经书，与弟子逃匿山谷，虽时常饥困，尚是讲学不辍。待乱事既平，乃复出游江淮，仍以教授为生。建武十九年，始得辟为大司徒掾属，年已六十有余。弟子何汤，为虎贲中郎将，在东宫教授尚书。光武帝尝问汤师事何人，汤以荣对，乃召荣入见，令他讲解尚书，确有特识，因即擢为议郎，亦使教授太子。寻复迁为博士，常在东宫留宿，朝夕讲经。太子庄敬礼不衰，及为太子少傅，荣已七十余岁，乃大会诸生，具列车马印绶，欢颜语众道："今日得蒙厚恩，全由稽古得力，诸生可不加勉么？"以学术博取富贵，志趣亦卑，桓荣一得自矜，不足为训。越二年复改任太常，事见后文。

且说建武三十年仲春，光武帝命驾东巡，行至济南，从驾诸臣，俱表陈光武帝功德，宜就泰山行封禅礼，光武帝不许，毅然下诏道：

> 朕即位三十年，百姓怨气满腹，吾谁欺，欺天乎！曾谓泰山不如林放乎！何事污七十二代之编录！若郡县远遣吏上寿，盛称虚美，必髡、令屯田。特诏。

诏书既下，群臣既不敢复言，待至光武帝东巡已毕，即奉驾还宫。好容易过了两载，已是建武三十二年，光武帝偶读《河图会昌符》，谶记书名。有云："赤刘之九，会命岱宗。"不由的迷信起来，暗想前次东巡，群臣都劝我封禅，彼时我未见此书，还道封禅无益，所以驳斥。今谶文如此云云，莫非真要我行此古礼？乃命虎贲中郎将梁松等，按索河洛谶文，计得九世封禅，共三十六事。不知从何书查出。司空张纯等，即希旨上书，奏请封禅，略云：

> 自古受命而帝，治世之隆，必有封禅以告成功焉。《乐》《动声仪》曰：动声仪，系乐纬篇名。"以雅治人，风成于颂。"有周之盛，成康之间，郊祀封禅，皆可见也。《书》曰："岁二月东巡狩，至于岱宗柴。"则封禅之义也。说得牵强。伏见陛下受中兴之命，平海内之乱，修复祖宗，抚存万姓，天下旷然，咸蒙更生，恩德云行，惠泽雨施，黎元安宁，夷狄慕义。《诗》曰："受天之祜，四方来贺。"今摄提之岁，《尔雅》云："太岁在寅，曰摄提格。"苍龙在寅，德在东宫，太岁号苍龙。宜及嘉时，遵唐帝之典，继孝武之业，以二月东巡狩，封于岱宗。明中兴，勒功勋，复祖统，报天神，禅梁父，祀地祇，传祚子孙，万世之基也。谨拜表上闻。

这书呈入，便蒙批准。未免自相矛盾。司空张纯，忙将汉武帝封禅旧例，纂辑成编，呈将进去。光武帝以汉武故事，尝有御史大夫从行，此次援照旧仪，就命纯比御史大夫，伴驾东出。择定二月初吉，启行出都，沿途仪仗，比前较盛。既到东岳，便柴望岱宗，封泰山，禅梁父，俱如汉武成制。唯刻石文，另行撰就，无非是歌功颂德的套话，小子无暇记录。但封禅礼告成以后，准备回銮，不料张司空骤然得病，医药罔效，延挨了三五日，一命呜呼。想是东岳请他修文去了。光武帝不免扫兴，当即拨司空从吏，护丧西归，自己亦匆匆还宫。唯既行封禅礼，不得不循例大赦，蠲免泰山郡一年田租，且改建武三十二年为中元元年。擢太仆冯鲂为司空，使继纯职。哪知司徒冯勤，也是一病不起，惹得光武帝越加懊怅，暂时不令补缺，直至孟冬时候，方授司隶校尉李欣为司徒。群臣尚壹意贡谀，竞言祥瑞，或谓京中有醴泉涌出，或谓都下有赤草丛生，就是四方郡国，也奏称甘露下降，说得百灵效顺，四海蒙庥。君有骄心，必有佞臣。一班公卿大夫，且上言天下清宁，祥符显庆，宜令太史撰集，传诸来世。还是光武帝虚灵不昧，未肯听许，所以史官只略载一二，不尽铺张。会值孟冬蒸祭，冬祭曰蒸，见《礼记》。光武帝使司空告祠高庙，先日颁诏云：

> 昔高皇帝与群臣约，非刘氏不王，吕太后贼害三赵，赵幽王友，赵恭王恢，赵隐王如意。专王吕氏。赖社稷之灵，禄产伏诛，天命几坠，危朝更安。吕太后不宜配食高庙，同祧至尊。薄太后母德慈仁，孝文皇帝贤明临国，子孙赖福，延祚至今。其上薄太后尊号曰高皇后，配食地祇，迁吕太后庙主于园，四时上祭，垂为永典，毋忽尔仪。

嗣是起明堂，筑灵台，作辟雍，又在北郊设立方坛，主祀地祇，略与南郊祭天坛相似，唯形式不同。费了若干工役，才得告成，乃宣布图谶，昭示天下。先是光武帝从强华言，援据赤伏符谶文，乃即帝位。见前文。及四方寇乱，依次削平，越觉得谶文不爽，迷信甚深，给事中桓谭，尝上书规谏道：

> 臣闻人情忽于见事，而贵于异闻。观先王之所记述，咸以仁义正道为本，非有奇怪虚诞之事。盖天道性命，圣人所难言也，自子贡以下，不得而闻，况后世浅儒，能通之乎？今诸巧慧小才伎数之人，增益图书，矫称谶记，以欺惑贪邪，诖误人主，焉可不抑远之哉！臣谭伏闻陛下穷折方士黄白之术，甚为明矣；而乃欲听纳谶记，又何误也！其事虽有时合，譬犹卜数只偶之类。陛下宜垂明听，发圣意，屏群小之曲说，述五经之正义，略雷同之俗语，详通人之雅谋，则不必索诸虚无，太平自庶几矣！臣自知愚戆，谨冒死上陈。

光武帝览疏，甚是不怿。及建筑灵台，择视地点，又欲决诸谶文，谭复极言谶文不经，光武帝大怒道："桓谭非圣不法，罪当处死！"谭不胜惊惧，叩头流血，方蒙宽宥，唯尚降谭为六安郡丞。谭怏怏就道，得病即死，年已七十余岁。何不早去？又有大中大夫郑兴，因光武帝语及郊祀，拟从谶文取断，兴直答道："臣不览谶文。"光武帝作色道："卿不览谶文，莫非不信谶么？”兴慌忙叩谢道：“臣素愚昧，书多未读，并非不信谶文。”光武帝方才无语，但终不留任内用。后来兴被侍御史讦奏，说他出使成都时，私买奴婢，应该加罪，遂谪兴为莲勺令。兴赴任后，正欲缮修城郭，以礼教民，又奉朝命免官，归老开封原籍。兴素好古学，尤通《左氏周官》，善长历数，如杜林桓谭诸人，往往向兴问业，取承意旨，故世言《左氏春秋》，多半宗兴学说。兴归里后，但至阌乡授徒，三公屡加征辟，不肯复起，得以寿终。识见比桓谭为高。子众能承父学，下文自有交代。

未几已是中元二年，光武帝已六十三岁，还是昧爽视朝，日昃乃罢，暇时辄召入公卿郎将，与谈经义，至夜静方才就寝。皇太子庄，常伺间进言道：“陛下明若禹汤，独不似黄老养性，未免过劳，愿从此颐养精神，优游自适。”光武帝摇首道：“我乐为此事，并不觉疲劳呢！”话虽如此，究竟年老力衰，不堪烦剧，竟于中元二年二月间，染病日剧，在南宫前殿中，寿毕归天。总计光武帝在位，共三十三年，起兵舂陵，迭经艰险，终能光复旧物，削平群雄，可见他智勇深沉，不让高祖。至天下已定，务用安静，退武臣，进文吏，明慎政体，总揽权纲。并且崇尚气节，讲求经义，耳不听郑声，手不持玩好，与王侯等持盈保泰，坐致太平，比那高祖谩骂儒生，诛夷功臣，纵吕后祸刘，实是相差得多哩！也是确评。唯妻妾易位，嫡庶乱序，嬖幸梁松，薄待马援，晚年尚迷信图谶，侈志东封，这虽是瑕不掩瑜，免不得有伤盛德呢！小子有诗咏道：

郁葱佳气早呈祥，帝业重光我武扬；
三十三年膺大统，功多过少算明王。

苏伯阿善望气顾视舂陵乡，尝叹语云：“气佳哉，郁郁葱葱然！”

光武帝崩，太子庄当然嗣位，是为孝明皇帝。欲知明帝即位情形，待至下回再详。

光武帝惩诸王之滥交，并令就国，乃慎选太子师傅，为储养计。阴识本太子母舅，原不宜为太子师，张佚斥群臣之谬论，请择用天下贤才，议固近是，乃其后居然自任，未闻有至德要道，进勖东宫，岂太子果不必指导欤？《后汉书》不为张佚列传，想因其无行可述，故略而不详。至少傅桓荣，独详为记载，有褒美意，但观其夸示诸生，称为稽古之力，但亦一借学沽名，骏而不醇。荣且如此，佚更可知，光武之因言举人，得毋为佚所欺乎？桓谭以善琴干进，尤不足道；及论图谶之不经，却是持正之谈。彼郑兴之学识，较谭为优，而光武帝俱斥而远之，亦思依谶东封，有何效益。匝月而张纯病死，逾年而车驾宾天，谶语果可信耶？不可信耶？光武邈矣！后之人幸勿过事迷信也。

第二十四回　幸津门哭兄全孝友
图云台为后避勋亲

却说明帝继承大统，即日正位，年已三十，命太尉赵熹主持丧事。时经王莽乱后，旧典多散佚无存，诸王前来奔丧，尚与新天子杂坐同席，藩国官属，亦得出入宫省，与朝廷百官无别。熹独正色立朝，横剑殿阶，扶下诸王，辨明尊卑；复奏遣谒者，监视藩吏，不得擅入，诸王且并令就邸，只许朝夕入临；整礼仪，严门卫，内外肃然。不可谓非赵熹才能。尊皇后阴氏为皇太后，奉葬光武帝于原陵，庙号世祖。光武帝曾有遗言：一切葬具，俱如孝文帝制度，务从节省，不得妄费。因此多从朴实，屏去纷华。志此以见光武之俭。山阳王荆，为明帝同母弟，性独阴刻，专喜害人。当闻丧入临时，哭亦不哀，且伪作飞书，用函密封，嘱使苍头冒充郭况家奴，送交东海王强。强展开一阅，大为惊异。但见书中写着：

君王无罪，猥被斥废，而兄弟至有束缚入牢狱者；指沛王辅事，见前文。太后失职，别守北宫，及至年老，远斥居边，海内深痛，观者鼻酸。及太后尸柩在堂，洛阳吏以次捕斩宾客，至有一家三尸伏堂者，痛亦甚矣！今天下有丧，弓弩张设甚备，梁松饬虎贲吏曰："吏以便宜从事，见有非法，而拘常制封侯，难再得也！"郎官窃恶之，为王寒心屏息。今天下方欲思刻害王以求功，宁有量耶？若归并二国之众，东海与鲁。可聚百万，君王为之主，鼓行无前，功易于泰山破鸡子，轻于四马载鸿毛，此汤武兵也。今年轩辕星有白气，星家及喜事者，皆云白气者丧，轩辕女主之位。又太白前出西方，至午犹现，主兵当起。又太子星色黑，日辄变赤，黑为病，赤为兵，请王努力从事！高祖起亭长，先帝兴白水，何况于王为先帝长子，本故副主哉？上以求天下，事必举；下以雪沉没之耻，报死母之仇，精诚所加，金石为开。当为秋霜，毋为槛羊；虽欲为槛羊，又可得乎？窃见诸相工言王贵天子法也。人主崩亡，闾阎之伍，尚为盗贼，欲有所望，何况王耶？夫受命之君，天子所立，不可谋也。今嗣帝乃人之所置，强者为右，愿君王为高祖先帝所志，毋为扶苏秦始皇长子。将闾秦始皇庶子。徒呼天也。

是书却无署名，不过来人传言，谓是大鸿胪郭况亲笔。强亦不暇细讯，但将来使执住，解送阙下，并将原书呈入。明帝命将使人系狱，不令穷治，唯留心访察。知系山阳王荆所为，谋害东海王，自思荆为胞弟，未便举发，不如暂从隐秘。但遣荆出止河南宫，至丧葬事毕，首先令荆还国。一面颁发诏令道：

方今上无天子，下无方伯，若涉渊水，而无舟楫。夫万乘至重，而壮者虑轻，实赖有德左右小子。高密侯禹，元功之首；东平王苍，宽博有谋；其以禹为太傅，苍为骠骑将军。弼予小子，钦哉唯命！

原来东平王苍，系明帝同母长弟，少好经书，具有智略，明帝素与友爱，因特留任骠骑将军，位居三公上。高密侯邓禹，年已垂老，自从关中东归，深居简出，不求荣利。有子十三人，各使学成一艺，修整闺门，教养子孙，俱可为后世法则。光武帝在位时，曾因他杖策定谋，足为功首，所以特加宠异，至是复拜为太傅，进见时却令东向，待若宾师。臣当北面，东向系宾师之位。禹就职逾年，已是永平纪元，朝贺以后，即患瘫疾，好容易延至五月，禄寿告终。明帝优加赙赠，予谥曰元。分禹封为三国，令禹长子震嗣爵高密侯，次子袭封昌安侯，三子珍封夷安侯。接连是东海王强，亦已病故，讣至阙下，明帝从阴太后出幸津门亭，遥为举哀，使司空冯鲂持节至鲁，护理丧事。诸王及京师亲戚，一体会葬，予谥恭王。强本封东海，嗣加鲁地。见前。从前鲁恭王余，景帝子。好筑宫室，建造灵光殿，规模宏敞，虽经变乱，此殿独存。光武帝怜强无罪，自愿逊位，故特加给鲁地，令他徙居鲁殿，安享天年。偏强寿命不永，殁时只三十四岁。遗疏以子政不肖，未便袭封，愿仍还东海郡，让还鲁地。明帝不忍依议，仍使政承袭旧封。果然政纵淫渔色，行检不修。后至中山王焉病逝时，焉系郭后所出，见前。政往中山送葬，见焉妾徐姬，姿容韶秀，竟将她诱取了去，据为已妾。又盗迎掖庭出女，载入都中，日夕图乐。鲁相及豫州刺史，奏请诛政，有诏但削去薛县，薄惩了事，政幸得令终。这是后话不表。已为章帝时事。

且说西海一带，西海即青海。向为羌人杂居地，秦初有无弋爰剑，为秦所拘，乘间脱去，匿居岩穴间。嗣出与劓妇相遇，谐成夫妇，劓女自耻失容，常用发复面，羌人遂沿为习俗。且因爰剑匿穴不死，必有后福，遂共推为酋长，徙居河湟。后来子孙日蕃，各自为种，或因地得名，或因人得名。秦汉时叛服靡当，汉武帝始遣将军李息，讨平群羌，特置护羌校尉。宣帝因先零羌寇边，复使后将军赵充国，击破先零，屯田设戍。元帝时又有叛羌，再遣右将军冯奉世出剿，才得平定。自从爰剑五传至研，颇称豪健，威服诸羌，子孙遂以研为种号。再传八世，又出了一个烧当，雄武与研相同，子孙更自名为烧当种。王莽末年，中原大乱，四夷内侵，羌人亦还据西海，入寇金城。时隗嚣据有陇西，不能平羌，索性发粟接济，诱他拒汉。嗣经来歙马援两将军，一再征讨，羌势少衰。独烧当玄孙滇良，为先零卑湳诸羌所侵，发愤图强，招携怀远，竟得收集各部，袭破先零卑湳，据有两羌土地。滇良死后，子滇吾嗣，辗转收抚各羌种，教他攻取方略，作为渠帅。羌种沿革，已见大略。中元二年秋间，滇吾与弟滇岸等，带着步骑五千人入寇陇西。陇西太守刘盱，出兵拒战，为羌所败，丧亡五百余人。滇吾得了胜仗，趁势号召诸羌，于是为汉役属的羌人，亦起应滇吾，相率犯边。明帝方才嗣立，忙遣谒者张鸿，领兵出塞，会同陇西长史闲飒，共讨滇吾。哪知到了允吾县唐谷间，中了滇吾的埋伏计，四面兜击，全军覆没。于是再起马武为捕虏将军，使与监军使者窦固，中郎将王丰，右辅都尉陈欣等，调集兵士四万人，大击滇吾。行至金城郡浩亹才，正值羌众前来，马武系百战老将，便当先冲锋，奔杀过去。羌众不能抵敌，向后退去，武得斩首六百级，乘胜追抵洛都谷。谷中两面削壁，不便驱驰，羌人却得依险返攻，来战汉军，汉军措手不及，前队多死。还亏马武行军有律，不致自乱，徐徐的退出谷外，安就坦途。羌众却也狡黠，掉头自去，相引出塞。武检点军士，已伤毙了千余人，尚幸全军锐气，未尽消失，乃复整阵追击，直抵塞外。羌人总道汉军败退，不致再追，乐得放心安胆，解甲韬弓，信口唱着番歌，向西归去。不意汉兵从后杀到，吓得羌众魂散魄驰，人不及甲，马不及鞍，又没有山谷可以暂避，偏偏在东西邯间，碰着大敌。东西邯有水分流，中央筑亭，叫作邯亭，邯亭左右，邯水分绕，因名东西邯。这乃是往来大道，并无险阻，汉兵正好纵击，大杀一阵，剁落四千六百颗头颅，擒住一千六百个生口。滇吾滇岸拼命逃生，余众或降或奔，不在话下。武乃振旅还朝，得增封邑八百户。越二年，武即病终。垂暮得功，比伏波福运为优。

同时辽东太守祭肜，亦遣偏将讨赤山乌桓，斩将搴旗，大获胜仗，威声四震，绝塞无尘。所有沿边屯卒，各请罢归，俾得休息。明帝因羌胡远遁，四海无惊，正好追承先志，修明礼教。乃与东平王苍等，议定南北郊祀礼仪，及冠冕车服制度，宗祀光武帝于明堂，登灵台，望云物，临辟雍，行大射礼。总算是父作子述。嗣复援照古制，就辟雍养老，创设三老五更；三老知天地人三事，五更知五行更代，并不是有三人五人。当下拜李躬为三老，桓荣为五更。三老服都纻大袍，织纻为美布，故曰都纻。戴进贤冠，即古淄右冠。扶玉杖；杖端刻玉为鸠，故称鸠杖，亦号玉杖。五更衣冠，与三老相同，唯玉杖不扶。明帝先至辟雍礼殿，就坐东厢，遣使用蒲轮安车，往迎三老五更。待他到来，由宾阶升堂，明帝亦起座相迎，作揖如仪。三老就东面，五更就南面，三公设几，九卿正履，明帝亲袒割牲，执酱而馈，执爵而酳，祝哽在前，祝噎在后，实行那夏商周的遗制。及养老礼成，始引太学弟子升堂，由明帝自讲经义，徐为引伸，诸儒执经问难，冠带搢绅，都来观听，环列桥门，以亿万计。于是赐荣爵关内侯，三老五更，皆以二千石禄养终身。李躬事不见列传，且未得侯封，不知何故令为三老？荣年已逾八十，屡因衰老乞归。明帝但加赏赐，不令告退，且始终以师礼相待，未尝失敬。荣由少傅调任太常，明帝犹随时存问，往往亲临太常府中，使荣就东面坐着，特设几杖，召集公卿百官，及荣门生数百人，向荣问业。诸生或向帝请益，帝辄谦让道："太师在是，不必问我！"至罢讲散归，尽把太官供具，移赐与荣。荣有疾病，太官太医奉诏往视，陆续不绝。既而疾笃，由荣上疏谢恩，让还爵土。

明帝又亲往问候，入街下车，拥经而前，抚荣垂涕，面赐床茵帷帐、刀剑衣被，好多时方才别归。自是公卿问疾，不敢复乘车到门，步至荣室，悉拜床下。及荣寿终，明帝亦亲自变服，临丧举哀，赐葬首阳山。荣长子雍早殁，少子郁应当袭爵，郁愿让封与兄子汎，明帝不许，郁乃受封，所得租赋，仍畀兄子，明帝甚以为贤，召为侍中。郁之贤，实过乃父。唯明帝既尊礼师傅，复追忆功臣，特就南宫云台中，图绘遗像，共得二十八将，再加王常李通窦融卓茂四侯，合成三十二人。当时诸人多已物故，赖有云台遗迹，表著千秋，特将官爵姓名，照录如下：

太傅高密侯邓禹	中山太守全椒侯马成
大司马广平侯吴汉	河南尹阜成侯王梁
左将军胶东侯贾复	琅琊太守祝阿侯陈俊
建威大将军好畤侯耿弇	骠骑大将军参蘧侯杜茂
执金吾雍奴侯寇恂	积弩将军昆阳侯傅俊
征南大将军舞阳侯岑彭	左曹合肥侯坚镡
征西大将军阳夏侯冯异	上谷太守淮阳侯王霸
建义大将军鬲侯朱祐	信都太守阿陵侯任光
征虏将军颍阳侯祭遵	豫章太守中水侯李忠
骠骑大将军栎阳侯景丹	右将军槐里侯万修
虎牙大将军安平侯盖延	太常灵寿侯邳彤
卫尉安成侯铫期	骁骑将军昌成侯刘植
东郡太守东光侯耿纯	城门校尉朗陵侯臧宫
捕虏将军扬虚侯马武	骠骑将军慎侯刘隆
横野大将军山桑侯王常	大司空固始侯李通
大司空安丰侯窦融	太傅褒德侯卓茂

这三十二人的籍贯，小子在前文中，俱已叙明，故不赘述。唯自邓禹至刘隆，共二十八将，并佐光武帝中兴，相传为上应二十八宿，或竟说他是星君下凡，这未免穿凿附会，不值一辩，所以小子亦不敢妄录。但将云台所纪，史官所采，依次列入罢了。尚有伏波将军马援，也是个中兴功臣，光武

帝误听梁松，把他薄待，难道明帝也将他失记么？说来又有原因，还请看官听着：马援元配贾氏，早殁无子，继娶蔺氏，生有四子三女，少子客卿，幼即岐嶷，六岁能应接诸公，专对宾客，援甚加钟爱，因名为客卿。自援家遭谗失势，客卿亦哭父病亡，蔺夫人不胜悲悼，尝患怔忡，外事由援子廖防等主持，内事由援女料理。少女年仅十岁，才逾二姐，独能整办家事，驾驭僮仆，且勤且俭，事若成人；唯因生性好劳，常患疾苦。蔺夫人令卜人占验，卜人说道："此女虽有小恙，将来必当大贵，卜兆实美不胜言。"旋又召相士审视诸女，相士又言少女极贵，他日当为国母，不过子嗣稍艰，若养他人子为子，比亲生还要加胜哩！蔺夫人虽然心喜，但因遭际多艰，也未敢信为真言。援兄子严，见叔父被谗，祸由梁松窦固，不胜悲愤，本来与窦家结婚，为此将她离绝。且闻从妹生有贵相，特为求进掖庭，是时光武帝尚未崩逝，严即上书吁请道：

臣叔父援辜恩不报，而妻子特获恩全，戴仰陛下，为天为父。人情既得不死，便欲求福。窃闻太子诸王妃匹未备，援有三女，大者十五，次者十四，小者十三，仪状发肤，上中以上；皆孝顺小心，婉静有礼，愿下相工，简其可否？如有万一，援不朽于黄泉矣。又援姑姐妹，并为成帝婕妤，葬于延陵，臣严幸得蒙恩更生，冀因缘先姑，当充后宫。谨冒死以闻。

这书呈入，总算蒙旨恩准，派遣宫监，至援家选女，仔细端详，第三女最为韶秀，乃将她选入东宫。女年尚只十三，却能奉承阴后，旁接同列，礼仪修备，人无间言。后来年渐长成，越加颀晰，又生成一头美发，光润细长，常笼发四起，梳成大髻，尚觉有余，再将发梢绕髻三匝，方无余发。眉不施黛，唯左眉角稍有小缺，略加点染。身长七尺二寸，亭亭玉立，袅袅花姿，又能不妒不悍，上下咸安。看官试想如此淑媛，能不令人怜爱么？明帝未即位时，已是宠爱异常，至嗣承大统，便册为贵人。永平二年，竟立贵人马氏为后。可巧云台绘像，与立后同时，东平王苍至云台观图，独不见有马援遗容，便转问明帝道："何故不画伏波将军遗像？"明帝但微笑不答。揣明帝的用意，无非因援为后父，不便列入，省得他人滋议，其实是举不避亲，何妨列入？明帝意欲示公，反觉得不免怀私呢！小子有诗咏道：

薏苡冤深已掩忠，云台又复未铭功；
伏波若有遗灵在，地下应悲主不公。

马援不列云台，马后却传名千古，欲知马后懿行，待至下回续叙。

储君被废，往往不得其死，独东海王强，随遇而安，乃得令终。强固贤者，明帝亦未尝非贤，观其不信蜚言，亲爱如故；及闻强病殁，奉母后至津门亭，哭泣尽哀，宁非情义兼至者耶？然强年方逾壮，即致病殁，亦何莫非由几经忧虑，乃促天年追溯厉阶，吾犹不能无咎于光武也！唯明帝嗣位以后，功臣多已凋谢，邓禹马武，岿然仅存，一则进为太傅，半载即终；一则出平叛羌，未几亦殁。明帝追念功臣，绘象云台，共得三十二人，垂为纪念，此亦未始非扬激之方。但以马伏波之关系后戚，特为避贤，未免为一偏之见，彰善瘅恶，当示大公，若必以亲疏别之，则陋矣。

第二十五回　抗北庭郑众折强威
赴西竺蔡愔求佛典

却说马皇后正位中宫，尚无子嗣，唯后前母姐女贾氏，亦得选列嫔嫱，产下一男，取名为炟，后爱炟如已出，抚养甚勤，尝语左右道："人未必定自生子，但患爱养不至呢！"嗣又因皇子不多，每加忧叹，见有后宫淑女，辄为荐引，既得进御，待遇尤优。阴太后尝称她德冠后宫，故命立为后。平居能诵《周易》，好读《春秋》《楚辞》，尤喜阅周官董仲舒书，持躬节俭，但用大练为裙，不加缘饰。每月朔望，诸姬入朝，见后袍衣粗疏，反疑是绮縠制成，就近注视，方知是寻常粗帛，禁不住微笑起来。后已知众意，随口解嘲道："这缯特宜染色，所以取用，幸勿多疑。"后宫莫不叹息。明帝尝欲试后才识，故意将群臣奏牍，令后裁阅，后随事判断，并有条理，独未敢以私事相干。幸遇贤后，不妨相试，否则启后宫干政之渐。有时明帝出游，后辄谓恐冒风寒，婉言规谏。一日车驾往游濯龙园，六宫妃嫔，多半相随，独皇后不往，妃嫔等素蒙后爱，俱请明帝召后同行，明帝笑说道："皇后不喜逸乐，来亦不欢，不如由她自便罢！"后来后闻帝言，也不以为愠，但遇帝游览，往往称疾不从。是时国家全盛，海内承平，明帝政躬有暇，屡至濯龙园消遣。园近北宫，因欲增筑宫室，与园相连，当下传谕有司，召集工匠，大加兴筑。适值天气亢旱，盛夏不雨，尚书仆射钟离意，特诣阙免冠，上疏切谏道：

伏见陛下以天时小旱，忧念元元，降避正殿，躬自克责。而比日密云，终无大润，岂政有未得天心者耶？昔成汤遭旱，以六事自责曰："政不节耶？使民疾耶？宫室荣耶？女谒盛耶？苞苴行耶？谗夫昌耶？"窃见北宫大作，人失农时，此所谓宫室荣也。自古非苦宫室小狭，但患人不安宁，宜且罢止，以应天心。臣意以匹夫之才，得叨重禄，擢备近臣，不胜愚款，昧死上闻。

明帝览疏，当即答谕道："汤引六事，咎在一人，其冠履，勿谢。"意乃整冠而退。是日即下诏停止工作，减省不急，果然天心默应，即沛甘霖。会明帝赐降胡十缣，尚书郎误十为百，转交大司农。大司农登入计簿，复奏上去，被明帝察破过误，顿时大怒，立召尚书郎入责，将加笞杖。钟离意慌忙入谒，叩头代请道："过误乃是小失，不足重惩；若以疏慢为罪，臣当首坐。臣位大罪重，郎官位小罪轻，请先赐臣谴便了！"说罢即解衣待缚。明帝闻言，怒始渐平，仍令衣冠如故，并贷免尚书郎。意乃拜谢趋出。唯明帝素好讥察，发人隐私，每遇大臣有过，辄加面斥，近侍尚书以下，且亲手提曳，不肯少恕。尝因事怒斥郎官药崧，甚至自执大杖，欲加敲扑；崧惧走床下，明帝怒甚，连声疾呼道："郎出郎出！"崧答说道："天子穆穆，诸侯煌煌，未闻人君，自起撞郎？"紧急时，尚能韵语，却是绝好口才。明帝听着，倒也转怒为笑，掷杖赦崧。崧才出床下，谢恩乃去。但朝臣唯恐忤旨，莫不惴栗，独钟离意犯颜敢谏，屡次封还诏书，同僚有过被谴，辄为救解。明帝亦知他忠诚，终因直道难容，出为鲁相。意本会稽郡山阴人，以督邮起家，至鲁相终身。药崧河内人，性亦廉直，官终南阳太守。虎贲中郎将梁松，永平初已迁官太仆，松恃势益骄，屡作私书，请托郡县，致被明帝发觉，饬令免官。松尚不知改省，反阴怀怨望，捏造飞书，讪谤朝廷，结果仍事发坐罪，下狱论死。终为马伏波所料。先是明帝为太子时，常与山阳王荆，令梁松持取缣帛，往聘郑众。众即前大中大夫郑兴子，有通经名，见二十三回。性独持正，既与梁松晤谈，便慨然答道："太子储君，无外交义，就是藩王，亦不宜私交宾客。旧防具在，还请为我婉辞！"松复劝驾道："长者有意，不宜故违。"众正色道："犯禁触罪，何如守正致死？"遂将缣帛却还，不肯就聘。及松罹死罪，松友连坐多人。众虽与松相识，终因却聘一事，得免干连，明帝且召众为明经给事中，再迁众为越骑司马，仍兼给事如故。会北匈奴又乞请和亲，明帝特遣众北行，持节报命。南匈奴须卜骨都侯，闻知汉与北庭修和，内怀嫌怨，意欲叛汉。因通使北匈奴，请他发兵相迎。众出塞后，探悉情形，遂缮好奏牍，嘱从吏驰递阙廷，大致谓宜速置大将，防遏二虏交通。明帝乃命就塞外置度辽营，使中郎将吴棠行度辽将军事，出驻五原；再遣骑都尉秦彭，出屯美稷，监制南北两匈奴。唯郑众径诣北庭，见了北单于，长揖不拜，北单于面有愠色，左右喧呼道："汉使何不下拜！"众勃然答道："众为汉臣，只拜天子，不拜单于。"北单于益怒，令左右曳众出帐，派兵围守，不与饮食。众语虏众道："单于不欲与大汉和亲，倒也罢了；既欲和亲，应该优待汉使。须知和亲以后，谊关甥舅，不啻君臣，奈何与使人为难呢？如必迫众下拜，众宁可自杀，不愿屈膝。"说着，拔出佩刀，意欲自刎。虏众不禁慌张，一面劝众息怒，一面转报单于。单于恐众或自尽，有碍和议，乃改颜相待，更遣使人随众还都。朝议又拟遣众往报，众不愿再行，因上书陈请道：

> 臣伏闻北单于所以要致汉使者，欲以离南单于之众，坚西域三十六国之心也。又当扬汉和亲，夸示邻敌，令西域欲归化者，局促狐疑，怀土之人，绝望中国耳！汉使既到，便偃蹇自骄；若复遣之，虏必自谓得谋，其群臣之劝虏归汉者，亦不敢复言。如是则南庭动摇，乌桓亦有离心矣。南单于久居汉地，具知形势，万一离析，必为边害，今幸有度辽之众，扬威北陲，虽勿报答，不敢为患。唯陛下裁察！

明帝览书，不肯照准，仍令众即日北往。众复上言道："臣前奉使北庭，不为匈奴下拜，单于尝遣兵围臣，幸得脱免，今衔命再往，必见陵折。臣诚不忍持大汉节，屈膝毡裘，如令臣为匈奴所屈，实损大汉威灵，故请陛下俯察愚忠，收回成命！"云云。明帝依然不听，一味专制。众不得已出发，途中尚再四上书，固争不已，惹得明帝性起，竟饬使召还，系众下狱。后因匈奴使至，面问众与单于争礼情形，匈奴使臣据实对答，且言众意气壮勇，不亚苏武，明帝乃赦免众罪，遣归田里。

东平王苍，以至亲辅政，声望日隆，不免有位高震主的嫌疑，乃连上数疏，奉还骠骑将军印绶，情愿退守屏藩。明帝不忍拂意，许他归国，仍将骠骑将军印发还，使得兼职。此外三公却改易数人，永平三年，太尉赵熹，司徒李䜣，皆免官，另任南阳太守虞延为太尉，左冯翊郭丹为司徒。越年丹复免职，连司空冯鲂，一并罢去，改用河南尹范迁为司徒，太仆伏恭为司空。又越二年，皇太后阴氏寿终，年已六十，尊谥光烈，合葬原陵。九江太守宋均，即前伏波监军，矫制平蛮。自莅任后，政宽刑简，百姓又安。向来郡中多虎，随处安设槛阱，终难免患，均命将槛阱撤去，虎患反息。有人谓虎已渡江东行，故得弭患。后来邻郡多蝗，独飞至九江境，辄东西散去，不害禾稼，因此名传远近。明帝闻均贤名，征拜尚书令，每有驳义，多合上意。均尝语僚友道："国家每喜文法廉吏，以为足以止奸。均见文吏好为欺谩，廉吏只知洁身，实与百姓无益；常思伏阙谏诤，无如积习难返，一时尚未可进言，他日总当一伸素愿呢！"未几均被调为司隶校尉，终不得言，有人向明帝报闻，明帝亦为称善，但也未能遽改旧俗，只好迁延过去。忽夜间梦一金人，顶上含有白光，驰行殿庭，正要向他诘问，那金人突然飞升，向西径去。不由的惊醒转来，开目一瞧，残灯未灭，方知是一场春梦。诘旦视朝，向群臣述及梦境，群臣俱不敢率答。独博士傅毅进言道："臣闻西方有神，传名为佛，佛有佛经，即有佛教。从前武帝元狩年间，骠骑将军霍去病，出讨匈奴，曾得休屠王所供金人，置诸甘泉宫，焚香致礼，现在已经乱后，金人当不复存。今陛下梦见的金人，想就是佛的幻影呢！"梦兆亦何足凭，傅毅乃以佛对，也是多事。这一席话，引起明帝好奇思想，遂遣郎中蔡愔秦景，西往天竺，求取佛经。天竺就是身毒国，身毒读如捐笃，即天竺之转音，今印度国便是。距洛阳约万余里，世称为佛祖降生地。佛祖叫作释迦牟尼，为天竺迦维卫国净皈王太子，母摩耶氏梦天降金人，方才有娠，生时正当中国周灵王十五年，天放祥光，地涌金莲，已有一种特别预兆。及年至十九，自以为人生在世，离不开生老病死四字，欲求解脱方法，唯有屏除嗜欲，自去静修。乃弃家入山，日食麻麦，参悟性灵。经过了十有六年，方得成道，独创出一种教旨，传授生徒。教旨又分深浅，浅义的名小乘经，深义的名大乘经。小乘经有地狱轮迴诸说，无非劝化愚民；大乘经有明心见性诸说，乃是标明真谛，这也是一种独得的学识。不过与儒家不同，儒家讲修齐平治，佛氏主清净寂灭；修齐平治，是人己兼顾的，清净寂灭，是专顾自己的。也是确论。相传佛祖释迦牟尼，尝在鹿野苑中，论道说法。又至灵山会上，拈花示众，借灯喻法。从前天竺多邪教，能使水火毒龙，好为幻术，当释迦苦修时，邪教多去诱惑，释迦毫不为动。及道术修成，摧制一切，众邪帖服，都信心皈依，愿为弟子。男号比邱，女号比邱尼，剃须落发，释累辞家。释迦教他防心摄行，悬示五大戒：一戒杀；二戒盗；三戒淫；四戒妄言；五戒饮酒。这五戒外，尚有许多细目，男至二百五十戒，女至五百戒。总计释迦在世，传教阅四十九年，甚至天龙人鬼，并来听法。后至拘尸那城圆寂，圆寂便是尸解的意思。或说他圆寂以后，复从棺中起坐，为母说法，待至说毕，忽空中现出三昧火，把棺焚去，本体化作丈六金身，涌起七尺圆光，顶上肉髻，光明透彻，眉间有白毫，毫中空右旋，宛转如琉璃筒，俄而不见。语太荒唐，不足听信。弟子大迦叶与阿难等五百余人，追述遗绪，辑成经典十二部，嗣是辗转流传，渐及西域。唯中国在秦汉以前，未闻有佛教名目，武帝时始携入金人，才有佛像。哀帝元寿元年，西域大月氏国，使伊存至长安，能诵佛经，博士弟子秦景宪，请他口授，语多费解，因此也不以为意。至蔡愔秦景，奉了明帝诏令，出使天竺，经过了万水千山，饱尝那朝风暮雾，方才到天竺国，访问僧徒。天竺人迷信佛教，僧侣甚多，闻有中国使人到来，却也欢迎得很，彼合掌，此拱手，虽是言语不通，尚觉主宾相洽；且有翻译官互传情意，更知中使奉命求经，于是取出经典，举示二人。愔与景学问优长，在洛阳都城中，也好算是文人领袖，偏看到这种经典，字多不识，还晓得什么经义？幸有沙门摄摩腾竺法兰，略知中国语言文字，与愔景二人讲解，尚可模糊领略，十成中约晓一二成。沙门就是高僧别号，住居寺中，愔景与他盘桓多日，好似方外交一般，遂邀他同往中原，传授道法。两沙门也欲观光，慨然允诺，遂绘就释迦遗像，及佛经四十二章，用一白马驮着，出寺就道。绕过西域，好容易得至洛阳，愔景入阙报命，并引入摄竺两沙门，谒见明帝。两沙门未习朝仪，奉旨得从国俗，免拜跪礼，何必如此？唯呈上佛像佛经，由明帝粗阅大略。佛像与梦中金人，未必适符，但也不暇辨别异同。所有佛经四十二章只看了开卷数语，已是莫明其妙，急切不便索解，想总是玄理深沉。遂命就洛城雍门西偏，筑造寺观，供置佛像，即使摄竺两沙门，作为住持，就是驮经东来的白马，亦留养寺中，取名为白马寺。寺内更造兰台石室，庋藏佛经，表明郑重的意思。这便是佛经传入中国的权舆。表明眉目。

明帝日理万机，有什么空闲工夫，研究那佛经奥义？王侯公卿以下，多半是不信佛道，当然不去顾问；只有楚王英身处外藩，闻得佛经东来，意欲受教，特遣使入都，向二沙门访求佛法。二沙门录经相示，楚使亦茫乎若迷，不过将如何斋戒，如何拜祭，得了一些形式，返报楚王英。英遂照式持斋，依样膜拜，在楚宫中供着佛像，朝夕顶礼，祈福禳灾。适当永平八年，有诏令天下死罪，得入缣赎免。楚王英也遣郎中赍奉黄缣白纨三十匹，托鲁相转达朝廷。表文有云：

托在藩辅，过恶累积，欢喜大恩，奉送缣帛，以赎愆罪。

明帝瞧着，很觉诧异。煞是奇怪。当即颁下复谕道：

楚王诵黄老之微言，尚浮屠之仁祠，洁斋三月，与神为誓，何嫌何疑？恐有悔吝，其将缣帛发还，以助伊蒲塞桑门之盛馔。特此报闻。伊蒲塞亦僧徒别名，语本天竺，桑门即沙门。

楚王英接得复谕，颁示国中，于是借信佛为名，交通方士，创制金龟玉鹤，私刻文字，冒作祯祥。哪知后来竟求福得祸，化祥为灾，好好一位皇帝介弟，反弄得削藩夺爵，亡国杀身。小子有诗叹道：

无功无德也封王，只为天潢属雁行；
我佛有灵宁助逆，贪心不足总遭殃。

楚狱将起，先出了一种藩王逆案。欲知何人构逆，容待下回表明。

郑众出使匈奴，抗礼不屈，幸得脱身南归，是固可谓不辱使命者矣。明帝必欲令众再往，是使之复入虎口，于国无益，于身有害，无惑乎众之一辞再辞也。况众已具陈情迹，言之甚详，而明帝犹未肯听纳，强迫忠臣于死地，果胡为者？及召还系狱，嫉众违命，微虏使言，则罪及忠臣，几何不令志士短气耶？明帝对于药崧，欲自杖之，对于郑众，乃轻系之，虽其后闻言知悟，而度量之褊急，可以概见，盖已不若乃父矣。洎乎梦见金人，即令蔡愔秦景等，万里西行，往求佛法，夫修齐平治之规，求诸古训而已足，奚必乞灵于外族？就令佛家学说，亦有所长，究之畸人之偏身，未及王道之中庸，而明帝乃引而进之，反开后世无父无君之祸，是亦一名教罪人耳。邱琼山之讥，岂刻论哉？

第二十六回　辨冤狱寒朗力谏
送友丧范式全交

却说广陵王荆，自奉诏还国后，仍然怀着异图，应二十四回。暗中引入术士，屡与谋议，且日望西羌有变，可借防边为名，称兵构乱。事为明帝所闻，特将他徙封荆地。荆越加恚恨，至年已三十，复召相工入语道：“我貌类先帝，先帝三十得天下，我今亦三十岁，可起兵否？”相工支吾对付，一经趋出，便向地方官报明。地方官当即奏闻，朝廷遣使责问，荆因逆谋发觉，不免惊惶，自系狱中。明帝尚不忍加罪，仍令衣租食税，唯不得管属臣吏，另命国相中尉，代理国事，慎加约束。荆犹不肯改过，潜令巫祝祈祷，为禳解计。国相中尉只恐自己坐罪，详报上去，廷臣即劾他诅咒，立请加诛。诏尚未下，荆已自杀，胆小如此，何必主谋？明帝因荆为同母弟，格外怜恕，仍赐谥为思王。嗣且封荆子元寿为广陵侯，食荆故国六县，又封元寿弟三人为乡侯。荆死逾年，东平王苍入朝，时在永平十一年。寓居月余，辞行归国。明帝送至都门，方才与别。及还宫后，复怀思不置，特亲书诏命，遣使赍给东平太傅，诏曰：

辞别之后，独坐不乐，因就车归，伏轼而吟，瞻望永怀，实劳我心。诵及采菽，以增叹息。采菽见诗经，系天子答诸侯诗。日者问东平王：处家何等最乐？王言：为善最乐。其言甚大，启予多矣。今送列侯印十九枚，诸王子年五岁以上能趋拜者，皆令带之，王其毋辞。

原来光武帝十一子，唯临淮公衡，未及王封，已经殇逝，尚有兄弟十人，除明帝得嗣统外，要算东海王强，及东平王苍，最为循良。强逾壮即殁，事见前文；苍却持躬勤慎，议政周详，比东海王更有才智，所以保全名位，备荷光荣。独楚王英为许美人所生，许氏无宠，故英虽得沐王封，国最贫小。明帝嗣阼，系念亲亲，却也屡给赏赐，并封英舅子许昌为龙舒侯。偏英心怀非望，居然有觊觎神器的隐情，前次访求佛法，并不是有心清净，实欲仗那佛氏灵光，呵护己身。嗣是私刻图印，妄造灵符。到了永平十三年间，忽有男子燕广，诣阙告变，弹劾楚王英，说他与渔阳人王平颜忠等，造作图书，谋为不轨等语。明帝得书，发交有司复查。有司派员查明，当即复奏上去，略称楚王英招集奸猾，捏造图谶，擅置诸侯王公将军二千石，大逆不道，应处死刑。明帝但夺英王爵，徙英至丹阳泾县，尚赐汤沐邑五百户；又遣大鸿胪持节护送，使乐人奴婢妓士鼓吹随行。英仍得驾坐辎軿，带领卫士，如有游畋等情，准卫兵持弓挟矢，纵令自娱。子女既受封侯主，悉循旧章，楚太后许氏，不必交还玺绶，仍然留居楚宫。时司徒范迁已殁，调太尉虞延为司徒，复起赵熹行太尉事。楚王谋泄，先有人告知虞延。延因藩戚至亲，未便举发，延捱了好几日，即由燕广上告，惹动帝怒，且闻虞延搁住不奏，传诏切责，延惧罪自尽。又枉死了一个。楚王英至丹阳，得知延不为奏明，尚且谴谴，自己恐再撄奇祸，索性也自杀了事。事闻阙下，有诏用侯礼葬祭，賻赠如仪，封燕广为折奸侯。一面且穷治楚狱，历久不解，自京师亲戚，及郡国吏士，辗转牵连，嫌重处死，嫌轻谪徙，差不多有千人；尚有数千人被系，淹滞狱中。何必兴此大狱？先是光武帝舅樊宏，曾受封寿张侯，光武帝母为樊重女，见前文。宏子儵承袭父爵，累世行善，戒满守谦。明帝因东平王苍，亲而且贤，特将寿张县移益东平，改封儵为燕侯。儵弟鲔尝求楚王英女为子妇，儵从旁劝阻道："前在建武年间，我家并受荣宠，一门五侯，樊宏兄弟，并得封侯。当时只教一语进谏，便是子得尚主，女得配王，不过天道忌盈，贵宠太过，适足招灾，所以可为不为。今我家已不如前，怎得再联姻帝族？且尔只有一子，为何弃诸楚国呢？"鲔不愿从谏，竟为子赏娶得英女。及楚狱一起，儵已早逝，明帝曾闻儵前言，且追怀旧德，令儵诸子俱得免坐。英尝私录天下名士，编成薄籍，内有吴郡太守尹兴姓名，是簿被有司取入，按名逮系，不但将尹兴拘入狱中，甚且连掾史五百余人，俱执诣廷尉，严刑拷讯。诸吏不胜痛楚，多半致死，唯门下掾陆续，主簿梁宏，功曹驷勋，备受五毒，害得肌肤溃烂，奄奄一息，终无异词。续母自吴中至雒阳，烹羹馈续。续虽经毒刑，却是辞色慷慨，未尝改容，及狱吏替续母进食，续不禁下泪，饮泣有声。狱吏诧问原因，续且泣且语道："母来不得相见，怎得不悲？"狱吏本未与续说明，又怪他何由得知？还要细问，续答说道："这羹为我母所调，故知我母必来。我母平日截肉，未尝不方，断葱以寸为度，今见羹中如是，定由我母到此，亲调无疑。"说至此，更涕泪不止。孝思可嘉。狱吏乃转达有司，有司具状奏闻，明帝也不觉动怜，才将尹兴等一并释放，使归原籍，禁锢终身。虽得不死，痛苦已吃得够了。

颜忠王平，连坐楚狱，情罪最重，自知不能幸生，索性信口扳诬，竟将隧乡侯耿建，郎陵侯臧信、护泽侯邓鲤、曲成侯刘建等，一古脑儿牵引进去。四侯到庭对簿，俱云与颜忠王平，素未会晤，何曾与谋？问官不敢代为表白，还想将他们诬坐。侍御史寒朗，亦尝与问，独以为四侯蒙冤，使他们退处别室，再提平忠二人出讯，叫他们说明四侯年貌。二人满口荒唐，无一适符，朗遂入阙复陈，力为四侯辨诬。明帝作色道："汝言四侯无罪，平忠何故扳引？"朗亦正容答道："平忠两人，自知犯法不赦，所以妄言牵引，还想死中求生！"明帝又问道："汝既知此，何不早奏？"越问越呆。朗答说道："臣虽察知四人冤情，但恐海内再有人告讦，故未敢遽行奏陈。"明帝不禁怒骂道："汝敢首持两端么？"竟是使气。说着，即回顾左右道："快将他提出去！"左右不敢怠慢，便牵朗欲出。朗又说道："愿伸一言而死，小臣不敢欺君，无非欲为国持正罢了！"明帝道："他人有否与汝同情？"朗答言无有。明帝复问道："汝何故不与三府共商？"三府，即三公府。朗伸说道："臣自知罪当族灭，不敢多去累人。"明帝问他何故族灭？朗复说道："臣奉诏与讯罪犯，将及一年，既不能穷极奸状，乃反为罪人讼冤，料必将触怒陛下，祸且族灭；但臣终不敢不言，尚望陛下鉴臣愚诚，翻然觉悟！臣见决狱诸人，统说是妖恶不道，臣民共愤，与其失出，宁可失入，免得后有负言，因此问一连十，问十连百。就是公卿朝会，陛下问及得失，亦无非长跪座前，上言旧制大逆，应该惩及九族，今蒙陛下大恩，止及一身，天下幸甚。及退朝归舍，口虽不言，却是仰屋叹息，暗暗呼冤，唯无人敢为直陈。臣自知死罪，理在必伸，死亦无恨了。"明帝意乃少解，谕令退去。过了两日，车驾亲幸洛阳，按录囚徒，得理出千余人。时适天旱，俄而大雨，明帝亦为动容，起驾还宫。夜间尚恐楚狱有冤，徬徨不寐，起坐多时，马皇后问明情由，亦劝明帝从宽发落，于是多半赦免。唯颜忠王平，不得邀赦，竟在狱中自尽。侍御史寒朗，自悔监狱不严，就系廷尉，明帝不欲穷治，只将朗免去官职，释归薛县故乡。任城令袁安，擢为楚郡太守，莅任时，不入官府，先理楚狱，查得情迹可矜，即具奏请赦。府丞掾吏，并叩头力争，谓纵容奸党，应与同罪，断不宜率尔上陈。安奋然道："如有不合，太守愿一身当罪，决不累及尔曹！"也是一条硬汉。到了复谕下来，果皆许可，得全活四百余家。明帝且下诏大赦，凡谋反大逆，及诸不应宥诸囚犯，尽令免死，许得改过自新。一面敬教劝学，尚德礼贤，凡皇太子及王侯公卿子弟，莫不受经。又为外戚樊氏郭氏阴氏马氏诸子立学南宫，号为四姓小侯，特置五经师，讲授经义。他如期门羽林诸吏士，亦令通孝经章句。此风一行，人皆向学，连匈奴亦遣子肄业，愿冰陶熔。义士如范式李善等，俱由公府辟举，破格录用。

式字巨卿，山阳人氏，少游太学，与汝南人张劭为友，劭字元伯，游罢并告归乡里，式与语道："二年后拟过拜尊亲。"劭当然许诺。光阴易过，倏忽两年，劭在家禀母，请具馔候式，母疑问道："两年阔别，千里结言，难道果能践约么？"劭答说道："巨卿信士，必不误期。"母乃为备酒餐，届期果至，升堂拜饮，尽欢乃去。已而劭疾不起，同郡人郅君章殷子征，日往省视，劭叹息道："可惜不得见我死友！"子征听了，却忍耐不住，便问劭道："我与君章，尽心视疾，也可算是死友了，今尚欲再求何人？"劭呜咽道："君等情谊，并非不厚，但只可算为生友，不得称为死友；若山阳范巨卿，方可为死友哩！"郅殷两人，未曾见过范式，并觉得似信非信。越数日，劭竟告终，时式已为郡功曹，梦见劭玄冠垂缨，曳履前呼道："巨卿！某日我死，某日当葬，君若不忘，能来会葬否？"式方欲答言，忽然惊觉，竟至泣下。翌日具告太守，乞假往会，太守不忍拂意，许令前往。式即素车白马，驰诣汝南。劭家已经发丧柩至圹旁，重量逾恒，不肯进穴，劭母抚棺泣语道："元伯莫非另有他望么？"乃暂命停柩。移时见有单车前来，相距尚远，劭母即指语道："这定是范巨卿！"及素车已近，果然不谬。式至柩前，且拜且祝道："行矣元伯！死生异路，永从此辞？"寥寥十二字，已令人不忍卒读。众闻式言，并皆泣下。式即执绋引柩，柩已改重为轻，当即入穴。

式又留宿圹间，替他监工，待至墓成，并为栽树，然后辞去。如此方不愧死友。

后来式又诣洛阳，至太学中肄业，同学甚众，往往不及相识。有长沙人陈平子，与式未通謦欬，却已知式为义士。一夕罹疾，服药无效，逐日加剧，势且垂危，妻子含泪侍侧，平子唏嘘与语道："我闻山阳范巨卿，信义绝伦，可以托死。我殁后，可将棺木舁置巨卿户前，必能为我护送归里，汝切勿忘！"言毕再强起作书，略说旅京得病，不幸短命，自念妻弱儿幼，未能携榇归籍，素仰义士大名，用敢冒昧陈请，求为设法，倘得返葬首丘，存殁均感云云。书既写就，嘱妻使人送与范式，掷笔即逝。妻子依嘱办理。式方出门，未遇使人，至事毕归寓，见门前遗置棺木，已觉惊异，及入门省视案上，拾得平子遗书，展阅一周，竟至平子寓所，替他妻子安排。令得引柩回家，且亲送至临湘，距长沙止四五里，乃将平子原书取出，委诸柩上，哭别而去。平子尚有弟兄，闻知此事，亟往追寻，那范式已早至京师，不及相见了。此事比前事尤难。长沙官吏，也有所闻，因乘掾属上计时，汉制郡国州县，每岁应入呈计簿，故称上计。表奏范式行状，三公争欲罗致，驰书征召，式尚不肯起；嗣经州吏举为茂才，方才诣阙受官，累迁至荆州刺史。式既到任，行巡至新野县，县吏当然相迎。前有导骑一人，伛偻前来，式似曾相识，就近审视，确是同学友孔嵩，便把臂与语道："汝莫非孔仲山么？"仲山系嵩表字，嵩南阳人，家贫亲老，特隐姓埋名，为新野县佣卒，至此不便再讳，只好直认。式复叹息道："尔我尝曳裾入都，同游太学，我蒙国厚恩，位至牧伯，尔乃怀道隐身，下侪卒伍，岂不可惜？"嵩笑答道："侯嬴长守贱业，侯嬴，系战国时魏人，年七十，为大梁门卒，信陵君闻名，往聘，嬴不肯起。晨门自愿抱关，见《论语》。孔子欲居九夷，士不得志，贫贱乃是本分，何足叹息呢？"也是一个志士。式敕县吏派人代嵩，嵩以为受佣未毕，不肯退去。及式还官舍，当即上登荐牍，未几即由公府辟召。嵩就征赴都，途次投宿下亭，有数盗前往窃马，闻知为嵩所乘，互相责让道："孔仲山乃南阳善士，怎可盗他坐骑呢？"盗亦有道。遂将马送还，当面谢罪。后来式迁庐江太守，嵩亦官至南海太守，并有循声。可见得义士所为，穷达不移，正自有一番德业哩！就是李善亦南阳人氏，从前本为李元家奴，建武中南阳患疫，元家相继病殁，唯孤儿续才生数旬，家资却有千万，诸奴婢互相计议，欲将婴儿杀死，分吞财产。善独力难支，潜负续逃隐瑕丘，亲自哺养，乳竟流汁，得饲孤儿，历尽许多艰苦，方得将续逐渐养成。续稍有知识，即奉善若严父，有事辄长跪请白，然后敢行。闾里都为感化，相率修义。及续年十岁，善挈续归里，诉诸守令，守令乃捕系诸奴婢，一鞫即服，分别诛戮，仍将旧业归续收管，嗣是善义声远闻。时钟离意方为瑕丘令，上书荐善，有诏令善及续并为太子舍人，公府复引善人幕，委治烦剧，事无不理，因再迁至日南太守。善从京师赴任，道出南阳，过李元墓，预脱朝服，持锄刈草，亲治鼎俎，供诸墓前，跪拜垂涕道："君夫人！善在此！"及祭毕后，尚留居墓下，徘徊数日，然后辞去。既至日南，惠爱及民，怀来异俗。再调为九江太守，途中遇病，仓猝寿终。续为善持服，如丧考妣，后来亦官终河南相，以德报德，两贻令名，岂不是行善有福么？唤醒世人。独叶令王乔，具有幻术，每月朔望，尝自县诣阙入朝，独不见有车骑相随，朝臣并惊为异事，明帝亦为动疑，密令太史伺乔踪迹。太史复称乔将至时，辄有双凫从东南飞来，于是静待凫至，举网抛凫，变做一舄。诏令尚方官名。验视，乃是前时赐给尚书官属，舄尚如新。尤奇怪的是当乔入朝，叶县门下鼓自能发声，响彻京师。后来空中有一玉棺，徐降至叶县大庭，吏人用力推移，终不能动。乔恍然曰："想是天帝召我呢！"乃沐浴衣服，僵卧棺中。俄而属吏就视，已无声息，越日才为盖棺，舁葬城东，土自成坟。是夕县中牛皆流汗喘乏，好是负重过甚，疲惫不堪，百姓益以为神，替他立庙，号叶君祠。吏民祠祷，无不应验；若有违犯，立致祸殃。或说他即仙人王子乔，即周灵王太子晋，相传为吹笙缑岭，跨鹤升天。是真是假，小子亦无从证实，但究不如范式李善等人，可为世法呢！小子有诗咏道：

淑世应当先淑身，子臣弟友本同伦；
试看义士临民日，不借仙传化自神。

还有高尚不仕的志士，也有数人，待至下回再表。

广陵王荆，与楚王英罪案相同，而楚狱独连坐数千人，岂楚事更甚于荆事耶？荆有三十举兵之言，见诸史传，谅必非后人虚诬。英则私造图书，而镌刻之为何文，未尝详载，是荆之罪证已明，而英之罪证，尚有可疑。英死而案已可了矣，乃辗转牵引，连累无穷，至寒朗拚生力辩，方得少回君意，何明帝之嫉视楚狱若此？意者其以英为许氏所出，不若荆之为同母弟欤？然以同母异母之嫌，意为轻重，明帝亦未免不明矣。若范式李善，信义可风，为古今所罕有，类叙以风后世，著书人固自有苦心也。

第二十七回　哀牢王举种投诚
匈奴兵望营中计

却说东汉初年的高士，最著名的是严子陵，子陵已见前文。后来复有扶风人梁鸿，与妻孟光，偕隐吴中。鸿字伯鸾，父让尝为王莽时城门校尉，迁官北地，使奉少皞祭祀，遭乱病殁，鸿无资葬父，用席裹尸，草草瘗埋。后来受业太学，博通经籍，因落魄无依，不得已至上林苑中替人牧豕，偶然失火，延及邻居，当即过问所失，用豕作偿，邻主人尚嫌不足，乃愿为作佣，服劳不懈。乡间耆老，见鸿非常人，免不得代为气忿，交责佣主，佣主人始向鸿谢过，将豕还鸿。鸿不受而去，仍归扶风。里人慕鸿高义，争与议婚，鸿一一辞谢。唯同县孟氏有女，年已三十，体肥面黑，力能举臼，尝择配不嫁，父母问为何因？女答说道："须得贤洁如梁伯鸾，方可与婚。"貌陋而心独明。父母闻言，便托人代达女言，传入鸿耳。鸿喜得知己，就向孟女家纳聘，女既许字，即预制布衣麻屦，及筐筥织绩等具，及吉期已届，不得不盛饰前往。相处七日，鸿不与答言，孟女乃跪请道："妾闻夫子高义，择偶颇苛，妾亦谢绝数家，今得为夫妇，两意相同，乃七日不答，敢不请罪？"鸿方与语道："我欲得布衣健妇，俱隐深山，今乃着绮罗，敷粉黛，岂鸿所愿？鸿所以不便与亲昵！"孟女道："夫子深甘高隐，妾自有衣服预备，何必劳心？"说着，即退入内室，不消片时，已将盛饰卸尽，改易布衣椎髻，操作而前，鸿大喜道："这才不愧为梁鸿妻，能与我同志了！"因名孟女曰光，字曰德曜。同居数月，毫无间言，孟光独发问道："妾闻夫子欲隐居避患，今奈何寂然不动，莫非欲低头相就么？”鸿从容答道：“我正欲徙居哩！”一面说，一面即摒挡行李，搬入霸陵山中，耕织为业，琴书自娱；暇时搜集前代高士，如四皓以来二十四人，共为作颂，借以为励。四皓，并隐居商山，见《前汉演义》。后来复隐姓改名，与妻子避居齐鲁间，转适吴中，依居富家皋伯通庑下，替人赁舂。每日归餐，孟光已具食以待，不敢在鸿前仰视，举馔相饷，案与眉齐。事为皋伯通所闻，不禁诧异道：“彼既为人作佣，能使妻相敬如此，定非凡人。”乃邀鸿在家食宿，鸿得闭门著书，共十余篇。已而病剧，始将真姓名相告，且出言相托道：“我闻延陵季子，曾葬子嬴博间，不归乡里，亦愿举此相托，幸勿令我子奔丧回乡。”伯通面为许诺。及鸿已殁，伯通为寻葬穴，至吴要离冢旁，得有隙地，便欣然道：“要离烈士，伯鸾清高，可令相近，地下当不致岑寂了。”恐怕是志趣不同。安葬已毕，孟光挈子拜谢，仍回扶风去讫。鸿有友人高恢，少好黄老，尝隐居华阴山中，与鸿互相往来，及鸿东游思恢，尝作诗云：“鸟嘤嘤兮友之期，念高子兮仆怀思；想念恢兮爰集兹，嗣终因道远音稀。”不复相见，恢亦终身不仕，相继告终。还有扶风人井大春，单名为丹，少时亦在太学受业，通五经，善谈论，京中人相语云：“五经纷纶井大春。”建武末年，沛王辅等，留居北宫，皆好宾客，遣使请丹，并不能致。信阳侯阴就，为阴皇后弟，向五王求钱千万，谓能使丹应召。五王即出资相给。阴就却暗嘱吏役，出丹不意，把他强劫至府，故意用菜饭饷食。丹推案起立道：“丹以为君侯能供甘旨，故强邀至此，奈何如此薄待呢？”就闻言后，乃改给盛馔，并亲自陪食，食毕就起，左右进辇。丹从旁微笑道：“夏桀常用人驾车，君侯岂也愿为此么！”两语甫毕，盈庭失色，就不得已用手挥辇，徒步趋入，丹亦扬长自去，卒得寿终，这且不消细叙。

且说明帝在位十余年，国家方盛，四海承平，只有汴渠历年失修，常患河溢，兖豫百姓，屡有怨咨。明帝意欲派员修治，适有人荐乐浪人王景，善能治水，乃召景诣阙，令与将作谒者官名。王吴，调发兵民数十万，往修汴堤。汴渠自荥阳东偏，至千乘河口，延袤约一千余里，王景量度地势，凿山开涧，防遏要冲，疏决壅积，每十里立一水门，使水势更相回注，不致溃漏，于是修筑堤防，得免冲激。好容易缮工告竣，已是一年有余，糜费以百亿计。但东南漕运，全赖汴渠，从前河汴合流，水势泛滥，运船往往出险，至王景监工修治，分泄河汴水道，漕运方可无忧了。是时哀牢夷酋柳貌，率众五万余户，乞请内附，明帝当然照准，遣使收抚，乘便勘验地形。哀牢先世有妇人沙壹，独居牢山，捕鱼为生，一日至水中捕鱼，偶触一木，感而成孕，产下男孩十人。忽水中木亦浮出为龙，飞向牢山，九孩骇走，一孩尚未能行，背龙坐着，龙伸舌舐儿，徐徐引去。沙壹时亦惊避，待龙去后，返觅十孩，却是一个不少，唯幼孩从容坐着，毫不慌张。沙壹系是蛮人，声同鸟语，常谓背为九，坐为隆，因名幼孩为九隆。语近荒诞。后来诸孩长大，九兄以幼弟为父所舐，必有吉征，乃共推为王。可巧牢山下有一夫一妇，生得十女，适与沙壹十儿相配，遂各娶为妻室，真是无巧不成话。辗转滋生，日益繁衍。九隆回溯所生，不忘本来，因令种裔各刻画身体，状似龙鳞，且背后并垂一尾，缀诸衣上。到了九隆病死，世世相继，遂就牢山四面，分置小王，随地渔猎，逐渐散处，唯与中国相距甚远，未尝交通。至建武二十三年间，哀牢王贤栗，督率部众，乘筏渡江，击邻部鹿爹，鹿爹人不及预备，多被擒获。不意天气暴变，雷雨交作，大风从南方刮起，撼动江心，水为逆流，翻涌至二百余里，筏多沉没，哀牢人溺死数千名。贤栗心尚未死，再遣六部酋进攻鹿爹。鹿爹部酋正拟兴兵报怨，闻得哀牢又来扰境，当即倾众出战。这番接仗，与前次大不相同，鹿爹人个个愤激，个个勇敢，杀得哀牢部众东倒西歪。哀牢六王，不知兵法，还想与他蛮斗，结果是同归于尽。残众抢回尸骸，分别藁葬，当夜被虎发掘，把尸骸一顿大嚼，食尽无遗。贤栗得报，方才惊恐，召集部众与语道："我等攻掠边塞，也是常事，今进击鹿爹，偏遭天谴，摧残至此，想是中国已有圣帝，不许我等妄动，我等不如通使天朝，愿为臣属，方算上策。"大众齐声应诺。乃于建武二十七年间，率众东下，至越嶲太守郑鸿处乞降。鸿当即奏闻，有诏封贤栗为哀牢王，令他镇守原地。嗣是岁来朝贡。到了永平十二年，哀牢王贤栗早死，嗣王叫做柳貌，又挈五万户内附。明帝遣使勘抚，得接复报，遂决议建设郡县，即将柳貌属境，分置哀牢博南二县，罢去益州西部都尉，特置永昌郡，并辖哀牢博南，始通博南山，度兰沧水。唯山深水湍，跋涉维艰，行人多视为畏途，尝作歌云："汉德广，开不宾，度博南，越兰津，度兰沧，为他人。"中国人素惮冒险，即此可见一斑。歌谣虽是如此，但往来使人，每岁不过数次，却也无甚关碍。再加西部都尉郑纯，调任永昌太守，为政清平，化行蛮貊，自哀牢王柳貌以下，各遵约束，岁贡维谨，西南一带，帖然相安，不在话下。

唯北匈奴阳为修和，阴仍寇掠，回应二十三回。仆射耿秉，耿弇从子。屡上书请击北匈奴，明帝尚不欲遽讨，令显亲侯窦固，及太仆祭彤等，商议进止。众议以为应遣将出屯，相机进取。明帝乃拜耿秉为驸马都尉，副以骑都尉秦彭，窦固为奉车都尉，副以骑都尉耿忠，弇子。并为置从事司马，出屯凉州。转瞬间已是永平十六年，耿秉等急欲邀功，奏请出塞北伐，明帝因命祭彤出征，使与度辽将军吴棠，征集河东河西羌胡各兵，及南单于兵万一千骑，出高阙塞；再遣窦固耿忠，率酒泉敦煌张掖甲卒，及卢水羌胡万二千骑，出酒泉塞；耿秉秦彭率武威陇西天水募兵，及羌胡万骑，出居延塞；骑都尉来苗，护乌桓校尉文穆，率太原雁门上谷渔阳右北平定襄各郡兵马，及乌桓鲜卑兵万余骑，出平城塞，四路兵共伐北匈奴。窦固耿忠行至天山，适与北匈奴西南呼衍王相遇，一番交绥，斩首至千余级，追杀至蒲类海，取得伊吾庐地，特置宜禾都尉，留吏士屯田伊吾庐城。耿秉秦彭，袭击北匈奴南部勾林王，颇有杀获，进至绝幕六百余里，直抵三沐楼山，四望无人，乃收兵南归。来苗文穆，至匈河水上，虏皆奔走，无从截夺，也即退回。祭彤吴棠与南匈奴左贤王信，出高阙塞，驰行九百余里，不见一虏，只前面有一山相阻，山势不甚高峻，信却指为涿耶山，说是冈峦回阻，不便前进，因勒马下寨，好几日不闻动静，只好却还。其实王信与祭彤，两不相合，所以妄言误事。嗣经朝廷察觉，说棠与彤逗留畏懦，将他革职，召还系狱。彤系故征虏将军祭遵从弟，素性沈毅，屯边有年，信及外夷，此次坐罪被系，当然有人替他救解，不过数日，便即释出。彤且惭且恨，竟至呕血不止，临终嘱语诸子道："我蒙国厚恩，奉命出征，不能立功报国，死且怀惭；从前所得赐物，理应一律呈还，汝等能承我志，当自诣军营，效死戎行，聊补我恨！"言讫遂逝。遗恨无穷。长子逢依嘱上簿，具呈遗言。明帝已知彤忠诚，再拟任用，陡闻彤病重身亡，不胜惊悼，因召逢入见，详问乃父病状，悲叹不已，抚恤有加。及彤葬后，次子参遵父遗命，投入奉车都尉窦固营中，随征车师，后文另表。乌桓鲜卑，统慕祭彤威信，有时使人入京，每过彤冢，必拜谒号泣。辽东吏民，因彤前为太守，却寇安边，追怀功德，特为立祠致祭，四时不懈。生虽失荣，死俱含哀，可见得公道尚存，虽死犹生呢？好作后人榜样。

是年秋季，北匈奴复大举入寇，直指云中，太守廉范，督率吏士，出城拒敌。吏见虏众势盛，恐自己兵少难支，乃请范回城保守，移书他郡求援。范微笑道："我自有却敌的方法，何用多忧！"说着，遂令军士安营静守，不准妄战。好在虏兵初至，倒也有意休息，未尝相逼。俄而日暮，范令军士各交缚两炬，三头爇火，环绕营外，好似有千军万马，趋集拢来。虏兵远远望见，总道是汉救兵至，不禁惶骇，正拟待旦退兵，不防汉营中已扬旗鸣鼓，出兵前来。那时不知有多少兵马，还是走为上计，一声哗噪，弃营尽走，却被范驱杀一阵，送脱了几百颗头颅。尚恐汉兵追蹑，狼狈急奔，甚至自相践踏，伤亡至千余人，嗣是不敢再向云中。范字叔度，系杜陵人，世为边郡牧守。独范父客死蜀中，范年十五，闻讣哀恸，往迎父丧。蜀郡太守张穆，为范祖廉丹故吏，厚资赆范，范一无所受。携榇东行，路过葭萌，载船触石，竟致破没，范两手抱柩，随与俱沉。幸由旁人怜范孝义，并力捞救，才得免死。柩亦捞起，舁归安葬。乃诣都求学，师事博士薛汉，终得成名。既而薛汉连坐楚狱，伏法受诛，楚狱，见前回。故人门生，莫敢过问，唯范收尸殓葬，为有司所奏闻。明帝大怒，召范入责道："薛汉与楚王同谋，交乱天下，汝不与朝廷同心，反敢收殓罪人，难道不畏王法么？"范叩头道："臣自知无状，但以为汉等受诛，身已伏辜，尸骸暴露，臣与汉谊属师生，不忍漠视，因此草草收殓，罪当万死！"明帝听着，怒亦少平，因复问道："卿是否廉颇后人，与前右将军褒、大司马丹，有亲属关系否？"范答说道："褒系臣曾祖，丹系臣祖考呢？"明帝叹道："怪不得有此胆量，朕嘉卿知义，权贯卿罪！"范乃叩谢而退。孝义可风，故特详叙。自是义声益著，得举茂才，再迁为云中太守。却敌有功，名扬中外，嗣复历任武威武都二郡太守。随俗化导，并有政绩，再调守蜀郡。蜀俗素尚词辩，互讼短长，范每以醇厚相励，禁止告讦。成都民物丰盛，邑宇逼仄，旧制禁民夜作，冀免火灾，百姓更相隐蔽，屡兆焚如。范撤消旧令，但严令储水，火一触发，得水即灭，百姓称便。乃讴歌范德，编成数语云："廉叔度，来何暮？不禁火，民安作，平生无襦今五裤！"范在蜀数年，坐事免归，居家考终。先是范与洛阳人庆鸿为刎颈交，始终不渝，时人谓前有管鲍，管仲，鲍叔。后有庆廉。庆鸿亦慷慨好义，位至琅琊会稽二郡太守，所至俱有政声，不消絮述。会由益州刺史朱辅，报称白狼王唐菆等，菆音丛。慕化归义，献上歌诗三章，重译以闻。明帝颁下史官，备录歌诗，第一章是“远夷乐德歌”，歌云：

大汉是治，与天意合。吏译平端，不从我来。闻风向化，所见奇异。多赐缯布，甘美酒食。昌乐肉飞，屈伸悉备。蛮夷贫薄，无所报嗣。愿主长寿，子孙昌炽！

次章为“远夷慕德歌”，歌云：

蛮夷所处，日入之部。慕义向化，归日出主。圣德深恩，与人富厚。冬多霜雪，夏多和雨。寒温时适，部人多有。涉危历险，不远万里。去俗归德，心向慈母。

末章为“远夷怀德歌”，歌云：

荒服之外，土地硗确。食肉衣皮，不见盐谷。吏译传风，大汉安乐。携负归仁，触冒险狭。高山岐峻，缘崖磻石。木薄发家，百宿到洛。父子同赐，怀抱匹帛。传告种人，长愿臣仆！

白狼以外，又有槃木等百余部落，俱在西南寨外，素与中国不相往来，至此皆举种称臣，奉献方物。端的是东都昌盛，不让西京。小子有诗咏道：

哀牢内附白狼归，万里蛮荒仰汉威；
读罢夷歌三迭曲，炎刘火德庆重辉。

南夷既已归附，乃更从事西戎，又出了一位大名鼎鼎的英雄，底定前功。欲知此人为谁，待至下回发表。

哀牢为西南夷之一部，龙种之说，实属讹传。彼夷人未知文教，数典忘祖，故诞言以夸示部众耳。《班书》虽援有闻必录之例，但以讹传讹，愈足滋惑。近儒谓中国无信史，说虽过甚，要亦不能无讥。历代史家，首推迁固，彼且如此，遑论自郐以下乎？祭彤等四路出兵，无功而返，彤竟因此坐罪，呕血致死，论者惜之。廉范独以寡击众，有却敌之大功，而且历任郡守，迭著循声，此正当亟为褒扬，风励后世。较诸梁鸿井春诸人，第知正己，未及正人者，固尤为有关世道也。

第二十八回　使西域班超焚虏
御北寇耿恭拜泉

却说奉车都尉窦固，前与诸将出讨北匈奴，他将俱不得功赏，独固军至天山，斩获颇多，加位特进。固本前大司空窦融从子，父友曾受封显亲侯，友殁固嗣，又曾尚涅阳公主，显荣无比。明帝因他旧住河西，熟悉边情，所以委令北伐。及天山战胜，功出人上，复有诏令耿秉诸将，并受固节度。固得有专阃权，遂欲踵行汉武故策，招抚西域，截断匈奴右臂，用夷制夷。当下派使西行，特选出一个智勇深沉的属吏，令与从事郭恂，同往西域。这人为谁？乃是故文吏班彪少子超。彪擅长文辞，官至望都长而终。长子固，字孟坚，九岁即能属文，及年已成人，博通书籍，所有九流百家诸言，无不穷究。明帝召诣校书部，使为兰台令史，撰述史传。有弟名超，字仲升，少有大志，不修细节。当兄固应诏时，自与母随入都中，至官署中充作书佣，终日劳苦，所得寥寥，尝投笔愤慨道："大丈夫无他志略，尚当效傅介子张骞，立功异域，博取侯封！怎能郁郁久事笔墨间呢？"傅张立功，并见《前汉演义》。左右听了，都不禁暗笑，超奋然道："小子怎知壮士志，奈何笑人？"男儿当自强。既而与相士叙谈，问及将来穷达，相士道："今日一布衣，他日当封侯万里！"超笑问原因，相士指超面道："君燕颔虎颈，飞行食肉，这就是万里侯相呢！"未几果得朝廷特诏，令超与兄固同官，亦得拜兰台令史。就职年余，又复因事免官，独窦固器重超才，殷勤款接，及出握兵符，遂调超为假司马。前次追虏至伊吾庐城，超尝执戈前驱，得胜回营，事见前回。至此与郭恂同使西域，奉令即行。

自光武帝修文偃武，不愿用兵，西域一带，由他自主。因此车师鄯善等国，又去依附匈奴。见二十一回。莎车王贤，恃强用兵，并吞于置大宛诸国，使部将君得率兵监守。于置遣将休莫霸，收合余众，攻杀君得，自立为王。莎车王贤，当即大愤，督领诸国数万人，往攻休莫霸。偏又为休莫霸所败，伤亡过半，贤脱身走归。休莫霸进围莎车，身中流矢，方才退兵，途次陨命。国相苏榆勒等，共立休莫霸兄子广德为王。时龟兹王则罗，为国人所杀，则罗本莎车王贤少子，国人既敢杀死则罗，当然不服莎车，龟兹为莎车所并，亦见二十三回。又恐莎车往攻，索性联属匈奴，先击莎车。两下里争战不休，互有杀伤。于置王广德，正好乘他疲乏，使弟仁督兵万人，直逼莎车城下。莎车王贤连被兵革，不堪再增一敌，没奈何遣使出城，至广德营中请和，愿将己女配与广德。广德踌躇半晌，方才允诺。待贤将女送交，便一拥而去。好容易过了一年，莎车城外，复来了于置兵马，差不多有三四万人。莎车王贤登城俯眺，遥见广德押住阵后，跨马扬鞭，指挥如意，乃高声呼语道："汝为我女夫，无端兴兵相犯，究欲何为？"广德答说道："正因王为我妇翁，久不相见，所以前来问候！今愿请王出城结盟，再修前好。"贤听了此言，又似广德无意构衅，但既欲修盟，为何带来许多人马？当下狐疑不决，因向国相且运商议。且运忙说道："广德为大王女婿，谊关至戚，何妨出见？"贤遂释去疑团，坦然出城。广德跃马相迎，彼此问答，未及数语，忽由广德一声暗号，突出壮士数十名，拥至莎车王贤马前，把贤拖落马下，捆绑起来。贤尚想且运出救，那知且运正私召广德，叫他前来捉贤，一见广德得手，便大开城门，纳入于置兵马，趁势将贤妻子，一并拿下。当即由广德留下将士，与且运同守莎车，自押贤等归国，未几竟将贤杀死。大约是妆奁未足，故将头颅赔送。匈奴闻莎车被灭，恐广德乘此强盛，将为己害，乃征发龟兹焉耆尉黎等国骑兵，得三万人，统以五将，合围于置。广德料不能敌，遣使乞降，并出长子为质，每岁贡给罽絮等物。匈奴乃退，另立莎车王贤子齐黎为莎车王，广德心惮匈奴，未敢与争。唯西域诸国，要算广德最强，次为鄯善国王。鄯善自服属匈奴后，国内无事。见二十一回。

嗣王广休养生息，势亦日昌，班超与郭恂等先到鄯善，国王广却殷勤款待，礼意甚周。越数日忽渐疏懈，超密语吏属道："诸君可知鄯善薄待么？

我想鄯善王广，必因有北虏使来，未识所从，故礼不如前，智士能明几知微，况已情迹昭著呢？”道言甫毕，适有鄯善役使，来饷酒食，超故意问道：“匈奴使来已数日，今在何处？”鄯善本讳莫如深，不意被超一口道破，还道超已有所闻，只好和盘说出。超将役使留住，闭门不放，潜集吏士三十余人，与共饮酒，酒至半酣，蹙然语众道：“卿等与我共来绝域，本欲建立大功，邀取富贵，今虏使才到数日，国王广礼意寖衰，倘彼见我吏属寥寥，出兵拘拿，械送匈奴，恐我等骸骨，徒为豺狼所食，奈何！奈何！”吏士闻言，俱愁眉相答道：“事已如此，只得甘苦同尝，死生愿从司马！”遣将不如激将。超奋起道：“不入虎穴，怎得虎子？为今日计，唯有乘着昏夜，火攻虏使，彼不知我等多少，定然惊骇，我若得将虏使击毙，鄯善自然胆落，功成名立，在此一举了！”大众听着，又觉得危疑起来，半晌才说道：“请与郭从事熟商！”超瞋目道：“吉凶决在今夜，郭从事系文俗吏，闻此必恐！一或谋泄，反致速死，如何算得壮士呢？”仍是激将。众见超面带怒容，未免慑服，乃愿从超计。超即命吏士整束停当，待至夜半，率众三十余人，径奔匈奴使营。可巧北风大起，吹彻毛骨，众且前且却，尚有惧容，超与语道：“这正是天助成功，尽可放胆前行，无容顾虑！”说着，遂令十人持鼓，绕出虏帐后面，且密嘱道：“如见有火光，即当鸣鼓大呼，万勿失约！”十人领命去讫。又使二十人各持箭械，趋至虏帐，夹门埋伏。超自率数骑，顺风纵火，前后鼓噪声同时响应，虏使从梦中惊醒，走投无路，仆从越加惶怖，顿致大乱。超首先突入虏营，格毙三人，吏士一拥齐上，竟将虏使击毙，并杀虏使随兵三十余人，一面纵火焚营，把虏众百余名，一齐烧死。时已天明，超率众返告郭恂，恂方得闻知，不禁大骇。真是饭桶。既而俯首沉吟，超已知恂意，举手与语道：“从事虽未同行，但休戚与共，超亦岂欲独擅己功？”恂乃心喜，面有欢容。因人成事，还想分功。超即召鄯善王广，取示虏使首级，广吓得面色如土，再经超宣汉威德，叫他从今以后，勿得再与北虏交通，否则虏首可作榜样，幸毋后悔！广连忙伏地叩头，唯唯听命，遂纳子为质，随超还报。窦固大喜，且陈超功，并请选使再抚西域。明帝览奏，欣然说道：“智勇如超，何不再遣，还要派什么别人？”当下拜超为军司马，令他续成前功。窦固奉命，因复遣超西往于置，并欲拨兵为助。超答说道：“于置国大路遥，就使带兵数百，亦不足济事，多反为累，超但将前时从行三十六人，往彼宣抚，相机处置，便已敷用了。”言毕遂行。

好多日才抵于置，于置王广德，雄视西域，虽尝接见超等，却是傲然自若，不甚敬礼，且召巫人问向背。巫假意祷神，费了许多做作，方张目说道：“神有怒意，谓于置王何故竟欲向汉？汉使有䯄马骑来，可取以祠我！”广德素来迷信，即使人向超求马。超已侦得巫言，谓须巫亲自来取，巫竟如言趋至，超不与多言，突拔佩刀劈巫，砉然一声，巫首落地，有胆有识。便持了巫首，进示广德，且将前时制服鄯善情形，当面陈述，令广德自择进止。广德惊出意外，派人调查鄯善，果有虏使被杀、遣子入质等情，乃亦决计附汉，不属匈奴。匈奴本有将吏留守于置，监护广德，广德即暗地发兵，攻杀匈奴将吏，携首献超。超随身带有金帛，当即出赠广德，与广德以下诸官属。夷人素性贪利，得了馈遗，自然额手相庆，愿听约束。于置鄯善为西域望国，两国既已归汉，余国多半听从，依次遣子入侍。西域与汉绝交，已有六十五年，至此乃复与汉往来，奉汉正朔。独龟兹王建，为匈奴所立，未从汉命，并据有天山北道，攻杀疏勒王，另使龟兹贵人兜题，为疏勒主。疏勒在于置西北，超意欲袭取，就从间道入疏勒境，先遣从吏田虑，往抚兜题，拨吏士十余人随往，临行嘱虑道：“兜题非疏勒种，国人必不用命，卿前去招抚，若彼不即降，可乘虚执取，切勿有误！”虑也有干略，应声即往。到了兜题所居的槃橐城，报名进见，兜题却无降意，语多含糊。虑见他卫卒寥寥，即回引从士，抢步上前，立将兜题拖下，用绳捆住。兜题左右，不过数人，没一个前护兜题，统去躲闪一旁。虑得将兜题牵出，飞驰白超。超亟往疏勒，尽招该国将吏，慷慨与语道：“龟兹无道，横行劫杀，汝等正当为故主报仇，奈何降虏？”国人答以力不从心，只好缓图。超又说道：“我乃大汉使臣，来抚汝国，汝能从我号令，何患狡虏？现在故主有无遗裔，应该迎立为王！”国人答言故主无子，只有兄子榆勒尚存。超即命迎入，使王疏勒，更名为忠，国人大悦。当下牵入兜题，遍问大众道：“此人可杀否？”众齐称可杀，超却喟然道：“杀一庸夫，有何益处？不如把他放还，使龟兹知大汉威德，不在多诛。”众又相率赞成。超乃命将兜题释缚，叫他归告龟兹王，速即降汉。兜题幸得免死，诺诺连声，拜谢而去。此等人，原不值污刀。超既抚定疏勒，遣人往报窦固。固正奉诏出师，往讨车师，因檄超暂留疏勒，不必遽归，自与驸马都尉耿秉，骑都尉刘张，领兵出敦煌，越塞至蒲类海，击破白山虏兵，直入车师。车师向分前后二庭，前王居交河城，后王居务涂谷，相去约数百里，从前尝附属西汉，汉衰乃转归匈奴。窦固入车师境，因虑后王道远，山路崎岖，不如就近攻击前王。独耿秉谓车师前王，乃后王安得子，若先攻后王，并力取胜，那时前王自服，不待劳师。固沉吟未决，秉奋身起座道："秉愿前行！"说着，即出营上马，挥兵北进，众军不得已随行。至务涂谷相近，攻破虏垒，斩首数千级，后王安得大恐，慌忙出门迎秉，脱帽长跪，抱秉马足，俯首乞降。秉引与见固。固令安得招降前王，前王当然听命。车师全定，乃奏请复置西域都护，分设戊己校尉。当下简选陈睦为都护，司马耿恭为戊校尉，留屯车师后王部金蒲城，谒者关宠为己校尉，留屯前王部柳中城。固班师入塞，静候朝命，朝旨令他罢兵还京，固不敢违慢，自然南归。

未几已是永平十八年仲春，北匈奴闻汉兵已归，便遣左鹿蠡王率二万骑兵，往攻车师后庭。车师后王安得，本来庸弱，不能抵拒，当即飞使至金蒲城，向耿恭处乞援。恭部下不过二三千人，未便多出，但令司马领兵三百，往救安得。看官试想，三百人如何济事？一至务涂谷旁，不值虏军一扫。匈奴兵杀尽汉兵，气焰愈盛，立即捣入务涂谷，乱斫乱杀，可怜车师后王安得，也被剁死乱军中。虏骑乘胜长驱，进薄金蒲城，耿恭乘城搏战，预用毒药涂上箭镞，待至虏骑蚁附，即令吏士四射，且射且呼道："汉家箭有神助，若被射着，必有奇变！"虏骑不免中矢，顾视创痕，果皆沸裂，于是人人皆惊。凑巧天起狂风，继以暴雨，恭军正在上风，顺势逆击，杀伤甚众。匈奴兵益疑恭为神，相顾错愕道："汉兵深得神佑，我等枉送性命，不如罢休！"乃相率引去。恭料匈奴必再窥西域，乃巡视疏勒城旁，此非疏勒国城。见有涧水可固，因即引兵据住。到了春去夏来，虏骑果复大至，来攻疏勒城。恭悬赏募士，得壮夫数千名，前驱陷阵，自率兵吏随后继进，击破虏骑，杀获颇多。虏尚未肯弃去，屯驻城下，堵住涧水，不使流入城中。恭回城拒夺，因军士无从得水，也觉焦灼，急命在城中阱井，掘地深十五丈，不得涓滴，害得全军皆渴，不得已压笮马粪，取汁为饮。恭仰天长叹道："我闻从前李贰师，即李广利。尝拔佩刀刺山，涌出飞泉，今汉德重昌，岂无神明默佑？我当虔诚祷祝便了！"遂整肃衣冠，向井再拜，且拜且祝，约阅片时，竟有泉水奔出，滔滔不绝，大众皆称万岁。是即至诚格天。恭令吏士暂且勿饮，运水上城，和泥涂补，并沃水示虏，虏兵诧异道：“汉校尉真是神灵，何可再犯？”一声喧哗，万骑齐遁。恭也不去追赶，缮城自固罢了。

且说明帝在位，已阅一十八年，皇子炟为马后所爱，已早立为太子，年已二九。此外尚有八子，俱系后宫妃嫔所出，长名建，封千乘王，幼年殇逝；次名羡，封广平王；又次名恭，封钜鹿王；又次名党，封乐成王；又次名衍，封下邳王；又次名畅，封汝南王；又次名昞，封常山王；最幼名长，封济阴王。诸王年皆童稚，均留居京师，未曾就国。明帝尝亲定封域，每国不过数县，比诸兄弟所封，才得一半。马皇后进言道：“诸子只食采数县，得毋太嫌减损么？”明帝答道：“我子岂宜与先帝子相同？但得岁入二千万，供彼衣食，已不为不足了。”意在言外，非徒俭约而已。当时司空伏恭，已经罢职，改任大司农牟融为司空。司徒邢穆，接续虞延后任，回应二十五、二十六回。就职两年，适值淮阳王延，骄恣无度，延系明帝异母弟，为废后郭氏所出，已见前文。有人上书劾延，说他与姬兄谢弇，及姐婿韩光，招致奸猾，造作图谶，尝有祷禳咒诅等情。事下案验，连邢穆也受嫌疑，下狱论死，弇与光并皆伏法，唯延得因亲减罪，徙封阜陵，止食二县。另用大司农王敏为司徒。未几敏又病殁，召汝南太守鲍昱入都，擢为司徒。昱即故司隶鲍宣孙，前鲁郡太守鲍永子。宣娶桓少君为妻，鹿车回里，善修妇道，时人称为桓鲍，与梁孟齐名。鲍梁鸿孟光见前回。永与昱先后出仕，桓少君尚福寿康宁，昱尝从容进问道：“太夫人可忆挽鹿车时否？”少君应声道：“先姑有言，存不忘亡，安不忘危，我怎敢相忘呢？”可巧鲍宣女，亦一贤妇。既而少君寿终，永丁忧回籍，服阕复入任司隶校尉，守法不阿，权戚敛手，终因抗直忤旨，出为东海相，病终任所。昱初为高都长，诛暴安良，再迁为司隶校尉，奉法守正，有祖父风。三世为司隶校尉，却是难得。旋出为汝南太守，筑陂捍田，政绩卓著。及代王敏为司徒，明帝特赐他钱帛什器，彰奖功能，昱子德亦得除为郎官，可见得善人遗泽，数世不衰。鲍宣虽然枉死，子孙终得显官，扬名后世，乃祖有知，也应含笑。就是桓少君的四德三从，从此亦扬徽彤管，并美留芳。小子有诗赞道：

修德由来获报隆，蝉联三代振家风；
须眉巾帼同千古，挽鹿齐心贯始终。

鲍昱得列三公，甫经年余，国内忽遭大丧，乃是明帝驾崩，事须详表，试看下回自知。

西汉有张骞，东汉有班超，皆一时人杰，不可多得。吾谓超之功尤出骞上，骞第以厚赂结外夷，虽足断匈奴右臂，而浪糜金帛，重耗中华，虽曰有功，过亦甚矣。超但挈吏士三十六人，探身虎穴，焚杀虏使，已见胆力；厥后执兜题，定疏勒，指挥任意，制敌如神，而于中夏材力，并不妄费，此非有大过人之才智，宁能及此？耿恭以孤军屯万里外，两却匈奴，始以药矢吓虏，具征谋略，继以拜井得泉，更见精诚，守边如恭，何需长城为哉？惜乎陈睦关宠，皆不恭若，车师将定而仍未定，此古人之所以闻鼙思将也。

第二十九回　拔重围迎还校尉
抑外戚曲诲嗣皇

却说永平十八年秋月，明帝患病不起，在东宫前殿告崩，享年四十八岁。遗诏无起寝庙，但在光烈皇后更衣别室，庋藏神主。光烈皇后，即阴皇后，见二十五回。前时所筑寿陵，椁广一丈二尺，长一丈五尺，不得逾限，万年后只许扫地为祭，四时设奠，如有违命，当以擅议庙制加罪。故宫廷遵照遗言，未敢加饰。在位十八年，谨守建武制度，不稍逾越。外戚不得封侯干政，馆陶公主系明帝女弟，为了求郎，明帝不许，唯赐钱千万，并语群臣道："郎官上应列宿，出宰百里，一或失人，民皆受殃，所以不便妄授呢！"群臣齐称帝德，百姓亦安居乐业，共庆承平。不过明帝好尚刑名，察察为治，所有楚王英及淮阳王延狱案，牵累多人，未免冤滥。至如求书天竺，也觉多事，反启邪说诬民的流弊，这也是美中不足，隐留遗憾哩！抑扬悉当。话休叙烦，且说太子炟已将冠，即日嗣位，是为章帝。奉葬先帝于显节陵，庙号显宗，谥曰孝明皇帝，尊马皇后为皇太后。迁太尉赵熹为太傅；司空牟融为太尉，并录尚书事；进蜀郡太守第五伦为司空。伦履历已见前文，在蜀郡时，政简刑清，为各郡最，故章帝擢自疏远，俾列三公。忽由西域迭传警报，乃是焉耆龟兹二国，连结北匈奴，攻没都护陈睦。北匈奴亦出兵柳中城，围攻汉校尉关宠。朝廷方有大丧，未遑发兵救急。车师亦为北匈奴所诱，叛汉附虏，与匈奴兵共攻疏勒城。校尉耿恭，督励军士，登陴拒守，好几月不得解围，储粟已空，没奈何煮铠及弩，取食筋革。恭与士卒推诚相与，誓无贰志，所以众虽饥疲，仍然死守。北单于知恭已困，必欲生降，因遣使招恭道："如肯降我，当封为白屋王，妻以爱女！"恭佯为许诺，诱使登城，用手格毙，焚磔城上。北单于大怒，更益兵围恭；恭再接再厉，坚守如故，一面遣使求援。柳中城亦危急万分，再三乞救。有诏令公卿会议，司空第五伦谓嗣君初立，国事未定，不宜劳师远征。似是而非。独司徒鲍昱进议道："今使人置身危地，急即相弃，外增寇焰，内丧忠臣，岂非大失？若使权时制宜，后来得无边事，尚可自解；倘匈奴藐视朝廷，入塞为寇，陛下将如何使将？望彼效忠？况两部兵只有数千，匈奴连兵围攻，尚历旬不下，可见他兵力有限，不难击走。今诚使酒泉敦煌二太守，各率精骑二千人，多张旗帜，倍道兼行，出赴急难，臣料匈奴疲敝，必不敢当，大约四十日间，便可还军入塞了！"章帝依议，乃使征西将军耿秉，出屯酒泉，行太守事；即令酒泉太守段彭，与谒者王蒙皇甫提，调发张掖酒泉敦煌三郡人马，及鄯善骑士，共得七千余人，星夜赴援，终因道途辽远，未能遽至。时已改岁，下诏以建初纪元。适值京师及兖豫徐三州，连月不雨，酿成旱灾，章帝令发仓赈给，且下咨消灾弭患的方法。校书郎杨终上疏，略谓近时北征匈奴，西开三十六国，百姓频年服役，转输烦费，怨苦所积，郁为戾气，请陛下速行罢兵，方足化戾成祥云云。司空第五伦，亦赞同终议，独太尉牟融，与司徒鲍昱，上言征伐匈奴，屯戍西域，乃是先帝遗政，并非创行，古人有言，三年无改，方得为孝，陛下不必因此加疑，但当勤修内政，自可回天。昱又专名上书，谓臣前为汝南太守，典治楚狱，即楚王英事。逮系至千余人，或死或徙，窃念大狱一起，冤累过半，且被徙诸徒，骨肉分离，孤魂不祀，更为可悯；今宜一切赦归，蠲除锢禁，能使死生得所，当必上迓休祥！章帝乃诏令楚案连坐，及淮阳事牵累，流戍远方，尽可回里，共计得四百余家，相率称颂。会接酒泉太守段彭捷书，报称进击车师，攻交河城，斩首三千八百级，获生口三千余人，北匈奴骇退，车师复降。章帝阅毕，当然心慰，不再发兵，但交河城与柳中相近，同在车师前庭。段彭等所得胜仗，只能救出关宠，未遑顾及耿恭。适值关宠积劳病殁，谒者王蒙等，欲引兵东归，独耿恭军吏范羌，时在军中，固请迎恭同还。诸将不敢前进，唯给范羌兵二千人，从山北绕行。途次遇着大雪，平地约高丈许，还亏羌不辞艰险，登山过岭，吃尽辛苦，方得到疏勒城。城中夜闻兵马声，疑是虏骑凭陵，登城俯瞰，互相惊哗。范羌忙遥呼道："我就是范羌，汉廷遣我来迎校尉哩！"城上闻言，始欢呼万岁，开门出迎，相持涕泣。越宿恭与俱归，只挈亲吏二十六人，出疏勒城，余众任他逃生。恭行未里许，后面尘头大起，虏骑陆续追至，当由恭率范羌等，且战且走，经过许多危险，才生入玉门关。亲吏已死了一半，只余一十三人，统是衣履穿决，困顿不堪。中郎将郑众守关，乃为恭等具汤沐浴，并出衣冠相赠，一面上疏奏陈恭功略云：

> 耿恭以单兵固守孤城，当匈奴之冲，对数万之众，连月逾年，心力困尽，凿山为井，煮弩为粮，出于万死，无一生之望；前后杀伤丑虏，数千百计，卒全忠勇，不为大汉耻。恭之节义，古今未有，宜蒙显爵，以厉将帅，不胜幸甚。

章帝得奏，尚未答复，恭已驰入洛阳，司徒鲍昱，复奏恭节过苏武，应加爵赏。乃拜恭为骑都尉，恭司马石修，为洛阳市丞，张封为雍营司马，范羌为共丞，余九人皆补授羽林军将。赏亦太薄。恭母先殁，恭追行丧制，有诏使五官中郎将马严，赍赐牛酒，劝令释服，夺情就职。恭既退闲，奈何不许追服？寻复迁恭为长水校尉，恭只得受命，莅任去讫。章帝不欲再事西域，诏罢戊己校尉，及都护官，召还班超。超尚寓居疏勒国，奉诏将归，疏勒国全体惊惶，不知所措。都尉黎弇流涕道："汉使弃我，我必复为龟兹所灭，与其后日死亡，不如今日魂随汉使，送与东归！"说罢，即引刀自刎。超虽然悲叹，究因皇命在身，未敢迟留，便启行至于置国。国中王侯以下，闻知超越境东归，并皆号泣，各抱超马脚，相持不舍。超大为感动，留抚于置，越旬日复至疏勒。疏勒两城，已投降龟兹，与尉头国连兵背汉。超率吏士斩捕叛徒，击破尉头，疏勒始得复安。于是拜本陈状，仍请留屯西域，章帝才收回前命，准超后议，事且慢表。且说马太后平素谦抑，从未举母家私事，有所干请，就是兄弟马廖马防马光，虽得通籍为官，终明帝世未尝超迁，廖止为虎贲中郎，防与光止为黄门郎。及章帝嗣位，即迁廖为卫尉，防为中郎将，光为越骑校尉。廖等倾身交结，冠盖诸徒，争相趋附。司空第五伦恐后族过盛，将为国患，因抗疏上奏道：

臣闻忠不隐讳，直不避害，不胜愚狷，昧死自表。《书》曰：“臣无作威作福，其害于而家，凶于而国。”“传”曰：“大夫无境外之交，束脩之馈。”近代光烈皇后，虽友爱天至，而卒使阴就归国，徙废阴兴宾客。其后梁窦之家，互有非法，明帝即位，竟多诛之。自是洛中无复权戚，书记请托，一皆断绝。又谕诸戚曰：“苦身待士，不如为国，戴盆望天，事不两施。”臣常刻著五脏，书诸绅带。而今之议者，复以马氏为言。窃闻卫尉廖以布三千匹，城门校尉防以钱三百万，私赡三辅衣冠，知与不知，莫不毕给。又闻腊日亦遗其在雒中者钱各五千。越骑校尉光，腊日用羊三百头，米四百斛，肉五千斤。臣愚以为不应经义，惶恐，不敢不以闻。陛下情欲厚之，亦宜有以安之！臣今言此，诚欲上忠陛下，下全后家，伏冀裁察。

疏入不报，且欲加给诸舅封爵，独马太后不从。建初二年四月，久旱不雨，一班谄附权戚的臣工，且奏称不封外戚，致有此变；未知他从何处说起。有司请援照旧典，分封诸舅。章帝即欲依议，马太后仍坚持不许，且颁敕晓谕道：

凡言事者，皆欲媚朕以邀福耳！一语道着。昔王氏五侯，同日俱封，黄雾四塞，不闻澍雨之应。见《前汉演义》。夫外戚贵盛，鲜不倾复，故先帝防慎舅氏，不令在枢机之位，又言我子不当与先帝子等，今有司奈何欲以马氏比阴氏乎？且阴卫尉即阴兴，系阴后兄弟。天下称之，省中御者至门，未尝不衣冠相见，此蘧伯玉之敬也！伯玉，春秋时卫人。新阳侯指阴兴弟就，曾封新阳侯。虽刚强，微失理法，然有方略，据地谈论，一朝无双。原鹿贞侯，指阴兴兄识，曾封原鹿侯，殁谥曰贞。勇猛诚信；此三人者，天下选臣，岂可及哉？是马氏不逮阴氏远矣！吾不才，夙夜累思，常恐亏先后之法，有毛发之罪，故不惮屡言，而亲属尤犯之不止，治丧起坟，又不时觉，是吾言之不立，而耳目为之塞也！吾为天下母，而身服大练，食不求甘，左右但着帛布，无香熏之饰者，欲以身率下也！以为外亲见之，当伤心自敕，但笑言太后素好俭耳。前过濯龙门上，见外家问起居者，车如流水，马如游龙，苍头衣绿褠，领袖正白，顾视御者，不及远矣。故不加谴怒，但绝岁用而已，冀以默愧其心，而犹懈怠，无忧国忘家之虑。知臣莫若君，况亲属乎？吾岂可上负先帝之旨，下亏先人之德，重袭西京败亡之祸哉？特此布诏以闻。

这诏传出，群臣自不敢复言。唯章帝览着，不胜感叹，再向太后面请道："汉兴以后，舅氏封侯，与诸子封王相同，太后原谦德虚衷，奈何令臣独不加恩三舅呢？且卫尉年高，两校尉常有疾病，如或不讳，使臣遗恨无穷，今宜及时册封，不可稽留！"马太后抚然道："我岂必欲示谦，使帝恩不及外戚？但反复思念，实属不应加封。从前窦太后欲封王皇后兄，窦太后，即文帝后，王皇后，即景帝后。丞相周亚夫，上言高祖旧约，无军功不侯；今马氏无功国家，怎得与阴郭两后，佐汉中兴，互相比拟？试看富家贵族，禄位重迭，譬如木再结实，根必受伤，决难持久。况士大夫私望侯封，无非为上奉祭祀，下图温饱起见。今祭祀已受大官赐给，衣食更叨御府余资，如此尚嫌不足，还想更得一县，岂非过贪？我已深思熟虑，决勿加封，幸毋多疑！从来人子尽孝，安亲为上；今屡遭变异，谷价数倍，正当日夕忧惶，不安坐卧，奈何先营外封，必欲违反慈母苦衷？我素性刚急，有胸中气，不可不顺！待至阴阳调和，边境清静，然后再行汝志，也不为迟，我庶可含饴弄孙，不再预闻政事了！"义正词严，不意宫廷中有此贤母。章帝听了，只好俯首受教，唯唯而退。马太后又手诏三辅，凡马氏姻亲，如有嘱托郡县，干乱吏治，令有司依法奏闻。太后母蔺氏丧葬，筑坟微高，太后即传语弟兄，立命减削。外亲有义行上闻，辄温言奖勉，赏给禄位；否则召入加责，不假词色。倘或车服华美，不守法度，即斥归田里，杜绝属籍。于是内外从化，被服如一，诸戚震恐，不敢逾僭。又在濯龙园中，左置织室，右设蚕房，分派宫人学习蚕织；太后尝亲去监视，饬修女工。又与章帝晨夕相叙，谈论政事，并教授小王《论语》经书，雍容肃穆，始终不怠。备录后德，可作彤史之助。

至建初三年，册立贵人窦氏为皇后。后为故大司徒窦融曾孙女，祖名穆，父名勋，并骄诞不法，坐罪免官。融年近八十乃殁，赐谥戴侯，赙赠甚厚；独因子孙不肖，尝令谒者监护窦家。嗣由谒者劾穆父子，居家怨望，乃勒令窦氏家属，各归扶风原籍。唯勋曾尚东海王强女沘阳公主，许得留住京师。偏穆又赂遗郡吏，乱法下狱，与子宣俱死，勋亦坐诛。唯勋弟嘉颇尚修饰，从未违法，乃授爵安丰侯，使奉融祀。勋遗有二女，貌皆丽姝。女母沘阳公主，常忧家属衰废，屡次召问相士，详叩二女吉凶。相士见了长女，俱言后当大贵。女年六岁，即能为书，家人皆以为奇。至建初二年，二女并选入后宫，风鬟雾鬓，丰姿嫣然，并且举止幽娴，不同凡艳。家虽中落，尚不脱大家风度。章帝已闻女有才色，屡问傅母，及得见芳容，果然倾城倾国，美丽无双。当下引见太后，太后亦不禁称赏，另眼相看。时宫中已有宋梁诸贵人，为章帝所宠爱；至二窦女入宫后，压倒群芳，居然夺宠。长女性尤敏慧，倾心承接，不但能曲承帝意，直使宫廷上下，莫不想望丰采，相率称扬。次年三月，竟得立为皇后，女弟亦受封贵人。可惜两女虽有美色，却未宜男，入宫承宠，倏已两年有余，不得一子。唯宋贵人已有一男，取名为庆，章帝急欲立储，乃立庆为皇太子。窦皇后未便阻挠，但心中很是怏怏，免不得从此挟嫌了。貌美者，心多阴毒，试看下文自知。会因烧当羌豪滇吾子迷吾，连结诸种，入寇金城，杀败太守郝崇诏，烧当羌，见二十四回。转寇陇西汉阳，杀掠尤甚。章帝乃命马防为车骑将军，令与长水校尉耿恭，调集兵士三万人，出讨叛羌。司空第五伦谓贵戚不宜典兵，上书谏阻，章帝不从。防即受命专征，大破羌人，斩首虏四千多名，余众或降或溃；唯封养种豪布桥等二万余人，尚屯驻望典谷，负嵎不下。防又与恭进击，复得大胜，布桥亦穷蹙请降。当下露布告捷，奉诏征防还都，留恭剿抚余种。恭复选有斩获，声威远震，所有众羌十三种，约数万人，皆诣恭投诚。先是恭出陇西，曾奏称故安丰侯窦融，前在西州，甚得羌胡腹心，子固复击白山，功冠三军，宜使他镇抚河西；车骑将军马防，不妨屯军汉阳，借示威重。这也是为防划策，免他远劳，哪知防反恨恭荐引他人，夺他权威，因此奉诏还都，即嗾令监营谒者李谭，劾恭不忧军事，被诏怨望。章帝不察真伪，反将有功无罪的耿校尉，严旨催归，遽令下狱；侥幸得免死罪，褫职回里，饮恨而终。汉待功臣，毕竟刻薄。马防竟得逞志，权焰愈张。到了建初四年，海内丰稔，四境清平，有司复请加封诸舅，章帝遂封防为颍阳侯，廖为顺阳侯，光为许侯。马太后未曾豫闻，及封册已下，才得知晓，不由的喟然道："我少壮时，但愿垂名竹帛，志不顾命；今年已垂老，尚谨守古训，戒之在得，所以日夜惕厉，思自降损，居不求安，食不念饱，长期不负先帝，裁抑兄弟，共保久安。偏偏老志不从，令人唏嘘，就使百年以后，也觉得赍恨无穷了！"廖防光等闻太后言，乃上书让邑，愿就关内侯。章帝不许，始勉受侯封，退位就第。是年太后寝疾，不信巫祝小医，戒绝祷祀，未几竟崩，尊谥为明德皇后，合葬显节陵。小子有诗赞道：

俭节高风已足钦，谦尊更见德深深沉；
东都母范能常在，国柄何由属妇壬。

明德太后葬后，章帝顾及私恩，加封生母。欲知封典如何，待至下回再表。

耿恭以孤军出屯塞外，部下吏士，不过数千，累撄强虏之口，能战能守，百折不挠，此诚为东汉良将，非人可及。为章帝计，正宜亟选大员，拔恭出围；乃段彭等第救关宠，不救耿恭，微范羌，恭之不遭陷没者仅矣。至郑众鲍昱，相继上请，犹第拜恭为骑都尉，未就侯封；而于马氏私戚，必欲与之爵赏，何其私而忘公，不顾大局耶？马太后谦抑为怀，始终不欲加封兄弟，观其殷勤教诲，语语出自至诚，不第为皇室计，抑亦为母家计。而章帝终违慈训，致贻长恨之叹，甚且信马防之谗间，屈死耿恭，章帝其亦有惭为子、有愧为君矣乎？而明德马后，则固足千古矣！

第三十回　请济师司马献谋
巧架诬牝鸡逞毒

却说章帝生母，本是贾贵人，见二十五回。因为马太后所抚养，故专以马氏为外家，未尝加封生母；就是贾氏亲族，也无一人得受宠荣。至马太后告崩，乃策书加贾贵人赤绶，汉制贵人，但服绿绶，唯诸侯王得用赤绶。安车一驷，宫人二百，御府杂帛二万匹，大司农黄金千斤，钱二千万，安享终身。这也毋庸细说。唯校书郎杨终，上言国家少事，应即讲明经义，近年文士破碎章句，往往毁裂大体，不合圣贤微旨，当仿宣帝博征群儒，讲经石渠阁故事，永为后世模范云云。于是召令诸儒集白虎观中，考订五经，辩论异同，使五官中郎将魏应承制发问，侍中淳于恭应制条奏。章帝亲自临决，汇编白虎议案，辑成一书；后世所传白虎通，就是本此。当时有侍中丁鸿，表字孝公，系是颍州郡人，父名綝，曾受封陵阳侯，綝歿后，鸿当袭封，独托称有疾，愿将遗封让弟，朝廷不许。鸿奉父安葬，把缞绖悬挂坟前，私下逃去。行至东海，与友人鲍骏相遇，骏问明行踪，出言相责道："古时伯夷季札，身居乱世，权行己志；今汉室重兴，正当宣力王事，汝但因兄弟私恩，绝父遗业，如何可行？"鸿不禁感动，垂涕叹息，乃还就陵阳。鲍骏复上书荐鸿，具陈经学至行，乃有诏征鸿为侍中，并徙封鲁阳乡侯。及白虎观开门讲经，鸿亦列席，据经论难，陈义最明，诸儒俱自愧不逮，时人因为传扬云："殿中无双丁孝公。"此外尚有少府成封，校尉桓郁，即桓荣子。兰台令史班固，见前。与雍丘人楼望，平陵人贾逵，以及广平王羡，明帝子，见前。并皆得与讲席，著有令名。越年为建初五年，二月朔日食，诏求直言极谏，大略说是：

朕新离供养，愆咎众著，上天降异，大变随之，诗不云乎，亦孔之丑；又久旱伤麦，忧心惨切。公卿以下，其举直言极谏，能指朕过失者各一人；遣诣公车，将亲览问焉。其以岩穴为先，勿取浮华！

未几又诏令清理冤狱，虔祷山川，略云：

春秋书无麦苗，重之也。去秋雨泽不适，今时复旱，如炎如焚，为备未至。朕之不德，上累三光，震栗忉忉，痛心疾首。前代圣君，博思咨诹，虽降灾咎，辄有开匮反风之应，今予小子徒惨惨而已。其令二千石理冤狱，录轻系，祷五岳四渎及名山，能兴云致雨者，冀蒙不崇朝遍雨天下之报，务加肃敬焉！

到了五月，复下诏云：

朕思迟直士，迟读若治，有待望之意。侧席异闻，其先至者各以发愤吐懑，略闻子大夫之志矣；皆欲置于左右，顾问省纳，建武诏书尝曰："尧试臣以职，不直以言语笔札。"直犹但也。今外官多旷，并可以补任，有司其铨叙以闻！

看官览到此诏，可知章帝诏求直士，亦无非虚循故事，非真出自至诚；否则直士征庸，理应置诸左右，常令补过，为什么调补外宫呢？讥评得当。内外臣僚，窥透意旨，待至得雨以后，即由零陵献入芝草，表称祥瑞。既而泉陵地方，又说有八黄龙出现水中。正在铺张扬厉的时候，太傅赵熹，遽尔病终。司徒鲍昱，已代牟融后任，融于建初四年病殁。进任太尉，另用南阳太守桓虞为司徒。自赵熹病殁逾年，昱复随逝，乃更擢大司农邓彪为太尉。老成迭谢，何足称祥？忽由西域留守军司马班超，拜本入朝，大致在请兵西征，原文录后：

臣窃见先帝欲开西域，故北击匈奴，西使外国，鄯善于置，即时向化，今拘弥莎车疏勒月氏乌孙康居，复愿归附，欲共并力，破灭龟兹，平通汉道。若得龟兹，则西域未服者，百分之一耳。臣伏自念卒伍小吏，荷蒙拔擢，愿从谷吉效命绝域，庶几张骞弃身旷野。谷吉为元帝时人，张骞为武帝时人，俱见《前汉演义》。昔魏绛列国大夫，尚能和辑诸戎；况臣奉大汉之威，而无铅刀一割之用乎？前世议者，皆曰取三十六国，号为断匈奴右臂，今西域诸国，自日之所入，莫不向化，大小欣欣，贡奉不绝，唯焉耆龟兹，独未服从。臣前与官属三十六人，奉使绝域，备遭艰厄，自孤守疏勒，于今五载，胡夷情意，臣颇识之，问其城郭大小，皆言倚汉与依天等。以是观之，则葱岭可通，龟兹可伐。今宜拜龟兹侍子为其国王，系前时入侍者。以步骑数百送之，与诸国连兵进讨，数月之间，龟兹可平。以夷狄攻夷狄，计之善者也。超之得计在此。臣见莎车疏勒，田地肥广，不比敦煌鄯善间也。兵可不费中国，而粮食自足。且姑墨温宿二王，特为龟兹所置，既非其种，更相厌苦，其势必有为我所降者；若二国来降，则龟兹自破。愿下臣章，参考行事，诚有万分，死复何恨？臣超区区，特蒙神灵，窃冀未便僵仆，目见西域平定，陛下举万年之觞，荐勋祖庙，布大喜于天下，则臣超幸甚，国家幸甚！

原来超在疏勒，已与康居于置拘弥三国，合兵万人，击破姑墨石城，斩首七百级，因此欲乘势进兵，荡平西域，所以恳切陈词，亟请济师。章帝也知超非虚言，拟派吏士助超。适有平陵人徐干，与超同志，奋身诣阙，愿往为超助。章帝即令干为假司马，率领弛刑及义从千人，即日西行。弛刑，谓课功赎罪诸徒；义从，谓奋愿从行之士。超日夜待兵，已是望眼欲穿，并因莎车叛附龟兹，疏勒都尉更觉得忧劳顾番辰，亦有异志虑，凑巧干军驰至，遂相偕出击番辰，一鼓破敌，斩首千余级，番辰遁去。超更欲进攻龟兹，自思西域诸国，乌孙颇强，正好借他兵力，与约夹攻。乃奏称乌孙大国，控弦十万，故武帝尝妻以公主，至宣帝时，终得彼力，远逐匈奴；今正可遣使招慰，与其合兵，用夷攻夷，莫如此举。章帝也以为然，方遣使慰谕乌孙。使节未归，流光易逝，倏忽间已是建初七年，正月初吉，沛王辅，济南王康，东平王苍，中山王焉，联翩入朝。章帝先遣谒者出都远候，分给貂裘食物珍果，又使大鸿胪持节郊迎，再由御驾亲视邸第，预设帷床，钱帛器物，无不具备。至四王入都诣阙，赞拜不名，且由章帝起座答礼。礼毕入宫，再用辇迎接四王，至省阁乃下。帝亦兴席改容，欢然叙旧，使皇后出宫亲拜，四王皆鞠躬辞谢，不敢当礼。嗣是款留多日，直至春暮，方许诸王归国。但因东平王苍，老成重望，弁冕天潢，用再手诏挽留。直至仲秋已届，大鸿胪窦固，奏请将苍遣归，才得允许。特给苍手诏云：

骨肉天性，诚不以远近为亲疏，然数见颜色，情重昔时。念王久劳，思得还休，欲署大鸿胪奏，不忍下笔，顾授小黄门，系受诏颁发之官。中心恋恋，恻然不能言。

苍得诏后，入阙谢赐，随即辞行，章帝亲送至都门，流涕叙别，复赐乘舆服御，珍宝钱帛，以亿万计。苍还国遇疾，逾年竟殁，赙赠独隆，派使护丧，且令四姓小侯，及诸国王主，一体会葬，予谥曰宪，子忠袭爵。叙笔特详，无非善善从长之意。总计光武帝十一子，至苍殁后，仅留四人，为沛王辅，济南王康，中山王焉；以外尚有阜陵王延，在明帝时已曾削封，见二十八回。建初中复被人讦发，说他谋为不轨，又贬爵为侯。琅琊王京，时已病逝。后来唯沛王辅最贤，身后留名。济南王康，及中山王焉，屡有过失，还幸章帝顾念亲亲，不忍加罪，才得保全。就是阜陵侯延，亦仍复王爵，安享余年。这也是章帝的厚德。只是夫妇父子间，凶终隙末，终害得不夫不父，有累贤明。说来又有特因，应该约略补叙。章帝已立太子庆，庆母为宋贵人，已见前回。唯宋贵人父名扬，为文帝时功臣宋昌八世孙，原籍平林，扬以恭孝著名，隐居不仕。胞姑为马太后外祖母，马太后闻扬有二女，才艺俱优，因选入东宫，得侍储君。章帝即位，并封二女为贵人，大贵人生庆，立为太子；扬因此入为议郎，赏赐甚厚。尚有前太仆梁松二侄女，亦入宫为贵人，小贵人生皇子肇，这四贵人位置相同，并承恩宠。唯宋大贵人素善侍奉，前时供应长乐宫，即马太后所居之宫。躬执馈馔，为马太后所垂怜，子庆得为储嗣，也是马太后从中主张。唯窦皇后暗怀妒忌，视宋贵人母子，仿佛眼中钉一般。至马太后崩逝，后得恃宠生奸，尝与母沘阳公主，图害宋氏。外令兄弟窦宪窦笃，伺扬过失，内令女侍阉竖，探刺宋贵人动静，专谋架陷。俗语说得好："明枪易躲，暗箭难防。"宋贵人偶然得病，欲求生菟为药饵，菟即药品中菟丝子。特致书母家，嘱令购求；谁料此书被窦后截住，竟将它作为话柄，诬言宋贵人欲作蛊道，借生菟为厌胜术，咒诅宫廷。当下在章帝前，装出一副愁眉泪眼的容态，日夜谮毁宋贵人母子，且言宋贵人必欲为后，情愿将正宫位置，让与了他。曲摹妒妇口吻。章帝正与窦后非常恩爱，怎能不为所惑？遂将宋贵人母子，渐渐生憎，不令相见。窦皇后见章帝中计，辗转图维，想把那太子庆捽去，方好除绝根株，终免祸患。只是自己虽得专宠，终无生育，女弟轮流当夕，也总觉闭塞不通，毫无怀妊消息。这叫做秀而不实。百计求孕，始终无效，不得已求一替代的方法，把那小梁贵人所生的皇子，移取过来，殷勤抚育，视若己生。移花接木，终非良策。一面复阴使掖庭令，诬奏宋贵人通书前情，请加案验。章帝为色所迷，已弄得神昏颠倒，就批准掖庭令奏议，使他钩考。天下事欲加人罪，何患无辞？不但将宋贵人说成大恶，并连那太子庆亦诬作穷凶，一篇复奏。便由章帝下诏，废太子庆为清河王，立子肇为皇太子。诏书有云：

皇太子有失惑无常之性，爰自孩乳，至今益章。恐袭其母凶恶之风，不可以奉宗庙，为天下主。大义灭亲，况降退乎？今废庆为清河王。皇子肇保育皇后，承训襁褓，导达善性，将成其器，盖庶子慈母，尚有终身之恩，岂若嫡后事正义明哉？今以肇为皇太子，使得谨守宗祧，钦哉唯命。

太子既废，复出宋贵人姐妹，锢置丙舍，再依小黄门蔡伦考验。二姐妹当然不肯诬服，偏蔡伦阴承后旨，曲为锻炼，竟说二贵人咒诅属实，请付典刑。当即奉到复诏，移徙二贵人至暴室中。暴室，署名，为宫女疾病时所居。可怜姐妹花自悲命薄，愤不欲生，彼仰药，此服毒，同时毙命。宋扬削职归里。最可恨的是郡县有司，投井下石，更将扬砌入罪案，捕系狱中，还亏扬友人张峻刘均等，替扬奔走解释，方得免罪。扬虽得出狱，悲伤憔悴，当即病亡。清河王庆，年尚幼弱，却能避嫌畏祸，不敢提及宋氏。太子肇本与相亲，晨夕过从，庆越加谦谨，勉博太子欢心。太子肇尝入白章帝，言庆并无恶意，章帝乃嘱皇后抚视，所有一切衣服，令与太子齐等，庆始得幸全。唯梁氏自松得罪后，家属并坐徙九真，松事，见二十五回。大小二梁贵人，系没入掖庭，得承恩宠，小梁贵人幸得一男，进为储君，合家亦蒙赦还，欣然相庆。哪知为诸窦所闻，又恐梁氏得志，急忙转报窦后。窦后本已加防，一闻消息，就再掉动长舌，谗毁梁氏二贵人。并言贵人父竦，潜图不轨，欲为兄松复仇。章帝竟令汉阳太守郑据，捕松入狱，冤冤枉枉，构成罪名，松坐是瘐死，家属复徙九真。看官试想！这大小二梁贵人，尚能安然无恙么？美人善忧，况经此父死家亡，怎得不五中崩裂，两命同捐，呜呼哀哉。四贵人相继毕命，何若为平民妻，尚得相安！阴贼险狠的窦皇后，陷害了宋梁二家，尚嫌不足，更追恨及明德马太后，纳入大小梁贵人，先得专宠；并且马氏兄弟，均列枢要，也欲趁势除尽，省得夺权；于是与兄弟内外毗连，构陷马氏。马氏已失内援，未知敛抑；马廖颇能自守，但秉性宽缓，不能约束子弟；防与光尝大起第观，食客常数百人，奴婢仆从，不可胜计，积资巨亿，往往购置洛阳美田，防且多牧马畜，赋敛羌胡。不念乃父裹尸时么？为此种种骄盈，已不免惹人讥议，更有窦氏从中媒孽，自然上达九重。章帝不忍惩治，但再三加诫，随时监束。嗣是马氏威权日替，宾客亦衰。廖子豫贻书友人，语多怨诽，适为窦氏私党所闻，上表弹劾，并奏称马防兄弟，奢侈逾僭，浊乱圣化，应悉令免官，徙就封邑。章帝准议。唯因光前遭母丧，哀毁逾恒，比二兄较为尽孝，因特留住京师，助祭先后；不过一切要职，已经褫去，眼见是前盛后衰，远不相符了。天下无不散的筵席。窦后兄宪，得进任虎贲中郎将，弟笃亦迁授黄门侍郎。兄弟亲幸，并侍宫省，一班豪门走狗，朝秦暮楚，又竞至窦氏兄弟门前，奔走伺候，趋承唯谨。窦宪恃势日横，凡王侯贵戚，莫不畏惮。沁水公主明帝女。有园田数顷，颇称肥美，宪强欲购买，但给钱值，公主不敢与较，只好饮泣吞声。此外尚有何人敢与争论？独司空第五伦不甘缄默，上疏陈请道：

臣得以空疏之质，当辅弼之任，素性驽怯，位尊爵重，拘迫大义，思自策励，虽遭百死，不敢择地，又况亲遇危言之世哉？伏见虎贲中郎将窦宪，椒房之亲，典司禁兵，出入省闼，年盛志美，卑谦乐善，此诚其好士交结之方。然诸出入贵戚者，类多瑕衅禁锢之人，尤少守约安贫之节；士大夫无志之徒，更相贩卖，云集其门，众煦飘山，聚蚊成雷，盖骄佚所从生也！三辅议论者至云，以贵戚废锢，当复以贵戚洗濯之，犹解醒当以酒也。詖险趋势之徒，诚不可亲近。臣愚愿陛下中宫，严饬宪等闭门自守，无妄交通士大夫，防其未萌，虑于无形，令宪永保福禄，君臣交欢，无纤介之隙。此臣之所至愿也！臣不胜愚戆，谨此上闻。

章帝得疏，颇为留意，会与窦宪偕出巡幸，路过沁水公主园田，故意指问，急得宪满口支吾，不敢详对，章帝始知传闻是实。及还宫后，召宪严责道："汝擅夺公主园田，可知罪否？朕恐汝如此骄横，与赵高指鹿为马，有何大异？从前永平年间，先帝尝令阴党阴博邓迭三人，互相纠察，故豪戚莫敢犯法；当时诏书切切，犹以舅氏田宅为言。今贵如公主，尚被枉夺，何况平民？国家弃汝，不啻孤雏腐鼠，有何足惜！汝自想该不该呢？"这数语很是严厉，几把窦宪的魂灵儿，撵往九霄云外，慌忙匍匐磕头，好似捣蒜一般。正在惶急万分，忽听得屏后微动，莲步悠扬，走出一位袅袅婷婷的丽姝，前来解围。好了！好了！救苦救难的观世音来了！正是：

外戚横行终忤主，内言巧嫭竟回天。

欲知丽姝为谁，待至下回说明。

用夷攻夷，原攘夷之上策，但亦必才如班超，方足收功，否则平虏不足，启衅有余，几何而不丧师偾事耶！章帝驭将用人，不为无识，至待遇亲族，亦尚有恩。独于朝夕相亲之窦皇后，不能察知情伪，屡受其欺而不觉。始则二宋贵人，死于非命；继则二梁贵人，又复遭诬，并以忧死。同一抱衾与裯之妇女，岂无情谊之相关，乃以色艺之少差，竟使后来居上，坐被谗间，何其薄倖若此？宋氏废，梁氏徙，而马氏亦间接夺权，色之蛊人，顾若是其甚耶？盖自章帝溺爱衽席，开子孙无穷之祸，而后之好色者不知所鉴；无惑乎牝鸡败家，代有所闻也。

第三十一回　诱叛王杯酒施巧计
弹权戚力疾草遗言

却说窦宪被章帝切责，非常震惧，叩首不遑，幸从屏后走出丽姝，冉冉至章帝前，毁服减妆，代为谢罪。这人为谁？便是六宫专宠的窦皇后，外戚窦宪的亲女弟！他闻阿兄遭责，恐致受谴，因即趋出外庭，仗着一副媚容，替兄乞怜，力图解免。章帝见她愁眉半蹙，粉面微皱，一双秋水灵眸，含着两眶珠泪，几乎垂下，就是平时的百啭莺喉，至此也呜咽欲绝，卿真多虑，我见犹怜，不由的把满腔怒意，化作冰消。窦皇后又半折柳腰，似将下跪，当由章帝连呼免礼，轻轻把她扶住；一面令窦宪起来，叫他退去。宪得了这护身符，当然易惧为喜，再行叩谢，然后起身趋出。章帝挈着窦后，返入后宫，不消细述。唯窦宪虽得免罪，却已为章帝所憎嫌，不复再加重任。所以宪在章帝时代，只做了一个虎贲中郎将，未闻迁调，但守着本身职务，旅进旅退罢了。这还是章帝一隙之明。新任雒阳令周纡，持正有威，不畏强御，甫行下车，即召问属吏，使报大族主名。属吏止将闾里豪强，对答数人，纡厉声道："我意在详问贵戚，如马窦两家，子弟若干？照汝所说，统是卖菜佣姓名，何足计较？"属吏闻言，不禁惶恐，才将马窦子弟，约略报了数名。纡又嘱咐道："我只知国法，不顾贵戚，如汝等卖情舞弊，休来见我！"属吏唯唯，咋舌而退。纡乃严申禁令，有犯必惩。贵介子弟，却也不敢犯法，多半敛迹，京师肃清。一夕黄门侍郎窦笃出宫归家，路过止奸亭，亭长霍延，截住车马，定要稽查明白，方许通过。笃随身有仆从数人，倚势作威，不服调查，硬将霍延推开。延拔出佩剑，高声大喝道："我奉雒阳令手谕，无论皇亲国戚，夜间经过此亭，必须查究。汝系何人？敢来撒野！"也是个硬头子。窦氏仆从哪里肯让，还要与他争论，笃亦不免气忿，在车中大叫道："我是黄门侍郎窦笃，从宫中乞假归来，究竟可通过此亭否？"亭长听了，才将剑收纳鞘中，让他过去。笃心尚不甘，再加仆从怂恿，即于次日入宫，劾奏周纡纵吏横行，辱骂臣家。章帝明知笃言非实，但为了皇后情面，不能不下诏收纡，送入诏狱。纡在廷尉前对簿，理直气壮，仍不少挠，廷尉也弄得没法，只好据实奏陈。章帝竟批令释放，暂免雒阳令官职，未几又擢任御史中丞。可见章帝原有特识，不过曲为调停，从权黜陟，此中也自有苦衷呢！若抑若扬，措词甚妙。

建初八年，乌孙国遣使入朝，乞请修好，就是招谕乌孙的汉使，也同与东归。回应前回。章帝甚喜，即授超为将兵长史，特赐鼓吹幢麾；并擢徐干为军司马，别遣卫侯李邑，护送乌孙使人返国，且赐乌孙大小昆弥等锦帛。大小昆弥，系乌孙国王名，详见《前汉演义》。李邑方到于置，闻得龟兹将攻疏勒，恐道途中梗，不敢前行，反上书奏称西域难平，长史班超，拥娇妻，抱爱子，安乐外国，无内顾心，所有先后奏请，均不可从等语。事为班超所闻，不禁长叹道："身非曾参，乃蒙三至谗言，恐不免见疑当世了！"曾参事，见《战国策》。当下将妻斥去，上书沥陈苦衷。章帝知超忠诚，因传诏责邑道："超果拥妻抱子，属下千余人，岂不思归，怎能尽与同心？汝但当受超节度，就商行止，不必妄言！"又复书谕超，谓邑若至卿处，可留与从事。邑无奈诣超，超不露声色，另派干吏与乌孙使臣，同至乌孙，劝乌孙王遣子入侍。乌孙王唯命是从，即出侍子一人，送至超处。超令李邑监护乌孙侍子，偕往京师。军司马徐干语超道："邑前曾毁公，欲败公功，今何不依诏留邑，另遣他吏入京，护送乌孙侍子？"超微笑道："我正为邑有谗言，留彼无益，所以令他回京，且内省不疚，何恤人言？如必留邑在此，称快一时，如何算得忠臣呢？"及邑返京后，却也不敢再毁班超。章帝因乌孙内附，侍子入朝，益信超言非虚。越年改号元和，特遣假司马和恭等，率兵八百，西行助超。超既得增兵，复征发疏勒于置人马，共击莎车。莎车闻超出兵，特想出一法，阴使人赍着重赂，往饵疏勒王忠，叫他联合莎车，背叛班超。此计却是利害。疏勒王忠果为所愚，竟将重赂收受，与超反对，出保乌即城。超猝遭此变，忙立疏勒府丞成大为王，召回出发兵士，假道攻忠。乌即城本来险阻，不易攻入，超军围城数月，竟未攻下。忠复向康居乞援，康居出兵万人，往救乌即城，累得起进退徬徨，愈难为力。于是分头侦察，探得康居国与月氏联姻，往来甚密，乃亟派吏多赍锦帛，往馈月氏王，托使转告康居，毋为忠援。月氏王也是好利，当即允许，立将超意转达，财可通神，莫怪夷狄。康居顾全亲谊，还管什么疏勒王忠？一道密令，转至乌即城中，反使部众将忠缚归。乌即城既失援兵，又无主子，只得举城降超。唯忠被康居执去，幸得不死，羁居了两三年，与康居达官交好，费了若干唇舌，又得借兵千人，还据损中，且与龟兹通谋，欲攻班超。龟兹却令忠向超诈降，然后发兵进击，以便里应外合。忠依计施行，遂缮好一封诈降书，写得恭顺异常，使人投呈超前。超展书一阅，已知情意，因即召语来使道："汝主既自知悔悟，誓改前愆，我亦不追究既往，烦汝代去传报，请汝主速回便了！"来使大喜，即去返报。超密嘱吏士，叫他如此如此，勿得有误。吏士奉令，自去安排，专待忠到来受擒。忠还道班超中计，只率轻骑数十人，贸然前来。超闻忠已至，欣然出迎，两下相见，忠满口谢罪，超随口劝慰。彼此谈叙片刻，似觉得胶漆相投，很加亲昵。好一个以诈应诈。吏士早已遵着超嘱，陈设酒肴，邀忠入席，超亦陪饮，帐下更作军乐，名为侑酒，实是助威。酒过数巡，超把杯一掷，即有数壮士持刀突出，抢至忠前，如老鹰抓小鸡一般，把忠拿下，反绑起来。忠面色如土，还要自称无罪。超怒目责忠道："我立汝为疏勒王，代汝奏请，得受册封。浩荡天恩，不思图报，反敢受莎车煽惑，背叛天朝，擅离国土，罪一。汝盗据乌即城，负险自固，我军临城声讨，汝不知愧谢，抗拒至半年有余，罪二。汝既至康居，心尚未死，尚敢借兵入据损中，罪三。今又诈称愿降，投书诳我，意图乘我不备，内外夹攻，罪四。有此四罪，杀有余辜，天网昭彰，自来送死，怎得再行轻恕哩？"这一席话，说得忠哑口无言，超即令推出斩讫。不到半刻，已由军士献上忠首，超令悬竿示众。立传将士千人，亲自督领，驰往损中。损中留屯康居兵，守候消息，不防班超引军趋到，一阵斩杀，倒毙至七百余人，只剩了二三百残兵，命未该绝，仓皇遁去，南道乃通。越年又改元章和，超复调发于置诸国兵二万余人，往击莎车。莎车向龟兹乞师，龟兹王与温宿姑墨尉头三国，联兵得五万人，自为统帅，驰救莎车。超闻援兵甚众，未便力敌，筹划了好多时，便召入于置王及将校等与语道："敌众我寡，势难相持，不若知难先退，各自还师。于置王可引兵东行，我却从西退回。但须待至夜间，听我击鼓，方好出发，免得为敌所乘呢！"说至此，便有侦骑入报道："龟兹诸国兵马，已经到来，相距不过数里了！"超令于置王及将校等各归本营，闭垒静守，听候鼓号。大众如言退去。超进攻莎车时，沿途已获住侦谍数人，系诸帐后。到了黄昏时候，故意释放，令得还报军情。龟兹王闻报大喜，亲率万骑，西向击超；使温宿王率八千骑，东向截于置王。超登高遥望，见各虏营喧声不绝，料他已出发东西，便返入营中，密召亲兵数千人，装束停当，待至鸡鸣，悄悄地引至莎车营前，一声号令，驰马突入。莎车营兵，因闻超军将还，放心睡着，哪知帐外冲进许多兵马，惊起一瞧，统是汉军模样，急得东奔西窜，不知所措。超麾令部众，四面兜击，斩首五千余，尽夺财物牲畜，且令军士大呼道："降者免死！"莎车兵无路可走，相率乞降；就是莎车王亦势孤力竭，只好屈膝投诚。超收兵入莎车城，再去传召全营将校，及于置国王。于置王等正因夜间未得鼓声，不免诧异，及得超传召，才知超计中有计，格外惊服。遂共入莎车城中，向超贺捷。龟兹温宿诸王，探闻消息，也觉为超所算，未战先怯，各退归本国去了。自经超有此大捷，西域都畏超如神，不敢生心；就是北匈奴亦闻风震慑，好几年不来犯边。章帝得专意内治，巡视四方，修贡举，省刑狱，除妖恶党禁，免致株连；戒俗吏矫饰，务尚安静；赐民胎养谷，每人三斛；婴儿无父母亲属，及有子不能养食，俱廪给如律，不得漠视。

临淮太守朱晖，善政得民，境内作歌称颂道："强直自遂，南阳朱季。"晖为南阳宛人。章帝幸宛闻歌，即擢为尚书仆射。鲁人孔僖，涿人崔骃，同游太学，并追论武帝尊崇圣道，有始无终，邻舍生即讦骃僖诽谤先帝，讥刺当世，事下有司。骃诣吏受讯；僖上书自讼，略言武帝功过，垂著《汉书》，自有公评。陛下即位以来，政教未失，德泽有加，臣等亦何敢寓讥？就使陛下视为讥刺，有过当改，无过亦宜含容，奈何无端架罪云云。章帝得书省览，下诏勿问；且拜僖为兰台令史，旌美直言。庐江毛义，素有清名，南阳人张奉，慕名往候。才经坐定，忽有吏人传入府檄，召义为安邑令。义喜动颜色，捧檄入内。奉转目义为鄙夫，待义复出，即起座辞归。后闻义遭母丧，丁艰回籍，及服阕后，屡征不起。奉乃赞叹道："贤士原不可测，往日捧檄色喜，实是为亲屈志；今乃知毛君节操，实异常人！”章帝亦得闻义名，征义就官，义仍然谢绝。乃赐谷千斛，并令地方官随时存问，不得慢贤。还有任城人郑均，洁身自好，有兄尝为县吏，贪赃受贿，屡谏不悛，均竟脱身为人佣，积得工资若干，归授乃兄，且垂涕与语道：“财尽尚可复得，为吏坐赃，终身捐弃，不能复赎了！”兄闻言感动，改行从廉。未几兄殁，均敬事寡嫂，抚养孤侄，情礼备至。州郡交章举荐，均终不应征。建初三年，司徒鲍昱，致书辟召，又不肯赴。至六年时，由公车特征，不得已入都诣阙。章帝即使为议郎，再迁为尚书，屡纳忠言。旋即因病乞休，解组回里，一肩行李，两袖清风，仍然与寒素相等。章帝东巡过任城，亲至均舍，见均家室萧条，感叹不已，因特赐尚书禄俸，赡养终身。时人号为白衣尚书，垂名后世。看似赞美章帝，实是阐表诸贤。只会稽人郑弘，为宣帝时西域都护郑吉从孙，少为灵文乡啬夫，乡官名。爱人如子，迁官驺令，勤行德化，道不拾遗。再迁淮阴太守，境内适有旱灾，弘循例行春，课农桑，赈贫乏，随车致雨，汉制各郡太守，当春巡行属县，是谓行春。又有白鹿群至，夹毂护行。弘问主簿黄国道：“鹿来夹毂，主何吉凶？”国拜贺道：“仆闻三公车辐，尝绘鹿形，明府他日必为宰相！”弘付诸一笑，亦无幸心。建初八年，奉调为大司农，奏开零陵桂阳岭路，通道南蛮。先是交阯七郡，贡献转运，必从东冶航海，风波不测，沉溺相继，至南岭开通，舍舟行陆，得免此患。弘在职二年，省费以亿万计。时海内屡旱，民食常苦不足，国帑却是有余，弘又请省贡献，减徭役，加惠饥民。章帝亦颇以为然，下诏采行。元和元年，太尉邓彪免官，即令弘继任太尉。弘见窦氏权盛，恐为国害，常劝章帝随时裁抑。言甚剀切，章帝亦温颜听受，但优容窦氏，仍然如常。无非碍着牝后。虎贲中郎将窦宪，职兼侍中，出入宫禁，虽未敢公然骄恣，却是密结臣僚，引为心腹。尚书张林，雒阳令杨光，党同窦宪，贪残不法。弘忍无可忍，至元和三年间，极言弹劾，嘱吏缮陈。吏与杨光有旧交，先往告光，光闻言大惧，亟诣窦门求救。窦宪忙入白章帝，劾弘泄漏枢机，失大臣体。章帝问为何因？窦即先将弘所上弹章，约略陈述。已而弘奏呈上，果如宪言。章帝不能无疑，便令左右传诏责弘，且收弘印绶，另任大司农宋由为太尉。弘始知为属吏所卖，径诣廷尉待罪。旋复有诏赦弘，弘因乞骸骨归里，好几日不得复诏，顿令弘积愤成疾，奄卧不起。临危时尚强起草疏，力斥窦宪，仿古人尸谏的遗意。是卫史鱼故事。疏中有数语最为扼要，录述如下：

> 窦宪奸恶，贯天达地，海内疑惑，贤愚嫉恶，谓宪何术以迷主上？近日王氏之祸，昞然可见！陛下处天子之尊，保万世之祚，而信谗佞之臣，不计存亡之机；臣虽命在晷刻，死不忘忠，愿陛下诛四凶之罪，以餍人鬼愤结之望！

这书呈入，章帝始遣医往视，弘已病终。妻子遵弘遗嘱，悉还从前赐物，但将布衣为殓，素木为棺，轻车减从，奔丧还乡。章帝亦不加赙赠，听令自便。这却未免辜负好官，有私外戚哩！郑弘既殁，司空第五伦，也老病乞休，有诏准令退位，唯终身赏给二千石俸秩，而加赐钱五十万，公宅一区。伦奉公尽节，言事不肯模棱，性质悫，少文采，在位以贞白见称，时人比诸前朝贡禹，后来寿逾八十，考终家中。太仆袁安，奉命继任。安字邵公，汝阳县人，祖父良，习易著名，安少承祖训，得举孝廉，累任阴平任城令长，迁守楚郡，再为河南尹，政号严明，吏民畏服。嗣由太仆超迁司空，守正如故。未及期月，又代桓虞为司徒，光禄勋任隗继为司空。隗字仲和，系故信都太守阿陵侯任光嗣子，好黄老言，品性清廉，与袁安并为三公，时称得人。博士曹褒，奏请考成汉礼，诏下公卿集议，安与隗各无异言，独词臣班固，谓宜广集诸儒，共议得失。章帝叹道："古谚有言：'筑室道谋，三年不成。'今欲集儒议礼，必致聚讼不休，互生疑异，笔不得下。从前帝尧作大章乐，一夔已足，何必多人？"乃即拜褒为侍中，举汉初叔孙通所订《汉仪》十二篇，令褒改订，且与褒语道："此制散略，多不合经，今宜依礼条正，使可施行！"褒乃援据古典，参入《五经谶记》，依次辑录，自天子至庶人，凡冠昏丧祭各制度，具列无遗，共成百五十篇。匆匆奏入，章帝未遑详阅，也不令有司平议，当即收付礼官，遽令施行。及章帝崩后，群臣多言褒擅更礼制，不足为法，因将新礼百五十篇，一并弃掷败字簏中。小子有诗叹道：

> 绵蕞朝仪不足征，操觚改制亦难凭；
> 一朝大礼谈何易，草草宁堪作准绳？

欲知章帝何时告崩，待至下回再表。

疏勒王忠，为超所立，乃以莎车之厚赂，甘心背超，戎狄之贪利忘义，可见一斑。幸超能将计就计，不烦血刃，缚而诛之，南道复通。或谓超专以诈计御虏，故虏亦报以诈谋。讵知兵不厌诈，本诸古训，宋襄陈余，为千古笑，况施诸戎狄间乎？厥后拔莎车，却龟兹诸国，老成胜算，游刃有余，而西域乃为之胆落。盖御虏之道，智略为先，兵力次之，不如是不足以挫彼凶横也！超真一人杰矣哉！章帝明知窦宪之奸，未能远斥，至郑弘一再进谏，又不见用，反且为窦宪所欺，收弘印绶，何其自相矛盾一至于此？意者其宁违忠谏，毋负椒房，而因有此刺谬欤？《范书》谓孝章以下，渐用色授，恩隆好合，遂忘淄蠹。数语实抉透章帝一生之大病。吕东莱讥其优柔寡断，盖犹非真知章帝者也。

第三十二回　杀刘畅惧罪请师
系郅寿含冤毕命

却说章帝在位十三年，已经改元三次，承袭祖考遗业，国势方隆，事从宽简，朝野上下，并称乂安。章帝春秋方富，做了十余年的太平皇帝，优游度日，好算是福禄两全。偏至章和二年孟春，忽然得病，竟至弥留，顾命无甚要嘱，但言毋起寝庙，如先帝旧制。俄而崩逝，年只三十一岁。窦皇后素性机警，即召兄弟入宫，委任枢要；一面立太子肇为帝，当日嗣位，是谓和帝。和帝甫及十龄，怎能亲政？当由窦宪兄弟，召集公卿，提出要议，尊窦皇后为皇太后，临朝训政。公卿等畏惮权威，不敢生异。当即酌定临朝典礼，颁诏施行。到了春暮，奉葬章帝于敬陵，庙号肃宗。窦太后欲令兄宪秉政，宪尚有所顾忌，未敢遽握总枢，因让诸前太尉邓彪，召为太傅。彪字智伯，与中兴元勋高密侯邓禹同宗，父名邯，曾官渤海太守，受封鄳乡侯。彪少有至行，见称乡里，旋遭父丧，愿将遗封让与异母弟，因此益得令名，为州郡所辟召；累迁至桂阳太守，亦有政声，入为太仆，升任太尉，居官清白，为百僚式。后来因病乞休，回籍已有四五年，至是复由公车征入，接奉窦太后特诏道：

先帝以明圣奉承祖宗至德要道，天下清静，庶事咸宁。今皇帝以幼年茕茕在疚，朕且佐助听政，外有大国贤王，并为藩屏，内有公卿大夫，统理本朝，恭己受成，夫何忧哉？然守文之际，必有内辅，以参听断。侍中宪朕之元兄，行能兼备，忠孝尤笃，是阿妹个人私言。先帝所器，亲受遗诏，当以旧典辅斯职焉！遗诏亦未必及宪。宪固执谦让，节不可夺，今供养两宫，宿卫左右，厥事已重，亦不可复劳以政事。故太尉邓彪，元功之族，三让弥高，海内归仁，为群贤首；先帝褒表，欲以崇化。今彪聪明康强，可谓老成黄耇矣！其以彪为太傅，赐爵关内侯，录尚书事。百官总己以听，朕庶几得专心内位。于戏！读如呜呼。群公其勉率百僚，各修厥职，爱养元元，绥以中和，称朕意焉！

彪受命供职，名为朝中领袖，但国家大权，实操诸窦氏手中。窦宪虽守侍中原职，却是内干机密，出宣诏命。窦笃升任虎贲中郎将，笃弟景瓌，并得入为中常侍。宫廷内外，只知有窦氏兄弟，不知有太傅邓彪。彪且做了窦氏的傀儡，窦氏有所施为，辄令彪代奏，彪不能不依，窦遂得任所欲为。宪父勋尝坐罪致死，见前文。谒者韩纡，与劾勋案，此时纡已病殁，宪却为父报仇，潜令门客刺杀纡子，割得首级，往祭父墓。窦太后亦为快意，置诸不问。都乡侯畅，系齐武王刘縯孙，入京吊丧，多日不归，私与步兵校尉邓迭亲属，互相往来。迭有母名元，出入宫中，为窦太后所亲爱，畅即厚礼馈遗，托她入白太后，为己吹嘘。元直任不辞，入宫一二次，即为说妥，由太后特旨召见。畅喜如所愿，进见太后，极力谄媚，叩了好几个响头，说了好几句谀词。妇人家最喜奉承，见畅口齿伶俐，礼貌谦卑，不由的引动欢肠，当作好人看待，问答了好多时，才令退去。未几复蒙召入，历久始出。又未几再蒙召入，居然有说有笑，格外投机。莫非要演吕后审食其故事么？宫中谁敢多嘴，只有窦宪瞧着，很是不悦，暗想太后一再召畅，定有隐情，畅若得宠，必致夺权，宁止夺权而已。不如先发制人，结果性命，再作后图。主见已定，便暗嘱壮士，伺畅行踪，乘机下手。畅正满志踌躇，专望太后赐他好处，按日至屯卫营中，听候好音，不防背后跟着刺客，一不见机，竟致饮刃，晕倒地上，断命送终。刺客早已扬去。卫兵见了畅尸，当然骇愕，立即报闻。窦太后得知消息，很是惊悼，与汝有何关系？即令窦宪严拿凶手。宪反将杀人大罪，卸到畅弟利侯刚身上，说他兄弟不和，因有此变。窦太后信为真言，就饬侍御史与青州刺史，查究刚等罪状。原来刚封邑在青州，故兼令青州刺史考治。尚书韩棱，上言贼在京师，不宜舍近就远，恐为奸臣所笑。

窦宪得了此语，恐棱疑及己身，急请太后下诏责棱。究竟贼胆心虚。棱虽然被责，仍旧坚执前言。三公皆袖手旁观，莫敢发议，独太尉何敞，进说太尉宋由道："畅系宗室肺腑，茅土藩臣，来吊大忧，上书须报，乃亲在武卫，致此残酷。奉法诸吏，无从缉捕，踪迹不明，主名不定。敞得备股肱，职典贼曹，意欲亲往纠察，力破此案！偏二府执事，二府谓司徒司空。以为朝廷故事，三公不与闻贼盗，公纵奸慝，无人问咎。敞不忍坐视，愿充此役！"宋由乃许令查缉。司徒司空二府，闻敞前往钩考，亦遣侦吏随行，"天下无难事，总教有心人。"结果查得刺畅凶手，实系窦宪主使，当即奏白太后。太后勃然大怒，立向窦宪问状。何必盛怒至此？宪亦无从抵赖，匍匐谢罪。太后竟将宪锢置内宫，有意加谴。宪恐遭诛戮，自请出击北匈奴，图功赎死。

是时北匈奴岁饥，部众离叛，邻国四面侵扰，优留单于为鲜卑所杀，北庭大乱。南单于屯屠何新立，上表汉廷，请乘北虏纷争，出兵征伐，破北成南，并为一国，令汉家无北顾忧。窦太后得表，取示执金吾耿秉，秉极言可伐，独尚书宋意上书谏阻，因未定议，窦宪乃想此出去，为逃死计。究竟窦太后顾念同胞，未忍将长兄处死，不过一时气愤，把他锢禁；转思宪既有志图功，乐得遣他出去，得能立功异域，也好塞住众口，免诮失刑。于是依了宪议，且命为车骑将军，使执金吾耿秉为征西将军，为宪副将，发兵讨北匈奴。宪得出宫部署，仍然威震一时。兵尚未出，忽接护羌校尉邓训捷报，乃是击走羌豪迷唐，收服群羌等语。先是元和三年，烧当羌迷吾，与弟号吾率领羌众，复来犯边。陇西郡督烽掾李章，颇有智略，独不举烽火，暗地号召戍卒，埋伏要隘。号吾见陇西无备，轻骑入境，陷入伏中，慌忙突围返奔，偏值李章紧紧追来，强弓一发，射伤号吾坐骑，号吾被马掀下，为章所擒。章执住号吾，将献诸郡守，号吾乞怜道："我既被擒，也不畏死，但杀死一我，无损羌人，不如放我生还，我当永远罢兵，不再犯塞了。"章以为说得有理，遂转禀太守张纡，纡乃放还号吾。号吾果解散羌众，各归故地，迷吾亦退居河北归义城。至章和元年，护羌校尉傅育，贪功启衅，募人阴构诸羌，令他自斗。羌人不肯从令，复生异心，走依迷吾。育发诸郡兵数万人，即欲击羌，大兵未集，仓猝出师，迷吾徙帐远去。育尚不肯罢休，自率三千骑穷追，恼动迷吾毒性，设伏三兜谷旁，邀截育军。育夜至谷口，尚不设备，顿致伏兵齐起，两面掩击，把育军杀死无算，育亦做了无头鬼奴。真是自去送死。还幸各郡兵赴救，拔出残众一二千人，迷吾引去。败报到了京师，有诏令张纡为护羌校尉，出驻临羌。迷吾复入寇金城，纡遣从事司马防，领兵截击，大破迷吾，迷吾乃致书乞降。纡佯为允许，待迷吾挈众到来，陈兵大会，置酒犒众，密将毒药置入酒中，羌众饮酒中毒，陆续倒地；迷吾亦筋软骨酥，不省人事，纡得指麾兵士，一一屠戮，且剁落迷吾首级，祭傅育墓，再发兵袭击迷吾余众，斩获数千人。诱杀迷吾计，与班超相同，但超诛诈降，纡戮真降，情迹悬殊，不能并论。迷吾子迷唐，独得逃脱，恨父被害，有志复仇，遂与诸羌种结婚交质，誓同休戚，据住大小榆谷，与纡为难。纡不能制服，拜表请兵，朝廷因纡赚杀诸羌，很是失计，因将纡免官召还，改任故张掖太守邓训代为护羌校尉。训字平叔，系故高密侯邓禹第六子，少有大志，厌文尚武，禹尝斥为不肖。哪知训熟习韬略，善抚兵民，章帝时已任乌桓校尉，与士卒同甘苦，大得众心，番虏惮训恩威，不敢近塞。嗣复调任张掖太守，边境清宁。及张纡免职，公卿多举训往代，因令改官。训莅任未几，迷唐即领兵万骑，来至塞下，一时未敢攻训，先胁令小月氏胡人，从早投服。小月氏胡，尝散居塞内，约有数千名，就中多勇健富强，不服羌种。汉吏辄随时羁縻，令拒羌人，他却能用少制众，为汉效力；只因平时有功少赏，所以依违两可，向背无常。此次迷唐招降，威驱利迫，胡人倒也不愿相从，誓与死斗。训察知情迹，便派吏安抚诸胡，叫他不必致死，自当一体保护。吏佐以为羌胡相攻，于我有利，待他两下俱疲，正好出兵尽灭，为何无端禁护，留下后患？训却出言指驳道："近因张纡失信，群羌大动，屡来犯边。综计塞下屯兵，多至二万，按时给饷，空竭府藏，尚不能有备无患，凉州吏民，命悬呼吸。今尚欲羌胡相攻，羌败胡盛，胡亡羌兴，终为我害，哪能一举灭尽？且诸胡反复无定，俱因我恩信未厚，所以致此！今若因彼迫急，用德怀柔，彼必感激厚恩，乐为我用。服胡平羌，就在此着，汝等亦怎知大计哩？"成竹在胸。当下大开城门，召入群胡妻子，安处城中，严兵守卫。羌人无从胁掠，相继引去。胡人果然感德，并言汉吏常欲图我，今邓使君待我有恩，开门纳我妻子，使免兵刃，这却是我重生父母，怎得不依？于是群集训前，跪伏叩头道："唯使君命！"训乃简选壮丁，择得数百人，使为义从，推诚相待。胡俗耻言病死，每遇病危，即用刀自刭，训闻降胡有疾，辄使人拘持缚束，禁令自裁，但给他医治，往往服药得痊，胡人愈加感动，无论男妇长幼，莫不归仁。旋复赏赂诸羌，使相招诱。迷唐叔父号吾，便率种人八百户来降。训全数收纳，妥为抚慰；一面征发湟中秦胡羌兵四千人，出塞掩击迷唐，斩首虏六百余级，得马牛羊万余头。迷唐抵敌不住，弃去大小榆谷，逃入颇岩谷中，羌众亦逐渐散去。训方上书奏捷，汉廷共庆得人。既而和帝改年号为永元，春光初转，塞外雪消，迷唐欲复归故地，屡遣侦谍，往来榆谷，为训所闻，训亟发湟中兵六千人，使长史任尚为将，叫他缝革为船，置诸筏上，乘夜渡河，袭取颇岩谷。迷唐猝不及防，被任尚乘隙掩入，斩首千余，获生口二千人，马牛羊三百余头。迷唐仓皇走脱，收集余众，西奔千余里，诸羌种遂尽叛迷唐。烧当种豪酋东号，情愿内附，稽颡归命，余众亦款塞纳质。训抚绥诸羌，威信大行，随即遣散屯兵，各令归郡，唯留弛刑徒二千余人，分田屯垦，兼修城堡，务为休息罢了。实是邓禹肖子。

且说车骑将军窦宪，部署人马，已将就绪，便拟辞阙请行。因恐出征以后，子弟犯法，特使门生赍书，投递尚书郅寿，托他迴护家属，毋令得罪。哪知郅寿铁面无私，竟将窦氏门生，拘送诏狱，且上书极陈宪罪，比诸王莽。宪当然大愤，便欲设法害寿。寿尚不以为意，入朝遇宪，当面讥刺，说他大起第宅，擅兴兵甲，种种不法，显犯国章。宪怎肯服罪？自然争论廷前。偏是寿始终不让，仍是厉声正色，侃侃直谈。宪理屈词穷，转向太后前进谗，劾寿私买公田，诽谤宫廷。窦太后正在临朝，听得寿声浪甚高，也嫌他倨嫚无礼，便褫去寿职，命左右执送廷尉。廷尉阿旨承颜，谳成死罪，当即复奏，廷臣莫为解免。独太尉掾何敞，破案有功，得升任侍御史，此时又不忍袖手，即上书进谏，略云：

> 寿以机密近臣，匡救为职，若怀默不言，其罪当诛！今寿违众正议，以安宗社，岂其私耶？臣所以触死瞽言，非为寿也！忠臣尽节，以死为归，臣虽不知寿，度其甘心安之，但不欲圣朝行诽谤之诛，以伤晏安之化，杜塞忠直，垂讥无穷！臣敞谬与机密，言所不宜，罪名明白，当填牢狱，先寿僵仆，万死有余！

窦太后接阅敞书，才命减寿死罪，谪徙合浦。寿愤不欲生，竟致自刎；家属幸得免徙，仍归西平故乡。寿即郅恽子，郅恽事，见前文。窦宪既害死郅寿，气焰越盛，且因启行在即，越摆出大将威风，颐指气使。三公九卿，也有些看不过去，因联名上书，谏阻北伐。接连奏了好几本，终不见报，太尉宋由，未免惊疑，不敢再行署奏，诸卿亦多半退缩。唯司徒袁安，司空任隗，还是守正不移，甚至免冠朝堂，极力固争，仍不见从。侍御史鲁恭，素怀忠直，因再详陈利害，抗疏切谏道：

陛下亲劳圣恩，日昃不食，忧在军役，诚欲以安定北陲，为民除患，定万世之计也。臣伏独思之，未见其便。社稷之计，万人之命，在于一举。数年以来，秋稼不熟，民食不足，仓库空虚，国无储积；又新遭大忧，人怀恐惧，陛下方在谅阴，阴读如暗，天子居丧之名。三年听于冢宰，百姓阙然，三时不闻警跸之音，莫不怀思皇皇，欲有求而不得。今乃以盛春之月，兴发军役，扰动天下，以事戎狄，诚非所以垂恩中国，改元正时，由内及外也。万民者，天之所生；天爱其所生，犹父母之爱其子，一物有不得其所者，则天气为之舛错，况于人乎？故爱人者必有天报。昔太王重人命而去邠，故获上天之祐。夫戎狄者，四方之异气也，蹲夷踞肆，与鸟兽无别，若杂居中国，则错乱天气，污辱善人，是以圣王之制，羁縻不绝而已。今边境无事，正宜修仁行义，尚于无为，令家给人足，安业乐产。夫人道乂于下，则阴阳和于上，祥风时雨，复被远方，夷狄自重泽而至矣！盖以德胜人者昌；以力胜人者亡！今匈奴为鲜卑所创，远藏于史侯河西，去塞数千里，而欲乘其虚耗，利其微弱，是非义之所出也！前太仆祭肜，远出塞外，不见一胡而兵已困，白山之难，不绝如綖，都护陷没，指陈睦。士卒死者如积，读若胔。迄今被其辜毒。孤寡哀思之心未弭，奈何复袭其迹，不顾患难乎？今始征发，而大司农调度不足，使者在道，分部督促，上下相迫，民间之急，亦已甚矣！三辅并凉少雨，麦根枯焦，牛死日甚，此其不合天心之验也！群僚百姓，咸曰不可，陛下独奈何以一人之计，弃万人之命，不恤其言乎？上观天心，下察人志，足以知事之得失。臣恐中国且不为中国，岂徒匈奴而已哉？唯陛下留圣恩，休罢士卒以顺天心，天下幸甚！

这篇奏章，也好算是痛哭流涕，说得激切，偏窦太后情深骨肉，置若罔闻，鲁恭亦只好罢论。唯鲁恭颇有异政，脍炙人口。他系扶风郡平陵县人，童年丧父，哀毁逾成人，嗣入太学习鲁诗，讲诵不辍，因此成名。章帝初年，召恭至白虎观讲经，为太尉赵熹所荐举，拜中牟令，专务德化，不尚刑罚。邻境有蝗虫为灾，独不入中牟界内。袁安方为河南尹，恐传闻失实，特遣掾属肥亲往视，果然不谬。恭与肥亲偕行阡陌，并坐桑下，见白雉过集座前，适有童儿在侧，亲顾语童儿道："何不捕执此雉？"童儿笑道："雉方怀雏！"亲不待说毕，瞿然起立，向恭告别道："我奉公到此，实欲觇君政绩，今虫不犯境，便是一异；化及鸟兽，便是二异；我若久留，反劳贤令供给，多致不安，请从此别！"言讫自行，返报袁安，安亦大为惊异。嗣又闻得中牟署内，生有嘉禾，乃即奏报朝廷，极言恭以德化民，屡迓天庥。章帝因征恭入阙，擢为侍御史。后人尝称鲁恭三异，作为口碑。小子亦有诗赞道：

鲁公德政起中牟，阖邑兴仁俗不偷；
草木昆虫皆沐化，一时三异足千秋！

窦太后不从恭奏，仍遣窦宪等北征；且迁窦笃为卫尉，窦景为奉车都尉，颁发国帑，为造邸第。免不得物议沸腾，又有人出来谏阻了。欲知何人进谏，待至下回表明。

刘畅以外藩奔丧，事毕即当返镇，乃恋恋不去，求见太后，果何为者？窥其意不特具幸进心，并且为求欢计。窦太后以美丽闻，度其年不过三十，色尚未衰，畅之欲为审食其也明矣。史称其素行邪僻，言简意赅，太后屡次召见，几已入彀，微窦宪之从旁下手，几何而不为雄狐之刺耶？然宪究不当擅杀藩臣，讳无可讳，乃欲出师徼功，自赎死罪；太后又为所惑，竟允宪议；杀一人且不足，尚欲举千万人之生命，作为孤注，何其忍也？郅寿直言谏诤，反致得罪，蒙冤自尽，而三公九卿，又屡谏不从，偏憎偏爱，固妇人之常态，而国纪已为之毁裂矣！太傅邓彪，名为总己，乃片言不发，袖手旁观，其负国也实甚，国家亦焉用彼相为哉？

第三十三回　登燕然山夸功勒石
闹洛阳市渔色贪财

却说窦太后许兄北征，又为弟筑宅，当有一位正直著名的大臣，再加谏阻。看官欲知他姓名，就是侍御史何敞，谏草中大略说是：

> 臣闻匈奴之为桀逆久矣！平城之围，嫚书之耻，此二辱者，臣子所为捐躯而必死，高祖吕后，忍怒含忿，舍而不诛。伏唯皇太后秉文母之操，文母，即周文王妃太姒。陛下履晏晏之姿，匈奴无逆节之罪，汉朝无可惭之耻，而盛春东作，兴动大役，元元怨恨，咸怀不悦！而猥复为卫尉笃奉车都尉景缮修馆第，弥街绝里，臣虽斗筲之人，窃自惊异。以为笃景亲近贵臣，当为百僚表仪。今众军在道，朝廷忧劳，百姓愁苦，而乃遽起大第，崇饰玩好，非所以垂令德，示无穷也！宜且罢工匠，专忧北边，恤民之困，保存元气。匪唯为宗庙至计，抑亦窦氏之福也！自知昧死，不敢不闻。

奏入不省。敞亦平陵人氏，与鲁恭同乡，两人谏草，并光史乘。还有尚书仆射朱晖，已经乞病告归，亦上疏力阻北征，仍不见从。晖字文季，籍贯已见前文，在三十一回中。幼年丧父，具有至性，年十三，适遭世乱，与外家奔入宛城，道遇贼党，劫掠妇女衣饰，众皆股栗，晖独舞刀向前道："财物可取，诸母衣不可得，今日为朱晖死日，愿与拼命！"贼见其身小志壮，倒也惊怜，哑然失笑道："童子可收刀，我从汝！"说罢，呼啸自去。强盗也有善心。后来入朝为郎，乘便入太学肄业，进止有礼，名重儒林。新阳侯阴就，慕晖贤名，躬自往候，晖避匿不见。及东平王苍，辟为掾吏，晖知苍为贤王，方才应召。苍格外敬礼，待若上宾。同邑耆儒张堪，素有学行，尝在太学见晖，与为忘年交，且把臂与语道："他日当以妻子托朱生！"晖因堪为先达，不敢遽对，别后不复相见。及堪殁后，晖闻堪妻子贫困，乃自往问候，给赡养资。晖少子颉怪问道："大人未与堪为友，何故赈给？"晖答谕道："堪虽不与我久交，但尝以知己相托，我不忍忘怀，所以有此一举呢！"晖又与同郡陈揖友善，揖早逝世，有遗腹子，尝由晖出资赒济，使得成人。及桓虞为南阳太守，召晖长子骈为吏，晖却另荐他友，不使骈往。虞叹为义士，名誉益隆。嗣由临淮太守，入为尚书仆射，以谠直闻；告老后尚因事陈言，真所谓进思尽忠，退思补过了！补述朱晖轶事，亦为通俗教育之一则。

且说车骑将军窦宪，奉了皇太后的宠命，与耿秉等同出朔方。至鸡鹿塞，度辽将军邓鸿，自捆阳塞来会，就是南单于屯屠何，亦由满夷谷出兵，来迎汉将。各军大集涿邪山，当由宪调动人马，分遣副校尉阎盘，司马耿夔耿谭，与南单于合兵万骑，进抵稽落山。适值北单于领众到来，两下交战，自午至暮，大败北虏。北单于抱头窜去，余众奔溃。窦宪得前驱捷报，亲率大军追击，诸部直至私渠北鞮海，斩名王以下万三千级，获生口马牛羊橐驼百余万头，收降北匈奴种落八十一部，约得二十余万人。史传虽有此语，恐亦未免夸张。宪与秉共登燕然山，出塞已三千余里，自谓声威远震，旷古无伦，遂令中护军班固，作文录石，表扬功德。固本擅长文辞，曾由兰台令史，迁官玄武司马，丁母丧去官。服阕后，正遇窦宪出征，招令同行，使为中护军，并兼参议。此时奉着宪命，遂得抒展长才，撰了一篇冠冕堂皇的铭词，冠以序文。文云：

维永元元年秋七月，有汉元舅车骑将军窦宪，寅亮圣明，登翼王室，纳于大麓，唯清缉熙，乃与执金吾耿秉，述职巡御，理兵于朔方。鹰扬之校，螭虎之士，爰该六师，暨南单于东乌桓西戎氐羌侯王君长之群，骁骑三万，元戎轻武，长毂四分，云辎蔽路，万有三千余乘，勒以八阵，莅以威神，玄甲耀日，朱旗绛天。遂陵高阙，下鸡鹿，经碛卤，绝大漠，斩温禺以衅鼓，血尸逐以染锷；温禺尸逐，并匈奴诸王名号。然后四校横组，星流彗扫，萧条万里，野无遗寇。于是域灭区单，返旗而旋。考传验图，穷览其山川，遂逾涿邪，跨安侯，水名。乘燕然，蹑冒顿之区落，冒顿读若墨特，系匈奴先世祖名，见《前汉演义》。焚老上之龙庭。冒顿子稽粥，号老上单于。上以摅高文之宿愤，光祖宗之玄灵；下以安固后嗣，恢拓境宇，振大汉之天声。兹所谓一劳而久逸，暂费而永宁者也！乃遂封山刊石，昭铭上德，其辞曰："铄王师兮征荒裔，剿凶虐兮截海外，尤其邈兮亘地界，封神丘兮建隆碣，熙帝载兮振万世。"

文既撰就，当即镌刻石上，班师南归。但遣军司马梁讽等，带领千骑，并携金帛，再向北方进行。沿途宣扬国威，服从有赏，不服从加诛。北虏甫经荒乱，闻得此令，自然争相趋附，求给赏赐，先后招降万余人。进抵西海，北单于正在避匿，探得汉官前来行赏，也即出迎。讽宣传诏命，嘱令归化天朝，拜受恩赐，北单于稽首受命。讽因劝导北单于，教他修复呼韩邪故事，保国安民。呼韩邪事，见前文。北单于甚喜，即率众与讽俱还。至私渠海，才知汉兵已经入塞，乃只遣弟右温禹鞮王奉贡入侍，随讽诣阙。宪因北单于未肯亲来，竟将他侍弟遣还，不与修和。南单于屯屠何馈宪古鼎，鼎容五斗，旁有篆文云："仲山甫鼎其万年，子子孙孙永保用。"仲山甫，周人。宪将鼎进呈太后。太后大喜，且因宪立有大功，即使中原将持节慰劳，拜宪为大将军，封武阳侯，食邑二万户。宪还想沽名，辞还封爵，太后未许，经宪再三固辞，乃暂罢侯封，但使为大将军。旧制大将军位置在三公下，独宪立功回朝，威震宫廷，朝臣多阿谀取容，奏请宪位次太傅，居三公上。窦太后自然乐从，颁诏如议。于是大开仓府，分赐将吏，查得从征诸军士，系是诸郡二千石子弟，悉令为太子舍人。越年七月，复由窦太后下诏道：

大将军宪，往岁出征，克灭北狄，朝加封赏，固让不受，舅氏旧典，并蒙爵土。其封宪冠军侯，邑二万户；笃为郾侯，景为汝阳侯，瓌为复阳侯，各六千户，以示彬赏。其毋辞！

窦笃窦景窦瓌，并皆受封，唯宪仍让还，更率兵出镇凉州。征西将军耿秉，自班师回朝后，亦得封美阳侯，官拜光禄勋。另遣侍中邓迭行征西大将军事，佐宪赴镇。北单于以侍弟遣还，复使车谐储王等，款塞请朝，愿见大使。宪据实奏闻，即令中护军班固署中郎将，与司马梁讽，出迎北单于。偏南单于欲扫灭北庭，只恐北单于受汉保护，不得逞志，因发兵掩击北单于。北单于负创遁去，妻子被擒。班固等至私渠海，未得与北单于相见，折回凉州。南单于致书与宪，请即乘胜扫北。宪本来贪功，乐得依他计议，筹备兵马，至永元三年仲春，风和草长，复遣左校尉耿夔，司马任尚，出居延塞，往击北单于。星夜驰行，已出塞好几千里，未见北单于踪迹，再令侦骑四出探寻，方知北单于远驻金微山。山在漠北，去塞约五千多里，从前汉兵北征，从未到过此地。北单于挈领家属，至此匿踪，总道是个安乐窝，可以无恐，哪知汉将耿夔，执戈前驱，穷搜虏穴，竟趋至金微山下，围住虏庭，任尚等又随后继进，并力杀入。虏众不及措手，顿时乱窜，北单于慌忙逃避，已为流矢所伤，忍痛奔命，竟尔走死。所有名王以下五千余人，或被杀，或被拘，连单于母阏氏，也一古脑儿做了囚奴。老番妇，有何用处？耿夔等扫荡虏庭，乃收兵南归。窦宪拜本奏捷，叙夔首功，有诏封夔为粟邑侯。唯窦宪既平北匈奴，功勋无比，势倾朝野，用耿夔任尚等为爪牙，邓迭郭璜为心腹，班固傅毅为羽翼，刺史守令，多出窦门，苞苴公行，毫无忌惮。司徒袁安，司空任隗，却还有一些刚骨，不肯从风尽靡，因联名举发二千石等因赂得官，共四十余人。窦太后不便回护，只好将他罢去。唯窦氏兄弟，引为大恨，不过因安隗两人，素负重望，未敢中伤。还想顾全名誉，未可厚非。河南尹王调，洛阳令李阜，谄媚窦氏，得叨禄位，莅任后举动自由，却被尚书仆射乐恢，上书奏弹。窦瓌闻知，欲替二人说情，往候乐恢，恢竟拒绝不见，瓌怏怏回车。恢妻从旁劝谏道："古人尝容身避害，何必多言取祸？"恢叹息道："我在朝为官，怎忍素餐？非但王李二人，不宜轻纵，就是窦氏一家，我亦要直言纠弹呢！"说着，因复上疏抗谏道：

臣闻百王之失，皆由权移于下，大臣持国，常以势盛为咎。伏念先帝圣德未永，早弃万国，陛下富于春秋，纂成大业，诸舅不宜干正王室，以示天下之私！《经》曰："天地乖迕，众物夭伤；君臣失序，万人受殃；政失不救，其极不测。"方今之宜，上以义自割，下以谦自引，则四舅可保爵土之荣，皇太后永无惭负宗庙之忧，诚策之上者也！

看官试想，窦太后方宠任兄弟，怎肯为了乐恢一疏，便将他权位削去。恢待了数日，不见批答，乃再称病乞休。诏令太医视疾，恢遽称疾笃，另荐任城人郭均，成阳人高凤为代。偏又有诏令为骑都尉，恢复上疏辞谢道：

臣受国厚恩，无以报效。夫政在大夫，孔子所嫉；世卿持权，春秋所戒。圣人恳恻，不虚言也。近世外戚富贵，必有骄溢之败。今陛下思慕山陵，未遑政事，诸舅宠盛，权行四方，若不能自损，诛罚必加。臣寿命垂尽，临死竭愚，唯蒙留神！

这书呈将进去，竟邀批准，听还印绶，恢乃缴印归里。他本京兆长陵人，幼有孝行，父亲为县吏，身犯重罪，下狱待刑，恢年才十一，日至狱门，昼夜号泣，县令不禁垂怜，释亲出狱。及恢年渐长，笃志好学，成为名儒。京兆尹张恂，召恢为户曹史，秉公守法，请托不行。后任郡守，坐法被诛，故人莫敢往吊，恢独奔丧，致干吏议，终因义侠可风，从宽减免。后为功曹，同郡杨政，常当众毁恢，恢反举政子为孝廉。自是声容益著，为众所称。想是政子果可举孝廉，否则，亦未免矫情。朝臣亦交章荐举，征拜议郎，迁至尚书仆射。偏因直言遭谴，免官还乡。更可恨的是大将军窦宪，恨恢不休，又嘱托京兆尹严加管束，不使自由。京兆尹希承宪旨，越觉得狐假虎威，督饬吏属，时去监察。恢虽居住家中，仿佛与囹圄无二，不由的郁愤填胸，仰药自尽。门弟子俱往吊丧，缞绖送葬，不下数百人；就是乡闾百姓，无不衔哀。唯窦宪前杀郅寿，后杀乐恢，威焰逼人，炙手可热，还有何人不顾生死，再去老虎头上搔痒？窦氏得愈加骄横，兄弟四家，竞营台榭，穷极土木。窦笃且得加位特进，窦景迁官执金吾，窦瓌升授光禄勋，蟠踞内外，倾动京师。瓌少读经书，尚知敛范，笃与景并皆恣肆，景且尤甚。汉制执金吾属下，向有缇骑二百人，景尚嫌不足，加入家僮门役。游行都市，见列肆有珍宝玩物，辄强行夺取，不给价值。民间妇女，具有姿色，便勒令送入府中，作为妾媵；倘若不从，即将家属硬行扳诬，充作罪犯。甚至僮仆等亦贪财渔色，相率效尤，强取人物，霸占民妇，不可胜计。商廛民宅，往往关门闭户，如避寇仇。有司莫敢举奏，还是窦太后留心外事，稍有所闻，乃免去景官，使就朝请。景爵如旧，故仍得朝请。汉制春曰朝，秋曰请。出瑰为魏郡太守。但窦氏族中，尚有十余人得为显宦：城门校尉窦霸，乃是窦宪叔父，霸弟褒，为将作大匠，褒弟嘉为少府，此外为侍中及大夫郎。就是宪婿郭举，亦得为射声校尉，举父郭璜，并为长乐少府。即长乐宫之少府。互相连结，表里为奸。永元三年十月中，和帝出幸长安，宣召窦宪，至行宫相会。宪奉命后，自凉州入关，谒见车驾，尚书以下，统至十里外迎接，且拟向宪跪伏，齐称万岁。丑极。独尚书韩棱正色道："古人有言：'上交不谄，下交不渎！'窦大将军虽功勋赫耀，究竟是个人臣，如何得呼为万岁呢？"明明白白。大众闻言，倒也知惭，因即罢议。尚书左丞王龙，私向窦宪车从，奉献牛酒，被棱察出情弊，奏明和帝，罚为城旦。棱颍川人，素有胆略，与仆射郅寿、尚书陈宠并称。宪得知消息，虽然怀恨，却也无可如何。待至谒见已毕，仍回凉州，和帝亦即还宫。越年由宪奏称北单于走死，弟右谷蠡王于除鞬自立为单于，率众数千，款塞投诚，应即赐给册封，特置中郎将领护，如南单于故事云云。忽欲灭虏，忽欲存虏，究属何为？有诏令公卿会议，太尉宋由等，以为可行，独袁安任隗谓北虏既灭，当令南单于返居北庭，并领降众，不必再立北单于，多增一虏。说本甚是，偏廷臣多逢迎权戚，互有异言。安恐宪议得行，又独出奏驳道：

臣闻功有难图，不可豫见；事有易断，较然不疑。伏唯光武帝之立南单于者，欲为安南定北之策也！恩德甚备，故匈奴遂分，边境无患。孝明皇帝奉承先意，不敢失坠，赫然命将，爰伐塞北。洎乎章和之初，降者十万人，议者欲置之滨塞，东至辽东，太尉宋由，光禄勋耿秉，皆以为失南单于心，决不可行，先帝从之。陛下奉承鸿业，大开疆宇，大将军远师讨伐，席卷北庭，此诚宣扬祖光，崇立弘勋者也，宜审其终，以成厥初。伏念南单于屯，先父举众归德，自蒙恩以来，四十余年，三帝积累，以遗陛下，陛下深宜遵述先志，成就其业。况屯首倡大谋，空尽北虏，辍而弗图，更立新降，以一朝之计，违三世之规，失信于所养，建立于无功。由与秉本与旧议，而欲背弃先恩，夫言行君子之枢机，赏罚理国之纲纪，《论语》曰："言忠信，行笃敬，虽蛮貊行焉。"

今若失信于一屯，则百蛮不敢复保誓矣！又乌桓鲜卑，新杀北单于，凡人之情，咸畏仇仇，今立其弟，则二虏怀怨，兵食可废，信不可去。且汉故事，供给南单于，费值岁亿九十余万，西域岁七千四百八十万；今北庭弥远，其费过倍，是乃空尽天下，而非建策之要也。言虽愚昧，实关至计，伏唯裁察！

这篇奏章，乃是司徒府掾周荣属藁。紫庐江人，学行俱优，安有所奏，多出萦手。窦氏门客徐龄，私下吓萦道："窦氏已遣刺客图君，君奈何不思保身，尚为司徒尽言？"萦慨然道："萦一江淮孤生，得备宰士，就使被害，也所甘心！已有言谨诫妻孥，若猝遇飞祸，不必殡殓，任令尸骸暴腐，冀得感悟朝廷，此外尚有何求呢？"这数语斥退徐龄，却也未尝招灾。越是拼死，越是不死。唯窦宪闻安奏驳，亦再三陈请，与安辩难，甚至引光武诛韩歆戴涉故事，为恫喝计。安终不少移。但窦氏有太后作主，终从宪议，竟遣大将军左校尉耿夔，持册封于除鞬为北单于；并令任尚为中郎将，持节屯伊吾，监护北庭，如南单于旧例。惹得司徒安忧愤成疾，竟致不起。小子有诗叹道：

徒知扫虏已非谋，况复兴戎更启忧；
尽有危言终不用，老臣遗恨几时休？

欲知司徒安病殁情事，容待下回叙明。

窦宪请伐北匈奴，袁安以下，多半谏阻，而窦太后独违众议，假宪以权，竟立大功，似乎儒臣之守经，未及权戚之达变。不知章和之交，北匈奴已将衰灭，一南单于即足以制之，奚必劳大众，兴大役，然后有成？窦宪贪天之力，以为己功，勒铭燕然，虚张声势，何其诞也？且阳辞侯封，阴攫兵柄，兄弟姻戚，满布朝堂，害直臣，植私党，而窦景更纵使家奴，略人妇女，夺人财货。稔恶至此，未闻宪有言相诫，宪之为宪可知矣！至若除一北单于，更立一北单于，出尔反尔，说更不经。吾料窦宪当日，必有私取赂遗之举，特史家未之载耳。天道恶盈，几何而不倾复哉？

第三十四回　黜外戚群奸伏法　歼首虏定远封侯

却说司徒袁安，郁郁告终，汉廷失了一位元老，都人士无不痛惜，只有窦氏一门，却称快意。也不长久了。太常丁鸿，代袁安为司徒。鸿系经学名家，砥砺廉隅，为和帝所特拔。和帝年已十四，也知窦氏专权自恣，必为后患，故选鸿代安，倚作股肱。会当季夏日食，鸿即借灾进规，上书言事道：

臣闻日者阳精，守实不亏，君之象也；月者阴精，盈毁有常，臣之表也。故日食者臣乘君，阴陵阳；月满不亏，下骄盈也。昔周室衰季，皇甫之属，专权于外，党类强盛，侵夺主势，则日月薄食。故《诗》曰："十月之交，朔日辛卯；日有食之，亦孔之丑。"《春秋》日食三十六，弑君三十二，变不空生，各以类应。夫威柄不以放下，利器不以假人，览观往古，近察汉兴，倾危之祸，靡不由之。是以三桓专鲁，田氏擅齐，六卿分晋，诸吕握权，统嗣几移，哀平之末，庙不血食。故虽有周公之亲，而无其德，不得行其势也。今大将军虽欲束身自约，不敢僭差；然而天下远近，皆惶怖承旨。刺史二千石，初蒙除授，虽已奉符印，受台敕，不敢便去，久者至数十日，背王室而向私门，此乃上威损，下权盛也。人道悖于上，效验见于天，虽有阴谋，神照其情，垂象见戒，以告人君。间者月满先节，过望不亏，此臣骄溢背君，专功独行也。陛下未深觉悟，故天重见戒，诚宜畏惧，以防其祸。诗云："敬天之怒，不敢戏豫。”若敕政责躬，杜渐防萌，则凶妖销灭，害除福凑矣。夫坏崖破岩之水，源自涓涓；干云蔽日之木，起于葱青，禁微则易，救末者难。人莫不忽于微细，以致其大；恩不忍诲，义不忍割，去事之后，未然之明镜也。臣愚以为左官外附之臣，依托权门，谄谀以求容媚者，宜行一切之诛。间者大将军再出，威振州郡，莫不赋敛吏人，遣使贡献。大将军虽不受，而物不还主，部署之吏，无所畏惮，纵行非法，不伏罪辜。故海内贪猾，竞为奸吏，小民嗟吁，怨气满腹。臣闻天不可以不刚，不刚则三光不明；王不可以不强，不强则宰牧纵横。宜因大变，改正匡失，以塞天意！

这封奏章，若被窦太后接阅，当然不欢。偏和帝已留心政治，密嘱小黄门收入奏牍，须先呈阅一周，再白太后，因此丁鸿一疏，得达主知。即命鸿兼官卫尉，屯南北宫。是时邓迭已受封穰侯，与窦宪同镇凉州。迭弟步兵校尉磊，与母元出入长乐宫，为窦太后所宠爱；宪婿郭举，亦得邀宠。彼此互争权势，两不相容，势将决裂。和帝已有所闻，很是焦灼，默想内外大臣，多是窦氏耳目，只有司空任隗，与司徒丁鸿，不肯依附窦氏，尚可与谋。但若召入密商，必致机关漏泄，转恐速祸。想来想去，唯有钩盾令郑众，素有心计，不事豪党，且平时尝随侍宫中，可免嫌疑。因此俟众入侍，屏去左右，与议弭患方法。十四岁的小皇帝，便能谋除权戚，可谓聪明，特惜商诸宦官，未及老成，终致流弊无穷。众请先调回窦宪，一体掩戮，方可无虞。计固甚是，然已可见中官之毒谋。和帝依言，乃颁诏凉州，但言南北两匈奴，已皆归顺，可弛边防，大将军宜来京辅政为是。一面往幸北宫，借白虎观讲经为名，召入清河王庆，共决大计。庆即前时废太子，为窦太后所谮，贬爵为王，见前文。和帝素与相爱，留居京师。此时召庆入议，也知他衔怨窦氏，必肯相助。庆果代为设法，欲援据前朝外戚传，作为引证，免致太后违言。唯外戚传不便调取，只千乘王伉，藏有副本，当由庆前往借阅，托言备查。原来章帝遗有八子，除和帝及清河王外，尚有伉全寿开淑万岁六人。伉年最长，为后宫姬妾所出，生母无宠，史不留名，章帝时已封为千乘王。全已早殇。寿母为申贵人，开淑万岁母氏，亦未详史策，大约与伉母相同。和帝永元二年，封寿为济北王，开为河间王，万岁尚幼，至永元五年，始封广宗王，一病即殇。补叙章帝子嗣，笔不渗漏。唯和帝因伉为长兄，常相尊礼。伉见庆借取外戚传，也不问明底细，立即取给。庆得书便归，夜纳宫中，和帝仔细披阅，如文帝诛薄昭，武帝诛窦婴，昭帝诛上官桀，宣帝诛霍禹等故事，并见《前汉演义》。虽俱载及，却是简略得很，因复令庆转告郑众，使他钩考详情。正在秘密安排的时候，窦宪邓迭等奉诏还都，和帝函使大鸿胪持节郊迎，赏犒军吏，多寡有差。时已天晚，宪等不及诣阙，须待翌日入朝。文武百官，已皆黉夜往候，如蝇附膻。哪知是夜已有变动，把邓迭兄弟，郭璜父子，一古脑儿拘系狱中。仿佛天空霹雳。自从和帝与郑众等定谋，专待宪至，即行发作。一闻宪已入都，立由郑众奉御车驾，夜入北宫，传命司徒兼卫尉官丁鸿，严兵宿卫，紧闭城门，速调执金吾五校尉等，分头往拿邓迭兄弟及郭璜父子。邓迭方回家卸装，与弟磊等畅叙离情；郭璜父子，正迎谒窦宪，事毕归家，执金吾等奉诏往拿，顺手牵来，一个没有逃脱。窦宪尚倦卧家中，未曾闻知，一到天明，门外已遍布缇骑，由门吏传报进去，方才惊起。出问情由，偏已趋入谒者仆射，宣读诏书，收还印绶，改封为冠军侯，促使就国。宪只得将印绶缴出。待至朝使出门，使人探问兄弟消息，俱已勒还官印，限令就封。俄而邓氏郭氏诸家，统来报知凶信，累得窦宪瞠目结舌，不知所为。也只有这般伎俩么？嗣复闻邓迭兄弟，郭璜父子，俱皆绑赴市曹，明正典刑。又不多时，来了许多吏役，查明宗族宾客，一齐驱出，撵归原籍。已而执金吾到来，传布严诏，催宪启行，就是窦笃窦景窦瑰三人，亦俱促就道，不准逗留。宪拟至长乐宫告辞，面乞转圜，偏执金吾不肯容情，催趱益急。再密令家人通书长乐宫，又被外兵搜出，拿捉了去。于是力尽计穷，没奈何草草整装，出都自去。笃景瑰亦分路前往。随身只许挈领妻孥，所有广厦大宅，一律封闭，豪奴健仆，一律遣散。都中人民，统皆称快，偌大的侯门贵戚，倏忽成空。傥来富贵，原同幻梦。和帝策勋班赏，称郑众为首功，封为大长秋。官名。更钩考窦氏余党，贬黜多人，连太尉宋由，亦遭连坐，饬令罢职。由惧罪自尽。太傅邓彪，慌忙告病乞休，和帝因他年老龙钟，不忍苛求，听令辞职归里，彪幸得考终。司空任隗，亦即病逝。当时唯大司农尹睦，宗正刘方，常与袁安任隗，同抗窦氏，和帝乃擢睦为太尉，兼代太傅，方为司空。并特简严能吏员，嘱使往督窦宪兄弟，逼令自杀。河南尹张酺，奉职无私，常因窦景家奴，击伤市卒，立派吏役多人，捕奴抵罪。景又使缇绮侯海等五百人，殴伤市丞，复由酺拿住侯海，充戍朔方。至窦氏得罪，朝旨森严，酺却请从宽典，慨然上疏道：

臣实蠢愚，不及大体，以为窦氏既伏厥辜，而罪刑未著，后世不见其事，但闻其诛，非所以垂示国典，贻之将来，宜下理官与天下平之。方宪等宠贵，群臣阿附，唯恐不及，皆言宪受顾命之托，怀伊吕之忠；今严威既行，又皆言当死，不复顾其前后，考折厥衷。臣伏见夏阳侯瑰，每存忠善，前与臣言，常有尽节之心，检敕宾客，未尝犯法。臣闻王政骨肉之刑，有三宥之义，宁过厚，毋过薄。今议者为瑰选严能相，恐其迫切，必不完全，宜量加贷宥，以崇厚德！

和帝览疏，乃有意免瑰，唯将宪笃景三人，遣吏威迫，先后毕命。光禄勋窦固早死，未及坐罪；安丰侯窦嘉，本奉前司空窦融祭祀，入为少府，至是亦免官就国，总算还保存食邑，尚得自全。中护军班固，为窦氏党与，和帝但将他褫职了事。偏是洛阳令种竞，前被固家奴醉骂，怀恨未忘，此次正好假公济私，竟将固捕系狱中，日加笞辱。固年已六十有余，怎禁得这般凌虐？一时痛愤交迫，遂至捐生。竞自知闯祸，不得不罗织固罪，奏明死状，有诏将竞免官，狱吏抵死。固曾为兰台令史，奉诏修撰《前汉书》，见前文。大致粗备，尚缺八表及天文志，他人不能赓续，只有固妹班昭，博学多才，特征入东观藏书阁中，属令续成。班昭字惠班，一名姬，为同郡扶风人曹寿妻。寿字世叔，不幸早亡，佳人多薄命，但不如是不足成班昭之名。昭誓志守节，行止不苟。及奉诏入宫，贞操如故，后宫多奉为女师，号曰大家。家读如姑。唯西域长史班超，虽系班固兄弟，但在外有年，鲜与窦氏往来，当然不致得罪，且已积功升官，拜为西域都护。超自攻克莎车后，威扬西域，远近震慑。回应三十一回。独月氏国王曾遣兵助汉，击破车师，因此致书班超，欲与汉朝和亲，求尚公主。超不肯转奏，竟将来书掷还。月氏王心下不平，即于永元二年，遣副王谢领兵七万，进攻班超。超部下不过数千，欲召集各国兵马，又是缓不济急，遂致士心惶惶，相惊失色。超独从容镇静，并无忧容，且召语吏士道：“月氏兵势虽盛，但东逾葱岭，远道至此，粮运定然不继，怎能久持？我若固守城堡，坚壁清野，彼必饥蹙求降，不过数十日，便可无事，何容过虑呢？”吏士亦无他策，只好依令奉行。月氏副王谢，自恃骁勇，前驱挑战；超督众坚守，旬月不出一兵。谢屡攻不下，又未得与超接仗，决一胜负，看看粮食将尽，不得不分兵抄掠。谁知四面都是荒野，并无粮草可取，一时情急思援，特遣使赍着金银珠玉，往赂龟兹，向他乞粮济师。偏早被班超料着，预遣兵往伏东境，待月氏使经过路旁，齐出袭击，尽行杀毙。当即枭了首级，并金银珠玉，悉数取回，向超缴令。超却把月氏使首，悬出城外，使谢闻知。谢果然大惊，遣使请罪，愿得生还。超语来使道：“汝国无故犯我，罪有所归。我已知汝粮尽势穷，本当发兵乘敝，令汝片甲不回。但我朝方主怀柔，不尚屠戮，且汝既知罪，我亦乐得放汝回去。但此后须要每年贡献，休得误期，否则明日决战，莫怪无情！”来使唯唯听命，回营报谢。谢已但望生还，还有何心恋战？因即再遣使致书，愿如超约。超遂纵令西归，并不出追。恩威两尽，不怕月氏不降。谢当然感激，返告国王，说得超如何智勇还是岁贡方物，尚可无忧。月氏王也觉惊心，依了谢言，岁贡如仪。

这消息遍传西域，龟兹温宿姑墨三国，并皆震恐，也遣人谢罪乞降，超乃据实奏闻。前次都护陈睦败殁，汉廷拟弃去西域，撤消都护，及戊巳校尉等官。至超复收服西域，乃将旧官重设，即擢超为西域都护，军司马徐干为长史。并使龟兹侍子白霸归国为王，特令司马姚光，护送西行。光至西域，与超会商进止。超以龟兹本有国王，叫作尤利多，若使立白霸，尤利多必将抗拒；计唯带兵同往，方足示威，压倒尤利多。光闻言大喜，即与超同往龟兹，龟兹国王尤利多果欲拒绝白霸，嗣见来兵甚众，料知难敌，只好俯首帖耳，推位让国。超即使尤利多随着姚光，共诣京师。尤利多不敢不从，便偕光出龟兹城，东往洛阳。超尚恐龟兹反复，特留居龟兹它乾城，使徐干屯驻疏勒。于是西域诸国，大半归顺。只有焉耆危须尉犁三国，因前时攻没陈睦，未敢遽降。至永元六年孟秋，超发龟兹鄯善等八国兵马，合七万名，并及吏士贾客千四百人，共讨焉耆。兵入尉犁国境，先遣使晓谕三国道：“汉都护率兵前来，无非欲镇抚三国，如三国果改过向善，宜遣酋长迎师，都护当为国宣恩，赏赐王侯以下，各有彩帛；若再执迷不悟，敢抗天威，恐大兵入境，玉石俱焚，虽欲面缚出降，也已无及了！”焉耆王广，听到此语，即遣人探视超军，果然兵多将众，如火如荼，当下望风胆怯，忙遣左将北鞬支赍奉牛酒，出迎超军。超闻北鞬支曾为匈奴侍子，归秉国权，乃面加诘责道："汝为匈奴侍子，莫非尚欲臣事匈奴么？我率大兵到此，汝王不即出迎，想是汝在旁挠阻，所以迟来？"北鞬支慌忙答辩，不肯认罪。超反回嗔作喜道："汝既未曾挠阻，可即归告汝王，自来犒军！"说着，即令取帛数匹，赏给北鞬支，北鞬支拜谢而去。军吏向超进议道："何不便杀北鞬支？"超摇首道："汝等但知张威，未知立功。北鞬支在焉耆国中，威权甚重，若未入彼国，先将他杀死，适令彼国惊疑，设备守险，拼死相争，我如何得至焉耆城下呢？"无往不用智谋。军吏始皆拜服。超即麾军进行，至焉耆国界，为河所阻。河上本架桥梁，叫做苇桥，本是焉耆国第一重门户。北鞬支回国，恐超军随入，故将桥梁拆去，杜绝交通。超在桥旁虚设营寨，但留老弱数百人，使他在营外司爨，晨夕为炊，自率大队绕道驰入。越山度岭，得于七月晦日，至焉耆城二十里外安营立寨，遣人促焉耆王犒师。焉耆王广，方因北鞬支返报，与商迎超事宜，不防超军已经深入，将到城下，那时心乱神昏，急欲挈众入山，共保性命。北鞬支以为无虞，但教广出城迎超，奉献方物，便可保全。已入班超计中。议尚未定，焉耆左侯元孟，从前尝入质京师，得蒙放归，心中尚感念汉德，乃密遣人报超，谓国王将入山保守。超不待说完，驱出斩首，示不信用，并与诸国王定一会期，扬言当重加赏赐。焉耆王广，遂与北鞬支等三十人，如期出会；唯国相腹久等十七人，惧诛远遁。尉犁王汎，也闻令趋至，独危须王不至。超大陈军士，传召二王入帐，甫经坐定，超即怒目诘广道："危须王何故不至？腹久等何故逃亡？"两语说出，便顾令吏士，把二王以下诸人，全数拿下，押至陈睦所居故城，设立陈睦神主，就香案前绑住俘虏，一刀一个，杀得干干净净。陈睦有知，当亦喜出意外。当将二叛王首级，解送京都；一面纵兵抄掠，斩首五千余级，获生口万五千人，马畜牛羊三十余万头，更立焉耆左侯元孟为焉耆王。自留焉耆城半年，抚定人民。自是西域五十余国，俱纳质内附，重译来庭。和帝下诏酬庸，特封超为定远侯。诏曰：

往者匈奴独擅西域，寇盗河西，永平之末，城门昼闭。先帝深愍边氓，婴罹寇害，乃命将帅击右地，破白山，临蒲类海，取车师城。诸国震慴，相率响应，遂开西域，置都护。而焉耆王舜，舜子忠，独谋悖逆，恃其险隘，复没都护，并及吏士。先帝重元元之命，惮兵役之兴，故使军司马班超，安集于置以西。超遂逾葱岭，迄县度，出入二十二年，莫不宾从，改立其王，而绥其人，不动中国，不烦戎士，得远夷之和，同异俗之心，而致天诛，蠲宿耻，以报将士之仇。司马法曰："赏不逾月。"欲人速睹为善之利也。其封超为定远侯，邑千户，以示国家报功之至意。

超受封拜爵，宿愿终偿，万里侯相的预言，至是果验。小子有诗赞道：

投笔从戎胆略豪，积功才得换征袍；
漫言生相原应贵，要仗胸中贯六韬。

西域已为超所平，北虏西羌，尚是叛服无常，屡劳征讨。欲知详情，试看下回续表。

先王立法，凡仆从侍御诸臣，悉选正士为之，所以弼主德，杜祸萌也。后世不察，乃以阉人充选，名为禁掖设防，实为宫廷养患。如和帝之欲除窦氏，不能直接外臣，但与郑众设策，计虽得行，而宦官窃权之祸，自此始矣，窦宪等俯首服罪，实属无能，孤雏腐鼠之言，不为不验；设非窦太后之纵容姑息，宪等皆不过碌碌庸才，何至骄横不法，自取复亡乎？班固文人，党附窦氏，始至杀身；独班超能立功异域，终得封侯。大丈夫原应自奋，安能久事笔砚间？观于超之有志竟成，而固之无志可知，一荣一辱，优劣判焉乃知人生处世，立志为先，慎毋媚世谐俗为也！

第三十五回　送番母市恩遭反噬　得邓女分宠启阴谋

却说北单于于除鞬，本由窦宪主议，因得嗣立。宪本欲派兵护送，使归北庭，嗣因召还得罪，乃致中止。于除鞬闻窦氏伏辜，竟不待朝命，叛汉自去。汉廷得报，亟令将兵长史王辅，会同中郎将任尚，率领数千骑穷追。途中尚托词护送，使于除鞬不生疑心。于除鞬探悉谣传，果然中计，遂被汉兵追及，冲杀过去。于除鞬还疑汉兵误认，拍马向前，用言分辨。谁知汉长史王辅舞动大刀，抢步出阵，一声吆喝，竟将于除鞬劈落马下，结果性命。虏众慌忙四走，已是不及逃生，汉兵四面兜杀，但见得头颅滚滚，血肉横飞，霎时间便屠尽残虏，阒寂无人了。实为窦宪所害。王辅等还兵报捷，当有优诏褒奖，不消絮叙。唯南单于屯屠何，忽然病死，由弟左贤王安国嗣立；安国素乏声威，国人不甚信服。左谷蠡王师子，为安国从兄，狡黠多力，屡与汉兵掩击北庭，受汉赏赐，因此国中多敬惮师子，轻视安国。安国得为单于，师子当然为左贤王，因恐功高遭忌，不就左贤王庐帐，独徙居五原界中。安国果然怀嫌，笼络北庭降胡，欲图师子。每召师子会议，师子辄称病不往；汉度辽将军皇甫棱，亦保护师子，使得安居。安国怀愤益甚，上表汉廷，指斥皇甫棱，汉廷将棱免官，改任执金吾朱徽，行度辽将军事。但尚有一个中郎将杜崇，与皇甫棱同镇北方，未曾掉换，仍然守棱遗制，反对安国。安国再上书讦崇。崇却先令河西太守截住北使，不许通使，且转告朱徽谓安国有叛汉意，徽即与崇联衔会奏，略称安国疏远故明，亲近新降，欲杀左贤王师子等，背叛汉廷，请饬西河安定上郡一带，严兵固守，以防不测。和帝览奏，令公卿集议方法。公卿等复言夷情难测，应派干员至单于庭，与杜崇朱徽等，观察动静，如有他变，即令便宜从事云云。和帝如言施行。徽崇闻命，立即发兵击单于庭，安国闻汉兵猝至，弃帐遁去。待至汉兵南归，复引众往攻师子，师子预先察悉，急率部众入曼伯城，及安国追到城下，门已早闭，不能攻入，乃移驻五原，与师子相持。朱徽遣吏调停，安国不从，因与杜崇发诸郡兵马，往讨安国。安国两面受敌，支持不住，当然惊惶。安国舅骨都侯喜为等，恐并遭诛灭，不得已格杀安国，迎立师子。南庭原无异议，独北庭降胡，感念安国遗惠，欲与复仇，夤夜袭师子庐帐，师子几为所乘。还亏汉安集掾王恬，率卫士往援师子，击走北庭降胡。怎奈降胡愈聚愈众，共计有十五部，二十余万人，统皆蠢动，另立前单于屯屠何子逢侯为单于，肆行焚掠，奔驰出塞。若先使屯屠何北归就令，彼有内乱，亦不致扰动边疆。汉廷再遣光禄卿邓鸿行车骑将军事，与越骑校尉冯柱，会合朱徽任尚等，统领汉胡兵四万余众，出讨逢侯。南单于师子，与杜崇同屯牧师城，专待汉兵到来，会师北进。偏逢侯先发制人，竟率万余骑围牧师城，连日攻扑。可巧邓鸿至美稷县，距牧师城不过数十里，逢侯乃闻风解围，向满夷谷退去。邓鸿至牧师城下，再与师子杜崇等，共追逢侯至大城寨，斩首三千余级，得生口万余人。冯柱亦自率偏师，追击逢侯别部，斩首四千余级。任尚更率乌桓鲜卑等众，往满夷谷邀击逢侯，复得大捷，先后斩首万七千余级。逢侯带着残众，向北窜去，汉兵不能远追，只好退归。朝议以邓鸿沿途逗留，致失逢侯，召还论罪。旋复因朱徽杜崇，轻挑边衅，并皆逮归，统令下狱，鸿徽崇三人，前后致死。但留冯柱屯守五原，另任雁门太守庞奋，行度辽将军事。但从此朔漠一带，又分作南北二部，扰攘频年，后文再表。

且说匈奴纷争的时候，羌人亦乘机思逞，再行犯边。前次羌众慑伏，全仗护羌校尉邓训，恩威两济，驾驭有方，所以全羌畏怀，不敢叛乱。永元四年，训竟病殁，羌胡如丧父母，朝夕哭临，且家家为训立祠，祷祀不绝。独迷唐回居颇岩谷，阴生幸心。回应三十二回。蜀郡太守聂尚，奉调为护羌校尉，他见邓训得羌人心，也想设法羁縻，沽恩市惠，乃遣译使招抚迷唐，叫他洗心归化，仍得还住大小榆谷。真是多事。迷唐常思规复故地，唯恐后来校尉，与邓训智勇相同，因此未敢遽发；凑巧来了译使，招回榆谷，正是喜出望外，当即挈领部属，仍至大小榆谷中居住。且使祖母卑缺，至聂尚处拜谢厚恩。聂尚大喜，统道迷唐受抚，出自真诚，即遣人迎入卑缺，格外优待，并出金帛相赠。及卑缺辞归，复亲送至寨下，为设祖帐饯行；又令译使田汜等五人，护送至榆谷中。看官试想，这狼子野心的迷唐，岂是区区小惠，所可牢笼？他遣祖母入谢，明明是巧为尝试，来觇虚实，既见聂尚无威可畏，乐得乘此反侧。于是拘住田汜等人，召集诸羌，把汜等当做牛羊，破胸取血，滴入酒中，使大众各饮一杯，约为同心，再图入寇。羌众本没有什么知识，忽散忽聚，可从即从，当下奉迷唐为酋长，听从命令，进扰金城。聂尚不能制服，反向朝廷乞援。廷议自然归咎聂尚，把他褫职，改命居延都尉贯友代任。贯友惩尚复辙，主张讨伐，先遣译使分谕诸羌，诱以财帛，令他解散。诸羌又贪得贿赂，与迷唐背盟，不肯相从。贯友乃遣兵出塞，掩击大小榆谷，擒住首虏八百余人，夺得麦数万斛。唯迷唐又得幸免，逃出谷外。贯友未肯罢休，特在榆谷附近的逢留河旁，筑城坞，作大航，建造河桥，为大举计。迷唐却也惊恐，率众远徙，至赐支河曲避居。到了永元八年，友复逝世，令汉阳太守史充，继任护羌校尉。充决计扫灭迷唐，大发湟中羌胡出塞进攻，不意人多势杂，趋向不同，反被迷唐击败，伤亡至数百人。聂尚以主抚败事，史充又以主剿丧师，统是无材所致。充坐罪免归，再调代郡太守吴祉往代。越年迷唐又率众八千人，入犯陇西，胁迫塞内诸羌，共为盗寇。诸羌复多与联合，共得步骑三万名，击破陇西守兵，杀死大夏县长，蹂躏人民。警报传达京都，诏遣行征西将军事刘尚，及越骑校尉赵世，调集汉羌胡兵三万人，出讨迷唐。尚屯狄道，世屯枹罕，再由尚司马寇盱，督诸郡兵，四面并进，声势甚盛，吓得迷唐胆战心惊，忙将老弱弃去，奔入临洮南山。尚等从后追蹑，好容易攻入山谷，与迷唐鏖斗一场，斩虏千余人，获马牛羊万余头，迷唐败走。汉兵死伤，却也不少，未敢再进，乃收兵退回。是年皇太后窦氏告崩，尚未及葬，忽由梁松子扈，令从兄禅古禅字。上书三府，即三公府。略称汉家旧典，崇贵母氏，梁贵人亲育圣躬，不蒙尊号，乞求申议等语。先是梁贵人自尽，由宫人草草藁葬，并不发丧；和帝时尚幼稚，向由窦后抚养，还道窦后是自己生母，不复忆及梁贵人。宫廷内外，都畏惮窦氏势力，何人敢与和帝说明隐情？至窦氏既败，方有人约略提及，但窦太后尚是生存，究竟还未便尽言。待到梁上书，正值太尉尹睦病终，由张酺进任太尉，酺召禅讯明颠末，方才入白和帝。和帝始知为梁氏所生，不禁悲恸，且泣且问道："卿意以为何如？"酺答说道："春秋大义，母以子贵，故汉兴以来，帝母无不尊显。臣愚以为宜亟上尊号，追慰圣灵，并应存录诸舅，顾全亲谊，方为两安。"和帝点首道："非卿言，朕几罹不孝了！"酺退出后，又有奏章呈入，署名为南阳人樊调妻梁嫕，音意。就是和帝生母梁贵人的胞姐，和帝当即披阅，但见纸上写着：

妾嫕同产女弟贵人，前充后宫，蒙先帝厚恩，得见宠幸，皇天授命，诞生圣明。而为窦宪兄弟所见谮诉，使妾父竦冤死牢狱，骸骨不掩；老母孤弟，远徙万里。独妾幸免，逸伏草野，常恐没命，无由自达。今遭值陛下神圣之运，亲统万几，群物得所，窦宪兄弟奸恶，既伏辜诛，海内旷然，各获其宜。妾得苏息，拭目更视，乃敢昧死自陈所天。妾闻太宗即位，指汉文帝。薄氏蒙荣；即薄太后。宣帝继统，史族复兴。宣帝祖母史良娣遭难，嗣封史恭三子为侯。妾门虽有薄史之亲，独无外戚余恩，诚自悼伤。妾父既冤，不可复生。母氏年逾七十，及弟棠等，远在绝域，不知死生。愿乞收竦朽骨，使母弟得归故郡，则施过天地，存殁幸赖矣！

和帝看到末句，亟命中常侍掖庭令，传召梁嫕入宫。嫕已在阙下候命，一经宣召，当即入宫陈明。情词确凿，并无欺饰，掖庭令复报和帝，和帝因即引见。嫕举止大方，谈吐明白，说到母家蒙冤情事，禁不住珠泪盈眶，和帝亦为流涕。遂留嫕止宫中，旬月乃出，赏赐衣被钱帛，第宅奴婢，加号梁夫人。擢樊调为羽林左监。调系樊宏族孙，宏即光武帝母舅，曾为光禄大夫。是时司徒丁鸿，早已病逝，由司空刘方继任司徒，用太常张奋为司空。三公联名上奏，太尉张酺亦列在内。请依光武帝黜吕后故事，请贬窦太后尊号，不准与章帝合葬。和帝踌躇再四，究竟抚育有年，不忍依议，乃下诏答复云：

窦氏虽不遵法度，而太后常自减损。朕奉事十年，深维大义：礼，臣子无贬尊上之文，恩不忍离，义不忍亏。案前世，上官太后亦未闻降黜，昭帝后上官氏，父安谋反被诛，后位如故。其勿复议！

手诏既下，群臣无复异言，乃奉窦太后梓宫，与章帝合葬敬陵，和帝此举，不失忠厚。尊谥为明德皇后。复将生母梁贵人，改行棺殓，追服丧制，与姐梁大贵人俱葬西陵，谥曰恭怀皇后。且追封梁竦为褒亲侯，予谥曰愍。即遣中使与嫕及梁松子扈，同赴汉阳，迎回竦丧，竦死汉阳狱中，见前文。特赐东园画棺，玉匣重衾，东园署名，主司棺榔。就恭怀皇后陵旁，建造坟茔，由和帝亲自送葬，百官毕会。征还梁竦家属，封竦子棠为乐平侯，棠弟雍为乘氏侯，雍弟翟为单父侯；食邑各五千户，位皆特进，赏赐第宅奴婢车马兵弩等类。就是梁氏宗族，无论亲疏，俱得补授郎官。梁氏复转衰为盛，宠遇日隆。皇恩不可过滥，矫枉过正，又种下一段祸根。清河王庆，亦乞诣生母宋贵人茔前，祭扫致哀，和帝当然允许，并诏有司四时给祭。庆垂涕语左右道："生虽不获供养，终得奉承祭祀，私愿已足。倘再求作祠堂，恐与恭怀皇后相似，复涉嫌疑。欲报母恩，昊天罔极，此身此世，遗恨无穷了！"嗣又上言外祖母王氏，年老罹忧，病久失医，乞恩准迎入京师，使得疗疾。有诏许如所请，宋氏家属，亦得并至都中。庆舅衍俊盖暹等，并补授为郎。唯窦氏从此益衰，夏阳侯窦瑰，就国后虽得幸存，终因贷给贫人，致遭廷谴，徙封罗侯，不得役属吏士。贵盛时，受人货贻，尚且无罪；衰落时出资货人，反触朝章，世态炎凉，即此可见。及梁棠兄弟，奉诏还都，路过长沙，与罗县相距甚近，竟顺道往胁窦瑰，逼令自杀。和帝方加恩诸舅，不复查问。可见得天道无常，一反一复，荣耀时不知谦抑，总难免家破身亡，贻讥后世呢！当头棒喝。

且说和帝春秋日盛，尚未立后。后宫里面已选入数人，入宫最早，承宠最隆，要算是前执金吾阴识的曾孙女儿。识为光烈皇后阴氏兄，即光武帝继后阴丽华。世为帝戚。阴女年少聪慧，知书识字，面貌亦秀丽动人，因此亦选入掖庭，即邀恩宠，受封贵人，永元八年，立为皇后。偏又有一位世家闺秀，相继充选，门阀不亚阴家，姿色且逾阴后，遂令施旦争妍，施旦即西施郑旦。尹邢斗艳，尹邢两婕妤，皆武帝时宫妃，事见《前汉演义》。正宫不免摇动，终落得桃僵李代，燕去鸿来。是女为谁？乃是故护羌校尉邓训女，前太傅高密侯邓禹孙。母阴氏，系光烈皇后侄女，生女名绥，五岁时已达书礼。祖母很加钟爱，亲为剪发，因年高目昏，误伤女额，女忍痛不言。旁人见她额上有血，未免惊问，女答说道："非不知痛，实因太夫人垂怜及我，倘若一呼，转伤老人初意，所以只好隐忍哩！"五岁弱女，能体贴老人心意，却是难得。

左右俱为叹羡。六岁能作篆书，十二岁通《诗经》《论语》，诸兄每读经传，辄从旁问难。母阴氏常嘲语道："汝不学针黹，专心文学，难道想做女博士么？"女乃昼习妇工，暮读典籍，家人戏呼为女学生。父训亦另眼相看，事无大小，辄与详议。当阴后入选时候，女亦与选；适值父训病殁，在家守制，因此谢却。女日夕哭父，三年不饮酒食肉，憔悴毁容，几至人不相识，又共称为孝女。女尝梦两手扪天，荡荡正青，若有钟乳状，乃仰首舐饮。醒后亦自以为奇，询诸占梦，占者谓尧梦登天，汤梦咶天，咶与舐通。这统是帝王盛事，吉不胜言。又有相士得见女容，也是极口夸奖，称为成汤骨相。可惜是个女身。家人闻言，私相庆贺，不过未敢明言。太傅邓禹在世时，常自叹道："我统兵百万，未尝妄杀一人，后世必有兴旺的子孙。"禹从子陔，亦谓兄训为谒者时，修石臼河，岁活数千人，天道有知，家必蒙福。及女年十六，丧服早阕，衣食如常，竟出落得丰容盛鬋，广额修眉，如此方为福相。身长七尺二寸，肌肤莹洁，好似玉山上人。宫中复将她选入，大小粉黛，俱相对无颜。和帝年将及冠，正是好色华龄，一经瞧着，怎肯放过？当晚即挈入寝室，谐成好梦。一宵恩爱，似漆投胶，越日即册为贵人。好在这邓贵人承宠不骄，恭慎如故，平时进谒阴后，必小心伺候，战战兢兢，待遇同列，务极㧑谦；就是侍女隶役，亦皆好意抚驭，毫无倨容。因此阖宫悦服，誉满一时。只有一人未惬，奈何？偶然感冒，竟致罹疾，和帝忙令邓氏家属，入视医药，许得自由往来，不限时日。邓贵人反屡次陈请道："宫禁甚重，乃使外家得自由出入，上令陛下弛防，下使贱妾蒙谤，这乃是上下交损，妾实不愿叨此异恩！"和帝不禁赞叹道："他人以得见亲属为荣，今贵人反以为忧，深自抑损，真非常人可及哩！"嗣是益邀帝眷，宠逾正宫。邓贵人仍然谨饬，并不矜张。每当六宫宴会，诸妃妾竞加修饰，簪珥衣服，焕然一新，独邓贵人淡妆浅抹，自在雍容。平时衣服，或与阴后同色，当即解易；若与阴后同时进见，不敢并行，不敢正坐；每承上问，必逡巡后对，不敢与阴后同言。和帝知她劳心曲体，辄顾语道："贵人修德鸣谦，幸毋过劳！"既而阴后不育，邓贵人亦未得怀妊，后宫虽间有生产，辄致夭殇，贵人乃屡称有疾，另选她女入御，冀得孳生。独阴后相形见绌，妒恨日深，外祖母邓朱，出入宫掖，阴后常密与计议，拟令巫祝咒死邓贵人，然后泄恨。谁知邓贵人未曾遇祸，和帝却抱病垂危，阴后忿极，密语左右道："我若得志，不使邓氏再有遗类！”外祖母亦曾姓邓，且邓贵人由阴氏所出，彼此戚谊相关，岂无香火情？乃存心如此，何妇人之阴狠乃尔？偏宫人多得邓贵人厚惠，竟将密语传告，邓贵人流涕道：“我尝竭诚尽心，侍奉皇后，乃不为所谅，竟致获罪于天！妇人虽不必从死，但周公请代，武王有疾，周公祷告三王，愿以身代死，事见《周书》。越姬自杀，越姬为勾践女，楚昭王妃，昭王有疾，姬先自杀，事见《列女传》。传为盛德，我当先自引裁，上报帝恩，中免族祸，下不使阴氏贻讥人彘，虽死亦得瞑目了！”人彘即戚夫人事，见《前汉演义》。说着，即欲仰药自尽。适宫人赵玉在旁，慌忙劝阻，且诈言帝疾已痊，可以无虞，贵人乃止。越日和帝果瘳，渐渐的把阴后密言，传入帝耳，于是阴后愈为和帝所憎。眼见得长秋宫中，要让与她人作主了！汉称中宫，为长秋宫。小子有诗叹道：

螽斯麟趾尽呈祥，樛木怀仁百世芳；
试看桐宫终饮恨，何如大度示包荒？
阴后废居桐宫，详见下回。

毕竟阴后被废与否，待至下回再详。

夷狄无亲，非贪即狡，与其失之过爱，毋宁失之过威。窦宪既灭北匈奴，复立于除鞬，卒有后来之叛去；幸而王辅一出，叛虏授首，而北寇复平。至南单于之纷争，亦由杜崇等之左袒师子，致启兵戎。若聂尚之护送卑缺，见好迷唐，更不足道矣。迷唐为邓训所逐，徙居穷谷，防之且不暇，何可招之使归，与跖跻言仁义？匪徒无益，反且招尤，聂尚遗事其明证也。窦太后崩而梁氏复盛，邓贵人进而阴氏寖衰，外戚之兴亡，莫非由于妇女之播弄。自作之而自受之，故梁窦易势，阴邓易位。观于此而知妒妇之不可为也！史称邓贵人德冠后宫，称扬不绝；然观于后日之称制终身，不肯还政，意者其入宫之始，毋亦心灵手敏，巧于夺嫡欤？而阴后之褊浅难容，自诒伊戚，则固出邓氏下矣。

第三十六回　鲁叔陵讲经称帝旨　曹大家上表乞兄归

却说阴皇后妒恨邓贵人，已被和帝察觉，随时加防，到了永元十四年间，竟有人告发阴后，谓与外祖母邓朱等，共为巫蛊，私下咒诅等情。和帝即令中常侍张慎，与尚书陈褒，会同掖庭令，捕入邓朱，并二子邓奉邓毅，及后弟阴轶阴辅阴敞，一并到案，严刑拷讯。三木之下，何求不得？当即录述口供，证明咒诅属实，应以大逆不道论罪，定谳奏闻。和帝已与阴后不和，见了张慎等复奏，也不愿顾及旧情，便命司徒鲁恭，持节至长秋宫中，册废皇后阴氏，徙居桐宫。鲁恭由侍御史擢至光禄勋，累蒙宠信。会司徒刘方，坐罪自杀，继任为光禄勋吕盖，不久又罢，遂升恭为司徒。恭奉命废后，后已无计可施，只得缴出玺绶，搬向桐宫居住。长门寂寂，闷极无聊，即不气死，也要愁死。况复父纲仰药，弟辅毙狱，外祖母邓朱，及母舅奉毅，并皆为刑杖所伤，陆续毙命。阴邓两姓家属，都被充戍日南，单剩了自己一身，悽惶孤冷，且悔且愤，且愤且悲，镇日里用泪洗面，茶也不饮，饭也不吃，终落得肠断血枯，遽登鬼箓。谁叫你度量狭窄。宫人报闻和帝，总算发出一口棺木，草草殓讫，即日舁出宫外，藁葬平亭。邓贵人闻阴后被废，却还上书劝阻，太觉得假惺惺了。和帝当然不从。贵人即自称疾笃，不敢当夕，约莫有好几旬，有司请续立皇后，和帝说道：“皇后为六宫领袖，与朕同体，承宗庙，母天下，岂可率尔册立？朕思宫中嫔御，只邓贵人德冠后庭，尚可当此！”这数语为邓贵人所闻，连忙上书辞谢，让与后宫周冯诸贵人。好容易又是月余，和帝决计立邓贵人为后，贵人且让至再三，终因优诏慰勉，方登后位。也好算得大功告成了。宫廷内外，相率庆贺；梦兆相法，果如前言。小子因一气叙下，未便间断，免不得中多阙漏，因再将和帝亲政后事，略述数条：和帝崇尚儒术，选用正士，颇与乃父相似。沛人陈宠，系前汉尚书陈咸曾孙，咸避莽辞职，隐居不仕，见《前汉演义》。常戒子孙议法，宁轻毋重。及东汉中兴，咸已早殁，孙躬出为廷尉左监，谨守祖训，未敢尚刑。宠即躬子，少为州郡吏掾，由司徒鲍昱辟召，进为辞曹，职掌天下讼狱，多所平反；且替昱撰《辞讼法》七卷，由昱上呈，颁为《三府定法》。嗣复累迁为尚书，与窦氏反对，出为泰山广汉诸郡太守，息讼安民。窦氏衰落，宠入为大司农，代郭躬为廷尉。躬通明法律，矜恕有声，任廷尉十余年，活人甚众。及躬病逝，由宠继任，往往用经决狱，务在宽平，时人以郭陈并称，交口揄扬。唯司空张奋免职，后任为太仆韩棱，棱以刚直著名，迭见前事，当然为众望所归。太尉张酺，因病乞休，尝荐魏郡太守徐防自代，和帝进大司农张禹为太尉，征徐防为大司农。禹襄国人，族祖姑曾适刘氏，就是光武帝祖母；祖况随光武北征，战殁常山关；父歆为淮阳相。禹笃厚节俭，师事前三老桓荣，得举孝廉，拜扬州刺史。尝过江行巡，吏民谓江有伍子胥神灵，不易前渡，禹朗声道："子胥有灵，应知我志在理民，怎肯害我？"甚是。言毕，鼓楫径行，安然无恙。后来历行郡邑，决囚察枉，民皆悦服。嗣转兖州刺史，亦有政声。入为大司农，吏曹整肃，及擢拜太尉，正色立朝，为朝廷所倚重。徐防沛人，亦有令名，祖宣父宪，皆通经术，至防世承家训，举孝廉，乃入为郎。体貌矜严，品行慎密，累迁至司隶校尉，又出为魏郡太守。和帝因张酺荐引，召为大司农。适司空韩棱逝世，太常巢堪代任，未能称职，乃进防为司空。防留意经学，分晰章句，经训乃明。就是司徒鲁恭，亦以通经致用。恭弟丕更好学不倦，兼通五经。章帝初年，诏举贤良方正，应举对策，约有百余人，独丕同时应举，得列高第，除为议郎，迁新野令，视事期年，政绩课最。擢拜青州刺史，后复调为赵相。门生慕名就学，追随辄百余人，关东人互相传语云："五经复兴鲁叔陵。"叔陵即丕表字。东汉自光武修文，历三传而并尚经学，故士人多以此见誉，亦以此致荣。旋复调任东郡陈留诸太守，坐事免官，侍中贾逵，独奏称丕道艺深明，宜加任用，不应废弃，和帝乃再征为中散大夫。永元十三年，帝亲幸东观，取阅藏书，召见侍中贾逵，尚书令黄香等，讲解经义，丕亦在列。贾逵为贾谊九世孙，累代明经，至逵复专精古学，尝作《左氏传国语解诂》五十一篇，献入阙廷，留藏秘馆，入拜为郎；又奉诏撰《尚书古文同异》，及《齐鲁韩诗与毛氏异同》，前汉时，辕固为齐诗，申公为鲁诗，韩婴为韩诗，毛苌为毛诗。并作《周官解故》，凡十数卷，皆为诸儒所未及道，因此名重儒林。和帝迁逵为左中郎将，改官侍中，领骑都尉，内参帷幄，兼职秘书，甚见信用，盈廷俱推为经师。逵以经学成名，故特从详叙。黄香为江夏人，九岁失母，号泣悲哀，几致灭性，乡人称为至孝。年十二，为太守刘护所召，使居幕下，署名门下孝子，香得博览经典，殚精道术，京师称为天下无双，江夏黄童。嗣入为尚书郎，超迁至尚书令。看官试想！这贾侍中黄尚书两人，一个是累代家传，一个是少年博学，平时讲贯有素，一经问答，统是口若悬河，不假思索。偏鲁叔陵与他辩难，却是独出己见，持论明通，转使贾黄两宿儒无词可驳，也不免应对支吾。和帝顾视鲁丕，不禁称善，特赐冠帻履袜，并衣一袭。此时却难为贾黄。丕谢赐而退，越日复上疏道：

臣以愚顽显备大位，犬马气衰，猥得进见，论难于前，无所甄明，衣服之赐，诚为优过。臣闻说经者传先师之言，非从己出，不得相让；相让则道不明，若规矩准绳之不可枉也。难者必明其据，说者务立其义；浮华无用之言，不陈于前，故情思不劳，而道术愈章。法异者各令自说师法，博观其义，览诗人之旨意，察《雅》《颂》之终始，明舜禹皋陶之相戒，显周公箕子之所陈，观乎人文，化成天下。陛下既广纳謇謇，以开四聪，无令刍荛以言得罪，既显岩穴以求仁贤，无使幽远独有遗失，则言路通而人才进，人才进而经说明，天下可不劳而理矣！

为此一疏，和帝乃下诏求贤，令有司选举明经洁行，使侍经筵，且敕边郡各举孝廉。敕书有云：

幽并凉州户口率少，边役众剧，束修良吏，进仕路狭。朕唯抚接夷狄，以人为本，其令缘边郡口十万以上，岁举孝廉一人，不满十万，二岁举一人，五万以下三岁举一人。

看官阅此，应疑和帝既令边郡各举孝廉，何故限人限岁，严格如此？哪知孝不易得，廉亦难能，且边郡人民，华夷杂处，性质多半愚蒙，尚未开明文化，能有几个孝子？几个廉士呢？这且无容细叙。且说凉州西偏，屡有寇患，叛羌迷唐，自被刘尚赵世等击走，奔往塞外，汉兵引归。回应前回。廷议且谓尚、世畏懦，不敢穷追，应该坐罪，乃逮入诏狱，并令免职。议亦太苛。谒者王信，代领尚营，屯驻枹罕；谒者耿谭，代领世营，屯驻白石。谭复悬赏购募，招诱羌人，羌众又陆续来归。天下无难事，总教现银子。迷唐见部众离散，复起惊慌，因遣人乞降。谭令迷唐自至，方可允许。迷唐不得已趋诣汉营，谭与信会同受降，且遣迷唐诣阙投诚；余众不满二千，统皆饥乏，暂入居金城，拨给衣食。及迷唐入京，朝谒已毕，和帝令他还居榆谷，不得再叛。迷唐未便多言，拜辞西行。奈何复纵之使去？到了塞下，却不肯再回故地，他想榆谷附近，汉人已造河桥，往来甚便，如何保守得住？因致书护羌校尉吴祉，托言种人饥饿，不肯远归。吴祉得书，还道他是真言，多赐金帛，令得籴谷购畜，便即出塞。不料迷唐心变，至金城挈领部众，顺便钞掠湟中诸胡，满载而去。王信耿谭吴祉，统皆坐罪，又致夺职还乡，改用酒泉太守周鲔为护羌校尉。永元十三年秋季，迷唐复至赐支河曲，率众犯塞。周鲔与金城太守侯霸，调集诸郡兵士，湟中小月氏胡，合三万人出塞，行至允川，未见羌踪。鲔安营驻扎，使侯霸前往探哨。霸骁勇敢战，在途巡逻，忽与迷唐相遇，毫不畏缩，即向前突阵，锐不可当，羌众慌忙退走，已晦气了四百多人，做了枉死的无头鬼。霸复驱兵追剿，急得羌众走投无路，多半匍匐乞降，共计有六千余口。迷唐只带了数百残骑，奔往赐支河北，伏匿岩谷间。及霸飞章告捷，汉廷因周鲔逗留，未曾与战，饬令还都论罪；擢霸为护羌校尉。置校尉如奕棋，也属不宜。既而安定降羌烧当种叛乱，由郡守发兵剿灭，没入妇女，尽为奴婢。于是四海及大小榆谷，无复羌寇。隃麋相隃麋为东汉侯国。曹凤上书献议道：

西戎为害，前世所患，臣不能纪古，且以近事言之：自建武以来，其犯法者常从烧当种起事。所以然者，以其居大小榆谷，土地肥美，又近塞内，诸种易以为非，难以攻伐，南得杂种以广其众，北阻大河，因以为固，又有西海鱼盐之利，缘山滨水，以广田畜，故能强大。常雄诸种，恃其权勇，招诱羌胡；今者衰困，党援坏沮，亲属离叛，余兵不过数百人，窜走穷荒。臣愚以为宜及此时，建复西海郡县，规固二榆，广设屯田，隔塞羌胡交通之路，遏绝狂狡窥伺之谋；又殖谷富边，省委输之役，国家可无西顾之忧矣！

和帝览书，发交公卿会议，俱云可行。乃复置西河郡，即拜凤为金城西部都尉，出屯龙耆。嗣金城长史上官鸿，复开置归义建威屯田二十七部，霸亦增置东西邯屯田五部，及留逢二部，总计得三十四部。功将垂成，后因安帝永初元年，诸羌复叛，竟至中辍。唯迷唐孤弱失援，终至病死。有一子款塞来降，户口不满数千，西陲暂得少安。至若西北一带，自从班超抚定西域，各国归命，变乱不生。唯超由明帝永平十六年，奉命西行，直至和帝永元十二年，尚未得归，先后约三十载，超年将七十，思归故里。适值超掾史甘英，奉超令欲赴大秦，即罗马国。行至条支，即阿剌。西临大海，为安息人所劝阻，中道折回；安息国献入狮子，及条支大鸟，超因遣子勇偕同外使，共诣洛阳，特拜疏乞归道：

臣闻太公封齐，五世葬周；狐死首丘，代马依风。《韩诗外传》云："代马依北风，飞鸟扬故巢。"夫周齐同在中土，千里之间，犹且如此，况远处绝域如小臣，能无依风首丘之思哉？蛮夷之俗，畏壮侮老，臣超犬马齿歼，常恐年衰，奄忽僵仆，孤魂弃捐。昔苏武留匈奴中，尚十九年，今臣幸得奉节，带金银，护西域，如自以寿终屯部，诚无所恨；然恐后世或因臣沦没西域，举以为戒。臣不敢望到酒泉郡，但愿生入玉门关。老病衰困，冒死瞽言。谨遣子勇随献物入塞。及臣生在，令勇目见中土，亦所慰心。望阙哀鸣，伏冀垂鉴。

这疏呈入，和帝因超居西域，得外人心，急切无人可代，只得暂从搁置，俟后再图。转眼间又是二年，超久待朝命，杳无消息。但闻妹昭入宫续史，为后宫师，因特寄与一书，浼令设法求归。昭本善文，援笔立就奏章，伏阙上陈。略云：

妾同产兄西域都护定远侯超，幸得以微功特蒙重赏，爵列通侯，位二千石，天恩殊绝，诚非小臣所当被蒙。超之始出，志捐躯命，冀立微功，以自陈效。会陈睦之变，道路隔绝，超以一身奔走绝域，晓譬诸国。因其兵众，每有攻战，辄为先登，身被创痍，不避死亡，赖蒙陛下神灵，尚得延命沙漠。至今积三十年，骨肉生离，不复相识，所与相随时人士，皆已物故。超年最长，今且七十，衰老被病，头发无黑，两手不仁，耳目不聪明，扶杖乃能行，虽欲竭尽其力，以报塞天恩，迫于岁暮，犬马齿索。蛮夷之性，悖逆侮老，而超旦暮入地，久不见代，恐开奸宄之源，生逆乱之心。而卿大夫咸顾目前，莫肯远虑，如有猝变，超之气力，不能从心，便为上损国家累世之功，下弃忠臣竭力之效，诚可痛也！故超万里归诚，自陈苦急，延颈遥望，三年于今，未蒙省录。妾窃闻古者十五受兵，六十还之，亦有休息，不任职也。缘陛下以至孝理天下，得万国之欢心，不遗小国之臣，况超得备侯伯之位？故敢触死为超求哀，匄超余年，一得生还，复见阙庭，使国家永无劳远之虑，西域无仓猝之忧，超得长蒙文王葬骨之恩，子方哀老之惠。子方姓田，为战国时魏文侯师，文侯弃老马，子方为弃马非仁，收而养之。诗云："民亦劳止，汔可小康；惠此中国，以绥四方。"超有书与妾生诀，恐不复相见。妾诚伤超以壮年竭忠孝于沙漠，疲老则便捐死于旷野，诚可哀怜。如不蒙救护，超后有一旦之变，如国家何？妾冀幸超家蒙赵母卫姬先请之贷，赵母谓赵括母，惧括败，先请得不坐罪。卫姬系齐桓公姬，桓公与管仲谋伐卫，桓公入，姬先请卫罪。并见《列女传》。愚戆不知大义，触犯忌讳。无任翘切待命之至。

和帝见了此奏，不禁感动，乃召超还朝，命中郎将任尚代为都护。超欣然奉命，与尚交代。尚问超道："君侯在西域三十余年，远近畏怀，末将猥承君后，任重才浅，还求明诲！"超喟然道："超已年老，耳目失聪，任君屡当大任，经验必多，何待超言？但既承明问，敢不竭愚！塞外吏士，本非孝子顺孙，类皆因平时犯罪，徙补边屯；戎狄又性同禽兽，难养易败，今君来此抚驭，他不足虑，只性太严急，还宜少戒。水清无大鱼，察政不得下和，宜改从简易，宽小过，总大纲，便可收效了！"尚虽然谢教，心下却未以为然，待超去后，私语亲吏道："我以为班君必有奇谋，谁料他所言止此，平淡无奇，何足为训？”平淡中却寓至理，奈何轻视？遂把超言置诸脑后，不复记忆。超至洛阳，诣阙进谒，和帝慰劳数语，令为射声校尉。超素患胸疾，至是益剧，入朝不过月余，便致告终，年七十一。和帝遣使吊祭，赗遗颇厚，令长子班雄袭爵。小子有诗咏道：

久羁外域望生还，奉诏登途入玉关；
老病已成身遽逝，此生终莫享余闲！

班超如此大功，生虽封侯，死不予谥；那宦官郑众，居然得加封为鄛乡侯，真是有汉以来，闻所未闻了！欲知后事，试看下回续叙。

经者常也，六经即常道也。圣贤之所以垂训，国家之所以致治，于是乎在。自秦火一炬以后，简残编断，得诸煨余者，往往阙略不全。汉儒重兴经学，意为笺注，已失古人精义；但先王之道，未坠于地，则犹赖汉儒之力耳。鲁丕在东观讲经，能折贾黄二宿儒之口，当非强词夺理者可比。本回特从详叙，所以表章经术，风示后世。经废则常道不存，安在而不乱且亡也？班超有抚定西域之大功，年老不得召归，幸有同产女弟之博学贞操，为后宫所师事，方得以一篇奏牍，上感九重。至超归而月余即殁，狐死首丘，吾犹为超幸矣！夫苏武归而仅为典属国，班超归而仅得射声校尉，至病逝后，并谥法而且靳之，汉之薄待功臣久矣！无惑乎李陵之降虏不返也！

第三十七回　立继嗣太后再临朝
解重围副尉连毙虏

却说郑众封侯，乃是汉廷创例，和帝因他诛窦有功，班赏时又辞多就少，所以格外宠遇，竟给侯封。哪知刑余小人，只可备供洒扫，怎得视若公卿？就使郑众驯良可取，有功不矜，究不能封他为侯。贻讥作俑，这便是教猱升木，引蚁决堤。光武帝辛苦经营的天下，要为了郑众封侯，自启厉阶，终落得七乱八糟，不可收拾呢！引起下文乱事。话休叙烦，且说永元十五年间，孟夏日食，有司以阴气太盛，奏遣诸王就国。日食，乃天道之常，就使果应人事，亦为邓后临朝预兆，奈何归咎诸王，请令就国？穿凿附会，殊属可笑。原来和帝性情友爱，遵循乃父故事，令兄弟留居京师。及有司奏请遣发，和帝尚不忍分离，有诏作答道：

> 日食之异，责由一人。诸王幼稚，早离顾复，弱冠相育，常有“蓼莪凯风”之哀。《蓼莪凯风》见《诗经》。选懦仁弱之意。之恩，知非国典，且复须留。

未几又是冬日，和帝出祠章陵旧宅，光武帝改春陵乡为章陵县，事见建武六年。令诸王一律从行。祠毕后大会宗室，饮酒作乐，备极欢洽。嗣又顺道进幸云梦，至汉水滨方拟再诣江陵，忽接到留守太尉张禹奏章，乃是谏阻远游，和帝乃还。清河王中傅卫䜣，与清河王庆并同随驾，沿途索赃，得千余万缗，事被和帝察觉，派吏鞫治，并责庆不先举发。庆答复道："䜣位居师傅，选自圣朝，臣本愚昧，但知言从事听，不便纠察，所以未得先闻。"和帝听了，颇以奏对合宜，待抄出卫䜣私赃，一并赐庆。庆辞让不许，乃拜受而退。太尉张禹，亦得蒙特赏；此外留守诸官，及随从诸臣并各赐钱帛有差。会岭南例贡生龙眼荔枝，十里一置，马递曰置。五里一侯，司望曰侯。互相传送，昼夜不辍。临武县长唐羌，具陈贡献劳苦情形，且请和帝勿重滋味。乃有诏禁止贡献，饬太官毋受珍羞。这是和帝美政，故特表明。越年司徒鲁恭，因事免官，迁司空徐防为司徒，进大鸿胪陈宠为司空。宠已由廷尉进官大鸿胪。又越年改号元兴，大赦天下，凡宗室因罪削籍，并得赐复。既而雍地忽裂，时人讶为不祥。待至十二月间，和帝不豫，逐日沉重，竟至告崩，享年只二十七岁，在位一十七年。当时储君未立，后宫生子多殇，往往视宫中为凶地，遇有生育，辄使乳媪抱出宫外，寄养民间。及车驾将崩，群臣尚未知皇嗣下落，无从拥立，不得不禀明邓后，请旨定夺。邓后却知后宫生子，遗存二人，长子名胜，素有痼疾，未便迎立；少子名隆，生才百日，已在宫外寄养，乃即令迎入，立为太子。当夜即位，尊邓后为皇太后，临朝听政。不到半月，便已改岁，定年号为延平元年，进太尉张禹为太傅，司徒徐防为太尉，参录尚书事，百官总已以听。邓太后以帝在襁褓，欲令重臣入居禁内，乃令张禹留卫宫中，五日一归府；并擢光禄勋梁鲔为司徒，使继徐防后任，备位三公。封皇兄胜为平原王，奉葬和帝于慎陵，庙号穆宗。总计和帝在位十七年，英明仁恕，有祖父风，少年即能摈除窦氏，收揽权纲；后来尊儒礼士，纳谏爱民，凡蠲租减税，赈饥恤贫诸诏，史不绝书；遇有灾异，辄延问公卿，谕令极言得失，前后符瑞，得八十一处，皆自称德薄，抑而不宣。可惜天不假年，未壮即殁。只晚年荣封郑众，以致宦官继起用事，这乃是和帝一生遗累，种下绝大祸根。祸足亡国，故不惮烦言。丧葬既毕，清河王庆等，始俱令就国。庆追念和帝德惠，衔哀不已，甚至呕血数升，力疾就道。邓太后格外体恤，许得置中尉内史，所赐什物，皆取自和帝乘舆，俾作纪念。且因嗣皇幼弱，恐有不测，乃留庆长子祐，与嫡母耿姬，仍居清河邸中，以备非常。既有此虑，不如先立皇子胜，何必舍长立幼？一面使宫人归园，特赐周冯两贵人策书道：

朕与贵人托配后庭，共欢等列，十有余年。不获福祐，先帝早弃天下，孤心茕茕，靡所瞻仰，夙夜永怀，感怆发中。今当以旧典分归外园，惨结增叹，《燕燕》之诗，曷能喻马？《燕燕》为卫庄姜送戴妫诗。其赐贵人以王青盖车采饰辂骖马各一驷，黄金三十金，杂帛三千匹，白越四千端；布名。冯贵人未有步摇环珮，亦加赐各一具，聊为赠别，不尽唏嘘。

周冯两贵人，奉策拜赐，辞别出宫，至园寝中陪侍山陵去了。邓太后复接连下诏，大赦天下，凡建武以来得罪被锢，皆复为平民。又减节太官导官尚方内署所供服食，太官掌御厨，导官掌择御米。自非陵庙祭祀，食米不得导择，朝夕唯一肉一饭，不得妄加。郡国贡献，悉令减半，斥卖上林鹰犬，蠲省离宫别馆米炭，所有掖庭侍女，及宗戚没入诸官婢，一律遣归，各令婚嫁。会因连月下雨，郡国或患水灾，即敕二千石据实详报，为除田租刍藁，不得欺隐。各处淫祀，不入祀典，概令罢免。这都是邓太后初次临朝的美政。总束一语。既而司空陈宠病殁，命太常尹勤为司空，且进虎贲中郎将邓为车骑将军。骘邓训长子，为邓太后亲兄，表字昭伯，少时为窦宪府掾，及女弟立为贵人，乃与诸弟并为郎中，和帝尝欲加封邓骘，为邓后所推让，故迁官止虎贲中郎。及后既临朝，遇有一切政务，不能不引骘入议，较免嫌疑，因擢骘为车骑将军，仪同三司。三司就是三公，汉官中向无此名，自骘为始。太后临朝，势必引用外戚，后来一跌赤族，可慨可叹！骘颇知敛抑，且受祖父邓禹遗训，居安思危。但女弟既为太后，年仅花信，不便屡见大臣，自己托在同胞，出入较便，只好勉强受命，就职任事。光阴易过，又是仲秋，那小皇帝竟感冒风寒，仓猝夭殇，年仅二岁，殡殓崇德前殿中。邓太后忙与骘密商，议及继统事宜。好在清河王庆子祜，尚留邸中，当由邓太后创议迎立，骘亦赞成。再由骘商诸公卿，亦无异言，便夤夜使骘持节，用王青盖车迎祜入宫，先授封长安侯，然后准备嗣位。邓太后即下诏道：

先帝圣德淑茂，早弃天下，朕奉嗣皇，夙夜瞻仰日月，冀望成就。岂意猝然颠沛，天年不遂，悲痛厥心！朕唯平原王素婴痼疾，未便继承。念宗庙之重，思继嗣之统，唯长安侯质性忠孝，小心翼翼，能通诗论，笃学乐古，仁惠爱下，年已十三，有成人之志。亲德系后，莫宜于祜。《礼》："昆弟之子犹己子。"《春秋》之义："为人后者为之子。"不以父命辞王父命，其以祜为孝和皇帝嗣，奉承祖宗，案礼议奏。

公卿等依诏定议，复奏进去；又由宫中撰就策命，交付太尉张禹，引祜受策。当由禹对祜宣读道：

唯延平元年秋八月癸丑，皇太后曰：咨长安侯祜，孝和皇帝，懿德巍巍，光于四海。大行皇帝古称帝丧，为大行，大行者，不返之意。不永天年，朕唯侯系孝章帝世嫡皇孙，谦恭慈顺，在孺而勤，宜奉宗庙，承统大业。今以侯嗣孝和皇帝后，其君临汉国，允执厥中，一人有庆，万民赖之！皇帝其勉之哉！

张禹读罢，持策与祜，祜拜受后，再由禹奉上玺绶，乃拥祜即皇帝位，是为安帝。公卿以下，循例谒贺。但因安帝年甫十三，未能亲政，仍由邓太后临朝。越月将崇德前殿的殡宫，奉葬康陵，幼主无谥，且无庙号，只称作殇帝罢了。安帝本与嫡母耿姬，同居清河邸中，帝既入承大统，耿姬不便独留，邓太后即使中黄门送她归国。唯安帝生母叫作左姬，左姬字小娥，有姐字大娥，系犍为人，伯父圣坐妖言伏诛，家属俱没入掖庭，二娥当然在列，并有才色，小娥更善史书，能词赋，为众所称。会和帝命赐诸王宫人，清河王庆素闻二女艳名，特贿托宫中保姆，求得二娥。好容易得遂心愿，将二娥拨至清河邸中，庆得左拥右抱，其乐陶陶。废太子也想纵欢么？小娥有娠生子，便是安帝。相传安帝幼时，屡有神光照室，又有赤蛇蟠护床中，近视又复不见，因此称奇。这多是附会之谈，实则安帝入嗣，由乃父无辜被废，天道有知，巧为转移而已。年至十岁，好学史书，和帝亦叹为奇童，暇辄召见，与谈文字。只大小二娥，却是始终薄命，做了清河王的姬妾，还是没福消受，一对姐妹花，相继沦谢。好花不久长。到了安帝入嗣，二娥已逝世有年了。清河王庆，就国逾年，也是形销骨损，病入膏肓，至耿姬返后，病即垂危，乃嘱清河中大夫宋衍道："清河土薄，不堪茔葬，我意欲至我母坟旁，掘穴下棺。自思朝廷大恩，尚应赐筑祠室，俾得母子并食，魂灵有所依庇，死后亦无遗恨了！”说至此，即令宋衍缮就遗表，乞将骸骨赐葬亡母宋贵人旁，越宿竟逝，年才二十有九。遗表传达京师，邓太后也觉含哀，函遣司空尹勤持节，与宗正同往吊祭，特赐龙旗九旒，虎贲百人，饰终典仪，尽仿东海王强故事。一面使掖庭令送左姬遗棺，与庆合葬广丘，谥曰孝王，长子虎威袭封。越年为永初元年，邓太后又封宋衍为盛乡侯，并分清河为二国，封虎威弟常保为广川王，这且待后再表。且说车骑将军邓骘，自与太后定策立嗣后，不欲常居禁中，屡求还第，太后乃准如所请。骘有四弟，长弟京时已去世；次弟悝得升任城门校尉；三弟弘亦得为虎贲中郎将；季弟阊尚为郎中。邓太后复增封为上蔡侯，悝为叶侯，叶音摄。弘为西平侯，阊为西华侯，食邑各万户。骘以定策有功，加邑三千户。邓太后前为兄弟辞封，此时何遽封为侯？骘表辞不获，出都谢使，复恳切上陈，大略说是：

臣兄弟庸秽，无能可采，谬以外戚，遭值明时，托日月之末光，被云雨之渥泽，并统列位，光昭当世，不能宣赞风美，补助清化，诚惭诚惧，不胜疚心。陛下躬天然之姿，体仁圣之德，遭国不造，仍罹大忧，开日月之明，运独断之虑，援立皇统，奉承太宗，圣策定于神心，休烈垂于不朽，本非臣等所能补效万一。而猥推嘉美，并享大封，伏闻诏书，惊惶惭怖。追睹前世倾复之诫，退自思念，不寒而栗。臣等虽无逮及远见之虑，犹有庶几戒惧之情，常聚母子兄弟，内相敕厉，冀以端悫畏慎，一心奉戴，上全天恩，下完性命。刻骨定分，有死无二，终不敢横受爵土，以增罪累，惶窘征营，昧死待命。

邓太后接阅骘书，尚不肯许，骘再申前请，且欲窜迹穷荒，于是太后收回成命，召令还都；唯封生母阴氏为新野君，以万户供汤沐邑。虎贲中郎将邓弘，素治欧阳尚书，欧阳生字伯和，师事伏生，为前汉武帝时人。太后乃令他入傅安帝，自己亦从曹大家受经，兼习天文算数，昼治政事，夜览书籍，习以为常。好算是巾帼丈夫，可惜阴盛阳衰。偏是内忧少靖，外患又迭起不休，西域都护任尚，不肯依从班超遗诫，专务苛察，致失众心，西域诸国又相率叛汉，围攻任尚。尚上书求救，汉廷令北地人郎中梁慬为西域副校尉，使率河西四郡羌胡五千骑，星夜赴援。慬尚未至，尚已解围，因复据实报闻，有诏征尚还都，另任骑都尉段禧为都护，西域长史赵博为骑都尉，同驻龟兹它乾城。城中形势狭隘，梁慬往阅一周，谓西域方有变志，此城如何可守？乃特访龟兹王白霸，与述朝廷厚恩，嘱使勿负，且言龟兹势孤，当邀都护等入城共守。白霸本由汉廷遣归，得立为王，见三十四回。听了梁慬议论，当然乐允；唯吏士同声谏阻，霸乃不从。梁慬见众有贰心，急命从吏飞报段禧，请即引兵入龟兹城。禧遂与赵博率兵八九千至龟兹国都。龟兹部众，恨王招入汉军，却去联结温宿姑墨两国兵马，来攻白霸，共计有数万人，环绕龟兹城下，势甚汹汹。白霸原是惊惶，连段禧赵博两人，亦自悔仓猝失图，被他围住。独梁慬毫无惧色，慷慨誓师，出城奋击，三战三胜。叛众自恃势盛，虽屡经败衄，尚未肯退。慬出战一次，还守数日，出战两次，又还守数日，相持至好几月，看得叛众疲敝，索性与段禧赵博等，并力出战，大杀一阵，刀过处血风乱洒，槊落处胡马齐倾，叛众抵挡不住，自然尽溃，温宿姑墨两国败兵，也即散走。慬复引兵追击，大振余威，复枭得许多头颅，夺得许多牲畜。总计先后斩虏首万余级，获生口千余人，骆驼牛羊万余头，力写梁。龟兹乃定。慬等自然奏捷。无如龟兹以外，余国尚未肯服从，遂致道路梗塞，奏报不通，待至捷书到达，差不多有百余日。一班公卿大夫，统是顾近忽远，并言西域遥隔，向背无常，朝廷多耗饷糈，吏士屯田，连年劳苦，为费亦巨，不如取消都护，迎师回朝为是。邓太后亦不欲劳兵，依了众议，就遣骑都尉王弘，发关中兵，及西陲羌胡，往迎段禧赵博梁慬等，及伊吾卢柳中屯田诸吏士。看官听着！班定远数十年的劳绩，至此乃甘心弃去，尽隳前功，说将起来，统是任尚一人，贻误大事。可见得安内攘外，全仗人才，一或误用，未有不立时败坏呢！慨乎言之。朝廷大臣，不知另举才能，出镇西域，反以为撤消都护，可无外患。谁知一误不足，还要再误，为了迎还西师一役，又惹出羌人的变乱来了。先是烧当羌酋东号，挈众内附，见三十二回。有子麻奴，随父同降，寓居安定。东号死后，麻奴继立，种人滋生日繁，散居河西诸郡县。吏人豪右，往往目为贱种，随时差役，积成众怨。及王弘奉命征调，发遣金城陇西汉阳诸羌，使迎西师，羌人还疑是调署西域，往往裹足不前。郡县官吏，严行逼迫，约有数千百骑，到了酒泉，复不愿出关，陆续逃避。官吏当作叛羌相待，发兵邀截，非杀即拘，或把他旧居庐落，尽行毁去。于是诸羌益惊，哄然尽溃，麻奴亦支撑不住，也西走出塞。先零别种滇零，与钟羌诸种，反得乘隙为乱，据住陇道，大为寇掠。一时不得兵械，就将竹竿当作戈矛，板案充作盾牌，四出滋扰。郡县官无法抵敌，不得不连章奏闻，邓太后乃使车骑将军邓骘，发兵征羌；再用任尚为征西校尉，令归邓骘节制，一同西行。小子有诗叹道：

良言不纳总无成，轻隳前功罪岂轻？
如此庸才犹屡用，边陲何日得澄清？

邓骘任尚西行征羌，究竟能否制服羌人，待至下回再叙。

邓后以贤德见称，迹其行谊，殆亦得半失半，瑜不掩瑕。和帝崩后，应援立嗣以长之大经，谘询群臣，然后定议，奈何遽以生经百日之婴儿，骤使嗣位？谓非贪立幼主，希揽政权，其谁信之？及幼主已殇，又徒与亲兄定策，迎立清河王子祜，一朝元首，乃出自兄妹二人之私意，试问国家建置三公，果何为乎？且临朝未几，即封兄弟四人为侯，违反祖制，专顾私亲，而其他之煦煦为仁，转不足道。微邓骘等之犹知退让，几何而不为窦氏也？洎乎西域变起，措置失常，梁慬有却寇之材，不使专阃，反听朝臣鄙议，甘举西域而尽弃之，定远有知，能无隐恫？况弃西域而复构西羌，虽属内外之失人，究由宫廷之失策！诗曰："哲夫成城，哲妇倾城。"邓后虽非倾城之妇人，其亦不能无讥乎？

第三十八回　勇梁慬三战著功 智虞诩一行平贼

却说车骑将军邓骘，与征西校尉任尚等，出讨诸羌，因各郡兵马尚未到齐，乃留屯汉阳，但遣前哨数千骑，窥探诸羌动静。不意到了冀西，突与钟羌相遇，急切不能抵敌，竟被杀死千余人，余众狼狈逃归。可巧西域副校尉梁慬驰归，行抵敦煌，奉诏为邓骘援应，因即引兵转赴张掖，击破诸羌万余人，斩获过半。再进至姑臧，羌豪三百余人，畏威乞降，慬曲为晓谕，遣还故地，各羌豪喜跃而去。是年边疆未靖，腹地多灾，郡国十八处地震，四十一处雨水，二十八处大风雨雹。太尉徐防，司农尹勤，相继引咎，上书辞职。邓太后准令免官，三公以灾异罢免，实自此始。命太傅张禹为太尉，太常周章为司空。宦官鄛乡侯郑众，及尚方令蔡伦，乘机干政，为邓太后所宠幸。外戚宦官，更迭干政，有何好处？司空周章，屡次规谏，并不见用。章素性戆直，因见外戚宦官，内外蒙蔽，邓太后始终未晤，免不得愤激起来，当下密结僚友，谋诛邓骘兄弟，及郑众蔡伦诸人，并且废去太后嗣皇，改立平原王胜。事尚未发，竟致漏泄机关，把章褫职；章自知不免，忙即服毒自尽。是何等事，乃敢仓猝妄行？死不累家，尚是侥幸！颍川太守张敏，入为司空；司徒梁鲔病逝，仍起鲁恭为司徒。鲁恭免官，见前回。越年二月，遣光禄大夫樊准吕仓，分巡冀兖二州，赈济灾民。准上移民政策，谓赈给不足济事，应将灾民徙置荆扬熟郡。邓太后依准所议，民得少苏。会仲夏大旱，邓太后亲幸雒阳寺，令若卢狱中囚犯，解入寺中，面加讯问。官之所居曰寺，若卢狱为少府所掌，主鞫将相大臣。有一囚徒犯杀人罪，实是屈打成招，冤枉牵累，当时已奄奄一息，由吏役扛抬至前，可怜他举头四顾，尚不敢言，太后察出情隐，温言讯鞫，具得实情，乃将囚徒释免，收系雒阳令抵罪。行未还宫，甘霖大降，群臣喧呼万岁。太后虽有心恤囚，但以一妇人，亲加讯鞫，究非国法所宜。未几又接任尚败报，复致忧劳。原来车骑将军邓隲，出屯经年，因使任尚及从事中郎司马钧，带领各部兵马，出讨羌豪滇零，到了平襄，与滇零等接仗多时，尚军大败，伤亡至八千余人，慌忙遁回。此人原不堪典军。滇零得了胜仗，竟自称天子，招集武都参狼上郡西河诸羌种，东犯赵魏，南入益州，攻杀汉中太守董炳，转掠三辅，气焰甚盛。湟中诸县，粟石万钱，百姓死亡，不可胜计。朝廷既要转饷输兵，又欲发粟赈民，弄得日夜徬徨，不知所措。故左校令庞参，坐法谴谴，充作若卢狱中工作，特令子俊上书道：

> 方今西州流民扰动，而征发不绝，水潦不修，地力不复，重之以大军，疲之以远戍，农功消于转运，资财竭于征发，田畴不得垦辟，禾稼不得收入，搏手困穷，无望来秋，百姓力屈，不复堪命。臣愚以为万里运粮，远就羌戎，不若总兵养众，以待其疲。车骑将军邓隲，宜且振旅，留征西校尉任尚，使督凉州士民，转居三辅，休徭役以助其时，止烦赋以益其财，令男得耕种，女得织纴，然后蓄精锐，乘懈沮，出其不意，攻其不备，则边民之仇报，奔北之耻雪矣。臣身负罪戾，自知昧死，区区一得，不敢不闻，伏希赐鉴。

邓太后得书后，尚在踌躇。适光禄大夫樊准，自冀州回京复命，闻得庞参上书言事，具属可行，且素知参材足任事，因上疏荐参道：

> 臣闻鸷鸟累百，不如一鹗。昔孝文皇帝悟冯唐之言，而赦魏尚之罪，使为边守，匈奴不敢南向。夫以一臣之身，折方面之难者，选用得也！臣伏见故左校令河南人庞参，勇谋不测，卓尔奇伟，高材武略，有魏尚之风，前坐微法，输作经时，今羌戎为患，大军西屯，臣以为如参之人，宜在行伍。唯明诏采前世之举，观魏尚之功，免赦参刑，以为军锋，必有成效，宣助国威不难矣！谨此上陈，唯陛下裁察之。

为此一疏，参得蒙恩赦罪，进拜谒者，奉使西行，监督三辅诸军，屯田防边。且诏令梁慬进屯金城。慬得三辅军报，知叛羌随处骚扰，迫近园陵，乃即引兵往击，转战武功美阳间，武功美阳皆县名。身先士卒，连败羌众，夺还被掠生口多人，截获马畜财物，不可殚述。邓太后得慬捷书，心下少慰，特用玺书劳勉，委慬剿抚诸羌，节制各军；一面从庞参计议，征还邓隲，但留任尚屯兵汉阳。隲奉诏东归，途次又接太后恩诏，拜为大将军。隲并无功劳，何得升官？可见太后全是为私。既至都门，大鸿胪持节出迎，中常侍赍牛酒犒劳，王侯以下，相率候望，络绎道中。及诣阙入谒，复特赐束帛车马，真是宠灵显赫，震耀京师。若使扫平诸羌，不知如何待遇？太后既优待邓隲，不得不加赏任尚，遂封尚为乐亭侯，食邑三百户。败军之将，且得封侯，邓太后真是愦愦。唯将护羌校尉侯霸召还，说他不能驭羌，黜为庶人，也是冤枉。即令前西域都护段禧，代为护羌校尉。怎奈羌势日盛，终不能制，永初三年孟春，三辅告急，因复遣骑都尉任仁，督领诸郡屯兵，往援三辅。仁屡战屡败，羌众越加猖獗，当煎勒姐种羌，攻陷破羌县，钟羌攻陷临洮县，连陇西南部都尉，都被擒去。司徒鲁恭，年近八十，乞请致仕，乃改任大鸿胪夏勤为司徒。勤既就职，日虑国用不足，往往仰屋兴嗟，不得已商诸太尉张禹，及司空张敏，援照前汉入粟拜爵的故例，联名上奏，许令吏民纳入钱谷，得为关内侯，或虎贲羽林郎，及五官大夫府吏缇骑营士各有差。邓太后见三公同意，自然准议。无如天灾屡降，常患饥荒，上半年河洛水溢，京师大饥；下半年并凉水溢，人自相食。接连又传到许多警报，海贼张伯路等，寇掠沿海九郡，渤海平原剧贼刘文河周文光等，遥与勾连，搅乱得一塌糊涂。还有代郡上谷涿郡间，又由乌桓鲜卑两路叛胡，一再入犯，杀败五原太守，伤毙郡中长吏。南匈奴骨都侯，阴助乌桓鲜卑，也是逆焰滔天，不可收拾；甚且南单于亦背叛汉朝，把美稷守将耿种围住，危急非常。那时汉廷将相，无从隐讳，当然奏白邓太后。邓太后很是着忙，只好与亲兄邓隲等会议，一路一路的调遣人马，前去征讨。出剿海贼的一路，委任了侍御史庞雄；出救五原一路，委任了车骑将军何熙；出击南单于一路，委任了辽东太守耿夔；又调梁慬行度辽将军事，使出为耿夔后应。军书四达，鼙鼓齐鸣，不但汉廷当日，忙乱得什么相似，就是小子一枝秃笔，从今追叙，也觉得东顾西应，煞费精神了。我说是好看得很。侍御史庞雄，出剿海贼，究竟贼众乌合，不能抵敌王师，张伯路屡败乞降；渤海平原等剧贼，也望风瓦解，四处避匿。庞雄遽报肃清，有诏迁雄为中郎将，令他引兵西行，往副车骑将军何熙。那辽东太守耿夔，与行度辽将军事梁慬，统皆百战名将，一经会师，便向美稷城进发，行至属国故城，遇着南匈奴部酋奥鞬日逐王，约有三千余骑，截住途中，夔当先冲阵，慬在后继进，两将似生龙活虎一般，搅入匈奴阵中，三千人不值一扫，奥鞬日逐单骑走脱，所有辎重什物，尽被汉军夺来。

此时南单于师子，已早病亡，从弟檀嗣立为单于。永初三年六月间，曾诣阙入朝，随从有一降虏的汉人，叫作韩琮，朝毕还国，琮与语道："关东水潦为灾，兵民统皆饥死，若发兵进击，必可得志！"单于檀为琮所惑，因此叛汉兴兵，围攻美稷。至日逐王孑身败还，才知汉军仍然利害，但还以为未曾亲睹，总要自己督兵，与汉军决一雌雄，方肯罢休。乃将美稷撤围，亲率精骑八千人，来敌汉军。凑巧与梁慬相遇，慬部下不过二三千人，单于大喜，总道以众敌寡，无患不胜，当下麾动骑兵，将慬围住。哪知慬全不惧怕，披甲持槊，跃马突阵，部曲各持械随上，一荡一决，十荡十决，把虏骑冲作数截，不能成围，只好退去；南单于檀，也是顾命要紧，奔还虎泽，未几又移寇常山。梁慬与耿种合兵万人，倍道往援，南单于又复却还。车骑将军何熙，已到五原，击退乌桓鲜卑叛胡，庞雄亦至，熙适撄疾，闻得常山被攻，因遣雄驰救。及雄到常山，虏兵已退，遂与梁慬等会合，共得万六千人，进攻虎泽。南单于两番败走，已经胆落，又见汉军连营并进，布满旷野，越吓得魂魄飞扬，遂召责韩琮道："汝言汉人尽死，今是何等人到来，有此声威哩？"琮无辞可答，匍匐谢罪，当被单于斥退。琮本汉人，乃敢诳虏为寇，死有余辜，南单于轻信琮言，也是笨鸟。即遣奥鞬日逐王，至梁慬营中乞降；慬训斥一番，且令单于檀自来谢过，方可赦罪。单于檀接得复报，已是无可奈何，只得徒跣面缚，出来投诚。慬与庞雄耿种等，排开兵马，列成数大队，各执兵械站着，然后传出号令，召檀进见。檀到了案前，不待斥责，已是把头乱捣，爆得怪响。经慬责他忘恩负义，不堪污刃，所以贷死，此后不得再作妄想，经须遣子为质，方才还军。檀慌忙承认，誓不复叛。方由慬等许令起来，改容相待，叫他回帐送出侍子。檀诺诺而去，不到半日，便遣子为质，且缴还前时所掠的汉民。慬等乃班师就道，移至五原。五原地方，尚有乌桓余党，出没往来，再经梁慬等领兵回击，斩获多人，残众乃降。车骑将军何熙，病不能起，竟致去世，汉廷实授梁慬为度辽将军，镇守塞下，召还中郎将庞雄，擢为大鸿胪。唯耿夔得功最少，且因他不能穷追单于，在道逗留，应该处罚，乃左迁为云中太守。北方一带，总算弭平。唯海贼张伯路，悔罪乞降，隔了一年，又复与渤海平原贼相连，攻入厌次县，戕杀长官。诏遣御史中丞王宗，督同青州刺史法雄，征集幽冀兵数万人，大举从事，连破贼党。会有赦书到来，解散贼众，贼众以军未解甲，不敢投诚。王宗听部佐计议，意欲乘间出击，法雄独进谏道："兵系凶器，战乃危机，勇不足恃，胜不可必。贼若航海入岛，未易荡平，今正可宣布赦书，罢兵解严，使他解散胁从，然后轻兵裹甲，歼除贼首，这乃所谓事半功倍呢！"确是弭盗良策。宗方才称善，收兵敛迹，但将赦书宣示贼党，令将所掠人物，一体交还，许令免死。贼遵令而行，嗣见东莱郡兵，尚未解甲，因复遁匿海岛中，唯胁从多半散去，只剩了张伯路等几个头目。过了月余，岛中无粮可用，乃入内地劫掠，法雄早已严兵待着，把他截住，见一个，杀一个，见两个，杀一双，伯路等并皆授首，海贼乃平。三路并了。

是时独叛羌未服，屡扰西陲，羌豪滇零，且进寇褒中。汉中太守郑勤，移兵驻防。汉廷因任尚久戍无功，传旨召归，令率吏民还屯长安。谒者庞参，复致书邓骘，谓宜徙边郡难民，入居三辅。骘颇以为然，且欲弃去凉州，专戍朔方。因召公卿等会议，公卿等尚有异辞，骘慨然道："譬如敝衣已破，并二为一，尚可完补；若非如此办法，恐两不可保了！"大众听了此言，只得勉强赞成。光禄勋李修，方因张禹病免，代为太尉。幕下有一个智士，方拜郎中，姓虞名诩，字升卿，系陈国武平县人。诩以谋略见称，故履历从详。少时失怙，孝养祖母，县吏举为顺孙。及既为郎中，闻邓骘决弃凉州，甚以为疑，自觉官小职卑，未便入朝驳议；只有新任太尉李修，本是当道主人，不妨直言相告，托他挽回，因即向修建议道：《通鉴辑览》误作张禹，此时禹已免官，应从《虞诩列传》。

窃闻公卿定策，当弃凉州，求之愚心，未见其便。先帝开拓土宇，劬劳后定，而今惮小费，举而弃之，一不可也。凉州既弃，即以三辅为塞，则园陵单外，二不可也。谚曰："关西出将，关东出相，"观其习兵壮勇，实过余州，今羌胡所以不敢入据三辅，为心腹之患者，以凉州在后故也。凉州士民，所以摧坚折锐，蒙矢石于行阵，父死于前，子战于后，无返顾之心者，为臣属于汉故也。今若弃其疆域，徙其人民，安土重迁，必生异志，倘猝然发难，因天下之饥乱，乘海内之虚弱，豪雄相聚，席卷而东，虽贲育为卒，太公为将，犹恐不足以御之。如此则函谷以西，园陵旧京，非复汉有，此不可三也！议者喻以补衣犹有所完，诩恐其疽食浸淫而无限极也。

李修既得诩议，大为感悟，便进诩与语道："若非汝言，几误国家大事；但欲保凉州，须用何策？"诩答说道："今凉州扰动，人情不安，防有他变。诚使朝中公卿，收罗该州豪杰数人，作为掾属，又引牧守子弟，授为散官；外示激扬，令他感激，内实拘致，防他为非，凉州有何难保呢？"这一席话，说得李修频频点首，当即入朝再议，公卿等俱同声称善。好似墙头草一般。邓骘见口众我寡，只好取消前议，但心中很是不平，意欲伺隙害诩。设心如此，全是佥人行径。会闻朝歌贼宁季，聚众数千，攻杀长史，猖狂日甚，州郡不能制，乃即命诩为朝歌长，促令指日到任。竟欲借刀杀人。故旧都为诩加忧，同时往吊，诩反笑说道："志不求安，事不避难，乃是人臣的职分！若不遇盘根错节，如何得见为利器呢？"早有成算。说罢，当即束装就道，直抵朝歌，先谒河内太守马棱，棱叹息道："君系儒生，应在朝就职，参赞谋犹，为何奉使到此？"诩答说道："诩奉遣时，士大夫俱来吊诩，也道是诩无能为。诩既为人臣，何敢避难？诩思朝歌为韩魏郊野，背太行，山名。临大河，去敖仓只百里，青冀人民，流亡万数，贼不知开仓招众，劫库兵，守城皋，断天下右臂，可见他实无大志，不足为忧。唯目前贼势新盛，未可争锋，兵不厌权，愿明府宽假辔策，勿与拘牵，诩自然有法平贼呢！"棱慨然许诺。此公也特具青眼。诩即告别就任，悬赏购募壮士，分列三等：上等是专行攻劫；中等是好为偷盗；下等是不事家产，游荡失业。这三等莠民，令掾史以下，各举所知，招罗得数百人，由诩亲自挑选，汰弱留强，尚得百余。当下设酒与宴，许贷前罪，嘱使投入贼中，诱令劫掠，一面伏兵待着。等到贼众前来，便由伏兵突出，并力兜拿，得擒斩数百人；余贼经此巨创，不敢出头。诩又想到别法，潜召缝纫为业，家况贫穷的男妇，叫他佣作贼衣，缝就记号，另许优给工资，遣令依计办理。百姓已恨贼切骨，得了诩命，自然往觅贼巢，替贼缝衣。贼众不知秘谋，待衣缝就，便往市里游行，不意为捕役所察，辄被拿住。捕役尚未肯与他说明，顿令贼犯莫名其妙，惊为神明，于是贼皆骇散，朝歌复安。小子有诗赞道：

> 不经盘错不成材，功业都从患难来；
> 试读升卿虞氏传，一回叹赏一惊猜。

诩既平贼，上书报功，邓骘至此，也无可如何了。欲知后事，且看下回再表。

邓骘统兵征羌，逾年两败，何功足言？及召之使归，反擢为大将军。任尚既失西域，复衄平襄，乃赏以侯封，汉廷之赏罚倒置，莫如此时！夫当日之号为良将者，无过梁慬，慬连败羌人，复制服南单于，功无与比，委以专阃，游刃有余；且胡人既服，正可调彼征羌，削平叛寇，奈何满朝将相，仓皇失措，反欲轻弃凉州耶？虞诩为国宣猷，保全西土，邓骘反视若仇敌，徙治朝歌，非诩之智能平贼，则陷谋士于群贼之中，天下皆引以为戒，不敢复闻朝廷事矣。吾嫉邓骘，吾尤不能无慊于邓太后云。

第三十九回　作女诫遗编示范
拒羌虏增灶称奇

却说永初四年九月，邓太后母新野君患疾，新野君见前文。太后亲往省母，连日留侍，未见还宫，三公上表固请，方才返驾。安帝此时已十有七岁，何不共请还政？既而新野君病剧，再去送终临丧，极尽悲哀，棺殓时给用长公主赤绂，特赠东园秘器，玉衣绣衾，东园秘器，注见前。使司空张敏持节护丧，仪比清河王临终遗制，谥曰敬君，清河王临终，见三十七回。又赐布三万匹，钱三千万。邓骘等辞还钱布，并乞退位守制，还居里第。太后尚未肯许，询诸曹大家班昭，昭因上疏复陈道：

> 伏唯皇太后陛下，躬盛德之美，隆唐虞之政，辟四门而开四聪，采狂夫之瞽言，纳刍荛之谋虑，妾昭得以愚朽身当盛明，敢不披露肝胆，以效万一！妾闻谦让之风，德莫大焉！故典坟述美，神祇降福。昔夷齐去国，天下服其廉高；太伯违邠，孔子称为三让，所以光昭令德，扬名于后者也。“论语”曰：“能以礼让为国，于从政乎何有！”由是言之，推让之诚，其旨远矣。今国舅深执忠孝，引身自退，而以方陲未靖，拒而不许，如后有毫毛加于今日，诚恐推让之名，不可再得。缘见逮及，故敢昧死竭其愚诚，自知言不足采，聊以示虫蚁之赤心，伏冀鉴察。

邓太后素师事班昭，因即听从，许令骘等还第终丧，且封昭子曹成为关内侯。昭此时续著汉史，已经垂成，昭续《汉书》，见三十四回。出示士大夫，多半未解。故伏波将军马援从孙融，与昭同郡，得为校书郎，至阙下从昭受读。融兄名续，少甚敏慧，七岁通《论语》，十三明《尚书》，十六治诗，博览群《经》，又通《九章算术》。邓太后闻续才名，亦召入东观，使他参考《前汉书》，再为校正。故《前汉书》百二十卷，除班氏兄妹编著外，续亦略有损益，然后大成。见《曹大家传》。班昭复作女诫七篇，作为内训：第一篇标目，是卑弱二字，第二篇是夫妇，第三篇是敬慎，第四篇是妇行，第五篇是专心，第六篇是曲从，第七篇是和叔妹，总计不下数千言，流传后世，近俗呼为女四书。小子无暇尽述，但记得她有一序文，照录如下：

鄙人愚暗，受性不敏，蒙先君之余宠，赖母师之典训，年十有四，执箕帚于曹氏，于今四十余载矣。战战兢兢，常惧黜辱，以增父母之羞，以益中外之累；夙夜劬心，勤不告劳，而今而后，乃知免耳。吾性疏顽，教导无素，恒恐子谷负辱清朝，《后汉书》引三辅《决录注》云：子谷即曹成子。圣恩横加，猥赐金紫，即授封关内侯事。实非鄙人庶几之望也。男能自谋矣，吾不复以为忧也。但伤诸女方当适人，而不渐训诲，不闻妇礼，惧失容他门，取羞宗族。吾今疾在沉滞，性命无常，念汝曹如此，每用惆怅，闲作女诫七章，愿诸女各写一通，庶有补益裨助，汝身去矣，其勖勉之！

校书郎中马融，见了七篇《女诫》，特为抄录，归示妻女，嘱令讲习，所以逐渐流传，千古不磨。此外尚有“赋颂铭诔问注哀辞书论上疏遗命”，凡十六篇。至昭殁后，由子妇丁氏编成全集，自撰大家赞一则，附入集中，姑媳能文，可作彤史佳话。昭有夫妹曹丰生，亦有才慧，尝作书与昭论难，词亦可观。当昭逝世时，年已七十有余，邓太后且素服举哀，厚加赙赠，特派使臣监护丧事。这真好算作士女班头，生荣死哀了！才德如曹大家，应该褒扬。当时尚有广陵人姜诗妻，河南人乐羊子妻，也有贤名，并垂不朽。姜诗为广陵人，事母至孝，妻为同郡庞盛女，奉事尤谨。姜母好饮，江水去家约六七里，庞氏随时往汲，携归奉母。一日适遇大风，归家较迟，致母渴不能耐，诗因怒责庞氏，将她斥归。庞氏涕泣出门，借寓邻舍，日夕纺绩，托邻媪转遗姜母，数月间馈问不绝。姜母不免惊异，详问邻媪，邻媪始据实相告。姜母且感且惭，忙嘱诗召还庞氏，格外怜爱。庞氏益曲体母心，始终无违。有子少长，为姑汲流，竟致溺死，庞氏恐姑哀伤，未敢相告，但托言出外求学，未便常归。姜母更好嗜鱼鲙，又不愿独食，夫妇尝合力勤作，得资买鱼，为鲙供母，并令邻媪作陪，冀博母欢。既而孝感动天，有涌泉流出舍侧，每旦必双鲤跃起，使供母膳。庞氏亦再得生子，不致绝嗣。地方官吏，因举诗为孝廉，入拜郎中。寻复出宰江阳，颇有治绩，居官数年，病殁任所。人民为诗立祠，并将诗妻庞氏，一并绘像供奉。姜门双孝，流播千秋。举此可以劝孝。乐羊子妻，姓氏失传。羊子尝出外游行，拾得遗金一饼，还家示妻，妻瞿然道："妾闻志士不饮盗泉水，廉士不受嗟来食，齐黔娄赈饥，见饿者与语曰：'嗟！来食'饿者以其无礼，竟不食死。奈何贪利拾遗，自污清行哩？"羊子大惭，亟将遗金还掷原地，一面寻师求学。逾年还，妻跪问归家理由，羊子道："久别怀思，并无他故。"妻起身取刀，趋近机前，指示羊子道："此织生自蚕茧，成自机杼，积缕累寸，积寸累尺，积累不已，方成丈匹，今若割断，便是自弃前功，终至无成。夫子既出外求学，应该学成乃归；若中道辍业，便与断机无异了！"羊子慌忙拦阻，情愿再出求学，妻始将刀放下。羊子遂去，七年不返。羊子尚有老母，妻殷勤奉养，又尝远馈羊子。会有邻鸡误入园中，羊子母竟盗鸡宰食，妻对鸡不餐，潸然泪下。母怪问何因，妻答说道："自伤居贫，使食有他肉。"母方有惭色，将鸡弃去。嗣有盗贼入门，逼妻受污，妻操刀趋出，盗见她执刀，便把羊子母劫住，且威吓道："汝若释刀从我，当使两全；否则先杀汝姑！"羊子妻举首仰天，长叹一声，竟举刀刎颈，流血毕命。盗也觉惊愕，舍去羊子母，扬长自去。羊子母报闻太守，太守捕盗抵罪，赐她缣帛，依礼安葬，号曰贞义。举此可以劝节。后来尚有汉中人陈文矩继妻，表字穆姜，生有二男，前妻亦有四子，文矩出为安众令，在任病故，穆姜与诸子携榇归葬。四子以穆姜本非生母，每有憎嫌；穆姜却慈爱温仁，加意抚养，衣食一切，比亲子还要加倍。邻人语穆姜道："四子不孝，可谓已甚，何不与之分居，免得受嫌？"穆姜答说道："我方欲以仁义相导，令他自知迁善，奈何反与分居呢？"邻人乃怀惭退去。嗣因前妻长子陈兴，遇疾甚笃，穆姜亲调药食，昼夜探问，不厌烦劳。好几月始疗兴疾，兴方才感悟，起呼三弟道："继母仁慈，出自天授，我兄弟不识恩养，行同禽兽，虽母德从此益隆，我辈过恶，也从此益深了！”使他自悟，方为善教。说着，遂挈三弟诣南郑狱中，具陈母德，且述自己从前不孝，乞许就狱治罪。县令却暗暗称奇，往白郡守。郡守提讯四子，四子陈述如前，郡守乃劝谕道：“汝等既自知不孝，革面洗心，此后可在家侍奉，格外孝谨，借赎前愆，既往不咎，权从贷免罢了！”四子方相引归家，共至穆姜前跪下，愿受家法。穆姜道：“知过能改，还有何言？”说着，那郡中已遣吏至门，代为旌表，且免除全家徭役；穆姜率诸子拜谢。嗣是兴等悉遵母训，并为良士。穆姜年至八十余乃殁，遗命薄葬，不得奢，诸子奉行维谨，见称乡曲。举此可以劝慈。这三妇的德性，与曹大家相较，看似贵贱不同，行为互异；但试看古今妇女，能有几人懿言美行，得如三妇？怪不得史册流芳，推为贤媛呢！这且按下不提。

且说邓太后为母服丧，逾年乃毕，复因天时久旱，亲幸洛阳狱录囚，理出死罪三十六人，余罪八十人，方才还宫。至永初七年正月，率命妇等往谒宗庙，与安帝交献亲荐，礼毕乃还，诏省时物二十三种。古礼：“天子入祭宗庙，与后并献。”此时皇后尚未册立，所以母子交献如仪。待到安帝二十二岁，方册立贵人阎氏为后。阎氏母为邓弘姨，故得册立，后文自有交代。唯屡年羌寇不绝，边警频闻，汉中太守郑勤，战死褒中，郑勤出屯褒中，见前回。主簿段崇，与门下史王宗原展，奋身捍勤，并皆斗死。骑都尉任仁，出援三辅，战无一胜，亦见前回。部下兵又不守纪律，乃由朝廷派遣缇骑，将仁縶归，下狱处死。护羌校尉段禧病殁，接替乏人，不得不再起侯霸，使他出屯张掖，防御羌人。侯霸见黜，俱见前回。羌众转寇河内，百姓多南奔渡河，络绎不绝。北军中侯朱宠，奉命率五营兵士，往守孟津；屯骑，越骑，步兵，长水，射声，为五营。并有诏令魏郡赵国常山中山数处，缮筑坞候六百十六所，分段御边。偏是沿边长吏，多籍隶内郡，不愿在外战守，纷纷请徙郡县人民，暂避寇难；朝廷亦弄得没法，乃令陇西徙治襄武，安定徙治美阳，北地徙治池阳，上郡徙治衙县。这令一下，四郡长吏，当然大喜，急促人民徙居，自己也好避开虎口。我能往，寇亦能往，岂趋避所能了事？无如百姓多恋居故土，不愿徙去，惹动官吏怒意，饬吏役刈去禾稼，撤去墙屋，毁去营堡，除去积聚，硬迫百姓移徙。可怜百姓流离分散，颠沛道旁，老弱转沟壑，妇女蹶山谷，一大半送命归阴；只有一小半壮丁，还能勉强支撑，随官流徙，侥幸生存。比羌寇还要利害。前征西校尉任尚，已经免官，再奉召为侍御史，出击叛羌。至上党牛头山，与羌众交锋数次，幸得胜仗，羌众散走，河内少安。乃撤回孟津屯兵，仍戍洛阳。俄而汉阳贼杜琦，及弟季贡，与同郡王信，聚众通羌，夺据上邽城，自称安汉将军，散布伪檄。汉阳太守赵博，潜遣刺客杜习，混入上邽，枭得杜琦首级，还献郡守。赵博以闻，诏封习为讨奸侯，赐钱百万；再令侍御史唐喜，领兵往讨杜季贡王信。信等据住樗泉营，被唐喜一鼓攻破，斩首六百余级，信亦伏诛。唯季贡逃脱，奔依滇零。适滇零病死，子零昌继为羌酋，年尚幼弱，未知大计，但使季贡为将军，别居丁奚城。这统是永初五六七年间的事情。到了永初八年，改号元初，又出了一个羌豪号多，为当煎勒姐诸羌总帅，抄掠武都汉中。巴郡有一种蛮人，当前汉开国时，曾受高祖恩诏，免输租赋，蕃息多年，因闻羌人屡扰汉中，所以奋然投效，愿为汉助。蛮俗好用板楯，与敌相斗，时人号为板楯蛮。这板楯蛮约有数千，与汉中五官掾程信师会，出击号多，号多败走，退屯陇道，与零昌合。护羌校尉侯霸，率同骑都尉马贤，复掩击号多，杀毙二百余人，号多复遁。越年侯霸病终，即令前谒者庞参接任。参招诱号多，恩威并用，号多乃率众请降。参遣号多入朝，蒙给侯印，使还原镇；参亦移治令居，专顾河西通道，防御零昌。既而屯骑校尉班雄，即班超子。出屯三辅。左冯翊司马钧，奉命行征西将军事，督率右扶风仲光，安定太守杜恢，北地太守盛包等，合兵八千余人，与庞参分道出讨零昌。参部下亦有七八千，行至勇士县东首，为杜季贡所邀击，失利引还。独司马钧等进攻得胜，乘虚入丁奚城。季贡方击退庞参，回至城下，见城上已插汉帜，并不返攻，便即窜去。明明有诈。钧令仲光杜恢盛包三人，领兵数千，出刈羌禾，临行时亦嘱他谨慎，不得分兵。光等违钧节度，四处刈禾，只管深入，被季贡伏兵掩杀，不能相救。钧恨光等不遵号令，虽有所闻，也不赴援，终至光等败没。季贡复乘胜杀来，钧见孤城难守，又复走还。光等有应死之咎，钧坐视不救，罪亦相同。事为朝廷所闻，敕将司马钧庞参，一并逮系狱中。又因北地安定上郡三处，并遭羌害，特使度辽将军梁慬，遣发边兵，救拔三郡吏民，徙入扶风界内。慬即遣南单于兄子优孤涂奴，引兵往徙，事毕回来，慬以涂奴有劳，先给羌侯印绶，然后报闻。哪知朝廷责他专擅，也召慬还都下狱。还亏校书郎中马融，力请赦免庞参梁慬二人，始蒙贷死；唯司马钧无人救解，自尽狱中。于是诏令马贤为护羌校尉，且将班雄调回，迁任尚为中郎将，督屯三辅。始终不忘此人。朝歌长虞诩，已调为怀令，进谒任尚，乘便献议道：“《兵法》有言：‘弱不攻强，走不逐飞！’这乃自然定理。今叛羌类皆骑马，日行数百里，来如风雨，去似断弦，若欲使步兵追击，如何能及？故虽屯兵二十余万，旷日持久，毫无效用。为使君计，莫如罢诸郡兵，各令出钱数千，就二十人兵饷，移买一马，可得万骑；万骑兵逐虏数千，尾追掩击，不患无功，这岂不是利民却敌，一举两得么？”此议尚无甚奇特，如何他人未曾想着？尚大喜道：“君言甚是。”当即令诩主稿，奏达京师，复诏尽如诩议。尚汰兵买马，选得轻骑万人，袭击丁奚城。杜季贡仓猝出御，终不能支，尚军得斩首四百级，获马牛羊数千头，回营报功。尚复上书奏捷，邓太后乃器重虞诩，擢诩为武都太守。诩率吏属赴任，行近陈仓崤谷间，探得前面有羌众数千，截住要道，遂停车不进，扬言须请兵保护，方可前行。羌众信以为真，分掠旁县，诩得乘虚冲过。星夜急走，每日驰行百余里，且每一驻足，必令吏士各作两灶，逐日加倍，好容易至武都。属吏私下怀疑，至是方向诩启问道：“古时孙膑行军，逐日减灶，今公乃令逐日加增；且兵法尝云：‘日行不过三十里，所以防备不虞。’今乃日行至二百里，究为何因？”诩笑答道：“寇众我寡，徐行必被追及，速行方可远害；我令汝曹增灶，无非示虏不测，虏见我灶日增，总道是郡兵来迎，众多行速，不宜追我，因此我得无忧。从前孙膑减灶，故意示弱；我今却欲示强，情势不同，虚实互异，汝等何必多疑？”属吏方才省悟，憬然退出。嗣闻羌人因诩脱走，果来追诩，及见诩逐日增灶，然后却还，吏士越佩服诩谋。诩查阅郡兵，不满三千，又费踌躇，外面又传入警报，谓有羌众万人，围攻赤亭。诩急令军士操演箭法，约阅二三旬，技射并精，乃令羸兵至赤亭诱敌，有退无进。羌众踊跃追来，将到城下，诩因发出弓弩手数百名，先用小弩，后用强弓。小弩不能及远，只有数十步可射，羌众以为矢力甚弱，不足为惧，遂猛扑城壕，并力急攻；诩再发号令，使弓弩手各用强弩，且命二十人专射一羌，发无不中，中无不踣，羌众前队多死，当然骇退。诩复亲率吏士，出城奋击，毙羌甚多，余羌退至数里外下营，诩亦收兵还城。翌日大开城门，环列士众，从东郭门入北郭门，复自北郭门入东郭门，回转数周，屡换军装。仍与增灶法同意，先后用一疑兵计。羌人遥望诩兵，不知有多少，士卒互相惊吓，仓皇夜走。到了浅水滩边，跃马乱渡，忽听得一声鼓号，有许多官兵杀出，齐声大呼道："羌奴快留下头来！"正是：

一呼已破群羌胆，百变尤奇太守谋。

欲知浅水滩旁的官兵，从何而来，容待下回说明。

本回叙述曹大家遗事，并录《女诫》序文，实为《列女传》增一色彩。至若姜乐陈三妇，亦随笔叙入，并非画蛇添足，殆有鉴夫人心不古，女教益衰，不得不胪述前型，为女界留一榜样，作者之寓意甚深，其用心亦良苦也。《后汉书·列女传》中，尚有一周郁妻，不能谏夫，竟致自尽，盖犹有遗憾存焉；略而不记，去取从严，比《范史》且更进一层矣。虞诩增灶，千古称奇，厥后之奇谋迭出，更见智能。自永初元年，羌人为乱，连扰至十余年，将士络绎，不绝于途，求一谋略如虞诩，不可再得，汉亦可谓无人，而诩之名乃益盛。谁谓白面书生，不可与语行军哉？

第四十回　驳百僚班勇陈边事　畏四知杨震却遗金

却说羌众奔渡浅水滩，被官军一声呼喝，已是心惊胆落；再加夜色昏暗，辨不出官兵若干，但觉得刀槊纵横，旌旗错杂，吓得羌众拼命乱跑，所有辎重，尽行弃去，命里该死的，统做了滩中水鬼，余皆逃散，再不敢还寇武都。其实这班官军，只有四五百名，由虞诩遣伏滩旁，料知羌众必从此返奔，正好乘夜掩杀，果然不出所料，大获胜仗，官军奏凯还城。诩犒劳已毕，复出巡四境，审视地势，添筑营垒百八十所，招还流亡，赈贷贫民，疏凿水道，开垦荒田。初到郡时，谷每斗千钱，盐石八千，户口只一万三千，及任职三年后，米斗八十，盐石四百，民增至四万余户，家给人足，一郡大安。此之谓为政在人。邓太后特简从兄邓遵为度辽将军，邀同南单于檀，及左谷蠡王须沈，合兵万骑，同至灵州，击破羌豪零昌，斩首八百级，有诏封须沈为破虏侯，并赐南单于以下金帛有差。至元初三四年间，中郎将任尚，也遣兵击破丁奚城，乘势招募敢死士，往攻北地，得捕诛零昌妻孥，搜得零昌父子僭号文书，把庐帐尽行毁去。尚再买结当阗种羌榆鬼等五人，使他投入杜季贡寨中，伺隙刺死季贡，携首归报；由尚替榆鬼请封，得受封破羌侯。季贡遇鬼，安得不死？三辅一带，羌势少衰。唯余羌流入益州，势尚蔓延，朝廷曾使中郎将尹就往讨，好多日不能荡平，乃将就征还坐罪，改命益州刺史张乔代领就军。乔剿抚并用，羌众或降或逃，渐归平靖。任尚已进为护羌校尉，再购募效功种羌号封，刺杀零昌，号封得受封为羌王。零昌虽死，尚有谋主狼莫，拥兵北地，未肯降附。于是尚与骑都尉马贤，合击狼莫，相持至两月余，与狼莫大战富平河畔，斩首五千，狼莫乃遁。诸羌自是知惧，次第诣邓遵营，檄械投降，陇右始平。唯狼莫在逃未获，由邓遵募得羌人雕何，伪寻狼莫，幸与相遇，狼莫引为腹心，终被刺死，将首级献与邓遵。遵报称大功垂成，且具陈雕何劳绩，诏封遵为武阳侯，食邑三千户；雕何亦得为羌侯。唯任尚与遵争功，互有龃龉，遵劾尚虚报虏首，并受赃至千万以上，邓太后偏信遵言，赫然震怒，竟派大员拘拿任尚，用槛车囚入都中。有司仰承风旨，锻炼成狱，即将尚推出市曹，枭首示众，家产俱籍没充公。尚有罪时，可诛而反赏，此次平羌，不为无功，且反弃市，真正令人不解！看官听说！自从羌人叛乱十余年，调兵遣将，岁时不绝，军需用去二百四十余亿，兵士死亡，不可胜数。至零昌狼莫刺死，群羌瓦解，三辅益州，方得不闻寇警；但并凉二州，从此耗敝，就是国家府库，亦用尽无余，汉廷元气，已渐就消磨了。到了元初七年间，立皇子保为太子，复改年号为永宁元年。皇子保为后宫李氏所生，安帝本欲立李氏为后，嗣因阎姬入宫，阎氏名姬。饶有姿色，专宠后房，且与邓太后戚谊相关，遂得由贵人进为皇后。阎姬为邓弘姨妹所生，已见前回。事在元初二年。阎后素性妒忌，视李氏如眼中钉，竟将李氏鸩死，唯保得仅存。安帝待后生男，五六年不得一产，乃立保为太子。阎后无法谏阻，只得由他册立。内外臣僚，方入宫庆贺，忽由敦煌太守曹宗，呈入奏章，请发兵击北匈奴，并取西域。原来西域为汉廷所弃，各国复为北匈奴所制，连兵寇边。敦煌太守曹宗，曾奏荐掾吏索班，使行长史事，出屯伊吾，招抚西域。车师前王及鄯善王，复闻风请降。永宁元年，车师后王军就，连结北匈奴兵马，攻杀索班，并击走车师前王，略有北道。曹宗乃表请北征，报怨雪耻。邓太后以事关重大，不得不召集群臣，会议进止。群臣以羌寇初平，疮痍未复，不如闭住玉门关，免得劳师。太后犹豫未决，继思前西域军司马班勇，为前定远侯班超次子，颇有父风，不妨召令与议。勇奉召入阙，独与众议未合，别伸己见，大略说是：

昔孝武皇帝患匈奴强盛，兼总百蛮，以逼障塞，于是开通西域，离其党与，论者以为夺匈奴府藏，断其右臂。嗣遭王莽篡逆，征求无厌，胡夷忿毒，遂以背叛。光武中兴，未遑外事，故匈奴负强，驱率各国；

及至永平，再攻敦煌，河西诸郡，城门昼闭。孝明皇帝独抒庙策，命虎臣出征西域，故匈奴远遁，边境得安；及至永元，莫不内属。间者羌人叛乱，西域复绝，北虏遂遣责诸国，备其逋租，高其价值，严以期会，鄯善车师，皆怀愤怨，思乐事汉，其路无从；前所以时有叛者，皆以牧养失宜，还为其害故也！今曹宗徒耻于前负，而不寻出兵故事，犹未度当时之宜也。夫徼功塞外，万无一成，若兵连祸结，悔无所及。况今府藏未充，师无后继，是示弱于远夷，暴音仆。短于海内，臣愚以为不可许也！旧敦煌郡有屯兵三百人，今宜复之，复置护西域副校尉，居于敦煌，如永元故事。又宜遣西域长史，将五百人屯楼兰，西当焉耆龟兹径路，南强鄯善于置心胆，北扞匈奴，东近敦煌，然后可徐图招怀，服西域而却北虏也！臣勇谨议。

这议既上，便由各尚书诘问道："今立副校尉，如何称便？但置长史屯楼兰，有何利益？"勇答说道："从前永平末年，始通西域，初遣中郎将居敦煌，复置副校尉住车师，既足节度胡虏，又禁止汉军侵扰，所以外域归心，匈奴畏威。今鄯善王尤还，为汉人外孙，若匈奴得志，尤还必死。彼等虽行同鸟兽，也知趋利避害，若使长史出屯楼兰，楼兰与鄯善相近，自足使尤还安心。故愚见以为便利呢！"道言甫毕，又有长乐卫尉镡显，廷尉綦母参，司隶校尉崔据，同声出驳道："朝廷前弃西域，无非因西域无益中国，反多糜费，所以决计弃去。今车师已属匈奴，鄯善未可保信，一旦反复，试问班司马能保北虏不为边害么？"口亦利害。勇复答道："朝廷分建郡国，各置州牧，岂不是防寇诘奸，安民利国么？若州牧能长保治安，勇亦愿拼此身首，长保匈奴不为边害！试想今日能通西域，北虏势必衰微，自不致常为我害。若再不遣置校尉，分屯长史，西域诸国，更觉绝望；望绝必屈就北虏，合兵窥我，恐沿边诸郡，将屡为所侵，河西城门，终日长闭，不能复开了！照此看来，为了目前惜费，反令北虏势盛，难道是长久计策么？"驳得好。镡显等理屈词穷，只好默然。忽又有一人出诘道："今若更置校尉，西域必络绎遣使，要索无厌。若一概给与，必致耗费无穷；不与便启彼异心；一旦为匈奴所迫，又要向我求救，徒致烦扰，有损无益，何必多此一举哩？"此说更属牵强。班勇瞧着，乃是太尉掾属毛轸，便开口辩难道："今若将西域让与匈奴，匈奴果肯感念汉恩，不再犯边，倒也罢了；否则匈奴得西域租赋，养兵蓄锐，来犯我境，是适为仇仇增富，暴夷增势，如何可行？勇请再置校尉，意在令西域内向，杜北虏外侵，免得费财耗国，常为我忧！且西域诸国，无他需求，不过使节往来，稍费廪饩；若为此拒绝，俾归北虏，北虏必与西域并力，入寇并凉，那时不能不防，不能不御，劳师糜饷，不可胜计！何止千亿百亿呢？”仍是引伸前意。毛轸听了，也只得哑口无言。邓太后见班勇所议，确有至理，因复敦煌郡营兵三百人，置西域副校尉，使居敦煌。鄯善诸国，始无异志。唯匈奴与车师国，尚是连兵入寇，钞掠河西，待至班勇出屯，方见战功，后文再表。

且说前大将军邓骘，自母丧还第后，与诸兄庐墓守制，还算勉尽孝思。季弟阊哀恸过甚，竟至骨立，尤得时誉。及服阕后，邓太后召令复职，仍授前封，骘等固辞，乃止令并奉朝请，遇有大议，方诣阙参谋。已而邓弘病逝，邓太后亲服齐衰，安帝亦服缌麻，并往吊丧。有司请追赠弘骠骑将军，封西平侯，太后因弘有遗言，不愿加赠，但赐钱千万，布万匹。骘等复辞还不受，乃诏令大鸿胪持节，就弘灵前，封弘子广德为西平侯。嗣因弘曾为帝师，备有劳绩，复封广德弟甫德为都乡侯。都乡由西平分出，名为两侯，食邑实未尝加增，不过虚示显荣罢了。旋复封邓京子珍为阳安侯，兼职黄门侍郎。不意邓弘殁后，未及三年，邓悝邓阊，相继谢世，皆遗言薄葬，不受爵赠。早死为幸。太后并如所言，唯封悝子广宗为叶侯；阊子忠为西华侯，自是邓氏兄弟五人，唯骘尚存。何不速死？免有后责！骘子凤官拜侍中，尝与尚书郎张龛书，极称郎中马融才能，说他应居台阁。又复受中郎将任尚赠马，尚坐罪弃市，见上文。凤惧连坐，先在骘前自首，骘髡妻及凤，以谢天下，舆论称贤。邓太后尝征和帝弟济北河间王子女，济北王寿，河间王开，俱见三十四回。凡四十余人，又邓氏近亲子孙三十余人，为开邸第，教学经书，亲自监试，威爱兼施。且诏敕从兄河南尹邓豹，越骑校尉邓康等云：

吾所以引纳群子，置之学官者，实以方今承百王之敝，时俗浅薄，巧伪滋生，五经衰缺，不有化导，将遂陵迟，故欲褒崇圣道，以匡失俗。《传》不云乎：“饱食终日，无所用心，难矣哉！”今末世贵戚，食禄之家，温衣美食，乘坚驱良，而面墙无术，不识臧否，斯故祸败所从来也！永平中，四姓小侯，皆令入学，所以矫俗厉薄，返诸忠孝。先公既以武功书之竹帛，兼以文德教化子孙，故能束身修心，不触刑网。诚令儿曹上述祖考休烈，下念诏书本意，则足矣。其勉之哉！

邓氏子弟，素承训诫，虽似保泰持盈，有所顾忌，但声势已是赫濯，宫廷内外，无不曲意趋承。时三公已皆易人，太尉李修，已经去世，后任为大司农司马苞，不久又殁，代以太仆马英；司空张敏罢职，改任太常刘凯为司空；未几司徒夏勤免官，进刘恺为司徒，用光禄勋袁敞为司空。三公为汉廷重官，故每有沿革，备叙不遗。敞为故司徒袁安子，廉正不阿，与邓氏子弟有嫌。尚书郎张俊，有私书与敞子，述及省中秘议，当时尚无人知晓。俊有同僚朱济丁盛，品行不修，为俊所嫉，意欲上书弹劾，偏两人得悉风声，转浼同官陈重雷义，代为缓颊。陈雷俱豫章人，向系好友，并有义行，陈重得举孝廉，让与雷义，义当然不受，两人交让数次，太守张云，因相继并举，均得入为尚书郎。乡里有谣传云："胶漆自谓坚，不如雷与陈。"随笔叙入雷陈交谊，是消纳法。此次为朱济丁盛所托，两人不知他品行失检，只因同僚相委，不便固却，乃转告张俊，乞免奏弹。俊年少气盛，怎肯听从？雷陈亦乐得辞退，复告朱济丁盛。济与盛越加衔恨，遂私赂侍史，使求俊短，得俊与敞子书稿，便即封好上奏。朝廷因他漏泄省事，拘俊下狱，且责袁敞教子不严，交通郎官，策免司空官职。敞愤急自尽，俊坐罪论死。亏得他文艺素优，在狱上书侃侃论辩，邓太后爱他文辞，特驰诏赦免死刑。俊已被刑官推出都门，引颈待戮，死里逃生，可谓侥幸万分。敞子亦得免死，并赐复敞官，仍用三公礼殓葬，继任为太常李郃。郃未几罢官，复另任卫尉陈褒。司徒刘恺，与李郃同时罢免，特简太常杨震为司徒。震字伯起，弘农郡华阴县人，父名宝，习欧阳尚书，注见前。隐居不仕。相传宝年九岁时，出游华阴山北，见一黄雀为鸱鸮所伤，坠落树下，被蝼蚁困住，宝心怀不忍，将雀取归，置巾笥中，饲食黄花，百余日毛羽丰满，纵令飞去，是夕有黄衣童子入见，向宝再拜道："我乃西王母使者，蒙君仁爱，拯我灾厄，谨酬白环四枚，令君子孙清白，位登三公，有如此环！"说毕，将环呈上，宝方才接受，转眼间童子已杳，诧为奇事。后来娶妻生子，取名为震。震少年丧父，能承遗志，博通经籍，家贫无资，课徒为生，暇辄亲植菜蔬，供养老母，门生替他种植，震却不愿，特拔起更种，免得弟子服劳，诸儒交口相赞道："关西孔子杨伯起。"嗣复有鹳雀衔三鳣鱼，飞集讲堂前，有都讲取鱼进说道："蛇鳣为卿大夫服，鳣数有三，便是三台预兆，先生当从此升迁了！"酬环衔鳣事，趁手叙明。时震年已至五十，果由大将军闻名辟召，得举茂才。四迁至荆州刺史。调任东莱太守，道经昌邑，县令王密，本由震举荐茂才，至是乘夜进谒，献金十斤。震勃然道："故人知君，难道君不知故人么？"密答说道："暮夜进馈，何人知晓？"震摇首道："天知地知，汝知我知，共有四知，何谓无知？"说着，举金掷还，密怀惭引退。震就任年余，又转为涿郡太守，持身廉介，不受私谒，子孙常蔬食步行。或劝震少营产业，留贻子孙，震正色道："使后世称我为清白吏，便是贻泽子孙，比较贻金积产，好得多哩！"四世贵显，赖此余泽。元初四年，征入为大司农，永宁元年　升任司徒，朝野无不钦慕，就是邓太后亦另眼相看。唯安帝年将及壮，邓太后尚未还政，临朝如故。先是郎中杜根，奏请归政嗣皇，语甚切直，惹动太后盛怒，令用缣囊盛根，下杖扑死。刑罚亦奇。弃尸城外，竟得复苏，逃奔宜城山中，为酒家保，埋名避难。还有平原郡吏成翊世，亦奏请太后归政，坐罪系狱。越骑校尉邓康，因宗族盛满为忧，屡劝太后恬退深宫，太后不从，康谢病不朝。太后使侍婢探视，侍婢本由康家入宫，服事太后多年，当时老年内侍，多称中大人，所以侍婢奉命视康，及门通名，亦以中大人自呼，康召婢入内，厉声呵叱道："汝出自我家，敢自称中大人么？"说得侍婢满面羞惭，回宫复命，便诬康心存怨望，诈称有疾。太后不禁怒起，竟将康罢免官职；但存夷安侯旧封，遣令就国，削绝属籍。若非邓氏支裔，性命休矣。及永宁二年仲春，太后不豫，欬逆唾血，尚力疾起床，乘辇出殿，召见侍中尚书，顺便至太子宫中监视。还宫后大赦天下，赐诸园贵人，及王侯公主钱帛有差。到了春暮，病势日笃，竟尔归天，享年四十一岁，临朝至十有八年。小子有诗咏道：

屈指临朝十八年，母仪虽美总贪权；
千秋书法留遗憾，何若含饴马氏贤？

马氏指明帝后。

欲知邓太后临终后事，待至下回再详。

黩武穷边，古有明戒！然既已奏功于当日，不应隳绩于后时！试思班超以二三十年之劳苦，得定西域，而却北虏，乃以后任非才，一旦轻弃，岂不可惜？勇承父志，再议屯边，朝臣多以为非计，即史家亦谓其复图西域，致贻河西以寇虏之忧。不知西域不通，河西亦未必免寇，勇之驳斥群僚，并非强词夺理。且观其后来出屯，终复父业，坐言起行，勇固为定远肖子乎！杨震不受遗金，四知之言，可质天地；并欲清白传子孙，卒能贻泽后人，休光四世。后之为子孙计者，何其熏心富贵，但知贻殃，未知贻德耶？而关西夫子杨伯起，卒以此传矣。

第四十一回　黜邓宗父子同绝粒
祭甘陵母女并扬威

却说安帝永宁二年三月，邓太后驾崩，安帝方得亲政。尊谥邓太后为和熹皇后，与和帝合葬顺陵。自从邓太后临朝以来，连年水旱，四夷外侵，盗贼内起，几至岌岌不安。还亏邓太后宵旰勤劳，知人善任，每闻民饥，辄达旦不寐，减膳撤乐，力救灾厄，故天下复安，岁仍丰穰。平时施恩布惠，常有所闻，就是废后阴氏家属，本已由和帝诏命，充戍日南，见三十六回。邓太后不念旧恶，仍令赦归，给还资财五百万。这都是太后宽仁，非寻常妇女可及。平望侯刘毅，尝上书安帝，请令史官著长乐宫圣德颂，虽不免献谀贡媚，却也非全出虚夸。不过临朝日久，未肯还政，邓氏外戚，总不免加恩太厚，遂致见讥当世，贻祸母家，下文便见叙明。小子且说安帝亲政，已将太后梓宫，奉葬顺陵，当即有一班希旨承颜的大臣，请追上安帝本生父母尊号。奏疏有云：

> 昔清河孝王至德淳懿，孝王即清河王谥法，见三十七回。载育明圣，承天奉祚，为郊庙主。汉兴高皇帝尊父为太上皇，宣帝号父为皇考，序昭穆，置园邑，太宗之义，旧章不忘。宜上尊号曰孝德皇，皇妣左氏曰孝德后，孝德皇母宋贵人，追谥曰敬隐后，以存《春秋》“母以子贵”之大义，并彰陛下孝思维则之隆规，谨此奏闻。

安帝得奏，当然准议，遂告祠高庙，使司徒持节，与大鸿胪奉策书玺绶，至清河追上尊号；并添置园邑，号孝德皇墓为甘陵；又追封敬隐后父宋杨为当阳侯，予谥曰穆，杨四子皆封列侯。孝德皇元妃耿姬尚存，尊为甘陵大贵人。嫡母为贵人，生母为皇后，嫡庶倒置，究属不宜。耿贵人为牟平侯耿舒孙女，舒即故好畤侯耿弇弟，两姓袭封；孙耿宝尚嗣侯爵，为耿贵人兄，乃召使监羽林军，侯封如故。又封帝妹侍男等四人，皆为长公主，锡类推恩，备极优渥。句中有刺。唯因中常侍蔡伦，前承窦后意旨，附会成狱，逼令宋贵人自尽，即敬隐后事，见前文。此时回溯前冤，特令伦自诣廷尉，追究罪状。伦料难免辱，即沐浴整衣，饮药毕命。伦与鄛乡侯郑众，皆为邓太后所宠，尝受封龙亭侯，众已早死，伦尚为长乐太仆，时人因他功足抵罪，颇为叹惜。原来伦有才学，并有巧思，在宫中监作器械，无不精工；且有一种特别的制造，流行后世，就是古今通用的字纸。古时书契，多用竹简编成，笔或用铁，或用竹木，醮墨为书。自秦蒙恬用兽毛作笔，柔软耐用，于是竹简亦改为缣帛。但简重缣贵，总嫌未便，经伦独出心裁，采用树皮麻头，及破布鱼网，捣煮如法，摊晒成纸，遂为后人所利用，时称为蔡侯纸。嗣伦且奉诏校书，监同通儒谒者刘珍，与博士良史等，并诣东观勘正经籍，功亦颇多。只为了屈死宋贵人一案，遂至不得令终，咎虽自取，但宦官中却也不能多得呢！褒贬得当。一蟹不如一蟹，果有中常侍江京李闰等，相继并起，取悦安帝，得窃政权。还有安帝乳母王圣，蟠踞宫掖，亦得肆行无忌，与江京等朋比为奸，遂致兴起大狱，要推翻那邓氏外戚，乘间缴功。

先是安帝兄平原王胜，多病伤生，殁后无嗣，邓太后令千乘王伉孙得过继。伉系和帝长兄。得父宠已改封乐安王，得因过继与胜，袭封平原王。未几得又病逝，亦无子息，乃再命河间王开子翼为平原王，仍奉胜祀。翼容止翩翩，温文尔雅，邓太后受他韶秀，留住京师。安帝少时，亦号聪明，所以得立。及年既逾冠，喜昵群小，失德颇多，转为邓太后所嫌。乳母王圣，常恐安帝被废，密与江京李闰等，伺察太后颜色，报闻安帝，语中免不得带着蹊跷，叫安帝预先加防。安帝还道他是好人，引作心腹，暗中却怨邓太后寡恩。及太后既崩，加封宋耿二族，尚先封邓骘为上蔡侯。嗣由王圣等妄想图功，屡谈邓氏短处，再加后宫女寺，从前受过邓太后责罚，正好乘此报怨，遂诬告邓悝邓弘邓阊，曾从尚书邓访，查取废帝故事，谋立平原王。王圣与江京李闰，复从旁煽惑，不由安帝不信，况安帝素有心迹，自然一齐发作，便嘱令有司追奏邓氏兄弟，尝图废立，罪坐大逆。当日即有复诏批准，废去邓弘子西平侯广德，都乡侯甫德，邓京子阳安侯珍，邓悝子叶侯广宗，邓阊子西华侯忠，一古脑儿俱为庶人。邓氏子弟封侯，俱见前回。邓隲本应连坐，因前时未曾与谋，但徙封罗侯，遣令就国；宗族一体免官，勒归原籍。并抄没邓隲等资财田宅，充戍尚书邓访，及访妻子等至远方。郡县官吏，更仰承上意，迫令广德及忠，并皆自尽。唯广德兄弟，与阎后有中表谊，因得不死，寓居都中。阎后母为邓弘姨，见三十九回。邓隲见家族被诬，无从诉枉，又闻王圣等从中媒孽，料知将来亦多凶少吉，一时忧愤交并，索性不饮不食，由他饿死了事。子凤见乃父绝粒，也即断食，一同毕命。隲从弟河南尹邓豹，度辽将军武阳侯邓遵，将作大匠邓畅，得知同宗并坐大罪，吓得心绪不宁，辗转图维，还是速死为上，免得逮系取辱，因皆服毒而终。只前越骑校尉邓康，前被太后削去属籍，徙往夷安，此时却得特邀宠命，征为太仆。邓康被黜，见四十回。平原王翼，也坐贬为都乡侯，遣归河间。亏得翼闭门谢客，不再与闻政事，方得幸免。朝臣自三公以下，莫敢进谏，唯大司农朱宠痛隲无辜遇祸，不忍不言，乃舆榇诣阙，肉袒上书。书中说是：

伏唯和熹皇后，圣善之德，为汉文母。兄弟忠孝，同心忧国，宗庙有主，王室是赖；功成身退，让国逊位，历世外戚，无与为比，当享积善履谦之祐。而横为宫人单词所陷，利口倾险，反乱国家，罪无申证，狱不讯鞫，遂令隲等罹此酷滥，一门七人，死非其命，隲父子及豹遵畅与广宗忠，并死七人。尸骸流离，冤魂不返，逆天感人，率土丧气。宜收还冢次，宠树遗孤，奉承血祀，以谢亡灵。臣自知言出必死，但愿陛下俯纳臣言，臣虽碎首，亦无遗恨矣！舆榇待罪，生死唯命。

这封书奏，却是激切得很，安帝颇为动容。偏故司空陈宠子忠，劾宠党同邓氏，竟致免官。从前和熹皇后初正中宫，三公欲追封后父训为司空，陈宠时亦在朝，谓无故事可援，打消廷议，因此邓氏与宠有嫌。宠子忠素有才誉，父殁后浮沉郎署，不能得志，所以朱宠上言，忠不愿为邓氏洗罪，竟将朱宠劾去。统是器小不堪。哪知人心未死，公论犹存，百姓也为邓氏呼冤，连上封章，吁请公卿代陈。安帝不得已加谴郡县，责他逼迫广宗等人；且令骘等遗榇，还葬洛阳，派使致祭，祠以中牢；邓氏宗戚，亦使还居都中，这且无庸细叙。唯邓氏既除，安帝得报复私嫌，遂改永宁二年为建光元年，大赦天下，封江京李闰为列侯，且令阎后兄弟阎显阎景阎耀，入为卿校，并典禁兵。中常侍樊丰刘安陈达，皆为京闰羽翼，互作党援；乳母王圣，权势甚盛，甚至圣女伯荣，亦得出入宫掖，交通贿赂。妇女阉寺，互相炀蔽，累得安帝昏迷日甚，耳目不聪。太尉马英，已经病逝，再起前司徒刘恺为太尉。恺与司空陈褒，不过以资格充选，无甚材能；独司徒杨震，看得妇寺干政，忍不住热忱上进，即抗疏上奏道：

臣闻政以得贤为本，治以去秽为务。是以唐虞俊乂在官，天下咸服，以致雍熙。方今九德未事，嬖幸充庭。阿母王圣，出自贱微，得遭千载，奉养圣躬，虽有推燥居湿之勤，前后赏惠，过报劳苦，而无厌之心，不知纪极，外交嘱托，扰乱天下，损辱清朝，尘点日月。书诫牝鸡牡鸣，诗刺哲妇丧国。昔郑严公即郑庄公，明帝讳庄，故改庄为严。从母氏之欲，恣骄弟之情，几至危国，然后加讨，春秋贬之，以为失教。夫女子小人，近之喜，远之怒，实为难养。易曰："无攸遂，在中馈。"言妇人不得与于政事也。宜速出阿母，令居外舍，断绝伯荣，莫使往来，令恩德两隆，上下俱美。尤愿陛下绝婉娈之私，割不忍之心，留神万机，戒慎拜爵，减省献御，损节征发；令野无鹤鸣之叹，朝无小明之悔，大东不兴于今，劳止不怨于下。《鹤鸣》《小明》《大东》《劳止》俱诗名，并见《小雅》。拟踪往古，比德哲王，岂不休哉？

这疏呈入，安帝竟取示王圣。圣略通文墨，看到这奏，自然忿懑得很，佯至安帝面前，自陈被诬，且泣请出宫。安帝正加宠遇，怎肯听她出去？反用好言劝慰，待遇益优；圣女伯荣，当然照常出入，毫无禁忌。时有泗水王刘歙从曾孙瓌，久居京师，生成一副媚骨，专与王圣母女交通。泗水王歙，为光武族父，传国至孙护，无子国除。伯荣年已及笄，见瓌放诞风流，惹动情窦，免不得与他笑谑。瓌正欲挑逗伯荣，凑巧针锋相对，自然不待媒妁，先偷试雨意云情，枕畔密盟，愿与偕老，然后向王圣说明，再行六礼。好一个自由结婚，若生今之世，必称她为文明女子。一对野鸳鸯，变作真鹣鲽，卿卿我我，越觉情浓。伯荣遂替瓌入宫乞封，居然得邀恩准，使袭故朝阳侯刘护封爵，并官侍中。可谓妻荣夫贵。护为刘歆曾孙，且年龄比瓌为轻，不过早殁无嗣，因致绝封；瓌为护再从兄，怎得牵合过去？司徒杨震，又不禁愤激，再行上疏道：

> 臣闻高祖与群臣约，非功臣不得封，故经制父死子继，兄亡弟及，以防篡也。伏见诏书封故朝阳侯再从兄瓌，袭护爵为侯；护同产弟威，今犹见在。臣闻天子专封，封有功；诸侯专爵，爵有德。今瓌无他功行，但以配阿母女，一时之间，既位侍中，又至封侯，不稽旧制，不合经义，行人喧哗，百姓不安。陛下宜览镜既往，顺帝之则，勿使贻讥将来，则表率先端，垂誉无穷矣。

奏入不报。安帝既沉湎酒色，委政外戚内阉，及王圣母女，就是边疆有事，亦置诸度外，不愿与闻。烧当羌酋麻奴，自奔徙出塞后，虽伏居不动，终未肯向汉投诚。护羌校尉马贤，亦因他首鼠两端，不甚抚恤，遂致麻奴党羽忍良等，俱有怨言，于是怂恿麻奴，并寇湟中，转攻金城诸县。还算马贤引兵剿抚，解散诸羌，杀败麻奴。麻奴穷蹙饥困，方至汉阳太守耿种处乞降。耿种据实奏闻，安帝也无心详察，但令有司援照前例，假给金印紫绶，并赐金银彩缯，算作了事。嗣由鲜卑寇居庸关，云中太守成严，及功曹杨穆，同时战殁；鲜卑复移掠雁门定襄，并及太原。警报传达京师，亦未闻发兵防讨，只晦气了边疆百姓，被他掠去若干，饱载而去。安帝置若罔闻，反至宠臣冯石家内，连日留饮，经旬方归。也好算是无愁天子。石为故阳邑侯司空冯鲂孙，冯鲂为司空，见前文。鲂子柱曾尚明帝女获嘉公主，石得袭爵获嘉侯，兼官卫尉。生平无他伎俩，专能逢迎上意，取悦一时，却是希宠梯荣的好手段。所以安帝格外加宠，时有赏赐；且进石子世为黄门侍郎，世弟二人并为郎中。是年秋冬二季，郡国水灾，多至二十七处，地震至三十五处，安帝反令翌年改元，号为延光元年。接连又是京师雨雹，或如斗大，损及室庐；未几京外郡县，又报地震，又报大水，安帝仍然不理，耽乐如故。高句骊为武帝时所灭，夷作郡县，东道始通。见《前汉演义》。至王莽篡位，发高句骊人伐匈奴，高句骊人不愿西行，亡奔塞外，遂为寇盗。东汉初兴，复遣使朝贡，因得赐复王封。明章以来，贡使不绝；及安帝嗣立，四方多难，高句骊亦停止贡献，抄掠辽河东西。建光元年，高句骊王宫，复率马韩濊貊诸部落，进攻辽东，太守蔡讽，出战阵亡，宫复往围玄菟城，几被陷没，幸亏城北有扶余国，与汉廷通好有年，急遣子尉仇台领兵二万余人，来救玄菟，才得与郡守姚光，合破高句骊兵，宫乃遁还。既而宫死，子遂成立，姚光请乘丧往讨，朝议多半赞成，唯陈忠已擢任尚书仆射，援据春秋大义，不伐人丧，谓宜遣使往吊，且责让前罪。安帝巴不得疆场无事，遂从忠请。幸喜事还顺手，去使西归复命，谓高句骊嗣王遂成，情愿降汉，将前时所掠人口，一并放还，当即驰诏赦罪，东陲少安。招抚高句骊事，却还办理合宜，不得为陈忠咎。只姚光素性戆直，专喜纠发奸慝，幽州刺史冯焕，也与姚光相类，怨家遂伪造玺书，谴责两人；又矫诏传饬辽东都尉庞奋，叫他收系光焕，就地取决。奋不知有诈，遽令属吏赍诏杀光，复往幽州治焕。焕闻得光已被戮，连及自己，不如先时自尽，免得受刑。焕子焜却颖悟过人，劝父忍待须臾，察视真伪。待至辽东使人持诏到来，细阅诏书，果有疑窦，乃拒诏不受，竟上书自讼冤屈。朝廷果不知此事，立征庞奋到京，下狱抵罪。看官试想！庞奋所接的伪诏，想总由宫廷奸慝，主使出来，否则奋亦有口，岂能不辩？为何但将奋坐罪，并未究及主名哩？显见是安帝糊涂。安帝嫡母耿姬，居守甘陵，乳母王圣，及瑰妻伯荣，奉诏往祠陵庙，并省视耿大贵人。当即备齐车马，召集仆从，凡宫中大小宦官，及屯卫兵士，多半随行。王圣算是正使，高坐车中，威仪烜赫；伯荣算作副使，乘车先驱，绣帷高卷，故意露出娇容。但见她巧蟠凤髻，淡扫蛾眉，满头珠翠，遍体绫罗，上身披着全红猩氅，下面系着五彩蝶裙，仿佛是出塞昭君，可比那入吴西子。沿途经过郡县，所有当差官吏，都是望风伺候，先日绸缪。道里不平，发民缮治；驿传未足，派吏补充。一切供张，统皆安排妥当，专待二贵使到来。好容易盼到使车，便不管命官体统，就在石榴裙下，屈膝叩头。伯荣首先承受，竟尔端坐不动，由他拜跪。甚至河间王开，及列侯二千石，俱出郊迎谒，甘拜下风。莫非想作刘瓌么？等到伯荣母女，驱车过去，又取出许多金帛，献作赆仪，此外千乘万骑，亦统有馈赠。及行至甘陵，清河嗣王延平，是时清河王庆子虎威已殁，无嗣，由乐安王宠子延平过继。亦已在陵旁恭候，见了伯荣母女，也是望车拜倒，执礼甚恭。待祭过陵庙，谒过耿大贵人，徐徐的回京复命。那伯荣母女，已是出尽风头，贮满私囊，这正是一场好差事哩！小子有诗叹道：

骏奔宗庙贵钦承，淫女如何使祭陵？
浊乱如斯君不悟，履霜宁特兆坚冰！

伯荣母女，回朝复命，当有一个朝右大臣，闻知伯荣母女路上的威风，出头弹劾，欲知此人为谁，容待下回报明。

炎炎者灭，隆隆者绝，高明之家，鬼瞰其室。是为莽大夫扬雄遗言。雄之行谊不足称，但其言确有至理，豪宗贵戚，往往不能逃出数语。试观邓骘兄弟，守祖宗遗训，尚知敛抑，而卒为妇寺所诬，横罹大狱，七人毙命，全族遭殃。骘且如此，遑论窦宪耿宝诸人乎？王圣以乳养之劳，竟得干政，淫女伯荣，尤为骄横，连结中官，交通外戚，安帝不加检束，反令其出祭园陵，清河贤王地下有知，度亦不愿享此淫妇之主祭也！而清河王延平，与河间王开等，奴膝婢颜，尤为可耻。悍妪淫女，且大出风头，汉之为汉可知矣！

第四十二回　班长史捣破车师国
杨太尉就死夕阳亭

却说伯荣母女，奉命祭陵，骄纵不法，上干天变，下致人怨。尚书仆射陈忠，也不禁激发天良，缮疏上奏道：

臣闻位非其人，则庶事不叙；庶事不叙，则政有得失；政有得失，则感动阴阳，妖变为应。陛下每引灾自厚，不责臣司；臣司狃恩，莫以为负，故天心未得，灾异荐臻。青冀之城，淫雨决河；孙岱之滨，海水坌溢；兖豫蝗蝝滋生；荆扬稻收俭薄；并凉二州，羌戎叛戾；加以百姓不足，府帑虚匮，自西徂东，杼柚将空。臣闻《洪范》五事，一曰貌，貌思恭，恭作肃；貌伤则狂而致常雨。春秋大水，皆为君上威仪不穆，临莅不严，臣下轻慢，贵幸擅权，阴气盛强，阳不能禁，故为淫雨。陛下以不得亲奉孝德皇园庙，遣中使致敬甘陵，朱轩軿马，相望道路，可谓孝至矣。然臣窃闻使者所过，威权翕赫，震动郡县，王侯二千石，至为伯荣独拜车下，仪体上僭，侔于人主；长史惶怖谴责，或邪谄目媚，发民修道，缮理亭传，多设储偫，征役无度，老弱相随，动有万计，赂遗仆从，人数百匹，颠踣呼嗟，莫不叩心。河间托叔父之属，河间王开为安帝叔父。清河有灵庙之尊，指清河王延平。及剖符大臣，皆猥为伯荣屈节车下，陛下不问，必以陛下欲其然也！伯荣之威，重于陛下，陛下之柄，在于臣妾，水灾之发，必起于此。昔韩嫣托副车之乘，受驰视之使，江都误为一拜，而嫣受欧刀之诛。刑人之刀谓欧刀。臣愿明主严天元之尊，正乾纲之位，职事巨细，皆任贤能，不宜复令女使，干错万机。重察左右，得无石显泄漏之奸；尚书纳言，得无赵昌谮崇之诈；公卿大臣，得无朱博阿傅之援；外属近戚，得无王凤害商之谋。自韩嫣以下故事，并见《前汉演义》。若国政一由帝命，王事每决于己，则下不得偪上，臣不能干君，常雨大水，必当霁止，四方众异，亦不能为害矣！

安帝得疏，并不知悟，反封乳母王圣为野王君。有识诸徒，俱为扼腕。忠尝因安帝亲政，奏请征聘贤才，宣助德化，又荐引杜根成翊世等，入朝录用。杜根因请邓太后归政，扑死复苏，为宜城山中酒保，至是乃为忠所闻，派吏征召，入为侍御史。成翊世亦与杜根同罪，系狱有年，也亏陈忠保救，得为尚书郎。此外尚有几个隐士，曾由内外臣工荐举，特下征车，偏数人志行高洁，不愿投身危乱，相率固辞，史家播为美谈，垂名后世。相传汝南人薛包，年少失恃，父娶后妻，不愿抚包，把他逐出，包日夜号泣，不忍远离。后母怂恿乃父，横加鞭挞，不得已在户外栖宿，每旦复入内洒扫。谁知又触动父怒，不准他栖宿户外，乃至里门旁暂居，晨昏定省，依然如故。父母倒也感惭，仍使还家同住。及父母相继亡故，诸弟求分产异居，包不能止，因将家财按股照分，唯自己情愿认亏，瘠田敝器老奴婢，悉归自取；后来诸弟屡次破产，辄复赈给，因此人人称他孝友。名达朝廷，安帝召为侍中，包誓死不肯就职，乃许令归里，在家考终。同时汝南尚有黄宪，表字叔度，父为牛医，宪少年好学，履洁怀清，年方十四，与颍川人荀淑相遇，淑目为异器，相揖与语，终日方去，临别握手道："君真可为我师表哩！"郡人戴良，才高性傲，独见宪必正容起敬，别后归家，尚惘然如有所失。良母辄已料着，便问良道："汝复见牛医儿么？"良答道："儿不见叔度，自谓相符；及既相见，毕竟勿如，叔度原令人难测哩！"还有同郡陈蕃周举，亦常相告语道："旬月不见黄生，鄙吝心又复发现了！"太原人郭泰，少游汝南，先访袁闳，不宿即去，转访黄宪，累月乃还。或问泰何分厚薄，泰与语道："奉高器量，奉高系袁闳字。譬诸泛滥，质非不清，尚易挹取；叔度汪洋，若千顷波，澄不见清，淆不见浊，这才是不可限量了！"宪初举孝廉，旋辟公府，友人劝他出仕，宪亦未峻拒，到了京师，不过住了一二月，便即告归。

延光元年病终，只四十八岁，天下号为征君。黄宪以外，又有周燮，也是汝南人氏，学行深沉，隐居不仕，郡守举他为贤良方正，均以疾辞。尚书仆射陈忠，更为推荐，安帝特用玄纁羔币，优礼致聘，燮仍不起，宗族俱劝令就征，燮慨然道："君子待时而动，时尚未遇，怎得轻动呢？"他如南阳人冯良，少作县吏，沉滞多年，三十岁奉县令檄，往迎督邮，途次忽然幡悟，裂冠毁衣，遁往犍为求学，十年不归，妻子都以为道死，替他服丧，不意他学成归来，励节隐居，朝廷亦遣使往征，始终谢病，不入都门。这虽是甘心肥遯，别具高风，但也是有托而逃，所以为此避人避世呢！类叙高人，仍是箴励末俗。

且说南单于檀降汉后，北方幸还少事，就是前单于屯屠何子逢侯，与师子构衅，奔往北塞，见前文。至此亦部众分散，无术支持，仍然款塞请降。汉廷从度辽将军计议，徙逢侯居颍川郡，时度辽将军尚为邓遵。免得复乱。独北匈奴出了呼衍王，收集遗众，得数万人，又复猖獗，常与车师寇掠河西。亦见前文。朝议又欲闭住玉门关，专保内地。敦煌太守张珰，独上书陈议，分作上中下三策，上策请即发酒泉及属国吏士，先击呼衍王，再发鄯善兵讨车师，双方并举，依次讨平，为一劳永逸的至计；中策谓不能发兵，可置军司马将士五百人，出据柳中，令河西四郡供给军糈，尚得相机进行，安内攘外；下策谓弃去西域亦应收鄯善王等，徙入塞内，省得借寇赍粮，树怨助虏。这三议却是有条有理，毫不说谎，安帝将原奏颁示公卿，令他酌定可否。尚书仆射陈忠，拟采用张珰中计，因上疏说明道：

> 臣闻八蛮之寇，莫甚北虏。汉兴，高祖窘平城之围，太宗屈供奉之耻，故孝武愤怨，深唯长久之计，命遣虎臣浮河绝漠，穷破虏廷。当斯之役，黔首陨于狼望之北，财币糜于卢山之壑，狼望卢山，皆匈奴地名。府库单竭，杼柚空虚，算至舟车，资及六畜，夫岂不怀？虑久故也。遂开河西四郡，以隔绝南羌，收三十六国，断匈奴右臂。是以单于孤持，鼠窜远藏！至于宣元之世，遂备藩臣，关缴不闭，羽檄不行。由此察之，戎狄可以威服，难以化狎。西域内附日久，区区东望叩关者数矣，此其不乐匈奴慕汉之效也。今北虏已破车师，势必南攻鄯善，弃而不救，则诸国从矣。若然则虏财贿益增，胆势愈殖，威临南羌，与之交连，恐

河西四郡，自此危矣。河西既危，不得不救，则百倍之役兴，不资之费发矣。议者但念西域悠远，恤之烦费，不见先世苦心勤劳之意也。方今边境守御之具不精，内郡武卫之备不修，敦煌孤危，远来告急；复不辅助，内无以慰劳吏民，外无以威示百蛮，蹙国减土，经有明戒。臣以为敦煌宜置校尉，案旧增四郡屯兵，以西抚诸国，庶足折冲万里，震怖匈奴。谨此上闻。

这疏经安帝批准，且因前时班勇所陈，与忠议相合，遂令勇为西域长史，率兵五百人，出屯柳中。勇议见前文。勇受命即行，既至楼兰，即因鄯善诚心归汉，传诏奖勉，特加该王三绶。复派吏招抚龟兹。龟兹王白英，尚怀疑未服，勇再开诚示信，加意怀柔，白英乃自知悔罪，约同姑墨温宿二王，自行面缚，向勇乞降。勇亲为解缚，好言慰抚；令各处发步兵骑士，共讨车师。白英等既已投诚，自然从命，当下凑集万余人，受勇调度，直入车师前庭。前庭已归后王军就占领，军就仍居后庭，由北匈奴伊蠡王守住伊和谷，回应前文。被勇冲杀过去，不到多时，便捣破虏营，伊蠡王遁去；尚有军就留戍的兵士，及前庭被胁诸降卒，约有六七千名，见匈奴兵尚被击走，哪里还敢抵敌？当即逃去了一二千人，余皆跪伏军前，稽颡听命。勇全数收抚，共得五千人，仍令住居车师前庭，自至柳中屯田。柳中距前庭只八十里，呼应甚便，可以无虞。勇拟暂从休养，筹备刍粮，俟至士饱马腾，再击车师后王。好容易已越一年，系延光四年。春光和煦，塞外寒消，草木已渐生长，正好乘此兴师。勇遂发敦煌张掖酒泉三郡兵马，共六千骑，又征鄯善疏勒及车师前部兵，亦不下五六千，由勇亲自督率，往攻车师后王军就。军就亦领兵万余人，出庭迎敌，不意班勇部下，统是勇壮得很，一阵交锋，已被杀得人仰马翻，军就连忙退回，部众已丧失了好几千名。一时惶急失措，欲向北匈奴求援，又恐道远难及，没奈何硬着头皮，再图守御。偏来兵利害得很，乘胜直入，锐不可当，部众出去招架，不是惊散，就是杀死。霎时间庭中大乱，只见外面大刀阔斧，一齐杀来，此时欲逃无路，还想拼死再战，蓦听得一声箭响，仔细审视，那箭镞已到面前，慌忙把头一偏，右肩上适被射着，痛不可耐，竟致晕倒。待至苏醒转来，四肢早经捆住，不能动弹；还有匈奴使人，也在旁边陪绑，束作一堆。俄而有数人驰至，把他两人扛抬了去，好似牛羊一般，直至汉前长史索班死处，作为祭品。号炮两振，军就与匈奴使人，头皆落地，魂灵儿从头中飞向鬼门关上挂号去了。不愿同生，但愿同死，两语可为两人写照。班勇既枭斩军就，传首京师，露布报捷。自是车师前后庭，又得开通，西域各国，复震慴汉威，陆续归附。真个是父作子述、两世重光呢！好肖子。

安帝闻得西域复通，心又放宽，乐得逍遥自在，倒把那班勇功绩，搁置一旁，并没有什么赏赉。且当时廉直大臣，第一个要算司徒杨震。永宁二年秋季，迁震为太尉，似乎知人善任，偏是小人道长，君子道消，结果是易明为昏，崇邪黜正，终落得朝廷柱石，化作尘沙，说来既觉可痛，尤觉可叹！太尉刘恺，因病免官，由震继为太尉，另用光禄勋刘熹为司徒。帝舅耿宝，已拜大鸿胪，特为宦官李闰兄弟说情，托震录用。震不肯相从，宝一再往候，且与震语道："李常侍为国家所重，欲令公辟除乃兄，主上亦曾允许，宝唯有传达上命罢了！"震正色道："如朝廷欲令三府辟召，应先敕下尚书，但凭私嘱，不敢闻命！"宝见震定意拒绝，悻悻自去。后兄阎显，亦进任执金吾，向震有所荐托，震亦不许。司空陈褒，已经罢去，后任为宗正刘授。他想讨好贵戚，一得风声，不待请托，便辟召李闰兄，及阎显意中的私亲，旬日间并见超擢。嗣复有诏为野王君造宅，王圣为野王君，见前文。大兴工役，中常侍樊丰，及侍中周广谢恽等，更相煽惑，倾动朝廷。震为汉家首辅，实属忍无可忍，因再上书力谏道：

> 臣闻古者九年耕，必有三年之储，故尧遭洪水，人无菜色。臣伏念方今灾害滋甚，百姓空虚，不能自赡，重以螟蝗，羌虏钞掠，三边震扰，战斗之役，至今未息，兵甲军粮，不能复给，大司农帑藏匮乏，殆非社稷安宁之福！伏见诏书为阿母兴起第舍，合两为一，合两坊为一宅里。雕修缮饰，穷极巧技；今盛夏土王，而攻山采石，转相迫促，为费巨亿。周广谢恽兄弟与国无肺腑枝叶之属，依倚近幸奸佞之人，与樊丰王永等，分威共权，属托州郡，倾动大臣，宰司辟召，承望旨意，招徕海内贪污之人，受其货赂，至有赃锢弃世之徒，复得显用；黑白混淆，清浊同源，天下喧哗，为朝结讥。臣闻师言，上之所取，财尽则怨，力尽则叛；怨叛之人，不可复使。故曰："百姓不足，君谁与足？"唯陛

下度之！

这书呈入，好似石沉大海一般，并不见答。樊丰周广杨恽等，统皆切齿，就是野王君王圣母女，亦视若仇雠，恨不将震即日捽去。且因安帝不从震言，越好肆无忌惮，匪但王圣第宅，造得非常工巧，连樊丰等一班权阉，也胆敢捏造诏书，调发司农钱谷，大匠现徒材木，各起冢舍园池，役费无数。遂致变异相寻，京都地动。杨震因屡谏不从，愤闷已极，何不引退？因岁暮不便陈词，勉忍至次年正月，申上直言道：

臣备台辅，不能奉宣德化，调和阴阳；去年十一月四日，京师地动。臣闻师言："地者阴精，"当安静承阳，而今动摇者，阴道盛也。其日戊辰，三者皆土，位在中宫，此中臣近官持权用事之象也！臣伏唯陛下以边境未宁，躬自菲薄，宫殿垣屋倾倚，支柱而已，无所兴造，欲令远近咸知政化之清流，商邑之翼翼也。而亲近幸臣，骄溢逾法，多发徒士，盛修第舍，卖弄威福，道路喧哗，众听闻见，地动之变，近在城郭，殆为此发！又，冬无宿雪，春节未雨，百僚焦心，而缮修不止，诚致旱之征也。《书》曰："僭恒旸若，"臣无作福作威玉食，唯陛下奋乾坤之德，弃骄奢之臣，以掩妖言之口，奉承皇天之戒，无令威福久移于下，则阳长阴消，天地自无不交泰矣！

震言虽然激切，怎奈安帝已为群小所蒙，任他如何说法，始终不理。且嬖幸愈加侧目，往往在安帝旁谤毁杨震，安帝已渐觉不平。唯震为关西名儒，群望所归，若一时将他除去，免不得物议沸腾，摇动大局，所以群小尚有畏心，未敢无端加害。尚知畏清议么？会有河间男子赵腾，诣阙上书，指陈时政得失，安帝不禁怒起，说他无知小民，也来多嘴，当即诏令有司，捕腾下狱。中官最恨谤言，私下嘱托有司，谳成讪上不道的罪名，处腾死刑。杨震身为太尉，怎能坐视不救？乃复上疏谏诤，略云：

臣闻尧舜之世，谏鼓谤木，立之于朝；殷周哲王，小人怨詈，则还自敬德。所以达聪明，开不讳，博采负薪，极尽下情也。今赵腾所坐，激讦谤语，为罪与手刃犯法有差，乞为加恩，全腾之命，以诱刍荛舆人之言，则国家幸甚！

安帝得疏，仍然不听，竟把赵腾处死，伏尸市曹。伯起！伯起！何不起身亟去？是年为延光三年，安帝想往外面游览，借着望祀岱宗的名目，出都东巡。文武百官，多半扈行，独太尉杨震，及中常侍樊丰等，却都留住京都，未尝随去。丰等因乘舆外出，越好擅用帑藏，移修第宅。原来为此，故未随行。偏被太尉掾高舒，召大匠令史等，底细考核，查出丰等前时捏造伪诏，呈与杨震。震因安帝东巡，未便举发，只好待回銮后，然后奏闻。何不飞使驰奏？丰等闻信，很是慌张，日夕与党与密商，意欲先发制人，为自保计。也是杨伯起命运该绝，不先不后，竟有星变逆行的天象，被阉党作为话柄，构成邪谋。一俟安帝回来，将到都门，急忙先去迎谒，伪言还宫须待吉时，请安帝至太学中，暂时休息，应吉乃入。安帝还道他是真心爱主，当即依议。及驾入太学，丰等得乘间密奏，说是太尉杨震，袒庇赵腾，前因陛下不从所请，心怀忿怼，意图构逆，所以上见星变，显示危机，请陛下先行收震，方可入宫。安帝尚未肯信，踌躇半晌，方语樊丰道："震为名士，难道也如此不法么？"丰应声道："震为邓氏故吏，邓氏既亡，怪不得震有异心了！"谗口可畏，震由邓骘辟举，见前文。安帝愕然点首，便夜遣中使，往收太尉印绶，策免震官。震不防有此一举，既被权阉占了先着，悔亦无益，当将印绶交出，坦然归第，闭门韬晦，谢绝交游。哪知安帝还宫以后，擢耿宝为大将军，宝与震挟有宿嫌，又由樊丰等从旁煽构，竟奏称震不服罪，仍怀怨望。有诏遣震归里。震奉诏即行，至夕阳亭，慨然语诸子门人道："人生本有一死，死不得所，也是士人常事。我叨居宰辅，明知奸臣狡猾，不能驱除；嬖女倾乱，不能禁遏，有何面目再见日月？我死后可用杂木为棺，粗布为被，盖形掩体，已自知足，不必归就墓次，添设祭祠了！"说毕，即饮鸩而死，时已七十余岁。小子有诗叹道：

拼死何如预见机？网罗陷入已难飞；
夕阳亭下沉冤日，应悔当年不早归！

杨震已死，樊丰等尚不肯甘休，还要设法摆布，欲知他如何逞毒，待至下回叙明。

西域诸国，势如散沙，各酋长亦皆庸鄙，无一有为，但得中国良将一人，出而镇抚，便得制驭各国，使之帖服，非若冒顿父子之桀骜难驯也！试观班氏父子之出使，不待劳师费财，即此用夷攻夷之一策，已能指挥如意，无往不宜，谁谓外域之不可以驭乎？唯安内之谋，比攘外为尤亟，安帝有一杨震而不能用，反且听信群小，黜逐正人，汉之纲纪，自此紊矣！唯震为关西名士，当知以道事君之义，合则留，不合则去，胡为乎刺刺不休，坐听谗人之构陷，而未能自拔也？彼薛包黄宪周燮冯良诸人，则倜乎远矣。

第四十三回　秘大丧还宫立幼主
诛元舅登殿滥封侯

却说樊丰等闻杨震已死，还不肯甘休，密遣心腹赴弘农郡，嘱令太守移良，派吏至陕，阻住震丧，不准他携榇归葬；并令震诸子充当苦役，走驿传书。路人共知冤情，代为流涕。野王君王圣，与大长秋江京，大长秋中官名。连结樊丰等一班权阉，复要寻事生风，谋易储位，见好中宫。先将太子保乳母王男，厨监邴吉，构成死刑，流徙家属；然后与阎皇后串同一气，谗毁太子，及东宫属下的官僚。阎后尝鸩死太子生母李氏，见前文。只恐太子长成以后，察悉毒谋，必图报复，因此处心积虑，欲将太子除去。且太子保已逾十龄，为了王男邴吉两人，无端致死，时常叹息。阎后及王圣江京等，见太子已有知识，越觉情急，遂日夜至安帝前，诉说太子过恶。安帝本爱宠阎后，再加她三寸妙舌，一副娇容，装出许多泪眼愁眉，就使明知架诬，也要顾妻舍子，枕席之言，最易动听。况又有乳母王圣，幸臣江京樊丰，从旁证实，几把那十龄童子，当作枭獍一般。看官试想这糊涂皇帝，尚能不入他彀中么？妇寺之所以可畏者，如此。当下召集公卿，拟废太子。大将军耿宝，首先赞成。唯太仆来历，与太常桓焉，廷尉张皓，同声梗议道："经有常言，人生年未满十五，过恶尚不及身；且王男邴吉，果有逆谋，亦未肯与童年说知，皇太子怎能预闻？应亟选贤良保傅，辅导礼义，自能弼成储德。若遽欲废立，事关重大，请圣恩且从宽缓，不可速行！"安帝不省，竟废太子保为济阴王，使居德阳殿西钟下。于是太仆来历，邀同光禄勋祋讽，祋，丁外反，姓也。宗正刘祎，将作大匠薛皓，侍中间邱弘陈光赵代施延，及大中大夫朱伥等十余人，共诣鸿都门，力白太子无过，吁请收回成命。安帝闻知，勃然变色，竟使中常侍草就诏旨，至鸿都门宣读道：

父子一体，天性自然；以义割恩，为天下也！历讽等不识大典，而与群小共为喧哗，外见忠直，而内希后福，饰邪违义，岂事君之礼？朝廷广开言事之路，故且一切假贷；若怀迷不返，当显明刑书，毋贻后悔！

这诏读罢，除太仆来历外，统皆失色，薛皓更汗流浃背，慌忙叩首道："诚如明诏！"语才说毕，即由来历从旁呵叱道："薛君近作何言，奈何遽先背约？大臣处置国事，难道好这般反复么？"皓又惧又惭，觑隙自去。祋讽刘祎等，料知谏诤无益，依次引退。实是首鼠两端。来历独居宿阙下，好几日不肯退回，惹动安帝懊恼，使中常侍往谕尚书，叫他共劾来历。诸尚书不敢不遵，遂推陈忠领衔，劾历迹近要君，失人臣礼。陈忠奈何复为此举？安帝有词可借，便将历褫去官职，削夺国租，且黜历母武安长公主，不准入宫。原来历字伯珍，为故征羌侯来歙曾孙。歙子名褒，褒子名棱，皆袭侯爵。棱且尚明帝女武安公主，殁后公主尚存。子历既得嗣封，复因帝室姻戚，入朝登仕，由侍中迁至太仆，平素刚方持正，与权阉杜绝往来，至是因言得罪，闭户伏居，不与亲友交通，亲友亦无敢过问，可见得群阴交冱，天地晦盲了！是年京师及郡国地震，共二十三次，大水雨雹，共三十六次，安帝毫不知儆，反于永光四年二月，趁着和风丽日，鼓动游兴，挈了娇娇滴滴的阎皇后，带同国舅阎显兄弟，并及宠竖江京樊丰等人，出都南巡。六龙并驾，五凤齐飞，驺从如云，旗旄如雨，说不尽的繁华烜赫，看不完的锦绮罗丛，沿途官吏，盛设供张，忙个不了。只是百姓又都遭殃，把卖男鬻女的血钱，供作龙舆凤辇等行乐费。藻不妄抒。好容易到了宛城，安帝忽然不豫，饮食无味，寒热交侵，乐极生悲。忙令御医诊视，服药罔效。那时不便再行，只好中途折回，才抵叶县，已是病入膏肓，不可再救，眼睁睁的看着阎后，及阎显兄弟等人，想传下两三句遗嘱，怎奈痰已上壅，不能出口，一刹那间，两目上翻，呜呼归天。在位一十九年，年止三十有二。阎后记得雨露深恩，不禁大哭，阎显兄弟，与江京樊丰等在旁，连忙向后摆手，叫令休哭。待后收泪，即密语道："今皇上晏驾途中，济阴王尚在京师，倘被大臣拥立，必为所害，我等将身无死所了！"阎后听着，也觉着忙，急向大众问计。到底三五权阉，有些奸计，劝阎后秘不举哀，但言安帝病剧，移乘卧车，至入都后，方可发丧。阎后依计施行，便将帝尸置入卧车内，兼程还都，路上仍省问起居，及朝夕进食。鬼鬼祟祟的过了四日，方得驰入都中，尚佯遣司徒刘熹，往祷郊庙社稷，吁天请命。俟至晚间，方由宫中传出哀耗，令即治丧；一面迎立济北王寿子北乡侯懿为嗣，尊阎后为皇太后，授阎显为车骑将军，仪同三司。济阴王保，闻丧入哭，却被内侍阻住，不得上殿，但许在梓宫外面，遥望举哀。可怜保有冤莫白，有口难言，徒向那灵帷前大恸一场，几致晕倒地上，好多时方才趋出，接连不饮不食，约有数日。内外群僚，见他童年负屈，又能曲尽孝思，莫不唏嘘流涕，代抱不平。为后文迎立张本。北乡侯懿，尚在冲龄，阎太后贪立幼君，所以与阎显等定策禁中，迎立幼主。既已即位，然后奉安帝梓宫，出葬恭陵。阎太后即日临朝，阎显揽政。显却阴忌大将军耿宝，及野王君王圣，中常侍樊丰等人，于是交欢三公，密图进行。时卫尉冯石，迭经超迁，已代杨震为太尉，冯石见四十一回。阎显且奏闻太后，擢石为太傅，进司徒刘熹为太尉，参录尚书事，起前司空李郃为司徒。石本是个唯唯诺诺的人物，又蒙显一力保举，当然唯命是从；刘熹李郃，也得拔茅连茹，感激不遑，何人再与阎氏反对？阎显遂与三公同奏一本，弹劾大将军耿宝，中常侍樊丰，侍中谢恽周广，乳母野王君王圣，结党营私，罪俱难逭云云。阎太后立即下诏，饬拿樊丰谢恽周广下狱，严刑拷讯，三人受不起痛苦，并皆毙命。贬耿宝为辛侯，宝服毒自尽；王圣母女，流徙雁门。当日威风，而今安在？于是擢阎景为卫尉，耀为城门校尉，耀弟晏为执金吾，兄弟并处权要，威福自由。前车复，后车鉴，奈何仍然不知？过了数月，幼主懿冒寒得病，病且日剧。中常侍孙程，前曾为邓太后服役，与樊丰江京等志趣不同，因见樊丰虽死，江京尚存，要想自己出头，总非容易，朝思夜想，不如迎立济阴王，把阎显江京等一概推倒，乃是绝好机会，稳取侯封。主见已定，即往语济阴王谒者兴渠道："济阴王本系嫡统，并无失德，先帝误信谗言，遂致废黜。若北乡侯一病不起，正好将王迎入，捽去江京阎显，事必可成！"渠喜答道："此计甚善，幸亟安排！"孙程即退约私党，秘密筹备。先是中黄门王康，曾为太子保府史，太子被废，康常叹愤，又长乐太官王国，与程素来莫逆，彼此会商，各愿效劳。十月二十七日，幼主懿竟尔殁世，阎显替太后划策，再征诸王子弟，择为帝嗣。诸王俱在外藩，中使往返需时，未能骤至，孙程忙连络十八人，约于十一月二日，共诣德阳殿西钟下。届期十八人俱到，姓氏官职，备录如下：

王国长乐太官丞。王康　黄龙　彭恺　孟叔　李建　王成　张贤　史汎马国　王道　李元　杨佗　陈予　赵封　李刚　魏猛　苗光以上并为中黄门。

十八人聚集一处，与孙程议定密谋，截衣为誓。待至次日夜间，各持利械，闯入章台门，直登崇德殿。内侍江京刘安李闰陈达四人，守卫殿中，蓦见孙程等拥入，不知何因。京仗着累年威势，出来呵止，才说一语，已被孙程拔出短刀，砍落京首。刘安陈达李闰，惊慌的了不得，连忙向内逃入；偏是心下愈急，脚下愈慢，走了几步，即为孙程王康追及，一刀一个，杀毙刘安陈达。凶狡何益？只有李闰还是活着，抖做一堆，众人又欲将他杀死，独孙程向众摇手，但用刀搁住闰肩，厉声与语道："今日当迎立济阴王，汝若赞成，无得摇动，否则立诛！"闰已吓倒地上，浑身乱颤，忙应了几个诺字。原来闰在宫中，颇有权术，为内外所畏服，所以程胁使同事，不愿加刃。既得闰连声允诺，乃扶闰起来，共至德阳殿西钟下，迎入济阴王保，拥他登位。保年才十一，是为顺帝。孙程等宣传诏命，遍召尚书仆射以下，扈从帝驾，转幸南宫云台；程等留守省门，捍蔽内外。阎显时在禁中，听报顺帝即位，惊愕失措，不知所为。实是没用的东西。小黄门樊登，见显双眉紧蹙，踌躇不安，便向前献计，劝即用太后诏旨，传入越骑校尉冯诗，虎贲中郎将阎崇，守住朔平门，调兵御变。显如言颁诏，当即来了校尉冯诗，阎太后授诗符印，且与语道："能得济阴王，封万户侯；得李闰封五千户侯。"诗受印即出。显尚虑诗兵寥寥，特使樊登与诗偕行，至左掖门外号召吏士。哪知诗阳奉阴违，一出禁门，遽将樊登格杀，扬长自去。卫尉阎景闻报，急从省中还至外府，召集卫兵数百人，欲进盛德门。孙程传顺帝诏敕，令尚书郭镇，引羽林军出捕阎景。镇方卧病，闻命跃起，立刻点齐值宿羽林军，趋出南止车门，兜头碰着阎景，便扬声说道："阎卫尉下车听诏！"说着，即一跃下马，持节宣读诏书。景不肯下车，且怨叱道："这诏从何而来？"一面说，一面即拔剑出鞘，来斫郭镇。镇眼明手快，早已闪过一旁，掣出佩剑，刺入车中，喝一声着，景即从车中扑出，一个斤斗，仰堕地上。镇左右各持长戟，双管齐下，叉住景胸，因即将景擒住。景兵统皆溃散。当由郭镇送景入狱，景已受重伤，夜分即死。越宿辰刻，复遣使入宫，向阎太后索取玺绶。阎太后无可如何，不得不将玺绶交出，转呈顺帝。顺帝既得玺绶，便出御嘉德殿，使侍御史持节收系阎显，及显弟耀晏，一并下狱，各处死刑；并将阎太后迁居离宫。又是一贵戚推翻，报应何速？尚书令刘光等，乘机上奏道：

昔孝安皇帝圣德明茂，早弃天下，陛下正统，当奉宗庙，而奸臣交构，遂令陛下龙潜藩国，群僚远近，莫不失望。天命有常，北乡不永；汉德盛明，福祚孔章。近臣建策，左右扶翼，内外同心，稽合神明。陛下践祚，奉遵鸿绪，为郊庙主，承续祖宗无穷之烈，上当天心，下餍民望。而即位仓猝，典章多缺，请条案礼仪，分别具奏，臣等不胜待命之至。

未几即有复诏颁出，准如所请，令有司参考旧议，规定新制。一面开南北宫门，撤消屯兵，大封功臣。诏书有云：

夫表功录善，天下之通义也。故中常侍长乐太仆江京、黄门令刘安、钩盾令陈达，与故车骑将军阎显兄弟，谋议恶逆，倾乱天下，中黄门孙程王康、长乐太官丞王国等，怀忠愤发，戮力协谋，遂归灭元恶，以定王室。诗不云乎？"无言不仇，无德不报"。程为谋首，康国协同，其封程为浮阳侯，食邑万户；康为华容侯，国为郦侯，各九千户；中黄门黄龙为湘南侯，食邑五千户；彭恺为西平昌侯，孟叔为中庐侯，李建为复阳侯，各四千二百户；王成为广宗侯，张贤为祝阿侯，史泛为临沮侯，马国为广平侯，王道为范县侯，李元为褒信侯，杨佗为山都侯，陈予为下隽侯，赵封为析县侯，李刚为枝江侯，各四千户；魏猛为夷陵侯，食邑二千户；苗光为东阿侯，食邑千户。朝廷量功加赏，无偏无私，尔众侯其因功加懋，毋忽朕命！

看官记着：这就叫做十九侯。前时窦氏伏法，封侯唯一郑众，食邑只千五百户，已为有识所忧；此次多至十九人，推孙程为首功，封邑竟至万户，阉人得志，无逾此时。从此汉朝与宦官共天下，眼见得贻祸无穷，不亡不止了！扼要语。李闰先未预谋，故不得加封。孙程且迁官骑都尉，并得了许多金银钱帛的赏赐；就是王康以下，亦量予金帛有差。做着一注大买卖。又诏谕司隶校尉，除阎氏兄弟及江京等私亲外，悉从宽贷。用王礼葬北乡侯，起来历为卫尉。赦免王男邴吉等家属，尽令还京，各给钱币。光禄勋祋讽、宗正刘祎、侍中闾邱弘等，均已去世，诸子皆选入为郎；侍中施延陈光赵代，及大中大夫朱伥等，皆见拔用。后至公卿，安平人崔瑗，前由阎显辟为掾吏，见显迎立北乡侯，有失众望，免不得代为寒心，意欲乘间谏显，劝他改立济阴王，捕诛江京刘安陈达等人。怎奈显终日沉醉，始终不得进言，乃告长史陈禅，邀与共入求见。禅恐难挽回，迟疑未决，遂致瑗孤掌难鸣。迁延了好多日，阎氏果败，瑗亦坐斥，门人苏祇，欲上书陈述前情，替瑗解免，瑗止令勿为。陈禅已进署司隶校尉，召瑗与语道："君何不听门生上书，乃自甘坐废呢？"瑗答说道："前时虽有此论，未曾举行，譬如儿女子屏人私语，怎得当真？愿使君不复出口，瑗从此告辞了！"说毕遂行，还至安平，杜门绝迹。州郡闻他狷介，再行辟举，屡征不起，韬晦终身。唯杨震门人虞放陈翼，闻知樊丰周广等诛死，却回忆师恩，诣阙陈书，追讼震冤。朝右亦共称震忠，乃下诏除震子牧秉为郎，震有五子，牧秉最为著名，事见后文。赐钱百万，许将遗柩改葬华阴潼亭，远近亲友，俱来会葬。先期十余日，有大鸟高约丈余，飞集柩前，俯仰悲鸣，泪下霑地，及安葬已毕，方才飞去。会葬诸人，都为称奇，郡吏亦举状上闻，可巧天灾不已，朝廷愈惜震枉死，因敕郡守致祭墓前，祠以中牢，且用诏书代策道：

故太尉震，正直是与，俾匡时政；而青蝇点素，同兹在藩，《诗》云："营营青蝇，止于樊。"樊藩同义。上天降威，灾眚屡作，尔卜尔筮，唯震之故。朕之不德，用彰厥咎，山崩栋折，我其危哉？今使太守丞以中牢具祠，魂而有灵，傥其歆享。

震冤既雪，舆论益伸，时人更为立石墓旁，图刻大鸟形状，留作纪念。

忠臣义士，到底流芳，比那一班权戚幸臣，死且遗臭，相去不啻天渊呢！后人其听之。就是如阎后一流妇女，位正椒房，身为国母，也算巾帼中的第一领袖，只为了贪心不足，弄得声名两败，徙居离宫。司隶校尉陈禅，更指斥阎太后生性妒忌，与顺帝无母子恩，请再徙居别馆，不当复行朝见礼。此议一倡，群臣相率赞成，好好一位太后娘娘，几乎要贬入冷宫，不见天日了。小子有诗咏道：

乾道主刚坤道柔，骄痴妒悍总招尤；
机关算尽徒增慨，十载雌风一旦休。

究竟阎太后再徙与否，容至下回再表。

安帝嗣子，只一济阴王，阎后先鸩死其母，复及其子，明明立为储君，乃交谮而废之，彼且自诩为得计，庸讵知阎氏赤族，已隐兆于此耶？《传》有之：“众怒难犯，专欲难成。”阎后之构废济阴王，众怒之所由丛也；迎立北乡侯，专欲之所由败也。欲巧反拙，转利为害，而阎氏亡矣！孙程之谋立济阴王，即为阎氏专政之反动力。阎氏兄弟，固有可诛之罪，特惜其诛阎氏者，不出于三五公卿，而出于十九宦官，宦官得志，祸比外戚为尤烈。十九人同日封侯，汉家之气运已尽。幸而顺帝幼聪，尚能驾驭，故其祸不致遽发耳。然贻谋不臧，终为后世大患，读史至十九侯受封，已不禁为之长太息矣。

第四十四回　救忠臣阉党自相攻
应贵相佳人终作后

却说阎太后既徙居离宫，复被陈禅一疏，又将别徙，累得阎太后愁上加愁，悲复增悲。谁叫你有势行尽？还亏司徒掾周举，替她斡旋，进语司徒李郃道："昔瞽瞍尝欲杀舜，舜事瞍愈谨；郑武姜谋杀庄公，庄公誓决黄泉；秦始皇怨母失行，与母隔绝，后来终从颍考叔茅焦谏议，复修子道；书传播为美谈。今诸阎新诛，太后幽居离宫，若悲愁生疾，一旦不讳，主上将如何号令天下？陈禅所议非是，倘误从禅议，后世将归咎明公，恐明公亦无从解免了！今宜密表朝廷，仍率群臣朝觐太后，上餍天心，下副人望，方不失国家治道呢！"郃被他感动，因即上书陈述，毋从禅言，且请顺帝往朝太后。时已岁暮，倏忽逾年，改元永建，下诏大赦，顺帝乃率百官往朝阎太后。阎太后未免惭沮，并因母族衰亡，忧伤不已，害得花容憔悴，病骨支离，夜间梦寐不安，辄见顺帝生母李氏，前来索命，免不得悔恨交并，妇人心肠，能容得几多惆怅？顿致病体日重，一命呜乎。不死何为？顺帝仍援据旧典，为阎太后成服发丧，奉柩出葬，与安帝合瘗恭陵，谥曰安思皇后。司隶校尉陈禅，因前次上议不合，把他免官，召前武都太守虞诩，入朝代任司隶校尉。诩莅任仅及数月，即奏劾太傅冯石，太尉刘熹，阿附权贵，不宜在位。应该举劾。顺帝准奏，便将冯石刘熹免官，改用太常桓焉为太傅，大鸿胪朱宠为太尉。司徒李郃，亦患病乞休，另命长乐少府朱伥接任。朝廷为了虞诩一言，竟致三公并免，群臣已不禁心寒；诩又续劾中常侍程璜陈秉孟生李闰等，私受货赂，虽数人未遭严谴，终惹起同僚侧目，讥诩过苛。会当盛暑，狱中罪囚甚多，当由公卿劾诩不审天时，至盛夏且多系无辜，为吏人患。诩闻自己被劾，亟上书自讼道：

> 臣闻法禁者俗之堤防，刑罚者人之衔辔。今州曰任郡，郡曰任县，更相诿责，百姓怨穷；以苟容为贤，尽节为愚。臣所发举赃罪，不止一二，三府以下，恐为臣所奏，遂加诬劾。臣将从史鱼死，即以尸谏耳！

顺帝看了，也知诩心怀忠贞，不复加罪。唯中常张防，时方用事，每有请托受取等情弊，诩屡次案验，屡次不报。惹动诩忿懑不堪，竟自系廷尉，上书待罪道：

> 昔孝安皇帝任用樊丰，遂交乱嫡统，几亡社稷。今者张防复弄威柄，国家之祸，将重至矣！臣不忍与防同朝，谨自系以闻，无令臣袭杨震之迹，则不胜幸甚。

这书呈入，张防当然着忙，亟至顺帝前哭诉，说是虞诩加诬。顺帝也为所迷，派有司从严鞫讯，二日中传考四狱，狱吏劝诩自裁，诩奋然道："宁伏欧刀，表示远近，不愿轻自捐生！"硬头子。会宦官孙程张贤等，颇怜诩直言获谴，相率入宫，为诩营救。想是忌防夺权，故借题发挥。既见顺帝，即由孙程面奏道："陛下与臣等谋事时，常恨奸臣误国，今首正大位，乃自蹈此辙，如何得轻议先帝呢？司隶校尉虞诩，为陛下尽忠，反受拘系；常侍张防，赃罪确凿，转得法外逍遥。今上天已经垂象，客星守羽林，占主宫中有奸臣，宜急收防下狱，借塞天变，毋致贻殃！"顺帝听着，面向后顾，防正在背后，面有愠色。孙程已瞧入眼中，竟大声叱防道："奸臣张防，何不下殿！"防虽承帝宠，究竟拗不过孙程，只好趋就东厢。程又向顺帝催促道："陛下宜急收防，毋使从阿母求情！"看官阅至此语，应疑阿母何人？原来乃是顺帝乳母宋娥。顺帝入立，娥亦与谋，故得干预政权，程备悉内情，故有此语。前有王圣，后有宋娥，真是无独有偶。顺帝尚犹豫未决，再召问尚书，以便决议。尚书贾朗，素与防善，竟答称防实无辜，诩独有罪。顺帝因谕孙程等道："汝等且出，容我再思！"程等不得已趋退。诩子颢率同门生百余人，各举白幡，在宫门外候着。凑巧中常侍高梵，乘车出来，颢等遂向他陈冤，甚至叩头流血。向宦官叩头流血，阉人之势力可知。梵下车劝慰，并愿为诩申冤，大众同声道谢。梵乃折回宫中，竭力谏诤，乃赦诩出狱，徙防戍边。贾朗等六人，罪坐阿党，贬谪有差。孙程再上言诩有大功，不应废置，顺帝因复征诩为议郎，越数日迁诩尚书仆射。诩又举荐议郎左雄，雄南郡涅阳人，以抗直闻名，故诩荐表中有云：

> 臣见方今公卿以下，类多拱默，以树恩为贤，尽节为愚，至相戒曰："白璧不可为，容容多厚福。"伏见议郎左雄，数上封事，至引陛下身遭难厄，以为儆戒，实有王臣蹇蹇之节。周公谟成王之风，宜擢在喉舌，必有匡弼之益。臣非敢援引私人，实为国家进一忠臣，以广言路，而成至治，伏唯垂鉴。

顺帝采用诩议，进拜雄为尚书嗣又擢为尚书令。雄有犯无隐，所言皆明达政体，顺帝颇知嘉纳，无奈为阉竖所把持，不能尽用，多半为纸上空谈罢了。孙程等十九侯，自恃功高，往往上殿相争，不守臣节，顺帝已积不能容，当由有司仰承风旨，奏称孙程等干乱悖逆，久留京都，必为大患。顺帝即诏令程等免官，徙封远县，促令就国。司徒掾周举，独向司徒朱伥进言道："主上在西钟下时，若非孙程等协力定谋，怎能入承大统？今遽忘大德，苛录微疵，如或道路夭折，转使主上滥杀功臣，贻讥后世！明公何不乘他未去，亟为上表转圜？"前劝李郃奏请朝后，尚有情理可说，此时却替阉人解免，太自失资格了。伥沉吟道："今诏旨方有怒意，我独上表谏阻，必致罪谴，如何可行？"举又说道："明公年过八十，位为台辅，不乘此时竭忠报国，尚有何求？就使因言得罪，犹不失为忠臣。若以举言为不足采，请从此辞！"保全几个阉人，怎得为忠？怎能报国？伥乃如言上表，果得顺帝依从，还十九侯原封，不过遣使就国的命令，仍然照行。过了年余，复召还十九侯，后文再表。且说顺帝即位以后，尚未知生母何人，至永建二年夏月，方得左右陈明，乃知生母李氏，曾藁葬洛阳城北。当下因感生哀，亲至瘗所致祭，用礼改葬，追尊李氏为恭愍皇后，号园寝为恭北陵。已而司徒朱伥老病侵寻，不能任事，太尉朱宠却因事免官，顺帝乃进太常刘光为太尉，光禄勋许敬为司徒。唯司空一职，自宗正刘授接任后，见四十二回。中经顺帝入嗣，又换易了两人：刘授免职，另用少府陶敦；陶敦免职，又另用廷尉张皓。皓与许敬俱有重名，敬历任三朝，从未昵近贵戚，所以窦邓耿阎四族，迭起迭仆，士大夫辄被牵连，独敬素守清洁，毫不污染；皓为安帝废储一事，与桓焉来历等相率廷争，为士论所推重，见前回。至此擢为司徒，也是顺帝回忆前情，特加倚畀。皓籍隶武阳，敬籍隶平舆，地以人传，毋容琐叙。

顺帝又欲征求隐士，闻得鲁阳人樊英，遁居壶山，屡征不起，乃更用策书玄纁，优礼敦聘。英尝习京氏易，京氏及京房见《前汉演义》。得通星算，善能推步灾异，远方人士，往往负笈从游。尝有暴风从西方吹来，英语门人道："成都市必有大火，非禳解不可！"说着，遂汲水含口，向西喷去，并令门人记录日时。后有蜀客到来，传言某日大火，幸东方起一黑云，须臾大雨，火乃得灭。门人考证时日，果属相符，因此奉若神明。州郡礼请不应，安帝初召为博士，亦不就征，及顺帝备礼聘英，英仍然病辞。郡吏奉诏逼迫，硬把他载入车中，驰诣京师，英坚称病笃，不肯下舆。朝命连舆推入，直抵阙廷，英尚偃蹇不拜。顺帝瞧着，却也动怒，作色与语道："朕能生君，能杀君；能贵君，能贱君；能富君，能贫君！君何故敢慢朕命？"英从容答道："臣由天授命，命当死即死，陛下怎能生臣？怎能杀臣？臣见暴君如见仇雠，入朝尚且不愿，求什么贵官？平居环堵自安，南面王不易真乐，怕什么贱役？陛下怎能贵臣？怎能贱臣？禄不以道，虽万钟不受，独行己志，虽箪食不厌，陛下怎能富臣？怎能贫臣？"倔强语恰有至理。这一席话，说得顺帝无词可驳，怒亦渐平，乃令出就太医，服药疗疾，月致羊酒。过了两年，顺帝复为英设坛席，令公车导入阙中，尚书持奉几杖，视若宾师，英不得已退就臣礼，受职五官中郎将。未几又称病告辞，有诏命为光禄大夫，许得归养。朝廷遇有灾异，尝遣使致问，英所言必验；唯在朝应对，无甚奇猷，故时人或讥他纯盗虚声，不堪大用。独闻英家居时，偶然患疾，妻使奴婢拜问所苦，英必下床答拜。颍川陈实，少从英学，免不得暗暗称奇，便向英问明答拜的原因，英答说道："夫妻共奉祭祀，取义在齐，奈何可不答礼呢？"后英至七十余岁，在家考终。同时又有处士杨厚黄琼，就征入朝。厚字仲宣，广汉郡新都县人，通术数学，入阙进谒，预陈汉至三百五十年，当有厄运，不可不戒，顺帝命为议郎。黄琼字世英，就是江夏人黄香子。香博学能文，世称江夏黄童，见前文。后官终魏郡太守。琼承父荫，拜为太子舍人，丁忧归里，服阕不起。及与杨厚并下征车，琼未便违慢，登车至纶氏县，称疾不进，有诏命县吏敦迫，不得已再行就道。前司徒李郃子固，少年好学，改名求师，得为通儒，平时雅慕琼名，因从琼途中贻书道：

闻公车已度伊洛，近在万岁亭，岂即事有渐，将顺王命乎？先贤谓伯夷隘，柳下惠不恭，故传曰不夷不惠，可否之间，盖圣贤居身之所珍也。诚遂欲枕山栖谷，拟迹巢由，斯则可矣；若当辅政济民，今其时也！自生民以来，善政少而乱俗多，必待尧舜之君，此为志士，终无时矣。尝闻语曰："峣峣者易缺，皦皦者易污。"阳春之曲，和者必寡，盛名之下，其实难副。近鲁阳樊君，即指樊英。被征初至，朝廷特设坛席，如待神明，虽无大异，而言行所守，亦无所缺；乃毁谤布流，应时折减者，岂非以观听望深，声名太盛乎？自顷征聘之士，功业多无所采，是故俗论皆言处士纯盗虚声，愿先生弘此远谋，令众人叹服，一雪此言耳！

琼得书后，入朝拜官，亦为议郎，屡因灾异上书，颇邀采用，未几迁任尚书仆射，秉忠如故。顺帝时尚童年，独能虔心翕受，亦好算作东汉明君。唯西域长史班勇，平番有功，安帝时未曾加赏，顺帝永建二年，反因他出击焉耆，后期坐罪，逮系狱中，这却未免薄待功臣，太觉寡恩了！先是班勇勘定车师，更立后庭故王子加特奴为王，再使别校捕诛东且弥王，亦另立新主，车师等六国悉平。勇复大发诸国兵，击北匈奴，逐走呼延王，虏众二万余人皆降，车师一带，无复虏迹，城郭皆安。独焉耆国王元孟，未肯降服，由勇拜表奏闻，汉廷特遣敦煌太守张朗，率领河西四郡兵三千人，助勇进讨。勇征集诸国兵马，得四万余人，分为两路，往攻焉耆。使朗从北道进行，自率部众驰入南道，约会焉耆城下。朗先尝坐罪，意欲侥功自赎，遂星夜前进，直抵爵离关，焉耆兵开关搦战，被朗驱杀一阵，斩获至二千余人，残众败奔国都。焉耆王元孟，当然惊慌，急遣使至朗营求降，朗不待勇至，先期入焉耆国，受降而还。实是失信。勇在途次接得张朗军报，只好折回，据实上奏。偏有诏责他后期，召还系狱，好多日才得释出。还是因他前功足录，加恩贷罪，但官职已经褫免。勇郁愤成疾，返至家中，不久即殁。父子累建大功，徒落得身后萧条，岂不可叹？还有一种冤屈的事情，说来尤令人生愤。勇兄班雄，袭父遗封，曾为屯骑校尉，迁官京兆尹，病殁任所，子始袭爵，得尚清河孝王女阴城公主。公主为顺帝姑母，恃贵生骄，因骄思淫，竟引少年入帏，与他交欢。班始不愿做元绪公，自然与有违言，那公主却放胆横行，竟挈姘夫同坐帷中，召始进去，叱令跪伏床下。男儿总有一些气骨，看到这般情形，怎肯忍耐？顿时无名火高起三丈，立即出帷取刀，把一对奸夫淫妇，砍作四段。恰是快事。当有人报知顺帝，谁知顺帝不咎公主，单责始持刀行凶，立将始拿交诏狱，腰斩东市！甚至始同产兄弟，亦皆处死。惨乎不惨？冤乎不冤呢？这是永建五年间事。明明是导以纵淫。且说顺帝年至十五，举行冠礼，转眼间已是一十八岁，应该册立皇后。时后宫已有四位贵人，并得承宠。顺帝左右为难，意欲祷神探筹，卜定后位。尚书仆射胡广，与尚书郭虔史敞等，联名进谏道：

> 窃见诏书，以立后事大，谦不自专，欲假之筹策，决疑灵神。篇籍所记，祖宗典故，未尝有也。恃神任筮，既不必当贤；就使得人，犹非德选。夫岐嶷形于自然，伣天必有异表，伣天之妹，见《诗经》《大雅》。伣，譬喻也。宜参良家，简求有德，德同以年，年钧以貌，稽之典经，断之圣虑，政令犹汗，往而不返，诏文一下，形诸四方。臣等职在拾遗，忧深责重，是以焦心竭虑，冒昧陈闻。

顺帝阅过谏章，也觉得所言有理，乃决诸己意，特就四贵人中，选出一位梁氏女来，册作中宫。梁女名妠，就是和帝生母梁贵人的侄孙女，父名商，袭父乘氏侯雍遗爵，雍为梁谦次子，见前文。官拜黄门侍郎。永建三年，选商女及妹，并入掖庭，俱为贵人，擢商为屯骑校尉。商女降生时，有红光发现室中，阖家称为奇事；及女粗有知识，便喜习女工，并好读书，九岁能诵《论语》，治《韩诗》，即韩婴所传之诗。颇知大义，常将列女图画，置诸座右，作为鉴戒。父商尝语诸弟道："我先人全济河西，活人无算，虽大位不继，积德必报；若庆流子孙，当就在此女身上呢！"不望子而望女，所见亦谬，故女可兴家，子卒赤族。已女年十三，与姑同充选后宫，相工茅通，见女容止过人，便向顺帝前再拜称贺道："这所谓日角偃月，相法上应当极贵，臣相人颇多，未见有这般贵相哩！"顺帝令太史卜兆，亦得吉占，因即封为贵人，特加宠遇，屡命侍寝，梁女尝从容辞谢道："妾闻阳道以博施为德，阴道以不专为义；螽斯衍庆，百福乃兴。伏愿陛下普施雨露，俾得均泽，使小妾得免罪谤，已是深感皇恩了！"顺帝闻言，深以为贤，乃于永建七年正月，特在寿安殿中，册立梁贵人为皇后，赐后父商安车驷马，并增国土，迁官执金吾，布诏大赦，改永建七年为阳嘉元年。过了一载，又封商子冀为襄邑侯，连顺帝乳母宋娥，亦得受封山阳君。尚书令左雄，一再进谏，语甚切至。疏中有云：

臣闻人君莫不好忠正而恶谗谀，然而历世之患，莫不以忠正得罪，谗谀蒙幸者，盖听忠难，从谀易也。夫刑罪，人情之所甚恶，贵宠，人情之所甚欲，是以时俗为忠者少，而习谀者多；故令人主数闻其美，稀知其过，迷而不悟，以至于危亡。臣伏见诏书，顾念阿母旧德宿恩，欲特加显赏。案尚书故事，无乳母爵邑之制，唯先帝时阿母王圣为野王君，圣造生谗贼废立之祸，生为天下所咀嚼，死为海内所欢快。今阿母躬蹈俭约，以身率下，群僚蒸庶，莫不向风；而与王圣并同爵号，惧违本操，失其常愿。臣愚以为凡人之心，理不相远，其所不安，古今一也。百姓深惩王圣倾复之祸，民萌之命，危于累卵，常惧时世复有此类，怵惕之念，未离于心，恐惧之言，不绝于口。乞如前议，岁以千万给奉阿母，内足以尽恩爱之欢，外可不为吏民所怪。梁冀之封，事非机急，宜过灾厄之运，然后平议可否，封冀未迟。幸陛下裁察焉！

自左雄有此奏牍，梁商乃为子冀辞封，顺帝尚未肯遽允，章至数上，乃收回封冀成命。独山阳君宋娥，不闻让还，适值京师地震，缑氏山崩，那謇謇谔谔的左伯豪，又不能不乘机进谏，再贡忠忱。左雄字伯豪。小子有诗咏道：

野王以后又山阳，徒顾私恩乱旧纲；
独有名臣持大体，不辞苦口砭膏肓。

欲知左雄如何进言，顺帝曾否从谏，请看官续阅下回，便见分晓。

孙程之迎立济阴王，并非持正，实欲邀功；厥后之保全虞诩，指斥张防，并非怜忠，实欲沽直。小人未尝无为善之时，但其所以为善者，亦不免为营私计耳。及观其上殿争功而肺肝具见，微顺帝之童年聪颖，徙封就国，遽削其权，孙程等宁能终安乎。周举号称正士，乃反请朱伥救解，甚矣！其徒知小节，不顾大体也！梁后具有贵相，与窦后略同，正位以后，虽不若窦后之妒悍，然其后临朝专政，不能裁抑兄弟，终酿成梁冀之祸。梁商谓庆流子孙，应兴此女，庸讵知兴宗在此，复宗亦即在此耶？夫贤德如马皇后，而马氏且未尽令终，如商所言，徒见其鄙陋而已，何足道哉？

第四十五回　进李固对策膺首选
举祝良解甲定群蛮

却说尚书令左雄，因见梁冀辞爵，宋娥独不让封，乃复借着地震山崩的变异，再上封章，略云：

> 先帝封野王君，汉阳地震，今封山阳君，而京城复震，专政在阴，其灾尤大。臣前后謇言，封爵至重，王者可私人以财，不可以官，宜还阿母之封，以塞灾异。今冀已高让，山阳君亦宜崇其本节，毋蹈愆尤，则所保者大，国安而山阳君亦安矣。

宋娥闻得左雄再三谏诤，亦有畏心，乃向顺帝辞还封号；偏顺帝专徇私恩，不肯照准，于是山阳君封号如故，左雄所言，依然无效，但雄名由此益著。雄尝因州郡荐举，类多失实，特奏请察举孝廉，必年满四十，诸生试家法，即一家之学。文吏课笺奏，乃得应选；若有茂才异行如颜渊子奇，方可不拘年齿。子奇齐人，年十八，齐君使宰东阿，阿县大化。顺帝依议，颁诏州郡。会广陵郡有孝廉徐淑，应举入都，年未四十，台郎诘以违格，淑答说道："诏书有如颜渊子奇，不拘年齿，故本郡以臣充选！"郎官无言可驳，转告左雄，雄召淑入见，莞尔与语道："昔颜渊闻一知十，孝廉能闻一知几呢？"说得淑无从对答，默然退归。尚书仆射胡广，曾与雄议不合，出为济阴太守，所举数人，并皆失当，坐是免官。此外尚有牧守滥举，亦遭罢黜。唯汝南人陈蕃，颍川人李膺，下邳人陈球等三十余人，才足应选，得拜郎中。安丘人郎𫖮，素有声誉，由顺帝特征入阙，面问灾异，𫖮详上条陈，大要在修德禳灾，且荐举议郎黄琼，茂才李固。顺帝命𫖮为郎中，𫖮辞病不就，飘然竟去。忽由洛阳令奏报宣德亭边，平地无故自裂，阔约八十五丈，顺帝乃令公卿所举各士人，入朝对策。峨峨髦士，挟策干时，遂皆摛藻扬华，发挥己见。就中名士颇多，如扶风人马融，南阳人张衡，亦俱在列。所上策文，由顺帝亲自展览，内有一篇佳作，系详言时政得失，不涉虚浮，当即拔为第一。看官欲赏识此文，由小子抄录如下：

臣闻王者父天母地，宝有山川，王道得，则阴阳和穆；政化乖，则崩震为灾，斯皆关诸天心，效于成事者也。夫化以职成，官由能理。古之进者，有德有命；今之进者，唯财与力。伏闻诏书务求宽博，嫉恶严暴，而今长吏多杀伐致声名者必加迁赏，其存宽和无党援者，辄见斥逐，是以淳厚之风不宣，雕薄之俗未革。虽繁刑重禁，何能有益？前孝安皇帝变乱旧典，封爵阿母，因造妖孽，使樊丰之徒，乘权放恣，侵夺主威，改乱嫡嗣，至令圣躬狼狈，亲遇其艰。既拔自困殆，龙兴即位，天下喁喁，属望风政。积敝之后，易致中兴，诚当沛然，思唯善道，而论者犹云方今之事，复同于前。臣伏从山草，痛心伤臆！诚以汉兴以来，三百余年，贤圣相继，十有八主，岂无阿乳之恩？岂忘爵赏之宠？然上畏天威，俯案经典，知义不可，故不封也。勤谨之德，但加赏赐，足以酬其劳苦；至于裂土开国，实乖旧典。闻阿母体性谦虚，必有逊让，陛下宜许其辞国之高，使成万安之福。夫妃后之家，所以少完全者，岂天性当然？但以爵禄尊显，专总权柄，天道恶盈，不知自损，故至颠仆。先帝宠遇阎氏，位号太疾，故其受祸曾不旋时。老子曰："其进锐者，其退速也。"今梁氏戚为椒房，礼所不臣，尊以高爵，尚可然也；而子弟群从，荣显兼加，永平建初故事，殆不如此；宜令步兵校尉冀，及诸侍中还居黄门之官，使权去外戚，政归国家，岂不休乎？又，诏书所以禁侍中尚书中臣子弟，不得为吏，察孝廉者，以其秉威权、容请托故也。而中常侍在日月之侧，声势振天下，子弟禄任，曾无限极，虽外托谦默，不干州郡，而谄伪之徒，望风进举。今可为设常禁，同之中臣。昔馆陶公主为子求郎，明帝不许，见前文。赐钱千万，所以轻厚赐、重薄位者，为官人失才，害及百姓也。窃闻长水司马武宣、开阳城门侯羊迪等，无他功德，初拜便真，此虽小失，而渐坏旧章。先圣法度，所宜坚守，政教一跌，百年不复。诗云："上帝板板，下民卒瘅，"刺周王变祖法度，故使下民将尽病也。今陛下之有尚书，犹天之有北斗也。斗为天喉舌，尚书亦为陛下喉舌。斗斟酌元气，运乎四时；尚书出纳王命，敷政四海，权尊势重，责之所归，若不平心，灾眚必至，诚宜审择其人，以辅圣政。今与陛下共理天下者，外则公卿尚书，内则常侍黄门，譬犹一门之内，一家之事，安则共其福庆，危则通其祸败。刺史二千石，外统职事，内受法则。夫表曲者影必邪，源清者流必洁，犹叩树本而百枝皆动也。《周颂》曰："薄言振之，莫不震迭。"此言动之于内，而应之于外也。由此言之，本朝号令，岂可蹉跌？间隙一开，则邪人动心；利竞暂启，则仁义道塞。刑罚不能复禁，化导以之寖坏。此天下之纪纲，当今之急务。陛下宜开石室，陈图书，招会群儒，引问得失，指摘变象，以求天意。其言有中理，即时施行，显拔其人。以表能者，则圣听日有所闻，忠臣尽其所知。又宜罢退宦官，去其权重，第置常侍二人，方直有德者，省事左右；小黄门五人，才智闲雅者，给事殿中。如此则论者厌塞，升平可致也。臣所以敢陈愚瞽、冒昧自闻者，倘或皇天欲令微臣觉悟陛下，陛下宜熟察臣言，怜赦臣死。臣言有尽而意不尽，伏维垂鉴。

看官道这篇策文，是何人所作？原来就是南郑人李固，即故司徒李郃的令子。固五察孝廉，再举茂才，皆不应召，至是为卫尉贾建所举，乃诣阙献词。顺帝特加鉴赏，置诸高第。即日令乳母宋娥，出居外舍，并责诸常侍干预政权。诸常侍悉叩头谢罪，朝廷肃然，因拜固为议郎。马融前曾为校书郎中，因上广成颂，隐寓讥刺，忤旨被黜，及此次对策，乃复使与固同官。张衡南阳人，表字平子，素善机巧，更研精天文阴阳历算，尝作浑天仪，著灵宪算罔论，造候风地动仪，为前人所未有。当时已为太史令，衡不慕荣利，故累年不迁，好几载才得为侍中。这都由阉人当道，排摈清流，虽有名士，终致沈抑下僚，不获大用。浮阳侯孙程等，就国年余，仍复召还京师，命与王道李元，同拜骑都尉。回应前回。嗣复迁程为奉车都尉，程竟病死，追赠车骑将军印绶，赐谥刚侯。程临终遗言，愿将封邑传与弟美，顺帝将封邑中分一半畀孙美承受，一半使程养子寿袭封，这也是汉朝特别的创格。到了阳嘉四年，居然垂为定例，诏令宦官养子，俱得为嗣，承袭封爵。御史张纲，就是司空张皓子，皓为留侯张良六世孙，居官正直，至阳嘉元年病殁。纲少通经学，砥砺廉隅，既受任为御史，目睹顺帝宠遇宦官，引为已忧，慨然叹息道："秽恶满朝，不能致身事君，扫清宫禁，虽得幸生，也非我所愿哩！"当下缮就奏折，入朝进呈，奏中说是：

《诗》曰："不愆不忘，率由旧章。"溯自大汉初隆，及中兴之世，文明二帝，德化尤盛，观其理为易循易见，但恭俭守节，约身尚德而已。中官常侍，不过两人，近幸尝赐，裁满数金，惜费重民，故家给人足。夷狄闻中国优富，任信道德，所以奸谋自消，而和气盛应。顷者以来，不遵旧典，无功小人，皆有官爵，富之骄之，而复害之，非爱人重器承天顺道者也！伏愿陛下少留圣恩，割损左右，以奉天下，则治道其庶几矣！

书入不报。是时三公已换易数人，太傅桓焉，太尉朱宠，司徒许敬，皆相继罢去；用大鸿胪庞参为太尉，录尚书事，宗正刘崎为司徒，又因司空张皓出缺，进太常王龚为司空。太傅本非常职，暂从缓设。太尉庞参，就职至三年有余，最号忠直，内侍等不便舞弊，屡加谮毁，司隶亦党同阉竖，上书纠弹，独广汉郡上计掾段恭，力为庞参洗刷，请顺帝专心委任，顺帝乃任参如故。不料参后妻嫉妒，竟将前妻子推入井中，猝遭溺死，洛阳令祝良，与参有隙，当即入太尉府查勘属实，立时报闻，参因坐免，改任大鸿胪施延为太尉。越二年，施延免职，又起参为太尉。参年老多病，逾年寿终，司空张龚，继参后任。太常孔扶，迁官司空，未几又改用光禄勋王卓。司徒刘崎，亦坐事免官，特擢大司农黄尚为司徒。唯梁后父执金吾梁商，奉命为大将军，独不愿就任，托疾固辞，顺帝使太常奉策，就第册拜，商不得已诣阙受命。汉阳人巨览，上党人陈龟，并有才行，当由商辟为掾属；李固周举，亦由商特召，入为从事中郎。固见商谦和有余，刚断不足，乃上笺讽商道：

昔春秋褒仪父以开义路，贬无骇以闭利门；夫义路闭则利门开，利门开则义路闭也。前孝安皇帝，内任伯荣樊丰之属，外委周广谢恽之徒，开门受赂，署用非次，天下纷然，怨声满道。今上初立，颇存清静，未能逾年，稍复堕损，左右党进者，日有迁拜；守死善道者，滞涸穷路，而未有改敝立德之方。又，即位以来，十有余年，圣嗣未立，群下系望。可令中宫博简嫔媵，兼采微贱宜子之人，进御至尊，顺助天意。若有皇子，母自乳养，无委保妾医巫，以致飞燕之祸。明将军望尊位显，当以天下为忧，崇尚谦省，垂则万方，而新营祠堂，费工亿计，非以昭明令德，崇示清俭。自数年以来，灾怪屡见，近无雨润，而沉阴郁泱，宫省之内，容有阴谋。孔子曰："智者见变思形，愚者睹怪讳名。"天道无亲，可为祗畏。如近者月食既于端门之侧，既尽也。月者大臣之体也，夫穷高则危，太满则溢，月盈则缺，日中则移，凡此四者，自然之数也。天地之心，福谦忌盛，是以贤达功遂身退，全名养寿，无有怵迫之忧。诚令王纲一整，道行忠立，明公踵伯成之高，唐虞时为诸侯，至禹即位，弃官归耕，事见《庄子》。全不朽之誉，岂与此外戚凡辈，耽荣好位者，同日而论哉？固狂夫下愚，不达大体，窃感故人一饭之报，况受顾遇而可不尽言乎？愚者千虑，必有一得，幸赐裁览！

梁商亦知固效忠，但素性优柔，终不能用。宦官十九侯中，孙程早死，王康王国彭恺王成赵封魏猛等，亦陆续病亡，唯黄龙杨佗孟叔李建张贤史汎王道李元李刚九人，与乳母宋娥，交相蛊蔽，贿赂公行。太尉王龚，每恨宦官揽权，志在匡正，因极陈诸阉过恶，请即放斥。阉党不免惊惶，各使宾客诬奏龚罪，顺帝竟偏听谗言，命龚自白。李固闻知，即进告梁商，为龚辩诬，且谓三公望重，不应赴廷对簿，请即代为表明，毋令王公蒙冤。商乃入白顺帝，才得无事。商子冀，鸢肩豺耳，两眼直视，口吃不能明言，少时游荡无行，酒色自娱，凡博奕蹴鞠诸技，却是般般精通，又喜臂鹰走狗，骋马斗鸡，此外却无甚材能，不过略通书计。为了椒房贵戚，得列显阶，初为黄门侍郎，转迁侍中虎贲中郎将，及越骑步兵各校尉，至父商为大将军，冀竟代任执金吾。阳嘉五年，改号永元，调冀为河南尹。冀居职暴恣，多为不道。洛阳令吕放，进见梁商，偶然谈及冀过，商当然责冀，冀恨放多嘴，竟遣人伏候道旁，俟经过时，把他刺死。且恐乃父察悉，伪言放为仇家所刺，请使放弟禹为洛阳令，严行捕讯。禹接任后，总道是与冀无干，但将宗亲宾佐，逐加拷问，冤冤枉枉死了一百多人。冀一出手，便冤死多人，怪不得后来要杀皇帝？梁商尚被冀瞒过，顺帝更不必说了。是年武陵蛮叛乱，幸得新任太守李进，领兵讨平，且简选良吏，抚循蛮夷，郡境乃安。过了一年，象林蛮区怜等，纠众为乱，攻县廨，戕长吏，骚扰的了不得。交阯刺史樊演，发交阯九真兵二万余人，往救象林，兵士不愿远行，倒戈返攻，还亏樊演乘城拒守，觑隙出击，得将叛兵驱散，城郭无恙。但叛兵投入蛮帐，蛮众益盛。适侍御史贾昌，出使日南，闻得叛蛮猖獗，亟与州郡官吏，并力合讨，怎奈岭路崎岖，蛮众负嵎自固，官兵不能与敌，战辄失利，反为所围。贾昌等飞书乞援，诏令公卿百官，会议方略，群臣等请特简元戎，大发荆扬兖豫兵马，往讨叛蛮；独大将军属下从事中郎李固，力驳众议，独献良谟，大致说云：

蛮荒辽远，用兵最艰，若荆扬无事，发之可也。今二州盗贼，盘结不散，武陵南郡，蛮夷未辑，长沙桂阳，数被征发，如复扰乱，必更生患，其不可一也。又兖豫之人，猝被征发，远赴万里，无有还期，诏书迫促，必致叛亡，其不可二也。南州水土温暑，加有瘴气，致死亡者，十必四五，其不可三也。远涉万里，士卒疲劳，及至岭南，不堪复斗，其不可四也。军行日三十里，而兖豫去日南九千余里，三百日乃到，计人粟五升，用米六十万斛，不计将吏驴马之食，但负甲自致，费便若此，其不可五也。军之所在，死亡必众，不足御敌，当复更发，其不可六也。九真日南，相去千里，发其吏民，犹且不堪，何况苦四州之卒，以赴万里之艰哉，其不可七也。前中郎将尹就，讨益州叛羌，益州谚曰："虏来尚可，尹来杀我。"后就征还，以兵付刺史张乔；乔因其将吏，旬月之间，破殄寇虏。此发将无益之效，州郡可任之验也。宜更选有勇略仁惠任将帅者，以为刺史太守，悉使共住交阯。今日南兵单无谷，守既不足，战又不能，可一切徙其吏民，北依交阯，还募蛮夷，使自相攻，转输金帛以为其资；有能反间致头首者，许以封侯裂土之赏。前并州刺史祝良，性多勇决；又南阳张乔，前在益州，有破虏之功，皆可任用。昔太宗加魏尚为云中守，哀帝即拜龚舍为泰山太守，今宜师其遗意，拜良等便道之官，则不待劳师，自可收效，而蛮疆之绥辑不难矣。

这议一创，公卿等却多以为然，不复坚持成见。于是拜祝良为九真太守，张乔为交阯刺史，即日就道，同赴岭南。乔至交阯，开示恩信，解散胁从，叛众或降或归，不复生乱。良到九真，单车入蛮穴中，晓谕祸福，示以至诚，蛮众亦俯首帖耳，愿遵约束，投降至数万人，俱为良筑造府舍，仍复前观，岭外复平。朝廷未接捷音，尚使公卿等各举猛士，选为将帅。尚书令左雄，时已调任司隶校尉，独将前冀州刺史冯直，保举上去。偏尚书周举，谓冯直尝坐赃免官，如何得列入荐牍？因此劾雄所举非人，免不得有阿私情弊。雄以周举得为尚书，也由自己推荐，此次恩将仇报，太觉不情，当下往诘周举道："我素重君才，故敢进言，谁知反害及自身！"举慨然答道："昔赵宣子任韩厥为司马，厥反戮宣子仆，宣子语诸大夫道：'可以贺我！'今君不以举为不才，谬升诸朝，举不敢向君阿谀，致贻君羞。不料君意与古人不同，举始自知得罪了！"雄听了举言，忙改容称谢道："吾过，吾过！幸勿介意！"遂拱手别归。时人称举为善规，雄为善改，统是当时贤士，名不虚传。还有一班窃权揽势的宦官，乘机举用私人，竞卖恩势。独大长秋良贺，清俭退厚，一无所举，顺帝暗暗诧异，召问原因，贺直答道："臣生自草莽，长居宫禁，天下人才，臣未知悉，又与士类素乏交游，怎敢滥举？昔卫鞅因景监介绍，得见秦王，智士已料他不终，若使臣妄举数人，恐士人不以为荣，反且因此见辱了！"顺帝闻言，也为叹息不置。但内侍如贺，实是不可多得。此外多招权纳贿，往往酿成祸阶，永和四年元月，中常侍张逵，竟矫诏捕人，险些儿构兴大狱，连累无辜。小子有诗叹道：

刑余腐竖总难容，蟠踞宫廷定兆凶；
亦有驯良堪任使，古今能有几人逢？

欲知张逵矫诏情事，容至下回分解。

顺帝亦中智之君，观其召试群儒，能举李固为首选，退乳母，责阉人，宫禁肃然，其与乃父之庸暗不君，似不可同日语矣。然一时之明察，终不敌群小之欺蒙，虽有直臣，挽回无几。意者其尚有遗传性之留存，明于初而昧于终欤？梁商以谦退称，亦卒蹈优柔之失，有子如冀，不能教以义方，遑问他事。李固讽商之言，尚未能直揭其弊，而商且不用，时人称商为顺帝贤辅，其然岂其然乎？及固荐引祝良张乔之抚蛮，而四府均赞成固议，卒得成功。度其时商为首弼，且握兵权，必有为之主宰其间者，况固为从事中郎，亦由商所辟召？盖亦一邓隲之流亚而已。语有之："善善从长，恶恶从短，"则商固非无一长之足采之。

第四十六回　马贤战殁姑射山　张纲驰抚广陵贼

却说中常侍张逵，素行狡黠，善能希旨承颜，得邀主眷。只是汉宫里面的宦官，多至千百，几不胜数，彼争权，此夺宠，所以互相奔竞，迭起不休。当时张逵以外，尚有小黄门曹节，及曹腾孟贲等，俱为顺帝所昵爱，揽权用事。甚至后兄梁冀，及冀弟不疑，常与往来，结为至交。大将军梁商，亦未尝禁止，反令儿辈通好权阉，作为护符，朝臣莫敢与抗。只张逵相形见绌，满怀不平，遂串同山阳君宋娥，及黄龙杨佗孟叔李建张贤史汎王道李元李刚等九侯，诬奏大将军梁商，与曹腾孟贲等阴图废立，请即加防。顺帝却正容答道："必无此事！朕想汝等共怀妒忌，故有此言！"逵等都不禁失色，当即退出。只逵因妒生恨，因恨生惧，自思一不做，二不休，不如冒险一试，先除曹腾孟贲，再作后图。当下捏造伪诏，收捕腾贲下狱。好大胆子，想是活得不耐烦，故有此举。顺帝闻知，勃然大怒，立饬拿住张逵，交付法司，一经拷讯，水落石出，便将逵推出市曹，一刀两段。乳母宋娥，夺爵归田；黄龙等九侯，遣令就国，削去国土四分之一；释出曹腾孟贲，守职如故。自是阉党十九侯中，除已死及被黜外，只有广平侯马国，下隽侯陈予，东阿侯苗光，总算保全爵邑，富贵终身。也是这三人，不欲争权，故得幸免。这且搁过不表。

且说陇西塞外的杂羌，自经麻奴降服后，幸得少安。见前文。既而麻奴病死，弟犀苦嗣为烧当羌酋，阴有贰心，又嗾动钟羌叛汉，寇掠凉州。护羌校尉马贤，引兵出击，斩首千余级，余众多降，贤得进封都乡侯。嗣贤坐事征还，代以右扶风韩皓；皓不久复罢，由张掖太守马续继任。钟羌酋良封等，又复为乱，入寇陇西汉阳，有诏再起马贤为谒者，前往镇抚。贤至陇西，马续已击败良封，再由贤调发陇西吏士，及羌胡各骑兵，追封出塞，斩首千八百级；封穷蹙失势，被贤击毙，亲属俱降。贤复进剿钟羌支族且昌等，亦获大胜，且昌等率诸种十余万众，诣梁州刺史处投诚。汉廷乃仍使贤为护羌校尉，调马续为度辽将军。续莅任四年，恩威两济，颇得民心。独南匈奴左部句龙王吾斯车纽等，恃强不法，竟率三千余骑，入寇西河，复煽惑右贤王，合兵七八千人，进围美稷，杀死朔方代郡各长吏。度辽将军马续，因与中郎将梁并，乌桓校尉王元，发边兵及羌胡骑士，共二万余人，掩击吾斯车纽等联兵，斩馘颇多。吾斯车纽虽然败衄，却是屡散屡聚，随处骚扰。汉廷遣使赍诏，往责南单于，单于休利，本未预谋，不得已脱帽避帐，至中郎将梁并处谢罪。并却好言抚慰，遣令归庭。未几并因病乞休，后任为五原太守陈龟。龟以南单于不能驭下，外顺内叛，逼令自杀。又欲徙单于近亲，入居内郡，遂致胡人生贰，各有违言。朝廷因他办理不善，逮还都中，下狱免官。大将军梁商，拟招降叛胡，不欲多劳兵戎，乃上表申议，略云：

匈奴寇叛，自知罪大，穷鸟困兽，犹图救死，况种类繁炽，不可殚尽。今转战日增，三军疲苦，虚内给外，非中国之利。窃见度辽将军马续，素有谋谟，且典边日久，深晓兵要，每得续书，与臣策合。宜令续深沟高垒，以恩信招降，宣示购赏，明其期约，如此则丑类可服，国家无事矣。

顺帝依言，诏令马续招降叛虏，毋得一意用兵。梁商又致书与续道：

中国安宁，忘战日久。良骑野合，交锋接矢，决胜当时，此戎狄之所长，而中国之所短也；强弩乘城，坚营固守，以待其衰，此中国之所长，而戎狄之所短也。宜务先所长，以观其变，设购开赏，宣示反悔，勿贪小功，以乱大谋，是所至要！

马续既接朝旨，复得商书，当然专心招抚，敛威用恩。南匈奴右贤王部抑鞮等，率领万三千口，诣续乞降唯吾斯车纽，仍然未服。吾斯且推车纽为单于，东引乌桓，西收羌胡等数万人，攻破京兆虎牙营，戕上郡都尉及军司马，转掠并凉幽冀四州。未曾大挫强虏，徒欲一意主抚，亦为启寇之阶。朝廷尚主张退守，但徙西河治离石，上郡治夏阳，朔方治五原。待至寇势日迫，警报时闻，乃遣中郎将张耽，招集幽州乌桓诸郡营兵，出讨叛虏。耽有胆略，善抚士卒，军中乐为效死，行至马邑，与虏兵相值，一阵横扫，枭得虏首三千级，生擒无算。车纽与诸豪帅骨都侯等，心惊胆落，匍匐请降。唯吾斯窜去，嗣复收拾余烬，再来寇边。耽与马续合兵奋击，追至谷城，大破吾斯；吾斯遁入天山，与乌桓兵依险自固。耽穷兵深入，逾涧攀崖，猱升而上，连斩乌桓渠帅，夺还被掠人畜，不可胜计。吾斯复遁，虏势乃衰。偏是北寇渐稀，西羌复炽，甚至蹂躏三辅，烽火连天。原来且昌羌等投降以后，余羌亦多被马贤击走，陇右却安静了年余。已而烧当羌酋那离等复叛，又为马贤所诛。贤奉调为弘农太守，另任来机刘秉为并凉二州刺史。机与秉出都时，往辞大将军梁商，商与语道："古称戎狄荒服，蛮夷要服，是说他荒忽无常，全在镇抚得人，临事制宜，毋拂彼性。今二君素性嫉恶，太分黑白，孔子所谓人而不仁，疾之已甚，必致激乱，何况蛮夷戎狄哩？愿二君务安羌胡，防大赦小，方可无虞！"既知二君性刻，何勿上表谏诅？机等虽然应命，但本性难移，怎能遽改？到任以后，苛待群羌，多所扰发，于是且冻傅难钟羌等复叛，攻掠金城湟中，入寇三辅，杀害长吏，毒虐生民。朝廷闻警，急将机秉二人逮还，特拜马贤为征西将军，使骑都尉耿叔为副，带领左右羽林五校士，及诸郡兵十万人，出屯汉阳。大将军梁商虑贤年老难任，请改用大中大夫宋汉，顺帝不从。贤在途稽留，多日不进，时马融为武都太守，上书进谏道：

今杂种诸羌，转相钞掠，宜及其未并，亟请深入，破其支党，而马贤等处处留滞。羌胡百里望尘，千里听声，今逃匿避回，漏出其后，则必侵寇三辅，为民大害。臣愿请贤所不可，用关东兵五千，裁假部队之号，尽力率厉，埋根行首，以先吏士；三旬之后，必克破之。臣少习学艺，不更武职；猥陈此言，必受诬罔之辜。昔毛遂厮养，为众所嗤，终以一言，克定从要。从读如纵。臣又闻吴起为将，暑不张盖，寒不披裘；

今贤野次垂幕，珍肴杂沓，儿子侍妾，事与古反。臣惧其将士将不堪命，必有高克溃破之忧也！高克，郑人，见《左传》。

书入不报。安定人皇甫规，闻马贤不恤军事，料其必败，亦据实上闻，顺帝既不从融言，怎肯听信皇甫规？当然搁置不理，唯遣使催促马贤进兵。贤进抵汉阳，尚是无心进战。至永和六年正月，且冻羌分道入寇，掠武都，烧陇关，蔓延甚盛，贤不得已挈领二子，及骑士五六千名，出御射姑山。羌众设伏以待，诱贤入谷，四面趋集，把贤困在垓心，贤与二子左冲右突，终不得脱，徒落得父子同殉，暴骨沙场。败报传达京师，顺帝未免叹息，特赐马贤家布三千匹，谷千斛，封贤孙为舞阳亭侯；更遣侍御督录征西营兵，抚恤死伤。唯羌众得了大胜，势焰益张。向来羌人分作两派，居住安定北地上郡西河边境，号为东羌；居住陇西汉阳金城边境，号为西羌。至是东西连合，愈聚愈多，就中有一班巩唐羌，更是蛮野，趁着汉兵败衄，长驱深入，自陇西直抵三辅，焚园陵，扰关中，杀伤长吏。郃阳令任頵，引兵截击，因寡不敌众，竟至阵亡。独武威太守赵冲，击败巩唐羌，斩首四百余级，收降二千余人，有诏令护羌校，总督河西四郡兵马，便宜行事。安定时亦被兵，郡将因皇甫规智略过人，命为功曹，使率甲士八百人，出遏叛羌。规首冒锋刃，挥兵杀敌，斫死羌人前驱数名，羌众骇退，安定解严，乃举规为上计掾，诣都报册。规乘便上疏，自请效力，疏中有云：

臣比年以来，数陈便宜，羌戎未动，察其将反；马贤始出，知其必败，误中之言，皆可考据。臣每维贤等拥众四年，未有成功，悬师之费，且百亿计，出于平民，回入奸吏，故江湖之人，群为盗贼。青徐荒饥，襁负流散。夫羌戎溃叛，不由承平，皆由边将失于绥驭，乘常守安，则加侵暴，苟竞小利，则致大害，微胜则虚张首级，军败则隐匿不言。军士劳怨，困于猾吏，进不得快战以邀功，退不得温饱以全命，饿死沟渠，暴骨中原；徒见王师之出，不闻振旅之声。酋豪泣血，惊惧生变，是以安不能久，叛则经年，臣所以搏手叩心而增叹者也。愿假臣两营二郡，屯列坐食之兵五千，出其不意，与护羌校尉赵冲，共相首尾。土地山谷，臣所晓习；兵势巧便，臣已更之；可不烦方寸之印，尺帛之赐，高可以涤患，下可以纳降。若谓臣年少官轻，不足用者，凡诸败将，非真由官爵之不高，年齿之不迈也！臣不胜至诚，没死自陈，翘首待命。

顺帝览疏，因规资轻望浅，不肯委任，规乃出都归郡。会巩唐羌复寇北地，北地太守贾福，与赵冲合兵出讨，失利退还，羌众复转寇武威。顺帝闻羌寇充斥，凉州震惊，乃复徙安定北地吏民，入居扶风冯翊；一面使执金吾张乔，行车骑将军事，引兵万五千人，屯守三辅。既而护羌校尉赵冲，招降罕种羌五千余户，复连败烧何烧当等羌，羌众乃散匿塞外，边患少纾。诏罢张乔屯兵，仍使还都。适大将军梁商得病，医治无效，顺帝亲往省问，见商卧不能起，料知危险，因问及后事，商且喘且答道："尚书周举，从前坐事免官，由臣召为从事中郎，此人清高中正，可以重任，愿陛下留意！"周举免官复起，借商口中补叙，但商知举之忠，奈何不知子之恶？顺帝允诺，嗣见商无他言，便即辞去。商更召嘱诸子道："我实不德，享受多福，生不能辅益朝廷，死或致耗费帑藏，如衣衾饭唅玉匣珠贝等类，何益朽骨？况边境不宁，盗贼未息，岂尚可为我一人，虚糜国库？俟我气绝，即当载至冢舍，当即殡殓；殓已开冢，冢开即葬。祭食如我生存时，毋用三牲。孝子当善述父志，不宜违我遗言！"说毕即逝。诸子呈报遗命，顺帝不听，特赐东园寿器，涂以朱漆，饰以银镂，并玉匣什物二十八种，钱三百万，布三千匹，予谥忠侯。及出葬时，命兵车甲士护丧，皇后亲送，顺帝至宣阳门遥望灵辅，并作诔云："孰只忠侯，不闻其音？背去国家，都兹玄阴；幽居冥冥，靡所宜穷。"这诔文派员往读，即令商长子冀嗣封乘氏侯，并承父职为大将军，冀弟不疑为河南尹，且进周举为谏议大夫，一是报商旧绩，一是从商遗言。偏梁冀贪婪骄恣，与乃父大不相同，所有正人君子，俱为冀所不容。会值荆州盗起，连年不安，顺帝使李固为荆州刺史。固妥为慰抚，赦过宥罪，许贼更新，贼目夏渠等自缚归罪，由固遣令晓示，群贼一律反正，全州肃清。独南阳太守高赐等，受赃惧罪，恐为固所按考，特派心腹，使载金入都，重赂梁冀。冀爱财如命，悉数收受，即替他千里移檄，嘱固从宽。固不阿权贵，纠察愈严，高赐等复向冀乞怜，冀竟左迁固为泰山太守。泰山亦多盗贼，郡守尝屯兵千人，随处防剿，终不能平；固到任后，却将屯兵罢遣归农，但留战士百余人，嘱令四处招诱，不到一年，贼皆弭散。唯他处牧守，多是贪污阘茸，但知巴结上官，不知安辑百姓，因此流离载道，半为盗贼。可恨这班牧守，讳无可讳，剿不胜剿，又只好归咎人民，奏报朝廷。顺帝特改永和七年为汉安元年，大赦天下，分遣侍中杜乔，及光禄大夫周举郭遵冯羡栾巴张纲周栩刘班等八人，巡行州郡，宣谕威德，表举贤良。如刺史二千石有贪污不法，即驰驿举劾；二千石以下，许得便宜收系。乔等拜命即行，唯张纲年齿最少，气节独高，出京不过里许，至雒阳都亭，竟将车轮埋藏地下，慨然说道："豺狼当道，安问狐狸？"当下缮好奏疏，还都呈入，弹劾大将军梁冀，及河南尹梁不疑，开篇即云：

大将军冀，河南尹不疑，蒙外戚之援，荷国厚恩，以刍荛之资，居阿衡之任，不能敷扬五教，翼赞日月，而专为封豕长蛇，肆其贪叨，甘心好货，纵恣无厌，多树谄谀，以害忠良，诚天威所不赦！大辟所宜加也！

后文又条陈冀等十五罪，说得淋漓透彻，慷慨激昂。史传中，止言无君之心，十五罪未曾详叙故事，故本书亦只从略。时梁冀妹为皇后，内宠方盛，诸梁姻族，布满内外，纲却不顾利害，言人未言，廷臣都为震栗。幸顺帝知他忠直，未尝加谴，但不过将原奏搁起，置诸度外罢了。冀因此恨纲，辄思借端中伤。适广陵贼张婴，聚众数万，攻杀刺史二千石，寇乱徐扬间，非常猖獗；前任郡守，只求兵马卫护城廨，无一敢讨。冀乃嘱使尚书，举纲为广陵太守。纲单车赴任，但率郡吏十余人，径诣婴垒。婴不知何因，闭垒拒纲，纲手书谕婴道："我奉诏宣慰，并非征讨，汝等不必惊慌，且容我入垒明言，从与不从，悉听汝便，何必闭门拒我，自示张皇呢？"婴见纲来意和平，乃开门出迎，拜伏道旁。纲亲为扶起，偕行入垒，延令就座，问所疾苦。婴答言官吏暴虐，不得不变计逃生。纲随机晓谕道："前后二千石，多肆贪暴，致君等怀愤相聚，二千石原是有罪，但君等所为，亦属非义。今主上仁圣，欲以文德服人，特遣我来此抚慰，意在荣以爵禄，不愿迫以刀锯，这正是君等转祸为福的时会了！若闻义不服，天子必赫然震怒，征调荆扬豫兖大兵，云集垒前，岂不危甚？试想用弱敌强，怎得为明？弃善取恶，怎得为智？去顺效逆，怎得为忠？身死嗣绝，怎得为孝？背正从邪，怎得为直？见义不为，怎得为勇？利害得失，关系非轻，请君自择去就便了！”婴听纲说毕，不禁泣下道：“荒裔愚民，不能自达朝廷，坐遭侵枉，遂致啸聚偷生，譬诸鱼游釜中，喘息须臾，不遑后顾。今明府开诚晓谕，使婴等再见天日，尚有何言？但恐既陷不义，一经投械，终不免拿戮呢！”纲与婴指天为誓，必不爽约，婴乃决计投诚。俟纲别去，遂遍告部众万余人，至次日齐至郡廨，与妻子面缚归降。纲再单车入垒，置酒大会，遣散叛党，任他自去。又亲为婴卜居宅，视田畴，凡子弟欲为郡吏，皆量材召用，众情悦服，南州晏然。纲论功当封，偏被梁冀从中阻挠，因此罢议。唯顺帝尚器重纲才，将加擢用，张婴等闻知消息，上书乞留，乃任纲如故。纲在郡一年，忽然抱病，竟至告终，年才三十有六。百姓扶老携幼，俱至府舍哭临；张婴等五百余人，并身服缞绖，执杖送葬，奉榇至武阳归葬，即由婴等负土为坟，顷刻即成。莫谓盗贼中，必无善人！事为朝廷所闻，也下诏叹息，拜纲子续为郎中，赐钱百万，小子有诗赞道：

敢弹首恶竟埋轮，出守防奸独布仁；
柔亦不茹刚不吐，宽严两济是能臣！

同时尚有几个好官，政声卓著，待小子下回报明。

兵不可常用，常用必败；将不可久任，久任必亡。如汉之马贤，防边有年，屡破羌人，未始非一时名将；但功多则易起骄心，位高则易生佚志，观马融之劾奏马贤，谓其野次垂幕，珍肴杂遝，儿子侍妾，事与古反，是何莫非骄佚之所酿而成？天下有骄且佚者，而尚能胜敌徼功乎？姑射一役，父子俱死，非不幸也，宜也！张纲埋轮，力劾梁冀，虽未足扫除豺狼，而直声已流传千古。至徙纲为广陵守，单车谕贼，不杀一人，而万贼归降，梁冀本欲借贼以害纲，而纲反得收贼以愧冀，乃知天下事总在人为，直道而行，艰险固不必计也！唯忠贤如纲，而不使永年，天若无知而实有知，观于李固杜乔之枉死，而纲之早殁，实为幸事；天之保全名臣，固不在命之修短间欤。

第四十七回　立冲人母后摄政　毒少主元舅横行

却说顺帝时代的名吏，却也不少，除张纲抚定广陵外，尚有洛阳令任峻，冀州刺史苏章，胶东相吴祐。峻能选用人才，各尽所长，发奸如神，爱民如子，洛阳大治。章为冀州刺史，有故人为清河太守，贪赃不法，俟章行巡至郡，当然迎谒，章置酒与宴，畅叙甚欢，太守喜说道："人皆有一天，我独有二天。"章微笑道："今夕苏儒文与故人饮酒，乃是私恩；儒文系苏章表字。明日为冀州刺史按事，却是公法，公私原难并论呢！"这一席话，说得太守忸怩不安；果然到了次日，即被挂入弹章，罢官论罪。州吏闻章秉公无私，自然不敢枉法，全境帖然。吴祐政从仁简，民不忍欺，啬夫孙性，私赋民钱，市衣奉父，父怒说道："汝尚敢欺吴公么？快去向吴公伏罪，还可恕汝！"性惶惧自首，具述父言，祐与语道："汝以亲故受污名，还可原谅，古人所谓观过知仁，便是为此。但汝父确系老成，汝当归谢，所有衣服，仍奉遗汝父便了！"性乃拜谢而去。祐遇民事讼，往往闭阁自责，然后讯问两造，多方晓谕，不尚典刑，或身自至乡，曲为和解，因此闾阎悦服，囹圄空虚。苏章宴友，吴祐还衣，后人或讥为好名，但试问后世有几多贤吏？就是巡行州郡的八使，当时号为八俊。只张纲中道折还，出守广陵，病终任所；余如杜乔周举等人，亦皆不避权贵，所上弹章，统是梁氏姻亲，及宦官党羽。可奈宫廷里面，都由宵小把持，任他如何弹劾，只是搁置不理。嗣经侍御史种皓，复行案举，方得黜去数人。杜乔到了兖州，表奏泰山太守李固，政绩为天下第一，因召入为将作大匠，再迁为大司农。太尉王龚，因病告归，太常桓焉，及司隶校尉赵峻，相继为太尉。司空王卓病终，光禄勋郭虔继任，嗣又改用太仆赵戒。就是司徒黄尚卸任后，亦接连换易两人，一是光禄勋刘寿，一是大司农胡广。唯当时梁冀用事，三公九卿，统唯唯诺诺，无所可否。唯前太尉王龚子畅，入为尚书，倒还有些乃父风规，不偏不党。汉安二年，匈奴句龙王吾斯，复率众寇并州，畅荐茂陵人马寔为中郎将，出使防边。寔募人刺杀吾斯，送首洛阳；越年又进击余党，收降乌桓余众七十余万口。朝廷下诏褒美，赐钱十万；一面册立南匈奴守义王兜楼储为单于，使他还镇南庭。兜楼储前时入朝，留居洛阳，至是由顺帝临轩，亲授玺绶，特赐车服，并命太常大鸿胪等，祖饯都门，作乐侑酒，待至饮毕，兜楼储乃拜辞还国。南庭有此主子，自然不忘汉恩，较为恭顺，北顾幸可无忧。唯西陲一带，经护羌校尉赵冲出镇，剿抚并用，连破烧何烧当诸羌，羌种前后三万余户悉降。后来护羌从事马玄，忽生异图，背冲出塞，羌众亦叛去不少。冲追击叛羌，遇伏战殁，诏封冲子义为义阳亭侯。但冲虽阵亡，羌亦衰耗，再加梁并为左冯翊，招降叛羌离湳狐奴等，陇右少安。回应前回。到了汉安三年，顺帝年已及壮，尚未立嗣，梁皇后以下，多半不育，只后宫虞美人，生下一子，取名为炳，年才二岁，顺帝乃立炳为太子，改汉安三年为建康元年，颁诏大赦。适侍中杜乔，还京复命，遂拜为太子太傅；又命侍御史种皓为光禄大夫，在承光宫中监护太子。一夕由中常侍高梵，单车迎太子入见，杜乔等向梵索诏，梵答言由帝口授，并无诏书，乔惶惑失措，不知所为，种皓独拔剑出鞘，横刃当车道："太子为国家储贰，民命所系，今常侍来迎，不持诏书，如何示信？皓宁死不从此命！"梵起初尚恃有帝谕，倔强不服，及见皓色厉词严，倒也理屈词穷，无从辩驳，因即驰还复奏。顺帝颇称皓持重，更用手诏往迎太子，太子乃入。杜乔出宫赞叹道："种公可谓临事不惑呢！"种皓字景伯，河南洛阳人，杜乔字叔荣，河内林虑人。两人都被举孝廉，致身通显，并号名臣。未几出皓为益州刺史，乔却迁官大司农，再迁为大鸿胪。是年八月，顺帝不豫，数日即崩，年终三十，在位与安帝相同，也是一十九年。群臣奉太子炳即位，尊梁后为皇太后。两龄嗣主，如何亲政？当然援照前例，由皇太后梁氏临朝。进太尉赵峻为太傅，大司农李固为太尉，参录尚书。越月奉顺帝梓宫，出葬宪陵，庙号敬宗。是日京师及太原雁门地震，三郡水涌土裂。有诏令举贤良方正，并使百僚各上封事，极陈时政得失。前安定上计掾皇甫规，奉诏奏对道：

伏唯孝顺皇帝初勤王政，纪纲四方，几以获安；后遭奸伪，威分近习，畜货聚马，戏谑时间，又因缘嬖幸，受赂卖爵，轻使宾客，交错其间，天下扰扰，从乱如归，故每有征战，鲜不挫伤，官民并竭，上下穷虚。臣在关西，窃听风声，未闻国家有所进退，而威福之来，咸归权幸。陛下体兼乾坤，聪哲纯茂，指梁太后。摄政之初，拔用忠贞，指用李固。其余纲维，多所改正，远近翕然，望见太平。而地震之后，雾气白浊，日月不光，旱魃为虐，盗贼纵横，流血川野，庶品不安，谴诫屡至，殆以奸臣权重之所致也。其常侍尤无状者，亟宜黜遣，披扫凶党，收入财贿，以塞民怨，以答天诫。今大将军梁冀，河南尹不疑，处周召之任，为社稷之镇，加与王室世为姻族，今日立号，虽尊可也！唯宜增修谦节，辅以儒术，省去游娱不急之务，割减庐第无益之饰。夫君者舟也，民者水也，群臣乘舟者也，将军兄弟，操楫者也。若能平志毕力，以度元元，所谓福也；如其怠弛，将沦波涛，可不慎乎？夫德不称禄，犹凿墉之址，以益其高，岂量力审功，安固之道哉？凡诸宿猾酒徒戏客，皆耳纳邪声，口出谄言，甘心逸游，倡造不义，亦宜贬斥，以惩不轨；令冀等深思得人之福，失人之累。又在位素餐，尚书怠职，有司依违，莫肯纠察，故使陛下专受谄谀之言，不闻户牖之外。臣诚知阿谀有福，直言贾祸，然岂敢隐心以避诛责乎？臣生长边远，希涉紫庭，怖慑失守，言不尽意，昧死以闻。

这篇奏对，是专从权戚嬖幸上立言，梁冀瞧着，先已忿恨，即黜规下第，授官郎中，规知不可为，托疾辞归。州郡望承意旨，常欲陷害皇甫规，规深居韬匿，但以《诗》《易》教授门徒，幸得不死。时扬徐盗贼复盛，扬州贼范容等，据住历阳；九江贼马勉，攻入当涂，居然自称皇帝，也建立年号，封拜百官，号党羽徐凤为无上将军。就是广陵降贼张婴，自张纲病殁后，又生变志，仍然号召党羽，扰乱堂邑江都。梁太后正拟会集公卿，选将出讨，只因年残春转，朝廷改元永嘉，百僚连日庆贺，无暇问及军情。待至庆贺事毕，幼主忽罹重疾，一瞑不醒，年才三岁，宫中忙乱得很。梁太后因扬徐盗盛，恐国有大丧，愈致惊扰，特使中常侍诏谕三公，拟征集诸王列侯，然后发丧。太尉李固进言道：“嗣皇虽幼，犹是天下君父，今日崩亡，人神感动，岂有身为臣子，反可互相隐讳？从前秦始皇病崩沙邱，胡亥赵高，隐匿不发，卒至扶苏被害，秦即乱亡；近北乡侯病逝，阎后兄弟及江京等，亦共隐秘，致有孙程推刃等事。这乃天下大忌，不可不防！”实是防备梁冀，故有此言。梁太后乃依固议，即夕发丧。唯顺帝只有嗣子一人，嗣子已殁，不得不别求旁支，入承大统。因征清河王蒜，及渤海王子缵，同入京师。蒜系清河孝王庆曾孙，缵乃乐安王宠孙，宠即千乘王伉子，见前回。蒜年已长，缵尚只八岁。太尉李固欲立长君，特语大将军梁冀道：“今当立嗣君，宜择年长有德，及躬与政事，夙有经验的人才，方可主治国家，愿将军审详大计，如周霍立文宣，毋效邓阎二后，利立幼君！”冀不肯从，与梁太后秘密定议，竟迎缵入南宫，授封建平侯，即日嗣位，是谓质帝，仍由梁太后临朝，遣蒜还国。于是议为前幼主安葬，卜兆山陵。李固又进谏道：“方今寇盗充斥，随处都宜征剿，军兴用费，势必加倍，况新建宪陵，劳役未休，前帝年尚幼弱，可即就宪陵茔内，从旁附筑，费可减去三分之一。从前孝殇皇帝奉葬康陵，也是这般办法，今何妨依据前制呢。”梁太后复从固言，将前幼主梓宫出葬，谥为冲帝，墓号怀陵。固遇事匡正，辄见信用，黄门内侍，多半黜遣，天下都想望承平。独梁冀专欲好猜，每相忌嫉，再加阉人从中播弄，共作蜚语，架诬固罪。梁太后却不肯听信，因得无事。固又与太傅赵峻，司徒胡广，司空赵戒等，荐举北海人腾抚，有文武才，可为将帅。有诏拜抚为九江都尉，往讨扬徐诸贼。抚连战连胜，破斩马勉及徐凤范宫等，因进抚为中郎将，都督扬徐二州军事。抚又进至广陵，击毙张婴，尚有历阳贼华孟，自称黑帝，亦为抚领兵击死，东南乃平。越年改元本初，诏令郡国各举明经，诣太学受业，岁满课成，拜官有差。自是公卿皆遣子入学，生徒多至三万余人，学风称盛。扬徐一带，又已平靖，西北两隅，也还安宁，正好偃武修文，日新政治。偏是贵戚梁冀，挟权专恣，恃势横行，甚至大逆不道，公然做出弑君的事情来了。原来质帝年虽幼冲，却是聪明得很，常因朝中会议，公卿满廷，独目顾梁冀道：“这正是跋扈将军呢！”聪明反被聪明误。冀听了此言，大为忿恨，暗想如此少主，已是这般利害，若待至长成，如何了得！不如除去了他，另立一人。乃暗嘱内侍，置毒饼中，呈将进去，质帝吃了数枚，才阅片时，便致腹中作怪，烦闷不堪，因召问太尉李固道："食饼腹闷，得水尚可活否？"冀在旁接口道："恐饮水后或致呕吐，不如不饮为是！"语尚未毕，那质帝已捧住胸腹，直声大叫，霎时间晕倒地上，手足青黑，呜呼哀哉。李固伏尸举哀，大哭一场。少顷梁太后到来，亦泪下潸潸。固停住了哭，面奏太后，请彻底查究侍臣，梁太后含糊答应。固欲再与梁冀说明，左右旁顾，并不见冀踪迹，乃退了出去。适司徒胡广，司空赵戒，闻丧哭临，固待他哭毕，出外与商善后事宜，且恐冀更另立幼主，因邀二人一同署名，致书与冀道：

天下不幸，仍遭大忧，皇太后圣德临朝，摄统万机，明将军体履忠孝，忧存社稷，而频年之间，国祚三绝。今当立帝，膺天下重器，诚知太后垂心，将军劳虑，必详择其人，务求圣明；然愚情眷眷，窃独有怀。远寻先世废立旧仪，近见国家践阼前事，未尝不询访公卿，广求群议，令上应天心，下合众望。且本初以来，政事多谬，地震宫庙，彗星竟天，正是将军忧劳之日。传曰："以天下与人易，为天下得人难。"昔昌邑之立，昏乱日滋；霍光忧愧发愤，悔之折骨。自非博陆忠勇，延年奋发，大汉之祀，几将缺矣？至忧至重，可不熟虑？悠悠万事，唯此为大；国之兴衰，在此一举，唯明将军图之！博陆，即霍光封邑，事见《前汉演义》。

梁冀得书，方召百官入议。李固与胡广赵戒，及大鸿胪杜乔，都请立清河王蒜，说他谊属尊亲，德昭中外，正好入主宗祧。冀默不一答，仍无成议。先是平原王翼，被贬为都乡侯，遣归河间，见四十一回。翼父开时尚生存，愿将蠡吾县为翼封邑，上表请命，朝廷准议，乃改封翼为蠡吾侯。翼殁后，由子志袭封。志酷肖乃父，面目清扬，可惜是个皮相。当顺帝告崩时，曾入都会葬，为梁太后所亲见，太后尚有女弟，意欲与志为婚，合成佳偶，只因国有大丧，一时未便与议，所以遣令归国。迁延至两年有余，志年已十五，乃由梁太后召令入朝，与商婚事。适值质帝暴崩，议立新主，梁冀意中，即欲将志拥立，好做那双料国舅，永久擅权。国舅也有双料，真是奇语。不料三公会议，多主张清河王蒜，与己意殊不相合，急切又未便开口，只得闷闷无言。及公卿等退出后，时已天暮，冀吃过夜膳，正在踌躇，忽由中常侍曹腾等入见，希旨说冀道："将军累代为椒房姻戚，秉摄万机，宾伍如云，免不得稍有过失。清河王夙号严明，若果得立，恐将军必致受祸！不如立蠡吾侯，富贵当可长保哩！"冀皱眉道："我亦有此意，但公卿等未肯赞成，奈何？"腾复说道："将军据有重权，令出必行，何人敢违？"冀不待说毕，奋然起座道："我……我意决了！"冀本口吃，两我字形容毕肖。腾等欣然辞去。翌晨冀重集公卿，倡议立蠡吾侯志，怒目轩眉，语甚激切，胡广赵戒以下，俱为冀所震慑，同声接应道："唯大将军命！"独固与杜乔，坚持初议，尚有辩驳，冀不令多言，竟厉声喝道："罢会！……罢会！"语毕竟入。固亦趋出，尚望冀舍志立蒜，再贻冀书，反复申论。冀略略一阅，掷置地上。先向梁太后请下诏书，将固策免，然后至夏门亭迎入蠡吾侯志，即夕即位，夏门系洛阳西北门，门外有万寿亭。是为桓帝。梁太后犹临朝政，安葬质帝于静陵，追尊河间王开为孝穆皇，蠡吾侯翼为孝崇皇；孝穆皇陵号乐成陵，孝崇皇陵号博陵。帝生母匽氏，本蠡吾侯翼媵妾，至是在园守制，亦得尊为博园贵人。越年改元建和，正月朔日，便报日食，诏令三公九卿，各言得失；到了四月，京师地震，又诏大将军公卿等，荐举贤良方正，及直言极谏各一人。看官试想！豺狼久已当道，欲要纠正时政，必为所噬，有几个肯拼出性命，去膏豺狼口吻？如果有贤良方正，也不愿出仕乱世。至若直言极谏，更不必论了！司徒胡广，已代李固为太尉，会因盛夏日食，将广策免，进杜乔为太尉。且追论定策功勋，益封梁冀食邑万三千户；冀弟不疑为颍阳侯；不疑弟蒙为西平侯；冀子清为襄邑侯。又封中常侍刘广等，皆为列侯。太尉杜乔，守正不阿，独上书谏阻道：

陛下越从藩臣，龙飞即位，天人属心，万邦攸赖，不急忠贤之礼，而先左右之封，伤善害德，兴佞长谀！臣闻古之明君，褒罚必以功过，末世暗主，诛赏各缘其私。今梁氏一门，宦者微孽，并带无功之绂，裂劳臣之土，其为乖滥，胡可胜言？夫有功不赏，为善失其望；奸回不诘，为恶肆其凶。故陈资斧而人靡畏，班爵赏而物无劝。苟遂斯道，岂伊伤政为乱而已，丧身亡国，可不慎哉！

书奏不省。从前乔为大司农时，永昌太守刘君世，铸黄金为文蛇，拟献梁冀，事为益州刺史种皓所劾，致将金蛇没入国库，归与大司农收管。梁冀尚欲索取，伪与乔言，借观金蛇，乔知冀不怀好意，婉词拒绝，冀因此挟嫌。冀有小女病死，公卿都前往吊丧，乔独不赴，又为冀所衔恨。至迎立桓帝时，又与李固等反抗冀议，冀更觉切齿。不过梁太后素知乔忠，乃进乔为太尉。乔抗直如故，复谏阻冀等加封，言不见听，徒增冀恨。桓帝由梁氏得立，自然允从婚议，愿纳冀妹为后。冀想乘此大出风头，拟令桓帝特备隆仪，迎娶乃妹，偏杜乔据执旧典，只准照前汉时惠帝纳后故事，毫不增饰。冀因乔为首辅，也不便硬与争论，唯心中芥蒂益深。及冀妹既纳为皇后，冀势力益张。适都中又复地震，遂归咎首辅杜乔，将他策免，进司徒赵戒为太尉，封厨亭侯；司空袁汤为司徒，封安国侯；汤由太仆升任。起前太尉胡广为司空，封安乐侯。三公各得侯封，遂皆党同梁氏，唯命是从，只有李固杜乔，不肯附梁，免不得为所倾陷，要同时绝命了。小子有诗叹道：

邪正由来不并容，保身何若且潜踪；
先机未悟终罹祸，过涉难逃灭顶凶！

欲知李固杜乔，如何毕命，且看下回续叙。

顺帝告崩，子炳嗣立，梁皇后援例临朝，犹可说也。但不当专信乃兄，委以重任。冀本一浮荡子耳，梁后关系同胞，岂无所闻？皇甫规首先进谏，言之甚详，奈何顾恋亲谊，不为国家大局计乎？夫以明德和熹两后之贤，而母族犹不免中落，梁后夙号知书，尝引《列女图》以为鉴戒，吾未闻古今列女，好为是以私废公也！冲帝夭折，莫如迎立长君，乃偏听冀言，舍蒜立缵，其贪权固位之心，已可想见！至质帝遇毒，顷刻暴崩，若使梁后未知冀谋，奈何不从李固之言，彻底查究？晋赵穿弑灵公于桃园，赵盾归不讨贼，史以赵盾弑君书之。例以《春秋》大义，梁后亦与有罪焉！况为妹联婚，复立桓帝，李固杜乔，同时抗谏，卒不见从；冀固首恶，试问谁纵之而谁使之耶？吾以是知妇人之仁，终无当于大体云。

第四十八回　父死弟孤文姬托命
夫骄妻悍孙寿肆淫

却说李固杜乔，虽相继免职，尚在都中居住；何不速归？外戚中宦，统因他平素抗直，引为大患。桓帝即位以后，宦官唐衡左悺等，共入内进谗道："陛下前当即位，李固杜乔，首先抗议，谓陛下不应奉汉宗祀，真正可恨！"桓帝听了，也不禁愤怒起来。会值甘陵人刘文，与南郡妖贼刘鲔交通，讹言清河王当统天下，意欲立蒜邀功，当下劫住清河相谢皓，持刀胁迫道："我等当立王为天子，君当为公，否则与君不便！"皓不肯听从，怒目相叱，致被刘文等杀死。清河王蒜，素来严重，颇有纪律，闻得国相被劫，忙令王宫卫兵，出去救护。卫士等见皓被杀死，当然奋力与斗，刘文刘鲔，部众无多，一时抵敌不住，立即遭缚，推至清河王面前，还有何幸，自然奉命伏诛。偏朝廷不谅苦衷，反信奸人蜚语，劾蒜不能无罪，坐贬为尉氏侯。蒜本无反意，遭此冤诬，愤不欲生，竟仰药自尽。死得冤苦，但亦等诸匹夫匹妇之为谅，不足成名。梁冀趁此机会，诬称李固杜乔，与刘文刘鲔通谋，请逮捕治罪。梁太后素知乔忠，不许捕乔，冀即收李固下狱，迫令诬供。固怎肯承认？固有门生王调，贯械上书，替固讼冤；还有河内赵承等数十人，亦自伏斧锧，诣阙通诉。梁太后诏令赦固，固得释出狱；行至都市，百姓统欢呼万岁。梁冀闻报大惊，复入白太后，极言固买服人心，必为后患，不如趁早伏法。梁太后尚未允许，冀竟擅传诏命，复将固捕入狱中。固自知不免，因在狱中缮好手书，托狱吏转交太尉赵戒，司空胡广，书中略云：

固受国厚恩，是以竭尽股肱，不顾死亡，志欲扶持王室，比隆文宣。何图一朝梁氏迷谬，公等曲从，以吉为凶，成事为败乎！汉家衰微，从此始矣。公等受主厚禄，颠而不扶，倾复大事，后之良史，岂有所私？固身已矣，于义得矣，夫复何言！

赵戒胡广得了固书，明知固是当代忠臣，为冀所害，但若出头救固，也恐触忤权奸，非唯富贵不保，连身家亦且难存，因此不敢代讼，只是心中悲愧，长叹流涕罢了。千古艰难，唯一死。此外公卿大臣，名位较卑，乐得袖手旁观，免遭横祸。可怜一位为国尽忠的李子坚，子坚即李固字。竟就此死于非命，年五十有四。冀既杀李固，复使人胁迫杜乔道："请早裁决，尚可保全妻子！"乔未受明诏，怎肯为了梁冀私言，便去就死。到了次日，冀遣骑士至乔第探视，并不闻有哭声，乃入白太后，极言乔怨望不道，也不待太后命令，即捕乔下狱，当夜暴亡。并将固乔二尸，置诸城北，榜示四衢，说他串通叛逆，故加死刑，并下令有人哭临，一并同罪。固弟子郭亮，年始成童，游学洛阳，闻得固遭枉死，即左执章钺，右执铁锧，诣阙上书，乞收固尸。朝廷不许，亮即往哭固丧，守尸不去。夏门亭长呵叱道："李杜二公，身为大臣，不知安上纳忠，乃反构造逆谋，君何为敢犯诏书，轻试刑法呢？"亮慨然道："皇天畀亮生命，使得载乾履坤；李杜二公，何人不替他称冤？亮唯义是动，不计生死，何必大言吓我？"说得亭长亦为叹息，顾亮再说道："人生既处今世，天虽高，不敢不局，地虽厚，不敢不蹐，耳目甚近，幸毋妄言！"亭长亦有心人。既而南阳人董班，亦至固尸旁恸哭，留连不去。杜乔故掾杨匡，自陈留奔丧，星夜入都，犹著前时赤帻，托为夏门亭吏，守卫尸丧，驱逐蝇虫。三人守至十有二日，由司隶察状奏闻，梁太后也为垂怜，尽加赦宥，且听令收葬二尸。董班送固丧还汉中，杨匡送乔丧还河内，家属都随榇归里。先是李固策免太尉时，已遣三子基兹燮还乡，燮年才十三，有姐文姬，嫁与同郡赵伯英为妻，贤慧过人，因见兄弟回里，便即过问情由，且叹且泣道："李氏恐从此灭亡了！自从祖考以来，积德累仁，奈何至此？"遂密与二兄基兹熟商，豫匿季弟，托言遣往京师，里人都信以为真。未几难作，郡守接得冀书，收固三子，基兹被捕，并死狱中；独燮由文姬藏匿，幸免毒手。文姬尚忧难保，因召父门生王成入室，流涕与语道："君在先公门下，素有义声，今当以孤子相托；李氏存亡，系诸君身，愿君勿辞！”成即应声道：“夙受师恩，敢不如命？”好义徒！文姬乃将燮交与王成，成偕燮沿江东下，入徐州境，使变姓名为酒家佣，自己卖卜市中，仍与燮相往来。燮有暇即从成受学，朝夕不懈。酒家知非常人，意欲以女妻燮；女年已及笄，也料燮不居人下，情愿委身相事，于是择吉成礼，伉俪甚谐。却是一出奇缘记。燮勤学如故，遂得淹通经籍。后来梁冀伏辜，赦书屡下，并求李固后嗣，燮始将本末详告酒家，酒家具礼遣归，方得为父追服，重会姐弟，复入朝拜为议郎，事且慢表。且说建和二三年间，国政虽出权门，内外尚幸无事，唯灾异常有所闻；二年五月，北宫掖廷中德阳殿，及左掖门被火，车驾仓猝奔徙，避居南宫；三年六月，洛阳地震，宪陵寝屋，俱被震坍；七月间廉县雨肉，形似羊肺，或如手掌，远近称奇；八月中有孛星出天市垣，京都大水；九月地震二次，山崩五处。太尉赵戒，因灾免官，迁司徒袁汤为太尉，大司农张歆为司徒。梁太后下诏自责，令有司赈恤流民，掩埋饿莩，务崇恩施，禁止苛刻。越年正月，太后不豫，乃归政桓帝，大赦天下，改元和平。小子因将归政诏书，录述如下：

> 曩者遭家不造，先帝早世。永维太宗之重，深思嗣续之福，询谋台辅，稽之兆占；既建明哲，克定统业，天人协和，万国咸宁。元服已加，桓帝于建和二年行冠礼。将即委付，而四方盗窃，颇有未靖，故假延临政，以须安谧。幸赖股肱御侮之助，残丑消荡，民和年稔，普天率土，遐迩洽同；远览复子明辟之义，近慕先姑归授之法，阎皇后被迁离宫，本非自愿，诏文中曲为转圜。及今令晨，皇帝称制，群公卿士，虔供尔位，戮力一意，勉同断金，展也大成，则所望矣！

梁太后既经归政，即在长乐宫养疴，迭召侍医诊治，多日无效，反致增剧，勉强起床，出幸宣德殿，召见宫省官属，及诸梁兄弟，本拟面加嘱咐，因痰喘未平，只得令左右草诏，用纸代言道：

> 朕素有心下结气，近且加以浮肿，逆害饮食，寖至沉困。比读若毗。使内外劳心请祷，私自忖度，日夜虚劣，不能复与群公卿士，共相终

竟，援立圣嗣，恨不久育养，见其终始。今以皇帝及将军兄弟，委付股肱，其各自勉焉！

颁诏后还宫，越二日即致逝世，享年四十有五，尊谥顺烈皇后，合葬宪陵。桓帝生母匽贵人尚存，当由桓帝仰报慈恩，遣司徒张歆持节奉策，往诣博园，尊匽贵人为孝崇皇后，号住室为永乐宫，得置太仆少府等官，如长乐宫故事。所有朝廷政治，名为桓帝亲政，实仍在梁冀掌握中。当时颍川郡有两大耆儒，一个就是荀淑，表字伯和，出为当涂长；一个乃是陈寔，表字仲弓，出为太丘长。两人并有令名，又相友善。淑有八子，俭绲靖焘汪爽肃旉，并承家学，克肖乃父，时人号为八龙。颍阴令苑康，比诸古时高阳氏才子八人，因名荀氏居里曰高阳里。寔亦有六子，长次最贤，长名纪，字元方，次名谌，字季方，齐德同行，与父寔并称三君；郡人谓元方难为兄，季方难为弟。元方子群，幼亦颖慧，寔尝过访荀淑，使长子御车，次子执杖，嫡孙年小，并载车中。淑闻寔至，令三子靖应门，五子爽行酒，俭绲等相继进食，孙彧亦在稚年，引坐膝前。两家合宴，当然尽欢。不意上感天文，德星并集，朝中太史，即奏称五百里内，有贤人相聚。大将军梁冀，但知作威作福，管什么贤人不贤人？嗣由光禄勋少府等，举淑为贤良方正，入朝对策，淑策文中多讥刺贵幸，为冀所忌，徙补朗陵侯相，莅事明理，世号神君。既而弃官归隐，家居数年，至六十七岁病终，时为桓帝建和三年。从前李固杜乔，尝师事荀淑，还有同郡人李膺，亦奉淑为师，淑殁时，膺已为牧守，自表师丧，郡县均为立祠。寔尚生存无恙，唯因权幸擅权，志不苟合，所以一官小试，终就沉沦，后文再当表见，姑从缓叙。类叙荀淑陈寔，不没名士。

梁冀嫉忠害良，终不少改，和平元年，且得增封食邑万户，连前封合三万户。弘农人宰宣，巧为迎合，上言大将军功比周公，应加封妻孥，今既封诸子，妻亦宜加号邑君。有诏依议，遂封冀妻孙寿为襄城君，兼食阳翟租，岁入五千万，加赐赤绂，仪比长公主。这位襄城君孙寿，却是一个非常淫悍的妇人，面貌却很是艳冶，善为妖态。眉本细长，却故意蹙损，作曲折形，叫做愁眉；目本莹彻，却轻拭眼眶，作泪眦状，叫做啼妆；不似愁而似愁，不必啼而似啼，也是不祥之兆。发本黑软，却半脱不梳，成一懒髻，使它斜欹半偏，叫做堕马髻；腰本轻柔，行动时却摆动莲钩，好似瘦弱不禁，叫做折腰步；齿本整齐，巧笑时却微涡梨颊，好似牙床作痛，叫做龋齿笑。龋音矩，齿痛貌。引得梁冀格外怜爱，格外宠惮，稍一忤意，便装娇撒痴，吵得全家不安。冀本好色，为妻所制，未能自由纵欲，也不免心存芥蒂。可巧父死丁忧，托言城西守制，与妻异居，其实同一美人友通期，日夕肆淫，借居丧庐，为藏娇屋，任情取乐。看官欲问友通期的来历，乃是一个歌妓，由冀父商购献顺帝，事君当进贤士，奈何购献美人？商之行为可见一斑。顺帝留住后宫，时因通期有过，仍然发还梁家，梁商遣令出嫁，偏冀心爱通期，待至商殁，便嘱门下食客，暗将通期诱来，借偿夙愿。怎奈艳妻独处，已有所闻，俟冀他出，竟率健奴，突入丧庐，搜索通期；通期未曾预防，竟被寿揪住云髻，先赏她几个耳光，然后交与家奴，把她牵归。通期本生得一头美发，由寿用剪截去，再将她花容玉面，用刀劖开，更迫令脱去外衣，笞掠至数百下，打得通期无从申诉，痛苦不堪。冀归庐闻报，吃一大惊，慌忙趋至岳家，向妻母叩头似蒜，请她至妻前说情，饶放通期。寿母乃往与缓颊，寿始将通期放归，冀急去探视，见她创痕累累，鬓影星星，禁不住肉痛起来。当即替她抚摩，婉言谢过，并延名医调治，外敷内补，好几日才得告痊。通期感冀厚意，仍然与冀续欢，亲昵如故；未几私生一男，取名伯玉，匿不敢出。偏又为孙寿所探悉，竟令子胤带着家奴，各持刀械，闯入友氏家内，不论男女老幼，一概杀死；只有冀私生子伯玉，平时常藏匿复壁中，幸得漏网，不致污刃。梁胤已灭尽友氏，扬长归报。独冀亲往勘视，惨不忍睹，忙着人买棺收殓，一一埋葬；心中虽衔恨妻孥，但畏妻如虎，未敢返家诘责，只把那私生子格外珍惜，重价雇一乳媪，育养民间，时令藏匿。自己也不愿回家，另在外舍居住。孙寿见冀挟嫌不归，也去另寻主顾，为娱乐计。可巧有个太仓令秦宫，曾在冀家充过奴仆，面目俊俏，口齿伶俐，因为冀所怜爱，荐为县令。他却并未赴任，仍在冀家出入往来，甚至深房密室，也得进出无阻。孙寿竟垂青眼，有所役使，往往令宫充当。宫小心伺候，曲尽殷勤，寿见他体心贴意，越加喜欢，有时辄屏去左右，与宫私谈，耳环厮磨，情绪密切。看官试想！这秦宫是个有名的狡徒，岂有不瞧透芳衷，欢颜相接？又况寿华色未衰，阃威又盛，这种主顾，真是毕世难逢，乐得放大了胆，趁这四目相窥的时候，将孙寿轻轻搂住。寿故作娇嗔，叱他无礼，那娇躯却全不动弹，一任秦宫拥入罗纬，解带宽衣，成就好事。好一场桃花运。嗣是宫内作情郎，外为宠竖，几乎大将军门下，要算他一人最出风头；且刺史二千石入都，求见大将军，必先谒赂秦宫，然后得通姓氏。宫又为冀夫妇互相调停，仍归和好，且劝他夫妇对街筑宅，穷极精工，左为大将军府，右为襄城君第，堂寝皆有阴阳奥室，连房洞户，曲折通幽，四围窗壁，统是雕金为镂，绘彩成图，此外尚有崇台高阁，上触云霄，飞梁石磴，下跨水道，差不多与秦朝阿房宫相似。又复广开园囿，采土筑山，十里九坂，取象崤函，山上罗列草木，驯放鸟兽，葱笼在望，飞舞自如。冀与寿共乘辇车，游观第内，前歌僮，后乐妓，鸣钟吹管，铿锵盈路，或且连日继夜，恣为欢娱。既而府第冶游，尚嫌不足，再至近畿一带，广拓林囿，周遍近畿；又在河南城西，增设兔苑，绵亘数千里，移檄各处，调发生兔，刻毛为志，人或误犯，罪至死刑。冀二弟尝私遣门役，出猎上党，冀侦得消息，恐他杀伤生兔，立派家卒往捕，杀死至三十余人。另在城西构造别墅，收纳奸亡，或取良家子女，悉为奴婢，名曰自卖人。寿又向冀谮毁诸梁，黜免外官数人，阴令孙氏宗族补缺。孙氏宗亲，都是贪婪不法，各遣私人调查富户，诬以他罪，捕入拷掠，令出金钱自赎，稍不满意，辄予死徙。扶风富豪孙奋，性最悭吝，冀遗以乘马，向他贷钱五千万，奋只出三千万缗借冀，冀竟大怒，移檄太守，冒认奋母为府中守藏婢，说他盗去白金十斛，紫金千斤，应该追缴。太守奉命维谨，即拘孙奋兄弟，逼令缴出原赃，奋等并无此事，怎肯承认，活活地被他敲死，资产悉被籍没，数至一亿七千余万缗，乱世时代，原不应拥资自豪。一大半献与梁冀，冀方才泄恨。嗣复派使四出，远至塞外，广求异物。去使多恃势作威，劫夺妇女，殴击吏卒，累得吏民痛心疾首，饮恨吞声。侍御史朱穆，本系梁氏故吏，因贻书谏冀道：

古之明君，必有辅德之臣，规谏之官，下至器物，各铭书成败，以防遗失。故君有正道，臣有正路，从之如升堂，违之如赴壑。今明将军地有申伯之尊，位为群公之首，一日行善，天下归仁，终朝为恶，四海倾覆。顷者官民俱匮，加以水虫为害，京师诸官，费用增多，诏书发调，或至十倍，各言官无现财，皆出诸于民，搒掠敲剥，强令充足。公赋既重，私敛尤深，牧守长吏，多非德选，贪聚无厌，遇民如虏，或绝命于棰楚之下，或自贼于迫切之求。又掠夺百姓，皆托之尊府，遂令将军结怨天下，吏民酸毒，道路叹嗟。昔秦政烦苛，百姓土崩，陈胜奋臂一呼，天下鼎沸；而面谀之臣，犹言安宁，讳恶不悛，卒之灭亡。又永和之末，纲纪少弛，颇失民望，裁四五岁耳，而财空户散，下有离心，马勉之徒，乘敝而起，荆扬之间，几成大患；见前回。幸赖顺烈皇后，初政清静，内外向心，仅乃讨定。今百姓戚戚，困于永和，内非仁爱之心，所得容忍，外非守国之计，所宜久安也。夫将相大臣，均体元首，共舆而驰，同舟而济，舆倾舟覆，患实共之。岂可去明即昧，履危自安，主孤时困而莫之恤乎？宜时易宰守之非其人者，减省第宅园池之费，拒绝郡国馈遗，内以自明，外解人惑；使挟奸之吏，无所依托，司察之臣，得尽耳目。宪度既张，远迩清一，则将军身尊事显，德耀无穷。天道明察，无言不信，唯冀省览！

冀得书不省，但援笔批答道："如君所言，难道仆果无一可么？"何事为可，请汝说来。穆知冀怙过，不便再谏，只好付诸一叹。越年元旦，桓帝御殿，受文武百官朝贺，冀竟带剑入朝，忽左班闪出一人，大声叱冀，不令趋入，且使羽林虎贲诸将，把冀佩剑夺下，冀倒也心惊，跪伏阶前，叩头谢罪。正是：

殿上直声应破胆，阶前权威也低头。

欲知冀曾否受谴，待至下回说明。

李固杜乔，号称忠直，而于质帝遇毒之时，既不能拚生讨贼，复不能避祸归田，得毋忠有余而智不足者耶？然无辜被害，远近呼冤，彼苍亦隐为垂怜。特生郭亮董班杨匡诸义士，拼死收骸，复有李女文姬，智能料事，明足知人，托孤弟于王成之手，而遗嗣得全。待至梁氏族灭，而李杜之后裔犹存，为善者其亦可无惧欤？梁冀凶悍无比，而独受制于艳妻，先贤所谓身不行道，不行于妻子，有明征焉。且冀私诱友通期，而冀妻即私通秦宫，我淫人妻，人亦淫我妻，报应之速，如影随形。冀至此犹不知悟，反穷极奢侈，愈逞凶威，是殆所谓天夺之魄，而益其疾者，朱穆一谏，亦宁能挽回乎？

第四十九回　忤内侍朱穆遭囚
就外任陈龟拜表

却说梁冀带剑入朝，突被殿前一人，叱令退出，夺下佩剑，这人乃是尚书张陵，素有肝胆，故为是举。冀长跪谢过，陵尚不应，当即劾冀目无君上，应交廷尉论罪。桓帝未忍严谴，但令冀罚俸一年，借赎愆尤，冀不得不拜谢而退。河南尹梁不疑，尝举陵孝廉，闻陵面叱乃兄，即召陵与语道："举公出仕，适致自罚，未免出人意外！"陵直答道："明府不以陵为不才，误见擢叙，今特申公宪，原是报答私恩，奈何见疑？"与周举同一论调。不疑听了，未免生惭，婉言送别。独冀因不疑举荐张陵，致被纠弹，当即迁怒不疑，嘱令中常侍入白桓帝，调不疑为光禄勋。不疑知为兄所忌，让位归第，与弟蒙闭门自守，不闻朝政。冀便讽令百官，荐子胤为河南尹。胤一名胡狗，年才十六，容貌甚陋，不胜冠带，都人士见他毫无威仪，相率嗤笑，唯桓帝特别宠遇，赏赐甚多。和平二年，又改号元嘉。春去夏来，天时和暖，桓帝乘夜微行，竟至梁胤府舍，欢宴达旦，方才还宫。是夕大风拔树，到了天明，尚是阴雾四塞，曙色迷离。故太尉杨震次子秉，已由郎官迁任尚书，上书谏帝微行，未见信用。俄而天旱，俄而地震，诏举独行高士。安平人崔寔即崔瑗子，崔瑗见四十三回。被举入都，目睹国家衰乱，嬖幸满朝，料知时不可为，乃称病不与对策，退作政论数千言，隐讽时政。小子特节录如下：

自尧舜之帝，汤武之王，皆赖明哲之佐，博物之臣，故皋陶陈谟而唐虞以兴，伊箕作训，而殷周用隆。及继体之君，欲立中兴之功者，曷尝不赖贤哲之谋乎？凡天下所以不理者，常由人主，承平日久，习乱安危，或荒耽嗜欲，不恤万几；或耳蔽箴诲，厌伪忽真；或犹豫歧路，莫适所从；或见信之佐，括囊守禄；或疏远之臣，言以贱废；是以王纲纵弛于上，智士郁伊于下。悲夫！自汉兴以来，三百五十余岁矣，政令垢翫，上下怠懈，风俗雕敝，民庶巧伪，百姓嚣然，咸复思中兴之救矣。且济时拯世之术，岂必体尧蹈舜，然后乃理哉？期于补隙决坏，譬犹枝柱邪倾，随形裁割，要措斯世于安宁之域而已！夫为天下者，自非上德，严之则治，宽之则乱。何以知其然也？近观孝宣皇帝，明于君人之道，审于为政之理，故严刑峻法，破奸宄之胆，海内清肃，天下密如，荐勋祖庙，享号中宗。及元帝即位，多行宽政，卒以堕损，威权始夺，遂为汉室基祸之主。政道得失，于斯可鉴！盖为国之法，有似理身，平则养疾，疾则功焉。夫刑罚者，治乱之药石也，德政者，兴平之粱肉也，以德教除残，是以粱肉治疾也，以刑罚治平，是以药石供养也。方今承百王之敝，值厄运之会，自数世以来，政多恩贷，驭委其辔，马骀其衔，四牡横奔，皇路险倾，方将钳勒鞬辀以救之，以木衔口，曰钳；辀，为车辖，鞬，犹束也。岂暇鸣和鸾，清节奏哉？昔高祖令萧何作九章之律，有夷三族之令，黥劓斩趾断舌枭首，故谓之具五刑。文帝虽除肉刑，当劓者笞三百，当斩左趾者笞五百，当斩右趾者弃市，右趾者既殒其命，笞挞者往往至死，虽有轻刑之名，其实杀也。当此之时，民皆思复肉刑。至景帝元年，乃下诏曰："加笞与重罪无异，幸而不死，不可为民。"乃定律减笞轻捶，自是之后，笞者得全。以此言之，文帝乃重刑，非轻之也，以严致平，非以宽致平也。必欲行若言，当大定其本，使人主师五帝而式三王，荡亡秦之俗，振先圣之风，弃苟全之政，蹈稽古之踪，复五等之爵，立井田之制，然后选稷契为佐，伊吕为辅，乐作而凤皇仪，击石而百兽舞，若不然，则多为累而已。

这篇政论，并非劝朝廷尚刑，不过因权幸犯法，有罪不坐，贪吏溺职，有过不诛，所以矫时立说，主张用严。看官若视为常道，便变成刻薄寡恩了。揭出宗旨，免为暴主借口。高平人仲长统，得读匽政论，喟然叹道："人主宜照录一通，置诸座右！”这也是规戒庸主的意思。唯儒生清议，怎能遽格君心？梁冀是当道豺狼，顺帝还当他麟凤相待，意欲再加褒崇，特令公卿议礼。时赵戒袁汤胡广，迭为太尉，光禄勋吴雄为司徒，太常黄琼为司空。胡广本模棱两端，因见梁氏势盛，遂称冀功德过人，应比周公，锡以山川土田。独司空黄琼进议道：“可比邓禹，合食四县！”这八字，亦硬逼出来。于是有司折衷申议，奏定加冀殊礼，入朝不趋，履剑上殿，谒赞不名，礼比萧何，增封四县，礼比邓禹，赏赐金帛奴婢彩帛车服甲第，礼比霍光，每朝会与三公异席，十日一评尚书事。梁冀得此荣宠，还是贪心不足，心下怏怏。会桓帝生母匽氏病终，即孝崇皇后。桓帝至洛阳西乡举哀，命母弟平原王石为丧主，王侯以下，悉皆会葬，礼仪制度，比诸恭怀皇后。即顺帝生母梁贵人，事见前文。唯匽氏子弟，无一在位，这全由梁冀擅权，心怀妒忌，因此不令匽氏一门，得参政席。至元嘉三年五月，复改元永兴，黄河水涨，经秋愈大，冀州一带，河堤溃决，洪水泛滥，田庐尽成泽国，百姓流亡，至数万户。有诏令侍御史朱穆，为冀州刺史。穆奉命即行，才经渡河，县令邑长，只恐穆举劾隐愆，解印去官，约有四十余人。及穆到郡后，果然纠弹污吏，铁面无私，有几个惶急自杀，有几个锢死狱中。宦官赵忠，丧父归葬，僭用玉匣，穆因他籍隶安平，属己管辖，特遣郡吏按验情实。吏畏穆严明，不敢违慢，竟发墓剖棺，出尸勘视，果有玉匣佩着，乃将赵忠家属逮捕下狱。谁知赵忠不肯认错，反向桓帝前逞刁，奏称穆擅发父棺，私系家眷；再加梁冀恨穆进规，也为从旁诬蔑，顿致桓帝大怒，立遣朝使拘穆入都，交付廷尉，输作左校。左校署名属将作大匠管理，凡官吏有罪，令入左校工作，亦汉朝刑罚之一种。当时激动太学生数千人，共抱不平，推刘陶为领袖，诣阙上书，代讼穆冤，学生干政自此始。略云：

伏见前冀州刺史朱穆，处公忧国，拜州之日，志清奸恶。诚以常侍贵宠，父兄子弟，布在州郡，竞为虎狼，噬食小人，故穆张理天纲，补缀漏目，罗取残贱，以塞天意。由是内官咸共恚疾，谤讟烦兴，谗隙仍作，极其刑谴，输作左校。天下有识，皆以穆同勤禹稷，而被共鲧之戾，若死者有知，则唐帝怒于崇山，重华忿于苍墓矣！舜葬于苍梧之野，故曰苍墓。当今中官近习，窃持国柄，手握王爵，口含天宪，运赏则使饿隶富于季孙，呼嗡则令伊颜化为桀跖；而穆独抗然不顾身害，非恶荣而好辱，恶生而好死也，徒感王纲之不振，惧天网之久失，故竭心怀忧，为上深计。臣等愿黥首系趾，代穆校作，不愿使忠臣之抱屈蒙冤也！谨此上闻，无任翘切。

桓帝得书，方将穆赦出，放归南阳故里。穆即故尚书令朱辉孙，表字公叔，年五岁，便以孝闻，后由孝廉应举，入为议郎，再迁侍御史，廉直有声，尝作崇厚论以儆世，称诵一时。至是罢归乡里，太学生刘陶等，又奏称朱穆李膺，履正清平，贞高绝俗，实是中兴良佐，国家柱臣，应召使入朝，夹辅王室，必有效绩可征云云。原来颍川人李膺，为故太尉李修孙，在安帝时，见前回。操守清廉，与朱穆齐名，也是由孝廉进阶，累迁至青州刺史，嗣复转调渔阳蜀郡诸太守，更任乌桓校尉。鲜卑屡兴兵犯塞，膺率步骑，临阵出击，亲冒矢石，裹创迭战，得破强虏万余，斩首至二千级，鲜卑始不敢窥边。寻因事免官，退居纶氏县中，教授生徒，及门常不下千人。刘陶等素重膺名，故与朱穆一同举荐，偏桓帝不肯听从，遂致名贤屈抑，沉滞至好几年。唯是君子道消，小人道长，上干天怒，灾异相寻，下丛民怨，盗贼四起。陈留贼李坚，自称皇帝；长平贼陈景，自号黄帝子；南顿贼管伯，自称真人；扶风人裴扰，亦自称皇帝。尚幸徒众乌合，不足有为，一经郡县发兵围捕，先后伏诛。只泰山琅琊贼公孙举东郭窦等，聚众较多，叛官戕吏，连年不平。到了永兴三年正月，复改号为永寿元年，大赦天下，与民更新。公孙举等顽抗如故，还有南匈奴左奥鞬台耆，及且渠伯德，左奥鞬且渠，皆匈奴官名。纠合虏骑，入寇美稷，东羌亦举种相应，亏得安定属国都尉张奂，东抚北征，收群寇，破奥鞬，降伯德，羌胡始定。过了一载，鲜卑都酋檀石槐，率同虏骑三千名，入寇云中。相传檀石槐生时，很是奇异，父为投鹿侯，尝从匈奴军，三年始归，妻竟生下一子，就是檀石槐。投鹿侯向妻诘责，妻谓昼行闻雷，仰视天空，有雹入口，吞而成孕，乃生此男。投鹿侯似信非信，决意将婴儿弃去，因即投掷野中。我亦不信，有此异闻。妻私语家令，仍然收养。年至十四五岁，勇健有智略，别部酋长，抄取檀石槐母家牛羊，檀石槐单骑追击，所向无前，尽将牛羊夺回，由是各部畏服。待至壮年，越加智勇，施法禁，平曲直，莫敢违犯，遂共推为大人。檀石槐乃立庭弹汗山，招兵买马，逐渐强盛。及寇掠云中，警报似雪片一般，传达京师，桓帝乃再起李膺为度辽将军，使他防御鲜卑。鲜卑素惮膺威，望风震慑，当将所掠男女牲畜，尽行弃置，出塞自去。膺也不复穷追，安民设障，塞下自安。

独公孙举等骚扰青徐，尚未平靖，嬴县地当要冲，贼踪出没，大为民害。朝廷闻警，由诸尚书简选能员，得了一个颍川人韩韶，使为嬴长。韶贤名卓著，一经到任，贼皆远徙，相戒不敢入境；流民万余户，仍得安然还乡，只是庐舍已空，一时无从得食，免不得待哺嗷嗷。韶即开仓赈饥，主吏谓未得上命，力争不可，韶慨然道：“能起沟壑中人，复得生活，就使因此伏罪，也足含笑九泉了！”为民忘身，是谓好官。流民得粟疗饥，生全无算，郡守亦素知韶贤，并不加罪。时称颍川四长，一是荀淑，一是陈寔，见前回。一是钟皓，还有一人就是韩韶。皓初为本郡功曹，后迁任林虑长，不久即去。李膺尝将皓比诸荀淑，往往语人道：“荀君清识难尚，钟君至德可师，两贤原无分轩轾呢！”皓兄子瑾，亦好学慕古，有退让风。瑾母就是膺姑，膺祖修累言瑾有志操，邦有道不废，邦无道得免刑戮，因复将膺妹配瑾为妻。瑾迭被州郡辟召，始终不起。膺谓瑾太无皂白，瑾转告诸皓。皓叹息道：“昔齐国武子好招人过，终为怨本；诚欲保身全家，原不如守真抱璞，何必就征？”嗣是叔侄并皆隐处，不复出山，终得抱道自重，高尚终身。唯韩韶为嬴县长，只能保全县境，不能顾及他县，贼众飘逸山东，往来莫测，良民辄被劫掠，怨苦异常，地方长官，不得已申奏朝廷，请派大员督剿。是时太尉胡广，因日食免官，进司徒黄琼为太尉，光禄勋尹颂为司徒。颂因东方多盗，特举议郎段颎，拜为中郎将，引兵东讨。颎本故西域都护段会宗从曾孙，前汉元帝时，会宗为西域都护。世传武略，技击称长，又能洞明兵法，善抚士卒，此次出剿群贼，正如虎入羊群，连战皆捷，先毙东郭窦，继斩公孙举，累年逋寇，一鼓荡平。颎得受封列侯，长子亦进拜郎中。光阴易过，倏又为永寿四年，仲夏日食，太史令陈授，上言日食变异，咎在大将军梁冀。冀不禁大愤，立将陈授下狱，搒死杖下。已而飞蝗为灾，遍及京师，桓帝不知返省，但务改元，到了夏尽秋来，还要改年号为延熹元年，真是多事。且将太尉黄琼策免，再起胡广为太尉。已而南匈奴及乌桓鲜卑，连同入寇，度辽将军李膺，已调入为河南尹，乃使京兆尹陈龟为度辽将军，出镇朔方。龟临行时，曾上疏白事道：

臣龟蒙恩累世，驰骋边陲，虽展鹰犬之用，顿毙胡虏之庭，魂骸不返，荐享狐狸，犹无以塞厚责，答万分也！臣闻三辰不轨，擢士为相；蛮夷不恭，拔卒为将。臣无文武之才，而忝鹰扬之任，上惭圣明，下惧素餐，虽没躯体，无所云补。今西州边鄙，土地塉埆，鞍马为居，射猎为业，男寡耕稼之利，女乏机杼之饶，守塞候望，悬命锋镝，闻急长驱，去不图返。自顷年以来，匈奴数攻营郡，残杀长吏，侮略良细，战夫身膏沙漠，居民首系马鞍，或举国掩户，尽种灰灭，孤儿寡妇，号哭空城，野无青草，室如悬磬，虽含生气，实同枯朽。往岁并州水雨，灾螟互生，老者虑不终年，少壮惧于困厄。陛下以百姓为子，百姓以陛下为父，焉可不日昃劳神，垂抚循之恩哉？唐尧亲舍其子，以禅虞舜者，是欲民遭圣君，不令遇恶主也！故古公杖策，其民五倍；文王西伯，天下归之，岂复舆金辇宝，以为民惠乎？近孝文皇帝感一女子之言，除肉刑之法，体德行仁，为汉贤主。陛下继中兴之统，承光武之业，临朝听政，而未留圣意。且牧守不良，或出中官，惧逆上旨，取过目前。呼嗟之声，招致灾害，胡虏凶悍，因衰缘隙；而令仓库殚于豺狼之口，功业无铢两之效，皆由将帅不忠，聚奸所致！前凉州刺史祝良，初除到州，多所纠罚，太守令长，贬黜将半，政未逾时，功效卓然，实应赏异以劝功能；改任牧守，去斥奸残；又宜更选匈奴乌桓护羌中郎将校尉，简练文武，授之法令；除并凉二州今年赋役，宽赦罪隶，扫除更始；则善吏知奉公之福，恶者觉营私之祸，胡马可不窥长城，塞下自无候望之患矣！

这疏呈入，桓帝倒也有些省悟，改选幽并二州刺史，并自营郡太守都尉以下，亦多所变更；蠲除并凉一年租赋，俾民少苏。及陈龟到任，州郡震栗，鲜卑也不敢犯塞，节省费用，岁约亿万。偏大将军梁冀与龟有隙，说他沮毁国威，沽取功誉，不为胡虏所畏，龟因坐罪征还，免官回里。嗣复征为尚书，累劾梁冀罪状，请即加诛，也是个倔强汉。桓帝始终不报。龟自知忤冀，必为所害，索性绝粒不食，七日乃殁。西域胡夷并凉民庶，统为举哀，吊祭龟墓。那匈奴乌桓等虏兵，闻得陈龟去职，复来寇边，朝廷乃调属国都尉张奂，为北中郎将，往御匈奴乌桓。奂至塞下，正值虏众焚掠各堡，烽火连天，戍兵无不惊惶，独奂安坐帐中，谈笑自若，暗中却派人离间乌桓，使他掩击匈奴，捣破营帐，斩得匈奴别部屠各渠帅。再由奂统兵进讨，匈奴大恐，悔罪请降。奂因南单于车居儿即兜楼储子。叛服无常，将他拘住，奏请改立左谷蠡王。桓帝不许，仍使放还车居儿，征归张奂，命种皓为度辽将军。皓招携怀远，赏罚分明，羌胡相率效命，四境帖然。皓乃去烽燧，除候望，绥静中外，化光天日，连年抢攘的朔方，至此始得扫尘氛了。小子有诗叹道：

防边尚易用人难，要仗臣心一片丹；
果有忠贤司阃外，华夷何患不同安？

欲知后事如何，且看下回分解。

崔寔政论，为桓帝失刑而设，然或误会其意，则为祸愈烈。桓帝之误，非不知用刑，误在当刑不刑，不当刑而刑耳。试观朱穆掘尸，见忤中官，立被逮归，输作左校，微刘陶等之上疏申救，则直臣蒙垢，常为刑徒，虽欲免归而不可得矣。然则桓帝之犹有一得者，在用刑之尚未过暴耳，若误会崔寔之言，几何而不为桀纣耶？李膺段颎陈龟张奂种皓诸人，皆文武兼才，相继任用，无不奏功，可见桓帝当日尚有一隙之明；陈龟临行上疏，而桓帝亦颇采用，是未始不可与为善。惜为权戚宦官所把持，以致忠贤之不得久任耳。桓帝固失之优柔，而欲以严刑救之，毋乃慎欤？

第五十回　定密谋族诛梁氏
嫉忠谏冤杀李云

却说桓帝皇后梁氏，专宠后庭，靠了姐兄荫庇，恣极奢华，所有帷帐服饰，统是光怪陆离，为前代皇后所未备。及乃姐顺烈皇后告崩，帝眷渐衰，后既无子嗣，复好妒忌，每闻宫人怀孕，往往设法陷害，鲜得保全。桓帝不免衔恨，只因心惮梁冀，未敢发作，不过足迹罕至中宫，惹得梁后郁郁成疾，至延熹二年七月，一命归阴，当依后礼殡殓，出葬懿陵。唯梁氏一门，前后七人封侯，三女得为皇后，六女得为贵人，父子俱为大将军，夫人女食邑称君又有七人，子尚公主又有三人，外如卿将尹校，共五十七人，真是一时无两，备极尊荣。盛极必衰。梁冀专擅威柄，独断独行，无论大小政治，统归他一人裁决，宫卫近侍，都是梁家走狗，莫不希旨承颜。凡遇百官迁召，必先进谒冀门，上笺谢恩，然后敢转诣尚书，受命赴任。下邳人吴树，得除宛令，向冀辞行。冀宾戚多在宛县，因即向树嘱托，树答说道："小人奸蠹，比屋可诛，明将军为椒房懿戚，位居上将，应该首崇贤善，借补朝阙，宛邑夙号大都，名士甚众，今树进谒明将军，得蒙侍坐，承诲多时，未闻称一名士，乃徒以私人相托，树不敢闻！"逆耳之言，独不畏死么？冀默然不答，面有愠色，树即辞去。既至宛邑，便调查梁氏宾戚，好几个贻害民间，竟饬属吏收捕下狱，按法处治，百姓统皆戴德，独梁冀怀恨益深。后来迁补荆州刺史，又复向冀谒辞，冀佯为设宴，暗地里置毒酒中，树饮罢出门，须臾毒发，竟致倒毙车中。又有辽东太守侯猛，不去谒冀，冀诬以他罪，腰斩市曹。郎中袁著，年甫十九，见冀凶横日甚，不胜愤闷，乃诣阙上书道：

臣闻仲尼叹凤鸟不至，河不出图，自伤卑贱，不能致也。今陛下居得致之位，又有能致之资，而和气未应，贤愚失序者，势分权臣，上下壅隔之故也！夫四时之运，功成则退，高爵厚宠，鲜不致灾。今大将军位极功成，可为至戒；宜遵悬车之礼，高枕颐神。传曰："木实繁者披枝害心。"若不抑损权盛，将无以全其身矣！左右闻臣言，将侧目切齿；臣特以童蒙见拔，故敢忘忌讳。昔舜禹相戒，无若丹朱，周公戒成王，无如殷王纣，愿除诽谤之罪，以开天下之口，则臣等幸甚！天下幸甚！

梁冀得悉此书，气冲牛斗，即遣属吏捕著。著托病伪死，结蒲象人，买棺出葬，偏被冀察破诈谋，嘱吏四处侦缉，竟被拿获，立即笞死。太原人郝絜胡武，与著友善，冀竟屠武家，枉死至六十余人，絜自知不免，仰药毕命。安帝嫡母耿贵人殁后，从子耿承，得封林虑侯，冀向承求贵人遗珍，不得如愿，即杀死承家族十余人。涿郡崔琦，善属文，为冀所重，因作外戚箴讽冀，冀召琦入责，琦奋然道："琦闻管仲相齐，乐闻谤言，萧何佐汉，令吏书过。今将军累世台辅，位比伊周，乃德政未闻，黎民涂炭，尚不思结纳忠良，自救祸败，还要钳塞士口，杜蔽主聪，难道必欲使玄黄改色，鹿马易形么？"说得冀无言可对，但遣琦归里。琦匆匆就道，中途为骑士所捕，杀死了事。这骑士的来历，不必细猜，便可知梁冀所遣了。不如是何致赤族？桓帝闻冀累杀无辜，也为惋惜；再加冀声色过人，每经朝会，只有冀可以发言，天子且不好抗议，因此桓帝积畏生忿，常抱不平。和熹皇后从子邓香，生女名猛，秀丽动人，香中年病殁，妻宣再嫁梁纪。纪系冀妻孙寿母舅，寿见猛色美，引入掖庭，得封贵人。冀欲认猛为己女，使她改姓为梁，又恐猛姐夫邴尊，方为议郎，或有漏泄情事，因使门客刺死邴尊，且欲将猛母宣一并刺死，才好灭口。真是无法无天。宣家在延熹里，与中常侍袁赦毗邻，冀遣刺客夜登赦屋，越入宣家，赦闻屋上有声，疑是盗至，立即鸣鼓会众，围捕刺客，好容易拿住一人，面加讯问，方知由梁冀差来，意在刺宣。赦急往宣家报明　宣因己女得为贵人，便入宫与语。贵人即转告桓帝，桓帝怒不可遏，起身如厕，有小黄门唐衡相随，因顾问道："宫中左右，何人与梁氏不和？”衡答说道：“中常侍单超，小黄门左悺，前至河南尹梁不疑家，稍稍失礼，便被不疑拘他兄弟，收入洛阳狱中，超与悺踵门谢罪，才得释放。中常侍徐璜，黄门令贝瑗，亦与梁氏有嫌，不过口未敢言，容忍至今。”桓帝不待说毕，便摇手道：“我知道了！”写出慌张情状。当下由厕还宫，即召超悺入室，低声与语道：“梁将军兄弟，专柄多年，胁迫内外，公卿以下，无人敢抗，朕意欲将他除去，常侍等意下如何？”要除即除，奈何向阉人问计？超悺齐声道：“祸国奸贼，当诛已久，臣等才皆庸劣，还乞圣裁！”桓帝又道：“常侍等以为可诛，与朕同意，但须秘密定谋，方无他患！”超悺又答说道：“果欲除奸，亦非真是难事，但恐陛下不免狐疑！”桓帝道：“奸臣胁国，理应伏辜，还有何疑？”乃更召徐璜具瑗入内，与定密议，且由桓帝亲啮超臂，出血为盟。超复申说道：“陛下既已决计，幸勿再言，梁氏耳目甚多，一或败露，祸且不测！”说罢，便即退去。为此一番密议，果有人报知梁冀，唯所谋情事，尚未宣露。冀已心疑超等，亟使中黄门张恽入省宿卫，预备不虞。贝瑗饬吏收恽，说他无故入省，欲图不轨，当即拥帝御殿，召诸尚书入谕密谋，即使尚书令尹勋，持节出勒丞郎以下，使皆执械守住省阁，尽收符节，缴入省中。一面由黄门令具瑗，招集左右厩驺，及虎贲羽林剑戟士，合得一千余人，会同司隶校尉张彪，往围冀第。并令光禄勋袁盱，收冀大将军印绶，降封冀为都乡侯。冀仓皇失措，仰药自杀；实是无用。妻孙寿，亦无路逃生，也即将鸩酒饮下，一同毙命，愁眉啼妆，悉成幻影，只可惜丢下秦宫。冀子河南尹梁胤，与叔父屯骑校尉梁让、亲从卫尉梁淑、越骑校尉梁忠、长水校尉梁戟等，尽被拘入；还有孙寿内外宗亲，亦皆连坐，无论老幼，全体诛戮，弃尸市曹。冀弟不疑及蒙，先已病死，幸免追究，余如公卿列校刺史二千石，坐死数十人。太尉胡广，司徒韩缜，尹颂病殁，由缜继任。司空孙朗，并因阿附梁冀，一并坐罪，减死一等，免为庶人。四府故吏宾客，黜免至三百余人，朝廷为空。这事起自仓猝，中使交驰，官府市里，鼎沸数日，才得安定，百姓莫不称庆。有司隶冀家产，变卖充公，合得三十余万万缗。诏减天下税租半数，所有梁冀私园，悉令开放，给与贫民耕植，普及隆恩。就是安葬懿陵的梁皇后，亦追加贬废，降称贵人冢。封单超为新丰侯，食邑二万户；徐璜为武原侯，具瑗为东武阳侯，各万五千户；左悺为上蔡侯，唐衡为汝阳侯，各万三千户，这便叫作五侯。尚书令尹勋以下，计有功臣七人，皆封亭侯，勋为都乡亭侯，霍谓为郧都亭侯，张敬为西乡亭侯，欧阳参为仁亭侯，李玮为金门亭侯，虞放为吕都亭侯，周永为高迁乡亭侯。策文有云：

梁冀奸暴，浊乱王室，孝质皇帝聪明早茂，冀心怀忌畏，私行弑毒；永乐太和即匽皇后。亲尊莫二，冀又遏绝，禁还京师，使朕离母子之爱，隔顾复之恩，祸深害大，罪衅日滋。赖宗庙之灵，及中常侍单超徐璜具瑗左悺唐衡尚书令尹勋等，激愤建策，内外协同，漏刻之间，桀逆枭夷，斯诚社稷之祐，臣下之力。宜班庆赏，以酬忠勋，其封超等五人为县侯，勋等七人为亭侯；其有余功足录，尚未邀赏者，令有司核实以闻。

这诏下后，单超复奏称小黄门刘普赵忠等，亦并力诛奸，应加封赏，乃复封刘赵以下八阉人为乡侯，与十九侯相去未远。从此宦官权力，日盛一日，势且不可收拾了。贵人邓猛，因色得宠，一跃为桓帝继后；后母宣得受封长安君。桓帝尚未知邓后本姓，还道她是梁家女儿，只因梁氏得罪，特令她改姓为薄；后来有司奏称后父邓香，曾为郎中，不宜改易他姓，于是使皇后复姓邓氏，追赠香为车骑将军，封安阳侯，香子演为南顿侯。演受封即殁，子康袭爵，徙封沘阳侯；长安君宣，亦徙封昆阳侯，食邑较多，赏赐以巨万计。进大司农黄琼为太尉，光禄大夫祝恬为司徒，大鸿胪盛允为司空；初置秘书监官。黄琼首举公位，志在惩贪，特劾去州郡赃吏，约十余人；独辟召汝南人范滂，使为掾吏。滂有清节，尝举孝廉，得受命为清诏使，按察冀州。滂登车揽辔，有志澄清，行入州郡，墨吏不待举劾，便已辞去。滂还都复命，迁官光禄勋主事。时陈蕃为光禄勋，由滂入府参谒，蕃不令免礼，滂怀愤投版，笏也。弃官径归。黄琼嘉他有守，故既登首辅，当即辟召。适有诏令三府掾属，举奏里谣，借核长吏臧否。滂即劾奏刺史二千石，及豪党二十余人，尚书嫌滂纠劾太多，疑有私故，滂答说道："农夫去草，嘉禾乃茂；忠臣除奸，王道乃清。若举劾不当，愿受显戮！"尚书见他理直气壮，也不能再诘，只所劾诸人，未尽黜免。滂知时未可为，仍然辞去。光禄勋陈蕃，转任尚书令，荐引处士徐稚姜肱韦著袁闳李昙五人，有诏用安车玄纁，征令入朝，五人皆辞不就征。说起五人品行，俱有贞操，名重一时。徐稚字孺子，南昌人氏，家素寒微，稚力田自赡，义不苟取，持身恭俭，待人礼让，乡民统皆翕服。屡辟不起，陈蕃为豫章太守，聘稚入幕，使为功曹，稚一谒即退，不愿署官。蕃越加敬礼，与他结交，每邀稚入府叙谈，至暮未散，特设一榻留宿，待稚去后，便将榻悬起，他客不得再眠，及朝廷礼聘人至，声价益高。姜肱为广戚人，表字伯淮，平居以孝友闻，尝与二弟仲海季江，同被共寝。一日与季弟偕赴郡县，途中遇盗，持刃相遇，肱与语道："我弟年幼，父母所怜，又未聘娶，若杀我弟，宁可杀我！"季江亦急说道："我兄齿德在前，驰誉国家　怎可轻死？我愿受戮，聊代兄命！"真是难兄难弟。盗见他兄弟争死，不由的发起善心，收刀入鞘，但将两人衣服褫去。两人到了郡中，郡守见肱无衣服，当然惊问，肱托言他故，终不及盗。盗闻风感悟，俟肱归家，即踵前谢罪，送还衣服。肱却用酒食相待，好言遣去。郡县举肱有道方正，并皆不就。韦著字休明，籍隶平陵，隐居讲授，不闻世事。袁闳系故司徒袁安玄孙，家世贵盛，唯闳洁身修行，耕读自安。李昙世居阳翟，少年丧父，继母酷烈，服事益恭，常躬耕奉母，所得四时珍味，必先进母前，母亦化悍为慈，乡里共称为孝子，唯不求仕进，高隐以终。还有安阳人魏桓，亦以狷洁著名，由桓帝下诏特征，友人多劝他入都。桓反诘问道："士子出膺仕版，必须致君泽民，今试问后宫千数，可遽损否？厩马万匹，可遽灭否？左右权豪，可遽去否？"友人徐徐答道："这却未必！"桓嚣然道："使桓生行死归，与诸君有何益处呢？"遂却还征车，终不就官。阐发幽元。桓帝征求名士，本没有什么诚意，来与不来，由他自便，只对着故旧恩私，却是不吝爵赏，广逮恩施。中常侍侯览，献缣五千匹，便赐爵关内侯，又将他列入诛冀案内，进封高乡侯。览本无功，尚且借端影射，得受荣封，何况单超具瑗等五侯，自然格外贵显，因宠生骄，倾动中外。白马令李云，露布上书，移副三府，内有数语最为激切，略云：

梁冀虽恃权专擅，流毒天下，今以罪行诛，犹召家臣搤杀之耳，而猥封谋臣至万户以上，高祖闻之，得毋见非？西北列将，得毋懈体？古者有云："帝者谛也，"今官位错乱，小人谄进，财货公行，政化日损；尺一拜用，尺一，指诏书。不经御省，是帝欲不谛乎？

桓帝看到帝欲不谛四字，震怒异常，立命有司逮云下狱，使中常侍管霸，与御史廷尉，共同审讯，将处严刑。弘农掾杜众，闻云因忠谏获罪，也不禁鼓动侠肠，即向朝廷请愿，与云同死。桓帝愈怒，并饬将众拘送廷尉。陈蕃已改官大鸿胪，与太常杨秉，洛阳市长沐茂，郎中上官资，并上疏乞赦云罪，有诏切责，免蕃秉官，降茂资官秩二等。管霸见人心未顺，也在桓帝前跪请道："李云草泽愚儒，杜众郡中小吏，情词狂戆，不足加罪。"桓帝呵叱道："帝欲不谛，是何等语？常侍乃欲曲恕彼罪么？"说至此，复顾令小黄门传谕狱吏，将李云杜众处死，于是嬖宠益横。太尉黄琼，自思力不能制，乃称疾不起，桓帝尚未许休致，越二年始令免官，进太常刘矩为太尉。司徒祝恬已殁，代以司空盛允，不久复罢，可巧度辽将军种皓，召入为大司农，遂令皓继为司徒。司空一职，由太常虞放继任，又擢中常侍单超为车骑将军。超得握兵权，势焰益盛。前大鸿胪陈蕃，免归逾年，又由朝廷征为光禄勋。蕃见桓帝封赏逾制，内宠日多，更不禁愤然欲言，因上疏进谏道：

> 臣闻有事社稷者，社稷是为，有事人君者，容悦是为。今臣蒙恩圣朝，备位九卿，见非不谏，则容悦也。夫诸侯上象四七，谓二十八宿。垂耀在天，下应分土，藩屏上国；高祖之约，非功臣不侯。乃左右以无功博赏，至乃一门之内，侯者数人，故纬象失度，阴阳谬序，稼用不成，民用不康。臣知封事已行，言之无及，诚欲陛下如是而止！又近年收敛，十伤五六，民不聊生；而采女数千，食肉衣绮，脂油粉黛，不可资计。鄙谚云："盗不过五女门，"以女足贫家也；今后宫之女，岂不足贫国乎？是以倾宫嫁而天下化，纣作倾宫，藏纳美女，武王克殷，乃归倾宫之女于诸侯。楚女悲而西宫灾；鲁僖公废楚女，居西宫，因兆火灾。且聚而不御，必生忧悲之感，以致水旱之困。夫狱以禁止奸违，官以称才理物；若法亏于平，官失其人，则王道有缺，天下人民，皆将谓狱由怨起，爵以贿成。伏思不有臭秽，则苍蝇不飞。陛下果采求得失，择从忠贤，尺一选举，悉委尚书三公，使褒责诛赏，各有所归，岂不幸甚？

这篇奏疏，总算蒙桓帝采用一二条，放出宫女五百余人，降邑侯邓万世黄携为乡侯，仍旧是无关轻重。复起前太常杨秉为河南尹。秉莅任未几，又与权阉单超相忤，竟致得罪。先是超弟匡为济阴太守，受赃枉法，为兖州刺史第五种所闻，种即第五伦曾孙。使从事卫羽案验，查出赃五六十万缗，因即上书劾匡兄弟。匡未免惊惶，阴嘱刺客任方刺羽。羽早已防着，把方捕获，囚系洛阳。匡复恐杨秉出头，再加穷究，乃密令方突狱逃亡。尚书召秉责问，秉直答道："方本无罪，罪在单匡，但教逮匡入都，下狱考治，自然水落石出，无从逃隐了！"这一番议论，本来是公正无私，偏单超在内把持，反诬秉私放任方，嫁祸单匡，竟将秉免官坐罪，输作左校，且将第五种构成他罪，充徙朔方。会值天气久旱，秉得遇赦，独第五种奉诏流徙，险些儿死于非命，不得生还。小子有诗叹道：

直臣报国敢偷生，被害阉人太不平！
留得一丝残命在，好教忠义两成名！
末句为下文伏案。

欲知第五种何故濒死，下回自当叙明。

梁冀之恶，比窦宪为尤甚，而其受祸也亦最烈。窦宪伏法，未及全家，阎显受诛，尚存太后；若梁冀一门骈戮，即妻族亦无一孑遗，甚至三公连坐，朝右一空，设非平时稔恶，何由致此？天道喜谦而恶盈，福善而祸淫，观诸梁冀夫妇，而为恶者当知所猛省矣！唯前有十九侯，后有五侯，权戚之伏辜，必假诸阉人之手，汉廷其尚有人乎？桓帝经此大变，犹不自悟，复滥逮恩私，厌闻谠论，李云语稍激切，即置之死地；杜众吁请代死，又加毒刑，有帝如此，宁非帝欲不谛耶？虽有善者，其如帝之不谛何哉？

历朝通俗演义　第二部

后汉通俗演义

附三国

（下）

蔡东藩　著

中国书店

第五十一回　受一钱廉吏迁官
劾群阉直臣伏阙

却说第五种见忤权阉，被徙朔方，已是冤屈得很，哪知单超更计中有计，叫他前往朔方，实是一条死路，不使生归。蛇蝎心肠。原来朔方太守董援，乃是单超外孙，一闻第五种将到，自然摩厉以须，即欲将种处死。种前为高密侯相，尝优待门下掾孙斌，斌此时已入京当差，侦知超谋，亟语友人闾子直甄子然道："盗憎主人，由来已久；今第五使君当投裔土，偏有单超外孙，为彼郡守，是明明前去送死哩！我意欲追援使君，令得免难；若我奉使君回来，计唯付汝二人，好为藏匿，方可无虞！"闾甄二人齐声应诺。于是斌率侠客数人，星夜追种；行至太原，幸得相遇，当然格毙送吏，由斌下马让种，斌随后步行，一昼夜行四百里，才得脱归，就将种交与闾甄二家，匿处数年。至单超已死，徐州从事臧旻，为种讼冤，始得邀赦还乡，正命考终。幸有义友。唯单超于延熹二年病死，诏赐东园秘器，及棺中玉具；到了出葬时候，复发五营骑士，与将作大匠，筑造坟茔，更令将军侍御史护丧，备极显赫。嗣是左悺具瑗徐璜唐衡等四侯，越觉骄横，统皆起第宅，筑楼观，穷工极巧，备极繁华；又多取良人美女，充作姬妾，衣必绮罗，饰必金玉，几与宫中妃嫔相似，假夫妻有何乐趣？所有仆从婢媪，亦皆乘车出入，倚势作威。都中人为作短歌道："左回天，具独坐；徐卧虎，唐两堕。"两堕，谓随意所为，不拘一格，或作两为雨者误。四侯权焰熏天，只苦不能生育，于是收养螟蛉，或取自同宗，或乞诸异姓，甚且买奴为子，谋袭封爵；兄弟姻戚，都得乘势攀援，出宰州郡。单超弟安，得为河东太守；弟子匡，得为济阴太守；左悺弟敏，得为陈留太守；具瑗兄恭，得为沛相；徐璜弟盛，得为河内太守；兄子宣，得为下邳令。这班权阉家属，统是无德无能，但知作威作福，可怜那无辜百姓，枉受折磨，无从呼吁。就中有下邳令徐宣，尤为暴虐，莅任以后，有所需求，定要弄他到手，不管什么理法。故汝南太守李皓，籍隶下邳，生有一女，却是美貌似花，守身如玉。宣早闻她德容兼工，求为姬妾。李皓虽已去世，究竟是故家世族，怎肯将黄堂太守的女儿，配做阉人子弟的次妻？当然设词谢绝。哪知宣怀恨在心，既做了下邳令，就潜遣吏卒，闯入皓家，竟将皓女劫取了来，皓女宁死不从，信口辱骂，惹得徐宣性起，指挥奴仆，将皓女褫去外衣，赤条条的绑住柱中，要她俯首受污；皓女倔强如故，宣反易怒为笑，取出一张软弓，搭住箭干，戏把皓女作为箭靶，接连射了好几箭，断送了名媛性命；反掷弓地上，大笑不止；当下将女尸拖出；藁葬城东。令人发指。皓家失去娇女，自然向太守鸣冤；偏太守惮宣威势，不敢按验，一味的延宕过去，经皓家再四催请，终无音响。可巧有个东海相黄浮，刚正著名，不畏强御，当由皓家具词申控，果然朝进冤词，夕蒙批准。下邳为东海属县，浮正好秉公办理，立饬干吏传到徐宣，面加讯鞫，宣尚狡词抵赖，再将宣家属一并拘入，无论老少长幼，各自审问，免不得有人招认，一经质对，宣亦无从狡展；唯还仗着乃叔势力，不肯服罪，浮竟命左右褫宣衣冠，将他反翦，喝令推出斩首。掾史以下，争至浮前谏阻，浮奋然道："徐宣国贼，淫凶无道，今日杀宣，明日我即坐罪，死亦瞑目了！"好一个铁面官。说着，即起座出辕，亲自监斩，榜罪通衢，暴尸市曹，都中无不称快。独徐璜得宣死耗，大为怨恨，便入白桓帝，捏造谎言，只说黄浮得了私贿，妄害侄儿；桓帝信以为真，即将浮革职论罪，输作左校。嗣复令左悺兄胜，为河东太守，皮氏县长赵岐，耻为胜属，即日弃官归里；岐为京兆人氏，总道归田守志，可以无虞，哪知京兆尹换一新官，乃是唐衡兄玹，与岐有隙，诬称岐窃帑逃回，饬吏收捕；岐先得风声，走匿他处，吏役无可报命，索性把岐家族，尽行拘去，迫令将岐交出，岐闻全家被系，奔窜益远，哪里还敢投案？唐玹即将岐家族数十人，一体骈戮，只有岐隐姓埋名，逃至北海市中，卖饼为生。北海人孙皓，见岐仪容雅秀，料非凡品，因即载与俱归，藏置复壁中。后来诸唐失势，岐乃复出，再拜并州刺史。事见后文。

且说太尉黄琼，因病免官，继任为太常刘矩。矩系沛人，前为雍邱令，以礼化民，民有争讼，辄传引至前，提耳训告，说是忿恚可忍，县署不可入，使他归家自思，两造闻言感悟，往往罢去，因此狱讼空虚，循声卓著；累迁为朝中首辅，颇号得人。未几司空虞放，亦因事免归，再召黄琼为司空，琼固辞不获，勉强就职，月余复乞休归去；乃进大鸿胪刘宠为司空。宠籍隶东莱，曾出守会稽，除烦苛，禁非法，郡中大治，被征为将作大匠，襆被起行，途遇五六老叟，各赍百钱，奉作赆仪。宠慰谕道："父老远来送行，得毋太苦？"诸老叟齐声道："山谷衰民，未识朝仪，但知前时太守，专务苛征，郡吏奉令催迫，日夜不绝，无人敢安；今自明府下车以来，吏不追呼，犬不夜吠，小民何幸，得遇使君？乃闻朝廷征公内用，无从挽留，不得已来此送公，明知百钱不足为赆，唯思公两袖清风，不愿多受，区区奉敬，聊表诚意罢了！"宠温颜答道："我政何能尽如叟言？只是烦劳父老，未便却情。"说至此，即将诸老叟所奉各钱，选出大钱一枚，总算收受，余皆却还，遂与诸老叟拱手告别；后人称为刘宠一钱，便是为此。可传不朽。宠入都为将作大匠，转调大鸿胪，超迁司空，与刘矩同为东汉良辅，且当时司徒种皓，亦有重名，三人齐心辅政，阉竖等稍稍敛迹，号称清平。故太尉李固幼子燮，奉诏征入，见四十八回。向姐文姬辞行，文姬戒燮道："我家血食将绝，幸存我弟，得延一脉，重见天日，此去不患不得官，唯得官以后，宜杜绝交游，勿妄往来，更不可恨及梁氏，或有怨言；否则牵连主上，祸且重至了！"好姐姐。燮唯唯而去，入朝得为议郎。已而王成病逝，燮追忆旧恩，依礼奉葬，每遇四节，必特设上宾位置，虔诚奉祀，王成保护李燮，亦见前文。这也可谓以德报德，不负恩人了。延熹三四年间，西羌复叛，护羌校尉段颎，屡次出讨，无战不捷；可奈羌众刁顽，出没无常，此去彼来，彼仆此起，累得河西一带，鸡犬不宁。烧当烧何诸羌，先寇陇西金城，已被段颎击退；嗣又有先零羌零吾羌等，进寇三辅，转入并凉二州，段颎复调集湟中义从诸兵，前去堵截。偏凉州刺史郭闳，贪功忌能，多方牵掣颎军，使不得进，义从诸兵，役久思归，陆续溃叛；郭闳且上书劾颎，反咎他不能抚下，遂致朝廷震怒，逮颎下狱，输作徒刑。河西失一长城，羌众愈炽。时皇甫规为泰山太守，平定剧贼叔孙无忌，威震一方，他本家居安定，熟悉羌情，因闻叛羌猖獗，志在奋效，乃即慨然上疏道：

自臣受任，志竭愚钝，实赖兖州刺史牵颢之清猛，中郎将宗资之信义，得承节度，幸无咎誉。今猾贼就灭，泰山略平，复闻群羌并皆反逆，臣生长邠岐，年已五十有九，昔为郡吏，再更叛羌，预筹其事，有误中之言；臣素有痼疾，恐犬马齿穷，不报大恩，愿乞冗官，备单车一介之使，劳来二辅，宣国威泽，以所习地形兵势，佐助诸军。臣穷居孤危之中，坐观郡将，已数十年矣，自鸟鼠山至东岱，其病一也。力求猛敌，不如清平，勤明吴孙，未若奉法，前变未远，臣诚戚之；是以越职尽其区区，伏赐垂鉴。

这疏呈入，有诏令规为中郎将，使持节监关中兵，往讨诸羌。规受命西行，既至凉州，立即部署兵马，出击羌众，斩首至八百级，羌众乃退；规复晓谕威信，随机招抚，相率畏怀，互为劝降，投诚至十数万人。到了次年，沈氐羌又入寇张掖酒泉，规发降羌往御，适值暮春霪雨，疫气熏蒸，军中陆续传染，十死三四，规亲至营帐，巡视将士，三军感奋，壁垒一新，羌人望风震慴，遣使乞降。安定太守孙儁，属国都尉李翕，督军御史张禀，贪残狼藉，多杀降羌；凉州刺史郭闳，汉阳太守赵熹，又皆倚恃权贵，不遵法度，规按罪条奏，或免或诛，羌人更不胜感激，翕然听命。沈氏羌豪滇昌饥恬等，带领十余万口，共诣规营，长叩请罪；当由规善言抚慰，扶令起身，延入座中，晓示祸福利害，滇昌等应声如响，欢跃而去。看官试想！如皇甫规这番功绩，应该从优议叙，晋锡崇阶；谁知朝中腐竖，因他劾去私党，且没有什么私赠，竟在桓帝面前，交相谗构，反谮规贿嘱群羌，虚词降服。桓帝糊涂得很，遽下玺书责规。规忧愤交并，因复上书自讼道：

四年之秋，戎蠢丑戾，爰自西州，侵又泾阳，旧都惧骇，朝廷西顾，明诏不以臣愚驽怠，使率军就道；幸蒙威灵，得振国命，羌戎诸种，大小稽首，所省之费，约一亿以上，以为忠臣之义，不敢告劳，故耻以片言自及微效。然比方先事，庶免罪悔，前践州界，先奏郡守孙儁，次及属国都尉李翕，督军御史张禀；旋又劾凉州刺史郭闳，汉阳太守赵熹，陈其过恶，执据大辟。凡此五臣，支党半国家，下至小吏，所连及者复有百余，吏托报将之怨，子思复父之耻，载贽驰车，怀粮步走，交构豪门，竞流谤讟。云臣私赂诸羌，仇以钱货。若臣以私财，则家无担石，如物出于官，则文簿易考。就臣愚惑，信如言者，前世尚遗匈奴以宫姬，镇乌孙以公主，今臣但费千万以怀叛羌，则良臣之才略，兵家之所贵，将有何罪负义违理乎？自永初以来，将出不少，复军有五，动资巨亿，有旋车完封，输入权门，而名成功立，厚加爵赏；今臣还督本土，纠举诸郡，绝交离亲，戮辱旧故，众谤阴害，固其宜也！臣虽污秽，廉洁无闻，今见复没，耻痛实深，传称鹿死不择音，谨冒昧略上！

桓帝得书，虽然免谴，但仍将规召还都中，使为议郎。中常侍徐璜左悺，尚欲向规求赂，屡遣私人问规功状，规终不一答；璜等恼羞成怒，再将前案提起，迫规就吏。规毅然对簿，词不少屈。亲友属僚，多劝规从权贬节，且各欲为规醵资，馈遗权阉，规誓死不从。于是罗织成狱，说是余寇未绝，坐系廷尉，罚令至左校署充工；可悲，可叹！幸亏三公从中解救，又有太学生张凤等三百余人，诣阙陈书，代规鸣冤，规始得赦罪，罢遣归家。会南中变起，长沙零陵一带，盗贼啸聚，进攻桂阳；艾县贼又相继响应，焚长沙，掠益阳；零陵武陵诸蛮，复乘势蠢动，四出劫掠。御史中丞盛修，奉诏往讨，反为贼败；南郡太守李肃，弃城逃生；主簿胡爽，叩马谏诤，被肃杀死，朝廷捕肃处斩；廨恤爽子，特令太常冯绲为车骑将军，督兵剿贼。绲见前时所遣将帅，往往被宦官陷害，因请中常侍一人偕行，监察军费，乃命张敞监军；前武陵太守应奉，有德及民，舆情翕服，绲又调令同往。及抵长沙，便使奉晓谕贼众，贼果释械请降；进击武陵蛮，斩首四千级，受降十余万，荆州平定。绲归功应奉，荐为司隶校尉，自乞骸骨归里，有诏不许。唯宦官向绲索赂，不得如愿，遂嗾使监军张敞，奏称绲挈美婢二人，戎服从军，又至江陵勒石纪功，妄为夸张，请下吏案验；尚书令黄儁，谓绲无罪，才得罢议。赵年桂阳复乱，由太守陈奉讨平，绲终坐此免官。狐鼠凭城，难为功狗。前冀州刺史朱穆，复起为尚书，目睹宦官骄横，不忍缄默，因申疏力谏道：

案本朝故事，中常侍参选士人，建武以后，乃悉用宦者，自延平以来，寖益贵盛，假貂珰之饰，处常伯之任，天朝政事，一更其手，权倾海内，宠贵无极，子弟亲戚，并荷荣任，故放滥骄溢，莫能禁御。凶狡无行之徒，媚以求官，恃势怙宠之辈，渔食百姓，穷破天下，空竭小民，愚臣以为可悉罢省，遵复往初，率由旧章；更选海内清净之士，明达国体者，以补其处，则陛下可为尧舜之君，众僚皆为稷契之臣，兆庶黎民，蒙被圣化矣！

疏入不省，朱穆待了数日，未见批答，乃入朝进见，伏阙面陈道："臣闻汉家旧典，尝置侍中中常侍各一人，省览尚书事，又有黄门侍郎一人，传发书奏，这三人统用士族。自和熹太后临朝，不接公卿，始用阉人为常侍小黄门，通命两宫，嗣是以后，权倾人主，穷困天下，今宜一律罢遣，博选耆硕，与参政事，方可追复前规，再臻盛治。愿陛下勿疑！"桓帝听着，默不一答，面上且现出怒容。穆伏不肯起，当由左右传旨令退，好多时方才起来，徐徐退去。宦官恨穆切直，屡加诋毁，穆愤不得伸，疽发背上，未几病终，享年六十有四。总计穆居官数十年，蔬食布衣，家无余产，公卿共表穆立节忠清，虔恭机密，守死善道，宜蒙旌宠；桓帝乃下诏褒叙，追赠穆为益州太守。先是穆父颉为陈相，修明儒术，颉殁后，由穆与诸儒考依古义，谥为贞宣先生；及穆病逝，陈留人蔡邕，复与门人述穆体行，谥为文忠先生。前太尉黄琼，家居二年，老病益剧，自思权阉当道，未能力除，常引为已憾。特草成遗疏千言，使人赍至阙廷，由小子节录如下：

陛下初从藩国，爰升帝位，天下拭目，谓见太平；而即位以来，未有胜政。诸梁秉权，竖宦充朝，重封累职，倾动朝廷；卿校牧守之选，皆出其门，羽毛齿革明珠南金之宝，殷满其室，富拟王府，势回天地；言之者必族，附之者必荣，忠臣惧死而杜口，万夫怖祸而木舌；塞陛下耳目之明，更为聋瞽之主。故太尉李固杜乔，忠以直言，德以辅政，念国忘家，陨殁为报，而坐陈国议，遂见残灭，贤愚切痛，海内伤惧。又前白马令李云，指言宦官罪秽宜除，皆因众人之心，以救积薪之敝；弘农杜众，知云所言宜行，惧云以忠获罪，故上书陈理之，乞同日而死；所以感悟国家，庶云获免。而云既不辜，众又并坐，天下尤痛，益以怨结，故朝野之人，以忠为讳。尚书周永，昔为沛令，素事梁冀，借其威势，坐事当罪，越拜令职；及见冀将衰，乃阳毁示忠，遂因奸计，亦取封侯；又黄门协邪，群辈相党，自冀兴盛，腹背相亲，朝夕图谋，共构奸宄，临冀当诛，无可设巧，复记其恶，以要爵赏。陛下不审别真伪，复与忠臣并时显封，使朱紫共色，粉墨杂糅，所谓抵金玉于沙砾，碎珪璧于泥涂，四方闻之，莫不愤叹。臣至顽驽，世荷国恩，身轻位重，勤不补过；然惧于永殁，负衅益深，敢以垂绝之日，陈不讳之言，庶有万分，无恨三泉。

这本奏章，也是自知必死，尽言规主；怎奈桓帝沉迷不醒，看了这班刑余腐竖，好似再造恩人，无论他如何凶横，总是不忍撵逐，坐使赤胆忠心的黄世英，琼字世英。饮恨以终。讣闻朝廷，总算予谥忠侯，追赠车骑将军。小子有诗叹道：

临死犹闻上谏章，良言未用志难偿；
臣躯虽逝忠常在，赢得千秋一字香。

黄琼既殁，四方名士，争往会葬，多至六七千人；独有一儒生前来吊丧，举动行止，与众人迥不相同。欲知此人来历，待至下回表明。

东汉时代，循吏颇多，往往升任三公，匡辅王室，而朝政未闻有起色者，君失其明，内蔽群小，而三公不能久任故也。试观刘宠之卸任会稽，仅受一钱，其生平之廉洁可知；及擢任司空，与刘矩种皓同心辅政，应不难坐致太平，然而庸主之昏迷如故，虽有良辅，无能为力；况置三公如奕棋，不久而皆闻罢免耶？段颎皇甫规冯绲等，并有功加罪，朱穆力诤而不用，黄琼死谏而不从，汉之为汉，大势可知。宁待党锢祸起，正士一空，而始见东京之沦替欤？

第五十二回　导后进望重郭林宗　易中宫幽死邓皇后

却说黄琼殁后，会葬至六七千人，就中有一儒生，行至冢前，手携一筐，从筐中取出絮包，内裹干鸡，陈置墓石，再至冢旁汲水，即将干鸡外面的絮裹，漉入水内，絮本经酒渍过，入水犹有酒气，当下取絮酬墓，点点滴滴，作为奠礼；复向筐内探出饭包，借用白茅，然后拜哭尽哀，起身携筐，掉头竟去。会葬诸人，先见他举动异常，不便过问，唯在墓旁敛坐默视，到了该生去后，方交头接耳，猜及姓名。太原人郭泰，首先开口道："这定是南昌高士徐孺子呢！"陈留人茅容，素善高谈，便应声道："郭公所言，想必无讹；容当追往问明便了！"说着，即据鞍上马，向前急追，约行数里，果得追及，问明姓氏，确系徐稚，表字孺子。容便沽酒设肉，与为宾主，两人小饮颇酣，性情款洽。容乘间谈及国事，稚微笑不答；唯问至稼穑，方一一相告。待至饮罢，彼此起身揖别，稚始与语道："为我谢郭林宗，泰字林宗。大树将颠，非一绳所能维，何必栖栖皇皇，不遑宁处呢？"见识独高。容即返告郭泰，泰不叹息。或向泰进言道："茅生非不可与言，孺子乃未肯与谈国事，岂非失人？"泰摇首道："孺子为人，清廉高洁，饥不可得食，寒不可得衣，今为季伟饮食，明是视为知己，刮目相看；若不答国事，便所谓智可及，愚不可及哩！"看官听说，这季伟就是茅容表字，容家居陈留，年至四十余，在野躬耕，与同侪避雨树下，众皆蹲踞，唯容整襟危坐，郭泰适过道旁，见容造次尽礼，就揖容与语，借着寻宿为名，意欲寓居容家；容坦然允诺，留泰归宿。黎明即起，杀鸡为黍，泰总道是饷客所需，未免过意不去，哪知容是杀鸡奉母，及与泰共餐，只有寻常菜蔬，未得一臙。泰食毕与语道："君真高士，郭林宗尚减牲缩膳，储待宾客，君乃孝养老母，好算是我良友了！"因劝令从学，终成名士。泰明能知人，素好奖引士类，后进多赖以成名。钜鹿人孟敏，尝负甑堕地，不顾而去，可巧泰与相值，召问敏意，敏直答道："甑已破了，回顾何益？"泰见他姿性敏快，亦劝令游学，果得成名。陈留人申屠蟠，九岁丧父，哀毁过礼，服阕犹不进酒肉，约十余年；当十五岁时，闻得同郡孝女缑玉，为父报仇，杀死夫从母兄李士，被系狱中，他即邀集诸生，替玉讼冤道："如玉节义，足为无耻子孙，隐加激励；就使不遇明时，尚当旌表庐墓，况一息尚存，遭际盛明，怎得不格外哀矜呢？"颇有侠气。外黄令梁配，览书感动，乃减玉死罪，但处轻刑。乡人称为义童。唯因家世贫贱，不得已佣作漆工，泰闻蟠义侠有声，特往与相见，假资勉学，蟠遂得以经艺名家。此外教授子弟，不下千人，唯不愿出仕，故太尉黄琼等，屡次辟召，泰终不应。有人从旁劝驾，泰喟然道："我夜观乾象，昼察人事，天已示废，如何再能支持呢？"话虽如此，但尚周游京邑，诱掖后进，不遗余力。

时有蒲亭长仇香，以德化民，尝令子弟就学，期年大化；有顽民陈元不孝，被母告发。香亲至元家，为陈人伦孝行，反复晓谕，元不禁感泣，立誓悔过，终为孝子。考城令王奂，闻香贤名，召为主簿，且与语道："君在蒲亭，使陈元不罚而化，政绩可嘉；但古人有言：'嫉恶如鹰鹯。'君得毋尚少此志么？"香答说道："鹰鹯究不若鸾凤，香所以不愿出此哩！"奂叹息道："枳棘非鸾凤所栖，百里非大贤所驻；今日太学诸生，曳长裾，蜚声誉，皆不若主簿，何苦郁郁居此，埋没一生？"香辞以无资，奂特捐俸一月，遣令入都。栽培名士，当效郭王。香既进太学，与同郡符融毗连邻舍。融性喜交游，宾客不绝，见香闭门自处，便乘暇过语道："京师为人文渊薮，英雄四集，君奈何不与结交？"香闻言正色道："天子设太学，难道使诸生徒骋游谈么？"说得符融嗒然若丧，俯首趋出。既而融转告郭泰，泰投刺往访，与谈数语，当即起拜道："君足为泰师，不止为泰友哩！"嗣香学成归里，仍然杜门谢客，无心仕进，隐居终身；唯泰往来如故，虽系屠沽卒伍，向他问业，无不收受。陈国童子魏昭，慕泰重名，踵前相请道："经师易遇，人师难求，愿为先生供给洒扫！”泰即令为弟子，随时指导，旋即成材。扶风人宋果，行为粗暴，太原人贾淑，性情险恶，皆经泰曲示裁成，化为善士。因此远近景仰，无不归怀。泰尝至陈梁间，途中遇雨，巾坠一角，时人乃故意仿效，号为林宗巾，可见得人心向慕，远近从同了。前光禄勋主事范滂，与泰相识，或问范滂道："郭林宗究系何等人？”滂应声道："隐不违亲，贞不绝俗；天子不得臣，诸侯不得友。此外非我所敢知呢！”后来泰丁母忧，悲戚过甚，竟至呕血，杖而后起，出视庐前，见有生刍一束，置诸地上，因即问明旁人，才知有人吊丧，置刍自去。当下因感生慨道："这又是徐孺子所为！《诗经》有云：'生刍一束，其人如玉。'我有何德，足以当此？”其实徐稚寓意，仍教他蛰居空谷，毋致絷维的意思，就是徐稚前祭黄琼，亦无非追怀旧谊，自表余情，并不是慕琼勋名，来赶这场热闹。从前琼在家授徒，稚辄过访，经义及琼备历显阶，却绝迹不赴，琼遣吏辟召，亦俱谢绝。他如陈蕃为豫章太守时，悬榻待稚，稚间或往来；见前文。嗣闻蕃入为尚书令，也不复往谒；蕃将稚名登诸荐牍，又屡征不起，蕃却在朝多年，屡退屡进，平时辄因事匡谏，往往未见施行。无道则隐，何不效徐孺子？先是侍中爰延，在宫值差。桓帝尝问延道："卿视朕为何如主？”延以中主相对，桓帝又问为何因，延复说道："尚书令陈蕃，任事即治；中常侍黄门，与政即乱；臣故知陛下可与为善，可与为非。”论颇平允。桓帝虽随口称善，进延为五官中郎将，但究不能重任陈蕃。会因客星经犯帝座，延又劝桓帝任贤去邪终不见从，延称病引去；蕃仍守原职，未闻乞休。及调任光禄勋，正值车驾出幸河南，校猎广成苑中，陈蕃上疏谏阻，略言时当三空，不应畋游，三空是田野空，朝廷空，仓库空，却是确中时弊，并非虚言；偏桓帝游兴方浓，未肯中止，再加一班左右近臣，巴不得乘舆出幸，好乘此予取予求，自饱欲壑。于是奉驾南行，沿途需索，不可胜计，到了罢猎回宫，已皆贪囊充牣，喜跃而归。小人无一不贪财。

太尉刘矩，司空刘宠，俱因灾异相寻，坐谴免官，司徒种皓，又复病殁，桓帝特进太常杨秉为太尉，卫尉许栩为司徒，周景为司空。秉即杨震次子，父子相继为太尉，士论称荣；周景在卫尉任内，正直无私，素与杨秉气谊相投，至同列台阶，遂联名上奏，请将中官子弟，悉数罢斥，桓帝总算依从，黜免匈奴中郎将燕瑗，青州刺史羊亮，辽东太守孙谊等五十余人，再起皇甫规为度辽将军，往镇朔方。规莅任数月，即奏举武威太守张奂，才略兼优，宜为主帅，自己愿为奂副。朝廷准如所请，乃迁奂为度辽将军，规为使匈奴中郎将。奂本酒泉人氏，曾为梁冀故吏，坐党梁氏，致遭禁锢；皇甫规常与友善，荐牍七上，乃得起为武威太守。武威僻处西陲，民多愚野，经奂严加赏罚，济以教养，风俗一新，百姓无不悦服，为立生祠；至迁任度辽将军，并得皇甫规为辅，爱威并用，夷夏归心，幽并二州，安静了好几年。唯桓帝耽情游乐，屡思南巡，自广成苑校猎以还，倏忽一载，乃复鼓动游兴，托言至章陵祭祖，启跸出都，章陵即春陵县，事见前文。翠华一出，扈从万计，比前此校猎广成时，热闹加倍，途次征求费役，更形骚扰；独护驾从事胡腾，看不过去，上言天子无外，乘舆所幸，即为京师，臣请以荆州刺史，比司隶校尉，臣自同都官从事；桓帝依议施行，腾乃得严申约束，遇有阉宦私索等情，立令州县报闻，州县如有徇隐，罪与同科，得此一举，才觉纪律肃然，莫敢干扰。车驾到了章陵，谒祭园庙，颁赐守令以下，多寡有差；再启行至云梦泽，临览汉水，复还幸新野，遍祀湖阳新野两公主各祠，两公主，系光武帝祠。然后返驾入都，时已为延熹八年的残腊了。越年正月，诏遣中常侍左悺，前往苦县，致祭老子。真是多事，且由宦官主祭，老氏有灵，岂肯就飨？待至左悺复命，凑巧权阉得罪，悺亦被劾，声势隆隆的左回天，到此亦无术求生，只好自寻死路了。说起权阉得罪的祸根，起自益州刺史侯参。参为中常侍侯览亲弟，倚兄势力，贪暴横行，凡民间财产丰富，即诬以大逆，诛灭全家，没入财物，前后得赃无数，怨积全州。事为太尉杨秉所闻，因即据实纠弹；有诏用槛车逮参，参在道自杀。京兆尹袁逢，至旅舍阅参行李，共有三百余车，统载金银珍玩，光耀满目，特上书报闻，秉乃再劾侯览，请一并放黜，语云：

> 臣案国旧典，宦竖之官，本在给使省闼，司昏守夜；而今猥受过宠，执政操权，其阿谀取容者，则因公褒举，以报私惠；有忤逆于心者，必求事中伤，肆其凶忿；居法王公，富拟国家，饮食极肴膳，仆妾盈绮素，虽季氏专鲁，穰侯擅秦，穰侯即秦昭王舅。何以尚兹？案中常侍侯览弟参，贪残元恶，自取祸灭，览固知衅重，必有自疑之意，臣愚以为不宜复见亲近；昔齐懿公刑邴歜之父，夺阎职之妻，而使二人参乘，

卒有竹中之难，《春秋》书之，以为至戒。盖郑詹来而国乱，事见《公羊传》。四佞放而众服；四佞，即四凶。以此观之，容可近乎？览宜即屏斥，投畀有虎，若斯之人，非恩所宥，请免官送归本郡，全其余生，则忧足弭而为德亦大矣。

桓帝览奏，还是不忍罢览，再令尚书召秉掾属，用言诘问道：“公府外职，乃奏劾近官，经典汉制，曾有此故事否？”掾吏答道：“春秋时，赵鞅兴甲晋阳，入除君侧，经义不以为非，传谓除君之恶，唯力是视，汉丞相申屠嘉，面责邓通，文帝且为请释，本朝故事，三公职任，无所不统，怎说不能奏劾近官呢？”理由充足。尚书无词可驳，还白桓帝；桓帝不得已罢免览官。司隶校尉韩缜，复奏列左悺罪恶，及悺兄太仆左称；悺与称胆怯心虚，自恐不能逃罪，并皆仰药毕命。缜又劾具瑗兄恭，历任沛相，受赃甚多，亦应按赃治罪，诏即征恭下狱。瑗入宫陈谢，缴还东乡侯印绶。桓帝令瑗免官，贬为都乡侯，瑗归死家中。时单超唐衡早卒，徐缜亦死，子弟本皆袭封，至此并降为乡侯，这就是五侯的结局。只有左悺自尽，余皆令终，不可谓非幸遇。皇后邓氏，专宠后庭，母族均叨恩宠，兄子康已早封淮阳侯，康弟统复袭后母封邑，得为昆阳侯，邓后母宣，曾封昆阳君，至是，宣殁，故令统袭封。统从兄会，却袭后父香封爵，得为安阳侯，统弟秉，又受封淯阳侯，就是后叔父邓万世，尝拜官河南尹，与桓帝并坐博弈，宠幸无比。约莫有六七年，邓后色已寝衰，桓帝又别选丽姝，充入后宫，先后不下五六千人，就中总有几个容貌超群，赛过邓后，桓帝得新忘旧，自然把邓后冷淡下来；邓后不免怀忿，时有怨言，又因桓帝所宠，莫如郭贵人，因与她积成仇隙，互搬是非。郭贵人甫承宠眷，一言一语，皆足移情，桓帝素来昏庸，怎能不为所蛊惑？那郭贵人乐得媒孽，遂把那邓后行止，随时谮毁，说得他如何骄恣，如何妒忌，惹动桓帝怒意，于延熹八年正月，废去皇后邓氏，撵往暴室，活活幽死。河南尹邓万世，及安阳侯邓会，并连坐下狱，相继瘐死；邓统等亦逮系暴室，褫夺官爵，黜归本郡，财产俱没入县官，邓氏复败。前度辽将军李膺，再起为河南尹，适值宛陵大姓羊元群，自北海郡罢官归来，赃罪狼藉，膺表陈元群罪状，欲加惩治；哪知元群行赂宦官，反说膺挟嫌中伤，竟将膺罢官系狱，输作左校。前车骑将军冯绲，复入为将作大匠，迁官廷尉，按验山阳太守单迁，因他情罪从重，笞死杖下；迁为故车骑将军单超亲弟，中官与有关系，遂飞章构成绲罪，亦与李膺同为刑徒。中常侍苏康管霸，霸占良田美产，州郡不敢诘，大司农刘祐，移书州郡，将二阉占有产业，悉数没收。二阉当然泣诉桓帝，桓帝大怒，亦将刘祐下狱论罪，输作左校。太尉杨秉，正欲为三人讼冤，不意老病侵寻，竟致不起。秉中年丧妻，不复续娶，居官以清白见称，绰有父风，尝自谓我有三不惑，酒色与财，及病殁时，年已七十有四。桓帝赐茔陪陵，特进陈蕃为太尉，蕃奉诏固辞道："不愆不忘，率由旧章，臣不如太常胡广；齐七政，训五典，臣不如议郎王畅；聪明亮达，文武兼资，臣不如弛刑徒李膺；愿陛下就三人中，简贤授职，臣却不敢滥厕崇阶！"桓帝优诏不许，蕃乃受命就任，入朝白事，屡言李膺冯绲刘祐三人冤屈，应即日赦宥，赐还原职，桓帝置诸不答；蕃复跪请再三，反复陈词，备极恳切，仍未见桓帝允许，乃流涕起去。司隶校尉应奉，见蕃屡请不准，独上疏申讼道：

昔秦人观宝于楚，昭奚恤莅以群贤，梁惠王玮其照乘之珠，齐威王答以四臣；夫忠贤武将，国之心膂。窃见左校弛刑徒前廷尉冯绲，大司农刘祐，河南尹李膺等，执法不挠，诛举邪臣肆之以法，众庶称宜；昔季孙行父亲逆君命，逐出莒仆，于舜之功二十有一，今膺等投身强御，毕力至罪，陛下既不听察，而猥受谮诉，遂令忠臣同愆元恶，自春迄冬，不蒙降恕，遐迩观听，为之叹息。夫立政之要，记功忘失，是以景帝舍安国于徒中，景帝时，韩安国为梁大夫坐法抵罪，后复起为梁内史。宣帝征张敞于亡命。敞为京兆尹，杀人亡命，会冀州乱，复征为刺史。绲前讨蛮荆，均吉甫之功；周尹吉甫征服猃狁。祐数读若朔。临督司，有不吐茹之节；膺威著幽并，遗爱度辽；今三陲蠢动，王旅未振，易称雷雨作解，君子以赦过宥罪，乞原膺等，以备不虞，是臣等所无任翘望者也。

经此一疏，却蒙桓帝听从，便将三人赦罪。陈蕃屡言不听，应奉一疏即行，为蕃计已可引身退去。已而桓帝拟立继后，意在采女田圣，圣家世微贱，独生得妖娆艳冶，姿态绝伦，桓帝得了此女，又将郭贵人撇诸脑后，日夕与田圣同处，相猥相倚，如漆投胶；因此欲将圣册立为后。司隶应奉，伏阙固诤，力言田氏单微，不足为天下母。太尉陈蕃，亦申言后宜慎选，不如册立窦贵人，却是世家旧戚，足配圣躬。桓帝无可如何，乃立窦贵人为继后。后为窦融玄孙，窦武女儿，即章帝后从祖弟的孙女，入宫未几，得为贵人，既已正位中宫；父武得进任城门校尉，受封槐里侯。唯窦后姿色，不及田圣，桓帝因公论难违，勉强册立，所以御见甚稀，有名无实；那桓帝的爱情，仍然专属田圣一人。小子有诗叹道：

溺情无过绮罗丛，欲海沉迷太不聪；
二十年来昏浊甚，徒教妇寺乱深宫！

欲知后事如何，且看下回续叙。

隐不违亲，贞不绝俗，乃郭林宗一生确评。林宗生遭衰世，已知大局之不可复支，唯悲天悯人之衷，始终未恝，不得已栽培后进，使之成才，为斯文留一线之光；孔孟之辙环天下，教授生徒，犹是志耳。彼陈蕃李膺诸人，知进而不知退，毋乃昧机。且于邓后之废死，蕃正在朝辅政，不闻出言谏诤，延至继立中宫，方谓田氏微贱，不如选立窦贵人，夫邓后何罪？不过为儿女私嫌，竟遭幽死；窦后何德？乃请立为后；厥后北寺之冤，已隐伏于后位之废立时矣。徐孺子尝诫郭林宗，而于下榻之陈蕃，反未闻预为规谏，抑独何也？

第五十三回　激军心焚营施巧计
信谗构严诏捕名贤

却说桂阳太守陈奉，前已剿平长沙贼党，见五十二回。复破灭桂阳贼李研，桂阳乃安。唯余贼卜阳潘鸿等，逃入深山，伏处年余，觑得兵防少弛，又四出劫掠，蹂躏居民；还有艾县残贼，亦与卜潘二贼连合，大为民患。荆州刺史度尚，颇有胆略，招募蛮夷杂种，悬赏进讨，大破贼众，连平三砦，夺得珍宝甚多。卜潘二贼，仍窜入山谷间，党羽犹盛，尚欲穷捣贼巢，殄绝根株；只士卒已腰囊满盈，不愿冒险再入，彼此逍遥自在，各无斗志；尚乃想出一法，向众扬言道："卜阳潘鸿，乃是多年积贼，能战能守，未易驱除，我兵已经劳苦，且与贼相较，还是彼众我寡，一时不便轻进；今宜征发诸郡兵马，并力击贼，方可图功，尔等可随时习劳，出外射猎，毋使游惰，待至诸郡兵到，大举进剿，岂不是一劳永逸么？"士卒闻言，很是喜悦，当即成群结队，共出游猎，每日获得禽兽，充入庖厨，足供大嚼，众情愈加踊跃，遂至倾寨俱出，四处弋射，尽兴始归；不意到了营旁，统是惊心怵目，叫苦连天；原来那几座营盘，都已变做灰烬，所有平时珍积，被祝融氏收拾尽净了。却是奇绝。看官阅此，还道是营中失火，谁知却是度尚的秘计。尚见军心懈弛，无非为骄富所致，因特诱他出猎，密令心腹将士，暗地纵火，毁去各营，使他失所凭借，然后可以再用。大众未知尚谋，正在自悔自恨，涕泪交并，可巧尚来营巡视，故意顿足道："我令汝等出猎习劳，实为平贼起见，今营中无故被毁，致失汝等蓄积，怕不是由贼狡计，前来放火么？这都是我失防闲，致遭此害，我定要向贼求偿呢！”说至此，见大众并皆感泣，又继续宣言道：“卜潘二贼的财货，足富数世，诸君若能努力击贼，便可悉数取来，区区小失，不足介意，明日就进捣贼巢便了！”虽是一番权谋，但欲驱策骄兵，亦不得不尔。众皆应声道：“愿如尊命！”尚心中大喜，饬各军秣马蓐食，待旦即发。未几已是黎明，便传出号令，全军启行，自己亦披挂上马，扬鞭急进，驰抵贼砦。卜阳潘鸿等贼，甫经起食，一些儿没有防备，被官军长驱杀入，如削瓜刈草一般，卜潘二贼，弃食出奔，由吏士抢步赶上，乱刀交挥，任他两贼如何凶悍，已剁得有头无尾，血肉模糊；余贼大半饮刀，剩了几个脚长的毛奴，虽得侥幸逃生，也已心胆交碎，情愿改过自新，变做平民；荆州大定，群寇悉平。尚以功得封右乡侯，调任桂阳太守；越年征还京师，改命任胤为桂阳太守。荆州兵目朱盖等，戍役日久，财赏不足，复愤恚作乱，与桂阳贼胡兰等合并，共计三千余人，进攻桂阳，焚掠郡县；任胤胆小如鼷，弃地逃走；贼众辗转迫胁，多至数万，移扰零陵。太守陈球，婴城拒守，掾吏向球进说道：“贼势甚盛，明公不如挈家避难，尚可自全！”球勃然发怒道：“太守分国虎符，受任一方，岂可顾全妻孥，折损国威？如敢再言奔避，立斩勿贷！”掾吏乃咋舌退去。球即削木为弓，断矛为矢，引机扳发，射死贼党多人。贼攻城不下，因决城外流水，灌入城中，球相视地势，据高屯兵，反引水淹贼，贼众惊骇，乃将流水泄去。内外相拒十余日，全城无恙。朝廷再授尚为中郎将，使率幽冀黎阳乌桓步骑二万六千人，往救零陵，尚连败贼众，又与长沙太守抗徐等，调集各郡士卒，合力讨击，大破胡兰；兰急不择路，骤马乱奔，尚督兵追及，张弓搭箭，射倒兰马，兰颠扑地上，当由眼快脚快的军士，赶出一刀，了结贼命；余贼失去头颅共约三千五百级，朱盖等窜往苍梧。诏赐尚钱百万，抗徐等亦受赏有差。尚系山阳人，徐系丹阳人，两人为同时名将。至朱盖等入苍梧境，复被交趾刺史张磐击退，仍还荆州，后来为零陵太守杨璇讨平，这且无庸细表。

且说李膺遇赦后，复起为司隶校尉，他本生性刚直，不肯诡随，虽已迭经挫折，仍然风裁严峻，执法不阿；小黄门张让弟朔，为野王令，贪残无道，甚至刑及孕妇，一闻膺为校尉，便即惧罪入京，匿居乃兄第舍，果然膺闻风往捕，亲率吏卒至让家，四处搜寻，不见形影，及见室有复壁，即令吏卒毁壁入视，得将张朔觅着，一把抓住，押赴洛阳狱中，讯鞫得供，立即处斩。让遣人说情，已经无及；没奈何入诉桓帝，谓膺专擅不法，桓帝召膺入殿，当面诘责，问他何故不先奏请，便即行诛？膺从容答说道："昔晋文公执卫成公，归诸京师，春秋不以为非；礼云公族有罪，虽加三宥，有司尚可执宪不从。且孔子为鲁司寇，七日即诛少正卯，今到官已越一旬，自恐稽迟获罪，不意反欲速见讥；就使臣罪至死，还望陛下宽限五日，使臣得殄除元恶，然后退就鼎镬，也所甘心了！"元恶何能尽除？徒使权阉侧目，膺亦可以休矣！桓帝听着，因他理直气壮，不能再诘，乃旁顾张让道："这是汝弟有罪，应该加戮，不得专咎司隶呢！"遂令膺退去，张让亦只好趋出。嗣是黄门常侍，皆屏足帖息，虽经休沐，不敢复出宫省；桓帝怪问原因，众阉并叩头泣语道："畏李校尉！"是时朝廷日乱，纲纪颓弛，唯膺不屈不挠，好似中流砥柱，士人或得邀容接，辄相欣庆，号为登龙门。龙将烧尾，奈何？奈何？太尉陈蕃，荐引议郎王畅，进为尚书，出任河南太守，奋厉刚猛，与李膺齐名；太学诸生三万余人，常钦慕陈蕃李膺王畅等人，交口赞美，编出三语道："天下楷模李元礼，不畏强御陈仲举，天下俊秀王叔茂。"元礼仲举叔茂，便是李膺陈蕃王畅三人的表字。自从太学生有此标榜，遂致中外承风，竞相臧否，孰忠孰奸，孰贤孰不肖，往往意为褒贬，信口歌谣。于是君子小人，辨别甚清，君子与君子为一党，小人与小人为一党，小人只知为恶，党派却结得牢固，不致分争。君子与君子，有时为了学说不同，政见不同，却互生龃龉，又从一党中分出两党来，两党相诽，久持不下，反被小人从旁窃笑，乘隙攻入，得将党人二字，加到君子身上。暗君不察，疑他结党为非，听信谗言，滥加逮捕，闹得一塌糊涂，这就叫做党祸。小人原属可恨，君子亦不能无咎。

看官听着，待小子叙明东汉党祸的源流。一朝大狱，应该特别叙明。先是桓帝为蠡吾侯时，曾向甘陵人周福受业，及入承大统，便擢福为尚书；又有甘陵人房植，曾一任河南尹，也有重名。福字仲迟，植字伯武，乡人替他作歌道："天下规矩房伯武，因师获印周仲迟。"据此两语，似乎房植的名望，驾过周福，唯两人既相继通显，自然各置宾僚；福门下无不助福，往往优福劣植，植门下无不助植，又往往优植劣福，两造互争优胜，积不相容，免不得各树党徒，寖成仇隙，党人的名号，就从甘陵的周房两家，发生出来。既而汝南太守宗资，用范滂为功曹，南阳太守成瑨，用岑晊为功曹，并委他褒善纠违，悉心听政，二郡又有歌谣道："汝南太守范孟博，南阳宗资主画诺；

南阳太守岑公孝，弘农成瑨但坐啸。”宗资南阳人，成瑨弘农人，孟博系范滂表字，公孝系岑晊表字，歌中寓意，是归美范滂岑晊二人，名为功曹，实与太守无二，冤冤相凑，衅启南阳。宛县人张泛，为桓帝乳母外亲，拥有资财，工雕刻术，尝琢玉镂金，私贿中官，中官与为莫逆交，往来甚密，泛得恃势骄横，肆行无忌，宛吏不敢过问。南阳功曹岑晊，因宛县为南阳属地，特劝太守成瑨，捕泛入狱，泛慌忙通讯中官，乞为救护，中官即为代请，颁下赦文，晊又促瑨诛死张泛，然后宣诏施赦。小黄门赵津，家居晋阳，贪残放恣，太原太守刘瓆，亦将津捕入狱中，遇赦不赦，把津处死。中常侍侯览，时已复官，即使张泛妻上书讼冤，并向桓帝前谮诉瑨瓆，说他不奉诏命，罪同大逆。桓帝顿时大怒，立征瑨瓆下狱，饬令有司审谳，有司仰承中旨，复称两人俱当弃市。同时山阳太守翟超，使张俭为督邮，巡视全境。侯览家在防东，残害百姓，大起茔冢，俭举奏览罪，被览从中搁置，壅不上闻，惹得俭容忍不住，竟督吏役，毁去览冢，籍没资财。览怎肯罢休？泣诉桓帝，归罪太守翟超，超又被逮下狱，当由有司定案，与前东海相黄浮同科，并输左校。黄浮事，见五十一回。司空周景，时已免官，由太常刘茂代任，太尉陈蕃，邀茂一同入谏，请赦瓆瑨超浮四人，桓帝不从，中常侍复从中媒孽，茂恐为所构，不敢复言。独陈蕃不甘隐默，再上疏力谏道：

臣闻齐桓修霸，务为内政，春秋于鲁，小恶必书，宜先自整饬，后乃及人。今寇贼在外，四肢之疾，内政不理，心腹之患；臣寝不能寐，食不能饱。实忧左右日亲，忠言以疏，内患渐积，外难方深，陛下超从列侯，继承天位，小家蓄产，百万之资。子孙尚耻愧失其先业，况乃产兼天下，受之先帝，而欲懈怠以自轻忽乎？即不爱已，不当念先帝得之勤苦耶？前梁氏五侯，毒遍海内，天启圣意，收而戮之，天下之议，冀当小平；明鉴未远，复车如昨。而近习之权，复相煽结，小黄门赵津，大猾张泛等，肆行贪虐，奸媚左右；前太原太守刘瓆，南阳太守成瑨，纠而戮之，虽言赦后，不当诛杀，原其诚心，在于去恶；至于陛下，有何悁悁？而小人道长，荧惑圣聪，遂使天威为之发怒，各加刑谪，已为过甚；况乃重罚，令伏欧刃乎？又前山阳太守翟超，东海相黄浮，奉公不挠，嫉恶如仇，超没侯览财物，浮诛徐宣之罪，并蒙刑坐，不蒙赦恕；览之骄纵，没财已幸，宣犯衅过，死有余辜！昔丞相申屠嘉，召责邓通，洛阳令董宣，折辱公主，而文帝从而请之，光武加以重赏，未闻二臣有专命之诛；而今左右群竖，恶伤党类，妄相交构，致此刑谴，闻臣是言，当复啼诉，陛下深宜割塞近习预政之源，引纳尚书朝省之事，公卿大官，五日一朝，简练清高，斥黜佞邪，如是天和于上，地洽于下，休祯符瑞，岂远乎哉？陛下虽厌恨臣言，臣但知为国效忠，冀回上意，用敢昧死奏闻！

桓帝览疏，非但不从蕃请，并且下诏责蕃；黄门中常侍等，恨蕃加甚，只因蕃为名臣，一时未敢加害，故蕃尚居官如故。平原人襄楷，诣阙陈书，力为瓆瑨讼冤，终不见报；会因河水告清，楷以为清属阳，浊属阴，河水当浊而反清，是阴欲乘阳之兆；又桓帝尝就濯龙宫中，亲祀老子，用郊天乐，楷书中亦曾提及，谓黄老清虚，好生恶杀，省欲去奢，今陛下厉行诛罚，博采妇女，全与黄老相反，祭祀何益？词意很是激切，桓帝唯置诸不理。楷复上书纠劾宦官，文中有云：“殷纣好色，妲己是出；叶公好龙，真龙游廷；今黄门常侍，并犯天刑，陛下乃宠遇日甚，臣愚以为继嗣未兆，实坐此弊！”这数语激动一班阉竖，大起哗声。桓帝年已逾壮，未得一子，也不免触起懊恼，即召楷入朝，令尚书问状。楷直答道：“古时本无宦官，自武帝末年，屡游后宫，始令阉人侍从，设置官职，这乃先朝弊政，不足为法！”尚书等斥楷违经诬上，应即论罪，竟把楷收送洛阳狱中，还是桓帝搁置不提，才免死刑。符节令蔡衍，议郎刘瑜，表救成瑨刘瓆，言亦切直，并坐罪免官；瑨与瓆竟搒死狱中，唯岑晊张俭，在逃未获。瑨瓆毕命，事由晊俭二人启衅，乃瑨瓆死，而晊俭逃生，以义相绳，未免负友。俭有清名，望门投止，辗转至东莱，匿李笃家；外黄令毛钦，闻风往捕，笃与语道：“张俭知名天下，所为无罪，明府素行清正，何忍拘及名士？”钦抚笃背道：“蘧伯玉耻独为君子，足下如何自专仁义？”笃又答道：“笃虽好义，明府今日，也分得一半了！”钦叹息自去，笃复送俭出塞，方得幸存。晊窜往齐鲁，亲友亦竞为收容，唯前新息长贾彪，闭门不纳；彪曾有重望，在新息长任内，见贫民多弃子不育，特严令禁止，有犯与杀人同科，数年间户口蕃庶，民间称为贾父。至不纳岑晊一事，为众所疑，彪喟然道：“《传》云：‘相时而动，无累后人！’公孝要君致衅，自贻伊戚，我岂可私相容隐么？”足令岑晊自愧。后来晊走匿江夏山中，得疾乃终。一案未了，一案又起，河内有术士张成，颇善占验，预料朝廷当赦，纵子杀人。司隶校尉李膺，收捕成子下狱，越日果有诏大赦，成子应当脱罪，膺独援杀人抵命的故例，不肯轻恕，竟将成子加诛。成尝挟术干时，交通宦官，宦官便替成报怨，嗾使成弟子牢修上书，劾膺交结太学游士，共为部党，诽谤朝廷，败坏风俗；桓帝误为听信，严旨逮捕党人，班行郡国，布告天下，案经三府，当由太尉陈蕃，展览党人名籍，俱系海内闻人，便皱眉捻须道：“今欲逮捕诸人，统是忧国忠公，驰誉四海的名士；就使子孙有过，尚应十世加宥，况本身未著罪状，奈何无端收捕呢？”说着，遂将党人名籍却还，不肯署名。桓帝越加动怒，索性将司隶校尉李膺，罢官系狱；词连太仆杜密，御史中丞陈翔，及陈实范滂等，共二百余人，陆续捕入；或已闻风避匿，经有司悬金购募，务获到案。党人并非大盗，为何这般严酷？

杜密颍川人，累迁北郡泰山太守，调任北海相，监视宦官子弟，有恶必惩；及去官还家，每见守令，多所陈托。同郡刘胜，亦自蜀郡告归，闭门扫轨，不复见客；颍川太守王昱，尝向密称美刘胜，说他清高绝俗，密知昱讽己，奋然说道：“刘胜位为大夫，见礼上宾，乃知善不荐，闻恶无言，隐情惜己，自同寒蝉，这乃是当世罪人！密却举善纠恶，使明府赏罚得中，令闻休扬，岂非有裨万一么？”无道则隐，奈何不知？昱闻言怀惭，待遇加厚。嗣入朝为尚书令，迁官太仆，嫉恶甚严，与李膺名行相次，时人号为李杜；膺既得罪，密自然不能脱身，与同连坐。陈翔系汝南人，官拜议郎，出任扬州刺史，尝举发豫章太守王永，私赂中官，吴郡太守徐参，倚兄中常侍徐璜权势，在职贪秽，永与参因此被黜，宦竖与他结嫌，亦将他列名党案，逮入狱中。陈实本与宦官无仇，不过因名盛遭忌，致被罗织。有人劝实逃亡，实叹息道：“我不就狱，众无所恃？”乃挺身入都，自请囚系。范滂本反对检人，一闻逮捕，便昂然入狱，狱吏谓犯官坐系，应祭皋陶，滂正色道：“皋陶为古时直臣，若知滂无罪，且当代诉天帝；如或不然，祭亦何益？”众闻滂言，并皆罢祭。度辽将军张奂，已就征为大司农。由中郎将皇甫规升任度辽将军，闻朝廷大兴党狱，遍拘名士，自耻不得与列，径拜表上陈道：“臣前荐大司农张奂，便是附党，又臣输作左校时，由太学生张凤等为臣讼冤，便是党人所附；臣应同入党案，受罪坐罚！”桓帝得书，却搁置一旁，并不批答。想是宦竖与规无嫌。就中恼了一位大臣，复毅然申奏，力为党人辩诬，正是：

谗口嚣嚣真罔极，忠言谔谔总徒劳。

欲知何人出为辩诬，容至下回再表。

国家设兵，原以防盗，盗去不击，乌用兵为？观度尚之计激军心，似以诈谋使人，不足为法，然尚之所用以击贼者，乃蛮夷杂种耳；平素未曾训练，第因一时之募集，驱使从戎，若非设法以鼓动之，安能令其再接再厉，捣平贼巢耶？故尚之所为，权道也，非正道也！孔子所谓可与权者，尚其有焉。若李膺等虽素怀刚正，而当国家无道之秋，不如洁身远害，天地闭，贤人隐，古有明言，乃以一时之矫激，祸及海内，宁非愚忠？徐孺子谓大木将颠，非一绳所能维；郭林宗谓天之所废，不可复支，正洞明权变之言，故卒能超然于党祸之外；刘胜甘作寒蝉，亦此物此志云尔。李杜虽忠，其如未识权宜何也？

第五十四回　驳问官范滂持正　嫉奸党窦武陈词

却说桓帝延熹八年，大兴党狱，缉捕至二百余人，恼动了一位大臣，不忍坐视，因复上疏极谏，这人为谁？就是太尉陈蕃。疏中有云：

臣闻贤明之君，委心辅佐，亡国之主，讳闻直辞；故汤武虽圣，兴由伊吕，桀纣迷惑，亡在失人。由此言之，君为元首，臣为股肱，同体相须，共成美恶者也。伏见前司隶校尉李膺、太仆杜密，太尉掾范滂等，滂曾为太尉黄琼掾吏。正身无玷，死心社稷，以忠忤旨，横加考案，或禁锢闭隔，或死徙非所，杜塞天下之口，盲聋一世之人，与秦焚书坑儒，何以为？异昔武王克殷，表闾封墓；今陛下临政，先诛忠贤，遇善何薄？待恶何优？夫谗人似实，巧言如簧，使听之者惑，视之者昏；然吉凶之效，存乎识善，成败之机，在于察言。人君者，摄天地之政，秉四海之维，举动不可以违圣法，进退不可以离道规，谬言出口，则乱及八方，何况髡无罪于狱，杀无辜于市乎？昔禹巡狩苍梧，见市杀人，下车而哭之曰："万方有罪，在予一人！"故其兴也勃焉。又青徐灾旱，五谷损伤，民物流迁，茹菽不足，而宫女积于房掖，国用尽于罗纨，外戚私门，贪财受赂，所谓禄去公室，政在大夫，昔春秋之末，周德衰微，数十年间，无复灾眚者；天之于汉，悢悢无已，悢悢犹眷眷也。故殷勤示变，以悟陛下，除妖去孽，实在修德。臣位列台司，忧责深重，不敢尸禄惜生，坐观成败，如蒙采录，使身首分裂，异门而出，所不恨也！

桓帝已信任宵小，决除党人，看了陈蕃奏疏，也疑他是党中魁硕，大为拂意；再加阉竖乘隙进谗，交毁陈蕃，遂传出一道诏旨，责蕃辟召非人，将他罢免，再起周景为太尉。景颇持躬亮直，但见蕃因言获戾，未敢再陈；此外更乐得置身局外，箝口避灾。迁延过了一年，党人尚未邀赦，当由前新息长贾彪，义愤填膺，在家叹语道："我不西行，大祸不解！"因即辞家入都，进谒城门校尉窦武，及尚书霍谞，请为党人申理。武乃缮疏进奏道：

臣闻明主不讳讥刺之言，以探幽暗之实；忠臣不恤谏争之患，以畅万端之事；是以君臣并熙，名奋百世。臣幸得遭盛明之世，逢文武之化，岂敢怀禄逃罪，不竭其诚？陛下初从藩国，爰登圣祚，天下逸豫，谓当中兴；自即位以来，未见善政，梁邓诸恶，虽或诛灭，而常侍黄门，续为祸虐，欺罔陛下，竞行谲诈，自造制度，妄爵非人，朝政日衰，奸臣日盛。伏寻西京放恣王氏，佞臣执政，终丧天下，今不虑前事之失，复循复车之轨，臣恐秦二世之难，必将复及，赵高之变，不朝则夕！近者奸臣牢修，造设党议，遂收前司隶校尉李膺、太仆杜密、御史中丞陈翔，太尉掾范滂等，逮考连及数百人，旷年拘系，事无左证；臣唯膺等建忠抗节，志在王室，此诚陛下稷契伊吕之佐，而虚为奸臣贼子之所诬枉，天下寒心，海内失望，唯陛下留神澄省，即时理释，以厌人鬼喁喁之心！臣闻古之明君，必须贤佐以成政道；今台阁近臣陈蕃胡广，及尚书朱寓荀绲刘祐魏朗刘矩尹勋等，皆国之贞士，朝之良佐，尚书郎张陵妫皓范康杨乔边韶戴恢等，文质彬彬，明达国典，内外之职，群材并列；而陛下委任近习，专树饕餮。外干州郡，内干心膂，宜以次贬黜，案罪纠罚，抑夺宦官欺国之封，案其无状诬罔之罪，信任忠良，平决臧否。使邪正毁誉，各得其所，则咎征可消，天应可待矣！

窦武既将疏呈入，复缴上城门校尉及槐里侯印绶，自愿罢官，桓帝不许，仍将印绶发还尚书霍谞，又表请释放党人，桓帝亦稍稍感悟，乃使中常侍王甫，就狱讯问时党人皆锢住北寺狱中，为黄门所管辖。一应人犯，类皆三木囊头，奄立阶下，王甫依次传入，逐加诘问，有几个略为辩白，有几个不愿多谈；滂独数次前进。王甫启口诘滂道："君为人臣，不知忠国，反勾结部党，自相褒举，评论朝廷，虚词交构，究竟意欲何为？宜供出实情，不得欺饰！"滂答说道："孔子有言：'见善如不及，见恶如探汤。'滂欲使善善同清，恶恶同污，不料朝廷反目为朋党，难道善反为恶，恶反为善么？"甫又诘问道："如君等互相推举，迭为唇齿，稍有不合，即加排斥，这是何意？"滂仰天长叹道："古人修善，自求多福，今日修善，反陷大戮；身死以后，愿将尸首埋葬首阳山侧，上不负皇天，下不愧夷齐！"慨当以慷。甫听了滂言，也愍然改容，乃命并解桎梏，返报桓帝。李膺等又多引入宦官子弟，说他同党，宦臣亦不禁惶惧，乃向桓帝进言，以为天时当赦，桓帝才将狱中二百余人，一概释放；但尚留名三府，禁锢终身。一面下诏改元，号为永康。范滂出狱后，往候尚书霍谞，并不为谢，或咎滂何不谢谞，滂答语道："春秋时叔向坐罪，祁奚入援，未闻叔向谢恩，祁奚炫惠，滂亦效法古人，何必称谢？"叔向祁奚皆晋人。说毕，即出都还至汝南；南阳士大夫，在道欢迎，有车数百辆，滂叹息道："这乃反使我速祸哩！"遂从间道还乡，不复见客；余人亦统皆归里。从前钩党诏下，郡国都希旨举奏，多至百数；唯平原相史弼，不奏一人，诏书前后迫促，髡笞掾吏，且使从事坐待传舍。弼往见从事，谓平原实无党人。从事作色道："青州六郡，五郡有党，敢问平原有何治化，独无党人？"弼亦峻词相拒道："先王疆理天下，划界分境，水土异宜，风俗不同，他郡有党，平原自无，怎得相比？若徒知趋承上司，诬害良善，是平原民居，户户可入党籍了！弼宁死不敢从命！"也是个硬头子。从事且惭且恨，回朝复旨。将加弼罪名，会因党禁从宽，只令弼罚俸一年；平原士人，幸免牵连，这都是史弼的厚惠，保全甚多。会稽人杨乔，由城门校尉窦武荐引，入朝为郎。乔容仪伟丽，奏对详明，桓帝爱他才貌，欲将公主配乔；乔见群阉当道，正士一空，料知将来无甚善果，因即上书固辞。桓帝不许，定要将爱女嫁乔为妻，且令太史择吉成婚，乔竟誓死相拒，绝粒数日，一命告终。好一个现成帝婿，弃去不为，反且如此拚生，真是奇闻！无非是想做夷齐。

是年仲夏，京师及上党地裂；到了仲秋，东方大水，渤海溃溢，郡国官吏，转受中官嘱托，讹言瑞应：巴郡报称黄龙现，西河报称白兔来，魏郡报称嘉禾生，甘露降，种种虚诬，无一非贡谀献媚，取悦上心。大司农张奂，因鲜卑乌桓复叛，受命为中郎将，再出督幽并凉三州，及度辽乌桓二营。乌桓素闻奂威名，不战即降；独鲜卑大酋檀石槐，恃勇不服，虽然引兵暂退，仍复觊觎边疆。朝廷虑不能制，遣使封檀石槐为王，拟与和亲。檀石槐不肯受命，自分属地为东西北三部，各置酋长管领，有时辄出掠幽并凉诸州。桓帝方耽恋酒色，宠幸金壬，私幸天下无事，只有西北一带，稍闻寇患，无庸多忧，不如及时行乐，与采女田圣等，朝夕纵欢，享受温柔滋味；待至精髓日涸，疾病交侵，尚封田圣等九女为贵人，勉与绸缪，结果是脾肾皆亏，无可救药，好好一个三十六岁的皇帝，竟至德阳前殿，奄卧不起，瞑目归天。淫荒之主，怎得延年？总计桓帝在位，改元多至七次，为东汉时所仅见，历数亦不过二十一年。三立皇后，无一嫡嗣，此外贵人数十，宫女百千，也不闻诞育一男。寡欲方可生男，否则，多妻何益？窦皇后情急失措，急召乃父窦武，入议立嗣，武复转问侍御史刘倏，拟向宗室中选立贤王，倏沉吟良久，方答出一个解渎亭侯宏；宏系河间王开曾孙，祖名淑，父名苌，世封解渎亭侯，母为董氏，宏袭封侯爵，年才十二，倏举宏为对，明明是奉承窦后，好教他援引故例，借口嗣君幼弱，亲出临朝。窦武告知窦后，果然隐合后意，即使倏持节迎宏，偕同中常侍曹节，与中黄门虎贲羽林兵千人，星夜驰往河间，迓宏入都。先是桓帝初年，京师有童谣云："城上乌，尾毕逋，公为吏，子为徒，一徒死，百乘车，车班班，入河间，河间姹女工数钱，以钱为室金为堂，石上慊慊舂黄粱，梁下有悬鼓，我欲击此丞卿怒。"当时有人听此童谣，无从索解。及窦氏定策禁中，迎宏至夏门亭，由窦武带领群臣，奉宏入宫，即皇帝位，才将童谣起头的八语，逐条推测，有迹可寻。城上乌二句，是譬喻桓帝高居九重，专知聚敛；公为吏二句，是言蛮夷叛逆，父为军吏，子为卒徒，同时外征；一徒死二句，是前一人出征死事，后又遣兵车继讨；车班班二句，是刘倏至河间迎宏，更明白易解了；尚有后五语未曾应验，仍留作疑团，无人剖晰。后来宏即位二年，母董氏进为太后，喜积金钱，鬻官得贿，充满堂室，才知姹女数钱两语，已为谶兆；至石上慊慊三语，乃指董太后贪心未足，常使人舂黄粱为食，忠臣义士，欲击鼓谏阻，反被丞卿怒斥；可见得自古童谣，俱非无因，但不知由何人创造，成此预谶哩！半属后人附会，不能援作铁证。闲文少表。

且说桓帝告崩，已是永康元年的残冬，及解渎亭侯宏入宫即位，已在次年正月，是为灵帝，当即改元建宁。窦后已早自尊为皇太后，临朝称制；不待桓帝出葬，便将贵人田圣等一并处死，泄除宿忿，开手即杀宫妃，怪不得后来多难。一面授窦武为大将军，首握朝纲。太尉周景，因病乞休旋即逝世，司徒许栩，已先罢职，由太常胡广继任；司空刘茂，亦已免官，代任为光禄勋宣酆。窦太后追溯前事，忆及自己得正位中宫，全赖陈蕃周景两人；见五十二回。景已病殁，无可报德，乃特进陈蕃为太傅，使与大将军窦武，及司徒胡广，参录尚书事；复将司空宣酆免职，迁长乐卫尉王畅为司空；奉葬桓帝于宣陵，追尊嗣皇祖淑为孝元皇，夫人夏氏为孝元皇后，父苌为孝仁皇，墓号慎陵，母董氏生存无恙，号为慎园贵人，又加封窦武为闻喜侯，武子机为渭阳侯，从子绍为鄠侯，靖为西乡侯，一门四人，同沐侯封。当由涿郡人卢植，代为寒心，特献书讽武道：

植闻嫠有不恤纬之事，漆室有倚楹之戒，“嫠不恤其纬，而忧宗周之陨。”语见《左传》，漆室女倚柱悲吟，忧国伤怀，事见《列女传》。忧深思远，君子之情。夫士立诤友，义贵切磋，《书》陈谋及庶人，《诗》咏询于刍荛，植诵先王之书久矣，敢爱其瞽言哉！今足下之于汉朝，犹旦奭之在周室，建立圣主，四海有系，诸公以为吾子之功，于斯为重；天下聚目而视，攒耳而听，谓准之前事，将有景风之祚。窃绎春秋之义，王后无嗣，择立就长，年均以德，德均则决之卜筮；今同宗相后，披图按牒，以次建之，何勋之有？岂横叨天功，以为己力乎？宜辞大赏，以全身名，又比者世祚不竞，仍求外嗣，可谓危矣！而四方未宁，盗贼伺隙，恒岳渤碣，尤多奸盗，将有楚人胁比，尹氏立朝之变；并见《春秋》。宜依古礼，置诸子之官，征王侯爱子，宗室贤才，外崇训导之义，内息贪利之心，简其良能，随用爵之，是亦强干弱枝之道也！

窦武得书，总道嗣君新立，大权在握，一时断不致变动，何必听信植言，自弃富贵？当下将来书搁置，不复留意。窦太后更封太傅陈蕃为高阳侯，中常侍曹节为长安乡侯；节当然乐受，唯蕃累疏固辞，章至十上，竟不受封。但与大将军窦武，同心辅政，征用前司隶李膺，太仆杜密，宗正刘猛，庐江太守朱寓等，并列朝廷；又引前越隽太守荀昱为从事中郎，前太邱长陈实为掾吏，共参政事；志在除奸，窦太后也却悉心委任，言听计从。不过妇女见识，容易动摇，往往喜人谀言，厌闻正论。灵帝有乳母赵娆，随帝入宫，宫中号为赵夫人，性情狡黠，善揣人意，镇日里入侍太后，话长论短，深得太后欢心；还有一班女尚书，系内官总名。也俱受赵娆笼络，串同一气，日夕蒙私，中常侍曹节王甫等，复谄事太后，与赵娆等朋比为奸，交相煽蔽，太后反皆视为好人，有所请求，无不允许，因此屡出内旨，封拜多人。以阴遇阴，更易相惑。看官试想，如女子小人的荐引，何有贤才？太后误为听信，不待窦武陈蕃商量，便即授命，武与蕃不便封驳，又不忍坐视，自然懊怅异常。蕃嫉恶尤甚，尝与武会晤朝堂，私下语武道："曹节王甫等，在先帝时，已操弄国权，浊乱海内，百姓汹汹，无不痛心；今若不设计诛奸，后必难图！"武点首称善，蕃心下大喜，推席而起，欢颜别去。武乃复引同志尹勋为尚书，令刘瑜为侍中，冯述为屯骑校尉，密商大计。适值五月朔日，日食告变，有诏令公卿以下，各言得失，蕃即前往语武道："昔御史大夫萧望之，为一石显所困，竟致自杀，况今有石显数十辈呢？近如李杜诸公，祸及妻子，皆由权阉煽乱，正士罹殃，蕃年将八十，尚有何求？但欲为朝廷除害，佐将军立功，所以暂留不去；今正可为了日食，斥罢宦官，上塞天变，且赵夫人及女尚书，摇惑太后，亦宜屏绝。请将军从速措置，毋贻后忧！"武依了蕃言，便进白太后道："向来黄门常侍，只令给事省内，看守门户，主管近署财物，今乃使干预政事，谬加重任，子弟布列，专为贪暴，天下汹汹，都为此故，宜一概诛黜，扫清宫廷！"窦太后徐答道："汉朝故事，世有宦官，但当稽察有罪，酌量加惩，怎可同时尽废呢？"武乃先讦中常侍管霸苏康，挟权专恣，应即加诛，太后总算依议，当由武收捕管霸苏康，下狱处死。武又请诛曹节等人，偏太后犹豫未忍，迁延不报，陈蕃不暇久待，即上疏申请道：

臣闻言不直而行不正，则为欺乎天而负乎人；危言极意，则群凶侧目，祸不旋踵，钧此二者，臣宁得祸，不敢欺天也！今京师嚣嚣，道路喧哗，竞言曹节侯览公乘昕王甫郑飒，与赵夫人诸女尚书，并乱天下，附从者升进，忤逆者中伤，方今一朝群臣，如河中木耳。泛泛东西，耽禄畏害，陛下前始摄位，顺天行诛，苏康管霸，并伏其辜，是时天地清明，人鬼欢喜；奈何数月，复纵左右？元恶大奸，莫此之甚！今不急诛，必生变乱，倾危社稷，其祸难量，愿出臣章宣示左右，并令天下诸奸，知臣嫉恶，不敢为非，则宫禁清而治道可冀矣！

蕃上此疏，满望太后感念旧惠，如言施行，谁知太后仍然搁起，并不听用。去恶宜速，岂空言所可济事？况太后是个女流，难道能纤手除奸吗？那一班油头粉面的妖娆，及口蜜腹剑的腐竖，已是愤恨异常，竟与这窦武陈蕃，势不两立了！俗语说得好："和气致祥，乖气致戾。"为了朝局水火，遂致上苍示儆，发现端倪。小子有诗叹道：

天变都从人事生，吉凶悔吝兆先呈；
漫言冥漠无凭证，星象高悬已著明。

欲知天变如何，待至下回详叙。

观范滂对簿之词，原足上质鬼神，下对衾影；即其不谢霍谞，非特自白无私，且免致中官借口，谤及谞身，滂之苦衷，固可为知者道，难为俗人言也；然时当乱世，正不胜邪，徒为危言高论，终非保身之道，此范滂之所以终于不免耳。及桓帝告崩，窦后临朝，陈蕃有德于窦后，而进列上公，窦武更位极尊亲，手握兵柄，二人同心，协谋诛奸，似乎叱嗟可办；然必不动声色，密为掩捕，使妇寺无从预备，一举尽收，然后奏白太后，声罪加诛，吾料太后亦不能不从，肃清宫禁，原反手事耳！计不出此，乃徒向太后絮聒，促令除奸，何其寡谋乃尔？且陈蕃疏中，固尝云危言极意，则群凶侧目，祸不旋踵，彼既明知诛恶之宜速，处事之宜慎，奈何尚请宣示左右耶？谋之不臧，语且矛盾，识者已知其无能为矣。

第五十五回　驱蠹贼失计反遭殃
感蛇妖进言终忤旨

却说灵帝元年八月，太白星出现西方，侍中刘瑜，颇知天文，暗思星象示儆，危及将相，免不得瞻顾徬徨，因即上奏太后道：“太白侵入房星，光冲太微，象主宫门当闭，将相不利，奸人为变，宜亟加防！”一面又致书窦武陈蕃，略言星辰错缪，不利大臣，请速决大计，毋自贻祸。武与蕃乃再协商，筹定计议，先令朱寓为司隶校尉，刘祐为河南尹，虞祁为洛阳令，然后奏免黄门令魏彪，另用小黄门山冰代任，且使冰入白太后，收捕长乐尚书郑飒，送入北寺狱中。陈蕃向武进言道：“若辈既经收捕，便当处死，何必送他入狱，多烦考讯哩？”蕃言甚是，但徒杀一郑飒，何足济事？武不肯从，即使山冰会同尚书令尹勋，侍御史祝瑨，就狱讯飒；飒供词连及曹节王甫，勋与冰即据词复奏，使侍中刘瑜呈入。武踌躇满志，总道曹节王甫等有权无力，唾手可取，不必防备他变，遂放心出宫，归府待信。蜂虿尚且有毒，况权阉蟠踞有年，怎可不为之备？刘瑜呈入奏章，也即退出；不料出纳奏章的内官，持了奏本，先去告知长乐宫内的五官史朱瑀。瑀闻郑飒被收，已怀疑惧，且与曹节王甫等人，素相亲善，彼此互为倚托，自然时刻留心；当下索取奏本，私自展阅，看了数行，已经怒起，及阅毕后，更觉忍耐不住，自言自语道：“中官不法，自可诛夷；我辈何罪？乃尽欲加诛呢？”说着，眉头一皱，计上心来，便大声喧呼道：“陈蕃窦武，奏白太后，将废帝为大逆，此事如何了得？”一面说，一面遍召长乐宫从吏，夤夜入商。当时应召驰至，计得共普张亮等十七人，歃血共盟，谋诛窦武陈蕃，然后报告曹节王甫。节仓猝惊起，入语灵帝道："外间喧呶，将不利圣躬，请速出御德阳前殿，宣诏平乱！"宵小诡谋，煞是可畏！灵帝年才十三，怎知内外隐情？当即依了节言，出御前殿。节与阉党拔剑相随，踊跃趋出，乳母赵娆，亦从至殿中，在旁拥护，传令闭诸禁门，召入尚书官属，取出亮晃晃的白刃，胁作诏书；尚书官属，无不贪生，就使心恨阉人，到此亦为威所迫，不敢不依言缮写。节也托称帝意，拜王甫为黄门令，使他持节至北寺狱，收系尹勋山冰。冰等时已就寝，闻有中使到来，急忙披衣出迎，兜头一看，乃是王甫，且见他张目宣诏，声势汹汹，心下不禁怀疑，返身复入；甫即抢上一步，厉声吆喝道："山冰汝敢不奉诏么？"道言未绝，手中已拔出佩剑，竟向山冰背后劈去，刀光一闪，冰已倒地。尹勋也从梦中惊醒，出外接诏，又被王甫手起剑落，结果性命。

甫即就狱中放出郑飒，还入长乐宫，竟去劫迫太后，索取玺绶，窦太后尚未起床，玺绶已被人取出，献与王甫。汝不忍人，人将忍汝！甫令谒者守住南宫，扃阖门，断复道，令郑飒等持节，及侍御史谒者，往捕窦武陈蕃。武闻变驰入步兵营，与兄子步兵校尉窦绍，张弓拒使，射死数人，且召集北军五校士数千人，屯守都亭，向众宣令道："黄门常侍等造反，汝等能尽力诛奸，当有重赏！"军士尚将信将疑，勉听武命。郑飒慌忙奔还，报知曹节王甫；节复矫诏令少府周靖行车骑将军，使与护匈奴中郎将张奂，率五营兵士讨武。奂方自北方受征，还都不过二三日，未知底细，一闻宫中急诏，当即奉命出来，与靖会合。王甫又招集虎贲羽林诸将士，出来应奂，途中遇着陈蕃，与官属诸生八十余人，持刀入承明门，将至尚书门前，八十余人，何足济事？此来意欲何为？因即摆开兵马，将蕃截住；蕃等攘臂奋呼道："大将军忠心卫国，黄门胆敢叛逆，怎得反诬窦氏呢？"甫应声诟詈道："先帝新弃天下，山陵未成，武有何功，乃父子兄弟，并得侯封，时常设乐张宴，妄取掖庭宫人，私下纵欢，旬日间积资巨万？这四语是诬陷窦武。大臣若此，尚得说是有道么？公为宰辅，且与相阿党，岂非不忠？此外更不必说了！"说着，即指挥军士，将蕃围住，蕃拔剑叱甫，词色愈厉，甫悍然不顾，竟令军士一拥齐上，拘拿陈蕃；蕃年已垂老，又没有什么武力，所领官属诸生，多是文质彬彬，如何敌得住军吏？眼见是束手就缚，无策逃生。总计蕃等八十余人，一大半被他捕去，押送北寺狱中。黄门从官，统是权阉羽翼，见了陈蕃捕到，便奋拳伸足，相率殴蹋道："死老魅尚敢减损我等人员，剥夺我等廪饩么？"蕃怎肯忍气，自然反唇相讥，恼动这班狐群狗党，报告曹节王甫，索得伪诏，将蕃害死。时已天明，张奂引兵出屯朱雀掖门，王甫领军继至，差不多有数千人，与窦武两下对垒；甫又使军士大呼武军道："窦武为逆，汝等皆系禁兵，应当宿卫宫省！为什么从逆抗命？如肯翻然知悟，反正来降，朝廷自当加赏，毋得多疑！"营府素畏服中官，且见张奂王甫等，自内出来，持节指麾，总应亲受帝命，方得如此张皇，因此心怀顾虑，不愿助武。张奂领兵多年，善觇敌势，遥望武军懈弛，就麾军进攻，气势甚锐；武军既已疑武，复遭奂军压迫，料知情势不佳，不如见机往降，还可免罪受赏，于是彼弃甲，此倒戈，纷纷投入奂军。自朝至暮，武手下只剩百余骑，怎能支持？不得已拍马逃走；武从子绍亦即随奔。奂与王甫驱军追击，到了洛阳都亭，得将武等围住；武与绍惶急万分，自思无路可脱，先后拔剑自刎。奂即将二人枭首，缴与王甫，甫令悬首都亭，示众三日；奂有重名，应知窦武忠正，奈何助奸戮忠？本编以追杀窦武，归咎张奂，具有良史书法。随即还兵收捕窦氏宗族，及亲戚宾佐，一体骈戮；唯将窦武妻妾贷死，徙往日南。先是窦武生时，与一蛇同出母胎，家人未敢杀蛇，送往林中；及武母殁后，举棺出葬，有大蛇蜿蜒到来，用首触柩，泪血并流，历时乃去；智士已目为不祥，至是始验。武有孙辅，年只二岁，亏得掾吏胡腾，闻风先至武家，将辅抱匿他处，才得幸存。他如侍中刘瑜，与屯骑校尉刘述，均被捕戮，家族诛夷。曹节王甫，复迫窦太后徙往南宫；且乘隙报怨，诬称虎贲中郎将刘淑，暨前尚书魏朗，俱与窦武等通谋，遣吏捕拿，二人皆愤急自尽。余如公卿以下，前经窦武陈蕃荐举，尽行黜免，甚至两家门生故吏，无一逃罪，悉数禁锢。

议郎巴肃，本与武等同谋，曹节等未明情迹，但因他为武等荐引，免官归里，后来查悉肃与通谋，复派朝使前往拘戮；肃得知消息，不待朝吏到家，便诣县投案。县吏素重肃名，解去印绶，欲与俱亡。肃慨然道："既为人臣，有谋不敢隐，有罪不逃刑；肃本与谋除奸，不幸失败，何敢逃罪？愿随窦陈二公于地下，使后世知有渤海巴肃，如君盛情，死且感念，今实不愿相累呢！"可谓义士。县令很是叹息，将肃交与朝使。朝使宣诏诛肃，肃引颈就刑，毫无惧容。铚令朱震，为太傅陈蕃故友，弃官入都，收葬蕃尸；蕃家属或死或徙，只有蕃子逸在逃，向震投依，震尚恐被捕，嘱逸隐姓埋名，避匿甘陵县境。后来果被发觉，系震下狱，一再考讯，胁令供逸所在，震抵死不肯承认，甚至全家被拘，连日搒掠，仍然不得实供，方得将案情延搁；直至黄巾贼起，朝廷大赦，震始得释，逸亦安归。就使窦武遗骸，亦由胡腾收埋。武孙辅，赖腾保护，与令史张敞，遁入零陵，诈云已死，自己改名谋生，以辅为子，费尽许多辛苦，养辅成人，替他娶妇，及赦诏屡颁，尚未敢遽言本姓；至献帝建安年间，荆州牧刘表，辟辅为从事，方知辅为窦武后裔，使还窦氏，仍奉武祀。这也是天鉴孤忠，不使绝后，所以有朱震胡腾诸义士，极力保全；虽是颠连困苦，终得一线留遗。试看那宦官后来结果，究竟还是忠臣子孙，垂亡不亡，勿谓乱世时代，果可怙恶不悛哩！苦口婆心。

且说曹节王甫等害尽忠良，扬扬得志，节迁官长乐卫尉，封育阳侯；甫迁官中常侍，仍守黄门令如故；宋瑀共普张亮等，皆为列侯；张奂仍拜大司农亦受侯封。嗣奂悔悟前失，深恨为曹节等所卖，上书固让，缴还侯印，有诏不许。悔已迟了。越年三月，灵帝尊母董贵人为孝仁皇后，由慎园迎入都中，特置永乐宫奉养，如皇太后仪。过了月余，有青蛇从空坠下，蟠绕御座，历久方去；翌日又遇大风雨雹，霹雳四震，拔起大木百余株；有诏令群臣直言。大司农张奂因乘机上疏道：

> 臣闻风为号令，动物通气；木生于火，相须乃明；蛇能屈伸，配龙腾蛰；顺至为休征，逆来为殃咎，阴气专用，则凝精为雹。故大将军窦武，太傅陈蕃，或志宁社稷，或方直不回，前以谗胜，并伏诛戮，海内默然，人怀震愤。昔周公葬不如礼，天乃动威；周成王葬周公于成周，天大雷电，以风偃禾拔木，乃改葬于毕示不敢臣，语见《尚书大传》。今武蕃忠良，未邀明宥，妖眚之来，皆为此也，宜急为改葬，徙还家属；其从坐禁锢，一切蠲除。又皇太后虽居南宫，而恩礼不接，朝廷莫言，远近失望，宜思大义顾复之报，以全孝道而慰人心，则国家幸甚！

灵帝看到此疏，却也感动，转语中常侍等，欲亲往南宫定省，中常侍等并皆色变，慌忙拦阻；究竟灵帝年纪尚轻，胸无主宰，又复延宕过去。司徒胡广，已代陈蕃为太傅，录尚书事。广一任司空，再任司徒，三登太尉，又迁太傅，居官三十余年，颇能炼达故事，熟悉朝章，只是素性优柔，专知和颜悦色，取媚当时，所以同流合污；任令宫廷如何变乱，一些儿不遭迁累。京师有俚语云："万事不理问伯始，天下中庸有胡公。"伯始即胡广表字，万事不理，却是胡广一生的确评；若中庸二字，乃是圣贤至德，难道逢迎为悦的胡广，也能当此美名？可见舆论悠悠，非真足信。此外如宗正刘宠，代王畅为司空，进任司徒，再继刘矩为太尉；平素清廉有余，刚断不足，故虽忧心时事，究未敢直言贾祸，匡正朝廷。至若许栩许训等，相继为司徒，刘嚣桥玄等，相继为司空，才具不过平常，在任又属不久，更无容赘述了。表明四府沿革，免致渗漏。张奂见四公在位，各无建白，因又与尚书刘猛等，共荐李膺等足备三公，曹节王甫，闻言衔恨，当即请旨谴责；奂与猛自囚廷尉，数日始得释出，尚令罚俸三月，聊示薄惩。郎中谢弼，蒿目时艰，满怀愤懑，特上书奏谏道：

臣闻和气应于有德，祆异生乎失政。上天告谴，则王者思其愆；政道或亏，则奸臣当其罚。夫蛇者阴气所生；鳞者甲兵之符也。《鸿范传》曰："厥极弱时，则有蛇龙之孽。"又荧惑守亢，荧惑与亢，皆星名。徘徊不去，在有近臣谋乱，发于左右；不知陛下所与从容帷幄之内，亲信者为谁，宜急放黜，以消天戒。臣又闻唯虺唯蛇，女子之祥；伏唯皇太后定策宫闱，援立圣明。《书》云："父子兄弟，罪不相及。"窦氏之诛，岂宜咎延太后，幽隔空宫？愁感天心，如有雾露之疾，陛下当有何面目以见天下？昔周襄王不能敬事其母，夷狄遂致交侵，孝和皇帝不绝窦氏之恩，前世以为美谈。礼为人后者为之子，今以桓帝为父，岂得不以太后为母哉？《援神契》曰：《援神契》纬书名。"天子行孝，四夷和平。"方今边境日蹙，兵革蜂起，自非孝道，何以继之？愿陛下仰慕有虞蒸蒸之化，俯思凯风慰母之念！臣又闻爵赏之设，必酬庸勋，开国承家，小人勿用；今功臣久疏，未蒙爵秩，阿母宠私，乃享大封；大风雨雹，亦由于兹。又故太傅陈蕃，辅相陛下，勤身王室，夙夜匪懈，而见陷群邪，一旦诛灭，其为酷滥，骇动天下，门生故吏，并罹徙锢；蕃身已往，人百何赎，宜还其家属，解除禁锢。夫台宰重器，国命所系，今之四公，唯刘宠断断守善，余皆素餐致寇之人，必有折足覆悚之凶，《易》曰："鼎折足，复公悚悚。"，鼎，实也。折足复悚，喻不胜任。可因灾异，并加罢黜！亟征故司空王畅，司隶李膺，并居政事，庶灾变可消，国祚唯永。臣山薮顽暗，未达国典，伏见陛下因变求言，明诏令公卿以下，无有所隐；用敢不避忌讳，冒死渎陈，唯陛下裁察。

这书呈入，阉党大哗，即欲将弼加罪；但因灵帝为了邪妖天变，下诏求言，若遽至收弼，不免与前诏相背，乃只说他党同罪人，不宜在位，出谪为广陵府丞；弼不愿就职，辞官回家，阉宦尚未肯甘休，查得弼家居东郡，特简曹节从子绍为东郡太守，前往监束。绍即诬构弼罪，将他拘系，几次讯鞫，硬要他供认罪伏；弼明明无辜，怎肯自诬？终落得刑杖交加，枉死狱中。暗无天日。故太尉杨秉子赐，方进为光禄勋，灵帝常令他侍讲殿中，问及蛇妖征验，赐博通经术，因即据经奏对道：

臣闻和气致祥，乖气致戾；休征则五福应，咎征则六极至。夫善不妄来，灾不空发；王者心有所维，意有所想，虽未形颜色，而五星为之推移，阴阳为其变度。以此而观，天之与人，岂不符哉？《尚书》曰："天齐乎人，假我一日。"我，指君主言，此为《尚书》中语。是其明征也。夫皇极不建，则有蛇龙之孽，《诗》云："唯虺唯蛇，女子之祥。"故春秋两蛇斗于郑门，昭公殆以女败；昭公之立，由于祭仲女之泄，谋逐去厉公，故得入立，至蛇斗见兆，昭公遇弑，故云以女败。康王一朝晏起，关雎见机而作。佩玉晏鸣，关雎叹之。事见《鲁诗》，今已佚亡。夫女谒行则谗夫昌，谗夫昌则苞苴通，故殷汤以此自戒，终济亢旱之灾。商初七年大旱，汤祈天自责，卒得大雨。唯陛下思乾刚之道，别内外之宜，崇帝乙之制，受元吉之祉，见"易泰卦"。抑皇甫之权，割艳妻之爱，见《诗小雅》。则蛇变可消，祯祥立应。殷戊宋景，其事甚明，殷王太戊时，桑谷拱生于朝，太戊修德，而桑谷死；宋景公时，荧惑守心，景公修德，而星退舍，并见《史记》。幸垂察焉。

看赐奏对，也是隐斥权奸；不过语从含混，未尝指明阉党，但就妇女上立说。此时灵帝尚未立后，只有乳母赵娆，一介女流，未能周知外情，因此赐尚得无恙；唯所请各条，终归无效，徒付诸纸上空谈罢了。小子有诗叹道：

> 衰朝谁复重忠贤？主暗臣邪总不悛！
> 尽有良言无一用，何如刘胜作寒蝉？

内政虽乱，外事还幸顺手，当由边疆传入捷报，乃是东西羌一律讨平。欲知功出何人，待至下回再表。

窦武之死，其失在玩；陈蕃之死，其失在愚。彼曹节王甫等，蟠踞宫廷，根深蒂固。太后嗣主，俱在若辈掌握之中；即使谋出万全，尚恐投鼠忌器，奈何事已发作，尚出轻心耶？武之误事不一端，而莫甚于出宫归府，不先加防；蕃与武密谋已久，仍不能为万全之计，至闻变以后，徒率官属诸生，持刃入承明门，岂寥寥八十余人，遂足诛锄阉党乎？诛阉不足，送死有余，何其愚也？然则二族之横被诛夷，迹固可悯，而实由自取。刘瑜尹勋以下，更不足讥焉，张奂为北州豪杰，甘作阉党爪牙，罪无可恕；至妖异迭见，乃请改葬蕃武，朝谒太后，欲盖已往之愆，宁可得耶？谢弼官卑秩微，犯颜敢谏，虽曰徒死，不失为忠，是又不得以张奂例之矣。

第五十六回　段颎百战平羌种
曹节一网殄名流

却说并凉外面的羌种，叛服无常，自从段颎皇甫规等，依次出讨，屡破羌人，西境少安；至段颎皇甫规先后被谗，征还受罪，羌众复炽。见五十一回。规已起任度辽将军，独颎尚输作刑徒；未得起复。会西州吏民，陆续诣阙，为颎讼冤，颎乃得免罪入朝，拜为议郎，出任并州刺史。会有滇那等羌，入寇武威酒泉张掖诸郡，焚掠庐舍，势甚猖狂，凉州几被陷没。朝廷闻警，乃复命颎为护羌校尉，乘驿赴任，滇那等素惮颎威，不待交锋，便即请降。还有当煎勒姐诸羌种，互相勾结，抗拒如故，颎连年出击，屡破诸羌；当煎勒姐诸羌人，并皆败北；再由颎率兵穷追，转战山谷间，大小经数十次，共斩首二万三千级，获生口数万人，马牛羊八万余头，收降部落万余，西羌瓦解；颎因功得封都乡侯。既而鲜卑诱引东羌，与共盟诅，使寇河西，中郎将张奂，方出督幽并凉三州，见五十四回。主张招抚；东羌或率种愿降，唯先零羌不肯从命。再由度辽将军皇甫规，遣使宣谕先零；先零朝降暮叛，狡黠异常，嗣复进掠三辅；奂乃遣司马尹端董卓出击，阵斩虏首万余人，三辅少安。董卓始此。时尚为桓帝末年，有诏问颎以驭羌方略，颎独驳去规奂两人计划，力主征讨，朝廷准如所议，听令出兵。颎即率兵万余人，赍半月粮，进剿先零羌；自彭阳直指高平，行抵逢义山，望见前面布满羌人，辎重牲畜，累累不绝，颎众不免惊惶；独颎神色自如，下令军中，分为数队，前张强弩，次持长矛，又次挟利刃，共列三重，再用轻骑分驻两旁，成左右翼，然后召语将士道："今去家已数千里，进可图功，退必尽死！各应努力向前，祸福安危，决在今日了。"亦一激将法。随即向众大呼，麾令杀敌，众皆应声腾跃，逐队奋进，先驱为强弩队，扯弓并射，箭如飞蝗，羌众纷纷避箭；阵势已动，当由长矛利刃两队，乘隙杀入，一番乱搅，好似虎入羊群，无坚不破；再由颎亲率左右两翼，包抄过去，虏众大骇，顿时大溃，颎从后追剿，斩首至八千余级，获牛羊二十八万头，乃收兵回营，露布告捷。适灵帝即位，窦太后临朝，进拜颎为破羌将军，赐钱二十万，召颎子一人为郎中；敕中藏府颁给金钱彩物，犒赏军前，颎既奉诏，复领轻骑追羌，驰出桥门谷，进抵走马水，侦知败羌屯集奢延泽中，即倍道兼行，一昼夜行二百余里，果见羌众在前，麾骑突上，喊杀声震动天地，羌众不意颎至，无暇抵敌，都是回头就跑，略略迟慢，便把性命丢脱；及逃至向落川，距奢延泽已数十里，方见颎军止追，乃收集溃羌，暂图休息。颎又遣骑司马田晏，率五千人出羌东，假司马夏育，率二千人出羌西；东西并进，夹攻逃羌。羌人也已预防，持械待着，可巧田晏先至，便兜头拦住，与晏鏖斗，晏部下只五千人，未及羌众半数，致为羌人所围。两下里拼死力争，正杀得难解难分，那西路已驰到，夏育攻入围场，援应晏军，晏趁势杀出，与育驱击羌众，羌众复败，窜至令鲜水上，倚流自固。晏使人飞报颎营，颎自往接应，会同晏育两军，再向前行。到了令鲜水旁，军士已皆饥渴，水为羌众所据，无从汲饮，当由颎勒众齐进，驱虏过水，虏连败心惊，因复却走，颎军才得取水解渴，炊饭疗饥；饥渴既解，精神又振，更逾水击羌，且战且追，直抵灵武谷。羌众背山为阵，拟决一死战；颎见他立住不动，已料透羌人心意，索性披甲先登，怒马突阵，又是一激将法。将士无不感奋，相率随上，一当十，十当百，杀得羌众弃甲曳兵，四处奔散。颎复穷追至三日三夜，斩馘无算；到了泾阳，军士皆脚下生茧，方停足不追，余羌俱窜入汉阳山谷间，颎拟休养数旬，再进军荡平余羌。适中郎将张奂，奏称东羌虽破，余种难尽，段颎性轻志急，胜负无常，不如用恩济威，庶无后悔，朝廷乃止颎再进，谕令审慎。颎已决志平羌，复书申请道：

臣本知东羌虽众，而软弱易制，所以前陈愚虑，思为永宁之算；而中郎将张奂，谓虏强难破，宜用招降，圣朝明鉴，信纳瞽言，故臣谋得行；奂计不用，事势相反，遂怀猜恨，信叛羌之诉，饰词润意，云臣兵累见折衄，又言羌一气所生，不可诛尽，山谷广大，不便穷搜，流血污野，伤和致灾。臣伏念周秦之际，戎狄为害，中兴以来，羌寇最盛，诛之不尽，虽降复叛，今先零杂种，累以反复，攻没县邑，剽掠人物，发冢露尸，祸及死生，上天震怒，假手行诛。昔邢为无道，卫国伐之，师兴而雨，臣动兵涉夏，连获甘澍，岁时丰稔，人无疵疫；上占天心，不为灾伤；下察人事，众和师克，自桥门以西，落川以东，故官县邑，更相通属，非为深险绝域之地，车驰安行，无应折衄。案奂为汉吏，身当武职，驻军二年，不能平寇，徒欲修文戢戈，招降犷敌。诞辞空说，僭而无征，何以言之？昔先零为寇，赵充国徙令居内；煎当乱边，马援迁之三辅，始服终叛，至今为梗；故远识之士，以为深忧。今旁郡户口单少，数为羌所创毒，而欲令降徒，与之杂居，是犹树枳棘于良田，养虺蛇于内室也！故臣奉大汉之威，建长久之策，欲绝其根本，不使能殖，本规三年之费，用计五十四亿；今才期年，所耗未半，而余寇残烬，将向殄灭。臣每奉诏书，军不内御，愿卒斯言，一以委臣，临时量宜，不失权便，务使羌虏殄而西徼常安，则臣庶足报国恩于万一，区区此意，不尽欲言。

时朝廷方有内变，宰辅权阉，互相私斗，至有窦陈骈戮等事，未遑顾及外情，所以颎虽复奏，不闻详细批答；但遣谒者冯禅，抚慰汉阳散羌，羌众正在穷蹙，情急愿降，受抚约四千人。段颎闻报，复上言春令方交，百姓甫在野农耕，羌虽暂降，县官无廪粟济给，必当复为盗贼，不若乘虚进兵，一鼓平羌等语，朝廷又搁置不报。颎竟自发兵，再击东羌；行至凡亭山，与羌垒相距四五十里，即命田晏夏育，率五千人屯据山上，羌人率众来争，蚁聚山下，仰首大呼道："田晏夏育曾否在此？可来与我决一死生！"无非是恐吓伎俩。晏育听了，当然动愤，便鼓励将士，下山力战，卒破群羌；羌众向东奔溃，走入射虎谷中，分守诸谷上下门。颎欲乘此殄虏，先遣千人，截羌去路，结木为栅，广二十里，长四十里；又命晏育等率七千人，衔枚夜上西山，结营穿堑，俯临羌垒，更使司马张恺等，率三千人上东山，与为犄角。羌西望见山上旗帜，才觉惊慌，亟引众来攻东山，断截水道，颎自领步骑往援，杀退羌众，乘胜会集东西山将士，进攻射虎谷上下门，一鼓捣破，遍搜深岩穷谷，屠戮殆尽。共诛羌酋以下万九千级，夺得牛马驴骡毡裘庐帐，不可胜计，未免太酷，颎之不得令终，当亦由好杀所致。单剩冯禅所抚四千人，尚获生全，分置安定汉阳陇西三郡，于是东羌乃平。统计段颎两年用兵，先后经百八十战，斩首凡三万八千六百余级，获牲畜至四十二万七千五百余头，费用四十四亿，军士只死亡了四百余人。朝廷论功行赏，进封颎为新丰侯，食邑万户。颎驭军仁恕，士卒罹伤，辄亲自省视，手为裹创，在营数年，未尝一日安寝，上下甘苦同尝，故人人感德，乐为效死。当时皇甫规张奂，并以防边著名，颎与他鼎足并峙。规字威明，奂字然明，颎字纪明，三人皆籍隶凉州，世称为凉州三明，这且待后再表。

且说李膺杜密等人，自经陈窦失败，复致连坐，一体废锢。偏是声名未替，标榜益高，前此尝号窦武陈蕃刘淑为三君，三君皆死，海内无不痛惜。此外尚有八俊八顾八及八厨诸名称：八俊就是李膺杜密荀昱王畅刘祐魏朗赵典朱寓，俊字的意义，无非说他是人中英杰；八顾系是郭泰东慈巴肃夏馥范滂尹勋蔡衍羊陟，顾字的意义，谓能以德引人；八及乃是张俭岑晊刘表陈翔孔昱范康檀敷翟超，及字的意义，谓能导人追宗；八厨便是度尚张邈王考刘儒胡母班秦周蕃向王章，厨字的意义，谓能仗义疏财。这三十二人，除尹勋巴肃被戮外，统尚留存，士人竞相景慕；唯阉竖视为仇雠，每下诏书，辄申党禁。中常侍侯览，为了张俭毁冢一事，衔怨甚深，见五十三回。嘱使乡人朱并上书告俭。并素奸邪，为俭所弃，当然仰承览意，诬称俭与同乡二十四人，私署名号，图危社稷，封章朝上，诏令夕颁，即饬有司严捕俭等。长乐卫尉曹节，复讽朝臣奏发钩党，请将故司空虞放，及李膺杜密朱寓荀昱刘儒翟超范滂诸人，一并逮治。灵帝年方十四，召问曹节等道："如何叫做钩党？"节应声道："就是私相钩结的党人！"灵帝又问道："党人有何大恶，乃欲加诛？"节又答道："谋为不轨！"灵帝更问道："不轨欲如何？"节直答道："欲图社稷？"灵帝乃不复言，准令逮治。看他所问数语，好似痴呆，怪不得为宵小所迷。李膺有同乡士人，得知风声，急往语膺道："祸变已至，请速逃亡！"膺慨然道："事不辞难，罪不逃刑，方不失为臣；我年已六十，死生有命，去将何往？"乃径诣诏狱，终被掠死；妻子徙边，门生故吏，并被禁锢。侍御史景毅子顾，为膺门徒，尚未及谴，毅独叹息道："本谓膺贤，遣子师事，怎得自幸漏名，苟安富贵呢？”遂自表免归，时人称为义士。汝南督邮吴导，奉诏往捕范滂，滂家居征羌县中，导至驿舍，闭户暗泣。滂闻声即悟道：“这定是不忍捕我，为我生悲哩！”当下赴县诣狱。县令郭揖，见滂大惊，出解印绶，引与俱亡，且与语道：“天下甚大，何处不可安身？君何故甘心就狱？”滂答说道：“滂死方可杜祸，何敢因罪累君？况母年已老，滂若避死，岂不是更累我母么？”揖乃遣吏迎滂母子，使与诀别。滂向母拜辞道：“季弟仲博，素来孝敬，自能奉养，儿愿从我父龙舒君共入黄泉，滂父显，曾为龙舒侯相。存亡并皆得所，望母亲割舍恩情，勿增悲感，譬如儿得病身亡罢了！”母闻言拭泪，复咬牙徐语道：“汝今得与李杜齐名，死亦何恨？若既获令名，又求寿考，天下事恐未必有此两全呢！”此母亦一奇妇人。滂长跪受教，起身嘱子道：“我欲使汝为恶，恶岂可为？使汝为善，我生平原不为恶！”说至此，不禁呜咽，挥手令去，遂随吴导入都，亦即被掠死狱中。余如前司空虞放，司隶校尉朱寓，沛相荀昱，任城相刘儒，山阳太守翟超等，并皆被捕，一并冤死，妻子皆流往边疆。

更可恨的是权阉肆毒，任意株连，平日稍有嫌隙，即把他名列党籍，非锢即戮，或与宦官素无仇怨，但有重名，播闻远近，亦就指为党人，一网打尽。因此党狱连坐，共死百余人。再令州郡捕风捉影，辗转钩连，或死或徙，或废或禁，又不下六七百人。唯郭泰名列八顾中，却能和光同尘，不为危言激论，所以怨祸不及，幸得免累，但探闻正人名士，枉死甚众，不由的悲从中来，私自挥泪道：“《周诗》有言：‘人之云亡，邦国殄瘁。’今汉室亦蹈此辙，灭亡恐不远了！但未知瞻乌爰止，究在谁屋呢？”“瞻乌爰止，于谁之屋”亦《诗经》中语。独张俭亡命未归，始终不得捕获，侯览定欲杀俭，令郡国严缉到案，如有收匿，与俭同罪。郡国官吏，应命侦查，四处搜缉，遇有前时留俭的人家，便即收讯，笞杖交下，往往至死。鲁人孔褒，与俭为至交，俭曾亡奔褒门，褒适外出，有弟融年才十六，出门应客。俭询知褒不在家，面有窘色，融转叩行踪，俭又因他年轻，未便遽告，免不得言语支吾。融即笑语道：“兄虽外出，难道我不能为君作主么？”乃留俭居宿，数日方去。郡吏闻风往捕，俭已脱走，遂将褒融二人，系狱就讯。融首先认罪道：“俭来融家，原有此事，今已他去，未知何往；唯融兄在外，融实留俭，若要坐罪，融愿承当，与兄无涉！”褒待融说毕，当即接口道：“彼来求我，弟本不知，罪当坐褒。”郡吏得供，反致疑惑不定，因复传讯孔母。孔母答道：“妾夫已殁，应为家长，家事处分，应归家长担任，妾甘心认罪！”郡吏见他一门争死，仍难定谳，乃将供词申奏朝廷，有诏竟令褒坐罪，释母及融；融由是显名。史称融为孔子二十世孙，表字文举，父名伷，曾为泰山都尉。融幼有异禀，年四岁时，与诸兄食梨，舍大取小，家人问为何因？融答说道：“我乃小儿，法当取小梨。”家属便呼奇童。不愧为孔氏子孙。及年十岁，随父诣京师，适李膺为河南尹，严肃门禁，除当代名士，及通家世好外，概不接见，融欲往视膺，独至膺府门前，顾语门吏道：“我是李公通家子弟，特来求见，敢烦通报！”门吏见他年幼有仪，料非凡品，因即入内白膺。膺以为通家子弟，不能不许他进见，特令门吏引入；及见面后，并不相识，唯觉融趋承尽礼，举止大方，却也暗暗称奇。乃开口问融道：“童年到此，定必高明，但未识令祖令父，与仆果有恩旧否？”融从容道：“先祖孔子，与明公先祖李老君，同德类义，相为师友，可见得是累世通家了！”虽似辩言，却有至理。膺不禁叹赏，宾佐亦啧啧称羡。大中大夫陈炜后至，阖座便将融言转告，炜顺口说道：“小时了了，大未必奇！”融应声道：“如君所言，少小时宁可呆笨，勿可聪明么？”炜不能答。膺却大笑道：“高明若此，他日必为伟器！”融乃辞去。越三年，即丁父忧，哀恸逾恒，扶而后起，乡里又称为孝子；至与兄褒争死法庭，孝且兼悌，自然名誉益隆。孔融少年履历，随笔叙过。唯张俭已出塞远扬，终得免戮，只晦气了几个亲友。陈留人夏馥，即前八顾中之一。闻俭亡命，牵累多人，不禁窃叹道：“孽由己作，空污良善；一人逃死，祸及万家，还要求什么生活呢？”遂剪须发，逃入林虑山中，自隐姓名，为冶家佣，日亲烟炭，形容毁瘁，阅二三年，无人知为夏馥。馥弟静载送缣帛，反惹动馥怒，愤然与语道：“弟奈何载祸相饷？幸速携还！”静乃退归。汝南人袁闳，恐遭党累，意欲投迹深山，只因老母尚存，未便远遁，乃筑土室，不设门户，但开一小窗，孑身伏处室中，从窗间纳入饮食；母或思闳，有时往视，闳方开窗应答，母去便将窗掩住；虽兄弟妻孥，不得相见，如是历十有八年，竟在土室中病终。故太丘长陈实，家居颍川，也是一时名士，与中常侍张让同乡，让遭父丧，郡吏并皆会葬，唯名士裹足不前，实却屈节往吊，让因此感实，所有颍川名士，赖实解免，多得全身。陈留人申屠蟠，前闻李膺范滂等，非议朝政，为世所重，独引为深忧道：“昔战国时代，处士横议，国君且拥篲先驱，后来终有焚书坑儒的大祸；今日恐复见此事了！”遂避迹梁扬间，因树为屋，自同佣人，及钩党狱兴，蟠得脱然无累，徜徉终日。小子有诗咏道：

箕山颍水尚逃名，乱世如何反自鸣？
多少英雄流血后，才知智士善全生。

蹉跎过了二年，灵帝行加冠礼，颁下赦文，唯党人不赦。阉人凶焰，横亘神州。欲知后事变迁，且看下回续叙。

西羌之为汉患，历有年所，诚能举兵荡平，未始非一劳永逸之计；然吾闻圣王之待夷狄，叛则讨之，服则舍之，非好为姑息养奸，实体上天好生之德，不忍芟夷至尽也。张奂主抚，段颎主剿，皆属一偏之见；虽后来颎得平羌，然斩首至三万八千余级，得无所谓血流污野，伤和致灾乎？况外侮可平，内蠹不可去，钩党狱兴，名流尽歼；曹节王甫等之斲丧国脉，比羌患不啻倍蓰，豺狼当道，安问狐狸？张纲可作，吾知其愤且益甚矣。唯李膺杜密范滂诸人，不知韬晦待时徒以一朝之标榜，祸及身家，株连亲友，是岂不可以已乎？而郭林宗申屠蟠辈，则倜乎远矣。

第五十七回　葬太后陈球伸正议
规嗣主蔡邕上封章

却说窦太后徙居南宫，已经二年，灵帝并未往省，张奂谢弼，相继进谏，俱为阉人所阻，事见前文。会灵帝选定皇后宋氏，朝廷称贺，宋氏为执金吾宋酆女，由建宁三年选入掖庭，册为贵人，越年正位中宫，晋封酆为不其乡侯。后既正位，当然至永乐宫朝见灵帝生母孝仁皇后，即董贵人，见五十五回。独未闻过谒南宫。既而灵帝天良发现，暗思自己入承帝统，全仗窦太后从中主持，大恩究不可忘，因于十月朔日，率群臣往朝南宫，亲至窦太后前，奉馈上寿；窦太后亦改忧为喜，畅饮尽欢。黄门令董萌，素受窦太后恩眷，至此见灵帝省悟，乐得乘间进言，屡为窦太后诉冤；灵帝乃常遣董萌过省，一切供奉，比前加倍。偏曹节王甫等，引为深恨，反诬萌谤讪永乐宫，下狱处死，窦太后又失一臂助。灵帝复为阉党所迷，将南宫置诸脑后，不再往朝。越年颁诏大赦，改元熹平。中常侍侯览，调任长乐宫太仆，骄奢益甚，夺人妻女，破人居屋，怨满通衢，甚至同党亦被他侵迫，互生嫌疑；有司始得举劾览罪，策收印绶，下狱自杀。多行不义，必自毙。唯曹节王甫揽权如故，窦太后为节甫所排，频年抑郁，饮恨不休，嗣闻生母复流死日南，连尸骸都不得归葬，益觉得哀思百结，无限酸辛。也是自贻伊戚。古人有言，女子善怀，况如窦太后的始荣终悴，不堪回首，怎能不恹恹成疾，促丧天年？熹平元年六月，竟在南宫中病逝。阉竖积怨窦氏，但用衣车载太后遗骸，出置城南市舍；曹节王甫，居然入白灵帝，请用贵人礼殡殓。灵帝摇首道："太后亲立朕躬，统承大业，朕方自愧不孝，怎得反降太后为贵人哩？"还算有些良心。于是棺殓如仪，举哀发丧。曹节等复欲别葬太后，进冯贵人配祔桓帝，灵帝未以为然，因诏令公卿集议朝堂，特派中常侍赵忠监议。仍用阉人监议，可见曹节等势力。时太傅胡广已死，太尉刘宠早经免职，后任又掉换数人，继起为太仆李咸。咸自超迁太尉后，屡患疾病，告假养疴，闻得朝廷集议，欲将窦太后别葬，因即力疾起床，令家人捣好椒毒，取纳袖中，便与妻子诀别道："若窦太后不得配食桓帝，我誓不生还了！"说着，遂乘舆入朝，遥见群僚已萃集一堂，差不多有数百人，乃下车徐进，按席坐着；好一歇不闻人声，彼此面面相觑，无敢先言，因也暂忍须臾。少顷由赵忠开口道："诸公既已到齐，应该即时定议！"坐旁方有人起立道："皇太后以盛德良家，母临天下，宜配先帝何必多疑？"咸闻言正中心坎，忙视发言的大臣，乃是廷尉陈球，正思接口赞成，那赵忠已微笑道："陈廷尉既有此意，应即操笔立议！"球并不推辞，就取过纸笔，随手草成数行，遍示大众。但见纸上写着：

> 皇太后自在椒房，有聪明母仪之德；遭时不造，援立圣明，承继宗庙，功烈至重。先帝晏驾，因遇大狱，迁居空宫，不幸早世，家虽获罪，事非太后；今若别葬，诚失天下之望。且冯贵人冢，尝被发掘，骸骨暴露，魂灵污染，生平固无功于国，何足上配至尊？臣球谨议。冯贵人冢，尝为盗所发，事在建宁三年。

大众览毕，都无异词，唯赵忠面色陡变，强颜语球道："陈廷尉创建此议，可谓胆略独豪。"球应声道："陈窦已经受冤，皇太后尚无故幽闭，臣常痛心，天下亦无不愤叹；今日为国直言，就使朝廷罪臣，臣也甘心！"这数语更拂忠意，顿时扬眉张目，欲出恶声。咸至是不能再忍，便起语道："臣意与廷尉陈球相同，皇太后不宜别葬。"群僚听着，方才同声附和道："应如此言！"公等碌碌，所谓因人成事者也。忠自觉势孤，未便多嘴，乃悻悻入内；李咸陈球等也陆续退归。偏是曹节王甫，尚在灵帝前力争，说是梁后家犯恶逆，别葬懿陵，即桓帝后。武帝尝黜废卫后，以李夫人配食，今窦氏罪深，怎得合葬先帝等语。李咸探知消息，因复抗疏力谏，略云：

臣伏唯章德窦后，虐害恭怀，安思阎后，家犯恶逆，而和帝无异葬之议，顺朝无贬降之文；事并见前文。至于卫后，孝武皇帝身所废弃，不可以为比。今长乐太后，尊号在身，亲尝称制，且援立圣明，光隆皇祚，太后以陛下为子，陛下岂得不以太后为母？子无黜母，臣无贬君，宜合葬宣陵，一如旧制！臣咸谨昧死以闻。

灵帝览奏，决计依议，始奉窦太后梓宫，合葬宣陵，追谥为桓思皇后。既而朱雀阙下，发现无名揭帖，有“曹节王甫，幽杀太后，公卿皆尸位苟禄，莫敢忠言，天下当大乱”云云。曹节王甫，慌忙报知灵帝，自白无辜。有诏令司隶校尉刘猛，从严查缉，十日一比，猛因谤书切直，不愿急捕，迁延至一月有余，未得主名。节甫遂劾猛玩宕，左迁为谏议大夫。适护羌校尉段颎，班师东归，入为御史中丞，阉党素与往来，颇相友善，因此奉诏代猛，受任司隶校尉。当下派吏四出，捕得太学游生等千余人，拘系狱中，逐日考讯，亦无左证；徒累得一班士子，冤苦吞声。曹节等又嘱颎追劾刘猛，摭拾他罪；猛因此落职，罚作左校刑徒。颎为平羌功臣，何苦作阉人走狗？大司农张奂，调任太常，因与宦官屡有违言，致为所忌，且与段颎争论羌事，积不相容；并见前两回中。又有前司隶校尉王寓，依倚权阉，向奂有所请托，奂谢绝不允，遂由寓设词构陷，劾奂曾阿附党人，罪坐废锢。段颎更欲投井下石，逐奂回籍，授意郡县，迫令自裁。奂不胜惶惧，因致书谢颎道：

小人不明，得过州将，司隶管辖河南洛阳三辅三河弘农七郡，奂回籍经过，故书称州将。千里委命，以情相归，足下仁笃，照其辛苦；使人未返，复获邮书，恩诏分明，前已写白，而州期切迫，无任屏营，父母朽骨，孤魂相托，若蒙矜怜，壹流咳唾，则泽流黄泉，施及冥冥，非奂生死所能报塞。夫无毛发之劳，而欲求人丘山之用，此淳于髡所以拍髀仰天而笑者也。诚知言必见讥，然犹不能无望，何者？朽骨无益于人，而文王葬之；死马无所复用，而燕昭宝之；党同文昭之德，岂不大哉？凡人之情，冤则呼天，穷则叩心；今呼天不闻，叩心无益，诚自伤痛，俱生圣世，独为匪人；孤微之人，无所告诉，如不哀怜，便为鱼肉，企心东望，无所复言。

颎得书后，也觉得心生恻隐，不忍害奂，乃饬州郡好意看待，送奂西归。奂既返敦煌，闭户著书，不闻世事，才得幸全。未几又由中常侍王甫，察得渤海王悝，与同党郑飒董腾交通，密告段颎，使他从速查究；颎又奉命维谨，再兴大狱，惨戮多人。这渤海王悝，系是恒帝亲弟，前曾袭封蠡吾侯，桓帝系蠡吾侯翼长子，入嗣帝位，故令弟悝袭封，事见前文。嗣因渤海王鸿，身后无子，乃令悝过继，承鸿遗封，得为渤海王。鸿为质帝生父，即千乘王伉孙。桓帝延熹八年，有司奏悝有邪谋，因降悝为瘿陶王，只食一县；悝潜谋复国，尝使人入都钻营，贿托中常侍王甫，代为申请，得能仍复旧封；当谢钱五千万缗，王甫满口应许。既而桓帝驾崩，遗诏赐复悝封，悝喜如所望；唯探得复封原因，乃是桓帝顾念亲亲，有此遗命，并非由王甫代为转圜，于是将五千万钱的原约，视为无效。哪知甫贪婪得很，屡遣心腹吏向悝索钱，始终不得如愿，乃阴伺悝过，为报怨计。先是朝廷迎立灵帝，道路曾有流言，谓渤海王悝，恨不得立，蓄有异图，当时亦无暇详究；后来中常侍郑飒，与中黄门董腾，串通渤海，常有书信往来，为王甫所侦知，遂令段颎出头告发，收郑飒等，送北寺狱，锻炼周章。尚书令廉忠，也是王甫爪牙，阿附甫意，诬奏郑飒等谋迎立悝，大逆不道；再经曹节从旁证实，不由灵帝不信，立即诏饬冀州刺史，拘悝下狱；复遣大鸿胪宗正廷尉三官，同赴渤海，逼悝自尽。悝有妃妾十一人，子女十七人，伎女二十四人，皆系死狱中。就是傅相以下诸僚属，亦责他辅导不忠，冤冤枉枉的杀死多人。郑飒董腾，既由廉忠指为祸首，哪里还能生活，自然一并受诛。飒应处死，余实可怜。甫得进封冠军侯，曹节亦增邑四千六百户；宫廷内外，要算曹王二宦官权势最盛，父兄子弟，并为公卿列校，牧守令长，布满天下。节弟破石为越骑校尉，贪淫骄纵，探得营吏妻有美色，即胁令献入，营吏怎敢违抗？只好与妻诀别，嘱使前往；哪知妻却有烈性，晓得三从四德，执意不行，结果是服毒自尽，完名全节。可哀可敬，惜乎姓氏失传。破石闻知，尚责营吏防守不严，革去职使。看官你道是冤不冤呢？惨不惨呢？艳福原难消受，况是一个寻常营吏。

嘉平二年，春季大疫，病死甚多，夏季地震，海水四溢；灵帝不知反省，往往归咎大臣，太尉李咸免官，进司隶校尉段颎为太尉，司徒桥玄许栩，司空许训来艳杨赐，先后任免，命大鸿胪袁隗为司徒，太常唐珍为司空，颎与宦官通同一气，故得超迁。隗系故太尉袁汤第三子，承父遗荫，少历显宦，中常侍袁赦，认与同宗，常相推重，所以隗得进列三公。珍乃故中常侍唐衡弟，显是宦官亲党，台辅诸公，并作群阉耳目，国事更不问可知了。堂堂宰辅，援系腐竖，可耻孰甚！会稽人许生，首先发难，自称越王，传檄四方，指斥时政，不到月余，聚众万数，东攻西略，占夺了好几座城池；诏令扬州刺史臧旻，丹阳太守陈夤，并力剿贼，好多日不能扫平。许生反占号阳明皇帝，连败官军，还是吴郡司马孙坚，具有智勇，召募壮士千余人，作为臧旻陈夤的先驱，才得一再破贼，捣入会稽，枭下了许生头颅，戡定东南。孙坚始此。但已是两年扰乱，被难的人民，害得十室九空，试问从何处求偿呢？灵帝方宠信宦官，听令横行，管什么民间疾苦？四府三公，又多仰阉人鼻息，专严党禁；且议出一种钳制吏职的规条，叫做三互法。凡世俗有姻谊相关，及两州人士，不得交互为官，名为革除情弊，实是杜绝朋党。自是选用牧守以下，辄多禁忌，辗转需时。幽并二州，屡有寇患；鲜卑骑士，出没塞下，庸吏被黜，狡吏乞休，往往悬缺不补，防务更坏。议郎蔡邕上书进谏道：

> 伏见幽冀旧壤，铠马所出，比年兵饥，渐至空耗；今者百姓虚悬，万里萧条，阙职经时，吏人延属，而三府选举，逾月不定，臣窃怪之！论者每云当避三互，不得不出以审慎，愚以为三互之禁，禁之薄者，今得申以威灵，明其宪令，在任之人，岂不戒惧？顾斤斤然坐设三互，自生留阂耶？昔韩安国起自徒中，朱买臣出于幽贱，并以才宜还守本邦；又张敞亡命，擢授剧州，岂宜顾循三互，继以末制乎？三公明知二州之要，所宜速定，当越禁取能，以救时敝，而不顾争臣之义，苟避轻微之科，选用稽滞，以失其人。臣愿陛下上则先帝，蠲除近禁，其诸州刺史器用可换者，无拘日月三互，以差厥中，则责成有属，而边境可期宁谧矣！

书奏不省，邕亦不便再谏，只好容忍过去。唯邕字伯喈，籍隶陈留；六世祖勋，前汉时曾为郿令，嗣因王莽篡位，弃官入山，高隐以终；及邕父棱亦素行清白，殁谥为贞定公。邕事母至孝，与叔父从弟三世同居，不分财产，乡里交相推美，名重一时。又平居博览书史，兼及术算音律诸学，雅善鼓琴，桓帝时五侯骄恣，征邕入都，欲命他鸣琴悦耳，邕行至偃师，称疾折回，不肯赴召；至桥玄为司徒，辟为掾属，方才应命。未几受宫郎中，校书东观；又未几迁为议郎。邕因五经文字，拾自烬余，沿讹袭谬，疑误后学，乃与五官中郎将堂谿儿，光禄大夫杨赐，谏议大夫马日磾等，奏请正定六经文字；灵帝本好经学，当即依议。邕即手录五经，用古文篆隶三体，依次缮成，镌碑刻石，竖立太学门外，使后学得所取正；于是中外士子，多来摹写，每日车马杂沓，填塞街衢。通经所以致用，徒正书法，实为末事。灵帝亦自造皇羲篇五十章，颁示天下；又使能文善赋的生徒，待制鸿都门。嗣且如能工尺牍，书板为牍，长一尺，所以抄录词赋。及善书鸟篆，亦引召至数十人；侍中祭酒乐松贾护，又招徕了许多俗士，使他奏陈闾里趣闻，冀动上听。果然灵帝年少好奇，看了这班俗士奏本，好似燕书郢说，无奇不搜，乐得朝披暮阅，消遣闲情；一面饬使源源续陈，优给廪饩。还有几个市贾小民，不知他如何运动，得称为宣陵孝子，名闻廊庙，居然受拜郎中，暨太子舍人。好造化。永昌太守曹鸾，痛心时事，以为收揽俗子，何如赦宥名流？乃特为党人申讼，书中有云：

> 夫党人者，或耆年渊德，或衣冠英贤，皆宜股肱王室，左右大猷者也。而久被禁锢，辱在涂泥；谋反大逆，尚蒙赦宥；党人何罪，独不开恕乎？所以灾异屡见，水旱洊臻，皆由于斯；宜加恩赦宥，以副天心！不胜万幸。

鸾将此书呈入，还望灵帝俯首采纳，立赦党人；不意赦书并未下降，缇骑却已到来，竟令鸾缴出印绶，褫去冠带，平白地加上锁链，牵入槛车，送至槐里狱中。槐里令且奉诏审问，阴承风旨，刑讯了好几次，打得曹鸾皮开肉绽，体无完肤。鸾又气又痛，绝食数天，一道忠魂，遽归冥府。灵帝还说应该处死，更下诏州郡，重申党禁，坐及五族，连门生故吏的父子兄弟，亦须免官禁锢，不准起复；这真是错中加错，冤上添冤了！古人说得好："天视由民，天听由民。"当此政刑两失，民情愤郁，怎能不上感天心？俄而疾风暴雨，俄而震雷陨雹，禾稼受害，大木皆拔；最奇的御殿后面，槐树被风掀起，又复倒竖；灵帝也觉惊心，下诏引咎，且令群臣各陈政要，俾见施行。蔡邕因复上封事道：

臣伏读圣旨，虽周成遇风，询诸执事；宣王遭旱，密勿只畏，无以或加。臣闻天降灾异，缘象而至，霹雳数发，殆刑诛繁多之所生也。风者天之号令，所以教人也，夫昭事上帝，则自怀多福；宗庙致敬，则鬼神以著；国之大事，实先祀典，天子圣躬所当恭事。臣自在宰府，及备朱衣，迎气五郊，而车驾稀出；四时致敬，屡委有司，虽有解除，犹为疏废，故皇天不悦，显此诸异。《洪范传》曰："政悖德隐，厥风发屋折木。"坤为地道。《易》称女贞，阴气愤盛，则当静反动，法为下叛。夫权不在上，则雹伤物，政有苛暴，则虎狼食人，贪利伤民，则蝗虫损稼；且本年六月二十八日，太白与月相迫，兵事恶之，鲜卑犯塞，所从来远矣。今之出师，未见其利，上违天文，下逆人事，诚当博览众议，从其安者。臣不胜愤懑，谨条陈七事以闻。

七事大纲：一肃祭祀，二纳忠谏，三求贤才，四去谗人，五屏浮士，六严考课，七惩诈伪，通篇约有数千言，不及细录。灵帝积迷不返，怎能悉见施行？但至初冬迎气北郊，总算车驾亲行；此外如宣陵孝子等，已授太子舍人，到此乃出为丞尉罢了。小子有诗叹道：

信谗复谏最堪忧，七事徒陈愿莫酬；
果使见机宜早作，多言无益反招尤。

是年秋日，更发兵北讨鲜卑，蔡邕又伸前议，谏阻北征。欲知灵帝是否肯从，且至下回再叙。

窦太后徙居南宫，虽由自取，然于窦武陈蕃之欲诛权阉，太后固未尝与谋；曹节王甫非不知太后之无能为，但既杀窦武，不能不归狱太后，为斩草除根之计；其所以逼徙南宫，不即害死者，尚恐清议难逃耳。然灵帝为太后所援立，应知感念旧恩，入宫一谒，又复绝迹不朝，至于太后殁后，且因阉竖之议为改葬，瞻顾徬徨，微陈球之抗议于先，李咸之赞同于后。几何不令太后之遗恨无穷也！

蔡邕一文学士，所陈奏议，未始非守正之谈，然或嫌迂远，或涉虚浮，才有余而忠不足，吾于邕犹有余憾焉。但曹鸾一言而即遭掠死，国家无道之秋，固未足与陈说论者。邕之所失，在可去而不去耳，文字之间，固无容苛求也。

第五十八回　弃母全城赵苞破敌
蛊君逞毒程璜架诬

却说鲜卑大酋檀石槐，自恃强盛，未肯服汉，且连年寇掠幽并诸州；朝廷以田晏夏育两人，曾随段颎破灭诸羌，勋略俱优，特任田晏为护羌校尉，夏育为乌桓校尉，分守边疆。既而晏坐事论刑，意欲立功自赎，特使人入托王甫求为统将，愿击鲜卑；夏育亦有志徼功，上言鲜卑寇边，自春至秋，不下三十余次，请征幽州诸郡兵马，出塞往讨，大约一冬二春，便可殄灭鲜卑等语。灵帝乃召群臣会议，或可或否，聚讼纷纷。议郎蔡邕，前曾谓不宜用兵鲜卑，至此仍坚持前议，再行申说道：

自匈奴遁逃，鲜卑强盛，据其故地，称兵十万，才力劲健，意智益生；加以关塞不严，禁网多漏，精金良铁，皆为贼有，汉人逋逃，为之谋主，兵利马疾，过于匈奴。昔段颎良将，习兵善战，有事西羌，犹十余年；今育晏才策，未必过颎，鲜卑种众，不弱于曩时，而虚计二载，自许有成，若祸结兵连，岂得中休？当复征发众人，转运无已，是为耗竭诸夏，并力蛮夷。夫边陲之患，手足之疥癣，中国之困，胸背之痈疽；方今郡县盗贼，尚不能禁，况此丑虏，而可伏乎？昔高祖忍平城之耻，吕后弃嫚书之诟；方之于今，何者为甚？天设山河，秦筑长城，汉起塞垣，所以别内外，异殊俗也。苟无蹙国内侮之患则可矣，岂与群蛖较胜败，争往来哉？虽或破之，岂可殄尽？夫专胜者未必克，挟疑者未必败；众所谓危，圣人不任，朝议有嫌，明主不行也。昔淮南王安谏伐越曰："天子之兵，有征无战，"言其莫敢校也，今欲以齐民易丑虏，皇威辱外夷，就如其言，犹已危矣；况乎得失未可量也？臣闻守边之术，李牧善其略，保塞之论；严尤申其要，遗业犹在，文章俱存；循二子之策，守先帝之规，臣曰可矣！幸垂察焉。

灵帝见了邕议，竟不肯从。王甫在内，蔡邕何能抗争？即拜田晏为破鲜卑中郎将，使领万骑出云中，作为正师；再令夏育出高柳，中郎将臧旻出雁门，作为偏师，三路并进，约有三四万人，出塞二千余里，方与鲜卑兵相遇。鲜卑大酋檀石槐，召集东西中三部头目，来敌汉军，汉军远行疲乏，不堪一战；那檀石槐以逸待劳，尽锐争锋，叫汉兵如何招架？眼见得纷纷败下，为虏所乘，晏育旻三将，各自顾全生命，回头乱跑，所有辎重车徒，尽行弃去，甚至所持汉节，也并抛失；三路人马，十死七八，只剩得残骑数千，零零落落，奔回原营。朝廷闻报，拘还晏育旻三将，并下诏狱；由三将倾家出赀，赎为庶人。鲜卑既得胜仗，寇掠尤甚。广陵令赵苞，素有清节，政教修明，蒙擢为辽西太守，地当虏冲，由苞缮治城堡，训练士卒，战守有赀，屹为重镇；就职逾年，乃遣使至甘陵故里，迎接老母妻孥，好多日不见到来，未免系念。忽有候吏入报道："鲜卑兵万余人，突来犯边，前锋已经入境，不久要到城下了！"苞闻报大怒道："蠢尔鲜卑，敢来犯我疆界么？我当前去截击，使他片甲不回，方免后患！"说着，即召齐将士，慷慨晓谕，饬令为国效忠，将士等皆踊跃从命；当下调集兵马二万骑，由苞亲自督领，出城搦战。约行了一二十里，便见前面尘头大起，虏兵蜂拥前来。于是倚险列阵，截住虏踪，那虏众被苞阻住，也即停止；苞正拟麾兵突上，不料敌阵中驱出囚车，约有数具，左右各押着虏兵，持刃大喝道："赵苞快下马受缚，免得诛灭全家！"苞闻声出马，举目一瞧，好似万箭穿胸，险些儿晕倒地上；原来囚车里面，不是别人，正是白发毵毵的老母，与那娇颜稚齿的妻儿。自从苞饬迎家眷，母妻等相偕赴任，路过柳城，遇着鲜卑游骑，把他掠去，询知为辽西太守眷属，即挟为奇货，号召骑士万余人，进攻辽西，意欲借此胁苞。苞见家眷被劫，怎不惊心？况母子恩情，何等深重？此时为虏所缚，惨同羊豕，若要不降，必致杀母；若要遽降，岂不负君？进退徬徨，激出了许多涕泪，凄声遥语道："为子无状，本欲将所得微俸，奉养朝夕，不意反为母祸！昔为母子，今为王臣，至我不得顾私毁公，罪当万死！如何塞责？"说至此，即听母声遥应，呼己小字道："威豪！人各有命，怎得相顾自亏忠义？从前王陵母陷入楚中，对着汉使，伏剑勉陵；我愿效陵母，尔亦当如陵忠汉便了！"苞待母说罢，竟打定主意，回首大呼道："大小将士，幸与我努力杀贼，上雪国耻，下报家仇！"道言未绝，即由军吏一齐杀出，骤马上前；虏兵凶横得很，一声喊起，把苞母及妻子等，立刻杀死，取首级掷入苞军，苞军虽然急进，已是不及救护，但抢得数具囚车，及车内的无头尸骸。苞母原是贤烈，苞亦未免太忍。苞至此悲愤填膺，还顾什么利害，当即挺刃当先，与虏拼命，部下二万人，也个个激动义愤，执着大刀阔斧，冒死捣入鲜卑阵中，霎时间摧破虏阵，剁死虏兵无算，虏众不可支持，自然四溃；苞赶至数十里外，见残虏已鼠窜出境，只得收兵还城；随将母妻子各尸，买棺殡殓，上表陈述军情，且请辞职归葬。灵帝得表，忙即遣使吊慰，加封苞为鄃侯，准令还葬母尸，厚赐赙邺。苞奉诏回乡，已将母尸等葬讫，顾语乡人道："食禄避难，不得为忠；杀母全义，亦不得为孝；我还有什么面目媮息人世呢？"乡人欲上前劝解，不料苞骤然心痛，用手椎胸，呕出紫血数升，突至仆倒地上，乡人忙将他舁入家中，奄卧床间，只呼了几声母亲，便即灵魂出窍，驰往冥途去寻那老母妻孥了。阅至此，令人酸鼻。苞本为中常侍赵忠从弟，与忠素不相协，耻谈门族，就官以后，从未致忠一书；所以苞既病殁，忠亦不为请谥，但教自已威福不致损失，管什么兄弟宗亲？灵帝亦只宠左右，不看重内外臣工。太傅一职，悬缺不补，太尉司徒司空三官，一岁数易，段颎为太尉后，复由陈耽许训刘宽孟戫数人互为交替；只刘宽尚知自好，廉慎有余。到了熹平七年间，日食地震，相继不绝，反无缘无故的下诏改元，号为光和，大赦天下。太尉孟戫罢免，竟授常山人张颢为太尉。颢为中常侍张奉弟，因兄得官，出为梁相，适有喜鹊飞翔府前，由役吏与鹊为戏，用竿拨鹊，便致堕落，役吏忙去拾取，哪知鹊滚地一变，化成圆石，役吏非常惊愕，取石献颢，颢命将圆石椎破，内有金印，印上有"忠孝侯印"四个篆文，因此喜出望外，便致书兄奉，夸为瑞征。鹊何能变石？想俱由张颢捏造出来。奉入侍时，觑隙与灵帝谈及，又托永乐宫门吏霍玉，代为揄扬，灵帝竟为所惑，召颢入都，使为太常；未几即迁官太尉，想他做个太平宰相。

余如司徒司空，亦换去袁隗唐珍杨赐刘逸陈球袁滂来艳等人，更迭就任，多约数月，少只数旬。看官试想，世上能有这般大材，速成治道么？无非依宦官为进退。光和元年四月，都中又闻地震，侍中署内，有雌鸡变作雄鸡；到了五月，有白衣人入德阳殿内，与中黄门桓贤相遇。贤喝问何事，白衣人却厉声道："梁德夏叫我上殿，汝为何阻我？"贤不知梁德夏为何人，正要将他扭住，详讯来历，偏赶到白衣人身前，一手抓去，落了个空，白衣人也不知去向了；贤不胜骇异，查问宫廷内外，亦不闻有梁德夏，只好约略奏报，留作疑案。至六月间，又有黑气堕入温德东庭中，长十余丈，形状似龙，好一歇方才散去；再过一月，有青虹出现玉堂殿庭，种种怪异，人相惊扰。灵帝乃召光禄大夫杨赐，谏议大夫马日磾，议郎蔡邕张华，太史令单扬等，诣金商门，引入崇德殿，使中常侍曹节王甫两人，就问灾异原因，并及消变方法。唯杨赐蔡邕，引经据谶，奏对较详，节与甫还白灵帝，灵帝又特诏问邕，使他直陈得失，许用皂囊封上。汉制唯奏闻密事，得用皂囊封入。邕见灵帝推诚下问，不必再有忌讳，乃直揭时弊，密上封章道：

臣伏唯陛下圣德允明，深悼灾咎，褒臣末学，特垂访及，斯诚输肝沥胆之秋，岂可顾患避害，使陛下不闻至戒哉？臣伏思诸异，皆亡国之怪也；天于大汉，殷勤不已，故屡出祆变，以当谴责，欲令人君感悟，改危即安。今灾眚之发不于他所，远则门垣，近在寺署，其为监戒，可谓至切。蜺堕鸡化，皆妇人干政之所致也；前者乳母赵娆，贵重天下，生则资藏侔于天府，死则丘墓逾于园陵，此时赵娆已死。两子受封，兄弟典郡；继以永乐官门吏霍玉，依阻城社，又为奸邪。今道路纷纷，复云有程大人者，察其风声，将为国患，宜严为提防，明设禁令，深唯赵霍，以为至戒；今圣意勤勤，思明邪正。而闻太尉张颢，为玉所进；光禄勋伟璋，有名贪浊，又长水校尉赵玹，屯骑校尉盖升，并叨时幸，荣富优足；宜念小人在位之咎，退思引身避贤之祸！伏见廷尉郭禧，纯厚老成；光禄大夫桥玄，聪达方直；前太尉刘宠，忠实守正，并宜为谋主，数见访问。夫宰相大臣，君之四体，委任责成，优劣已分，不宜听纳小吏，雕琢大臣也。又尚方工伎之作，鸿都辞赋之文，可且消息，以示唯忧。《诗》云："敬天之怒，不敢戏豫。"天戒诚不可戏也。宰府孝廉，士之高选，近者以辟召不慎，切责三公；而今并以小文超取选举，开请托之门，违明王之典，众心不餍，莫之敢言。臣愿陛下忍而绝之，思唯万几，以答天望。圣朝既自约厉，左右近臣，亦宜从化；人自抑损，以塞咎戒，则天道亏满，鬼神福廉矣。臣以愚戆，感激忘身，敢触忌讳，手书具对。夫君臣不密，上有漏言之戒，下有失身之祸，愿寝臣表，无使尽忠之吏，受怨奸仇，则臣虽万死，感且不朽矣。

灵帝启封展阅，却也不胜叹息。曹节适立在后面，早已眈眈注视，只恨相距太远，一时看不清楚，又未便抢前明视，正在心中躁急；凑巧灵帝起座更衣，乃即趋近一瞧，已知大略，虽于自己无甚关碍，但据蔡邕劾奏诸人，统是自己同党，总不免暗里怀嫌；当下传告左右，遂将蔡邕表奏的内容，宣扬出去。咎在灵帝一人。邕与大鸿胪刘郃，素不相平，叔父蔡质，方为卫尉，又与将作大匠阳球有隙，球即中常侍程璜女夫。想系程璜的干女婿，否则璜为阉人，怎得有女？璜因邕章奏中，曾有程大人将为国患等语，恐他指及己身，不如先发制人，免被劾去；乃阴使人飞章发密，诬称蔡邕叔侄，屡将私事托郃，郃不肯相从，遂致邕怀怨望，谋害郃身。灵帝又为所迷，即令尚书向邕诘状，邕上书自讼道：

臣被召问，以大鸿胪刘郃，前为济阴太守，臣属吏张宛，休假百日，汉制吏休假百日，例当免职。郃为司隶，又托河内郡吏李奇，为州书佐，及营护故河南尹羊陟，侍御史胡母班，郃不为用，致怨之状，臣屏营怖悸，肝胆涂地，不知死命所在。窃自寻案，实属宛奇，不及陟班，小吏进退，无关大体；臣本与陟姻家，岂敢申助私党？如臣叔侄欲相伤陷，当明言台阁，具陈恨状；所缘内无寸事，而谤书外发，宜以臣对与郃参验。臣得以学问特蒙褒异，执事秘馆，操管御前，姓名貌状，微简圣心。今年七月，臣诣金商门，问以灾异，赍诏申旨，诱臣使言，臣实愚戆，唯识忠尽，出言忘躯，不顾后害；遂讥刺公卿，内及宠臣，实欲以上抒圣虑，救消灾异，为陛下建康宁之计。陛下不念忠臣直言，宜加掩蔽，诽谤猝至，便用疑怪，尽心之吏，岂得容哉？诏书每下百官，各上封事，欲以改政思谴，除凶致吉，而言者不蒙延纳之福，旋被陷破之祸，今皆杜口结舌，以臣为戒，谁敢为陛下尽忠孝乎？臣季父质连见拔擢，位在上列，臣被蒙恩渥，数见访逮；言事者因此欲陷臣父子，破臣门户，非复发纠奸伏，补益国家者也。臣年四十有六，孤特一身，得托名忠臣，死有余荣；恐陛下于此，不复闻至言矣！臣之愚戆，职当咎患，而前者所对，质不及闻。而衰老白首，横见引逮，随臣摧没，并入陷坑，诚冤诚痛！臣一入牢狱，当为楚毒所迫，促以饮章；饮，犹隐也，言原告姓名，无可对问。辞情何缘复闻，死期垂至，冒昧自陈，愿身当辜戮，乞质不并坐，则身死之日，犹更生之年也。唯陛下加餐，为万姓自爱！

邕书虽似详明，可奈程璜在内反对，定要将邕加害，坚请灵帝收邕下狱，彻底查讯：灵帝本来糊涂，因即依议，邕遂被拘至洛阳狱中，连蔡质一并逮治。有司不敢忤旨，且受程璜暗中嘱托，锻炼成谳，奏称邕私怨废公，谋害大臣，罪坐大不敬，应该弃市；幸亏邕命不该绝，得着一个大救星，从中缓颊，才得起死回生。这大救星不属公卿，却仍出自中常侍间，姓吕名强，表字汉盛，与程璜同为阉人，同作内官，偏生性与璜等不同，倒是一个清正公忠的好侍臣。鹤立鸡群，应加褒扬。他知蔡邕无罪，不忍坐视，便挺身出来，至灵帝前叩首保邕，力为诉冤；灵帝乃使强传诏，减邕死罪一等，受髡钳刑，充戍朔方，质亦坐徙，家属同科。将作大匠阳球，得知此信，忙使刺客预伏要路，待邕出都就戍，将他刺死；哪知刺客颇感邕义，佯为受命，索给路费，至钱财到手，却一溜烟似的逃向他处，竟不返报。球候久不至，料知无成，再遣使人赍着金帛，追赂戍所监守官。监守官得了贿赂，反将详情告邕，教他戒备；因此邕与质等幸得生存。偏宫闱中又起风波，帝后间且遭谗构，好好一位宋皇后，并无什么大过，竟为逆阉王甫所谮，遽致身死家灭，说将起来，更觉令人发指。宋后不过中姿，且简言寡笑，未善趋承，因此正位以后，并不得宠，后宫妃妾，各思乘机夺嫡，互播蜚言，灵帝已不免怀疑；渤海王悝妃宋氏，系是宋后的姑母，悝被王甫陷害，夫妇同死，见前回。甫恐宋后报怨，趁机下手，约同大中大夫程阿，捏言宋后听信左道，咒诅皇上；再经妃嫔等从旁诬证，构成冤狱，遂由灵帝下诏废后，收还玺绶，徙居至暴室中，活活幽死，后父酆及兄弟等，并皆被诛。后来宫内侍臣，怜后无辜，各出私囊，凑集钱物，收葬后尸，及酆父子遗骸，归葬宋氏旧茔皋门亭。小子有诗叹道：

历朝废后总伤伦，况复谗言出寺人？
汉季外家多赤族，冤如宋氏最酸辛！

宋后枉死，王甫等权焰益张。当有一位公正的尚书，上书进规，欲知尚书姓名，容至下回再详。

赵苞之弃母全城，后人多悯其全忠，而惜其昧义；夫君与亲一也，亲不可弃，犹之君不可忘，为赵苞计，不如退兵守城，徐为设法，或啗以重利，或佯为乞降，务使母得生还，然后再谋却敌；万一不能如愿，则为君弃母，亦为后人所共谅，奈何锐图杀贼，忍视老母之遽膏锋刃乎？故苞之失不在于昧义，而在于少智；设令智士处此，当不若是之冒昧进战也。蔡邕之屡谏不从，已可引去；乃尚徘徊于廊庙之间，致为奸人所陷害；微吕强，身家已夷灭矣，邕其亦有才无智欤？若曹节程璜诸人，罪不容于死，何足责焉。

第五十九回　诛大憝酷吏除奸
受重赂妇翁嫁祸

却说涿人卢植，前曾献书窦武，劝令辞封让贤，武不能用，遂致枉死，见五十四回。嗣由朝廷征为博士，出拜九江卢江各郡太守，并有政绩，入补议郎，转为侍中，进授尚书。植身长八尺二寸，声如宏钟，少时与北海人郑玄，并师事马融，博古通今，能识大义。融为明德皇后从侄，明德皇后，即明帝后马氏。家富才豪，不拘小节，居处服饰，好尚奢华，常在高堂中悬绛纱帐，前授生徒，后列女乐，弟子依次讲授，免不得纷心靡丽，窥及声色。独植受学数年，未尝转眄，却是难能。融以是另眼相看。及学成辞归，亦阖门教授生徒，秉性刚毅，有志济时，光和元年，已迁擢为尚书，见宋氏无辜遭祸，与各种秕政相寻，不由的触动热诚，因上陈八事，请即施行。语繁不及备录，由小子撮要如下：

一、用良，谓宜使州郡核举贤良，随方委用。二、原禁，谓历届党锢，多非其罪，应悉加赦宥。三、御疠，谓宋后家属，无罪横尸，致成疫疠，当一律妥埋，以安游魂。四、备寇，谓侯王之家，赋税减削，愁穷思乱，必致非常，宜使给足，以防未然。五、修体，应征有道之人，若郑玄诸徒，陈明洪范，禳解灾咎。六、尊尧，谓郡守刺史，一月数迁，宜依黜陟，以彰能否，纵不九载，可满三岁。尧帝时，九载考绩，故植以尊尧为条目，但当时三公屡易，不止郡守刺史，植言尚失之偏见。七、御下，谓请谒希荣诸敝习，概宜禁塞，迁举之事，责成主者。八、散利，谓天子之体，理无私积，宜弘大务，蠲略细微。

这八事陈将进去，灵帝竟无一采行；唯宋后家属，听令内侍收葬，不再过问。太尉张颢，任职半年，无甚建树，且因天灾迭见，把他免官，用太常陈球为太尉；又司空来艳病殁，进屯骑校尉袁逢为司空。逢即前司徒袁隗胞兄，承父袁汤遗荫，袭爵安国亭侯，灵帝入嗣，逢曾居官太仆，预议迎立，故尝增封三百户。隗先为司徒，逢继为司空，虽是世家显宦，实由中常侍袁赦推荐，故先后超迁。附阉宦以增荣，行谊可知。隐士袁闳，就是逢隗从子，常私语家人道：“我先公福祚留贻，后世不能修德承家，乃好慕荣利，与乱世争权，恐不免为晋三却了！”三却，并为晋厉公所杀，事见《春秋》《左传》。为此居安思危，所以蛰居土室，久伏不出；遇有从父馈遗，一介不受，甚至母殁丁忧，亦未闻出室送葬；乡人目为狂生。哪知他无穷感慨，激成畸行，从前箕子佯狂，接舆避世，都操这种主意，看官幸勿视同怪物呢！回应五十六回。陈球夙怀忠直，做了两个月太尉，便被阉党排挤，借着日食为名，坐致策免，更任光禄大夫桥玄为太尉；玄亦有重名，历任司徒司空，均因朝廷昏乱，无力挽回，自劾求去。灵帝因他素孚物望，屡罢屡召，及升任太尉，就职月余，又复托病乞休，有诏赐假养疴；又逾两月，仍以衰病告辞，乃再起段颎为太尉；使玄食大中大夫禄俸，就医里舍。玄有十龄幼子，独游门外，猝有三盗持杖，把玄子执登门楼，向玄求货。玄不肯照给，遣使往报司隶校尉，促令捕盗；时将作大匠阳球，调任司隶，接得玄报，忙率河南尹洛阳令等，围守玄家，但恐盗杀玄子，未敢过迫。玄瞑目大呼道：“奸人无状，玄岂为了一子性命，轻纵国贼么？”遂迫令进攻，阳球乃驱众入室，将要登楼，盗已将玄子杀死，然后下楼拼命，被众格毙。玄因上书奏请，凡天下有掳人勒赎等情，并当严捕治罪，不准以财货相赎，开张奸路；于是盗贼无从要挟，劫质罕闻，都下粗安。

偏灵帝因内帑未充，尝嫌桓帝不能作家，特想出一条敛钱的方法，就西园开张邸舍，卖官鬻爵，各有等差，二千石官阶，定价二千万；四百石官阶，定价四百万；如以才德应选，亦须照纳半价，或三分之一；令长等缺，随县好丑，定价多寡；富家先令入钱，贫士至赴任后，加倍输纳。明明是叫他剥民。这令一下，无论何种人物，但教有钱可买，便可平地升官，一班蝇营狗苟的鄙夫，乐得明目张胆，集资买缺；将来总好在百姓身上，取偿厚利。因此西园邸内，交易日旺，估客如林。好一座贸易场。灵帝见逐日得钱，盈千累万，自然喜欢。还有永乐宫中的董太后，嗜钱如命，闻得灵帝有这般好买卖，也即出来分肥，且令灵帝扩张生意，就是三公九卿，亦可出卖。灵帝却也遵教，不过少存顾忌，暗令左右私下贸易，公价出钱千万，卿价百万。约阅数月，内库充牣，永乐宫中，亦满堆金钱。灵帝大喜，召问侍中杨奇道："朕比桓帝何如？"奇系杨震曾孙，震长子牧孙。颇有祖风，承问即答道："陛下与桓帝，亦犹虞舜比德唐尧！"答得甚妙。灵帝作色道："卿真强项！不愧杨震子孙，他日死后，必复致大鸟了！"大鸟事，见前文。遂出奇为汝南太守，奇亦不愿在内，拜命即去。过了一年，即光和二年。春令大疫，遣中常侍等出施医药，接连是暮春地震，孟夏日食，灵帝专归咎大臣，策免司徒袁滂，司空袁逢，另任大鸿胪刘郃为司徒，太常张济为司空；唯太尉段颎，独得内援，不致免官。

谁知天下事多出人料，往往求福得祸，乐极生悲。颎所恃唯王甫，甫恶贯满盈，伏法受诛，连颎也因此坐罪，一并送命。甫有养子二人，一名萌，曾为司隶校尉，转任永乐少府；一名吉，亦为沛相，平时皆贪暴不法，吉尤残酷，凡杀人皆磔尸车上，榜示大众，夏月腐烂，用绳穿骨，传示一郡，臭气熏途，远近俱为疾首。吉却靠甫声势，任至五年，杀人万计。阳球为将作大匠时，尝闻报发愤道："若阳球得为司隶，断不令此辈久生！"阳球亦酷吏之一，且陷害蔡邕，罪恶亦甚，唯为吉动愤，尚算秉公。已而果为司隶校尉，方拟举劾王甫父子，适甫使门生王彪，至京兆境内，估榷官财物七千余万，多受私赇，为京兆尹杨彪所发。彪系杨赐子。甫正休沐里舍，颎亦方以日食自劾，还府待命；阳球闻彪已上弹章，又乘甫颎等不在宫廷，当即入阙面陈，极言甫颎等种种罪状；灵帝也觉动怒，即命阳球查究此事。球受命出朝，立派全班吏役，先拿王甫段颎，再拘甫养子永乐少府萌，并将沛相吉，一并逮至，收系洛阳狱中，亲加审讯，严词逼供。王甫等怎肯招认？狡赖异常那阳球是著名酷吏，从前历任守令，理奸惩恶，动辄骈诛，至是积愤多时，怎肯轻轻放过？当下喝令左右，取出多少刑具，加在甫身，甫熬刑不住，甚至晕绝，良久始苏。萌仰首语球道："我父子果当伏诛，也请顾念先后任使，稍为宽假，贷我老父！”萌前为司隶，故有此语。球拍案叱道：“尔等罪大恶极，死有余辜！尚欲论及先后，想我宽假么？”萌乃对骂道：“尔前事我父子，不啻奴仆；奴仆敢反侮主人，临厄相挤，恐尔亦将自及了！”无瑕者，乃可录人，球未能免疵，故遭此反詈。球怒上加怒，再令左右将萌拖倒，用泥塞口，棰楚交至，立即挞死；甫与吉亦同毙杖下，颎亦自杀。球令将甫尸露置夏城门，大书揭示道：“贼臣王甫。”一面籍没甫产，家属尽徙南方。甫既伏辜，球尚欲劾去曹节等人，因敕中都官从事道：“且先去权贵大猾，然后议及余子；若公卿豪右如袁家儿辈，从事自能办理，何烦校尉费心？”既欲尽除宵小，不宜先自泄谋。这数语传达出去，权臣莫不震惧，连曹节也不敢出宫。会冲帝母虞贵人病逝，发丧出葬。冲帝为虞美人所出，事见前文，唯加封贵人，系灵帝时事。百官送殡往还，曹节等亦曾在列；节见甫尸暴露，不禁洒泪道：“我辈可自相食，奈何使犬舐余汁哩？”说着，又嘱诸常侍勿留里舍，亟相引入殿，面白灵帝道：“阳球乃有名酷吏，不宜使作司隶，纵令毒虐！”灵帝点首，即命节传诏，徙阳球为卫尉。球方因虞贵人安葬，奉命祭陵，节托尚书令即日召球，促就卫尉职任。球闻召驰回，进见灵帝，叩首陈请道：“臣原无奇才，猥蒙陛下委为鹰犬，得诛王甫段颎诸奸，但尚是狐狸小丑，未足宣示天下；愿再假臣一月，必食豺狼鸱鸮，各使伏辜！”说至此，更叩头流血，但闻殿上呵声道：“卫尉敢抗诏不从么？”球尚不肯止，至呵叱再三，不得已受职拜谢，怏怏趋出。曹节等又不必避忌，横行如故，中常侍朱瑀，与节相类。郎中审忠，不忍缄默，乃抗疏上奏道：

臣闻理国，得贤则安，失贤则危；故舜有臣五人，而天下治，汤举伊尹，不仁者远。陛下即位之初，未能亲揽万几，皇太后念在抚育，权时摄政，故中常侍苏康管霸，应时诛殄；太傅陈蕃，大将军窦武，考其党羽，志清朝政，朱瑀曹节等，知事觉露，祸及其身，遂兴造逆谋，作乱王室，撞蹋省闼，执夺玺绶，迫胁陛下，聚会群臣，离间骨肉母子之恩，遂诛蕃武及尹勋等。因共割裂城社，自相封赏，父子兄弟，备蒙尊荣，素所亲厚，布在州郡，或登九列，或据三司；不唯禄重位尊之贵，而苟营私门，多蓄财货，缮修第舍，连里竟巷。盗取御水，以作渔钓，车马服玩，拟于天家，群公卿士，杜口吞声，莫敢有言，州牧郡守，承顺风旨，故蛊蝗为之生，夷寇为之起。天意愤盈，积十余年故频岁日食于上，地震于下，所以谴戒人主，欲令觉悟。昔殷高宗以雊雉之变，获中兴之功；近者神祗启悟陛下，发赫斯之怒，诛及王甫父子，路人士女，莫不称善，若除父母之仇；诚怪陛下复忍孽臣之类，不悉殄灭。昔秦信赵高，以危其国，吴使刑人，身遘其祸；春秋时，吴子余祭，使阍守舟，为阍所弑。今以不忍之恩，赦夷族之罪，奸谋一成，悔亦何及？臣为郎十五年，皆耳目闻见，瑀等所为，诚皇天所不复赦；愿陛下留漏刻之听，裁省臣表，扫灭丑类，以答天怒，与瑀考验，有不如言，愿受汤镬之诛，虽妻子并徙，亦臣所甘之如饴者也！谨不胜翘切待命之至。

忠将此疏呈入，早已拚生待诏，不意似石沉大海一般，多日不见复报。还是大幸。中常侍吕强，与曹节等志趣不同，由灵帝封为都乡侯，强固辞不受，因闻审忠陈言不省，也续陈一疏道：

臣闻高祖立约，非功臣不侯，所以重天爵，明劝戒也。中常侍曹节等，品卑人贱，谗谄媚主，佞邪徼宠，有赵高之祸，未受辗裂之诛；陛下不悟，妄授茅土，开国承家，小人是用，又并及家人，重金兼紫，交结邪党，下畔群佞，阴阳乖刺，稼穑荒芜，民用不康，罔不由兹。臣诚知封事已行，言之无及，所以冒死干触，进陈愚忠者，实愿陛下损改既谬，从此一止。臣又闻后宫采女，数千余人，衣食之费，日数百金，近时谷虽贱，而户有饥色，案法当贵，而令更贱者，由赋发繁数，以解县官，寒不敢衣，饥不敢食；民有斯厄，而莫之恤，宫女无用，填积后庭，天下虽复尽力耕桑，犹不能供。昔楚女悲愁，西宫致灾；注见前。况终年积聚，岂无愁怨乎？又承诏书当于河间故国，起解渎之馆，陛下龙飞即位，虽从藩国，然处九天之高，岂宜有顾恋之意？且河间疏远，解渎邈绝，而欲劳民殚力，未见其便。又今外戚四姓之家，及中官公族无功德者，造起馆舍，约有万数，楼阁相接，丹青素垩，不可殚言，丧葬逾制，奢丽过礼，竞相仿效，莫肯矫正。《谷梁传》曰："财尽则怨，力尽则怼。"此之谓也。又闻前召议郎蔡邕，对问于金商门，邕不敢怀道迷国，而切言极对，毁刺贵臣，讥呵宦竖，陛下不密其言，至令宣露，群邪膏唇拭舌，竞欲咀嚼，造作飞条，陛下同受诽谤，致邕刑罪，室家徙放，老幼流离，岂不负忠臣哉？今群臣皆以邕为戒，上畏不测之诛，下惧刺客之害，臣知朝廷不得复闻忠言矣。故太尉段颎，武勇冠世，习于边事，垂发服戎，功成皓首，历事二主，勋烈独昭，陛下既已式序，位登台司，而为司隶阳球所诬胁，一身既毙，而妻子远播，天下惆怅，功臣失望，宜征邕更加授任，反颎家属，则忠臣路开，众怨以弭矣！

灵帝得疏，仍然不省。前太尉陈球，方为永乐少府，志在除奸，特与司徒刘郃结交，秘密筹谋；郃兄倏尝为侍中，因与大将军窦武同党，连坐致死，郃为兄衔怨，故亦欲诛灭权阉，冀销宿恨，事未及发，球复致书劝郃道：

公出自宗室，位登台鼎，天下瞻望，社稷镇卫，岂得雷同容容？无违而已！今曹节等放纵为害，而久在左右，又公兄侍中，受害节等，永乐太后所亲知也，今可表徙卫尉阳球为司隶校尉，以次收节等诛之，政出圣主，天下太平，可翘足而待也！

郃见球书，意亦相同，但恐节等势大，未敢遽决。会有尚书刘纳，触忤宦官，被贬为步兵校尉，因闻郃欲报兄仇，特向郃进谒，谈及曹节等贻祸国家，不可不除，郃皱眉自叹道："我亦常作此想，只因宦竖耳目甚多，一或不慎，事尚未成，反恐受祸。"纳慨然道："公为国栋梁，危不持，颠不扶，焉用彼相？"焉，作何字解，本出《论语》。郃方答说道："承君勖我，敢不勉力？但君亦须为我臂助！"纳应声道："这却不待公嘱，纳已愿为效死了！"死期原是将至。郃忆陈球来书，拟使阳球复职，阳为诛奸能手，理应先与说明，乃乘暇会球，表明情意；球本有此志，自然极口赞成。怎奈屏后有一小妻，在内悄立，已听得明明白白。这小妻正是中常侍程璜女儿，待球送客入内，方才回房，两人面色，都与常时不同，球本偏爱小妻，料已被窃听了去，不如和盘说出，叫她先报程璜，说明诛死节等，与璜无干；倘能相助，事后当共享富贵。计非不妙，唯与妇寺会商，多难成事。那小妻满口答应，即托词归宁，转告乃父。程璜虽与曹节同党，但节等果死，内政可以自专，未始非利，乐得卖个情面，由他做去；因嘱女儿返报阳球，许守秘密。偏被曹节闻风，自去见璜，先说了一派兔死狐悲的话儿，感动璜心，再从袖中取出黄金，置诸几上，作为赠礼；随后复用虚词恫吓，说得程璜又惊又惧，又感又惭，不由的倾吐肺腑，竟将阳球所报的密谋，一一告知。女夫也不管了。节且邀同程璜，及党与等入白灵帝，齐声奏请道："刘郃等常与藩国交通，声名狼藉，近又与步兵校尉刘纳，永乐少府陈球，卫尉阳球，私遗书疏，谋为不轨，若非从速捕治，旦夕必有祸变！臣等死不足惜，恐有碍圣躬，所以急切奏闻！"灵帝见他人多语合，谅非虚诬，不禁大发雷霆，命节等带领卫士，往拿刘郃刘纳陈球阳球，四人无从抗辩，各束手受缚，同入狱中，眼见是棰楚交施，依次毕命。小子有诗叹道：

外言入阃本非宜，秘策如何嘱爱姬？
弄巧不成终一跌，杀身害友悔嫌迟！

过了一年，灵帝又要册立皇后了，欲知何人为后，待至下回报明。

汉季之中常侍，谁不曰可杀？唯庸主如桓灵，方信而用之。虽阉党亦有自相残灭之时，但与正士相抗，则一致同谋，曹节所谓我辈自相残食，不使犬得舐汁，即此意也。阳球之欲歼阉党，未始非志士所为，观其严鞫王甫父子，五毒交加，虽曰酷虐，而施诸凶竖，尚为相当之报应，不足为阳球责也。独球既嫉视权阉，乃纳程璜之女，列作宠姬，卒至机事不密，终为小妻所误，而轻丧生命，是宁非自作自受乎？且刘郃陈球诸人，亦横遭牵累，同时毕命，可慨孰甚？《传》有之，谋及妇人，宜其死也，璜女不欲害其夫，而其夫卒因此致毙，此女子小人所以不可与谋也夫！

第六十回　挟妖道黄巾作乱
毁贼营黑夜奏功

却说宋皇后被废后，忽忽间已过两年，尚未册立继后，六宫无主，当由内外臣工，一再申请，乞立继后，以宣阴化；灵帝乃立贵人何氏为皇后。后出身微贱，本是一个屠家女儿，父名真，家居南阳，营业积资，每思攀援权贵，博些微名，凑巧宫中招选采女，遂囊金出都，赂遗中官，得将女儿充选；也是这女应该大贵，生成一副花容玉貌，比众不同，身长七尺一寸，肌肤莹艳，骨肉婷匀。灵帝素来好色，瞧着这个美人儿，哪有不喜欢的道理？衾裯使抱，列作小星，几度春风，含苞结种，十月满足，生下一男，取名为辨。时后宫常生子不育，灵帝恐再蹈覆辙，特令乳媪抱辨出宫，寄养道人史子眇家，号曰史侯。名为皇帝，何亦做村妪思想？因即册何女为贵人，甚有宠幸，至是竟得立为皇后，征后兄进为侍中，嗣复追封后父真为车骑将军，兼舞阳侯，号后母兴为舞阳君。后性刚多忌，既得正位，尚恐他人夺宠，随时加防。偏有赵国佳人王氏，为前五官中郎将王苞孙女，也得应选入宫，姿色与何后相同，才具比何后较胜，能书能算，应对尤长，灵帝又不肯放过，再令她入侍巾栉，好几次鸾颠凤倒，更种成欢叶爱苗，灵帝因她身怀六甲，晋号美人。汉制宫中妃媵，贵人以下为美人。何皇后略有所闻，侦察愈严，常图陷害；还是王美人生性聪敏，备豫不虞，有时进谒正宫，往往用帛束腰，不令大腹宣露。无如胎中儿日大一日，美人腹亦日胀一日，累得王氏朝夕不安，只恐隐瞒不住，当下购服堕胎药，饮将下去，满望胎得堕落，还可保全性命；哪知药竟无灵，胎终不动，夜间复得梦兆，屡次负日前行，心中暗想：莫非应生贵子，未便使堕？于是不再服药，听天由命，也是这个胎中儿该有三十年帝号，所以安居腹中，无论如何刺激，总得保存过去。好容易过了十月，不拆不劈，脱离母胎，侍女报知灵帝，灵帝自然心欢，替他取下一名，是一协字。协既产出，王美人身尚未健，须服药调治；那何后阴谋设计，密遣心腹内侍，赍着鸩毒，走至王美人宫内，觑隙置入药中，王美人虽然伶俐，究竟防不胜防，服毒以后，呜呼毕命！可怜。灵帝闻丧，亲往验视，看她四肢青黑，料是中毒，禁不住泪下潸潸；再经查究起来，察出何后下毒情由，顿时怒不可遏，即欲将何后废去。慌得何后又惊又惧，急忙贿嘱曹节张让等人，代为缓颊，竭力斡旋。果然钱可通神，奸能蒙主，曹节等从中吁请，得使何后位置，仍然稳固，毫不动摇。唯灵帝预防一着，令将王美人所生子协，寄居永乐宫，请董太后留心抚养；董太后却一口应承，协始安然无恙，免遭暗算。灵帝尚悼亡心切，凭着生平才学，撰成《追德赋》《令仪颂》两篇，词旨缠绵，如泣如诉。但身为天子，不能庇一妇人，终觉得乾纲失纽，薄幸贻讥，虽有哀词，无从共谅；因此遗制失传，徒有篇名流播罢了。唯灵帝不但好色，并且好游，特在雒阳宣平门外，筑起两座大花园，署名罼圭苑，分列东西，东罼圭苑，周一千五百步，西罼圭苑，周三千三百步；又在两苑旁增造灵昆苑，规制与两苑相同，苑中布置，备极繁华，小子也无暇细述。灵帝尚嫌不足，更在阿亭道筑造台观，高至四百尺，又特置园圃署，用宦官为令，再就后宫中设市列肆，使诸采女相率贩卖，由灵帝自作肆主，易服为商，握算持筹，估赢较绌；其实灵帝究非商人，怎知情伪？所有肆中货物，辄被诸采女窃去，甚至彼多此少，人有我无，弄得暗争明斗，吵闹不休，只瞒过灵帝一双眼睛。灵帝反自鸣得意，昼督诸女贸易，夕拥诸女酣宴，把朝政置诸不顾，一味儿纵乐寻欢。宫女以外，尚有一班阉人子弟，入宫服役，玩弄狗马，灵帝俱赏赐爵禄，使著进贤冠带绶。进贤冠，系汉朝文官服饰。又往往用四驴驾车，由帝亲自执辔，驰驱苑中，京师互相仿效，驴价与马价相齐。有时郡国贡献方物，必令先输例钱，纳入中署，叫作导行费，一人聚敛，四海沸腾。中常侍吕强，夙具忠诚，因上疏进规道：

天下之财，莫不生之阴阳，归之陛下，本无公私之别；而今尚书方敛诸郡之宝，中御府积天下之缯，西园引司农之藏，中厩聚太仆之马；而所输之府，辄有导行之财，调广民困，费多献少，奸吏因其利，百姓受其敝；又阿媚之臣，好献其私，容谄姑息，自此而进。旧典选举，委任三府，三府有选，参议掾属，咨其行状，度其器能，受试任用责以成功，若无可察，然后付之尚书，尚书举劾，请下廷尉复按虚实，行其赏罚。今但任尚书，或复敕用，如是三公得免选举之负；尚书亦复不坐，责赏无归，岂肯空自苦劳乎？夫立言无显过之咎，明镜无见玼之尤，如恶立言以记过，则不当学也；不明镜之见玼，则不当照也。愿陛下详思臣言，不以记过见玼为责，则圣德懋而天下安矣！

灵帝沉迷不醒，怎肯听从？四府三公，又多凭宦官好恶，随势进退，还有什么公是公非？自从太尉段颎，与司徒刘郃，相继诛死，后任为刘宽杨赐，两人皆负重望，足谐舆论；唯司空张济，趋奉权阉，赃私狼籍。哪知宽与赐任职年余，并皆罢去，独张济居位如故，另用许馘为太尉，陈耽为司徒。馘品行贪鄙，不亚张济；唯陈耽尚有清澡，不久免职，再起袁隗为司徒，三公并系阉人党与，浊乱可知。天变人异，历年不绝，日食星孛，河决山崩，最奇怪的是洛阳女子，生下一个婴儿，两头四臂，似人非人，为此种种妖异，遂引出无数妖人来了。时钜鹿郡有张氏弟兄三人，长名角，次名宝，又次名梁。角读书不成，误入左道，自号大贤良师，诱惑愚民，设坛讲授，所谈一切，无非是假托黄老，以伪乱真。会值民间大疫，十病九危，角得乘间行私，查得几个医疫古方，剉合成药，用水煎汁，倾入瓶内，为人治病，病人踵门求药，他便将药水取出，假意烧符持咒，令病人跪拜坛前，然后给药与饮，有数人命不该死，饮下药水，果得病退身安，于是奉角为神，辗转称扬；每日至角处求医，多约百余人，少亦数十。角复自称为太平道人，另遣门徒周游四方，转相诱惑，大约过了十多年，凡青徐幽冀荆扬兖豫八州人民，无不知有张大贤良师，交相倾慕，甚且弃卖财产，争赴张门，奔波跋涉，虽死不辞。因此十余年间，徒众多至数十万名，郡县未识角意，反誉角善道教化，为民所归。独司徒杨赐引为深忧，尝与掾吏刘陶相语道：“张角等诳惑百姓，必为后患，现今势已蔓延，若即令州郡捕讨，恐反激成速变；我意欲饬刺史二千石，简别流人，各使归籍，待至邪党散去，贼目自孤，那时派吏往捕，不劳可获！卿以为此法善否？”果行是言，何至骚扰八方？陶应声道：“这正如孙子所云：‘不战屈人，’怎得谓非善策呢？”赐即将所拟计策，列入奏章，条陈上去，多日不见施用，赐乃因病乞休。刘陶更申前议，乞请照行，略言张角阴谋日甚，四方谣言，谓角等潜入京师，觇视朝政，欲图不轨，州郡互相忌讳，不欲上闻，宜亟下明诏，购捕角等，赏以国土，有敢回避，与贼同科；灵帝仍不以为意，将原疏留中不报。

角逍遥法外，私置三十六方，大方万余人，小方六七千，各立渠帅，位等将军；何不尽称道人？讹言苍天当死，黄天当立，岁在甲子，天下大吉。老天也有生死语，真奇怪。阴令徒党混入京中，夜用白土为书，自京城寺门，以及大小官署，皆写成甲子二字。甲子岁次，就是灵帝光和第七年，大方贼帅马元义，先收荆扬无赖徒数万人，与张角约期起兵，自己辇运金帛，至京师贿通中常侍，约为内应。中常侍曹节已死，赵忠张让夏恽郭胜段珪宋典孙璋毕岚栗嵩高望张恭韩悝等十二人，皆得封侯，贵盛无比；又有封谞徐奉，亦得邀宠，但不及赵忠张让的威权。灵帝尝谓张常侍是我父，赵常侍是我母，所以两人势焰直同皇帝。阉人可呼为父母，张角等应不愧为祖师。封谞徐奉虽是赵忠张让的羽翼，但因势力不及两人，也未免阳奉阴违；既得马元义私赂，遂不顾灵帝恩眷，竟与他订定私约，愿为内援。元义大喜，立即报知张角，约期三月五日，内外并起。角有门徒唐周，独上书告变，于是遣吏密捕元义，一鼓擒住，就在洛阳市中，处以轘刑，且诏令三公司隶，查究宫省直卫，及内外吏民，遇有与角交通，当即处死，诛杀至千余人；并敕冀州刺史，严拿张角兄弟。角等闻事已败露，星夜举兵，自称天公将军，号弟宝为地公将军，梁为人公将军，所有徒众，统令头上包裹黄巾，作为标记，因此时人呼为黄巾贼。角党三十六方，同时响应，燔烧官府，劫掠州郡，遂致烽火连天，中外俱震。灵帝迭接警报，也觉得焦急起来，乃命何皇后兄进为大将军，加封慎侯，使率左右羽林兵五营，出屯都亭；复就函谷太谷广成伊阙轘辕旋门孟津小平津八关，派员扼守，赐名八关都尉，严遏黄巾。偏是贼势浩大，官军多望风披靡，莫敢争锋，警信传达京师，几乎一日数至；灵帝不得已大会群臣，共议讨贼方法。北地太守皇甫嵩，方述职还都，入朝与议，力请赦除党禁，并发中藏私钱，西园厩马，班赐军前，鼓励士心；这两事为灵帝所厌闻，但到此无可如何的时候，也不便固执成见，因再询诸中常侍吕强。强乘势进言道："党锢久积，人情怨愤，若再不赦宥，将与张角合谋，为患滋甚，后悔无及！今请先考核左右，诛贪惩浊，复大赦党人，察量二千石刺史能否，拨乱致治，虽有盗贼，亦无虑不平了！"灵帝乃颁下赦书尽弛党禁，凡从前坐罪被徙诸徒，一体放还；独张角不赦。遂诏求列将子孙，大发天下精兵，使尚书卢植为北中郎将，督领北军五校士，往讨张角，再进皇甫嵩为左中郎将，谏议大夫朱儁为右中郎将，共发五校三河骑兵，并募壮丁四万余人，分讨颍川黄巾贼。三将俱晓畅戎机，热心报国，一经简选，当即分道进兵；途次探悉盗贼诡谋，尚有勾通内侍消息，自然据实奏陈。封谞徐奉，曾私交贼党马元义，元义诛死，两人慌忙得很，只恐谋泄并诛，因将所得金帛，转赠张让，求他代为转圜；让即为入白，寥寥数语，便把封徐两人的逆谋，刷洗净尽。阿父训令，为皇儿的应该服从。至三将奏报到京，灵帝复诘责诸常侍道："汝等常谓党人欲危社稷，概令禁锢，今党人且为国用，汝等反敢通贼，应斩与否，可令汝等自说！"诸常侍连忙跪下，叩头流涕道："这皆是王甫侯览等所为，臣等实未知情，乞陛下恩宥！"好一条推诿法。灵帝见他们哀求情状，又不禁心中怜惜，谕令起身；但将封谞徐奉两人，下狱治罪。诸常侍尚怀疑惧，陆续求退，各自诏还京外子弟，不令为吏。灵帝还要温语慰留，叫他安心守职。独吕强看不过去，劝灵帝速惩逆党，毋再养奸，灵帝才诛封谞徐奉，余皆不问。赵忠夏恽，与封徐交谊颇深，遂共谮吕强，谓与党人共毁朝廷，屡读霍光传，志在废立，且强兄弟出为郡吏，并贪秽不法，应即究治。灵帝不察真伪，便令小黄门持剑召强。强不觉动怒道："我死，内乱不可复止！大夫欲尽忠国家，怎能坐对狱吏，枉受棰楚呢？"说着，便取过小黄门手中持剑，向颈一挥，流血毕命。死得可惜。小黄门见强已自杀，当即返报。赵忠等又进谗言道："强未知所问，便即自尽，显系情虚畏罪，惶急轻生！尚有强亲族留存，须再加明审，休使漏网！"灵帝因复收强亲属，没入财产。侍中向栩，上书论事，讥刺阉党，又为张让所诬，说他与张角通谋，欲为内应，即收送黄门北寺狱，把他处死。郎中张钧，复上书指斥宦官，有云：

窃唯张角所以能兴兵作乱，万民所以乐附之者，其源皆由十常侍，多放父兄子弟，婚亲宾客，典据州郡，辜榷财利，侵掠百姓；百姓之冤，无所告诉，故谋议不轨，聚为盗贼，宜斩十常侍，悬首南郊以谢百姓！又遣使者布告天下，方可不烦师旅，而大寇自消矣。

灵帝得书，取示张让等人，叫他自阅。又要断送张钧性命了。让等看毕，统吓得形色仓皇，各免冠徒跣，叩首谢罪，乞自诣洛阳诏狱，并出家财补助军饷。何不依他？灵帝又心怀不忍，谕令起著冠履，照常办事，且愤然道："钧真狂奴，难道十常侍中，竟无一善人么？"张让等始谢恩而退。钧却不管死活，申疏如前，益惹动权阉怒意，阴嘱御史构成钧罪，拘系狱中，指为学黄巾道，搒死杖下。前司徒杨赐，复起拜太尉，代许馘后任，灵帝召赐入问，商及讨贼事宜，赐上言欲禁外寇，先黜内奸，明明是救时良策。偏灵帝心怀不悦，竟将赐免官，改用太仆邓威为太尉，并罢去司空张济，特遣大司农张温为司空；一面诏饬三中郎将，限期平贼。左中郎将皇甫嵩，右中郎将朱儁，各统一军，驰赴颍川。儁与黄巾贼波才相遇，两下交锋，儁军败退；波才进攻皇甫嵩，嵩暂避贼锋，退保长社，凭城自固。各处黄巾贼，闻得官军败退，越加猖狂，南阳黄巾贼张蔓成，攻杀太守褚贡；汝南太守赵谦，又被黄巾贼杀败；幽州刺史郭勋，及太守刘卫，均为黄巾贼所杀。那颍川黄巾贼波才，复乘胜进围长社，皇甫嵩婴城拒守。部下兵不过数千，俯瞰城下贼众，约有数万，不由的相顾失色。嵩下令军中道："贼势虽盛，我自有计破他，汝等但能静守，听我号令，包管破贼！"军士闻知，稍稍安定，协力守城，波才攻扑数次，因城上矢石交下，不能得手。时当仲夏，天气溽暑，贼众多结草为营，罢战乘凉，嵩乃召语军吏道："兵有奇变，不在多寡，今贼众依草结营，正好用计破灭了！"军吏问是何计，嵩不慌不忙，说出一条火攻的计策，且嘱咐道："贼众借草自蔽，一遇火烧，必致四延，延烧以后，还有不惊乱么？我若乘势出兵，四面绕击，定可大胜，灭贼建功，就在今夜哩！"军吏听着，齐称好计。嵩即令军士各束草炬，每人一扎，待至黄昏将静，俱执炬登城；可巧大风四起，天昏如墨，各军士用火爇炬，齐向贼营中抛去，草遇火燃，火随风炽，霎时间烟焰冲天，贼众大惊。嵩复使锐士开门出城，四逼贼营，再纵火大呼，声彻郊野，城上亦举燎相应，慌得贼众骇愕万分，不知所措；嵩又从城中鼓噪而出，麾动部兵，驰突贼阵，贼皆股栗，觅路乱奔。经嵩驱兵进击，杀得群贼尸横遍野，血落成渠。转眼间已是天明，忽又有一彪军杀到，截住贼众去路，为首一员将弁，细目长须，仪容不俗。看官欲问他来历，乃是一位汉末枭雄，特奉朝命，来此杀贼。正是：

欲平贼党非难事，且看枭雄已出场。

欲知此人为谁，且待下回报明。

黄门用事，引出黄巾，以内贼召外贼，古今来衰乱之征，大都如是，何疑乎张角？角之所为，殆亦一篝火狐鸣之小智耳。封谞徐奉，与贼相应，灵帝既已察觉，应立申国宪，置诸死刑，顾必待诸内外之奏请，晚矣！且张让等日侍左右，亦有通贼之嫌，乃姑息勿诛，使之反噬正人；吕强为内侍中之忠且直者，而迫之使死，向栩张钧，皆以直言受戮，昏愦如此，天下宁有不乱乎？皇甫嵩用火攻计，燔烧贼众，此为兵法上之所易知者；但施请乌合之贼，即此已足。波才小丑，原不足道；而张角之破灭，亦借此为先声之举，莫谓皇甫非良将才也！

第六十一回　曹操会师平贼党
朱儁用计下坚城

却说黄巾贼波才，被中郎将皇甫嵩击败，觅路乱奔，途次又为官军所阻；为首将领，乃是骑都尉曹操。奸雄发轫。操字孟德，小名阿瞒，系沛国谯郡人，本姓夏侯氏，因父嵩为中常侍曹腾养子，故冒姓为曹；少时机警过人，长好游猎，放浪无度，不治生产。有叔父恨操无行，尝白诸曹嵩，嵩因即责操，操心中记着，偶与叔父相值，即翻身倒地，状若中风；叔父忙向嵩报明，嵩急往抚视，操已起立。嵩问操道："汝病已全愈否？"操答言无病，嵩复问道："汝叔谓汝中风，怎说无病？"操佯作惊疑道："儿并未中风，想系叔父恨儿，乃有是言！"父可欺，何人不可欺？嵩信以为真，遂听令放荡，不复过问。乡人见他斗鸡走狗，行同无赖，相率鄙夷，独梁人桥玄，曾为太尉。南阳人何颙，不同俗见，视操为命世才，尝语操道："天下将乱，非人才不能济事，将来欲安天下。所赖唯君！"何颙亦言汉室将亡，唯操可安天下。未免高视阿瞒。操因此自负，常与两人往来。桥玄复嘱操道："君尚未有名，可交许子将，当得蜚声，幸勿自误！"操应命自去。这许子将系许劭表字，劭为前司徒许训从子，籍隶汝南，具知人鉴，与从兄靖，俱负重名，凡乡里人物，一经评隲，往往垂为定论，他且性好褒贬，每月一更，故汝南人称他为月旦评。及操往见劭，劭正为郡功曹，延操入室，互谈世事，操却应对如流，唯劭随便酬酢，或吐或茹，累得操烦躁起来，禁不住质问道："操奉桥公训诲，特来访君，君素善衡鉴，请看操为何如人？"劭微笑不答。已经瞧透。操愤然道：“见善即当称善，见恶即当言恶，奈何善恶不分，徒置诸不答呢？”劭为操所逼，方应声道：“汝系治世能臣，乱世奸雄！”确是至论。操毫不动怒，反大喜道：“君真可谓知己了！”操亦自认为奸雄。遂别劭还里。年二十，得举孝廉，进拜郎官，调任洛阳北部尉，甫入廨舍，即缮治四门，特设五色棒十余条，悬挂门首，一面张示立禁，如有违犯，不论贵贱，一体棒责；小黄门蹇硕，方得灵帝宠眷，有叔父提刀夜行，适犯禁令，操饬左右将他拿住，用棒打死。嗣是豪贵敛迹，无人敢犯，操遂扬名中外，迁顿丘令，复受征为议郎。黄巾贼起，朝廷授操骑都尉，使率军士数千人，往助皇甫嵩朱儁，讨颍川贼。操引兵驰抵长社，正值贼众败走，乐得乘贼危急，截杀一阵，贼众心慌意乱，哪里还敢对敌？但得冲开死路，连忙抱头窜去，操挥兵杀贼多人，夺得旗鼓马匹，不可胜计。待至残贼尽遁，皇甫嵩亦领兵赶到，与操相会，自然欢洽，当下合兵追贼，长驱直进，朱儁亦到来会师，三路兵联成大队，逐贼出境；波才等收众再战，复为官军所败，击毙至数万人，颍川乃平。皇甫嵩上表告捷，有诏封嵩为都乡侯，嵩益加感奋，邀同朱儁曹操，进讨汝南陈国诸贼；贼目波才，方逃至阳翟，打家劫舍，抢夺民粮，一闻嵩等又到，慌忙集众对敌，已是不及，嵩儁操三面兜拿，得将残贼剿灭净尽，波才无路可奔，眼见是妻子就戮了。幺么小丑，有什么好结果？嵩等再驰抵西华，适有贼目彭脱，在该地猖獗害民，未曾经过大敌，冒冒失失，来与嵩等接仗，交战至一二时，已被嵩等捣破阵势，纷纷溃散，嵩下令招降，贼多匍匐乞命，彭脱见不可支，夺路遁去；汝南陈国诸贼众，俱至嵩营投诚，两郡又平。嵩上书白状，将首功让诸朱儁，并言操亦杀贼有功，这是皇甫嵩好处。朝廷加封儁为西乡侯，赐号镇贼中郎将，迁操为济南相；复令嵩讨东郡，儁讨南阳，操赴济南任事，于是三人受诏，分途告别。是时北中郎将卢植，连破张角，斩获至万余人，角走保广宗，由植追至城下，筑围凿堑，造作云梯，正拟誓众登城，为歼贼计；不意都中来了小黄门左丰，赍着诏书，来视植军，植瞧他不起，勉强迎入，淡淡的酬应一番，丰含有怒意，匆匆辞行，或劝植厚送赆仪，植摇首不答，听令还都。丰星夜驰归，入白灵帝道：“广宗贼容易破灭，可惜卢中郎固垒息军，连日不动，臣看他是要留待天诛了！”灵帝听了，不禁怒起，立派朝使带着槛车，拘植入都，另调河东太守董卓为东中郎将，代植后任。说起这个董卓，本是陇西郡临洮县人，表字叫作仲颖，素性粗猛，兼有膂力，平时能带着两鞬，左右驰射。鞬即弓袋。陇西一带，羌胡杂居，卓尝往来寨下，交结羌豪，羌豪见卓多力，并皆畏服，桓帝末年，曾入为羽林郎，从中郎将张奂征羌，得为军司马，转战有功，见前文。迁拜郎中，赐缣九千匹。卓慨然道："我得叙功，全靠军士。"乃将缣分赏军士，一无所私。后来如何专欲自恣？嗣出任并州刺史，转为河东太守，至是奉诏为东中郎将，持节至广宗军营。军中因卢植被拘，心怀不服，再加卓颐指气使，满面骄倨，越使军心生贰，不愿效劳；张角却从城中突出，来攻董卓，卓麾兵与战，兵皆退走，卓亦禁遏不住，只好返奔；却被张角追至下曲阳，夺去许多辎重，满载还城，留弟张宝屯守，与卓相拒。卓自知不敌，没奈何上表乞师，灵帝严旨谴卓，勒令罢职，特遣皇甫嵩进兵讨角。嵩正进剿东郡，生擒黄巾贼卜已，斩首七千余级，荡平郡境，既接朝廷诏命，移讨张角，便兼程驰诣广宗。角得了重病，不能起床，既善符水，何不自医？但遣季弟梁出城迎战。梁部下多系剧贼，且新得战胜，气焰甚张，嵩军虽亦精锐，但两下里旗鼓相当，接战多时，兀自不分胜负；嵩鸣金收军，退至十里外下寨，闭营休士，静觇贼变。翌日令谍骑往探，见城外贼营如昨，唯众心惶惶，似有大故，仔细侦查，才知张角已死。当即向嵩报知，嵩喜出望外，传令军士，三更造饭，五更攻贼，军士依令部署，待至鸡鸣，一拥齐出，由嵩亲自督领，直抵贼阵；贼未肯让步，出营厮杀，约莫战到午后，贼党渐渐疲乏，阵势少乱，嵩急鸣战鼓，驱兵向前，兵士各猛力齐进，冲破贼阵，东斫西剁，滚落许多贼头。贼众骇奔，张梁也欲逃回，偏被官军杀至，不及回马，拼着死命，左右遮拦，百忙中一着失手，已为官军搠倒，从马上跌落马下，已经死去，再经兵刃交加，立成糜烂；只首级由快手割去尚是完全无缺，向嵩报功。嵩见张梁已死，乘势抢城，城中贼夺门出走，又由嵩分兵追杀，赶至河滨，贼忙不择路，齐投河中，河水方涨，湮没了好几万人，嵩得入广宗；见署中摆着棺木，料是张角尸骸，即令破棺戮尸，传首京师；唯角弟宝尚驻守下曲阳，未曾伏诛，乃复邀同钜鹿太守郭典，往击张宝，连战连捷，阵斩宝首，余贼多降，差不多有十余万众。事见《皇甫嵩传》。罗氏《三国演义》谓宝由贼党严政所杀，不知何据？三张并了，贼渠已歼，功首应推皇甫嵩，当由灵帝论功行赏，进嵩为左车骑将军，领冀州牧，封槐里侯。嵩请减免冀州一年田租，暂苏民困，有诏依议。百姓为嵩作歌道："天下大乱兮市为墟，母不保子兮妻失夫，赖得皇甫兮复安居。”嵩在军中，善能抚循士卒，故甚得众心；及治理民政，恩威兼济，莫不畏怀。独有一前信都令阎忠，挟策干时，劝嵩入清君侧，创建奇功，大略说是：

昔韩信不忍一餐之遇，而弃三分之业，利剑已扬其喉，方发悔恨之叹者，机失而谋乖也。今主上势弱于刘项，将军权重于淮阴，指捴足以振风云，叱咤可以兴雷电，赫然奋发，因危抵颓；崇恩以绥先附，振武以临后服；征冀方之士，动七州之众，羽檄先驰于前，大军响振于后，蹈流漳河，饮马孟津，诛阉宦之罪，除群凶之积，虽僮儿可使奋拳以致力，女子可使褰裳以用命，况厉熊罴之卒，因迅风之势哉？功业已就，天下已顺，然后请呼上帝，示以天命，混齐六合，南面称制，移宝器于将兴，推亡汉于已堕，实神机之至会，风发之良时也。夫既朽不雕，衰世难佐，若欲辅难佐之朝，雕朽败之木，是犹逆坂走丸，迎风纵棹，岂云易哉？且今竖宦群居，同恶如市，上命不行，权归近习，昏主之下，难以久居，不赏之功，谗人侧目，如不早图，后悔无及矣！议虽不经，却是奇论。

嵩见了这种议论，未敢遽从，因召忠面语道：“嵩实庸才，不足与语此举，且人未忘主，天不祐逆；若妄想大功，转致速祸，不如委忠本朝，谨守臣节，就使遭谗，也不过放废而止；死有令名，犹且不朽。如君所言，乃系反常，嵩不敢闻命！”嵩犹足为社稷臣，非操卓所得比。忠见计议不用，因即亡去。后来梁州贼王国等，劫忠为主，号为车骑将军，忠感恚致疾，竟致毕命；这且搁过不提。且说镇贼中郎将朱儁，往略南阳，南阳黄巾贼张曼成，屯众宛下，约百余日，为南阳新任太守秦颉击毙。贼党更推赵弘为帅，余焰复盛，攻陷宛城，有众十数万。朱儁到了南阳，与太守秦颉，及荆州刺史徐璆，合兵万八千人，围攻赵弘，两月不下。廷臣闻儁日久无功，奏请征儁问罪，司空张温进谏道：“古时秦用白起，燕任乐毅，并皆旷年历岁，方得克敌；中郎将朱儁，前讨颍川，已著功效，今引师南指，必有方略，将来自足平贼，臣闻临军易将，兵家所忌，何若宽假时日，责令成功？”灵帝乃止，但传诏军前，促令急攻。儁慷慨誓师，定期歼贼；可巧赵弘领众出城，前来劫营，被儁军一鼓杀出，并力上前，将弘刺死。余贼逃回城中，又推了一个贼目，叫作韩忠，婴城固守；儁探得城中贼党，尚有数万，自恐兵少难敌，乃张围结垒，特筑土山，高出城头，俯瞰城内动静。儁登高凝视，沉吟良久，忽得了一条奇计，便返入垒中，擂鼓发兵，使攻城西南隅，贼帅韩忠，忙率众守御西南，儁却悄悄的带领亲兵，约有四五千人，绕至东北，架梯命攻，佐军司马孙坚，奋勇先登，引兵入城；韩忠闻东北失守，吓得魂驰魄散，忙弃去西南隅，退保内城，遣人乞降。徐璆秦颉，及儁部下司马张超，俱欲收降息兵，儁独不许，且表明意见道："行军要诀，须察时宜，往往有形同势异，不可拘执。从前秦项纷争，民无定主，故高祖尝纳降赏附，劝示群雄；今海内一统，唯黄巾贼胆敢造反，若乞降即纳，如何劝善？贼急乃请降，绥复图变，纵敌长寇，终非良策，不若讨平为是！"说着，即将贼使叱去，更督兵力攻内城，贼众料无生路，冒死抵拒，无懈可乘。儁再登土山，默视城中，司马张超，随侍在侧，儁回顾张超道："我已想得破城的方法了：贼因外围周匝，内城逼急，乞降不受，欲出不得，没奈何与我死战；试想万人一心，尚不可当，况多至数万呢？我意在暂时撤围，纵敌出城，贼既得出，必无心恋战，势散心离，方容易破灭了！"儁颇知兵法。张超听了，很是赞成，当下传令撤围，退出外城。贼帅韩忠，不知是计，还道儁军有变，因此退去，于是号召贼众，倾城出追，儁且战且行，诱忠离城十余里，然后翻身杀转，与贼鏖斗，且更分兵抄出贼后，断贼归路。韩忠正在厮杀，回望后面亦有官军旗帜，才知中了儁计，急忙拍马退回，偏儁军不肯放松，步步紧逼，无法脱身；后面的官兵，也来夹攻，害得腹背受敌，进退两难，不得已横冲出去，觅路逃生。怎奈贼势愈蹙，官军愈张，待至有路可奔，已是遍地贼尸，惨不忍睹；有一大半弃去韩忠，各走各路，忠只好落荒狂窜，飞马乱逃。约走了数十里，身已疲困，马亦劳乏，手下不过数百骑，正拟下马休息，不意官军从后追到，一霎时围裹拢来，四面八方，都是黑森森的旌旗，亮晃晃的刀械，就使韩忠背上生翼，也是无从飞去，眼见得存亡呼吸，命在须臾；忠尚想求生，凄声乞降。当有军吏报知朱儁，儁许令投诚，解围一面，放出忠马；忠至儁前叩首悔过，儁还恐忠有狡谋，令左右将他缚住，牵至城下。城内已虚若无人，任令官军进去，忠亦随入，甫过城闉，突有一将兜头拦住，手起剑落，把忠劈作两段。看官道是何人杀忠？原来是南阳太守秦颉，颉恨忠前次固守，多费兵力，所以不从儁令，将忠杀死；无故杀降，亦属非理。儁未免叹息，但因颉从征有功，不便发作，只好含忍过去。哪知溃贼多闻风生疑，仍然啸聚，再拥孙夏为头目，还屯宛境，要想夺回城池。儁接得探报，趁着贼心未固，急引兵往攻孙夏；夏复败走，窜入西鄂城南的精山中，儁未敢轻纵，追蹑贼踪，穷搜山谷，斩首至万余级，贼乃骇散，不复成群，宛城始安。儁一再奏捷，受封右车骑将军，振旅班师。先是护军司马傅燮，随嵩儁等出讨黄巾，尝在营中抒发谠论，上陈阙廷，及转战南北，屡歼贼渠，积功甚多，应加懋赏；偏中常侍赵忠，嫉燮直言，从中谗毁，不但掩没燮功，还要将燮治罪，幸灵帝尚有微明，回忆燮奏牍中，曾有预言，因此不欲罪燮，模糊过去；但如傅燮的汗马功劳，却已搁过一旁，也不复提及了。小子有诗叹道：

国家赏罚有明经，宵小谗言怎可听？
功罪不分昏愦甚，从知灵帝本无灵！

欲知傅燮所陈何词，容至下回补叙。

黄巾之平，皇甫嵩为首功，朱儁其次焉者也。曹操虽奉命出讨，往助嵩儁，但不过因人成事，略有微劳，而本回标目，特举操名者，殆因操之发迹，实始于此；他日之挟天子，令诸侯，为三国时代之第一奸雄，不得不大书特书，预为揭示耳，非真主宾倒置也。朱儁与皇甫嵩齐名，而谋略不及皇甫嵩，颍川之役，微皇甫嵩，儁且一蹶不振矣；若汝南陈国之平贼，亦赖嵩为主帅，而儁得分功，至移讨宛城，两月不下，必待朝廷之督促，方苦心焦思，用谋破贼，然亦幸遇赵弘韩忠之犷悍无谋，乃得为儁所算耳。唯罗氏《三国演义》，演写张角等种种妖术，且将刘关张三人，亦夹入嵩儁二军中，语多臆造，不足为据；本回概不阑入，所以存其真也。

第六十二回　起义兵三雄同杀贼
拜长史群寇识尊贤

却说护军司马傅燮，系北地灵州人氏，本字幼起，嗣慕南容三复白圭，南容春秋时鲁人，事见《鲁论》。乃改字南容。身长八尺，仪表过人，郡将举燮为孝廉，因得出仕；后闻郡将丁忧，也弃官行服，借报知遇；及为护军司马，独谓国家大患，不在贼寇，实在阉人，所以从军出征，尚在营中拜表道：

臣闻天下之祸，不由于外，皆兴于内；是故虞舜升朝，先除四凶，然后用十六相，明恶人不去，则善人无由进也。今张角起于赵魏，黄巾乱于六州，此皆衅发萧墙，而祸延四海也。臣受戎任，奉辞伐罪，始到颍川，战无不克，黄巾虽盛，不足为庙堂忧也。臣之所惧，在于治水不自其源，末流弥增其广耳。陛下仁德宽容，多所不忍，故阉竖弄权，忠臣不进，诚使张角枭夷，黄巾变服，臣之所忧，甫益深耳。是扼要语。何者？夫邪正之人，不宜共国，亦犹冰炭不可同器；彼知正人之功显，而危亡之兆见，皆将巧词饰说，共长虚伪。夫孝子疑于屡至，市虎成于三夫，若不详察真伪，忠臣将复有杜邮之戮矣。秦白起死于杜邮亭。陛下宜思虞舜四罪之举，速行谗佞放殛之诛，则善人思进，奸凶自息。臣闻忠臣之事君，犹孝子之事父也；子之事父，焉得不尽其情？使臣身备铁钺之戮？陛下稍用其言，国之福也。

自燮有此奏，方得感动灵帝，幸免谴罚，唯有功不封，只命为安定都尉。还有豫州刺史王允，与讨黄巾，搜得贼中文件，有中常侍张让宾客私书。允将原书奏报，灵帝召让诘责，让叩头陈谢，且言：“书从外来，安知非诈，不能作为确证”云云。说得灵帝也起疑心，竟被他花言巧语，瞒骗过去。让既得免罪，索性诬允欺君罔上，应该逮治，灵帝竟偏信让言逮允下狱。及朱儁班师回朝，授为光禄大夫，宫廷内外，庆贺贼平，灵帝不胜喜慰，诏改光和七年为中平元年。时将岁暮，还要改元，真是多此一举。唯颁出一道赦文，却便宜了好几个罪犯：王允亦遇赦得释，就是前北中郎将卢植，囚解进京，减死一等，也因此释放出狱，还复自由。回应前回，笔不渗漏。再经皇甫嵩上书举植，盛称植行师方略，乃复起植为尚书。植有一个高足弟子，与植同郡，乘乱起兵，出讨黄巾余孽，立了一些功劳，由校尉邹靖，登名荐牍，使列仕版，就职安喜县尉。这人为谁？乃汉景帝子中山靖王刘胜裔孙，名备字玄德。特笔提出，表明汉裔。胜子贞尝封涿县陆城亭侯，因酎金欠佳，坐谴革爵，汉武时宗庙祭祀，命宗藩献金，号为酎金，酎金不佳，例当夺封。贞遂留居涿县，好几传生出刘备。备祖雄与父弘，世为郡县吏，弘早病逝，单剩下妻子二人，家乏遗资，寡妇孤儿，形影相吊，不得已贩履织席，权作生涯。住宅东南角上，有大桑树，高约五丈余，浓荫满地，好似车盖一般，往来行人，互相诧异，里民李定，颇知相法，谓此家必出贵人。备幼时尝与村儿共戏树下，指树与语道：“我将来当乘此羽葆盖车。”少成若天性。叔父刘子敬，闻言相戒道：“汝勿妄语，恐灭我门！”何胆小乃尔？备乃不复言。年至十五，母使游学，因与同宗刘德然、辽西公孙瓒，俱往拜卢植为师。德然父元起，独怜备家贫，出资赒给。元起妻劝阻道：“我与彼各自一家，为何不惜钱财，时常给与。”不脱村妇心性。元起叹道：“我同宗中有此佳儿，定非凡器，奈何不分财济贫呢？”既而备年力渐强，身体日壮，长至七尺五寸，耳大垂肩，手垂过膝，目能自顾两耳，性喜狗马，又爱音乐；唯与人相接，宽厚和平，语言不烦，喜怒不形，豪侠少年，往往乐与交游，备亦好士不倦，休休有容。当时有两大壮士，同至备家，得备欢迎，遂结为生死交，始终不渝。一个是河东解县人，姓关名羽，初字长生，改字云长，朱颜赭面，凤眼蚕眉，美须髯，擅膂力，在本县杀死土豪，逃难亡命，奔至涿郡，适与刘备相遇，谈论甚欢，遂成至友；一个是世居涿郡，姓张名飞，表字翼德，《三国志》作益德。豹头环眼，燕颔虎须，平素粗豪使酒，直遂径行，独见了刘备关羽，却是流瀣相投，格外莫逆。莫非前缘。相传三人尝结义桃园，誓为异姓兄弟，不愿同日生，只愿同日死。备年最长，次为关羽，又次为张飞，依序定称，不啻骨肉，食同席，寝同床，出入必偕，不离左右。会闻黄巾贼起，意欲仗义起兵，为国讨贼，只苦粮草马匹，无从筹办；三个异姓弟兄，单靠着六条臂膀，如何成事？正愁虑间，凑巧有豪贩两人，引着伙伴，驱马前来，刘备眼快心灵，即向两人问讯，彼此互答，才知两人是中山大商，贩马为业，一叫张世平，一叫苏双。当由备延入庄中，置酒相饷，殷勤款待，两人申说沿途多贼，不便贩卖，所以奔投僻处，为避寇计；备即与语道："我正欲纠集义徒，前往杀贼，可惜手无寸铁，无财无马，甚费踌躇。"两人便同声接入道："这有何难？我等当量力相助便了！"少顷饮毕，即取出白金数百两，良马数十匹，慨然持赠。也是侠客。备乐得领受，谢别二客，就招集乡勇，铸造兵械。备自制双股剑，关羽制青龙偃月刀，张飞制丈八蛇矛，各置全身盔甲，配好马匹，领着徒众，往投校尉邹靖。靖见三人气宇轩昂，不禁起敬，因即留居麾下，待至黄巾入境，便率三人同去截击。云长的宝刀，翼德的利矛，初发新硎，连毙剧贼，就是刘玄德的双剑，也得诛寇数人，发了一回大利市。句法新颖。邹靖得了三雄，立将黄巾贼驱出境外，上书奏闻，不没备功；朝廷因备起自布衣，只予薄赏，但命备为安喜县尉。

备奉命就职，辞了邹靖，带着关张二人，同诣安喜。约有数月，忽由都中颁下诏书，凡有军功得为长吏，当一律汰去。备也为惊心，转思县尉一职，官卑秩微，去留听便，何妨静候上命。又过了好几日，闻郡守遣到督邮，已入馆舍，县令忙去迎谒，备亦不得不前往伺候；哪知督邮高自位置，只许县令进见，不准县尉随入，备只得忍气退回。翌日又整肃衣冠，至馆门前投刺求谒，待了多时，才有一人出报，说是督邮抱病，不愿见客。备明知督邮藐视县尉，托词拒见，一时又不便发怒，勉强耐着性子，懊怅回来。关张两人，见备两次空跑，问明情由，禁不住愤急起来。张飞更性烈如火，便欲至馆舍中抓出督邮，向他权借头颅，刘备一再禁阻，飞阳为顺从，觑得一个空隙，竟抢步趋出，与督邮算账去了。俄而备查及张飞，不见形影，料他必去闯祸，慌忙带着关羽等人，驰往督邮馆舍；将至门前，已听得一片喧闹，声声骂着害民贼。老张声音，初次演写。备急走数十步，才见督邮被张飞揪住，且骂且打，放开巨掌，在督邮头上乱捶，当即高声喝住。督邮又痛又愤，已是神志昏迷，及闻备喝阻声音，方将灵魂儿收转躯壳，喘息一番，复要拉着架子，向备叱问道："这……这个野奴！乃是由汝差来么？"备尚未及答，督邮又说道："我奉命到此，正要黜逐汝等狂夫，汝却目无尊长，反且差人打我，敢当何罪？"这数语激动备怒，也不禁接口道："我也奉府君密教，特来拿汝？"此君也要使诈了。张飞在旁，闻备亦这般说法，胆气又壮，仍将督邮一把抓去，遥望左近有一系马桩，便牵过督邮，攀落马桩旁边的柳条，当作绳索，将督邮缚住桩上，再用柳条为鞭，尽力扑打，差不多有一二百下；快人快事。备又上前阻住张飞。飞大嚷道："兄长积功甚大，只得了一个小小官儿，不做便罢，我今杀死这贼！却为民间除一污吏，有何不可？"说至此，竟回取佩刀，要将督邮结果性命。——吓得督邮浑身发抖，不能不改口哀求道："玄德公恕我无知，乞饶性命！"何前倨而后恭？备方转怒为笑道："汝早知如此，我等自然好好伺候，何必受此一顿痛打哩？"说至此，便取出印绶，系督邮颈上，且与语道："烦汝交还印绶，我也不愿在此为官，当与汝长辞了！"言已即回。张飞正取刀来杀督邮，当由备将他拦转，共返署中，草草收拾行装，飘然引去。那督邮手下，非无从卒，但看了张飞虎威，统皆自顾性命，不敢向前；等到张飞已经去远，才敢走至树旁，解放督邮，督邮满身疼痛，由从卒扶至馆舍，医治了好几日，方得少痊，还报郡守。郡守详申省府，遣人捕拿，刘关张三人，早已远扬他方，无从拘获了。《三国志·刘先主纪》谓先主入缚督邮，杖二百，罗氏《演义》属诸张飞，较为合理，姑从之。

且说中平二年二月，南宫云台，忽然失火，毁去灵台乐成等殿，延及北阙，复向西燃烧，如章德殿和欢殿等，尽被毁去，宫中宿卫，竭力抢救，四面沃水，偏似火上添油，越浇越猛；等到火势渐息，已是大半乌焦，所有龙台凤阁，尽变做瓦砾荒场，残焰熊熊，尚是不绝，半月后始火尽烟消。灵帝不知修省，仍拟兴工再筑，规复原状，可奈国库告罄，一时腾不出这般巨款，未免忧劳；中常侍张让赵忠，为帝设法，请加征天下田赋，每亩十钱，积少成多，已足修复宫室，更铸铜人。灵帝当即依议，颁诏郡国，按亩加征。乐安太守陆康，上疏谏阻，略言春秋时代，鲁宣税亩，即生蝝灾；哀公增赋，孔子以为非理，怎可聚夺民物，妄兴土木，违弃圣训，自蹈危亡？

这数语原是激切，与张让赵忠等大相反对。让与忠即谮康谤毁圣明，等诸亡国，应以大不敬论罪。有诏用槛车征康，囚诣廷尉；还亏待御史刘岱，力为解免，方得贷罪归田。于是诏发州郡材木文石，令内侍督工监造，内侍贪得无厌，往往向州郡索赂，稍不如意，便说他材木文石，不能合用，强令折价贱卖，另行购办；至第二次解到都下，又不肯即受，终致材料朽腐，宫室连年不成。又遣西园驺从，分道四出，督促州郡。州郡官吏，欲免罪谴，不得不贿托朝使，乞为转圜，一面却克剥百姓，私加赋税，作为挹注；暗地里还想中饱若干。看官试想，百姓已困苦不堪，那上供朝廷的款项，实行报解，十成中不过四五成。朝廷尚嫌不足，令牧守荐举茂才孝廉，俱当责助修宫钱；甚至简放官吏，亦必使先到西园，议定缴价，然后得赴任供职。新简钜鹿太守司马直，素有清名，西园允许减价，但尚索钱三百万，直怅然道："为民父母，顾可剥夺人民，上应时求，这却非我所忍为呢！"遂辞疾不行，迭经朝廷催迫，没奈何单车就道。到了孟津，复上书极谏时弊，并致书家人，与他永诀，竟服药自杀。衰乱时代，原是速死为幸。灵帝得直遗疏，稍稍感动，乃暂罢修宫钱，唯大小官吏，仍须纳资西园，方得到任。司徒袁隗因事免官，继任为廷尉崔烈。烈本冀州名士，至是因宫中傅母程夫人，纳钱五百万，才得超迁，但名誉因此骤衰。灵帝尚嫌价值太廉，顾语左右道："悔不少靳诏命，若昂价求沽，定可得千万钱！"亏他说出。程夫人从旁应声道："崔公名士，怎肯买官？赖我设法张罗，方能得此，难道尚嫌不足么？"灵帝听了，也不加责，一笑作罢。市侩家也不应如此，堂堂帝室，乃有这般笑话，真是古今罕闻。

唯是朝政日非，吏民交怨，免不得流为盗贼，一倡百和，所在横行，盗目各有绰号，不可殚述，大约声如雷震，便号为雷公；骑坐白马，便号为白骑；多须号为氐根，或号髭丈八；大眼就号作大目；他如浮云白雀杨凤眭固苦蝤等名目，各有所因，传为绰号；大群约二三万，小群亦六七千。常山贼褚燕，轻勇趋捷，贼党呼为飞燕，互相惮服，陆续趋附，依黑山为巢穴，愈聚愈众，多至百万人，时号黑山贼。河北郡县，无不受害，朝廷不能讨，遣使饵以官爵，诱令投诚；褚燕乃上表乞降，诏授燕为平难中郎将，使领河北诸山谷事。燕虽尝拜命，仍旧纵众殃民，未肯帖然就范，朝廷也无可如何，得过且过，置作缓图。唯陇西一带，驻守非人，湟中杂胡，乘势图变，推胡人北宫伯玉为将军，勾结先零羌种，与枹罕河关诸盗，一同作乱。金城人边章韩遂，素有胆略，著名西州，群盗劫入寨中，使主军政，攻掠州郡，戕杀金城太守陈懿，及护羌校尉伶征。陇右刺史左昌，拥兵不救，长史盖勋，极言力谏，反触动昌怒，但给勋数百人，使他出屯河阳，抵御贼锋；更派从事辛曾孔常，与勋同往，阳为助守，阴实监制，意欲伺勋偾绩，然后加罪。哪知勋素孚物望，连盗贼都不敢相侵。边章等绕出河阳，竟至冀城攻昌。昌忙使人移檄，召还辛曾孔常盖勋。曾等疑不肯赴，勋怒说道："古时庄贾后期，穰苴奋剑，本列国时齐国故事。公等不过位居从事，难道还比古时监军，权力更重么？"庄贾曾为齐监军，故勋言若是。曾等闻言知惧，乃与勋还兵救昌。勋至城下，见边章指挥群盗，猖獗异常，因高声呼章道："汝本望重西州，奈何反联合寇贼，违叛朝廷？"章答说道："左使君若早从君言，发兵临我，庶可自改，今负罪已重，势难再降，计唯退避三舍，权谢高贤！"说罢，即引军撤围，扬长自去。既而左昌玩寇坐罪，革职去官；后任刺史，叫作宋枭。或作宋泉。枭见陇右多盗，拟令民讲读经书，使知大义，想是一个迂儒。乃召勋与语道："凉州人民寡学，故屡致叛乱，今不如多写孝经，遍使诵习，待至家谕户晓，乱自可弭了！"勋答说道："昔太公封齐，崔抒弑君，伯禽侯鲁，庆父篡位，齐鲁岂乏士人，何为至此？今不亟求靖难方法，徒欲济以文治，恐不止结怨一州，反将取笑朝廷，勋以为决不可行！"枭不以为然，竟将已意申奏，果被诏书诘责，召令还京。会新任护羌校尉夏育，为羌人所围，勋率州兵往援，终因众寡不敌，败退下来；羌众随后尾追，勋部下多半溃散，单剩得百余骑兵，还算跟着。勋结阵自固，怎奈羌人四蹙，孤弱难支？百余骑又战死一半，勋亦身中三创，马又负伤，不能再战，索性下马危坐，指着木表道："我当就死此地，为国殉身，也不足惜了！"羌众见勋已力尽，各欲上前杀勋，独有一羌渠跃马拦阻道："盖长史乃系贤人，汝等若将他杀死，岂非负天？"羌人也知重贤。勋闻言审视，系是勾就种羌帅滇吾，向曾相识，但此身已拚着一死，不愿向滇吾说情，因瞋目叱骂道："死反虏，晓得什么天道？快来杀我罢了！"滇吾毫不动怒，反趋近勋旁，下马相见，且愿让马与勋；勋仍不肯允，滇吾乃挥动徒众，把勋拥去，到了自己寨中，请勋上坐，呼众罗拜，再出酒肴相待，备极殷勤。转瞬间已是旬日，方拨羌骑数十人，送勋入寨，回至汉阳。朝廷闻勋忠义动人，征为讨虏校尉。小子有诗咏道：

羌虏猖狂也畏天，持刀未敢害忠贤；
一菅罗拜申诚意，赢得名臣姓氏传。

勋虽生还，寇终未平，满朝公卿，又为了凉州乱事，会议征讨事宜。欲知如何定议，请看下回便知。

刘先主起自寒微，以一贩履织席之贫民，独能具有大志，交结英雄，为国讨贼，较诸曹阿瞒之已为朝吏，奉遣出兵，其难易固属不同，其忠义亦自有别？正不特一为汉裔，一为阉奴已也。关张两人，或刚或暴，而与刘先主交游，偏能沆瀣相投，誓同生死，此正可见？刘先主之驾驭英雄，自有令人倾倒、乐为用命者，怒鞭督邮一事，阅者称快，安得举天下后世之贪官污吏，尽付英雄之鞭笞乎？盖勋位不过长史，独能远谐物望，为世所钦；边章已入寇党，避而远之；滇吾本为虏帅，敬而礼之。盗贼夷狄，犹向慕贤者若此，人生亦何苦纵恶，而自丧声名，甘为此万年遗臭也？

第六十三回　请诛奸孙坚献议
拚杀贼傅燮捐躯

却说凉州乱事，连年未平，朝臣奉诏会议，又觉得聚讼盈廷，莫衷一是；司徒崔烈，且欲弃去凉州。时安定都尉傅燮，已入为议郎，亦得与议，听了崔烈言论，不由的鼓动热肠，正色厉声道：“司徒可斩！斩了司徒，天下乃安！”好大胆！三语说出，四座皆惊，烈亦为变色；尚书欲顾全崔烈面目，不得不劾燮妄言。灵帝召燮问状，燮从容答道：“凉州为天下要冲，国家藩卫，今牧御失人，乃使一州叛逆，烈为宰辅，不思弭寇，反欲轻弃万里疆场；若使虏众得居此地，士劲甲坚，入寇内地，试问国家将如何抵御？这岂不是社稷深忧么？”灵帝乃依了燮言，诏令左车骑将军皇甫嵩，回镇长安，相机讨贼。贼党边章韩遂等，入掠三辅，嵩引兵出战，得将贼党击退。偏中常侍张让赵忠，与嵩有嫌，反说他屡战无功，徒糜军饷；灵帝竟不分皂白，收还嵩左车骑将军印绶，降嵩为都乡侯。原来嵩讨张角时，路过邺中，见赵忠宅居逾制，奏请没收，张让又向嵩求赂钱五千万，嵩亦不许，两人由此生恨，屡谋害嵩；且因嵩平张角，称为首功，若把嵩挤去，好将功劳夺归内廷，自己可以受赏。果然阴谋得遂，嵩被排斥，昏昏沉沉的汉灵帝，坐受群小荧惑，说是前讨张角，内侍参议有功，竟封张让赵忠等十三人为列侯。独不记张让通贼书么？一面使司空张温，代为车骑将军，并召前中郎将董卓，使为破虏将军，归温节制，出讨凉州诸贼。温调集诸郡兵马，约得十余万人，进屯善阳，边章引众来攻，温与战失利，卓亦败退。已而时届仲冬，天气严冷，夜间有流星如火，光长十余丈，照彻贼营，贼众疑为不祥，欲归金陵；卓得此消息，心下大喜，复邀同右扶风鲍鸿等，向晨攻贼；贼皆有归志，不愿力战，一哄儿弃营西走，倒被卓等驱杀一阵，斩首数千级，还营报功。温令卓往讨叛羌，另派荡寇将军周慎，追击边章。章方败走榆中，据城固守，慎即欲进攻。前佐军司马孙坚，方由温奏调至军，参议军事，坚因向慎献策道："贼新入榆中，必无粮储，定当由外输入；坚愿得万人，截贼粮道，将军率大兵为后应，贼不能久守，自然骇走；若窜入羌中，并力往讨，便可荡平，凉州得从此安靖了！"慎不从坚议，遂引兵围榆中城。边章闻慎军将到，先拨分贼党，往驻葵园；待至慎军攻城，坚守勿战，却密令葵园贼众，断慎粮道。慎乏食生惊，弃去辎重，狼狈遁还。

就是董卓一路人马，行抵望垣北隅，突遇羌胡大队，蜂拥前来，急切不能退避，致为所围，兵既被困，饷又不继，急得董卓徬徨终日，左思右想，幸得了一条良策，立命军士照行。卓本倚水立营，就从水旁筑起一坝，佯为捕鱼，暗中却将水势堵塞，腾出淤地，乘着宵深更静，拔寨潜走，悄悄的从坝下过军，待贼闻知，出来追击，卓军已经过尽，决塞放水，反将贼众淹死多人，贼慌忙走还；卓得全师引归，反屯扶风。适边章与韩遂争功，两不相协，章致书张温，自请投降，实是一缓兵计。温乐得应允，收兵退回长安，并将前后军情，奏报阙廷。灵帝览奏，见战功多出董卓，因特封卓为斄乡侯，食邑千户，调任并州牧；当下颁诏付温，使温转告董卓。卓已得知封侯消息，便即志高气盈，睥睨一切，及温使人往召，竟不奉命。温待久不至，再遣属吏赍诏召卓，卓方徐徐到来，入帐见温，并未谢及奏叙的惠德，且满面露着骄容，居然有压倒张温的气象。已是跋扈。温看不入眼，出言谯让，卓竟反唇相讥，并谓西征诸将，全属无用，若非我董卓功劳，怎能使贼畏服？温又愤然与语道："边章等名虽乞降，心实难恃，将军既智勇兼全，还当再接再厉，扫平群贼，方得上报国恩！"卓亦抗声说道："贼已降我，无故往攻，岂不是自失威信么？卓志在杀贼，却不愿师出无名！"说着便起座自去。温见卓如此倨傲，也不起送，但闷闷的坐在帐中。旁边恼了一位参军，向前密语道："将军奈何放卓出营？"温见是孙坚，便屏去左右，问为何因？坚答说道："卓不自知罪，反敢大言不惭，将军何不申明军法，说他不肯应召，有违节度，立命斩首？"温惊顾道："卓颇有威名，若将他杀死，西行何依？”坚慨然道：“明公亲率大军，威震天下，何恃一卓？况卓有三罪，不杀何待？卓抗辞不逊，慢言无礼，便是一罪；边章韩遂，跋扈经年，理当按时进讨，卓反谓不宜往攻，沮军疑众，便是二罪；卓受任无功，应召稽留，乃尚趾高气扬，妄自尊大，便是三罪。古时名将，杖钺临众，往往先斩悍将，借示威名；如穰苴斩庄贾，魏绛戮杨干，故事可征，并非创例；今明公不忍诛卓，纵令骄恣，自亏威重，后悔恐无及了！”温若果听坚言，何至养痈贻患？温终不能决，挥坚使退，坚乃趋出，叹惜不已。未几有诏书颁到长安，进温为太尉，三公在外拜命，由温为始。温虽不能除卓，但颇重坚才，荐为议郎。坚为将来东吴始祖，小子应将他出身履历，补叙详明：

坚字文台，系吴郡富春县人，就是孙武子后裔，世为郡吏，历代祖墓，并在富春城东，墓上辄有五色云罩住，光延数里。乡父老少见多怪，常互相告语道：“这非寻常云气，看来孙氏子孙，必将兴旺了！”及坚母怀妊，梦有人剖腹出肠，取绕吴郡阊门，不禁失声大呼，突致惊寤，回忆梦境，尚觉可怖；翌日出告邻母，邻母劝慰道：“安知非将来吉征？何必多忧？”既而生子名坚，头角峥嵘，状貌伟岸。好容易长大成人，出为县吏。十七岁时，与父共载船至钱塘，遥见有海贼数十人，掠得商人财物，在岸上分赃，坚即白父道：“速击海贼！”父摇手阻坚，嘱勿妄动。哪知坚已取得一刀，划船近岸，耸身跃上，大呼杀贼，手中刀东西指挥，如招人状；壮哉文台！贼惊出意外，还道坚招呼官军，当即抛弃财物，分头窜散；坚尚持刀追去，剁死一贼，携首还船。嗣是扬名郡县，由郡守召为郡尉，迁官司马。会稽贼许生造反，逾年未平，亏得坚召募勇士，会合州郡兵马，阵斩许生父子。见前文，《三国志》作许昌。刺史臧旻，上奏坚功，朝命未尝加赏，但使他做了三任县丞。至黄巾乱起，始由右中郎将朱儁保荐，历年从军，前文中已经叙及，无庸小子絮述了。唯自张温出征后，司空一职，悬缺不补，会灵帝查阅案牍，得杨赐刘陶所上奏章，曾云遣散张角党羽，然后诛及渠魁，事见六十回。当时置诸不理，遂致蔓延。此时张角虽平，前言俱在，灵帝也自觉悔悟，因加封赐为临晋侯，使代张温为司空；且封刘陶为中陵乡侯，使任谏议大夫。赐就职不过月余，便即病殁，灵帝也为辍朝三日，素服举哀，优加赙赠，令公卿以下会葬，予谥文烈。长子杨彪袭爵。那谏议大夫刘陶，既入为言官，常思补衮尽职，因复上疏言事道：

臣闻事之急者，不能安言，心之痛者，不能缓声。窃见天下前遇张角之乱，后遭边章之寇，每闻羽书告急之声，心灼内热，四体惊悚。今西羌逆类，私署将帅，皆多段颎时吏，晓习战阵，识知山川，变诈万端；臣常惧其轻出河东冯翊，抄西军之后，东至函谷，据厄高望。今果已攻河东，恐更豕突上京，如是则南道断绝，车骑之军孤立，关东破胆，四方动摇，威之不来，呼之不应，虽有田单陈平之策，亦计无所施。况三郡人民，皆已奔亡，南出武关，北徙壶谷，冰骇风散，唯恐在后，今其存者尚十之三四，军吏士民，悲愁相守，民有百走退死之心，而无一前斗生之计；西寇寖前，去营咫尺，胡骑分布，已至诸陵。将军张温，天性精勇，而主者旦夕迫促，军无后殿，假令失利，其败不救。臣自知言数见厌，而言不自裁者，以为国安则臣蒙其庆，国危则臣亦先亡也。谨复陈当今要急八事，乞须臾之间，深垂纳省，则国家幸甚，臣等幸甚！

书中所陈八事，不能尽述，大旨无非归罪宦官，说他欺君害民，酿成大乱。中常侍张让赵忠等，得悉陶书，无不切齿，遂共白灵帝道：“前因张角事发，诏书晓示威恩，臣等并皆改悔；今四方安静，陶乃嫉害圣政，专言盗贼；试想州郡并未上闻，陶何由得知底细？显见他与贼通情，所以先来恫喝，要想把臣等尽置死地，方好任所欲为。愿陛下勿为所欺！”是为肤受之愬。灵帝视让忠如父母，总道他痛痒相关，不致诬妄，遂下诏谴陶，收系黄门北寺狱。狱为黄门所掌，当然归阉人鞫问，横加搒掠。陶自知必死，张目顾问宦官：“朝廷已经省悟，加恩臣身，今为何又误信谗言？陶恨不与伊吕同俦，反与三仁并命！”殷有三仁，即微子箕子比干。说至此，竟用手扼吭，气闭身亡。前司徒陈耽，亦尝反抗宦官，张让赵忠，索性将他罗织在内，拘系狱中，亦被掠死。赵忠反超任车骑将军。忠欲位置私人，更追论讨贼功臣，凡从前并未从军，只教是阉党走狗，多纳贿赂，便说他与讨黄巾，奏请授官。执金吾甄举，往见赵忠道：“傅南容前在东军，有功不侯，天下失望；今将军亲当重任，应该进贤理屈，下副众心！”忠也为点首，待甄举辞去后，即遣弟城门校尉赵延，往访傅燮，乘间与语道：“南容肯稍答我常侍，万户侯便可立致了！”燮正色道：“人生通塞，乃是命中注定，若有功不赏，何莫非命？燮岂可妄求私赏哩？”说得赵延无言可答，返报乃兄。乃兄忠越加衔恨，唯因燮为众所推，未敢加害；但将他调任汉阳太守。燮抵任数月，已是中平三年。贼帅韩遂，杀死同党边章，及北宫伯玉，纠众十余万，进围陇西，太守李相如，不能御贼，反与贼连和，猖獗益甚。汉阳贼王国，又自号合众将军，起应韩遂，四出寇掠。凉州刺史耿鄙，号召六郡兵马，进讨贼众，令治中陈球为先驱。球素性贪婪，为民所怨，鄙亦未协舆情，傅燮知鄙出必败，乃向鄙进谏道："使君统政日浅，民未知教。孔子有言：'以不教民战，是谓弃民。'今若率平素不教诸人，越陇讨贼，恐十举十危。且贼闻大军将至，必万众一心，与为对垒，锋不可当。使君又统领新兵，上下未和，万一内变，虽悔何追？愚意不若息军养威，明赏必罚，阴加训练，贼得逍遥境外，必谓我决不能战，自致骄盈，由骄生衅，同恶相残；使君率已教人民，讨已离盗贼，尚患不能奏功么？今不为万全计策，反自就危途，窃为使君不取呢！"鄙自恃兵多，不从燮言，即日引军起行。甫经狄道，果有别驾应贼，先杀陈球，后杀耿鄙。鄙司马扶风人马腾，亦拥兵不救，自主一方。王国韩遂等，遂进围汉阳；城中兵少粮尽，燮尚拼死守住。贼党中有北地胡骑数千，与燮同里，夙受燮恩，见燮登城抵御，各跪叩城下，愿送燮还乡；燮将他叱退。燮子干年甫十三，从父在任，知父性刚气锐，恐不能免，因向燮跪谏道："国家昏乱，致令大人不容朝廷；今天下已叛，孤城决难自守，乡里羌胡，夙怀恩德，欲送大人弃城归里，大人不如从权允许，还乡以后，率励义徒，俟至天下有道，再出未迟！"燮听得数语，便慨叹道："汝难道知我必死么？古人有言：'圣达节，次守节。'我闻暴如殷纣，伯夷且不食周粟，饿死首阳；今朝廷昏德，尚不如纣，我岂可自绝伯夷？况前时不能高隐，居位食禄，怎得见危即去？我已决死此地，汝有才智，后当自勉！主簿杨会，便是我程婴，可以托孤，我死亦瞑目了！"程婴保孤事，见列国晋时。干流涕哽咽，不能复言，左右亦皆泣下。忽由故酒泉太守黄衍，叩城求见，燮传令放入，干乃起入帐后，待衍进来。燮延令入座，问明来意，衍实为王国所遣，来作说客，因开口语燮道："成败事已可预知，君能先机起事，上可为霸王事业，下亦不失为伊吕，看来天下终非汉有，明府如果有意，衍等当奉为君师，愿受驱策，幸勿失此时机哩！"燮不禁变色，拔剑置席道："汝亦做过大汉臣吏，反为贼来下说词么？本当斩汝，徒污我刃，我权寄汝头颃，回报叛贼，毋再妄想！”衍怀惭自去。夔即传齐将士，开城搦战，与贼众接仗多时。贼众自恃势盛，上前围夔，环绕数匝，夔尚冒死冲突，格毙贼党数十人；怎奈兵残力竭，外无援应，终落得捐躯殉国，毕命沙场。夔子干由杨会护出，得归故里。朝廷闻夔阵亡，赐谥壮节，且予干世荫。后来干已长成，具有才名，仍得出仕，官至扶风太守。可见得忠臣有后，食报非迟。当时还有一位名贤，在家寿终，大将军何进，遣使吊祭，海内赴丧，多至三万余人。这人为谁？就是前太邱长陈实。实为太邱长后，隐居不出，党锢狱兴，实亦连坐，系宥。见前文。实居乡有年，平心率物，遇有争讼，辄求判正，无不悦服；里人多感叹道："宁为刑罚所加，毋为陈公所短。"会遇岁歉民饥，有窃贼夜入实家，隐踞梁上，实已瞧见，故意不言，但呼子孙训戒道："人不可不自勉，恶人非生性使然，传染恶习，遂致不返；试看梁上君子，便可了然！"贼在梁上听着，大惊投地，叩头谢罪。实徐语道："看君状貌，不似恶人，若能改过迁善，自可不虑贫困了！"乃令子孙取绢二匹，赠与窃贼，贼拜谢而去；非陈仲弓，不能为此。于是一县无复盗窃。前太尉杨赐及司徒陈耽，入朝拜官，群僚毕贺，赐等以实未为相，自己反先登台辅，尝引为惭恨；大将军何进等，屡次派人敦聘，实终不肯出，婉谢来使道："实久谢人事，饰巾待终罢了，幸君善为我辞！"嗣后闭门悬车，栖迟养老，至中平四年夏季，考终家中，享寿八十四岁；吊祭诸徒，共至墓前瞻拜，代为刊石立碑，谥曰文范先生。遗有六子，纪谌最贤，孙群亦有盛名，事见后文。小子有诗赞道：

到底仁人克善终，光前裕后子孙隆；
宣城书法今犹在，千古争传陈仲弓。

《后汉书》为宋宣城太守范晔所著。

老成凋谢，丧乱弘多，欲知后来变端，且至下回胪叙。

董卓曾受朝命，归车骑将军张温节制，温召卓不至，显违主帅，其跋扈情形，已见一斑。孙坚劝温诛卓，温独不从，虽若谨守臣道，不敢专诛，但阃以外将军制之，汉文曾有明训，温果能为国除奸，就使得罪被戮，较诸他日之受害于卓，为益多矣。哀哉温之临事寡断，卒酿成无穷之祸也。傅燮困守孤城，可去不去，迹亦近拘；然城存与存，城亡与亡，本人臣之大义，幼子泣请而不从，虏使进言而被斥，见危授命，大义凛然，虽死且不朽矣！语云："板荡识忠臣！"信然！

第六十四回　登将坛灵帝张威
入宫门何进遇救

却说灵帝中平年间，朝政日紊，国势愈衰，灵帝只知信任阉人，耽情淫乐。今岁造万金堂，明岁修玉堂殿；铸铜人四具，分置苍龙玄武门外；制黄钟四架，分悬玉堂云台殿中；又特在平门左右，用铜范成天禄虾蟆，天禄兽名。中设机捩，口中喷水，谓可除秽辟邪。种种构造，统系掖庭令毕岚监工。就是一班刑余腐竖，亦无不建筑第宅，侈拟皇宫，灵帝常登台顾景，为消遣计；赵忠等恐他望见私第，向前进言道："人主不宜登高，登高恐百姓乖离！"出自何典？是即赵高指鹿为马之类，忠亦姓赵，总算善承世德。灵帝遂不敢登台，阉党益肆行无忌，但教瞒过一人耳目，还怕什么百官万民？哪知内蠹不休，适召外侮，西羌连年扰攘，未曾告平，鲜卑豪酋檀石槐，虽已病死，部落犹众，仍然出没塞下，屡寇幽并诸州。他如腹地的盗贼，真是群起如毛，几难尽述。江夏散兵赵慈，戕杀南阳太守秦颉，纠众作乱，幸亏荆州刺史王敏，发兵破灭，得诛赵慈。未几中牟令落皓，及主簿潘业，又被荥阳贼杀死，当由河南尹何苗督师往剿，毙贼多人，暂时告靖。长沙贼区星，零陵贼观鹄，又相继造反，朝廷命议郎孙坚出守长沙，先斩区星，后斩观鹄，荆湖始平。偏渔阳人张纯张举，接连发难，攻杀右北平太守刘政，辽东太守杨终及护乌桓校尉公綦稠；举自称天子，纯号弥天将军，同掠幽冀二州。外如休屠各胡，亦乘隙为变，入寇西河，击杀郡守邢纪，转攻并州，刺史张懿与战，不幸败亡。黄巾余孽郭太等，因西河为胡所掠，也在白波谷揭竿，联络胡人，分扰太原河东左屠各胡，复胁迫南单于，一同叛命，骚扰朔方。冀州刺史王芬，因见乱端四起，日夜戒备，累得寝食不安；适故太尉陈蕃子逸，自成所赦归，往谒王芬，谈及天下大乱，俱由阉竖专权所致，芬亦为叹息。旁有术士襄楷在座，奋袖起谈道："天文不利宦官，看来黄门常侍，均要族灭了！"陈逸大喜道："果有此事，不但国家可安，即如我先人埋冤地下，亦得从此伸雪，含笑九原！"芬亦接口道："若果天象有凭，芬愿为国家驱除阉贼！"襄楷指手画脚，力言阉人夷灭，不出一二年。语颇不谬，但未识何人能除阉党？为术终疏。芬乃召集豪俊，筹备饷械，上书言盗贼日滋，攻劫郡县，宜厚蓄兵马，分途剿平。灵帝不加理会，且欲北巡河间旧宅，指日起行。芬等闻信，遂欲用兵劫驾，尽诛黄门常侍，乘势废立。济南相曹操，已入拜议郎，与芬本系相知，芬因操足智多谋，遂使人与言秘计，乞为内援。操摇首道："废立二字，乃天下最不祥的名目；古人唯伊尹霍光，行过此事。伊霍位居首辅，诚能动众，所以事出有成；今诸君未及古人，漫思造作非常，期在必克，这岂不是求安反危，图福得祸么？"阿瞒毕竟性灵。遂嘱来使还白王芬，务求慎重，切勿鲁莽从事。芬尚未信操言，又召平原人华歆陶邱洪，共定大计。洪欲应召前往，歆急为劝阻道："废立大事，伊霍不过幸成，芬才疏望浅，怎能成事？不如勿行！"洪乃中止。会北方有赤气亘天，夜半愈盛，横贯东西，太史奏言北方有阴谋，不宜出巡，灵帝乃无心北幸，并敕王芬罢兵。俄而征芬还都，芬疑是秘谋泄露，不敢应命，当即解去印绶，私走平原；尚恐朝廷拘拿，仓皇自尽。陈逸襄楷，幸得免累，就是议郎曹操等，亦毫不牵连，这都是芬谋未泄，故俱得无恙；徒断送王芬一命罢了。死得无名。

且说太常刘焉，本前汉鲁恭王后裔，鲁恭王名余，系景帝子。徙居竟陵，因属汉朝宗室，得通仕籍，由中郎迁至太常。他见朝政多阙，祸乱相寻，乃建言刺史太守，由赂得官，刻剥百姓，乃致离叛，应急选清名重臣，出任牧伯，剿抚兼施，方可削平世乱等语。这计议尚未得行，有侍中董扶与焉友善，私下与语道："京师将乱，闻益州分野，却有天子气，未知属诸何人？"焉含糊对答，心下却觊觎非常，恨不得即赴益州。可巧益州乱起，刺史郄俭苛敛害民，为黄巾余党马相所杀，相僭称皇帝。钞掠巴蜀，警耗连达都中，刘焉得复申前议，进白灵帝，灵帝即命焉为益州牧，封阳城侯，出平蜀郡，焉喜如所望，受命即行。到了荆州东界，前途多盗，不便西进，逗留了好多日；也是他时来福凑，官运亨通，益州伪皇帝马相，被益州从事贾龙起兵，连战皆捷，诛戮无遗，因遣史卒迎焉入蜀，奉为州主。益州治所，本在雒县，焉以郄俭被杀，恐多不利，乃徙治绵竹，招携纳叛，笼络人心。侍中董扶，闻焉既得志，亦求为蜀郡西部属国都尉，灵帝准令赴蜀，扶便西往，为焉参谋，不必细述。同时宗正刘虞，也是汉家支派，为东海王强后人，强为光武帝子。以孝廉被举，累迁至幽州刺史，恩信及民，内外翕服，后来因事去官；至黄巾作乱，复起为甘陵相，亦善抚绥，进为宗正，奉职无阙。自张纯张举作乱渔阳，幽州大扰，灵帝已遣骑都尉公孙瓒往讨，复因虞前在幽州，为民所服，乃特命为幽州牧，持节赴镇。汉制设州统郡，州有刺史，位置在郡守上，但比郡国守相，尚差一等；汉成帝时，方改称州牧，位次九卿，权同守相；光武中兴，又规复旧制，仍改州牧为刺史；自经刘焉刘虞两人任命，于是复有州牧，得操重权，中原分裂，就从此开端了。为群雄割据张本。灵帝迭闻寇警，也不免忧从中来，默思小黄门蹇硕，身材壮健，具有武略，比诸车骑将军赵忠，强弱不同，不如令他专任戎事，保护宫廷；乃将赵忠撤消兵权，特授蹇硕为上军校尉，屯卫西园。蹇硕以下，更设校尉七人。虎贲中郎将袁绍，为中军校尉；屯骑校尉鲍鸿，为下军校尉；议郎曹操，为典军校尉；赵融为助军左校尉；冯芳为助军右校尉；赵冯并为议郎。谏议大夫夏牟为左校尉；淳于琼为右校尉，琼亦为谏议大夫。俱归蹇硕调度，共称西园八校尉。七人为宦官爪牙，俱不值得。

会由术士望气告变，说是京师将有大兵，恐致两宫喋血，灵帝意图厌禳，特征四方兵会集京师，就平乐观作讲武场，观中筑一大坛，上建十二重华盖，高约十丈，坛东北另设小坛，复建九重华盖，高约九丈。四面张着赤帜，分列步骑数万人，结成方阵，借壮外观。灵帝亲擐甲胄，跨马临军，使大将军何进为前驱，秉旄仗钺，直抵坛前，御驾就大坛驻足，自立大华盖下；复用手挥进，令趋就小坛，在小华盖下立着，然后传令各军，操演阵法，军士一齐应令，万马齐奔，东驰西驱，前后继进，形色上似甚整齐；映入灵帝眼中，但觉得五花八门，赏心夺目。你要张幕看戏！大众即演戏一出与你看看。当下想入非非，竟自称一个徽号，叫做无上将军；就令左右书在旗上，作为大纛，向前导引，随即纵辔离坛，跃马四驰，就阵中绕行一周。只听得军吏喧声，齐呼万岁，不由的兴致越高，精神越奋；再兜了两个圈子，方将兵符交付何进。返驾入宫。讨虏校尉盖勋随着，即回首顾语道："朕今日讲武，规模如此，卿以为善否？"勋应声道："臣闻先王耀德不观兵，今寇贼远距京师，陛下乃在都中列阵，臣恐未足扬威，徒自黩武罢了！"灵帝听着，忽觉感悟道："卿言甚是！朕见卿恨晚，群臣从未有此言呢！"勋拜谢而退，途遇中军校尉袁绍，略述问答情形，且与语道："主上聪明过人，但为左右所蔽，不免荧惑，真是可惜！"绍即前司空袁逢庶子，素好游侠，目睹阉寺擅权，素加愤恨，至是听得勋言，便邀至私宅，谋诛阉党，彼此约定，待机乃发。太尉张温，时已征还，左迁为司隶校尉；温举勋为京兆尹；灵帝方欲使勋内任，随时顾问，不愿相离，偏蹇硕等忌勋正直，劝灵帝依从温言，乃拜勋为京兆尹。勋既被外调，所有机谋，眼见得不能如约了。忽闻凉州贼警，日甚一日，陈仓为贼渠王国所围，危急异常，灵帝复拜皇甫嵩为左将军，并使董卓为前将军，受嵩节制，同救陈仓。嵩与卓合兵二万人，行至中途，屯兵不进，卓请速赴陈仓，嵩独未许，卓愤然道："卓闻智士不后时，勇士不留决；将军受命前来，无非为陈仓起见，速救方可保城，否则必为贼有了！"嵩驳斥道："君言错了！从来百战百胜，不如不战屈人。陈仓虽小，城守完固，王国虽强，未必能攻下坚城；我待贼疲敝，然后出兵往击，贼乃骇溃，这乃所谓不战屈人哩！"卓拗他不过，只得静待。约莫过了八十多日，陈仓尚是守住，王国却解围退去；嵩闻国退去，便下令军中，从速追击。卓又入请道："兵法有言穷寇勿追，今我兵追国，便是与兵法相背了！试想困兽犹斗，况国尚势盛，怎可穷追哩？"嵩复驳说道："我前不速击，是避贼锐气；今欲往追，是乘贼势衰；国众已走，莫有斗志，不得以穷寇相比。君且为后拒，试看我前驱追贼，必能成功，不怕王国不死哩！"已操胜算。说罢，即麾军前进，使卓为后应，果然连得胜仗，斩首万余级，国竟窜死；卓自愧无功，遂与皇甫嵩有嫌。越年征卓为少府，令将部曲归嵩管辖；卓诡词乞留，迁延不赴。嵩兄子郦在军中，向嵩进言道："本朝失政，天下倒悬；若欲安危定倾，责在叔父，次为董卓。今叔父与卓有怨，势不两容。卓奉诏委兵，乃上书抗辩，已是逆命，又因京师浊乱，踌躇不进，更是怀奸；且卓凶戾无亲，将士不附，叔父现为元帅，何妨声罪致讨，上显忠义，下除凶害，岂不是桓文盛业么？"嵩叹息道："专命有罪，专诛亦未尝无罪；为今日计，不如据实陈奏，请主上自行裁夺便了！”遂不从郦言，但上了一篇弹文。灵帝颁诏责卓，卓恨嵩益深；嵩原不能讨卓，灵帝也不能制卓，卓坐是专恣，要从此斫丧汉室了！张温可诛卓而不诛，皇甫嵩可讨卓而不讨，虽是两人胆怯，亦关汉朝气数。

唯王国窜死，凉州略平；幽州由两张作乱，尚未平定。自称弥天将军的张纯，曾做过中山守相，失官以后，因凉州叛乱，致书前车骑将军张温，愿督同乌桓突骑，往徇凉州，温置诸不答，纯遂与同郡张举，攻杀校尉太守，霸占一隅。就是张举亦尝任泰山太守，失职生怨，谋为不轨，居然想身登九五，南面称尊。上文用总叙法，略而不详，故此处再用补笔。骑都尉公孙瓒，奉使出征。瓒本前中郎将卢植门徒，见六十二回。由小吏起家，辽西侯太守奇瓒状貌，妻以爱女，瓒从此发迹，随军有年。至是往讨两张，引兵至蓟，适值张纯攻略蓟中，由瓒一马当先，率军直上，奔入贼阵，贼皆披靡，瓒追杀至数十里外，方才安营。纯既败走，复去诱同乌桓部酋邱力居等，再寇渔阳河间渤海，进入平原，瓒更引兵往击，至石门山，大破贼虏，纯等远走塞外，连妻子尽行弃去；张举亦立脚不住，随纯同奔。瓒却未肯回马，追贼出塞，向北深入，进至辽西管子城，反为邱力居等所围，相持至二百余日，粮尽食马，马尽食弩楯，险些儿饿死全军，犹幸天降大雪，虏亦饥寒，撤围远去，直奔柳城，瓒乃得驰归。有诏进瓒为降虏校尉，封都亭侯。可巧幽州牧刘虞，亦持节到任，与瓒相见，瓒再拟扫虏，虞独欲招降，探得张纯张举两人，遁入鲜卑，因遣使至鲜卑中，晓谕利害，劝令送两张首级。鲜卑酋步度根，檀石槐孙。犹豫未决，纯客王政，却将纯刺死，枭首送虞，邱力居素慕虞名，亦遣使请降；公孙瓒独心怀忮忌，阴使人邀截胡使，胡使探悉情由，绕道诣虞。虞乃上书请罢屯兵，但留瓒率万人驻守右北平。瓒始终未惬，遂与虞结下怨仇，连年不解了。与董卓相去不远。灵帝因虞有功，拟加重赏；会值太尉马日磾免官，乃超拜虞为太尉。自从张温降职司隶，后任太尉，两年中改换四五人，如司徒崔烈、大司农曹嵩、永乐少府樊陵，以及射声校尉马日磾，迭升迭降，好似奕棋一般；就是光禄大夫许相，继杨赐为司空，再代崔烈为司徒，也不过历职年余，终致罢免；唯光禄勋丁宫，迁任司空司徒，还算任职较长；司空刘弘，也是由光禄勋超迁，才略都不过平庸。且当群阉擅权时候，三公俱若赘疣，窃位苟禄，备员全身，乃是当日三公的避灾总诀，无庸一一絮述了。语虽简略，意仍周匝。

且说中平六年四月，灵帝有疾，卧床数日，不能视朝，公卿以下，各请册立太子，杳无复音；待至旬余，不闻召入大臣，宣扬末命。只上军校尉蹇硕，却出入寝宫，得与灵帝商决后事。始终信任宦官。正想依旨宣布，不料灵帝病变，仓猝归阴。硕秘不发丧，矫诏召大将军何进，入受顾命。进接了诏旨，匆匆入宫；甫至宫门，正与硕司马潘隐相遇。隐举手示意，叫他休入。进与隐本系故交，慌忙退归营中，隐亦随至，向进报告道："御驾已崩，蹇硕欲杀将军，迎立皇子协为帝，愿将军另图至计！"进不觉大惊，亟引兵往屯百郡邸，汉时郡国百余，皆置邸，京师总邸，叫作百郡邸。静听后命。俄而何后又派人召进，进详细问明，方敢驰入，究竟宫内有何隐情，由小子直道其详：原来灵帝长子辩，为何后所生，轻佻无仪，灵帝意欲舍嫡立庶，又恐何后与兄，共有违言，所以迟延未发。上军校尉蹇硕，为灵帝所亲信，早已窥透上意，密劝灵帝遣进西征，灵帝当即依议，命进西击韩遂；进亦知灵帝不怀好意，未肯轻出，乃奏遣袁绍募兵徐兖，俟绍还都，方可西行。蹉跎了一二年，灵帝病竟不起，自知顾命难宣，没奈何与蹇硕密商，叫他拥护次子；硕欲先诛何进，然后立皇次子协，偏又为潘隐所败露，不能逞谋，乃只好听命何后，立皇长子辩为嗣主。进既已问明原委，自然放胆入宫，奉皇子辩即位，尊何后为皇太后。辩年才十四，未能亲政，当由何太后临朝，大赦天下，改元光熹；灵帝尚未发丧，如何便要改元？封皇弟协为渤海王，命后将军袁隗为太傅，与何进同录尚书事。进既秉朝政，遂思除去蹇硕，为报怨计，可巧袁绍还京，为进参谋，不但欲将硕加诛，且拟尽诛宦官，扫清宫禁。进因袁氏累世贵宠，引绍为助，且征何颙为北军中侯，荀攸为黄门侍郎，郑泰为尚书，与同心腹，期在必成。蹇硕亦暗地加防，因致中常侍赵忠宋典等密书，使同党郭胜投递；胜与进同籍南阳，素相关照，竟趋至大将军府，出书示进。进展书一阅，不由的吃了一惊。正是

外戚内阉争死命，败家亡国兆凶机。

欲知书中所说何事，容至下回叙明。

整军经武，本人主之要图，况盗贼四起，寇乱相寻，宁尚可不修武备耶？但如灵帝之所为，则以兵事为儿戏，张威不足，召辱有余；蹇硕一阉竖耳，遽授为上军校尉，袁绍以下，皆归节制，试思天下有义勇之将士，肯听阉人之驱策欤？袁绍辈不足道，智如曹操，乃甘就职，正其所以为奸雄也。若平乐观中之讲武，设坛张盖，夸示威风，灵帝自以为耀武，而盖勋乃以黩武为对，犹非知本之谈。黩武二字，唯汉武足以当之，灵帝岂足语此？彼之所信任者，妇寺而已，如皇甫嵩、朱儁诸才，皆不知重用；甚至一病不起，犹视赛硕为忠贞，托孤寄命，《范史》谓灵帝负乘，委体宦孽，征亡备兆，小雅尽缺，其亦所谓月旦之定评也乎？

第六十五回　元舅召兵泄谋被害
权阉伏罪奉驾言归

却说何进见了郭胜，就胜手中取书展览，顿致惊惶失色。书中约有数百言，有数语最足惊人，略云：

> 大将军兄弟秉国专朝，今与天下党人，谋诛先帝左右，扫灭我曹，但知硕典禁兵，故且沉吟。今宜共闭上阁，急捕诛之！

进踌躇多时，方问郭胜道："赵常侍等已知悉否？"胜答说道："彼虽知悉，亦未肯与硕同谋；大将军但嘱黄门令，收诛蹇硕，片语便可成功了。"进依了胜言，即使胜转告黄门令，诱硕入宫，当即捕戮，一面宣示硕罪。所有硕部下屯兵，概不干连，移归大将军节制，屯兵得免牵累，自然愿听约束，各无异言。唯骠骑将军董重，为永乐宫中董太后从子，本与何进权势相当，两不相下；再加皇次子协，寄养永乐宫，颇得董太后宠爱，所以董太后与重密谋，拟劝灵帝立协为储，将来好挟权自固。偏与灵帝说了数次，灵帝始终为难，不便遽决，终致所谋无成；及何后临朝，何进秉国，只恐董氏出来干政，辄加裁抑。董太后很是不平，东宫愤詈道："汝恃乃兄为将军，便敢鸱张怙势，目无他人？我若令骠骑断何进头，势如反掌，看他如何处置呢？"大言何益？语为何太后所闻，即召进入商，叫他除去董氏，免致受害。进即出告三公，及亲弟车骑将军何苗，共奏一本，略言孝仁皇后常使故中常侍夏恽，永乐太仆封谞等，交通州郡，婪索货赂，珍宝尽入西省，败坏国纪，向例藩后不得留居京师，舆服有章，膳羞有品；今宜仍遵祖制，请永乐后仍还本国，不得逗留云云。这奏章呈将进去，立由何太后批准，派吏迫董太后出宫；何进且举兵围骠骑府，勒令董重交出印绶；重惶急自杀，董太后亦忽然暴崩。或谓由何进使人下毒，事关秘密，史笔未彰，大约是不得善终，含冤毕命。一双空手见阎王，何苦生前作恶？中外人士，多为董氏呼冤，才不服何进所为了。何太后乃为灵帝发丧，出葬文陵；总计灵帝在位二十一年，寿只三十有四。补叙灵帝历数，笔不少漏。就是董太后遗柩，亦发归河间，与孝仁皇合葬慎陵；渤海王协，却被徙为陈留王。校尉袁绍，复向何进献议道："前窦武欲诛内竖，反为所害，无非因机事不密，坐隳忠谋；当时五营兵士，俱畏服中官，窦反欲倚以为用，怪不得自取灭亡。今将军兄弟，并领劲兵，部曲将吏，又皆系英俊名士，乐为效命，事在掌握，这真是天赞机缘呢！将军宜为天下除患，垂名后世，幸勿再迟！"进也以为然，遂入白太后，请尽黜宦官，改用士人。何太后沉吟半晌，方答说道："中官统领禁省，乃是汉家故事，何必尽除？且先帝新弃天下，我亦未便与士人共事，得过且过，容作缓图。"妇人之仁，往往误事。进不敢再争，唯唯而出。袁绍迎问道："事果有成否？"进皱眉道："太后不从，如何是好？"绍急说道，"骑虎难下，一或失机，恐将遭反噬了！"进徐答道："我看不如杀一儆百，但将首恶加罪，余何能为？"绍又说道："中官亲近至尊，出纳号令，一动必至百动，岂止杀一二人，便可绝患？况同党为恶，何分首从？必尽诛诸竖，方可无忧！"进本是优柔寡断的人物，终不能决。哪知张让赵忠等，已微闻消息，忙用金珠玉帛，赂遗进母舞阳君，及进弟何苗，与为结好。天下无难事，总教现银子，当由舞阳君母子，屡至太后宫中，替宦官善言回护，曲为调停，并言大将军专杀左右，权力太横，非少主福。得了金银，连骨肉都可不顾，何堵物之害人如是？说得太后也为动容，竟与进渐渐疏远，不复亲近。进越觉失势，未敢遑谋；独袁绍在旁着急，又为进划策，请召四方猛将，及各处豪杰，引兵入都，迫令太后除去阉人。失之毫厘，谬以千里。进依了绍计，即欲檄召外兵，主簿陈琳谏阻道："谚云：'掩目捕雀，是讥人自欺！'试想捕一微物，尚且不宜欺掩，况国家大事呢？今将军仗皇威，握兵权，龙骧虎步，高下在心，若欲诛宦官，如鼓洪炉，如燎毛发，容易得很；但当从权立断，便可成功，乃今欲借助外臣，嗾令犯阙，这所谓倒持干戈，授人利柄，非但无功，反且生乱呢！”进置诸不睬，竟令左右缮好文书，遣使四出。典军校尉曹操，闻信窃笑道：“自古以来，俱有宦官，但世主不宜假彼权宠，酿成祸乱；若欲治罪，当除元凶，一狱吏便足了事，为何纷纷往召外兵，自贻伊戚？我恐事一宣露，必致失败呢！”见识原高，乃不去进谏，其奸可知。已而前将军董卓，自河东得檄，即嘱来使返报，指日入京；进闻报大喜，侍御史郑泰入谏道：“董卓强忍寡义，贪欲无厌，若假以政权，授以兵柄，将来必骄恣不法，上危朝廷；明公望隆勋戚，位据阿衡，欲除去几个权阉，何须倚卓？且事缓变生，殷鉴不远，但教秉意独断，便可有成。”进仍不肯听。泰出语黄门侍郎荀攸道：“何公执迷不悟，势难匡辅，我等不如归休了！”攸尚无去意，独泰毅然乞归，退去河南故里，安享天年。所谓见机而作不俟终日。尚书卢植，亦劝进止卓入都，进愎谏如故；且遣府掾王匡，骑都尉鲍信，还乡募兵，并召东都太守乔瑁，屯兵成皋，武猛都尉丁原，率数千人至河内，纵火孟津，光彻城中。就是董卓也引兵就道，从途中遣使上书，请诛宦官，略云：

> 中常侍张让等，窃幸承宠，浊乱海内；臣闻扬汤止沸，莫若去薪，溃痈虽痛，胜于养毒，昔赵鞅兴晋阳之甲，以逐君侧之恶，今臣鸣鼓如洛阳，请收让等，以清奸秽，不胜万幸！

何太后得了此书，还是游移观望，不肯诛戮宦官；实是不能。何苗亦为诸宦官袒护，慌忙见进道：“前与兄从南阳入都，何等困苦？亏得内官帮助，得邀富贵。国家政治，谈何容易？一或失手，覆水难收，还望兄长三思！现不若与内侍和协，毋轻举事！”进听了弟言，又累得满腹狐疑，忐忑不定。乃使谏议大夫种邵，赍诏止卓，卓已至渑池，抗诏不受，竟向河南进兵。邵晓谕百端，劝他回马，卓疑有他变，令部兵持刃向前，竟欲害邵，邵也无惧色，瞋目四叱，且责卓不宜违诏；卓亦觉理屈，才还驻夕阳亭，遣邵复命。袁绍闻知，惧进变计，因向进胁迫道：“交构已成，形势已露，将军还有何疑，不早决计？倘事久变生，恐不免为窦氏了！”进乃令绍为司隶校尉，专命击断，从事中郎王允为河南尹，绍使洛阳武吏，司察宦官；且促董卓等驰驿上书，谓将进兵平乐观中。何太后乃恐慌起来，悉罢中常侍小黄门，使还里舍；唯留进平日私人，居守省中，诸常侍小黄门等，皆诣进谢罪，任凭处置。进与语道："天下汹汹，正为诸君贻忧。今董卓将至，诸君何不早去？"众闻言，默然趋退。绍复劝进从速决议，进又不肯从。一个是多疑少决，逐日迁延；一个是有志求成，欲速不达；两人虽是同谋，不能同意。直至绍再三怂恿，仍激不起懦夫心肠。如何干事。绍竟私行设法，诈托进命，致书州郡，使捕中官亲属，归案定罪。越弄越坏。中官得此消息，遂至惊慌。张让子妇，系何太后女弟，让急不暇择，跑回私第，一见子妇何氏，便匍匐地下，向她叩头，奇极。慌得他子妇连忙跪下，惊问何因。让流涕说道："老臣得罪，当与新妇俱返故乡；唯自念受恩累世，今当远离宫殿，情怀恋恋，愿得再见太后，趋承颜色，然后退就沟壑，死亦瞑目了！"原来为了此事，俗语谓"欲要好，大做小。"想即本此。子妇见让这般情形，自然极力劝慰，情愿出头转圜，让乃起身他去。让子妇匆匆出门，亟往见母亲舞阳君，乞向太后处说情，仍令张让等入侍，太后毕竟女流，难拂母命，不得不任事如故。偏何进为袁绍所逼，入白太后，面请答应下去，于是尽诛中常侍以下。并选三署郎官，监守宦官庐舍；何太后不答一言，进只得退出。有其兄，必有其妹，始终误一疑字。张让段颎等，见进入宫，早已动疑，潜遣私党蹑踪随入，伏壁听着，具闻何进语言，当即返告让珪，让珪遂悄悄定计，又令私党数十人，各怀利刃，分伏嘉德殿门外，且诈传太后诏命，召进议事；进还道太后依议，贸然竟往，甫入殿门，已由张让等待着，指进发言道："天下扰扰，责在将军，怎得尽归罪我侪？从前王美人暴殁，先帝与太后不协，几致废立，我等涕泣解救，各出家财千万为礼，和悦上意始得挽回；事见前文。今将军不忆前情，反欲将我等种类，悉数诛灭，岂非太甚？现在我等也不能再顾将军，赌个死活罢了！"无瑕者，乃可戮人，进亦太不自思。进无言可对，瞿然惊起离座欲出，让哪里还肯放过？招呼伏甲，汹汹直上，尚方监渠穆，拔刀争先，奋力砍进，进手无寸铁，如何招架，竟被渠穆砍倒地上，再是一刀，枭落首级。自寻死路，怎得不死？段珪就擅写诏敕，命故太尉樊陵为司隶校尉，少府许相为河南尹，罢去袁绍王允两人；这伪诏颁示尚书，各尚书不免生疑。卢植与进有旧，更为惊愕，急至宫门外探信，且请大将军出宫共议，不料宫内有人大呼道："何进谋反，已经伏诛！"声才传出，即掷出一个鲜血淋淋的头颅，植慌忙审视，正是进首，当即俯首拾起，驰入大将军营中，取示将士，将吏吴匡张璋，且悲且愤，挥兵直指南宫；就是袁绍亦已闻变，立遣从弟虎贲中郎将袁术，往助吴匡张璋。宫门尽闭，由中黄门持械守阁，严拒外兵，袁术等在外叫骂，迫令宫中交出张让等人，好多时不见影响，天已垂暮，索性在青琐门外，放起火来，火势猛烈，照彻宫中。张让等也觉惊心，入白太后，只言大将军部兵叛乱，焚烧宫门，太后尚未知进死，惊惶失措，当被让等掖住太后，并劫少帝陈留王，及宫省侍臣，从复道往走北宫。

尚书卢植，早已料到此着，擐甲执戈，在阁道窗下守候，遥见段珪等拥逼太后，首先入阁，便厉声呼道："珪等逆贼，既害死大将军，还敢劫住太后么？"珪乃将太后放松，太后急不择路，就从窗外跳出，植急忙救护，幸得免伤。始终难免一死，何如死在此时？是时袁术吴匡张璋等，已攻入南宫，搜诛阉竖，止得小太监数名，杀死了事，独未见常侍黄门等人。适值袁绍趋至，术等具述情形，绍即与语道："逆阉虽众，今日已无生路，逃将何往？唯樊陵许相两人，甘为逆党，不可不除！"说着，即矫诏召入樊陵许相，一并处斩，可巧车骑将军何苗，也闻警驰来，绍即与潜赴北宫，行抵朱雀阙下，兜头碰见中常侍赵忠，立由绍麾众拿下；忠自北宫前来探视，冤冤相凑，被绍拘住，自然叱令枭首；忠见何苗在旁，还想求救，凄声呼语道："车骑忍见死不救么？"苗虽未答说，却已侧目向绍，似有欲言不言的苦衷，无非为他平日馈遗。待至忠首砍落，更不禁露出惨容。吴匡等素怨何苗不与乃兄同心，且见他形色惨沮，越觉可疑，遂传语部兵道："车骑与杀大将军，吏士能为大将军报仇否？"道言未绝，众皆应命，当即把苗抓去，砍作两段，弃尸苑中。兄弟同死，可谓两难？绍尚想拦阻，已是不及，乃引众突入北宫，关住大门，分头搜寻阉党，见一个，杀一个，见十个，杀十个，无论老少长幼，但看他颏下无须，尽行杀毙，接连杀至三千余人；有几个本非宦官，只因年轻须少，也被误杀，同做刀下鬼奴。想是与阉党同命，应该同日致死。只张让段珪诸权阉，尚未伏诛，料他伏处内宫，守住太后少帝陈留王，于是引兵再进，深入搜查；唯何太后孑身留着，余皆不见，至问及太后，太后亦不甚明悉，但言尚书卢植，救我至此，卢尚书向我说明，皇帝兄弟，被张让等劫出宫外，不知何往，现卢尚书已保驾去了。绍乃仍请何太后摄政，并派官吏往追少帝陈留王。究竟少帝陈留王两人，被张让等劫往何方？原来张让段珪，因外兵已入北宫，势难再留，乃与残兵数人，劫迫少帝兄弟，步出北门，夜走小平津；公卿无一相从，连传国玺都不及携取。到了夜半，才由尚书卢植，及河南中部掾闵贡，相继赶来，贡手下带得步卒数人，既谒过少帝兄弟，便叱责张让段珪道："乱臣贼子，尚想逃生，我今日却不便饶汝了！"说着，即拔剑出鞘，信手乱挥，劈倒了几个阉奴；独张让段珪，陪立少帝左右，急切无从下手，因用剑锋指示，勒令自杀；让与珪无力抗拒，没奈何向帝下跪，叩首泣辞道："臣等死了，愿陛下自爱！"语罢起身，见前面便是津涯，因急走数步，一跃入水，随波漂去。这真叫做浊流了。

贡见让珪等皆死，乃与卢植扶住少帝兄弟，觅路趋归。少帝与陈留王向在宫中抚养，年龄尚稚，从未走过夜路，并且满地荆棘，七高八低，天色又黑暗得很，虽是有人扶着，尚觉得步步为难；幸有流萤三五成群，透出微光，飞到身旁好似前来导引，因此尚见路影，踯躅南行。约走数里，路旁始有民家，门外置有板车，下有轮轴，闵贡瞧着，便令随卒取车过来，也无暇敲门问主，就请少帝兄弟，并坐车上，由步卒在后推轮，慢慢儿行到雒驿，听得驿中柝声，已转五更，天空中雾露迷蒙，少帝等又皆困倦，料难再行，才就驿舍中留宿。俄顷便已天明，卢植先起，面白少帝，愿赴召公卿，来此迎驾，少帝当然依议，植即辞去。闵贡以驿舍不便久留，也即动身，驿舍中只有两马，一马请少帝独坐，贡与陈留王共坐一马，出舍南驰；方有朝中公卿，陆续趋到，扈驾同趋。经过北邙山下，忽见旌旗蔽日，尘土冲天，有一大队人马到来，截住途中，百官统皆失色，少帝辩更觉惊慌，吓得涕泪交流，不知所措。惊弓之鸟。嗣见旌旗开处，突出一员大将，眉粗眼大，腰壮体肥，穿着满身甲胄，径至驾前，群臣惊顾，并非别人，乃是前将军董卓，稍稍放心。慢着。卓本在夕阳亭候命，经袁绍伪书敦促，因引兵再进，至显阳苑，望见都中火起，料有急变，便夤夜趱程，驰抵都城西偏，天已破晓，探悉公卿前去迎驾，因亦移兵北向，往迓少帝；可巧在北邙山前相遇，就跃马进谒。陈留王见帝有惧色，传诏止卓，当由侍臣向前，高声语卓道："有诏止兵！"卓张目道："诸公为国大臣，不能匡正王室，至使乘舆摇荡，卓前来迎驾，并非造反，为什么反要禁阻呢？"侍臣无语可驳，乃引卓谒帝。帝惊魂未定，好似口吃一般，不能详言，还是陈留王从容代达，抚慰以外，并略述祸乱原因，自始至终，无一失言。小时了了，大未必佳。卓暗暗称奇，隐思废立，面上尚不露声色，即请御驾还宫。先是京师有童谣云："侯非侯，王非王，千乘万骑上北邙。"至是果验。及少帝还宫后，即日颁诏，大赦天下，改光熹年号为昭宁，只传国玺已经失去，查无下落。汉已垂危，还要什么传国玺？

骑都尉鲍信，前奉何进差遣，从泰山募兵还都；既见时局大变，就往白袁绍道："董卓拥兵入都，必有异志，今不早图，必为所制，可乘他新至疲劳，乘隙捕诛，除去此獠，国家方有宁日呢！"绍惮卓多兵，且因国家新定，未敢遽发，免不得语下沉吟，信长叹数声，拱手告退，仍引还所招新兵，弃官归里。小子有诗咏鲍信道：

良谋不用便还乡，智士见机幸免殃；
若使后来常匿采，沙场未必致身亡。

鲍信战死兖州，事见后文。

袁绍不敢诛卓，卓遂肆行无忌，欲逞异图。究竟卓如何横行，待至下回再表。

何进之谋诛宦官，反为所害，其事与窦武相同，而情迹少异。武之失，在于轻视宦官；进之失，则又在重视宦官。轻视宦官，故有临事出阁之疏，为人所制而不之觉；重视宦官；故有驰檄召兵之误，被人暗算而不之防，要之皆才略不足，优柔寡断之所致耳。且与武同谋者为陈蕃。蕃以文臣而致败，败在迂拘；与进同谋者为袁绍，绍以武臣而致败，败在粗豪；然蕃死而绍不死，卒得歼灭阉竖二千人，此由若辈恶贯已盈，必尽歼乃可以彰天罚，天始假手绍等，使之屠戮，非真视蕃为少优也。况引狼入室，绍实主谋，鲍信进诛卓之方，犹不失为中计，而绍又不能信从；绍非特害进，并且复汉，其罪亦弥甚矣！若太后少帝及陈留王，被劫宦官，几濒于死，妇人小子，知识愚蒙，任人播弄，尚不足怪焉。

第六十六回　逞奸谋擅权易主 讨逆贼歃血同盟

却说董卓引兵入都，步骑不过三千人，自恐兵少势孤，不足服众，遂想出一法，往往当夜静时，发兵潜出，待至诘旦，复大张旗鼓，趋入营中，伪言西兵复至，都中人士，竟被瞒过，还道日夜增兵，不知多少。既而何进兄弟所领部曲，均为卓所招徕，卓势益盛。武猛都尉丁原，表字建阳，有勇善射，何进曾令他屯兵河内，威吓宫廷；见前回。及众阉伏诛，少帝还驾，乃征原为执金吾。原麾下有一主簿，少年英武，力敌万人，姓吕名布，字奉先，籍隶九原，为原所爱，待遇极优；卓欲笼络吕布，特遣心腹吏李肃，与布结交，赠他名马一匹，叫作赤兔，浑身如火，每日能行千里，此外尚有许多珍宝，作为送礼，引得布心花怒开，非常感激。肃却说出一种交换条件，叫他刺杀丁原，转投董卓。可恶。布竟为财物所卖，不管什么主仆情义，觑个空隙，将原刺死，携首送入卓营。卓盛筵相待，备极殷勤，面许布为骑都尉，布大喜过望，屈膝下拜，愿认卓为义父。主仆不可恃，父子果可恃么？卓复取出金帛若干，令布招诱丁原旧部，尽归麾下；因此卓声焰益横。会天雨不止，卓讽有司上奏，劾免司空刘弘，即由自己代任；又闻得蔡邕才名，征令入都。邕为中常侍程璜所谗，流戍朔方，见五十八回。嗣遇赦得还，尚恐不免，亡命江湖十二年，取柯亭竹为笛，得焦尾桐为琴，徜徉山水，倒也放浪自由；偏董卓派吏征召，与邕相遇，迫令就道，邕称疾不赴。卓得吏返报，不禁大怒道："我力能诛人家族，蔡邕敢违我命，是自寻灭门大祸，休想再逃！”说着，又檄令州郡召邕，即日诣府，否则逮狱问罪。邕不得已入都见卓，卓使为祭酒，敬礼有加，阅日迁官侍御史，又阅日转补侍书御史，又阅日擢拜尚书，三日间周历三台，荣宠的了不得。旋有诏出邕为巴郡太守，复由卓留为侍中。卓已得握大权，遂有心废立，自思袁氏四世三公，可倚为党援，压服人心，因擢举前司徒袁隗为太傅，且召司隶校尉袁绍，婉颜与语道："今上冲暗，不合为万乘主，每念灵帝昏庸，令人愤悒；今陈留王年虽较稚，智却过兄，我意欲立他为帝，卿意以为何如？”绍直答道："汉家君临天下，垂四百年，恩泽深厚，兆民仰戴；今上尚值冲年，未有大过宣闻天下，公欲废嫡立庶，恐众心未服，还请三思！”卓勃然道："天下事操诸我手，我欲废立，谁敢不从？”绍又答道："朝廷岂无公卿？公亦不宜专断，且绍亦须禀明太傅，方可报命。”卓闻言愈怒，拔剑置案道："竖子敢尔！岂谓董卓刃不利么？”全无大臣体态。绍亦奋然道："天下健夫，岂独董公？”一面说，一面也横引佩刀，作揖而出，匆匆趋至上东门，解去印绶，悬诸门首，当即跨马加鞭，自奔冀州去了。引狼入室，不为狼吞，还是幸事。卓尚不肯罢议，遂召集百僚，会议大事，公卿以下，不敢不至。卓首先开口道："皇帝暗弱，不足奉宗庙，安社稷，今欲仿伊尹霍光故事，改立陈留王，可好么？”大众听了，彼此相觑，莫敢发言。卓又继说道："我闻霍光定策，延年按剑，如有人敢阻大议，应该军法从事！”忽有一人出答道："昔太甲既立不明，伊尹乃放诸桐宫，昌邑王嗣位仅二十七日，罪过千余，故霍光将他废去，改立宣帝；今皇上春秋方富，行未有失，怎得以前事相比呢？”卓不禁大愤，怒目瞋视，乃是尚书卢植，当即拔剑起立，恶狠狠的向植扑去，植离席趋避，百官皆散；卓尚未肯甘休，追植出来，旁边走过侍中蔡邕，将卓拦住，劝他息怒；议郎彭伯，亦趋前谏卓道："卢尚书海内大儒，有关人望，若先加害，反使天下不安！”卓乃止步不追；唯怒尚未解，趋入朝堂，迫令他尚书草诏，罢免植官。植匆匆出都，恐卓遣人行刺，绕道还乡；果然卓派吏往追，长途未见植踪，方才退归。卓复将废立草议使人持示太傅袁隗，隗不敢反抗，报称如议。九月甲戌日，卓至崇德前殿，会同太傅袁隗等，胁何太后策废少帝，说是皇帝在丧不哀，无人子礼，不宜为君，应该废立，当由太傅袁隗，扶出少帝，解去玺绶，使就北面，何太后为威所迫，未敢发言，只有珠泪两行，滔滔不绝。妇人只此伎俩。哪知董卓利害得很，不但废去少帝，还要幽禁太后，因复当众宣议道："太后尝逼死永乐太后，背妇姑礼，无孝顺心；古时伊尹放太甲，霍光废昌邑王，著在典册，后世称扬，今太后宜如太甲，皇帝宜如昌邑，方可上追成宪，下慰舆情！"百官闻言，虽然意中反对，但畏卓凶横，只好唯唯从命。卓即令尚书缮好册文，在朝宣读道：董卓敢颁册文，莫非汉祖宗不成？

孝灵皇帝，不究高宗眉寿之祚，早弃臣子，皇帝承绍，海内侧望；而帝天姿轻佻，威仪不恪，在丧慢惰，缞如故焉，凶德既彰，淫秽发闻，损辱神器，忝污宗庙；皇太后教无母仪，统政荒乱，永乐太后暴崩，众论惑焉，三纲之大，天地之纪，而乃有阙，罪之大者。陈留王协，圣德伟茂，规矩邈然，丰下兑上，有尧图之表；居丧哀戚，言不及邪，岐嶷之性，有周成之懿；休声美称，天下所闻，宜承洪业，为万世统，可以承宗庙，兹废皇帝为弘农王，皇太后还政，徙居永安宫；谨奉陈留王为皇帝，应天顺人，以慰臣民之望。

尚书读毕，即由卓率领百僚，拥出陈留王协，奉上皇帝玺绶，掖登御座，南面受朝；就是废帝辩，亦使列朝班，以兄拜弟，陈留王协年才九岁，睹此情形，很觉不安，但已为董卓所制，不得不权示镇定，拱手受成，史家称为献帝，就是汉家的末代主儿；当下颁诏大赦，改昭宁元年为永汉元年。少帝于四月嗣位，九月被废，相距仅五月间，改元两次。至献帝既立，又复改元，一岁中有四个年号，也是奇闻。朝贺既毕，献帝还宫，卓即勒令弘农王辩，带同宫妃唐姬，出居外邸；一面迫何太后迁居永安宫。何太后只得迁移，但满腔悲愤，无处发泄，免不得带哭带骂，口口声声，咒诅董卓老贼。亲手铸成大错，骂卓何益？徒自速死。当有人报知董卓，卓派吏赍着鸩酒，至永安宫中，胁令何太后饮下；何太后求生不得，一吸立尽，毒发而亡。你要害死王美人董太后，自然有此惨报。计自献帝登基，相距不过三日，卓令献帝至奉常亭举哀，公卿但白衣会葬，不成丧礼；唯与灵帝尚得合墓，追谥为灵思皇后。董卓且因永乐太后，与己同姓，力为报怨，既将何太后鸩死，复查得何苗遗骸，已经有人棺殓，索性再令剖发，把尸支解，抛掷道旁；又拘苗母舞阳君，一并处死，裸弃枳棘中，不准收葬。《后汉书》,《何皇后纪》，舞阳君为乱兵所杀，唯《三国志》及《纪事本末》皆云由卓杀死，今从之。卓自为太尉，奉老母为池阳君，令太尉刘虞为大司马，大中大夫杨彪为司空，进豫州刺史黄琬为司徒；凡公卿以下，至黄门侍郎子弟，各得选一人为郎，服役省禁，补前时宦官遗缺；至若承宣帝命，伺候皇后，专委侍中给事黄门侍郎，分充职使，共计得一十二人。又追理陈蕃窦武，及诸党人宿冤，悉复爵位，遣使吊祭，擢用子孙。所有宦官家产，一体抄没，纤毫不遗。卓复自封郿侯，加斧钺虎贲；未几又晋位相国，入朝不趋，赞拜不名，剑履上殿。使司徒黄琬为太尉，司空杨彪为司徒，光禄勋荀爽为司空。爽为前当涂长荀淑子，幼年好学，十二岁能通《春秋》《论语》；至桓帝时，入拜郎中，陈言不用，弃官自去；嗣因钩党狱兴，遁居海上十余年。董卓入朝废立，虽然凶暴，尚欲牢笼物望，要结人心。尚书周毖，城门校尉伍琼，因劝卓力矫前弊，征用天下名士；卓乃命召荀爽及陈纪即陈实子。韩融系前嬴县长韩韶子。郑玄申屠蟠，蟠与玄谢病不至。爽为吏所迫，受命为平原相，行至宛陵，复调回都中，迁官光禄勋，视事只阅三日，即超拜司空。陈纪韩融，皆不得已就征，纪为侍中，融为大鸿胪。卓又举尚书韩馥为冀州牧，侍中刘岱为兖州刺史，孔伷为豫州刺史，张邈为陈留太守，张咨为南阳太守，数人皆非卓亲旧，得邀简放，总算是推贤进士，冀博美名。唯回忆袁绍抗命，尚有余恨，特悬赏购拿，严令迭下；周毖伍琼，却与绍为故交，乘间说卓道："废立大事，原非常人所能为；袁绍不达大体，因惧出奔，并无他志。今若购拿过急，反至激成变乱，袁氏树恩四世，门生故吏，充满天下，万一与公相拒，收豪杰，聚徒众，独霸一方，恐山东非公所有了，不如从宽赦宥，拜为郡守，绍喜得免罪，必且感公，何至再生他变呢？"卓乃拜绍为渤海太守，封邟乡侯，又使袁术为后将军，曹操为骁骑校尉。术终恐罹祸，奔往南阳；操亦不愿事卓，出都东归。罗氏《演义》中有曹操献刀事，史传不载，恐系附会。行至成皋，过故人吕伯奢家，适伯奢外出，家中留有五子，与操素相认识，当然接待，留操食宿；操本是个多心人，夜卧床中，不遑安枕，忽闻宅后有磨刀声，不禁跃起，侧耳细听，又模模糊糊的有快杀两字，更觉动疑，暗想我背卓潜逃，莫非卓已派人到此，叫他杀我？不如速走为是，当下启扉欲行，偏被吕子闻知，出来挽留，形色似觉慌张，益足令人生怖，于是不问虚实，竟拔出佩刀，劈死吕子；转思一不做，二不休，索性闯入后宅，杀个净尽，吕家未曾防着，见操持刀进来，不及逃避，被操一阵乱斫，除伯奢五子外，又杀死妇女三人；搜至厨下，却见一猪被缚，尚未宰割，才知自己错疑，误杀好人，不由的凄然泪下，嗣又转念道："宁我负人，毋人负我！"操之奸由此二语。遂掉头不顾，夤夜出奔。道出中牟，正遇亭长巡逻见操夜行带刀，疑为匪类，把他拦住；问讯姓氏，操不肯自说姓名，语多支吾，亭长疑上加疑，便将操执送县中。县廨有一功曹，曾与操见过一面，知为乱世英雄，因向县令前代为缓颊，始得释放。罗氏《演义》指县令为陈宫，史无实据，故亦从略。操侥幸脱身，匆匆东去。卓因操不别而行，也曾行文缉拿，但自恃威权，以为无人敢抗，就使操等不服，潜踪自去，也是无关轻重，不足为忧；所以拿获与否，未尝严究。且因得志以后，恋及财色，尝纵兵搜索豪富，见财便取，见色便虏，号为搜牢。洛中贵戚甚多，往往积有资财，拥娇妻，蓄美妾，坐享荣华，一经搜牢令下，都害得倾家荡产，连床头的美人儿，也被掠入相国府中，不知生死。董卓在府中坐待，每遇兵士抢掠回来，必亲自查验，最贵的珍宝，输入内藏，最好的妇女，充入下陈；余皆散给将士，令得分尝一脔。也算是与众同乐。卓尚嫌不足，又从宫中取出采女，无论已幸未幸，但教姿色可人，便即牵归；甚至娇娇滴滴的公主，亦被他掠回，每日逼令侍寝，轮流取乐。可怜这妙年女郎，含苞未吐，枉遭那硕大无朋的淫贼，恣情蹂躏，求生不得，求死不能，岂不是无辜招殃么？总是怕死之故。

转瞬间已是年暮，有诏除光熹昭宁永汉三个年号，仍称中平六年，越年元旦，乃改号初平，百官俱先至相国府贺谒，然后由董卓带领入宫，朝见献帝。及退班散去，卓回至府中，召集一班粉面油头，通宵筵宴，醉赏升平。约莫过了旬余，又要安排元宵灯席，大庆团圞。忽由外面递入警报，乃是关东牧守，合兵声讨，公然要他身家性命，取谢国人；卓也不禁着忙，再令干吏往探消息，原来事起东郡，由太守桥瑁发生。瑁为故太尉桥玄族子，曾为兖州刺史，颇著循声；及调任东郡太守，正值董卓废立，逆恶昭彰，海内豪雄，多欲起兵讨卓，只因先发无人，未敢轻举，瑁有志讨逆，亦恐势孤力弱，不足济事，乃诈作三公密敕，移书州郡，陈卓罪恶，征兵赴难。时冀州牧韩馥，由卓推举，到任数月，探得渤海太守袁绍，日夕募兵，有图卓意，自思渤海隶属冀州，正好遣吏监束，使绍不得妄动，方得报卓知遇；主见已定，偏接到桥瑁移文，展阅一周，又累得满腹狐疑，乃召问诸从事道："今果当助董氏呢？还是助袁氏呢？”语尚未毕，即有治中从事刘子惠，挺身出答道：“起兵为国，何论袁董？”两言可决。馥被他提醒，面有惭色，乃致书与绍，听令起兵。绍得韩馥赞成，越加胆壮，遂派使四出，约同举义。东郡太守桥瑁，与冀州牧韩馥，当然如约。绍从弟后将军袁术，山阳太守袁遗，也即响应；还有豫州刺史孔伷，兖州刺史刘岱，陈留太守张邈，广陵太守张超，河内太守王匡，均复书答绍，同时并举。前典军校尉曹操，逃归陈留，散家财，募义徒，为讨卓计，又得孝廉卫兹，出资帮助，集成了五千人，一闻袁绍起事，即率兵往会。就是前骑都尉鲍信，引兵返里，并未遣散，反多招了万余名，合得步兵二万，骑兵七百，辎重五千余乘，与弟鲍韬督练成军，援应各州郡义师。袁绍引军至河内，与王匡合兵；韩馥留驻邺城，督运军粮；袁术屯鲁阳，余军屯集酸枣，设坛祭天，歃血为盟。各牧守互相推让，莫敢先登，突有广陵郡功曹臧洪撩衣登坛，操盘歃血，当即向众宣言道：

> 汉室不幸，皇纲失统；贼臣董卓，乘衅纵害，祸加至尊，虐流百姓，大惧沦丧社稷，翦复四海。今由渤海太守袁绍等，纠合义兵，并赴国难，凡我同盟，齐心戮力，以致臣节；陨首丧元，必无二志。有渝此盟，俾坠其命，无克遗育，皇天后土，祖宗明灵，实共鉴之！

洪字子原，系广陵人，为故匈奴中郎将臧旻子，前曾举孝廉为郎，因乱弃官，还隐家中；太守张超，延为功曹，起兵向义，实由洪怂恿出来。洪身长八尺，状貌魁梧，声如闳钟，当登坛宣众时，说得慷慨激昂，声泪俱下，大众听了，无不动容。歃血既毕，遂由各牧守推选盟主，群言袁绍四世三公，应为领袖；绍辞让至再，经大众合词要求，然后应允。徒以门生推举，未免失真。绍自号车骑将军，领司隶校尉，使曹操行奋武将军，一面传檄天下，历数董卓罪恶，杀有余辜。于是长沙太守孙坚，承檄起兵，袭杀荆州刺史王睿，直指南阳；前西园假司马张杨，回籍募兵，道经上党，接得绍檄也即在上党发难，纠合义徒数千人，进趋河内。共计讨卓人马，先后得十有四路，陆续会集，伐鼓渊渊，振旅阗阗，也好算得一场豪举了。反衬下文。小子有诗叹道：

仗义联盟德不孤，为王讨逆效前驱；
当年若果同心力，元恶何忧不立诛？

既而檄文传入京师，连董卓亦得瞧着，卓又惊又愤，复想出一条逆谋，嘱使郎中令李儒照行。欲知他如何行逆，下回再当说明。

少帝之废，谁致之？何太后致之也！何太后以屠家女，得为国母可称万幸，假令知足不辱，谦尊而光，则衅隙无自而生，祸难即可不作；何至母子兄弟，同归于尽，而国祚且为之阴移欤？夫唯其鸩死王美人，逼死董太后，念念为嗣子计，又念念为母族计，而后苍苍者乃嫉恶之。千里草，何青青？正天之巧为驱集，所以死悍后而彰恶报也。董卓为汉末乱贼，人人得而诛之；关东各路之兴师，名正言顺，谁曰不宜？独惜各牧守有讨贼之举，而无讨贼之才；且推袁绍为牛耳长，使主齐盟，绍固一引卓祸汉者，奈之何以门望相推也？当时之智勇较优，厥唯曹操孙坚二人，然观于后来，皆非汉家柱石？韩馥以下无讥焉。罗氏《演义》，乃更以孔融陶谦马腾公孙瓒羼入之，四子并未讨卓，安能与列？虽曰小说，亦不应穿凿失真，一至于此也。

第六十七回　议迁都董卓营私
遇强敌曹操中箭

却说郎中令李儒，受了董卓的密嘱，依言行事。看官道是何谋？原来卓因关东兵起，檄文指斥罪恶，第一件便是废去少帝。暗思少帝虽已废为弘农王，但尚留居京邸，终为后患，不如斩草除根，杀死了他，免得他虑；乃嘱李儒往鸩弘农王。儒即携鸩酒至弘农王邸中，托词上寿，举酒献王道："请饮此酒，可以辟邪！"弘农王摇手道："我无疾，何须饮此酒？想是汝来毒我呢！"儒逼令取饮，弘农王皱眉不答，儒竟张目道："董相国有令，怎得不从？就使不饮此酒，难道还想延年么？"为虎作伥，可恨可杀。时王妃唐姬在侧，情愿代饮，儒又叱道："相国并不令汝死，怎得相代？"弘农王自知难免，遂与唐姬永诀，涕泣作歌道：

天道易兮我何艰？弃万乘兮退守藩！逆臣见迫兮命难延，逝将去汝兮适幽玄！

歌罢，且令唐姬起舞。唐姬且舞且泣，且泣且歌道：

皇天崩兮后土颓，身为帝兮命夭摧；死生路异兮从此乖，奈我茕独兮心中哀！

弘农王闻歌悲咽，相向失声。李儒在旁催逼道："相国立等回报，岂一哭便能了事么？"弘农王乃取过鸩酒顾语唐姬道："卿为王妃，不能再为吏民妻，幸此后自爱！"唐姬泣不能仰，弘农王已将鸩酒饮下，须臾毒发，晕死地上，年只一十五岁。或云十八岁。李儒见王已死，当即返报董卓。唐姬抚尸枕股，大哭一场，待至棺殓粗毕，复有吏人前来，迫姬出邸，姬对柩拜别，归赴颍川母家。父瑁曾为会稽太守，见女青年守嫠，意欲改嫁，姬矢志靡他，因听令居住，后文慢表。

且说董卓既鸩死弘农王，乃召百僚会议，欲大发兵马，出击关东各路义师。突有一人插嘴道："为政在德不在众！"卓才听得一语，便怒目注视，见是尚书郑泰，便叱问道："如卿所言，兵果无用么？"泰答说道："泰非谓兵可勿用，但以为山东诸牧守，虽然发难，不必烦劳大兵。试想光武以来，中国无警，百姓安逸，忘战日久。仲尼有言：'不教民战，是谓弃之。'今山东州郡连结，看似强盛，实皆乌合，不能为害，这是第一件不烦大兵；明公起自西州，出为国将，练习兵事，屡践战场，名振当世，人怀慑服，这是第二件不烦大兵；袁本初绍字本初。系公卿子弟，生长京师，张孟卓邈字孟卓。乃东平长者，坐不窥堂，孔公绪徒清谈高论，吹枯嘘生，并无什么韬略，足为公敌，这是第三件不烦大兵；山东将士，素少精悍，勇不若孟贲，捷不若庆忌，但教偏师一出，即可成功，这是第四件不烦大兵；就使果有健将，也是尊卑无序，王命不加，徒然恃众怙力，星分棋峙，胜不相让，败不相救，怎肯同心共胆，持久不敝？这是第五件不烦大兵；泰虽诡词对卓，但此条实为泰所料，不幸多言而中。关西诸军，夙习兵事，近来又屡与羌斗，妇女尚能戴戟操矛，张弓发矢，况为勇夫壮士，使当关东散卒，定可全胜，这是第六件不烦大兵；现在天下所畏，无过并凉人及羌胡义从，公得收作爪牙，遣使拒敌，譬如驱虎赴羊，一可当百，何庸多兵自扰？这是第七件不烦大兵；且明公将吏，统是干城腹心，周旋日久，恩信相结，忠诚可任，智谋可恃，少许足胜人多许，这是第八件不烦大兵；泰闻战有三亡，以乱攻理者亡，以邪攻正者亡，以逆攻顺者亡，今明公秉国平正，讨灭阉竖，忠义卓著，有此三德，待彼三亡，奉辞伐罪，何人敢当？这是第九件不烦大兵；东州郑玄，学该古今，北海邴原，清高直亮，众望所归，足为儒生矜式，彼诸将若就询计划，非不可虑，但燕赵六国，终为秦灭，吴楚七国，卒败荥阳，成败利害，凭诸理势，如郑玄邴原诸人，怎肯赞成逆谋，造乱长寇？这是第十件不烦大兵。明公若因刍议所陈，稍有可采，正不必四出征发，惊动天下；否则弃德恃众，反损威望，非徒无益，反且有害呢！”这一番话，说得董卓呵呵大笑，满口夸奖道：“公业泰字公业。真不愧智士呢！”遂面授泰为将军，使统诸军，出击关东，泰也觉暗喜，拜谢而出。

看官阅过前文，应知郑泰已经归里，为何又出任尚书？回应六十五回。原来董卓搜罗名士，征泰入朝，泰不得已，应召而至，受职尚书。他见卓凶横不道，也想设法除奸，一时无从下手，巧遇关东兵起，乐得乘间进言，好教卓倚作股肱，可以联络外人，暗中摆布。及卓使为将军，正中心坎，当即部署兵马，即拟起行；谁知有人窥透泰意，向卓效忠道：“郑公业智略过人，尝思结谋外寇，今反资以兵甲，令就党与，窃为明公担忧呢！”卓乃止泰出兵，留为议郎，嗣是格外加防，特擢义子吕布为中郎将，侍卫左右，行止不离。难道就靠得住么？侍御史扰龙宗，诣卓白事，未解佩剑，即由卓叱他无礼，呼布击死。越骑校尉伍孚，代为不平，尝在朝服内，披着小铠，怀着利刃，意欲伺便刺卓。一日入阁启事，交代明白，便即辞出；卓因孚素有重望，特别敬礼，起送数步，孚见卓孑身相送，还道命该断绝，就故意回头拦阻，乘隙取出藏刀，向卓砍去；卓眼明手快，立即侧身闪过，再仗着两臂气力，牵住孚腕，不使再动；那吕布早已瞧着，抢前救卓，将孚揪倒地上。卓怒问道：“谁教汝反？”孚亦回詈道：“汝非我君，我非汝臣，有什么反不反呢？汝乱国弑主，罪大恶极，天下孰不想食汝肉，寝汝皮！今日是我死日，故来诛汝。可惜可恨，不能磔汝市朝，以谢天下！”卓闻言益怒，立命将孚牵出，置诸极刑。或说即伍琼，但史称琼与周毖同死，当是两人。孚既杀死，警报日急，不但关东军事，日有所闻；还有白波贼帅郭太，连年骚扰，聚众至十余万，寇太原，破河东，气焰甚盛。白波贼见六十四回。卓亟遣女夫中郎将牛辅往讨白波贼，另派中郎将徐荣等，带领重兵，出屯近畿，阻遏关东各路人马。会都中有童谣云：“西头一个汉，东头一个汉，鹿走入长安，方可无斯难。”卓偶有所闻，证诸图谶，亦是汉运将终，因即思迁都长安，借避兵锋。当下与公卿商议，公卿等皆不欲西迁，只是惮卓凶威，未敢反抗，大都默默无言。时车骑将军朱儁，方为河南尹，卓因儁多年夙将，外示亲昵，阴实嫉忌，恐他交通关东，乃表迁儁为太仆，使副相国，即日派出朝使，赍诏召儁。儁辞不肯受，且语朝使道："国家西迁，必辜民望，且反足示弱，使关东益张声势，殊属非宜。"朝使诘问道："召君受拜，君乃谢绝，不问迁都事宜，君偏龈龈有词，这是何故？"儁答说道："臣本不才，怎堪为相国副手？若迁都计议，须公诸舆论，何妨直言？"朝使又问道："迁都尚未决定，事不外闻，君果从何处得来？"儁微笑道："董相国已商诸公卿，且与臣亦曾说过，所以得闻。"朝使不能再诘，乃返报董卓，取消太仆成命。卓复大集百僚，再议迁都事宜，太尉黄琬，司徒杨彪，司空荀爽等，并皆列席，卓先倡议道："昔高祖都关中，计十有一世，及光武帝都洛阳，至今也十有一世；我看天运循环，应仍还都长安，方为适宜。"大众仍面面相觑，莫敢发言。唯司徒杨彪起语道："移都改制，事关重大，即如盘庚迁亳，实避河患，殷民尚且胥怨，必待再三晓谕，始无异辞；今无故迁都，必致百姓惊动，糜沸蚁聚，反且增忧，不如仍旧为是！"卓驳说道："石苞室谶，曾云汉终十一帝，若非速迁，难道就此罢休么？"彪复说道："石苞谶语，多属邪言，不可凭信，况关中经王莽祸乱，未曾修复，所以光武帝改都洛邑，今历年已久，百姓安乐，何必迁乔入谷，自蹈危机？"卓作色道："关中物产丰饶，形势利便，故秦得并吞六国；若因宫阙残破，陇右材木甚多，运输最便，杜陵南山下，有瓦窑数千处，并工营造，指日可成，百姓何足与议？尽管西迁便了！"彪又说道："关东方起乱兵，若闻我迁都，必更西进，不可不防！"卓狞笑道："这更可无虑了！我既迁居长安，居高临下，势若建瓴，且有陇西劲旅，驱逐乱众，可令他出沧海之外，请君不必劳心！"彪尚将易动难安，宁逸毋劳，絮絮的说了数语，惹得董卓性起，扬眉张须道："公欲阻挠大计么？"太尉黄琬从旁婉劝道："这系国家大事，杨公所言，未始无见，还请三思！"卓斜目视琬，忿然不答。司空荀爽，见卓声色逼人，恐害及彪等，乃从容进言道："相国本意，想亦不愿多劳，无非因山东兵起，未可立平，所以迁地为良，据关自固，这也是秦汉开国的至计呢！"聊为解嘲。卓听得此说，意乃少解，面色渐平。黄琬杨彪荀爽等，也即退出。卓竟借灾异为名，奏免黄琬杨彪二人，另进光禄勋赵谦为太尉，太仆王允为司徒。适尚书周毖，与城门校尉伍琼，同至卓前，谏阻迁都，卓并不一保，二人又复力谏。卓不觉触起前恨，拍案痛叱道："卓入朝时，二君劝用善言，故卓辄依议；今韩馥等受官赴任，反举兵图卓；袁绍为二君所保荐，今且为戎首，若再听二君计议，恐卓命要从此断送了！卓不负二君，二君负卓太甚！”说至此，竟翻转脸皮，叱令左右牵出两人，同时斩首。二人虽是枉死，不得与伍孚并论。复使司隶校尉宣播，率领吏士，往杀太傅袁隗，及太仆袁基；系袁术兄。所有两家眷属，无论男女老小，全体骈戮，共死五十余人，把一大堆尸骸，载至春城门外，同埋一穴。黄琬杨彪，尚留寓都中，只恐连坐被诛，慌忙至相国府中，自谢前时失言；卓嘉他悔过，复表琬彪为光禄大夫。琬为黄琼孙，彪为杨震曾孙，畏死媚贼，俱未免有愧祖风。

随即决计西迁，先使文武百官，扈跸出都，再驱洛阳人民数百万口，尽徙长安；宫廷内外，没一人情愿西行，只为董卓所迫，不敢不草草整装，准备起程。哪知董卓凶恶得很，严定限期，不准捱延时日，豪家富室，总有若干财产，匆匆不及安排，吁请宽限，卓却斥他违命不道，派吏收捕，斩首示威，并将财产籍没，充作军糈。可怜官民人等，弃其田园庐舍，只带得些须细软物件，扶老携幼，仓皇就道；随着献帝车驾，陆续前行，途中步骑驱蹙，更相践踏，再经道旁盗窃乘隙偷夺，无论贫富贵贱，都害得颠沛流离，饥苦冻馁，甚至饿莩载道，暴骨盈途。谁为为之？孰令致之？卓尚拥着兵马，屯驻洛阳罼圭苑中，饬令军士纵火，尽毁宫庙民庐，二百里内，统成赤地，鸡犬不留。于己无益，何苦为此？又使吕布发掘诸陵，及公卿以下坟墓，收取珍宝，充入私囊。难道自己好长生不老，受享终身？一面再遣将士，出击关东诸军。会闻河内太守王匡，进兵河阳津，窥取洛阳；卓用疑兵前往挑战，潜使锐卒从小平津偷渡，绕出匡军背后，前后夹攻，大破匡军，拿住许多军士，各将布帛缠束，外用膏油浇灌，然后引火焚身，从下至上，好多时才得烧死，号声震地，臭气熏天，真是耳不忍闻，目不忍睹。那王匡败还河内，报知袁绍，绍正得悉隗基族灭，很是悲愤，檄令各军猛进，不料匡军败还，各路夺气，连袁绍也不胜彷徨。本初原是无能。奋武将军曹操宣言道：“举义兵，诛暴乱，大众已合，还有何疑？设使董卓挟持天子，据守旧京，东向以临天下，虽无道横行，尚足为患，今乃焚烧宫阙，劫迁车驾，海内震动，不知所归，这真是天怒人怨，诛锄首恶的时机。若能并力西讨，一战就可平定了！”到底还是曹阿瞒。各军帅皆虎头蛇尾，莫敢先进，绍亦逡巡不发。国仇家怨，不思急报，做什么盟主？只陈留孝廉卫兹，本来与操同志，至此亦欲与操同行，商诸太守张邈，得兵数千，愿为操助。操毅然独进，自率部曲为先锋，使卫兹为后进，经成皋，达荥阳，一路顺风，所向披靡。董卓闻操为先锋，西向进兵，沿途连破数垒，劲气直达，不由的惶急起来，暗想关东人马，不下数十万，若随操继进，人多势盛，如何抵敌？不若用缓兵计，使人修和，乃遣大鸿胪韩融，少府阴循，执金吾胡母班，将作大匠吴循，越骑校尉王瑰，东出宣慰，劝令罢兵。袁绍等当然不从，拘戮胡母班吴循王瑰，袁术亦执杀阴循，唯韩融素有名德，释令西归。卓闻报大怒，飞饬中郎将徐荣，扼住汴水，不准放过关东一卒；又拨锐兵助荣。荣奉卓命，在汴水旁严行防守，可巧曹操驰至，即开营搦战，两军对阵，荣兵比操兵约多数倍，操兵未遇劲敌，一见便惊，各有退志，还是操慷慨誓师，引兵突出，与荣大战一场，自午前杀至日昃，兀自支撑得住。荣见部兵战操不下，抽出锐骑，专攻操阵中坚，又使余众开张两翼，包围操军。操军已经战乏，禁不住荣军围裹，只好各顾生命，分头乱跑；唯有几个曹氏亲将，如曹仁曹洪夏侯惇夏侯渊等，还算保住曹操，舍命冲突。操料不能支，拍马返奔，偏后面追军，喊杀不绝，天时又至昏暮，路黑难行，正在危急万分的时候，猛听得弓弦声响，连忙闪避，已是不及，项下已中了一箭，接连又是一声，马随声倒，把操倾翻地上；当有敌兵数人，竞来杀操。亏得曹洪驰至，抡刀赶散，复一跃下马，将操扶起，拔镞裹疮，掖令坐上己马，自愿步行。操顾洪道：“我弟岂可无马？倘或追兵到来，如何厮杀！”洪应声道：“天下可无洪，不可无公！”从兄弟尚且如此，同胞当如何？操正在叹息，后面喊声复至，乃加鞭急走；行约里许，前面忽火炬通明，又有一军趋至，操与洪俱不胜惊忙，及仔细审视，乃是后军卫兹，方才放心。兹到了操前，见操狼狈得很，也不暇多说，拥操回马，连夜趋还酸枣。酸枣屯兵，共有数路，差不多有十数万人，张邈刘岱桥瑁袁遗诸太守，均按兵不动，镇日里置酒高会，快活消遣。操目睹情形，向众愤语道：“诸公在此屯留，莫非待贼坐毙不成？如肯听我计，最好请袁本初引河内众士，移至孟津酸枣间，诸公分守成皋，据敖仓，塞轘辕大谷，制贼死命；再使袁公路术字公路。率南阳兵甲，攻入武关，耀威三辅，然后可深沟高垒，勿与彼战，但用疑兵左出右入，使彼自相惊乱，必亡无疑；今兵以义动，专在此徘徊观望，惹人耻笑，窃为诸公不取哩！”张邈等微哂道：“孟德新败，锐气方挫，只好休养数日，再作良图。”全然不关痛痒。操闻言益愤，掉头径出，自与曹洪复侯惇等，东赴扬州，进见刺史陈温，及丹阳太守周昕，勉以忠义，共讨董卓。二人亦庸碌无奇，只因碍着情面，拨给兵士四千人。操乃还至龙亢，夜宿帐中，忽帐外哗声四起，急忙起视，但见烟尘缭乱，火势炎炎，一时不暇细问，想必是营兵谋变，当下拔剑在手，冲将出去，砍倒了十数人；可巧曹洪夏侯惇等亦执械进护，才得将乱兵驱散，扑灭余火。彻底调查，只有五百人不动，由操用言奖勉，乘夜起行；沿途复招得壮士千余人，仍至河内。闻得刘岱桥瑁，互相仇杀，瑁竟被岱刺死，改任王肱为东郡太守，操不禁嗟叹道："逆恶未除，先自推刃，如何得成事呢？"

好容易过了残年，关东诸将，发生一种议论，要推立幽州牧刘虞为帝，虞为汉室支裔，已见前文，应六十四回。自莅任幽州后，招携怀远，课农劝耕，开上谷胡市，通渔阳盐铁，民安物阜，颇称小康。青徐士庶，避难归虞，约有百万余口，经虞收视抚恤，各得重生，董卓尝拜虞为大司马，且进加太傅，只因道路梗塞，使命难通，所以虞仍守原任，安镇一方。关东牧守，因闻洛都西迁，天子幼冲，未卜存亡，乃拟奉虞为主。袁绍却也乐从，转询曹操，操慨然道："我等举兵西向，远近莫不响应，无非因师出有名，乃得致此；今幼主微弱，受制贼臣，非有昌邑亡国的罪孽，乃一旦改易，是我等亦将为董贼了！诸君如欲北面，我却仍然西向，不改初心。"说得袁绍哑口无言，再使人致书袁术，术答书不从。看官阅此，几疑袁术曹操，宗旨相同，其实术已阴图自立，操尚有志效忠，试阅后文，自见分晓。小子有诗叹道：

谋国只应定一尊，如何横议欲分门？
袁曹抗辩非无理，心迹犹难共比论。

究竟袁绍等曾否立虞，待至下回再详。

山东兵起，董卓遣将出御，未闻败衄，而忽议西迁，意者其即由贼胆心虚，有以慑其魄而夺其气欤？然于伍孚行刺，则杀之；于周毖伍琼之进谏，则亦杀之；于袁隗袁基之有关绍术，则又杀之；穷凶极恶，何其残忍乃尔？且屠戮富人，焚毁宫室，二百里内，不留鸡犬，虽如秦政项羽立暴虐，亦未有过于是者。诚使袁绍等同心戮力，联镳西进，则以顺攻逆，何患不胜？乃貌若相合，心实相离，口血未干，私争已启，徒赖一气盛言宜之曹操，亦何能济？汴水之败，非操之罪，乃诸牧守之罪耳？寡不可敌众，弱不可敌强，愚夫犹且知之，且牧守逗留不进，任令操之孤军深入，不败何待？操虽败犹奋，尚欲募兵再往，此时之曹阿瞒，固不可骤然加责也。若袁绍诸人，其固所谓尸居余气者乎？

第六十八回　入洛阳观光得玺
出磐河构怨兴兵

却说袁绍等欲推戴刘虞，虽经曹操袁术二人梗议，但尚未肯罢休，即遣故乐浪太守张岐，赍书至幽州劝进。虞厉声叱责道："今天下崩乱，主上蒙尘，我受国厚恩，恨未能扫清国耻，诸君各据州郡，正宜戮力王室，同诛首恶，奈何反造作逆谋，来相垢污呢？"说着，便掷还来书，拒绝张岐。岐扫兴还报，袁绍韩馥再遣使诣幽州，请虞领尚书事，承制封拜；虞复不听，并将使人斩首，杀使亦未免过甚。于是众议乃息。但袁绍等始终不进，渐至兵疲粮尽，陆续解散。独长沙太守孙坚，豪气逼人，自荆州至南阳，有众数万，向太守张咨借粮，咨不肯发给。坚即假称急病，愿将部众交咨接管，咨也恐有诈，率五六百骑至坚营，坚令部将佯与周旋，自从后帐突出，直至咨前，举剑一挥，剁落咨首；咨部下五六百人，无不股栗，情愿投诚。坚至城内取得军粮，即转赴鲁阳城，与袁术相见，术表坚行破虏将军，领豫州刺史；坚乃向术约定，自往冲锋，由术输粮接济，当下引兵急进，所向无前。董卓闻报，忙调中郎将徐荣，截击坚军；荣素有勇略，先引轻骑驰抵梁县，令大队从后继进。坚方屯兵梁东，探得荣兵不多，未以为意；谁知到了夜间，营外火起，竟有敌兵前来劫营。坚也曾防着，一闻有变，便披挂上马，引众出战，既至营外，从火光中望将过去，但见四面八方，统是敌军旗号，也不禁暗暗生惊，自思营垒已陷入围中，万难保守，不如令部兵各自为战，得能杀出重围，再作计较。于是下令军中，分队冲杀，坚亦自当一队，驱率亲兵，拼命杀出；待至跳出围外，只有亲将祖茂，及残骑数十人随着。那敌兵尚不相舍，在后急追，茂劝坚脱下赤帻，与自己盔帽掉换，让坚先走，留身断后，坚急驰得脱。独茂为敌骑所蹙，情急智生，把赤帻挂在冢间柱上，悄悄下马，走伏草中，敌骑望见赤帻，四面绕集，环至数匝，想就此活捉孙坚；有几个胆大的军士，奋拳张臂，抢步前拿，一声怪响，倒把拳头爆回，血染淋漓，仔细辨认，才知是个石柱，并不是个孙坚，只得叹声晦气，转身引去。这是黑夜中贪功之失。

茂亦得脱逃，归见孙坚，坚很是喜慰，夤夜收集败卒，尚得一二万人；次日复部署成军，移屯阳人聚。徐荣闻报，又领兵往攻；坚此时已惩前前辙，不敢浪战。先令亲将程普韩当黄盖诸人，三伏以待，看到敌军近攻，方亲出诱敌，战至数合，便拍马返奔；徐荣部下有一骁将，叫做华雄，平时出入敌阵，无人敢当，至此见坚已败逃，就不顾得失，挺身出追，部军自然随上，荣见坚军寥寥，也道是众可制寡，挥军直上。坚引敌入伏，一声号令，程普韩当黄盖先后杀出，围住华雄。雄仗着一柄大刀，左招右架，还是勉强支持，不防箭声四起，利镞攒飞，一刀如何敌百矢？眼见得附贼骁雄，身受重创，倒毙马下。罗氏《演义》中谓为关羽所杀，真善附会。雄既射死，所领部兵，也被坚军杀尽。待至徐荣到来，得知前军覆没，慌忙退回，累得自相践踏，辙乱旗靡；再经坚军驱杀一阵，十死五六，匆匆逃归。败报传入洛阳，董卓亟使陈郡太守胡轸为大督护，义子中郎将吕布为骑督，领兵东出，助荣击坚。轸自恃年长，瞧布不起，预在军中扬言道："今日出军，须先斩一青绶，方可使士卒效命，杀敌扬威。"布不胜愤懑，待行至广成，去阳人聚约数十里，遂不愿再进，让轸先往。轸因人马困乏，也拟休息一宵，待旦进攻，夜间在旷野安营，不及设栅，军士远来疲倦，统皆解甲就寝。约莫睡了片刻，蓦听得有人大呼道："贼来了！快走！"各军从梦中惊起，四散狂奔，甲不及披，马不及乘，统皆弃去；就是胡轸也觅路乱跑。急走了十余里，并不闻有敌军影响，究竟声从何来？实是吕布欺轸的诡计。好容易等到天明，再至原处，拾取兵械，不意尘头大起，果有敌兵杀到，为首大将，正是破虏将军孙坚。轸军都皆失色，回头就逃，稍迟一步，便被坚军杀死，轸复仓皇窜还，直至数十里外，后面才无追兵。最奇怪的，吕布一军，不知去向；待了多时，方有溃军趋集，十成中已丧失四五成，唯吕布仍然不见。那时轸垂头丧气，自思不能再战，只好奔回洛阳。及入报董卓，见布已在侧，方知布早趋还，连忙叩头谢罪，好在布亦投鼠忌器，但言坚军势盛，未尝指斥轸过，轸始得免谴；由卓说了且退二字，好似皇恩大赦，再磕了几个响头，起身出外去了。大是幸事。

孙坚既两得胜仗，遣人报知袁术，且催术运粮济师。术误听谗言，唯恐坚得洛阳，不能再制，遂勒粮不发。坚得去使归报，即乘夜驰白袁术，用杖画地道："坚与董卓，本无怨隙，所以挺身前来，不顾生死，一是为国家讨贼，二是为将军报仇！今大勋垂捷，将军乃听人谗构，不发军粮，无怪吴起抱恨西河，乐毅转投赵国呢！"术面有惭色，不得已拨粮给坚。坚还屯阳人聚。可巧卓遣将军李傕，来求和亲；坚勃然大怒道："卓逆天无道，荡复王室，若不夷他三族，悬首示众，我虽死不能瞑目，尚欲向我和亲么？"说罢，传令将傕撵出。何不将他枭首？也可预除一贼。傕回洛复命，卓尚欲张皇威武，镇定人心，乃遣兵往阳城。适值民间结社祀神，男女毕集，兵士突然闯进，尽杀男子，枭首系住车辕，并将妇女全数掠归，歌呼入城，只说是攻贼大获；卓令将首级焚去，所掠妇女分赏兵士。忽有军吏入报道："孙坚兵入大谷，距此止九十里了！"卓当然着急，顾见长史刘艾在旁，便与语道："关东各军，屡次败衄，皆无能为；独孙坚颇能用人，与我为难，当传语诸将，小心对敌；我当亲出督战，与决雌雄！"说着，即命吕布为先锋，自为元帅，出城迎敌。行抵诸皇陵间，见坚军奋勇杀来，气势甚锐，当令布持戟出战。坚使程普韩当等，敌住吕布，自率精骑直捣中坚，来攻董卓。卓将李傕郭汜，慌忙拦阻，统被坚一人杀退。卓看坚骁勇异常，也为震悚，当即策马回走；帅旗一动，全军皆乱，吕布虽然多力，不能不舍敌保卓，踉跄西奔；卓不愿入洛，竟与布同走渑池。坚得驰入洛阳，扫除宗庙，祠以太牢，凡董卓所掘陵寝，饬军吏一体掩护，使复原状；又分兵出新安渑池间，追击卓兵。卓使中郎将董越段煨等，分守要隘，自与吕布径赴长安。孙坚闻卓西去，也不亲追，但在洛阳城内，四面巡逻，筹备修筑；怎奈满城瓦砾，到处荒凉，教坚从何着手，徘徊凭吊，禁不住流涕唏嘘。忽见城南有一道豪光，向空冲起，凝成五色，不知是何物作怪；因即驰将过去，凝神细视，乃是井口发光，如釜中蒸气一般，袅袅不绝，井栏上面镌有"甄官井"三字；再从井中俯瞩，尚有流水停住，深不见底，无从辨明。当下饬令军士，先将井水汲干，然后用一辘轳，载兵入井，须臾复出，取得一匣，捧呈与坚。坚启匣看视，乃是一方玉玺，回圆四寸，上有五龙交纽，下有篆文，镌着“受命于天，既寿永昌”八字，唯旁缺一角，用金镶补。坚料是秦汉二朝的传国宝，不由的玩弄一番；但不知如何缺角，如何投井。及仔细追查，才知王莽篡位时，由孝元皇后掷给玺绶，致缺一角；至少帝为张让所逼，由北宫出走小平津，仓猝间不及携玺，那掌玺的内侍，只恐被人夺去，索性投入井中；应六十五回。后来内侍被杀，无人得知，因此久沉井底，延至孙坚入洛，方始发现。坚既得了传国玺，顿生异想，当即携玺还营，住了一宿，便令军士拔寨齐起，趋回鲁阳。欲知无限意，尽在不言中。

袁绍久屯河内，探知孙坚入洛，也想乘势进兵，无如各路兵马已多散归，再加冀州牧韩馥，阴持两端，掯粮不发，又致绍进退两难。绍客逄纪献议道：“将军欲举大事，乃徒仰人资给，如何自全？”绍答说道：“我亦虑此，但冀州兵强，我亦无法与争。”纪复说道：“何不致书公孙瓒，叫他进攻冀州？韩馥乃一庸才，若遇瓒相攻，必然骇惧，公可遣一辩士，为陈祸福，不患馥不让位呢！”绍依计而行，果得公孙瓒允许，兴兵攻冀州。馥遣兵出御，俱为所败，正焦急间，有两人踉跄趋入道：“车骑将军袁绍，已从河内退兵，还驻延津了！”馥注视两人，乃是荀谌郭图，曾为门下宾客，便启问道：“两君如何知晓？”谌答道：“现由袁甥高干，前来报闻，因此知晓。”馥惊喜道：“莫非他前来救我么？”谌又说道：“公孙瓒率燕代健士，乘胜南下，锋不可当；袁车骑亦乘此东向，不先不后，居心亦属难料；谌等颇为将军加忧！”馥皱眉道：“如此奈何？”谌接入道：“袁绍为当世人杰，岂肯为将军下？若瓒攻北面，绍攻西面，区区孤城，亡可立待！但思袁氏与将军有旧，且系同盟，今不如举州相让，归与袁氏；袁氏得冀州，必感将军德惠，厚待将军，还怕什么公孙瓒呢？”馥性本怯懦，又听他说得天花乱坠，便即依议，拟遣使往迎袁绍。长史耿武、别驾关纯、治中李历等，相率进谏道：“冀州带甲百万，支粟十年，真好算做天府雄国；今袁绍孤客穷军，仰我鼻息，譬如婴儿，在股掌中，一绝哺乳，就可立毙，奈何反举州相让呢？”馥摇首道：“我本袁氏故吏，才又不及本初，让贤避位，古人所贵，诸君何必多疑？”耿武等只得退去。从事赵浮程涣，又入谏道：“袁本初军无斗粮，势必离散，浮等愿出兵相拒，不出旬月，定可退敌，将军但当闭阁高枕，自可无忧！何用拱手让人？”馥又不听，竟遣子赍着印绶，送与袁绍，迎他入城；自挈家眷出廨，徙居前中常侍赵忠旧宅。袁绍引兵直入，自领冀州牧，使韩馥为奋威将军，但只畀他虚衔，并没有什么兵吏。所有馥部下旧属，一律撤换，另用从事沮授为监军，田丰为别驾，审配为治中，许攸逢纪荀谌郭图为谋主，分治州事。好好一位冀州牧韩馥，弄得无权无柄，反致寄人篱下，事事受人监束，始悔为荀谌郭图所卖，悄悄的逃出州城，往投陈留太守张邈。后有绍使至陈留，与邈屏人私语，馥疑是图己，竟至惶急自尽，这真叫作自诒伊戚了。人生原如幻梦，一死便休，试看袁绍结果，亦未必胜过韩馥。

唯曹操屯兵河内，已有多日，见绍引众自去，各路人马，亦皆解散，料知讨卓无成，也只得自寻出路。鲍信与操为莫逆交，虽由绍表为济北相，仍然随操。至是与操计议道：“袁绍名为盟主，因权专利，将自生乱，恐一卓未除，一卓又起；为将军计，若急切除绍，恐亦难能，不如进略大河以南，静待内变，再作计较。”操叹为至言。可巧黑山贼党十余万，即褚燕党羽事，见六十二回。寇掠东郡，太守王肱，不能抵敌，弃城逃生。操即引兵往击，至濮阳杀败贼众，收复东郡，尚向袁绍处报捷；绍因表操为东郡太守。颍川荀彧，为荀淑孙，少时便有才名，何颙尝称办王佐才；及天下大乱，彧率宗族奔冀州，欲依韩馥，馥已避位，乃进见袁绍，绍却优礼相待，视若上宾。彧见绍才疏志鄙，料不能成大业，乃转投曹操，操迎入与语，见彧应答如流，不禁大喜道：“君真可为我子房哩！”居然以高祖自居。遂令彧为奋武司马，事必与商。操复尽驱黑山贼出境，东郡咸安。右北平屯将公孙瓒，前由袁绍嗾使，出击冀州牧韩馥；至绍夺馥位，瓒亦退兵。幽州牧刘虞，与瓒宗旨未合，积有宿嫌，见六十四回。但表面上还彼此含容，互相往来。虞子和方为侍中，随献帝迁至长安，献帝仍思东归，使和潜出武关，绕道诣虞，令虞率兵迎驾。远道求援，也是妄想。和道出南阳，得见袁术，与语帝意，术竟将和留住，嘱令作书与虞，愿与虞会师西行。及虞得和书，拟遣数千骑南下，适为公孙瓒所闻，以为术有异志，劝虞留兵不发；虞不肯听信，竟促骑兵登程，瓒又恐术闻风生怨，亦遣从弟越引兵诣术，阴教术拘和仇虞。太觉取巧。和得知风声，觑隙北遁，行至冀州，又被袁绍截住，绍因术不肯戴虞，复书无礼，已觉不平；见前回。术又与公孙瓒书，谓绍非袁氏子，于是兄弟相构，仇隙越深。绍使部将周昂为豫州刺史，与孙坚争领豫州。术令公孙越助坚攻昂，坚将昂击走；唯越身中流矢，竟至毙命。术乃发回越丧，并怂恿公孙瓒，令就近图绍。瓒得书愤愤道："我弟越死，祸由袁绍；且绍赖我得冀州，未闻割地相酬，今反害死我弟，此仇不报，枉为丈夫！"谁叫你听人唆使？且不怨袁术独怨袁绍，意亦太偏。当下出屯磐河，为攻绍计。绍未免心虚，尚想与瓒释怨，特将渤海太守印绶，授瓒从弟公孙范，遣令赴任。范抵郡后，反率渤海兵助瓒，与瓒破灭黄巾余贼，夺取甲仗资粮，不可胜计；瓒威震河北，遂决计攻绍。且先上表长安，数绍十罪，文云：

臣闻皇羲以来，君臣道著，张礼以导民，设刑以禁暴。今行车骑将军袁绍，托承先轨，爵任崇浮，而性本淫乱，情行浮薄，昔为司隶，值国多难，太后承摄，何氏辅朝，绍不能举直错枉，而专为邪媚，招徕不轨，贻误社稷，至使丁原焚烧孟津，董卓造为乱始，绍罪一也；卓既无礼，帝主见质，绍不能开设权谋，以济君父，而弃置节传，迸窜逃亡，忝辱爵命，背违人主，绍罪二也；绍为渤海太守，当攻董卓，而默选戎马，不告父兄，至使太傅一门，累然同毙，不仁不孝，绍罪三也；绍既兴兵，涉历二载，不恤国难，专自封殖，乃专引资粮，专为不急，刻剥无方，百姓嗟怨，绍罪四也；逼迫韩馥，窃夺其州，矫刻金玉，以为印玺，每有所下，辄皂囊施检文，称诏书，昔亡新僭侈，渐以即真，观绍所拟将，必阶乱，绍罪五也；绍令星工伺望妖祥，赂遗财货，与共饮食，刻期会合，攻钞郡县，此岂大臣所当施为？绍罪六也；绍与故虎牙都尉刘勋，首共召兵，勋降服张扬，累有功效，而以小忿，枉加酷害，信用谗慝，济其无道，绍罪七也；故上谷太守高焉，故甘陵相姚贡，绍以贪婪横责其钱，钱不备具，二人并命，绍罪八也；春秋之义，子以母贵，绍母亲为传婢，地实微贱，据职高重，享福丰隆，有苟进之志，无虚退之心，绍罪九也；此三条借此补叙。长沙太守孙坚，领豫州刺史，遂能驱走董卓，扫除陵庙，忠勤王室，其功莫大，绍遣小将盗居其位，断绝坚粮，不得深入，使董卓久不服诛，绍罪十也。昔姬周政弱，王道陵迟，天子迁徙，诸侯背叛，故齐桓立柯会之盟，晋文为践土之会，伐荆楚以致菁茅，诛曹卫以章无礼；臣虽阘茸，名非先贤，蒙被朝恩，负荷重任，职在铁钺，奉辞伐罪，誓与诸将州郡，共讨绍等！若大事克捷，罪人斯得，庶续桓文忠诚之效，攻战形状，当前后续闻。

此表上后，即进攻冀州，各州郡不能御瓒，多半服从；瓒乃令部将严纲为冀州刺史，田楷为青州刺史，单经为兖州刺史。还有前安喜尉刘备，奔走有年，当山东讨卓时，亦思仗义从军，嗣闻各军解散，乃与关羽张飞走依公孙瓒。回应六十二回。瓒与备本系同学，自然欢迎，且使为平原相。备见瓒部下有一少将，身长八尺，相貌堂堂，武力与关张相类，遂密与结纳，引为至交。正是

英雄独有赏心处，豪杰应当刮目看。

欲知少将姓名，待至下回再叙。

讨卓一役，唯曹孟德与孙文台，挺身犯难，尚足自豪。曹以孤军致败，虽败犹荣；孙文台返败为胜，卒能逐走董卓，攻克洛阳，观其祠宗庙，修陵寝，遣将西进，何其壮也？迨得玉玺于甄官井中，即拔营东归，而其志乃骤变矣。夫关东各军，非不欲诛卓徼功，特以卓势犹盛，惮不敢发；有孙文台之三战三克，得播先声，则懦夫亦当知奋，诚使再为号召，联镳齐进，诛卓亦易易耳。乃得玺即还，卷甲无言，谓非阴怀异志，谁其信之？惜乎坚之有初鲜终也。彼公孙瓒之与袁绍，忽合忽离，合不为公，离益营私，其性情之反复，殊不足道。然袁绍身为盟主，不能雪国耻，复家仇，徒为欺人夺地之谋，其罪比瓒为尤甚。瓒虽不足讨绍而数绍十罪，并非虚诬，本回备录全文，所以诛绍之心，而于瓒固不屑播扬也。

第六十九回　骂逆贼节妇留名
遵密嘱美人弄技

却说公孙瓒部下的骁将，姓赵名云，表字子龙，乃是常山郡真定人氏。本属冀州管辖，袁绍据住冀州，士多趋附；独云往依公孙瓒。瓒且喜且嘲道："闻贵州人多愿从袁氏，君独何心，乃来依我？"云答说道："天下汹汹，未知孰是，百姓方苦倒悬，但得仁政所在，便当依托，正不必计及远近呢！"瓒闻言大悦，留居麾下，款待颇优。嗣云见瓒行同市井，不足图成，也自悔进身太急；凑巧来了刘备，气谊相投，遂与结好，就是关张两人，亦视为知己，常相往来。惺惺惜惺惺。至备赴平原，邀云同行，且代白瓒前，乞云为助，瓒允如所请，备与云即同赴平原去了。不但赵云不宜放去，即刘关张三人，亦不宜轻离，以是知瓒之失人。袁绍闻瓒军来攻，郡邑多叛，已有戒心，又恐他约同袁术，南北并举，更不可当，乃遣使至荆州，说通刺史刘表，使他牵制南阳，免得双方夹攻。表字景升，籍隶高平，少有才名，列入八俊，八俊见前文。灵帝末年，曾为北军中侯，至荆州刺史王睿，为孙坚所杀，坚向西行，表奉诏为荆州刺史，乘虚入城，略定江表，因通使袁绍，愿合兵讨卓，出屯襄阳，作为后应。后来绍赴冀州，表终按兵不发，唯与绍仍使命不绝，绍因此托他防术。术也恐为表所袭，致书孙坚，令攻荆州，坚即进兵往攻。表遣部将黄祖逆战，被坚杀得大败亏输，奔还襄阳，坚驱兵大进，竟将襄阳城围住。表夜遣黄祖等出袭坚营，坚当先迎敌，亲斩敌兵百余人；程普韩当等挥军继进，杀获甚多，黄祖不获回城，却引了残骑数百，窜入岘山。坚恃勇轻进，驰至山下，见黄祖等已进山坳，尚不肯住马，猛力赶上，后军尾随不及，只有轻骑数十人，与坚同行。黄祖遁匿林间，从月光下望见坚马，便令骑将吕公等，弯弓射坚，杂以巨石，坚尚用槊拨箭，且拨且进，不料顶上来一巨石，不及闪避，竟被压下，一声怪响，脑浆迸流，死于非命，年止三十七岁。好勇者往往不得其死。坚已惨死，黄祖等即踊出林外，把坚骑一律杀尽，舁去坚尸，下山驰回。程普韩当等正率军寻坚，不料城中亦杀出蒯越蔡瑁等人，来援黄祖，两下里争杀一场，互有死伤。黄祖蒯越蔡瑁竟合兵自去，程普韩当再至岘山中寻视，只有各骑兵尸首，独不见有孙坚，料知凶多吉少，还营休息。未几天明，襄阳城上，已将坚首悬出，吓得程普诸人，没法摆布；还是孝廉桓楷，与表相识，自愿入城请尸，费了一番唇舌，得将坚尸首领回，归葬曲阿，程普等亦皆退归，下文再表。

且说袁绍既南连刘表，牵制袁术，遂督领全军，出拒公孙瓒。行至界桥，正与瓒军相遇，瓒众约三万人，列成方阵，又分突骑万匹，为左右翼，军容甚盛，绍令部将麹义，领精兵八百人，左挟楯，右挟弓，作为前驱。瓒见来军寥寥，纵骑冲击。义令军士用楯为蔽，屹立不动，待至瓒军将近，将楯撇开，弯弓竞射，呼声动地，瓒军多被射倒，自然退却。义麾军猛进，兜头碰着严纲，正是瓒所新命的冀州刺史，两马并交，被义舞动大刀，劈落马下。绍将颜良文丑，俱是有名的猛将，望见义前驱得胜，怎肯落后？当即拍马继进，双槊并举，搅入瓒阵，钩倒帅旗，瓒军大乱，纷纷遁去。绍在后尚有数里，闻瓒军已溃，料无他虑，乐得下马暂憩，只有亲兵数百骑随着，不防瓒引步卒二千人，从间道抄至面前，将绍围住，矢如雨下。绍有别驾田丰，时在绍侧，欲扶绍入短墙中，暂避敌锋，绍脱鍪投地道："大丈夫当向前斗死，怎得入墙内偷生呢？"说着，也麾军对射，与瓒相持。可巧麹义亦还军相救，将瓒击退，瓒始引去。既而瓒复出兵龙湊，与绍再战，又复失利，乃退还蓟城，不复亲出。那时穷凶极恶的董卓，却早已安安稳稳的到了长安，在陕公卿，统已出城恭候，拜迎车下。先是左将军皇甫嵩，屯兵扶风，与京兆尹盖勋，共谋讨卓。卓预先防备，征嵩为城门校尉，勋为议郎。嵩长史梁衍，劝嵩不必就征，嵩惧卓势盛，未敢违抗，乃入都就职；勋不能独立，也只可应征还都。嗣嵩任御史中丞，勋迁任越骑校尉，并扈跸西迁，履任逾年，闻得董卓将至，不能不随同百官，共出迎卓。卓与嵩积有微嫌，见六十四回。见嵩亦拜谒车前，禁不住志得气骄，呼嵩表字道："义真可服我否？"嵩惭谢道："凡夫肉眼，但顾目前，不图明公竟得至此！"卓捻髯说道："鸿鹄本有远志，燕雀怎能知晓？"嵩又答道："嵩与明公皆为鸿鹄，只明公今日变成凤凰，怪不得鸿鹄落后呢？"变正为谀，太无气节。卓乃对嵩一笑，总算释嫌。唯与卫尉张温，结恨如故，见六十三回。一入长安，便诬温交通袁术，拘系狱中，且胁朝廷下诏，加官太师，位在诸侯王上，车服僭侈，不亚乘舆；进弟旻为右将军，兼封鄠侯；兄子璜为侍中，领中军校尉，并典兵事，外如宗族亲戚，多居显要，子孙虽在髫龀，俱得拜爵，男受侯封，女号邑君。会闻孙坚战死岘山，更以为大患已除，无人敢侮，乃在长安城东隅，择一隙地，构造大厦，作为太师邸第；再至郿县依山筑垒，迭石为城，内造宫室府库，积谷可支三十年，号为郿坞，亦称万岁坞；自云事成，当雄据天下，万一不成，退守坞中，也足娱老。

卓生平本来好色，至老益淫，特派亲吏四出，采选民间少女八百人，入居坞中，尚有九十岁的老母，与一班妻妾子孙，悉数迁入坞内，坐享奢华；此外金玉珍宝，锦绣绮罗，逐日运积，不可胜数。故度辽将军皇甫规，去世有年，遗有寡妇孤儿，还居安定原籍。规元配早卒，继妻颇有才名，工草书，善属文，又生得天然秀媚，历久未衰，不知何人报知董卓，令卓艳羡异常，遽用軿辎百乘，马二十四，奴婢钱帛，充途塞道，往聘规妻；规妻毅然拒绝，不愿就聘。卓怎肯罢休？再三催逼，先啗重利，继迫淫威，规妻自知不免，索性毁容易服，自诣卓门，长跪陈情，词甚凄切。卓出视规妻，虽是黯淡无华，仍然姿容未减，一双色眼，惹起淫魔，恨不即刻搂来，与同欢乐；当下开言劝解，说出许多好处，使他心动。偏规妻不肯从命，任卓舌吐莲花，只是峻颜相拒，顿时惹动卓怒，令左右拔刀围住，且与语道："孤令出必行，四海风靡，难道汝一妇人，敢不相从么？"规妻听了，突然起立，指卓叱骂道："汝本羌胡遗种，毒痡天下，尚以为未足么？我先人清德奕世，皇甫氏文武上才，为汉忠臣，岂若汝人面兽心，行同狗彘？汝死在旦夕，还敢向汝君夫人前，欲行非礼，真正妄想！我若怕汝，也不敢前来了！"读至此，可浮一大白。卓被她一骂，无名火高起三丈，即使左右揪住规妻发髻，系住车轭，横加鞭挞。规妻顾语道："何不从重下手，速死为惠？"俄顷气绝，弃尸野外。当有人悯她贞节，私为殡葬，后世绘成图像，号为礼宗。千古不朽。卓尚余恨未消，无从排解，因特赴郿坞消遣　出都启行。郿坞与长安相隔，约二百六十里，亦须三五日可到。卓临行时，百官俱至横门外饯别，设帐置筵，备极丰腆，饮至半酣，适有北地降卒数百人，前来报到，卓即号令卫士，把降卒为下酒物，先截舌，次斩手足，又次凿眼目，再用大镬烹煮，呼号声震彻都门；座中与宴诸官僚，吓得魂不附体，或至战栗失箸，卓独当筵大嚼，谈笑自如。忽又记起卫尉张温，在狱未死，竟命吕布诣狱提温，将他笞死市曹，然后起座撤席，向司徒王允拱手，嘱托朝事，登车自去。允字子师，为太原祁县人，尝与同郡人郭泰友善，泰许允为王佐才；后以军吏进阶，出刺豫州，与左中郎将皇甫嵩，右中郎将朱儁等，剿抚黄巾贼党，立有巨勋；嗣为权阉所陷，下狱遇赦，起为从事中郎，转河南尹；回应六十二回。寻且入拜太仆，代杨彪为司空。董卓迁都关中，允悉收聚兰台石室诸书，随驾入关，故经籍具存，不致被毁。时卓尚留住洛阳，朝政大小，委允主持，允亦曲意取容，事多白卓，卓因结为密友，无嫌无疑。其实允是买动卓心，好教卓不复加防，暗地里得设法图卓。前太尉黄琬，复为司隶校尉，与允同志，还有尚书郑泰，也尝朝夕过从，决定密谋，表请护羌校尉杨瓒，行左将军事，执金吾士孙瑞为南阳太守，并率兵出武关，托名往攻袁术，乘间取卓，然后奉驾还洛，仍复旧都。哪知卓却刁猾得很，不准举兵，遂致允计无成；一挫。允乃荐瓒为尚书，瑞为仆射，引作臂助，徐为后图。会河南尹朱儁，移守洛阳，潜与山东诸将交通，东出中牟，移书州郡，招兵讨卓。徐州刺史陶谦，遣兵助儁，推儁行车骑将军事，他郡亦稍有资给。允在内闻警，亟遣使至郿坞，报知董卓，卓即日入朝，允欲使杨瓒等出征，又复为卓所疑，只调亲将李傕郭汜等，领兵拒儁。允尚望儁杀败傕汜，乘胜入关，自己可作内应，偏偏不如所料，儁竟败退，卓得大安。二挫。司空荀爽，本意亦欲除卓，未遂而殁。从孙荀攸，少有智略，入拜黄门侍郎，潜与尚书郑泰、长史何颙、侍中神辑等，同谋刺卓；就是允亦曾预闻，事机将成，又被卓略悉风声，收系颙攸，颙忧愤自杀，攸却无惧色，在狱仍言论自如，卓查无实据，故得缓刑。唯郑泰却逃出关外，东奔袁术，术举泰为扬州刺史，泰就道得病，竟致暴亡，图卓事又致失败。三挫。允日思除奸，历久不能得志，累得形神憔悴，眠食徬徨，幸喜卓只疑他人，未曾疑到自己身上，还好留待时机，再行设策。卓见允面色尪瘠，总道是为己分劳，格外体恤，表封允为温侯，食邑五千户，允固辞不受。仆射士孙瑞进言道："执谦守约，须依时宜，公与董太师并位俱封，乃欲独崇高节，怎得称为和光呢？"允闻言感悟，乃受封二千户，并至卓府中称谢。卓很自喜慰，又欲自号尚父，问诸左中郎将蔡邕。邕已由侍中迁官中郎将。邕劝阻道："昔周武受命，太公为师，辅佐周室，翦除暴商，故尊为尚父，今明公功德，非不巍巍，但欲比诸尚父，还当少待，宜俟关东平定，车驾仍还旧京，庶几名足称实，无人非议了！"卓乃罢议。会遇夏季地震，卓又向邕谘询，邕复答说道："地震乃阴盛侵阳，臣下逾制的现象，公平时所乘青盖车，远近以为非宜，宜从简省！"卓亦依邕议，改乘皂盖车。但卓甚刚愎，邕恐因言取祸，常欲避去，卒因无路可奔，延宕了一两年。当决不决，终归于尽。初平三年春季，霪雨至六十余日，尚未晴霁，司徒王允与士孙瑞杨瓒等，登台祈晴，觑着一息空隙，再提前谋。瑞进说道："自从岁暮至今，太阳不照，霖雨积旬，昼阴夜阳，雾气交侵，此时若不除奸，后患无穷。愿公速图，毋再迟延！"允点头会意，回至府中，踌躇多时，只有从董卓义子吕布着手，方好进步，乃取家藏珠宝馈送吕布，布当然拜谢，嗣是互相往来，结成好友。允又想到少年心性，一喜财，二喜色，有了财物作饵，还须得一美人儿，献示殷勤，才可笼络吕布。主见已定，随时物色，可巧有一歌妓貂蝉，秀外慧中，非常伶俐，允即召入府中，厚意接待，视若己女。貂蝉不见史传，但证诸稗史，传闻凿凿，谅非无稽。好容易已有数月，貂蝉感念允恩，阴图报答，见允常皱眉不乐，欲言不言，因乘左右无人的时候，向允探问。允正欲与他言明，便引至密室，与谈密谋，貂蝉慨然道："贱妾蒙大人厚恩，恨无以报，今既有此谋，就将贱妾献与吕布，叫他刺杀董卓便了！"允复叹道："布与卓情同父子，岂肯为汝一言，便去行刺？事若不成，我王氏且灭门了！"貂蝉听了，也不禁沉吟。允徐徐说道："我有一计，可以使布杀卓，但未知汝能照行否？"貂蝉应声道："愿听尊命，虽死不辞！"允乃附耳与语，说明如此如此，惹得那貂蝉花容，忽红忽白，待至说毕，方毅然答道："果与国家有益，贱妾亦何惜一身？谨从钧命便了！"却是一位女英雄。允又恐她轻自泄谋，再三叮嘱，经貂蝉对天设誓，才向貂蝉下拜，为国家而拜。貂蝉惊伏地上，待允起身，方才告退。越日即由允特设盛筵，邀布夜宴，酒至数巡，即召貂蝉侍席，貂蝉满身艳装，冉冉出来，行同拂柳，翩若惊鸿，到了吕布座前，先道万福，然后轻抬玉手，提壶代斟。布见她一双柔荑，已是消魂，再睁眼看那芳容，真个国色天姿，见所未见，更利害的是秋波一动，竟把那吕奉先的灵魂儿，摄了过去；待听到王允语音，有将军请酒四字，方觉似梦初醒，魂返躯壳。饮过一杯，又是一杯，接连是两三杯，统觉得沁人心脾，迥异寻常。匪酒之为美，美人之贻。允再令貂蝉歌舞侑觞，貂蝉振娇喉，运轻躯，曼声度曲，长袖生姿，尤引得吕布耳眩目迷，心神俱醉；铿然一声，歌罢舞歇，竟至布座前告辞，凝眸一笑，返身即去。神仙归洞府。布目送归踪，尚是痴望，好一歇方顾问王允道："此女何人？"允答言义女貂蝉。布又问及曾否字人，允又答言未字；布尚赞不绝口。允竟直说道："将军如不嫌鄙陋，谨当使侍巾栉！"布跃起道："司徒公是否真言？"允微笑道："淑女当配英雄，英雄莫如将军，还恐小女无才，不合尊意，怎得说是虚言呢？"布倒身下拜道："果承司徒公见赐，恩德无量，誓当图报！"允即与约定吉期，然后送女，布喜跃而去。过了两三日，允伺布外出，请卓过宴；卓盛驾赴约，由允朝服出迎，大排筵席，水陆毕陈。卓高坐正位，允在旁相陪，且饮且谈，说了许多谀词，哄动卓意，俟卓已微醺，仍令貂蝉出堂歌舞，脆生生的歌喉，娇怯怯的舞态，倾倒一时。卓本是个色鬼，见了这般好女郎，怎不心爱？便问及此女来历，允直称歌妓，不言义女。卓赞美道："这真可谓绝无仅有了！"允即答道："既蒙太师见赏，便当上献！"卓不禁大喜，待至酒阑席散，便命貂蝉随卓同去。一详一略，笔不板滞。嗣为吕布所知，跑至王允府中，责允负约，允却佯说道："太师谓允有义女，配与将军，特亲来接取，允怎敢推阻？只好使小女随行，想是太师看重将军，故有此举，将军奈何怪允？且去问明太师，与小女结婚便了！"布似信非信，返入太师府中，探听下落，那心上人竟被董卓占住，布怒气填胸，复去问允。允尚劝解道："这恐是府中人误传，太师望重一时，怎肯奸占子妇？莫非因吉期未到，因此迟留，请将军再去探明为是。"布是个有勇无谋的人物，听了允言，又回去探问；可巧董卓入朝，便大踏步入凤仪亭，正与貂蝉相遇。貂蝉见了吕布，便泪下如丝，哽咽不止；布看她泪容满面，好似带雨梨花，复惹动一副情肠，替她拭泪。貂蝉且泣且语道："将军休污贵手，妾身已为太师所占，只望得见将军一面，死也甘心。今幸如妾愿，从此永诀！妾为王司徒义女，许侍将军箕帚，生平愿足，不意堕入诈谋，被人强占，此身已污，不能再事将军，罢！罢！"说到第二个罢字，竟撩起衣裾望荷花池内便跳。布忙抢前一步，抱住纤腰，曲意温存；貂蝉若迎若拒，似讽似嘲，急得布罚起咒来，非取貂蝉，誓不为人。正絮语间，突有一人趋入，声如牛吼，布转身一看，不是别人，正是那义父董卓，慌忙向外逃走；卓顺手取得一戟，挺矛刺布，布手快脚快，把戟格开，飞步跑出，卓身肥行慢，追赶不上，乃用戟掷布，布已走远，戟亦不及。卓怒责貂蝉，又被貂蝉花言巧语，说是布来调戏，亏得太师救了性命，卓为色所迷，由她哄骗过去。这便是女将军兵谋。布却趋至司徒府中，一五一十，告知王允。允低头佯叹，仰面佯视，说出几句抑扬反复的话儿，挑动布怒，竟致拍案大呼，拟杀老贼。继又转念道："若非关系父子，布即当前往！"允微笑道："太师姓董，将军姓吕，本非骨肉，掷戟时岂尚有父子情么？"这数语提醒吕布，奋身欲行，即想去杀董卓；还是允把他拦住，与他耳语多时，布一一应允，定约而去。小子有诗咏道：

帷中敌国笑中刀，纤手能将贼命操；
虽是司徒施巧计，论功首属女英豪。

欲知如何诛卓，容待下回表明。

本回标目，以两妇为总纲，皇甫妻固烈妇也，拚生骂贼，足愧须眉；若貂蝉者，其亦一奇女子乎？司徒王允，累谋无成，乃遣一无拳无勇之貂蝉，以声色为戈矛，反能制元凶之死命，红粉英雄，真可畏哉！或谓妇女以贞节为大防，如皇甫妻之宁死不辱，方为全节；彼貂蝉既受污于董卓，又失身于吕布，大节一亏，虽有他长，亦不足取。庸讵知为一身计，则道在守贞，为一国计，则道在通变，普天下之忠臣义士，猛将谋夫，不能除一董卓，而貂蝉独能除之，此岂尚得以迂拘之见，蔑视彼姝乎？或谓貂蝉为他人所捏造，故不见史传，然观唐李贺《吕将军歌》云："榼榼银盘摇白马，傅粉女郎大旗下。"可见当时必有其人。貂蝉！貂蝉！吾爱之重之！

第七十回　元恶伏辜变生部曲
多财取祸殃及全家

却说初平三年，献帝有疾，好多日不能起床，至孟夏四月，帝疾已瘥，乃拟亲御未央殿，召见群臣。太师董卓，也预备入朝，先一日号召卫士临时保护，复令吕布随行。布趋入见卓，卓恐他记念前嫌，好言抚慰，布亦谢过不遑，唯唯受教。并非遵卓命令，实是遵允计议。是夕有十数小儿，立城东作歌道："千里草，何青青？十日卜，不得生！"当有人传报董卓，卓不以为意。次日清晨，甲士毕集，布亦全身甲胄，手持画戟，守候门前。骑都尉李肃，带领勇士秦谊陈卫李黑等，入内请命，布与肃打了一个照面，以目示意，肃早已会意，匆匆径入；未几复出语布道："太师令肃等前驱，肃在北掖门内，恭候驾到便了！"布向肃点首，肃即驰去。原来布与肃为同郡人，前次说布归卓，未得重赏，不免怏怏，见六十六回。唯与布交好如故，布因引做帮手，同谋诛卓。及肃既前去，又阅多时，这位恶贯满盈的董太师，内穿铁甲，外罩朝服，大摇大摆，缓步出来，登车安辔，驱马进行，两旁兵士，夹道如墙。吕布跨上赤兔马，紧紧随着，忽前面有一道人，执着长竿，缚布一方，两头书一口字，连呼布！布！卓从车中望见，叱问为谁；声尚未绝，已由卫士驱去道人。卓虽觉诧异，但以为陈兵夹护，自府中直至阙下，防卫周匝，谅无他虞，乃放胆再进。将至北掖门前，马忽停住，昂首长嘶，卓至此不禁怀疑，回语吕布，意欲折回。布答说道："已至阙前，势难再返，倘有意外，有儿在此，还怕什么？"正怕是你。说着，即下马扶轮，直入北掖门。卫兵多在门外站住，只布驱车急进，蓦见李肃突出门旁，觑准卓胸，持戟直搠，谁料卓裹甲在身，格不相入；肃连忙移刺卓项，卓用臂一遮，腕上受伤，堕倒车上，大呼吕布何在？布在后厉声道："有诏讨贼！"卓怒骂道："庸狗也敢出此么？"以狗嗤贼，正合身分。道言未绝，布戟已刺入咽喉，李肃又复抢前一刀，枭取首级。布即从怀中取出诏书，向众宣读，无非说是卓为大逆，应该诛夷，余皆不问。内外吏士，仍站立不动，齐呼万岁。看官道诏书何来？乃是尚书士孙瑞，早已缮就此诏，密授与布，布得临时取出，宣告大众；大众都怨卓残暴，无人怜惜，所以视死不救，反共欢呼。还有一班百姓，恨卓切骨，闻得卓已伏诛，交相庆贺，舞蹈通衢。司徒王允，喜如所望，即使吕布回抄卓家，又令御史皇甫嵩，率兵往屠郿坞。布跨马急去，驰入太师府内，所有董氏姬妾，一概杀死，单剩一个美人儿貂蝉，载回私第。总算如愿以偿，可惜已变做残腐。皇甫嵩到了郿坞，攻入坞门，先将董旻董璜剁毙，再领兵杀将进去，遇着一个白发皤皤的老妪，携杖哀诉道："乞恕我死！"嵩定睛一瞧，乃是卓母，便赏她一刀，分作二段。他如董氏亲属，不分男女老幼，尽行处斩，只所藏良家妇女，一体释放。再将库中搜查，得黄金二三万斤，银八九万斤，珍奇罗绮，积如邱山，当由嵩指挥兵士，一古脑儿搬入都中。时已天暮，见市中有一尸横路，脂膏涂地，尸脐中用火燃着，光明如昼，嵩惊异得很，问明守尸小吏，谗知是贼臣董卓的遗骸。先是袁隗等为卓所害，埋尸青城门外，见六十七回。至卓造郿坞，恐尸骨为他人所盗，复搬至坞中；卓既诛灭，袁氏门生故吏，得往坞中拾骨收葬，且将董氏亲属的尸骸，取至袁氏墓前，焚骨扬灰，不使再遗。报应更惨。

献帝命司徒王允录尚书事，进吕布为奋威将军，加封温侯，共秉朝政。允再查究董氏党羽，或黜或诛。左中郎将蔡邕，在座兴嗟，为允所闻，便勃然怒叱道："董卓逆贼，几亡汉室，今日伏诛，普天称庆；君为王臣，乃顾念私恩，反增伤痛，岂不是同为逆党么？"邕起谢道："邕虽不忠，颇闻大义，怎肯背国向卓？但卓族骈诛，并及僚属，一时生感，遂致叹惜；自知过误，还乞见原！倘得黥首刖足，俾得续成《汉史》，皆出公惠，邕亦得稍赎愆尤。"允闻言益怒，竟令左右系邕下狱，众官为邕救解，皆不见从。太尉马日磾亦谏允道："伯喈蔡邕字，见前文。旷世逸才，多识汉事，当令续成汉史为一代大典；今坐罪尚微，若遽处死刑，恐失人望。"允摇首道："昔武帝不杀司马迁，使作谤书，留传后世；今国祚中衰，四郊多垒，若再使佞臣伴侍幼主，执笔舞文，不但无补圣德，并使我辈亦蒙讪议，我所以不便轻恕哩！”日磾退语同僚道：“王公恐将无后呢！善人足为国纪，制作乃是国典，今欲灭纪纲，废典章，怎能长久？眼见是为祸不远了！”邕非无罪，但处死未免太甚，日磾之言不为无见。允竟嘱令狱吏，将邕逼死狱中。是时卓婿牛辅，方移兵陕州，防御朱儁，校尉李傕郭汜张济等，击败儁军，大掠陈留颍水诸县，所过为墟。吕布使骑都尉李肃，先讨牛辅，辅出兵与战，将肃杀败，肃竟遁还。布怒责道：“汝如何挫我锐气？敢当何罪！”肃因诛卓有功，仍不得迁官，亦怀怨望，免不得反唇相讥，布怎肯忍受？竟命左右推肃出辕，枭首军门；可为丁原泄忿。遂欲亲往击辅。辅素惮布勇，阴有戒心，手下兵士，亦皆惶惧，一夕数惊，辅知不可留，收拾金宝，带得家奴胡赤儿等数人，弃营夜走。赤儿贪辅财物，竟将辅刺死，献首长安。布既得辅首，复商诸王允，拟传诏河南，尽诛李傕郭汜诸将，允抚然道：“此辈未尝有罪，不宜尽诛！”布又请将董卓私财，颁赐公卿将校，允又不从。允与布虽同执朝政，但看布是一介武夫，未娴文事，所以国家政事，往往独断独行，不与布商。布又意气自矜，未肯相下，遂致两人生隙，意见不同。允与仆射士孙瑞商议，拟下诏赦卓部曲，继复自忖道：“彼既党逆，不应轻赦，且俟将来再说。”嗣又欲悉罢李郭等军，或劝允委任皇甫嵩出统各部，俾镇陕州，允亦迟疑不决。当断不断，反受其乱。李傕郭汜等部兵，俱系凉州丁壮，当时有讹言传出，谓朝廷将尽诛凉州人，李郭张三将，互相告语道：“蔡伯喈为董公亲厚，尚且坐罪。今我等既不见赦，复欲使我解兵，今日兵解，明日即尽被鱼肉了！”当下议定一法，使人诣长安求赦，允仍不许，傕等益惧，不知所为，意欲各自解散，逃归乡里。讨虏校尉贾诩，本在牛辅麾下，辅死后，奔投傕军，因即献议道：“诸君若弃军东走，一亭长便足缚君，不如相率西进，攻扑长安，为董公报仇，事得幸成，奉国家以正天下；否则走亦未迟。”一言丧邦，诩实祸首。傕等遂传谕部曲道：“京师不下赦文，我等总难免一死，今欲死中求生，计唯力攻长安，战胜可得天下，不胜当抄掠三辅，夺取妇女财物，西归故乡，尚可延命。”全是盗贼思想。大众听着，应声如雷，随即一拥齐出，倍道西行。王允闻警，召入凉州弁目胡文才杨整修二人，忿然与语道：“关东鼠子，果欲何为？卿等可呼与同来，听我发落！”片语可慑群虏么？胡杨虽受命东往，心下很是不平，到了傕等营内，反言允布异心，劝他急进。傕等沿路收兵，所有牛辅部下诸散卒，悉数趋附，还有董卓旧将樊稠李蒙等，亦同时会合，数约十余万人，直抵长安。吕布登城拒守，相持八日，部下有蜀兵生变，潜开城门，纳入外兵，傕等纵兵四掠，阖城鼎沸，吕布仗戟与战，自辰至午，虽得刺死多人，怎奈乱兵甚众，并且拼死进来，前仆后继，越战越勇，布亦禁遏不住，部兵又多散去；不得已杀开血路，出走青琐门，使人招王允同奔。允长叹道："若蒙社稷威灵，得安国家，乃允所素愿，万一无成，允唯有一死以谢。主上幼冲，所恃唯允，临难苟免，允不忍为，请为允传语关东诸公，努力国家，易危为安，允死亦瞑目了！"人之将死，其言也善。布乃将卓头悬诸马下，带领残骑数百人，东出武关，投奔袁术去了。

傕等逐走吕布，遂率众围攻宫门，卫尉种拂愤然道："为国大臣，不能禁暴御侮，反使乱徒白刃向宫，去将安往？"说着，即带着卫士，出宫力战，终因寡不敌众，受创捐躯；傕与汜突入南掖门，杀死太仆鲁旭、大鸿胪周奂、城门校尉崔烈、越骑校尉王颀，此外吏民约死万人。王允扶献帝上宣平门楼，俯瞰外兵，几如排墙相似，势甚汹汹。献帝尚有主宰，呼语傕等道："卿等放兵纵横，究怀何意？"傕等望见帝容，还算尽礼，即伏地叩头道："董卓为陛下尽忠，乃为吕布所杀，臣等前来，系是替卓报仇，非敢图逆；待事毕以后，当自诣廷尉受罪！"献帝又说道："布已出走，卿等如欲执布，尽可往追，奈何围攻宫门？"傕等又答道："司徒王允，与布同谋，请陛下遣允出来，由臣等面问底细！"允得闻此言，拚生下楼，出语傕等道："王允在此，汝曹有何话说。"傕等皆起指斥王允道："太师何罪，被汝害死？"允张目道："董卓罪不胜诛，长安士民，一闻卓死，无不称庆，汝等独不闻么？"傕等复驳说道："太师就使有罪，与我等无干，何故不肯赦免？"允复叱道："汝等党逆害民，怎得说是无罪？即如今日称兵犯阙，岂非大逆？尚有何说？"傕等不与多言，竟挥兵将允拥去，且逼献帝大赦天下，并自署官职，表请除授。献帝不得已，颁下赦书，授傕为扬武将军，汜为扬烈将军，樊稠张济等皆为中郎将。傕既得志，遂收司隶校尉黄琬，与王允并系狱中；复召左冯翊宋翼，右扶风王弘，入朝听命。翼弘皆太原人，与允同郡，允使镇三辅，倚为外援，弘不愿应召，遣使语宋翼道："李傕郭汜，因我二人在外，故尚未害王公，若今日就征，明日俱族，计将安出？"翼答说道："祸福原是难料，但朝命亦究不可违。"弘使又语翼道："山东兵起，无非为了董卓一人，今卓虽伏诛，党羽益横，若举兵声讨，入清君侧，料山东亦必响应，这乃是转祸为福的良谋呢！"翼不从弘言，便即入都，弘不能独立，也只好诣阙。甫进都门，便被军吏拘住，交付廷尉，先杀黄琬，继杀王允，又继杀宋翼王弘。弘与司隶校尉胡种有隙，种欲修旧怨，促令处斩。弘临刑时，望见宋翼在侧，向他唾詈道："宋翼竖儒，不足与议大计，胡种幸灾乐祸，宁得久存？我死且不饶此人！"及弘死仅数日，种辄见弘在旁，用杖扑击，不胜痛楚，未几遂死。全是心虚所致。李傕恨允最深，将允尸陈诸市曹，并杀允妻子，及宗族十余人；唯兄子晨陵，得脱身亡归。天子感恸，百姓丧气。平陵令赵戬，本允故吏，独弃官至京，收葬允尸，后亦无恙。仆射士孙瑞，前曾与谋诛卓，口不言功，故幸得免祸。傕汜追寻卓尸，已无余骨，只有残灰尚在，收入棺中，移葬郿坞。墓门方启，突有狂风暴雨，吹向墓中，霎时间水深数尺，变穴成潭，经工役将水泄去，然后下窆；哪知风雨复至，水势又涨，仍把棺木漂出，一连三次，由工役抢堵墓门，草草封讫；哪知天空中又起霹雳，一声怪响，震开墓穴，接连又是一声，棺亦劈碎，连残灰但被卷去，无从寻觅了。天道难容。

太尉马日磾，与傕等无甚嫌怨，由傕等推为太傅，录尚书事，傕迁车骑将军，领司隶校尉，汜为后将军，樊稠为右将军，张济为镇东将军，并受封列侯。济出屯弘农，傕汜稠共握朝政，令贾诩为左冯翊，拟给侯封，诩推让道："诩不过为救命计，幸得成事，何足言功？"乃改授诩为尚书典选。诩方才就职，李傕恐关东牧守，声罪致讨，特表请简派重员，东行宣慰。乃遣太傅马日磾，及太仆赵岐，出赴洛阳，宣扬国命。百姓不知内容，望见朝廷使节，却额手相庆道："不图今日复见朝使冠盖呢！"时兖州刺史刘岱，出讨黄巾余孽，战败身死，黄巾复盛，号称百万；东郡太守曹操，从郡吏陈宫计议，乘虚入兖州，自为刺史。济北相鲍信，会同曹操，迭击黄巾，黄巾众盛，操兵寡弱，战辄失利；嗣经操抚循激厉，乘间设奇，方转败为胜，终得击退黄巾。唯鲍信战死，尸无下落，操四觅不得，刻木为象，亲自祭奠，哭泣尽哀；实是笼络众心。众志益奋，追黄巾至济北，大杀一阵，黄巾败却，一大半弃械投降，操得降卒三十万众，汰弱留强，随时训练，号为青州兵。至赵岐奉诏东行，操出城远迎，备极殷勤。就是袁绍公孙瓒两人，争夺冀州，转战不息，一经岐代为和解，便两下罢兵。岐又与约奉迎车驾，期会洛阳，更南行至陈留，往说刘表；偏偏途中得病，累月不痊，勉强到了荆州，病益加剧，缠绵床褥，于是洛阳期会的预约，竟至无效。也是献帝该遭巨劫。那太傅马日磾，行抵南阳，招诱袁术，术阴怀异志，将他留住，诈言借节一观，竟致久假不归；日磾一再求去，始终不允，气得日磾肝阳上沸，呕血而亡。独曹操既领兖州，颇思效法桓文，徐图霸业。平原人毛玠，素有智略，由操辟为治中从事，玠亦劝操西迎天子，号令诸侯。操即遣使至河内，向太守张扬借道，欲往长安，扬不欲遽允。定陶人董昭，曾为魏郡太守，卸任西行，为扬所留，因劝扬交欢曹操，毋阻操使；并为操代作一书，寄与长安诸将，令操使赍往都中。李傕郭汜得书后，恐操有诈谋，拟将操使拘住。还是黄门侍郎钟繇，谓关东人心未靖，唯曹兖州前来输款，正当厚意招徕，不宜拘使绝望，于是傕汜优待操使，厚礼遣归。

操乃搜罗英俊，招募材勇，文武并用，济济一堂，自思有基可恃，理当迎养老父，共叙天伦。因遣泰山太守应劭，往琅琊郡迎父曹嵩。嵩为中常侍曹腾养子，官至太尉，当然有些金银财宝，储蓄家中，自从去官还谯，复避卓乱，移迹琅琊，家财损失有限，此时接得操书，不胜喜欢，便挈了爱妾，及少子曹德，并家中老少数十人，押着辎重百余辆，满载财物，径向兖州前来。道出徐州，又得牧守陶谦派兵护送，总道是千稳万当，一路福星，不料变生意外，祸忽临头，行抵泰山郡华费间，竟被谦将张闿杀死，全家诛戮，不留一人。究竟是否陶谦主使，还是张闿自己起意呢？谦字恭祖，籍隶丹阳，少时尝放浪不羁，及长乃折节好学，以茂才见举，得为卢令，再迁至幽州刺史，居官清白，著有廉名。嗣调任徐州刺史，剿灭黄巾余党，下邳贼阙宣作乱，僭号天子，又由谦督兵剿平，且屡遣使，间道入贡，谨守臣节，朝廷加谦为安东将军徐州牧，封溧阳侯。陈寿作《陶谦传》语多不慊，寿推尊曹操，故叙谦多诬，实难尽信。及李傕郭汜诸将，兴兵入关，挟主怙权，谦特推河南尹朱儁为太师，并传檄牧伯，约同讨逆；偏儁就征入朝，任官太仆，遂致谦计无成，事竟中止。嗣闻曹操有志勤王，正欲向他结交，可巧操父过境，乐得卖个人情，特派都尉张闿，领兵护送。闿系黄巾贼党，战败降谦，毕竟贼心未改，看了曹嵩许多辎重，暗暗垂涎，至夜宿旅舍间，觑隙下手，先将曹德杀毙；曹嵩闻变，亟率爱妾逃至舍后，穿墙欲出，怎奈妾体肥胖，一时不能脱身，那张闿已率众杀入，逃无可逃，没奈何扯住爱妾，避匿厕旁，结果是为闿所见，左劈右剁，同时毕命。为财而死，为色而死，可见财色最足误人。曹氏家小，亦被杀尽，只有应劭逃脱，不敢再复曹操，便弃官投依袁绍。张闿劫得曹家辎重，也奔赴淮南去了。曹操方因袁术北进，有碍兖州，特督兵出拒封邱，击败术军。术还走寿春，逐去扬州刺史陈瑀，自领州事。操尚想乘胜进击，适值一门骈戮的信息，传入军中，险些儿将操惊倒，顿时哭了又骂，骂了又哭，口口声声，要与陶谦拼命。待至哭骂已毕，遂在军中易服缟素，誓报父仇。留谋士荀彧程昱等，驻守鄄范东阿三县，自率全部人马，浩浩荡荡，杀奔徐州。小子有诗叹道：

杀父仇难共戴天，如何盛怒漫相迁？
愤兵一往齐流血，到底曹瞒太不贤！

欲知徐州战事，待至下回再详。

以千回百折之计谋，卒能诛元恶于阙下，孰不曰此为司徒王允之功？顾王允能除董卓，而不能弭傕汜，诸将之变者，何也？一得即骄，失之太玩耳。傕汜诸将，助卓为虐，必以王允之不赦为过，亦非至论。但允若能出以小心，如当日除卓之谋，溃其心腹，翦其爪牙，则何不可制其死命？乃目为鼠子，睥睨一切，卒使星星之火，遍及燎原。允虽死，犹不足以谢天下，而酿祸之大，尤甚于董卓怙势之时；然则天下事岂可以轻心掉耶？若曹嵩之被害，亦何莫非由嵩之自取？嵩若无财，宁有此祸？然吕伯奢之全家，无故为操所屠，则曹氏一门之受害，谁曰不宜？杀人之父，人亦杀其父，杀人之兄，人亦杀其兄，古人岂欺我哉？观诸曹嵩而益信云。

第七十一回　攻濮阳曹操败还
失幽州刘虞絷戮

却说曹操为父复仇，亲督全队人马，直入徐州。徐州自陶谦就任后，扫平贼寇，抚辑人民，百姓方得休息，耕稼自安。不意曹兵大至，乱杀乱掠，连破十余城，不问男女老小，一律屠戮，可怜数十万生灵，望风奔窜，尚难逃生；结果是同入泗水，积尸盈渠。陶谦连得警报，只好发兵拒敌，才出彭城，已遇操兵杀来，两下相见，便即奋斗，操麾众直上，势如潮涌，叫陶谦如何抵挡，没奈何退保郯县。郯城虽小，势颇险固，操追至城下四面猛扑，终不能入；乃往攻睢陵夏邱等邑，焚掘一空，连鸡犬都无遗类，总算是为父报仇。断笔冷隽。谦急得没法，遣使至青州求救。青州刺史田楷，意欲赴援，但恐操兵势大，独力难支，乃致书于平原相刘备，瞩令同行。田楷与刘备俱由公孙瓒委任，事见六十八回。备方东援北海相孔融，往讨黄巾余孽管亥。说来又有一段遗闻，不得不随笔补叙。孔融履历，已见前文。弱冠以后，当由州郡荐举，屡征不就，寻由三府辟召，乃入为司空掾，迁官虎贲中郎将；会董卓废立，因融不愿阿附，出为北海相，立学校，讲儒术，礼贤下士，禁暴安良。适有黄巾贼管亥，纠众侵掠，猖獗异常，融出拒都昌，为贼所围。东莱人太史慈，尝避难赴辽东，有母家居，由融随时赡给，融在都昌城被困，可巧慈还家省母，母因嘱慈往赴融急，借报夙惠。慈即徒步前往，突围入城；复奉融命，再出至平原乞援，慈素来娴习骑射，箭无虚发，因此出入围中，贼不敢近。既至平原，即入见刘备道："慈系东莱鄙人，与孔北海亲非骨肉，谊非乡里，但因北海高义，当与分灾，故特来乞师。今贼目管亥，围攻都昌，北海危急万分，好义如君，谅不忍袖手旁观，坐听成败呢！”措词亦善。备敛容答说道：“孔北海也知世间有刘备么？”慨然自负。乃与关张两人，率同精兵三千，往救北海。关张本来骁勇，太史慈亦武力过人，三条好汉，杀入贼垒，好似虎入羊群，纵横无敌，管亥走死，余贼尽散，都昌当然解围。孔融出城迎接，邀备入宴，犒赏备军，不消细说。待至备还平原，青州使人，已待守了两三天，相见后，交付田楷书信，由备阅毕，毫不推辞，便率军至青州，与田楷会师，共救陶谦。曹操攻郯不下，粮食将尽，又探得田楷刘备，合军来援，自知不能取胜，引兵退去。田楷闻操兵已还，当即折回。独刘备至郯城会谦，谦见备仪表出群，格外敬礼，且留备同居，表为豫州刺史；备一再告辞，经谦殷勤劝阻，使屯小沛，作为声援。备难却盛意，只得依言，引兵至小沛城，修葺城垣，抚谕居民，百姓也爱戴。备屡丧嫡室，至此得了一个甘家女儿，作为姬妾。那甘氏生得姿容绰约，妩媚清扬，艳丽中却寓端庄，袅娜间不流轻荡，尤妙在肌肤莹彻，独得天成，尝与玉琢美人，并座斗白，玉美人尚逊色三分；刘备虽具有大志，不在女色上计较妍媸，但有此丽姝，自然欢爱，遂令她摄行内事，视若正妻。语有分寸，不涉猥亵。好容易过了数旬，闻得曹操又进攻陶谦，来夺徐州，备感谦厚待，不得不引兵往援；行至郯城东隅，正值操兵杀来，千军万马，势不可当。备恐为所围，麾众亟退，操追了一程，见备军去远，便移兵再攻郯城。陶谦很是焦灼，拟欲出走丹阳，勉强守了一宵，操军忽然退去，到了天明，城外已寂静无人了。原来陈留太守张邈，本与操相友善，从前关东兵起，邈列同盟，操亦相从，盟主袁绍，尝有骄色，邈正议责绍，绍不甘忍受，使操杀邈；操独谓天下未定，不宜自相鱼肉，因此邈得安全，遇操益厚。操攻陶谦时，以死自誓，曾语家属道：“我若不还，可往依孟卓。”即张邈字。哪知张邈竟弃好背盟，私下结交吕布，使布潜入兖州，进据濮阳。说来也有原因，自吕布奔出武关，往依袁术，术留居幕下，款待颇优，布不安本分，恣兵钞掠，乃为术所诘责，转投河内太守张杨；嗣复舍杨赴冀州，助袁绍击褚燕军，恃功暴横，又遭绍忌，乃再遁还河内。反复无常，终非大器。路过陈留，由张邈遣使迎入，宴叙尽欢，临别时尚把臂订盟，缓急相救。邈亦多事。待布去后，又闻九江太守边让，为了讥议曹操一事，被操捕戮，连妻子一并杀死，邈自是不直曹操，且怀着兔死狐悲的观念，未免心忧。可巧兖州从事陈宫，也因让有才名，无辜遭害，见得曹操有我无人，不能常与共事，意欲乘隙离操，另择他主；适操再攻徐州，嘱宫出屯东郡，宫即密书致邈道：“方今天下分崩，豪杰并起，君拥众十万，地当四战，抚剑顾盼，也足称豪，乃反受制人下，岂非太愚。近日州军东出，城内空虚，君不若迎入吕布，使作前驱，袭取兖州。布系天下壮士，善战无前，必能所向摧陷。兖州既下，然后观形势，待世变，相机而动，也不难纵横一时呢？”背操则可，迎布也可不必。邈依了宫计，遂与弟广陵太守张超，联名招布。布正东奔西走，无处安身，一得邈等招请，仿佛喜从天降，立即带着亲从数百骑，直赴陈留。邈接见后，更拨千人助布，送往东郡。当由陈宫迎入，推布为兖州牧，传檄郡县，多半响应，唯鄄范东阿三城，由操吏荀彧程昱等扼守，坚持不动。彧亟使人报知曹操，操乃收军急回，途次复接警报，系是吕布已夺去濮阳，陈宫且进攻东阿，一时忧愤交集，恨不得即刻飞归，星夜遄返，得驰入东阿城，幸有程昱守住，尚然无恙。昱向操慰语道：“陈宫叛迎吕布，事出不意，几至全州尽失，今唯三城尚得保全，昱已遣兵截住仓亭津，料宫不能飞渡，想此城当可无虞了！”操忙执昱手道：“若非汝固守此城，我且穷无所归呢！”遂令昱为东平相，移屯范城；嗣又得荀彧军报，谓已守住鄄城，击退吕布，布仍还屯濮阳，请急击勿失。操掀髯微笑道：“布有勇无谋，既得兖州，不能进据东平，截断亢父泰山通道，乘隙邀击，乃徒屯兵濮阳，有何能为，眼见是不足虑呢！”布原失策，但操为此语，要先在镇定军心。遂引兵往攻濮阳。吕布出城拒操，仗着一支画戟，直奔曹军。曹军素知布勇，未战先怯，及见布左挑右拨，果然利害得很，当即纷纷返奔。操还想禁遏，不意势如山崩，自相践踏，反将操马挤倒。那吕布更骤马直前，挺戟刺操，还亏曹洪曹仁夏侯惇等，拼命抵敌，才得挡住吕布，救起曹操。第一次死里逃生。当下且战且行，直返至十里外，布方收兵还城。操始好择地安营，到了夜间，由操想出一法，立下军令，要去袭击濮阳西偏的屯营；这屯营是吕布预先设置，与城内为犄角，操遣侦骑探悉情形，所以乘夜前往，欲使布恃胜无备，折彼羽翼。当下悄悄出寨，仍由操亲自督领，直抵濮阳城西，一声喊呐，杀入营中，果然营内未曾预防，得被操军捣破，逐去守军，占了营垒。部署未定，突由布将高顺，驱军杀来，操不得不麾兵抵敌，两下混战，将及天明，东方鼓声大震，吕布亲引兵杀到，急得操不能再留，只好弃寨走还。偏偏布截住归路，不肯放行，曹仁曹洪等虽然敢战，却非吕布敌手，连番冲突，均被吕布击退；自清晨斗至日昃，已有数十百回合，伤亡甚众，仍无出路可寻，操不禁性起，拍马先进，自去突阵。不料布阵内梆声骤响，发出许多硬箭，射住操马，任你如何大胆，也未敢冒险再进。正在进退徬徨的时候，忽跃出一员猛将，手持双戟，驰出操前，顾语从人道："虏来十步然后呼我。"兵士听罢，看到敌已近前，便向韦大呼道："十步到了。"韦仍然不动，复与语道："五步乃呼我。"兵士又呼称五步已到。韦手中已取得十余戟，连番掷刺，一戟一人，应手而倒，无一虚发，当下戮死十余人，余皆惊走。韦再执着双戟，冲杀过去，布军并旨恟惧，纷纷避开，连布亦禁遏不住；顿被韦荡开血路，引着后军，奋勇杀出，曹仁曹洪夏侯惇等，保住曹操，并力向前，好容易突过布阵，天色已暮。布也无心恋战，听令过去，操得匆匆走脱，驰回营中。第二次死里逃生。当下重赏典韦，加官都尉，引置左右。韦系陈留人氏，勇悍无敌，本在太守张邈部下，充当牙役，嗣因不得升官，转投夏侯惇，战必居先，杀敌有功，得拜司马，至是更为操所擢用，自然感激驰驱，为操效死。隐伏后文。那吕布返入濮阳，与陈宫再行商议，设法破操；宫查得濮阳城中，田氏最富，口丁数百，僮仆数千，乃教布捏造书信，托名田氏，诈降曹操，愿为内应。布即依计办理，使人投书操营。操因两次失败，愤无可泄，一得田氏愿降书报，便不察虚实，立即重赏使人，约期夜间，里应外合，使人喜跃而出，返报吕布，布即四置伏兵，悄悄待着。是夜月色朦胧，星月掩映，操带着将士，衔枚疾进，直至城下，但见东门大开，不禁暗喜，当命典韦为前导，夏侯惇为后劲，自率曹仁曹洪诸将，居中驱入，一进城闉，前面并无一人，才觉可疑；意欲叫转典韦，不令轻进，偏韦已冒冒失失，不管前途利害，有路便走，与操相距颇远，急切无从招回，操恐失一爱将，不得已驰马再进。突听得一声炮响，鼓角齐鸣，四面喊声，同时俱起，仿佛如江翻海沸一般，操料知中计，忙拨回马头，急转东门，不料前面烟焰冲霄，火光骤起，截住去路，敌骑复围绕拢来，喧声聒耳，不是杀操，就是擒操。急得操五内如焚，眼见得东门难出，只好觑隙他走，跑往北门，偏途次遇着敌兵，不放操行，操手下的将士，又多失散，不能上前厮杀；没奈何转趋南门。南门也有敌兵守住，又是不能出去，乃再向北门狂窜，兜头碰着一员大将，挺戟过来，火光中隐约辨认，不是别人，正是吕布。为操急杀。操情急智生，反从容揽辔，低头趋过，布因东门里面，不见曹操，便疑操往奔别门，所以回马寻捉，既与曹操相遇，应该一戟刺死，偏见他揽辔徐行，又在昏夜中间，看不清曹操面目，总道操没有这般大胆，定是别人；乃横戟喝问道："曹操何在？"操用手遥指道："前面骑黄马的，想是曹操。"真聪明！真灵变！道言未绝，布便纵马前去。当面错过，可见得吕布卤莽。操亟返奔东门，恰好与典韦相遇，引操杀出，路旁统是残薪败草，余焰未消，韦用双戟拨开火堆，冒险冲出，操紧紧随着，亦得驰脱。曹仁曹洪夏侯惇等，正在门外待着，拥操回营。第三次死里逃生，真是万幸。操欲安定人心，当夜检点人马，丧失了一二千名，尚幸将吏无伤，余外焦头烂额的兵士，却也不少，由操亲自抚慰，并笑语道："我急欲灭贼，以致误中诡计，此后誓必攻下此城，方消我恨。"将士见操谈笑自若，才各自安心，陆续归帐。次日操复早起，饬营中亟办攻具，连夜制造，三五日已得完备，复督众攻城。吕布督众拒守，矢石交下，操军亦无隙可乘，嗣是一守一攻，相持至三阅月，彼此俱精疲力尽，勉强支持。会值蝗虫四起，食尽禾稻，军中无从得食，操乃退回鄄城。濮阳城内，也是十室九空，布亦只好往山阳就食，权且罢兵。是时大司马幽州牧刘虞，与公孙瓒嫌怨越深，瓒纵兵四掠，由虞上表陈诉，瓒亦劾虞揩粮不给，互相诋毁。朝廷方有内忧，李傕郭汜等互争权势，管什么牧守相争。瓒愈欲图虞，特在蓟城东南，筑一小城，引兵驻扎，为逼虞计。虞愁恨交并，屡邀瓒面论曲直，瓒竟不肯往；虞乃征兵十万，出城讨瓒。瓒不意虞兵猝至，拟弃城东奔，及登陴俯视，见虞兵行伍不整，旗帜错乱，料知虞无能为，因留守不出。虞又爱民庐舍，不令焚毁，且申禁部众道："毋伤民兵，但诛一伯珪罢了！"瓒字伯珪。部众虽是遵令，但丝毫不得掠取，已是兴味索然，再经城下逗留，屡攻不下，更觉得疲惰不堪，各有归志。瓒却连日登城，窥望敌容，起初虽不甚严肃，还有些雄赳赳的气象，后来逐渐倦怠，暮气日深；乃决意出击，简募壮士数百人，缒城夜出，因风纵火，慌得虞军东逃西窜，不战先溃，瓒趁势出城，直捣虞营，虞营已经自乱，怎经得瓒军捣入，霎时四散，只剩得一座空垒。虞率亲从狼狈逃回，谁料瓒军追至，突入城闉，没奈何挈同妻子，出奔居庸关，瓒尚不肯舍，乘胜追攻；虞众逃散殆尽，只有残兵数百，如何防守，相拒三日，关城被陷，虞也受擒。所有全家眷属，一古脑儿做了俘囚。

瓒收兵还蓟，将虞锢住一室，尚使他管领文书，署名钤印，适有朝使段训，奉诏到来，加虞封邑，监督六州。又拜瓒为前将军，晋封易侯，瓒捺定诏书，诬虞与袁绍通谋，欲称尊号，且请训矫诏斩虞；训尚不肯从，瓒用兵威胁迫，不问训应允与否，遽令兵士把虞牵出，硬邀训同往市曹，号令一下，虞首落地，又将虞妻子，尽行骈戮，即遣使人携虞首级，解往长安。虞素有仁声，北州吏民，无不感叹。故常山相孙瑾，幽州掾张逸张瓒等，忠义奋发，愿与虞同死。瓒竟令交斩，孙瑾等骂不绝口，至死方休。尚有虞故吏尾敦，在途潜伏，要截瓒使，夺去虞首，用棺埋葬。瓒留训为幽州刺史，上书奏报，其实是借训出面，要他做个傀儡；所有幽州措置，全由瓒一人主持，瓒意气益豪，复想出图冀州。袁绍也曾防着，因欲南连曹操，与同攻瓒，乃派吏至鄄城，劝操徙居邺中，互相援应。操新失兖州，军食又罄，颇思将计就计，应允下去。东平相程昱闻报，忙驰至见操道："将军欲与袁绍连和，迁家居邺，此事果已决断否？"操答说道："原有此事。"昱接口道："将军此举，大约是临事而惧，昱以为未免太怯了！试想袁绍据有燕赵，志在并吞天下，力或有余，智却不足。将军今迁家往邺，自思能北面事绍否？昔田横为齐壮士，犹不甘为高祖臣，难道将军聪明英武，反情愿为绍下么？"操徐答道："我何尝甘心事绍，但兖州已大半失去，恐难存身，所以暂与连和，再图良策。"昱又说道："兖州虽然残缺，尚有三城，战士且不下万人，智勇如将军，若再招罗智士，募集壮丁，合谋并力，再图大举，不但可规复兖州，就是霸王事业，也是计日可成哩！"操不禁鼓掌道："汝言甚是，我便依汝。"说着，即召入绍使，与言迁居不便，叫他回去复绍，绍使辞归。操于是购粮募兵，招贤纳士，休养数旬，再拟与吕布决一雌雄。小子有诗咏道：

寄人篱下本非谋，暂挫其锋未足忧，
善战不亡垂古训，桑榆尚可望重收。

欲知操布复战情形，待至下回再叙。

曹操虽智略过人，而经验未深，遂至事多失败。观其为父复仇，不问其父之为何人所杀，徒逞毒于徐州百姓，任情屠戮，是谓忿兵，忿兵必败。陶谦兵微将寡，原不能与操敌；然有陈宫之内变，与吕布之外入，几比败军之祸为尤甚。微荀彧程昱二人，则兖州尽失，操且穷无所归矣！此而不悛，尤复力攻濮阳，三战三败，可见忿兵之不足恃，操得幸免，乃天意不欲亡操，非操之智略果优也。刘虞为汉室名裔，恩信夙孚，乃以战略之未娴。谬思讨瓒卒至身死家亡，为天下笑！盖以楚得臣之忿，兼宋襄公之愚，其不致为人禽戮者几希，区区小惠，不足道焉。

第七十二回　麋竺陈登双劝驾
李傕郭汜两交兵

却说曹操欲再攻吕布，移屯东阿，进袭定陶。济阴太守吴资，已与吕布连合，急引兵保守南城，一面向布乞援；布率军驰至，被曹操扼险要击，输了一阵。操复攻定陶，连日不下。布将薛兰李封，留屯钜野，与定陶相距不远，操恐他援应定陶，因分兵围定陶城，自引健将典韦等，往攻钜野，捣破薛李屯营；及吕布闻信驰救，又被曹军击退，薛兰李封，先后战死，操得占住钜野，复至乘氏县追击吕布。忽由徐州传来消息，乃是陶谦病殁，把徐州让与刘备。禁不住大怒道："刘备不劳一兵，坐得徐州，天下事有这等容易么？况陶谦是我仇人，我不得手刃谦头，亦当往戮谦尸，今且移捣徐州，报复大仇，然后再来灭布，也是不迟。"道言甫毕，即有一人入谏道："不可不可！"操闻声瞧视，乃是谋臣荀彧，便问他何故不可？彧即答道："昔高祖保关中，光武帝据河内，类皆深根固本，方得经营天下，进足胜敌，退足坚守；故虽有困败，终成大业。今将军首事兖州，得平山东，河济为天下要地，仿佛关中河内，怎得因一时小失，便弃置不顾呢？操以子房比荀彧，彧亦以高祖光武拟曹操。况我军已破薛兰李封，先声已振，再勒兵收麦饷军，进击吕布，无虑不克；布既破灭，便可南占扬州，共讨袁术，临兵淮泗，不怕徐州不为我有；若今日舍布东行，布必乘虚进袭，我多留兵，便不足取徐，我少留兵，又不足守兖，兖州尽失，徐州未取，岂不是一举两失么？"操尚愤愤道："陶谦已死，刘备新任，民心未定，兵力又虚，我若往取徐州，势如反掌，有何难事。”彧微笑道：“只恐未必，陶谦虽死，刘备继起，彼惩去年覆辙，自惧危亡，势目辗转结援，合力抗我，现在时当仲夏，东方麦已收入，一闻敌至，必坚壁清野，固垒坐待，攻不能克，掠无所得，不出旬日，全军皆困，况前攻徐州，遍加威罚，子弟念父兄遗耻，拼死相争，胜负更难预料；就使得破徐州，人心未服，待至我军一移，亦必反侧，这真叫做舍本逐末，易安就危，图远忽近，愿将军熟思后行。”洞中利害。操乃不复移军，专与吕布对垒，且令兵士四处割麦，作为军粮。百姓晦气。蓦有探马入报，吕布与陈宫等，率兵万余，前来攻城。操因兵士四出，一时不及召回，忙驱百姓登城，无论男妇，一齐充役，自率守兵出城拒敌。好多时不见布至，又有探骑入报道：“布军至西面大堤旁，探望许久，又复退去了！”操大笑道：“这是吕布恐我有伏，故欲进又止，彼见堤南多林，容易伏兵，所以动疑；哪知是太觉多心了！明日布必来烧林，然后再进，我却偏要设伏，看他能逃我计中么？”是谓知彼知己。待至夜间，便召曹仁曹洪道：“汝两人可至堤旁，约距林南里许，引兵下伏，俟我亲去挑战，诱布赶来，两下杀出，休得有误。”曹仁曹洪领命去讫。到了翌晨，西面烈焰冲天，果然吕布前来烧林，操喜语道：“不出我所料，今日定当破布了！”遂麾军出营，前往搦战，行至堤畔，布已将林木遍焚，并无一人杀出，即放胆再进，才越半里，正与操军相遇，两下交战，操佯败急走，布以为前面无林，驱军急进，不意伏兵从堤下突起，竟将布军冲成两撅；布顾前失后，当然着忙，再加操引军杀转，猛将典韦，双戟很是利害，除吕布无人敢当，布已心慌意乱，也不暇与韦赌胜，当即拍马退回，仓皇中杀开走路，部兵已折去多人；操军直追至布营，天色已晚，方才引归。布经此一败，锐气尽丧，便夤夜遁去。是不及曹操处。陈留太守张邈，闻得布军败走，料知操必来报怨，乃使弟超保着家属，守住雍邱，自向袁术处求救。操攻拔定陶，就移攻雍邱城，城内守备单微，待援不至，竟至失陷，超惶急自尽，家小等均被操军杀死。邈至扬州，亦为从吏所杀，一门殄绝，情状惨然。实是陈宫害他，然亦可为轻率者戒。嗣是兖州复归曹操，操自称兖州牧，不过上了一道表文，声明情迹罢了。吕布失去兖州，又害得无地自存，只好挈着家眷，奔投徐州。徐州刺史陶谦，殁时已六十三岁，临终这一夕，嘱语别驾糜竺道：“我死以后，非刘备不能安此州，汝曹可迎他为主，毋忘我言。”说毕遂瞑。竺为谦棺殓，即率州人至小沛，迎备入刺徐州；备辞不敢当。下邳人陈登，表字元龙，夙具大志，弱冠后得举孝廉，除授东阳长，养老恤孤，视民如伤，陶谦表登为典农校尉，劝民耕桑，广兴地利，至是亦随竺迎备。见备不肯受任，便向前力劝道："今汉室陵夷，海内倾覆，立功立业，莫如今日，徐州殷富，户口百万，欲屈使君抚临州事，使君正可借此发迹，奈何固辞？"备尚推让道："袁公路术字公路。近据寿春，此君四世三公，众望所归，何妨请他兼领徐州。"登答说道："公路骄豪，不足拨乱，今欲为使君纠合步骑十万，上足匡主济民，创成霸业，下足割地守境，书功竹帛，若使君不见听许，登等却未敢轻舍使君哩！"备还有让意，真耶假耶？可巧北海相孔融到来，由备延入，谈及徐州继续事宜；融便说道："我此来正为此事，诚心劝驾，君今欲让诸袁公路，公路岂是忧国忘家的大臣！我看他虽据扬州，不过一冢中枯骨，何足介意，今日徐州吏民，俱已爱戴使君，天与不取，反受其咎，将来恐悔不可追了！"备乃勉从融议，由小沛移居徐州，管领州事。适值吕布来奔，备因他进袭兖州，得解徐围，与徐州不为无功，所以出城迎入，摆酒接风，席间互道殷勤，颇称欢洽；罢席后送居客馆。过了两三日，布设宴相酬，备亦赴饮，酒至数巡，布令妻妾出拜，格外亲昵，想貂蝉应亦在列。到了醉后忘情，就呼备为弟，有自夸意；备见布语无伦次，未免不谐，但表面上仍然欢笑，不露微隙，及宴毕告辞，方令布出屯小沛。布意虽未惬，究属不便争论，越宿即与备叙别，自往小沛去了。为下文袭取徐州张本。且说李傕郭汜等，在朝专政，已越二年，献帝加行冠礼，改元兴平，追谥本生妣王氏为灵怀皇后，改葬于文昭陵，时献帝已十有六岁了。四府三公，换易数人，太尉迭更四次，乃是皇甫嵩赵忠朱儁杨彪，相继承受。司徒迭更三次，若赵谦，若淳于嘉，若赵温，有名可稽。司空更换了四次，系是循资超迁，先为淳于嘉，次为杨彪，又次为赵温，温进职司徒，后任叫作张喜，由卫尉升任，统共得十余人，大都无从建树，只好随俗浮沉，与时进退，一切军国重权，俱归李傕郭汜等掌握。傕欲招抚陇西，特使人买嘱马腾韩遂等，饵以重赏，征令入朝；马腾韩遂见前文。腾与遂各贪厚利，乃率众共诣长安，朝廷命遂为镇西将军，遣还凉州，腾为征西将军，留屯郿县。腾虽得官爵，心尚未足，更向李傕索赂，傕不肯照给，遂致触动腾怒，与傕有嫌。谏议大夫种劭，为故太常种拂子，前次傕等犯阙时，拂曾遇害，亦见前文。劭欲报父仇，恨傕甚深；且见傕等拥兵逼主，为国大患，乃与侍中马宇，左中郎将刘范，共拟招腾入都，为诛傕计，腾亦与盗贼无异，招腾诛傕即得成功，未必遽安，劭等所见亦误。密使往返；腾即允诺，进兵至长平观中。傕料有内应，先行搜查，种劭等情虚出走，同奔槐里；樊稠郭汜及傕兄子李利，由傕遣攻腾军，腾交战失利，奔走凉州。樊稠督兵追赶，驰马疾行；李利既不力战，又致落后，被稠促召至军，怒目叱责道："人欲枭汝父头颅，还敢这般玩惰，难道我不能斩汝么？"利无奈谢罪，随稠再进。行抵陈仓，凑巧韩遂兵至，来援马腾，韩见腾等军败绩，乃勒马相待；至樊稠先驱追来，便上前拦阻道："我等所争，并非私怨，不过为王室起见，遂与足下本属同乡，何苦自相残杀，不若彼此罢兵，释嫌修好为是。"稠听他说得有理，乐得息事，与遂握手言别，还入都中。傕又遣他再攻槐里，种劭马宇刘范等，并皆战死，于是迁稠为右将军，郭汜为后将军。稠复请赦韩遂马腾二人，安定凉州，方好一意东略，免得西顾。有诏依议，免韩马二人前罪，使腾为安狄将军，遂为安降将军，唯出关东略的计议，傕尚在踌躇，未肯遽允；稠却再三催促，自请效力，反令傕疑窦益深。李利记着前嫌，复向傕密报，述及韩樊共语事，傕不禁大怒道："军前密谈，定有私意，若不速除此人，后必噬脐。"遂与利商定计划，借会议军事为名，邀稠入室，稠还道他是准议发兵，欣然前往。谁知入座甫定，即由傕呼出健卒，持刀直前，把稠劈死。一面宣告稠罪，说他私通韩马，与有逆谋，诸将似信非信，互生疑谤，连郭汜亦内不自安。傕欲交欢郭汜，屡请汜入室夜宴，或请留宿，汜妻甚妒，只恐汜有他遇，从旁劝阻。一夕傕复邀汜饮，汜被妻牵住，设词婉谢。偏傕格外巴结，竟遣人携肴相赠，汜妻即捣豉为药，置入肴中，待至汜欲下箸，妻便说道："食从外来，怎得便食。"当即用箸拨肴，取药示汜道："一栖不两雄，妾原疑将军误信李公。"说着，向汜冷笑。妒态如绘。汜才知妻含有妒意，力自辨诬，妻却带笑带劝道："总教将军不往李府，妾自然无疑了。"汜应声许诺。转瞬间已是兼旬，又将前言失记，至傕家饮得大醉，踉跄归来，一入室门，呕哕满地。汜妻泣语道："将军尚不信妾言么？明明中毒，奈何奈何！"说着，汜亦焦急起来，捶胸言悔，还是汜妻替他设法，忙用粪绞汁，令汜饮下。汜顾命要紧，没奈何掩鼻取饮，未几心中作恶，复吐出若干秽物，稍觉宽怀；你不肯听从阃命，就要罚你吃屎。随即愤然说道："我与李傕共同举兵，每事相助，奈何反欲害我，我不先发，还能自全么？"越宿就检点部曲令攻李傕。傕闻汜无故来攻，更怒不可遏，出兵拒战，辇毂以下，居然大动干戈，无法无天。傕且遣兄子李暹，率数千人围住宫门，胁迁车驾，太尉杨彪，出语李暹道："自古帝王不闻有徙居臣家，君等举事，当合人心，为何轻率若此！"暹抗声道："我家将军，恐郭汜入宫为逆，故遣我迎驾，暂避凶焰，君敢来相阻，莫非与汜通谋不成？"彪不便再言，入白献帝。献帝新立皇后伏氏，甫越三日，便遭此变，急得无法可施。李暹用车三乘，入宫促逼，一乘载献帝，一乘载伏后，一乘由傕吏贾诩左灵共载，监押帝后至李傕营，天子已成傀儡，由他播弄，余如宫廷侍臣，还有什么主意？只好随着乘舆，步行同出。暹复纵兵入宫，掠妃妾，掳财物，所有御库金帛，悉数搬至李傕营中；更可恨的是放起火来，把宫阙一律毁尽。董卓毁洛阳宫阙，李傕毁长安宫阙，两京为墟，呜呼炎汉。献帝到了傕营，虽由傕另设御幄，供奉衣食，但比那宫中安养，迥不相同，累得献帝寝食不遑，日夕担忧。乃命太尉杨彪、司空张喜、尚书王隆、光禄勋邓渊、卫尉士孙瑞、太仆韩融、廷尉宣播、大鸿胪刘郃，大司农朱儁等，至郭汜营内讲和。汜不肯依议，反将群臣留住，逼令同攻李傕。杨彪勃然道："群臣共斗，一劫天子，一拘公卿，古今曾有是理么？"还讲什么道理？汜闻言起座，拔剑指彪，凶威可怖，彪却无惧色，正容答语道："卿尚不念国家，我亦何敢求生！"中郎将杨密，忙上前劝止，汜才罢手。但尚未肯放还群臣，仍与李傕相争不息，傕召羌胡数千人，分给御物缯彩，令他攻汜，且谓诛汜以后，当加赏宫人妇女。汜亦阴贿傕党中郎将张苞，约为内应，自率众夜攻傕营，矢及御幄。傕慌忙出拒，仓猝间闻有箭声，亟向右侧闪过，那左耳上已中了一箭，忍痛拔去，血流如注，忽又有烟焰从营后出来，料知有人图变，更觉惊惶；幸亏都将杨奉，引兵援应，方将汜兵杀退，再查及营后火光已经消灭，独不见中郎将张苞，才知苞阴通郭汜，纵火未成，奔投汜营去了。傕经此一吓，免不得顾前防后，遂将献帝迁居北坞，使校尉监守坞门，隔绝内外，饮食不继，侍臣均有饥色。献帝向傕求米五斗，牛骨五具，分给左右。傕怒说道："朝夕上饭，何用米为？"乃只把臭牛骨送入。献帝见了，不胜懊恨，便欲召傕责问。侍中杨琦急奏道："傕自知所为悖逆，欲动车驾往池阳，愿陛下暂时容忍，静待后机。"献帝乃低头无语，用巾拭泪罢了！末代皇帝，实是难做。司徒赵温，见献帝为傕所制，因致书与傕，语多责备。傕又欲杀温，经傕弟李应劝解，才得罢议。唯傕迷信鬼怪，常使道人及女巫，击鼓降神，诳惑部兵，又为董卓作祠北坞，屡往祷祭。每当祭后，顺道省视献帝，不释甲械，奏对时亦言语不伦，或称帝为明陛下，或呼作明主；且言郭汜种种不道，应该加诛。献帝只好随他意旨，而为敷衍。傕欣然出语道："明陛下真贤圣主！"嗣是无害帝意。献帝复遣谒者皇甫郦，往与两造解和，郦先诣郭汜营，用言婉劝，汜颇有允意。转至李傕处调停，傕独不肯从，悻悻与语道："我有讨吕布的大功，辅政四年，三辅清静，为天下所共闻，郭多汜小名为多。系盗马虏，怎敢与我抗衡，且擅劫公卿，罪在不赦，我所以定欲加诛，君为凉州人看我方略士众，足胜郭多否？"郦听他语言不逊，也忍无可忍，便应声道："古时有穷后羿，自恃善射，不思患难，终归灭亡，近如董公强盛，亦致身亡族灭；可见得有勇无谋，反足取祸。今将军身为上将，持钺仗节，子孙宗族，多居显要，国恩亦岂可遽负？且郭多劫质公卿，将军胁迫至尊，孰轻孰重，不问可知，张济杨奉诸人，尚知将军所为非是，将军若再不悔悟，恐一旦众叛亲离，虽悔无及了！"语虽切直，究非和事佬声口。傕怎肯听服，呵令出去。郦趋出营中，遇着侍中胡邈，前来探信，郦即呼语道："李傕不肯奉诏，词多悖逆。"邈急摇手道："毋为此言，徒自取辱。"郦瞋目道："胡敬才，邈字敬才。汝亦国家大臣，奈何也作此语，郦累世受恩，得侍帷幄，君辱臣死，义所当然！今若为李傕所杀，莫非天命，何惧之有！"邈不待说毕，匆匆还白献帝，献帝恐郦得罪李傕，急遣人召还。傕果遣虎贲将王昌呼郦，昌鉴郦忠直，纵令还报，只说是追郦不及，入报李傕，且劝傕不宜多戮直臣，傕乃无言。及郦还白献帝，诏令他免官归里。郦与故太尉皇甫嵩同族，嵩已病殁；郦以忠直闻名，幸得不死，这未始非天眷忠诚，才得脱离虎口呢！寓劝于褒。献帝尚恐傕怀怒，特擢傕为大司马，位重三公。傕归功诸巫，重赏金帛，独不及将士。部将杨奉，至是越不愿事傕。潜与傕军吏宋果，谋杀傕奉还天子，不幸谋泄，果为傕所杀，奉得逃脱，傕众亦陆续叛去。可巧镇东将军张济，引兵入都，进谒献帝，请宣诏谕和傕汜，并愿奉驾东幸弘农，献帝自然乐从，当下遣使持诏，分谕傕汜两人，傕汜尚有异言。经使臣仆仆往来，直至十次，方得言和，汜乃释放群臣，杨彪等并皆告归。唯朱儁因愤成病，已先释出，回家便死。何不早死数年，免丧英名。张济促驾登程，择定兴平二年七月甲子日，启跸就道。偏有羌胡数千人，窥探御帐，喧声杂呼道：

“李将军尝许我宫人，今可蒙颁给否？”献帝听着，心上加忧，因遣侍中刘艾，商诸贾诩。诩由李傕荐举，已拜为宣义将军，既奉上命，乃召语羌胡酋帅，许予封赏，叫他禁止部属，不得罗唣；羌胡方皆引去。既而启跸期届，由群臣拥护帝后，登车出宣平门，将过吊桥，突有骑士数百人，拦住桥上，不许乘舆过去，惹得献帝又惊又恼，大费踌躇。正是

困龙失势遭虾戏，毒蟒回头遣蝎来。

毕竟献帝能否出险，容至下回再详。

陶谦识刘备为英雄，愿让徐州，不可谓非知人。备之一再谦让，或谓其故为谦饰，亦岂真能知备者！徐州为曹操所必争，只因吕布入兖，不得已回顾根本，彼固未尝须臾忘徐州也！备知兵力之不足敌操，故不愿承受。迨经陈登孔融等之力为劝驾，方许兼领，而于吕布之奔至，欢然迎入，仍为合力拒操起见，备之用心亦艰且苦矣。李傕郭汜之乱，始误于王允，继误于种劭，允与劭皆图报君亲，而计划未良，不但杀身，并且祸国。厥后乃因一汜妻之播弄，遂致两贼寻仇，兵争不已，一劫天子，一质公卿，汉室纪纲，扫地尽矣！宣圣有言，女子小人，最为难养，斯固千古不易之定论矣。

第七十三回　御跸蒙尘沿途遇寇
危城失守抗志捐躯

却说献帝出宣平门，突被乱兵阻住，当由护驾诸臣，探问来因。兵士齐声道："我等奉郭将军令，把守此桥，不准吏民自由往来。"侍中刘艾出诘道："吏民不得往来，天子也不得往来么？"兵士尚云须亲见天子，方可取信。侍中杨琦，便高揭车帷，刘艾又大呼道："天子在此，快来见驾。"兵士乃向前审视，献帝亦面谕道："诸兵何敢迫近至尊，快快退去。"兵士乃却，让车驾过桥东行。夜抵霸陵，从臣皆饥，由张济分给干粮，才得一饱。李傕不愿随驾，已出屯池阳。郭汜仍引兵追上，献帝命张济为骠骑将军，郭汜为车骑将军，杨定为后将军，定亦董卓旧部。杨奉为兴义将军，皆封列侯；又使牛辅旧将董承为安集将军，同赴弘农。郭汜独不愿东往，请献帝转幸高陵，献帝遣人谕汜道："弘农与洛都相近，容易奉祀郊庙，幸卿勿疑。"汜不肯受诏。献帝遂终日不食，懊怅异常。汜乃云可幸近县，及行至新丰，汜又欲胁帝还郿。侍中种辑，密告杨定董承杨奉，约与抗阻。汜见人众我寡，乃弃军径入南山，余党夏育高硕等，还想承汜遗意，劫帝西归，遂在营外纵火图乱。杨定董承拥帝后入杨奉营，夏育等便来劫驾，还是杨定杨奉，内应外护，杀退夏育等众，才得无恙。越宿复奉驾起行，到了华阴，宁辑将军段煨，出营迎谒，供献帝后服御，及公卿以下资粮，且请乘舆过幸营中。偏杨定与煨有隙，联结董承杨奉等人，诬煨交通郭汜，希图劫驾。挟天子为奇货，故以小人之腹度君子之心。献帝疑信参半，未加煨罪，定与奉遽引兵攻煨，煨亦出兵相拒，连战十余日，未分胜负。唯煨遣使供奉，仍然不绝，并上书自陈心迹，不敢生贰。当由献帝遣令侍臣，替他和解，方得息争。这叫做和事皇帝。不意一波才平，一波又起，那李傕郭汜二人，又复连合，来追乘舆。忽离忽合，是谓小人之交。杨定闻傕汜又至，恐不能敌，索性弃去帝后，走还蓝田。中途被郭汜截击，落荒逃窜，单骑走亡荆州。本欲扶主逞强，反致弃君逃命，贪心不足者可引以为鉴。还有张济亦生贰心，谋至杨奉营内，夺还乘舆。杨奉窥知情状，即与董承夜奉车驾，潜走弘农。及张济闻知，尾追不及，竟会合李郭两军，一同赶来。杨奉董承不得不督兵力战，毕竟众寡不敌，杀得大败亏输，从臣卫侍，纷纷挤入东涧，多半溺死，所有御物国籍，抛弃垂尽，单剩得帝后两车，由董承拼死保护，方得走脱。射声校尉沮俊，受伤坠马，为傕所执，傕问左右道："此人尚可活否？"俊大骂道："汝等为逆，劫迫天子，使公卿遭害，宫人流离，自来乱臣贼子，未有这般凶恶，将来不被人诛，必遭天殛，我为主效命，死且留名，不似汝等遗臭万年哩！"傕闻言愤甚，掣出佩剑，将俊杀死。再纵兵大掠弘农，鸡犬一空。献帝挈了伏后，仓皇东走，窜入曹阳境内，天已垂暮，无处栖身，没奈何露宿一宵。杨奉收集败兵，与董承会议道："我军已败，不堪再战，只好向他处乞援，方可抵敌追兵。"董承也以为然。两人想了多时，远处不及呼救，只河东一隅，尚有故白波贼帅李乐韩暹胡才，及南匈奴右贤王去卑等，可以招抚，叫他速来救驾；一面用缓兵计，遣人与傕等议和，佯为周旋。既而李乐等陆续趋至，共约得骑士数千，董承杨奉令他充当先锋，往攻傕等。傕等遥望旗帜，乃是河东援兵，顿觉心惊，不由的退却下去。李乐韩暹胡才诸人，并辔追击，再加董承杨奉，从后继进，大破傕等，斩获无算，待傕等逃至数十里外，始收军还营。诘旦再奉驾东驱。约行数里，后面尘头大起，傕汜济三路人马，又分头赶到，原来傕等探得河东援兵，不过数千，更知白波贼众，向系乌合，不足深虑，因复驱兵来追。董承李乐，忙保驾先走，杨奉韩暹胡才，及匈奴右贤王去卑，率兵断后。谁料傕汜济三面夹攻，横冲直扫，把杨奉等截作数橛；奉等队伍大乱，伤毙甚多。傕汜济乘胜肆威，见人便杀，光禄勋邓渊，廷尉宣播，少府田芬，大司农张义，奔避不及，俱为所害。司徒赵温，太常王绛，卫尉周忠，司隶校尉管郃，被傕截住，几遭毒手，还亏贾诩竭力解免，方幸重生。也有幸有不幸。董承李乐，随献帝走不数里，背后追兵大至，李乐狂呼道："事急了！请天子上马速行。"献帝哽咽道："不可，百官何辜，朕怎忍舍去。"还不失为仁主之言。李乐等且战且走，彼此兵士，前奔后追，连缀至四十里，才得至陕。日光又暮，追兵少缓，乃结营自守；将士十丧七八，虎贲羽林军，不满百人，傕汜济三路叛兵，辄绕营叫呼，侍从等相惊失色，各谋散去。李乐请献帝乘夜渡河，东走孟津，投依关东诸牧守。太尉杨彪道："夜渡岂可无船，且从人尚多，何能一一尽渡。"李乐道："且待我前去寻船，如有船可渡，当举火为号，请君等保帝同来。"彪应声许诺。待乐去后，约历更许，见河滨火光冲起，料知船已备就，乃拥帝出营，徒步夜走。伏皇后云鬓蓬松，花容惨淡，从未经过这般苦楚，至此也只好跟着献帝，踯躅同行。后兄伏完，一手扶后，一手尚挟绢十匹。也是个死要财帛。被董承瞧入眼中，心下不平，竟使符节令孙徽从卒，上前争夺，格毙一人，连伏皇后衣上，也为血迹所污。伏皇后吓得发抖，亟牵住献帝衣裾，涕泣求救，献帝出言呵止，争端方息。及至河滨，河中只有船一艘，泊住岸边，天寒水涸，岸高数丈，叫帝后如何下去。亏得伏完手中，残绢尚存，乃将绢裹住帝身，用两人拽住绢端，轻轻放下。伏完尚有勇力，背负皇后，一跃下船。杨彪以下，依次下投，船中已有数十人，不能再容，董承李乐，即跳落船头，解缆欲驶，吏卒等多不得渡，争扯船缆。承与奉用戈乱击，剁落手指，不可胜计。早有侦骑报知李傕，傕等出兵往追，见帝后已经东渡，不能截回，唯将岸上未渡士卒，一并掠去。卫尉士孙瑞，亦不得从渡，徘徊岸上，突被乱兵杀死。尚幸李傕等专务劫掠，不遑东追，帝后始得渡到彼岸，踉跄登陆，步行数里，才抵大阳，天色已大明了。董承杨奉各至民间搜取车马，毫无所得，只有牛车一乘，取载帝后，余皆联步相随。趋至安邑，河内太守张扬，河东太守王邑，方得车驾蒙尘的消息。扬使人奉米，邑使人奉帛，献帝拜扬为安国将军，邑为列侯。李乐韩暹胡才等，又举荐党徒数十人，各授官职，印不及刻，但用锥划石，粗成字迹，便即颁发；帝后居棘篱间，门无关闭，群臣议事，就借茅舍作为朝堂，简直是不成体统了。献帝尚恐傕等渡河，特使太仆韩融，西赴弘农，与他讲和。傕等掠得子女玉帛，颇已满欲，乃许从融议，放还所掠吏士，及乘舆器物等类。杨奉韩暹，便欲就安邑建都，太尉杨彪等，俱拟东还洛阳，文吏拗不过武弁，只好暂时驻驾，徐待后图。献帝命韩暹为征东将军，李乐为征北将军，胡才为征西将军，使与董承杨奉，并秉朝政。适值蝗虫四起，岁旱无禾，从官无从得食，但取菜果为粮；眼见是不能安居，可巧张杨自野王来朝，也请献帝还都洛阳，杨奉等仍有违言，杨乃复回野王去了。

是时关东重望，首推二袁，袁术复蓄异图，隐然有帝制自为的思想，怎肯西向救主；袁绍虽未敢称帝，但因冀州新定，也不愿轻离。从事沮授进谏道："将军累代辅政，世笃忠贞；今朝廷播越，宗庙残毁，为将军计，正应西迎帝驾，安宫邺中，挟天子足以令诸侯，蓄士子足以讨不庭，名正言顺，事必有成，愿将军勿失此机。"原是最好机会。绍颇被感动，有出兵意，偏有两人入阻道："汉室久衰，势难再兴。且英雄并起，各据州郡，连徒聚众，动辄万计。这好似嬴秦失鹿，先得可王的时势了！今若迎入天子，动须表闻；从命即失权，违命即被谤，不如勿行。"授见是同僚郭图淳于琼，出来阻挠，即驳说道："今奉迎天子，既合大义，又得时宜，若不早图，必落人后。授闻权不失机，功在速捷，请将军急自裁断，毋惑人言。"绍听了三人议论，各执一是，又累得迟疑不决。即此可见袁曹之成败。会闻东郡太守臧洪，背绍自主，绍遂将迎驾问题搁置不顾；竟发兵围攻东郡，数月不下。东郡本属冀州管辖，臧洪得为太守，也是由绍简放出去；当曹操围雍丘时，见前回。张超曾向洪乞救，洪尝为超功曹，因联兵往讨董卓，慷慨宣言，见前文。得邀袁绍赏识，留参帷幄，嗣即使领青州，盗贼屏息；乃复调任东郡。他本生有侠气，好济人急，一闻张超求援，便徒跣号泣，向绍请师。绍与操尚无怨隙，不愿援超，超竟被灭族，洪由是怨绍，绝不与通。绍恨他背惠，驱兵往攻，偏洪誓死固守，历久相持，绍尚爱洪多才，不忍遽迫，乃令里人陈琳，作书晓谕，力劝洪悔罪投诚；洪竟执意不屈，复书约千余言，略云：

> 仆本因行役，谬窃大州，恩深分厚，宁乐今日；自被兵接刃，登城望主人之旗鼓，感故友之周旋，抚弦搦矢，不觉流涕之满面也，何者？自以辅佐主人，无以为悔，主人相接，过绝等伦，盖幸赞襄大事，共尊王室，乃者本州见侵，洪系广陵人，故称雍为本州。郡将遘厄，杖策乞师，一再见拒，使洪故君遂至沦灭；区区微节，无所获伸，斯所以忍悲挥戈，收泪告绝者也。昔张景明超字景明。亲登坛歃血，奉辞奔走，卒使韩牧让印，主人得地，指韩馥让位时。曾几何时？不蒙观过之贷，反受

赤灭之祸；足下试思，景明负主人乎？抑主人负景明乎？吾闻之，义不背亲，忠不违君，故东宗本州以为亲，援中扶郡将以安社稷，一举二得以徼忠孝，未敢为非。足下乃欲使吾轻本忘家，倾向主人，主人之于我也；年为吾兄，分为笃友，道乖告去以安君亲，亦可谓顺矣！若吾子之言，则包胥宜致命于伍员，不应号哭于秦庭也？足下或者见城围不解，救兵未至，感亲邻之义，推平生之好，以为屈节而苟生，胜于守义而倾复也。昔晏婴不降志于白刃，南史不曲笔以求生，故身著图像，名垂后世。主人苟鉴谅苦衷，正当返旆退师，治兵邺垣，西向迎驾，岂可徒盛怒暴威于吾城下哉？行矣孔璋，琳字孔璋。足下徼利于境外，臧洪授命于君亲，吾子托身于盟主，臧洪策名于长安，子谓余身死而名灭，仆亦笑子生死而无闻焉！悲哉本同而末离，努力努力！夫复何言。

陈琳得了复书，当即呈示袁绍。绍阅书中来意，已知洪倔强到底，不肯再降；乃增兵急攻东郡。臧洪昼夜督守，害得力竭身疲，不得已遣二司马，缒城夜出，南赴徐州，向吕布处告急。看官！你想吕布方寄食小沛，自顾不遑，怎能往救臧洪？洪待了旬余，毫无影响，更兼粮尽矢穷，朝不保暮；因召集吏士，涕泣与语道："袁氏无道，所图不轨，且不救洪郡将。洪为义所迫，不得不死；诸君与洪有别，毋与此祸，可就城未陷时，挈眷逃生，洪从此与诸君永诀了！"吏士皆垂泪答道："明府与袁氏本无嫌怨，只为了本州郡将，自致困迫。明府不忍舍故主，我等也何忍遽舍明府呢？"于是同心誓死，守一日，算一日。初尚掘鼠为食，煮筋充饥；极至鼠无可掘，筋亦俱尽，内厨只有粝米三斗，由主簿据实启闻，谋为饘粥。洪叹息道："我何甘独食？可作薄粥，分饷众人。"至粥已煮就，召众共饮，须臾立尽；洪复取出爱妾，亲自下手，把他杀死，烹肉啖众。众皆涕泗滂沱，莫能仰视。可为唐张巡先声，但与巡相较，亦有微异。结果是人人枵腹，同为饿莩。等到城池陷没，男妇七八千名，已皆死尽，无一叛亡；洪亦气息奄奄，坐被擒去。绍盛设帷帐，大会诸将，令将洪推至面前，拈须与语道："臧洪何相负如此，今日可服我否？"洪据地瞋目道："诸袁事汉，四世五公，可谓受恩深重！今王室衰乱，不能急往扶翼，反且觊觎非望，屈害忠良。可惜洪兵少势孤，不能推刃乱臣，为国报仇，有什么服不服呢？"责绍无君，却有至理。绍不禁怒起，叱令左右推出斩首。忽有一人出阻道："将军首举大义，本欲为天下除暴；今乃先诛忠义，上违天心，下乖人望，且臧洪抗命，实为故将效节，将军应该格外鉴原，奈何加戮？"绍闻声瞧着，乃是前东郡丞陈容，与洪同籍，便怒叱道："汝已被臧洪遣出，寄居我侧，怎得尚私袒臧洪？"容顾绍道："人生只凭仁义，不徇爱憎，蹈义为君子，背义为小人，容宁与臧洪同死，不愿与将军同生！"也是硬汉。绍怒上加怒，亦令左右牵容出帐，与臧洪同受死刑。列席诸将，无不叹惜，或私相告语道："奈何一日杀二烈士。"还有臧洪遣往求救的两司马，自小沛还报；探得城陷洪死，亦皆自杀。可见得汉末士人，尚重气节，得失利害，在所不计，要死就死罢了！言下有感慨意。

绍既杀死臧洪，又欲进图幽州。幽州为公孙瓒所据，日渐骄矜，记过忘善，黜正崇邪。八字是致亡原因。前幽州从事鲜于辅，潜集州兵，欲为刘虞报仇，州民多怀虞恨瓒，乐为效死。燕人阎柔，素有恩信，为胡人所悦服；辅即推为乌桓司马，令他招诱胡骑，一同攻瓒。瓒所置渔阳太守邹丹，闻风防御，被辅柔连兵进攻，把丹击死。又探得刘虞子和，留居袁绍幕下，尚然存在，见前文。乃相率至冀州，欲将刘和迎归；袁绍当然允许，并遣大将曲义，领兵十万，护送刘和，长驱入幽州境。公孙瓒连忙出阻，麾下兵却也不少，但与曲义等交锋，一边是劲气直达，一边是观望不前，眼见是有败无胜。鲍邱一战，瓒军大败，好头颅被敌斫去，约有二万余颗，瓒遁还蓟城，不敢出头。代郡上谷右北平等处，皆响应鲜于辅刘和等军，戕吏叛瓒，瓒越觉孤危。先是幽州有童谣云："燕南垂，赵北际；中央不合大如砺，唯有此中可避世。"瓒得闻歌谣，暗想燕赵交界，莫如易地；因即由蓟徙易，缮堑自固。复设园堑十重，就堑筑室；内分数层，每层高五六丈，悬梯相接，中层最高，由瓒自居，熔铁为门，屏除左右。但令姬妾旁侍，凡男子七岁以上，不准擅入，遇有文书往来，辄悬絙上下，以免需人传递；又饬妇女习为大声，宣扬教令。一切谋臣猛将，罕得接见，嗣是群下懈体，雍隔不通。或问瓒何故为此？瓒喟然道："我北驱群胡，南扫黄巾，方谓天下可一麾而定；哪知海内愈乱，兵革迭兴，看来非我所能荡平，不如休兵息民，静待时变。兵法有云：'百楼不攻。'今我设楼橹数十重，积谷三百万斛，可以安食数年，食尽此谷，再作后图便了。"看官阅此，应无不笑瓒为愚，只是命未该绝，还有两三年的运数，所以曲义等捣入境内，为了粮运不继，引军退去；反被瓒追击一阵，夺得许多车仗，满载而回。曲义还报袁绍，只言瓒势尚盛，未可遽灭。袁绍乃暂缓进兵，但心中总想并吞幽州，方肯罢手；那迎驾勤王的大计划，反拱手让诸别人。这真叫做一着弄错，满盘尽输，岂不是大可惜么？小子有诗叹道：

欲图大业在乘时，一念蹉跎便觉迟；
尽有机宜甘自误，袁曹从此判雄雌。

欲知迎驾大功，属诸何人，且看下回续叙。

李傕郭汜，贼也；张济杨奉董承，亦无一非贼；至如李乐韩暹胡才，则固以贼自鸣，更不足道矣。堂堂天子顾委身于贼臣之手，尚有何幸？其所以间关跋涉，苟延残喘者，贼胆尚虚，未敢公然篡逆也。当时之力，与勤王足成大业者，莫如袁绍。向使从沮授之计，西向迎驾，光复东京；则上足媲齐桓晋文，下亦不失为曹阿瞒，何至身名两败，死且无后乎？若臧洪之所为，迹同小谅，未足与语大受。但观其复琳一书，与责绍数语，辄以未安王室为咎，是固犹以忠义为切劘，安汉不足，愧绍则固有余也。后人以烈士称之，不亦宜哉？

第七十四回　孟德乘机引兵迎驾
奉先排难射戟解围

却说董承杨奉等，护着献帝车驾，驻扎安邑，一住过年，改元建安。太尉杨彪等，名为三公，毫无政权，行止进退，俱由武夫作主，文臣不得过问。杨奉等拟就安邑定都，独董承欲奉驾还洛，与杨奉等更生龃龉，奉竟遣将军韩暹，袭击董承。承奔往野王，投依张杨，杨决意调兵迎驾，使归旧都；乃令董承先赴洛阳，修筑宫室，并致书荆州刺史刘表，请他为助。表却履书如约，陆续派遣兵役，输送资粮，总算是有心王室，戮力从公。杨奉韩暹等闻信知惧，出屯险要，拒绝张杨董承；还是献帝下谕譬解，令他扈跸入洛，奉与暹方才奉诏，还至安邑，护驾东行。唯胡才李乐，仍留居河东，不愿相随，时已为建安元年秋季了。建安年号最久，且为汉朝末代正朔，故一再提明。七月初旬，献帝驾至洛阳，宫阙尚未修成，暂借故常侍赵忠第宅，作为行宫；郊祀上帝，大赦天下。张杨在中途迎驾，一同至洛，先就南宫督修殿宇，半月告竣，号为杨安殿，自志己功；便请帝后迁居杨安殿，且语诸将道："天子当与天下共戴，朝廷自有公卿大臣，不劳我辈干涉，杨当出御外难便了。"乃辞归野王。杨奉亦出屯梁地，韩暹董承，并留宿卫。献帝封赏功臣，命张杨为大司马，兼安国将军，杨奉为车骑将军，韩暹为大将军，领司隶校尉，皆假节钺。唯洛阳宫府，已被董卓毁尽，急切不能修复，除杨安殿外，尚是瓦砾成堆，荆榛满目。八字写尽荒凉。百官无处安身，暂就破壁颓垣，作为栖处；并且无粮可因，遣人向州郡征求，十无一应。自尚书郎以下，往往亲出采稆，野谷曰稆。煮食充饥，甚至朝夕不继，往往饿死；或被兵士沿途劫夺，辄遭格毙。这消息传到兖州，雄心勃勃的曹阿瞒，遂欲托名勤王，挟主称雄。见识原高人一等。部下将吏，多言山东未定，不宜轻出，且韩暹杨奉，负功恣睢，未可猝制，不如从缓为是。独荀彧进说道："昔晋文公纳周襄王，终成霸业；高祖为义帝缟素，天下归心，近自董卓倡乱，天子播越，将军首举义兵，徒因山东扰乱，未敢远赴关右，但尚分遣将吏，冒险通使，上达朝廷，是将军志在效忠，人所共晓。今乘舆旋轸东京，义士思汉，人民怀旧，诚因此时上奉帝驾，下从物望，便是大顺，内秉至公，外服雄杰，便是大略，首持仁义，旁招英俊，便是大德；四方虽有逆节，亦何能为？韩暹杨奉，出身盗贼，更不足虑了。若一失此机，让人占先，将来恐无此机会呢！"曹操大喜道："文若所言，正合我意。"遂遣中郎将曹洪，引兵西进。将至洛阳，偏为董承等所阻，用兵扼险，不许交通。时骑都尉董昭，方由河内至安邑，随驾入洛，迁职议郎；他本与曹操结交，见前回。因复为操设法，冒名作书，寄与杨奉，略云：

操与将军闻名慕义，便推赤心；今将军拔万乘之艰难，反之旧都，翼佐之功，超世无俦，何其休哉！方今群凶猾夏，四海未宁，神器至重，事在维辅；必须众贤以清王轨，诚非一人所能独建。心腹四肢，实相恃赖，一物不备，则有阙焉！将军当为内主，操为外援，操有粮，将军有兵，有无相通，足以相济，死生契阔，相与共之。

奉得书甚喜，即表荐操为镇东将军，袭父嵩爵，为费亭侯。操正在汝南颍川一带，征剿黄巾余党；斩贼目黄邵，收降贼党何义何曼，回军驻许，接到洛阳诏使，得袭侯爵，尚不过循例拜命，无甚惬意。过了数日，又接得董承来书，邀令速诣洛阳，方喜如所望；即日引兵起程，与曹洪中途会合，直抵东都。董承本欲拒操，阻洪西进，此次为了韩暹专恣，遇事牵掣，所以变易初心，召操入卫。何进召董卓，董承召曹操，统是引狼入室，自速危亡。操既至洛阳，先将大队人马，驻扎都城内外；然后登殿朝谒，三呼如仪，献帝赐操平身，宣谕慰劳，操拜谢而退。出见董承，承与语韩暹罪状，操并忌张杨，连章劾奏；暹惧诛即走，奔往大梁。献帝因暹杨扈跸有功，不愿加惩，诏令免议；张杨无罪可言，操之劾杨，全是私心。独假操节钺，领司隶校尉，录尚书事。操得揽政权，严核功罪，有罪请诛，有功请赏；于是杀三人，封十三人，追赠一人，胪述如下：

> 尚书冯硕　侍中壶崇　仪郎侯祈并处死刑。卫将军董承　辅国将军伏完　侍中丁冲种辑　尚书仆射钟繇　尚书郭溥　御史中丞董芬　彭城相刘艾　左冯翊韩斌　东郡太守杨众　议郎罗邵伏德赵蕤并封列侯。故射声校尉沮俊追赠为弘农太守。

看官听说！这辅国将军伏完，便是伏皇后的父亲，籍隶琅琊，八世祖就是伏湛，系东汉开国功臣，官终大司徒，完得袭世爵为不其侯；曾尚桓帝女阳安公主，生子女二人，子即议郎伏德，女即伏皇后。伏后履历，就此补叙明白。卫将军董承，从驾有功，献帝又选董女为贵人，选承为车骑将军；伏董两家，统算是皇家贵戚了。缀此一笔，为下文两家诛夷伏案。议郎董昭，已迁官符节令，操与他情好甚深，遂引与同坐，向他问计。昭答说道："将军兴义师，诛暴乱，入朝天子，辅翼王室，这真所谓当代桓文，功业无比哩！但昭看诸将异心，未必服从，今若留此匡辅，诸多未便，不若移驾都许，方为上策；但朝廷播越有年，新还旧京，方冀少安，今复徙驾，必滋众议。昭闻行非常事，乃有非常功，愿将军临事果断，勿涉迟疑。"操拈须道："我意也是如此，唯杨奉在梁，拥有重兵，可无他变否？"昭又答道："奉虽拥众，素乏党援，尝思与将军交好；镇东费亭侯的封典，全是奉一手造成，将军可随时遣使，厚为馈谢，慰悦奉心；一面明告内外，但言京都无粮，只好奉驾迁许，往彼就食，奉为人有勇寡谋，必不遽疑，待他出师相阻，将军已好奉驾至许了！"操欣然称善，遣使诣奉，厚遗金帛，自己入朝面奏，请献帝东幸许城，免致乏粮。献帝不得不从，群臣皆畏操兵威，莫敢异议。当即指日登程，道出轘辕，东向进行。操预恐有人劫驾，步步为营，且使曹洪等分领锐卒，往伏阳城山谷中，专防杨奉前来。奉得操馈赠，倒也无心劫驾；唯韩暹奔梁依奉，从旁怂恿，乃出兵邀击，才抵阳城，被曹洪等发伏并起，左右夹攻，杀得大败而回。操得安然抵许，筑宫殿，立宗庙社稷，奉帝居住；进操为大将军，封武平侯。太尉杨彪，司空张喜，见操大权独揽，并皆辞职。操复请献帝下诏，严责袁绍，说他地广兵多，不务勤王，专自树党，擅相攻伐。自失时机，便被他人借口。绍乃上书申辩，且请献帝转幸鄄城；献帝出书示操，操当然批驳，但请授绍为太尉。诏使到了冀州，绍怒说道："曹操已濒死数次，赖我救活，今反挟持天子，敢来令我么？"谁叫你不先迎驾。遂拒诏不受。操得使人归报，恐绍兴兵来争，乃请将大将军一职，暂让与绍，并封绍为邺侯，绍仍辞还侯封，唯与操不复争论。操自为司空，行车骑将军事，当即声讨杨奉，责他出兵阳城，敢图犯驾，罪同大逆，应坐诛夷等语。诏檄先传，兵马继发，张旗鸣鼓，直捣大梁。杨奉韩暹开营逆战，俱被曹军杀败；唯奉有部将徐晃，骁勇过人，驰突无前，操诱令归降；奉既失良将，复丧士卒，弄得势孤力竭，只好弃营东走。韩暹恃奉为生，当然与奉同行，奔往扬州，投归袁术去了。为后文联合袁术，合攻吕布伏案。

曹操最忌杨奉，既得除去，很是喜慰，乃表荀彧为侍中尚书令；彧子修为军师，郭嘉为司空祭酒。两荀皆颍川名士，智略俱优，郭嘉字奉孝，也是颍川人氏；少有远图，往投袁绍幕下，及见绍多谋少决，乃去绍还乡。操令彧访求才俊；彧即荐嘉才能，召与操语，相见恨晚，操谓嘉必佐成大业，嘉亦谓操真吾主，两荀一郭，参谋帷幄，真是如虎生翼，势力益张。句中有刺。余如曹洪曹仁夏侯惇夏侯渊，惇族弟。及典韦李典乐进于禁徐晃等，皆为操属下猛将，各得封官；又征前北海相孔融，为将作大匠。融在北海，喜交宾客，尝自叹道："座上客常满，樽中酒不空，我亦可无忧了！"在郡六年，颇得民心，唯与袁曹不相往来。绍子谭为青州刺史，引兵攻融，自春及夏，战无虚日，兵士大半伤亡，所存只数百人，流矢雨集，戈矛内接；融尚隐几读书，谈笑自若；及城被陷没，乃奔往东山。迂疏士，实不中用。操素闻融名，乃征融为将作大匠。融尝师事北海人郑玄，特替他另立一乡，号为郑公乡，会因黄巾入境，玄避居徐州，数年乃还。融既入许，操亦征玄为大司农；玄托病不至，在家考终。却是高士。玄尝笺注经书，凡百余万言，齐鲁间称为经师；所以身虽没世，遗籍流传。操复令羽林监枣祗为屯田都尉，骑都尉任峻为典农中郎将。祗本姓棘，由先人避难易姓，至祗始出仕；曾为东阿令，助操守城，不为吕布所陷，操因此亲信。祗见岁旱洊饥，军食不足，乃创议屯田许下，为固本计。任峻为河南中牟人，操起兵时，峻为县中主簿，劝中牟令杨原举城应操，得操欢心，操将从妹许与为妻，引为戚侣。峻与祗戮力劝耕，才阅数年，得积谷数百万斛，且令州郡各置田官，所在丰饶。操因此得用兵四方，不劳输运，卒能战胜攻取，兼并群雄；曹氏功臣，祗峻当居首列呢！比诸两荀一郭，殊不相让，可惜都为虎作伥。话分两头。

且说刘备管领徐州已阅年余，仍用糜竺陈登为辅，并引北海人孙乾为从事，韬甲敛兵，与民休息。不意袁术自扬州起兵，来与刘备争夺徐州，术自得扬州后，号称徐州伯，专务张皇。时当李傕等挟权秉政，欲结术为外援，特请旨授术为左将军，封阳翟侯。术阳为受命，阴欲代汉为帝，取快一时，且少年时已见谶文，谓当涂高应当代汉；当涂高，系是魏字。《魏志·文帝纪》载："故白马令李云遗言，当涂高者，魏也。魏阙当道高大。"谶文所云阴寓，以魏代汉之意。暗思自己名字，适应谶文，古者百家为里，里十为术，术为邑中大道，可作涂字解释；路亦为涂，名与字俱相暗合。术字公路。又因袁氏系出陈国，为帝舜后；舜以士德王天下，士德属黄，黄可代赤。汉秉火德五行，火生土，故云，以黄代赤。遂常思代汉，僭号称尊。前时孙坚得玺，为术所闻；见六十八回。坚死岘山，丧归曲阿。玺为坚妻吴氏所藏，术乘他奔丧还里，拘留坚妻，索交玉玺。玺既到手，便拟称帝，为主簿阎象等所阻，权就迁延；唯思徐扬二州，壤地毗连，能得并吞徐州，拓地较广，庶几僭号天子，较为有名，于是调遣将士，侵入徐州界内。刘备闻术兵犯境，不得不亲出抵御；乃令张飞留守下邳，即徐州治所。自与关羽等往屯盱眙，交战数次，未分胜负。不料袁术致书吕布，令他袭取下邳，许助军粮。布素好反复，竟不顾地主情谊，反颜从术，悄悄的引兵东下，由小沛进袭徐州。守将张飞，性喜嗜酒，醉后又不免使性，怒责徐州旧将曹豹，鞭笞数十。豹为此挟嫌，开城迎布，飞仓猝迎敌，已是不及，只好杀出东门，奔往盱眙，连刘备的家眷，都失陷城中。酒之误事也如此。备正与术军相持，突见张飞狼狈奔来，问明情由，才知下邳被吕布夺去；那时顾家情急，只好引兵退回，与布争论。偏偏距城数里，全军皆溃，不得已转走广陵，收集散卒，再作后图。可巧糜竺孙乾等，从下邳逸出，仍来依备。竺本饶家产，尝至洛阳为贾，归遇美妇，求竺同载，经竺慨然允许，令妇上车，行及数里，并未斜睇妇人；妇感谢下车，临别语竺道："我为天使，当往烧东海糜竺家，感君共载，故特相告。"竺惊问道："可禳免否？"妇人道："天命难违，君当亟归，搬徙人财，一过日中，便无及了！"言讫不见。竺慌忙还家，挈眷出门，所有财物，约略搬出；果然日中火发，屋宇尽焚，唯遗资尚存，不致大损。好义之报。此次本与张飞同守，飞为布所袭，仓猝走脱，竺收拾细软，带领眷属，混出城门，追寻刘备，至广陵相遇。备询及眷属，竺言在城内尚安，但有布兵监护，无法解救，故不能偕来；备当然叹息。竺携有一妹，年已及笄，遂进奉巾栉，为备解忧；且将随身所带的金银，一律取出，充作军资。备赖以不困，孤军复振，乃寄书与布，略述旧情，请他送还家眷，互释嫌疑。布与备本无仇隙，为了一时贪念，遂致背好起兵，既入徐州，究竟天良未泯；所以刘备家小，仍令兵士保护，不得入犯。嗣复遣使诣术，索取军粮。术竟欲悔约，谓必须擒获刘备，方可践言。布得了此报，恨术无信，仍拟与刘备讲和。适得备书递到，乐得照允，且许备还屯小沛，备乃驰回小沛城，布亦派吏送出甘夫人。甘糜相见，却也情同姐妹，式好无尤。一番挫折的刘玄德，虽失去下邳，反得了两美并头，不可谓非转祸为福了。语意隽永。

独袁术探得布复和备，复思设计离间，又遣使驰至徐州，愿为子求婚布女，结作姻亲，且助布米麦各若干斛；布又复大喜，礼遣来使，愿如所约。仍是贪心未泯。术得使人返报，即命部将纪灵等，领兵数万，进攻小沛，备使孙乾，向布求援，布不愿援备；经乾揭破术谋，说是小沛不保，徐州亦必不独存；布又被提醒，亲往救备。纪灵正引兵大进，直抵小沛城下，不防吕布亦骤马趋至，与纪灵相对安营，纪灵不知布助何人，派吏问明。布答说道："我与袁公路既结姻好，理当相助，明日请纪将军过叙便了。"纪灵得报甚喜，待至翌日，径诣布营，甫入营门，蓦见刘备在座，不禁大惊，转身退回；谁知营中趋出吕布，一把扯住，不得动弹。便骇问道："将军是否欲杀纪灵？"布答言非是，又问是否邀灵杀备，布亦说非是，害得纪灵莫明其妙，只是发愣。但听布呵呵大笑道："布性不喜斗，转喜解斗，玄德乃是我弟，今为将军所攻，布愿代为调停，各息兵争！"说至此，即将纪灵拉入帐中，令与刘备相见。备也由吕布邀至，故先在座，见了纪灵，不由的惊诧起来。布偏叫他行相见礼，彼此没法，勉强作揖，只心中俱忐忑不定，各怀猜疑。布顾语二人道："我劝两君罢兵讲和，恐两君尚不见信，待我决诸天命，天意倘使汝两君息争，两君不得有违。"二人含糊答应，尚未知他如何处置，布却令左右搬出酒肴，与二人共宴，左纪灵，右刘备，自己居中。饮过三巡，布令左右取过画戟，至辕门外面插定。因笑语纪灵刘备道："两君可看我射戟，如或射中，君等应各自罢兵；否则，安排厮杀，与布无涉，如不从布言，布即视作仇敌，不能以亲友相待了！”纪灵刘备均无异言。布便起座取弓，搭上雕翎，就从座旁射将出去，飕的一声，那箭镞如鹰隼腾空，远飞至百数十步外，不偏不倚，正中画戟小枝；帐内帐外，无一不高声喝采。我亦喝采。小子有诗赞道：

一箭能销两造兵，温侯也善解纷争；
辕门射戟传佳话，如听当年嚆矢声。

布射中画戟，便掷弓地上，笑顾纪灵刘备，要他罢兵。究竟两人是否乐从，待至下回详叙。

迎驾入许，为汉魏兴衰之一大关键；魏因此而兴，汉即因此而亡。然观于当日之时势，微曹操迎驾之举，则建安正朔，尚不能延至二十余年。杨奉韩暹等，但知劫驾，不知佐治，若令其长此秉政，其亡汉也益速！袁绍资望独优，不能上法桓文，尊王定霸；袁术且有异图，妄思代汉。刘备本为汉胄，而兵少势孤，不足有为，余子碌碌，均非英杰，所差强人意者，唯一曹操。操之迎驾入许，彼时尚第欲为五霸，固未尝有心篡汉也。立宗庙，定社稷，光复汉室，诚能守此不变，操亦何愧为汉室功臣乎？若吕布为反复小人，始依备，继袭备，后复和备，始终误一贪字，安望有成。但观其保护备家，不屑淫掠，至射戟一事，更为刘备排难，此亦未始非豪侠所为。后之朝亲暮仇者，且不布若，可胜慨哉！

第七十五回　略横江奋迹兴师　下宛城痴情猎艳

却说吕布掷弓地上，笑顾纪灵刘备道："这是天意令汝罢兵呢！"备即起座献觞，向布道谢；唯纪灵面有难色，既不便悔赖前言，又不好满口应允，沉吟半晌，方对布道："将军天威，令人敬服，灵自当遵命，但如何回报主人？"布应声道："这有何难！由布修书一函，即烦将军带回便了。"纪灵不能不允，起身告辞；布且与两造约定，明日续宴，并与纪灵饯行。纪灵因未得布书，只好留屯一宵。到了次日，复与刘备共集布营，两下宴叙，比昨日稍为欢洽；待至饮罢，布乃出书给与纪灵，彼此揖别，纪灵拔营自归。备迎布入城，免不得盛筵相待，伸谢德惠，宾主尽兴，布乃辞了刘备，回下邳城。那纪灵回报袁术，呈上布书，术阅书大怒，拟亲自攻布；还是纪灵力为谏阻，谓吕布只可计取，不可力敌，且与他联成姻好，务令除去刘备，方可图布。借婚姻为吞并，古今军阀如出一辙。术方才忍耐，仍与吕布通使，虚作应酬，一面从孙策计议，使策出定江东。策即孙坚长子，表字伯符，本居寿春，少年英达，喜结交游。舒人周瑜，字公瑾，与策同年，亦具大志，闻得策慷慨好友，遂自舒城至寿春，一见倾心，约为昆仲，策长瑜两月，瑜便事策如兄；劝策徙家至舒，并让道南大宅，俾策全家居住，登堂拜母，有无与共。及策年十七，方思出立功名，不意凶信传来，策父坚败殁岘山；坚死岘山见前文。策哀恸异常，即偕母吴氏，迎榇东归。策舅吴景，方为丹阳太守，因拟将父榇安葬曲阿；曲阿为丹阳所辖，道过扬州，偏被袁术截住，胁令策母交出玉玺，策母无奈取交，才得释去。策有从兄孙贲，将叔父坚遗众数千，也交与袁术接管，术使贲为丹阳都尉。广陵人张纮，避难江东，博通经术，策屡次往访，具述志趣，且殷勤询问道：“方今汉祚中微，天下扰扰，四方枭杰，各拥众营私，不务大义，先君与袁氏共破董卓，功业未就，偏为黄祖所害。策虽庸稚，有志复仇，欲往从袁扬州，求得先君余众，东据吴会西略荆襄，报怨雪恨，为朝廷外藩；君若以为可行，幸乞赐教。”纮方丁母忧，婉词逊谢；再由策呜咽陈词，声泪俱下，纮才为感动，慨然作答道：“卓荦少年，有此大志，何患不成？最好先投丹阳，收兵吴会；然后据长江，奋威德，复仇洒耻，匡君泽民，功业且高出桓文，岂止守藩了事？待纮服阕，当与君同好，共图南济，君却先往建功便了！”策复说道：“策有老母，并弱弟三人，可否相托，使策不致忧家？”纮毫不推辞，当即许诺。也是季布流亚。策乃径诣寿春，入谒袁术道：“亡父曾从长沙入讨董卓，与明使君共会南阳，同盟结好，不幸遇难，勋业不终；策感念先人遗志，欲自凭结，还请明使君垂察微诚，济师雪恨。”术见他英姿豪爽，语言明达，禁不住暗暗称奇，但尚未肯将策父旧部，直捷拨还。因语策道：“我已用贵舅为丹阳太守，贤从兄为都尉；丹阳为三吴要地，不乏健儿，汝可往彼招募便了。”

策乃与汝南吕范，族人孙河，同往丹阳。策舅吴景，当然接纳，且嘱策归迎母弟，同至丹阳。策遂返至舒城，奉母吴氏，及弟权翊匡，与一幼妹，共抵曲阿，依父庐墓旁居住；辗转召募壮士，得数百人，寻为泾县贼帅祖郎所袭，丧失过半。没奈何再往见术，涕泣拜求，愿给还亡父部曲，术始将孙坚遗众拨出千余人，交策收领。仍然不肯全给。表拜策为怀义校尉，且谓当迁任九江太守。策拜谢而出，收集乃父旧部，自立一营，故将程普韩当黄盖等，亦归麾下。有一骑士犯令私逃，奔入术营，匿居内厩，策察知情隐，率吏掩捕，牵出斩首；因诣术谢罪。术答说道：“叛兵应当共恨，不杀何待，毋庸言谢！”术此语又似明白。策乃趋退。军中始知策胆略，不敢轻视，就是术部将乔蕤张勋，亦皆服策英明，互相敬礼。术尝自叹道：“使我有子如孙郎，死亦无恨了！”话虽如此，唯心中总不免怀忌。九江太守出缺，仍不肯使策代任，另用丹阳人陈纪接任。后向庐江太守陆康，征米三万斛，不得如愿，乃遣策攻康；临行与语道：“日前错用陈纪，致负前言，今烦卿攻拔庐江，便当令卿为庐江守了！”策领兵往攻，力战数次，得将陆康逐去。据有全城，向术报捷。谁知术又召策回郡，另委故吏刘勋为庐江太守；策自是恨术，不过因兵力未充，勉从术命，将庐江城交与刘勋，怏怏引归。适朝廷遣侍御史刘繇，东下为扬州刺史，州治本在寿春，因寿春为袁术所据，乃改至曲阿，逐去丹阳太守吴景，及都尉孙贲，景与贲退居历阳，报知袁术。术愤不可遏，即使故吏惠衢为扬州刺史，更命吴景为督军中郎将，与孙贲共击刘繇。心目中已无汉帝。繇令部将樊能于麋陈横屯江津，张英屯当利口，分头防守。吴景等屡攻不克，丹阳人朱治，前为孙坚校尉，此时复归孙策，劝策往助吴景，收取江东。策因进白袁术道："亡父前在江东，本有旧惠，今愿助舅氏共略横江，横江得下，可招募土著人士，能得三万兵甲，上佐明公，天下可不难平定了！"术知策隐怀怨望，但闻刘繇据住曲阿，兵力不弱，且有会稽太守王朗，为繇后援，总道策未能与敌，乐得听他出去，败死无怨。好良心！遂令策为折冲校尉，行殄寇将军事。策部下兵只千余人，马只数十匹，容易部署，即日启行，途中招徕宾从，陆续趋集；及抵历阳，差不多有五六千人了！策母吴氏，及子女五人，已随吴景至历阳，策谒母即行，乘便寄书周瑜，请他出师；瑜有从父周尚方为丹阳太守，由瑜前往省视，途次接得策书，遂向丹阳贷粟借兵，顺道迎策。策大喜道："公瑾远来，我事必谐了！"遂进攻横江，捣入当利口，击走守将张英，与吴景孙贲等会师；再破樊能等军，渡江入牛渚营，尽得粮谷战具，军势大振。一鸣惊人。

时有彭城相薛礼，下邳相笮融，俱走依刘繇，推繇为盟主；礼据秣陵城，融屯县南，策先领兵攻融，融出营交战，被策击败，伤亡五百余人，奔入营中，不敢再出。策移攻秣陵，日夕猛扑，慌得薛礼手足无措，乘夜溃走。策得入秣陵城，安抚居民，禁兵侵掠，忽有探马入报，乃是樊能于麋等，复袭夺牛渚营，断策归路；策奋然起座，当即督兵回攻，大破樊能于麋。擒获万余人，能麋等统皆遁去，因复转击笮融。融令弓弩手分伏营门，待策趋近，一声号令，万矢齐飞，策尚用槊拨箭，不肯遽退，百忙中不免一疏，股上突然中箭，翻身落马；左右忙将策救起，用车载策，驰还牛渚营。将佐俱入帐问安，策已拔去箭镞，用药敷楂，笑语诸将道："我伤未及重，何至落马？此中寓有深谋，汝曹可说我已死，举哀退兵，笮融必来追我，我就好设法擒融了！"诸将俱拍手称善。策即遣将置伏，一一办妥，然后令军士佯哭，拔寨齐起。早有细作报知笮融，融果遣部将于兹，率兵追策；策军尚是伪退，诱兹入伏，四面攒击，立将于兹射死，扫尽余军。于兹却是个替死鬼。策乘胜复逼融营，融正想接应于兹，出兵就道，忽有一彪人马杀到，首领为一赳赳少年，厉声大呼道："孙郎在此，叫笮融速来受死！"自称孙郎趣甚。融不意孙策复生，驱军亟遁，策追杀数里，得了许多甲胄，方才还军；本编皆采自《吴志》与罗氏《三国演义》情事略殊。于是破海陵，陷湖孰江乘，直指曲阿。刘繇闻策军将至，急忙整备兵械，为守御计。可巧太史慈前来省繇，繇因太史慈与己同郡，不得不传入相见。慈入帐行礼，繇自居前辈，不过欠身作答，且问慈道："闻汝曾依孔北海，今日何故到此？"慈答说道："北海早已解围，现闻明公亦至受敌，故特来效力，愿为前驱！"北海事见七十一回。繇却淡淡的相答道："我亦知汝忠勇，可惜少未更事；既来助我，可为侦察敌情，待破敌后，迁擢未迟！"不识英雄，怎能破敌？慈失望而出。或谓慈英武过人，不妨使为大将，繇摇首道："我若重用子义，子义即太史慈字。许子将能无笑我么？"子将即许劭，善操月旦评事，见前文。待至策军已经近城，驻营神亭，慈只率骑卒二人，前往侦探，突与孙策相遇，将慈阻住。策有从骑十三人，就是韩当黄盖诸夙将；慈本未识策，但看他青年威武，料知不是常人，便喝问道："谁为孙策？"策见慈独饶胆量，也觉称奇，即应声道："只我便是？"好汉识好汉。慈又说道："人人皆怕汝孙郎，我太史慈独不怕汝！可能与我交战百合否？"策笑答道："要战就战，我岂怕汝？且愿与汝独身自斗，免得说我恃多欺寡哩！"说着，即令韩当等退后，自己纵马向前，与太史慈大战数十合，不分胜负。慈喝彩道："好孙郎，名不虚传。"一面说，一面拍马便走。策怎肯舍慈，且追且呼道："休得用诈败计诱我，我总要擒汝方回！"慈尽管前走，策尽管后追，彼此跑了数里，慈忽兜回马头，与策再战；大约又是数十合，策觑隙刺慈，慈眼明手快，纵辔一跃，槊中马首，马忍痛一俯，慈亦把头一低，背上短戟，被策掣去。策正在得意，不防慈又复跃起，竟将策兜鍪取去，两人正在相持，韩当等已经赶到，刘繇亦遣将觅慈，又复混战；俄而两下俱有大军驰至，天色垂暮，始各鸣金收军。太史慈还见刘繇，繇反责他轻战启衅，禁令再出。不但慈灰心懈体，连他将也觉不平，于是人人生贰，不愿替繇尽力，终致城池失守，繇奔丹徒，太史慈亦西走泾县。

曲阿遂由孙策占住，入城安民，秋毫无犯。又檄告诸县，凡刘繇笮融等部曲来降，不究既往，人民愿来从军，一门得免徭役，否亦听令自便。才阅旬日，趋附甚众，约得现兵二万余人，马千余匹，威震江东。策遣吏迎接家眷，还居曲阿，自引兵出徇会稽。吴景欲先平吴中群盗，然后南下。策慨然道："吴中盗贼，只有严白虎最强，但素无大志，容易成擒；一俟会稽平定，还扫鼠辈，好似拉朽摧枯，值得什么费力呢？"遂引众渡浙江，进取会稽。会稽太守王朗，意欲出拒；功曹虞翻，谓策起兵东来，无人敢挡，不如暂避为是。朗未肯听从，发兵拒敌，一再败衄，索性弃城夜遁，浮海至东冶。策又从后大破朗军，朗乃请降。策遂自领会稽太守，仍用虞翻为功曹，待以客礼，唯王朗不得复职，留居幕下。再引兵还讨严白虎，白虎料不能敌策，坚守勿出，且使弟舆至策营请和。策闻舆有勇名，意欲面试短长，乃延舆入帐，与谈和约，且待以酒肴；酒至半酣，策故作醉状，拔剑砍席，舆吓得一跳，耸身欲走，策笑语道："闻君矫健异常，聊以戏君，非有他意！"舆答说道："白刃当前，不得不尔。"实自献丑。策不待说毕，便取过手戟，向舆掷去，应手刺倒，当即鸣鼓进兵。白虎所恃唯弟，弟舆一死，如失左右臂，勉强开营搦战，哪里敌得过策军，遂北走余杭，终至窜死。虎遇狮儿，不死何为？策乃使吴景为丹阳太守，孙贲为豫章太守，朱治为吴郡太守；礼聘广陵人张纮，彭城人张昭等为参谋，居然与袁术抗衡，不复再承术命。术闻报大愤，便欲兴兵攻策。部将纪灵桥蕤等，入帐劝阻，谓宜先取徐州，后伐江东。术问取徐方法。纪灵答道："吕布刘备，同在徐州，必为大患；今仍须履行前计，使吕布攻杀刘备，自翦羽翼，那时一鼓掩击，便可稳取徐州。"术乃依议，再派使人往说吕布，提及婚议，且谓刘备在小沛城，招军买马，如何不防？布着人探听，果闻备集兵万余人，遂率兵往围小沛。备自知难敌，索性带领家小，与关羽张飞两人，杀出重围，竟奔许都，投依曹操。操方礼贤下士，笼络人心；一闻刘备来奔，便即迎入，待若上宾。备具述吕布逼迫情形，操慰语道："布本无信义，徒恃勇力；将来当助君擒布，尽请纾忧。"备起座称谢。操复置酒宴备，至晚方罢，送备出居客馆。程昱进言道："备亦一当世英雄，志不在小，今不早图，必为后患。"操默然不答。待昱退出，适值郭嘉入见，操即与述昱言。嘉接口道："昱所见未尝不是，但明公提剑起义，为百姓除暴，推诚仗信，招罗豪健，犹恐未逮；今备有英名，穷蹙来归，若遽行加害，是使智士各启危疑，别图择主，试问公将与何人共定天下呢？”也是备不该死，故有郭嘉相救。操喜答道：“卿言正合我心。”翌日即举备为豫州牧，拨兵数千人助备，令至沛城就任，东击吕布；备即日辞行，挈眷引兵，出赴沛城。

操还想亲出接应，与备共灭吕布，忽由南阳传来军报，乃是张济南攻穰城，中箭身死；从子绣代领遗众，屯兵宛城，用贾诩为谋士，连结刘表，意图犯阙。操大怒道：“幺麽小丑，也想跳梁，我当先除此竖，然后讨布便了！遂大兴兵马，亲督诸将，出讨张绣。绣闻操督军自至，颇有惧色，即与贾诩商议；诩亦谓操兵方强，挟主令众，未易抵敌，不如遣使求和。绣乃令诩至操营通款，诩夙长应对，见了曹操，不过三言两语，便使曹操倾心。操欲留诩为辅，便与语道：“卿尝为尚书，迁拜宣义将军，今何不随我入朝？我当表卿复任。”诩答说道：“自从御驾东迁，诩即缴还印绶，西走华阴，转投南阳；今得张绣厚待，不忍遽弃，蒙公厚惠，愿以他日为期。”隐伏下文。操允从和议，送诩出帐，殷勤嘱别。诩还报张绣，绣即亲至操营，当面投诚，操自无异言，温语遣归。唯一时未曾退兵，尚在宛城驻扎；一日挈着长子昂，与从子安民，跨马出营，游览形势。遥见一轻车徐徐过来，中坐淡妆妇人，缟衣素袂，飘飘若仙，再瞧那一副芳容，红白相间，真个是桃腮杏靥，秀色可餐。操生平本来好色，弱冠前已娶妻丁氏，纳妾刘氏；嗣见娼家女卞氏有姿，复购作媵姬，大加宠爱，携入洛都。董卓为乱，操避难东行，不及挈回卞氏，洛中讹传操死，或劝卞氏图欢，卞氏不从，誓以死殉；莫谓娼女无节。乱事少定，卞氏得出都归操，操敬爱有加。及见了宛城少妇，比卞氏更增妩媚，禁不住色眩神迷，最利害的是少妇秋波，也把操瞬了又瞬，更觉得脉脉含情，勾魂动魄。少顷间车行已过，操犹用目注送，看他入城自去，才回营中，心下未肯舍割，密使从子安民，探听该妇下落。安民去了半日，当即返报。原来是张绣叔母，张济继妻，操喟然叹惜，拟作罢论。偏安民逢迎操意，谓济死已久，寡妇何妨取来？谅绣亦无可如何。说得操怦怦心动，待至日光垂暮，令安民带着数十骑士，往取该妇。全是为色所迷，遂致不顾利害。好容易将该妇取到，引入后帐，拜倒操前，操起座相扶，挽住该妇玉腕，该妇全然不避，一任操牵引柔荑，低首无语；及操问明名姓，果系济妻邹氏。当下在帐后开筵，与邹氏相坐欢饮，灯光旁映，四目相窥；男有情，女有意，不由的痴心惓惓，软语喁喁。到了酒阑灯灺，肴撤席空，一对宿世冤家，居然就军营中，作了洞房，相偎相抱，并枕同衾，彻夜的凤倒鸾颠，几不知东方既白了！小子有诗咏道：

女色原为肇祸媒，倾城倾国不胜哀；
谁知一代奸雄魄，也被孀姝勾引来。

露水情缘，欢娱无限，当有人报知张绣，绣不禁大怒，欲与操拼命，究竟如何争闹，待至下回说明。

孙伯符以童稚之年，即能结交名士，奋志功名；其锐气之特达，原不在乃父下。及乞师进取，攻略江东，袁术非不加忌，卒之纵虎出柙，俾得横行。或谓术不先害策，酿成尾大不掉之弊，吾意以为策非负术，实术之不能用策，有以致之也。曹操为乱世奸雄，乘机逐鹿，智略过人。袁绍袁术诸徒，皆不足与操比，遑论一张绣乎？乃宛城既下，遽为一孀妇所迷，流连忘返，几至身死绣手；坐隳前功。董卓之死也，衅由妇人；操之不死于妇人之手，盖亦仅耳！谚云："色上有刀。"诚哉是言！

第七十六回　策十胜郭嘉申议 劝再进贾诩善谋

却说张绣既降曹操，闻得操奸占叔母，不由的怒气上冲，便与贾诩密议，谋袭操营。操为色所迷，日夕与邹氏取乐，竟至忘归；唯邹氏自觉情虚，只恐为绣所闻，前来干涉，因此喜中带忧，劝操加防。操笑说道："我有大将典韦，守卫营门，就使千军万马，也所不惧；况我非长久居此，过了三五日，就要动身，卿随我回去，安享荣华便了！"何不速行？话虽如此，但亦隐有戒心，探得绣麾下健士，首推胡车儿，特使左右暗地结交，馈赠巨金，叫他乘间刺绣；不意车儿受金以后，反向绣报知。绣迫不及待，就在夜间号召将士，往攻操营。操令典韦夜守营门，总道是一夫当关，万夫莫入，将与邹氏安心作乐，别无他忧。黄昏已过，重效于飞，殢雨尤云，倍觉缱绻；渐觉得神情疲倦，魂梦迷离，竟吁吁的睡熟了！典韦虽奉令守门，因见夜静更深，也已解甲就寝。蓦听得一声呐喊，急忙跃起，驰至门首，已是光火四彻，有无数人马刀械，杀入营门。韦即挺身出阻，仗着双戟，挡住许多兵器，还有余隙可刺敌兵，戮倒了数十人，敌众不敢前进；却从旁栅攻入，累得韦不及兼顾，狂呼乱跳，回旋阻拦；随身尚有十数壮丁，亦皆拼死角斗，以一当十。偏敌人愈来愈多，又用长矛攒刺，几与芦苇相似。韦身无片甲，上下被数十创，兀自死战，一战辄摧数矛，两战辄摧数十矛，待至戟已残缺，不堪复用；左右又死伤殆尽，敌众得环近韦身，四面攻击，韦索性掷去双戟，徒手搏人；提起两个敌卒，代作双戟，抵御敌军，又打倒了八九人，敌复退却，再掣出短刀，向前乱劈，砍下好几十个头颅；身上受伤益重，不能复支，乃大吼一声，血流如注，倒地而亡。敌军尚不敢近，及见韦全然不动，方上前枭取首级，搞入后营。此时的曹操，早已惊醒，与邹氏一同起床，慌忙从营后跨马，逃了出去。长子曹昂，与从子曹安民，也飞马赶上，保护曹操。至敌兵搜寻帐后，只有一张合欢床，并不见曹操踪迹；料他由营后逃走，遂并力追赶。驰至清水河边，遥见前面有数人急奔，定是曹操无疑；当下用弓搭箭，接连射去，曹安民中箭先亡，曹操马亦受伤，不能再驰。还是曹昂让马与操，操得跃马渡河，好好的一个爱子，一个情妇，抛弃对岸，从此死别，不复相见了！不肯与情妇同死，终嫌薄幸！看官阅此，恐不免惹起疑团；曹操引军至宛，想总有几万人马，为何张绣劫营，独有一典韦守着，他将并未往援啊？原来操得邹氏，昼夜宣淫，也防军中异议，特遣各将巡视他处，慰谕旁县；就使尚有余兵，亦令散驻宛下，未尝相聚，只留着亲子亲侄，与猛将典韦，带领亲兵千人，守住本营。到了张绣掩袭，营兵从睡梦中惊起，俱已骇走，所以无人抵敌。单有典韦挡住营门，死战多时，终至送脱性命。但当日若无典韦，曹操万难逃脱，恐早与邹氏同入冥途了。闲话休表。

且说曹操渡过清水，方由诸将闻风驰至，护操还都。行至舞阴，才闻典韦丧生，不禁流涕。便募间谍往觅遗骸，幸得取回，厚加棺殓，亲自祭奠，恸哭一场，乃派吏送丧，归葬襄邑；授韦子满为郎中，自引军驰回许都，再拟整顿兵马，攻绣复仇。忽闻袁术在寿春僭号，置六宫，设百官，祠南北郊，自称仲氏。操不禁微哂道："此子也配做皇帝么？"乐得揶揄。道言未绝，又由军吏呈上一书，当即启视；署名系是大将军冀州牧袁绍，语多傲慢。顿时触动操怒，把书藏下，默不一言，左右见操有愠色，未敢进问。约莫有两三天，尚觉操心神未定，坐立不安；侍中钟繇，私问同僚荀彧道："曹公近日似患心疾，莫非为了征宛失利么？"彧摇首道："胜败乃兵家常事，曹公决不为此；近日必有他虑，待我往询，自见分晓！"说罢，即别繇谒操。操不待彧言，便出袁绍书示彧。心心相印，不劳问答。俟彧阅毕，便与语道："我欲往讨不义，恐兵力未敌，如何是好？"彧欲作答，巧值祭酒郭嘉进来，抢先接入道："古今成败，但视智愚，不在强弱；刘项存亡，公所深知。今绍有十败，公有十胜，绍虽称强，何足深虑？绍繁礼多仪，公纯任自然，便是道胜；绍以逆动，公以顺取，便是义胜；绍失之过宽，公能济以猛，便是智胜；绍用人多疑，专任私人，公立贤有方，不问远近，便是度胜；绍多谋少决，坐失机宜，公能断大事，应变无穷，便是谋胜；绍高谈揖让，徒务虚名，公至诚待人，实事求是，便是德胜；绍见人饥寒，非不知恤，但往往顾近略远，公与绍相反，近事或有所忽，远虑却无不周，便是仁胜；绍大臣争权，谗言惑乱，公御下以道，浸润不行，便是明胜；绍不识是非，赏罚失当，公洞察贤否，黜陟咸宜，便是文胜；绍自大好夸，未知兵要，公以少克众，用兵如神，便是武胜。据此看来，胜负已分，怕他什么？”操闻言喜慰道：“如卿所言，绍必败，孤必胜，但孤方自愧无德，何足当此？”老奸巨猾。嘉又说道：“明公不必过谦，唯徐州吕布，实心腹大患；今绍方与公孙瓒相持，我当乘他远出，东取吕布。否则我欲攻绍，布必袭我，为害正不浅哩！”彧亦接说道：“吕布未除，河北亦必难图。”操皱眉道：“我所虑尚不止此！倘绍更侵扰关中，西略羌胡，南诱蜀汉，是彼势益强，我势益弱；区区兖豫，还能保守得住么？”有此心事，怪不得坐立不安。彧答说道：“关中将帅，唯马腾韩遂最强，今若抚以恩德，与彼连和，虽未能长久相安，目前总可无虑！彧知侍中钟繇，夙具智略，若托付西事，定能弭兵，公可免西顾忧了！”操点头道：“此议甚善。”当即令左右缮表，荐举钟繇为司隶校尉，持节出督关中诸军；献帝唯言是从。即遣繇往镇长安，繇贻书腾遂，为陈祸幅；腾遂俱遣子入侍，暂无贰心。操得安心东略，拟出兵先攻吕布。

嗣闻布与袁术结亲，又恐术为布援，未易攻下；乃改用反间计，特使奉车都尉王则，赍奉诏书，往拜吕布为左将军。且由操备书与布，令王则一同带去。王则尚未至徐州，袁术已遣使韩胤，向布求婚，布当即应允，连夜备办妆奁，送女前往。韩胤自然偕行。布既遣女出嫁，入廨休息，忽由沛相陈珪，扶病求见；布不知何因，延入与语，珪开口道：“袁术叛汉称帝，将军奈何与彼和亲？”布瞿然道：“这……这也何妨？”珪申说道：“孙策借兵袁术，得取江东，今尚不肯帝袁，抗词拒绝，策拒袁术借口叙明。试想骄侈如术，可成得大事么？况曹公方奉迎天子，翊赞国政，一旦奉诏讨逆，海内响应，术必灭亡！将军与彼结婚，显系从逆，能勿因此及祸么？”数语已足吓布。布不禁变色，俯首沉吟。珪复说道：“为将军计，最好是通使朝廷，协同曹公；既足保名，复足安身，比诸与术结婚，祸福利害，相差甚远哩！”布蹙额道："我女已去，怎得复回？"珪急答道："去尚未久，尽可追还！"布听了此语，立遣轻骑往追；才阅半日，已得将女追回，并拘住韩胤，监禁狱中。珪复劝布解胤入许；即举子陈登为使。原来就是登父，可谓举不避亲。布尚在踌躇，可巧朝使王则到来，开读诏书，赍给左将军印绶，布欣然拜受；则又出操私书，交布展阅，内容多敬慕语，喜得布手舞足蹈，厚待王则，优礼饯归，并遣陈登持了谢表，随则入都。临行时与登密谈，要他代白曹操，荐为徐州牧；登谓宜解胤入都，自得所望，布亦乐允，就将胤推入槛车，令登带去。登至许都，呈入谢表，谒见曹操，操闻韩胤一并解到，立命处斩。真是枉死。登因白操道："吕布有勇无谋，轻于去就，明公宜早图为是！"操喜答道："我素知布狼子野心，不宜久养，卿父子善察情伪，幸为我从中代谋。"登应声如命，操即表增珪秩为二千石，登为广陵太守；且留登数日，方许告归。尚握登手叮咛道："东方事尽行付卿，卿勿相忘！"登喏喏受教，驰回徐州，报知吕布，具述父子邀恩，独不及徐州牧事。布不觉怒起，拔剑斫几道："汝父劝我协同曹操，绝婚公路，今我所求不得，汝父子乃得叨显贵，是明明为汝父子所卖，还敢回来见我么？"始终不脱孩儿气，怎得成事？登夷然自若，从容答说道："登见曹公，原为将军进言，谓养将军譬如养虎，当令食肉得饱，不饱且将噬人；曹公独批驳登言，比将军如养鹰，饥可为用，饱即扬去，所以未肯实授州牧，将军自思，究竟何如？"布转怒为笑道："曹操竟视我为鹰么？"一语甫毕，当有探卒入报道："袁术遣大将张勋桥蕤，与韩暹杨奉连兵，步骑数万，分作七道，来攻徐州了！"布大惊道："我兵不逾万，马不满千，如何敌得住袁术？"说着，复瞋目视登道："都是汝父教我绝婚，惹出此祸，汝速去叫父前来，为我敌术；如不能敌，休想活命！"登大笑道："将军为何这般懦弱，登看袁术七军，好似七堆腐草，立可扫平。"是谓元龙豪气。说到此语，那陈珪已经趋至，复由布问及御敌方法。珪即说道："珪正为此事前来，今袁术虽起七军，势同乌合，韩暹杨奉，未必果为术用；但教将军作书相招，定可倒戈，若术果亲至，保为将军擒术哩！"布乃说道："作书通使，仍须烦卿父子，幸勿推辞。"珪答说道："我子登一人能为，毋烦老朽。"说罢即去。登即为布缮就书牍，当先交布阅过，大略说是：

二将军拔大驾来东，有元功于国，当书勋竹帛，万世不朽。今袁术造逆，当然诛讨，奈何与贼联兵攻布？布有杀董卓之功，与二将军俱为功臣，可因今共击破术，建功于天下，此时不可失也！

布览毕大喜，便遣登持书前去。过了数日，登趋回报布道："韩暹杨奉，愿为内应，专候将军进兵，会同击术，不致有误！"布因即起兵，带同张辽高顺陈宫臧霸等一班将吏，出城迎敌。行至数十里外，与术将张勋相遇，勋未敢交锋，闭营自守，静待各军接应；布即压营结垒，相去仅数百步。俄而喊声大起，韩暹杨奉两军杀到，勋望见两路旗帜，总道他前来相助，当即开营出战，不意暹与奉反招呼吕布，三面夹击，杀得张勋叫苦连天，慌忙引兵奔还。逃至汝滨，士卒堕水溺死，不可胜计。布与暹奉二军，乘胜南下，直指寿春，水陆并进，沿途大掠。行抵钟离，见有重兵把守，乃投书讥术，还渡淮北。术接得败报，方率健卒五千，亲至淮上，与布等隔水相望。布令部兵辱骂一场，班师径归。韩暹杨奉欲与布同至徐州，布将所掠财物，分赠二人，令他留屯徐扬交界，防御袁术，二人乃依言分驻，免不得纵兵四出，劫掠平民。豫州牧刘备，方在沛城，闻得暹奉为殃，诱令入宴；阴嘱关羽张飞，突至席间，把他两人杀死，余众闻变骇散，民得少安。当时与暹奉挟帝东行，尚有胡才李乐，留屯河东，乐自病死，才被怨家所害；就是李郭张樊四将，同时作乱，樊稠为李傕所杀，张济战死穰城，郭汜入居郿坞，也由部将伍习刺死，但剩得李傕一人，收拾残众，混迹关西，宁辑将军段煨，奉诏往讨，阵斩李傕，诛及三族。可见天道昭彰，无恶不报，人生何苦作奸行暴，累得身家绝灭，宗族凌夷呢？当头棒喝。

唯曹操得知袁术败耗，方拟东图吕布，忽又接到陈国警信，乃是陈王刘宠，明帝子，敬王羡曾孙。与陈相骆俊，俱为刺客所伤，相继殒命。这刺客系由袁术差遣，术向陈乞粮不获，故有此举。操想术如此不道，乐得声罪致讨，先灭淮南，再攻徐州；乃表请东征，即日检阅三军，亲出讨术。术闻操大举东来，弃军急走，但留部将桥蕤李丰梁纲乐就等，居守蕲阳。操引众围城，一鼓突入，把桥蕤等尽行擒斩，再追术至淮上，术渡淮窜去，操乃还师。途次遇一壮士许褚，挈众来归，自称沛国谯人，与操同籍；操见他身逾八尺，腰大十围，容貌壮伟，气象粗豪，料他必有勇力，便问他所长何技？

许褚答道："生平无他技能，但力能任重，足举百钧，从前汝南多贼，褚尝倒曳牛尾，行百余步，才得将贼吓退，故乡族党赖褚保全。闻明公礼罗豪俊，故挈众归诚，投效麾下。"操尚恐他所言未实，令他曳牛试技，果如所言；乃喜抚褚背道："卿真可为我樊哙哩！"又想做汉沛公了。当下面授褚为都尉，引入宿卫，就是与褚同来的武夫，亦因他各具膂力，仍令归褚管辖，号为虎士。自从典韦死后，得褚为继，也算是无独有偶，视亡若存，操复得高枕无忧了！可惜邹氏不能复生。及行抵叶县，闻得张绣结合刘表，谋袭许都，操便令许褚为先锋，移军至宛，就在清水旁追祭亡将，哭至失声；将吏都上前劝慰，操流涕道："他将尚可恝置，唯典韦在此捐躯，令我余哀未忘哩！"还有一位邹夫人更觉可哀。正唏嘘间，探马报刘表将邓济，进据湖阳，为绣声援。操即下令将士，速击湖阳；许褚奉令先行，操亦继进，将至湖阳城下，许褚已擒济还报，操录褚为首功，将济斩首；湖阳城不攻自降。再分兵略舞阴，也即攻下。乃进围穰城，穰城由张绣亲守，见操军声势甚盛，不敢出战，唯飞使向刘表求援。表遣兵救绣，截操后路。操正拟分兵抵御，突接许都来函，系由侍中荀彧所发，内称袁绍有袭许意，不如速归；但归途务请小心。操复彧书道："刘表屯兵安众，断我归路，我若一退，绣追我后，表扼我前，原是危道。我已定有良策，一到安众，必能破绣，愿君勿忧！"此书既发，立即撤围西归。到了安众地界，果然后有追兵，前有阻卒，操却令军士夤夜凿险，作伪遁状，暗中用部兵分伏两旁，自率骑士待着。绣表两军，联合入险，为尾追计，不防伏兵突发，左右夹攻；再加操纵骑迎击，大败联合军，伤亡无数，余众遁还。先是绣欲追操，贾诩曾预为谏阻，绣不肯从，果致败回，绣始悔不用诩言；诩却劝绣道："今可再往追操，必获大胜。"绣颓然道："我军已败，奈何复追？"诩答说道："兵有变通，此番往追，如若不胜，诩甘坐罪！"绣乃收集散卒，亲自追去。操兵果不敢回战，尽将辎重抛弃，仓皇遁去；绣尚驱众追赶，突有一彪人马，前来截住，为首将弁，大呼李通在此，休得逞威。绣见有援军，方才退回。李通也即还军，送操入许。

通系江夏人氏，表字文达，以勇侠得名；建安初，归依曹操，操令他为中郎将，出屯汝南西境。及闻操出攻张绣，正引兵来会大军，凑巧操军退归，为绣所追；便从刺斜里突出，截住绣兵，操方得全师入都，通得超拜裨将军，封建功侯。唯张绣夺得许多辎重，还至穰城，由贾诩郊迎贺捷。绣笑问道："前用精兵追退军，公云必败；后用败卒追胜兵，公谓必胜；今果尽如公言，究竟从何料着？"诩答说道："这也是容易知晓，将军虽善用兵，究非操敌；操未尝败衄，急急退兵，必因许都有事，所以驰回，他防我军追击，定使劲兵断后，严堵我军；故诩知我军必败。及操已得胜，总道我军不至复追，安心回去；将军掩他不备，追杀过去，就使不能擒操，败操自有余了！故诩知我军必胜。"一经道破，人人易知。绣乃省悟，很加佩服。荆州兵仍然还镇，毋庸细表。

且说曹操既归许都，使人探视袁绍行踪，未曾出发，才觉放心。忽由沛地驰到急足，呈上要书，乃是刘备为吕布所攻，飞乞援师；操问明来使，方知吕布复通好袁术，进攻刘备，当下遣夏侯惇领兵数千，往援沛城。原来备与布失和后，互生嫌怨，彼此相图。布在徐州，使人诣河内买马，运至中途，被备略夺了去；布当然动愤，立遣部将高顺张辽等，率兵攻沛，备自恐不支，因向许都求救。惇行至沛城，尚未安营，不防高顺部下，有锐骑七百余人，叫做陷阵军，所向无前，乘隙攻惇。惇慌忙接战，不到数合，已被高顺踏破行阵，部兵四散，急得惇脚忙手乱。正拟拍马返奔，左目上突然中箭，鲜血直流，一时忍痛不住，险些儿堕落马下，幸亏亲兵拥护出险，始得逃生。那高顺既击走夏侯惇，又还攻沛城，适值刘备带着关张出城，接应夏侯惇。谁知惇已败退，正与高顺相遇，只好迎战，偏张辽袭备背后，竟将关张二人冲散，单剩得刘备一军，寥寥无几，如何支持？且前后俱无去路，不得已骤马斜奔，窜往梁地。沛城里面只有孙乾糜竺等，几个文人，哪里还能固守？眼见得全城被陷，署舍一空，好好两位甘糜二夫人，束手遭囚，由高顺派兵监押，送往徐州去了。前只甘氏被掳，此次又添一糜氏，为英雄妇却亦甚难。小子有诗叹道：

不经险难不艰贞，多少英雄血铸成；
只是娉婷双弱质，迭遭兵祸可怜生。

欲知刘备后事，且至下回再详。

曹操之所虑者，唯一袁绍；然献帝播迁，绍不先迎驾，反让操之挟主争雄，其无能为可知矣！十胜十败之说，原多谀语。而操之必胜，绍之必败，自在意中，虽非郭嘉荀彧，犹能料及，即操亦何尝不自知之明。其所以徘徊瞻顾者，恐张绣刘表之掎其左，吕布袁术之掣其右也。攻张绣攻袁术，再攻吕布，看似闲着，实是要算；诸子得除，然后可专力河北，锐攻袁绍。诸葛公谓曹操用兵，仿佛孙吴，固有见而云然尔。然一攻绣而濒死宛城，再攻绣而几厄贾诩；以操之智，且不免百密一疏，为敌所乘，彼吕布辈何足道焉！

第七十七回 愎谏招尤吕布殒命
推诚待士孙策知人

却说刘备奔至梁地，仓皇穷蹙，几无所归；忽见前面来了无数人马，张着曹字旗号，飘飘前来。备暗想道："莫非曹操自来救我吗？"及军已行近，走马过问，果由曹操亲来讨布。备即自述姓名，叫曹兵引往见操。操与备相晤，便亲握备手道："孤督兵来迟，致令玄德受惊，幸勿见怪！"权术可爱。备拜谢盛情，且言败状。操复说道："我接夏侯惇败报，方知吕布势盛，沛城难免失守，所以督兵亲来；但吕布是一无谋匹夫，必为我败，玄德放心，看我指日擒布。"说得到，做得到。说着，遂与备并辔齐进，直指彭城。时夏侯惇伤目未痊，已由操召回许都，令他调养。唯余兵在途中接着，仍然随操东行，既至彭城；守将侯谐，不顾好歹，竟敢开城出战，操将许褚，上前接斗；约有数合，便将侯谐活捉了来。彭城无主，自然被陷，操令将彭城兵民，一体屠戮；何亦残虐至此？再引军进攻下邳。广陵太守陈登，挈众迎操，为操先驱；浩浩荡荡，杀到下邳城下。布亲出交锋，战辄失利，乃回保城中，不敢再出。操军四面设栅，昼夜围攻；关羽张飞，也收合残兵，来会刘备，与操军并力攻城。布登城督守，俯视操兵如蚁，不免惊心；可巧有一箭飞上，箭镞中贯着一书，由军吏取视吕布。布拆开细阅，系是操劝己投降，不失侯封；布执书下城，商诸陈宫，意欲出降。宫因前时背操迎布，恐无生路，乃极力劝阻，且为布定策道："操军远来，势难久持，将军可率步骑出屯城外，宫率余众闭守城内，操若攻将军，宫即出攻操背；若转来攻城，将军即引兵回救，互相呼应，作为犄角，不出旬日，操兵粮尽，自然退去。那时好并力追击，无虑不胜了！”未始非计。高顺亦接说道：“公台所言甚善！宫字公台。将军出屯，非但可作为犄角，并可截操粮道；操若乏粮，不走何待？”说得布易惧为喜，即令高顺助宫守城，自己收拾戎装，即拟出城立营。到了晚间，入语妻妾，妻严氏劝阻道：“宫与顺素不相和，若将军一出，两人岂肯同心守城？倘有差失，将军如何自立？且曹氏尝厚待公台，不啻骨肉，公台尚舍彼归我；今将军待遇公台，未必出曹氏右，乃欲委全城，托妻子，孤军远出，一旦有变，妾岂得复为将军妻么？”妇人从一而终，难道吕布有失，便好作他人妇？布听了妻言，又觉沉吟。严氏复流泪道：“妾前在长安，已为将军所弃，亏得庞舒匿护妾身，才幸与将军再聚；不料今日又欲弃妾，妾始终难免一死，尽听将军自便，毋以妾为念！”补述前事，意在反跌，比上文还要利害！布怎忍割舍，只好用言温存，决不他去，一面使属吏许汜王楷，缒城夜出，悄悄的混过敌垒，至袁术处乞援。术怒问道：“布不与我女，反将我使人致死，理当失败；我且欲向他问罪，他还想我往救么？”汜楷齐声道：“这为曹操反间计所误，今已知悔，故向明上求援！术已僭号，故呼为明上。明上若不援布，与自败何异？布为操所破，明上恐亦不免了！”术面色渐平，乃与语道：“布既自知前误，可送女前来，我当遣兵救他便了！”汜与楷不便再言，只好返报吕布。布情急无奈，不得不将女遣嫁；但城外满布敌兵，如何送去？想了又想，得了一计，俟至夜半，用绵缠住女身，背负上马，提戟出城。好一条送亲方法，但严氏不肯令布出城。此时何故漫许？才行数十步，已被曹军察觉，上前截住。布挺戟当先，后面又有张辽等将，跟杀上去，倒也冲破了好几重。怎奈操军变计，不用兵刃接斗，但用弓矢攒射，飞矢雨集，无缝可钻；布虽多力，究竟没有避箭方法，且恐爱女中箭，无益有损，没奈何退入城中。

河内太守张杨，素与布善，闻布为操所围，出兵东市，遥为声援。不意部将杨丑，谋叛张扬，竟将杨刺死，拟传首送操；他将眭固，替杨复仇，复纠众杀毙杨丑，北通袁绍，屯驻射犬，终未敢东出援布。布只得振作精神，与陈宫等拼死拒守。约莫过了月余，操攻城不下，也有归志。荀攸郭嘉入谏道：“吕布屡败，锐气已挫，陈宫虽智，性多迟疑；今布气未复，宫谋未定，乘此急攻，自可擒布，奈何无故退兵呢？”操拈须说道：“顿兵城下，积久必疲，奈何？”郭嘉道：“可决沂泗两河，灌入城中。”操欣然道：“此计甚善，应即照行。”说着，即分拨将士，令他决水灌城，不到一日，城内外变作水乡，滔滔不绝，操军尽徙居高阜，坐待内变。布日夕守城，幸尚不致疏忽，至城被水淹，禁不住惶急起来；登城四望，遍地汪洋，当然愁眉双锁，露出惧容。操军在高阜瞧着，且笑且呼道：“吕布何不速降！”布答语道：“卿曹幸毋困我，我便当自首明公。”陈宫在侧，独怒目视布道：“逆贼曹操，怎得称为明公？今若出降，如卵投石，尚能自全么？”布无奈下城，与妻妾饮酒解闷。过了翌晨，揽镜自照，形容已消瘦许多，不由的失惊道：“我瘦损至此，想是为酒所误；此后应严禁为是。”遂下令城中，不得酿酒。自己戒酒，却禁别人酿酒，一何可笑。会有部将侯成，失去名马数匹，连忙查究，幸得取回，诸将向侯成道贺，各馈酒肉；侯成恐有违军令，先将酒肉分献与布。布大怒道：“我方禁酒，汝等偏酿酒入献，藐我太甚！无非欲谋我不成？”一面说，一面令将成处斩；还是他将宋宪魏续等，代为跪求，方许贷死，尚命杖责数十下。侯成惭愤交并，潜与宋宪魏续密谋，待至夜间，竟率众为乱，突把陈宫高顺拘住，开城出降。吕布闻变，慌忙趋登白门楼。待至天色熹微，楼下已遍集操军；剑戟声与哗噪声，杂作一团。布自觉势穷，见左右尚有数人，便顾语道：“汝等从我无益，不如取我首级，往献曹操，尚可邀功。”左右不忍杀布，却劝布下楼降操，或可保全身家；布急得没法，依议下楼。操军见了，都七手八脚，来捉吕布；布已经求降，不便动手，只好由他绑缚，军士尚恐吕布力大，格外缚紧，牵送至曹操座前。操已引军入城，泄去水势，升帐高坐，诸将侍立两旁，布被军士牵入，望见曹操，便大呼道：“布被缚太急，请赐从宽。”操笑语道：“缚虎不得不急。”布复说道：“明公所患，当莫如布；布今已心服了，天下不足忧，公为大将，布为公副，何事不能成功哩！”操素知布勇，意欲收用，免不得心下踌躇；凑巧刘备进来，即欠身延坐。布复顾备道：“玄德公！汝为座上客，布为阶下囚，何不代布一言，从宽发落？”大丈夫视死如归，何必向人乞怜？备闻言微笑。操语备道：“公意如何？”备且笑且答道：“公不见丁原董卓事么？”一语已足。操不禁点首。布戟手指备道：“大耳儿最无信义，令人可恨！”汝亦知有信义否？忽有一人入呼道：“要死就死！何必多言？”布见是高顺，徒呼负负。原来高顺屡次谏布，布不肯听，因此及难。操亦知顺忠勇，劝顺投降。顺复大呼道：“宁死不降！”倒是烈士。布又见高顺左右，站着宋宪魏续两人，复指语曹操道：“布待诸将不薄，若辈叛布负德，明公何不加诛？”操驳说道：“闻君听妻妾言，违诸将计，怎得称为不薄呢？”布默然不答。悔已迟了。操即命将布顺牵出，一同缢死，然后枭首。及陈宫推至，操与语道：“公台！卿尝自谓智计有余，今果如何？”宫叹恨道：“吕布不从宫言，所以致此；若肯从我计，何至成擒！”操又说道：“今日当如何处置？”宫大声道：“为臣不忠，为子不孝，应该受死！”双关语。操又道：“卿不惜死，可记得老母否？”宫慨然道：“宫闻以孝治天下，不害他人父母；宫母存亡，听诸公命。”操又问宫妻子如何？宫复答道：“圣王施仁，罪不及孥，妻子存否，亦唯公命？”说罢，即欲趋出。操问宫何往？宫毅然道：“出去就死，尚有何言？”操不禁起座，流涕相送。猫哭老鼠，假慈悲。至宫受戮后，操使人抚恤宫母妻子，不使失所；就是吕布妻小，亦载回许都，免令连坐。不知貂蝉曾否在内？布将张辽臧霸皆降，前尚书令陈纪子群，在布军中，亦为操所录用；还有吴敦尹礼孙观等，并命臧霸招致，各授官职，令守青徐沿海诸境。刘备妻妾甘糜二夫人，幸尚无恙，复得重会，悲喜兼并。独操邀备回许，只留将军车胄，居守徐州，权任刺史，加封陈登为伏波将军，仍守广陵；自与备率军西归，饮至犒赏，不消细叙。

且说孙策既略定江东，即与袁术分张一帜，为独立计。至袁术僭号，策致书与术，责他不忠。术大失所望，愁沮成疾，但未肯取消帝制；终致策与术绝交，上表献帝，自陈心迹。曹操称策为猘儿，欲加笼络；特使议郎王辅，赍诏东行，拜策为骑都尉，袭爵乌程侯，领会稽太守，使讨袁术。策受命后，复遣张纮赴许，贡献方物。操又表策为讨逆将军，进封吴侯；留张纮为侍御史，且征还前会稽太守王朗，使为谏议大夫。策已得荣封，声望日隆，江东人士，陆续趋附，得众数万；因令周瑜还镇丹阳。适袁术令从弟胤为丹阳太守，接替周尚后任。尚为瑜从父，既已卸职，便邀瑜同返寿春，瑜不得不从。尚引瑜见术，术看他仪表非凡，欲令为将；瑜独固辞，但自求为居巢长，术未识瑜意，当即依允。瑜即日辞行，到了居巢。闻得临淮人鲁肃，慷慨好施，就率数百人往访，乘便贷粮。实是试肃。肃一见倾心，便指家中储米两囷，分赠与瑜，每囷约三万斛；瑜以为与肃初会，便得他一囷厚赠，益信肃名不虚传，遂握手论交，订为知己，方才告辞。肃别瑜后，忽接袁术使命，令署东城县长，他阳为拜受；潜挈家中老幼，及同志少年百余人，竟诣居巢，就瑜商议。瑜问明来意，即呼肃表字道："子敬与我同意，我亦知术终无成，故乞得此差，以便东行。"说着，即弃官整装与肃渡江，使肃家留居曲阿旧宅，自偕肃往见孙策。策闻瑜复至，亲出迎瑜；瑜导肃相见，策与谈数语，亦知肃非常人，改容敬礼，且授瑜为建威中郎将，给兵二千人，骑五十匹，使偕肃出屯牛渚营；自领兵往讨丹阳贼帅祖郎，亲与搏战，活擒归营。郎匍匐谢罪，策微笑道："我前在曲阿，被尔无端掩袭，砍破马鞍，今被我擒来，本应处死；但自念创军立业，不宜记嫌，尔诚能自知前过，我当赦汝！不必惊慌。"郎接连叩头，情愿投诚。策即命释缚，署为门下贼曹。缉贼之官。

会闻刘繇旧将太史慈，窜居芜湖山中，结众数千人，自称丹阳太守，出略泾县，号召山越，欲与刘繇复仇，策复提兵往讨，连战数次，未能得手；嗣至勇里设伏，诱慈入险，才得将慈执住。策亲与解缚，笑握慈手道："尚记得神亭时么？若尔时为卿所获，可相害否？"慈亦笑答道："也未可知。"策大笑道："今当与君同休戚，幸卿毋嫌！"说着，即携慈入，延令上坐，咨问进取方法。慈谦让道："破军之将，何足论事？"策婉驳道："昔韩信得李左车，谘询大计，终得成功；今策欲向卿决疑，愿卿勿辞！"唯能虚心用人，才为英雄。慈乃说道："刘军新破，士卒离心，若至四散，恐难复聚，愚意欲出抚余众，引为公助，未知公可相信否？"策起谢道："这正为策所深愿，明日日中，望卿归来。"慈应声即去。诸将进谏道："太史慈如何纵去？恐明日必不复还。"策摇首道："子义乃青州名士，素尚信义，决不相欺。"能知人，方能用人。诸将似信非信。到了次日，策预备酒食，立竿候影，影至日中，太史慈果挈众归报。策下座相迎道："卿真信人，不负策一番赏识呢！"遂命左右搬出酒肴，与共欢饮，至暮方散。越宿即署为门下督，使与祖郎同作前驱，班师还吴。嗣闻刘繇转奔豫章，得病身亡，余众万余人，欲奉豫章太守华歆为主，歆尚未敢受；策即进太史慈为折冲中郎将，遣令前往招安。且语慈道："刘繇受命朝廷，名正义顺，我非敢与繇相抗，只因我先君遗众数千，尽属袁公路，不得不借此索兵，进据曲阿；我本遣从兄贲往守豫章，终因朝廷简授华子鱼，留贲不遣。子鱼即华歆字，孙贲为豫章太守，由策所授，事见七十五回；至此借策叙明前后，方不致矛盾。公路僭逆，我即与绝交，可见我非真叛汉，不守臣节。今刘繇遽亡，恨我不及与他面辩；今繇子在豫章，未知华子鱼待遇如何，亦未知旧部肯否相依？卿可往宣我意，慰谕该部。该部愿来，便与同来，不愿来亦听彼自便，并看华子鱼能否抚民？一切劳卿裁夺，需兵若干，也由卿自酌罢！”慈答说道：“将军量同桓文，宥慈死罪，慈当尽死报德；今奉命往抚，并非与争，兵不宜多，多兵反使滋疑，数十人便足敷用了！”说罢，即出外治装，隔宿起行。程普等进言道：“慈若出使，必北去不还！”策慨然道：“子义舍我，将依何人？”知彼知己。翌晨为慈送行，亲至昌门饯别，把腕与语道：“何时可还？”慈答称约六十日。两下分手，一出一归，左右尚谓遣慈非计。策作色道：“诸君勿复言，我知子义不轻然诺，行必践言，何至负我？”已而两月届期，慈果回吴，报称华子鱼无他方略，但期自守。策拊掌大笑道：“我亦料子鱼不过如此。”

转眼间已是建安四年，策正拟出兵西略，可巧袁术病死江亭，策扬眉吐气道：“袁皇帝也病死么？”不意上下数千年，有两个袁皇帝。究竟袁术如何病死，当时由策使人探明；小子也正好随笔补叙。自袁术僭号称尊，骄盈益甚，后宫数百，皆服绮罗，餍粱肉，独未肯赡给穷民。故司隶冯方家眷，避乱扬州，有女甚美，为术所羡，就令吏士强取入宫，列作嫔嫱，宠幸无比。后宫诸妇，各相妒忌，竟将冯女扼死，悬诸厕梁。术还道她别怀抑郁，投缳毕志，当即恸哭一场，厚礼丧葬。嗣是悼亡益甚，酿成心疾；又因孙策不肯相助，引为深忧，再加将士屡败，粮食告空，不得已毁去宫室，走向灊山，奔依部将雷薄陈兰。谁知两将已有贰心，把他拒绝，士卒又沿途离散，害得他忧惶迫切，不知所为；乃遣使至冀州，愿将帝号让与袁绍。绍子谭方为青州刺史，寄书迎术。术改辕北往，道出徐州，偏有大军截住；探明何事，乃是刘备奉曹操令，在此邀击，自知不足敌备，慌忙退还。那后军辎重，已被备军夺去，没奈何欲南归寿春，行至江亭，距寿春尚八十里。时当盛暑，粮饷皆绝，只剩麦屑三十斛，分给随从，供不敷求，自己但食粗粝，不能下咽，欲乞蜜浆止渴，又无所得，不由的大呼道：“袁术袁术！奈何至此？”说到此语，胸前作恶，哇的一声，呕出许多狂血，接连不已，竟至斗余，倒毙床上。一场皇帝梦至此告终。妻子等抚尸哭罢，草草棺殓，携榇奔庐江，欲依太守刘勋。前广陵太守徐璆，闻得术有传国玺，纠众还截，迫将玉玺缴出，方准过去。术妻无法，出玺付璆。一报还一报。璆始引众退去，自赴许都献玺，得拜高陵太守。一代国宝，总算是仍还故主，可惜也不能久有了！为曹氏篡汉伏笔。庐江太守刘勋，本为袁术部将，术家来奔，当然收纳，又招集袁术部曲，得数万人，兵势颇盛，苦未足食。事为孙策所闻，正好乘间西略；便召周瑜为中护军，部署兵马，即日起行。瑜献计道：“刘勋新得术众，若与交战，必费兵力；最好是劝他往取上缭；上缭豪民，各自举帅，拥粮甚多，勋必垂涎。待他往取，我借出讨黄祖为名，乘虚掩入，一举可得庐江了！”策闻言大喜，即遣使赍书与勋，加赠珠宝。果然勋利令智昏，出攻上缭，策与瑜倍道进兵，行抵石城，令从兄贲辅两人，率兵八千，往屯彭泽，截勋归路；自偕瑜领兵二万人，往袭皖城。皖城为庐江治所，因勋他出，守兵不多，蓦闻策兵到来，并皆骇散。策得长驱入城，掳住刘勋妻子，就是袁术家属，亦尽作俘囚，部众除溃走外，统皆投降；唯策素严军律，不许残掠，所有术勋两家妻小，均令释放，仍加抚养，余如子女玉帛，概不妄取。独访得乔公二女，皆有国色，因遣人礼聘，得邀乔公允许，送入一对姐妹花；策纳大乔，瑜纳小乔。小子有诗咏二乔道：

两英雄配两婵娟，作合天成算有缘。
可惜郎君皆不寿，红颜自古福难全。

郎才女貌，谐成伉俪，当然两情相惬，恩爱缠绵。嗣复接得孙贲捷报，已经击走刘勋，真是喜气重重，无求不遂了！欲知孙贲战胜后事，待至下回叙明。

吕布之勇，足以敌曹操，而智谋之不逮操也远甚！操之图布也久矣！督师东来，目无吕布；但布若能用陈宫之计，内外呼应，犄角相援，则操亦未必有成；就使挫失，布在城外，亦可远走，何至为操所擒乎？乃始则被惑于妇人，继则见嫌于部将，虎为人缚，摇尾乞怜，嗟何及哉！刘备之劝操杀布，亦知布之反复图己，终为后患，故借丁原董卓事以晓操；而布乃死，而备乃得去一害，是固非徒为操计也。孙策继承父志，略定江东。而于祖郎之不报宿嫌，已昭大度；至擒太史慈于勇里之间，更能释缚周咨，坦然相与。一遣慈而不疑，再遣慈而仍不疑，慈固信士，然何莫非由策之推心置腹，有以致之。用人如策，乃足使人效死，袁术反是，宜其失猘儿之心，身死江亭，终为人笑也。

第七十八回　穿地道焚死公孙瓒
害国戚勒毙董贵妃

却说刘勋为孙策所欺，出攻上缭，上缭土豪，皆坚壁清野，敛守城中，勋竟无所得，屯兵海昏，为攻城计。忽闻孙策袭击皖城，慌忙退回；路过彭泽，被孙贲孙辅截击一阵，败走流沂，遣使至夏口，向江夏太守黄祖处求援；祖遣舟师五千人援勋。当由孙贲申报孙策，策督兵亲往，大破勋军；勋逃往许都，勋部兵二千余人，及黄祖所遣战船数百艘，俱为策军所获。策得乘胜西进，锐击黄祖，祖率水军迎敌，并向刘表乞师。表遣从子虎，及部将韩晞，率长矛队五千人，助祖拒策；一场交绥，晞竟战死，虎亦逃回。黄祖孤立无助，也即退走，船械尽失，连妻子一概抛去，士卒杀溺至数万人。策乃回徇豫章，屯营椒邱，使功曹虞翻，招降华歆；歆有文无武，怎能御策？当即派吏欢迎，待策至豫章，自服葛巾出谒。策因歆素有才望，执子弟礼，待若上宾。于是实授孙贲为豫章太守，且分豫章为庐陵郡，增置郡守，即令孙辅任职，留周瑜镇守巴邱，旋师入吴。小子叙到此处，不得不将刘备事迹，赶紧接入。是用笔过峡处。先是备随操入许，得见献帝，献帝与叙宗系，应呼备为叔，当然慰劳有加；操且表举备为左将军，出同车，坐同席，待遇甚优。唯备见操揽权逼主，隐怀不平，只因兵力甚微，无法报国，不得不容忍过去。操更诬称故太尉杨彪，私通袁术，收系狱中；还亏将作大匠孔融，侍中荀彧，许令满宠等，力为解救，始得赦出。议郎赵彦，恨操专横，上书劾操，为操所杀。操请献帝出猎许田，操射得一鹿，群臣错疑为献帝所射，齐呼万岁，操直受不辞。刘备与关羽等，随驾同猎，羽见操如此无礼，愤欲杀操，经备从旁阻止，方才住手；献帝也为怏怏，罢猎回宫。默思盈廷大臣，只有车骑将军董承，位兼勋戚，尚可与言，但无端宣召，又露形迹；不得已密令董贵人制就玉带一条，把手书藏入带中，用线缝好，赐与董承。承心知有异，剖视带中，得见密诏，乃与将军吴子兰王服，及长水校尉种辑等，阴谋诛操。并邀同左将军刘备，共预密盟，备因谊关宗室，不能不允，但因操势方强，应从缓图，不可欲速，一面恐操生疑，就寓宅后园种菜，韬晦待时。会操邀备小宴，并坐饮酒，谈及四方枭杰，掀髯笑语道："今天下英雄，唯有使君与操。"话未说完，备不觉一惊，竟将手中所执的匕箸，失落席下。方图韬晦，忽被曹操叫破，怎得不惊？可巧天公做美，空中起了一个霹雳，响震厅堂；备即借此语操道："天威如此，怪不得圣人有言：迅雷风烈必变呢！"为此一语，得将自己失惊的情状，轻轻瞒过。及袁术欲奔往青州，备遂向操讨差，愿率关张等，前去邀击。操遣裨将朱灵路昭，偕备同行，名为帮助，实使监制。哪知备既离虎口，得遂鸿飞，岂是朱路两庸将所得牵掣？一到徐州，截得袁术若干辎重，即使朱灵路昭返报；自与关张抵下邳城，伪传操令，诱刺史车胄出迎。车胄刺徐州及刘备截袁术，俱见前回。车胄不知是计，开城迎备，兜头碰着关羽，手起刀落，把胄劈做两段；当即枭首入城，只言车胄谋反，所以处死，余众无辜，一律免罪。兵民也未识真假，但教保全生命，自无异言。备省视家属，甘糜二夫人相安如故，却也放心。插叙一笔，为下文再失妻小张本。便留关羽守下邳城，自往小沛招集散兵，约得万人；复恐曹操遣兵来攻，特遣从吏孙乾，通好袁绍，倚为外援。绍方击死公孙瓒，得并幽州，原想南下攻操，既由刘备使命，乐得与他连和；即遣孙乾归报，备稍稍纾忧。但回忆公孙瓒为同学旧友，一跌赤族，不免伤心；且自别瓒以后，南救陶谦，正值赵云丧兄，辞归常山，好几年不与相见，亦未知他寄身何处？八十九回不及赵云，恐致阅者怀疑，故此处急忙补叙。死别生离，俱劳感念，不得不北向唏嘘。究竟公孙瓒如何战死？亦应就此叙明。瓒徙居易城，高处层楼，见七十三回。袁绍屡攻不克，贻书慰解，欲与释憾连和，瓒独不答，增修守备。且语长吏关靖道："当今四方虎争，无一能坐我城下，袁本初虽强，亦奈何我不得呢。"绍得闻此语，便大举攻瓒，各守将接连告急，瓒并不赴援，反语左右道："我若往救一人，人人都想我救，不肯力战了。"

全是呆话。守将待援不至，或降或溃，绍军长驱直进，竟抵城下。瓒又急得没法，遣子续求救黑山，待久不至，乃欲自领突骑，出迎黑山援军，侵入冀州，横断绍后，偏经关靖谏阻说是：“主将一出，城必失陷，不如坚守待援，可却绍军。”瓒因即罢议。

已而黑山贼帅张燕，即褚燕改姓为张。使人诣瓒，报称起兵十万，来救易城，瓒当然大喜。过了旬日，仍然不至，乃复使人赍书促燕，且嘱子续引兵速来，举火为号，以便内应。不意瓒使出城，被绍军擒去，搜得瓒书，将计就计，便分兵埋伏北郊，纵火诱瓒。瓒还道由续举火，忙开北门，引军出应，哪知伏兵突起，奋击瓒军，瓒慌忙奔还，部众已伤亡大半，剩得残骑数百，逃回城中。绍督兵合围，暗凿地道，通瓒楼下，瓒重楼寂处，未曾知晓。嗣由绍军在地穴内，用柱燃楼，楼辄倾倒，瓒始知难免，先缢死妻子姐妹，然后引火自焚，一道冤魂，随了祝融回禄，同往南方；部将田楷战死。关靖叹道：“我若不阻将军出城，或得济事，今乃至此，我闻君子陷人危地，必与同难，将军既死，我岂尚可独生么？”遂拍马赴敌，力战而亡。史称靖本酷吏，谄事公孙瓒，乃得邀宠，但观其甘与同殉，尚有忠忱。黑山贼帅张燕，闻易城已破，当然罢兵。瓒子公孙续无家可归，流离朔方，旋为屠各胡所杀。

绍送瓒首入许都，曹操暗中加忌，对着绍使，说他未奉朝命，擅取幽州。绍使归报，触动绍怒，即欲兴兵攻操。监军沮授进谏道：“近讨公孙瓒，师出历年，百姓疲敝，仓廪空虚，未可轻动。不如务农息民，养足锐气；然后进屯黎阳，规划河南，作舟楫，缮器械，分兵四出，令彼不得安，我乃用逸待劳，方可得志。”从事田丰，亦与授言相同。独郭图审配，希承绍意，主张出兵。授又说道：“授闻救乱诛暴，方为义兵；恃众凭强，乃为骄兵。义兵无敌，骄兵必败。今曹操奉天子，令天下，若我军往攻，名义既乖，且曹氏法令既行，士卒精练。比那公孙瓒安坐受敌，全然不同。若不察敌情，驱众求胜，胜未可必，败实可忧！窃为明公不取哩。”郭图等仍然抗辩，决计南下。且谮授不从主意，未便监军，绍竟为所惑，分设三督，使授与郭图淳于琼，各典一军，调兵十万，选马万匹，指日南行，为攻操计。

操正使曹仁史涣诸将，出略河北，击毙张杨，遣将眭固，攻下射犬城。眭固北通袁绍，屯驻射犬，见前回。操亦自至河上，遥助军威。嗣闻绍将南来，乃还驻敖仓，与诸将会议进止，诸将恐绍军势盛，难与争锋。操奋然道：“我知袁绍为人，志大而智小，色厉而胆落，忌克而少威，兵多而分划不明，将骄而政令不一；土地虽广，粮草虽丰，徒为我资，何惧之有？”虽是安定众心，但袁绍之失，实尽此数语。乃使臧霸等东进青州，防御袁谭，留于禁屯河上，复因官渡为南北要冲，派兵严堵，自还许都，安排粮械，准备敌绍。一面分遣辩士，招抚张绣刘表。绣与操有隙，见了操使，听他一番词辩，却也有些动情，因此迟疑不决。

适袁绍亦遣使招绣。绣无所适从，特召贾诩入商，诩未曾申议，便顾语绍使道：“劳汝归谢袁本初，兄弟尚不相容，怎能容天下国士呢？”说得绍使无言可对，匆匆别去。绣惊诧道：“奈何拒绝袁氏？”诩直答道：“袁本初怎能成事，将军往从，徒自取祸。”绣接说道：“难道便投曹操么？”诩接说道：“不如往从曹公！”绣皱眉道：“袁强曹弱，操又与我有仇，怎可往从？”诩申说道：“正唯如此，所以宜从。曹氏方奉承天子，一宜从；袁氏方强，即去从彼，必不见重，曹氏尚弱，得我必喜，二宜从；曹氏既来招将军，岂尚记嫌，必且格外加亲，昭示大度，三宜从。将军勿再怀疑，即日往从便了！”诩既劝绣降操，前日何不王成邹氏，吾恐邹氏有知，死不瞑目。绣乃带领亲从，与诩同赴许都，投降曹操。操见绣大喜，亲握绣手，欢颜抚慰，并开筵接风，殷勤款待。越日即引绣朝见献帝，面举绣为扬武将军，诩为执金吾，献帝自然依议；待朝退后，复愿与绣结婚，聘绣女为庶子均妇，绣也觉乐从，安居都下。前日失去一位叔母，此时复赔了一个女儿，种种吃亏，尚有何乐？

唯刘表观望不前，未肯遽与操合，操因刘表多疑少决，不足深虑，乃待诸后图。适孔融表荐一人，姓弥名衡，字正平，系平原少年，说他淑质贞亮，英才卓跞，见善若惊，嫉恶若仇，有鸷鸟累百，不如一鹗等语。操即使人召衡，衡素刚傲，不肯事操，一再托病，谢绝操使，并有狂言讥操。操闻报后，未免愤怒；但因衡素有才名，不便加刃，唯遣兵吏迫衡入府，衡无可再辞，昂然趋至，长揖不拜。操亦不命坐，由他站立，衡仰天叹道：“四海虽大，恨乏人才。”操瞋目道：“许都新建，贤士四集，怎得谓尚乏人才？”衡抗答道：“大儿孔文举，即孔融。小儿杨德祖，系弘农人杨修。尚有才名。余子碌碌，皆不足数！”操狞笑道：“想汝甫入皇都，未识朝中才士，就是我幕下文武，何一非才。”衡微哂道：“公以为才，何人敢说是不才；但据衡看来，统是一姓家奴，毫无干济。荀彧但可使吊丧；荀攸但可使守墓；程昱但可使关门闭户；郭嘉但可使白词念赋；张辽但可使击鼓鸣金；许褚但可使牧牛放马；乐进但可使取状读诏；李典但可使传书送檄；吕虔但可使磨刀铸剑；满宠但可使饮酒食糟；于禁但可使负版筑墙；徐晃但可使屠猪杀犬；夏侯惇可称完体将军；曹子孝可呼要钱太守。子孝即曹仁字。此外更不必说了！”痛快淋漓！操怒问道：“汝有何能？”衡答说道：“上期致君，下期泽民，不似那庸夫坐食，但务逢迎！”操怒说道：“开汝纯盗虚声，徒善击鼓，可在我门下做一鼓吏罢！”衡也不推辞，应声趋退，操不容外出。待至次日，即大集宾佐，置酒宴会，使鼓吏在阶下挝鼓。鼓吏例当易服，皆改装而入，衡独蹀躞登阶，见鼓便击，迭成渔阳三挝，章节悲壮，如骂如讽，座上客听入耳中，俱为动容。三挝已毕，衡进至操前，为吏所阻，且叱衡道：“鼓吏何不改装？乃敢轻进！”衡并不答言，竟将衣服脱去，裸体立着，孔融也在座间，只恐衡得罪曹操，麾令下堂。衡退至鼓旁，徐徐更衣，又复三挝，声愈激越，挝罢自去。操笑语宾佐道：“本欲辱衡，衡反辱孤。”阖座并皆不欢，席终散归。唯孔融心下未安，出责弥衡道：“正平，大雅君子，可如是么？”衡默不一语，融再述操礼贤诚意，嘱衡往谢，衡沉吟半晌，方才允诺。融乃复入见操，谓衡有狂疾，现已清醒，当来谢罪，操点头会意；待融去后，饬门吏不得阻客，专望衡至。等到日暮，由门吏踉跄入报道：“大胆弥衡，敢在营门外面，用杖棰地，呼号叫骂，语多狂悖，请收案治罪。”操艴然道：“弥衡竖子，我欲杀他，不啻雀鼠，唯此人颇有虚名，人将谓我不能容物，所以加诛，今我有一法，叫他往谕刘表便了。”却是一条好法儿。于是传令出去，叫衡前往荆州，招降刘表，限他越宿起行，且预嘱门下谋士，在城南饯行。到了翌晨，便命骑士促衡登程，衡尚不欲往，经骑士再四催逼，乃草草收拾行李，上马出城。但见南门外摆着酒肴，有一簇人马待着，只好下骑相见，哪知一班衣冠楚楚的人物，名为饯行，俱端然坐着，并不起迎。衡用目四顾，失声大哭，大众不能不问，衡挥泪道：“坐为冢，卧为尸，我与尸冢相对，怎得不悲。”说罢，仍然上马，加鞭径去。大众还报曹操，操笑说道：“我不杀衡，自然有人杀衡，看他狂生能活到几时？”

言未已，忽有人入报道：“刘备在徐州勾通袁绍，谋袭都城。”操愤愤道：“备前遣还朱灵路昭，擅杀车胄，我正要讨伐，他还敢前来谋我么？”长史刘岱，方在操侧，听了操言，即自请效力，东出击备。此刘岱与前兖州刺史同名异人，兖州刺史刘岱已死，罗氏《三国演义》并作一人，实是误会。操乃令与中郎将王忠，引兵万人，往攻徐州。岱忠两人，本来是没甚智略，一到徐州境内，便已遇着备军，当下摆好阵势，请备答话，备纵马出见，岱责备忘恩负义，难逃一死。备从容答道："我非敢有背曹公，实因车胄谋害，不得不将他杀死，请二将军返报曹公，免伤和气。"岱忠齐声道："何人信汝谎言，快快下马受缚，免得我等动手！"备不楚失笑道："曹公自来，胜负或未可知，如汝等碌碌庸才，就是来了一百个，我也不怕。"当面嘲笑。岱忠听着，双槊并举，上前攻备，备背后已突出关羽张飞，把他截住，四将四骑，绕场厮杀，岱忠哪里是关张敌手，不到数合，便即败走，关张驱杀一阵，由备鸣金收军，方才退回。岱忠窜至数十里外，方敢下营；遣人至许都报操，再请济师。操因残腊已届，勉强忍耐，拟在许都度过新年，乃亲出攻备，好容易已是建安五年。

车骑将军董承，见操专横日甚，潜使人致书刘备，使作外援，自为内应，一面与吴子兰王子服等，暗地安排，日夕筹备；谁知事机不密，竟为操所探悉，立即遣派兵吏，把董承等一并拿下，拘系狱中。操带剑入宫，竟向献帝索交董贵人，献帝方与伏后闲坐，谈及曹操弄权，互相叹息，蓦见操抢步趋入，满面怒容，不由的大惊失色。操开口道："董承不道，竟敢谋反，请陛下即日治罪。"献帝嗫嚅道："董承系朝廷勋戚，如何也至谋反呢？"操又说道："老臣迎驾至此，并未尝有负陛下，董承自恃国戚，竟想害死老臣，臣若被害，陛下恐亦连及，岂不是谋反么？"献帝道："果有实据否？"操张目道："证据昭然，并非诬陷，陛下如袒护董承，莫非教他杀臣不成？"全是无赖徒口吻。献帝本有密诏谕承，至此越觉心虚，只好说是："董承有罪，当依法惩治。"操厉声道："尚有董承女儿，在宫伴驾，应该连坐。"说着，即喝令卫士往拿董贵人，卫士不敢不依，去了半晌，便将董贵人牵出。操复向献帝道："此女应即处死。"献帝呜咽道："董女方怀妊数月，俟分娩后，治罪未迟。"操悍然道："无论董女尚未生育，就使已生子嗣，亦当尽戮，怎得留下种子，为母报仇？"竟欲绝龙种耶？与弑逆何异？献帝听了此语，吓出一身冷汗，连话儿都说不出来，看那董贵人的惨容，更似万箭穿胸，异常痛苦，再听得一声呼叱，竟将董贵人拖出宫去，急得献帝说出数语道："曹公！汝若能相辅，幸勿过甚，否则不妨相舍。"操掉头不顾，趋出宫外，令将董贵人勒死！再至朝堂，晓示刑官，令将董承、吴子兰、王子服、种辑等，一并斩首，并夷三族。可怜一班奉诏图奸的大臣，竟至全家诛戮，惨不忍闻！小子有诗叹道：

敢将毒手逞宫闱，凄绝孱皇空泪挥。
为语古今名阀女，生生莫作帝王妃！

曹操既杀死董承等人，复督兵出攻刘备，欲知刘备能否敌操？且至下回详叙。

公孙瓒之致死，其失与袁术相同。术死于侈，瓒亦未尝不由侈而死。观其建筑层楼，重门固守，妇女传宣，将士解散，彼且诩诩然自夸得计。一则曰吾有积谷三百万斛，食尽此谷，再觇时变。再则曰当今四方虎争，无一能坐吾城下。谁知绍兵骤至，全城被围，鼓角鸣于地中，柱火焚于楼下，有欲免一死而不可得者，较诸袁术之结局，其惨尤甚！《传》有之，“侈为恶之大。”非虚言也！若张绣刘表，亦皆碌碌不足道，以视弥正平之渔阳三挝，俱有愧色。正平虽狂，骂曹一事，却是痛快！曹操犹不知悛！竟诛夷国戚，勒毙皇妃，操之目无汉帝，至此尽露。而陈寿作《三国志》，尚事事回护操贼，操得为忠，王莽如何为逆乎？

第七十九回　袁本初驰檄疗风疾　孙伯符中箭促天年

却说曹操整缮军马，出攻刘备。诸将恐袁绍南下，乘虚袭许，多有异言。操独谓刘备人杰，定宜早除；还有祭酒郭嘉，亦赞成操意，说是绍性多疑，来必迟缓，不如先击刘备，较为得计。操遂督兵出都，直达徐州，刘备闻报，自知寡不敌众，急遣从事孙乾，驰往冀州，向绍乞援。

绍因幼子有疾，无意进兵。别驾田丰进谏道："曹刘相争，未可猝解，何不乘机袭许，既可杀备，又可灭操。"绍唏嘘道："我三子中，唯少子尚最中我意，今不幸罹疾，累我忧劳，尚有何心再谈军事。"说着，即遣归孙乾，但言子疾得痊，才可出救，乾无奈别归。田丰趋退，用杖击地道："欲图天下，乃因婴儿得病，坐失机会。岂不可惜么？"此机一失，袁曹成败从此分了！绍终不变计，敛兵如故。

刘备日夕待援，至孙乾归报，方知绍无心出救，只好督率张飞，引众出敌。操兵约数万人，比备兵多过数倍，就使张飞骁勇，究竟敌不住操兵；操且令部众分作数路，前后左右，四面杀入，顿致刘备张飞，不能相顾，及两人杀出重围，彼此失散，又被操军遮断归路，不能再回小沛城。飞向芒砀山窜去，备竟走青州。

操得攻下小沛，复移军转攻下邳，下邳由关羽把守，就是甘糜二夫人，也居住城中。操军漫山遍野，奔至城下，把全城团团围住，关羽屡次杀出，均被操军截回。操令张辽招降关羽，羽想自己单刀匹马，尚可突围，唯二嫂俱系女流，如何得脱？没奈何与张辽定约，只降汉，不降曹；且与刘备义同生死，若闻备投向何方，即当往依云云。为关公保全身分，故采入稗史中语。张辽返报曹操，操一一允许；再由辽告知关羽，羽乃出降。操挈羽归许，羽偕二嫂同行，沿途寄宿馆驿，操令羽与二嫂同室，羽秉烛达旦，坐读《春秋》，彻夜不倦。操自此重羽，回都以后，拜羽为偏将军，待遇甚厚，五日一大宴，三日一小宴；并将吕布遗下的赤兔马，转赠予羽。羽虽然拜谢，心下总不忘刘备。操尝使张辽探试羽意，羽慨答道："我亦感曹公厚惠；但与刘将军誓同生死，义不可忘，我终不能常留此地；但须立功报效曹公，方敢辞去。"两面顾到，情至义尽。辽闻言叹息，回报曹操。操不禁赞美道："好义士！事主不忘本，恨不能叫他久留呢！"辽答道："羽受公恩，谓必当立功以报，想一时总不致遽去。"操点首道："我所以称他义士呢。"足令奸雄心服。

过了旬余，操患头风，痛卧病床上。忽由左右呈入一纸，由操取阅，乃是一篇檄文。但见纸上写着：

盖闻明主图危以制变，忠臣虑难以立权，是以有非常之人，然后有非常之事；有非常之事，然后立非常之功。夫非常者，固非常人所拟也。曩者强秦弱主，赵高执柄，专制朝命，威福由己，终有望夷之祸，污辱至今，及臻吕后，禄产专政，擅断万机，决事省禁，下陵上替，海内寒心，于是绛侯朱虚，绛侯周勃！朱虚侯刘章。兴戎奋怒，诛夷逆乱，尊立太宗，故能道化兴隆，光明显融，此则大臣立权之明表也。司空曹操，祖父腾故中常侍，与左琯徐璜，并作妖孽，饕餮放横，伤化虐民，父嵩乞匄携养，因赃假位，舆金辇璧，输货权门，窃盗鼎司，倾覆重器。操赘阉遗丑，本无令德，僄狡锋侠，好乱乐祸，幕府昔统鹰扬，扫夷凶逆，续遇董卓，侵官暴国，于是提剑挥鼓，发命东夏，方收罗英雄，弃瑕录用，故遂与操参咨策略，谓其鹰犬之才，爪牙可任，至乃愚佻短虑，轻进易退，伤夷折血，数丧师徒，幕府辄复分兵命锐，修完补辑，表行东郡太守；领兖州刺史，被以虎文，授以偏师，奖就威柄，冀获秦师一克之报。引用《春秋》秦孟明事。而操遂乘资跋扈，肆行酷烈，割剥元元，残贤害善，故九江太守边让，英才俊逸，天下知名，直言正色，论不阿谄，身被枭悬之戮，妻孥受灰灭之咎。自是士林愤痛，民怨弥重，一夫奋臂，举州同声，故躬破于徐方，地夺于吕布，徬徨东裔，蹈据无所。幕府唯强干弱枝之义；且不登叛人之党，指吕布。故复援旌擐甲，席卷赴征，金鼓响振，布众破沮，拯其死亡之患，复其方伯之任，是则幕府无德于兖土之民，而有大造于操也。后会銮驾东返，群贼乱政，时冀州方有北鄙之警，匪遑离局，故使从事中郎徐勋，就发遣操，使缮修宗庙，翼卫幼主。是袁绍自己回护之笔。而便放志专行，胁迁省禁，卑侮王官，败法乱纪，坐领三台，专制朝政，爵赏由心，刑戮在口，所爱光五宗，所恶灭三族，群谈者蒙显诛，腹议者受隐戮，道路以目，百官箝口，尚书记朝会，公卿充员品而已！故太尉杨彪，历典三司，享国极位，操因睚眦，被以非罪，搒楚并兼，五毒俱至，触情放慝，不顾宪章。又议郎赵彦，忠谏直言，议有可纳，是以圣朝含听，改容加锡，操欲迷夺时权，杜绝言路，擅收立杀，不俟报闻。又梁孝王为先帝母弟，坟陵尊显，松柏桑梓，尤宜恭肃，而操率将校吏士，亲临发掘，破棺裸尸，略取金宝，至今圣朝流涕，士民伤怀！操攻徐州，焚庐发墓，连及梁孝王冢，操知而不问。又特署发邱中郎将，摸金校尉，亦是深文之笔。所过隳突，无骸不露，身处三公之官，而行桀虏之态，殄国虐民，毒流人鬼，加以细政惨苛，科防互设，罾缴充蹊，坑阱塞路，举手挂网罗，动足蹈机陷；是以兖豫有无聊之民，帝都有嗟吁之怨，历观古今书籍，所载贪残虐烈无道之臣，于操为甚！幕府方诘外奸，未及整训，加绪含容，冀可弥缝，而操豺狼野心，潜包祸谋，乃欲摧挠栋梁，孤弱汉室，除灭忠正，专为枭雄，往岁伐鼓北征，讨公孙瓒，强寇桀逆，拒围一年，操因其未破，阴交书命，欲托助王师，以相掩袭，故引兵造河，方舟北济，会其行人发露，瓒亦枭夷，故使锋芒坐缩，厥图不果。今复屯据敖仓，阻河为固，乃欲以螳螂之斧，御隆车之隧！幕府奉汉威灵，折冲宇宙，长戟百万，骁骑千群，奋中黄育获之士，骋良弓劲弩之势，并州越太行，青州涉济漯，大军泛黄河以角其前；荆州下宛叶而犄其后。雷集虎步，并集虏廷，若举炎火以焫飞蓬，复沧海而沃熛炭，有何不消灭者哉？方今汉道陵迟，纲弛纪绝，圣朝无一介之辅，股肱无折冲之势，方畿之内，简练之臣，皆垂头搨翼，莫所凭恃，虽有忠义之佐，胁于暴虐之臣，焉能展其节，操又以精兵七百，围守宫阙，外托宿卫，内实拘执，惧其篡虐之萌，因斯而作，此乃忠臣肝脑涂地之秋，烈士立功之会，可不勖哉！未及董承父女事，想袁绍尚未闻知。今操矫命称制，遣使发兵，恐边远州郡，过听给与，违众旅叛，旅助也。举以丧名，为天下笑，则明哲不取也。即日幽并青冀，四州并进，郡邑亦各整义兵，罗落境界；举武扬威，并匡社稷，则非常之功，于是乎著。其得操首者，封五千户侯，赏钱五千万！部曲偏裨将校诸吏降者，勿有所问。广宣恩信，班扬符赏，布告天下，咸使知圣朝有拘迫之难。如律令！

操阅罢檄文，不由的汗流浃背，连头风病都皆发散，一跃而起。顾问左右道："这想是袁绍传来的檄文，文笔却佳，可惜武略不足呢！"遂遣侦骑四出，往探绍军动静。

绍因幼子患病，不愿援备，及备奔至青州，由刺史袁谭迎入。谭系绍长子，曾由备举为茂才，至是格外敬礼，作书报绍；绍亲至邺中，迎备入冀州，便拟起兵攻许。田丰复入谏道："曹操既破刘备，班师回许，许都已不复空虚，未便进攻，且操善用兵，更难轻敌，今将军据有四州，依山带河，诚能外结英雄，内修农战，然后简选精锐，作为奇兵，乘虚迭出，分扰河内，彼救左，我击右；彼救右，我击左。我尚未劳，彼已大困，不出三年，操可坐灭了！"亟肆以疲之，多方以误之，确是古今良策。绍不肯依言，丰再三强谏，致忤绍意，竟将丰械系狱中；特令记室陈琳，草就檄文，数操罪恶，颁行远近。琳前为大将军主簿，避乱至冀州，由绍用为记室，本来是一支大手笔，所以传檄至许，能令操头风忽痊，叹为奇文。

绍即调齐四州人马，共十余万，进攻黎阳；特遣大将颜良，攻白马城。监军沮授，预料绍不能胜操，只因田丰得罪，未敢再谏，临行时取出家资，分给宗族道："主骄卒惰，轻出必败，扬雄有言：'六国蚩蚩，为嬴弱姬。'今日情势，却是相似，我此行恐不复返了！"至绍遣颜良攻白马城，乃进谏道："良虽骁勇，但性情促狭，不宜专任。"绍仍不听。东郡太守刘延，因白马被围，向操告急。操已探得袁绍出兵，正拟亲往拒敌，一闻刘延告急，当即倍道趋救；关羽亦辞过二嫂，随操同行。意在报操。将至白马，军师荀攸白操道："敌众我寡，宜遣偏将西出延津，作为疑兵，待绍西向防堵，我乃直达白马城，掩他不备，定能擒住颜良了。"操依计而行，果闻绍中计西往，当即进逼颜良，压营立阵。良不意操兵骤至，仓猝接战，甫经出营，在麾盖下指挥兵士；不料突来了一位大刀将军，骤马直前，冲开甲仗，手起一刀，向颜良面上劈入，良措手不及，竟被他砍落马下，枭取首级；回马出阵，如入无人之境。看官道是将为谁？原来就是立功报曹的关云长。河北兵士，失了主将，当然大乱，操军乘势追杀，斩获甚多，余众皆遁，白马解围。操见了颜良首级，即录关羽为首功，表封汉寿亭侯，一面移屯河西。

绍闻颜良战死，顿时大怒，亟渡河来追操军。沮授又谏绍道："胜负变化，不可不详，今宜留驻延津，分守官渡，量敌后进，方为善策。"绍哪里肯从？还有骑将文丑，与颜良并名河北，并相友善，誓为颜良报仇，愿作先锋；且闻颜良为关羽所杀，特邀刘备同往一行，验明虚实。绍即令先往，并使刘备继进，备毫不推辞，欣然同去。也欲探听关公消息；且若不与文丑同行，更足惹疑取祸。绍亦督领大军，随后渡河，沮授行至河滨，望流兴叹道："上骄下贪，不败何待；悠悠黄河，奈何遽渡呢！"说罢，即托称有疾，向绍辞职，绍又不肯许；唯裁减沮授属部，归入郭图管领，授无奈渡河，至延津南岸，方由绍下令安营，专待前军消息。文丑领兵急进，遥见操军在南陂驻扎，不过数千人，唯马匹散放甚多，明是诱敌。当下纵兵抢马。操军大呼道："贼军来了！请急收马匹。"操独不顾，好狡猾。荀攸向前摇手道："这正是诱敌计，何必收回？"说到此句，回顾操容，作微笑状，乃退不复言。荀攸亦乖。说时迟，那时快，文丑兵已争抢马匹，行伍错乱；操却麾军进击，大破丑军。丑自恃有力，还想拼命力战，不防操军中突出一将，提刀截住，交战数合，又将丑劈下马来，这人就是新任汉寿亭侯关羽。史传只称羽斩颜良，不及文丑，但稗史俱归功关公，今从之。刘备尚在后部，因文丑被杀，操兵追赶过来，也只得退回。绍连失大将二员，不禁夺气，待至刘备回军，起初尚没甚话说，及探闻颜良文丑，俱死关羽手中，禁不住怒气冲冠，欲向刘备问罪。还是刘备能言善辩，谓当招回关羽，共灭曹操，说得绍又心动，便令备致书相招，自屯军阳武县境，与操相持。

操还想再战，会闻黄巾余党刘辟，起兵汝南，响应绍军，连下河南诸郡县，许都戒严，那时不得不回顾根本，只好退军官渡，令将士等闭垒固守，自率关羽等回许。羽至许都，方接到刘备来书，乃告知二嫂，将累次所得赏赐，封置库中，送还汉寿亭侯印绶，作书辞操。操将印绶发还，遣使慰留；

羽亲往告辞，操托故不见。于是羽迫不及待，竟备车载好甘糜二嫂，带了十余名旧役，即日起行，把印绶悬挂堂上，余物一概不取；但将赤兔马乘坐了去。当有人报知曹操，操很是叹惜。诸将请引兵追还，操摇首道："不忘故主，来去分明，真是天下第一义士，我前已许约，未便失信，听他自去，不必追还了！"是奸雄过人处。羽奉二嫂驰出都门，一路无阻。稗史中有过关斩将事，未免附会，操既不愿追还，自无阻碍，故不从稗史。

途次有一骑士奔来，叩马拦阻，羽勒缰视明，并非别人，乃是刘备亲吏孙乾。因问他何故到此？乾答说道："刘将军投奔袁绍，颇见优待；唯因绍性多疑，部将又互相猜忌，恐将来未必有成，所以向绍讨差，往会汝南刘辟，恐公未知情迹，误投绍军，或反被害，特使乾前来关照，今幸得相遇，请转往汝南便了！"羽乃与乾拍马南行，路过古城得见张飞。飞还道羽降曹操，挺着长矛，恶狠狠的与羽拚命，亏得甘糜二夫人，从旁劝解，并述历来艰苦，飞始掷矛至地，向羽哭拜，是谓莽将。导入城中，设宴话旧。羽令飞保护二嫂，暂住古城，自与孙乾同赴汝南，往会刘备。哪知备又还赴绍军，原来操遣曹仁为将，往击刘辟，辟众究系乌合，战败即奔，备无可依止，只好仍投袁绍，累得关公奔走南北，白费艰辛，没奈何再向北行，待至后文再表。

且说孙策吞并江东，通好曹操。操方经营河北，无暇顾及江南，又因策英武迈众，特加笼络，许将弟女配策季弟匡，又为次子章取孙贲女，礼辟策弟权翊。策亦知操为奸雄，虚与酬应，通使往来。嗣闻操出拒袁绍，也想进袭许都，奉迎献帝，乃密治军马，届期待发，忽由巡江将吏，拿住细作一名，密书一封，解送策前。策披书阅毕，不禁大怒，看官道是何书？由小子略述如下：

> 孙策骁勇，与项籍相似，宜加贵宠，召还京邑，彼若被诏，不得不还；否则常留外镇，必为后患！

书末署名，乃是吴郡太守许贡。策怒问细作，才知贡阴通曹操，故有是书。当下派吏召贡，托名议事；贡尚未知使人被获，便即趋至，策取书示贡，贡还想抵赖，即与寄书人对质，贡无从再辩，呆如木偶。策呵叱道："汝欲断送我性命么？"遂顾令左右，将贡牵出，绞死了事。

策性喜微行，更好游猎，功曹虞翻，常为谏阻，策亦知翻忠，终未能改。一日带了骑士数名，出猎西山，突有一鹿趋过马前，急驰而去。策即纵马逐鹿，马甚雄骏，捷足如飞，从骑都不能及，偏鹿亦向前腾跃，窜入林中。此鹿亦孙策冤家。策尚不肯舍，向林探望，鹿却不知去向，只有三人持弓立着，策便疑问道："汝等何人？"三人答系韩当部兵，在此射鹿。策还有疑意，且行且顾，不意一箭飞来正中面颊，当下忍痛拔箭，取弓回射，一人应弦倒地。尚有两人大呼道："我等是许贡家客，特来与主人报仇！"说着，即用箭乱射，策用弓抵拒，一箭未了，又是一箭，正危急间，从骑已到，一拥上前，把两人砍作肉泥，策面上受伤，流血不止，忙纵马归来，命医调治，医称箭头有毒，必须静养，不宜动怒，过了百日，方可无虞。

看官试想，这孙伯符年少气锐，怎肯百日不出，安养府中？勉强休息数天，觉得创痕渐愈，遂召集将佐，出阅城楼；凭眺良久，闻得城下有喧哗声，当即俯首一瞧，见有许多士民，绕住道人，团围下拜，不由的忿怒起来，正要顾问将佐，不料将佐亦纷纷下楼，迎拜道人。策勃然怒道："是何妖人？惑众至此，左右快与我擒来！"左右齐声道："这道人叫做于吉，普施符水，救人百病；地方上呼为于神仙，未可轻拿。"策愈怒道："汝等敢违命令么？"一语说出，左右不敢不遵，只得下城去拿于吉，策亦回至府舍，专待于吉拿到。未几已将于吉拥至，策拍案道："汝敢妖言惑众，罪应斩首！"于吉答道："贫道在曲阳泉上，得神书百余卷，依方疗病，并未惑人，何致坐罪？"策叱道："想汝就是张角余党，若不加诛，贻害无穷。"说至此，即欲将吉处斩，将吏各上前劝阻，惹得策怒上加怒，喝令立斩于吉。忽有屏后趋出内侍，口传太夫人命令，召策入语，策乃命将于吉暂系狱中，入谒母夫人吴氏。吴太夫人语策道："于先生亦助军作福，医护将士，不宜加害。"策懊恨道："于吉妖妄，煽惑众心，儿方阅城楼，将佐等多弃儿下楼，往拜妖道，母亲试想儿为城主，号令不行，反使妖道逞志，还当了得么？"言未已，外面又有连名保章递入，乞赦于吉。策盛怒复出，又欲杀吉，还是将吏想出一法，说是天方干旱，可令于吉祈雨，如若不应，再杀未迟，策乃命从狱中提出于吉，令他祷雨，缚置地上，就烈日中晒了多时。吉念念有词，果然黑云四合，大雨滂沱。于吉若果能祷雨，何至不能逃生？这恐是史乘误传，不足尽信。将士等无不腾欢，争至吉前，释缚称谢。策瞧入眼中，越加忿恨，竟抢步趋出，拔剑在手，喝开众人，把于吉挥作两段，且命将吉尸陈诸市曹，不准收殓；越宿复使人往视吉尸，报称不知所在。想是由将士偷葬。策又欲追究，可巧母夫人吴氏趋至，向策泣语道：“汝连日瘦损，奈何尚不知静养呢？”策乃揽镜自照，一声惊呼，金疮迸裂，晕倒地上。小子有诗叹道：

暴虎冯河死亦宜，圣人垂戒不吾欺；
猘儿逐鹿犹遭厄，才信躬行贵自持。

欲知孙策性命如何？并至下回再详。

陈琳一檄，原是杰作，后世尚脍炙人口，无惑乎曹操之惊为绝倒，一跃而起也。唯他人处此，必怒不可遏，而操独目笑存之，操之所以过人者无他，即此不动声色，处变如常耳！至若关羽既降，立功白马，即决然舍去，羽之义原足以服操，操之信亦足以孚羽，盖不失信于一人，乃足以驭千万人，操固人杰，惜乎其心术不纯，终至播恶也。若孙策之少年盛气，虽若可以有为，而意气未平，卒遭仇人之暗算，或谓其冤杀于吉，被祟而亡。夫于吉亦何能祟策，策之死实受伤于许贡之三客耳。然于吉之戮非其罪，究不得谓策之明刑。古人云：“有容德乃大。”如策之度量褊浅，虽天假之年，亦未必能建大功，故舍德论才，吾不能不首推阿瞒云。

第八十回　焚乌巢曹操屡施谋　奔荆州刘备再避难

却说孙策揽镜照形，遂致晕倒，究竟为着何事？原来镜中现出于吉，令策生惊，所以倒地，及经左右舁置床上，竭力施救，方得复苏。自知不能再起，乃召长史张昭等入嘱道："中国方乱，不能遽平，我得据有吴越，地控三江，吴淞江，钱塘江，浦阳江。根本既立，本思与卿等共图大业，不意天不永年，无可挽回，卿等可善辅我弟，静观成败。"说至此，顾见弟权在侧，便将印绶取交，且语权道："决机战阵，与天下争衡，卿不如我；举贤任能，各使尽心，安保江东，我不如卿。卿宜念父兄创业艰难，毋自贻误。"权涕泣拜受，策又与母吴氏，妻乔氏等诀别，瞑目竟逝，年止二十六岁。难为大乔。

权见策已殁，哭倒床前，张昭从旁劝止道："这时非一哭所能了事，应勉承先志为是。"乃使权易服，扶他上马，使出巡军；且率僚属上表朝廷，下饬内外文武百官，照旧供职，周瑜在巴丘闻讣，星夜奔丧，驰入吴会，权令与张昭共掌国事，一面料理丧葬，措置如仪。时权年方冠，各属地未尽服从，幸亏张昭周瑜，悉心辅弼，招贤求治，始得复安，太夫人吴氏，亦明达事机，在内赞划，诸政毕理。

既而许都遣回张纮，令为会稽东部都尉，且赍奉诏书，授权为讨虏将军，领会稽太守。纮前为孙策所遣，入贡方物，曹操留他为侍御史，差不多有两三年。至袁曹相争，策欲袭许，颇有风声传入都中，自操以下，俱有戒心；独郭嘉料策轻佻无备，必为匹夫所制，未足深忧，果然不出所料，策即殒命。操得策凶耗，便欲乘丧东略。侍御史张纮，谓乘丧非义，倘或不克，反致弃好成仇，不如羁縻为是。名为曹氏，实助孙权。操乃表权为讨虏将军，即使纮东还辅权，劝权内附，纮因此奉诏归吴，权母吴太夫人，因权尚年少，委纮与张昭共事，纮随时献替，知无不言。

周瑜复荐入鲁肃，说他才足匡时，权即引为宾佐。又有琅琊人诸葛瑾，表字子瑜，避乱江东，敏达有识，权亦闻名延入，待若上宾，嗣即令为长史，转中司马。他如汝南人吕蒙，擅长军事，令为别部司马，教练甚勤。会稽人骆统，素孚物望，令为功曹，行骑都尉事。统尝劝权尊贤接士，勤求民隐。下蔡人周泰，寿春人蒋钦，余姚人董袭，庐江人陈武，皆随策有年，转战立功。泰字幼平，曾随权居守宣城，突遇山贼围攻，权几为所害，亏得泰翼权出围，身中数十创，死里逃生，因此权倚若心膂，待遇较优。尚有吴人陆绩，年六岁往谒袁术，术出橘为饷，绩怀藏三枚，至拜别时，橘竟堕地。术笑语道："陆郎来此作客，乃怀橘引去么？"绩跪谢道："欲归遗老母。"术乃叹为奇儿。至孙策在吴，与张昭张纮等共谈武治，绩年少末坐，起身遥答道："管仲相齐桓公，九合诸侯，不用兵车，孔子亦谓远人不服，须修文德，今闻诸公徒尚武力，绩虽童蒙，未敢赞同，还请诸公三思！"名论不刊。说得张昭等俱为动容，策亦另眼相看，后来绩博览群书，兼通历数，事权为奏曹掾，以忠直闻。此外一班旧将，如程普韩当黄盖太史慈等，并戮力辅权，江东基业，得从此渐固了。总叙一段，见得孙权守业，全赖得人之力。

且说曹操既表封孙权，羁縻东方，乃复出临官渡，与袁绍决战。绍屯兵阳武，探得操再出督师，也欲引军前进。沮授进谏道："我军虽众，勇猛不若彼军；彼军虽精，粮储不若我军；彼军利战，我军利守。最好是坚持不动，待至彼军粮尽，不战亦溃，还怕不能制胜么？"绍怒叱道："汝怎得屡沮士心，看我前去破操，再来问汝！"说着，便麾军大出，进逼官渡，择地立营，绵亘至数十里。操亦分营抵御，发兵挑战。绍军锐气方盛，并力杀出，无人可当，曹军招架不住，且战且退，还丧失了好多人马，操亲率精兵援应，方得战退绍军，收军回营。过了两日，整军再出，又复失利，乃还营静守，徐觇敌变。绍却至操营外面，四筑土山，上设高橹，令弓弩手登楼射箭，飞入操营，操兵大惊，慌忙用盾蔽身，尚有数人中箭毕命。操见军心慌乱，忙集谋士商议，想出一种御敌器械，连夜制造，叫作发石车，车中储石，扳机发动，能击空至数丈以上，车既造成，便向着土山，冲击上去，石势激射，毁坏楼橹，绍军无处藏躲，多被打得头破血流，因骇呼为霹雳车。此即后世用炮之滥觞。嗣是绍军不敢登高放箭，操营少安。绍又令军士夜凿地道，欲通操营，操命在营内四面掘堑，环水自固，绍亦计无所施。两下里持至月余，操军渐疲，粮又不继，各将士多有归志，累得操亦踌躇莫决，自思侍中荀彧，留守都中，不如派人往询，令决进退，乃使人赍书致彧。数日即得彧复书，操急忙展览，书中略云：

> 绍悉众聚官渡，欲与公决胜负，公以至弱当至强，若不能制，必为所乘，是天下之大机也。且绍布衣之雄耳！能聚人而不能用，以公之神武明哲，而辅以大顺，何向而不济，今谷食虽少，未若楚汉在荥阳成皋间也。是时刘项不肯先退者，以为先退则势屈也。公以十分居一之众，划地而守之，扼其喉而不得进，已半年矣，情见势竭，必将有变，此用奇之时，不可失也，唯明公图之！

操阅书后，决计不退，但令侦骑四探敌踪。

忽由徐晃部将史涣，拿住绍谍一人，问明敌情，得知绍遣将韩猛，至冀州运粮，即日可至，因报知徐晃。晃转白曹操，荀攸在旁进议道："绍将韩猛，恃勇轻敌，若使良将绕道往击，定可得胜。"操问何人可使？攸即举徐晃。晃亦自愿效力，便率史涣等往截韩猛。猛押粮车数千乘，将到官渡，适被徐晃截住，两下厮杀，倒也是个敌手，不防史涣潜至猛后，放起一把火来，焚毁粮车，遂致猛心慌意乱，拍马返奔。晃驱军杀上，与史涣合烧辎重，数千辆粮车，统化劫灰，乃引兵回报，得操奖叙，自不必说；独韩猛剩了一双空手，回见袁绍，绍即欲斩猛，经众官一再劝解，才得免死。

绍复遣兵运粮，特选大将淳于琼，带领万骑，驻扎乌巢，保护运兵来往。也算惩前毖后，可惜仍遣醉汉。琼领命自去。沮授复入白道："琼出屯乌巢，尚系孤军，未足深恃，可另遣偏将蒋奇，作为支队，巡弋乌巢，既可防操，又可援琼，庶不致误。"绍摇首不答，授怅怅趋出。又由谋士许攸入谏道："操兵本来不多，今悉众拒我，许都必虚，若遣军袭许，幸得攻克，可奉帝讨操，操必成擒，就令未下，亦好使操首尾奔命，破操也不难了！"确是妙计。绍仍然不从。攸尚欲有言，忽由统军审配趋入，报称攸家属犯法，应拘系论罪，绍遂怒目顾攸道："汝不能正家，还敢向我饶口么？"说得攸且惭且愤，奋然出帐，自思与操有旧，径奔操营。操闻攸来奔，跣足出迎，抚掌笑语道："子远肯来，事无不济了！"子远即攸表字，操延攸入座，殷勤问计。攸先说道："我曾劝绍轻兵袭许，首尾夹攻。"操不待说毕，便惊顾道："子远奈何施此毒计？"攸接入道："公不必惊惶，袁绍无知，未肯听我，反将我家属收系，所以背绍来奔。"操喜答道："绍不能用君，怎得不败？"攸复反诘道："公今尚有几何粮饷？"操答言可支一年，攸冷笑道："这怕未必？"操又言足支半年，攸拂袖遽起，向操作色道："公不欲破袁氏么？奈何相欺！攸当告辞。"操忙将攸挽住，低声与语道："军中不便明言，实告子远，军粮只有一月了！"攸又笑道："我料公粮食垂尽了！内无粮草，外无救援，危急在目前了！"操皱眉道："子远既不弃旧交，惠然肯来，应当为我设法。"攸乃说道："绍有辎重万余，屯积乌巢，派淳于琼把守，琼嗜酒无备，公可用轻骑掩袭，焚彼积聚，不出三日，绍军自乱，尚有不败么？"操闻言大喜，优待许攸。

操即选马步兵五千人，密制袁军旗帜，乘夜至乌巢劫粮；留曹洪荀攸守营，使许攸同住营中；自己披甲上马，带同许褚徐晃等一班猛将，及五千人马，至黄昏后起行，人负薪，马衔枚，打着袁军旗号，从间道急走，直指乌巢。乌巢距绍营约四十里，淳于琼虽奉令把守，但恃有大营为蔽，自谓无虞。且酷嗜杯中物，喝得酩酊大醉，高枕卧着，四更将尽，徒闻寨外有哔剥声，方才惊醒，起视全营，已是火光四射，如同白昼。慌忙召兵迎敌，兵士皆脚忙手乱，毫无纪律，如何敌得住曹军？曹军四面杀入，捣破琼营。琼尚有三分醉意，气力不加，勉强上马出战，兜头碰见许褚，接住厮杀，约有六七回合，手臂一松，便被许褚劈落马下，部众亦斗死千人，余皆溃散。操令将士焚毁积谷，烈焰熊熊，光彻百里，绍营中亦得瞧着，便有巡兵入报，绍恐乌巢有失，急欲遣将往援。郭图献议道："操军若攻乌巢，寨内必空，我何勿往劫彼寨哩？"绍喜说道："此计甚妙。就使操能破琼，我已拔彼大寨，彼亦穷无所归。"遂命部将张郃高览，往袭操营。郃进说道："操善用兵，营内必然预备，不如先往救琼，若琼被一破，粮被焚劫，我等俱束手成擒了。"绍答说道："我自有区处，汝等尽管往袭操营，我当遣蒋奇往援乌巢便了。”郃乃与高览同行，才至操营外面，一声号炮，左有曹洪，右有荀攸，各引兵两路杀来，郃与览分头抵敌，尚是不能支持，只好败回。郭图闻信，自愧失计，遂进白袁绍道：“郃等以败为喜，不肯效力，现已报称退回。”绍顿时大怒，立派营弁召回二人，从重治罪。营弁驰告郃览，郃览俱恐受诛，索性返奔操营，自请投降。曹洪正收兵回营，闻得郃览来降，疑不敢受。荀攸道：“郃等战败惧诛，故来乞降，尚有何疑？”洪乃开营纳入，专待操自来发落。操尚在乌巢，焚粮未尽，正值蒋奇引兵趋至，操军见援兵到来，忙请分兵迎敌。操大喝道：“贼至背后，回战未迟！”及蒋奇进攻，乃麾兵返斗，许褚徐晃，双马突出，夹击蒋奇。蒋奇措手不及，立被杀死，众又骇奔；操也不追赶，但看辎重焚尽，方令将绍兵尸骸，各割一鼻，牛马各割唇舌，引军自归。

到了营中，由曹洪引见张郃高览。操好言抚慰，留居麾下；并使人将人鼻兽舌，取示绍军。原来为此！绍军汹惧，自相惊扰，操又四布谣言，谓将驱兵攻邺，绝绍归路，绍军疑为实事，纷纷溃归，连绍亦惊惶失措，与长子谭微服跨马，单骑渡河，操接得侦报，督兵追去，已不及擒绍父子。但截住残兵数万，呼令归降，残兵无路可走，无奈降操。操见他未出真诚，悉数坑毙。残虐得很！又擒得绍监军沮授，操与授本系相识，令左右替他释缚，授大呼道：“我非降将，既已受擒，情愿一死！”操慰语道：“本初无谋，不知用君，今丧乱未定，方当与君共图大事，幸毋执迷！”授抗声道：“叔父母弟，悬命袁氏，若蒙公惠，速死为福！”操又说道：“我若早能得君，天下已平定了！”因厚礼相待，使留帐下。授在营中盗马，仍欲奔还，被操将察出破绽，当即白操。操见授终不为用，方命处斩，仍为礼葬。是笼络士心处。操驰入绍营，见有文书一束，多系都人交通信札，即令一律焚去；且语大众道：“当绍强盛时，我尚不能自保，何况众人？”又收得财物等件，尽赏将士，众皆欢跃；唯操营内粮食已尽，绍营中亦无粮可因，乃移军至安民就食，休养疲兵，再图进取。

那袁绍渡河奔归，神色沮丧，走入黎阳北岸屯营，戍将蒋义渠出帐迎接，绍握手与语道：“兵败至此，今日当以首领付卿！”义渠力为劝解，并避帐居绍，使得传宣号令，招谕溃卒，兵士稍稍趋集，寻觅父子兄弟，多半散亡。渠且泣且语道：“向若从田别驾言，当不至此！”这语为袁绍所闻，绍亦自悔，顾语护军逄纪道："我前日不听田丰，致有此败，我今归去，羞见此人。"逄纪即进谗道："丰在狱中，闻主公败还，抚手大笑，自谓不出所料。"绍大怒道："竖儒竟敢笑我么？"遂遣吏杀丰。丰羁狱已久，由狱吏入报绍军败状，丰太息道："我今死了！"狱吏惊讶道："主公败回，必自悔前事，释君出狱，大加重用。"丰摇首道："军若得胜，主公心喜，或将赦我，今战败自惭，我有何望？"说着，果有绍使到来，传命杀丰，丰因即自刭。人之云亡，邦国殄瘁。是时冀州城邑，相率生贰，绍收集散卒，分道四略，稍得平定。

独刘备南北驱驰，两次投绍，复两次离绍，道出郯城，得与赵云相遇，阔别有年，重复聚首，当然喜如所望。再至汝南招寻刘辟，途中始会见关羽，又是一番悲喜交并。再由羽述及甘糜二夫人，与张飞同住古城。乃亟诣古城相见，夫妇团圆，弟兄欢聚。再加糜竺孙乾等亲从毕集，仿佛重光日月，再造家乡。好容易过了几宵，备因古城狭小，不堪久住，决计挈家引侣，偕往汝南，四觅刘辟，不见下落；唯刘辟余党龚都，却占住汝南，迎备入城。未几得袁绍败信，备语关张二人道："我见绍外宽内忌，党与纷歧，已料非曹操敌手，前次到了汝南，已欲与绍脱离，适值曹军到来，不得已再往依绍；嗣见绍不听良谋，败亡在迩，我所以再与绍言，叫他南连刘表，乘机乞使，复得南来。绍不必虑；所虑唯操。只恐此地亦未能安居哩！"借备口中，叙离绍始末。正在踌躇未定，便有侦骑入报道："曹操部将蔡阳，领兵入境，想是来攻此城。"张飞跃起道："我愿去取蔡阳首级！"关羽赵云亦愿同往，备允他出敌，三员虎将，连镳并出，不到半日，便取得蔡阳头颅，欣然回城。备又喜又惊道："我斩蔡阳，操必自至，彼方胜袁绍，锋不可当，不如径投刘表为是。"张飞道："操果到来，何妨再战！难道操能必胜么？"关羽却说是："频年依人，终非了局，且待操果亲至，再作计较。"备乃留居汝南，使人专探曹军举动。过了数旬，果有急报传至，乃是曹操亲督大军，杀奔前来，备忙令束装起行，张飞还要出战，经备阻止，匆匆带领家小，及关张赵等将吏，驰出南门，直抵荆州。汝南城内，只剩了龚都一人，亦知不能拒操，仓皇避去。至曹操到了城下，已是虚若无人，由他进城，操总算禁止侵掠，出榜安民，当即顺道还许，与荀彧商议道："我本想渡河灭绍，偏被刘备据住汝南，掎我背后，不得不移军往讨。今闻备往奔刘表，我意欲乘势南下，攻取荆州，君意以为何如？”或答道：“袁绍新败，部众离心，不乘此时略定河北，乃欲移军江汉，倘绍收合余烬，乘虚出袭公后，公将如何对待呢？”操乃罢议，就在许都过年。至建安七年正月，复进军官渡，规图河北。

袁绍已还冀州，惭愤成疾，吐血不止，顿时惶急了一个继妻，借着侍疾为名，日夜进言，劝立少子，累得绍益增愁闷，病势日增。原来绍有三子，长名谭，次名熙，幼名尚，尚为继妻刘氏所出，面目清扬，为绍所爱。刘氏早请立尚为嗣，绍因舍长立幼，恐遭物议，特使谭出继兄后，出为青州刺史；当时沮授等已有异言，绍却向众解释道：“我欲令诸子各镇一州，试验才能，方好择立后嗣。”乃又使次子熙为幽州刺史；独留尚不遣，还有并州刺史一缺，派外甥高干赴任。至官渡一役，绍将谭熙等尽行调集，不幸为操所算，败回河北，命谭熙等回镇本州；且令河上各戍营，坚壁勿战。残年将尽，忽病呕血，娇妻爱子，涕泣床前，已是愁上增愁，闷中加闷。谁料曹操又进军官渡，捣破仓亭，急得绍鲜血直喷，昏倒床上；妻子等慌忙呼唤，虽得苏醒片时，但已时气喘声嘶，不能详嘱，少顷间两眼一翻，呜呼归阴！狂费一生心血。绍妻刘氏，亟召入审配逄纪，托称遗命，立尚为嗣。配与纪皆与谭有隙，情愿事尚，即奉尚主丧，颁谕四州。绍有宠妾五人，并来举哀，刘氏不禁动恼，指挥卫士，把五妾一并杀害；且令髡发毁面，指尸叱骂道：“汝等生前献媚将军，恃色邀宠，今在我掌握，教汝死且无颜，免得再去卖俏了！”如此妒悍，安能有后。袁谭闻丧奔至，不得为嗣，很是怏怏。尚使谭为车骑将军，出屯黎阳，并令逄纪监军，谭因黎阳为拒操要冲，请尚拨添重兵，尚但给数千人马，并传语逄纪，催谭速行，遂致谭忍无可忍，索性杀死逄纪，自往黎阳去了。小子有诗叹道：

兄弟如何竟阋墙？外兵未入内先伤，
追原祸变非无自，乃父贻谋太不臧！

谭至黎阳，正值操军进攻，究竟谭能否敌操？待至下回再表。

曹操处处能用谏，袁绍处处是愎谏，即此已见袁曹之兴亡，不待战而始决耳！况粮饷为行军之根本，军若无粮，败可立待。袁绍一失之韩猛，再失之于淳于琼，用人不明，贤否倒置，是尚能与操争胜乎？刘备能知绍之必败，其智识远出绍上；操亦目备为英雄，故绍败而不急追，反于势孤力弱之刘备，却郑重视之，蹙之于汝南之间，使备不得息肩。操之窘备，亦甚矣哉！彼袁绍既自误其身，复遗误其子，身死以后，两子相争，卒致复祚，以坐跨幽冀之袁本初，反不若奔走南北之刘玄德，善败下亡，卒能创业垂基，与曹氏抗衡终古也！才与不才之判，固如是欤？

第八十一回　守孤城审配全忠
嫁二夫甄氏失节

却说袁谭出屯黎阳，才阅数日，即闻曹军杀到。谭手下不过数千人马，如何抵得住大队曹军？只好向袁尚处告急。尚本不欲救谭，只因黎阳一失，关系非轻，乃自率兵往援，与谭共战曹军；连败数次，没奈何闭城固守。另遣河东太守郭援，会同并州刺史高干，共向平阳进兵，意图牵制曹军；且阴与关中将马腾通书，使他遥应。腾颇有允意。司隶校尉钟繇，方出督关中，见七十六回。探闻消息，也亟遣使往抚马腾，极陈利害，并约腾同御敌兵，腾乃遣子超领兵万人，与繇相会。繇即偕超出发，行抵汾河，适值郭援渡河西来。援本为繇外甥，繇专心助曹，不暇顾及私谊，便麾兵急击，掩他不备；校尉庞德，素有勇力，执刀前驱，兜头遇着郭援，当即交锋，不到十合，已将援首级取去。援众大乱，无论已渡未渡，一古脑儿逼入水中，溺死过半；高干闻败，也即退回。庞德携着郭援首级，向繇报功，繇见了援首，不禁下泪。德深为诧异，嗣知繇与援有甥舅谊，复入帐谢罪。繇忾然道："援虽我甥，今为国贼，理应加诛，何故言谢？"繇徒知援为国贼，不知操亦一国贼。徒忠于操，殊不足道。遂驰书告操，请操免忧。操接得捷音，不必西顾，便猛攻黎阳，谭尚两人保守不住，走还邺城。操督兵追击，刈麦为粮，还想乘胜攻邺，会闻祢衡为黄祖所杀，且喜且愤，召语将佐道："祢衡狂士，我能容受，他人怎肯相寄？我已料他必死了！明是借刀杀人。但衡是由我遣去，黄祖敢杀我使，也是藐我；我总要前去问罪。免致小视。"衡赴荆州，见七十六回。郭嘉即乘间进说道："何不就移讨荆州？"语尚未毕，诸将谓谭尚将灭，奈何移师？嘉又说道："谭尚本不相睦，急乃连兵，缓必生变，我正好乘此退去，南向荆州；待他兄弟阋墙，然后再进庶一鼓可灭了。"家必自毁，然后人毁之。操拈须称善。但留部将贾信，屯守黎阳，自率大军还许，搜乘补卒，南攻刘表。表前时接见祢衡，也知衡为北方才士，优礼相待；嗣因衡傲慢不恭，乃遣往江夏，使见黄祖；祖亦慕衡名，命掌文牍。长子射音亦。尤好文辞，尝托衡作《鹦鹉赋》，文不加点，援笔立成，词旨甚是典赡，大为射所赞赏，视衡如宾师一般。后来黄祖在舰中宴客，衡亦与座，酒后抢白起来，衡骂祖为死么，祖性褊急，欲令军士挞衡；谁知衡骂詈不休，惹动祖怒，竟将衡一刀杀死，年止二十六。祖子射，徒跣来救，已是不及；祖亦酒醒知悔，厚加棺殓。但死已无知，有何益处？衡原自取，祖亦贻讥。八字公评。

曹操计毙祢衡，反得借衡为名，进攻刘表，正是妙策；军至西平，忽由袁谭遣使辛毗，叩营求见。操召毗入问，毗答言谭尚相攻，谭败奔平原，事关危急，情愿向公投诚，乞公援助；操乃召将佐会议。群下多谓谭尚衰乱，已不足忧，刘表方强，应趁早平定，免为后患；独荀攸进说道："天下多事，群雄逐鹿；刘表坐拥江汉，不能展足四方，无志可知；袁氏据有四州，带甲数十万，若使二子和睦，共守成业，势且永固不摇；今兄弟构衅，理难两全，我不乘隙相图，待他并合为一，力雄势厚，也难制服，机不可失，幸即移师！"见识高人一筹。操也以为然，允即援谭遣毗先归，自督兵再至黎阳。谭尚本同走邺中，及曹操南还，谭意欲追操，请尚举兵相从，尚又觉动疑，不肯依议，谭当然怀愤；再加郭图辛评两人，在旁撺掇，就不遑后虑，引兵攻尚。尚兵较多，谭兵较少；一场冲突，谭又败走。别驾王修，自青州援谭，谭更欲还军攻尚，修谏阻道："兄弟犹左右手，譬如与人将斗，自断右手，尚能向人争胜么？况兄弟不亲，何人可亲？彼谗人离间骨肉，为害甚大，愿将军立诛谗佞，讲信修睦，自足安内攘外，横行天下！"语亦激切。谭终执定已见，率兵回攻。哪知尚却已赶来，就南皮城外接仗，谭复失利，败奔平原，尚追至平原城下，督兵围攻。郭图等又劝谭降操，向操求救，谭更为所惑，乃使辛毗乞师；待毗既归报，操亦进兵。尚自然得知消息，忙撤围还邺；部下闻操军大至，俱有惧色，吕旷高翔两将，竟叛尚降操。偏谭谋招致旷翔，阴刻将军印信，使人赍给二人；二人既诚心归操，反取印白操。操微笑不答，欲知言外意，尽在不言中。且派吏至平原，令为子整说婚，愿聘谭女，谭不敢不从；操又借口乏粮，引军暂退。好狡诈。尚总道是操已还军，可以无虑，但留审配守邺，复督军往攻平原。审配更献书与谭道：

配闻良药苦口利于病，忠言逆耳利于行，愿将军缓心抑怒，终省愚辞！盖《春秋》之义，国君死社稷，忠臣死君命，苟图危宗庙，剥乱国家，亲疏一也。是以周公垂涕以毙管蔡之狱，季友唏嘘而行叔牙之诛，何则？义重人轻，事不获已故也。昔先公出将军以续贤兄，立我将军以为嫡嗣，上告祖灵，下书谱谍，海内远近，谁不备闻？何意凶臣郭图，妄画蛇足，曲辞谄媚，交乱懿亲，致令将军忘孝友之仁，袭阏沉之迹，阏伯实沉为高辛氏子，日寻干戈，以相征讨。语见《春秋》《左传》。放兵钞突，屠城杀吏，冤魂痛于幽冥，创痍被于草棘。我州君臣，若拱默以听执事之图，则惧违春秋死命之节。且诒太夫人不测之患，损先公不世之业，岂不痛哉？伏唯将军至孝蒸仁，发于岐嶷，友于之性，生于自然，章之以聪明，行之以敏达。览古今之举措，睹兴败之征符，何意奄然沉迷，堕贤哲之操；积怨肆忿，取破家之祸；翘企延颈，待望仇敌，委慈亲于虎狼之牙，以逞一朝之忿。言之伤心，闻者流涕。若乃天启尊心，革图易虑，则我将军当匍匐呼号于将军股掌之上，配等亦当敷躬布体，以听斧锧之刑。如又不悛，祸将及之，愿熟详吉凶，以赐环玦！配再拜以闻。

看官试想！谭与弟尚，已经势不两立，怎肯为了审配一言，幡然变计？于是再向操乞援，催令进兵攻邺，牵制尚军。操原要待谭求救，然后再进，既接谭使，便麾动人马，直指邺城。审配闻操兵复至，急忙整缮守具，为御敌计，一面使武安长尹楷，屯兵毛城，接济粮饷。配将冯札，阴蓄异志，开门待操，操兵前队千余人，踊跃趋入；才有一小半进城，城上大石如飞，没头没脑的掷击下来，操兵闪避不及，正想退去，猛听得豁喇一声，放下闸板，将门掩住，把操兵内外隔断。操兵陷入城内，约有三百多名，无路可奔，立被守兵围裹，杀得一个不留，连冯札也因此毕命。原来审配闻变，赶急登城，指挥士卒，掷石下堑，所以操兵虽入，并不慌张，反结果了三百人性命。配亦能军。至操随后赶到，奋怒攻城，但见矢石齐下，无缝可钻，乃令大小三军，绕城驻扎，且攻且围，好几日不能得手；因想出许多方法，筑土山，掘地道，仰瞰俯临，伺隙掩击。那审配却是能耐，日夕严防，一些儿没有疏虞；再加尹楷随时运粮，源源不绝，所以全城镇定，累日坚持。极写审配忍耐，反衬曹操智计。操连攻不下，特留曹洪等围邺，自引兵往击毛城；正值尹楷输粮赴邺，被操在途截夺，大破楷军。又分兵拔邯郸，降易阳涉县，剪去邺城羽翼，仍然还军邺城，索性将土山地道，一律毁撤，专命军士凿堑城外，周围四十里，广约丈许，深只数尺。审配在城上遥望，见他开濠甚浅，不以为意；谁知操计中有计，到了夜间，却使军士掘深濠堑，竟至二丈有余，沟通漳水，灌入城中。配至此悔不早争，误中操计，但已是无及，不得已悉众登陴，聊避洪流；又阅数日，粮食垂罄，饿死多人。可巧袁尚率兵回援，前锋已至阳平亭，距邺城只十七里，探马报入操营，诸将谓尚军驰归，必将死斗，不如避彼锐气，再作计较。操扬言道："尚若从大道趋至，我当避彼；若由小路至此，心已先怯，一战便可成擒了！"料敌甚明。嗣经探马续报，尚果从小路还援，操大喜道："我料尚是无能为呢！"遂令曹洪等堵住守兵，自去对敌袁尚。尚已至阳平，就夜间举火为号，遥示城中，城中亦举火相应，两下里得通消息，满望内应外合可破曹军；偏偏待至天明，曹军却杀到阳平，并不闻审配影响。尚将马延张颉，望见曹操势盛，未战先降，他将统皆骇走，尚亦只好返奔；所有辎重器械，尽行抛弃，甚至印绶节钺，亦为操兵所得。操也不穷追，引还邺下。

审配曾出兵城北，想去接应袁尚，适被曹洪截回，退守城中；及操又还攻，将阳平所获物件，取示守兵，兵心大沮。审配尚誓众固守道："操军已疲，料难久持；且幽州必来相援，何患无主？汝等但坚守死战便了！"操再拟猛攻，正值袁谭遣使辛毗，复来操营，操令毗招降审配。毗至城下，呼配与语，配大怒道："袁氏兄弟，全由汝兄辛评，与郭图党同挑拨，以致失和，甘召外侮，今汝兄家属已系狱中，他日拿住汝曹，当一并枭首，上谢先君！尚敢向我招降么？"说着弯弓欲射，慌得辛毗连忙退回。原来袁谭去邺时，郭图辛毗等家眷，俱得随行，独辛评妻子迟走一步，为尚所收，所以系住狱中，无从逃脱；及辛毗返报曹操，操知配决计不降，冒矢督攻，箭彻车盖，指挥如故，入夜不休。审配自守东南隅，令兄子审荣抵御西北；荣不愿坐毙，竟献门迎操，操军当然拥入。配在东南角楼上，遥见西北失守，亟遣人驰诣狱中。杀毙辛评全家，自率残兵下城巷战，战到兵尽力穷，倒地受擒。时辛毗入救兄家，已嫌太晚，回到操营，巧巧碰着审配，被兵士押解过来，冤家相见，格外眼红，即举起手中马鞭，乱挞配首道："死奴也有今日么？"配亦反詈道："狗辈破我冀州，恨不诛汝！"及入见曹操，操颇怜配忠壮，有意劝降。乃故意问配道："汝知献门为谁？"配答言未知。操说是审荣所献，配愤愤道："儿辈无行，乃竟至此！"操又说道："孤至城下督兵，何箭多乃尔？"配厉声道："恨少恨少！"操尚慰语道："卿为袁氏尽忠，不得不然；今已成擒，还有何说？"配直答道："城亡与亡，何必多言？"语可屈铁。操犹豫未忍，辛毗在旁号哭道："兄家一门遭戮，乞速杀此贼，借慰冤魂！"配瞋目视毗道："汝为降虏，配作忠臣；生不如死，可速杀我！"操方令左右牵出，置诸死刑。配叱刑士道："我主在北，不应南面受诛！"乃听令北向引颈受戮。虽死犹生。操命将遗尸棺殓，茔葬城北，然后出营入城。

次子曹丕，年方十八，随父从军，当即跃马先驱，径诣府舍；府中已由操兵监守，见了曹丕进来，当然让入。丕提剑下马，径入后堂，但见一中年妇人，兀坐垂泪，膝下有一少妇跪着，用首枕膝，乱发蓬头，作颤动状；丕瞧入眼中，见少妇发光可鉴，已是动情，遂按剑问道："汝等为谁？"中年妇人答说道："我为袁将军妻刘氏。"又用左手遮少妇玉颈，右手指着道："这是次男熙妻甄氏，年轻胆怯，幸乞垂怜！"妒妇也不能不丢脸了。丕和颜道："既系刘夫人，我当代为保全；可令新妇举头，不必惊慌。"刘氏乃推起少妇，嘱令道谢。丕留心注视，已哭得花容狼藉，脂粉模糊，但一种娇羞情态，已是欲盖弥彰，动人怜惜；当下揽袖近前，替她拂拭，一经去垢，露出庐山真面，端的是桃腮杏脸，妖艳绝伦。烈妇被人牵臂，且断腕全贞，熙妻任令曹丕拭面，其不贞可知。丕即自述姓名，叫她放心，刘氏闻是曹操世子，忙令甄氏下拜裣衽，且与语道："此后可不致忧死了！"总教人尽可夫，何致遽死？甄氏含羞拜毕，偷觑丕容，正是一位翩翩少年，英姿潇洒，仪表风流，不由的勾动芳心，含情脉脉。丕痴立多时，忽听外面人声嘈杂，乃掉头趋出，往迎乃父；适曹操已入府厅，升帐上坐，问及袁氏家属，丕抢步上前道："袁家只有姑媳两人，尚存内室，狼狈相依，幸乞怜恕！"操点首道："我与本初起兵讨逆，誓同患难，不幸为好不终，致兴兵革；如果全家投顺，应该一视同仁，何况妇女呢？"奸雄狡词。这数语正中曹丕心坎，便入内引出袁氏姑媳，使见曹操。操见甄氏花貌雪肤，也为叹赏，便问刘氏道："汝家如何止留二人？"刘氏答道："子妇等并皆远出，唯次媳愿侍妾身，所以尚留在此；现蒙世子曲意保全，实为万幸。"操已闻言知意，旁顾曹丕，见他两目钉住甄氏，几不转瞬，益知丕暗里寓情，遂嘱丕引还二妇，安心居住；一面下令安民，豁免租赋一年，百姓自然喜悦，相率安堵。操遂置酒高会，宴集将佐，就是袁氏姑媳，也并馈酒肉，一例看待。将佐饮毕，均向操申谢，独许攸醉意醺醺，顾操大言道："阿瞒若非我相助，恐未能坐得此州！"操不禁动怒，强颜为笑道："汝言亦是，当录汝首功！"攸狂笑自去。死期将至，还在梦中。操复上表奏捷，有诏授操为冀州牧，操拜受诏命，愿将兖州让还。将佐俱入帐道贺，唯曹丕却尚怏怏。俗语说得好："知子莫若父。"当由操使人作伐，愿娶熙妻甄氏为子妇，刘氏不敢不从，商诸甄氏，也无异言，当下就府舍为礼庐，择吉成婚。待至洞房合卺，并蒂谐欢，柳絮随风，轻狂乏力，桃花逐浪，含笑无言；两口儿枕席绸缪，不消絮述。只委屈了幽州刺史袁熙，叫他去做死乌龟，未免不甘。还有将作大匠孔融，已调任大中大夫，闻得操为子娶妇，就是袁熙妻室，因戏致操书道："昔武王伐纣，尝以妲己赐周公，想明公有心希古，敢不拜贺？"操得书后，还道融博学多闻，定有所见。后来与融晤谈，问及前书来历，融笑答道："这是由愚衷揣度得来，当时武王明圣，谅不致戮及美人，赐与周公，岂不是两美相谐么？"语足解颐，可惜招尤。操方知融语带讥嘲，蓄恨谋害，事见下文。

且说曹操既得冀州，复想并吞幽并诸州；幽州刺史高干，闻风纳款，自请归降，操仍令干守原职。会闻袁尚窜入中山，为谭所攻，复走幽州，谭收得尚众，还屯龙凑，有自主意；乃遣使贻书责谭背约，与他绝婚，当即出兵进击。谭不能敌操，退保南皮；操追至城下，围攻了一两月，尚未能拔。时已为建安十年正月，腊尽春来，残雪初霁，操为议郎曹纯所激，亲执桴鼓，促兵登城，兵士并力直上，搴旗斩将，齐集城楼。谭下城出走，甫离北门，突被曹洪截住，心慌力怯，由洪大喝一声，劈落马下；郭图辛评尚在城内，俱为操军所擒，操命把郭图斩首，但将辛评贷死。青州别驾王修，正从乐安运粮回来，得知谭已被杀，便下马号哭道："无主何归？"乃径诣操营，乞收葬谭尸；操嘉修忠义，准如所请，仍使修至乐安运粮。乐安太守管统，不肯降操，操嘱修取统首级，修不忍杀统，执统诣操，代请赦罪，操也即依从，且留修为司空掾。郭嘉劝操延揽名士，借孚众望。操因随处招致，但有才艺可称，即辟为掾属，独不赦袁绍记室陈琳，悬赏购缉，竟得擒来。小子有诗叹道：

下笔千言气亦雄，冀州一破术皆穷；
若非曹氏怜才切，颈上难逃剑血红。

欲知陈琳性命如何，容至下回表明。

审配为袁氏旧臣，始不闻以立长之经劝袁绍，继不闻以友于之义谏袁尚，亡袁之咎，配亦难辞；但观其誓守孤城，死不降曹，亦有足多者。本回于配之守邺，叙述独详，盖即善善从长之意，不忍没其忠也。独于甄氏之再适曹丕，却未肯下一曲笔，可褒则褒，可贬则贬；古称妇人从一而终，夫死尚当守节，胡为袁熙未亡，甄氏即背夫改适耶？至若曹丕之霸占人妻，与曹操之妾纳子妇，皆为名教罪人，贬甄氏，正所以贬操丕也。人情孰不贪生而恶死，况属妇人？而迫命改醮者，实由操丕，操丕之不道可知矣。

第八十二回　出塞外绕途歼众虏
顾隆中决策定三分

却说陈琳被曹军擒住，解至操前，操盛怒相待；及见琳温文尔雅，不禁起了怜才的念头，即霁颜问琳道："卿前为本初作檄，但可罪状孤身，奈何上及祖父呢？"琳答说道："箭在弦上，不得不发，公今罪琳，琳亦知罪了；活琳惟公，杀琳亦惟公。"操听了琳言，怒意益平，遂赦免琳罪，使与陈留人阮瑀，同为记室。袁氏旧臣崔琰，曾劝绍守境述职，不宜用兵，绍不肯听，终败官渡；后来谭尚交争，各欲用琰，琰托疾并辞，为尚所囚，亏得陈琳营救，才释归河东；至是琳与操说及，操遂召琰为别驾从事。琰应召到来，操与语道："孤查本州户籍，可得三十万甲兵，故向称大州。"琰从容道："今天下分崩，九州幅裂，二袁兄弟，日寻干戈，冀民暴骨原野，未闻王师布德，存问风俗，救民涂炭，乃先估计甲兵，似非敝州士女想望明公的本意，望明公见察！"操乃改容称谢，视若上宾，使为世子丕师傅，留居邺城。不为丕求淑女，虽有贤傅，恐亦寡效。自己部署人马，欲往攻幽州；忽由袁熙部将焦触张南，使人投递降书，内称慕风归义，已将袁尚袁熙，逐奔乌桓，特此报闻；操当然大喜，特派吏宣慰，表封焦触张南为列侯。已而并州刺史高干，举兵守壶口关，复与操绝；操遣部将乐进李典，率兵往攻，多日不下。河内人张晟，河东掾卫固范先等，又纠众应干，转寇渑崤间；操用荀彧计，议调西平太守杜畿，为河东太守。畿抵任后，阳与固先联络，暗中却解散叛众，使不相连；再由操遥结马腾，使击固先，里应外合，便将固先擒斩，再移兵讨灭张晟，河东复安；独高干据住并州，负嵎如故。建安十一年正月，操亲率大军，出击壶口关，围攻至两月有余，关上守兵，不堪疲敝，因开关纳入曹军。高干闻壶口失守，无险可恃，不得已留吏守城，自诣匈奴求救。匈奴久已服汉，不愿与操构衅，当即拒绝高干。干率数骑驰回，途次闻知并州降操，害得无家可归，乃南奔荆州。道过上洛，被都尉王琰截住，斩首献操，并州又为操有了。袁绍属地，至此悉亡。先是山阳人仲长统，游学至并州，得干优待，屡问世事，统直答道："君具有雄志，惜乏雄才，也知好士，未能择贤；愚颇为君代虑，愿预先戒慎，勿务高深！"干闻言不乐，微露愠意，统即辞去；及干已败死，果如统言。荀彧素知统才名，特举为尚书郎，操便即引用。操复顺道东略边疆，黑山豪帅张燕，率众十万人来降，受封列侯；独海贼管承，不肯归附。操使李典乐进为先锋，击走承众，承窜入海岛，操乃还师，至邺城度过残冬。经春行赏，奏封功臣二十余人为列侯，且特陈荀彧功状，彧已受封万岁亭侯，至此更增封千户；又欲进爵三公，彧使荀攸再三辞让，方才停议。操尝谓忠正密谋，抚宁内外，莫如文若，次为公达。文若即荀彧字，公达即荀攸字。彧封侯后，攸亦得封陵树亭侯，叔侄并荣，一时称最。操且将爱女嫁彧长子，联为姻娅，好算是相得益欢了。彧妻为中常侍唐衡女，今得操女为子妇，比妻尤荣。

且说袁尚袁熙，奔往乌桓。乌桓部酋蹋顿，为故王印力居从子，占住辽西偏隅，素与袁氏相往来，袁绍曾立他为单于，使家奴冒充己女，遣嫁蹋顿，蹋顿未知真假，遂认绍为妇翁，聘问不绝；及尚熙往奔，当然迎纳，拨众相助，使复故土。早有幽州边吏报达曹操，操便拟北伐，先凿平虏泉州二渠，作为运道，然后指日出师。诸将皆有疑议，或谓尚熙垂亡，蹋顿未必为用；或谓大军北征，刘表刘备，将乘间袭许，不可不防；独郭嘉与操同意，排斥众议道："袁氏厚待乌桓，蹋顿不忘旧惠，必为效力；若袁尚兄弟，号召华夷，大举入寇，青冀幽并随在可危；彼刘表不过一坐谈客，自知才不足驭刘备，未肯重任，备亦未必乐为表用，两人异心，断难成事，公虽虚国远征，亦可无忧，但放心前往便了。"操因即起行，既至易城，欲下令休息，郭嘉又进议道："兵贵神速，况千里袭人，更宜掩彼不备，最好是留住辎重，只令轻骑速进，猝临乌桓，必可破虏，愿公勿疑。"操接说道："卿言甚是。但北路崎岖，无人引导，却也难行。"嘉又答道："公若留心访察，何至无人？”操如言探访，果得右北平人田畴。畴曾为幽州牧刘虞从事，虞为瓒所杀，畴适自长安北还，哭祭虞墓，险遭拘戮，嗣有人替他解免，始得脱归；见前文。袁绍灭瓒，遣使招畴，授将军印，畴辞不就。操使传命，一召即来，当由操延入咨问，畴直答道：“畴志不在官，所以愿见明公，实因乌桓不道，害我乡贤，畴早思往讨，苦未能逮；今得公北征，为民除害，畴敢不前来，勉献刍言？”操相见恨晚，即拜畴为蓨县令，畴不愿就职，但引操军进次无终。时方溽暑，大雨时行，海滨污下，泞滞不通，虏众又分扼蹊径，无路可通，操乃复向畴问计，畴献策道：“此路原未易交通，水浅时不通车马，水涨时不载舟船，若要向前进兵，处处为难，唯旧北平郡治在平冈，道出卢龙，可达柳城；自从建武以来，行人稀少，尚有一径可通，今虏众无知，总道大军就此北进，但教守住要口，便可无虞；若使改道从卢龙口，潜越险阻，直捣虏巢，蹋顿虽强，不怕不为公所掳了。”操自然乐从，扬言退军，且在路旁署木为表，上刻数语道：“今当夏暑，道路不通，且俟秋冬，乃复进军。”欺虏已足。随即令田畴为向导。改从卢龙口进兵，堑山堙谷，潜行五百余里，乃通白擅，历平冈，涉鲜卑庭，东指柳城。蹋顿得侦骑还报，总道操军已退，不必严防；偏操军悄悄进行，距柳城仅百余里，才得闻知，当下仓皇部署，带同袁尚兄弟，领数万骑，出截操军。操正抵白狼山，与敌相遇，遥见虏众甚盛，部下多有惧色，操登山望虏，顾语部将张辽道：“虏众不整，虽多无益，卿可为我先驱擒虏！”辽应声下山，当先突阵，许褚徐晃于禁等，随后继进，立将敌阵捣破。蹋顿正在惊惶，不防张辽杀到，兜头一槊，刺落马下，眼见得不能活命了。尚熙早知曹兵利害，又见蹋顿落马，慌忙返奔，虏众大溃。操下令招降，胡汉兵民，先后投诚，共得二十余万口；遂整军驰入柳城，表封田畴为亭侯，畴向操固辞，操乃中止。嗣探得袁尚兄弟，奔投辽东太守公孙康，诸将请进击辽东，操微笑道：“不必不必！尚与熙自投死路，管教康送首到此，还费什么兵力呢？”大众将信将疑，操却分兵屯守柳城，自率诸将还师。将士伤亡无几，只郭嘉不服水土，竟至得病，返至易城，病重而亡，年只三十有八；操亲为祭奠，哭泣尽哀，荀攸等从旁劝解，操与语道：“诸君年龄，与孤相等，唯奉孝最少，我欲托彼后事，不期中年夭折，岂非云命？”乃表述嘉功，请加封谥，嘉已受封洧阳亭侯，至是复追增封邑八百户，予谥曰贞，令子郭奕袭爵。正拟由易还邺，忽由辽东遣使到来，献上首级二颗，一是尚首，一是熙首，未知甄氏闻之，曾否泪下。诸将俱服操先见，但尚未知操如何料着，因齐声问操，请操析疑。操笑说道："公孙康素畏尚熙，今尚熙穷蹙往投，我若急击，彼且并力拒我，唯我已退兵，免彼后虑，彼乐得杀死尚熙，向我示惠，这是情理上应有事件，诸君但未细思哩！"众将方皆拜服。

究竟公孙康杀死尚熙，是何意见，应该就此表明：康父名度，本系辽东人氏，由董卓举为辽东太守，乘乱自主，号称辽东侯，领平州牧；东伐高句骊，西击乌桓，又越海收东莱诸县，独霸一方。操因辽东路远，但欲奉诏羁縻，拜度为武威将军，封永宁乡侯，度怒说道："我已自王辽东，还要什么永宁乡？"遂将所赐印绶，搁置武库中。既而度死康嗣，就将永宁侯封，转给弟公孙恭。袁绍据冀州时，尝欲并吞辽东，未得如愿；及尚熙败走，途中私相谋议道："我兄弟为操所攻，致失四州，今不如投奔公孙康，康若出见，就好把他格毙，得了辽东，尚可借地容身哩。"四州且一并失去，还欲窥伺辽东，真是妄想。不意公孙康比他狡诈，待至二人报到，预先埋伏甲士，然后延令入见。二人佩剑进去，才至中门，便由甲士突出，把他抓住，连拔剑都来不及，只好束手受缚，牵置门外。时已初冬，塞外早寒，尚为风所吹，求给坐席，熙怅然道："头颅且远行万里，要席何用？"爱妻已向人送暖，自可死心塌地。果然席不得给，反赠他一碗刀头面，同时毕命，康即将两首献入曹军。操表封康为襄平侯，拜左将军；并将尚首悬竿示众，下令敢哭者斩。袁氏故吏牵昭独设祭举哀，操却叹为义士，举作茂才；田畴也往吊祭，操亦不问，不顾前令，全是奸雄手段。唯仍欲封畴为侯，畴以死自誓，决不就封，但挈家族三百余人，随操同返邺中。操见畴志决词坚，乃不予封邑，使为议郎；何不并议郎辞去。一面养兵蓄锐，再图南略。会闻荆州牧刘表，遣刘备出屯新野，为北伐计；乃遣部将夏侯惇于禁等，率兵万人，南行拒备。备自汝南奔依刘表，光阴易过，倏忽五年。建安六年九月，备奔荆州，此时已建安十二年了。曹操北攻袁氏，即劝表乘虚袭许，表素无大志，不愿远图；果不出郭嘉所料。及袁氏败亡，操回邺城，表复觉生悔，乃邀备与宴道："前日不用君言，坐失机会，很觉可惜！"备反慰语道："今天下分裂，干戈四起，前失机会，怎知日后不得再逢？但教后此毋误，就不必追恨了。"话虽如此，心中总不免惆怅。少顷起座如厕，自视髀肉复生，不觉潸然泪下，回至席间，面上尚有泪痕，为表所见，向备诘问。备实告道：“备尝身不离鞍，髀肉皆消，今久不骑马，髀里肉生，日月如流，老已将至，功业却毫无建树，所以不能无悲呢！”表乃遣备出屯新野，备宴毕即行。既至新野，得与颍川人徐庶相遇，延为宾佐，凑巧操将夏侯惇于禁，引军来攻，庶为备划策，自烧屯粮，出城南走；惇与禁疑备怯战，麾兵急追，不意伏兵四起，掩击一阵，杀得夏侯惇等七零八落，收拾残众，逃回邺中。

备复至新野，待庶益厚，庶语备道：“南阳有诸葛孔明，世称卧龙，将军亦愿相见否？”备忙说道：“既有这般名士，怎不愿见？但比君才具何如？”庶答说道：“孔明尝自比管仲乐毅，如庶不才，怎得相拟？”备又说道：“君既与彼相知，请即劳君一行，邀与俱来。”庶摇首道：“此人可就见，不可屈致，将军宜枉驾相顾，或可出来预谋；否则虽厚礼招聘，恐卧龙未必出山呢。”备听了庶言，乃留庶与赵云等守城，自偕关张二人轻车简从，径往南阳。一时访不着孔明，只遇一襄阳名士司马徽，两造叙述姓名履历，才知徽字德操，隐居不仕。备虽与徽初次会面，但见他道貌清癯，料非庸俗，因叩问世事，并乞相助，徽答语道：“山野鄙夫，未识时务，识时务须求俊杰，此间有伏龙凤雏，皆济世才，得一人便可定天下。”备问伏龙凤雏，姓甚名谁？徽答称诸葛孔明庞士元。备即说道：“此来正欲访卧龙先生，可惜未遇。”徽答说道：“卧龙高卧隆中，若果诚心相访，当肯出见，幸勿轻视此人。”备唯唯谢教，方才告别。越日又往隆中，访问孔明。隆中系是山名，在襄阳城西二十里，为南阳属地。孔明名亮，本系琅琊郡阳都县人，就是故司隶校尉诸葛丰后裔，父珪早卒，亮与弟均随叔父玄，徙居南阳。玄与刘表有旧，旋亦病殁，亮遂就隆中，结一草庐，躬耕陇畔，好为《梁父吟》。平居与博陵人崔州平，汝南人孟公威，颍川人石广元，常相往来；就是徐庶，亦与为知友。徐庶等学务精纯，唯亮独持大体，尝与庶等晤叙道：“君等出仕，可至刺史郡守。”及庶等问亮志趣，亮微笑不答。自命不凡。他知刘备过访，未肯遽见，第二次复谢绝，直至备三次枉顾，方才出迎。备见亮身长八尺，貌秀神怡，头戴纶巾，纶音关。身披鹤氅，飘飘然如神仙中人，不由的肃然起敬，便向亮拜手道：“久闻先生大名，如雷贯耳；前已两次晋谒，留告姓名，今日得蒙接见，不胜荣幸。”亮从容答礼，亦自道歉衷，彼此谦逊一番，各归坐位。备始自述本意，请亮出山，亮推辞道：“索性愚野，无志功名，将军如忧国忧民，还请另访高士。”备慨然道：“德操元直，并极称扬，先生不出，如何安国？如何定民？”亮乃笑问道：“将军意欲如何？”备移坐密告道：“汉室倾颓，奸臣窃命，主上蒙尘已久，备不度德量力，欲为天下声明大义；只恨智浅术短，迄无所成。唯私心耿耿，不甘作罢，所以敬候先生，幸乞赐教。”亮因说道：“自从董卓构乱以来，豪雄并起，跨州连郡，不可胜数；曹操比诸袁绍，名微众寡，乃竟并吞袁氏，转弱为强，虽赖天时，亦借人谋。今操已拥众百万，挟天子令诸侯，此实不可与争锋；孙权据有江东，已历三世，国险民附，贤能乐为彼用，根基已固，不可轻图，只能与他结好，恃为外援，荆州北据汉沔，利尽南海，东连吴会，西通巴蜀，自古称为用武之地，主不得人，决难坐守，天今留待将军，将军可有意否？还有益州险塞，沃野千里，向号天府，高祖尝得此以成帝业；今刘璋暗弱，张鲁在北，民殷国富，不知存恤，草野智士，望得明君。将军为帝室世胄，信义著闻四海，总揽英雄，思贤如渴，若跨有荆益，保守岩阻，西和诸戎，南抚夷越，外结孙权，内修政治，待天下有变，可命一上将，自荆州出向宛洛，将军自率益州众士，出向秦川，百姓必且箪食壶浆，欢迎将军，岂不是霸业可成，汉室可兴么？”规划分明，了如指掌。备喜答道：“先生所言，足开茅塞，但愿不弃庸陋，出山相助，俾备得随时领教。”亮又推让道：“将军雅意，本当敬从，但亮疏懒已久，恐多废事，未敢应命。”备黯然道：“先生具此大才，不肯为备屈驾，备原不幸，汉且垂亡。”说至此，语带哽咽，竟至泪下。肝胆如揭。亮不禁感激，因即允诺。备乃命关张入拜，留赠玄纁束帛，亮不肯受，经备再三诚恳，方才收下。亮有妻黄氏，为沔南耆士黄承彦女，发黄面黑，才德独优，亮不嫌丑陋，竟纳为妇。南阳人有谣言云：“莫作孔明择妇，止得阿承丑女。”亮听人嘲笑，独谐伉俪，毫无闲言。梁孟以后，应推诸葛夫妇。至是令弟均，奉嫂家居，自与刘关张三人，同至新野，当由徐庶等接入，故人聚首，当然相亲；徐庶走马荐诸葛，出自罗氏《三国演义》，按《蜀志·诸葛传》中，庶尚留新野，未曾诣操，今从之。备更待亮若师，情好日密。关张二人，颇有疑议，备独与语道：“我得孔明，仿佛如鱼得水，幸勿复言。”关张乃止。可见得才如诸葛，唯刘备方能揽用，自是君臣相得，言听计从，三分天下的政策，就此开始了。小子有诗咏道：

茅庐三顾感情真，前席才将伟略陈；
未届壮年才冠世，知公不是等闲人。

亮出山时，年方二十七岁。

过了数日，备与亮方商议整军，忽由刘表遣人致书，邀备至荆州议事。欲知备曾否应召，且至下回再详。

田畴不肯事袁绍，独于曹操之北伐，一召便来，虽为乡里报怨，愿诛蹋顿，然蹋顿为汉虏，操亦一汉贼耳。就使蹋顿可诛，而袁氏二子，不应迫之同毙！畴曾得袁氏之征辟，知己之感，宁独无之？岂可因前日之未往，即视袁氏如眼中钉，必歼灭之而后快乎？然则袁尚兄弟之毕命，下手者为公孙康，实则畴实使之。吾不知畴何憾于袁氏，何德于曹操也。及尚首揭竿，向之吊祭，侯封所及，誓死固辞，此特矫情干誉之为，有识者固已齿冷矣。必如诸葛孔明之隐处南阳，不屑轻出，待至刘备三顾，勤勤恳恳，方效驱驰，名士之出处，如此慎重，岂田畴辈所得望其项背乎？三国人才众矣，如孔明者，其固超类轶群哉！

第八十三回　入江夏孙权复仇
走当阳赵云救主

却说刘备接得荆州来书，即与诸葛亮商议行止，亮答说道：“想是因黄祖败死，故请将军，往议抵御东吴，将军不妨前去，亮愿随行。”备闻言甚喜，便偕亮出城，同诣荆州。看官欲知黄祖败死情形，还须从源至委，补叙一番。先是孙权继承先业，安踞江东，见七十九回。曹操恐权强盛，责令遣子入侍，为抵质计。权与张昭等会议，犹豫未决，独周瑜入白吴太夫人，极言送质非计，吴太夫人乃嘱权道：“公瑾与伯符同年，相差只有一月，我视公瑾如子，汝当事公瑾如兄，不得违议！”慧眼识人。权唯唯受教，遂不应操命。唯权弟孙翊，出任丹阳太守，好酒渔色，未洽众心；督将妫览，郡丞戴员，尝为翊所责，阴怀不平，密与翊亲吏边鸿结为心腹，有害翊意。可巧孙权为父报仇，出攻黄祖，览两人趁势发作，嘱使边鸿行刺，适丹阳属县令长，诣郡大会，翊出见后，送客至门，被鸿在后刺死。翊妻徐氏，秀外慧中，颇善数理，曾卜得一卦，爻象大凶，劝翊不宜会客，翊不听妻言终遭奇祸；徐氏抚尸大恸，并饬将佐等速拿凶手。妫览戴员，便将边鸿拿住，不待问讯，当即处斩。览遂入居军府中，强取翊家姬妾，及左右侍御；并因徐氏姿色可人，亦思占为己妾。徐氏阳为许诺，但言须俟至晦日，设祭除服，方可成婚；暗中却召入旧将孙高傅婴，授与密计。到了晦日，设祭堂上，尽哀易服，沐浴熏香，浓装艳裹，好象另做新人模样，且派侍婢出室邀览；览喜如所望，也即盛服进去，徐氏从容迎入，待览坐定，一声暗号，突出孙高两将，双刃并举，剁落览首；一面伪传览命，邀员入宴，也即处死。徐氏再着丧服，持得两贼首级，往祭翊墓，军士方共称为智妇。实是烈妇。孙权在椒邱闻报，急回丹阳，见二贼已经授首，索性尽诛逆党，擢孙高两人为牙门将，令守丹阳；接归徐氏，及孤儿松，厚加抚养，保全节孝。独权母吴太夫人，悼翊非命，积哀成疾，奄忽一两年，终至不起，弥留时召见张昭等，托付后事，悠然而逝。权依礼丧葬，守制逾年，复议往伐黄祖。还有少年都尉凌统，因父操从征江夏，为黄祖部将甘宁射死，志在复仇，自请冲锋效力；权即亲督军马，克期出发。适由都尉吕蒙，引一降将进见，问及姓名，就是凌统仇人甘宁，表字兴霸，他本巴郡临江人，少好游侠，杀人亡命，奔走江湖间；后来折节读书，往投刘表，表不能用，因是东行入吴。道出夏口，被黄祖留住军中，一再立功，不见重赏，祖部下军将苏飞，替宁保举，反为祖所呵斥，飞乃更为设法，调宁为鄂县长，使他自图去就，宁始得脱身入吴。因恐前时射杀吴将，求荣反辱，故先见吕蒙，探问凶吉，蒙一力担承，决无他害，乃引宁见权。权亦开诚相见，谈及江夏情形，宁进策道："今汉祚日微，曹操擅权，必为篡窃。荆南为操所必争；刘表素无远虑，诸子又劣，万难保守，将军若不早图，恐操将捷足先得了！今请先取黄祖，祖年已昏耄，专嗜货利，不修战备，有船无兵，有兵无律，将军往攻，必能灭祖；祖既破灭，鼓行西进，楚关一下，巴蜀亦可规取了！"宁策恍似诸葛孔明。权大喜道："复仇雪恨，就在此举呢！"权志但在复仇上，故下文得半而止。当下命周瑜为大督，率同吕蒙董袭凌统诸将，充作先驱，即使甘宁为前导，溯江上行。至沔口前面，有两大艨艟，挡住要隘，鼓声一响，艨艟中千弩齐发，箭如雨集；吴军不得前进，董袭凌统，分募敢死士各百人，令被重甲，乘舟执刀，冒矢冲入，斫断艨艟缆索，艨艟分流，吴军便得大进。黄祖忙令都督陈就，带领水军，鼓棹迎战，被吕蒙甘宁等，一阵驱杀，就军大败，蒙亲枭就首，进攻江夏，祖将苏飞，开城出战，又为所擒；黄祖挺身出走，由吴军追杀过去，斫死祖身，取首报功。于是周瑜孙权，先后入江夏城，函盛祖首，拟归祭孙坚墓前；尚有一函制就，将盛苏飞首级。飞向甘宁求救，宁传语道："彼若不言，宁岂忘心？"会权为诸将犒劳，置酒大会，宁下席泣拜道："宁若不得苏飞，早死沟壑，怎能效命麾下？今飞罪当夷戮，乞将军开恩一线，为宁赦飞！"以德报德，不愧义士。权动容道："今为卿赦飞，飞若逃去，卿肯受责否？”宁又答道：“飞已蒙赦，感恩不浅，还肯逃走吗？如果逃去，宁头当代入函中！”权乃命将飞释出槛车，且召令与宴。飞入谢权恩，正欲随宁就坐，忽席间有一人跃起，拔剑出鞘，竟刺甘宁，宁慌忙趋避，连苏飞亦窜一隅；诸将忙起座拦住。权亦起身惊视，仗剑的，并非别人，就是凌统，因即出言劝解道：“兴霸射死卿父，彼时各为其主，不得不尔；今同聚一堂，只好不念旧仇，愿卿息怒！”统叩头大哭道：“父仇不共戴天，统岂可与仇人共席？”说得权也为唏嘘，因令宁领兵五千，带着苏飞，出屯当口，宁拜谢自去，席亦遽撤。权未免扫兴，掳得男女万余口，班师径回。

这时候正是刘表着忙，邀入刘备同议拒吴，诸葛亮早已料着，劝备模糊对付。备见了刘表，只言宜详探军情，再图抵敌。表因使人再探，返报权已回军，表乃放下了心；但邀备与宴，酒至半酣，表叹息道：“我年已老，诸子又皆不才，看来我死以后，此州非君莫属了！”备惊起避席道：“公何出此言？备怎敢当此重任？况公子皆贤，幸勿过忧！”表再欲有言，听得屏后有环珮声，乃不复出口。备亦从旁窥透，起身告辞，退至客馆，与亮述及，亮笑语道：“将军何不承认下去？”备摇首道：“景升刘表字。待我颇厚，我若夺彼位置，岂非薄情？我决不忍出此！”亮喟然道：“将军仁厚过人，但恐将来多费谋力了！”料定后文。正谈论间，外间来了表子刘琦，因即延入，琦说了几句套话，便请屏人密谈。亮不待备命，立即趋出。琦乃向备泣拜，悄悄的谈叙片时，备眉头一皱，计上心来，因与琦附耳数言，琦始别去。原来琦为刘表长子，少年失恃，表娶继室蔡氏，生子名琮，蔡氏因琦非己出，常劝表舍长立幼，且并娶侄女为琮妇。表溺爱后妻，免不得被他人蛊惑，所以立嗣问题，始终未定。这位蔡夫人，又硬要干政，每遇表会见宾客，往往隔屏窃听，所以备入宴时，有环珮声，传出外庭，便是蔡氏私听秘言。释明上文。琦年已长成，恐为后母所害，日夜危疑，因此向备求计。备嘱他转问诸葛，又知亮小心慎重，未肯代谋，乃特为设法，令琦照行。次日备佯称未适，使亮答拜刘琦，琦延入密室，自述苦况，求亮指教。亮默然不答，琦乃邀亮游览后园，共上高楼，琦复长跪求计，亮尚辞谢道：“这乃公子家事，外人怎敢与谋？”说着便欲下楼，哪知楼梯已经撤去，此非亮中备计，实防外人窃听，故有是举。琦复哀请道：“今日上不至天，下不至地，言出君口，但入琦耳，先生奈何尚未赐教？”亮乃低语道：“公子应阅史事，独不闻申生在内而危，重耳在外而安么？”这两语将琦提醒，当即拜谢，便取梯接楼，送亮出去。亮返告刘备，备已知秘计，就拟向刘表辞行，凑巧表复来邀备，备闻召即入。表蹙额道：“江夏重地，必须得人接守，我欲遣长子往镇，未识可否？”备已知琦从中运动，因即怂恿道：“黄祖性暴，所以致祸，长公子宽厚仁恕，必能爱民，况有亲子弟为外藩，更足免虑，又何不可？”表又说道：“闻曹操在邺中整兵，意将南下，如何是好？”备即答道：“备愿出屯樊城，幸请免忧！”表当然乐允。备即起辞，回馆整装，顺便接取家眷，是时甘夫人已生有一儿，取名为禅，表字公嗣；甘夫人尝梦吞北斗，故又为禅取一乳名，叫做阿斗。阿斗生于建安十二年，至是已将周岁了。特志年岁。备见他体质壮伟，恰也心欢，当下使他母子，乘坐一车，又用一车，载着糜夫人，自与亮跨马同行。至新野召集关张等人，一古脑儿移入樊城。才阅数旬，忽由荆州来了急使，说是主公病重，请将军速临一诀。备欲召问孔明，偏值孔明外出，迫不及待，只好带了赵云，匆匆至荆州。趋入刘表寝室，见表病已垂危，不禁泪下，表亦感动流涕，与语道：“前与君谈及后事，谅君尚未忘怀？”备接入道：“备当竭力辅佐公子，不敢负托！”表复说道：“我子不才，奈何奈何？”备又劝慰道：“公子并能守城，何必多虑？”表拱手道：“全仗贤弟教导，愚兄就要长别了！”郑重托孤，未始无见，其如疏不间亲何？说罢，痰喘不止，备不便多坐，当即辞退。偏由表妻舅蔡瑁，及他将蒯越，邀备会议善后事宜，备只好暂留外厅，与他议事。瑁越二人，佯与备商及立嗣问题，备沉吟无语。俄有一人入语道：“曹操已发兵邺中，来取荆州！”说至此，以目视备；备见是山阳人伊籍，素在刘表幕下，相识有年，此时两目相对，料知有异，乃伪起如厕。籍亦随往，低声语备道：“蔡瑁心怀不良，公宜急走。”备不禁着忙，亏得籍导至后园，开门引出；备尚忧无马，籍答说道：“籍已将公坐骑，牵到此处，请公上马速行。”备又言赵云在外，尚未得知，恐遭毒手，籍复说道：“籍当往报赵将军，请公先行一步。”备乃加鞭疾驰，直出西门，再经里许，前面有一檀溪，阔约数丈；清流激湍，映带潆洄，备所乘马，叫作的卢，颇甚雄骏，唯额边生有白点，相马家谓不利主人，备却听诸命数，仍然乘坐。及至檀溪，眼见是不能飞越，回顾后面，又见尘头大起，想有追兵到来，一时情急无奈，只好跃马下溪，马足陷入淤泥，几乎蹶倒，备惊惶道：“的卢的卢，今日果要害我了？”话才说完，那马竟一跃三丈，跳过彼岸。殆有神助。备惊魂未定，似醉似痴，猛听得夹岸大呼道："使君何故遽去？"这一声方将备叫醒，遥顾对岸，是蔡瑁人马，也不暇答话，纵马驰去。瑁亦暗暗诧异，收军自回，途次遇见赵云，问及刘备，瑁答言已经回去；云已得伊籍通报，故无心详问，策马自行。到了檀溪，又为备吃一大惊。返问守门军士，各言刘使君跃过檀溪，千真万确，云乃绕道至樊城，果然备已早归，安然无恙。既而伊籍亦至，报称表已病殁，刘琦省疾被拒，仍回江夏；蔡瑁蒯越，已立表次子刘琮为主了。从伊籍口中叙过，省却许多文字。诸葛亮在旁叹息道："刘琮竖子，怎能守此荆州？若不早图，必为操有。"伊籍接口道："何不借吊丧为名，袭取荆州？"亮拍手赞成，备独不愿，但派吏至荆州吊丧罢了。此时却失之过厚。

且说曹操既平河北，即思南取荆州，因恐朝右大臣，从中牵掣，索性奏罢三公，自为丞相；用崔琰为西曹掾，毛玠为东曹掾，司马朗为主簿，司马懿为文学掾。懿即朗弟，系河内温县人，朗字伯达，懿字仲达，崔琰尝谓朗不及懿，故操特引用；懿佯称风痹，不肯就职，经操察知懿诈，欲加收禁，懿始出就职。懿甫出现，即怀诈意，曹操何必定要使诈？操安排已定，便拟整军南下，适大中大夫孔融，奏称王畿以内，不宜封建诸侯，又谓天下粗定，疮痍未复，不宜兴师。明明与曹操反对，操当然怀恨，御史大夫郗虑，与融有隙，竟诬融在北海时，招合徒众，图为不轨，入朝后暗通孙权，讪谤朝廷，且与祢衡互相赞扬，衡谓仲尼不死，融答颜回复生，大逆不道，应坐诛夷。操有词可借，便令廷尉系融下狱。融有二子，并在幼年，闻父被收，尚对坐弈棋，左右劝令急走，二子说道："复巢下何有完卵！"道言甫毕，缇骑已至，把融妻及二子，一并拘去，与融同斩东市，暴尸示众。京兆人脂习为融故友，尝戒融刚直太过，恐遭奇祸，融终因此遇害。习往抚融尸，嚎啕大哭，有人报知曹操，操命人执习，习长叹道："文举融字文举。已死，我亦不愿求生了！"操又偏不使习死，将他释放。习遂将融全家尸首，收殓埋葬，操亦不复问，便督率大队人马，疾驱南来。才抵宛城，荆州大震，蔡瑁蒯越，慌张失措，掾属傅巽王粲等，想出一条乞降的末策，入内白琮。琮庸稚无能，有何主见？琮母蔡氏，至此也急得没法，不得不顾全性命，情愿将荆州全土，献与曹操；痴心立爱，终归无效。遂命王粲缮好降表，派吏送去。刘备留屯襄城，闻得操军南下，亟使人问琮，琮尚讳言降曹，未肯详告；直至操军已到新野，方遣掾吏宋忠，诣备报命，备才知琮已降操，且惊且怒道："汝曹既欲降操，何不早告？今曹军已至，方来报我，可惜可恨！"说着，复拔剑指忠道："今虽断汝首级，尚未足泄恨，但大丈夫已经临别，杀人何为？汝可速去，教刘琮自思罢了。"忠抱头出去。备急与诸葛亮等，会议行止，亮进言道："上策莫如取襄阳，下策只好走江陵；若待操军大至，区区樊城，如何能保守哩？"备踌躇半晌，方开口道："据宋忠言，刘琮已赴襄阳，迎候曹操，今往取襄阳，势必害琮；刘荆州临殁时，向我托孤，我不能保护彼子，反去加害，他日死后，有何面目再见刘荆州？我意不如径往江陵。"备之失机在此，备之留名亦在此。乃悉众尽行。路过襄阳，在城下驻马呼琮，琮惧不敢出，蔡瑁等且登城拒备，乱箭射下，备不得已，至襄阳城东，拜辞表墓，涕泣而去。荆襄士民，见备如此仁慈，不愿相舍，竟陆续赶上，随备同行。备抵挡阳，众至十余万，辎重数千辆，不能急走，每日只行十余里，将佐多向备进议道："此去江陵，程途尚远，急宜倍道疾趋，方能速至，况士民相随，不能争战，虽多无益；若还要兼顾，恐曹操兵到，免不得玉石俱焚了。"备流涕道："欲济大事，全赖人心，人愿归我，我何忍弃去？"诸葛亮接说道："将军既不忍弃民，应遣云长先赴江夏，借得战船数百艘，速来接应，方可无虞。"备依言遣羽，羽即驰去，亏有此着。备仍徐行如故。忽有探马走报道："曹操已亲率大军，长驱追来了！"备因使张飞断后，赵云保护家小，孙乾糜竺伊籍等，照顾百姓，自与诸葛亮徐庶，缓辔同行。

哪知曹操煞是利害，既由刘琮迎入襄阳，便调琮为青州刺史，勒令东往，所有蒯越以下，悉数截留，阳封蒯越等为列侯，阴实剪琮羽翼，不使相从；一面自率轻骑万人，兼程追备。一日一夜，得越三百余里，径达当阳。备正在前进，猝闻曹军从后追到，还想保全百姓，挥令同行，诸葛亮着急道："祸在眉睫，奈何迟延？"遂促备疾驰，自与徐庶护备同进。哪知曹军已从后掩至，单靠一张飞截击，也是拦阻不住。曹军冲入前面，顿将大众驱散，连甘糜二夫人，也只好各走各路，不能相顾。赵云仗着一干长枪，左挑右拨，杀开一条血路，已不见甘糜二夫人，再从乱军中杀入，得将甘夫人觅着，引回长坂坡。可巧张飞已走至坡上，据桥立马，见赵云送到甘夫人，便让令过桥，问及婴儿阿斗，知由糜夫人抱去，云不顾死活，再回旧路，一枝枪神出鬼没，无人敢当，好多时杀散曹军，救出糜夫人。糜夫人身已受伤，尚抱住阿斗，不肯释手，见了赵云，方将阿斗交付与云，一跃入枯井中，竟至殉难。史传中未见载明，姑从罗氏《演义》。云不遑捞尸，即将阿斗裹入怀中，单骑走回。张飞尚立在长坂桥上，等候赵云。云方至桥畔，后面追兵又至，忙呼飞求援，飞应道："有我在此，请君放心！"遂让开一步，令云过桥。须臾，曹军大至，飞令手下二十余骑，在桥后伏着，自己横矛桥上，瞋目大呼道："我是燕人张翼德也，可来与我决一死战！"这声呼喝，好似空中起一霹雳，吓得曹军纷纷倒退，没一人敢上桥与争。小子有诗咏道：

一声叱咤敌先惊，长坂桥头独著名；
身是燕人张翼德，好凭七字作长城。

张飞既吓退曹军，乃拆断桥梁，拍马见备。欲知备再走与否，试看下回便知。

黄祖本无才智，而孙坚死于祖手；孙策又不能亲复父仇，命为之，势为之也。坚阻于命，策限于势；至权承父兄之业，用瑜蒙诸将，一出再出，方举黄祖而枭夷之，春秋之义大复仇，如孙仲谋者，其固不愧为令子乎？曹操谓生子至如孙仲谋，若刘景升诸儿，与豚犬等，原非虚言。但刘景升亦非杰出才，偷息荆襄，不思展足，其无能已可概见；至如惑后妻，远长子，卒至身死未几，全州归曹；而于真诚坦白之刘玄德，若即若离，反使其仓皇奔走，濒死当阳，玄德不负景升，景升实负玄德耳。赵云百战长坂坡，保全甘夫人母子，可谓忠臣；而糜夫人甘心殉难，亦可谓贤妻。孙徐氏以不死报夫仇，刘糜氏以宁死全夫嗣，俱足为彤史生光云。

第八十四回　召周郎东吴主战
破曹军赤壁鏖兵

却说刘备奔走途中，幸有张飞断后，始得脱难。及见赵云救回甘氏母子，又闻糜夫人伤亡，禁不住百感交萦，潸然泪下。到了张飞驰至，报称毁桥拒敌，备失声道："桥梁不断，曹军尚恐有伏，未敢追来，今已拆去，彼料我胆怯，必然追我，不如速走罢！"遂带领残众，从小路斜投汉津。行抵沔口，后面果有追兵驰至。正在惊惶，那江中有许多船只，扬帆驶到，船头立一大将，披甲横刀，正是云长关羽；名字并举，乃是特笔。备转忧为喜，忙率众人登舟。羽留心审视，独不见糜夫人，便向备问明，备太息道："甘氏母子，尚亏是子龙救回，子龙入围数次，或说他北投曹操，我料子龙必不弃我，果然仗着百战，救回妻孥，糜氏已经殉难了！"羽悲愤道："往日猎许田时，若从羽言，可不致有今日的困厄！"备答道："当时投鼠忌器，所以劝止，若天道辅正，怎知不转祸为福呢？"说着，遥见追兵将到，急命开船；羽说是不妨，江夏太守刘公子，悉众来援，就在后面。道言未绝，果由刘琦引船千艘，顺流来会。羽索性挥兵登岸，要与曹军决个胜负。就是张飞赵云，亦跃至岸上，与羽驱杀过去，曹军又皆吓退，反被关张赵三将，夺取许多甲仗，方才回船。当下招集溃众，次第趋集，备等稍稍安心。独徐庶未见老母，很是担忧，备欲遣将往寻，有归卒禀报道："徐母已被曹军拘去了！"庶不禁流涕，即起身辞备道："本欲与将军共图大业，今失去老母，方寸已乱，不能为谋，请从此别！"备亦唏嘘道："卿莫非往投曹营么？"

庶泣答道："欲全老母，不得不尔；但此心仍属将军，决不为操设谋！"说至此，又与诸葛亮告辞道："孔明大才，必能弼成王业，庶虽去，亦得放怀了。"于是舍舟登陆，由备亮等送至十里外，始与诀别。《三国志·诸葛亮传》详载此事。庶归曹操，系在备当阳败后，且庶母亦不闻自杀，与罗氏《演义》不同。庶径诣曹营，幸母未死，乃留住曹操麾下，后由操表为御史中丞，这且搁过不提。庶母若死，庶亦不肯依操，可见罗氏附会之失。

且说刘备等返至船中，方命解缆行驶。到了夏口，适与东吴使人鲁肃相遇，彼此接见，互道殷勤。肃本来请命孙权，欲与刘备联络，共拒曹操，因借吊问荆州为名，乘便见备。可巧备自当阳败走，在途晤谈，肃即探试备意，问欲何往，备佯答道："前与苍梧太守吴臣有旧，拟即往投。"以假应假。肃素忠厚，便直说道："苍梧僻处岭南，何足为助？愚意不如东投孙氏，孙讨虏聪明仁惠，敬贤礼士，江左英豪，都愿归附；曹操表权为讨虏将军，见前文。今为君计，最好是与他联络，共御曹军。"说到拒曹是鲁肃一生宗旨。备尚未及答，诸葛亮即从旁插嘴道："刘使君与孙将军，素未会面，如何轻投？"肃笑答道："令兄子瑜，现为江东长史，与肃友善，肃愿偕君同至江东，既可与令兄聚首，复可与孙将军共议大事。"亮乃语备道："事机已急，愿奉命往见孙将军，合谋拒操。"本有此意，偏待鲁肃相邀，才肯说出。备点首允诺，亮即偕肃登舟，共赴江东。时曹操已进据江陵，复拟东下，孙权出屯柴桑，观望成败。肃引亮入见，权起座相迎，延亮入座。亮见权方颐大口，目有精光，料非庸主可比，因开口说权道："海内大乱，将军起兵据有江东，刘豫州亦收众汉，南与曹操并争天下，两主志趣相同，真所谓无独有偶了。"徐徐引入。权皱眉道："今曹操拥兵百万，顺流东来，或为我主战，或为我主和，究竟和为是，战为是呢？"亮又答道："曹操芟夷群雄，平河北，破荆州，威震四海，虽有英雄，无从用武；故刘豫州遁逃至此，将军请自为计！若能举吴越兵众，与中国抗衡，不如早与操绝；否则按兵束甲，北面事操，尚可偷息苟安。今将军外似服从，内实犹豫，当断不断，祸至无日了。"用反激语。权不禁作色道："刘豫州何不降操？"亮续说道："田横一青齐壮士，犹守义不辱，况刘豫州为汉室胄裔，英才盖世，众士并皆仰慕；事若不济，也是天命使然，怎肯卑躬屈节，甘心事操呢？"再激再厉。权至此亦勃然道："我不能举全吴土地十万甲兵，俯首事人，计已决了！非刘豫州莫与敌操，但刘豫州新遭败衄，如何能抵制操军？”亮申说道：“刘豫州虽新败当阳，尚有关羽水军，不下万人，刘琦合江夏战士，亦在万人以上，操众远来疲敝，闻他追刘豫州，日夜行三百余里，古所谓强弩之末，势不能穿鲁缟，就是此意；《兵法》亦垂诫云：‘必蹶上将军。’且北方人士，不习水战，荆州百姓，为操所迫，并非心服，可见操非真不可敌呢！将军诚能督选猛将，统兵数万，与刘豫州协力同心，必能破操；操破亦必北返，荆吴势盛，鼎足形成，就在此举了。”仍是三分决策。权大喜道：“先生伟论，令人敬服，孤当与刘豫州合拒曹军。”遂命肃引亮出帐，使与诸葛瑾相见。瑾字子瑜，就是鲁肃所说的江东长史，本为亮兄，避乱东吴，因即臣事孙氏。补前文所未及。兄弟重逢，自有一番密谈，不消絮述。唯孙权既闻亮言，便召群下，会议出兵；适曹操遣使致书，由权展阅，书中略云：

近者奉辞伐罪，旌麾南指，刘琮束手；今治水军八十万众，愿与将军会猎于吴，将军其留意焉！已露骄态。

权览毕后，取示群下，大众统皆失色，长史张昭说道：“曹操挟天子威望，用兵四方，若欲拒绝，名不正，言亦不顺；况将军足以拒操，唯赖长江，今操得荆州，据有艨艟战舰，沿江东来，是长江天险，已无所用，不如往迎为便。”余众亦多附和昭言，独鲁肃不发一语，覗见权入内更衣，当即随入，权已知肃意，握手与语道：“卿意如何？”肃答说道：“众议专欲误将军，众可降操，独将军不应迎操。”权更问何因，肃又答道：“如肃等降操，名位未必遽失，就使失位，也得安然还乡；将军降操，将归何处？愿早定大计，毋惑众言。”权叹息道：“子敬所言，正合我意；但欲敌操军，须用何人督师？”肃接口道：“莫如周瑜。”权从肃议，立即使人至鄱阳，召瑜入商。瑜方在鄱阳湖督练水军，奉召即至。权与言和战情形，瑜奋然道：“操名为汉相，实是汉贼，将军承父兄遗烈，奄有江东，地方数千里，兵精粮足，当为汉家除残去害，奈何往迎汉贼哩？”快人快语。权徐答道：“我并不欲迎操，只恐众寡不敌，故召卿一商。”瑜扬眉说道：“操今东来，实犯数忌，北土未平，马腾韩遂，尚在关西，为操后患，操乃一意东略，就是一忌；南人善水战，北人善陆战，操竟舍鞍马，仗舟楫，弃长用短，与吴越争衡，就是二忌；时值隆冬，天气盛寒，马无藁草，就是三忌；驱中原士众，远涉江湖，不习水土，必生疾病，就是四忌。操犯此数忌，多兵何益？将军擒操，正在今日，瑜愿将精兵数万人，出屯夏口，保为将军破贼，将军勿忧。”慨当以慷。权听了瑜言，投袂起说道：“老贼久欲篡汉，只忌二袁吕布刘表与孤数人，今数雄已灭，唯孤尚存，孤与老贼，势不两立，卿言当击，甚合孤意，这是皇天以卿授孤哩。”瑜又说道：“将军可决意否？”再逼一句。权拔剑斫案，剁去一角，向众宣言道：“诸将吏如再言迎操，可视此案！”张昭等在侧，并皆失色，瑜乃辞去。当由鲁肃见瑜，具述诸葛亮求援情事，瑜即令肃邀亮，亮与瑜相见，寒暄已毕，谈及军事，亮笑语道：“一傅众咻，恐孙将军尚有疑虑，应该替他剖解，使知操军虚实，了然无疑，方可成事。”瑜闻言称善。待亮别后，日已垂暮，吃过夜餐，乃复入见孙权道：“诸人劝将军迎操，无非因操虚张声势，说有八十万众，所以惊惶；其实操军断无此数，操所得北方兵士，不过十五六万，且久战成疲，至若荆州降兵，至多不过七八万，尚怀疑贰，试想以疲兵疑卒，沿江东来，人数虽多，实不足惧；瑜得精兵五万，便可制操了。”权起抚瑜背道：“公瑾所言，足释我疑。张子布等，子布即张昭字。各顾妻孥，毫无远见，大失孤望，独卿与子敬，与孤同心，孤已选得三万人，备齐粮械，烦卿与子敬程普，即日先发，孤当再集军马，为卿后应；卿前军倘不如意，便还兵就孤，孤誓与操亲决一战，更无他疑。”至是始决计主战了。瑜乃告退。

翌日即命周瑜程普为左右督，鲁肃为赞军校尉，领兵三万，往会刘备，并力敌操。程普在诸将中，年齿最长，乃反为瑜副，未免怏怏；及见瑜调署人马，井井有条，才为叹服。瑜见诸葛亮智出己上，欲招与同事，特向孙权陈明，令诸葛瑾留亮仕吴。权当然告瑾，瑾奉命留亮，亮反邀瑾同行，瑾乃返报道：“瑾弟亮已委质刘氏，义无二心，弟不留吴，亦犹瑾不往刘；且彼此既合力拒操，也不必计及亲疏了。”权因复告瑜，瑜便与亮同行，辞过孙权，联樯西进，行至樊口，刘备已守候多日，既见东吴水军，便使糜竺犒军致意。瑜语糜竺道：“我本欲见刘豫州，共议良策，只因身统大军，不便轻离；若刘豫州肯屈驾来临，深慰所望。”竺应声还报，备即单舸往会，问瑜带得若干兵马，瑜答称三万人，备尚嫌太少，瑜微笑道：“兵不在多，恃在将才；刘豫州但看瑜破操便了！”自负语。备赞了数语，当即辞回，自去安排将士，助瑜攻操。瑜统军再进，舟抵赤壁，与操军前驱相遇，两下交锋，操军败退，瑜收军结营，屯驻南岸；操亦驻军北岸，夹岸相持。唯操军多系北人，不服南方水土，动辄呕吐，筋疲力软，未堪争锋，所以逗留不战；瑜亦未得胜算，静觇敌变。转眼间已阅旬余，操见江中波浪，时作时止，舟军一经颠簸，便患晕眩，因此想出一法，把各舰连环锁住，免得动摇。罗氏《演义》谓为庞统献计，亦系附会。吴将黄盖，探知曹军动静，便向周瑜献计道："寇众我寡，难与久持，操军方钩连船舰，首尾相衔，但教用火一烧，不怕不走。"瑜微笑道："我亦早有此意，但操军沿江巡弋，恐不容我舰过去，如何纵火？"盖跃起道："何勿用诈降计！"瑜鼓掌道："此计非公复盖字公复。不行，可先使人献书曹操，操若中计，便可成功。"盖奉令修书，交与周瑜阅过，待至夜静，乃派人送去。史传中未及阚泽，故不羼入。是夜寒月横空，水天一色，操对月感怀，与将佐痛饮数杯。乘着三分酒兴，出寨登舰，眺览夜景，忽见乌鹊一丛，向南飞去，不由的取过一槊，横搁船头，信口作歌道：

对酒当歌，人生几何？譬如朝露，去日苦多。慨当以慷，忧思难忘；何以解忧？唯有杜康。杜康作酒。青青子衿，悠悠我心；呦呦鹿鸣，食野之苹。我有嘉宾，鼓瑟吹笙；皎皎明月，何时可辍？忧从中来，不可断绝；迭言忧字，便是不吉之兆。越陌度阡，枉用相存。契阔谈宴，心念旧恩；月明星稀，乌鹊南飞，绕树三匝，何枝可依？山不厌高，水不厌深。周公吐哺，天下归心。

歌方罢唱，蓦有军吏入报，谓东吴有人献书，操即将吴使召见，由吴使呈上书信，就阅灯下。书中系吴将黄盖署名，但见纸上写着：

盖受孙氏厚恩，常为将帅，见遇不薄；然顾天下事，当知大势，用江东六郡山越之人，以当中国百万之众。众寡不敌，海内所共见也。东方将吏，无有愚智，皆知其不可，唯周瑜鲁肃偏怀浅戆，意未解耳。今日归命，志在择主，乞保吴民。瑜所督领，自易摧破。交锋之日，盖为前部，因事变化，效命在近。书不尽言。此书本《吴志·周瑜传》。

操看了又看，回环数次，方问吴使道："汝由黄盖遣来，莫非诈降不成？"吴使极言黄盖诚意，操又说道："黄盖如果愿降，当授高爵，我处不必答复，但烦汝口述便了。"吴使自然归报，黄盖大喜，即转告周瑜，瑜令盖预先筹备，待令乃发。盖选得轻舸十艘，预备燥荻枯柴，满载船中，灌以火油，上覆赤幔，船头插一青龙旗，船尾各系走舸，布置停当，专待周瑜号令。瑜却未敢遽发，只因隆冬时候，常有西北风，独少东南风，操军在北，非东南风如何纵火？所以迁延不决，特请诸葛亮密商。亮素知天文，已料定冬至节边，有东南风，便起座道："亮不才，颇能祈风，当为君借助一帆，可好么？"风安可借？故先叙明来历。瑜大喜过望，便请亮择地设坛，自去祈祷。过了一日一夜，果然东南风渐起，瑜不胜诧异，使人视亮，亮已轻舟一叶，自往樊口，回见刘备去了。于是瑜即下令，悉众夜发，使黄盖再致书曹操，说是待夜来降，但看船上有青龙幡，便是降船。操得书后，尚信为真情，俟至黄昏，亲率将佐出营，眼巴巴的望盖来降。智谋如操，也为所愚，可见行军不易。约阅片时，星光闪烁，月色迷濛，江中刮起一阵大风，扑面生寒，侵人肌骨；操尚不以为意。忽见对岸有许多军舰，顺风前来，隐约有青龙旗飘动，操迎风开颜道："黄盖果来降了！"程昱贾诩等在侧，齐声语操道："来船甚众，不可不防，且东南风刮得利害，倘彼因风纵火，如何抵敌？"操不禁省悟，已经迟了。传令各船将弁，小心戒备，且派巡船出探虚实。号令才下，那敌船已经驶近，相距不过二里，霎时间火焰冲天，被狂风卷火过来，烧及曹军各舰，军士连忙援救，已是无及，但见得火趁风威，风助火势，烧了这船，延及那船，船又被铁环锁住，急切里无从奔避，再加来船乘风突入，接连放火，不但北船被毁，甚至岸上营寨，亦皆延烧。可怜操军焦头烂额，扑通扑通的都投入水中。操见不可支，还想从岸上逃走，幸亏张辽驾一小舟，上前救操，操得跳入舟中，如飞遁去。黄盖从火光中瞧着，连忙追操，不防一箭飞来，正中肩窝，翻身落水；后面便是韩当水军，盖在水中大呼求救，为当所闻，急令军士将盖捞起，拔箭易衣，送回大营医治。当代盖追操，操部下尚有残舰，随操遁走。哪知东吴舟师，相继驶集，就是吴大都督周瑜，亦乘船擂鼓，从后追来，操军十死七八，余亦多半受伤。赤壁山成火焰国，扬子江作死人堆，曹操在水路中，逃了数十里，方敢登岸，百忙中寻了一匹快马，扳鞍上坐，向北急奔；吴兵也上岸紧追，还亏操部下诸将陆续赶到，保护操身，且战且走。谁料刘备也遣到关张赵诸将，沿路追截，杀开一重，又是一重，等到重围杀透，东方已明，检点残兵，不过数千骑了。操拟奔南郡，就华容道小路进行，较为近便，偏偏疾风未息，暴雨又来，一阵淋沥，害得曹操等拖水带泥，不堪狼狈，路上泥淤马足，壅滞难行，操令羸兵负草填堑，骑乃得过；羸兵已尽疲乏，等到堑坑填满，不能再进，往往卧倒道旁。操等只恐追兵又至，跃马前奔，也不管羸兵死活，蹀躞过去。罗氏《演义》中，有关公放操一段，史传中并无其事，故亦从略。好多时才到南郡，操兵已寥寥无几了。操仰天长叹道："今日若郭奉孝犹存，当不使孤至此！"说着复大哭道："哀哉奉孝！痛哉奉孝！惜哉奉孝！"诸将佐统皆惭沮，勉强安息一宵，越日由操升帐，命征南将军曹仁、横野将军徐晃，留守江陵，折冲将军乐进，出守襄阳，布置已毕，乃下坐跨马，自回许都。这一番赤壁鏖兵，若非孙刘合力，瑜亮并智，哪里杀得过曹军？可见得曹军一熠，乃有吴蜀，虽曰天命，亦赖人谋。小子有诗咏道：

一火延烧百里军，神州从此定三分；
老天有意存刘裔，权把东风借使君。

周瑜等追至南郡，曹仁已备好兵马，与瑜对敌。欲知后来胜负，且至下回说明。

予幼时阅《三国演义》，至赤壁一战，联篇叙述，多至七八回，每叹罗氏演写此役，最为刻意经营之作；及年稍长，得见陈寿《三国志》与各种史籍，乃知罗氏所述，多半附会，虽未始不足餍阅者之目，空中楼阁，总觉太虚，且反足滋后人之疑窦，毋亦所谓得半失半欤？祈风之说，尤为荒诞。诸葛公犹是人耳，宁有幻术？假使诸葛公有此神奇，则当阳长坂之时，何至为操所追，使刘玄德之抛妻撇子，奔走仓皇乎？即此以观，罗氏且自相矛盾，无从自解矣。本编简而不漏，信而有征，虽不若罗氏之烘云托月，而实事求是，不等虚诬。盖借说部以传真，非假辞说以斗靡，亦何苦荒诞为也？至若赤壁一役，为三分鼎足之所由始，书中已详言之，不赘述焉。

第八十五回　续嘉耦老夫得少妻　上遗笺壮年悲短命

却说周瑜引兵至南郡，与曹仁夹江相持，曹仁固守勿战，瑜亦未便急攻；甘宁独请进取夷陵，瑜乃拨兵三千，付宁带去，驶至夷陵，一鼓即下。曹仁闻夷陵失守，分兵往援，竟将夷陵城围住，宁向瑜求救，瑜欲统兵救宁，又恐曹仁出击，累得进退两难。吕蒙进说道："但留凌公绩在此，凌统字公绩。蒙与都督往援，当可从速解围。蒙保公绩，能十日固守，不致有误。"瑜乃令凌统守住营寨，自与吕蒙等赴援；到了夷陵城下，击退曹兵，夺得战马三百匹，当即驰回。凌统果然无恙，屯兵北岸，相机进攻。孙权闻瑜大捷，亦引兵自攻合肥，连日不克。曹操遣将军张喜，率众驰援，许久未至，扬州别驾蒋济，伪言援至，遣使赍书语城中，为孙权巡兵所获，得书呈阅，权信为真情，撤围退去。那刘备却用诸葛亮计议，表举刘琦为荆州刺史，分遣关张赵三将，往取武陵长沙桂阳零陵，嗣经三将先后略定四郡。就中有一段却婚轶闻，为赵云生平亮节，可法可传，不应从略。云奉刘备命令，往略桂阳，桂阳太守赵范，开城迎降，邀云入宴；云坦然直入，与范对饮，彼此虽非同族，却是同姓，杯酒言欢，很觉融洽。到了兴酣意畅，复由范邀入后园游览，片时洗盏更酌，接连如是数觥，范托词更衣，既入复出，引着一少年美妇，姗姗前来，行至赵云座旁，嫣然含笑，替云斟酒，云连忙避席，辞不敢当。再举目看那丽姝，淡妆浅抹，缟衣綦巾，恰似一枝秋后海棠，愈白愈艳，但究不知她为谁眷属，是何意见？一时又未便遽问，只好拱手为礼。

那妇人却斜送秋波，把云上下打量一回，方才辞去。文君原是多情，怎奈武夫不比文人，空负那一片雅意。云方才就座，问及该妇来历，范答说道：“这是家嫂樊氏，青年寡居，令人怅惜。”云听这数语，越加诧异，原是怪事。正要出言责范，范又说道：“守节为妇人难事，范探明家嫂意见，亦思他适，但必择一出色英雄，方肯改嫁，天缘凑巧，幸遇将军，又与范为同姓，如将军不嫌寒陋，愿为玉成。”云不禁动恼，勉强答语道：“云与卿同姓，卿兄即我兄，卿嫂即我嫂，奈何使我乱伦？这事断不敢闻命。”说得范无词可答，满面生惭。云当即辞出，尚恐范心下芥蒂，暗中为变，乃命部兵昼夜加防，并遣急足，往迎刘备。及刘备闻信到来，范竟先逃去，云具白辞婚情事，备笑语道：“这也无妨！”云应声道：“赵范新降，情未可测，云怎敢遽应彼请？况彼令寡嫂改嫁，既使失节，又甘背兄，无礼无义，心迹可知。天下不少美女人，云岂可为此堕行哩？”备当然赞叹，遂授云为偏将军，领桂阳太守。云将赵范家眷，及寡嫂樊氏，遣兵护送回籍，自在桂阳就职。备又尊诸葛亮为军师，兼职中郎将，使督零陵桂阳长沙三郡，量收赋税拨充军实。长沙太守韩玄，零陵太守刘度，武陵太守金旋，自降备后，仍使为官。又有攸县守将黄忠，年老力强，亦来请降，由备录用。就是庐江营帅雷绪，也率部曲数万人归备，备乃得所措手，开创初基。偏是好事多磨，悲歌又起，似玉似花的甘夫人，竟为了长坂一役，受惊成疾，缠绵床褥，好容易延过一年，竟致不起，玉殒香消，备迭次悼亡，无限伤感，不在话下。为后娶孙夫人伏笔。

且说吴督周瑜，围攻江陵，积久未下；瑜年壮气盛，定欲力破此城，反被曹仁用诱敌计，佯开城门，与瑜厮杀，瑜恐军士未肯尽力，跃马当先，亲自掠阵。仁诈败回城，等到瑜追至城旁，却预使部将伏住城楼，觑准瑜身，飕的一箭，中瑜右胁，翻身落马，仁复从城中杀出，意欲擒瑜。幸由韩当徐盛一班吴将，截住仁军，救瑜回营；吴兵自相践踏，伤亡甚多，江陵城却不损分毫。瑜拔出箭头，虽然用药调治，却是肿痛难消，好多日不能督军。仁闻瑜不能起，屡来挑战，瑜力疾上马，突出阵前，大声呼道：“曹仁匹夫，可认得周郎么？”仁军大惊，俱皆骇退，倒被瑜驱杀一阵，毙敌无数。从此曹仁气沮，待援不至，没奈何弃城北走，瑜得入江陵城，报捷至吴。孙权命瑜领南郡太守，屯兵江陵；程普领江夏太守，寄治沙羡；吕范领彭泽太守；吕蒙领寻阳令；召鲁肃等还吴。曹操得江陵败报，不胜惭恨，适因九江人蒋干，雅擅口才，谓与瑜为故交，可以招降，操即令前往。干布衣葛巾，至江陵投刺见瑜，瑜出厅迎干，笑呼干字道："子翼远来良苦，但莫非为曹氏作说客么？"一语道破。干只好设词道："干与足下，相别有年，遥闻芳烈，特来叙阔，并观盛仪，奈何疑我为说客呢？"瑜又笑道："我虽未及夔旷，夔，舜臣师；旷，晋国人。闻弦赏音，已知雅曲了。"原来瑜少精音律，乐有阙误，瑜一闻即知，既知必顾，干与瑜有旧，当然识瑜有顾曲癖，故瑜即说此解嘲。既而留干共饮，引观仓库军资，及服饰器玩，更向干笑语道："丈夫处世，既得人主知遇，名为君臣，实同骨肉，言行计从，祸福与共，就是苏张更生，郦贾复出，亦无从容喙，足下幸不为说客，否则岂能移人，恐反致绝交了。"这一席话言，弄得干有口难宣，因即告别。罗氏《演义》载此事于赤壁战前，证诸周瑜本传，应在战后。返报曹操，称瑜雅量高致，非言辞所得招徕，操亦无法，只得休养疮痍，徐图报怨，江东得以无事。孙权闻鲁肃还吴，与诸将出城迎肃，及肃既相见，向权下拜，权亦下马答礼，因与语道："子敬劳苦，孤今日出城迎卿，卿以为显扬否？"肃直答道："尚未！尚未！"大众俱为愕然，肃举鞭徐说道："愿将军威德，旁讫四海，总括九州，得成帝业，再用安车蒲轮，迎肃入辅，肃始觉显扬了。"权抚掌大笑，偕肃入城，欢宴竟日。肃具言赤壁大捷，也亏刘氏相助，所以成功，此后应当始终并力，方可拒曹，权也以为然。会值刘琦病殁，权乃使备领荆州牧，且使周瑜分南岸地，属备管辖；备乃得移屯油口，改名公安。权有妹年已逾笄，尚未字人，闻备连丧妻妾，因拟将妹嫁备，作为继室。备亦有意联吴，乐从婚议，待至两造说妥，应由备至东吴亲迎，诸葛亮语备道："将军此行，忧喜参半；亮不怕孙权，但怕周瑜，瑜非真心愿和，还是鲁肃从中调停，才议和亲，将军如必欲赴吴，往返皆须从速，且宜择人护卫，方保无虞？"遂将赵云调回，随备同行。备既至江东，由权迎入，两人初次会面，自有一种特别酬酢，无容细叙。但彼此统是汉末英雄，谈到投机时候，也觉心心相照，欢洽逾恒。惺惺惜惺惺。权代择吉期，留备在东吴成婚，备亦只好应允。转瞬间便已届吉，就把客馆中铺设停当，准备行礼。等到万灯齐灿，双炬联辉，便有一班乐府仙仗，引入鸾舆，恭请新人登堂，与备交拜。百余侍婢，簇拥了一位珠围翠绕的佳人，步上红毯，立在右侧；备亦整肃衣冠，至左首参拜天地，大礼告成，同入洞房。堂上客犹未散，免不得由备复出，与为周旋，大约酒阑席散，已是斗转月横的时候，备送客出馆，返入房中，新夫人当然未寝，唯两旁刀枪森竖，杀气腾腾，侍婢等俱佩剑侍立，仿佛娘子军出征气象。原是一座好战场。吓得备大惊失色，忙问何因。侍婢答道："郡主少好武事，随身不离兵器，故有此布置。"备又说道："今夕不妨暂去。"侍婢转告孙夫人，孙夫人微哂道："厮杀半生，尚畏兵器么？"此夜武事，却是有别。乃命侍婢撤去刀枪，并脱佩剑，自己也卸了华服，改作浅妆；灯光交映，四目相窥，一个是英气未衰，丰神奕奕，一个是雌威已敛，态度痈痈，是过来人合解温存，为奇女子不加羞涩。写孙夫人处，自得身分。等到三敲更鼓，四屏娇鬟，两人便携手入帏，谐成燕好，阳台巫峡，乐趣可知。接连住了月余，备虽身入温柔乡，却也记起荆州来了，一日过见孙权，说起荆州故吏，多半相依，所得分土，还恐未足容众，加承厚惠，乞借荆州全土云云。权不及深思，慨然许诺，备起座称谢，且欲即日辞归，经权一再挽留，尚未得返。已被江陵太守周瑜闻知，飞使上书道：

> 刘备以枭雄之姿，有关张赵云诸将，更得诸葛为谋，必非久屈人下者，愚意宜留备在吴，为筑宫室，多给美女玩好，以娱其耳目；分此数人，各置一方，然后使如瑜者，得挟与攻战，大事定矣，今猥割土地，以资业之，且纵令西归，恐蛟龙得云雨，终非池中物也，愿将军熟图之！

权得瑜书，出示鲁肃吕范诸人，范谓宜从瑜言，独肃驳说："将军虽神武命世，势力尚不及曹操；操志在报败，仍思夺还荆州，今若不将荆州借备，遣彼归抚，令当操军要冲，外足拒曹，内足蔽吴，方为上计。"计固甚是。权听了肃言，又觉他说得有理，遂不坚留备。备稍有所闻，遂商恳孙夫人，即欲乘隙西归，孙夫人却也豪爽，执定嫁夫随夫的主意，收拾细软，当即起程。备但留书辞权，自与赵云等轻舟西去。待至权得览备书，亟乘飞云大船，亲率鲁肃张昭等十余人，追送备行，竟得相及；备从容见权，具言曹操方眈视荆州，不能不返，权亦未尝诘责，唯置酒饯别，且邀孙夫人过宴。鲁肃等未便列席，避入后仓。酒至半酣，备低声语权道："公瑾文武兼全，为万人杰，只恐他器量远大，未必肯久为人臣，愿公预防为是。"也欲谮毁周瑜耶？权含笑无言，待至宴罢，备夫妇仍出登轻舸，扬帆径去；权亦退归。事见《周瑜本传》，罗氏《演义》响壁虚造，究属不经。及备至公安，由诸葛亮等接人，备语亮道："天下智士，所见略同，前日先生虑孤东行，也是为此；若仲谋信从周瑜，恐孤不能与卿等再见哩。"诸葛亮等，并皆起贺，一面开筵庆赏，喜气盈庭。备复重赏赵云，留居麾下，不复再回桂阳；且作书寄吴，索借荆州。适周瑜自江陵诣吴，问权何故纵备，权以防操为辞。瑜复说道："曹操新败，忧在腹心，未能遽与将军构衅，刘备方结姻好，一时当不致失和；但备不窥吴，必将图蜀，最先是先发制人，瑜愿偕奋威将军仲异，名瑜，系孙坚弟静次子，时为丹阳太守。同取巴蜀，即留仲异居守彼地，与马腾子超结援，瑜再还与将军夺据襄阳，向北蹙操，方可图功。操若得破，刘备更可无虑了。"权应声称善，即使瑜归整军马，为取蜀计。瑜返至江陵，途中得病，尚力疾至巴丘阅操，且嘱孙瑜速赴夏口；并请孙权致书刘备，预为关照，免受牵制。权乃使人至公安，赍书与备，略云：

刘璋不武，不能自守；若使曹操得蜀，则荆州危矣。今欲先攻取璋，次取张鲁，一统南方，虽有十操，无所忧也。

看官，这刘璋张鲁，究是何人？璋即益州牧刘焉少子，曾任奉车都尉，留居京师，献帝使璋抚焉，焉不愿报命，索性使璋随侍蜀中；沛人张鲁，系五斗米道张陵孙，世承祖业，流寓蜀中，鲁父衡早殁，鲁母颇有姿色，兼通鬼道，出入焉家，得焉亲信，恐不免暗作鬼戏。焉遂令鲁为督义司马，出屯汉中。既而焉生背疽，竟致暴亡，璋得袭职为益州刺史。张鲁积渐骄恣，不服璋命，璋竟杀鲁母，与鲁成仇。鲁母始实通鬼道。鲁就据住汉中，自号师君，大行鬼道，号学徒为鬼卒，学道有年，进号祭酒，所行制度，约略与黄巾相似。璋屡与争战，互有杀伤，因此双方对峙，未分胜负。刘备与璋，统是汉室苗裔，既得权书，便出示诸葛军师，诸葛亮进议道："要取益州，何劳东吴？今且作缓兵计，复书相报，再作计较。"备即令亮缮好复书，交与吴使带回。吴使归报孙权，由权展阅，但见书中说是：

益州民富地险，刘璋虽弱，足以自守。今将军出师蜀汉，转运万里，欲使战克攻取，举不失利，此孙吴之所难也。孙膑吴起为古良将。议者见曹操失利于赤壁，谓其力屈，无复远志；试思操三分天下，已有其二，将欲饮马于沧海，观兵于吴会，何肯守此坐老乎？若转攻蜀汉，授操以隙，使得乘间东下，甚非计也。且备与璋，托为宗室，冀凭英灵，以匡汉朝；今璋即得罪于左右，备独悚惧，非所敢闻，愿加宽贷，谨布腹心。

权将来书阅毕，即寄示周瑜，瑜怎肯罢手，仍催孙瑜引兵就道。孙瑜颇谙韬略，与周瑜又相契合，两人同名，应该投契。当即由丹阳发兵，溯江至夏口，遥见前面排列战舰，阻住去路，不得不向他问明。忽有一人遥呼道："请吴将答话！"孙瑜望将过去，乃是荆州牧刘备，便与言奉命取蜀，备朗声答道："君欲取蜀，请从他道，备已贻书孙将军，劝他得休便休，若必欲取蜀，备当披发入山，决不敢为天下失信哩！"瑜再欲有言，备竟退入船中，累得孙瑜无法再进，又不好与他交战，自伤和气；只得麾舟退回，报知周瑜。瑜正想督军继进，接得此信，不由的忿怒异常，俗语说得好："怒气伤肝"，周瑜得病未愈，哪禁得一番盛怒？顿致口吐狂血，晕倒地上，经左右舁瑜至床，已是气息奄奄，延医调治，始终无效；自知病终不起，因令书记草一遗笺，口授数语道：

瑜以凡才，昔受讨逆将军之遇，指孙策。委以腹心，遂荷荣任，统御兵马，志执鞭弭，自效戎行，规定巴蜀，次取襄阳，凭赖威灵，谓若在握；至以不谨，道遇暴疾，延医疗治，有加无已，人生有死，修短命也，诚不足惜；但恨微志未展，不得复奉效命耳。方今曹操在北，疆埸未静；刘备寄寓，有似养虎；天下事尚未知终始，此朝士旰食之秋，至尊垂虑之日也。鲁肃忠烈，临事不苟，可以代瑜。人之将死，其言也善，倘或可采，瑜虽死不朽矣。

口授至此，已喘急的了不得，复大呼道："既生瑜，何生亮？"呼罢即亡，寿止三十六岁。毕竟美人薄命，小乔又复丧夫。当由部将替他棺殓，并将遗书飞报孙权。权流泪叹惜道："公瑾有王佐才，今忽短命，孤赖何人？"及阅瑜遗笺，举肃自代，因即命肃为奋武校尉，使至巴丘，代领瑜营。瑜有两子一女，奉榇还吴，权加意抚恤，后来女配权子登，长子循得尚权女，拜骑都尉，颇有父风。循又早卒，弟胤官兴业都尉，封都乡侯，这且慢表。且说鲁肃往代瑜任，道出寻阳，晤见寻阳令吕蒙。蒙系汝南人，少年好武，不读经书，经孙权勖令求学，方专心攻习，手不释卷。肃与蒙相见，蒙置酒款待，谈论古今时事，各中窍要，肃起抚蒙背道："吕子明，蒙字子明。我不意卿才如此，竟非复吴下阿蒙了！"蒙笑答道："士别三日，当刮目相看，大兄何轻事觑人？"肃乃进拜蒙母，珍重言别。及抵江陵，仍执定前意，请暂将荆州，借与刘备，权复书依议，于是召孙瑜还守丹阳，把江陵南郡等地，借备管领。备令诸葛亮守南郡，关羽守江陵，张飞守秭归，自驻潺陵。曹操闻周瑜死耗，心下甚喜，正拟亲颁手书，嘱曹仁等再取荆州，忽又接到探报，乃是孙权将荆州借备，不觉转喜为惊，举笔投地，乃将进取荆州问题，暂从搁置。自就邺中，造一铜雀台，随时游赏，且更迭下令，访求才士，不计名节，但尚智谋。此为曹阿瞒意中之才士。嗣复让还三县，故意鸣谦，自称出仕本意，但望为国家讨贼立功，得一侯爵，他日死后，题志墓道，号为"汉故征西将军曹侯之墓"，于愿已足；适值国家多难，举兵四讨，幸得削平群慝，位至宰相，贵显已极，尚复何望？但若今日无孤，正不知几人称王，几人称帝？或见孤兵势强盛，疑有异志，实为大谬，周文王三分有二，尚服事殷，私心耿耿，每怀古人；本拟解职就国，但恐兵柄一解，为人所害，慕虚名，受实害，窃所未甘；如果人人心服，何必防害？唯封邑可得辞去，今且上还阳夏柘苦三县，只食武平万户，少减孤责，且期免谤云云。说来似属娓娓可听，一经明眼人瞧着，早已知他饰辞欺人，欲盖弥彰了。小子有诗叹道：

心同王莽口周文，汉贼何曾知有君？
怪底后人多踵智，好将伪语诳同群。

曹操虽自言无他，但拓土争雄的思想，日甚一日，免不得又要动兵了。欲知他何处用兵，待至下回续叙。

孙权以妹妻刘备，详阅史传，并非计出周瑜，而罗氏《演义》，谓瑜使用美人计，弄假成真，说得周瑜如何刁狡，诸葛亮如何神奇，褒之太过，毁之亦太甚。

虽系小说，究不应如是雌黄，得是书以矫正之，则足以存史之真，而不致为野乘所误耳周瑜年第逾壮，方可有为，乃以意气之未除，遽致短命，不无可惜。至若三气周瑜之说，亦属无稽，尽信书不如无书，况燕谈郢说乎？

第八十六回　拒马儿许褚效忠
迎虎主刘璋失计

却说关西一带，向由马腾韩遂驻扎，两人本相和好，结为异姓弟兄，嗣因部曲相侵，竟成仇敌。曹操奉承诏命，替他和解，征马腾为卫尉使，腾子超，代领部众。操欲往攻汉中，先遣亲将夏侯渊，发兵河东，与关中督军钟繇相会。关西诸将，闻事生疑，马超少年好勇，更恐操征父入朝，不怀好意，又复联同韩遂，及侯选程银李湛张横梁兴成宜马玩杨秋八部兵马，会师十万，进攻潼关。操得知警报，便加罪马腾，阖家下狱；据《马超传》中，超起兵后，为操所败，操始灭马家。可见罗氏《演义》所叙无据。当即命曹仁率同诸将，驰往守关，嘱使坚壁勿战，然后亲督大军，从后继进。建安十二年七月，出发邺中，使子丕为五官中郎将，与奋武将军程昱等，留守邺城，此外谋臣猛将，统皆从操西行。好容易到了潼关，与超夹关立营，或谓关西兵士，多习长矛，非精选前锋，不能与敌，操掀须微笑道：“战与不战，主权在我，贼众虽持长矛，我若使他无所用处，怎能便刺诸君？但看我破贼便了。”乃但令将士固守，潜遣朱灵徐晃二将，率步骑兵四千人，渡蒲坂津，沿河屯扎。马超闻曹军分扎河滨，料操必将北渡，来袭背后，乃急向韩遂献议道：“操军若得至河北，势难与敌，超愿引兵截住渭河，使他不得北渡，彼远来乏粮，不消二十日，河东粮尽，怎能不走？到那时我军追击，必获全胜。”遂答说道：“何必如此？待他半渡时，出兵奋击，岂不更快么？”遂计未始不是，但不若超计之完善。超意虽未惬，但也以为不失中计，专探听南岸消息。翌晨得探马走报，曹操已带领全军，将要渡河了，超亟率部众万余人，驰往截击。遥见操踞坐南岸，麾兵渡河，便即纵马过去，直前奔操，操尚端坐不动，好胆略。旁由许褚大叫道："贼来了，请丞相赶紧下船！"操还说贼至无妨，回头一瞧，相距不过百余步，倒也心惊，因即起身离座。许褚忙将操拖了过去，正要登舟，超已杀到，亏得操手下亲从，拼命敌住，操才得下船。岸上余兵，半被超军杀死，剩得若干残卒，逃回河边，争欲上船避敌，船重将复，许褚竟执刀乱砍，把船旁危立的兵士，都劈落水中，急命水手开船西驰。哪知南岸的马超，麾兵攒射，箭如飞蝗，曹操船上的水兵，尽被射死；连船中士卒，亦多中箭倒毙。许褚恐操受伤，左手举马鞍蔽操，右手握木篙撑船，再用两足夹舵，向西摇去。操至此也叹息道："马儿不死，我无葬地了！"适有渭南县令丁斐，在南岸散放牛马，作为敌饵，超众不免贪利，都去夺取牲畜，无心追操，操方得安抵北岸。

至蒲坂下营，割须弃袍事，不见史册，故亦不载。将士等各来请安，操大笑道："我今日几为小贼所困，幸得许仲康救我。"仲康即许褚字。许褚接说道："还幸南岸有牛马四放，贼争取牛马，始得渡河。"操亟问牛马为何人所放，褚亦不知，至派人访问，才知由丁斐所为，当即擢斐为典军校尉，并加厚赐。一面饬诸将带同兵役，就河岸筑起甬道，由北至南，甬道外多张旌旗，作为疑兵，暗中却用舟载兵，偷过渭水，筑造浮桥，便在渭南结营立栅。偏又为马超所闻，屡来冲突，营不得立，地又多沙，栅树便倒，害得操无计可施。忽来了一个娄子伯，黄冠野褐，向操献计，不知此是何人？说是秋尽冬来，天气骤冷，但教夜间起沙为城，用水灌沃，凌晨凝冱，一日可成；操依言施行，果得奏功。超急来攻击，已是不及，乃与韩遂会计，夤夜劫营。不防曹操预先设伏，反把超军围住，经超奋力杀出，已伤折了许多人马。超经此一败，锐气顿挫；又见韩遂等不肯努力，专靠自己一人厮杀，越觉怏怏。此反间计之所由来也。韩遂本来无能，更欲易战为和，向操议款，超怀着满腔懊闷，不愿争议，听令遣人求和，遂即派人至操营，自请割地纳质，各息兵戈。操不肯遽允，独贾诩进言道："彼来求和，何妨慨许？明日与韩将军相见便了！"说着，以目视操，操已经会意，即遣来使返报。至来使去后，又问贾诩道："计将安出？"诩附耳语操，说是如此如此，操鼓掌称善，越日排队出营，专请韩遂会叙。操与遂父同举孝廉，又与遂同时出仕，两下相见，只把旧事重谈，并不提起军情。超在遂后面，相距颇远，听不出什么问答，唯欲乘间刺操，骤马向前，蓦见操背后立着一人，怒目持刀，好似地煞星一般，因不敢率尔举手，但向操问道："汝军中虎侯为谁？"操回顾许褚，褚厉声道："即我便是！"超不复多言，勒马便回；遂亦与操罢谈。正要话别，遂军各上前观操，操扬鞭与语道："汝等欲观曹公么？曹公与人无异，并非四目两足，不过智识较多呢！"说至此便向遂拱手，径回营中，遂亦自归。超不能再忍，就问操有何言，遂答称操无他说，止叙旧谊，说得超越起疑心。过了一宵，又由操贻书与遂，书中多半改窜，遂展书阅毕，正在惊讶，忽由超入帐索书，取过一看，越看越疑，总道是韩遂有心改抹，悻悻趋出；越宿与成宜李堪两军，率兵攻操。操先令轻骑接战，约阅多时，一声鼓响，发出两翼，抄击超军，超支持不住，向后倒退，成宜李堪，被操军包裹了去，先后战死，操军愈奋，超军愈怯，韩遂又不肯援超，超只好西奔，遂亦遁去。操麾兵追超，至数十里外方回，关中复安。操下令班师，凉州参军杨阜，进见曹操道："马超骁勇，不亚吕布，羌胡等并皆畏服，苦大军遽归，不复设备，恐陇上诸郡，终非国家所得有哩。"以曹操为国家，都是被欺。操闻阜言，不免迟疑，会得河间警信，乃是土豪田银苏伯等作乱，乃决计还军，令阜辅冀州刺史韦康，镇守河北，留夏侯渊屯长安，使为援应，自引兵还邺中。遣将讨平田银苏伯，然后上书奏报，且请诛马腾家族，于是马腾阖门一二百口，并受诛夷，虽由超私忿忘亲，毕竟是曹瞒毒手杀人，如刈草芥呢！一语断定。

且说益州刺史刘璋，袭父遗业，因与张鲁屡年战争，也恐人心未服，特向朝廷上表，且遣使致意曹操。操承帝命，令璋领益州牧，加封振威将军。璋庶兄瑁，为平寇将军，瑁忽发狂疾，竟致殒命。为下文刘备纳瑁妻伏笔。既而璋复遣别驾张松，向操修好，操方击破马超，还兵至邺，见了张松，颇有骄态，傲不为礼。松即日回蜀，劝璋绝操，璋疑虑道："我若绝操，操兵必来进攻，如何抵敌？"松答说道："将军如何舍近图远？好好一个宗亲，不去结交，却要去孝敬曹操，真令人不解了！"璋问为何人，松即把刘备大名，陈说出来，璋又虑无人可使，松又举荐一人，叫作法正。正籍隶扶风，曾为益州军议校尉，有所陈请，不得施行，所以居常抑郁，每与松谈及世事，互相叹息。至此由松推举，叫他出使，他却故意推让，经璋面命至再，方赴荆州。好多时才得归来，具言刘备宽仁长厚，足为外援，又退见张松，独谓备雄武过人，可以奉作州主，松亦怀有此意，乐得与正定谋，待时乃动。会值曹操命钟繇发兵，进逼汉中，张松即乘机说璋道："操兵西来，势不可当，若既据汉中，必入巴蜀，将军将如何抵御呢？"璋怆然说道："我正为此担忧，未知卿有无良策？"松答说道："莫若先迎刘豫州，刘豫州为将军宗室，且与曹操有仇，必能帮辅将军，同心并力；今趁操军未入汉中，亟请刘豫州来蜀，使讨张鲁，鲁必破灭；鲁灭以后，益州无虞，操军虽来，也是无能为呢。"拒狼引虎，终要噬人。说得刘璋喜出望外，即命正调兵四千人，往迎刘备；正奉命欲行，突有一人趋入道："不可不可！刘备素有英名，岂肯屈居人下？今招令入蜀，视若部曲，彼必不服，待以客礼，免不得喧宾夺主，客得安如泰山，主人却危如垒卵，决不可从！"璋见是主簿黄权，进来谏阻，便怫然道："曹操若长驱入境，试问汝能抵拒否？"权答说道："益州不少将士，宁独一权？倘曹兵入境，权愿与诸将深沟高垒，据险固守，也未必定为操胜呢。"璋摇首道："单靠本州将士，怎能敌操？待至兵败地失，还有何幸？"权再欲有言，璋竟不令多说，叫他出任广汉长，权只好去讫。又有从事王累，亦阻璋迎备，璋亦不听，遂使法正起行。正到了荆州，刘备诸葛亮以下，很表欢迎，比初次还要优待。正即向备献策道："如明公大才，何必局促居此？益州天府，刘牧庸愚，公若不取，必为操有；现宜从速进行。张别驾又为内应，何患不成？"备踌躇道："刘季玉璋字季玉。与我同宗，我不忍夺取，还须从长计议。"

正谈话间，有文吏趋入，扬眉与语道："天与不取，反受其咎，愿将军勿疑。"刘备瞧着，乃是副军师庞统，便欠身邀坐。庞统就是庞士元，号为凤雏，籍出襄阳。见八十二回。吴督周瑜，尝契重统才，当夺取江陵时，曾荐统为南郡太守；未几瑜殁，统送丧至吴，吴人陆绩顾劭全琮等，皆与统交结，引统入见孙权，权见他面貌不扬，淡漠相待，仍令还守原职。统返至南郡，适荆州借与刘备，由诸葛亮前来接取，见前回。亮与统本来熟识，且关亲谊，统为庞德公从子，德公尝娶亮姐为妻，故云亲谊。当即代作荐书，使统诣备。统复向鲁肃辞行，肃正欲与备结好，许令前去。及备得见统，也与孙权一般思想，但使他为耒阳县令，统到任后，高卧不治，被备下令免官。可巧鲁肃使至，遗书通问。书中询及庞士元，谓士元非百里才，当使为治中别驾，方得展彼骥足等语。备尚以为疑，及诸葛亮面与备言，详述统历来闻望，备始猛忆道："彼就是司马德操所说的凤雏么？"亮答言正是，且谓德操雅善知人，世因称他为水镜先生。补前文所未及。备忙邀入庞统，亲自谢过，进为治中从事，嗣且拜为副军师中郎将，待遇与亮相同。及法正愿献益州，备尚迟疑未决，因即入帐怂恿，劝备速行。备尚拟从缓，统申说道："荆州荒残，人物凋敝，且东有孙吴，北有曹操，如何得志？今益州户口百万，土广财富，可资大业，奈何不往？"备半晌方说道："我与曹操，常相水火，操以急，我以宽，操以暴，我以仁，操以谲，我以忠；今若贪利忘义，食言背信，不但操将笑我，天下亦且畔我，如何行得？"非虑曹操，实怕孙权。统微笑道："将军但知守经，未知达变；方今四海流离，不能拘守一道，汤武尝兼弱攻昧，不失为顺，若事机顺手，得取益州，封璋大国，亦不失为信义；今日不取，徒为人利，将军原是有损，刘璋岂真有益吗？"备不禁心动，乃遣法正归报刘璋，约期相见。待正既去，复请诸葛亮决议，亮所说略如统言，因留亮居守荆州，关张赵三将为辅；自己带同庞统，及黄忠魏延诸将，令步卒数万人，西赴益州。刘璋先得法正归报，已知备即日将至，便令地方官吏，沿途供张，不得有慢，至备既入境，官吏都出郊迎接，馈遗不绝。行抵巴郡，太守严颜，独拊膺叹息道："这叫做独坐深山，引虎自卫呢！"话虽如此，但既奉璋命，不得不照例供给。备得一路无阻，直抵涪城，刘璋亲率步骑三万余人，至涪城迎备。黄权又复力阻，璋终不从。王累且倒悬州门，俟璋出城，抗声强谏，璋仍置诸不理，累竟用刀割绳，跌毙城下。璋使法正为先驱，驰白刘备。正已与张松筹定密计，见备后，便劝备乘会袭璋，备摇首不答。庞统进说道："今若在会所执璋，一举便可得益州了。"备蹙然道："初入他国，恩信未著，仓卒欲行此事，莫谓益州无人，遂不用正谋。"既而刘璋已到涪城，与备会面，叙及世系，应该兄弟相称，当下略迹言情，备极欢洽，今日合宴，明日会饮，差不多有数十天。璋推备行大司马，领司隶校尉，备亦推璋行镇西大将军，领益州牧，互相标榜，互相敬重，几比同胞兄弟，还要亲昵三分。璋乃请备出击张鲁，备毫不推辞，由璋厚加资给，握手送行。

备北至葭萌关，接到荆州报信，乃是孙夫人由吴迎去，备子禅本与偕行，幸由张飞赵云，将禅截回云云；未几又得孙权致书，说是曹操攻吴濡须坞，兵锋甚盛，乞备还援。原来孙权从张纮议，由吴会徙居秣陵，改号建业，筑造石头城；即金陵，为六朝建都之始基。又用吕蒙计策，就濡须水口，创设船坞，预备拒曹。旋闻刘备西入益州，自背前言，权不禁大怒道："猾虏乃敢如此么？"妹倩为猾虏，妹亦可呼为猾妹。遂潜遣舟船迎妹。赵云受刘备嘱托，管理家事，此时巡弋江面，便截住孙夫人，又得张飞为助，夺还刘禅，但放孙夫人过去。权既将妹迎还，便想进袭荆州，不防曹操已乘隙东来，进攻濡须坞口，权与备失和被操利用，可见鲁肃之主张和备实为上计。权急出师堵御，与操对垒多日。操见权军伍整齐，防堵严密，也极口称赞道："生子当如孙仲谋，若刘景升诸子，真是豚犬，有何用处？"既而得权来书，内言春水方生，公宜速去；又云足下不死，孤不得安。操笑语诸将道："权不欺我！"遂撤军西归。权本欲移攻荆州，恐曹操以退为进，乃寄书刘备，致意乞援，令备不得安取益州。备得信生怒道："彼无故劫我妻孥，尚敢向我求援么？"庞统道："吴不欲我得益州，故借求援为名，促我还师，我既到此地，怎肯空回？现在却有三计，请将军自择。"备当然愿闻，统便说道："今若潜遣精兵，昼夜兼道，径袭成都，璋既不武，又无预备，我军猝至，一举便定，这是上计；杨怀高沛，为璋名将，现方据守白水关，曾闻他上书谏璋，毋归我军，我正好因孙曹相争，伪言还顾荆州，即日东归，杨高二将，喜我退师，必来送行，我就将他擒住斩首，长驱捣入，乃是中计；若退还白帝城，空回荆州，徐作后图，便变做下计了！"备答说道："愿从中计。"当下贻书刘璋，只言曹操东攻孙吴，荆州地处要冲，也属可危，备不得不还兵自顾，幸借精兵万人，粮万斛，返击曹操，俟操退兵，再讨张鲁未迟。这书到了成都，璋展览后，自思迎备入蜀，本为灭鲁拒操起见，今备还援荆州，与己无益，还要借索如许兵粮，殊属不情；且除张松法正外，无论文武官吏，多言备不可亲，也未免有所感动，因止给羸兵四千人，劣米五千斛，交与刘备。备怒对来使道："我为益州讨御强敌，师劳力殚，今汝主靳财吝赏，如何得使将士效死哩？"来使返报刘璋，张松在旁听着，还道备真要东归，忙遣法正驰告道："今大事将成，如何舍此他去？请亟进兵为要。"哪知备尚未进兵，松谋已为乃兄所泄，乃兄叫作张肃，曾为广汉太守，一闻松谋，恐灭门遭累，竟去报告刘璋。璋至此如梦初醒，捕系张松，立命斩首，且令关隘守将，不得复与刘备交通，但已是无及了。小子有诗咏张松道：张松献西川地图，亦属后人附会，概不羼入。

食禄应思勉效忠，如何卖主妄邀功？
西川未去头先落，奸猾由来少善终。

张松方死，刘备已进赚杨怀高沛，把他拘戮，欲知被戮情形，下回再行详叙。

马超猛将，韩遂庸奴，两人皆非曹操敌手。但操先轻视马超，当引兵北渡时，危坐不动，微许褚之翼操下船，几已为马超所毙矣。及已知超勇，始用贾诩计议，立马语遂，抹书间超，超刚而遂愚，适堕操计，此用兵之所以尚谋也。刘璋暗弱，即使不迎刘备，亦未必常能守成；益州不为备有，亦必为曹操所取耳。但张松法正并为璋臣，璋可辅则辅之，不可辅则去之；必卖主而求荣，殊非人臣之道，松之受诛宜也！法正特幸而脱祸耳，是可为后世之不忠者戒焉。

第八十七回　失冀城马超奔难
逼许宫伏后罹殃

却说刘备用庞统中计，佯欲东归，即遣人至白水关，报告杨怀高沛二将；杨高巴不得刘备东归，亲出送行，突被备军擒住，说他居心不良，立命斩首，遂占据白水关，进拔涪城。是时法正才到，始知备系诈言东归，当即入贺。备留住法正，探听成都消息，得悉张松被诛，关隘不通，益州从事郑度，向璋献计，教他坚壁清野，固垒勿战，免不得心下担忧。因即转问法正，正慰解道："刘璋无谋，终不能用此计，请将军放心。"果然璋不从度言，但遣部将刘璝冷苞张任邓贤等，引兵拒备，累战皆败，退保绵竹。备置酒大会，宴集将士，饮至半酣，顾语庞统道："今日宴会，不可谓不乐了！"统直答道："伐人家国，反以为乐，仁主用心，不宜如此。"备已酒意醺醺，听得统言，很觉逆耳，便作色道："武王伐纣，前歌后舞，难道不算为仁主么？卿言殊不合理，可速退去！"统大笑而出；备亦因醉入寝，一睡竟夕。翌旦方起，自觉前言未忘，深加后悔，遂延统入厅，向他谢过；统却不答谢，谈笑自若。备复说道："昨日言论，我为最失。"统方答道："君臣俱失，何必追忆？"善于分谤。备乃开颜大笑，欢叙如恒。既而刘璋复遣吴懿李严费观诸将，出御备军，先后败挫，反皆降备，备军益强；分遣诸将略定蜀地。冷苞邓贤战死，张任刘璝，退至雒城，璋子循奉了父命，至雒助守。任素有胆力，屡出冲围，虽屡被击退，气不少衰；备与庞统商定计策，诱任出城，引过雁桥，把桥拆断，前后夹攻，害得任进退无路，为备所擒。备劝任投降，任抗声道："忠臣岂肯复事二主？速死为幸。"备始令推出斩首，收尸礼葬；任死雁桥，在庞统未死之前，史可复按；罗氏《演义》指为任之受擒出自诸葛，且雁桥上加一"金"字，不知何据。且命诸军四面筑垒，并力围城。刘循刘璝，不敢再出，但从严防守，积久未懈，城中所需粮食，又由刘璋源源接济，故相持逾年，尚得守住。备正在焦急，忽接到葭萌关来书，乃是守将霍峻，报称张鲁诱降，已经叱退；现由璋将扶禁向存等来攻，正由峻设法抵御等语。原来备自葭萌关还袭益州，留中郎将霍峻守关，部兵不过千人，张鲁遣将杨帛招峻，峻怒叱道："我头可得，城不可得！"帛乃退出。嗣由刘璋遣兵万余人，从阆水上攻，统将就是扶禁向存，亏得峻战守有方，尚得以少制众。唯备得了此信，越觉加忧，既不便分兵援峻，又恐巴东有警，截断后路；不得已致书荆州，请诸葛亮派兵相助。独庞统急欲邀功，亲出督军，猛攻雒城，城上矢如雨下，竟将统射中要害，回营毕命。落凤坡诸说，亦属无稽。

备失去庞统，如断右臂，飞使邀请诸葛军师，入蜀参谋。诸葛亮已遣张飞西行，至此闻庞统又殁，不得不亲身入蜀；乃将荆州全权，尽委关羽，自率赵云等，泝江西进。时张飞已至巴郡，为太守严颜所遏，不得前往。飞用诱敌计，擒住严颜，瞋目呵叱道："大军到此，汝何故不降，反敢拒战？"颜亦抗语道："汝等不道，侵犯我州，我州只有断头将军，没有降将军！"飞闻言愈怒，顾令左右道："快把这老匹夫，砍下头来！"颜神色不变，向飞笑语道："要砍便砍，盛怒何为？"说得飞也为心软，竟下座释颜，延诸上座，优礼相待；颜感飞厚遇，乃许投诚。莽张飞也有奇谋。飞遂令颜为前导，畅行无阻，直抵雒城，与备会师。诸葛亮亦令赵云先驱，从外水经过江阳犍为，所至皆降，也得至雒城相会。雒城固守年余，已经力乏，怎禁得备军大至？不由的慌乱起来。刘循开城夜遁，刘璝为乱军所杀，雒城遂为备有了。备正思进攻成都，有人报知张鲁援蜀，特遣骁将马超，领兵西来。超素有勇名，为备所知，当即商诸葛亮，亮笑答道："将军勿忧，但遣一辩士往说，便可招降。"乃留意简选，得了一个建宁人李恢，前为郡中督邮，方来投备，雅善口才，遂遣令前往。究竟马超如何投依张鲁，又如何助鲁援蜀，说来又是话长，不得不从简补叙。

超自为曹操所败，西奔凉州，果如杨阜所料，略夺陇上诸郡，回应前文。又复进攻冀州；刺史韦康，忙遣别驾阎温，告急长安。不料温出水关，被超擒斩；急得韦康没法，只好请降。杨阜哭谏不从，竟开门迎超，超却将韦康杀死，独用杨阜为参军，自称征西将军，领并州牧，督凉州军事。长安屯将夏侯渊，闻信驰救，反为超所杀败，只好退还。会阜遇妻丧，乞假归葬，路过历城，得见抚夷将军姜叙，叙与阜为中表弟兄，当然延入。阜面有戚容，叙还道他是悼亡心切，不便多问。及进谒叙母，索性泪下不止，叙忍不住诘问道："妻殁不妨续娶，何必过哀？"阜摇首道："何从为此？"叙复问何因，阜凄然道："守城不能完，主亡不能死，恨无面目再见尊亲；但阜无权无勇，不能力讨超贼，独怪兄拥兵历城，忍心坐视，咎亦难辞，春秋书赵盾弑君，便是此意。"叙慨叹道："我非不欲讨超，实恐超勇悍过人，急切难图。"阜又说道："超强暴无义，非真难除。"叙母亦接口道："汝不早图，尚待何时？即如韦使君遇难，亦岂尽由义山负责？阜字义山。汝亦与有过失呢！人谁不死？死得有名，奈何不为？汝若虑我年老，我已将生死置诸度外，毋劳汝忧。"叙母亦一女丈夫，可惜见理未明。叙乃与校尉赵昂尹奉等，合谋讨超。又由阜致书冀城，潜结军吏梁宽赵衢，使为内应，安排已定。唯赵昂有子名丹，在超麾下，昂引为己忧，归语妻室，妻厉声道："为君父雪耻，陨首亦属无妨？何况一子呢！"又一奇妇人，但究不知谁为君父。昂意乃决，遂据住祁山，与姜叙杨阜，同声讨超。叙阜两人，进兵卤城，超听赵衢诡议，亲出拒战，留衢与梁宽守城。及与叙阜交锋，不能得利，引兵退归；哪知城门紧闭，连呼不应，但掷出头颅数枚，超不瞧犹可，瞧了一遍，险些儿坠落马下。看官！这是何故？原来是娇妻爱子的首级。有勇无谋，如何保家？当下越悲越怒，恨不把城池踏破；可奈姜叙杨阜及赵昂等，两面杀到，只好回头就走。赵昂子丹，由超带着，就将他一刀两段。复悄悄的掩袭历城，竟得冲入，搜获姜叙老母，用刀搁颈，逼令召叙回来，叙母大骂道："汝乃背父逆子，杀君恶贼，为天地所不容！尚敢横行人世么？"说到末句，头已落地。

杨阜闻历城失守，忙引兵还援，与超交战城下，拚死力斗，身中五创，尚不肯退。嗣由姜叙赵昂等，一齐杀到，方将超众杀败；超乃南走汉中，投依张鲁。鲁令超为都讲祭酒，且因超妻子被戕，欲把爱女嫁为继室。或谓超不知爱亲，怎能爱人？鲁乃罢议。超从鲁乞师，往围祁山。姜叙等又向夏侯渊告急，渊使偏将张郃，率五千军先行，自督万人继进，击走超军；复移兵长离，大破韩遂残众，然后还师。超败回汉中，鲁以为超无能为，礼貌寝衰。鲁将杨伯等，更欲害超，超当然愤悒。适刘璋失去雒城，急不暇择，反使人向鲁求救。鲁与璋本系世仇，怎肯赴急？偏马超欲乘此图功，愿去取蜀。鲁乐得遣超一行，阳助刘璋，阴图刘璋。超有部将二人，一系从弟马岱，一系南安人庞德，并皆勇敢。德适遇疾，不能从军，留居汉中养疴。超只偕岱西进，由鲁拨兵数千，给令同行。到了武都，正值李恢奉刘备命，前来招降。恢本来善辩，再加超乞得此差，原为避祸起见，一经恢巧言说合，自然语语投机，当下随恢同进，直指成都。刘备已自雒城进发，先至成都城下，既得马超来降消息，便欣然说道："我定可得益州了！"乃潜分兵数千，使会超军，嘱令屯驻城北，交逼刘璋。璋还道马超来援，登城俯问，哪知超扬鞭仰指，口口声声，叫璋出降刘豫州，吓得璋面色如土，几乎跌倒。经左右扶璋下城，璋长叹道："不听忠言，悔无及了！"庸主往往如此。会由刘备遣从事简雍，入劝璋降。璋城中尚有兵士三万人，谷帛足支一年，吏民多欲死战。璋流涕道："我父子在州二十余年，并无恩德，加及百姓，百姓为璋攻战数年，已害得膏血涂野，璋何忍再令死斗，使无孑遗？不如出降为民罢了。"说得群下都为流泪，璋无可奈何，只得与简雍并舆出城，径诣备营。备开门迎璋，面加抚慰，复偕璋入城安民，所有璋私储财物，一并检还，令佩振威将军印绶，徙居公安。一面大开筵宴，遍飨士卒，取库中金银，分赏将吏，多寡有差。备自领益州牧，进诸葛亮为军师将军，黄忠为讨虏将军，魏延为牙门将军，麋竺为安汉将军，简雍为昭德将军，孙乾为秉忠将军，伊籍为左将军从事中郎，马超为平西将军，法正为蜀郡太守，兼扬武将军；旧益州太守董和，得掌军中郎将，并署左将军府事，旧广汉长黄权得为偏将军；尚有严颜吴懿费观李严秦宓许靖费诗孟达彭羕等一班降官，约数十人，并皆录用。独零陵人刘巴，夙负才名，曾由备具书招致，巴不背从，反自交趾入蜀，奔依刘璋；及璋迎备，巴一再谏阻，拟备为虎，终不见听，乃闭门称疾。备攻成都，即下令军中，谓有人害巴，诛及三族。故成都既下，得巴甚喜，令为左将军西曹掾，巴无奈受命。璋将扶禁向存，前尝围攻葭萌关，逾年不克，至成都围危，两将当然撤还，被守将霍峻，追击一阵，向存授首，扶禁遁去。备因霍峻有功，授峻为梓潼太守，全蜀悉平。唯刘璋家眷，已俱随璋东徙，只有璋寡嫂吴氏，为刘瑁妻，即吴懿妹，依兄居住，仍在成都。吴氏少时，有相士谓当大贵，璋父刘焉，因娶为子妇。偏偏结褵未几，竟丧所天，相士所言，似乎未验。想由相士未便详说，留此缺陷。到了备据益州，独少内助，孙夫人已经还吴，备恨他迹同专擅，且与孙夫人虽为夫妇，仿佛一闺中敌国，随时加防，故由她大归，不愿再迓。于是左右从吏，竟将懿妹吴氏，向备关说。备使人觇视，华颜未老，丰韵犹存，却也有些合意；但自思与瑁同族，未免含嫌，何必定纳嫠妇？不但同宗有嫌！乃更问法正。正答说道："晋文且纳怀嬴，比诸将军，相去何如？将军尽可从权呢。"恐是逢君之恶。备乃决纳吴氏，重整鸾凤，领略温柔滋味。这且不必絮谈。

且说法正得掌重任，外统都畿，内参帷幄，无德不酬，无怨不报，常擅杀仇人数名。或请诸葛亮转达刘备，预加抑制，亮独驳说道："主公在公安时，北畏曹操，东惮孙权，内复为孙夫人所制，日夜不安，幸得法孝直入为羽翼，导引西翔，今主公已得高飞，难道孝直独应下降么？"但口中虽有此论，心下也不无微嫌，遂改订治蜀条例，概从严峻。法正语亮道："昔高祖入关，约法三章，公初至益州，亦应缓刑弛禁，借慰民望，奈何反从严峻呢？"正要你知法守正！亮正色道："君但知一不知二，秦尚苛法，高祖不得不从宽；今刘璋暗弱，德政不举，威刑不肃，蜀土人士，无法已久，我今以法率民，法行然后知恩，以爵限吏，爵加然后知荣，恩荣并济，上下有节，方可挽回宿弊，否则恐复蹈故辙了。"法正也为佩服，渐自敛戢，不敢犯禁。吏民亦各守法规，比那前时的上疲下玩，已好得许多，这就叫作乱国用重典呢。且说曹操攻吴不克，撤兵还邺，休息了一两年，但时常示意左右，表扬功德；有诏令操剑履上殿，入朝不趋，赞拜不名。既而长史董昭，复谓操宜进爵国公，加九锡礼。侍中荀彧，独向昭驳说道："曹公本仗义兴师，匡朝宁国，岂徒为安富尊荣起见？君子当爱人以德，不宜谄谀若此。"昭怀惭而退；偏被曹操闻知，暗生忿恨。会值彧有小恙，乞假数日，操竟借馈食为名，使人持送一盒；及彧揭视，乃系一个空器，并没有什么珍馐，遂长叹数声，服毒自尽。死得迟了。彧子恽讣告曹操，操佯为举哀，予谥曰敬，令恽袭爵为侯。越年建安十八年。由御史大夫郗虑，赍奉册书，命操为魏公，兼加九锡。策文有云：

朕以不德，少遭愍凶，越在西土，迁于唐卫，当此之时，若缀旒然；幸天诱厥衷，诞育丞相，保乂我皇家，弘济于艰难，朕实赖之。今将授君典礼，其敬听朕命昔者董卓不道，挠乱王纲，赖君首启戎行，得平大憝；后及黄巾，反易天常，侵我三州，延及平民，君又剪之，以宁东夏，此则君之功也。韩暹杨奉，专用威命，君则致讨，克黜其难，遂迁许都，造我京畿，设官兆祀，不失旧物，此又君之功也。袁术僭逆，肆于淮南，慑惮君灵，用丕显谋，蕲阳之役，桥蕤授首，积威南迈，术以陨溃，此又君之功也。回戈东征，吕布就戮，乘辕将返，张杨殂毙，眭固伏罪，张绣稽服，此又君之功也。袁绍逆乱天常，谋危社稷，凭恃其众，乘兵内侮，君奋其武怒，运其神策，致届官渡，大歼丑类，俾我国家，拯于危坠，此又君之功也。济师洪河，拓定四州，袁谭高干，咸枭其首，海盗奔迹，黑山顺轨，此又君之功也。乌桓三种，崇乱二世，袁尚因之，逼据塞北，束马悬车，一征而灭，此又君之功也。刘表背诞，不供贡职，王师首路，威风先逝，百城八郡，交臂屈膝，此又君之功也。马超成宜，同恶相济，滨据河潼，求逞所欲，殄之渭南，献馘万计，遂定边境，抚和戎狄，此又君之功也。鲜卑丁零，重译而至，单于白屋，请吏率职，此又君之功也。君有定天下之功，重之以明德，班叙风俗，旁施勤教，恤慎刑狱，吏无怀慝；敦崇帝族，表继绝世，旧德前功，罔不咸秩。虽伊尹格于皇天，周公光于四海，方之蔑如也。我为阿瞒羞死。朕以眇眇之身，托于兆民之上，永思厥艰，若涉渊水；非君攸济，朕无任焉！今以冀州之河东河内魏郡赵国中山常山钜鹿安平甘陵平原凡十郡，封君为魏公，锡君玄土，苴以白茅，其为丞相领冀州牧如故，又加君九锡。其敬听朕命，简恤尔众，时亮庶功。用终尔显德，对扬我高祖之休命。

当时九锡典礼，一是车马，大辂戎辂各一。二是衣服，衮冕之服，赤舄副焉。三是乐悬，王者之乐。四是朱户，户用朱色。五是纳陛，所以登阶。六是虎贲，三百人。七是鈇钺，八是弓矢，九是秬鬯圭瓒。操既得此异数，应思如何报答，哪知他愈贵愈横，愈荣愈恶，不但建宗庙，立社稷，置尚书侍中，六卿僭拟皇家；甚且一朝国母，也被曹操害死，连二子也送入黄泉，说来尤令人发指。先是董贵人遇害，伏皇后内不自安，尝与父伏完手书，数操罪恶，乞完伺隙密图。完虽尝授职辅国将军，却是性甘恬退，不愿与曹操争权，所以接得后书，始终未发。至操为魏公，伏完已殁过三四年了。操有三女，长名宪，次名节，又次名华，长次俱纳入皇宫，唯季女尚幼，在闺待年，拟及笄时，续行送入。莽只献入一女，操却纳入三女，总算忠心。献帝并封为贵人。甫越期年，不意伏后致父书信，竟被伏家怨仆，偷献曹操，操不禁大怒，立入宫中，胁迫献帝，废去伏后。献帝踌躇未忍，操不待许可，便使尚书令华歆，代草诏书，逼帝盖印。书中有云：

> 皇后伏后名寿。得由卑贱，登显尊极，自处椒房，二纪于兹，既无任姒徽音之美，文王母太任，武王母太姒。又乏谨身养己之福，而阴怀妒害，包藏祸心，弗可以承天命，奉祖宗；今使御史大夫郗虑，持节策诏，其上皇后玺绶，退避中宫，迁于他馆。呜呼伤哉！自寿取之，未致于理，为幸多焉！

诏至中宫，伏皇后惊出意外，不敢不将后玺缴出，正想出徙别馆，忽闻外面人声嘈杂，好似来捕大盗一般，吓得伏后三脚两步，急至复壁间躲避。谁知助操为虐的华歆，引兵入宫，四觅不见，竟由歆破壁得后，麾兵动手，兵士尚有难色，歆竟亲揪后发，拖至外殿。适值献帝与郗虑坐谈，见后披发跣足，状甚凄惨，不禁泪下。伏后泣语道："竟不能复相活么？"献帝呜咽道："我亦不知命在何时！"又顾语郗虑道："郗公！天下果有是事么？"那华歆不由分说，竟牵伏后入暴室中，与后所生二皇子，一体鸩死。小子叙至此处，随书一绝句道：

> 诛奸无力反招灾，巾帼拼生剧可哀；
> 前有董妃后伏后，魂兮可向许宫来！

伏后已死，伏氏家族，骈戮至百余人，华歆方向操复命。欲知歆为何等人物，待至下回表明。

马超多勇无谋，卒致上害父母，下及妻孥；设非投入刘备，则其身尚不能保，遑问与曹操为敌乎？姜叙母及赵昂妻，名为劝忠，实则知其一不知其二，仍不过为妇人女子之见，无足取焉。刘备之取成都，势固难已，而情究未安；至纳刘瑁妻为继室，尤足贻讥后世，“操以暴我以仁”之说，殆亦未免欺人欤？若操之所为，黯无天日，贵妃可杀，皇后可弑，其与篡逆相去，能有几何？假令老而不死，否知其繁阳受禅，固不待曹丕也！

第八十八回　见外使奸雄代捉刀
察重伤功臣邀赐盖

却说华歆弑了伏后，并戮伏氏家族，然后复报曹操，操当然心喜，录为首功，寻且表歆为军师。说起华歆履历，本来是有些名望，曾与北海人管宁邴原，为同学友，时号三人为一龙，歆为龙头，原为龙腹，宁为龙尾。但歆佯为高尚，阴实贪惏。宁尝在园种蔬，锄地见金，掉头不顾，歆却在旁拾视，然后掷下。宁见歆如此举措，已怀鄙薄。一日同坐观书，闻户外有车马声，宁不为所动，独歆弃书出观，自是宁与歆割席，不复与友；后来宁庐居山谷，终身不仕。邴原虽由曹操辟召，入为丞相征事，但仍闭门自守，非公事不出，两人志趣，俱有足称。唯歆得为豫章太守，已归服孙吴，嗣复得曹操征命，往投许都，参司空军事。荀彧死后，竟代彧为尚书令，竭诚事操，居然为虎作伥，弑起皇后来了。比操尤恶。唯献帝自伏后死后，悲怀未释，操却进言道："臣女已并邀宠御，次女最贤，可立为中宫。"献帝无奈，遂于建安二十年正月，册立曹贵人节为皇后。百官因是魏公操女儿，格外谀颂，且并至魏公府中拜贺，自不消说。只难为了曹操长女，名为阿姐，却要向妹子朝参。操复起兵西征，命夏侯渊张郃为先锋，自率诸将为后应，往图汉中。张鲁闻报，忙与弟张卫商议，鲁谓操兵势大，不如出降；独卫以为汉中险阻，可以拒操，遂号召兵马，据守阳平关。关在丛山峻岭中，却是天然险要，居然有一夫当关，万夫莫开的形势。操连攻旬月，竟不能下，欲引兵退归。西曹掾郭谌入帐谏阻，略言："鲁兄弟同守异心，必有内变，不如缓待时机，总可得志，”操却想出一计，扬言退军，拔寨齐起。张卫闻得操兵引回，即出关追击，哪知行至半途，突有野鹿数千头，掩入卫军，卫军自相惊溃，阵势遂乱。不意操将后军变做前军，蜂拥杀来，卫如何抵挡？当即奔回。操兵复乘胜进逼，四面围攻，守兵已无斗志，纷纷遁去，卫亦只好夜走，与张鲁窜入巴中。鲁临行时，左右请尽毁仓库，免为敌资，鲁独慨然道：“我本欲归命国家，只苦意不得达，今不得已出奔巴中，仓廪府库，应归国有，奈何毁去？”当下一律封藏，方才西走。操既入阳平关，一路无阻，直抵南郑，见鲁封库自去，料有降意，便遣人慰谕张鲁，叫他前来投诚，不失侯封。鲁复书愿降，操便派吏往迎，待以客礼，拜鲁为镇南将军，封阆中侯。鲁五子及部将阎圃等，亦各得封爵，还有马超遗将庞德，也降操受封。操乃令鲁就国，留夏侯渊张郃，同守汉中，即日下令班师。主簿司马懿献议道：“刘备以诈力虏刘璋，蜀人尚未归心，今公已得汉中，益州必然震动，若乘胜进攻，定致瓦解，圣人不能违时，亦不应失时哩。”操笑答道：“人生苦不知足，既得陇，还望蜀么？”遂不听懿言，起行还邺。即此可见懿之贪狡更过于操。

先是操妻丁氏无出，妾刘氏生子昂，殉难宛城。见七十五回。操复纳娼女卞氏，生子丕彰植熊，遂得专宠。操竟以妾为妻，废黜丁氏，进卞氏为继室。操本来不知礼义。植性机警，才又敏赡，尝作《铜雀台赋，》援笔立就，彬彬可观，操独加宠爱，欲立植为嗣子。问诸贾诩，诩默然不答，及操再三诘问，诩始微笑道：“适有所思，思袁本初刘景升父子呢！”一语足矣。操大笑而止。已而丁仪杨修等，复屡誉植才，劝操立嗣，操又觉动疑，密书问及百官，尚书崔琰独露板作答道：“春秋大义，立子以长，五官将指丕。仁孝聪明，宜承正统，琰愿誓死守道，不敢违经。”操得书后，未免叹息。且因植为琰侄婿，不私所亲，更加推重。琰尝荐举钜鹿人杨训，辟为丞相属掾；至操自汉中引归，群吏复议进操为王，杨训更发表称颂，备极阿谀，琰览表不悦，即贻书责训道：“省表事佳耳，时乎时乎！会当有变！”操竟令左右入白献帝，取得诏命，晋爵魏王。可巧南匈奴单于呼厨泉，遣使入朝，并谒贺魏王操。操恐仪容不足服众，特使琰作为替身，自己执刀旁立，琰眉目疏朗，须长四尺，甚有威重，所以操有此举。及外使谒毕自归，单于呼厨泉，问及魏王德仪，使人笑答道：“魏王原非凡姿，但捉刀人，却是真正英雄。”独具只眼。呼厨泉乃亲自入朝，为操所留，岁给钱帛刍米，如列侯例。但使右贤王去卑，监管匈奴。嗣且分匈奴为五部，令呼厨泉子弟，皆作部长，选汉人为司马，充作部监，意在分铩虏势，不令猖獗。但胡人多散居内地，无复防闲，华夷界限，逐渐溃裂，不可谓非曹操作俑哩。特笔提叙。操自以为威德及远，无人可比。嗣探得崔琰书语，说是会当有变，遂目为怨谤，收琰下狱，罚充徒隶。一夕登台玩赏，想是铜雀台上。望见植妻乘车出游，满身衣绣，装束得非常艳丽，心下不禁愤恨，竟罢赏归家，逼令自尽。复因植妻为琰兄女，迁怒及琰，亦将琰赐死，时人无为琰呼冤。东曹掾毛玠，伤琰无辜，作文哀吊，亦被逮系；幸由僚佐桓阶和洽，代为申理，始得释出，免官归里。

操因南匈奴已服，忽记起故中郎将蔡邕，有女名琰，陷入匈奴，乃特遣使赍金北去，将琰赎归。琰字文姬，博学多才，兼精音律，邕尝夜坐鼓琴，琴弦忽断，琰知为第二弦，邕疑琰偶然猜着，再鼓再绝，琰复答称第四弦，并无差谬。嗣嫁与河东卫仲道为妻，不幸夫死无子，归宁母家。及邕为王允所杀，家室流离，琰竟被胡人掳去，没入右贤王帐下，生得二子，作“胡笳十八拍，”流传远近。操与邕素相善，故特赎琰归国，令再嫁屯田都尉董祀为继妻。有才无节，终留遗憾。祀甫得才妇，竟致犯法，当坐死罪。文姬太无帮夫运。琰蓬头跣足，诣操乞免，操正大会宾客，冠笏盈堂，有属吏入白数语，操因顾语宾客道：“蔡伯喈女在外，诸君亦愿一见否？”宾客齐称愿见。操即令吏引琰入厅，琰至阶前下跪，为夫乞免，措词甚哀，满座皆为改容，操语琰道：“情实可矜，但文状已去，如何是好。”琰泣答道：“明公厩马万匹，虎士成林，何惜一快足，不为援手哩？”操也被感动，乃即饬属吏，驰递赦书，贷祀死罪。且嘱琰起身入厅，赐琰头巾履袜，因即顾问道：“令先人遗传文籍，可曾留藏否？”琰答说道：“昔亡父赐书四千余卷，流离涂炭，所存无几，今所诵忆，只四百余篇。”操又说道：“今当派文吏十人，就夫人处录述。”琰接口道：“妾闻男女有别，礼不亲授，乞给纸笔，真草唯命。”操乃遣琰归家，使琰随时录送。琰将曹娥碑文一并录入。碑文为邯郸淳所撰，独文后有八字云：“黄绢幼妇，外孙齑臼。”为琰父邕所题。操瞧这八字，不解所谓。查及曹娥履历，乃是顺帝年间的孝女，女父盱为巫祝，在上虞江迎婆婆神，堕水溺死，捞尸不获。曹娥年仅十四，沿江号哭，阅十有七日，也投入江中，背负父尸，同浮江面，里人因为埋葬。事在顺帝建安二年。后来县长度尚，复为改葬，就在墓道旁立碑，使弟子邯郸淳为文。邕南游吊古，就在碑后续题八字，时人都莫名其妙，连足智多谋的曹阿瞒，也被难倒。转问左右文吏，独有主簿杨修，能识邕意，谓黄绢系由丝染色，色旁加系，便是“绝”字；幼妇即少女，少女拼成一字，便是“妙”字；外孙为女之子，女旁加子，便是“好”字；齑味属辛，臼受辛器，便是受旁辛字，合成“辞”字；总计是“绝妙好辞”一语。操不禁叹服，但亦未免忌修多才，阴为加防。不脱奸雄故智。叙入此段，实为二女写照。好容易已是建安二十六年，操因孙权不服，复出师东下，进至居巢。权先遣部将吕蒙，攻拔皖城，擒住庐江太守朱光；嗣又由权亲率大军，进围合肥。合肥在皖城北，由操将张辽李典乐进居守；操预防孙权进攻，致与密函，谓待敌至乃发。及吴军大至，张辽等始敢发书，书中只有三语云：“若孙权到来，张李将军出战，乐将军守城，勿得同出。”李典乐进，尚以众寡不敌为疑，辽独慨然决战，典与进始无异言。当下募得敢死士八百人，椎牛夜饮，诘旦开城猝发，辽挺戟先驱，陷入权营，直至权麾盖前面。权走登高阜，挥兵围辽，绕至数匝。辽十荡十决，无人敢当，再加李典引兵援应，也是踊跃无前。自清晨战至日中，吴人夺气，辽与典乃徐徐引归，登城固守，众心始安。权围城逾旬，竟不能拔，撤兵东归，自与诸将断后；尚在逍遥津北，不意被辽察悉，遽率步骑掩至，权将吕蒙甘宁，急忙抵敌，还是招架不住。张辽仗戟突入，领兵围权，幸亏权亲将凌统，翼权出围，再回马与辽接战，不使再进，权得驰上津桥，放马过去。哪知桥南已被辽军拆断，相隔丈余，慌得权仓皇失措，进退两难；牙将谷利，请权退后数步，自在马后扬鞭一击，马始奋足腾跃，飞过桥南。凌统截住张辽，血战多时，左右尽死，统亦身受数创，料知权已走脱，方才奔回。吕蒙甘宁，也都败退，沿津逃生。权得部将贺齐舟师，下船避敌，遥见将士等绕河散走，亦令贺齐划船接下，方得渡回。贺齐流涕谏权道：“此后，主公须当自重，不可轻敌，今日几危险不测了。”权答说道：“谨当铭心，不但书绅。”乃收军回保濡须，抚视疮痍，缓图报复。

适为了荆州问题，龃龉多日，方得解决；详情见下。忽报曹操亲督大兵，来到居巢，权不得不整军迎敌。操兵号称四十万，权兵只七万人，客主异形，吴人多有惧色。何不记及赤壁时耶？甘宁独挺身效命，愿为前锋，权拨精兵三千人，随宁先进。宁选得健儿百人，俟夜与饮，各尽一觞，当即披甲上马，引百骑潜袭曹营；到了营旁，拔开鹿角，呐喊而入。曹军惊惶失措，被甘宁等左劈右斫，斩首至数十级，宁尚欲冲突进去，里面却用车仗穿连，排若铁桶，无隙可钻，操真能军。宁只得左右驰逐，喧噪了好多时；及见曹营中举火如星，兵马汇集，便领兵还寨，百骑中不折一人，因即夜报孙权。权喜说道："孟德有张辽，孤有兴霸，足与相敌了。"遂赐宁绢十疋，刀百口。既而两军大战，水陆分争。吴将徐盛董袭，督领舟师，至水口鏖斗，盛杀得性起，登岸冲锋；袭守船击鼓，陡有暴风刮来，荡复数舟，兵士请袭避去，袭仗剑大喝道："将受君命，在此防贼，怎得弃船自去？敢有复言者斩！"说至此，狂飙尤甚，白浪滔天，袭坐船被复，竟致溺死。徐盛孤军深入，幸得陆军接应，不致陷没。但操军究竟势大，东一支，西一队，把吴军冲作数截，权数被围住，幸有周泰保护，脱围退走。偏将军陈武，竟致战死，各将纷纷引还，驰入濡须坞中；操亦收军引去。权检点士卒，伤失颇多，自思战虽失利，还亏诸将努力，得免大损，乃设宴犒劳；行酒至周泰前，权令泰解衣，见泰创痕累累，问及所苦，泰迭述前后受创，约数十处，并言为主效力，虽死不恨。权不禁流涕道："卿为孤兄弟，不惜身命，被创数十，肤如刻划，孤亦何心，敢不视卿如骨肉呢？从此当与卿同休戚，借报战功。"说着，亲起把盏，连酌三大觥，泰且饮且谢，尽醉方休。待泰回营时，命将自己麾盖，移与护送；越日复另制青盖为赐，特示宠荣。唯与操相拒月余，不能取胜，乃从张昭等计议，令都尉徐详，至操营请和。操亦因江东难下，许从和议，留夏侯惇曹仁张辽三将，屯守居巢，自回邺中。权亦进周泰为平虏将军，使督濡须；引兵还都。才阅数旬，即由陆口屯将鲁肃，报称病重求代，权派吏问疾，赍给医药，一时尚未令卸职，叫他在任养疴。

时肃年未满五十，本是服官从政的时候，因平居为国经营，煞费心力，所以未老即老，病不能兴。他始终主张联刘，荆州借备，谋出一人。当备取益州时，权令诸葛瑾索还荆州，关羽不允，几至失和，还是肃出为周旋，请羽单刀相会，面述权命，请羽把荆州缴还。羽勃然道："乌林一役，赤壁在江南，乌林在江北，故不妨互言。左将军身在行间，戮力破敌，难道独无一块土相酬，乃尚来索地么？"肃亦正色道："前与刘豫州相遇长坂，豫州为操军所败，计穷力竭，将图远窜，当由肃转报吾主，特加矜愍，不爱土地兵甲，力却曹军；又因刘豫州无地可容，权借荆州，今刘豫州既已得蜀，仍将荆州占住，背德失好，恐难免天下耻笑。肃闻贪而弃义，必为祸阶，今君身当重任，奈何不以义相辅，反欲以力相争，有伤和气呢？”两人所说，俱非无理。羽尚未及答，旁有为羽握刀的随将，叫做周仓，瞋目大呼道：“天下土地，唯德所与，难道必归汝东吴么？”羽佯叱周仓道：“这是国家大事，汝有何知？乃亦来多言，可速出去，”仓已会意，立即出外，驾舟迎羽。羽即与肃告别，说是当转达左将军，从长商议，语毕即行。肃复与刘备直接交涉，备乃许分荆州，就湘水为界，自长沙江夏桂阳以东属吴，自南郡零陵武陵以西，仍为备有，权亦允议，再使诸葛瑾与备订约，始得息争。肃竟于建安二十二年病殁，权亲自临丧，赙赠甚厚。荆州人士，俱为叹息；连诸葛亮亦为发哀。后任为吴左护军吕蒙。蒙生性狡诈，与鲁肃心术不同，于是孙刘和谊，渐致破裂。那曹阿瞒反得一意西略，幸而天意三分，不使曹氏混一，所以汉中地已得复失，反被刘备夺去。操本使夏侯渊为都护将军，督同张郃徐晃诸将，屯守汉中，且命丞相长史杜袭，为驸马都尉，留督汉中事，张郃奉操军令，进略三巴；刘备方令张飞驻守巴西，与郃相拒至五十余日，飞用了一计，袭破郃营，郃败还南郑，飞乃向备告捷。法正乘间说备道：“曹操西降张鲁，得定汉中，不乘此入图巴蜀，乃留夏侯渊张郃屯守，匆匆北返，这非由操智不及、力尚未足哩！今观渊郃才略，未必能胜我将帅，我正好进取汉中，为蜀屏蔽，此机不可再失了。”备乃留诸葛亮居守成都，即用法正为参谋，率诸将进兵汉中。行过巴西，由张飞出迎大军，备即命飞移屯下辨，且遣马超吴兰为助，自率诸将，进次阳平关。操闻刘备东出，亟命夏侯渊等拒备，另遣曹洪领兵，往争下辨。张飞使马超吴兰出战，兰竟阵亡，超收军入城，与张飞合力拒守。备在阳平关上，遣将攻夏侯渊等，亦未得大捷，乃再贻书诸葛亮，促令济师。亮再拨兵二万人赴关，特遣老将黄忠为统帅，往助刘备。自经黄忠一行，遂使曹氏大将，就此丧元。正是：

倚老不妨重卖老，妙才未必果多才。

夏侯渊字妙才。

欲知后来交战情形，待至下回再表。

捉刀一事，见得曹操浑身诡谲。即如接见外使，本在无足重轻之例，乃必令崔琰为代，岂非多事？琰敢代操，操已隐忌之矣；置琰于死，岂仅为书语之不逊耶？且赎文姬所以沽名，妒杨修所以嫉才，操之举措，纯然为老奸伎俩；欺一时尚可，欺后世固不可也！孙权不能敌张辽，安能敌曹操？一败于逍遥津，再败于濡须口，仅赖周泰等之拚生翼护，才得脱围，可见赤壁之战，微孙刘之合力，则东吴未必幸存。云长之拒索荆州，非真强词夺理，而鲁肃以联刘为本旨，始终不变，盖诚有见乎大者。鲁肃殁而孙刘之好破；孙刘失好，而曹氏篡汉之局成；故鲁肃之存亡，不第关系吴蜀已也。

第八十九回　得汉中刘玄德称王
失荆州关云长殉义

却说黄忠率领援师驰至阳平关，备与夏侯渊相拒，已经逾年，既得黄忠来助，遂命为先锋，出关南行，渡过沔水，择得定军山要隘，安营下寨。夏侯渊闻报，当即引兵来争，一面奉书曹操，请速接应。操遂亲督全军，西指汉中，先遣使诫渊道："为将当有怯弱时，不可徒恃勇力；勇为体，智为用，有勇无智，一匹夫敌。还宜谨戒为是！"老瞒未始不知人，可惜垂诫太迟。渊不肯少改，定欲争踞定军山。法正劝备坚壁不动，徐俟敌变。那心粗气暴的夏侯渊，麾动部众，一再进搏，俱被备军射退；待至日昃，渊军锐气已衰，势将退去。法正语备道："敌兵已懈，可乘间进击了！"备即令黄忠，登高临下，一鼓作气，忠骤马当先，跃下山来，突入夏侯渊阵中，敌皆披靡。渊正思亲出抵敌，陡与忠马相值，砉然一声，便将渊首劈落马下。益州刺史赵颙，急来救渊，已是不及，遂按住黄忠，交战数合，又被黄忠劈死。备见忠已经得手，策军继进，杀得曹军东逃西散，好似天崩地塌一般。还是张郃引军援应，才得收拾败卒，奔回营中。督军杜袭，与渊司马郭淮，因军中骤失主帅，莫由禀命，势且益危，乃权推郃为军主，勒兵按阵，军心稍定；一面飞报曹操，敦请进兵。备已得大胜，临兵汉水，意欲东渡；只因夹岸有曹兵守住，恐他半渡截击，只好从缓。忽见汉水对面，尘头大起，有许多人马到来，料知曹操亲至，不禁笑语道："操虽自来，也无能为，我此番定得汉川了！"已有把握。遂敛众据险，不与交锋。操亦未敢进逼，但与备军隔水相持，约阅旬余，未分胜负。黄忠探得操军运粮，多在北山下屯聚，便欲引军袭取，备乃令黄忠先进，赵云后继。忠自欲邀功，但与云约定期间，过期方令云进援。看官试想曹操专喜劫人粮草，岂有自己运粮，不加重防的道理？黄忠恃勇轻进，悄悄的渡过汉水，直抵北山，果见粮车蚁聚，一声呐喊，杀将过去，看守兵当然骇走，忠正拟向前夺取，不防连珠炮响，曹军两面杀到，一是张郃，一是徐晃，统是曹操手下的猛将。还亏黄忠一柄大刀，左招右架，冲开一条走路，且战且行。赵云在营中候信，已过黄忠所约的期间，尚未见还，乃出营了望，遥见黄忠为操将所追，败奔回来，当即怒马直前，让过黄忠，截住操兵。操兵虽众，却被赵云挺枪突入，搅乱阵势，驰骤了好多时，方才退回。张郃徐晃，怎肯相舍？仍然从后追来。云还至营中，令兵士掩旗息鼓，大开营门，但令两旁伏住弓弩手，静待敌军，自己匹马单枪，伫立营外，郃与晃追至云营，见云孤身独立，不觉称奇，好一歇方敢向前，望云奔来，云仍然不动，唯把手中枪从后一挥，箭如雨注，攒射曹兵，曹兵统皆骇走。再加天色昏黄，不知云有多少伏兵，免不得自相践踏，仓皇奔命。云更鸣鼓尾追，吓得曹兵纷纷投水，溺毙无数。云将曹兵驱过汉水，夺得许多甲械，乃收兵回营。越日由备至云处亲视战处，不禁赞美道："子龙一身都是胆呢！"胆大还须心小，子龙非仅胆大。

乃复搜乘补卒，与操坚持。操军不得一胜，又遇疫气传染，十死二三，不由的怀着退志。忽由许中传到急警，乃是少府耿纪，司直韦晃，太医令吉本，猝然生变，射伤督军王必；必与典农中郎将严匡，合兵讨平等语。原来操在邺中，常留长史王必，督领许中军事。必与京兆人金祎友善，互相通问；祎系前汉宰辅金日磾后裔，慷慨任侠，自思世为汉臣，不愿事魏，所以谋夺必军，暗结耿纪韦晃吉本诸人，拒操迎备。待至建安二十三年的元夜，许中悬灯庆贺，王必亦在营中宴饮，席尚未终，变忽骤起，营外一片火光，照彻营内，必慌忙上马，出营逃生；忙乱中遇着一箭，正中左肩，忍痛逃往金祎家门，意图躲避。祎家闻有叩门声，还道祎等成功归来，漫然相应道："王常史已杀死了么？"必才知祎实同谋，忙转身投入严匡营内，匡即号召兵马，出攻乱党。耿纪等本无军士，只带了家仆数百名，东冲西突，哪里敌得过严匡？金祎吉本，相继战死，耿纪韦晃被擒，枭首市曹；诸家老小，尽坐诛夷，匡与必乃联名报操。操心虽慰，总尚不能无忧；嗣复得知王必病死，更加系念，于是拟班师退去。但从此弃掉汉中，心又不甘，因复欲与刘备大战一场，才定行止，当下使人约战，夹水列阵。备用法正计议，使黄忠赵云等，潜渡上流，绕出曹军旁面，冲击过去，一面用舟渡兵直攻操阵。操只顾前面，不防两旁有敌军杀入，只得分兵对敌，自己徐徐引退，备得安渡汉水，进逼操军。操再整军出战，备遣养子刘封出马，向前突阵，操即令徐晃截住厮杀，且扬鞭指语道："卖履儿惯使假子冲锋，若叫我黄须儿来，看汝假子能相敌否？"语尚未毕，封已退去。操正思麾兵追击，忽闻备营中金鼓齐鸣，又未便轻进，因使人往召黄须儿。黄须儿系操子彰，膂力过人，能手格猛兽，不避险阻；唯颏下生须如铁，色却纯黄，故呼为黄须儿。及黄须儿奉命西来，操已退入长安了。原来操因屡战无功，退至斜谷时，当晚餐庖人呈入鸡汤，由操且食且饮，适由帐下弁目，入请夜间口号，操随口说出鸡肋两字，弁目不敢细问，便传令出去，将士不知所谓。独主簿杨修，连夜束装欲归，旁人惊问何因，修答说道："鸡肋两字，寓有深意，弃之不甘，食之无味，据此看来，是必归无疑了！"将士等听到此言，便各整归装。事为曹操所闻，查诘大众，俱言由杨修所教，操忌修益甚。但看众情已有退志，料难再战，不若弃去汉中，即日旋师，于是拔寨齐起，退还长安。途中与曹彰相遇，嘱令同回，黄须儿难违父命，也即折还。刘备遂得据有汉中。并得降将王平，乃是曹操麾下的署理校尉，素知汉中地理，遂引备将刘封孟达，攻破房陵，再进略上庸，收降太守申耽，汉中大定，群僚遂表请备为汉中王。备再三推辞，嗣经群臣固请，方才勉允，即于建安二十三年七月，在沔阳筑设坛场，陈兵列众，由群佐拥备登坛，备戴王冠，披王服，佩王玺绶，受群下谒贺。礼成以后，立夫人吴氏为王后，子禅为王太子，进许靖为太傅，法正为尚书令，关羽为前将军，张飞为右将军，马超为左将军，黄忠为后将军，赵云为翊军将军。此外文武百僚，俱进位有差，留镇远将军魏延，留守汉中，兼领汉中太守，自引大军，还治成都。军师诸葛亮，当然出迎，备握手道故，具极欢洽。据《亮列传》中，亮并未随攻汉中，故本回从正史，不从罗氏《演义》。亮劝备表奏献帝，缴还左将军宜城亭侯印绶，备自然照行。亮复进言道："黄忠名望，与关马不同，从前马超来降，云长尚欲与较优劣，今使忠与彼同列，彼必不服，宜从斟酌。"备笑答道："我自能向彼解说，军师勿忧。"

先是关羽尝与亮书，谓马超人才，可比何人，亮尝答书道：“孟起马超字。兼资文武，雄烈过人，也不愧为一时人杰；但却是黥英布。彭越。流亚，只可与翼德等并驾齐驱，尚未能及髯公的绝伦超群呢。”羽素美须髯，故亮称为髯公。自羽得此书后，始无异言，至是由司马费诗，奉使荆州，授羽印绶；羽见了费诗，问及他将爵位，知黄忠得授职后将军，与己并肩，不由的愤愤道：“大丈夫岂可与老兵同列？请君将印绶赍还。”这是云长傲气。诗从容道：“君侯也太固执了。从前萧曹与高祖并起，最为亲旧，及韩信亡命后至，却擢为统帅，嗣且封王爵，位出萧曹上，萧曹并不以为嫌，今汉中王与君侯，譬犹一体，休戚相关，不过按功行赏，宜擢黄忠，并无他意，君侯当体王苦衷，不宜以名位高下，爵禄多少，心存芥蒂呢。”羽闻言感悟，因即受命，且愿乘势攻取襄樊，面托费诗归报。刘备壮羽忠奋，准如所请，羽乃部署人马，慷慨誓师，使麋芳守江陵，傅士仁屯公安，责令输粮济师，不得有违；当下自督将士，往攻樊城。樊城为操将曹仁所守，探得关羽兵至，即飞书报操，请即济师。操遣于禁为统将，庞德为先锋，带领七队人马，星夜援樊。既至樊城，与仁相见，仁令于禁等屯兵樊北，作为声援。及羽兵进迫城下，内有曹仁守住，外有于禁庞德等接应，羽急切不能取胜，也觉愁烦；可巧秋凉水涨，霖雨连宵，汉江一带，两岸泛滥，羽登高了望水势，默有所会，计上心来，便令部兵筹备舟筏，暗遣子平往堵江口，灌决樊城。樊北地势较低，首当水冲，于禁庞德，全未防及，一夕风雨大作，洪水暴涨，于禁所领七军，都不知水从何至，仓皇乱窜，吓得于禁魂胆飞扬，急往堤上避水。独庞德跃马水中，尚无惧色，时已黎明，忽听得鼓声大震，来了许多战船，顺水杀来，德据住堤上，未肯退去。哪知来舰上一齐放箭，状若飞蝗，操兵多被射倒，德尚张弓挟矢，向他对射，相拒了好多时，日已亭午，水势益高，连堤上亦将淹没，魏将董衡董超，劝德降敌，德大怒道：“我受魏王厚恩，怎肯降人？”说着即将二董劈分四段，德亦非曹魏故吏，奈何甘殉曹氏？复顾语督军成何道：“我闻良将不怕死，烈士不毁节，今日是我死日了；卿亦当努力死战，勿负国恩。”成何依令向前，立被射落水中，余众大骇，都向敌舰中奔入，弃械请降。连于禁亦偷生乞命，匍匐长堤，束手受缚。独庞德提着大刀，跃入堤边一小船，砍倒船中军士，用刀作橹，意欲驶往樊城，偏兜头遇一大筏，竟被撞翻，德随船落水，方为所擒。关羽大获全胜，升帐讯囚，于禁跪伏乞怜，由羽发往江陵，系狱待刑；及讯至庞德，德兀立不跪。羽与语道："汝兄柔现在汉中，汝旧主马超，亦在蜀中为大将，汝何不早降？"德怒目答道："匹夫敢叫我投降么？魏王方带甲百万，威振天下，汝刘备乃系庸才，怎能与敌？我今日死，明日汝亦不得生了！"羽当然愤起，遂命将德推出斩首，给棺埋葬。复乘水势未退，麾令大小将校，分坐战船，进薄樊城。是夕暂宿舟中，恍惚有野猪进来，啮住左足，忍不住失声叫痛，因致惊醒，方觉是南柯一梦。旁有关平在侧，问及何因，羽自述梦状，且因足上余痛犹存，亦知凶多吉少，不免叹息。平请羽退还荆州，羽慨然道："我年近六旬，死亦何憾？况樊城将下，奈何遽归？"过刚必折。待至天明，即挥兵攻城，城中已变成泽国，内外水溢，垣墙逐渐摧陷，守兵搬土运石，填塞罅隙，尚忧不逮；再加羽军进攻，累得守吏日夜不安。或语守将曹仁道："危城难保，恐将不支，不若乘舟夜走，尚可全身。"仁也觉自危，转语参军满宠，宠谏阻道："洪水骤至，岂能久存？不数日自当退去，且魏王以此城托付将军，正望将军力当冲要，若弃城北走，恐黄河以南，皆非国家所有了！"这一席话，说得曹仁亦为感奋，毅然誓众，与城存亡，大众始有固志。羽连攻数日，竟不能克，乃分兵往取襄阳，收降刺史胡修，及太守傅方；再命襄阳兵进扰郏下。河南土豪，望风响应，警报连达邺中。曹操先闻于禁败降，庞德被杀，不禁长叹道："我于于禁，三十年故交，奈何反不及庞德呢？"因封德二子为列侯。及闻关羽进兵至郏，威震河南，遂与将吏会商，拟移徙许都，避羽锐气。这是曹操狡诈处。忽有二人闪出道："于禁等为水所没，并非力竭败亡，不足深惧，臣等以为刘备孙权，外亲内疏，若使关羽得志，权必不愿，今何勿致书孙权，叫他潜蹑羽后？且许割江南地封权，权当必乐从；彼既起兵，羽回救不遑，何敢再争樊城呢？"曹操瞧着，一是司马懿，方为军司马，一是蒋济，方为西曹掾，操掀须笑道："两卿所见甚是，应即照行。"遂使人致书东吴，并令宛城屯将徐晃，引兵援樊。嗣接孙权复书，愿依操命，攻羽自效，操当然放心。

先是孙权从鲁肃计议，与羽结好，至吕蒙代肃后任，尝欲图羽，回应前回。权尚欲先取徐州，后据荆州，蒙谓徐州易取难守，不如取羽为宜。权还有疑意，又遣使至江陵，为子求婚羽女，羽不肯许婚，反将吴使叱回。毕竟太傲。权因动怒。及曹操致书相约，便即依允，密饬吕蒙进图荆州。蒙复疏道："羽往攻樊城，仍留重兵驻守江陵，无非为防蒙起见，蒙常有病，请召还建业，托名养疴，另遣他人代任，羽以为东顾无忧，必调兵尽赴襄樊，蒙却潜军直进，攻彼无备，一举便可成功了。"权依了蒙言，即召蒙还都；蒙复举陆逊自代。逊系吴人，字伯言，为权侄婿，官拜定威校尉，年少多才，未经大任，权虑他望轻资浅，未足代蒙。蒙面答道："正唯逊未有远名，非羽所忌，故特为荐举；蒙知逊外敛内明，必能任重，幸勿多疑。"权乃令逊为偏将军，任右都督，代蒙守陆口。逊奉命到任，即作书贺羽，备极谦恭。言甘者心必苦。羽竟为所欺，不加后防，且调江陵兵，合攻樊城。是时操将徐晃，已出援曹仁，屯兵阳陵坡。羽闻徐晃将至，急围樊城，尽力督攻；正指挥间，不料城上偷放一箭，正中左臂，箭头敷有毒药，镞虽拔去，毒已入骨，遂致肿痛未消，不能运动。幸亏得沛人华佗，夙长医术，延请调理；佗谓毒陷骨中，必须割骨去毒，方可无恙。羽便伸臂令治，毫无难色。将吏都入帐探视，由羽邀与共饮，右手执杯，左手剖臂，一任华佗刲刮，血满盘器，仍然引酒举胾，谈笑自如。及刲刮已毕，用药敷治，缝裹合口，臂即自能展舒，痛苦自消；羽欢然道谢，留佗夜宴，酬以百金。越宿佗即告辞，劝羽息怒静养，方可复原。羽志在讨曹，怎肯中止？且因天晴水退，樊城仍未能克，越觉焦灼，营中兵士日众，粮食不继，屡向糜芳傅士仁催索，未见时至；禁不住大怒道："他二人敢慢我军令，他日回军，定当尽法惩治。"遂行文再催，反至杳无影响。羽不得已，拨兵至湘关截取吴米，聊济军需，谁知米虽截得，那吕蒙已潜领舟师，扮作商船，使白衣人摇橹过江，掩至江陵，招降糜芳傅士仁，竟将南郡公安，一并取去。云长之后路已断。羽尚未闻知，仍想力攻樊城，城几垂陷，忽由徐晃统兵杀来。羽与晃本系故交，当即拍马往迎，既与徐晃见面，各在马上寒暄数语，晃突然回顾将卒道："谁能取得云长首级，当重赏千金。"羽惊讶道："公明晃字。何骤出此言？"晃朗声答道："晃为国家大事，怎敢因私废公？况素知云长效忠刘备，今南郡公安已被吴将吕蒙袭入，云长且进退无路，不死将何待呢？"恶极。说罢，即挥兵齐进。羽亦引军抵敌，约有几个回合，羽部下都系念江陵，并皆溃退；任你力敌万人的关云长，也只好且战且走。不料樊城里面的曹仁，又复冲出，与徐晃合兵夹攻，羽兵大乱，引将士急奔襄阳。就是偃城四冢的屯兵，已由晃射入军书，说明荆州失守，纷纷记念家室，相率奔还。羽退至沔口，尚疑晃摇惑军心，下令驻营，探听荆州确耗。偏接侦骑回报，果然糜芳傅士仁，挟嫌降吴，荆州尽失，顿致悔恨交并，箭疮复裂；急切无从设法，勉依将吏计议，使人致书吕蒙，责他背盟夺地。及去使还报，谓由蒙格外优待，所有关公全眷，及从军将士诸家属，无不周恤，秋毫无犯，唯言荆州本是吴地，所以收还。愈甘愈毒。说得羽恨上加恨，奋髯张目道："好奸贼！我虽死尚不饶汝！"遂遣使至刘封孟达处乞援，一面引兵渡江，再欲夺还荆州。行至半途，正值吕蒙陆逊，分兵邀击，把羽军困在垓心，经羽奋力杀出，部众多被荆州士兵，招诱回去，单剩数百骑亲从将吏，走保麦城。再使人催召刘封孟达，两人竟不奉羽命，托言山郡初附，未便出师。眼见得这位关公，势穷援绝，没奈何弃去麦城，夜出西奔，随身只有子关平及周仓等十余人。行至临沮，伏兵骤发，吴将朱然潘璋，左右杀出，羽不能再战，夺路急走；前面山径丛杂，夜色昏蒙，一脚踏空，跌入陷坑，潘璋部下马忠，领兵追至，竟将关公父子，一并擒去。看官试想，关公是一位忠肝义胆的丈夫，岂肯临危怕死？孙权虽欲劝降他，却誓不承认，遂致杀身成仁，父子同尽；周仓等亦皆为主捐躯。罗氏《演义》谓关平为关公养子，史传但言子平，今从之。小子有诗叹道：

赤胆忠心誓报刘，越江讨贼死方休；
东吴不念东风惠，万古江潮咽恨流。

欲知关公殁后情形，待至下回便知。

刘玄德据荆益，定汉中，智谋如曹阿瞒，且敛锋避锐，此正蜀汉全盛时代。及关羽北击樊城，锐意讨曹，正应妥选良将，代守南郡，使羽得免后顾之虑；况当时蜀中安堵，赵云黄忠，并在左右，何一不可遣往？乃令羽孤军无继，卒致败亡，此其误非尽在关公，玄德实尸其咎，诸葛孔明亦与有责焉。或谓孔明预知天数，未便救羽，此则为罗氏《演义》所荧惑，不足取信。荆州为巴蜀下游，关系甚大，若果如罗氏所言，则孔明尤为忍人，不为预筹良策，坐令父子捐躯，荆土全失，何其忍心若是？君相有造命之权，宁可如常人之徒诿天数乎？若关公之败，失之过刚，吕蒙虽胜，不能无罪；亲汉贼而仇汉裔，蒙亦何心？此后人之所以深嫉吕，而不能忘怀于鲁子敬也。

第九十回　济父恶曹丕篡位
接宗祧蜀汉开基

却说吴王孙权，闻报荆州得手，也亲至江陵，犒赏军士。至关公父子遇害，大功告成，乃大会将士，置酒称庆，并释出魏将于禁，令共列席。禁亦知愧否？吕蒙为首功，陆逊为次，分坐权侧。权进酒数觥，欢然与语道："孤自嗣业以来，幸得公瑾子敬及子明诸人，公瑾破孟德，拓荆州，雄才大略，不幸早亡；子敬初见孤时，便谓宜逆击孟德，力排众议，劝孤重任公瑾，后开霸业，这是第一件快事，既知孟德宜拒，此时何反投孟德？后虽劝借荆州与玄德，未免计短，但不能掩彼所长；子明少时，孤即知他具有胆略，可比公瑾，今果能夺还荆州，不负孤言，孤当与子明共保富贵，进爵铭功。"蒙离席谢奖，拜跪下去。权正起座相扶，不意蒙陡然倒地，满口谵言，自骂吕贼，惊得权缩手倒退，忙令左右，掖起蒙身，舁入内室，一团高兴，化作冰消，草草终席，入内探视，蒙尚胡言乱道，不省人事。权亟宣召医官，多方诊治，仍未见效。入夜且叫骂益甚，权连夜出令，谓有人能疗蒙疾，赏赐千金。偏是阴灵缠绕，药石无灵，好容易过了一宵，才觉蒙有些知觉，当即拜蒙为南郡太守，封孱陵侯，赐钱一亿，黄金五百斤。蒙自知不久，俟权入视时，当面固辞，权教他静心保养，幸勿纷心。至亭午颇能下食，权更为欣慰。哪知他到了黄昏，病又发作，忽痛詈，忽惨呼，比昨宵尤为喧闹，权再自临视，被蒙厉声叱出，不得已使巫祝请命，延至夜半，蒙竟七窍流血，呜呼毕命，年止四十有二。大小将士，统猜是关公索命，连权亦将信将疑。莫谓无神！一面为蒙棺殓发丧出埋，一面将关公尸骸，用侯礼安葬；只首级已经往献曹操，不能追回。操已督军出驻摩陂，援应樊城，既闻关羽败退，乃还屯洛阳。会值吴使至洛，献上羽首，操举首一瞧，见他英灵未泯，面色如生，不由的吃一大惊，乃令刻木为身，葬用侯礼。但经此一吓，头风复作，好几日卧床不起。访得名医华佗，疗疾如神，急忙派人召至，佗用针砭治，随手即瘥，瘥后又发，佗谓非剖洗不可，操愤然道："头可劈么？"佗申答道："大王如不愿剖洗，针治只能救一时，不能救数年。"操但令针治，佗知不可愈，诈言家中妻病，须归视再来，及归去后，竟不复往。操屡呼不应，饬吏拘佗下狱，拟成死罪。或谓佗善医人，不宜处死。操怒说道："彼欲斫我头，怎可再留？且天下亦何至少此鼠辈呢。"到死尚且疑人。遂催吏杀佗。佗临死时，出书一卷与狱卒道："感君善事，愿将此持赠，可以活人。"狱卒畏法不敢受，佗竟索火毁书，服毒自尽。或谓狱卒受书回家，被妻取焚，经狱卒上前抢救，已只剩得一两页，就是阉鸡阉猪等小法，所有解剖诸术，尽成灰烬，不复流传，这真所谓千古遗恨呢。操不但杀佗，并致良方俱毁，即此已为千古罪人。

佗既死后，操头风终不得痊，反且加剧，自思主簿杨修，依附子桓，且为袁氏外甥，将来我死，他必导桓为非，乱坏我家，因诬修泄漏机密，勒令自杀。既而吴使又至，呈入孙权书笺，劝操为帝。操阅书毕，颁示属僚，且语众道："是儿欲使我居炉火上么？"当有侍中陈群，尚书桓阶，盛称曹操功德，宜应天顺人，速正大位。陈群为仲弓孙，何亦如此龌龊？操笑说道："孔子有言：'施于有政，是亦为政。'若天命果当属我，我就做周文王罢了。"明是教子篡逆。遂表授孙权为骠骑将军，封南昌侯，领荆州牧，遣吏赍敕，偕吴使同赴荆州。看官！你道孙权何故媚操？他自占取荆州，只恐刘备出师报复，自己抵敌不住，所以向操献媚，求他援助；操亦狡猾得很，给他高爵，使拒刘备，两下私意，无非是叫人出头防御刘备起见。究竟刘备西据成都，作何举动？备与关羽情同骨肉，岂有闻羽败亡，不加痛愤？当下与大小将士，一体举哀，追谥羽为忠义侯，令羽子关兴袭封。即日部署人马，讨吴报仇。唯自诸葛亮以下，多言是先当伐魏，然后讨吴，一时议论纷纭，尚难解决。蹉跎逾年，由洛阳传到消息，乃是曹操病死，于是备壹意恨吴，无心及魏。魏且横行无忌，公然做出篡逆的事情了。建安二十五年正月，是年为后汉末年，故大书特书。曹操病倒洛阳，不遑回邺，镇日里心绪不宁，精神恍惚，一夕梦见有马同槽共食，醒来不知主何吉凶，阿瞒虽智，要亦难详。转问许多谋士，或说是禄马吉兆，应受天禄，无非谄媚。操也不复疑。但一经合眼，往往看见男女冤魂，环立床侧。想是伏后董妃等出现。因疑及洛阳故宫，未便寄住，特使大匠苏越，另造建始殿，以便移居。越素知濯龙祠旁有一极大梨树，高十余丈，可建栋梁，当即禀明曹操，督工采伐，才砍数斧，树中忽漂出血来，众工不敢再斫，越亦大为诧异，匆匆返报。操尚未信，力疾乘车，自去看验，拔剑试斫，树血飞溅身上，淋漓满体，打了好几个寒噤，慌忙返车，易衣奄卧，从此不能再起。到了病笃，方密嘱近臣，谓安葬以后，须置七十二疑冢，免人发掘；又遗命后宫姬妾，分取名香，此后须勤习女工，卖履自给。说到此处，已是口舌蹇涩，不能再言，少顷即逝，年终六十有六。从前方士左慈，自言为庐江人，尝入见曹操，列坐末席，与客共饮，席间珍馐俱备，唯少松江鲈鱼，慈独索铜盘，使贮清水，自用短竿钓取，连得数尾。操又谓恨乏蜀姜，慈向西举手一挥，姜即从空落下。座客无不喝采，偏操满怀猜忌，目顾左右，欲就座上执慈，慈却避入壁中，倏忽不见。操更觉惊忙，派兵侦缉，明明见慈在市上，追将过去，慈向人丛中一混，市人统变做慈状，不辨真假，及仔细审视，真左慈已经走远，扬长自去。嗣复在阳城山头，得见左慈，兵役又急忙追逐，慈走入群羊，由兵役牵住群羊，归操自讯，操知不可得，令就群羊中宣告道："我本无意杀君，聊试君术，幸勿隐身！"还想骗他。道言甫毕，空中忽现一左慈，拍手大笑道："土鼠随金虎，奸雄一旦休！"操命左右射慈，慈又不见，此后遂不知所往。操死时正当子年寅月，适如慈言。

操子丕留守邺中，接到丧讣，即欲嗣位，侍臣谓须俟诏命，方可嗣立，尚书陈矫大声道："王薨于外，爱子在侧，倘或生变，岂非摇动社稷么？"遂传王后卞氏慈命：立丕为魏王，操嘱及分香卖履，而于继统大事，反不提及，实是乖刁。尊卞氏为王太后，然后报答献帝。先立后奏，目已无君。御史大夫华歆，本操私党，立逼献帝下诏，命丕袭封，仍为丞相魏王，领冀州牧。丕既受诏命，乃出郊迎丧，奉操遗榇，安葬西陵，追谥曰武。何不谥为文王？丕弟彰植熊等，俱来奔丧，彰已受封鄢陵侯，植亦受封临淄侯，与丕熊均为同母弟；熊不久即逝。此外尚有异母弟十余人，一并会葬。史传载操有二十五子，数子早殇。

彰多力，植多文，二人素为操所爱，丕恐他夺位，蓄猜已久，甫经丧毕，便欲遣令就国。彰本期大用，一闻消息，便怏怏自去；植待遣乃行。丕留华歆为相国，进大中大夫贾诩为太尉，大理王朗为御史大夫，侍中陈群为尚书。群请立九品法，分贤愚为九等，使州郡各置中正，官名。区别等第，借便黜陟，丕即依议施行。上品无寒门，下品无贵族，弊由此起。又选主簿贾逵为豫州刺史。逵明经知兵，受操宠眷，尝护操丧还邺，主持丧务。曹彰问及先王玺绶，被逵正色拒绝。丕因此德逵，授任豫州，锄强抑暴，兴利除弊，为吏民所称仰。丕复布告天下，令以豫州为法，封逵为关内侯。丕即欲篡汉，特仿汉高祖光武故事，率领甲士数十万，南巡谯城，遍召故乡父老，各给宴饮，谯城为曹氏故里。并设伎乐百戏，欢宴终宵。可巧蜀将孟达，遥奉降书，愿举上庸城属魏，丕授达为新城太守。武都氐王杨仆，挈种内附，丕使入居汉阳郡。一面亲笔下令，自陈威德，于是谐子媚臣，或报称黄龙出现，或报称凤凰来仪。丕即授意左中郎将李伏，太史丞许芝，令与华歆贾诩陈群王朗等，先入许都，胁令献帝禅位。献帝以为曹操已死，可望亲政，因改建安二十五年为延康元年，与民更始。哪知一班新朝走狗，竟来逼令让国，要他拜献江山，献帝大吃一惊，不禁泪下。李伏即抗声奏请道：“孔子玉版中，已有预言，谓定天下，出魏公子桓。今魏王表字，适合谶文，丕字子桓。所以祯祥毕集，嘉应显然，陛下即宜应天顺人，仿行圣朝禅让故事。”说到此语　许芝也接说道：“臣职司天象，默察星纪，魏当代汉，就是证诸图谶，语却尽符。《春秋·汉合孳》云：‘汉以魏，魏以征。’《春秋·佐助期》云：‘汉以许昌失天下。’故白马令李云上书，曾言许昌气见诸当涂高，当涂高便是魏阙，魏当代汉，自许昌始。《易运期》又云：‘鬼在山，禾女连，王天下。’鬼女禾三字，拼成魏字，天数如此，陛下亦怎可违天？”种种佐证，不知如何捏造出来。献帝无言可答，只是两袖拭目，泪湿龙袍。还有华歆等更疾言厉色，几乎要将献帝吞噬下去。皇后可弑，皇帝自然可废。献帝尚未肯承认，忽外面有许多甲士，持械入殿，气焰很是利害，慌得献帝起座返奔。华歆等竟抢步追入，直至中宫，曹皇后闻声出迎，见献帝形色慌张，惊问何事，献帝泣说道：“汝兄欲夺我帝位呢。”曹后听着，禁不住竖起柳眉，让过献帝，阻住华歆等人，开口叱骂道：“汝等希图富贵，敢造逆谋，试想我父功盖寰区，尚且始终事汉，我兄嗣位未几，便思攘窃神器，应不至此，总是汝等撺掇出来。”华歆听了，也无惧色，只因曹后是魏王丕妹，不得不略顾面目，权将天命人事的套话，敷衍数语。若非曹丕之妹，又要动手拖发了。曹后全然不采，歆等不得已暂退。越日闻曹丕已将到许，又会合群臣，力请献帝出殿，献帝被逼不过，勉强出来。华歆等已草就禅诏，硬迫献帝颁行，献帝含糊答应，当即遣御史大夫张音，赍诏送丕。丕行至曲蠡，接诏展读道：

朕在位三十有二载，遭天下荡复，幸赖祖宗之灵，危而复存；然仰瞻天文，俯察民心，炎精之数既终，行运在乎曹氏，是以前王既树神武之绩，今王又光曜明德，以应其期，历数昭明，信可知矣。夫大道之行，天下为公，选贤与能，故唐尧不私于厥子，而名播于无穷，朕羡而慕焉。今其追踵《尧典》，禅位于魏王，王其勿辞！

丕读诏毕，心下甚喜，但形式上未便遽受，不得不上表推辞，即遣张音返报。华歆等忙驰书劝进，一面胁献帝交出玺绶。献帝流涕道："玺绶由皇后收藏，不在朕身。"歆等因再向曹后求玺，曹后仍然不与，乃转报曹丕，丕竟遣曹洪曹休两族人，引兵入宫，劫取玺绶。曹后料不能坚持，将玺绶掷抵轩下，且泣且语道："天不祚尔！"曹洪得玺，未便亲交曹丕，再由华歆等读缮诏书，仍使张音持玺献丕。更可恨的，是硬要帝女二人，充作魏嫔，一齐献去。好算是善法《尧典》。丕在曲蠡待诏，见张音奉玺到来，并有娇娇滴滴的两帝女，随玺同至，真是喜气重重，大快所望。但见禅诏有云：

唯延康元年十月乙卯，皇帝曰："咨尔魏王，夫命运否泰，依德升降，三代卜年，著于春秋，是以天命不于常，帝王不一姓，由来尚矣。汉道凌迟，为日已久，安顺以降，世失其序，冲质短阼，三世无嗣，皇纲肇亏，帝典颓沮，暨于朕躬，天降之灾，遭无妄厄运之会，值炎精幽昧之期变兴辇毂，祸由阉竖，董卓乘衅，恶甚浇豷，逄蒙子，见《夏纪》。劫迁省御太仆宫庙，遂使九州幅裂，强敌虎争，华夷鼎沸，蝮蛇塞路。当斯之时，尺土非复汉有，一夫岂复朕民？幸赖武王德膺符运，奋扬神武，芟夷凶暴，清定区夏，保乂皇家。今王缵承前绪，至德光昭，声教被四海，仁风扇鬼区，是以四方效琛，人神响应；天之历数，实在尔躬。昔虞舜有大功二十，而放勋禅以天下；大禹有疏导之绩，而重华禅以帝位。汉承尧运，有传圣之义，加顺灵只，昭天明命，厘降二女，以嫔于魏，使持节行御史大夫事太常音，奉皇帝玺绶；王其永终万国，敬御天威，允执其中，天禄永终。敬之哉！

丕得此诏，即欲老实接受，还是太尉贾诩等，叫他再还玺绶。丕乃将帝女二人留住，先行受用；丕妹为帝后，则帝女应为丕甥，丕可谓善效楚成王了。再使张音将玺奉还。至第三次下诏，内有天不可违，众不可拒，重华不逆尧命，大禹不辞舜位等语，仍由音赍玺奉丕，丕不复再让，命在繁阳亭，筑受禅坛，择于十月庚午，代汉登基。公卿列侯，及大小将吏，届期至坛下候驾等候；片时由侍从拥着魏王，乘舆到了坛前，由丕徐徐下车，升坛受玺，南面称尊。文武百官，拜倒坛下，齐称万岁。即位礼成，丕下坛祭告天地，望燎乃返。顾语群臣道："舜禹受禅，我今方知道了！"恐不像汝所为。遂驰入许都，改建康元年为黄初元年，国号魏，废献帝为山阳公，曹后为山阳公夫人，勒令出宫就封；唯仍得用汉天子礼乐，算做另眼看待。追尊父操为武皇帝，庙号太祖，称母卞氏为皇太后。改号相国为司徒，御史大夫为司空，余官亦多易旧名。就是郡国县邑，亦陆续改称，许县变作许昌县，算是魏国首都。又在洛阳大营宫室，作为陪都。这消息传入蜀中，但言曹丕篡汉，未及汉帝下落，或且谓汉帝已经遇害。汉中王刘备，即为发丧成服，遥谥献帝为孝愍皇帝，蜀中一班将佐，遂劝备绍承汉统，即日正位，备不从所请。将佐等又援引谶讳，摭拾嘉符，再三怂恿，仍未见从。会由刘封奔还成都，谓孟达申耽，并皆叛去，反引魏兵袭封，封寡不敌众，只好奔回。备怒叱道："汝知荆州危急，并不往救，今反敢来见我么？"封答说道："孟达从中挠阻，孤身不能赴援，所以中止。"备不待说毕，即喝声道："我闻汝与孟达不和，故达敢阻挠，汝当思食人禄，忠人事，怎得复听达言？我若贷汝，如何服人？"封跪伏求饶，适诸葛亮在侧，备顾语道："封罪当诛否？"亮答称凭王裁夺四字，备乃赐封自尽。封临死自叹道："我悔不听孟子度言！"子度就是达字，这语传入备耳，才知达降魏后，曾有书招封，封毁书斩使，致为所逐，备不免生悔，懊怅了好几天。封本姓寇，为长沙刘氏外甥，备至荆州时，尚未生禅，因留封为养子。封颇有膂力，随诸葛亮入益州，转战有功，乃得受职副中郎将。诸葛亮虑封刚暴，后终难制，故不为请免，听令加诛。封之罪固不免于死。转瞬月余，亮与许靖等，会衔上笺，申请正位。略云：

比闻曹丕篡位，湮没汉室，窃据神器，劫迫忠良，酷烈无道，人鬼忿毒，咸思刘氏。今上无天子，海内惶惶，靡所式仰。群下前后上书者，八百余人，咸称述符瑞，图谶明征，吁称绍德。伏唯大王出自孝景皇帝中山靖王之胄，本支百世，乾只降祚，圣姿硕茂，神武在躬，仁复积德；爱人好士，是以四方归心焉。宜即帝位，以纂二祖，绍嗣昭穆，光复旧物，天下幸甚！录劝进书，与专言符谶，一味虚谀者不同。

刘备览笺，尚欲固辞，再经诸葛亮等，进陈兴灭继绝的大义，乃准如所请，令博士许慈，议郎孟光，订定礼仪，就在成都武担山南，筑坛登位，并昭告天地，由祝礼官代读祝文道：

维建安二十六年四月丙午，延康改元，备尚未接诏，故文中仍用建安年号。皇帝备敢用玄牡，昭告皇天上帝，后土神祇。汉有天下，历数无疆。曩者王莽篡盗，光武皇帝震怒致诛，社稷复存。今曹操阻兵安忍，戮杀主后，滔天泯夏，罔顾天显。操子丕，载其凶逆，窃据神器，群臣将士，以为社稷隳废，备宜修之，嗣武二祖，恭行天罚。备虽否德，惧忝帝位，询于庶民，外及蛮夷，佥曰天命不可以不答，祖业不可以久替，四海不可以无主，率土式望，在备一人。备畏天明命，又惧汉邦将湮于地，谨择元日，与百僚登坛，受皇帝玺绶，修燔瘗告，类于天神。类系祭名。唯神飨祚汉家，永绥四海，垂于无穷！

祝告既毕，受百僚朝贺，颁诏大赦，改元章武，仍称汉帝。史家号为蜀汉，示与后汉有别。且因刘备殁后，庙谥昭烈，又沿称昭烈皇帝。唯陈寿作《三国志》，但称为蜀。寿本魏人，出仕晋朝，晋受魏禅，不得不微辞寓意，唯始终称备为先主，与《吴志》直呼孙权不同，是寿亦隐以正统予蜀，与朱子《纲目书法》名异实同。小子此后演述，就沿称备为先主。自是中土三分，势成鼎足。未几吴亦改年黄武，寻且称帝，居然是三帝并峙了。唯蜀承汉统，幅员虽小，名号最正。刘先主既已正位，进诸葛亮为丞相，许靖为司徒，置百官，立宗庙，祫祭高祖以下诸世系；立夫人吴氏为皇后，子禅为皇太子。典制粗定，便欲兴师东下，讨吴雪耻。忽有一将进谏道："国贼曹操，并非孙权，陛下不应置魏先吴。"先主听着，默然不悦，那将军又继续陈词，讲出一段绝大的理由。小子录述至此，即随写一诗道：

君父仇深兄弟轻，后先应自辨分明；
忠臣伏阙陈言后，英主如何不听行？

欲知何人进谏，申明理义，请看下回再详。

司马温公退居洛阳，阅陈寿《三国志》，识破一事，谓操留遗嘱，下至分香卖履，如家人婢妾，莫不处置详尽，独无一语及禅代之事，其意以为禅代乃子孙所为，吾固未尝教之也，此正为操之大奸处。然操尝以周文王自拟，亦何曾不教丕篡汉乎？且温公既知操之奸，不应有帝魏寇蜀之书法，陈寿尚称刘备为先主，温公何嫌何疑，乃必以正统予魏也？本回就事论事，未尝明辨，而于魏蜀之称帝，前后写来，自觉邪正之不同，文人手笔，具有阳秋，岂必断断然评论善恶哉？

第九十一回　陆伯言定计毁连营　刘先主临危传顾命

却说刘先主筹备军马，意欲伐吴，有一将军伏阙谏阻，谓当先行伐魏。看官！这是何人？原来是翊军将军赵云。云先言魏为国贼，比吴为重，未见先主听从，乃复申谏道："曹操虽死，子丕篡位，陛下宜出图关中，扼住河渭上流，声讨逆贼；臣料关东义士，必将裹粮策马，欢迎王师。待魏既讨灭，吴亦可不劳而服了。"至理名言。先主终不肯从，再经诸葛亮联名奏阻，稍有回意；忽有一大将，踉跄趋入，拜伏先主座前，抱足大哭。先主瞧着，乃是车骑将军张飞，飞已由右将军升任车骑将军。不由的潸然泪下。飞且哭且语道："桃园盟誓，陛下奈何遽忘，不为二兄报仇。"先主答道："朕早欲讨吴，百官谓先宜讨魏，是以稽迟。"飞急说道："陛下不去，臣愿自往。"确是急性子。先主道："朕怎忍令卿独去？卿可速回阆州，起兵来会，唯有一语相诫，幸勿嗜酒，迁怒部下；既加鞭挞，不得再令在左右，至要至嘱！愿卿勿忘！"飞奉命即去。先主乃决计兴师，无论何人进谏，统皆拒绝。留丞相诸葛亮辅太子禅，居守成都，先主譬亮为鱼水。水不并行，鱼安得活。自率诸军东下。是时黄忠已歿，罗氏《演义》谓忠曾随军东出，中箭阵亡。按诸史志，忠歿在建安二十五年，可知罗氏附会之误。马超出镇凉州，只有赵云，是老成夙将，先主因他谏阻东征，不使前驱，但令他督运军粮，作为后应。此外所率将士，多系新进，毅然出都。益州从事秦宓，叩马力谏，面陈天时不利，违天行师，恐防有失；说得先主怒从心起，竟将宓下狱羁囚，俟回师时再行定罪，遂麾兵东下，直指秭归。途次接得阆州来表，总道是张飞遣至；及取阅表文，乃是飞营内都督署名，不禁惊诧道："难道飞已死了么？"忙展开一阅，果系飞怒挞左右，为帐下将张达范强所害，携首投吴。顿时放声大哭，更触起关公遗痛，号恸不休，将佐等从旁力劝，方才收泪，追谥飞为桓侯。查得飞长子苞，已经早亡，乃令次子绍袭爵。史传载苞早夭，罗氏《演义》无稽可知。正在下诏抚恤，忽由东吴来了使人，呈上一笺，系由南郡太守诸葛瑾差来，先主已有愠色，撕开函封，但见笺中有数语云：

> 陛下以关羽之亲，何如先帝？荆州大小，孰与海内？俱应仇嫉，谁当先后？若审此数，易于反掌矣。

先主阅到此处，即掷笺委地，喝将来使斩讫，还是将佐援引古义，奏言两国相争，不斩来使；且诸葛瑾为丞相兄，更宜曲为顾全，从宽贷宥。先主才命赦死，喝将来使逐回。原来吴主孙权，闻刘先主督师东来，兵势甚盛，料他志切报复，不能轻敌，因命诸葛瑾作书求和。或谓瑾不可恃，恐将借此降蜀，权摇首道："孤与子瑜，为生死交，从前孔明来吴，孤使子瑜留住孔明，子瑜谓弟不留吴，犹瑾不往刘，此言可贯神明；今难道反有贰心么？"嗣得瑾遣人报命，果言蜀无和意。已而张达范强，复献到张飞首级，权只好收纳，但自思越弄越坏，万难言和，乃亟遣部将李异刘阿等，率兵四万，往御秭归。一面向魏上表，称臣纳贡，并送魏将于禁等还魏，为乞援计。魏王曹丕，尝即受降，群臣皆贺，独侍中刘晔进谏道："孙权无故求降，必因蜀兵大举，自恐难敌，又虑我乘隙进攻，国将不保，所以委地称藩，今不若出师渡江，进袭江东，蜀攻外，我攻内，吴必不支；吴亡蜀孤，怎能久持？这便是一举两得的至计。"丕答说道："彼既来降，我反加讨，是适令天下疑沮，如何能怀柔远人？"遂不听晔言，遣归吴使，并使太常邢贞，赍册至吴，封孙权为吴王，加九锡礼。贞到了江东，孙权亲率百官，出城迎接。甘心事魏，便是逆党。贞昂然前来，见了孙权，并不下车，恼了吴长史张昭，厉声叱责道："礼无不敬，法无不肃，君乃敢自尊大，藐我江南，莫非我江南果无寸刃么？"争此小节，抑何太晚？贞乃下车相见，偕权入城，宣读魏诏，取交封印，由权北面拜受。中郎将徐盛在侧，且愤且泣道："盛不能奋身致命，为国家取魏吞蜀，反令吾主屈身受封，岂不可耻么？”贞听得盛言，不禁叹语道：“江东将相如此，当不致久居人下呢。”权盛筵待贞，留居三日，贞乃辞归。权复遣中大夫赵咨报谢，咨入谒曹丕，丕即向问道：“吴王为何等主？”咨便答道：“聪明仁智，雄略兼优。”丕微笑道：“这也太觉过夸了。”咨又答道：“并非由臣过夸，能用鲁肃，不失为聪；能拔吕蒙，不失为明；既获于禁，终未加害，不失为仁；安取荆州，兵不血刃，不失为智；据有三州，虎视四方，乃竟能屈身陛下，岂非雄略兼优么？”丕复问道：“吴王亦曾学问否？”咨便答道：“吴王任贤使能，志存经略，有暇即熟览经史，但不似书生寻章摘句，徒事咿唔。”丕又问：“吴可征否？”咨正色道：“大国有征伐雄师，小国亦有备御良策。”丕谓：“吴不畏魏么？”咨答言：“吴国带甲百万，江汉为池，何必畏人？”丕改容道：“吴如大夫才辨，能有几人？”咨应声道：“聪明特达，约有八九十人，若以臣为例，却是车载斗量，不可胜数。”丕乃说道：“如卿可谓不辱使命了。”当下待遇如礼，越日遣归。唯丕仍不欲助吴，坐观成败，只是按兵不动。那吴将李异刘阿等，军行至秭归，与蜀将吴班冯习等相遇，一场交战，吴军败退。孙权闻报，不免徬徨，默思盈廷将佐，只有陆逊才略过人，乃特授逊为大都督，面授节钺，使督同朱然潘璋韩当徐盛宋谦鲜于丹孙桓诸将，领兵五万，出拒蜀兵。逊以年轻望浅为辞。权令他便宜从事，先斩后奏，于是逊受命启行。孙桓为权族子，父名河，出继姑母俞氏，嗣仍复姓为孙，年方二十有五，得拜安东中郎将；状貌魁梧，饶有勇略，权尝称为宗族颜渊。至是随逊西行，愿充前锋，逊慨然允诺，桓即带领偏师，驰至彝陵。适来了蜀将吴班，便与交锋，当先突阵。班见桓气势凶猛，引军便退，诱桓至彝道间，骤鸣鼓角，号召伏兵。但见蜀兵四起，弥山盈谷，向桓杀来。桓虽然骁勇，究竟寡不敌众，被蜀军困在垓心；桓率部下竭力冲围，竟由桓杀得性起，掷去长槊，拔出短刀，冒险冲突。可巧吴将朱然，引兵来援，才得杀透重围，奔回彝陵。吴班引军再进，把城围住，桓使朱然向逊求救，逊独不肯发兵。诸将俱上帐前请道：“孙安东系是公族，今为敌所困，奈何不救？”逊徐答道：“彝陵城高粮足，孙安东又得士心，定能坚守，不致疏虞；待我出军破备，安东自然解围了。”诸将复道：“都督欲与备交锋，请即传令，末将等便当前往。”逊微笑道：“且慢。”诸将道：“既不救彝陵，复不击刘备，难道待蜀兵自毙么？”逊变色道："我自有计破蜀，诸君但当各守营垒，阻敌前进，毋得违我号令。"诸将乃退。韩当徐盛等，统是夙将，心已轻逊，又见他逗留不进，越觉愤闷，俱相率私叹道："用此书生为都督，江东休了！"反跌下文。

且说刘先主已到秭归，连接捷报，当然欣慰。嗣闻吴用陆逊督军，统兵五万，在猇亭东南屯营，料知必有剧战，因令各军严行加防，准备厮杀。待了旬余，不见动静，乃拟亲出攻逊；治中从事黄权进谏道："吴人耐战，我军又沿流直下，易进难退，况吴魏近时通和，陆逊多智，未始非待魏进兵，为夹攻计。臣愿效力前驱，抵挡吴寇，陛下宜为后镇，静守要隘，方无他虞。"先主不从，但命权为征北将军，督守江北，防御魏人，自率诸将东进，直抵猇亭。吴将闻先主亲至，各向陆逊前请战，逊与语道："刘备举军东下，锐气方盛，不宜急攻，待他日久敝生，一举且可破灭了。"诸将不信，还欲争辨，逊拔剑置案道："备为天下枭雄，曹操尚且生畏，今与我交兵，正是劲敌；诸君并受国恩，当思计出万全，共翦此虏；仆虽书生，受命主上，正唯仆能忍辱负重，故托付全权；军法如山，不应轻犯，如有妄言生事，立当斩首！"说至此，面色如铁，非常森严，诸将不敢再言，悻悻退出。好多日不闻战令，那蜀军却遍地扎营，自巫峡延至猇亭，约有数十万屯，前部督叫作张南，大督就是冯习，且由刘先主调回吴班，引兵数千，就吴营面前立寨。吴将忍耐不住，又复请战，陆逊只是不允。韩当徐盛等齐声道："如若不胜，愿按军法。"逊引诸将出营，遥望多时，扬鞭西指道："前面山谷中，隐笼杀气，必有伏兵，彼欲诱我入伏，可以掩击，我岂肯堕他诡计？故不允诸君出战！"诸将听了，尚暗暗冷笑，不得已，随逊回营。过了三日，班竟退兵，山谷间果有蜀兵，拥着主子，徐徐回去，吴将方知逊先见。唯相持数月，未见逊出一谋，总不免笑他庸懦，逊却上表孙权，指日破蜀。诸将闻悉，不知他葫芦里卖什么药，互有疑言；蹉跎蹉跎，逊与蜀军相拒，差不多过了半年，好坚忍。时阅盛暑，红日炎炎，蜀军大营，移至树林间屯驻，借便纳凉，逊也未尝发兵截击。到了翌晨，忽召入诸将道："今日方可破蜀了。愿大家努力！"诸将道："破蜀当在初时，今令蜀兵深入五六百里，连营相望，又持久至七八月，彼已固守要隘，怎能破得？"逊笑说道："备转战一生，更事甚多，今率锐东来，初至时必思虑周详，未易与敌；及屯留多日，未得逞志，兵疲意沮，计不复生，欲破此虏，正在此时。"遂命鲜于丹引兵往攻，韩当徐盛为后应，陆续前去，不到半日，三将败回，入帐禀报道："蜀兵势大，难与争锋，末将等攻他一营，各营齐至，首尾相应，因此致败。"逊答道："我已有破蜀计策，今夕定可成功，诸君可早食晚餐，入帐授计。"未几，日已西昃，将士等饱食一餐，入听号令，逊方说出"火攻"二字，分拨诸将，各执火具，往烧蜀营。刘先主在营夜坐，正与将佐等谈论军机，从事程畿道："近日军营上面，有黄气罩住，长十余里，广数十丈，恐与全军有碍，不可不防。"先主道："吴军屡战屡败，怕他什么？"骄必败！畿答说道："陆逊多谋，恐有狡计。"先主道："朕使侍中马良，安抚五溪蛮夷，昨得奏报，谓已一体响应，俟他毕集，与陆逊大战一场，看他如何敌我？"营上黄气，与安抚溪蛮，俱借口叙过。

正谈论间，忽由军吏入报道："吴兵来攻，各屯火起。"先主忙说道："快快传语冯习张南等将，小心迎敌。"军吏方出，又有一人趋入道："冯张二营，已被吴兵毁破了。"先主大惊，忙披甲上马，出营了望，四面八方，火光燎绕，连树木俱被延烧，渐渐的侵及御营，并且喊声四震，不知有多少吴兵，前来劫营。蓦见将军傅彤，踉跄前来，报称冯习张南，并皆阵亡，吴兵很是利害，请速回銮。先主即使傅彤断后，自率亲军西走，一面令从事程畿，往谕水师，上岸援应。程畿自去，傅彤随驾徐行。到了马鞍山，吴军四面环集，进退无路，不得已上山驻扎，令傅彤据住山口，堵御吴兵。遥见火势燎原，熊熊不绝，好容易俟至天明，望得长江一带，尸骸重迭，随流而下。先主且愤且惭道："我乃为陆逊竖子所折辱，岂非天数？"不能尽诿诸天。言未已，又有军弁趋至道："吴军放火烧山，傅将军危急万分，请御驾速行裁夺。"先主乃决意再走，领兵杀下，冲突了好几次，仍然不能出围。未几又是傍晚，吴兵各去晚餐。稍稍宽缓，傅彤拼命杀出山口，让过先主，请他前行，自率残兵，截住吴军。吴军竞来环击，彤与他力战多时，看看手下垂尽，还是挺枪死斗，吴兵叫他投降，彤呵声道："吴狗！大汉将军，岂肯降汝？"说着，复格死吴兵数人，身受重创，力竭捐躯。死且不朽。先主仓皇西奔，后面吴兵穷追，又复大至，乃令将士脱甲塞路，纵火焚甲，断住追兵。吴兵拨去残甲，仍然追赶。蜀兵沿路溃散，只剩得骑士百余，尚随先主，先主长叹道："我命休了！"道言甫毕，前面有蜀兵趋至，为首大将，乃是翊军将军赵云，先主方转忧为喜，忙令他截住吴兵，自引百余骑，入白帝城。

云本在江州督粮，因见东南火光冲天，不知前军胜败，因领兵前来，亏得有此一举，方得杀退敌兵，保回主驾。此外蜀中将士，多半伤亡。从事程畿，奉命往招水军，水军已被吴兵掩击，逃得精光；畿乘得孤舫，溯江徐退。从吏催畿道："追兵将至，何不速驶？"畿慨然道："君辱臣死，我岂可畏死偷生？"既而吴兵果到，围住畿船，畿拔剑自刎。足与傅将军并光蜀史。尚有蛮王沙摩阿，挈众从蜀，亦至战死。余如蜀将杜路刘宁等，穷蹙投吴；镇北将军黄权，被吴兵截断，却引兵投魏去了。

魏主曹丕，闻蜀兵连营七百里，知蜀必败，群臣问为何因，丕与语道："刘备不晓兵机，岂有连营七百里，尚可拒敌？兵法有言：'包原隰险阻而成军，必为敌擒。'江东捷书将至了。"过了七日，吴果呈入捷书，丕却令吴送子入质，吴置诸不答。丕即命曹休等出洞口，曹仁出濡须，曹真等围南郡，三路兵约有数万，同时攻吴。前可攻而不攻，至此乃欲攻吴！丕亦徒知料人，不能察己。吴兵既得胜蜀，欲进攻白帝城，陆逊独下令班师，适值彝陵围解，孙桓来见陆逊，逊慰劳一番，桓语逊道："前因公连日不救，未免滋疑，今始知公调度有方，终得破蜀，但何故不乘胜进攻呢？"逊答语道："曹丕外托助我，内实谋我，我若穷兵入蜀，必为所算。"乃收军东归。将返荆州，果闻魏兵三路进攻，当即飞报孙权，遣将防堵。权已闻知消息，使将军吕范等，率水师拒曹休，诸葛瑾拒曹真，朱桓拒曹仁，决意与魏绝好，改元黄武，临江把守。曹丕闻吴抗命，也自许昌督师南下，接应三路兵马。刘晔复谏阻道："吴方破蜀，上下齐心，况复襟江带湖，到处可守，不如缓攻为是。"丕不肯从，竟引军至宛城，忽接得探马来报：曹休出兵洞口，颇得胜仗，嗣由吴军援应，休被杀败，只好退回。丕方才惊讶。旋又有人报称曹仁败还，部将常雕阵亡，王双被擒，丕更觉心惊。只有曹真一路，围攻江陵，尚无音响，丕方遣夏侯尚督领水军，往助曹真。江陵守兵，适患疫病，吴将诸葛瑾等，不能却敌，险些儿支持不住；可巧陆逊遣到朱然，带着舟师万人，与夏侯尚鏖斗一场，尚兵败溃，曹真孤军失势，不得不报告曹丕，丕乃懊怅道："悔不用刘晔言，多事劳师。"说着，即遣使召还曹真及曹休曹仁两军，并还洛阳。吴主孙权，尚恐蜀人报怨，未敢追击魏兵；且将王双送还。曹丕乐得示惠，虚言慰谕，自回许昌去了。

且说刘先主奔回白帝城，还想收合余烬，再行讨吴。可奈七万余人，死亡大半，溃卒虽然渐集，不过一二万名，还是焦头烂额，疲敝不堪，一时如何成军？惹得先主又悔又恨，又恨又悲。嗣由东吴传来耗闻，乃是孙夫人得知兵败，误传先主被害，竟濒江遥祭，投江殉节。说本《枭姬传》。先主本因她无故归吴，置诸度外，不料她有这般贞烈，未免有情，谁能遣此？遂至恹恹成病，起居不适。赵云等请回成都，又不见许；且因白帝城为鱼复县治所，就改县名为永安，馆舍为永安宫。会由吴使至白帝城，报称孙夫人丧信，并请罢兵息争。无非因与魏绝交，故有是使。先主含糊答应，也遣大中大夫宗玮，赴吴报命。唯心中总不能无嫌，终日里郁郁寡欢，忘餐废寝。看官试想！刘先主年逾六十，怎能禁得起这般神伤？迁延半年，终致不起，遂召丞相诸葛亮，及尚书令李严等，到永安宫，听受遗命。章武三年二月，亮等到了永安，尚有先主庶子鲁王刘永，梁王刘理，一同随至，俱到先主榻前问安。先主见了诸葛亮，唏嘘与语道："朕不能用丞相言，悔已无及了。"亮劝慰道："陛下须善自珍摄，幸勿再忆故事。"先主道："命数已终，看来是无可挽回；唯与丞相契合有年，深蒙辅导，乃智短命穷，将成长别，奈何奈何！"说至此，泪流满面。亮亦不禁涕下，但见先主精神未敝，不致遽危，故尚忍泪劝解，率众暂退；只留二王侍侧。嗣是逐日入省，就是留居成都的官僚，亦陆续到来请安。成都令马谡，系侍中马良弟，良有兄弟五人，并有才名。良字季常，谡字幼常，余亦以常字为号，唯良眉中有白毛，里谚谓马氏五常，白眉最良。良奉命抚慰五溪，及猇亭败后，归路遽断，竟至遇害。诸葛亮尝器重马谡，特荐为成都令。至是请安已毕，退出行宫，越宿由亮入视，先主顾语道："马谡言过其实，不可大用，君宜留意。"亮应命而退，到了孟夏，先主病已垂危，乃召诸葛丞相等，托孤寄命。正是：

复辙自知由智短，托孤尚幸得人贤。

欲知刘先主顾命如何，且至下回详叙。

曹操之败于赤壁，一骄字致之；刘先主之败于猇亭，亦未始非误于一骄耳。夫献帝之为魏所篡，与关公之为吴所害，皆先主之大仇也。然权其轻重，则仇魏为先，而仇吴为后，赵云之谏，最明大义。就使志欲报吴，但命一二将东出可也。

乃孤注一掷，连营七百里，旷日持久，卒败于陆逊之手，虽曰天命，岂非人事？且无猇亭之败，先主或尚得永年，亦未可知。或谓诸葛公坐守成都，既不能出救关公，又不能出救先主，陈寿谓其将略非所长，并非刻论；是说也，余亦疑之。

第九十二回　尊西蜀难倒东吴使　平南蛮表兴北伐师

却说刘先主病到弥留，宣扬未命，丞相诸葛亮，尚书令李严等，并侍榻前。先主顾亮道："君才十倍曹丕，必能安邦定国，终成大事。嗣子可辅，劳君匡辅；若不可辅，君可自取。"先主亦知嗣子禅不才。亮慌忙拜倒道："臣敢不竭股肱，效忠贞，誓死毋贰，勉报圣恩？"先主乃命李严代作遗诏，留嘱嗣君。且唤永理二兄弟至前，叫他父事丞相，不得有违。又与翊军将军赵云，叮咛数语，无非是托他辅国，说至此，长叹一声，瞑目竟逝，享寿六十三岁。诸葛亮主持丧事，棺殓如仪，使李严为中都护，留镇永安，自率百官奉丧还成都。太子禅年方十七，在都留守，不遑奔丧，但出都门，守候梓宫；及灵榇已到，迎入正殿，举哀行礼。礼毕展读遗诏，诏云：

> 朕初得疾，但下痢耳；后转杂他病，殆不自济。人年五十，不称夭，朕已六十有余，何所复恨？不复自伤。但以汝兄弟为念。勉之勉之！勿以恶小而为之，勿以善小而不为！唯贤唯德，乃可服人！汝父德薄，不足效也！汝兄弟当父事丞相，更求闻达，无替朕命！

太子禅拜受遗诏，亮即请禅嗣位，改元建兴，是为后主。崇谥先主为昭烈皇帝，奉葬惠陵；尊皇后吴氏为皇太后，颁诏大赦。益州从事秦宓，已得释狱，由亮选为益州别驾。宓少有才名，也是法正一流人物。亮因法正早殁，尝叹为孝直若在，必不令主上东征，就使东行，也不致一败若此；故秦宓因谏得罪，亮甚为叹惜，至赦免后，随即录用。后主封亮为武乡侯，开府治事；嗣复使领益州牧，政无巨细，皆归裁决，后主唯拱手受成。亮约官职，修法制，信赏必罚，风化肃然。忽闻益州者帅雍闿，戕杀益州太守，叛蜀附吴，亮因新遭大丧，未便动兵，且意在和吴伐魏，故决计缓征。广汉太守邓芝，方入为尚书，窥知亮意，请向东吴修好。亮欣然道："我早有此意，一时苦乏使才，今始幸得人了。"芝问为谁，亮答言莫如使君，芝亦不辞，奉命即行。吴王孙权，正再迁鄂县，改名鄂为武昌，作为吴都。百忙中补叙此文。闻蜀中遣使到来，心下狐疑，不肯即见。芝待了两日，作书致权道："臣今到此，非但为蜀，并且为吴，若大王不愿见臣，臣就去了。"权得阅此书，即召芝入见，芝行礼毕，便开口问权道："大王，今日欲与魏和呢？抑与蜀和呢？"权答说道："孤非不欲和蜀，但恐蜀主幼国小，不足敌魏，所以怀疑。"芝应声道："大王为命世英雄，诸葛亮亦一时俊杰，蜀有重险，吴有三江，若互为唇齿，进可兼并天下，退可鼎足峙立；今大王甘心事魏，魏必征大王入朝，索王子入侍，一不从命，便当奉辞伐叛，蜀亦顺流进取，臣恐大王两面受敌，江东地不能复有了。请大王熟思！"权沉吟良久道："君言亦是，孤当与蜀连和，烦君先归通报，孤当遣使订盟便了。"芝乃辞归。倏忽间已过一年，吴乃遣中郎将张温报聘。温至成都，后主当即接见，并由诸葛丞相等，优礼相待，与申盟好。温谈笑自若，颇有傲容，过了两日，便辞行东还。丞相亮带领百官，亲与饯行；独秦宓不至。亮屡使人敦促，好多时未见到来，温疑问道："尚待何人？"亮答言益州学士秦宓。既而宓至，温即笑问道："君为益州学士，究竟所学如何？"宓正色道："蜀中三尺童子，尚皆就学，何况我辈？"温接问道："君既宿学，必知天文，天可有头否？"问得无谓。宓随口答一"有"字。温问在何方？宓答："天在西方。《诗》云：'乃眷西顾。'可知西方有头。"温问天有耳否？宓又答道："天处高听卑。《诗》云：'鹤鸣于九皋，声闻于天。'若天无耳，如何得闻？"温问天有足否？宓复引《诗》言，天步艰难一语，证明有足。温又问天有姓否？宓答言姓刘，温问宓如何知晓？宓答称天子姓刘，可以推知。随口道来，都成妙谛。温复说道："日生于东，"宓不待说毕，就接口道："日虽东升，至西必没。"说得温瞠目结舌，不敢再言。宓却把天道盈虚，转诘张温，温无词可答，急得汗流浃背，满面生惭；还是诸葛亮替他排解，方勉强饮了数杯，逡巡告别。亮复令邓芝偕行，既至武昌，请温先报孙权，然后进见，权与语道："两国通好，若得同心灭魏，天下太平，从此可二主分治，岂非快事？"芝直答道："天无二日，民无二王，如得灭魏，尚未识天命所归；但使君各茂德，臣各尽忠，那时势均力敌，或当再起战争，必待统一以后，方得太平致治哩。"权大笑道："君何诚款乃尔！"因厚礼送归。嗣是吴蜀又往来如初了。总结一笔。

唯魏主曹丕，闻得吴蜀联盟，自知不妙，便召群臣商议，即欲起兵伐吴。侍中辛毗进谏道："天下新定，土广民稀，骤欲劳师，未必果利；为今日计，不若养民屯田，待十年后，足食足兵，方可吞吴并蜀，混一天下。"十年为期，并非迂言。丕雄心勃勃，十个月且不肯待，怎肯待至十年以后？当下叱退辛毗，进司马懿为尚书仆射，留镇许昌。此为司马氏篡魏之兆。看官！听说丕多亲弟，又有长子，为何不嘱子弟监国，却叫司马懿留守？说来又有特因，不得就此补叙：丕弟彰植，同为卞太后所生，因丕素性猜忌，为魏王时，就将二弟遣往就国。见九十回。丕妻甄氏，容既绝世，发尤美观，尝将万缕青丝，挽就云鬟，号灵蛇髻，光泽可鉴。她本为袁熙妇，当再嫁曹丕时，植也为艳羡，只因丕捷足先得，无奈让兄，唯心中未免失望，颇有怨言，丕益加妒恨。植既出封临淄，监国灌均，阴承丕意，劾植使酒悖慢，遂由丕征植入朝，意欲加诛，还亏卞太后从中保护，才得不死。但尚限令七步成诗，即以兄弟为题，不准直说，植随口答咏道："煮豆燃豆萁，豆在釜中泣，本是同根生，相煎何太急？"丕听了此诗，心稍知感，恨终未除，特贬植为安乡侯。会因丕多内宠，除献帝二女外，见前文。尚有郭李阴三贵人，最宠爱的乃是郭氏。郭氏为安平人郭永女，少即秀慧，永号为女王；长成后艳名愈噪，为丕所闻，遂纳为姬妾，格外爱怜。郭氏不特善媚，并且善谋，丕得立为太子，也是受教阃中，所以宠郭尤甚。至丕既篡汉，进郭氏为贵嫔，本想立她为后，只因甄氏尚存，一时未便发表。郭氏却谋夺后位，多方谗间，丕竟为所迷，将甄氏留置邺中，且说她心怀怨望，平白地将她赐死。何若早死邺中，为袁熙殉节。郭氏无出，独甄氏有一子名叡，为丕所爱，丕立郭氏为后，就将叡交与郭氏，令她抚养。叡生性聪颖，明知母死由后，但不得不勉承后颜，谨问起居。到了十五岁时，随丕出猎，见有大小二鹿，由丕一箭射去，大鹿即毙，丕令叡射小鹿；叡凄然道："陛下已射死鹿母，怎忍再杀鹿子？"丕不禁心动，将弓掷下，罢猎回宫。未几即封叡为平原王，但终不使为太子。就是彰植二弟，虽照例增封，彰为任城王，植为鄄城王，毕竟不见亲信。所以丕亲出伐吴，独使司马懿居守许昌，这也是天心播弄，特令他亲竦倒置呢。

丕复特置龙舟，亲自乘坐，督率大小战船数千艘，由蔡颍二水入淮，越过寿春，直至广陵。吴将徐盛，奉命防御，故意把战舰匿入港中；至曹丕舟达江北，远远眺望，并不见一船，未免诧异，一时不敢轻进，就在江北停泊一宵。翌日起视，忽见江南一带，连城绵亘，城楼上插满旗械，遍列士卒，丕不觉大惊，且望且叹道："魏虽有武骑千群，至此都成无用；江南人物如此，未可进图呢。"语尚未毕，蓦有巨风刮起，白浪滔天，龙舟在水中狂簸，险些儿不能支持；丕急改乘小舟，仓皇北返，各战舰亦没命逃归。一场兴作，空去空来，风师原巧弄曹丕。唯江南一带城楼，究从何来？原来是吴将徐盛，乘着夜色迷蒙的时候，放舟出港，排列江滨，舟中预备假城疑楼，沿江张设，士卒统是芦苇缚成，外罩军衣，唯旗械是真；可巧秋江盛涨，岸阔雾浓，魏自曹丕以下，都不能仔细端详，遂至吓退，吴得不劳一卒，安堵依然。蜀相诸葛亮，闻知吴魏相攻，料他无暇侵蜀，乃筹足军饷，定议南征。适永昌功曹吕凯，府丞王伉，接连上书，报称雍闿势盛，屡次入寇；更有牂牁太守朱褒，与越嶲夷王高定，皆叛应雍闿，随处骚扰。亮因调齐兵马，辞别后主，督兵南下。成都令马谡，已由亮署为参军，送亮出都，亮与语道："与君共谋数年，今可更惠良规，免得误事。"谡答说道："南中蛮人，自恃险远，不服王化，就使兴师入境，所向皆捷，窃恐今日得破，明日复叛，若必杀尽遗种，永除后患，亦非仁人所忍为；且须连年积月，或可奏功。谡闻用兵伐人，攻心为上，攻城为下，心战为上，兵战为下；丞相此次南征，最好使他心服，方可一劳永逸呢。"却是高见。亮笑答道："君言甚是，我亦有此意呢。"谡送行至数十里外，亮始遣还成都，自率大军径进。蛮人素无纪律，怎能敌得过王师？再加诸葛亮用兵有方，事事占人先着，因此所向无阻，势如破竹。当下自越嶲进兵，斩雍闿，诛高定，传檄诸郡，剿抚兼施。门下督马忠，隶籍牂牁，自请效力，亮便拨兵与忠，叫他前往。才阅半月，即得忠捷书，谓朱褒已经受戮，牂牁复安，叛虏头目，诛灭已尽。

本来是大功告成，可以旋师，偏有一蛮酋孟获，收合雍闿余众，出拒蜀兵。亮探得孟获生平，虽无智略，却甚骁悍，为夷汉所畏服，因此打定主意，决将孟获收为己用，使他死心塌地，庶无后虞。孟获不识军谋，一味蛮抗，战了一次，便由亮诱他入伏，一鼓擒住，亮问他心服否？获抗言不服；亮却藏过精兵，故意使羸卒站列，令他周视。获更笑说道："向不知汝兵虚实，被汝诱获，今看汝兵，不过如此，有何难胜呢？"蛮子蛮语。亮因纵使回去，整军再战。获返至蛮寨，纠众来劫亮营，又被亮预设机谋，四面兜拿，复擒孟获。获仍然不服，亮更纵还。获渡过泸水，负险自固。时当五月，溽暑熏蒸，水中又无船只可行，蜀兵俱畏难欲退，亮下令道："我兵若归，虏必再出，我去彼来，我来彼去，何时始得平定？今唯有再接再厉，渡泸进去，捣穴平蛮，就在此举，愿大众努力，后当重赏。"兵士听了，方才踊跃起来。亮即命将士潜造木筏，至夜间悄悄渡泸，直抵蛮峒；孟获自恃险固，并不加防，待至蜀兵深入，仓猝迎敌，好容易又被蜀军擒去。亮仍不加诛，令获还峒，获更避入深巢，又为蜀兵所破。直至七纵七擒，获无处可容，方才拜服。亮尚欲遣归再战，获泣谢道："丞相天威，无坚不摧，南人誓不复反了！"是谓攻心。遂引蜀兵入滇池，奉亮如神，无论蛮子蛮妇，并来拜谒。亮好言抚慰，仍令孟获管理蛮众，听蜀政令，众皆欢跃去讫。罗氏《演义》满纸捏造。什么朵思大王，什么木鹿大王，什么祝融夫人，好象《封神传》《西游记》一般，看似五花八门，实则十虚九幻，不值识者一噱。或请亮留置官吏，与孟获同守蛮方，亮慨然道："设官有三不易，留官必当留兵，兵无所食，必将生变，是一不易；蛮人屡败，父兄伤亡，免不得记恨官兵，互生衅隙，是二不易；汉蛮易俗，当然异情，留官抚治，怎肯相信？是三不易。今我不留人，不运粮，但使他相安无事便了，若欲令彼同化，容待他年。"于是下令凯旋，孟获率众拜送，并献金银丹漆耕牛战马，作为军用。亮分犒将士，一无所私。唯途中往返，辄患暑疫，经亮采查药物，合锉为末，用瓶收贮，每人各给一瓶，遇有中暑中疫等症，吹鼻即解，故盛暑行军，奔波万里，得免死亡。今药肆所售"诸葛行军散"，就是当时留下的秘方，这且无庸絮述。且说诸葛亮班师回国，饮至行赏，人人欣悦，朝野清平。南中复按时进贡，各呈方物。亮复与民休息，安养两年，国富民饶，乃拟出师北伐，规复中原。时魏主曹丕，已经病殁，遗嘱中军大将军曹真、镇军陈群、抚军司马懿等，立平原王叡为太子，即日嗣位。叡谥丕为文帝，尊太后卞氏为太皇太后，皇后郭氏为太后，即用一班顾命大臣，秉持国政，统驭四方。吴主孙权，乘丧进攻，围江夏城。魏太守文聘，登陴拒守，坚持不下。吴将诸葛瑾，转击襄阳，也被司马懿击退；权乃收军东归。诸葛亮却缓了一年，然后兴师。外使中都护李严，移屯江州，护军陈到驻永安，作为东防；内使中部督向宠，典宿卫兵；尚书陈震、侍中郭攸之费祎董允、长史张裔、参军蒋琬，分治宫府诸事。乃上《出师表》一篇，陈明宗旨。表云：

臣亮言：先帝创业未半，而中道崩殂。今天下三分，益州疲敝，此诚危急存亡之秋也。然侍卫之臣，不懈于内，忠志之士，忘身于外者，盖追先帝之殊遇，欲报之于陛下也。诚宜开张圣听，以光先帝遗德，恢弘志士之气；不宜妄自菲薄，引喻失义，以塞忠谏之路也。宫中府中，俱为一体，陟罚臧否，不宜异同。若有作奸犯科及为忠善者，宜付有司，论其刑赏，以昭陛下平明之治；不宜偏私，使内外异法也。侍中侍郎郭攸之费祎董允等，此皆良实，志虑忠纯，是以先帝简拔以遗陛下。愚以为宫中之事，事无大小，悉以咨之；然后施行，必能裨补阙漏，有所广益。将军向宠，性行淑均，晓畅军事；试用于昔日，先帝称之曰能，是以众议举宠为督。愚以为营中之事，事无大小，悉以咨之，必能使行阵和穆，优劣得所也。亲贤臣，远小人，此先汉所以兴隆也；亲小人，远贤臣，此后汉所以倾颓也。先帝在时，每与臣论此事，未尝不叹息痛恨于桓灵也。数语最关紧要，谁知后主他日，又用黄皓。侍中尚书长史参军，此悉贞亮死节之臣也，愿陛下亲之信之，则汉室之隆，可计日而待也。臣本布衣，躬耕于南阳，苟全性命于乱世，不求闻达于诸侯。先帝不以臣卑鄙，猥自枉屈，三顾臣于草庐之中，谘臣以当世之事，由是感激，遂许先帝以驱驰。后值倾复，受任于败军之际，奉命于危难之间，尔来二十有一年矣。先帝知臣谨慎，故临崩寄臣以大事也。此诸葛自述要语。受命以来，夙夜忧叹，恐托付不效，以伤先帝之明。故五月渡泸，深入不毛。今南方已定，兵甲已足，当奖帅三军，北定中原，庶竭驽钝，攘除奸凶，兴复汉室，还于旧都。此臣所以报先帝，而忠陛下之职分也。至于斟酌损益，进尽忠言，则攸之祎允之任也。愿陛下托臣以讨贼兴复之效；不效，则治臣之罪，以告先帝之灵。若无兴德之言，则责攸之祎允等之咎，以彰其慢。陛下亦宜自谋，以咨诹善道，察纳人言，深追先帝遗诏，臣不胜受恩感激。今当远离，临表涕泣，不知所云。

这表上陈，系在建兴五年三月间，后主禅年已逾冠，立故车骑将军张飞女为后，生男育女，年富力强；只是生性庸懦，未识大体，一切军国重事，幸由诸葛丞相处理。诸葛既表请北伐，后王自然依从，当下催趱人马，次第出发，振旅阗阗，伐鼓渊渊，由阳平关进兵，往驻汉中。写得堂堂皇皇，不愧为北伐之师。小子有诗咏道：

三分鼎足早纡筹，受托讨曹志更遒；
史笔煌煌称北伐，紫阳书法足千秋。

蜀兵出驻汉中，当有探马报达许昌。欲知魏主叡如何抵敌，且看下回说明。

欲承汉不得不伐魏，欲伐魏不得不和吴，诸葛公之所以出此者，全为时势所迫，非真不欲报先主之耻也。为吴使则遣邓芝，难吴使则命秦宓，折冲樽俎，用当其才，此尤为诸葛公之妙算。至若南征孟获七纵七擒，盖不如是不足以服蛮人之心。南蛮不服，终无由专心北伐耳。然必如罗氏《演义》之荒诞成文，几似诸葛公之具有神术，毋乃惑人？中国小说，往往谈仙说怪，酿成近世义和团之乱；救国不足，病国有余，罗氏其流亚也！《前出师表》一篇，内外兼顾，备极殷勤，录此可见诸葛公之仗义，阅此益知诸葛公之效忠。

第九十三回　失街亭挥泪斩马谡
返汉中授计戮王双

却说诸葛亮领兵伐魏，已出汉中，屯驻石马城。魏主曹叡，甫经嗣位，改元太和，闻得蜀兵进攻，即欲亲出御敌。散骑常侍孙资，谓南郑斜谷，险阻异常，不宜劳师进取，但命大将据守要害，自足震慑寇敌，静镇疆场，叡乃罢议。但进抚军将军司马懿，为骠骑大将军，都督荆豫二州诸军事，屯兵宛城，堵御东西。大将军曹真，都督关右，专拒蜀兵。新城太守孟达，本来由蜀投魏，孟达降魏事，见第九十回。与魏侍中桓阶，将军夏侯尚友善，尚阶相继病殁，达心不自安。事为诸葛亮所闻，嘱中都护李严招达，达复书如命；偏魏兴太守申仪，与达有隙，时常侦伺，一闻达阴通蜀使，即报知曹叡，叡令司马懿相机进讨。懿佯为慰解，暗中却调动兵马，潜赴新城。达得懿书，迟疑未决，因遣人访问诸葛亮。亮令达赶紧加防，毋堕懿计。达尚复书与亮道："宛城距洛阳八百里，至新城且一千二百里，若司马懿前来，亦当表闻魏主，往返须一月间事，达城池已固，自足拒懿，幸请放怀。"这书递至石马城，亮阅毕惊叹道："达必为司马懿所擒了！"果然不到半月，便由达飞书乞援，内称达举事八日，懿兵即到城下，神速异常，请即发兵相救。亮又叹为无及，不得已派遣偏师，往援新城。兵方就道，孟达败死的消息，便即传到，亮乃将偏师调回，合力北响。行至南郑，镇北将军魏延出迎，亮即使延为丞相司马，统领前军。延献议道："魏令夏侯楙都督长安，楙系惇子，曾娶操女为妻，年少志骄，毫无谋略，延愿得精兵五千，取道褒中，沿秦岭东进，绕出子午谷，不过旬日，可到长安；楙闻延掩至，必不敢持久，弃城东走，丞相可从斜谷，进与延会合，并力一举，咸阳以西，便可平定了。”计却甚是。亮摇首道：“此计甚危，不如安从坦道，方保万全。”延又说道：“丞相从大道进兵，彼必沿路防守，旷日持久，何时得取中原？”亮慨叹道：“天若祚汉，何患不胜？”遂不从延计，延怏怏退出。暗伏下文。亮佯言由斜谷取郿，却使赵云为镇东将军，邓芝为扬武将军，据住箕谷，作为疑兵；一面亲率诸军，进攻祁山，队伍整齐，号令严肃。南安天水安定三郡，闻风请降。唯天水太守马遵，正与参军姜维，功曹梁绪等，案行属县，闻得蜀兵已至祁山，郡县响应，料知无路可归，拟往投上邽，维劝遵仍归郡治，遵疑维有异志，夤夜自去。维还至天水郡中，吏民已相率降蜀，闭门拒维，害得维进退维谷，没奈何奔投蜀营。维本天水郡冀县人，字伯约，少读兵书，熟谙韬略。亮引与共语，皆中机要，当然心喜，遂举维为仓曹掾，加号奉义将军。事依《姜维本传》，不同罗氏《演义》。

魏大将军曹真，方督兵守郿，哪知蜀兵却西出祁山，连下南安天水安定三郡，急切无分身法，只好飞报魏主，请派将扼守关西。魏主叡遂起兵五万，使右将军张郃为前驱，自为后应，同至长安，并调司马懿由东会师，共击蜀兵。蜀将马超，时已早殁，不略马超。只有超从弟马岱，从军出征，岱勇略不及马超，虽为蜀将，未堪大任，故亮得三郡，不复令再镇凉州。会亮闻张郃司马懿合兵来攻，遂召诸将与语道：“魏兵两路前来，必攻街亭，街亭为汉中咽喉，非得大将把守，不能无虞。”参军马谡，正随亮北伐，便向前请命道：“谡愿往守街亭。”魏延吴懿，亦愿前往，亮因谡素有智略，不致误事，遂使谡统兵二万人，出屯街亭。临行时再三叮嘱，叫他坚守城寨，毋得疏忽；且使王平为偏将军，与谡同往；又遣魏延等往驻阳平关，遥应马谡。也算严密。谡与王平行至街亭，见街亭前面有山，便欲引兵登冈，据山立寨。平独谓宜据城守栅，阻住敌锋，不宜屯兵山上，谡傲然不从。平复说道：“倘敌兵前来围山，计将若何？”谡笑答道：“居高临下，势若建瓴，敌若来围，我即麾兵四下，还怕不能杀退么？”平又说道：“倘敌兵断我水道，又将若何？”谡大笑道：“我既能杀退敌兵，还怕他断什么水道？”平还要苦谏，谡瞋目道：“丞相行事，尚且每事问我，汝怎得挠我兵谋？”也是误一“骄”字。平知不可阻，乃请分军相应，作为犄角。谡恨平违令，只拨兵千人给平，平引兵据城听令。马谡上山，但递人走报祁山大营。哪知司马懿张郃两军，夤夜杀到，谡尚据住山顶，扬旗招飐，自鸣得意。待至翌晨，魏兵已环集山麓，把山围住，谡麾兵杀下，魏兵全然不动，唯用强弩仰射，蜀兵多被射倒，只好退回。谡尚欲与敌拚命，驱兵再下，一连冲杀数次，毫无效力。张郃更堵住水道，不放蜀兵汲水，蜀兵无从饮食，当然自乱。曩至夜半，竟纷纷下山，投降魏营，谡禁遏不住，尚望王平救应。看官试想：平手下只有千人，哪里杀得过十多万魏兵？他也曾努力相救，半途被魏兵截回，没奈何坚壁自持，保全危寨。谡待援不至，无法把守，只得率兵窜出山谷，向西逃走。魏兵截杀一阵，二万人所存无几，还亏魏延从阳平关杀来，方得将谡救出。延见魏兵气势甚盛，不敢恋战，忙与谡退保阳平关。王平自知难守，在城中佯鸣鼓角，作进兵状，暗中却收集溃卒，徐徐退去。魏将张郃，疑他诱敌，不敢进逼，平得全师引归。好王平。

司马懿不去追谡，却统兵径趋祁山，来攻诸葛亮大营。亮接王平军报，已知马谡误事，急忙退回西城，且檄令天水诸郡守吏，齐回汉中，并饬赵云邓芝，收军还阳平关。忽报司马懿统兵十余万，蜂拥前来，城中留兵不多，欲趋往阳平关，已是不及将士等并皆失色，亮独谈笑自若，但说无妨。如此镇定，方可将兵。待懿兵将到，传令城上偃旗，城中息鼓，大开四门，每门令军役洒扫，不准妄动，自引小僮两人，携琴登城，在城楼上焚香操琴。有胆有识。司马懿当先跃马，来攻西城，遥见诸葛亮如此布置，不禁大疑，端详了好多时，一些儿没有破绽，乃麾令退兵。部将问为何因，懿与语道："我闻亮不入子午谷，煞是谨慎；今大开城门，岂肯这般疏略？明明是诱我入城，为掩杀计。我宜速退，休为所算。"说毕自去。亮见司马懿退兵，不由的鼓掌大笑。参佐问亮道："司马懿号称能军，为何忽来忽去？"亮笑说道："懿知我谨慎，不肯弄险，他见我如此模样，必疑有伏，所以退去；我料他不走大路，必沿北山遁去，今还要送他一程，截留一些辎重，也不负他一番奔走哩。"说着即派部将吴懿等，速赴北山，只准在山谷中呐喊，不准厮杀，如敌有辎重，即可夺取，运回阳平关便了。吴懿等奉命即行，亮率参佐等出了西城，赶归阳平关。那司马懿果为亮所料，绕走北山，蓦闻后面喊声大震，总道是蜀兵追来，慌忙抛弃辎重，没命跑去。吴懿等谨依将令，不敢追袭，但将辎重运回阳平关。亮已退入阳平关内，由魏延马谡等接着。谡跪伏请罪，亮作色道："汝违我节度，几至倾复全师；若非明正军法，何以服众？"谡泣答道："丞相视谡如子，谡亦视丞相如父，今自知偾事，罪该万死；但愿丞相思殛鲧兴禹故事，谡虽死，亦感深恩。"亮不禁挥泪道："汝若早听王平计议，何致此败？今事已至此，不能挠法，汝家小自当抚恤，汝子与我子相等，不必挂怀。"说至此，即令左右将谡推出；斩首徇众，仍令缝合尸骸，具棺埋葬；且亲自临祭，月给谡家钱米，抚养遗孤。先公后私。亮更太息道："先帝尝谓谡言过实，不可大用，今果应此言，自愧不明，致误军事。谡果有罪，我亦难辞。"遂拟上表自劾，可巧赵云邓芝，自箕谷退归，缴还军令，云自言无功，应受惩戒。亮问明邓芝，芝言魏将曹真，率兵追袭，幸由云亲身断后，步步为营，始得全军归来。亮唏嘘道："街亭军退，兵将不复相顾，箕谷军退，兵将并不相失，可见用兵在人，原不在多寡呢。"云尚有军资带还，亮使分赏将士。云答称军士无利，何为有赏？且暂贮库中，作为冬赐；亮点首称善。因即表请自贬，云亦附表请惩。后主得表，召问蒋琬费祎，祎等谓应从亮言，暂行降职，乃贬亮为右将军，行丞相事；降赵云为镇军将军，使蒋琬赍诏至营。亮受诏后，留琬共饮，琬语亮道："昔楚杀得臣，晋文公然后心喜；今天下未定，遽杀马谡，自失智士，岂不可惜？"亮流涕答道："孙武所以能制胜天下，全赖法严；今四海分裂，兵交方始，若复废法，何以治军？"琬劝亮回成都，亮摇首道："奉诏讨贼，奈何罢休？"琬复说道："如再欲伐魏，必须增兵。"亮怅然道："街亭败退，非由兵少，实由亮误用马谡，致有此败；不肯讳过。今当减兵省将，明罚思过，惩复辙，慎将来，且望在朝诸公，勤补吾阙，然后事可定，贼可灭，功可跻足而待了。"琬当然佩服，旋即辞去。亮乃考劳勚，扬壮烈，引咎责躬，厉兵讲武，再作后图。既而吴鄱阳太守周鲂用诈降计诱魏攻皖，魏扬州牧曹休，误听鲂言，当即发兵；魏王曹叡，又使司马懿向江陵，建威将军贾逵向东关，三道俱进。吴用陆逊为大都督，朱桓全琮为副，领兵击休。休恃众深入，被吴兵邀击石亭，大破休军，休奔回夹石。又由吴兵追及，险些儿不能脱身，还亏贾逵兼道援休，才得幸免；所有军士粮械，丧失垂尽。司马懿中道折还，休惭愤成疾，疽发背上，不久即死。继任为魏将满宠，老成持重，控御有方，遂成重镇。独诸葛亮闻吴人败魏，复欲乘隙北伐。正要调动军马，不料镇军将军赵云病亡，亮大为恸惜，后主禅亦甚悲悼，两次救护，安得不悲？追谥云为顺平侯，令云长子统袭封。群臣谓失一大将，不宜兴师，独诸葛亮锐意北伐，未肯中止。乃更上表奏闻道：

先帝虑汉贼不两立，王业不偏安，故托臣以讨贼也。慷慨激昂。以先帝之明，量臣之才，故知臣伐贼，才弱敌强也。然不伐贼，王业亦亡；唯坐而待亡，孰与伐之？是故托臣而勿疑也。臣受命之日，寝不安席，食不甘味，思唯北征，宜先入南，故五月渡泸，深入不毛，并日而食，臣非不自惜也。顾王业不可偏安于蜀都，故冒危难以奉先帝之遗意，而议者谓为非计；今贼适疲于西，又务于东，兵法乘势，此进趋之时也。谨陈其事如左：高帝明并日月，谋臣渊深，然涉险被创，危然后安。今陛下未及高帝，谋臣不如良平，而欲以长策取胜，坐定天下，此臣之未解一也。刘繇王朗，各据州郡，论安言计，动引圣人，群疑满腹，众难塞胸，今岁不战，明年不征，使孙策坐大，遂并江东，此臣之未解二也。曹操智计殊绝于人，其用兵也，仿佛孙吴；然困于南阳，险于乌巢，危于祁连，逼于黎阳，几败北山，殆死潼关，然后伪定一时尔；况臣才弱，而欲以不危而定之，此臣之未解三也。曹操五攻昌霸不下，四越巢湖不成，任用李服，而李服图之，委任夏侯，而夏侯败亡；先帝每称操为能，犹有此失，况臣驽下，何能必胜？此臣之未解四也。自臣到汉中，中间期年耳；然丧赵云阳群马玉阎芝丁立白寿刘郃邓铜等，及曲长屯将七十余人，突将无前，賨叟青羌散骑武骑一千余人，此皆数十年之内，所纠合四方之精锐，非一州之所有；若复数年，则损三分之二也，当何以图敌？此臣之未解五也。今民穷兵疲，而事不可息，事不可息，则住与行，劳费正等，而不及早图之，欲以一州之地，与贼持久，此臣之未解六也。夫难平者事也，昔先帝败军于楚，当此时，曹操拊手，谓天下已定。然后先帝东连吴越，西取巴蜀，举兵北征，夏侯授首，此操之失计，而汉事将成也。然后吴更违盟，关羽毁败，秭归蹉跌，曹丕称帝。凡事如是，难可逆料，臣鞠躬尽瘁，死而后已。注重在此二语。至于成败利钝，非臣之明，所能逆睹也。

这道表文，蜀人称为“后出师表”，后主唯亮是从，随即批准。亮复引兵数万，道出散关，进围陈仓。魏大将军曹真，使将军郝昭，守陈仓城。昭字伯道，太原人氏，知兵善战，智勇兼全。智能敌蜀，勇足保城，故特详叙履历。既至陈仓，当即缮城修郭，筹足守具，及亮兵攻城，已是坚固得很。亮累攻不下，特遣郝昭乡人靳详，诣城下招降，昭在城楼上应声道："魏家科法，君所深知，我已为魏臣，誓死毋惑，请君不必多言。但教回报诸葛，能攻即攻，不能攻即退。"详知不可动，便还营告亮。亮再遣详至城下，与语顺逆利害，毋贻后悔，昭奋然道："前言已定，何劳再说！我与君原是相识，恐箭头无眼，不能识君呢。"说至此，即拈弓搭箭，欲射靳详。详慌忙退回，亮也觉动怒，麾兵猛攻。城上矢石如雨，无隙可乘，亮特制云梯数十具，四面攀登。昭用炙箭注射，梯被烧断，兵皆坠死。亮再用火冲车攻城，昭又用绳索穿石，猛力掷下，冲车皆折。亮更遣人运土填堑，暗掘地道入城，昭内筑重濠，横截地穴，使蜀兵无从钻入。好容易已越兼旬，城完如故。曹真遣将军费耀援昭，魏主叡亦使张郃驰救。亮正虑军食不继，又闻魏兵大至，乃撤围引归，但授魏延密计，使他领兵断后。延徐徐退回，忽后面扬起飞尘，喊声逼紧，料有魏兵追来，延令部兵张旗先行，自率锐骑数十，伏林箐中，静候魏将。魏将乃是王双，望见前面旗帜，挥兵急追。延待他骤马跑过，却握刀突出，大喝一声，不俟王双回头，便从他背后劈去，连肩带头，砍落马下。魏兵见主将毙命，当然骇散。延得驱杀一阵，枭得许多首级，然后返入汉中，向亮缴令。亮休养月余，又是冬尽春来，时为建兴七年。乃再遣部将陈式，出攻武都阴平二郡。魏雍州刺史郭淮，引兵驰援，与陈式相持数日；亮用奇兵助式，击退郭淮，遂得攻下二郡城池，留将把守，自回汉中。后主禅复拜亮为丞相，亮尚固辞，经诏使费袆相劝，然后受命。嗣闻吴主称帝，遣使至蜀，拟与蜀平分中原。蜀臣聚讼纷纭，多主绝交，亮仍拟和吴，入都觐见后主；后主正因吴事未决，向亮谘问。亮陈议道："孙权意图僭号，非自今始，我朝与他修好，无非为声援起见；今若加显绝，仇我必深，更当移兵东戍，与彼角力，彼贤才尚多，将相辑睦，划江自固，守御有余，我却屯兵上游，坐而待老，反使北贼得计，甚非良图；故不如仍与周旋，俟北伐得志，东略未迟。"后主唯唯受教，遂使卫尉陈震，往吴庆贺，权依礼相待，与申盟誓，约定平魏以后，豫青徐幽四州归吴，兖冀并凉四州归蜀，唯司州以函谷关为界，震如约西归。当时三国鼎峙，魏地最大，有州十三，除上文所说九州外，尚有荆扬秦凉四州，但只得片土，未据全境。吴只有荆扬交广郢五州，荆扬且与魏分据。蜀土最小，仅得遂州，唯分益为梁；又得凉交二州边隅，算作四州。从前汉武帝时，分中国全土为十三郡，不列郢广，郢广二州名，乃是由吴分置出来。详明地理，万不可少。吴孙权久欲称帝，因畏魏东下，所以迟迟；及见魏兵东西致败，乃放胆称尊。吴臣趁势献谀，谓有黄龙出现武昌，因即改黄武八年，为黄龙元年，追尊父坚为武烈皇帝，兄策为长沙桓王，立子登为太子，进陆逊为上大将军，诸葛恪为太子左辅，张休为太子右弼。休为张昭少子，昭已年老，入朝贺权，褒赞功德。权笑说道："假使如张公计，早为魏仆，恐今已乞食了。"指赤壁事。说得张昭伏地惭汗，谢罪而出。当即上书乞休，由权封为娄侯，食邑万户，归家不起，又得享寿八年，至八十一岁乃终。权复还都建业，留上大将军陆逊，辅太子登，驻守武昌。这消息传入蜀都，诸葛亮因权还江东，更可免忧，复欲北向讨魏。部署了好几月，已是建兴八年的夏季，忽有警报传入，乃是魏将曹真司马懿两路进兵，来夺汉中。正是：

西陲方见三军集，北寇先闻两道来。

欲知魏兵如何寇蜀，且看下回再详。

甚矣哉，知人之难也！以诸葛孔明之才识，犹且失之马谡，况他人乎？谡前进攻服南蛮之议，为孙吴兵法所未详，乃独出己见，卒如所言，是谡固非不足行军者；且在营参议，语多扼要，而于街亭一役，偏不从孔明之节度，王平之计议，上山被困，坐失要区，论者几目为天命使然。然刘先主尝谓谡言过实，不可大用；孔明误用而偾事，咎有攸归，固不能尽诿诸天也。空城计一事，史传中列入小注，疑为未确。但故老相传已久，不便略去，果有此役，诸葛其亦危矣哉。及再攻陈仓，遇郝昭之善守，累攻不下。唯退兵之时，得斩王双。魏将多才，而蜀仅得一诸葛，至鞠躬尽力而后已。北伐北伐，名称虽正，其如将佐之乏人何也？

第九十四回　木门道张郃毙命
五丈原诸葛归天

却说魏大将军曹真，收复南安天水安定三郡，自恃有功，尚想出师报怨，乃上书曹叡，请由斜谷攻蜀，数道并进，可以大克。真是贪心不足。叡依了真言，便命大将军司马懿，溯汉西上，与真会攻汉中。司空陈群上言，斜谷险阻，转运为难，不宜遽从真议。实系不欲攻蜀。叡转询曹真，真又表从子午谷进兵，群又言未便，真却不待复诏，当即启行。蜀丞相诸葛亮，接得警报，即引兵出汉中，分屯成固赤阪，严营待敌。一面召李严率兵二万，至汉中会师，表严子丰为江州都督，继严后任。东顾无忧，故可调严并力。会值秋雨兼旬，山谷水溢，曹真自长安出发，随在阻滞，就途月余，尚不能度子午谷。当由魏太尉华歆、少府杨阜，散骑常侍王肃等，迭请班师，魏主叡乃召还曹真。司马懿本来乖刁，当然借天雨为名，按兵不进。亮却遣司马魏延，西入羌中，招抚羌众，与魏雍州刺史郭淮，大战阳溪，斩获甚众，奏凯而还。时长史张裔病殁，亮迁蒋琬为长史。琬字公琰，籍隶湘乡，尝随先主入蜀，受命为广都长，沉湎不治；先主意欲加诛，独亮器重琬才，代为请免。及后主嗣立，亮遂举琬为参军，进任长史。琬尝筹足饷糈，供给军用，故亮每出师，馈运无阙。亮每言公琰托志忠雅，可属大事。到了建兴九年仲春，亮复兴师伐魏，进攻祁山。魏曹真已升任大司马，抱病甚重，不能督军，乃调司马懿西屯长安；未几真即去世，由子曹爽袭爵。为后文懿杀曹爽伏笔。懿得握军事全权，即使部将费曜戴陵，率精兵四千，保守上邽，自偕将军张郃等，往救祁山。张郃请分守雍郿，懿谓兵分势散，适为敌擒，因悉众西行。亮闻懿亲来援应，偏不去迎战，但留王平攻祁山，自率魏延姜维等，从间道往攻上邽。守将费曜戴陵，仓皇出战，哪里是蜀兵对手？四千人几被杀尽，还亏雍州刺史郭淮，领兵援应，才得救回。二将闭城静守，天气清和，陇上麦熟，亮令军士四散割麦，作为兵粮。郭淮等不敢出争，只遣人飞报司马懿，促令还援，懿急忙回军。行抵上邽城东，适值蜀将魏延姜维等，分路杀来，当即下令军中，结阵自固，只许放箭，不许出战。魏延姜维，左右夹攻，都被魏兵射退，不得已收军回营。司马懿能军。懿却敛兵依险，坚壁拒蜀，蜀将一再挑战，只是不出。亮引军还抵卤城，懿反从后追逼，亦至卤城东偏下寨。亮使魏延高翔吴班等将，分头埋伏，自往懿营搦战，懿仍然不出；蜀兵在懿营外百般辱骂，懿置若罔闻。恼动了大将张郃，入帐语懿道："蜀兵远道来攻，请战不得，知我利在不战，必将变计困我；为今日计，不如与彼一决，如得胜仗，彼自退去，祁山亦可解围了。"懿摇首道："诸葛亮军孤食少，便要退兵，我兵将来追击，自可得胜，何必定要急斗哩？"郃又说道："正唯敌军将退，越好追击，且众志皆奋，何患不胜？"懿终是不从，反且依山掘濠，为久屯计。以守为战，却是好计。忽有二将趋入道："蜀兵又来挑战了！"懿接口道："由他挑战，我总固垒不动，看他有何妙法？"二将齐声道："人言公畏蜀如虎，岂不可耻？况我军比蜀较多，难道竟不能一战么？"懿被他一激，也有些忍耐不住，乃语二将道："既如此说，可传语各营，指日决战。"二将得令趋出，便向各营通报。这二将叫作贾栩魏平，年少气盛，既已分头传令，便即磨拳擦掌，专等厮杀。过了两日，懿召诸将入议道："欲击蜀兵，必须两道并进，一路攻卤城，一路救祁山，使他不得相顾，方可奏功。"张郃出应道："郃愿往祁山。"懿乃拨兵万人，令郃引去，自率大军出战。亮闻懿营中有鼓角声，料他发兵前来，便授计与魏延高翔吴班三将，使他分头行事，自率大队出城，就城外布成阵势，从容待着。好整以暇。约阅片时，便见懿兵过来，亮却令前军用连臂弓，射住懿兵。连臂弓由亮特制，一弓能连射十箭，懿兵虽然锐悍，究竟禁不住许多箭镞，一再冲激，都被射回。待至锐气少衰，忽蜀阵内一声鼓号，万军潮涌，猛扑过来，懿忙督众截住；甫经交锋，刺斜里杀到一支人马，乃是蜀将高翔的旗号，当即分兵对敌，抵死不退。谁知后面喊声大震，蜀将吴班，又复杀到，懿始大惊，麾兵退回。蜀兵三路追击，懿且战且行，才经半途，蓦见一彪军横截路中，为首一员大将，拍马舞刀，大呼魏延在此，吓得懿魂驰魄散，几乎坠马，幸亏骁将贾栩魏平等，保住懿身，奋力夺路，才得走脱。这番交战，蜀兵大捷，斩获甲首三千级，衣铠五千领，战具不可胜计。懿得脱归营，埋怨部将好战，致有此败。

嗣是决计坚守，不敢再出。张郃闻懿兵败，却也即退还，两下又相持旬月。魏将郭淮，调集雍凉劲卒，拟从间道往袭剑阁，偏被蜀营探卒侦知，飞报大营，诸葛亮便派兵守险，使姜维马岱等，带领前去。长史杨仪，报称现存八万人，四万人应该更替，现因来兵未到，新旧难继，只得暂从权变，留屯一月，方可遣归。亮微笑道："我自统兵以来，未曾失信，今既到了更替的时候，理应如约遣还，且应归军士，想已束装待返，家中父母妻子，并皆悬望，就使大敌当前，我却不能临危失信，乃令他如朝归去便了！"欲留故纵。仪出传亮命，军中偏不愿速行，共称丞相大恩，死且难报，愿留营再战，誓扫魏兵。正持论间，忽由李平差到，参军狐忠，督军成藩，呈上平书，请亮即日还师。亮不免惊疑，但想李平是老成宿望，当必另有所见，且平方督主粮运，粮若不继，亦难行军，因决意退归。先遣狐忠成藩还报，一面召集将士，示以归意，且谓魏兵追来，须努力退敌。将士等都想再战，听到班师命令，尚觉失望，欲要他力敌追兵，巴不得杀敌多人，借报恩遇；所以军令一下，齐声相应。亮复说道："诸君肯努力杀敌，还有何说？但死战也是无益，我当诱彼至木门道，并力围攻，就使他有千军万马，也不能脱逃了。"当下遣人至祁山，嘱令老将王平，乘夜潜退；自在卤城拔寨齐起，却是堂堂皇皇，还向汉中。早有魏谍报知司马懿，懿再使探明虚实，果然卤城内外，不见蜀兵，乃笑语诸将道："蜀兵已退，何人敢去追击？"部将都称愿往，唯张郃默不一言，懿目视张郃道："将军意见，莫非是不宜追去？"郃答说道："兵法有言：'归军勿追'。"语见《张郃传》。懿微哂道："公亦未免前勇后怯了。"为此一语，激得张郃性起，竟奋然道："郃临阵至今，向不落后，要追就追，岂肯怯敌？"懿复语道："公为前驱，我为后应，但教兵多将奋，不怕诸葛诡计。"说罢即令轻骑万人，随郃先行，自率三万人继进。郃长驱直往，追及蜀兵，蜀将魏延，回马与战，约有数十回合，方才徐退。郃步步紧逼，不肯相舍，延又回战数次。及见张郃后面尘沙飞起，料有魏兵踵至，索性引兵急奔，甚至兵士弃甲抛戈，塞满道路。郃亦恃有后军接应，放心再赶。延驰入木道中，道路逼狭，佯作人马蹴乱的情形，诱郃追来。郃骤马急进，已入窄径，两旁统是高阜，一声炮响，万矢齐下，可怜张郃不及回马，已被飞矢射中右膝，倒毙马下。魏兵跟入道中，都被射死；只有后队仓皇逃回，又被蜀兵驱杀多名，幸由司马懿驰至，让过败卒，截住蜀兵。蜀兵如熊如虎，锐不可当，懿知是难敌，翻身急退，已丧失了千余人。蜀将魏延，依着亮命，不复穷追，收兵自归。亮已早入汉中，会晤李平。看官！这李平为谁？原来就是中都护李严，严改名为平，自亮调入汉中，叫他督运，他因夏天多雨，恐粮不能继，拟劝亮还军；及与亮相见，又满口支吾，反欲归咎狐忠成藩。亮不屑与辨，径入成都，面奏后主。后主方得平表，谓亮佯退诱贼，亮乃取呈李平手书，劾他颠倒迷罔，居心不良，因黜平为庶人，徙置梓潼；唯仍用平子丰为中郎将，参赞军事。罪不及孥，纯然王道。亮乃劝农讲武，推演兵法，作八阵图，立石为表，俾便练习。又命军吏采办材木？制成牛马，内用机捩转旋，自能行动，可运粮米，叫做木牛流马；预约三年以后，再行出征。魏将司马懿，返入长安，当然不敢寇蜀，但敕诸将，严守要害罢了。

且说魏主叡即位以后，仍守乃父遗志，专任异姓，不重同宗。任城王曹彰，在曹丕黄初二年，便已暴亡；独甄城王曹植尚存，徙封雍邱，再徙浚仪，很不满意。会因入朝许宫，得见金缕玉带枕，为甄夫人故物，更不免触动旧怀，格外悲悼，回应九十二回。还经洛水，作《感甄赋》，可歌可泣。何劳阿叔这般多情？魏主叡嗣位时，虽已追谥生母甄夫人为文昭皇后，但于甄夫人冤死情形，尚未详悉。相传甄夫人死不成殓，甚至披发复面，用糠塞口，就中都由郭后暗地安排，一手掩住，不令叡知。叡虽郭后抚养成人，但尚有李贵人暗受丕嘱，从中监护，所以叡得无恙，安然嗣位。哪知天下事若要不知，除非莫为，郭后害死甄夫人种种情弊，却被曹植一一侦悉。太和四年，太皇太后卞氏病殁，植还都奔丧，乘间白叡，述及甄夫人惨死情状，叡尚疑信参半，密询庶母李贵人，才知植言非诬，不胜悲愤。因命甄夫人兄子甄象，以中郎将兼代太尉，持节赴邺，改葬甄夫人，号朝阳陵，且改封植为陈王。植虽得增封，仍然不获大用，就国以后，得病即亡，谥曰思王。叡复搜植遗著，得赋颂诗铭，杂论百余篇，内有一篇《感甄赋》，迹近嫌疑，改名

《洛神》，这且毋庸细表。唯叡尝立毛氏为皇后，出入同辇，伉俪甚谐。嗣复得河西太族郭氏女，美丽无双，拜为夫人，宠逾毛后。郭氏生女名淑，数月而夭，叡哀痛异常，适甄后从孙甄黄，亦致幼殇，因特替他阴配，取棺合葬，为女子谥立庙，并追封甄黄为列侯，且令举朝素服。司空陈群，少府杨阜，联名谏阻，均不见听。溺爱至此，古今罕闻。既而为避灾计，与郭夫人出幸摩陂，特筑景福承光殿，作为行宫。忽闻摩陂井中，出现青龙，便挈郭夫人往观，井中果隐见鳞甲，蛇耶？龙耶？遂号摩陂为龙陂，改太和七年，为青龙元年。寻且想入非非，命郭夫人从弟郭德，过继甄黄，承袭亡女淑封爵，淑为平原懿公主，德即袭封平原侯。德为郭夫人从弟，即为叡女淑从舅，从舅可为甥女继子，真是荒谬。并常至郭太后前，诘问甄后死状，郭太后忿然道："先帝自赐彼死，与我何干？况汝为人子，何必追仇死父，为前母逼死后母呢？"叡更加气愤，凡郭太后饮食服用，故意裁减，气得郭太后有口难言，郁郁致死。叡令内侍棺殓，使如甄后故事，唯表面上治丧如仪。郭太后生平，颇知守俭，不好音乐，又能抑损母族，力戒骄奢，只因谗妒甄氏，终至结局不良，天道好还，莫谓善恶无报呢！暮鼓晨钟。会因山阳公病逝，魏主叡总算尽礼，素服举哀，仍许用天子礼丧葬，墓号禅陵，追谥为孝献皇帝。东汉自光武帝起，至献帝止，共历八世，凡十二主，得国二百九十六年；献帝在位三十一载，被篡后，又阅十四年，寿终五十有四。孙康，嗣为山阳公，再传二世，至晋怀帝永嘉年间，五胡乱华，山阳公秋被杀，祚绝国亡。总结汉事，笔无渗漏。

献帝方葬，忽有军报传入许昌，乃是蜀相诸葛亮，与吴主孙权，东西进攻，两国各兴兵十万，浩荡前来。魏主叡亟使将军秦朗，督兵二万，往长安会合司马懿，一同拒蜀，自率将士东行，抵敌吴师。吴主权正出兵巢湖，进攻合肥新城，并遣陆逊等入江夏沔口，西指襄阳；孙皓等入淮北，向广陵淮阴。魏主叡也遣将分堵，唯自乘龙舟东下，直达寿春，援应合肥。合肥守将满宠，欲设一欲取姑与的计策，佯弃合肥新城，诱敌至寿春城下，合兵围攻，叡却不从，但使宠饬众坚守，静待援应。会陆逊献策孙权，愿出奇兵，截叡归路，不幸使人被魏逻骑所得，计不得行。吴将诸葛瑾闻知，忙即报逊。逊方催人栽种菜菽，自与诸将弈棋，闲暇如常，瑾不胜惊异，逊见他慌张情状，不待详说，便与语道："军机漏泄，我已探知，但若遽退，敌必来追，岂非危道么？”说罢，复邀瑾入后帐，密嘱数言，瑾欣然趋出，仍督舟师，向襄阳城；逊亦催动陆军，与瑾并进。襄阳守将刘劭，本已接到叡令，出兵攻瑾，一闻陆逊亲出，慌忙退还。逊至白河口潜遣部将周峻等，分略江夏新市安陆石阳；魏兵俱不敢出，任他来去自由。极写逊才。那吴主权督攻新城，反被满宠招募壮士，毁去攻具，权失利退归。逊闻吴主已退，然后徐徐引还，毫无损失，安然抵镇。孙韶等也即回军。魏王叡素闻逊名，还恐他截击后路，既闻吴兵东返，也不愿进逼，回棹西行；诸将请径赴长安，合兵击蜀。叡独说道：“吴既却兵，蜀自丧胆，司马大将军，自足制敌，无烦我亲往了。”遂遄返许昌。嗣接司马懿军报，谓蜀兵出屯五丈原，未分胜负，现唯以守为战，彼若粮尽，自然退师等语。叡揣知懿意，饬令懿约束诸将，坚壁拒敌。原来懿与诸葛亮战过数次，败多胜少，此次闻亮进攻，当然打定主意，但守勿战。当亮出军渭南时，懿即引兵渡渭，背水立寨，且语诸将道：“亮若出武功，依山东进，却是可忧；若西出五丈原，便可无虑了。”这也安定军心的巧言。嗣闻亮果屯五丈原，乃使郭淮据住北山，为犄角计，及蜀兵到了北原，已由郭淮扼守，进击无效，因即退去。亮已命运粮军士，用着木牛流马，运米集斜谷口，尚恐日久告罄，特派兵屯田，散处渭滨；唯严申禁令，不准侵扰居民，兵民相安无事，亮亦欣慰，满望就地得粮，好与司马懿坚持到底，免得奔波往返，再致徒劳。一面使人迭下战书，促懿出战，无论斗将斗兵斗阵，任懿自择。懿只是不出，经亮催逼不过，方才出斗阵法。亮布成八卦阵，懿亦认识，及遣戴凌等攻打，按着兵书，嘱令前往。哪知戴凌等一入阵中，辨不出什么方向，没头乱撞，终被蜀兵个个擒住，亮命把魏兵剥去衣甲，一律放回，叫他转语司马懿，要懿自来攻阵。懿佯约明日，收兵还营，竟不复出。亮使人责懿背约，懿始终忍辱，置诸不答。及亮贻懿巾帼女服，懿假意笑说道：“孔明竟视我作妇女么？”好一番忍耐工夫。说着，厚待来使，问及孔明寝食，及事情烦简，使人答道：“诸葛公夙兴夜寐，凡罚在二十以上，皆须亲览，日食不过数升。”懿闻言大喜。及使人辞去，即顾语将佐道：“孔明食少事烦，不能长久了。”诸将以为遣我女服，受辱太甚，俱请一战泄忿，懿禁遏不住，故意表请出战。魏主叡见了表文，询及卫尉辛毗，毗谓懿志在拒守，恐将佐违言，欲得诏旨压服，方免群议，叡也以为然，统是司马知己。乃令毗持节传诏，只准守，不准战。事为蜀护军姜维所闻，入告诸葛亮道："敌营内有辛毗到来，定是如懿所愿，不复出战了。"亮叹息道："懿本无战志，不过佯为请战，借此服众；古称将在外，君命有所不受，若果能制我，何必千里请战呢？"

嗣是懿竟不出，相持至三月有余，亮郁愤成疾，渐致不起。后主闻信，忙遣仆射李福省视，并谘大计，亮略与谈论，遣福返报。福已经辞去，数日复来，亮病愈加重，见了福面，便与语道："我知君来意，后事不暇细谈，可尽问蒋公琰。"福又说道："公琰后谁可大任？"亮答言费文祎。福再问其次，亮却不答，汉祚已终，不消再说。唯召入杨仪姜维，密嘱后事，并及退军方法，且令左右扶起榻中，出营四望。时正黄昏，夜色沉沉，忽有一大星，自东北来，色赤有芒，流至西南，欲向营中坠下，亮不禁失色，哇的一声，呕出了一口鲜血，接连尚带着喘声，左右见不可支，扶令返寝，亮顾杨仪姜维道："天象如此，命已难延，只恨不能与诸君讨贼了！"遂口授遗表，令仪写讫。挨至夜半，竟尔寿终，享年五十有四，时为蜀汉建兴十二年八月二十三日。详志月日，遗恨无穷。小子有诗叹道：

危厦徒凭一木支，明知艰险且驱驰；
臣心未已臣躬瘁，遗表流传两出师。

杨仪姜维，遵嘱办事。欲知如何措置，请看下回再叙。

木门道之射死张郃，可为马谡泄恨；谡非死于诸葛，实死于张郃之手。郃为魏著名大将，街亭一役，郃实主之；诸葛公计毙此獠，马谡有知，能无快意？至若吴蜀联盟，东西夹攻，本为一时之胜算，乃吴兵无功而退，蜀与司马懿相持数月，天丧诸葛，赍恨而终，此非天之佑魏，实天之阴欲启晋也。不然，如曹操父子之篡汉，曹叡之举措乖谬，宁反能仰邀天眷乎？唯罗氏《演义》演写诸葛之六出祁山，说成许多奇诞，与七擒孟获相同，按诸史事，十虚七八；且诸葛尝六出汉中，并非六出祁山，褒扬失实，何若存真之为愈也！

第九十五回　王子均昌言平乱
公孙渊战败受擒

却说杨仪姜维，依着诸葛亮遗嘱，秘不发丧，但将尸骸安载车上，拔营徐退。当有魏谍，报知司马懿，懿闻诸葛亮已死，放胆追来，将及蜀兵，忽见蜀兵回旗鸣鼓，前来截击，并有一派喧声，齐呼司马懿休走，此番中计，快来受死！司马懿听着，拍马便奔，魏兵都弃甲曳兵，仓皇逃命，跑了好几十里，不见后面动静，方才停住。再使人探听蜀兵虚实，回报蜀兵尽退入斜谷，扬起白旗，为亮发丧，懿再转身往追，驰至赤岸，毫无影响，料知蜀兵去远，只得退还。越乖越丑。途人有歌谣云："死诸葛，走生仲达。"懿听见后，却也不恼，但宣言解嘲道："我能料生，不能料死。"忍辱含垢，却是司马懿一生特长。及回视蜀兵营垒，无一不布置有方，因即叹美道："孔明真天下奇才哩！"又顾语诸将道："国家有福，丧敌良才，从此可高枕无忧了。"遂引回长安，表陈魏主，不消细说。且说蜀兵已入斜谷，扬旛举哀，全体素服，方将故丞相遗骸，妥为棺殓，然后扶榇南归。将登阁道，遥见前面火光冲天，喊声盈路，杨仪姜维不知何因，急忙令人探问，返报前军帅魏延，截住去路，不放杨长史过去。原来魏延自恃才勇，藐视杨仪，只因仪为丞相长史，不得不稍从含忍，及丞相病殁，仪欲令延断后，先令司马费祎，往探延意，延勃然道："丞相虽亡，难道就不去击贼？杨仪等为丞相官属，尽可奉丧还葬，我仍当留此讨虏。且杨仪何人？敢令魏延断后哩？"祎劝解道："这是丞相遗命，不宜有违。"延瞋目道："丞相若依我计，已早至长安；我今官居前军帅征西大将军，受封南郑侯，应继丞相后任，杨仪不必托名丞相，使君诳我，可即将兵符缴来。”祎知不可说，支吾对付，飞马回报。仪乃与姜维商议，维想出一法，从槎山小路进发，绕出栈道，昼夜兼行，抄到魏延背后。延闻仪等已至南谷，亟往谷口迎击，并奏称杨仪造反；仪亦劾延作乱。两表递入成都，后主方得李福还报，说是丞相亮寿终，免不得悲恸逾恒；忽又接得延仪二人的讦奏，心下大惊，急召侍中董允，留府长史蒋琬，入示二人表文，询明顺逆。允与琬齐声道：“臣等愿保杨仪，不保魏延。”后主道：“丞相新亡，两人便自相争杀，岂非大患？”蒋琬答道：“丞相非不知魏延骄戾，只因他勇力过人，妥为驾驭；臣料丞相必有遗策，授与杨仪，请陛下勿忧。”蒋琬料事如见，不负诸葛所托。后主稍稍放心，专待延仪二人消息。仪等到了南谷，令王平为先行。平至谷口，适与魏延相遇，彼此各摆开兵马，互相答话，平叱延道：“汝何敢造反？”延亦叱平为叛党，挥兵击平。平扬鞭指语道：“丞相待汝军士，何等厚恩？今丞相骨尚未寒，汝等为何从逆？况汝等俱系蜀人，不乘此时回家团聚，静候赏赐，反且助延为乱，自取灭门，汝等试想，该不该呢？”道言甫毕，延部下同声应响，纷纷散去，魏延大怒，挥刀出战。平接住厮杀，未及数合，又有马岱，来助王平，延虽多力，终因部卒尽散，不敢恋战，拍马返奔。马岱从后追去，王平留报杨仪。史鉴或称何平，按诸《王平传》中，平本养外家何氏，后复姓王，且传文载入前屯祁山，及迎击魏延诸事，故本编独书王平。仪闻魏延败窜，乃偕平西进。未几，即由马岱回军，持入延首，仪用足蹴踏道：“贼奴！尚敢作恶么？”遂表请夷延三族。仪亦过甚，怎能善终？先是延梦头上生角，问诸占梦赵直，直诈言麟角呈祥，必主吉兆，及退语密友道：“角字上从刀，下从用，头上用刀，必遭大凶。”至是果验。延并非欲反，实因与仪有隙，妄思除仪代亮，哪知舆情不服，害得势孤力竭，身败家亡，这也可谓自作孽不可活呢。留府长史蒋琬，欲分主忧，特出宿卫各营，出都赴难，行约数十里，得接杨仪军报，延已受诛，乃退回成都。过了两日，仪等奉亮遗榇，已至都门。后主带领百官，亲出迎丧，哭声载道，当下扶榇入城，暂停丞相府中。亮子瞻，年尚幼弱，一切丧葬，尽由蒋琬等监理。杨仪呈亮遗表，即由后主展阅，略云：

伏闻生死有常，难逃定数；死之将至，愿尽愚忠。臣亮赋性愚拙，遭时艰难，分符拥节，专掌钧衡；兴师北伐，未获成功。何期病入膏肓，命垂旦夕，不及终事陛下，饮恨无穷。伏愿陛下清心寡欲，约己爱民，达孝道于先皇，布仁恩于宇下；提拔幽隐，以进贤良，屏斥奸邪，以厚风俗。臣家有桑八百株，田十五顷，子孙衣食，自有余饶，至于臣在外任，随身所需，悉仰于官，不别治生，以长尺寸；臣死以后，不使内有余帛，外有赢财，以负陛下也。

后主阅罢，复潸然泪下，随即传旨卜葬，杨仪面奏道："丞相已有遗言，命葬汉中定军山，因山为坟，但足容棺罢了。"后主依议，择期奉葬，又拟定谥法，加予册文道：

维君体资文武，明叡笃诚，受遗托孤，匡辅朕躬，继绝兴微，志存靖乱；爰整六师，无岁不征，神武赫然，威震八荒，将建殊功于季汉，参伊周之巨勋。如何不吊？事临垂克，遘疾陨丧！朕用伤悼，肝心若裂。夫崇德序功，纪行命谥，所以光昭将来，刊载不朽。今使使持节左中郎将杜琼，赠君丞相武乡侯印绶，谥君为忠武侯。魂而有灵，嘉兹宠荣。呜呼哀哉！呜呼哀哉！

后来朝野官民，追念亮恩，屡请立庙致祭，乃筑祠沔阳，四时享祀。诸葛瞻年至十五，拜为骑都尉，得尚公主，后文再表。后主谨从亮议，进蒋琬为尚书令，总统国事；吴懿为车骑将军，出督汉中。忽闻吴增兵巴丘，数约万人，后主不胜惊疑，亟问蒋琬，琬请一面添兵永安，防备不测；一面保举中郎将宗预，出使东吴，探明动静。后主一律依从，遂遣宗预东行，预至吴都。吴主权反诘他添兵永安，是何意见？预答说道："江东增戍巴丘，西蜀增戍白帝城，无非为事势所迫，不劳细问。"权欣然道："卿真不亚邓伯苗；芝字伯苗。我闻诸葛丞相病殁，恐魏人乘丧侵蜀，故就巴丘增兵，遥为蜀援，并无他意。"预又答道："东西联盟，和好已久，当然彼此相关；陛下且增戍援蜀，难道蜀可不增戍应吴么？"权乃优礼待预，并使预代达己意，决不负约。预拜谢西归，报知后主，后主当然喜慰，蜀中亦闻信咸安。独杨仪返成都后，虽得进拜中军师，却已撤消兵权，有名无实，仪自谓才逾蒋琬，资望又比琬为优，乃反位出琬下，未免怨望；后军师费祎，暇时过谈，仪慨然道："曩时丞相初亡，我若举军就魏，何至落寞如此？"祎假意劝慰，及辞退后，密将仪言入告，后主遂废仪为庶人，徙置汉嘉郡。仪至徙所，心愈不平，还要上书诽谤，结果是一道诏旨，收系郡狱，仪惭愤自杀。不至夷族，还算幸事。于是迁蒋琬为大将军，即授费祎为尚书令。琬举止不苟，喜怒不形，祎应事敏速，识悟过人，两人同心辅政，力守诸葛成规，故蜀安如故，魏与吴亦敛兵守境，好几年不动刀兵。百姓之福。独魏主叡坐享承平，恣意淫乐，既作许昌宫，又治洛阳宫，起昭阳太极殿，筑总章观，高十余丈，徭役不休，农桑失业。司空陈群等，上书力谏，辄不见从，且欲铲平北邙，上筑台观；卫尉辛毗，中书郎王基，少府杨阜，交章谏诤，方才罢议。魏青龙三年秋季，洛阳华殿被焚，叡问太史令高堂隆道："汉柏梁殿失火，尝大起宫殿，作为厌胜，卿可识此义否？"高堂隆道："这乃越巫所为，不合古训，愿陛下毋惑邪言。"叡不以为然，立命博士马钧，征发民夫数万，昼夜督造，穷极技巧，殿前有九龙环绕，号为九龙殿。又引縠水，通过殿前，旁设玉井绮栏，神龙吐出，蟾蜍合受。马钧更仿造指南车，叫作司南车，俾叡得随意游幸。并在殿北设立八坊，专选美貌妇女，序居坊中，最上封贵人，次封夫人，就中有数人知书识字，特任为女尚书，出纳章奏。他如歌姬舞妓，采女宫娥，不可胜计。殿外特造芳林园，搜罗奇花名卉，珍禽异兽，中凿陂池，编列画舫，每舫贮佳丽数人，教以楫棹越歌，俱臻灵妙。叡随时游幸，遇有中意的美人儿，当即召御，未有虚夕。谁知连宵跨凤，累岁绝麟，叡已越壮年，未得一子，廷尉高柔，请叡简省侍女，育精养神，方可"螽斯衍庆"云云。叡虽然优诏报闻，却仍是肆淫不已，寻且就宗室中，取得二儿，一名芳，一名询，充作己子，即立芳为齐王，询为秦王。

皇后毛氏，性颇端淑，与叡向无闲言，自郭夫人专宠后，遂将毛后爱情渐渐移到郭后身上；回应前回。后来贵人以下，承接甚多，更将毛后撇置中宫，不复过问。一日叡游芳林园，郭夫人等并皆随行，独毛后不与，郭夫人问叡道："何不一请皇后同行？"恐是故意诘问。叡频频摇首，且嘱左右，不得通报中宫。及既至园中，赏花饮酒，备极欢娱，直至日落西山，方才回宫。毛皇后怆怀失宠，郁郁寡欢，镇日里望断乘舆，免不得嘱托宫娥，探听魏主行止，适有人得知游园消息，走报毛后，毛后益觉怏怏，甚至一宵废寝。翌日早起，特至西宫外候着，等到日上三竿，方见叡乘辇出来，当即迎前笑问道："陛下昨游北园，可极乐否？"说尚未毕，但见叡勃然变色，满脸怒容，禁不住吓退三步，叡掉头径去。到了傍晚，竟由宫宦赍入谕旨，勒令毛后自尽。可怜毛皇后又悲又愤，又愤又悔，想到无可奈何的时候，竟取过鸩酒，一口吸干，转瞬毒发，便致暴亡。前有甄后，后有毛后，可谓两次同命。叡尚恨左右违旨，擅敢漏泄，不问他是否通报，竟杀死了十余人。不过表面上说不过去，伪言毛后暴崩，依礼丧葬，加谥曰悼，号后墓为愍陵，是年为魏青龙五年。茌县茌音仕。报称黄龙出现，青变为黄，已寓死兆。有司乐得献谀，说是魏得地统，宜改正朔，易服色，一新观听。叡遂改元景初，建丑为正，服色尚黄，牺牲尚白。又用太史令高堂隆奏议，在南北郊，营方圜二丘，圜丘祀天，方丘祀地，诏称曹氏系出有虞，应以虞帝舜配天，皇祖武皇帝配地。武皇帝即曹操，见前文。已而徙长安诸钟簴，及秦始皇所铸铜人，汉武帝所制承露盘，尽至洛阳。铜人重不可致，留置霸城，承露盘在途折断，声闻数十里，叡乃另采他铜，铸成铜人二个，号为翁仲，分列司马门外；更铸铜龙铜凤，置内殿前，龙高四丈，凤高三丈余。有何用处？还要在芳林园中，增筑土山，限令三日告就，土役无暇，即令公卿群僚，荷畚担土，好容易堆成高阜，上植松竹杂木，作为美观。司徒掾董寻，太子舍人张茂，陆续奏谏，始终无效。高堂隆得病将死，口占遗疏，请叡黜奢崇俭，亲亲任贤，也徒博得区区褒赠，赍志以终。只有大将军司马懿，进宫太尉，位高责重，却是片言不发，噤若寒蝉。数语已足诛心。嗣由幽州刺史毋丘俭，报称公孙渊僭号燕王，改元绍汉，置官吏，诱胡虏，纠众入寇，骚扰北方，叡乃亟召司马懿入朝，与议讨渊。渊为辽东太守公孙度孙，父名康，曾斩袁尚袁熙首级，献与曹操，操表封为广平侯。见前文。康死时，渊尚幼弱，官属立康弟恭。恭庸劣不能治事，及渊年渐长，胁夺恭位，上表曹丕，丕意在羁縻，拜渊为扬烈将军，领辽东太守。未几，渊与魏有贰，遣使至吴，愿为吴藩，吴主权乃使太常张弥，执金吾许晏等，赍着金宝珍货，航海授渊，且封渊为燕王。渊又恐魏人讨伐，收没货赂，诱杀张弥许晏，传首至魏，魏进渊为大司马，封乐浪公。刁狡至此，宁能久存？吴主权，闻渊反复，即欲督兵讨渊，陆逊薛综，连章谏阻，权方中止。谁知渊又贪心不足，复欲背魏，对着魏使，时出恶声。幽州刺史毋丘俭，奉魏王命，赍玺书征渊，渊竟发兵抗俭，俭因众寡不敌，退还幽州。渊遂自称燕王，屡寇魏境，毋丘俭乃表请济师。太尉司马懿为了讨渊一事，奉召入都，谒见曹叡，叡问及方略，懿答言得兵四万，自足破贼。叡又问道："卿料渊行动若何？"懿又答道："渊若弃城预走，乃是上计，据守辽东，抗拒大军，乃是中计，若坐守襄平，便成下计，必为臣所擒了。"叡问渊能行上计否？懿谓渊徒凶狡，不知兵谋，定出下计；叡复问大军往还，应需几时？懿预约往百日，攻百日，还百日，又须休息六十日，大约满足一年，就可了事。武侯已殁，应让司马争雄。叡闻言大喜，便令懿带兵启程。公孙渊闻懿出讨，也觉心惊，又遣使向吴称臣，谢罪乞援。吴主权欲戮渊使，嗣经谋臣羊衜等计议，衜即古道字。阳为许援，阴图乘隙，所以发兵驻境，静观成败。那司马懿驱兵大进，再指辽东，渊令部将卑衍杨祚，分率步骑数万，屯踞辽隧，设堑二十余里，堵遏懿兵。懿用胡遵为先锋，引兵挑战。渊令杨衍守寨，自出交锋，被遵杀退，自是坚守不出。也想学袭司马懿旧法么？懿笑语诸将道："贼不与我战，欲我老师糜饷，粮尽退兵，我岂肯为贼所料？且贼众多在此处，巢穴必虚，我不如潜攻襄平，一举破贼哩。"乃多张旗帜，佯作南行，卑衍等尽锐南追。懿却潜渡济水，北趋襄平。至衍等察觉，转向北进，却被懿用伏兵掩击，杀得七零八落，窜往首山。懿兵追入山中，卑衍战死，杨祚乞降，于是懿得进围襄平。公孙渊出战失利，退守危城。会值秋雨兼旬，辽水暴涨，运粮船直达城下，平地水深三尺，懿兵行立不便，各欲移营，懿反下令军中，敢言移营者斩。都督令史张静，入帐固请，竟被斩首，悬竿示众，军人乃不敢再动。城中见懿营阻水，乐得出外樵牧，魏军司马陈珪，请出兵截击，懿独不从。珪疑问道："太尉前攻上庸，昼夜兼进，故能立拔坚城，擒斩孟达；今远来反缓，又纵贼樵牧，究是何意？"懿笑答道："孟达兵少粮多，我粮多兵少，若非急进，出彼不意，怎能取胜？今贼众我寡，贼饥我饱，何必速攻？正当任彼内乱，然后纵兵合击，可以聚歼，倘或掠彼牛马，截彼樵采，是驱令远走，反为不妙。"陈珪听了，方才拜服。既而天雨晴霁，懿乃分兵合围，四筑土山，登高俯攻，矢石不绝，守兵死伤甚多，并且粮食垂尽，不能再支，只得遣使请和，懿怒斩来使，送还首级，檄令渊自缚来营。渊窘急无法，再令亲臣卫演求降，愿送子入质，懿忿然道："军事大要有五，能战当战，不能战当守，不能守当走，不能走当降，不能降当死；何必遣子为质，多来絮聒？"说罢即叱演使归。

司马大出风头。先是渊家有犬，冠帻绛衣，上屋驰行，民居午炊，有小儿蒸死甑中；襄平北市，土中生肉，周围数尺，头目口鼻俱全，独无手足；占验家已预知凶兆，说是有形不成，有体无声，国必灭亡。至是围城紧急，夜有流星数十丈，从首山东北，坠下襄平城东南，自公孙渊以下，并皆惊骇。又值卫演返报，无术图存，不得已挈子公孙修等，突出南门。懿早已防着，预令先锋胡遵，屯兵梁水，等到渊父子逃来，便即截住，后面又由大兵追上，立把渊父子擒住。司马懿已攻入城中，搜获公孙渊家族，及吏士七千余人。可巧渊父子解到，懿即喝令斩首，并将所获人犯，一体诛夷，筑成京观；唯渊首传送洛阳。渊叔恭为渊所囚，许得释放，俾存一脉。凡中原人流寓辽东，听令还乡，辽东遂平，懿亦班师。途次接得朝旨，喻令回镇长安，及行到河内，偏来了宫使辟邪，叫懿速至洛阳。正是：

内旨两岐成柄凿，外臣一入据钧衡。

究竟懿行止如何，待至下回续表。

魏延杨仪，心术相同，延不过早为发作，自速其死耳。若仪之与费祎言，谓不若前时就魏，是延之所未及设想者；而仪欲为之，其居心尤出延下。微诸葛丞相之善为驾驭，几何而不先作乱也？曹叡奢淫无度，违理蔑伦，种种荒谬，俱足亡国，而反得平定辽东，擒斩公孙渊父子，是所谓天夺之鉴，而益其疾也。司马懿为莽操流亚，功不显，位不高，乌得擅权窃国？公孙死而司马益崇，魏之不亡亦仅矣。谁谓荒淫之主，能贻厥子孙哉？

第九十六回　承遗诏司马秉权
缴印绶将军赤族

却说魏主叡淫荒过度，酿成疾病，年仅三十有五，已害得骨瘦如柴，奄奄不起；当下立郭夫人为皇后，命燕王宇为大将军。宇为曹操庶子，与叡素来亲善，故叡欲嘱咐后事。又使领军将军夏侯献，武卫将军曹爽，曹真子。屯骑校尉曹肇，曹休子。骁骑将军秦朗等，与燕王共同辅政。偏有中书监刘放，中书令孙资，意图揽权，不愿燕王等入辅，每思乘间进谗，苦未得隙。会接司马懿班师奏报，燕王宇便向叡请旨，令懿仍回镇长安。叡已不能治事，任令燕王主持。一夕叡气喘不休，宇恐有急变，自去宣召曹肇等，与谋大计。独曹爽侍侧未退，刘放孙资，急排闼泣奏道："陛下若有不讳，后事果付托何人？"叡惨然道："卿尚不闻朕用燕王么？"放申奏道："先帝有诏，藩王不得辅政，且陛下方病，曹肇秦朗等，托词入省，辄与宫人戏言，燕王并不监束，反拥兵宫外，不令臣等进奏，这与古时的竖刁赵高，尚有何异？况太子幼弱，未能亲政，外有强寇，内有佥壬，恐国家从此多事了。臣久叨恩宠，不忍漠视，故敢冒死入陈。"所谓肤受之愬。叡不禁怒起，急问刘放道："卿以为谁可大任？"放见曹爽在旁，不便立异，便举爽代宇；资亦随口赞同。叡即顾爽道："卿自思能胜任否？"爽汗流浃背，不能措词，放急伸足蹑爽，爽才逼出一语道："臣……臣愿死奉社稷。"曹真生此庸儿，何能保家？放资又接入道："太尉懿才略过人，可参大政。"叡点首称善，放便欲请旨召懿。适值曹肇趋入，放资乃避出殿外，叡与语及召懿情事，肇涕泣固谏，引董卓事为戒，何不即引曹操？叡又觉心动，不愿召懿。待至肇退，放资又即趋进，极言肇有异心，叡复依放言，嘱令草诏，放答说道："请陛下自作手书。"叡唏嘘道："我已病重，不能执笔。"放竟取过文具，握住叡手，勉强书诏，草草告成，便赍出大言道："有诏免燕王等官，不得再停殿省中。"燕王宇性本温和，当即出去，献肇朗三人，亦无法可施，流涕归第。放即令内使辟邪，驰召司马懿。懿见前后诏旨两岐，料知宫中有变，星夜赶至洛阳，入宫求见。叡握懿手与语道："朕忍死待君，今得相见，托付后事，我无遗恨了。"否则，懿怎得揽权？懿顿首受命。叡复召入齐秦二王，与懿相揖；又指齐王芳语懿道："这就是他日储君，请卿审视，勿误勿忘！"懿非目盲，应早认识。又教芳前抱懿颈，懿流涕道："陛下放心！难道不忆及先帝临崩，曾将陛下嘱臣么？"叡开颜道："如此甚好。愿卿与爽，共辅此子便了。"乃即立芳为皇太子，曹爽为大将军，懿仍守官太尉，辅导东宫。越宿叡即告终，曹爽司马懿，奉太子芳即位。芳年才八岁，或谓系任城王曹楷子。楷即彰子。尊皇后郭氏为皇太后，追谥叡为明皇帝，葬高平陵。加爽懿侍中职衔，并假节钺，都督中外诸军事，录尚书事。一切兴作，皆托称遗诏，即令罢免。便是懿笼络人心的手段。爽懿各领兵三千人，轮流宿卫，权势相埒；唯爽年轻望浅，常事懿如父，每事谘访，不敢专行，懿亦佯为谦抑，故尚得相安。

时有东平人毕轨，南阳人何晏邓扬李胜，沛人丁谧，并有才名，挟策干进。魏主叡在位，曾说他浮华躁竞，屏黜不用，偏爽引为僚佐，一经秉政，便相继录用，视若腹心。晏等即为爽划策道："国家重权，不宜轻委异姓，今可入白天子，加懿为太傅，外示推重，内慎防维，此后尚书奏事，先白大将军，免为懿所牵掣，大权庶不致旁落了。"为爽划策，看似尽心，实欲以傀儡待爽。爽闻言称善，遂推懿为太傅，且举弟羲为中领军，训为武卫将军，彦为散骑常侍。又徙吏部尚书卢毓为仆射，即令何晏代任，进邓扬丁谧为尚书，毕轨为司隶校尉，李胜为河南尹，拔茅连茹，交相庆贺。黄门侍郎傅嘏，密语爽弟曹羲道："何平叔晏字平叔。外静内躁，铦巧好利，将来必摇惑君门；幸转达大将军，毋轻委任。"羲即将嘏言告爽，爽方恃晏为心膂，怎肯信嘏？反说嘏从中谗构，把他黜免。嗣复出卢毓为廷尉，寻且罢官；众论多为毓讼冤，乃更用毓为光禄勋。大将军长史孙礼，亮直不挠，为晏等所嫉忌，出为扬州刺史，司马懿冷眼旁观，早已窥透情隐，但因爽尚存礼貌，姑与周旋，不加干涉。这是郑庄公待段秘诀。越年改元正始，迁中书监刘放为左光禄大夫，中书令孙资为右光禄大夫。定是司马懿荐举。又越年孟夏，爽与何晏等选色征歌，饮酒作乐，正在兴高采烈的时候，忽由门吏入报道："吴兵三路入寇，警报已到过数次。"爽不禁失色道："有这等事么？看来只好请太傅主张。"急来抱佛脚。何晏等亦计无所出，但促爽入朝，与司马懿会议军情，爽不得已，离席出门。趋至朝堂，朝中侍臣，亟向爽问计，爽谓须待太傅计事，当下遣人往迎司马懿。唯知懿托辞有疾，不肯到来。爽惶急无措，忙入见少主芳，请旨召懿。懿尚诿诸曹爽，谓俟臣疾少愈，便当入朝；乐得摆点架子。爽更觉着急，再使光禄勋卢毓，赍诏向懿问计，懿才出答道："芍陂为淮南要冲，现由将军王陵把守，可以无忧，唯樊城柤中两处，柤读为租。必须大将往援，方能却敌。"毓还朝复旨，朝臣瞩望曹爽，劝令东征。爽未经大敌，不敢出师。转眼间已越数日，樊城被吴将朱然围住，柤中亦为诸葛瑾所攻，连章告急，许洛两都，人心惶惶，司马懿乃自称病愈，出议军事。时乎？时乎？适值王陵报捷，击退吴将全琮，淮南解严。吴兵三路分写，又是一种笔墨。懿进议道："柤中民夷十万，流离无主，樊城被围逾月，紧急万分，大将军方握兵权，奈何坐视不救哩？"还要推与曹爽。爽无词可答，只好自说无才，特候太傅定夺。何晏在旁发言道："樊城坚固，易守难攻，敌众屯兵城下，不战亦疲，但用长策制御，自足屈人。"懿微哂道："强场骚动，主少国疑，不乘此时出师却贼，如何安定社稷？大将军能往则往，如若不能，懿年虽老，愿督军一行。"明明是奚落曹爽。朝臣闻懿愿出师，当然赞成，懿即调动人马，克日南征。少帝芳亲率百官，送至津阳城门外。懿拜别而去。才经旬月，便得捷书，樊城解围，吴兵夜遁，柤中亦击退吴人，于是宣诏班师。太傅司马懿振旅而还，献俘行赏，又有一番张皇气象，毋庸细述。独曹爽相形见绌，未免减色，邓扬李胜，劝爽相机立功，方足敌懿。事有凑巧，闻得蜀大将军蒋琬，进任大司马，出屯涪城，谋袭魏境。爽即听扬胜等言，自请伐蜀。司马懿谓蜀未进兵，何用劳师？因复迁延了两三年。

是时蜀后张氏已殁，更立后妹为继后，长子璇为太子，次子瑶为安定王，改建兴十六年，为延熙元年。车骑将军吴懿，又病亡出缺，诸军皆归蒋琬节制，监军姜维为副。琬与维分驻汉中及涪城。至延熙六年，琬抱病甚重，因令姜维屯涪城，另简镇北大将军王平，往守汉中。魏曹爽得此消息，复拟攻蜀。还有征西将军夏侯玄，为爽姑子，附和爽议，怂恿兴师。司马懿再出劝阻，爽不肯从，乃于魏正始五年，即蜀延熙六年，春日发兵，与玄会师长安；计得十余万众，逾骆谷，逼汉中，声焰甚盛。蜀兵在汉中驻守，不满三万，诸将各有惧色，拟婴城固守，静待涪城援军；镇北大将军王平，独宣言道："此去涪城约千里，援兵怎能骤至？倘贼众攻入阳平关，就为大患，不可不防。"说罢，即遣护军刘敏，引兵万人，往据兴势山，多张旗帜，绵亘百里，兴势山为关口保障，与关内互相呼应，便成重镇。魏兵为兴势所阻，不能前进；长安运饷多艰，沿途跋涉，非但役夫奔命，辄致道亡，甚至牛马亦相继僵仆。爽与玄屯兵月余，粮食将尽，寸筹莫展；玄复接懿手书，内称春秋责大德重，兴势至险，已为蜀兵所据，万难进兵，若再不知退，恐必致复军，究由何人负责？故先咨照等语。明见万里，究竟要算此老。玄即将懿书转告曹爽。爽未肯遽归，忽由探马入报，蜀已任尚书费祎为大将军，统兵来援，爽知不可敌，方与玄议决退师。还至三岭，沉岭衙岭分水岭为汉中入骆谷通道。岭间已满布蜀兵，旗帜上面，表明汉大将军费字样，吓得魏兵人人胆怕，个个心寒。爽到此无路可走，只得令玄为先锋，自为后应，硬着头皮，麾兵过去，接连冲突数次，才得杀开血路，越岭奔回；所有辎重甲仗，抛弃殆尽，十万人丧亡过半，狼狈还都。徒为司马懿所笑。蜀大将军费祎，奏凯还朝，受封成乡侯。蒋琬本兼益州刺史，因见祎才略冠时，固让州职，乃令祎兼刺益州，侍中董允，代祎为尚书令，佐祎辅政。越年蜀太后吴氏寿终，接连是大司马蒋琬，尚书令董允，得病去世；蜀人称诸葛亮蒋琬费祎董允，为四圣相，亦号四英，至是唯祎尚存。祎用曹选郎陈祇为侍中，祇多技巧，好行小智，与黄门丞黄皓相昵。皓素来便佞，见宠后主，唯畏一公忠体国的董休昭；休昭即董允字。董殁后，皓无所忌惮，又由陈祇入侍，遂得朋比为奸。且后主从此亲政，擢皓为中常侍，亲小人，远贤臣，诸葛公苦口垂箴，终成空论，免不得日就倾颓了。令人三叹。

且说曹爽旋师后，不知引咎，仍任首辅；少主芳虽已加元服，立后甄氏，究竟年龄尚稚，不过十五六岁，未识贤愚。郭太后深居宫中，守着曹丕遗诏，不预外事，魏黄初三年，诏令群臣不得奏事太后，后族不得辅政。所以曹爽丧师，无人纠劾，爽越得专恣，植党营私，骄奢无度。郭太后稍有违言，爽即徙太后，居永宁宫，派人管束。且至宫中搜寻美女，见有姿色可人，不论她曾否召幸，便即取去。魏主叡身后遗妾，封过才人，也被爽强取数名，藏入窟室，轮流奸淫。好算得内无怨女。他如饮食衣服，僭拟天子尚方，珍玩充牣府中；又建重楼画阁，雕宇峻墙，昼与私党纵饮，夜与姬妾交欢，真个是事事称心，无求不遂。爽弟羲深以为忧，屡次泣谏，爽终不从；有时与弟训彦等，出外游畋，日暮不归。司农桓范进谏道："将军总万机，典禁兵，不宜与兄弟并出；若有人闭城拒绝，谁为纳入？还乞三思。"爽瞋目道："何人敢为此事？汝太多心。"范无奈趋退。独太傅司马懿，又复称疾，累月不出。河南尹李胜，欲回宫故乡，求爽表荐，爽即表胜为荆州刺史。胜向懿辞行，见懿拥被卧着，令二婢左右分侍，目眊口蹇，似乎不省人事，胜连叫数声，才应响道："汝为何人？"胜答语道："河南尹李胜？今奉诏命，调为荆州刺史，特来拜辞；不意太傅竟病体至此。"懿为喘息道："并州么？君……君受屈此州，地近朔方，须好好防备。"胜急说道："当刺本州，并非并州。"懿故意错说道："君从并州来么？"胜复答道："现奉调为荆州刺史。"懿才大笑道："年老耳聋，未解君言，君今还官本州，威德壮烈，好建奇勋；可惜我死在旦夕，不得复见了。"胜复以吉人天相为解，懿唏嘘道："人生总有一死，只我子师昭两儿，才浅识短，还望君等念我旧情，代为照拂；且请将我意，代达大将军。"说至此，声带呜咽，旁顾二婢，用手指口，似作渴状，亏他装做。一婢取汤与饮，懿将口就汤，不能尽吸，流下沾襟，一婢忙取襟揩拭，累得懿不堪疲乏，气竭声嘶。活象将死情状。胜不便再说，因即告辞，当由懿子师昭二人，送出门外。胜飞马至曹爽家，向爽报告道："司马公尸居余气，形神已离，可无再虑了。"爽亦大喜。胜别过曹爽，自去赴任。何晏邓扬等，闻懿病笃，无不开怀。平原人管辂，雅善卜易，远近著名，晏延至家内，与辂论易，邓扬亦闻声趋至，列座倾听，约阅片时，便问辂道："君自谓善易，何故语中不及'易'义？"辂应声道："善易不言易。"晏含笑赞辂道："可谓要言不烦。但我有疑虑，烦君一卜。"辂问有何疑，晏与语道："我位可至三公否？且连日梦见青蝇聚鼻，究为何兆？"辂接口道："这亦何必卜易？从前元恺辅舜，周公佐周，并皆和惠谦恭，享受多福。今君侯位尊势重，人鲜怀德，徒多畏威，恐非小心求福的道理。且鼻为天柱，与山相似，高而不危，贵乃长守，今梦集青蝇，适被沾染，亦非吉兆，位峻必颠，轻豪必亡，愿从此衰多益寡，非礼勿履，然后三公可至，青蝇可驱了。”煞有至理。扬嘲笑道：“这也不过是老生常谈。”辂复应声道：“老生见不生，常谈见不谈。”说罢便拂袖径去。路过舅家，为述与何邓二人语意，舅惊问道：“何邓方握重权，汝奈何出言唐突？”辂怡然道：“与死人语，何必避忌？”舅又问道：“何谓死人？”辂详解道：“邓扬行步，筋不束骨，脉不制肉，起立倾倚，若无手足，此为鬼躁；何晏视候，魂不守宅，血不华色，精爽烟浮，容若槁木，此为鬼幽；眼见得死期将至，怕他什么？”一目了然。舅尚是不信，斥辂为狂，辂亦自归。哪知过了残年，果然应验，竟如辂言。

魏正始九年正月，少主芳出谒高平陵，曹爽兄弟，及私党并随驾出都，独司马懿称病已久，未尝相从，爽总道是懿病将死，毫不加防。哪知懿与师昭二子，已经伺隙多日，此番得着机会当即发难，勒兵闭城，使司徒高柔，假节行大将军事，据曹爽营，太仆王观行中领军事，据曹羲营，然后入白郭太后，只言爽奸邪乱国，应该废斥。郭太后为了迁宫一事，颇恨曹爽，当即允议。太尉蒋济，尚书令司马孚，为懿草表，由懿领衔劾爽，使黄门赍出城外，往奏少主；懿自引亲兵，诣武库取械授众，出屯洛水桥。爽有司马鲁芝，留住大将军府中，蓦闻变起，即欲出城见驾。商诸参军辛敞，敞狐疑不决，转询胞姐辛宪英，宪英为太常羊耽妻，秀外慧中，谈言多中，既见敞踉跄进来，便问何事？敞急说道：“天子在外，太傅谋变，我姐尚未闻知么？”宪英微笑道：“太傅此举，不过欲杀曹大将军呢。”敞又问道：“太傅可能成功否？”宪英道：“曹将军非太傅敌手，成败可知。”明于料事，可谓女诸葛。敞复问道：“如姐言，敞可不必出城？”宪英道：“怎得不出？职守为人臣大义，常人遇难，尚思顾恤，况为人执鞭，事急相弃，岂非不祥？我弟但当从众便了。”敞即趋出，与鲁芝引数十骑，夺门径去。早有人报知司马懿，懿因司农桓范，素有知略，恐他亦出从曹爽，乃托称太后命令，召范为中领军。范欲应命，独范子谓车驾在外，不可不从，范遂出至平昌城门，门已紧闭，守吏为范旧属司蕃，问范何往？范举手中版相示，诈称有诏召我，幸速开门。蕃欲取视诏书，范怒道：“汝系我旧吏，怎得阻我？”蕃不得已，开门纵范，范顾语蕃道：“太傅谋逆，汝可速随我去。”蕃闻言大惊，追范不及，方才退回。司马懿闻范出走，急语蒋济道：“智囊已往，奈何？”济笑答道：“驽马恋栈豆，怎肯信任智囊？请公勿忧。”懿即召侍中许允，尚书陈泰，使往见爽，叫他速自归罪，可保身家。待许陈二人去后，又召殿中校尉尹大目，婉言相告道："君为曹将军故人，烦为致意曹将军，免官以外，别无他事；如若不信，可指洛水为誓。"无非是牙痛咒。大目亦依言去讫。那曹爽尚随着少主，射鹰走犬，高兴得很；忽有黄门驰至驾前，下马跪呈，少主芳接受后，启封览表，但见上面写着：

> 臣懿言：臣昔从辽东还，先帝诏陛下秦王及臣，升御床，把臣臂，深以后事为念。臣谓太祖操高祖丕亦属臣后事，皆为陛下所见，无所忧苦，万一有变，臣当以死奉明诏。今大将军爽，背弃顾命，败乱国宪，内则僭拟，外则专权，破坏诸营，尽据禁兵，群官要职，及殿中宿卫，皆易用私人；又以黄门张当为都监，伺察至尊，离间二宫，伤害骨肉，天下汹汹，人怀疑惧，此非先帝诏陛下，及引臣升御床之本意也！臣虽朽迈，敢忘往言？太尉臣济，尚书令臣孚等，皆以爽有无君之心，兄弟不宜典兵宿卫，奏永宁宫皇太后，令敕臣如奏施行。臣因敕主者及黄门令，罢爽羲训吏兵，以侯就第，不得逗留，以稽车驾；否则即以军法从事！臣力疾出屯洛水浮桥，伺察非常，谨此上闻！

少主芳阅罢，交与曹爽，爽目瞪口呆，面如土色。俄而鲁芝辛敞到来，报称城门四闭，太傅懿出屯洛水桥，请大将军速定大计。爽与兄弟等商议，俱无良策，可巧桓范亦到，下马语爽道："太傅已变，大将军何不请天子幸许都，调兵讨逆？"爽皇然道："如卿言，我家属尽在城中，必遭屠戮了。"真是驽马。范见爽当断不断，又顾语羲道："若不从范言，君等门户，岂尚能保全？试想匹夫遇难，还想求生，今君等身随天子，号令四方，谁敢不应？奈何自投死地呢？"羲亦默然。范复进议道："此去许昌，不过一宿可至；关南有大将军别营，一呼即应，所忧唯有谷食，幸范带有大司农印章，可以征发。事在急行，稍迟便要遇祸了。"道言甫毕，许允陈泰又至，传达懿言，请爽兄弟归第，可保身家。爽更觉滋疑。未几又由尹大目驰至，谓太傅指洛水为誓，但要大将军免去兵权，余无他意。爽信为真言，稍展愁眉；时已天晚，便留宿伊水南岸，发屯田兵数千名，聊充宿卫，自在帐中，执刀徘徊，直至五鼓，尚无把握。范入帐催逼道："事已燃眉，何尚未决？"爽举刀投地道："我虽免官，尚不失为富家翁。"休想。范大哭出帐道："曹子丹即曹真。也算好人，奈何生汝兄弟，愚同豚犊。我不意到了今日，坐汝族灭哩。"待至天明，爽竟白少主，自愿免官，并把大将军印绶，解付董允陈泰，赍还洛阳。主簿杨综，慌忙谏阻道："公挟主握权，何事不可为？怎可轻弃印绶，徒就东市呢？"爽尚自信道："太傅老成重望，谅不食言。"呆极。遂将印绶付给许陈自去。爽兄弟奉主还宫，懿当然迎驾，且听令爽等还家。是夕即由懿遣兵围住爽第，越日即由廷尉奏称，谓已拿讯黄门监张当，却将先帝才人，私送爽第，且与爽兄弟三人，及何晏邓扬丁谧毕轨李胜等，一同谋反，约于三月间举事，司农桓范，知情不报，应该连坐。于是分头拿捕，结果是一同下狱，陆续斩首，并夷三族。桓范之死，实由替爽划策，并非出城之过。鲁芝辛敞杨综三人，亦为有司所收，谳成重罪，懿独慨然道："彼三人各为其主，不必处刑。"仍是笼络人心。当下释出三人，使复旧职。辛敞出狱自叹道："我若不谋诸我姐，险些儿陷入非义了。"小子有诗赞辛宪英道：

变起争权事可知，教忠仍使守纲维；
羊家智妇辛家姐，留播千秋作女师。

还有一位烈妇，也是扬名彤史，千古流芳。欲知烈妇为谁，下回再当报明。

曹爽一庸奴耳，不度德，不量力，竟以一时之徼幸，入为首辅，就使小心谨慎，犹难免复悚之凶；况淫奢无度，酒色是酖，何晏邓飏诸人，毫无伟略，引为谋士，兄弟中仅一曹羲，犹有一隙之明，而爽不肯从，其能保家保国乎？当日即无司马懿，吾知爽亦未必不亡也。唯懿之奸雄，不亚曹操，始则纵爽，继则赚爽，终则拒爽，玩爽于股掌之上，卒使爽无噍类，何居心之阴鸷若是！然回忆操之欺人，与懿略符，天生一操，又生一懿，正冥冥中之巧为安排，于爽乎何恤也？而后世之机械变诈者，可知所返矣！

第九十七回　猛姜维北伐丧师
老丁奉东兴杀敌

却说曹爽被诛，祸及宗族，无论男妇老幼，一概丧生。唯爽从弟文叔早亡，妻夏侯氏，青年无子，乃父夏侯文宁，欲令女改嫁，女名令女，号泣不从，甚至截耳出血，誓不他适；及爽被诛，令女适归宁母家，不致累及。文宁方为梁相，上书与曹氏绝婚，又使家人讽女改嫁。令女佯为允诺，悄悄的趋入寝室，取刀割鼻，蒙被自卧，女母迭呼不应，揭被审视，血满床席，不禁大骇。家人忙为敷药，且劝解道："人生世上，如草上轻尘，何苦出此？况夫家夷灭已尽，尚与何人守节呢？"令女泣语道："仁人不以盛衰改节，义士不以存亡易心；曹氏盛时，尚欲保终，及今衰亡，便思背弃，这与禽兽何异？我宁死不肯出此。"贞节可风。家人闻言，无不感动，乃听令守节。事为司马懿所闻，也觉起敬，因使令女乞子自养，为曹氏后。烈女足怵奸雄。还有晏妻金乡公主，系是操女，为操妃杜夫人所出，性情端淑，夙有贤名，晏自诩风流，雅好修饰，粉白不去手，行步顾影，无丈夫气，时人号为傅粉何郎。唯性亦渔色，又尝嗜酒，日与曹爽等为长夜饮，不问家事。金乡公主归语母杜夫人道："晏为恶日甚，恐难保身家。"杜夫人还疑公主妒忌，笑言诘责；谁料晏阅时无几，竟至杀身。晏有一男，年才五六岁，由杜夫人取匿宫中，遣人向司马懿缓颊，请勿连坐；懿素闻公主贤明，并看公主同母兄沛王林情面，乃赦他母子，不复加诛。但晏好清谈，与夏侯玄荀粲王弼等，引为同调，虽身已受戮，尚煽余风，魏晋清谈的流弊，实自晏始。特志祸根。这且慢表。

且说司马懿计杀曹爽，得专政权，光禄大夫刘放孙资等，咸称懿有大功，应升任丞相，并加九锡；少主芳不敢违议，便使太常王肃，赍册授命，懿固辞不受，方将册命收回。是年改元嘉平，即蜀汉延熙十二年，后主禅进监军姜维为卫将军，与费祎并禄尚书事。维具有胆略，尝欲继丞相亮遗志，北伐中原，独费祎不以为然，隐加裁制，但使维统兵万人，不令逾限。且与维相语道："我等才智，远不及丞相，丞相尚未能戡定中原，何况我辈？不如保国安民，静待能人，今不可希冀侥幸，轻举妄试，一或挫失，后悔无及了。"未始非持重之言。维因权在祎手，不便与争，只好蹉跎过去。会有一魏将奔入蜀境，叩关请降，自述姓名，叫作夏侯霸，当由关吏报知姜维。维惊疑道："霸系夏侯渊次子，与蜀有仇，何故前来乞降；莫非怀诈不成？"渊死于定军山，事见前文。维系魏人，应该知霸履历。遂嘱关吏严行盘诘，嗣接关吏复报，才知霸为曹爽外弟，官拜护军，归魏征西将军麾下，爽被诛后，玄奉诏入朝，改派雍州刺史郭淮代任；霸与淮有隙，又恐坐爽亲党，必将及祸，不得已奔入蜀中，路过阴平，仓皇失道，甚至随身粮尽，杀马为食，步行荆棘，履穿足破，千辛万苦，始得入蜀逃生。既已情真语确，当然由维召入，霸跪伏地上，泣诉前情，维亲为扶起，用言抚慰。复引霸入见后主，后主亦慰劳一番，令为维参军，霸拜谢而出。维问霸道："司马懿专政，未知他来窥我国否？"霸答说道："懿方营立家门，无暇顾及外事，唯钟士季年少有才，他日得志，必为蜀患。"维问钟士季为谁？霸谓故太傅钟繇子，现为秘书郎。维听到此语，乃欲先机伐魏，遂上表固请，奉诏出师。夏侯霸随维同行，到了雍州境内，审视地势，见有曲山可据，即引兵占住，分筑二城，使部将勾安李韶居守，自募羌胡遗众，往略诸郡。魏征西将军郭淮，急令雍州刺史陈泰往攻二城。泰发雍州兵前往，把二城团团围住，令他水汲不通，城中无水可取，将士枯渴；亏得初冬下雪，融作饮料，尚得苟延残喘。维闻二城被困，引兵趋救，方至牛头山，即被陈泰阻住，泰才识炼达，料知维军来援，必过此山，故就山设垒，亲自守候。维连日攻扑，终不能克，突有探骑入报道："魏将郭淮，前来援泰，先驱已渡过洮水了。"维亟与夏侯霸商议道："郭淮进至洪水，定来截我归路，如何是好？"霸皱眉道："看来不如速退，免得丧师。"维乃令霸先行，自为断后，星夜退归。那曲山二城，待援不至，守将勾安李韶，无术图存，只好降魏。姜维初次出师，便丧二将，不利可知。独维还入汉中，心下未惬，因拟约吴夹攻，遣使东下。

吴主孙权，年已昏耄，为了许多内宠，遂致嫡庶争权，内政尚且丛脞，还有何心外略？所以对着蜀使，模糊应付，当即遣归。自从吴主权称帝以来，差不多有二十余年，初次纪元黄龙，越三年改号嘉禾，又越六年，改号赤乌，又越十三年，改号太元。权元妃谢氏无出，纳妾生子，长名登，次名虑，登已立为太子，虑未冠而亡。权有外弟徐琨女新寡，貌美无双，为权所羡，复纳为妃。琨父名真，真妻为权姑母，琨女初嫁陆尚，尚卒，乃为权妃，事见史传。谢氏恚恨成病，不久即殁。权使徐氏抚养子登，登得为太子，群臣请立徐氏为后。偏后宫又有步氏袁氏，及王氏两夫人，步氏亦有姿色，与徐氏可称伯仲，徐氏性妒，步氏量宏，故权复右袒徐氏，终至后位不定。步氏无子，只生二女，长名鲁班，小字大虎，前配周瑜子循，后适全琮；次名鲁育，又字小虎，前配朱据，后适刘纂。何孙氏多再醮妇。至徐氏病殁，步氏因未曾生男，亦不得为后。袁氏即袁术女，品性最良，也无子嗣，步氏又不幸疾终，权欲立袁氏为后，袁氏以无子固辞。两王夫人，一生和霸二子，一生子休。后来权复得一犯女潘氏，娇小玲珑，使充妾媵，几度春风，生子名亮。赤乌四年，太子登卒，和依次立为太子；和弟霸受封鲁王，群臣谓母以子贵，应立和母王氏为后，权颇欲依议。哪知全公主即鲁班。与和母有嫌，屡进谗谤，权竟信女言，常责和母，和母王夫人无从辩白，忧郁致死，和亦因此失宠。和弟霸为权所爱，与和同居东宫，礼秩如一，群臣多上书谏诤，权乃命分宫别僚，二子自是生嫌。霸阴谋夺嫡，交结朝臣杨竺全寄吴安孙奇等人，谗构乃兄，权渐为所惑，嫉和益甚。上大将军陆逊，已代顾雍为丞相，仍守武昌，闻得太子兄弟，不相和协，因上书切谏，略言："太子正统，鲁王藩臣，当使宠秩有差，然后上下得安。"权置诸不理，逊书亦数上，仍无影响。太子太傅吾粲，请遣鲁王出镇夏口，并出戍杨竺等，不准留京，词尤激切，反触权怒。霸竺乘间谮粲，粲愤无可诉，致书陆逊，自鸣不平，偏又被霸竺所闻，诬他交通外臣，蓄谋不轨，竟致下狱毙命。权复遣使责逊，逊年已垂老，禁不住连番愤闷，也即病终。逊子抗为建武校尉，代领逊众，送葬东还；权召抗入问。抗陈乃父苦衷，声泪俱下，权稍稍感悟，才知霸竺所言，不情不实，于是霸宠亦衰。后宫里面的潘夫人，尚在华年，独承恩宠，眼见和霸二子，俱已失爱，乐得乘机献媚，为子谋储；且与全公主往来日密，并纳公主侄孙女全氏为子妇。权可纳姑母孙女为妃，亮亦何妨娶阿姐之侄孙女为妻？于是彼此益亲，日在吴主权面前，谗毁和霸，劝立幼子孙亮。权内惑宠妃，外信爱女，遂欲废和立亮，密语侍中孙峻道："子弟不睦，恐将蹈袁氏覆辙；指袁谭袁尚。若使朕不为变计，后患且无穷了。"峻为权叔父孙静曾孙，有姐为全尚妻，尚女嫁亮，亲上加亲，当然袒亮母子，赞成权议。唯权虽有此言，尚因废储事大，难免众谤，复延宕了好几年。

赤乌十二年间，右大司马全琮病殁，全公主又致守孀，年近四十，还是好淫，因孙峻壮年伟岸，即多方勾引，与他私通。乃母步氏以仁惠称，不意生此坏女。两下里暗地绸缪，密商长策，决拟将太子和捽去，改立孙亮，方好久图富贵，安享欢娱。未必。峻入侍吴主时，遂肆意诬蔑太子，惹动吴主宿嫌，竟将太子和幽锢别室。骠骑将军朱据，尚书仆射屈晃固谏不听，两人泥首自缚，连日伏阙，请赦太子，终不见许。无难营军督陈正，五营军督陈象，吴置左右无难营，又置五营，各设军督。上书切谏，反致族诛。据与晃且被牵入殿，各杖百下，谪据为郡丞，斥晃归里；太子和被废为庶人，徙置故鄣。鲁王霸亦同时赐死。霸党杨竺全寄吴安孙奇等，一体受诛，遂立少子亮为太子，亮母潘氏，居然被象服，著翚衣，进位皇后，统掌吴宫。吴王改年太元，便是为了册立潘后，有此特举。唯潘后得如所望，免不得恃宠生骄，比那前时的柔媚情形，迥不相同。吴主权亦瞧透三分，始悟太子和无辜，转生怜惜。是年八月朔日，天空中忽起大风，江海汹涌，平地水深八尺，吴主先陵所种松柏，尽被拔起，直飞到建业城南门外，倒插路旁，权因此受惊成疾，月余不能视事。到了仲冬，才觉少瘥，乃亲祀南郊，途次又冒风寒。及还宫后，复至患肿，意欲召和入侍，全公主及侍中孙峻，中书令孙弘，力言不可，方才罢议。好容易挨过残年，权病不能起，命立故太子和为南阳王，使居长沙；王夫人子休为琅琊王，使居虎林；还有一子名奋，乃是后宫中仲姬所出，年比太子亮少长，授封齐王，使居武昌。过了月余，权稍有起色，有司奏称凤凰来仪，乃复改年神凤。不料皇后潘氏，遽尔暴亡，权力疾往视，见潘项下有痕，舌不能藏，料有他故，因令左右秘密调查。嗣得察出破绽，乃是潘后待下甚暴，各有怨言，他见权老病垂危，即使宫人出问中书令孙弘，考察汉吕后称制故事。宫人因潘后临朝，必好残杀，不如先机下手，俟她夜间熟睡，竟将她项中扼死。权亦知她咎由自取，但看到惨死情状，不免悲愤交并，乃将与谋行凶的宫人，杀死数名。嗣是心绪不宁，病益沉重，又拖延了两三月，气绝身亡，寿已七十有一。太子太傅诸葛恪，太常滕胤，中书令孙弘，侍中孙峻，将军吕据，并受顾命，立太子亮为嗣主，夹辅朝政。弘与恪积不相容，意欲矫诏诛恪，商诸孙峻，峻反向恪报知，恪遂诱弘议事，把他杀死。然后为权发丧，追谥权为大帝。亮既嗣位，改元建兴，进恪为帝太傅，胤为卫将军，领尚书事，孙峻以下，俱进爵有差。

恪为诸葛瑾长子，少年颖悟，词辨过人，权闻名召见，欲试恪才，特遣人牵入一驴，用笔题面云："诸葛子瑜"。子瑜就是瑾表字，瑾面似驴，故以此为戏。天子无戏言，权以驴戏瑾，亦太失体。恪即跪请道："乞赐笔更添二字。"权将笔给恪，恪在诸葛子瑜下，添入"之驴"二字，举座称奇，权亦为称赏，便把驴赐恪。恪年甫弱冠，便拜为骑都尉太子登宾友，已而升任抚越将军，出平山越，更擢任威北将军，封都乡侯，望重一时。唯瑾谓恪非保家子，引为深忧。及瑾病殁，恪自矜才智，好陵上位，丞相陆逊，辄贻书相诫，恪不少悛。既而逊又去世，恪竟得为大将车，代领逊众，驻节武昌。吴主权病笃，召恪受遗，恪遂为首辅，欲收时望，缓逋责，除关税，宣布惠泽，远近腾欢，乃修筑东兴堤，左右倚山，夹筑两城。堤在巢湖东面，久废不治，恪恐湖水泛滥，并为吴魏冲道，故集众兴修，使全端留略二将，分守二城。复因休奋二王，封地濒江，关系重要，恐他据境谋变，特将琅琊王休，徙封丹阳，齐王奋徙封豫章。奋不肯遵行，由恪致笺恫吓，然后迁往。恪有族叔诸葛诞，仕魏为征东将军，闻吴修堤筑城，当即详报魏廷，请先机伐吴。时司马懿已死，长子师进任抚军大将军，代父执政，颇善诞言；再加征南将军王昶，征东将军胡遵，镇东将军毌丘俭，各献军谋，力主东征，师遂令诸葛诞集兵七万，会同胡遵，直攻东兴。又遣王昶攻南郡，毌丘俭攻武昌，三路进发，探报驰达江东。诸葛恪忙率同将士，昼夜兼行，往救东兴，吴冠军将军丁奉，老成炼达，愿为前驱，恪令他将吕据留赞唐资三人，引兵二万，与奉并进；自率二万人为后应。奉向吕据等申议道："兵多行缓，若被贼据险，难与争锋，我宜速往，君等随后接应，方可无虞。"说着遂率麾下三千人，轻舸前行，顺风扬帆，两日余即达东关，据住徐塘。魏将胡遵，已在湖滨，筑造浮桥，渡过军士，结营东兴堤上，分兵攻扑两城，三日不下。适值天寒雨雪，未便急攻，遵高坐营中，与将佐置酒豪饮，闻得吴兵来援，乃遣将探望，返报吴兵寥寥，不过二三千人，遵不以为意，仍然畅饮；仿佛酒鬼。但命兵士数百人，守住营门。丁奉见魏兵未出，即拢船近岸，顾语部众道："取封侯爵赏，正在今日，愿诸君努力。"说着，即脱去战袍，轻装持刀，一跃登堤，兵士亦相率解甲，甚至袒裼露臂，左执楯，右执刀，随奉上岸。魏兵瞧着，以为天寒至此，不战先僵，相率大笑，谁知丁奉用刀一挥，众皆踊跃，直扑魏营，魏兵始仓皇入报。魏前部督韩综桓嘉，起座出战，摇头摆脑的趋至营外，曲摹醉态。可巧碰着丁奉，一刀砍来，正中韩综头颅，倒毙地上，综系东吴叛将，屡为吴害，奉正欲枭取首级，不防桓嘉一戟刺来，亏得奉眼明手快，用刀格开，嘉酒尚未醒，倒退了两三步，被奉趋前一刀，砍伤左肩，又复倒地。魏兵见两将毕命，统皆逃入营中，奉得从容枭首，麾兵再进，三千吴兵，冲入魏营，胡遵即上马对敌，哪禁得吴兵利害？所向无前，慌忙弃去前屯，退入后寨。可巧吴将吕据留赞唐资等，陆续杀到，眼见得魏兵骇走，连后寨都不能保守，你贪生，我怕死，纷纷向浮桥渡回，人多桥坏，溺死了好几万人；胡遵飞马先走，幸得逃命，所有辎重甲仗，尽被吴兵搬归。魏将王昶毌丘俭，接得胡遵败报，也烧屯退回。诸葛恪行至东兴，赏劳诸将，奏凯还朝；特将叛将韩综首级，献入大帝庙中，声罪报功，恪得加封阳都侯，领荆扬二州牧，都督中外诸军事。

越年，恪复欲出兵伐魏，群僚固谏不从，当即迁司马李衡，西行至蜀，约同举兵。蜀大将军费祎，方被降将郭修刺死，将佐多不愿出师；独卫将军姜维，有志北伐，以为有机可乘，不行何待？乃率数万人出石营，经董亭，进围狄道。诸葛恪得李衡归报，也领兵入淮南，环攻新城。魏大将军司马师，用主簿虞松计，使毌丘俭等堵御吴兵，坚壁勿战；另檄征西将军郭淮，雍州刺史陈泰，尽发关中士卒，速援狄道。淮与泰奉檄驰援，甫抵洛门，那姜维已探知消息，自恐粮食不继，撤围引去，诸葛恪却尚屯兵新城，连日督攻。城将陷落，守将张特，佯为乞降，只言魏法须守城百日，方可出降，家族免罪，今被围已九十余日，乞恩许满限，然后开城拜纳等语；恪信为真言，饬兵缓攻。不意特乘夜修城，补阙完残，至次日登城大呼道："我情愿斗死，岂肯降汝吴狗？"特为一牛之称，牛固不宜事狗。恪闻言大怒，再饬攻城，竟不能克，军士锐气已衰，更兼天气蒸闷，多半遇疫，死亡相继，恪尚虐待将士，说他不肯尽力，众益离散。魏将毋丘俭等且乘敝进援，吴兵大恐，不战自溃，恪也只好逃归。沿途散失军械，不可胜计，于是吏民失望，怨讟交乘，恪不自引责，反苛求将吏过失，或诛或黜，累日不绝。且恐他人暗算，累得精神恍惚，寝食不安。先是恪出兵淮南，整装将行，忽有一人满身素服，趋入阁中，内吏问为何事？那人谓至寺院迎僧，为亲超荐，不意误走至此内，吏将他叱出，转语外门守卒，俱言持械把门，并不见有一人进来，大众都为诧异。及出行后，舟车左右，时有白虹环绕，家中厅屋栋梁，无故自断，家人都目为不祥，替恪担忧，恪却安然归家，总算幸事；但与恪语及，恪也觉惊心。一日早起盥洗，闻水中有血腥气，连易数盆，血腥如故，待至戴冠加衣，衣冠上亦有腥气，正惊疑间，忽侍中孙峻，赍诏到来，召恪入宴。恪亦防有他变，诈言腹疾，不便饮酒，峻忙说道："天子设宴宣召，欲与太傅共议大事，请太傅力疾一行；若因御酒不便下饮，尽可自赍药酒，随身带去。"以诈应诈。恪因峻素来亲信，计划周到，料无他谋，乃令峻先行，自易朝服出门。门内豢有黄犬，突至恪前，衔住恪衣，恪愕然道："犬不欲我出门么？"乃还坐片刻，少顷复出，犬衔衣如故，恪不禁动怒道："犬亦敢来戏我么？"遂令卫士将犬赶出，登车入朝。散骑常侍张约朱恩，为恪爪牙，呈递密书，劝恪毋入。恪省书欲归，适遇太常滕胤，问将何往？恪以腹痛甚剧为辞，胤答说道："既已到此，应该一见主上，方可告归。"恪踌躇多时，又由孙峻出来敦促，乃剑履上殿。这一番有分教：

列席未终头已落，复巢以下卵无完。

恪既入殿，究竟有无祸变，试看下回便知。

姜维之主张北伐，欲继诸葛遗志，非不足嘉？所惜者有志乏才耳。费祎阴加裁制，不令兴师，亦为知己知彼之论。然伐亦亡，不伐亦亡，诸葛武侯之《后出师表》，详哉言之。天不祚汉，武侯阻于中寿，姜维才不逮武侯，而又辅佐无人，此北伐之所以寡效也。牛头山一役，未得寸土，既丧二将，先声已挫，后事可知，蜀其尚能长存乎？孙权承父兄遗业，任才尚计，史谓其有勾践遗风，乃内宠相寻，晚年益愦，废长立幼，乱本已成；诸葛恪孙峻诸徒，皆不足托孤寄命，而权则倚为心膂，嘱令辅政。恪修缮湖堤，筑城自固，尚为保境之良策；东兴破敌，功由丁奉，班师东返，遽沐侯封，恪之幸也。乃小胜即骄，穷兵不已，至于新城顿挫，犹且不知引咎，作福作威，虽欲不亡，乌可得耶？语有之：“小时了了，大未必佳。”观诸葛恪而益信；若孙峻则更不足齿矣。

第九十八回　司马师擅权行废立
毌丘俭失策致败亡

却说诸葛恪剑履上殿，见过吴主孙亮，列席饮酒，恪辞不能饮，无非防他下毒。孙峻即进言道："太傅有药酒带来，何勿敢取饮？"恪即命从人取入，放心酌饮。酒至数巡，亮托称更衣，起座入内，峻亦如厕，脱去长袍，改着短服，怀刃趋出，大声说道："有诏收诸葛恪。"恪惊起拔剑，尚未出鞘，峻已一刀斫至，剁落恪首。散骑常侍张约，坐在恪旁，急掣恪剑砍峻，峻向右一闪，稍伤左手，右手亟持刀劈约，约趋避不及，右臂中断，殿侧已先伏甲士，一齐突出，把约杀死。座上诸官，统皆惊走。峻复宣言道："恪谋逆已诛，余人无罪，尽可归座。"大众听着，乃复留片刻，旋即辞去。峻令甲士舁出二尸，用苇席包裹，竹篾扎缚，投诸城外石子岗；一面遣令甲士往收诸葛恪妻孥。恪妻正在室中，见有一婢进来，带着血腥，禁不住掩鼻诘问，婢忽跃起道："诸葛公乃为孙峻所杀，冤乎不冤？"道言甫毕，恪子竦建，踉跄趋入，哭报乃父被诛，捕吏将至，请母亟奔。恪妻听了，也不及举哀，慌忙出门登车，与二子逃出都门；偏被骑督刘承追至，把他们围住，尽行拿下，押还都市，一齐枭首。恪甥都乡侯张震，及常侍朱恩等，连坐处死，并夷三族。临淮人臧均，表请收葬恪尸，辞多凄恻，乃听令收埋。当时建业有童谣云："诸葛恪，芦苇单衣篾钩落；于何相求成子阁？"成子阁，即石子岗别名，钩落就是苇带，至是谣言果验。这谋杀诸葛恪的计议，出自孙峻，峻得受拜丞相大将军，都督中外诸军事，加封富春侯。太常滕胤，本未预谋，且为恪子悚妇翁，因乞辞职。峻笑语道：“鲧禹犹不相及，滕公为何出此？”遂仍使守位，且进爵高密侯。南阳王和妃张氏，为恪甥女，峻为此收和印绶，且逼和自尽。胤可免罪，和何故受诛？和接到朝命，与张妃泣别，张妃凄然道：“吉凶当相随，妾终不独生。”遂与和一同服毒，相继毕命。和妾何氏，独叹息道：“若皆从死，何人抚孤？”乃留育和子皓德谦俊四男。皓即为东吴末主，后文再表。

且说魏主曹芳嗣位已十余年，正始九年，嘉平六年，共十有五年。仍用夏正，一切政事，俱归司马氏裁决。司马懿前杀曹爽，威震朝野，到了临死这一年，尚杀扬州都督王凌，及凌甥兖州刺史令狐愚，说他谋立楚王彪，请旨赐彪自尽，并将诸王公锢置邺中，派人管束，不准与郡国交通。补叙之笔。及司马师继懿辅政，权过乃父，魏主芳年已逾冠，一些儿没有主权，当然不乐。嘉平三年，芳后甄氏病逝，越年立光禄大夫张缉女为继后，缉不得与政，反令避嫌家居，亦怀怨望。太仆李恢，有子名丰，少有清名，为世所称，独恢严令约束，饬令闭门谢客。与诸葛恪父子情迹相同。恢既去世，丰遂出为尚书仆射，司马师且擢他为中书令。丰与夏侯玄亲善，玄自被召入都后，因为曹爽亲属，致削兵权，但得了一个太常职衔，居常怏怏，辄与丰秘密商议，诛司马氏，为爽复仇。丰子谄得尚齐长公主，官拜给事中，父子常入侍宫廷，参预机要，魏主芳亦视为心腹，与语司马氏专横情状，往往流涕。丰虽为司马氏所拔擢，但心常属夏侯玄，隐恨司马师，更兼魏主涕泪相嘱，因即一力担承，愿除权蠹；且使韬转告后父张缉，联为指臂，缉当然相从。嘉平六年二月，魏主芳拟封后宫王氏为贵人，丰暗与黄门监苏铄，永宁署令乐敦，冗从仆射刘贤等，私下定谋，拟俟魏主临轩，召诛司马师，即令夏侯玄代为大将军，张缉为骠骑将军。就使司马师被诛，尚有昭在，计亦未周。

谁知事机不密，为师所闻，立遣舍人全兼，引兵召丰；丰也知谋泄，不敢不往。既与司马师相见，一再盘诘，丰不禁动恼道：“汝父子包藏祸心，将图篡逆，可惜我无力诛，汝死亦当为厉鬼以击贼。”师勃然大怒，便令武士执着刀环，猛击丰腰，丰即刻晕毙。师遂遣吏收捕夏侯玄，及后父张缉，交付廷尉钟毓。毓亲自讯玄，玄正色道：“我有何言？随汝定谳罢了。”毓乃令玄系狱，自作谳词，流涕示玄，玄不加辩论，当即点首。待至谳词呈入，公卿等都惮师威权，不敢异议，遂将玄缉二人，斩首东市，玄颜色不变，引颈就刑。玄子韬以尚主赐死，再执苏铄乐敦刘贤等，一体交斩，并夷三族。师意未足，带剑入宫，见了魏主芳，便瞋目道："张女何在？"芳战栗道："谁为张女？"师厉声道："就是张缉女儿！"芳起揖道："张缉有罪，该女并未知情，乞大将军宽恕。"皇帝丢脸，但亦忆及乃祖逼宫时候？师又说道："逆犯女儿，就使未尝知情，亦岂可为国母？应该即日废置。"芳俯首无言，师竟逼令张后出宫，可怜张后毁妆易服，哭辞魏主，由内侍拥出宫门，幽锢别室。与伏皇后何异？师方才趋出，始令词臣草诏，废去皇后张氏，不到数日，张氏暴亡，想是被司马师谋死了。毒逾乃父。魏主曹芳，无法可施，只得册王氏为贵人，即将王氏续立为后，后父奉车都尉王夔，迁官光禄大夫，受封广明乡侯。但芳虽不能制师，始终怀嫌，师亦心下忌芳，潜谋废立。适蜀将姜维，复出陇西，收降魏狄道长李简，进拔河间临洮诸县，司马师接得警耗，拟调亲弟安东将军司马昭，引兵拒蜀。当即入白魏主，请旨召昭，昭留守许昌，奉召入见，魏主芳至平乐观劳师，中领军许允，与魏主左右侍臣，欲乘间杀昭，勒兵收师，当下密奏曹芳，芳亦允议。及昭入辞行，芳见他威风凛凛，不由的胆战心惊，因将密谋搁起，未敢遽发。偏昭乖刁得很，微有所觉，退白乃兄司马师，师嘱暂留洛阳，觇察内外动静。一时查不出什么确音，只有许允屡次入内，与魏主背地私议，乃即诬他擅散官物，谪戍乐浪郡，且遣壮士夤夜追上，把允刺死。手段真辣。会接陇右守将徐质军报，与蜀兵连战数次，击死蜀将张嶷，蜀兵已退，姜维三次无功，即从魏将口中叙过。师乐得表留亲弟，与议废立事宜。昭狠戾不亚乃兄，极口赞同，师遂入朝，大会群臣，首先倡议道："今主上荒淫无道，亵近娼优，听信谗言，闭塞贤路，几与汉昌邑王相同，若长此守位，必危社稷，敢问诸公意见何如？"群僚并皆畏师，只好随声附和道："伊尹放太甲，霍光废昌邑王，俱为安定社稷起见；今日事亦唯公命。"师欣然道："诸公既以伊霍望师，师亦何敢避责呢？"说着，即从袖中取出奏稿，令众署名，众见奏稿，是请命太后，说得曹芳如何昏愚，如何淫乱，明明是十有九虚，但欲违师命，必致诛夷，乃依次署讫。使人呈入永宁宫，郭太后本不预外政，看到这般奏本，默不一言。师在朝候信，且与群僚议定，将迎立彭城王据为嗣君，唯太后复命好多时不见颁到，因再遣大鸿胪郭芝入问。芝驰至永宁宫，见太后与魏主芳对坐，并带愁容，芝竟顾芳道："大将军欲废陛下，改立彭城王。"太后道："待我面见大将军，从容决议。”芝作色道：“太后有子不能教，今大将军已与群臣商决，勒兵坐待，尚有何言？”简直似太上皇训令。太后无词可答，不禁泪下，俄而复有人驰入，手持齐王印绶，交与曹芳，令他退就旧藩，芳知不可留，拜辞太后，与郭芝同至殿中，别过百僚，出乘王车，竟赴故邸。为主无权，不如勿为。有几个忠厚官员，送了一程，太尉司马孚，悲不自胜，余亦未免唏嘘；独司马师昂然自若，复使郭芝往索玺绶，太后与语道：“彭城王据是武帝庶子，为先皇季叔，若果迎立，试问将我置诸何地？且明帝从此绝嗣，大将军想亦未安，我意不如迎立高贵乡公髦，髦系文帝长孙，明帝从子，准诸古礼，小宗应继大宗，可与大将军谨议，再来报我。”芝听了此言，倒也不便驳斥，便出告司马师。师也觉正论难违，只好依命，使芝再白太后，仍取玺绶。太后道：“高贵乡公小时，即由我见过他，既入嗣，我当亲交玺绶便了。”徒保玺绶，也是无益。芝复出告师，师乃遣使持节，往迎高贵乡公髦，一面肃清宫禁，降王皇后为齐王妃，勒令出宫就邸，专待曹髦到来。髦系明帝弟，东海定王霖子，正始五年，受封高贵乡公，年才十四，既至洛阳，群臣迎拜西掖门，髦下车答拜，礼官谓不必答礼，髦正色道：“我亦人臣，今奉太后征召，未知何事，怎得见了群僚，便不答拜呢？”十四岁便能如此，聪慧可知。说着，即步行入殿，郭太后早已闻知，在太极殿东堂坐待，及髦拜见后，嘱咐数语，交与玺绶，髦固辞不获，方受玺易衣，御殿登座，朝见百官，即改嘉平六年为正元元年，大赦天下。假大将军司马师黄钺，入朝不趋，奏事不名，剑履上殿，其余文武百官，亦封赏有差。废立既得增封，何妨篡弑？

未几，已是一年上元，庆贺方才告毕，忽报扬州都督毌丘俭，与刺史文钦，托名讨逆，渡淮前来。司马师方病目瘤，延医割治，在府养病，闻得此报，急召河南尹王肃，尚书傅嘏，中书侍郎钟会等，入议军情；且与语道：“我本欲亲征叛乱，可惜目瘤未愈，不能出行。”钟会起答道：“此事非大将军亲出，恐一时未能荡平。”王肃等亦赞成会议，师蹶然跃起道：“诸君既勉我亲征，我亦顾不得目疾了。”遂命弟昭兼中领军，暂摄朝政，自乘软舆督军，命荆州刺史王基为监军，向东进发。基向师献议道：“淮南人民，非真思乱，不过为俭等胁迫而来，若大军一临，必然瓦解，基愿统率前军，速往平乱。”师欣然依议，基即星夜进兵，先将南顿城据住。毌丘俭因王凌死后，代督扬州，素与夏侯玄李丰友善，玄丰受诛，俭亦不安，因与刺史文钦结交。钦本与曹爽同乡，为爽所爱，乃得擢用。爽与玄丰二人，同为司马氏所害，故钦俭并恨司马氏。曹芳被废，俭子甸请父兴师，乘机讨逆，俭乃矫托郭太后密诏，移檄州郡，号召兵马，讨司马师；自率州兵渡淮，行至项城，探悉王基据守南顿城，乃就项城驻扎，使健足赍书至兖州，往招刺史邓艾。艾字士载，籍隶棘阳，口吃不能急言，尝自呼艾艾，少年丧父，为人牧牛，每见高山大泽，辄留心形势，时人笑他为痴；独同郡吏见他聪慧，给资使学，终得成才。初入为太尉掾，继迁尚书郎，出参征西军事，任南安太守，调擢兖州刺史，有所规划，无不合宜，因此与钟士季齐名。为钟邓二人入蜀张本。此次接着俭使，看罢来书，竟随手扯碎，且将俭使斩讫，立率万余人，趋乐嘉城，与师相应。师命镇南将军诸葛诞，由安风出取寿春，征东将军胡遵，由青州出谯宋地，截俭归路，自引兵往就邓艾。适文钦进袭乐嘉城，猝与师遇，不战即却。钦子鸯年方十八，骁勇绝伦，独无惧色。且请与钦夜袭师营，分兵夹攻，钦从东进，鸯从西入。父子计议已定，待到夜半，鸯率壮士，至师营前，鼓噪杀入，师本善行军，自有预备，当即传令坚守营门，不准妄动。将士虽遵令守住，怎奈营外的喧声，愈响愈震，师病卧帐中，惊愤交并，急得目睛突出，痛不可耐，但又未便呻吟，强为镇定，啮被皆破，好容易挨至黎明，营尚未陷。那文鸯专待父至，两路进攻，哪知钦竟不到，日已高升，只得引兵退去。行未里许，后面来了许多追兵，统将乃是司马班，鸯匹马单枪，回头杀入，无人敢当，纷纷倒退，鸯乃复去。司马班又麾兵追鸯，鸯返战六七次，杀死班兵六七百名，班不敢再进，鸯乃徐徐引还。途次始遇见乃父，问明情由，系是夜间失道，不得已觅路归来，鸯很是叹惜。父不及子，奈何？及还抵项城，毋丘俭已经遁去。原来吴丞相孙峻，闻俭出兵逾淮，料知扬州空虚，乘间进攻寿春。再加诸葛诞亦出安风津，向寿春进发，俭闻得此信，慌忙走还。钦父子孤军无继，也只得弃了项城，奔回寿春。背后忽有一人追呼道："文刺史何不暂留数日，乃如此急走呢？"钦回顾来骑，乃是尹大目，便骂他负爽旧恩，助师为逆，大目尚欲有言，钦竟弯弓欲射，大目且却且语道："罢了罢了！幸各努力！"说毕即返。其实大目是有心曹氏，来报师目突出，教他留守项城，静心待变；偏钦闻言不悟，竟致大目白走一遭。心粗胆怯，怎能成事？至行近寿春，闻得城中已溃，无家可归，没奈何投降孙峻去了。毋丘俭遁出项城，意欲南归，被胡遵截杀一阵，部兵四散，乃北走慎县，随身已无一卒，独至水草中暂憩，适为安风津民张属所见，把他射死，献首军前。俭子甸未曾随父，逃往新安，终被捕诛。尚有甸子弟数人，亦奔投吴军。吴军方至槖皋，诸葛诞已入寿春，孙峻料已无及，也即引还。司马师已平定淮南，即令诞都督扬州，自率大军还都。甫抵许昌，目痛愈剧，一经朦胧，便见夏侯玄李丰张缉等，立在面前，自知性命不保，不能至洛，可巧司马昭前来省疾，便即嘱咐后事，语尚未毕，眼中一声怪响，鲜血直流，顿致毙命。昭取得乃兄印绶，即总督人马，上表讣闻。魏主髦令昭留屯许昌，援应内外。昭询诸中书侍郎钟会，会劝昭回驻洛南，昭不待朝命，便即引归。魏主髦无可奈何，只得使昭继承兄职，嗣是大权复归昭有了。也可谓兄终弟及了。

且说蜀将姜维，探知司马师已死，复议乘间伐魏，大将军张翼，以为国小民劳，不宜黩武，劝维守险自固，为休养计。维不肯依议，竟请准朝命，与车骑将军夏侯霸等，率兵数万，进兵枹罕。魏征西将军郭淮已殁，由雍州刺史陈泰升任，新刺史姓王名经，轻率寡谋，引兵出拒，两军会战洮西。维令夏侯霸绕出经后，前后夹攻，经军大败，丧师无算，乃退保狄道城。维欲进攻狄道，张翼又谏阻道："大功已立，可止则止；若再行进兵，恐如画蛇添足，将隳前功。"维反恨他阻挠，驱军径进，魏征西将军陈泰，夤夜往援，就狄道城东南山上，鸣鼓举烽，张皇声势；再加兖州刺史邓艾，也受了朝旨，迁官安西将军，领兵来助陈泰，维闻两路兵到，急收兵退驻钟堤。四次无功。泰与邓艾相会，置酒谈兵，将佐毕集，俱谓蜀兵却退，未敢再来。艾独笑说道："洮西方败，彼必思乘胜再举，是一当来攻；彼屯兵汉中，容易出发，且知我将易兵新，更思乘隙，是二当来攻；彼用船行，我从陆行，我劳彼逸，是三当来攻；狄道陇西南安祁山，皆为边境，我须四处把守，彼得一路直进，是四当来攻；彼出南安陇西，可资羌谷，若出祁山，可就食陇麦，是五当来攻；我料他不出一年，就要前来了。"知己知彼，百战百胜。将佐始服艾远虑，交口称善。艾往屯祁山，逐日练兵，专待敌至。越年魏主髦改元甘露，就是蜀汉后主禅延熙十九年，蜀将姜维，进位大将军，又自钟堤出兵，北向祁山，途中探得祁山有备，乃改趋南安。偏为邓艾所料，引兵往据武城山，截住蜀兵去路，山势险峻，蜀兵连攻不克，维又欲移攻上邽，檄令镇西大将军胡济会师，就留夏侯霸屯武城山，自率部众，夤夜渡渭，潜向上邽进发。走至天明，见两面山路崎岖，不便驰骤，正在疑虑，前驱已返报道：“此处名为段谷，谷后旗帜飘扬，恐有伏兵。”维变色道：“段谷名称未佳，不如退师。”遂掉头回走，不料邓艾却挥兵杀来，兜头拦住，蜀兵已经心慌，更加道途逼窄，不能成列，被艾军一阵截击，杀得七零八落。维还望胡济来援，哪知待久不至，只好向前冲突，艾却纵兵兜围，不令窜逸，维兵越战越少，幸亏夏侯霸前来救应，才得拔出，姜维奔回汉中。这番姜维败回，丧失甚多，实皆被邓艾占了先着，处处设防，所以维有此败。第五次又失败了。嗣是蜀人怨维，维亦上表自贬，降为后将军，仍行大将军事。过了一年，魏扬州都督诸葛诞，又起兵讨司马昭，于是吴蜀两国，亦各东西出兵。小子有诗叹道：

阵云扰扰起神州，未壹舆图战不休；
汉土三分数十载，可怜尸血满江流。

欲知诸葛诞何故讨昭，且看下回分解。

有曹操之废伏后，乃有司马师之废张后。操废后而止，至废帝一事，留待其子曹丕；而师独以一身兼之，既废张后，复废魏主芳，乱贼效尤，比前为甚。无怪后事之愈出愈凶。然使前无曹操父子，后亦必无司马师兄弟；天鉴不远，加倍相偿，世人欲为子孙计，亦何勿稍留余地乎？毋丘俭等之讨司马师，史笔尝嘉予之，然才不逮志，终致覆灭。俭子甸知讨贼之义，而不能为父先驱，坐致赤族；文钦有子，似胜毋丘，然子有勇而父无谋，其曷能济？此所以倏起倏仆也。然天欲覆曹而生司马氏，岂容毋丘俭之讨贼有成乎？

第九十九回　满恶贯孙綝伏诛
竭忠贞王经死节

却说诸葛诞驻节寿春，坐镇扬州，他本与夏侯玄邓扬诸人，互相标榜，号为八达，至玄等夷灭，诞力不敌司马氏，乃隐忍不发。及毋丘俭等发难，复助司马师平乱，因得代俭位置，且进封高平侯，加官征东大将军。但自思王凌毋丘俭，相继诛夷，恐不免再蹈覆辙，乃赦罪犯，蓄死士，散财赡众，收结人心，且借口防吴，更请添兵筑城，为自固计。初志已出毋丘俭下。司马昭方秉国政，颇有疑意，长史贾充，请借慰劳为名，遣使观变，昭即使充至寿春，与诞相见。诞留充宴饮，与语时事，充用言探试道："洛中诸贤，皆愿禅代，君以为何如？"诞不禁作色道："君非贾豫州嗣子么？充系豫州刺史贾逵子。世受国恩，奈何出此妄言？"充惭沮道："充不过将人言告公。"诞不待词毕，又厉声道："洛中有变，我当效死报国，身为人先。"何不与毋丘俭等同时报国。充已知诞意，饮罢告辞，返报司马昭，并向昭献议道："诞在扬州，颇得众心，不如征令入都，免为后患。"昭蹙眉道："恐诞未必肯来。"充又说道："充亦知他未肯应召，但召他不至，反速祸小，否则反迟祸大，愿明公裁察。"昭乃请旨，征诞为司空。诞果然迟疑，且见诏书中云，可将兵符，交与扬州刺史乐綝，更觉得乐綝从中倾轧，不由的愤嫉交乘，当即带领数百骑，径赴扬州，佯言将奉诏入洛，与綝辞行。綝不知有诈，迎诞入厅，诞便指挥骑士，一拥上前，吓得綝逃至楼上，终被杀死，于是诞征兵聚粮，准备起事；且遣长史吴纲，送少子靓入质东吴，称臣乞援。吴相孙峻，骄淫无道，国人侧目，司马桓虑，将军孙仪等，先后谋峻，俱被杀死。全公主与峻私通，往来日久，因前曾谮害太子和，妹夫朱据，与妹朱公主，均有异言。据已贬死，唯妹尚存。全公主余恨未消，竟诬妹与孙仪通谋，朱公主复致坐死。是何戾气，出此淫悍残忍之妇人？峻年未四十，恶贯满盈，忽患心痛，自称为诸葛恪所击，半日即毙，后事属诸从弟孙綝，綝已为偏将军，至是进任侍中，拜武卫将军，领中外诸军事。骠骑将军吕据，素嫉孙綝，遂与诸督将连衔，表荐卫将军滕胤为丞相，綝独奏调胤为大司马，使他出镇武昌。胤尚未行，据已由江都回来，使人告胤，共黜孙綝。綝得知消息，遣从兄孙宪，引兵御据，且促胤即日赴镇。胤不肯依言，反勒兵自卫，綝遂奏称胤谋反，率军攻胤，将胤杀死，并夷三族。胤不自量力，死亦自取。据既失内应，复为孙宪所阻，害得进退两难，或劝据北行奔魏，据慨然道："我若为叛臣，有何面目对我先人？"遂服毒自尽。据为故大司马吕范次子，自杀以后，由綝奏为叛首，亦夷三族。吴主亮下诏改元，号为太平，亮嗣位时，改元建兴，越二年改元五凤，五凤三年，又改号太平。进綝为大将军，封永宁侯。綝从兄宪引兵还都，未得升迁，且见綝倨傲无礼，心甚怏怏，因与将军王惇，同谋诛綝，不幸事泄，惇即受诛，宪亦自杀。过了一年，正值诸葛诞遣子入质，称臣请救，綝方欲图功耀威，当然乐从，便命将军全端全怿唐资等，与降将文钦父子，领兵三万，往救寿春。

魏大将军司马昭，闻得诸葛诞起兵，急忙入宫面奏，逼令魏主髦亲征，且请郭太后慈驾同行。挟天子并挟太后，无非防有内变。郭太后及魏主髦，不敢不从，当由昭调集大兵二十六万，陆续东下，自拥两宫车驾，出屯丘头，使镇东将军王基，与安东将军陈骞，领兵十万，进图寿春。基等方至城下，吴将全端全怿等，已先入寿春城中，助诞固守；基挥兵围城，再向司马昭请兵十万，把寿春四面环住，围得水泄不通，文钦等屡出犯围，均被击退，吴又遣将军朱异率三万人至安丰，为寿春外援。魏亦令将军石苞，督同兖州刺史周泰，徐州刺史胡质等，击败朱异。异走报孙綝，綝乃大发士卒，出屯镬里，仍使异同将军丁奉黎斐等，引兵五万，再救寿春。异将辎重留屯都陆，自出黎浆，不意魏将石苞等，又复杀来，异与战失利，仍然失败。还有魏泰山太守胡烈，潜引精兵五千，从间道绕出都陆，把朱异所留的辎重，一炬成灰；异兵丧粮尽，不得已仍回见孙綝。綝怒责道："汝两次失败，何颜见我？”异以魏兵势大为辞，綝复叱道：“再去决一死战，不必向我饶舌。”异答言有兵无粮，不能再往。綝拍案道：“谁叫汝辎重被毁？到此还敢违我令么？”一味蛮话。异尚欲再辩，綝竟拔剑起座，把异劈为两段。异为东吴名将，骤被杀死，将士都有违言，綝自知支持不住，索性退归吴都。适吴将全怿兄子炜仪，因讼得罪，奉母奔魏，可巧司马昭亲来督攻，即收纳炜等，且伪作炜书，嘱炜从人，赍送寿春，递与全怿。书中大意，说是孙綝还都，责诸将救诞无功，罪及家族，因此奔魏逃命。怿得书惶急，即与全端，带领部众，出城降魏，寿春城内，兵力益孤。诞部将蒋班焦彝，劝诞背城一战，诞又不从，二人料诞必败，也出降魏军。寿春自被围后，差不多已有半年，勉强过了残冬，粮食垂尽，诞屡次突围，终不能脱文。钦向诞献议，请将北兵尽行驱出，但留吴兵，与诞坚守，方可省食，诞不禁起疑，钦说至再三，诞勃然大怒道：“汝教我尽去北军，连我也好送死了！”说着即拔刀砍死文钦。钦子文鸯文虎，闻乃父被杀，当然痛愤，便逾城奔投魏营，军吏请按他前罪，一并加诛，司马昭独解说道：“钦敢叛国，应受族诛，但今却不应出此。钦子穷迫来降，若将他诛戮，反使城内守兵誓死拒我，岂不可虑？”乃召入鸯虎二人，面加抚慰，更表为偏将军，封关内侯。能收能放，奸谲不亚老瞒。一面使骑士数百人，绕城大呼道：“文钦子尚不见诛，反加封赏，汝等何不早降，同受爵禄呢？”守兵听着，俱被诱动，往往缒城出降，昭乘势攻城，一日一夜，便得登陴，杀入城中。诸葛诞率亲兵数百人，开城欲走，被魏司马胡奋追及，一刀毕命，奋指挥部曲，将诞亲兵，一齐缚住，劝令投诚。谁知他都不肯降，杀一个，劝一个，随劝随杀，竟至杀尽，并将诸葛诞全家诛戮，夷及三族。吴将唐咨降魏，唯偏将军于诠，慨然太息道：“大丈夫受命行军，不能救人，反甘屈节，我所不为。”说罢，竟免胄突阵，致为乱军所杀。可见吴大帝于地下。司马昭安民已毕，查点吴兵，乞降不下一二万人。或谓吴兵家小，尽在江南，将来必有他变，不如坑死了事，昭摇首道：“古时良将出师，全国为上，但教元恶歼除，何必多戮他人？”遂令降卒分布三河，听令安处，拜唐咨为安远将军，咨以下有裨将数人，亦各予名位，众皆悦服。司马昭子孙得为帝数年，未始非这件阴功。唯昭欲乘胜伐吴，由镇东将军王基谏阻。又闻蜀将姜维，复出汉中，乃留基都督扬州，自率大军西归。途次接得邓艾军报，乃是蜀兵已经却退，昭得放心，还抵丘头，奉着两宫车驾，回到洛阳，群臣又称昭功德应授荣封，魏主髦乃令昭为相国，封晋公，加九锡，昭尚推辞再四，方将成命收回，这且待后再表。

且说吴大将军孙綝，引兵还都，威名虽挫，骄横如故。吴主亮年已十六，亲揽政事，见綝专权好杀，未免不平，往往因綝入朝，设词问答，綝辄为所窘，乃托疾不朝。使弟据为威远将军，入宫宿卫，恩为卫将军，干为偏将军，闿为长水校尉，分屯诸营，为自固计。吴主亮尝翻阅旧案，得见朱公主死状，疑有冤诬，乃召问全公主，全公主胆虚心怯，反谓朱公主罪证，是由朱据二子熊损所言。熊已督虎林，损亦督外都，亮责他有心害母，立使将军丁奉，赍诏赐死。损妻为孙峻妹，綝因上书谏阻，亮独不从。全公主恐祸及己身，故意讨好亮前，叙述孙綝兄弟罪恶，被孙峻奸污有年，乐得借此出气。亮遂与他谋诛孙綝，且引将军刘承，密商计划。亮妃为全尚女，时已立为皇后，尚子纪为黄门侍郎，亮召入与语道："孙綝遇事专擅，藐我太甚，若不早图，必将及祸；卿父为中军都督，烦为密告，叫他严整军马，我当亲率各营，围取孙綝，但切勿使卿母闻知，妇人不晓大事，且为綝从姐，倘或漏泄，贻误非轻！"纪唯唯受教，出告父尚。尚素无远虑，竟向妻孙氏漏泄，孙氏即使人报綝。但顾母家，不顾夫族，妇人误事，往往如此。綝闻报大怒，夜使弟恩袭执全尚，并在苍龙门外，诱杀刘承，然后引兵围宫。亮亦愤不欲生，上马带鞬，持弓欲出，且语近侍道："我为大帝嫡子，在位已五年，中外大臣，孰敢不从？贼綝敢这般放肆么？"也是一厢情愿。近侍等向前拦住，极力谏阻，全后也已闻知，与亮乳母一同趋至，牵住亮衣，不令外出，亮叱全后道："汝父糊涂，败我大事！"全后本有姿色，更兼泪容满面，令人生怜，惹得亮欲行又止，将弓掷地，一面使人召纪。纪对来使道："臣父奉召不谨，负上实甚，臣无颜再见陛下。"说至此，竟拔剑自刎。可谓烈士。使人当即返报，亮不胜叹息，尚想设法解围，哪知孙綝敢作敢为，嘱使光禄勋孟宗，往告太庙，废亮为会稽王，且列亮罪状，班告远近。尚书桓彝，不肯署名，被綝当场杀死，又遣中书郎李崇，带兵入宫，夺取玺绶，迫亮夫妇出宫，由将军孙耽，押送就国，亮始终无法，只好挈眷去讫。綝复徙全尚至零陵，全公主至豫章；尚在途中，又被綝使人刺死。独不刺全公主，莫非尚为亡兄顾全私爱么？綝欲自立为主，恐众情不服，商诸典军施正，正劝綝迎立琅琊王休。綝乃令宗正孙楷，与中书郎董朝，迎休入都。休尝梦见乘龙上天，有首无尾，惊为奇事。是不得传子之兆。至是启行至曲阿，有老人于休前请道：“事久变生，愿大王速行。”休乃兼程入都，留驻便殿。孙恩奉上玺绶，三让乃受，即日登正殿嗣位，下令大赦，改元永安。孙綝自称草莽臣。缴还印绶节钺，乞避贤路。死期将至，何必故作？休特旨慰谕，命綝为丞相荆州牧，恩干闿皆晋爵加官，余亦封赏有差。

先是丹阳太守李衡，因休徙封丹阳，见九十七回。屡加侵侮，衡妻习氏，劝谏不从。休上书乞徙他郡，乃改迁会稽；至休入嗣位，衡惧休报怨，意欲奔魏。习氏复谏道：“君本布衣，荷蒙先帝拔擢，未曾报德，乃反虐待诸王，自贻嫌衅，一误已足，奈何再叛主降虏呢？”义正词严。衡皱眉道：“今将奈何？”习氏道：“琅琊王素好声名，当不致肆行报复，但为君计，须先诣狱请罪，妾料君不但免祸，并可复官。”衡听了妻言，自诣建业，入狱待罪。果然奉诏赦免，说他在君为君，不必多疑，仍令还郡治事，并加威远将军职衔。辛敞有姐，李衡有妻，并录之以示女界。后来衡欲治产，习氏又屡次加诫，但在武陵，种橘千株，故卒得令终。唯孙綝一门五侯，并典禁兵，权倾人主；吴主休阳示恩宠，内实加防。綝尝奉牛酒入宫，向休上寿，休谦谢不受，綝乃持酒至张布府中，与布共饮。酒后触起私忿，便向布直告道：“我前废少主，朝臣多劝我自立，我为今上贤明，故迎他为君，今我奉酒上寿，反致见拒，莫非疑我不成？看来只好变计呢。”布方超任左将军，为休心腹，与綝别后，即入宫密报。休很是不安，没奈何优给赏赐，遇綝请求，无不勉从。綝佯请出屯武昌，调兵给仗，擅取武库兵器。将军魏邈，与卫士施朔，便入奏道：“綝必将谋变，不可不防。”休因急召张布密议，布举荐老将丁奉，可任大事，休乃再征奉入宫，与谋诛逆。奉答说道：“丞相兄弟，支党甚多，不易猝制；好在腊日将到，大会群臣，待綝入席，便可下手，内属左将军布，外属老臣便了。”休闻言大喜，即嘱布奉两人，秘密行事，并令魏邈施朔为助。未几已届腊会，先一夜间大风拔木，飞石扬沙，杀一孙綝，何干天怒？想是适逢其会。綝也觉惊心，托言有疾，不愿赴会，偏中使屡来敦促，只好应召。家人从旁劝阻，綝勃然道：“朝命已至，何惮不往？万一有变，可令府中放火为号，我自当速归。”言讫遂行，到了朝堂，百官统皆待着，迓綝入殿，连吴主休亦起座相迎，綝行过了礼，昂然高坐，当即开宴聚饮。酒至半酣，望见殿外浓烟冲起，即诧言何处失火，起座欲归。休忙劝止道：

“外兵甚多，何劳丞相出视？”綝不肯应命，离席便行，张布举杯一掷，便有武士突出，立将孙綝拿下。吴主休喝声道：“斩！”綝慌忙跪叩道：“乞贷一死，愿徙交州。”休怒叱道：“汝不徙滕胤吕据等人？”綝复碰头道：“愿没为官奴。”休又叱道：“汝何不使胤据为奴？”两诘甚妙。布即将綝押出殿门，一刀斩讫，持首示众道：“罪止孙綝，余皆不问。”殿内外听了此言，俱肃静无声。俄而丁奉牵入孙恩孙干，亦由休叱令枭首；唯孙闿乘船北走，由魏邈施朔追去，终得擒诛；孙綝兄弟家属，一概骈戮；追夺孙峻官爵，剖棺戮尸；改葬诸葛恪滕胤等冢。廷臣或请为恪立碑，吴主休驳说道：“盛夏出师，徒丧士卒，不可谓能；受遗辅政，身死贼手，不可谓智；怎得无端立碑呢？”驳得甚是。唯休妃为朱据女，母即休姐朱公主。以甥女为妻，亦太悖谬。朱公主为峻所杀，埋尸石子岗，无从辨识，唯有老宫人尚记主衣，再使两巫至乱冢前祷祝，夜见有一妇人，从冈上来，冉冉入冢，因即开验，果如宫人所言，乃得改葬。册朱妃为皇后，立子䨲为太子，䨲读如弯。封南阳王和子皓为乌程侯，皓弟德为钱塘侯，谦为永安侯。所有与谋诛綝诸将，如张布丁奉等，并膺懋赏，江东乃安。唯吴得诛逆臣孙綝，魏却反弑嗣主曹髦，下手是舍人成济，主使实大将军司马昭。语似老吏断狱。先是魏宁陵井中，两现黄龙，群臣上表称贺，魏主髦独叹息道：“龙为君象，上不在天，下不在田，乃屈居井中，有何祥瑞可言？”遂作《潜龙诗》以自讽云：

伤哉龙受困，不能跃深渊；上不飞天汉，下不见于田；蟠居于井底，鳅鳝舞其前；藏牙伏爪甲，嗟我亦同然！

这诗为司马昭所闻，很是不悦。乃复阴图废立。每见魏主曹髦，辄用言讥嘲，惹得髦忍无可忍，乃召侍中王沈，尚书王经，散骑常侍王业，私下与语道：“司马昭居心叵测，路人皆知，我不能坐受废辱，今当与卿共讨此贼。”经当即谏阻道：“昔鲁昭公不忍季氏，散走失国，为天下笑；今大权久归司马氏，内外公卿，俱为彼爪牙，不顾顺逆，陛下宿卫空虚，甲兵单弱，如何能出讨权臣？还乞慎重三思。”髦愤然起座道：“我已决意出讨，虽死不惧，况未必遽死哩。”说着，即从袖中取出诏书，投诸地上，自往永宁宫禀白太后去了。太觉卤莽。王沈等踉跄趋出，沈即语王经道：“此事只好往白司马公，免致同尽。”业也以为然，独王经不从，二人径走告司马昭。昭即通告中护军贾充，叫他整兵防备。那魏主髦自永宁宫出来，竟不顾利害，但集殿中宿卫，及苍头官僮数百人，鼓噪出宫，自己拔剑升辇，当先押队，直奔止车门。门外有屯骑校尉司马伷，系是昭弟，当即引兵拦住；髦厉声喝退，向前再行。方至南阙，见贾充带着兵士数千，前来迎战，髦呼喝不住，两下竟厮杀起来。太子舍人成济，颇有勇力，随充军前，便问充道：“此事究应如何处置？”充悍然道：“司马公养汝何用？正为今日！”济复问道：“当杀呢？当缚呢？”充复答道：“杀死便了，何必多问。”济遂挺矛趋进，驰至辇前，髦尚大喝道：“我为天子，贼臣怎得无礼？”济并不答话，横矛直刺，髦用剑招架，挡不住成济的长矛。霎时间胸际受伤，撞落辇下，济再顺手一刺，刃透背上，呜呼毕命。这叫做螳臂挡车，自不量力。卫士僮仆等，统皆逃散，充竟往报司马昭，昭假意大惊，自投地上。太傅司马孚闻变奔往，手枕髦股，且哭且语道：“陛下被杀，实由臣罪！”身为太傅，不能事前调护，徒哭何益？当下命从吏棺殓髦尸，舁入偏殿，司马昭趋至殿中，召群臣会议，百官皆至，独陈泰已为尚书仆射，在都不入。昭令泰舅荀顗往召，泰唏嘘道：“时人谓泰可比舅，今舅反不如泰呢。”泰子弟俱劝泰一行，泰素服入朝，先至灵前，恸哭一番，然后见昭。昭佯为流涕道：“今日事该如何办理？”泰泣答道：“独斩贾充，稍可以谢天下。”昭沉吟半晌。又复问道：“再思至次。”泰朗声道：“只有比此更进，何次可言？”昭乃不复问，令左右为太后作诏，诬髦忤逆不孝，意图弑母，宜废为庶人；尚书王经，敢逢君恶，亦应重惩等语，当即使人至永宁宫，迫令太后钤印，即日颁发。昭却与司马孚等联衔，请用王礼葬髦，吾谁欺？欺天乎？唯拘王经全家入狱。经尚有老母，亦被囚系，经因向母叩谢道：“不孝子累及慈亲，奈何奈何？”母反破涕为笑道：“人谁不死？但恐死不得所！今因此并命，死亦何恨呢？”比滂母更胜一筹。越日王经全家就诛，满城士民，无不泪下。司马昭见人心未死，乃归罪成济，派兵收捕。济不肯就拘，裸体登屋，丑诋司马昭，把他主使贾充，及所有弑君阴谋，和盘说出。却是痛快，但汝何故从逆？嗣经兵士四面放箭，济无从逃避，当然射倒，临死尚骂不绝口，昭竟夷济三族。小子有诗叹道：

王经报主甘从死，成济弑君亦受诛；

等是身家遭绝灭，流芳遗臭两悬殊。

欲知嗣立何人，且至下回续表。

孙綝出救诸葛诞，弃师而归，犹且骄横如故，安能久存？吴主亮若能濡忍以待，则如休之所为，未必不能为之。盖綝之怀逆，与司马昭相同，而才力之不逮昭也远甚。昭父兄累建功勋，为人畏服，綝无是也；昭之智不让父兄，倾勤内外，朝臣俱受彼牢笼，綝又无是也。綝兄孙峻，作恶多端，及身幸得免诛，而綝则丧师辱国，众怨交乘，捽而去之，固易事耳。亮所托非人，因致失败，非綝之不易诛也。魏主髦卤莽从事，仿佛孙亮，亮且不能诛綝，髦亦安能诛昭？南关遇弑，莫非其自取耳。唯王经见危授命，始则进谏，继则抗逆，身虽被戮，名独流芳，而经母亦含笑就刑，贤母忠臣，并传千古，以视成济之为虎作伥，亦夷三族。其相去为何如乎？

第一百回　失蜀土汉宗绝祀
篡魏祚晋室开基

却说司马昭既诛成济，遂议另立嗣君，决迎燕王宇子璜为魏主；使长子中垒将军司马炎，行中护军事，持节至永次县，常道乡，迎璜入都。璜为常道乡公，年方十五，既入洛阳，即至永宁宫，谒过太后，登殿嗣位，更名为奂，改号建元，进司马昭为相国，封晋公，加九锡礼，昭仍然固辞。何必做作？是年故汉献帝夫人曹节病殁，追谥为献穆皇后，丧葬礼仪，皆依汉朝故例。特笔书此，以志曹女之犹不忘汉。越年，又命司马昭晋爵，昭谦让如故。又越年十月，洮阳递入军报，乃是蜀姜维复为大将军，出兵攻魏。昭令安西将军邓艾，过意严防。先是蜀汉主禅延熙二十一年，改元景福，正值魏兵出攻寿春，蜀将姜维，欲乘虚北伐，特率数万人，通道骆谷，进攻长城。此长城系是县名，非秦所修筑之长城。魏安西将军邓艾，与长城都督司马望，坚壁拒维，相持不下。及魏平寿春，司马昭还师，维乃引还。是补前回未详之阙。但自姜维执掌军政，主张北伐，至此已经过六次，差不多是连年兴师，蜀民当然愁苦。中散大夫谯周，曾作《仇国论》讽维，维尚无回意。尚书令陈祗，与中常侍黄皓，在内用事，扰乱国政。已而祗死，后主禅用仆射董厥为尚书令，尚书诸葛瞻为仆射；嗣且进厥瞻为将军，共平尚书事，命侍中樊建为尚书令。厥本义阳人，曾仕丞相府中令史，诸葛亮常称为良士。瞻即亮子，得尚公主，位兼勋亲，但两人素性慎重，未能力除黄皓。独樊建不与皓往来，皓累承宠眷，蒙蔽后主，伐异党同，右将军阎宇，与皓亲善，皓欲黜去姜维，以宇为代。维察知阴谋，入白后主道：“皓奸巧专恣，将败国家，请陛下速诛此人。”后主笑答道：“皓一趋走小臣，有何能为？从前董允嫉皓，朕常以为过甚，卿幸勿介意。”说着，复呼皓出谢姜维，维不便多言，当即趋出。好一个和事天子。至景耀五年，维又欲伐魏，车骑将军廖化，劝阻不从，退语亲属道：“兵不戢，必自焚，伯约姜维字。恐难逃此语呢！上语本《左传》。智既未优，力又未足，乃用兵无厌，何以自存？”果然维进攻洮阳，前锋夏侯霸，中箭阵亡；维与邓艾交战，侯和城下，又复失利，只得退还。姜维七伐中原，至此才了，罗氏《演义》添入计赚王瓘一回，称作八伐，不知何指？黄皓遂乘间进谗，请令阎宇代维，后主虽未依言，心下却有疑意。维在途中，得知消息，乃自请种麦沓中，不复还都。才阅两月，即得魏人窥蜀消息，上表后主，请遣左右车骑将军张翼廖化，督领兵马，出镇阳平关，及阴平桥头，防备不虞。后主接得此表，乃与黄皓计议，皓复奏道：“这又是姜维贪功，故有此表。臣料蜀中天险，魏人亦未必敢来，陛下如尚怀疑都中有一师巫，能知未来，可传旨问明。”后主遂令皓往问师巫，未几返报，谓巫已请得神言，说是陛下后福无穷，何来外寇？全是捣鬼。后主信以为真，乐得耽情酒色，坐享太平，所有姜维表文，置诸不理。适有都乡侯胡琰妻贺氏，美丽绝伦，因入宫朝见皇后，被留经月，方许还家。琰疑贺氏与后主私通，竟呼家卒至贺氏前用履挞面，差不多有数十百下。看官试想！好好一张俏庞儿，能禁得这般糟蹋么？琰俟家卒挞罢，将妻驱出。可怜贺氏哭哭啼啼，竟至宫中面诉冤情；后主见她面目青肿，不禁大怒，立命左右拘琰下狱，饬有司从重定谳，谳文有云：“卒非挝妻之人，面非受履之地，罪当弃市！”于是琰处斩。时人因琰罪轻法重，越生疑议，遂致舆情失望，怨谤交乘，后主似痴聋一般，全无知觉。且自姜维上表后，过了半年，并不见魏兵入境，益觉得黄皓忠诚，远过姜维。

谁知霹雳一声，震动全蜀，魏兵竟三路杀到，势如破竹，管教那岩疆失守，全蜀沦亡。魏大将军司马昭，因蜀人屡次犯边，意欲遣客入蜀，刺死姜维，从事中郎荀勖道：“明公当堂堂整整，出师讨蜀，奈何令刺客西行，无名无望呢？”说得司马昭跃然心动，遂拟大举攻蜀。朝臣多以为未可，独钟会竭力赞成，昭即令会为镇西将军，都督关中，部署人马，再使邓艾为征西将军，与会并进。艾以蜀未有衅，屡陈异议，昭遣主簿师纂，为艾司马，再三劝勉，艾无奈奉命。本非情愿，已为后文埋根。约阅数月，钟会已筹足饷械，便统率十余万人，分从骆谷斜谷子午谷，直趋汉中。邓艾督三万余人，自狄道入沓中，牵掣姜维。再令雍州刺史诸葛绪，督三万余人，自祁山往武卫桥头，绝维归路。三路魏兵，同时出发，又由昭遣廷尉卫瓘，持节监军。瓘行过幽州，由刺史王戎出迎，与瓘宴叙。席间谈及行军得失，戎与语道："道家有言，为而不恃，可见得成功不难，保守为难呢。"瓘复述参军刘实微言，谓钟邓二人，必能破蜀，但皆不得生还。戎微笑道："我意亦然，君应守秘密，且看将来。"瓘乃尽兴而去。从前刘先主手定汉中，曾在阳平关外，分置边戍，严防外寇；至姜维用事，谓不如敛兵聚谷，退守汉寿及汉乐二城，较为简省；寇若攻关，势难遽拔，待他粮尽引还，可由诸城并出搏击，自足歼敌等语，后主依议施行。因将各边戍撤退，唯饬将军傅佥，守住关隘，王含蒋斌，分戍汉乐二城。外户不守，撤屯引敌，这是姜维第一失计。此次钟会进兵，遂得长驱无阻，直达阳平关下。自督诸军攻关，使前将军李辅，与获军荀恺，各率万人，往围汉城乐城，使他隔绝不通。阳平关本来险峻，守将傅佥，扼住关口，任凭钟会有十万大军，一时总难飞越。唯佥恐寡不敌众，忙遣使飞报成都，乞师相助。未几来了一个蒋舒，本为武兴军督，由后主调他助佥。佥意在坚守，舒偏要出战，两人各执一是，结果是佥仍守关，舒出迎敌。谁料舒出关以后，竟向魏营乞降，反引魏先锋胡烈，同来叩关。佥在关上俯瞩，明明是蒋舒还军，当然开关接入。关门甫辟，魏兵如潮涌进，乱杀守兵，佥始知为舒所卖，下关格斗，力杀魏兵数十人，自己身受重伤，血满袍铠，当下用剑拟颈，忍痛力挥，一道忠魂，往寻乃父傅彤去了。父子同为蜀死，节足光汉乘。关已入魏，钟会率队进来，得了许多粮草甲仗，很是喜慰，便即犒赏军士，就在关上休息一宵。越日得李辅荀恺军报，乃是汉乐二城，已经归降，会就放胆前进，行经定军山，忽见阴云布合，愁雾迷蒙，几乎连前面路径，都不可辨。会亟问降将蒋舒道："山上有无神庙？"舒答言并无庙宇，只有蜀故丞相诸葛亮墓，全蜀将亡，怪不得阴云愁惨。会恍然道："诸葛公遗惠及民，理应致祭。"遂谨备牲醴，亲往墓前祷祀，且誓言入蜀以后，决不妄杀一人，待至祷毕，云雾徐开，然后再进。

后主闻汉中失守，急遣左右车骑张翼廖化，及辅国大将军董厥，领兵拒魏，迟了！迟了！且遣使向吴求援，一面下令大赦，改景耀六年，为炎兴元年。姜维尚在沓中，闻得魏兵进攻，慌忙调兵抵御，可巧邓艾引兵杀到，便与对垒，相持了好几日。忽由探马来报，汉中失守，傅佥战死，维大惊道："汉中一失，我无归路，只好速退罢。"当下拔寨齐退。行至强川口，后面追兵又至，维无心恋战，且斗且走，丧失部兵多人。将抵阴平，后有探马走报道："魏将诸葛绪，进据桥头，截我去路。"维闻言沉吟，想命军士改向北行，扬言将截击绪后。绪果为所绐，退兵三十里，四面窥探，并无蜀军，哪知维已还向桥头，趋回剑阁去了。蜀将廖化张翼董厥等，奉命拒魏，正与姜维相遇，维谓剑阁险阻，必可固守，不如并力扼住，待敌粮尽退归，再可规复汉中。廖化等也以为然，遂合兵同至剑阁，依险分屯，果然钟会兵至，无隙可乘，就是邓艾诸葛绪，一齐趋集，也是屡攻不克，徒费奔波。会知难欲退，偏邓艾冒险进取，引兵自行，唯诸葛绪仍与会合军。会因艾不受节制，迁怒及绪，密奏绪畏懦无功，竟将他槛车送归，所有绪兵三万人，悉归会管辖。会且留攻剑阁，专探邓艾消息。艾却率领部曲，就阴平僻道，趋入前面，都是丛山峻岭，渺无人迹；艾不顾艰险，勒令军士逢山开道，遇水架桥，到了危崖峭壁的地方，却用毡裹住身体，先滚下去，将士等不敢落后，如法遵行，及至无毡可裹，各用绳索束腰，攀木挂树，鱼贯而进。艾不久即死，何苦为此。途次尚有二废垒，虚无一人，艾指示将佐道："此间空垒尚存，想诸葛孔明在日，定必派兵把守，今已废置，是天使我成功了。"及行近江油，路渐平坦，总计所经路险，约有七百余里，部众在途伤亡，亦不下数千人，自是有进无退，只好拼死杀入。江油守将马邈，漫不加防，一闻艾兵已到城下，吓得魂飞胆落，慌忙开城迎降。蜀卫将军诸葛瞻，方守涪城，闻得江油被陷，忙调兵抵御；尚书郎黄崇，劝瞻急出据险。瞻因兵尚未集，不便遽出，才阅两日，魏兵已将险要占去，眼见得涪城难守，不得已退保绵竹。艾令子忠及司马师纂，引兵追瞻，被瞻一鼓击退，还见邓艾，报称敌未可击。艾大怒道："存亡利害，在此一举，若非冒死进击，难道还有生路么？"忠与纂乃复驰去，与瞻再战。这番接仗，与前次迥不相同，魏兵俱怀死志，锐不可当，瞻正虑招架不住，偏又有大队杀来，乃是邓艾自来接应，两军杀至日暮，蜀兵四散，瞻与尚书黄崇，并皆阵亡。瞻子尚年将弱冠，登城遥望，见父瞻陷入阵中，不禁恸哭道："我父子荷国重恩，应该效死，只恨朝廷不早斩黄皓，致有此祸！今我父已死，我何生为？"遂策马杀出，格毙魏兵数名，也即捐躯。父死忠，子死孝，不愧为武侯子孙。艾遂杀入绵竹城，守兵尽溃。绵竹距成都，只百余里，败报早发夕至，急得后主禅束手无策，忙召朝臣商议，或谓宜东出奔吴，或谓且避往南中七郡，唯光禄大夫谯周，谓不如降魏，后主迟疑未决，流涕还宫。何不叫师巫退敌？

是时吴太后与梁王理，皆早殁，鲁王永徙封甘陵，不在都中，余如张后及太子璇等，毫无主见，只有在旁陪泪。忽有一人趋入道："如果势穷力屈，祸败必及，便当父子君臣，背城一战，同死社稷，方好见先帝于地下！奈何遽欲出降呢？"后主瞧着，乃是第五子北地王刘谌。刘禅庸主，不意有此奇儿。原来后主有七子，长名璇，已立为太子，次为安定王瑶，又次为西河王琮，时已去世。又次为新平王瓒，第五子就是北地王谌，六子恂，封新兴王，七子虔，封上党王，谌最号英明，故有此谏。后主怒说道："童子何知？也来多言！"谌大哭道："先帝创业艰难，一旦拱手让人，岂不可惜？谌宁死不受辱呢。"后主将他叱退。俄而谯周复入报道："魏兵将到城下，陛下若依臣言，还可保全爵禄，必无他虞，臣愿至魏营力争，决不使陛下罹灾。"后主听到此语，心下稍宽，总教性命可保，何惜屈膝？乃使周缮就降表，与侍中张绍，驸马都尉绍良，同赴艾营请降。艾方至雒城，得表大喜，答书有"微子归周，当为上宾"等语，因遣绍良持书返报，自率部兵，径诣成都，后主面缚舆榇，出城降艾。艾令焚榇释缚，好言抚慰，仍令还宫安民，是日北地王刘谌，挈妻子至昭烈庙中，哭拜一番，起拔佩剑，先杀妻子，然后自杀，虽死犹生。汉至此乃亡。总计蜀汉自先主开基，称帝三年，后主禅嗣位四十年，合得四十三年，独详蜀汉历数，隐宗紫阳书法。三汉共二十六主，总计得四百六十九年。再加一笔。邓艾既入成都，禁止将士掳掠，独收锢黄皓，意欲加诛，皓赂艾左右，终得免死。奈何不诛此竖？艾依东汉邓禹故事，承制拜后主为车骑将军，太子诸王，各有封职；但使后主驰书剑阁，饬令姜维降魏。维闻诸葛瞻败死，还援成都，行至郪县，接得后主敕书，踌躇多时，乃令部兵还降钟会，就是廖化张翼董厥诸将，亦偕维同降，将士统皆愤激，拔刀斫石，尚欲与魏兵决一死战，经维密为晓示，方随至会营。会素闻姜维才名，开营迎入，莞然笑语道："伯约来此何迟？"维流涕道："维不能保主，本当一死，因闻将军仁明英武，故不惜来降，今日至此，尚为太速呢。"会听了此语，忙起握维手，引置上座，与谈心腹，并使维依旧领兵，维自然暗喜，遂导会至涪城驻扎。会闻艾恃功专断，心甚不悦，艾又上书司马昭，请乘胜伐吴，并封降王刘禅父子，使吴人望风畏服云云。昭表封艾为太尉，会为司徒，独未肯遽从艾请。特檄监军卫瓘谕艾，叫他事须先报，不得专行。艾奋然道："大夫出疆，苟利社稷，何妨专命？艾唯知春秋大义，怎得无端牵掣呢？"说得瓘无词可答，走白钟会。蜀将姜维，得此知信，便进语钟会道："公自入蜀以来，算无遗策，今反位出艾下，已伏内疑；维闻陶朱沼吴，泛舟绝迹，张良破楚，辟谷全身；公何不上效古人，保功立名呢？"故意反激。会笑答道："君言错了！我年强仕，何能行此？"维接口道："公若不愿高蹈，凭公智力，何事难为？无烦老夫陈策了。"明是逼他谋反。会乃屏去左右，与维议定秘谋，即与卫瓘联名上书，白艾反状。

司马昭既防邓艾，复防钟会，先请魏主下诏，囚艾解京，一面使钟会进兵成都，一面令贾充将兵入斜谷，自奉魏主出屯长安。着着防到，昭才实过钟邓。会接到诏敕，便欲麾兵直进，维急劝会道："艾若拒公，必且劳动兵戈，不如先遣监军卫瓘，前去收艾，然后进兵不迟。"会极口称善，立遣卫瓘引兵百骑，往拘邓艾，自率全军继进。瓘却也乖巧，明知前去收艾，危险异常，他却就夜间驰往成都，待晓入城，托言有要事密商，竟至邓艾卧室中。艾尚高卧未起，瓘竟叱从兵将艾缚住，艾子忠起身入问，亦为所执，因厉声大呼道："奉诏收邓艾父子，余皆不问。"当下牵艾父子入槛车。待至艾部众齐集，意欲阻挠，偏城外已由钟会大军，一拥直入，众乃不敢再动，听钟会处置，会入城谕众，各守专职，但派遣将吏将艾父子押送洛阳。忽由魏廷颁到哀诏，乃是郭太后病亡，会乘机谋变，佯召诸将举哀，驱置一室，待至哀毕，突从怀中取出一纸，向众宣言道："太后有遗诏颁来，使会入讨司马昭。"诸将问昭有何罪？会拔剑置案道："南阙弑君，罪状昭然，诸君如甘心从逆，请试吾剑！"众皆惊愕，勉强应命。会却将诸将锢住室中，不准私出，独卫瓘诈称有疾，得居外廨。会因瓘手下无兵，许令自由；复与维密议起兵，使为先驱，维一口应承，但言诸将未服，不可不防。会即举剑示维道："有此物在，何必多忧？"维大喜趋出，往报后主禅道："愿陛下忍辱数日，便可使社稷复安，日月重明了。"哪知汉祚已终，不能再挽，才隔一宵，就起变端。魏护军胡烈，亦被锢禁室中，独子渊尚在外面，烈使亲兵出外取食，嘱他寄语，伪言钟会已作大坑，并办就大杖数千，将驱众尽死坑中。渊闻语大惊，传告诸军，一夕皆遍，到了日中，由渊击鼓召众，顷刻便集至万人，杀入殿中。会方与姜维共坐内殿，密商出兵事宜，蓦闻殿外有鼓噪声，会惊起道："莫非是外兵变乱么？"维答说道："就使有变，一击便了！"语尚未毕，乱兵已经趋入。会急拔剑出御，忽被一箭射着，仓猝倒地；维尚欲救会，忽觉心痛难当，乃仰天大呼道："我计不成，岂非天命？"说至此，就举剑自刎，须臾毕命。人定不能胜天。乱兵将会杀死，再剖维腹，胆大如卵，并皆咋舌，于是乘势杀掠，骚扰全城。胡烈等也穿屋驰出，一同行凶，不但姜维家属，尽遭屠戮，甚至蜀太子璇，及蜀将数人，也为所害；蜀民死亡无数，积尸盈途，想是百姓应该遭劫。还亏卫瓘出来弹压，好几日才得平安。邓艾旧部将吏，飞骑追艾，幸得相遇，忙将艾父子，放出槛车，仍向成都回来。将至绵竹，见有一彪军驰至，艾仔细审视，先驱为部将田续，当即拍马相迎。续忽手起一刀将艾劈落马下，艾子忠向前救父，又被续顺手杀死。看官！这是何因？原来续前越阴平，畏难不进，被其叱辱一番，心中记恨，此次为卫瓘所遣，叫他袭杀邓艾父子，免得艾还蜀报仇，续只说是奉诏诛逆，无人敢抗，当即持首还报。既而贾充入蜀，遂将后主禅等，共徙洛阳。蜀臣唯秘书令却正，及殿中督张通，随禅北行。司马昭已奉主回洛，待禅到来，封他为安乐公。昭邀禅与宴，命奏蜀乐，却正等并皆感伤，禅乃嬉笑自若。昭乃语贾充道："此人可谓无心，就使诸葛亮尚存，亦难保护，何况是一姜维呢？"乃复问禅道："颇思蜀否？"禅答说道："此间乐，不思蜀了！"安乐公名符其实。待至宴毕，禅辞别回邸，却正入语道："主公前次失言，倘他日再如前问，应流涕相答，说是先人坟墓，远在蜀中，怎能不思？"禅点首记着，后来果由昭再问，禅依却正言答昭，只苦一时无泪，乃闭目作态。昭忽问道："此语何似却正所言？"禅开目惊视道："诚如尊命！"昭不禁失笑，左右亦吃吃有声。禅乃惘然告退，但亦得使人不疑，安享余生。至晋泰始七年，方才病终，倒也活得六十有五岁，这且搁过不提。呆人呆福。

且说吴主休嗣位六年，因蜀使告急，曾遣大将军丁奉向寿春，偏将丁封孙异向沔中，为蜀声援；嗣闻蜀已入魏，乃令各军退回，唯心中不能无忧，奄忽成疾，猝致不起。遂召丞相濮阳兴入宫，嘱咐后事，休已不能言，但握住兴手，使太子𩅦出拜，算是托孤的遗命，是夕遂殁。兴却与左将军张布商议，谓蜀已新亡，势将及吴，太子𩅦年尚幼弱，恐难保国，不如迎立乌程侯皓，较为得计，布也即赞成，遂入宫禀白朱后。朱后是一柔顺的女流，潸然答道："我一寡妇人，何知大虑？但凭卿等裁决罢了。"妇道尚柔，此处似因柔召祸，但误在兴布，不能为朱氏咎。兴等趋出，便迎皓嗣位，改年元兴。当即为休发丧，奉葬定陆，追谥休为景皇帝。皓为休从子，既已入嗣休位，例应尊休后朱氏为太后，且群臣已将太后玺绶，送入宫中。偏皓将玺绶夺还，但号朱氏为景皇后，独崇谥父和为文皇帝，尊庶母何姬为太后，封休子𩅦为豫章王，勒令就国，立妃滕氏为后。系是故卫将军滕胤族女，父名牧，得封高密侯，拜卫将军。皓初次颁发优旨，如发仓廪，赈贫乏，放宫女，出苑禽等事，倒还有些贤明；后来骄淫不道，沉湎酒色，丞相兴与将军布，未免生悔，轮流进谏。皓竟目为怨谤，杀毙两人，寻且逼死朱后，及后二子，残疟如此，怎得久存？那魏大将军司马昭，平蜀有功，始受封相国晋公，及九锡典礼。太尉王祥，司徒何曾，司空荀𫖮，又请加封昭为晋王，昭亦直受不辞。至此已无庸做作了。一班趋炎附势的臣僚，就将禅让的典礼，争先呈入，昭因东吴未平，还想少待，唯命长子炎为副相国；百官又趁势逢迎，表进炎为抚军大将军。越年，为魏主曹奂咸熙二年，昭已立炎为世子，复进称太子。未几昭死，炎嗣为相国晋王，迁魏司徒何曾为晋丞相，令骠骑将军司马望，为晋司徒。魏主奂名为人君，早与傀儡无异，左右侍臣无一非司马氏爪牙。好容易在位六年，还是司马昭不肯受禅，才得迁延时日。无非想学曹操。及炎承父爵，不肯再缓，端的要帝制自为了。与曹丕何异？是年秋季，襄武县中，报称有大人出现，身长三丈余，迹长三尺二寸，白发黄巾，拄杖自呼道："我乃民王，传语兆民，国运将改，从此太平！"言讫不见。真耶？伪耶？何曾等遂推为晋瑞，向炎劝进，炎佯为推辞，偏朝臣已逼令魏主，就南郊筑受禅坛，择于咸熙二年十二月壬戌日禅位。转眼间已是届期，百官至晋王府前，请炎受禅，炎居然戴冕旒，服衮衣，乘辇出来，由大众拥至南郊，下车登坛，早有黄门官捧着皇帝玺绶，敬谨上献。炎接受后，当燔柴告天，一如魏受汉禅故事，真好报应。礼毕还朝，御殿受贺，国号晋，改元泰始。废魏主奂为陈留王，即日徙居金墉城。奂含泪别去，太傅司马孚，拜辞故主，流涕唏嘘道："臣年老将死，尚不失为大魏纯臣哩。"自称自赞。未几又徙奂至邺城，直至晋太安元年寿终，追谥为元皇帝。废主曹芳，由齐王降封为邵陵公，殁时追谥为厉。余如魏氏诸王，皆降封为侯，魏历五主而亡。独吴至太康元年，方为晋灭，事见《晋史演义》中。汉事已完，墨干笔秃。小子只有绝诗两首，作为本编的煞尾声。诗曰：

春陵起义汉重光，后嗣昏庸又致亡；
赢得蜀中延一线，谁知宦竖且贻殃？
妇寺原为乱国媒，群雄扰攘亦堪哀，
试看两汉同三国，多少兵民付劫灰？

姜维才不逮诸葛，而欲与魏争胜，连岁出师，致民劳苦，不可谓非失计。然如后主之昏愚，亲小人，远贤臣，就使维不伐魏，蜀亦宁能久存乎？况维闻魏人窥蜀，即表请遣将守险，而为一黄皓所误，卒至魏兵三路，长驱直入；是咎在黄皓，于维无尤也。剑阁守险，钟会屡攻不克，而邓艾从阴平进兵，直趋涪城，诸葛瞻不依黄崇之议，让敌深入，猝至战死，是咎在诸葛瞻，于维亦无尤也。成都虽危，尚堪背城借一，后主宁从谯周，不从北地王谌，面缚出降，坐丧蜀土，是咎在后主，于维更无尤也。至大势已去，维尚诈降钟会，意图规复，乃不幸失败，一死谢国，维之报主，至矣尽矣！天不祚蜀，何维之足尤乎？若夫司马氏之篡魏，实为天道之循环，不有曹操父子之作俑于前，何有司马昭之效尤于后？故篡魏者晋，实则魏自诒之也。而晋之亡，当于《晋史》中寻其源，故不赘云。

两晋通俗演义

历朝通俗演义 第三部

（上）

蔡东藩 著

中国书店

图书在版编目（CIP）数据

两晋通俗演义 / 蔡东藩著；—北京：中国书店，
2012.6（2019.10重印）
（历朝通俗演义）
ISBN 978-7-5149-0386-7

Ⅰ.①两… Ⅱ.①蔡… Ⅲ.①章回小说－中国－现代
Ⅳ.①I246.4

中国版本图书馆 CIP 数据核字（2012）第 108413 号

责任编辑 辛 迪
策 划 人 张凌文
装帧设计 肖晋兴
制作统筹 陈 辉

两晋通俗演义
蔡东藩 著

出 版 中国书店
地 址 北京市西城区琉璃厂东街115号
邮 编 100050
发 行 全国新华书店经销
印 刷 天津东辰丰彩印刷有限公司
开 本 680毫米×980毫米 1/16
印 张 45
字 数 713,000
版 次 2012年8月第1版
印 次 2019年10月第11次印刷
书 号 ISBN 978-7-5149-0386-7
定 价 598.00元（全十一部，共二十一册）

出版说明

蔡东藩先生从1915年开始创作《清史通俗演义》。此后历经十年，先后完成《元史通俗演义》、《明史通俗演义》、《民国通俗演义》、《宋史通俗演义》、《唐史通俗演义》、《五代史通俗演义》、《南北史通俗演义》、《两晋通俗演义》、《前汉通俗演义》、《后汉通俗演义》。

蔡先生的小说除极具故事性、趣味性之外，还极其重视史料的真实性。不但可以作为一般的休闲读物，也可以作为历史爱好者的参考书。

本套书由上海会文堂新记书局陆续出版，至1926年9月全部出齐。初版11部全部是有光纸石印线装本。1935年5月，会文堂进行改版，全部改为铅印，分装44册，增加了许廑父续写的《民国通俗演义》后40回。全套书书名为《历朝通俗演义》，共11部，600余万字。

此次出版，是以会文堂1935年的铅印本为底本，将繁体竖排改为简体横排。在编辑过程中，尽量保持原书风貌，仅对个别的错字、标点等做了调整和修改。原书的一大特色，蔡东藩自己批注的注释、夹批和后批，全部按原文保留。

希望能带给读者原汁原味的阅读感受。

自序

《晋书》百三十卷，相传为唐臣房乔等所撰，盖采集晋朝十有八家之制作，及北魏崔鸿所著之《十六国春秋》等书，会而通之，以成此书。独宣武二帝纪，与陆机王羲之传论，出自唐太宗手笔，故概以御撰称之，义在尊王，无足怪也。后书评论《晋书》之得失，不一而足，而《涑水通鉴》《紫阳纲目》叙述晋事，书法与《晋书》相出入者，亦不胜举焉。愚谓当今之时，以古为鉴，不必问其史笔之得失，但当察其史事之变迁。两晋之史事繁矣，即此内讧外侮之复杂，已更仆难详。宫闱之祸，启自武元，藩王之祸，肇自汝南，胡虏之祸，发自元海；卒致铜驼荆棘，蒿目苍凉，鳌坠三山，鲸吞九服，君主受青衣之辱，后妃遭赭寇之污，此西晋内讧外侮之大较也。王敦也，苏峻也，陈敏杜弢祖约也，孙恩卢循徐道复也，而桓玄则为篡逆之尤，此东晋内讧之最大者。二赵也，三秦也，四燕五凉也，成夏也，而拓跋魏则为强胡之首，此为东晋外侮之最甚者。盖观于东西两晋之一百五十六年中，除晋武开国二十余年外，无在非祸乱侵寻之日，不有内讧，即有外侮，甚矣哉！有史以来未有若两晋祸乱之烈也。夫内政失修，则内讧必起，内讧起则外侮即乘之而入，木朽虫生，墙罅蚁入，自古皆然，晋特其较著耳。鄙人愧非论史才，但据历代之事实，编为演义，自南北朝以迄民国，不下十数册，大旨在即古证今，惩恶劝善，而于《两晋演义》之着手，则于内讧外侮之所由始，尤三致意焉。盖今日之大患，不在外而在内，内讧迭起而未艾，吾恐五胡十六国之祸，不特两晋为然，而两晋即今日之前车也。天下宁有蚌鹬相争，而不授渔人之利乎？若夫辨忠奸，别贞淫，抉明昧，核是非，则为书中应有之余义，非敢谓上附作者之林，亦聊以寓劝戒之意云尔。唯书成仓猝，不免诖误，匡我未逮，是所望于阅者诸君。中华民国十三年夏正季秋之月，古越蔡东帆自叙于临江寄庐。

两晋世系图

按晋武帝为司马懿孙，元帝则为司马懿曾孙，祖伷父觐，皆为琅琊王。相传觐妃夏后氏与小吏牛金通而生元帝，故有牛代马后之谣，特附录之。

西晋

- ❶ 武帝炎［在位二十六年 265年－290年］
  - ❷ 惠帝衷［在位十六年 291年－306年］
  - ❸ 怀帝炽［在位六年 307年－312年］
  - 吴王晏
    - ❹ 愍帝邺［在位四年 313年－316年］

东晋

- ❶ 元帝睿［在位七年 317年－322年］
  - ❷ 明帝绍［在位三年 323年－325年］
    - ❸ 成帝衍［在位十六年 326年－342年］
      - ❻ 哀帝丕［在位四年 362年－365年］
      - ❼ 废帝海西公奕［在位六年 366年－371年］
    - ❹ 康帝岳［在位二年 343年－344年］
      - ❺ 穆帝聃［在位十七年 345年－361年］
  - ❽ 简文帝昱［在位一年 372年］
    - ❾ 孝武帝昌明［在位二十四年 373年－396年］
      - ❿ 安帝德宗［在位二十二年 397年－418年］
      - ⓫ 恭帝德文［在位二年 419年－420年］

西晋传三世，凡四主，计五十二年。东晋传四世，凡十一主，计一百另四年，两共计一百五十六年。（《晋书》载西晋五十四年，东晋一百零二年，此为怀愍失国后之二年，晋廷无主，仍用怀愍年号，今读史家言，谓宜并入东晋，颇有至理，故从之。）

目 录

第一回　祀南郊司马开基
立东宫庸雏伏祸

华夷混杂，宇宙腥膻，这是我国历史上，向称为可悲可痛的乱事。其实华人非特别名贵，夷人非特别鄙贱，如果元首清明，统御有方，再经文武将相，及州郡牧守，个个是贤能廉察，称职无惭，就是把世界万国联合拢来，凑成一个空前绝后的大邦，也不是一定难事，且好变做一大同盛治了。眼高于顶，笔大如椽。无如我国人一般心理，只守定上古九州的范围，不许外人羼入，又因圣帝明王，寥寥无几，护国乏良将相，殖民乏贤牧守，仅仅局守本部，还是治多乱少；所以旧儒学说，主张小康，专把华夷大防，牢记心中，一些儿不肯通融，好似此界一溃，中国是有乱无治，从此没有干净土了。看官！试搜览古史，何朝不注重边防，何代能尽除外患？日日攘外夷，那外夷反得步进步，闹得七乱八糟，不可收拾。究竟是备御不周呢？还是别有他故呢？古人说得好："人必自侮，然后人侮；家必自毁，然后人毁；国必自伐，然后人伐。"又云："木朽虫生，墙罅蚁入。"这却是千古不易的名言。历朝外患，往往从内乱引入，内乱越多，外患亦趋深。照此看来，明明是咎由自取，应了前人的遗诫，怎得专咎外夷与防边未善呢？别具只眼。

小子尝欲将这种臆见，抒展出来，好待看官公决是非，但又虑事无左证，徒把五千年来的故事，笼笼侗侗的说了一番，看官或且诮我为空谈，甚至以汉奸相待，这岂不是多言招尤么？近日笔墨少闲，聊寻证据，可巧案左有一部《晋书》，乃是唐太宗汇集词臣，撰录成书，共得一百三十卷，当下顺手一翻，看了一篇《序言》，是总说五胡十六国的祸乱，因猛然触起心绪，想到外祸最烈，无过晋朝，晋自武帝奄有中原，仅阅一传，便已外患迭起，当时大臣防变未然，或说是罢兵为害，山涛。或说是徙戎宜早，郭钦江统。言谆谆，听藐藐，遂致后来外祸无穷，由后思前，无人不为叹惜。哪知牝鸡不鸣，群雄自息；八王不乱，五胡何来？并且貂蝉满座，尘尾挥尘，大都龌龌龊龊，庸庸碌碌，没一个文经武纬，没一个坐言起行。看官试想！这种败常乱俗的时局，难道尚能支持过去么？假使兵不罢，戎早徙，亦岂果能慎守边疆，严杜狡寇么？到了神州陆沉，铜驼荆棘，两主被虏，行酒狄庭，无非是内政不纲，所以致此。既而牛传马后，血统变迁，阳仍旧名，阴实易姓，王马共天下，依然是乱臣贼子，内讧不休，一波未平，一波又起，单剩得江表六州，扬荆江湘交广。尚且朝不保暮，还有什么余力，要想规复中原呢？幸亏有几个智士谋臣，力持危局，淝水一役，大破苻秦，半壁江山，侥幸保全；那大河南北，长江上游，仍被杂胡占据，虽是倏起倏衰，终属楚失楚得，就中非无一二华族，夺得片土，与夷人争衡西北，张实据凉州，李暠据酒泉，冯跋据中山。究竟势力甚微，无关大局；且仇视晋室，仍似敌国一般。东晋君臣，稍胜即骄，由骄生惰，毫无起色，于是篡夺相寻，祸乱踵起，不能安内，怎能对外？大好中原，反被拓跋氏逐渐并吞，成一强国，结果是枭雄柄政，窥窃神器，把东晋所有的区宇，也不费一兵，占夺了去。咳！东西两晋，看似与外患相终始，究竟自成鹬蚌，才有渔翁。西晋尚且如此，东晋更不必说了。有人谓司马篡魏，故后嗣亦为刘裕所篡，这是从因果上着想，应有此说；但添此一番议论，更见得晋室覆亡，并非全是外患所致。伦常乖舛，骨肉寻仇，是为亡国第一的祸胎；信义沦亡，豪权互阋，是为亡国的第二祸胎。外人不过乘间抵隙，可进则进，既见我中国危乱相寻，乐得趁此下手，分尝一脔，华民虽众，无拳无勇，怎能拦得住胡马，杀得过番兵。眼见得男为人奴，女为人妾，同做那夷虏的仆隶了。伤心人别有怀抱。自古到今，大抵皆然，不但两晋时代，遭此变乱，只是内外交迫，两晋也达到极点。为惩前毖后起见，正好将两晋史事，作为榜样，奈何后人不察，还要争权夺利，扰扰不休，恐怕四面列强，同时入室，比那五胡十六国，更闹得一塌糊涂，那时国也亡，家也亡，无论豪族平民，统去做外人的砧上鱼，刀上肉，无从幸免，乃徒怨及外人利害，试问外人肯受此恶名吗？论过去兼及未来，真是眼光四射。

话休叙烦，且把那两晋兴亡，逐节演述，作为未来的殷鉴。看官少安毋躁！待小子援笔写来：晋自司马懿起家河内，曾在汉丞相曹操麾下，充当掾吏，及曹丕篡汉，出握兵权，与吴蜀相持有年，迭著战绩。懿死后，长子师嗣，后任大将军录尚书事，都督中外各军，废魏主曹芳及芳后张氏，权焰逼人。未几师复病死，弟昭得承兄职，比乃兄还要跋扈，居然服衮冕，着赤舄。魏主曹髦，忍耐不住，尝谓司马昭之心，路人皆知。因即号召殿中宿尉及苍头官僮等，作为前驱，自己亦拔剑升辇，在后督领，亲往讨昭，才行至南阙下，正撞着一个中护军，面目狰狞，须眉似戟，手下有二三百人，竟来挡住乘舆。这人为谁，就是平阳人贾充。特别提出，不肯放过贼臣，且为该女乱晋张本。魏主髦喝令退去，充非但不从，反与卫士交锋起来，约莫有一两个时辰。充寡不敌众，将要败却，适太子舍人成济，也带兵趋入，问为何事相争？充厉声道："司马公豢养汝等，正为今日，何必多问！"成济乃抽戈直前，突犯车驾。魏主髦猝不及防，竟被他手起戈落，刺毙车中。兄废主，弟弑主，一个凶过一个。余众当然逃散。

司马昭闻变入殿，召群臣会议后事。尚书仆射陈泰，流涕语昭道："现在唯亟诛贾充，尚可少谢天下。"看官！你想贾充是司马氏功狗，怎肯加诛？当下想就了张冠李戴的狡计，嫁祸成济，把他推出斩首，还要夷他三族。助力者其视诸！一面令长子中抚军炎，迎入常道乡公曹璜，继承魏祚。璜改名为奂，年仅十五，一切国政，统归司马昭办理。昭复部署兵马，遣击蜀汉，骁将邓艾钟会，两路分进，蜀将望风溃败，好容易攻入成都，收降蜀汉主刘禅。昭引为己功，进位相国，加封晋公，受九锡殊礼。俄而进爵为王，又俄而授炎为副相国，立为晋世子。正拟安排篡魏，偏偏二竖为灾，缠绕昭身，不到数日，病入膏肓，一命呜呼。世子炎得袭父爵，才过两月，即由司马家臣，奉书劝进，胁魏受禅。魏主奂早若赘疣，至此只好推位让国，生死唯命。司马炎定期即位，设坛南郊。时已冬暮，雨雪盈涂，炎却遵吉称尊，服衮冕，备卤簿，安安稳稳的坐了法驾，由文武百官拥至郊外，燔柴告天。炎下车行礼，叩拜穹苍，当令读祝官朗声宣诵道：

皇帝臣司马炎，敢用玄牡，明告于皇皇后帝。魏帝稽协皇运，绍天明命以命炎。昔者唐尧熙隆大道，禅位虞舜，舜又禅禹。迈德垂训，多历年载。暨汉德既衰，太祖武皇帝，指曹操。拨乱济时，辅翼刘氏，又用受命于汉。粤在魏室，仍世多故，几于颠坠，实赖有晋匡拯之德，用获保厥肆祀，弘济于艰难，此则晋之有大造于魏也。诞唯四方，罔不祇顺。廓清梁岷，包怀扬越，八纮同轨，祥瑞屡臻，天人协应，无思不服。肆予宪章三后，用集大命于兹。炎维德不嗣，辞不获命，于是群公卿士，百辟庶僚，黎献陪隶，暨于百蛮君长，佥曰："皇天鉴下，求民之瘼，既有成命，固非克让所得距违。天序不可以无统，人神不可以旷主。"炎虔奉皇运，寅畏天威，敬简元辰，升坛受禅，告类上帝，永答众望。

祝文读毕，祭礼告终。司马炎还就洛阳宫，御太极前殿，受王公大臣谒贺。这班王公大臣，无非是曹魏勋旧，昨日臣魏，今日臣晋，一些儿不以为怪，反且欣然舞蹈，曲媚新朝。攀龙附凤，何代不然？随即颁发诏旨，大赦天下，国号晋，改元泰始。封魏主奂为陈留王，食邑万户，徙居邺宫。奂不敢逗留，没奈何上殿辞行，含泪而去。朝中也无人饯送，只太傅司马孚，拜别故主，唏嘘流涕道："臣已年老，不能有为，但他日身死，尚好算做大魏纯臣哩。"看官道孚为何人？乃是司马懿次弟，即新主司马炎的叔祖父，官至太傅，生平尝洁身远害，不预朝政，所以司马受禅，独孚未曾赞成。但年已八十有余，筋力就衰，不能自振，只好自尽臣礼，表明心迹，这也不愧为庸中佼佼了。

过了一日，诏遣太仆刘原往告太庙，追尊皇祖懿为宣皇帝，皇伯考师为景皇帝，皇考昭为文皇帝，祖母张氏为宣穆皇后，母王氏为皇太后。相传王太后幼即敏慧，过目成诵，及长，能孝事父母，深得亲心。既适司马氏，相夫有道，料事屡中。后来生了五子，长即司马炎，次名攸，又次名兆，又次名定国广德。兆与定国广德三人，均皆早夭，唯炎攸尚存。炎字安世，姿表过人，发长委地，手垂过膝，时人已知非常相。攸字大猷，早岁岐嶷，成童后饱阅经籍，雅善属文，才名籍籍，出乃兄右，司马昭格外钟爱。因兄师无后，令攸过继，且尝叹息道："天下是我兄的天下，我不过因兄成事，百年以后，应归我兄继子，我心方安。"及议立世子，竟遂属攸，左长史山涛劝阻道："废长立少，违礼不祥。"贾充已进爵列侯，亦劝昭不宜违礼。还有司徒何曾，尚书令裴秀，又同声附和，请立嫡长，因此炎得为世子。炎篡位时，正值壮年，春秋鼎盛，大有可为，初政却是清明，率下以俭，驭众以宽。有司奏称御牛丝靷，已致朽敝，不堪再用，有诏令用麻代丝。高阳人许允，为司马昭所杀，允子奇颇有材思，仍诏为太常丞，寻且擢为祠部郎。海内苍生，讴歌盛德，哪一个不望升平？但天下事靡不有初，鲜克有终，晋主炎正坐此弊，所以典午家风，午肖马，典者司也，故旧称司马为典午。不久即坠呢。这事备详后文，看官顺次细阅，自见分晓。唯晋主炎的庙号，叫做武帝，小子沿着史例，便称他为晋武帝。

且说晋武帝已经篡魏，复力惩魏弊，一意更新。他想魏氏摧残骨肉，因致孤立，到了禅位时候，竟无人出来抗衡，平白地让给江山，自己虽侥幸得国，若使子子孙孙，也象曹魏时孤立无援，岂不要仍循覆辙么？于是思患预防，大封宗室，授皇叔祖父孚为安平王，皇叔父干，司马懿第三子。为平原王，亮懿第四子。为扶风王，伷懿第五子。为东莞王，骏为汝阴王，懿第六子京早卒。骏为第七子。肜懿第八子。为梁王，伦懿第九子。为琅琊王，皇弟攸为齐王，鉴为乐安王，机为燕王。鉴与机为晋武异母弟。还有从伯叔父，及从父兄弟，亦俱封王爵，列作屏藩。名称不详，因无关后来治乱，所以从略。上文如亮如伦，为八王之二，故例须并举。进骠骑将军石苞为大司马，封乐陵公，车骑将军陈骞为高平公，卫将军贾充为鲁公，尚书令裴秀为钜鹿公，侍中荀勖为济北公，太保郑冲为太傅，兼寿光公，太尉王祥为太保，兼睢陵公，丞相何曾为太尉，兼朗陵公，御史大夫王沈为骠骑将军，兼博陵公，司空荀𫖮为临淮公，镇北大将军卫瓘为菑阳公。此外文武百僚，各加官进爵有差。

转瞬间已过残腊，便是泰始二年，元旦受朝，不消细说。有司请建立七庙，武帝恐劳民伤财，不忍徭役，但将魏庙神主，徙置别室，即就魏庙作为太庙，所有魏氏诸王，皆降封为侯。旋册立王妃杨氏为皇后，杨氏为弘农郡人，名艳，字琼芝，父名文宗，曾仕魏为通事郎，母赵氏产女身亡，女寄乳舅家，赖舅母抚育成人，生得姿容美丽，秀外慧中，相士尝说她后当大贵，司马昭乃纳为子妇，伉俪甚谐。昭纳杨女为媳，明明是有心篡国。及得立为后，追怀舅氏旧恩，请敕封舅氏赵俊夫妇，武帝自然依议。俊兄赵虞，也得授官。虞有一女，芳名是一粲字，颇有三分姿色，杨后召她入宫，镇日里留住左右，就是武帝退朝，与后叙谈，粲亦未尝回避，有时却与武帝调情，杨后玉成人美，遂劝武帝纳作嫔嫱，赐号夫人。武帝还道杨后大度，毫不妒忌，哪知杨后正要这中表姊妹，来做帮手，一切布置，仿佛与美人计相似，武帝为色所迷，怎能窥破杨后的私衷呢？这也是杨后特别作用，与普通妇人不同。

杨后初生一男，取名为轨，二岁即殇，嗣复生了二子，长名衷，次名东，衷顽钝如豕，年至七八岁，尚不能识之无，虽经师傅再三教导，也是旋记旋忘。武帝尝谓此儿不肖，未堪承嗣，偏杨后钟爱顽儿，屡把立嫡以长的古训，面语武帝，惹得武帝满腹狐疑，勉强延宕了一年。衷已年至九岁了，杨后常欲立衷为太子，随时絮聒，又经赵夫人从旁帮忙，只说："衷年尚幼冲，怪不得他童心未化，将来大器晚成，何至不能承统。今主上即位二年，尚未立储，似与国本关系，未免欠缺，应速立衷为嗣"云云。从来妇人私语，最易动听，况经一妻一妾，此倡彼和，就使铁石心肠，也被销熔。况晋武帝牵情帷帝，无从摆脱，怎能不为它所误，变易成心？泰始三年正月，竟立衷为皇太子。祸本成了。内外官僚，哪个来管司马家事？且衷为嫡长，名义甚正，更令人无从置喙，大众不过依例称贺，乐得做个好好先生，静观成败罢了。

是年特下征书，起蜀汉郎官李密为太子洗马，密父虔早殁，母何氏改醮，单靠祖母刘氏抚养，因得长成。是时刘氏年近百岁，起居服食，统由密一人侍奉。密乃上表陈情，愿乞终养。表文说得非常恳切，一经呈入，连武帝也为动情，且阅且叹道："孝行如是，毕竟名不虚传呢。"《陈情表》传诵古今，不待录入，唯事可风世，因特笔表明。待至刘终服阕，仍复征为洗马，不久即出为守令，免官归田，考终原籍。随手了结，免致阅者疑问。

泰始四年，皇太后王氏崩，武帝居丧，一遵古礼，迨丧葬既毕，还是缞绖临朝。先是武帝遭父丧时，援照魏制，三日除服，但尚素冠蔬食，终守三年。至是改魏为晋，法由己出，因欲仿行古制，持三年服，偏百官固请释缞，乃姑允通融，朝服从吉，常服从凶，直到三年以后，才一律改除。不没晋武孝思，唯不能力持古礼，尚留遗憾。事有凑巧，晋室方遭大丧，那孝子王祥，亦老病告终。祥系琅琊人氏，早年失恃，继母朱氏，待祥颇虐，卧冰求鲤的故典，便是王祥一生的盛名。后仕魏至太尉，封睢陵侯，武帝即位，迁官太保，进爵为公。见上文。祥以年老乞休，一再不已，乃听以睢陵公就第，禄赐如前。已而病殁，赙赠甚优，予谥曰元。祥弟名览，为朱氏所出，屡次谏母护兄，孝友恭恪，与祥齐名，后来亦官至光禄大夫。门施五马，代毓名贤，这岂不是善有善报么？叙祥及览，连类并书。

且说晋武帝新遭母丧，无心外事，但将内政稍稍整顿，已是兆民乐业，四境蒙庥。过了年余，方欲东向图吴，特任中军将军羊祜为尚书左仆射，出督荆州军事。祜坐镇襄阳，日务屯垦，缮备军实，意者待时而动，不愿与吴急切启衅，故在军中常轻裘缓带，有儒雅风。武帝亦特加宠信，听他所为。不意雍凉交界，忽出了一个外寇，叫做秃发树机能，这树机能系出鲜卑，为秦汉时东胡遗裔，散居塞北鲜卑山，因即沿称为鲜卑种。鲜卑酋匹孤，集得部众千人，从塞北入居河西。妻相掖氏方孕，延至足月，陡欲分娩，不及起床坐蓐，竟在被中产出一儿，鲜卑人呼被为秃发，乃以秃发两字，为婴儿姓氏，取名寿阗。寿阗年长，嗣父遗业，却也没甚奇异，不过部众日繁，约得数千人。寿阗子就是树机能，骁果多谋，集众数万，出没雍凉，当邓艾破蜀时，上表乞降，遂任他居住。偏偏养痈贻患，到了泰始六年，居然造起反来，是为胡人蠢动的第一声。提要钩元。小子有诗叹道：

豺狼生性本猖狂，聚众咆哮敢肆殃。
不信晋朝开国日，已闻叛贼树西方。

欲知树机能造反后事，容待下回叙明。

本回开宗明义，揭出西晋外患，由内乱而起，确是探原之论，并足援古证今，为未来之龟鉴。可见作者别具苦心，特借史事以讽世，冀免沦胥之苦，非好为是浪费笔墨也。魏蜀之亡，应详见《后汉演义》中，故从简略，独提出贾充之助逆，作一伏案，盖佐晋开国者贾氏，误晋乱国者亦贾氏，所关甚大，不容恝视。及晋主炎篡位以后，封宗室，立杨后，俱属振领提纲之笔，至册皇子衷为太子，事出晋主之误信妇人，帷帟之言，十有九败，何辨之不早辨也？至若晋武之终丧，及李密王祥之尽孝，均随事叙入，惩恶而劝善，其犹有良史之遗风欤。

第二回　堕诡计储君纳妇
慰痴情少女偷香

却说树机能拥众造反，气焰甚盛，雍凉边境，多被劫掠，十室九空。晋武帝本恐杂胡作乱，尝从雍凉二州故土，析置秦州，并遣胡烈为秦州刺史，令他屯兵镇守，严防胡人。胡烈莅任，甫及一年，树机能便即蠢动。烈当然督兵往讨，与树机能对垒争锋。树机能确是乖巧，先用老弱残众，出来诱敌，略经交战，马上遁去。烈三战三胜，便藐视树机能。树机能乃自来挑战，待烈出营，即麾众倒退，烈追赶一程，树机能退走一程，至烈欲收军回来，他又拨转马头，作进逼状。好几次相持不舍，激得胡烈性起，向前直追，约行数十里，见前面都是乱山深箐，险恶得很，树机能部下，统向山谷中跑入，杳无人影。烈未免惶惑，且未知此处地名，只好勒兵不进，谁知山冈上一声胡哨，竟张起一面叛旗，旗下立着一个番酋，戟手南指，口中呶呶不休，大约是辱骂晋军。无非诱敌。烈又忍耐不住，策马当先，驰入山中。霎时间叛胡四起，把晋军截作数段，烈冲突不出，身受数创，创重身亡，部下军士，大半陷没，逃归的不过数人。看官听着！这地方叫作万斛堆，山上立着的番酋，就是秃发树机能。树机能既诱杀胡烈，势益猖獗，西陲大震。

扶风王司马亮，方都督雍凉军事，急遣将军刘旗往援。旗闻胡烈败没，不敢进击，但在中道逗留。那寇警日甚一日，连洛都中亦屡有急报，上下震惊。武帝乃传诏责亮，贬亮为车骑将军，并饬亮执送刘旗，处以死刑。亮复称节度无方，咎在臣亮，乞免刘旗死罪。武帝更下诏道："若罪不在旗，当有他属。”因将亮免官召归，另简尚书石鉴为安西将军，都督秦州军事，出讨树机能。更命前河南尹杜预为秦州刺史，兼轻车将军。预与鉴素有宿嫌，鉴欲借此陷预，遂令预孤军出战，不得延期。预知鉴有意为难，复书辩驳，大致说是“胡马方肥，势又甚盛，不可轻敌。且官军远行乏粮，更难久持，宜并力运足刍米，待至来春大进，方可平虏’等语。鉴得书大怒，即劾预张皇寇势，挠阻士心。有诏遣御史至秦州，囚预入都，械付廷尉。亏得预为皇室懿亲，曾尚帝姑高陆公主，内线一通，便有人出来解免，想总不外杨后等人。援照议亲减罪故例，准他图功自赎。预才得出狱，还归私宅。那石鉴一再发兵，统被树机能击退，日久无功。忮忌如是，怎能有成？到了泰始七年，树机能且与北地叛胡，互相连结，进围金城。凉州刺史牵弘，复为所杀。从前高平公陈骞，尝言：“胡烈牵弘，有勇无谋，不堪重任。”武帝以为讳言，及二将先后阵亡，方悔不用骞议，但已是无及了。

于是趁着秋狝时候，再简将帅，特任鲁公兼车骑将军贾充，都督秦凉二州军事。这诏一下，累得贾充日夕徬徨，不知所措。他本来没甚韬略，徒靠着谄媚逢迎伎俩，得列元勋，看官阅过上文，应知他有两大功劳，第一着是与弑魏主，第二着是劝立冢子。嗣是邀殊宠，位上公，蟠踞朝堂，党同伐异。太尉临淮公荀觊，侍中荀勖，越骑校尉冯紞，皆与充友善，朋比为奸，独侍中任恺，中书令庾纯，刚直守正，不肯附充。充长女荃又为齐王攸妃，恺等恐他威焰日加，必为后患，可巧武帝择将西征，遂入内密陈，请命充都督秦凉。武帝竟允所请，骤然颁下诏书，迅雷不及掩耳，几令充莫名其妙。及仔细探听，方知由任恺等所荐举。外示推崇，实是排斥，不由的懊恨异常，但又无法推辞，只好托词募兵，迁延数月；到了寒信迭催，不便再挨，只好硬着头皮，上朝辞行。百僚往饯夕阳亭，盛筵相待，酒至半酣，充离座更衣，荀勖亦起身随入，两人得一处密谈。充皱眉道：“我实不愿有此行，公可为我设策否？”勖答道：“公为朝廷宰辅，乃受制一夫，煞是可恨。勖为公筹划已久，苦无良策，近得宫中消息，却有一隙可乘，若得成事，公自得免远行了。”充问有何事？勖又道：“闻主上为太子议婚，公尚有二女待字，何不乘此营谋，倘蒙俞允，是遣嫁在迩，主上亦不使公行了。”充狞笑道：“恐无此福。”勖凑机道：“事在人为。”说至此，又与充附耳数语。充喜出望外，向勖再拜，恨不得跪下磕头。极力形容。勖慌忙答礼，握手并出，还座畅饮。待至日暮兴阑，彼此方才告别。充徐徐就道，每日不过行了数里，老天有意做人美，竟连宵降雪，变成一个粉妆玉琢的世界，千山皆白，飞鸟不通，何况这远行军士呢？充即遣使飞奏，说是雨雪载涂，难以行道，唯有待晴再往一法。果然皇恩浩荡，曲体军心，便令充折回都门，缓日起程。充喜如所期，匆匆还都。时来福凑，皇太子结婚问题，竟被充运动到手，得将三女许字青宫，这正是一大喜事，差不多似锦上添花。

原来太子衷年已十二，武帝欲为他择配，拟纳卫瓘女为太子妃。充妻郭槐，早思将己女许配太子，暗地里纳赂宫人，托她们向杨后处说合。妇人家耳朵最软，屡经左右提及贾女，说她如何有德，如何有才，不由的艳羡起来，便乘武帝入宫时，劝纳贾女为冢妇。武帝摇首道："不可，不可。"杨后惊问何因？武帝道："我意愿聘卫女，不愿聘贾女。卫氏种贤，并且多子，女貌秀美，身长面白，贾氏种妒，子息不蕃，女貌丑劣，身短面黑，两家相较，优劣不同，难道舍长取短么？"初意原是不差。杨后道："闻贾女颇有才德，陛下不应固执成见，坐失佳妇。"武帝仍然不答。杨后又固请武帝访问群臣，证明可否。武帝方略略点首。越宿召群臣入宴，与论太子婚事，荀勖正得列座，力言贾女贤淑，宜配储君。再加荀瓘冯紞，亦极口称赞贾女，说得天花乱坠，娓娓动听。武帝不觉移情，便问："贾充共有几女？"荀勖答道："充前妻生二女，已经出嫁，后妻生二女，尚未字人。"武帝又问："未字二女，年龄几何？"勖又答道："臣闻他季女最美，年方十一，正好入配青宫。"武帝道："十一岁未免太幼。"瓘即接口道："还是贾氏三女，已十有四龄，貌虽未及幼女，才德比幼女为优，女子尚德不尚色，还请圣裁！"好一个有德女子，请看将来。武帝道："既如此说，不如叫贾氏三女，入配吾儿。"勖等闻言，便离席拜贺。媒人做成了，我且当为媒人贺喜。武帝也有喜色，再令勖等入席，续饮数巡，方撤席而散。是日充正还都，荀勖等一出殿门，便欢天喜地，跑往贾府称贺去了。

小子走笔至此，更不得不将贾充二妻，详叙一番。充本娶魏中书令李丰女为妇，颇有才行，生下二女，长名荃，便是齐王攸妃，次名浚，亦得适名门。李丰前为司马师所杀，充妻李氏，亦坐父罪被戍，与充诀别，自往戍所。充不耐鳏居，更娶城阳太守郭配女，叫做郭槐。槐性妒悍，为充所惮，晋武践阼，颁诏大赦，李氏蒙恩释归，留居母家。武帝方感贾充旧惠，即对司马昭固请立长之功。特别隆宠，命得置左右夫人。充母柳氏，亦嘱充迎还故妇，郭槐攘袂忿争道："佐命荣封，唯我得受，李氏乃一罪奴，怎得与我并等？"充素畏阃威，未便逆命，只好委曲答诏，托言臣无大功，不敢当两夫人盛礼。武帝还道他谦卑自牧。哪知是河东狮吼，从中作梗哩。俗称惧内多富，充之富贵，想即出此。已而长女荃得为齐王攸妃，复欲替母设法，令得迎还。充终畏郭槐，但筑室居李，未尝往来。荃至充前，吁请一往，充仍不许。及充奉命西行，荃复与妹浚同往劝充，求充会母，甚至叩头流血，尚不见允。郭槐却妒上加妒，定欲将己女入配东宫，与荃比势。她有二女，长名南风，幼名午，南风矮胖不文，午虽短小，尚有姣容。此次与太子为配，正是矮而且胖的贾南风。贾充闻武帝俯允婚事，自然笑逐颜开，对着荀勖等人，称谢不置。还有屏后探信的郭槐，得着这个好消息，真个是喜从天降，愉快莫名。自是备办奁具，无日不忙。充亦几无暇晷，把西征事搁在脑后，就是武帝也并不问及。至年暮下诏，仍令充复居原职，两老二小，团圞过年，快意更可知了。

泰始八年二月，为太子衷纳妃佳期。坤宅是相府豪门，纷华靡丽，不消细说，只忙煞了一班官僚，既要两边贺喜，又要双方襄礼，结果是蠢儿丑女，联合成双，也好算是无独有偶，天赐良缘了。调侃得妙。武帝见新妇面目，果如所料，心中不免懊悔，好在两口儿很是亲热，并无忤言，也乐得假痴假聋，随他过去罢了。唯郭槐因女入东宫，非常贵显，因欲往省李氏，自逞威风。充从旁劝阻道："夫人何必自苦，彼有才气，足敌夫人，不如勿往。"郭槐不信，令左右备了全副仪仗，自坐凤舆，呼拥而去。行至李氏新室，李氏不慌不忙，便服出迎。槐见她举止端详，容仪秀雅，不由的竦然起敬，竟至屈膝下拜。李氏亦从容答礼，引入正厅，谈吐间不亢不卑，转令郭槐自惭形秽，局促不堪。多去献丑。勉强坐了片刻，便即告辞。李氏亦不愿挽留，由她自归。她默思李氏多才，果如充言，倘充或一往，必被李氏羁住，因此防闲益密，每遇充出，必使亲人随着，隐为监督。傍晚必迫充使归，充无不如命，比王言还要敬奉，堂堂宰相，受制一妇，乃真是可愧可恨哩。回应荀勖语，悚人心骨。充母柳氏，素尚节义，前闻成济弑主，尚未知充为主使，因屡骂成济不忠，家人俱为窃笑。充益讳莫如深，不敢使母闻知。会柳母老病不起，临危时由充入问："有无遗嘱？"柳母长叹道："我教汝迎李新妇，汝尚未肯听，还要问什么后事哩？”遂瞑目长逝。充料理母丧，仍不许李氏送葬，且终身不复见李氏。长女荃抑郁成瘵，也即病终。不忠不孝不义不慈，充兼而有之。还有一件贾府的丑史，小子也连类叙下，免得断断续续，迷眩人目。自贾女得为太子妃，充位兼勋戚，复进官司空尚书令，领兵如故。当时有一南阳人韩寿，为魏司徒韩暨曾孙，系出华胄，年少风流，才如曹子建，貌似郑子都，乘时干进，投谒相门。贾充召令入见，果然是翩翩公子，丰采过人，及考察才学，更觉得应对如流，言皆称意。充大加叹赏，便令他为司空掾，所有相府文牍，多出寿手，果然文成倚马，技擅雕龙。相国重才，格外信任，每宴宾僚，必令寿与席，充作招待员。寿初入幕，尚有三分拘束，后来已得主欢，逐渐放胆，往往借酒鸣才，高谈雄辩，座中佳客，无不倾倩。好容易物换星移，大小宴不下数十次，为了他议论风生，遂引出一位绣阁娇娃，前来窃听。一日宾朋满座，寿仍列席，酒酣兴至，又把这饱学少年，倾吐了许多积愫，偏那屏后的锦帷，无风屡动，隐约逗露娇容，好似芍药笼烟，半明半灭。韩寿目光如炬，也觉帷中有人偷视，大约总是相府婢妾，不屑留神。谁知求凰无意，引凤有心，帷间的娇女儿，看这韩寿丰采丽都，几把那一片芳魂，被他勾摄了去。等到酒阑席散，尚是呆呆的站着一旁，经侍婢呼令入室，方才怏怏退回。既入房中，暗想世上有这般美男子，正是目未曾睹，若得与他结为鸳侣，庶不致辜负一生。当下问及侍婢，谓席间少年，姓甚名谁？侍婢答称韩寿姓名，并说是府中掾吏。那娇女儿既是一喜，又是一忧，喜的是萧郎未远，相见非难，忧的是绣闼重扃，欲飞无翼。再加那脉脉春情，不堪外吐，就使高堂宠爱，究竟未便告达，因此长吁短叹，抑郁无聊，镇日里偃息在床，不思饮食，竟害成一种单思病了。倒还是个娇羞女子。

看官道此女为谁？就是上文说过的少女贾午。午自胞姊出嫁，闺中少了一个伴侣，已觉得无限寂寥，蹉跎蹉跎，过了一两年，已符乃姊出阁年龄，都下的公子王孙，哪个不来求婚，怎奈贾充不察，偏以为只此娇儿，须要多留几年，靠她娱老。俗语说得好："女大不中留。"贾午年虽尚稚，情窦已开，听得老父拒婚，已有一半儿不肯赞成，此次复瞧见韩寿，不由的惹动情魔，恹恹成病。贾充夫妇，怎能知晓？总道她感冒风寒，日日延医调治，医官几番诊视，未始不察出病根，但又不便在贾充面前，唐突出言，只好模模糊糊的拟下药方，使她煎饮。接连饮了数十剂，毫不见效，反觉得娇躯越怯，症候越深。治相思无药饵。充当然忧急，郭槐更焦灼万分，往往迁怒婢女，责她们服侍不周，致成此疾。其实婢女等多已窥透贾午病源，不过似哑子吃黄连，无从诉苦，就中有个侍婢，为贾午心腹，便是前日与午问答、代为报名的女奴。她见午为此生病，早想替午设法，好做一个撮合山，但一恐贾午胆怯，未敢遽从，二恐贾充得闻，必加严谴，所以逐日延挨，竟逾旬月。及见午病势日增，精神亦愈觉恍惚，甚至梦中呓语，常唤韩郎，心病必须心药治，不得已冒险一行，潜至幕府中往见韩寿。寿生性聪明，蓦闻有内婢求见，已料她来意蹊跷，当下引入密室，探问情由。来婢即据实相告，寿尚未有室，至此也惊喜交并，忽转念道："此事如何使得？"便向来婢答复，表明爱莫能助的意思。来婢愀然道："君如不肯往就，恐要害死我娇姝了。"寿又觉心动，更问及贾女容色，来婢舌上生莲，说得人间无二，世上少双，寿正当好色，怎能再顾利害，便嘱来婢返报，曲通殷勤。婢当即回语贾午，午也与韩寿情意相同，惊喜参半。婢更为午设谋，想出往来门径，令得两下私会。午为情所迷，一一依议，乃嘱婢暗通音好，厚相赠结，即以是夜为约会佳期。彼此已经订定，午始起床晚妆，匀粉脸，刷黛眉，打扮得齐齐整整，静候韩郎。该婢且整理衾裯，熏香添枕，待至安排妥当，已是更鼓相催，便悄悄的踅至后垣，屏急待着。到了柝声二下，尚无足音，禁不住心焦意乱，只眼巴巴的望着墙上，忽听得一声异响，即有一条黑影，自墙而下，仔细一瞧，不是别物，正是日间相约的韩幕宾。婢转忧为喜。私问他如何进来？韩寿低语道："这般短墙，一跃可入，我若无此伎俩，也不敢前来赴约了。"毕竟男儿好手。婢即与握手引入，曲折至贾午房中。午正望眼将穿，隐几欲寐，待至绣户半开，昂头外望，先入的是知心慧婢，后入的便是可意郎君，此时身不由主，几不知如何对付，才觉相宜。至韩寿已趋近面前，方慢慢的立起身来，与他施礼。敛衽甫毕，四目相窥，统是情投意合，那婢女已出户自去，单剩得男女二人，你推我挽，并入欢帏。这一宵的恩爱缠绵，描摹不尽。最奇怪的是被底幽香，非兰非麝，另有一种沁人雅味。寿问明贾午，方知是由西域进贡的奇香，由武帝特赐贾充，午从乃父处乞来，藏至是夕，才取出试用。寿大为称赏，贾午道："这也不难，君若明夕早来，我当赠君若干。"寿即应诺，待晓乃去。俟至黄昏，又从原路入室，再续鸾交。

贾午果不食言，已向乃父处窃得奇香，作为赠品。这一段便是贾女偷香的故事，小子有诗咏道：

逾墙钻穴太风流，处子贪欢甘被搂。
莫道偷香原韵事，须知淫贱总包羞。

究竟两人欢会情状，后来被人知晓否，容至下回续详。

阅坊间旧小说，言情者不可胜计，多半是说豪府佳人，倾情才子，即如前清时代之袁简斋，亦有“美人毕竟大家多”之句，是皆悬空揣拟，不足取信。试观贾充二女，即可略见一斑，充固权相也，二女为相府娇娃，应该饶有美色，乃南风短而黑，午虽较乃姊为优，史册中究未尝称美，度亦不过一寻常女子耳。所可信者权奸之门，往往无佳子女，如南风之配储君，而其后淫乱不道，卒以乱国，如午之私谐韩寿，而其后嗣子不良，亦致赤族。女子之足以祸人，固不必其尽为尤物也。本回专叙贾充二女，实为后文亡国败家之伏笔，且举其奸丑情状，首先揭出，俾阅者知始谋不正，后患无穷，骗婚不足取，偷香亦岂可效尤乎？

第三回　杨皇后枕膝留言　左贵嫔摅才上颂

却说韩寿得了奇香，怀藏回寓，当然不使人知，暗地收贮。偏此香一着人身，经月不散。寿在相府当差，免不得与人晋接，大众与寿相遇，各觉得异香扑鼻，诧为奇事。当下从旁盘诘，寿满口抵赖，嗣经同僚留心侦察，亦未见有什么香囊，悬挂身上，于是彼此动疑，有几个多嘴多舌的人，互相议论，竟致传入贾充耳中。充私下忖度，莫非就是西域奇香，但此香除六宫外，唯自己得邀宠赍，略略分给妻女，视若奇珍，为什么得入寿手？且近日少女疾病，忽然痊愈，面目上饶有春色，比从前无病时候，且不相同，难道女儿竟生斗胆，与寿私通，所以把奇香相赠么？唯门闼森严，女儿又未尝出外，如何得与寿往来？左思右想，疑窦百出，遂就夜半时候，诈言有盗入室，传集家僮，四处搜查，僮仆等执烛四觅，并无盗踪，只东北墙上，留有足迹，仿佛狐狸行处，因即报达贾充。充愈觉动疑，只外面不便张皇，仍令僮役返寝，自己想了半夜，这东北墙正与内室相近，好通女儿卧房，想韩寿色胆如天，定必从此入彀。是夕未知韩寿曾否续欢，若溜入女寝，想亦一夜不得安眠。俄而晨鸡报晓，天色渐明，充即披衣出室，宣召女儿侍婢，秘密查问，一吓二骗，果得实供，慌忙与郭槐商议。槐似信非信，复去探问己女，午知无可讳，和盘说出，且言除寿以外，宁死不嫁。槐视女如掌中珠，不忍加责，且劝充将错便错，索性把女儿嫁与韩寿，身名还得两全。充亦觉此外无法，不如依了妻言，当下约束婢女，不准将丑事外传，一面使门下食客，出来作伐，造化了这个韩幕宾，乘龙相府，一番露水姻缘，变做长久夫妻，诹吉入赘，正式行礼，洞房花烛，喜气融融，从此花好月圆，免得夜来明去，尤妙在翁婿情深，竟蒙充特上荐牍，授官散骑常侍，妻荣夫贵，岂不是旷古奇逢吗？若使断章取义，真是天大幸事。话分两头。

且说安平王司马孚，位尊望重，进拜太宰，武帝又格外宠遇，不以臣礼相待，每当元日会朝，令孚得乘车上殿；由武帝迎入阼阶，赐他旁坐。待朝会既毕，复邀孚入内殿，行家人礼。武帝亲捧觞上寿，拜手致敬。孚下跪答拜，各尽义文。武帝又特给云母辇，青盖车，但孚却自安淡泊，不以为荣；平居反常有忧色，至九十三岁，疾终私第，遗命诸子道："有魏贞士河内司马孚，字叔达，不伊不周，不夷不惠，立身行道，终始若一，当衣以时服，殓用素棺。"诸子颇依孚遗嘱，不敢从奢。凡武帝所给厚赙，概置不用。武帝一再临丧，吊奠尽哀，予谥曰宪，配飨太庙。孚虽未尝忘魏，然不能远引，仍在朝柄政，自称有魏贞士，毋乃不伦。孚长子邕袭爵为王，余子亦授官有差，外如博陵公王沈，钜鹿公裴秀，乐陵公石苞，寿光公郑冲，临淮公荀颉等，俱相次告终。又有武帝庶子城阳王宪，东海王祗，亦皆夭逝。武帝屡次哀悼，常有戚容，不意福无双至，祸不单行，那杨皇后做了八九年的国母，已享尽人间富贵，竟致一病不起，也要归天。后与武帝情好甚笃，六宫政令，委后独裁，武帝从未过问。就是后庭妾御，为数无多，也往往敝服损容，不敢当夕。自从武帝即位，至泰始八年，除旧有宫妾外，只选了一个左家女，拜为修仪。左女名芬，乃是秘书郎左思女弟。左思字太冲，临淄人氏，家世儒学，夙擅文名，尝作《齐都赋》，一年乃成，妃白俪黄，备极工妙。嗣又续撰《三都赋》，魏吴蜀三都。构思穷年，自苦所见未博，因移家京师，搜采各书，朝夕浏览，每得一句，即便录出，留作词料。菑阳公卫瓘及著作郎张载，中书郎刘逵等，闻思好学能文，皆引与交游，且荐为秘书郎。思得了此官，所有天府藏书，任他取阅，左宜右有，始得将《三都赋》制成。屈指年华，正满十稔，后人称他为炼都十年。三赋脱稿，都下争抄，洛阳为之纸贵，就是左太冲三字的价值，也冠绝一时。随笔带入左思炼都，意在重才。左芬得兄教授，刻意讲求，仗着她慧质灵心，形诸歌咏，居然能下笔千言，作一个扫眉才子。武帝慕才下聘，左思只好应命，遣芬入宫，更衣承宠，特沐隆恩。可惜她姿貌平常，容不称才，武帝虽然召幸，终嫌未足，因此得陇望蜀，复欲广选绝色女子，充入后庭。

会海内久安，四方无事，遂诏选名门淑质，使公卿以下子女，一律应选，如有隐匿不报，以不敬论。那时豪门贵族，不敢违慢，只好将亲生女儿，盛饰艳妆，送将进去。武帝挈了杨后，临轩亲选，但见得粉白黛绿，齐集殿门，杨后阴怀妒忌，表面上虽无愠色，心计中早已安排，待各选女应名趋入，遇有艳丽夺目，即斥为妖冶不经，未堪中选，唯身材长大，面貌洁白，饶有端庄气象，才称合格。娶媳时何不操定此见？武帝也无可奈何，只好由她拣择。俄有一卞家女冉冉进来，生得一貌如花，格外娇艳，武帝格外神移，掩扇语后道："此女大佳。"后应声道："卞氏为魏室姻亲，三世后族，今若选得此女，怎得屈以卑位？不如割爱为是。"好辩才。武帝窥透后意，只好舍去。卞女退出，复来了一个胡女，却也艳丽过人，唯乃父奋为镇军大将军，女秉有遗传性质，婀娜中有刚直气，后乃不复多说，便许武帝选定。当时中选女子，概用绛纱系臂，胡女笼纱下殿，自思不得还见父母，未免含哀，甚至号泣有声。左右忙摇手示禁道："休哭！休哭！恐被陛下闻知。"胡女反朗声道："死且不怕，怕什么陛下？"倒是一个英雌。武帝颇有所闻，暗暗称奇。嗣复选得司徒李胤女，廷尉诸葛冲女，太仆臧权女，侍中冯荪女等，共数十人，乃退入后宫，是夕不传别人，独宣入胡家女郎，问她闺名，系一芳字。当下叫她侍寝，胡女到了此时，也只好唯命是从。一夜春风，恩周四体，翌晨即有旨传出，着洛阳令司马肇奉册入宫，拜胡芳为贵嫔。复因左芬先入，恐她抱怨，也把贵嫔绿秩，赏给了她。后来复召幸诸女，只有诸葛女最惬心怀，小名叫一婉字，颇足相副，因亦封为夫人，但尚未及胡贵嫔的宠遇，一切服饰，仅亚杨后一等，后宫莫敢与争。独后由妒生悔，由悔生愁，竟致染成一病，要与世长辞了。插入此段，包含无数笔墨。

武帝每日入视，且选征名医诊治，始终无效，反逐渐加添起来。时已为泰始十年初秋，凉风一霎，吹入中宫，杨后病势加剧，已是临危，武帝亲至榻前，垂涕慰问，后勉强抬头，请武帝坐在榻上，乃垂头枕膝道："妾侍奉无状，死不足悲，但有一语欲达圣聪，陛下如不忘妾，请俯允妾言。"武帝含泪道："卿且说来，朕无不依从。"杨后道："叔父骏有一女，小字男胤，德容兼备，愿陛下选入六宫，补妾遗恨，妾死亦瞑目了。"言讫，呜咽不止。武帝也忍不住泪，挥洒了好几行，并与后握手为誓，决不负约。杨后见武帝已允，才安然闭目。竟在武帝膝上，奄然长逝，享年三十七岁。看官！你道杨后何故有此遗言？她恐胡贵嫔入继后位，太子必不得安，所以欲令从妹为继，既好压制胡氏，复得保全储君，这也是一举两得的良策。谁知后来反害死叔父，害死从妹。武帝也瞧破隐情，但因多年伉俪，不忍相违，所以与后为誓，勉从所请。当下举哀发丧，务从隆备，且令有司卜吉安葬，待至窀穸有期，又命史臣代作哀策，叙述悲怀，随即予谥曰元，奉葬峻阳陵。左贵嫔芬，独献上一篇长诔，追溯后德，诔文不下数千言，由小子节录如下。何必多出风头，难道想做继后不成？

维泰始十年，秋，七月，丙寅，晋元皇后杨氏崩。呜呼哀哉！昔有莘适殷，姜姒归周，宜德中闱，徽音永流。樊卫二姬，匡齐翼楚，马邓两妃，亦毗汉主。元后光嫔晋宇，伉俪圣皇，比踪往古。遭命不永，背阳即阴，六宫号咷，四海恸心。嗟予鄙妾，衔恩特深。这是乏色的好处。追慕三良，甘心自沉。何用存思？不忘德音。何用纪述？托词翰林。乃作诔曰：赫赫元后，出自有杨，奕世朱轮，耀彼华阳。维岳降神，显兹祯祥。笃生英媛，休有烈光。含灵握文，异于庶姜。率由四教，匪怠匪荒。行周六亲，徽音显扬。显扬伊何？京室是臧。乃娉乃纳，聿嫔圣皇。正位闺阃，维德是将。鸣珮有节，发言有章。思媚皇姑，虔恭朝夕。允厘中馈，执事有恪。于礼斯劳，于敬斯勤。虽曰齐圣，迈德日新。亦既青阳，鸣鸠告时。躬执桑曲，率导媵姬。修成蚕簇，分茧理丝。女工是察，祭服是治。祗奉宗庙，永言孝思。于彼六行，靡不蹈之。皇英佐舜，涂山翼禹，唯卫唯樊，二霸是辅。明明我后，异世同轨，内敷阴教，外毗阳化。绸缪庶正，密勿夙夜。恩从风翔，泽随雨播，遐迩咏歌，中外禔福。天祚贞吉，克昌克繁，则百斯庆，育圣育贤。教逾妊姒，训迈姜嫄，堂堂太子，唯国之元。济济南阳，后子东封南阳王。为屏为藩。本支菴蔼，四海荫焉。积善之堂，五福所并，宜享高年，匪陨匪倾。如彭之齿，如聃之龄，云胡不造？于兹祸殃。寝疾弥留，瘖寐不康，巫咸骋术，扁鹊奏方。祈祷无应，尝药无良。形神既离，载昏载荒。奄忽崩殂，湮精灭光。哀哀太子，南阳繁昌。攀援不寐，擗踊摧伤。呜呼哀哉！阖宫号咷，宇内震惊。奔者填衢，赴者塞庭。哀恸雷骇，流涕雨零，唏嘘不已，若丧所生。唯帝与后，契阔在昔。比翼白屋，双飞紫阁。悼后伤后，早即窀穸。言斯既及，涕泗陨落。追维我后，实聪实哲。通于性命，达于俭节。送终之礼，比素上世。襚无珍宝，唅无明月。恐怕未必。潜辉梓宫，永背昭晰。臣妾哀号，同此断绝。庭宇遏密，幽室增阴。空设帷帐，虚置衣衾。人亦有言，神道难寻。悠悠精爽，岂浮岂沉？丰奠日陈，冀魂之临。孰云元后，不闻其音。乃议景行，景行已溢。乃考龟筮，龟筮袭吉。爰定宅兆，克成玄室。魂之往兮，于以今日。仲秋之晨，启明始出。星陈夙驾，灵舆结驷。其舆伊何？金根玉箱，其驷伊何？二骆双黄。习习容车，朱服丹章。隐隐辒轩，弁绖缌裳。华毂曜野，素盖被原。方相仡仡，旌旐翻翻，挽童引歌，白骥鸣辕。观者夹涂，士女涕涟。千乘万骑，迄彼峻山。峻山峨峨，层阜重阿。弘高显敞，据洛背河。左瞻皇姑，右睇帝家，唯存揆亡，明神所嘉。诸姑姊妹，娣姒媵御，追送尘轨，号咷衢路。王侯卿士，云会星布。群官庶僚，缟盖无数。中外俱临，同哀并慕。有始有终，天地之经。自非三光，谁能不零？存播令德，没图丹青。先哲之志，以此为荣。温温元后，实宣慈焉。抚育群生，恩惠滋焉。遗爱不已，永见思焉。悬名日月，垂万春焉。呜呼庶妾，感四时焉。言思言慕，涕涟洏焉。

这篇诔文，经武帝览着，看她说得悲切，也出了许多眼泪，并重芬词藻，屡加恩赐。但芬体素弱，多愁多病，终不能特别邀宠，镇日里闷坐深宫，除笔墨消遣外，毫无乐趣。从来造物忌才，左家女有才无色，也是天意特留缺陷，使她无从得志哩。幸亏有此，才得令终。

越年正月朔日，颁诏大赦，改元咸宁，追尊宣帝为高祖，景帝为世宗，文帝为太祖，并录叙开国功臣，已死得配享庙食，未死得铭功天府。帝德如春，盈庭称颂。武帝自杨后殁后，虽然不免悲感，但也有一桩好处，妃嫔媵嫱，尽可随意召幸，不生他虑。无如人主好色，往往喜新厌故，宫中虽有数百个娇娥，几次入御，便觉味同嚼蜡，因此复下诏采选，暂禁天下嫁娶，令中官分驰州郡，专觅娇娃。可怜良家女子，一经中官合意，无论如何势力，不能乞免，只好拜别爹娘，哭哭啼啼，随着中使，趋入宫中，统共计算，差不多有五千人。武帝朝朝挹艳，夜夜采芳，把全副龙马精神，都向虚牝中掷去，究竟娥眉伐性，力不胜欲，徒落得形容憔悴，筋骨衰颓。咸宁二年元日，竟不能视朝，托词疾疫，病倒龙床，接连有数日未起。朝野汹汹，俱言主上不讳，太子不堪嗣立，不如拥戴皇弟齐王攸，河南尹夏侯和，且私语贾充道："公二婿亲疏相等，充长女适齐王，次女适太子，均见前回。立人当立德，不可误机。"和岂不知充有悍妇吗？充默然不答。既而武帝得了良医，病幸渐瘳，仍复出理朝政。荀勖冯紞，阿谀取容，素为齐王攸所嫉，积不相容。勖乃乘间行谗，使紞进说武帝道："陛下洪福如天，病得痊愈。今日为陛下贺，他日尚为陛下忧。"武帝道："何事可忧？"紞嗫嚅道："陛下前立太子，无非为传统起见，但恐将来或有他变，所以可忧。"武帝复问为何因？紞又道："前日陛下不豫，百僚内外，统已归心齐王，陛下试想万岁千秋后，太子尚能嗣立么？"是谓肤受之愬。武帝不觉沉吟。紞见武帝心动，更献计道："臣为陛下划策，莫若使齐王归藩，免滋后虑。"武帝也不多言，唯点首至再。及紞既趋出，复遣左右随处探访，得知夏侯和前日所言，仍徙和为光禄勋，并迁贾充为太尉，罢免兵权。唯见攸守礼如恒，无瑕可指，因暂令任职司空，再作计较。外如何曾得进位太傅，陈骞得迁官大司马，不过挨次升位，并没有什么关系。独汝阴王骏，受职征西大将军，都督雍凉等州军事，专讨树机能，都督荆州军事羊祜，加官征南大将军，专御孙吴。

转瞬间为杨后二周年，遣官往祭峻阳陵，并忆及杨后遗言，拟册杨骏女为继后，先令内使往验女容，果然修短得中，纤秾合度，乃援照古制，具行六礼，择吉初冬，续行册后典仪。届期这一日，龙章丽采，凤辇承恩，当然有一番热闹。礼成以后，下诏大赦，颁赐王公以下及鳏夫寡妇有差。新皇后入宫正位，妃嫔等无不趋贺。左贵嫔也即与列，当由武帝特旨赐宴，并命左贵嫔作颂。左贵嫔略略构思，便令侍女取过纸笔，信手疾书，但见纸上写着：

峨峨华岳，峻极泰清。巨灵导流，河渎是经。唯渎之神，唯岳之灵，钟于杨族，载育盛明。穆穆我后，应期挺生。含聪履哲，岐嶷夙成。如兰之茂，如玉之荣。越在幼冲，休有令名。飞声八极，翕习紫庭。超任邈姒，比德皇英，京室是嘉，备礼致聘，令月吉辰，百僚奉迎。周生归韩，诗人是咏。我后戾止，车服辉映，登位太微，明德日盛。群黎欣戴，函夏同庆。翼翼圣皇，睿哲孔纯。愍兹狂戾，闸惠播仁。蠲衅涤秽，与时唯新。沛然洪赦，恩诏遐震。后之践祚，图圄虚陈。万国齐欢，六合同欣。坤神抃舞，天人载悦，兴顺降祥，表精日月。和气氤氲，三光朗烈。既获嘉时，寻播甘雪。玄云晻蔼，灵液霏霏。既储既积，待旸而晞。曣晛沾濡，柔润中畿。长享丰年，福禄永绥。

属稿既成，另用彩纸誊真，约有一二个时辰，已将颂词缮就，妃嫔等同声赞美，推为隽才。可巧武帝在外庭毕宴，慢慢的踱入中宫，新皇后以下，一律迎驾。左贵嫔即将颂词呈上，由武帝览阅一周，便称赏道："写作俱佳，足为中宫生色了。"说着，亲举玉卮，赐饮三觞。左贵嫔受饮拜谢，时已昏黄，便各谢宴散去。小子有诗赞左贵嫔道：

曹氏大家常续史，左家小妹复能文。
从知大造无偏毓，巾帼多才也轶群。

宫中已经散席，帝后两人共入龙床，同去做高唐好梦了。欲知后事，请看下回。

祸晋者贾氏，而成贾氏之祸者，实唯杨皇后。立蠢儿为太子，一误也；纳悍女为子妇，二误也；至临危枕膝，尚以从妹入继为请，死且徇私，可叹可恨。盖妇人心性，往往只知有己，不知有家，家且不知，国乎何有？晋武为开国主，何其沾沾私爱，甘心铸错？甚至误信佞臣，疑忌介弟，试思有子如衷，有媳如南风，尚堪付畀大业乎？左贵嫔一诔一颂，类多粉饰之词，不足取信，但以一巾帼妇人，多才若此，足令须眉汗下。本回两录原文，为女界贡一词采，非漫誉两杨后也。

第四回　图东吴羊祜定谋
讨西虏马隆奏捷

却说武帝继后杨氏，名芷，字李兰，小名叫做男胤，年方二九，饶有姿容，并且德性婉顺，能尽妇道。详叙后德，影射下文贾后之悍。自从入继中宫，与武帝情好甚欢，大略与前后相似。后父骏曾为镇军将军，至是进任车骑将军，封临晋侯。骏有弟珧，任职卫将军，独上表陈情道："从古以来，一门二后，每不能保全宗族，况臣家功微德薄，怎堪受此隆恩？乞将臣表留藏宗庙，庶几后日相证，尚可曲邀天赦，免罹祸殃。"似有先见，然看到后文，实是要挟语。武帝准如所请，乃将珧表留藏。唯骏自恃国戚，怙宠生骄，尚书郭奕等，表称骏器量狭小，不宜重任，武帝为后推爱，竟不少省。又是一误。镇军将军胡奋，见骏骄侈，竟直言相规道："公靠着贵女，乃更增豪侈么？历观前朝豪族，与天家结婚，辄至灭门，不过略分迟早呢。"骏瞿然道："君女亦纳入天家，何必责我？"见前回。奋微笑道："我女虽然入宫，只配与公女作婢，怎得相比？我家却无关损益，不如公门显赫，令人侧目，此后还请公三思！"可谓诤友。骏终不以为意，且还疑奋有妒意，怏怏别去。

既而卫将军杨珧等，上言"古时封建诸侯，实为屏藩王室起见，今诸王公皆在京师，实与古意未合，应一律遣使出镇，俾就外藩。且异姓诸将，散屯边疆，非皆可恃，亦宜参用亲戚，隐为监制"云云。武帝乃核定国制，就户邑多少为差，分为三等。大国置三军，共五千人，次国二军，共三千人，小国一军，共一千五百人。凡诸王兼督军事，各令出镇，于是徙扶风王亮为汝南王，出为镇南大将军，都督豫州诸军事。琅琊王伦为赵王，兼领邺城守事。渤海王辅司马孚三子。为太原王，监并州诸军事。东莞王伷已莅徐州，徙封琅琊王。汝阴王骏已赴关中，徙封扶风王。又徙太原王颙司马孚孙，为后来八王之一。为河间王，河间王威为章武王。威亦孚孙。尚有疏戚诸王公，悉令就国。大家恋恋都中，不愿远行，奈因王命难违，不得已涕泣辞去。寻又立皇子玮为始平王，允为濮阳王，该为新都王，遐为清河王，数子年尚幼弱，皆留居京师。

征南大将军羊祜，久镇襄阳，垦田得八百余顷，足食足兵。襄阳与吴境接壤，吴主孙皓，系吴主孙权长孙，粗暴骄盈，好酒渔色。祜本欲乘隙图吴，因吴左丞相陆凯，公忠体国，制治有方，所以虚与周旋，未敢东犯。及凯已病殁，乃潜请伐吴，适益州兵变，又致迁延。祜有参军王浚，奉调为广汉太守，发兵讨益州乱卒，幸即荡平。浚得任益州刺史，讲信立威，绥服蛮夷。武帝征浚为大司农，祜独密表留浚，谓欲灭东吴，必须凭借上流。浚才可专阃，不宜内用，武帝乃仍令留任，且加浚龙骧将军，监督梁益二州军事。当时吴中有童谣云："阿童复阿童，衔刀浮渡江。不畏岸上兽，但畏水中龙。"浚籍隶弘农，小名正叫做阿童，小具大志，丰姿俊逸。燕人徐邈，有女慧美，及笄未嫁，邈甚是钟爱，令女自择偶，迄未当意。会邈出守河东，浚得选为从事，年少英奇，颇为邈所赏识。邈因大会佐吏，使女在幕内潜窥，女指浚告母，谓此子定非凡器。独具慧鉴。邈闻女言，即将女嫁浚为妻，琴瑟和谐，不消细说。事与贾午相似，但彼为苟合，此实光明。嗣投羊祜麾下，祜亦加优待，每事与商。祜兄子暨尝伺间语祜道："浚好大言，恐滋他患，宜预加裁抑，休使胡行！"祜粲然道："如汝怎能知人？浚有大才，一得逞志，必建奇功，愿勿轻视！"徐女尚垂青眼，何况羊叔子。及浚得监督梁益二州，祜欲借上流势力，顺道伐吴，并因浚名与童谣相符，即表闻晋廷，请饬浚密修舟楫，为东略计。武帝依言诏浚。浚即大作战舰，长百二十步，可容二千余人，舰上用木为城，架起楼橹，四面开门，上可驰马往来，又在各船头上，绘画鹢首怪兽，以惧江神。绘兽惊神，未免近愚。工作连日不休，免不得有木头竹屑，被水漂流，随江东下。吴建平太守吾彦，留心西顾，瞧见江心竹木，料知上流必造舟楫，当即捞取呈报，谓晋必密谋攻吴，宜亟加戍建平，堵塞要冲。吴主皓方盛筑昭明宫，大开苑囿，侈筑楼观，采取将吏子女，入宫纵乐，还有何心顾及外侮？得了吾彦的表章，简直是不遑细览，便即搁过一边。吾彦不得答诏，自命工人冶铁为锁，横断水路，作为江防。

适吴西陵督军步阐，惧罪降晋，吴大司马陆抗，凯从弟。自乐乡督兵讨阐，围攻西陵。祜奉诏往援，自赴江陵，别遣荆州刺史杨肇攻抗。抗分军抵御，击败杨肇。祜闻肇败还，正拟亲往督战，偏西陵已被抗攻入，步阐被诛，屠及三族。祜只好付诸一叹，率兵还镇。武帝罢杨肇官，任祜如旧。祜乃敛威用德，专务怀柔，招徕吴人。有时军行吴境，刈谷为粮，必令给绢偿值，或出猎边境，留止晋地，遇有被伤禽兽，从吴境奔入，亦概令送还。就是吴人入掠，已为晋军所杀，尚且厚加殡殓，送尸还家。如得活擒回来，愿降者听，愿归者亦听，不戮一人。吴人翕然悦服。祜又尝通使陆抗，互有馈遗。抗送祜酒，祜对使取饮，毫不动疑。及抗有小疾，祜合药馈抗，抗亦即取服。部下或从旁谏阻，抗摇首道："羊叔子岂肯鸩人？"叔子即祜表字。抗又遍戒边吏道："彼专行德，我专行暴，是明明为丛敺雀了。今但宜各保分界，毋求细利。"羊祜对吴，无非笼络计策，即陆抗亦为所愚。吴主皓反以为疑，责抗私交羊祜。抗上疏辩驳，并陈守国时宜十二条，均不见行。皓且信术士刁元言，谓："黄旗紫盖，出现东南。荆扬君主，必有天下。"乃大发徒众，杖钺西行，凡后宫数千人，悉数相随。行次华里，正值春雪兼旬，凝寒不解，兵士不堪寒冻，互相私语道："今日遇敌，便当倒戈。"皓颇有所闻，始引兵还都。陆抗忧国情深，抑郁成疾，在镇五年，竟致溘逝。遗表以西陵建平，居国上游，不宜弛防为请。吴主皓因命抗三子分统部军，抗长子名元景，次名元机，又次名云，机云善属文，并负重名，独未谙将略。吴主却令他分将父兵，真所谓用违其长了。

术士尚广，为吴主卜筮，上问休咎。尚广希旨进言，说是岁次庚子，青盖当入洛阳。吴主大喜。已而临平湖忽开，朝臣多称为祯祥。临平湖自汉末湮塞，故老相传："湖塞天下乱，湖开天下平。"吴主皓以为青盖入洛，当在此时，因召问都尉陈顺。顺答说道："臣止能望气，不能知湖的开塞。"皓乃令退去。顺出语密友道："青盖入洛，恐是衔璧的预兆。今临平湖无故忽开，也岂得为佳征么？"嗣复由历阳长官奏报，历阳山石印封发，应兆太平。皓又遣使致祭，封山神为王，改元天纪。东吴方相继称庆，西晋已潜拟兴师，羊祜缮甲训卒，期在必发，因首先上表，力请伐吴，略云：

先帝顺天应时，西平巴蜀，南和吴会，海内得以休息，兆庶有乐安之心，而吴复背信，使边事更兴，夫期运虽天所授，而功业必由人而成。蜀平之时，天下皆谓吴当并亡，蹉跎至今，又越十三年，是谓一周。今不平吴，尚待何日？议者尝谓吴楚有道后服，无礼先强，此乃诸侯之时耳，今当一统，不得与古同论。夫适道之言，未足应权，是故谋之虽多，而决之欲独。凡以险阻得存者，谓所敌者同，力足自固，苟其轻重不齐，强弱异势，则智士不能谋，而险阻不可保也。蜀之为国，非不险也，高山寻云霓，深谷肆无影，束马悬车，然后得济，皆言一夫荷戟，千人莫当，及进兵之日，曾无藩篱之限，斩将搴旗，伏尸数万，乘胜席卷，径至成都，汉中诸城，皆鸟栖而不敢出，非皆无战心，力不足以相抗也。至刘禅降服，诸营堡者索然俱散，今江淮之隘，不过剑阁，山川之险，不如岷汉，孙皓之暴，侈于刘禅，吴人之困，甚于巴蜀，而大晋兵众，多于前世，资储器械，盛于往时，今不于此平吴，更阻兵相守，征夫苦役，日寻干戈，经历盛衰，不可长久，宜乘时平定以一四海，今若引梁益之兵，水陆俱下，荆楚之众，进临江陵，平南豫州，直指夏口，徐扬青兖，并会秣陵，鼓旆以疑之，多方以误之，以一隅之吴，当天下之众，势分形散，所备皆急，一处倾坏，上下震荡，虽有智者，不能为谋。况孙皓恣情任意，与下多忌，将疑于朝，士困于野，平常之日，犹怀去就，兵临之际，必有应者，终不能齐力致死，已可知也。又其俗急速，不能持久，弓弩戟楯，不如中国，唯有水战，是其所长，但我兵入境，则长江非复彼有，还保城池，去长就短，我军悬进，人有致节之志，吴人战于其内，徒有凭城之心，如此则军不逾时，克可必矣。乞奋神断，毋误事机，臣不胜橐鞬待命之至。

这表呈上，武帝很为嘉纳，即召群臣会议进止。贾充荀勖冯纨，力言未可，廷臣多同声附和，且言秦凉未平，不应有事东南。武帝因饬祜且缓进兵。祜复申表固请，大略谓：“吴虏一平，胡寇自定，但当速济大功，不必迟疑。”武帝终为廷议所阻，未肯急进。祜长叹道：“天下不如意事，常十居八九，当断不断，天与不取，恐将来转无此机会了。”既而有诏封祜为南城郡侯，祜固辞不拜。平时嘉谟入告，必先焚草，所引士类，不令当局得闻，或谓祜慎密太过，祜慨然道："美则归君，古有常训。至若荐贤引能，乃是人臣本务，拜爵公朝，谢恩私室，更为我所不取呢。"又尝与从弟琇书道："待边事既定，当角巾东路，言归故里，不愿以盛满见责。疏广见汉史。便是我师哩。"如此志行，颇足令后人取法。咸宁四年春季，祜患病颇剧，力疾求朝，既至都下，武帝命乘车入视，使卫士扶入殿门，免行拜跪礼，赐令侍坐。祜仍面请伐吴，且言："臣死在朝夕，故特入觐天颜，冀偿初志。"武帝好言慰谕，决从祜谋。祜乃趋退，暂留洛都。武帝不忍多劳，常命中书令张华，衔命访祜。祜语华道："主上自受禅后，功德未著，今吴主不道，正可吊民伐罪，混一六合，上媲唐虞，奈何舍此不图呢？若孙皓不幸早殁，吴人更立令主，虽有众百万，也未能轻越长江，后患反不浅哩。"华连声赞成。祜唏嘘道："我恐不能见平吴盛事，将来得成我志，非汝莫属了。"华唯唯受教，复告武帝。武帝复令华代达己意，欲使祜卧护诸将。祜答道："取吴不必臣行，但取吴以后，当劳圣虑，事若未了，臣当有所付授，但求皇上审择便了。"未几疾笃，乃举杜预自代。预已起任度支尚书，应第二回。至是因祜推荐，即拜预为镇南大将军，都督荆州诸军事。预尚未出都，祜已疾终私第，享年五十八。武帝素服临丧，恸哭甚哀。是时天适严寒，涕泪沾着须鬓，顷刻成冰，及御驾还宫，特赐祜东园秘器，并朝服一袭，钱三十万，布百匹，追赠太傅，予谥曰成。

祜本南城人，九世以清德著名。补述籍贯，以地表人，本书著名人物，概用此例。自祜出镇方面，起居服食，仍守俭素，禄俸所入，皆分赡九族，或散赏军士，家无余财，遗命不得厚殓，并不得以南城侯印入柩。武帝高祜让节，许复本封。原来祜曾受封巨平侯，巨平系是邑名，与南城不同。襄阳百姓，闻祜去世，追忆遗惠，号哭罢市。祜生前在襄阳时，好游岘山，百姓因就山立祠，岁时享祭，祠外建碑，道途相望，相率流涕，后来杜预号此碑为堕泪碑。太傅何曾，同时逝世。曾性颇孝谨，整肃闺门，自少至长，绝意声色，晚年与妻相见，尚各正衣冠，礼待如宾。唯阿附贾充，无所建白，自奉甚厚，一食万钱，尚谓无下箸处。博士秦秀，为曾议谥，慨语同僚道："曾骄侈过度，名被九域，生极恣情，死又无贬，王公大臣，尚复何惮？谨按谥法，名与实异曰缪，怙乱肆行曰丑，可谥为缪丑公。"恰也爽快。武帝忆念勋旧，不欲加疵，仍策谥为孝。比羊叔子何如？正拟举兵伐吴，忽闻凉州兵败，刺史杨欣，又复战死，武帝又未免踌躇，仆射李熹，独举匈奴左部帅刘渊，使讨树机能，侍臣孔恂谏阻道："非我族类，其心必异，刘渊岂可专征？若使他讨平树机能，恐西北边患，从此益深了。"武帝乃不从熹言。

看官听着！刘渊是西晋祸首，小子既经叙及，不得不详为表明。从前南匈奴与汉和亲，自称汉甥，冒姓刘氏。魏祖曹操，曾命南匈奴单于呼厨泉，入居并州境内，分匈奴部众为五部。左部帅刘豹，系呼厨泉兄子，部族最强。后司马师用邓艾计，分左部为二，另立右贤王，使居雁门。豹子名渊，字元海，幼即俊异，师事上党人崔游，博习经史，尝语同学道："我常耻随陆无武，绛灌无文。随何陆贾绛侯周勃灌婴，皆汉初功臣。随陆遇汉高祖，不能立业封侯，绛灌遇汉文帝，不能兴教劝学，这岂非一大可惜么？"于是兼学武事，口演骑射，少长已膂力过人，入为侍子，留居洛阳。安东将军王浑父子，屡称渊文武兼长，可为东南统帅，李熹又荐他督领西军，俱被孔恂等谏阻。渊得知消息，密语好友王弥道："王李见知，每相推荐，非徒无益，恐反为我患哩。"因纵酒长啸，唏嘘流涕。当有人告知齐王攸，攸入奏武帝道："陛下不除刘渊，臣恐并州不能久安。"王浑在侧，独替渊解免道，"大晋方以信义怀柔殊俗，奈何无故加疑，杀人侍子呢？"晋主遂释渊不诛，未几豹死，竟授渊为左部帅，出都而去。纵虎归山。

已而复闻树机能攻陷凉州，武帝且忧且叹道："何人为我讨平此虏？"道言未毕，左班内闪出一人道："陛下若肯任臣，臣决能平虏。"武帝瞧将过去，乃是司马督马隆，便接口道："卿能平贼，当然委任，但未知卿方略何如？"隆答道："臣愿募勇士三千人，率领西行，陛下不必预问战略，由臣临敌制谋，定能报捷。"武帝大喜道："卿能如是，朕复何忧？"当下命隆为讨虏将军，兼武威太守。廷臣多言隆本小将，妄谈难信，且现兵已多，何必再募勇士？武帝不听，一意委隆。隆设局募兵，悬标为的，须引弓四钧，挽弩九石，方得合选。隆亲自简试，得三千五百人，称为已足。又自至武库选仗，武库令但给敝械，与隆忿争。隆复入白武帝，陈明武库令阻难情形，武帝因传谕武库令，任隆自择。隆始得往取精械，分给勇士，一面入朝辞行。武帝面许给三年军资，隆拜命出都，向西进发。行过温水，树机能等拥众数万，据险拒守。隆见山路崎岖，不易轻进，乃令部下造起扁箱车，载兵徐进，遇着地方辽阔，联车为营，四面排设鹿角，相随并趋，一入狭径，另用木屋覆盖车上，得避弓弩。胡兵虽有埋伏，也觉技无所施，就使出来拦阻，亦被隆逐段杀退。始终不外持重。隆且战且前，并令勇士挽弓四射，发无不中。胡兵多应弦倒地，有几个侥幸脱彀，均皆骇散。因此隆冒险进兵，如同平地，转战千里，未尝一挫，反杀伤胡虏数千人，得直抵武威镇所。自从隆领兵西进，音问杳然，好几月不见军报，朝廷颇以为忧。或谓隆已陷没，故无音耗，及隆使到达，始知他已安抵武威。武帝抚掌欢笑，自喜知人，诘朝召语群臣道："朕若误信卿等，是已无秦凉了。"群臣怀惭退去。武帝即降诏奖隆，假节宣威将军，加赤幢曲盖鼓吹，未几，又得隆捷报，已擒降鲜卑部酋数人，得众万余，又未几更闻报大捷，十年以来的巨寇树机能，竟被隆乘胜奋斫，枭首凉州，秦凉各境，一律肃清。小子有诗咏道：

用兵最忌是拘牵，良将功成在任专。
十载胡氛从此扫，明良相遇自安全。

秦凉既平，武帝拟按功行赏，偏朝上一班奸臣，又复出来阻挠，毕竟隆众能否邀赏，且看下回再表。

《商书》有言："取乱侮亡。"吴主孙皓，淫暴无道，已寓乱亡之兆，羊祜之决议伐吴，亦即取乱侮亡之古义耳。唯前时吴尚有人，内得陆凯之为相，外得陆抗之为将，故羊祜虚与周旋，未敢进逼。"将军欲以巧胜人，盘马弯弓故不发。"羊叔子庶几近之，或谓其刈谷偿绢，送还猎兽，第愚弄吴人之狡术，殊不足道，不知外交以才不以德，必拘拘然绳以仁义，几何而不蹈宋襄之覆辙也。况岘首筑祠，堕泪名碑，三代以下，亦不数觏。本回详为演述，褒扬之义，自在言中。彼如马隆之得平树机能，未始非晋初名将，观晋武之倚重两人，乃知开国之主，必有所长，不得以外此瑕疵，遽掩其知人之明也。

第五回　捣金陵数路并举　俘孙皓二将争功

却说马隆既讨平秦凉，朝议将加赏西征将士，偏有人出来阻挠，谓西征将士，已加显爵，不宜更授。独卫将军杨珧进驳道："前由隆募选骁勇，稍加爵命，不过为鼓励起见，今隆众已荡平西土，未得增赏，将来如何用人，反觉得朝廷失信了。"武帝也以为然，遂颁诏酬勋，赐爵加秩如例。先是西北未平，尚不暇顾及东南，吴主孙皓，还道是四境平安，乐得淫佚。每宴群臣，必令沉醉，又尝置黄门郎十余人，密为监察，群臣醉后忘情，未免失检，那黄门郎立即纠弹，皓即令将失仪诸臣，牵出加罪，或剥面，或凿眼，可怜他无辜遭谴，徒害得不死不活，成为废人。晋益州刺史王濬，察知东吴情事，遂奉表晋廷，略谓："孙皓荒淫凶逆，宜速征伐，臣造船七年，未得出发，反致朽败。且臣年七十，死亡无日，愿陛下无失时机，亟命东征！"武帝复召廷臣会议，贾充荀勖等仍执前说，力阻行军，唯张华忆羊祜言，赞同濬议。适将军王浑，调督扬州，镇守寿阳，与吴人屡有战争，遂上言："孙皓不道，意欲北上，应速筹战守为宜。"朝议以天已严寒，未便出师，决待来春大举，武帝亦乐得休暇。一日，正召入张华弈棋，忽由襄阳递入急奏，武帝不知何因，忙即展览，奏中署名，是荆州都督杜预，大略说是：

故太傅羊祜，与朝臣异见，不先博谋，独与陛下密议伐吴，故朝臣益致龃龉。凡事当以利害相较，今此举之利，十有八九，而其害止于无功耳。近闻朝廷事无大小，异议蜂起，虽人心不同，亦由恃恩不虑后难，故轻相同异也。昔汉宣帝议赵充国所上事，获效之后，召责前时异议诸臣，始皆叩头而谢，此正所以塞异端，杜众枉耳。今自秋以来，讨贼之形颇露，若又中止，孙皓怖而生计。或徙都武昌，更完修江南诸城，远其居民，城不可攻，野无所掠，则明年之计，亦得无及矣。时哉勿可失，唯陛下察之！

武帝览毕，顺手递视张华。华看了一周，便推枰敛手道："陛下圣明神武，国富兵强，号令如一。吴主荒淫骄虐，诛杀贤能，及今往讨，可不劳而定，幸勿再疑！"武帝毅然道："朕意已决，明日发兵便了。"华乃趋出。翌晨由武帝临朝，面谕群臣，大举伐吴，即命张华为度支尚书，量计运漕，接济军饷。贾充闻命，忙上前谏阻，荀勖冯统，亦附和随声。武帝不禁动怒，瞋目视充道："卿乃国家勋戚，为何屡次挠我军谋？今已决计东征，成败不干卿事，休得多言！"充碰了一鼻子灰，又见武帝变色，且惊且骇，忙即免冠拜谢。荀冯二人，亦随着磕头。丑态毕露。武帝方才霁颜，命镇军将军琅琊王伷出涂中，安东将军王浑出江西，建威将军王戎出武昌，平南将军胡奋出夏口，镇南大将军杜预出江陵，龙骧将军王濬与广武将军唐彬，率巴蜀士卒，浮江东下，东西并进，共二十余万人；并授太尉贾充为大都督，行冠军将军杨济骏弟。为副，总统各军。分派既定，武帝才辍朝还宫。

吏部尚书山涛，素以公正著名，尝甄拔人物，各为题奏，时称为山公启事。他见武帝决意伐吴，不便多嘴，至退朝后，但私语同僚道："自非圣人，外宁必有内忧。今若释吴以为外惧，未始非策，何必定要出兵呢？"山公语亦似是而非，彼时祸根已伏，即不伐吴，亦岂能免乱？及东征军陆续出发，西方捷报又至，武帝益锐意东略，督促进军。龙骧将军王濬，筹备已久，一经奉命，率舟东下，长驱至丹阳。丹阳监盛纪，出兵迎战，怎禁得濬军一股锐气，横冲直撞，无坚不破。纪不及奔还，立被濬军擒去。濬顺流直进，探得江碛要害，统有铁锁截住，江心又埋着铁锥，逆距战船，乃作大筏数十，方百余步，缚草为人，被甲持仗，令善泅诸水手，在水中牵筏先行，筏遇铁锥，辄被引去，再用火炬长十余丈，大数十围，灌渍麻油，爇着猛火，乘风烧毁铁锁，锁被火熔，当即断绝，于是船无所碍，鼓棹直前。时已为咸宁六年仲春，和风嘘拂，春水绿波，浚与广武将军唐彬，驱兵至西陵，西陵为吴要塞，吴遣镇南将军留宪，征南将军成璩及西陵监郑广，宜都太守虞忠，并力扼守。不防浚军甚是厉害，一鼓作势，四面攀登，吴兵统皆骄惰，毫无斗志，蓦见敌军乘城，顿时骇散，留宪成璩等，还想巷战，奈手下已皆遁去，单剩得主将数人，孤立无助，眼见得束手成擒了。浚又乘胜攻克荆门夷道二城，擒住吴监军陆晏，再下乐乡，擒住吴水军统领陆景，江东大震。吴平西将军施洪等望风投降。

晋安东将军王浑，出发横江，得破寻阳，击走吴将孔忠，俘得周兴等数人，收降吴厉武将军陈代，平虏将军朱明；又镇南大将军杜预，进向江陵，密遣牙将管定周旨等，泛舟夜渡，袭据巴山，张旗举火，作为疑兵。吴都督孙歆，望见大骇，不禁咋舌道："北来诸军，怕不是飞渡长江么？"当下派兵出拒，被管定周旨等预先埋伏，突起交锋，杀得吴军大败奔还。歆尚未得知，安坐帐中，至敌军冲入，方惊起欲遁，不防前后左右，已是敌人环绕，就使力大如牛，也无从摆脱，被他活捉了去。管周二将，向预报功，预即亲抵江陵，督兵攻城。吴将伍延佯请出降，暗中却部署兵士，登陴抵御。预已先料着，趁他行列未整，即命部众缘梯登城。守兵措手不及，城即被陷，伍延战死。江陵既下，沅湘以南各州郡，望风归命，奉送印绶。预仗节称诏，一一抚慰，令各就原官，远近肃然。平南将军胡奋，亦得克江安，会奉晋廷诏命，令胡奋与王浚王戎，合攻夏口武昌，杜预但当静镇零桂，零陵桂阳。怀辑衡阳，且待江汉肃清，直指吴都未迟。预乃分兵益浚，奋与戎亦互助浚军，一战破夏口，再战平武昌，更泛舟东下，所向无前。

可巧春雨水涨，谣诼纷纭，贾充首先倡议，表请罢兵，略谓："百年逋寇，未可悉定，况春夏交际，江淮卑湿，一旦疫疠交作，反为敌乘，宜急召还各军，置作后图。且此次行军，虽似顺手，所损实多，虽腰斩张华，未足以谢天下！"等语。充屡次阻兵，究未知所操何见，想无非是妒功忌能耳。幸武帝不为少动，把充表留中不报。杜预闻充议辍兵，急忙抗表固争，一面征集各军，会议进取，有人从旁梗议，大旨与贾充相似。预奋然道："昔乐毅战国时燕人。借济西一战，几并强齐；今兵威已振，譬如破竹，数节以后，迎刃而解，还要费什么大力呢？"遂指授群帅，径进秣陵。

吴遣丞相张悌及督军沈莹诸葛靓等，率众三万，渡江逆战，行次牛渚，莹语悌道："上流诸军，素无戒备，晋水师顺流前来，势必至此，不如整兵待着，以逸制劳。今若渡江与战，不幸失败，大事去了。"悌慨然道："吴国将亡，贤愚共知，及今渡江，尚可决一死战，不幸丧败，同死社稷，可无遗恨。若坐待敌至，士众尽散，除君臣迎降以外，还有什么良策？名为江东大国，却无一人死难，岂不可耻？我已决计效死了。"到此已无良策，如悌为国而死，还算是江东好汉。言讫，遂麾众渡江。到了板桥，与晋扬州刺史周浚军相值。悌便即迎击，两下相交，晋军甚是骁悍，吴兵尽管退却。约阅一二小时，但见吴人弃甲抛戈，纷纷遁去。诸葛靓料难支持，劝悌逃生，悌洒泪道："今日是我死日了。我忝居宰相，常恐不得死所，今以身死国，死也值得，尚复何言。"靓垂涕自去。悌尚执佩刀，左拦右阻，格杀晋军数名。既而晋军围裹过来，你一枪，我一槊，竟将悌刺死了事。沈莹见悌死节，也不顾性命，力战多时，至身受重创，倒地而亡。吴人视此军为孤注，一经覆没，当然心惊胆落，风鹤皆兵。晋将军王浚，闻板桥得胜，便自武昌拥舟东下，直指建业。即吴都。扬州别驾何恽，得悉王浚东来，进白刺史周浚道："公已战胜吴军，乐得进捣吴都，首建奇功，难道还要让人么？"浚使恽走告王浑，浑摇首道："受诏但屯江北，不使轻进，且令龙骧受我节度，彼若前来，我叫他同时并进便了。"恽答道："龙骧自巴蜀东下，所向皆克，功在垂成，尚肯来受节度么？况明公身为上将，见可即进，何必事事受诏呢？"浑终未肯信，遣恽使还。

原来浚初下建平，奉诏受杜预节制，至直趋建业，又奉诏归王浑节制。浚至西陵，杜预遗浚书道："足下既摧吴西藩，便当进取秣陵，平累世逋寇，救江左生灵，自江入淮，肃清泗汴，然后泝河而上，振旅还都，才好算得一时盛举呢！"浚得书大悦，表呈预书，随即顺流鼓棹，再达三山。吴游击将军张象，带领舟军万人，前来抵御，望见浚军甚盛，旌旗蔽空，舳舻盈江，不由的魂凄魄散，慌忙请降。浚收纳张象，即举帆直指建业。王浑飞使邀浚，召与议事，浚答说道："风利不得泊，只好改日受教罢。"来使自去报浑。浚直赴建业。吴主孙皓，连接警报，吓得无法可施。将军陶浚，自武昌逃归，入语皓道："蜀船皆小，若得二万兵驾着大船，与敌军交锋，或尚足破敌呢。"皓已惶急得很，忙授浚节钺，令他募兵退敌。偏都人已相率溃散，只剩得一班游手，前来应募，吃了好几日饱饭。待陶浚驱令出发，又复溃去。陶浚也无可奈何，复报孙皓。皓越加焦灼，并闻晋王浚已逼都下，还有晋琅琊王司马伷，亦自涂中进兵，径压近郊，眼见得朝不保暮，无可图存。光禄勋薛莹，中书令胡冲，劝皓向晋军乞降。皓不得已令草降书，分投王浚王浑，并向司马伷处送交玺绶。王浚接了降书，仍驱舰大进，鼓噪入石头城。吴主孙皓，肉袒面缚，衔璧牵羊，并令军士舆榇及亲属数人，至王浚垒门，流涕乞降。浚亲解皓缚，受璧焚榇，延入营中，以礼相待。随即驰入吴都，收图籍，封府库，严止军士侵掠，丝毫不入私囊，一面露布告捷。

晋廷得着好音，群臣入贺，捧觞上寿。武帝执爵流涕道："这是羊太傅的功劳呢！"唯骠骑将军孙秀，系吴大帝孙权侄孙，前为吴镇守夏口，因孙皓见疑，惧罪奔晋，得列显官，他却未曾与贺，且南面垂涕道："先人创业，何等辛勤，今后主不道，一旦把江南轻弃，悠悠苍天，伤如之何？"前已甘心降敌，此时却来作此语，欺人乎？欺己乎？武帝以浚为首功，拟下诏褒赏，忽接到王浑表文，内称浚违诏擅命，不受自己节度，应照例论罪。武帝未以为然，举表出示群臣。群臣多趋炎附势，不直王浚，请用槛车征浚入朝。武帝不纳，但下书责浚，说他"不从浑命，有违诏旨，功虽可嘉，道终未尽"等语。看官！你想这平吴一役，全亏王浚顺流直下，得入吴都，偏王浑出来作梗，竟要把王浚加罪，可见天下事不论公理，但尚私争。武帝还算英明，究未免私徇众议，所以古今来功臣志士，终落得事后牢骚，无穷感慨呢。一声何满子，双泪落君前。原来王浑闻浚入吴都，方率兵渡江，自思功落人后，很是愧忿，意欲率兵攻浚。浚部下参军何攀，料浑必来争功，因劝浚送皓与浑。浑得皓后，虽勒兵罢攻，意终未惬，乃表浚罪状，浚既奉到朝廷责言，因上书自讼，略云：

> 臣前受诏书，谓："军人乘胜，猛气益壮，便当顺流长骛，直造秣陵。"奉命以后，即便东下。途次复被诏书谓："太尉贾充，总统诸方，自镇东大将军伷及浑浚彬等，皆受充节度。"无令臣别受浑节度之文。及臣至三山，见浑军在北岸，遣书与臣，但云暂来过议，亦不语"臣当受节度"之意。臣水军风发，乘势造贼，行有次第，不便于长流之中，回船过浑，令首尾断绝。既而伪主孙皓，遣使归命，臣即报浑书，并录皓降笺，具以示浑，使速会师石头。臣军以日中至秣陵，暮乃得浑所下

当受节度之符，欲令臣还围石头，备皓越逸。臣以为皓已出降，无待空围，故驰入吴都，封库待命。今诏旨谓臣忽弃明制，专擅自由，伏读以下，不胜战栗。臣受国恩，任重事大，常恐托付不效，辜负圣明，用敢投身死地，转战万里，凭赖威灵，幸而能济。臣以十五日至秣陵，而诏书于十二日发洛阳，其间悬阔，不相赴接，则臣之罪责，宜蒙察恕。假令孙皓犹有螳螂举斧之势，而臣轻军单入，有所亏丧，罪之可也。臣所统八万余人，乘胜席卷，皓以众叛亲离，无复羽翼，匹夫独立，不能庇其妻子，雀鼠贪生，苟乞一活耳。而江北诸军，不知其虚实，不早缚取，自为小误。臣至便得，更见怨恚，并云守贼百日，而令他人得之，言语噂沓，不可听闻。案春秋之义，大夫出疆，有利专之，臣虽愚蠢，以为事君之道，唯当竭力尽忠，奋不顾身，苟利社稷，死生以之。若其顾护嫌疑，以避咎责，此是人臣不忠之利，实非明主社稷之福也。夫佞邪害国，自古已然，故无极破楚，宰嚭灭吴，及至石显倾乱汉朝，皆载在典籍，为世所戒。昔乐毅伐齐，下城七十，而卒被谗间，脱身出奔。乐羊战国时魏人。既返，谤书盈箧，况臣疏顽，安能免谗慝之口？所望全其首领者，实赖陛下圣哲钦明，使浸润之谮，不得行焉。然臣孤根独立，久弃遐外，交游断绝，而结恨强宗，取怨豪族，以累卵之身，处雷霆之冲，茧栗之质，当豺狼之路，易见吞噬，难抗唇齿。夫犯上干主，罪犹可救。乖忤贵臣，祸常不测。故朱云折槛，婴逆鳞之怒，望之周堪，违忤石显，虽阖朝嗟叹，而死不旋踵，俱见汉史。此臣之所大怖也。今王浑表奏陷臣，其支党姻族，又皆根据磐牙，并处世位，闻遣人在洛中，专共交构，盗言孔甘，疑惑亲听。臣无曾参之贤，而罹三至之谤，敢不悚栗。本年平吴，诚为大庆，于臣之身，独受咎累，恶直丑正，实繁有徒。欲构南箕，成此贝锦。但当陛下圣明之世，而令济济之朝，有谗邪之人，亏穆穆之风，损皇代之美，是实由臣疏顽，使至于此。拜表流汗，言不识次，伏乞陛下矜鉴！

武帝得书，也知浚为王浑所忌，不免有媒孽等情，因下诏各军，班师回朝，待亲讯功过，核定赏罚云云。王浑既得絷皓，乃与琅琊王伷会衔，送皓入洛，皓至都门，泥首面缚。由朝旨遣使释免，给皓衣服车乘，赐爵归命侯，拜孙氏子弟为郎。所有东吴旧望，量才擢叙。从前王浚东下，吴城戍将，望风归降；唯建平太守吾彦，婴城固守，及孙皓被俘，方才投诚。武帝调彦为金城太守。诸葛靓姊，为琅琊王妃，靓自板桥败后，即窜入姊家，武帝素与靓相识，亲往搜寻。靓为魏扬州都督，诸葛诞子。诞在魏主髦四年，讨司马昭不克，被杀，故靓奔吴，事见《三国演义》。靓复避匿厕中，被武帝左右牵出，始跪拜流涕道："臣不能漆身毁面，使得复见圣颜，不胜惭愧。"武帝慰谕至再，面授靓为侍中。靓固辞不受，情愿放归乡里。武帝不得已依议，听他自去，终身起坐，不向晋廷，后幸善终。靓于晋有君父大仇，乃不能与张悌同死，徒为是小节欺人，亦何足道。

武帝复颁诏大赦，改元太康。会值诸将陆续还都，因临轩召集，并引见孙皓，赐令侍坐，且顾语皓道："朕设此座待卿，已好几年了。"皓指帝座道："臣在南方，亦设此座待陛下。"史家记载皓言，未及指帝座三字，遂启后人疑窦，经著书人添入，方合口吻。贾充已回朝复命，时亦在侧，向皓冷笑道："闻君在南方，凿人目，剥人面，此刑施于何人？"皓答说道："人臣有敢为弑逆，及奸邪不忠，方加此刑。"充听了此言，不由的面目发赪，掉头趋退。自取其辱，但皓只御人口给，不能自保宗社，究有何益？王浑王浚，相继入朝，彼此尚争功不已。武帝命廷尉刘颂，叙次战绩。颂不免袒浑，列浑为首功，浚为次功。武帝因颂考绩徇私，左迁京兆太守。怎奈王浑私党，充斥朝廷，浑子济又尚公主，气焰逼人，大家统为浑帮护，累得武帝不便专制，也只好委曲通融，乃增浑食邑八千户，进爵为公。授浚为辅国大将军，与杜预王戎等，并封县侯。以下诸将，赏赐有差。遣使祭告羊祜庙，封祜夫人夏侯氏为万岁乡君，食邑五千户。一番东征事迹，至此结局。王浚以功大赏轻，始终不服，免不得怨忿交并，小子有诗叹道：

楼船直下扫东吴，功业初成已被诬。
何若当时范少伯，一舸载美去游湖。

欲知王浚后来情事，且至下回叙明。

蜀亡在晋武开国之先，故本编首回，略略叙及，并不加详。至大举灭吴，则晋武即位，已十有余年矣。此固当列诸晋史，不得以吴列三国，应属诸《三国演义》，可以删繁就简也。唯晋之伐吴，倡议为羊祜，立功为王濬，而从中怂恿者为张华，余子碌碌，皆因人成事而已。武帝非不明察，卒因朝臣右袒王浑，独封浑为公，而濬以下不过封侯，无怪濬之愤悒不平也。然功成者退，知足不辱，濬乃为小丈夫之悻悻，始终未释，其后来之得全首领者，尚其幸耳。韩彭葅醢，晁错受戮，非炎盛开国时耶？史家谓浑既害善，濬亦矜功，诚足为一时定评云。

第六回　纳群娃羊车恣幸
继外孙螟子乱宗

却说王浚因功高赏轻，时怀不平，每在朝右自陈战绩及诸多枉屈情形，武帝虽有所闻，亦如聋瞽一般，绝不与谈。浚不胜愤懑，往往不别而行。武帝念他有功，始终含忍过去。益州护军范通，为浚外亲，尝入语浚道："公有平吴大功，今乃不能居守，未免可惜。"浚惊问何因？通答道："公返旆后，何不急流勇退，角巾私第，口不言功，如有人问及，可答称圣主宏谟，群帅戮力，若老夫实无功可言。从前蔺相如屈服廉颇，便得此意。见战国时代。公能行此，也足令王浑自愧了。"浚瞿然道："我亦尝惩邓艾覆辙，邓艾事在前。自恐遭祸，不能无言。及今已隔多日，胸中尚不免介介，这原是我器量太小呢。"通即起贺道："公能自知小过，便足保全。"说毕乃退。浚自是稍稍敛抑，不欲争功。博士秦秀，太子洗马孟康等，却代为浚诉陈枉抑，武帝乃迁浚为镇军大将军，加散骑常侍，领后军将军。时都中竞尚奢侈，浚本俭约，至此恐功高遭嫌，乐得随风张帆，玉食锦衣，优游自适。后又受调为抚军大将军，开府仪同三司，延至太康六年病终。年已八十，得谥为武。浚得令终，幸有范通数语。看官听说！在晋武未曾受禅以前，本来是三国分峙，各据一方，自西蜀入魏，降王刘禅，受封为安乐公，三国中已少了一国。及魏变为晋，吴又并入晋室，晋得奄有中原，规复秦汉旧土，遂划全国为十九州，分置郡国百五十余。小子特将十九州的名目，析述如下：

司　兖　豫　冀　并　青　徐　荆　扬　凉　雍　秦　益　梁　宁　幽　平　交　广

小子还有数语交代，那安乐公刘禅的死期，是在晋泰始七年间，归命侯孙皓的死期，是在晋太康二年间，两降主俱病死洛阳，已无后患。就是废居邺城的魏曹奂，无拳无勇，好似鸟入笼中，受人豢养，得能饱暖终身，还算是新朝厚惠。他最后死，直到晋惠帝泰安元年，方病殁邺城。叙结三主生死，是揭晋武厚道处，即见晋武骄盈处。武帝既混一字内，遂思偃武修文，下诏罢州郡兵，诏云：

自汉末四海分崩，刺史内亲民事，外领兵马，今天下为一，当韬戢干戈，刺史分职，皆如汉时故事。悉去州郡兵，大郡但置武吏百人，小郡五十人，以示朕与民安乐，共享太平之意。

这诏颁下，交州牧陶璜，便即上书，略谓："州兵不宜减损，自示空虚。"武帝不纳。右仆射山涛，因病告假，闻朝廷下诏罢兵，亦不以为然。会武帝亲至讲武场，搜阅士卒，涛力疾入朝，随驾讲武，当下乘间进言，谓不宜去州郡武备，语意甚是剀切。武帝也为动容，但自思天下已平，不必过虑，既已颁诏四方，也未便朝令暮改，因此将错便错，延误过去。俗语说得好："饱暖思淫欲。"武帝不脱凡俗，一经安乐，便勾起那淫欲心肠。他闻得南朝金粉，格外鲜妍，乘此政躬清泰，正好选入若干充作妾婢，借娱晨夕。可巧吴宫伎妾，多半被将士掠归，洛阳都下，凑娶吴娃，但教一道命令，传下都门，将士怎敢违旨？便将所得吴女，一古脑儿送入宫中。武帝仔细点验，差不多有五千名，个个是雪肤花貌，玉骨冰肌，不由的龙心大喜，一齐收纳，分派至各宫居住。自是掖廷里面，新旧相间，约不下万余人。武帝每日退朝，即改乘羊车，游历宫苑，既没有一定去处，也没有一定栖止，但逢羊车停住，即有无数美人儿，前来谒驾。武帝约略端详，见有可意人物，当即下车径入，设宴赏花。前后左右，莫非丽姝，待至酒下欢肠，惹起淫兴，便随手牵了数名，同入罗帏。这班妖淫善媚的吴女，巴不得有此幸遇，挨次进供，曲承雨露。武帝亦乐不忘疲，今朝到东，明朝到西，好似花间蝴蝶，任意徘徊。只是粉黛万余，唯望一宠，就使龙马精神，也不能处处顾及，有几个侥幸承恩，大多数向隅叹泣，于是狡黠的宫女，想出一法，各用竹叶插户，盐汁洒地，引逗羊车。羊性嗜竹叶，又喜食盐，见有二物，往往停足。宫女遂出迎御驾，好把武帝拥至居室，奉献一脔。武帝乐得随缘，就便临幸。待至户户插竹，处处洒盐，羊亦刁猾起来，随意行止，不为所诱。宫女因旧法无效，只好自悲命薄，静待机缘罢了。何必定要望幸？唯武帝逐日宣淫，免不得昏昏沉沉，无心国事。后父车骑将军杨骏及弟卫将军珧，太子太傅济，乘势擅权，势倾中外，时人号为三杨。所有佐命功臣，多被疏斥。仆射山涛，屡有规讽，武帝亦嘉他忠直，怎奈理不胜欲，一遇美人在前，立把忠言撇诸脑后，还管什么兴衰成败呢？一日，由侍臣捧入奏章，呈上御览，武帝顺手披阅，乃是侍御史郭钦所奏，大略说是：

戎狄强犷，历古为患，魏初民少，西北诸郡，皆为戎居，内及京兆魏郡弘农，往往有之。今虽服从，若百年之后，有风尘之警，胡骑自平阳上党，飚忽南来，不三日可至孟津，恐北地西河太原冯翊安定上郡，尽为狄庭矣。宜及平吴之威，谋臣猛将之略，渐徙内郡杂胡于边地，峻四夷出入之防，明先王荒服之制，此万世之长策也。

武帝看了数行，嗤然笑道："古云杞人忧天，大约如此。"遂置诸高阁，不复批答。仍乘着羊车，寻欢取乐去了。女色蛊人，一至于此。后来得着昌黎军报，乃是鲜卑部酋慕容涉归，导众入寇。幸安北将军严询，守备颇严，把他击退。慕容氏始此，详见后文。武帝越加放心，更见得郭钦奏疏，不值一览。未几又有吴人作乱，亦由扬州刺史周浚，剿抚兼施，得归平靖。南北一乱即平，君臣上下，统说是么麽小丑，何损盛明？于是权臣贵戚，藻饰承平，你夸多，我斗靡，直把那一座洛阳城，铺设得似花花世界，荡荡乾坤。

当时除三杨外，尚有中护军羊琇，后将军王恺，统仗着椒房戚谊，备极骄奢。琇是晋景帝即司马师。见第一回。继室羊后从弟，恺是武帝亲舅，乃姊就是故太后王氏，亦见第一回中。两家是帝室懿亲，安富尊荣，还在人意料中，不意散骑常侍石崇，却比两家还要豪雄，羊琇自知不敌，倒也不敢与较，只王恺心中不服，时常与崇比富。崇字季伦，系前司徒石苞幼子，颇有智谋，苞临终分财，派给诸子，独不及崇，谓崇将来自能致富，不劳分授，果然崇年逾冠，即得为修武令，嗣迁城阳太守，帮同伐吴，因功封安阳乡侯。旋复受调为荆州刺史，领南蛮校尉，加鹰扬将军。平居孳孳为利，在荆州时，暗属亲吏扮作盗状，往劫豪贾巨商，遂成暴富。入拜卫尉，筑室宏丽，后房百数，皆曳纨绣，珥珠翠，旦暮不绝丝竹，庖膳务极珍馐。王恺，家用粭糖也，与饴通。沃釜，崇独用蜡代薪；王恺作紫丝布步障四十里，崇作锦布障五十里以敌恺。恺涂屋用椒，崇用赤石脂相代。恺屡斗屡败，因入语武帝，欲假珊瑚树为赛珍品，武帝即赐与一株，高约二尺许。恺扬扬自得，取出示崇，总道崇家必无此珍奇，定要认输了事。哪知崇并不称美，反提起铁如意一柄，把珊瑚树击成数段。看官！你想王恺到此，怎得不怒气直冲，欲与石崇拼命？崇反从容笑语道："区区薄物，值得什么？"遂命家僮取出家藏珊瑚树，约数十株，最高大的约三四尺，次约二三尺，如恺所示的珊瑚树，要算是最次的，便指示恺道："君欲取偿，任君自择。"恺不禁咋舌，赧然无言，连击碎的珊瑚树，也不愿求偿，一溜烟的避去。崇因此名冠洛阳。多利厚亡，请看将来。车骑司马傅咸，目击奢风，有心矫正，特上书崇俭道：

> 臣以为谷帛虽生，而用之不节，无缘不匮，故先王之化天下，食肉衣帛，皆有其制。窃谓奢侈之费，甚于天灾。古者尧有茅茨，今之百姓，竞丰其屋；古者臣无玉食，今之贾竖，皆厌粱肉；古者后妃，乃有殊节，今之婢妾，被服绫罗；古者大夫，乃不徒行，今之贱隶，乘轻驱肥；古者人稠地狭，而有储蓄，由于节也，今者土广人稀，而患不足，由于奢也。欲时之俭，当诘其奢，奢不见诘，转相夸尚，弊将胡底？昔毛玠为吏部尚书时，无敢好衣美食者，魏武帝叹曰："孤之法不如毛尚书，今使诸部用心，各如毛玠，则风俗之移，在所不难矣。"臣言虽鄙，所关实大，幸乞垂察！

书入不报。司隶校尉刘毅，鲠直敢言，尝劾羊琇纳赂违法，罪应处死，亦好几日不见复诏。毅令都官从事程衡，驰入琇营，收逮琇属吏拷问，事皆确凿，赃证显然，乃再上弹章，据实陈明。武帝不得已罢免琇官。暂过旬月，又使琇白衣领职。贪夫得志，正士灰心，一班蝇营狗苟的吏胥，当然暮夜辇金，贿托当道，苞苴夕进，朱紫晨颁，大家庆贺弹冠，管什么廉耻名节？到了太康三年的元旦，武帝亲至南郊祭天，百官相率扈从，祭礼已毕，还朝受谒。校尉刘毅，随班侍侧，武帝顾问道："朕可比汉朝何帝？"毅应声道："可比桓灵。"这语说出，满朝骇愕。毅却神色自若，武帝不禁失容道："朕虽不德，何至以桓灵相比？"毅又答道："桓灵卖官，钱入官库，陛下卖官，钱入私门，两相比较，恐陛下还不及桓灵呢！"再加数语，也可谓一身是胆。武帝忽然大笑道："桓灵时不闻有此言，今朕得直臣，终究是高出桓灵了。"受责不怒，权谲可知。说毕，乃抽身入内，百官联翩趋出，尚互相惊叹。刘毅仍不慌不忙，从容自去。

尚书张华，甚得主宠，独贾充荀勖冯纨等，因伐吴时未与同谋，常相嫉忌。适武帝问及张华，何人可托后事？华朗声道："明德至亲，莫如齐王。"武帝闻言，半晌不出一语。华也自知忤旨，不再渎陈。原来齐王攸为武帝所忌，前文中已略述端倪，见第三回。此次由张华突然推荐，更不觉触起旧情，且把那疑忌齐王的私心，移到张华身上，渐渐的冷淡下来。荀勖冯纨，乘间抵隙，遂将捕风捉影的蜚语，诬蔑张华。华竟被外调，出督幽州军事兼安北将军。他本足智多谋，一经莅任，专意怀柔，戎夏诸民，无不悦服。凡东夷各国，历代未附，至是也慕华威名，并遣使朝贡。武帝又器重华才，欲征使还朝，付以相位。议尚未定，已被冯纨窥透隐情，趁着入侍时间，与武帝论及魏晋故事。纨怃然道："臣窃谓钟会构衅，实由太祖。"即司马昭，见第三回。武帝变色道："卿说什么？"纨免冠叩谢道："臣愚蠢妄言，罪该万死，但惩前毖后，不敢不直陈所见。钟会才智有限，太祖乃夸奖太过，纵使骄盈，自谓算无遗策，功高不赏，因致构逆。假使太祖录彼小能，节以大防，会自不敢生乱了。"说至此，见武帝徐徐点首，且说出一个"是"字，便又叩首道："陛下既俯采臣言，当思履霜坚冰，由来有渐，无再使钟会复生。"武帝道："当今岂尚有如会么？"纨又答道："谈何容易！且臣不密即失身，臣亦何敢多渎？"武帝乃屏去左右，令他极言。纨乃说道："近来为陛下谋议，著有大功，名闻海内，现在出踞方镇，统领戎马，最烦陛下圣虑，不可不防。"谗口可畏。武帝叹息道："朕知道了。"于是不复召华，仍倚任荀冯等一班佞臣。

既而贾充病死，议立嗣子，又发生一种离奇的问题。先是充尝生一子，名叫黎民，年甫三龄，由乳母抱儿嬉戏，当阁立着，可巧充自朝退食，为儿所见，向充憨笑。充当然爱抚，摩弄儿顶，约有片时，不料充妻郭槐，从户内瞧着，疑充与乳母有私，竟乘充次日上朝，活活将乳母鞭死。可怜三岁婴孩，恋念乳母，终日啼哭，变成了一个慢惊症，便即夭殇。未几复生一男，另外雇一乳母，才阅期年，乳母抱儿见父，充又摩抚如初，冤冤相凑，仍被郭槐窥见，取出老法儿处死乳母，儿亦随逝，此后竟致绝嗣。充为逆臣，应该有此妒妇。充死年已六十六，尚有弟混子数人，可以入继。偏郭槐想入非非，独欲将外孙韩谧，过继黎民，为贾氏后。看官！试想三岁的亡儿，如何得有继男？况韩谧为韩寿子，明明是贾充外孙，如何得冒充为孙？当时郎中令韩咸与中尉曹轸，俱面谏郭槐道："古礼大宗无后，即以小宗支子入嗣，从没有异姓为后的故例，此举决不可行。"郭槐不听，竟上书陈请，托称贾充遗意，愿立韩谧为世孙。可笑武帝糊涂得很，随即下诏依议，诏云：

> 太宰鲁公贾充，崇德立勋，勤劳佐命，背世殂陨，每用悼心。又胤子早终，世嗣未立，古者列国无嗣，取始封支庶以绍其统，而近代更除其国。至于周之公旦，汉之萧何，或豫建元子，或封爵元妃，盖尊显勋劳，不同常例。太宰素取外孙韩谧为世子黎民后，朕思外孙骨肉至近，推恩计情，合于人心，其以谧为鲁公世孙，以嗣其国，自非功如太宰，始封无后，不得援以为例。特此谕知！

看官阅过第二回，应知贾午偷香，是贾门中一场风流佳话。此次又将贾午所生的儿子，还继与贾充为孙，益觉得闻所未闻。风流佳话中，又添一种继承趣事了。那韩谧接奉诏旨，即改姓为贾，入主丧务，一切仪制，格外丰备。武帝厚加赙赐，自棺殓至丧葬费，钱约二千万缗，且有诏令礼官拟谥。博士秦秀道："充悖礼违情，首乱大伦，从前春秋时代，鄫养外孙莒公子为后，麟经大书莒人灭鄫，今充亦如此，是绝祖父血食，开朝廷乱端，岂足为训？谥法昏乱纪度曰荒，请谥为荒公。"武帝怎肯依议，再经博士段畅，拟上一个武字，方才依从，这且待后再表。

且说齐王攸德望日隆，中外属望，独荀勖冯统，日思排挤，并加了一个卫将军杨珧，也与攸未协，巴不得将他捽去。三人互加谗间，尚未见效，冯统是谗夫中的好手，竟入内面请道："陛下遣诸侯至国，成五等遗制，应该从懿亲为始。懿亲莫若齐王，奈何勿遣？"武帝乃命攸为大司马，都督青州军事。命令一下，朝议哗然。尚书左仆射王浑，首先谏阻，略言："攸至亲盛德，宜赞朝政，不应出就外藩。"武帝不省。嗣由光禄大夫李熹，中护军羊琇，侍中王济甄德，皆上书切谏，又不见从。王济曾尚帝女常山公主，甄德且尚帝妹京兆长公主，两人因谏阻无效，不得已乞求帷帝，浼两公主联袂入宫，吁请留攸。两公主受夫嘱托力劝武帝，不意也碰了一鼻子灰。小子有诗叹道：

上书谏阻已无功，欲借蛾眉启主聪。
谁料妇言同不用，徒教杏靥并增红。

欲知两公主被斥情形，且至下回再详。

山涛之谏阻罢兵，郭钦之疏请徙戎，未始非当时名论，但徒务外攘，未及内治，终非知本之言。武帝平吴，才及半年，即选吴伎妾五千人入宫，此何事也？乃不闻力谏，坐使若干粉黛，蛊惑君心，一褒姒妲己足亡天下，况多至五千人乎？不此之察，徒龂龂于兵之遽罢，戎之未徙，试思君荒臣奢，淫侈无度，即增兵徙戎，宁能不乱？后之论者，辄谓山涛之言不听，郭钦之疏不行，致有他日之祸乱，是所谓知二五不知一十者也。贾充妻郭槐，以韩谧为继孙，妇人之徇私蔑礼，尚不足怪，独怪武帝之竟从所请，清明之气，已被无数娇娃，斫丧殆尽。志已昏而死将随之矣，更何惑乎齐王攸之被遣哉！

第七回　指御座讽谏无功　侍帝榻权豪擅政

却说武帝决意遣攸，不愿从谏。蓦见两公主入宫，至御座前敛衽下拜，力请留攸。武帝道："汝等妇女，怎知国事？不必来此纠缠！"两公主跪不肯起，甚至叩头涕泣，惹得武帝怒起，拂衣外出，趋往别殿。两公主见他自去，无从再求，没奈何起身归家。那武帝怒尚未息，至别殿间，正值侍中王戎值日，便顾语道："兄弟至亲，今出齐王，乃是朕家事，甄德王济，横来干涉，今且遣妻入宫，向朕哭泣，朕不死，何劳彼哭？齐王亦未尝死，更何劳彼哭呢！"妇人两行珠泪，最能动人，不意此次，却用不着。王戎听了，也不敢多言。武帝即令戎草诏，黜济为国子祭酒，德为大鸿胪。济与德因公主归来，复述武帝拒谏情形，更觉得自寻没趣，及左迁命下，越加扫兴，唯与公主相对涕洟罢了。独羊琇以杨珧排攸，运动最力，意欲与珧面论是非，怀刃寻衅。偏杨珧预先防备，托疾不出，暗嘱有司劾琇。琇降官太仆，恚愤而死。得死为幸。光禄大夫李熹，亦因年老辞职，罢死家中。是时已值年暮，齐王攸奉诏未行，暂留京都守岁。越年仲春，诏命太常议定典礼，崇锡齐王，促令就道。博士庾旉秦秀等，再上章挽留，仍不见报。祭酒曹志叹道："亲如齐王，才如齐王，不令他树本助化，反欲远徙海隅，晋室恐不能久盛了。"乃复上书极谏，谓当从博士等言。武帝览书大怒道："曹志尚不明朕心，何论他人！"遂黜免志官，并庾旉等七人除名。

原来中书监荀勖，曾在武帝前进谗，谓百僚已归心齐王，试诏令就国，必致朝议沸腾。武帝先入为主，且见群臣陆续留攸，果如勖言，免不得忮心愈甚，所以奏牍上陈，无一见信，反加严谴。齐王攸亦不愿莅镇，奏乞守先后陵，仍被驳斥。满腔孤愤，无处上伸，累得攸郁郁成疾，竟至呕血。这也何必。武帝遣御医诊视，御医希旨承颜，复称齐王无疾。武帝遂连番下诏，催促起程。攸素好容仪，犹力自整肃，入阙辞行。武帝见他举止如恒，益疑他居心多诈，哪知过了两日，即由攸子冏呈入讣音，称攸呕血不止，竟尔逝世。武帝以变生意外，不禁大恸，冯紞在旁劝解道："齐王名不副实，盗誉有年，今自薨逝，未始非社稷幸福，陛下何必过哀。"武帝乃收泪而止。诏为齐王发丧，礼仪如安平王孚故事，见第三回。并亲自往吊。攸子冏对帝悲号，诉称为御医所诬，武帝也觉不忍，令即收诛御医。但知希旨，不知有此一着。命冏承袭父爵，冏亦八王之一。谥攸为献。攸为晋室贤王，享年只三十有六。扶风王骏，闻武帝遣攸出镇，也曾上书力阻，嗣因武帝不从，忧愤成疾，与攸同时告终。骏遗爱及民，西人多树碑志德，悲泣盈途，晋廷追赠为大司马，予谥曰武。叙攸及骏，不没贤王。乃进汝南王亮为太尉，录尚书事，光禄大夫山涛为司徒，尚书令卫瓘为司空。

涛年垂八十，老病侵寻，因固辞不许，力疾入谢，途中又感冒风寒，归卧不起，旋即去世。武帝优加赙给，赐谥曰康。涛字巨源，河内人氏，早年丧父，食贫居贱，尝向妻韩氏道："勉耐饥寒，我将来当位至三公，但未知卿堪做夫人否？"及年已四十，始为郡曹，从祖姑为宣穆皇后生母，宣穆皇后见首回。瓜葛相连，得与武帝为中表亲，乃累迁至尚书仆射，兼领吏部铨衡。有知人鉴，平居贞顺节俭，家无妾媵，禄赐俸秩，分赡亲故，殁后只遗旧屋十间，子孙不敷居住。左长史范晷，为白朝廷，武帝乃令有司拨款，代为营室，总算是酬答勋亲的惠意；另简右仆射魏舒为司徒。

舒籍隶任城，幼即失怙，寄食外家宁氏。宁氏尝增筑居宅，有堪舆家相宅道："此宅应出贵甥。"舒闻言自负，欣然语人道："当为外家成此宅相。"已而与宁氏别居，身长八尺二寸，仪容秀伟，不修小节，专喜骑射，以渔猎为生涯，尝投宿野王逆旅，闻有车马声隐隐前来，约至门外，即有人互相问答。问语为是男是女？答语称是男子。接连又有人应声道："是男至十五岁，当死兵刃。"过了片刻，复问为何人借宿？答称为魏公舒。言讫遂去。舒卧至天明，起询寓主，始知主人妻夜产一男，乃记忆而行。蹉跎蹉跎，已过了十五年，贫困如故，往探野王主人，问及生男所在？主人黯然答述，谓：“伐桑伤斧，创重身亡。”舒觉前闻已验，惟年登强仕，故我依然，又似前兆未符，转思平时不学，何从上达？不如发愤攻书，借博功名。由是日习一经，期月有成，出与郡试，得升上第，除渑池长，迁浚仪令，入为尚书郎，不数年位至尚书，晋职司徒。舒处事明决，持躬清俭，散财好施，与山涛相同，所以德望亦与涛相亚。舒亦晋初名臣，故随笔插叙。司空卫瓘，向与舒友善，至此更同心来辅，整饬纪纲，故太康年间，虽经武帝荒淫，三杨用事，尚赖两老臣极力维持，幸得少安。

瓘世居安邑，父觊曾仕魏为尚书，中年去世，瓘得袭父荫，弱冠已仕尚书郎，后来佐晋立功，受封菑阳公。第四子宣，得尚帝女繁昌公主，瓘得邀宠眷，遇事摅忠，尝虑储贰非人，欲密请废立，屡次入见，且吐且茹，始终未敢直陈。会武帝幸凌云台，召集百僚，各赐盛宴。瓘饮至数觥，佯为醉状，起身至御座前，下跪道：“臣有言上陈，未知圣意肯容纳否？”武帝许令直陈。瓘欲言又止，如是三次，乃用手抚床道：“此座可惜。”武帝已悟瓘意，权词相答道：“公真大醉么？”瓘亦知武帝托词，叩头而退。及宴毕还宫，过了数日，武帝想出一法，特召东宫官属，悉数入殿，概令侍宴。暗中却封着尚书疑案，遣内侍赍付东宫，令太子判决，当即复命。太子衷呆笨得很，骤接来文，晓得什么裁答，慌忙召问僚属，急切不见一人，那时仓皇失措，只好入问床头夜叉，与她商议。贾妃南风虽然读过好几年诗书，略通文墨，但欲代为答复，亦觉自愧未能，急来抱佛脚，忙遣侍婢趋问外臣，当有人代为拟草，引古证今，备具典博，传婢持报贾妃，妃恐忙中有错，再召入给事张泓，使决可否。泓摇首道：“太子不学，为圣上所深知，今答诏多引古义，明明是倩人代拟，一或查究，水落石出，属稿吏当然被谴，恐太子亦不能安位了。”贾妃大惊道：“这却如何是好？”泓答道：“不如直率陈词，免得陛下动疑。”贾妃乃转惊为喜，温言与语道：“烦公为我善复，他日当与共富贵。”泓因为具草，令太子自写。太子衷勉强录成，再由泓复阅，方交内使持去。武帝接视复文，词句虽多鄙俚，意见却是明通，不由的放下忧怀，既欲考验太子，何妨召入面试，乃仍辗转迟回，堕入狡吏计中，何其不明若是？便又召入卫瓘，持示答草。瓘才阅数行，即逡巡谢过，左右始知瓘有毁言，齐称陛下圣明，不受谗间，说得瓘满面怀惭，容身无地，还是武帝替他调解，方使瓘徐徐引退，尚得盖愆。

是时贾充尚在，得此消息，使人语贾妃道："卫瓘老奴，几破汝家。"妃因此恨瓘，尝思设计报复，只因武帝知瓘忠诚，宠遇日隆，一时无可下手，不得不容忍过去。及瓘为司空，遇有军国大事，武帝辄令会商，瓘亦有所献替，补益颇多。会日融过半，瓘与太尉汝南王亮，司徒魏舒，联名上表，固请避位，有诏不许，至太康五年正月，龙现武库井中，武帝亲自往观，颇有喜色。百官将提议庆贺，瓘独无言。边有一人闪出道："昔龙降夏庭，终为周祸，寻案旧典，并无贺龙故例，怎得创行？"瓘闻言急视，乃是尚书左仆射刘毅，是由司隶校尉新升，便随口接下道："刘仆射所言甚当，何必贺龙。"百官才打消贺议。武帝亦命驾驰归。先是魏尚书陈群，因吏部不能相士，特命郡国各置中正，州置大中正，令取本地人士，甄别才德，列为九品，吏部得援格补授。相沿日久，奸弊丛生，往往中正非人，徇私去取。刘毅不忍缄默，因力请更张，期清宿敝，奏疏有云：

臣闻立政者以官才为本，官才有三难，而国家兴替之所由也。人物难知，一也；爱憎难防，二也；情伪难明，三也。今立中正，定九品，高下任意，荣辱在手，操人主之威福，夺天朝之权势，爱憎决于心，情伪由于已，公无考校之负，私无告讦之忌，用心百态，求者万端，廉让之风灭，苟且之俗成，窃为圣朝耻之。臣尝谓中正之设，未获一益，反得八损，高下逐强弱，是非随兴衰，一人之身，旬日异状，或以货赂自通，或以亲私登进，是以上品无寒门，下品无势族，慢主罔时，实为乱源，所损一也；重其任而轻其人，所立品格，徒凭一人之意见，未经众望之所归，卒使驳违之论，横于州里，嫌仇之隙，结于大臣，所损二也；推立格之意，以为才德有优劣，伦辈有首尾，序列高下，若贯鱼之成次，秩然不乱，乃法立而弊生，名是而实非，公以为格，坐成其私，徒使上欺明主，下乱人伦，优劣易地，首尾倒错，所损三也；国家赏罚，自王公以至庶人，无不如法，今置中正，委以重柄，无赏罚之防，遂至清平者寡，怨讼者众，听之则告讦无已，禁绝则侵枉无极，上明不下照，下情不上闻，所损四也；一国之士，多者千数，或流徙异地，或取给殊方，面犹不识，遑问才力，而中正无论知否，但采誉于台府，纳毁于流言，任己则有不识之蔽，听受则有彼此之偏，所损五也；职有大小，事有剧易，稽功叙绩，庶足鼓舞人才，今则反是，当官著效者，或附卑品，在官无绩者，转得高叙，抑功实而隆虚名，长浮华而废考绩，所损六也；官不同事，人不同能，得其能则成，失其能则败，今不状才能之所宜，而徒第为九品，以品取人，或非才能之所长，以状取人，则为本品之所限，即使鉴衡得实，犹虑品状相仿，况意为取舍，黑白混淆，所损七也；前时铨次九品，朝廷犹诏令善恶必书，以为褒贬，故当时犹有所忌，今之九品，所下不彰其恶，所上不列其善，废褒贬之义，任爱憎之断，清浊同流，惩劝不明，天下人焉得不驜行而骛名，所损八也。由此论之，职名中正，实为奸府，事名九品，实有八损。古今之失，无逾于此。臣以为宜罢中正，除九品，弃魏氏之弊法，立一代之美制，则铨政清而人才出矣。事关重要，恳切上闻！

这疏上后，武帝虽尝优容，仍然不见施行。司空卫瓘，更与太尉汝南王亮等，申请尽除中正，规复乡举里选的古制。乡举里选，可行于上古，不可行于后世。试看今日选举，便可知晓。武帝但务因循，终不能改。未几刘毅疾殁，魏舒又以老疾辞官，旋亦谢世。朝议征令镇南大将军杜预，还都辅政。预已六十三岁，自荆州奉诏启行，行次邓县，一病不起，告终驿馆。自武帝罢撤兵备，吏惰民嬉。独预镇襄阳，常言天下虽安，忘战必危，所以文武并重，内立泮宫，外严堡寨，又引凿滍淯诸水以溉原田，疏通扬夏诸水以达漕运，公私同利，兵民永赖，时人称为杜父，又号为杜武库。平居无事，辄流览经籍，自撰《春秋经传集解》，又参考众家谱弟，著成释例，再作盟会图春秋长历。再四斟酌，至老乃竣。当时侍中王济善相马，和峤善聚财，预谓济有马癖，峤有钱癖，唯自己有《左传》癖，迄今杜氏《集解》，流传不替。预殁后归葬京兆，追赠开府，得谥为成。天不憖遗，老成雕谢，只剩了一个卫司空，孤立无援，内为贾妃所忌，外为杨氏所嫌，免不得表里相倾，不安于位。卫宣曾尚帝女，见上文。复好作狭邪游，伉俪间不甚和协。杨骏等乘间设谋，谓宣若离婚，瓘必逊位，因嘱黄门侍郎等劾瓘父子，讽武帝夺宣公主。瓘当然惭惧，告老乞休。武帝准如所请，听令原爵休致，并命繁昌公主入宫居住，示与卫氏绝婚。有司又奏宣所为不法，应付廷尉治罪，武帝总算不问。后来知宣被诬，拟令公主仍归卫家，哪知缘分已断，不能再续，宣已病瘵亡身，徒使那金枝玉叶，坐守空帏，岂不可叹！

杨骏既排去卫瓘，复忌及汝南王亮，多方媒孽，不由武帝不从，竟命亮为大司马，出督豫州诸军事，使镇许昌。又徙封皇子南阳王柬为秦王，使出督关中，始平王玮为楚王，使出督荆州，濮阳王允为淮南王，使出督扬江二州军事。柬玮允三王，已见前文。更立诸子乂为长沙王，颖为成都王，乂颖与玮，并列八王中。晏为吴王，炽为豫章王，演为代王，皇孙遹为广陵王，遹为太子冢嗣，但不由嫡出，乃是宫妾谢玖所生。谢玖本系武帝宫中的才人，才人系女官名。秀外慧中，颇邀睿赏，特给赐东宫，使充妾媵，才阅年余，便生一男，取名为遹。遹年五岁，颖悟绝伦。一夕，侍武帝侧，蓦闻宫外失火，左右惊惶，武帝欲登楼觇视，遹牵住武帝衣裾，不使上楼。武帝问为何意？遹答说道："昏夜仓猝，宜备非常，不可使火光照见人主。"武帝不禁点首。至火已救熄，内外安静，益称遹为奇儿。小时了了，大未必佳。且谓遹酷肖宣帝，将来必能纂承大统，所以太子不才，武帝未尝不晓，只因遹生性敏慧，有恃无恐，所以不愿废储，照旧过去。贾妃南风，甚是妒悍，不悦皇孙，自遹得生长，更恐他妾再复生男，严加防检。适有一妾怀妊，腹大便便，为妃所觉，便用戟掷刺孕妾，随刃仆地，且责宫女防闲不密，自持刀杀死数人。武帝闻报大怒，命修金墉城冷宫，将妃废锢。充华赵粲，见首回。为妃缓颊，从容入白道："贾妃年少，未能免妒，待至长成以后，自当知改，愿陛下三思！"就是杨后亦替她劝解，再加杨珧亦为进言，谓："贾充有功社稷，不应遽忘，毋致废及亲女。"此时力为悍妃帮忙，宁知后来反噬耶？武帝乃寝议不行。当断不断，反受其乱。

转瞬间已是太康十一年，改元太熙，进王浑为司徒，起卫瓘为太保，加光禄大夫石鉴为司空。三人虽同心秉政，权力终不敌三杨。更因武帝晚年，渔色成疾，常不视朝。杨后居中用事，屡召入乃父杨骏，商榷要政。至太熙元年孟夏，武帝病剧，索性将杨骏留侍禁中，一切诏令，俱出骏手，诸王大臣，无一与谋。骏得擅易公卿，私树心腹。武帝连日昏沉，不省人事，既而回光返照，偶觉清明，居然能起阅案牍，省视黜陟，适见骏所拟诏书，用人非才，因正色语骏道："怎得便尔？"骏惶恐谢罪。武帝又道："汝南王亮，已启程否？"骏答言尚未。武帝又道："快令中书草诏，留他立朝辅政。"骏不得已传命出去。武帝卧倒床上，又昏昏睡着。骏慌忙趋出，直至中书处索阅草诏，持还禁中，越宿尚未缴出。中书监华廙入叩宫门，向骏乞还原稿，骏不肯与。到了傍晚，复传入华廙及中书令何劭，由杨后口宣帝旨，令作遗诏，授骏为太尉，兼太子太傅，都督中外诸军，录尚书事。廙与劭不敢违慢，当即草就，呈与杨后。杨后却故意引入两人，使就帝榻前作证。两人跪请帝安，然后由杨后递过草诏，使武帝自视。但见武帝睁着两眼，看了许多时候，方才掷下，一些儿不加可否。及廙与劭叩辞出宫，武帝已经弥留，临危时忽问左右道："汝南王来否？"左右答言："未来。"武帝不能再言，长叹一声，呜呼崩逝。在位二十五年，享寿五十五岁。小子有诗叹道：

欲垂燕翼贵诒谋，悍媳蚕儿已兆忧。
况复托孤无硕彦，帷鹰怎得免戈矛？

欲知武帝死后，宫中如何行动，待至下回叙明。

齐王攸忧死而晋无贤王，山涛魏舒，相继谢世而晋无贤臣。司空卫瓘，似尚为庸中佼佼者流，然不能直言无隐，徒假此座可惜之言，为讽谏计，已觉胆小如鼷！至阅及太子答草，又未敢发奸摘伏，皇然谢过，以视刘毅诸人，尚有愧焉。武帝既知太子不聪，复恨贾妃之奇悍，废之锢之，何必多疑，乃被欺于狡吏而不之知，牵情于皇孙而不之断，受朦于宫帝而不之觉，卒至一误再误，身死而天下乱，名为开国，实是复宗，王之不明，宁足福哉？阅此已为之一叹焉！

第八回　怙势招殃杨氏赤族
逞凶灭纪贾后废姑

却说杨骏见武帝已崩，即入居太极殿，主持国政，引太子衷即位柩前，颁诏大赦，骤改太熙元年为永熙元年，何其匆促乃尔？尊皇后杨氏为皇太后，立贾妃南风为皇后。会梓宫将殡，六宫出辞，骏并不下殿，反用虎贲百人，环卫殿门，一面促令汝南王亮即日赴镇。亮不敢临丧，但在大司马门外，北向举哀，又表求送葬山陵，然后启行。骏哪里肯依，并恐亮有别图，因即告知太后，诬亮谋变，且迫令嗣主手诏遣兵，声罪讨亮。还亏司空石鉴，从中劝阻，不致遽发。亮已微闻消息，商诸廷尉何勖。勖笑说道："今朝野皆唯公是望，公不能讨人，乃怕人讨么？"亮素胆小，但知趋避，竟夤夜出都，驰赴许昌，方得免难。骏弟杨济及骏甥李斌，皆劝骏留亮，骏终不从。济语尚书左丞傅咸道："家兄若召还大司马，令主朝政，自己洁身退避，门户尚可保全。"济与珧非无一隙之明，乃不能自拔，相与沦胥，亦何足道？咸答道："但当召还大司马，秉公夹辅，便致太平，何必故意趋避呢？况宗室外戚，谊关唇齿，唇亡齿寒，恐非吉征。"济闻言益惧。又问诸侍中石崇，崇答如咸言。济乃托崇谏骏，骏方自幸得志，怎能改过不吝，从谏如流？而且前此一班老臣，多已雕谢，就是荀勖冯纨等，亦相继病终，荀冯二人之死，亦随笔带过。宫廷内外，没人敢与骏相抗。骏乐得作威作福，任意横行。越月即奉梓宫出葬峻阳陵，庙号世祖，尊谥武帝。

骏自知平时威望，未满人意，因欲大加封爵，笼络众心。左军将军傅只，向骏贻书，谓：“从古以来，未有帝王始崩，臣下得论功加封，请即辍议！”骏又不听从，竟劝嗣主下诏，凡中外群臣，皆增位一等，预丧各官，得增二等，二千石以上，统封关内侯，复租调一年。散骑侍郎何攀，又奏言：“班赏行爵，超过开国功臣及平吴诸将帅，他日将何以善后？务请收回成命！”奏入不报。未几又有诏传下，授骏为太傅大都督，假黄钺，录朝政，百官总己以听。尚书左丞傅咸，入朝语骏道：“谅暗本是古制，近世久不见行，今主上谦冲，委政明公，天下乃不以为是，试问公能当此重任么？周公大圣，尚致流言，况嗣主已非冲幼，公又地居贵戚，与周公不同，何不乘山陵事毕，慎图行止？可退即退，毋拂众情！”骏忿然作色，不答一词。咸乃告退。未几又复入谏，骏恨他多嘴，将出咸为郡守，骏甥李斌，谓斥逐正士，恐失人望，骏乃罢议。杨济密遗咸书，略云：“生子痴，了官事，今日官事恐未易了呢。虑君撄祸，故敢直告。”咸复称：“矫枉过正，卖直市名，或不免遭祸杀身。若控控愚忠，反致见怨，咸所未闻。”济得书付诸一叹，不复再白。咸亦不再谏骏，因得无恙。看官记着！这晋主衷嗣位以后，蠢顽如故，外事悉委杨骏，内政全出贾南风，自己同木偶一般，毫无守文气象。不过史家沿称庙号，叫作惠帝，所以小子也不得不援例相呼。特笔提明。

杨骏虽得专政柄，也恐贾后阴险多谋，时加防备。特令甥段广为散骑常侍，执掌机密，私党张劭为中护军，督领禁兵，所有诏命，先示惠帝，继白杨太后，始付颁行，其实统由骏一人主裁，太后与帝，无非唯唯承诺，从未尝有一异言。中外臣僚，因骏独断独行，专擅严愎，啧有烦言。冯翊太守孙楚，直言规骏，终不见纳，弘训官名。少府蒯钦，为骏姑子，亦屡进箴规，不嫌烦渎。他人多为钦惧祸，钦慨然道：“杨文长系骏表字。虽暗，尚能知人无罪，不可妄杀，我言不见听，不过为彼所疏，我得疏乃可免患，否则将与彼俱族了。”骏不杀谏士，还是一些小善，钦借此解嘲，未免狡猾。既而骏选匈奴东部人王彰为司马，彰逃避不受，有彰友从旁怪问，彰答语道：“古来一姓二后，少有不败。况杨太傅昵近小人，疏远君子，专权自恣，终必败亡。我逾海出塞，远避千里，尚恐及祸，奈何应他辟召，自投罗网呢？且武帝不思择嗣，负荷大业，受遗又不得人，天下大乱，翘足可待，还想什么功名？我所以见机远行了。”友人方佩服彰言。

先是侍中和峤，尝启奏武帝，谓：“太子朴诚，颇有古风，但末世多伪，质朴如太子，恐不能了陛下家事。”武帝默然。嗣峤复与荀勖入待，武帝顾语道：“太子近日，颇有进境，卿等可往觇虚实。”峤与勖奉旨往验，及复命时，勖满口贡谀，独峤直说道：“圣质如初。”武帝愀然变色，拂座竟入。峤当然返归。这语传入贾南风耳中，未免记在心里，隐含恨意。要你倒什么醋罐。及惠帝嗣位，经过半年，立广陵王遹为太子，进中书监何劭为太子太师，吏部尚书王戎为太子太傅，卫将军杨济为太子太保，还有少师一职，任用了卫尉裴楷，少傅一职，因幽州都督张华入朝，留任太常卿，因即迁授。和峤得厕职少保，六大臣辅遹入宫，谒见贾后，后见峤在列，触起前憾，一张半青半黑的脸上，不由的露出嗔容。摹写得妙。峤神色夷然，佯若未见，俟太子谒毕，贾后入室，少顷见惠帝出来，顾问和峤道：“卿常谓我不了家事，今果何如？”明明是受意贾后。峤从容答道：“臣昔事先帝，曾有此言，如臣言无效，便是国家幸福了。”惠帝被峤一说，反弄得哑口无言。峤与众大臣徐徐引退，太子遹亦辞赴青宫，不消细表。

唯贾后生性阴骛，素来是个不安本分的泼妇，此时统领六宫，内权在手，又想出预外政，偏上有太后，下有杨骏，每事受他牵掣，不能任所欲为，因此积怨成仇，恨不得速除二人。再加武帝在日，杨太后阴为调停，阳申劝诫，贾后未知太后暗护，反因太后责言，疑她播弄是非，所以处心积虑，徐图报复。自正位中宫后，日夕思逞，可巧殿中中郎孟观李肇，为骏所憎，屡遭诟斥，平时衔骏切骨，愿做中宫耳目，为后效劳，甚且构造蜚言，谓骏将危社稷，不可不防。从中牵合的叫做董猛，向为东宫给使，超列黄门，贾后倚为腹心，辄遣他通使观肇，密谋除骏，并废太后。又令肇往唆汝南王亮，使亮入清君侧，亮怯不敢承，肇因转告楚王玮。玮少年气锐，性又狠戾，便满口应允，表请入朝。杨骏本已忌玮，尝欲征召，只因玮勇悍难制，坐此迁延，及闻他自请入朝，喜如所愿，遂劝惠帝诏从所请。时已为永熙二年，诏复改元，号为永平，春光和煦，最便行人。玮与淮南王允，联袂入朝，贾后闻玮已入都，便即发难，嘱令孟观李肇，夜启惠帝，称骏谋反。惠帝晓得什么真假，遽付手书，降黜骏官，令以列侯就第。观与肇以为未足，便请发兵讨骏。惠帝复命东安公繇，履历详后。率殿中兵四百人，往围骏第。楚王玮亦带领随兵，驻扎司马门，且令淮南相刘颁为三公尚书，入卫殿中。

散骑常侍段广闻变，急驰入见帝，跪伏座前，且泣且语道：“杨骏受恩先帝，竭忠辅政，且年老无子，岂有反理？愿陛下审慎后行！”惠帝不答。广知无可言，因即趋出，报知杨骏。骏已得内变音耗，忙召众官入商，主簿朱振献议道：“今内变猝起，定由阉竖为贾后设谋，不利公家。公宜亟率家甲，往烧云龙门，索交乱首，一面引东宫及外营兵，拥皇太子入宫，迫取奸人，殿内震惧，当将首犯斩送出来，否则不能免祸了。”骏平居很是骄愎，至此反狐疑不决，且嗫嚅道：“云龙门为魏明帝所造，工费甚大，怎好烧去？”侍中傅祗，见骏多疑，料知不能成事，便起座语骏道：“祗愿入宫观察事势，就便转圜。”复掉头语群僚道：“宫中亦不可无人。徒在此聚议，亦属无益。”大众听了，起身皆走。独尚书武茂，还是坐着，祗瞋目顾茂道：“公非朝廷大臣么？今内外隔绝，不知天子所在，怎得安坐？”茂乃惊起，随众同出。傅祗劝众同行，无非为避患起见，可见杨骏当日，已是众叛亲离。骏党左军将军刘豫，陈兵万春门，遇右军将军裴頠，问及太傅所在，頠随口设诳道：“我曾在西掖门遇着太傅，见他乘着素车，带了二人，向西出走了。”豫惊诧道：“我将何往？”頠答道：“可至廷尉处自陈。”豫为頠所绐，匆匆径去。頠即接诏代豫，领左军将军，扼守万春门。

贾后恐太后救父，作为内应，即派心腹密往监守，果然得太后帛书，自宫中射出城外，上面写着“救太傅者有赏”六字。因扬言：“太后与骏同反，大众不得妄从！”太后造反，自古罕闻。东安公繇，已率殿中兵围烧骏第，又令兵弩手等，分登阁上，环射骏门。骏与家属，俱不得出走。繇麾众掩入，四面搜寻，随手捕戮，约不下百余人，独不见有杨骏。再往马厩中缉捕，始觉有人蜷伏厩隅，群呼不应，各用戟攒刺进去，但听得几声惨号，已是溅血成红，死于非命。兵士拖尸出认，不是别人，正是前日赫声濯灵的杨太傅。争权夺利者其视诸。孟观李肇，又分收杨珧杨济张劭李斌段广刘豫武茂，及散骑常侍杨邈，中书令蒋骏，东夷校尉文鸯等，俱至市曹斩首，各夷三族，共死数千人。杨珧临刑时，呼东安公繇，憘声与语道：“表在石函，可问张华。”回应第四回。繇置诸不睬。贾氏族党，又促使行刑，珧尚号叫不止，蓦闻砉然一声，头破脑裂，方倒地而死。狡黠无益。

汲郡有高士孙登，营窟北山。夏时编草为裳，冬季用发自复，好读《易》抚琴，见人辄笑。杨骏在日，尝闻登名，遣使征召。登不肯就征，已而自至骏第，骏给以金帛，俱辞谢不受，又改赠布被，登携被出门外，随手乱劈，大呼道：“斫斫刺刺。”及被皆扯碎，又奄卧道旁，作已死状。自骏以下，俱目登为疯人，听他僵毙，越宿出视，竟不知去向。既而温县又有一狂徒，自造四语，歌诸市上云：“光光文长，大戟为墙，毒药虽行，戟还自伤。”当时俱莫名其妙。至骏居内府，用戟为卫，死时又被戟攒刺，始知狂徒也是高人。就是孙登举动，统有先觉，不过未曾道破，转令人索解无从呢。骏既诛死，遗骸委弃，无人敢收，唯太傅舍人阎纂，不忘故主，挺身独出，替他棺殓，却也未尝遭诛。是夕刑赏大权，统出自东安公繇。繇为琅琊王伷第三子，伷平吴后，恭俭自处，病殁青州。长子觐承袭父爵，又不永年。觐子睿嗣，就是将来的东晋元帝。预伏后文。繇得受封东安公，曾官散骑常侍，此次应诏除骏，威振内外，太子太傅王戎与语道：“大事已成，此后当谢权远势，毋蹈覆辙。”繇不能从。越宿乃奉诏大赦，复改永平元年为元康元年。贾后矫制，使后将军荀悝，徙杨太后至永宁宫。特全太后母庞氏生命，许与太后同居，暗中复唆使群臣，纠弹太后。群臣趋炎附势，不敢逆命，遂联衔上奏道：

皇太后阴渐奸谋，图危社稷，飞箭系书，要募将士，同恶相济，自绝于天。鲁侯绝文姜，《春秋》所许，盖以奉承祖宗，任至公于天下，陛下虽怀无已之情，臣下不敢奉诏，可宣敕王公于朝堂，会议进止。

当下有诏答复，说是：“事关重大，当妥议后行。”有司又复申奏，大略说是：

逆臣杨骏，借外戚之资，居冢宰之任，陛下既居谅暗，委以重权，至乃阴图凶逆，布树私党。皇太后内为唇齿，协同逆谋，祸衅既彰，背捍诏命，阻兵负众，血刃宫省，而复流书募众，以奖凶党，上背祖宗之灵，下绝亿兆之望。昔文姜与乱，《春秋》所贬，吕宗，畔戾高后降配，宜废皇太后为峻阳庶人，以为大逆不道者戒！

牝鸡司晨，灭伦害理，盈廷僚佐，一大半党恶助虐，附和同声。只有太子少傅张华，新任中书监，还抱定一折衷主义，敷奏上去，略谓：“太后非得罪先帝，不过与父同恶，有悖母仪，宜依汉废赵太后为孝成后故事，号为武帝皇后，徙居离宫，以全终始。”此说已是牵强，但于群言庞杂，尚有可取。偏偏张议甫上，又有一个下邳王晃，系司马孚第四子。串同左仆射荀恺等，定要贬太后尊号，废锢金墉城。晃等是否有母，奈何贪昧至此。再加各王公大臣，接连奏请，应从晃等所言。那时诏书随下，竟废杨太后为庶人，出锢金墉城中。谁知贾南风心如蛇蝎，已把皇太后废去，还想把太后母庞氏，结果性命。一不做，二不休，再唆动狐群狗党，狂吠朝堂，无非说是：“杨骏造反，家属同坐，怎得曲赦庞氏？”有诏尚佯称不忍，难从所请。至奏牍迭呈，援引“大义灭亲”四字，作为铁证，可怜白发皤皤的庞太君，竟奉到诏旨，枭首宫门。肚子太不争气，何故生一皇后。废太后怎忍母死，抱持悲号，且截发稽颡，上表贾后，自称为妾，乞全母命。一死便罢，何必如此倒霉？看官！试想这都是穷凶极恶的贾南风，唆使出来，怎肯出尔反尔，放下屠刀？废太后拼命哀求，悍皇后反加催促，刀光闪闪，绝不留情，霎时间庞氏陨首，并将废太后杨氏，硬送入金墉城，幽禁了事。贾氏党羽，还是你一奏，我一疏，请尽诛杨骏官属，幸亏侍中傅祗，出为谏阻，方许赦免，不再滥刑。随即征汝南王亮为太宰，与太保卫瓘并录尚书事，进秦王柬为大将军，柬封秦王，见前回。东平王楙为抚军大将军，楙系司马孚庶孙。楚王玮为卫将军，下邳王晃为尚书令，东安公繇为尚书左仆射，晋爵为王，加封董猛为武安侯，孟观李肇等，皆拜爵有差。

汝南王亮入都辅政，又追论诛杨骏功，普加爵赏，封拜至千余人。傅咸已迁任御史中丞，一再致书谏亮，第一次是咎亮滥赏，第二次是劝亮让权，亮皆不愿听受，渐渐的自用自专。不知鉴及前车，真是愚愦。贾后族兄贾模，从舅郭彰，及贾充嗣孙贾谧，又俱得梯荣邀宠，蟠踞朝纲。楚王玮与东安公繇，也乘势干政。宗室外戚，双方分峙，又不免彼此生嫌。繇见贾后暴悍，恐不免害及己身，因与徒党密谋，拟设法废去悍后。既有今日，何必当初。计尚未定，偏遇那同胞兄弟，先加倾轧，暗肆谗言，竟把繇排挤出去。原来繇次兄淡，曾受封东武公，向与繇不相和协，屡次至太宰亮处进谗，说他专行诛赏，欲擅朝政。亮信为真言，奏免繇官。繇与东平王楙，常相往来，至是失官生怨，与楙谈及，有诋亮语，复为亮所闻知，遂遣楙赴镇，并谪繇至带方。繇既远去，又少一个著名的宗亲，贾谧郭彰，权焰益隆，眼见得宗室日弱，敌不过外戚威权。小子有诗讥汝南王亮道：

危厦何堪一木支，材庸器小更难持。
蟠根未固先戕叶，怎奈南风再折枝。

毕竟宗室外戚，有无冲突，容至下回再表。

读此回，令人愤又令人叹，悍哉！贾南风，何凶恶至此？自来称悍后者，莫如吕武，然吕雉有相夫开国之才，故渐得预政；武曌有蛊主倾城之色，故渐得弄权。何物贾氏才不足以驭众，色不足以动人，乃一为皇后，便置杨骏于死地！骏虽有自取之咎，然其罪不过专擅而止，诬以大逆，戮及亲党，宁非罪轻罚重乎？杨太后深居宫中，本无罪恶，飞箭示赏，志在全父，焉有父女之亲，而坐视不救者？贾南风乃借此构陷，唆动群臣，妇可废姑，伦常扫地。骏妻庞氏，为太后生母，又复为悍后所戮。古人谓貌美者心毒，不意丑黑如南风，其毒亦若是其甚也！至若满廷王公，不能与丑妇相争，反从而助其虐，是更不值一唾也已！

第九回　遭反噬楚王受戮 失后援周处捐躯

却说贾氏私党，权焰日盛，太宰亮未曾加防，反因楚王玮刚愎好杀，拟撤他兵权，遣令归镇，另用临海侯裴楷代任。太保卫瓘，亦赞成亮议。玮自恃有功，怎肯俯首听命？裴楷亦不敢受职。玮长史公孙宏及舍人岐盛，素行无赖，为玮所昵，因替玮设法，劝他与贾后结欢。贾后本恐玮难制，密怀猜忌，只因他自来迁就，也乐得曲为周旋，留作心膂，遂命玮领太子少傅。亮与瓘所谋未遂，不免加忧，瓘又因岐盛，向附杨骏，后来反噬杨氏，居心反复，不可不除，因欲请诏诛盛。盛微有所闻，竟驰往积弩将军李肇宅中，诈称玮命，报告亮瓘有废立意。肇已为贾后功狗，深得后宠，便把盛言转达贾后。后前曾怨瓘，又因瓘与亮同掌朝政，自己仍不能专恣，索性乘势捽去，可以逞志横行，乃自草密书，胁令惠帝照写。书中略云："太宰太保，欲行伊霍故事，王宜宣诏调兵，分屯宫门，并免二公官爵。"惠帝唯后是从，匆匆写就，遂由贾后交付黄门，叫他乘夜授玮。

玮得惠帝手书，也不禁踌躇，谓当入内复奏。黄门驳说道："事宜急行，若辗转需时，一或漏泄，转非密诏本意。"玮亦知谋出贾后，为争权计，但自思亮瓘二人，与已有隙，此时正好借端报复，一快私忿；况二人得除，将来亦可进揽朝纲，自逞大欲。你会逞刁，哪知别人比你更刁。遂慨然应允，令黄门返报，一面部勒本军，再矫诏召入三十六军，手令晓谕道："太宰太保，密图不轨，我受密诏，都督中外诸军，汝等皆应听我节制，助顺讨逆！"诸军闻令，相率惊顾，但亦不敢不唯命是从。玮又矫诏传示亮瓘僚属，教他们预先散归，概不连坐；若不奉诏，便军法从事。于是遣李肇与公孙宏，领兵讨亮。侍中清河王遐，武帝子，见第四回。率吏收瓘。亮尚未得确音，由帐下督李龙踉跄入报，请即严拒外变。亮尚疑为讹传，不肯照行。俄而府第被围，外兵登墙哗噪，亮始出问道："我并无二心，何故得罪？"公孙宏答道："奉诏讨逆，不知有他。"亮又谓："既有诏书，何不见示？"呆极。宏全然不理，但麾众攻入。亮乃返身入内，适遇长史刘准，向他泣涕。准忿然道："这必是宫中奸谋，公府内俊乂如林，尚可并力一战。"亮仍然不决。实是庸徒。未几，由李肇趋入，指麾兵士，把亮缚住。亮仰首长叹道："似我忠心，可披示天下，如何无道，枉杀不辜？"肇既执亮，使坐车下。时当六月，夜间犹热，人皆挥汗，亮被缚着，汗出如沉。有几个监守军人，悯他无罪，替他搧凉。肇从旁觑着，竟下令军中道："有人斩亮，赏布千匹！"乱兵闻利动心，一齐下手，或割鼻，或劈耳，承截手足，霎时间将亮送命，投尸北门。亮子矩亦为所杀，唯少子羕等，年尚幼稚，由婢仆等窃负逃出，避匿临海侯裴楷家。楷与亮有姻谊，密为保护，一夕八迁，始得免害。

那清河王遐趋至瓘第，宣诏逮瓘，瓘左右亦疑遐矫诏，劝瓘上表自讼，俟得报后，就戮未迟。瓘不欲抗旨，坦然趋出，接受诏书。正拟束手就缚，不防遐背后闪出一人，拔出利刃，手起刀落，把瓘挥作两段，并趁势闯入，捕得瓘三子恒岳裔及瓘孙六人，一并杀死。这人为谁？乃是被瓘所逐的帐下督荣晦。晦又屠戮瓘门，得报宿怨，复因瓘尚有二孙，未得搜获，还想率众严索，幸二孙璪玠，有病就诊，适寓医家，无从捕戮。清河王遐，已恨晦专杀，叱令返报。晦乃随遐白玮，公孙宏李肇等，亦皆至玮前缴令。岐盛又入语玮道："亮瓘虽诛，贾谧郭彰未除，宜一并翦灭，方可正王室，安天下。"计议甚是，但不容汝奈何？玮接口道："这……这事恐不可再行呢。"盛叹息而出。

时已天明，太子少傅张华，使董猛往说贾后道："楚王既诛二公，威权在手，试问帝后如何得安？何勿责玮擅杀大臣，摒除后患！"贾后喜道："我正虑此，卿等与我同见，幸速转告张公，事在速行。"悍妇好杀，过于暴男。猛驰白张华，华即入内启帝，立遣殿中将军王宫赍驺虞幡，出麾玮众道："楚王矫诏杀人，汝等如何盲从？"言甫毕，众皆骇走。玮左右不留一人，窘迫不知所为，亟驾着牛车，将赴秦王柬第。途遇卫士追来，立把玮拖落车下，押交廷尉，一道诏书，接连颁下，说玮擅杀二公父子，又欲诛灭朝臣，谋图不轨，罪大恶极，应速正大典，特遣尚书刘颂监刑，颂奉诏后，当命将玮推出市曹，玮从怀中取出青纸，就是前次惠帝手书，令诛亮瓘，当下递示刘颂，且泣语道："受诏行事，怎得为擅？自谓托体先帝，谋安社稷，乃反被见诬，幸为申奏！"迟了。颂亦唏嘘涕下，不能仰视。无如朝旨迫促，未便稽留，只得强作威容，喝令斩玮。玮既斩迄，复有诏命诛公孙宏岐盛，并夷三族，一股冤气，冲上九霄，顿时大风骤雨，卷入刑场，再加那电光似火，雷声如鼓，吓得刘颂以下，慌忙逃回。天非怜玮，实是恨后。唯玮既受诛，亮与瓘应该昭雪，偏偏过了数日，未见明文。瓘女向廷臣上书，为父讼冤，又有太保主簿刘繇等，亦各执黄幡，挝登闻鼓，请追申枉屈，兼惩余凶。大致说是：

前矫诏者至太保第，太保承诏当免，重敕出第，孑身从命，如矫诏之文，唯免太保官，右军以下，即承诈伪。违基本文，辄戮宰辅，不复表上，横收太保子孙，辄皆行刑。贼害大臣父子九人，伏见诏书，为楚王所诳误，非本同谋者皆弛遣。如书之旨，第谓吏卒被驱，逼赍白杖者耳。律称受教杀人，不得免死，况乎手害功臣，贼杀忠良，虽云非谋，理所不赦。今元恶虽诛，凶竖犹存，臣惧有司未详事实，或有纵漏，不加详尽，使太保仇贼不灭，冤魂永恨，诉于穹苍，酷痛之臣，悲于明世。臣等身被创痍，殡殓始迄，谨陈瓘在司空时，帐下给使荣晦，有罪被黜，转投右军麾下，不自知过，反思修怨。此次变起，晦在门外，即扬声丑诋，及入门，宣毕讹诏，即敢加刃，彼又素知太保家属，按次收捕，悉加斩斫，屠戮全门，实由于晦。劫盗府库，亦皆晦所为。考晦一人，众奸毕集，乞验尽情伪，加以族诛。庶已死者犹可瞑目，而未死者尚得逃生。雪冤情，戢凶焰，臣等不胜哀吁之至。

自经繇等吁请，廷议乃归罪荣晦。执晦枭首，并诛晦族，且追复亮瓘爵位。谥亮曰文成，谥瓘曰成。嗣是贾后得志专政，委任亲党，用贾模为散骑常侍，兼加侍中。贾谧亦得任散骑常侍，并领后军将军。谧为后谋划，谓："张华系出庶姓，不致逼上，且儒雅有识，素孚众望，宜以朝政相委。"贾后转问裴頠，頠很是赞成，乃命华为侍中，兼中书监，頠为侍中，頠从叔楷即临海侯。为中书令，加侍中，与左仆射王戎，并掌机要。华尽忠帝室，弥缝衮阙，朝野倚为柱石。后虽凶险，亦加敬礼。华常作女史箴，呈入宫中，明明为讽后起见，后虽不肯改，却也未尝恨华。贾模裴頠，并服华才略，遇有大议，皆推华主张，故元康年间，主德虽昏，犹得安然无事。郭彰亦稍自敛抑，未敢横行，独贾谧少年好事，恃宠增奢，室宇崇闳，器服珍丽，歌僮舞女，选极一时。唯好延宾客，往往开阁相迎，凡贵游豪戚及海内文士，陆续趋附，尝与谧饮酒论文，相得甚欢，当时号为二十四友。小子特将各友姓名，编次如下：

郭彰太原人，见前。石崇渤海人。欧阳建同上。潘岳荥阳人。陆机陆云吴人，见第四回。缪征兰陵人。杜斌京兆人。挚虞同上。诸葛诠琅琊人。王粹弘农人。杜育襄城人。邹捷南阳人。左思齐人，见第三回。崔基清河人。刘瑰沛人。和郁汝南人，即和峤弟。周恢籍贯同上。牵秀安平人。陈昣颍川人。许猛高阳人。刘讷彭城人。刘舆刘琨中山人。

这二十四友，不是豪家，就是名士。此外奔走谧门，伺候颜色，就使多方谄媚，谧只以泛交相待，未尝许为知己。谧本有文名，更得二十四人，竞为标榜，声誉益隆。贾后得谧为助，更觉似虎添翼，或需文字煽惑，皆令谧草，别人怀宝剑，我有笔如刀，可为贾后写照。贾后越无忌惮，任性妄行，故太后杨氏，出居金墉城，尚有侍女十余人，充当役使，嗣复为贾后所夺，甚至无人进膳，一代母后，竟至绝粒八日，奄奄饿死，年才三十有四。虽是武帝害她，但前此何必阴护贾氏，养虎自噬，夫复谁尤？贾后贼胆心虚，尝怨冤魂未泯，棺殓时用物覆面，又用许多符书药物，作为镇压，才得放怀。这是元康二年间事。越年，弘农雨雹，深约三尺，又越年，淮南寿春大水，山崩地陷。上谷居庸上庸，亦遭水灾，伤及禾稼，人民大饥。未始非阴气太盛所致。又越年，荆扬兖豫青徐六州，又复大水，接连是武库火灾，所有累代藏宝，如孔子履及汉高斩蛇剑等，悉数被焚。他如军械遭毁，不可胜计。宗亲如秦王柬，下邳王晃等，相继亡故，耆旧如石鉴傅咸等，亦病殁数人。中书监张华，得进位司空，陇西王泰，系宣帝司马懿弟，早膺封爵，至是入为尚书令。梁王肜已为卫将军，复加官太子太保、循资迁授，毋庸细表。

唯匈奴部落，出没朔方，渐有蠢动状态。悍目郝散，纠众万人，进攻上党，戕杀长官，当由邻近州郡，发兵往援，击退郝散。散兵败乞降，冯翊都尉，防他反复，诱散入语，把他处斩。散弟度元，率兄余部，逃出境外，好容易招兵买马，卷土重来，誓为乃兄复仇，且勾结马兰山中的羌人，卢水附近的胡骑，一同作乱，闯入北地。太守张损，督兵堵御，反杀得大败亏输，死于非命。冯翊太守欧阳建，前往协剿，也被他数路夹攻，丧失许多人马，狼狈奔回。徒能凑奉贾谧，焉足抵制郝度元？晋廷正授赵王伦见首回及第四回。为征西大将军，都督雍梁二州军事。此次逆虏犯境，应由伦运筹决胜，制服叛徒，怎奈伦未谙韬略，徒靠那皇家势力，得握兵权，并有一个嬖人孙秀，此孙秀系琅琊人，与五回之孙秀人异名同。从中揽柄，贻误戎机。所以羌胡蜂起，无术荡平。雍州刺史解系，献议伦前，愿分兵御寇，独当一面。孙秀谓系有异志，断不可从，且促系出讨羌胡。系督兵出战，果遭羌胡夹击，失利而还。伦因此劾系，系亦劾伦，彼此各执一词。司空张华，直系曲伦，请召伦还朝，另简军帅，乃改授梁王肜出镇雍梁，领征西将军。调还赵王伦，不加谴责，反授他为车骑将军。秦雍二州的氐羌，见晋廷赏罚不明，索性乘机抗命，聚众造反，推戴了一个氐帅，叫作齐万年，僭称帝号，围攻泾阳。梁王肜甫经莅镇，因氐羌猖獗，飞使奏闻，请即济师。晋廷特派安西将军夏侯骏为统帅，率同建威将军周处，振威将军卢播，往讨齐万年。中书令陈准入谏道："骏与梁王，俱系贵戚，司马师尝纳夏侯尚女为妃，武帝追尊为后。骏系尚后裔，故云贵戚。非将帅才，进不求名，退不畏罪。周处，吴人，忠勇果敢，有怨无援，必致丧身。宜诏积弩将军孟观，带领精兵万人，为处先驱，庶足殄寇，否则梁王必使处前行，迫陷绝地，寇不可灭，徒亡一国家良将，岂不可惜？"偏廷议说他过虑，不肯照行。

或劝处道："君有老母，何不以终养为名，辞去此任？"处慨然道："忠孝不能两全，既已辞亲事君，不能顾全私义。今日是处死日了。"遂率军西去。看官道周处何故誓死？就是陈准等人，又何故知处必死？说来又是话长，待小子将周处履历，从头叙来。处系义兴人氏，父名鲂，曾仕吴为鄱阳太守。处早年丧父，不修细行，弱冠时膂力过人，好勇斗狠，为乡里患。处自知不满人口，颇思改过。一日游里社间，见乡父老愁眉不展，各有忧色，便开口问道："现今时和年丰，何为不乐？"父老答道："三害未除，何乐可言？"处又问三害底细，父老道："南山白额虎，长桥下蛟，还有一害，且不必说了。"处定要问明，父老始直言为汝。处笑答道："这有何患？凭诸我手，一并除尽，可好么？"父老道："汝若果能除尽，乃是一郡的大幸了。"处欣然辞出，即往家中取了弓箭，径赴南山，静候谷中。傍晚，果见猛虎奔来，由处连发二矢，俱中要害，虎竟倒毙。又复投水搏蛟，蛟或沉或浮，行数十里，处相随不舍，仗剑与争，约斗了三日三夜，方得斩蛟首，还里报命。里人因处往除蛟，三日不返，疑他已死，互相庆贺。蓦见处斩蛟归来，又不免喜中带忧。处窥透里人隐情，便慨语道："二害已除，处亦从此改行。如再怙恶，定遭天殛。"里人见他语出真诚，才欢然道谢。叙周处改过事，不脱劝善宗旨。处乃入吴，往访陆机，机适他出，与机弟陆云相遇，具陈悔过情状，且唏嘘道："本欲自修，恐年已蹉跎，学亦无及。"云答道："古人贵朝闻夕改，况君方在壮年，但患志不立，何忧名不彰？"却是名言。处唯唯受教。嗣是励志好学，克己复礼。言必信，行必果。期年州府交辟，仕吴为东观左丞。吴亡入洛，迭任新平广汉太守，皆有政声，寻拜散骑常侍，复迁御史中丞，守正不阿，所有纠弹，不避宠戚。梁王肜尝犯法为非，廷臣因他位兼亲贵，无一敢言，独处执法相绳，登诸白简。肜坐是怨处，权贵也恨处鲠直，遂乘那氏帅僭逆，梁王西征，把处遣发出去，好使梁王借刀杀人，互泄私忿，所以处自知必死。与处交好的士大夫，也无一不为处耽忧，就是氐帅齐万年，探得处奉命从军，亦顾语部众道："周府君尝为新平太守，我知他才兼文武，不可轻敌，若专断而来，只有退避一法。今闻受他人节制，必遭牵掣，来此亦要成擒了。"乃率众七万人，分屯梁山，据险待着。

处与夏侯骏等，同见梁王，梁王肜果然挟嫌，佯称处忠勇过人，足为前驱，令领骁骑五千人，前攻梁山寇垒。处宣言道："军无后继，必至覆败。处死不足惜，但为国取羞，岂非大误？"肜冷笑道："将军平日毫不畏人，今乃临敌生畏吗？"处尚欲自辩，夏侯骏在座，遽接入道："将军放心前往，我当令卢将军解刺史等，同为后应便了。"骏设词诳处，比肜尤奸。处怏怏前进，行至六陌，距虏营不过里许，乃整阵以待，守候卢播解系两军。才越一宵，那梁王肜的催战令，已到过两次。翌日黎明，军尚未食，又是一道催命符，立促进战。处待卢解二军，并未见到，料知梁王肜有意逞刁，自分必死，乃上马长吟道："去去世事已，策马观西戎。藜藿甘粱黍，期之克令终。"吟毕，便麾军急进。齐万年亦驱众前来，两下交锋，各拼死决斗。自旦至暮，战到数百回合，番奴死伤甚多，但番众聚至七万，处兵只有五千，一方面逐渐加添，一方面逐渐减少，并且腹馁肠鸣，弦绝矢尽，回望后援，一些儿没有影响。处左右劝处速退，处按剑瞋目道："这是我效节授命的时日，怎得言退？况诸军负约，令我独战，明明是置我死地，我死便罢！"说至此，拍马向前，力杀番众数十名。番奴重重环绕，竟把这位周将军，搠死阵中。小子有诗叹道：

知过非难改过难，一行作吏便胪欢。
如何正直招人忌，枉使沙场暴骨寒。

周处殉国，余军尽死，欲知晋廷如何处置，试看下回便知。

史称元康元年，皇后杀太宰亮，太保瓘及楚王玮，不书诛而书杀，且冠以皇后二字，嫉贾后也。但亮与瓘非无致死之咎，而玮之致死，更不足惜。亮既远谪东安公繇，复欲遣玮还镇，是明明自戕宗室，授贾氏以可乘之隙。瓘知惠帝之不足为君，何不预先告老，高蹈远祸，乃与亮同入漩涡，共为悍后所杀。嗜权利者必致丧身，亮与瓘其前鉴也。玮为后除骏，复为后杀亮瓘，甘心作伥，仍为虎噬，党恶之报，莫逾于此。若夫梁王肜之挟怨陷人，自坏长城，误处之罪尚小，误晋之罪实大，晋室诸王，除琅琊扶风及齐王攸外，类多失德，此所以相与沦胥也。

第十回　讽大廷徙戎著论
诱小吏侍宴肆淫

却说晋廷闻周处战死，明知为梁王所陷，所有权臣贵戚，反私相庆幸，没一人为处呼冤，就是张华陈准等人，亦不敢纠劾梁王，不过奏陈周处忠勇，应该优恤。有诏赠处为平西将军，赐钱百万，葬地一顷，又拨给王家近田，赡养处母，便算了事。转眼间又是一年，已至元康八年。梁王彤与夏侯骏等，逗留关中，毫无战绩。张华陈准，因复保荐积弩将军孟观，出讨齐万年。观奉命出发，所领宿卫兵士，类皆趫捷勇悍，一往无前。既至关中，梁王彤等知观为宫府宠臣，不敢与较，索性将关中士卒，尽付调遣。观得专戎事，不虑牵制，遂努力进讨，大小数十战，俱由观亲当矢石，无坚不摧。齐万年穷蹙失势，窜入中亭，观穷加搜剿，竟得把万年擒住，就地枭首，悬示番奴。氐羌遗众，望风奔角，不敢再贰。观乘胜转剿郝度元，度元遁去，窜死沙漠。于是马兰羌及卢水胡，相继乞降。秦雍梁三州，一律廓清。晋廷命观为东羌校尉，暂镇西陲，征梁王彤还朝，录尚书事，明明有罪，反畀以重权，可愤孰甚。独将雍州刺史解系免官，勒归私第。

原来赵王伦奉召还都，解系复上书劾伦，并请诛孙秀以谢氐羌。张华亦知孙秀不法，曾密托梁王彤令他收诛，偏被孙秀闻知，暗赂梁王参军傅仁，替他解免，方得随伦入京。秀见贾氏势盛，劝伦厚贿贾郭，为侥宠计，伦遂如秀议。果然钱可通神，非但贾郭与他交欢，就是恣肆中宫的悍后，亦渐加亲信。遇伦上奏，往往曲从，此番亦着了道儿，看下文便知。伦因得劾免解系，且复求录尚书事，后亦意动。偏张华裴頠固言不可，伦又求为尚书令，又被张裴二人阻挠，自是伦深恨二人，要与他势不两立了。伏笔。太子洗马江统，因羌胡初平，未足惩后，特著《徙戎论》以儆朝廷，论文不下数千言，由小子节录如下：

夫夷蛮戎狄，地在要荒，禹平水土，而西戎即叙。然其性气贪婪，凶悍不仁，四夷之中，未有甚于戎狄者。弱则畏服，强则侵叛。当其强也，以汉之高祖，尚困于白登，及其弱也，以元成之微，而单于入朝。是以有道之君，待之有备，御之有常，虽稽颡执贽，而边城不弛固守，强暴为寇，而兵甲不加远征，期令境内获安，疆场不侵而已。汉建武中，光武帝时。马援领陇西太守，讨平叛羌，徙其余种于关中，居冯翊河东空地。数岁之后，族类蕃息，既恃其肥强，且苦汉人侵之。永初汉安帝年号。之元，群羌叛乱，覆没将守，屠破城邑，邓骘败北，侵及河内，十年之中，夷夏俱敝，任尚马贤，仅乃克之。自此之后，余烬不尽，小有际会，辄复侵叛。魏兴之初，与蜀分隔，疆场之戎，一彼一此。魏武帝徙武都氐于秦川，欲以弱寇强国，捍御蜀虏，此实权宜之计，非万世之利也。今者当之，已受其敝矣。夫关中土沃物饶，帝王所居，未闻戎狄宜在此土也。非我族类，其心必异，而因其衰敝，迁居畿服，士庶玩习，侮其轻弱，使其怨恨之气，冲入骨髓。至于蕃育众盛，则坐生其心，以贪悍之性，挟愤怒之情，候隙乘便，辄为横逆，此必然之势，已验之事也。当今之宜，须及兵威方盛，徙冯翊北地新平安定诸羌，使居先零罕并析支诸地，徙扶风始平京兆诸氐，出还陇右，仍居阴平武都之界，各附本种，反其旧土，使属国抚夷，就安集之，则华戎不杂，并得其所，纵有猾夏之心，而绝远中国，隔间山河，为害亦不广矣。至若并州之胡，幸为匈奴，桀恶之寇也。建安中汉献帝时。使右贤王古卑，诱质呼厨泉，听其部落，散居六郡，分为五部。咸熙魏主曹奂年号。之际，一部太强，分为三率，泰始见前。之初，又增为四。今五部之众，户达数万，人口之盛，过于西戎，其天性骁勇，弓马便利，倍于氐羌，若有不虞，风尘猝警，则并州之域，可为寒心，郝散之变，其近证也。魏正始中，魏主曹芳时。毌丘俭讨高句骊，徙其余种于荥阳，始徙之时，户落百数，子孙孳息，今以千计。数世之后，亦必殷炽，夫百姓失职，犹或叛亡，犬马肥充，且有噬啮，况于戎狄能不为变乎？自古为邦者忧不在寡而在不安，以四海之广，士民之富，岂须夷虏在内，然后取足哉？此等皆可申谕发遣，还其本域，慰彼羁旅怀土之思，释我华夏纤介之忧，惠此中国，以绥四方，德施永世，于计为长也。

晋廷终不能用，眼见得外族日盛，侵逼中原。时匈奴左部帅刘渊，已进任五部大都督，号建威将军，封汉光乡侯，威振朔方。回应第四回。又有慕容涉归子廆，遣使降晋，亦受封为鲜卑都督。相传慕容氏世居塞外，号称东胡，后为匈奴所逐，走保鲜卑山，因以为名。魏初有莫护跋入居辽西，纠集部众，建牙棘城，见燕人多戴步摇冠，因亦敛发仿效，令部众尽冠步摇，番音讹称步摇为慕容，遂以为氏或云慕二仪之德，继三光之容，因号慕容。究竟孰是孰非，无从考明。莫护跋生木延，木延生涉归，迁邑辽东，世附中国，得拜为鲜卑大单于。武帝时，涉归始入寇昌黎，为安北将军严询所败，遁归本帐。见第六回。已而涉归病死，弟删篡立，将杀涉归子廆，廆亡命避难，国人不服，群起杀删，迎廆入嗣。廆姿容秀伟，身长八尺，雄健有大度，从前张华为安北将军，得见廆貌，许为大器，赠给簪帻。及廆既嗣位，因与邻近宇文部，素有嫌隙，特向晋廷上表，请讨宇文氏。晋廷不许，廆怒寇辽西，不得逞志，乃复奉书乞降，受诏为鲜卑都督。廆以辽东僻远，复徙居大棘城，事大并小，渐见强盛。

此外尚有略阳氐杨茂搜，亦据住仇池，自号辅国将军右贤王。仇池在清水县中，约得百顷，旁绕平地，计二十余里，四面斗绝，高凌九霄，中有羊肠蟠道，须经过三十六回，方登绝顶。氐人杨驹，始居此地，驹孙千万附魏，封百顷王，千万孙飞龙，徙居略阳，飞龙无嗣，以外孙令狐茂搜为子，茂搜遂冒姓杨氏。自齐万年扰乱关中，茂搜率部落四千家，由略阳退保仇池。关中人士，亦避乱往归，因此部众渐盛，也得称霸一方。杨氏以外，更有巴氐李氏，从前秦始皇并吞中国，在巴地设黔中郡，薄赋人口，令每岁出钱四千，巴人呼赋为賨，故号为賨人。东汉季年，张鲁据汉中，賨人李氏，挈族依鲁，鲁为魏武所灭，徙李氏全族五百家，至略阳北上，名曰巴氐。李氏本巴西蛮种，强名为氐。后来出了兄弟三人，皆有勇略，长名特，次名庠，又次名流，至齐万年作乱，关中荐饥，略阳天水等六郡人民，迁移就食，流入汉川，多至数万家。沿路饥民累累，辄至病仆。特兄弟仗义疏财，倾囊赈救，因得众心。流民至汉中上书，乞寄食巴蜀，朝议不许，但遣侍御史李苾，持节往抚。苾受流民赂遗，表称流民十万余口，非汉中一郡所能赈赡，应从流民所请，听往巴蜀。朝廷乃许令就食蜀中，李特乘机入剑阁，遍览形势，不禁叹息道："刘禅有如此要险，乃面缚降人，岂非庸才么？"遂与二弟并居蜀地，渐思谋蜀。事见后文。匈奴鲜卑及氐并列五胡，故从详叙。

晋廷的王公大臣，但顾眼前富贵，不顾日后利害。就中如张华裴颜，稍称明达，但防御内讧，恐尚不及，如何能抵制外患？他若左仆射王戎，进位司徒，旋进旋退，毫无建树，性复贪吝，田园遍诸州，尚自执牙筹，昼夜会计，家有好李，得价便沽，又恐人得种，先将李核钻空，然后卖去。一女为裴颜妇，贷钱数万，日久未偿。女归宁时，戎有愠色，且多烦言，女立即偿清，始改为欢颜。从子将婚，尝给一单衣，婚讫仍向他索还，时人讥为膏肓宿疾。守财奴怎得为相？唯素好游散，自诩风流，尝与嵇康阮籍等，作竹林游，号竹林七贤。这七贤中，谯人嵇康，善弹琴，能操广陵散，声调绝伦，终因放荡不羁，得罪当道，为司马昭所杀，第一人先不得令终。阮籍嗜酒善啸，不循礼法，平居尝为青白眼，与人莫逆，方觉垂青，否即反白，自作《咏怀诗》八十余篇，以适性为本旨，又著《达庄论》专尚无为，作《大人先生传》痛诋正士，总算得幸全首领，老死陈留。从子名咸，亦旷达不拘，与籍相契，历任散骑侍郎。武帝说他耽酒蔑礼。出为始平太守，亦得寿终。河内向秀，与嵇康论养生诀，往复数万言，世称康善锻，秀为佐，后仕至散骑常侍而卒。尚有沛人刘伶，嗜酒如命，出入必以酒自随，伶妻捐酒毁器，涕泣劝戒，伶托言至神前宣誓，令具酒肉，及酒肉具陈，乃向天跪祝道："天生刘伶，以酒为名，一饮一斛，五斗解酲，妇女之言，慎不可听。"语足解颐。说毕即起，仍引酒食肉，颓然复醉。伶妻无法，只好付诸一叹。伶醉后或与人相忤，争论不休，粗暴之徒，奋拳相向，伶却徐徐道："鸡肋岂足当尊拳？"这语说出，令人自然气平，一笑而去。犯而不校，却可为负气者鉴。晋初开国，文士对策，昌言无为盛治，皆得高第，独伶以无用被斥，未几遂殁，只有一篇《酒德颂》传诵后世。尚书仆射山涛，涛籍贯，见第七回。亦列入竹林七贤中，闻望最隆。涛以后要推王戎，通籍临沂，属琅琊郡。素称望族，独惜他与世浮沉，徒尚虚骛，有所赏拔，也统是名实未符。阮咸子瞻，尝投刺谒戎，戎传见后，顾问瞻道："圣人贵名教，老庄明自然，有无异同？"瞻答了"将毋同"三字。戎叹为知言，遂辟为掾属，时人呼他为三语掾。

戎有从弟名衍，神情朗秀，风度安详。总角时往见山涛，涛也为叹赏，及衍别去，目送良久道："何处老妪，生这宁馨儿？但误天下苍生，必属是人。"不愧真鉴。衍年十四，诣仆射羊祜第，申陈事状，侃侃敢言，左右目为奇童。杨骏欲以女妻衍，衍佯狂自免。武帝闻衍名，尝问戎道："夷甫衍表字。当世何人可比？"戎答道："世无衍匹，当从古人中搜求。"无非标榜。武帝乃加意录用，累迁至尚书郎，出补元城令，终日清谈，不理政务。寻复入为黄门侍郎，高谈如故。每当宾朋满座时，自执玉柄麈尾，与手同色，娓娓陈词，无非宗尚老庄，偏重虚无，遇有义理未足，即随口变更，无人敢驳，但赠他一个雅号，叫作信口雌黄。衍不以为愧，且自比子贡，到处鼓吹，风靡一时。娶妻郭氏，系贾后中表亲，杨家女不可娶，郭家女乃可娶么？郭氏恃势作威，贪鄙无厌，衍以妻为非，口不言钱。郭氏令婢用钱绕床，使不得行，至衍晨起见钱，召婢与语道："快将阿堵物搬去。"终不道及钱字。幽州刺史李阳，与衍同乡，时称大侠，颇为郭氏所惮。衍尝语郭氏道："如卿所为，非但我言不可，李阳亦尝谓不可。"郭氏方才稍敛，唯衍终得因妻取荣，超擢至尚书令。衍弟名澄，聪悟似衍，每有品评，衍不复置议，举世推为定论。

河南尹乐广，亦好清谈，与衍兄弟为莫逆交。更有僚吏阮修胡母辅之谢鲲王尼毕卓等，皆与澄友善，谑浪笑傲，穷欢极娱。辅之尝酣饮，子谦之大呼父字道："彦国年老，怎复如是？"辅之毫不动怒，反笑呼谦之，引与共饮。此亦与孺子牛相类。毕卓亦素来好酒，闻邻有佳酿，很是垂涎。夜半悄起，往邻盗饮，醉卧瓮旁，黎明为邻人所缚，取烛审视，乃是毕吏部。毕曾为吏部郎。因释毕缚，毕尝谓右手持酒杯，左手持蟹螯，便足了过一生。乐广虽然放达，却与胡母辅之毕卓等，不甚赞成，尝笑语道："名教中自有乐地，何必乃尔？"侍中裴頠，且作了一篇《崇有论》评驳时弊。无如敝俗已成，积重难返，徒靠着一二人正言指导，怎能挟救人心？眼见是礼教沦亡，祸不旋踵了。误尽苍生，古今同慨。贾谧郭彰等，却另是一派举止，穷奢极欲，骄恣无比。晋廷只是两派人物，一尚虚无，一尚奢侈。郭彰年老病死，贾谧恃才傲物，目空一切，尝与太子遹博弈争道，不肯少让，甚至谩语相侵。成都王颖，见

第七回。方官散骑常侍，旁坐观博，不由的厉声呵斥道："皇太子为一国储君，贾谧怎得无礼？"谧闻颖言，辍局遽起，悻悻而出，往诉贾后。后当然袒谧，竟出颖为平北将军，镇守邺城。又因无故调颖，太露形迹，可巧梁王肜还朝，遂将河间王颙，同时简放，使镇关中。颙见第四回。

先是武帝遗制，藏诸石函，非至亲不得守关中。颙系疏族，因他轻才爱士，夙孚舆论，特故畀重镇，且与颖一同外调，免滋物议，这也是贾后的苦心。惠帝好同傀儡，事事受教宫闱，或行或止，唯后所命。会值年年水灾，四方饥馑，惠帝闻报，随口语道："何不食肉糜？"左右并皆失笑。又尝游华林园，得闻虾蟆声，便问左右道："虾蟆乱鸣，为官呢？为私呢？"左右又笑不可仰。有一人答道："在官地为官，在私地为私。"惠帝尚一再点头。昏骙如此，所以军国重权，全在贾后掌握，甚且龙床里面，亦有人替惠帝效劳。惠帝也全然未觉，任凭贾后择人侍寝，一些儿不加防闲。可谓慷慨。太医令程据，状貌颀晰，为后所爱，后借医病为名，一再召诊，竟要他值宿宫中，连宵侍奉。定然是神针法炙，难道是燕侣莺俦？据惮后淫威，不得已勉承后命，疗治相思。偏后得陇望蜀，多多益善，除程据外，又尝令心腹婢媪，在都下招寻美少年，入宫交欢，稍稍厌忤，便即处死，省得他溜出宫门，传播秽事。唯洛南有盗尉部小吏，面目韶秀，仿佛好女。失踪数日，又复出现，身上穿着祖衣，乃是宫锦制成，不同常服，偶为同人所见，问从何来？小吏不肯实对，同人遂疑为窃取，互相私议。适贾后有疏亲被盗，向尉求缉，遂致小吏为嫌疑犯，不得不当堂对簿。小吏始实供云："日前在途，遇一老妪。谓家中人有疾病，问诸师卜，宜得城南少年，入家厌禳，今欲相烦，必当重报。于是随主登车，车有重帷，帷内有簏箱，由老妪令居簏箱中，遂饬车夫御行。约十余里，跨过六七门限，方将簏箱开启，呼令下车。说也奇怪，下车四望，统是楼阙好屋，与宫殿无二。当下问为何地？老妪答称天上，即替我香汤沐浴，易以锦衣，饲以美食。到了傍晚，复随老妪入一复室，见一贵妇人上坐，年约三十五六，身短且胖，面色青黑，眉后有疵，她竟下座挽留，同席共饮，同床共寝。如是数日，方许告归，临别时赠此祖衣，并嘱言切勿外泄，如或转告外人，必遭天谴。今被疑作贼，不能再默，只好直供"云云。说至此，那原告人不禁面赤，但言小吏既非盗犯，不必再问，因即辞去。尉亦解意，令此后毋得妄言，一笑退堂去了。看官！试想这小吏所遇的贵妇，不是贾后，还有何人？小吏为后所爱，乃得幸全，这也是命不该绝，方有此造化呢。俗语说得好："欲要不知，除非莫为。"为了贾后淫凶，有几个稍知忧国的大臣，秘密商议，欲将贾后废去。小子有诗叹道：

不是冶容也肆淫，矧兼怨毒入人深。
由来女宠多倾国，如此凶横绝古今。

究竟何人欲废贾后，下回再当叙明。

读江统《徙戎论》，未始不叹为要言，但终非探本之策。古人谓天子有道，守在四夷，四夷尚为之守，何必沾沾过虑，坚请外徙耶？若暗主尸于上，牝后横于内，王公大臣，苟且偷安，恣肆如贾郭，空谈如戎衍，内乱已成，即无五胡之祸，亦宁能长治久安？况贾后凶暴未足，继以淫黩，中冓丑声，播闻中外，古今有如是之浊秽，而不致乱且亡者，未之闻也。小吏入宫一节，本诸《贾后列传》中，特录述之以为左证，非第志宫闱之失德，且以作后世之炯戒云。

第十一回　草逆书醉酒逼储君
传伪敕称兵废悍后

却说贾后淫虐日甚，秽闻中外。侍中裴頠等，引以为忧，就是后党贾模，亦恐祸生不测，累及身家，因未免心下不安。裴頠已窥透模意，乃至模私第，商议秘密，可巧张华亦至，一同晤谈。頠与华本来莫逆，不必避嫌，因质直相告，拟把贾后废去，更立太子遹生母谢淑媛。谢淑媛就是谢玖，见第七回。自遹为太子，母以子贵，得封淑媛。贾后很是妒忌，不令太子见母，但使淑媛静处别宫，仿佛与禁锢相似。此次裴頠倡议废后，当然欲将谢淑媛抬举起来，偏模与华齐声说道："主上并无废后意见，我等乃欲擅行，倘主上不以为然，如何是好？且诸王方强，各分党派，一旦祸起，身死国危，非徒无益，反致有损了。"贾模不足道，张华号称多才，何以如此胆怯？頠半晌才道："公等所虑亦是，但中宫如此昏虐，乱可立待，我等岂果能置身事外么？"华便接口道："如公等两人，与中宫皆关亲戚，何勿进陈祸福，预为劝诫？言或见信，当可改过迁善，易危为安，天下不致大乱，我等方得优游卒岁了。"淫虐如贾南风，岂肯从谏？张华此言更是痴想。原来模为贾后族兄，頠母为贾充妻郭槐姊妹，两人与贾后互有关系，故华言如此。模颇赞同华议，頠亦不便拘执己见，姑依华言进行，当下趋诣贾第，入白姨母郭槐，托她戒谕贾后，勉盖前愆，并宜亲爱太子。模亦屡入中宫，为后指陈利害。看官！试想这凶残淫暴的贾南风，习与性成，岂尚肯采纳良言，去邪归正么？郭槐是贾后生母，向后进规，虽然不肯见从，尚无他恨，至模一再渎陈，反以为模有异心，敢加毁谤，索性嘱令宫竖，拒模入谒。模且忧且恨，竟生了一种绝症，便登鬼箓。不幸中之大幸。有诏进裴頠为尚书仆射，頠上表固辞，略谓："贾模新亡，将臣超擢，偏重外戚，未免示人不公，恳即收回成命。"复诏不许，或向頠进言道："公为中宫亲属，可言即当尽言，言不见听，不若托病辞官。若二说不行，虽有十表，恐终未能免祸了。"頠颇为感动。但初念欲见机而作，转念又且住为佳，因此日误一日，仍复在位。这是常人的通病，怎知祸足杀身！那贾郭二门的子弟，恃权借势，卖爵鬻官，贿赂公行，门庭如市，南阳人鲁褒，尝作《钱神论》讥讽时事，谓："钱字孔方，相亲如兄，无德反尊，无势偏热，排金门，入紫闼，危可使安，死可使活，贵可使贱，生可使杀，无论何事，非钱不行。洛中朱衣，当涂人士，爱我家兄，皆无已已"云云。时人俱为传诵，互相倾倒。平阳名士韦忠，为裴頠所器重，荐诸张华，华即遣属吏征聘，忠辞疾不至。有人问忠何不就征？忠慨然道："张茂先华字茂先。华而不实，裴逸民頠字逸民。欲而无厌，弃典礼，附贼后，这岂大丈夫所为？逸民每有心托我，我常恐他蹈溺深渊，余波及我，怎尚可褰裳往就呢？"关内侯索靖，亦知天下将乱，过洛阳宫门，指着铜驼，咨嗟太息道："铜驼铜驼，将见汝在荆棘中了。"国家兴亡，匹夫有责，徒付慨叹亦觉无谓。

太子遹储养东宫，少小时本来颖悟，偏到了成童以后，不务正业，但好狎游，就是左师右保，亦不加敬礼，唯与宦官宫妾，嬉嬲度日。无端变坏，想是司马氏家运。贾后素忌太子，正要他隳名败行，可以借端废立，因此密嘱黄门阉宦，导令为非，尝向太子前怂恿道："殿下正可及时行乐，何必常自拘束？"及见太子拂意时，怒诋役吏，又复从旁凑奉道："殿下太觉宽仁，若辈小竖，不加威刑，怎能使他畏服呢？"古人有言："一傅众咻。"又说是："习善则善，习恶则恶。"东宫中虽有三五师傅，怎禁得这班宵小，朝夕鼓煽？就是生性聪慧，也被他陷入恶途，成为习惯了。太子生母谢淑媛，幼时微贱，家世业屠。太子偏秉遗传，辄令宫中为市，使人屠酤，能手揣斤两，轻重不差。又令西园发卖葵菜篮子鸡面等类，估本牟利，倒是一个经济家。逐日收入，随手散给，却又毫不吝惜。东宫旧制，按月请钱五十万缗，作为费用，太子因月费不足，尝索取两月俸钱，供给嬖宠。平居雕题刻桷，役使不已，若要修墙缮壁，偏好听阴阳家言，动多顾忌。洗马江统，上陈五事，规谏太子，一是请随时朝省，二是请尊敬师保，三是请减省杂役，四是请撤消市酤，五是请破除迷信，太子无一依从。舍人杜锡，也常劝太子修德进善，毋招谗谤。太子反恨他多言，俟锡入见时，先使人至锡座毡中，插针数枚，锡怎能预料，一经坐下，被针刺臀，血满裩裆，真似哑子吃黄连，说不出的苦楚。散骑常侍贾谧，与太子年龄相仿，更为中表弟兄，免不得时往过从。太子喜怒无常，有时与谧相狎，有时与谧相谤，或令谧自坐，径往后庭嬉戏，不再顾谧，谧屡遭白眼，当然挟嫌。詹事裴权进谏道："贾谧为中宫宠任，一旦交构，大事去了，愿殿下屈尊相待，免滋他变。"太子勃然变色，连称可恨，说得权不敢再言，俯首辞去。其实，太子并非恨权，不过因权数语，触起旧忿，致有恨声。先是贾后母郭槐，欲令韩寿女为太子妃，太子亦欲结婚韩氏，自固地位。寿妻贾午，却不愿意。贾后更不乐赞成，另为太子聘王衍女。衍女有二，长女貌美，少女貌陋。太子既不得韩女，乃转思纳衍长女为妃。偏贾谧又来作梗，垂涎彼美，乞后作主。后方宠谧，便为谧娶衍长女，但使太子与衍少女为婚。太子得了丑妇，自然恨后及谧，此时听着权言，怎能不感愤交并，流露言表？嗣被谧探知消息，也惹动前日弈棋的恶感，向贾后处进谗，弈棋事见前回。还亏后母郭槐，从中保持，不使贾后得害太子，故太子尚得无恙。此非郭槐好处，还是裴頠功劳。

未几，郭槐病重。由后过省，槐握住后手，嘱以二语：一语是保全太子，一语是赵粲贾午，必害汝家。这却可谓先见。贾后虽然应诺，心中总未以为然。至郭槐死后，谧虽守丧，仍然出入中宫，一夕，踉跄入白道："太子蓄私财，结小人，无非欲害我贾氏，若宫车晏驾，彼得入立，不特臣等遭诛，恐皇后亦坐废金墉了。"贾后不禁骇愕，便与赵粲贾午，谋废太子。可巧午生一儿，遂嘱令送入宫中，佯称自己有娠，预备产具，一面嘱令内史，暴扬太子过恶，将为李代桃僵的诡计。宫廷内外，多已瞧透阴谋。中护军赵俊，密请太子举兵废后，太子不敢照行。左卫军刘卞私白张华，且替华设策道："东宫俊乂如林，卫兵不下万人，若得公命，请太子入录尚书事，废锢贾后，徙居金墉城，但教两黄门费力，便足办到此事。"华瞿然道："今天子当阳，太子乃是人子。我又未得阿衡重任，乃胆敢与太子行此大事，是变做无父无君的贼子了，就使有成，尚难免罪。况权戚满朝，威柄不一，怎见得果能成事呢？"可与适道未可与权。卞太息而去。不意过了一宵，即有诏出，卞为雍州刺史。卞疑有人泄谋，因有此诏，遂服药自尽。胆小如此，如何为华设谋？

元康九年十二月，太子长男虨音彬。有疾，太子为儿祷祀求福，忽由内廷颁到密诏，乃是皇上不豫，令太子立即入朝。太子只好前往，趋入宫中，不意有内侍出来，引太子暂憩别室，静待后命。太子莫名其妙，但入别室休息，甫经坐定，即由宫婢陈舞，左手持枣一盘，右手执酒一壶，行至太子座前，传诏令饮。太子酒量素浅，饮了一半，已是醉意醺醺，便摇手道："我不能再饮了。"陈舞瞋目道："天赐殿下酒，乃不肯饮尽，难道酒中有恶物么？"太子无可奈何，把余酒一吸而尽，遂至大醉。既而又来宫婢承福，持给纸笔，并原稿二纸，逼令太子录写。太子辞不能书，复由承福矫诏逼迫。太子醉眼模糊，也不辨为何语，但看原稿中为何字，依次照录，字迹多歪歪斜斜，残缺不全，好容易录就二纸，交与承福持去。太子酒尚未醒，当由内侍拥掖出宫，扶上寝舆，使他自返。翌晨，由惠帝御式乾殿，召令王公大臣，使黄门令董猛，赍出二纸，遍示群僚，且对众宣谕道："这是不肖子遹所书，如此悖逆，只好把他赐死罢。"百官听了，多半惊心，张华裴頠，更觉诧异，便接阅二纸，第一纸写着：

陛下宜自了，不自了，吾当入了之；中宫又宜速自了，不自了，吾当手了之。

大众看这数语，都为咋舌。还有一纸，文字越觉离奇，有云：

吾母宜刻期两发，勿疑犹豫致后患。茹毛饮血于三辰之下，皇天许当扫除患害，立道文为王，蒋氏为内主，愿成当以三牲祠北君，大赦天下。要疏如律令。

看这语意，似内达谢淑媛，与约同日发难。文中所叙的道文，便是太子长男虨表字，蒋氏乃是太子所宠的美人。大众瞧罢，彼此面面相觑，不发一言。都是饭桶。独张华忍耐不住，竟向座前启奏道："这是国家的大不幸事，惟从古到今，往往因废黜正嫡，遂致丧乱，愿陛下核实乃行。"裴頠亦续奏道："东宫果有此书，究由何人传入？且安知非他人伪造，诬陷太子？请验明真伪，方可立议。"惠帝接连闻奏，好似痴聋一般，噤不复言。那殿后却趋出内侍，奉贾后命，取了太子平日手启十余笺，令群臣对核笔迹，张华裴頠等，即互相比视，笔迹大略相符，唯一是恭缮，笔画端正，一是急书，姿势潦草，一时也辨不出真假，无从指驳。原来贾后使太子录书，原稿系嘱黄门侍郎潘岳草成，及太子录就进呈，字画缺漏，仍由岳补添成字。岳善模仿笔迹，一经改写，与颇子手书无殊，故足使人迷乱心目。潘岳何为者？唯裴颜定要查究传书的姓名，张华谓须召太子对质，此外一班大臣，依违两可，聚讼不决。贾后暗坐屏后，听着张裴两人的议论，大咈已意，那惠帝又一言不发，任令絮聒，恨不得走将出去，喝住众口，倒好独断独行，只是大庭广众，未便越礼，勉强容忍了半天。看看日影西斜，还是没有结果，不由的怒气上冲，便召董猛入内，嘱使传语道："事宜速决。为何议了半日，尚未定夺？如群臣不肯传诏，应该军法从事。"猛奉命出宣，道言甫毕。张华即驳斥道："国家大政，应由皇上主裁，汝系何人？妄传内旨，淆乱圣听。"裴颜亦喝道："董猛休得多言，圣上明明御殿，难道我等未奉明诏，反依内旨不成？"猛且惭且愤，返报贾后。贾后恐事情中变，因即令侍臣草表，请免太子为庶人。这表传出，惠帝便即依议，拂袖退朝。于是使尚书和郁等，速诣东宫，废太子遹为庶人。遹方游玄圃，闻使节持至，改服受诏，步出承华门，乘粗犊车，往居金墉城，遹妃王氏，及三子虨臧尚，同时随徙。独虨母蒋氏，坐蛊惑太子罪名，生生杖毙，甚且归咎谢淑媛，一并赐死。王衍闻变，自恐株连及祸，急忙表请离婚，你有大女婿作靠，此时何必作忙？有诏准议。于是遹妃王氏，与遹永诀，恸哭一场，辞归母家。王女却是多情。

越年，改元永康，西戎校尉司马阎缵，舆棺诣阙，上书切谏，略言："汉戾太子称兵拒命，尚有人主从轻减，说是罪不过笞，今遹罪不如戾太子，理应重选师傅，先加严诲，若不悛改，废弃未迟。"这书呈入，当然不报。缵不见谴，还是皇恩广大。贾后因异议沸腾，终究未妙，不如下一辣手，致死太子，方绝后患，乃再行设计，嘱使黄门自首，诡言与遹谋逆。有诏将黄门自首表文，颁示公卿，遂命卫士押徙太子，往锢许昌宫，不许官僚送行。洗马江统潘滔，舍人王敦杜蕤鲁瑶等，冒禁往饯，至伊水旁涕泣拜辞，不意司隶校尉满奋，已奉诏驰至，把江统等一并拘去，分系河南洛阳两狱中。河南尹乐广，不待赦书，已悉数放归。洛阳令曹摅，未敢遽释罪囚，经都官从事孙琰，向贾谧处说情，方得一律释出。右卫督司马雅，系是晋室疏亲，平时常给事东宫，得遹宠爱，每思为遹效力，设法复位，乃与从督许超，殿中郎士猗等，日夕营谋，彼此互议，统说张华裴颜，贪恋禄位，未足与图大事，不如右军将军赵王伦，手握兵权，素性贪冒，尚可假彼行权。冒昧图逞，亦非良策。因往说孙秀道："中宫凶妒，与贾谧等诬废太子，无道已甚。今国无嫡嗣，社稷垂危，大臣将起行大事，公乃素奉中宫，与贾郭亲善，外人皆谓公实预内谋，一朝变起，祸必相及，何勿先事预防呢？"秀被他一说，也觉寒心，当即转告赵王伦，拟废去贾后，迎还太子。伦唯言是从，密结通事令史张林及省事张衡等，使为内应，待期举发。偏孙秀又变了一计，再与伦语道："太子聪明刚猛，若得还东宫，必图报复。明公素党贾后，道路共知，今虽为太子建立大功，太子且未必见德，一有衅隙，仍然加罪，不若迁延缓期，俟贾后害死太子，然后为太子报仇，入废贾后，名正言顺，更无他患，岂不是一举两得么？"这是卞庄刺二虎之计，我亦佩服。伦拍手赞成，连称好计。秀复散布谣言，谓殿中人欲废皇后，迎太子，一面往见贾谧，劝他早除太子，杜绝众望。谧立白贾后，后正得外间谣传，阴启杀心，一闻谧语，便召入太医令程据，使合毒药。据即用巴豆杏仁，研末为丸，交与贾后。后复令黄门孙虑，假传上命，赴许昌毒死太子。

太子至许昌后，常恐见鸩，所有饮食，必令宫人当面煮熟，方敢取尝。孙虑到了许昌，先与监守官刘振说明，振即徙太子至小坊中，绝不与食。宫人得太子厚恩，尚从墙上递给食物，俾得充饥。那孙虑急欲复命，径持入毒药，逼令太子吞下。太子不肯照服，托词如厕。虑袖出药杵，从太子背后，掷击过去，太子中杵倒地，再由虑拾起药杵，用力猛捶，太子大声哀呼，声彻户外，及要害受伤，一声惨号，气绝而逝。年才二十三岁。孙虑如此凶横，难道能长寿不成？虑回都复命，有司请用庶人礼葬遹，贾后即假托慈悲，上表帝前，略云：

> 遹不幸丧亡，伤其迷悖，又早短折，不能自已。妾常冀其刻肌刻骨，更思孝道，使得复正名号，此志不遂，重以酸恨。遹虽罪大，犹是王者子孙，便以匹庶送终，情实可悯，特乞天恩，赐以王礼。妾诚暗浅，未识礼义，不胜至情，冒昧陈闻。录入此表，以见贾后之狡诈。

惠帝得贾后表，方命用广陵王礼，厚葬太子。会天象告警，尉氏雨血，妖星现西方，太白昼现，中台星坼，中外诧为怪象。张华少子名韪，劝华即速辞职，为避祸计。华踌躇多时，方答说道："天道幽远，未尽可凭，不如修德禳灾，静俟天命。"利令智昏。既而，孙秀使司马雅见华，屏人与语道："赵王欲与公共匡社稷，为天下除害，使雅以实情告公，请公勿疑！"华摇首不答。雅不禁怒起，掉头趋出，且行且语道："刃将加颈，尚作此态么？"当下诣赵王伦府第中，敦促起事。伦遂矫称诏敕，遍谕三部司马晋左右二卫，有前驱由基强弩三部司马。道："中宫与贾谧等杀我太子，为此命车骑将军兼领右军将军赵王伦，入废中宫，汝等皆当从命！事成当赐爵关内侯。如或不从，罪及三族。"三部司马，接了此敕，哪有不从之理？齐王冏见前文。方任翊军校尉，亦与伦通谋，遂与三部司马，突入宫中，排阁趋进。华林令骆休为内应，引冏至惠帝住室，迫帝出御东堂，一面召入贾谧。谧无从趋避，应召而至，及见甲杖如林，复走至西钟下面，大呼阿后救我！声尚未绝，已有人追至背后，拔刀砍去，首随刀落。贾后闻谧呼救声，慌忙出视。正与齐王冏相遇，便惊问道："卿来此做什么？"冏答道："有诏收后。"后复道："诏当从我发出，这是何处诏旨？"一面说，一面返身入内，趋上阁中，凭槛遥呼道："陛下有妇，乃使人废去，恐陛下亦将被废了。"冏复带兵入阁，胁后徙居。后复问起事为谁？冏答称梁赵二王。原来尚书令梁王肜，曾预闻伦事，也愿赞成，故冏有是言。贾后长叹道："系狗当系颈，今反系尾，怎得不尔？"乃出居建始殿中，由冏派兵监守。随即收捕赵粲贾午，驱入暴室，一顿杖责，把两个如花似玉，貌美心毒的妇人，送归冥府，往销阎王簿据去了。就是韩寿兄弟子侄，也共同连坐，诛黜有差。偷香结果，一至于此，可见天道恶淫。伦复召入中书监侍中黄门侍郎等，夤夜入殿，趁势拿下司空张华，及仆射裴頠。华顾通事张林道："汝等欲害我忠臣么？"林矫诏诘责道："卿为宰相，不能保全太子，及太子废死，又复不能死节，怎得称忠？"华驳说道："式乾殿中的争议，臣尝力谏，尽可复按。"见上。林不待说毕，便接口道："力谏不从，何不去位？"中肯语。华听到此语，无言可驳，只好俯首就刑，遂与裴頠一同受戮，并至夷族。华是日昼寝，梦见屋坏，入夜即验。死时年六十九。著有《博物志》十篇及文章等并传后世。华长子散骑常侍祎及少子散骑侍郎韪，同时遇害。頠死时才三十四岁。二子嵩该，由梁王肜代为保护，谓："頠父裴秀，有功王室，不应殄绝后嗣。"因得免死，流徙带方。校尉阎缵，时尚在都，入抚张华尸首，且泣且语道："我曾劝君逊位，君乃不从，今果见戮，莫非是命中注定么？”小子有诗讥张华道：

> 蹉跎已届古稀年，何事名缰尚被牵。
> 老且受诛儿并戮，如斯结局也堪怜。

华颀既死，赵王伦未肯罢手，还要杀死数人。欲知何人被杀，待看下回报明。

典午得国，始自贾充之弑曹髦，厥后贾女入宫，种种淫恣，即酿成八王之乱，而西晋即因是覆亡。天道好还，亶其然乎？张华裴颀位登台辅，不能拨乱反正，虽由二人之才识不足，亦天意之未许建功耳。况太子遹幼即聪明，一变而为淫僻昏顽之豚犬，置酒别室，醉草逆书，是何莫非大造之巧为播弄，假手悍后，有以斫其根而戕其本欤？及后恶贯满盈，不使张华裴颀之从权废立，而反令贪鄙阴狡之伦秀二人，乘隙图功，一祸才了，一祸复起，天之不欲安晋也明矣。此外已尽见细评，姑不赘述云。

第十二回　坠名楼名姝殉难
夺御玺御驾被迁

却说赵王伦杀死裴张二人，本意是报复旧怨，不论罪状。事见前文。还有前雍州刺史解系，前时已为伦所谗，免官居京，伦余恨未泄，也将他拘至，并将系弟结一并下狱。梁王肜复出来救解，伦怫然道："我在水中见蟹，犹谓可恨，况解系兄弟，素来轻我，此而可忍，孰不可忍？"系为西征事招怨，亦见前文。肜苦争不得。系结皆为伦所杀，并戮及妻孥。结尝为御史中丞，有一女许字裴氏，择定嫁期，正在解家被祸的第二日，裴氏欲上书营救。女泣叹道："全家若此，我生何为？"遂亦坐死罪。后来晋廷怜女无辜，始改革旧制，女不从坐，惠帝全无主意，一任伦滥杀无辜。伦又恃孙秀为耳目，秀言可杀即杀，秀言不可杀即不杀。伦也是个傀儡。秀复为伦决计，废贾后为庶人，迁往金墉城。后党刘振，董猛，孙虑，程据等，一体捕诛。刘振等死有余辜。司徒王戎，系裴頠妇翁，坐是罢职。此外文武百官，与贾郭张裴四家，素关亲戚，不是被诛，便是被黜，简直是不胜枚举了。

于是赵王伦托称诏制，大赦天下，自为都督中外诸军事兼相国侍中，一依宣文宣帝文帝。辅魏故事。置左右长史司马及从事中郎四人，参军十人，掾属二十人，府兵万人。使长子荂音敷。领冗从仆射，次子馥为前将军，封济阳王，三子虔为黄门郎，封汝阴王，幼子诩为散骑侍郎，封霸城侯，长子未曾封王，是欲为将来袭封起见。孙秀为中书令，受封大郡。司马雅张林等，并皆封侯，得握兵权。百官总己，听伦指挥。孙秀从中主政，威振朝廷。有诏追复故太子遹位号，使尚书和郁，率领东宫旧僚，赴许昌迎太子丧。太子长男虨，已经夭逝，亦得追封南阳王，虨弟臧为临淮王，臧弟尚为襄阳王。有司奏称尚书令王衍，备位大臣，当太子被诬时，志在苟免，不思营救，应禁锢终身，诏从所请。衍既免官还第，尚恐遇害，佯狂自免。任你如何刁滑，到头总难免横死。前平阳太守李重，素有令名，由伦辟为长史。重知伦有异志，托疾不就，偏经伦再三催逼，硬令人扶曳入府，胁令就官。重满腔忧愤，无处可伸，归家后果然成疾，不愿医治，未几遂亡。淮南王允，前曾随楚王玮入朝，见前第九回。玮被戮后，允仍然莅镇。至太子被废，朝议将立允为太弟，复密促还朝，留住都中。太弟议尚未定夺，赵王伦已经发难，允两不袒护，置身事外，至此乃受诏为骠骑将军，开府仪同三司，兼领中护军。允性沈毅，为宿卫将士所畏服，他见伦不怀好意，便豫养死士，密谋诛伦。伦毫无闻知，唯孙秀瞧料三分，劝伦防允。伦方才加防，且恐贾后与允勾结，或致死灰复燃，因与秀密商，想出两条计策：一是鸩死贾后，一是册立皇太孙。当下遣尚书刘弘，赍金屑酒至金墉城，赐贾后死。贾后无可奈何，只得一吸而尽，一代悍后，至此乃终。晋室江山，已被她一半收拾了。弘既复旨，即立临淮王臧为皇太孙，召还故太子妃王氏，令她抚养。所有太子旧僚，就作为太孙官属。赵王伦兼为太孙太傅，追谥故太子曰愍怀，改葬显平陵。

中书令孙秀，既得逞志，计无不遂，便逐渐骄淫，闻石崇家有美妾绿珠，奴冶善歌，兼长吹笛，遂使人向崇乞请，谓肯以绿珠见赠，当起复崇官。看官阅过前文，应知崇为贾谧好友，贾氏得祸，崇已坐谧党褫职，唯家产未遭籍没，崇仍得席丰履厚，护艳藏娇。且崇有别馆，在河阳金谷中，号为金谷园。自崇罢职后，常居园中休养，登高台，瞰清流，日与数十婢妾，饮酒赋诗，逍遥自在，反比那供职庙堂，更加快活。恐不能安享此福。及孙秀使至，崇含糊对付，遣使返报。秀竟再令人带着绣舆，往迓绿珠。崇尽出婢妾数十人，由来使自择。来使左眄右盼，个个是飘长裾，翳轻袖，绮罗斗艳，兰麝熏香，端的是金谷丽姝，不同凡艳。便问崇道："孙公命迓绿珠，未识孰是？"崇勃然道："绿珠是我爱妾，怎得相赠？"为一美妾而覆家，也不值得。来使道："公博古通今，察远照迩，愿加三思，免贻后悔。"崇仍然不允。来使既去复返，再为劝导。崇始终固执，叱退来使。秀得来使归报，当然大怒，便拟设计害崇。

崇亦自知惹祸，与甥欧阳建及旧友黄门郎潘岳，私下商酌，为除秀计。秀前为岳家小吏，岳恨他狡黠，辄加鞭挞，及秀为中书令，岳时与相值，尝问秀道："孙令公，尚记得前日周旋否？"秀引古语相答道："中心藏之，何日忘之。"见《诗经·小雅》。岳知他怀恨未忘，很加忧惧，与崇建等议及除秀，谓不如交结淮南王，劝令起事，捽去伦秀二人。淮南王允，正思讨灭伦秀，既得潘岳等相劝，筹备益急。伦与秀探察得实，遂迁允为太尉，阳示优礼，实夺兵权。允称疾不拜，秀遣御史刘机逼允，收允官属，并矫诏责允拒命，大逆不敬。允取诏审视，系秀手书，便怒叱道："孙秀何人？敢传伪诏。"说至此，返身取剑，欲杀刘机。机狂奔出门，幸逃性命。允追机不及，便顾语左右道："赵王欲破我家。"随即召集部兵七百人，出门大呼道："赵王造反，我将讨逆，如肯从我，速即左袒。"兵吏常仇怨赵王，多左袒趋附。允率众赴宫，适尚书左丞王舆，闻变先入，闭住掖门。允不得趋入，乃转围相府。伦与秀仓猝调兵，与允相持，屡战屡败，死伤约千余人。太子左率陈徽，勒东宫兵，鼓噪宫内，作为内应。允列阵承华门前，令部众各持强弩，迭射伦兵。伦正督众死战，矢及身前，主书司马眭秘，挺出翼伦，可巧一箭射来，向胸穿入，立即倒毙。伦不禁着忙，旁顾门右，幸有大树数株，便挈领官属，趋至树后，借树为蔽。树上矢如猬集，伦幸得免。自辰至未，尚是喊杀连天，未曾罢斗。

中书令陈准，系陈徽胞兄，入值宫中，意欲助允，便请诸帝前，谓宜遣使持白虎幡，出解战事。乃使司马督护伏胤，率骑兵四百，持幡从宫中出来。胤藏着空板，古时诏书录板，板以桐木为之，长约尺许。诈称有诏，径至允阵前，取板遥示。允还道他是前来帮助，又见他持着诏书，定有他命，便令军士开阵纳胤，自己下马受诏。不防胤突至允前，拔出利刃，竟将允挥为两段。允众相顾错愕，胤复对众宣诏，略言"允擅自称兵，罪在不赦，除允家外，胁从罔治"等语。于是大众骇散。允子秦王郁汉王迪等，均被胤追捕，相继杀死。看官道是何因？原来白虎幡是借以麾军，并非解斗，陈准因惠帝昏愚，托言解斗，实欲麾动允军，威吓伦兵，使知允众攻伦，实出帝命，偏遣了一个贪利怀诈的伏胤，受命出宫，行过门下省，与伦子汝阴王虔相值。虔邀入与语，誓同富贵，嘱令变计图允。胤坐此生心，便去诳允。允见他持着白虎幡，又是赍奉诏敕，明明是得着内援，怎得不为胤所给？哪知一场好事，竟成恶果，这也是晋朝的气数。无可归咎，又只好归之于天。

允既被害，赵王伦越加威风，复饬令严索允党，一体同罪。孙秀遂指称石崇欧阳建潘岳等，奉允为逆，应该伏诛。崇正在楼上高坐，与绿珠等欢宴，蓦闻缇骑到门，料知有变，便旁顾绿珠道："我今为汝得罪了，奈何奈何？"绿珠涕泣道："妾当效死公前，不令公独受罪。"遂叩头谢别，抢步临轩，一跃下楼。崇慌忙起座，欲揽衣裾，已是不及，但见下面倒着娇躯，已是头破血流，死于非命。绿珠本贻祸石家，幸有坠楼殉主，尚可自解。崇不禁垂泪道："可惜！可惜！我罪亦不过流徙交广，卿何必至此！"你既钟爱绿珠，何不随同坠楼，且还想活命，真是痴人说梦。遂驾车诣狱。未到狱门，已有人传到敕书，令赴东市就刑。崇至东市，方长叹道："奴辈利我家财。"旁有押吏应声道："早知财足害身，何不散给乡里？"崇不能答，仰首就戮。崇甥欧阳建，亦同时被杀，绝命时尚口占诗章，词甚凄楚。崇母兄及妻子等十五人，骈戮无遗，家产籍没。有司按录簿籍，得水碓三十余区，苍头八百余人，田宅货财，不可胜数。多藏厚亡，视崇益信。黄门郎潘岳，并为所害。岳字安仁，少美丰姿，尤工词藻。弱冠以前，尝挟弹出洛阳，妇女皆掷果相赠，满载以归。嗣为河阳令，遍植桃树，时人号为一县花。妻殁作悼亡词，哀艳绝伦，唯躁急干进，不安恬淡。岳母尝责岳道："汝当知足，奈何奔竞不休？"岳不能从。及被收时，始入与母诀道："负阿母！"出至东市，见崇亦在列，相顾唏嘘。崇呼岳道："安仁亦遭此祸么？"岳泣答道："可谓白首同所归。"这一语，乃是岳寄金谷园诗，不料竟成谶语。岳死，家属亦多毙刀下，唯兄子伯武，在逃得免。

赵王伦又收捕淮南王弟吴王晏，拟即加刑，经光禄大夫傅祗力争，始得贷死，贬为宾徒县王。齐王冏与伦相结，迁任游击将军，冏尚未满意，颇有恨色。秀即白伦，将冏外调，令出为平东将军，使镇许昌，免得在内生变，伦趾高气扬，拟自加九锡殊礼。吏部尚书刘颂道："从前汉锡魏武，魏锡晋宣，俱系一时异数，并非古礼。周勃霍光，立功甚大，并不闻有九锡的宠命呢。"权词讽谏，可算苦心。伦党张林，斥颂为张华余党，因有异议，将加颂死刑。还是孙秀进言道："杀张裴已乖物望，不宜再杀刘颂。"伦乃罢议。秀为伦嘱使群僚，均至相府称道功德，应用九锡典命，伦佯为谦让，再由朝使持诏敦勉，方才拜受。进秀为侍中兼辅国将军，仍领相国司马，相府增兵至二万人，与禁中宿卫相同。秀子会为校尉，年已二十，形短貌丑，少时尝在城西，为富家贩马，此时骤得贵显，居然欲与帝子结婚。惠帝已同虚设，但教伦秀二人，如何裁决，便即允行，伦遂为秀子作伐，使尚帝女河东公主。秀即把将军孙旗外孙女羊氏，为帝说合，请为继后。旗与秀同族，旗婿为尚书郎羊玄之，生有一女，名叫献容，姿容秀媚，倾国倾城，与前时贾南风相比，判若天渊。永康元年仲冬，羊女得册为后，好算是非常遭际，喜从天来。吉期已届，盛妆启行，不料衣上忽然起火，几吓得魂胆飞扬，还亏左右侍女，急忙扑救，才得将火光灭熄，但一袭翚衣，半成焦黑，已觉得预兆不祥。为后文伏案。慌忙将原衣脱去，再从宫中乞取后服，重复穿上，方好登舆入宫。礼成以后，见惠帝年逾四十，面目粗蠢，知识愚钝，不由的大失所望，只得自悲命薄，蹉跎度日罢了。河东公主下嫁蠢子，羊女献容上配愚君，彼此不偶，岂非天命！唯后父羊玄之，却得超拜光禄大夫，特进散骑常侍，加封兴晋侯，自夸奇遇，深感秀德。谁料到腊尽春来，竟出了一桩篡国奇闻，好好一位新皇后，竟随了一个老皇帝，同徙金墉城，这真是祸福无常，福为祸倚了。

看官！不必细猜，便可知那篡国的贼臣，就是相国赵王伦。伦迷信神鬼，好听巫言。孙秀欲迫伦篡位，自为首功，乃密使牙门赵奉，诈为宣帝神语，命伦早入西宫。又言宣帝在北邙山，阴为伦助。伦乃在邙山立宣帝庙，私自祷祝，潜构逆谋，令太子詹事裴劭，左军将军卞粹等，充当相府从事中郎，作为帮手。更使义阳王威，司马孚曾孙。与黄门郎骆休，闯入内廷，逼夺玺绶，伪作禅诏。诏既草就，即付尚书令满奋，及仆射崔随，令并玺绶送往相府，禅位与伦。伦又假作谦恭，固让不受，一班寡廉鲜耻的王大臣，早已由孙秀运动，一齐趋至，满口是功德巍巍，天与人归的套话，趋奉伦前，再三劝进。伦遂直任不辞，于是遣左卫将军王舆，前军将军司马雅等，率甲士入殿，晓谕三部司马，示以威赏。三部莫敢抗议，唯唯听命。伦乃备卤簿，乘法驾，昂然入宫，登太极殿，受百官朝谒，大赦天下，改元建始。一面徙惠帝及羊后，出居金墉城，阳尊惠帝为太上皇，改称金墉城为永昌宫。废皇太孙臧为濮阳王，立长子荂为皇太子，封次子馥为京兆王，三子虔为广平王，幼子诩为霸城王，皆兼官侍中，分握兵权；又用梁王肜为宰衡，何劭为太宰，孙秀为侍中中书监，兼骠骑将军，仪同三司。义阳王威为中书令，张林为卫将军，余党皆为卿将，越次超迁；下至奴卒，亦加爵位。每遇朝会，貂蝉盈座，都下竞相传语道："貂不足，狗尾续。"真是一班摇尾狗。伦既据大位，亲祠太庙，还遇大风，吹折麾盖。伦也觉不安，因密使人害死濮阳王臧，省却后患。越要逞凶，越不久长。且恃孙秀为长城，每有号令，必先示秀。秀得意为窜改，或自书青纸，充作诏书。朝令夕更，百官常转易如流。孙旗子弼及弟子髦辅琰四人，因与秀同族，旬月三迁，皆得为将军，受封郡侯，并加旗为车骑将军，使得开府。旗正出镇襄阳，闻子侄辈受伦官爵，恐为家祸，因迁幼子回入都诮让，迫令辞职。弼等方致位通显，履坚策肥，怎肯勒马悬崖，皤然谢去？仍令回返报乃父，极称平安。旗不能遥制，唯有自悲自痛罢了。自己何不远引？

卫将军张林，与孙秀积有夙嫌，并怨不得开府，因私与荂笺，具言秀专权擅政，未协众心，应速诛为是。荂持书白伦，伦又复示秀，气得秀咆哮不已，急请诛林，伦怎敢不从？当即往华林园，佯言会宴，召林入侍，立即拘住，赏他一刀，并夷三族。林原该死，但为伦所杀，怎得瞑目？秀复虑齐王冏成都王颖河间王颙等，各据方面，拥强兵，无从控制，乃悉遣亲党，往为三王参佐，且加冏为镇东大将军，颖为征北大将军，皆开府仪同三司，隐示羁縻。偏齐王冏不受笼络，首先发难，传檄讨伦，一面遣使四出，联结诸王。成都王颖，接冏来使，便召邺令卢志入商，志答说道："赵王篡逆，神人同愤，殿下能助顺讨逆，何患不克？"颖乃命志为谘议参军兼左长史，即日调发兖州刺史王彦，冀州刺史李毅，督护赵骧石超等为前驱，自率部兵为后继。行抵朝歌，远近响应，得众二十万，声势大振。常山王乂，本来是受封长沙，因与楚王玮为同母兄弟，连坐被贬，徙封常山，既得冏书，即与太原内史刘暾，率众应冏。还有新野公歆，扶风王骏子。闻冏起事，未知所从，嬖人王绥道："赵亲而强，齐疏而弱，公宜从赵。"参军孙洵在座，厉声叱道："赵王凶逆，人人得诛，有什么亲疏强弱呢？"洵与卢志，俱不失为义士。歆乃与冏连兵，愿作声援。前安西将军夏侯奭，在始平纠合党羽，得数千人，与冏相应。并致书河间王颙，约同赴义。颙初用长史李含谋，遣振武将军张方，率兵诱奭，擒至长安市，把奭腰斩。及冏使驰至，复将他拘住，使张方押使入都，并为伦助。方至华阴，颙得二王兵盛消息，忙着人将方追还，更附二王。颙本心已不可靠。

各种警报，次第传入洛阳。伦与秀始相顾惊惶，不能安枕，忙遣上军将军孙辅，折冲将军李严，率兵七千，出延寿关；征虏将军张泓，左军将军蔡璜，前军将军闾和，率兵九千，出堮阪关；镇军将军司马雅，扬威将军莫原，率兵八千，出成皋关；这三路兵马，统往拒齐王冏。再令孙秀子会，督率将军士猗许超，领宿卫兵三万名，出敌成都王颖。更召东平王楙见前文。为卫将军，都督军事。再命次子京兆王馥，三子广平王虔，领兵八千，为三军继援。分拨已定，尚觉心绪不宁。伦秀两人，日夜祈祷宣帝庙，拜道士胡沃为太平将军，替他求福禳灾，并使巫祝选择战日。秀又潜令亲党往嵩山，身服羽衣，诈称仙人王乔，贻书与伦，说他福祚灵长。伦将伪书宣告大众，为欺人计。哪知此次变起，曲直昭然，一切欺饰手段，全然用不着了，小子有诗咏道：

情同鬼蜮太离奇，一举敢将帝座移。
待到楚歌传四面，欺人诡计究谁欺？

毕竟后来胜败如何，且看下回续叙。

绿珠坠楼，古今传为美谈，良以绿珠身为妓妾，犹知报主，石家虽破，名节尚存，略迹原心，不能不为之称叹也！本回前半篇，本叙淮南王允事，绿珠坠楼，第连类及之，而标目偏以绿珠为主脑，亦非无因，石崇却孙秀之求，乃与潘岳欧阳建等密谋，怂恿淮南王起事，是淮南王之发难，未始不由于绿珠，故谓石崇之被覆于绿珠也；可谓淮南王之被覆于绿珠，亦无不可。何物娇娃？招此祸水，其所由舍瑕录瑜者，幸有此坠楼之殉节耳！若赵王伦实一庸徒耳，见欺孙秀，潜构异图；名除贾郭，实害裴张，甚且夺玺绶于深宫，受朝谒于前殿，此而欲逆取顺守，宁可得耶？三王联兵，二凶丧气，犹欲托诸神鬼，诳惑人民，可笑可恨，无逾于此。彼附伦为逆者，诚绿珠之不若矣。

第十三回　迎惠帝反正除奸
杀王豹擅权拒谏

却说齐王冏兵至颍阴，正与张泓军相遇，彼此交锋，冏军失利，死亡至数千人，辎重亦半为所夺。冏收集败卒，再图一战，乃分军渡颍，复为张泓所遏，不能前进。泓遂于颍上列阵，日夜防守。孙辅等亦陆续相会，与泓分地屯兵。冏乘夜掩击，泓军不动，独孙辅骇退，遁还洛阳，诣阙入报道："齐王兵盛，势不可当，张泓等已战没了。"赵王伦不禁战栗，飞召三子虔许及超入卫。超匆匆驰归，虔亦继至，会接到张泓捷报，谓已击退冏军，乃复遣许超出赴军前。看官！试想出兵打仗，全靠纪律，忽而召还，忽而遣去，怎得不令人生疑，自挫锐气？伦之愚鄙，于此益见。不过齐王冏非将帅才，尚在颍上相持，一时未能攻入。张泓且麾军渡颍，直攻冏营，冏几乎被乘，幸部众猛力截杀，得破泓部将孙髦司马谭，泓始退去。孙髦司马谭部下败兵，散归洛阳。孙秀还诈称得胜，宣示都下，谓已破灭冏营，朝臣皆贺。已而孙会败报又至，瞒无可瞒，吓得伪皇帝瞠目结舌，不知所为。如此没用，也想为帝，一何可笑？原来孙会与士猗许超，出拒颖军，行抵黄桥，一鼓作气，得破颖前锋军士，俘斩至万余人。颖欲退保朝歌，参军卢志进谏道："今我军失利，敌新得志，势必轻我，我若退缩，士气沮丧，不可复用。况胜负乃兵家常事，不若更选精兵，出奇制胜，方可得志。"颖乃汰弱留强，涕泣宣誓，激动众心，鼓勇再进。孙会等果然轻颖，不复设备，及颖军已到营前，方驱兵出战。这番接仗，与前次大不相同，颖军俱蓄怒前来，好似江上秋潮，一发莫御。会与士猗许超，见来军如此利害，不由的胆战心惊，步步倒退。战了两三个时辰，但见头颅乱滚，血肉纷飞，部下士卒，除战死外，多半逃亡，会料知不妙，拨马先奔，士猗许超相继骇走，都一口气跑回洛阳。所有宿卫兵三万人，任他自生自灭，无暇再问下落了。

孙秀见会等奔还，也急得无法可施，只好集众会议：或谓应收集余众，背城一战；或谓且毁去宫室，诛锄异党，挟伦南就孙旗孟观，再图后举。孙旗已见前文，孟观自擒灭齐万年后，由东羌校尉任内调入为右将军，赵王伦篡位，令观出监沔北诸军事，齐王冏檄观讨伦，观粗知天文，仰望紫宫帝座，并无他变，还道伦得应天象，不致速败，因仍为伦固守，不愿应冏。失之毫厘，谬以千里。孙秀恐旗观二人，未必可恃，所以迟疑不决，那外边的警报，杂沓传来，不是说颖军渡颍，就是说冏军逾河。都下将吏，汹汹思变。左卫将军王舆，与尚书广陵公漼琅琊王伷第四子。乘风转舵，号召营兵七百余人，自南掖门入宫，倡言反正。三部司马也乐得依声附和，联同一气。舆令三部兵分卫宫门，自率部曲至中书省，拿捉孙秀，秀忙将省门闭住，不使舆入。舆纵兵登墙，掷入火具，毁及房屋，霎时烟焰满室，不可向迩。秀与士猗许超冒烟出走，正遇左部将军麾下赵泉，舞刀过来，顺手劈去，巧巧剁落三个头颅。又搜杀秀子孙会与前将军谢惔，黄门令骆休，司马督王潜，尚书左丞孙弼。即孙旗长子。

舆还屯云龙门，使人入白赵王伦，速即迎还惠帝。伦不得已，宣令道："我为孙秀所误，激怒二王，今已诛秀，可迎太上皇复位，我当归老农亩，不问朝事。"也想做太上皇么。令既发出，复使亲校执驺虞幡，至宫门外麾示罢兵，一面挈领家属，出华林东门，退归私第。舆乃使甲士数千人，赴金墉城，迎还惠帝。帝与羊后并驾入宫，道旁百姓，咸称万岁，当下由惠帝亲自登殿，召集百官，群臣皆顿首谢罪。犹记得向伦劝进否？诏送伦父子至金墉城，派兵监守，改元永宁，大酺五日，且分遣使臣慰劳冏颖颙三王。梁王肜首先上表，请诛伦父子以谢天下。有诏令百官会议，百官皆如肜旨，共请诛伦。总算善变。乃使尚书袁敞持节责伦，赐饮金屑酒。请君亦尝此美味。伦取酒饮毕，用巾覆面，且泣且呼道："孙秀误我！孙秀误我！"未几即毒发而毙。做了一百日的皇帝，也算威风，不应徒怨孙秀。伦子荂馥虔诩，一并捕诛。此外如伦秀私党，并皆斥免，台省府卫，所存无几。成都王颖，驰入都中，使部将赵骧石超，往助齐王冏，讨张泓等。泓等闻都中复辟，伦已受戮，没奈何向冏乞降。自兵兴六十余日，两下战死，差不多有十万人。闾和孙髦张衡伏胤等，自戍所还洛，均因情罪较重，斩首东市。蔡璜畏罪自杀。义阳王威，尝入宫夺玺，惠帝记在心中，至是语廷臣道："阿皮可恨！夺我玺绶，致捩我指，不可不杀。"阿皮为威小字，因即遭诛。东平王楙免官。河间王颙与齐王冏先后入都，冏部众约数十万，威震京师，复传檄襄沔，令诛孙旂孟观。襄阳太守宗岱，承檄斩旂，饶冶令空桐机，承檄斩观，皆传首洛阳，并夷三族。那时孙辅孙惔，为旂犹子，当然骈首市曹。不必细表。

惠帝封赏功臣，授齐王冏为大司马，加九锡殊礼，备物典策，如宣景文武并见前文。辅政故事。成都王颖为大将军，都督中外诸军事，并假黄钺，录尚书事，亦加九锡。河间王颙为侍中太尉，常山王乂为抚军大将军，兼领左军。进广陵公漼爵为王，领尚书，加侍中。新野公歆，亦进爵为王，都督荆州诸军事。授梁王肜为太宰，领司徒。起前司徒王戎为尚书令，王衍为河南尹，立襄阳王尚为皇太孙，复宾徒县王晏故封，仍为吴王。大司马齐王冏，表请呈复张华裴頠及解结兄弟原官，有诏令廷臣会议，积久未决。越年，始得如冏所请，为张裴二解昭雪，复还官阶，拨归原产，且遣使吊祭。

海内想望太平，总道是拨乱反正，除逆申冤，好从此重见天日了，哪知天不祚晋，内乱未已，东莱王蕤与左卫将军王舆，共谋害冏，骤欲生变。事前被发，始致败谋。蕤系齐王冏庶兄，素性强暴，使酒凌人，冏生平常为所侮，只因谊关手足，格外包容。及冏起兵讨伦，伦收蕤下狱，尚未加刑。惠帝反正，蕤得释出，闻冏至洛阳，往迎路旁。冏但颔以首，未尝下马与谈。蕤愤詈道："我为尔几罹死罪，何太无友于情？"既而冏入辅政，蕤只得为散骑常侍，益觉怏怏，因向冏乞求开府。冏答说道："武帝子吴王晏，尚未得开府，兄且少待。"蕤闻冏言，恨上加恨，遂密劾冏专权不道，将为管蔡。惠帝当然不报。左卫将军王舆，自谓有复辟大功，未得厚赏，因与蕤表示同情，拟伏兵阙下，俟冏入朝时，把他刺死。偏被冏得悉阴谋，立即奏闻，捕舆斩首，诛及三族，废蕤为庶人，徙居上庸。上庸内史陈钟，私伺冏意，将蕤谋毙，冏亦不复过问。冏虽寡情，蕤却自取其死。为了兄弟相戕，遂致诸王疑议，又复生出无数乱端。新野王歆，将赴荆州，与冏同出谒陵，因密语冏道："成都王系是至亲，同建大勋，当留与辅政，否则宜撤彼兵权，毋令生祸！"冏点首会意，不再答言。常山王乂，亦与成都王谒陵，乘间语颖道：

“天下系先帝的天下，王宜好为维持，毋使齐王逞志！”颖与乂同系武帝庶子，故有是言。颖也以为然，还语参军卢志。志进言道：“齐王众号百万，与张泓等相持颍水，日久未决，大王直前渡河，首先入都，功无与比，朝野共知。今齐王欲与大王共辅朝政，志闻两雄不并立，何不因太妃微疾，求还定省，委重齐王，得收物望？这乃是今日的上策呢。”颖为武帝才人程氏所生，太妃即指程才人。颖素信志言，便即依议。越日入朝，由惠帝引至东堂，面加褒奖，颖拜谢道：“这都是大司马冏的功劳，臣怎能掠美呢？”言毕趋出，即上表称冏功德，宜委以万机，自陈母疾，愿即归藩，为终养计。一面匆匆治装，不待复诏，便告辞太庙，径乘车出东阳门，西向归邺。相随只卢志等数人，不令营中与闻。就是齐王冏府第中，也只遣人贻书，告别外无他语。冏得书大惊，急驾马往追，驰至七里涧，方得见颖。颖停车叙别，涕泣滂沱，但言太妃疾苦，引为深忧，故无暇面辞。言毕，即驱车别去，毫不谈及时政。冏也即还都，尚自称为咄咄怪事。

颖既还邺，诏遣使臣再申前命，颖但受大将军职衔，辞九锡礼，且表称：“兴义功臣，应并封公侯。前时大司马屯兵颍上，日久民困，乞运河北米十五万斛，赈给饥民”云云。又自制棺木八千余口，即移成都国俸为衣服，殓祭黄桥死士，并各抚家属，比普通战死为优。又命温县瘗埋赵王伦部卒，得万四千余人。看官听着！成都王颖这种行为，统是卢志替他划策，教他笼络人心，收集时誉。果然，两河南北，交口称颂，就是都城内外，也没一个不号为贤王。若能长此过去，虽属矫情，亦必终誉。还有中书郎陆机，从前为赵王府中的参军，齐王冏入都后，得伦受禅诏书，疑是陆机所为，即欲加诛，亏得颖力为解救，方得免罪。颖爱机才，后表请为平原内史，机弟云为清河内史，晋廷自然允准，立遣二人赴任。机友人顾荣戴渊，为言中国多难，劝机还吴。机感颖厚惠，且谓颖有时望，可与立功，乃逗留不去。谁知兄弟二人后来皆死颖手。

颖方惠民礼士，刻意求名。冏却植党营私，但务纵欲，所有立功将佐，如葛旟路秀卫毅刘真韩泰五人，皆封为县公，号曰五公。委以心膂，并就乃父齐王攸故第，增筑广厦，所有邻近庐舍，不问公私，统被拆毁，使大匠刻意经营，规制与西宫相等。又凿通千秋门墙，得达西阁，后房遍设钟悬，前庭屡舞八佾，沉湎酒色。常不入朝，长子冰得封乐安王，次子英得封济阳王，三子超得封淮南王。好容易过了一年，太孙尚又复夭逝，梁王肜相继去世，诏复封常山王乂为长沙王，领骠骑将军，起东平王楙为平东将军，都督徐州军事，使镇下邳。召还东安王繇给复官爵，繇被废徙带方事，见前文。且拜为宗正卿，再迁至尚书左仆射。齐王冏欲久专国政，见皇孙俱已死亡，成都王颖为众望所归，倘立为皇太弟，于自己大有不利，因表请立清河王覃为太子。覃系惠帝弟遐长男，年才八岁，当即择日册立，入居东宫，使冏为太子太师。是时，尚有东海王越，为八王之殿。为宣帝从子，父泰曾受封高密王。泰死后越得袭爵，改封东海。越少有令名，不慕富贵，恂恂如布衣。永康初，始入为中书令，冏思联为臂助，进拜越为侍中，寻复授职司空，领中书监，越乃渐得预闻政事。侍中嵇绍，见惠帝昏庸如故，内权属齐王冏，外望归成都王颖，将来必启争端，乃上疏防变，大略说是：

臣闻改前辙者车不倾，革往弊者政不爽，故存不忘亡，安不忘危，为大易之至训。今愿陛下无忘金墉，大司马无忘颍上，大将军无忘黄桥，则祸乱之萌，无由而兆矣。

绍既上疏，又致冏书，援引唐虞茅茨，夏禹卑宫的美迹，作为规讽。冏虽巽言答复，终不少改。那惠帝是个糊涂人物，不识好歹，就使嵇侍中上书万言，也似不见不闻，徒然置诸高阁罢了。冏坐拜百官，符敕三台，选举不公，嬖佞用事。殿中御史桓豹，因事上奏，未曾先报冏府，即被谴斥。南阳处士郑方，露书谏冏，且陈五失，冏亦不省。主簿王豹抗直敢言，向冏上笺，请冏谢政归藩。去了一豹，又来一豹，俱可称为豹变之君子，可惜遇着顽豚。辞云：

豹闻王臣蹇蹇，匪躬之故，将以安主定时，保存社稷者也。是以为人臣而欺其君者，刑罚不足以为诛，为人主而逆其谏者，灵厉不足以为谥。伏唯明公虚心下士，开怀纳善，而逆耳之言，未入于听。豹思晋政渐阙，始自元康以来，宰相在位，皆不获善终。今公克平祸乱，安国定家，若复因前日倾败之法，寻中国覆车之轨，欲冀长存，非所敢闻。今河间树根于关右，成都盘桓于旧魏，新野大封于江汉，三面贵王，各以方刚强盛，并典戎马，处险害之地，明公兴义讨逆，功盖天下，以难赏之功，挟震主之威，独据京都，专执大权，进则元龙有悔，退则蒺藜生庭，冀此求安，未知其福，敢以浅见陈写愚情。昔武王伐纣，封建诸侯为二伯：自陕以东，周公主之，自陕以西，召公主之。及至其末，四海强兵，不敢遽阙九鼎，所以然者，天下习于所奉故也。今诚能遵用周法，以成都为北州伯，统河北之王侯，明公为南州伯，摄南土之官长，各因本职，出居其方，树德于外，尽忠于内，岁终率所领而贡于朝，简良才，命贤隽，以为天子百官，则四海长宁，万国幸甚，明公之德，当与周召并美矣。唯明公实图利之！

这笺上后，王豹待了十余日，并无答语，因再上一笺云：

豹上笺以来，十有二日，而盛德高远，未垂采察，不赐一字之令，不敕可否之宜，豹窃疑之！伏思明公挟大功，抱大名，怀大德，执大权：此四大者，域中所不能容，贤圣所以战战兢兢，日昃不暇食，虽休勿休者也。昔周公以武王为兄，成王为君，伐纣有功，以亲辅政，执德弘深，圣思博远，至忠至仁，至孝至敬，而摄政之日，四国流言，离主出奔，居东三年，赖风雨之变，成王感悟，若不遭皇天之应，神人之察，恐公旦之祸，未知所限也。至于执政，犹与召公分陕为伯，今明公自视功德，孰如周公旦。元康以来，宰相之患，危机窃发，不及营思，密祸潜起，辄在呼吸，岂复宴然得全生计？前鉴不远，公所亲见也。君子不有远虑，必有近忧，忧至乃悟，悔无所及。今若从豹此策，皆遣王侯之国，北与成都分河为伯，成都在邺，明公都宛，宽方千里，以与圻内侯伯子男，小大相率，结好要盟，同奖王家，贡御之法，一如周典。若合尊旨，可先与成都共议，虽以小才，愿备行人。百里奚秦楚之商人也，一开其说，两国以宁。况豹虽陋，犹大州之纲纪，与明公起事险难之主簿也，身虽轻而言未必否，倚装以待，伫听明命！

冏连接二笺，方有明令批答道：“得前后白事，具见悃诚，当深思后行。”掾属孙惠，亦上笺谏冏，略言：“大名不可久荷，大功不可久任，大权不可久执，大威不可久居，宜思功成身退之义，崇亲推近，委重长沙成都二王，长揖归藩，方足保全身名”等语。冏不能用，惠辞疾竟去。却是见几。冏问记室曹攄道：“或劝我委权还国，汝以为何如？”攄答道：“大王能居高思危，褰裳早去，原为上计。”冏始终不决。适长沙王乂过访冏第，见案上列着书牍，便顺手展阅，看到王豹二笺，不由的发怒道：“小子敢离间骨肉，何不拖他至铜驼下，打杀了事？”冏听着此言，也不禁愤急起来，再经乂添入数语，好似火上加油，愈不可遏，便奏请诛豹，略云：

> 臣忝奸凶肆逆，皇祚颠坠，与成都长沙新野三王，共兴义兵，安复社稷，唯欲戮力皇家，与懿亲宗室，腹心从事。不意主簿王豹，妄造异言，谓臣忝备宰相，必构危害，虑在旦夕，欲臣与成都分陕为伯，尽出蕃王，上诬圣朝鉴御之威，下启骨肉乖离之渐，讪上谤下，谗内间外，构恶导奸，莫此为甚。昔孔丘匡鲁，乃诛少正，子产相郑，先戮邓析，诚以交乱名实，若赵高诡怪之类也。豹为臣不忠不顺不义，应敕赴都街，正国法以明邪正，谨此奏闻！

奏入，便奉诏依议，当下将豹推出东市，用鞭挞死。豹将死时，顾监刑官道：“可将我头悬大司马门，使得见外兵攻齐哩。”小子有诗叹道：

> 逆耳忠言反受诛，臣心原可告无辜。
> 临刑尚订悬头约，犹是当年伍大夫。

豹既冤死，同僚多恐遭祸，随即告退。容至下回报明。

齐冏为名父之子，倡义勤王，足为功首。成都次之，长沙又次之，河间又次之。惠帝复辟，伦秀就戮，叙功论赏，固无出齐王右者。为齐王计，能与诸王同心戮力，夹辅惠帝，则如周公之弼成王，诸葛孔明之相刘禅，谁曰不宜？否则急流勇退，委政而去，亦不失为明哲士。乃逞心纵欲，居安忘危，有良言而不见纳，有嘉谟而不肯从，甚至冤戮王豹，杜塞众口，孔圣谓言莫予违，必致丧邦，况冏为人臣乎？本回于郑方孙惠诸谏牍，俱皆从略，而独录豹二笺，并及冏奏，所以表豹之忠义，且嫉冏之暴盭云。

第十四回　操同室戈齐王毕命 中诈降计李特败亡

却说王豹受戮，中外称冤，与豹同事的官僚，各有戒心。掾属张翰，见秋风徐来，忆及江南家景，有菰菜莼羹鲈鱼脍诸风味，便慨然自叹道："人生贵适意，何必恋情富贵呢？"遂上笺辞官，飘然引去。僚友顾荣，故意酣饮，不省府事。冏长史葛旟，说他嗜酒废职，被徙为中书侍郎。颍川处士庾衮，闻冏期年不朝，亦不禁唏嘘道："晋室将从此衰微了。看来祸乱不远，我不便在此久居。"乃挈妻子逃入林虑山中。冏溺志宴安，终不自悟，且因河间王颙，前曾依附赵王伦，很不满意，任令还镇，并加意设防。颙长史李含，尝被征为翊军校尉，与梁州刺史皇甫商有嫌，商得参冏军事。含以此不安，冏右司马赵骧，又与含有积忿，含益恐罹祸，竟匹马出都，奔还关中。颙见含回来，当然惊问。含诈称传达密诏，令颙诛冏，颙将信将疑，含遂说颙道："成都王为皇室至亲，且有大功，今委政归藩，甚得众心。齐王冏越亲专政，朝野侧目，为大王计，可檄长沙王讨齐，齐王必诛长沙王，我得借此兴师，归罪齐王，师出有名，不患不胜。若除去齐王，使成都王辅政，除逼建亲，永安社稷，岂不是一番大功劳么？"播弄是非，图害二王，如此刁滑，最堪痛恨。颙贪立大功，居然依议，便抗表陈请道：

王室多故，祸难罔已。大司马冏虽曾倡义，有兴复皇位之功，而安定都邑，克宁社稷，皆成都王之勋力也，而冏不能固守臣节，实乖众望。自京城大定，篡逆诛夷，乃率百万之众，来绕洛城，阻兵经年，不一朝觐，百官拜伏，晏然南面，坏乐官市署，用自增广，取武库秘仗，严列不解。故东莱王蕤，知其逆节，表陈事状，横遭诬陷，加罪黜徙。彼益树植私党，僭立官属，幸妻嬖妾，名号比之中宫，宠竖顽僮，官爵俨同勋戚，密署心腹，实为货谋，斥罪忠良，窥窃神器，逆伦始谋，固犹是也。臣受重任，蕃卫方岳，见冏所行，实怀激愤。即日翊军校尉李含，乘驲密来，宣腾诏书，臣伏读感切，五情若灼，《春秋》之义，君亲无将。冏拥强兵，置党羽，权官要职，莫非私人，虽加重责之诛，恐不义服。今特勒精卒十万，与州郡并协忠义，共会洛阳。骠骑将军长沙王乂，同奋忠诚，废冏还第，成都王颖，明德茂亲，功高勋重，往岁去就，允合众望，宜为宰辅，代冏阿衡之任。臣志安社稷，未敢营私，为此拜表摅诚，急切上闻！

颙既上表，即令李含为都督，出次阴盘，张方为前锋，进逼新安，距洛阳百二十里，一面遣使邀结成都王颖，新野王歆，并范阳王虓。音哮。虓系宣帝从孙，父绥尝封范阳王。绥死由虓袭封，拜安南将军，都督豫州军事，就镇许昌。诸王接到颙使，尚各按兵不动，坐观成败。也是中立政策。那齐王冏得了颙表，事出意外，不免惊惶，忙召百官，会议府中。冏首先开口道："孤首倡义兵，扫除元恶，区区臣心，可质神明。今二王听信谗言，忽构大难，究应如何对待，方保万全？"尚书令王戎应声道："如公勋业，原足盖世，但赏不及劳，故人怀贰心。今二王相结，恐不可当，公何不委权崇让，洁身就第？使二王无从借口，自然得安。"司空东海王越，也如戎议。忽有一人趋入，怒目厉声道："赵庶人听任孙秀，移天易日，当时衮衮诸公，无一倡义，赖我王犯矢石，贯甲胄，攻围陷阵，事乃得济。今日计功行封，未遍三台，这是赏报稽迟，责不在府。今谗言肆逆，理应一致同心，共图诛讨，乃虚承伪书，令王就第，试想汉魏以来，王侯就第有能保全妻子否？谁主此议，实可斩首！"你想讨灭二王，果可保全妻子么？王戎闻言，大吃一惊，慌忙审视，乃是冏门下中郎将葛旟。再顾齐王冏面色，也觉有异，更惶恐的了不得。眉头一皱，计上心来，托言腹胀如厕，装出龙钟状态，才至厕所，跌了一交，弄得满身粪秽，臭不可闻，乃踉跄逃去。亏他装做得出。百官莫敢置议，也陆续溜了出来。

冏恐长沙王乂为内应，忙遣心腹将董艾，引兵袭乂。偏乂已走了先著，率左右百余人，驰入中宫，阖住诸门，挟了惠帝，号召卫士，出攻大司马府。董艾陈兵宫西，纵火焚千秋神武诸门，乂亦遣部将宋洪，往烧冏第。两下里喊声大震，火光烛天。冏使黄门令王湖盗出驺虞幡，麾示大众，宣言长沙王矫诏为乱。乂却拥惠帝至上东门，御楼传旨，说是大司马谋反。董艾不顾利害，望见天子麾盖，竟令部众仰射，矢集御前，侍驾诸臣，多被射伤，或即倒毙。都下各军，见董艾如此无礼，遂疑冏谋反是实，于是相率攻冏，接连战了三日三夜，冏众大败。大司马长史赵渊，执冏请降，当由乂牵冏上殿，面见惠帝。冏自陈枉屈情形，伏地涕泣。惠帝不觉心动，意欲赦冏。乂亟叱左右推冏出外，一刀杀死，枭示六军。同党如董艾葛旟等，皆夷三族，戮至二千余人。冏子冰英超，一并褫爵，幽禁金墉城。冏弟北海王寔，连坐被废，乃复请惠帝登殿，下诏大赦，改元太安。进长沙王乂为太尉，都督中外诸军事。封废王蕤子炤为齐王，奉齐献王攸遗祀，且遥谕河间王颙等罢兵。颙乃召还李含张方，含怏怏退归。原来含为颙计，檄乂讨冏，本意是借乂为饵，总道乂非冏敌，必为所杀，待冏杀乂后，势必具檄，正好乘衅入都，除冏废帝，迎立成都王颖，由颙为相，自己好佐颙预政，偏偏不如所料，乂得一举杀冏，反把朝廷大权，平白地为乂取去，真是替人作嫁，毫无益处。含因此失望，又想设法挑衅，劝颙除乂。适值巴氐李特，倡乱成都，颙有西顾忧，遣督护衙博出屯梓潼，与特相持，不得不将内政问题，暂且搁起。小子也只好将李特乱事，随笔叙明。

自从李特兄弟，与流民西行入都，见前文。益州刺史赵廞，见特材武，引为己用。特弟庠流，当然同处。特恃势掠民，为蜀人患。成都内史耿滕，密奏晋廷，略言“流民剽悍，蜀民懦弱，喧宾夺主，必为乱阶。刺史赵廞，不能控驱，反假权宠，应如何防患未然，酌量调遣”云云。晋廷遂征还赵廞，用滕为益州刺史。廞本贾后姻亲，接到朝旨，愈觉悚惶，自思晋廷衰乱，不如抗命据蜀，独霸一方。乃大发仓廪，遍赈流民，更厚待李特兄弟，倚作爪牙。待耿滕入州，竟发兵出攻，把滕击死。又诱杀西夷校尉陈总，自称大都督大将军益州牧，建置僚属，改易守令，分遣李特兄弟，屯守要害。庠招集各郡壮勇，得万余人，堵塞北道，受廞封为威寇将军，廞长史杜淑张粲，谓廞倒戈授人，恐为庠噬，廞从此忌庠。庠未曾闻知，反入劝廞速称尊号，语尚未毕，即被淑粲两人，左右突出，把庠拿下，责他大逆不道，推出斩首。特与流在外握兵，乃骤斩一庠，岂非冒味？一面遣人慰抚特流，但言庠罪应死，兄弟不相连坐，尽可安心戍守。特与流哪里肯从？便引众趋归绵竹。廞恐二人报怨，拟遣将加防，适牙门将许弇，求为巴东监军，杜淑张粲，固执不许。弇怒杀淑粲，淑粲左右复杀弇。三人皆廞心腹，同时毙命，廞如失左右手，不得已遣长史费远，蜀郡太守李苾，督护常俊，率领万余人，往戍绵竹附近的石亭。李特欲为弟报仇，潜募徒众，得七千余人，夜袭费远等军营。远等骇走，奔还成都。特乘胜进攻，日夜不休。远苾与军祭酒张微，复斩关夜遁，文武尽散。廞孤立无助，只好带了妻孥，混出城门，驾着扁舟，走向广都。手下亲丁数名，见廞失势，顿时图变杀廞，函首送特。特已趋入成都，大掠三日。既得廞首，悬示城门，且遣使入都，表陈廞罪，伫待朝命。先是梁州刺史罗尚，闻廞逆命，曾上言廞非雄才，不久必毙，已而果如尚言。晋廷以尚为能，即授尚平西将军，领益州刺史。尚率牙门将王敦，广汉太守辛冉，及新任蜀郡太守徐俭等入蜀。特闻尚来，且忧且惧，使季弟骧绕道出迎，赂贻珍玩，统是五光六色，价值连城。尚不禁大喜，见利即喜，贪鄙可知，乌足济事？立命骧为骑督，特与弟流复率部众牵牛担酒，驰至绵竹，为尚接风。王敦辛冉语尚道："特等统是盗贼，可乘他来会，拿住斩首，方免后患。"尚不肯依议。厚抚特流，偕入成都，更保举特为宣威将军，流为奋武将军。会秦雍二州，接奉朝旨，令召还入蜀流民。又由御史冯该，往蜀督遣，流民多不愿行。特尚有兄辅，留居略阳，此时赴蜀，语特谓中国方乱，不宜遣还流民。特乃再致赂罗尚，并及冯该，请展缓流民归期。两人得了货赂，许令宽限半年。

时方春季，转瞬间即到新秋，流民多为人佣工，无资可行，且因水潦方盛，五谷未登，更不便就道，复乞特再为缓颊。特因申禀罗尚，更请延期。尚颇欲允许，广汉太守辛冉，向尚力阻，坚持前约。就中还有一段隐情，乃是冉暗中舞弊，只手瞒天，当特流二人受官时，诏书迭下，令冉等调查流民，果与特等同讨赵廞，亦应按功加赏等语，冉昧下朝命，并未照办，且欲杀流民首领，劫取资财。流民相率怨冉，复相率感特。特欲收结众心，便在绵竹连置大营，安处流民，并移文至冉，请他法外施仁，毋使流民失所。冉阅特文，勃然大怒，索性悬赏通衢，募李特兄弟头颅。特闻冉悬赏购已，令人潜往揭榜，令弟骧添写数语，谓能斩送流民首级，每一头赏布百匹，于是流民大愤，奔投特营，旬日间至二万余人。冉复立栅冲要，谋掩流民，且遣广汉都尉曾元，牙门张显率步骑三万人，夜袭特营。罗尚亦遣督护田佐为助。特正分部众为二垒，自居东营，令弟流居西营，缮甲厉兵，设伏以待。曾元张显田佐等，到了特营，见营中灯火无光，寂无声响，总道特未曾防备，放胆直入。不料号炮一声，伏兵四出，特自营内杀出，流从营外杀入，一阵乱剁，把曾元张显田佐三人，一古脑儿了结性命，余众多死，逃脱的不过数千人。流民喜跃异常，共推特行镇北大将军，承制封拜。流行镇东大将军，兼号东督护。辅与骧亦俱为将军，进兵攻冉。冉督兵出战，屡为所败，遂溃围出走德阳。既不能战，又不能守，还想什么大富贵？特入据广汉，令李超为太守，再率众往攻成都。沿途晓示蜀民，与他约法三章，施舍赈贷，礼贤拔滞，军律肃然，秋毫无犯。蜀民大悦。是谓强盗发善心。罗尚出兵拒特，统被击退，不得已在城外筑垒，连营自固，一面贻书梁州，及南夷校尉等处，乞请援师。

河间王颙，得成都被困消息，乃遣衙博带领兵士，往援成都。晋廷亦授张微为广汉太守，进军德阳，罗尚又遣督护张龟，出次繁城。三路人马，遥相呼应，为夹攻计。特使次子荡引兵袭博，自统部众击破张龟，再至德阳堵御张微。博引兵至梓潼，列营阳沔，突闻李荡掩至，仓猝出战，被他杀败，退保葭萌。梓潼太守张演，弃城遁去。巴西丞毛植迎降荡军。荡再攻衙博，博又怯走，麾下兵悉数降荡。荡向特报捷，特遂自称大将军益州牧，都督梁益二州军事。改年建初，大发兵攻张微。微依高据险，与特相持，连日不决。待至特众惰弛，乃遣步兵循出而下，突入特营。特抵挡不住，且战且走。途中七高八低，险些儿为微所乘，几至全军覆没。忽见一少年将军，身穿重铠，手持长矛，大呼直前，让过李特，竟向微军中杀入，左挑右拨，无人敢当，接连刺死数十人，方将微军杀退。特瞧将过去，那少年不是别人，正是次子李荡，不由的喜出望外，复驱众返追微军。微见特追至，整阵再战，不料荡余勇可贾，仗着一杆蛇矛，摧锋陷阵，辟易千人。微军已胆弱气衰，不敢与斗，微只得逃回德阳。特既得胜仗，便欲引还，荡进言道："微已战败，士卒伤残，智勇俱竭。我军正可乘他劳敝，一鼓擒微，若失此机会，待微休养疮痍，再得振奋，恐未易图谋了。”特乃令荡进围德阳。微溃围出走，由荡驱众追杀，竟得将微刺死，并生擒微子存，旋师报特。特召存入见，存跪伏乞命。特乐得施恩释存使归，发还微尸。也知权诈。遣部将骞硕为德阳太守，正拟再攻成都。

忽闻河间王颙，又遣梁州刺史许雄，率兵前来，乃留众守候。俟雄军一到，便杀将过去。雄军远来困乏，怎敌得李特的生力军？战不数合，便即败退。越宿又战，雄军复败，遁回梁州。特乃得移兵西进，复攻罗尚。尚自特东去后，曾在郫水岸上，增戍加防，且因李流李骧，未曾随特他去，仍然分驻毗桥，因此不敢远出，但遣兵出扰骧营。骧再战再胜，三战失利，奔入流营，与流并力回攻，又大破尚军。尚军真不耐战。尚急得没法，偏李特又潜军渡江，击退郫水戍卒，会集流骧两营，直逼城下，声震山谷，直使尚叫苦不迭，寝食难安。尚尝谓廞无雄才，试问自己有雄才否？成都尚有内外二城，内城叫做太城，外城叫做少城，蜀郡太守徐俭，见李特势盛，竟将少城降特，尚只孤守太城，越觉汹惧，不得已向特求和。特未肯遽许，入据少城。是时，蜀人危惧，皆结坞自保，特遣使安抚，众皆听命。唯特尝申行禁令，不准侵掠，部下流民，趋集如蚁，免不得人多粮少，乃分遣流民，自向诸坞就食。李流入告道：“诸坞新附，人心未固，宜令大姓子弟，入城为质，方保无虞。”特怒答道：“大事已定，但当安民，奈何迫令入质，使他离叛呢？”徒知小惠，亦属不合。既而晋廷遣荆州刺史宗岱，建平太守孙阜，带领水军三万人，西援成都。岱令阜为前锋，进逼德阳。特亟遣李荡等往御阜军，一战失利，入守德阳。益州从事任睿，向尚献议道：“特散众就食，骄怠无备，朝廷援军大至，将入德阳，这正是天意诛逆的时候了。乘此密结诸坞，约期同发，内外夹击，定可破贼。”尚乃令睿夜缒出城，往告诸坞。诸坞人民，正得阜军入境消息，便即从命，愿如睿约。睿还城报尚，又自请往特诈降。尚悉依睿计，睿又出城诣特。特问及城中虚实，睿答道：“粮储将尽，只有货帛，不久便可破灭了。鄙意不甘同尽，故来投降。”特信为真言，留诸麾下。睿在特营二日，备悉特军情状，乃求还省家，特仍不以为疑，听令自去。睿复入内城，部署兵马，如期出发，直薄特营。诸坞亦遵约四应，表里合击，杀得特众走投无路，东倒西歪。睿领着锐卒，冲至特前，特见睿到来，还疑他纠众来援，当拍马相迎，不防睿劈面一刀，立即送命，倒毙马下。李辅急上前相救，又被睿顺手杀死。唯李流李骧，及特少子李雄，挈领家属及所有残众，拼命杀出，遁往赤祖去了。罗尚出城安民，把李特李辅尸身，一并焚骨扬灰，惟先时将两首枭下，遣使传送洛阳。小子因有诗叹道：

挺身百战逞强梁，一败偏遭马上亡。
莫笑当年刘后主，兴衰得丧本无常。

特既败死，荡在德阳，闻报即还，欲知后来情形，待至下回再表。

长沙王乂，随冏起兵，未尝亲临一战，而因人成事，得复故封，此未始非一时之幸遇，为乂计，亦可以知足矣。乃与颖谒陵，即有乘间挑拨之言，小人得志，为鬼为蜮，诚哉其靡所底止也。李含之为颙设谋，比乂尤狡，乂欲借颖以除冏，含且借颙以除冏乂。假令当日者，冏乂果得并除，含计得逞，安知含之不再除颖颙也？然木必朽而后虫生，堤必裂而后蚁入，冏颖乂颙，能知同族之不宜相戕，推诚相与，虽有百含，何能为哉？彼李特兄弟与流民同入成都，得良吏以驾驭之，未始不可收为爪牙，乃前有赵廞，后有罗尚，贪欲无艺，反使李特等乘怨行私，挟众为乱，至特诛而乱似可止矣，然罗尚犹存，民怨未已，蜀岂能有宁日乎？此贪夫之所以终为国祸也。

第十五回　讨逆蛮力平荆土
拒君命冤杀陆机

却说李流遁至赤祖，收集残众，尚不下数万人。李荡亦自德阳奔还，助流拒守。流与荡雄各为一营，流居北，荡雄居西。部众以军中无主，无所适从，因复推流为大将军，领益州牧，秣马厉兵，再图一战。是时，德阳已为孙阜所破，守将骞硕等被擒，阜退屯涪陵，罗尚却遣督护何冲常深等，分道攻流。还有涪陵民药绅，亦起兵相助。流与李骧拒深，使荡与雄拒绅，何冲却乘虚攻北营。流已外出，只留部将苻成隗伯等，居守营中，两将忽生变志，与冲为应，冲趁势杀入，不意营内出来一个女将军，擐甲执矛，麾动部众，拼命抵住。女将为谁，请看官掩卷一猜。冲不禁诧异，但令军士困住女将，与她厮杀。那女将毫不畏惧，反抖擞精神，当先冲突，好几次被她荡决，直使冲无可下手，目眙心惊。忽从刺斜里闪出一人，手执利刃，直奔女将，女将连忙闪避，那刀锋已到眉尖，伤及左目，顿时血泪交迸，点滴不休，冲总道这女将受伤，必致败遁，偏女将仍复酣战，反觉得裂眦扬眉，拼个你死我活。看官欲知女将来历，乃是特妻罗氏。刃伤罗氏左目，便是隗伯。罗氏已有死志，始终不肯退去，那营内却已被捣乱，眼见得危巢将覆，猛听得营门外面一声呼啸，有两大头目，率众杀到，一是李流，一是李荡。原来流往拒常深，得破深垒，深已遁去；荡往拒药绅，绅闻深败，不战自退，所以流与荡得收兵驰还，来救北营。何冲只一支孤军，怎禁得两路来攻。只好冲开一条血路，没命似的乱跑。苻成隗伯，也溃围突出，随冲同诣成都。流与荡尚不肯舍，在后力追。荡自恃勇力，持矛先驱，将到成都城下，不防苻成隗伯翻身猛斗，苻执矛，隗执刀，双战李荡。荡格过了矛，又要防刀，格过了刀，又要防矛，略略一个失手，被苻成刺中腰胁，坠落马下。是亦与养由基之死艺相类。苻成正要枭取荡首，适值李流驰到，部众甚盛，料知不遑下手，亟与隗伯掉头入城。何冲已在城闉守候，见二人得入，立将城门阖住，阻遏外兵。流抢得荡尸，涕泪并下，再拟鼓众攻城，忽有急足驰到，报称孙阜将至，没奈何长叹一声，载尸引还。既返北营，检点营中士卒，也被何冲一战，伤毙多人。自思兄侄俱亡，孙阜又至，不由的悲惧交并。姊夫李含，曾由特任为西夷校尉。此李含与颙长史同姓同名，但不同人，唯含与特同姓结婚，究不脱蛮俗。至是劝流乞降阜军。流无可奈何，因遣子世及含子胡，至阜军为质，壹意求和。李骧李雄，交谏不从，胡兄离为梓潼太守，闻信驰还，欲谏不及，退与雄谋袭阜军。雄很是赞成，但虑流不肯发兵。离答道："事若得济，何妨擅行。"雄大喜过望，便语部众道："我等前已残虐蜀民，今一旦束手，便为鱼肉，为今日计，唯有同心袭阜，尚可死中求生。"众皆踊跃从命。雄与离遂不复白流，率众径袭阜军。阜因流已求和，不复设备，竟被雄等捣入营垒，杀得一个落花流水。阜但率数骑遁去。宗岱驻军垫江，得病身亡，荆州军遂退。雄始向流报捷，流不禁愧服，嗣是一切军事，委雄主持。雄更出兵攻杀汶山太守陈图，夺踞郫城。相传雄为罗氏所生，与荡同出一母，罗氏尝梦见大蛇绕身，方致怀妊，阅十四月乃生。罗氏知非常人，告诸李特。特因取名为雄，表字仲俊。术士刘化，见雄有奇姿，尝语人道："关陇士人，皆当南移，李氏子中，唯仲俊有奇表，将来终为人主呢。"后果如刘化言，这且慢表。为下文李雄僭号张本。

且说晋廷闻蜀乱未平，再遣侍中刘沈，出统罗尚许雄等军，申讨李流。沈行过长安，河间王颙慕沈才学，留为军司，表请易人。颙已有无君之心，故得截留军师。诏授沈为雍州刺史，使得与颙相处。另由颙派出一人，叫作席薳，也是有名无实，不闻西行。廷议欲再简良帅，蓦由新野王歆，递入急奏，乃是义阳蛮酋张昌，聚众为逆，锋不可当，请朝廷急速发兵，分道进援。又起一波。当时荆州东南，蛮民伏处，尚知归服王化，自歆出镇荆州，政尚严急，失蛮人心。义阳蛮张昌，聚众数千人，乘隙思乱，适晋廷征发荆州丁壮，往讨李流，大众俱不愿远行，诏书一再督促，并责令地方官随地查察，不准役夫逗留。郡县有司，依诏办理，不敢违慢。被役兵民，急不暇择，索性相聚为盗。还有饥民趋集，约数千口。于是张昌四处煽诱，即就安陆县石岩山中，作为巢穴，自已移名改姓，叫作李辰，诸戍役及众饥民，多往趋附，众至万余。江夏太守弓钦，遣兵往讨，反为所败。昌遂出巢攻江夏郡，钦督众迎战，又复失利，竟与部将朱伺奔往武昌。昌得入据江夏，又造出一种妖言，谓当有圣人出世，为万民主。已而得山都县吏邱沈，使改姓名曰刘尼，诈称汉后，奉为天子，且向众诳言道："这便是圣人呢。"昌自为相国，指野鸟为凤凰，充作符瑞，居然拥着邱沈，郊天祭地，号为神凤元年，徽章服色，一依汉朝故事，如有人民不肯应募，便即族诛。并捏称"江淮以南，统已造反，官军大起，悉加诛戮，唯得真主保护，方可免难"等语。为此种种讹传，煽动远近，遂致乱徒四起，与昌相应，旬月间多至三万人，皆首著绛帽，用马尾作髯，几与戏子演剧，仿佛相同。天下事莫非幻戏，何怪张昌。

新野王歆，闻江夏失守，乃遣骑督靳满往剿。满至江夏，与昌交锋，不到半日，杀得大败亏输，慌忙奔还。歆因乞请济师，诏遣监军华宏往讨，又不是张昌的对手，败绩障山。廷议乃如歆所请，发兵三道：一是命屯骑校尉刘乔为豫州刺史，攻昌东面；一是命宁朔将军刘弘为荆州刺史，攻昌西面；一是诏河间王颙，使遣雍州刺史刘沈，率州兵万人，并征西府五千人，出蓝田关，攻昌北面。哪知颙不肯奉诏，止沈不遣。叛形已露。沉自领州兵至蓝田，又被颙遣使追还，北路兵完全无效。唯刘乔出屯汝南，刘弘及前将军赵骧，平南将军羊伊，出屯宛城。昌遣党羽黄林，率二万人向豫州，自统众攻樊城。新野王歆，因乱党逼近，不得已亲自出马，督兵往御。两下相值，彼此列阵，歆方麾兵接仗，不防部下一声哗噪，竟尔四散。那乱党竟摇旗呐喊，好似狂风猛雨，一齐扑来。歆心慌意乱，正思拍马逃奔，偏乱党已突至马前，把他围裹，你刀我槊，四面杀入，霎时间把一位晋室藩王，收拾性命，送往冥途。还算是为国而死，死尚值得。

败报传到洛阳，一道急诏，令刘弘代歆为镇南将军，都督荆州诸军事。弘相州人，颇有才略，御下有律，宽严相济，昌党黄林，进薄弘营，被弘一鼓击退。及接朝廷诏敕，星夜就道，即向荆州进发。昌意图南扰，别遣悍党石冰，东寇扬州，击败刺史陈徽，诸郡尽被陷没。又攻破江州，连陷武陵、零陵豫章武昌长沙诸州郡，沿江大震。临淮人封云，复起应石冰，骚扰徐州，遂致荆江扬豫徐五州境地，多为贼据。官吏或逃或降，由张昌另易牧守，专用部下一班盗贼。萑蒲小丑，何知抚字，一味的恃强行凶，到处掠夺，人民不堪暴虐，才思把盗贼驱除，蓄谋待变；再加刘弘御寇有方，一入荆州境内，便将司马歆的苛政，尽行蠲除，然后遣南蛮长史陶侃为大都护，牙门将皮初为都战帅，进据襄阳，扼守要害。昌屡攻不克，退处竟陵。侃留皮初居守，自率兵攻竟陵城，与昌前后数十战，尽得胜仗，斩贼首至数万级，昌弃城遁去。侃号令贼中，降者免死，贼党遂弃戈抛甲，悉数投诚。刘乔亦遣部将李杨等进取江夏，诛死刘尼，荆土遂平。

弘至荆州城下，望见城门四闭，城上遍列官军，似与弘相仇敌。弘很是诧异，便呼城上人答话，叫他开门。守卒答道："我等奉范阳王令，到此守城。无论何人，概不放入。"弘答道："我受诏前来，督辖此土，岂范阳王尚未闻知么？究竟由何将监守，请出来相会，说个明白。"言毕停辔相待，好一歇才见开城，一将带兵出门，跃马当先，势甚凶猛。弘料他不怀好意，扬起马鞭，向后一招，将士等已一齐向前，截住来将，来将无从突入，始自报姓名职衔，说是长水校尉张奕，由范阳王虓差遣到此。弘出诏相示，奕仍不服，舞刀欲斗，经弘一声喝令，将士即将奕围住，好似群虎攒羊，不到半时，已把奕斫死了事。奕真该死。弘乃得入城安众，并将奕首送入阙廷，说奕兴兵拒诏，所以枭首，且自请擅杀的处分。有诏慰抚刘弘，不复问罪。倒还明白。弘因再发陶侃等剿捕张昌，昌窜入下俊山，由侃军入山搜缉，连斗数次，昌众尽死，只剩昌一人一骑，逃往清水，嗣被侃军追及，眼见是不能脱逃，身首两分。侃军回城报命，弘起座迎侃，欢颜与语道："我昔为羊公参军，蒙羊公器重，谓我他日必镇此地，今果得验。我看卿亦非凡器，他日亦必继老夫了。"羊公指羊祜录入弘语，为陶侃都督荆州伏案。侃当然逊谢，不消细叙。侃字士行，鄱阳人氏，少孤身贫，及长乃为县吏。鄱阳孝廉范逵，尝过访侃家，侃母湛氏，截发为双髲，假发。易钱市酒肴，款待范逵，畅饮尽欢。叙截发事，以表陶母。及逵别去，侃送逵至百里外，逵知侃微意，便语侃道："君是否欲为郡曹？"侃答道："正苦无人荐引，公能为我吹嘘否？"逵满口答应，方与侃握别。逵至庐江，见太守张夔，极称侃才，夔因召侃为督邮，领枞阳令，始有能名。夔又举侃为孝廉，侃乃得入为郎中，寻调吏部令史。弘受命出镇，辟侃为南蛮长史，令他从军，果然一战成功，更由弘叙劳上奏，封东乡侯，授江夏太守。又举皮初为襄阳太守，晋廷以襄阳名郡，恐皮初未能胜任，改令前东平太守夏侯涉补授。涉系弘婿，弘又表称涉系姻亲，例须避嫌，皮初有功，宜见酬报。诏乃从弘。弘复语人道："为政须秉大公，若必用亲戚，试想荆州十郡，莫非有十女婿不成？"知此方可致治。当下劝课农桑，宽刑省赋，公私交济，万姓腾欢。

唯叛党石冰，与临淮乱徒封云相结，攻陷临淮，寇焰尚盛。议郎周圯等，起兵江东，推前吴兴太守顾秘，都督扬州军事。传檄州郡，仗义讨贼。周圯系故将军周处子，颇有闻望，一经起义，四处响应。前侍御史贺循，起自会稽，庐江内史华谭及丹阳人葛洪甘卓，均集众应圯。圯得连破石冰，斩首万级。冰自临淮退趋寿春，征东将军刘准，方戍广陵，闻冰将至，不禁惶骇，独度支陈敏，愿出击石冰，乃成军前往，与冰屡战屡胜。冰众十倍陈敏，统是乌合，故敏能用少胜多。冰奔往建康，敏再与周圯合师进击，冰复败走。冰党封云正留扰徐州，冰乃北窜就云，云部下张统，料二人不能成事，杀冰及云，献首军前，扬徐二州乃平。圯与贺循，散众还家，不求封赏，唯陈敏得为广陵相，敏自是恃勇生骄，渐渐的发生出异志来了。比诸周圯贺循，相去何如。是时，洛阳都中，已闹得一塌糊涂，不可收拾，庸愚无识的晋惠帝，任人播弄，忽东忽西，几至身家不保，颠危得很，说来不但可恨，也觉可怜。河间王颙，不服朝命，日夕思逞，再加长史李含，从旁挑拨，越觉跋扈不臣。应第十四回。还有成都王颖，恃功骄弛，差不多与颙相似。长沙王乂，在都专政，虽事事就颖函商，颖尚未餍所欲，因此与颙交通，共图除乂。适皇甫商复为乂参军，商兄重出任秦州刺史，李含怀有宿忿，闻商兄弟俱得邀宠，不得不设计驱除，亦回应十四回。乃向颙进言道："商为乂所任重，重又出刺秦州，二人为乂爪牙，必为我患，今可表迁重为内职，诱令还过长安，顺便拘戮，也得除却一患了。"颙如言上表，晋廷亦准如所议。偏重已猜透含计，露檄上闻，竟发陇上兵讨含。乂因兵患方纾，决意和解，既征含为河南尹，又敕重罢兵息争。含喜得美缺，即日就征，重却不肯奉诏。颙遣金城太守游楷，陇西太守韩稚等，合兵攻重，复密遣人授意李含，使与侍中冯荪，中书令卞粹，共谋杀乂。偏又被皇甫商料着，向乂报闻，乂即捕杀李含，害人适以自害，何苦为此鬼蜮。便将冯荪卞粹，也即收戮。含党骠骑从事诸葛玫等，恐遭连坐，都逃赴邺城，往报河间王颙。颙不闻犹可，既已闻知，哪得不怒气直冲？便飞使光中，约颖会师讨乂。颖即欲如约，左司马卢志入谏道："公前有大功，乃委权谢宠，甘心就藩，所以物望同归，交口称美。今因辅政非人，欲加整顿，何必带兵入阙，但教文服入朝，从容论治，自足服人。志料长沙王必未敢反抗呢。"颖本来深信卢志，及骄心一起，前后判若两人，所以良言进规，拒绝勿纳。又有参军邵续，亦谓兄弟如左右手，不应自去一臂，颖亦不从，遂许从颙约，与颙联名上表。劾"乂论功不平，且与右仆射羊玄之，左将军皇甫商，共擅朝政，杀戮忠良，请诛玄之皇甫商，遣乂还镇"云云。不意朝廷下诏，亲出征颙，特命乂为太尉，都督中外诸军事。于是颙令张方为都督，统率精兵七万，自函谷东趋洛阳，颖亦出屯朝歌，令平原内史陆机，为前将军都督，统率北中郎将王粹，冠军将军牵秀，中护军石超等，领兵二十万，南向洛阳。

惠帝出都至十三里桥，由乂下令，遣皇甫商督兵万人，往拒张方。商至宜阳，被方掩击一阵，竟至败还。惠帝返驻芒山，转往缑氏，羊玄之忧惧成疾，数日告终。还是死得便宜。成都王颖进屯河南，使石超进逼缑氏，惠帝又走归洛阳。陆机等直薄都下，乂陈兵东阳门，击退机军。颖复遣将军马咸，为机臂助，机本文士，未娴军旅，且骤握重任，不能服人，王粹等多有异言，遂致全军生贰。为颖逼君，乂亦未安。机名为读书，奈何不明此义。乂奉惠帝御建春门，麾兵再战。司马王瑚，率数千骑为前驱，马上各系大戟，冲突机军。机军前队，由马咸督领，骤为王瑚所乘，顿时溃乱，咸马扑被擒，当即枭斩。牵秀石超，率部曲先遁，王粹亦去，机军大败，各赴七里涧逃生，多半溺死，涧水为之不流。偏将贾崇等十六人，悉遭陷没。尚有小督孟超，同时败死。孟超兄叫做孟玖，系是河间王宠奴，尝乞简乃父为邯郸令，为机所阻，遂与机有隙。超虽随机出行，不受节制，自领万人为一队，到处大掠。机收逮超麾下将弁，超立率骑士百余名，入机帐中，竟把部将夺去，且悍然语机道："看你蛮奴能作督否？"机司马孙拯，劝机杀超，机不能决。便是没有将才。超且出语大众道："陆机将反。"又寄书与玖，诬机阴持两端。玖早欲进谗，会闻弟又败没，便诉诸颖前道："机已私通长沙王，不可不除。"牵秀素来媚玖，又恐败还见责，便将失败情由，统委诸陆机身上，证成机罪。颖当即大怒，使秀率兵收机，参军王彰谏道："今日战事，强弱异势，愚人犹知必胜，今乃反是，实因机为吴人，北土旧将，不肯服从，所以有此挫失呢。还乞殿下赦机。”颖不肯听，促秀使去。机闻秀至，释戎服，著白袷，与秀相见，并作笺辞颖，随即长叹道：“华亭鹤唳，可再闻否？”谁叫你不听忠告。秀竟杀机。又收机弟清河内史云，平东祭酒耽及司马孙拯，一并下狱。记室江统蔡克等，先后营救，统被孟玖阻住，且催令速杀云耽，夷及三族。狱吏拷掠孙拯，甚至两髁露骨，仍言机冤。吏知拯义烈，乃语拯道：“二陆沉冤，人已尽知，君奈何不自爱身呢？”拯仰天叹道：“陆君兄弟，为当世奇才，我既蒙知遇，不能相救，难道还好忍心相诬么？”拯有门人费慈宰意，诣狱省拯。拯与语道：“我不负二陆，死亦甘心，汝等何必来此？”二人答道：“先生不负二陆，我等怎敢负先生？”遂为拯上书，谓拯无罪。孟玖已令狱吏诈为拯供，亦夷三族，并将费慈宰意二人，一律处斩。小子有诗叹道：

才高班马露英华，一跌丧身并复家。
何若当年先引去，好随云鹤隐天涯。

究竟战事如何结局，待至下回叙明。

新野王歆，亦一狡诈徒，前随齐王冏起义，冒功受爵，谒陵时，即有离间成都之言，假使无张昌之乱，速死战场，则后此颙颖为逆，彼必不肯袖手，其与颙颖辈并受恶名，同归死绝，亦势所必至者耳。故歆之得死于张昌，议者咎歆之无能，吾谓歆固无能死于寇，视死于逆者犹较胜也。刘弘代歆，选陶侃为大都督，便得平逆，得人之效，固如此其彰著哉。河间王颙，跋扈不臣，原不足道。成都颇负时望，乃亦一变至此，甚至信用嬖人，枉杀机云，宜其终遭人噬，死且不容也。夫陆机附逆逼君，死本自取，但不死于朝廷之大法，而独死于逆党之谗言，则不得不为之呼冤，实则亦非真冤也。良禽择木而栖，良臣择主而事，谁令彼甘心事逆，自蹈死地？冤乎否乎，读史者自能辨之。

第十六回　刘刺史抗忠尽节
皇太弟挟驾还都

却说长沙王乂，既击败颖军，复转攻颙军，惠帝仍亲出督战。颙军都督张方，率众近城，众见乘舆麾盖，不禁气沮，便即退走。方亦禁遏不住，只好却还。乂竟驱兵杀来，把方军前队的兵士，多半杀毙，共约五千余人。方退屯十三里桥，众心未定，尚拟夜遁。方下令道："胜败乃兵家常事，古来良将用兵，往往能因败为胜，今我更向前营垒，出其不意，也是一兵家奇策呢。"遂乘夜前进数里，筑垒数重，为持久计。乂得战胜方军，总道是方不足忧。到了翌晨，接得侦报，才悉方又复进逼，连忙引兵往攻，那方已倚垒为固，无隙可乘。乂军上前挑战，方按兵不发，及见乂军欲退，乃开垒出战，一盈一竭，眼见是方军得势，乂军失利了。

乂败回都城，未免心慌，因与群臣集议军情，大众多面面相觑，你推我诿，结果是想出一个调停法子，拟先与颖和，然后并力拒颙。乂与颖本是兄弟，总望他顾及本支，罢兵息怨，乃使中书令王衍，光禄勋石陋等，同往说颖，令与乂分陕而居，颖竟不从。越亲越勿亲。衍等归报，乂再致书与颖，为陈利害，劝使还镇。颖复书请斩皇甫商等，方可退兵，乂亦不纳。颖又进兵薄京师，两镇兵士，齐逼都下，皇命所行，仅及一城，米石万钱，公私俱困。骠骑主簿祖逖，为乂设策道："雍州刺史刘沈，忠勇果毅，足制河间，今宜奏请遣沈，使袭颙后，颙欲顾全根本，必召还张方，一路退去，颖亦无能为了。"计非不善，奈肘腋间尚有一患奈何。乂当然称善，便即奏闻。惠帝无不依从，颁诏去讫。乂又申请一敕，令皇甫商赍敕西行，饬金城太守游楷等罢兵，且使皇甫重进军讨颙。这又是一大失着，徒断送皇甫兄弟性命。商行至新平，与从甥相遇，述及密计，从甥与商有隙，驰往告颙。颙遣众往追，将商擒归，当即杀死，并遥令游楷等速攻秦州。幸皇甫重坚壁固守，部下亦愿为死战。好容易又过一年，长沙王乂，鼓众誓师，出与颖军决战，屡得胜仗，斩俘至六七万人，颖军大沮。张方见颖军失败，亦欲退还，唯探得都城乏食，或有内乱可乘，所以留兵待变。果然不到数日，左卫将军朱默，与东海王越通谋，竟勾通殿中将士，把乂拿下，入启惠帝，且免乂官，锢置金墉城中，一面大赦天下，改元永安，开城与颖颙二军议和。颖颙二军，无词可驳，勉强从命，独乂在金墉城上表道：

陛下笃睦，委臣朝事，臣小心忠孝，神祇所鉴，诸王承谬，率众见责，朝臣无正，各虑私困，收臣别省，幽臣私宫，臣不惜躯命。但念大晋衰微，枝党将尽，陛下孤危，若臣死国，宁亦家之利，但恐快凶人之心，无益于陛下耳。幸陛下察之！

原来乂居围城，侍奉惠帝，未尝失礼。城中粮食日窘，乂与士卒同食粗粝，甘苦共尝，所以出御两军，胜多败少。偏出了一个东海王越，忌乂成功，潜下毒手。越罪更甚于乂，故语带抑扬。将士等初为所诳，因致盲从，及见外兵不盛，乂表可哀，乃隐起悔心，复欲迎乂拒越。越察得众情，不禁着忙，便召黄门侍郎潘滔入议道："众心将变，看来只有杀乂一法，省得人心悬悬。"滔应声道："不可，不可！杀乂终负恶名，何勿让与别人。"滔更凶狡。越已会意，乃使滔密告张方。方系杀人不眨眼的魔星，得滔通报，立即派兵至金墉城，取乂入营，锁诸柱上，剥去衣服，四围用炭火焙着，好象烧烤一般。可怜乂身被火炙，号声震地，到了乌焦巴弓，才见毕命。方营中大小将士，睹此惨状，俱为流涕。唯方狰狞上坐，反露笑容。毒愈虎狼。乂死时只二十八岁，遗尸由故掾刘佑收埋，步持丧车，悲恸行路。方却目为义士，不复过问。这却如何晓得？先时洛下有谣言云："草木萌芽杀长沙。"乂死时适当正月二十七日，谣言果验。

成都王颖，得入京师，使部将石超等，率兵五万，分屯十二城门。殿中宿卫，平时为颖所忌，概皆处死。颖自为丞相，增封二十郡，加东海王越为尚书令，乃出都返镇，表卢志为中书监，参署丞相府事。雍州刺史刘沈，尚未闻都中情事，自得密诏后，即纠合七郡兵旅，径向长安进发。河间王颙，尚屯兵关外，为方声援，蓦闻刘沈起兵到来，慌忙退守渭城，并遣人飞召张方。方大掠洛中，掳得官私奴婢万余人，向西驰去，未及入关，颙已与沈军交战，败还长安。沈使安定太守衙博，功曹皇甫淡领着精甲五千，掩入长安城门，直逼颙帐。不意旁面杀出一彪人马，锐厉无前，把衙博等军，冲作两段。博等专望沈军来援，偏偏沈军迟至，致博等孤军失继，相率战死。这一路援颙的兵马，乃是冯翊太守张辅带来，他见博军无继，便来横击一阵，及刘沈驰至，前军已经覆没，只好收拾败卒，渐渐退去。适值张方西归，亟遣部将敦伟夜袭沈营，沈军惊溃，沈与麾下南走，被伟追及，射沈落马，活捉回来。当下押沈见颙，颙责他负德，沈朗声道："知己恩轻，君臣义重，沈奉天子诏命，不敢苟免，明知强弱异形，乃投袂起兵，期在致死，虽遭菹醢，甘亦如荠。"声可裂地。颙顿时怒起，鞭沈至百，方令腰斩，一道忠魂，上升天界去了。

颖与颙既相连接，颙上书称颖有大功，宜为储副。又言羊玄之怙宠为非，该女不宜为后，颖亦表称玄之已殁，未降明罚，宜废后以暴父罪。惠帝虽然愚钝，但对着如花似玉的羊皇后，却也不忍相离，因将两王表文，出示廷臣，商决可否。朝右百官，个个是贪生怕死，哪里还敢冲撞二王？再加东海王越，是与二王表里为奸，当然赞同二议。惠帝没法，乃将羊后废为庶人，徙居金墉城。皇太子覃，仍黜为清河王，立颖为皇太弟，都督中外诸军事，兼职丞相。乘舆服御，皆迁往邺中，进颙为太宰大都督，领雍州牧，起前太傅刘寔为太尉，寔自称老疾，固辞不拜。高尚可风。看官阅过前文，如汝南王亮，如楚王玮，如赵王伦，如齐王冏，如长沙王乂，没一个不是争权夺利，丛怨亡身。偏颖颙越三王，不思借鉴前车，也想挟权求逞，结果是凶终隙末，同室操戈，终落得蚌鹬相持，渔人得利，这岂不是司马家儿的大病么？标明八王乱本，且为后世大声疾呼，苦衷如揭。

成都王颖，既得为皇太弟，越加骄恣，不知有君。嬖人孟玖等，倚势横行，大失众望。右卫将军陈眕，殿中中郎逯苞成辅及长沙王故将上官巳等，怂恿东海王越，谋共讨颖。越乐得转风，借着众怒为名，好夺朝柄，便与陈眕勒兵入云龙门，称制召三公百僚，相率戒严，收捕颖将石超。超突出都门，奔往邺城，随即迎还庶人羊氏，仍立为后，就是清河王覃，亦复入东宫，再为太子。越奉惠帝北征，自为大都督，召前侍中嵇绍，扈跸同行。侍中秦准语绍道："今日随驾出征，安危难料，君可有佳马否？"绍正色道："臣子扈卫乘舆，遑计生死，要什么佳马呢？"准叹息而退。绍从惠帝出抵安阳，沿途由大都督越檄召兵士，陆续趋集，得十万余人。邺中震恐。颖召群僚问计，议论不一，东安王繇，新遭母丧，留居邺中，独入帐宣言道："天子亲征，臣下宜释甲缟素，出迎请罪。"颖闻言动怒道："莫非自去寻死么？"折冲将军乔智明，亦劝颖奉迎乘舆，颖复怒说道："卿名为晓事，投身事孤，今主上为群小所逼，勉强北来，卿奈何亦为此说，使孤束手就刑哩？"遂叱退繇乔二人，立遣石超率兵五万，前往迎战。

越驻军荡阴，探得邺中人心不固，以为无患，竟不加严备，哪知石超驱兵杀来，势甚汹涌，立将越营攻破。越仓皇逃命，不暇顾及惠帝，一溜烟的走往东海。以惠帝作孤注，真好良心。惠帝猝不及避，被超军飞矢射来，颊中三箭，痛苦的了不得。百官侍御，有几个也遭射伤，纷纷窜去。独侍中嵇绍，朝服下马，登辇卫帝，超军一拥上前，将绍拖落，惠帝忙牵住绍裾，惶遽大呼道："这是忠臣嵇侍中，杀不得！杀不得！"但听超军回答道："奉太弟命，但不犯陛下一人。"两语才毕，已将绍一刀斫死，碧血狂喷，溅及帝衣，吓得惠帝浑身乱颤，兀坐不稳，一个倒栽葱，堕落车下，僵卧草中。随身所带的六玺，悉数抛脱，尽被超军拾去。还算超有些天良，见帝堕下，喝令部众不得侵犯，自己下马相救，叫醒惠帝，扶他上车，拥入本营，且问惠帝有无痛楚。惠帝道："痛楚尚可忍耐，只腹已久馁了。"超乃亲自进水，令左右奉上秋桃。惠帝吃了数枚，聊充饥渴。超向颖报捷，并言奉帝留营。颖乃遣卢志迎驾，同入邺城。颖率群僚迎谒道左，惠帝下车慰劳，涕泣交并。及入城以后，复下诏大赦，改永安元年为建武元年。一年两纪元，有何益处？皇弟豫章王炽，司徒王戎，仆射荀藩，相继至邺，见惠帝衣上有血，请令洗浣。惠帝黯然道："这是嵇侍中血，何必浣去。"戎等亦皆叹息。唯颖却请帝召越，颁诏东海，越怎肯赴邺？却还诏使。前奋威将军孙惠，诣越上书，劝越邀结藩方，同奖王室。越遂令惠为记室参军，与参谋议。北军中侯荀晞，往投范阳王虓，虓令为兖州刺史。陈眕上官巳等，走还洛阳，奉太子清河王覃，保守都城，偏又来了一个魔贼张方，仗着一般蛮力，擅将都城占住。原来越出讨颖，颙曾遣张方救邺，及越已败走，惠帝被颖劫去，颙即令方折回中道，往踞洛阳。方至洛阳城下，上官已与别将苗愿，出担方军，为方所败，便即遁去，方遂入洛都。太子覃至广阳门，迎方下拜，方下马扶住，偕覃入阙，派兵分戍城门。才越两日，复把羊皇后太子覃废去，居然皇帝无二，自作威福，独断独行，这真叫作天下无道，政及陪臣呢。

先是安北将军王浚，即故尚书令王沈子。都督幽州。颖颙乂三王，入讨赵王伦时，曾檄令起兵为助，浚不应命。颖常欲讨浚，迁延未果。嗣令右司马和演为幽州刺史，密使杀浚，演与乌桓单于审登连谋，邀浚同游蓟城南泉清，为刺浚计。会天雨骤下，兵器沾湿，苦不得行。审登胡人，最迷信鬼神，疑浚阴得天助，因将演谋告浚。浚即与审登连兵杀演，自领幽州营兵。颖既劫入惠帝，欲为和演报仇，乃传诏征浚入朝。浚料颖不怀好意，索性纠合外兵，驰檄讨颖。乌桓单于遣部酋大飘滑弟羯朱，引兵助浚，还有浚婿段务勿尘，系是鲜卑支部头目，也率众相从。浚既得两部番兵，势焰已盛，复约同并州刺史东嬴公腾，联兵攻邺。腾系东海王越亲弟，正接越书，令他联络幽州，攻颖后路。凑巧浚使亦到，自然答书如约。于是幽并二州的将士及乌桓鲜卑的胡骑，合得十万人，直向邺城杀来。纲目予浚讨颖，故本编亦写出声势。颖遣北中郎将王斌及石超等出兵往御，复因东安王繇，前有迎驾请罪的议论，恐他密应外兵，立即拿斩了事。繇兄子琅琊王睿，惧祸出奔，自邺还镇。颖先敕关津严行检察，毋得轻放贵人。睿奔至河阳，适被津吏阻住，可巧有从吏宋典，自后继至，用鞭拂睿，佯作笑语道："舍长官，禁贵人，汝何故亦被拘住呢？"津吏与睿，不甚相识，蓦闻典言，疑是误拘，便向典问个明白。典又伪称睿是小吏，并非贵人，更兼睿微服出奔，容易混过。当由津吏放睿渡河。睿潜至洛阳，迎了太妃夏侯氏，匆匆归国去了。是为元帝中兴张本，故特叙明。

颖因外兵压境，也无心追问，但与僚属日议军事。王戎等谓胡骑势盛，不如与和。颖却欲挟帝还洛，暂避敌锋。忽有一相貌堂堂、威风凛凛的大元戎，趋入会议厅中，与大众行过了军礼，就座语颖道："今二镇跋扈，有众十余万，恐非宿卫将士及近郡兵马，所能抵制呢！愚意却有一计，可为殿下解忧。"颖见是冠军将军刘渊，便问他有何妙策？渊答道："渊曾奉诏为五部都督，今愿为殿下还说五部，同赴国难。”颖半晌才答道：“五部果可调发么？就使发遣前来，亦未必能御鲜卑乌桓。我欲奉乘舆还洛阳，再传檄天下，以顺制逆，未知将军意见如何？”渊驳说道：“殿下为武皇帝亲子，有功皇室，恩威远著，四海以内，何人不愿为殿下效死？况匈奴五部，受抚已久，一经调发，无患不来，王浚竖子，东嬴疏属，怎能与殿下争衡？若殿下一出邺城，向人示弱，恐洛阳亦不能到了。就使得到洛阳，威权亦被人夺去，未必再如今日。不如抚勉士众，静镇此城，待渊为殿下召入五部，驱除外寇，二部摧东嬴，三部枭王浚，二竖头颅，指日可致，有什么可虑呢？”刘渊此言，虽为归国自主起见，但劝颖镇邺，未始非策。颖听了渊言，不禁心喜，遂拜渊为北单于，参丞相军事，即令刻日就道。纵虎归巢。

渊辞颖出发，行至左国城，匈奴右贤王刘宣等，早欲推渊为大单于，至是与部众联名，奉书致渊，愿上大单于位号。渊先让后受，旬日间得众五万，定都离石，封子聪为鹿蠡王。遣部将刘宏率铁骑五千，往援邺城。是时王浚与东嬴公腾，已击败颖将王斌，长驱直进。颖将石超，收兵堵御，平棘一战，又为浚先锋祁弘所败，退还邺城，邺中大骇，百僚奔走，士卒离散。中书监卢志，劝颖速奉惠帝还洛阳，颖乃令志部署军士，翌日出发。军士尚有万五千人，均仓猝备装，忙乱一宵，越宿待命启行，守候半日，并无音响。大众当然动疑，及探悉情由，方知颖母程太妃，不愿离邺，因此延宕不决。俄而警报迭至，哗传外兵将到，大众由疑生贰，霎时溃散。颖惊愕失措，只得带同帐下数十骑，与卢志同奉惠帝，南走洛阳。惠帝乘一犊车，仓皇出城，途中不及赍粮，且无财物，只有中黄门被囊中，藏着私蓄三千文，当由惠帝面谕，暂时告贷，向道旁购买饭食，供给从人。夜间留宿旅舍，有宫人持升余糠米饭及燥蒜盐鼓，进供御前。惠帝连忙啖食，才得一饱。庸主之苦，一至于此。睡时无被，即将中黄门被囊展开，席地而卧。越日又复登程，市上购得粗米饭，盛以瓦盆，惠帝啖得两盂，有老叟献上蒸鸡，由惠帝顺手取尝，比那御厨珍馐，鲜美十倍。自愧无物可酬，乃谕令免赋一年，作为酬赏。老叟拜谢而去。行至温县，过武帝陵，下车拜谒，右足已失去一履，幸有从吏脱履奉上，方得纳履趋谒。拜了数拜，不由的悲感交集，潸然泪下。儿女子态，不配为帝。左右亦相率唏嘘。及渡过了河，始由张方子熊，带着骑士三千，前来奉迎。熊乘的青盖车，让与惠帝，自己易马相从。至芒山下，张方自领万余骑迎帝，见了御驾，欲行拜跪礼仪。惠帝下车搀扶，方不复谦逊，便即上马，引帝还都。散众陆续踵至，百官粗备，乃升殿受朝，颁赏从臣，并下赦书。旋闻邺城探报，已被王浚各军，掳掠一空。乌桓部长羯朱，追颖不及，已与王浚等一同北归。唯鲜卑部掠得妇女，约八千人，因浚不许带归，均推入易水中，向河伯处当差去了。河伯何幸，得此众妇。小子有诗叹道：

无端军阀起纷争，祸国殃民罪不轻。

更恨狼心招外寇，八千妇女断残生。

邺中已经残破，刘渊所遣部将王宏，驰援不及，也即引归，报达刘渊。究竟刘渊能否践约，且至下回再详。

刘沈发兵讨颙，虽为乂所遣，然所奉之诏敕，固明明皇言也。况颙固有可讨之罪乎？乂为张方所杀，死状甚惨，纲目不称其死义，而独予沈以死节，诚以乂受颙使，甘为乱首，当其杀齐王冏时，侥幸得志，代握大权，彼方欣欣然感颙之惠，不知助己者颙，杀己者亦颙，方为颙将，方杀乂，犹颙杀乂也。我杀人，人亦杀我，互相杀而国愈乱，乂死不得为枉，唯如刘沈之见危授命，不屑乞怜，乃真所谓气节士耳。本回以刘沈尽节为标目，良有以也。惠帝昏愚，听人播弄，忽西忽东，狼狈万状，愚夫不可与治家，遑言治国？读《晋书》者，所由不能无憾于武帝欤。

第十七回　刘渊拥众称汉王
张方恃强劫惠帝

却说刘渊得王宏归报，慨然语道：“颖不用我言，弃邺南奔，真是奴才，但我尝受他知遇，保荐为冠军将军，寓邺以来，他总算待我不薄，我既与约相援，不可不救。”颖保荐刘渊，从渊口中叙出，笔不渗漏。说毕，即命右于陆王刘景，左独鹿王刘延年，率步骑兵二万，将讨鲜卑。刘宣等入阻道：“晋人不道，待我如奴隶，我正恨无力报复，今彼骨肉相残，自相鱼肉，乃是天厌晋德，授我重兴的机会。鲜卑乌桓，与我同类，可倚以为援，奈何反发兵攻击？况大单于威德方隆，名震远迩，诚使怀柔外部，控制中原，就是呼韩邪基业，也好从此恢复了。”渊笑答道：“卿言亦颇有见识，但尚是器小，未足喻大。试想禹出西戎，文王生东夷，帝王有何常种？今我众已至十余万，人人矫健，若鼓行而南，与晋争锋，一可当十，势若摧枯，上为汉高，下亦不失为魏武，呼韩邪亦何足道哩？”确是枭雄。刘宣等皆叩首道：“大单于英武过人，明见万里，原非庸众所能企及，请即乘势称尊，慰我众望。”渊徐徐答道：“众志果已从同，我亦何必援颖，且迁居左国城，再作计较。”宣等遵令起身，各整行装，随渊徙至左国城。远近依次归附，又达数万人，正拟拥众称尊，雄长北方，不料西方巴蜀，已有人先他称王，遂令野心勃勃的刘元海，急不暇待，便树起大汉的旗帜来了。

小子按时叙事，不得不先将蜀事表明，再述刘渊开国情形。李雄称成都王，比刘渊略早，本回虽以渊为主，但称王实始于雄，且正可就此带叙，故随笔插入。自李雄得取成都，遂奉叔父李流，一同居住。应十五回。蜀民相率避乱，或南入宁州，或东下荆州，城邑皆空，野无烟火。唯涪陵人范长生，挈千余家依青城山，依险自固。流无从掠食，部众饥困。平西参军徐轝，求为汶山太守，特向益州刺史罗尚献谋，谓“流已乏食，正好进讨，且可邀范长生为犄角，并力合攻”云云。偏尚不肯依议，惹动轝怒，反出城附流，并为流往说长生，运粮济困，尚固失策，轝亦不忠。流军复振。既而流病将死，嘱部将等协力事雄，部将共愿遵嘱，俟流死后，即推雄为益州牧。雄使将校朴泰，通书罗尚，伪言愿为内应。尚遽令降氐隗伯攻郫城，陷伏被擒。雄赦免隗伯，使李骧带领降卒，夜至成都，诈称已得郫城，还兵报捷。守卒不知有诈，开门纳入。骧即杀死守吏，据住外城。唯内城还是关着，未曾失手。罗尚急登陴抵御，堵住外兵，骧留兵攻扑，自往截尚粮道，适值犍为太守袭恢，运粮前来，被骧麾兵掩击，将恢杀死，尽把粮车夺去。尚困守孤城，无粮可食，再经骧还军攻击，更由雄添兵相助，眼见得朝不保暮，危如累卵，三十六策，走为上策，乃留牙将张罗居守，自率左右开门夜遁。张罗以尚为镇将，还且弃城逃生，自己位居偏裨，何苦为国殉难，便即插起降旗，纳入骧军。骧迎雄入成都，兵不血刃，坐得了西蜀雄藩。梁州刺史许雄，坐视不救，由晋廷召还治罪。罗尚逃至江阳，遣使表闻，适晋廷大乱，无暇加谴，但令他权统巴东巴郡涪陵诸郡，收取军赋。尚又遣别驾李兴，赴荆州乞粮，镇南将军刘弘，拨给粮米三万斛，尚乃得自存，但苦兵力衰残，不能再复成都。

李雄占据成都数月，因范长生素有德望，见重蜀民，乃欲迎立为君，自愿臣事长生。长生不肯应命，雄乃自即成都王位，大赦境内，号为建兴元年。除晋弊制，约法七章，令叔父骧为太傅，兄始为太保，折冲将军李离为太尉，建威将军李云为司徒，翊军将军李璜为司空，材官李国为太宰，尊母罗氏为王太后，追号父特为景王，又遣使往迎范长生。长生自青城山登舆，布衣应征，及抵成都，甫入城闉，即见雄下马相迎，握手引进，延他上坐，称为范贤，详询政治。长生约略对答，甚惬雄心。雄即亲递板册，拜为丞相。长生也乐得受命，坐享安荣，嗣复劝雄称帝，便是这位范贤人了。句中有刺。看官！试想李雄是个流民子弟，还能据地称雄，何况五部大都督刘渊，才兼文武，识迈华夷，怎尚肯蜷伏一隅，不思自主呢？当下由刘宣等奉书劝进，请他筑坛即位，立国纪元。渊笑语道：“昔汉有天下，历世久长，恩结人心，所以昭烈帝仅据益州，尚能与吴魏抗衡，相持至数十年。我本汉甥，约为兄弟，兄亡弟继，有何不可？我就称为汉王便了。”乃命就南郊筑坛，也是告天祭地，仿行汉制。登坛这一日，五部胡人，统来谒贺。刘渊令竖起大汉旗帜，居然祖述汉朝，下令谕众道：

昔我太祖高皇帝，以神武应期，廓开大业，太宗孝文皇帝，重以明德，升平汉道，世宗孝武皇帝，拓土攘夷，威倾中外，中宗孝宣皇帝，搜扬俊乂，多士盈朝，是我祖宗道迈三王，功高五帝，故卜年倍于夏商，卜世过于姬氏。而元成多僻，哀平短祚，贼臣王莽，滔天篡逆。我世祖光武皇帝，诞资圣武，恢复鸿基，祀汉配天，不失旧物。显宗孝明皇帝，肃宗孝章皇帝，累叶重辉，炎光再阐。自和安以后，皇嗣渐颓，天步艰难，国统濒绝。黄巾海沸于九州，群阉毒流于四海，董卓因之，肆其猖獗，曹操父子，凶逆相寻，故孝愍委弃万国，昭烈播越岷蜀，冀否终有泰，旋轸旧京，何图天未悔祸，后帝窘辱？自社稷沦丧，宗庙之不血食，四十年于兹矣。今天诱其衷，悔祸星汉，使司马氏父子兄弟，迭相残灭，黎庶涂炭，靡所控告。孤今猥为群公所推，绍修三祖之业，顾兹尪暗，战惶靡厝。但以大耻未雪，社稷无主，衔胆栖冰，勉从群议，特此令知。录入此文，见得张冠李戴，可发一噱。

此令下后，即改易正朔，称为元熙元年。国仍号汉，立汉高祖以下三祖五宗神主，筑庙祭祀，汉祖汉宗，不意有此贤子孙。追尊安乐公刘禅为孝怀皇帝。禅若有知，更乐不思蜀了。一切开国制度，皆依两汉故例。立妻呼延氏为王后，长子和为世子，鹿蠡王聪守职如故。族子曜生有白眉，目炯炯有赤光，两手过膝，身长九尺三寸，少时失怙，由渊抚养，成人后既长骑射，尤工文字，渊尝称为千里驹，因亦授为建武将军。命刘宣为丞相，召上党人崔游为御史大夫，后部人陈元达为黄门侍郎，崔游为上党耆硕。渊曾从受业，至是固辞不受。不愧醇儒。陈元达亦尝躬耕读书，渊为左贤王时，曾招为僚属，元达不答，此次驿书往征，却欣然就道，愿为渊臣。见利忘义，怎得善终。他如刘宏刘景刘延年等，皆渊族人，并授要职，不消细说。渊僭号旬日，即率众往攻东嬴公腾。腾遣将军聂玄率兵出拒，行次大陵，与渊军相值。两下交锋，勇怯悬殊，才及数合，玄军大败，狼狈遁归。腾闻败大惧，亟领并州二万余户，避往山东，渊乃四处寇掠，入居蒲子。是为五胡乱华之首。复遣曜进寇太原。曜兵锋甚锐，连陷泫氏屯留长子诸县。别将乔晞，往攻介休。介休县令贾浑，登城死守，约历旬日，内无粮草，外无救兵，斗大孤城，怎能支持得住？便被乔晞陷入。浑尚率兵巷战，力竭被擒，晞勒令投降，浑正色道："我为大晋守令，不能保全城池，已失臣道，若再苟且求活，屈事贼虏，还有什么面目，得见人民？要杀便杀，断不降汝。"晞听着贼虏两字，当然发怒，即喝令推出斩首。裨将尹崧进谏道："将军何不舍浑，也好劝人尽忠。"晞怒答道："他为晋尽节，与我大汉何涉？"遂不从崧言，促使牵出。忽有一青年妇人，号哭来前，与浑诀别。晞闻声喝问道："何人敢来恸哭？快与我拿来。"左右奉令，便出帐拘住妇人，牵至晞前，且报明妇人来历，乃是贾浑妻宗氏。晞见她散发垂青，泪眦变赤，颦眉似锁，娇喘如丝，不由的怜惜起来，便易怒为喜道："汝何必多哭，我正少一佳人呢。"语犹未了，外面已将浑首呈入，宗氏瞧着，越觉狂号。晞尚狞笑道："休得如此，好好至帐后休息，我当替你压惊。"宗氏听了，反停住了哭，戟指骂晞道："胡狗！天下有害死人夫，还想污辱人妇么？我首可断，我身不可辱，快快杀我，不必妄想！"斩钉截铁之语，得诸巾帼，尤属可敬。晞尚不忍加害，再经宗氏詈骂不休，激动野性，竟自拔佩刀，起身下手。宗氏引颈就戮，渺渺贞魂，随夫俱逝，年才二十余岁。叙入此段，特为忠臣义妇写照。当有消息传报刘渊，渊不禁大怒道："乔晞敢杀忠臣，并害义妇，假使天道有知，他还望有遗种么？"遂命厚葬贾浑夫妇，且将乔晞追还镌秩四等。已而东嬴公腾，又遣部将司马瑜周良石鲜等，分统部曲，往攻离石，与渊将刘钦交锋，四战皆败，一并逃归。渊更得横行北方，无人敢撄。晋廷又内乱未休，还顾着什么边防？就是一座洛阳城中，也弄得乱七八糟，迄无宁日。张方迎帝入都，专制朝政，不但公卿百僚，无权无势，连太弟颖亦削尽权力。都下人士，统惮方凶威，莫敢发言。唯豫州都督范阳王虓、徐州都督东平王楙，从外上表道：

自愍怀被害，皇储不建，委重前相，辄失臣节，是以前年太宰颙与臣永维社稷之贰，不可久虚，特共启成都王颖，以为国副。受重之后，弗克负荷，小人勿用而以为心腹，骨肉宜敦而猜嫌荐至，险诐宜远而谗说殄行，此皆臣等不聪不明，失所宗赖，遂令陛下谬于降授，虽戮臣等，不足以谢天下。今大驾还宫，文武空旷，制度荒废，靡有孑遗。臣等虽劣，足匡王室，而道路流言，谓张方与臣等不同，悠悠之口，非尽可凭。臣等以为太宰惇德元元，著于具瞻，每当义节，辄为社稷宗盟之先。张方受其指教，为国效劳，此即太宰之良将，陛下之忠臣；但以秉性强毅，未达变通，且虑事翻之后，为天下所罪，故不即西还耳。臣闻先代明主，未尝不全护功臣，令福流子孙。自中叶以来，陛下功臣，初无全者，非必人才皆劣，实由朝廷驾驭失宜，不相容恕，以一旦之咎，丧其积年之勋，既违周礼议亲之典，且使天下人臣，莫敢复为陛下致节者。臣等此言，岂独为一张方？实为社稷远计，欲令功臣身守富贵，臣愚以为宜委太宰以关右之任，自州郡以下，选举受任，一皆仰成，若朝之大事，废兴损益，每辄畴咨，此则二伯述职，周召分陕之义，陛下复行于今时。遣方还郡，令群后申志，时定王室，所加方官，请悉如旧，则忠臣义士有劝，功臣必全矣。司徒戎异姓之贤，司空越公族之望，并忠国爱主，小心翼翼，宜干机事，委以朝政。安北将军王浚，率身履道，远近所推，如今日之大举，实有定社稷之勋，此臣等所以叹息归功也。浚宜特崇重之以逼众望，使抚幽朔，长为北藩。臣等竭力捍城，屏藩皇家，则陛下垂拱，而四海自正矣。乞垂三思，察臣所言。

未几，又再上一疏，略言："成都王弗克负荷，实为奸邪所误，不足深责，可降封一邑，保全生命"云云，张方得见二表，不禁忿恚道："我奉迎车驾，保全都城，明明是自守臣节，乃反讥我未识变通，促我西还。王戎庸驽，怎得称贤？东海专擅，怎能惬望？王浚称兵犯驾还，说他有功社稷，这等妄谈，不值一辩。我亦无意留此，就变通一着，免致小觑，看他如何对付呢？"原来方久留洛阳，部兵逐日剽掠，十室九空，群情扰扰，俱有归志。方正思拥帝西去，适为二表所激，乃决意一行，但恐帝及百官，未肯照从，只得借谒庙为名，诱帝出宫，才好劫驾登程。当下使人白帝，请出主庙祀，偏惠帝不肯亲出，答言须遣派诸王。惠帝未必有是聪明，当是有人教导。方顿时盛怒道："他不出谒庙，难道我不能使他西迁么？"当下传令部兵，齐集殿门，自率亲卒数百人，跨马入宫，胁迫乘舆。惠帝闻变，慌忙趋避，驰匿后园的竹林中。方令士卒搜寻，当即觅着，硬将惠帝拥出。惠帝面色如土，托称乘舆未备，须备就乃行。士卒哗声道："张将军已驾好坐车，来迎陛下，陛下不必多虑。"惠帝无奈，垂涕出殿，由士卒扶掖登车。又要蒙尘，何命苦至此？方在宫门前候着，见惠帝驾车出来，才在马上叩首道："今寇贼纵横，宿卫单少，愿陛下亲幸臣垒，臣当竭尽死力，备御不虞。"何必要你这般费心？惠帝无词可答，四顾左右，也没有一个公卿，只中书监卢志在侧，恐是张方党羽，欲言不言。志启奏道："陛下今日，当概从张将军。"惠帝乃驰入方营，令方多具车辆，装载宫人宝物。方即令部卒入宫载运。部卒贪馋得很，遇着这个美差，正是意外飞来，当下拥入宫中，见有姿色的宫人，便任情调笑，逼令为妻，所有库中的宝藏，值钱的都藏入私囊，单剩那破败杂物，搬置车上，甚至你抢我夺，分配不匀，好好一顶流苏宝帐，被割至数十百块，取作马帐。经此一番劫掠，把魏晋以来百余年积蓄，荡涤无遗。

穷凶极恶的张方，还想将宗庙宫室，一概毁去，免得使人返顾。卢志亟向方谏阻道："董卓不道，焚烧洛阳，怨毒至今，尚未有已，将军奈何效此凶人？"方乃罢议。过了三日，方遂拥帝及太弟颖豫章王炽等，西往长安。时适仲冬，天降大雪，途次非常寒冷，行到新安，惠帝忍冻欲僵，手足麻木，突然间堕落车下，伤及右足。尚书高光，正在帝后，忙下马搀扶，仍令登辇。惠帝始知足痛，扪伤垂泪。光自裂衣襟，代为裹创。惠帝且泣且语道："朕实不聪，累卿至此。"不经此苦，何能自觉？光亦为泣下。好容易到了霸上，遥见有一簇人马，站住道旁。惠帝似惊弓之鸟，又吓得冷汗淋漓。张方下马启奏道："太宰来迎车驾了。"惠帝才稍稍放心。已而太宰颙趋至驾前，拱手拜谒。惠帝依着老例，下车止拜，遂由颙导入长安，就借征西府为行宫，休息数日，再议大政。那时仆射荀藩，司隶刘暾，太常郑球，河南尹周馥等，尚在洛阳，号为留台，承制行事，复称年号为永安。羊皇后为张方所废，仍居金墉城，未尝随驾。见前回。留台诸官，仍复迎她入宫，奉为皇后。于是关洛各设政府，时人号东西台。太宰颙有意废颖，与张方商决可否，方不甚赞成，颙已立定主意，决计废颖立炽。惠帝有兄弟二十五人，相继死亡，唯颖炽及吴王晏尚存。晏材质庸下，炽却早年好学，故颙推立为皇太弟，且因四方分裂，祸难未已，并请下诏调停，期得少安。小子有诗叹道：

扰扰江山已半倾，如何翻欲作干城？
狂澜一决难重挽，大错由谁误铸成。

欲知诏命如何，且看下回录叙。

刘渊为乱华之首，故本回叙述，特别加详。至插入李雄一段，因五胡十六国中，雄首先僭号，比刘渊尚早旬月。叙刘渊，不得不夹叙李雄，志祸始也。贾浑夫妇，忠烈绝伦，浑入《忠义传》，浑妻宗氏，入《列女传》，本回叙述无遗，意寓褒扬，为忠臣义妇作一榜样。典午之季，纲常坠地，得此二人以激励之，宁非一发千钧之所系耶？张方之恶，较诸王为尤甚，后可废，太子可黜，而车驾何不可西迁？独怪满朝文武，行尸走肉，毫无生气，一任恶人之肆行无忌，播弄朝纲。哀莫大于心死，而身死次之，晋臣固皆心死者也，何怪五胡之乘间乱华乎？而惠帝更不足责焉。

第十八回　作盟主东海起兵
诛恶贼河间失势

却说惠帝到了长安，政权为太宰颙所把持，颙议立豫章王炽为太弟，并及一切调停的法度，入白惠帝，当然依议颁诏。诏云：

天祸晋邦，冢嗣莫继，成都王颖，自在储贰，政绩亏损，四海失望，不可承重，其以王还第！豫章王炽，先帝爱子，令闻日新，四海注意，今以为皇太弟，以隆我晋邦。司空越可进任太傅，与太宰颙夹辅朕躬，司徒王戎，参录朝政，光禄大夫王衍为尚书左仆射，安南将军虓，即范阳王。平东将军楙，即东平王。平北将军腾，即东嬴公。各守本镇。高密王略为镇南将军，领司隶校尉，权镇洛阳。东中郎将模，为宁北将军，都督冀州，镇于邺。略模皆司空越弟。镇南大将军刘弘，领荆州以镇南土。其余百官，皆复旧职。齐王冏前应还第，长沙王乂轻陷重刑，可封其子绍为乐平县王，以奉其祀。自顷戎车屡征，劳费人力，供御之物，三分减二，户调田租，三分减一，蠲除苛政，爱人务本，清通之后，当还东京。此诏。

诏书既下，又大赦天下，改元永兴。命太宰颙都督中外诸军事，张方为中领军，录尚书事，领京兆太守，一切军国要政，颙为主，方为副。无论如何和解，要想辑睦宗室，慎固封疆，哪里有这般容易呢？东海王越，先表辞太傅职任，不愿入关，高密王略，拟奉诏赴洛，偏被东莱乱民，相聚攻略，连临淄都不能守，走保聊城。司徒王戎，当张方劫驾时，已潜奔郏县，避地安身，且年逾七十，怎肯再出冒险？当下称疾辞官，不到数月，果然病死。王衍素来狡猾，名为受职，未尝西行。只北中郎将模，往镇邺中，收拾余烬，募兵保守。

越年为永兴二年，张方又逼令惠帝，颁诏洛阳，仍饬废去羊皇后，幽居金墉城。不知彼与后何仇？留台各官，不得已依诏奉行。会秦州刺史皇甫重，累年被困，遣养子昌驰赴东海，向越乞援。越因东西遥隔，不愿出兵，昌径诣洛阳。诈传越命，迎还羊后入宫，即用后令，发兵讨张方，奉迎大驾。事起仓猝，百官不暇考察，相率依议。俄而察悉诈谋，便即杀昌，传首关中。颙方主和平行事，不欲久劳兵戎，因请遣御史赍诏宣重，敕令入朝行在。重又不肯奉命。秦州自遭围以后，内外隔绝，音信不通，即如长沙王遇害，皇甫商被杀等情，亦全未闻知。重问诸御史驺人，谓我弟早欲来援，如何至今未到？驺人答道："汝弟早为河间王所杀，怎得再生？"重闻言失色，也将驺人杀死。城中守卒，始知外援已断，群起杀重，函首乞降。颙调冯翊太守张辅为秦州刺史。辅莅任后，与金城太守游楷，陇西太守韩稚等有隙，互起战争，终至败死。了结皇甫重，并了结张辅，无非找足前文。这且搁过不提。

且说东海王越，既不愿入关受职，当然与太宰颙有隙，中尉刘洽，劝越往讨张方，为迎驾计。越已补卒蒐乘，整缮戎行，遂从刘洽言，传檄山东各州郡，谓当纠率义旅，西向讨罪，奉迎天子，还复旧都。东平王楙，先举徐州让越，自为兖州都督。范阳王虓与幽州都督王浚，亦与越相应，推为盟主，联兵勤王。越二弟腾模。并任方镇，均归乃兄节度。越托名承制，改选各州郡刺史，朝士多赴东海，乘便梯荣。如此乱世，何必定要做官。偏赵魏交界，又出了一个公师藩，独树一帜，往攻邺郡。师藩系成都王颖故将，闻颖被废，心甚不平，遂自称将军，声言为颖报怨，纠众至数万人，无论悍贼黠胡，并皆收用。当时有个羯人石勒，原名为訇，音佩。先世为匈奴别部小帅，因号为羯。羯亦五胡之一。勒寄居上党，年方十四，随邑人行贩洛阳，倚啸上东门，适为王衍所见，不禁诧异。嗣复顾语左右道："小小胡雏，便有这般长啸，将来必有异图，为天下患，不如早除为是。"乃遣人捕勒，勒已先机逃归，无从追获。过了数年，勒强壮绝伦，好骑善射，相士尝称他状貌奇异，不可限量。邑人嗤为妄言。

会并州大饥，刺史东嬴公腾，用建威将军阎粹计议，掠卖胡人，充作军费。勒亦为所掠，卖与茌平人师欢为奴。欢令他耕作，身旁尝有鼓角声，并耕诸人，屡有所闻，归告师欢。欢颇以为奇，别加优待，听令自由。牧师汲桑，与欢家毗邻，勒得往来过从，互相投契，且纠合壮士，作为朋侣，闻师藩起兵，竟与汲桑挈领牧人，并党与数百骑，投入师藩部下。桑始令他以石为姓，以勒为名。勒骁勇敢战，愿作前驱，连破阳平汲郡，杀害太守李志张延，转战至邺。邺中都督司马模，见上。亟遣将军赵骧出御，并向邻郡乞援。广平太守丁邵，引兵救模。范阳王虓，亦命兖州刺史苟晞往救。两路兵到了邺城，与赵骧合军御寇，师藩自然怯退，就是胆豪力大的石勒，也只得随众引归。石勒为晋后患，即十六国中之一寇，故详叙来历。

模为越弟，向越告捷。越因邺中无恙，使发兵西行，授刘洽为司马，尚书曹馥为军司，督军前进。留琅琊王睿屯守下邳，接济军需。睿请留东海参军王导为司马，越亦许诺。导字茂弘，系前光禄大夫王览孙，少有风鉴，识量清远，素与睿相亲善，故睿引入帷幄，使参军谋。导亦倾心推奉，知无不言。后来为中兴名相，此处乃是伏笔。越留此二人，放心西向，出次萧县，麾下约三万余人。范阳王虓，亦自许昌出屯荥阳，为越声援。越命虓领豫州刺史，调原任豫州刺史刘乔，移刺冀州，并使刘蕃为淮北护军，刘舆为颍川太守。虓亦令舆弟琨为司马，独刘乔不受越命，发兵拒虓，且上书行在，历陈刘舆兄弟罪恶，并说他胁虓为逆，应加讨伐等语。究竟刘舆兄弟，是何等人物？小子尚未曾叙及，应该就此说明。看官阅过前文，当知贾谧二十四友中，舆琨亦尝列入。舆字庆孙，琨字越石，乃父就是刘蕃，系汉朝中山静王胜后裔。世居中山，兄弟并有才名，京都曾相传云："洛中奕奕，庆孙越石。"两人相继为尚书郎，只因他党附贾谧，已受时讥。舆妹又适赵王伦世子荂，伦篡位时，舆为散骑侍郎，琨为从事中郎，父蕃为光禄大夫，一门皆受伪职，益致失名。及伦被诛，齐王冏辅政，器重二人，特从宥免，仍授舆为中书郎，琨为尚书左丞，转司徒左长史。琨后来颇有奇节，叙及前行，隐为改过者劝。至此由越派遣，不足服乔。乔因归罪二人，借以动众。太宰河间王颙，正虑师藩为乱，越又起兵，中夜徬徨。筹出二策，一面起成都王颖为镇军大将军，都督河北军事，给兵千人，授卢志为魏郡太守，随颖镇邺，抚慰师藩。一面请惠帝下诏，令东海王越等，各皆还国，不得构兵。其实乃是弄巧成拙，毫无益处。颖为颙所废，未免怨颙，怎肯再为颙尽力？越既出兵，自然不从诏命，仍使颙无法可施。

会接到刘乔书，喜得一助，便令乔讨虓，分越兵势，且使镇南大将军刘弘，征东大将军刘准等，助乔进攻。又遣张方为大都督，率领建威将军吕郎，北地太守刁默，集兵十万，讨舆兄弟，同会许昌。还要成都王颖，邀同故将石超，出屯河桥，为乔继援。范阳王虓，得知消息，忙向越告急。越即移师灵壁，援虓拒乔。乔令长子祐率兵御越，自引轻骑进击许昌。最可怪的是东平王楙，据住兖州，不发一兵，专事括赋，累得州县奔命。兖州刺史苟晞，前由虓遣往援邺，此时引军还镇，又为楙所拒。虓使楙徙镇青州，楙不愿移节，索性变易初志，与虓为敌，负了越约，竟同刘乔联盟去了。一班反复小人，那得不乱。独镇南大将军刘弘，志在息争，不欲偏袒，特分缮两书，一书寄乔，一书寄越，无非劝他们释怨罢兵，同扶王室。越与乔已势不两立，哪里还肯听从？弘因无法，乃驰表行在，申述意见，略云：

> 范阳王虓，欲代豫州刺史刘乔，乔举兵逐虓，司空东海王越，以乔不从命，讨之。臣以为乔忝受殊恩，显居州司，自欲立功于时，以殉国难，无他罪阙，而范阳代之，代之为非，然乔亦不得以虓之非，专威辄讨，诚应显戮，以惩不恪。自顷兵戈纷乱，猜祸锋生，疑隙构于群王，灾难延于宗子，今夕为忠，明日为逆，翩其反而，互为戎首，载籍以来，骨肉之祸，未有甚于今日者也，臣窃悲之。今边陲无预备之储，中华有杼轴之困，而股肱之臣，不维国体，职竞寻常，自相楚剥，为害转深。万一四夷乘虚为变，此亦猛兽交斗，自效于卞庄者矣。臣以为宜速发明诏，令越等两释猜疑，各保分局。自今以后，其有不被诏书，擅与兵马者，天下共伐之。诗云："谁能执热，逝不以濯。"若诚濯之，必无灼烂之患，永有泰山之固矣。谨陈鄙悃，伏乞采行！

颙得弘书，意亦少动，但自思山东连兵，方为己患，赖有刘乔为助，如何反加罪名？因此拒绝不纳。那刘乔已倍道前进，径至许昌城下，乘夜登城。虓不及备御，夺门出奔，渡河北去。司马刘琨，方往说汝南太守杜育，引兵还救，见许昌已为乔所夺，也与兄舆俱奔河北。唯琨父蕃为乔所执，琨思亲念重，恋主情深，由急生智，凭著那三寸妙舌，往说冀州刺史温羡，劝他让位与虓。羡却也慷慨得很，竟将刺史的印信，付琨带回，挂冠去职。乐得离开险路。虓得入冀州，再遣琨至幽州乞师，幽州都督王浚，见琨词气忠愤，涕泪交并，也慨然顾念同袍，特选突骑八百人，随琨返报。琨又招募冀州健卒，得数千人，鼓行南下，到了河上，见有数营扎住，便即攻入。营中守将，叫做王阐，是由石超遣来，防戍河滨。他在河上逍遥自在，并不防有战事，哪知琨引兵掩至，一时不及措手，立被琨突破营寨，欲逃无路，断命送终。虓闻琨得胜，也倾巢出来，为琨后应，相继渡河。

时成都王颖，因洛阳有变，乘隙进都，不在河桥，事见后文。只留石超把守。超见琨兵杀到，仓猝逆战，两下里杀了半日，未分胜负，不防虓又驱兵继至，以众临寡，顿时支持不住，奔往西南。虓与琨如何肯舍，策骑穷追，超众逃命要紧，沿途四散。单剩亲卒百余骑，保超飞奔。偏偏幽州突骑，赶得甚快，与风驰电掣相似，不多时被他追及，便将超围住，再加琨从后驰到，一声喊杀，千手并举，即将超砍死了事。砍得好。琨志在救父，不遑休息，复领健骑五千人，乘夜攻乔。乔正囚住琨父，进据考城，夜间阖城安睡。蓦被喊声惊醒，起视城上，已是火炬齐明，外兵猝上，乔料不可敌，慌忙遁去。琨父蕃囚住槛车，无人舁取，幸得留下，琨一入城，当然将蕃释出，父子重逢，不胜欢忻。越宿，虓亦趋到，开宴相贺，酒后议及军情，琨进议道："刘乔败去，必往灵璧，与伊子合兵，我军正宜往迎东海，夹击刘乔父子。乔如可灭，便好乘胜入关了。"虓鼓掌称善。正拟拨兵迎越，忽有探卒入帐，报称东平王楙，已出屯廪邱，虓勃然道："楙乃反复小人，此来必接应刘乔，我当自去击他。"琨起身道："不劳大王亲往，琨愿当此任。"虓答道："卿去甚佳，再令田督护助卿，可好么？"琨应声如命。虓即令督护田徽，与琨同行，步骑兵各数千人，将到廪邱，已接侦骑走报，楙怯战东归，仍还兖州去了。贪夫怎禁一战。

琨乃遣使报虓，自与田徽径趋灵璧。一日，行至灵璧附近，又由侦骑报明，刘乔父子，合兵杀败东海军，追往谯州。琨即顾语田徽道："果不出我所料，我等快往救东海王。"说毕，麾兵急进。到了谯州，正值刘乔父子，耀武扬威，驱杀越军。琨大喝一声，当先杀去。乔子祐见有来兵，持刀返斗，琨仗剑相迎，约有数十回合，未见胜败。田徽挥众上前，突入乔军，那东海王越，听得后面有战斗声，回头一顾，见有刘字旗号，料知刘琨等来援，也即返兵来战。两路军夹攻刘乔，乔拦阻不住，正在着忙，祐恐乃父有失，舍了刘琨，回马保父，忽斜刺里戳入一槊，适中祐胁，祐负痛伏鞍，兜头又劈下一剑，削去脑袋，坠死马下。这一槊是被田徽从旁刺入，一剑是由刘琨顺手劈下，两人结果祐命，越觉精神焕发，同往杀乔。乔哪里还敢招架，夺路飞跑。部众或死或溃，单剩得五百骑兵，奔投平氏县中，才得幸免。不听弘言，枉送长子性命。

刘琨出徽，与越相会，越慰劳备至，遂进屯阳武，直指关中。幽州都督王浚，复遣部将祁弘，率领鲜卑乌桓骑卒，前来助越，愿为先驱。于是兵威大盛，浩浩荡荡，杀奔长安。张方屯兵霸上，但遣吕郎往据荥阳，自己逗留不进。刘弘以张方残暴，料颙必败，因通书与越，愿归节制。刘准也按兵不动，眼见得关中大震，风鹤皆兵。颙闻刘乔败还，还想成都王颖，由洛拒越，阻他西行。颖既入洛都，当然不受颙命，究竟颖如何入洛，待小子表明原因。当时留洛诸官，尚与关中传达消息，所有诏旨，多半遵行。忽有玄节将军周权，诈称被诏，复立羊后，自称平西将军，意图讨颙。洛阳令何乔，探悉诈谋，引兵杀权，又将羊后废锢，报告行在。颙因羊后忽废忽立，终为后患，索性遣尚书田淑，持了一道伪敕，赐后自尽。留台校尉刘暾等，不肯照行，即使田淑还奉表章，力保羊后，大致说是：

奉被诏书，伏读惶悴，臣按古今书籍，亡国破家，毁丧宗祊，皆由犯众违人之所致也。自陛下迁幸，旧京廓然，众庶悠悠，罔所依倚。家有跂踵之心，人想銮舆之声，思望大德，释兵归农，而兵缠不解，处处互起，岂非善者不至，人情猜隔故耶？今宫阙摧颓，百姓喧骇，正宜镇之以静，而大使忽至，赫然执药，当诣金墉，内外震动，谓非圣意。羊庶人门户残破，废放空宫，门禁峻密，若绝天地，无缘得与奸人构乱。众无智愚，皆谓不然，刑书猥至，罪不值辜。人心一愤，易致兴动。夫杀一人而天下喜悦者，宗庙社稷之福也。今杀一枯穷之人，而令天下伤惨，臣虑凶竖乘间，妄生变故。臣忝司京辇，观察众心。实已忧深，宜当含忍。谨密奏闻，愿陛下更深与太宰参详，勿令远近疑惑，取谤天下，国家幸甚！臣民幸甚！

颙览表大怒，命吕郎自荥阳带兵，入洛收暾。暾自恐得祸，已先机遁往青州。成都王颖，适至河桥，趁着这个机会，径入洛阳，闭城拒郎。郎只好退去，羊后才得免死。不如死得干净，省得后来出丑。颙不能逞志，又因越军逼近，屡次传诏，促颖击越。颖终不报。颙急得没法，没奈何想出一策，欲与越议和。颙有妻舅缪胤，尝为太子右卫军，胤从兄播，又为中庶子，当东海起兵时，两人拟为颖调停，诣越进言令颙奉帝还洛，约与越分陕为伯。越素重二人才望，倒也屈志相从，使二人报颙立约。颙亦欲依议，偏张方硬加阻挠，厉声语颙道："关中为形胜地，国富兵强。王挟天子以令诸侯，谁敢不从？奈何拱手让人，甘为人制呢？"颙因此中止。

颙有参军毕垣，常为方所侮，衔恨不休，屡思设法害方，至越军相迫，得乘间语颙道："张方久屯霸上，盘桓不进，必有异谋。闻他帐下督郅辅，屡与密议，何不召入讯明，首先除患？"缪播缪胤，尚留关中，时亦在侧，也凑机插入道："山东起兵，无非为了张方一人，王诚斩方首以谢山东，东军自然退去了。"颙不禁耳软，便令人往召郅辅。辅本长安富人，方微时尝得辅资助，故引为心腹，此次应召入帐，毕垣在帐外候着，即握住辅手，引至密室，附耳与语道："张方欲反，有人谓君实知谋，所以王特召问，君来见王，将如何对答？"辅愕然道："我实不闻方有反谋，如何是好？"垣又佯惊道："休得欺我！"辅指天誓日，自明无欺。垣说道："平素知君真诚，故特相告，方谋反是实，君果不闻，倒也罢了，但王今问君，君但当应声称是，休得取祸。"辅点首入帐，向颙谒见。颙便启问道："张方谋反，卿可知否？"辅答了一个"是"字。颙又说道："即遣卿取方首级，卿可能行否？"辅又答了一个"是"字。颙乃付一手书，使辅送达张方，顺手取方首级。辅连答三个"是"字，退出见桓。桓复道："君欲取大富贵，便在此举，莫再误事。"辅匆匆还入方营，时已黄昏，辅佩刀入帐，帐下守卒，因辅是张方心腹，毫不动疑。方见辅回来，问为何事？辅递过颙书，方在灯下启函，正要详阅，不图辅拔刀砍方，砉然一声，方首落地。辅拾起方首，抢步趋出，竟向颙复命去了。小子有诗咏道：

挟众横行已有年，刀光一闪首离肩。
从知天道无私枉，恶报到头不再延。

颙得方首，进辅为安定太守，并将方首传送越军，与越议和。毕竟越肯否允议，待至下回表明。

本回事实，最为繁杂，要之不外乎颙越争权，张方煽乱，遂致生出许多纠缠。公师藩之起兵，名为助颖，实拒颙越，虓与模之起兵，助越而拒颙也，刘乔之起兵，助颙而拒越也，东平王楙，忽而助越拒颙，忽而助颙拒越，尤为离奇。刘弘本不助越，亦不助颙，厥后复转而助越拒颙者，非嫉颙，实嫉张方耳。凶恶如方，人人以为可杀，而颙独信之，故越之讨方，实为正理，与颙相较，固有彼善于此者在耳。及颙杀方求和，为时已晚，况又非出自本心乎？平心论之，颙之恶实不亚于方云。

第十九回　伪都督败回江左
呆皇帝暴毙宫中

却说太宰河间王颙，把张方首送与越军，总道是越肯允和，兵可立解，偏越将方首收下，不允和议，叱还去使，即遣幽州将领祁弘为前锋，西迎车驾，一面令部将宋胄往徇洛阳，刘琨往取荥阳。琨持方首，径至荥阳城下，揭示守将吕朗，朗即开城迎降，胄行至中途，又遇邺中军将冯嵩，奉遣来助，遂偕往洛都。成都王颖，兵单势寡，料不能守，便由洛阳出奔，西赴长安。到了华阴，闻颙已与越议和，且前次不受颙命，恐颙挟嫌谋害，不敢西进。颙因越军未退，复悔杀张方，穷诘郅辅，才察出虚情，把辅斩首。不及二缪，究是妻舅。遂遣弘农太守彭随与刁默等，统兵拒越，更令他将马瞻郭伟为后应。随与默行至关外，正与祁弘相遇，弘麾下多鲜卑兵，纵横驰突，锐厉无前，一阵冲击，把随默所领的部众，裂作数段。随不能顾默，默不能顾随，便即骇散，被弘杀退数里，伤毙多人。弘进至霸水，又遇颖将马瞻郭伟，一边是转战直前，势如潮涌，一边是临敌先怯，隐兆土崩。战不多时，马郭两将，又逃得不知去向，只晦气了许多士卒，冤冤枉枉，做了胡马脚下的垫底泥。造语新颖。败报连达关中，吓得颙魂驰魄散，不知所为。俄又有人入报道："敌军已经入关，猖獗的了不得，大王须亟自为计。"颙至此也顾不得别人，忙自上马，扬鞭急走。侥幸逃出城外，旁顾并无随兵，只有坐骑还算亲昵，负他飞奔，自思孤身只影，不能远避，还是窜入山谷，免得露眼，遂向太白山中，策骑驰去。军阀失势，如此如此。

祁弘杀入长安，无人敢当，一任鲜卑兵淫杀掳掠，伤亡至二万余人。百官都奔往山间，无处觅食，亏得橡实盈山，大家采拾若干，充作口粮。惠帝尚在行宫，无人保护，只好生死由命。幸司空越随后踵至，禁住淫掠，入宫谒见，又召集百官，即日东归，命太弟太保梁柳为镇西将军，留戍关中，自率各军奉帝还都，仓猝中不及备辇，便用牛车载着惠帝，及左右宫人，趋还洛阳。何必这般急急。途中还算安稳。及入洛城，由惠帝登御旧殿，朝见官僚，但觉得两阶积秽，四壁生尘，所有一切仪仗，统是七零八落，不由得悲感丛生，唏嘘下涕。愚夫亦解此苦楚。越率扈驾诸臣，草草拜谒，便算礼毕，转谒太庙，也是蟏蛸在户，庙貌不华，及返至宫中，虚若无人，不过有三五个老宫婢及六七个穷太监，充当服役。惠帝寂寞得很，忙草了一道诏书，使宫监持至金墉城，迎还故后羊氏。羊皇后又惊又喜，略略梳裹，便与来使乘车入宫，桃花无恙，人面重逢，惠帝好生喜欢，自然令她仍主中宫，颁诏内外。看官听着！这羊皇后也算命薄，一为继后，便遇着赵王伦的乱祸，后来五废五复，真是死里逃生，哪知磨蝎重重，还是未了，请看官续阅下去，便见分晓哩。

是年为永兴三年六月，复改为光熙元年，诏赏迎驾诸臣，进司空越为太傅，录尚书事，范阳王虓为司空，仍令镇邺，宁北将军模为镇东大将军，守平昌公封爵，模前时已封平昌公。仍镇许昌，幽州都督王浚为骠骑大将军，都督东夷河北诸军事兼领幽州刺史。此外如皇太弟以下，各仍旧职。唯颖与颙不复提叙，但下了一道赦书罢了。

说也奇怪，当惠帝在长安时，江东却出了一个假皇太弟，居然承制封官，占踞一方。这假皇太弟，究是何人？原来是丹阳人甘卓。卓本为吴王常侍，曾与陈敏等同讨石冰，冰被陈敏穷追，为下所杀，事见十五回。卓亦得叙功受封，列爵都亭侯。嗣由东海王越引为参军，出补离狐令，因见天下大乱，弃官东归。行抵历阳，巧与陈敏相遇，数年阔别，一旦相逢，当然有一番叙谈。但敏却有特别秘谋，急切不便明说。唯与卓格外欢昵，愿订婚姻。卓有一女，正与敏子景年貌相当，敏求卓女为子妇，卓亦便即允从，不消数旬，男婚女嫁，当即成礼。不料敏与卓密议，竟要他假充皇太弟，立帜江东。煞是奇闻。原来敏攻克石冰，自谓无敌，便想占据江左，敏父屡次呵阻，谓此子必灭我门，旋即忧死，敏丁艰去职。及东海起兵，越起敏为右将军前锋都督，乃易服从戎。灵壁一战，敏先败挫，得刘琨等助攻，方转败为胜。见前回。敏遂请东归，还次历阳，召集将士，意在图乱。适遇甘卓回来，想他作一帮手，于是先缔婚约，继与密谋。卓已中敏计，没奈何将错便错，就把皇太弟三字，作为头衔，拜敏为扬州刺史。敏因遣次弟恢及部将钱端等，南略江州，季弟斌东略诸郡，江州刺史应邈，扬州刺史刘机，丹阳太守王旷，俱闻风遁去。敏得据有江东，遍征名士，召顾荣为右将军，贺循为丹阳内史，周玘为安丰太守。顾荣见第四回，贺循周玘见十五回。循佯狂自免。玘亦称疾，不肯赴郡。荣前为中书侍郎，避乱家居，恐不从敏召，反触彼怒，乃从容前往，单骑见敏。敏正恨江东名士，多半却聘，拟尽加捕戮，闻荣肯来应召，怒气却消了一半，当即迎入。寒暄已毕，便与荣谈及恨事。荣答说道："中国丧乱，胡夷内侮，司马氏恐难复振，百姓不得安全，江南半壁，虽被石冰扰乱，人物尚称无恙，荣正虑无孙刘诸王，保抚人民，今得将军神武盖世，带甲数万，连下各州，先声已振，诚使委任君子，推诚相与，不记小忿，不听谗言。将见名流趋集，大事可图，上流各州郡，便传檄可定了。否则刑罚一加，人皆裹足，怎能济事？"幸有顾荣数语，方得保全江东名士。敏不禁心喜，起座谢教。遂使荣领丹阳内史，事辄与商。又复大会僚佐，嘱令大众推为楚公，都督江东诸军事，兼大司马，加九锡礼。伪言密授中诏，令自己溯江入汉，奉迎车驾。当下率兵出发，鼓棹前行。

镇南将军刘弘，亟遣江夏太守陶侃，与武陵太守苗亮，出堵夏口，又令南平太守应詹，调集水师，策应陶侃等军。是时，太宰颙尚在关中，亦命顺阳太守张光，带着步骑五千，至荆州协助刘弘，弘即使他前往复口，与侃合兵，侃与陈敏同郡，又与敏同年举吏。随郡内史扈怀，恐侃与敏相结，为荆州患，乃密白刘弘道："侃居大郡，握强兵，倘有异图，荆州便无东门了。"以小人腹，度君子心。弘笑答道："忠勤如侃，必无他虑，尽可放心。"怀乃退去。当有人传入侃耳，侃即令子洪及兄子臻，往荆为质，自明无贰。弘引为参军，且给资遣臻归省，临行与语道："贤叔出外御寇，君祖母年高，应该前去侍奉，匹夫交友，尚不负心，况身为大丈夫呢？"及臻归去，又加侃为督护，使他安心拒敏。驭将者固当如是。侃自然感激，整军待敌。适敏弟恢受乃兄伪命，挂了荆州刺史的头衔，充作前驱，进逼武昌。侃用运船为战舰，载兵击恢。或谓运船不便行军，侃怡然道："用官船击官贼，有何不便？但教统兵得人，无可无不可呢。”遂与恢交锋，连战皆捷。敏遣钱端继进，侃邀同张光苗亮二军，共击钱端。端又败却，荆州兵威，震响江淮。敏只好收兵回去，不敢再窥江汉。

刘弘乃遣张光西归，且表叙诸将战功，列光为首。南阳太守卫展语弘道：“张光系太宰腹心，公既与东海连盟，何不把光斩首，自明向背？”弘摇首道：“宰辅得失，与光无涉，危人自安，岂是君子所为？”说着，竟遣光西去。及光入关，东海军亦至长安，弘遣参军刘盘为督护，往会越兵。越奉驾东归，加弘车骑将军，余官如故。弘积劳成疾，年亦寖衰，方拟申请辞职，草表未上，病势遽剧，竟在任所告终。弘专督江汉，威行南服，事成尝归功他人，事败辄归咎自己，遇有兴废，致书守相，必叮咛款密，所以人皆感悦，无不效命。僚属私相语道：“得刘公一纸书，远胜十部从事。”弘殁后统皆下泪。就是荆州士女，亦相率悲恸，若丧所亲，这可见刘公的惠泽及民了。朝议谥弘为元，追赠新城郡公。乱世有弘，可称一鹗。独弘司马郭劢，因弘已病殁，欲奉河间王颖入襄阳，奉为镇帅。弘子璠追述弘志，墨经从戎，率府兵斩劢首，襄沔复安。太傅越手书致璠，甚加赞美，一面调高密王略代镇荆州。璠俟略莅任，奔丧还里。略行政未能如弘，寇盗又盛，有诏起璠为顺阳内史，使为略助。璠再出受职，江汉间翕然畏服，仍然安堵，父子济美，作述重光，却是晋史上的美谈。

还有南方的宁州，得了李氏兄妹二人，易危为安，也是出类拔萃的人才。宁州频年饥疫，边疆有一种五苓夷，逐渐强横，乘饥大掠，甚至围逼州城，刺史李毅，正患重病，又闻夷人进攻，急上加急，遽致气绝。州民大恐。忽有一位年甫及笄的女英雄，满身缟素，趋至府舍，号召兵民，涕泣宣誓，无非说是“父殁身存，当与全城共同生死，力拒夷虏”等语。大众瞧着，乃是刺史的爱女，芳名是一秀字，郑重出名，极写李女。不由的肃然起敬，齐声应命。李秀复说道：“我是一女子身，恐难制虏，还仗诸位举一主帅，专司军政，方保万全。”大众见她气概不凡，声容并壮，料知不是个弱女子，竟同心一德，愿推李秀权领州事。秀又朗声道：“诸位推我暂为州主。试想全城责任，何等重大？敢问大众肯听我号令么？”众又齐声道：“愿听指挥！”秀乃部署兵士，分队守城，并手定赏罚数条，揭示城门。条文皆井井不乱，令人畏服。夷人围攻兼旬，昼夜不休。秀身穿银铠，足踏蛮靴，左持宝剑，右执令旗，镇日里登城巡阅，未尝少辍；每伺夷人懈弛，即出兵掩击，屡有斩获。夷人却也中馁，只一时不肯解围。既而城中粮尽，无米可炊，不得已熏鼠拔草，聊充口食。秀坚忍如故，士卒亦皆感奋，誓死不贰。可巧毅子钊自洛中驰至，手下却带有数百兵马，来救州城，秀亦从城中杀出，内外合攻，竟把夷虏杀退，得将州城保全。原来钊在洛阳就官，未曾随侍，此次毅得病身亡，当然由李秀报丧，并将夷人猖獗情形，一并告达，所以钊招募勇士，星夜南行，得与秀并力退敌。兄妹相见，如同隔世，秀即将州事让与乃兄，众亦愿奉钊为主。钊暂允维持，一面遣使入都，乞简刺史。晋廷选王逊为南夷校尉，兼刺宁州。逊既莅任，抚辑饥民，击平叛夷，那李钊兄妹，却早已扶榇回籍，居家守制去了。《晋书》不载此事，《列女传》亦不列李秀，唯《通鉴》于光熙元年三月，略叙其事，特表出之，以志女豪。

且说成都王颖，自洛阳奔至华阴，逗留数日，闻关中已破，车驾还洛，乃复折回南行，竟至新野。荆州司马郭劢，与颖勾通，为刘璠所杀，见上。颖知栖身无所，复渡河北向，欲走依公师藩。偏被顿邱太守冯嵩，要截途中，执颖送邺。范阳王虓，遂把颖拘禁起来，公师藩自白马渡河，前来寇邺。虓飞檄兖州刺史苟晞，统兵迎击，一战败师藩，再战斩师藩，独汲桑石勒等遁去，为后文伏线。晞仍还原镇，虓旋病死邺中。长史刘舆，恐邺人释颖图乱，因令人假充朝使，逼颖自尽，然后为虓发丧，上报朝廷。颖二子皆被杀死。旧有僚属，统已散尽，唯卢志自洛随奔，始终不离，并收殓颖尸，购棺暂厝。贵为皇太弟乃如此收场，争权利者其鉴诸！太傅越得知底细，嘉志信义，特召为军谘祭酒。又因刘舆防变未然，亦有殊劳，并征令入洛。越左右却先入白道："舆犹腻物，近即害人。"越即记入胸中，待舆到来，即淡漠相遇，不甚加礼。舆密视天下兵簿及仓库牛马器械等，一一详记，至会议时，他人不能猝答，舆独应对如流。越不禁倾倒，叹为奇才，立命为左长史，宠任无比，并与商及镇邺事宜。舆请调东嬴公腾镇邺中，所有并州刺史遗缺，荐了一个胞弟刘琨，谓可委镇北方。荐人之弟，亦荐己之弟，可谓两面顾到。越无不依议，便表琨为并州刺史，且进东嬴公腾为东燕王，领车骑将军，移督邺城诸军事。双方交代，事见后文。

唯河间王颙，逃入太白山中，匿居多日，不敢出头。会故将马瞻等，收集散卒，混入长安，杀毙关中留守梁柳，更偕始平太守梁迈，至太白山迎颙入城。偏弘农太守裴廙，秦国内史贾龛，安定太守贾疋等，疋即古文雅字。复起兵击颙。马瞻梁迈，为颙效力，立即率兵三千，前往拦阻。终因寡不敌众，一同战死。颙惶急无措，还幸有平北将军牵秀，镇守冯翊，特来援颙，得将三镇兵击退。太傅越闻颙又入关，忙遣督护麋晃，引兵西讨，途次接得三军败耗，惮不敢进。怎料到颙复内变，长史杨腾，欲叛颙归越，诈传颙命，至秀军前，饬秀罢兵。秀出营相迎，兜头遇着一刀，竟尔毙命。这一刀不必细猜，便可知是杨腾下手了。秀本为颖将，随颖入关，乃为颙用，前时曾枉杀陆机，此次也遭人枉杀，天道好还，毕竟不爽。应十五回。腾既斩牵秀，又诳秀军，但说是奉令而行。兵士以秀无辜遭诛，益不服颙，相率散去。腾持秀首送入晃营，晃正拟进关，适都中传出急诏，乃是惠帝暴崩，太弟登基，循例大赦，眼见得是不必讨罪，乐得守候中途，静俟后命。

看官道惠帝何故暴亡？相传为被太傅越鸩死，惠帝并无疾病，一夕在显阳殿中，食饼数枚，才逾片刻，腹中忽然搅痛，不可名状，但卧倒床上，辗转呼号，当由内侍飞召御医。至御医入宫，见惠帝眼白口开，已不省人事，诊视六脉，已如散丝，便接连摇首道："罢了！罢了！不可救药了！"宫人问他是何病症，他尚未敢说明，及穷诘底细，方轻轻说出"中毒"二字，一溜烟似的出宫去了。究竟毒为何人所置？也无从查考，不过太傅越身秉国政，眼睁睁的视主暴崩，一些儿不加追究，便遣侍中华混等，急召太弟炽嗣位，显见得无私有弊呢。尚有一层可疑的情由，皇后羊氏，恐太弟得立，自己只做了一个皇嫂，不得为太后，已密召清河王覃，入尚书阁，有推立意。偏太弟炽同时进来，又由太傅越从旁拥护，一时情见势绌，没奈何闭口无言，任炽即位。照此看来，内外早生暗斗，后欲立覃，越欲立炽，呆皇帝做了磨心，平白地被人毒死，十有其九，是越进毒，羊后恐无此胆量呢。若使羊后进毒，应该先召清河王入宫了。统计惠帝在位十六年，改元七次，享年四十八岁。

太弟炽系武帝幼子，入承兄祚，大赦天下，是谓怀帝。尊谥先帝为孝惠皇帝，即号羊后为惠皇后，移居弘训宫，追尊所生太妃王氏为皇太后，立妃梁氏为皇后，命太傅越辅政。越请出诏书，征河间王颙为司徒。明明有诈。颙但困守长安一城，长安以外，统是附越，自知不能孤立，不如应诏赴洛，还可自解。这叫做拼死吃河豚。当下挈眷登车，出关东行，路过新安，忽来了一班赳赳武夫，手持利刃，拦住去路，且大声喝道："快留下头颅，放你过去！”头颅留下，怎能过去，这是作者调侃语，并非不通。颙出一大惊，但至此已逃无可逃，不得不硬着头皮，颤声问道：“你等从何处差来，敢阻我车？”那来人反唇相诘，颙答道：“我是河间王，现奉诏入洛，受职司徒，你等是大晋臣民，应该拜谒，怎得无礼？”来人一齐哗笑道：“你死在眼前，还要称王说帝，岂不可笑？”说至此，便有数人跃登车上，把颙揿倒，扼住颙喉。颙有三子，都上前相救，怎禁得这班悍党，拳打足踢，把三子陆续击死。颙被扼多时，气不能达，两手一抖，双足一伸，呜呼哀哉！小子有诗叹道：

豆釜相煎何太急？瓜台屡摘自然稀。
试看骨肉摧残尽，典午从兹慨式微。

究竟是何人杀颙，且至下回再表。

帝室相残，内讧四起，即如江东陈敏，不度德，不量力，妄思占踞半壁，称雄南方，意者其亦张昌邱沈之流亚欤？父怒灭门，竟致忧死，不忠不孝，安能有成？观其劫持甘卓，使充太弟，指鹿为马，掩耳盗铃，尤觉可笑。及溯江西上，有刘弘以坐镇之，有陶侃以出御之，两战皆败，奔还扬州，非不幸也，宜也。弘父子以保境成名，尚有李氏兄妹，亦力捍宁州，乱世未尝无人，在朝廷之用与不用耳。但李秀一女子身，竟能誓众御夷，食尽不变，七尺须眉，能无愧死，此本回之所以大书特书也。至若颖颙之死，皆由自取，而惠帝遇毒，戚亦自诒，以天下之大愚，致天下之大乱，其得在位十余年者，犹幸事耳，与东海何尤哉？然东海之敢行鸩主，罪固不可逭矣。

第二十回　战阳平苟晞破贼垒　佐琅琊王导集名流

却说新安杀颙的武夫，似盗非盗，实是由许昌将军梁臣，领着健卒数百名，扮做强盗模样，截路杀颙。许昌镇帅，是太傅越弟模，梁臣为许昌将，当然为模所遣。模杀颙后，就加封南阳王，可知主动力出越一人，自无疑义。前冀州刺史温羡，已起为中书监，得进官司徒，尚书仆射王衍，升授司空。羡与衍均见十八回。待惠帝安葬太阳陵，已是腊残春至，元日由怀帝御殿受朝，改元永嘉，颁诏大赦，除三族刑。族诛本是虐政，但怀帝诏令革除，亦特别施仁，乃是太傅越所陈请，就中也有一段原因。自从清河王覃，不得入嗣，仍然退居外邸，覃舅吏部郎周穆与妹夫御史中丞诸葛玫，尚欲立覃，共向越进言道："今上得为太弟，全出张方私意，不洽众情。清河王本为太子，无端见废，先帝暴崩，多疑太弟，公何不效伊霍盛事，安宁社稷呢？"语尚未终，越不禁瞋目道："大位已定，汝等尚敢乱言？罪当斩首！"两人吓得魂不附体，还想哀词辩诉，偏越毫不容情，即命左右驱出两人，赏他两刀。穆与玫贸然进言，真是该死，但越未尝拷问，便即处斩，隐情亦可知了。穆为越姑子，本应援大逆不道的故例，罪及三族，越总算法外行仁，表称玫穆世家，身外不应连坐，且因此请除三族旧刑。于是怀帝得下此诏，名为仁政，仍然由太傅越暗中营私呢。

越又请追复废太后杨氏尊号，依礼改葬，谥为武悼。怀帝年二十四，尚无子嗣，越因清河王未绝众望，不能无虑，乃倡议建立储君，即以清河王弟诠为太子。诠曾受封豫章王，尚在髫龄，越主张立诠，也是一番调停的苦心。怀帝践阼未久，不得不勉从越议，但因立储一事，免不得心下怏怏，乃援武帝旧制，听政东堂，每日朝见百官，辄留意庶政，勤谘不倦。黄门侍郎傅宣，叹为复见武帝盛事。怎晓得怀帝隐衷，是欲亲揽万机，免得军国大权，常落越手，越亦暗中窥透，自愿就藩。一再奉表，得邀俞允，许以原官出镇许昌，即调南阳王模为征西大将军，都督秦雍梁益四州军事，镇守长安。改封东燕王腾为新蔡王，都督司冀二州军事，乃居邺中。腾前镇并州，屡遇饥年，又尝为汉刘渊部众所掠，自刘琨出刺并州，移腾镇邺。腾喜出望外，不待琨至，便即东下。吏民万余人，统随腾就食冀州，号为乞活，所遗人口，不满二万家，寇贼纵横，道路梗塞。腾移镇邺中，琨出刺并州，均见前回。琨至上党，探得前途多阻，乃募兵得五百人，且斗且前，得至晋阳。晋阳境内，也是萧条不堪，经琨抚循劳徕，流民渐集，才得粗安。腾至邺城，总道是出险入夷，可以无恐，哪知汲桑石勒，复来相扰，好好一条性命，被两寇催索了去。人有旦夕祸福。

桑自公师藩败没，仍逃入牧马苑中，勒亦相随未散，回应前回。两人仍纠集亡命，劫掠郡县，桑自称大将军，署勒为讨虏将军，又声言为成都王报仇，转战至邺。腾仓猝闻警，亟调顿邱太守冯嵩，移守魏郡，堵御寇盗。嵩出兵迎击，禁不住寇势凶横，竟至败绩。石勒为桑前锋，长驱至邺，腾素来悭吝，更因邺中府库空虚，格外鄙啬，待遇军士，务从克扣，部下皆有怨言。至石勒兵至城下，不得已犒赐将士，促令守城。但每人不过给米数升，帛数尺，将士未惬所望，当然不愿尽力，一哄而散。死不放松，亦何愚蠢。腾支撑不住，轻骑出奔。桑将李丰，窥悉腾踪，从后追蹑，约至数十里外，与腾相及。腾无可逃生，只得拔出佩刀，拨马交战，才经数合，被李丰刺中要害，跌落马下。从吏或死或逃，一个不留。丰斩了腾首，返报汲桑。桑与石勒已入邺城，放火杀人，无恶不作。邺宫室尽被毁去，烟焰蔽霄，旬日不灭。复发出成都王颖棺木，载诸车上，呼啸而去。再从南津渡河，将击兖州。太傅越得知消息，飞调兖州刺史苟晞，及将军王赞等，往讨桑勒。两下里相遇阳平，却是旗鼓相当，大小三十余战，互有杀伤，历久未决。太傅越乃出屯官渡，为晞声援，晞颇善用兵，见桑与勒锐气未衰，连战不下，索性不与交锋，固垒自守，以逸待劳。流寇最怕此策，既不得进，又不得退，坐至粮尽卒疲，各有散志。晞连日坐守，任令挑战，不发一兵，及见寇垒懈弛，始督军杀出，连破桑营，毁去八垒，毙贼万余。桑与勒收拾余众，渡河北走，又被冀州刺史丁绍，邀击赤桥，杀死无数。桑奔还马牧，勒逃往乐平。桑与勒从此分途。太傅越连接捷报，方还屯许昌，加丁绍为宁北将军，监督冀州军事，仍檄苟晞还镇兖州，加官抚军将军，都督青兖军事。王赞亦从优加赏，不消细述。唯东平王楙，前经刘琨田徽等出兵，怯走还镇，不敢与苟晞相抗，又经越调还洛阳，在京就第，怀帝即位，改封为竟陵王，拜光禄大夫，也不过循例议叙，不假事机，所以晞久镇兖州，训练士卒，累战不疲，威名称盛。叙入东平王，找足十八回文字。汲桑逃回牧苑后，乞活人田甄田兰等，聚众同仇，为腾报怨，入攻马牧。桑不能拒，窜往乐陵，被甄兰等追上杀死，且将成都王颖遗棺，投入智井中。枯骨尚遭此劫，生前何可不仁？嗣经颖旧日僚佐，再为收瘗及东莱王蕤子遵，奉怀帝诏，继承颖祀，乃得迁葬洛阳。东莱王蕤，系齐王攸子。

独石勒自乐平还乡，正值胡部大张訇督等，入据上党，胡人呼部长为部大，姓张名訇督。遂趋往求见。訇督本无智略，徒靠着一身蛮力，做了头目，勒能言善辩，见了訇督，说出一番绝大的议论，顿使訇督心服，唯命是从。原来勒欲往投刘渊，因恐孑身奔往，转为所轻，乃特向訇督游说，劝令归汉。见面时先恭维数语，引起訇督欢心，旋即迎机引入道："刘单于举兵击晋，所向无敌，独部大拒绝不从，如果得长久独立，原是最佳，但究竟有此能力否？"訇督沉吟道："这却不能。"勒又道："部大自思，不能独立，何不早附刘单于？倘迟延不决，部下或受单于赏募，叛了部大，自往趋附，反恐不妙。"訇督瞿然道："当如君言。"说着，即令部众守候上党，自与勒谒刘渊。渊正招致枭桀，当然延纳，授勒为辅汉军，封平晋王，命訇督为亲汉王，使勒至上党召入胡人，即归勒统带，作为亲军。乌桓张伏利度，有众二千，出没乐平。渊尝遣人招徕，屡为所拒。勒却为渊设策，佯与渊忤，出奔伏利度。伏利度大喜，与勒结为弟兄，使勒率众回掠，勇敢绝伦，众皆畏服。勒复买动众心，益得众欢，遂返报伏利度。伏利度出帐迎勒，被勒握住两手，呼令部众将他缚住，且遍语众人道："今欲起大事，我与伏利度，何人配做主帅？"大众愿推勒为主。勒即笑顾伏利度道："众愿奉我，我尚不能自立，只好往从刘大单于，试问兄究有何恃，能反抗刘单于呢？"伏利度已被勒缚住，且思自己果不及勒，乃愿从勒教。勒遂亲为释缚，并为道歉，使伏利度死心塌地，始从勒归汉。勒弄伏利度如小儿，确是有些智术。刘渊大喜，复加勒都督山东征讨诸军事，并将伏利度旧有部众，统付勒节制调遣。勒遂得如虎生翼，不可复制了。

话分两头，且说伪楚公陈敏，占据江左，已历年余，刑政无章，民不堪命，又纵令子弟行凶，不加督责。顾荣等引以为忧，常欲图敏。适庐江内史华谭，遗荣等密书，且讽且嘲，略云：

> 陈敏盗据吴会，命危朝露，诸君或剖符名郡，或列为近臣，而更辱身奸人之朝，降节叛逆之党，不亦羞乎？吴武烈孙坚。父子，皆以英杰之才，继承大业，今以陈敏凶狡，七弟顽穴，欲蹑桓王孙之高踪，蹈大皇之绝轨，远度诸贤，犹当未许也。皇舆东返，俊彦盈朝，将举六师以清建业，即金陵。诸贤何颜复见中州之士耶？幸诸贤图之！

荣得书，且愧且奋，因即密遣使人，往约征东大将军刘准，使发兵临江，自为内应，剪发明信。准乃遣扬州刺史刘机，出向历阳，领兵讨敏。敏亟召荣入议，荣答道："公弟广武将军昶，历阳太守宏，均有智力，若使昶出屯乌江，宏出屯牛渚，据守要害，虽有强敌十万，也不敢入窥了。"敏即依荣议，分兵与二弟昶宏，令他去讫。尚有弟处在敏侧，待荣退出，便密语敏道："弟恐荣不怀好意，欲遣开我等兄弟，使彼得居中行事，一或生变，患且不测，不如先杀荣等为是。"敏瞋目道："荣系江东名士，相从年余，并未闻有异志，今遣我二弟，正恐别人未必可恃，故有此议，汝奈何叫我杀荣？荣一冤死，士皆离心，我兄弟尚得生活么？"杀荣原未必能生，不杀荣，愈觉速死。昶司马钱广与周玘同为安丰人民，玘因递与密缄，劝令杀昶，协图反正。广复称如命，待昶至中途安营，熟睡帐中，即持刀突入，把昶刺死，即将昶首持示大众，谓已受密诏诛逆，如敢抗旨，夷及三族。众唯唯从命，遂由广勒兵回来，驻扎朱雀桥南，传檄讨敏。

敏闻广杀昶为变，惊惶得很，便遣甘卓拒广，所有坚甲精兵，尽付卓带去。顾荣恐敏动疑，忙驰入白敏道："广为大逆，义当速讨，但恐城内或有广党，意外构变，所以荣特来卫公。"敏愕然道："卿当四出镇卫，怎得就我？”荣乃辞出，竟往说甘卓道：“江东事如果有成，我等理应努力，但看今日情势，可得望成功否？敏本庸才，政令反复，计划不一，子弟又各极骄矜，不败何待？我等尚安然受他伪命，与彼同尽？使江西诸军，函首送洛，指为逆贼顾荣甘卓首级，这岂非万世奇辱么？请君三思后行！”卓踌躇道：“我本意原不愿出此，只因女为敏媳，堕入诡计，勉强相从，今若背敏，未始不是正理，只我女不免惨死了。”荣慨然道：“以一女害三族，智士不为，且今日何尝不可救女呢？”卓造膝问计，荣与附耳数言，卓乃转忧为喜，俟荣退去，即出至朱雀桥，与广对垒，诘旦伪称有疾，高卧不起，亟遣使报敏，令女出视。敏尚不知有诈，竟遣卓女往省。卓得见爱女，麾兵渡桥，将桥拆断，与广合兵，并把北岸船只，一古脑儿撑至南岸。于是顾荣周玘及丹阳太守纪瞻等，统与甘卓钱广，联合一气，同声讨敏。

敏闻报大惧，没奈何召集亲兵，得万五千人，出城御卓。两军隔水列阵，卓遥语敏军道：“本欲与汝等同事陈公，奈顾丹阳周安丰等名士，已皆变志，我亦不能支持，汝等亦宜早思变计。”敏众闻言，尚是狐疑未决，俄见顾荣跃马而出，揽辔遥语道：“陈敏为逆，上干天怒，今新主当朝，派兵来讨，早晚将至，我等亦受密诏讨逆，汝等何尝不去，难道自甘灭族么？”说着，将手中所执的白羽扇，向敌一麾，敌众哗散，只剩下陈处一人，余皆溃去。一扇贤于十万军。敏亦只好回头北走，处随后同奔。顾荣复把白羽扇向后一招，部众即下舟渡江，登岸追敏。行不数里，便将敏兄弟擒住，解回建业。荣与甘卓等人，已尽入建业城，当即将敏兄弟处斩。敏长叹道：“诸人误我，致今有日！”还要怨人。又顾弟处道：“我负卿，卿不负我。”就使听了弟言，亦未必不致死。霎时间双首尽落，昆季归阴，所有敏弟及子，一并捕诛。只卓女不免守孀。

是时，征东大将军刘准，已经调任，继任为平东将军周馥。建业诸军，函着敏首，送交馥处，馥又传敏首至京师。有诏叙讨逆功，征顾荣为侍中，纪瞻为尚书郎太傅，太傅越辟周玘为参军。荣等奉命北行，到了徐州，闻北方未靖，仍复折回，朝廷特派琅琊王睿为安东将军，都督扬州诸军事，使镇建业。睿由下邳启行，仍用王导为司马，同至江东，每事必向导咨谋，非常亲信。导劝睿优礼名贤，收揽豪俊，睿当然依从。但睿尚无重望，为吴人所轻，所以睿虽加意旁求，总觉乏人应命。导为睿设策，从睿临江观禊，睿但乘肩舆，导与掾属，皆跨着骏马，安辔徐行。吴中人士，望见仪从雍容，始知睿真心爱士，相率称扬。可巧顾荣纪瞻等，亦在江乘修禊，得睹丰采，也觉倾心，不由的望尘下拜。睿下舆答礼，毫无骄容，益令荣等悦服。及睿已回城，导因语睿道："吴中物望，莫如顾荣贺循，宜首先汲引，维系人心，二人肯来，外此无虑不至了。"睿乃使导往聘循荣。循荣各欢喜应命，随导见睿。睿起座相迎，殷勤款接，立授循为吴国内史，荣为军司，兼散骑常侍，所有军府政事，无不与谋。荣与循转相荐引，名流踵至。纪瞻入为军祭酒，周圮进为仓曹属，外如济阴人卞壶，为从事中郎，琅琊人刘超为舍人，吴人张闿及鲁人孔衍，并为参军，端的是英才济济，会聚一堂。吴中幕府，于斯为盛。为政在人，观此益信。睿颇好酒，或致废事。导婉言进规，睿即引觞覆地，不复再饮。导又尝语睿道："谦以接士，俭以足用，清静为政，抚绥新旧，这便是创成大业的根本呢。"睿一一依议，见诸施行。果然吴会风靡，一体归诚。相传睿初生时，神光满室，户牖尽明，及年渐长成，日角上忽生长毫，皑白有光，隆准龙颜，目有精采，顾盼烨然。十五岁嗣父觐遗封，得为琅琊王，侍中嵇绍，见睿状貌，便语人道："琅琊王毛骨非常，前途难量，当不致终身为臣，就是天子仪表，亦不过如是罢了。"既而太妃夏侯氏，病殁琅琊，睿表请奔丧，葬毕还镇，加封镇东大将军，开府仪同三司。

唯尚有一条异闻，载诸稗史，流传今古，当非尽诬。睿名为觐子，实为小吏牛金所生。觐妃夏侯氏，貌赛王嫱，性同夏姬，因小吏牛金入值，见是美貌少年，就与他眉挑目逗，竟成苟合，未几即身怀六甲，产下一男，觐颇有所疑，因爱妃貌美，生子又有异征，遂含忍不发，认为己子。从前司马懿执政时候，闻玄石图记中，有牛继马后的谶文，尝隐忌牛氏，把将校牛金鸩死。哪知后来复出一牛金与他孙妇勾引成奸，居然生下一睿，为司马氏后继，保住江东半壁，即位称帝，号为中兴，这大约是天数已定，人事难逃，凭你司马懿足智多谋，也不能顾及子孙，防闲终古呢。我说还是司马氏幸运，别人替他生子，多传了百余年。小子有诗咏道：

中苒遗闻不可详，但留一脉保残疆。
若非当日牛金力，怀愍沉沦晋已亡。

江东得睿镇守，差幸少安，唯江东以外，乱势方炽，不可收拾，欲知详情，试看下回接叙。

东嬴公腾，借兄之力，晋受王封，且调镇邺中，得避胡寇，可谓踌躇满志，不意有汲桑石勒之乘其后，攻邺而追戕之。塞翁得马，安知非祸？腾亦犹是耳。苟晞用深沟固垒之谋，卒败桑勒，桑窜死而勒北走，奔降刘渊，天不祚晋，欲留一痈以为晋患，此勒之所以终得逃生也。彼陈敏之盗据江东，智不若勒，乃欲收揽名士，而卒为名士所倾，夫岂名士之无良？正以见名士之有识耳。况琅琊王睿，移镇建业，得王导之忠告，招名士而礼用之。卒以成中兴之业，名士之有益于国，岂浅鲜哉？本回于琅琊王事，特别从详，正为后来中兴写照，不用贤则亡，削何可得，子舆氏固不我欺也。

第二十一回　北宫纯力破群盗
太傅越擅杀诸臣

却说江南既平，河北一带，尚是未靖，太傅越虽出镇许昌，朝政一切，仍然由他主持，怀帝统未得专行。越以邺中空虚，特请简尚书右仆射和郁为征北将军，往守邺城，且令王衍为司徒，怀帝自然准议。衍因往说越道："朝廷危乱，当赖方伯，须得文武兼全的人才，方可任用。"越问何人可使？衍却援举不避亲的古例，即将二弟面荐，一是亲弟王澄，一是族弟王敦。越便允诺，奏请授澄为荆州刺史，敦为青州刺史。有诏令二人任职，二人当然不辞。衍喜语二弟道："荆州内江外汉，形势雄固，青州面负东海，亦踞险要，二弟在外，我在都中，正好算作三窟了。"老天不由你料奈何？看官记着！荆州自高密王略出镇，亏得刘璠出为内史，才得安堵，见十九回。略未几即死，后任为山涛子山简，因璠得众心，未免加忌，特奏请迁调。不及乃父远识。晋廷徙璠为越骑校尉，荆湘遂从此多事。澄虽有虚名，无非是王夷甫一流人物，衍字夷甫。徒尚空谈，不务实践，要他去镇守荆州，眼见是不能胜任呢。王敦眉目疏朗，神情洒脱，少时即号称奇童，得尚武帝女襄城公主，拜驸马都尉，兼太子舍人，声名尤盛。但素性残忍，不惜人死，从弟王导，曾说他不能令终，太子洗马潘滔，亦尝讥他豺声未振，蜂目已露，人不噬彼，彼将噬人。如此刚暴不仁，衍却替他荐引，恃作护符，这也是知人不明，徒增妄想罢了。为澄敦二人后来伏案。

敦甫经莅镇，即由太傅越征令还朝，授中书监，敦不免失望，但也只好奉召入都。青州刺史一缺，由兖州刺史苟晞调任，晞屡破巨寇，为越所重，常引晞升堂，结为异姓兄弟。此时潘滔为越长史，屏人语越道："兖州为东方冲要，魏武尝借此创业，现由苟晞居守有年，若晞有大志，便非纯臣，今不若移镇青州，厚加名号，晞必欣然徙去，公乃自牧兖州，经纬诸夏，藩卫本朝，这才叫做防患未然哩。"越颇以为然，自为丞相，领兖州牧，都督兖豫司冀幽并诸州军事，加苟晞为征东大将军，都督青州诸军事，领青州刺史，封东平郡公。晞虽奉调东去，却已是猜透越意，暗暗生嫌。他本来严刑好杀，不肯少宽，在兖州时，迎养从母，颇加敬礼。从母为子求将，晞摇首道："王法无亲，若一犯法，我不能顾及从弟了，不如不做为妙。"从母固请如初，晞乃说道："不要后悔。"因令为督护。后来果然犯法，晞即令处斩。从母叩头吁请，乞贷一死，晞终不从。及斩讫返报，乃素服临哀，且哭且语道："斩卿是兖州刺史，哭弟是苟道将。"晞字道将。部下见他情法兼尽，很是惮服。实是一种权诈手段。至移镇青州，复思以严刑示威，日加杀戮，血流成川，州人号为屠伯。

晞弟名纯，亦颇知兵，由晞遣讨盗目王弥，得获胜仗。弥为惤音坚，县名。令刘伯根长史，伯根尝纠众作乱，为幽州都督王浚讨平，独弥亡命为盗，再集伯根遗众，出没青徐。阳平人刘灵，少时贫贱，力大无穷，能手挽奔牛，足及快马，尝恨无人举引；又见晋室濅衰，不由的抚膺太息道："老天！老天！我一贫至此，莫非令我造反不成？"及闻王弥为乱，也招致盗贼，揭竿起事，乃自称大将军，寇掠赵魏。已而弥为苟晞所败，灵为别将王赞所败，两人俱奉书降汉，敛迹不出。忽顿邱太守魏植，为流民所迫，有众五六万，大掠兖州。太傅越急檄苟晞进援，晞出屯无盐，留弟纯居守青州。纯嗜杀行威，比晞还要利害，州民生谣道："一苟不如一苟，小苟毒过大苟。"如此凶残，安望有后。未几晞得诛植，乃仍还青州。偏王弥又复蠢动，党羽集至数万人，分掠青徐兖豫四州，所过残戮，郡邑为墟。苟晞再奉诏出征，连战未克，太傅亦下令戒严，移镇鄄城。

会闻前北军中侯吕雍与度支校尉陈颜等，谋立清河王覃为太子，便由越一道矫诏，遣将收覃，幽锢金墉城。过了旬月，索性命人赍鸩，把覃逼死。拥立者也。属无谓加害者，抑何太毒？但越只能制内，不能制外，那王弥竟从间道突入许昌，且自许昌进逼洛阳，越亟遣司马王斌，率甲士五千人入卫京师。还有凉州刺史张轨，亦遣督护北宫纯等，领兵入援。轨系汉张耳十七世孙，家住安定，才华明敏，姿仪秀雅，与同郡皇甫谧友善，隐居宜阳女儿山。泰始初年叔父锡入京为官，轨亦随侍，得授五品禄秩，嗣复进官太子舍人，累迁散骑常侍征西军司。他见国家多难，谋据河西，筮得《周易》中泰与观卦，投策大喜道："这是霸兆，得未曾有哩。"遂求为凉州刺史。天下无难事，总教有心人，果然得如所愿，一麾出守，及至凉州，适鲜卑为寇，盗贼纵横，便即调兵出讨，斩首万余级。嗣是威著西州，化行河右。张轨后嗣建国称凉，号为前凉，故特从详叙。至是闻王弥寇洛，因遣将勤王。晋廷方命司徒王衍，都督征讨诸军事，发兵出御轘辕，被王弥一阵杀败，兵皆溃归，京师大震，宫城昼闭，弥竟进攻津阳门。可巧凉州兵驰至，统将北宫纯，入城见衍，与东海司马王斌会师，相约出战。纯愿为前驱，选得勇士百余人，作为冲锋，疾驰而出，与弥对垒，才经交锋，由纯飐动令旗，便突出一队身长力大的壮士，跨着铁骑，持着利刃，不管那枪林箭雨，只硬着头冲将进去。凉州兵也不肯落后，既有勇士为导，当然拼了性命，一齐跟入，任他王弥党羽，是百战剧盗，都落得心慌意乱，纷纷倒退。北宫纯趁势杀上，王斌亦领兵继进，杀得盗党血流漂杵，尸积成山。王弥大败，抱头东窜。

都中又驱出一支生力军，系是王衍所遣，军官是左卫将军王秉，来应北宫纯王斌两军。两军正追杀数里，稍觉疲乏，因即让过王秉一路人马，听令追去。秉追至七里涧，王弥见来军服饰，与前略殊，还道是强弱不同，复思回身一战，当下勒马横刀，令盗众一律返顾，与秉接仗。盗众勉强应命，但已是胆怯得很，不耐久斗，略略交手，又复溃散。弥始知不能再战，只得与部下盗目王桑，逃出轵关，竟去投汉。汉主刘渊，与弥本有旧交，当即遣使郊迎，且传令语弥道："孤已亲至客馆，拂席洗爵，敬待将军。"弥闻令大喜，便随入见渊。渊即面授弥为司隶校尉，加官侍中，且命王桑为散骑侍郎。刘灵得王弥归汉消息，也亲往谒渊，受封平北将军。渊收了两个大盗，便用为向导，使子聪带兵数千，同袭河东。

可巧北宫纯自洛阳旋师，途次与聪兵相值，即杀将过去。聪不意官军掩至，顿时忙乱，且疑此外尚有伏兵，不敢恋战，匆匆的收兵遁回，麾下已死了数百人，纯乃归凉州，禀明张轨，申表奏闻。有诏封轨为西平郡公，轨辞不受命，且屡贡方物，藩臣中推为首忠，也是确评。

唯刘渊闻聪败还，未免失望，且因并州一带，由刘琨据守晋阳，无隙可乘，前遣将军刘景往攻，亦遭一挫，两方面统是败仗，尤觉得忧悔交并。侍中刘殷王育进议道：“殿下起兵以来，年已一周，乃专守偏方，王威未振，甚属可惜。诚使命将四出，决机大举，枭刘琨，定河东，建帝号，鼓行南下，攻克长安，作为都城，再用关中士马，席卷洛阳，易如反掌。从前高皇帝建竖鸿基，荡平强楚，便是这番谋划，殿下何不仿行呢？”渊不禁鼓掌道：“这正是孤的初心呢！”遂号召大众，亲自督领，趁着秋高马肥的时候，祃纛起行。到了平阳，太守宋抽，惊惶的了不得，弃城南奔。渊得拔平阳城，再入河东。太守路述，却是有些烈性，募集兵民数千，出城搦战，怎奈众寡不敌，伤亡多人，没奈何退守城中。渊督众猛攻，相持数日，城垣被毁去数丈，一时抢堵不及，竟为胡马所陷。述还是死战，力竭捐躯。渊连得数郡，遂移居蒲子。上郡四部鲜卑陆逐延，氐酋单征，并向渊请降。渊又遣王弥石勒，分兵寇邺，征北将军和郁，也是贪生怕死，走得飞快，把一座河北险要的邺城，让与强胡。于是渊得逞雄心，公然称帝，大赦境内，改元永凤。命嫡子和为大司马，加封梁王，尚书令刘欢乐为大司徒，加封陈留王，御史大夫呼延翼为大司空，加封雁门郡公；同姓以亲疏为等差，各封郡县王；异姓以勋谋为等差，各封郡县公侯，就把这蒲子城，号为汉都。

看官记着！当时氐酋李雄，与刘渊同时称王，此次渊僭号称尊，比李雄还迟二年。李雄称帝，国号成，改元晏平，且在晋惠帝末年六月中。刘渊称帝，是在晋怀帝二年十月中。小子属辞比事，前文未及西陲，无复插叙，此次为刘渊称帝，不能不补叙李雄。五胡十六国开始，就是李雄刘渊两酋长，最早僭号，看官幸勿责我漏落呢。补笔说得明白，更足令阅者醒目。

渊既僭号，两河大震。晋廷遣豫州刺史裴宪，出屯白马车骑将军王堪，出屯东燕，平北将军曹武，出屯大阳，无非为防汉起见。偏刘渊得步进步，不肯少休，复遣石勒刘灵率众三万，进寇魏汲顿邱三郡，百姓望尘降附，多至五十余垒。勒与聪请诸刘渊，各给垒主将军都尉印绶，并挑选壮丁五万为军士，老弱仍令安居。魏郡太守王粹，领兵抵御，一战即败，被勒活捉了去，押至三台，一刀毕命。越年为晋怀帝永嘉三年，正月朔日，荧惑星入犯紫微，汉太史令宣于复姓。修之，入白刘渊道：“陛下虽龙兴凤翔，奄受大命，但遗晋未灭，皇居逼仄，紫宫星变，犹应晋室。不出三年，必克洛阳。

蒲子崎岖，不可久安，平阳近有紫气，且是陶唐旧都，愿陛下上迎乾象，下协坤祥。”渊当然大喜，便即迁都平阳。会汾水滨有人得玺篆，文为“有新保之”四字，乃是王莽后投失，他却聪明得很，增刻渊海光三字，献与刘渊。渊表字元海，便称为己瑞，又复改元，即以河瑞二字为年号，封子裕为齐王，子隆为鲁王，聪为楚王，南向窥晋。

晋廷专靠太傅越为主脑，越不务防外，专务防内，真正可叹。他本已移镇鄄城，因鄄城无故自坏，心滋疑忌，乃徙屯濮阳。未几，又迁居荥阳，忽自荥阳带兵入朝，都下人士，相率惊疑。中书监王敦语人道：“太傅专执威权，选用僚属，还算依例申请，尚书不察，动以旧制相绳，他必积嫌已久，来此一泄，不识朝臣有几个晦气，要遭他毒手呢。”及越既入都，盛气诣阙，见了怀帝，便忿然道：“老臣出守外藩，尽心报主，不意陛下左右，多指臣为不忠，捏造蜚言，意图作乱，臣所以入清君侧，不敢袖手呢。”怀帝听了，大是惊惶，便问何人谋乱。越并未说明，即向外大呼道：“甲士何在？”声尚未绝，外面已跑入一员大将，乃是平东将军王景，一作王秉，今从《晋书》。领着甲士三千人，鱼贯入宫，形势甚是汹涌，差不多与虎狼相似。越随手指挥，竟命将帝舅散骑常侍王延，尚书何绥，太史令高堂冲，中书令缪播，太仆卿缪胤等，一古脑儿拿至御前，请旨施刑。怀帝不敢不从，又不忍遽从，迟疑了好多时，未发一言。越却暴躁起来，厉声语王景道：“我不惯久伺颜色，汝可取得帝旨，把此等乱臣，交付廷尉便了。”说着，掉头径去。跋扈极了。怀帝不禁长叹道：“奸臣贼子，无代不有，何不自我先，不自我后，真令人可痛呢。”当下起座离案，握住播手，涕泣交下。播前在关中，随惠帝还都，应第十九回。与太弟很是亲善，所以怀帝即位，便令他兄弟入侍，各授内职，委以心膂。偏由越诬为乱党，勒令处死，叫怀帝如何不悲？王景在旁相迫，一再请旨，怀帝惨然道：“卿且带去，为朕寄语太傅，可赦即赦，幸勿过虐，否则凭太傅处断罢。”景乃将播等一并牵出，付与廷尉，向越报命。越即嘱廷尉杀死诸人，一个不留。

何绥为前太傅何曾孙，曾尝侍武帝宴，退语诸子道：“主上开创大业，我每宴见，未闻经国远图，但说生平常事，这岂是贻谋大道？后嗣子孙，如何免祸，我已年老，当不及难。汝等尚可无忧。”说到“忧”字，忽然咽住，好一歇才指诸孙道：“此辈可惜，必遭乱亡。”你既知诸孙难免，何不嘱诸子辞官，乃日食万钱，尚云无下箸处，子劭尚日食二万钱，如此奢侈，怎得裕后？及绥被戮，绥兄嵩泣语道："我祖想是圣人，所以言有奇验哩。"后来洛阳陷没，何氏竟无遗种，这虽是因乱覆宗，但如何曾父子的骄奢无度，多藏厚亡，怎能保全后裔？怪不得一跌赤族了。至理名言。

越自解兖州牧，改领司徒，使东海国将军何伦，与王景值宿宫廷，各带部兵百余人，即以两将为左右卫将军，所有旧封侯爵的宿卫，一律撤罢。散骑侍郎高蹈，见越跋扈，略有违言，便被越斥为讪上，逼令自杀。嗣是朝野侧目，上下痛心。越留居都中，监制怀帝，无论大小政令，统须由越认可，才得施行。

那汉大将军石勒，已率众十余万，进攻钜鹿常山，用张宾为谋主，刁膺张敬为股肱，夔安孔苌支雄桃豹逯明为爪牙，除兵营外，另立一个君子营，专纳豪俊，使参军谋。张宾系赵郡中邱人，少好读书，阔达有大志，常自比为张子房。及石勒寇掠山东，宾语亲友道："我历观诸将，无如此胡将军，可与共成大业，我当屈志相从便了。"张子房为韩复仇，宾奈何觍颜事胡？乃提剑至勒营门，大呼求见。勒召入后，略与问答，亦不以为奇。嗣由宾屡次献策，无不合宜，因为勒所亲信，置为军功曹，动静必资，格外契合。正拟进略郡县，忽接刘渊命令，使率部众为前锋，移攻壶关，另授王弥为征东大将军，领青州牧，与楚王聪一同出兵，为勒后援，勒当然前往。并州刺史刘琨，急遣将军黄肃韩述赴援。肃至封田，与勒相遇，一战败死。述至西涧，与聪争锋，亦为聪所杀。

警报传达洛阳，太傅越又令淮南内史王旷，将军施融曹超，往御汉兵。旷渡河亟进，融谏阻道："寇众乘险间出，不可不防。我兵虽有数万，势难分御，不如阻水自固，见可乃进，方无他患。"旷怒道："汝敢阻挠众心么？"融退语道："寇善用兵，我等冒险轻进，必死无疑了。"遂长驱北上，逾太行山，次长平坂。正值刘聪王弥，两路杀来，捣入晋军阵内，晋军大乱，旷先战死，融超亦亡。旷是该死，只枉屈了融超。聪乘胜进兵，破屯留，陷长子，斩获至万九千级，上党太守庞淳，举壶关降汉，汉势大炽。刘渊连得捷报，更命聪等进攻洛阳，晋廷命平北将军曹武，集众抵御，连战皆败。聪入寇宜阳，藐视晋军，总道是迎刃立解，不必加防。弘农太守垣延，探得汉兵骄弛，用了一条诈降计，自谒聪营，假意投诚。聪沿路纳降，毫不动疑，哪知到了夜半，营外喊声连天，营内亦呼声动地。外杀进，里杀出，立将聪营踏平。聪慌忙上马，引众宵遁，侥幸得全性命。诸君不必细问，便可知是垣延的兵谋了。垣延上表告捷，廷臣称庆，不料隔了两旬，那刘聪等复到宜阳，前有精骑，后有锐卒，差不多有七八万人，比前次猖獗得多了。小子有诗叹道：

外患都从内讧生，金汤自坏寇横行。
乱华戎首刘元海，典午河山一半倾。

毕竟刘聪能否深入，待至下回表明。

晋初八王之乱，越最后亡，观前文之害死长沙，已太无宗族情，顾犹得曰乂不死，都下之战祸，终难弭也。及纠合同盟，迎驾还洛，义闻不亚桓文，几若八王之中，莫贤于越矣。惠帝之殁，谓越进毒，犹为疑案，至清河王之被鸩，而越之罪乃彰焉。王弥攻陷许昌，不闻速讨，徒遣王斌等五千人入卫，借非北宫纯之自西入援，前驱突陈，其能破百战之剧盗乎？张轨地位疏远，尚遣良将以勤王，越固宗亲，犹未肯亲自讨贼，其居心之险诈，不问可知。至其后带甲入朝，擅杀王延缪播诸人，冤及无辜，气凌天子，设非外寇迭兴，几何而不为赵王伦也。要之有八王而后有五胡，八王犹甘心亡晋，于五胡何尤哉？

第二十二回　乘内乱刘聪据国
借外援猗卢受封

却说刘聪复至宜阳，同行诸将，乃是刘曜刘景王弥呼延翼，骑兵五万，步卒三万，大有气吞河洛的势焰，都中大震。聪率轻骑先进，连败戍兵，直达都下，屯兵西明门，凉州刺史张轨，再遣北宫纯等入援，纯至洛阳，与汉兵对面扎营，待至夜半，方率勇士千余人，直攻汉垒。聪亦预先防着，即令征虏将军呼延颢，开营抵敌。颢甫出营门，正与纯撞个满怀。纯眼明手快，一刀劈下，正中颢首，脑浆迸流，倒毙地上。汉兵见颢被杀死，顿时骇退，纯即踹入营中，左斫右劈，杀死汉兵数十人。聪喝令各军，上前拦阻，还是招架不住，亏得队伍尚齐，且战且行，退至洛水滨下寨。纯因夜色昏皇，也恐有失，便收兵回营。

越日，呼延翼营内自乱，步卒不服翼令，将翼杀死，竟自溃归。刘渊闻败，飞饬聪等还师。聪不肯遽退，表称“晋兵微弱，可以力取，不得以翼颢死亡，自挫锐气，遽尔班师”云云。渊乃听令留攻，聪复分兵进逼，自攻宣阳门，令曜攻上东门，弥攻广阳门，景攻大夏门，四面猛扑，声震山谷。太傅越婴城拒守，且调入北宫纯等，一齐登陴，随方抵御。聪攻了数日，竟不能入，不由的想入非非，要至嵩岳中去祷山神，求他保佑，速下洛城，嵩岳有灵，岂容汝蹂躏中原？当下留平晋将军刘厉及冠军将军呼延朗，暂摄军事，自己竟带着千骑，跨马而去。太傅越参军孙询，探得聪不在营中，谓可乘虚出击，越即令询挑选劲卒，得三千人，由将军邱光楼裒等带领，潜开宣阳门，呐一声喊，冲将出去。呼延朗身不及甲，马不及鞍，冒冒失失，前来搦战。邱光楼裒，双械并举，杀得朗手法散乱，一个疏忽，被邱光挑落马下，楼裒再加一槊，结果性命，此次汉将死亡，都出呼延氏，想是呼延家运已衰。刘厉忙麾兵相救，已是不及。且邱楼二将，越加胆壮，领着三千健卒，横冲直撞，辟易万人。厉亦只好却走。聪在半途闻变，忙即折回，方得招架一阵，邱楼亦即收兵入城。刘厉恐为聪所责，竟投水自尽，聪不觉叹息。

王弥趋至聪营，向聪进言道："今既失利，洛阳犹固，殿下不如还师，再图后举，下官当立兖豫二州间，收兵积谷，守候师期。"聪皱眉答道："前曾表请留攻，此时不待命令，便即还师，未免不合。"弥笑道："这有何虑，下官为殿下设法便了。"遂即致书宣于修之，托他解说。修之已料知聪军不利，既得弥书，便入白刘渊道："岁在辛未，当得洛阳，今晋气尚盛，大军不归，必败无疑。"渊乃促聪回军，聪始与刘曜同归。唯王弥南出轘辕，沿途流民，陆续趋附，多至数万人。

还有石勒一支人马，自攻破壶关后，仍留扰并州一带，收降山北诸胡，再与刘灵进攻常山。幽州都督王浚，遣部将祁弘，邀同鲜卑部酋务勿尘等，带领十余万骑，来讨石勒。勒从常山退兵数里，至飞龙山前，依险列营，专待祁弘角斗。弘驱众直进，行近山麓，望见勒兵扎住，营伍颇严，便心生一计，使务勿尘领着本部，登山而下，直压勒营，自统部众与勒接仗。勒令刘灵守营，分兵趋出，奋斗祁弘。两边统是朔方劲旅，旗鼓相当，酣战了两三个时辰，未分胜败，不防务勿尘从后面杀下，突破勒营，刘灵保不住营寨，也只得出会勒军，勒军见营垒已破，当然慌乱，就是勒亦万分惊惶，自知立脚不住，不如夺路逃奔，一声呼啸，向南飞逸。刘灵迟走一步，被祁弘追及背后，用槊猛戳，穿通心胸，立即倒毙。大力将军，只好至冥间报效去了。余众约毙万余人。勒垂头丧气，走保黎阳，及闻幽州兵回去，复分兵四出，攻陷三十余堡寨，又进寇信都。适东海司马王斌，出任冀州刺史，引兵拒勒，一战败亡。晋车骑将军王堪，北中郎将兼豫州刺史斐宪，奉诏联兵，合攻石勒。勒引兵还拒，道出黄牛垒，魏郡太守刘矩，举城降勒。勒收得粮械，兵势益振。裴宪胆小如鼷，探得勒众甚盛，即潜奔淮南，连兵马都不遑带去。王堪孤掌难鸣，也退保仓垣。勒便从石桥渡河，攻陷白马，坑死男妇三千余口，复东袭鄄城，杀害兖州刺史袁孚，再攻仓垣。王堪败没，还与王弥合兵，连下广宗清河平原阳平诸县。捷书屡达平阳，刘渊加封勒为镇东大将军，兼汲郡公，又命聪曜等出兵会勒，共攻河内。

河内太守裴整，飞表乞援，诏命宋抽为征虏将军，往援河内，被勒邀击中途，把抽杀死。河内人复执整降汉，整得受汉职，拜为尚书左丞。河内督将郭默，收整余众，自为坞主。刘琨表称默为河内太守，时已为怀帝永嘉四年。会值刘渊得病，召还各军，河北山东，暂得少安。渊后呼延氏殁，另立氐酋单征女为皇后，这位新皇后的姿色，端的是纤丽无比，美艳无双，自从单征降汉，便将女纳为渊妾，宠号专房。生子名乂，亦得殊宠。可巧渊妻病死，妾媵不下数十，偏被那娇娇滴滴的单氏女，越级超升，得为继后，且封乂为北海王。单氏感恩不已，镇日里振起精神，侍奉刘渊。渊见她靓妆媚骨，处处可人，不由的为色所迷，贪欢无度。怎奈少女多情，老夫已迈，渐渐的精力不支，酿成羸疾。蛾眉原是伐性，老年愈觉可畏。当下为顾托计，命梁王和为太子，齐王裕为大司徒，鲁王隆为尚书令，楚王聪为大司马大单于，特在平阳城西，置单于台，为聪任所。北海王乂为抚军大将军，领司隶校尉。始安王曜为征讨大都督兼单于左辅。廷尉乔智明为冠军大将军兼单于右辅。尚有同姓老臣陈留王刘欢乐，进官太宰，长乐王刘洋，进官太傅，江都王刘延年，进官太保。是时刘宣已死，故不列入。渊恃三人为心膂，所以加位三公，付他重任。到了病不能起，即召入禁中，亲授遗命，叫他拥立太子，同心辅政，三人自然遵嘱。越二日渊竟逝世，共计称王四年，称帝三年。

太子和嗣为汉主，和本渊妻呼延氏所生，前大司空呼延翼，便是后父，被杀洛阳，翼子名攸，官拜宗正。渊因他素无才行，终身不令迁官。侍中刘乘，与聪有隙，西昌王刘锐，未得预顾命，三人共怀不平，乃串同一气，入殿语和道："先帝不顾重轻，使三王在内总兵，大司马拥劲卒十万，逼居近郊，陛下不过做了一个寄主，将来祸难，恐不可测，不如早为设法，先发制人。"和颇以为然。夜召武卫将军刘盛刘钦及左卫将军马景等，使图裕隆聪乂诸王。盛抗声道："先帝尚在殡宫，四王未有逆节，今忽生他谋，自相鱼肉，臣恐不能邀福，反且召祸。况四海未定，大业粗成，陛下但应继志述事，开拓鸿基，幸勿误听谗言，疑及兄弟。古诗有言：'岂无他人，不如我同父。'陛下不信诸弟，他人如何轻信呢？"锐与攸正在和侧，闻言大怒道："今日计议，已由主上裁决，理无反汗，领军怎得妄言？"盛尚欲再言，已被锐拔出佩剑，劈为两段。可怜刘盛。钦与景不禁惶惧，慌忙应命，乃共在东堂设誓，诘旦举发。

转瞬间已是天明，由和派兵四路，分攻四王。锐与马景赴单于台，攻楚王聪，攸与右卫将军刘安国，诣司徒府，攻齐王裕，乘与钦攻鲁王隆，使尚书田密，武卫将军刘璿，攻北海王乂。乂尚年少，不知守备，立被田密刘璿等闯入，只好延颈待戮，不料命未该绝，由璿抢步上前，把乂轻轻掖住，招呼部曲，斩关急走，趋往单于台。密亦随行，共见刘聪，报明内变。聪见乂无恙，心下大喜。已寓微意。便命军士服甲持械，静待刘锐等到来。锐至城外，已知田密刘璿举动，料聪必有预备，不敢轻往，当下折回城中，与攸乘等会攻隆裕。复恐安国与钦，尚有异志，因再杀死二人，然后进攻司徒府。裕不能守御，竟为乱军所害。锐等移兵攻隆，隆亦被杀。

是夕，闻西明门外，喊声大震，乃是大司马聪，率领全军，来攻都城。锐攸乘三人，亟趋上城楼，督众拒守，约莫过了一日有余，已被聪军攻入，乱兵四窜。锐等奔入南宫，聪军追入，把锐攸乘陆续擒住。刘和避匿光极殿西室，托词守丧。聪军持械直进，不管他皇叔不皇叔，顺手乱砍，立即毙命。刘渊口舌未干，三子即遭惨死，可见治国以礼，多力无益。聪入居光极殿，命诛锐攸乘三人，枭首通衢，示众三日。马景未闻遭诛，先后均得幸免，是何运气？群臣联笺上聪，请即尊位，聪呼众与语道：“我弟乂为单后所生，子以母贵，应该嗣立，我愿退就单于台。”道言甫毕，即有一少年趋至聪前，长跪流涕道：“先帝创业未终，全仗兄长继承先志，倘或舍长立幼，如何维持？还乞兄长勉从众言。”聪俯首瞧着，正是北海王乂，忙即离座搀扶。乂不肯起立，百官亦皆跪请，乃慨然答道：“乂与群公，既因四海未定，国难尚多，谓孤年较长，迫孤就位，这乃国家大事，不便固辞。今孤当远遵鲁隐，俟乂年长，当复子明辟，表孤素心。”百官交口称颂，乂亦拜谢，阅者至此，总道聪有让德，谁知他另存歹意。乃皆起身出殿，筹备新君即位礼仪。

聪进谒单后，请安道歉，礼节甚恭。单后见他仪容秀伟，冠冕堂皇，不禁由爱生羡，待遇加优。且因聪保全己子，柔声道谢。句中有眼。聪听得一副娇喉，禁不住情迷心荡，再审视单氏花容，毕竟轻盈艳冶，与众不同，可惜耳目众多，不能无端调戏，没奈何按定了神，对答数语，徐徐辞出，转往别宫，去谒生母张夫人。原来聪为渊第四子，母为渊妾张氏，怀妊时梦日入怀，醒后告渊，渊称为吉征。嗣过了十五月，方产一男，形体伟岸，左耳有一白毛，长二尺余，闪闪有光，渊因取名为聪。幼时敏悟过人，年至十四，博通经书百家及孙吴兵法，又工书草隶，善作诗文，十五岁演习骑射，能弯弓三百斤，膂力骁捷，冠绝一时。渊亦谓此儿不可限量，很是钟爱。果然武艺超群，得登大位。称尊以后，改元光兴，尊单后为皇太后，张夫人为帝太后，立乂为帝太弟，领大单于大司徒。立妻呼延氏为皇后，封子粲为河内王，领抚军大将军，都督中外诸军事。粲弟易为河间王，翼为彭城王，悝为高平王，乃为父渊发丧，移棺奉葬，号渊墓为永光陵，追谥为光文皇帝，庙号高祖。

聪既将国家要事，依次施行，所有王公百官，概仍旧职，毫无异言。他乐得趁闲寻乐，卖笑追欢，不过他心目中只有一人，要想同她勾搭，只苦不能下手，且有名分相关，似乎未便妄为。可奈意马心猿，不能自制，更且平时入省，时近芳容，越觉得撩乱情思，无从摆脱。嗣是朝朝暮暮，问安视寝，一个是垂涎已久，昏夜乞怜，一个是寂处难安，心神似醉。移花不妨接木，拢篙正可近舵，好风流处便风流，还管什么尊卑上下呢？况名分虽嫌未合，年貌正是相当，意外鸳鸯，倍饶乐趣，从此春生嫠帐，连夕烝淫，望断长门，同悲陌路。俗语说得好："好事不出门，恶事传千里。"这汉主聪的不法行为，才经数夕，已是喧传内外，统说他母子通奸。别人不过播为笑谈，最难堪的是北海王乂，少年好胜，禁不起冷讽热嘲。有时入宫省母，隐约进规，那母亲却也怀惭，但木已成舟，无可挽回。到了黄昏时候，新皇帝复来续欢，不能不再效于飞，与子同梦。两口儿确是情浓，只北海王引为恨事，已气愤得不可名状。恐皇嫂也作此想。

是时，略阳出了一个氐酋，叫做蒲洪，相传为夏初有扈氏苗裔，世作西戎酋长。洪家池中忽生了一枝蒲草，长约五丈，中有五节，略如竹形，时人号为蒲家。因即以蒲为姓。洪身长力大，权略过人，为群氐所畏服，威震一隅。即苻秦之祖，为后来十六国之一。汉主聪意欲羁縻，特遣使至略阳，拜洪为平远将军。洪不肯受命，却还来使，旋即自称秦州刺史略阳公，聪亦无暇过问。还是与母后调情，较为适意。唯雍州流民王如，寄居南阳，因晋廷逼他还乡，激使为乱，聚众至四五万，陷城邑，杀令长，自称大将军，向汉称藩。汉主聪当然收纳，且命石勒领并州刺史，使他略定河北，方好锐下河南。晋并州刺史刘琨，身当敌冲，恐孤危失援，为虏所乘，乃外结鲜卑部酋拓跋猗卢，表请为大单于，封为代公。这拓跋猗卢的履历，说来又是话长，小子只好略叙颠末。

这拓跋氏即索头部，俗喜用索编发，故号索头，世居北荒，不通中夏，至酋长毛始渐强大，统国三十六，大姓九十九，历五世至推寅，南迁大泽，又七世至邻，有兄弟七人，分统部众。邻传位与子诘汾，再使南迁，诘汾因徙居匈奴故地。相传诘汾好猎，尝出畋山泽间，见空中有一辎軿，冉冉下来，内坐一美妇人，姿容秀丽，自称天女，谓与诘汾有缘，竟下车握手，与他交合，尽欢而去。从古以来，未闻有这等天女。到了次年，诘汾再往原处游畋，天女又复来会，怀抱一男，授与诘汾，谓即去年成孕，得生此子，说毕复去。天女有这般无耻么？诘汾乃抱归抚养，竟得成人，取名力微。后来北魏传为佳话，编成二语道："诘汾皇帝无妇家，力微皇帝无母家。"便是为了这种原因。无稽之言勿听。诘汾死，力微立，复徙居并州塞外的盛乐城，部落寖盛。晋初，曾两遣嗣子沙漠汗入贡。力微活至一百四岁，方才病殁。沙漠汗已死，弟悉鹿立。悉鹿传与弟绰，绰传与子弗，弗死无嗣。叔父禄官嗣位，分国为三部，使沙漠汗子猗㐌，居代郡附近。猗㐌弟猗卢，居盛乐城，自居上谷的北边。猗卢善用兵，屡破匈奴乌桓各部，降服三十余国。及刘渊起兵入寇，幽州刺史东嬴公腾，尝向猗㐌处乞援。猗㐌与弟猗卢，率众援腾，击散渊兵。腾表猗㐌为大单于，既而猗㐌禄官，先后去世，猗卢遂总摄三部。会刘琨至并州，欲讨匈奴遗裔铁弗氏等，因遣使卑辞厚礼，结交猗卢，请他出兵相助。猗卢乃遣从子郁律，领二万骑助琨，破铁弗氏酋长刘虎。琨遂与猗卢约为兄弟，指水同盟，且遣长子遵往质，嗣因汉寇益盛，乃请以代郡封猗卢。朝议却也依琨，授册转交。唯代郡尚属幽州管辖，幽州都督王浚，不肯照允，发兵击猗卢，致为猗卢所败。自是浚与琨有隙，琨但求得猗卢欢心，不暇顾浚。这是刘琨误处。猗卢以封邑睽隔，民不相接，乃率部落万余家，由云中入雁门，向琨求陉北地。琨既引他入境，不能再拒，只得将楼烦马邑阴馆繁峙崞五县人民，徙至陉南，就把陉北地让与猗卢，这便是拓跋据代的源流。小子又考得拓跋二字，也有寓意，鲜卑称土为拓，后为跋，所以叫做拓跋氏。

会汉主刘聪，大举图晋，命河内王粲，始安王曜，与王弥率兵四万，入寇洛阳，又令石勒发四万骑兵，与粲等会师，共至大阳城。晋监军裴邈，逆战渑池，败绩南奔。汉兵直指洛川，复分两路。粲出轘辕，勒出成皋，沿途四掠，烽火连天。刘琨在并州闻警，即与猗卢同约举兵，往讨刘聪石勒，先遣人至洛阳，向太傅越报明。偏越别怀猜忌，复书谢绝。琨乃遣还猗卢，按兵不发。小子有诗叹道：

国势颠危已可忧，借资外助亦忠谋。
如何权相犹多忌，坐使神京一旦休?

欲知太傅越的隐情，试看下回分解。

刘渊以骁桀之姿，还踞朔方，进略河东，占平阳为根据地，又复遣将四掠，入窥洛阳，推其用意，无非欲为子孙帝王万世业耳。然身死未几，即有骨肉相戕之祸，司马氏因内乱而致危，不意刘汉亦蹈此辙，要之礼义不兴，鲜有不自相鱼肉者也。刘聪因乱得位，首烝母后，大本先亏，徒恃乃父之遗业，南向陵晋，晋之乱迄未有已，故刘聪得以乘之耳。彼刘琨之导入猗卢虽未始非引虎自卫，然其时汉已势盛，胡马频乘，得猗卢以牵制之，亦一用夷攻夷之权道也。东海不察，谢绝刘琨，坐待危亡，是真不可救药也夫。

第二十三回　倾国出师权相毕命
覆巢同尽太尉知非

却说太傅越拒绝刘琨，并不是猜忌外夷，实因青州都督苟晞与越有嫌，见二十一回。越恐他乘隙图乱，袭据并州，乃令琨固守本镇，不得妄动。琨只得奉令而行，遣还猗卢。那汉兵却齐逼洛阳，有进无退，洛阳城内，粮食空虚，兵民疲敝，眼见是不能御侮。太傅越乃传檄四方，征兵入援。前日拒绝刘琨，此时何又征兵？怀帝且面谕去使道："为我寄语诸镇，今日尚可援得，再迟即无及了。"可怜可叹！哪知朝使四出，多半不肯应召。唯征南将军山简，差了督护王万，引兵入援，到了涅阳，被流贼王如邀击一阵，兵皆溃散。王如且不能敌，怎能御汉。如反与徒党严嶷侯脱等，大掠汉沔进逼襄阳。荆州刺史王澄，号召各军，拟赴国难。前锋行至宜城，闻襄阳被困，且有失陷消息，不由的胆怯折回。汉将石勒，引众渡河，将趋南阳，王如等不愿迎勒，堵截襄城，顿时触动勒怒，移兵掩击，把贼党万余人，悉数擒住。侯脱被杀，严嶷乞降，王如遁去。勒趁势寇掠襄阳，攻破江西垒壁四十余所，还驻襄城。

晋太傅越，已失众望，心不自安，复闻胡寇益盛，警信屡至，乃戎服入见，自请讨勒。怀帝怆然道："今胡虏侵逼郊畿，王室蠢蠢，莫有固志，朝廷社稷，唯仗公一人维持，公奈何远去，自孤根本？"越答道："臣今率众出征，期在灭贼，贼若得灭，国威可振，四方职贡，自然流通。若株守京畿，坐待困穷，恐贼氛四逼，患且加盛。"看你如何灭贼？怀帝也不愿苦留，听越出征。越乃留妃裴氏，与世子毗及龙骧将军李恽，右卫将军何伦，守卫京师，监察宫省。命长史潘滔为河南尹，总掌留守事宜。于是调集甲士四万人，即日出发，并请以行台随军，即用王衍为军司，朝贤素望，悉为佐吏，名将劲卒，尽入军府，单剩着几个无名朝士，已老将官，局居辇毂，侍从乘舆。府库无财，仓庾无粮，荒饥日甚，盗贼公行。看官！试想这一座空空洞洞的洛阳城，就使天下太平，也不能支持过去，何况是四郊多垒，群盗交侵，哪里还得保全呢？谁为为之？孰令听之？越东出屯项，自领豫州牧，命豫州刺史冯嵩为左司马，复向各处传檄，略云：

皇纲失驭，社稷多难。孤以弱才，备当大任，自顷胡寇内逼，偏裨失利，帝乡便为戎州，冠带奄成殊域。朝廷上下，以为忧惧，皆由诸侯蹉跎，遂及此难。还要归咎他人。投袂忘履，讨之已晚，人情奉本，莫不义奋，当须会合之众，以俟战守之备，宗庙主上，相赖匡救，此正忠臣战士效诚之秋也。檄到之日，便望风奋发，勿再迟疑！

这种檄文，传发出去，并不闻有一州一郡，起兵响应，大约是看作废纸，都付诸败字簏中了。怀帝以越既出征，得离开这眼中钉，总好自由行动，哪知何伦等比越更凶，日夕监察，几视怀帝似罪犯一流，毫不放松。东平王楙，时改封竟陵王，未曾从军，因密白怀帝，谋遣卫士夜袭何伦。偏卫士都是何伦耳目，不从帝命，反先去报伦。伦竟带剑入宫，逼怀帝交出主谋。怀帝急得没法，只好向楙委罪。伦乃出宫捕楙，幸楙已得悉风声，逃匿他处，始得免害。先是汉兵日逼，朝议多欲迁都避难，独王衍一再谏阻，且出卖车牛，示不他移。至是扬州都督周馥，又上书阙廷，请迁都寿春，太傅越得悉馥书，谓馥不先关白，竟敢直接陈请，禁不住忿火交加，怒气勃发，即下了一道军符，令淮南太守裴硕，与馥一同入都，馥料知触怒，不肯遽行，但令硕率兵先进。硕诈称受越密令，引兵袭馥，反为馥败，乃退保东城，遣人至建业求救。琅琊王睿，总道是周馥逆命，即遣扬威将军甘卓等，往攻寿春。馥众奔溃，馥亦北走。豫州都督新蔡王确，系太傅越从子，即腾子。镇守许昌，当即遣兵邀馥，将他拘住，馥意气死。谁叫你多去饶舌？已而石勒攻许昌，确出兵抵御，行至南顿，正值勒驱众杀来，矛戟如林，士卒如蚁，吓得确军相顾失色，不待接仗，先已却走。确尚想禁遏溃卒，与决胜负，哪知部下已情急逃生，未肯听令。胡虏却抢前急进，毫不容怜，一阵乱砍，晦气了许多头颅。就是新蔡王确，也做了刀头鬼。可为周馥吐气。勒扫尽确军，遂进陷许昌，杀死平东将军王康，占住城池。

许昌一失，洛阳愈危，怀帝寝馈难安，尚日传手诏，令河北各镇将，星夜入援。青州都督苟晞，接受诏书，便向众扬言道："司马元超，越字元超。为相不道，使天下淆乱，苟道将怎肯以不义使人？汉韩信不忍小惠，致死妇人手中，今道将为国家计，唯有上尊王室，入诛国贼，与诸君子共建大功，区区小忠，何足挂齿呢？"说着，即令记室代草移文，遍告诸州，称已功劳，陈越罪状。当有人传报都中，怀帝得信，复手诏敦促，慰勉殷勤。晞乃驰檄各州，约同勤王。适汉将王弥，遣左长史曹嶷，行安东将军事，东略青州。嶷破琅琊，入齐地，连营数十里，进薄临淄。晞登城遥望，颇有惧色。及嶷众附城，才麾兵出战，幸得胜仗。嶷且却且前，晞亦且战且守。过了旬日，晞挑选精锐，开城大战。不意大风陡起，尘沙飞扬，嶷兵正得上风，顺势猛扑，晞不能招架，遂至败溃，弃城遁走。弟苟纯亦随晞出奔，同往高平。嗣是收募众士，复得数千人。会得怀帝密敕，命晞讨越，晞亦闻河南尹潘滔及尚书刘望等，向越构己，因复上表道：

奉被手诏，肝心若裂。东海王越，以宗臣得执朝政，委任邪佞，宠树奸党，至使前长史潘滔，从事中郎毕邈，主簿郭象等操弄大权，刑赏由己。尚书何绥，中书令缪播，太仆缪胤，皆由圣诏亲加拔擢，而滔等妄构，陷以重戮，带甲临宫，诛讨后弟，翦除宿卫，私树党人，招诱逋亡，复丧州郡，王涂圮隔，方贡乖绝，宗庙阙烝尝之飨，圣上有约食之匮。征东将军周馥，豫州刺史冯嵩，前北中郎将裴宪，并以天朝空旷，权臣专制，事难之兴，虑在旦夕，各率士马，奉迎皇舆，思隆王室，以尽臣礼。而滔邈等劫越出关，矫立行台，逼徙公卿，擅为诏令，纵兵寇抄，茹食居人，交尸塞路，暴骨盈野，遂令方镇失职，城邑萧条。淮豫之氓，陷离涂炭，臣虽愤懑，局守东嵎，自奉明诏，三军奋厉，拟即卷甲长驱，径至项城，使越稽首归政，斩送滔等，然后显扬义举，再清胡虏，谨拜表以闻。

怀帝既得晞表，日望晞出兵到项，削除越权，偏是望眼将穿，晞尚未至。晞亦不是忠臣，何必望他？时已为永嘉五年仲春，怀帝近虑越党，外忧汉寇，镇日里对花垂泪，望树怀人。越党何伦等，倚势作威，形同盗贼，尝纵兵劫掠宦家，甚至广平武安两公主私第，两公主系武帝女。亦遭蹂躏。怀帝忍无可忍，乃复赐诏与晞，一用纸写，一用练书，诏云：

太傅信用奸佞，阻兵专权，内不遵奉皇宪，外不协毗方州，遂令戎狄充斥，所至残暴。留军何伦，抄掠宫寺，劫制公主，杀害贤士，悖乱天下，不可忍闻。虽曰亲亲，宜明九伐。诏至之日，其宣告天下，率同大举。桓文之绩，一以委公，其思尽诸宜，善建弘略，道涩故练写副手笔示意。

晞接诏后，因遣征虏将军王赞为先锋，带同裨将陈午等，戒期赴项，并遣还朝使，附表上陈。略云：

奉诏委臣征讨，喻以桓文，纸练兼备，伏读跪叹，五情惶怛。自顷宰臣专制，委仗佞邪，内擅朝威，外残兆庶，矫诏专征，遂图不轨，纵兵寇掠，陵践宫寺。前司隶校尉刘暾，御史中丞温畿，右将军杜育，并见攻劫。广平武安公主，先帝遗体，咸被逼辱，逆节虐乱，莫此之甚。臣只奉前诏，部奉诸军，已遣王赞率陈午等，将兵诣项，恭行天罚，恐劳圣廑，用亟表闻。

朝廷赍表还报，行至成皋，不料被游骑截住，把他押至项城，往见太傅司马越。越令左右搜检，得晞表及诏书，不禁大怒道："我早疑晞往来通使，必有不轨情事，今果得截获，可恨！可恨！"你可谓守轨么？遂将朝使拘住，下檄数晞罪恶。即命从事中郎杨瑁为兖州刺史，使与徐州刺史裴盾，合兵讨晞。晞密遣骑士入洛，收捕潘滔。滔夜遁得免。唯尚书刘曾，侍中程延，为骑士所获，讯明是为越私党，一并斩首。

越以为不能逞志，累及故人，且内外交迫，进退两难，不觉忧愤成疾，遂致不起。临死时召入王衍，嘱以后事。衍秘不发丧，但将越尸棺殓，载诸车上，拟即还葬东海。大众推衍为元帅，衍不敢受，让诸襄阳王范。范系楚王玮子，亦辞不肯就，乃同奉越丧，自项城启行，径向东海进发。大敌当前，还想从容送丧，真是该死。讣音传入洛中，何伦李恽等，自知不满众望，且恐虏骑掩至，不如先期出走，好良心。乃奉裴妃母子，出都东行。城外士民，相率惊骇，多半随去。还有宗室四十八王，也道是强寇即至，愿与何伦李恽，同行避难。都去寻死。于是都中如洗，只有怀帝及宫人，尚然住着，孤危无助，嵩目苍凉，自思乱离至此，咎实在越，因追贬越为县王，诏授苟晞为大将军大都督，督领青徐兖豫荆扬六州诸军事。

汉将石勒，闻越已病死，立率轻骑追袭，倍道前进。行至苦县宁平城，竟得追及越丧。王衍本不知用兵，全然无备，就是襄阳王范等，都未曾经过大敌，彼此面面相觑，不知所为。还是一位将军钱端，稍有主意，麾动士卒，出拒勒众。两下交战，约二三时，勒众煞是利害，任意蹂躏，无人敢当，端竟战死。勒复指麾铁骑，围住王衍等人。衍众不下数万，没一个是敢死士，更兼统帅无人，号令不专。大都怀着一个遁逃秘诀，你想先奔，我怕落后，自相践踏，积尸如山。最凶横的是个石勒，出了一声号令，叫骑士四面攒射，不使衍等脱逃。可怜王衍以下，只有闭目待死，束手就擒。当下由胡骑突入，东牵西缚，好象捆猪一般，无一遗漏。除衍及襄阳王范外，如任城王济，宣帝司马懿从孙。武陵王澹，琅琊王伷子，见前。西河王喜，济之从子。梁王禧，澹子。齐王超齐王冏子，见前。及吏部尚书刘望，廷尉诸葛铨，前豫州刺史刘乔，太傅长史庾呆等，统被拿住，押入勒营。勒升帐上坐，令衍等坐在幕下，顾问衍道："君为晋太尉，如何使晋乱至此？"衍支吾道："衍少无宦情，不过备位台司，朝中一切政治，统由亲王秉政，就是今日从军，也由太傅越差遣，不得不行。若论到晋室危乱，乃是天意亡晋，授手将军，将军正可应天顺人，建国称尊，取乱侮亡，正在今日。"卖国求荣，全无廉耻。勒掀须狞笑道："君少壮登朝，延至白首，身居重任，名扬四海，尚得谓无宦情么？破坏天下，正是君罪，无从抵赖了。"这一席语，说得衍无词可答，俯首怀惭。求荣反辱，令人称快。勒命左右将衍扶出，更向他人讯问。众皆畏死，作乞怜状，独襄阳王范，神色不变，从旁呵叱道："今日事已至此，何必多言！"勒乃顾语部将孔苌道："我自从戎以来，东驰西骤，足迹半天下，未尝见有此等人物，汝以为可使存活否？"苌答道："彼皆晋室王公，终未必为我用，不如今日处决罢。”勒沉吟半晌，方道：“汝言亦是。但不可加他锋刃，使得全尸以终。”说至此，即令将被虏诸人，统驱往民舍中，监禁起来。俟至夜半，使兵士推倒墙壁，压入室内。覆巢之下，尚有什么完卵呢？唯王衍临死呼痛，惨然语众道：“我等才力，虽不及古人，但若非祖尚玄虚，能相与戮力，匡扶王室，当不致同遭惨死。”晓得迟了。说到“死”字，顶遇巨石压下，顿时头破血流，奄然长逝。卖国贼其鉴诸。余皆同时毕命，砌成一座乱石堆，也不辨为谁氏尸骸，何人血肉了。譬如做一石椁。勒又命人劈开越棺，焚骨扬灰，且宣言道：“乱晋天下，实由此人，我今为天下泄恨，故焚骨以告天地。”王弥弟璋，在勒军中，更将道旁尸首，一并焚毁，见有肥壮的死人，割肉烹食，咀嚼一饱，方拔营起行。到了洧仓，刚值何伦李恽等，仓皇奔来，冤冤相凑，投入虎口，李恽忙自杀妻子，逃往广宗，何伦亦奔向下邳。晋室四十八王及越世子毗，统被勒众虏去，死多活少。唯越妻裴氏，已经年老，无人注目，当时乘乱走脱，嗣被匪人掠卖，售入吴姓民家，作为佣媪。后来元帝偏安江左，始辗转渡江，得蒙元帝收养，才得令终。八王乱事，至是作一结束。小子恐看官失记，再将八王提出，表明如下：

汝南王亮宣帝懿子，为楚王玮所杀。楚王玮武帝炎子，为贾后所杀。赵王伦宣帝懿子，奉诏赐死。齐王冏齐王攸子，为长沙王乂所杀。长沙王乂武帝炎子，为张方所杀。成都王颖武帝炎子，为范阳长史刘舆所杀。河间王颙安平王孚孙，为南阳部将梁臣所杀。东海王越高密王泰子，病殁项城，尸为石勒所焚。

后人又另有一说，去亮与玮，列入淮南王允及梁王肜。俱见前文。唯《晋书》中八王列传，却是亮玮伦冏乂颖颙越八人，小子依史叙事，当然援照《晋书》。总之，晋室诸王，好的少，坏的多，八王手执兵权，骄横更甚，后来是相继诛戮，没有一个良好结果。越虽是善终，终落得尸骨被焚，妻被掠，子被杀，这也是祖宗诒谋，本非忠孝，子孙相沿成习，不知忠孝为何事，此争彼夺，各不相让。骨肉寻仇，肝脑涂地，五胡乘隙闯入，大闹中原，神州致慨陆沈，衣冠悉沦左衽，岂不可恨？岂不可痛？古人说得好：“告往知来”，如晋朝的往事，确是后来的殷鉴。奈何往者自往，来者自来，兵权到手，便不顾亲族，自相残杀，甘步八王的后尘，情愿将华夏土宇，让与别人脔割呢。借端寄慨，遗恨无穷。小子有诗叹道：

八王死尽晋随亡，滚滚胡尘覆洛阳。
为语后人应鉴古，兵戈莫再构萧墙。

虏焰大张，中原板荡，西晋要从此倾覆了。看官续阅下回，自见分晓。

司马越出兵讨勒，以行台自随，所有王公大臣，多半带去，仅留何伦李恽，监守京师。彼已居心叵测，有帝制自为之想。能胜敌则迫众推戴，还废怀帝，不能胜敌，即去而之他，或仍回东海，据守一方；如洛阳之保存与否，怀帝之安全与否，彼固不遑计及也。无如人已嫉视，天亦恶盈，内见猜于怀帝，外见逼于苟晞，卒至忧死项城，焚尸石勒，穷其罪恶，杀不胜辜。然妻离子戮，终至绝后，厥报亦惨然矣。王衍清谈误国，尚欲乞怜强虏，觍颜劝进，山涛谓："何物老妪，生此宁馨儿？"吾谓实一贼子，何宁馨之足云？襄阳王范，稍存气节，而临变无方，徒自取死。余子皆不足齿数。晋用若辈为臣僚，虽欲不亡，奚可得耶？本回录苟晞二表，所以罪越，述王衍临死之语，所以罪衍，至结尾一段，更提出八王结局，缀以叹词，语重心长，实为当世作一棒喝，固非寻常小说，所得同日语也。

第二十四回　执天子洛中遭巨劫
起义旅关右迓亲王

却说怀帝因越已病死，改任大臣，进太子太傅傅祗为司徒，尚书令荀藩为司空，进幽州都督王浚为大司马，都督幽冀诸军事，南阳王模为太尉，凉州刺史张轨为车骑大将军，琅琊王睿为镇东大将军，兼督扬江湘交广五州诸军事。复颁诏四方，促令勤王。可奈神州鼎沸，世乱益滋，两河南北，胡骑充斥，各镇将自顾不遑，怎能入卫？就是荆湘一带，也闹得一塌糊涂。征南将军山简，驻守襄阳，俄为王如所逼，又俄为石勒所攻，他本是个酒中徒，时在高阳池滨游宴，童儿为简作歌道："山公出何许，住自高阳池。日夕倒载归，酩酊无所知。"照此看来，前时遣督护王万入援，事虽不成，还算他提醒精神，力图报效。回应前回。后来接连遇寇，安坐不稳，复迁屯夏口，勉强支撑。

外如荆州刺史王澄，误信谣言，折回江陵，亦见前回。适巴蜀流民，散居荆湘，与土人忿争，激成乱衅，戕杀县令，啸聚乐乡。澄遣内史王机，率兵往讨，流民已望风乞降，澄佯为许诺，暗令机乘夜掩袭，沈杀八千余人，所有流民妻子，悉数充赏。但尚有益梁流民，未曾从乱，免不得兔死狐悲，更兼湘州参军冯素，亦欲尽诛流民，遂致流民大骇，寓居四五万家，同时造反，推醴陵令杜弢为主，奉为湘州刺史，南破零陵，东掠武昌。王机出军堵御，失利奔回。澄亦不加忧惧，且与机日夜纵酒，投壶博戏，消遣光阴。即如乃兄王衍，惨死宁平，他亦没甚悲戚，反抱着达观主义，得过且过罢了。

至若成都为李雄所据，前益州刺史罗尚，始终不能规复，反由李雄出兵东略，屡攻涪城，梓潼太守谯登，固守三年，食尽援穷，终遭陷没。登被擒不屈，致为所害。叙入此事，所以旌忠。长江上下游，如此扰乱，还有何人勤王？唯琅琊王睿镇守江东，尚觉安居无事，但他是已脱虎口，栖身乐国，何苦再投险地，来作孤注？所以宅中驭外的洛阳城，反弄到内无粮草，外无救兵。怀帝终日忧闷，徒唤奈何。会大将军大都督苟晞，表请迁都仓垣，并使从事中郎刘会，运船数十艘，宿卫五百人，谷米千斛，来迎乘舆。怀帝意欲从晞，召集公卿，决议行止。公卿已是寥寥，剩了几个糊涂虫，毫无智谋，当断不断。侍从左右，又只管眼前温饱，恋恋家室，未肯远行。究竟怀帝是个主子，不能孑身潜遁，没奈何顺从众意，又蹉跎了好几日。既而洛中饥困，人自相食，百姓流离转徙，十死八九。怀帝实不堪久居，再召公卿集议，决意启行。偏是卫从寥落，车马萧条，怀帝抚手长叹道："如何竟无车舆？"乃使傅祗出诣河阴，整治舟楫，自与朝士数十人，步行出西掖门。到了铜驼街，但见盗贼盈途，随处劫掠，料知不能过去，只好退回。度支校尉魏浚，率领流民数百家，出保河阴的硖石，有时掠得谷麦，献入宫廷。怀帝已饥不择食，未便问及来历，就将这谷麦赡济宫人，并加浚为扬威将军，仍领度支如故。居然做了贼皇帝。

蓦然间传入警报，乃是汉大将军呼延晏，率众二万七千人，杀奔洛阳来了，怀帝当然加忧。嗣是连接败耗，多至一十二次，统共合算死亡人数，直达三万余人。已而又闻汉兵日盛，刘曜王弥石勒三路人马，会同呼延晏，趋集都下，急得怀帝形色仓皇，不知所措。迁延数日，果然汉兵进逼，猛攻平昌门，城内汹汹，无心拒守。才阅一夕，便被汉兵陷入，再攻内城，杀人放火，猖獗得很。东阳门外，烟雾迷离，就是各府寺衙门，多被延烧，骚扰了一昼夜，竟尔退去。怀帝急命荀藩兄弟，具舟洛水，准备东行。藩与弟组奉命往办，船只甚少，东招西呼，才凑集了数十艘。不料汉兵又复转来，放起一把无名火，将各船一律毁尽。藩组两弟兄，不敢回都，竟逃往轘辕去讫。第一条好计。

原来前时攻入都门，只有呼延晏一支兵马，他在都中扰乱一宵，还恐孤军有失，未敢久留，所以引兵暂退。及王弥刘曜，先后继至，晏自然放心大胆，再来攻城，适见洛水中备有船只，料知晋主将遁，乐得乘机毁去，断他走路，遂与王弥再攻宣阳门。都中已经残破，越觉无人守御，晏与弥当即攻入，内城卫士，亦纷纷逃散。汉兵斩关直进，如入无人之境。两汉将驰入南宫，登太极前殿，纵兵大掠，所有宫中妇女，库中珍玩，抢劫一空。怀帝不能不走，带了太子诠吴王晏竟陵王楙等，趋出华林园门，欲奔长安。可巧刘曜自西明门进来，兜头碰着，一声号令，部将齐进，立把怀帝等抓住，拘禁端门，再拨兵收捕朝臣，凡右仆射曹馥，尚书闾邱冲袁粲王绲，河南尹刘默及王公以下百余人，悉数拿住，一并屠戮。太子诠与晏楙二王，亦为所害。只留侍中庾珉王俊，陪侍怀帝，不令加刑。都下士民，被难死亡，约二万人。由曜命兵士迁尸，至洛水北滨，筑为京观。复发掘诸陵，焚毁宗庙宫阙，大肆凶威。是年正岁次辛未，适应宣于修之的前言。见二十二回。曜又搜劫后妃，自皇后梁氏以下，分赏诸将，充作妻妾，自己拣了一个惠皇后羊氏，逼与为欢。羊皇后在惠帝时，九死一生，留居弘训宫中，年已三十左右，犹是鬓发红颜，一些儿不见憔悴，此次为曜所逼，仍然怕死，不得已委身强虏，由他淫污。其余后妃嫔嫱，也与羊后一般观念，宁可失节，不可捐生。剥尽司马氏的脸面。独故太子遹妃王氏，在宫被掠，为汉将乔属所得，王氏召还宫中，见十二回。属见她风韵未衰，便欲下手行强，自快肉欲。不料王氏铁面冰心，誓不相从，觑着属腰下佩剑，趁他未及防备，顺手拔来，向属猛刺，偏属将身一扭，竟得闪过。王氏执剑指属道："我乃太尉公女，皇太子妃，义不为胡逆所辱，休得妄想！"衍有此女，胜过乃父十倍。乔属至此，禁不住怒气上冲，便向王氏手中夺剑，究竟王氏是个女流，怎能相敌？霎时间剑被夺去，还手乱砍，呜呼告终。一道贞魂，上冲霄汉。看官欲知烈妇遗名，乃是王衍少女王惠风。彷佛画龙点睛。石勒最后入都，见都中已同墟落，掠无可掠，乃仍然引去，往屯许昌。

刘曜既污辱羊后，又杀害太子诸王，尚嫌财帛未足，不免怨及王弥，说他先入洛阳，格外多取。弥尚未知曜意，向曜献议道："洛阳为天下中州，山河四塞，城阙宫室，不劳修理。殿下宜表请主上，自平阳徙都此地，便可坐镇中原，奄有华夏了。"曜借端泄忿道："汝晓得什么？洛阳四面受敌，不可固守，况已被汝等掠夺净尽，只剩了一座空城，还有何用？"弥亦怒起，且行且骂道："屠各子，匈奴贵种，叫作屠各。莫非想自做帝王么？"遂亦引兵出洛，东屯项关。曜遣呼延晏押着怀帝及庾珉王俊等赴平阳，复将宫阙焚去，挈了羊后，麾兵北行。汉兵已三路分趋，胡氛少散。司徒傅祗，曾出诣河阴，尚未还都。见上。便在河阴设立行台，传檄四方，劝令会师孟津，共图恢复，无如年垂七十，筋力就衰，偶然感冒风寒，就不能支，竟尔谢世。一路了。

大将军苟晞，屯兵仓垣，适太子诠弟豫章王端，自洛阳微服逃出，奔至晞处，晞始知洛阳已陷，即奉端为皇太子，徙屯蒙城，建设行台，自领太子太傅，都督中外诸军事。别将王赞出戍阳夏，他本出身微贱，超任上将，已不免志骄气盈，此次挟端承制，独揽大权，更觉得意气扬扬，饶有德色。平居侍妾数十，奴婢近千，终日累夜，不出庭户，僚佐等稍稍忤意，不是被杀，即是被笞；私党务为苛敛，毒虐百姓，因此怨声载道，将士离心。辽西太守阎亨，上书极谏，大触晞怒，即诱令入问，把他枭首。从事中郎明预，有疾居家，闻亨受戮，乃力疾乘车，入帐白晞道："皇晋如此危乱，乘舆播迁，生灵涂炭，明公亲禀庙算，将为国家拨乱反正，除暴安民，阎亨善士，奈何遭诛？预窃不解公意，所以负疾进陈。"此等人实不屑与谈。晞怒叱道："我自杀阎亨，与汝何涉，乃抱病前来，胆敢骂我！"预从容答道："明公尝以礼进预，预亦欲以礼报公。今明公怒预，恐天下亦将怒公。从前尧舜兴隆，道由翕受，桀纣败灭，咎在饰非，天子尚且如此，况身为人臣呢？愿明公暂且霁威，熟思预言。"晞见他意诚语挚，倒也不觉自惭，因巽词答复，遣令回家，唯骄惰荒纵，仍不少改。

部将温畿傅宣等，相继叛去，并且疫疠交侵，饥馑荐至，眼见是不能保守，坐待灭亡。果然石勒从许昌杀来，先破阳夏，擒住王赞，复轻骑驰至蒙城。晞尚安坐厅中，与嬖妾等饮酒调情，直至勒兵已入，方惊出征兵，兵尚未集，寇已先临。那时大苟小苟，无处奔避，统被勒兵捉去。豫章王端，也即受擒。勒有意辱晞，锁住晞颈，且署为左司马，一面报告刘聪。聪加勒为幽州牧。王弥欲自王青州，只忌一勒，佯贻勒书，贺勒获晞，书中说道："公一鼓获晞，用为司马，猛以济宽，令弥拜服。果使晞为公左，弥为公右，天下有何难定呢？"勒览书毕，顾语参谋张宾道："王弥位重言卑，必非好意。"宾答道："诚如公言，宾料王公私意，无非欲据有青州，自安故土，弥本青州人。只恐明公踵袭彼后，所以甘言试公，公不图彼，彼且图公了。"勒乃令宾作书答弥，谓愿与弥结欢，使弥主青州，自主并州，当即约期会盟。

弥却信为真言，复书如约。欺人者卒被人欺。勒遂移营就弥，请弥至营内宴会。弥长史张嵩，劝弥勿往，弥不肯听，昂然径去。勒殷勤款待，酒至半酣，被勒拔剑出鞘，一挥了命，便即纵兵出营，持了弥首，往抚弥众。弥众不敢与争，只好降勒。于是弥在洛阳时，所掠子女玉帛，尽为勒有，勒始得如愿以偿了。目的物无非为此。

汉主聪闻勒擅杀王弥，手书诘责，勒表称王弥谋叛，所以加诛。聪因王弥已死，损一大将，不得不笼络石勒，乃加勒镇东大将军，督并幽二州军事。苟晞王赞，潜谋杀勒，事泄被戮。豫章王端亦遇害，晞弟纯一并毙命。一路复了。勒复引兵南掠豫州诸郡，临江乃还，屯驻葛陂。尚有刘曜一军，进攻蒲阪，守将赵染，乃奉南阳王模军令，统兵留戍，至此竟举城出降。曜即遣染为先锋，使攻长安，自为后应。适河内王刘粲，亦由汉主聪遣发，领兵到来，与曜相会。曜偕粲同行，途次接赵染捷报，在潼关击破模兵，长驱至下邽，曜粲大喜。未几又接染书，报称模已出降，粲志在劫掠，麾兵先进，及抵长安，染已将模拘至，令他见粲，且攘袂瞋目，旁数模罪，粲即令推出斩首。模妃刘氏，与次子范阳王黎，亦送至粲前，粲见刘氏姿貌平常，年亦半老，不禁冷笑道："此妇只合配我奴仆，奈何为王妃？"随即叫过胡奴张本，指刘与语道："赏了汝罢！"张本拜谢，竟领刘氏趋入帐后，大约是去效于飞了。王妃下配胡奴，可耻孰甚。范阳王黎，又由粲叱出处斩，唯模长子保，镇守上邽，幸得免难。都尉陈安，率模余众，出走依保，余如长史鲁繇，将军梁汾等俱作俘虏，由粲送入平阳。是时关西饥馑，饿莩盈途，粲无从饱掠，快快引去，留刘曜居守长安。曜得晋封中山王，领雍州牧，复遣兵出掠州郡，勒令归汉。

安定太守贾疋，惮汉兵威，方与诸氐羌等，奉书与曜，且送子弟为质。途次遇着冯翊太守索綝，问明情由，截使折回，同行见疋，慨然与语道："公为晋臣，怎得未战先降？况关西亦不乏将士，何不首先倡议，勉图兴复呢？"疋愧谢道："我非无此意，但恨兵力未足，暂图安民，今得君来助，自当受教。"原来綝为模从事中郎，出守冯翊，因模已败死，乃与安夷护军麹允，频阳令梁肃等，共议为模复仇，即由綝往说贾疋，约同起义。疋已依了綝言，綝便召麹允梁肃同至安定，公推疋为平西将军，集众五万，共指长安。雍州刺史麹特，新平太守竺恢，扶风太守梁综，亦望风响应，合兵十万，与疋相会，军势大振。

汉河内王粲，行次新丰，接得关西军警，忙令降将赵染，部将刘雅，往攻新平。索綝急引兵赴援，努力鏖斗，杀退赵刘二将，再与贾疋会合，进攻刘曜。曜领兵至黄邱，一场大战，曜众败却，退还长安。疋移兵袭汉梁州，击毙汉刺史彭荡仲，又遣麹特等往攻新丰，也是卷甲衔枚，出其不意，得将刘粲杀败。粲奔还平阳，于是大集各军，合围长安。关西胡晋，翕然归附，大有叱咤风云，光复河山的气象。靡不有初，鲜克有终。

可巧前豫州刺史阎鼎，奉秦王业至蓝田，遣人告疋。疋乃发兵相迎，导入雍城，使梁综引众为卫，俟收复长安后，再定规程。这秦王业为吴王晏子，过继秦王柬为嗣，年甫十二，乃是司空荀藩外甥。藩与弟组同奔密县，业亦往依，适阎鼎招集西州流民，也至密县，藩乃奉业为主，用鼎为佐，前中书令李晅，司徒左长史刘畴，镇军长史周顗，司马李述等，陆续趋至，谓鼎才可用，劝藩署鼎冠军将军，仍行豫州刺史事。鼎本天水人氏，意欲还乡，乃与大众商议，拟奉业入关。荀藩等俱籍隶东南，不愿西去，只因山东未靖，总须迁地为良，于是转趋许颍。会河阳令傅畅，祗子。寄书与鼎，谓不如速赴长安，起兵雪耻，鼎遂决意西往。行至中途，荀藩等俱皆奔回，鼎勒兵返追，晅等被杀，唯藩组顗述四人，分路逃脱。鼎力追不及，才西趋蓝田，得疋相迎，转入雍城，这且待后再表。

且说荀藩兄弟及李述奔往荥阳，收集部属，往保开封。独周顗渡江东行，走依琅琊王睿。睿令顗为军咨祭酒，颇加礼遇。当时海内大乱，只江东少安，士大夫为避乱计，陆续东来。王导劝睿延揽俊杰，共得一百六人，皆辟为掾属，号百六掾。最著名的是前颍川太守刁协，东海太守王承，广陵相卞壸，江宁令诸葛恢，历阳参军陈頵，前太傅掾庾亮诸人，就是周顗亦参列在内。既而前骑都尉桓彝，亦奔投建业，见睿微弱，退语周顗道：“我因中州多故，来此求全，乃单弱至此，怎能济事？”顗也未免唏嘘。及彝往见王导，与谈时事，导口讲指划，议论风生，顿令彝心悦诚服。又还语周顗道：“江左有管夷吾，我不必再忧了。”也恐未必。建业城南有临沧观，在劳劳山上，有亭七间，名曰新亭。导每与群僚往游，设宴共饮。周顗饮了数觥，不由的悲从中来，凄然叹息道：“风景不殊，举目有山河之异。”大众听了，具相顾流涕。唯导慷慨激昂，举觞与语道：“我辈聚首一方，应共戮力王室，克复神州，奈何颓然不振，徒作楚囚对泣呢？”数语颇有丈夫气。众乃收泪，相与谢过。导又借着酒兴，谈了一番匡复事宜，方才偕归。已而陈頵与王导书，请黜虚崇实，大略说是：

中华所以倾敝，四海所以土崩者，正以取才失所，先白望虚名之意。而后实事，浮竞驱驰，互相贡荐。言重者先显，言轻者后叙，遂相波扇，乃至凌迟。加有老庄之俗，倾惑朝廷，养望者为弘雅，政事者为俗人，王职不恤，法物沦丧，夫欲制远，必由近始，故出其言善，千里应之。今宜改张，明赏信罚，拔卓茂于密县，显朱邑于桐乡，然后大业可举，中兴可冀耳。朱邑卓茂皆东汉时人。

看官试阅頵书，应知晋室危亡，正坐此弊，就是隔江人士，过从如鲫，亦不过侈谈文物，雅号风流，若要他戮力从公，实是寥寥无几，导虽有志振兴，但究未能转移风俗，得了頵书，无非是付诸一叹罢了。小子有诗咏道：

不经坚忍不成忠，士节凌夷国本空。
但解清谈终误国，余风尚自染江东。

江东初造，百废待兴，忽闻石勒在葛陂治兵，有进攻建业消息，免不得又要开战了。欲知后事，且阅下回。

观怀帝之坐处危城，粮尽援绝，甚至欲出无车，欲奔无路，可见帝王失势，比庶民犹且不如。司马氏之列祖列宗，死后有知，应悔前时之挟权篡魏，反足贻祸子孙，是何如不为帝王之为愈也。刘曜石勒王弥辈，徒知屠掠，毫无英雄气象，不过因晋室无人，遂至横行海内，否则跳梁小丑，亦何能为？试看索綝贾疋等之倡言起义，一鼓而集十余万人，破刘粲，败刘曜，兵威大震，向使始终如一，则中兴事业，当属诸愍帝，而琅琊王睿无与也。彼刘曜石勒，亦乌能更迭称雄乎？要之得人者昌，失人者亡，两河已矣，江左虽多名士，亦不过互相标榜，无裨实用，此关洛之所以终亡，而江东之仍归积弱也。

第二十五回　贻书归母难化狼心
行酒为奴终遭鸩毒

却说石勒屯兵葛陂，课农造船，将攻建业。琅琊王睿，得知消息，乃大集士卒，使至寿春城会齐，即命镇东长史纪瞻为扬威将军，统兵讨勒。勒整兵抵御，两下相持至三月余，霖雨浸淫，连旬不绝，勒军中遇疫，粮食又尽，死亡过半。勒不免加忧，与将佐共议行止。右长史刁膺，谓不如输款江东，暂且求和，再作计较。勒愀然长啸，声尚未绝，即闪出三十余将，由孔苌为首领，厉声大呼道："刁长史休得胡言！试想我军未尝败衄，如何乞降？若分路进军，夜入寿春，斩吴将头，据城食粟，乘胜下丹阳，定江南，不出一年，可告成功，请刁公看着哩！"勒始有喜色，笑语诸将道："这才不愧为勇将了。"遂各赏铠马一匹。唯谋士张宾，始终无言。别有会心。勒顾问道："君意以为何如？"宾乃答道："将军攻陷京师，囚执天子，杀害王公，妻掠妃主，得罪晋室，擢发难数，奈何尚得改颜事晋呢？去年既杀王弥，不应南来，今天降霖雨，明明示意将军，速宜变计。"天道有知，也不应助勒。勒掀髯道："君意拟将何往？"宾又道："邺城西接平阳，山河四塞，为将军计，亟宜北行据邺，经营河北。河北既定，南下未迟。今可令辎重先发，将军从后徐退，定保无虞。江东军闻我北去，幸得自全，哪里还愿追袭呢？"为勒设想，原是此策最善。勒攘袂鼓髯道："妙计！妙计！决从张君。"又叱责刁膺道："汝既来佐孤，应思共成大业，奈何劝孤降晋？本应处斩，姑念汝素来胆怯，别无歹意，特从宽贷，不来杀汝。"膺慌忙拜谢，赧颜退去。

勒即黜膺为裨将，擢宾为左长史，称为右侯。

勒遣从子石虎，领着骑兵二千，抵挡晋军。自引兵出发葛陂，辎重在先，兵队在后，依次北去。石虎往向寿春，适值江南运船数十艘，载米到来，他即麾兵抢夺，不料两岸俱有伏兵，一鼓齐起，围击石虎。虎兵贪劫运米，已无纪律，当然四溃。虎亦拍马急奔，晋将纪瞻追击，直至百里以外，竟及勒军。勒整阵以待，很是严肃。瞻不敢进逼，乃退还寿春。勒复驱军北行，沿途皆坚壁清野，无从掠取，士卒饥甚，人自相食。致东燕渡河，闻汲郡太守向冰，聚众数千，驻扎枋头，勒恐被邀击，因召诸将问计。张宾鼓掌道："今我军欲渡河北去，正苦乏船，何妨向冰借用。"诸将闻言，俱不禁暗笑，连勒亦诧为奇语。宾又说道："诸君休笑！冰船尽在对岸，未入枋头，我若遣兵缚筏，从间道袭取冰船，载运大军，军一得济，还怕什么向冰呢？"勒依计而行，令部将孔苌支雄，诣文荔津，缚筏夜渡。果然船中无备，尽被两将夺来。及冰得闻警，率军收船，不但船已被夺，且勒军亦陆续渡河。冰急忙回营，扼堑固守。

勒令主簿鲜于丰挑战，三面埋伏，诱冰出来。冰初意原不欲出战，经丰至垒门前，百般辱骂，惹动冰怒，乃开门来追。丰且战且走，引冰入伏，同时俱起，夹攻冰军。冰欲归无路，欲战无继，只好杀开血路，落荒遁去。勒得入冰营，尽取营中资械，长驱寇邺。守将刘演，将所有守兵，分布三台，为保邺计。曹操在邺中作铜雀台，金虎台，冰井台，号邺中三台。勒将孔苌等，即欲攻扑三台，张宾道："刘演虽弱，众尚数千，三台险固，未易攻拔，何必在此劳师？方今王浚刘琨，为公大敌，宜先往规取，区区一演，何足深虑？且天下饥乱，明公拥众游行，人无定志，终非善策，不如急据要地，广聚粮储，西禀平阳，北略幽并，方可图王称霸呢。"勒说道："右侯所言甚是，但究应择居何地？"宾答道："莫如邯郸襄国，请择一为都。"勒喜道："我就进据襄国罢。"遂移兵至襄国，城内无备，兵民骇散，勒不费兵力，安据了襄国城。宾又向勒进议道："今将军据此为都，刘琨王浚，必来相犯，若城堑未固，资粮未广，二寇交至，如何对待？宜亟收野谷，充作军食，一面速报平阳，具陈情形，将来缓急有恃，方可无虞。"勒乃表达刘聪，分命诸将略冀州，收降郡县数处，得粮济勒。刘聪亦复诏褒功，加勒散骑常侍，都督冀幽并营四州军事，领冀州牧，封上党公。先是勒被鬻茌平，与母王氏相失，王氏至此尚存，由并州刺史刘琨，访得王氏踪迹，特遣属吏张儒将王氏迎入府厅，款留数日，乃令儒偕王氏同行，送交石勒。勒得见王氏，母子重逢，且悲且喜，一面厚待张儒，儒取出琨书，交勒启视，书中说道：

将军发迹河朔，席卷兖豫，饮马江淮，折冲汉沔，虽自古名将，未足为喻，所以攻城而不有其人，略地而不有其土，翕尔云合，忽复星散，将军岂知其然哉？存亡决在得主，成败要在所附。得主则为义兵，附逆则为贼众，义兵虽败而功业必成，贼众虽克而终归殄灭。昔赤眉黄巾，横逸宇宙，所以一旦败亡者，正以兵出无名，聚而为乱，将军以天挺之姿，威振宇内，择有德而推崇，随时望而归之，勋义堂堂。长享遐贵，背聪则祸除，向主则福至，采纳往诲，翻然改图，天下不足定，蝗寇不足扫。今相授侍中持节车骑大将军，领护匈奴中郎将襄城郡公，总内外之任，兼华戎之号，显封大郡，以表殊能，将军其受之，副远近之望也。自古以来，诚无戎人而为帝王者，至于名臣而建功业者，则有之矣。今之望风怀想，盖以天下大乱，亟须雄才，遥闻将军攻城野战，合于机神，虽不视兵书，暗与孙吴同契，所谓生而知之者上，学而知之者次，但得精骑五千，以将军之才，何向不摧？至心实事，皆张儒所具知，合当面述，伫待复音。

勒启书览毕，掀髯一笑，并不多言。唯设宴飨儒，款留一夕，至次日厚送赆仪，并取出名马珍宝，使儒转送刘琨，且给与复书，遣儒归报。儒即回晋阳，呈入勒书及礼仪。琨见书中寥寥数行，除首尾称呼外，只有四语，云：

事功殊念，非腐儒所闻。君当逞节本朝，吾自夷难为效。

琨掷下勒书，自思所谋未遂，禁不住长叹数声，随即趋入后庭，令歌伎数十人，作乐侑饮，排遣愁肠。原来琨素性奢豪，颇好声色，河南人徐润，善长音律，为琨所宠，琨竟擢为晋阳令。润恃势骄恣，干预政权。护军令狐盛，抗直敢言，屡劝琨除润，琨不肯从。已而润至琨处进谗，谓盛将劝公为帝，遂致激动琨怒，加盛死刑。琨母闻琨杀盛，召琨入责道："汝不能驾驭豪杰，与图远略，乃好佞恶直，害及正人，祸必及我。”琨母颇有远识，可惜终难免祸。琨颇自认过，极思矫正，但始终不肯诛润。到了愁闷无聊的时候，仍然借着声色，聊作欢娱。但部下将吏，总道他是纵逸忘情，互生讥议，再加令狐盛枉遭杀害，尤失人心。可见人不宜有偏嗜。

盛子泥潜踪奔汉，泣拜刘聪，乞师报仇。父仇怨不共戴天，但向虏乞兵，亦属不合。聪问及晋阳内容，泥具言虚实。聪不禁大喜，便令河内王粲，入寇并州，即用令狐泥为向导，一面使中山王曜，率兵继进。看官阅过前回，应知曜在关中，为贾疋等所围，此时曜已失败，弃城遁还，被贬为龙骧将军，留居平阳。及刘粲出攻并州，乃复使他领兵策应，无非叫他立功赎罪的意思。刘琨闻汉兵入寇，亟东出常山，招募兵士，但令部将郝诜张乔，领兵拒粲。偏雁门诸胡，乘隙造反。上党太守龚醇，又复降汉，累得琨不能兼顾，没奈何遣使往代，至猗卢处乞援，自己决先平胡，然后御汉。哪知汉兵步步进逼，所遣郝诜张乔二将，只与汉兵战了一次，便即败亡。刘粲刘曜，竟乘虚进袭晋阳，晋阳虽尚有士卒数千，多系老弱残兵，不足御寇。太原太守高乔及并州别驾郝聿等，由琨委他居守，他急不暇择，竟开门迎纳汉兵。徐润不知何往，史传中未及提叙，大约总是降汉了。粲与曜相继入城，搜杀刘琨家属，琨父母并皆遇害。

汉主聪得晋阳捷报，仍授曜为车骑大将军，命前将军刘丰为并州刺史，同镇晋阳。刘琨正杀退诸胡，蓦闻晋阳被围，急率轻骑还援，已是不及，乃复走常山，飞使敦促代公猗卢，速即济师。猗卢令子六修及兄子普根，将军卫雄范班箕澹等，率众数万，作为前锋，自率大军为后应，耀武扬威，直指晋阳。刘琨收得散卒数千骑，自常山往会，导至汾东。刘曜出兵搦战，渡汾对垒，曜军已经饱掠，各无斗志，那代兵方如出水蛟龙，飞扬奋迅，一往无前，杀得曜军七颠八倒，东走西奔。曜尚不肯遽退，还想上前招架，偏遇代将突入，攒槊丛刺，曜身中七创，竟致堕落马下。汉讨虏将军傅虎，奋勇救曜，杀退代将，把曜扶起，使乘已马，曜凄然道：“我已不能再战了，宁可死在此地，将军不可无马，且驰还晋阳，请得大兵，为我报仇。”虎流涕道：“虎蒙大王识拔至此，常思效命，今日正应致死了。况汉室初基，宁可无虎，不可无大王。”说着，扶曜上马，自己步行，冀曜至汾水旁，使曜涉汾，复返截追军，竟致战死。

曜奔回晋阳，夜与河内王粲，并州刺史刘丰，掠得晋阳子女，出城逸去。琨引猗卢大军，连夜追蹑，追及蓝谷，大破汉兵，擒住刘丰，斩汉将邢延等三千余级，伏尸数百里，只曜与粲飞马遁去。猗卢回至寿阳山，令部众陈阅尸首，流血盈途，山石皆赤。琨自营门步入拜谢，再乞进兵。猗卢道：“我不早来，致君父母见害，未免抱愧。但君已得复州境，我军远来疲敝，不便再举。刘聪尚未可灭，容俟后图。”究竟是个外族，怎肯为琨尽力？琨亦不能相强，只好举酒饯行。猗卢留马牛羊各千余匹，车百乘，赠给与琨，并使部将箕澹段繁，助戍晋阳，自引大军北归。琨入城后，收瘗父母尸骸，即将刘丰斩讫，取血祭灵，大恸一场。嗣见城中民居，已被掠尽，一时不能规复，又恐寇至难守，乃徙居阳曲，招集亡散，抚慰疮痍，徐图后举罢了。

且说关中郡县，自经贾疋索綝等，兴兵匡复，多半略定，复将刘曜逐出长安，于是奉秦王业为皇太子，由雍城迎入长安，创立行台，祭坛告类。类系祭名。并建宗庙社稷，下令大赦，用阎鼎为太子詹事，总摄百揆，加封贾疋为镇西大将军，遥授南阳王保为大司马，领秦州刺史。保即模子，见前。尚书令司空荀藩，仍守本职，令他督摄远近。藩弟组为司隶校尉，行豫州刺史，仍奉永嘉年号，承制行事。且时距怀帝被掳的时候，已隔一年，中原久无共主，海内尚怀念故君，又无强宗可以推戴，所以海内臣民，除成汉两国外，共沿称永嘉六年。

究竟怀帝掳入平阳，如何处置，应该补笔叙明。怀帝被汉兵拘住，由呼延晏押至平阳，汉主聪升殿受俘，堂皇高坐。呼延晏先行入报，聪当然欣慰，面加晏为镇南大将军。晏拜谢毕，起立一旁，即呼左右押入怀帝及晋臣庾珉王俊等人。怀帝至此，身作俘囚，不得不向聪行礼。珉与俊随帝下拜。聪狞笑道：“我父与汝先帝有交，应从宽宥，汝等可在此留居，听我命令便了。”怀帝与珉俊两人，又不得不稽首称谢。国君死，社稷何必至虏庭，况后来仍不得生存呢。聪乃命退居别室，派兵监守，一面称诏行赦，改元嘉平，封晋主为平阿公，晋臣庾珉王俊，为光禄大夫。怀帝也只好忍垢含羞，做了胡虏的臣奴。好容易寄居一年，汉皇后呼延后去世，宫内发丧，汉臣当然吊送，晋君臣亦未能免例，大约亦低首送丧，这却毋庸细表。

先是刘聪上烝单太后，非常亲昵，太弟北海王乂，委实看不过去，屡至宫中进规单后，回应二十二回。单后又恨又惭，竟致成疾，不到一年，便即死别。聪悲悼万分，足足哭了好几日。嗣闻单后病死，由乂规谏所致，免不得与乂有隙。聪后呼延氏，又另存一种思想，时常忌乂，一日，向聪进言道："父死子继，古今常道，如陛下践位，实承高祖遗业，奈何今日立一太弟呢？妾恐陛下百年以后，粲兄弟将无遗种了。"不立太弟，未见粲等果得留种。聪半晌方答道："容我徐作计较。"呼延后复道："事缓变生。太弟见粲兄弟渐长，必至不安，万一有他人构衅，祸且立发了。陛下能容太弟，太弟未必肯侍陛下。"聪应声道："我知道了。"单太后有兄名冲，曾仕汉为光禄大夫，平时出入宫禁，已有风闻，乃往东宫见乂，未言先泣。乂惊问何因？冲方与密语道："疏不间亲，主上已属意河内王，请殿下先机退让，免蹈危机！"乂瞿然道："河瑞末年，主上因嫡庶有别，尝让位与乂。乂因主上年长，故相推奉，天下系高祖的天下，兄终弟及，有何不可？就是粲兄弟将来序立，犹如今日。若谓疏不间亲，乂想子弟关系，相去无几，主上亦未必爱子憎弟哩。"尚在梦中。冲见乂未肯相信，因默然退去。唯聪虽听信妇言，有意废乂，但回忆单后生时，如何柔媚，如何亲爱，又不觉耳热面红，未忍将乂废去。蹉跎过了一两年，呼延后得病身亡，想是忧死。少了一个太弟对头，越将前事搁起。

且聪本好色，自单后死后，广选名家女子，充入后宫，及呼延后殁，即命司空王育女为左昭仪，尚书令任颢女为右昭仪，大将军王彰女，中书监范隆女，左仆射马景女，皆为贵人，右仆射朱纪女为贵妃，均佩金印紫绶，轮流进御。后又探悉太保刘殷，家多丽姝，女二人，女孙四人，统是天姿国色，秀丽绝伦，遂欲一并纳入，充作嫔嫱。不问尊卑长幼，好算廓然有容。太弟乂独援同姓不婚的古例，上书切谏。聪乃转问太宰刘延年及太傅刘景，两人专知迎合，便齐声答道："太保自谓出自刘康公，系周朝卿士，见《春秋左传》。与陛下同姓异源，何不可纳？"聪闻言大喜，便即召入刘氏二女及四女孙，拜二女为左右贵嫔，位在昭仪上，四女孙为贵人，位次贵嫔。六个美人儿，同时入宫，引得这位汉主聪，应接不暇，镇日里深居简出，罕闻外事。廷臣陈奏，辄令中黄门收入，归左右两贵嫔裁决。两贵嫔一名英，一名娥，隐寓娥皇女英的意思。尧二女名娥皇女英。刘殷本是晋臣，旧为新兴太守，陷没汉廷，历官侍中太保，并将二女及四孙女，尽献与聪，取荣求媚，这也是无耻已极了。应该斥骂。

既而聪授晋主仪同三司，加封会稽郡公。庾珉王俊，依次加秩。晋君臣入朝拜谢，聪引与共饮，从容语晋主道：“卿前为豫章王时，朕在中原，曾与王武子即王济表字。见首文。访卿，卿尝示朕乐府歌，又引朕入射厅，同试技艺，朕得十二筹，卿与武子俱得九筹，卿赠朕柘弓银砚，今可记忆否？”怀帝答道：“臣怎敢失记？但恨当时不早识龙颜。”亏他厚脸说出。聪又道：“卿家骨肉，何故屡相残害？”怀帝道：“这是天意，实非人事。大汉将应天受命，故为陛下自相驱除，若臣家能守武帝遗业，九族敦睦，陛下何从得平河洛呢？”聪不禁大笑，饮至黄昏，竟呼出小贵人刘氏，赏与怀帝，且与语道：“这是名公女孙，今赐为卿妻，卿好为待遇，幸勿轻视！”说至此，又转嘱刘氏数语，面封她为会稽国夫人，使怀帝即夕领去。

光阴容易，转瞬冬残，越年元旦，聪御光极殿，大宴群臣，使晋主改着青衣，旁立斟酒。怀帝不堪耻辱，满面生惭。庾珉王俊，时亦在列，禁不住悲恸起来。聪顿时动恼，把他斥出。至怀帝行酒毕，亦令退去。过了旬月，有人告讦庾珉王俊，说他阴谋变乱，将召刘琨入攻平阳，聪即遣人赍着毒酒，鸩死怀帝，并杀庾珉王俊。总计怀帝在位四年余，臣虏一年余，殁时三十岁。小子有诗叹道：

青衣行酒作囚奴，天子宁甘拜黠胡？
畏死终难逃一死，何如临变早捐躯？

怀帝遇害，耗问四达，欲知晋朝有无嗣主，且至下回说明。

由石勒带及刘琨，由刘琨带及刘曜，由刘曜带及猗卢，事迹复杂，全赖作者一支妙笔，随事联属，方不致断断续续，足令阅者一目了然。下半回因秦王入关，串入怀帝，复由怀帝串入刘聪，叙及汉宫诸事，即以怀帝得配刘氏，主青衣行酒，遇害作结。看似随笔铺叙，而笔下煞费经营，阅者试览晋朝各史，有是穿插否？有是明白否？即此一回，已见作者苦心，而得失褒贬，又如见言表，是固兼有三长，与刘知几之言，隐相吻合者也。

第二十六回　诏江东愍帝征兵
援灵武麹允破虏

却说秦王业入居长安，已阅一年，长安新遭丧乱，户不满百，荆棘成林，太子詹事阎鼎与征西将军贾疋，职掌内外，又未免挟权专恣，未协舆情。汉梁州刺史彭荡仲，被疋袭死。见前回。荡仲子天护，纠合群胡，来攻长安。疋出拒天护，竟至败回。天护从后追击，时已日暮，疋误堕涧中，士卒奔散，无人捞救，再经天护等乱投矢石，眼见是一命归阴了。天护既得杀疋，引众自归，长安还得无恙。偏扶风太守梁综，调任京兆尹，与鼎争权，鼎将综杀死，另用王毗代任。综弟梁纬，方守冯翊，梁肃又新任北地太守，闻兄遇害，当然不服。索綝麹允，本来是倡义勤王，应称功首。及秦王入关，反被阎鼎做了首辅。专揽大政，两人亦暗抱不平。綝与梁氏兄弟，又系姻亲，因即共同联络，说鼎擅杀大臣，目无主上，一面上笺秦王，请加严谴，一面号召党与，即行声讨。鼎虑不能敌，出奔雍城，为氐人窦首所杀，传首长安。事功未就便自相残害，怎得不亡？于是麹允索綝，才得逞志。允领雍州刺史，綝领京兆太守，承制黜陟，号令关中。至怀帝凶问，得达长安。秦王业举哀成礼，由綝索两大臣及卫将军梁芬等，奉业即位，是谓愍帝，传旨大赦，改元建兴。命梁芬为司徒，麹允为尚书左仆射，录尚书事，索綝为尚书右仆射，领吏部京兆尹。寻即加綝卫将军，兼官太尉。公私只有车四乘，百官无章服印绶，但用桑版署号，将就了事。嗣复命琅琊王睿为左丞相，都督陕东诸军事，南阳王保为右丞相，都督陕西诸军事，且诏谕二王道：

夫阳九百六之灾，虽在盛世，犹或遘之。朕以幼冲，纂承洪绪，庶凭祖宗之灵，群公义士之力，荡灭凶寇，拯拔幽宫，瞻望未达，肝心分裂。昔周召分陕，姬氏以隆，平王东迁，晋郑为辅，今左右丞相，茂德齐圣，国之昵属，当恃二公。扫除鲸鲵，奉迎梓宫，克复中兴，令幽并二州，勒卒三十万，直造平阳，右丞相宜率秦凉雍武旅三十万，径诣长安，左丞相率所领精兵二十万，径造洛阳，分遣前锋，为幽并后应，同赴大期，克成元勋，是所至望，毋替成命！

是时琅琊王睿，保守江东，无心北上，得新皇诏旨，但遣使表贺，不愿兴师。前中书监王敦，由洛阳陷没以前，已出任扬州刺史，幸不及祸。睿召为军谘祭酒，及扬州都督周馥走死，见二十三回。睿又令敦复任扬州都督征讨诸军事。江州刺史华轶及豫州刺史裴宪，不受睿命，均由敦会师往讨。斩华轶，逐裴宪，威名寖盛。荆州刺史王澄，屡为杜弢所败，走奔沓来。见二十四回。他与敦为同族弟兄，因即致书乞援，敦转达琅琊王睿，睿令军谘祭酒周顗往代，召澄为军谘祭酒，且遣敦接应周顗，同讨杜弢。敦乃进屯豫章，为顗后援，澄既得交卸，回过豫章，与敦相见。敦自然接待，共叙亲情。唯澄素轻敦，敦素惮澄，此次澄遭败衄，尚傲然自若，仍把那旧日骄态，向敦凌侮，敦也是一个杀星，至此怎肯忍受？眉头一皱，计上心来，佯请澄留宿营中，盘桓数日，暗中实欲害澄。澄尚有勇士二十人，执鞭为卫，自己尝手捉玉枕，防备不测。敦不便下手，复想出一策，宴澄左右，俱令灌醉，又伪借玉枕一观，澄不知有诈，出枕付敦。敦奋然起座，指澄叱责道："兄何故与杜弢通书？"澄亦勃然道："哪有此事？有何凭据？"敦置诸不理，即召力士路戎等，入室杀澄。澄一跃登梁，呶呶骂敦道："汝如此不义，能勿及祸么？"敦指麾力士，上梁执澄。澄虽力大，究竟双手不敌四拳，终被路戎等拿下，把他搤死。澄固有取死之道，但敦之残忍，已可概见。

太子洗马卫玠，素为澄所推重，时正寓居豫章，见敦忍心害理，不欲久依，乃致书别敦，奔投建业。未几即殁，年才二十七岁。玠系故太保卫瓘孙，表字叔宝，幼时风神秀异，面如冠玉，当时号为璧人。骠骑将军王济，即王浑子。为玠舅父，亦具丰姿，及与玠相较，尝自叹道："珠玉在侧，使我形秽。"又辄语人道："与玠同游，好似明珠在侧，朗然照人。"至玠年已长，好谈玄理，语辄惊人。王澄雅善清谈，每闻玠言，必叹息绝倒。时人尝谓：“卫玠谈道，平子绝倒。”平子即澄表字。玠妻父河南尹乐广，素有清名。广号冰清，玠称玉润，翁婿联镳，延誉一时。怀帝初年，征为太子洗马。玠见天下将乱，奉母南行，到了江夏，玠妻病逝，征南将军山简，待玠甚优，且将爱女嫁为继室。玠纳妇山氏，又复东下，道出豫章，正值王敦镇守。敦长史谢鲲，相见倾心，欢谈竟夕。越日，引玠见敦，敦亦叹为名士。别敦后转趋建业。江东人士，素闻玠有美姿，聚观如堵。琅琊王睿，拟任以要职，偏玠体羸多病，竟致短命。玠被人看杀，语足解颐。谢鲲哭玠甚哀，人问他何故至此？鲲答道：“栋梁已断，怎得不哀呢？”玠不过美容善谈，非必真命世才，后人称道不置，传为佳话。故随笔叙入。

且说王澄卫玠，相继死亡，琅琊王睿，乃别用华谭为军谘祭酒，谭先为周馥属吏，走依建业，睿尝问谭道：“周祖宣馥字祖宣。何故造反？”谭答道：“馥见寇贼滋蔓，神京动摇，乃请迁都以纾国难，执政不悦，兴兵讨馥。馥死未几，洛都便覆，如此看来，馥非无先见，必谓他有意造反，实是冤诬。”睿又道：“馥身为镇帅，拒召不入，见危不扶，就是不反，也是天下罪人呢。”谭亦接着道：“见危不扶，当与天下人共受此责，不能专责一馥呢。”睿默然不答。自问能无愧衾影否？参军陈頵，数持正论，犯颜敢谏，府吏多半相忌，就是睿亦恨他多言，竟出頵为谯郡太守。不信仁贤，故卒致偏安。既而长安忽又有诏命到来，当由睿接读，诏书有云：

> 朕以冲昧，纂承洪绪，未能枭夷凶逆，奉迎梓宫，枕戈烦冤，肝心抽裂。前得魏浚表，知公率先三军，已据寿春，传檄诸侯，协齐威势，想今渐进，已达洛阳。凉州刺史张轨，乃心王室，连旂万里，已到汧陇，梁州刺史张光，亦遣巴汉之卒，屯在骆谷。秦川骁勇，其会如林，间遣使探悉寇踪，具知平阳虚实。且幽并隆盛，余胡衰破，顾彼犹恃险不服，须我大举，未知公今所到此处，是以息兵秣马，未便进军。今若已至洛阳，则乘舆亦当出会，共清中原。公宜思弘谋猷，勖济远略，使山陵旋返，四海有赖，故遣殿中都尉刘蜀苏马等，具宣朕意。公茂德昵属，宣隆东夏，恢融六合，非公而谁？但洛都寝庙，不可空旷，公宜镇抚以绥山东。右丞相当入辅弼，追踪周召以隆中兴也。东西悬隔，跂予望之！

睿读罢诏书，踌躇半晌，始接待刘蜀苏马，与他会谈。略说："江东粗定，未暇北伐，只好宽假时日，方可兴师"云云。刘苏二人，亦不便力劝，当即告辞。睿使他赍表还报，便算复命。当时恼动了一位正士，竟从京口谒睿，愿假一偏师，规复中原。这人为谁？乃是军谘祭酒祖逖。江东如逖寡二少双，故从特笔。逖字士雅，世籍范阳，少年失怙，不修仪检。年十四五犹未知书，唯轻财好侠，慷慨有气节。后乃博览书史，淹贯古今，旋与刘琨俱为司州主簿，意气相投，共被同寝。夜半闻鸡鸣声，蹴琨使醒道："此非恶声，能唤醒世梦，披衣起舞。"有时与琨谈及世事，亦互相策励道："若四海鼎沸，豪杰并起，我与足下，当相避中原呢。"已而，累迁至太子舍人，复出调济阴太守。会丁母忧，去官守丧。及中原大乱，乃挈亲党数百家，避居淮泗。衣服粮食，与众共济，众皆悦服，推为行主。琅琊王睿，颇有所闻，特征为军谘祭酒，使戍京口。逖常怀匡复，纠合骁健，谋为义举。闻睿两得诏书，仍未北伐，乃毅然入谒，向睿进言道："国家丧乱，并非由上昏下叛，实由藩王争权，自相残杀，遂致戎狄乘隙，流毒中原。今遗黎既遭酷虐，人人思奋，欲扫强胡，大王若决发威命，使如逖等志士，作为统率，料想郡国豪杰，必望风归向，百姓亦共庆来苏，中原可复，国耻可雪，愿大王毋失时机！"是英雄语。睿见他义正词严，倒也不好驳斥，乃使为奋威将军，领豫州刺史，给千人粮，布三千匹，唯不发铠仗，使逖自往招募。明明是不愿动兵。逖也不申请，当即辞归，便率部曲百余家，乘舟渡江，驶至中流，击楫宣誓道："祖逖若不能澄清中原，便想渡还，有如大江。"语至此，神采焕发，非常激昂，众皆感叹。及抵江阴，冶铁铸械，募得二千余人，然后北进。并州都督刘琨，闻逖起兵渡江，慨然语人道："尝恐祖生先我着鞭，今祖鞭已进着了。"看官听说！这时候的刘琨，已由愍帝拜为大将军，都督并州诸军事。琨志在同仇，但苦力弱，当时曾奉一谢表，说得感慨淋漓，略云：

陛下略臣大愆，录臣小善，猥蒙天恩，光授殊宠，显以蝉冕之荣，崇以上符之位，伏省诏书，五情飞越。臣闻晋文以郤縠为元帅而定霸功，汉高以韩信为大将而成王业，咸有敦诗说礼之德，戎昭果毅之威，故能振丰功于荆南，拓洪基于河北。况臣凡陋，拟踪前哲，俯惧折鼎，虑在复悚。昔曹沫三败而收功于柯盟，冯异垂翅而奋翼于渑池，皆能因败为成，以功补过。陛下宥过之恩已隆，而臣自新之善不立，臣虽不逮豫闻前训，恭谨之节，臣犹庶几。所以冒承宠命者，实欲没身报国，以死自效。臣闻夷险流行，古今代有，灵厌皇德，曾未悔祸。蚁狄纵毒于神州，夷裔肆虐于上国，七庙阙禋祀之飨，百官丧彝伦之序，梓宫沦辱，山陵未兆，率土永慕，思同考妣。陛下龙姿日茂，睿质弥光，升区宇于既颓，崇社稷于已替。四海之内，肇有上下，九服之萌，复睹典制。但尚蒙尘于外，越在秦郊，烝尝之敬在心，桑梓之思未克。臣备位历年，才质驽下，权假位号，未报涓埃。得奉先朝之班，苟存偏师之职，赦其三败之愆，收其一功之用，使获骋志虏场，快意大逆，虽身膏野草，无恨黄墟。陛下偏恩过隆，曲蒙抽擢，遂授上将，位兼常伯，征讨之务，得从便宜，拜命惊惶，五情战悸，深惧陨越，以为朝羞。昔申胥不殉柏举，而成复楚之勋，伍员不从城父，而济入郢之绩，臣虽顽钝，无觊古人，其于披坚执锐，致身寇仇，当唯力是视，有死无二。受恩图报，谨拜表陈闻！

琨上表后，适值汉石勒从子石虎，为勒所遣，率众攻邺。虎长七尺五寸，勇悍好杀，善战无前。勒尝因他生性凶残，意欲杀虎，还是勒母王氏，从旁戒勒道："快牛为犊，多能破车，汝且容忍为是。"真是养虎贻患。勒乃罢议，屡使虎领兵为寇。邺中守将刘演，系刘琨兄子，据守三台，见前回。被虎攻入。演奔廪邱，琨乃令演为兖州刺史，暂借廪邱为汛地。同时有三个兖州刺史，一为司空荀藩所遣，叫作李述，一为琅琊王睿所遣，叫作郗鉴，第三个便是刘演。琨因寇氛日亟，复议出师，即约同代公猗卢，会叙陉北，共谋击汉。猗卢乃遣拓跋普根，进屯北屈。琨亦进据蓝谷，使监军韩据，领兵攻西平。汉主聪使刘粲等拒琨，刘易等拒普根，兰阳等助守西平。琨见汉兵有备，又复退还。汉兵仍未撤回，为战守计。刘聪更命中山王曜，西攻长安。曜遣降将赵染为先锋，驱兵大进。帝愍忙遣麹允为冠军将军，出次黄白城，堵御汉兵。允与染交战数次，均皆失利，再加曜军从后继进，关东大震。愍帝又授索綝为征东大将军，引兵助允。染闻索綝复至军前，即向曜献策道："麹允索綝，先后继至，长安必定空虚，若往掩袭，一鼓可下了。"曜亦以为奇计，立拨精兵五千，归染统带，使袭长安。染从间道绕出，直趋长安城下。长安果然无备，更兼染兵衔枚夜进，尤不及防。

三更已过，愍帝在秦宫酣寝，忽有卫士入报，说是汉兵已入外城，吓得愍帝梦中惊醒，慌忙披衣起床，走奔射雁楼。幸喜内城各门，还是紧闭，城上有卫卒保守，未曾失手，因此染不能攻入，只在龙首山麓，纵火大噪，焚掠诸营。待至天明，染始退屯逍遥园，晋将麹鉴，自阿城引兵入援，杀退赵染，乘胜追击，驰至灵武。刚值刘曜统兵前来，染得了援军，自然杀回。麹鉴部下，只五千人，怎能抵敌得住？顿时奔溃，逃还阿城。曜与染就在灵武扎营，拟休息一宵，再攻长安。不料到了夜半，营外突然火起，满寨皆红，曜从睡梦中跃起，仓皇对敌，部众都睡眼朦胧，穿了军服，不及持械。携了刀枪，不及衣甲，那外兵似潮涌入，如何阻拦？汉冠军将军乔智明，不识好歹，尽管向前堵截，突被来兵裹住，四面攒刺，戳毙帐中。汉兵无从抢救，越加心慌，彼此都逃命要紧，乱窜出营。曜与染亦料不可支，统从帐后遁去。到了晨光熹微，汉垒已都扫光，单剩了一堆尸骸，约莫有三五千名，来兵得胜而返，为首大将，乃是晋尚书左仆射麹允。允料曜恃胜无备，乘夜劫营，果得了一大胜仗，奏凯还师。倒戟而出。曜与染奔还平阳，好几月敛兵不动。

唯占据襄国的石勒，锐图幽并，想出许多计策，既欺王浚，复绐刘琨，竟先将幽州夺去，然后规取并州。幽州都督王浚，自洛阳陷没后，设坛祭天，假立太子，自为尚书令，布告天下，托言密受中诏，承制封拜，备置百官，列署征镇。适前豫州刺史裴宪，由南方奔至，浚命宪与女夫枣嵩，并为尚书，大张威令，专行征伐。遣督护王昌，中山太守王豹等，会同鲜卑部长段疾陆眷，系务勿尘子。务勿尘见前十六回。及疾陆眷弟匹磾文鸯，从弟末柸，率众三万，共攻石勒。勒出战不利，奔还城中。末柸轻入城闉，为勒所获，勒即以末柸为质，遣人至疾陆眷处求和。疾陆眷恐末柸被杀，不得不允从和议，遂用铠马金银，取赎末柸。勒召末柸与饮，格外欢昵，约为父子，复厚赠金帛，送还疾陆眷军前。疾陆眷感勒厚惠，复与石虎订盟，结为兄弟，誓不相侵，引兵自去。王昌等失去厚援，当然退归。

看官记着！王浚与段氏，本来是甥舅至亲，相约为助，浚曾嫁女与务勿尘，故称甥舅。此次段氏被石勒诱去，仿佛似断了一臂，全体皆僵。父子且不可恃，遑问甥舅？浚尚不以为意，反与刘琨争冀州。原来代郡上谷广宁三郡人民，尚属冀州管辖，至是因王浚苛暴，趋附刘琨，所以浚愤愤不平，竟把讨勒各军撤回，与琨相距，往略三郡。琨不能与争，只好由他张威，三郡士女，俱被浚兵驱逐出塞，流离颠沛，奄毙道旁。浚且欲自称尊号，戕杀谏官，遂令强虏生心，伺间而入，这叫作自作孽，不可活呢。小子有诗叹道：

无才妄想建雄图，纵虐残民毒已逋。
天网恢恢疏不漏，诛凶手迹假强胡。

欲知王浚后事，且看下回详叙。

琅琊王睿，两次受诏，仍按兵不进，彼以江东为乐土，姑息偷安，已为有识者所共见。祖逖志士，击楫渡江，实为当时第一流人物，但大厦将倾，断非一木所能支持。他如江左夷吾，名未副实，余子碌碌，尤不足道。其稍称勇武者，则又如王敦辈之残忍好杀，致治不足，致乱有余耳。若愍帝草创长安，即遭内讧，预兆不祥，称尊以后，麴索二相，智不足以御寇，才不足以保邦，灵武之役，得败刘曜，第一时之幸事耳。彼王浚刘琨，名为健将，又自相龃龉，互构争端。要之晋室之败，在一私字，在一争字，诸王营私则相争，大臣营私则又相争，方镇营私，则更相争，内讧不已，而夷狄已入据堂奥，举国家而尽攫之，可哀也夫。

第二十七回　拘王浚羯胡吞蓟北
毙赵染晋相保关中

却说王浚骄盈不法，意欲称尊，商诸燕相胡矩。矩婉言谏阻，致拂浚意，被徙为魏郡守。燕国霍原，志节清高，浚屡征不就，再使人诱令劝进，原当然不从，浚竟诬原谋变，派吏拘原，枭首以徇。北海太守刘搏，及司空掾高柔，相继切谏，又为浚所杀。女夫枣嵩，最得浚宠，尚有掾属朱硕，表字丘伯，亦专事谀媚，甚惬浚心。两人朋比为奸，贪婪无度，北州有歌谣云："府中赫赫朱丘伯，十囊五囊入枣郎。"又有一谣云："幽州城门似藏户，中有伏尸王彭祖。"彭祖即王浚表字。浚又令枣嵩督率诸军，出屯易水，复召段疾陆眷，与同讨勒。疾陆眷已与勒有盟，哪里还肯应石？浚引为深恨，使人赍着金帛，往赂代公猗卢，令讨段氏，再檄鲜卑部酋慕容廆，发兵助讨。猗卢遣子六修往攻，为疾陆眷所败，退还代郡。独慕容廆所向皆捷，得取徒河。慕容氏已见前文。先是河洛人氏，北向避乱，俱往依王浚，嗣见浚政刑日紊，往往他去，作塞外游。外族以段氏慕容氏为最盛，段氏兄弟，专尚武力，不礼文士，唯廆喜交宾客，雅览英豪，所以士多趋附，远近如归。廆尝自称鲜卑大单于，至王浚承制封拜，授廆散骑常侍，冠军将军，前锋大都督，大单于名号，廆却不受。此次奉檄攻段，并非甘为浚使，不过段氏盛强，亦中廆忌，所以乐得卖情，出兵拓土。他部下却有许多人物，分任庶政，河东人裴嶷，代郡人鲁昌，北平人杨耽，为廆心腹。广平人游邃，北海人逄羡，渤海人封抽，西河人宋奭，河东人裴开，为廆股肱。平原人宋该，安定人皇甫岌皇甫真，渤海人封弈封裕，并典机要。会稽人朱左车，泰山人胡母翼，鲁人孔纂，皆为宾友。又平原宿儒刘赞为东庠祭酒，令子皝带着国胄，北面受业，居然习礼讲让，用夏变夷。慕容之兴，实基于此。幽州从事韩咸，监护柳城，入谒王浚，盛称廆下士爱民，无非是借廆讽浚，诱令改过的意思。不料浚竟翻起脸来，叱他私通外族，喝令斩首。

嗣是人心益离，往往叛入鲜卑，再加幽州一带，连岁饥馑，不是旱灾，就是蝗灾，百姓非常困苦。浚尚纵令枣嵩诸人，横征暴敛，荼毒生灵。古人有言："木朽虫生。"为了幽州衰敝，遂至汉将石勒，虎视眈眈。他还未敢遽行动手，拟先遣使往觇，探明虚实。僚佐请用羊祜陆抗故事，见前文。致书王浚，以便通使。勒乃转咨右长史张宾。宾答道："浚名为晋臣，实图自立，但患四海英雄，不肯依附，所以迁延至今。将军威振天下，若卑辞厚礼，与彼交欢，犹惧未信，况如羊陆抗衡，能使彼相信不疑么？"勒踌躇道："如右侯言，将用何术？"宾说道："荀息灭虞，勾践沼吴，俱见《春秋左传》。前策具在，奈何不行？"勒闻言大喜，便令宾草就一表，特遣舍人王子春董肇，赍表诣浚，又使带去许多珍宝，半献王浚，半赠枣嵩。子春与肇，领命至幽州，当由王浚召入，问明来意。子春格外谦恭，拜呈表文，浚即取表展览，但见纸上写着：

> 勒本小胡，遭世饥乱，流离屯厄，窜命冀州，窃相保聚，以救性命。今晋祚沦夷，中原无主，殿下州乡贵望，四海所宗，为帝王者，非公其谁？勒所以捐躯起兵，诛讨暴乱者，正欲为殿下驱除尔。伏愿殿下应天顺人，早登皇祚。勒奉戴殿下，如天地父母，殿下察勒微忱，亦当视之如子也。谨此表闻！

浚览表毕，禁不住喜笑颜开，再由子春等奉上珍物，都是五光十色，价值连城，好钓饵。便命左右一概全收，使子春等左右旁坐，欢颜与语道："石公亦当世英雄，据有赵魏。今乃向孤称藩，殊为不解。"我亦不解。子春本是辩士，随口答道："石将军兵力强盛，诚如圣论，但因殿下中州贵望，威振华夷，石将军自视勿如，所以愿让殿下。况自古到今，胡人为上国名臣，尚有所闻，从未有突然崛起，得为帝王。石将军推功让美，正是明识过人，殿下亦何必多疑呢？”欺弄王浚即此已足。浚顿时大悦，面封子春等为列侯。子春等当然拜谢，退就宾馆。又将礼物一份，赠与枣嵩，托他善为周旋。嵩满口应承，入与王浚商议，遣使报勒，厚贶子春与肇，偕使同行。

既到襄国，勒先将劲卒精甲，藏入帐后，唯用羸卒站立，开府接使，北面拜受来书。浚使亦略有礼物相遗，内有麈尾一柄，勒佯不敢执，高悬壁上，且对浚使道：“我见赐物，如见王公，当朝夕下拜呢。”随即款宴浚使，待如上宾，挽留了好几日，方才送归。复遣董肇奉表与浚，约期入谒，当亲上尊号，并修笺传达枣嵩，求封并州牧兼广平公。浚使返报，具言勒形势寡弱，款诚无二，再经董肇接踵到来，奉表递笺，喜得王浚翁婿二人，如痴如狂，一个是候补皇帝，一个是候补宰相，指日高升，说不尽的快活了。恐怕要请君入瓮。

石勒部署兵马，将赴幽州，唯尚有一种疑虑，迟延未发。张宾入问道：“将军果欲袭人，须掩他不备。今兵马已经部署，尚延滞不行，莫非虑及刘琨及鲜卑乌桓等部落，乘虚袭我么？”勒皱眉道：“我意原是如此，右侯有无妙策？”宾答道：“刘琨及鲜卑乌桓，智勇俱不及将军，将军虽然远出，彼亦未敢遽动。且彼亦未知将军一往，便能速取幽州，将军轻骑往返，不过二旬，就使彼有心图我，出师掩至，将军已可归来，自足抵御。若再恐刘琨路近，变生意外，何妨向琨请和，佯与周旋。琨与浚名为同寅，实是仇敌，万一料我袭浚，亦必不肯往援，兵贵神速，幸勿再延！”料事如神，可惜所事非主。勒跃然起立道：“我所未了的事情，右侯能为我代了，还有何说？”遂命军士夤夜起程，亲自督行，所有与琨求和的书函，统委张宾办理。

宾替勒修笺，遣人达琨，无非说是“去逆效顺，讨汉自赎”等语。与对待王浚不同，便是看人行计。琨得笺大喜，移檄州郡，谓“勒已奉笺乞降，当与代公猗卢，共讨平阳，这是累年积诚所感，得此效果”等语。仿佛做梦。勒在途中接得消息，越发放心前进，行至易水，为王浚督护孙纬所闻，忙驰入白浚，请速拒勒。浚笑语道：“石公此来，正践前约，如何拒他？”说至此，旁立许多将佐，齐声进谏道：“羯胡贪而无信，必有诡谋，不如出击为是。”浚不禁动怒道：“他既有心推戴，正应迎他进来，汝等反谓可击，真正奇怪。”道言未绝，又由范阳镇守游统，奉书至浚，略言“石勒前来，志在劝进，请勿多疑”云云。看官！你道游统何故上书？原来统已阴附石勒，卖主求荣，所以特地报浚，借坚浚信。浚越以为真，便下令道："敢言击勒者，斩！"将佐乃不敢再言。浚且预备盛筵，俟勒入府舍时，替他接风。

过了两天，勒已率兵驰至，天适破晓，叫开城门，尚恐内有埋伏，先驱牛羊数十头进城，假称礼物，实欲堵截街巷，阻碍伏兵，待见城内空虚，乃麾众直进，立即四掠。浚左右亟请抵御，尚未邀允。但浚到此时，也觉惊惶，或坐或起，形神不安。勒率众升厅，召浚出见，浚还望他好意相待，昂然出来，甫至厅前，即被勒众七手八脚，把浚拘住。浚无子嗣，只有妻妾数人，被勒众入内搜劫，牵出见勒。浚妻乃是继室，年齿未暮，尚有姣容。勒拉与并坐，始令兵士推浚入厅。搂人妻而见其夫，太属淫恶，但莫非由浚自取。浚且惭且愤，向勒骂道："胡奴调侃乃公，为何凶逆至此？"勒狞笑道："公位冠元台，手握强兵，坐睹神州倾覆，不发一援，反欲自为天子，尚得谓非凶逆么？况闻公委任奸贪，残虐百姓，贼害忠良，毒遍燕蓟，这才叫做真正凶逆呢。"说着，即派部将王洛生，率领五百骑兵，先送浚往襄国。浚被押出城，愤投濠中，又被骑兵捞起，上了桎梏，匆匆去讫。勒收捕浚众万余人，一律杀死。

浚将佐等均诣勒帐谢罪，馈赂交错，独尚书裴宪，从事中郎荀绰，未见往谢。勒使人召至，面加呵责道："王浚暴虐，由孤亲来讨伐，首恶已擒，诸人俱来庆谢，二人乃甘与同恶，难道独不怕死吗？"宪接口道："宪等世仕晋朝，得蒙宠禄，浚虽粗悍，犹是晋室藩臣，所以宪等相从，不敢有贰。明公若不修德义，专尚威刑，宪等自知应死，也不愿求免了。"言毕，即掉头趋出。勒急忙呼还，待以客体，唯拿下枣嵩朱硕，责他纳贿乱政，推出枭斩。游统自范阳进见，满望功成加赏，不料勒叱他不忠，也命斩首。应该处斩，足为卖主求荣者戒。又籍浚将佐亲戚，多半是积资巨万，只裴宪荀绰家内，有书百余箱，盐米十余斛罢了。勒语僚属道："我不喜得幽州，但喜得二人呢。"遂令宪为从事中郎，绰为参军。甘心事羯，终非好汉。分遣流民，各还乡里。一住二日，便拟旋师。授前尚书刘翰为幽州刺史，使他居守蓟城。临行时毁去晋宫，挈着浚妻，驰还襄国。途次被浚督护孙纬邀击，勒众败溃，唯勒得逃还，连浚妻都不知去向了。又不知作谁家妇。勒回至襄国，尚有余忿，立将王浚枭首，函送平阳。汉主聪加授勒为大都督兼骠骑大将军，封东单于。

乐陵太守邵续，为浚所署，屯居厌次，续子乂为勒所虏，使为督护，且令乂往劝续降。续因孤危失援，暂且附勒。渤海太守刘胤，弃郡依续，且语续道："大丈夫当思立名全节，君为晋臣，奈何从贼自污呢？"续凄然谢过，并说明苦衷，行当自拔。可巧幽州留守刘翰，亦不欲从勒，特举城让与段匹磾。匹磾为段疾陆眷弟，已见前回，疾陆眷与勒联盟。独匹磾心下不愿，仍与刘琨通书，不忘旧好，故刘翰邀他守蓟，情愿去位。匹磾遂贻邵续书，招使归晋。续即复称如约。或谓续不宜背勒，自害嗣子，续泣答道："我出身为国，怎得顾子废义呢？"当下与勒相绝，即遣刘胤往报江东，愿听琅琊王睿驱遣。睿用胤为参军，遥授续为平原太守。石勒闻续负约，竟杀邵乂，发兵攻续。续忙向蓟城乞援，段匹磾令弟文鸯，引众援续。续被围，幸得文鸯援兵，才能退敌。且与文鸯追至安陵，虏勒所署官吏，并驱回流民三千余家，然后还兵。

刘琨得悉幽州军报，始知为勒所绐，懊悔无及，乃复遣人诣代，与猗卢约同攻汉。猗卢方有内患，不遑赴约，琨亦只好罢休。会有长安使至，传示诏书，并报称关东大捷。琨暂留来使，询明大捷情形。原来汉中山王刘曜，自被麹允击破营寨，与赵染奔回平阳。见前回。他却整缮兵甲，休养了好几月，又复从平阳出发，欲寇长安。曜进屯渭汭，染进屯新丰。晋征东大将军索綝，引兵出拒，行至新丰附近，早有虏谍报入染营，染奋然道："前次误堕诡计，致与中山王败退，今彼复敢前来，定是到此送死了。"长史鲁徽道："晋室君臣，亦知强弱难敌，只因我军入境，不得不拼死来争。古语有云：'一夫拼命，万夫莫当。'将军幸勿轻视。"染瞋目道："强盛如司马模，我一往取，势如摧枯，索綝一小竖子，不足污我马蹄，怕他什么！"时已天晚，即欲出营杀去，又经徽好言拦阻，勉强按住忿火，宿了一宵。次日早起，便率轻骑数百人，前往迎战，且扬言道："擒住索綝，还食未迟。"一面说，一面麾兵急进。到了新丰城西，正与綝军相遇，两下不及答话，便即厮杀起来。綝见染兵不多，却也生疑，但素知汉兵强悍，未可轻敌，因先麾动前队，与他交锋，约有两个时辰。染兵已经枵腹，气力不加，偏綝驱出后队的生力军，一拥齐上，逢人便斫，见马便戳，好象削瓜切菜一般，把染兵斩杀殆尽。染亦受伤，拨马奔回。后面追兵不舍，险些儿被他杀到，还亏鲁徽遣兵援应，方得保染回营。染且悔且叹道："我不用徽言，致有此败。"既而又咬牙自恨道："回去无面目见徽，不如杀死了他，免我生惭。"如此狠毒，禽兽不如。计划已定，方驰入营门，兜头碰着鲁徽，几似仇人相见，格外眼红，一声喝令，竟将鲁徽拿下。徽怅然道："将军不听忠言，愚愎致败，乃复忌贤害士，欲快私忿，天地有知，能令将军安死衽席么？"赵梁戕模降虏，心术可知，徽若果有智识，引避不暇，乃甘为属吏，死亦自取。染越加动恼，竟令杀徽。再向曜率众数万，从间道趋向长安。

愍帝因綝报捷，方加綝骠骑大将军承制行事，不防汉兵又进逼都城，连忙使麹允出御。允至冯翊，与曜染交战一场，不幸败绩，当夜收拾败卒，再劫汉营，避实击虚，杀入汉将殷凯营内。凯慌张失措，被允擒斩。及曜染整兵出救，允已退去。曜恐复为所袭，乃移攻河内太守郭默。默婴城固守，被围月余，粮食已尽，乃向曜乞籴，愿送妻子为质。曜得默妻子，总道默已愿降，乃给粮与默。哪知默得了粮米，仍闭城拒曜。曜将默妻子沈死河中，督兵再攻。默亦郜续之流亚，故叙笔不肯从略。默因使人夜缒出城，驰往新郑，向太守李矩乞援，矩令甥郭诵迎默。诵闻汉兵势盛，不敢遽进，会刘琨遣将刘肇带领鲜卑五百余骑，入援长安，道阻不通，乃还过矩营。矩邀肇同击汉兵，汉兵最怕鲜卑骑士，不战自去，河内才得解围。默率众依矩，远避敌冲。曜已退屯蒲坂，独染转攻北地，由麹允移师赴救，再与染对垒争锋。染夜梦鲁徽，弯弓注射，负痛惊醒。翌晨出战，被允诱入伏中，四面突出弓弩手，弦声齐响，箭如飞蝗。染虽然凶悍，哪禁得万镞飞来，霎时间集矢如猬，倒毙马下，余众多死。这一次射毙悍虏，总算是大获胜仗了。刘琨闻报，送还朝使，又向愍帝上表道：

逆胡刘聪，敢率犬羊，凭陵辇毂，神人同愤，遐迩奋怒。伏省诏书，相国南阳王保，太尉凉州刺史张轨，纠合二州，同恤王室。冠军将军麹允，骠骑将军索綝，总齐六军，戮力国难，王旅大捷，俘馘千计。旌旗扬于晋路，金鼓振于河曲。崤函无虔刘之惊，汧陇有安业之庆，斯诚宗庙社稷，陛下神武之所致，含气之伦，莫不引领，况臣之心，能无踊跃？臣前与鲜卑猗卢，约讨平阳，适羯奴石勒，以诡计掩入蓟城，大司马王浚，受其伪和，为勒所虏，勒势转盛，欲来袭臣，城坞骇惧，唯图自守。又猗卢国内，适有变患，卢虽得诛奸臣，已愆成约，臣所以泣血宵吟，扼腕长叹者也。勒据襄国，与臣隔山，寇骑朝发，夕及臣城，同恶相求，其徒实繁。自东北八州，勒灭其七，先朝所授，存者唯臣，是以勒朝夕谋虑，以图臣为计，窥伺间隙，寇抄相寻。戎士不得解甲，百姓不得在野，天网虽张，灵泽未及。唯臣孑然与寇为伍，自守则稽聪之谋，进讨则勒袭其后，进退维谷，首尾狼狈，徒怀愤踊，力不从心。臣与二虏，势不并立，聪勒不枭，臣无归志，比者秋谷既登，胡马已肥，前锋诸军，当有至者。臣愿首启戎行，身先士卒，得凭陛下威灵，使获展微效，然后陨首谢国，殁亦无恨矣！臣琨谨表。申录琨表，以揭其忠。

愍帝得表，复遣大鸿胪赵廉持诏，拜琨为司空，都督并冀幽三州军事。琨辞去司空，拜受都督，且进加封猗卢为王，好教他感激图报，共讨刘聪。小子有诗咏道：

一木难为大厦支，枕戈泣血勉扶持。
臣躯未死心犹在，敢掬丹忱报主知。

欲知愍帝是否依议，且至下回再详。

王浚刘琨，俱为石勒所赚，堕入狡谋，但琨尚可原，而浚不可恕。琨之意在于讨汉，故闻石勒之请降，即以为强虏可平，喜出望外，智虽不足，忠实有余。所不能无讥者，坐视幽州之陷没，不能忘私耳。王浚身为晋臣，坐拥强兵，既不能宣劳王室，复不能堵御强胡，信贪夫，戮正士，种种罪恶，史不胜书，其为石勒所侮弄，非不幸也，宜也。见拘堂上，委命强胡，谩骂亦何补乎？赵染本为司马模僚属，乃背模降虏，反弛弛然以杀模为能，新丰之败，不听鲁徽，反杀鲁徽，凶横至此，宁能久存？此其所以终遭射死也。要之梦梦者天，昭昭者亦天。恶报昭彰，近则在身，远则在子孙，人亦何苦逆天行事，自贻伊戚乎哉？

第二十八回　汉刘后进表救忠臣　晋陶侃合军破乱贼

却说愍帝得刘琨申请，加封猗卢为代王，许置官属，食代常山二郡。猗卢向刘琨借材，请拨并州从事莫含，作为参军。含不欲去琨，琨乃语含道："并州单弱，外邻二寇，如我不才，尚得保存境土，实赖代王为援，我倾身竭资，奉事代王，且使长子为质，无非欲为国家雪耻，卿奈何徒顾小诚，转忘大体呢？"含乃往依猗卢。卢优礼相待，常与参商大计。唯卢有少子比延，最为昵爱，意欲立以为嗣，因使长子六修，出居新平城，且将六修母废去。父子兄弟，互生嫌隙，所以祸机暗伏，内外不安。卢亦防有变动，所以不能远出，助琨讨汉。

汉主聪自恃强盛，恣意奢淫。既将晋怀帝鸩死，复把小刘贵人收入后庭，仍为贵人，食品必备具珍馐，居处必穷极奢丽。左都水使者刘摅，失供鱼蟹，将作大匠靳陵，奉命筑造温明徽光二殿，逾限不成，均枭首东市。又尝出外游猎，朝出晚归，观鱼汾水，用烛继昼，中军将军王彰，犯颜直谏，几致断首。还有彰女王氏，入宫为上夫人，见二十五回。代父乞哀，乃贷彰死罪，囚入狱中。再经聪母张氏，恨聪滥刑，三日不食，太弟又与河内王粲，舆榇切谏，还有太宰刘延年，率领百官，伏阙固诤，方将王彰释放。聪欲立左贵嫔刘英为继后，母张氏究嫌同姓，不使继立，因纳弟实二女徽光丽光入宫，先使她们并为贵人，然后命聪择一为后。聪为母命所迫，没奈何指定徽光。会刘英父殷，得病身亡。英悲愤两迫，郁极致病，医药罔效，也即与聪长别，玉殒香消。聪乃立张贵人徽光为后，进后父将军实为光禄大夫。才阅数月，聪母张氏又殁，聪后徽光，哭姑甚哀，累得体瘠血枯，竟化做一场春梦。渺渺芳魂，返入冥途，仍至乃姑前侍奉去了。究竟红颜没福，或由刘英为祟，亦未可知。徽光已逝，丽光本可继立，但前此册立徽光，全由聪母作主，此时聪母已逝，眼见得中宫位置，被那刘家女夺去。刘英女弟刘娥，已由右贵嫔进为左贵嫔，挨次上升，即得为后，聪大加宠爱，特命造一鷍仪楼，鷍与凰同。为藏娇计。廷尉陈元达，上书谏阻道：

臣闻古之圣王，爱国如家，故皇天亦祐之如子。夫天生烝民而树之君，使司牧之，非以兆民之命，穷一人之欲也。晋民暗虐，视百姓如草芥，故上天剿绝其祚，眷佑皇汉，苍生引领，庶几息肩，怀更苏之望有日矣。我高祖光文皇帝，靖言唯兹，痛心疾首，故身衣大布，居不重茵，先皇后嫔，服无绮彩，重逆群臣之请，乃建南北二宫，今光极殿之前，足以朝群后，享万国矣；昭德温明二殿以后，足以容六宫，列十二尊矣。陛下龙兴以来，外殄二京不世之寇，内兴殿观四十余所，加以军旅数兴，馈运不息。饥馑疾疫，死亡相继，兵疲于外，民怨于内，为民父母，果若是乎？伏闻诏旨，将营鷍仪，中宫新立，诚臣等乐为子来者也。窃以大难未夷，宫宇粗给，今之新营，尤实非宜。况有晋遗类，西据关中，南擅江表，李雄奄有巴蜀，刘琨窥窬肘腋，石勒曹嶷，贡禀渐疏，陛下释此不忧，乃更为中宫作殿，岂目前之所急乎？昔太宗孝文皇帝，承高祖指汉高帝刘邦。之业，惠吕息役之后，四海之富，天下之殷，粟帛流衍，尚惜百金之费，辍露台之役，历代比美，迹垂不朽，故能断狱四百，拟于成康。陛下承荒乱之余，所有之地，不过太宗之二郡，战守之备，非特匈奴南越而已。孝文之广，思费如彼，陛下之狭，欲损如此。愚臣所以敢犯颜切谏，冒不测之祸者也。昧死上闻，幸陛下鉴之！

聪览毕全文，掷诸地上，愤然大怒道：“朕为万乘主，但营一殿，何干汝鼠子事！乃敢妄言阻挠，藐视朕躬，不杀此鼠子，朕殿何由得成？”说至此，喝令左右：“快将元达拿到，斩首市曹，妻子一并骈戮，令他群鼠共穴，方泄朕恨。”言已，自往逍遥园去了。元达闻旨，先自锁腰入园，且用锁扳及堂下李树，朗声大呼道："如臣所言，关系社稷至计，陛下不信，反命杀臣，臣死有知，当先诉上天，继诉先帝。朱云西汉时人。有言：'臣得与龙逢比干，同游地下，亦可无恨。'但未审陛下为何如主，常得保全身名否？"聪闻言益怒，叱左右牵他出斩。偏元达抱住李树，不令人曳，恼得聪拍案狂呼，几欲自拔佩刀，下堂加刃。大司徒任颉，光禄大夫朱纪，左仆射范隆，骠骑大将军刘易等，齐跪堂下，叩头流血道："元达为先帝所知，开国受命，便已引置门下，彼亦尽忠竭虑，知无不言，臣等窃禄苟安，每对元达，自顾生惭。今元达语虽狂直，还乞陛下包容，开恩特宥。倘为了数语谏诤，即加诛戮，元达死固足惜，陛下亦累盛名，还乞三思！"聪怒尚未息，不肯依议。忽有一内侍踉跄出来，呈上一表，乃是新皇后的手笔，即由聪按阅道：

> 伏闻敕旨，将为营殿，今宫室已备，无烦更营。且四海未一，祸难犹繁，宜爱民力，廷尉之言，社稷之计也。陛下当加爵赏，而反欲诛之，四海谓陛下何如哉？夫忠臣进谏者，固不顾其身也，而人主拒谏者，亦不顾其身也，陛下为妾营殿，而杀谏臣，使忠良结舌者由妾，公私困敝者由妾，社稷阽危者由妾，天下之罪，皆萃于妾，妾何以当之？妾观自古败国亡家，未始不由妇人，每览古事，忿之不已，何由今日妾自为之，使后人视妾，犹妾之视前人也。妾复何面目仰侍巾栉？请归死此堂，以塞陛下之过！

聪看到"归死"二字，急得面色仓皇，连下文都不及看下，便顾语内侍道："快……快入报皇后，朕决赦元达了，愿皇后放怀！"应有此状，应有此言，但幸由刘后贤明，得成佳话。内侍奉命复入，聪再览表文，只有结末数语，料想是官样文章。也无心细阅，便召任颉等上堂，赐令旁坐，从容与语道："朕近来微得狂疾，往往喜怒失常，不能自制。元达原是忠臣，朕未及细察。幸诸卿能规我过失，竭诚效忠，朕且愧对诸卿，怎敢再违忠告呢？"任颉等听了聪言，无非将改过不吝的套话，说了几句，引得聪沾沾自喜，饶有欢容。当下指使左右，将元达开锁，赐给衣冠，亦令旁坐，取后表出示道："外辅如公等，内辅如皇后，朕可无后忧了。"遂改称逍遥园为纳贤园，堂为愧贤堂，且笑顾元达道："本意当使卿畏朕，偏今日使朕畏卿了。"非畏元达，实畏刘后。元达等拜谢而出。

小子演述至此，还要补叙数语：当元达抱树时，左右意存观望，不亟曳出，这是经刘后着人暗嘱，教他延挨时刻，好得进表，否则一个元达，怎能抵得住数人？就使力大如虎，也早被牵出斩首了。补添数语，免使阅者指摘，且更见刘后之贤。但刘聪虽似好贤，终不免荒淫败德。刘后聪明机警，可谏乃谏，不可谏亦只好听他做去。至嘉平四年正月，即晋愍帝建兴二年。天象地理，相继告变，有三日出自西方，径向东行，平阳地震，崇明观陷为陂池，水亦如血，有赤龙奋身飞去。最奇怪的是流星起自牵牛，入紫微垣，状如龙形，堕落平阳北十里，化为一肉，长三十步，阔二十七步，臭达平阳。肉旁常有哭声，昼夜不止。究是何物，可惜当时无博学家考究详明。平阳内外，哗称怪事。汉主聪亦不能无疑，乃召公卿等入问休咎。陈元达及博士张师，同声进对道："陛下问及星变，臣等恐吉少凶多，不久将至。若后庭内宠过多，三后并立，必致亡国败家，愿陛下思患预防，毋自取咎！"此不过闻聪私议，因有此谏，若谓流星化肉，应兆三后，恐无此征。聪摇首道："天变无常，难道定关人事么？"说着，拂袖入内，纵乐如故。适刘后有娠，常患腹痛，等到十月满足，势将临盆，非常难产，晕死了好几次，经医官竭力救治，才得分娩。不料生下两种怪物，一是半红半白的怪蛇，一是有角有头的怪兽，蛇兽并出，惊倒左右，霎时间蛇即窜去，兽亦遁走，不知去向。愈出愈奇，令人不可思议。有人蹑迹寻视，到了陨肉处，蛇兽俱在，似死非死，也不敢下手掩捕，唯还报都中，益称奇异。刘后既遭难产，又出重惊，当然酿成危症，挨了数日，气绝而亡。如此贤后，似不应遘此奇疾，这想是为刘聪所累。那陨肉却也失去，哭声亦止。汉主聪最爱此后，丧葬仪制，格外从隆，予谥武宣，并将后姊刘英，亦追谥为武德皇后。

二刘既死，尚有四小刘，统想承恩邀宠，求跻后位。聪已将四小刘挨次序进，最长的进位左贵嫔，次为右贵嫔，不过立后问题，还未解决。一日，至中护军靳准宅中，饮酒为欢。准呼二女出谒，由聪瞧着，好似那仙子下凡，嫦娥出世，不由的拍起案来，连声叫绝。准趁势面启道："臣女月光月华，年将及笄，倘蒙陛下不弃葑菲，谨当献纳。"恐是一条美人计。聪喜出望外，即夕载二女入宫，普施雨露，合抱衾裯，彻夜绸缪，其乐无极。翌日，即封二女为贵嫔。月光尤为妖媚，无体不骚，引得聪魄荡神迷，爱逾珍璧。过了旬月，竟立为继后。又过了数月，复因左右两个刘贵嫔，侍奉有年，不便向隅，特册左贵嫔刘氏为左皇后，右贵嫔刘氏为右皇后，《通鉴》载月华为右皇后，今从《晋书》及《十六国春秋》。加号皇后靳月光为上皇后。真是后来居上。校尉陈元达，上言："三后并立，适如臣虑，将来必有大患，务乞收回成命。"聪不肯从。且调元达为右光禄大夫，阳示优礼，阴实夺权。已而太尉范隆，大司马刘丹，大司空呼延晏，尚书令王鉴等，情愿让位元达，乃复徙元达为御史大夫，仪同三司。

元达复居谏职，仍常监察宫廷，得间便谏。可巧查得一种秽史，遂援了有犯无隐的故例，确凿陈词，递将进去。聪取览奏牍，乃劾上皇后靳氏，私引美少年入宫，与他苟合等情。看官！试想天下没有一个男儿汉，不恨妻室犯奸。聪虽宠爱月光，听了犯奸二字，也不禁忿火中烧，便趋入上皇后宫内，痛詈月光，并将元达原奏，随手掷示，令她自阅。月光情虚畏罪，只好呜呜咽咽，哀乞求怜。偏聪置诸不理，拂袖竟去。到了次日，竟有内侍报聪，说是上皇后服药自尽。聪又不禁追念前情，急去临视，见她颦眉泪眼，尚带惨容，顿时爱不忍释，又抱尸大哭一场，才令棺殓。从此由悲生愤，深嫉元达，无论什么规谏，都置若罔闻。甚且益肆荒淫，终日不出，但命子粲为丞相，总掌百揆，一切国事，俱委粲裁决便了。

唯聪虽不道，余威未衰，石勒刘曜，进退无常，终为晋患。愍帝孤守关中，势甚岌岌，只望着三路兵马，合力勤王。建兴三年二月，命左丞相睿为丞相，都督中外诸军事，南阳王保为相国，刘琨为司空。诏使分遣，加官进爵，无非是劝勉征镇的意思。无如琨在晋阳，介居胡羯，一步不能远离，保自上邽出据秦州，收抚氐羌，军势稍振，但也无心顾及长安。睿虽奄有江左，比并州秦州两路，较为强盛，怎奈一东一西，相去太远。河洛未靖，荆湘又乱，中途被阻，未便行军，所以诏书日迫，睿总以道梗为辞，须俟两江戡定，方可启行。乐得推诿。小子查阅《晋书》，那时沿江乱首，莫如杜弢，次为胡亢杜曾。杜弢已见前文，见二十四、二十五回。胡亢系前新野王歆牙门将，歆死后将佐四散。歆死张昌之难，见前文。亢至竟陵，纠集散众，自号楚公，用歆司马杜曾为竟陵太守。曾技勇过人，能被甲入水，不致沉没，所以亢恃为股肱，常使他出掠荆湘。荆湘人民，既苦杜弢，复苦胡亢杜曾，当然不得宁居，流离失所。荆州刺史周顗，甫经莅镇，便为杜弢所迫，退走浔水城。扬州刺史兼征讨都督王敦，屯兵豫章，见二十六回。急檄武昌太守陶侃，寻阳太守周访，历阳内史甘卓等，合兵讨弢。弢正进围浔水城，由陶侃督兵往援，使明威将军朱伺为前驱，奋击弢众。弢还保冷口，侃语朱伺道：“弢必步向武昌，掩我无备，我军亟宜还郡，扼住寇踪，毋中彼计！”说着，仍遣伺带着轻骑，从间道先归，自率步兵继进。伺至江陵，城尚无恙，正在城外安营，遥闻喊声大震，料是弢众前来，不禁大呼道：“陶公真是神算，有我在此，看贼能摇动我城否？”当下按辔待着，不到片时，弢众已至，伺即麾骑杀出，迎头痛击，反使弢意外惊疑，仓猝对敌。两下里正在酣战，不防后面又来了一支步兵，各执短刀，杀入弢阵。弢前后受敌，立即溃散，遁归长沙。伺会同步兵，追至数十里外，擒斩千人，方才回城。这支步兵，不必细问，便可知是陶侃带来。侃使参军王贡，向敦告捷，敦欣然道：“今日若无陶侯，便无荆州了。”遂表侃为荆州刺史，令屯沔左。周颤自浔水城，追至豫章，仍奉琅琊王命令，召还建业，复任军谘祭酒，不消细叙。

唯侃使王贡，由豫章西还，道出竟陵。竟陵城内的杜曾，已因胡亢好猜失众，潜引故都督山简参军王冲袭杀胡亢，并有亢部，贡想乘机邀功，径入竟陵城。诈传陶侃号令，授曾为前锋大都督，使击王冲，冲本在山简麾下，因简病殁夏口，所以聚众为乱。杜曾闻王贡言，乐得转风使航，将冲击死，即令贡报答陶侃，贡作书寄往沔左，但言曾愿投诚，未及矫命情事。侃乃征召杜曾，曾见来札中，并无前锋大都督字样，未免启疑，不肯应召。贡亦恐矫命事发，或至得罪，索性直告杜曾，且与曾合谋袭侃。侃哪知两人密谋，未及防备，蓦被杜曾潜兵突入，害得全营大乱。还亏命不该绝，侥幸逃生。百密难免一疏，可见行军之难。王敦得报，表夺侃官，以白衣领职，侃复邀同周访等，进破杜弢，敦仍复奏侃官。已而侃又为弢将王真所袭，败奔溳中，得周访援，方将王真击退。杜曾王贡与弢联合，到处劫掠，王敦又令陶侃甘卓等，并力击弢，大小数十战，弢众多死，乃遣使诣建业，向睿乞降。睿不肯许，弢已穷蹙，因再贻南平太守应詹书，托他代为解免，当图功赎罪。詹将原书转呈建业，并称弢有清望，应许他悔恶归善，借息兵锋。睿乃使前南海太守王运，往受弢降，赦免前愆，令为巴东监军。弢已受命，偏征弢诸将，未肯罢兵，仍然攻弢不止。弢不胜愤恨，拘害王运，又复为乱，分遣部将杜弘张彦，掩袭临川豫章。临川内史谢摛被杀，豫章亦几被陷没，幸周访击杀张彦，逐去杜弘，豫章复安。陶侃专攻杜弢，弢使王贡挑战，横足马上，状极嚣张。侃出马遥语道："杜弢为益州小吏，盗用库钱，父死不奔丧，毫无礼义，卿本善人，奈何背我助逆？难道天下有白头贼么？"谓为贼不得至老。说至此，见贡敛容下足，易倨为恭，便不与交锋，还入原垒。夜间乃遣使慰谕，并截发为信，誓不记仇。贡遂趋降侃营，侃推诚相待，令贡反袭杜弢。弢骤为所乘，不能抵敌，除逃以外无别策。但贡与弢麾下将佐，均已熟识，当时向众大呼，降可免死，并可加官。于是人人解甲，个个投戈，单剩弢一人一骑，狂窜而去。贡收降众报侃，侃不戮一人，择尤录用，余皆给资遣归，遂乘胜进复长沙，后来追索杜弢，竟无下落，想已是走死荒野了。小子有诗叹道：

漂摇风雨满神州，日下江河乱未休。
戡定荆湘非易事，论功应独让陶侯。

杜弢已死，只有杜曾未除，逃匿石城。丞相琅琊王睿，得了长沙捷报，承制颁给赦书，分赏诸将，欲知底细，容待下回说明。

陈元达虏臣也，刘娥虏后也，一沦左衽，一偶番主，就是有善可称，亦似在无足重轻之列。然孔子《春秋》中国用夷礼，则夷之进于中国，则中国之无畛域之见存于其间，故《春秋》一书，流传万世。依例而推，则如元达之直谏刘聪，不得谓非忠臣，刘氏之疏救元达，不得谓非贤后，善善从长，恶恶从短，固史家应有之要旨也。杜弢为逆，胡亢杜曾，又复从乱，乱逆之徒，人人得而诛之。陶侃周访甘卓等，合兵进讨，义在则然，但侃尤为忠勇，故叙侃较详，叙访卓则皆从略，详略之分，均具深意，是又阅者所当体察也。

第二十九回　小儿女突围求救
大皇帝衔璧投降

却说琅琊王睿，因杜弢走死，湘州告平，遂进王敦为镇东大将军，都督江扬荆湘交广六州诸军事，领江州刺史，封汉安侯。外如陶侃以下，无甚超擢，唯奖叙有差。敦既握六州兵权，得自选置官属，权势益隆。当时江东一带，内倚王导，外恃王敦，曾有王马共天下的谣言。实是王牛，并非王马。荆州刺史陶侃，最称有功，反中敦忌。侃却未悉敦情，但知平乱，复引兵往击杜曾。适愍帝派侍中第五猗为安南将军，监领荆梁益宁四州军事。猗自武关南下，由杜曾至襄阳往迎，曲致殷勤，且娶猗女为侄妇，竟与猗分据汉沔，作为犄角。及侃赴石城攻曾，也未免恃胜生骄，视为易取。司马鲁恬谏侃道："兵法有言，知己知彼，百战百胜，杜曾非可轻视，公当小心将事，毋中彼计。"侃不以为然，径向石城进发。到了城下，麾兵猛攻。曾多骑士，突然开门，纵骑突出，冲过侃垒。侃率众抢城，不遑顾后，哪知前面由曾杀出，后面又有骑兵返击，几至腹背受敌，为曾所乘，还亏侃军素有纪律，临危不乱，才得勉力支持，但兵众已战死了数百人。曾见侃力战不退，也不愿返守石城，因下马别侃。侃亦不欲进逼，由他自去。

时晋廷因山简已殁，见前回。续派襄城太守荀崧，都督荆州江北诸军事，驻节宛城。杜曾自石城出走，引众往攻荀崧，突将宛城围住。崧不意寇至，顿时慌乱，又兼兵少食寡，势难久持，不得已向外乞援，为解围计。当时襄阳太守石览，为崧故吏，崧即缮就书函，拟遣人送达襄阳，求发援兵。偏僚佐不敢出城，得了崧命，都面面相觑，呆立不动。崧急得没法，只得据案唏嘘；蓦见一垂髫女子，从屏后出来，振起娇喉，向崧朗禀道："女儿愿往！"写得突兀。崧惊起俯视，乃是亲女荀灌，年只一十三龄，不由的叹息道："汝虽愿往投书，但身为弱女，如何突围？"灌奋答道："城亡家破，同时毕命，果有何益？女儿年虽幼弱，颇具烈志，倘能突出重围，乞得援兵，那时城池可保，身家两全，岂不甚善？万一不幸，为贼所困，也不过一死罢了，同是一死，何若冒险一行。"说至此，竟把两道柳眉，耸上眉棱，现出一种威毅的气象。旁边站立的僚佐，都不禁暗暗喝采，啧啧称奇。自知愧否？灌又向外召集军士，慨然与语道："我父被困，诸君亦被困，譬如同舟遇难，共虑覆亡，我一弱女子身，不忍同尽，所以自愿乞援，今夜即拟出发，如有与我同志，即请偕行。退贼以后，我父不惜重赏，与诸君共享安乐，愿诸君三思！"言未毕，即有壮士数十名，踊跃上前道："女公子尚不惜身命，我等怎敢自阻？愿为女公子先驱！"全从义愤激起。灌又顾语僚佐道："灌冒昧求援，往返必需时日，守城重责，我父以外，还仗诸公。"僚佐听了，也不好再为推诿，便即应声如命。灌乃与勇士立约，准至夜半出城，自己入内筹备。

到了黄昏时候，饱餐一顿，便即束住头巾，缚紧腰肢，身穿铁铠，足着蛮靴，佩了三尺青虹剑，携了两把绣鸾刀，出至堂上，辞别乃父。荀崧瞧着，好似一个女侠模样，不觉又喜又惊，便嘱语道："汝既愿往，我也不便阻汝，须要小心为上。"灌答道："女儿此去，必有佳音，愿父亲勿忧！"全无一些儿女态，真好英雌。崧乃递与乞援书，灌接藏怀中，即奋然告别道："女儿去了。"此四字胜过易水荆卿。一面说，一面出厅，但见壮士数十名，俱已扎束停当，携械待着，经灌一声招呼，都上前听令。灌命大众上马，自己亦跨上征鞍，驰至城边，潜开城门，一声驱出。杜曾营外，只有侦骑巡逻，见城内有人出来，忙即报知杜曾。待曾拨兵出阻，灌等已穿垒过去。曾兵相率来追，被灌指麾壮士，回杀一阵，砍倒曾兵数名。究竟夜深天黑，咫尺不辨，曾兵亦何苦寻死，乐得退还。

灌得驰至襄阳，入谒石览，呈上父书。览见灌是个少女，却能突围求救，自然另眼相看。再经灌词气慷慨，情致纯诚，当即满口应承，即日赴援。灌尚虑览兵未足，再代崧草书，遣人飞报寻阳太守周访，请他为助，自与石览兵众，还救宛城。城中日夕望援，见有救兵到来，欢声四噪，荀崧即督众出迎。灌引览至城下，被杜曾兵阻住，当即跃马冲入，且战且前。览军随进，奋力突阵，荀崧亦已杀出，里应外合，即将杜曾兵击退。崧览并马入城，灌亦随进。未几，又来了一员小将，带兵三千，也来援崧。杜曾见救兵陆续到来，料知宛城难下，见机引去。看官欲问小将为谁？乃是周访子抚。崧迓抚入城，与览并宴，席中谈及乃女突围事情，览与抚同声赞美。从此灌娘芳名，遂得传诵一时，称扬千古了。力为巾帼褒扬。

石览周抚，辞归本镇，不在话下，唯杜曾退次顺阳，遣人至荀崧处上笺，有“乞求抚纳，讨贼自效”等语。崧因宛中兵少，恐曾再至，不得不复书允许。陶侃闻报，亟贻崧书道：“杜曾凶狡，性如鸱枭，将来必致食母，此人不死，州土不安，足下当记我言，幸勿轻许。”崧不听侃言，果然杜曾复出，进围襄阳，亏得襄阳有备，无懈可击，曾始退去。侃将还江陵，欲至王敦处告别，部将朱伺等，俱向侃谏阻，谓敦方见忌，不宜轻往。侃以为敦不足惧，慨然竟行。见敦以后，果为所留，别用从弟王廙为荆州刺史。侃吏郑攀马俊等，诣敦上书，共请留侃，敦当然不许。攀等相率恨敦，竟率徒党三千人，西迎杜曾，同袭王廙。激使为变，谁实尸之。廙奔至江安，调集各军讨曾，曾既得郑攀等人，复北合第五猗，来攻王廙，廙又为所败。王敦嬖人钱凤，素来嫉侃，遂诬称攀等为乱，实承侃旨。看官！试想敦既与侃有嫌，又经钱凤从旁媒孽，顿时起了杀心，披甲持矛，拟往杀侃。转念一想，不便杀侃，又复回入。再一转念，仍要杀侃，又复趋出。辗转至四五次，为侃所闻，竟昂然见敦，正色与语道：“使君雄断，当裁制天下，奈何迟疑不决呢？”言毕，趋出如厕。未免太险，但看下文梅陶等之谏，想侃已与接洽，故有此胆。谘议参军梅陶，长史陈颂，并入谏敦道：“周访与侃，乃是姻亲，相倚如左右手，岂有左手被断，右手不应么？愿公慎重为是！”敦意乃解，释甲投矛，命设盛筵，召侃同宴，且调侃为广州刺史。侃宴毕即行，唯侃子瞻尚留敦处，由敦引为参军。

先是广州人民，不服刺史郭讷，另迎前荆州内史王机为刺史，王机见二十四回。机至广州，恐为王敦所讨，因遣使白敦，情愿转徙交州。敦却也允诺，故令侃往刺广州。偏机收纳杜曾将杜弘，杜弘见前回。听了弘言，仍欲还取广州。可巧陶侃驰至，击破王机及杜弘，机走死道中，弘奔投王敦。广州平定，侃得进封柴桑侯，食邑四千户。侃在州无事，辄朝运百甓至斋外，夜运百甓至斋内。左右问为何因？侃答说道："我方欲致力中原，不宜过逸，今得少暇，欲借此习劳，免致筋力废弛呢。"左右乃服。只是郑攀等与廙相拒，尚未了结，俟至下文再表。

且说汉中山王刘曜，奉汉主聪命，复出兵寇掠关中。晋愍帝令麹允为大都督。率兵抵御，索綝为尚书仆射，都督宫城诸军事，保守长安。曜至冯翊，太守梁肃，弃城奔万年。冯翊为曜所得，再移兵攻北地。麹允出至灵武，因兵力单弱，不敢轻进，再上表长安，乞请济师。长安无兵可调，只得向南阳王征兵。南阳王保，与僚佐商议行止，僚佐皆说道："蝮蛇螫手，壮士断腕，今胡寇方盛，不如且断陇道，见可乃进。"从事中郎裴诜道："今蛇已螫头，头可断不可断么？"诘问得妙。保实不愿援长安，但使镇军将军胡崧为前锋都督，待诸军会集，然后进援。恐不耐久持了。麹允待援不至，又表请奉帝就保。索綝从中阻议道："保得天子，必逞私图，不如不去。"就保亦危，不就保益危，看到下文，是綝已隐有异志了。乃不从允议，但促允速援北地。允不得已集众赴救，行至中途，遥望北地一隅，烟焰蔽天，仿佛大火燎原，不可向迩，心下已未免惊疑，又见有一班难民，狼狈前来，便饬军停住，问及北地情形。难民答说道："郡城已陷，往救恐不及了。且寇锋甚盛，不可不防。"说毕，即踉跄趋去。允听了此言，进退两难，不料部众竟先骇散，不待允令，便即奔回。允也只好拍马返走。其实，北地尚未陷没，由曜纵火城下，计惑援兵，就是一班难民，也是汉兵假扮，来给麹允。允不辨真伪，竟堕曜计，回至磻石谷，又被曜众杀到，此时还有何心对敌，连忙奔窜，走入灵武城内。麾下不过数百骑兵，还算带头归来，是一幸事。允颇忠厚，惜无断制，威不足服人，惠不能及众，所以诸将慢法，士卒离心。直揭病根，瑕不掩瑜。安定太守焦嵩，本是由允荐举，嵩却瞧允不起，很是倨傲，至是允遣使告嵩，饬即进援。嵩冷笑道："待他危急，往救未迟。"遂却还来使，但言当会齐人马，然后趋救。允亦无法催逼，只好束手坐视。

那刘曜已攻取北地，进拔泾阳，渭北诸城，相继奔溃。曜长驱直进，势如破竹。晋将鲁充梁纬等，沿途堵御，均为所擒。曜素闻充贤，召令共饮，且劝充道："司马氏气运已尽，君宜识时变计，能与我同心共事，平定天下不难了。"充怅然道："身为晋将，不能为国御敌，自致败覆。还有何面目求生？若蒙公惠，速死为幸。"曜连称义士，拔剑付充，充即自刎。梁纬亦不肯降曜，也被杀死。纬妻辛氏，亦在戍所，同时遭掳。辛氏形容秀丽，仪态端庄，曜不禁艳羡起来。便好言慰谕，想把她纳为妾媵。独不怕羊氏吃醋么？辛氏大哭道："妾夫已死，义不独生。况烈女不事二夫，妾若隳节，试问明公亦何用此妇？"曜亦叹为贞女，听令自杀，命兵士依礼棺殓，与纬合葬。鲁充遗骸，照样办理。忠臣烈妇，并得千秋，死且不朽了。特笔。

曜遂率众逼长安，西都大震，愍帝四面征兵，朝使迭发，并州都督刘琨，拟约同代王猗卢，入援关中。偏猗卢为子所弑，国中大乱。小子于前回起首，曾叙及猗卢宠爱少子，黜徙长子六修，并及修母，嗣因六修入朝，猗卢使下拜比延。六修不愿拜弟，拂袖竟去。猗卢饬将士往追，将士亦不服猗卢，纵还新平城。偏猗卢尚不肯甘休，督兵往讨。六修佯为谢罪，夜间竟掩袭父营，猗卢未曾预备，再经将士离叛，一哄散去，单剩猗卢一人，逃避不及，竟为乱军所害。猗卢从子普根，居守代郡。闻得猗卢死耗，仗义兴师，往攻六修。前次为猗卢废长立幼，因致舆情不服，此次闻六修以子弑父，又不禁激起众愤，俱来帮助普根，同讨六修。究竟人心不死。六修连战失利，旋即伏诛。普根嗣立，国中尚未大定，当然不能助琨。琨孤掌难鸣怎能入援长安，琅琊王睿，路途遥远，又一时不能西行，只有凉州刺史张寔，遣将王该，率步骑五千人入援。

寔系凉州牧张轨子，轨镇凉有年，始终事晋，每遇国家危难，辄发兵勤王，晋封为太尉凉州牧西平公。愍帝二年六月，轨寝疾不起，遗令诸子及将佐，务安百姓，上思报国，下思宁家。已而轨没，长史张玺等，表称世子实继摄父位。愍帝乃诏寔为凉州刺史，袭爵西平公，赐轨谥曰武穆。轨能忠晋，故特表明。凉州军士，得着玉玺一方，篆文为"皇帝行玺"四字，献与张寔。寔承父命，不肯背晋，即将玉玺送入长安，并奉上诸郡方贡。有诏命寔都督陕西军事，实弟茂拜秦州刺史。及长安被困，寔乃遣王该入援，但该带兵不多，眼见是不能却虏。安定太守焦嵩，始与新平太守竺恢，弘农太守宋哲等，引兵救长安。散骑常侍华辑，曾监守京兆冯翊弘农上洛四郡，也募众入救，同至霸上，探得曜众甚盛，仍不敢前进，作壁上观。南阳王保，遣胡崧带兵进援，崧尚有胆力，独至灵台袭击曜营，得破数垒。索綝麹允，并未遣人犒赏，崧怀恨退去，移屯渭北，未几竟驰还槐里。曜见晋军各观望不前，乐得麾众大进，攻扑长安。麹索两人，保守不住，即由外城退入内城，外城遂致陷没。曜复攻内城，围得水泄不通。

城中粮食已尽，斗米值金二两，人自相食，或饿死，或逃亡，唯凉州义勇千人，入城助守，誓死不移。太仓有麴数十擞，由麴允先时运入，舂碎为粥，暂供宫廷，寻亦食尽。时已为愍帝三年仲冬，雨雪霏霏，饥寒交迫，外面的镇鼓声，刀箭声，又陆续不绝，日夜惊心。愍帝召入麴允索綝，与商大计。允一言不发，只有垂泪。綝想了多时，但说出了一个“降”字。綝前时为模复仇，约同起义，尚有丈夫气象，胡为此时一变至此？愍帝亦不禁涕泣，顾语麴允道：“今穷厄如此，外无救援，看来只好忍耻出降，借活士民。”允仍然不答。忽有将吏入报道：“外面寇兵，势甚猖獗，恐城池不 能保守了。”索綝便抢步出去，允亦徐退。愍帝长叹道：“误我国事，就是麴索二公。”随即召入侍中宗敞，叫他草就降笺，送往曜营。敞持笺出殿，转示索綝。綝留敞暂住，潜使子出城诣曜，向曜乞请道：“今城中粮食，尚足支持一年，急切未易攻下，若许綝为车骑将军，封万户郡公，綝即当举城请降。”曜不禁劝怒，叱责綝子道：“帝王行师，所向唯义，孤将兵已十五年，未尝用诡计欺人，你前时何故给允？必待他兵穷势竭，然后进取。今索綝所言如此，明明是晋室罪臣，天下无论何国，不讲忠义，乱臣贼子，人人得诛，果使兵食未尽，尽可勉力固守，否则粮竭兵微，亦宜早知天命，速即来降，何必欺我！”说着，即令左右将綝子推出，枭首徇众，送还城中。綝得了子首，当然悲哀，唯自已总还想保全性命，没奈何遣发宗敞，使诣曜营乞降。

曜收了降笺，令敞返报。愍帝委实没法，自乘羊车，衔璧舆榇，驰出东门。群臣相随号泣，攀车执愍帝手，哭声震地。何益国事？愍帝亦悲不自胜。御史中丞吉朗，掩面泣叹道：“我智不能谋，勇不能死，难道就随主出降，北面事虏么？”说至此，即向愍帝前叩别，且启愍帝道：“愿陛下好自珍重，恕臣不能追随陛下！臣今日死，尚不失为晋臣呢。”索綝其听之！拜毕起身，用头撞门，头破脑裂，倒地而亡。愍帝到了此时，已无主宰，意欲不去，又不好不去，乃径诣曜营。曜接见愍帝，居然行起古礼，焚榇受璧，暂使宗敞奉帝还宫，收拾行装，指日东行。

越宿，曜入长安城，检点图籍府库，令兵士入迫愍帝及公卿等迁往曜营。又越一日，曜派将押同愍帝等人，送往平阳。愍帝登汉光极殿，汉主聪早已坐着，由愍帝稽首行礼。麴允伏地痛哭，触动聪怒，命将允拘入狱中，允即自杀。还是与吉朗同时殉国，较为清白。聪授愍帝为光禄大夫，封怀安侯，赠麹允车骑将军，旌扬忠节，独责索綝不忠，处斩东市。斩得爽快。一面下令大赦，改元麟嘉，命中山王曜假黄钺大都督，统领陕西军事，进官太宰，改封秦王。于是西晋两都，一并覆灭，西晋遂亡。总计西晋自武帝称尊，传国三世，共历四主，凡五十二年。小子有诗叹道：

洛阳陷没已堪哀，谁料西都又被摧？
怀愍相随同受掳，徒稽史迹话残灰。

西晋虽亡，尚有征镇诸王，能否兴废继绝，且至下回再表。

以十三龄之弱女，独能奋身而出，突围求援，如此奇女子，求诸古今史乘中，得未曾有，本回力为摹写，尤足使女界生色。吾慨夫近世女子，厕身学校，假平等自由四字为口头禅，居然侈言爱国，要求参政，曾亦闻有荀灌之实心实力，得保君亲否耶？他如梁纬妻辛氏，秉贞抱节，不肯苟全，谁谓中国妇女，素无学识？以视今日之略识之无，眼高于顶，自命为士女班头，而反荡检逾闲，不顾道德，吾正不愿有此奇邪之学识也。麹允索綝，奉愍帝而续晋祚，复降刘曜而亡晋室，出尔反尔，自相矛盾，而索綝尤为不忠。允之死已有愧鲁充吉朗诸人，綝之被杀，并有愧麹允。等是一死，而或则流芳，或反贻臭，奈之何不辨之早辨也？愍帝谓误我事者，麹索二公，其言诚然。或谓愍帝用人不明，未尝无咎，然愍帝年未及冠，又继流离颠沛之余，情有可原，迹更可悯，而索綝之罪，不容于死，试证以荀女梁妻，其相去为何如乎？

第三十回　牧守联盟奉笺劝进
君臣屈辱蒙难丧生

却说长安陷没，愍帝被掳，荡荡中原，又变了没有正主的国家。霸上屯着的援兵，都已遁还，就是凉州差来了王该，也收回义勇，与黄门郎史淑同去。回应前回，一丝不漏。当愍帝出降前一日，淑曾亲受诏命，赍着愍帝手书，加拜张寔为凉州牧，承制行事。且诏中有云“朕已命琅琊王睿，继摄大位，愿公协赞，共济多难”云。淑得先入王该营中，所以与该同往。行到姑臧，就是凉州治所，当下入见张寔，报明愍帝被掳情形。寔辞官不受，大哭三日。又遣司马韩璞等，率步骑万人，东往击汉，并贻南阳王保书。有云：“王室多难，不敢忘死，况朝廷倾覆，天子蒙尘，东向悲愤，死有余责。今遣璞等讨贼，愿公即日会师，同建义举。寔当唯命是从。”这书亦付璞带去。璞至陕西，为寇所阻，自思手下只有万人，怎能敌得过数万汉兵？不如见机引还，尚保万全，乃麾兵径归。就是寄保一书，亦不得达。唯凉州一带，幸由张氏镇守，尚得无恙。先是关中有意谣云：“秦州中，血没腕，唯有凉州倚柱观。”及长安失陷，汉兵四掠，氐羌亦乘隙蠢动，骚扰陇右。雍秦两州人民，十死八九，唯凉州得安，果如歌谣相符。弘农太守宋哲，自长安奔至建康，由琅琊王睿接见。哲从怀中取出愍帝诏书，南面宣读。睿下阶跪伏，但听哲读诏道：

遭遇迍否，皇纲不振。朕以寡德，奉承洪绪，不能祈天永命，绍隆中兴，至使凶胡敢率犬羊，逼迫京辇，朕今幽塞穷城，忧虑万端，恐一旦奔溃，因令平东将军宋哲，诣丞相府，具宣朕意，使摄万几，恢复旧都，修缮陵庙，以雪大耻而报深仇，是所至望！丞相其毋辞！

诏既读毕，睿起身接受，留哲在府。哲复述及长安情状，睿乃入易素服，出次举哀，且移檄四方，拟即北征。西阳王羕，系前汝南王亮第三子，见前文。曾从睿渡江，睿承制拜为抚军大将军，至是邀同僚佐牧守，上笺劝进，睿不肯从。羕等再三固请，睿慨然流涕道："孤乃皇晋罪人，唯有蹈节死义，誓雪国耻，得能济事，尚可自赎，且孤本受封琅琊，若诸贤见逼，再四不已，孤只有仍归原国便了。"你亦知罪么？但恐言不由衷，徒然欺人。说罢，便自呼私奴，命驾归国。羕等不敢再劝，但请依魏晋故事，称为晋王。睿乃允诺，择日即晋王位，设坛西郊。届期受僚属参谒，改元建武，愍帝尚在平阳。睿既不欲称尊，何必急急改元。号建业为建康，颁令大赦。除杀祖父母父母及刘聪石勒等，不从此令外，悉数宥免。遂备置百官，立宗庙社稷。有司请立王太子，睿爱次子宣城公裒，意欲为嗣，因商诸王导道："立子应该尚德否？"导主张立长，谓世子绍与宣城公，朗俊相同，但立长较为顺理，幸勿乱序。睿乃立世子绍为王太子，次子裒为琅琊王，奉恭王后，恭王名覲，见前。使镇广陵。绍与裒同为宫人荀氏所生，颇得睿宠，唯睿妃虞氏，素妒荀宫人。荀氏不免怨望，为睿所闻，遂致见疏。虞妃无子，至睿为晋王时又已去世，所以立绍为嗣，绍虽见立，荀氏仍不得加位，但追尊虞氏为王后，这也无庸细评。西阳王羕，受封太保，外如征南大将军王敦，进为大将军领江州牧，右将军王导，进为骠骑将军，领扬州刺史，都督中外诸军事。左长史刁协为尚书左仆射，右长史周顗为吏部尚书，军谘祭酒贺循为中书令，右司马戴渊王邃为尚书，司直刘隗为御史中丞，参军刘超为中书舍人，余亦封拜有差。王敦辞去州牧，王导因敦外握兵权，亦辞去中外都督，贺循亦自称老病，辞去中书令，睿皆准如所请。唯改任循为太常卿，循为江左儒宗，明习礼仪，颇为睿所推重。还有刁协历仕中朝，熟谙旧事，睿亦随事咨询。江东草创，百事待举，一切兴作，多由二人决议，才见推行。

未几，又来了一个名士，姓温名峤，字太真，乃是故司徒温羡从子，本是祁县人氏，父憺为河东太守。峤生性聪颖，博学能文，年十七时，已有盛名，州郡辟召，均皆不就。后为东阁祭酒，补授潞令。平北大将军并州刺史刘琨妻，系峤从母，琨因引为参军，迁擢上党太守，加建威将军，拒击石勒，辄有战功。琨进官司空，复任峤为右司马。小子尝阅《世说新书》，亦称《世说新语》，为刘宋临川王义庆所著。载有峤艳史一则。峤元配王氏，早年病殁，从姑刘氏有一女，秀外慧中，刘氏嘱峤觅婿，峤自有婚意，但佯答道："佳婿难得，若有人似峤，可能中意否？"刘氏道："不敢望汝。但教品学少优，便可将就了。"过了两三日，峤即入报道："已得佳婿了，门地恰也清高，婿现为名宦，与峤相似。"刘氏大喜。峤即取出玉镜台一枚，作为聘物，刘氏当然收下。到了婚期，峤引导彩舆，往迎新嫁娘，刘家还道峤是媒妁，待以常礼，及刘女登舆，峤亦随回，竟令彩舆抬入己家，居然改穿吉服，自作新郎，与女交拜。礼毕入房，女用手自披纱扇，顾峤大笑道："我原疑是老奴！"峤亦笑道："如峤可得配卿否？"女本来慕峤，自然乐允。旧中表作为新夫妇，相亲相爱，更逾常人。唯看官不要误作琨女，琨妻是峤的从母，俗例叫姨母，若刘氏是峤的从姑，乃是姑母，与姨母不同。《尔雅》谓父之从父姊妹为从姑，母之姊妹为从母。这事虽无关时势，但古今传为韵事，所以小子也随笔叙入，见得峤风流自喜，确是一个不羁才。

至长安陷没的时候，琨为石勒所攻，奔入蓟城，当时也有一段情事，不得不补叙明白。汉主聪使刘曜攻长安，复使石勒攻并州，双方并举，免得琨入援长安。勒进陷廪邱，守将刘演，遁往段氏，演守廪邱见二十六回。勒复进围乐平，太守韩据，向琨求救，适琨子遵，因代有内乱，见前回。引着代将卫雄箕澹等，并及人马牛羊，趋回晋阳。琨得了资助，即拟出兵拒勒，箕澹谓代众新附，不宜轻用。琨急欲平寇，不从澹言，且使澹率代众为前趋，往救乐平，自屯广牧为后援。澹中石勒埋伏计，丧失兵马一大半，走还代郡。韩据亦弃城他窜，并土大震。那石勒确是厉害，又从间道袭晋阳，留守长史李弘，竟举城降勒，于是琨进退失据，不得已奔往蓟城，投依段匹磾。匹磾已领幽州刺史，见五十二回。见琨来奔，很加器重，与琨约为兄弟，并结姻好，两人遂歃血同盟，期复晋室，一面檄告华夷，邀同太尉豫州牧荀组，镇北将军刘翰，单于广宁公段辰，辽西公段眷，冀州刺史邵续，兖州刺史刘广，东夷校尉崔毖，鲜卑大都督慕容廆等，并推晋王睿为晋主，同心讨汉。就是汉将曹嶷，占据齐鲁间郡县，自守临淄，筑广固城，因与石勒有隙，也去汉附琨，愿戴晋王。琨即令温峤南赴建康，奉书劝进。峤奉令即行，母崔氏不愿峤往，牵住峤裾，峤绝裾径去。未免太忍，但为出行，亦属难辞。兼程至建康，王导周颉等，素闻峤名，迎入客廨，问明来意。峤取笺出示，导等大喜，即引入见睿。睿面加慰劳，且取笺展览道：

臣闻天生烝民，树之以君，所以对越天地，司牧黎元，圣帝明王，监其若此，知天地不可以乏享。故屈其身以奉之；烝黎不可以无主，故不得已而临之。社稷多难，则戚藩定其倾，郊庙或替，则宗哲纂其祀，是以弘振遐风，式固万世。三五以降，靡不由之。伏维高祖宣皇帝，肇基景命，世祖武皇帝，遂造区夏，三叶重光，四圣继轨，惠泽侔于有虞，卜世过于周氏。自元康以来，艰难繁兴，永嘉之际，氛厉弥昏，宸极失御，登遐丑裔，国家之危，有若缀旒，赖先后之德，宗庙之灵，皇帝嗣建，旧物克甄，诞授钦明，服膺聪哲。玉质幼彰，金声夙振。冢宰摄其纲，百辟辅其政，四海想中兴之美，群臣怀来苏之望。不图天不悔祸，大灾荐臻，国未忘难，寇害寻兴，逆胡刘曜，纵逸西都，敢肆犬羊，陵虐天邑。主上幽劫，复沈虏庭，神器流离，再辱荒逆。臣每览史籍，观之前载，厄运之极，古今未有。苟在食土之毛，含血之类，莫不叩心绝气，行号巷哭。况臣等荷宠三世，位厕鼎司，闻问震惶，精爽飞越，且惊且惋，五情无主。臣闻昏明迭用，否泰相济，天命无改，历数有归，或多难以固邦国，或殷忧以启圣明。是以齐有无知之祸，而小白为五霸之长，晋有骊姬之难，而重耳主诸侯之盟。社稷靡安，必将有以扶其危，黔首几绝，必将有以继其绪。伏维陛下，玄德通于神明，圣姿合于两仪，应命世之期，绍千载之运，符瑞之表，天人有征，中兴之兆，图谶垂典。自京畿陨丧，九服奔离，天下嚣然，无所归怀，虽有夏之遘夷羿，宗姬之罹犬戎，蔑以过之。陛下抚征江左，奄有旧吴，柔服以德，伐叛以刑，抗明威以慑不类，杖大顺以号宇内，纯化既敷，则率土宅心，义风既畅，则遐方企踵，百揆时叙于上，四门穆穆于下。昔少康之隆，夏训以为美谈，宣王中兴，周诗以为休咏。况茂勋格于皇天，清晖光于四海，苍生颙然，莫不欣戴，声教所加，愿为臣妾者哉。且宣皇之胤，唯有陛下，亿兆依归，曾无与二。天祚大晋，必将有主，主晋祀者，非陛下而谁？是以迩无异言，远无异望，讴歌者无不吟讽徽猷，讼狱者无不思于圣德。天地之际既交，华夷之情允洽，一角之兽，连理之木，以为休征者，盖有百数，冠带之伦，要荒之众，不谋同辞者，动以万计。是以臣等敢考天地之心，因函夏之趣，昧死上尊号，愿陛下存舜禹至公之情，挟由巢抗矫之节，以社稷为务，不以小行为先，以黔首为忧，不以克让为嗣，上慰宗庙乃顾之怀，下释普天倾首之勤，则所谓生繁华于枯荑，育丰肌于朽骨，神人获安，无不幸甚。臣闻尊位不可久虚，万几不可久旷，虑之一日，则尊位已殆，旷之浃辰，则万几以乱。方今踵百王之季，当阳九之会，狡寇窥窬，伺国瑕隙，黎元波荡，无所系心，安可废而不恤哉？陛下虽欲逡巡，其若宗庙何？其若百姓何？昔者惠公虏秦，晋国震骇，吕郤之谋，欲立子圉，外以绝敌人之志，内以固阖境之情，故曰丧君有君，群臣辑睦，好我者劝，恶我者惧。前事之不忘，后代之元龟也。陛下明并日月，无幽不烛，深谋远猷，出自胸怀，不胜犬马忧国之情，待睹神人开泰之路。是以陈其乃诚，布之执事。臣等忝于方任，久在遐外，不得陪列阙廷，与睹盛礼，踊跃之怀，南望罔极，敢布腹心，幸乞垂鉴！

睿既览毕，半晌才说道："主上播越，正臣子见危致命的时候。奈何敢安窃天位呢？"遂留峤在建康，另遣使赍递复书，语云：

豺狼肆毒，荐复社稷，亿兆颙颙，延首罔系。是以居于王位，以答天下，庶几迎复圣主，扫荡仇耻，岂可猥当隆极？此孤之至诚，著于遐迩者也。公受奕世之宠，极人臣之位，忠允义诚，精感天地，实赖远谋，共济艰难，南北回邈，同契一致。万里之外，心存咫尺，公其抚宁华戎，致罚丑类，动静以闻！

琨得晋王睿复书，便与段匹磾商议，先讨石勒，再击平阳。匹磾推琨为大都督，自为琨副，联名檄州郡牧守，会师襄国，且发兵出屯固安，俟集各军。偏匹磾从弟末抷，得勒厚赂，多方阻挠，各州郡牧守，亦多徘徊观望，未闻出师。琨与匹磾，只好付诸长叹，同归蓟城。总之晋乱已甚，天怒人怨，大势一去，无可挽回，汉主聪原是不道，但势方强盛，连虏二帝，晋室王公，半多束手，有几个侈谈匡复，或力不从心，或言不由衷，全局似散沙一般，怎能毅然进讨，问罪平阳呢？建武元年十二月，汉主聪复弑愍帝，简直如屠戮犬豕一般，从臣只死了一个辛宾，总算是孤忠耿耿，碧血千秋。

这愍帝遇弑原因，全是聪子粲一人主张，说将起来，又有一番颠末，应该约略叙明。自聪多内宠，不理朝政，凡事皆委粲办理，且加封晋王。粲不但欲代父统，并想奄有中原，做一个华夷大皇帝，唯事有先后，第一着下手，非除太弟乂不可。乂在东宫，亦窃窃自危。一日，天忽雨血，东宫延明殿中，下血尤多，乂且惊且忧，转问太傅崔遐，太保许遐。两人齐声道："天象已明示殿下，须要流血一次，方可安枕，试想主上立殿下为太弟，无非暂安众心，今已属意晋王，任为相国，权势威重，高出东宫，殿下若再容忍过去，位必难保，且有不测的危祸，故不如先发制人，免为彼算。"乂迟疑不答。两人复并说道："今东宫卫兵，不下四千，相国轻佻，但教遣一刺客，便足了事，余王并幼，有何能为？若殿下有意，二万精兵，叱嗟可致，一鼓入云龙门，卫士必倒戈相迎，正无烦费力呢。"乂终不从。这却不能咎乂。

东宫舍人荀裕，竟入告汉主聪，报称崔许劝太弟谋反，聪立收崔许入狱，寻即诛死，别使冠威将军卜抽，率兵监守东宫，禁乂朝会。乂非常忧惧，上表乞为庶人，请以晋王粲入嗣。抽将表捺住，不使上达。乂虽未被废，已等囚奴，从前乂妾靳氏，为护军靳准从妹，与役吏宣淫，被乂窥透奸情，杀死靳氏，且屡次嘲准。准暗生忿恨，尝至粲处进谗，谓乂将谋变，窃发有期。粲不禁着急，向准问计。准说道："主上爱信太弟，若猝然相告，未必肯信，不如撤回东宫监守，使太弟仍得交通宾客，太弟素好待士，必不加防，俟探得间隙，下官乃可举发，再将太弟往来宾佐，拘住数人，利诱威逼，不怕大狱不成！"佥壬狡谋，大率如此。粲喜从准言，便令卜抽引兵撤回。乂还道是相国有情，得免禁锢，哪知他是请君入瓮的诡谋。

汉主聪更加糊涂，沉湎酒色，好几月不出视朝，后宫佩皇后玺绶，多至七人，以靳月华为正皇后，又拣了一个宫人樊氏，使侍巾栉。樊氏系聪母张氏侍婢，生小入宫，垂髫后妖媚无比，便得偷沾雨露，仰沐皇恩。聪宠爱逾恒，竟令她为上皇后，做了靳月光的替身。采葑采菲，无以下体。想聪必熟读此诗。从来女子小人，往往有连带关系，宫中既有若干宠妾，当然有若干权阉，中常侍王沈宣怀，中宫仆射郭猗等，皆嬖幸用事，车服第舍，僭越诸王，子弟多出为守令，靳准欲设法除乂，不得不联络阉人，表里为奸。东宫少府陈休，左卫将军卜崇，人品清正，素嫉宦官，虽在公座，不与王沈等交言。侍中卜干，尝引窦武陈蕃故事，见《后汉演义》。隐戒休崇。休崇情愿一死，不肯少屈，果然检人构陷，大祸临头。汉主聪忽御上秋阁，命收陈休卜崇，及特进綦毋达，大中大夫公师彧，尚书王琰田歆，大司农朱诞，一并加诛。綦毋达等，同为宦寺所忌，故亦连坐。侍中卜干，见诏旨猝下，慌忙谏阻，甚至叩头流血。王沈站立聪侧，厉声叱干道："卜侍中胆敢拒诏么？"聪闻沈言，拂衣竟入。休崇等遂被牵出市曹，一齐处斩。干趋退后，有诏黜为庶人。太宰河间王刘易，大将军渤海王刘敷，粲弟。御史大夫陈元达，光禄大夫西河王刘延等，联名上表，弹劾宦官。汉主聪反将所上表章，取示王沈，且笑语道："群儿为元达所引，乃致有此痴语呢？"沈即叩头称谢。聪复召粲入问，粲极言沈等忠清，因复封沈等为列侯。刘易闻诏，伏阙上疏，稽首固谏。聪竟大怒，把易疏撕碎，掷还刘易。易乃趋出，恚忿而死。陈元达临丧大恸道："人之云亡，邦国殄瘁，我从此不能再言，还要活着做什么？"及吊毕归家，亦服毒自杀。何不早去？

既而聪宴会群臣，引见太弟乂，见他面目憔悴，涕泣陈词，也不觉潸然泪下，乃与乂畅宴，待遇如初。那靳准王沈等，却非常惶急，亟谒相国刘粲，授与密计。粲即使私党王平，往语太弟乂道："顷得密旨，谓京师将有大变，请饬左右衷甲戒严，预备不虞。"乂信为真言，命宫臣衷甲以待。不意靳准王沈，借此诬乂，聪听信谗言，竟使粲往围东宫，收捕太弟僚佐，屈打成招，自诬与乂谋反。供词入呈。聪反称沈等忠贤，并废乂为北海王。粲又使准进毒鸩乂，乂死得不明不白，无处伸冤。东宫官属，亦枉死了数十人。粲得立为皇太子，仍领相国大单于，总摄朝政如故。

会聪出猎上林，召晋愍帝行车骑将军，使他执戟前导，行三驱礼。平阳父老，聚观道旁，都不觉惨然道："这便是长安故天子呢！"粲时在列，听到是言，触起旧感，俟罢猎回宫，即向聪进言道："周武王岂愿杀纣？正恐同恶相求，容易生患，不如早除为是。"聪踌躇道："前杀庾珉王俊，尚滋众议，我今不忍再行此事。"粲不肯遽退，又复力请。经聪以他日为约，方才退出。未几又在光极殿会宴。聪使愍帝行酒洗爵，及更衣时，又使执盖。晋尚书郎辛宾，侍从愍帝，不由的目击心伤，起抱帝腰，大哭失声。实属无谓。不过表明一腔愚忠。聪愤愤道："想汝不望再活，愿随庾珉辈后尘呢。"遂叱左右扯出辛宾，一刀杀死。愍帝吓得乱抖，只因死期未届，尚使退回。会荥阳太守李矩，招降洛阳汉将赵固，使与河内太守郭默，共攻汉境，师次小平津。聪令太子粲出御，固因扬言道："要当生缚刘粲，赎还天子。"粲即使人奉表道："今司马睿跨据江东，赵固李矩，同逆相济，皆以故主为口实，须亟杀子业，示绝民望，彼矩固等无词可借，士卒必离，不战自溃了。"聪乃害死愍帝，时年才一十八岁。小子有诗叹道：

一君陷死几何年，又听平阳惨报传。
执盖洗樽犹遇害，可怜天地两腥膻。

愍帝遇害，赵固郭默等众，又被粲发兵击退。那时晋室统绪，当然要属诸晋王睿了。欲知底细，请看下回便知。

两都陷没，晋室垂尽，所留遗者，唯南阳琅琊二王，同居征镇，欲求继绝，舍二王其谁与归？但南阳王保，局处秦州，琅琊王睿，雄踞江左，两者相较，固应属睿而不属保。即以才行言之，睿亦似稍胜一筹。刘琨等之联名劝进，谁曰不宜？惜乎睿有继承之势，而无匡复之心，怀愍穷蹙，不闻出援，至长安失守，移檄北征，亦不过徒有虚名，未见实事，此作者之所以不能无讥也。下半回叙愍帝被弑事，夹入汉太弟乂之死谗，原为销纳之笔，但西晋于此告终，汉亦由是大乱，骨肉相残，必至覆祀，无古今中外一也，观于此而知作者之垂戒深矣。

第三十一回　晋王睿称尊嗣统　汉主聪见鬼亡身

却说愍帝凶闻，传至建康，晋王睿斩衰居庐，百官请上尊号，睿尚不许，前会稽内史纪瞻，上书申请，大略说是：

陛下性与天道，犹复役机神于史籍，观古人之成败，今世事举目可知，不为难见。二帝失御，宗庙虚废，神器去晋，于今二载。梓宫未殡，神人无主。陛下膺箓受图，特天所授，使六合革面，遐荒来庭，宗庙既建，神主复安，亿兆向风，殊俗毕至。若列宿之绾北极，百川之归巨海，而犹欲守匹夫之谦，非所以阐七庙，隆中兴也。但国贼宜诛，当以此屈已谢天下耳。而欲逆天时，违人事，失地利，三者一去，虽复倾匡于将来，岂得救祖宗之危急哉？适时之宜万端，其可纲维大业者，唯理与当。晋祚屯否，理尽于今，促之则得，可以隆中兴之祚，纵之则失，所以资奸寇之权，此所谓理也。陛下身当厄运，纂承帝绪，顾望宗室，谁复与让？当承大位，此所谓当也。四祖廓开宇宙，大业如此，今五都燔爇，宗庙无主，刘石窃弄神器于西北，陛下方欲高让于东南，此所谓揖让而救火也。臣等区区，尚所不许，况大人与天地合德，日月并明，而可以失机后时哉？机不可失，时不再来，幸陛下垂察！

瞻一面上书，一面已安排御座，召集百官，力劝晋王睿登位。睿尚徘徊不进，至瞻等拥他升殿，还令殿中将军韩绩，撤去御座。瞻厉声叱绩道：“帝座上应列星，谁敢妄撤？妄撤即斩！”睿也为动容。瞻即请睿下即位令，慰副民望。睿乃允诺，当有草令官缮就文辞，颁发朝堂，令云：

孤以不德，当厄运之极，臣节未立，匡救未举，夙夜所以忘寝食也。今宗庙废绝，亿兆无系，群官庶尹，咸勉之以大政，亦何敢辞？谨从众请，即日履新，特此令知！

令文甫下，忽由奉朝请周嵩，递入一笺，乃是谏阻登基，与众不同。略言：“古时帝王，义全后取，让成后受，故能享世长久，万载重光。今梓宫未返，旧京未清，何不训卒励兵，先雪大耻？待至功德具隆，自然天与人归！”云云。这一张笺文，映入睿目，不由的心下一惊，默忖多时，才把原笺递示百官，又说出几句谦逊的话头。曲折写来，心术已昭然如揭。纪瞻等顿时大哗，统言周嵩无知，应从贬斥。右将军王导进言道：“诸公不必哗噪，殿下亦不必过谦。圣如孔子，犹言从众，一二人异议，何足介怀，请殿下易衣登座，君临万民，然后四海有主，方好一意讨虏了。”睿闻导言，始决意践阼，复入内改着法服，衮冕出郊，祭告天地，还朝即皇帝位，受百官谒贺。百官依次俯伏，三呼已毕，睿命导并升御床。导固辞道：“若太阳下同万物，苍生何从仰照呢？”睿乃罢议，因即下诏道：

昔我高祖宣皇帝，诞应期运。廓开王基，景文皇帝。奕世重光，缉熙诸夏，爰暨世祖，应天顺时，受兹明命，功格天地，仁济宇宙。昊天不融，降此鞠凶。怀帝短世，越去王都，天祸荐臻，大行皇帝崩殂，社稷无奉，肆群后三司六事之人，畴谘庶尹，至于华戎，致辑大命于朕躬。予一人畏天之威。用弗敢违，遂登坛南岳，受终文祖。燔柴颁瑞，告类上帝。唯朕寡德，缵我弘绪，若涉大川，罔知攸济，唯尔股肱爪牙之佐，文武熊罴之臣，用能弼宁晋室，辅予一人。思与万国，共同休庆。钦哉唯命！

看官记着！睿是江东开国的第一个主子，历史上称为东晋，又因他后来庙号，叫作元皇帝，所以沿称元帝。先是江左有童谣云：“五马浮渡江，一马化为龙。”时人都莫名其妙。至永嘉年间，睿与西阳王羕，注见前文。汝南王祐，亮长孙。南顿王宗，羕弟。彭城王释，宣帝弟，东武城侯馗曾孙。相继渡江，睿独得为帝，童谣始验。但穷究底细，实是牛代马后，小子于前文中，已经叙过，想看官应早接洽呢。话休絮烦。

且说元帝睿既已即位，颁诏大赦，复改建武二年为太兴元年，立王太子绍为皇太子。绍幼年聪颖，素得父宠，数岁时，坐置膝下。适长安使至，元帝问绍道：“汝谓日与长安，孰近孰远？”绍答道：“长安近，不闻人从日边来。”次日，元帝款待来使，并宴及群僚，又召绍出问道：“究竟长安近呢，还是日近呢？”绍却答言日近。元帝失色道：“汝曾言长安近，为何今日异词？”绍又答道：“举目见日，不见长安，所以说是日近。”元帝益觉惊异，群僚当然推为奇童。及长，颇知仁孝，喜属文辞，又善武艺，好贤礼士，虚心纳谏，与庾亮温峤等，为布衣交。亮风格峻整，善谈老庄，仍不脱竹林窠臼。元帝称亮有清才，因纳亮妹为绍妇，绍为太子，庾氏当然为太子妃，亮亦得侍讲东宫。元帝尝以韩非书赐太子，亮进谏道：“申韩刻薄伤化，不足取法。”太子绍深纳亮言，故不尚烦苛，专主宽简，中外目为贤储君。

绍弟琅琊王裒，曾奉父命，带领锐卒三万，往助豫州刺史祖逖，北讨石勒。逖自击楫渡江，进至谯城，见二十六回。流人张平樊雅，曾聚众谯郡，自称坞主。逖使参军殷乂，往招平雅，乂意甚轻平，谓平屋只可作厩，又见大镬，谓可置铁器。平夸言是帝王镬，待天下清平，大有用处。乂冷笑道：“头且不保，尚爱这镬么？”平勃然怒起，拔剑斩乂。乂真不知世务，徒自取死。遂督众固守。逖往攻不克，以重利啗平将谢浮，使杀张平。浮将平刺死，携首献逖。唯樊雅尚据住谯城，未肯降服，逖更使人说降，谯城乃下。石勒遣从子虎围谯，适南中郎将王含，使参军桓宣往援，虎乃退去，逖表宣为谯国内史。至琅琊王裒驰至，谯城已经解围，裒还建康，数月病殁。裒有弟冲，封东海王，使继故太傅越宗祀，尊越妃裴氏为太妃。见二十三回。冲弟晞，亦封武陵王，加王导骠骑大将军，开府仪同三司，仍进王敦为江州牧，迁刁协为尚书令，荀崧为尚书左仆射，其余内外文武各官，俱增位二等。唯出周嵩为新安太守，阴示薄惩。

忽由河北传到骇闻，乃是前并州都督刘琨，竟被幽州刺史段匹磾杀死。

看官阅过前文，应知匹䃅与琨，约为兄弟，申以婚姻，同盟讨汉，齐心事晋，为什么凶终隙末，反致害琨呢？原来元帝即位，曾命琨为太尉，仍广武侯，匹䃅为渤海公。会匹䃅因兄死奔丧，琨遣嫡子群送往，偏匹䃅从弟末杯，私通石勒，率众袭击匹䃅，末杯得贿事见前回。匹䃅走脱，刘群为末杯所执，厚礼相待，许琨为幽州刺史，诱群同攻匹䃅。群不得已允了末杯，作书遗父，请为内应。偏匹䃅回蓟，防备末杯，屡遣探骑侦察，凑巧末杯使人，被他拘住，搜得群书，献与匹䃅。匹䃅即将原书示琨，琨大为惊异。匹䃅道："我知公无他意，所以白公。"琨答道："与王同盟，志匡王室，仰仗威力期雪国耻。若儿书密达，乃是末杯为反间计，离我二人，我终不私爱一子，负公忘义呢。"匹䃅也一笑而罢。琨本别屯故征北府小城，此次由匹䃅召来，彼此证明心迹，情好如初。琨即欲还屯，匹䃅弟叔军白兄道："我等俱系胡人，向为晋所轻视，今不过畏我兵众，所以甘心俯就，若我骨肉构祸，示以间隙，适使彼得图我，倘有人奉琨发难，我族将从此无遗了。"匹䃅因留琨不遣。琨庶长子遵，留居征北府小城，闻琨被拘，遂与琨左长史杨桥，并州治中如绥，闭门自守。匹䃅使人慰谕，遵等不从。经匹䃅发兵围攻，相持兼旬，小城中粮尽食空，守将龙季猛，暗降匹䃅，斩桥绥，执刘遵，开城纳匹䃅兵。遵与群俱皆失计，徒致害死乃父。琨迭闻变故，自知难免，索性将生死置诸度外，毫不慌忙，唯尚有一腔忠愤，无处可挥，特吟五言诗一首，寄赠别驾卢谌，诗云：

幄中有悬璧，本自荆山球。维彼太公望，昔是渭滨叟。邓生何感激？千里来相求。白登幸曲逆，曲逆侯陈平。鸿门赖留侯。张良。重耳凭五贤，小白相射钩。能通二霸主，安问党与仇？中夜抚枕叹，想与数子游。吾衰久矣夫！何其不梦周？谁云圣达节？知命故无忧。宣尼悲获麟，西狩泣孔丘，功业未及建，夕阳忽西流。时哉不我与，去矣如云浮。朱实陨劲风，繁英落数秋。狭路倾华盖，骇驷摧双辀。何意百炼刚，化作绕指柔？

诗中寓意，无非借鸿门白登故事，激励卢谌。谌无甚奇略，但用常词酬和，且谓琨措词未合，不应作帝王思想。琨见他不知己意，付诸一叹罢了。

已而代郡太守辟闾嵩，辟闾系复姓。与雁门太守王据，后将军韩据同谋，欲袭匹磾，救出刘琨。不料韩据女为匹磾儿妾，得知三人密计，竟告匹磾。匹磾即诱执王据辟闾嵩，并皆杀死。会江州牧王敦，寄书匹磾，嗾使杀琨。不知他所挟何仇？莫非因忠奸不同，故有此举？匹磾亦虑众为变，托称建康有诏，处琨死刑。琨闻敦使到来，顾语子侄道："处仲敦字处仲。使来，不闻见告，这明明是诱杀我呢。死生有命，但恨仇耻未雪，愧与君亲相见地下呢。"因呜咽流涕。俄顷，即有吏趋入，伪传诏命，逼琨自缢。琨子侄四人，亦俱被害。卢谌等率琨遗众，走依末柸，奉琨子群为主，暂依末柸部下。末柸匹磾，益寻仇不已，晋人尤不服匹磾，相率离散，匹磾亦转盛为衰。

元帝闻匹磾杀琨，尚畏匹磾势焰，不敢指斥，且未尝为琨举哀。琨右司马温峤，表称琨尽忠帝室，应加褒恤。元帝不报，但除琨为散骑侍郎。峤既悲琨死，又闻母亡，因固辞职位，苦请北归。有诏不许，且责峤道："今寇逆未枭，诸军奉迎梓宫，尚不得进，峤怎得专顾私难，任官不拜呢？"峤不得已受命。

会凉州刺史西平公张寔，遣牙门将蔡忠，通问建康，书中尚用建兴年号，不称太兴。当时东西悬隔，元帝即位的诏书，尚未颁到，所以犹仍旧号，且遣忠东行，亦非无因。南阳王都尉陈安，举兵叛保，入逼上邽。保向凉州告急，寔发步骑二万人往援，安始退去。凉州兵还镇，谓保欲自称尊号，破羌都尉张诜，因向寔献议道："南阳王不思国耻，遽欲称尊，将来必不能成功。晋王近亲，且有名德，公当为天下首倡，奉戴江东。"寔依诜言，乃使忠诣建康。及忠自建康西归，寔亦已知元帝即位，并由忠代赍诏书，虽语多慰勉，寔含有专制的意义。寔也未免怀嫌，阳若奉晋，阴实离晋，嗣是凉州亦别为一国了。即十六国中之一。

当时尚有南安赤亭水名。羌人姚弋仲，为后汉时西羌校尉迁那子，怀帝末年，因见中国大乱，得由赤亭东徙榆眉，华夷人民，襁负相随，共有数万。弋仲遂自称扶风公。为后秦开国张本。洛阳氐酋杨茂搜，见前文。有子难敌，袭踞梁州，刺史张光愤死，光子迈战殁，嗣由州人张咸，纠众逐去难敌，举州附成。成主李雄，得管领梁益二州，难敌回至略阳，适茂搜病死，便嗣立为氐王，这也是一路杂胡。代王普根，戡定国难。不久即死，国人立猗卢从子郁律为主。郁律好武，击走铁弗部酋刘虎，收降虎众，又西取乌孙故地，东并勿吉诸部，士马精强，复得雄长北方。还有慕容廆庶兄吐谷浑，吐谷，读若突欲。与廆分部自治。会二部马斗，廆遣人诮浑，浑即率众西徙，后复度陇而下，据洮水西，拓地至白兰，羌别种。地方数千里。鲜卑谓兄为阿干，廆追怀兄浑，为作阿干歌。浑子甚多，相传有六十人，长子吐延嗣位，未几为羌人所杀，子叶延继立。叶延好学尚礼，谓公侯之子，得用王父字为氏，因把吐谷浑三字作为国号，后来享国最长，在五胡十六国外，好算是一个西徼的雄封哩。连述数国，自成一束。

独汉主聪，骄淫荒虐，不修政事，朝廷内外，无复纲纪，佞人日进，货赂公行，后宫赏赐，动至千万。聪次子大将军敷，屡次泣谏，聪大怒道："尔欲乃公速死么？朝朝暮暮，生来哭人。"敷积忧病死。河东大蝗，犬豕相交，东宫四门，无故自坏，内史女人，化为丈夫，灾异不绝，聪毫不戒惧。已而聪所居螽斯百则堂，猝遭火灾，焚死聪子孙二十余人，聪自投床下，哀塞气绝，良久乃苏。但事过又忘，淫昏如故。中常侍王沈，有一养女，年方十四，娇小玲珑，为聪所爱，拟立为左皇后。尚书令王鉴，中书监崔懿之，中书令曹恂等，上书谏阻，略云：

> 臣闻皇者之立后也，将以上配乾坤之性，象二仪敷育之义，生承宗庙，母临天下，亡配后土，执馈皇姑，必择世德名宗，幽娴令淑，乃副四海之望，称神祇之心。是故周文造周，姒氏以兴，关雎之化洽，则百世之祚永。孝成汉成帝。任心纵欲，以婢为后，使皇统亡绝，社稷沦倾。有周之隆，既如彼矣，大汉之祸，又如此矣。从麟嘉以来，乱淫于色，纵沈之女弟，刑余小丑，犹不可侍琼寝，污清庙，况其家婢耶？六宫妃嫔，皆公子公孙，奈何一旦以婢主之。何异象榱玉箦，而对腐木朽槛哉？臣恐无福于国家，反有害于宫寝也。明知冒渎，不敢不陈，谨昧死上闻！

聪览毕大怒，即令中常侍宣怀，传语太子粲道："鉴等小子，慢侮国家，狂言嫚语，无复君臣上下礼节，速即加刑。"粲一奉命，便饬兵吏收捕鉴等，牵往市曹。金紫光禄大夫王延，驰至殿门，意欲入谏，王沈密嘱司阍，不许入内。沈却自赴市曹监刑，用杖叩鉴等道："庸奴！庸奴！尚能逞刁么？乃公养女为后，干汝甚事？”鉴瞋目叱沈道：“竖子！以竖子对庸奴，恰是绝对。使皇汉灭亡，即由汝等鼠辈，与靳准一人。我死后，当诣先帝前诉汝，活捉汝等至地下。”懿之亦厉声道：“靳准枭声獍形，必为国患，汝等为国蠹贼，党同枭獍，今日食人，他日人亦食汝，看汝能活到几时？”沈且怒且惭，立使刑吏加刃，刀光起处，首皆落地，时人都为呼冤。

中常侍宣怀，也觅得一个丽姝，作为养女，献入汉宫。聪多多益善，一视同仁，复立她为中皇后。这八九个年少娇娃，轮流供御，再加后庭粉黛，不下千百，任令聪随意选召，日夕淫嬲，就使铜头铁骨，也为所熔，何况是血肉身躯呢？聪渐觉不支，奄卧光极殿寝室中，常闻鬼哭，更迁至建始殿中，鬼哭如故。聪少子东平王约，已经夭逝，一日，聪适昼寝，并未睡熟，蓦见帐外有一人影，举目审视，不是别人，正是东平王约，禁不住大声呼异，声浪一传，那人影复杳然不见。这是聪淫欲过度，目光昏乱，并非真正见鬼。聪越加惊疑，便召太子粲入室，握手叮咛道：“我寝疾缠绵，见闻多怪，今又见约来此，想是我命该终，此儿特来迎我呢。人死果有神灵，我亦何必怕死。但现今世难未平，汝不必拘守谅阇古制，朝死夕殓，旬日出葬便了。”何劳汝嘱，他已情愿汝速死了。粲含糊答应。聪又命粲颁发诏令，征刘曜为丞相，石勒为大将军，并录尚书事，夹辅朝政，二人皆奉表固辞。粲复入白，聪乃改令刘景为太宰，刘骥为大司马，刘颉为太师，朱纪为太傅，呼延晏为太保，并录尚书事。范隆守尚书令，仪同三司，靳准为大司空，领司隶校尉，皆迭决尚书奏事。过了数日，聪病加剧，满身呼痛，等到气竭声嘶，两目一翻，呜呼死了。共计在位九年，太子粲嗣为汉主，依聪遗命，旬日即葬，追谥聪为昭武皇帝，庙号烈宗。小子有诗叹道：

> 九载淫荒恶贯盈，到头一死国随倾。
> 及身幸免儿孙受，莫向苍天怨不平。

粲既嗣位，恣行无道，比乃父还要荒淫，欲知详情，试看下回续叙。

纪瞻周嵩，一劝晋王睿称尊，一阻晋王睿即位，劝睿者以继统为正，阻睿者以雪耻为先，固皆持之有故，言之成理者也。但观睿之无志北征，则知纪瞻之请，实自揣摩迎合而来，不若周嵩之义正词严，较为直谅耳。睿一即位，使王导并坐御床，夫自古无君，臣共坐之理，睿喜极忘怀，故有此语，然则睿之情亦大可见矣。若汉主刘聪，荒淫不道，天变人异，不足以儆其心，甚至刑余养女，俱册为后，古人谓并后匹嫡，足为乱本，如聪之所为，正不特并后匹嫡已也。乃在位九年，竟获考终，阅者几疑恶报之未彰，不知报愈迟者祸愈烈，试观下回靳准之乱，掘墓毁庙，尽屠刘氏，乃知聪之恶为最甚，而报之惨亦蔑以加矣。

第三十二回　诛逆登基羊后专宠
乘衅独立石勒称王

却说刘粲为刘聪长子，少时却也聪隽，具文武才。自得为宰相后，威福自专，远忠贤，近奸佞，任情严刻，拒谏饰非；好兴宫室，罗列妾媵，相国府仿佛紫宫。及继承大位，毫无戚容。聪后靳月华，得尊为皇太后，樊氏号弘道皇后，宣氏号弘德皇后，王氏号弘孝皇后，这四后俱在妙年，未满二十，面庞儿均皆齐整，模样儿又皆轻狂，此次刘聪已死，眼见得四位嫠妇，不耐守孀，好在嗣主粲能体心贴意，善代父劳，一身周旋四后，夜以继日，挨次烝淫，妇人家水性杨花，乐得屈尊就卑，共图欢乐。聪只烝一单后。粲能烝及四人，确是跨灶。但粲已有妻孥，未免多嘴，粲乃立妻靳氏为皇后，想又是靳准家儿。子元公为太子，大赦境内，改年汉昌。

司空靳准，阴蓄异志，潜入白粲道："臣闻诸公欲行伊霍故事，将先杀太保，次杀臣身，另推大司马统摄万几。陛下若不先图，臣恐祸机不远，便在旦夕间了。"粲矍然道："恐无此事，休得相疑！"准怏怏退出，恐粲转告诸刘，反致杀身，乃急商诸太后皇后，教她们乘间进谗。二后俱系靳家儿女，当然唯命是从，趁着粲入宫行乐，便说诸刘如何设谋，如何废主，虽是无端捏造，一经莺簧百啭，竟觉得语语似真。靳月华尤善逞刁，对着粲前，呜咽与语道："宗臣等密谋废立，无非为嗣君烝淫而起，嗣君欲脱免此祸，幸勿再至妾宫，妾愿与陛下生别，冀得少安。"看官试想！粲与靳月华，已似胶漆相投，融成一片，哪里还分拆得开？经此一激，遂不管它是真是假，是好是歹，便毅然下令，收逮太宰上洛王刘景，太师昌国公刘顗，大司马济南王刘骥，大司徒齐王刘劢等，一古脑儿斩首。骥弟车骑大将军吴王刘逞，亦连坐被诛，唯太傅朱纪，太保呼延晏，太尉兼尚书令范隆，出奔长安。

粲又大阅上林，谋讨石勒，命丞相刘曜为相国，都督中外诸军事，贸镇长安。授靳准为大将军，录尚书事。准暗嘱内侍，令劝粲晏处后宫，凡军国重事，尽付大将军裁决。粲正流连四美，倚翠偎红，巴不得有此良臣，代主国事，好使他安心纵乐。哪知准怀着鬼胎，潜谋不轨，乃大权到手，遂矫托粲旨，用从弟靳明为车骑将军，靳康为卫将军，仿佛王衍三窟。所有宫廷宿卫，概归兄弟三人节制，于是决计作乱，戒兵待发。金紫光禄大夫王延，老成硕德，向负时望，准欲引为臂助，遣人与谋。延怎肯从乱？且拟入宫告粲，途次为靳康所劫，送至准处。准把延拘住，当即勒兵入宫。宫中无人阻拦，一任准等闯进，直登光极殿，使人执粲。粲尚在太后宫中，与靳月华饮酒调情，突见甲士驰入，还道是同宗发难，走匿床下。甲士呼道："司空有令，请主上升殿！"粲听了司空两字，不待收捕，便放胆出来，随甲士趋入殿中。哪知靳准竟高升御座，瞋目叱粲，说他种种淫虐，罪在不赦，粲才觉着忙，双膝跪下，叩头乞哀。女婿向岳丈磕头，理所应有，可惜这岳丈不肯容情。准置诸不睬，竟喝令左右，将粲刺死，一面拘拿刘氏眷属，无论男女，不问少长，皆屠戮东市，只留着靳太后靳皇后二人。发掘刘渊刘聪陵墓，枭聪死尸，焚毁刘氏宗庙。准与刘氏无仇，乃残毒至此，是必冥冥之中，另有一种公案。嗣是彻夜鬼哭，声闻百里。唯征北将军刘雅，得出奔西平。

准自号大将军汉天王，称制置百官，召语汉臣胡嵩道："从古无胡人为天子，今将传国玺付汝，汝可送还晋家。"既屠刘氏，却不愿为帝，靳准毋乃太愚。嵩不敢受。准又怒起，立命杀嵩，另派人通使司州。司州尚有晋属地，由河内太守李矩，迁为刺史，闻汉使到来，不知何因。至相见时，来使语矩道："刘渊屠各注见前文。小丑，因大晋内乱，乘隙称兵，矫称天命，至使二帝幽没北廷，现由靳大将军汉天王，为晋复仇，屠灭刘氏，谨率众扶侍梓宫，请代表上闻！"矩乃飞奏元帝，遣太常韩胤等奉迎梓宫。胤尚未至平阳，那刘曜石勒等，已合兵攻准，眼见是战云扰扰，不便进行。准潜居宫禁，超擢私党，诛锄异己，仍将王延释出，令为左光禄大夫。延怒骂道："屠各逆奴，我岂肯为逆臣？快快杀我！且剜我左目置西阳门，右目置建春门，好看相国大将军入都，同诛逆贼哩。”准当然大愤，把延杀死。

相国刘曜，自长安发兵讨逆，大将军石勒，亦率精锐五万人，先驱讨准，据住襄陵北原。准屡拨兵挑战，勒坚壁不动，通书刘曜，愿会师同进。曜行抵赤壁，正与呼延晏朱纪范隆相遇，报明平阳惨状，且言曜母及兄，亦俱遭害。曜不禁大恸，誓报亲仇。呼延晏等遂请曜即尊，谓：“国家不可一日无主，应先加尊号，维系众望。”曜即依议，就在赤壁设坛，行即位礼，大赦境内，唯准一门不在赦例。改元光初，使朱纪领司徒，呼延晏领司空，太尉范隆以下，各仍原职。遣使拜石勒为大司马大将军，加九锡，增封十郡，进爵赵公。勒进攻平阳，收降羌羯人民七万余名，均徙往所部郡县。刘曜亦檄征北将军刘雅，镇北将军刘策，进屯汾阴，作为声援。

靳准闻两路进兵，恐不能敌，乃使侍中卜泰，持了乘舆服御，送往勒营，情愿修和。勒将泰囚送曜营，曜释了泰缚，婉颜与语道：“先帝末年，实乱大伦，司空仿行伊霍故例，使朕得登大位，不特无罪，并且有功；若能早迎大驾，当以政事相委，宁止免死？卿可为朕入城，具宣此意。”泰乃别去，返报靳准。准已害曜母及兄，恐曜未必相容，因沉吟不决。会车骑将军乔泰王腾，卫将军靳康与将军马忠等，刺杀靳准，推靳明为盟主，再使卜泰赍奉传国六玺，献与刘曜。曜欣然语泰道：“使朕得此神玺，建帝王大业，实赖卿力。”因厚待卜奉，嘱令返报，许他归降。

石勒闻卜泰持玺降曜，未尝报勒，遂不禁怒起，增兵攻明。明出战屡败，婴城固守，且遣人向曜求救。曜使刘雅等纳降，靳明率平阳士女万五千人，奔归曜营，不料曜变了面目，俟明入见时，一声呼喝，便把他两手绑住，推出枭斩，且将靳氏全家诛戮，就是靳太后靳皇后等，亦悉数祭刀。唯靳康女，饶有姿容，为曜所羡，拟纳为皇后。女慨然道：“陛下既诛妾父母兄弟，还要留妾何用？况妾家犯了逆案，致受诛夷，古人惩逆锄恶，尚当污宫伐树，难道可容留子女么？”靳家亦有烈女，不得谓部娄之下，必无松柏。说至此，泪容满面，越觉令人生怜。曜怎忍下手，还与她譬喻百端。康女总咬定一个“死”字，始终不肯从曜。曜乃纵令自去，且免康一子，使奉靳氏宗祀。

迎母胡氏丧于平阳，还葬粟邑，谥为宣明皇太后，追尊三代为皇帝，徙都长安，前筑光世殿，后筑紫光殿。立羊氏为皇后，羊氏就是晋惠帝继室，从前五废五复，九死一生，不料尚有这一段外缘，要去做那外国皇帝的正宫。曜尝私问羊氏道："我比司马家儿优劣何如？"羊氏嫣然一笑，复柔声作昵语道："陛下乃开国圣主，怎得与亡国庸夫，互相比论？彼贵为帝王，只有一妻一子及本身三人，尚不能保护，使妻子受辱庶人手中，妾当时已愤不欲生，何意复有今日？妾生长高门，误配庸奴，尝怪世间男子，为什么无丈夫气？及得侍陛下，趋奉巾栉，乃知天下自有丈夫，正不能一概并论呢。"亏她老脸，说得出这种话儿。曜闻言大悦，宠爱有加。羊氏也格外逢迎，床笫承欢，情好百倍。接连生下三子，长名熙，次名袭，幼名阐，并得曜宠。曜前妻卜氏，已有子数人，曜竟舍长立幼，以羊氏长男熙为嗣，册为太子，另封诸子为王。缮宗庙，定社稷，用司空呼延晏议，谓："晋以金德王天下，今宜承晋，取金水相生之义，不必沿汉旧号，可改称为赵。赵出天水，正与水德相符。"于是自称大赵，复以匈奴大单于为太祖，冒顿读若墨特，见《前汉演义》。配天，渊配上帝，牲牡尚黑，旗帜尚玄，颁令大赦。且使侍中郭汜，持节署石勒为太宰，领大将军，进爵赵王。

勒已入平阳，修复渊聪二墓，收瘗刘粲以下百余尸骸，并将浑仪乐器，徙至襄国，一面遣左长史王修，至长安献捷，且贺曜即位。修谒曜称臣，呈上勒表，曜见表文中多恭逊语，很是欣慰，便留修馆宴，待遇甚优。勒有舍人曹平乐，前由勒遣至长安，应对皆如曜意。曜使侍左右，未曾遣归，至是独向曜进言道："大司马遣修到此，外表输诚，内觇强弱，待修一返，报明虚实，彼必将潜兵西来，轻袭乘舆。羯人无信，不可不防！"曜矍然道："卿言甚是，朕几为他所算。"遂发轻骑追还郭汜，且将王修牵出斩首。修随吏刘茂逃归，报明修被杀情形，勒遂回襄国，捕诛平乐家人，夷及三族，追赠修为太常，并下令示众道：

> 孤兄弟之奉刘家，人臣之道过矣。若微孤兄弟，岂能南面称朕哉？根基既立，便欲相图。天不助恶，使假手靳准，孤唯事君之体，当资舜求瞽瞍之义，故复推崇令主，齐好如初。何图长恶不悛，杀奉诚之使，帝王之起，复何常耶？赵王赵常，孤自取之，名号大小，岂其所节耶？此后与刘氏绝好，俾众周知！

自勒下此令后，与曜交恶，遂成仇敌，这便是胡羯分离的张本，也就是刘曜灭亡的祸根了。夷狄原无信义，但曜勒交恶，曲在曜，不在勒。秦州刺史陈安，即晋南阳王保都尉，他本是个反复无常的小人，曾叛保附汉，叛保事，见前回。寻复降成。及刘曜即位，又遣人至曜处奉表，为保复仇。原来保闻愍帝凶耗，便欲称尊，好容易过了一年，竟自称晋王，改元建康，分置官属。保体极肥大，相传重量至八百斤。想非十六两秤。平居嗜睡，暗弱无能。部将张春杨次，触怒被责，因忿怼不平，相谋杀保。陈安尝逼攻上邽，偏此次上表刘曜，自称秦州刺史，托名讨贼。曜权词答复，安即引兵攻杀杨次，张春遁去。当下检出保尸，用天子礼安葬，私谥曰元，因即向曜告捷。曜授安为大将军，使镇上邽。嗣是晋又失去秦州。

还有蓬陂坞主陈川，尝自号宁朔将军，兼陈留太守。晋豫州刺史祖逖，遣人招抚，川愿效指挥。逖攻张平樊雅时，川曾拨部将李头往助，力战有功，得逖优待，赠给骏马。头感叹道："若得此人为主，虽死无恨。"及平诛雅降，均见前回。头仍返蓬陂，不意陈川疑头归逖，将头杀死。头党冯宠，率亲属四百人，投奔逖军。川得报益怒，竟入掠豫州诸郡，大获子女车马，满载而归，行至谷水，突有一彪人马，从斜刺里杀出，截住川众，不许饱扬。川众顾命不遑，乱奔乱窜，还管什么辎重。那时子女车马，仍得重归。看官欲问这支人马的来历，便是由祖逖差来，统将叫做卫策。策既截还所掠，还报祖逖。逖命将子女车马，各归原主，一无所私，百姓大悦。独川恐逖进讨，思借外援，自忖长安太远，未便通使，不如就近依附石勒，或得呼应较灵，乃奉书襄国，乞降求救。石勒即遣从子石虎，率兵五万，往援陈川。可巧祖逖亦引兵来攻，彼此相见，免不得一场大战。逖兵寡失利，退驻梁国。既而勒将桃豹，复率精骑至蓬关，遂与石虎陈川，共击祖逖。逖设伏待着，败虎前驱，虎乃退去，与陈川同还襄国，留桃豹守川故城，即蓬陂坞。当下由虎倡议，请勒自称尊号。勒左长史张敬，右长史张宾，左司马张屈六，右司马程遐，及诸将佐百余人，当然赞成虎议，异口同辞。勒佯不肯允，虎等又复上书道：

臣等闻有非常之度，必有非常之功，有非常之功，必有非常之事。是以三代陵迟，五霸迭兴，静难济时，绩侔睿古。伏维殿下天纵圣哲，诞应符运，鞭挞宇宙，弼成皇业，普天率土，莫不来苏。嘉瑞征祥，日月相继。物望去刘氏，威怀于明公者，十分而九矣。今山川夷静，星辰不孛，夏海重译，天人系仰，诚应升御中坛，即皇帝位，使攀附之徒，蒙尽寸之润，请称大将军大单于领冀州牧赵王，依汉昭烈在蜀，魏王在邺故事，以河内魏郡汲郡顿邱平原清河巨鹿常山中山长乐乐平十一郡。并前赵国广平阳平章武渤海河间上党定襄范阳渔阳武邑燕国乐陵十三郡，合二十四郡户二十九万为赵国，封内依旧，改为内史。准禹贡冀州之境，南至盟津，西达龙门，东至于河，北至塞垣，以大单于镇抚百蛮，罢并朔司三州，通置部司以监之。伏愿钦若昊天，垂副群望，克日即位，翘首俟命！

勒览书后，尚装出许多做作，西向五让，南向四让。越演越丑。僚佐等叩头固请，勒乃允诺，即赵王位，赦境内殊死以下，腾出百姓田租半额，分赐孝悌力田及死义子孙帛各有差。孤老鳏寡，每人谷二石，大酺七日，依春秋列国及汉初侯王故例，每世称元，号为赵王元年。史家称为后赵，示与刘曜有别。勒建社稷，立宗庙，营东西官署，从事中郎裴宪，参军傅畅杜嘏，并领经学祭酒，参军续咸庾景，并领律学祭酒，任播崔浚，并领史学祭酒，中垒将军支雄，游击将军王阳，并领门臣祭酒。禁胡人陵侮华族，遣使循行州郡，劝课农桑，朝会始用天子礼乐。加张宾为大执法，专总朝政，位冠僚首。署石虎为单于元辅，都督禁卫诸军事，加骠骑将军，赐爵中山公。其余群臣，授位进爵有差。又悉召武乡耆旧，均至襄国，与同欢饮，畅叙平生。独旧邻李阳，不敢赴召。阳尝与勒争沤麻池，互致殴伤，所以畏缩不前。勒掀髯道："我方经营天下，岂与匹夫为仇？阳尽管前来，决无他患。"乃又遣乡人召阳，阳只好硬着头皮，随同见勒，伏地谢罪。勒下座扶阳，引臂令起，且与笑语道："孤往日惹卿老拳，卿亦饱孤毒手，事成已往，何足介怀？"因特给巨觥，命他畅饮，并赐阳甲第一区，拜为参军都尉。不念旧恶，原是厚道，唯拜官赐第，毋乃太过。嗣复下令道："武乡是我故里，譬如汉朝的丰沛，百年以后，魂灵仍当归复，应豁除三世赋役，不得苦我乡人。"

会闻桃豹自蓬陂败还，颇以为虑，乃致书与逖，愿同和好。看官阅过上文，已知豹居守蓬陂，逖亦使部将韩潜，率兵掩入蓬陂坞，据住东台，从东门出入。豹守西台，从南门出入，与潜相持至四旬。逖用布囊盛土，伪作米状，使千余人运囊与潜，又别使数人挑米继进。豹见他陆续运粮，发兵出劫，挑米各人，弃担遁去。豹众正苦饥疲，夺得粮米，自然喜欢。独豹以逖粮食充足，不免加忧。逖却令部将冯铁，梭巡汴水，适值勒将刘夜堂，运粮馈豹，冯铁即报知韩潜，会兵截击，逐走夜堂，尽夺军粮。豹闻粮被夺去，料知难守，遂夤夜出走，遁往东燕城。

逖又使韩潜进次封邱，冯铁据有蓬陂，自至雍邱驻节，规划两河，剿抚兼施。石勒所遣各镇戍，不是散走，就是降逖，累得勒无法可施，只好与逖通好，乞求互市。逖得书不报，但默许商人往来，按货课税，收利十倍。勒因逖籍隶范阳，祖父墓皆在故里，特令范阳守吏代为修墓，并置守塚二家。逖乃遣使报谢，贻赠方物。勒厚赏逖使，报逖礼仪，计马百匹，金五十斤。既而逖将童建，擅杀新蔡内史周密，走降石勒。勒斩建首，函送与逖，且寄逖书道："叛臣逃吏，是我深仇，建负将军，胆敢叛亡，我国非逋逃薮。亦与将军同恶，故枭恶以闻。"逖答书称谢，自是勒众来降，逖亦不纳，彼此各禁侵暴，两河南北，少得安息。小子有诗咏道：

> 中流击楫誓澄清，百战河南众丑平。
> 毕竟祖鞭先一著，虏庭也自慑威名。

石勒与逖修和，另图幽冀并三州，欲知他略地情形，待至下回再详。

靳准屠刘氏，刘曜亦屠靳家，天为刘氏之纵恶，而假手靳准，又为靳氏之肆逆，而假手刘曜，然则世人亦何苦纵恶肆逆，而自取灭门之祸哉？靳康有女，尚知守贞，而羊氏曾为中国皇后，乃委身强虏，献媚贡谀，我为中国愧死矣。篇目特标明羊后，嫉之也。石勒之力攻靳明，固未免营私，但如靳氏之敢为大逆，正应声罪行诛，岂可如曜之挟诈欺人，诱其降而复歼之乎？故略情原迹，勒尚不失为正，而曜则行同鬼蜮，未足服人，至杀靳使，而其理尤曲矣，宜乎勒之背曜独立也。

第三十三回　段匹磾受擒失河朔　王处仲抗表叛江南

却说幽州刺史段匹磾，害死刘琨，因致舆情不服，多半叛离。见三十一回。末杯复屡攻匹磾，匹磾不能支持，拟北奔乐陵，往依冀州刺史邵续，行至盐山，忽被一大队人马截住，统将叫作石越，乃是石勒麾下的前锋。匹磾不敢恋战，引众急退，已被石越掩杀一阵，零零落落，走保蓟城，已而石勒复遣部将孔苌，攻陷幽州诸郡，势将及蓟。匹磾大惧，又弃城出奔，拟往上谷。偏偏代王郁律，发兵扼阻，不令前进。匹磾恐代兵追来，慌忙窜去。途次又被末杯邀击，连妻子都不及顾，但与弟文鸯等，走依邵续。续顾念旧情，留住匹磾。匹磾前曾救续，事见二十七回。匹磾凄然语续道："我本夷人，因慕义破家，君若不忘旧好，乞与我同讨末杯，感惠无穷。"匹磾如果知义，何致枉杀刘琨。续慨然许诺，即督领部曲，与匹磾同击末杯，斩获甚众，末杯仓皇遁去。末杯弟占据蓟城，匹磾与弟文鸯，复移兵往攻。

唯邵续还屯乐陵，石勒从子石虎，与别将孔苌，伺续空虚，竟来攻续，突至城下，大掠居民。续麾兵出救，虎诈败佯输，诱续远追，暗中却令孔苌，带着精骑，绕出续背，前后夹攻。续中箭落马，为虎所擒，缚至城下，胁令招降守兵。续呼兄子笠等，慷慨与语道："我志欲报国，不幸至此，汝等但努力守城，奉匹磾为主，勿生贰心。"语毕自退。虎将续解往襄国，勒使人责续道："汝前既归我，后复叛我，国有常刑，汝甘受否？"续答说道："续为晋臣，宜尽臣节，本无贰心。前次委命纳贽，无非为保全乡宗起见，大王不察愚衷，诛及续子，使续不得早叩天门，是大王负续，非续负大王。大王如欲杀续，续自甘就死，尚有何言？”勒闻续言，顾语张宾道：“续言忠挚，孤且增惭，右侯可为孤招待便了。”宾奉勒命，延续入馆，厚加慰抚。寻复令续为从事中郎。续不愿事勒，亲自灌园鬻菜，作衣食资，勒称为高士，临朝时辄加叹赏，激励百僚。

唯续被擒后，匹磾得报，急与文鸯还救乐陵，中途为石虎所遮，兵皆骇散。亏得文鸯多力，带领数百亲兵，保住匹磾，血战入城，与续子缉，及续从子存笠等，乘陴拒守。石虎孔苌，屡攻不克，苌恃强无备，反为文鸯所袭，大败一阵，退军十里。虎亦却走。既而虎与苌，又复进攻，相持兼旬，城内粮食垂尽，城外亦被掠一空。文鸯请诸匹磾，愿决一死战，匹磾不许。文鸯毅然道：“我以勇力著名，故为民所倚望，今不能救民，已失民心，况粮竭无援，守亦死，战亦死，同是一死，何如一战，倒还好杀死几个胡虏。”说毕，径率壮士数十骑出战。石虎见文鸯出来，麾兵围绕，至数十匝。文鸯手执长槊，左挑右拨，十荡九决，戳毙虎兵无数，人尚未困，马却已乏，乃伏鞍少憩。虎高呼道：“兄与我俱出夷狄，久欲与兄同为一家，今天不违愿，复得相见，何必苦战，请释仗共叙。”文鸯骂道：“汝为寇贼，早该致死，天不祚我，使我骨肉相戕，令汝犹得称雄，我宁斗死，不为汝屈。”说着，下马再战，槊忽折断，拔刀冲突，自辰至申，腹枵力尽，然后被执。城上守兵，当然夺气。文鸯原是勇士，惜乎徒勇无谋。先是邵续被围，报至建康，吏部郎刘胤，曾奏闻元帝道：“北方藩镇，只一邵续，倘复为石虎所灭，何以对忠臣义士？请亟发兵往救，免致沉沦。”元帝不能用。至续已陷没，乃令王英持节北行，令续子缉承袭父职。英到了乐陵，坐居围城，不能南归。匹磾欲与英突围，同赴建康，偏邵续弟洎，曾为乐安内史，不许匹磾出城，且欲执英送虎。匹磾正色道：“卿不遵兄志，逼我不得归朝，已经无礼，且并欲执天子使，送交寇虏，我虽夷人，却未闻有这般横逆哩。”洎竟迫令缉笠等，舆榇出降。石虎入城见匹磾，尚拱手行礼。匹磾道：“我受晋恩，志在灭汝，不幸我国自乱，竟致如此，既不能死，也不能为汝加敬呢。”虎竟拥匹磾出城，令与文鸯等同往襄国。勒授匹磾为冠军将军，文鸯为左中郎将，散诸流民三万余户，各复本业，分置守宰，按地抚治。于是幽冀并三州，俱入后赵。匹磾留居襄国，犹常着晋朝服，持晋旌节，一住年余。旧部又密谋规复，仍推匹磾为主，不幸事泄，为勒所杀。文鸯邵续，亦被鸩死。了过段匹磾等。唯末柸尚存，臣事后赵，奄然不振，后文自有表见，暂且搁下。

且说晋江州牧王敦，扼守长江，权倾中外，但虑杜曾难制，特嘱梁州刺史周访，叫他努力擒曾，且预把荆州刺史一职，作为酬劳。上有元帝，敦怎得私约酬庸？可见敦已目无君上。先是杜曾出没汉沔，纠合郑攀马俊，屡与荆州刺史王廙为难，小子于前文二十九回中，曾已叙明。嗣由武昌太守赵彦，襄阳太守朱轨，合兵救廙，杀败郑攀马俊等军，攀等惶恐乞降。杜曾亦请击第五猗以自赎，廙因杜曾服罪，乃自江安赴荆州，留长史刘浚屯戍扬口，竟陵内史朱伺白廙道："曾乃猾贼，佯示屈服，诱公西行，待公启程，他定来袭扬口了。"廙不信伺言，便即就道。途次，接得刘浚急报，曾等果入袭扬口，慌忙遣伺还援，扬口已经被围。伺力战受伤，浮水得免。曾遣人招伺，伺拒绝道："我年逾六十，不能再从君作贼了。"乃还就王廙，病殁甑山。杜曾已陷入扬口，复击退朱轨各军，径趋沔口。轨等再战败死，曾势大振。幸周访屯兵沌阳，出奇制胜，大败曾兵。曾还走武当，汉沔复平。

访本为豫章太守，至是始迁南中郎将，领梁州刺史，进屯襄阳。访慨语将佐道："春秋时晋楚交兵，城濮一战，楚已败退，晋文谓得臣未死，尚有忧色。今不斩曾，祸难未已，我当与诸君再接再厉，誓诛此贼。"于是整缮兵马，再拟进击。可巧王敦以荆州相属，乐得公私两济，鼓勇直前。曾在武当，未及预备，被访领兵突至，踊跃登城，曾众溃散。独曾狼狈出走，距城约数十里，由访部将苏温，引兵追来。曾欲逃无路，欲战无兵，只好束手就擒，牵入访营。访历数曾罪，腰斩以徇，复移军转攻第五猗。猗闻曾败没，已吓得魂胆飞扬，哪里还敢对敌？东逃西窜，结果是仍入罗网，为访所获。适王敦移镇武昌，访即将猗解往，且作书白敦，谓："猗本中朝所署，为曾所逼，应特加宽宥，不可加诛。"敦方欲杀人示威，怎肯听信周访？待猗解至，即升座叱责，置诸重辟。

时王廙已早莅荆州，滥杀陶侃将佐，士民交怨。元帝颇有所闻，征廙为散骑常侍，令访代任荆州刺史。敦以前时曾与访约，至此得朝廷委任，正好践言，倒也没有异议。偏从事郭舒语敦道："荆州虽遇寇难，现状荒敝，但究系用武要区，不可轻易假人，公宜自领为是。访既刺梁州，已足报功，倘再移荆州，恐尾大不掉，转为公忧。"敦听了舒言，竟易初志，便表达元帝，请留访仍任梁州，愿自领荆州刺史。虽由郭舒进谗所致，但主权总在王敦，敦怀私失信，咎将安辞。元帝不好驳议，只得加敦荆州牧，命访留任，但使为安南将军。访平素谦逊，不自矜功，此次也不禁动怒，贻书诋敦，敦裁笺作答，强为慰解，并馈访玉环玉碗，申明厚意。访将环碗掷地，顾叱敦使道："我非贾竖，不爱珍宝，怎得把此物欺我哩？"敦使自去。访务农训卒，秣马厉兵，本意欲宣力中原，规复河洛。自与敦有隙，隐料敦有异志，遂壹意防敦。守宰有缺，即择心腹补任，然后奏闻。敦虽然加忌，但惮访勇略，未敢逞威。无如访已垂老，天不假年，平曾后仅阅一载，竟致病逝。访系南安人氏，与陶侃素相友善，且结为儿女姻亲。庐江人陈训，有相人术，当访与侃卑贱时，尝语二人道："二君皆位至方岳，功名亦大略相同。但陶得上寿，周得下寿，寿有长短，事业不能不少异了。"及访病殁梁州任所，年六十一，尚小侃一岁。两人俱为刺史，适如训言。有诏赠访为征西将军，赐谥曰壮，另调湘州刺史甘卓继任，兼督沔北诸军事，仍镇襄阳。

卓未到时，王敦已遣从事中郎郭舒，监襄阳军。至卓已莅镇，敦乃召还郭舒，元帝征舒为右丞，敦留舒不遣，自是元帝亦未免疑敦，另引刁协刘隗为腹心，裁抑王氏权势。就是佐命元勋王茂弘，即导表字，见前。亦渐被疏远。中书郎孔愉，谓："王导忠贤，且有勋望，仍宜委任如初。"元帝竟出愉为司徒左长史。王导尚随势浮沉，没甚介意，独王敦愤愤不平，上疏陈请道：

臣从弟王导，昔蒙殊宠，委以事机，虚己求贤，竭诚奉国，遂借恩私，居辅政之重。帝王体远，事义不同，虽皇极初建，道教方阐，维新之美，犹有所阙。臣每慷慨于遐远，愧愤于门宗，是以前后表疏，何尝不寄言及此。陛下未能少垂顾眄，畅臣微怀。顷导见疏外，导诚不能自量，陛下亦未免忘情。天下事大，尽理实难，导虽凡近，未有秽浊之累，既往之勋，畴昔之顾，情好绸缪，足以激厉薄俗，明君臣合德之义。昔臣亲受嘉命云："吾与卿及茂弘，当管鲍之交。"臣忝外任，渐冉十载，训诱之诲，日有所忘，至于斯命，铭之于心。窃犹眷眷，谓前恩不得一朝而尽。伏维陛下，圣哲日新，广延俊乂，临之以政，齐之以礼。顷者令导内综机密，出录尚书，杖节京都，并统六军。既为刺史，兼居重号，殊非人臣之礼。流俗好凭，必有讥谤，宜省录尚书杖节及都督。且王佐之器，当得宏达远识，高正明断，道德优备者为之。以臣暗识，未见其才。如导辅翼积年，实尽心力。自来霸王之主，何尝不任贤使能，共相终始。管仲有三归反坫之讥，子犯有临河要君之责，萧何周勃，得罪囹圄，然终为良佐。以导之才，何能无失？当令任不过分，役其所长，以功补过。若圣恩不终，则遐迩失望，天下荒弊，人心易动；物听一移，将致疑惑。臣非敢苟私亲亲，唯欲效忠于社稷耳。事阙补衮，不尽欲言。

这篇奏疏，明明是心怀怨望，挟制朝廷。使人到了建康，先至导第，取疏出示。导摇手道："此疏不便上闻，烦汝持还便了。"因将原疏封固，交与来使，缴还王敦。敦不甘罢休，仍遣人直接奏陈。元帝览到此疏，也觉介意，夜召谯王承入宫，出疏与阅，且语承道："朕待敦不为不厚，今敦要求不已，语多忿激，究宜如何处置？"承答道："陛下不早为抑损，致有今日，若再加姑息，祸患不远了。"元帝亦不免叹悔。越日，复召刘隗入商，隗请速简重臣，出镇方面，以备非常。元帝点首，适王敦表荐宣城内史沈充，代甘卓为湘州刺史，元帝不从，复召语谯王承道："王敦奸逆已著，视朕如惠皇帝，朕若不图，必蹈覆辙。湘州地居上游，形势冲要，怎得再用王敦私人，同恶相济？看来只好烦劳叔父，为朕一行。"承答说道："臣仰承诏命，唯力是视，何敢辞劳？但湘州甫遭寇乱，人物凋敝，若奉命莅镇，必及三年，方可从戎。否则时日迫促，教养两难，虽粉身亦恐无益呢。"却有先见之明。元帝竟颁下诏书，令承为湘州刺史。

承系谯王逊次子，即宣帝弟城阳亭侯进庶孙，兄随已殁，承得袭父爵，秉性忠厚，为元帝所亲信。此次出刺湘州，陛辞就道，行至武昌。撤去戎备，坦然见敦。敦不得不设宴相待，席间用言讽承道："大王系雅素佳士，恐未足为将帅才。"承知他有意诮己，便应声道："铅刀虽钝，或堪一割，公亦休得轻人。"敦付诸一笑。及宴毕散席，敦入语参军钱凤道："彼不知畏惧，漫学壮语，显见是虚娇无术，有什么能为呢？"遂听令赴镇。

阅年为太兴四年，春季天变，日中有黑子，夏仲地震，终南山忽崩，时人目为不祥。元帝益恐王敦为乱，更命尚书仆射戴渊，为征西将军，出督司兖豫并雍冀六州军事，领司州刺史，镇守合肥。丹阳尹刘隗，为镇北将军，出督青徐幽平四州军事，领青州刺史，镇守淮阴。两人皆假节领兵，名为讨胡，实隐为防敦起见。且迁王导为司空，录尚书事，外尊内疏，一切机事，多不与议，但遥与刘隗密通敕奏，决定施行。隗实一庸才，元帝亦太误信。敦探悉刘隗专政，即寄书与隗，略言："足下近得圣眷，朝野共知，现今北虏未灭，中原鼎沸，敦欲与足下等，戮力王室，共静海内，事若有成，帝祚永隆，否则从此无望了。"隗复书道："鱼相忘于江湖，人相忘于道术，竭股肱之力，济以忠贞，便是区区素志，愿与公各勉将来。"敦得复书，见他言外寓意，更加忿恨。复表陈："古今忠臣，见疑君上，俱由幸臣交构所致。"这明明是指斥刘隗。元帝益生疑忌，但因筹备未固，暂加敦羽葆鼓吹，借示羁縻。

敦视刘隗刁协等人，均非己敌，唯豫州刺史祖逖，颇为所惮。逖已肃清河南，荡平群丑，方拟规划河北，逐渐进取，偏朝廷简派戴渊，来统豫州。逖因渊徒有虚名，不足共事，心甚怏怏。且闻王敦与刁刘构隙，将致内乱，眼见是国家多难，势不能恢复中原，于是感愤成疾，日重一日。临危时，尚营缮虎牢，命诸将筑垒，工未告竣，魂已长辞。当时豫州分野，发现妖星，术士戴洋，谓祖豫州九月当死，历阳人陈训，亦谓西北当折一大将，就是逖亦知自应星象，抱病长叹道："我志平河北，乃天不佑国，偏欲杀我，我死尚有何望呢？"长使英雄泪满襟。已而果殁，享年五十有六。豫州士女，若丧考妣。谯梁百姓，多为立祠，有诏赠逖车骑将军，令逖弟约，代领州事。约无抚驭才，士卒离心。王敦得祖逖死耗，喜出望外，遂以为天下无敌，决计发难。是时为太兴五年正月，元帝方改元永昌，颁诏大赦。那王敦发难的表文，接踵呈入，表云：

刘隗前在门下，邪佞谄媚，谮毁忠良，疑惑圣听，遂居权宠，挠乱天机，威福自由，中外杜口。晋魏以来，未有此比。倾尽帑藏，以自资奉，大起事役，以扰士民。臣前求迎，诸将妻息，圣恩听许，而隗绝之，使三军之士，莫不怨愤。又徐州流人，辛苦经载，家计始立，隗悉驱逼，以实己府。当陛下践阼之始，投刺王官，本以非常之庆，使豫蒙荣分，而隗使更充征役，仍依旧名，百姓哀愤，怨声盈路。臣备位宰辅，与国存亡，诚乏平勃济时之略，然自忘驽骀。志存社稷，岂可坐视成败，以亏圣美？事不获已，乃进军致讨。愿陛下深垂省察，速斩隗首，则众望餍服，皇祚复隆。隗首朝悬，诸军夕退。昔太甲不能遵明汤典，颠覆厥度，幸纳伊尹之勋，殷道复昌。汉武雄略，亦惑江充，至乃父子相屠，流血丹地，终能克悟，不失大纲。今日之事，有逾于此。忆昔陛下坐镇扬州，虚心下士，优贤任能，宽以得众。故君子尽心，小人毕力，如臣暗蔽，预奉徽猷，王业遂隆，维新克建，四海延颈，咸望太平。自从信隗以来，刑罚不中，街谈巷议，皆云如吴之将亡，闻之惶惑，精魂飞散，不觉胸臆摧破，泣血横流。陛下当令祖宗之业，存神器之重，察臣前后所启，奈何弃忽忠言，遂信奸佞，谁不痛心？愿出臣表，谘之朝臣。介石之讥，不俟终日，令诸军早还，不致虚扰，则四海乂安，社稷永固矣。擐甲待命，无任翘企！

表文既上，遂带领水陆各兵，出发武昌。宣城内史沈充，本系王敦爪牙，还至吴兴原籍，招募徒众，起应王敦。敦至芜湖，命充为大都督，督护东吴诸军事，又上表罪状刁协，迫令加诛，建康大震。小子有诗叹道：

果然蜂目露豺声，藐视朝廷敢逞兵。
纵使刁刘难免咎，叛君毕竟是横行。

欲知元帝如何对付，下回再行说明。

先儒于段匹磾之死，多以全节许之，独本书叙述匹磾，贬过于褒，非好为此苛论也。刘琨志匡晋室，而匹磾杀之，彼固尝与琨结为昆季矣，口血未干，遽下毒手，对琨则不义，对晋即不忠。至杀琨以后，人心不附，迨为羯胡所虏，犹授石氏冠军将军之职，临难不死，徒著晋服，持晋节，自命为晋室忠臣，欺人耶！欺己耶！李陵答苏武书，有虚死不如立节之言，而后人鲜有为陵恕者，何于段匹磾而独嘉之也？王敦蜂目，潘滔早料其噬人，而元帝反付以重权，令督六州军事。夫当时义勇卓著，如祖逖周访陶侃诸人，皆可分任，乃专用一残忍无亲之王敦，虽欲不乱，得乎？况有刘隗刁协之从中酝酿者哉！

第三十四回　镇湘中谯王举义
失石头元帝惊心

却说元帝连接逆表，已知王敦造反，不由的动起怒来，当下飞召征西大将军戴渊，镇北将军刘隗，还卫京师，一面下诏讨敦。略云：

王敦凭恃宠灵，敢肆狂逆，方朕太甲，欲见幽囚，是可忍也，孰不可忍？今当统率六军，以诛大逆，有杀敦者封五千户侯。朕不食言。

敦闻诏后，毫无惧色，仍决意进兵，且拣选名士，入居幕府：一是故太傅羊祜从孙羊曼，一是前咸亭侯谢鲲，一是著作佐郎郭璞。曼本为黄门侍郎，迁晋陵太守，坐事免官，敦却引为左长史。曼性嗜酒，此时为敦所邀，不便固辞，乐得借酒溷迹，多醉少醒。那谢鲲是个放浪不羁的人物，能琴善歌，家住阳夏，表字幼舆，尝为东海掾吏，因佻达无行，除名回籍。邻家高氏女有姿色，鲲屡往挑引，被该女投梭中唇，击落门齿两枚，时人作韵语讥鲲道："佻达不已，幼舆折齿。"鲲不以为羞，怡然长啸道："尚不害我啸歌，折齿亦何妨呢！"究乖名教。既而王敦辟为长史，与讨杜弢，叙功得封咸亭侯，嗣因母忧去职，至敦将作乱，仍使起复，且召入与语道："刘隗奸邪，将危社稷，我欲入清君侧，卿意以为何如？"鲲答道："隗诚足为祸首，但城狐社鼠，何足计较。"此语恰还近理。敦愤叹道："卿乃庸才，不达大体。"造反可谓大体吗？便令鲲为豫章太守。鲲即日告辞，又留住不遣。及起兵东下，逼鲲同行。鲲随时通变，却也无喜无忧。

唯郭璞家世河东，素长经学，好古文奇字，通阴阳算历，尝拜隐士郭公为师，得青囊中书九卷，日夕研究，并通五行天文卜筮诸学。惠怀时河东先乱，璞筮得凶象，避走东南，抵将军赵固泛地。适固丧良马，璞谓能起死回生，固向璞求术，璞答道："可用健夫二三十人，俱持长竿东行，约三十里，见有丘林社庙，便用竿打拍，当得一物，可急持归来，医活此马。"固如言施行，果得一物，仿佛似猴。璞令置马旁，便向马鼻嘘吸，马一跃而起，鸣食如常，唯此物遁去，不知下落。固大加诧异，厚给资斧。行至庐江，太守吴孟康，由建康召为军谘祭酒，孟康不欲南渡。璞替他卜《易》，谓庐江不宜再居。孟康疑为妄言，不甚礼璞。璞寄居逆旅，见主人有一婢，婉娈可爱，便想出一法，取小豆三斗，分撒主人住宅旁。主人晨出，见赤衣人数千围绕，大骇奔还。璞自言能除此怪，谓宜贱鬻此婢，怪即立除。主人不得已从了璞言，将婢卖去。璞即为画一符，投入井中，数千赤衣人，皆反缚入井，杳无形影。主人大悦，厚赐璞资。其实该婢为璞所买，不过嘱人间接，至赆仪到手，除婢价外，尚有余资，且得了一个如花似玉的美鬟，挈领而去，途中偎玉倚香，不问可知。术士之坏，往往如此。

过了数旬，庐江果被寇蹂躏，村邑成墟。璞既过江，宣城太守殷祐，引为参军，屡占屡验。寻为王导所闻，征璞为掾。尝令卜筮，璞惊说道："公当有灾厄，速命驾四出，至数十里外，有柏树一株，可截取至此，长如公身，置卧寝旁，灾乃可免了。"导亟向西行，果有柏树一株，取置寝室。数日，有大声出寝室，柏树粉碎，导独无恙。恐亦如前次撒豆成人之术，第借此以愚王导。

时元帝尚未登位，璞筮得咸井二卦，便白王导，谓东北有武名郡县，当出铎为受命符瑞，西南有阳名郡县，井当上沸。已而武进县人，果在田中得铜铎五枚，献入建康。历阳县中井沸，经日乃止。及元帝为晋王时，又使璞占易，得豫及睽卦。璞说道："会稽当出瑞钟，上有勒铭，应在人家井泥中。爻辞谓先王作乐崇德，殷荐上帝，便是此兆。"作乐两语，见《周易》豫卜象辞。未几，由会稽剡县，在井中发现一钟，长七寸二分，口径四寸半，上有古文奇书十八字，只有会稽岳命四篆文，尚易辨认，余皆莫识。璞独指为灵符，元帝就此称尊。安知非郭璞隐铸此钟，藏此井内？璞尝著《江赋》，又作《南郊赋》，词皆伟丽，为元帝所叹赏，因命为著作佐郎。后来迭上数疏，无非借灾祥变异，略进箴规。

王敦闻璞能预知，致书与导，召璞一行。导遣璞往武昌，敦即令为记室参军。璞知敦必为乱，恐自己预祸，常以为忧。大将军掾陈述，表字嗣祖，素有重名，为敦所重。敦将起兵，述即病逝。璞临哭甚哀，且向柩连呼道："嗣祖嗣祖，安知非福？"璞知将来遇祸，何不设法他去？难道命已注定，不能自免吗？唯敦见朝廷无人，必能逞志，所以率兵遽发，毫不迟疑。敦兄王含，曾在建康留仕，官拜光禄勋，闻敦已至芜湖，遂溜出都门，乘舟归敦。敦曾遣使告梁州刺史甘卓，约与同返，卓佯为允诺。及敦已出兵，卓竟不赴，但使参军孙双，往阻敦行。敦惊问道："甘侯已与我有约，奈何失信？我并非觊觎社稷，不过入除凶邪，事成以后，当使甘侯作公，烦汝归报，幸勿渝盟。"双回报甘卓，卓叹道："昔陈敏作乱，我先从后违，时人讥我反复无常，我若复作此态，如何自明？越要受人唾骂了。"乃使人转告顺阳太守魏该，该答复道："该但知尽忠王室。今王公举兵内向，显是悖逆，怎得相从呢？"卓得闻该言，益不愿与敦同行。

敦又使参军桓罴至湘州，请谯王承为军司，承长叹道："我将死了！地荒民寡，势孤援绝，不死何为？但得死忠义，亦所甘心。"因拘住桓罴，即檄长沙虞悝为长史。悝适遭母丧，承亲自往吊，向悝问计道："我欲讨王敦，但兵少粮乏，且莅任不久，恩信未孚，卿兄弟系湘中豪杰，当如何教我？"悝答道："大王不以悝兄弟为鄙劣，亲临下问，悝兄弟敢不致死。但本州荒敝，实难进讨，不如收众固守，传檄四方，先分敦势，然后图敦，或尚可望捷哩。"承遂授悝为长史，悝弟望为司马，督护诸军，当即移檄远近，劝令讨逆。零陵太守尹奉，建昌太守王循，衡阳太守刘翼，舂陵令易雄，皆应声如响，举兵讨敦。唯湘东太守郑淡不从。淡系敦姊夫，甘心附恶，承使司马虞望讨淡，淡出拒被诛，传首四境，徇示吏民。

承复遣主簿邓骞，往说甘卓道："刘大连隗字大连。虽然骄蹇，自失民心，但与天下无甚大害，大将军王敦，蓄憾称兵，敢向北阙，忠臣义士，应当共愤。公受任方伯，奉辞伐罪，便是齐桓晋文的盛举了。"卓微笑道："桓文事非我所能，若尽力国难，乃我本心，当徐图良策。"总未免多疑少决。骞再欲进言，旁有参军李梁，为卓献议道："东汉初年，隗嚣跋扈，窦融保守河西，徐归光武，终享令名。今将军控驭上游，还可效法古人，按兵坐待。若大将军事捷，公必得方面，不捷亦可邀朝命，代大将军后任，始终不失富贵，何必出生入死，与决存亡哩？”言未毕，骞即接口驳梁道：“古今异势，怎得相比？从前光武创业，中国未平，故窦融可从容观望；今将军已久事晋室，理应为国尽力。襄阳又不若河西，可以固守，假使大将军得克刘隗，还镇武昌，增石城戍卒，绝荆湘粮运，试问将军将归何处？参军将依何人呢？”梁被骞一驳，倒也哑口无言。唯卓尚迟疑不决，留骞小住，再决行止。

骞待了两三日，未见举动，乃复见卓道：“今公既不为义举，又不承大将军檄，莫非坐自待祸么？骞想公数日不决，大约恐强弱不同，未能制胜，实则大将军部曲，不过万余，至留守武昌，只得五千人。将军麾下，势且过倍，本旧日的盛名，率本府的精锐，杖节鸣鼓，效顺讨逆，何忧不克？何患不成？为将军计，当乘虚先攻武昌，武昌一下，据军实，施德惠，镇抚二州，截断大将军归路，大将军当不战自溃，怎能还与公敌？今有此机会，乃束手安坐，自待危亡，岂非不智？岂非不义？”快人快语。卓听了骞语，也觉眉动色扬，跃跃欲动。

可巧来了王敦参军乐道融，由卓召入，问明来意。道融答道：“大将军催公东行，公果愿意呢，还不愿意呢？”卓半晌不答一词。道融请屏除左右，然后进白道：“道融此来，实为大将军所遣，促公启程，免得后顾。但道融究是晋臣，不便专事大将军，试想主人亲临万机，自用谯王为湘州，并非专用刘隗，乃王氏擅权构衅，背恩肆恶，举兵犯阙，敢为不韪。公受国重寄，若与他同逆。便是违悖大义，生为逆臣，死作愚鬼，岂不可惜？今不若伪许出兵，却暗地驰袭武昌，逆众闻风生惧，自然溃散，公就得坐建大功了。”慷慨激昂，也是邓骞流亚。卓乃转疑为喜，起座答说道：“君言正合我意，我志决了。”恐怕还是未决。乃使道融与骞同留幕下，参议军事，一面约同巴东监军柳纯，南平太守夏侯承，宜都太守谭该等，檄数敦罪，合军致讨，更遣参军司马赞孙双，奉表入都，报明起义情形。再使参军罗英，南赴广州，邀同刺史陶侃，会师讨敦。侃便遣参军高宝，引兵北上，作为声援。

元帝加卓为镇南大将军，都督荆梁二州军，领荆州牧，兼梁州刺史。侃为平南将军，都督交广二州军事，兼领江州刺史。王敦闻警，却也心惊，唯令兄含，固守武昌，慎防袭击。另拨南蛮校尉魏乂，将军李桓，率兵二万，往攻长沙。长沙为湘州治所，城郭不完，资储又阙，单靠谯王承一腔忠义，乘城守着，到底是不能久持。或劝承南投陶侃，或退保零桂，零陵桂阳。承慨然道："我起兵时，志在死节，岂可贪生苟免，临难即逃？事若不济，我身虽死，我心总可告无愧哩。"遂遣司马虞望，出城交战，互有杀伤，嗣复连战数次，望中箭而亡，全城恟惧。

邓骞闻长沙被围，请诸甘卓，乞即赴援。卓尚欲留骞，骞一再固辞，乃使参军虞冲，偕骞同赴长沙，赍交谯王承书，谓："当出兵沔口，断敦归路，湘围当然可解，请暂从严守"云云。承遣还虞冲，付与复书，略言："江左中兴，方在草创，不图恶逆，启自宠臣，我忝为宗室，猝受重任，不胜艰巨，但竭愚诚。足下能卷甲速来，尚可望救，若再迟疑，唯索我于枯鱼肆中。"这一番书辞，也算是万分迫切，偏甘卓年已垂老，暮气甚深，当驰檄讨敦时，颇似蹈厉发扬，饶有执戈前驱的状态，及过了数日，便即衰靡下去。想亦如今之所谓五分钟热心者。且州郡各军，一时亦未能趋集，他便得过且过，无心去顾及长沙了。

且说戴渊刘隗，奉命入卫，隗先至建康，百官迎接道左。隗首戴岸帻，腰悬佩刀，谈笑尽欢，意气自若。及入见元帝，与刁协同陈御前，请尽诛王氏。元帝不许，隗始有惧色。司空王导，率从弟中领军邃，左卫将军廙，侍中侃彬，及诸宗族二十余人，每日辄诣台待罪。尚书周𫖮，晨起入朝，行径台省。导呼𫖮表字道；"伯仁！我家百口，今当累卿。"𫖮并不旁顾，昂然直入，既见元帝，却极言导忠，申救甚力。元帝颇加采纳，且命𫖮侍饮畅谈。𫖮素嗜酒，至醉乃出。导尚守候，又连呼伯仁，𫖮仍不与言，但顾语左右道："今年当杀诸贼奴，好取斗大黄金印，系诸肘后了。"狂态如绘，然终因此送命。一面说，一面趋归宅中，又上表明导无罪，语甚切挚。导未知底细，还疑𫖮从中媒孽，暗暗切齿。会有中使出达帝命，还导朝服，导入阙谢恩，叩首陈词道："逆臣贼子，无代不有，可恨今日出自臣族。"元帝跣足下座，亲执导手道："茂弘！朕方欲寄卿重命，何烦多言。"导拜谢而起，自请讨敦，乃诏命导为前锋大都督，加戴渊骠骑将军，同掌军务。进周𫖮为尚书左仆射，王邃为右仆射，又使王廙往谕王敦，饬令撤兵还镇，敦怎肯从命，留廙不遣。廙为敦从弟，乐得在敦营中，希图荣利。敦即自芜湖进向石头，元帝命征虏将军周札为右将军，都督石头诸军事，另简刘隗屯守金城，复亲自披甲上马，出阅诸军，晓谕顺逆，然后还都。

敦既至石头，欲攻金城，敦将杜弘献计道："刘隗死士颇多，未易攻克，不如专捣石头，周札少恩，兵不为用，必致败覆。我得败札，隗众亦自然骇走了。"敦点首称善，即命弘为前锋，驱兵至石头城下，鼓噪攻城。城内守兵，果无斗志，多半思遁。札料不能战，竟开门纳弘。弘麾众直入，安安稳稳的据住石头。敦亦继进，登城自叹道："我今不能为盛德事了。"谢鲲在旁接入道："大将军何出此言？但使从今以后，日忘前忿，庶几君臣猜嫌，亦可日去，便无伤盛德呢。"敦默然不答。旋闻刁协刘隗戴渊等，率众来攻，便麾兵出战。刁刘等本不知兵，所领军士，没甚纪律，一经对垒，统皆观望不前。那王敦部下，未曾剧战，一些儿没有劳乏，便仗着一股锐气，横冲直撞，驰突无前。自辰至午，刁刘戴三部将士，均已溃走，三帅也拨马奔还，再经王导周顗，及他将郭逸虞潭，分道出御，导与顗已不相容，巴不得顗军战败，哪肯同仇敌忾？而且号令不一，行止不同，徒落得土崩瓦解，四散奔逃。郭逸虞潭，相继败走，顗亦退还，王导并不出兵，也且同声报败，愿受那丧师失律的污名。直揭王导罪状，不为曲讳。

败报连达宫廷，太子绍忍耐不住，拟自督将士出战，决一存亡，当下升车欲行。中庶子温峤，执辔进谏道："殿下乃国家储贰，关系至重，奈何轻冒不测，自弃天下？"绍尚欲前进，被峤抽剑断鞅，然后停留。太子尚有雄心，故后来卒能诛逆。宫廷宿卫，惊慌的了不得，逃的逃，躲的躲，只有安东将军刘超及侍中二人，尚留值殿中。元帝到了此时，一筹莫展，但脱去戎衣，改著朝服，闷坐殿上，顾语刘超道："欲得我座，亦可早言，何必如此害民？"前时不肯北征，总道是可以偏安，谁知复有此日？超亦无词可劝，随声叹息。蓦闻敦纵使士卒，入掠都下，喧嚷声与啼哭声，杂沓不休。元帝乃遣使谕敦道："公若不忘本朝，便可就此息兵，共图安乐。若未肯已，朕当归老琅琊，自避贤路。"简直要拱手让人了。敦置诸不理，急得元帝没法摆布，越觉慌张。确是庸牛。适刁协刘隗，狼狈入宫，俯伏座前，呜咽不止。元帝握二人手，相对涕洟，好一歇，才说出两语道："事已至此，卿二人速去避祸。"协答道："臣当守死，不敢有贰。"元帝又道："卿等在此，徒死无益，不如速行。"说着，便顾令左右，选择厩马二匹，赐与隗协，并各给仆从数人，令他速去。二人拜别出殿，协老不堪骑，又素乏恩惠，一出都门，从人尽散，单剩他一人一骑，行至江乘，为人所杀，携首献敦。隗返至第中，挈领妻孥，及亲信数百人，出都北去，竟投后赵，勒用为从事中郎，累迁至太子太傅，竟得寿终。小子有诗叹道：

无端构衅动京尘，一死犹难谢国人。
况复逃生甘事虏，叛君误国罪维钧。

究竟元帝能否免祸，且至下回再详。

谯王承与甘卓，皆不附王敦，传檄讨逆，迹似相同，而心术不同。承甫莅长沙，兵单粮寡，加以乱离之后，城郭不完，自知不能御侮，而桓罴一至，即置狱中，毅然决然，不少迟疑，彼固舍生取义，而置利害于不顾者。卓则多疑少决，临事迟疑，论者谓其年老气衰，以至于此，实则畏死之见，与生俱来。当陈敏为逆时，甘心被胁，甚且冒充太弟，摇惑人心，设非畏死，何至昏愦若此？故谯王承之忠，乃为真忠，甘卓非其伦也。刁协刘隗，智不足以驭人，勇不足以却寇，构衅有余，救乱不足。王敦一发，即陷石头，仓猝抵御，狼狈败还。刁协尚有守死不贰之言，而隗则不发一语，即挈妻孥而远遁，谁为首祸，乃置天子于不顾，竟藉虏廷以求活耶？元帝不察，尚以为忠，纵使避祸，此江左之所以终慨式微也。

第三十五回　逆贼横行廷臣受戮
皇灵失驭嗣子承宗

却说刁协走死，刘隗奔往后赵。王敦并非不闻，本来君侧已清，理应入朝谢罪，收兵还镇，但敦是个蜂目豺声的忍人，既已起事，怎肯就此罢休？当下据住石头，按兵不朝，明明是胁迫元帝，志在横行。元帝无法抵制，只得令公卿百官，统往石头，劝令罢兵。敦盛气相见，不待百官开口，便先问戴渊道："前日交战，君尚有余力否？"渊听了此语，暗暗吃惊，勉强接口道："怎敢有余，但苦不足。"敦又问道："我今为此事，天下以为何如？"渊答道："但论形迹，未免指公为逆，若体诚心，应该谅公为忠。"模棱语恐不足欺奸。敦冷笑道："卿也好算是能言了。"又顾周顗道："伯仁！汝未免负我。"顗抗声道："公兴兵犯顺，下官亲率六军，不能尽职，终致王师挫败，这原是有负公心呢。"敦被顗讥嘲，倒也无词可答，但召入王导，屏人与语道："老弟不用我言，险些儿灭族了。"导答道："兄亦太觉孟浪，今日侥幸得志，还是祖宗的荫庇，得休便休，幸勿太过。"敦掀髯道："弟为何这般胆小？刁刘余党，尚列朝廷，还须除去数人。且主子由我等推戴，怎得疑忌我家？就使主位不移，也当有一番改革，方免后忧。"导又道："但教朝廷悔祸，不再加忌，我兄弟长得安全，也好趁此罢手了。"可见导当时心术。敦尚是摇首，导乃退出。原来元帝即位时，敦忌帝年长，意欲另立幼君，以便专政，独导不肯依敦，所以敦有此云云。

导出与百官商议一番，还白元帝，百官承导意旨，当然不敢斥敦，但请元帝颁发赦书，并加王敦官爵，饬令退兵。元帝无可如何，只得下诏大赦，进王敦为丞相，都督中外诸军，录尚书事，封武昌郡公，领江州牧，使太常荀崧赍册诣敦，敦语荀崧道："我此来不望升官，唯欲为国家除患，一切封爵，我不愿受，烦卿缴还便了。"实是无君，非特伪让而已。崧申劝数语，敦终不听，乃辞归复命。敦又召集百官，议废太子，呼中庶子温峤至前，厉声诘问道："太子有何德望？卿侍东宫，理应深知。古人有言：'事父母几谏。'主上有过，不闻太子谏阻，难道尚得称孝么？"峤从容答道："钩深致远，非浅见所能窥，据峤看来，太子实是贤孝，就是公来辇下，亦未闻东宫抗议，贻误国家，怎见他不从中几谏哩？"大众亦随声附和，齐称太子有道，说得敦无可辩驳，不得不自发自收，含糊过去。百官乃复还朝。

元帝召周顗入见，蹙然与语道："近日大事，二宫无恙，诸人平安，大将军果得副民望么？"顗答道："二宫原如明谕，臣等生死，尚未可知。"元帝不禁长叹。顗退至朝堂，护军长史郝嘏等，与顗相遇，都劝顗暂避凶锋。顗奋袂道："我备位大臣，坐睹朝廷丧败，已足增羞，岂尚可草间求活，外投胡越么？"郝嘏等乃不便再劝，各叹息而去。果然不到数天，即致发作，首恶是王敦参军吕猗，从恶是王敦堂弟王导。书法严刻。吕猗尝为台郎，性好谄谀，为周顗戴渊所嫉，此时出为敦助，竟乘隙白敦道："顗与渊俱负重名，今日不除，必为公患。"敦本忌二人才望，一闻猗言，遂起杀心。适值王导复入，便顾问道："周戴望重南北，果应登列三司否？"导默然不答。敦又道："若不应列三司，止可使为令仆么？"导又不答。敦复张目道："既不应列三司，又不应为令仆，看来只好杀却了。"导仍然不答。三问三不答，无非不满周戴。敦即遣部将邓岳，率兵往捕周顗戴渊。

敦复召谢鲲入问道："近日都下人士，有无异议？"鲲应声道："物议悠悠，原不足计，但公尝谓朝臣重望，莫如周戴，诚使大用二人，群情自然帖服了。"敦动怒道："君真粗疏，不达时事，二人怎可大用？我已遣人收捕了。"鲲不禁骇愕，再欲进言，旁有参军王峤，向敦谏阻道："济济多士，文王以宁，想公定知此语，奈何捕戮名士？"敦怒上加怒，竟欲杀峤。鲲亟进谏道："公举大事，不妄戮一人。峤不过纳言忤意，便欲把他衅鼓，也未免过甚了。"敦乃释峤不诛，唯黜峤为领军长史。周顗被收，道经太庙，向庙大呼道："贼臣王敦，倾覆社稷，枉杀忠臣，神祇有灵，应速诛殛，毋使漏网。”说至此，被兵士用戟刺口，血流至踵，仍不改形。道旁行人，俱为流涕。至石头城南门外，正值戴渊亦被绑前来，渊已面无人色，顗仍容止自若，引颈就刑。顗被害后，渊首亦相随落地。同是一死，勇怯悬殊，泰山鸿毛，所以有别。

元帝又使王彬劳敦，慰劳他做甚？难道他能杀大臣么？彬素与顗善，先往哭顗，然后见敦。敦见他面目凄惨，尚有泪痕，便问为何事？彬直说道：“见伯仁尸首，不禁凄惨，所以下泪。”敦愤然道：“伯仁自寻死路，死何足惜？汝与他有什么情谊，反去哭他？”彬答道：“满朝大臣，如伯仁忠直，实不多得。况朝廷新下赦诏，伯仁本无大罪，无故遭此酷刑，怎得不悲？怎得不哭？”敦又道：“汝莫非病疯么？”彬不禁瞋目道：“如兄抗旌犯顺，杀害忠良，谋为不轨，如此过去，恐祸及全家了。”说着，词气慷慨，声泪俱下。敦攘臂起诟道：“汝这般无礼，狂悖已极，难道我不能杀汝么？”这数语声达帐外。王导闻知。抢步趋入，忙为排解，且劝彬向敦拜谢。彬直答道：“脚痛不能拜。况彬并未尝得罪，何必致谢。”敦狞视道：“脚痛比颈痛，究竟是何种利害？”彬仍无惧容，仍不肯拜。导恐他再起冲突，即扯彬同出，导有愧彬多矣。敦乃不复追究。后来导入检中书故事，方见顗上表救己，执表流涕道：“我虽不杀伯仁，伯仁由我而杀，幽冥中负此良友了。”死骨已朽，追悔何益？

且说王敦既杀死周顗戴渊，仍未罢兵。敦将沈充，陷入吴郡，吴国内史张茂被杀，此时镇南大将军甘卓，但出屯睹口，逗留不进。卓兄子卬，曾为敦参军，敦先遣卬归卓，嘱令传语道：“君兴师相抗，自守臣节，我也不敢怪君。但我为身家起见，不得不然，事平便当归镇，君亦可返旆襄阳，彼此再结旧好，往事不必重提了。”甘卓本来是没甚主意，见卬得归来，已喜出望外，且闻敦有意修好，乐得观望徘徊，在途观变。既而敦又遣台使赍驺虞幡，晋朝有白虎驺虞二幡。白虎是催军，驺虞是解斗。令卓退兵。卓问明台使，得周戴二人死状，乃流涕语卬道：“我正恐王敦得志，必害忠良，尚幸圣上元吉，太子无恙，我据敦上流，想敦未必敢遽危社稷，我若进夺武昌，敦无路可归，必劫持天子，越加猖獗，今不如还守襄阳，再作后图罢了。”便下令军中，拔营退回。都尉秦康，邀同乐道融，道融见前回。相偕进谏道：“将军奈何还兵？试想将军仗义东行，无非为讨逆起见，逆敦不除，有进无退，今正当分兵，堵截彭泽，使敦上下不得相救，众自离散，敦势既孤，一战可擒。若就此中止，转失人望。况将军麾下，士卒多思除逆立功，博取富贵，乃索然退回，恐反将嫁祸将军，将军尚能安然西还么？”苦口危言，难救膏肓沉痼。卓不肯从。道融复连番泣谏，仍不见听，竟致忧愤而殁。卓竟引兵退入襄阳去了。

王敦闻甘卓还军，当然心慰，令西阳王羕为太宰，王导为尚书令，王廙为荆州刺史，擅易百官及各处镇将，转徙黜免，数以百计。乃拟率兵西还武昌，谢鲲进言道：“公入都以来，累日不朝，所以功业虽成，众心未服。今若入朝天子，使君臣两释猜嫌，尚有何人不服呢？”敦沉吟道：“我若入朝，能保无他变吗？”鲲答道：“鲲近日入觐，主上正侧席待公，宫省穆然，必无他虞。若防有他变，鲲愿侍从。”敦勃然道：“君等屡来饶舌，我若杀君等数百人，也没有什么害处。”一味蛮横。鲲见他声色俱厉，料难再谏，因即告退，未几病殁。敦始终不朝，自思布置已妥，便即启行，径还武昌。

南蛮校尉魏乂等，为敦所遣，围攻湘州。见前回。谯王承婴城拒守，已将匝月。宜都内史周级，曾密遣兄子该入长沙，向承投书，约为援应。该留住围城，见承危急，自请出外求援。承乃缒该出城，复命从事周崎，与该俱出。冤家碰着对头，竟被乂军阻住，擒送乂营。乂升座语崎道：“汝尚望活否？”崎答道：“生死由公，要死就死。”乂又道：“汝若肯从我言，不但得活，并且加赏。”崎问为何语？乂说道：“今令汝至城下，传语守卒，但言大将军已克建康，甘卓退还襄阳，外援阻绝，不如出降为是。”崎即允诺，径往城下，朗声大呼道：“我不幸为贼所获，恐城中未知消息，故来相报。各处援兵，便可到来，请诸君努力坚守便了。”乂闻崎易词传报，不禁大怒，立命军士牵回，把崎杀死。一面严刑讯该，问他何故到此。该诡词作答，甚至掠死，终不肯稍吐真情，乃父周级，才得免祸。是忠臣，是孝子。

乂等奋力攻城，连日不已。嗣又由王敦递到台臣书疏，令乂射入城中，守兵知建康失守，莫不怅惋，但尚誓死守着，各无贰心。有时潜兵出扰，杀获乂军多名。相持至百余日，粮食已尽，士卒多死。衡阳太守刘翼，又复阵亡，于是支持不住，为乂所陷。谯王承尚率领残兵，巷战多时，害得械尽力穷，相继被执。长史虞悝，骂乂助逆不忠，乂先令斩首。悝子弟俱对悝号泣，悝慨然道：“人生总有一死，今阖门为忠义鬼。死得留名，尚有何恨？”

遂伸颈受刑。子弟亦多被杀害。乂用槛车载承，及春陵令易雄，解送武昌。佐吏统皆逃散，唯主簿桓雄，西曹书佐韩阶，从事武延，易服改装，扮作家僮模样，随承同行，不离左右。乂见桓容止不凡，料非常人，将他杀毙。阶与延仍无惧容，依然随着。途次遇着荆州刺史王廙，是密承王敦意旨，来杀谯王承。承便即被害，年五十有九。为司马氏中之佼佼者。阶延两人，收尸棺殓，送入都中，安葬乃去。

唯易雄拘入武昌，意气慷慨，绝不少屈。王敦取出湘中原檄，遣人示雄道："小小邑令，檄中乃敢署名。"雄答道："确有此事，可惜雄位卑力弱，不能救国。今日战败被执，死也甘心。"敦因他义正词严，不便明戮，暂令释缚，使就客舍。大众以雄复更生，相率道贺。雄微笑道："我不过暂活数天，怎得再生？"果然不到数日，由敦潜遣心腹，害死易雄。唯长沙主簿邓骞，遁归故里，魏乂屡遣人搜索，里人皆为骞寒心。骞笑道："这有何怕？我料他不欲杀我，反将用我。他新得湘州，多杀忠良，自知不满众口，所以求我出见，畀我一官，聊塞人望呢。"说毕，径赴长沙见乂。乂果称为古时解扬，命为别驾。解扬，春秋时晋人。既而托疾引归。

晋廷调陶侃为湘州刺史，王敦不欲侃赴湘，贻书止侃。侃闻敦势力尚盛，且按兵养晦，并将前时所遣的参军高宝，亦召还广州，徐作计较。独甘卓引还襄阳，竟变易常度，性情粗暴，举动失常；常对镜自照，不见头颅，顾视庭树，仿佛头在树上，越加惊疑。全是怕死的心肠，激动出来。府舍中金柜忽鸣，声重似槌，召巫入卜。巫言金柜将离，所以悲鸣。主簿何无忌，及家人子弟，皆劝卓随时戒备。卓闻谏辄怒，呵叱交加，复遣散兵众，令他务农，毫不加防。襄阳太守周虑，得敦密书，嘱使图卓。虑遂想了一计，诈称湖中多鱼，劝卓遣发左右，向湖捕取。卓为虑所给，即令帐下亲卒，都往捕鱼。到了夜间，正要就寝，忽听外面有人马声，非常喧嚷，惊出探视。适值周虑带兵进来，正要诘问，已被虑拔出佩刀，兜头劈下。卓将头一闪，刀中肩上，流血倒地；再复一刀，结果性命。卓有四子，俱为所杀。虑即枭卓首级，送与王敦。畏死者亦难免一死么？敦心下大喜，便命从事中郎周抚，往督沔北诸军事，代卓镇守襄阳，抚为故梁州刺史周访长子，得袭父荫，任官武昌太守。他与父志趣不同，甘心助敦，得敦亲信，所以特加委任。虎父生犬子。

敦既得志，骄倨益甚，四方贡献，多入府中。将相岳牧，皆出门下。用沈充钱凤为谋主，诸葛瑶邓岳周抚李桓谢雍为爪牙。充等皆凶险残暴，大起营府，侵人里宅，剽掠市道，百姓互相咒诅，但祝王敦早亡。敦尚作福作威，自领宁益二州都督，好象没有君主一般。会荆州刺史王廙病死，敦并不奏闻，即令卫将军王含，代刺荆州，都督沔南诸军事。又使下邳内史王邃，都督青徐幽平四州军事，镇守淮阴。武昌太守王谅，为交州刺史，且令谅诱杀交州刺史修湛。朝廷毫无主权，长江上下游，全然是王敦的势力圈。余如淮北河南，屡受后赵寇锋。泰山太守徐龛，忽叛忽降，结果为石虎所破，龛被擒斩。兖州刺史郗鉴，退保合肥，徐州刺史卞敦，亦退保盱眙。石虎复进陷青州，别将石瞻，又攻取东莞东海。河南为后赵将石生所攻。司州刺史李矩，颍川太守郭默，屡战屡败，转向赵主刘曜处乞援。曜出击石生，大败奔还。敦默南奔建康，李矩亦率众南归，病殁道中。豫州刺史祖约，自谯城退守寿春，陈留被陷。嗣是司豫青徐兖诸州，均被后赵夺去。总括一句，简而不漏。

元帝内迫叛臣，外逼强寇，名为江左天子，几乎号令不出国门。累日穷愁，无可告语，遂致忧郁成疾，卧床不起，自思内外重臣，只有司徒荀组，尚是老成宿望，因迁官太尉，兼领太子太保，意欲使他主持朝事，遥制王敦。偏组年已六十有五，未曾入拜，便即谢世。元帝很是悲叹，索性将司徒丞相二职，暂从罢撤，不再补官。好容易过了数宵，元帝病势加剧，遂致弥留，不得已召入司空王导，嘱授遗诏，令辅太子绍即位。是夕驾崩。总计元帝在位五年，改元二次，享年四十七岁。元帝生平无甚设施，只有节俭一端，尚传后世。有司尝奏太极殿广室，应施绛帐。有诏令冬施青布，夏施青练。宫中将册封贵人。侍从请购金雀钗，又奉诏不许；所幸郑夫人，衣无文采，但着练裳；从母弟廙，筑屋过制，尝流涕谕禁，终使改作。所以轻赋薄税，民无怨声。可惜自治有余，治人不足，终致魁柄下移，豺狼当道，含羞忍垢，饮恨终身，这也是可怜可叹呢。评论精确。

太子绍受遗即位，是谓明帝，循例大赦，尊生母荀氏为建安郡君，别立第宅，颐养慈颜。是时已为永昌元年腊月，未几即腊尽春来，元日因梓宫在殡，不受朝贺，年号尚沿称永昌。再阅一月，始奉梓宫，葬建平陵，庙号中宗，尊谥元帝。明帝送葬尽哀，徒跣至陵所，亲视封墓，然后还宫。又阅月，方改元太宁，立妃庾氏为皇后，后兄亮为中书监。命特进华恒为骠骑将军，都督石头水陆诸军事。兖州刺史郗鉴，为安西将军，都督扬州江西诸军事。这两处镇将，是由明帝特别简任，明明是防备王敦，阴令扼守。如弈棋然，先下暗着，以此知明帝不凡。敦也知明帝谋略，密谋篡逆，特上表称贺，且讽朝廷征己入朝。明帝将计就计，即下手诏，召敦诣阙，且加敦黄钺班剑，奏事不名，入朝不趋，剑履上殿。敦托辞入觐，引兵至姑孰，屯驻湖县，仍然不进，请迁王导为司徒，自领扬州牧，部署军士，拟将犯阙。侍中王彬，系敦从弟，再四谏阻。敦面色遽变，顾视左右，意欲收彬。彬正色道："君前时害兄，今又欲杀弟么？"原来彬从兄豫章太守王棱，曾为敦所害，所以彬有是言。敦听了彬语，也觉不忍，乃出彬为豫章太守，复因郗鉴督领扬州江西，诸多牵掣，乃表请授鉴尚书令，使他入辅。明帝也即准议，鉴闻命入都，道过姑孰，与敦相见，自述志趣，语多激昂。敦留鉴不遣，继思鉴为名士，不应加害，乃许令东行。鉴至建康，遂与明帝谋讨王敦，明帝方得着一个心腹士了。小子有诗咏道：

君明还要仗臣忠，一德同心始立功。
莫道茂弘堪寄命，赤心到底让郗公。

究竟王敦曾否行逆，明帝能否致讨，一切详情，容至下回表明。

元帝实一庸主，毫无远略，始则纵容王敦，使据长江上下游，继则信任刁协刘隗，疑忌王敦，激之使叛，而外无可恃之将，内无可倚之相，孤注一掷，坐致神京失守，受制贼臣，刁协死，刘隗遁，周顗戴渊，又复被戮，其不为敦所篡弑者，亦几希矣。谯王承之与城俱亡，最称忠节，甘卓误承，周虑绐卓，卓畏死而终死，甚至四子骈戮，且何若用乐道融言，断彭泽，据武昌，或得建功立业，不幸败死，犹不失为忠义鬼。百世而下，以卓视承，其相去为何如耶？元帝忧愤成疾，中年崩殂，犹幸付托得人，不致亡国，此专制之朝，所以不能无赖于君主也。

第三十六回　扶钱凤即席用谋
遣王含出兵犯顺

却说明帝谋讨王敦，虽与郗鉴定有密谋，究竟事关重大，王室孤危，未便仓猝从事。那王敦谋逆的心思，日甚一日。敦有从弟允之，年方总角，性甚聪警，为敦所爱。一夕，侍敦夜饮，稍带酒意，便辞醉先寝。敦尚未辍席，与钱凤等商议逆谋，均为允之所闻。允之恐敦多疑，就用指控喉，吐出许多宿食，累得衣面俱污，还是闭眼睡着，伪作鼾声。童子能用诈谋，却也非凡。及敦既散席，果然取烛入炤，见允之寝处污秽，尚自熟睡，不由的呼了数声。允之明明醒着，却假意将身转侧，仍然睡去。敦置不复顾，自去安寝，才不疑及允之。允之自喜得计，睡至天明，方整理被褥，不消细叙。既而允之父王舒，得拜廷尉，允之即求归省父，得敦允许，便赴建康，急将敦凤秘谋，详告乃父。舒与王导入白明帝，阴为戒备。敦还道逆谋未泄，但欲分树宗族，陵弱帝室，因请徙王含为征东将军，都督扬州江西诸军事，王彬为江州刺史。这三人中，只有含为敦兄，同恶相济，舒彬虽为敦从弟，却未甘助逆，所以明帝尽从敦请，一并迁调。

会稽内史周札，前在石头城时，尝开门纳敦军，见三十四回。敦迭加荐擢，迁右将军，会稽内史，封东迁县侯。札兄子懋，为晋陵太守，封清流亭侯，懋弟筵，为征虏将军，兼吴兴内史，筵弟赞，为大将军从事中郎，封武康县侯，赞弟缙，为太子文学，封都乡侯。还有札次兄子勰，亦得为临淮太守，封乌程公。一门五侯，贵盛无比。及筵丁母忧，送葬达千人，因此反为王敦所忌。敦适有疾，钱凤劝敦早除周氏，敦也以为然，迁延未发。周顗弟嵩，由敦引为从事中郎，每忆兄无故遭殃，心常愤愤。敦无子嗣，便养王含子应为继子，并令统兵。嵩为王应嫂父，因私怨王敦，遂谓应难主军事。敦闻嵩言，不免疑嵩。时有道士李脱，妖言惑众，自称八百岁，号为李八百，由中州至建业，挟术疗病，得人信事。有徒李弘，转趋灊山，煽惑更甚，诡言应谶当王。敦遂乘隙设谋，唆使庐江太守李恒，上表建康，谓："李脱谋反，勾通周札等人，请即捕脱正法"云云。晋廷接到此表，饬吏捕脱，讯得种种妖言，即将脱枭斩都市。敦得脱死信，一面遣人至灊山，收诛李弘，一面就营中杀死周筵，并把周嵩也连坐在内，说他与筵串同一气，潜通周札，故一概就戮。

嵩为故安东将军周浚次子，与兄顗，俱为浚妾所生。浚妾李氏，名叫络秀，系汝南人。浚为安东将军时，尝出猎遇雨，避止李家。李氏父兄，均皆外出，独络秀在室，宰牲备饭，款待浚等。浚左右约数十人，均得饱餐。且闻内室寂静如常，并无忙乱形状，不由的惊诧起来，暗地窥望，只有一女一婢，女容甚是秀美，浚因即生心，既回府舍，便令人赍给金帛，往酬李氏，并求李女为妾。李氏父兄，颇有难色。络秀道："门户寒微，何惜一女，若得连姻贵族，将来总有益处。否则得罪军门，恐反因此惹祸哩。"此女有识，并非情急求婚。父兄听了，也觉女言有理，不得已遣女归浚。浚当然宠爱，迭生三子，长即顗，次即嵩，又次名谟。顗等年长，浚已去世，络秀顾语诸子道："我屈节为妾，无非为门户起见，汝家仍不与我家相亲，我亦何惜余生，愿随汝父同逝罢。"顗等惶恐受教，乃与李氏相往来。晋代最重门阀，自周李联为姻戚，李氏始得列入望族，免人奚落，及顗等并作显官，母亦得受封。会逢冬至令节，母子团圞聚宴，络秀因举觞相庆道："我家避难南来，尝恐无处托足。今汝等并贵，列我目前，我从此可无忧了。"嵩起语道："恐将来难如母意。伯仁志大才短，名高识闇，好乘人敝，未足自全。嵩性抗直，亦为世所难容，唯阿奴碌碌，当得终养我母呢。"阿奴就是谟小字。络秀闻言，未免不欢，哪知后来果如嵩言，只有谟得免戮，送母归灵，官至侍中中护军乃终。络秀入《列女传》，故随笔补叙，唯嵩既有自知之明，仍难免祸，弊在不学耳。

且说王敦既枉杀周嵩周筵，复遣参军贺鸾，往诣沈充，向充拨兵，执杀周札诸兄子，进袭会稽。札未尝预防，仓猝被兵，但率麾下数百人，出城拒战，兵散被杀。札贪财渔色，专务刻啬，库中本储有精仗，及贺鸾兵至，左右请拨仗给兵，札尚靳惜，但将敝械出给，所以士卒离心，终至夷戮。札曾附逆，不死何为？是时已为太宁二年，敦病尚未愈，延至夏季，病且加重，矫诏拜养子应为武卫将军，兄含为骠骑大将军，开府仪同三司。钱凤入省敦疾，乘便问敦道：“倘有不讳，便当将后事付应么？”敦唏嘘道：“应尚年少，怎能当此大事？我果不起，只有三计可行。”凤复问及三计，敦说道：“我死以后，即释兵散众，归事朝廷，保全门户，最为上计。若退还武昌，敛兵自守，贡献不废，便是中计。及我尚存，悉众东下，万一侥幸，得入京都，不幸失败，身死族灭，这就是下计了。”凤应命退出，召语同党道：“如公下计，实为上策，我等就此照行罢。”呜呼罢了。遂致书沈充，约同起兵，再犯建康。

中书令温峤，前遭敦忌，由敦表请为左司马，峤竟诣敦所，佯为勤敬，尝进密谋，从敦所欲，厚结钱凤，誉不绝口。凤字世仪，峤与同僚谈及，必称钱世仪精神满腹，凤得峤赞扬，喜欢的了不得，遂与峤为莫逆交。可巧丹阳尹缺人，尚未补允，峤向敦启闻道：“京尹责任重大，地扼咽喉，公宜急荐良才，免得朝廷用人，致有后悔。”敦答道：“卿言诚是，但何人可补此缺？”峤说道：“莫如钱凤。”敦召凤与语，凤情愿让峤，峤一再推辞，凤推峤愈坚，敦遂表峤为丹阳尹，使觇伺朝廷。有诏召峤莅镇。峤本意是欲得丹阳，可以入依帝阙，设法图敦，所谋既遂，即向敦告辞。敦力疾起床，为峤饯行。凤亦列席。峤恐自己去后，为凤所觉，或致遣人追还，因且饮且思，蓦得一计，便假作醉态，向凤斟酒，迫令速饮。凤略觉迟慢，峤即用手版击堕凤帻，且作色道：“钱凤何人？温太真行酒，乃敢不速饮么？”凤亦觉变色。敦见峤已醉，忙出言劝解，始无争言。至撤饮后，峤与敦话别，涕泗横流，既出复入，如是三次，方上马径去。凤入语敦道：“峤与庾亮有旧交，心在晋室，恐此去未必可恃。”敦冷笑道：“太真饮醉，稍加声色，汝怎得便来相谗？”观此可见温峤用计之妙。凤碰了一鼻子灰，默然退去。

过了数日，接得建康探报，谓峤入建康，即与庾亮日夕密商，共图姑孰。敦勃然道：“我乃为小物所欺，可恨可恨！”随即致书王导，略言：“太真别来几日，胆敢负我，我当募人生致太真，亲拔舌根，方泄我恨。”导此时已不愿附敦，置诸不理。峤与庾亮等定议讨敦，并有郗鉴为助，相偕入奏。明帝已有动机，再问光禄勋应詹，詹亦赞同众议，乃决意兴师。但究竟敦军情形，尚未详察，意欲亲往一窥、验明虚实，遂自乘巴滇骏马，微服出都，随身只带得一二人，直至湖阴，察敦营垒。敦正昼寝，梦见旭日绕城，红光炎炎，顿时惊寤。适帐外有侦骑入报，说有数人窥营，内有一人状甚英武，想非常侣。敦不禁跃起道："这定是黄须鲜卑奴，来探虚实，快快追去，毋使逃脱。"帐下将士，即有五人应声，控骑出追。看官道黄须鲜卑奴，是何出典？原是明帝生母荀氏，系代郡人，明帝状类外家，须色颇黄，故敦呼为黄须奴。追兵出发，明帝已经驰去，马有遗粪，用水浇沃。道旁有老妪卖饼，由明帝购得数枚，赠以七宝鞭，并语老妪道："后有骑兵追来，可取鞭出示。"说着即行。俄而追骑至卖饼处，问及老妪，老妪即取示七宝鞭。谓："客已去远，恐难追及。"追骑互相把玩，遂致稽迟，且见马粪已冷，料不可及，乃拨马还营，明帝始得安然还宫。虽是胆略过人，但亦太觉冒险。越宿临朝，遂加司徒王导为大都督，领扬州刺史，丹阳尹温峤，为中垒将军，与右将军卞敦，共守石头城。光禄勋应詹，为护军将军，都督前锋及朱雀桥南诸军事。尚书令郗鉴，行卫将军，都督从驾诸军事。中书监庾亮，领左卫将军，尚书卞壶，行中军将军。导等俱皆受职，唯郗鉴谓徒加军号，无益事实，固辞不受，但请征召外镇，入卫京师。乃下诏征徐州刺史王邃，豫州刺史祖约，兖州刺史刘遐，临淮太守苏峻，广陵太守陶瞻等，即日入卫。一面拟传诏罪敦。王导闻敦已病笃，谓："不如诈称敦死，嫁罪钱凤，方足振作士气，免生畏心。"总不免掩耳盗铃。乃率子弟为敦举哀，并令尚书颁诏讨罪，大略说是：

先帝以圣德应运，创业江东。司徒导首居心膂，以道翼赞，故大将军敦参处股肱，或内或外，夹辅之勋，与有力焉。阶缘际会，遂据上宰，杖节专征，委以五州。刁协刘隗，立朝不允，敦抗义致讨，情希鬻拳。鬻拳兵谏，见春秋列国时。兵虽犯顺，犹嘉乃诚。礼秩优崇，人臣无贰。事解之后，劫掠城邑，放恣兵人，侵及宫省，背违赦诏，诛戮大臣，纵凶极逆，不朝而退。六合阻心，人情同愤。先帝含垢忍耻，容而不责，委任如旧，礼秩有加。朕以不天，寻丁酷罚，茕茕在疚，哀悼靡寄。而敦曾无臣子追远之诚，又无辅孤同奖之操，缮甲聚兵，盛夏来至，辄以天官假授私属，将以威胁朝廷，倾危宗社。朕愍其狂戾，冀其觉悟，故且含隐以观其后。而敦矜其不义之强，仍有侮辱朝廷之志，弃亲用疏，背贤任恶。钱凤竖子，专为谋主，逞其凶慝，诬罔忠良。周嵩亮直，谠言致祸。周札周筵，累世忠义，札尝附逆，安得为忠？听受谗构，残夷其宗。秦人之酷，刑不过五。敦之诛戮，滥及无辜，灭人之族，莫知其罪。天下骇心，道路以目。神怒人怨，笃疾所婴。昏荒悖逆，日以滋甚，乃立兄息以自承代，从古未有宰相继体，而不由王命者也。顽兄相奖，无所顾忌，擅录冶工，私割运漕，志骋凶丑，以窥神器，社稷之危，匪旦则夕。天不长奸，敦以陨毙，凤承凶宄，弥复煽逆，是可忍也，孰不可忍？今遣司徒导，丹阳尹峤等，武旅三万，十道并进，平西将军邃，即王邃。兖州刺史遐，奋武将军峻，即苏峻。奋威将军瞻，即陶瞻。精锐三万，水陆齐势。朕亲御六军，率同左卫将军亮，护军将军詹，中军将军壶，骠骑将军南顿王宗，镇军将军汝南王祐，太宰西阳王羕等，被练三千，组甲三万，总统诸军，讨凤之罪。豺狼当道，安问狐狸？罪止一人，朕不滥刑。有能诛凤送首者，封五千户侯，赏布五千匹。冠军将军邓岳，志气平厚，识明邪正。前将军周抚，质性详简，义诚素著。功臣之胄，情义兼常，往年从敦，情节不展，畏逼首领，不得相违，论其乃心，无贰王室。朕嘉其诚，方欲任之以事。其余文武，为敦所授用者，一无所问。刺史二千石，不得辄离所职，书到奉承，自求多福，无或猜嫌以取诛灭。敦之将士，从敦弥年，怨旷日久，或父母陨殁，或妻子丧亡，不得奔赴，衔哀从役，朕甚愍之，希不凄怆。其单丁在军，皆遣归家，终身不调。其余皆给假三年，休讫还台，当与宿卫同例三番。明承诏书，朕不负信。

这诏传到姑孰，为敦所见，非常懊恼，但当久病似后，忽又惹动一片怒意，转至病上加病，不能支持。唯心中总不肯甘休，即欲入犯京师，便召记室郭璞筮《易》，决一休咎。璞筮《易》毕，直言无成。敦含怒问道：“卿可更占我寿，可得几何？”璞答道：“不必再卜，即如前卦，已明示吉凶，公若起事，祸在旦夕。唯退往武昌，寿不可测。”敦大怒道：“卿寿尚得几何？”璞又道：“今日午刻，命已当终。”敦即命左右拘璞，牵出处斩。璞既出府，顾语役吏道：“当至何处？”役吏答称南岗头。璞言：“我命当尽双柏树下。”及抵南岗，果有柏树并立。璞又道：“此树应有大鹊巢。”役吏偏索不得。璞再令细觅，枝上果得一大鹊巢。为叶所蔽，故一时不得相见。先是璞经越城间，遇一人，呼璞姓名。璞即赠以裤褶，辞不肯受。璞语道：“尽可受得，不必多谦，将来自有分晓哩。”于是领受而去。及遇害时，便是此人行刑，感念璞惠，替璞棺殓，埋葬岗侧。后璞子骜，为临贺太守，才得改葬。璞撰卜筮书甚多，又注释《尔雅》《山海经》《穆天子传》《三仓方言》，及《楚辞》《子虚上林赋》，约数十万言，均得流传后世，死时四十九岁。及王敦平后，得追赠弘农太守。好艺者多以艺死，郭景纯便是前鉴。

敦既杀璞，即使钱凤邓岳周抚等，率众三万，东指京师。敦兄含语敦道：“这是家事，我当自行。”乃复使含为元帅。钱凤临行，向敦启问道：“事若得克，如何处置天子？”敦瞋目道：“尚未南郊，算什么天子？但教保护东海王及裴妃，此外尽卿兵力，无庸多顾了。”裴妃即东海王越妻，已见前文，但不知王敦何意，乃命保护？凤领命即发，王含亦随后东行。敦又遣人上表，以诛奸臣温峤等为名，明帝当然不睬。孟秋朔日，王含等水陆五万，掩至江宁西岸，人情惶惧。温峤移军水北，烧断朱雀桥，阻住叛兵。含等不得渡，但在桥南列营。明帝欲亲自往击，闻桥梁毁断。不禁动怒，召峤入问。峤答道：“今宿卫单弱，征兵未集，若被贼突入，危及社稷，宗庙尚恐不保，何爱一桥梁呢？”明帝方才无言。王导作书致含，劝令退兵，书云：

近闻大将军困笃，或云已至不讳，惨怛之情，不能自已。寻知钱凤首祸，欲肆奸逆，朝士忿愤，莫不扼腕。窃谓兄备受国恩，当抑制不逞，还镇武昌，尽力藩任，乃猝奉来告，竟与犬羊俱下，兄之此举，谓可得如大将军昔日之事乎？昔年佞臣乱朝，人怀不宁，如导之徒，心思外济。不啻亲口供状。今则不然，大将军来屯于湖，渐失人心，君子危怖，百姓劳敝，将终之日，委重安期。即王应字。安期断乳未几，又乖物望，便可袭宰相之迹耶？自开辟以来，曾有宰相以孺子为之者乎？诸有耳者，皆知将为禅代，非人臣之事也。先帝中兴遗爱在民，圣主聪明，德洽朝野，兄乃欲妄萌逆节，凡在人臣，谁不愤叹？导门户大小，受国厚恩，今日之事，明目张胆，为六军之首，宁为忠臣而死，不为无赖而生。但恨大将军桓文之勋不遂，而兄一旦为逆节之臣，负先人平素之志，既没之日，何颜见诸父子于黄泉，谒先帝于地下耶？今为兄计，愿速建大计，擒取钱凤一人，使天下获安，家国有福。若再执迷不悟，恐大祸即至，试思以天子之威，文武毕力，压制叛逆，岂可当乎？祸福之机，间不容发，兄其早思之。

王含得书，并不答复。导待了两日，未见回音，因复议及战守事宜。或谓王含钱凤，挟众前来，宜由御驾自出督战，挫他锐气，方可制胜。郗鉴道："群贼为逆，势不可当，宜用智取，未便力敌。且含等号令不一，但知抄掠，吏民惩前毖后，各自为守，以顺制逆，何忧不克？今贼众专恃蛮突，但求一战，我能坚壁相持，旷日持久，彼竭我盈，一鼓可灭。若急思决战，万一蹉跌，虽有申胥等投袂起义，何补既往，奈何举天子为孤注呢？"申胥即申包胥，春秋时楚人。于是各军皆固垒自守，相戒勿动。王含钱凤，屡次出兵挑战，不得交锋，渐渐的懈弛起来。郗鉴却夜募壮千人，令将军段秀及中军司马曹浑等，率领过江，掩他不备，突入含营。含仓皇命战，前锋将何康，出遇段秀，战未三合，被秀一刀，劈落马下。含众大骇，俱拥含遁走。段秀等杀到天明，斩首千余级，方渡江归营。王敦养病姑孰，闻含败状，盛气说道："我兄好似老婢，不堪一战，门户衰败，大事去了。看来只好由我自行。"说至此，便从床上起坐，方欲下床，不料一阵头晕，仍然仆倒，竟致魂灵出窍，不省人事。小子有诗咏道：

病亟犹思犯帝京，狼心到死总难更。
须知公理留天壤，乱贼千年播恶名。

毕竟王敦性命如何，且看下回续表。

王敦三计，唯上计最足图存，既已知此计之善，则中计下计，何必再言。其所以不安缄默者，尚欲行险侥幸，冀图一逞耳。钱凤所言，正希敦旨，故敦未尝谕禁，寻即内犯，要之一利令智昏而已。王允之伪醉绐敦，确是奇童，温峤亦以佯醉戏敦，并及钱凤，敦虽狡猾，不能察峤，并不能察允之，而妄思篡逆，几何而不覆灭乎？元帝之为敦所逼，实为王导所误，导固附敦，至温峤入都，敦犹与导书，将生致太真，其往来之密切可知。及明帝决意讨敦，敦尚未死，而导且诈为敦发丧，嫁罪钱凤，如谓其不为敦助，奚可得乎？厥后与王含一书，情伪益著，唯郭璞精于卜筮，乃居敦侧而罹杀机，岂真命该如此耶？吾为之怀疑不置云。

第三十七回　平大憝群臣进爵 立幼主太后临朝

却说王敦晕倒床上，不省人事，惊动帐下一班党羽，都至床前省视，设法营救，才见王敦苏醒转来。敦长叹数声，张目四顾，见舅羊鉴及养子王应，俱在床侧，便呜咽道："我已不望再活了。我死应便即位，先立朝廷百官，然后办理丧事，方不负我一番经营。"还想做死皇帝么？鉴与应唯唯受命。越宿敦死，应秘不发丧，用席裹尸，外涂以蜡，暂埋厅中，自与诸葛瑶等，任情淫狎，不顾军情。王含自江宁败后，退驻数里，遥促沈充会师，再图进攻。明帝也恐沈充前来，特遣廷臣沈桢，往说沈充，许为司空，劝令投诚。充摇首道："三司重任，我何敢当。古人谓币重言甘，实是诱我，今日正应此语。况丈夫共事，始终不移，若中道变心，便失信义，将来还有何人容我呢？"顺逆不明，自寻死路。遂举兵趋江宁。宗正卿虞潭，因病乞休，辞还会稽故里，至是独起义余姚，传檄讨充。明帝即授潭为会稽内史。前安东将军刘超，宣城内史钟雅，亦皆募兵举义，与充为敌。义兴人周蹇，杀死王敦所署太守刘芳，平西将军祖约，亦逐敦所署淮南太守任台，彼此俱效命朝廷，交口讨逆。沈充尚怙恶不悛，自率万余人，兼程北行，与王含合兵。司马顾扬说充道："今欲举大事，偏被王师先扼咽喉，锋摧气沮，相持日久，必致祸败。今不若决破栅塘，引湖中水，灌入京邑，一面乘着水势，纵舟进攻，这便是不战屈人的上计。此计不行，或借我军初至的锐气，并合东西各军，十道并进，我众彼寡，所向必摧，尚不失为中计。若欲转祸为福。因败为成，诱召钱凤计事，设伏斩凤，携首出降，乃是今日的下计。”我谓下计，却是上计。充迟疑半晌，终不作答。扬料充无成，遁归吴兴。

那兖州刺史刘遐，临淮太守苏峻，已各率精兵万人，同来勤王。明帝连夜召见，慰劳有加，并出库帛分赐将士，众皆踊跃。沈充钱凤，欲因北军初到，迎头进击，乃自竹格渚渡淮，直前攻扑。护军将军应詹，建威将军赵胤等，拒战失利，退至宣阳门。充与凤乘胜进逼，拔栅将战，不意刘遐苏峻，从东塘横击过来，把充凤两军冲断，再加应詹赵胤，也来助战，杀得充凤大败亏输，夺路飞奔，还逾淮水，人不及济，后面追兵大至。叛众纷纷投水，溺毙至三千人。刘遐尾追不舍，行至青溪，又奋击沈充一阵，充狼狈走脱。

寻阳太守周光，系周抚弟，因王敦举兵，也率数千人助敦。既至姑孰，与王应相见，便欲入省敦疾。应嗫嚅道：“我父病中，不愿见客，且待异日进见罢！”光退语道：“我远道来赴，不得一见王公，想必是已死了。”遂急赴军前，去探乃兄。抚闻光至，当然出见，光开口便语道：“王公已死，兄何故与钱凤作贼？”大众闻言，都不胜惊愕，连周抚亦有悔心，即夕遁还。王含势孤失援，也毁营夜遁。

明帝本已出屯南皇堂，闻叛党尽走，乃还宫大赦，唯敦党不在赦例。申命庾亮督同苏峻等军，往追沈充。温峤督同刘遐等，往追王含钱凤。含奔回姑孰，拟挈王应同奔荆州。应谓不如投依江州。含皱眉道：“大将军生前，与江州屡有龃龉，奈何往依？”应答道：“正为江州平日异趋，所以宜往。彼时大将军兵马强盛，江州尚不肯阿附，识见高出常人，今见我困阨，必然相怜，不致加害。若荆州守文拘谨，怎能意外行事呢？”王应虽少智过乃父，但天道恶淫，岂容竖子漏网？含不肯依言，竟与应载一扁舟，往奔荆州。荆州刺史王舒，遣兵出迎。俟含父子入城，立命拿下，缚住手足，投诸江中，眼见是葬身鱼腹了。江州刺史王彬，却密具舟楫，静待王含父子，日久不至，料知窜死，却引为己恨。王含为逆，何足深惜，彬亦未知大体。钱凤走至阖庐洲，为周光所杀，函首诣阙，自赎前愆。沈充奔回吴兴，闻故吴内史张茂妻陆氏，招茂旧部，在途中守候充至，将执充脔割，为夫复仇。茂为充所杀，见三十五回。充不敢竟归，绕道奔窜，竟致失路，误入故将周儒家。儒诱充入复壁中，因笑语充道：“我今日得三千户侯了。”充始知为儒所赚，乃流涕与语道：“汝能顾义活我，我必厚报，若为利杀我，我死必令汝灭族，不要后悔。”儒竟杀充，传首建康。充子劲，例当坐诛，为乡人钱举所匿，幸得免死。后来劲竟灭周氏，如充所言。充为叛贼，顾能作厉鬼耶？

晋廷因叛党悉平，当然解严。有司发掘王敦尸首，焚去衣冠，扶尸跪着，枭去首级，与沈充首同悬高桥。郗鉴入奏明帝道："前朝诛杨骏等人，皆先加官刑，后听私殡。臣以为逆敦既伏王诛，不妨使全私义，可听敦家收葬，借示皇恩。"明帝准如所请，乃将敦首取下，听令葬埋。敦党周抚邓岳，相偕出亡。抚弟光拟给兄路资，阴图执岳。抚怒道："我与邓伯山同亡，如欲害邓，宁先杀我。"伯山即岳表字，俄而岳至，抚即趋出，遥与岳语道："快去！快去！我弟尚不相容，何论他人。"岳回身返走。抚亦取得资斧，追及邓岳，同窜入西阳蛮中。后来再经大赦，才得东还。

明帝加封王导为始兴公，温峤为建宁公，卞壶为建兴公，庾亮为永昌公，刘遐为泉陵公，苏峻为邵陵公，郗鉴为高平侯，应詹为观阳侯，卞敦为益阳侯，赵胤为湘南侯，下此按功晋秩，不胜殚述。有司奏称王彬等为敦亲族，均应除名，复诏谓："司徒导大义灭亲，应宥及百世，况彬等皆司徒近支，毋庸再问。"大义灭亲四字，恐导不足当此。唯王敦纲纪，悉令除籍，参佐并皆禁锢。温峤又上疏解免道：

> 王敦刚愎不仁，忍行杀戮，亲任小人，疏远君子，朝廷所不能制，骨肉所不能阻，处其朝者，恒惧危亡，故士人结舌，道路以目，诚贤人君子，道穷数尽，遵养时晦之辰也。且敦为大逆之日，拘录人士，自免无路，原其私心，岂遑宴处？如陆玩羊曼刘胤蔡谟郭璞常与臣言，备知之矣。必其赞导凶悖，自当正以典刑，如其枉陷奸党，还宜施之以宽。臣以玩等之诚，闻于圣听，当受同贼之责，苟默而不言，实负其心。陛下仁圣含弘，思求允中，臣阶缘博纳，于非其事，诚在爱才，不忘忠益，谨昧死上闻！

明帝览疏，颇加感动，特下群臣议决。郗鉴谓："君臣有义，义在死节，不应偷生。王敦佐吏，虽多被胁，但进不能谏止逆谋，退不能脱身远引，有亏臣道，宜加义责。"此外或从峤议，或如鉴言，论久未决。还是明帝有意行仁，终从峤请，于是敦党皆免连坐。张茂妻陆氏，诣阙上书，语多哀痛，表面上是为茂谢罪，说他不能克敌，自致阵亡，实际上是为茂请封，无非说是“略迹原心，应待恩恤”等语。明帝乃赠茂太仆，且拨库帑，怃恤遗孥。陆氏始谢恩归家。也算一个奇妇人。即而再叙前勋，命王导为太保，兼领司徒，西阳王兼领太尉，应詹为江州刺史，刘遐为徐州刺史，苏峻为历阳内史，庾亮加护军将军，温峤加前将军，唯导固辞不受。江州本由王彬镇守，骤遭易任，吏民未安。嗣经詹加意怀柔，才得翕服。

转瞬间又是一年，明帝追赠谯王承甘卓戴渊周颢虞望郭璞王澄等官，不及周札。札故吏为札讼冤，尚书卞壶，谓札居守石头，开门延寇，不当追赠。偏王导出来申辩道：“往年札守石头，王敦逆迹未彰，如臣等俱昧先几，无怪一札。要想回护自己，不得不回护周札。后来瞧破逆情，札便举身委国，横被诛夷。札未尝有义举，怎得谓举身许国？臣意宜与周戴同例，一并赠谥。”郗鉴听着，心下很是不服。我亦不服。便从旁参议道：“周戴死节，周札延寇，迹异赏同，何从劝善？如司徒议，谓往年王敦犯顺，不妨延纳，是谯王周戴等，俱当加责，何得赠谥？今三臣既予褒扬，札尚不应加贬么？”是极。导尚强辩道：“札与谯王周戴，虽所见不同，后来均至死节，奈何必吹毛索瘢呢？”鉴又道：“王敦谋逆，好似履霜坚冰，由来已久，必谓敦往年入犯，义等桓文，难道先帝亦如幽厉么？”说到此语，驳得王导俯首无词。明帝终不忍违导，仍赠札官。

会因储君未立，国本有关，乃立长子衍为皇太子。衍为皇后庾氏所出，年甫五龄，受册礼毕，大酺三日，增文武官员各二级，赐鳏寡孤独布帛，每人二匹。调荆州刺史王舒为安南将军，都督广州诸军事，领广州刺史，即迁陶侃为征西大将军，都督荆湘雍梁诸军事，领荆州刺史。侃性极勤谨，终日敛膝危坐，军府诸事，检摄无遗。远近文牍，随到随答，不使积滞。宾佐求见，无不接谈。尝语人道：“大禹圣人，尚惜寸阴，至如众人，当惜分阴，怎得逸游荒醉？生无益于世，死无闻于后耶？”诸参佐或好饮好博，偶至废事，侃随时查察，搜得酒器摴蒱等具，悉令投江，将吏有犯，且加鞭扑，严词儆戒道：“摴蒱系牧猪奴戏，汝等奈何出此？”摴蒱即博具。是时清谈余风，尚未尽改，侃辄忿恨道：“老庄浮华，并非先王法言，怎可遵行？君子当振衣冠，摄威仪，哪有蓬头跣足，自诩宏达呢？”古今传为格言，故备录之。人民有所奉馈，必问所由来，若系力作所致，虽微必喜，慰赐三倍，否则掷还不受。一日出游，见有一人，手持禾秆，结谷未熟，因问作何用？答称禾遗路旁，所以拾取。侃大怒道："汝未尝为农，乃戏取人稻，还不知罪么？"竟加鞭数十，方才叱退。荆州士女，闻侃复至，互相庆贺。且因侃注重农桑，便相戒嬉游，各勤工作。因此家给人足，境内大安。侃既不旷时，又无弃物，竹头木屑，并皆收藏，旁人都不解侃意，及元旦宴贺，积雪始晴，厅前余雪尚湿，侃即将木屑铺地，往来交便，人始知侃有先见，号为精明。这且慢表。

且说明帝既调王舒至广州，寻复徙镇湘州，即以湘州刺史刘颉，移督广州，复命尚书令郗鉴，为车骑将军，都督青兖二州军事，暂镇广陵。授领军将军卞壸为尚书令，寻复进尚书仆射，荀崧为光禄大夫，录尚书事，用尚书邓攸为尚书左仆射。此种叙述，看似闲文，实与后文俱有关系。到了闰七月间，明帝忽得暴病，医药罔效，势且垂危，亟召太宰西阳王羕，司徒王导，尚书令卞壸，车骑将军郗鉴，护军将军庾亮，前将军温峤，领军将军陆晔，并受遗诏，使辅太子诏云：

> 自古有死，贤圣所同。寿夭穷达，归于一概，亦何足深痛哉？朕抱病日剧，常虑忽然，仰唯祖宗洪基，不能克终堂构，大耻未雪，百姓涂炭，所以有慨耳。不幸之日，敛以时服，一遵先度，务从俭约，劳众崇饰，皆勿为也。衍以幼弱，猥当大重，当赖忠贤，训而成之。昔周公匡辅成王，霍氏拥育孝昭，义存前典，功冠二代，岂非宗臣之道乎？凡此公卿，时之望也，敬听顾命，任托付之重，同心断金，以谋王室。诸方岳征镇刺史将守，皆朕捍城推毂于外，虽事有内外，其致一也。故不有行者，谁捍牧圉？譬若唇齿，表里相资，宜戮力一心，若合符契，要以缉事为期。百辟卿士，其总己以听于冢宰，保佑冲幼，弘济艰难，永令祖宗之灵，宁于九天之上，则朕没于地下，无恨黄泉。特此留谕，钦哉唯命！

越日，明帝驾崩，年仅二十七岁，在位只得三年。右卫将军虞胤，左卫将军南顿王宗，本得明帝亲信，使典禁兵，入值殿内，掌守宫门管钥。当明帝寝疾时，庾亮尝夜入奏事，向宗求钥。宗辄不与，且叱亮使道："这难道是汝家门户，好自由出入么？”语亦近理，但不察缓急事宜，一味蛮言，亦属非是。亮从此恨宗。及明帝疾笃，群臣多不得进见。亮疑宗胤有异谋，排闼入见，请黜逐二人，明帝不从。既授遗诏，更命亮为中书令，亮因得专政。太子衍承统嗣位，群臣奉上玺绶，独王导称疾不至。无非忌一庾亮。卞壸入朝正色道：“王公非社稷臣，大行在殡，嗣皇甫立，岂是大臣辞疾时么？”这数语传入导耳，导乃舆疾而至，谒见新主，行即位礼。再由大众会议，谓嗣皇年甫五龄，不能亲政，应请母后临朝。于是尊母后庾氏为皇太后，垂帘训政。命王导录尚书事，与中书令庾亮，夹辅帝室。导遇事退让，推亮主持。亮又是太后亲兄，太后当然倚任，所以军国重事，全归亮一人裁决，导不过列一虚名罢了。亮迁南顿王宗为骠骑将军，改授汝南王祐为卫将军，一面料理丧葬，至十月初旬，奉梓宫出葬武平陵，庙号肃祖，尊谥曰明。明帝在位三年，能奋发有为，亲除大憝，不可谓非英主。谥法称明，却是名实相符。可惜天不永年，未壮即殁。至太子衍立，便是成帝，越年改元咸和。

尚书左仆射邓攸，及徐州刺史刘遐、江州刺史应詹，相继去世。邓攸就是邓伯道，系平阳襄陵人氏，早丧父母，以孝友闻。祖殷尝为中庶子，攸得承祖荫，年逾弱冠，即为太子洗马，嗣出为河东太守。永嘉末年，陷没石勒，勒使为参军，攸不愿事虏，觑隙南奔，途挈妻子及从子绥，不幸遇贼，行装被掠。攸因子侄皆幼，不能并携，拟弃子存侄，与妻贾氏商议道：“我弟早亡，只有一子，理不可绝。但我儿亦幼，势难两全，只好把我儿弃去。我若得存，天必鉴我苦衷，再当使我生子。”贾氏涕泣从命。不愧攸妻。攸将子缚诸树上，挈绥急遁，辗转至江东。元帝令为中庶子，寻复出守吴郡，载米赴任，不受俸禄，但饮吴水。会吴郡大饥，亟开仓赈民，先行后奏，致挂弹章，还算元帝仁恕，不加攸罪。嗣因遇病辞职，始终不取吴郡一钱。百姓遮道挽留，攸乃小停，待夜潜去。及病愈复起，入拜侍中，复迁吏部尚书。好几年才得超任右仆射。越年即殁，追赠光禄大夫。攸妻贾氏，终不得孕。攸生前纳得一妾，颇加宠爱，旋讯妾家属，乃是北人遭乱，流落江南，述及父母姓名，竟是攸的甥女。攸非常悔恨，乃不复蓄妾，终至无嗣。时人尝叹为天道无知，乃使伯道无儿。从子绥服丧三年，悲号擗踊，不啻亲生，这也好算得恩义两全了。犹子比儿，可为伯道一慰。

刘遐为故冀州刺史邵续女夫，勇健无敌，冀人常拟为关张。关羽张飞。河朔大乱，遐曾遣使至建康，禀承元帝节制，元帝命为龙骧将军。遐妻邵氏，亦勇敢有父风，遐尝为石虎所围，邵氏披甲跨马，督率数骑，陷阵救遐。遐亦奋呼杀出，与妻同归。后来渡江入朝，累任刺史，因功封泉陵公，已见前文，殁后得追赠安北将军。应詹汝南人，弱冠知名，博通文艺。前镇南大将军刘弘，系詹祖舅，引詹为长史，委以军政，措置咸宜。嗣迁南平太守，兼督天门武陵二郡，讨平叛蛮，民皆爱戴。寻且败杜弢，败杜充钱凤，出刺江州，尤洽民情。病笃时，尚致书陶侃，勖以忠义，少府卿韦泓，得詹厚惠，祀詹终身。江州百姓，闻詹病殁，远近举哀。晋廷追赠詹为镇南大将军，予谥曰烈。小子有诗叹道：

贤如伯道竟无儿，邵女能军又守嫠。
再看江州悲雾起，茫茫天道果难知。

徐江二州，既亡刺史，免不得着人补授，欲知何人继任，容至下回再详。

王敦既平，余党概免连坐，虽曰行恕，究属过宽。温峤之上疏营解，安知非由王导之嘱托，始有此议乎？至追赠周札一事，尤属不经。卞壸郗鉴之言，百世不易，而导欲自洗前愆，必使札与周戴同例，明帝竟曲从所请，此苏峻祖约之叛，所以不旋踵而又兴也。且明帝以未壮之年，遽尔溘逝，黄口幼儿，居然嗣位，青年国母，便即临朝，国事委诸元舅，老成相继沦亡，天不祚晋，降兹艰阨，江左其何自再振乎？

第三十八回　召外臣庾亮激变
入内廷苏峻纵凶

却说刘遐应詹，相继去世，晋廷特派车骑将军郗鉴，出领徐州刺史，前将军温峤，出领江州刺史，再命征虏将军郭默，为北中郎将，监督淮南诸军事。刘遐妹夫田防，及部将史迭卞咸李龙等，不愿他属，竟拥遐子肇接任，反抗朝命。遐妻邵氏，谕止不从，乃潜自纵火，毁去甲械，免得滋乱。田防等尚不肯罢手，仍部署徒众，准备迎敌。晋廷即遣郭默进兵，往讨乱党。默甫就道，那临淮太守刘矫，已乘便袭击，得斩田防卞咸。史迭李龙，奔往下邳，由矫督兵追及，也即擒诛，传首诣阙。朝议令刘遐遗眷，及参佐将士，悉还建康。且因邵氏与肇，本未从乱，仍令肇袭父爵，留都养母，这也不必细表。

唯郗鉴陛辞出都，朝臣皆为饯别，王导常称病乞假，至是也出送鉴行，为尚书令卞壶所见，即上书劾导，说他亏法从私，失大臣体，应免官示罚。宫廷虽搁起不提，但举朝皆惮鉴风裁，各有戒心。壶平生廉俭，处事勤敏，不肯苟合时趋。丹阳尹阮孚，尝语壶道："君常无闲泰，终日劳神独不嫌辛苦么？"壶正色道："诸君子道德恢弘，侈尚风流，壶不与同性，自甘劳役，宜被人笑为鄙吝了。"是时贵游子弟，多慕王澄谢鲲等人，好为放达。壶在朝指斥道："悖礼伤教，实犯大罪，中朝倾覆，皆由此辈，我恨不一洗恶习哩。"实是正论。随即商诸王导庾亮，拟奏劾当时名士。导与亮皆以文采为高，怎肯依议？壶只得罢休。唯导素尚宽和，能得众心，至亮专国政，任法裁物，不满人意。豫州刺史祖约，自恃重望，不落人后，偏明帝顾命，但及郗下诸人，于己无与，不由的心下怏怏。及遗诏褒进大臣，又不及约，连陶侃亦不得与列，所以约与侃书，疑亮从中舞弊，故意删除，侃因此亦不能无嫌。侃且如此遑问他人。

历阳内史苏峻，讨贼有功，威望素著，部下甲仗精锐，遂致轻视朝廷，又尝招纳亡命，仰食县官，稍不如意，即肆忿言。事为庾亮所闻，当然加忌，故令温峤出督江州，居守武昌，复调王舒为会稽内史，阴树声援。一面修缮石头城，作为预备。丹阳尹阮孚，私语亲属道："江东创业未久，主幼时艰，庾亮轻躁，德信未孚，恐祸乱又将发作了。"遂求为广州刺史，得请即行。却是趋避的妙法。南顿王宗，被亮调为骠骑将军，失去要职，遂生怨望，常与苏峻往来通书，欲废执政。亮颇有所闻，已有意除宗，可巧中丞钟雅，劾宗谋反，遂不请诏令，即使右卫将军赵胤，率兵捕宗。宗也挈部出拒，战败被杀，贬宗族为马氏。宗三子绰超演，皆废为庶人。西阳王羕，系是宗兄，也降封为弋阳县王。前右卫将军虞胤，已徙职大宗正，至此复左迁桂阳太守。宗是王室近支，羕又是先王保傅，一旦翦黜，罪状不明，势不能惬服舆情，成帝全未闻知。过了多日，始问及亮道："前日的白头公，许久不见，究往何处？"原来宗多白发，故呼为白头公。亮沉吟半晌，方答称谋反伏诛。成帝流涕道："舅言人反，便好杀死，倘人言舅反，应该如何处置呢？"幼主能作是语，却也不凡。亮不禁失色。但总以幼主易欺，遇有异己，必加排斥。宗党卞阐，亡奔历阳，亮遣人往索，苏峻匿阐不与，去使只好回报，亮益恨峻。适后赵将军石聪，进攻寿春，豫州刺史祖约，正在寿春驻守，见三十五回。闻后赵兵至，亟向建康乞援。亮前已忌约，竟不发兵。人可弃，地亦可弃么？聪进寇阜陵，建康大震。幸苏峻遣将韩晃，领兵邀截，方得击退聪兵。亮欲作涂塘，以遏胡寇。涂即滁河，在寿春东，若就河筑塘，便将寿春隔开。祖约闻报大恚道："这明明是欲弃我呢。"遂与苏峻，密谋抗命，互通往来。庾亮以峻约勾连，必为祸乱，拟下诏征峻入朝。司徒王导劝阻道："峻好猜疑，必不肯奉诏，不若姑示包容，待后再议。"亮不以为然，召集群臣向众扬言道："苏峻狼子野心，终必作乱，今日颁诏征峻，就使彼不顺命，为祸尚浅，若再经年月，势且益大，不可复制。譬如汉朝七国，削亦反，不削亦反哩。"语非不是，但知彼不知己，如何制胜？大众闻言，莫敢驳议。独卞壸接入道："峻外拥强兵，逼近京邑，一旦有变，朝发夕至，现在都下空虚，还请审慎为是。"亮不肯从。壶知亮必败，乃与江州刺史温峤书，略云：

元规亮表字。召峻意定，怀此于邑。温生足下，奈此事何？壶今所虑，是国之大事，峻已出狂意而召之，是更速其祸也，必纵毒螯以召朝廷。朝廷威力，即桓桓称盛，接锋履刃，尚未知能否擒逆。王公亦同此情。壶与之力争，终不见信，本出足下以为外援，而今更恨足下在外，不得相与共谏，如何如何？幸足下教之！

峤得书后，即作书谏亮，亮终不听。峻已得消息，迁司马何仍入都，与亮婉商道："讨贼外任，远近唯命，若欲峻内辅，实不相宜，请俯允通融，幸勿固执！"亮仍然不许，遣回何仍，召北中郎将郭默为后将军，领屯骑校尉，命司徒右长史庾冰，为吴国内史，严兵戒备。于是下诏征峻为大司农，加官散骑常侍，令峻弟逸代领部曲。峻复上表道："昔明皇帝亲执臣手，使臣北讨胡虏，今中原未靖，臣何敢自安？乞补青州界一荒郡，俾臣得效鹰犬微劳，不胜万幸。"这一篇表文，呈递建康，亮置诸不理，但促峻即日入都。观峻两次请求，尚非决意叛国；何物庾亮，必欲激成巨变。峻整装将发，欲行又止。参军任让入语道："将军求处荒郡，尚不见许，事势至此，恐无生路，不如勒兵自守，还可求全。"阜陵令匡术，亦阻峻入朝，峻遂不应诏，私自征兵。

温峤闻变，便致书与亮，愿率众入卫京师。亮复峤书道："我忧西陲，且过历阳，足下幸勿越雷池一步，免我西忧。"峤乃罢议。亮尚遣使谕峻，示无他意。峻语朝使道："台下说我欲反，我怎得再活哩。我宁山头望廷尉，不能廷尉望山头。从前国家，危如累卵，非我不济。狡兔既死，猎狗应烹，我已自分一死，不过我无端遭枉，死也要死得明白呢。"朝使见话不投机，自然东归。峻即遣参军徐会，驰赴寿春，推祖约为盟主，共讨庾亮。约不禁大喜，从子智衍，又赞成约旨，便拟发兵助峻。谯国内史桓宣语智道："本因强胡未灭，将戮力致讨，奈何反还抗帝室呢？使君欲为雄霸，何不助国讨峻，自显威名？今乃与峻同反，怎得久存？"智视为迂谈，鼻作嗤声。宣更求见约，又以闭门羹相待、乃与约断绝，不通往来。约遂遣兄子祖沛、逖之子。内史祖涣、女婿淮南太守许柳，率兵会峻。逖妻许氏，即许柳姊，固谏不从。姊为约嫂，弟为约婿，亦觉名义不合。峻既得约兵，因即发难，当有警报传入建康，有诏命尚书令卞壶，领右卫将军，会稽内史王舒，行扬州刺史事，吴兴太守虞潭，督三吴诸郡军事，整缮行伍，筹备出师。尚书右丞孔坦，司徒司马陶回，司徒属下有司马。共至王导前献议道："峻已倡乱，必将东来，今请乘峻未至，急断阜陵，守江西当涂诸口，阻住叛兵，以逸待劳，一战可决。若峻迟回不发，我亦可往攻历阳，否则我尚未往，彼已先来，人心一动，便不能与战了。"导极口称善，转告庾亮。亮不知兵法，踌躇未决。才阅两日，果得姑孰紧报，峻将韩晃张健等，掩入姑孰，所有盐米，尽被取去。亮叹悔无及，乃颁诏戒严，自督征讨诸军事，授右卫将军赵胤为冠军将军，兼历阳太守，使与左将军司马流，出守慈湖，另派前射声校尉刘超，为左卫将军，侍中褚翜，典征讨军事，并使弟庾翼，白衣从戎，领数百人戍石头。

宣城内史桓彝，拟起兵赴难，长史裨惠谓："郡兵寡弱，山民易扰，不如静守待时。"彝厉色道："汝独不闻古语么？见无礼于君者，若鹰鹯之逐鸟雀。见《春秋左传》。今社稷危迫，君主受困，难道尚坐视不成？"说毕，即调集数千人马，进屯芜湖。峻将韩晃，乘他初至，便掩杀过去。究竟宣城兵弱，敌不过历阳锐卒，战不多时，竟致败退。韩晃就进攻宣城，彝退保广德，晃纵兵四掠，饱载而还。徐州刺史郗鉴，表请入卫，有诏令他备御北寇，不必移兵。时已残冬，雨雪载涂，彼此未便行军，因得相持过年。

未几，为咸和三年正月，江州刺史温峤，出屯寻阳，遣督护王愆期，西阳太守邓岳，即前文之邓岳，遇赦复官。鄱阳太守纪睦为前锋，进次直渎。荆州刺史陶侃，也遣督护龚登，率兵会峤，听峤驱遣。苏峻恐日久兵集，屡促韩晃等进攻慈湖。慈湖守将司马流，素来懦弱，未战先怯但请济师。庾亮再拨侍中钟雅，为骁骑将军，督领水师，前往助流，不防流为韩晃所袭，猝被摧陷，竟至败死。赵胤亦拒战失利，慈湖被夺，单剩钟雅一支舟军，如何济事，没奈何拨棹退回。苏峻径率祖涣许柳等，拥众二万人，自横江东渡，直登牛渚，进至蒋陵复舟山。台军节节败退，警报与雪片相似，庾亮未免惶急。陶回复入献计道："石头设有重戍，峻必不敢直下。回料他必出间道，当从小丹阳步行前来，若用伏兵邀击，定可擒峻。峻既受擒，祖约等自无能为了。"亮谓峻必直向石头，不从回言。嗣闻峻果出小丹阳，夜迷失道，部伍尽乱，亮又自悔失机，纵峻得入，愚而好自用，烖必及身。都中大惧，吏民相率潜奔，朝臣亦各遣妻孥，东出避难。独左卫将军刘超，挈妻孥入居宫内，冀定众心。

亮又传出诏书，命下壸都督大桁以东军事，大桁即朱雀桁。所有钟雅赵胤郭默等军，尽归节制。壸尚有继母裴氏，亦奉养京师，至此与母诀别，挈得二子眕盱，慨然赴敌，出战西陵。峻兵凶悍，远过台军，任尔卞将军如何忠愤，不顾死生，可奈兵不用命，孤掌难鸣，叛军节节向前，台军步步退后，结果是旗靡辙乱，舆尸败归。既而峻又进攻青溪栅，壸再率诸军抵御，两军攻守多时，未分胜负。偏是天不做美，竟起了一阵绝大的东风，峻因风纵火，烟雾迷漫，栅内各军，避火不暇，如何抗拒，霎时间栅尽延烧，一炬成墟。天实为之，谓之何哉？壸知事不济，决计死节，尚率左右力战。时正背疮新愈，创痕未合，一经气愤，流血淋漓，再加用力过度，顿至暴裂，自觉忍痛不住，大叫一声，血从口出，倒地而亡。二子追随父后，见父毕命，亦痛不欲生，索性突入敌阵，格杀叛党数十名，身上各受重创，相继捐生。部下将壸尸抢回，舁入壸家，母裴氏抚尸大恸道："父为忠臣，子为孝子，谅无遗恨，只恨我年已老，尚见此惨剧哩。"壸字望之，系济阴冤句人，阵亡时，年四十八。还有丹阳尹羊曼，守住云龙门，与黄门侍郎周导，庐江太守陶瞻，统皆战死。庾亮在宣阳门内，麾兵布阵，尚未及列，众皆散走，不得已挈弟三人，及郭默赵胤，俱奔寻阳。临行时，顾侍中钟雅道："后事一概委公。"雅答道："栋折榱崩，究是何人所致？"亮愀然道："事已至此，也不必再言了。"闹得一塌糊涂，竟以一走了之，真好计策。说着，匆匆出城，趋驾小舟。乱兵沿途劫掠，亮执弓射贼，误中舵工，应弦即倒。技艺又如此不精。船上各相惊失色，亮独不动，且徐徐道："此手何可使著贼？"你手不可著贼，人家的性命，如何视同草菅？众见他形态雍容，方才心定，驶舟而去。

峻兵突入台城，毁去台省及诸营寺署，焚掠一空。司徒王导，驰入宫廷，急语侍中褚翜道："至尊当速御正殿，君可启阁，请御驾出来。"翜即诣阁中，抱掖成帝，出登太极前殿。导及光禄大夫陆晔荀崧，尚书张闿，共登御床，夹卫幼主。左卫将军刘超，及侍中钟雅褚翜，站立两旁。太常孔愉，朝服守宗庙。峻兵呼噪而至，叱令褚翜下殿。翜兀立不动，还声呵斥道："苏冠军来觐至尊，军人怎得侵逼？"峻兵被他一斥，倒也面面相觑，不敢闯入殿门。小立多时，待峻不至，乃转往后宫。宫中统是女侍，如何阻挡？

被乱兵东牵西扯，劫去多人，所有珍玩衣饰，亦遭掳掠，甚至庾太后宫中，亦胆敢搜索。左右女侍，稍有姿色，便难幸脱。乱兵夺得子女玉帛，一拥出宫，复去劫掠豪门，任意凌侮，不但夺取财货，还要驱役官僚，令他肩挑背负，送往蒋山，稍一迟延，便加鞭挞。前江州刺史王彬，去职入都，受职光禄勋，索性抗直，与乱兵争论数语，乱兵即鞭捶交下，几至击死。最可悲的是宦家妇女，多被他掖往僻处，褫去衣服，污辱一番，且赤条条的任她们卧着，自往别处抢掠。妇女含羞忍耻，或觅得敝席坏毡，少蔽身体，无毡无席，用土自覆，哀号声震动内外。苏峻并不加禁，纵兵横行。宫中所藏布帛二十万匹，金银五千斤，钱亿万，绢数万匹，谷米数百斛，一古脑儿搬往峻营，只留御厨中食米数石，聊供御膳。

或语侍中钟雅道："君性亮直，必不为寇贼所容，何不见几趋避？"雅答道："国乱不能救，君危不能扶，尚欲趋避求生，朝廷要用什么臣子呢？"还是硬汉。既而峻称诏大赦，唯庾亮兄弟，不在赦例。平素颇推重王导，故仍使为原官，自为骠骑大将军，录尚书事。令祖约为侍中太尉尚书令，许柳为丹阳尹，马雄为左卫将军，祖涣为骁骑将军。弋阳王羕，徒步见峻，称述峻功，峻当然心喜，仍封羕为西阳王，兼官太宰，录尚书事。峻复遣兵攻吴国内史庾冰。冰系亮弟，所以峻不肯甘休。冰不能御，弃郡奔会稽，行至浙江，追兵尚不肯舍。幸有吴卒引冰下船，覆以草荐，吟啸鼓棹，泝流而去。每过逻所，辄用棹叩船，口作吴歌道："苏将军，悬赏缉庾冰，庾冰正在此，奈何不问侬？"岸上逻兵，见他舟中无人，还道他是酒醉胡言，由他过去。冰得幸免，往依会稽内史王舒。庾亮奔抵寻阳，宣太后诏，命温峤为骠骑将军，开府仪同三司，又加徐州刺史郗鉴为司空。峤怆然道："今日当以灭贼为急，若无功加官，何以服天下？"遂辞官不受。一面分兵给亮，涕泣誓师，志在讨峻，且先遣使奉表建康，慰问二宫起居。偏苏峻已经防着，出屯湖阴，不容外使出入，峤使只得返报。其实太后庾氏，已不堪忧郁，得病身亡，年仅三十二岁。太后性本仁惠，兼美容仪，临朝一事，曾推让再三，不得已乃受。咸和元年，有司请追赠后父琛及母邱氏，又由太后固让，终不见从。只是阴教虽娴，难语治国，名为训政，实都归庾亮一人主持，酿成叛乱，终至忧愤而崩。小子有诗叹道：

汹汹乱党入宫城，母后遭凶饱受惊。

三十二年悲短命，九原应自怨亲兄。

欲知建康能否再安，且待下回再表。

王敦甫平，苏峻又乱。敦见忌于元帝，遂蓄异图，峻见忌于庾亮，乃生变志。推原祸始，皆由朝廷驭将无方，酿成巨衅。然庾亮之失，较元帝为尤甚。峻虽有不臣之心，但观其闻召之始，遣使白亮，自愿外迁，乃征命已下，又复乞补荒郡，倘亮许为通融，尚未敢称兵犯阙，大祸潜消，未可知也。乃一再不许，激之为乱，温峤郗鉴，求入卫而俱却之，孔坦陶回，谋截击而复不从，事前无弭变之方，临事无御贼之策，卒至忠臣战死，乱党入都，凭陵宫阙，劫掠府库，辱官吏，污士女，而亮反驾舟远逸，窜匿寻阳，谋人家国者，果可若是之躁妄粗疏、轻狂狡猾耶？故吾谓苏峻之乱，亮实首祸，而峻尤其次焉者也。

第三十九回　温峤推诚迎陶侃
毛宝负剑救桓宣

却说建康为苏峻所困，内外不通，宫中一切情事，外人无从得闻。江州刺史温峤，原想进兵讨逆，无如京城消息，一无所知，也不好冒昧前进。可巧有都人范汪，从间道奔至寻阳，报称："苏峻政令不壹，贪暴凶横。人情愤怒，共愿诛峻，朝廷亦待援甚急，宜速进讨"云云。峤即使汪转白庾亮，亮即令汪参护军事。峤与亮本相友善，因互推为盟主。峤有从兄名充，佐峤戎幕，独向峤进议道："陶征西位重兵强，何不推为领袖？"陶侃为征西大将军，见三十七回。峤颇以为然，遂遣督护王愆期，驰往荆州，邀侃同赴国难。侃与庾亮有隙，且以未预顾命为恨，见前回。便答愆期道："我乃疆场外将，未敢与闻内事。"陶公大误。愆期依言复峤，峤再手书敦勉，终不见从。乃复遣使语侃，但说是仁公且守，仆当先行。使人已发，适参军毛宝，从他处回来，亟入见峤道："欲举大事，当与天下共谋，古人谓师克在和，便是此意。就使情迹可疑，尚留示人不觉，况自为携贰，尚能成事么？公急追使改书，推诚相与，料陶公亦不至固执了。"峤乃追还去使，另草一书，说得诚诚恳恳，愿奉侃为盟主。果然使人往返，得了效果，由侃遣督护龚登，率兵诣峤。峤有众七千，洒泪登舟，一面列数苏峻罪状，移告各镇。文云：

贼臣苏峻祖约，同恶相济，用生邪心，天夺其魄，死期将至，谴负天地，自绝人伦。寇不可纵，宜增军进讨，屯次湓口，即日护军庾亮来营，宣太后诏，寇逼宫城，王旅挠败，出告藩臣，谋宁社稷。后将军郭默，冠军将军赵胤，奋武将军龚保，与峤督护王愆期，西阳太守邓岳，鄱阳内史纪瞻，率其所领，相寻而至。逆贼肆凶，陵轹宗庙，火延宫掖，矢流太极。二宫幽逼，宰相困迫，残虐朝士，劫辱子女。承闻悲惶，精魂飞散。峤闇弱不武，不能殉艰，哀恨自咎，五情摧陨，惭负先帝托负之重，义在毕力，死而后已。今躬率所统，为士卒先，催进诸军，一时电击。西阳太守邓岳，寻阳太守褚诞等，连旗相继，宣城内史桓彝，已勒所属，屯滨江之要。江夏相周抚，与邓岳同时还朝，得为江夏相。乃心求征，军已向路。昔包胥楚国之微臣，重趼致诚，义感诸侯。蔺相如赵邦之陪隶，耻君之辱，按剑秦庭。皇汉之季，董卓作乱，劫迁献帝，虐害忠良，关东州郡，相率同盟。广陵功曹臧洪，郡之小吏耳，登坛歃血，涕泪横流，慷慨之节，实厲群后。况今居台鼎，据方州，列名邦，受国恩者哉！不期而会，不谋而同，不亦宜乎？二贼合众，不盈五千，且外畏胡寇，城内饥乏。后将军郭默，已于战阵俘杀贼千人，贼今虽残破都邑，其宿卫兵人，即时出散，不为贼用。祖约情性褊窄，忌克不仁，苏峻小子，唯利是视，残酷骄猜，权相假合，江表兴义以抗其前，强胡外寇以蹑其后，运漕隔绝，资食空悬，内乏外孤，势何得久？群公征镇，职在御侮，征西陶公，国之耆德，忠肃义正，勋庸弘著。诸方镇州郡，咸齐断金，同禀规略，以雪国耻。苟利社稷，死生以之。峤虽怯劣，忝据一方，赖忠贤之规，文武之助，君子竭诚，小人尽力。高操之士，被褐而从戎，负薪之徒，匍匐而赴命，率其私仆，致其私仗，人士之诚，竹帛不能载也，岂峤无德而致之哉？士禀义风，人感皇泽耳。且护军庾公，帝之元舅，德望隆重，率郭后军等，与峤戮力，得有资凭，且悲且庆，若朝廷之不泯也，其各明率所统，毋后事机。赏募之信，明如日月，有能斩约峻者，封五等侯，赏布万匹。忠为令德，为仁由已，万里一契，不在多言。

这篇移文，分使四颁，满望各处响应，同时举义。不意陶侃督护龚登，竟至峤舟相见，说是得陶公来书，促令还镇，弄得峤莫名其妙，慌忙将登留住，再遣王愆期致书陶侃，书中有云：

仆谓军有进而无退，宜增而不可减。近已移檄远近，言于盟府，克日大举。南康建安晋安三郡军，并在路次，同赴此会，唯须仁公督军戾止，使齐进耳。仁公今乃召还督护，疑惑远近，成败之由，将在于此。仆才轻任重，实赖仁公笃爱，远禀成规，至于首启戎行，不敢有辞。仆于仁公，当如常山之蛇，首尾相衔耳。或者不达高旨，将谓仁公缓于讨贼，此声难追，仆于仁公并受方岳之任，安危休戚，理既同之。且自倾之顾，绸缪往来，情深义重，著于人士之口，一旦有急，亦望仁公悉众见救。况社稷之难，唯仆偏当一州，州之文武，莫不翘企，假令此州不守，约峻树置官长于此，荆楚西逼强胡，东接逆贼，因之以饥馑，将来之危，必有甚于今日者。以大义言之，则社稷颠覆，主辱臣死。公进当为大晋之忠臣，参桓文之义，开国承家，铭之天府；退当以慈父雪爱子之痛。约峻凶逆无道，囚制人士，裸其五体，近日来者，不可忍见，骨肉生离，痛感天地。人心齐一，咸皆切齿。今之进讨，如以石投卵，无虑不克，若出军既缓，复召兵还，人心乖离，是为败于几成也，愿深察所陈，以副三军之望。

愆期到了荆州，奉书与侃。侃展书详览，至慈父雪爱子之痛句，不禁流涕道："我儿果死了吗？"看官！你道侃子为谁？原来就是庐江太守陶瞻，小子在前回中，已曾叙及，不过尚未说明侃子。就是当时内外断绝，陶瞻战死，侃虽稍有所闻，尚未确悉，此次得了峤书，已经证实，当然生悲。愆期复接口道："公子殉难，真实不虚。且苏峻乃是豺狼，如得逞志，四海虽广，肯容明公托足么？"侃将书放下，投袂而起，立即大集将士，戎服登舟，与愆期同赴峤军，倍道急进。将至寻阳，令愆期先行返报。愆期驰抵峤营，峤问明原委，喜出望外，只庾亮捏着一把冷汗，唯恐侃来报复，不得不与峤相谋。谁叫你平日量狭？峤说道："陶公既来赴难，谅不致再记前嫌，就使尚有芥蒂，总教向彼谢过便了。有峤在此，保无他忧。"遂与亮回舟相迎，两下会叙，由峤引导庾亮，代达殷勤。侃见亮趋入，故意不睬，亮只好硬着头皮，向侃拜谢。急来抱佛脚。侃拈须冷笑道："庾元规乃拜陶士行么？"亮见他词色不佳，慌忙引咎自责，亏得他生就厚脸，又有三寸妙舌，说得悱恻动人。赖有此尔。侃意乃少解，握住亮手道："君侯修石头城，防备老子，今日反来相求，才知老子是忠心为国，未尝通叛呢。”峤在旁婉劝，侃益释然，便相偕入寻阳城，大开筵宴，欢谈竟夕。越宿复登舟启行，东指建康，共计戍卒四万，旌旗相蔽，舳舻互连，钲鼓声远达数百里。

徐州刺史郗鉴，在广陵接得亮书，并所传太后诏旨，已流涕誓众，指日勤王。及闻陶温联兵东指，复遣将军夏侯长，间行语峤道：“公既仗义兴师，鉴愿执鞭从事，但闻叛贼欲挟天子，东入会稽，请公先立营垒，屯据要害，防贼逃逸，又断彼粮道，坚壁清野，与贼相持，贼进不得攻，退无所掠，不出旬月，自然溃散了。”峤深服鉴策，遣还夏侯长，麾舟进行。

苏峻闻四方兵起，用参军贾宁计，自姑孰还据石头，分兵拒敌，一面入宫劫迁幼主，出居石头城。司徒王导，与峻力争，舌剑谈锋，怎敌真刀真槊？毕竟拗他不过，强胁幼主登车。八龄天子，骤遭迫辱，哪得不掩面哀啼？将军刘超，侍中钟雅，并步行相随。天适大雨，道路泥泞，峻给刘钟二人乘马，二人皆不愿乘坐，且泣且行。到了石头，扶帝下车，入居仓屋，尘粞委积，不堪小住。峻即号为行宫，令亲信许方等人，补充司马督殿中监，外托宿卫为名，内实监制刘超钟雅。超与雅日侍帝侧，还有右光禄大夫荀崧，金紫光禄大夫华恒，尚书荀邃，侍中丁潭等，同处患难，各不相离。成帝在宫，尝读《孝经》《论语》，超仍然禀授，不使少闲。一息尚存，此志不容少懈。峻既忌超，又复敬超，时有馈遗，超皆不受。左光禄大夫陆晔，为峻所迫，令守行台，峻党匡术守台城。

尚书左丞孔坦，奔往陶侃，侃令为长史，与同计议。坦谓：“须联合东军，两面夹攻，方可灭贼。”侃也称良策，只虑道路中梗，不得相通。事有凑巧，那司徒王导，已遣密使得达三吴，托称太后诏谕，勉令东军起义，入救天子。于是会稽内史王舒，使庾冰为奋威将军，领兵万人，西渡浙江。吴兴太守虞潭，吴国内史蔡谟，前义兴太守顾众等，均望风起应，募兵讨贼。潭母孙氏，系吴孙权族孙女，早岁守嫠，教子有方，至是复尽发家僮，随潭助战，且鬻去环佩衣饰，充作军资，复召潭申诫道：“汝当移孝作忠，舍生取义，勿以我老为累呢。”是真贤母。潭益加奋勉，整兵将行。孙氏又闻会稽内史王舒，遣子允之为督护，乃再语潭道：“王府君遣子出征，汝何不相效，反出人下？”潭因令子楚为督护，使为前驱，往会允之。允之与庾冰，同至吴国，冰曾任吴国内史，见前回。蔡谟以冰当还旧任，即去职让冰，彼此同心协力，相继西进。途次与峻将管商张健等相值，两下交锋，互有杀伤，急切不能抵京。东边方兵争未决，西边亦战舰迭乘，陶侃温峤，进军茄子浦。峤因部兵习水，不善陆战，因下令军中，如有擅自登岸，立处死刑。

会峻送米万斛，馈运祖约，约遣司马桓抚率兵接应，为峤前锋将毛宝所闻，便欲上岸劫粮。部将以军令为辞，宝奋然道："兵法有言，将在外，君命有所不受。今贼粮在道，难道可纵令过去，仍不登岸邀击么？"遂不暇白峤，即麾兵上岸，鼓勇直前，杀退桓抚及运粮等人，把粮米一并夺来，始向峤处请罪。峤大喜道："君能通变达权，立功不小，何罪可言？"遂荐宝为庐江太守。陶侃亦表请王舒监浙东军事，虞潭监浙西军事，郗鉴都督扬州八郡军事，节制舒潭等军。鉴率众渡江，与侃等会合，雍州刺史魏该，亦引兵诣侃，侃乃麾动舟师，直指石头，屯次查浦，峤军另屯沙门浦。苏峻闻西军大至，自登烽火楼，望见长江一带，舟楫如林，不禁失色道："我原防温峤，能得众心，今果成事实了。"说毕，下楼派兵，分道扼守。庾亮使督护王彰，领兵进击，为峻党张曜所败，乃使司马殷融，送节谢侃。侃答语道："古人三败，君侯尚止二次，当今事势急迫，不宜自扰，致惑军心。"遂遣还殷融，劝令静守。侃部下都欲决战，侃与语道："贼众尚盛，未可争锋，不如宽待时日，用计破贼，方保万全。"由是按兵待变，未尝进攻。

苏峻得再遣部将韩晃，往攻宣城，宣城内史桓彝，前次入讨无功，反致败还。见前回。长史裨惠，复劝彝通好苏峻，权与周旋，冀纾兵祸。彝勃然道："我受国厚恩，义在致死，怎能忍耻与逆臣通问？事或不济，也是命数使然，虽死无恨。"遂遣偏将俞纵，往戍兰石。纵在戍未久，不遑修缮，闻韩晃掩至，只得驱兵出战。晃系百战悍将，部众又都精锐，眼见俞纵不是敌手，纵虽拼死奋斗，可奈部卒力弱，再进再却。左右劝纵退军，纵叹息道："我受桓侯厚恩，理当死报，我不负桓侯，犹桓侯不负国家。今日是我绝命时期了。"说着，策马突阵，竟至战死。韩晃乘胜进薄宣城，彝困守多日，势孤力屈，终遭陷没，为晃所害。不没两忠。

先是彝与郭璞为友，尝令璞筮定休咎，筮既成卦，璞即用手搅乱，彝惊问何因？璞怅然道："卦与我同。丈夫当此，必无良好结果，奈何奈何？"已而璞语彝道："我与君情好多年，如来访我，尽可入室，但千万不可如厕。倘或误犯，必至客主有殃。"彝记在心中，未敢犯忌。一日过饮至醉，竟闯入璞家，觅璞无着，便往厕所。家人忙来拦阻，已是无及。他见璞对厕兀立，裸身被发，衔刀奠醊，禁不住狂笑起来。却是好笑。璞闻声回顾，见是桓彝，不觉大惊，掷刀与语道："我前嘱君勿来厕所，君竟失约，不但祸我，君亦难免。天数难逃，无可禳解了。"彝似信非信，尚疑璞为捣鬼，大笑而去。谁料后来果如璞言，两人俱不得善终。命也何如。

话休叙烦，且说陶侃温峤，屯兵江上，自夏经秋，已经累月。峤本主张急进，屡次出战，亦皆失利。侃决意坐守，并未与峻党交锋。会因峤军败还，峻兵尚耀威江岸，拟迫侃军，侃军多有惧色。监军李根，请诸陶侃，拟筑白石垒，以蔽舟车。侃依根议，即拨兵夤夜赶筑，至晓即成。忽闻峻军内有号炮声，诸将互相惊愕，总道是峻来攻垒，独长史孔坦驳议道："峻若攻垒，必待东北风起，今天气清静，必不敢来，尽可勿虑。"诸将问何故鸣炮？坦又道："我料他必发兵东出，堵御东来各军。"诸将尚不肯信，及侦骑来报，果由峻出兵东向，击败王舒虞潭等军。孔坦复献议道："峻兵既得败东军，必来攻白石垒了，须亟遣重兵镇守。还有一虑，东军败退，京口随在可危，宜速使郗公还镇，尚可无忧。"侃乃使庾亮率精兵二千，往守白石，又令郗鉴与后将军郭默，同戍京口，立大业曲阿庱亭三垒，分峻兵势。峻果率步骑万余，攻白石垒，幸由庾亮严守，无隙可乘，方才退去。忽闻祖涣桓抚等来袭湓口，侃料是祖约应峻，双方并举，遂拟遣雍州刺史魏该，率兵往御。便有军吏入报道："魏刺史病故了。"侃惊疑道："魏刺史病殁，只好由我自行了。"遂往会温峤，拟留峤暂统各军，自率偏师，往援湓口。莫非有去意么？峤尚未答言，旁有一将应声道："义军恃公为主帅，公奈何轻行？此等小贼，只配末将等往剿呢。"侃见是毛宝发言，便问宝愿往否？宝答称愿往，奉令即行。途次接得谯国警耗，乃是祖涣桓抚，道出谯国，竟将谯城围住，当由宝兼程赴援，才到城下，即被涣抚等一阵冲突，并令弓弩手更番迭射，毙宝前队多人。宝向前力战，也为流矢所中，贯髀彻鞍。宝使人蹋鞍拔箭，流血满靴，他却毫不呼痛，收军暂退。等到箭声中断，复转身杀上，冲将过去。涣与抚已自幸得胜，不加防备，忽见宝跃马冲来，一时未及拦阻，竟被突入。宝军见主将受伤，尚如此奋勇，哪有不相率感奋，一齐随上。你刀我斧，尽力掩杀，立将敌阵捣乱。桓抚料不可敌，拨马先逃。祖涣独力难支，自然随走，谯城因得解围。内史桓宣，得出城迎宝，宝见他憔悴得很，不能再当冲要，乃使他东赴峤营，自率军进捣东关，攻破合肥戍垒。会接峤营来使，召令东还，乃引兵退归。祖约闻宝已退去，又欲派兵进击，不料故尚书令陈光，号召徒党，潜入攻约，好容易把约擒住，及仔细审视，乃是一个假祖约，貌似相类，实出两人，姓名叫做阎秃，系约帐下的从吏，约已从后墙逸出，无从追获了。想还有数月可活。光斩了阎秃，恐约召兵来攻，不能抵敌，乃北奔后赵，请石勒袭取寿春。勒遂令石聪石堪，领兵渡淮，径抵寿春城下。又由光寄发密书，诱动约将，使为内应。内外连结，顿将祖约逐去。约奔往历阳，聪等掳得寿春人民二万余户，渡淮北还。小子有诗咏道：

昆季如何大不同，乃兄靖虏弟兴戎。
痴心未遂先遭逐，叛贼由来少令终。

祖约败蹙，苏峻当然失势，峻将路永匡术贾宁等，向峻献策，峻却不从。究竟所献何计，容待下回叙明。

陶侃为晋室重臣，拥兵上游，理应为国图存，与同休戚，乃以一时之私忿，置国家于不顾，宁非大误？温峤一再贻书，推为盟主，而侃犹不从，甚至龚登已遣，尚欲召还，何私憾之深，一至于此耶？及闻陶瞻战死，舐犊生哀，乃登舟东指，与峤相会，然犹讥嘲庾亮，情见乎词。亮固有误国之罪，而侃亦不得为保国，若非温峤之推诚相与，则侃必不肯赴难，其去亮果几何也。厥后屯兵江上，旷日持久，虽峻兵尚盛，未易撄锋，然其徘徊瞻顾之状，犹可想见。桓彝之死，安知非侃之敛兵不动，有以致之？以视温峤之志在勤王，毛宝之志在戮力，盖不能无惭德矣。虞母孙氏尚知大义，奈何以堂堂之须眉，反出巾帼下？吾不禁为陶士行叹息云。

第四十回　枭首逆戡乱成功　宥元舅顾亲屈法

却说苏峻部将，如路永匡术贾宁等人，闻祖约败奔历阳，恐势孤援绝，不能成事，特向峻献议，劝峻尽诛司徒王导等，断绝人望，别树腹心。峻素来敬导，不允众议，路永遂生贰心。王导探知消息，即使参军袁耽，诱永归顺。永便即从导，导欲奉帝出奔，恐被峻党拦阻，反致不妙，因挈二子恬恰，与路永俱奔白石，往依义军。舍主自去，亦太取巧。陶侃温峤，与苏峻相持日久，仍然不决。峻却分兵四出，东西攻掠，所向多捷，人情汹惧。就是朝士奔往西军，亦云峻众势盛，锐不可当，侃未免灰心。独峤怒答道："诸君怯懦，不能讨贼，反来誉贼么？"话虽如此，但屡战不胜，也觉胆寒，已而峤军粮尽，向侃告贷。侃愤愤道："使君曾与我言，不患无良将，无兵粮，但欲得老仆为主帅，今数战皆败，良将何在？荆州接近胡蜀二虏，当备不虞，若再无兵食，如何保守？仆便当西归，更思良策，他日再来灭贼，也是未迟。"君可忘，子亦可忘吗？峤闻言大惊，忙答说道："师克在和，古有明训，从前光武济昆阳，曹公拔官渡，兵以义动，故能用寡胜众。今峻约小竖，凶逆滔天，何患不灭？峻骤胜生骄，自谓无敌，若诱令来战，一鼓可擒，奈何自败垂成，反欲却退哩？况天子幽逼，社稷颠危，四海臣子，正当肝脑涂地，奋不顾身，峤与公并受国恩，何能坐视？事若得济，臣主同休，万一无成，亦唯灰身以谢先帝。今日势成骑虎，不能再下，公或违众独返，人心必沮，沮众败事，义旗将回指公身了。"侃默然不答。

峤乃退出，与参军毛宝熟商，宝奋然道："下官能留住陶公。"乃诣侃进言道："公本应镇守芜湖，为南北声援。前既东下，势难再返，军法有进无退，非但整率三军，示众必死，就是一退以后，士心离沮，仓皇失据，必致败亡。前日杜弢为乱，亦尝猖獗，公一举灭弢，始享盛名，今难道不能灭峻么？贼亦畏死，未必统是勇悍，公可先拨给宝兵，上岸截粮，若宝不立功，然后公去，人情也不致生恨了。"侃方答道："君既肯奋力杀贼，我愿依议。"遂加宝为督护，拨兵数千，遣令速往。宝奉令即行。

竟陵太守李阳，又替峤白侃道："今温军乏食，向公借粮。公若不借，必至温军溃散，大事无成，阳恐各军将集怨公身，公虽有粟，也无从得食了。"侃乃分米五万石，接济峤军。嗣闻毛宝告捷，把句容湖熟诸屯粮，悉数毁去，这屯粮是苏峻的根本，根本既撤，料峻军必至乏食，久将自乱。侃乃留屯江上，不复言归。

峻遣韩晃张健等，往攻大业戍垒，不出孔坦所料。垒为后将军郭默所守，被韩晃等困住，水泄不通，守兵无从汲水，甚至取饮粪汁，聊自解渴。郭默不耐苦守，突围出奔，唯留戍卒守着。郗鉴在京口驻节，蓦闻郭默潜遁，不免加忧，参军曹纳进言道："大业为京口屏蔽，大业失守，京口恐难保全，不如亟还广陵，再图后举。"鉴摇手不答，但命左右召集僚佐。至僚佐已集，方责纳道："我尝受先帝顾命，不能预救危难，虽捐躯九泉，未足塞责。今强寇在迩，众志未定，君为我腹心，乃倡议退归，摇惑众心，教我如何驭众呢？"说至此，便旁顾左右，拟将纳推出斩首。纳吓得魂不附体，慌忙跪伏哀求，僚佐亦替他解免，方得贷死。鉴即拨兵助守大业，且遣使至侃军乞援。

侃欲亲自赴救，长史殷羡进谏道："我兵不惯步战，若往救大业，不能得胜，大事反从此去了。今不若急攻石头，石头得克，大业不劳往救，自然解围呢。"侃依了羡言，遂与庾亮温峤赵胤等会商，使亮等率着步兵，从白石南进，自督水军攻石头城。亮等皆如侃议，乃分率步兵万人，登岸南行。胤为前驱，峤与亮为后应。

苏峻闻步兵来攻，亲率八千人迎战，遣子硕与部将匡孝，分领前军数十骑，先薄胤军。匡孝骁勇异常，当先开路，及与胤军相遇，仗着那一杆铁槊，左挑右拨，运动如飞，胤军纷纷落马，无人敢当。后队兵士，相率倒退。胤亦禁遏不住，只好退走。峻在马上遥望，见胤军退去，不禁惹起野心，顾语左右道："孝能破贼，难道我不如孝么？"说着，即挈数骑前进，往追赵胤。寻死去了。可巧温峤军至，来助胤军，并力将匡孝杀退。孝已回马他遁，峻却冒冒失失，向前突阵。峤胤两军，已经排齐队伍，准备厮杀，还怕什么苏峻？峻见不可敌，回趋白木阪，忽听得扑蹋一声，马失前蹄，竟至扑倒。峻亦随向前扑，不能安坐，正拟下马易骑，不防背后有物投来，忍不住一阵奇痛，便即跌下。看官道是何物？原来是一种兵器，叫作钩矛，俗语呼为钩头枪，这钩头枪是何人所掷？乃是彭世李千。彭李两人，为陶侃部将，从峤助战，见苏峻返奔，便策马力追。峻闻后有追兵，脚忙手乱，马缰一松，因致颠蹶。彭李见他马蹶，相距还有数丈，只恐峻得脱逃，所以将矛遥掷，也是苏峻恶贯满盈，命数该绝，巧巧掷中背上，遂至坠地。彭世李千，立刻驰至，下马拔刀，将峻枭首。峻手下尚有数骑，逃命要紧，走得一个不留。温峤赵胤等，一并趋集白木阪，命将峻尸脔割如糜，毁去尸骨。众军齐呼万岁。峻兵八千人，顿时骇散，唯石头城还未溃乱。峻弟逸在城中，由司马任让等，奉为主将，闭城自守。峻将韩晃，得峻死耗，撤大业围，引还石头。他将管商弘徽，尚留攻庱亭垒。为郗鉴部将李闳，及长史滕含所破。管商走降庾亮，弘徽走依张健。温峤进薄石头城，就在城外设立大营，暂作行台，布告远近，凡故吏二千石以下，皆令赴台自效。官吏陆续趋集，各思图功。见危即避，闻利即趋，真是好计。

时光易过，两下相持，又过残年。光禄大夫陆晔，本由峻派守行台，峻将匡术，派守台城，至是晔令弟尚书陆玩，劝术反正。术见大势已去，乐得变计求生，遂举台城归附西军。百官亦乘势出头，推晔督领宫城军事。陶侃又遣毛宝入守南城，邓岳入守西城，建康复定，只有石头未下。右卫将军刘超，侍中钟雅，与建康令管旆等，拟奉成帝出赴西军，不幸密谋被泄，即由任让奉苏逸令，带兵入宫，拘住超雅。成帝下座，将超雅二人抱住，且语且泣道："还我侍中右卫。"让不肯从，扯开成帝，竟把二人牵出，一刀一个，杀死了事。复大发兵攻台城，韩晃当先，逸与从子硕继进，用了火弓火箭，射入城中，焚去太极东堂，延及秘阁。毛宝饬兵士扑救，自执弓矢，登城守御，弓弦响处，无不倒毙。晃见宝箭法如神，便仰首呼宝道："君号勇果，何不出斗？"宝亦答道："君号健将，何不入斗？"晃不禁大笑，再欲攻城，忽接到石头被攻消息，乃收兵退去。苏逸苏硕，先已引还，那围攻石头的兵马，便是陶侃温峤等军。就是扼守京口的郗鉴，亦遣长史滕含等入助。滕含带着步兵，在石头城下待着，邀击苏逸。逸退还时，被含痛击一阵，伤亡甚多。苏硕后至，与含混战，方得杀开走路，拥逸入城。至韩晃到来，含已退去，硕自恃骁勇，率领壮士数百，渡淮赴战，正值温峤截住，乘硕渡至中流，麾舟急击，把硕兵冲作数段。硕长陆战，不善水斗，弄得进退两难，立被峤军击毙。石头戍兵，闻硕败死，统皆夺气。韩晃开城出走，兵士争先恐后，一齐狂奔，无如门隘难容，互相践踏，死不胜计。滕含正在城外巡弋，趁机掩杀，门不及闭，便得攻进，兜头碰着苏逸，两马相交，刀枪并举，不到数合，被含卖个破绽，刺逸下马。含将李汤，从旁趋至，将逸擒住，任让急来抢救，已是不及。含麾众围让，让欲走无路，也即受擒。成帝尚在行宫，由含将曹据入卫，抱帝赴温峤船。峤率群臣迎谒，顿首请罪。成帝虽然年稚，究竟在位四年，多见多闻，也说了几句慰劳的话儿，均令起身。未几陶侃亦至，见过成帝，奉入京师，随即诛死苏逸，并斩任让。让与侃有旧交，侃请贷一死，成帝流泪道："他杀我侍中右卫，怎得赦免呢？"侃多怀私，反不及幼主明白。侃不便再言，让乃伏诛。又捕戮西阳王羕，及羕二子播充。司徒王导，由白石入石头，令取故节，侃嘲语道："苏武节似不如是。"导不禁赧颜，侃一笑而散。于是颁诏大赦。

峻党张健，奔驻曲阿，弘徽韩晃等，先后趋至。健拟东窜吴兴，弘徽谓不如北走，两人争论起来。健拔出佩刀，剁毙弘徽，遂使韩晃等乘车陆行，自己乘舟水行。舟车中满载子女玉帛，由延陵东赴吴兴，东军尚未退去，即由王允之亲督将士，截住水陆两路叛党，大破张健韩晃，夺得男女万余口，并金银布帛等物。健晃收拾余众，改向西奔，又被郗鉴阻住，不能过去，因转走岩山。鉴使参军李闳，领兵追击，健等逃匿山冈，不敢出战。唯韩晃挟箭两囊，至山腰中，自坐胡床，弯弓迭射。闳麾众登山，前驱多中箭倒毙，直至箭已射尽，才得杀上，把晃围住，四面攒击。任你韩晃如何枭悍，也落得身首异处，一命呜呼。闳众挟刃再登，搜杀健等，健料不能免，惶恐出降。闳责他罪恶滔天，立命枭首。自是峻党尽平。冠军将军赵胤，复遣部将甘苗，往攻历阳。祖约部将牵腾，开城迎苗。约挈领家族，及左右数百人，逃奔后赵去了。

两叛既灭，江左粗安，唯建康宫阙，已成灰烬，一时不及筑造，但借建平园为宫。温峤欲迁都豫章，三吴人士，请迁都会稽。议出两岐，纷纭未决。司徒王导，独主张仍旧，排斥众议道："孙仲谋与刘玄德，俱言建康饶有王气，足为皇都，怎得无端迁徙呢？古时圣帝明王，卑宫菲服，不求华丽，若能务本节用，休养生息，不出数年，元气渐复，自见蕃昌；否则移居乐土，亦且成墟，即如近来北寇，日伺我隙，我再避往蛮越，更属非计，道在镇定如常，安内驭外，才无后忧。"此语却说得有理。温峤等听到此言，也以为导有远见，取消前议，不复迁都，即用褚翜为丹阳尹。翜收集散亡，尽心抚字，京邑复安。朝廷论功行赏，进陶侃为侍中太尉，封长沙公，兼督交广宁州诸军事。郗鉴为侍中司空，封南昌公。温峤为骠骑将军，开府仪同三司，加散骑常侍，封始安公。陆晔进爵江陵公。此外得进封侯伯子男，不可胜计。追赠卞壶桓彝刘超钟雅羊曼陶瞻等官爵，并各赐谥。峻党路永匡术贾宁，相继反正，王导欲悉予封阶。温峤道："永等皆苏峻腹心，首为乱阶，负罪甚大，晚虽改悟，未足赎罪。诚使得全首领，已为幸事，岂尚可再给荣封么？"导乃罢议。

陶侃因江陵偏远，请移镇巴陵。有诏依议，侃乃辞去。温峤亦陛辞归镇，朝议欲留峤辅政。峤推让王导，谓系先皇旧臣，仍当照常倚任，不宜参用藩臣，因固辞而出。且以京邑荒残，资用不足，特将私蓄财物，留献宫廷，然后西行。温太真确是纯臣。唯庾亮初谒成帝，稽颡谢罪，嗣复上表辞职，欲阖门投窜山海。成帝手诏慰谕，谓系社稷危难，责不在舅云云。未免左袒。亮自觉过意不去，又上书引咎道：

> 臣凡鄙小人，才不经世，阶缘戚属，累忝非服，叨窃弥重，谤议弥兴。皇家多难，未敢告退，遂随谍辗转，便膺显任。先帝不豫，臣参侍医药，登遐顾命，又豫闻后事，岂云德授？盖以亲也。臣知其不可，而不敢逃命，实以田夫之交，犹有寄托，况君臣之义，道贯自然。哀悲眷恋，不敢违拒。加以陛下初在谅暗，先后亲揽万机，宣通外内，臣当其责，是以激节驱驰，志以死报。顾乃才下位高，知进忘退，乘宠骄盈，渐不自觉，进不能抚宁内外，退不能推贤宗长，遂使四海谤怨，群议沸腾。祖约苏峻，不堪其愤，纵肆凶逆，事由臣发，社稷倾覆，宗庙虚废，先后以忧逼登遐，陛下旰食逾年，四海哀惶，肝脑涂地，臣之招

也，臣之罪也。朝廷寸斩之，屠戮之，不足以谢祖宗七庙之灵。臣灰身灭族，不足以塞四海之责。臣负国家，其罪实大，实天所不覆，地所不载。陛下矜而不诛，有司纵而不戮，自古及今，岂有不忠不孝，如臣之甚？不能伏剑北阙，偷存视息，虽生之日，犹死之年。朝廷复何理齿臣于人次？臣亦何颜自次于人理？臣欲自投草泽，思愆之心也，愿陛下览先朝谬授之失，虽垂宽宥，全其首领，犹宜弃之，任其自存自殁，则天下粗知劝戒之纲矣。冒昧渎陈，翘切待命。

这书呈入，复有诏复答道：

苏峻奸逆，人所共闻，今年不反，明年必反。舅勃然而召，正是不忍见无礼于君者也。论情与义，何得谓之不忠乎？若以总率征讨，事至败丧，有司宜绳以国法，诚则然矣。但舅申告方伯，席卷东来，舅躬擐甲胄，卒得殄逆，社稷乂安，宗庙有奉，岂非舅与二三方伯，忘身陈力之勋耶？方当策勋行赏，岂可咎及既往？舅当上奉先帝付托之重，弘济艰难，使衍冲人，永有凭赖，则天下幸甚！

亮既接诏，尚欲逃入山海，准备舟楫，东出暨阳。可不必做主了。诏令有司收截各舟，亮乃改求外镇，效力自赎，因出督江西宣城诸军事，拜平西将军，假节豫州刺史，领宣城内史，镇守芜湖。还有湘州刺史卞敦，前曾闻难不赴，但遣督护带领数百人，随从大军。陶侃劾敦阻军观望，请槛车收付廷尉。敦原宜劾，但出自陶公，扪心果能免疚否？独王导谓丧乱甫平，应从宽宥，唯徙敦为广州刺史。敦适抱病，不愿南行，乃征为光禄大夫。未几病死，尚追赠散骑常侍，赐谥曰敬。宜削去右旁，谥一苟字。

温峤自建康西还武昌，舟过牛渚矶，水深不可测摸，相传下多怪物。峤发出奇想，令毁犀角照水，果见怪物丛集，或乘马，或乘车，多着赤衣，奇形异状，见所未见。是夕，卧宿舟中，梦有一异人来语道："与君幽明相隔，何故照我？"峤尚欲详问，被异人用物击来，适中门牙，痛极而醒。次日，齿尚觉痛，他本有齿疾，至此因痛不可耐，将牙齿拔落二枚，不意痛仍未痊，反致唇舌艰涩，如中风状。莅镇以后，医治无效，不到旬日，便即去世，年只四十有二。江州士民，相率下泪。有诏赠峤侍中大将军，赐钱百万，布千匹，予谥忠武。

即令峤军司刘胤，嗣为江州刺史。陶侃郗鉴，表称胤不胜任，宜别简良才，王导不从。胤素纵酒渔色，不恤政事。后将军郭默，曾为胤所侮，时常怀恨，此时留屯淮北，竟率兵夜向武昌，候旦开门，突然掩入，诈称有诏收胤，不问他人。胤部下将吏，不知何因，未便拒抗。默突入内寝，胤尚拥妾同卧，被默牵出床下，一刀砍死。妾有姿色，取为己有，又掠得金宝及胤妻女，自称江州刺史，一面将胤首传入建康，诬胤谋逆。王导虑不可制，但令默为豫州刺史，不敢问罪。王导专尚姑息。武昌太守邓岳，驰白陶侃。侃即上表讨默，且致导书道："郭默害方州，就用为方州，倘再害宰相，莫非便使为宰相么？"诘问得妙！导复书谓："遵养时晦，留待足下。"侃览书大笑道："这乃遵养时贼哩。"遂驱兵登舟，直向武昌，四面环攻。默将张丑宋侯等，惧侃威势，缚默出降。侃斩默枭首，解送京师，诏令侃兼督江州，并领刺史。小子有诗叹道：

藐视王章太不伦，况经矫诏害疆臣。
若非当日陶公在，时贼居然得莅新。

侃既平默，威名益震，连后赵都惮他英威，不敢南窥。唯后赵主石勒，时正强盛，并吞前赵，欲知详情，请看下回分解。

合东西各军之力，夹攻苏峻，犹至旷日无功，非将帅之皆无用，弊在号令不专，互相观望耳。苏峻之突阵被斩，实遭天殛，非尽由人力也。试观书中所叙，唯温峤一人，志在讨逆，彻始贯终；毛宝勇敢，未始非为峤所激，感奋而成，陶士行辈皆无取尔。庾亮身为元舅，败不能死，徒自引咎，以塞众谤。卞敦观望不前，仍不加罪，晋政不纲，亦可知矣。成帝幼冲，原无足怪，司其责者，实唯王导，而时人反目为江左夷吾，其然，岂其然乎？

第四十一回　察铃音异僧献技
失军律醉汉遭擒

却说后赵主石勒，乘晋内乱，连夺司豫青徐兖诸州，见三十五回。复遣兵进扰江淮，攻陷寿春。见三十九回。一面令石虎等率众四万，从轵关西行，往攻刘曜，略定河东五十余县，进迫蒲坂。曜大发水陆各军，亲自督领，由卫关北渡黄河，为蒲坂援应。石虎闻曜军大至，不免震惧，乃撤围退兵。曜追至高候，得及虎兵，两下交战，虎兵大败，偏将石瞻战死，余众亦伤亡大半，伏尸二百余里，丧失资械，不可胜计。虎逃奔朝歌，曜乘胜南下，攻金墉城。后赵守将石生，竭力抵御，曜猛扑不克，因决穿千金堨外的流水，灌入城中。城内兵民，险些儿变成鱼鳖，幸亏金墉城素来坚固，不致坍没。石生移民登阜，麾兵乘城，日夜严防，兀自支撑得住。曜见金墉难拔，又分兵转攻汲郡河内，后赵荥阳太守尹矩，野王太守张进等，均迎降曜军，曜势大振，襄国戒严。

是时石勒右长史张宾，已经病殁，勒如失左右手，尝临丧大恸道："天不欲我成事么？何故夺我右侯？"不令汝死，老天煞是有情。既而令司马程遐，代为右长史，遐智计不及张宾，但因妹为勒妾，得预政权。勒每与遐议及国事，意见不合，辄流涕道："右侯遽舍我长逝，乃令我与此辈共议，岂非天数？"又要归咎于天，天岂常来顾汝么？及曜围金墉，勒拟亲出为援，程遐等入谏道："刘曜乘胜南行，一时难与争锋，唯金墉城坚粮足，不致遽陷，待曜师老力疲，自然退去。大王不宜亲动，一或躁率，难保万全，大业反从此失败了。”勒怒叱道：“汝等何知？休来妄言！”遐尚欲再谏，勒竟拔剑置案，几欲动手杀遐，遐乃怯退。

先是参军徐光，醉后忘情，致忤勒意，为勒所幽。至是勒复忆光，释令出狱，召与商议道：“刘曜乘高候胜仗，进围洛阳，看似锋不可当，但孤思曜带甲十万，围攻一城，多日不克，势必懈怠。若率我锐卒，击彼怠兵，无虑不胜。倘迟至洛阳不守，曜必鼓勇前来，席卷河北，直至冀州，我军为彼所慑，不战必溃，大事去了。程遐等不欲我行，卿意以为何如？”光应声道：“大王所料，确是胜算，试想刘曜既战胜高候，不能进临襄国，乃反往攻金墉，显见是无能为呢。诚使大王督兵亲征，彼必望旗奔败，平定天下，在此一举，何必多疑。”勒狞笑道：“如卿才合孤心哩。”遂下令调集人马，克日启行。

勒平时常敬礼西僧佛图澄，因复将出师休咎，令他预决。澄忽作梵语道：“秀支替戾冈，仆谷劬秃当。”勒听了茫然不解，请澄释明意义。澄乃答道：“秀支便是兵，替戾冈是出行的意义，仆谷指刘曜胡位，劬秃当就是捉人意。依此解释，定能出兵拒曜了。”勒又问出自何经？澄答称是相轮寺铃音。铃音可作预谶么？勒将信将疑。澄自言尚有一法，可觇未来，当由勒请令一试，澄谓须展期七日，七日内令一童子持斋，斋期满，方能觇视，于是如法施行。眨眼间已是七日，澄即入见，在勒前行法，令左右取过麻油及胭脂，二物搀合，置诸掌心，又用两手摩擦，好一歇方才启掌，粲然有光。勒等只见他掌中光芒，看不出什么奇异，独持斋七日的童子，顾视澄掌，不禁大诧道：“内有无数兵马，捉住一须长面白的大人。”澄即语勒道：“这就是刘曜了。”掌中有如此幻影，无怪如来佛能捉孙悟空。勒乃大喜，即令亲将石堪石聪，往会豫州刺史桃豹等，各率部众趋荥阳，复饬石虎进据石门，自统步骑四万，出发襄国，下令敢谏者斩，程遐等自然不敢再言，一任勒上马登途去了。

但佛图澄究是何人，能有这般秘术？相传澄生长天竺，本姓帛氏，至晋怀帝永嘉四年，始至洛阳，自云百有余岁，能服气摄生，连日不食。每持神咒，役使鬼神，腹旁有一孔，用絮塞住，夜间拔絮露孔，光照一室。又尝至流水侧，从孔中取出脏腑，就水洗净，还纳腹中，洛人称为奇僧。至洛中大乱，投依勒将郭黑。黑从勒四出，每预知行兵吉凶，勒当然疑问。黑谓由澄所授，因即召澄相见，试以道法。澄取钵盛水，焚香持咒，立见钵中生出青莲，花光曜日，勒乃惊服。嗣是勒有举动，澄辄先知。勒为赵王至五年，襄国大旱，勒令澄祷雨，澄言祷求无益，别有良法。遂率徒侣往石井岗。掘得死龙一条，长约尺余，取置水盂，半日复苏。澄向龙咒诵，用酒为奠，蓦见龙一跃上升，腾往天空，即见阴霾四塞，大雨倾盆，田野沾足。因改名天井岗为龙岗。过了数年，襄国城壕，水源骤涸，勒又求澄设法。澄笑答道："城壕无水，敕龙往取便了。"勒本字世龙，疑澄有心嘲弄，亦笑语道："正因龙不能取水，所以商诸高僧。"澄乃正色道："这是实语，并非戏言。水泉无论大小，必有神龙居住，今城堑水源，在西北五里团丸祠下，若非敕龙取水，水何从来？"说毕自出。随引弟子法首等数人，径至团丸祠下，自坐绳床，烧安息香，口中念念有词，絮絮不绝。直至三日三夜，方有小水流动，一小龙长五六寸，随水出没，人民相率趋观。澄禁令逼视，不到半日，水势骤涨，汹涌澎湃，流满隍堑，龙亦不知去向了。澄返报石勒，勒益加敬礼，号为大和尚，这且待后再表。事见《十六国春秋》中。

且说赵王刘曜，自据位称尊后，起初还从善纳谏，用游子远为车骑大将军，讨平氐羌。依侍中乔豫和苞等言，罢建宫室。又在长乐宫东隅立太学，未央宫西隅立小学，凡百姓年在十三以上，二十五以下，聪颖可教，俱令入学肄业，共得千五百人。命中书监刘均领国子祭酒，散骑侍郎董景道为崇文祭酒，居然尊经讲道，用夏变夷。曜后羊氏，虽得专宠干政，究竟也没有什么权力，曜立羊氏为后，见三十二回。在位四年，境内尚称平安，不过与后赵已成仇隙，屡有兵争。是年五月，终南山忽崩。长安人刘终，从山崩处拾得白玉一方，上有篆文云："皇亡皇亡，败赵昌，井水竭，构五梁。咢酉小衰，困嚣丧呜。呜呼呜呼，赤牛奋靷其尽乎。"终莫名其妙，但赍玉献曜。曜臣都称为石勒将灭，乃有此征，因联翩入贺。曜也以为天锡祯祥，特斋戒七日，至太庙中拜受瑞玉，命终为奉瑞大夫。好象做梦。独中书监刘均上书道：

臣闻国主山川，故山崩川竭，国君为之不举。终南京师之镇，国之所瞻，无故而崩，其凶可知。昔三代之季，其灾也如是，今朝臣皆言祥瑞，臣独言非，诚上忤圣旨，下违众议。然臣不达大理，窃所未同。何则，玉之于山石也，犹君之于臣下。山崩石坏，象国倾人乱，皇亡皇亡。败赵昌者，此言王室将为赵所败，赵因之而昌大。今大赵都于秦雍，而勒跨全赵之地，赵昌之应，当在石勒，不在我也。井水竭，构五梁者，井谓东井，秦之分也，五谓五车，梁谓大梁，五车大梁，赵之分也，此言秦将绝灭以构成赵也。咢者岁之次，名作咢也，言岁驭作咢酉之年，当有败军杀将之事。困谓困敦，岁在子之年名，玄嚣亦在子之次，言岁驭于子，国当丧亡。赤牛奋靷，谓赤奋若，在丑之岁名也。牛谓牵牛，东北维之宿，丑之分也，言岁在于丑，当灭之殆尽，无复遗也。太岁在酉曰作咢，在子曰困敦，在丑曰赤奋，若语见《尔雅》。此其诚悟蒸蒸，欲陛下勤修德化以禳之耳。纵为嘉祥，尚愿陛下夕惕以答之。《书》曰："虽休勿休"，愿陛下追踪周旦盟津之美，捐鄗虢公梦庙之凶，谨归沐浴以待妖言之诛，则国家幸甚！

曜览毕均书，倒也怃然动容。廷臣劾均狂言瞽说，诬妄妖瑞，应作大不敬论。曜却谓不问灾祥，均当深戒，怎得加罪刘均。越年，又从并州献入玉玺一枚，文为赵盛二字。曜乃不复称瑞，但收贮库中罢了。既而征服仇池王杨难敌，又因秦州刺史陈安叛乱，亲往讨平。赤亭羌酋姚弋仲，亦称臣受封。姚弋仲见前文。凉州牧张寔，为帐下将阎涉所戕，张寔见第三回。寔弟张茂，平定内乱，嗣为凉州刺史。曜复率领戍卒二十八万，进攻凉州。茂惮曜兵威，奉表称藩，曜乃退兵。自是渐即骄盈，沉湎酒色。羊后病死，更立侍中刘昶侄女刘氏为后。才阅一年，刘氏又病不能起，留有遗言，请纳从妹刘芳。芳女姿色，比姊秀美，年甫十三，已长七尺八寸，垂手过膝，发与身齐。曜当然纳入，即册为继后，时已为光初十一年。光初为刘曜年号，见三十二回。曜命骠骑将军刘述为大司徒，侍中刘昶为太保，召公卿以下子弟，入阙亲选，见有材武出众，便使为亲御郎，被甲乘马，随同出入。尚书郝述，都水使者支当等，谓人主不宜日近武人，致触曜怒，勒令服毒自尽。是夕，曜梦见空中降下三神，统是金面丹唇，东向逡巡，不言即退。当下恍惚前追，屈身下拜，俯履三人足迹。俄而惊寤，细思梦兆，辨不出什么吉凶。翌晨，召入公卿，令他详梦。一班谐臣媚子，无非曲意献谀，交口称贺，唯太史令任义，谓梦兆不祥，列陈见解，大略说是：

三者历运统之极也，东为震位，王者之始次也。金为兑位，物衰落也。丹唇不言，事之毕也。逡巡揖让，退舍之道也。为之拜者，屈服于人也。履迹而行，慎勿出疆也。东井，秦之分也，五车，赵之分也，秦兵必大起，亡主丧师，留败赵地，远至三年，近七百日，其应不远，幸熟思而慎防之！

曜闻言大惧，即亲祀二郊，修缮神祠，遍祷名山大川，大赦死罪以下，减免百姓半租。徒务表面，有何益处？越年，春令大旱，好几月不见甘霖，曜偏分兵袭仇池，攻凉州，略河南，一些儿不加轸恤，但令出掠境外，夺得子女玉帛，还充府实。国人遇有旱灾，令他四出纵掠，不可谓非理财妙诀。又越年出败石虎，便是围攻金墉城一役。补叙刘曜数年间事，使知败亡之由来。后赵主石勒，自救金墉。至大堨渡河，时当仲冬，寒风似刀，河滨更甚。及勒军将渡，忽天气转为晴和，风静冰泮，安然得济。济毕又狂风大起，沉阴如故。勒大喜道："这是天神祐我哩。"此番才喜有天了。遂改名大堨为灵昌津。参军徐光，亦随勒南行，勒顾语光道："刘曜闻我出兵，若移兵成皋，据关拒我，方为上策；依洛为营，负水自固，乃是下策；坐守洛阳，束手待擒，便成无策了。"既而勒至成皋，会集诸军，得步兵六万，骑兵二万七千，鼓行而进，一路无阻，并不见有曜军。勒举手上指，又自指额，连声呼天，天何言哉。复令兵士卷甲衔枚，从间道出巩訾间，昼夜不休，直至洛水，遥见曜兵俱退驻对岸，连营十余里，差不多有十多万人，更不禁大喜道："曜真庸奴，为我所料，诸将士已好贺我了。"大众闻言，统向勒道贺。勒扬鞭得意，督步骑入宣阳门，由守将石生出接，迎入故太极前殿，升座劳众，休息一宵。越宿，乃部署兵马，整顿器械，准期明日出战。命石虎率步卒三万人，自城北趋西，攻曜中军，石堪石聪各领骑兵八千人，自城西趋北，击曜前锋。三人领命归营。勒又预戒亲卒，五更造饭，黎明饱餐，开城助战。

这一边已安排就绪，那一边尚杂乱无章。刘曜围攻金墉，已过了三月有余，他见坚城难下，索性置诸度外，镇日与群臣饮博，酣醉无度，不恤士卒。左右或进言相规，曜斥为妄语，连杀数人。及闻勒渡河亲至，方拟遣兵增戍，堵截勒兵。议尚未定，勒兵已抵洛水，前驱谍使，被曜候骑获得一人，献入营中。曜亲问道："大胡自来么？率众几何？"谍使答道："大王自来，兵势甚盛。"曜闻言不禁失色，便下令撤围，退营洛水西岸。叙出曜军情形，方与上文接笋。到了勒兵入城，曜尚无布置，仍然拼命饮酒。临战的早晨，已闻石虎石堪等两路杀来，还要饮酒数斗，喝得醉意醺醺，方披甲上马。马无故悲鸣，立住不动，经曜挥了数鞭，反见马倒退下去，一前一却，几乎把曜掀落，亏得左右将曜扶住，仓猝下马，改乘他骑。已兆不祥。曜疑是酒力未足，致马作怪，再命左右进酒一斗，一气喝干，乃策马出营，径诣西阳门。说时迟，那时快，石虎从左杀到，石堪石聪从右杀来。曜兵抵挡不住，纷纷溃乱。曜已烂醉如泥，不知进退，但向西阳门驰去，不防石勒带着亲兵，由阊阖门绕至西阳门，迎头击曜。曜醉眼蒙胧，望不出什么石勒，唯听得一声大喝道："刘曜快来受死！"这一语传入耳鼓，才把十分酒意，吓退三分。又见前面兵士，好几个滚下头颅，乃拍马返奔，忙不择路，只管沿洛水边乱跑。又听背后有人叫道："刘曜休走！"曜也不敢回头，飞马奔逃。那后面的箭镞，接连射来，可恨背上不生眼睛，无从闪避，徒受了三处箭伤。马亦中了数箭，负痛乱跃，高低不辨，竟致陷入石渠。曜慌忙提缰，马足虽得拔出，马力已竭，坠倒水滨，曜亦当然同坠。可巧水结成冰，将人马一同搁住，不致沉溺。还是溺死的好。奈左右俱已逃散，无人相救。俄而追兵驰到，用着挠钩等件，将曜钩起。曜身上又受创十余，卧在地上，由他捆缚，勉强开眼一瞧，面前立着一马，马上坐着一员大将，正是后赵都尉石堪。堪见曜西奔，率马追来，用箭射到刘曜，遂得擒曜报功。

曜兵一半逃去，一半被杀。勒乃下令道："我只欲擒获一人，今已得擒住，将士等可抑锋止锐，毋得再加杀戮，有伤天仁。"于是收军入城，牵曜至河南丞廨，把他拘住。一面宰牛设飨，大犒将士。一连三日，方班师北还襄国，使征东将军石邃，押曜同行。曜创痕未痊，不能行动，因用马车载曜，令金创医李永，与曜同载，沿途疗治。既至北苑市，三老孙机，请诸勒前，愿一见曜，勒即允诺。机持酒一大觥，进白刘曜道："仆谷王，关右称帝王，当持重，保土疆；轻用兵，败洛阳，祚运穷，天所亡；开大量，进一觞。"曜见机庞眉皓首，须发似银，乃接觥答语道："老翁年当近百，尚这般康健么？我当为公满饮此觞。"说着，一吸立尽。适配胃口。孙机乃退。勒闻机言，也为怅然道："亡国奴，应该使老叟数罪哩。"及驰入襄国，勒令曜居永丰小城，遣还伎妾，与曜为伴，唯派兵监守，不准曜出入自由。

先是两赵连岁交兵，互有擒获，勒将石佗，为曜军所擒，便即杀死。曜将刘岳刘震，为勒军所擒，尚未被杀，至此岳震等，得奉勒命，许令见曜。曜瞿然道：“我道卿等久为灰土，不意石王仁厚，全宥至今，我骤杀石佗，有愧石王，无怪今日遭祸呢。”乃留岳震等同宴，终日始别。此时已近死期，乐得痛饮数杯。勒使人语曜，令致彼太子熙书，嘱使速降。曜不从勒意，但饬熙与群臣维持社稷，不必为我易虑云云。勒因此嫉曜，寻即将曜害死。曜僭位十三年，岁次戊子，兵败被擒，正与刘均言相符。小子有诗叹道：

谶纬遗文宁足凭？荒耽才是国亡征。
古今多少沧桑感，无道保邦得未曾。

曜子熙居守长安，能否保全宗祀，且看下回自知。

佛图澄之种种秘术，俱载前史，相传至今，是否确凿，亦无从证实。即果有其事，亦不过如张陆于吉之流耳。律以治国平天下之大道，澄固未足语此也。刘曜少时，以聪慧闻，刘渊尝称为千里驹；及长尤多奇略，自比乐毅萧曹，刘聪又以世祖魏武拟之；及靳准篡汉，仗义讨贼，再兴刘氏，似乎刘渊父子之言，不为无见，乃观其金墉一役，醉态昏迷，毫无军谋，仓猝一战，便为所擒，岂其天夺之魄，使汩性灵？抑亦由沉湎酒色，乃有此昏庸之结果也！世间自有大丈夫，特淫妇人之媟词耳。曜顾信之不疑，酿成骄态，其曷能免灭亡之祸哉？

第四十二回　并前赵石勒称尊
防中山徐邈泣谏

却说刘熙居守长安，接得乃父被擒消息，当然大骇，急与南阳王刘胤等，商量方法。胤本是刘曜嫡子，为元配卜氏所生，从前靳准作乱，胤逃匿邻近郁鞠部。及刘曜即位，郁鞠部送胤归国，曜见他身长多力，意欲废熙立胤。胤舅左光禄大夫卜泰，及太子太保韩广等，均谓不宜废立，胤亦涕泣固辞。曜也追忆羊后，不忍废熙，乃封胤为王，号为皇子，追谥元配卜氏为元悼皇后，进卜泰为太子太傅，仪同三司。其实太子熙，原是懦弱，就是胤亦徒有外表，未足称能。曜率兵南下时，胤且进署大司马，辅熙居守。一切政事，归胤裁决，所以曜陷没后赵，熙即召胤计议。胤谓长安难守，不如退保秦州。尚书胡勋进言道："今主子虽已丧亡，国家尚未残缺，兵士不下数十万人，正可并力扼险，堵御石氏，万一力不能拒，再走未迟。"胤怒叱道："汝敢挠沮众心么？"遂喝令左右，把胡勋牵出斩首。胤不但无能，且是个糊涂虫，怎能保国？勋既冤死，还有何人再敢多嘴，遂相率奔往上邽。首都一动，各镇皆摇，汝阴王刘厚，安定王刘策，各弃镇西走，关中大乱。

将军蒋英辛恕，拥众数万，入据长安，遣人奉表后赵，情愿投降。石勒览表，即敕洛阳守将石生，乘便西略。生即带领部曲，径入长安。那时刘胤却率兵数万，从上邽出发，来与石生争长安城。前时已愿弃去，此时复欲夺还，奇极怪极。陇东武都安定新平北地扶风始平诸郡胡人，亦奋起应胤。胤军次仲桥，石生婴城自守，飞使向襄国乞援。勒即遣石虎往救，拨给骑兵二万，由虎带去。虎行至义渠，与各郡胡人相值，好似虎入羊群，不值一扫，夷人四面遁去，虎即进捣胤营。胤闻胡人败遁，已是心怯，没奈何出营迎战。两阵对圆，锋刃相交，虎麾动铁骑，冲入胤阵，纵横驰骋，十荡十决。胤慌忙奔还，经虎从后追击，杀得尸横遍野，血流成渠，遂进薄上邽城下。上邽城内的将吏，见胤逃还，都吓得魂魄飞扬，哪里还敢抵御？不到数日，便即溃散。虎挥众登城，擒住赵太子熙，南阳王胤，及王公卿校以上三千余人，一律杀死，所有后宫妃妾，俱分给将士。唯曜有女安定公主，年甫十二，却生得身材窈窕，眉目轻盈。虎取为己有，也不管她年龄长幼，到了夜间，便将她抱入寝处，恣情行乐，亏得胡人体质，本来强壮，还勉强容受得住，但已是蕊破花慵，不堪狼籍了。身入虎口，不死亦伤。欢娱数夕，方挈女东行，并徙赵台省文武，关东流民，及秦雍大族九千余人，俱至襄国，又坑死王公等及五郡胡人，共五千余名，比虎狼还要凶暴。前赵遂亡。总计自刘渊僭号，共历三传，前称汉，继称赵，凡三十五年。刘曜受擒，岁次戊子，刘熙被屠，岁次己丑。困嚣丧鸣，赤牛其尽，白玉篆文，至此毕验了。

石虎还至襄国，赍献前赵传国玺，并拟上勒尊号，奉为赵帝。勒未肯遽许，再经内外百僚，全体申请，无非说是“功德并隆，祥符俱萃，应亟崇徽号，下副人望”等语。勒又迁延过年，始自称为赵天王，行皇帝事。名称亦奇。立妻刘氏为王后，世子弘为太子，余子宏为骠骑大将军，都督中外诸军事，兼大单于，封秦王，斌为右卫将军，封太原王恢，为辅国将军，封南阳王，进中山公虎为太尉，兼尚书令，易公为王。虎子邃为冀州刺史，封齐王，石生为河东王，堪为彭城王，署左长史郭敖为尚书左仆射，右长史程遐为右仆射，徐光为中书令，领秘书监。此外，文武百官，各封拜有差。侍中任播等参议，谓赵承金为水德，旗帜尚玄，牲牡尚白，子社丑腊，方符天命。勒依议而行。右仆射程遐进言道：“天下初定，应明罚敕法，显示顺逆。从前汉高斩丁公，赦季布，便是此意。大王自起兵以来，褒忠诛逆，中外归心，唯江左叛臣祖约，犹存我国，窃为不解。且约大引宾客，又占夺先人田里，地主多衔怨切骨，大王何尚事姑容，不申天罚呢？”勒本谓约不忠，有心鄙薄，虽然前次收纳，却未尝召见，约降后赵，见四十回。至此听了遐言，便使人给约道：“祖侯远来，未暇欢叙，今幸西寇告平，国家无事，可率子弟来会，借表积诚。”言外又与订会期。

约得了此信，当然欣慰，届期这一日，约挈子弟登殿，求见赵天王石勒。勒佯称疾，但令程遐接待。遐邀入别室，引与共饮，暗中着人诈托约言，召约亲属，一并到来。约见全族俱至，不禁动疑，且室外甲士趋集，料知凶多吉少，自思无法脱身，索性拼命乱喝，得能从此醉死，也省得眼见惨刑。偏程遐瞧透约意，待约半醉，便起座大言道："天王有令，祖约叛国不忠，罪应诛夷。"这语说出，甲士俱从外突入，立将祖约拿下，所有约亲信数十人，均被驱出，牵往市曹。蓦见有一群罪犯，由兵役押令前来，仔细一瞧，乃是一班蓬头少妇，垢面童儿，没一个不是家眷。此时心如刀割，险些儿晕了过去。忽有一数龄稚子，趋至约旁，手牵衣襟，哭呼外祖。约手未被缚，便将稚子抱起，且泣且语道："外孙外孙，汝外祖不该背国，连害汝曹。"悔也迟了。旁边走过似虎似狼的甲士，把他外孙夺去，掷诸地上，已是跌个半死。一声炮响，刀光四闪，可怜祖约以下的男子，不论老少长幼，都做了无头鬼。就中只有祖逖庶子道重，由后赵左卫将军王安，买嘱兵士，将他留下，为安携去。余如妇女妓妾，也算赦免，但已皆没为官奴，分充羯人的婢妾去了。叛国贼听著！

看官道王安何人，肯救逖子？原来安本羯奴，为逖所得，留侍左右，很加宠爱。及逖镇雍邱，安亦寖长，逖与语道："石勒与汝同种，汝可往依，免汝久羁他乡，汝可愿否？"安尚不忍别，逖复说道："我亦不在尔一人，尔尽管前去便了。"遂厚给路资，遣令北去。安得见勒，累擢至左卫将军，及闻约族骈诛，不禁长叹道："怎可使祖士稚无后呢？"乃设法取出道重，匿居僧舍，令为沙门。时道重尚只十岁，及石氏灭后，始得南归。这未始非忠臣之报。逖有兄祖纳，与约异母，憎纳如仇，尝闲散家居，览书自乐。约为逆时，纳得不坐。及约奔降后赵，纳仍在江东，由温峤荐引，辟为光禄大夫，卒获考终。祖氏一脉，赖此不亡。道重归宗，便与纳子孙同居，不在话下。

且说石勒既自称天王，群臣尚申表固请，统说是名位未正，应加帝号。勒乃加号称帝，改元建平，由襄国迁都临漳，追尊三代。妻称皇后，王子弘为皇子，封进百官，毋庸再叙。唯史家因前赵已亡，此后但称勒为赵主，不称后赵，小子亦依史叙述，止称为赵，看官不要疑我脱漏一字呢。叙法绵密。勒并吞关陇，复窥江淮，特遣荆州监军郭敬，与南蛮校尉董幼，寇晋襄阳。晋南中郎将周抚，不能固守，退保武昌，襄阳遂陷。中州流民，悉数降赵，就是前平北将军魏该弟遐，亦率领部曲，自石城降敬。敬遂毁襄阳城，徙百姓至沔北，就樊城旁增筑城堡，居民屯兵，作为城镇。赵主石勒，即署敬为荆州刺史，领秦州牧。陇右氐羌，不受赵命，兴众为乱，勒遣河东王石生往讨，一鼓荡平，赵威大震。东方的高句骊肃慎诸国，贡入楛矢，宇文部并献名马。凉州牧张骏，本承叔父张茂遗命，嘱令服事晋室，仍守祖制，所以茂死骏继，自称晋大将军凉州牧，与前赵屡起战争。前赵亡，后赵主勒，遣使至凉州，拜骏征西大将军，兼凉州牧，加九锡殊礼，骏抗拒不受。及氐羌为石生所败，多奔凉州，骏恐生乘胜进击，乃遣官诣赵，奉贡称臣。还有西域诸部落，如高昌于阗鄯善大宛等，亦皆向赵奉贡，不惮远行。

赵主勒喜出望外，遂欲大营邺宫，自壮观瞻。廷尉续咸上书切谏，勒大怒道："不斩此老，朕宫如何得成？"说着，即饬御史收咸下狱。中书令徐光进规道："陛下天资聪睿，臣以为将超越唐虞，今乃厌闻直言，是将变作桀纣了。咸言可用即用，不可用亦当大度包容，奈何反欲加诛呢？"勒乃叹道："人主不得自专，一至于此。朕岂不知咸言为忠？但偶与为戏呢。匹夫略积家资，尚想购一别室，况富有天下，难道不能营缮一宫？将来终当筑造，现且暂停工作，不负忠言。"乃释咸引见，面加慰谕，赐绢百匹，稻百斛。随命公卿百寮，荐举贤良方正，直言秀异，孝义清廉各一人。一面就襄国西偏，创造明堂辟雍灵台，侈然有上法姬周的痴想。

既而霖雨经旬，中山西北，水忽暴涨，漂集巨木百余万根，共至堂阳。勒闻报大喜道："天意欲我营邺宫哩。"遂大兴工作，亲授规模。自建平二年孟秋营造，历久未成。越年正月，勒仍在旧殿朝见群臣，遍赐盛宴，酒至半酣，顾语中书令道："朕可比古时何等君主？"光答道："陛下神武谋略，越过汉高，雄材卓荦，超绝魏武，自古以来，罕可比伦，大约为轩辕黄帝的流亚哩。"勒掀髯道："人生岂不自知？卿言未免太过。朕若遇汉高祖，当北面臣事，与韩彭毗肩，若遇光武，当并驱中原，未知鹿死谁手？大丈夫行事，须磊磊落落，皎如日月，怎可似曹孟德司马仲达辈，曹操字孟德，司马懿字仲达。欺人孤儿寡妇，窃取天下？如朕品诣，应在二刘上下。轩辕乃上古圣人，朕何敢比拟哩？"群臣闻言，皆下座叩首，齐呼万岁。

勒本不识文字，但好令诸生讲读古书，静坐听诵，或出已意评论得失，类皆中肯，人多佩服。一日听读《汉书》，至郦食其劝立六国后，不禁惊诧道："此法大误，何故能得天下？"及闻为留侯张良所阻，乃恍然道："赖有此呢。"聪明原是过人，可惜不学。勒视当世人物，都不足取，唯晋豫州刺史祖逖，与荆州牧陶侃，先后推重，目为将才。侃方镇守巴陵，闻襄阳被陷，武昌垂危，倒也吃一大惊，接连是苏峻旧将冯铁，暗杀侃子，奔依石勒，得为戍将，害得侃又惊又悲，乃缮就一书，遣人赍往临漳，责勒纳用叛臣。勒有心干誉，便召入冯铁对着侃使，把他斩首。侃使才告谢南归。侃再遣长史王敷，赍送江南珍宝，与勒修好，并表谢忱。勒当即收受，厚待王敷，并赠赆仪。敷乃返报。

看官你道侃果真愿与勒和么？他因襄阳失守，意欲设法规复，所以计上加计，令他自弛兵备，好乘虚夺回襄阳，既得王敷归报，便从巴陵移镇武昌，命子斌率领锐卒，会同南中郎将桓宣，往袭樊城。赵将郭敬，果然无备，且督兵南掠江西，桓宣等掩入城中，将所有居守兵民，悉数俘获，又料敬必还援，使斌留镇樊城，自往涅水埋伏，截敬来路。敬得樊城警报，挟怒前来，到了涅水，听得一声号炮，伏兵猝发，他却毫不惊慌，分头抵敌。桓宣也督众力战，自午至暮，方将赵兵杀败，陆续退去。这一次鏖斗，赵卒原死了多人，宣兵亦伤亡过半。宣因飞使报侃，再请济师，侃令兄子南阳太守臻，竟陵太守李阳，率兵万人，共攻新野，遥应樊城。郭敬往救新野，又吃了一回败仗，方才北遁。襄阳城前已被毁，无人守着，当由侃军唾手取回，侃即命桓宣镇守。宣重修城寨，招集流亡，简刑罚，课农桑，复成重镇，赵一再进攻，终不能克。宣镇襄阳十余年，远近畏怀，时人比诸祖逖周访，可见得捍边固圉，全靠着有良将呢。总断一笔。

唯赵主石勒，中了侃计，叹息累日，暗想陶侃用伪和计，夺去襄阳，自己亦好如法炮制，与晋言和。计策已定，待至建平四年正月，借着贺年的名目，遣使至晋，奉帛修好。偏晋廷拒绝来使，且将所献各帛，焚毁都下。赵使撞了一鼻子灰，匆匆北归。勒顿时怒起，又欲动兵侵晋，偏偏天变迭兴，内忧隐伏，转令一个足智多谋的石季龙，有所顾忌，未敢妄行。

建平三年的夏天，已是疾风骤雨，雷震建德殿端门，及襄国市西门，殛死五人。既而雹降西河介山，大如鸡卵，平地水深三尺。太原乐平武乡赵郡广平钜鹿千余里，树木摧折，禾稼荡然。勒避殿禳灾，且问中书令徐光，主何凶兆？光言："介山为介之推所依，之推焚死，阴灵未泯，宜普复寒食故制，立祠奉祀。”原来勒曾禁止寒食，故光疑之推为祟，因致此灾。黄门郎韦谀，驳去光议，独援《春秋左氏传》言，谓：“藏冰失道，阴气发泄为雹，与之推无关。若以之推为贤臣，但令绵介间人民奉祀，便足申敬，何必普及全国呢。”此说较光语为长，但《左氏传》亦非真足据。勒从谀议，只命并州复行寒食，更迁冰室至极寒处所，期顺天时。到了建平四年的夏天，红日当空，寂静无风，塔上一铃，无故自鸣。佛图澄素识铃音，说是国有大丧，不出今年。过了数日，有流星大如象尾，足似蛇形，自北极西南流动，约五十余丈，光芒烛地，坠入河中，声闻九百余里，勒亦自觉非祥。忽爱子斌暴亡，遂疑为流星所应，将备棺殓。忽佛图澄趋入道：“小殿下尚未致死，何故骤令入棺？”勒惊叹道：“朕闻虢太子死，扁鹊能起死回生，难道大和尚亦能救死么？”澄答一“能”字，遂取杨枝沾水，且洒且咒，果见尸身少动，手足渐能屈伸。澄即向前握手道：“可起来了。”言已，斌即坐起，饮食如常。勒因命诸少子居澄寺中，托他照管。唯太子弘年已弱冠，留居东宫，襄办军国大事，凡尚书奏请，多归太子参决。次为骠骑大将军大单于秦王宏，亦得预政，权侔主相。石虎守邺有年，前时宏为大单于。虎甚不平，私语于石邃道：“我身当矢石二十余年，得成大赵基业，大单于位置，应该属我，奈何反轻授黄口婢儿？俟主上晏驾后，当尽杀无遗，方泄我恨。”勒自号英明，奈何养虎贻患？及弘宏兄弟，得专国政，虎益怏怏。

弘素好文士，尝引与交游，石勒谓：“世未承平，不宜右文轻武。”乃使刘徵任播等教弘兵书，王阳教弘击刺，但弘已性格生成，终不脱文人气象。勒尝语徐光道：“大雅弘字大雅。愔愔，可惜不类将种。”光答道：“汉高祖以马上取天下，孝文帝治以玄默，守文令主，原与创业不同，何必过忧。”勒始有喜色。光因进言道：“皇太子仁孝温恭，中山王雄暴多诈，陛下万岁以后，臣恐社稷必危，宜渐夺中山威柄，休使上逼储君。”勒虽然点首，但因虎累立大功，也未便遽夺虎权。既而右仆射程遐，复入白道：“中山王勇武权智，群臣莫及，看他志意，除陛下一人外，统皆蔑视。今专征日久，威振内外，性又不仁，残暴好杀，诸子又并长大，似虎添翼，共预兵权，陛下在日，谅无他变，将来必致跋扈，非少主臣，还请陛下绸缪，早除此患。”勒变色道：“今天下未平，兵难未已，大雅年少，宜资辅弼，中山系佐命功臣，亲同鲁卫，朕方欲委以重任，何至如卿所言。卿莫非因中山在侧，虽然身为帝舅，将来不得专政，故有此虑？朕已早为卿计，如或不讳，先当使卿参预顾命，卿尽可安心哩。”遐不禁流泪道：“臣实公言，并非私计，陛下奈何疑臣有私？中山虽为皇太后所养，究竟非陛下骨肉，难语恩义，近不过托陛下神规，稍建功绩，陛下报以重爵，并及嗣子，也可谓恩至义尽了。魏任司马懿父子，终被篡国，前鉴未远，怎得不防？臣累沐宠荣，又与东宫托附瓜葛，若不尽言，尚望何人？陛下今不除中山，恐社稷不复血食了。”以疏间亲，亦非良策。勒终不肯从。遐只好叩头告退，小子有诗叹道：

养虎原为心腹忧，如何先事未绸缪。
毁巢取子犹难料，漫向廷臣诩智谋。

遐退出后，适与徐光相遇，免不得有一番叙谈。欲知后事，且至下回表明。

枭桀如石勒，不可谓非一世雄，观其智料刘曜，算无遗策，卒能举前赵而尽有之。及称尊以后，诛祖约，戮冯铁，虽曰权谋，不戾正道，天下之恶一也。约为晋臣，敢行悖逆，不诛何待？铁系逆党，又杀侃子，召而诛之，谁曰不宜？示人以彰瘅之公，与世无爱憎之异，勒之自矜磊落者，其以此夫。然明于远而忽于近，知其著未见其微，以凶残暴戾之石虎，不善驾驭，致贻后患，徐光谏之而不用，程遐言之而反致疑，此其所以身死未几，而子嗣沦亡也。

第四十三回　背顾命鸮子毁室
凛梦兆狐首归邱

却说程遐出遇徐光，便与光叙谈，述及进谏不从情形。光答道："中山王对我两人，时常切齿，不但与国有害，且必累及家祸，我等总当预先设法，保国安家，怎可坐待危祸哩？"遐皱眉道："君有什么良策？"光想了多时，方答说道："中山手拥强兵，威势甚盛，我等无拳无勇，如何抵制？看来只好再三进谏，得能感悟主心，方得转祸为福呢。"但靠此策，何能制虎？遐摇首道："只恐主上未必肯从。"光说道："待我再去一试罢。"说毕乃散。过了数日，光入内白事，见勒面有愁容，便乘间讽勒道："陛下廓平八州，驾驭海内，为何神色未怡？当有隐患。"勒怅然道："今吴蜀未平，书轨不一，司马家儿，未绝丹阳，后世将疑我未应符箓，难为真主，我一想着，便不觉有忧色了。"光应声道："臣以为陛下忧及心腹，哪知陛下徒忧及四肢，四肢尚不足忧，腹心乃是大患呢。从前魏承汉祚，为正朔帝王，刘备虽绍兴巴蜀，总不能谓汉尚未亡，吴尝跨据江东，与魏无损。今陛下包括二都，平荡八州，适与魏王相符，彼司马家僻居江左，无异刘备。李氏据蜀，尚逊孙权，帝王大统，不属陛下，将属何人？这不过是四肢的微患，无庸深忧。唯中山王托陛下威灵，所向无敌，中外共目为英武，有类陛下，可惜他残暴多奸，见利忘义，迹同管蔡，情异伊霍，且父子并据权位，势倾王室，臣见他尚未满意，阴蓄异图。近在东宫侍宴，傲慢不恭，轻视太子，陛下想亦察觉，不过曲示宽容，臣恐陛下传及太子，宗社必生荆棘，这才是腹心重病，足为大患，奈何陛下顾小忘大呢？”勒默然不答。光当然说不下去，没奈何趋回私第。

已而安定府间，报称蛇鼠相斗，越宿蛇死，临泾亦报称马忽生角，长安城内，又报称鸡有怪声，勒不以为意，西巡泮水宫，途次感冒风寒，竟致成疾，便即还都。那病势日加沉重，因召太子弘，中常侍严震，与中山王虎，并侍禁中。虎立即入宫，矫托勒命，阻住弘震，不准入侍，就是王公大臣等问疾，也一概拒绝。内外隔断，不通音问，连勒病势的增减，都无人知晓。虎又召还秦王宏及彭城王堪，可巧勒病少痊，起床散步，忽见宏进来请安，便向虎惊问道：“秦王何故来此？我使王等出处藩镇，正为今日的预备，究竟是何人召入，还是不召自来呢？如或有人矫制召王，便当处斩。”虎慌忙答语道：“秦王想念陛下，暂时归省，今即遣令还镇便了。”宏闻虎言，才知是由虎擅召，只因虎势力逼人，未敢与辩，不得已含忍而退，待了数日，并无遣还命令，又只好留住都下。勒问虎曾否遣宏？虎诈言奉谕即遣，所以勒不复再言。

是时荧惑入昴，星陨邺中，又有赤黑黄云，绵亘如幕，声如雷震，坠地后气热如火，尘起连天。勒是番王，未必果应天象，且据新学家言，天象与人事无关，唯史家罗列灾象，故略述一二。勒病势复剧，势难再起，乃遗令三日即葬，概从俭朴。牧守等不必奔丧，仍令照常镇守。内外百寮，既葬除服，毋禁婚嫁祭祀，饮酒食肉。又复申嘱数语道：“大雅文弱，恐未能绍承我志，中山以下，宜各司所典，勿违朕命。大雅与斌宜好自维持，司马氏即汝等殷鉴，务须互相和好，勿蹈彼辙。中山王亦当三思周霍，勉力匡辅，我死方得瞑目了。”恐不能如汝所愿。言讫即逝，年正六十，僭位十五年。虎主持勒丧，棺殓既毕，即舁棺夜瘗山谷，人不能测。这是何意，想亦如魏武疑冢，恐被人发掘，或即由勒私嘱石虎，亦未可知。别使大臣子弟六十人，为挽歌郎，引锦一匹，备具文物仪卫，虚葬城外，号高平陵，尊为高祖明皇帝。当下劫出太子弘，使他升殿，胁令手书，收捕程遐徐光下狱，并召齐王邃入宫宿卫，监制太子。文武百官，统皆骇散。弘亦大惧，情愿让位与虎。虎冷笑道：“君薨，世子当立，这是古今通义，臣怎敢背越礼法？”弘料虎不怀好意，复泣陈：“才力庸弱，不堪重寄，还是让位为是。”虎变色道：“如果不堪重任，天下自有公论，也不能私相授受呢。”岂亦想磊磊落落么？遂逼弘登位，改元延熙。文武百官，各进位一等，唯将程遐徐光牵斩市曹。虎自为丞相，魏王大单于，加九锡礼，据魏郡等十三邑，总摄百揆。虎妻郑氏为魏王后，长子邃为王太子，加官侍中大将军，都督中外诸军，并录尚书事，次子宣为车骑大将军，领冀州刺史，封河间王，三子韬，为前锋将军，司隶校尉，封乐安王，四子遵为齐王，五子鉴为代王，六子苞为乐平王，徙太原王斌为章武王，所有虎旧时僚属，悉署台省要职，改称太子宫为崇训宫，勒后刘氏以下，俱迁居崇训宫中。凡故宫侍女，具有姿色，及车马珍宝服饰玩好等类，尽被载入丞相府署。令镇军将军夔安为左仆射，尚书郭殷为右仆射。安与殷均虎党羽，所有举措，俱禀虎后行。虎虽未篡位，简直与君主无二。

勒后刘氏，不堪胁迫，密召彭城王石堪入见，流涕与语道："皇祚恐将覆灭了。王与先帝，义同父子，应该顾全一脉，毋致凌夷。"堪唏嘘道："先帝旧臣，均已被斥，宫廷僚属，统是中山心腹，无可与谋。臣唯有出奔兖州，据住廪邱，挟南阳王为盟主，勒子恢为南阳王，见前回。宣太后诏，号召诸镇牧守，令各起义兵，入讨桀逆，方能济事。"刘氏道："事已万急，便应速发，毋使日久变生。"堪应命而出，微服轻骑，往袭兖州。不料兖州有备，未能掩入，部下不过百余骑，如何持久？只好南奔谯城。石虎得知消息，亟遣部将郭太等追击，行至城父，与堪相值。堪兵单力寡，被太围住，一阵乱箭，把堪射倒，活捉了去。虎见了石堪，怒冲牛斗，即命左右取出鼎镬，将他炙死，复召石恢还都。嗣探得刘氏与谋，竟带兵入崇训宫，逼令自杀，别尊弘母程氏为皇太后。

关中镇将石生，洛阳镇将石朗，闻虎敢杀太后，很是不平，遂连兵讨虎。虎留子邃居襄国，自率步骑七万人，倍道攻金墉城，朗不意虎兵骤至，仓猝守御，偏守兵各无斗志，相率骇走，城即被陷，朗被擒住。虎命先刖朗足，继砍朗首，然后移兵转攻长安，用将军石挺为前锋大都督，引兵急进。石生遣部将郭权，与鲜卑涉璝部落，共二万人为前驱，自统大军为后应。权等到了潼关，正值石挺领兵前来，两下争锋，鲜卑兵骁悍异常，横冲直撞，立将挺阵捣破。挺竟战死，众多覆没。虎亦退走渑池，暗中差人赍着重赂，买嘱鲜卑，令他反攻石生。鲜卑贪赂忘信，背了郭权，还击生军。生猝不及防，单骑奔长安，又恐虎兵追至，潜逃至鸡头山。前此俱为骁将，何此时统皆没用。郭权尚有余众三千，退保渭汭，虎令裨将石广，与权相持，自率轻骑入关，竟至长安城下。长安守将蒋英，倒还凭城抵拒，好容易过了十多日，为虎所破，蒋英阵亡。再分兵四觅石生，且悬赏购募。生部下又贪厚赏，斩生出降。郭权孤军在外，当然不能支持，即逃往陇右。虎又遣将军麻秋进讨氐酋略阳公蒲洪，见前文。洪率部落二万户降虎，虎授洪为龙骧将军，使居枋头。羌帅姚弋仲，亦率众迎接虎军，虎又拜弋仲为奋武将军，兼西羌大都督，令徙居清河滠头，乃引兵东还襄国，颁令大赦，且讽弘命建魏台，一如魏武辅汉故事。寻闻郭权据住上邽，向晋投诚，晋授权为镇西将军，领秦州刺史。石广进攻失利，乃再遣将军郭敖，及章武王斌等，率步骑四万人攻权，行次华阴，那上邽人闻风惶骇，竟将权刺死，函首迎降。

虎因乱党悉平，踌躇满志，便欲篡移赵祚。适秦王隐有违言，即将他拘入别室，幽禁起来。弘更大惧，亲往魏宫，奉玺与虎。父如龙而儿如豚，奈何？虎摇首道："帝王大业，当由天下人公论，怎得屡来扰我？"遂却玺不受。弘流涕还宫，入白太后程氏道："先帝种果不得再遗了。"让位求生，还做不到，真正苦极。未几，即由尚书省出名，向虎上书，请依唐虞禅让故事。虎勃然道："弘性愚惽，居丧无礼，不能君临天下，直可废去，说什么禅让呢？"倒还爽快，免得许多做作。便令右仆射郭殷持节入宫，废弘为海阳王，迫令徙居。弘徐步就车，顾语左右道："愚昧不堪承统，自惭群后。但也由天命已去，致遭此祸，尚复何言？"左右统皆流涕，宫人亦恸哭失声，于是群臣俱诣魏台劝进。虎下书道："王室多难，海阳自弃，四海任重，勉从推戴。但朕闻道合乾坤，方可称皇，德协神人，方可称帝。皇帝尊号，朕不敢当，今暂称为居摄赵天王，聊副众望。"既自称朕，又不愿称皇帝，此次未免近迂。群臣不好违议，虎即号居摄赵天王，升殿视朝，改元建武，立子邃为太子，进夔安为太尉，郭殷为司空，韩晞为尚书左仆射，魏概冯莫张崇曹显为尚书，申钟为侍中，王波为中书令，此外文武百官，俱进秩有差。当下放出毒手，命将故主弘及太后程氏，并秦王宏南阳王恢等，一古脑儿锁禁崇训宫，派兵监守。暗中却嘱使党羽，乘夜突入，凡自程太后以下，悉数被戕。弘在位才得逾年，只二十二岁而终。

是时各郡镇将，俱奉表贺虎。独西羌大都督姚弋仲，称疾不贺。虎疑他有异志，屡次发使驰召。弋仲始至，正色语虎道："弋仲尝谓大王命世英雄，奈何把臂受托，乃遽行篡夺呢？"虎答道："我岂乐为此谋，但海阳年少，恐不能了家事，所以代为主治，卿亦太不谅我哩。”弋仲听不入耳，奋衣趋出。虎见弋仲诚实，也不加罪。实是自愧。唯因谶文中云：“天子当从东北来。”乃特备法驾，东往信都，再向北方环巡一周，然后还都，这算是自己应谶的意思。全是痴想。

徐州从事朱纵，不服赵政，杀毙刺史郭祥，举城降晋。虎遣将军王朗击纵，纵奔淮南。虎率众南下，行近历阳，但欲张皇声威，恫吓晋廷，实无深入用兵的意思。历阳太守袁耽，吓得心胆俱裂，飞使报达建康，混称石虎入寇。江南已有好几年不闻兵革，骤得此信，都是错愕失措，相顾彷徨，再加太尉荆州牧陶侃，已经病亡，朝廷失去一座长城，更觉得守边乏才，不寒而栗。小子叙到此处，又不得不将侃死情形，略为表明。侃自克复襄阳后，见前回。晋廷因功加赏，拜侃为大司马大将军，剑履上殿，入朝不趋，赞拜不名。侃上表固辞，不肯受赏。相传侃少时往渔雷泽，网得一织布梭，取回家中，悬挂壁上。俄而天大雷雨，梭化为龙，破壁飞去，侃视为祥征，有志自负。寻复在夜间得了一梦，乃是身生八翼，奋飞上天，得登天门八重，唯一重不得闯入。内有阍人，携杖出击，触身坠地，致折左翼，痛极而寤。次日左腋尚痛，数宿乃愈。又尝诣厕所，见一人朱衣介帻，敛版前谒道：“君有长者风，故特来报，君将来当得公封，位至八州都督。”言讫不见。嗣复有相士师圭，握视侃手，随即指示道：“君左手中指有直纹，理当封公。若向上贯彻，便贵不可言了。”侃闻圭言，就用针戳中指上纹，欲使纹路上达。忽有指血溅入壁上，流为公字，再用纸揩指中恶血，也现出一个公字，愈拭愈明。及都督八州，受封长沙公，自思前事俱验，不敢再有他望，且每念及折翼梦兆，更恐盈满致祸，屡与僚佐言及，将上书乞休。僚佐再三苦留，方才中止。至成帝咸和七年，侃已七十六岁，一病垂危，即上表辞职，略云：

臣少长孤寒，始愿有限，过蒙圣朝历世殊恩，陛下睿鉴，宠灵弥泰，有始必终，自古而然。臣年垂八十，位极人臣，启手启足，当复何恨，但以陛下春秋尚富，余寇不诛，山陵未反，所以愤忾兼怀，不能已已。臣虽不知命，年时已迈，国恩殊特，赐封长沙，陨越之日，当归骨故土。臣父母旧葬，尚在寻阳，拟以来秋奉迎窀穸，待葬事讫，乃告老下藩。不图所患，遂尔绵笃，伏枕感结，情不自胜。臣间者犹谓犬马之齿，尚可小延，欲为陛下西平李雄，北吞石虎，是以遣毌丘奥于巴东，授桓宣于襄阳，良图未叙，于此长乖。此方之任，内外之要，愿陛下速选臣代，使必得良才，奉宣王猷。遵成臣志，则臣死之日，犹生之年。陛下虽圣姿天纵，英奇日新，方事之殷，当赖群俊。司徒导鉴识经远，光辅三世，司空鉴简素贞正，内外唯允，平西将军亮雅量详明，器用周时，即陛下之周召也。献替畴咨，敷融政道，地平天成，四海幸赖。谨遣左长史殷羡，奉送所假节麾幢曲盖，侍中貂蝉太尉章，荆江州刺史印传棨戟，仰恋天恩，悲酸感结。以后事付右司马王愆期，加督护统领文武职衔，俾臣得归死首邱，虽在泉壤，亦拜赐无穷矣。谨待死上闻。

表文已发，即将军谘器仗，牛马舟车，照簿移交。仓库自加管钥，付与王愆期掌管，自己一无所私，乃力疾登舆，出府自去。愆期等送至江口，洒泪告别。侃顾语道："老子婆娑，徘徊未去之意。正为君辈，今恐当长别了。"说罢，下舆登舟，行至樊溪，越宿便逝。讣闻晋廷，即有诏颁发道：

故使持节侍中太尉，都督荆江雍梁交广益宁八州诸军事，荆江二州刺史长沙郡公，经德蕴哲，谋猷弘远，作藩于外，八州肃清，勤王于内，皇家以宁。乃者桓文之勋，伯舅是凭，方赖大猷。俾屏予一人，前进位大司马，礼秩册命，未及加崇，昊天不吊，奄忽薨殂。朕用震悼于厥心，今特追赠大司马，予谥曰桓，祀以太牢，魂而有灵，嘉兹宠荣。

总计侃在军中四十一年，雄毅有权，临机善断，事无大小，莫不明察，因此兵民不敢相欺。自南陵至白帝城，道不拾遗。尚书梅陶，尝与友人书云："陶公机神明鉴似魏武，忠顺勤劳似孔明，非陆抗诸人所能及。"太常卿谢裒子安，亦谓："陶公用法，常得法外意。"可见得陶侃才名，实为东晋诸臣的翘楚，不过苏峻乱时，稍存芥蒂，不离俗见，未免有些阙憾哩。评论公允。晋廷以侃既寿终，特调平西将军豫州刺史庾亮，代镇武昌。亮名不副实，又辟殷浩为记室参军，专谈《老》《易》，徒尚风流，怎能与陶侃时相比？一闻石虎南来，正是自顾不暇。晋廷选不出将才，只好仍请出这位年高望重的王茂弘，抵御羯寇，当下加官大司马，假黄钺，都督征讨诸军事。成帝时已十有四岁，也观兵广漠门，分遣诸将，命将军刘仕救历阳，赵胤屯慈湖，路永戍牛渚，王允之戍芜湖。司空郗鉴，亦使广陵相陈光率众卫京师中外戒严，非常紧急。小子有诗叹道：

到底江南暮气深，一闻寇至便惊心。
纷纷遣将徒滋扰，虎子怀安不尔侵。

欲知后来有无战事，且待下回再表。

石勒之有从子虎，犹刘渊之有族子曜。曜助渊而建汉祚，虎佐勒而成赵业，当时之为主立功，情固相同。厥后曜得嗣聪，虎得继弘，迹亦相类。但曜之得国，取诸靳准之手，尚有中兴之名，虎则直攫勒子而有之，其罪大，其恶极，曜尚不若是也。夫刘氏之亡，主之者勒，辅之者虎，而勒之妻孥，亦终为虎所残灭，养虎噬人，即还而自噬，何报应若是之速耶？若东晋将才，足以畏赵者，唯祖逖陶侃二人，而侃之功为尤大，史称其都督八州，据上流，握强兵，潜有窥窬之志，每思折翼之祥而止，是说未足尽信。侃生平并无逆迹，第当苏峻之乱，不遽入援，必待温峤之敦促而始发，时人乃疑其有贰耳。然袁氏了凡，犹谓其诬，是则侃固东晋之名臣欤。本回又于侃之没世，特加详叙，正善善从长之遗意也。

第四十四回　尽愚孝适贻蜀乱
保遗孤终立代王

却说晋廷防备石虎，遣将调兵，慌张的了不得。忽有探马来报，赵兵退向东阳去了，建康城中，方稍稍安定。嗣闻石虎已回临漳，乃下诏解严，但授南中郎将桓宣为平北将军，都督江沔前锋征讨诸军事，领司州刺史，仍镇襄阳。石虎还都后，复遣征虏将军石遇，率同骑兵七千人，渡过沔水，进攻桓宣。宣督兵守城，更遣人至荆州乞援。荆州都督庾亮，亟使辅国将军毛宝、南中郎将王国、征西司马王愆期等，往救襄阳。石遇掘地攻城，三面掘通三窟，欲从地道，入达城中。宣早已防着，招募壮士，先在地道中守候。俟外兵潜入，用了火器，向地道外烧将出去，外兵连忙倒退，已死伤了好几百人，遇策全然失败。宣又纵兵杀出，获得铠马甚多，弄得遇无法可施。又闻援兵将至，自己军粮垂尽，乃撤围夜遁。宣收回南阳诸郡难民，共八千余人，诏令宣督南阳襄阳新野南乡诸军事，兼梁州刺史。毛宝为征虏将军，镇守邾城。边境少安。

是年，已为成帝第十年，应加元服，改元咸康。增文武位秩各一等，大酺三日。成帝甚推重王导，幼时相见，每向导下拜，即位后手书与导，犹必加“惶恐言”三字，下诏亦云“敬问”。导年垂六十，常有羸疾，不能赴朝。成帝亲幸导第，纵酒作乐，尽欢乃归。世未平治，亦不应在大臣第饮酒作乐。遇有要政召询，必令乘舆入殿，赐座案侧。导性和缓，与人无忤，所以两遇内乱，终得保全禄位，安享天年。独导妻曹氏，性甚妒忌，为导所惮，导密营别馆，居住姬妾，老头儿尚欲藏娇么？不料为曹氏所闻，即欲往视。导恐众妾被辱，忙令备车，自去保护。车夫驾马稍迟，竟至迫不及待，即改乘牛车，自执麈尾柄驱牛，驰至别馆，使众妾避匿他处。及曹氏到来，已变了一间空屋，但向导诟詈不休。导如痴聋一般，置诸不理，曹氏亦急得没法，只好悻悻归去。不能齐家，安能治国？但以柔道制悍妻，不可谓非良诀。太常蔡谟，闻知此事，向导戏语道："朝廷将加公九锡了。"导自言无功无德，决不敢受。谟笑语道："可惜未曾备物，但有短辕犊车，长柄麈尾罢了。"导不禁色变，谟大笑而去。导引为耻事，尝语僚属道："我昔与诸贤共游洛中，并未闻有蔡克儿，今反来侮弄老夫，也太不循礼了。"原来谟父名克，曾为河北从事中郎，新蔡王腾，为汲桑等所害，克亦殉难。腾死时，见前文。谟少有令名，累任至太常，素好诙谐，故与导为戏。导当时颇觉不平，后来事过情忘，却也不忍报复，这便是他的大度。想是为冤杀伯仁，所以改过。话休叙烦。

且说成帝即位以后，西北两方的僭国，除前后赵兴亡，并见前文外，尚有成代二国，先后代嬗，也经过许多沿革，应该大略表明。成主李雄，据有巴蜀，却安享了二三十年，彼时中原大乱，晋代播荡，势不能顾及西隅，就是前后两赵，也只管寇扰两河，无暇西略。雄既将巴蜀占据，已是心满意足，兴学校，薄赋敛，与民休息，无志动兵，所以四海鼎沸，蜀独安全。未始非蜀民之幸。唯朝无威仪，官无禄秩，君子小人，服章无别，免不得品流猥杂，贤否混淆，又因舍子立侄，致启后来的争端，当时说他贻谋不臧，酿成祸患，其实也是国运使然，不能专责李雄。雄尝立妻任氏为后，任氏无子，唯有妾子十余人，他因长兄荡，战死成都，见前文。荡子班性颇仁孝，且尝好学，遂命立为太子。雄叔父太傅骧，与司徒王达进谏道："先王传子立嫡，无非为防备篡夺起见，吴王舍子立弟，终致专诸刺僚，指春秋吴王余祭事。宋宣不立与夷，独立穆公，终致华督弑主。亦见《春秋左传》。事贵守经，不宜自紊，请三思后行！"雄叹道："我从前起兵据蜀，不过举手扞头，本无帝王思想，适值天下丧乱，得安西土，诸君谬相推戴，忝窃大位，自思目前基业，皆为先考所贻，吾兄嫡长，不幸捐躯，有子成材，应使主器，怎得私子忘侄呢？我志已定，毋庸多言。"语亦近理。骧知难再谏，退朝流涕道："乱从此起了。"

会凉州牧张骏，遣使诣蜀，劝雄自去帝号，向晋称藩。雄复称："晋室陵夷，德声不振，所以称长西方，君欲远尊楚汉，推崇义帝，见汉史。雄借以比晋。却是《春秋》大义。假使晋出明主，我亦相从，引领东望，非自今始了。”一派滑头话。骏还道雄语出真诚，很加敬服，自是聘问不绝。既而骏为赵兵所逼，不得已向赵称臣。见前回。及赵有内乱，复欲通表建康，因遣使向成借道，雄不肯许。骏又使治中从事张淳，再向成称藩，卑辞假道。雄佯为允诺，暗使心腹扮作盗状，将俟淳出东峡，把他颠覆江中。可巧有蜀人桥赞，侦知消息，潜往告淳。淳乃使人白雄道：“寡君使臣假道上国，通诚建康，实因陛下嘉赏忠义，乐成人美，故有此举。今闻欲使盗杀臣江中，威刑不显，何以示人？”雄不意密谋被泄，只答称：“并无此事。”司隶校尉景骞，谓：“淳系壮士，不如留为我用。”雄答道：“壮士怎肯为我留？卿且先探彼意。”骞遂往见淳道：“卿体丰肥，天热未便行道，不如小住我国，待至天凉，再行未迟。”淳答道：“寡君以皇舆播越，梓宫未返，生民涂炭，故遣淳通诚上都，会议北伐，就使汤山火海，亦所不辞，寒暑何足惮呢？”雄乃引淳入见，并问淳道：“贵主英名盖世，地险兵强，何不亦乘时称帝，自娱一方？”淳应声道：“寡君自祖考以来，世笃忠贞，近因仇恨未雪，方且枕戈待旦，何暇自娱？”雄不禁怀惭，赧颜与语道：“我乃祖乃父，也是晋臣，前与六郡流民，避难此地，为众所推，乃有今日。果使晋室中兴，自当率众归附，卿至建康，可为我达意。”说着，即厚礼馈淳，遣淳就道。淳谢别而出，自往建康去了。可谓不辱使命。

会太傅李骧病死，雄令骧子寿为大将军，西夷校尉，都督中外诸军事，如骧故例。此亦一祸本。又命太子班为抚军将军，班弟玝为征北将军，兼梁州牧。嗣遣寿督同征南将军费黑，征东将军任邵，陷晋巴郡。太守杨谦，退保建平，费黑乘胜进逼，建平监军毌丘奥，退屯宜都。寿引兵西归，但使任邵，屯巴东。已而又调费黑攻朱提。朱提与宁州相近，刺史尹奉，发兵往援。黑屡攻不下，寿亲督兵往攻，包围数月，城中食尽。朱提太守董炳，及宁州援将霍彪等，开城出降。寿复移兵攻宁州，尹奉闻风惶惧，亦举州降寿。寿迁奉至蜀，自领宁州刺史。雄因寿有功，加封建宁王，召令还朝。寿乃分宁州地，别置交州，使降将霍彪，为宁州刺史，爨琛为交州刺史，自引兵还成都。时雄在位，已三十年，寿逾六十，忽头上生痈，脓血淋漓。雄子车骑将军越等，统憎嫌的了不得，不愿近前。独班亲为吮痈，毫无难色，每当尝药，辄至流涕，昼夜不脱冠带，侍奉寝宫。可奈雄痈大溃，不可收拾，加以前时百战，伤痕甚多，至此相继溃决，遂至丧命。大将军建宁王寿，受遗诏辅政，拥班嗣位，尊諡雄为武帝，庙号太宗。班依谅阍古礼，苫次守丧，政事皆委寿办理。雄子越，曾出镇江阳，前虽入省，未几即还，此次闻讣奔丧，自思大位传班，很觉不平，遂与弟期密谋为乱。班弟玝，却瞧透三分，劝班遣越还镇，并出期为梁州刺史，戍葭萌关。班言梓宫未葬，怎可遽遣？不如推诚相待，使释猜嫌。想是多读古书，执而不化。玝再加苦谏，班非但不从，反调玝出戍涪城。适天空有白气六道，流动不休，太史令韩豹入奏，谓："宫中有阴谋起兵，兆主宗亲。"班尚未悟，但在殡宫居哭，日夕闻声。越与期夤夜突入，班尚对棺恸哭，不防刀光一闪，头已落地，两目间还带泪痕，年终四十有七，在位不满一年。迂愚亦足致死。

越又杀班仲兄领军将军都，诈传太后任氏命令，诬班罪状，废为戾太子。期欲奉越嗣位，越却让与弟期，这却令人不解。期遂僭就大位，徙封建宁王寿为汉王，进任大都督。又封兄越为建宁王，位兼相国，加大司马大将军，与寿并录尚书事。仲兄霸为镇南中领军，弟保为镇西中领军，从兄始为征东将军，代越镇江阳。一面移雄遗柩，出葬安都陵。始因期弑主篡位，隐怀不服，乃与寿密商，意图讨逆。寿惮不敢发，始不禁怒起，竟向期告变，反说寿欲为逆。前后如出两人，可见人禽之界，只判几希。期本拟诛寿，适值涪城守将李玝，抗命起兵，将为兄复仇。期欲借寿敌玝，因改变前意，令寿出攻涪城。寿先遣人告玝，为言去就利害，示明去路。玝料不能敌，便与部将进会罗凯等，弃城东奔，向晋乞降。寿据实报期，期即使寿为梁州刺史，居守涪城。越年期改元玉恒，立妻阎氏为皇后，仍尊任氏为皇太后。期为雄第四子，生母冉氏，本为贱妾。任氏见期面目清秀，移养为儿，故期事任氏，不啻己母。仆射罗演，为班母舅，表面上虽为期臣，心中恨期甚深，常欲杀期泄忿。汉王相上官淡，与演友善，遂同谋杀期，改立班子幽为主。事尚未行，计已先泄。期即收杀演、谈，并害班母罗氏。嗣是期放斥旧臣，专任亲幸，外倚尚书令景骞及尚书姚华田褒，内恃中常侍许涪等人，庆赏刑威，但令数人裁决，纪纲废弛，法度荡然，国势渐见衰颓了。暂作一束。

且说代王郁律，为猗㐌猗卢从子，自猗㐌子普根殁后，入嗣王爵，已见前文。姿质雄壮，饶有威略。击走匈奴支部刘虎，收降刘虎从弟路孤，复西取乌孙故地，东并勿吉西境，士马精强，雄长朔方。赵主石勒，遣使通问，愿与郁律结为兄弟。郁律不许，斩使示威。东晋授册加封，亦拒绝不纳。好容易过了五年，普根母惟氏，欲立己子贺傉，想把郁律捽去。郁律向来疏阔，毫不加防，那惟氏却阴结诸将，乘间逞谋，得将郁律害死，并戮部酋数十人。郁律有子什翼犍，幼在襁褓，母王氏，匿居袴中，向天遥祝道："天若有意存孤，切切勿啼。"果然什翼犍并不发声，好似睡熟一般。王氏藏儿出帐，惟氏令诸将监视，但见她孑身外徙，总道妇女没有能力，乐得放走，哪知她已挈儿出去。还有什翼犍兄翳槐，年已长成，向居外部，故亦得避难逃奔，往依贺兰部酋蔼头。蔼头系翳槐舅家，就是王氏带出什翼犍，亦借贺兰为藏身地。蔼头当然收纳，概令羁居。惟氏遂得立贺傉，自己出来训政，总握朝纲。她恐赵主记念前仇，或致加兵，因特着人赍书往赵，说是："翳槐已受天诛，今另立新君，力反旧政，情愿修好邻邦。"赵主勒问明情形，含糊答应，唯索交宗子为质。代使答须回禀太后，方可定夺，勒乃遣归。赵人因他权归惟氏，特号他为女国使。

过了四年，惟氏病死，贺傉始得亲政，但贺傉素来懦弱，未足服人。不似乃母。各部酋多半生贰，阴有违言，累得贺傉胆怯心虚，徙居东木根山，倚险筑城，作为都邑。他尚恐各部进逼，时怀忧惧，愁里光阴，不堪消受，结果是心神劳悴，终丧天年。得马安知非祸。贺傉死后，弟纥那嗣。纥那较为刚猛，制服诸部，又向贺兰部酋蔼头，索交翳槐。蔼头顾全亲谊，不肯从命，纥那即约同宇文部，共击蔼头。蔼头向赵求救，赵拨兵助蔼头，破宇文部，并逐纥那，纥那退保大宁，于是蔼头号召诸部，拥立翳槐为代王，再向大宁进兵。纥那复奔宇文部，收合余烬，徐图恢复。翳槐当然加防，因使季弟什翼犍，至赵为质，与敦和好，隐树外援。纥那却也生畏，不敢动兵，偏是蔼头恃拥立功，骄恣不臣，非但不修职贡，还要今岁索金，明岁索币，屡与翳槐为难。翳槐初尚容受，积忿至六七年，实是忍耐不住，因诱蔼头入帐，暗伏甲士，刺杀蔼头。蔼头一死，各部酋俱咎翳槐负德，相继离叛。两造俱属非是。纥那得乘隙而入，再还大宁，与诸部共攻翳槐。翳槐奔邺依赵，赵王石虎，遣将军李穊等，帮助翳槐，往攻纥那。纥那拒守数月，部落复叛，自知不能久持，弃城奔燕。翳槐复得为代王，就盛乐筑城，安然居住。先后在位九年，得病不起，召庶弟屈孤与语道："我命在旦夕，想难再生，两弟皆非治国才，看来只有迎立什翼犍，方可主持社稷，长治久安。”未几遂殁。孤欲奉兄遗命，往迎什翼犍，独屈有心自立，故意迁延，各部酋互相私议，谓：“国家不可无君，什翼犍在赵为质，来否尚未可定，就使得来恐为屈所拒，未必得位。屈刚暴多诈，难为人主，不如杀屈立孤，较为妥当。”议定后，当即举行，共入盛乐，把屈杀死，请孤即日正位。孤流涕道：“孤实不才，未堪承统，诸公如不忘先王，应各守遗言，迎立什翼犍。否则孤宁饮刃，尚可对我父兄。”不亚曹子臧吴季札。各部酋见他名正言顺，倒也未便抗议，但虑赵未肯放还质子。孤复道：“由我自往，不患什翼犍不来。”遂跨马出都，星夜驰至赵都，入见赵主石虎，说明来意。石虎果然迟疑，孤慨语道：“孤奉先君遗命，来迎什翼犍，若大王见疑，孤情愿留身为质，但求放还什翼犍便了。”石虎听了，不禁赞许道：“孝友兼全，情义两尽，我怎得不曲成人美哩。”残戾如虎，犹知仁义。因遣令俱归。孤拜谢而出，即与什翼犍同还。

什翼犍年方十九，身长八尺，仪表过人，隆准龙颜，立时发长委地，卧时乳垂至席。翳槐尝目为英器，所以留有遗嘱，使立什翼犍。既归故帐，就在繁畤北设坛登位，创立正朔，纪元建国。革弊制，订新仪，仿华夏立国规程，设立百官，分掌众务。用代人燕凤为长史，许谦为郎中令，特定叛逆杀人奸盗诸刑律，号令严明，政事清简，人民悦服，相率趋附。在位甫及三年，已得众数十万人，东自涉貊，西至破落那，南距阴山，北及沙漠，统翕然向慕，无复异言。果非凡品。什翼犍又大会诸部，议定都灅源川，彼此持论未决，什翼犍母王氏道：“我先世以来，居无定所，无非为防患起见。今国家多难，尚未奠平，若必筑城定都，恐一旦寇至，无从避难，不如仍守旧制罢！”什翼犍依了母命，不复营都，但将境内分作二大部，北境命孤监守，南境命实君监守。孤即什翼犍弟兄，实君系什翼犍子，年甫数龄，另遣大臣为辅。什翼犍虽然有室，不过系出卑微，并非望族。此次拟立皇后，意欲求婚他国，较示优崇。当时北方强国，除赵以外，要算燕王慕容皝。什翼犍乃遣使诣燕，乞与和亲，小子有诗咏道：

奉币远来乞许婚，欲加象服待邦媛。
休言齐大非吾耦，得匹豪宗即外援。

究竟慕容氏曾否许婚，待至下回续叙。

李雄舍子嗣而立班，李班尽子道以事雄，雄能传贤，班能全孝，不可谓非盛德事，然卒酿成篡夺之祸者，何哉？盖非有盛德者，不能为盛德事，有尧之盛德，而后能开禅让之局，有舜之盛德，而后能化顽傲之心，否则如宋宣公，如吴王余祭，皆以授受之不经，酿成隐祸，何惑于李雄？即宋殇吴僚之遭弑，亦皆与李班相同，何惑于李班？顾或者谓班性仁孝，乃罹惨祸，几疑天道之无知，实则班似仁而实迂，似孝而实愚，对盗跖而谈礼义，入裸国而被衣冠，几何不为所戕害也？什翼犍以患难余生，终得嗣统，惟氏不能杀，石虎不能拘，冥漠中似隐有护之者。然郁律无过而被戕，贺傉无才而攘国，其不能不辗转推迁，属诸什翼犍之身，亦理数之所必然者也。况有翳槐之知人，与拓跋孤之守义乎哉？

第四十五回　杀妻孥赵主寡恩
协君臣燕都却敌

却说燕王慕容皝，就是慕容廆第三子。慕容廆见前文。廆为鲜卑大单于，建牙辽西大棘城，礼贤下士，声望日隆。平州刺史崔毖，密结高句丽段氏宇文氏，合谋灭廆，三分廆地，廆遣子皝，与长史裴嶷，击破宇文部。段氏高句丽皆惧，遣使乞和。崔毖遁往高句丽。廆乃使裴嶷献捷建康，晋封廆为辽东公，都督幽平二州诸军事，领平州牧，仍为鲜卑大单于。廆因置官司守宰，立子皝为世子，命庶长子翰为建威将军，少子仁为征虏将军，分守要塞。赵遣使通和，因廆拒命，嗾使宇文部酋乞得归，再引兵攻廆。廆仍命皝等出御，连败乞得归，直入宇文部帐，虏得人民牲畜，奏凯班师。乞得归穷蹙失势，为别部逸豆归所逐，窜死荒郊。逸豆归继为宇文部长，收复故土。复经慕容皝率兵往讨。逸豆归惶恐乞盟，方才引还，皝威名大振。补叙慕容廆，兼及慕容皝，文法不漏。已而廆得病身亡，寿终六十五岁。廆自晋武帝十年时，受晋封为鲜卑都督，直至封公去世，共阅四十九年。

皝承袭父位，忌翰及仁，翰奔依段氏。仁据住平郭，与皝为仇，尽取辽东地。皝督兵攻克辽东，轻骑趋平郭，掩仁不备，擒仁而归，杀死了事。又遣将军封奕等，击败段氏宇文氏，遂自称燕王，立妻段氏为王后，子俊为王太子，拜封奕为国相，韩寿为司马，裴开阳骛王宇李洪等为列卿，历史上称为前燕。即十六国中之一。至代王什翼犍，遣使求婚，皝闻什翼犍才名，自为两雄相遇，愿与和亲，乃将妹兴平公主嫁与什翼犍。什翼犍大喜，迎为王后，就在盛乐城筑起宫室，暗寓金屋藏娇的意思。看官记着！这时候除东晋外，共为五国，赵为最大，次为成，次为燕，次为代，次为凉。提要钩玄，点醒眉目。凉州牧张骏，虽未曾僭号，但境内统称他为凉王，不过他尚守先命，仍然称藩晋室，自遣张淳赴建康，见前回。晋廷格外嘉尚，特拜骏为大将军，都督陕西雍秦凉州诸军事。骏乃岁修朝贡，通使不绝。至成帝咸康元年冬季，骏复遣参军麴护，奉表晋都，请即北伐。表文有云：

> 东西隔塞，逾历年载，夙承圣德，心系本朝，而江湖寂静，余波莫及，虽肆力修涂，同盟靡恤，及至奉诏，悲喜交并。天恩光被，褒崇辉渥，即以臣为大将军，都督陕西雍秦凉州诸军事。休宠震赫，万里怀戴，嘉命显至，衔感屏营。伏维陛下天挺岐嶷，堂构晋室，遭家不造，播幸吴楚，宗庙有黍离之哀，园陵有殄废之痛，普天咨嗟，含气悲伤。臣专命一方，职在斧钺，遐域僻陋，势极秦陇，人怀反正，谓石虎李期之命，曾不崇朝，而皆篡继凶逆，鸱目有年，东西辽旷，声援不捷，遂使桃虫鼓翼，四夷喧哗，向义之徒，更思背诞。铅刀有干将之志，萤烛希日月之光，是以臣前章恳切，欲并力声讨，而陛下雍容江表，坐视祸败，怀目前之安，替四祖之业，驰檄布告，徒设空文，臣所以宵吟荒漠、痛心长路者也。且兆庶离主，渐冉经世，先老销落，后生靡识，忠良受枭悬之罚，群凶贪纵横之利，怀君恋故，日月告流，虽时有尚义之士，畏逼首领，哀叹穷庐。臣闻少康中兴，由于一旅，光武嗣汉，众不盈百，祀夏配天，不失旧物。况以荆扬剽悍，尽州突骑，吞噬遗羯，在于掌握哉！愿陛下敷弘臣虑，永念先绩，敕司空鉴征西亮等，泛舟江沔，首尾齐举，臣愿执櫜鞬以从，廓清河朔不难矣。拜表神驰，无任引企！

这篇表文，到了建康，正值成帝筹备大婚，有什么工夫，去讨北虏？但不过礼遣麴护，期诸他日罢了。越年二月，册立杜氏为皇后，后系故镇南将军杜预曾孙女，父乂曾为丹阳丞，姿容秀美，擅有盛名。前宣城内史桓彝，尝谓卫玠神清，杜乂形清。王导从子秘书郎羲之，亦称乂肤若凝脂，目如点漆，可谓神仙中人。怎奈天不假年，早岁去世，所遗仅一女子。妻裴氏嫠居养女，谨守礼教，甚有德音。女少擅容仪，姿采发越，有是父应有是女。唯年至二七，尚未生齿，因此人来求婚，往往中止。及成帝选为中宫，纳采这一夕，齿忽尽生，当时传为奇闻，至备礼入宫时，成帝亲御太极前殿，受群臣庆贺，盛赐筵宴，直至昼漏已尽，宫门悬籥，百官始散席告归。后与成帝同年，乾坤合德，龙凤呈祥，当然恩爱缠绵，不消细说。当张骏申请北伐时，插入立后一段，虽是按时叙事，未免寓有讽意。唯张骏因未遂所请，再遣使申陈前意，适值赵主石虎，迁都邺城，闻张骏常与晋往来，料有他故，特命侦骑四布，遇有凉州使人，由西赴东，往往把他截住，拘回邺中，所以骏使东行，多不得达。石虎自恃富强，寖成骄侈，命在旧都筑太武殿，新都造东西宫。太武殿基高二丈八尺，纵六十五步，阔七十五步，砌以文石，下置窟室，设卫士五百人，用漆灌瓦，金珰银楹，珠帘玉壁，穷工极巧，不计价值。殿上施白玉床，流苏帐，特制金莲花，盖住帐顶。广采良家美女，充作宫妾，服珠玉，被绮縠，长黛轻裾，多至万余人。又教宫女占星气，习骑射，用女骑千人为卤簿，皆着紫纶巾，衣熟锦裤，金银镂带，五色成文，每一出游，必令她们随行，执羽仪，鸣鼓吹，仿佛天女散花，令人眩目。是时，境内大旱，粟二斗，值金一斤，百姓嗷嗷待哺。虎却徭役并兴，日夜不休，又使牙门将张弥，至洛阳宫中，迁徙钟虡，九龙翁仲飞廉等物，搬入邺城。一钟沉入河流，募得泅水壮士三百人，捞取此钟，岸上系着竹绖，驱牛百头，仿辘轳法，引钟出水，才得捞起，用大舟载归。石虎大悦，赦二岁刑，赉百官粟帛，赐民爵一级。又依尚方令鲜飞计议，就邺南投石河中，欲造飞桥，工费数千万亿，桥竟不成。既而赵太保夔安等，上虎尊号，甫入殿庭。座燎油沸，猝然倒下，散及百官身上，炮得头青面肿，有几个火气攻心，舁回家中，竟致暴毙。虎引为深恨，拿下值殿侍臣成公段，责他疏忽，腰斩阊阖门。

先是虎已欲称尊，戴服衮冕，将祀南郊，尝揽镜自照，不见己首，乃大加惶惧，不敢称帝。至此因群臣劝上尊号，但自称赵天王，再就南郊筑坛，即位受朝。天王与皇帝何殊？岂即可保全首领么？立后郑氏为天王后，太子邃为天王太子，唯诸子反降王为公，宗室且降王为侯。这是何意？大约即民无二王之意。郑后小字樱桃，本为晋冗从仆射郑世达家歌妓，没入襄国。虎见她妖冶绝伦，即纳为己妾。虎元配郭氏，系征北将军郭荣女弟，虎本与她相敬如宾，未尝反目。不过郭氏无子，常为虎忧。及樱桃入室，生成一种淫妒性质，先用柔媚手段，把虎迷住，然后掩袖工谗，媒孽正室。郭氏不堪忍受，免不得反唇相讥，哪知虎袒护樱桃，不令郭氏插嘴。郭氏如何肯依？竟致与虎争执。虎性似烈火，口舌不足，继以武力。拳打足踢，立将郭氏殴毙，再娶清河崔氏女为继室。相处年余，适值樱桃生男，崔氏欲养为己子，樱桃不许。俄而婴儿夭殇，樱桃又对虎哭诉，捏称崔氏挟嫌诅咒，致子夭亡；且多取胡儿为养子，未识何心。虎闻言大怒，急取弓箭，召崔入问。崔徒跣出庭，且泣且语道："勿妄杀妾，乞听妾言！"虎狞笑道："汝若不生歹意，何必着忙。且还入座中，随汝分剖。"崔氏转身入座，不防背后弓弦声响，急欲闪避，已是不及，刚刚穿入胸中，倒地毕命。虎善咥人，遑问爱妻。

自是樱桃得为虎继妻，生有二男，长子就是太子邃，小名阿铁，次子名遵，受封郡公。邃秉性阴鸷，膂力过人。确是有遗传性。虎既立邃为天王太子，复命他参决尚书奏事，且常顾左右道："司马氏父子兄弟，自相残灭，故使朕得至此，试想阿铁是我大儿，我肯忍心杀他么？"慢着！左右齐声道："陛下父慈子孝，怎出此言？"已而太子邃恃宠生骄，因骄成暴，酗酒渔色，纵慾无度，或终日游畋，入夜乃归，或夜出宫臣家，见有姿色妇女，即迫与交欢，有时且妆饰宫人，斩首洗血，置诸盘上，传示四座。又采纳美貌女尼，白日宣淫，狎媟既毕，便视作猪羊一般，洗剥宰割，与猪羊肉合贮一器，煮熟取食，有余遍赐左右，令他分尝一脔。肉味何如？河间公石宣，乐安公石韬，皆邃庶弟，得虎宠爱，邃独视如仇雠，虎毫不加察，也变做一个糊涂虫，左抱娇妾，右执大觥，镇日里昏醉沉迷，不问朝事。邃尝有事呈报，虎嫌他琐碎，即呵斥道："这等小事，呈报什么？"后来邃未报闻，被虎察觉，又召邃入骂道："为什么掯匿不报？"邃未免记述前言，益触虎怒，往往鞭笞交下，不少宽贷。邃屡遭鞭责，当然不平，私语中庶子李颜等道："官家指主子言。很难服侍，我欲行冒顿故事，卿等肯从我否？"冒顿弑父自立，见前汉事。颜等不敢置词，都与傀儡相似。邃即托词有疾，不出莅事，暗中却带领宫僚，共计五百余骑，往饮李颜家。酒至半酣，顾颜与语道："我欲往杀河间公。"颜答言："今日饮酒，且从缓图。"邃又狂饮数觥，因酒使气，勃然起座，即上马饬众道："快随我杀河间公，如或不从，便当斩首。"大家骇走。颜叩头苦谏，邃亦醉不能支，踉跄趋归。

虎闻邃有疾，拟往探视，命人驾车，蓦见一人趋入，叩马谏阻道："陛下不宜屡往东宫。"虎瞧将过去，乃是大和尚佛图澄，遂延他入座，且命停车不赴。原来佛图澄言多奇验，很为虎所敬信。及与澄谈了数语，澄即别去，虎又不禁怀疑，瞋目大言道："我为天下主，难道亲如父子，反不相信么？"随即遣女官觇邃。邃佯呼与语，背地里拔出佩剑，殴击女官。幸亏女官身材伶俐，只被他击了一下，便转身逃出，奔回报虎。虎乃大怒，收逮中庶子李颜等三十余人，当面诘问。颜知无可讳，具白邃状。虎仍责他辅导无方，都令推出斩首，全是强暴行为。因将邃幽锢东宫。甫经半日，便令释出，传他入见。邃照常朝谒，并未叩谢，拜毕便退。虎令左右传谕道："太子当入朝中宫，奈何便去？"邃似无所闻，昂头径出。于是虎怒不可遏，立废邃为庶人，仍把他拘禁起来。到了夜间，索性遣人杀邃，并邃妻张氏，及男女二十六人，一律诛死，同瘗一棺。又杀东宫僚属二百余人，就是邃母王后郑樱桃，也连坐得罪，被废为东海太妃，另立河间公宣为太子，宣母杜昭仪为后。

适燕主慕容皝，遣使至赵，具表称藩，愿乞师会讨段氏。虎最喜用兵，又见皝表文恭顺，当然大悦，便与来使约定师期，遣他归报，当即招募壮士三万人，赐官龙腾中郎。旋命横海将军桃豹，渡辽将军王华，统领舟师十万，出漂渝津。虎骧将军支雄，冠军将军姚弋仲，统领步骑十万，充作前锋，往伐段氏。虎也督率亲兵，出次金台。段氏酋长名辽，闻赵将入犯，先遣从弟段屈云，进袭幽州，刺史李孟，退保易州。及支雄兵到，击退屈云，复长驱直进，连拔四十余城。燕王慕容皝，亦出兵遥应，攻掠令支北面。令支即段氏建牙处，段辽使弟兰御皝，为皝所诱，引入伏中，大破兰兵，驱五千户而返。辽南北皆败。又闻赵兵已入安次，杀鬿部酋那楼奇，不由的心惊意骇，急率母妻子姓等，夤夜出奔，逃往密云山。辽左长史刘群，右长史卢谌，司马崔悦等，封好府库，遣使至虎军乞降。虎再遣将军郭泰麻秋，带着轻骑二万，倍道追辽。行至密云，与辽相遇，辽众无心恋战，怎能敌得过赵兵？眼见是仓皇四溃，如鸟兽散。辽亦单骑窜去，连母妻都不及顾，尽被赵兵掣住，又乘势追杀，斩首三千级。虎直入令支，据住辽宫，正值辽子乞特真，赍献表文，情愿投诚，并贡名马百匹。虎许令降附，收受名马，徙民户二万余人，入居司雍兖豫四州。

是时，燕王慕容皝，已早还师，不复来会。虎恨他无礼，拟移军攻燕。佛图澄随虎偕行，从旁谏阻道："燕势方盛，福德正隆，现在未可加兵，不若班师为是。"虎作色道："我率大众进攻，战必胜，攻必取，区区小竖，唾手可擒，能逃到哪里去呢？”太史令赵揽亦入谏道：“燕地岁星所守，行师无功，且恐受祸。”虎大怒道：“你也敢来阻我么？”命左右鞭揽百下，把他逐出，谪为肥如长。当下引众出令支城，攻入燕境，并遣使招诱民夷。燕地各郡县，却也闻风惶骇，相继请降。虎得燕城三十六，乘锐东进，直捣棘城，有众数十万,四面猛扑，呐喊声震彻辽东。燕王皝日夕担忧，竟欲出走。帐下将士慕舆根进言道：“赵强我弱，不宜轻动，大王若一举足，全局瓦解，适张赵威。若赵人掠我国民，夺我府实，兵多粮足，如何可敌？且赵人入四面环迫，正欲大王畏惧出亡，奈何堕他诡计？今不若固守坚城，镇定士心，观形察变，出奇制胜，就使不能济事，走亦未晚，怎可望风委去，自速灭亡哩？”言之有理。皝乃决计守城，但面上总难免惧色。玄菟太守刘佩献议道：“今强寇在外，众志惊惶，国事安危，系诸一人。大王今日，无从推诿，当振作精神，率厉将士，不宜再示疲弱。事已万急，臣愿拼死出击，就使不能大捷，亦可小挫敌锋，借定众心呢。”皝乃许诺。佩即率敢死士数百骑，乘夜出城，掩击赵兵。赵兵虽然防备，究竟夜深月黑，不知有多少来军，仓猝抵敌，虚张声势。那佩众却人自为战，不按纪律，但用短兵突阵，乱砍乱斫，俘斩赵兵数百名，便收军入城。为了这一番踹营，赵兵稍稍气沮，守卒才有生机。

皝再向封奕问计，奕答道：“石虎凶残已甚，人神共嫉，祸败将至，计日可待。今倾国远来，攻守势异，彼虽强横，无能为患。若顿兵多日，必将自乱，大王但坚守不怠，俟彼退去，遣锐追击，必得大胜。”皝意乃安。石虎射书招降。守兵拾书呈皝，皝扯碎来书，慨然说道：“孤方欲规取天下，肯降这凶竖么？”既而虎督兵猛攻，四面蚁附，缘城而上。守将慕舆根等，力战不退，所有缘城的赵兵，尽被击仆，相持至十余日，赵兵死了无数，终不能克。虎无法可施，只好引退。行了数里，忽见后面尘头大起，燕兵努力追来。为首一员少年将官，横槊跃马，当先趋至，大呼：“石虎快来受死。”虎闻声怒起，饬令大众回马接战，偏各军都有归志，不服号令，随你石虎如何督饬，只是掉头不顾，落荒窜去。小子有诗叹道：

自古佳兵定不祥，况兼暴戾等豺狼。
劳师已久军心溃，失律贻凶即否臧。

欲知石虎能否退敌，下回再当表明。

晋元东渡，两河为墟，胡羯鲜卑诸部落，乘势入据，互相吞并，其目无典午也久矣。独凉州张氏，本为汉族，世奉晋室，如张骏之申请北伐，尤为东晋史上仅见之文字。本回录入原表，所以旌张氏之忠也。惜乎！江左诸君，志在偏安，无暇北讨，而残虐凶暴之石虎，反得横行河洛，称霸一方，天地晦盲，虏腥四煽，岂非一极大厄运欤？夫石虎宠妾杀妻，性本残忍，及子邃谋逆，连坐妻孥。邃有罪当诛，邃之妻子，何为俱诛？东宫僚属，宁无臧否？一并屠戮，其草菅人命也甚矣！至若攻燕一役，顿兵城下，日久无功，虽由燕臣之善谋，坚守不挠，要亦由石虎之暮气已深，天不容其再逞耳。否则如慕容皝之戕贼骨肉，背盟败约，亦石虎之流亚也，虎何至遽为所败哉！

第四十六回　议北伐蔡谟抗谏
篡西蜀李寿改元

却说石虎还至中途，遇着燕兵追来。燕将叫作慕容恪，乃是慕容皝的第四子。恪为皝妾高氏所生，高氏无宠，恪亦失爱。及恪年十五，容貌雄毅，谋虑精详，皝始目为奇童，授以孙吴兵法，至是统兵追虎，部下不过二千骑，却击败赵兵十余万人。赵兵原是劳敝，不堪再战，但亦由恪勇往直前，才得大破虎众，斩获至三万余级，夺还三十六城，奏凯而回。虎狼狈还邺，检点各军，统皆残缺，独游击将军石闵，一军独全。闵本姓冉，世居魏郡，石勒破魏，掳得闵父冉瞻，少年有力，为勒所爱，乃命待虎左右，使为虎养子，瞻遂易姓为石，历任左积射将军，封西华侯，后竟战死。虎悯瞻殉难，因抚闵如孙，使承父荫。闵既长成，也饶勇略，得为北中郎将游击将军。至是从虎出师，还军时队伍整齐，不缺一人。虎极口赞赏，奖叙有加。养虎贻患，好一个冥中报应。复召赵揽为太史令，一面造船积谷，再图攻燕。

时段辽尚在密云山，遣使诣赵，乞赵发兵相迎，嗣复中悔，又遣使至燕，谢罪投诚。燕王皝亲率诸军迎辽，辽与皝相见，自述前时使赵情形，现当助燕拒赵，计歼赵军。皝大喜过望，便遣慕容恪带领精骑，埋伏密云山，专待赵军到来。赵主石虎，怎知段辽中变，竟遣征东将军麻秋，领众三万，往迎段辽。临行时却面嘱麻秋道："受降如受敌，不可轻忽哩。"毕竟有些智略，可惜已中人计。又命尚书左丞阳裕为军司马，令作向导。裕本段氏旧臣，前次赵军入蓟，战败降赵。虎因他驾轻就熟，所以命助麻秋，也是格外谨慎的意思。麻秋领兵前进，还道是石虎过虑，尽管纵马急行。将到三藏口，乃是密云山入谷要道，远远探望，只有深林丛箐，并无兵马往来，他遂麾兵入谷。才经一半，猛听得胡哨声起，深谷震响，始觉得毛发森竖，胆战心惊。正顾虑间，那慕容恪已挥动伏兵，两面杀来，秋慌忙退兵，可奈山路崎岖，易进难退，一时情急失措，竟致自相蹴踏，伤毙甚多。再经燕兵大刀阔斧，当头乱劈，就使铜头铁骨，也被斫伤。何况是血肉身躯，怎禁得这番横暴？当下赵兵三万人，约死了二万有余。单剩得几千残兵，保秋还奔。秋马已受伤，下马急跑，才得幸免。

阳裕已被燕兵擒去。赵将单于亮失马被围，冲突不出，索性倚石危坐。燕兵叱令起来，亮厉声道："我是大赵上将，怎肯受屈小人？汝等若能杀我，尽可下手，否则让开走路，听我自归。"燕兵见他状貌伟岸，声气雄壮，倒也不敢进逼，但遣人走报慕容皝。皝用马迎亮，召与叙谈，大加器重，遂授为左常侍。亮见皝厚礼相待，也即受命。从前平州刺史崔毖东遁，妻女没入燕庭。崔毖事见前回。皝命将毖女妻亮，且释出阳裕，使为郎中令，遂载辽俱归，待若上宾。越年，辽复谋叛，乃把辽杀死，并辽党数十人。又遣长史刘翔，参军鞠运，至晋报捷，并乞册封，晋廷未许，唯闻赵为燕败，也不禁跃跃思逞，倡出北伐的议论来了。也想出些风头，其实可以不必。

看官道何人首倡此议？原来是征西将军庾亮。出诸彼口，尤属不符。咸康四年，成帝命司徒王导为太傅，郗鉴为太尉，庾亮为司空。导性宽厚，委任诸将赵胤贾宁等，多不奉法，朝臣多引以为忧。亮不服王导，挟嫌尤深，尝与太尉郗鉴书道："人主春秋既盛，尚不稽首归政，究竟怀着何意？况身为师傅，豢养无赖，更属非宜。公与下官，并受顾命，朝廷有此大奸，不能扫除，他日到了地下，如何对得住先帝？现拟与公同日起事，廓清君侧，公作内应，亮为外援，不患无成，愿公勿疑！"鉴览书后，付诸一笑，并不答复。有人探悉此事，报知王导，劝导密为防备。导叹息道："我与元规谊同休戚，当无异心，果如君言，我便角巾还第，有什么畏惧呢？"话虽如此，但因亮在外藩，却要来干预内政，心下总未免不平。尝遇西风尘起，举扇自蔽，慢慢地说道："元规尘污人。"晋臣多半矫情。晋廷诸臣，统因导老成宿望，为帝师傅，格外推重，且拟降礼相见。太常冯怀，商诸光禄勋颜含，含正色道："王公虽为傅相，究竟是个人臣，礼无偏敬，诸君如要降礼，可请自便。鄙人年老，未识时务，但知遵守古礼呢。”及冯怀别去，转告亲友道：“我闻伐国不问仁人，冯祖思怀字祖思。意欲谄人，偏来问我，莫非我有邪德不成？”随即上表辞官，退归琅琊故里；再历二十余年，安殁家中。表明高尚。

唯庾亮既反对王导，又欲窃名邀誉，借着北伐的虚声，张皇中外。因特援举不避亲的古义，把两弟登诸荐牍，一是临川太守庾怿，谓可监督梁雍二州军事，使领梁州刺史，镇守魏兴；一是西阳太守庾翼，谓可充任南蛮校尉，使领南郡太守，镇守江陵。再请授征虏将军毛宝，监督扬州及江西诸军事，与豫州刺史樊峻，同率精骑万人，出戍邾城。然后调集大兵十万，分布江沔，由自己移镇石城，此非江南之石头城，乃在沔水左近。规复中原，乘机伐赵。表文上面，说得天花乱坠，俨然有运筹帷幄，决胜疆场的状态。这叫做画饼充饥。成帝览到亮表，也不禁怦然心动，便将表文颁示廷臣，令他议复。太傅王导，是朝中领袖，且又得成帝诏命，升任丞相。这番军国大事，当然要他首先裁决，导看了表文，掀髯微笑道：“庾元规能行此事，还有何说，不妨请旨施行。”言下有不满意，实是请君入瓮。太尉郗鉴接口道：“我看是行不得的，现在军粮未备，兵械尚虚，如何大举？”忠厚人口吻。此外百官，亦多赞成鉴议。太常蔡谟，更发出一篇大议论，作为议案，由小子录述如下：

盖闻时有否泰，道有屈伸。暴逆之寇，虽终灭亡，然当其强盛，皆屈而避之，是以高祖受屈于巴汉，忍辱于平城也。若争强于鸿门，则亡不终日，故萧何曰：“百战百败，不死何待也。”原始要终，归于大济而已，岂与当亡之寇，争迟速之间哉？夫唯鸿门之不争，故垓下莫能与之争。文王身圯于羑里，故道泰于牧野，勾践见屈于会稽，故威申于强吴。今日之事，亦犹是耳。贼假息之命垂尽，而豺狼之力尚强，为吾国计，莫若养威以待时。时之可否，系于胡之强弱，胡之强弱，系于石虎之能否。自石勒举事，虎常为爪牙，百战百胜，遂定中原，所据之地，同于魏世，及勒死之日，将相欲诛虎，虎独起于众异之中，杀嗣主，诛宠臣，内难既定，千里远出，一举而拔金墉，再举而擒石生，诛石聪，如拾遗，取郭权，如振槁，还据根本，内外平定，四方镇守，不失尺土。以是观之，虎为能乎？抑不能也。假令不能者为之，其将济乎？抑不济也。贼前攻襄阳而不能拔，诚有之矣，但不信百战之效，而徒执一攻之验，譬诸射者百发而一不中，即可谓之拙乎？且不拔襄阳者，非虎自至，乃石遇之边师也。桓平北桓宣为平北将军，见前。守边之将耳，遇攻襄阳，所争者疆场之土，利则进，否取退，非所急也。今征西指庾亮。以重镇名贤，自将大军，欲席卷河南，虎必自率一国之众，来决胜负，岂得以襄阳为比哉？今征西欲与之战，何如石生？若欲守城，何如金墉，欲阻沔水，何如大江？欲拒石虎，何如苏峻，凡此数者，宜详较之。石生猛将关中精兵，征西之战，殆不能胜也。金墉险固，刘曜十万众所不能拔，今征西之守，殆不能胜也。又当是时洛阳关中，皆举兵击虎，今此三镇，反为其用，方之于前，倍半之势也。石生不能敌其半，而征西欲当其倍，愚所疑也。苏峻之强，不及石虎，沔水之险，不及大江，大江不能御苏峻，而欲以沔水御石虎，又愚所疑也。昔祖士稚在谯，田于城北，虑贼来攻，预置军屯以御其外。谷将熟，贼果至，丁夫战于外，老弱获于内，多持炬火，急则烧谷而走，如此数年，竟不得其利。是时贼唯据沔北，方之于今，四分之一耳。士稚不能捍其一，而征西欲御其四，又愚所疑也。或云贼若多来，则必无粮。然致粮之难，莫过崤函，而石虎首涉此险，深入敌国，平关中而后还。今至襄阳，路既无险。又行其国内，自相供给，方之于前，难易百倍，前已经至难，而谓今不能济其易，又愚所疑也。然此所论，但说征西既至之后耳，尚未论道路之虏也。自沔以西，水急岸高，鱼贯泝流，首尾百里，若贼无宋襄之义，及我未阵而击之，将如之何？今王师与贼，水陆异势，便习不同，寇若送死，虽开江延敌，以一当千，犹吞之有余，宜诱而致之，以保万全。若弃江远进，以我所短，击彼所长，惧非庙胜之算也。鄙议如此，伏乞明鉴。

这篇大文，表示大众，没一人敢与他批驳，就是呈入御览，成帝亦一目了然，料知北伐是一种难事，乃诏亮停止北伐，不必移镇。会太尉郗鉴得疾，上疏逊位，疏中有云：

臣疾弥留，遂至沉笃，自忖气力，不能再起，有生有死，自然之分。但忝位过才，曾无以报，上惭先帝，下愧日月，伏枕哀叹，抱恨黄泉。臣今虚乏，危在旦夕，因以府事付长史刘遐，乞骸骨归丘园，唯愿陛下崇山海之量，弘济大猷，任贤使能，事从简易，使康哉之歌，复兴于今，则臣虽死，犹生之日耳。臣所统错杂，率多北人，或逼迁徙，或是新附，百姓怀土，皆有归本之心。臣宣国恩，示以好恶，处以田宅，渐得少安。闻臣疾笃，众情骇动，若当北渡，必启寇心。太常臣谟，平简贞正，素望所归，可为都督徐州刺史，臣亡兄子晋陵内史迈，谦爱养士，甚为流亡所宗，又是臣门户子弟，堪任兖州刺史，公家之事，知无不为，是以敢希祁奚之举。祁奚春秋时晋人。迫切上闻。

这疏上后，不到数日，便即谢世，年已七十有一。鉴系高平金乡人，忠亮清正，能识大体，殁后予谥文成，所有朝廷赠恤，一如温峤故事。且依鉴遗疏，迁蔡谟为徐州刺史，都督徐兖二州军事，即授郗迈为兖州刺史。可巧丞相王导，与鉴同时起病，先鉴告终，成帝特别哀悼，特遣大鸿胪监护丧事，赗禭典礼，仿诸汉博陆侯霍光，及晋安平献王司马孚，予谥文献。导卒年六十有四，当时号为中兴第一名臣。看官阅过前文，应知导毕生事实，究竟优劣何如，请看官自下断语，小子恕不琐叙了。意在言中。且随郗鉴带叙，明示导不如鉴，有瑜不掩瑕之意。

成帝征庾亮为丞相，亮复表固辞，乃进丹阳尹何充为护军将军，亮弟会稽内史庾冰为中书监，领扬州刺史，充并参录尚书事。冰办理政务，不舍昼夜，礼遇朝贤，引擢后进，朝野翕然归心，号为贤相。胜过乃兄。独庾亮尚欲北伐，又想申表固请，适接邾城失守警信，方不敢再提北伐二字。邾城虚悬江北，内无所倚，外接群夷，真是孤危得很。从前陶侃在日，镇守武昌，僚属屡劝侃分戍邾城，侃乃引集将佐，渡水指示道："此城为江北要冲，差不多是虎口中物，我国家现在势力，只能保守江南，倚江为堑，阻住戎马，若出守此城，必致引虏入寇，非但无益，反且有损。我闻孙吴御魏，尝用三万兵扼守此城，今我兵不过数万，怎能分顾？不若弃为空地，省得夷人生心，我却好安守江南，尚不失为中策呢。"将佐因侃说得有理，当然无言，随侃渡江回镇。侃既去世，由亮代任，亮视邾城为要地，谓可借此进兵，乃使毛宝樊峻，往守邾城，见本回上文。果被石虎闻知，立遣大都督夔安，带领石鉴石闵李农张貉李菟等五将，分率五万人，进攻邾城。毛宝忙向亮求救，亮反视若无事，不急往援，终致邾城陷没。宝与峻突围出走，为赵兵所追，俱投江溺死。夔安又转陷沔南，连拔江夏义阳等郡，进围石城。还亏竟陵太守李阳，发兵掩击，得破赵兵，斩首五千余级，才将赵兵杀退。亮始终不敢渡江，但上表谢过，自愿贬降三等，权领安西将军。有志北伐者，果如是乎？有诏免议，唯庾怿为辅国将军，领豫州刺史，监督宣城庐江历阳安丰四郡军事，镇守芜湖。亮自邾城陷没，忧慨成疾，旋即殁世，年五十二，追赠太尉，谥曰文康，进护军将军何充为中书令，命南郡太守庾翼为安西将军，领荆州刺史，都督江荆司雍梁益六州诸军事，代亮镇武昌。

翼年仅及壮，超居大任，时人恐他不能称职，他却竭尽志虑，劳谦不懈，戎政严明，经略深远，自是公私充实，舆论帖然。唯翼志大言大，好谈兵事，既欲灭赵，又思平蜀，仍不脱阿兄气习。因通使燕凉，拟与和好，倚为外援。那赵主石虎，却也雄心思逞，贻书西蜀，志在并吞江南，愿与蜀主平分。蜀本称成，此时已改号为汉，就是主子李期，也已遭弑，为大将军李寿所篡了。李期见四十四回。期据位后，骄虐日甚，滥杀无辜，籍没资财妇女，充入后宫，内外汹汹，道路侧目。镇南大将军李霸，镇北大将军李保，俱系雄子，相继暴亡，朝臣都说是为期所鸩。期从子尚书仆射李戴，素有才名，期又诬他谋反，迫令自尽。大将军汉王李寿，本为期所忌，幸得不死，外镇涪城。亦见前文。每当入朝，辄诈造边书，辞以警急。会有巴西处士龚壮，谒见李寿，为寿划策，劝他入袭成都。看官道是何因？原来龚壮父叔，前为李特所杀，壮早欲报仇，苦不得间，历年悲恸，服阕未除，远近称为孝子。寿亦闻壮名，礼征不起，及寿与期有嫌，为壮所知。乃拟借寿泄恨，密加游说。寿竟信壮言，遂与掾吏罗恒解思明谋攻成都。期亦防寿为变，屡遣中常侍许涪窥寿，侦察动静。又鸩杀寿养弟安北将军李攸。一面与足建宁王越，及尚书令景骞，尚书田褒姚华等，共议袭寿，将要发兵，不料寿已先发，自率步骑万人，由涪城径趋成都，用部将李奕为先锋，长驱直达。寿子势为翊军校尉，留居成都，正是一个好内应。马上开城迎接，李奕先入，李寿继进，便围住宫门，鼓噪不休。期不及防备，急得没法，只得遣人出慰寿军。寿奏称建宁王越，与景骞田褒姚华，以及李遐李西，统皆怀奸乱政，宜加重辟。期尚未复报，已由寿指挥兵士，收捕越等，随到随诛。兵士乘间四掠，数日乃定。寿即矫称任太后令，废期为邛都县公，幽居别室，追谥戾太子李班为哀皇帝。于是大会将佐，熟商后事。

罗恒解思明李奕，劝寿称镇西将军益州牧成都王，向晋称藩，执邛都公，送往建康。独寿妹夫任调，与侍中李艳，司马蔡兴等，请寿称帝，不宜屈膝江东。寿乃令卜人占验吉凶，卜人视得卦兆，谓可作数年天子。任调跃起道："一日为帝，已足称威。况多至数年呢。"怪不得古今盗贼，都想自做皇帝。解思明驳说道："数年天子，何如百世诸侯？"寿微笑道："朝闻道，夕死尚可。任卿语原是上策哩。"所望在此。遂僭即帝位，改国号汉，纪元汉兴，追尊父骧为献皇帝，母昝氏为皇太后，立妻阎氏为皇后，世子势为皇太子，命旧吏董皎为相国，罗恒为尚书令，解思明为广汉太守，任调为征北将军，领梁州刺史，李奕为西夷校尉，从子权为宁州刺史，所有公卿守令，一律参换，旧臣近亲，悉皆摈斥，特用安车乘马，征龚壮为太师，壮独不受，乃听令缟巾素带，待若宾师。庸中佼佼。邛都公李期，被幽兼旬，慨然叹道："天下主降为小县公，生不如死。"说着，即解带自缢，年仅二十五，在位三年，寿谥为幽公。期妻子徙死穷边。小子有诗叹道：

敢戕孝子乱天常，叛贼何能不速亡？
容易得来容易失，投环尚幸免刑章。

寿既僭位，便得赵主石虎来书，约他连兵寇晋，究竟寿如何复赵，待至下回说明。

亡西晋，掳怀愍者，非他，一为刘曜，一即石勒也。曜为勒所灭，已受冥诛，勒虽死而虎尚存，雄暴且过于勒。为典午复仇计，原宜北伐，为河朔救民计，亦宜北伐，庾亮之奏请伐赵，似也。所惜者，亮有其志而无其才耳。蔡谟之驳议，非谓赵不可伐，正以亮之不能伐赵，不得不为此激切之辞也。若夫李期篡国，刑政无章，此而能久，谁不可为天下主？李寿直入成都，一举而即废之，彼尚以小县公为怏怏，自言生不如死，遂致投环毕命，曾亦思李班何罪，乃擅加弑逆乎？我杀人，人亦杀我，推刃之报，固其宜也，于李寿乎何尤？

第四十七回　饯刘翔晋臣受责
逐高钊燕主逞威

却说汉主李寿，得了赵主来书，竟喜出望外，即遣散骑常侍王嘏，中常侍王广，驰赴邺中，与赵定约。龚壮曾上陈封事，劝寿附晋，寿不肯从；至是又谏阻联赵，仍然不听；且大修军舰，储粮缮甲，准备东下。一面命尚书令马当为六军大都督，调集军士七万余人，齐至东场，由寿亲往校阅，并下书誓众，略言“吴会遗烬，久逋天诛，今将大兴百万，躬行天讨”云云。小人得志，往往大言不惭。及军舰告成，便分载水师，舣集成都城下。寿登城俯瞩，但见帆樯蔽日，轴轳横江，不由的露出骄容，扬扬得意。偏群臣多与寿异心，相率谏阻道：“我国地小兵单，只可自守，不应进取。且吴会险远，更未易图，一动不如一静，幸勿为赵所误，自蹈危机。”寿怒叱道：“天与不取，反受其咎，今赵欲与我平分江南，正是天授我朝的机会，奈何勿往？”广汉太守解思明，再向寿反复陈词，极言利害，寿终不信。至龚壮申疏切谏，谓通胡宁可通晋，并援假虞灭虢事以戒寿，寿尚以为非。又经群臣叩头固争，方才罢议。大众齐称万岁。

寿有旧将李闳，前为东晋所获，得间奔赵。寿向赵致书，请遣还李闳。书中称虎为赵王石君，虎未免不悦，付诸廷议。中书监王波进言道：“李闳尝志在故国，以死自誓，诚使陛下遣还蜀汉，使彼感恩，理当纠率宗族，归向王化，就使不如臣料，我国将多士众，何必留这一人？今寿既自称尊号，僭据一方，若我用制诏，彼必不受，不如赠以国书，示彼大度，免有违言，这也未始非怀柔之计。”虎意乃释然，遣闳使归。适挹娄国献入楛矢，波谓可转赠巴蜀，使寿知我国威服远人，虎亦依议，因派使臣偕闳赴蜀，往送楛矢。及使臣返国，报称李寿并未称谢，且下令国中道：“羯使来庭，献楛矢。”于是石虎大怒，黜免王波，令以白衣领职。既而凉州牧张骏，遣别驾马诜至赵，贡献方物，虎颇有喜色，览及来文，语多蹇傲。虎转喜为怒，即欲斩诜。全是喜怒无常。侍中石璞道：“今日为陛下大患，莫若江东，区区河右，何关轻重？今若斩马诜，必征张骏，出师西略，无暇南讨，建业君臣，反得苟延过去，岂非失策？况凉州一隅，就使胜彼，也不足为武，不胜反贻笑四邻，倒不如格外厚抚，使彼改图谢罪，彼若执迷不悟，往讨未迟。璞与王波却同是一流人物。虎乃礼待马诜，便即遣归。

忽闻燕兵有入侵消息，乃大加防备，集兵五十万，具船万艘，自河通海，运谷千一百万至乐安城，且由幽州东迄白狼山，广兴屯田，括取民马，得四万余匹，大阅宛阳，为攻燕计。哪知燕王皝已探悉虎谋，密与诸将商议道：“石虎专顾乐安城，总道是防守重复，固若金汤，若蓟城南北，必不设备，我今从间道出发，掩他不备，破彼积聚，才不致他轻觑哩。”说着即整率各军，从蠮螉塞攻入赵境，连破各戍，直抵蓟城。幽州刺史石光，拥兵数万，不敢出战，但闭城拒守。燕兵转渡武遂津，驰诣高阳，沿途焚毁积聚，掠徙幽冀三万余户而还。虎闻燕兵入境，急拟整军对敌，一时未及召齐，只好迁延数日。到了兵马会集，燕兵已饱载远扬，虎始知皝有智略，倒也不敢轻自出兵了。皝引兵归国，因前使刘翔等，尚留江东，未见北返，乃再贻晋中书监庾冰书，责他忘仇误国，大略说是：

君以椒房之亲，舅氏之昵，总据枢机，出纳王命，兼拥列将州司之位，昆弟网罗，显布畿甸，自秦汉以来，隆赫之极，岂有若此者乎？以吾观之，若功就事举，必享申伯之名，如或不立，不免梁窦之迹矣。每观史传，未尝不宠恣母族，使执权乱朝，先有殊世之勋，寻有负乘之累，所谓爱之适足以为害。吾尝忿历代之王，不尽防萌终宠之术，何不以一土之封，令藩国相承，如周之齐陈？如此则永保南面之尊，宁复有黜辱之忧乎？窦武何进，虚己好善，天下归心，虽为阉竖所危，天下嗟痛，犹有能履以不骄，图国亡身故也。方今天下有倒悬之急，中夏逋僭逆之寇，家有漉血之怨，人有复仇之憾，宁得安枕逍遥，雅谈卒岁？吾虽寡德，过蒙先帝列将之授，以数郡之人，尚欲并吞强虏，是以自顷及今，交锋接刃，一时务农，三时用武，而犹师徒不顿，仓有余粟，敌人日畏，我境日广。况乃王者之威，堂堂之势，岂可同年而语？若之何不自振作，反为胡人笑也？传曰："畏首畏尾，身其余几。"幸执事图之！

是时江左君臣，为了燕使乞封问题，议论经年，尚未决定。燕使刘翔，争论数次，晋廷总借口成制，谓大将军不处边，异姓不封王，翔不得所请，所以淹留不去。至燕王皝贻书责冰，冰颇加惭惧，乃与中书令何充商议，不如封皝为王。充尝与刘翔会叙，翔直言语充道："四海板荡，忽已三纪，宗社为墟，生灵涂炭，这正庙堂宵旰忧劳，卧薪尝胆的时候。翔羁居年余，每见诸公宴安江左，以奢靡为荣，以放诞为贤，试问如此过去，怎能尊主济民呢？"应被揶揄。充闻翔言，也觉抱愧。因与冰联名奏请，乞封慕容皝为大将军、幽州牧、大单于、燕王。成帝下诏依议，翔既得奉诏，乃入朝辞行。朝旨又授翔为代郡太守，翔固辞不受，叩头趋出，当下与晋臣等告别，整装启行。公卿等饯送都门，宴饮尽欢，翔慨然道："古时少康兴夏，一成一旅，尚灭有穷，勾践霸越，甲楯三千，终沼强吴，蔓草尚宜早除，况国仇呢？今石虎李寿，志在吞噬，王师即未能澄清北方，亦当从事巴蜀，一旦石虎先人举事，西并李寿，据形胜地以临东南，虽有智士，恐也不能善后了。"是有心人吐属。中护军谢广，时亦在座，奋衣起应道："刘君高论，实获我心，应该大家努力呢。"已而饮毕撤席，翔等自去，晋臣等当然散归。

才过数日，忽宫中传出大丧，乃是皇后杜氏，得病而亡，百官相率入临，毋庸絮述。杜后在位六年，未得子嗣，享年只二十有一。当时三吴女子，并簪白花，好似素柰一般。相传为天亡织女，因着素服，哪知适应在杜后身上。成帝下诏治丧，概从节俭，应筑陵墓，但求洁扫，不得滥用涂车刍灵。又禁远近遣使吊赗，俟至葬讫，概令臣民释服。追谥杜后为恭皇后。杜后殁后，宫中要算周贵人最邀宠眷，生有二男，长名丕，次名奕。后文自有表见。

好容易过了一年，元旦正值日食，都人目为不祥。又越半载，成帝不豫，竟至辍朝。王公大臣，统至宫门请安，不意有中书符敕，颁发出来，谓不得擅纳宰相，大众不禁失色。中书监庾冰，独不改容，徐徐说道：“敕从何来？我备位中书，毫不接洽，可见得是虚伪了。”当下入宫拷问，果无是敕。冰但戒饬僚吏，此后务从审慎，不必追究既往，所以群疑俱释，镇定如常。冰颇能持大体。及入谒成帝，见帝病已垂危，拟请以琅琊王岳为嗣。岳系成帝母弟，比成帝仅少一岁，冰因成帝二子，皆在襁褓，即丕奕。故欲立长君。中书何充在侧，私语庾冰道：“父子相传，先王旧典，若嗣立皇弟，如何处置孺子？”冰答道：“强寇逼伺，国家未靖，倘再立幼主，如何支持社稷呢？”未几，由成帝传召大臣，并授顾命，除冰充二人外，尚有武陵王晞，元帝子。会稽王昱，元帝少子。尚书令诸葛恢，均至榻前受旨。冰即请立琅琊王岳。成帝颔首，便令冰代草遗诏，诏云：

朕以眇年获嗣洪绪，托于王公之上，于兹十有八年，未能阐融政道，剪除逋祲，夙夜战兢，不遑宁处。今忽遘疾，竟致不起，是用震悼于厥心。千龄奕字千龄。眇眇，未堪艰难，司徒琅琊王岳，亲则母弟，体则仁长，君人之风，允塞时望，肆尔王公卿士其辅之，以祇奉祖宗明祀，协和内外，允执其中。呜呼！敬之哉！无坠祖宗之顾命！

遗诏既已草就，冰等乃退。越三日，成帝驾崩，年只二十二。帝冲龄嗣统，受制舅家，苏峻叛乱，实由庾亮一人激成，及乱事告平，迁亮出镇，成帝方得亲理万几。但亮尚思干预朝纲，引子弟为要援，庾冰居内，庾翼居外，还算有些才干，足当大任。唯豫州刺史庾怿，素性褊狭，尝与江州刺史王允之有嫌，特遣人赍送毒酒，谋害允之。允之却也小心，先把酒令犬试饮，犬一饮即毙，因将情状表闻。成帝不禁动怒道：“大舅已乱天下，小舅复敢出此么？”这语传到芜湖，怿悔惧交并，又当庾亮殁后，失一护符，自恐得罪被谴，遂致仰药自杀。本欲害人，反致害己，可为阴险者鉴。王公大臣，始畏成帝英明，且成帝崇俭恶奢，力求简约，尝欲就后园增设射堂，估计需四十金，便即罢议。可惜年方逾冠，便即去世，这也是气运使然，无可挽回呢。

皇弟琅琊王岳，受遗入嗣，即皇帝位，是谓康帝，封成帝子丕为琅琊王，丕弟奕为东海王，追尊成帝为显宗，奉葬兴平陵，进中书令何充为骠骑将军，中书监庾冰，为车骑将军，令他同心辅政，匡奕王室。此外文武百官，各增二等。立王妃褚氏为皇后，后为豫章太守褚裒女，裒字季野，为京兆人氏，慎重寡言，夙负盛名。桓彝尝谓季野有皮里春秋，说他外无臧否，内寓褒贬。谢安亦极加推重，尝语人云：“裒虽不言，却具四时正气。”郗鉴辟裒为参军，嗣迁司徒从事中郎，转任给事黄门侍郎。成帝闻裒女端淑，因聘为母弟琅琊王妃，至是夫尊妻贵，遂得正位中宫。裒方出为豫章太守，特旨征召，迁官侍中。他却不愿内任，有志避嫌，坚求外调。适江州刺史王允之病殁，乃令裒代刺江州，出镇半洲。

越年元旦，改正朔为建元元年。建元二字，由庾冰议定。冰拥立康帝，原以长君利国为名，但未尝不怀着一种鬼胎。康帝为成帝母弟，当然是庾氏次甥，冰仍居舅氏地位，不致疏远，所以年号亦议定建元，取再兴中朝的意义。有人入语冰道：“从前郭璞遗下谶文，曾云立始之际丘山颓，今年号建元，建训为立，元训为始，丘山即嗣皇本名，据此看来，这年号应即改易，不宜自应谶语。冰也觉失惊，渐复自叹道：“吉凶早定，但改年号，恐未必就能禳灾呢。”遂仍用建元二字。果然康帝不能永年，事见后文。冰谓吉凶早定，我亦云然，但冰不应自存私意。

且说燕王皝既受晋册封，特授刘翔为东夷校尉，领大将军长史。使内史阳裕为左司马，令至龙出西麓，督工筑城。建立宗庙宫阙，取名龙城，率众徙居，作为新都。皝见慕容翰，曾出奔段氏，见四十五回。段氏败亡，又北走宇文部，部酋逸豆归忌翰才名，阴欲加害。翰乃佯狂酣饮，或被发歌呼，或拜跪乞食，逸豆归以为真疯，不复监察，听令自由。翰得随地往返，默览山川形势，一一记忆。皝追忆翰才，且因他挟嫌出奔，并非叛乱，特令商人王车，至宇文部觇翰，劝令归国，并密遗弓矢。翰遂窃逸豆归名马，自挈二子，携弓矢逃归。逸豆归闻翰脱走，忙使骁骑百余名追翰将，要追及，翰回身顾语道：“我久客思归，既得上马，断无还理。我前此佯作愚狂，实是诳汝，我艺犹在，幸勿相逼，自取死亡哩。”追骑见他手下寥寥，不肯退回，仍然趋进。翰复朗声道：“我久居汝国，不愿杀汝，汝今可距我百步，握刀立住，我若得射中汝刀，汝即可回去，非我敌手，如或我射不中，汝等尽可追来。”前追骑乃解刀立住，由翰射箭。翰发箭射去，叮噹一响，正中刀环，追骑便即骇走。翰得揽辔徐归。

皝闻翰至，大喜出迎，握手道故，殷勤款待，仍署翰为建威将军。翰乃为皝设策道："宇文部强盛日久，屡为我患。今逸豆归性情庸阘，将帅非才，国无防卫，军无部伍，臣久在他国，熟悉地形，彼虽远附强羯，声势不接，缓急难恃，我若发兵往击，可保必胜。唯高句丽接近我国，常相窥伺，我果破灭宇文，免不得使彼生惧，俟我一出，必且掩我不备，乘虚深入。我少留兵卒，不足自守，多留兵卒，不足远行，这却是心腹大患，应该早除。宇文部只知负固，料不能远来争利，我既得取高句丽，再还取宇文部，势如反手，立见成功。至两国既平，利尽东海，国富兵强，无返顾忧，然后好徐图中原了。"独不闻鸟尽弓藏兔死狗烹之语，乃必设策毒人，真是何苦？皝连声称善，即召集将士，出攻高句丽。高句丽古称朝鲜，系周时箕子旧封，汉初为燕人卫满所篡，两传即亡，地为汉有。见《前汉演义》。至汉元帝时，汉威已衰，不能及远，高朱蒙纠众自立，创建高句丽国，后来日渐强大，屡寇辽东。慕容氏据有辽土，尚与高句丽时有战争，朱蒙十世孙钊，号称故国原王，正与慕容皝同时。皝既决意东略，遂与诸将会议军情。诸将谓高句丽有二道，北道坦平，南道险狭，今不如从北道进兵，较为无虞。独慕容翰献议道："不入虎穴，焉得虎子？臣谓宜南北并进，使他应接不暇，方可得志。且虏情必谓我从北道，当重北轻南，我正可避实击虚，以南道为正兵，北道为偏师；大王宜自率锐骑，掩入南道，出其不意，直捣彼都，别遣他将出北道，就使北道无功，我已取彼腹心，四肢亦何能为呢？"皝依翰议，即命翰为前锋，由南道进兵，自督劲卒四万为后应。另派长史王宇等，率兵万五千人，从北道徐入。

高句丽王钊，果然如翰所料，注重北面，所有国中精锐，悉令出诸北道，即命弟武为统帅，自挈老弱残兵，防备南道。不意慕容翰从南道杀来，部下都是锐卒，搅入高句丽阵中，好似虎入羊众，所向披靡。钊尚勉强抵敌，东拦西阻，至慕容皝继进，势如潮涌，无坚不摧，高句丽兵统是羸弱，哪里还能招架？不是被杀，就是四溃，单剩钊孑身逃走，不敢还都。燕兵乘胜长驱，攻入高句丽都城。钊母及妻子统被燕兵拘住，钊父利墓，亦为所掘，所有库中珍宝，及男女五万余口，悉遭掳掠。高句丽都城，叫作丸都，简直是搬徙一空，变做墟落。皝还拟穷兵追钊，闻北道兵已经败没，乃变计言归，载钊父尸，及钊母钊妻钊子，并子女玉帛等，一并驱回。临行时，复将丸都城毁去。钊穷无所归，不得已遣使至燕，奉款称臣，乞还父尸及母妻等。皝将钊父尸发还，留母为质。钊亦没法，只好收拾残众，徙都国内城。

小子有诗叹道：

慈母娇妻悉受擒，丸都王气尽消沉。
须知御侮需才智，庸弱何能免敌侵？

皝既战胜高句丽，乃规取宇文部，究竟宇文部是否被灭，且看下回分解。

有国耻而不能雪，有国仇而不能报，偷安旦夕，故步自封，宜其见笑外人，为慕容皝所揶揄，与燕使刘翔之讥议也。庾冰身为大臣，但知久揽政权，拥立次甥，听其言，未始非计，问其心，不免近私，其与亮怿之相去，有几何哉？慕容皝贻书而即惧，至若何充抗议，乃以长君为借口，固执不从，对外何怯，对内何勇也？皝用慕容翰言，欲图宇文部，先攻高句丽，并且避实击虚，皆如所料。高钊败走，丸都陷没，子女玉帛，悉数掳归。翰之为皝计固得矣，而其自为计则未也。敌国破而谋臣亡，翰其能免此祸乎？

第四十八回　斩敌将进灭宇文部
违朝议徙镇襄阳城

却说慕容皝既破高句丽，即谋取宇文部。宇文部酋逸豆归，却先遣国相莫浅浑，引兵击燕。皝反下令诸将，不准出战，但须严守堡寨。无处非计。莫浅浑数次挑战，无人对敌，还道是燕兵怯弱，不足为虑，遂报知逸豆归，述及燕兵畏懦情形。逸豆归信以为真，遂酣饮纵猎，不复设备。哪知过了一月，燕兵奋击莫浅浑，莫浅浑大败而逃，但以身免，余众都被燕兵俘去。逸豆归方才着急，忙遣骁将涉奕干等，调集精兵，防堵燕军。果然慕容皝乘胜大举，令建威将军慕容翰为先锋，刘佩为副，率着骑士二万，作为正兵，再分遣广威将军慕容军、渡辽将军慕容恪、平狄将军慕容霸，及折冲将军慕舆根，三道并进，自引亲兵为后应。左司马高诩道："我军今伐宇文部，无虑不胜，唯恐将帅未免罹殃。"说着，也不愿回家，但使人传语妻孥，嘱及家事，便即从军前行。

宇文将涉奕干，自恃骁勇，麾众逆战。慕容翰刘佩高诩等，与他厮杀，两下鏖斗，足足战了半日有余，未分胜负。时将天暮，翰等拟鸣金收军，不防对面阵内，一声梆响，箭如雨发，燕兵多被射倒。翰不禁大忿，自与刘佩高诩断后，麾军退还。那来箭尚未中断，竟向翰等射来。翰佩诩三将，各中流矢，忍痛支持，且战且回。既归本营，检点兵马，伤亡不少。翰令受伤军士，皆至后帐休养，自与佩诩拔去箭镞，幸尚未中要害，不过各负创痛，彼此敷上箭疮药，方觉少瘥，一面遣人报达燕王皝。皝使人复语道："奕干雄悍，勇冠三军，未可轻敌，不如暂避凶锋，待虏势骄怠，然后进战，自足制胜。”翰奋然道：“逸豆归尽出锐卒，付与涉奕干，正为奕干素有勇名，威倾全部，我能杀败涉奕干，部众闻风畏惧，不战自溃了。唯我在宇文部有年，素知奕干有勇无谋，徒播虚声，未识韬略，但教用一小计，便可擒戮渠魁，奈何避锋示弱，挫我兵气呢？”遂佯为高卧，累日不起，暗中却约同平狄将军慕容霸，为夹攻计。霸年方二九，善用双槊，有万夫不当之勇，他本与翰等分道异趋，及得翰书，方与翰约期会兵，同攻涉奕干。

涉奕干屡逼翰营，再四搦战，见翰兵固垒不动，他便令兵士指名辱骂，罗罗苏苏，无非说翰背德负义，应速受死等语。翰置若罔闻，但戒军士妄动，违令者斩。约莫过了三五天，已知慕容霸将到，便自起整军，披甲上马，开营跃出。涉奕干正来挑战，还道慕容翰照常闭垒，仍无战事，因此饬众散坐，信口喧呶。不意翰一马当先，厉声大呼道：“涉奕甘休得罗唣，今日是汝死期，特来取汝首级。”写得突兀。涉奕干虽然骁勇，见翰突至，声若洪钟，也不禁慌乱起来，忙令部众上马，倒退里许，才与接战。部众不知就里，疑是涉奕干怯退，相率骇走，无复行列。翰引兵杀上，好似摧枯拉朽一般，刺倒敌兵好几百名。涉奕干大吼一声，舞着大刀，挺身接战，翰略与交锋，一来一往，约有数合，刘佩驰马冲至，代翰战住涉奕干，翰即退下，俟佩续战数合，又命高诩替佩。是用车轮战计。涉奕干连战三将，并不退缩，刀法盘旋，一无渗漏。诩负疮未愈，反敌不住涉奕干，涉奕干刀法一紧，没头没脑的劈来，害得诩眼花缭乱，几乎不能招架。忽斜刺里驰到一将，戏槊并举，左槊格住涉奕干刀锋，右槊刺入涉奕干心窝，涉奕干不及闪避，仓猝被刺，鲜血直喷，一声狂叫，倒毙马下。写涉奕干死状，益见其有勇无谋。

看官道来将为谁？原来就是慕容霸。霸既挑死涉奕干，便趁势乱戮虏兵，虏兵已失了主将，当然乱窜，逃得慢的，都做了刀头鬼。于是慕容霸在先，慕容翰在后，直入宇文部，沿途无人阻挡，一任他杀到虏庭。逸豆归素无恩惠，部下离心，都一哄儿遁去，仅剩逸豆归家属，如何固守？急忙相挈遁逃，窜往漠北，宇文氏从此散亡。燕王皝接得捷报，也驰入宇文氏都城，尽收畜产资货，辟地千余里，徙宇文部众五万余至昌黎。先是涉奕干居南罗城，为宇文部各城领袖，皝命改为威德城，使弟左将军彪居守，自引诸军还都。赵主石虎，因宇文部本为藩属，累岁朝贡不绝，至此闻逸豆归被兵，特派右将军白胜，并州刺史王霸，出兵相救。及行至宇文部，已成墟落，只得进攻威德城。连日未克，撤兵退去，反被慕容彪追击一阵，丧失许多辎重，连兵士亦死了千人。虎闻白胜等败还，也只有付诸一叹，再探逸豆归消息，已在漠北病死，无从援助了。了过宇文氏。

高诩刘佩，箭疮迸发，相继毕命。诩善占天文，皝尝与语道："卿有佳书，独不肯给我，未免不忠。"诩答道："臣闻人君执要，人臣执职，执要乃逸，执职乃劳。所以后稷播种，尧不预闻。今欲占候天文，必须深夜不寐，未晨即兴，备极劳苦，非至尊所宜亲为，殿下何用出此哩。"观此知高诩前言，当是从占候而知。皝乃罢议。唯慕容翰还军后，亦因箭疮未愈，卧病多日，嗣得渐痊，在家试骑乘马，有人与翰有嫌，向皝进谗，诬翰诈病不朝，私习骑乘，恐将为变。皝虽借翰勇略，但心下常自忌翰，竟不察真伪，遽赐翰死。翰闻命自叹道："我负罪出奔，幸得重还，直至今日方死，已是迟了。但羯贼跨据中原，我不自量，意欲为国家荡壹区夏，此志不遂，遗恨无穷，这想是命数使然，尚有何言呢。"说毕，即仰药而死。弑庶兄，害功臣，皝之残忍可见。

会代王什翼犍，因皝妹兴平公主病亡，复向燕求婚，皝使纳马千匹作为聘礼。什翼犍不允，复书多倨慢语。什翼犍娶燕王皝妹，见四十五回。皝遣世子俊等往讨，什翼犍遁去，俊乃退还。既而犍复遣部酋长孙秩，至燕谢罪，皝乃遣女适代，嫁与什翼犍为继室，一面请代女为己妃。什翼犍乃将翳槐遗女，遣嫁慕容皝。什翼犍本为慕容皝妹夫，乃娶皝女为继室，是变做皝婿了。又复将翳槐女嫁皝，翳槐为犍兄，兄女为皝妻，皝又变为犍之侄婿，未知彼时将如何相呼？燕代仍旧和好，待后再表。

且说晋安西将军庾翼，代兄亮镇守武昌，府舍中屡有妖怪，乃欲移镇乐乡，上书朝廷，乞如所请。朝议纷纭未决，征虏长史王述，独向车骑将军庾冰上笺，谓不宜徙镇，略云：

乐乡去武昌千有余里，数万之众，一旦移徙，新立城壁，公私劳扰。又江州当泝流数千里，供给军府，力役增倍。且武昌实江东镇戍之中，非但捍御上流而已，缓急赴告，呼应不难。若移乐乡，远在西陲，一旦江渚有虞，不相接救，宁不可虑？方岳重将，固当居要害之地，为内外形势，使窥窬之心，不知所向。昔秦忌亡胡之谶，卒为刘项之资，周恶檿弧之谣，适启褒姒之乱。是以达人君子，直道而行，禳避之道，皆所不敢。但当凭人事之胜理，思社稷之长计耳。安西之请，似不可行，乞公鉴之！

冰得笺后，颇以为然，乃撤消翼议，仍令镇守武昌。骠骑将军何充，本与冰同受遗诏，夹辅晋室。嗣见冰自恃贵戚，事多专断，乃不欲在朝尸位，乞请外调。朝旨乃令充出镇京口，都督扬徐二州军事，兼领徐州刺史。自是冰主内政，翼主外务，兄弟相应，又把那东晋国家，变做庾氏的产业了。

时琅琊内史桓温，为宣城内史桓彝子，彝殉难后，晋廷特加优恤，使温得尚南康公主。温性情豪爽，议论崇闳，尝与庾翼友善。翼甚相器重，当成帝未崩时，曾上疏推荐道："温系当世英雄，愿陛下勿以常人相待，常婿相畜，诚使委以重任，必能弘济艰难，方叔召虎不难复见哩。"但知其一，未知其二。成帝乃令温为琅琊内史。温与翼彼此通问，互相标榜，即互相期许。翼常欲灭赵取蜀，及得温怂恿，更跃跃欲动，遂遣使东约燕王皝，西约凉王骏，克期并举，当即上表道：

羯贼石虎，年垂六十，奢淫理尽，丑类怨叛，又欲决死辽东，皝虽骁果，未必能固。若北无掣肘之虏，则江南将不异辽左矣。臣所以辄激天良，不顾愆咎，然东西形援，未必尽举，且议北进，移镇安陆，入沔五百里，通道涓水，先率南郡太守王愆期，江夏相谢尚，寻阳太守袁真，西阳太守曹据等，精锐三万，风驰上道，并勒平北将军桓宣，往取丹水，摇荡秦雍，御以长辔，用逸待劳。比及数年，兴复可冀。臣既临许洛，窃谓桓温可渡戍广陵，何充可移据淮泗，路永可进屯合肥。伏愿表上之日，便决圣听，不可广询同异，以乖事会。兵闻拙速，不闻工之久也。谨此吁闻。

这表既上，遂调发所统六州兵马，昼夜催迫。百姓不堪需索，怨声盈路。康帝遣使谕止，朝士亦多贻书劝阻。还有车骑参军孙绰，又上笺力谏。翼皆不从，径引众出发夏口，复上表请徙镇襄阳，略云：

臣近以胡寇有敝亡之势，暂率所统，致讨山北，略复江夏数城。臣以九月十九日发武昌，以二十四日达夏口，简卒搜乘，停当上道，而所调供牛马，来处皆远，百姓所畜，谷草不充，并多羸瘠，难以涉路。加以向冬野草渐枯，往返二千里，或容踬顿，辄便随事筹量，权停此举。又山南诸城，每至秋冬，水多燥涸，运漕用功，实为艰阻。窃思襄阳为荆楚之旧，西接益梁，与关陇咫尺，北去洛河，不盈千里，土沃田良，方城险峻，水路流通，转运无滞，进，可以扫荡秦赵，退，可以保据上流。臣虽不武，意略浅短，荷国厚恩，志存立效，是以受任四年，唯以习戎为务，实欲上凭圣朝威灵之被，下借士民义愤之诚，因寇衰敝，渐临逼之。去年春，曾上表请据乐乡，广农蓄谷，以伺二寇之衅，乃值天高听邈，未垂察照。朝议纷纭，遂令微诚不畅。自尔以来，上参天人之微，下采降俘之言，胡寇衰灭，为日不远。臣虽未获长驱中原，馘截凶丑，亦不可不进据要害，徐思攻取之宜。是以量宜入沔，徙镇襄阳，其谢尚王愆期等，悉令还据本戍，须到所在，驰遣启闻。

康帝迭览翼表，与己意实不相同，就是中外臣僚，也多有异议，只庾冰桓温，与前谯王承子无忌，极口赞成。两庾统是元舅，虽康帝亦拗他不过，只得听他施行。冰因翼移镇襄阳，亦欲外出为继，作翼声援。康帝乃使冰都督江荆宁益梁交广七州，及豫州四郡军事，领江州刺史，出镇武昌，为翼援应，且加翼都督征讨诸军事。征徐州刺史何充入朝辅政，录尚书事，调琅琊内史桓温，都督青兖徐三州军事，领徐州刺史，召还江州刺史褚裒，入为卫将军，领中书令。转眼间已是一年，翼有众四万，驻节襄阳，六会僚佐，具陈旌甲，亲授各将弓矢，分给后尚余三箭，遂奋身起座道：“我今日引众北行，有如此矢。左右可取正鹄至百步外，由我迭射，试看我能命中否？”说着，已有军吏摆好箭靶。翼三射三中，顿时大众喝采，喧声如雷。当下檄令梁州刺史桓宣，往击丹水。宣奉檄出兵，行至丹水附近，正与赵将李罴相值。罴骁勇过人，部下亦多精锐，竟将宣军杀败。宣失利奔回，翼奏贬宣为建威将军。宣惭愤成疾，竟致谢世。翼令长子方之为义城太守，代领宣众，又授司马应诞为襄阳太守，参军司马勋为梁州刺史，并戍西城。

时赵王石虎，方大兴土木，连筑台观四十余所，又营洛阳长安二宫，工役多至四十余万人，并欲自邺城起造阁道，直达襄国，一面饬河南四州，整备舟械，为南侵计；并朔秦雍，筹集兵马，为西略计；青冀幽州，储积刍粟，为东攻计。诸州军赶造甲胄，共集五十余万人，还有舟夫篙工，又多至十七万名。再加公侯牧宰，竞营私利，暴敛横征，民不堪命。贝邱人李弘，乘势为乱，自言姓名应谶，号召党羽，署置百僚。经石虎派兵剿捕，始得诛灭，连坐至数千家。虎以为乱党立平，无人敢侮，索性日日畋游，纵情淫乐。又尝微服出行，觇察工役。侍中韦谀，婉言规谏，虎厚赐谷帛，似重善言，其实是并不少悛，荒诞如故。秦公韬为虎庶子，常得虎宠，独太子宣隐加猜忌，与韬有嫌。右仆射张离，向宣献媚，谓宜减削诸公府吏，免致侵逼东宫，宣闻言大悦，即令张离上书奏请，得虎允许，遂饬秦燕义阳乐平四公府，只准置吏百九十七人，兵二百人。四公以下，三成减二，为这一番裁减，得腾出兵士四万，悉配东宫。诸公相率含怨，遂生暗衅。石虎尚似睡在梦中，一些儿没有察觉。

会青州守吏报称济南平陵城北，有一石头雕制的老虎，忽然活动，走至城东南，后有狼狐千余头跟着，所过脚迹，统皆成蹊。石虎大喜道："石虎便是朕名。自西北徙至东南，大约天意欲使朕荡平东南呢。天意不可违，应敕诸州兵悉集，明年当由朕亲率六军，奉天南讨便了。"全是妄想。于是群臣皆贺。就中有一百七人，上皇德颂，说得石虎功德巍巍，尽情谀媚。虎益加欢忭，遂制令民家五户，出车一乘，牛二头，米十五斛，绢十匹，违令者斩，不足亦斩。可怜百姓无从筹给，甚至卖男鬻女，上供军需，尚不满数，没奈何自缢道旁。乡村林麓，遗骸累累，一方怨气，酿成变异。泰山上面，有石自燃，八日乃灭。东海有大石自立，旁有血流。邺西山石间出血，流十余步，延袤二尺余。太武殿初成，壁上多绘古圣先贤，忠臣孝子，贞夫烈妇，忽皆变做异状，狰狞可怖，过了旬日，头皆缩入肩中，仅余冠巾露出。虎也觉惊异，秘不使宣。唯佛图澄为虎所信，呼令入视。澄但唏嘘流涕，不发一言。澄为奇僧，何不借端规谏？乃徒以流涕了事。已而虎御太武前殿，宴飨群臣，见有白雁数百翔集，虎命群臣起射，无一得中，复由自己射雁，亦无所得，不由的惊诧起来，乃召问太史令赵揽。揽密白道："白雁集庭，是宫室将空的预兆。陛下但静镇宫城，不可南行，便足隐弭此变了。"还是揽能善谏。虎因往至宣武观，大阅军士，各军已会集百余万，候命南下，当由虎校阅一番，饬令散归，全体解严。嗣是虎无意南下，但饬各戍将严守本汛，不得擅离，所以晋朝的庾翼庾冰，主张北伐，调兵遣将，瞎闹了一年有余，虽然不见成功，还算是未经大敌，不致大败。至康帝建元二年九月，帝忽寝疾，日甚一日，险些儿要归天了。小子有诗叹道：

国丧才了又遭丧，两载君王一旦亡。
毕竟丘山容易倒，谶文未必尽荒唐。谶文见前回。

欲知康帝曾否崩逝，且看下回再表。

慕容翰之智，足以料涉奕干，并足以料逸豆归，独于慕容皝之雄猜好忌，反不能逆料，卒至自杀其身，岂明能烛远，而昧于察近耶？盖喜功之心一深，往往忽近图远，能料敌人于千里之外，而于萧墙之间，转轻心掉之。文种见诛于勾践，韩信被杀于吕后，皆类是耳。彼晋之庾翼庾冰，亦未始非喜功之士，才不逮慕容翰，而权且过于慕容翰。幸而赵虎荒虐，将士离心，晋康庸弱，主权旁落。两庾得张皇其词，违众自行，丹水一战而桓宣败还，先机已挫，假令石氏之百万雄师，长驱南牧，试问两庾将如何对待乎？谋之未臧，乃欲以侥幸图功，虽曰名正言顺，其如才力之未逮何也？

第四十九回　擢桓温移督荆梁
降李势荡平巴蜀

却说康帝寝疾，日甚一日，内外诸臣，免不得有些惶急。最紧要的第一着，是储嗣未定，将来康帝不起，应由何人承统？大众遂开紧急会议，一面且遥问二庾。庾冰庾翼，仍欲推立长君，拟立会稽王昱为嗣。见四十七回。唯何充在内建议，愿立康帝长子聃为太子，领司徒蔡谟等亦皆赞成。此时两庾在外，鞭长莫及，内事统由何充作主，一经议定，便即册定东宫。两庾亦无可奈何，只有暗恨何充罢了。悔不该出外图功。未几，康帝告崩，年仅二十有二，在位只阅两年，何充等奉太子聃即位，是为穆帝。聃甫及二龄，镇日里需人保抱，怎能亲揽万几？当下由何充蔡谟，想出一策，尊康帝后褚氏为皇太后，即请太后临朝摄政，当下推蔡谟领衔，上奏太后道：

> 嗣皇诞哲岐嶷，继承天统，率土宅心，兆庶蒙赖，陛下体兹坤道，训隆文母，昔涂山光夏，简狄熙殷，实由宣哲以隆休祚。伏唯陛下德侔二妫，淑美关雎，临朝摄政，以宁天下。今社稷危急，兆庶悬命，臣等章惶，一日万几，事运之期，天禄所钟，非复冲虚高让之日。汉和熹顺烈，并亦临朝，近明穆指明帝后庾氏。故事，以为先制。臣等不胜悲怖，谨伏地上请，乞陛下上顺祖宗，下念臣吏，推公弘道，以协天人，则万邦协庆，群黎更生，天下幸甚！臣等幸甚！

褚太后览奏后，亦下了一道诏旨，无非说是“嗣主幼冲，宜赖群公同心夹辅，今既众谋佥同，恳切上词，当勉从所请，暂遵先后故事”云云。于是遂临朝称制。何充希太后旨，独表荐后父褚裒，宜总朝政。太后乃命裒为侍中，兼卫将军，录尚书事。偏裒以近戚避嫌，固辞内职，坚请外调，乃改授裒都督徐兖青三州，并扬州二郡军事，兼徐兖二州刺史，仍官卫将军，出镇京口，另征江州刺史庾冰入朝。冰适有疾，不便就征，已而病笃，临终时，语长史江彪道：“我将死了，报国初心，不能终展，岂非天命？我死以后，殓用常服，毋得妄用官物呢！”言讫而逝。冰清廉自矢，临财不苟，殁后无绢为衾，又室无妾媵，家无私积，时人传为美谈。一节之长，亦必备录。讣闻朝廷，追赠侍中司空，予谥忠成。庾翼得报，留子方之戍襄阳，自还夏口，兼辖冰所遗部兵。有诏令翼仍督江州，并领豫州刺史。翼表辞豫州，又请移镇乐乡，廷议不许。翼乃缮修军器，大修积谷，勉图后举。但尚遣益州刺史周抚、西阳太守曹据，侵入蜀境，与蜀将李桓接战，得破蜀兵，夺得辎重牲畜，随即还师。

越年元旦，晋廷改元永和，皇太后御太极殿，悬设白纱帷，抱帝临轩，颁诏大赦。进武陵王晞为镇军大将军，开府仪同三司，镇军将军顾众，为尚书右仆射，且复召褚裒入辅。吏部尚书刘遐，及长史王胡之，向裒进言道：“会稽王令德雅望，可作周公，理宜授以大政，公何弗推德让美，避重就轻呢？”裒乃辞不就征，即表称会稽王昱，可当大任。有诏令昱为抚军大将军，录尚书六条事。吏部殿中五兵田曹度支五民号为六条。昱清虚寡欲，好为玄辞，尝引刘惔王濛韩伯为谈客，郗超为抚军掾，谢万为从事中郎，清谈遗俗，至此复盛，这也是司马家的气运了。

会由江州都督庾翼上表，报称患病甚剧，特荐次子爰之为荆州刺史，委以后任。朝旨尚未答复，接连是讣状上闻，乃追赠翼为车骑将军，予谥曰肃。当时廷臣会议，谓：“诸庾世在西藩，人心向附，不如从翼所请，即令爰之继任。”独何充驳斥道：“荆楚为我国西门，户口百万，北控强胡，西邻劲蜀，难道可用一白面少年，当此重任么？我看现在牧守，只有徐州刺史桓温，才略过人，足守西藩，外此恐皆未及呢。”会稽王昱，亦以为然。独丹阳尹刘惔，私白昱道：“温原有大才，可惜心术未纯，此人得志，适为国忧。荆州地控上游，夙号形胜，怎可令他往镇，酿成后患？为大王计，不如自请出守。惔虽不敏，粗具智识，若以军司马见委，效劳麾下，谅亦不致偾事呢。”言人所未言，不为无智。昱未信惔言，竟遣使传诏，命温代翼，都督荆梁诸州军事。

惔字真长，世居沛国，祖宏，曾为光禄勋，表字终嘏。宏兄粹，字纯嘏，官至侍中。宏弟潢，字仲嘏，官至吏部尚书。兄弟并有时名，都人尝谓洛中雅雅，唯有三嘏。惔父耽亦尝为晋陵太守，中年去世，家无遗财。惔与母任氏，寓居京口，织履为业，人莫能识。独王导留意延揽，推为清才。后来入登仕籍，音望鹊起，得尚明帝女庐陵公主。会稽王昱，待如上宾，每一列座，语辄惊人，无敢与辩。就是桓温，亦服他伟论。温尝问惔道："近日会稽王谈玄，有进境否？"惔答道："大有进境，不过未列上乘，只好排在第三流哩。"温惊问道："第一流当属何人？"惔答道："当在我辈。"温一笑而散。

小子前时叙及桓温，但云为宣城内史桓彝子，就中尚有许多故事，尚未详载，应该撮要申明。温生未及期，为故将军温峤所见，便谓温有奇骨，又试温使啼，声甚洪壮，峤极叹为英物。彝因婴儿为峤所赏，遂取名为温，表字元子。峤笑语道："移姓为名，此后我将易姓呢。"及彝为苏峻部将韩晃所害，泾令江播，亦曾助晃。桓彝殉难，见前文。温年方十五，枕戈泣血，誓复父仇。播已反正，随时戒备，无隙可乘。越三年，播病死发丧，温佯为吊客，挟刃踵门，突入丧次，斫死播子彪等三人，随即自首。朝廷嘉温孝义，不复论罪，温以此得名。及温年逾冠，姿貌甚伟，面有七星。刘惔尝语人道："温眼如紫石棱，须作猬毛磔，是孙仲谋司马宣王的流亚呢。"语有分寸，与对会稽王昱语相符。

既而温得尚公主，见前。累任至荆梁都督，他本是个豪爽不羁、睥睨一切的人物。既得蟠踞上游，手握重兵，当然想做些事业，显些威风。到了永和二年，何充又复病殁，晋廷予谥文穆，特进前国子祭酒顾和为尚书令，前司徒长史殷浩为扬州刺史。这两人为褚裒所荐。和以孝著名，正直有余，干济不足。浩父名羡，尝为豫章太守，就是不肯寄书、掷诸流水的殷洪乔，羡字洪乔。浩素尚风流，谈吐不俗，前为庾亮参军，得亮信任。亮殁后，屏居墓侧，屡征不起。时人目为管葛，王濛谢尚，且相偕劝驾，不得邀允，归途互语道："深源不起，如苍生何？"深源即浩小字。浩越不肯出，越负令名。

独庾翼谓："丧乱时代，此辈只应束诸高阁，俟天下太平，再议任使。"嗣翼为江荆都督，拟辟浩为司马，致书与浩，有"毋为王夷甫，即王衍，见前。当出图济世"等语，浩当然不就。桓温亦尝轻浩，谓少时尝与浩游戏，共骑竹马，我将竹马弃去，浩辄取归，可见浩出我下。至是命浩为扬州刺史，浩尚固辞。会稽王昱，贻书劝勉，至有"足下去就，关系兴废"二语，于是浩乃授命就职。何必摆这般架子？桓温隐加鄙薄，每叹朝廷用人失宜，唯因情急建功，尚无暇顾及内事，但与僚佐等议伐胡蜀，准备出师。江夏相袁乔白温道："胡蜀二寇，俱为我患，但蜀虽险固，比胡为弱，再加李势无道，臣民不附，若用精卒万人，轻赍疾进，直趋蜀境，待彼警觉，我已得入据险要，就使李氏君臣，出来抵御，也可一战成擒了。"温大喜道："诚如卿言。"将佐等尚多异议，谓："我军入蜀，赵必乘虚袭我，不可不防。"袁乔又申驳道："羯赵久据河朔，内讧不已，势亦寖衰。且闻我万里出征，总道我有内备，未敢轻举，就使逾河南来，沿江诸军，亦足自守，可无他忧。唯蜀土富实，号称天府，从前诸葛武侯恃蜀为固，抗衡中夏，今即不能为害，究竟他据住上游，易为寇盗，我若乘机袭取，得蜀财，抚蜀众，岂非国家的大利么？"温奋起道："我志决了，卿可为我先驱，我为卿后应，灭蜀就在此举了。"乔应声道："愿效微劳。"温遂令乔率水军二千人，充作前锋，自与益州刺史周抚，南郡太守谯王无忌等，领军继进，即日拜表入都，不待复报，便即启行。晋廷接到温表，虑温兵少无继，骤入险地，恐难成功。独丹阳尹刘惔，料温必克，或问惔如何先知？惔笑道："温素好博，今日伐蜀，与博相似，若自知不胜，如何肯行？但恐温既胜蜀，未免专恣，倒是朝廷的隐忧了。"始终是看透温志。这且不必絮叙。

且说蜀已称汉，汉主李势，就是李寿的太子。见四十六回。寿篡位后，尝欲与赵连横图晋，经龚壮再三谏阻，方才中止。壮劝寿向晋称藩，寿终不从，因此壮辞疾归里，终身不复入成都。寿初尚宽俭，旋由使臣往返邺中，屡述石虎威强，宫殿美丽，刑禁苛严，寿不禁生慕，乃改从侈汰，也居然大修宫室，广凿陂池，募工兴役，多多益善。臣下偶有谏议，即指为诽谤，置诸极刑。左仆射蔡兴，入宫极谏，竟被叱出处斩。右仆射李嶷，也因直言忤旨，诬以他罪，下狱论死。并把李雄诸子，一律骈戮。好容易过了五年，忽得了一种重病，镇日里狂言谵语，闹个不休，不是说李嶷索命，就是说蔡兴伸冤，喧噪了好几天，终落得一命呜呼，伏唯尚飨。太子势嗣称汉帝，改元太和，尊嫡母阎氏为皇太后，生母李氏为太后。阎氏无子，势为寿妾李氏所出。李父名凤，前为李骧所杀，凤女没入掖庭，身长貌美，姿态动人，寿遂纳为妾媵，生子名势。杀人父而纳其女，怪不得生亡国儿。势亦脑满肠肥，腰带十四围，犹善附仰，蜀人称为奇姿。所娶妻室，也是姓李，父作子述。即位后，册为皇后。李后也连生数女，不得一男。

势弟汉王广，求为太弟，势不肯允。旧臣马当解思明，相偕入谏道："陛下兄弟不多，若复加废黜，恐益孤危，不如从汉王议，可固国基。"势默然不答。两人又复力请，惹动势怒，将他们叱出。嗣复疑马当等与广有谋，竟使相国董皎，收诛马当解思明，夷及三族。思明素有智谋，抗直敢谏，临刑长叹道："国家不亡，赖有我等数人，今我等无罪遭诛，国亡不远了。"说着，伸首就刑，毫无惧态。马当亦素得民心，及两人死后，士卒无不动哀。势且令太保李奕，袭执汉王广，贬广为临邛侯。广服毒自尽，奕得受命为镇东大将军，镇守晋寿。越年，奕竟谋反，攻陷巴东，蜀人相率从奕，聚至数万，遂进迫成都。势登城拒战，奕单骑突门，守兵觑奕不防，暗放冷箭，得中奕脑，倒毙马下，叛众骇散。势引兵屠抄奕家，独见奕女有色，贷她死罪，带回宫中。是夕即令她侍寝，一夜欢娱，曲尽恩爱，诘旦即封女为妃，并大赦境内，改元嘉宁。自是日益淫纵，渔财好色，每令内侍访求美妇，不问她有夫无夫，但教面貌韶秀，尽令强取入宫，该夫或稍争执，当即杀死。后庭妇女，多至千百，势遂日夜宣淫，不问国事，坐此众叛亲离，夷獠四起。群下谏诤，无一听从，反且横起夷戮，冤气盈衢。宫人张氏，妖淫善媚，大得势宠。一夕，忽化大斑理蛇，长约丈余，由势逐出宫门，窜入苑中。到了夜半，蛇复入宫，卧势床下，势益惊惧，呼令武士，将蛇杀死。张氏想是蛇妖，故终化为蛇，但妇人心性，多半是蛇蝎，幻影何足深怪？还有一个郑美人，也是势所宠爱，忽然化为雌虎，噬食宫人。宫人大哗，各持械驱逐，虎竟自毙。此外怪异，不可胜举。势尚不少改，依然荒淫。

蓦得边戍急报，晋桓温引军入境，前锋已到青衣江，势乃出调将士，遣叔父右卫将军李福，从弟镇南将军李权，与前将军昝坚等，带领数千人，自山阳趋往合水，堵截晋军。诸将谓宜设伏江南，以逸待劳，昝坚不从，引兵渡江，竟向犍为进发。那时晋军已进次彭模，与汉兵相距不远。桓温拟分作两军，异道并进，袁乔道：“今悬军深入，不遑返顾，事若得济，大功可成，否则将无遗类。为我军计，唯有同心并力，一战扬威，若分作两路，反致军心不壹，一或偏败，大事去了。故不如合军亟进，弃去釜甑，但赍三日干粮，示无还志，方得将士死力，战胜可豫决了。”温依乔议，留参军孙盛周楚，在彭模守住辎重，自率步兵，径趋成都。蜀将李福，进攻彭模，被孙盛一鼓击退。桓温进遇李权，三战三捷，蜀兵尽败还成都。昝坚到了犍为，方知与温异道，急忙返渡沙头津，还救成都，行至十里陌，但见晋车已排好阵势，旌旗甲仗，甚是精严，不由的魂驰魄散，相率窜去。

势闻各军俱溃，不得已乃悉众出战，到了笮桥，正与温军相遇，两下交战，蜀兵却也利害，迎头痛击。晋参军龚护阵亡，温未肯遽却，尚自麾军前搏，不防前面突来一箭，险些儿射中脑前，亏得温眼明手快，纵辔一跃，那箭向马头落下，得免受伤。温遭此一吓，也觉胆寒，便勒马不进。大众俱不敢向前，即欲退还，令鼓吏击鼓退兵。偏鼓吏误作进鼓，又蓬蓬勃勃的擂将起来，袁乔拔剑当先，督众力战。于是人人拼死，争突敌阵。势不能抵御，败回成都，各军皆溃。温遂进薄成都城，四面纵火，焚毁城门，守兵大骇，一日数惊。汉中书监王嘏，散骑常侍常璩，劝势出降。势转问侍中冯孚，孚答道：“东汉时吴汉征蜀，尽诛公孙氏，今晋下书不赦，若诸李出降，恐亦未必能保全呢。”势乃夜开城门，与昝坚等突围出走，奔至葭萌城。逃亦无益。温得入成都，拟即遣兵追势，可巧势遣散骑常侍王幼，来送降书，由温展开，只见纸上写着道：

伪嘉宁二年，略阳李势，叩头死罪，伏维大将军节下：先人播流，恃险因衅，窃有双蜀，势以闇弱，复统末储，偷安荏苒，未能改图。猥烦朱轩，践冒险阻，将士狂愚，干犯天威，仰惭俯愧，精魂飞散，甘受斧锧，以衅军鼓。伏唯大晋，天网恢宏，泽及四海，恩过阳日，逼迫仓卒，自投草野。即日到白水城，谨遣私署散骑常侍王幼，奉笺以闻，并敕州郡投戈释仗，穷池之鱼，待命漏刻，诸乞矜鉴。

温既得降书，便令王幼还报，准他投诚，不加罪责。幼奉令去后，果见李势面缚舆榇，趋至军门。还有李福李权等十余人，也随同前来。温开营纳降，令势入见，当即释缚焚榇，以礼相待。随将李势等送往建康，所有汉司空谯献之等，仍用为参佐，举贤旌善，蜀人大悦。唯汉尚书仆射王誓，镇东将军邓定，平南将军王润，将军隗文等，复纠众拒温。温与袁乔周抚等，分头扑灭，阵斩王誓王润，唯邓定隗文遁去。温留成都三十日，振旅还江陵，留盖州刺史周抚，镇守彭模。既而邓定隗文，复入据成都，迎立故国师范长生子范贲为帝，捏造妖言，煽动蜀境。蜀人多半趋附，也猖獗了一两年。嗣经益州刺史周抚，引兵往剿，围攻多日，方得破入成都，擒斩范贲等人，蜀土复平。李势到了建康，受封为归义侯。总计李氏据蜀，自特为始，至势被灭，共得六世，凡四十六年。势居建康十二年乃死，小子有诗叹道：

笮桥一败蜀中休，面缚迎降也足羞。
试问十年天子贵，何如百世作诸侯？

温既平蜀，晋廷论功行赏，拟封温为豫章郡公。忽有一人出来谏阻，欲知他姓甚名谁，容待下回再表。

本回叙桓温之发迹，以及桓温之建功，当其时头角不凡，英才卓荦，固俨然一忠臣子也。杀江彪而报父仇，无惭孝义，轻殷浩而加鄙薄，不愧灵明。至引兵伐蜀，一鼓荡平，举四十六年之蜀土，重还晋室，此固庾冰庾翼之所不能逮，何充司马昱之所未及料也。假令功高不伐，全节终身，即起祖逖陶侃而问之，亦且自叹弗如。乃中外方称为英器，而刘惔独料其不臣，天未祚晋，惔不幸多言而中。盖古来之奸雄初起，如曹操司马懿辈，未有不先自立功，而继成专恣者，温亦犹是也，而惔之所见远矣。

第五十回　选将得人凉州破敌
筑宫渔色石氏宣淫

却说晋廷议加封桓温，将给豫章大郡。有一人出来梗议道："温若复平河洛，试问将赏他何地？"朝臣相率注视，乃是尚书左丞荀蕤，一时瞠目结舌，不知所对。于是改封温为临贺郡公，兼征西大将军，开府仪同三司。加谯王无忌为前将军，袁乔为龙骧将军，封湘西伯。自从温平蜀后，威名大盛，震动朝廷。会稽王昱，也不禁畏忌起来，乃引殷浩为心膂，阴欲抗温。浩方因父忧去职，扬州刺史一缺，由领司徒蔡谟摄任。至浩已服阕，复起为扬州刺史，兼建武将军，参预政权。秘书丞荀羡，即尚书左丞蕤弟，少有令名，浩特荐为征北将军，兼义兴太守。未几，又迁任吴国内史。所有桓温奏请，浩与羡尝互相抗议，酌量驳斥。看官试想！这时候的桓元子，温字元子，见前回。威势方隆，怎肯受制浩羡？不过因国无他衅，勉强容忍，心下实已是衔恨了。暗伏下文。

故丞相王导从子羲之，识见旷达，素有清名，表字叫作逸少，与导子王悦、湛子王承，皆以年少见称，时号为王氏三少。太尉郗鉴，尝使门生至王导府中，选择女夫，导令往就东厢，遍览子弟。门生览毕自归，向鉴复报道："王氏诸少并佳，但听到择婿二字，各自矜持，反至拘谨，独一人在东床坦腹，饮食自如，恍若不闻，此子应算是王氏翘楚了。"鉴惊喜道："佳婿佳婿，我当访明确实，即与联姻。"后来探知坦腹王郎，便是羲之，当即将女许嫁。羲之生平，最工书法，尤长隶书，相传羲之笔势，飘若浮云，矫若惊龙。先是魏太傅钟繇，以善书闻，繇曾孙女琰，颇得祖传，能文工书，嗣嫁与晋司徒王浑为妻，礼仪法度，为中表则，又与浑弟湛妻郝氏，和好无间。琰为世家，未尝挟贵陵郝。郝出卑族，未尝因贱谄琰，当时称为钟有礼、郝有法。古人最重妇德，所以钟夫人的文字，反搁起不提。钟女往适卫家，为故太子洗马卫玠母。玠祖卫瓘，善草书，父卫恒，善草隶书，因此卫氏子女，俱工书法。恒有从妹名铄，曾适太守李矩，笔法高妙，冠绝一时，时号为卫夫人。羲之家世琅琊，与王浑系出晋阳，虽是同姓不宗，但因伯叔通籍，当然与王卫二家，互相往来。羲之少时，素慕钟繇书法，后得卫夫人笔迹，仿佛钟繇，才知她辗转传授，学有渊源，因即师事卫夫人，亲承指示，遂臻绝技。插入此段，叙明魏晋字学真传，且将钟郝礼法，及卫夫人墨技，亦就此补叙，借古以讽今也。初出为秘书郎，旋为征西长史，累迁宁远将军。殷浩雅重羲之，复引为护军将军。羲之固辞不允，复求外调，乃命为右军将军，会稽内史。羲之既至会稽，闻浩与桓温不协，贻书劝浩，略称内外和衷，然后国家可安。浩私心未化，怎肯遽纳嘉言？因此内外嫌隙，越积越深。唯温素轻浩，虽然挟嫌，却瞧浩不起，以为容易捽去，倒不如再行图功；等到河洛平定，那时威震四海，就是皇帝老子，也在掌中，还怕什么殷浩呢？

是时，凉州牧张骏病殁，由世子重华嗣位。骏本誓守臣节，不愿称王，唯境内都以凉王相呼。到了晚年，分境地为二十三郡，始自称大都督大将军，假摄凉王，置百官，建旌旗，私拟王制，越年即殁。永和元年。重华自称凉州牧，假凉王，尊嫡母严氏为太王太后，生母马氏为王太后，轻赋敛，除关税，省园囿，赈贫穷，居然有宽仁气象。唯因赵主石虎，比晋为强，恐不免乘丧入犯，所以遣使报丧，先赵后晋。偏石虎不讲道理，一味蛮横，既闻张骏去世，嗣子重华，年未及冠，便道是机不可失，乐得兴兵图凉，略定河西。当下令将军王擢，引兵袭武街，擒去守将曹权胡宣，再遣将军麻秋，为凉州刺史，进攻金城，胁降太守张冲，凉州大震。

重华亟使征南将军裴恒，统率境内全军，出御赵兵。恒行次广武，逗留不进。凉州司马张耽，进白重华道：“臣闻国以兵为强，兵以将为主，将有优劣，关系存亡，所以燕任乐毅，几下全齐，及骑劫代将，立失七十余城，可见是将难轻任呢。今朝士举将，多推宿旧，臣独谓未尽合宜。试想，汉举韩信，齐用穰苴，吴用吕蒙，何尝是任用旧将？但教才足专阃，便可委任。

今强寇在郊，诸将不进，人情骚动，国势岌岌，若再不另擢良将，主持军务，如何能却敌安民？臣见主簿谢艾，文武兼长，晓明兵略，若授彼斧钺，使彼专征，必能折冲御侮，歼除丑类，请殿下勿疑。”张耽不愧荐贤。重华听了，即召艾入询方略。艾答道：“汉耿弇不欲以贼遗君父，蜀黄权愿以万人当寇，今殿下委心用臣，臣愿假兵七千人，自足扫贼。王擢麻秋，怕他什么？”重华大喜，即授艾为中坚将军，使统步骑五千人，出击麻秋。

艾拜命即行，道出振武，正值天暮，乃择地安营。到了夜半，有二枭飞止营帐，鸣声聒噪。艾闻声遽起道：“六博得枭，便是胜兆。今枭鸣帐上，胜敌无疑。”这是借枭鸣以作士气，并非真寓胜兆。说着，即令部众齐起，埋锅造饭，饱餐一顿。不待天明，便拔寨前进，衔枚疾走，直逼赵营。赵将麻秋，因连日不得一战，懈怠元备，尚是高枕卧着，哪知营外鼓角乱鸣，一彪军奋勇杀到。待至麻秋惊起，垒门已被捣破，赵兵身不及甲，马不及鞍，又兼腹中饥饿，如何支持？眼见是弃营四散了。麻秋也跨马遁去，幸全性命。凉州兵乘势追杀，斩首五千级，天已大明，才收军退回。重华闻捷，大喜过望，即封艾为福禄伯，待遇甚隆。偏贵戚豪门，互嫉艾功，交相谮毁，乃出艾为酒泉太守。功臣之难处如此。石虎闻谢艾被斥，又遣麻秋进攻大夏，大夏护军梁式，执住太守宋晏，举城降秋。秋胁晏作书招降宛，戍都尉宋距，距扯毁来书，逐出来使。秋得报大怒，麾众往攻。宋距自知不敌，向秋遥语道：“辞父事君，当立功义，功义不立，当守名节。距宁为主死，不敢偷生。”说毕，即先杀妻子，然后自刎，戍卒皆散。秋遂移兵进攻枹罕，晋阳太守郎坦，谓枹罕城大难守，拟弃去外城。武城太守张悛道：“不可不可。外城一弃，众心摇动，内城亦不能守了。”宁戍校尉张璩，赞成悛议，固守大城。秋屡攻不下，调集兵士八万人，把枹罕城四面围住，上架云梯，下穿地道，仰攻俯凿，日夕不休。张璩随方守御，用炬毁梯，用土塞穴，击毙赵兵甚多。赵复遣刘浑率兵二万，来助麻秋。张璩仍婴城死守，独郎坦恨己言不用，密嘱弁目李嘉，潜引赵兵千余人，乘夜登城。亏得璩防备甚严，立率诸将力战，杀退赵兵，斩获三百余人，且查出李嘉奸谋，诛嘉徇众。一面佯为嘉使，出诱赵兵，乘隙纵火，毁去赵兵攻具。麻秋刘浑，没奈何退回大夏。张璩功绩，不亚谢艾，可惜郎坦未闻加诛。

石虎闻秋等败回，再遣中书监石宁，为征西将军，率领并司二州兵二万余人，会同秋等，再攻凉州。重华使部将宋秦，统兵堵御。秦畏赵势盛，反驱民二万户降赵，赵兵长驱直进，警报飞达重华，几与雪片相似。重华惶急非常，只好再召酒泉太守谢艾，使为军师将军，率骑兵三万人，往堵临河。艾乘轺车，戴白帽，鸣鼓进行，到了临河前面，遇着赵将麻秋，带着大队，截住途中，他便叫过裨将张瑁，密嘱秘计，瑁奉命自去。艾乃乘车径出，直呼麻秋答话。秋见艾冠服雍容，神情闲暇，不由的大怒道："艾一年少书生，身临大敌，乃敢这般闲雅，这明明是轻我呢。我与他有什么攀谈，但杀将过去，擒住了他，便好进捣凉州了。"遂督黑稍龙骧军三千人，鼓勇突阵。艾将李伟，见赵兵踊跃过来，忙请艾退回阵内，易车乘马。就是艾众，亦俱有惧容，唯艾不慌不忙，容色自若，反令左右移出胡床，索性下车坐着，指挥军士，站立两旁，不准妄动。秋率赵兵驰至，距艾坐处，不过丈许，便令军士呐喊起来，响声震彻山谷，艾似不见不闻一般，仍然端坐。镇定如此，才足为将。秋不禁动疑，戒兵轻进，但呆呆的瞧艾举动。艾令左右大呼道："麻秋何不进兵？"呼声愈急，秋愈不敢进，猛听得赵兵阵后，喊声大振，秋回头一顾，见凉州兵绕出后面，慌忙还救。艾见秋退去，却上马麾军，并力追击，并下令军前，能擒斩麻秋，立加重赏。部众已经放胆追杀，更兼望赏心切，统不管死活，向秋进蹑；再加凉州将张瑁，在赵军后队杀入，两下夹攻，大败赵兵。秋从斜刺里逃去，凉州兵将，怎肯舍秋？只管前追。秋将杜勋汲鱼，返身拦阻，被凉州将围裹拢来，一阵乱砍，杀死两人。秋得了两个替死鬼，一溜风的奔往大夏去了。

艾得此大捷，检点俘馘，约得一万三千名，当然返报。重华进艾为左长史，封邑五千户，赏帛八千匹。才阅两旬，麻秋又与石宁王擢等，集兵十二万，分道进攻。重华以寇众大至，拟亲出拒敌，艾极力谏阻，从事索遐，亦进谏道："一国主君，不应轻动，左长史谢艾，屡建奇功，足当大任，殿下但居中作镇，委艾御贼，已破贼有余了。"重华乃使艾持节，都督征讨诸军事，行卫将军，遐为正军将军，率二万人出拒赵兵。艾建牙誓众，适有西北风吹至，飘动旌旗，尽指东南。遐喜语艾道："风为号令，今使旗帜俱指东南，正天令我破贼哩。"也是鼓动士气之言。艾亦大悦，进次神乌，正值赵将王擢前锋，便驱众痛击，擢等败遁。艾又进击麻秋，斩首千余级，俘二千八百人，获牛羊十余万头，秋遁还金城。石虎屡接败报，不禁长叹道：

"我帅偏师定九州，所向无敌，今用九州兵力，出攻枹罕，反为所困，可见凉州有人，未可轻图呢。"遂无心西略，专事游畋。

太子宣亦日兴土木，使人四伐大树，充作宫材，役夫数万，吁嗟满道。领军王朗，据实白虎，请下禁令，为宣所恨。会星象告变，荧惑守房，宣使太史令赵揽进言道："房为天王，今为荧惑所守，必主祸殃，请陛下移祸贵臣，方可禳灾。"虎问何人可当此祸？揽答道："无如王领军。"虎踌躇道："此外尚有何人？"揽想了多时，便将中书监王波，对答出去。想是与波积有仇恨。虎乃下诏收波，追论波前议楛矢罪，楛矢事，见四十七回。把他腰斩，并杀波四子，投尸漳水，嗣复闵波无辜，追赠司空，封波孙为侯。虎第五子鉴，封义阳公，出镇长安，旋复令鉴弟乐平公苞，代鉴出镇，修治长安未央宫，又发诸州工役二十六万人，往缮洛阳宫阙，再使各州民出牛二万余头，配朔州牧场，增置女官二十四等，诸公侯七十余国，皆令置女官九等。凡民女二十以下，十三以上，概令应选，充作女官。郡县有司，仰承意旨，务求美色，往往夺人妻女，多至三万余名。太子及诸公，又私自采访，强取至万余人。这四万妇女，驱至邺中，虎临轩简选。多是妙年韶秀，袅袅娉婷，不由的心花怒开，盛称采择得人，赏功封爵，计得十有二侯。当下按第分派，与众同乐，自己仗着一种虎力，糟蹋民妇，日夜不休。哪知义夫烈妇，不肯应命，或被杀，或自尽，已是不可胜计。河南人民流叛略尽，虎又坐罪守令，说他不善抚绥，下狱论死，共五十余人。金紫光禄大夫逯明，当面切谏，虎叱武士，将明拉死。自是朝臣杜口，莫敢发言。尚书朱轨，与中黄门严生未协，生屡思构陷，会值霪雨连绵，道路泞陷，生遂谮轨不修道途，讪谤朝政。虎当然动怒，收轨系狱。冠军将军蒲洪，上书直谏道：

臣闻圣王之御天下也，土阶三尺，茅茨不翦，食不累味，刑措而不用。亡君之驭海内也，倾宫琼台，象箸玉杯，截胫剖心，脯贤刳孕，故其亡也忽焉。今陛下既有襄国邺宫，足康帝宇，又修长安洛阳宫殿，将何以用之？盘于畋游，耽于女色，三代之亡，恒必由此；而忍为猎车千乘，环数千里，以养禽兽，夺人妻女数万口，以充后宫，圣帝明王之所为，固若是乎？尚书朱轨，纳言大臣，今以道路不修，将加酷法，此自陛下德政失和，阴阳灾沴，天降霪雨，七日乃霁，霁方二日，虽有鬼兵百万，亦未能去道路之涂潦，而况人乎？刑政如此，其如史笔何？其如四海何？愿止作徒，罢苑囿，出宫女，赦朱轨，以副众望，则天下安而国祚自永矣。伏乞明鉴施行！

虎览书不悦，唯畏洪强直，却也不敢加罪，为罢洛阳长安诸工役，但仍不肯赦轨，竟处死刑。一面聚敛金帛，贪多无厌，悉发前代陵墓，掘取宝货。沙门吴进白虎道："国运将衰，晋当复兴，宜苦役晋人，镇压戾气。"虎乃使尚书张群，发近郡男女十六万人，车十万乘，运土至邺城北隅，筑华林苑。沿苑遍筑长墙，广袤数十里。是年八月，天大雨雪，积地三尺，役夫冻毙至数千人。赵揽申钟石璞等，上言："天文错乱，百姓雕敝，宜停止工役。"虎大怒道："我筑苑墙，干天甚事？就使阴至天谴，但得苑墙朝成，我虽夕死，也无遗恨。"遂促张群连夜赶造，四围燃烛，光同白昼，筑三观，辟四门。三门通漳水，皆用铁屏为障，忽遇暴风大雨，涨水丈余，漂没至数万人。扬州献黄鹄五雏，颈长一丈，声闻十余里，虎令游泳池中，俄化为龟，因号池为玄武池。此外，郡国牧守，先后献入苍麟十七头，白鹿七头，虎命司虞张昌柱，管驭麟鹿，驾以芝盖，每遇朝会，即将麟鹿站立殿庭，侈然有百兽率舞的意思。已而令太子宣出祀山川，为祈福计。虎不畏天，何需祈福？宣驾着大辂，羽葆华盖，建天子旌旗，前呼后拥，戎卒至十八万，出金明门，虎在后宫登凌霄观，遥见宣仪容庬赫，申仗如林，便掀髯笑语道："我家父子，如此威武，若非天崩地塌，尚有何忧？我但当抱子弄孙，自求乐趣便了。"仿佛梦呓。

宣借祷祀为名，沿途驻足，辄列长围，驱逐禽兽，至暮皆集行幄，文武官吏，或跪或立，环绕幄外，烽炬连宵，照彻百里。夜间犹令劲骑驰射，自与姬妾乘辇临观，欢娱忘返，必至兽尽乃止。所过三州十五郡，有司供张，穷极珍奇，历年积储，皆无孑遗。及还邺复命，虎复命秦公韬继出，自并州至秦雍，亦与宣行径相似，宣本已忌韬，又闻韬与己匹敌，格外生嫌。宦官赵生，得宣宠幸，遂劝宣谋韬。宣性暴戾，往往与虎面谈，亦有傲色，虎尝谓悔不立韬，韬闻言益骄，宣恨韬及虎，隐起杀心。可巧韬在府第中筑起一堂，取名宣光殿，梁长九丈，宣当然闻知，引众往视，斥他逾制，斩匠截梁，悻悻而去。韬亦怒甚，重加修筑，增至十丈。宣乃与力士杨柸，及幸臣赵生牟成道："凶竖傲愎，敢违我命，汝等如能杀却，我当将韬所有国邑，分给汝等。且韬既杀死，主上必亲临韬丧，我乘此得行大事，当无虑不济了。"杯等应声道："殿下所委，敢不敬从。"宣因此大喜，便令杯等伺隙行事，要做出一种逆天害理的行为来了。小子有诗叹道：

到底豺狼种祸苗，一波才了一波摇。

东宫兴甲成常事，险衅都缘乃父招。

欲知宣如何逞谋，试看下回便知。

石虎以九州兵力，不能制一凉州，虽敌有谢艾，智力过人，而石赵之势，已衅寖衰，所谓强弩之末，势不能穿鲁缟者也。虎尚不少悛，反且大筑宫室，妄戮谏臣，甚至夺民妇数万人，驱入邺中，自淫不足，反导子弟尽为淫人，是亦安望有贤子弟耶？虎子邃阴谋弑父，为虎所杀，别立邃弟宣为太子。宣建天子旌旗，出祀山川，是其心目中已无君父。虎不加禁止，反有喜色，是明明纵子为恶，与人何尤？至悔不立韬，盖已晚矣！虽然，如虎之淫暴，而使其有令子，是善不足劝，而恶不必惧也，虽曰乱世，岂真无天道哉？

历朝通俗演义 第三部

两晋通俗演义

（下）

蔡东藩 著

中国书店

第五十一回　诛逆子纵火焚尸　责病主抗颜极谏

却说赵太子石宣谋害弟韬，并欲弑父，因恐计不得逞，往访高僧佛图澄，及与澄相见，并坐寺中，又不便直达私衷，但听塔上一铃独鸣，宣乃问澄道："大和尚素识铃音，究竟主何预兆？"澄答道："铃音所云，乃是'胡子洛度'四字。"宣不禁变色道："什么叫作胡子洛度？"究竟心虚。澄不好直答，诡词相对道："老胡为道，不能山居无言，乃在此重茵美服，这便叫做洛度呢。"说着，正值秦公韬徐步进来，澄起座相迎，待韬坐定，只管注目视韬。韬且惊且问，澄答道："公身上何故血臭？老僧因此疑视。"隐语。韬周视衣襟，毫无血迹，免不得又要诘问。澄只微笑不答。宣虑澄察泄秘谋，遂邀韬同行，辞澄出寺去了。

越宿由石虎遣人召澄，澄即入见，虎语澄道："我昨夜梦见一龙，飞向西南，忽然坠地，不知吉凶何如？"澄应声道："眼前有贼，不出十日，殿东恐要流血，陛下慎勿东行。"虎素来信澄，倒也默然无言。忽见屏后有一妇人趋出，娇声语澄道："和尚莫非昏耄么？宫禁森严，怎得有贼？"澄见是虎后杜氏，便微笑道："六情所感，无一非贼，年既老耄，还属无妨，但教少年不昏，方才是好哩。"已经说出后事，可惜愚妇无知。已而遇秋社日，天空有黄黑云，由东南展至西方，直贯日中，及日向西下，云分七道，相去约数十丈，幻成白色，如鱼鳞相似，历时乃灭。韬颇解天文，顾语左右道："天变不小，恐有刺客起自京师，未知由何人当灾哩。"是夕，韬与僚属会宴东明观，召令乐工歌伎，弹唱侑酒。宴至半酣，不觉长叹道："人生无常，别易会难，诸君试畅饮一觥，各宜使醉，须知后会有期，应该乘时尽兴哩。"说至此，竟泫然涕下。死兆已见！大众听了，都不禁骇异，唯见韬涕泗横流，也不禁触动悲怀，相率唏嘘，都非佳象。到了夜半，众皆别去，韬趁便留宿佛寺中。

哪知事出非常，变生不测，仅越半夜，好好一个石家主子，竟变做血肉模糊的死尸。天已大明，寝门尚闭，韬有侍役，怪韬高卧不起，撬户入视，已是腹破肠流，手断足折，倒毙在寝榻前。旁有刀箭摆着，也不辨是何人所置，何人所杀，当下慌乱无措，不得已着人飞报。偏宫中已经得知，赵主石虎，正闻变惊恸，晕倒床上。宫人七手八脚，环集施救，好容易才得救醒，尚是悲号不止。究竟由何人先去报闻？查将起来，乃是赵太子石宣。应该由他先知。虎号哭多时，便拟亲往视丧。时百官已俱入请安，闻虎命驾将出，各欲扈从前去。独司空李农进谏道："害死秦公，未知何人，臣料是衅起萧墙，危生肘腋，陛下不宜轻出，当速缉凶手，毋使幸脱。"虎得农言，猛然记起佛图澄语，不由的顿足叹息道："是了是了。究竟和尚通灵，朕到此才能觉悟呢。"遂停止不行。一面饬卫士戒严，一面派官吏治丧。太子宣驾坐素车，引东宫兵千人，往视韬殓，使左右举衾观尸，仔细一瞧，反呵呵大笑，掉头自去。实是一个莽汉，若使韬知预防，何至被杀。还至东宫，将委罪韬吏，命收大将军记室参军郑靖尹武等人。韬曾为车骑大将军。

偏是恶报昭彰，难逃冥谴，有一东宫役吏史科，向石虎处讦发阴谋，虎始知祸由太子，气得两目咆哮，无名火高起三丈，亟命左右往召太子宣。宣不敢径往，中使诈称奉杜后命，叫他进去。宣还道是另有密商，因即入省，甫进宫门，便有人传着虎谕，把宣驱入别室，软禁起来。那时杨柸牟成赵生等，已闻风出走，生稍迟一步，致被卫士拘住，交与刑官拷讯。生无可抵赖，始供称杀韬情迹，实由杨柸等隐受宣嘱，伺韬留宿寺舍，夜用猕猴梯架墙，逾垣入室，因得逞凶。这供词呈将进去，虎不瞧犹可，既已瞧着，大呼："了不得，了不得。"便命将宣移禁席库，更用铁环穿通宣颔，锁诸柱上，且作数斗可容的木槽，中贮尘粪土饭，迫使宣食，仿佛似猪狗一般。一面取入杀韬刀箭，见上面尚有血痕，便伸舌吮舐，且舐且泣，哀声震彻内外。徒哭何益？百官俱入内劝解，哪里禁遏得住？大众无法可想，只好往请佛图澄，前来解免。澄当然驰至，见了石虎，说出一番前因后果，稍得令虎止哀。唯虎即欲加宣极刑，澄复谏道："宣与韬皆陛下子，今宣杀韬，陛下又为韬杀宣，是反变成两重祸祟了。陛下今日，诚使息怒加慈，福祚尚保灵长，可延六十余年，若必欲诛宣，恐宣魂当化为彗星，将来要下扫邺宫呢。"这是何因何果？可惜尚未说明。虎执意不从，待澄趋退，便令左右至邺城北隅，堆积薪柴，就柴堆上竖一标竿，竿上架着辘轳，两端穿绳，悬垂上面，当下把宣牵就柴上，用绳系住。并使韬平时宠幸二阉，一叫郝稚，一叫刘霸，拔宣发，抽宣舌，斫宣目，刳宣肠，断宣手足，然后将宣尸用辘轳绞上，挂诸天空，下面纵火焚薪，薪燃火盛，烟焰冲天，不到半时，已将宣尸烂焦，如燔如炙，好一个烧烤。及绳被毁断，尸复下坠，立成灰烬。这是何刑？最可怪的是暴主石虎，挈领宫妾数千人，共登高台，了望火所，看它燔灼。莫非是看放焰火么？至火已垂灭，再令检出尸灰，分置诸门交道中，并收宣妻子二十九人，一并杀死。究竟是虎狼性格，名不虚传。宣有幼儿，年才数岁，伶俐可爱，虎不忍加诛，抱置膝上，向他垂涕。儿亦啼哭道："这非儿罪。"虎欲赦儿不诛，偏秦府属吏，定请并诛此儿，看虎恋恋不舍，竟向虎膝上牵夺。儿揽住虎衣，狂叫痛号，甚至带绝手脱，始被猛掷出去，踢跶一声，登时断命。虎掩面入宫，敕废宣母杜氏为庶人，诛东宫僚属三百人，阉寺五十人，统皆车裂支解，弃尸漳水，洿东宫以养猪牛。还有东宫卫卒十余万人，全体谪戍凉州。太史令赵揽，已迁任散骑常侍，前曾入白道："宫中将有变乱，宜预备不虞。"及虎既杀宣，疑揽预知宣谋，独不实告，亦勒令处死。可为王波泄恨。贵嫔柳氏，系尚书柳耆长女，才色俱优，耆有二子尝侍直东宫，为宣所宠，此时已共诛死。虎复令柳女连坐，逼使自尽。既而追念柳氏姿容，未免生悔，幸柳氏尚有一妹，在家待字，便饬左右驱车接入，就在芳林园引见。细瞧芳容，不亚乃姊，就下座掖入寝床，令做乃姊替身，恣情淫狎，不消细说。姊妹花并堕虎口，死者固已矣，生者亦去死无几。

过了匝月，虎复议册立太子，太尉张举道："燕公斌有武略，彭城公遵有文德，唯在陛下自择。"虎答道："卿言正合我意。"语尚未终，偏有一人闪出道："燕公母贱，又尝有过，彭城公与前太子邃同母，母郑氏已经坐废，怎得再立他次子？还请陛下三思！"虎闻言瞧着，发言的系戎昭将军，就是前掳刘曜幼女的张豺。曜女安定公主，掳入赵宫，得虎宠爱，小子在前文中，已曾叙过，至此生有一子，取名为世，已有十龄，豺因虎年长多疾，意欲立世为嗣，俟虎死后，世母刘氏为太后，必感豺德，令他辅政，所以特地进言，阴图逞志。果然虎为所动，沉吟多时，不答一言。豺乘机说虎道："陛下再立储宫，母皆倡贱，不足服众，所以祸乱相寻，今宜自惩前辙，必须母贵子孝，方可册立，免再生患。"虎爽然道："卿且勿言，朕已悟卿意了。"豺乃趋出。越宿由虎召集群臣，面加晓谕道："朕欲取纯灰三斛，自涤心肠，何故专生恶子？年过二十，便欲弑父，今少子世年方十岁，待他及冠，我已老了，就使世再不肖，也不致为我所见哩。"但期保全首领，也是无聊之思。道言未绝，即由太尉张举，司空李农，同时应声道："臣等愿奉诏立齐公。"原来齐公是世封爵，臣下不便直呼世名，因以齐公二字相代。农既倡议，大众便附和一辞，独大司农曹莫无言。张李二人，又谓应完备手续，先由公卿联名上疏，请立世为太子，及疏已草就，莫复不肯署名。虎使张豺问明莫意，莫答道："天下重器，不应立少，故不敢署名。"虎闻言叹道："莫为忠臣，可惜未达朕旨。唯张举李农，能体朕心，可转示委曲，免得误会。"举与农应命谕莫，相偕退去。虎遂立世为太子，进世母刘氏为皇后，命太常条攸为太子太傅，光禄勋杜嘏为太子少傅，并嘱使朝夕箴规，毋令太子再蹈前愆。何济于事？

又阅两月，虎在太武前殿，大飨百僚，佛图澄亦至。酒阑席散，澄起座告辞，褰衣行吟道："殿乎殿乎？棘子成林，将坏人衣。"吟毕自去。虎料澄语必有因，即令左右发殿下石，果有棘子丛生，立命拔去。哪知佛图澄所说的棘子，并不是真棘子，乃是一个棘奴。棘奴究是何物？看官不必急问，待至下文，自当说明。是作者用笔狡狯处。唯佛图澄还至佛寺，环视佛像，唏嘘太息道："可怅可恨，不得长此庄严。"嗣复自作问答，先发问道："可得三年否？"答言："不得。"又问："可得二年么？一年么？百日么？一月么？"答言："不得，不得。"随即默然。返入禅房，弟子法祚等，见澄自说自话，多不可解，便随澄入问玄妙。澄乃明语道："今年岁次戊申，祸机已萌，明年己酉，石氏当灭，我尚在此干什么事，不如去罢。"法祚又问道："当去何地？"澄仍作隐语道："去！去！自有去处。"法祚等不敢再问，方才趋退。仅隔一夕，便遣徒侣往辞石虎道："物理必迁，身命难保，贫僧化期已及，不能再延，素荷恩遇，用敢上闻。"虎怆然道："昨尚无疾，今乃使人告终，岂不可怪？”便命驾自往省视，见澄形态如故，益加惊疑。澄微哂道：“出生入死，乃是常理。人命短长，定数难逃。但道重行全，德贵勿怠，道德无亏，虽死犹生，否则生不如死。贫僧死期已至，自思生平尚无大过，死亦何妨。不过国家心存佛理，建寺度僧，本宜仰蒙天祐，奈何政事猛烈，淫刑酷滥，显违圣典，隐悖法戒，如此过去，怎能得福？若亟降心易虑，惠以下民，那时国祚永长，道俗庆赖，僧虽就尽，可无遗恨了。”见道之意，非常僧所能道。虎似信非信，支吾半晌，便即退回。

先是虎为澄先造生墓，至是因澄言将死，又为凿圹营坟。约阅旬余，澄竟圆寂，坐化禅林。百官并往视殓，即将澄平时所用锡杖银钵，纳置棺中，移葬圹所，更由虎命为澄立祠，适天久不雨，陇土尽裂，虎诣澄祠虔祷，便有二白龙降下，引沛甘霖，泽遍千里。嗣有沙门从雍州来，曾见澄西入关中，及行至邺下，与僧侣晤谈，两不相符，彼此诧为奇事。又有郭门守吏，听得沙门传语，也猛忆前事，谓：“澄曾携一履出城，当时疑为目眩，今又由沙门相见，莫非真在人间，确是未死。”为此两人语言，遂至传遍邺中，连石虎亦有所闻，暗生惊异，遂命石工掘墓启视，说也奇怪，棺中只有一履，并无澄尸，唯多了一石。工人当即飞报，石虎且惊且恨道：“朕姓石，便是朕埋石棺中，莫非朕将死了么？”嗣是闷闷不乐，坐卧徬徨。尝见已死诸子孙，环立坐隅，不由的毛发森竖，悲悔交并，因此饮食无味，形体渐羸。蹉跎过了残冬，便是赵天王建武十五年的元旦，晋永和五年。虎疾少瘳，自恐余生有限，不如僭称帝号，借以自娱，乃命在南郊筑坛，即位称帝，改元太宁。诸子进爵为王，百官各增位一等，颁制大赦。唯前东宫卫卒等万余人，谪戍凉州，不在赦例。见上文。

卫卒中有一队长，呼做高力督，姓梁名犊，本来有些膂力，此时遇赦不赦，当然生怨；就是一班卫卒，也共抱不平。犊得乘隙煽动，聚众为乱，自称晋征东大将军，攻陷下辩，胁雍州刺史张茂为大都督，连拔秦雍间城戍，戍卒多半依附。进至长安，有众十万人。乐平王石苞，为长安镇帅，尽锐出战，反为所败，不得已回城固守。犊遂率众出潼关，趋洛阳。赵主石虎，忙命李农为大都督，行大将军事，统率卫军将军张贺度，征西将军张良，征虏将军石闵等，麾兵十万，出拒新安。犊众都挟着一种怨气，拼死前来，虽然兵甲不整，却是一可当十，十可当百。李农麾下，人数与犊众相等，只是气势不敌，一战败绩，再战又败，没奈何退保成皋。犊又东掠荥阳陈留诸郡，声焰大张。石虎惧甚，旧疾复发，再令燕王斌为大都督，与冠军大将军姚弋仲，车骑将军蒲洪，合兵讨犊。

弋仲入朝求见，虎适卧床养疴，传令免谒，但引弋仲至领军省，赐给御食。弋仲怒说道："国家有贼，令我出击，主上理应面授方略，才可破贼，今乃徒赐我御食，难道我来乞食么？"说至此，即欲趋归。当有人报知石虎，虎乃力疾传见，弋仲抢步进去，怒尚未息，既见虎面，便大声诋虎道："为儿生愁么？何故致病！有儿不教，纵使为逆，因逆加诛，还愁什么？我想汝病已久，反立幼儿为储，万一不测，天下必乱，汝先当忧及此事，贼尚不足忧哩。犊等穷困思归，相聚为盗，所过残虐，已失民心，我老羌当为汝出力，一举平贼。"看他口吻，仿佛《水浒传》中的李逵。虎听他出言不逊，也觉生忿，但因乱事日亟，要靠他出兵平乱，只好含忍三分。且弋仲素性戆直，到了气急时候，往往不顾尊卑，但呼汝我，事成惯例，更不足贵。所以虎耐着性子，嘱令旁坐，面授弋仲为征西大将军，特赐铠马。弋仲并不称谢，唯起座申语道："汝看我老羌能破贼否？"说着，即取铠披身，跨鞍上马，就中庭驰骋数周，乃扬鞭一挥，跃马自去。却是爽快。虎又气又笑，静待报命。

约过旬日，便得弋仲捷报，在荥阳大破犊众，已而捷音复至，将犊擒斩，扫平余党。虚写以省笔墨。虎传旨褒功，封弋仲为平西郡公，履剑上殿，入朝不趋。蒲洪为侍中车骑大将军，都督秦雍诸州军事，领雍州刺史，封略阳郡公。弋仲等尚未回邺，虎病已日深一日，因授彭城王遵为大将军，使镇关右。燕王斌为丞相，录尚书事。张豺为镇卫大将军，并受遗诏辅政。独刘后心下不悦，密召张豺入商，意图害斌，免为后患。豺即为定谋，遣使给斌道："主上疾已渐愈，王若留猎，尽可自便。"斌本好猎嗜酒，得了此谕，乐得朝畋暮饮，流连数日。刘后遂与张豺发出矫诏，谓斌藐视父疾，不忠不孝，勒令免官归第；且使豺弟雄领龙腾军五百人，逼斌入室，严加管束。彭城王遵，时在幽州，奉诏至邺，刘后不令入省，但饬在朝堂受拜，即发给禁兵三万，遣往关右。遵涕泣而去。石虎全未预闻，因病得小瘥，勉强起床，出问遵已到否？左右答言去已两日，虎愠道："奈何不使见我？"说罢，复亲临西阁，见有龙腾中郎两军将士，环拜前面，约有二百余人。虎问他有何乞请？大众哗声道："圣体不安，宜令燕王入值宿卫，监制兵马，还有几个随后续陈，请改立燕王为太子。”虎惊疑道：“燕王尚未到京么？”左右诈言燕王病酒，不能入朝。虎又道：“可持辇迎入，当付玺绶。”左右虽然答应，却是阳奉阴违，并未往迎。虎无力支撑，竟至头晕心摇，使左右掖还寝宫。张豺竟令雄矫诏杀斌，入报刘后。刘后大喜，擅命豺为太保，都督中外诸军，录尚书事。侍中徐统，自语亲属道：“大乱将作，我若再生，恐反遭夷灭了，不如早死为佳。”遂仰药自杀。邺宫内外，方无故自扰，那穷凶极恶的赵石虎，已不省人事，晕绝数次，结果是两眼一翻，两足一伸，呜呼毕命了。小子有诗咏道：

如此凶人得善终，上苍降鉴似非聪。
待看国乱家屠日，才识天心本大公。

虎既毙命，应由太子世入嗣，究竟有无乱端？容至下回续表。

石邃既诛，又有石宣，遣人杀弟，密谋弑父，其恶视邃为尤甚，杀之宜也。但此为石虎淫恶之报，虎不知反省，乃徒以毒刑加宣，令人惨不忍闻。况前诛邃妻子二十六人，至是又诛宣妻子二十九人，骨肉相关，全不体卹。有罪则固诛之，无罪亦并戮之，待子孙尚且如此，何怪他人之灭其子孙乎？厥后信张豺言，舍长立幼，幼子世为刘女所生，刘曜一门，为虎所残，留女以祸石氏，亦一显然之报应也。姚弋仲快人快语，读之可浮一大白。虎尝滥杀群臣，独于出言不逊之姚弋仲，能优容之，并加厚赐。姚氏有昌后之机，固非石虎所能杀，抑亦由虎之隐有疚心，闻姚言而不能无愧欤？石虎祸刘，张豺祸石，一虎一豺，两两相对，大造之巧为播弄，尤足使人称异云。

第五十二回　乘羯乱进攻反失利
弑赵主易位又遭囚

却说赵太子石世，年甫十一，由张豺等拥他即位，尊世母刘氏为太后。刘氏临朝称制，进张豺为丞相，豺面辞不受，情愿让与彭城王遵，义阳王鉴。他恐二王不服，所以有此推荐。刘氏乃命遵为左丞相，鉴为右丞相。豺又与太尉张举，谋杀司空李农，举素与农善，遣人密告，农出奔广宗。豺使举统领宿卫精兵，往围李农，一面授张离为镇军大将军，监中外诸军事，兼司隶校尉，作为己副。邺中群盗四起，迭相劫掠，豺与离不能禁遏，只好紧守宫门，得过且过。

彭城王遵，往诣关右，途次闻丧，乃屯次河内。可巧冠军大将军姚弋仲，车骑大将军蒲洪，安西将军刘宁，征虏将军石闵等，平乱班师，即前回梁犊之乱。与遵相遇，当下同声说遵道："殿下年长且贤，先帝尝欲立殿下为嗣，至晚年昏耄，乃为张豺所误，今女主临朝，奸臣用事，众心未服，京内空虚，殿下若声讨张豺，鼓行东进，哪有不倒戈开门，欢迎殿下哩？"遵欣然相从，即从河内举兵，还指邺都。洛州刺史刘国等，并引兵往会，传檄至邺。张豺大惧，飞召张举还军。举未及归，遵已将到，急得豺形色仓皇，不能不调兵出御。偏都中耆旧羯士，互相告语道："天子儿来奔丧，我辈正当出迎，奈何反随张豺拒守哩？"于是相率逾城，陆续迎遵。豺虽严令禁止，滥加杀戮，终不能止。继闻镇军大将军张离，亦率龙腾军二千，斩关出迎，越吓得手足无措。适宫中有旨传召，只好应命趋入。刘太后向豺泣语道：

“先帝梓宫未殡，便遇外祸，今上幼冲，国事尽托将军，将军将如何弭乱？现欲加遵重官，未知能撤兵免祸否？”这叫做一厢情愿，豺支吾半晌，说不出一句话儿，唯有唯唯听命。

刘太后乃遣使谕遵，命为丞相，领大司马大都督，统辖中外诸军，录尚书事，并加黄钺九锡，增封十郡。遵不受命，谢绝来使，且进至安阳亭，邺中恟惧。张豺一筹莫展，没奈何硬着头皮，引众往迎。遵面加叱责，令左右将豺拘住，当即贯甲耀兵，自太武门驰入，直登太武前殿，擗踊尽哀，退至东阁，命兵士牵出张豺，至平乐市中枭首，并夷三族。且假传太后令云：“嗣子幼冲，为先帝私恩所授，但皇业至重，非幼子所能承受，今当令彭城王遵，入嗣大位，勉绍洪基”云云。遵伪让至三，朝臣依次劝进，乃御殿称尊，照例大赦。废石世为谯王，食邑万户，降刘太后为太妃。未几将刘氏母子，一并鸩死。可怜十一岁的小皇帝，在位只三十三日，冤冤枉枉的送了性命，就是如花似玉的刘太后，享受了数载尊荣，也落得香消玉殒，一命呜呼。富贵原似春梦。遵遂立生母郑氏为太后，妻张氏为皇后，故燕王斌子衍为皇太子，义阳王鉴为侍中太傅，沛王冲为太保，乐平王苞为大司马，汝阴王琨为大将军，武兴公闵都督中外诸军事，兼辅国大将军，录尚书事，下诏罢广宗围，召还张举。李农亦入都谢罪，仍复原官。

遵嗣位仅及七日，邺中暴风拔树，雷雨大作，下雹如盂，水火俱下，毁去太武辉华殿，及宫中府库，所有阊阖诸门观阁，亦尽成灰烬。乘舆服饰，大半被焚，火焰烛天，兼旬乃灭。已而，天复雨血，遍及邺城，时沛王石冲镇蓟，闻遵杀世自立，召语僚佐道：“世受先帝遗命，嗣立为君，遵敢擅加废弑，罪大恶极，孤当亲自往讨，可饬内外戒严，克日启行。”于是留宁北将军沐坚，居守幽州，率众五万，由蓟南下，一面传檄燕赵，所至云集。及抵常山，有众十余万，进次苑乡，遇有中使自邺都到来，传示赦书。冲忽变初志，顾语左右道：“遵亦我弟，既得定位，我何必再加残害？况死不可追，生宜相顾，得休便休，不如归去罢了。”道言甫毕，部将陈暹闪出道：“彭城篡弑自尊，实负大罪，王欲北旆，臣愿南辕，俟平定京师，擒住罪首，然后奉迎大驾，入靖皇宫。”说着，即率部下兵自去。这是石冲的催命鬼。冲见暹前进，倒也不敢中止，只好麾兵随行。途中复接遵使王擢，赍到遵书，劝令罢兵。冲摇首不答，擢乃归报。遵假石闵黄钺金钲，令与司空李农等，统率精兵十万，出拒石冲。两军共至平棘，便即交锋，也是冲命数该绝，不幸碰着逆风，被石闵等顺风痛击，杀得七颠八倒，大败弃逃。冲策马还走，至元氏县，马蹄忽蹶，致为闵军追及，生生擒住。余众一半溃散，一半乞降。闵向遵报捷。遵下诏赐冲自尽，冲当然毕命。闵恐降兵变乱，掘坑诱入，全数活埋，共死三万余名，如此暴虐，怎得善终？乃班师还邺。

遵因石冲已平，不复加虑，独闵入内白遵道："蒲洪是现今人杰，今领雍州刺史，镇守关中，恐将来秦雍二州，非国家所得复有，还请早图为是！"遵信闵言，遂撤去蒲洪官职，洪因此挟嫌；自领部曲，径归枋头，且遣使降晋。晋征西大将军桓温，已探得赵乱消息，出屯安陆，经营北方。赵扬州刺史王浃，举寿春城归晋。晋命西中郎将陈逵，往戍寿春。还有征北大将军褚裒，也想借此扬威，上表晋廷，请即伐赵，当日戒严，直指泗口。朝议谓："裒任重责大，不应深入，但宜先遣偏师，为渐进计。"这议案传到京口，裒不以为然，申表固请。略谓："前遣先锋督护王颐之等，径诣彭城，遍示威信，继遣督护麋嶷，进军下邳，守贼不战自溃，已由嶷安据城池，今宜速发大兵，助成声势。"晋廷乃加裒为征讨大都督，使率众三万人，向彭城进发。河朔士民，闻裒出兵，日来降附。朝野人士，各怀奢望，都说是规复中原，就在此举。唯光禄大夫领司徒蔡谟，引以为忧，尝语亲友道："此举未足灭胡，就使胡人得灭，反为国家贻患，故我谓不如勿行。"亲友听了，不免疑问，谟复说道："古来顺天乘时，弘济苍生，拨乱世，大一统，类皆由大圣英雄，方能出此。此外只有度德量力，不可妄动。我看今日时局，欲要平胡，非常材所能办到，必且经营分表，劳民求逞，至才略疏短，终难如愿，那时财已尽了，力已穷了，智勇两困，尚能不忧及朝廷么？"果然事机不顺，竟如所料。

褚裒发兵北进，适有鲁郡民五百余家，起兵来附。裒遣部将王龛李遇，率兵三千，往迎鲁民，行至代陂，正值赵都督李农，带兵二万，南下防戍，龛等无路可避，不得不上前交战。究竟寡不敌众，一场鏖斗，全军覆没。李农进逼寿春，晋将陈逵，恐为所乘，遂焚寿春积聚，毁城遁还。褚裒也不禁胆怯，退屯广陵，表请自贬。何前勇而后怯？有诏不许，但命他还镇京口，免去征讨都督职衔。会河北大乱，遗民二十余万渡河，欲来归附，偏值褚裒退还，无人抚纳，大众流离荡析，死亡殆尽。裒还至京口，沿途只闻哭声，顾问左右，究为何因？左右答道："代陂覆师，家属犹存，怎得不哭？"裒未免惭愤。还镇未几，即至病终。讣闻晋廷，诏赠侍中太傅，予谥文穆。另迁吴国内史荀羡，持节监徐兖二州，及扬州属郡晋陵诸军事，领徐州刺史。羡年方二十有八，东渡以后诸方伯，羡为最少，这真叫做人无大小，达者为先哩。

且说赵乐平王石苞，得着石冲败死的消息，也动了兔死狐悲的观感，拟就长安镇所起兵，进攻邺都。左长史石光，及司马曹曜等，固谏不从，反被杀死，因此将吏离心。雍州豪酋，料知苞难成事，统驰使告晋。晋梁州刺史司马勋，率众往会，又有仇池公杨初，也遥应晋兵，袭赵西城。仇池自杨茂搜死后，传子难敌，难敌本降附刘曜，受封武都王，既而病死，子毅嗣立，因刘曜已亡，遣使朝晋，愿为藩属。偏族兄初阴图篡夺，袭杀杨毅，据有世祚，称臣石赵，嗣闻石氏内乱，复向晋通好。晋廷但务羁縻，管什么篡位不篡位，即册初为征南将军，雍州刺史。仇池公初乃与晋兵约为犄角，共攻赵境。补叙前文所未及，且说明联晋情由。司马勋领兵出骆谷，破长城赵戍，进次悬钩，距长安约二百余里，遂遣治中刘焕，进逼长安，阵斩赵京兆太守刘秀离，得拔贺城。三辅豪杰旧称京兆左冯翊右扶风为三辅。多杀守令应勋，共得三十余营，数约五万人。

赵乐平王石苞，只好把攻邺计谋，暂且搁起，专务防晋。当下派遣部将麻秋姚回，引兵拒勋。赵主石遵，已闻苞有异图，遂借击勋为名，使车骑将军王朗，带着铁骑二万，西趋长安，暗中却嘱使伺苞，俟击退晋兵，迫苞赴邺。晋司马勋闻赵兵大至，却也自虑兵少，不敢轻进。那赵将石遇，复奉赵主遵命令，攻陷宛城，擒去晋南阳太守郭启。勋亟移师往援，杀败石遇，克复宛城，斩赵新署南阳太守袁景，引还梁州。

是时，燕主慕容皝，已经病殁，由世子俊嗣位，平狄将军慕容霸，也欲乘石氏乱衅，兴兵攻赵，因上书白俊道："石虎穷凶极恶，为天所弃，余烬仅存，自相鱼肉。今中原涂炭，群望仁施，若我军一出，势必投戈，此机不宜坐失哩。"北平太守孙兴，亦表言："石氏大乱，宜乘时进取中原。"俊独以为新遭大丧，谢绝勿许。霸又驰诣龙城，当面语俊道："时机难得易失，倘石氏衰后复兴，或有英雄凭借遗业，奋然跃起，不但我失此大利，且恐更为后患。"俊踌躇道："邺中虽乱，尚有虏将邓恒，据住乐安，兵精粮足，我若伐赵，乐安当我东路，恐难进取，势不能不绕道卢龙。卢龙山径险窄，若被虏乘高据要，夹击我军，岂不是首尾受困，何从制胜？”霸又道：“邓恒虽为石氏拒守，部下将士，已不免闻乱思家，各怀归志，若大军一至，当然瓦解。臣愿为殿下前驱，东出徒河，西越令支，出彼不意，两路并进，彼必惶骇，上不过闭城自守，下不免弃城溃去，还有何心御我呢？殿下尽可安步前行，毋劳多虑。”为后来灭魏伏线。俊尚狐疑未决，转问五材将军封弈。弈答道：“敌强用智，敌弱用势，这是用兵要诀，所以大吞小如狼食豚，治易乱如日沃雪。大王自上世以来，积德累仁，兵强士练，石虎穷极凶暴，死未瞑目，子孙争国，上下乘乱，民苦倒悬，日望救拔。大王若扬兵南下，先取蓟城，继指邺都，宣耀威德，怀抚遗民，哪有不扶老携幼，恭迎大王？凶党将望旗胆落，逃死不暇，岂尚能为我害么？”从事中郎黄泓，与折冲将军慕容恪，亦先后进言。俊乃勉从众议，即命慕容恪为辅国将军，慕容评为辅弼将军，左长史阳骛为辅义将军，叫做三辅，分统军事。再令慕容霸为前锋都督，建锋将军，调集大兵二十余万，讲武戒严，定期攻赵。

赵尚未接燕军警信，已是内乱相寻，几闹得不可收拾。原来赵主遵入邺以前，曾许石闵为太子，嘱使努力。及入都篡位，自背前言，竟立燕王子衍为太子，遂致闵隐生怨望。闵素骁勇，屡立战功，为夙将所畏服，又复都督各军，得总内外兵权，声威益盛，平时抚循殿中将士，各奏署员外将军，爵关内侯，并各赐给宫女，隐树私恩。遵未悉闵意，但将闵所奏署的将士，注明善恶，使知劝戒。众将士未免介意，怨遵日甚，感闵日深。中书令孟准，左卫将军王鸾，私下劝遵裁抑闵权，遵因此疏闵，闵益恨遵不置。可巧乐平王苞，自长安至邺，遵不暇除苞，但欲除闵，当下召苞入宫，并及义阳王鉴，汝阴王琨，淮南王昭等，一并入议。郑太后亦出御内殿，由遵先晓示道：“闵目无君上，逆迹已萌，今欲设法加诛，是否可行？”鉴等皆随声道：“闵既谋逆，应该就诛。”附和同辞，实是一班好乱人物。独郑太后摇首道：“河内旋师，若无棘奴，哪有今日？就使棘奴稍稍骄纵，也当格外宽容，怎得骤然处死哩？”看官听说，这棘奴就是石闵小字，前回中叙及棘子，乃是佛图澄的隐语，庸耳俗目，怎能预解？此番祸已临头，小子也应该说明了。回应前回。

遵闻母言，默然不应。鉴与苞等随即退出，遵送母入室，自往后庭寻乐，与妃妾等弈棋为欢。才毕数局，忽听得一片噪声，由外传入，不由的惊惧交并，便出琨华殿探视，正值将军周成苏彦，带着许多甲士，持刀执械，蜂拥进来。看他形色狰狞，定非吉兆，一时无从趋避，只好勉强喝问道："汝等来做什么？敢是造反不成！"大众哗声道："来诛篡弑的逆贼！"遵又颤声道："反……反！究是何人造反？"成厉声答道："义阳王鉴，应该继立。"遵复道："似我尚有今日，汝等立鉴，能……能有几时？"说到"时"字，已被成挥众上前，乱刀砍死。成等遂闯入内庭，索性将郑太后张皇后太子衍等，随手斫去，杀得精光。复捕戮孟准王鸾，及上光禄大夫张斐。遵僭位仅一百八十三日，至此一门毕命。比石世多百余日，地下亦好自夸。

看官欲问起乱原因，乃是石鉴出宫，密遣宦官杨环，报知石闵。闵即劫住司空李农，与右卫将军王基，同谋废立，当下遣苏周二将，入行大事。迅雷不及掩耳，竟得侥幸成功。于是拥鉴即位，改元青龙，进武兴公闵为大将军，封武德王，李农为大司马，录尚书事，张举为太尉，郎闿为司空，刘群为尚书左仆射，卢谌为中书监。鉴恃闵得立，心中却很是忌闵，夜召乐平王苞，中书令李松，殿中将军张才，使攻石闵李农。三人应命行事，总道是闵等无备，唾手可成，哪知闵却预防一著，自与农入宿琨华殿，分派殿中将士守卫。将士多系闵腹心，都抖擞精神，目不交睫，通宵守着。石苞等冒昧闯入，立被卫士杀退，霎时间禁中大扰。鉴知事无成，反诿罪石苞，及李松张才，待他还报，竟喝令左右，斫毙三人，然后把三人首级，出示石闵李农，诈言罪人已得，不必惊惶。闵亦料鉴预谋，但既有词可借，不如将错便错，俟后再图。乃下令将士，各归部伍，毋得再哗，总算安静了事。只平白地冤杀三人。新兴王石祗，也是石鉴兄弟，久镇襄国，因闻闵农为乱，遂与姚弋仲蒲洪通和，合兵连谋，起攻闵农。闵请诸石鉴，遣汝阴王琨为大都督，与太尉张举，侍中呼延盛等，率步骑七万人，往击石祗。中领军石成，侍中石启，前河东太守石晖，谋诛闵农，反为闵农所杀。龙骧将军孙伏都刘铢，号召羯士三千人，拟挟鉴讨闵农，适鉴在御龙观中，登台见伏都等，鱼贯而入，惊问何因？伏都答道："石闵李农谋反，已至东掖门，臣欲严兵往讨，谨来启问。"鉴抚慰道："卿是功臣，好为官家出力，朕在台上观卿，事平以后，不吝重赏。"伏都等应声趋出，径攻闵农，连战不利，退屯凤阳门。闵农却率众数千，向金明门突入，来寻石鉴。鉴见闵农等进来，料知伏都等战败，忙从台上传令道："孙伏都谋反，卿等何不速讨，来此做甚？"又用老法儿来做挡牌。闵农等得了此令，便晓谕卫士，同击伏都，伏都虽有勇力，毕竟众寡不敌，眼见是败绩丧身。刘铢亦同时毕命，部下三千羯人，多被杀毙。自凤阳门至琨华殿，积尸累累，流血盈途。闵传令内外兵民，毋得执械，违令立斩。羯人或夺门窜去，或逾城出走，先后不可胜计。闵遂使尚书王简，少府王郁，领众数千，监守御龙观，不准鉴自由进出。就是鉴一饮一食，亦只由观门悬入，勿许他人进餐。好好一个赵主鉴，反变做瓮中鳖，釜中鱼了。小子有诗叹道：

腹中有剑笑中刀，入阱如何不获逃？
我欲害人人害我，才知作伪总徒劳。

闵既幽鉴，又想出一条计策，歼尽羯人，欲知他如何行计，且看下回表明。

石遵废世，石鉴又杀遵，石闵又幽鉴，数月之间，迭遭篡逆，石氏之乱，可云甚矣！夫如石虎之穷凶极恶，应该有此巨谴，不于其身，必于其子孙，固然无足怪也。唯石氏内乱如此，正予晋以可乘之隙，桓温之出屯安陆，犹不过徒示虚威，褚裒则一再上表，分兵北进，宜其规复中原。扫清宿耻，乃王龛等一败而即惧，便退屯广陵，自请贬职，嗒然若丧，是比诸庾亮庾翼，且逊一筹矣。要之东晋诸臣，专尚空谈，虚骄之气盛，实行之略疏，《左氏传》所云"张脉偾兴，外强中干"者，正此类也，而蔡谟之意料远已。

第五十三回　养子复宗冉闵复姓
孱主授首石氏垂亡

却说石闵幽主擅权，复下令城中，略言："孙刘构逆，已得伏辜，支党并诛，不及良善。此后与官同心，尽可留住，否则任令他去，不复相禁。"遂大开城门，纵使出入。于是羯人相率出城，填门塞道，独赵人陆续趋入，远近争集，闵知羯人不为己用，因颁令内外赵人，斩一羯首送凤阳门，文官进位三级，武官立拜牙门。看官！试想人生无不欲富贵，得了这种机会，哪有不欢跃奉命的道理？才阅一日，携首来献，多至数万。闵且亲率赵人，再行搜诛羯种，羯人共毙二十余万，弃尸城外，餧饲豺狼狐犬。就是一班外戍羯士，也由闵分投书札，令身为将帅的赵人，诛戮殆尽。太宰赵庶，太尉张举，中军将军张春，光禄大夫石岳，抚军将军石宁，武卫将军张季，及诸公侯卿校龙腾军等万余人，至此都恐连累，出奔襄国。汝阴王琨，亦奔据冀州，抚军张沈据滏口，张贺度据石渎，建义将军段勤据黎阳，宁南将军杨群据桑壁，刘国据阳城，段龛据陈留，姚弋仲据滠头，蒲洪据枋头，众各数万，皆不附闵。王朗麻秋，也自长安奔洛阳。闵遣人召秋，令图王朗，秋袭杀朗部羯人千余名，朗幸逃免，转奔襄国。秋忽生悔意，亦走依蒲洪。

汝阴王琨及张举王朗，纠众七万，向邺讨闵。闵自率骑兵出拒，列阵城北，遥见敌军如墙而来，便跃马出阵，手持两矛，直奔敌军。敌军前队，远来疲乏，不防闵轻骑杀到，一时不及招架，便致倒退。琨等尚在后面，见前军纷纷退后，还道闵军甚盛，抵敌不住，自己顾命要紧，也即拍马返奔。为这一走，遂致全军奔溃，仿佛天崩地塌一般。闵得任情追杀，斩首至三千级，待至琨等逃远，方收兵还邺，琨等仍奔还冀州去了。并非石闵善战，实是琨等无用。闵既大获胜仗，复与李农率三万骑兵，往攻石渎。石鉴被锢御龙观中，因闵农外出，监守少懈，乃得写就一书，密令近侍赍送滏口，嘱令抚军张沈等，乘虚袭邺。哪知近侍不去报沈，反将鉴书持达闵农。石苞李松孙伏都等，都为石鉴所卖，怪不得近侍使刁。闵农当即驰还，突入御龙观，责鉴反复，褫去赵主的名目，又复赠他一刀，结果性命。鉴在位只一百零三日。闵索性大诛石氏，捕得石虎孙二十八人，骈戮无遗。唯尚有虎子数人，如石琨石祗等，统居外境，尚未遭难。

邺中已无石氏遗种，闵即欲僭号称尊，司徒申钟，司空郎闿，密承闵旨，联络朝臣四十八人，同声劝进。闵佯为退逊，让与李农。农不敢受，誓死固辞。辞与不辞相等，始终难逃一死。闵乃语众道："我等本是晋人，今晋室犹存，愿与诸君分割州郡，各称牧守公侯，奉表迎晋天子还都洛阳，诸君以为何如？"诚能如是，倒也完名全节，可惜言不由衷。尚书胡睦进言道："陛下圣德应天，宜登大位，晋氏衰微，远窜江表，岂尚能总驭英雄，混一四海么？"看汝能长为闵臣否？闵欣然道："胡尚书可谓识机知命，我当勉从。"遂至南郊即位，公然称帝，易赵号魏，复姓冉氏。纪元永兴，追尊祖隆为元皇帝，父曜为高皇帝，奉母王氏为皇太后，妻董氏为皇后，子智为皇太子，余子亦皆封王。命李农为太宰，领太尉，录尚书事，加封齐王，农诸子皆为县公。文武各进位三等，封爵有差。并遣使持节，慰谕各处军戍，一律免罪。

诸军屯皆不受命，赵新兴王石祗，闻鉴被弑，也在襄国称帝，改元永宁。用汝阴王琨为相国，并授姚弋仲为右丞相，待以殊礼。弋仲子襄为骠骑大将军，时弋仲据滠头，蒲洪据枋头，各思称雄关右，互生疑忌。秦雍流民，相率归洪，洪有众至十余万。弋仲恐洪过盛难制，遣子襄引兵击洪，为洪所破。洪遂自称大都督大将军大单于，兼三秦王。即前秦之刱始。且因谶文有草付应王一语，乃改姓苻氏。洪第三子健，少娴弓马，勇武有力，尝为石氏父子所亲爱，洪因立为世子。赵将麻秋，既往依洪，洪命秋为军师将军。秋劝洪先收关中，然后东争天下，洪深服秋言。哪知人心不测，暗杀难防，洪引秋为知己，秋偏视洪若仇家，一无心，一有心，两人终夕昵谈，继以宴饮，秋竟置毒入酒，劝洪痛饮数杯。及秋辞宴退出，洪腹中忽然绞痛，不可忍耐，自知遭秋暗算，急召世子健入语道：“我拥众十万，据住险要，冉闵慕容俊等，本可指日荡平，就是姚襄父子，亦在我掌握，所以迟迟入关，实欲先清中原，再行西略；不意为竖子所欺，致我中毒。我死后，看汝兄弟未能肖我，休得再想中原，不如鼓行西进，得踞关中，也好独霸一方呢。”一麻秋尚不能防，还说能平定中原，也是痴想。言讫竟死。健秘不举哀，即率亲兵往捕麻秋。秋正安排兵甲，将乘丧为乱，不防苻健已先到来，急切不能抵御，立被健麾众拿下，一刀两段，报了父仇，然后为父发丧，承袭遗业。且遣使向晋报讣，自削王号，用晋封爵。原来洪先降晋，见前回。曾受封征北大将军，都督河北诸军事，冀州刺史，广川郡公。此时健即自称征北将军，向晋请命。赵石祗甫经称帝，也欲笼络苻健，命为镇南大将军，健佯为受命，在枋头修缮宫室，督兵种麦，示不复出；暗中却部署兵马，谋取关中。

关中本为赵属土，由将军王朗居守。朗自长安奔洛阳，复自洛阳奔襄国，见上文。当时但留司马杜洪，居守长安。洪常恐苻氏入关，阴加戒备。及苻氏父死子继，已放心了一大半，嗣闻健课农筑舍，更觉不以为意，谁知苻健竟自称晋征西大将军，都督关中诸军事，领雍州刺史，尽众西行，在盟津架起浮桥，渡河直进。至大众毕济，将桥毁断，仿佛破釜沉舟，有进无退。健弟雄先驱至潼关，洪始得报，乃遣部将张先出拒，与雄交战，倒还不分胜负。及健继至，张先势孤难敌，败回关中。健虽得战胜，犹修笺致洪，并送名马珍宝，谓将自至长安，奉洪尊号。洪也虑苻健怀诈，顾语属吏道：“这所谓币重言甘，明明是诱我呢。”乃尽召关中兵士，东出拒健。健已进次赤水，遣雄略地渭北，又追击张先至阴槃，把他擒住；再派兄子菁旁徇诸城，所至辄陷。洪出长安才数十里，迭接各处败报。又闻健乘胜杀来，急得面色仓皇。部众见主帅失色，越发惊心，你奔我逃，如鸟兽散。洪只剩得数百骑，眼见得不能对敌，并不敢再回长安，索性奔往司竹去了。

健竟入长安，据为都城，遣使至晋廷告捷，且向桓温修好。健有长史贾玄硕等，请依刘备称汉中王故事，表健为关中大都督大单于秦王。健佯怒道：“我岂就好做秦王么？况晋使未返，我所应有的官爵，难道汝等所能预知么？”众始无言。越年为晋穆帝永和七年，晋使已归，不闻加封，他复密使心腹，讽玄硕等表上尊号。玄硕等不敢不从，遂请健为天王大单于。健尚假惺惺的谦让一番，至玄硕等两次劝进，便自号秦天王大单于，建元皇始。

史家称为前秦。为十六国中之一。当下缮宗庙，置社稷，立妻强氏为天王后，子苌为天王太子，弟雄为丞相，都督中外诸军事，兼车骑大将军，领雍州刺史。自余封拜百官，位秩有差。又遣使四出，问民疾苦，旁求俊乂，除去赵时苛政。关中人民，赖是少安。

赵主祗方与冉闵相持，无暇西顾，因此健得从容布置，据有西秦。冉闵欲北向攻赵，赵主祗已遣汝阴王琨，及张举王朗等，统兵十万，南行攻闵。闵遣人临江传语晋使道："羯贼扰乱中原，已数十年，今我已诛去羯首，只有余党未平，江东若能共讨，可即发兵前来。"晋使转报晋廷，廷议以闵亦乱贼，置诸不睬。闵欲自出拒敌，恐李农居中为变，竟将农诱入杀死，并戮农三子。与人共事，人得利而己先受害，如李农辈，最不值得。还有尚书令王谟，侍中王衍，中常侍严震赵升等，俱连坐农党，尽被骈诛，乃遣卫将军王泰为前锋，出击赵兵，自为后应。

会赵汝阴王琨，南入邯郸，与镇南将军刘国，会师并进。途次遇着王泰，一战败绩，死伤万余人。琨退归邯郸，国亦还屯繁阳。既而国与段勤张贺度靳豚等，复会兵攻邺，闵遣刘群为行台都督，率同诸将王泰崔通周成等，共十二万众，出堵黄城。闵自统精卒八万继进，与刘国大战苍亭，刘国等虽然连兵，却是将令不齐，众心未壹，反不如魏兵一致，鼓动一股锐气，东冲西撞，斫毙刘国连合军，共二万八千人。国等败遁，靳豚稍迟一步，中槊被杀，残众尽溃。闵振旅归邺，旌旗钲鼓，绵亘百余里，仿佛如石氏全盛时。既入邺城，行饮至礼，群下欢舞。闵且欲笼络人心，求才兴学，特备玄纁束帛，礼征陇西辛谧。谧字处道，少有志操，博学能文，精草隶书，为时楷法，及长，尝杜门晦迹，谢绝交游。刘聪石勒，再三征召，终不肯起，及得闵征书，依然不就，但复书答闵道：

昔许由辞尧，以天下让之，全其清高之节。伯夷去国，之推逃赏，皆显史牒，传之无穷，此往而不返者也。然贤人君子，虽居庙堂之上，无异山林之中，斯穷理尽性之妙，岂有识之者耶？是故不婴于祸难者，非为避之，但冥心至趣，而与吉会尔。谧闻物极则变，冬夏是也，致高则危，累棊是也。君王功已成矣，而久处之，非所以顾万全，远危亡之祸也。宜因兹大捷，归身本朝，指晋。必有许由伯夷之廉，享乔松之寿，永为世辅，岂不美哉？

复书既去，尚恐闵不肯放过，竟自甘绝粒，不食而死。不没高人。闵怎肯听从谧言，又起步骑十万人，往攻襄国。封次子胤为太原王，进号大单于，署骠骑大将军，配以降胡千人，令他居守。光禄大夫韦谀谏言：“降胡难恃，且不宜仿称单于。”哪知闵闻言大怒，反责谀离间戎夷，把他处斩，并杀谀子伯阳，直抵襄国城下，四面围攻。上筑土山，下穿地道，仰登俯凿，誓破坚城。赵主祗督兵固守，支持至百余日，幸还无恙。闵令军士筑室返耕，为久持计，于是祗相顾惶急，自去帝号，改称赵王。使张举诣燕乞师，许送传国玺，遣张春赴滠头，向姚弋仲处求援。弋仲即命子襄率骑兵三万八千，往援襄国，就是燕王慕容俊，也令将军悦绾，率骑兵三万人，救赵拒魏。再加赵汝阴王石琨，又从冀州赴急，三方会合，共得劲卒十余万，直逼闵垒。闵使将军胡睦御襄，孙威御琨，并皆战败，孑身遁还。闵自拟出击，卫将军王泰谏阻道：“今襄国未平，外援云集，若我军出战，必至腹背受敌，岂非危道？不若固垒相持，伺隙而动，方保万全。况陛下亲临行阵，万目共瞻，一或挫失，大事去了，请持重勿出，臣愿率诸将为陛下破敌。”闵点首称是。忽由道士法饶进言道：“陛下围攻襄国，旷日逾年，尚无尺寸功效，今群寇趋至，又避难不击，试问将如何使众哩？且太白入昴，当应赵分，百战百克，何待踌躇。”闵被他一说，不由的眉飞色舞，攘袂大言道：“我计决了，敢言不战者斩。”乃倾垒出发，与姚襄对阵交锋。可巧石琨从东面驰来，悦绾从西面趋至，尘头大起，惊动闵军。赵主石祗，又由城中冲出，前后左右，四集攻闵。闵军在外日久，已经疲敝，哪里挡得住四面兵马？顿时大溃，先走的得逃性命，后走的都做鬼奴。

闵与十余骑拼命飞跑，走还邺城，哪知次子冉胤，已被降胡执住，往降襄国。邺中大乱，所有司空石璞，尚书令徐机，车骑将军胡睦，侍中李绋，中书监卢谌以下，尽被杀死，人物歼尽，盗贼蜂起，司冀大饥，人自相食。闵已潜入邺中，邺人尚未闻知，内外恟恟。讹言闵已败没，射声校尉张艾，劝闵亲出抚慰，安定众心。闵乃至南郊收劳军士，讹言少息，遂诛道士法饶父子，支解以徇，追尊韦谀为大司徒，已经迟了。一面搜卒补乘，再图御敌。姚襄已还军滠头，姚弋仲责他不擒冉闵，杖襄百下，唯不复用兵。燕将悦绾，也即退去，独赵主祗更遣部将刘显，率众七万，再攻冉闵，进次明光宫，去邺止二十三里。闵急召卫将军王泰，商议拒敌方法。泰恨前言不用，托病不入。至闵亲往访问，泰仍固称病笃，不能参议。闵不禁大怒，还宫语左右道："可恨巴奴，乃公岂定要靠他，才得保命吗？我当先灭群孽，再斩王泰。"说着，便悉众尽出，拼死杀去，得破显军，追至阳平，乘势斩杀，得首级三万余颗，杀得显穷蹙失措，几乎无路可奔，不得已遣使乞降，情愿杀祗自效。闵乃纵显使去，自还邺中。左右密承闵旨，诬言王泰将叛奔入秦。闵正要杀泰，听得此语，好似火上添油，立命将泰处斩，并夷三族。

过了匝月，果得刘显来文，报称杀赵主祗，及丞相乐安王炳，太保张举，太宰赵庶等十余人，据定襄国，纳质请命。闵喜如所望，尚未答复，那赵主祗的头颅，已自襄国献入邺中。闵令悬示三日，焚诸通衢，乃封显为大单于，领冀州牧。看官听着！赵主祗称帝襄国，只越一年，便即遭弑，后赵至是乃亡，总计后赵自石勒建国，至祗已易六人，共得七主，只合成二十三年。了结后赵。刘显降闵，才阅百日，又欲自上尊号，谋袭冉闵，偏被闵预先探知，发兵邀击，杀退显兵，显狼狈走还。但闵虽得胜，所辖各土，已皆瓦解。徐州刺史刘启，兖州刺史魏统，豫州刺史张遇，荆州刺史乐弘，俱举州降晋。还有魏平南将军高棠，征虏将军吕护，执住洛州刺史郑系，也向晋请降。又如故赵将周成屯廪邱，高昂屯野王，乐立屯许昌，李历屯卫国，亦陆续归晋，就是刘显据住襄国，虽经屡败，也居然僭号称尊，且率众攻魏常山。常山太守苏彦，飞使至邺城乞援。闵使太子智留守邺城，以大将军蒋干为辅，自率锐骑八千人，往救常山，一战却敌。显前军大司马石宁，举枣强城降闵，闵势益盛，更进兵追显。显奔还襄国，大将军曹伏驹，知显无成，竟为闵内应，开门纳入追军。显无处奔避，眼见为闵军所困，乱刃分尸，所有家眷及伪署公卿，一古脑儿屠杀净尽。又放起一把无名火来，毁去襄国宫室；凡襄国遗民，尽被闵驱至邺中。可怜石氏遗种，单剩了一个汝阴王琨，系是石虎幼子，他已弄得无兵无饷，没奈何挈领妻妾，南走建康，向晋乞怜，保他一脉。晋廷追念宿仇，怎肯相容，立将琨绑缚起来，驱出市曹，一刀两段。琨妻妾亦同时骈首，于是石氏遂绝。小子有诗叹道：

莫道贻谋可不臧，祖宗积恶播余殃。

羯胡一败无遗类，到底凶人是速亡。

晋既杀死石琨，又想趁这机会，规复中原。欲知成功与否，待小子下回再详。

冉闵乘石氏之敝，起灭石氏，扫尽羯胡，僭帝号，复原姓，说者谓其志不忘晋，临江呼助，设晋果招而用之，亦一段匹磾之流亚。吾意不然。段匹磾之害刘琨，吾犹恨其昧公徇私，不能以厌次数言，遂为之恕。彼闵蒙乃父之余荫，受石氏之豢养，予以高官，给以厚禄，犬马犹知报主，闵犹人耳，何竟不顾私恩，对宠我荣我者而反噬之？况羯虽异族，远系从同，必欲尽歼无遗，设心何毒？是可忍孰不可忍？而谓其能顾祖国，必无是理。其所以临江相呼者，惧赵主祗之扼其背，与秦王健之掣其肘，不得已而为将伯之求耳。晋廷之置诸不理，吾犹幸晋吏之不为李农也。若赵主祗之终归陨灭，与汝阴王琨之被杀建康，覆巢之下，致无完卵，此乃石勒父子之孽报，不如是不足以暴其恶也，于他人乎何尤？

第五十四回　却桓温晋相贻书
灭冉魏燕王僭号

却说晋征西大将军桓温，因石氏乱亡，已屡请经略中原，辄不见报。晋穆帝年尚幼冲，褚太后女流寡断，一切国政，均归会稽王昱主持，领司徒光禄大夫蔡谟，本已实授司徒，诏书屡下，终不就职。褚太后遣使敦劝，谟仍固辞，且自语亲属道："我若实任司徒，必为后人所笑，义不敢受，只好违命罢了。"虽是谦让，但谓必贻笑后人，毋乃过虑。永和六年，复上疏陈疾，乞请骸骨，缴上光禄大夫领司徒印绶。有诏不许。会穆帝临朝会议，使侍中纪璩，与黄门郎丁纂，召谟入商。谟自称病笃，不能入朝。会稽王昱，谓谟为中兴老臣，定须邀他与议，从旦至申，使人往返，几十数次，谟终不至。殊太偃蹇。时穆帝尚只八岁，不耐久持，顾问左右道："蔡司徒尚不见来，究怀何意？临朝已将一日，为他一人，遂致早晚不顾，岂不可恨？难道他不到来，今夕不能退朝么？"左右转禀太后，太后亦自觉疲倦，乃诏令罢朝。

会稽王昱，不禁懊恨起来，顾语朝臣道："蔡公傲违上命，无人臣礼，若我辈都似蔡公一般，试问由何人议政呢？"群臣齐声应道："司徒谟但染常疾，久逋王命，今皇帝临轩，百僚齐立，候谟终日，若谟愿止退，亦宜诣阙自辞，今乃悖慢如此，自应明正国法，请即拘付廷尉，依律拟刑。"这番议案，尚未定夺，已有人传达谟第。谟方才惶惧，率子弟诣阙待罪。当有一人趋入朝堂，厉声大言道："蔡谟今日，果无疾来阙么？欺君罔上，应当何罪？宜置诸大辟，为中外戒。"朝臣听他语言激烈，也觉一惊，连忙注视，乃是中军将军殷浩。当下互相讨论，议久未决，浩尚与固争，还是徐州刺史荀羡，私语殷浩道："蔡公望倾内外，今日被诛，明日必有人借口，欲为齐桓晋文的举动了，公何苦激成乱衅呢？"暗指桓温。浩乃无言。大众遂请由太后裁决，太后谓："谟系先帝师傅，宜从末减，不忍骤加重辟。"乃诏免谟为庶人。

那桓温闻浩擅权，很是动忿，一时无词劾浩，只把北伐为名，呈入一篇表文，略称："朝廷养寇，统为庸臣所误。"这句话明明是指斥殷浩。浩在内捎住温表，不使批答，谁知温竟率众数万，顺流东下，屯兵武昌，隐然有入清君侧的寓意。廷臣闻报，相率骇愕。浩亦急得没法，至欲去位避温。实是没用。吏部尚书王彪之，进白会稽王昱道："浩若去职，人情必更张皇，殿下首秉国钧，倘有变乱，何从诿责呢？"又顾语殷浩道："温若抗表问罪，必举卿为首恶，卿虽欲自作匹夫，恐亦未能保全，不如静镇勿动，且由相王指会稽王。先与手书，为陈祸福，彼若不从，更遣中诏，再若不从，当用正义相裁，奈何无故匆匆，先自滋扰呢？"浩与昱依彪之议，即命抚军司马高崧，代昱草表，遣使致温。略云：

> 寇难宜平，时会宜接，此实为国远图，经略大算，能弘新会，非足下而谁？然异常之举，众情所骇，游声噂沓，想足下应亦闻之。苟或望风震扰，一时奔散，则望实并丧，社稷之事去矣。吾与足下，虽职有内外，安社稷，保国家，其致一也。天下安危，系诸明德，当先宁国而后图其外，使王基克隆，大义弘著，此吾之所深望于足下者也。区区诚怀，岂可复顾嫌而不尽哉？幸足下察之！

果然一缄书札，足抵十万雄师，才阅数日，即得温谢罪表文，自愿收军还镇去了。晋廷上下，才得放心。

已而姚弋仲遣使来降，有诏授弋仲为车骑大将军，六夷大都督，子襄为平北将军，兼督并州。弋仲年逾七十，有子四十二人，尝召集与语道："我因晋室大乱，起据西偏，嗣石氏待我甚厚，我欲替他讨贼，借报私情，今石氏已灭，中原无主，从古以来，未有戎狄可作天子，我死后，汝筹便当归晋，竭尽臣节，毋得多行不义，自取咎戾呢。"越年为永和八年，弋仲老病缠身，竟致不起，卒年七十三。子襄秘不发丧，竟率众攻秦。

秦王苻健，自僭称天王后，安据关中，嗣闻晋梁州刺史司马勋，与故赵将杜洪相应，侵入秦川，当即出堵五丈原，击退勋兵，再移兵往攻杜洪。洪正由司竹出屯宜秋，洪奔司竹见前回。欲应晋军，不料司马张琚，忽生变志，诱众杀洪。琚自立为秦王，分置官属，部署未定，健军已经掩至。他却冒冒失失的出来拒敌，一战败死，身首两分。健奏凯入关，即僭称秦帝。进封诸公为王，命子苌为大单于，又遣弟雄及兄子菁分略关东，招纳晋降将豫州刺史张遇，仍命镇守许昌。姚襄与苻氏挟有宿嫌，所以父丧不发，便即与秦为难。但苻氏气势方盛，将勇兵精，恁你姚襄如何骁悍，也一时攻不进去。

襄转向洛阳，行次麻田，与故赵将李历相遇，两下酣斗，襄马首忽中流矢，将襄掀下，部众相顾骇愕。李历乘隙闯入，飞马取襄，幸亏襄弟苌先到一步，把襄扶起，自将乘骑让兄，翼他出险，但经此一跌，部众已经奔散，丧亡无数。襄走回滠头，草草治丧，自悔前事冒昧，乃承父遗命，单骑南下，向晋款关，走依晋豫州刺史谢尚。尚自去仗卫，幅巾出见，推诚相待，欢若平生。襄为尚划策，令遣建武将军戴施，进据枋头。施奉令前往，果然得手，兵不血刃，即将枋头据住。可巧魏主冉闵，与燕鏖兵，战败被擒。闵子智尚守邺城，由将军蒋干为辅，派人至谢尚处乞援。尚即调戴施援邺，助守三台。

究竟冉闵如何战败，应该由小子表明大略。闵既克襄国，游食常山中山诸郡。故赵立义将军段勤，聚胡羯至万余人，保据绎幕，自称赵帝。燕王慕容俊，已遣辅国将军慕容恪略地中山，收降魏太守侯龛及赵郡太守李邽。还有辅弼将军慕容评，亦奉俊命，往攻鲁口，击斩魏戍将郑生。至是俊又命建锋将军慕容霸，出击段勤，更调慕容恪专攻冉闵。闵率兵御恪，行至魏昌城，与恪相遇，即欲交战。大将军董闰，车骑将军张温，俱向闵进谏道："鲜卑兵乘胜前来，锐不可当，且彼众我寡，不如暂避敌锋，待他骄惰，然后添兵进击，不患不胜。"闵瞋目道："我引军至此，方欲扫平幽州，擒慕容俊，今但遇一慕容恪，便这般胆小，将来如何用兵呢？"说毕，便将董张二人叱出。狃于襄国一胜，故有此骄态。司徒刘茂，及特进郎闿，私相告语道："我君刚愎寡谋，此行必不返了，我等怎好自取戮辱，不如速死为宜。"遂皆服药自尽。

闵素有勇名，部兵虽不过万人，却是个个强壮，善战冲锋，当下与燕兵接仗，十荡十决，燕兵统被击退。闵兵俱系步卒，因燕皆骑士，恐被意外冲突，乃引趋林中。慕容恪巡劳军士，遍加晓谕道："冉闵有勇无谋，不过一夫敌呢。且士卒饥疲，不堪久用，俟他怠弛，再击未迟。我军可分为三队，互相犄角，可战可守，怕他什么？"参军高开献议道："我骑兵利用平地，不宜林麓，今闵引兵入林，倚箐自固，不可复制。为目前计，应速遣轻骑挑战，只许败，不许胜，得能诱他转身，仍至平地，然后好纵兵挟击了。"恪依开计，便拨兵诱敌，且行且詈。冉闵听了，哪里忍受得住，当即麾兵杀回。燕骑并不与战，拍马便走，唯口中辱骂如故。闵追了一程，停住不赶。燕骑复笑骂道："冉贼！冉贼！我料你只能避匿林中，怎敢再至平地，与我等大战一场？"这数语传入闵耳，闵越觉动怒，索性还就平地，列阵待战。确是有勇无谋。

恪已分军为三队，部署妥当，见闵复来就平原，喜他中计，因诫令诸将道："闵性轻躁，又自知兵寡，不便久持。今复来迎战，必拼死来突我军，我但严阵以待，守住中坚，诸君亦在旁静候，但看中军与闵合战，便好前来夹击，左右环攻，定可破贼。"诸将应命而去。恪复选得鲜卑箭手，共五千人，各使乘马，连环锁住，成一方阵，令充前队，自率劲兵后列，竖起一面大纛旗，作为全军耳目，徐徐前进。那冉闵跨一骏马，号为朱龙，每日能行千里，此时拍马来争，当先突出，左操一杆双刃矛，右持一柄连钩戟，直至燕军阵前，连挑连拨，无人敢当。燕兵慌忙射箭，有几个脚忙手乱，连箭都发不出来。闵毫不畏怯，左手用矛飞舞，所来各箭，尽被拨开。右手用戟乱钩，燕兵稍不及避，便被钩落马下。闵众挟刃齐上，随手下刃，所有落马的燕兵，头颅都不知去向。闵杀得性起，怎肯罢休，又望见前面有一大旗竖着，料是燕军中坚，索性趁势冲入，直攻慕容恪。恪正勒马观战，专待闵亲来送死，可巧闵引兵杀到，便令勇士摇动大旗，指挥各军，于是骑士大集，合力击闵。中军原一齐奋勇，抵敌闵军，就是左右两路，也从旁杀到，包围冉闵，环至数匝。究竟闵兵有限，单靠着自己勇力，总敌不住数万人马，他尚舍命冲突，形似猘犬，好容易杀透重围，向东奔去。狂走二十余里，距敌已远，方敢下马少息。旁顾左右，不满百人，只有仆射刘群，与将军董闰张温等，还算随着。闵形色惨沮，如丧魂魄，身上亦血迹淋漓，创痕累累，勉强按定了神，想与刘群等商议行止。

不防鼓声四震，燕兵从后面追来，闵自知不能再战，仓皇上马，挥鞭急驰。刘群等也即随行。哪知燕兵来得真快，才经里许，便被追及，群回马与战，未及数合，即被杀死。董闰张温，无路可逃，双双就擒。闵所骑的朱龙马，本来是瞬息百里，迅速异常，偏偏跑了一程，无缘无故的停住不行，闵用鞭乱击，直至鞭折手痛，马仍然不动，反颓然向地倒下；仔细一瞧，已是死了。总由临敌受伤之故，史称朱龙忽毙，关系闵命，亦未尽然。闵失了坐骑，好象失去性命，就使脚长力大，也是逃走不脱，眨眼间燕将攒集，七手八脚，把闵活捉了去，解送燕都。燕王慕容俊，面加呵责道："汝乃奴仆下才，怎得妄自称帝？"闵仍不少屈，抗声答道："天下大乱，汝等凶横，人面兽心，还想篡逆，我乃中土英雄，为什么不得称帝呢？"却是个硬汉，可惜仁智不足。俊当然动怒，命左右鞭闵三百，拘禁狱中。

会接慕容霸军报，伪赵帝段勤，已与弟思聪举城出降。寻又得慕容恪捷书，谓已阵斩魏将金光，进据常山。俊即令恪为常山留守，召霸还军，另派慕容评等攻邺，邺中大震。闵子智与将军蒋干，闭城拒守，城外一带，俱被燕军陷没。智与干当然惶急，不得已遣使降晋，向谢尚外乞师。尚将戴施，率壮士百余人，往邺助守。蒋干见来兵甚寡，大失所望。施得间给干道："汝主既降顺我朝，应该将传国玺出献。现今燕寇在外，道路不通，就使汝果献玺，也未便赍送江南，不如暂付与我，我当专使驰告天子，天子闻玺在我所，信汝至诚，必遣重兵，发厚饷，来救邺城。燕寇见我军大至，自然退去，保汝无恙。"好似一个大骗子。干尚怀疑未决，不肯出玺。适邺中大饥，人自相食，守兵无从觅粮，就将故赵宫人，烹食充饥。滋美如何？干弄得没法，只好将玺取出，交与戴施。施佯令参军何融，往枋头运粮，暗将传国玺付给融手，使至枋头转报谢尚。尚得融报，亟遣振武将军胡彬，率骑兵三百，至枋头迎玺，送入建康。晋廷交相庆贺，不消细叙。

且说邺城被困，已经月余，城中孤危得很，还亏枋头运到粮米数百斛，暂救眉急，守兵暂免枵腹，勉力支撑。燕将慕容评，屡攻不克，燕王俊又遣广威将军慕容军，殿中将军慕容根，右司马皇甫真等，统率步骑二万人，至邺助评。邺城守将蒋干，闻燕兵继至，焦急万分，意欲乘夜出袭，期得一胜，当下挑选锐卒五千人，俟至夜半，开城杀出，直捣燕营。不防慕容评早已预备，四面设伏，等到蒋干驰至，一声号令，伏兵齐起，把干军尽行围住，逞情杀戮。干弃去盔甲，扮做小兵模样，才得混出围中，奔还邺城；五千人尽致覆没，守卒益惧。慕容评等围攻益急，魏长水校尉马愿等，开城迎降。蒋干戴施，缒城出走，逃往仓垣。魏后董氏，太子冉智，及太尉申钟，司空条攸等，一古脑儿做了俘虏，送往燕都。唯魏尚书令王简，左仆射张乾，右仆射郎萧，并皆自杀。冉氏篡赵建国，阅三年即亡。

是时，燕王俊方出巡常山，遣将分徇魏地，及邺城传到捷报，乃返至蓟郡，命将冉闵牵送龙城，祭告先祖考廆皝庙中，然后推闵往遏陉山，枭首徇众。不料闵一杀死，山中草木，亦皆枯凋，并且连月不雨，蝗虫四起。自从闵被执至蓟，直至闵死后三月有余，尚是亢旱。俊疑闵暗中作祟，乃使用王礼葬闵，遣官致祭，谥为悼武天王。是日，遂得大雪三寸。崔鸿《十六国春秋》内，载冉闵被擒，系在四月，燕王杀闵，乃在八月，案八月深秋，草木应枯，且连月不雨，系是偏灾。闵何能为祟？俊之所为，不值一噱。旱灾未靖，符瑞盛传，是年燕都正阳殿，有燕来巢，生下三雏，项上统有直毛。各城又竞献五色异鸟，于是群僚附会穿凿，共上美词，或说燕首有直毛，便是大燕龙兴，应戴通天冠的征验，燕生三子，数应三统。或说神鸟五色，便是国家将继五行帝箓，统御四海。彼献颂，此贡谀，说得天花乱坠，斐然成章。燕相封弈，遂联络一百二十人，劝燕王俊即称尊号。俊尚作逊词道："我世居幽漠，但知射猎，俗尚被发，未识衣冠，帝箓非我所有，何敢妄想？卿等无端推美，如孤寡德，不愿闻此"云云。

既而冉闵妻子等，由慕容评解送至蓟，凡赵魏相传的乘舆法物，一并献入。俊诈称闵妻董氏，实献传国玺，特别传见，好言慰谕，封董氏为奉玺君，赐冉智爵为海滨侯，用申钟为大将军右长史，并授慕容评为司州刺史，使镇邺中。故赵将王擢等，前时拥兵，据有州郡，至此俱闻燕声威，遣使请降。俊任王擢为益州刺史，夔逸为秦州刺史，张平为并州刺史，李历为兖州刺史，高昌为安西将军，刘宁为车骑将军。唯故赵幽州刺史王午，尚据住鲁口，自称安国王。俊命慕容恪往讨，恪出次安平，储粮整械，为讨午计。适中山人苏林，起兵无极，伪称天子，恪乃先往讨林，又值慕舆根前来会攻，马到成功，将林击死，再攻王午。午已为部将秦兴所杀，恪乃奉表劝进。燕臣一致同词，共上尊号。俊始置百官，进相国封弈为太尉，恪为侍中，左长史阳骛为尚书令，右司马皇甫真为左仆射，典书令张悕为右仆射，其余文武均拜授有差。然后在蓟城即燕帝位，大赦境内，自谓得传国玺，改年元玺，追尊祖廆为高祖武宣皇帝，父皝为太祖文明皇帝，立妻可足浑氏为皇后，子晔为皇太子。晋廷方遣使诣燕，与燕修和，儁语晋使道："汝归白汝天子，我承人乏，为中原所推，已得做燕帝了。此后如欲修好，不宜再赍诏书。"晋使怏怏自归。相传石虎僭位时，曾使人探策华山，得玉版文，内有四语云："岁在申酉，不绝如线，岁在壬子，真人乃见。"燕主儁僭号称帝，正当晋穆帝永和八年，岁次壬子，燕人即援作瑞应，史家号为前燕。即十六国中三燕之一。小子有诗咏道：

符谶遗文宁足凭，但逢战胜即龙兴。
须知乱世无真主，戎狄称尊问孰膺。

燕既称帝，与秦东西分峙，各称强盛，偏晋臣不自量力，又想规复中原。欲知底细，且看下回续表。

桓温之出屯武昌，胁迫朝廷，已启不臣之渐，然实由殷浩参权而起。浩一虚声纯盗者流，而会稽王昱，乃引为心膂，欲以抗温，是举卵敌石，安有不败？高崧代昱草书，而温即退兵还镇，此非温之畏昱服昱，特尚惮儒生之清议，未勇骤逞私谋耳。北伐北伐，固不过援为口实已也。彼冉闵之尽灭石氏，乃石虎作恶之报。闵一莽夫，宁能雄踞一方？燕王儁乘乱伐闵，得慕容恪之善算，即擒闵而归，诛死龙城，闵妻董氏，及嗣子冉智，尚得滥叨封爵，未受骈诛，此犹为冉氏之幸事耳。闵恶未稔而即毙，故妻子犹得幸存，彼慕容儁以草枯天旱，疑闵为祟，反追谥而礼祭之，毋乃慎欤！

第五十五回　拒忠言殷浩丧师
射敌帅桓温得胜

却说晋中军将军殷浩，累蒙迁擢，都督扬豫徐兖青五州军事。他本来大言不惭，至此因桓温屡请北伐，便想自担重任，得能侥幸一胜，方好压倒桓温，免受奚落。当下拟定草表，自请北出许洛，相机恢复。尚书左丞孔严，向浩进规道："近来众情摇惑，很是寒心，不识使君当如何善后哩？愚意以为材分文武，职区内外，韩彭应专征伐，萧曹宜守管钥，各有所司，方免误事。且廉蔺屈身，始能全赵，平勃交欢，方得安刘，使君材识过人，亦当先弭内衅，穆然无间，然后好保大定功呢。"浩不能从，竟将表文呈入。有诏依议，浩遂使安西将军谢尚，北中郎将荀羡为督统，进屯寿春。右军将军王羲之，贻书谏浩，并不见报。谢尚既奉浩令，即约姚襄同攻许昌，襄方寓居谯城，招集部众，便出兵会浩，相偕北行。姚襄奔晋见前回。

许昌为秦降将张遇居守，闻晋军将至，即向关中乞援。秦主苻健，使弟雄领兵往救，与谢尚等交战颍上，尚等大败，死亡至万五千人。尚奔还淮南，襄送尚至芍陂。尚尽将后事付襄，使屯历阳。苻雄击退晋军，驰入许昌，索性将张遇家属，及民户五万余家，迁到关中，另用右卫将军杨群为豫州刺史，留守许昌。张遇无法，只好随雄入关。遇有后母韩氏，年逾三十，华色未衰，丰姿依旧，入关以后，为健所闻，特别召见。韩氏应石入谒，由健仔细端详，果然是绝世芳容，不同凡艳。健妻强氏，曾册为皇后，姿貌不过中人，就是后宫妾媵，也没有与韩氏相似，惹得健目迷心眩，不肯放还。

韩氏嫠居有年，伤心别鹄，每遇春花秋月，未免增愁，此时身入秦宫，撩起一番情绪，也不觉心神失主，如醉如痴。况苻健春秋鼎盛，面貌魁梧，端的是个乱世枭雄，番廷狼主，彼此互相慕悦，当然凑成了一对佳偶，颠倒鸳鸯，交欢数夕，居然由苻健下旨，册韩氏为昭仪，授张遇为司空。遇不免怀惭，但寄人篱下，如何反抗？只好含垢忍耻，模糊过去。只恐对不住乃父。嗣闻江东又要出兵，当即令人探听虚实，想乘此袭杀苻健，报复私仇。究竟晋军再举，是由何人主张？说来说去，仍是那有名无实的殷深源。浩字深源，已见前文。殷浩自谢尚败还，未免扼腕，但雄心究还未死，仍拟整兵再举。王羲之因前谏不听，已遭败衄，一误不堪再误，乃更剀切陈书，重谏殷浩道：

近闻安西败丧，公私惋怛，不能须臾去怀。以区区江左，所营如此，天下寒心，固已久矣，而加之败丧，益令气沮。往事岂复可追？愿思弘济将来，令天下寄命有所，自隆中兴之业；正以道胜，宽和为本，力争武功，非所宜也。自寇乱以来，处内外之任者，未有深谋远虑，括囊至计，而疲竭根本，竟无一功可论，一事可记。忠言嘉谟，弃而莫用，遂令天下将有土崩之势。任其事者，岂得辞四海之责哉？今军破于外，资竭于内，保淮之志，非所复及，莫若还保长江，令督将各复旧镇。自长江以外，羁縻而已，秉国钧者，引咎责躬，深自贬降，以谢百姓，更与朝贤，思布平心，除其烦劳，省其贱役，与百姓更始，庶可允塞群望，救倒悬之急。使君起于布衣，任天下之重，尚德之事，未能事事允称，当重统之任，而丧败至此，恐阖朝群贤，未自与人分其谤者。今亟修德补阙，广延群贤，与之分任，尚未知获济所期。若犹以前事为未工，复求之于分外，宇宙虽广，自容何所？明知言不必用，或反取怨执政，然当情慨所在，正自不能不尽怀极言，唯使君谅之！

这书去后，又上会稽王昱一笺，无非是谏阻北伐，大致说是：

古人耻其君不为尧舜，北面之道，岂不愿尊其所事，比隆往代？况遇千载一时之运，何可自沮？顾智力有所不及，岂得不权轻重而处之也？今虽有可欣之会，内求诸已，而所忧乃重于所欣。传曰：“自非圣人，外宁必有内忧。”今外不宁，内忧以深。古之弘大业者，或不谋于众，倾国以济一时功者，亦往往而有之。诚独运之明，足以迈众，暂劳之弊，终获永逸者可也。求之于今，可得拟议乎？夫庙算决胜，必宜审量彼我，万全而后动。功就之日，便当因其众而即其实；今功未可期，而遗黎歼尽，劳役无已，征求日重，以区区吴越，经纬天下十分之九，不亡何待？而不度德，不量力，不敝不已，此封内所痛心叹悼，而莫敢吐诚者也。往者不可谏，来者犹可追，愿殿下更垂三思，解而更张，令殷浩荀羡，还据合肥。广陵许昌谯郡梁彭城诸军，皆还保淮南，为不可胜之基，俟根立势举，谋之未晚，此实当今策之上者。若不行此，社稷之忧，可计日待也。殿下德冠宇内，以公室辅朝，最可直道行之，致隆当年，而未允物望，受殊遇者所以寤寐长叹，实为殿下惜之。国家之虑深矣，常恐伍员之忧，不独在昔，麋鹿之游，将不止林薮而已。愿殿下暂废虚远之怀，以救倒悬之急，可谓以亡为存，转祸为福，则宗庙之庆，四海有赖矣。

一书一笺，统是直言谠论，痛切不浮，无如殷浩是情急贪功，不顾利害。会稽王昱，又是深信殷浩，总道他有作有为，一败不致再败，所以羲之书笺，都付高阁，并不见行。浩复出屯泗口，遣河南太守戴施据石门，荥阳太守刘遁戍仓垣，甚至饷源无着，停办太学，遣归生徒，把经费拨充军需。不啻因噎废食。谢尚留屯芍陂，亦遣冠军将军王侠，攻克武昌，秦豫州刺史杨群，退守弘农。那晋廷却征尚为给事中，尚乃还戍石头。最可怪的殷深源，未出兵时，不能听信良言，但好刚愎；既已出兵，又不能推诚任人，但务疑猜。他闻姚襄安次历阳，广兴屯田，训厉将士，未尝表请北伐，总道他别有异图，意欲先加除灭，免滋后患，乃屡遣刺客刺襄。襄雅善拊循，颇得士心，刺客阳奉浩命，到了历阳，反将实情转告。襄因此加防，日夕巡逻。浩复遣心腹将魏憬，率众五千，潜往袭襄，偏被襄预先探知，出城邀击，杀死魏憬，并有憬众。浩恨计不成，索性明下军书，迁襄至梁国蠡台，表授梁国内史。襄益加疑惧，因使参军权翼，诣浩陈情。浩问翼道：“我与姚平北共为王臣，休戚相关，为何平北尝举动自由，与我异趣呢？”晋封姚襄为平北将军，见前回。翼答道：“姚平北英姿绝世，拥兵数万，乃不惮路远，来归晋室，无非因朝廷有道，宰辅明哲，想做一个盛世良臣。今将军轻信谗言，与彼有隙，愚谓咎在将军，不在平北。”浩忿然道：“平北擅加生杀，又纵小人掠夺我马，这岂还好算得王臣么？”翼又道：“平北归命圣朝，怎敢妄杀无辜？唯内奸外宄，有违王法，理宜为国行刑，怎得不杀？”浩又问何故掠马？翼正色道：“闻将军猜忌平北，屡欲加讨，平北为自卫计，或至使人取马，诚使将军坦怀相待，平北也有天良，何至出此？”浩不禁笑语道：“我也何尝欲加害平北，尽请放怀！”试问你何故屡遣刺客？遂遣翼归报，翼拜辞而去。

浩又阴使人招诱秦将雷弱儿等，令杀秦主苻健，许以关中世爵。王师宜堂堂正正，乃专为鬼祟，如何成事？弱儿等复称如约，且请师接应。浩遂调兵七万，自寿春出发，进向洛阳。哪知弱儿等将计就计，伪称内应，并非真心从浩。唯一个降将张遇，为了苻健奸占后母，且居然呼他为子，心有不甘，因贿通中黄门刘晃，拟夜入袭健，偏偏事机不密，为健所闻，立将遇捕入处死。唯察得韩昭仪未曾与谋，不使连坐，仍然宠爱如常。想韩氏正交桃花运，所以有此侥幸。浩接得苻秦内变消息，未悉确状，还道是弱儿等已经发难，即调姚襄为先锋，自督大军急进。吏部尚书王彪之，奉笺与昱，谓秦人多诈，浩不应率军轻行。昱似信非信，延宕多日，始拟着人往询军情，偏败报已经到来，姚襄叛命，返袭浩军，山桑一战，浩军大溃，辎重尽失，浩已走还谯城了。昱乃语王彪之道：“果如君言，张良陈平，亦不过如是哩。”有了张陈，惜无刘季。原来姚襄已经仇浩，佯作前驱，诱浩至山桑，返兵袭败浩军，俘斩万余人，尽得浩军资仗，乃使兄益守山桑，自己仍往淮南。浩遭襄暗算，且惭且愤，复遣刘启王彬之，往攻山桑。襄从淮南还援，内外夹攻，刘王以下，并皆败亡。前已死伤万余人，尚嫌不足，乃复以二将部曲加之，浩之不仁极矣！襄遂进屯盱眙，招掠流民，有众七万，分置守宰，劝课农桑。复遣使至建康，陈浩罪状，并自陈谢。诏乃命谢尚都督江西淮南诸军事，往镇历阳。嗣是殷浩大名，一落千丈，投井下石的疏文，陆续进呈。就中有一疏最为利害，署名非别，便是那殷浩的仇家桓温。疏云：

按中军将军殷浩，过蒙朝恩，叨窃非据。宠灵超卓，再司京辇，不能恭慎所任，恪居职次，而侵官离局，高下在心。前司徒臣蔡谟，执义履素，位居台辅，师傅先帝，朝之元老，年登七十，以礼请退，虽临轩固辞，不顺恩旨，适足以明逊让之风，弘优贤之礼，而浩虚生狡说，疑误朝听，狱之有司，几致大辟。自羯胡天亡，群凶殄灭，而百姓涂炭，企迟拯接，浩受专征之重，无雪耻之志，坐自封殖，妄生风尘，遂致寇仇稽诛，奸逆并起，华夏鼎沸，黎元殄悴。浩惧罪将及，不容于朝，外声进讨，内求苟免，出次寿阳，即寿春。顿甲弥年，倾天府之资，竭五州之力，收合亡赖以自卫，爵命无章，猜害罔顾。羌帅姚襄，率命归化，浩不能抚而用之，阴图杀害，再遣刺客，为襄所觉，襄遂惶惧，用致逆命。生长乱阶，自浩始也。复不能以时扫灭，纵放小竖，鼓行毒害，身狼狈于山桑，军破碎于梁国，舟车焚烧，辎重覆没，三军积实，反以资寇，精甲利器，更为贼用。神怒人怨，众之所弃，倾危之忧，将及社稷，臣所以忘寝屏营，启处无地。夫率正显义，所以致训，明罚敕法，所以齐众。伏愿陛下上追唐尧放命之刑，下鉴春秋无君之典，即不忍诛殛，且宜遐弃，摈之荒裔，虽未足以塞山海之责，亦粗可以宣诫于将来矣。谨此表闻。

晋廷接到温疏，因惮温威势，不得已废浩为庶人，徙浩至信安郡东阳县，浩抵徙所，口无怨言，夷神委命，谈咏不辍。唯有时忧从中来，辄用笔书空，作“咄咄怪事”四字，浩甥韩伯，为浩所爱，随浩至东阳，经岁还都。浩送至渚侧，口吟古诗云：“富贵他人合，贫贱亲戚离。”本曹颜远诗。吟毕泣下。未免有情。后来桓温权倾内外，语掾属郗超道：“浩有德有言，使作令仆，亦足仪型百揆，前时朝廷用为外藩，原非所长，今拟起浩为尚书令，卿可为我致他一书，看他如何复我？”超当即缮就一书，寄与殷浩。浩览书大喜，便即裁答，写了许多套话，无非是感激愿效的意思。当下折就方胜，用函封固，又恐语中尚有错误，开闭至十数次，弄得精神恍惚，反将信笺遗落案下，竟把那一个空函，复达桓温。温展函检阅，并无一字，疑浩故意使刁，大为忿恨，遂不复起召。越二年，浩竟病死。强作镇定，实是热中，患得患失，不死何为。

且说桓温既劾去殷浩，料知朝廷不敢反对，遂于永和十年二月，抗表伐秦。统率步骑四万，出发江陵，且命水师并进，自襄阳入均口，直达南乡，步兵由淅川趋武关，命梁州刺史司马勋出子午谷，直捣长安，别军攻上洛，擒住秦荆州刺史郭敬，进击青泥，连破秦兵。秦王苻健，遣太子苌，丞相雄，淮南王生，平昌王菁，北平王硕等，率兵五万，出屯蓝田。雄与菁已见前文，生、硕皆苻健子。生幼即无赖，一目盲瞽，祖洪在日，甚不悦生，尝对生语左右道："我闻瞎儿一泪，未知信否？"左右答声称"是。"生竟拔佩刀，从瞽目中自刺出血，指示洪道："这岂不是一泪么？"洪不禁惊骇，寻又用鞭挞生。生不觉痛苦，反大喜道："性耐刀槊，不宜鞭捶。"洪叱道："汝乃贱骨，只配为奴。"生复道："难道如石勒不成？"洪正任石氏，恐因生妄言招灾，急起掩生口，且召健与语道："此儿狂悖，将来必破人家，应早除灭为是"。健虽然应诺，究竟情关父子，不忍下手，因转与弟雄熟商。雄劝阻道："待儿长成，自当改过，何必无故加诛。"说着，又向洪前替生缓颊，生得不死。既而年已成丁，力举千钧，雄悍好杀，能手格猛兽，走及奔马，击刺骑射，冠绝一时。至桓温入关，与太子苌等相偕出拒，生单骑前驱，一遇温军，便恃勇突入。温将应诞，上前拦阻，才经交手，便被生大喝一声，劈落马下。他将刘泓，又挺枪接战，才经数合，复被杀死。温军前队大乱，由生执刀旋舞，出入自如，再加太子苌等，随生杀入，几乎把晋军前队，枭斩略尽。善战者颇多暴虐，叙此事以明苻生之发迹，为后文伏案。

忽听得晋军阵后，发出一声鼓号，声尚未绝，那箭杆似飞蝗一般，攒射过来。生用刀拨箭，毫不慌忙，偏背后有人狂叫，音带悲酸，急忙回首顾视，已见一人落马，那时不能不救，下马扶起，并非别人，乃是行军统帅太子苌。苌身中两矢，因此坠下，气息仅属，生只好掖他上马，保护回营。不防晋军纷纷杀来，势似暴风疾雨，不可遮拦，秦兵顿时披靡。苻生虽勇，只好保住太子苌，奔回要紧，不能再逞威风，眼见得全军溃散，一败涂地。看官阅此，应益知晋帅桓温，确是有些能耐呢。温弟桓冲，进军白鹿原，再与秦丞相雄交锋，又得胜仗。温亦转战直前，进至灞上。秦太子苌等退屯城南，秦主健领老弱兵六千，保守长安小城，尽发精兵三万，使雷弱儿为大司马，统率出城，会同苌军，并力御温。温抚谕居民，概令复业，禁兵侵犯。秦民多牵牛担酒，迎犒军前，男女多夹道聚观，耆老相顾泪下道："不图今日复睹官军。"于是三辅郡县，亦多遣使请降。三辅注见前。忽有一介儒生，从容前来，身上穿着一件褐衣，不衫不履，进谒桓温。温志在延揽人才，不拒贫士，当下传入相见。他但对温长揖，昂然就坐，扪虱而谈，旁若无人。

顿使一军皆惊，目为怪物。小子有诗咏道：

何来狂客谒军门？绝肖当年辩士髡。
岂是读书遵孟训，藐藐勿视大人尊。

究竟来人为谁，待下回表明姓名。

王羲之之谏殷浩，与桓温之劾殷浩，皆深中浩之过失，谏之者为爱浩起见，而其言固关痛切；劾之者为排浩起见，而其言亦非虚诬。浩不能从谏于先，安能免劾于后乎？浩一鄙夫，既忌姚襄而复用之，不败何待？且与桓温龋龁已久，而晚得温书，即欣喜过望，以致神情颠倒，误达空函，多疑寡断，嗜利无耻，彼尝咄咄书空，叹为怪事，吾谓如彼之行止，乃真可怪耳。桓温出师伐秦，蓝田一战，力挫苻氏，关中父老，牛酒欢迎，不可谓非一时杰；但进锐退速，外强中干，能败秦而不能灭秦，此贪功者之所以难成功也。

第五十六回　逞刑戮苻生纵虐　盗淫威张祚杀身

却说桓温方进逼长安，屯兵灞上，蓦来了一个狂士，被褐扪虱，畅谈当世时务，不但温军惊异，就是温亦怪诧起来。当下问他姓名，才知是北海人王猛。猛为苻秦智士，故特笔书名。猛字景略，幼时贫贱，尝鬻畚为业，贩至洛阳，有一人向猛购畚，愿出重价，但自云无钱，令猛随同取值，猛乃随往，不知不觉的行入深山，见一白发父老，踞坐胡床，由买畚人引猛进见。猛当即下拜，父老笑语道："王公何故拜我哩？"说着，即命左右取偿畚值，并送他白镪十两，即使买畚人送出山口。猛回顾竟无一人，只有峨峨的大山。走询土人，乃是中州的嵩岳。当下怀资归家，得购兵书，且阅且读，深得秘奥。嗣是往来邺都，无人顾问。及入华阴山中，得异人为师，隐居学道，养晦待时。至是闻温入关，方出山相见。温既问明姓氏，料非庸流，乃复询猛道："我奉天子诏命，率锐兵十万西来，为百姓扫除残贼，乃三秦豪杰，未见趋附，究是何因？"猛答道："公不远数千里，深入秦境，距长安不过咫尺，尚逗留灞上，未渡灞水，百姓未识公心，所以不至。"温沉吟多时，复注目视猛道："江东虽多名士，如卿却甚少哩。"遂署猛为军谋祭酒。

秦丞相苻雄等，收集败卒，再来攻温。温与战不利，伤亡至万余人。温初入关中，因粮运艰难，意欲借资秦麦，偏秦人窥透温计，先期将麦刈去，坚壁清野，与温相持。温无粮可因，不得已下令旋师，招徙关中三千余户，一同南归。临行时赐猛车马，拜为高官督护，邀与同还。猛言须还山辞师，温准猛返辞，与约会期。及届期不至，温乃率众自行。原来猛还入山中，向师问及行止，师慨然道：“汝与桓温岂可并世？不若留居此地，自得富贵，何必随温远行呢。”猛乃不复见温，但寄书报谢罢了。温循途南返，为秦兵所追，丧失不资，就是司马勋出子午谷，孤军失援，也被秦兵掩击，败还汉中。温驰出潼关，径抵襄阳，由晋廷派使慰劳，毋庸琐叙。唯温尝自命不凡，私拟司马懿刘琨，有人说他形同王敦，大拂彼意。及往返西南，得一巧作老婢，旧为刘琨妓女，与温初见，便潸然泪下。温惊问何因？老婢答道：“公甚似刘司空。”温闻言甚喜，出外整理衣冠，又呼老婢细问，谓与刘司空究相似否？老婢徐徐答道：“面甚似，恨薄；眼甚似，恨小；须甚似，恨赤；形甚似，恨短；声甚似，恨雌。”温不禁色沮，自往寝处，褫冠解带，昏睡了一昼夜。至睡醒起床，尚有好几日不见欢容。不及刘琨，也非真是恨事。这且待后再表。

且说秦主苻健，既击退晋军，正拟论功行赏。那丞相东海王苻雄，得病身亡，健闻讣大哭，甚至呕血，且呕且语道：“天不欲我定四海么？奈何遽夺我元才呢？”仿佛石勒之哭张宾。元才就是雄表字，雄位兼将相，权侔人主，独能谦恭奉法，下士礼贤，所以望重一时，交相推重。次子名坚，承袭雄爵，相传坚母苟氏，尝游漳水，至西门豹祠中祈子，豹系战国时魏臣。是夜梦与神交，遂致有娠。豹尝禁为河伯妇，岂此时反祟苟氏么？越十二月生坚，有神光从天下降，照御庭中。坚生时背有赤文，隐起成字，仔细辨认，乃是“草付臣又土王咸阳”八字。祖洪很是奇异，因即将臣又土三字，拼做一字，取名为坚。坚幼即聪颖，状貌过人，臂垂过膝，目有紫光，及长，颇具孝思，博学有才艺。苻健尝梦见天使降临，命拜坚为龙骧将军，及醒寤后，诧为异事，因在曲沃设坛，即将龙骧将军印绶，亲自授坚，且嘱语道：“汝祖曾受此号，今汝为神明所命，当思上承祖武，毋贻神羞。”坚顿首受命。嗣是厚自激厉，遍揽英豪，如略阳名士吕婆楼强汪梁平老等，皆与交游，为坚羽翼。坚因此驰誉关中，不让乃父。也隐为下文写照。坚既蒙父荫，得袭王爵，此外如淮南王生，因功进中军大将军，平昌王菁，升授司空，大司马雷弱儿，代雄为相，太尉毛贵，晋官太傅，太子太师鱼遵，得为太尉，唯太子苌箭疮复发，竟至逝世。

健因谶文有三羊五眼，疑为生当应谶，乃立生为太子。命司空平易王菁为太尉，尚书令王堕为司空，司隶校尉梁楞为尚书令。未几，健忽罹疾，不能视事。平昌王菁，阴谋自立，独勒兵入东宫，欲杀太子。偏太子生入宫侍疾，无从搜寻，空费了一番举动。自思一不做，二不休，索性移攻东掖门，讹称主上已殂，太子暴虐，不堪为君，借此煽惑军心。不意秦主健力疾出宫，自登端门，陈兵自卫，并下令军士，速诛祸首，余皆不问。菁众见健尚活着，当然骇愕，统弃仗逃生。菁亦拍马欲遁，经健指挥亲军，出门追捕，把菁拘住，面数罪状，枭斩了事。此外一概赦免，便即还宫。越数日，健病加剧，授叔父武都王安为大将军，都督中外诸军事，一面召入丞相雷弱儿，太傅毛贵，太尉鱼遵，司空王堕，尚书令梁楞，左仆射梁安，右仆射段纯，吏部尚书辛牢等，嘱咐后事，受遗辅政；并语太子生道："六夷酋帅，及贵戚大臣，如有不从汝命，宜设法早除，毋自贻患！"教猱升木，能无速乱。生欣然受教。又越三日，健乃病殁，年三十有九。如何处置韩氏？

太子生当日即位，大赦境内，改元寿光。群臣俱进谏道："先帝甫经晏驾，不应即日改元。"生勃然大怒，叱退群臣。嗣令嬖臣穷究议主，乃是右仆射段纯所倡，因即责他违诏，立处死刑。总算恪遵先命。已而追谥苻健为明皇帝，庙号世宗，尊母强氏为皇太后，立妻梁氏为皇后，命太子门大夫赵韶为右仆射，太子舍人赵诲为中护军著作郎，董荣为尚书。这三人素以谄佞见幸，故同时登庸。又封卫大将军苻黄眉为广平王，前将军苻飞为新兴王。两苻原系宗室，但也是与生莫逆，因得受封。命大将军武都王苻安领太尉，弟晋王柳为征东大将军并州牧，出镇蒲坂。魏王庾为镇东大将军豫州牧，出镇陕城。二王受命辞行，由生亲出饯送，乘便闲游，蓦见一缟素妇人，跪伏道旁，自称为强怀妻樊氏，愿为子延请封。实来寻死。生便问道："汝子有何功绩，敢邀封典？"妇人答道："妾夫强怀，前与晋军战殁，未蒙抚恤。今陛下新登大位，赦罪铭功，妾子尚在向隅，所以特来求恩，冀沾皇泽。"生复叱道："封典须由我酌颁，岂汝所得妄求？"那妇人尚未识进退，还是俯伏地上，泣诉故夫忠烈，喃喃不休。当下惹动生怒，取弓搭箭，飕的一声，洞穿妇项，辗转毕命。生亦怏怏回宫。

越宿视朝，中书监胡文，中书令王鱼入奏道："近日有客星孛大角，荧惑入东井，大角为帝座，东井乃秦地分野，恐不出三年，国有大丧，大臣戮死，愿陛下修德禳灾。"生默然不答。及退朝后，饮酒解闷，自言自语道：

"星象告变，难道定及朕身？朕思皇后与朕，对临天下，若皇后死了，便是应着大丧，毛太傅呢，梁车骑呢，梁仆射呢，统是受遗辅政的大臣，莫非应该戮死么？"想入非非。近侍听了，还道他是醉语呶呶，莫名其妙，谁知过了数日，他竟持着利刃，趋入中宫。梁后见御驾到来，当然起身相迎，语未开口，刃已及颈，霎时间倒毙地上，玉殒香消。这难道是乃父教他。生既杀死梁后，立即传谕幸臣，往拘太傅录尚书事毛贵，车骑将军尚书令梁楞，左仆射梁安，不必审问，即饬推出法场，一同斩首。贵系梁皇后母舅，安且是皇后生父，楞亦与后同族，朝臣俱疑椒房贵戚，有什么谋逆情事？哪知他们并无罪过，但为了胡文王鱼数言，平白地断送性命，这真是可悲可痛呢！

生遂迁吏部尚书辛牢为尚书令，右仆射赵韶为左仆射，尚书董荣为右仆射，中护军赵诲为司隶校尉。两赵有从兄名俱，曾为洛州刺史。生本欲召俱为尚书令，俱托疾固辞，且语韶诲道："汝等不顾祖宗，竟敢做此灭门事么？试想毛梁何罪？乃竟诛死，我有何功？乃得升相，我情愿速死，不忍看汝等夷灭呢。"未几，果以忧愤告终。丞相雷弱儿，刚直敢言，见赵韶董荣等用事，导主为恶，往往面加指斥，不肯少容。荣等遂暗地进谗，诬他构逆，生因杀死弱儿，并及他九子二十二孙。弱儿系南安羌酋，素得羌人信服，至无辜受诛，羌人当然怨生。生不以为意，名为居丧，仍然游饮自若，弯弓露刃，出见朝臣，锤钳锯凿，备置左右。即位未几，凡后妃公卿，下至仆隶，已被杀毙五百余人。司空王堕，又为董荣所谮，说是天变相关，把他处斩。堕甥洛州刺史杜郁，亦连坐受诛。

一日，生在太极殿召宴群臣，命尚书辛牢为酒监，概令极醉方休。群臣饮至尽醉，牢恐他失仪，不便相强。生大怒道："汝何不使人饮酒，乃坐视无睹么？"说至此，手中已取过雕弓，搭矢射去，适贯牢项，便即倒毙。吓得群臣魂魄飞扬，不敢不满觥强饮，甚至醉卧地上，失冠散发，吐食污衣，弄得一塌糊涂。生反拍手欢呼，引为大乐，又连喝了数大觥，也自觉支持不住，方返身入寝去了。群臣如蒙恩赦，乃踉跄散归。

越年二月，生谕征东将军晋王柳，命参军阎负梁殊，出使凉州，招谕归附。凉州牧张重华，自击退赵兵后，重任谢艾，事必与商。应五十回。偏庶长兄长宁侯祚，与内侍赵长等，表里为奸，交谮谢艾，惹得重华也起疑心，复出艾为酒泉太守。嗣是重华不免骄怠，希见宾佐。晋廷尝遣御史俞归，册授重华为侍中，都督陇右关中诸军事，封西平公，重华方谋为凉王，不愿受诏，经归再三劝导，方才无言。嗣因燕降将王擢，为秦所逼，率众奔凉，即命擢为秦州刺史，使与部将张弘宋修，会兵攻秦，被秦将苻硕杀败，掳去弘修，唯擢得脱身逃还。重华不加擢罪，再拨众二万，使复秦州。擢感激思奋，拼死抱怨，果得大败苻硕，仍将秦州夺还。重华乃拜表晋廷，请会师伐秦。晋但遣使慰谕，实授重华为凉州牧。重华因晋未出师，也不敢冒昧用兵。

天下不如意事，十常八九，最难堪的是中冓贻丑，敝笱含羞，防不胜防，说无可说，遂令一位年富力强的藩帅，酿成心疾，郁郁而亡。史未详言重华病因，作者读书得间，故有此论。重华嫡母严氏，奉居永训宫，生母马氏，奉居永寿宫。马氏本有姿色，为重华父骏所宠，骏殁时年将四十，还是丰容盛鬋，螓首蛾眉。就中有一个登徒子，暗暗垂涎，靠着那宗室懿亲，脂韦媚骨，出入宫禁，侍奉寝帷，费尽了许多心思，竟得将马氏勾搭上手，演成一回鹑鹊缘。那马氏美等宣姜，淫同夏姬，倒也不惜屈尊降贵，甘献禁脔，两口儿朝栖暮宿，非常狎昵，只瞒过了一个张重华。后来年深月久，不免暴露，竟被重华闻知，懊恼得不可名状。看官道淫夫为谁？就是重华庶长兄长宁侯祚。祚虽非马氏所生，名分上也称母子，此时以子烝母，怎得不使重华恨煞？重华意欲诛祚，计尚未定，忽有厩卒入报，厩马四十匹，一夜都自断后尾，转令重华惊愕得很，只恐诛祚生变，未敢径行。既而十月闻雷，日中现三足乌，变异迭出，益使重华寒心，且忧且愤，竟致成病，渐渐的沉重起来。乃命子耀灵为世子，且手诏征谢艾入侍。艾尚未至，重华已殁，年才二十有四。《晋书》作二十七。在位只八年。

耀灵甫及十龄，承袭父位，内事由祖母马氏主张，外政当然被伯父张祚，把持了去。名为伯父，实可呼为祖父了。右长史赵长尉缉等，向与祚秘密往来，结为异姓兄弟。至是矫托遗命，授祚为抚军大将军，都督中外诸军事。祚意尚未足，再嗾长等建议，说是时难未平，应立长君，一面自求马氏，乞从长意，立己为主。马氏身且委祚，哪有不从之理？这是枕席效劳的好处。当下废耀灵为宁凉侯，由祚自立，称大都督大将军凉州牧凉公。祚既得志，索性大肆淫虐，重华妃裴氏，年方花信，也生得妩媚可人，他竟召令入室，逼使伴寝；就是重华妾媵，俱胁与宣淫，甚至未嫁诸妹，也公然纳入，轮流奸污。专喜奸淫本家妇女，也是奇癖。重华有女，才阅十龄，玲珑娇小，未解风情，偏又被祚引诱入内，强褫下衣，任情摆布。幼女怎堪承受，徒落得床褥呻吟，无从诉苦。三代被淫，不知是何果报。凉州人士，争赋墙茨三章，作为讽刺，祚还管什么清议，但教自快肉欲，彻夜寻欢罢了。

越年正月，赵长尉缉等，复上书劝进，祚竟就谦光殿中，僭登王位，《晋书》作帝位，但观他尊三代为王，当是称王无疑。立宗庙，置百官，郊祀天地，用天子礼乐，下书谓："中原丧乱，华夷无主，因勉徇众请，摄行大统，俟得扫秽二京，再当迎帝旧都，谢罪天阙"云云。先是凉州遵晋正朔，未尝改元，唯沿用愍帝建兴年号，直至祚篡位时，尚称建兴四十一年，及是乃改建兴四十二年为和平元年，赦殊死，赐鳏寡粟帛，加文武爵各一级，追尊曾祖轨为武王，祖实为昭王，从祖茂为成王，父骏为文王，弟重华为明王。立妻辛氏，次妻叱干氏，俱为王后。何不立马裴二氏？长子泰和为王太子，次子庭坚为建康王，弟天锡为长宁王，耀灵弟玄靓为凉武侯。是夕，天空有光，状如车盖，声若雷霆，震动城邑。翌日，大风拔木，日中如晦。祚反诱诛谢艾，大肆淫威。尚书马岌，直谏免官；郎中丁琪，再谏被杀。适晋征西大将军桓温入关，见前回。秦州刺史王擢，时镇陇西，遣使白祚，谓："温善用兵，如得克秦，必将及凉。"祚不禁惶惧，又恐擢乘急反噬，仍召马岌复位，与谋刺擢。密遣心腹将往陇西，不得下手，反被擢查出杀死。祚得报益骇，号召士卒，托词东征，实欲西保敦煌。嗣闻温已南归，更遣平东将军牛霸等攻擢。擢拒战失利，奔降苻秦。

河州刺史张瓘，为祚宗室，外镇枹罕，士马盛强，祚常加猜忌，容忍了一年有余，不能再止，乃遣部将易揣张玲，带领步骑万余人，往击张瓘，并发兵三十余道，分剿南山诸夷。张掖人王鸾，素通术数，入殿白祚道："军不可行，出必不还。凉州将有大变，不可不防。"祚叱为妖言。鸾即直陈祚恶，说他无道三大事，恼得祚气冲牛斗，立命推出斩首。鸾至法场大呼道："我死后不出二十日，兵败王死，定难幸免了。"想鸾亦自知该死，故自来徼祸。祚不但杀鸾，又夷鸾族，然后发兵，再遣张掖太守索孚，往代张瓘。瓘不肯依令，斩孚誓众，出击易揣张玲。玲正前驱渡河，瓘军掩至，猝不及防，被打得落花流水，尽入洪波。只易揣尚在岸上，单骑奔回。瓘遂济河追蹑，直逼凉州，且传檄州郡，拟将祚废去，仍立耀灵。骁骑将军宋混，与弟澄聚众应瓘，引瓘并进。祚情急仓皇，想出一个釜底抽薪的计策，潜令亲将杨秋胡，趋入东苑，拉死耀灵，埋尸沙坑。他还道是斩草除根，免得外兵借口，哪知宋混等越觉有词，即为耀灵缟素举哀，一片白旗白甲，直捣姑臧。姑臧就是凉州的治所，祚愈急愈愤，命收瓘弟琚及瓘子嵩，先拟加诛。琚与嵩召集市人数百名，随处传呼道："张祚淫虐无道，我父兄纠合义旅，已到城东，若再敢与祚同恶，无故拿人，罪及三族。"兵民等相率袖手，不敢干预。琚嵩等便杀死门吏四百余人，斩关招纳外军。祚避入神雀观，祚将赵长等惧罪，急忙入阁，呼马太后出谦光殿，改立耀灵弟玄靓为主，一面大开宫门，迎宋混等趋入殿中，顿时齐声欢呼，统称万岁。祚在神雀观中，听得一片欢呼声，错疑长等已经平乱，便出观慰劳，谁知殿外列着，统是宋混等军，此时已无从躲避，只好拔剑大呼，饬令左右死战。左右无一答应，纷纷避去。从前极力逢迎的赵长，反手持长槊，向祚乱刺。祚仗剑招架，短剑不及长槊的利害，竟被刺中面颊，鲜血直喷，自知不能再战，还是逃命要紧，乃转身就跑，驰入万秋阁。兜头来了一个厨子，执刀劈来，正中祚首，立即晕毙阁下。小子有诗咏道：

残贼由来号独夫，况兼烝报效雄狐。
刀光一闪头颅落，如此淫凶应受诛。

欲知厨子姓名，容至下回续详。

苻生张祚，同时肆恶，一在关中，一在陇右。吾不知两人具何肺肠，而顾若此之稔恶为也，生之好杀过于祚，而祚之好淫，亦甚于生。自古未有好淫好杀，而可以长享国祚者。况无故杀妻，灭绝人伦，公然烝母，偏污亲族，古称桀纣为无道，以苻生张祚较之，吾犹谓其彼善于此矣。宇宙之下，竟有此人面兽心，至于斯极者，虽曰速亡，其亦戾气之独钟乎？

第五十七回　具使才说下凉州
满恶贯变生秦阙

却说张祚被杀，下手的厨子，叫做徐黑。名足副实。黑既劈倒张祚，便出报外兵，宋混等入阁枭祚，取首悬竿，宣示中外，并暴尸道旁。凉州士民，同称万岁。祚二子泰和庭坚，均遭骈戮。总计祚篡国僭位，仅阅三年，已是恶贯满盈，身死子灭。将军易揣等，也已与宋混联络，引兵入殿，拿下赵长，并所有张祚幸臣，一一声罪伏诛。张瓘亦驰入姑臧，推立玄靓为大将军大都督凉王，尊马氏为太王太后。淫妇何堪再尊？怪不得凉乱未已。玄靓年才七岁，由瓘秉持政柄，自为尚书令凉州牧，行大将军事，都督内外兵马。授宋混为尚书仆射，改易百官，废去和平年号，复称建兴四十三年。陇西人李俨，据郡抗命，擅杀大姓彭姚，自立为王，遥奉东晋正朔，旬月间有众万人。瓘遣将军牛霸往讨，霸至中途，忽闻西平太守卫綝，亦据郡为乱，与俨相应，霸众顿时大溃，单剩霸一人奔还。瓘更遣弟琚击綝，得破綝兵。西平人田旋，密劝酒泉太守马基，起兵应綝，谓："綝攻东面，我攻西面，不出六旬，可定凉州。"基信为奇谋，也即发难。哪知瓘司马张姚王国，已奉瓘命，兼程到来，突入酒泉。基部署兵马，尚未办齐，怎能与他对敌，眼见得束手就擒。就是主谋人田旋，亦被拿下，两人杀死一双，好头颅送入姑臧。綝闻酒泉失败，当然不敢再出，就是李俨亦负嵎自守，不敢出兵。

瓘兄弟自恃有功，寖成骄侈，也不免跋扈起来。适秦使阎负梁殊，到了姑臧，与瓘相见。回应前回。瓘启问道："我凉州世为晋臣，不敢擅交外使，二君来此做甚？”阎负答道：“我秦王现镇并州，与贵国同为邻藩，所以遣使修好，何为见怪？”瓘又道：“我君臣尽忠事晋，迄今六世，今若与苻征东通使，便是上违先训，下堕臣节，故不愿闻命。”负殊齐声道：“晋室衰微，久失天命，所以令先王尝幡然变计，称臣二赵，知机顺时，应该如此。今大秦威德方盛，凉王欲自帝河右，必非秦敌，诚使以小事大，亦何如舍晋事秦，得长保福禄呢？”瓘微笑道：“中州无信，好食誓言，从前我国与石氏通好，使车方返，戎骑即来，如此欺诈，怎得令人信服？我国已不愿再闻和议了。”负殊又道：“三王异政，五帝殊风，岂可相提并论？况赵多奸诈，秦尚信义，本来是政教不同，风俗互异。今上更道合二仪，仁施四海，信义交孚，不分中外，奈何以二赵相比呢？”语多虚诈，但外交之道，应作别论。瓘复说道：“果如君言，秦已威德无敌，何不先取江南，使天下尽为秦有？乃徒劳君等跋涉，来做说客，苻征东亦未免失计哩。”梁殊道：“我先帝大圣神武，开构鸿基，强燕纳款，八州效顺。是二语更属虚言。今主上缵承遗绪，威爱兼施。以为吴会倔强，必须力征，凉州柔顺，可以义服，故遣行人等先申大好，免动兵戈。如凉人未达天命，我国当缓图吴会，先讨凉州，恐河右便非君有了。”瓘勃然道：“我地跨三州，带甲十万，西包葱岭，东阻大河，伐人尚且有余，何况自守，难道便怕秦不成？”阎负道：“贵州山河虽固，未若崤函，五郡虽众，未若秦雍，试想杜洪张琚，因赵成资，据天险，策锐卒，内陆外海，劲士风集，骁骑如云，兵强财富，自谓关中可据，天下可平。我先帝戎旗西指，冰消云散，才经旬月，便致易主。见五十四回。燕虽虎视关东，尚且震慑天威，俯首帖服。余如单于屈膝，名王内附，不可胜计。若我主上因贵州不服，赫然震怒，控弦百万，鼓行西来，未识凉州将如何对待哩？”好一副广长舌。瓘复道：“秦果威德普及天下，江南何不入朝？”问及此语，瓘已未免退怯了。梁殊道：“江南为文身旧俗，负阻江山，从古以来，道污必先叛，化盛且后宾，所以古诗有云：‘蠢尔蛮荆，大邦为仇。’这正说他顽梗无知，不应与语德义，只好兵甲示威，才能制服，岂凉州也复如是么？”瓘又问及秦相如何？秦将如何？越问越馁。负殊两人，把苻氏王亲国戚，以及内外文武，都一一陈报出来。不是誉他经世奇才，便是称他折冲健将，你一唱，我一和，端的把关中人士，一古脑儿抬高声价，恍似伊吕重出，周召复生。这一席舌战词锋，说得瓘无言可驳，只能诿诸凉王玄靓，谓当禀命后行。负殊再逼进一步道："凉王虽英睿夙成，但年尚幼冲，究难明决，君居伊霍重任，关系安危，见机而作，责无旁贷，何必互相推诿呢？"瓘自思国乱初平，河西又所在兵起，倘或秦兵再至，势不可敌，不若暂与修和，再作计较。乃用玄靓命令，特派行人，与负殊偕行入秦，愿为藩属。秦王生即将来表所署官爵，授册赐封，毋庸细叙。

会姚襄遣使降燕，燕主慕容俊，命襄夹攻苻秦，襄复报如约，俊乃遣将军慕舆长卿等，率兵七千人，自轵关攻幽州，襄亦引众攻平阳，晋将军王度，也乘隙攻青州。秦主苻生闻报，命建节将军邓羌拒燕，新兴王飞御晋，遥饬晋王柳救平阳。羌至裴氏堡南，与燕兵交战，大破燕兵，擒住长卿，枭得甲首二千七百余级。晋将王度，接得燕兵败没消息，不战自退。独姚襄转战无前，击退苻柳援军，陷入平阳城外的匈奴堡，杀毙守将苻产，且将产众悉数坑死。既而襄却向秦假道，愿回陇西，秦主生欲从襄请，东海王坚谏阻道："襄乃当今人杰，若纵还陇西，还当了得！不如诱以厚利，伺彼无备，击死了他，方绝后患。"生乃依坚议，遣使拜襄官爵。襄不愿受，杀死秦使，扯碎来册，又进兵侵掠河南。生当然大怒，适并州刺史张平，弃燕降秦，由生授为大将军，令率部众数万人击襄。襄自恐寡不敌众，乃卑辞厚币，与平结欢，面订盟约，结为兄弟，始各撤兵退回。

生因战事已平，乐得经营土木，遂发三辅民修治渭桥。金紫光禄大夫程肱谓："有害农时，不应劳民。"反被生驱出斩首。未几，大风拔木，行人颠仆，秦宫中讹传贼至，自相惊扰，宫门昼闭，五日方息。生查得造谣数人，刳心剖胃，惨加极刑。光禄大夫强平，为生母舅，实在看不过去，便入殿切谏，劝生爱民事神，缓刑崇德，才能上弭灾祲，下息奸回。语尚未完，已惹动生怒，命左右取凿过来，凿穿平顶，不得少延。卫将军广平王黄眉，前将军新兴王飞，建节将军邓羌，时正在侧，急忙叩头固谏，谓："平系强太后弟，应从薄谴。"生哪里肯听，但促左右凿平。可怜平脑破浆流，死于非命。生且黜黄眉为左冯翊，飞为右扶风，羌为咸阳太守。这三人素有勇名，所以生尚不忍加诛，但示薄惩。那强太后却哭弟过哀，恨子不道，竟致忧郁成疾，绝食而亡。生毫无戚容，反自书手诏，颁示中外，略云：

朕受皇天之命，君临万邦，嗣统以来，有何不善？而谤讟之声，扇满天下，杀不过千，而谓之残虐，行者毗肩，未足为希，方当强刑极罚，复如朕何？

是时，潼关以西，长安以东，虎狼为害，日中阻道，夜间发屋，不食六畜，专务食人，百姓不敢耕桑，都徙居城邑。百官奏请禳灾，生狞笑道："野兽腹饥，自然食人，饱即不食，何必过虑。天道本来好生，正因民多犯罪，特降虎狼替朕助威，为什么要去祈禳呢？"可笑可恨。一日，出游阿房，见有男女二人，行过道旁，容貌都尚秀丽，便令左右拉住二人，当面问道："汝二人却是佳偶，已结婚否？"二人答道："小民乃是兄妹，不是夫妻。"生笑道："朕赐汝为夫妇，汝即可就此交欢，毋庸推辞。"奇语。二人固执不从，生即拔剑出鞘，把他砍死。旋与继妻登楼眺望，继妻指问楼下一人，是何官职姓名？生望将下去，乃是尚书仆射贾玄石，仪容秀伟，素有美名，禁不住惹起醋意，便顾语道："汝莫非艳羡此人么？"亏你聪明，能知妻意。说着，即召过卫士，交与佩剑，嘱使取玄石首来。卫士携剑下楼，才阅片时，已取玄石首复命。生掷与继妻道："赠汝何如？"继妻又惭又悔，弄得局踏不安，匍匐待罪。生却怜妻有色，扶使起身，携手回宫去了。只枉死了玄石。

生平时最喜食枣，尝患齿痛，令太医令程延诊视。延诊毕语生道："陛下并无他疾，不过食枣太多，因致损齿。"说至此，忽听得一声狂吼道："咦！汝非圣人，怎知我多食枣？"延心胆俱落，急拟下跪谢过，不料剑锋已到，首即坠地。嗣又使别医合安胎药，加入人参，嫌太细小。医谓："参质虽细，未具人形，但已可合用。"生怒道："汝敢讥笑我吗？"遂使左右剜出医目，然后枭首。医官到死，尚未知所犯何罪，及他人察及剜目情由，才料到苻生误会，还道是借参寓讥，与自己瞽目有关，所以冤冤枉枉的杀死该医。

越年，为秦主生寿光三年，就是晋穆帝升平元年。穆帝年阅十五，预行冠礼，褚太后撤帘归政，故改永和十三年为升平元年。秦与晋东西分峙，年号原是不同，唯史家推晋为正统，因此随笔叙明，聊醒眉目，看官不要嗤我夹七夹八呢。是年二月，太白犯东井，秦太史令康权上言道："东井系秦地分野，太白罚星，恐主暴兵犯京师。"生狂笑道："太白入井，想是因渴求饮，与人事有何关系呢？"不但生自己好笑，就是我亦闻言笑倒了。

又越两月，接得边地急报，乃是姚襄入据黄落，将逼长安。生不得不遣将调兵，出击姚襄。襄前时出没淮北，隳突河南，自称大将军大单于，据住许昌，并窥洛阳。洛阳本由魏将周成驻守，及冉魏败亡，成举城降晋，仍得晋廷委任。晋大将军桓温，尝请迁都洛阳，修复园陵，穆帝未许，但命温为征讨大都督，使讨姚襄。适周成复叛，襄亦引兵回洛，彼此相持，未分胜负。温乃自江陵发兵，遣督护高武据鲁阳，辅国将军戴施屯河上，自率大军继进。温登船楼北望中原，慨然叹道："使神州陆沈，百年邱墟，王夷甫诸人，实难诿责呢。"当下进次伊水。襄撤洛阳围，移兵拒温，先使部下精锐，避匿林中，乃遣人语温道："公率大军远来，襄愿奉身归命，与公相见，但请公敕兵少退，即当拜谒路旁。"温知襄有诈，掀须微哂道："我自来恢复中原，敬谒山陵，干君甚事？君既归顺，便当来见，何必烦劳使人，多费纠缠呢。"襄使返报，襄知所谋不遂，乃与温夹水对垒。温亲被甲胄，督众过击，襄众大败，死伤数千人，奔往北山。温追襄不及，进略洛阳，周成率众出降。温执成送建康，自徙屯金墉城，修复诸陵，分置陵令，表请调镇西将军谢尚，都督司州诸军事，镇守洛阳。尚有疾不行，未几去世。温乃留戴施为河南太守，使与冠军将军陈祐，居洛卫陵，自率大军还镇。

襄西奔平阳，收降秦并州刺史尹赤，乃改图关中，进屯杏城。羌胡及秦民，陆续趋附，得五万余户，遂据黄落。黄落在长安南境，相距不过二三百里，秦即遣广平王黄眉，东海王坚，及将军邓羌，率步骑万五千人，直抵黄落。襄深沟高垒，固守不战。羌向黄眉献策道："襄被桓温杀败，锐气已尽，今固垒不战，明明是惊弓伤鸟，未肯轻发，但我若长此顿兵，亦非良计。襄性刚狠，可以刚克，今宜鼓噪扬旗，直压襄垒，使他怒不可遏，勃然前来，我用埋伏计诱他入阱，必擒无疑。"黄眉依计施行，便令羌率骑兵二千，前往诱襄，自与坚埋伏三原，专待襄至。羌引兵至襄垒门，大声诟骂，襄果忍耐不住，尽锐出战。羌且战且却，退至三原，始回马力战。襄恃兵众，麾兵围羌，喊杀声震动山谷。俄而黄眉与坚，左右杀到，反将襄军裹入里面，羌从内杀出，黄眉等从外杀入，把襄兵冲得七零八落。襄所乘骏马，叫做黧眉騧，雄骏非常。此时襄思急遁，慌忙挥鞭，不防马忽自倒，将襄倾落马下，即被秦兵擒住，牵至坚前。坚见襄年少面悍，料不可制，不如乘此翦除，乃叱令斩首，余众尽降。襄尝载父柩从军，亦为秦虏，坚因此招襄弟姚苌，谓苌若不降，当枭乃父尸。苌乃率诸弟投诚。坚能料襄，不能料苌，也是苻坚气运。

秦兵奏凯班师，秦主生命葬襄父弋仲柩于孤磐，许用王礼，并用公礼葬襄，授苌为扬武将军。独黄眉等未得重赏，反加叱辱，黄眉忿甚，潜谋杀生，事发被诛。王公亲戚，亦多连坐，骈戮至数百人。

生尝梦大鱼食蒲，以为不祥，又闻长安有歌谣云："东海有鱼化为龙，男便为王女为公，问在何所洛门东。"这三语是阴寓苻坚。坚为东海王，兼龙骧将军，住宅正在洛门东。生不明玄旨，反疑及广宁公鱼遵，平白地把他杀死，并诛及七子十孙。谁叫你姓鱼？长安市民，复起一种歌谣道："百里望空城，郁郁何青青？瞎儿不知法，仰不见天星。"生听悉是歌，命将境内空城，悉数毁去。其实谣言预兆，乃是指清河王法。法为坚兄，后来起兵发难，便属此人，生怎能预知，一味儿轻举妄动罢了。

金紫光禄大夫牛夷，虑不免祸，乞请外调。偏生命为中军将军，召入与谑道："牛性迟重，善持辕轭，虽无骥足，能负百石。"夷答道："虽服大事，未经峻壁，愿试重载，乃知勋绩。"生笑道："爽快得很，公尚嫌所载过轻么？朕将把鱼公爵位处公。"夷叩谢而出。转思生言，寓有别意，恐不免为鱼遵第二，遂服毒自杀。

生荒暴益甚，日夜狂饮，连月不出视事，或至日入时御朝，每醉必妄加杀戮，妻妾臣仆，误言残缺偏只字样，常以为讥他眇目，置诸死刑。暇时辄问左右道："我自临天下以来，外人以我为何如主？想汝等应有所闻。"或答言："圣明治世，举国讴歌。"生怒叱道："汝为何媚我？"立即杀毙。他日又问，左右不敢再谀，只答言陛下稍觉滥刑。生又叱他何故谤我？亦令处斩。真是别有肺肠。所以臣下得保一日，如度十年。他尚有一种奇嗜，专喜观男女淫亵事，往往上坐饮酒，呼令宫人与近臣，裸体交欢，如有不从，立杀无赦。或生剥牛羊驴马，活焰鸡豚鹅鸭，纵诸殿前，看它惨死。又尝剥死囚面皮，迫令歌舞，种种怪剧，不胜枚举。

寿光三年六月，太史令康权入奏，谓："昨夜三月并出，孛星入太微，光连东井，且自去月上旬，沉阴不雨，直至今日，恐有下人谋上的隐祸。"生拍案道："汝又敢来造妖言么？"立命扑死。御史中丞梁平老等，与东海王坚友善，便私语坚道："主上失德，人怀贰心，燕晋二方，伺隙欲动。一旦祸发，家国俱亡，殿下何不早图呢？"坚颇以为然，但畏生趫勇，未敢遽动。会有宫婢报坚道："主上昨夜饮酒，曾言'阿法兄弟，亦不可信，便当除灭’云云。坚令转告兄法，法亟与梁平老强汪等密商。梁汪俱主张先发，法便遣人告坚，自与梁汪两人，号召壮士数百，潜入云龙门。坚亦与侍中尚书吕婆楼，带领麾下三百余人，鼓噪继进。宿卫将士，皆释仗相从。生尚醉卧床中，至坚兵杀入，方起问左右道：“这等人何故擅入？”左右答言：“是贼。”生醉眼朦胧，尚满口胡言道：“既说是贼，何不拜他？”左右相将窃笑，连坚兵亦且笑且哗。生又催言何不速拜，不拜就斩。坚应声道：“不要汝拜，但教汝徙居别室。”说着，即指麾众士，至卧榻前，把生拖下，牵拉出去。生醉后无力，一任他拥入别室去了。小子有诗叹道：

不防天变不忧人，似此凶狂正绝伦。
待到萧墙生变祸，暴君毒已遍西秦。

欲知苻生性命如何，待至下回续叙。

阎负梁殊，受秦主苻生之命，往说张瓘。掉三寸舌以服凉州，大有战国策士遗风。本回特从详叙，寓有微意。为世道计，则以尚诈少之，为使才计，则以专对多之。抑扬并见，固非浪费笔墨也。姚襄往来侵掠，卒死黄落，善战必亡，可以概见。苻生之恶，古今罕有，依史叙入，穷极凶顽，此殆真丧心病狂者。二年乃亡，吾犹恨其不速诛也。

第五十八回　围广固慕容恪善谋
战东河诸葛攸败绩

却说苻生被徙入别室，醉尚未醒，当即有人传入，废生为越王，生亦不知为何人所授。及醒后已失权威，虽然懊恼异常，但已似鸟入笼中，无从跳跃，只好再向酒中寻乐，终日沉酣。那苻法苻坚，已废去暴主，无人反抗，遂议另立嗣君。法与坚互相推让，法谓："坚系嫡嗣，且有贤名。"坚谓："法年较长，应该序立。"兄弟谦说多时，迄无定议。唯群臣多主张立坚，坚母苟氏趋入道："社稷重事，我儿既自知不能，不如让人。若谬膺大位，他日有悔，当由诸君任咎哩。"看到后文，才知苟氏所言，寓有深意。群臣一齐顿首，盛称坚贤，必能安邦定国。苟氏乃喜。遂由坚升殿即位，自立帝号，称大秦天王。诛董荣赵韶等二十余人，复遣使逼生自尽。生临死时，尚饮酒数斗，醉倒地上，不省人事，当被坚使拉毙，年只二十三，在位二年有余，坚谥生为厉王。生子馗尚值幼冲，许袭越王封爵，总算是秦王坚的仁恩。句中有刺。当下大赦改元，年号永兴，追谥父雄为文桓皇帝，尊母苟氏为皇太后，妻苟氏为天王后，子宏为太子，兄法为丞相，都督中外诸军事。诸王皆降封为公。从祖永安公侯为太尉，晋公柳为车骑大将军尚书令，封弟融为阳平公，双为河南公，子丕为长乐公，晖为平原公，熙为广平公，叡为钜鹿公，命李威为左仆射，梁平老为右仆射，强汪为领军将军，吕婆楼为司隶校尉，王猛为中书侍郎。

猛自还居华阴后，隐遁如故。应五十六回。坚欲图生，令吕婆楼廷访人才，婆楼与猛有旧交，因即举荐。坚遂使婆楼往召，猛应召而至，与坚谈及时事，口若悬河，滔滔不绝，说得坚倾心悦服，自谓如刘玄德遇孔明，竭诚相待。及斩关废立，猛亦与谋。李威为苟太后姑子，坚事威如父，威亦知猛贤，劝坚委猛国事。坚尝语猛道："李公知君，不啻管鲍。"所以猛事威如兄。坚又任薛赞为中书侍郎，权翼为给事黄门侍郎，令与猛并掌机密。赞与翼皆姚襄参军，降秦事坚，坚任为心膂，事辄与商，这且不在话下。

唯坚母苟氏，尊为太后，尝恐众心未附，嗣主不安，又因法为庶长，得揽大权，将来未免生变，特别加防。一日出游宣明台，路过法第，留心注视，正值车马盈门，非常热闹，他遂忧上加忧，返与李威密谋，即夕发出内旨，收法赐死。坚仓猝闻报，趋往东堂，与法诀别，流涕悲号，甚至呕血。法虽由内旨赐死，坚岂真不可挽回？乃佯为恸哭，欺人可知。及法死后，谥曰献哀，封法子阳为东海公，敷为清河公，于是举异才，修废职，课农桑，恤困穷，礼神祇，立学校，旌节义，如前时鱼遵雷弱儿王堕毛贵梁楞梁安段纯辛牢等后嗣，俱量能授用，且追复本身官爵，依礼改葬，吏民大悦。无非噢咻小惠。尚书左丞程卓，案多不治，勒令免官，代以王猛。既而并州镇将张平，据州叛命，坚遣建节将军邓羌往讨，杀败平军，擒平养子蚝，送入长安。平乃悔罪投诚，坚特旨赦免，仍署平为右将军，并命蚝为武贲中郎将，但徙平部曲三千户入关。是年秋季天旱，坚减膳撤悬，发出金帛锦绣，充作赈资。后宫后妃，悉去罗绮，开垦山泽，与民共利，因此旱不为灾。看官！试想从前苻生在位时，如何暴虐，如何昏狂，此次得了这位英主，与苻生判若天渊，真是倒悬立解，事半功倍，还有何人不歌功颂德，想望太平呢？其实是牢笼手段。

且说燕主慕容俊，僭号称帝，雄长朔方，接应五十四回。大封宗室诸臣，多授王爵。慕容军得封襄阳王，慕容恪得封太原王，慕容评得封上庸王，慕容霸得封吴王，慕容疆得封洛阳王。军为抚军将军，恪为大司马侍中大都督，录尚书事，皆留居蓟城。唯遣评为征南将军，都督秦雍益梁江扬荆徐兖豫十州诸军事，使镇洛水。疆为前锋，都督荆徐二州诸军事，进屯河南。霸为安东将军，领冀州刺史，留守旧都龙城。霸有勇略，前曾得乃父皝欢心，特名为霸，恩遇比世子为优。俊颇怀嫉忌，不过因霸常立功，未便加罪。霸少好畋游，堕马折齿，俊既僭位，令霸改名为缺，霸不愿受命，至是乃令减去右旁，但留垂字。霸始易名为垂。垂既镇龙城，抚众课民，得收东北大利。俊又恐他势盛，仍复召还。俊母段氏，系出徒河，与段辽从子龛，有中表谊。龛父名兰，兰死后，龛收遗众，东屯广固，自号齐王，向晋称藩，袭燕郎山，击走俊将荥国，乃贻书与俊，抗称中表，斥俊僭号。俊得书甚怒，即遣太原王恪为征讨大都督，尚书令阳骛为副，同讨段龛。

先是俊父皝临终时，曾有遗言嘱俊云："恪智勇兼济，才堪任重，骛志行高洁，忠干贞固，可托大事。"俊谨记勿忘，凡军国重要，统与二人商决。此次因龛众方盛，特遣二人出师。龛弟罴骁勇过人，且有智谋，闻燕军将至，即向龛献议道："慕容恪素善用兵，更有阳骛为助，率众前来，恐不可当，若听彼渡河，顿兵城下，虽欲乞降，亦不可得。王但固守城中，由罴带领精锐，往拒河上；幸得战胜，王可合兵力追，乘胜歼虏，使他匹马不返，万一不胜，即可请降，尚不失为万户侯哩。"龛不肯从。已而罴闻燕军近河，重申前议，龛仍不许，罴情急语戆，竟触龛怒，拔剑杀罴。未曾遇敌，先将亲弟杀死，安得不亡。那慕容恪方屯兵河上，安排舟楫，好几日不敢渡河，也恐龛遣兵掩击，格外持重。至探得杀罴消息，才知龛无能为，麾兵急渡，陆续东进，行至淄水南岸，方见龛自来拒战。恪与骛分军为二，包抄龛兵，龛左右遇敌，招架不住，遂至败退。龛弟钦被擒，右长史袁范等，统皆战死。

恪追龛至广固城下，龛闭门固守，恪但令军士筑栅，四面兜围，另分兵招抚旁郡。龛所有诸城，依次附燕。恪或仍令故吏居守，或请派新官往署，从容布置，进退咸宜；独未尝督攻围城，镇日里按兵不动。诸将莫名其妙，群请速攻。恪乃与语道："用兵不宜执一，或宜缓行，或宜急取，若彼我势均，外有强援，一或顿兵，腹背受敌，自应急攻为是，冀速大利；倘我强彼弱，又无外援，不如羁住守兵，静待彼毙，兵法所谓十围五攻，便是此意。龛恩结贼党，众未离心，前此淄南一战，彼非不锐，不过用兵未善，为我所败；今我得凭阻天险，上下戮力，攻守势倍，行军常法，必欲急攻，谅亦数旬可克，但恐困兽犹斗，必须恶战，伤我士众，定在意中。我国家连年用兵，未得休息，我每念士卒疮痍，几忘寝食，奈何再轻残民命哩？故我意持久以取，勿贪近功。"诸将始皆下拜，自称未及。我亦佩服。就是军士闻言，亦皆悦服。于是严固围垒，屯田课耕。齐民亦争运粮刍，馈给燕军。

好容易过了半年，城中粮储已尽，樵采路绝，甚至人自相食，龛不得已悉众出战。恪早防到此著，开垒接仗，潜令骑兵抄到龛兵背后，截他归路。

龛兵统皆枵腹，怎能杀得过燕军？一经交锋，便即败却，龛只好退回。不意到了城边，又被燕骑截住，弄得进退两难，没奈何拼死杀入，才得冲开走路，踉跄入城。燕骑也不去追逼，唯驱杀龛众，斩馘殆尽，守兵从此夺气，莫有固志。龛穷蹙万分，因使部将段蕴，缒城夜出，诣晋乞援。晋遣北中郎将荀羡，率兵往救，进次琅琊，探得燕军强盛，不敢轻进。阳郡守将王腾，方背龛降燕，他想讨好恪前，立些功绩，遂不待恪命，欲乘虚袭晋鄄城。将士方调发出去，谁知晋军已掩到城下，原来晋将荀羡，自恐逗留得罪，正思进攻阳郡，求功补过，凑巧阳郡出兵，城内空虚，遂引军扑城，日夜不休。老天有意做人美，连宵下雨，冲坍城墙，羡即乘隙攻入，把腾擒住，杀死了事。欲侮人者反为人侮，可见贪足杀身。腾所遣赴鄄将士，中途闻耗，当然骇散，不消细叙。唯段龛待援不至，无法支持，且经恪许他不死，乃面缚出降。恪入城安民，禁止侵掠，人民大悦，遂定齐地。命龛为伏顺将军，同返蓟城。留镇南将军慕容尘居守广固。龛后为俊所杀。

晋将荀羡，闻广固失陷，退还下邳，留泰山太守诸葛攸，及高平太守刘庄，率兵三千守琅琊。参军戴逯，率兵二千守泰山。燕将慕容兰屯汴城。羡顺道进击，斩兰而去。越年燕太子晔病逝，谥曰献怀。俊立第三子暐为太子，改元光寿。是年即晋穆帝升平元年。晋泰山太守诸葛攸，攻燕东郡，进兵武阳。俊复遣慕容恪阳骜，及乐安王臧，俊之子。引兵拒攸。攸才略有限，哪里是慕容恪的对手，一战即败，逃回泰山，恪遂进兵渡河，连陷汝颍谯沛诸郡县，分置守宰，振旅北归，还据上党，收降河内太守冯鸯，略定河北全境。燕主俊遂自蓟城徙都邺中，缮修宫殿，复作铜雀台。注见前。命昌黎辽东二郡，建庙祀廆。范阳燕郡，建庙祀皝，即派护军平熙，领将作大匠，监造二庙。独吴王垂素遭俊忌，垂妃段氏，为故鲜卑单于段末柸女，才高性烈，自恃贵姓，又不肯尊事俊后。后可足浑氏引为深恨，遂与中常侍涅浩密谋，诬称段氏为巫蛊事，收付廷尉讯验。亏得段氏抵死不认，垂始得免连坐。段氏不堪箠楚，竟死狱中。俊颇加悔悯，乃授垂为东夷校尉，领平州刺史，出镇辽东。幸有此妇，应该终身顶礼。

秦右将军张平，复叛秦降燕，据有并州壁垒三百余所，得胡晋遗民十余万众。会燕调降将冯鸯为京兆太守，改令别将吕护代任。鸯与护阴相联络，通款晋廷，就是张平亦模棱两可，意欲联晋。俊遣上庸王慕容评讨鸯，鸯固守不下，再由燕领军将军慕舆根，奉命助评，合兵急攻。鸯乃开城夜遁，奔投吕护。评又移兵往攻张平，平正与兖州刺史李历，安西将军高昌，通使连盟，阳事燕主，暗通秦晋。张平历见前文，李历高昌见五十四回中。评侦实报闻，燕主俊使阳骛讨昌，乐安王臧讨历。历从濮阳奔荥阳，昌从东燕奔乐陵，平势日孤，所署征西将军诸葛骧，镇东将军苏象，宁东将军乔庶，镇南将军石贤等，又举并州壁垒百余所，降顺燕军。那时平支撑不住，也率众三千奔平阳，竟遣使向晋乞降。

俊因晋屡纳叛将，遂思大举南下，并拟经略关西，当下命州郡校阅现丁，详核隐漏，每户只准留一丁，余悉充当兵役，定额一百五十万，约期来春大集，进临洛阳。武邑人刘贵上书，极陈民力雕敝，不应过事征调，并陈时政失宜十三事。俊乃宽限征发，改来春为来冬，但中使仍然四出，募兵征饷，络绎道旁。郡县不堪供亿，相率咨嗟。太尉封弈，谓："调发事宜，尽可责成州郡，不必另行遣使，所有从前使臣，概请召还，以省烦扰。"俊总算依议。已而晋北中郎将荀羡，攻入山茌，擒住燕泰山太守贾坚。坚祖父本皆晋臣，羡因劝坚降顺，且与语道："君世代事晋，不应忘本归虏。"坚答说道："晋自弃中原，并非坚甘心忘本。今既身为燕臣，怎得再思改节呢？"遂绝粒而死。愚忠亦不足道。

忽由燕将慕容尘，遣司马悦明来救泰山。羡与战失利，只好退走，山茌复被燕军夺去，羡愤恚成病，上书求代。晋廷乃遣吴兴太守谢万为西中郎将，监督司豫冀并四州军事，领豫州刺史。再命散骑常侍郗昙为北中郎将，都督徐兖青冀幽五州军事，领徐兖二州刺史。二人才具，均不及羡，唯昙为故太尉郗鉴次子，万为故镇西将军谢尚从弟，皆以门阀邀荣，得列方镇。右将军王羲之曾贻万书，说他用非所长，既已受职建牙，应与士卒共同甘苦。万不能用。万兄谢安，亦诫万道："汝为元帅，须常接待诸将，联络欢心，不宜自命风流，矜才傲物。"万亦不少悛。临行时，由安亲托诸将，一一慰勉。万还道阿兄多事，怏怏而去。为后文败归伏线。荀羡解职还都，旋即去世。穆帝很加悲悼，叹为折一股肱，因追赠骠骑将军。羡尚有令名，故叙及病殁。

未几为升平三年，晋泰山太守诸葛攸，大起水陆兵士，共得二万余人，再往伐燕，自石门进次河渚，分遣部将匡超据碻磝，萧馆屯新栅，督护徐冏，带领水军三千，游弋河中，泛舟上下，作为东西声援。燕主俊即命上庸王评，率同长乐太守傅颜等，领兵五万，往拒攸军。评屡经战阵，纪律颇严，部下又统皆精锐，踊跃争先，行至东阿相近，正与攸军遇着，不待列营休息，便即麾兵上前，步骑相间，纵横驰骤。攸虽有志平虏，怎奈才力不济，徒靠着一时血气，究竟敌不过百战雄师，两下交战多时，攸军多半受伤，眼见是旗靡辙乱，不能再奋，没奈何败退下去。评趋兵追击，大杀一阵，俘斩不可胜计，遂乘胜围攻东阿，且分兵进窥河洛。

晋廷诏令西中郎将谢万，出驻下蔡，北中郎将郗昙，出驻高平。万在军中，仍然啸咏自如，未尝拊循士卒，每经升帐，不发一言，但手执如意，指麾四座。将士统不服万,万尚不以为意，引众出涡颍间，拟援洛阳。途次闻郗昙退屯彭城，不禁惶骇，也即拍马逃归。部将见他傲慢无能，相率鄙视，恨不得将他刃毙，只因受安嘱托，未敢妄言，但各走各路，分道引归罢了。究竟昙为何事退兵？后来传下诏书，才知昙因病自归。朝廷格外原谅，仅降昙为建武将军，唯谢万无故溃退，罪难轻恕，着即免为庶人。还是失刑。

燕上庸王慕容评，正想略定河洛，会接燕主儁寝疾消息，乃收兵还邺。儁自太子晔逝世，不免追悼，尝对群臣流涕，谓此儿若在，我可无忧。又因嗣子暐年轻质弱，未及乃兄，深以为虑，因此寝馈不安，酿成心疾。一夕，梦见石虎闯入，牵臂乱啮，不由的猛呼一声，才将梦魔驱出，醒后尚觉臂痛，乃命发掘虎墓，有棺无尸。寻复悬赏百金，购人告发。适有故赵宫女李菟，得知石虎葬处，在邺宫东明观下，因即应募报闻。儁遂令李女引示，发掘至数丈以下，果得一棺，剖棺出尸，僵卧不腐。儁亲往验视，用足蹴踏，对尸怒叱道：“死羯奴敢梦扰活天子么？”说着，又命御史中丞杨约，数他罪恶，计数百件，遂加鞭挞，打得筋断骨折，乃投诸漳水中。死尚被罚，人何苦生前作恶？尸尚倚着桥柱，终未漂没。及苻秦灭燕，王猛始收尸埋葬，并杀女子李菟，这是后话。王猛亦未免好事。

唯儁既弃去虎尸，病仍未痊，因召大司马太原王恪，入室与语道：“我病恐不起，将与卿等长别。人生寿数，本有定限，死亦何恨，但秦晋未平，景茂尚幼，暐字景茂。怎能遽当大位？我欲效宋宣公故事，即以社稷付汝，汝意以为何如？”恪答道：“太子虽幼，秉性宽仁，必能胜残去杀，为守成令主。臣实何人，怎敢上干正统？”儁变色道：“兄弟间还要虚饰么？”恪从容道：“陛下既称臣能主社稷，难道不能辅少主吗？”儁乃转怒为喜道：

“汝果能为周公，我复何忧？”恪便趋退。俊复召吴王垂还邺，寻因病体少瘥，复欲遣兵寇晋。越年正月，且出郊阅兵，派定大司马恪，及司空阳骛为正副元帅，定期出兵。是夕还宫，自觉劳倦。翌日，旧疾复发，遂至危笃，即召恪与阳骛，暨司徒评，领军将军慕舆根等，受遗辅政，言毕遂殂，年五十三，在位十有二年。燕人称俊为令主，小子有诗叹道：

六朝衰运慨泯棼，遍地胡腥不忍闻。
但得一方中主出，民间已是号贤君。

俊既病逝，百官复议立恪，究竟恪是否从众，容至下回叙明。

慕容俊僭号称尊，国势日盛，所恃者莫如慕容恪，次为慕容垂，而慕容评尚不足道也。观恪之往围广固，不欲急攻，非特深谙兵法，并且体恤全军。迨段龛出降，禁止侵掠，不嗜杀而齐地自定，虽古之良将，无以过之。俊能承父遗命，倚恪为重，并及阳骛，其致强也宜哉。且平时虽尝忌垂，而不忍加罪。垂妻被诬，仍免垂连坐，使镇辽东，俊其固有知人之明乎？慕容评粗具战略，视恪与垂，相去实远，而晋将诸葛攸等，尚为所败，晋实无人，此燕之所以横行河朔，而益得称雄也。

第五十九回　谢安石应征变节
张天锡乘乱弑君

却说慕容恪受遗辅政，当然拥立太子暐。百官多倾心事恪，意图推戴，恪哪里肯从，但言国有储君，不容乱统，乃由暐升殿嗣位。暐年方十一，恪率百官入朝，谨守臣节，当下循例大赦，改元建熙，追谥俊为景昭皇帝，庙号烈祖。尊俊后可足浑氏为太后，进太原王恪为太宰，专掌百揆。上庸王评为太傅，司空阳骛为太保，领军将军慕舆根为太师，夹辅朝政。根自恃勋旧，举动倨傲，且有异图，适太后可足浑氏，干预外事，根欲从中播弄，煽乱徼功，乃先向恪进言道："今主上幼冲，母后干政，殿下宜预防不测，亟思自全，且安定国家，全是殿下一人的功劳，兄终弟及，古有常制，应俟山陵事毕，废去幼主，由殿下自践尊位，永保国基，方为长策。"恪惊诧道："公莫非酒醉么，奈何敢出此言？我与公同受先帝遗诏，口血未干，怎得异议？"根不禁怀惭，赧颜退去。

恪转告吴王垂，垂劝恪速即诛根，恪摇首道："今国家新遭大丧，二邻方在旁观衅，若宰辅自相诛夷，就使内乱不生，亦招外侮，不如暂忍为是。"秘书监皇甫真，又谓："根已谋乱，不可不除。"恪仍然不听。无非慎重。哪知根竟入宫进谗，密白太后道："太宰太傅，将谋不轨，臣愿率禁兵捕诛二人。"太后可足浑氏，素好猜忌，一闻根言，便欲依议。还是嗣主暐从旁进言道："二公系国家亲贤，先帝特加选任，托孤寄命，想彼必不愿出此，莫非太师自欲为乱，因有此言？"小时了了，大未必佳。可足浑氏乃拒绝根议。

根又思归东土，入白太后及玮道："今天下萧条，外寇不一，国大忧深，不如仍还旧都。"太后与玮亦未从所请。

恪得闻根言，知根必将为乱，乃与太傅评联名，密陈根罪，即使右卫将军傅颜，引兵至内省诛根，并拘根妻子党与下狱，酌处死刑。中外未悉详情，还疑燕廷骤诛大臣，不免惊愕。恪独镇定逾恒，绝不张皇，每有出入，只令一人步从，或劝恪宜自戒备。恪答说道："人情方怀疑贰，非静镇不足安众，怎得自相惊扰呢？"果然不到数日，人心复定。唯各郡县所征兵士，乍闻大丧，并有内乱谣传，往往乘间散归，自邺以南，路人拥挤，几至断塞。恪授垂为镇南将军，都督河南诸军事，领兖州牧，兼荆州刺史，出镇蠡台。又令孙希为并州刺史，傅颜为护军将军，带领骑士二万，观兵河南，临淮而还。于是全国兵民，各知朝内无事，相率安堵，不复生疑了。如恪才为社稷臣。

且说晋穆帝自亲政后，立散骑常侍何准女为皇后，准兄充尝为骠骑将军，后以名门应选，受册后正位中宫，柔顺有仪，毋庸细叙。司徒会稽王昱，奉表归政，穆帝不许，内政仍付昱参决，外政多为桓温把持。前领司徒蔡谟，虽由褚太后特诏起复，仍使为光禄大夫。谟称疾固辞，不复朝见，寻即病殁。诏赠侍中司空，赐谥文穆。谟不失为良臣，故录及终身。自升平纪元，荏苒五年，江淮一带，尚无大变，不过与燕兵争战数次，均皆失利。西中郎将谢万，不战即溃，尤损国威。且王谢素号世家，当时风俗人心，统重门阀阶级，谢万得罪被黜，不但国家感受影响，就是谢氏门第，亦为一落。万兄谢安，幼即风神秀彻，长益智识深沉，善行书，工诗文，朝中权贵，互相钦慕，累征不起。祖籍本为阳夏人氏，随晋东渡建康。安独寓居会稽，与王羲之等为友，游山眺水，歌咏自娱。有司奏安屡不就征，性情乖僻，应禁锢终身，安不以为意，索性栖迟东土，放情邱壑，每出必挟妓从游，不拘小节。会稽王昱素闻安名，尝语僚属道："安石与人同乐，必肯与人同忧。"安石就是安小字。安妻刘氏，为丹阳尹刘惔妹，见伯叔多半富贵，独安隐居不仕，常语安道："大丈夫当不若是呢。"妇人终难免势利。安掩鼻道："卿所见未能免俗，岂丈夫定要富贵么？"及万已褫职，门第减色。安年已四十余，免不得顾虑家门，转思仕进。君亦未能免俗了。可巧征西大将军桓温，表请辟安为征西司马，朝旨立即召安。安便至都中。自新亭启行，朝士多往饯送，中丞高崧戏语道：“卿累违朝旨，高卧东山，诸人互相私议，谓安石不出，如苍生何？苍生今亦将如卿何？”说毕大笑。安被他一嘲，也不禁惭愧起来，勉强支吾，终席即去。

既到江陵，与温相见，谈笑竟日，甚惬温意。及安趋出，温问左右道：“汝等曾见有如此佳客否？”嗣温有事访安，至安居室，安适早起理发，久不出见。温在外坐待，始闻室内有人传呼，令人取帻。温即朗声道：“不必，不必，请司马即戴便帽，就好相见了。”安依言见温，坦然与语，取决如流。温满意乃去。晋廷复起谢万为散骑常侍，万受职未久，便即病死。安本不欲随温，无非借温干进，暂作过渡思想。及万已去世，遂假弟丧为名，投笺求归。温准令返家治丧，安此后不复诣温。寻由朝廷授为吴兴太守，便一麾赴郡去了。

升平五年五月，穆帝有疾，数日即逝，年仅十有九岁，在位十七年，帝尚无子，当由会稽王昱等，入白褚太后，请迎成帝长子琅琊王丕嗣位，褚太后依议施行，因即下令道：

> 帝奄不救疾，胤嗣未建，琅琊王丕，中兴正统，明德懋亲，昔在咸康，属当储贰，以年在幼冲，未堪国难，故显宗高让。今义望情地，莫与为比，其以王奉大统，毋坠厥命！

这令下后，当由百官备齐法驾，至琅琊王第迎丕入宫，升殿即位，是为哀帝。丕时年二十有二，曾纳司徒左长史王濛女为妃，至是册为皇后。封弟奕为琅琊王，奉葬穆帝于永平陵，庙号孝宗。尊所生母周氏为皇太妃，穆帝后何氏为穆皇后，又诏谕中外道：

> 显宗成皇帝顾命，以时事多艰，弘高世之风，树德博重，以隆社稷，而国故不已，康穆早世，祚胤不融。朕以寡德，复承先绪，感唯永慕，悲痛兼摧，夫昭穆之义，固宜本之天属，继体承基，古今常道，宜上嗣显宗以修本统。特此诏告中外，俾使周知。

越年，改元隆和。会闻北方降将吕护，又背晋归燕，将攻洛阳。乃命吴国内史庾希为北中郎将，领徐兖二州刺史，镇守下邳；前锋监军袁真为西中郎将，监督司豫并冀四州军事，领豫州刺史，镇守汝南。两将方才莅镇，那燕吕护已驱动燕军，进逼洛阳。守将河南太守戴施，闻风奔宛，只冠军将军陈祐，飞使至桓温处告急。温留戴施陈祐守洛阳事，见五十七回。温急檄北中郎将庾希，及竟陵太守邓遐，同率水师援洛阳。遐为建武将军广州刺史邓岳子。岳见前文。岳镇交广二州，垂十余年，岭南颇仰岳声威，相率畏服。岳又得击破夜郎，加督宁州，进征虏将军，迁平南将军。当时伏波将军葛洪，迁官避地，居罗浮山炼丹，岳素重洪，极力劝挽，表请任洪为东官太守。洪固辞不就，只留兄子望在广州，为岳记室参军。洪自号枹朴子，著书一百十六篇，类言长生要诀，分作内篇外篇，即以《枹朴子》名书。此外著作，不一而足，大约以方技杂事为最多，如《金匮药方》百卷，《肘后要急方》四卷，阐究医药，流传后世，医家奉为金针。洪至八十一岁时，寄书与岳，自言将远行寻师。岳即往送别，及抵罗浮山石室中，见洪兀坐不动，抚视已无气息，不过颜色如生。岳乃为棺殓，瘗葬山间。役夫举棺甚轻，因皆疑为尸解成仙。未几岳亦谢世。因邓遐事，补叙及岳，复因岳补叙葛洪，俱是文中销纳法。子遐勇力绝人，时人比诸樊哙，桓温辟为参军，从战有功。晋任冠军将军，累充各郡太守。襄阳城北沔水中，有蛟蛰伏，屡为人害。遐拔剑入水，与蛟角斗。蛟绕住遐足，遐挥剑斩蛟，截为数段，携蛟首而出，自是遂无蛟患。可与周处齐名。及为竟陵太守，受温檄使，便引兵进屯新城。庾希遣部将何谦为先驱，驾舟援洛，与燕将刘则交战檀邱，得获胜仗。刘则败去。西中郎将袁真，又从汝南运米五万斛，接济洛阳。洛城既得外援，复足粮食，当然支撑得住。

桓温复表请迁都洛阳，谓："自永嘉以后，东迁诸族，须一切北徙，仍返故土，再由御驾朝服济江，仪表两河，宅中驭外。臣虽庸劣，愿宣力先锋，廓清中原"云云。看官！试想河洛一带，迭经戎马，已闹得乱七八糟，不可收拾，此时虽经桓温规复，终究是劫灰满目，景物萧条。况燕人又屡次窥伺，烽火不绝，怎好仓猝迁都，举乘舆为孤注哩？只是满廷大臣，多半畏温，明知温言难从，却又不敢驳斥。独散骑常侍兼著作郎孙绰上疏道：

昔中宗龙飞，非唯信顺协于天人，实赖万里长江，画而守之耳。今自丧乱以来，六十余年，洛河邱墟，函夏萧条，士民播流江表，已经数世。存者老子长孙，亡者邱陇成行，虽北风之思，感其素心，而目前之哀，实为交切。温今此举，试欲大览终始，为国远图，而百姓震骇，同怀危惧，岂不以反旧之乐赊，而趋死之忧促哉！何者？植根江外数十年矣。一朝顿欲拔之，驱踧于穷荒之地，提挈万里，逾险浮深，离坟墓，弃生业，田宅不可复售，舟师无从得依，舍安乐之国，适习乱之乡，将顿仆道涂，漂溺江川，仅有达者，此仁者所宜哀矜，国家所宜深虑也。臣之愚见，以为且宜遣将帅有威名资实者，先镇洛阳，扫平梁许。清一河南，运漕之路既通，开垦之积已丰，豺狼远窜，中夏小康，然后可徐图迁徙耳。奈何舍百胜之长理，举天下而一掷哉？谨此疏闻，伏希睿鉴！

绰系晋初冯翊太守孙楚孙，表字兴公，少慕高尚，尝著《遂初赋》以见志。自此表为温所闻，温甚是不乐，特遣人传语道：“致意兴公，何不寻君《遂初赋》，乃来预人家国事呢。”时朝廷忧惧，将遣使止温。扬州刺史王述道：“温但欲虚声威人，并非实事，朝廷亦何妨允许哩。”乃有诏复温道：

在昔丧乱，忽涉五纪，戎狄肆暴，继袭凶迹，眷言西顾，慨叹盈怀。如欲躬率三军，荡涤氛秽，廓清中畿，光复旧京，非忘身殉国，孰能若此？诸所处分，委之高算，但河洛邱墟，所营者广，经始之勤，致劳怀也。

温得诏后，果然不行，何必虚张声势！寻且议迁洛阳钟簴。晋廷因述智足料温，复命述答辞道：“永嘉不靖，暂都江左，方期荡平区宇，旋轸旧京，万一不克如期，亦当改迁园陵，不应先徙钟簴。”这数语理直气壮，又使温无可置喙，只好罢议。全是无谓。

会燕将吕护攻洛，中箭受伤，退守小平津，疮裂而死。他将段崇收兵北去，晋得解严。庾希自下邳还屯山阳，袁真自汝南还屯寿阳，这且待后再表。

且说凉州大将军张瓘，恃功骄恣，阴蓄异图。仆射宋混，素性忠直，为瓘所惮，瓘谋杀混及混弟澄，即废主自立，乃征兵数万，会集姑臧。混诇悉瓘谋，遂与澄率壮士数十人，奄入南城，宣告诸营道：“张瓘谋逆，我兄弟奉太后令，速诛此贼。汝等助顺有赏，从逆立诛。”各营兵听到此言，立即趋附，得众二千，随混攻瓘。瓘出战败却，混策马追瓘，忽刺斜里有一槊刺来，几中腰下，亏得身穿坚甲，槊不能入。混将槊夺住，与他坚持，宋澄等复引兵拥上，那人料不可敌，弃槊返奔。混乘他转身，用槊横击，那人站立不住，倒地成擒，讯明姓氏，叫做玄胪。胪系张瓘部下的勇士，既被擒住，余众皆投械乞降。瓘势孤力尽，即与弟琚同时刎死。混夷瓘家族，声罪安民。凉王玄靓，乃进混为骠骑大将军，代瓘辅政。混劝玄靓去凉王号，复称凉州牧。又召玄胪与语道："卿前刺我，幸得不伤，今我辅政，卿可知惧否？"胪答道："胪受瓘恩，彼时但知有瓘，不知有公，尚恨刺公未深，有何足惧？"混称为义士，亲为释缚，优加待遇，胪始拜谢。

既而混罹重疾，不能起床。玄靓及祖母马氏，同往探视，且与语道："将军倘有不测，寡妇孤儿，将托谁人？可否以林宗继任？"混答说道："臣儿林宗，年尚幼弱，不堪重任，殿下若不弃臣家，臣弟澄尚可参政，但恐他材质迂缓，未足达权，还望殿下随时策励，才免误事。"既知澄之迂缓，不宜推荐，且玄靓幼弱，能知策励乃弟么？及玄靓随马氏同归，混复召诫子弟道："我家受国厚恩，当以死报，慎勿挟势骄人。"嗣见朝臣俱来问疾，又唯举忠君爱国四字，一再劝勉，余无他言，寻即殁世。路人闻丧，统皆挥涕。

玄靓即命澄为领军将军，使代兄任。才阅半年，偏有一右司马张邕，恶澄专政，竟胁众杀澄，并灭澄族。未始非夷瓘宗族之报。澄虽不及乃兄的贤明，唯骄恣却不若张瓘，邕敢擅杀大臣，罪应立诛，乃玄靓反授邕为中护军，使与叔父中领军天锡，同掌国政，说来也有一种原因。玄靓祖母马氏，本来是个淫妇班头，前次曾与张祚私通，祚死后复伤岑寂，见邕身材雄伟，不亚张祚，复不禁暗暗动心。邕知情识意，乐得乘间凑奉，居然两相情愿，合成好事。此番擅杀宋澄，马氏非不预闻，所以并未加罪，反令他代执政权。玄靓冲幼无知，一由马氏作主，从此淫人得志，生杀自专，复为国患。

天锡年未及壮，所结党羽，亦多属少年。有郭增刘肃二人，年皆止十八九，尝为天锡腹心，因密白天锡道："国家恐将复乱了。"天锡惊问何因？二人齐声道："今护军出入，仿佛长宁，张祚封长宁侯见前。怎得不乱？"天锡道："我亦早疑此人，未敢出口，今当如何处置？"肃答道："何勿早除了他。"天锡道："何人可使？"肃便自请效力。天锡道："汝年太少，须更求臂助。"肃又道："同僚赵白驹，颇有胆力，得他为助，便足诛邕。"天锡大喜，便召集壮士四百人，诘旦入朝。肃与白驹，当然随入，正值邕在门下省，肃即拔刀斫邕，被邕闪过。白驹继进，持刀乱斫。邕颇有勇力，跳跃盘旋，巧为趋避。嗣见壮士齐集，乃翻身逸去。天锡急与肃等驰入禁中，闭住禁门。才过须臾，即闻门外有呼噪声，由天锡登屋俯望，见邕领着甲士数百，前来攻门，便凭高大呼道："张邕凶逆，横行不道，既灭宋氏，又欲倾覆我家，汝将士世为凉臣，何忍兵戈相向？我不怕死，实恐先人废祀，不得不为除逆计。今我但欲取邕，他无所问，天地有灵，我不食言。"汝心亦未必可质天地。邕众闻言，陆续散去。天锡即下屋开门，引众出击。邕只剩孤身，自知不能脱逃，遂引刃自杀。天锡悉诛邕党，入见玄靓，备陈邕罪。玄靓便令天锡为冠军大将军，都督中外诸军事，执掌朝政。天锡乃奉东晋正朔，改去建兴年号，并遣使通好建康。晋授玄靓为大都督，领凉州刺史，护羌校尉，封西平公。

已而玄靓祖母马氏，得病而死，该死久矣。因尊生母郭氏为太妃。郭氏以天锡权盛，与疏宗张钦等密谋，拟诛天锡，偏为天锡所闻，搜杀张钦，并引兵入宫，质问玄靓母子。玄靓大惧，情愿让位。天锡不应，悻悻趋出。刘肃已升任右将军，便向天锡进言，劝他自立。天锡遂使肃等入弑玄靓，诈称暴卒，年才十四，谥曰冲公；自称大都督，大将军，护羌校尉，凉州牧，西平公。他系张骏少子，为刘美人所出，所以天锡篡位，仍尊嫡母严氏为太王太后，生母刘美人为太妃，且遣司马纶骞奉表建康，请命乞封。小子有诗咏道：

> 世变纷纷太不平，乱臣贼子敢胡行。
> 江东气运衰微久，谁奉天威仗钺征？

欲知晋廷曾否给封，待至下回再表。

谢安放情山水，无心仕进，及弟万被黜，即应温召，可见当时之屡征不起，无非矫情，而益叹富贵误人，非真高尚者，固不能摆脱名缰也。高崧戏言，可抵《北山移文》一篇，幸谢安聪敏过人，借温干进，旋即辞温告归，不致连污逆名耳。彼桓温之屡请迁洛，但鹜虚声，王述且能逆料之，固无待谢安也。凉州之乱，始之者张祚，终之者天锡，而实皆成于马氏，不有马氏之通祚，则祚不得废耀灵，而张瓘之祸可免矣。不有马氏之通邕，则邕不得杀宋澄，而天锡之乱可免矣。张氏世笃忠贞，而误于一妇人之手，此尤物之所以万不可近也。

第六十回　失洛阳沈劲死义
阻石门桓温退师

却说凉州使臣，奉表至晋，晋廷徒务羁縻，管什么篡逆情事，但教他奉表称臣，已是喜出望外，当下厚待来使，即将前封玄靓的官爵，转授天锡，来使拜谢自去。天锡又使人向秦报丧，并陈即位情形。秦王苻坚，亦遣大鸿胪至凉州，拜天锡为大将军凉州牧，兼西平公。天锡受两国封册，安然在位，遂以为太平无事，乐得纵情酒色，坐享欢娱。越年元日，专与嬖幸亵饮，既不受群僚朝贺，又不往谒太后太妃。从事中郎张虑，舆榇切谏，并不见从。少府长史纪锡，上疏直言，又复不答。那太王太后严氏，本来是静居深宫，不预外事，及内变迭起，已不免忧惧交乘，天锡嗣位，名为尊奉，仍然不见礼事，越觉惹起懊恨，抑郁以终。天锡亦没甚悲戚，但循例丧葬罢了。话分两头。

且说晋哀帝不嗣位逾年，又改元兴宁。太妃周氏，在琅琊第中寿终，帝出宫奔丧，命会稽王昱，总掌内外诸务。嗣因燕兵入寇荥阳，太守刘远弃城东走，乃加征西大将军桓温为侍中大司马，都督中外诸军事，并假黄钺。且命西中郎将袁真，都督司冀并三州军事。北中郎将庾希，都督青州诸军事。桓温令王坦之为长史，郗超为参军，王珣为主簿。超多鬚，时人号为髯参军；珣身矮，时人号为短主簿。尝有歌谣云："髯参军，短主簿，能令桓公喜，能令桓公怒。"温尝睥睨一切，予智自雄，唯谓超才不可测，待遇甚厚。超亦深自结纳，为温效忠。又有谢安兄子玄，亦为温掾属，温辄语左右道：

“谢掾年至四十，拥旄仗节，王掾当作黑头公，二人皆非凡才，前途正不可限量呢。”

越年，哀帝寝疾，复请褚太后临朝摄政，拜温为扬州牧，使侍中颜旄，宣温入朝参政。温上表固辞，朝旨不许，再发使征温。温乃启行至赭圻，不料来了尚书车灌，止温入都，无非说是“秦燕内侵，仍须赖公外镇”云云。想是虑他权重难制，故使中止。温不肯即还，便在赭圻筑城，暂时驻节，遥领扬州牧。那哀帝因迷信方士，好饵金石，以致毒性沉痼，生就一种慢性症，一时不致遽死，亦不能复愈。迁延过了一年，已是兴宁三年了，皇后王氏，却得了暴病，骤致不起，因即棺殓治丧，追谥曰靖。上元令节，变作哀期，适燕太宰慕容恪，复拟取晋洛阳，先遣镇南将军慕容尘，攻陷许昌汝南诸郡，然后使司马悦希驻盟津，豫州刺史孙兴驻成皋，渐渐的进逼洛水。洛阳守将陈祐，检阅部兵，不过二千，粮饷又不过数月，自知不能固守，不如引众先走，遂借援许为名，出城径去，但留长史沈劲守洛阳。劲系王敦参军沈充子，充受诛后，劲逃匿乡里，年三十余，不得入仕。吴兴太守王胡之，受调为司州刺史，特请免劲禁锢，起为参军。有诏依议。偏胡之忽婴疾病，未得莅镇。劲独上书自请，愿至洛阳效力。晋廷乃命劲为冠军长史，使自募兵士，赴洛从军。劲募得壮士千人，入洛助祐，前此得却燕围，劲力居多，至祐出城自行，将士多由祐带去，只剩下五百人，随劲留守。劲明知孤危，却反欣然道：“我志在致命，今可偿我初志了。”遂率五百人誓死守城。

那陈祐自洛阳出发，并未往许，竟奔趋新城。晋廷得报，即由会稽王昱，亲赴赭圻，与大司马桓温议御燕事。温乃移镇姑孰，表荐右将军桓豁监督荆州扬州的义城，及雍州的京兆诸军事，振威将军桓冲，监督江州荆州的江夏的随郡，及豫州的汝南西阳新蔡颍川诸郡军事。豁与冲俱系温弟，温虽是举不避亲，究竟有阴布羽翼，广拓声威的意思。直诛其心。会闻哀帝大渐，会稽王昱匆匆返都，及抵建康，哀帝已经升遐了。昱入见太后，与议嗣位事宜。哀帝无子，只好令哀帝弟奕，入承大统，当由太后褚氏下令道：

帝遂不救厥疾，艰祸仍臻，遗绪泯然，哀恸切心。琅琊王奕，明德茂亲，属当储嗣，宜奉祖宗，纂承大统，俾速正大礼以宁人神，特此令知。

昱奉令出宫，颁示百官，当即迎奕入殿，缵承帝祚，颁诏大赦，奉葬哀帝于安平陵。哀帝崩时才二十五岁，在位只阅四年。晋廷丧君立君，方忙碌的了不得，那燕兵竟乘隙进攻洛阳，遂使壮士丧躯，园陵再陷，河洛一带，复为强虏所有了。言之慨然。

燕太宰慕容恪，探知洛阳兵寡，遂与吴王垂，率兵数万，共攻洛阳。恪语诸将道："卿等尝患我不肯力攻，今洛阳城虽高大，守卒孤单，容易攻下，此番可努力进取，不必疑畏。倘或顿兵日久，敌得外援，恐反不能成功了。"缓攻广固，急攻洛阳，慕容恪却是知兵。诸将得了恪令，个个是摩拳擦掌，踊跃直前。一到洛阳城下，便四面猛扑，奋勇争登。城中只有五百兵士，怎能挡得住数万雄师？守将沈劲，见危授命，明知城孤兵寡，当不可支，但一息尚存，不容少懈，因此登陴守御，力拒燕军。起初是备有矢石，掷射如注，就使燕军志在拔帜，前仆后继，究竟是血肉身躯，不能与矢石争胜，所以攻了数日，那一座孤危万状的围城，兀自保持得住。后来矢尽石空，守城无具，尚仗着一腔热血，赤手空拳，与敌鏖斗，待至粮食已尽，兵士饥疲，五百人丧亡一大半，眼见得势穷力尽，不能再持。燕兵并力登城，城上不过一二百人，如何拦阻？遂遭陷没。劲尚引着残卒，拼死巷斗，毕竟双拳不敌四手，被燕兵左右攒集，把他活捉了去，牵往见恪。恪劝劲降燕，劲神色自若，连说不降。恪暗暗称奇，欲加宽宥。中军将军慕容度道："劲虽奇士，看他志趣，终不肯为我用，今若加宥，必为后患。"恪乃将劲杀死，令左中郎将慕容筑为洛州刺史，镇守金墉，留卫洛阳；自与吴王垂略定河南，直至崤渑，关中大震。秦王坚亲率将士，出屯陕城，备御燕军。恪见秦有备，方收兵还邺，唯使垂为征南大将军，领荆州牧，都督荆扬洛徐兖豫雍益凉秦十州军事，配兵一万，驻守鲁阳。晋廷始终不发一兵，往复河洛，但追赠沈劲为东阳太守，聊旌忠节罢了。劲若有知，尚留余恨。

是年七月，帝奕立妃庾氏为皇后，后为前荆江都督庾冰女，亲上加亲，当然乾坤合德，中外胪欢。只是帝奕后来被废，殁无尊谥，历史上但称帝奕，小子不得不沿例相呼。特别提明。庾氏得列正宫，好象是预知废立，不愿久存。才阅十月，便安然归天，予谥曰孝，当即奉葬。进会稽王昱为丞相，录尚书事，入朝不趋，赞拜不名，履剑上殿。是年，改元太和，算是帝奕嗣位的第一年。益州刺史周抚病殁，诏令抚子楚继任。抚镇益州三十余年，甚有威惠，远近詟服。梁州刺史司马勋，久思据蜀，只因抚有威名，惮不敢发，及抚死楚继，遂举兵造反，自称成都王，攻入剑阁，围住成都。周楚遣使至下流告急，桓温遣江夏相朱序往援，会同楚兵，内外夹攻，得将司马勋击毙，蜀地复平。序收兵东归。

唯燕兵复屡寇晋境，燕抚军将军慕容厉寇兖州，连陷鲁高平数郡。晋南阳督护赵亿，举宛城降燕。燕令南中郎将赵盘戍宛。越年初夏，燕镇南将军慕容尘，又寇晋竟陵，亏得晋太守罗崇，应变有方，出兵击退燕军，又与荆州刺史桓豁，合兵攻宛，走赵亿，逐赵盘，夺还宛城，崇还戍竟陵。豁追赵盘至雉城，复杀败盘兵，且将盘活擒归来，燕人始稍稍夺气，敛兵自固。并且燕室长城慕容恪，得病垂危，不能视事，所以境外军务，暂从搁置，不复进兵。

恪尝虑燕主庸弱，太傅评又好猜忌，将来军国重任，无人承乏，因此时在记心。适乐安王臧前来探疾，恪即握手与语道："今南有遗晋，西有强秦，二寇都想伺机进取，只因我未有隙，不敢来侵。从来国家废兴，全靠将相，大司马总统六军，更宜量能授职，若果推才任忠，和衷协恭，就使混一四海，亦非难事，怕什么秦晋二寇呢？我本庸才，猥受先帝顾托，每欲扫平关陇，荡一瓯吴，续成先帝遗志，乃忽罹重疾，势且不起，岂非天命？我死后以亲疏论，大司马一职，若非授汝，应该轮着中山王冲。汝两人未始无才，但少不更事，难免疏忽。唯吴王垂天资英敏，才略过人，汝等能交相推让，使握军权，自足安内攘外，幸勿贪利徇私，不顾国计哩。"臧唯唯而出。已而慕容评至，恪又申述大意，及病至弥留，由燕主暐亲往省视，恪复将垂面荐，再三叮咛，未几即歿，追谥曰桓。临死荐贤，不得谓其非忠。

暐偏不从恪言，竟令中山王冲为大司马。冲为暐弟，才不及垂。暐总道是懿亲可恃，所以舍垂任冲，但进垂为车骑大将军。会秦将苻庾举陕降燕，请兵接应，暐欲发兵救庾，因图关右。太傅评素无经略，谓不宜远出劳师。魏尹范阳王慕容德，表请乘机出兵，又为评所阻。时太尉阳骛，又相继谢世，继任的乃是司空皇甫真。真与垂统主张西略，并得苻庾来笺，极力怂恿，当由垂私下语真道："今我所患，莫若苻坚王猛。主上年少，未能留心政事，太傅才识，远不及苻坚王猛，现在秦方有衅，可取不取，恐正如苻庾来笺，将有甬东后悔哩。"《春秋左传》越灭吴，置吴王于甬东，苻庾笺中，曾引此为喻。真答道："我亦与殿下同意，但言不见用，奈何奈何！"说着，与垂相对唏嘘，挥涕而别。

旋闻陕城失守，苻庾被杀，还有庾党苻双苻柳苻武等，俱由秦王猛等讨平，一场好机会，坐致失去，垂与真更太息不已，徒恨蹉跎，俄而警报大至，晋兵大举西犯，前锋攻陷湖陆，宁东将军慕容忠，已经败没了，垂即自请出拒。燕主暐尚未肯任垂，但饬下邳王慕容厉为征讨大都督，给兵二万，使他前往。厉受命即行，究竟晋兵由何人率领，原来是晋大司马桓温。先是燕主慕容俊病殁，晋廷将相，统说是中原可图，独温谓慕容恪尚存，未可轻视。及闻恪死耗，温乃疏请伐燕，拟即大举。适平北将军徐兖二州刺史郗愔，因病辞职，朝旨授温兼代愔任，准令出师。温遂率弟南中郎将桓冲，及西中郎将袁真等，引兵五万，大举西进。参军郗超，谓漕运未便，不如缓行。温不肯依议，遣建威将军檀玄为先锋，进攻湖陆，一鼓即下，擒住守将慕容忠。温闻捷甚喜，即率大军进次金乡。

时为太和四年六月，天气亢旱，水道不通。温使冠军将军毛虎生，凿通钜野三百里，引汶水会入清水，乃从清水挽舟入河，舳舻达数百里。郗超又入谏道："清水入河，仍难通运，若寇坚持不战，运道必绝，再思因寇为资，复无所得，岂非危道？计不若率众趋邺，彼惮公威，或即望风奔溃，北归辽碣，我即唾手可得邺城，若彼能出战，便与交锋，一战可决，倘恐胜负难必，务欲持重，何如顿兵河济，控引漕运？待粮储充足，来夏乃进，舍此两策，徒连兵北上，进不速决，退更为难。寇得迁延岁月，设法困我，渐及秋冬，水更滞涸，北方早寒，三军未带裘褐，必叹无衣，不但无食可忧哩。"温仍然不从。超为温所信任，何此时两不见从？岂胜败果有数么？已而慕容厉领兵来战，温与厉对垒黄墟，鏖兵猛斗，大败厉众，厉匹马奔还。燕高平太守徐翻，望风降晋。温复分遣前锋将邓遐朱序，往攻林渚，击败燕将傅颜，温节节进兵。适燕乐安王臧，奉燕王命，再统各军堵截晋师，被温迎头痛击，又大败亏输，逃之夭夭了。晋军随温进驻武阳，燕故兖州刺史孙元，挈领族党，起应温军，温直至枋头。

是时，燕主暐及太傅评，连接败报，吓得魂魄飞扬，一面遣散骑常侍李凤，向秦求救，一面召集大臣，谋奔和龙。吴王垂奋然道："臣愿统兵击敌，如再不胜，走亦未迟。"暐乃命垂为南讨大都督，使与征南将军范阳王德等，调集步骑五万，出御晋军。垂请令司空左长史申胤，黄门侍郎封孚，尚书郎悉罗腾，皆为参军。時当然允准，唯尚恐垂难却敌，再遣散骑侍郎乐嵩，驰赴关中，催促援兵，情愿将虎牢西境，作为赠品。秦王坚与群臣集议东堂，群臣俱进言道："从前桓温侵我，屯兵灞上，燕未尝发兵相援，今温自攻燕，与我无涉，我何必往救。且燕从未向我称藩，我更不宜往救呢。"温至灞上，见五十五回。大众异口同声，并作一词，只王猛在旁默坐，不发片言。胸有成竹。秦王坚退入后庭，召猛入问。猛答说道："燕虽强大，慕容评实非温敌，若温举山东，进屯洛邑，收幽冀兵士，得并豫食粟，观兵崤渑，恐陛下大事去了。今不若与燕合兵，并力退温，温退燕亦疲，我可承他劳敝，一举取燕，岂不是良策么？"计固甚是，可惜太毒。坚抚掌称善。因遣将军苟池，洛州刺史邓羌，率步骑二万人救燕，出自洛阳，进至颍川。更遣散骑常侍姜抚，至燕报使，名为赴援，实是借此观衅，要想并吞燕土哩。

且说燕大都督慕容垂，带领将士，行近枋头，择地驻营，按兵不动。参军封孚，密向申胤道："温众强士整，乘流直进。今我军徒逡巡南岸，兵不接刃，如何能击退强敌哩？"胤答道："如温今日声势，似足有为，但我料他决难成功。现在晋室衰弱，温跋扈专制，想晋臣未必尽肯服温，所以温得逞志，众必不愿，势且多方阻挠，使温无成。且温恃众生骄，应变反怯，率众深入，应该急进，今反逍遥中流，坐误事机，彼欲持久取胜，岂不思粮道悬绝，转运为难么？我料他师劳粮匮，情见势绌，必且不战自溃了。"孚喜道："诚如君言，我可坐待胜仗哩。"

翌日，慕容垂升帐，但命参军悉罗腾，与虎贲中郎将染干津等，引兵五千，授他密计，出营拒温。腾行至中途，遥见一敌将跃马前来，背后引着晋兵千余人。仔细辨认，乃是燕人段思，叛燕降晋，便语染干津道："可恨此贼，定是来作向导，卿可诱他过来，我当设法擒他。"染干津听着，便率五百人前进，遇着段思，便与交锋。才经数合，便虚晃一枪，拍马就走。思不知是计，纵马追去，不料悉罗腾纵兵杀出，染干津亦回马夹攻。段思能有偌大本事，禁得起两路兵马，一场厮杀？被腾生擒活捉去了。腾将思解送大营，自与染干津共往魏郡。可巧兜头碰着李述，乃是故赵部将，归属晋军，当下告染干津道："我都督曾料晋兵旁掠，特遣我等到此。今果与敌相遇，须力斩来将，方好挫他锐气。"借腾口中，叙明密计。染干津便跃马摇枪，往战李述。述非染干津敌手，战了片时，力怯欲遁。悉罗腾纵辔出阵，向述一刀，砍去左肩，返身坠地。染干津下马枭首，述众皆遁，被腾杀死大半，回营报功。垂已令范阳王德，与兰台侍御史刘当，分率骑士万五千人，往屯石门，截温运漕。更使豫州刺史李邦，带领州兵五千，截温陆运。温方命袁真攻克谯梁，拟通道石门，以便运粮。偏燕将慕容德等，已在石门扼住，不能前进。德复令将军慕容寅，前往挑战，引诱晋军追来，用埋伏计，杀毙晋军多人。温闻粮道梗塞，战又失利，当然不能久留，且探得秦兵又至，没奈何焚舟弃仗，遵陆退归。小子有诗叹道：

行军第一是粮需，饷道艰难即险途。
锐进由来防速退，事前何不用良谟。

欲知温退兵情形，本回不及再表，须看下回自知。

洛阳可救而不救，徒致沈劲之死节，晋廷可谓无人。然尸其咎者非他，桓温也。哀帝崩，帝奕立，当交替之际，晋廷之不能援洛，犹为可原，温自赭圻移镇姑孰，何不即日出师，往援洛阳乎？彼沈劲能盖父之愆，为晋殉节，变凶逆之族，为忠义之门，此本回之所以特从详叙也。桓温利恪之死，乃大举伐燕，不知恪虽死而垂尚存。垂之才不亚于恪，宁必为温所败？况郗超二策，上则悉众趋邺，次则顿兵河济，诚为当日不易之良谟，温两不见听，徒迂道兖州，被阻石门，师已老而屡战无功，粮将竭而欲输无道，卒致焚舟却走，仓猝退师。人谓温智，温亦自谓予智，智果安在哉？故洛阳之陷，有识者已为温咎，至枋头之败，温之咎更无可辞云。

第六十一回　慕容垂避祸奔秦　王景略统兵入洛

却说桓温自枋头奔归，焚舟弃仗，丧失不赀，但命毛虎生督东燕等四郡军事，领东燕太守。温从东燕出仓垣，凿井而饮，沿途饥渴交乘，很觉困顿。那燕大都督慕容垂，却未曾急追。诸将争请追击，垂与语道："我并非不欲往追，但行军须知缓急，不应轻动。今温方引兵退去，必严兵断后，我若骤然追击，恐难得志，不如展缓一两日，他见追兵未至，定当昼夜疾趋，速离我境，至离我已远，力尽气衰，然后我倍道往追，无虑不胜了。"如垂智谋仿佛似恪，故恪之推荐，确有特识。说着，乃亲督精骑八千人，徐徐进行。温果兼程疾驰，力行至七百里，总道是去敌已遥，可以无忧，乃安营休息。早有燕骑探知消息，向垂返报。垂遣范阳王德，率劲骑四千名，从间道抄至襄邑，埋伏东涧中，截温去路，自引四千骑急进，直逼温营。温麾下尚有数万人，只因连日奔波，不堪再战，忽遇燕兵追到，顿时人人失色，个个惊心。温也捏了一把冷汗，没奈何出营厮杀。本来是我众彼寡，尽可支持，无如众无斗志，见敌即怯，温禁遏不住，只好且战且走。行至东涧相近，蓦听得一声胡哨，旷野中遍竖旗帜，引着许多铁骑，截杀过来。晋军统吓得胆落，不暇辨视来兵多寡，只恨身上少生两翅，无术腾空，不得已觅路四窜，你也走，我也逃，越想逃走，越是送死。燕兵前拦后逼，煞是厉害，见一个，杀一个，好似斫瓜切菜一般。好容易逃脱一半，已是二三万人，断送性命了。温垂头丧气，还至谯郡，谁知又有一彪军杀出，截住温军。温慌忙挈着轻骑，拼命冲过，后队被来兵拦杀，死伤又近万人。好似曹操之战赤壁。究竟来兵从何处杀到？原来是援燕的秦军，统将叫作苟池。接应六十回。池得胜归去，晋军七零八落，回至姑孰，五万人只剩得六七千了。

温经此挫，自觉脸上无光，不得不设法分谤。适袁真自石门奔归，温遂说他拥兵观望，贻误饷源，以致粮尽丧师。当下拜表劾真，并把邓遐亦牵连在内。晋廷惮温如故，即免真为庶人，并夺遐官，遐得休便休，只袁真心下不服，也上表劾温罪状。好几日不见复诏，真竟据住寿春，叛晋降燕，遣人诣邺中求救。无罪遭诬，原是难受，但背主降虏，究属不合。燕遣大鸿胪温统，持册拜真为征南大将军，领扬州刺史，封宣城公。统在道病殁，免不得稽延使事，真望眼将穿，不得邺中消息，又通使关中，向秦乞降去了。这真叫做朝摩燕阙，暮谒秦关。唯燕故兖州刺史孙元，前次起应温军。及温军败还，元据武阳拒燕，燕使左卫将军孟高，率兵讨元。元战败遭擒，当然毕命。晋东燕太守毛虎生，在淮北站足不住，逾淮南归，温使虎生为淮南太守，镇守历阳，晋廷反遣侍中罗含，赍牛酒犒温军。又由会稽王昱，诣温会议，再图后举。昱返都后，诏授温世子熙为征虏将军，领豫州刺史，败不加诛，反给封赏，可怪不可怪呢！明是教猱升木。

且说燕将吴王垂，自襄邑还邺，威名益振。太傅评向来忌垂，至此益甚，垂表列将士功赏，统被评抑置，无一照行。垂不免忿怼，入阙面请，与评争论廷前。燕主暐不能裁决，燕臣又惮评威势，不敢助垂，可怜垂舌敝唇焦，终无效果，反与评多结怨恨罢了，就中尚有一段情由，关系垂事。垂妃段氏，为燕太后可足浑氏所谮，冤死狱中。事见五十八回。垂格外悲悼，因娶段妃女弟为继室。偏可足浑氏胁令出妻，硬把亲妹长安君嫁垂。垂虽勉强遵命，心中很是不乐，名目上配合长安君，其实是心怀故剑，不及新欢，所以伉俪无情，看同陌路。这长安君遭夫白眼，怎能不上诉椒房？因此可足浑太后，时常恨垂。再加燕主暐新立一后，就是可足浑太后的侄女，姑侄变成婆媳，亲上加亲，联同一气，太后与垂有嫌，皇后自应表同情，宫帏里面，交口毁谤，任你燕主暐如何英明，也未免听信谗言，况暐原是个糊涂虫，怎能不为所迷，太后可足浑氏，见暐亦嫉垂，遂召太傅评入议，将加垂罪，置诸死刑。独不怕阿妹守寡么？故太宰恪子楷，及垂舅兰建，诇得秘谋，即往告垂道：“先发制人，后发为人制，今但除太傅评及乐安王臧，余众自无能为了。”垂慨然道：“骨肉相残，自为乱首，我虽死，不忍出此！”二人乃退。越宿，又来告垂道：“内意已决，不如先发。”垂复答道：“如果不可弥缝，我宁可出奔他方，此外不敢与闻！”心术可取。二人复进说道：“就使出亡，也宜早行，等到祸机一发，欲行亦无及了。”说毕自去。

垂踌躇未决，在家闷坐，世子令尚未得知，但见垂有忧色，乃就前禀问道：“我父面带愁容，莫非因主上庸弱，太傅猜疑，功高身危，因劳忧虑么？”垂说道：“汝既能知吾心，可有良策否？”令答道：“主上方委政太傅，一旦祸发，必似迅雷，今欲保族全身，不失大义，莫若逃往龙城，逊辞谢罪，如古时周公居东，静待主悟，再得还邺，方为大幸；否则内抚燕代，外睦群夷，守险自固，亦不失为中策哩！”垂起语道：“汝言甚是，我计决了！”翌晨，即托词游猎，挈领诸子，微服出邺，径向龙城进发。行次邯郸，不意少子麟背地逃还。垂素不爱麟，料知麟必走归邺中，告发隐情，乃亟令世子令断后，自率左右前进。果然不到半日，西平公慕容疆率骑追来，幸亏追兵不多，由世子令在后截住，倒也不敢进逼。延至日暮，追骑渐退，令走与垂语道：“本欲保守东都，为自全计，今事机已泄，谋不及行，现闻秦王方延揽英豪，不如暂时往投，再作计较！”垂不甚愿意，摇头道：“我自有计，何必投秦！”当下散骑晦迹，仍向南山绕道还邺，暂憩城外显原陵。适有猎人数百骑，四面环集，垂进退两难，仓皇失措，可巧猎鹰飞逸，众骑追鹰四散，才得无虞。垂乃杀马祭天，誓告从者。世子令又语垂道：“太傅评忌贤嫉能，不惬众情，邺中人士，莫不瞻望我父，若掩入城中，攻其无备，都人必欣然相应，定能唾手成功。事定以后，除害简能，匡辅主上，既能安国，更足保家，这乃今日上计，决不可失，但教给儿数骑，便可措办了。”策固甚佳。垂半晌才道：“似汝谋图，事成原是大福，倘或不成，追悔何及。汝前劝我西入关中，今日事等燃眉，不如依汝前言，就此西奔罢！”遂潜召段夫人，与兄子楷，舅兰建等，一同奔秦，只继妃可足浑氏，即长安君。听她居邺，不与偕行。到了河阳，为津吏所阻，垂拔刀杀毙津吏，挈众渡河，奔入关中。

秦王苻坚，方思图燕，只惮慕容垂。蓦有关吏入报，垂弃燕来奔，不禁大喜，急率吏郊迎。握手与语道：“天生俊杰，必相与共处，共成大功。今卿果前来依我，我当与卿共定天下，告成岱宗，然后还卿本邦，世封幽州，卿去国仍不失为孝，归我亦不失为忠，岂非一举两善么？”垂拜谢道：“远方羁臣，得蒙收录，已为万幸，怎能有他望呢！”坚又接见慕容令慕容楷等，都称为后起英雄，延入都城，优礼相待。关中士民，素慕垂名，交相倾慕，独王猛入谏道：“慕容垂父子，譬如龙虎，若借彼风云，必不可制，不如早除为是！”坚愕然道：“我方欲收揽英雄，肃清四海，奈何反杀降臣？况我已推诚相与，视同心腹，匹夫尚不食言，难道万乘主反好欺人么？”坚不肯杀垂，原是驾驭群雄之道，不得以后来叛去遽咎当时。坚遂令垂为冠军将军，封宾都侯。垂兄子楷，为积弩将军，赏赐巨万，待遇甚隆。

是时，秦与燕方敦和好，使节往来。燕散骑常侍郝晷，及给事黄门郎梁琛，相继赴秦。晷与王猛有旧，彼此叙谈，免不得将燕廷情事，约略告知。独琛自尊国体，不肯轻泄一语。琛从兄弈，仕秦为尚书郎，秦特使他为招待员，延琛往寓私舍。无非欲探刺隐情。琛说道：“从前诸葛瑾为吴聘蜀，与诸葛亮本为兄弟，亮唯公朝相见，退不私面，我与兄迹等古人，应该效法前贤，怎敢擅留兄室呢？”弈乃如言返报，秦主坚又命弈过问燕事。琛答道：“今秦燕分据东西，兄弟并蒙荣宠，食禄忠君，各尽本职。琛欲言东国美政，恐非西国所乐闻，此外又非使臣所得妄言，兄来问我做甚！”好一个使臣。弈又复报闻。王猛劝坚留琛，坚留琛月余，至慕容垂入秦，乃遣琛归燕。

琛兼程回国，一入邺城，便往见太傅慕容评，坐定即说道：“秦人日阅军旅，聚粮陕东，无非意图东略，必不能与我久和，今吴王又去归秦，多一虎伥，太傅宜赶早筹备，勿堕敌谋！”评沉着脸道：“秦岂肯信我叛臣，自败和好么？”呆话。琛答道：“今二国分据中原，常思吞并，近来桓温入寇，彼发兵来援，并非真心爱我，实借援我为名，探我虚实，我若有衅，彼岂遽忘本志么？”评问秦王为何如人？琛说是英明善断。评又问王猛如何？琛说是名不虚传，评始终不信，冷笑作罢。琛再入告燕主暐，暐亦不以为然，琛复退告皇甫真，真疏请拨兵防边，毋恃和议。暐乃召评入商，评嚣然道：“秦国小力弱，当恃我为援，苻坚名为贤主，亦未必肯纳叛臣，我何必无故自扰，反启寇心！”暐随口称善。

已而秦遣黄门郎石越报聘，评反盛设供张，夸示富丽。尚书郎高泰，及太傅参军刘靖，相偕语评说：“秦使言动自肆，居心可知，公宜示以兵威，或可折服彼意，今反示以奢侈，恐益使轻视了！”评仍然不从，泰遂谢病归家。

尚书左丞申绍，见燕政日紊，内由可足浑太后专政，外有太傅评等擅权，贪冒无厌，引用非才，不由的忧愤交并，因上书言事，极陈时弊。大略说是：

臣闻汉宣有言："与朕共治天下者，其唯良二千石乎！"是以特重此选，必揽英才。今之守宰，率非其人，或武臣出自行伍，或贵戚生长绮绔，既不闻选举之方，复不得黜陟之法，贪惰者无刑戮之惧，清修者无旌赏之劝，百姓困敝，侵昧无已，兵士逋逃，寇盗充斥，纲颓纪紊，莫相纠摄。且吏多政烦，由来常患，今之现户，不过汉之一大郡，而备置百官，加之新立军号，虚假名位，公私驱扰，人不聊生，是非并官省职，何由饬政安民？彼秦吴二虏，僭据一方，尚能任道捐情，肃谐伪郡，况大燕累圣重光，君临四海，而可政治失修，取陵奸寇哉！邻之有善，众之所望，我之不修，众之愿也。秦吴狡猾，地居形胜，非唯守境而已，乃有吞噬之心。中州丰实，户兼二寇，弓马之劲，秦吴莫及，比者赴敌后机，兵不速济何也？皆由赋法靡恒，役之非道，郡县守宰，每于差调之际，无不舍置殷强，首先贫弱，行留俱窘，资赡无所，人怀嗟怨，遂致奔亡，进阙供国之饶，退离蚕桑之要。兵岂在多，贵于用命，宜严制军务，精择守宰，复习兵教战，使偏伍有常，从戎之外，足营私业。父兄有陟岵之观，子弟怀孔迩之顾，虽赴水火，何所不从？夫节俭省费，先王格言，去华敦实，哲后恒宪，故周公戒成王，以丰财为本，汉文以皂帏变俗，孝景官人，弗过千余，魏武宠赐，不盈十万，薄葬不坟，俭以率下，所以割肌肤之惠，全百姓之力也。今后宫之女，四千有余，僮仆厮役，过兼十倍，一日之费，价盈万金，绮縠罗绔，岁增常额，戎器弗营，奢玩是务，帑藏空虚，军士无赖，宰相王侯，迭尚侈丽，风靡之化，积习成俗，卧薪之谕，未足甚焉。宜罢浮华非要之役，峻定婚姻丧葬之条，禁绝奢靡浮烦之事，出倾宫之女，均农商之额，公卿以下，以四海为家，赏必当功，罚必当罪，如此则纲纪肃举，公私两遂。温猛之首，可悬之白旗，秦吴二主，可礼之归命，岂特保境安民而已哉！陛下若不远追汉宗弋绨之风，近崇先帝补衣之美，臣恐颓风弊俗，亦且改变靡途，中兴之歌，无以轸诸弦咏矣！更有请者，索虏什翼犍，疲病昏悖，虽乏贡御，无能为患，而劳兵远戍，有损无益，不若移置并豫，控制两河，重晋阳之戍，增南藩之兵，严战守之备，衔千金之饵，蓄力待时，庶乎一举而灭二寇，如其虔刘送死，俟入境而断之，可使匹马不返，非唯绝二国之窥窬，抑亦戡乱殄寇之要图也。唯陛下览焉！

这篇书牍，正是救燕的良策，偏燕主暐，毫不加省，反令他出守常山。且秦使来索前约，请割虎牢西境，见六十回。燕太傅评反语秦使道："行人失辞，救患分灾，系邻国常理，奈何来索重赂呢？"看官试想！这秦王坚早思西略，只恨无隙可乘，一时不便兴兵，此次燕人负约，正是师出有名，怎肯坐失机会！当下用王猛为辅国将军，使率建威将军梁成，洛州刺史邓羌，率领步兵三万，直压洛阳。洛阳守将乃是燕洛州刺史武威王慕容筑。见前回。他闻秦兵入境，当然集众守城，只苦部兵寥寥，挡不住西来雄师，因急遣使至邺，速请援兵。

时值燕主暐建熙十年冬季，燕廷方准备过年，竟把洛阳事搁起。越年元旦，且援例庆贺，喜气盈廷，哪知洛阳已是万急，警报日至，才遣乐安王臧，出兵援洛。是年燕亡，故特提叙燕历，以醒眉目。慕容筑苦守孤城，待援不至，已是焦急异常，适有敌书从城外射入，由军吏拾起呈览，因即展阅，内云：

我国家已塞成皋之险，杜盟津之路，大驾虎旅百万，自轵关取邺都。金墉穷戍，外无救援，城下之师，将军所监，岂三千敝卒，所能支乎？语云：识时务者为俊杰。吴王已导于前，将军何不随踵其后，否则孤城一破，玉石俱焚，愿将军图之。

筑阅书后，自思吴王垂尚且降秦，燕必危亡，不如依了敌书，出降秦军，随即复书请降。王猛陈兵城下，待筑开城，筑率众出迎，由猛欢颜接见，麾兵入城，抚众安民，不劳而定。当命偏将杨猛，往探路踪，以便进取。杨猛行至石门，适值燕乐安王臧，引兵前来，急切无从趋避，手下又不过数百骑，如何抵敌？当被燕军困住，活擒了去。臧遂筑新乐，进屯荥阳，王猛得知消息，便遣梁成邓羌，统众往击，大破臧军，俘斩万余人。臧退保石门，梁邓二将，乘胜进逼，相持经旬。因得王猛军书，召他还洛，于是徐徐引退，羌在前，成在后。那乐安王臧，不知好歹，还道秦兵引退，乐得追赶。先锋杨璩，又是个冒失鬼，策马轻进，刚值梁成返军待著，兜头拦住，两下交战，才经数合，被成舒开猿臂，将杨璩一把抓来，掷诸地上，眼见由秦兵绑去。成复驱兵转杀，斩首至三千余级，吓得慕容臧伏鞍急逃，奔回石门，成始收兵还洛。王猛一一记功，留邓羌居守金墉，自与梁成等退入关中。

先是王猛出发时，引慕容令为参军，使作向导，且至慕容垂处叙别。垂设宴饯行，猛且饮且语道："今当远别，君将何物赠我，使我睹物怀人？"垂莫名其妙，便解佩刀相赠。猛宴毕即行，慕容令当然随去。及抵洛阳，猛却召入帐下走卒，叫作金熙，密赠金帛，叫他诈充垂使，即将垂所赠佩刀，使他赍去给令，且嘱使传语，伪为垂词道："我父子奔入关中，无非为逃死起见。今王猛嫉人如仇，谗毁交至，秦王虽阳示厚善，隐情究不可知，若我父子仍不免一死，何如归死首邱。近闻东朝已渐悔悟，主后相尤，我所以决计东归，已经就道，汝迹速行为要！汝若不信，可视佩刀。"令未识猛计，且前时赠刀一事，亦未得闻，总道是来使可信，况金熙曾在垂处，充过役使，佩刀又非赝鼎，尚有何疑？当下遣还金熙，悄悄的奔出军营，往投乐安王臧，猛即表令叛状，垂闻报即走。到了蓝田，被追骑赶着，不得已再回关中。秦王坚召垂入见，垂惶恐谢罪。坚怛然道："卿家国失和，委身投朕，贤郎心不忘本，仍然返国，倒也不足深咎，不过燕已将亡，非贤郎所能使存，徒入虎口，有损无益。朕非暴主，也知父子兄弟，罪不相及，卿何必畏罪骇走呢？"垂拜谢而出。小子有诗讥王猛道：

楚材晋用亦何妨，但免忮求罔不臧。
尽说英雄王景略，如何作幻惯诪张！

慕容垂幸得免罪，慕容令能否脱祸，容至下回表明。

微子奔周而商亡，由余奔秦而戎灭，伍胥奔吴而楚覆。自来豪杰出亡，甘为敌用，必致祖国沦胥，如慕容垂之奔秦，亦犹是也。燕之存亡，关系于垂之去留，垂去而燕尚能久存乎？本回特别叙明，志燕之所由亡也。况如梁琛皇甫真申绍等之进谏，而无一见用，内有妒后，外有贪相，虽欲不亡，不可得已。王猛以燕之背约，统兵入洛，理直气壮，无虑不胜，但必以慕容垂父子，未可轻信，即劝秦王坚杀之，劝之不听，又设种种诈谋以陷害之，是何褊窄若此！厥后垂兴坚败，乃坚骄盈之咎耳，岂不杀垂之咎哉！

第六十二回　略燕地连摧敌将　拔邺城追掳孱王

却说慕容令奔至石门，见了乐安王臧。臧恐他来做奸细，面上佯表欢迎，心中很怀疑窦，当下报知燕廷，表明己意。燕主暐立即复谕，饬将慕容令谪徙沙城。沙城在龙城东北六百里，令被他徙往该处，正是满目荒凉，不堪郁闷，自思终不免祸，不如冒险图功，于是联络沙城戍卒，谋袭龙城，偏有人告知龙城守将，预先防备，往攻不克，恼丧而返。戍卒恐为令所累，竟将令刺死，函首送燕。东西跋涉，空落得身首分离，父子长别，这也是命数使然，可悲可叹呢。实是王猛害他。

且说晋桓温自枋头败还，尚拟再举，闻得秦人取洛，正好乘隙图燕，乃亟发徐兖州民，增筑广陵城，自率麾下兵士，由姑孰移镇广陵。当时征役繁重，疫疠又兴，十死四五，民不堪命。秘书监孙盛，是一个文章妙手，与散骑常侍干宝齐名，干宝尝作《搜神记》二十卷，刘惔号为鬼董狐，嗣复著《晋纪》二十卷，自宣帝起，宣帝即司马懿。至愍帝止，词旨婉直，世称良史。从孙盛带叙干宝，不没文名。盛亦继作《魏晋春秋》直书时事，如桓温败绩枋头，他却据实纪载，毫不讳言。温得见盛文，怒不可遏，便召盛子潜与语道："枋头虽然失利，何至如尊君所言，若此史得传，君家门户，亦休想保全呢！"说至此，张目如铃，奋须似戟，吓得孙潜魂不附体，慌忙下拜，情愿还家告父，即为修改。温乃将潜叱退。潜知盛家法素严，到老更辣，此时为身家计，不得不回家禀白，备述情形。盛愤愤道："桓元子丧师辱国，还想我替他掩饰么？我若下一曲笔，算什么史家书法！”潜跪请道：“现在桓氏权盛，朝廷尚且怕他，还请我父三思！”盛益怒道：“我不怕死！”潜再叩头泣请，就是一门家口，无论长幼，统环跪盛前，固请删改，保全家门。盛奋袖入室，仍然不许，且另钞别本，寄往北方。潜急得没法，只好瞒过乃父，私下修改，持示桓温，伪称是乃父手笔。温见原文已改去大半，并为极力回护，方才转怒为喜，令潜持还，一面部署兵马，先讨袁真。

真据住寿春，受燕封为扬州刺史，逾年病毙。陈郡太守朱辅，与真友善，也随真降燕，因立真子瑾为建武将军，领豫州刺史，保住寿春，遣子乾之及司马彝亮，赴邺请命。燕授瑾为扬州刺史，辅为荆州刺史，且遣兵助瑾，进至武邱。晋将竺瑶，已奉桓温军令，往击袁瑾，正值燕兵到来，便移军与战，得破燕兵。南顿太守桓石虔，为温从子，又由温遣攻寿春，突入南城。温连得捷报，亲率二万人继进，至寿春城下，筑起长围，内遏敌冲，外截援道。燕复遣左卫将军孟高，引兵救瑾，途中接得邺中急诏，乃是秦兵大举，攻克壶关，促高返御秦寇。高只好匆匆还军，不暇顾及寿春了。接入秦燕交兵，时序不紊。

先是王猛旋师，正因粮道不继，所以急归，秦王坚进猛为司徒，录尚书事，封平阳郡侯。猛固辞不许，乃整兵储粟，再拟伐燕。筹备至半年有余，俱已安排妥当，乃由坚下令，仍使猛为统帅，督同镇南将军杨安等十将，步骑六万人，祃纛出关。坚亲送猛至灞上，执卮与语道：“今委卿经略关东，当先破壶关，继平上党，长驱取邺，如迅雷不及掩耳，方可成功。我当亲率万众，继卿星发，舟车粮运，水陆并进，卿尽管前行，可勿劳后顾呢。”说着，便将酒卮给猛，使猛取饮。猛拜受饮毕，慨然答说道：“臣得仗威灵，奉成算，往平残胡，如风扫叶，不烦銮舆亲犯尘雾，但愿预敕有司，处置俘虏便了！”踌躇满志。坚闻言大悦，再赐猛尚方宝剑，准令便宜行事。猛拜领而去，坚当然还都。

猛麾军直逼壶关，遣杨安等往攻晋阳。燕主暐闻秦兵入境，亟令太傅慕容评，调集中外兵马三十万，出拒秦军。会邺中屡有妖异，暐颇以为忧，乃召散骑侍郎李凤，黄门侍郎梁琛，中书侍郎乐嵩入见，问及军事道：“秦兵多少如何？今我军大出，王猛能与我战否？”好似呓语。李凤答道：“秦国小兵弱，怎能敌我王师？王景略乃是常才，又非我太傅敌手，何劳忧虑！”简直是梦话了。琛与嵩却接入道："将在谋不在勇，兵贵精不贵多。秦兵远来为寇，怎肯不战？我当用谋求胜，奈何反望他不战呢！"玮初闻凤言，颇有喜色，及听得二人言论，又变作怒容。正愤闷间，外面已传入警报，乃是壶关失守，上党太守，南安王越，被敌擒去，郡县相继降秦，急得暐面目又改，变做了一片土色；但使李凤出外催评，速即进兵。凤受命趋出，琛与嵩亦相继告退。

慕容评领兵出发，行至潞川，探得秦兵甚锐，不敢前进，便在潞川逗留。朝命虽然敦促，他总是顾命要紧，仍然不动。那王猛已攻入壶关，留屯骑校尉苟苌守着，自引兵往助杨安。安攻晋阳，连日未下。及猛至城下，见城池高深，不易力取，乃使虎牙将军张蚝，督领壮士数百人，夜凿地道。至地道已成，即由蚝与壮士，从地道偷入城中。燕兵但防秦军登城，不料蚝等从地下突出，大呼斩关，招纳秦军。燕并州刺史东海王庄，为晋阳守将，蓦闻急警，忙率兵拦阻。秦军如潮涌入，就使庄三头六臂，也是不及抵挡。当下拍马返奔，被张蚝持矛追及，刺落马下，捆绑了去。余众多降，晋阳遂破。两个燕室懿亲做了俘囚先导。猛又使将军毛当戍晋阳，自引大军趋入潞川，与评对垒。

评素贪鄙，在潞川逗留多日，私据郭固山泉，令军人入绢一匹，方得给水二石。军人无可如何，只得向他购水，纳入钱帛，高等邱陵。这叫做死要铜钱。至闻猛悬军深入，仍然闭住营门，不准将士出战，但言当持重制敌，毋得妄动。猛侦知情形，不禁冷笑道："慕容评真是奴才，虽有众百万，也不足惧，何况止二三十万呢！我此行定能灭燕了。"遂召游击将军郭庆入帐，使率骑兵五千，夜袭燕兵辎重，不得有误。庆领命而去，当夜出发，从间道绕出燕营后面。正值三更时候，遥望燕辎重营，扎住山上，一些儿没有影响，料知辎重兵都已睡着，便令部众各燃火炬，跃马登山，呼噪直上。燕兵守住辎重，不过数千，仓猝惊醒，睡眼朦胧，向下一望，差不多有几万火炬，大家惊惶得很，还是趁先逃走，较为见机，一动百动，纷纷乱窜，霎时间逃得精光。郭庆驰至辎重旁，已无一人，便集五千火炬，焚毁辎重。火盛风炽，山高焰飞，连邺城里面，都得了见，邺中大震。黄门侍郎封孚，私问司徒长史申胤道："此城可得保存否？"胤答道："此城必亡，我辈亦必为秦虏；但目前福德在燕，秦虽得志，不出一纪，燕可重兴了。"燕主暐遣侍中兰伊，驰赴潞川，传敕责评道：“王系高祖嗣子，当以社稷宗庙为忧，奈何不抚战士，反榷卖泉水，自谋货殖呢？试想国家府库，朕与王应同享受，何虑贫穷？若寇得直进，家国破亡，王持钱帛，存置何处？皮且不存，毛将怎附？可急将钱帛散给三军，振作士气，得能平寇凯旋，立功报国，朕与王才得安荣了！”

评接到此敕，惊惧交并，没奈何致书秦营，向猛请战。猛批回战期。届期这一日，猛陈师渭源，向众宣誓道：“王景略受国厚恩，任兼内外，今与诸君深入战地，应该竭力致死，有进无退，誓报国家，待功成归国，受爵君廷，称觞亲室，岂不是一大喜事么？”大众齐声应命，于是破釜弃粮，大呼竞进。猛在后督军，望见燕兵大至，趋集如蚁，也恐众寡不敌，私自踌躇。旁顾邓羌在侧，乃手抚羌背道：“今日大敌当前，非将军不能破灭，成败利钝，在此一举，愿将军努力！”羌应声道：“若能给我司隶一职，公可无忧！”羌亦太贪富贵。猛答道：“这非我所能及，将军如得立功，我当表请为安定太守，万户侯。”羌默然不答，反向后退去。猛不禁着急，驰呼羌还，准如所请。羌即与张蚝徐成等，跨马运矛，突入燕阵。秦军一齐随上，横厉无前。燕兵虽数倍秦军，可奈人无斗志，各思趋避，你推我诿，任凭秦军，出入自由。战至日中，燕兵大溃，秦军乐得追杀，俘斩至五万余人，逃去约十余万，乞降又六七万，评单骑走还邺城。

猛长驱围邺，一面遣使告捷。秦王坚返报道：“将军役不逾时，便即大捷，直抵寇都，功无与比。朕当亲率六军星夜前来，将军可休养将士，静待朕至。”猛乃屯兵城下，严申军律，法简政宽，远近帖然。燕民各安生业，喜相告语道：“不图今日复见太原王。”猛闻知舆论，不禁叹息道：“慕容玄恭，确是奇士，可称为古时遗爱了！”遂特具太牢，亲往祭墓。看官听着！这慕容玄恭，就是太原王恪的表字。

过了七日，秦王坚已自率精锐十万，到了安阳。猛潜往谒坚，坚戏语道：“昔周亚夫不迎汉文帝，今将军独临敌弃兵，究是何意？”猛答道：“亚夫不纳汉文，太觉好名，臣尝未敢赞同；且臣奉陛下威灵，东讨残虏，釜底游魂，立可荡平，何劳陛下远临？”坚又道：“朕留太子监国，李威为辅，内顾无忧，所以率甲远来，看卿灭贼。”猛太息道：“监国冲幼，未能守国，倘有不测，追悔何及！陛下独不记臣灞上语么？”坚但说无妨，俟平邺后，即当西归，猛乃辞别回营，督兵急攻。

先是燕宜都王桓，率众万余，屯居沙亭，为评后援。及闻评败，移驻内黄。坚使邓羌攻信都，信都与内黄相近，桓闻风惶惧，奔往龙城，邺中益震。燕散骑常侍余蔚等，率同扶余高句丽及上党质子五百余人，夜开邺城北门，纳入秦军。

燕主暐与太傅评，乐安王臧，定襄王渊，左卫将军孟高，殿中将军艾朗等，溃围北去。秦王坚得入邺城，即使游击将军郭庆，麾骑追暐。暐出邺城时，卫士尚有千余骑，既而沿途四散，唯十余人随暐北行，道旁又是荆棘，群盗又四起如毛。孟高扶侍燕主，护持二王，非常劳瘁，且所在遇盗，转斗而前。好几日行至福禄，依冢暂憩，不意有剧盗数十人，张弓挟矢，吆喝前来。高即持刀与战，杀伤数盗。及刀折力穷，自知不免，乃直前抱住一贼，同仆地上，凄声大呼道："男儿今日死了！"言未已，身上已中数箭，呕血而亡。艾朗见高独战，也上前奋斗，与高俱死。暐乘马中箭，乃下鞍步行，踉跄急走。偏有大队人马，从后追到。回头一望，并非暴客，乃是秦将郭庆部下的先驱，叫作巨武。既至暐前，便指挥兵士，上前缚暐。暐叱道："汝是何人，敢缚天子？"还要自称天子，总算大胆。武厉声答道："我奉诏缚贼，何物小丑，尚敢自称天子呢！"暐无法撑拒，只好束手受擒，被武牵回邺中。独慕容评北奔龙城，外此数人，统作俘虏，一并解入邺中。秦王坚见暐后，问他何故不降？暐答道："狐死尚正首邱，但欲归死先人墓侧呢。"坚也觉动怜，敕令还宫，使率文武出降。总计前燕自慕容廆据大棘城，至俊僭号，传暐亡国，共八十五年。前燕了。

坚又使郭庆进攻龙城，慕容评东奔高句丽，慕容桓也逃往辽东。辽东太守韩稠，已通款降秦，闭城拒桓。桓攻城不下，复因郭庆追至，弃众潜奔。庆遣部将朱嶷追捕，嶷率轻骑急驰，行至数十里，便得见桓，击杀了事。慕容评被高句丽人拘住，械送邺中，秦王坚也加赦宥。封降王暐为新兴侯，命评为给事中，所有燕宫子女玉帛，俱分赐将士，且下诏大赦道：

朕以寡薄，猥承休命，不能怀远以德，柔服四维，至使戎车屡驾，有害斯民，虽百姓之过，然亦朕之罪也。其大赦五下，与之更始，特此诏闻！

先是燕黄门侍郎梁琛使秦，曾用侍辇苟纯为副，一切应对事宜，琛未尝与纯商议，纯因此挟嫌。及与琛返邺，当即进谗道：“琛在长安，与王猛很是亲善，莫非有异谋不成！”時尚未深信，琛屡言坚猛多才，不可不防，果然不到期年，秦即攻燕。燕兵屡败，暐乃疑琛知秦谋，收琛系狱。琛若与秦通谋，岂肯劝暐豫防？暐如此不明，怎得不亡？至是，秦王坚将琛释出，授中书著作郎。又闻孟高艾朗，随主殉难，称为忠臣，俱命厚加殓葬，且引高朗子入见，拜为郎中。于是，授王猛为关东六州都督，领冀州牧，进爵清河郡侯，镇守邺中。守令有阙，得便宜补授。封杨安为博平侯，邓羌为真定侯，郭庆为襄城侯。此外与战将士，封赏有差。州县守令，悉仍旧贯，唯进燕常山太守申绍为散骑侍郎，使与散骑侍郎韦儒，并为绣衣使者，循行关东州郡，观省风俗，劝课农桑，赈恤穷困，收葬死亡，旌扬节行，改革敝政。关东大悦，就是六夷渠帅，无不望风输诚。

秦王坚乃启驾西还，所有慕容暐以下，如后妃王公百官，暨鲜卑四万余户，一古脑儿徙入长安。复拜暐为尚书，皇甫真为奉车都尉，李洪为驸马都尉，李邽为尚书，封衡为尚书郎，慕容德为张掖太守，平睿为宣威将军，悉罗腾为三署郎。凡故燕稍有才望的官僚，各得署秩。独慕容垂见燕故僚，常有愠色。前郎中令高弼，私语垂道：“大王具命世才，遭无妄运，流寓外邦，备极困苦。今虽国家倾覆，怎知不剥极再复，更得龙兴？他日重造江山，舍大王尚有何人？愚谓宜恢弘度量，延纳旧臣，为山九仞，始自一篑，若徒记前嫌，反失众望，窃谓大王不取哩！”却是良谋。垂欣然受教，从此待遇旧僚，仍归和好，唯不肯放过慕容评。独入白秦王道：“臣叔父评，为亡燕首恶，不宜再污圣朝，愿陛下声罪加诛，以谢燕人。”坚不愿戮评，唯出为范阳太守。余如故燕诸王亦徙补边郡。燕故太史黄泓叹道：“燕必中兴，将来定属吴王，可惜我年已老，恐不及见呢！”还有汲郡人赵秋，亦私语亲友道：“天道在燕，偏为秦灭，不出十五年，秦必复为燕有了。

是时，晋桓温已攻破寿春，擒住袁瑾朱辅，送往建康。秦将王鉴张蚝，曾由秦王坚差遣，带领步骑二万人，往援寿春，为温击败，引兵退归。袁真朱辅到建康后，当然处斩，无庸细叙。唯秦王坚因南援无功，改图西略，特命博平侯杨安等，带领步骑七万人，往伐仇池。仇池自杨初嗣位后，尝遣使至建康，向晋称藩。晋命初为雍州刺史，封仇池公。初为族弟宋奴所杀。初子国，又杀宋奴。国从父俊，复杀国，俊传子世，世传子纂。世臣事秦晋，纂独与秦绝好，所以秦兴兵往讨。众至鹫峡，纂集众得五万人，出拒秦军。晋扬州刺史杨亮，也遣督护郭宝卜靖，领千余骑助纂，与秦军交战峡中。秦军久经百战，个个是骁悍绝伦，仇池兵怎能与敌？一经交手，勇怯悬殊，只落得步步倒退。秦军直前乱斫，杀死仇池兵一二万人，连郭宝等亦俱战殁。纂拼命遁还。武都太守杨统，系纂叔父，素与纂相仇杀，至此遂举城降秦。秦军进攻仇池，纂保守不住，没奈何面缚出降。当由杨安送纂入关，秦王坚接得捷报，即加安都督南秦州诸军事，留镇仇池，使杨统为南秦州刺史。小子有诗叹道：

外侮都缘内乱兴，仇池虽小亦堪惩。
从知骨肉相争日，瓦解无非兆土崩。

仇池被灭，梁州孤危，晋廷也无暇西顾，那大司马扬州牧桓温，平空起浪，闯出一场绝大的事情。看官欲问为何事，请即续阅下回。

燕有致亡之事四：忌慕容垂而逼之出奔，一也；任慕容评而令其专国，二也；轻许秦地，旋即背约，三也；不听谏臣，自弛边防，四也。王猛一入，三十万大众，不堪一战。潞川败绩，邺城遽陷，燕主暐仓皇北遁，终为所擒，其不致遽死也，尚为幸事！秦王坚灭燕以后，观其所为，几若汤武之流亚，诚使持盈保泰，始终不渝，则混一天下不难矣，燕亦何能再复乎？惜乎其有初而鲜终也！

第六十三回　海西公遭诬被废
昆仑婢产子承基

却说桓温得专晋政，威权无比。他本来是目无君相，窥觎非分，尝卧对亲僚道："为尔寂寂，恐将为文景所笑！"文景指司马师兄弟。嗣又推枕起座道："不能流芳百世，亦当遗臭万年！"为此一念，贻误不少。又尝经过王敦墓，慨望太息道："可人！可人！"先是有人以王敦相比，温甚不平，至此反慨慕王敦，意图叛逆。会有远方女尼，前来见温，温见她道骨珊珊，料非常人，乃留居别室。尼在室中洗澡，温从门隙窥视，见尼裸身入水，先自用刀破腹，继断两足，温大加惊异。既而尼开门出来，完好如常，且已知温偷视己浴，竟问温道："公可窥见否？"温料不可讳，便问主何吉凶？尼答云："公若作天子，亦将如是！"温不禁色变，尼即别去。术士杜炅，能知人贵贱；温令言自己禄秩，炅微笑道："明公勋格宇宙，位极人臣。"温默然不答。若非此二人相诫，温已早为桓玄了。

他本欲立功河朔，收集时望，然后还受九锡。自枋头败归，声名一挫，及既克寿春，因语参军郗超道："此次战胜，能雪前耻否？"超答言尚未。既而超就温宿，夜半语温道："明公当天下重任，年垂六十，尚未建立大功，如何镇惬民望！"温乃向超求计，超说道："明公不为伊霍盛举，恐终不能宣威四海，压服兆民。"温皱眉道："此事将从何说起？"超附耳道："这般这般，便不患无词了。"此贼可恶。温点首称善，方才安寝。越日，便造出一种谣言，流播民间，但说帝奕素有痿疾，不能御女，嬖人朱灵宝等，参侍内寝，二美人田氏孟氏，私生三男，将建立太子，潜移皇基云云。看官试想！这种暧昧的情词，从何证实？明明是无过可指，就把那床笫虚谈，架诬帝奕，这真所谓欲加之罪，何患无词呢。

温既将此语传出，遂自广陵诣建康，奏白太后褚氏，请将帝奕废去，改立丞相会稽王昱，并将废立命令，拟就草稿，一并呈入。适褚太后在佛屋烧香，由内侍入启云："外有急奏。"太后出至门前，已有人持入奏章，捧呈太后。太后倚户展阅，看了数行，便怅然道："我原疑有此事。"疑奕耶？疑温耶？说着，又另阅令草，才经一半，即索笔写入道："未亡人不幸罹此百忧，感念存殁，心焉如割。"写毕，便交与内侍，饬令送还。废立何事，乃草草批答，褚太后亦未免冒失。温在外面待着，但恐太后不允，颇有忧容。及内侍颁还令草，无甚驳议，始改忧为喜。越日，温至朝堂，召集百官，取示令草，决议废立。百官都震栗失色，莫敢抗议；只是两晋相传，并没有废立故事，此次忽倡此议，欲要援证典章，苦无成制，百官都面面相觑，无从悬定。就是温亦仓皇失措，不知所为。仓猝废立，典礼都未筹备，乃百官莫敢抗议，晋廷可谓无人。独尚书仆射王彪之，毅然语温道："公阿衡皇家，当参酌古今，何不追法先代？"温喜语道："王仆射确是多能，就烦裁定便了。"彪之即命取汉《霍光传》援古定制，须臾即成，乃朝服立阶，神采自若。逢迎权恶，装出什么仪态。然后将太后命令，宣示朝堂道：

> 王室艰难，穆哀短祚，国嗣不育，储宫靡立。琅琊王奕，亲则母弟，故以入纂大位。不图德之不建，乃至于斯！昏浊溃乱，动违礼度。有此三孽，莫知谁予。人伦道丧，丑声遐布。既不可以奉守社稷，敬承宗庙，且昏孽并大，便欲建树储藩，诬罔祖宗，倾移皇基，是而可忍，孰不可怀！今废奕为东海王，以王还第，供卫之仪，皆如汉朝昌邑故事。指昌邑王贺。但未亡人不幸罹此百忧，感念存殁，心焉如割。社稷大计，义不获已。丞相录尚书事会稽王昱，体自中宗，明德劭令，英秀玄虚，神契事外，以具瞻允塞，故阿衡三世，道化宣流，人望攸归，为日已久，宜从天人之心，以统皇极。饬有司明依旧典，以时施行。此令。

总计帝奕在位六年，无甚失德，不过奕虽在位，好似傀儡一般，内有会稽王昱，外有大司马温，把持国政。他尝自虑失位，召术士扈谦筮易，卦象既成，谦据实答道："晋室方如磐石，陛下未免出宫。"至是竟如谦言。温使散骑侍郎刘享，收帝玺绶，逼奕出宫。时值仲秋，天气尚暖，奕但着白帢单衣，步下西堂，乘犊车出神兽门，群臣相率拜辞，莫不唏嘘。有何益处？侍御史殿中监，领兵百人，送奕至东海第中。一面具备法驾，由温率同百官，至会稽邸第，迎会稽王昱入殿。昱戴平巾帻，单衣东向，拜受玺绶，呜咽流涕。何必做作？当即入宫改着帝服，升殿受朝，即改太和六年为咸安元年，史家称他为简文帝。温出次中堂，分兵屯卫，有诏因温有足疾，特命乘舆入朝。温欲陈述废立本意，及引见时，但见简文帝泣下数行，倒也无词可说，只好默然告退。

太宰武陵王晞，与简文帝系出同胞。简文即位，顾念本支，当然优礼相待。唯晞素好武事，又与殷浩子涓，常相往来。浩殁时，温遣人赍书往吊，涓并不答谢，为温所恨，因并及晞。新蔡王晃，系从前新蔡王腾后裔，亦与温有隙。还有广州刺史庾蕴，太宰长史庾倩，散骑常侍庾柔，皆为前车骑将军庾冰子，就是废帝奕皇后庾氏的弟兄。庾后既连带被废，降为东海王妃，温恐庾家族大宠多，阴图报复，于是想出一法，先扳倒武陵王晞，诬他父子为恶，曾与袁真同谋叛逆，因即免官归藩。简文帝不得不从，出晞就第，罢晞子综晞等官。温又迫令新蔡王晃，诬罪自首，连及武陵王晞父子，并殷涓庾倩庾柔等，一同谋逆，且将太宰掾曹秀，舍人刘强，凭空加入，一古脑儿收付廷尉。御史中丞谯王恬，即谯王承孙。阴承温旨，请依律诛武陵王但。简文帝复诏道："悲惋惶怛，非所忍闻，应更详议。"温复自上一表，固请诛晞，语近要挟，简文帝手书给温，内有晋祚未移，愿公奉行前诏；若大运已去，请避贤路云云。温览到此诏，也不觉汗流色变，始奏废晞及三子家属，皆徙新安郡，免新蔡王晃为庶人，徙锢荥阳。殷涓庾倩庾柔曹秀刘强，一律族诛。简文帝不便再驳，勉依温议，可怜殷庾两大族，冤冤枉枉死了若干人。炎炎者灭，隆隆者绝。庾蕴在广州任内，闻难自尽，蕴长兄前北中郎将庾希，季弟会稽王参军庾邈，及希子攸之，并逃往海陵陂泽中。独东阳太守庾友，也是蕴兄，因子妇为温从女，特邀赦免。温自是气焰益盛，擅杀东海王奕三子，及田氏孟氏二美人。旋复奏称东海废黜，不可再临黎元，应依昌邑故事，筑第吴都。简文帝商诸褚太后，请太后下令，谓不忍废为庶人，可妥议徙封。温复奏可封海西县侯，有诏徙封奕为海西县公。废后庾氏，积忧病殁，尚追贬为海西公夫人。会吴兴太守谢安，入为侍中，遥见温面，便即下拜。温惊呼道："安石谢安表字见前。何故如此？"安答道："君且拜前，臣难道敢揖后吗？"温明知安有意嘲讽，但素重安名，不便发作，且默记前时女尼微言，也有戒心，因即上书鸣谦，求归姑孰。诏进温为丞相，令居京师辅政。温仍然固辞，乃许他还镇。

秦王坚闻温废立，顾语群臣道："温前败灞上，后败枋头，不知思愆自贬，遍谢百姓，反且废君逞恶，六十老人，作此举动，怎能为四海所容？古谚有云'怒其室，作色于父'便是桓温的注脚呢。"

温虽然还镇，揽权如故。且留郗超为中书侍郎，名为入值宫廷，实是隐探朝事。简文帝格外拱默，尚恐温再有异图，会荧惑星逆行入太微，简文帝越觉惊惶，原来帝奕被废以前，荧惑尝守太微端门，仅逾一月，即有废立大事。此番又经星文告变，哪得不危悚异常。当下召语郗超道："命数修短，也不遑计，但观察天文，得勿复有前日事么？"超答道："大司马温，方思内固社稷，外恢经略，非常事只可一为，何至再作？臣愿百口相保，幸陛下勿忧！"简文帝道："但得如此，尚有何言！"超即告退。侍中谢安，尝与左卫将军王坦之，诣超白事，超门多车马，络绎不休，待至日旰，尚未得间。坦之欲去，安密语道："君独不能为身家性命，忍耐须臾么？"坦之乃忍气待着，直至薄暮，才得与超清谈，语毕乃别。超父愔卸职家居，偶有不适，由超请假归省，简文帝与语道："致意尊翁，家国事乃竟如此，自愧不德，负疚良深，非一二语所能尽意。"说至此，因咏昔人诗云："志士痛朝危，忠臣哀主辱。"二语本庾阐诗。咏罢泣下，超无言可对，拜别而去。

好容易过了残年，复遣王坦之征温入辅，温复固辞，唯与坦之言及，请将海西公外徙。坦之返报，乃徙海西公至吴县西柴里。敕吴国内史刁彝，就近防卫，并遣御史顾允，监督起居，免有他变。蓦闻庾希庾邈，联结故青州刺史武沈子遵，聚众海滨，掠得鱼船，夤夜突入京口城。晋陵太守卞眈，猝不及防，逾城奔曲阿，于是建康震惊，内外戒严。嗣又得庾希等檄文，托称受海西公密旨，起诛首恶桓温，累得京畿一带，讹言蜂起，益相惊扰。平北参军刘奭，高平太守郗逸之，游军督护郭龙等，引兵往击，就是卞眈，亦调发县兵，并讨庾希等人。希众统是乌合，一战即败，闭城自守，再由桓温遣到东海太守周少孙，也有锐骑数千，合力攻城，攀堞杀人。庚希兄弟子侄，以及沈遵等人，没处逃奔，遂致陆续被擒，送到建康市中，伏诛了案。一番乱事，数日即平，晋廷诸臣，入朝庆贺，又象是化日光天。冷隽语。

哪知吉凶并至，悲喜相寻，简文帝忽然得病，医治罔效，差不多将要归天。当时皇后太子，俱尚未立，说将起来，又须溯述源流，表明颠末。简文帝为元帝少子，生母郑氏，受封建平国夫人，咸和元年病殁。简文帝受封主爵，追号郑氏为会稽太妃，嗣位后时日尚浅，故未及追尊。尊唯简文帝先娶王氏，生子道生为世子，后来母子并失帝意，俱被幽废，王氏忧郁成疾，亦即去世，此外妾媵颇多，生有三男，又皆夭逝。未几道生又亡，简文帝年垂四十，迭丧诸子，未免悲悼，况膝下竟致无男，诸姬偏皆绝孕，不由的寸心焦灼，百感徬徨。会闻术士扈谦，善能卜易，因召令入筮。谦筮毕作答道："后房中已有一女，当生二贵男，长男尤贵，当兴晋室。"简文帝乃转忧为喜，但麒麟佳种，究未识属诸谁人，适徐贵人生下一女，眉目韶秀，酷肖生母。徐氏本以秀慧见幸，既得破胎，总望她接连有娠，得产麟儿。谁料一索再索，音响寂然。简文帝却年齿日增，望子愈切，不得已访求相士，得一叔服后人，叔服系周时内史，具相人术。令他入视诸姬，能否生男？偏他接连摇首，无一许可。乃再将婢媵等一齐出示，仍未称善。最后看到一个织婢，身长色黑，仿佛似乡僻女子一般，不禁惊诧道："这才算是贵相，必生贵男。"别具只眼。宫人听了，都葫芦大笑道："昆仑婢要发迹了！日前的好梦，才得实验了！"简文帝叱道："何故罗唣？"大众始不敢再言，嗣经简文帝问明底细，始知此婢姓李，名叫陵容，家世寒微，入充织坊女工。旁人因她形体壮硕，替她取一绰号，叫做昆仑婢。她尝梦见两龙枕膝，日月入怀，便欣然称为吉兆，屡与同侪说及。同侪相率揶揄，不是说她要做皇后，就是说她要做皇娘。偏偏弄假成真，变虚为实，简文帝竟令她侍寝，一度春风，遽结珠胎，十月分娩，居然一雄。临盆以前，李氏复梦一神人，送给一儿，且嘱咐道："此儿畀汝，可取名昌明。"李氏向神接受，忽觉一阵腹痛，遂致惊醒，当下起床坐蓐，立即产出一儿，呱呱坠地。时值黎明，李氏记受神嘱，使侍媪转启简文帝，呼婴儿为昌明。简文帝闻报，谓既得诸神授，当然不宜更换，唯以昌明为字，即将昌明二字的寓意，取名为曜，后来简文帝猛记前事，曾见一谶文云："晋祚尽昌明！"不觉流涕道："天数天数，只好听天由命罢！”看到后文，又觉似是而非。既而李氏又生一男一女，男名道子，后得封王专政，女长成后，至昌明嗣位，封为鄱阳长公主，这且再表。

且说简文帝寝疾经旬，渐至弥留，乃立皇子昌明为太子，并封道子为琅琊王，领会稽内史，使奉帝母郑太妃祀，又召大司马温入辅，一日一夜，连发四诏，未见温至。此番架子却摆错了！乃命草遗诏，使大司马温依周公居摄故事，且谓少子可辅最佳，如不可辅，卿可自取。这草诏颁将出去，被王坦之接着。坦之已迁官侍中，看了草诏，便即趋入，直抵简文帝榻前，把草诏撕作数片。简文帝瞧着，已知坦之用意，便顾语道："天下系傥来物，卿有何嫌！"坦之道："天下乃宣帝元帝的天下，陛下怎得私相授受呢！"帝乃使坦之改诏道："家国事一禀大司马，如诸葛武侯王丞相指王导。故事。"坦之改就，乃持诏而出。是夕，简文帝崩，年五十有三，在位实不满一年。只因过一元旦，两个半年，算做两年。

群臣会集朝堂，未敢立嗣，互相私议，或谓须归大司马处分。尚书仆射王彪之正色道："天子崩，太子代立，这乃古今通例，大司马何致异言？若先面咨，恐反为所责了。"朝议乃定，遂奉太子昌明嗣即帝位，颁诏大赦，是为孝武帝，帝年尚只十龄，褚太后以冲人践阼，并居谅闇，不如使温依周公居摄故事，令照前议施行。王彪之又进言道："这乃异常大事，大司马必当固让，恐转使万机倍滞，稽废山陵，臣等未敢奉令，谨即封还！"于是议遂不行。桓温颇望简文临终，召已禅位，否则或使居摄，不意遗诏颁到，大失所望，乃贻弟冲书道："遗诏但使我依武侯王公故事呢。"一语已写尽怨望。

是年十月，彭城妖人卢悚，自称大道祭酒，煽惑愚民八百余家，因遣徒许龙如吴，驰入海西公门，诈传太后密诏，奉迎兴复。海西公奕，几为所惑，幸保母在旁谏阻，始却龙请。龙愤然道："大事垂成，奈何听信儿女子言！"奕答道："我得罪居此，幸蒙宽宥，怎敢妄动？且太后有诏，应使官属来迎，汝系何人，乃敢妄来传旨呢？"一经说明，其假立见，然非保母提醒，几去送死。龙尚不肯行，当由奕叱令左右，上前缚龙，尤始仓皇遁去。

是时，宫廷方料理丧葬，奉安简文皇帝于高平陵，庙号太宗。葬事才毕，忽有乱徒，突入云龙门，诈称海西公还都，直达殿廷，略取武库甲仗，卫士骇愕，不知所为，亏得游击将军毛安之，闻变入云龙门，引着部曲，奋击乱党。又有左卫将军殷康，中领军桓秘，从止车门驰入，也有部众数百人，与安之并力夹击，乱党不过三四百名，哪里敌得过猛将三员，虎旅千余，顿时死的死，逃的逃，那头目也情急欲遁，被毛安之截住厮杀，不到十合，已将他打倒地上，用绳捆住。讯明姓名，便是妖贼卢悚，当即按律拟罪，伏法市曹。海西公曾拒绝乱徒，得免连坐，但经此一吓，越觉小心，索性杜聪塞明，无思无虑，有时借酒消遣，有时对色陶情，时人怜他无辜遭废，为作哀歌。奕却屏去一切，得过且过，直至太元十一年冬，安然病逝，享年四十有五。小子有诗叹道：

废主由来少善终，居吴幸免海西公。
天心似为冤诬惜，不使孱王剑血红！

越年，改元宁康。大司马温，竟自姑孰入朝，都中复大起讹言，恟惧的了不得。究竟有无祸事，俟至下回说明。

桓温败绩枋头，仅得寿春之捷，何足盖愆，乃反欲仿行伊霍，入朝废主，真咄咄怪事！从前如操懿辈，皆当功名震主之时，内遭主忌，因敢有此废立之举，不意世变愈奇，人心益险，竟有如晋之桓温者也。况帝奕在位五年，未闻失德，乃诬以暧昧，迫使出宫，温不足责，郗超之罪，可胜数乎？会稽王昱，不思讨贼，居然受迎称帝，徒作涕泣之容，反长凶残之焰，朝危主辱，嗟何及乎？昆仑女入御以后，虽得生二男，然昌明道子，后来皆不获善终，且致斫丧晋祚。有子无子，同归于尽，徒庆宜男，亦何益哉？

第六十四回　谒崇陵桓温见鬼
重正朔王猛留言

却说孝武帝宁康元年，国乱粗定，大司马桓温，竟从姑孰入朝。朝臣重望，要算谢安王坦之，安已迁任吏部尚书，坦之仍任侍中。都下人士，相率猜疑，群谓温无故入朝，不是来废幼主，就是来诛王谢。谢安却不以为忧，独坦之未免焦灼，偏宫廷又发出诏命，竟使安与坦之，赴新亭迎温，坦之接诏，惊得面色如土，安仍谈笑自若。且语僚属道："晋祚存亡，在此一行。"安而行之，可谓名不虚传。当下启行出都，径往新亭，百官相随甚众。及与温遇，温大陈兵卫，延见朝士，凡位望稍崇的官员，但恐得罪，都向温遥拜，战栗失容，坦之更捏着一把冷汗，趋诣温前，几似魂灵出窍，连手版都致倒持。人生总有一死，何必这般股栗？唯谢安从容步入，一些儿不拘形迹。温见他态度异人，自然加敬，便即起身延坐，两下坐定。安眼光如炬，已有所见，乃即语温道："安闻诸侯有道，守在四邻，明公亦何须壁后置人？"温笑答道："恐有猝变，不得不然。"说着，即顾令左右，撤去后帐，帐后本列甲士，亦一齐麾退。安与温笑语移时，方才请温动身，同入建康。坦之呆若木鸡，一语不发，只背上的冷汗，已经湿透里衣，幸温无一语相责，始得将魂魄收回，偕行还都。他平时本与安齐名，经此一举，优劣乃分。

温入朝谒见孝武帝，讯及卢悚犯阙事，由尚书陆始，检察不严，以致贼入禁门，乃将陆始收付廷尉，按律治罪；此外没甚举动，朝臣才得少安。温寓居建康数日，安与坦之，屡往议事。忽觉凉风入室，吹开后帐，内有一榻，榻上卧着一人，安略略瞧着，便识是中书侍郎郗超，当即微笑道："郗生可谓入幕宾了。"超本受温密嘱，留卧帐后，窃听客谈，既被安瞧破机关，不得已起身出帐，与安相见，安谑而不虐，转使温超两人，愧赧交并。及安等去后，温心下亦很觉忌安，但因安素孚物望，一时未便下手，只好暂从容忍，观衅后动。于是拟谒高平陵，诘旦登车，左右见他凭轼起敬，统暗暗称奇。途次复顾语道："先帝究属有灵，汝等可得见否？"左右听着，亦不知他说何鬼话。到了陵前，温下车叩拜，且拜且语道："臣不敢！臣不敢！"及拜毕后，还说臣不敢三字，左右俱莫名其妙。温仍驾车还寓，复问左右道："殷涓如何形状？"左右答称涓身肥矮，温不觉失色道："不错不错，他亦曾在先帝左侧呢。"疑心生暗鬼。是夕，即寒热交作，谵语不休，经医诊治，好几日才得少瘥，乃辞行还镇。

既抵姑孰，病又转剧，他还想荣膺九锡，特遣人入都请求。谢安王坦之未敢峻拒，不过逐日延挨，至温使再三催促，乃令吏部郎袁宏具草。宏有文才，援笔即就，偏谢安吹毛索瘢，屡嘱修改，遂至匝月未成。宏密问仆射王彪之，究应如何著笔，彪之道："如卿大才，何烦修饰，这是谢尚书故意如此，彼知桓公病势日增，料必不久，所以借此迁延呢。"宏始释然。

温未得如愿，当然恚恨。适温弟江州刺史冲，过问温疾，见温病垂危，便问及王谢二人，温喟然道："渠等非汝所能处分，我死后熙等庸弱，所有部曲，归汝统率便了。"冲应命而出。看官听说，温有六子，长名熙，次名济，又次为韵祎伟玄。熙闻冲面受温命，将统遗众，心中很是不服。遂与弟济谋诸叔秘，意欲杀冲。冲诇悉阴谋，不敢复入，嗣由熙等报温死耗，召冲临丧，冲即遣力士直入丧次，拘住熙济，且逐秘出外，然后举哀。已而奏徙熙济至长沙，罢黜秘官，且称温遗命，以少子玄为嗣。晋廷追赠丞相，赐赙衮冕，予谥宣武，此外丧葬礼仪，一依汉大将军霍光及晋太宰安平献王孚故事，即命玄袭封南郡公。玄年才五岁，冲总道他幼弱易制，可无后忧，哪知他长成后，比乃父还要凶险呢？暗伏下文。相传玄为温庶子，生母马氏，夜坐月下，见流星坠盆水中，用瓢掬吞，因得有娠。及生玄时，有光照室，家人诧为神奇，乃取一小名，叫作灵宝。乳媪每抱玄省温，经过重门，必易人乃至，说是沉重异常，故温甚加宠爱。冲立玄为嗣，或果承温遗命，亦未可知，这且待后慢表。

且说桓温既死，有诏进冲为中军将军，都督扬雍江三州军事，兼扬豫二州刺史，使镇姑孰。加右将军荆州刺史桓豁，为征西将军，都督荆扬广三州军事。豁子竟陵太守石秀，为宁远将军，兼江州刺史，使镇寻阳。或劝冲入诛王谢，专执朝权，冲将他叱退。冲力反温政，一切生杀予夺，皆先时奏闻，然后施行，晋廷上下，始得解忧。

谢安尚恐桓冲干政，拟请褚太后临朝。褚太后为康帝后，康帝系元帝孙，与孝武帝本为叔嫂，从前简文入嗣，比褚太后辈分较长，但因她既为太后，不得以家人礼相待，故仍称为太后，且因她居住崇德宫，特尊为崇德太后。至是由谢安倡议，再请训政，群僚皆无异词，独尚书仆射王彪之抗议道："前代人主，幼在襁褓，母子一体，故可请太后临朝，但太后亦未能专断，仍须顾问大臣。今主上年逾十岁，将及冠婚，反令从嫂临朝，表示人君幼弱，这难道好光扬圣德么？"议固甚是。安不肯从，竟率百官奏白太后，大略说是：

王室多故，祸难仍臻，国忧始周，复丧元辅，天下惘然，若无攸济，主上虽圣明天亶，而春秋尚富，兼在谅闇，蒸蒸之思，未遑庶事。伏维太后陛下，德应坤厚，宣慈圣善，遭家多艰，临朝亲览，光大之美，化洽在昔，讴歌流咏，播益无外，虽有莘熙殷，任姒隆周，未足以喻。是以五谋克从，人鬼同心，仰望来苏，悬心日月。夫随时之义，《周易》所尚，宁固社稷，大人之任，伏愿陛下，抚综万几，厘和政道，以慰祖宗，以安兆庶，不胜喁喁，待命之至！

褚太后俯从众议，便即复诏道：

王室不幸，仍有艰屯，览省启事，感增悲叹，内外诸君，并以主上春秋冲富，加以蒸蒸之慕，未能亲览，号令宜有所由。苟可安社稷，利天下，亦未便有所固执。当敬从所启，但暗昧之阙，自知难免，望尽弼谐之道，献可替否，则国家有攸赖焉。

这诏既下，次日便即临朝。进王坦之为尚书令，谢安为仆射，两人同心辅政，终安晋室。越年令坦之出督徐兖等州军事，但命谢安总掌中书。安好声律，虽遇期功丧服，不废丝竹，士大夫相率仿效，寖成风俗。坦之尝贻书苦谏，安不能用。这是谢安短处。安又尝与王羲之登冶城，慨然遐想，有出世志，羲之独规诫道："夏禹勤王，手足胼胝，文王旰食，日不暇给。今四郊多垒，宜思自效，若虚谈废务，浮文妨要，恐非当世所宜为呢。"安笑答道："秦用商鞅，二世即亡，岂必是清谈贻祸么？"未几，坦之病殁，留有遗书，分贻谢安桓冲，语不及私，但以国家为忧。晋廷追赠安北将军，赐谥曰献。坦之为故尚书令王述子，父子俱有重名，殁后不衰。只倒持手版一事，未免贻笑大方。

中军将军桓冲，因谢安素洽时望，愿将扬州刺史兼职，转让与安，自求外出。桓氏族党，莫不苦谏，冲竟出奏。有诏调冲为徐州刺史，令安领扬州刺史。宁康三年，孝武帝年已十三，册立前司徒长史王濛孙女为皇后，后即哀帝后侄女，以贵戚入选中宫，又越年正月朔日，帝行冠礼。褚太后归政，仍居崇德宫，下诏改元，号为太元元年。进谢安为中书监，录尚书事，征郗愔为镇军大将军，加桓豁为征西大将军，迁桓冲为车骑将军，兼尚书仆射。此外，文武百官，各进位一等，毋庸絮述。

唯苻秦雄踞北方，尝出兵寇晋，连陷梁益二州。梓潼太守周虓，固守涪城，遣兵送母妻东下，拟由汉水趋江陵，使她避难，偏途中为秦将朱肜所获，牵至城下，迫令招虓，虓不得已出降。秦王坚素闻虓名，欲拜为尚书令，虓愀然道："虓蒙晋室厚恩，理宜效死，只因老母见获，没奈何屈节偷生，今得母子两全，已出望外，怎敢再邀富贵呢？"遂辞不受官，坚更加器重，时常引见。虓有时箕踞坐着，谩骂不逊，甚至呼坚为氐贼，既已降敌，何必再作此态。秦人无不动怒，坚独不以为意，反加优待，这也是大度包荒，非人所及。一面召冀州牧王猛入关，使为丞相，另调阳平公苻融为冀州牧。猛至长安，复加都督中外诸军事。猛辞章屡上，终不见许，乃受命就职。嗣是放黜贪庸，擢拔幽滞，督课农桑，练习军旅，官必当才，刑必当罪，国家大治，驯致富强。

会有彗星出尾箕间，长十余丈，经太微，历夏秋冬三季，光尚未灭，秦太史令张亚上言道："尾箕二星，当燕分野，东井乃秦分野，今彗起尾箕，直扫东井，明是燕兴秦亡的预兆。十年后燕当灭秦，二十年后，代当灭燕。臣想慕容暐父子兄弟，是我仇敌，今乃布列朝廷，贵盛无比，将来必为秦患。天变已著，不可不防。”果有天道，亦非人力所能挽回。坚不肯听。嗣又接到阳平公融谏书，略称燕据六州，南面称帝，经陛下劳师累年，然后得灭，彼本非慕义前来，不过穷蹙乃降。陛下格外亲信，令他父子兄弟，森然满朝，狼虎心肠，终未可养，况天象已经告变，务须留意为是。坚仍然未信，且报书道：“朕方混六合为一家，视夷狄如赤子，不劳汝等多忧，且修德方可禳灾，岂多杀反能免祸？诚使内求诸已，无亏德行，还怕什么外患呢！”果如汝言，自可不亡，可惜心口未符。已而，又有人入明光殿，厉声呼道：“甲申乙酉，鱼羊食人，悲哉无复遗！”坚听到此语，叱左右立即搜捕，人忽不见，于是秘书监朱彤，秘书侍郎赵整，同请诛诸鲜卑，以为鱼羊二字，便是鲜字左右两旁，坚又复不睬。

慕容垂寓居关中，常恐遭祸，特遣夫人段氏，屡入秦宫，侦探举动。段氏小字元妃，幼即敏慧，具有志操，尝语妹季妃道：“我终不作凡人妻。”季妃亦答道：“妹亦不作庸夫妇。”元妃姊曾嫁慕容垂，遭谗致死。见前文。元妃得为垂继室。季妃亦适慕容德，果然得配英雄。及元妃随垂入秦，为夫所遣，常入谒坚，凭着那玉貌冰肌，锦心绣口，惹得秦王坚目迷耳软，唯言是从。一日，坚竟引元妃同辇，游玩后庭。这岂是道德行为？赵整随辇同行，信口作歌道：“不见雀来入燕室，但见浮云蔽白日。”坚听得歌声，回首返顾，见是赵整，也不觉内省怀惭，乃命元妃下辇，且改容谢整。整本来是个宦官，博闻强记，善属文，好讽谏，颇得坚宠，故语多见从。

至秦王坚建元十一年，就是晋孝武帝宁康三年，秦丞相王猛有疾，秦王坚亲祈宗庙社稷，又分遣近臣，遍祷河岳，冀疗猛病，果得少痊，当复为猛赦死录囚，猛乃上疏称谢，且进规道：

臣累蒙宠遇，得总百揆，报称无方，忽罹重疾。不图陛下以臣之命，而亏天地之德，开辟以来，未之有也。臣闻报德莫如尽言，谨以垂没之命，窃献遗款。伏唯陛下威烈振乎八荒，声教光乎六合，九州百郡，十居其七，平燕定蜀，有如拾芥。夫善作者，不必善成，善始者，不必善终，是以古先哲王，知功业之不易，战战兢兢，如临深谷，伏唯陛下追踪前圣，天下幸甚！

坚览到此疏，不禁泪下。过了旬余，猛病复转剧，势且垂危。坚亲往省视，问及后事，猛喘着道："晋虽僻处江南，究竟正朔相承，上下安和，臣闻亲仁善邻，足为国宝，臣死后，愿陛下勿再图晋，唯鲜卑西羌，是我仇敌，终为大患，宜逐渐剪除，免误社稷！"说到稷字，语不成声，两目一翻，呜呼毕命，年五十有一。

坚大哭一场，因即还宫，拨给帛三千匹，谷万石，使充丧费，又遣谒者仆射，监护丧事，追赠侍中尚书，余官如故。安排就绪，复诣猛第哭灵，且挈太子宏同往。至棺殓时，往返已历三次，且语太子宏道："天不欲使我平六合么？奈何夺我景略，有这般迅速呢？"随命葬礼如汉霍光故事，谥为武侯。朝野巷哭三日，方才罢休。猛之死，关系前秦存亡，故叙笔从详。先是王猛在日，因凉州牧张天锡，遣使诣秦，骤告绝交，猛奉坚命，特作书贻天锡道：

> 昔贵先公称藩刘石者，唯审于强弱也。今论凉土之力，则损于往时，语大秦之德，则非二赵之匹，而将军幡然自绝，无乃非宗庙之福也欤？以秦之威，旁振无外，可以回弱水使东流，返江河使西注。关东既平，将移兵河右，恐非六郡士民，所能抗也。刘表谓汉南可保，将军谓西河可全，吉凶在身，元龟不远，宜深算妙虑，自求多福，毋使六世之业，一旦而坠地也！

天锡得书，却也知惧，因复通使修好，谢罪称藩。秦王坚不复苛求，待遇如初，唯天锡沉湎酒色，不恤国事，敦煌处士郭瑀，虽屡经天锡征聘，终因他不足有为，屏居绝迹。凉使孟公明，拘瑀门人，强胁瑀至，瑀叹道："我乃逃禄，并非逃罪，如何害及门人！"乃出诣姑臧。适值天锡母刘氏病殁，瑀即括发入吊，三踊遂出，仍返南山隐居去了。天锡也不再强留，由他自去。将军刘肃染景，曾助天锡诛死张邕，因功得宠，赐姓张氏，并使预政。又使肃景诸子，入侍左右，作为义儿，肃景得横行无忌，弄法舞文。

天锡长子大怀，已立为世子，偏天锡得了一个焦氏女，宠冠后庭。生子大豫，尚在襁褓，焦氏因宠生骄，屡在天锡面前，求立己子为世子。天锡为色所迷，竟遣大怀为征西将军，封高昌郡公，改立大豫为世子，号焦氏为左夫人。另有美人阎薛二姬，也为天锡所宠。天锡尝患重疾，顾语二姬道：“汝二人将如何报我？我若不测，难道汝等愿为他人妻么？”二姬齐声道：“尊驾倘若不讳，妾当死随地下，供给洒扫，决不敢再生异心！”既而天锡疾笃，二姬果皆自杀。二女入《烈女传》故并表明。哪知二姬死后，天锡反得渐瘳，因特加悲悼，丧葬用夫人礼。只天锡怙过不悛，荒耽如故，二姬亡后，仍然别选丽姝，入充下陈。

忽闻秦遣河州刺史李辩，据守枹罕，储粟募兵。枹罕系凉州要塞，为秦所踞，整顿戎务，当然不怀好意。那天锡也未免寒心，因就姑臧立坛，宰杀三牲，率领官属，遥与晋三公为盟，即遣从事中郎韩博，赍送盟文，直达江南，约为声援。偏偏弄巧成拙，得罪秦廷。至晋太元元年仲夏，秦王坚拟并吞凉州，下令国中道：

> 张天锡虽称藩受任，然臣道未纯，可遣使持节武卫将军苟苌，左将军毛盛，中书令梁熙，步兵校尉姚苌等，将兵临西河。尚书郎阎负梁殊，奉诏征天锡入朝，若有违王命，即进师扑讨，毋得稽延！

这令下后，就调集步骑十三万，归各将分领。再命秦州刺史苟池，河州刺史李辩，凉州刺史王统，率三州部众，作为继应，阎负梁殊，先期出发，直赴姑臧。小子有诗叹道：

> 十三万众下西凉，九世华宗一旦亡。
> 莫怨苻秦专黩武，败家覆国是淫荒。

究竟张天锡如何对付，且看下回再详。

桓温入朝，都下恟惧，而一无拳无勇之谢安，犹能以谈笑折强臣之焰，此由温犹知好名，阴自戒惧，故未敢倒行逆施，非真为安所屈也。且当其谒陵时，满口谵言，虽天夺其魄，与鬼为邻，而未始不由疚心所致。及还镇以后，复求九锡，理欲交战于胸中，不死不止，幸有弟如冲，能修温阙，桓氏宗族，不致遽覆，揆厥由来，犹食桓彝忠贞之报，至桓玄而祖泽乃斩矣。彼王猛之不愿随温，未尝无识，追为苻秦将相，立功致治，而临殁遗言，唯以图晋为戒，后人谓其不忘祖国，相率称之。然何如终隐华山，不受虏职之为愈也。秦王坚以诸葛孔明比猛，坚固不得为刘先主，猛其亦自愧孔明乎！

第六十五回　失姑臧凉主作降虏
守襄阳朱母筑斜城

却说秦使阎负梁殊，行至姑臧，赍传秦命，征天锡入朝。天锡召集官属，与商行止道："今若朝秦，恐必不返；如或不从，秦兵必至，如何是好？"禁中录事席仂道："先公原有故事，遣质爱子，赂遗重宝，今且照旧施行，缓兵退敌，徐作计较，这也是孙仲谋即吴孙权。屈伸的良法呢！"语才说毕，即由群僚指驳道："我世事晋朝，忠节著闻海内，今一旦委身贼廷，辱及祖宗，岂不可耻？且河西天险，百年无虞，若悉众出拒，右招西域，北引匈奴，与秦一战，难道定不能胜敌么？"天锡听了，即攘袂大言道："我计决了，言降即斩！"乃引负殊入语道："汝两人欲生还呢？还是死返呢？"负殊仍不少屈，朗声辩论。天锡大怒，叱左右拿下负殊，牵缚军门，即命军吏射死二人，且出令道："射若不中，是不肯与我同心，就当坐罪。"军吏齐声得令，弯弓竞射。忽有天锡母严氏出来，且泣且语道："秦王起自关中，横制天下，东平鲜卑，南取巴蜀，兵不留行，汝若出降，尚可苟延性命。今欲将蕞尔一隅，抗衡大国，又命射死秦使，激怒敌人，国必亡了！家必灭了！"莫谓妇人无识。天锡不听，仍促军吏急射，两人是血肉身子，怎能禁得起许多箭镞，当然为国捐躯。

那张天锡即使龙骧将军马建，率兵二万，出拒秦兵。秦将梁彪姚苌王统李辩等，已至清石津，攻凉河会城。凉守将骁烈将军梁济，举城降秦。秦苟池又自石城津济师，与梁熙等会攻缠缩城，又得陷入。凉将马建，途次闻两城失守，不禁惊惶，反令前队变作后队，退屯清塞，且飞报姑臧，再请添兵。天锡复遣征东将军常据，率众三万，戍洪池，自领余众五万，驻金昌。安西将军宋皓，入白天锡道："臣昼察人事，夜观天文，秦兵不可轻敌，不如请降。"天锡怒道："汝欲令我为囚奴么？"遂将皓叱出，贬为宣威护军。广武太守辛章，保城固守，与晋兴相彭知正、西平相赵疑商议道："马建出自行阵，必不肯为国家效死，若秦兵深入，彼若不走，定即迎降，我等须自为定计，且合三郡精卒，断他粮道，与争死命，方可保全陇西。"彭赵二人，恰也赞成，唯欲先通报常据，约为声援，当下由辛章遣报常据，据请诸天锡，天锡搁置不理，于是一条好计，徒付空谈！

秦兵却连日进行，姚苌为先驱，苟苌等陆续继进。行近清塞，马建只好出兵迎战，一边是奋勇直前，有进无退；一边是未战先怯，有退无进，彼此成了一个反比例，自然秦胜凉败。马建见不可敌，便即弃甲下马，匍匐乞降，余众多半逃散。苟苌既收纳马建，复移兵攻洪池。常据率兵奋斗，与马建却不相同，无如凉兵都不耐战，一经交锋，统是徬徨却顾，不敢直前。秦兵着着进逼，东斫西劈煞是厉害，单靠常据一腔忠忱，究竟不能支住，终落得旗乱靡辙，一败涂地。据马被秦兵刺死，偏将董儒另授他马，劝据奔避，据慨然道："我三督诸军，再秉节钺，八统禁旅，十总外兵，受国宠荣，无人可比，今在此受困，应该致死，还要走到何处呢？"说着，步行回营，免胄西向，稽首再拜，自刎而死。军司席仂，见据已死节，也慷慨赴敌，格杀秦兵多名，伤重身亡。张轨四世忠贞，总算得此两人。

秦兵遂入清塞，天锡闻耗，亟遣司兵赵充哲，中卫将军史荣等，领兵五万，往拒苟苌。不意赤岸一战，全军覆没。秦兵长驱至金昌城，天锡不得已，出城自战。兵刃初交，狂风大起，天昏地黑，白日无光，凉兵本无斗志，经此一变，立即骇散。天锡也欲回城，偏是城门紧闭，不纳天锡，眼见得城中已叛，只好带着骑兵数千，奔还姑臧。金昌城内的守吏，即开城迎纳，秦军苟苌等，休息一宵，便向姑臧进发。

先是张骏为凉州刺史时，已有童谣行："刘新妇簸米，石新妇炊羖羝，荡涤簸张儿，张儿食之口正披。"这种不伦不类的歌谣，大众视为胡诌，不值研索。谁知一传十,十传百,百传千万，到了秦兵攻凉的时候，姑臧城内的童儿，无一不歌此曲。后来有人解释，谓刘曜石虎，先后伐凉，均不得克，及秦兵一至，方才迎降。解释亦不甚确当。

还有天锡所居西昌门，及平章殿，无故自崩。天锡又尝梦见一绿色狗，形甚长大，从城东南跃入，欲噬天锡，天锡避匿床上，狗尚未舍，惊极乃寤。自知此梦不祥，阴有戒心。及败回姑臧，婴城固守，才阅数日，秦兵已到城下。天锡登城巡阅，俯见敌军统帅，身着绿地锦袍，手执令旗，跨马指挥，督兵攻城，当下顾问军士，秦帅姓甚名谁？军士有几个认识苟苌，便即报告。天锡猛悟道："绿色狗，绿袍苟，梦兆果不虚了！"遂下城太息，闷坐厅中。

接连警报数至，或说东门紧急，或说南门孤危，累得天锡心似辘轳，惊惶不定。可巧左长史马芮驰入，喘声说道："东南门要被攻陷了！"天锡顿足道："奈何！奈何！"马芮道："现在已无他法，只有屈节出降，保全一城生灵。"天锡道："能保我一门生全否？"芮答道："待芮出投降书，凭着三寸不烂舌，为王请命。"天锡允诺，遂令芮草就降表，遣他出去。未几即得芮返报，许令不死，且保富贵。天锡大喜，因即素车白马，舆榇出城，走降秦营。秦帅苟苌，释缚焚榇，送天锡诣长安，于是凉州郡县，相继降秦。

秦王坚命梁熙为凉州刺史，留镇姑臧。天水太守史稷，前曾暴殁，五旬复苏，谓见凉州谦光殿中，尽生白瓜，至此梁熙镇凉，小名正是白瓜二字，岂非奇验。熙奉秦王坚命，徙凉州豪右千余户入关，余皆安堵如故。天锡入秦，亦得受封为归义侯，任比部尚书，迁右仆射。凉自张轨牧守凉州，至天锡降秦，共历九主，计七十六年。天锡后事，下文慢表。

且说秦既灭凉，复拟攻代。凑巧匈奴部酋刘卫辰，为代所逼，向秦乞援。秦正好借此兴兵，即令幽州刺史行唐公洛，会同镇军将军邓羌、尚书赵迁、李柔、前将军朱肜、前禁将军张蚝、右禁将军郭禁等，共出步骑三十万，东向击代。代王什翼犍，本来是有些能力，尝与燕彼此和亲，燕为秦灭，又向秦入贡，不相侵犯。就是刘卫辰亦曾娶什翼犍女为妻，有翁婿谊，唯刘卫辰系刘虎孙，绰有祖风，素好反复，俄而附代，俄而叛代。什翼犍恨他无礼，发兵往讨，卫辰西走降秦。秦王坚送还朔方，遣兵助守。什翼犍拟部署兵马，再击卫辰，适部将长孙斤密图内乱，引兵入帐，将弑什翼犍，亏得什翼犍子实，侍直帐中，奋身格斗，得将长孙斤截住。斤持槊刺入实胁，实尚忍痛与战，帐外卫士，也来助实，遂把斤擒住，乱刀砍死。实受伤已重，越月竟殁，实尝娶东部大人贺野干女，生一遗腹子，取名涉圭，后改名珪。即拓跋珪，为后魏之祖。什翼犍喜得生孙，令赦境内死罪。一面因兵马整齐，复讨卫辰，卫辰南走，仍然向秦乞救。秦遂大发兵众，令卫辰为向导，侵入代境。叙事简净，且得回应前文。

代王什翼犍，忙使白部独孤部南御秦兵。两部出战数次，统遭败衄，乃改遣南部大人刘库仁抵敌秦军。库仁与卫辰同族，不过库仁为什翼犍甥，所以特遣，婿不可恃，甥可恃耶？且调发十万骑兵，归库仁统带。库仁行至石子岭，正与秦军相值，战了一场，又复败绩，四面逃散。什翼犍又适患病，不能出拒，只得北奔阴山。已而秦兵渐退，乃还次云中。犍弟孤，尝分据部落，比犍先殁。孤子斤，失职怨望，时思构乱。犍子实，本居嫡长，由犍立为世子。实死后，尚未立嗣。犍继妃慕容氏，生有数子，俱尚稚弱，独有贱妾子寔君，年龄最长，秉性悍戾。斤正好乘间煽祸，密语寔君道："王将立慕容妃子，恐汝不服，先拟杀汝，汝肯束手就毙么？"寔君听了，无名火高起三丈，便浼斤为助，私集兵甲，突攻犍帐，杀死诸弟。犍闻寔君为乱，正思出帐弹压，偏乱众已经杀入，不管尊卑上下，竟持刀乱劈，把犍杀死。慕容妃已早亡故，尚有实妻贺氏，挈子珪走依贺讷。讷就是野干嗣子，与珪有甥舅谊，当然容纳。此外如后庭男妇，都仓皇奔散，有几个反往投秦军，向敌乞援。秦兵虽然渐退，尚在君子津驻扎，既闻代乱，乐得乘机急进，直趋云中，家必自毁，然后人毁之，国必自伐，然后人伐之。寔君方拟据位，猝遇秦兵到来，如何抵敌？况部众俱已倒戈，益觉无力支撑，只好迎降秦军。

秦将露布告捷。秦王坚召代长史燕凤，问明情状，也勃然怒道："天下有这等乱贼么？身为臣子，敢弑君父，我当代为问罪，诛除大逆。"你自己思想果能无愧么？当下飞敕尚书李柔等，拘送寔君及斤，到了长安，用五马分尸法，车裂以徇。又引问燕凤，谓什翼犍有无遗嗣，凤以珪对，坚欲遣使征珪母子，凤申请道："代王新亡，群下叛散，遗孙幼弱，不能统摄，别部刘库仁，骁勇有智，刘卫辰狡猾善变，各难独任，今宜将代众分属两部，就令他两人分辖。两人素有深仇，莫敢先发，俟珪年已长，方为册立。陛下果俯纳臣言，兴灭继绝，再存代祀，人非木石，能不感恩？他时子子孙孙，不侵不叛，永作秦藩，岂不是安边长策么？"坚喜从凤言，乃分代众为二部，河东属库仁，河西属卫辰，划境分管。

库仁迎珪母子，居养帐中，恩礼备至，未尝以废兴易意，且语诸子道：“此儿志趣不凡，将来必能恢隆祖业，汝等须善加待遇，慎勿忘怀！”为拓跋珪兴魏张本。随即招抚离散，厚意怀柔，凡代郡流亡人民，多半趋附，恩信聿著。秦王坚加库仁为广武将军，赏给幢麾鼓盖，隐示劝功的意思。卫辰无从得赏，向隅抱怨，攻杀秦五原守吏。秦令库仁往讨，库仁遂率众往击卫辰。卫辰屡战屡败，北奔阴山，经库仁追逐至千余里外，虏得卫辰妻子，方才还兵。卫辰自知穷蹙，不得已向秦谢罪，秦乃命卫辰为西单于，督辖河西杂胡，屯代来城。但从此僻处偏隅，无复从前威焰了。

秦王坚荡平西北，威声大振，凡东夷西羌诸国，联翩入贡，外使盈廷。坚大喜过望，免不得骄侈起来。是前秦兴亡之枢纽。故赵将作功曹熊邈，屡次白坚，谓石氏宫室器玩，多用金银，非常华丽。坚乃命邈为将作长史，领尚方丞，大修舟舰兵器，就将石氏金银移用，作为饰品，备极精巧。慕容垂从子绍，为秦阳平国常侍，私与兄楷相语道：“秦王自恃强大，转战不休，北戍云中，南守蜀汉，转运万里，民不堪命，今复筑舟铸兵，穷极奢侈，眼见是盛极必衰了！冠军叔父，智识英伟，必能恢复燕祚，我等但当爱身待时，不患无成。”还有垂子慕容农，亦密语垂道：“自从王猛死后，秦法日颓，今乃加以汰侈，祸必不远，父王宜结纳豪杰，仰承天意，兴复燕宗，机不可失了！”垂笑道：“天下事非尔等所及知，我自有区处呢！”意在言中。

会秦王坚欲图统一，经略江南，当有细作报知建康。晋廷诏敕内外诸臣，整顿防务。荆州刺史桓豁，表请调兖州刺史朱序，为梁州刺史，驻守襄阳，孝武帝自然依议。已而桓豁病殁，有诏令桓冲代任，都督江荆梁益宁交广七州军事。冲以秦人强盛，欲移扼江南，乃奏自江陵徙镇上明，使冠军将军刘波，守江陵，谘议参军杨亮守江夏。孝武帝除准奏外，复诏求文武良将，捍御北方。尚书仆射谢安，即以兄子玄应诏。孝武帝加安侍中，令都督扬豫徐兖青五州军事，即授玄领兖州刺史，监辖江北。又授五兵尚书王蕴，都督江南诸军事，领徐州刺史，蕴上表固辞，安劝阻道：“卿为后父，与国家同休戚，不应妄自菲薄，致失上意。”蕴乃受命。

中书郎郗超，尝以父愔资望，出谢安右，偏安握重权，愔居散地，未免心下不平，屡生讥议。及闻安举兄子玄，却很是赞成，谓安能违众举亲，不失为明，如玄材具，将来必不负所举。或疑超如何变议，超答道：“我尝与玄共在桓公府，早知玄有使才，足任方面，若无端加毁，岂非太诬蔑时贤么？”果然玄出镇广陵，练兵募材，连日不懈。得彭城人刘牢之，使为参军。牢之智勇兼全，常领精锐为前锋，所向披靡，时人号为北府兵。自有北府兵成立，方得与强秦抗衡，保全江左。暗伏下文。郗超且惭且愤，先父病殁，超本擅时誉，交游皆一时俊秀，唯党同桓温，遂为遗玷，父愔虽无甚功业，但心却忠晋，与子异趋。超平生与桓温计议，多不使愔知，临殁时，自出一箧，付与门生道：“我死以后，倘我父为我悲悼，致损眠食，汝等可将此箧呈父，否则焚毁为要。”后来愔果悲超，寝食俱废，门生依超遗言，呈入一箧，经愔启阅，统与温往返密计，不禁大怒道：“小子死已迟了！”遂不复记忆，病亦渐瘥。及太元九年乃殁，追谥文穆。叙此以别郗超父子之忠奸。这且无庸絮叙。

且说太元三年二月，秦王坚大举侵晋，遣征南大将军长乐公丕，都督征讨诸军事，率同武卫将军苟苌，尚书慕容暐，共步骑七万人，南寇襄阳。又命秦荆州刺史杨安，率樊邓二州兵马为先锋，与征虏将军石越，步骑万人，出鲁阳关，冠军将军京兆尹慕容垂，扬武将军姚苌，率众五万，出南乡。领军将军苟池，右将军毛当，强弩将军王显，率众四万，出武当，统在襄阳城下会齐，限期攻克。襄阳守将朱序，闻秦兵大至，不以为虞。看官道是何因？他恃汉水为阻，且探得秦兵，不具舟楫，总道他无术飞渡，可以放心；不料秦将石越，竟驱骑兵五千，浮渡汉水，直逼襄阳。序仓皇得报，才不觉脚忙手乱，立即调兵守城，中城已布置妥当，外城尚不及严防，竟被石越攻入，且夺去战船百艘，往渡余军。秦长乐公苻丕等，次第得渡，同来攻城，城中大震。

序有老母韩氏，颇通兵略，自挈婢仆等登城，亲行察视。至西北隅，便蹙眉道：“此处很不坚固，怎能保守得住呢？”说着，即督同婢仆，在城内增筑斜城，婢仆不足，另募城中妇女为助，即将库中布帛，及室内饰玩，作为犒赏，一日一夜，即将斜城筑就。工役方竣，那西北隅果被攻陷，坍坏数丈，秦兵一齐拥进，亏得城内尚有一道斜城，兀然竖着，仍将秦兵阻住，秦兵但得了一埭濠沟，仍无用处，襄阳人至此，始知序母确有识见，齐呼新城为夫人城。小子有诗咏道：

寇兵十万下襄阳，守备孤单未易防。

幸有夫人城不坏，彤编留得姓名香。

究竟襄阳城能否固守，且至下回续叙。

降敌，非良策也。承先人数世之遗业，不能自振，乃伈伈伣伣，屈膝虏廷，宁不可耻？但如张天锡之沉湎酒色，毫无备御，乃欲以一战屈人，谈何容易，况以十三万之秦军，猝然压境，就使凉兵素号精练，亦未必果能却敌，盖强弱之势，固不相同，客主之形，又甚悬绝故也。席仂一谏而不听，严母再诫而又不从，卒致忠臣毕命，陇右为墟，与其舆榇出降，亦何若先机谢罪之为愈乎？秦王坚乘天锡之愚而灭凉，复因寔君之乱而灭代，狃胜而骄，遽忘王景略遗言，下令侵晋，劳师近二十万，不能遽破襄阳；徒顿兵于夫人城下。城传而夫人益传，巾帼中有英雄，固宜特别阐扬也。

第六十六回　救孤城谢玄却秦军
违众议苻坚窥晋室

却说襄阳被围，西北隅坍陷数丈，幸有朱母预筑斜城，才得敛众拒守。但秦兵未肯退去，单靠这埭夫人城，仍是孤危得很。晋江荆都督桓冲，屯兵上明，有众七万，也怕秦兵强盛，未敢径进。秦长乐公苻丕，欲急攻襄阳，武卫将军苟苌道："我军十倍敌人，糗粮山积，但稍得汉沔人民，移往许洛，塞彼运道，断彼兵援，彼似网中鱼，笼中鸟，无虑不获，何必多杀将士，急求成功呢？"丕乃依议，暂从缓攻，唯饬兵围着，杜绝内外。

既而秦冠军将军慕容垂，攻克南阳，执住太守郑裔，亦至襄阳会师，秦复遣兖州刺史彭超，都督东讨诸军事，使与后将军俱难，右禁将军毛盛，洛州刺史邵保，统领步骑七万，寇晋淮阳盱眙，进攻彭城。晋命右将军毛虎生，率众五万，出镇姑孰。彼此相持多日，已阅暮冬。秦御史中丞李柔，劾奏长乐公丕，师老无功，请收下廷尉治罪。秦王坚因使黄门侍郎韦华，持节责丕，且赐丕剑道："来春不捷，汝可自裁，不必再来见我了！"丕接到此谕，当然惶急，时已残腊，在城下过了新年，乃誓众急攻。朱序督兵固守，有时见秦兵少懈，出奇猛击，杀伤秦兵多人，丕引退数里。序见秦兵退去，防守少疏，且因士卒多苦，略命休息。不料过了数日，秦兵又蜂拥攻城。序仓皇抵御，正在危急的时候，忽然北门洞开，纳入秦军，事出意外，令人不测，序只好拼命搏战。可巧督护李伯护前来，由序呼同效死，伯护佯为应诺，及趋近序旁，竟拔剑击伤序马，马负痛倒地，序亦坠下。伯护即麾动左右，缚序送秦军。看官不必细问，便可知这李伯护卖主求荣，私通外国了。罪不容于死。序母韩氏，却挈着健婢，及兵役数百人，从西门出走，绕道东归，幸得脱祸。智妇总不致枉死。

序被执送长安，秦王坚闻序能守节，拜为度支尚书，独责李伯护不忠，将他斩首。令中垒将军梁成，为荆州刺史，配兵一万，使镇襄阳。秦将军慕容越，复将顺阳夺去，擒送太守丁穆，坚欲授穆官爵，穆固辞不受，还有晋魏兴太守吉挹，也为秦将韦钟所攻，粮尽被陷，挹拔刀在手，意欲自刎，偏左右夺去挹刀，挹求死不得，为秦所执，挹自草遗疏，密授参军史颖，令他逃归建康，自在秦营数日，绝不一言，并不一食，竟尔饿死。秦王坚叹为忠臣。晋得史颖归报，亦追赠挹为益州刺史，不没忠忱。

唯彭城被围已久，由晋兖州刺史谢玄，率众万余，往救彭城。行次泗口，拟遣使往报彭城太守戴逯，大众都互相推诿，不敢轻往。唯部将田泓，慨然愿行，玄当然遣去。是时彭城外面，统是秦营扎住，端的是水泄不通，无路可入。泓泅水潜行，到了城下，探头出望，正与秦巡兵打个照面。巡兵大声呼捉，泓知不可逃，索性登岸，趋入秦营，秦将彭超，啗以重利，使他传语城中，只言南军已败，泓佯为允许。及趋至城下，却扬言道："戴太守以下诸将士听着！我是兖州部将田泓，单行来报，南军将至，望诸军努力待援，我不幸为贼所得，已不望生还了！"说至此，被秦将喝令斩首，刀光起处，碧血千秋。好与吉挹并传不朽。

秦兵急攻彭城，旦夕将陷，亏得晋后军将军何谦，奉谢玄命，来劫秦兵辎重。秦将彭超，方引兵还御，彭城太守戴逯，遂乘隙出奔，兵民始不致全没，但何谦一退，彭城便被秦兵占去。超留治中徐褒守城，自督兵南攻盱眙，掳去高密内史毛璪之，得将盱眙陷入。秦将俱难，亦攻克淮阴。再加秦将毛当王显，又从襄阳出发，来会彭超，俱难两路人马，进攻三阿。三阿距广陵百里，晋廷大震，临江列戍，一面遣征虏将军谢石，谢安弟。率舟师出屯涂中，右卫将军毛安之，率步兵出屯堂邑。秦将毛当毛盛，夜袭毛安之军，安之惊溃，一毛不及二毛。独谢玄自广陵往救三阿，至白马塘，击斩秦将都颜，直至三阿城下，彭超俱难，并马来战，被谢玄麾军杀去，纵横驰骤，锐不可当。超与难虽经百战，未曾见过这般锐卒，顿时惊退，部兵折伤甚多，余兵随着两将，走保盱眙。谢玄入三阿城，与刺史田洛，招集邻境士卒，得五万人，进攻盱眙。难超出战，又复败绩，奔往淮阴。玄复遣后军将军何谦，带领舟师，乘潮直上，夤夜纵火，焚毁淮桥。秦淮阴留守邵保，出兵拦截，怎禁得火焰直冲，敌势又猛，徒落得焦头烂额，一命呜呼！难超欲上前救应，只见淮桥左右，笼着一片火光，不由的逡巡畏缩，再奔淮北。玄与何谦戴逯田洛等，并力追击，又大破难超等军。难超仓皇北遁，仅以身免。秦王坚闻报大怒，征超下狱，超惧罪自杀，难削爵为民。用毛当为徐州刺史，使镇彭城，毛盛为兖州刺史，使屯湖陆，王显为扬州刺史，使戍下邳。

晋谢玄凯旋广陵，详报捷状。孝武帝进玄为冠军将军，加领徐州刺史。并进谢安为司徒，领卫将军，开府仪同三司。桓冲亦并授开府，如谢安例。他将亦赏功有差。

越年为孝武帝太元五年，即秦王坚建元十六年，坚徙行唐公苻洛为散骑常侍，都督宁益西南夷诸军事，兼征南大将军，领益州牧，使镇成都。洛雄武有力，为坚所忌，故但使外任，不令预政。此次在幽州奉命，又要他由东至西，心甚不平，乃商诸将佐，意欲谋变。幽州治中平规，促令起事，洛遂自称大都督秦王，用平规为谋主，就在幽州发难，集众七万，西指长安，关中震动，盗贼四起。坚遣使责洛道："天下尚未统一，全仗兄弟戮力同心，廓清区宇，奈何无故谋反？请即还和龙，当仍以幽州为世封。"洛不受命，且语来使道："汝可还白东海王，幽州偏僻，不足容万乘，须还王咸阳，上承高祖遗业；若能在潼关迎驾，当位为上公，爵归本国。"这数语由使人返报，坚当然大愤，立遣左将军窦冲，及步兵校尉吕光，统率步骑兵四万，东出拒洛。又命右将军都贵，驰传诣邺，发冀州兵三万为前锋，授阳平公融为征讨大都督，率兵援应；再使屯骑校尉石越，率骑一万，从东莱出石迳，浮海四百余里，往袭和龙。

洛领众至中山，适北海公重，亦率众来会，共计得十万人。未几，由窦冲等驰至，与洛交战数次，洛皆失利。校尉吕光，素有勇略，料知洛将奔回，急从间道驰出洛后，截洛归路，果然洛引众退走，被光截住厮杀，洛将兰殊，拍马与战，才及数合，只听得踢蹋一声，殊已坠地，即为光手下捉去。洛众大溃，洛夺路欲逃，马蹄忽蹶，也致掀倒，为光所擒，独重没命乱跑，行至幽州附近，被光追及，一刀断命。和龙尚未接败报，但由平规居守，未曾加防，突来了一支秦军，掩入城门，劈死平规，及叛党百余人，这支人马，便是石越的骑兵，一鼓驰入，立下幽州，吕光械洛入关，并将兰殊随解。秦王坚特加赦宥，仍署兰殊为将军，唯流洛至凉州西海郡，屏诸远方，终身示罚。洛虽立平，然已是衰乱之兆。

当下征阳平公融为中书监，都督诸军，录尚书事。长乐公丕，为冀州牧。平原公晖，为豫州牧，且因诸氐族类繁滋，不便聚处，特将三原九嵕武都汧雍氐十五万户，使诸宗亲分道率领，散居方镇，如古诸侯世封成制。长乐公丕分得氐众三千户，辞阙启行。坚亲送至灞上，一嘱属别，父子俱有戚容，就是三千户子弟，拜别父兄，亦皆恸哭失声，哀感行路。秘书侍郎赵整，援琴作歌道："阿得脂，阿得脂，伯劳舅父是仇绥，尾长翼短不能飞，远徙种人留鲜卑，一旦缓急当语谁？"坚知他有意嘲讽，但微笑不答。他为了苻洛一乱，格外加防，所以分遣氐众，免得他变生肘腋，哪知同族不可恃，他族更不可恃，坚徒防同族，不防他族，这真是顾及眉睫，不防肩臂呢！为慕容氏叛秦张本。已而坚调左将军都贵为荆州刺史，屯驻彭城，特置东豫州，令毛当为刺史，屯守许昌，都贵遣司马阎振，及中兵参军吴仲，领兵二万，入寇竟陵。晋江荆都督桓冲，飞饬从子南平太守石虔，与虔弟参军石民，出兵截击，大破秦军。振与仲退保管城，石虔乘胜攻入，擒住振仲，斩首七千级，俘虏万人，飞章告捷。有诏授石虔为河东太守，特封桓冲子谦为宜阳侯，仍令江淮戒严，防备秦寇。

秦王坚好大喜功，日思统一，尝就渭城作教武堂，命旁通兵法的太学生，教授将士，秘书监朱肜谏阻道："陛下南征北讨，已得海内十分之八，此时宜偃武修文，与民休息，乃反立学教战，徒乱人意，何足致治！况将士多经过战阵，莫不知兵，今更使受教书生，亦不足激厉志气，与实无益，与名有损，不如不设为是。"坚乃罢议。

太常韦逞，素受母训，劬学成名，坚平时尝留心儒术，故命逞典礼，一日由坚亲临太学，问及博士经典，博士卢壶答道："废学已久，书传零落，近年多方搜辑，粗集正经。唯《周官》礼注，尚乏师资，窃见太常韦逞母宋氏，世学《周官》，夙承父业，今年垂八十，耳目犹聪，非此母不能讲解《周官》音义，传授后生。"坚不待说毕，便欣然道："既有韦母，何妨令诸生就学哩。"随即召逞与议，使他禀白老母，即就逞家设立讲堂，特遣生员百二十人，偕往受业。宋氏当然依命，隔幔授经，连日不辍。坚复赐给侍婢十人，号宋氏为宣文君，自是《周官》学复得发明，时称为韦氏宋母，传名后世。不没贤母。还有才女苏蕙，表字若兰，系陈留令苏道贤第三女，幼通文史，雅善诗歌，智识精明，仪容妙丽，年十六为窦滔妇，滔很是敬爱。嗣滔为秦州刺史，复纳一妾，叫做赵阳台，妖冶善媚，未免夺宠。苏蕙虽号多才，究不脱儿女性质，由妒生恨，渐与窦滔反目，滔因此疏蕙。旋滔坐罪被谴，徙往流沙，但挈阳台西去，留蕙家居。蕙独处岑寂，不免思夫，乃为回文诗数首，织诸锦上，宛转循环，寓意悱恻，共得八百四十字，寄与窦滔，滔接阅回文旋锦图，反复吟哦，也为泣下。可惜回文诗未曾录入。可巧秦王坚亦赦令回家，马上启行，东归探妇，伉俪重逢，和好如初。这也是一段情天佳话，后人播为美谈，看官幸勿笑我夹杂哩。不没才妇。

且说秦王坚阳若好文，阴仍尚武，始终不忘南略。勉强捱延了两年，正拟大举南侵，偏东海公苻阳，及侍郎王皮，尚书郎周虓，通同谋叛，定期举事。阳系法子，皮系猛子，虓系晋故益州刺史周抚孙，降秦受官，三人纠众作乱，倒也是一场大难。偏偏逆谋预泄，被坚饬人收捕，面加讯鞫。阳抗声道："臣父哀公。苻法死谥哀公，事见前文。死不当罪，臣欲为父复仇呢！"坚不禁流涕道："哀公致死，事不在朕，如何错怪？"虽由苟太后主张，坚亦不能尽诿。说至此，复问皮何故谋逆？皮答道："臣父丞相猛，有佐命大功，臣乃不免贫贱，为富贵计，不得不然。"遁辞。坚叱道："丞相临终，只贻汝十具牛，嘱汝治田，未尝为汝求官，朕念汝先父有功，擢汝为侍郎，汝反忘恩肆逆，这真叫做知子莫若父哩！"说着，又顾虓问状。虓答道："世受晋恩，生为晋臣，死为晋鬼，何劳再问？"虓果忠晋，不宜受秦官爵，既受秦封，如何谋叛？坚喝令系狱，叹息入宫。旋即颁发命令，曲贷三人死罪，唯徙阳至高昌，皮虓至朔方塞外，算作了案。未免失刑。

会西域车师鄯善二国，遣使入朝，愿为向导，引秦兵经略西域，秦王坚即遣将军吕光为都督，统兵十万，往定西域。阳平公融入谏道："西域荒远，得民未必可使，得地未必可食，从前汉武西征，得不偿失，臣愿陛下毋循覆辙呢！"坚不肯从，竟令吕光西行。光出陇西，越流沙，收服焉耆诸国，唯龟兹王白纯一作帛纯。拒命，为光所逐，光遂居龟兹，威爱兼施，远近悦服，秦威大震。

适前高密内史毛璪之等，由秦逃亡，仍归晋室。璪之被获，事见上文。秦王坚乃亲御太极殿，大会群臣，当面宣谕道："今四方略定，只有东南一隅，未沾王化，现计我国兵士，可得九十余万，朕欲大举亲征，卿等以为可否？"尚书左仆射权翼道："昔商纣不道，三仁在朝，武王犹且旋师。今晋虽微弱，未有大恶；谢安桓冲，并皆江表伟人，君臣辑睦，内外同心，依臣愚见，晋却未可速图呢。"坚沉吟半晌，又左右旁顾道："诸卿可各言所见。"太子左卫率石越应声道："今岁镇二星，适守南斗，福德在吴，未可轻讨。且彼有长江天险，民尚乐用，臣以为不宜加兵。"权翼是畏晋人和，石越并说及天时地利。坚说道："从前武王伐纣，逆岁违卜，天道幽远，未易可知。夫差孙皓，皆保据江湖，终归覆灭。今凭我百万兵马，投鞭江中，已足断流，怕什么天险呢？"越又答道："三国君主，统淫虐无道，所以敌国往取，易如拾芥。今晋虽寡德，究无大愆，愿陛下且按兵积谷，坐待敌衅，果使有隙可乘，发兵未迟。"此外群臣各言利害，纷纭莫决。坚懊怅道："这便是筑室道旁，无时可成，看来唯我独断罢！"群臣见坚有愠色，自然不敢再言，相率退出。独阳平公融尚在座侧，坚顾语道："人主欲定大事，不过一二臣可以与谋，今众议纷纭，徒乱人意，我当与卿专决此事。"融答道："今欲伐晋，却有三难，天道不顺，就是一难；晋国无衅，就是二难；我国屡经征讨，兵力已疲，势转怯斗，就是三难。群臣谓不宜伐晋，确是忠谋，愿陛下依从众议！"坚忿然道："汝也来作此说么？我尚何望？试想我有强兵百万，资械如山，我虽未为令主，究非暗劣，乘我累胜，击彼垂危，何患不克？怎可复留此残寇，长为国忧呢？"融泣语道："晋未可灭，昭然易知，今欲劳师大举，实非万全计策。且如臣所忧，更不止此，陛下宠养鲜卑，羌羯布满畿甸，这统是萧墙大患，如陛下督师南征，太子独与弱卒留守京师，一旦变生肘腋，悔何可追？臣本顽愚，言不足采。王景略乃一时俊杰，陛下尝比为诸葛武侯，他临殁时，曾有遗诫，难道陛下忘记么？"比权石二人还要说得明白，这真是苦口忠言。坚愈加不乐，退入内庭，融当然趋出。

适太子宏入内问安，坚与语道："我欲伐晋，以强临弱，可保必胜，朝臣皆言未可，我实不解！"宏婉答道："今岁在吴分，晋君又无大过，若南征不捷，外损国威，内殚民力，所伤实多，无怪群下疑沮呢。"坚摇首道："前我出兵灭燕，亦犯岁星，天道原不可尽凭。况古时秦灭六国，六国君主，岂必皆暴虐么？"说罢，便顾令左右，宣召冠军将军慕容垂入议，垂应召即至，坚问及伐晋事宜，垂抵掌道："弱肉强食，乃是古今通例。如陛下神武应运，威加海内，虎旅百万，韩信白起满朝，乃蕞尔江南，独违王命，不伐何为？古诗有云：'谋夫孔多，是用不集。'愿陛下断自圣衷，不必多虑！陛下可记得晋武平吴，只有张杜二三臣，与他同意，若必从众议，如何能统一中原呢？"美疢不如恶石。坚不禁起舞道："与朕共定天下，独卿一人。余子碌碌，何足与谋！"遂命赐帛五百匹，垂拜谢而出。

坚即命阳平公融为司徒，领征南大将军，并调谏议大夫裴元略为巴西梓潼二郡太守，嘱令速具舟师，指日南下。阳平公融，辞不受职，且再入谏道："知足不辱，知止不殆，自来穷兵黩武，鲜有不亡，况国家本系戎狄，正朔未归，江东虽然微弱，尚存中华正统，天意亦必不遽绝哩？"坚作色道："帝王历数，有何定例？刘禅非汉室苗裔么？何故为魏所灭，汝所以不能及我，就在此拘执的弊病呢！"融无言而退。坚仍授融为征南大将军，不过取消司徒职衔。融无奈受命。

坚素信沙门道安，群臣托他乘机进谏，道安允诺。一日得与坚同辇，出游东苑，坚笑语道："朕将与公南游吴越，泛长江，临沧海，公以为可乐否？"安接口道："陛下应天御宇，居中宅外，自足比隆尧舜，何必栉风沐雨，亲往遐方哩？况东南卑湿，容易染疫，舜禹俱巡游不返，陛下幸勿亲行！"坚驳说道："天下必统属一尊，方可太平，朕经略四海，已得八九，难道使东南一隅，独不被泽么？必如公言，是古时圣帝明王，何为不惮劳苦，巡狩四方呢？"道安见不可谏，乃更易一说道："陛下如必欲南征，也只可驻跸洛阳，但遣一使贻书江南，怵以兵威，彼亦必稽首称臣，无烦圣驾跋涉了。"坚终不从，小子有诗叹道：

帝典王谟戒面从，刍经群议已知凶。
如何骄主矜张甚，但务穷兵未敛锋。

既而后宫又有一人，上书谏坚，请勿伐晋！究竟书中如何措词，待至下回再表。

秦兵横行江淮，连破名城，迭擒晋将，至三阿一役，彭超俱难，屡战屡败，仅以身免，此可见师劳力疲，不堪久用。秦之转盛为衰，已见一斑，非谢玄之果能无敌也。况苻洛发难，内讧已起，而鲜卑羯羌，杂伏关中，尤为苻秦之隐患，此时唯急谋镇定，与民休息，尚足制治保邦，奈何好大喜功，尚思大举侵晋耶？权翼一谏而不从，石越再谏而又不从，至苻融详陈利害，尚不见听，利令智昏，不败何待？彼慕容垂之赞成坚议，固将觇坚之胜负，以定从违耳。坚但知面从为忠，适中垂计，天下事失之毫厘，谬以千里，坚其殆犹是乎！

第六十七回　山墅赌弈寇来不惊　淝水交锋兵多易败

却说秦王坚有一宠妾张氏，明敏有识，素得坚宠，号为张夫人。她闻坚欲侵晋，亦以为兵凶战危，不宜常动，乃上书规谏道：

妾闻天下之生万物，圣王之驭天下，皆因其自然而顺之，故功无不成。是以黄帝服牛乘马，因其性也；禹浚九川，障九泽，因其势也；后稷播殖百谷，因其时也；汤武率天下而攻桀纣，因其心也。自来有因则成，无因则败，今朝野之人，皆言晋不可伐，陛下独决意行之，妾不知陛下何所因也？《书》曰："天聪明，自我民聪明。"天犹因民，而况人主乎？妾又闻王者出师，必上观乾象，下采众祥，天道崇远，非妾所知，以人事言之，未见其可。谚云：鸡夜鸣者，不利行军，犬群嗥者，宫室将空，兵动马惊，军败不归。自秋冬以来，众鸡夜鸣，群犬哀嗥，厩马多惊，武库兵器，自动有声。此皆非出师之祥也，愿陛下详而思之！

坚得书览毕，搁过一边，且自语道："妇人有何见识；来管什么军旅大事？"正懊恨间，幼子中山公诜，亦驰入面谏道："臣闻国家兴亡，系诸贤才，用贤必兴，不用贤即亡。今阳平公为一国谋主，陛下奈何不用？晋有谢安桓冲，皆号贤才，陛下乃欲往伐，臣不胜滋疑，故敢直陈无隐！"坚又叱道："天下大事，孺子何知，也敢来饶舌吗？"儿女犹知危殆，坚奈何不知？说得诜满怀惭愤，低头退出。

好容易又阅一年，晋桓冲率众十万，攻秦襄阳，使前将军刘波等，攻沔北诸城，辅国将军杨亮，攻蜀涪城，鹰扬将军郭铨，攻武当。冲攻襄阳未下，分兵拔筑阳，当有警报飞达长安，秦王坚亟遣征南将军钜鹿公睿，冠军将军慕容垂等，率步骑五万救襄阳，兖州刺史张崇救武当，后将军张蚝，步兵校尉姚苌救涪城。桓冲闻秦兵大至，退屯沔南，唯郭铨击败张崇，掠得二千户东还。慕容垂为秦军前驱，进临沔水，与桓冲夹岸对垒。他却想出一法，夜命军士，各持十炬，燃系树枝，光彻数十里。冲果被吓退，自沔南还保上明。张蚝出斜谷，杨亮亦引兵东归，桓冲表荐从子石民为襄阳太守，使戍夏口，自求领江州刺史，有诏依议，乃各莅镇辖守。

秦王坚以晋敢先发，倍加震怒，遂下令全国，集众侵晋。约计民间十丁，抽一为兵，良家子年在二十以下，如有材勇，皆入选为羽林郎，共得三万余骑。拜秦州主簿赵盛之为少年都统，且预先下令道："平晋以后，可令司马昌明为尚书左仆射，谢安为吏部尚书，桓冲为侍中。"朝臣闻令，俱嗤为太早。我亦要笑。独慕容垂姚苌，及良家子等，怂恿苻坚，即速发兵。阳平公融又进谏道："鲜卑羌虏，实我仇雠，所陈计划，无非利我疲敝，彼得乘间逞志，如何可从？良家少年，类皆富饶子弟，不娴军旅，但知逢迎上意，希宠求荣，陛下误信彼言，轻举大事！臣恐功既不成，且有后患，后悔将无及了。"坚始终不听，反饬融督同张蚝慕容垂等，率步骑二十五万为前锋，自率大军为后应，又命兖州刺史姚苌，为龙骧将军，监督益梁二州军事，并面语苌道："朕尝为龙骧将军，得建王业，今特将此职授卿，愿卿勉力！"左将军窦冲，在旁进言道："王者无戏言，这乃是不祥征验呢！"坚默然不答。亦自知失言么？苌即辞去。

慕容楷慕容绍私语慕容垂道："主上骄矜日甚，亡象已见，叔父此行，正好规复旧业哩。"垂点首道："这须由汝等合力，方可成功；今且勿言，俟南下观衅便了。"乃随坚出发长安，戎卒共六十余万，骑士约二十七万，旗鼓相望，前后千里。是时为晋孝武帝太元八年仲秋，凉风拂地，玉露横天。正好行军。秦王坚左杖黄钺，右秉白旄，安坐云母辇，徐徐启行，留太子宏居守。宠妃张夫人自请从征，当由坚敕备副车，令她随着，端的是须眉巾帼，八面威风。力为后文反照。

到了九月初旬，行抵项城，凉州兵始达咸阳，蜀汉兵方顺流东下，幽冀兵已到彭城，东西万里，水陆并进。苻融等前驱兵二十五万，先至颍口。江淮各戍，飞报建康，孝武帝急命尚书仆射谢石，为征虏将军，兼征讨大都督，并授徐兖二州刺史，谢玄为前锋都督，与辅国将军谢琰，谢安子。西中郎将桓尹等，督众八万，出御秦军。又使龙骧将军胡彬，带领水军五千，往援寿阳。谢玄既奉朝命，也恐众寡不敌，未免加忧，因向谢安问计，安夷然答道："已别有旨。"玄待了多时，并不闻有什么计议，自己不便渎陈，因令僚属张玄重请。安从容道："且俟明日再谈。"到了翌晨，玄再往请教，安却召集亲朋，同游山墅，命玄亦相偕出游。玄只好随去，及抵山墅中，安绝口不谈军务，反令玄对坐弈棋。玄棋本胜安一筹，此时怀着鬼胎，无心下子，所以应接多疏，反致见输。约下数局，少胜多负，玄殊不耐烦。偏安强令续弈，直至傍晚，方才撤枰。安又与亲朋登山览水，入夜乃还，终不道及军情。矫情镇物。越日得桓冲来书，拟遣精锐三千人，入援京师，安对来使道："朝廷处分已定，兵甲无阙，不劳桓公遣兵；且西藩关系重大，幸勿疏防！"来使受命返报，桓冲顾语僚佐道："谢安石有庙堂雅量，可惜不谙军略。今大敌将至，尚务游谈，但遣诸不经事的少年，督师拒敌，兵又单弱，天下事已可知了，恐我辈不免左衽呢！"谁知后来偏出所料。

又越一月，秦苻融攻克寿阳，擒去守将徐元喜。晋龙骧将军胡彬，闻寿阳被陷，退保硖石，融复引兵进攻。秦卫将军梁成等，又率众五万，进屯洛涧，沿淮列栅，阻遏东兵。谢石谢玄等，至洛涧南岸，距梁成军二十五里，惮不敢进。胡彬因粮食将尽，潜遣人告石等道："今贼势甚盛，硖石乏粮，倘或不测，恐不能再见大军。"这使人行至中途，为秦逻骑所获，送入融营。融讯悉情形，便驰使白秦王坚道："贼少易擒，但恐逃去，宜急击勿失！"坚乃留大军在项城，自引轻骑八千名，倍道就融，且遣朱序至谢石营，劝令速降。序本晋臣，志在保晋，因私语谢石谢玄道："秦兵不下百万，若同时并至，诚不可敌，今乘诸军未集，宜速与战，若得败秦前锋，余众夺气，将不战自溃了！"亏有此人。石尚踌躇未决，玄赞成序议，并嘱序俟机归晋，序唯唯而去。玄既送序出营，便促石进兵。石仍有难色，谓秦王坚已到寿阳，未可轻敌，不如固垒勿动，待彼师老，然后进兵。辅国将军谢琰道："机不可失，敌不可纵，朱序此来，正天授我机宜，奈何勿从！"石乃依议，遂与玄商定进行。

玄遣广陵相刘牢之，率精骑五千，直趋洛涧。秦将梁成，阻涧列阵，静待厮杀。牢之麾兵渡水，奋击成军，成开阵与战，不防牢之持槊突入，左挑右拨，杀退秦兵，竟至成前，成措手不及，被牢之一槊刺来，正中腰胁，痛极坠马，死于非命。秦弋阳太守王咏，忙来救成，两下交手，才及数合，由牢之用槊格住咏刀，右手拔出宝剑，用力砍去，把咏劈作两段。秦兵既失梁成，又丧王咏，吓得心胆俱裂，各自逃生。再加谢玄谢琰，又来接应，大杀一阵，俘斩数千。牢之更往截秦兵归津，秦兵尽弃甲抛戈，越淮奔窜，有数千人不善泅水，并皆溺死。秦扬州刺史王显等，一并受擒，共计秦兵死伤万五千人，所有器械军资，都被晋军载归。于是晋军水陆继进，连谢石亦放大了胆，策马前行。

秦苻融得洛涧败报，趋回寿阳，与秦王坚登城遥望，见晋军踊跃到来，步伐井井，很是严整，已不禁暗暗生惊。再向东北隅的八公山，眺将过去，差不多有千军万马，布满山上。坚愕然语融道："这也好算得劲敌哩！怎得说他弱国？"融也觉寒心，乃下城部署，更谋一战。看官听说！八公山上并无兵马，不过草木蕃衍，经冬未衰，苻坚由惊生疑，还道是草木皆兵呢。有幸心者，易生惧心。坚既疑惧交并，累得寝食不安，但骑虎难下，只好督同苻融等人，再与晋军一决雌雄。当下驱动各军，出寿阳城，径至淝水沿岸列阵。谢玄见对岸尽是秦军，苦不得渡，乃遣使语苻融道："君悬军深入，志在求战，乃逼水为阵，使我军不得急渡，究竟是欲速战呢，还欲久持呢？若移阵稍退，使我军得济，与决胜负，也省得彼此久劳了。"融即转白苻坚，坚欲依晋议，诸将皆谏阻道："我众彼寡，不如遏住岸上，使不得渡，才保万全。"坚驳说道："我军远来，利在速战，若夹岸相持，何时可决？今但麾兵小却，乘他半渡，我即用铁骑围蹙，可使他片甲不回，岂不是良策么？"计非不是，乃天人不肯相从奈何？融也以为然，遂麾兵使退。

秦军正如墙列着，一闻退军的命令，便即掉头驰去，不可复止。那晋军已控骑飞渡，齐集岸上，一面用着强弓硬箭，争向秦兵射来。秦兵越觉着忙，竞思奔避，忽又有一人大呼道："秦兵败了。"于是秦兵益骇，顿时大溃。苻融拍马略阵，还想禁遏部军，偏部众不肯回头，晋军却已杀到，急得融无法可施，拟加鞭西奔，哪知马足才展，忽然倒地，自己不知不觉，随马坠下。说时迟，那时快，晋军并力杀上，刀枪并举，乱斫乱戳，将融葅成肉泥。苻坚见融落马，惊惶的了不得，便即返奔，连云母辇都弃去。晋军乘胜追击，直达青冈，秦兵大败，自相践踏，死亡不可胜计。或侥幸逃脱性命，听得道旁风声鹤唳，都疑是晋军将至，昼夜不敢息足，草行露宿，冻饿交并，可怜百万大兵，十死七八，仿佛是曹操赤壁，王寻昆阳。

当时秦兵仓皇四散，究不知由何人呼败，惊动全军，后来朱序与徐元喜乘势奔晋，始由序自述前因，佯呼兵败，吓退秦兵。照此看来，朱序实是破秦的第一功臣。还有前凉主张天锡，也随序归晋。谢石谢玄等，统表欢迎。复引兵夺还寿阳，拘住秦淮南太守郭褒。唯苻坚宠妃张夫人，得由亲兵保护，从寿阳城出走，奔依苻坚。坚身上亦中流矢，单骑狂奔。到了淮北，闻后面已无声响，料知距敌已远，方敢下马少憩，可奈饥肠乱鸣，辘轳不息，一时无食可觅，只得徬徨四顾，做了一个墦间乞食的齐人。百姓前来问讯，方识是秦王坚。乃进壶飧，奉豚髀，坚方得一饱。正虑无物可酬，凑巧张夫人驰至，带有绵帛等物，坚且悲且喜，即命取下绵帛若干，分赏百姓。百姓辞谢道："陛下厌苦安乐，自取危困，臣民为陛下子，陛下为臣民父，怎有子奉父食，乃思求报么？"遂不顾而去。坚深为叹息，旁顾张夫人，见她花容憔悴，云鬓蓬松，不由的怜悯起来。转念自己狼狈至此，灭尽前日威风，便且泣且语道："我今还有何面目再治天下？"何不当时依张妃言？张夫人不便答坚，也唯有相对下泪。未几，有散骑陆续趋集，报称冠军将军慕容垂，独得全师，部众三万人，不折一名。坚乃率骑往依，垂迎坚入营，谨执臣礼。

垂子宝密白垂道："祖国倾覆，天命人心，皆归至尊，不过因时运未至，晦迹埋名。今秦王兵败，委身属我，是天意亡秦，使我兴燕，此时不图，尚待何时？幸勿徒顾微恩，自忘社稷！"垂徐徐道："汝言也自有理，但彼既诚心投我，如何加害？天若弃秦，何患不亡？不如暂为保护，聊报旧德！待至有衅可乘，然后举事，方不致有负宿心，且可仗义执言，取服天下。"宝乃无言。奋威将军慕容德入白道："秦强时并吞我燕，今秦已弱，正可报仇雪耻，并非有负宿心，兄奈何得而不取，坐失机会呢？"垂说道："我前为太傅所不容，置身无地，乃逃死关中，秦王以国士待我，恩礼备至，嗣复为王猛所卖，不能自明，赖秦王明我心迹，毫不加谴，此恩此德，何可遽忘？若氐运必穷，我当怀集关东，规复旧业，关西却非我所愿有了。"冠军行参军赵秋道："明公当绍复燕祚，图谶甚明，今天时已至，尚复何待？若杀秦王，据邺都，鼓行西进，三秦可唾手而定，何必迟疑？"垂终不从，因举兵授坚。坚收集离散，偕垂同归。行至洛阳，溃兵次第趋还，尚不下十余万。百官仪物，才得少备。垂子农复启垂道："尊不迫人于险，义声足感动天地，但尝闻秘记云：燕若复兴，当在河阳，譬如取果，或在未熟，或待自落，先后相去，原不过旬日间，但难易美恶，未免悬殊，还请尊见裁择！"垂点首道："我自有区处。"心已动了。

嗣又自洛阳抵渑池，将入潼关，垂向坚面请道："北鄙人民，闻王师不利，互相煽动，臣愿得一诏书，驰往抚慰，且乘便过谒陵庙，请陛下准议！"想出法子来了。坚即许诺，垂欣然告退。

左仆射权翼亟进谏道："国家新败，四方皆有贰心，应即召集名将，置诸京师，自固根本。垂勇略过人，世长东夏，前次西来，不过为避祸起见，岂得一冠军职衔，便已足望？陛下独不见养鹰么？饥乃附人，一遇风起，便思凌霄，只可谨备绦笼，系住不放，若一经宽纵，任彼所欲，难道还重来不成？"坚爽然道："卿言亦是，但朕已许他前去，匹夫尚不食言，况为万乘主呢？天命果有废兴，亦非智力所能挽回，只好听诸天命罢了！"语近迂腐。翼又说道："陛下重小信，轻社稷，终嫌失算，臣料垂一去不返，关东祸乱，从此开始了！"坚不肯听，即遣将军李蛮闵亮尹固等，率众三千送垂，又令骁骑将军石越，率精卒三千戍邺，骠骑将军张蚝，率羽林五千戍并州，镇军将军毛当，率部曲四千戍洛阳，俟各军分头出发，乃西入关中。

权翼密遣壮士百人，潜伏河桥，谋刺慕容垂。垂预防不测，使典军程同，扮作自己模样，衣冠马匹，悉数给同，自己却微服轻装，从凉马台编结草筏，悄悄渡河。那程同却挈着僮仆，夜逾河桥，黄昏遇伏，同急驰获免。权翼闻垂得脱去，自恨计策不成，垂头丧气，随坚入关。坚抵长安，在郊外辟坛祭融，大哭一场，追谥曰哀。方才入城，下令大赦，抚恤阵亡家属，这且不必细表。

且说谢石谢玄，既得破秦，便驰书告捷，司徒谢安，方对客围棋，接到捷书，草草一阅，便搁置案上，弈棋如故。客问为何事？安徐答道："小儿辈已经破贼了！"客起身道贺，安仍无喜色，邀客终局。及弈毕，客去，返入内室，急跨门限，屐齿为折。看官阅此，应知谢安是未尝忘情，不过对客时，故示镇定，好似忧怒不形，具有绝大度量。至客已辞去，遂不觉趾高气扬，流露喜色了！小子有诗咏道：

一生忧乐本常情，露布传来喜气生；
怪底当年谢太傅，欺人只是一棋枰。

既而谢石班师，奏凯还朝，晋廷当有一番封赏，且至下回说明。

秦苻坚大举伐晋，而谢安围棋别墅，一若行所无事，誉安者称其镇定，毁安者讥其轻弛，此皆属一偏之见，未足垂为定评。典午东迁，积弱已久，欲以八万士卒，敌秦兵百万之众，虽有孙吴，亦难为谋，安非全无心肝，宁不知军情重大，成败难料。不过因万全无策，只可委心气运，与其张皇自扰，益乱人意，不若勉示镇静，稍定众心，此乃为安之苦衷，不足与外人道也。幸而，朱序通谋，苻融失利，谢石谢玄等得一战而胜，奏功淝水，天不亡晋，幸有此捷，何怪安之喜出望外，屐齿为折乎？故誉安者非，毁安者更非。诸葛空城，得退司马，乃其生平之第一幸事，安亦犹是耳。彼慕容垂之不忍杀坚，犹有知己之感，余尝以此多之。盖垂固不欲灭秦，第欲复燕，设秦王坚不遇姚苌，则燕秦并存可也，欲复燕为承祖计，不灭秦为报德计，垂其尚知有义乎？

第六十八回　结丁零再兴燕祚
索邺城申表秦庭

却说谢石班师，还至建康，孝武帝按功加赏，进谢石为尚书令，谢玄为前将军，谢安为太保，他将亦各从优叙。唯玄固辞不受，有诏嘉奖，赐钱百万，彩锦千段。并封张天锡为散骑常侍，兼西平公，朱序为琅琊内史，行赦境内，中外解严。嗣由谢安上疏，请乘苻坚丧败，经略淮北，乃复命前锋都督谢玄，率同冠军将军桓石虔，再趋涡颍，往定兖青冀各州。这三州俱为秦有，守吏当然报达长安，无如天下事，不堪一败。为了淝水战事，秦兵大挫，遂致土崩瓦解，乱端四起，累得秦王坚不遑抚近，哪里还能顾及远方！小子且先将苻秦乱事，依次叙来。

陇西有乞伏氏，系出鲜卑，从前有一部酋纥干，雄悍过人，得统附近部落，号乞伏可汗，传至祐邻，部众寖盛，据住高平川。祐邻四传至司繁，复迁居度坚山，为秦将王统所破，因向秦请降。秦王坚赐号南单于，征居长安，寻遣令西讨叛胡，留镇勇士川，甚有威惠。司繁死后，子国仁嗣，坚征为前将军，使从大军侵晋，但留国仁叔父步颓居勇士川。及淝水败还，步颓首先叛秦，坚使国仁往抚。步颓迎国仁入寨，愿推国仁为主，背秦独立，国仁乃置酒高会，攘袂大言道："苻氏因石赵乱衅，妄窃名号，穷兵黩武，跨僭八州，疆宇既宁，应该修德行仁，与民休息，彼乃广骛虚威，专谋远略，骚动苍生，疲敝中国，天怒人怨，致有此败，自来物穷必亏，祸盈必覆，天道如此，苻氏怎能违天？看来是终要覆亡了。我当与诸君据守一方，勉成霸业哩。”大众齐声应命，乃召集诸部，自张一帜，遇有未肯归附的胡人，即用兵力胁服，有众十余万。为西秦立国基础。

秦王坚正拟加讨，哪知铜山西崩，洛钟东应，丁零翟斌又起兵为乱，谋攻洛阳。丁零系西番种落，世居康居，辗转徙入河洛，服属苻秦；秦命翟斌为卫军从事中郎，至是因秦败挫，遂有贰心。再加燕族慕容凤，燕臣王腾，辽西段延等，各率部曲依斌，斌乐得拥众自主，兴兵图洛。

豫州牧平原公苻晖，飞书报坚，坚亟遣使至邺，嘱使冀州牧长乐公丕，传谕慕容垂，令率部兵讨斌。垂自离长安后，行至安阳，即遣参军田山，奉笺启丕，作问候状。丕也恐垂有异图，密谋袭击，侍郎姜壤进谏道：“垂未露反形，明公擅加诛杀，似未合臣子大义，不如以礼接待，严加管束，密表情状，待敕后行。”丕乃依议，乃出郊迎垂，馆诸邺西。可巧长安使至，令转饬垂讨丁零，丕乃召垂与语道：“翟斌兄弟，因王师小失，便敢肆逆。今得长安来敕，欲烦冠军一行。冠军英略盖世，定能灭贼。”垂答道：“下官乃大秦鹰犬，敢不唯命是听！”垂亦自比为鹰，将乘此扬去了。丕乃厚给金帛，垂皆不受，唯请赐还旧田园，丕当然应允。独拨给羸兵二千，归垂统领，又遣部将苻飞龙，率领氐骑千人，作为垂副。临行时密嘱飞龙道：“卿系王室肺腑，官秩虽卑，义同统帅，此去用兵制胜，防微杜贰，一委诸卿，愿卿毋忽！”飞龙受命，遂偕垂同行。镇将石越，驰入白丕道：“王师新败，人心未定，丁零一倡，旬日间即得众数千，公奈何复遣垂出发，垂系故燕夙将，常思规复，今复畀彼兵甲，这真似为虎添翼了。”丕说道：“垂在邺中，好似伏虎寝蛟，常恐为患，今遣令外出，可纾内忧。且翟斌凶悖，必不肯为垂下，使他两虎相斗，我得乘彼敝，用兵制伏，这就是卞庄子的遗策哩。”偏偏不从汝料奈何？

正议论间，有一外吏入禀道：“慕容垂私谒燕庙，擅戕亭吏，且将亭毁去了。”丕尚未答言，石越在旁问吏道：“垂已去否？”外吏道：“已出城了。”越复顾丕道：“垂敢轻侮方镇，杀吏烧亭，反形已露，望殿下速除此人！”丕说道：“垂曾向我前面请，欲入城拜谒故庙，我尚未许，今敢烧亭杀吏，咎固难辞，但淮南一役，王师败衄，垂独侍卫乘舆，此功亦不可遽忘呢。”越应声道：“垂为燕臣，事燕尚且不忠，怎肯尽忠事我？失今不取，必为后患！”丕终不信。越出告僚佐道：“长乐公父子，好为小仁，不顾大计，终当为人所擒呢！”

垂挈家属出行，只留慕容农慕容楷慕容绍在邺，使丕勿疑。及达汤池，适有私党从邺来报，述及丕与飞龙密语，垂不禁怒起，便宣告部属道：“我事苻氏，不为不忠，彼乃专图我父子，我岂可束手就毙吗？”乃托言兵寡，暂停河内募兵，约阅旬日，得众八千。秦豫州牧苻晖，促使进兵，垂语飞龙道：“今距寇不远，当昼止夜行，出彼不意，方可制胜。”飞龙亦以为然，谁知中了垂的诡计。垂少子麟，前曾告讦乃父，为垂所嫉。见七十一回。燕为秦灭，麟与母仍然归垂。垂杀死麟母，尚不忍杀麟，唯尝置外舍，罕得侍见。此次往来河洛，麟得随从军中，为垂划策，谋杀飞龙。飞龙不能调破，还道昼止夜行，却是好计。时当岁暮，寒夜无光，垂遣世子宝率兵居前，季子隆勒兵居后，令飞龙约束氐骑，五人为伍，居中急走，行至夜半，一声鼓号，宝与隆前后合兵，围杀飞龙。飞龙寡不敌众，又因昏夜，不辨南北，徒落得一刀两段，连氐兵都杀得精光，不留一人。未免残忍。垂自是以麟为能，宠爱如初。一面使田山赴邺，潜告慕容农等，令起兵相应。慕容绍因先出蒲池，盗丕骏马数百匹，守候农楷。到了除夕，农楷微服出邺，与绍相会，同奔往列人去了。翌晨为晋太元九年元旦，秦长乐公丕，大宴宾客，使人往邀慕容农，不见下落。才知农等已经遁去。再令左右四出侦察，遍求至三日有余，方闻他已往列人，追悔无及，徒唤奈何！

那秦苻晖待垂不至，只好另檄他将毛当，往剿翟斌。斌与慕容凤等商议对敌方法，凤奋然道：“凤今将为先王雪耻，愿代将军斩此氐奴！”说毕，即披甲上马，当先出寨。丁零部众，随凤驰出，劲气直达，所向无前，秦兵相率披靡。凤闯入秦阵，突至毛当面前，手起刀落，竟将毛当砍倒，再加一刀，结果性命。当仓猝被杀，连魂灵儿都莫名其妙，只模模糊糊的走诣枉死城。

秦兵大溃，凤乘胜攻入凌云台戍，获得甲仗马匹，不计其数。会闻慕容垂济河焚桥，有众三万，将抵洛阳，凤乃劝翟斌迎垂，推为盟主。斌从凤议，遣使白垂，垂尚虑有诈，乃拒绝斌使道：“我来救豫州，不来赴君，君既欲建大事，成败祸福，由君自择，我不愿与闻！”斌使乃去，及垂抵洛阳，苻晖闭门不纳，且责他擅杀飞龙。垂正在徬徨，适翟斌又遣长史郭通，来申前议。垂尚有疑色，通进言道：“将军屡拒和议，莫非因翟斌兄弟，山野异类，无甚远略，所以不愿与谋，独不思将军今日，与斌合兵，可济大业，否则将军进为秦阻，退为斌扼，恐反致进退两难了！”垂乃允议，遣通返报翟斌。斌率众来与垂会，因劝垂即称尊号，垂谦言道：“新兴侯指慕容暐，见前。乃是我主，当迎归反正，我怎好背主自尊呢！”恐非由衷之言。遂向众宣谋道：“洛阳四面受敌，北阻大河，若欲控驭燕赵，实非易事，计不如北取邺都，较得形便。”众齐声称善，垂因复东还。故扶余王余蔚，正为荥阳太守，邀同昌黎鲜卑卫驹等，迎垂入荥阳，垂又得万余人。群下再请上尊号，垂乃依晋中宗故事，称大将军大都督燕王，承制行事，号为统府，群下称臣，文表奏报，封拜官爵，皆如王制。命弟德为车骑大将军，封范阳王，兄子楷为征西大将军，封太原王，翟斌为建义大将军，封河南王，余蔚为征东将军，封扶余王，卫驹为鹰扬将军，慕容凤为建策将军。部署已定，即从石门筑起浮桥，渡河向邺。

慕容农奔列人时，借宿乌桓人鲁利家，利置馔饷农，农但笑不食。利入内语妻道：“慕容郎乃是贵人，今到我家，自恨贫微，不能备具盛馔，为之奈何？”妻答道：“郎有雄才大志，今无故到此，岂徒为饮食起见？妾料他必有隐图，君宜亟出与议，不必多疑。”此妇颇有特识。利因复出见，农语利道：“我欲在此募兵，锐图兴复，卿可从我否？”利便答应道：“死生唯命！”谨遵闻教！农大喜进食，醉饱尽欢。嗣又往约乌桓部豪张骧。骧亦愿为效死，于是农驱居民为士卒，斩木为兵，裂裳为旗，并使赵秋说下屠各东夷乌桓等众，约同举事。远近趋集，众至数万。农号令整肃，随才署职，上下帖然，兵民共悦。

长乐公丕，使部将石越，率着步骑万人，往击农军。农众请治列人城以便战守，农笑道：“今纠众起义，唯敌是求，若得战胜，当以山河为城池，区区列人，何足整治呢！”旋闻越军将至，便命赵秋及参军綦毋滕击越前锋，斩俘数百人，得胜回营。参军赵谦白农道：“越甲仗虽精，人心危骇，容易破灭，请急击勿延！”农答道：“彼甲在外，我甲在心，若与彼昼战，我军见他外貌，未免怯惧，不如待暮出击，可保必胜！”遂令军士严装待命，毋得妄动。会见越立栅自固，复笑语诸将道：“越兵精士众，不知乘锐来攻，反立栅为防，我知他无能为呢！”应为所笑。待至日暮，乃鸣锣动众，出阵城西，牙将刘木，请先攻越栅，农即使为先锋，令率壮士数百，前往拔栅，自率大众继进。刘木奋勇直前，毁栅直入，秦兵抵挡不住，向后退却。石越素号骁勇，不肯遽退，便持枪跃马，来与刘木决斗。月光隐约，火具模糊，彼此一来一往，战了数十回合，不分胜负。偏慕容农麾众入栅，喊声震地，刀光闪处，血肉横飞，秦兵多半骇散，越亦无心恋战，虚晃一枪，回马便走。木眼明手快，就从越背后直刺一刀，越不及顾避，大叫一声，撞落马下，木即下马割了越首，复上马追杀秦兵，血流数里，方才收军回城。越与毛当，皆秦骁将，秦王坚特使帮助二子，镇守冀豫，及相继败亡，秦人夺气。叙毛石二人战殁，笔法不同。

慕容农即使刘木，函送越首，驰报垂军，自引兵随后赴邺。垂至邺下，先接刘木捷报，继与农等相会。农本由大众推戴，权称骠骑大将军，都督河北诸军事。垂即令实授官阶，立世子宝为太子，改秦建元二十年为燕元年，史家称为后燕。亦十六国中之一。服色朝仪，概如旧章，大封宗室功臣，计王公侯伯子男百余人。

秦长乐公丕，使属吏姜让至垂营，责他负德。垂答道："孤受秦王厚恩，未尝背负，故欲保全长乐公，使他率众往赴长安，然后修我旧业，与秦永为邻好，若长乐公执迷不悟，未肯举邺城归还，孤只可悉众与争，一经决裂，恐长乐公匹马求生，也不可得了。"让厉声道："将军不容本国，奔命我朝，岂尚得有故燕尺土么？主上与将军风殊类别，一见倾心，亲如宗族，宠逾勋旧，从来君臣际遇，有如此隆厚么？今因王师小败，遂有异图，长乐公乃主上元子，受命镇邺，岂肯低首下心，便将全邺相让，将军欲裂冠毁冕，自可穷极兵势，何劳多言！不过将军年垂七十，叛道致败，悬首白旗，高世忠臣，反为逆鬼，实未免令人可惜哩！"垂听了让言，倒也无言可驳。唯左右都恨让不逊，俱请杀让，垂摇首道："彼此各为其主，让有何罪？"仍依礼遣归。因即麾众攻邺，且遣使上表长安，愿送丕入关，乞还邺城。表文有云：

臣才非古人，致祸起萧墙，身婴时难，归命圣朝。陛下恩深周汉，猥叨微顾之遇，位为列将，爵忝通侯，誓在戮力输诚，尝惧不及。去夏桓冲送死，一出云消，回讨郧城，俘馘万计，斯诚陛下神算之奇，抑亦愚臣忘死之效，方将饮马桂州，悬旗闽会，不图天助乱德，大驾班师，陛下单马奔臣，臣奉卫匪贰，岂唯陛下圣明，鉴臣丹心，皇天后土，实亦知之。臣奉诏北巡，受制长乐，丕外失众心，内多猜忌，令臣野次外庭，不听谒庙。丁零逆竖，寇逼豫州，丕迫臣单赴，限以师程，唯给敝卒二千，尽无兵仗，复令飞龙潜为刺客。及至洛阳，平原公晖，复不信纳。臣窃维进无淮阴功高之虑，退无李广失利之愆，但惧青蝇，交乱黑白，颠倒是非。丁零夷夏，以臣忠而见疑，乃推臣为盟主，臣受托善始，不遂令终，泣望西京，挥涕即迈。军次石门，所在云赴，虽周武之会于孟津，汉祖之集于垓下，不期之众，实有甚焉。语太自豪。臣欲令长乐公尽众西还，以礼发遣，而丕固守匹夫之志，不达变通之理。臣息农，收集故营，以备不虞，而石越倾邺城之众，轻相掩袭，兵阵未交，越已陨首。臣既单车悬轸，归者如云，斯实天符，非臣之力。且邺系臣国旧都，应即惠及，然后西向受命，永守东藩，上成陛下遇臣之意，下全愚臣感报之诚。今进兵至邺，并喻丕以天时人事，而丕不察机运，杜门自守，时出挑战。兵刃相交，恒恐兵矢误中，以伤陛下天性之念。臣之此诚，未简天听，辄遏兵止锐，不敢穷攻。夫运有推移，来去常事，唯陛下鉴之！

秦王坚得表，当然愤恨，也有一书报垂道：

朕以不德，忝承灵命，君临万邦，二十余年矣。遐方幽裔，莫不来庭，唯东南一隅，敢违王命。朕爰奋六师，恭行天罚，而玄机不吊，王师败绩，赖卿忠诚之至，辅翼朕躬，社稷之不陨，卿之力也。中心藏之，何日忘之！方拟任卿以元相，爵卿以郡侯，庶弘济艰难，敬酬勋烈，何意伯夷忽毁冰操，柳惠倏为淫夫，览表惋然，有惭朝士。卿既不容于本国，匹马而投命，朕则宠卿以将位，礼卿以上宾，任同旧臣，爵齐勋辅，歃血断金，披心相付，谓卿食椹怀音，保之偕老，岂意畜水覆舟，养兽反害，悔之噬脐，将何所及！诞言骇众，夸拟非常，周武之事，岂卿庸人所可并论哉！失笼之鸟，非罗所羁；脱网之鲸，岂罟所制，翘陆任怀，何烦闻也。念卿垂老，老而为贼，生为叛臣，死为逆鬼，侏张幽显，布毒存亡，中原士女，何痛如之！朕之历运兴丧，岂复由卿，但长乐平原，以未立之年，遇卿于两都，虑其经略，未称朕心，所恨者此焉而已，余复何言！

垂览书不顾，但督兵围住邺城，攻入外郛。秦苻丕退守中城，与垂相持，经旬未下。垂遣老弱至魏郡肥乡，筑造新兴城，置守辎重，复令弟范阳王德，及从子太原王楷等，攻据枋头馆陶，置戍而还。自是关东六州郡县，依次降燕。

秦北地长史慕容泓，系前燕主慕容暐弟，闻垂已起兵恢复，遂亡奔关东，收集鲜卑遗众，得数千人，还屯华阴，自称都督陕西诸军事，大将军，雍州牧，济北王。秦王坚急命钜鹿公睿为大将军，都督中外诸军事，并授左将军窦冲为长史，龙骧将军姚苌为司马，拨兵五万，使往讨泓。兵队方发，忽报平阳太守慕容冲，亦起兵河东，攻秦蒲坂，冲系泓弟，从前秦灭燕时，冲年尚只十有二岁，与乃姊清河公主同为秦俘，充入掖廷。清河公主，年方二七，具有绝色，正是芬含豆蔻，艳若芙蕖，坚怎肯放过，逼令侍寝。亡国女儿，不能自主，只好由他摆布，充做玩物。冲亦面若冠玉，与乃姊不相上下，坚又视若娈童，晨夕与共，扑朔雌雄，迷离莫辨。当时长安有歌谣云：“一雌复一雄，双飞入紫宫。”王猛在日，极言切谏，坚不得已遣冲出宫。俟冲稍长，便令为平阳太守，哪知他得了尺符，也乘势发难，竟与兄起兵响应，小子有诗咏道：

到底男戎胜女戎，龙阳崛起亦称雄。
可知伊训由来旧，误毗顽童长乱风。

冲复叛秦，秦王坚不得不防，又只好调兵往御。欲知何人为将，且待下回再表。

秦王坚父子之纵垂，同一失策。垂可取坚而不取，至赴邺以后，杀吏烧亭，始露异谋。嗣且借征讨之名，袭杀苻飞龙，联合翟斌，公然叛秦，自号燕王。何其舍易而就难，先顺而后逆也，推垂之意，以为英雄举事，不迫人险，纵坚所以报私恩，联斌所以复旧业，晋文公退避三舍，卒败楚于城濮，后世不讥其负德，垂亦犹是耳。且观其上表秦庭，犹以臣道自处，虽仿之周武汉高，不无过夸，然其不欲以叛人自处，已在言表。坚之报书责垂，有悔恨语。不知坚之致亡，咎由自取，违众寇晋，一败涂地，即无慕容氏之发难，而姚苌等伺隙而动，宁不足以乱秦！秦固无久安之理也，于慕容垂乎何尤？

第六十九回　据渭北后秦独立
入阿房西燕称尊

却说慕容冲起兵平阳，进攻蒲坂，秦王坚欲调兵抵御，一时苦无统将，只好将钜鹿长史窦冲，拨使讨冲。钜鹿公苻睿，少了一个帮手，未免势孤，但睿是少年使气，粗猛任性，不管什么利害，即倍道往攻华阴。慕容泓接得探报，说他来势凶猛，却也寒心，当下引众东走，将奔关东。睿便欲率兵邀击，司马姚苌进谏道："鲜卑各众，并皆思归，所以群起为乱，今彼既东行，正好驱令出关，由彼自去，不宜阻遏。试想鼷鼠甚微，被人执尾，尚能反噬；况乱党甚多，凶猛可知，倘或进退无路，必将向我致死，我一失利，悔将何及！故不若鸣鼓相随，但教张皇声势，彼已是奔避不遑了。"睿悍然道："今日驱出关外，他日待我旋师，彼又入关，终为后患，俗语有云：斩草除根，能乘此斩尽根株，岂不较善！况我兵比寇倍蓰，怕他什么？"匹夫之勇，徒自取死。遂不从苌议，自为前驱，往截慕容泓。泓正防秦军掩击，却故意逗留华泽，分兵四伏，专待苻睿到来。睿未曾探明路径，但知向前乱闯，纵辔急进，行至华泽附近，见有一簇人马，停驻泽旁，便麾兵杀去。泓略略接战，当即退走，睿不肯舍泓，从后追赶。到了泽畔，正值春草繁茂，一碧连天，看不出什么高低，辨不出什么燥湿，睿尚自恃兵众，不以为意。猛听得胡哨声起，草泽里面，钻出许多伏兵，各执长槊，前来厮杀，睿忙督众抵敌，不防一面伏发，四面俱起，一齐围裹拢来，累得睿前后左右，统是敌兵。睿自知不佳，只好退兵，为了一退，顿致行伍错乱，没路乱窜。华泽中多是泥淖，一不经心，立即滑倒，断送性命，睿亦急不暇择，误蹈淖中，马足越陷越深，一时无从自拔，那敌兵即乘势攒集，你一槊，我一槊，戳得苻睿身上有几十百个窟窿，就使铜头铁脚，也是活不成了。余众亦大半陷没，只剩得残卒数千，还亏姚苌驰来援应，方得救回。

苌返至华阴，检查兵士，十失七八，几难成军。乃遣龙骧长史赵都，速诣长安，报明败状，一面谢罪，一面请示。哪知赵都去后，杳无复音，派人探听，才知都被杀，且有敕命来拿姚苌。苌当然惶急，潜奔渭北，转至马牧。西州豪族尹详赵曜王钦狄广等，共挈五万余家，愿推苌为盟主，苌未肯照允。天水人尹纬进言道："百六数周，秦亡已兆，如将军威灵命世，必能匡济时艰，所以豪杰驱驰，共乐推戴，将军宜降心从议，曲慰众望，不可坐观沉溺，同就沦胥。"苌踌躇半晌，自思秦已与绝，无路可归，不如就此独立，较为得计。全是苻坚激成。遂依了纬议，据万年为根本地，自称大将军大单于秦王，大赦境内，改元白雀。即用尹详庞演为左右长史，姚晃尹纬为左右司马，狄伯支焦虔等为从事中郎，王钦赵曜狄广等为将帅。历史上称苻氏为前秦，姚氏为后秦。为十六国中三秦之一。

时慕容冲为秦将窦冲所破，奔依兄泓。泓仍屯华阴，集众至十余万，因贻书秦王坚道："吴王指慕容垂。已定关东，可速资备大驾，奉送家兄皇帝，指慕容暐。泓当率关中燕人，翼卫皇帝还主邺都，与秦以武牢为界，分王天下，永为邻好。钜鹿公轻戆锐进，为乱兵所害，非泓本意，还幸俯原！"若讥若讽，比唾骂还要利害。坚得书大怒，即召慕容暐入责道："卿兄弟干纪僭乱，乖逆人神，朕应天行罚，拘卿入关，卿未必改迷归善，乃朕不忍多诛，宥卿兄弟，各赐爵秩，虽云破灭，不异保全，奈何因王师小败，便猖獗至此？垂叛关东，泓冲复称兵内侮，岂不可恨！今泓书如此，付卿自阅，卿如欲去，朕当相资助，如卿宗族，可谓人面兽心，不能以国士相待呢。"说着，将来书掷示慕容暐，暐连忙叩头，流血泣谢。坚怒意少解，乃徐徐说道："古人云父子兄弟，罪不相及，今三竖构兵，咎不在卿，朕非不晓，许卿无罪，仍守原官。但卿宜分书招谕，令三叛速即罢兵，各还长安，须知朕不为已甚，所有前愆，概从恩宥便了。"全是呆气。暐唯唯而出，名为奉命致书，暗中却遣密使嘱泓道："秦数已终，燕可重兴，唯我似笼中禽鸟，断无还理，且我不能保守宗庙，自知罪大，不足复顾。汝可勉建大业，用吴王为相国，中山王暐曾封冲为中山王。为太宰，领大司马，汝可为大将军，领司徒，承制封拜，听我死耗，汝便即尊位，休得自误！”亡国主自知死罪，死期亦不远了。泓得暐使传言，乃进向长安，改元燕兴，且致书与垂，互结声援。

垂围攻邺城，日久未下，因向右司马封卫问计，卫请决漳水灌城。垂依议施行，水入城中，固守如故。垂未免焦烦，特自往游猎，聊作消遣，顺便过饮华林园，不意为内城所闻，出兵掩袭，将园围住，飞矢如注，垂几不得脱，幸冠军将军慕容隆，麾骑往援，冲破秦兵，才得翼垂出围。

垂既得回营，太子宝入白道：“翟斌恃功骄恣，潜有贰心，不可不除！”垂说道：“河南盟约，不应遽负，况罪状未露，便欲下手，人必谓我嫉功负义。我方欲收揽豪杰，恢弘大业，奈何示人褊狭，自失人望呢！果使彼有异谋，我当预先防备，彼亦无能为了。”宝趋退后，范阳王德，陈留王绍，骠骑大将军农，俱进见道：“翟斌兄弟，贪骄无厌，必为国患。”垂又驳道：“贪必亡，骄必败，怎能为患？彼有大功，当听他自毙罢。”既而斌嘱使党与，代请为尚书令，垂复语道：“翟王功高，应居上辅；但现在台尚未建，此官不便遽设，且俟邺城平定，自当相授。”斌以所求不遂，竟致怀怒，潜与城中勾通，使人泄去漳水。当有人向垂报闻，垂不动声色，佯召斌等议事，斌与弟檀敏入帐，由垂叱令左右，将他弟兄拿下，面数斌罪，按律斩首。檀敏亦被杀，余皆不问。

斌从子真，却夜率部众，北走邯郸。嗣又还向邺下，欲与苻丕，内外相应。垂太子宝，与冠军大将军隆，凑巧碰着，迎头痛击，得将真众击退，向垂报功。垂又遣农楷二人，带着骑兵数千，北往追真。驰至下邑，见真众驻扎前面，多是老弱残兵。楷即欲进战，农谏阻道：“我兵远来，已经饥疲，且贼营内外，未见丁壮，定有诈谋，不如安营自固，免堕彼计！”楷不听农言，径击真营，真弃营佯退，诱楷往追。楷恃勇追去，果为伏兵所围，冲突不出，势将覆没。还是农急往相救，杀开血路，方将楷拔出围中，狼狈驰还，兵士已伤毙不少了。垂见楷等败归，乃宣告大众道：“苻丕穷寇，必且死守，丁零叛扰，乃我心腹大患，我且迁往新城，纵丕西还，既可谢秦王宿惠，复可防翟真来侵，这也未始非目前至计呢。”众无一异议，垂遂引兵去邺，北屯新城，再遣慕容农往攻翟真。真转趋中山，据住承营，复遣从兄辽，往扼鲁口，作为犄角。农乃先攻翟辽，辽屡战屡败，仍奔依翟真去了。

垂借翟起兵，旋为翟累，他人之不可恃也如此。

后秦王姚苌，进屯北地，秦王坚调集步骑二万人，亲出讨苌。行次赵氏坞，使护军杨璧，带领游骑三千，堵苌去路。又令右军徐成，左军窦冲，镇军毛盛等，三面攻苌，连破苌兵，并将苌营水道，扼住上源，不使通入。时当盛夏，苌军无从得水，当然患渴。苌令弟尹买出营，领着劲卒二万，往击上流守堰的秦兵，期通水道。不防秦将窦冲，埋伏鹳雀渠，待至尹买到来，一鼓齐出，竟将尹买击死，斩首至一万三千级，只余数千人逃回。苌众大惧，向地掘坎，不得涓流，去路又被塞断，好似竹管煨鳅，危险万状。约莫过了三五日，苌营内渴死多人，急得苌仰天长叹，焦灼异常。忽然间，黑云四布，雷电交乘，大雨倾盆而下，滂沛周流，苌众得饮甘霖，不由的欢跃逾恒，精神陡振。更可怪的是苌营里面，水深至三尺许，距营百步外，水仅寸余。秦王坚方在营用膳，得着雨信，甚至投箸起座，出指空中道："老天，老天！难道汝亦佑贼么？"汝何尝非贼？秦军见天意归苌，并皆气馁，苌军转衰为盛，又通使慕容泓，约为奥援。

会燕谋臣高盖等，因泓持法严峻，德望不及乃弟冲，竟引众杀泓，推立冲为皇太弟，承制行事，署置百官，即用高盖为尚书令。杀兄者反举为首辅，可见冲实与谋。姚苌闻冲得众心，特致书相贺，且遣子崇往质冲营，令冲速赴长安，牵制苻坚。一面集众七万，径攻秦军。秦将杨璧，挡住去路，被苌冲杀过去，立即荡破，且将杨璧擒住。再分头掩击徐成毛盛各营，无不摧陷。连徐毛二将，一并擒来，只窦冲得脱。苌却厚待杨璧徐成毛盛三人，与他宴饮，好言抚慰，以礼遣归。乐得客气。

秦王坚很是懊丧，又接长安警报，慕容冲兵马日逼，不得已舍了姚苌，奔回长安。适平原公苻晖，率领洛阳陕城兵众七万人，还援根本，坚遂命晖都督中外诸军事，配兵五万，出拒慕容冲。行至郑西，与冲接战，秦兵已成弩末，所向皆靡，晖只得退走。坚又遣前将军姜宇，与少子河间公琳，率众三万，御冲坝上，又复败绩。琳与宇相继战死，冲遂入据阿房城。冲小字凤皇，当时长安有歌谣道："凤凰凤凰止阿房。"秦王坚还道阿房城内，将有真凤凰到来，意谓凤凰非梧桐不栖，非竹实不食，特植桐竹数十万株，专待凤凰。哪知来的是人中凤凰，不是鸟中凤凰，反使秦王坚一番奢望，变作深愁。这岂非变生不测么？

俗语说得好，喜无双至，祸不单行。秦既为慕容氏姚氏所困，已闹得一塌糊涂，偏江左的桓谢各军也乘势进略淮北，连下各城。荆江都督桓冲，已自愧前时失言，悔不该轻视谢氏，遂至恚愤成疾，病殁任所。回应六十七回中桓冲语，且因冲尚为贤臣，故随笔叙及冲之病殁。晋廷追赠冲为太尉，予谥宣穆。只从子桓石虔，方随谢玄逾淮北行，拔鲁阳，下彭城，逐去秦徐州刺史赵迁，玄表石虔为河东太守，使守鲁阳。自为彭城镇帅，使内史刘牢之，攻秦兖州，击走秦守吏张崇。崇奔依燕王慕容垂，牢之得进据鄄城，晋军大振。河南城堡，陆续归晋，晋授太保谢安为大都督，统辖扬江荆司豫徐兖青冀幽并梁益雍凉十五州军事，并加黄钺，余官如故。安表辞太保职衔，情愿统兵北征，恢复中原全境，有诏不许。适谢玄进图青州，特遣淮阳太守高素，率兵三千，往攻广固。秦青州刺史苻朗，系秦王坚从子，放达有余，韬略不足，急得手足无措，只好奉书乞降。玄当即收纳，送朗入都，再分檄各将，北攻冀州，刘牢之进据碻磝，济阳太守郭满，又进据滑台，将军颜肱刘袭等，复进逼黎阳。秦冀州牧苻丕，闻报大惊，急遣将军桑据，至黎阳抵御晋军。不料黎阳又被陷没，更闻燕军复来围邺，正是愁不胜愁，拒不胜拒，没奈何遣参军焦逵，向晋乞和，宁让邺城与晋，但请假途求粮，西赴国难。

逵奉命后，密语司马杨膺道："今丧败至此，长安阻绝，存亡且不可知，就使屈节竭诚，径乞粮援，尚恐不得见许，乃长乐公豪气未除，语设两端，事必无成，奈何奈何？"杨膺道："这也何难，但教改书为表，自称降晋，许以王师一至，便当致身南归，我想晋军方锐图冀州，定必前来援邺了。"焦逵犹有难色，膺附耳与语道："君虑彼未肯相从吗？如果晋军到来，我等可逼令出降，否则生缚与晋，看他何法拒我？"好一个参谋。说罢，便将丕书私下改窜，令逵赍送晋军。

晋将接着，送逵往见谢玄，玄欲征丕子入质，然后出援。逵固陈丕无他志，且将杨膺所嘱，亦约略表露，玄始有允意，遣使转白谢安。安正与琅琊王道子有隙，乐得借此为名，出外督军，遂许玄收邺，自请往镇广陵，经略中原。孝武帝当即批准，亲饯西池，由安献觞赋诗，从容尽欢，然后别主出都，尽室偕行，径赴广陵去了。

且说慕容垂屯兵新城，遣子麟攻入常山，收降秦将苻定苻绍苻亮苻评，进拔中山，执住守将苻鉴，遂得入中山城。慕容农引兵会麟，与麟共攻翟真，驰至承营，两人并辔先驱，观察形势，随从只数千骑兵，真却驱众齐出，竟来角斗。燕兵俱逡巡欲退，慕容农语麟道："丁零非不勇悍，翟真却是懦弱，我若简率精锐，专攻翟真，真必却走，众亦自散，可蹙使尽歼了。"说着，便回头返顾，见骁骑将军慕容国，方在背后，就使他率领锐骑百余，径冲翟真，真果返奔，众亦驰还。农与麟从后追逐，迫压营门，真众争门奔入，自相践踏，死伤甚众。燕军得夹杂进门，遂拔承营外郛。真慌忙逃入内城，闭门守住，有一半未及奔入，统弃械降燕。慕容农收了降众，再攻内城。相持多日，真粮将尽，潜开门遁往行唐，真司马鲜于乞叛真，将真刺死，自称赵王。真众不服，又共杀乞，拟推立翟辽为主。偏辽已奔往黎阳，只有从弟翟成，尚在军中，大众就奉为主帅，据住行唐，苟延残喘罢了。

慕容垂拟北都中山，将自新城启行，闻苻丕在邺，引晋援师，不由的怒气上冲，便语范阳王德道："苻丕可去不去，与我争邺，且向晋乞援助守，情实可恨，我且去赶走了他，再作计较。"德也即赞成，因复引兵围邺，但留出西门一路，纵丕出奔。丕仍不肯去，居守如初。

垂在城下数日，接得慕容冲来书，乃是故主慕容暐被杀，在秦诸宗族，一律就歼，只垂幼子柔，与垂孙盛，脱奔冲营，幸得无恙，请垂放心。且说自己承暐遗命，已在阿房城称尊即位，勉承燕祚，云云。垂不禁悲叹，将佐统向垂劝进，垂谓冲已称号关中，不应遽自加号，且从缓议为是，垂非不愿称尊，实恐柔盛为冲所害，故置诸缓图。将佐方才无言。究竟慕容暐如何被杀，应该约略叙明。

暐在长安，尚有宗族千余人，他本思奔往关东，苦无间隙。慕容绍兄肃，与暐密谋，将乘暐子婚期，请坚入室，为刺坚计，坚全未得知。既而婚期已届，暐入见坚，稽首称谢道："臣弟冲不识义方，辜负国恩，臣罪该万死，蒙陛下恩同天地，许臣更生，臣次子适当结婚，愚意欲暂屈銮驾，幸臣私第，臣得奉觞上寿，不胜万幸！"坚当即许诺，会遇大雨，坚果不出，暐计遂败。乃决意出奔，密令部酋悉罗腾屈突铁侯等，潜告鲜卑遗众，诈言自己将受命出镇，旧部俱可随去，应预先会集，在城外伺候。部众信以为真，内有一人名叫突贤，往与妹别，妹为秦将窦冲妾，不忍乃兄远离，请诸窦冲，乞留突贤。冲即入白秦王，秦王坚惊诧道："朕并未有遣暐情事，为何设此谎言？"冲答道："陛下既未有此意，定是慕容暐有异谋了。请速传召悉罗腾，讯明虚实。”坚即召腾入讯，备悉暐谋，因复传召暐肃。肃语暐道：“无故猝召，事必泄了，入即俱死，不如杀死来使，斩关出奔，或可得一生路。”暐尚谓秦王未必知谋，当有别事相商，遂与肃并入见坚。坚果盛气相向，叱暐负恩谋叛。暐尚思抵赖，肃直答道：“家国事重，顾不得小恩小惠，我等不幸事泄，外面二王即至，秦祚总不久了。”坚竟大怒，喝斩暐肃。并令卫兵搜捕鲜卑各众，无论男女老幼，尽加诛戮。唯慕容柔寄养阉人宋牙家，幸得免死，且与慕容盛乘隙逃出，奔依慕容冲。

冲为暐发丧，托称受遗即位，称帝阿房，改元更始，因即贻书与垂，如上所述。史称慕容冲为西燕，但因他历年短促，不列入十六国中。特别提醒。小子有诗叹道：

桐竹纷披引凤凰，娇雏一举入阿房；
当年僭国俱垂史，独略西燕为速亡。

冲既称帝，复西逼长安。欲知秦王坚如何拒冲，请看官续阅下回。

本回事实，最为拉杂，总之为苻秦衰亡之兆。慕容垂慕容泓慕容冲，皆燕臣而降入于秦者也。姚苌为姚弋仲第二十四子，亦因兄襄之败没，率诸弟而降入于秦者也。垂之叛，秦纵之；苌之叛，秦实激之，纵之已为失策，激之尤属非计，故秦王坚之败亡，皆其自取耳。慕容泓慕容冲，因垂之发难而并起，紫宫之谶，凤凰之谣，何莫非坚之自召，乐极悲生，理有固然，无足怪者。晋与秦本为仇敌，其乘秦乱而出兵，尤势所必至者也。翟斌辈特其导线耳。故本回虽头绪纷繁，而实可一言以蔽曰：苻秦之乱亡。

第七十回　堕虏谋晋将逾绝涧
应童谣秦主缢新城

却说慕容冲进逼长安，众至数万。秦王坚登城俯视，见冲在马上耀武扬威，不禁失声道："此虏从何处出来，乃敢猖獗至此！"当还问自己。说着，复大声呼冲道："奴辈止可牧牛羊，何苦自来送死！"前时何亦引入紫宫？冲答道："正因不愿为奴，所以欲取尔位！"坚令将士登陴守御，自下城踌躇多时，乃遣使赍取锦袍一袭，出城送入冲营，且令传谕道："古人交兵，不绝使人，朕想卿远来草创，岂不惮劳，特命使臣赐汝一袍，聊明本怀，朕与卿何等恩情，卿为什么变志？"冲亦遣詹事复答，自称皇太弟，谓现今心在天下，岂顾一袍小惠，如果知命，便可君臣束手，早送出皇帝梓宫，孤当宽贷苻氏，借报前惠，省得汝口口声声，自矜旧谊。龙阳之宠，原不足道。这一席话，气得苻坚两目圆睁，且怒且悔道："我不用王景略阳平公言，使白虏胆敢至此，岂不可叹！"秦人向呼鲜卑为白虏。遂调兵出战，互有杀伤。两下里相持兼旬，已战过了好几次，未决胜负。秦王坚不觉愤发，亲督将士，与冲交战仇班渠，得破冲军，进至雀桑再战又捷，复进至白渠，陷入伏中，为冲所围。又是骄兵之过。殿中上将军邓迈，左中郎将邓绥，尚书郎邓琼，自相告语道："我家世受秦恩，怎可不死君难！"当下各执长矛，拼死突围，三将在前，诸军随后，一齐奋勇，立将冲兵冲散。坚得着走路，始克驰归。

冲收兵不进，到了夜间，却遣尚书令高盖，引众疾走，潜袭长安。城中未曾戒备，晨启南门，突被冲军掩入，门不及闭，幸左将军窦冲，前禁将军李辩等，从内城杀出，猛厉无前，得把高盖杀退，斩首八百，脔尸分食。盖败退后，复移兵往攻渭北诸垒，与秦太子宏相值，战复失利，奔回冲营。秦王坚又自出击冲，大获胜仗，逐冲至阿房城，城尚未阖。秦将请乘胜杀入，偏坚惩着前败，只恐城内有伏，不敢径进，竟鸣金收军，退回长安。前次轻进，此次轻退，总之气数将尽，无一合宜。

后秦王苌，闻冲入关，与僚佐共议进止，齐声道："大王宜亟西行，得能先取长安，方可立定根本，再图四方。"苌笑说道："诸君所论，皆非明见。今日燕人起兵，意在规复故土，就使得志，也必不愿久留关中，我当移屯岭北，广收资实，坐待秦亡，俟燕人既去，然后引众入关，长安可唾手而取了。是即鹬蚌相争，渔翁得利之策。僚佐方才拜服，苌乃留长子兴居守北地，自率部众趋新平。从前石虎季年，清河人崔悦为新平相，被郡人杀死，悦子液奔入长安，至苻坚僭位，得官尚书郎，自表父仇不共戴天，欲与新平人拼命，坚代为调停，削去新平城角，作为纪念。新平土豪，引为己耻，常思自立忠义，得补前恨。及苌至新平，太守苟辅，因兵单难守，即欲降苌，郡人冯杰等入谏道："天下丧乱，忠臣乃见，昔田单仅守一城，尚得存齐，今秦犹连城数百，难道便灭亡不成？况既为臣子，服事君父，要当尽心竭力，除死方休，奈何甘作叛臣，遗臭万年呢？"辅乃誓众固守，多方抵御。苌筑土山，辅亦筑土山，苌凿地道，辅亦凿地道，内外相制，屡挫苌众。辅又为诈降计，诱苌入城，伏兵邀击，几得擒苌。苌幸得逃脱，部众丧亡万余人。嗣是苌不与辅战，但在城外，筑起长围，堵截粮汲，辅坚守数月，粮尽矢竭，连水道尚且不通，眼见是无力再支。苌探得消息，即遣吏语辅道："我方以义取天下，岂忍仇害忠臣？君可率众男女还长安，请勿他虑，我但求此城设镇罢了。"辅信为真言，遂率男女万五千口，开城西走，哪知苌已预设陷坑，坑旁置伏，一俟辅众出来，即发伏四蹙，迫使入阱，可怜万五千口兵民，都堕落陷坑中，尽被坑死，无一孑遗。如此暴虐，哪得久长？苌得入据新平，专探听长安消息，再议进行。

那邺城为燕王垂所困，再遣使至晋促援。晋前锋都督谢玄，乃遣刘牢之率兵二万，北援邺城，并馈秦兵粮米二万斛，燕王垂督众逆战，挡不住牢之锐气，纷纷溃退，垂不得已撤围北走。牢之不愿入城，便即长驱追击。秦长乐公丕，正出城迎接牢之，偏牢之已经过去，乃亦督兵继进。牢之恃勇轻追，昼夜疾驰二百里，至董唐渊，将及垂兵。垂语将佐道："秦晋瓦合，各自争强，胜不相让，败不相救，实非同心。今两军相继追来，势尚未合，我宜用计，先破晋军，晋军败去，苻丕亦何能为呢？"遂在五桥泽旁，散置辎重，作为晋饵，使慕容德慕容隆两将，分兵伏住五丈桥，静候晋军。牢之引众越五桥泽，见沿路尽是辎重，不禁欣羡起来，晋军又个个好利，统望前争取，遂致不顾行列，哪知慕容德慕容隆两军，左右杀出，急切里如何抵挡？再加慕容垂统着大众，又复杀回，三面受敌，料难招架，不得不拍马返奔，回至桥畔，禁不住叫一声苦，原来桥板已被燕兵拆去，只有涧水潺潺，络绎不绝。牢之逃命要紧，索性退后数步，将马缰一提，幸亏是匹骏马，腾空跃起，得将五丈涧跳过。也是牢之命尚未绝。部众无此马匹，相率投入涧中，好许多卷入漩涡，随水漂没，唯素能泅水的，还得幸逃性命。偏燕兵尚不肯舍，架起桥板，仍逾桥追来。牢之倍觉着急，适值苻丕踵至，才得保救牢之，击退燕兵。牢之随不回邺，邺中大饥，前时由晋给与二万斛，经旬散尽。丕不得已引众至枋头，就食晋谷，令刘牢之入守邺城。谢玄以牢之兵败，征还原镇。丕亦仍然回邺，察知杨膺前谋，将他诛戮，自是仍不服晋。

慕容垂亦无从觅粮，趋回中山，沿途但取桑椹代食，饥疲异常。关东前时，曾有谣言道："幽出映，生当灭，若不灭，百姓绝。"映系慕容垂原名。曾见前文。垂与丕相持经年，害得百姓不安耕稼，遂致野无青草，人自相食，应了前日谣言；这也未始非劫运侵寻，所以有此兵争呢。实是争城者之罪。

且说慕容冲败回阿房，收集败军，再加整缮，复四出寇掠。秦平原公苻晖，屡次为冲所败，秦王坚使人责晖道："汝为我子，拥众数万，不能制一白虏小儿，还想活着做甚？"晖闻言恚慨，竟至自杀。前禁将军李辩，都水使者彭和正，恐长安不守，召集西州人，出屯韭园，坚征召不至。高阳公苻方，与尚书韦钟父子，驻守骊山。方与冲战殁，钟父子并皆擒住。冲命钟子谦为冯翊太守，使招降三辅士民。冯翊垒主邵安民等，责谦道："君系雍州望族，今乃从贼自失忠义，有何面目对人！乃尚敢来饶舌吗？"谦羞惭满面，返白父钟，钟不胜悔叹，仰药以殉，谦南下奔晋。秦左将军苟池，右将军俱石子，率骑五千，与冲争麦，冲族人征西将军慕容永，击杀苟池，石子奔邺。秦复遣骁将杨定，引兵击冲。定系故仇池公杨纂族人，仇池陷没，降入苻秦，秦灭仇池，见六十二回。坚爱定骁勇，招为女婿，拜领军将军，至是率左右精骑二千五百人，前击冲军，十荡九决，无人敢当，冲众大败，被定掳得万余人，还城报功。坚命将俘虏一并坑毙，再令定出徇坝上，又破慕容永，永退语慕容冲，谓定难力敌，宜用智取。冲乃设堑自固，俟养足锐气，再行进攻。嗣闻长安城上有群鸟数万翔鸣，俱作悲声，关中术士，多言长安将破，冲乃悉众攻长安，秦王坚亲出督战，飞矢集身，流血满体，不得已走还城中。

冲纵兵暴掠，民皆流散，道路断绝，千里无人烟。唯冯翊堡壁三十余所，推平远将军赵敖为统主，共结盟誓，辄遣人负粮助坚，途中多为燕兵所杀，不过二三人得入长安。坚使人传语道："闻来使多不得达，忠义可嘉，死亡可悯。当今寇氛日恶，非数人可能拒灭，但望明灵照护，祸绝灾退，方有转机，卿等当善保诚顺，为国自爱，裹粮坐甲，静听师期，不可徒劳役夫，轻糜虎口。为此谕令周知"等语。既而三辅豪民，又遣人告坚，请拨兵攻冲，愿放火为内应。坚又与语道："诸卿忠诚，可敬可哀，但时运剥丧，恐无益国家，空使诸卿夷灭，益足伤心！试想我猛士如虎，利刃若霜，乃反为小丑所困，岂非天意，愿卿等善思为是！"天道恶盈，坚其果知此义否？偏豪民又复固请，情愿效死，坚乃遣骑士八百，往劫冲营。三辅人却也纵火，无奈风势不顺，焰反倒冲，竟致自焚，十有九死。

坚闻报益哀，就在长安设祭招魂，且亲制诔文道："有忠有灵，来就此庭，归汝先父，勿为妖形。"一面遣护军仇腾为冯翊太守，往抚郡县，大众都感激涕零，誓无贰志。无如人心尚固，天意难回，长安城中，但闻有人夜呼道："杨定健儿应属我，宫殿台观应坐我，父子同出不共汝。"到了诘旦，遍索此人，查无踪迹。长安又有遗书，叫做《古苻传贾录》，内有帝出五将久长得一语。又秦人亦有谣传云，坚入五将久长得。坚知长安东北有五将山，还道是往至五将，便可久长得国。乃嘱太子宏留守长安，且与语道："谶文谣言，统谓我宜出五将。大约天意欲导我出外，集兵剿寇。今留汝兼总兵政，善守城池，不必与贼争利，我当出陇收兵，输粮给汝便了。"计议已定，先使将军杨定，出西门击冲，截住冲军，自与宠妃张夫人，及幼子中山公诜，幼女宝锦，率骑数百，东出五将。正要启行，即有败卒入报道："杨将军为贼所算，追贼不慎，堕入陷坑，竟被贼捉去了！"杨定被擒，事从虚写。坚不禁大骇，匆匆嘱别，出城自去。

长安城中的战将，首推杨定，定既被擒，阖城惊惧。燕兵又猛攻不息，秦太子宏，料不能守，奉母挈妻及宗室男女等，西奔下辨。百僚逃散，司隶校尉权翼等数百人，奔投后秦。慕容冲入据长安，纵兵大掠，死亡不可胜计。那秦王坚出长安城，行过韭园，麾骑袭击，前禁将军李辩奔燕，都水使者彭和正走死，坚乃径往五将山。

后秦主姚苌，探得苻坚出奔，正拟往袭，适值权翼奔来，益知苻氏虚实，遂遣骁骑将军吴忠，带领骑兵，往围五将山。忠星夜前进，行抵五将，一声鼓噪，把山围住。秦兵当即骇走，只侍御十余人，随着苻坚。坚神色自若，尚召宰人进膳，从容下箸。俄而后秦兵至，把坚拘往新平。所有坚妾张夫人以下，一并被掳，幽禁新平佛寺中。姚苌不见苻坚，但使人向坚求玺道："苌次应历数，可将传国玺见惠。"坚瞋目怒叱道："小羌敢干逼天子，太无天理，图纬符命，有何依据？五胡次序，无汝羌名，玺已送晋，岂授汝小羌么？"苌尚不肯已，再遣右司马尹纬，迫坚禅位。坚见纬状貌魁梧，志气英挺，身长八尺，腰带十围，不由的惊问道："卿在朕朝，曾否得官？"纬答道："曾做过几年吏部令史。"坚叹息道："卿仪容不亚王景略，也是一宰相才，朕无耳目，独不知卿，怪不得今朝败亡哩？"纬乃援尧舜禅让故事，从容讽坚。坚变色道："禅让故事，唯圣贤可为，姚苌叛贼，怎得上拟古人！"汝也不配为圣贤。说着，复大骂姚苌背恩负义，唠叨不休。纬知不可说，返报姚苌，苌竟遣使逼坚自尽。坚临死时，顾语张夫人道："不可使羌奴辱我女儿。"遂拔出佩剑，先杀宝锦，然后投缳毕命，计年四十八岁。张夫人向尸再拜，大哭一场，就把坚佩剑拾起，向颈一横，碧血飞溅，红颜委逝。中山公诜，也取剑自刎，随那父母灵魂，同往鬼门关去了。难得有此烈妇孝子！

后秦将士，得知此变，也为哀恸。姚苌至此，亦不欲自播恶名，只言坚父子自尽，许为殓葬，追谥坚为壮烈天王。先是关中，尝有童谣云："河水清复清，苻坚死新城。"坚闻谣知戒，每出征伐，遇有地方名新，便即避去，但到头终缢死新平。又有童谣云："阿坚连牵三十年，后若欲败时，当在江淮间。"又云："鱼羊田升当灭秦。"前谣是应在淝水一役，后谣是应在鲜卑亡秦；鱼羊便是鲜字，田升乃是卑字，总计坚在位二十七年，为晋所败，后二年，燕入长安，走死五将，俱如谣言，这且不必细表。

且说秦太子宏，奔至下辩，为南秦州刺史杨璧所拒。璧妻本是坚女，叫作顺阳公主，为太子宏女兄，他却欲自保身家，不认郎舅，竟致拒绝。世态炎凉，可见一斑！宏乃转奔武都，顺阳公主也恨夫薄情，弃璧投宏。尚恐璧发兵来追，索性南下归晋。晋廷令处江州，寻给辅国将军职衔。唯秦长乐公苻丕，趋还邺城，尚有部众三万人，会王猛子幽州刺史王永，与平州刺史苻冲，屯兵壶关，遣使迎丕。丕恐燕军复来攻邺，不如先机出走，乃率男女六万余口，西往潞州。秦骠骑将军张蚝，并州刺史王腾，趋候途中，迓丕入晋阳。王永闻信，留苻冲守壶关，自率万骑见丕，述及长安失守，及故主凶终等情。乃就晋阳举哀，三军缟素，追谥坚为宣昭皇帝。

丕即日嗣位，为坚立庙，号称世祖，改建元二十一年为太安元年。命张蚝为侍中司空，王永为侍中，都督中外诸军事，兼车骑大将军尚书令，王腾为中军大将军，司隶校尉，苻冲为尚书左仆射，封西平王，余官亦进职有差。立妃杨氏为皇后，子宁为皇太子，颁告远近，大赦境内。适前尚书令魏昌公苻纂，自长安奔晋阳，丕拜纂太尉，封东海王。就是苻定苻绍苻谟苻亮等，亦皆闻风反正，自河北遣使谢罪。四苻降燕见前回。还有中山太守王兖，固守博陵，为秦拒燕，上表沥陈。丕授兖为平州刺史，兼平东将军，且拜苻定为冀州牧，苻绍为冀州都督，苻谟为幽州牧，苻亮为幽平二州都督，并进爵郡公。秦左将军窦冲，秦州刺史王统，河州刺史毛衅，益州刺史王广，俱奔集陇右，合图规复。领军将军杨定，亦从燕营脱走，趋至陇上，即如南秦州刺史杨璧，也居然为秦效节，一古脑儿奉表晋阳，请讨姚苌。杨璧拒宏奉丕，可谓狡变。丕大喜过望，封杨定等俱为州牧，即令王永传檄州郡，声讨慕容氏及姚苌。小子有诗叹道：

存亡继绝亦当然，一脉留贻得再延。

可惜苻丕非令主，晋阳兴替仅逾年。

欲知檄文中如何命词，请看下回便知。

苻氏衰微，兵端四起，正予东晋以规复之机会。谢安请命北征，正其时也。顾苻丕请援，即授意谢玄，遣将援邺。苻坚寇晋，仅越年余，淝水之战，侥幸一捷，此仇此恨，何可遽忘？声其罪而讨之，谁曰不宜？乃贪一邺城，反为寇援，已足见讥于外族。且刘牢之有勇鲜谋，冒险轻进，卒为慕容垂所算，弃师遁还。河洛以北，仍为左衽，是何莫非谢氏之失策耶？彼秦苻坚因骄致败，困守长安；假使招集三辅，背城借一，犹可图存，乃徒示口惠，复惑谶书，猝奔五将，受虏姚氏新平之幽，靳玺不予，亦何益哉？唯如张夫人之殉节，中山公诜之殉孝，虽曰戎狄，犹秉纲常，坚死有知，其尚足自豪乎？

第七十一回　用僧言吕光还兵
依逆谋段随弑主

却说苻丕嗣位以后，令侍中王永，都督诸军，拟讨慕容氏及姚苌，因先传檄州郡，号召吏民，檄文有云：

大行皇帝弃背万国，四海无主。征东大将军长乐公，先帝元子，圣武自天，受命荆南，威振衡海，分陕东都，道被夷夏，仁泽光于宇宙，德声侔于下武。永与司空蚝等，谨顺天人之望，以季秋吉辰，奉公绍承大统，衔哀即事，栖谷总戎，枕戈待旦，志雪大耻。慕容垂为封豕于关东，泓冲继凶于京邑，致乘舆播越，宗社沦倾。羌贼姚苌，我之牧士，乘衅滔天，亲行大逆，有生之巨贼也。永累叶受恩，世荷将相，不与骊山之戎，荥泽之狄，共戴皇天，同履厚土。诸牧伯公侯，或宛沛宗臣，或四七勋旧，岂忍舍破国之丑竖，纵杀君之逆贼乎？主上飞龙九五，实协天心，灵祥休瑞，史不辍书，投戈效义之士，三十余万，少康光武之功，可旬朔而成。今以卫将军俱石子为前军师，司空张蚝为中军都督，武将猛士，风烈雷震，志殄元凶，义无他顾。永谨奉乘舆，恭行天罚，君臣始终之义在三，忘躯之诚，戮力同之，以建晋郑之美，因申羿浞之诛，宁非善乎？特具檄以闻。

这篇檄文，传递出去，却亦说得有条有理。无如苻氏已衰，不能复振，徒凭那纸上空谈，唤不起什么义举！还有秦将吕光，自略定西域后，得受封西安将军西域校尉，光定西域，见六十六回中。他闻关中大乱，拟留居龟兹，不愿东归。唯当时有西僧鸠摩罗什，为光所得，颇加信用，独劝光亟还陇右。光乃用橐驼二万余头，载运外国珍宝，及奇技异戏，殊禽怪兽千百余品，并骏马万余匹，启程而还。

小子叙到此处，记得那鸠摩罗什的履历，也与后赵时的佛图澄，同一怪异，说将起来，又有一番特别源流。鸠摩罗什世居天竺，祖宗尝为国相，父鸠摩罗炎，秉性聪懿，将嗣相位，独辞避出家，东度葱岭，行至龟兹，龟兹王闻他重名，出郊迎入，尊为国师。王有妹年已二十，才慧过人，邻国交来乞婚，俱不见许，唯见了鸠摩罗炎，却是芳心相契，愿订丝萝。才女亦喜配和尚么？炎不甚乐从，偏国王硬为要求，只好勉从王命，谐成一番欢喜缘。未几炎妻有孕，慧解逾恒，十月满足，产生罗什。过了七年，见罗什已有知识，乃挈与出家，命罗什从师受经。罗什过目成诵，日读千偈，无不记忆，且尽通晓。既而鸠摩罗炎，不知所适，罗什母也挈子远游，行至沙勒，颇得国王优待，乃暂寓沙勒国中。罗什更博览五明密论，及阴阳星算，莫不阐幽尽妙，所以吉凶休咎，都能豫知。年至二十，声名大噪，国人多奉以为师。龟兹国王，遣使迎归，罗什广说诸经，四远学徒，无人能及。罗什母亦悟彻禅机，欲往天竺求佛，但留罗什传教东土，孑身西去，后来得成正觉，进登第三果，坐化了事。唯罗什留居龟兹，专以大乘教课徒，远近景仰。秦王苻坚，亦有所闻，拟密迎罗什至国。可巧太史奏称西域分野，出现明星，当有大智入辅中国，坚憬然道："莫非就是鸠摩罗什么？"及将军吕光，受命西征，坚特与语道："若得罗什，即当驰驿送来，休得迟慢！"光唯唯而去。罗什闻光军将至，便语龟兹王白纯道："国运已衰，将有勍敌从中国来，宜尽礼迎纳，勿抗敌锋。"白纯不从，果被光陷入国都，将纯逐走，掳住纯家属多人。一面搜访罗什，竟得相见。光因罗什年齿尚少，未有妻室，当将龟兹王女，强使为妻。罗什坚辞不受，光笑道："道士贞操，岂过乃父，何必固辞？"罗什尚不肯依，光乃佯言罢议，但使罗什酣饮醇醪，待他沉醉，扶卧密室，又迫龟兹王女与他同寝。至罗什酒醒，始知中计，不得不将错便错，同效于飞。可谓作述重光。会光引军出巡，使罗什从行，道经山麓，下令安营，将士已皆休息，罗什白光道："将军在此，必致狼狈，宜徙军陇上。"光以为妄言，笑而不纳。到了夜半，天果大雨，洪潦暴起，水深数丈，溺死至数千人，光始服罗什先见。及光欲久居龟兹，罗什又进谏道："此处乃凶亡故土，不宜淹留，关陇自有福地可居，请即东还！"光因前次不从罗什，致遭水患，此番怎好再违忠告，自蹈凶机？乃决计引归。

行至玉门，为凉州梁熙所拒，责光擅命还师，特遣子胤与部将姚皓，别驾卫翰，引众五万，出击光军。一战即败，再战又败，胤率轻骑数百人东奔，被光将杜进追着，活擒而去。于是武威太守彭济，诱执梁熙，向光乞降。光杀熙父子，遂入姑臧，自领凉州刺史，护羌校尉，表杜进为抚国将军武威太守，封武始侯，自余封拜各有差。陇西郡县，陆续归附，唯酒泉太守宋皓，南郡太守索泮，不服光命。光发兵往攻，依次陷入，执住宋皓索泮，责他违令不臣，泮朗声道："将军受诏平西域，未闻受诏略凉州，梁公何罪，乃为将军所杀，泮不能为国报仇，深加惭恨，主灭臣死，何必多言！"却是个硬头子。光竟令斩泮，并及宋皓。

先是张天锡南奔，见六十七回。世子大豫，不及随从，走依长水校尉王穆家，穆与大豫同走河西。魏安人焦松齐肃张济等，纠众数千，迎大豫为主帅，占据一方。光入凉州，令部将杜进招讨，大豫麾众杀退杜进，追逼姑臧。王穆谏阻道："吕光粮多城固，甲兵精锐，未可轻攻，不如席卷岭西，厉兵秣粟，然后东向与争，不出期年，便可得志了。"大豫不从，遣穆至岭西乞师。建康太守李隰，祁连都尉严纯阎袭等，统起兵相应。又有鲜卑旧部秃发思复鞬，即晋初叛酋树机能侄曾孙，避居河西，渐复旧业，树机能事见前文。此时也愿助大豫，遣子奚于等至姑臧。大豫屯兵城西，王穆与奚于屯兵城南，光猝发兵出南门，袭击奚于兵营，奚于不及防御，骤为所乘，竟至败殁。王穆亦被牵动，全军俱溃，就是大豫所率的兵士，也闻风骇退。于是大豫奔广武，王穆奔酒泉。广武人执住大豫，送至姑臧，被斩市曹。

会光得接长安音信，才知秦王坚为姚苌所害，乃令部曲丧服举哀，设祭城南，谥坚为文昭皇帝，大临三日。乃大赦境内，建元太安，自称中外大都督大将军，领护匈奴中郎将凉州牧酒泉公。

看官欲知吕光的身世，原来就是秦太尉吕婆楼的长儿，源出氐族，素居略阳。婆楼为秦王坚佐命功臣，故得享尊荣，垂及子嗣。相传光生时曾有光绕室，因名为光。年十岁，与村童嬉戏，喜为战阵，自作统领，部署精详，侪类莫不悦服。唯不乐读书，专好驰马，及成年后，身长八尺四寸，目有重瞳，左肘有肉印，沉毅凝重。王猛尝目为异人，白诸苻坚，举为美阳令，颇有政声。嗣迁鹰扬将军，调任步兵校尉，累著战绩。及往略西域，左臂肉印中现出赤文，有巨霸二字，夜间安营，尝有黑物护住营外，头角崭然，目光如电，诘旦即云雾四周，不得复见。光疑为黑龙，杜进谓即龙飞九五的预兆，光以此自喜，遂有大志。返据凉州，乘机自立，这便是后凉建国的权舆。亦列入十六国中，故特从详叙。

同时乞伏国仁，亦在勇士川筑城为都，国仁见六十八回。自称大都督大将军大单于，领秦河二州牧，改元建义。何义之有？设置将相，分属境为十二郡，是为西秦。彼分此裂，不相统属，可见得苻秦一败，逐鹿已多，单靠着晋阳苻丕，孤危一线，欲系千钧，谈何容易！唯故尚书令魏昌公苻纂，为丕宗亲，自关中奔至晋阳，与丕相见，丕拜纂为太尉，进封东海王，遇事必咨，共图恢复。兵尚未发，那邺城已早被燕将慕容和据去。且博陵守将王兖，本是苻氏第一忠臣，偏被那燕王垂子慕容麟，引兵围住，害得粮尽援穷。功曹张猗，逾城出降，并为慕容麟招募丁壮，编成队伍，号为义兵。引至城下，呼兖答话，劝令降燕，兖登城叱责道："卿为秦人，我为卿主，卿乃纠众应贼，反称义旅，何名实不符，竟至如此？古人有言，求忠臣于孝子之门，卿有老母在城，甘心弃去，还说出什么忠义！我不料中州文物，偏出一卿，不孝不忠，试问卿有何面目长居人世呢？"说着，弯弓欲射。猗急忙驰退，才免箭伤。阅数日，城被陷没，兖被擒不屈，便即遇害。还有秦固安侯苻鉴，也为麟所杀。能为宗邦殉节，不论夷夏，俱属忠臣。

麟向慕容垂报功，垂已至中山，见城郭缮固，宫室构新，所有府库仓廪，统皆充溢，便顾语诸将道："这是乐浪王的大功，就使汉代萧何，想亦不过如是了。"看官，你道乐浪王为谁？乃是前燕主慕容俊第四子温。垂起兵攻邺时，温亦引众往会，由垂命为征东将军，封乐浪王，使与慕容农等同定中山，即留温居守。温劝课农桑，怀远招携，外拒丁零，内抚郡县，吏民争馈粮糈，遂得富足，缮城筑室，措置裕如。垂既得此安乐乡，当然不愿他去，将佐复联笺劝进，乃以中山为国都，就南郊燔柴祭天，自称燕帝，改元建兴。署置公卿百官，缮修宗庙社稷，立世子宝为太子，余子农为辽西王，麟为赵王，隆为高阳王，范阳王德为尚书令，太原王楷为左仆射，乐浪王温为司隶校尉，领冀州刺史。追尊生母兰氏为文昭皇后，徙兆后段氏神主至别室，改奉兰氏配飨。博士刘详董谧，谓尧母位列第三，并未尝因尧为天子，上陵姜源，王道贵示大公，不宜自存私见。垂不肯依议，又废眺后可足浑氏，说她倾覆社稷，不足祔庙。实是报复前怨，事见六十一回。尊俊昭仪为景德皇后，配飨龙陵。龙陵为慕容俊墓。追谥先妃段氏为成昭皇后，册立继室段氏为皇后。可记秦王见幸时否？太子宝为先段后所出，后来宝多失德，后段后劝垂易储，议不果行，反惹出许多祸乱，事见下文。

且说西燕主慕容冲，逐去秦王坚父子，遂入据长安，怡然自得，渐即淫荒，赏罚不均，号令不明。慕容柔与慕容盛，尚在冲麾下。柔与盛奔依慕容冲，见六十九回。盛年方十三，密语叔父柔道："从来为十人长，亦须才过九人，然后得安，今中山王指冲，见前文。智未迈众，才不逮人，功尚未成，先自骄侈。据盛看来，恐必不能持久哩！"这也所谓小时了了，大未必佳。冲遣尚书令高盖，率众五万，往伐后秦。行至新平南境，与姚苌兵马相遇，两下交战，盖兵大败，十亡七八，盖恐还军得罪，索性与残众数千人，降附姚苌，苌令为散骑常侍。这音耗传到长安，冲好似失一左臂，乃唯与左仆射慕容恒，右仆射慕容永，协图政事，但也不甚信用，遂致群怨交集，众叛亲离。将军韩延等，因众心未悦，即与前将军段随商议道："今主上骄侈日甚，臣民不安，如何而可？我与将军百战疆场，才得关中，怎堪令庸主败坏呢！"段随道："据君意见，应该如何处置？"韩延附耳说了两语，随只是摇头。延变色道："将军如不见信，恐难免灭族了！"随不觉失惊，延说道："韩信彭越，功高天下，尚且被诛，试问将军能如韩彭么？"随听此一语，也觉动心，因即依延计，乘夜行事。

到了黄昏，便密召兵士，攻入宫中。冲尚在酣饮，猛见乱兵入室，始起坐惊问，一语未完，刀锋及项，立即颈血模糊，倒毙地上，左右皆已骇散。延即率兵登殿，石集文武，高声宣令道："慕容冲饮酒淫荒，不堪为主，我等已为众除暴，另议立君，今段将军威德日闻，可为燕主，愿诸公同心辅戴，不得有违！"文武百官，皆错愕失容，不知所对。延竟顾视左右，令拥段随御座，且厉声道："如不服新主，便当处斩！"大众闻一"斩"字，一时不敢违慢，只好勉强谒贺，再作后图。段随居然受谒，改元昌平。草草毕礼，才命殓葬慕容冲。

当时冲将王嘉，曾劝冲东还邺城。冲见长安宫阙崇宏，后庭充牣，便乐得久居，无志东归。嘉作歌讽冲道："凤凰凤凰，何不高飞还故乡？何故在此取灭亡？"冲亦知凤皇二字，是自己的小字，六十八回中亦曾叙过。只因志在苟安，始终不从，遂遭此祸。

慕容永与慕容恒，与冲同族，怎肯坐观成败，竟令外人霸据成业，安然称王？当下两人密谋，号召旧部，袭杀段随，并诛韩延等人，推立宜都王慕容恒子𫖮为主。恒系慕容俊弟，尝留镇辽东，燕亡时为秦将朱嶷所杀。长子便是慕容凤，曾劝丁零翟斌迎慕容垂，遂归垂麾下。见六十一回。垂为燕王，令凤承袭父爵。凤弟即慕容𫖮，随冲入关，永与恒乃奉为燕王，改元建明。且率鲜卑男女四十万，出关东行。才至临晋，不意恒弟慕容韬，阴怀异志，竟将𫖮刺死。永与武卫将军刁云攻韬，韬战败遁去。恒再立冲子瑶为主，改元建平，谥冲为威皇帝。大众不服恒所为，情愿依永，当即奉永攻恒，恒亦败走，瑶不及脱身，竟死乱军中，于是众情一致，戴永为主。永系慕容廆从孙，祖名运。自言序不当立，决计让去，另立慕容泓子忠。忠既嗣立，改元建武，即授永为丞相，封河东公。再东行至闻喜，始知慕容垂已称尊号，惮不敢进，即在闻喜县中筑造燕熙城，为自固计。偏刁云等又复杀忠，定要推永为主，永乃自称大将军大单于，领雍秦梁凉四州牧，录尚书事，兼河东王。置君如弈棋。总之晦气几个鲜卑小鬼。一面遣使至中山，向慕容垂处称藩，一面遣使至晋阳，向秦主苻丕处假道。看官试想！这秦主不与慕容永，具有不共戴天的大仇，难道就肯假道么？小子有诗叹道：

> 大仇未复慢投戈，假道何堪谬许和；
> 可惜苻秦王气尽，遗灰总莫障颓波！

欲知苻丕当日情形，容至下回续叙。

佛图澄与鸠摩罗什，先后相继，留传史乘，此皆由世道衰微，圣王不作，乱臣贼子盈天下，故羽客缁流，得挟异技以干宠耳。佛图澄之于石勒，鸠摩罗什之于吕光，当其佐命之初，几若一指南之圭臬，然卒之徒炫小智，无关大体，此其所以忽兴忽衰，难与言治也。慕容冲以龙阳之姿，一跃而称燕帝，自宋朝弥子瑕以来，从未闻有此奇遇者，彼狡童者，何能为国？观其僭号以后，仅逾年而即死人手，不亦宜乎？唯段随既为冲臣，甘从韩延之逆谋，躬与篡弑，罪不容诛，虽延为主动，随为被动，然据位称尊，随实尸之。晋赵穿之弑灵公，春秋犹书赵盾，况段随乎？故本回以段随为首恶，遵《春秋》之大义也。

第七十二回　谋刺未成秦后死节
失营被获毛氏捐躯

却说秦自博陵失守，燕兵四至，冀州牧苻定，镇东将军苻绍，幽州牧苻谟，镇北将军苻亮，自知不能御燕，复向燕请降，受封列侯，就是王统王广毛兴等，亦互相攻夺。广败奔秦州，为鲜卑人匹兰所执，解送后秦，兴亦为枹罕诸氐刺死，改推卫平为河州刺史。平年已老，不能驭众。坚有族孙苻登，素有勇略，得受封为南安王，拜殿中将军，迁长安令，寻坐事黜为狄道长。关中陷没，登走依毛兴，充河州长史，兴颇重登才，妻以爱女，擢为司马。至兴被戕时，登孤掌难鸣，只好含忍过去。后来枹罕诸氐，悔立卫平，再议废置，连日未决。会七夕大宴，氐将啖青，拔剑大言道："今天下大乱，豺狼塞路，我等义同休戚，不堪再事庸帅，前狄道长苻登，虽系王室疏属，志略却很是英强，今愿与诸君废昏立明，共图大事；如有不从，便申异议，休得一误再误呢！"说至此，仗剑离座，怒目四视，咄咄逼人。大众莫敢仰视，俱俯首应诺；乃拥登为抚军大将军，都督陇右诸军事，领雍河二州牧，称略阳公。与众东行，攻拔南安，因遣使至晋阳请命。登为九年秦主，故不得不详所由来。秦主丕不能不从，准如所请，且授登为征西大将军，仍封南安王，命他同讨姚苌。

是时，王永进为左丞相，已二次传檄，预戒师期。丕乃留将军王腾守晋阳，右仆射杨辅戍壶关，自率众四万进屯平阳。适值慕容永驰使假道，自愿东归，丕当然不许，且下令云：

鲜卑慕容永，乃我之骑将，首乱京师，祸倾社稷，豕凶继逆，方请逃归，是而可忍，孰不可忍？其遣左丞相王永，及东海王纂，率禁卫虎旅，夹而攻之，即以卫大将军俱石子为前锋都督，誓歼乱贼，以复国仇，其各努力毋违！

令甲既申，诸军并出，总道是旗开得胜，马到成功，哪知天下不如意事，十常八九。丕在平阳静待数日，起初尚接得平安军报，只说是军至襄陵，与贼相遇，未决胜负，后来即得败报，前锋都督俱石子战死了，最后复得绝大凶信，乃是左丞相王永，亦至阵亡，全军俱败溃了。虚写战事，又另是一种笔墨。丕不禁大惊，忙问东海王纂下落，侦吏报称纂亦败走，唯兵士死伤，尚属不多。这语说出，急得不失声大呼，连说不佳。看官道是何因？原来纂从长安奔晋阳，麾下壮士，本有三千余人，丕恐纂为乱，胁令解散，此次又惧纂报复，所以越觉惊惶。匆匆不及细想，便率骑士数千，狼狈南奔，径赴东垣。探得洛阳兵备空虚，意欲率众掩袭。洛阳时已归晋，当由晋西中郎将桓石氏，探知消息，即遣扬威将军冯该，自陕城邀击苻丕。丕不意中道遇敌，仓猝接仗，部骑惊溃，丕跃马返奔，马蹶坠地，可巧冯该追至，顺手一槊，了结性命。不度德，不量力，怎能不死？总计丕僭称帝号，不过二年。尚有秦太子宁，长乐王寿，及左仆射王孚，吏部尚书苟操等，俱被晋军擒住，连丕首共送建康。还算蒙晋廷厚恩，命将丕首埋葬，所有太子宁以下，一体赦免，饬往江州，归苻坚子宏管束。宏降晋见七十回。

东海王纂，与弟尚书永平侯师奴，招集余众数万，奔据杏城。此外后妃公卿，多被慕容永军掳去。永遂入长子，由将佐劝称帝号，便即被服衮冕，居然御殿受朝，改元中兴。他见丕后杨氏，华色未衰，即召入后庭，迫令侍寝。杨氏貌若芙蕖，心同松柏，怎肯失节事仇，含羞受辱？当下拒绝不从。永复与语道："汝若从我，当令汝为上夫人；否则徒死无益！"杨氏听了"徒死无益"四字，不由的被他提醒，便佯为进言道："妾曾为秦后，不宜复事大王，但既蒙大王见怜，妾亦何惜一身，上报恩遇！但必须受了册封，方得入侍巾栉，免致他人轻视呢。"永闻言狞笑道："这亦不妨依卿，俟明日授册，与卿欢叙便了。"说罢，即使杨氏出宿别宫。翌日，下令册封杨氏为上夫人，令内官赍册入奉，杨氏接得册宝，勉为装束，专待夜间下手。夜餐已过，永即至杨氏寝室，来与调情。杨氏起身相迎，假意拜谢，永见杨氏浓妆如画，秀色可餐，比昨日更鲜艳三分，禁不住欲火上炎，便欲与她共上阳台，同谐好梦。偏杨氏从容进言道："今夕得侍奉大王，须待妾敬奉三觞，聊表敬意。"永不忍推辞，乃令侍女取出酒肴，自己坐在上面，由杨氏侧坐相陪。杨氏先斟奉一觞，永一吸而尽，第二觞亦照样的喝干了。到了第三觞上奉，杨氏左手执觞，递至永口，右手却从怀中拔出短刀，向永猛刺。也是永命不该绝，先已瞧着，急将身子一闪，避过刀锋。杨氏扑了一个空，又因用力过猛，将刀戳入座椅，一时反不能拔出，更被永左手一挥，把杨氏推开数步，跌倒尘埃。杨氏自知无成，才竖起黛眉，振起娇喉，向永诟詈道："汝系我国逆贼，夺我都，逐我主，反思凌辱我身，我岂受汝凌辱么？我死罢了！恨不能揕汝逆贼！"说着，已被永抽刀一掷，正中杨氏柔颈，血花飞溅，玉碎香消。完名全节，一死千秋！永怒尚未息，喝令左右入室，拖出尸身，自向别室寻乐去了。

慕容盛叔侄，随永至长子，见永所为不合，恐自己不免遭殃，因密白叔父柔道："闻我祖父已中兴幽冀，东西未壹，我等寄身此地，自居嫌疑地位，好似燕在幕上，非常危险，何不乘此机会，便即高飞，一举万里，免得坐待罗网哩！"柔也以为然，遂与盛等悄悄出奔，从间道趋往中山。途次遇着群盗，拦住去路，盛慨然与语道："我是六尺男儿，入水不溺，在火不焦，还问汝敢当我锋否？汝若不信，试离我百步，高举汝手中箭镞，我若射中，汝可小心仔细，防着丧命，倘射不能中，便当束手待毙，由汝处置罢！"盗见他年少语夸，必有奇技，乃退至百步以外，举箭待着。脚才立定，已听得飕的一声，有箭射到，不偏不倚，插入箭镞。盗不禁咋舌，掷箭拱手道，"郎君乃贵人子，具有家传绝技，我等但欲相试，岂敢相侵！"说罢，反从囊中取出白镪，作为赆仪，让路送行。盛也不多辞，受赠作别，径往中山去了。

永闻盛等私奔中山，勃然大愤，竟收捕慕容儁子孙，无论男女少长，骈戮无遗。如此淫虐，能活几时？这且待后再表。

且说后秦主姚苌，探得慕容永等出关，料知长安空虚，遂自新平西进，驰入长安，御殿称帝，改元建初，国号大秦，改名长安为常安。立妻蛇氏为皇后，子兴为太子，分置百官，服色尚赤。追谥父弋仲为景元皇帝，兄襄为魏武王。命弟绪为征虏将军，领司隶校尉，留守长安，自率众往安定，击破平凉胡金熙，及鲜卑支酋没柔干，乘势转趋秦州。秦州刺史王统尚为苻氏旧将，出兵相拒，连战失利，不得已举城降苌。苌授弟硕德为征西将军秦州刺史，都督陇右诸军事，领护东羌校尉，镇守上邽。适秦南安王苻登，招集夷夏三万余户，兵马寖盛，进攻秦州。姚苌正自上邽启行，欲还长安，途中闻秦州被攻，亟引兵返援，与硕德同出胡奴阪，截击苻登。不料苻登部下，勇健善斗，个个是冲锋上选，苌众无一敢当，竟被他蹂躏一场，伤亡至二万余人。苌连忙返奔，背上已着了一箭，为登将啖青所射，深入骨髓，犹幸未中要害，还得忍痛逃归。硕德亦走还上邽，婴城拒守。

时岁旱众饥，饿莩载道，登每战杀敌，即取尸肉蒸啖，号为熟食，且语军士道："汝等旦日出战，暮即得饱食人肉，还愁什么饥馁呢？"以人食人，真是禽兽世界。军士闻令，争取死人为粮，每食必饱，故壮健如飞。姚苌察悉情形，急召硕德同归，并传语道："汝若不来，恐麾下兵士，定将苻登食尽了！"硕德遂弃去秦州，亦东奔长安。

登既得胜仗，再图进取，适值丕尚书寇遗，奉丕子渤海王懿，济北王昶，自杏城奔至登军，述及丕败死等情，于是登为丕发丧，三军缟素。拟即立懿为嗣主，部众都趋进道："渤海王虽先帝嗣子，但年尚幼冲，未堪继立。国家多难，须立长君，这是《春秋》遗义。今三虏跨僭，寇贼盛强，豺狼枭獍，举目皆是，大王挺剑一起，便败姚苌，可谓威振华夷，光极天地，宜即正大位，龙骧武奋，光复旧京，再安社稷宗庙，怎可徒顾曹臧吴札小节，自失中兴盛业呢！"这一席话，恐是由苻登嘱使出来。曹臧吴札并见《春秋》。登乃命在陇东设坛，嗣为秦帝，改太安二年为太初元年，仿置文武官属。且就军中设立苻坚神主，仍依苻丕旧谥，称坚为世祖宣昭皇帝，见七十回。载以辎軿，卫以龙贲，凡所欲为，必启主后行。当下集众五万，将讨后秦，便在坚神主前，拜祷读祝道：

维曾孙皇帝臣登，以太皇帝之灵，恭践宝位。昔五将之难，贼羌肆害于圣躬，实登之罪也。今收合义旅，众逾五万，精甲劲兵，足以立功，年谷富穰，足以资赡。即日星驰电迈，直造贼庭，奋不顾命，陨越为期，庶上报皇帝酷怨，下雪人民大耻。维帝之灵，降监厥诚！

读祝既毕，唏嘘泣下。将士莫不悲恸，志在必死，各刻鍪铠中，为死休字样，每战辄用长槊钩刃，列为方圆大阵，遇有厚薄，从中分配，所以人自为战，所向无前。前中垒将军徐嵩，屯骑校尉胡空，各聚众五千，结垒自固。既而受姚苌官爵，借避兵锋。及苻坚遇害，嵩等请领坚尸，以王礼营葬。苻登称帝，嵩与空复率众请降。登拜嵩为镇军将军，领雍州刺史，空为辅国将军，兼京兆尹，改葬坚柩，用天子礼。

越年正月，登立妃毛氏为后，渤海王懿为皇太弟，遣使拜东海王纂为太师，领大司马，都督中外诸军事，进封鲁王，纂弟师奴为抚军大将军，领并州牧，封朔方公。纂不欲受命，怒叱来使道："渤海王系世祖孙，为先帝遗体，南安王何不拥立，乃妄自称尊呢？"来使以国难未平，须立长君为词，纂意终未释。独长史王旅进谏道："南安已立，理难中改，今国虏未平，不宜先仇宗室，自相鱼肉，容俟二虏平定，再作后图。"说得有理。纂乃对使受职，遣令归报。登复调梁州牧窦冲为南秦州牧，雍州牧杨定为益州牧，南秦州刺史杨璧为梁州牧，并授乞伏国仁为大将军大单于，封苑川王。

杨定与东海王纂，会攻后秦，进至泾阳，正值姚硕德奉行兄令，率众来战。被定纂两路夹攻，顿致大败。姚苌自督兵往救，纂乃退守敷陆，檄令他镇济师。窦冲进拔后秦汧雍二城，苌移兵击冲，冲战败退还。秦冯翊太守兰犊，引众二万，自频阳入和宁，贻书苻纂，共图长安。纂正喜得一帮手，偏乃弟师奴，谓不如背了苻登，自进尊号，纂不肯从，竟为师奴所杀。师奴遂自称秦公，欲袭长安，途次遇着苌军，逆战大败，奔亡鲜卑。杀兄贼怎能济事！兰犊闻报，亦即退去，苌更遣将军梁方成引兵攻秦雍州刺史徐嵩军垒，嵩兵单力弱，不能支持，竟被陷入，且为所擒。方成责嵩反复不忠，徒自取死。嵩怒骂道："汝姚苌已坐死罪，乃蒙先帝恩赦，授任内外，备极荣宠，今乃负恩忘义，身为大逆，连犬马尚且不如。汝附逆为虐，不知责己，反来责我，我不幸被执，情愿速死，早见先帝，收汝逆苌生魂，治罪地下。"说至此，怒眦尽裂，噀血横喷，惹得方成大愤，拔剑杀嵩，连斫三剑，嵩始陨命，遗众数千，俱被方成坑死。嵩虽曾降苌，仍为苻秦殉节，不失为忠。姚苌亦引兵来会，发掘秦王坚墓，劈棺鞭尸，剥去殓服，裹以荆棘，埋入坎中。伍胥鞭尸，且贻讥后世，何况姚苌？

苻登闻姚苌猖獗，出屯胡空堡，招集戎夏兵民十余万众，循陇西下，径入朝那。苻懿得病而死，予谥献哀。登乃立子崇为太子，弁为南安王，尚为北海王。姚苌亦移据武都，与登相持，大小经数十战，苌多败少胜，退营安定。登粮亦垂尽，令大军就食胡空堡，自率精骑万余，进围苌营。四面大哭，哀声动人，苌亦命三军皆哭，与外相应，登乃引还。苌见登军中，载着苻坚神主，遂疑是坚有神验，故登战辄胜。当下想入非非，亦在军中立坚神主，作文致祝。文词似涉诙谐，颇堪一噱，由小子录述如下：

往年新平之祸，非苌之罪。臣兄襄从陕北渡，假路求西，狐死首邱，欲暂见乡里，陛下与苻眉要路距击，不遂而殁。襄敕臣行杀，非臣之罪。苻登陛下末族，尚欲复仇，臣为兄报耻，于情理何负？昔陛下假臣龙骧之号，尝谓臣曰："朕以龙骧建业，卿其勉之！"明诏昭然，言犹在耳，陛下虽没世为神，岂假手于苻登而图臣，竟忘前征时言耶？今为陛下立神像，可归休于此，勿记臣过，鉴臣至诚，永言保之！杀其身，鞭其尸，还欲向之求庇，苌之愚暴，一何可笑。

既而苻登复进兵攻苌，望见苌军亦立坚神主，便登车楼语苌道："从古到今，难道有身为弑逆，反立神像求福，还想得益么？"苌闻言不答，登又大呼道："弑君贼姚苌出来，我与汝决一死战，看汝果能胜我否？"苌仍然不应。登乃下楼，督军攻苌。苌遣将出战，败回营中，再战又败，军中每夕数惊。苌乃伐鼓斩像，将像首掷入登营，自引兵退入安定城内，潜遣中军将军姚崇，袭大界营。大界营是苻登安顿辎重的地方，所有登后毛氏，及登子弁尚等，俱在营中居住，留作后应。崇从间道绕至大界，偏为登所闻知，还军邀击，大破崇军，俘斩至二万五千人，崇狼狈遁还。

登因此次得胜，总道苌不敢再来掩袭，便进拔平凉，留尚书苻愿居守，再进拔苟头原，逼攻安定。哪知姚苌复自率铁骑三万，夜袭大界营，营中不及预防，竟被攻入。登后毛氏，颀皙多力，且善骑射，仓猝上马，带领壮士力战，左手张弓，右手发箭，弦声所至，无不倒地，苌众被射死七百余人。待至箭已放尽，寇仍未退，反一重一重的围裹拢来，毛氏弃弓用刀，尚拼死格斗，终因寡不敌众，马蹶被擒。就是登子弁尚，亦俱被拘去。

苌军将毛氏推至苌前，苌见她皎皎芳容，亭亭玉立，刚健婀娜，宜武宜文，另有一番态度。不觉惹动情魔，便令军士替她释缚，且涎脸与语道："卿能依我，仍不失为国母。"毛氏当面唾骂道："呸！我为天子后，怎肯为贼羌所辱！"苌老羞成怒道："汝不怕死么？"毛氏又道："羌奴！羌贼！可速杀我。"苌尚未忍加刑，毛氏仰天大哭道："姚苌！汝既弑天子，又欲辱皇后，皇天后土，岂肯容汝长活么？"苌听她越说越凶，遂命左右推出斩首，一道贞魂，上升天国去了。与杨氏并传不朽。登子弁尚，亦相继受戮。小子有诗赞毛氏道：

贞心亮节凛冰霜，一死留为青史光；
写到苻秦三烈妇，笔头也觉绕余香。

苌既杀毛氏母子，诸将请往击登军。究竟苌是否允议，且看下回便知。

本回叙述二苻兴亡，实为杨毛二后作传。苻丕嗣坚称帝，不二年而即亡，其材之庸劣可知。苻登虽稍胜苻丕，然徒知黩武，害及妻孥，是亦未足与语中兴耳。唯坚之时有张夫人，后又有杨氏毛氏二后，义不受辱，并皆殉节。苻氏之家法不足传，独此三妇得并传不朽，名播千秋，是亦苻氏之光也。《晋书·列女传》但载坚妾张氏，登妻毛氏，而于丕妻杨氏独略之，殊为不解。《十六国春秋》中，虽经备述，但徒厕入秦后妃中，亦未足表扬贞节。得此书以阐发之，而幽光乃毕显云。

第七十三回　拓跋珪创兴后魏　慕容垂讨灭丁零

却说姚苌既破大界营，诸将欲乘胜击登，苌摇首道："登众尚盛，未可轻视，不如回军为是。"乃驱掠男女五万余口，仍归安定。登闻大界营失陷，妻子覆没，悲悔的了不得，经将佐从旁劝慰，乃退回胡空堡，收合余众，暂图休养，两秦始罢战半年。是时，中华大陆除江东司马氏外，列国分峙，大小不一。秦分为三：若秦，若后秦，若西秦。燕别为二：若燕，若西燕。尚有凉州的吕光，史称后凉，共计六国。此外又有一国突起，乃是死灰复燃，勃然兴隆，渐渐的扫清河朔，雄长北方，传世凡九历年至百有五十，好算是当时最盛的强胡。这人为谁？就是前文六十五回中所叙的拓跋珪。特笔。

珪为代王什翼犍孙，与母贺氏同依刘库仁，库仁待遇甚优，母子乃得安居。已而，库仁为燕将慕舆文等所杀，库仁弟头眷代统部众。头眷破贺藻，败柔然，兵势颇盛，偏库仁子显，刺杀头眷，自立为主，并欲杀拓跋珪。显弟亢埿妻，为珪姑母，得知显意，走告珪母贺氏。又有显谋主梁六眷，系代王什翼犍甥，亦使人告珪。珪年已十有六，生得聪颖过人，亟与母贺氏商定秘谋，安排出走。贺氏夜备筵宴，召显入饮，装出一番殷勤状态，再三劝酒，显不好推辞，又因贺氏虽然半老，丰韵犹存，免不得目眩神迷，尽情一喝，接连饮了数巨觥，醉得朦胧欲睡，方才归寝。珪已与旧臣长孙犍元他等，轻骑遁去。到了翌晨，贺氏又潜至厩中，鞭挞群马，马当然长嘶，显从睡梦中惊醒，急至厩中探视，但见贺氏作搜寻状，当下问为何因？贺氏竟向显大哭道："我子适在此处，今忽不见，莫非被汝等杀死么？"显忙答道："哪有此事！"贺氏佯不肯信，仍然号啕不休。显极力劝慰，但言珪必不远出，定可放心，贺氏方返入后帐。显也不加疑，总道珪未识己谋，不致他去，所以劝出贺氏，仍未尝遣人追寻。

珪已奔入贺兰部，依舅贺讷，诉明详情，讷惊喜道："贤甥智识不凡，必能再兴家国，他日光复故物，毋忘老臣！"珪答道："果如舅言，定不相忘！"已而贺氏从弟贺悦，为刘显部下外朝大人，亦率部亡去，潜往事珪。显待珪不归，正在怀疑，及闻贺悦复遁，料知阴谋已泄，由贺氏居中设法，纵使他去，遂持刀往杀贺氏，贺氏走匿神车中，接连三日，幸得亢逕夫妇，向显力请，始得幸免。嗣南部大人长孙嵩，亦率所部七百余家，叛显归珪。显追嵩不及，怅怅而还。哪知中部大人庾和辰，乘显他去，竟入迎贺氏，投奔贺兰部。及显回帐，贺氏早已远扬，气得显须眉直竖，徒呼恨恨罢了。

珪居贺兰部数月，远近趋附，深得众心，偏为贺讷弟染干所忌，使党人侯引七，觑隙刺珪。代人尉古真，又向珪告知染干诡谋，珪严加防备。侯引七无隙可乘，只好复报染干。染干疑古真泄计，将他执讯，用两车轴夹古真头，伤及一目，古真始终不认，才命释去。唯引众围住珪帐，珪母贺氏出语道："染干！汝为我弟，我与汝何仇？乃欲杀死我子呢？"染干亦惭不能答，麾众引退。又阅数旬，珪从曾祖纥罗兄弟，及诸部大人，共请诸贺讷，愿推珪为主，贺讷自然赞成，遂于次年正月，奉珪至牛川，大会诸部，即代王位，纪元登国。即晋孝武帝太元十一年。使长孙嵩为南部大人，叔孙普洛为北部大人，分统部众。命张兖为左长史，许谦为右司马，王建和跋叔孙建庾岳等为外朝大人，奚牧为治民长，皆掌宿卫。嵩弟长孙道生等，侍从左右，出纳教命，于是十余年灭亡的故代，又得重兴。珪嫌牛川地僻，不足有为，因徙居盛乐，作为都城，务农息民，众情大悦。北人谓土为拓，后为跋，因以拓跋为姓，且改代为魏，自称魏王。

先是前秦灭代，徙代王什翼犍少子窟咄至长安，从慕容永东徙，永令窟咄为新兴太守。刘显为逼珪计，特使弟亢逕引兵数千，往迎窟咄，使压魏境，并代为传告诸部，说是窟咄当为代王，诸部因此骚动。魏王珪左右于桓等，与部人同谋执珪。往应窟咄，幢将代人莫题等，亦潜与窟咄勾通。幸桓舅穆崇，与珪莫逆，预向珪处报明。崇亦知大义灭亲耶？珪捕诛于桓等五人，莫题等赦免不问。为了这番乱衅，珪不免日夕戒严，尚恐内难未绝，暗算难防，不得已再逾阴山，往依贺兰部。更遣外朝大人安同，向燕求救。燕主慕容垂，因遣赵王麟援珪。麟尚未至魏，窟咄又与贺染干联结，侵魏北部。北部大人叔孙普洛，未战先遁，亡奔刘卫辰，魏都大震。麟在途中闻报，急遣安同归报魏人。魏人知援军将至，众心少安。窟咄进屯高柳，珪与燕军同攻窟咄，杀得窟咄大败亏输，奔投刘卫辰。卫辰把他杀死，余众四散，由珪招令投诚，不问前罪，散卒当然归魏。乃改令代人库狄干为北部大人，犒赏燕军，送令归国。燕主垂封珪为西单于，兼上谷王，珪不愿受封，但托言年少材庸，不堪为王，即将燕诏却还。已见大志。

刘卫辰久居河西，招军买马，日见强盛。后秦主姚苌，封卫辰为河西王，领幽州牧，西燕主慕容永，亦令卫辰为朔州牧。卫辰因遣使诣燕，贡献名马，行至中途，被刘显部兵夺去，使人逃往燕都，只剩了一双空手，不得不向燕泣诉。燕主垂勃然大愤，便拟兴兵讨显。可巧魏主珪虑显进逼，再遣安同至燕乞师，燕主垂一举两得，立遣赵王麟与太原王楷，率兵击显。显地广兵强，寖成骄很，士众无论亲疏，均有贰心，至是倾寨出拒，略略交锋，便即溃散。显知不可敌，奔往马邑西山。魏王瀀复引兵会同燕军，再往击显，大破显众。显走入西燕，所有辎重牛马，都为燕魏两军所得。彼此分肥，欢然别归。

自是魏势日盛，连破库莫奚高车叱突邻诸部落，雄长朔方，甚且密谋图燕，特遣太原公仪，以聘问为名，至燕都窥探虚实。夷狄无信，即此可见。燕主垂诘问道："魏王何不自来？"仪答道："先王与燕尝并事晋室，约为兄弟，臣今奉使来聘，未为失礼。"垂作色道："朕今威加四海，怎得比拟前日！"仪从容道："燕若不修德礼，但知夸耀兵威，这乃将帅所司，非使臣所得与闻呢。"语有锋芒，但如垂所言，亦有令人可讥处。垂见他语言顶撞，虽然怒气填胸，却也无词可驳。留仪数日，遣令北还。仪返魏告珪道："燕主衰老，太子阇弱。范阳自负材气，非少主臣，若燕主一殁，内难必作，乃可抵隙蹈瑕，掩他不备，今尚未可速图呢！"珪点首称善，因与燕仍然往来，不伤和气。

彼此敷衍了一两年，珪复与慕容麟会集意辛山，同攻贺兰附近纥突邻纥奚诸部，所过披靡，相率请降。会刘卫辰收合余烬，又来出头，令子直力鞮攻贺兰部，贺讷忙向魏乞援。魏王珪引兵援讷，直力鞮望风退走。珪乃徙讷部众，居魏东境。既而讷弟染干，与讷相攻，构兵不已。珪欲并吞贺兰部，想出一条借刀杀人的计策，使吏告燕，请讨贺讷兄弟，情愿自为向导。报勇之道，如是如是！燕主垂即遣麟督兵，出击贺讷，讷本没有什么能力，更兼兄弟阋墙，闹得一塌糊涂，怎能再敌燕军？至燕军已经逼寨，向魏请救，杳无复音，没奈何硬着头皮，自出抵敌，打了一仗，兵败力竭，被麟军擒了过去。贺染干不敢进战，便诣燕营乞降。麟驰书告捷，燕主垂还算有恩，命麟归讷部落，但徙染干入燕都，且召麟班师。麟还都告垂道："臣看拓跋珪举动，必为我患，不如征令来朝，使该弟监国，较可无虞。"垂未以为然，经麟一再请求，方遣使至魏，征使朝贡。珪令弟觚，至燕修好，慕容麟等劝垂留觚，更求良马。珪不肯照给，使张衮至西燕求和，燕遂不肯释觚。觚伺隙潜逃，又被燕太子宝追还，燕与魏就从此失好了。为燕魏交战张本。

且说西燕主慕容永，称帝逾年，屡出兵侵晋河南，旋复率众寇晋洛阳。时晋太保谢安，曾在广陵遇疾，卸职还都，竟至病逝。晋廷赠官太傅，追谥文靖。不略谢安之殁，意在重才。另命琅琊王道子领扬州刺史，录尚书事，都督中外诸军，加前锋都督谢玄，统辖徐兖青司冀幽并七州军事，寻又录淝水战功，赠谢安为庐陵公，封谢石为南康公，谢玄为康乐公，安子琰为望蔡公。会泰山太守张愿叛晋，北方不靖，谢玄上疏请罪，自乞罢职。孝武帝不从所请，只令玄还镇淮阴，调豫州刺史朱序代镇彭城。玄又称病谢职，有诏令为会稽内史。未几，玄殁，年止四十六，比乃叔谢安寿数，短少二十年。特叙此笔，补出谢安年纪。晋廷追赠车骑将军，予谥献武。乃命朱序都督司雍诸州军事，移戍洛阳，谯王恬无忌子。都督兖冀诸州军事，就镇淮阴。会值慕容永侵洛，序即带领兵马，从河阴渡河，击走永军。永走还上党，序追至白水，尚未收军。忽由洛阳守吏，递到急报，乃是丁零翟辽，谋袭洛阳，序始引军亟归。中道与翟辽相遇，一阵猛击，辽众俱仓皇遁去。

看官阅过前文，应知辽奔就黎阳，丁零遗众，奉翟成为主帅，驻守行唐；见六十九回。后来成为燕灭。唯辽尚存，晋黎阳太守滕恬之，为辽所欺，非常爱信，辽竟起歹心，乘恬之出外时，闭城峻拒，恬之无路可归，东奔鄄城，又被辽引众追及，擒还恬之，据住黎阳。朱序曾遣将军秦膺等讨辽，辽且先发制人，遣子钊南寇陈颍，正与秦膺等相值，被膺击退。嗣高平人翟畅，执住太守徐含远，举郡降辽。高平已为燕属，燕主垂怎肯甘休，即亲自出讨，命太原王楷为前锋都督，杀往黎阳。辽众皆燕赵遗旅，俱云太原王子，犹我父母，不可不降，遂相率投诚。辽闻风惊惧，亦输款燕营，垂乃授辽为徐州牧，封河南公，受降而还。不到数月，辽又叛燕，出掠燕境，寻又遣司马眭琼，诣燕谢罪。燕主垂恨他反复，斩琼绝辽。辽竟自称魏天王，也居然建设百僚，改元建光，引众徙屯滑台，南图晋，北窥燕，阴使人赴冀州，诈降燕刺史乐浪王慕容温。见七十一回。温留置帐下，竟被刺死。燕辽西王慕容农，往捕刺客，得诛数人。辽自幸得计，又欲袭晋洛阳，幸为朱序击败，方才退还。序留将军朱党守石门，自引兵还镇。辽却雄心未死，又命子钊寇晋鄄城。晋将刘牢之领兵邀击，钊始败去。前泰山太守张愿叛晋，为燕所破，复投翟辽，辽令愿来敌牢之。愿知辽不可恃，致书牢之，自陈悔过，牢之乃许愿归降，并进逼滑台，再破辽众。辽入城固守，牢之猛攻不下，自恐饬运难继，才撤兵退回。

已而辽竟病死，由钊继立，改元定鼎。复欲承父遗志，攻燕邺城，失利而还。再遣部将翟都，侵燕馆陶，屯苏康垒。好兵不戢，必致自焚。于是燕主垂不能再忍，下令亲征，自率步骑十万，径压苏康垒前。翟都弃垒夜走，奔还滑台。翟钊闻燕兵大至，也不禁惶急起来，连忙缮就哀书，借兵西燕。西燕主慕容永，召集群臣商议行止，尚书郎鲍遵道："两寇相争，势必俱敝，我随后出兵，乘敝制寇，便是卞庄刺虎的遗策了。"中书侍郎张腾道："强弱异势，何至遽敝，不如率兵往救，使成鼎足，方可牵制强燕，一面分兵直趋中山。昼设疑兵，夜设火炬，使彼自相疑惧，引兵自退，然后我冲彼前，钊蹑彼后，必可蹙燕，这乃天授机会，万不可失呢！"永不肯依腾，却回翟使，使人返报翟钊。钊只好调集部众，出拒黎阳。

燕主垂至黎阳北岸，临河欲济，钊列兵河南堵截。燕军见钊众气盛，颇有惧色，俱劝垂留兵缓渡。垂掀髯笑道："竖子有何能为？卿等可随朕杀贼哩！"诸将始不敢多言，但静待军令，严装候着。到了次日，垂忽下令拔营，迁往西津，去黎阳西四十里，具备牛皮船百余艘，载着兵仗，将溯流东上，进逼黎阳。钊见垂引兵西向，不得不随向西趋，防垂渡河。哪知垂是诱他过去，到了夜半，却暗遣中垒将军桂阳王镇，率骁骑将军国等，仍到黎阳津偷渡。平风息浪，竟达河南，当即乘夜筑栅，及旦告成。钊得知燕军东渡，急忙麾众赶回，来夺燕寨。偏燕军依栅自固，坚壁勿动，钊一再挑战，统被燕军射退。待至午后，钊士卒往来饥渴，只好引还，不意燕营内一声鼓角，驱兵杀出，竟来追钊。钊亟回军抵敌，两下里正在酣战，突有一彪人马到来，为首大将，乃是燕辽西王慕容农。他因钊众东回，得从西津渡河，前来助镇，左右夹攻钊众。钊如何抵挡得住，慌忙引众返走，已被燕军杀得七零八落，只带得残骑数百，奔归滑台。燕军陷入黎阳，再乘胜进逼，钊力不能支，没奈何挈着妻子，率数百骑北走，渡河登白鹿山，凭险自守。

燕军追至山下，望见山路险仄，林箐朦胧，急切不敢进去，便在山下安营。一住数日，并无一人出山，慕容农语将士道："钊仓猝入山，粮必不多，断不能久居山中，唯我军常围山下，彼且惮死不出，不如佯为退兵，诱他下山，方可一鼓歼灭了。"父子兵略，俱属可观。将士当然赞成，便即引退，钊果下山西走，行未数里，燕军已两面突至，掩杀钊众。亏得钊乘着骏马，飞奔而去，所有妻子部曲，悉数被擒。钊所统七郡将吏，均向燕请降。垂从子章武王宙为兖豫二州刺史，居守滑台，徙徐州七千余户至黎阳，亦留从子彭城王脱居守，领徐州刺史，自引军还中山，命辽西王农都督兖豫荆徐雍五州军事，屯兵鄴城。独翟钊单骑奔入西燕，西燕主慕容永好意延纳，授钊车骑大将军，领兖州牧，封东郡王，偏钊住了年余，又生异志，复思叛永。永察出阴谋，方将钊杀死了事，翟氏乃绝。小子有诗叹道：

居心反复太无诚，不信如何得幸生！
试看丁零衰且尽，益知作伪总难成。

欲知后事如何，且看下回分解。

拓跋珪母子，屡濒死地，而卒得不死，是得毋天将兴魏，王者不死耶！然观诸珪之心术，实无足取，彼赖舅贺讷而得存，乃未几而导燕灭贺矣；彼恃慕容氏之援而得兴，乃未几而遣仪窥燕矣，无信无义，何以立国？顾竟得雄长朔方，历祚至百五十年，天道茫茫，殊不可问！岂其时方丁闰运，固凭力不凭理欤？丁零翟氏，燕之所借以规复者也，翟斌忽迎垂，忽又欲叛垂，事泄被诛，咎由自取。然翟真翟成翟辽翟钊等，辗转构难，虽相继败死，卒归于尽，而慕容氏之兵力，盖亦已半敝矣。夷狄无亲，难与共事，慕容垂固尝负秦，亦曷怪翟氏之反复哉？

第七十四回　智姚苌旋师惊噩梦
勇翟瑥斩将扫孱宗

却说秦主苻登，自退屯胡空堡后，按兵不出。接应前回。后秦主姚苌，使弟硕德镇守安定，分置秦州守宰，派从弟常戍陇城，邢奴戍冀城，姚详戍略阳。秦益州牧杨定，出攻陇冀，阵斩姚常，并擒邢奴。姚详大惧，即将略阳城弃去，奔往阴密。定遂自称秦州牧，晋爵陇西王。秦主登方借定拒苌，不便斥责，只好许称王号，且加定为左丞相上大将军，都督中外诸军事，领秦梁二州牧。一面进窦冲为大司马，兼骠骑大将军，都督陇东诸军事，领雍州牧，杨璧为大将军，领南秦益二州牧，约与共攻后秦。三人才略心术，俱难重任，登所用非人，宜其致败。又敕并州刺史杨政，冀州刺史杨楷，各率部曲相会，再图大举。

姚苌遣将军王破虏，略地秦州，为杨定所破，狼狈奔还。秦主登出攻鸯泉堡，由姚苌亲自驰救，登亦引退。苌嘱使东门将军任瓮等，致书与登，诈为内应，登得书后，即欲轻骑践约。征东将军雷恶地，在外将兵，得知此事，即驰入白登道："姚苌多诈，怎可轻信？请三思后行！"登乃中止。嗣探得任瓮诈降，悬门以待，乃惊语左右道："雷征东料敌如神，若非彼言，我几为竖子所欺了。"恶地因谏苌有功，亦未免语带矜夸，偏登又阴怀猜忌，只恐他另生恶念，逐渐见疏。莫非因他以恶为名故致生忌，但好猜如此，何由御人？恶地果然疑惧，竟往降后秦，姚苌命恶地为镇军将军。

既而秦镇东将军魏褐飞，自称冲天王，号召氐胡部落，围攻杏城。杏城为后秦安北将军姚当成所守，便驰使报告姚苌，请速济师。苌自引精兵千六百人，往援杏城，哪知降将恶地，又与槸飞相应，反攻李润。镇名在冯翊西。两人会合拢来，众至数万，氐胡又相继奔赴，络绎不绝。苌固垒不战，佯示怯弱，槸飞见苌兵弱少，意存轻藐，毫不加防，不意后面有苌兵掩入，立致惊溃。苌既分兵绕击槸飞，自已在营中眺着，望见槸飞后营，尘头扰乱，料知槸飞中计，便即驱兵杀出，直击槸飞前营。槸飞前后受敌，吓得手足无措，只好没路的乱撞。偏偏冤家路狭，正与姚苌相值，再欲回头返奔，已是不及，那好头颅即被人取去了。槸飞有众三万人，死了一万，降了一万，逃去一万，霎时间成为平地。杏城守将姚当成，出迎姚苌，苌命就营址间，每一栅孔，改植一树，作为战胜纪念。当成嫌营地太小，苌笑道："我自结发以来，与人交战，从没有这般奇捷。试想我军不过千余，能骤破三万贼众，可见营地以小为奇，如贼大营，有什么用处哩！"说着，复命移兵往击恶地。兵方启行，恶地已前来谢罪，俯伏投诚。苌传命宥免，令他随归长安，待遇如初。恶地首鼠两端，实可杀却。

过了一年，冯翊人郭质，忽起兵应秦，移檄三辅，数苌过恶。三辅多贻书归附，独郑县人苟曜不从，聚众数千，与质为敌。秦授质为冯翊太守，后秦授曜为豫州刺史。曜与质互相战争，质屡次失利，败奔洛阳，后来苟曜为秦所诱，密约秦主登出兵，愿为内应。胡人真多反复。登督兵赴约，竟至马头原，姚苌引众逆战，为登所败，右将军吴忠阵亡。姚硕德等拼命拦截，才得勉强收军，不致大挫。苌令军士饱食干粮，再行进战，硕德旁问道："陛下每战不胜，即有奇谋，今战既失利，又欲进攻，果有何策？"苌答道："登用兵迟缓，不识虚实，今轻兵直进，竟据我东首，这定是苟曜竖子，与他通谋，所以冒险前来；若再不与战，日久势增，祸更难测，故不如更与交锋，使苟曜未得连合，登尚疑信参半，当可转败为胜，解散贼谋哩。"说毕，上马督兵，进攻登营。登不防姚苌再至，仓皇接仗，士无斗志，纷纷溃退，苌驱众追杀一阵，斩获无算，直至登奔往郿城，始命凯旋。诸将益佩服苌谋。

嗣闻登复移攻安定，苌命太子兴居守长安，自往拒登。临行时嘱兴道："苟曜好为奸变，他闻我北行，必来见汝，汝宜将他捕戮，免贻后患。"兴唯唯受教。果然苌就道后，曜即入关见兴，当被兴喝令拿下，推出枭首，然后报达姚苌。苌闻苟曜已死，安心前行。至安定城东，见登引众来前，立即麾众与斗，把登击退。苌入城犒军，宴集将佐，诸将进言道："今日魏武王尚存，苌谥兄襄为魏武王见七十二回。必不令此贼久盛，陛下但务拒守，不愿进击，所以养寇到今，尚未荡平呢。"苌微哂道："我原是不及亡兄，约算起来，共有四种。我兄身长八尺五寸，臂垂过膝，人一望见，便觉生畏，这是我第一种不及处；我兄与天下争衡，虽遇十万雄师，毫不畏缩，当先直进，横厉无前，这是我第二种不及处；我兄谈古知今，讲论道艺，善遇英雄，广罗俊异，这是我第三种不及处；我兄董率大众，履险如夷，上下咸服，人人愿尽死力，这是我第四种不及处。我事事不及亡兄，尚得建立功业，策任群贤，无非靠了一些智略，稍得过人一筹。苻登穷寇，将来总要覆亡，何必急速求功，反致败事哩！"于是群下咸称万岁。越日苌复下书，令诸镇各置学官，不得偶废，考试优劣，量才擢叙。会秦骠骑将军没奕于，率户六千，来降姚苌，苌授没奕于为车骑将军，封高平公。

既而苌遇重疾，因遣弟硕德镇李润，仆射尹纬守长安，亟召太子兴驰诣行营。那秦主苻登，方立昭仪李氏为继后，连日庆宴，闻得姚苌有病，不禁大喜，便欲乘机往攻，厉兵秣马，特向苻坚神主前祷告道：

> 曾孙登自受任执戈，几将一纪，未尝不上天锡佑，皇鉴垂矜，所在必克，贼旅冰摧。今由太皇帝之灵，降灾疢于逆羌，以形类推之，丑虏必将不振。登当因其陨毙，顺行天诛，拯复梓宫，谢罪清庙。神祖有灵，实式凭之！

祷毕，复大赦境内，加百僚位秩各二等，遂督兵出行，进逼安定。去城只九十余里，忽由侦骑入报道："姚苌已引兵出城，想是前来迎战了。"登惊诧道："敢是苌已病愈了么？"随即带领轻骑，自往觇苌。行至中途，又有探马来报道："姚苌已遣将姚熙隆，从间道绕出，攻我大营去了。"登又恐大营有失，勒马回营，望见距营数里，果有敌军扎住，因天色已晚，不欲往攻，但命部众戒严，枕戈夜宿，好容易过了一宵，差幸夜间无事，黎明即起，正在营中早餐，忽有逻骑入告道："贼营都空空洞洞，不知所向了！"登大惊道："这是何人？去令我不知，来令我不觉，人人说他将死，他偏又来出现，我与此羌同时，真是不幸极了！"遂引兵徐退，途次亦严勒部伍，井井不紊，才得安然还雍。究竟姚苌用何计策，得退登军。原来登出兵时，苌病小愈，他不欲与登剧战，所以想出了一条疑兵计，诡去诡来，使登无从测摸。等到登退兵还雍，他本已绕出登前，伏兵待着。及见登行列整齐，料不可犯，也乐得让他过去，自还安定罢了。确是狡猾。

秦雍州牧窦冲，已进任右丞相，冲徙屯华阴，被晋河南太守杨佺期击走，他尚矜才使气，上书登前，自请加封天水王。是由杨定为王引使出来。登偏不许，冲竟僭称秦王，改年元光。登闻报大怒，即引兵攻冲。厚杨定而薄窦冲，登实不公。冲情急生变，遂向后秦乞降，请发援师。姚苌欲力疾赴救，尹纬进言道："太子纯厚有声，唯将略未曾著闻，可遣令代征，使示威武，也是固本的要着哩。"苌乃召兴入嘱道："闻冲兵现屯野人堡，汝若趋救，必有一场恶战，胜负未可逆料，不若径攻胡空堡，使苻登撤围还援，那时冲围自解，汝亦可全军引还了。"兴受计而去，行抵胡空堡，登果还救，兴遵着父命，不与交战，便即退归。

苌因久病未痊，命兴先还长安，自引从臣继发。到了新支堡，夜宿驿中，朦胧中见一金甲皇帝，领着数多将士毁门进来，仔细一瞧，那皇帝不是别人，正是秦王苻坚。当下骇惧欲奔，回头急望，恍惚见有宫门开着，便踉跄跑入。可巧有宫人出来，便向他们呼救，宫人手中，各有长矛持着，应声拒敌，争把手中矛掷去，不意敌兵未曾击倒，自己的肾囊上，反被掷中一矛，顿致痛彻肺腑。更可恨的是敌兵哗笑，拍掌欢语道："正中死处，正中死处！"那时又痛又愤，咬着牙根，将矛拔去。矛才拔出，血即狂流，越觉痛不可耐，一声号呼，竟致惊悟，才知是一魇梦。心虚易致鬼揶揄。挑灯审视，既没有什么皇帝，又没有什么将士，不过肾囊上却是有些暴痛，卸裳俯视，略略红肿，也不知是何病症。挨至天明，肿势又添了一半，便召医官入视，医官就病论病，无非说是疝气等类，外敷内治，全不见效，只觉得囊胀难忍，令医用针刺治。医官不得已如言施针，竟致血出不止，仿佛似梦，苌痛极致晕，不省人事。好容易灌救得活，仍是神志不清，狂言谵语，或云臣苌该死；或云杀死陛下，实为兄襄，并非臣罪，幸勿枉臣！半真半假，死且欺人。从官见苌病亟，不便逗留，只得将苌舁置车中，使他卧着，匆匆还入长安。苌偶觉清醒，便召太尉姚旻，尚书左仆射尹纬，右仆射姚晃，尚书狄伯支等，受遗辅政，且嘱太子兴道："受遗诸公，统是我患难至交，如有人无端诬毁，慎勿轻信！汝能抚骨肉以仁，接大臣以礼，待物以信，字民以恩，四德具备，自可永年，我虽死无忧！”言毕即逝，时年六十有四，在位八年。

兴恐内外有变，秘不发丧，急调叔父绪镇安定，硕德镇阴密，召弟崇还镇长安。硕德部下诸将佐，各进白硕德道：“公威名素振，部曲最强，今闻故主已终，新君甫继，恐不免与公相猜，公不若径赴秦州，观望时势，自作良图，免贻后戚。”硕德怫然道：“太子志度宽明，必无疑阻。今苻登未灭，即自寻干戈，是蹈三国时二袁覆辙，袁谥袁尚。徒取灭亡，我宁死不愿出此呢！”随即启行至长安，与兴相见，兴优待如常，遣令赴镇。一面自称大将军，授尹纬为长史，狄伯支为司马，部署将士，严备苻登。

登屡使侦骑觇视，探得姚苌死耗，当即还报，登欣然道：“姚兴小儿，怎能敌我，但折杖以笞，便足使他屈服了。”夜郎自大。遂驱众尽出，但留弟安成王广守南安，太子崇守胡空堡，自督兵径向关中。复遣使拜金城王乞伏乾归为河南王，领秦梁益凉沙五州牧，并加九锡。这乞伏乾归，就是乞伏国仁弟。国仁尝受苻登封爵，称苑川王，见七十二回。逾年即殁，子公府尚在幼年，部众谓宜立长君，因推乾归为大将军大单于，改元太初，徙居金城。且向秦报闻，秦遣使册封乾归为金城王。乾归雄武英杰，不亚乃兄，征服附近部落，威振边陲。立妻边氏为王后，用出连乞都为丞相，悌眷为御史大夫，也是一个小朝廷制度。苻登欲规取长安，所以加封乾归，联为声援，自引兵急进，从六陌趋废桥。后秦始平太守姚详，据住马嵬堡，堵截登军。姚兴恐详不能御，特遣长史尹纬，率兵助详。纬径至废桥拒登，登争水不得，兵多渴死，遂麾众攻纬。纬正欲与战，忽见狄伯支驰至，传达兴命，教他持重，不可轻战。纬勃然道：“先帝升遐，人情震惧，今不思奋力歼寇，乃使逆竖压境，日久变生，大事去了！纬情愿死争，不敢闻命！”说罢，便麾众出战，一当十，十当百，竟将登众杀败，追奔数里，斩馘甚多。

是夜，登竟溃归，纬乃旋师奏功。兴始为父发丧，举哀成服，命在槐里筑坛，嗣即帝位，大赦境内，改元皇初。寻由长安至安定，调集人马，再击苻登。登败回南安，不料弟广与子崇，都因闻败心惊，弃戍远窜，转令登穷无所归，没奈何奔至平凉，收集溃卒，走入马毛山。蓦闻姚兴又率众来攻，自思众心携散，不能再战，乃亟遣子崇驰诣金城，向乞伏乾归处求援，并进封乾归为梁王，愿将妹东平长公主嫁与乾归。乾归乃遣前将军乞伏益州，冠军翟瑥，分领骑兵二万，往救苻登。登闻援兵将至，出山探望，遥见山南有大兵驰到，正道是援兵前来，便即踊跃欢迎。待至两下遇着，才觉叫苦不迭，原来不是援兵，乃是姚兴进袭的潜师。那时退避不遑，只好与他交战，不到半时，部众一半伤毙，一半逃去，单剩登一人一马，返身乱跑，被兴兵快马追及，你矛我槊，戳死马下。总计登在位九年，大限五十二岁。

登子崇窜至湟中，得悉乃父死耗，还想据位称尊，草草登极，改元延初，再遣人至乾归处乞师。时乞伏益州等不及援登，中道折回，报明苻登战死情状，乾归即变易初心，逐回崇使。崇孤立无助，自知艰危，乃走依陇西王杨定。定闻乾归不肯发兵，投袂而起，召集步骑二万人，与崇共攻乾归。乾归得报，顾语诸将道："杨定勇虐聚众，穷兵逞欲，我看他此次前来，乃是恶贯已盈，徒自取死。天方授我，此机正不可错过呢！"乃遣凉州牧乞伏轲殚、秦州牧乞伏益州、立义将军诘归等，出拒杨定。

益州为乾归弟，素称骁勇，先驱急进，驰至平川，正值杨定麾兵进来。益州兵少，杨定兵多，毕竟双拳不敌四手，被定杀败，夺路奔回。轲殚诘归，亦引众退还，独冠军翟瑥，趋入轲殚营中，仗剑进言道："我王具神武英姿，开基陇右，东征西讨，无不席卷，所以威振秦梁，声光巴汉，将军身膺重寄，位重维城，理应宣力致命，保安家国，秦州虽败，二军犹全，奈何不思赴救，便即返奔，将军自思，尚有什么面目，敢见我王呢？瑥虽不才，愿为国效死！"可谓壮士。轲殚听了，不禁怀惭，便向瑥谢过道："我所以未赴秦州，正恐众心摇动，未肯向前，今如将军所言，已知众愤，且败不相救，当坐军罚，我难道敢自偷生，徒取罪戾么！"说着，即命瑥为先锋，自率骑兵继进；且遣人分报益州诘归。益州诘归，也勒众再进，夹攻杨定。定恃胜无备，陡遇三路杀来，竟至无法抵挡。主将慌忙，众愈骇散，那翟瑥舞着大刀，左斩右劈，如入无人之境。定尚思拦阻，不防瑥已至马前，砉的一声，头竟落地。就是秦嗣主崇，亦不及奔逃，致为敌军所杀。秦自苻健僭号，传至苻崇，合计六主，共四十四年而亡。小子有诗叹道：

善败不亡善战亡，苻秦一代费评章。
寿春六陌重寻辙，祸始佳兵终不祥。

苻氏已亡，乾归并有陇西巴蜀诸地，遂增置官属，张示声威，欲知他一切详情，待至下回再叙。

五胡十六国中，苻秦最盛，而衰败亦最速。苻坚以淝水之败，便至不振，卒死姚秦之手。苻登以废桥之败，即无所归，仍为姚氏所杀，而苻崇更不足道焉。即是以观，可见姚苌之梦见苻坚，并非坚之真能为祟，不过苌私心负疚，恐遭冥谴，迨至病危神散，乃有此梦魂之可怖耳。不然，坚能祸苌，宁独不能自保子孙耶？唯坚之得国，由于篡弑，故其后卒不得令终；苌虽叛坚，而为兄复仇，犹有可说，其得保首领以殁，盖于侥幸之中，有理数存焉。谁谓乱世之必无天理哉！

第七十五回　失都城西燕被灭　压山寨北魏争雄

却说乞伏乾归，增置官属，令长子炽磐领尚书令左长史，边芮为尚书左仆射右长史，秘宜为右仆射，翟瑥为吏部尚书，翟勍为主客尚书，杜宜为兵部尚书，王松寿为民部尚书，樊谦为三公尚书，方弘、麹景为侍中。此外拜授，一如魏武晋文故事，犹自称大将军大单于。唯杨定死后，天水人姜乳，袭据上邽，因遣乞伏益州往讨。边芮王松寿入谏乾归道："益州贵为介弟，屡立战功，因胜致骄，常有德色，古人谓骄兵必败，若令他专阃，恐非所宜。"乾归道："益州骁勇，非诸将所能及，我但恐他刚愎自用，或致偾事，今当另简重佐，便可无忧！"说着，遂派韦乾为行军长史，务和为司马，令与益州偕行。至大寒岭，益州果不加部勒，反纵军士解甲游畋，日夕酣饮；且下令道："敢言军事者斩！"韦乾看不过去，只好邀同务和，违令进谏道："将军为王室懿亲，受命专征，期殄凶丑，今贼已逼近，奈何解甲自宽，宴安鸩毒，古有明戒，望将军三思！"益州大言道："乳众乌合，闻我到来，理应远窜，若欲与我决战，便是自来送死，我自有擒贼方法，卿等勿忧！"全是骄态，唯不杀韦乾，还算气宽。韦乾等只好退出，自加戒备。果然姜乳引众劫营，益州未曾预防，竟被陷入，仓皇惊溃。还亏韦乾等救护益州，且战且行，才得逃脱性命。乾归闻益州败还，也仿秦穆公悔过语云："孤违蹇叔，致有此败，将士何罪，罪实在孤呢！"乃概令复职，悉置勿问。并令兵士休养，暂息干戈。

杨定无子，从弟盛先守仇池，特为定发丧，追谥武王，自称秦州刺史仇池公。仇池前为秦灭，曾由杨安镇守，见六十二回。后来杨安他徙，辗转为杨定所据，定死盛继，仍算未绝，并遣使称藩东晋，晋廷但务羁縻，封盛为仇池公。盛与定原属氐族，因分氐羌为二十部护车，各自镇戍，不设郡县。乞伏乾归也不愿过问，仇池始得少安。

事且慢表，且说燕主慕容垂，扫灭丁零，还至中山，闻翟钊奔入西燕，乃议兴兵西略，往攻慕容永。诸将俱说道："永未有大衅，不宜轻伐，且近来连岁战争，士卒久劳，居民亦不暇耕织，疮痍满目，哭泣盈途，宜乘此安抚兵民，待时而动，区区长子，无庸深忧呢！"独司徒范阳王德驳议道："昔三祖积德，遗训在耳，所以陛下龙兴，人皆思燕，不谋而合。永与陛下系出同宗，乃独僭称尊号，煽动华夷，惑民视听，致令群竖纵横，逐鹿不息，今若不先加除灭，恐民心不壹，后患方长，怎得谓不足深忧！就使士卒疲劳，此举亦不能再缓了！"垂掀须语诸将道："司徒所议，与我同意，古称：'二人同心，其利断金。'我计决了！且我年虽老，扣囊底智，尚足歼除此贼，不宜再留遗患，累我子孙呢！"除去慕容永，亦未必子孙久长。乃发步骑七万人，遣镇西将军丹阳王瓒，及龙骧将军张崇，往攻晋阳，征东将军平视，往攻沙亭，自率大军赴邺。晋阳守将，为西燕主永弟武乡公友，沙亭守将，为西燕镇东将军段平。西燕主永，尚恐两处有失，因再遣尚书令刁云，与车骑将军慕容钟，率众五万，出屯潞川，使为援应。垂复使太原王楷出滏口，辽西王农出壶关，自出沙亭击永。

永急令从子征东将军小逸豆归，镇东将军王次多，右将军勒马驹等，率兵万余，往戍台壁。又派遣诸将，分道拒守。偏燕军沿途逗留，月余不进。永莫名其妙，但恐垂声东击西，佯从邺城进兵，暗中却分兵潜入太行，山名。绕击背后，所以预防一着，特调诸军还扼太行，严守轵关；唯留台壁军不遣。垂正要他调开各军，好使部众前进，既闻慕容永中计，立即趋就慕容楷，同进滏口，入天水关，直抵台壁。小逸豆归飞报慕容永，永遣太尉大逸豆归，至台壁助战，适垂将平视引兵驰至，垂即使与大逸豆归交锋，一阵痛击，大逸豆归败去。小逸豆归不得已与王次多勒马驹等，开壁出战。平视再与奋斗，正杀得难解难分的时候，忽由慕容楷慕容农杀到，两支统是生力军，纵横驰骤，锐不可当。小逸豆归自知不敌，急忙收兵入壁，偏敌军两面围裹，一时不能杀出，等到死命冲突，才得一条血路，奔入垒中。部兵万余名，伤亡了六七千。就是王次多勒马驹，也相继战死，连骸骨都无从夺回。更可怕的是台壁外面，统是敌军，围得铁桶相似，除非插翅腾空，不敢出去。小逸豆归坐守孤城，只眼巴巴的向西望着，专待援军到来。

时大逸豆归已奔还报永，永乃自率精兵五万，驰救台壁，屯兵河曲，贻垂战书。垂批回战期，列阵台壁南面，分农楷二军为左右翼，又使慕容国率兵千人，伏深涧下。越日交兵，由垂亲往挑战，两下里不及答话，便将对将，兵对兵，角斗起来。才及片时，垂竟拍马返奔，将士亦佯作败状，曳械遁走。永不管好歹，挥兵急追，人驰马骤，争向深涧中跃过，似乎有灭此朝食的气象。不料驰至半途，那慕容楷慕容农两军，出来截住，夹攻永军，垂又翻身转来，迎头痛击，永三面受敌，如何支持？只得回马奔还。追兵变做逃兵，逃兵反变做追兵，胜负变幻，真不可测。永驰还涧旁，不防慕容国又复杀出，截住去路。垂与农楷等在后紧追，累得永进退两难，顿致全军大乱，或被杀，或被溺，死了无数士卒。永还须迟死数月，所以幸得逃脱，奔还长子。永已用兵数年，连诱敌计都未预防，实是个没用家伙。

晋阳沙亭潞川各守将，统闻风逃散，慕容钟且奔降垂营。永闻钟叛去，竟将钟妻子拘住，悉数骈戮。死在目前，还要如此暴虐。又恐长子受围，拟留太子亮居守，自奔后秦。侍中兰英道：“昔石虎攻我龙城，我太祖坚守不去，终得创业垂基，造成大燕。今垂七十老翁，厌苦兵革，难道能连年不返，长此围攻么？为今日计，但当缮修守备，坚壁勿战，待他师老粮尽，自然退去了。”永乃依议，婴城拒守。那燕兵即陆续趋至，环集城下，四面筑栅，把一座长子城，团团围住。一攻一守，约莫有四五十日，城中虽未被陷，却已孤危得很。乃遣子常山公泓，赍取玉玺一方，缒城夜出，向晋雍州刺史郗恢处求救，恢即请命晋廷。晋虽有诏许援，但征发需时，一时如何应急？永恐晋兵不至，又遣太子亮诣魏乞师。亮出城时，被燕将平视探知，引兵追及，把亮擒回。只有随骑逃脱，得至盛乐，见魏王拓跋珪，涕泣求援。珪本与西燕通好，见七十三回。乃命陈留公虔，将军庾岳，率骑五万，出屯秀谷，相机进行。怎奈长子城日危一日，晋魏兵又皆未至，急得守城将士，朝不保暮。大逸豆归与部将窦韬等，起了歹心，竟潜通外兵，开城延敌。慕容永惊悉内变，忙挈着眷属，奔往北门。冤冤相凑，兜头碰着燕军前队，一声呐喊，把永围住。永无从逃脱，只好束手受擒，所领家属，无一幸免，统被缚至慕容垂前。垂责他僭据位号，滥杀宗族，罪无可恕，叱出斩首，妻子等当亦受戮。慕容俊子孙前时被永所杀，至此始得瞑目。又执住刁云等四十余人，一体加诛。大逸豆归昂首进谒，还道是开城有功，得邀重赏，偏被垂叱他不忠，赏他一刀两段。该死！总计西燕自慕容泓改元，至永亡国，已易六主，合计只十有一年。

垂既灭西燕，得永所统八郡七万余户。令宜都王慕容凤为雍州刺史，镇守长子，丹阳王慕容缵为平州刺史，镇守晋阳，自率军驰还邺城，复东巡阳平平原，因闻晋有救永意，特使慕容农渡河，与镇南将军尹国，攻晋廪邱阳城，先后陷入，晋平东太守韦简，引兵截击，败死平陆。晋高平太守徐含远，遣使至刘牢之处乞援，牢之不能赴援，遂致高平泰山琅琊诸郡，陆续奔溃。慕容农进兵临海，分置守宰，方才引还。垂北往龙城，告捷太庙。

会接得北方军报，谓魏王珪已出师秀谷，侵逼附塞诸郡。垂本拟亲出伐魏，因年已衰迈，疲病难行，乃遣太子宝为统帅，使与辽西王农赵王麟等，率步骑八万人，自五原伐魏。是时慕容柔慕容楷诸人，相继病殁，唯慕容德慕容绍掌兵如故。垂令绍统步骑一万八千，为宝后应，散骑常侍高湖，上书谏垂道："魏与燕世为姻婚，结好已久，今因求马不得，拘留彼弟，彼直我曲，不宜用兵。且拓跋珪沈鸷善谋，幼历艰难，饱尝世故，兵精士盛，更难轻敌。太子年少气壮，必且藐视珪众，诸多玩忽，万一挫失，大损国威，愿陛下慎重将事"云云。语皆合理。垂非但不从，反褫湖官爵，竟令宝等北进。老昏颠倒。

魏王拓跋珪，方讨平刘卫辰，斩获卫辰父子，并诛他宗党五千余人。只卫辰少子勃勃，逃往薛干部，不及追获。当下掠得战马三十余万匹，牛羊四百余万头，载归盛乐，充做国用。嗣又向薛干部索交勃勃，薛干部酋太悉伏，拒绝魏使，竟将勃勃一人，送往后秦高平公没奕于。魏王珪又恨他抗命，袭破薛干部帐，逐去太悉伏，入帐屠掠，尽把财物取归，因此国帑充足，士饱马腾。补叙数行文字，上结刘卫辰，下引赫连勃勃。此次燕军入境，长史张衮语珪道："燕灭丁零，杀慕容永，一入滑台，再陷长子，今复倾众前来，总道我亦无能为，一战可取，我不如暂避凶锋，佯示羸弱，使他骄怠无备，然后发兵邀击，定可得胜！这就是兵志所谓'居如处女，出如狡兔'呢。"

珪喜从衮议，遂徙部落畜产，西行渡河，直至千余里外，方才休息。

燕军进至五原，收降魏别部三万余家，割取穄田百余万斛，穄读祭，形似麦而性不粘，为朔方特产。移置黑城。复进军临河，采木造船，作为济具，约历旬余，才得制成千余艘。魏王珪闻燕兵将济，始发兵出拒，并遣右司马许谦，至后秦借兵，遥乞声援。燕太子宝，正备齐船只，督兵下船，忽河中刮起一阵狂风，吹动船只，有数十艘牵勒不住，竟顺风漂往对岸。适魏兵前队，濒河游弋，即将燕舟缆住，搜获甲士三百余人，魏王珪与语道："燕主已死，燕太子何不早归，反要渡河前来呢？"说毕，即令一一释缚，纵使归营。燕兵得命，即将珪言还报，太子宝不免惊疑。原来宝引兵至五原，与中山使命往来，屡不见答，还道垂果有不测情事。其实中山非无复使，统被魏暗地遣兵，绕出燕营后面，把他截住，牵缚了去，所以出兵多日，不得闻垂起居。魏王珪既将燕兵纵归，使他传言，复令所执燕使人，隔河传语燕营，伪证燕主死状，益令宝等惊惶，士卒骇动，因此不敢径渡。珪遂使陈留公虔率五万骑屯河东，东平公仪，率十万骑屯河北，略阳公遵，率七万骑绕出河南，堵截燕军归路。再加后秦亦遣将杨佛嵩，引兵救魏，魏势益盛。

先是燕太子宝，行至幽州，所乘车轴，无故自断，术士勒安极言不祥，劝宝还军，宝不肯从。至是安复白宝道："天时不利，咎征已集，急速还军，尚可幸免！"宝仍然不听。安退出告人道："我辈并将委尸草野，不得生还了！"赵王麟部将慕舆皓，疑垂真死。密谋作乱，将就军中奉麟为主，事泄被诛。宝因此忌麟，自思顿兵非计，遂焚船夜遁。时值初冬，天不甚寒，河冰未结，宝料魏兵必不能渡，未设斥堠。偏偏隔了一宵，河上朔风暴吼，天气骤冷，河冰四合。魏王珪竟引兵渡河，挑选锐骑二万余名，亟追燕军。

燕军还屯参合陂，突有大风裹着黑气，状若堤防，或高或下，从后过来，覆压军上。沙门支昙猛，知为凶象，急向宝进言道："风气暴迅，魏兵将至，请遣兵抵御为要！"宝以为去敌已远，尽可无虑，但从鼻中嗤了一声，余不复言。昙猛固请不已，慕容麟在旁发怒道："如殿下神武过人，拥兵甚众，自足威行沙漠，索虏怎敢远来？今昙猛无端絮聒，摇惑众心，按律当斩！"昙猛泣语道："秦王苻坚驱动百万雄师，南下侵晋，一败涂地，正由恃众轻敌，不信天道所致。今天象已经告警，还斥昙猛多言，昙猛死亦何恨，只可惜许多将士哩！"宝虽不欲杀昙猛，但总未肯尽信。还是范阳王德谓："宁可预防，毋贻后悔。"宝乃遣麟率众三万，作为殿军，借防不测。既从德言，何不即使德断后，乃仍委麟充任，总之，麟宝各有忮心。麟之誉宝实欲败宝，宝之遣麟即欲害麟，营私如此，怎得不败！麟虽依令断后，总道魏兵不致来追，但纵骑游猎，不肯设备。

俄而黄雾四塞，日月无光，宝遣侦骑还诇魏兵，侦骑只行了十余里，即解鞍卧着，魏兵昼夜兼行，到了参合陂西偏，燕军尚未察觉。靳安又白宝道："今日西北风甚劲，定是追兵将至的应兆，宜饬兵士倍道速归；否则定难免祸了！"宝尚以诘旦为期，是夜还安宿营中。至次日天明，晨曦已上，方拟饬军启行，哪知山上已鼓角乱鸣，震动天地。开营仰望，见魏兵正从山腰下来，好似泰山压卵一般。这一惊非同小可，吓得燕军个个股栗，各思逃生。再加宝平日在营，不善拊循，毫无纪律，仓猝遇敌，哪个肯为宝效死，一声哗噪，都弃营飞奔。魏兵从上临下，正如风扫残叶，所过皆靡。燕军急不择路，统向涧中乱走。涧中虽有坚冰，到了人马腾踔的时候，或被滑倒，或致踏碎，不是压死，就是溺死，迟一步的，即被魏兵杀死。及逾涧后，死伤已达万人；再经魏拓跋遵率兵冲出，截住去路，燕军四五万人，都恨宝不用良言，致陷绝地，索性投戈抛甲，敛手就擒。只有数千将佐，保住太子宝等，杀开一条血路，踉跄走脱。陈留王慕容绍被杀，鲁阳王倭奴，桂阴王道成，济阴公尹国等，及文武将吏数百人被擒，还有太子宝宠妻，及东宫侍女，出兵打仗，何必挈此妻小？宝之淫昏，可见一斑！以及兵甲辎重，军粮资财，一古脑儿被魏掠去。

魏王珪但欲拣留数人，余皆赦还。偏有一人出阻道："不可，不可！"珪看将过去，乃是中部大人王建。便问他有何评议，建抵掌高谈，强说出一番大道理来，遂令被擒的燕军，都做了异域的鬼奴。小子有诗叹道：

大德由来是好生，如何入帐敢相争；
片言断送多人命，惨比长平赵卒坑。

欲知王建如何说法，待至下回声明。

本回叙后燕战事，一胜一负，恍若有特别之报应，寓乎其间。慕容垂之顿兵不进，拓跋珪之避敌远徙也。慕容垂之分道攻永，拓跋珪之分军蹙宝也。慕容垂善于诱敌，而拓跋珪适似之。垂能灭人国，覆人师，方自诩为囊底智术，运用无穷，而不意其子之不能肖父，竟为拓跋珪所赚，参合之败，全军覆没，父若虎而子若豚犬，何相反之若是其甚也！意者由父不修德，但务骋智，天道恶盈，乃有此极端之报复欤？靳安支昙猛辈，虽极口苦谏，宁能挽天道于无形哉？

第七十六回　子逼母燕太后自尽
弟陵兄晋道子专权

却说王建入帐，请魏王珪尽杀燕军，略谓燕恃强盛，来侵我国，今幸得大捷，俘获甚众，理应悉数诛戮，免留后患，奈何反纵使还国，仍增寇焰云云。珪尚以为疑，顾语诸将道："我若果从建言，恐南人从此仇视，不愿向化，我方欲吊民伐罪，怎可行得？"吊民伐罪一语，不免过夸，但珪之本心，却还可取。偏诸将赞同建议，共请行诛。建又向珪固争，珪乃命将数万俘虏，尽数坑死，才引还盛乐去了。燕太子宝，弃师遁还，不满人口，宝亦自觉怀惭，请再调兵击魏。范阳王德，亦向垂进言道："参合一败，有损国威，索虏凶狡，免不得轻视太子，宜及陛下圣略，亲往征讨，摧彼锐气，方可免虑，否则后患恐不浅了！"即能摧魏，亦未必果无后患！垂乃命清河公会领幽州刺史，代高阳王隆镇守龙城，又使阳城王兰汗为北中郎将，代长乐公盛镇守蓟郡。会为太子宝第二儿，与盛为异母兄弟，盛妻兰氏，即兰汗女，且与垂生母兰太后，系出同宗，所以亦得封王。垂使两人代镇，是要调还隆盛部曲，同攻北魏，定期来春大举。太史令入谏道："太白星夕没西方，数日后复见东方，不利主帅，且此举乃是躁兵。躁兵必败！"垂以为天道幽远，不宜过信，仍然部署兵马，准备出师。唯自参合陂败后，精锐多半伤亡，急切招募，未尽合用。尚幸高阳王隆，带得龙城部曲，驰入中山，军容很是精整，士气方为一振。垂复遣征东将军平视，发兵冀州，不料平视居然叛垂。视弟海阳令平翰，又起兵应视，镇东将军余嵩，奉令击视，反至败死。垂不得已亲出讨逆，视始怯遁。翰自辽西取龙城，亦由清河公会，遣将击走，奔往山南。于是垂留范阳王德守中山，自率大众密发，逾青岭，登天门，凿山开道，出指云中。魏陈留公拓跋虔，正率部落三万余家，居守平城。垂至猎岭，用辽西王农，高阳王隆，为前锋驱兵袭虔。虔自恃初胜，未曾设防，待至农隆两军掩至城下，方才知悉。他尚轻视燕军，即冒冒失失的率兵出战。龙城兵甚是勇锐，呐一声喊，争向虔军队内杀入。虔拦阻不住，方识燕军厉害，急欲收兵回城，那慕容隆已抄出背后，堵住门口。待虔跃马奔回，当头一槊，正中虔胸，倒毙马下。内外魏兵，见虔被杀，统吓得目瞪口呆，无路奔逃，只好弃械乞降。隆等引众入城，收降魏兵三万余人，当即向垂报捷。垂进至参合陂，见去年太子宝战处，积尸如山，不禁悲叹，因命设席祭奠。军士感念存亡，统皆哀号，声震山谷。垂由悲生惭，由惭生愤，霎时间胸前暴痛，竟致呕血数升，几乎晕倒。左右忙将垂舁登马车，拟即退还，垂尚不许，仍命驱军前行，进屯平城西北三十里。太子宝等本已赴云中，接得垂呕血消息，便即引归。魏王珪闻燕军深入，却也惊心，意欲北走诸部，嗣又有人传报，讹言垂已病死阵中，复放大了胆，率众南追。途次得平城败耗，更退屯阴山。垂驻营中十日，病且益剧，乃逾山结营，筑燕昌城，为防魏计，既而还至上谷，竟至殁世。遗命谓祸难方启，丧礼务从简易，朝终与殡，三日释服，唯强寇在迩，应加戒备，途中须秘不发丧，待至中山，方可举哀治葬等语。太子宝一律遵行，密载垂尸，亟还中山，然后发丧。垂在位十三年，殁年已七十有一。由太子宝嗣即帝位，谥垂为神武皇帝，庙号世祖。尊母段氏为太后，改建兴十一年为永康元年。垂称王二年，虽易秦为燕，未定年号，至称帝以后，方改年建兴。事见前文。命范阳王德，都督冀兖青徐荆豫六州军事，领冀州牧，镇守邺城，辽西王农，都督并雍益梁秦凉六州军事，领并州牧，镇守晋阳，赵王麟为尚书左仆射，高阳王隆为右仆射，长乐公盛为司隶校尉，宜都王凤为冀州刺史。余如异姓官吏，亦晋秩有差。宝为慕容垂第四子，少时轻狡，也无志操，弱冠后冀为太子，乃砥砺自修，崇尚儒学，工谈论，善属文，曲事乃父左右，购得美名。垂因立为储贰，格外宠爱。其实宝是假名窃位，既得逞志，复露故态，中外因此失望。垂继后段氏，尝乘间语垂道：“太子姿质雍容，轻柔寡断，若遇承平时候，尚足为守成令主；今国步艰难，恐非济世英雄，陛下乃托以大业，妾实未敢赞成！辽西高阳二王，本为陛下贤子，何不择一为嗣，使保国祚！赵王麟奸诈强愎，他日必为国患，这乃陛下家事，还乞陛下图谋，毋贻后悔！”垂不禁瞋目道：“尔欲使我为晋献公么？”段氏见话不投机，只好暗暗下泪，默然退出。原来宝为先段后所出。麟农隆柔熙，出自诸姬，均与继后段氏，不属毛里。段氏生子朗鉴，俱尚幼弱，所以垂疑段后怀妒，从中进谗，不得不将她叱退。段氏既怏怏退出，适胞妹季妃入见，季妃为慕容德妻，见六十四回。因即流涕与语道：“太子不才，内外共知，唯主上尚为所蒙，我为社稷至计，密白主上，主上乃比我为骊姬，真是冤苦！我料主上百年以后，太子必丧社稷！赵王又必生乱，宗室中多半庸碌，唯范阳王器度非常，天若存燕，舍王无第二人呢！”段元妃未尝无识，唯为此杀身亦是失计。季妃亦不便多言，但唯唯受教罢了。古人说得好，属垣防有耳，窗外岂无人？段后告垂及妹，虽亦秘密相商，但已被人窃听，传出外面，为太子宝及赵王麟所闻。两人当然怀恨，徐图报复。到了宝已嗣位，故旧大臣，总援着旧例，尊皇后为皇太后，宝说不出从前嫌隙，只好暂时依议。过了半月，即使麟入胁段太后道：“太后前日，尝谓嗣主不能继承大业，今果能否？请亟自裁，还可保全段宗！”段太后听了，且怒且泣道：“汝兄弟不思尽孝，胆敢逼杀母后，如此悖逆，还想保守先业么？我岂怕死，但恐国家将亡，先祖先宗，无从血食呢！”说毕，便饮鸩自杀。虽不做凡人妻，但结果亦属欠佳。麟出宫语宝，宝与麟又复倡议，谓段氏曾谋嫡储，未合母道，不宜成丧。群臣也不敢进谏。唯中书令眭邃抗议道：“子无废母的道理，汉时阎后亲废顺帝，尚得配享太庙，况先后语出传闻，虚实且未可知，怎得不认为母？今宜依阎后故事，遵礼发丧。”宝乃为太后成服祔葬，追谥为成哀皇后。这且慢表。

且说晋孝武帝亲政以后，权由己出，颇知尽心国事，委任贤臣。淝水一战，击退强秦，收复青兖河南诸郡，晋威少振。事俱散见前文。太元九年，崇德太后褚氏崩，朝议以帝与太后，系是从嫂，服制上不易规定。褚氏为康帝后，康帝为元帝孙，而孝武为元帝少子，简文帝三男，故对于褚后实为从嫂。独太学博士徐藻，援《礼经》夫属父道、妻皆母道的成训，推衍出来，说是夫属君道，妻即后道，主上曾事康帝为君，应事褚后为后，服后应用齐衰，不得减轻云云。孝武帝遂服齐衰期年，中外称为公允。唯孝武后王氏，嗜酒骄妒，有失阃仪，孝武帝特召后父王蕴，入见东堂，具说后过，令加训导。蕴免冠称谢，入宫白后，后稍知改过，不逾大节。过了五年，未产一男，竟至病逝。褚太后与王皇后，并见六十四回中。当时后宫有一陈氏女，本出教坊，独长色艺，能歌能弹，应选入宫。孝武帝方值华年，哪有不好色的道理，花朝拥，月夜偎，尝尽温柔滋味，竟得产下二男，长名德宗，次名德文。本拟立为继后，因她出身微贱，未便册为正宫，不得已封为淑媛，但将中宫虚位，隐然以皇后相待。偏偏红颜不寿，翠袖生寒，到了太元十五年，又致一病告终。孝武帝悲悼异常。幸复得一张氏娇娃，聪明伶俐，不亚陈淑媛，面庞儿闭月羞花，更与陈淑媛不相上下，桃僵李代，一枯一荣，孝武帝册为贵人，得续欢情，才把陈淑媛的形影，渐渐忘怀，又复易悲为喜了。为下文被弑伏线。

唯自张贵人得宠，日伴天颜，竟把孝武帝迷住深宫，连日不亲政务。所有军国大事，尽委琅琊王道子办理。道子系孝武帝同母弟，俱为李昆仑所生。见六十三回。孝武即位，曾尊李氏为淑妃，嗣又进为皇太妃，仪服得与太后相同。道子既受封琅琊王，进位骠骑将军，权势日隆，太保谢安在位时，已因道子恃宠弄权，与他不和。见六十九回。安婿王国宝，系故左卫将军王坦之子，素性奸谀，为安所嫉，不肯荐引。国宝阴怀怨望，会国宝从妹，入选为道子妃，遂与道子相昵，常毁妇翁，道子亦入宫行谗。孝武帝素来重安，安又避居外镇，故幸得考终。但自安殁后，道子即首握大权，录尚书事，都督中外诸军，领扬州刺史。道子嗜酒渔色，日夕酣歌，有时入宫侍宴，亦与孝武为长夜饮，纵乐寻欢。又崇尚浮屠，僧尼日集门庭，一班贪官污吏，往往托僧尼为先容，无求不应。也是结欢喜缘。甚至年轻乳母，貌俊家僮，俱得道子宠幸，表里为奸。道子又擢王国宝为侍中，事辄与商，国宝亦得肆行无忌，妄作威福，政刑浊乱，贿赂公行。

尚书令陆讷，望宫阙叹道："这座好家居，难道被纤儿撞坏不成？"会稽处士戴逵，志操高洁，屡征不起。郡县逼迫不已，他见朝政日非，越加谢绝，逃往吴郡。吴国内史王珣，在武邱山筑有别馆，逵潜踪往就，与珣游处兼旬，托珣向朝廷善辞，免得再召。珣与他设法成全，逵乃复返入会稽，隐居剡溪。不略逸士。会稽人许荣，适任右卫领营将军，上疏指陈时弊，略云：

今台府局吏，直卫武官，及仆隶婢儿，取母之姓者，本臧获之徒，无乡邑品第，皆得命议，用为郡守县守，并带职在内，委事于小吏手中。僧尼乳母，竞进亲党，又受货赂，辄临官领众，无卫霍之才，而妄比古人，为患一也。佛者清虚之神，以五诫为教，绝酒不淫，而今之奉者，秽慢阿尼，酒色是耽，其违二矣。夫致人于死，未必手刃害之，若政教不均，暴滥无罪，必夭天命，其违三矣。盗者未必躬窃人财，讥察不严，罪由牧守，今禁令不明，劫盗公行，其违四矣。在上化下，必信为本，昔年下书，敕使尽规，而众议毕集，无所采用，其违五矣。僧尼成群，依傍法服，五诫粗法，尚不能遵，况精妙乎？而流惑之徒，竞加敬事，又侵逼百姓，取财为害，亦未合布施之道也。

疏入不报。会孝武帝册立储贰，命子德宗为皇太子。德宗愚蠢异常，口吃不能言语，甚至寒暑饥饱，均不能辨，饮食卧起，随在需人，所以名为储嗣，未尝出临东宫。似此蠢儿，怎堪立为储君！许荣又疏言太子既立，应就东宫毓德，不宜留养后宫，孝武帝亦置诸不理。

唯道子势倾内外，门庭如市，远近奔集，孝武帝颇有所闻，不免怀疑。王国宝谄事道子，隐讽百官。奏推道子为丞相，领扬州牧，假黄钺，加殊礼。护军将军车胤道："这是成王尊崇周公的礼仪，今主上当阳，非成王比，相王在位，难道可上拟周公么？"乃托词有疾，不肯署疏，及奏牍上陈，果触主怒，竟把原奏批驳下来，且因奏疏中无车胤名，嘉他有守。

中书侍郎范宁徐邈，守正不阿，指斥奸党，不稍宽假。范宁尤抗直敢言，无论亲贵，遇有坏法乱纪，必抨击无遗。尝谓王弼何晏二人，浮词惑众，罪过桀纣，所以待遇同僚，必以礼法相绳。王国宝为宁外甥，宁恨他卑鄙，屡戒不悛，乃表请黜逐国宝。国宝仗道子为护符，反构隙谮宁。不顾妇翁，宁顾母舅！宁且恨且惧，遂乞请外调，愿为豫章太守。豫章一缺，向称不利，他人就任，辄不永年，朝臣视为畏途。孝武帝览表亦惊疑道："豫章太守不可为，宁奈何以身试死哩！"宁一再固请，方邀允准。宁临行时尚申陈一疏，大略说是：

臣闻道尚虚简，政贵平静，坦公亮于幽显，流子爱于百姓，子读若慈，见《礼记》。然后可以轻夷险而不忧，乘休否而常夷，否上声，读如痞。先王所以致太平，如此而已。今四境晏如，烽燧不举，而仓庾虚耗，帑藏空匮。古者使民，岁不过三日，今之劳扰，殆无三日休息，至有残形剪发，要求复除，生儿不复举养，鳏寡不敢妻娶，岂不怨结人鬼，感伤和气！臣恐社稷之忧，积薪不足以为喻。臣久欲粗启所怀，日延一日，今当永离左右，不欲令心有余恨，请出臣启事，付外详择，不胜幸甚！

孝武帝得了宁疏，却也颁诏中外，令公卿牧守，各陈时政得失。无如道子国宝，蟠踞宫廷，虽有良言，统被他两人抹煞，不得施行。就是范宁赴任后，也有一篇兴利除害的表章，大要在省刑减徭，戒奢惩佚数事，结果是石沉海底，毫无音响。唯王国宝前被纠弹，尝使陈郡人袁悦之，因尼妙音，致书后宫，具言国宝忠谨，宜见亲信。这书为孝武帝所见，怒不可遏，即饬有司加罪悦之，处以斩罪。国宝越加惶惧，仍托道子入白李太妃，代为调停，方得无恙。

道子贪恣日甚，卖官鬻爵，无所不为。嬖人赵牙出自倡家，贡金献妓，得官魏郡太守。钱塘捕贼小吏茹千秋，纳贿巨万，亦得任为谘议参军。牙且为道子监筑东第，迭山穿沼，植树栽花，工费以亿万计。道子且就河沼旁开设酒肆，使宫人居肆沽酒。自与亲昵乘船往饮，谑浪笑敖，备极丑态。孝武帝闻他筑宅，特亲往游览，道子不敢拒驾，只好导帝入游。帝眺览一周，使语道子道："府内有山，足供游眺，未始不佳；但修饰太过，恐伤俭德，不足以示天下！"道子无词可答，只好随口应命。及帝既还宫，道子召语赵牙道："皇上若知山由版筑，汝必坐罪致死了！"赵牙笑道："王在，牙何敢死！"倡家子也读过《鲁论》么？道子也一笑相答。牙退后并不少戒，营造益奢。茹千秋倚势敛财，骤致巨富，子寿龄得为乐安令，赃私狼藉，得罪不诛，安然回家。博平令闻人奭据实弹劾，孝武帝虽怀怒意，终因道子袒护，不复查究。道子又为李太妃所爱，出入宫禁，如家人礼，或且使酒嫚骂，全无礼仪。

孝武帝愈觉不平，意欲选用名流，任为藩镇，使得潜制道子。当时中书令王恭，黄门郎殷仲堪，世代簪缨，颇负时望，孝武帝因召入太子左卫率王雅，屏人密问道："我欲外用王恭殷仲堪，卿意以为何如？"雅答道："恭风神简贵，志气方严，仲堪谨修细行，博学能文，但皆器量褊窄，无干济才。若委以方面，天下无事，尚足称职，一或变起，必为乱阶。愿陛下另简贤良，勿轻用此二人！”雅颇知人。孝武帝不以为然，竟命恭为平北将军，都督青兖幽并冀五州军事，领青兖二州刺史，出镇京口，仲堪为振威将军，都督荆益宁三州军事，领荆州刺史，出镇江陵。又进尚书右仆射王珣为左仆射，王雅为太子少傅，内外分置心膂，无非欲监制道子。哪知内患未去，反惹出一场外患来了。小子因有诗叹道：

恶习都由骄纵成，家无贤弟咎由兄。
尊亲尚且难施法，假手群臣乱益生！

欲知晋廷致乱情形，且至下回再表。

家无贤子弟，家必败，国无贤子弟，国必亡。慕容垂才略过人，卒能恢复燕祚，不可谓非一世雄，其独择子不明，失之于太子宝，反以段后所言为营私。垂死而段后遇弒，子敢弒母，尚有人道乎？即无北魏之侵扰，其必至亡国，可无疑也。所惜者，段元妃自诩智妇，乃竟不免于祸耳。彼晋孝武帝之纵容道子，弊亦相同。道子固同母弟也，然爱弟则可，纵弟则不可。道子不法，皆孝武帝酿成之，委以大权，与之酣饮，迨至道子贪婪骄恣，宠昵群小，乃始欲分置大臣以监制之，何其谬耶！而王国宝辈更不值评论也。

第七十七回　殷仲堪倒柄授桓玄 张贵人逞凶弑孝武

却说孝武帝防备道子，特分任王恭殷仲堪王珣王雅等，使居内外要津，分道子权。道子也窥透孝武帝心思，用王国宝为心腹，并引国宝从弟琅琊内史王绪，作为爪牙，彼此各分党派，视同仇雠。就是孝武帝待遇道子，也与从前大不相同，还亏李太妃居间和解，才算神离貌合，勉强维持。道子又想推尊母妃，阴竖内援，便据母以子贵的古例，启闻孝武帝，请尊李太妃为太后。孝武帝不好驳议，因准如所请，即改太妃名号，尊为太后，奉居崇训宫。道子虽为琅琊王，曾领会稽封国，为会稽太妃继嗣。会稽太妃，就是简文帝生母郑氏，见六十三回。郑氏为元帝妾媵，未列为后。故归道子承祀，至是亦追尊为简文太后，上谥曰宣。群臣希承意旨，谓宣太后应配飨元帝，独徐邈谓太后生前，未曾伉俪先帝，子孙怎得为祖考立配？唯尊崇尽礼，乃臣子所可为，所建陵庙，宜从别设。有诏依议，乃在太庙西偏，另立宣太后庙，特称宣太后墓为嘉平陵。

又徙封道子为会稽王，循名责实，改立皇子德文为琅琊王。德文比太子聪慧，孝武帝常使陪侍太子，凡太子言动，悉由德文主持，因此青宫里面，尚没有什么笑话，传播人间。何不直截了当立德文为储嗣！唯道子内恃太后，外恃近臣，骄纵贪婪，终不少改。

太子洗马南郡公桓玄，就是前大司马桓温少子，见六十四回。五龄袭爵，及长颇通文艺，意气自豪，朝廷因父疑子，不给官阶，到了二十三岁，始得充太子洗马。玄以为材大官小，很是怏怏，乃往谒道子，为夤缘计。凑巧道子置酒高会，盛宴宾朋，玄得投刺入见，称名下拜。道子已饮得酣醉，任他拜伏，并不使起，且张目四顾道："桓温晚年，想做反贼，尔等曾闻知否？"玄听到此言，不觉汗流浃背，匍匐地上，未敢起来。还是长史谢重，在旁起答道："故宣武公温谥宣武，亦见六十四回中。黜昏登圣，功超伊霍，外间浮议纷纭，未免混淆黑白，还乞钧裁！"道子方点首作吴语道："侬知！侬知！"因令玄起身，使他下座列饮。玄拜谢而起，饮了一杯，便即辞出。自是仇恨道子，日夕不安。未几得出补义兴太守，仍郁郁不得志，尝登高望震泽湖，即鄱阳湖。唏嘘太息道："父做九州伯，儿做五湖长，岂不可耻！"因即弃官归国，上书自讼道：

臣闻周公大圣而四国流言，乐毅王佐而被谤骑劫，巷伯有豺虎之慨，苏公兴飘风之刺，恶直丑正，何代无之！先臣蒙国殊遇，姻娅皇极，常欲以身报德，投袂乘机，西平巴蜀，北清伊洛，使窃号之寇，系颈北阙，园陵修复，大耻载雪，饮马灞浐，悬旌赵魏，勤王之师，功非一捷。太和之末，太和系帝奕年号，见前文。皇基有潜移之惧，遂乃奉顺天人，翼登圣朝，明离既朗，四凶兼澄，向使此功不建，此事不成，宗庙之事，岂堪设想！昔太甲虽迷，商祚无忧，昌邑虽昏，弊无三孽。因兹而言，晋室之机，危于殷汉，先臣之功，高于伊霍矣。而负重既往，蒙谤清时，圣帝明王黜陟之道，不闻废忽显明之功，探射冥冥之心，启嫌谤之途，开邪枉之路者也。先臣勤王艰难之劳，匡平克复之勋，朝廷若其遣之，臣亦不复计也。至于先帝龙飞九五，陛下之所以继明南面，请问谈者，谁之由耶？谁之德耶？岂唯晋室永安，祖宗血食，于陛下一门，实奇功也。自顷权门日盛，丑政实繁，咸称述时旨，互相煽附，以臣之兄弟，皆晋之罪人，臣等复何理可以苟存身世，何颜可以尸飨封禄？若陛下忘先臣大造之功，信贝锦萋菲之说，臣等自当奉还三封，受戮市朝，然后下从先臣，归先帝于玄宫耳。若陛下述遵先旨，追录旧勋，窃望少垂恺悌覆盖之恩，臣虽不肖，亦知图报。犬马微诚，伏维亮鉴！

看官阅读此疏，应知玄满怀郁勃，已露言中，后来潜谋不轨，逞势行凶，便可概见。那孝武帝怎能预料，唯将来疏置诸不理，便算是包荒大度。就是道子瞧着，也因玄无权无势，不值一顾，但视为少年妄言罢了。及殷仲堪出镇江陵，玄在南郡，与江陵相近，免不得随时往来。桓氏世临荆州，为士民所畏服，仲堪欲牢笼物望，不能不与玄联结，并因玄风神秀朗，词辩雄豪，便推为后起隽杰，格外优待，渐渐的大权旁落，反为玄所把持。孝武方倚为屏藩，乃不能制一桓玄，无能可知。玄尝在仲堪厅前，戏马舞槊，仲堪从旁站立，玄竟举槊向仲堪，作欲刺状。中兵参军刘迈，在仲堪侧，忍不住说出二语，谓玄马槊有余，精理不足。玄听到迈言，并不知过，反怒目视迈，仲堪也不禁失容。及玄既趋出，仲堪语迈道："卿系狂人，乃出狂言，试想桓玄久居南郡，手下岂无党羽？若潜遣刺客，乘夜杀卿，我岂尚能相救么？况见他悻悻出去，必思报复，卿不如赶紧出避，尚可自全。"倘玄欲刺汝，汝将奈何？迈乃微服出奔，果然玄使人追赶，幸迈早走一时，不为所及，才得幸免。征虏参军胡藩，行过江陵，进谒仲堪，乘便进言道："桓玄志趣不常，每怀怨望，节下崇待太过，恐非久计。"仲堪默不一言，藩乃辞出。时藩内弟罗企生，为仲堪功曹，藩即与语道："殷侯倒戈授人，必难免祸，君不早去，恐将累及，后悔不可追了！"企生亦似信非信，不欲遽辞，藩嗟叹而去。良言不听，宜乎扼腕。

看官听说，殷仲堪不能驾驭桓玄，哪里能监制道子？道子权威如故，孝武帝越不自安。中书侍郎徐邈，从容入讽道："昔汉文明主，尚悔淮南，指厉王长事，见《汉史》。世祖聪达，负悔齐王，见前文。兄弟至亲，相处宜慎，会稽王虽稍有失德，总宜曲加宽贷，借释群疑，外顾大局，内慰太后，庶不致有他变呢！"孝武帝经此一言，气乃少平，委任道子，仍然如初。爱弟之道，岂必定要委任！

唯王国宝有兄弟数人，皆登显籍。长兄恺尝袭父爵，入官侍中，领右卫将军，多所献替，颇能尽职，次兄愉为骠骑司马，进辅国将军，名逊乃兄，弟忱少即著名，历官内外，文酒风流，睥睨一切。王恭王珣，才望且出忱下。恭出镇江陵以前，荆州刺史一职，系忱所为，别人总道他少不更事，不能胜任，谁知他一经莅镇，风裁肃然，就是待遇桓玄，亦尝谈笑自如，令玄屈服。只是素性嗜酒，一醉至数日不醒，因此酿成酒膈，因病去官，未几即殁。国宝欲奔丧回里，表请解职，有诏止给假期。偏国宝又生悔意，徘徊不行，事为中丞褚粲所劾。国宝惧罪，只得再求道子挽回，都下不敢露迹，竟扮作女装，坐入舆中伪称为王家女婢，混入道子第中，跪请缓颊。道子且笑且怜，即替他设法进言，终得免议。权相有灵，国宝当自恨不作女身为他作妾。

已而假满复官，更加骄蹇，不遵法度，后房妓妾，不下百数，天下珍玩，充满室中。孝武帝闻他僭侈，召入加责，经国宝泣陈数语，转使孝武帝一腔怒气，自然消融。他素来是个逢迎妙手，探得孝武帝隐憎道子，遂竭力迎合，隐有闲言，并厚赂后宫张贵人，代为吹嘘，竟至相府爪牙，一跃为皇宫心腹。媚骨却是有用！道子察出情形，很觉不平，尝在内省遇见国宝，斥他背恩负义，拔剑相加，吓得国宝魂胆飞扬，连忙奔避。道子举剑掷击，又复不中，被他逃脱。嗣经僚吏百方解说，才将道子劝回。孝武帝得悉争端，益信国宝不附道子，视作忠臣，常令国宝侍宴。酒酣兴至，与国宝谈及儿女事情，国宝自陈有女秀慧。孝武帝愿与结婚，许纳国宝女为琅琊王妃，国宝喜出望外，叩头拜谢。至宴毕出宫后，待了旬余，未见有旨，转浼张贵人代请，才得复音，乃是缓日结婚四字，国宝只好静心候着，少安毋躁罢了。恐阎王要来催你性命奈何？当时有人戏作云中诗，讥讽时事云：

相王沉醉，　轻出教命，　捕贼千秋，　干预朝政。
王恺守常，　国宝驰竞，　荆州大度，　散诞难名。
盛德之流，　法护王宁，　仲堪仙民，　特有言咏。
东山安道，　执操高抗，　何不征之，　以为朝匠？

诗中所云千秋王恺国宝，实叙本名，想看官阅过上文，当然了解。荆州系指王忱，不指殷仲堪，法护系王珣小字，宁即王恭，仙民即徐邈字，安道即戴逵字。这诗句传入都中，王珣欲孚民望，表请征戴逵为国子祭酒，加散骑常侍，逵仍不至。太元二十年，皇太子德宗，始出东宫。会稽王道子兼任太子太傅，王珣兼任太子詹事，与太子少傅王雅，又上疏道：

会稽处士戴逵，执操贞厉，含味独游，年在耆老，清风弥劭。东宫虚德，式延正士，宜加旌命，以参僚侍。逵既重幽居之操，必以难进为美，宜下诏所在有司，备礼发遣，进弼元良，毋任翘企！

孝武帝依议，复下诏征逵，逵仍称疾不起，已而果殁。那孝武帝溺情酒色，日益荒耽，镇日里留恋宫中，徒为了一句戏言，酿出内弑的骇闻，竟令春秋鼎盛的江东天子，忽尔丧躯，岂不是可悲可愤么！当孝武帝在位时，太白星昼现，连年不已，中外几视为常事，没甚惊异。太元二十年七月，有长星出现南方，自须女星至哭星，光芒数丈。孝武帝夜宴华林园，望见长星光焰，不免惊惶，因取手中酒卮，向空祝语道："长星劝汝一杯酒，从古以来，没有万年天子，何劳汝长星出现呢？"真是酒后呓语。既而水旱相继，更兼地震，孝武帝仍不知警，依然酒色昏迷。仆射王珣，系故相王导孙，虽然风流典雅，为帝所昵，但不过是个旅进旅退的人员，从未闻抗颜谏诤，敢言人所未言。颇有祖风。太子少傅王雅，门第非不清贵。祖隆父景，也尝通籍，究竟不及王珣位望。珣且未敢抗辩，雅更乐得圆融，所以识见颇高，语言从慎。时人见他态度模棱，或且目为佞臣，雅为保全身家起见，只好随俗浮沉，不暇顾及讥议了。孝武帝恃二王为耳目，二王都做了好好先生，还有何人振聋发聩？再经张贵人终日旁侍，蛊惑主聪，酒不醉人人自醉，色不迷人人自迷，越害得这位孝武帝，俾昼作夜，颠倒糊涂。

太元二十一年秋月，新凉初至，余暑未消，孝武帝尚在清暑殿中，与张贵人饮酒作乐，彻夜流连，不但外人罕得进见，就是六宫嫔御，也好似咫尺天涯，无从望幸。不过请安故例，总须照行，有时孝武帝醉卧不起，连日在床，后宫妾媵，不免生疑，还道孝武帝有什么疾病，格外要去问省，献示殷勤。张贵人恃宠生骄，因骄成妒，看那同列娇娃，简直是眼中钉一般，恨不得一一驱逐，单剩自己一人，陪着君王，终身享福。描摹得透。有几个伶牙利齿的妃嫔，窥透醋意，免不得冷嘲热讽，语语可憎。张贵人愤无可泄，已是满怀不平。

时光易过，转瞬秋残，清暑殿内，銮驾尚留，一夕与张贵人共饮，张贵人心中不快，勉强伺候，虚与绸缪。孝武帝饮了数大觥，睁着一双醉眼，注视花容，似觉与前少异，默忖多时，猜不出她何故惹恼，问及安否，她又说是无恙。孝武帝所爱唯酒，以为酒入欢肠，百感俱消，因此顾令侍女，使与张贵人接连斟酒，劝她多饮数杯。张贵人酒量平常，更因怀恨在心，越不愿饮，第一二杯还是耐着性子，勉强告干，到了第三四杯，实是饮不下了。孝武帝还要苦劝。张贵人只说从缓。孝武帝恐她不饮，先自狂喝，接连数大觥下咽，又使斟了一大觥，举酒示张贵人道："卿应陪我一杯！"说着，又是一口吸尽。死在眼前，乐得痛快。张贵人拗他不过，只得饮了少许。孝武帝不禁生忿，迫令尽饮，再嘱侍女与她斟满，说她故意违命，须罚饮三杯。本想替她解愁，谁知适令增恨！张贵人到此，竟忍耐不住，先将侍女出气，责她斟得太满，继且顾语孝武帝道："陛下亦应节饮，若常醉不醒，又要令妾加罪了！"孝武帝听了加罪二字，误会微意，便瞋目道："朕不罪卿，谁敢罪卿，唯卿今日违令不饮，朕却要将卿议罪！"张贵人蓦然起座道："妾偏不饮，看陛下如何罪妾？"孝武帝亦起身冷笑道："汝不必多嘴，计汝年已将三十，亦当废黜了！朕目中尽多佳丽，比汝年轻貌美，难道定靠汝一人么？"说到末句，那头目忽然眩晕，喉间容不住酒肴，竟对张贵人喷将过去，把张贵人玉貌云裳，吐得满身肮脏。侍女等看不过去，急走至御前，将孝武帝扶入御榻，服侍睡下。孝武帝头一倚枕，便昏昏的睡着了。

唯张贵人得宠以来，从没有经过这般责罚，此次忽遭斥辱，哪里禁受得起，凤目中坠了无数泪珠儿。转念一想，柳眉双竖，索性将泪珠收起，杀心动了。使侍女撤去残肴，自己洗过了脸，换过了衣，收拾得干干净净。又踌躇了半晌，竟打定主意，召入心腹侍婢，附耳密嘱数语。侍婢却有难色，张贵人大怒道："汝若不肯依我，便叫你一刀两段！"侍婢无奈，只好依着闺令，趋就御榻，用被蒙住孝武帝面目，更将重物移压孝武帝身上，使他不得动弹。可怜孝武帝无从吐气，活活闷死！过了一时，揭被启视，已是目瞪舌伸，毫无气息了。看官记着！这孝武帝笑责张贵人，明明是酒后一句戏言，张贵人伴驾有年，难道不知孝武帝心性？不过因华色将衰，正虑被人夺宠，听了孝武帝戏语，不由的触动心骨，竟与孝武帝势不两立，遂恶狠狠的下了毒手，结果了孝武帝的性命。总计孝武帝在位二十四年，改元两次，享年只三十有五。小子有诗叹道：

> 恩深忽尔变仇深，放胆行凶不自禁；
> 莫怪古今留俚语，世间最毒妇人心！

张贵人弑了孝武帝，更想出一法，瞒骗别人。究竟如何用谋，待看下回分晓。

桓玄一粗鄙小人耳，智识远不逮莽懿，即乃父桓温，犹未克肖，微才如王忱，且能以谈笑折服之，固不待谢安石也。殷仲堪懦弱无能，纵之出柙，至玄执槊相向，益复畏之如虎，莫展一筹。孝武帝欲借之以制道子，庸讵知其更纵一患耶？王雅谓其必为乱阶，何见之明而词之悚也。但孝武不能测一张贵人，安能知一殷仲堪，床闼之间，危机伏焉，环珮之侧，死象寓焉。经作者演写出来，尤觉得酒食之祸，甚于戈矛。褒妲之亡殷周，犹为间接，而张贵人竟直接弑君，甚矣！女色之不可近也！

第七十八回　迫诛奸称戈犯北阙
僭称尊遣将伐西秦

却说张贵人弑主以后，自知身犯大罪，不能不设法弥缝，遂取出金帛，重赂左右，且令出报宫廷，只说孝武帝因魇暴崩。太子德宗，比西晋的惠帝衷，还要暗弱，怎能摘伏发奸？会稽王道子，向与孝武帝有嫌，巴不得他早日归天，接了凶讣，暗暗喜欢，怎肯再来推究？外如太后李氏，以及琅琊王德文，总道张贵人不敢弑主，也便模糊过去。王珣王雅等，统是仗马寒蝉，来管什么隐情，遂致一种弥天大案，千古沉冤。后来《晋书》中未曾提及张贵人，不知她如何结局，应待详考。

王国宝得知讣音，上马急驰，乘夜往叩禁门，欲入殿代草遗诏，好令自己辅政。偏侍中王爽，当门立着，厉声呵叱道："大行皇帝晏驾，太子未至，无论何人，不得擅入，违禁立斩！"国宝不得进去，只好怅然回来。越日，太子德宗即位，循例大赦，是谓安帝。有司奏请会稽王道子，谊兼勋戚，应进位太傅，邻扬州牧，假黄钺，备殊礼，无非讨好道子。有诏依议，道子但受太傅职衔，余皆表辞。诏又褒美让德，仍令他在朝摄政，无论大小政事，一律咨询，方得施行。道子权位益尊，声威益盛，所有内外官僚，大半趋炎附热，奔走权门。最可怪的是王国宝，本已与道子失欢，不知他用何手段，又得接交道子，仍使道子不念前嫌，复照前例优待，引为心腹，且擢任领军将军。无非喜谀。从弟王绪，随兄进退，不消多说。阿兄既转风使舵，阿弟自然随风敲锣。

平北将军王恭，入都临丧，顺便送葬。见了道子辄正色直言，道子当然加忌。唯甫经摄政，也想辑和内外，所以耐心忍气，勉与周旋。偏恭不肯通融，语及时政，几若无一惬意，尽情批驳，声色俱厉。退朝时且语人道："榱栋虽新，恐不久便慨黍离了！"过刚必折。道子知恭意难回，更加衔恨。王绪谄附道子，因与兄国宝密商，谓不如乘恭入朝，劝相王伏兵杀恭。国宝以恭系时望，未便下手，所以不从绪言。恭亦深恨国宝。有人为恭划策，请召入外兵，除去国宝，恭因冀州刺史庾楷，与国宝同党，士马强盛，颇以为忧，乃与王珣密谈，商决可否。珣答说道："国宝虽终为祸乱，但目前逆迹未彰，猝然加讨，必启群疑。况公拥兵入京，迹同专擅，先应坐罪，彼得借口，公受恶名，岂非失算？不如宽假时日，待国宝恶贯满盈，然后为众除逆，名正言顺，何患不成！"恭点首称善。已而复与珣相见，握手与语道："君近来颇似胡广。"汉人以拘谨闻！珣应声道："王陵廷争，陈平慎默，但看结果如何，不得徒论目前呢。"两人一笑而散。

过了一月，奉葬先帝于隆平陵，尊谥为孝武皇帝。返祔以后，恭乃辞行还镇，与道子等告别。即面语道子道："主上方在谅闇，冢宰重任，伊周犹且难为，愿相王亲万机，纳直言，远郑声，放佞人，保邦致治，才不愧为良相呢！"说着，睁眼注视道子。旁顾国宝在侧，更生愠色，把眼珠楞了数楞。国宝不禁俯首，道子亦愤愤不平，但不好骤然发作，只得敷衍数语，送恭出朝罢了。

到了次年元旦，安帝加元服，改元隆安。太傅会稽王道子稽首归政，特进左仆射王珣为尚书令，领军将军王国宝为左仆射，兼后将军丹阳尹。尊太后李氏为太皇太后，立妃王氏为皇后。后系故右军将军王羲之女孙，父名献之，亦以书法著名，累官至中书令，曾尚简文帝女新安公主，有女无子。及女得立后，献之已殁，至是始追赠光禄大夫，与乃父羲之殁时，赠官相同。史称羲之有七子，唯徽之献之，以旷达称，两人亦最和睦。献之病逝，徽之奔丧不哭，但直上灵床，取献之琴，抚弹许久，终不成调，乃悲叹道："呜呼子敬，人琴俱亡！"说毕，竟致晕倒，经家人舁至床上，良久方苏。他平时素有背疾，坐此溃裂，才阅月余，也即去世。叙此以见兄弟之友爱。徽之字子猷，献之字子敬，还有徽之兄凝之，亦工草隶，性情迂僻，尝为才妇谢道韫所嫌。事见后文。

且说王国宝进官仆射，得握政权。会稽王道子，复使东宫兵甲，归他统领，气焰益盛。从弟绪亦得为建威将军，与国宝朋比为奸，朝野侧目。国宝所忌，第一个就是王恭，次为殷仲堪，尝向道子密请，黜夺二人兵权。道子虽未照行，谣传已遍布内外，恭镇戍京口，距都甚近，都中情事，当然早闻，因即致书仲堪，谋讨国宝。仲堪在镇，尝与桓玄谈论国事，玄正思利用仲堪，摇动朝廷，便乘隙进言道："国宝专权怙势，唯虑君等控驭上流，与他反抗，若一旦传诏出来，征君入朝，试问君将如何对付哩？"仲堪皱眉道："我亦常防此着，敢问何计可以免忧？"玄答道："王孝伯即王恭表字。嫉恶如仇，正好与他密约，兴晋阳甲，入清君侧，援引《春秋》晋赵鞅故事。东西并举，事无不成！玄虽不肖，愿率荆楚豪杰，荷戈先驱，这也是桓文义举呢。"仲堪听着，投袂而起，深服玄言。遂外招雍州刺史郗恢，内与从兄南蛮校尉殷颛，南郡相江绩，商议起兵。颛不肯从，当面拒绝道："人臣当各守职分，朝廷是非，与藩臣无涉，我不敢与闻！"绩亦与颛同意，极言不可，惹得仲堪动怒，勃然作色。颛恐绩及祸，从旁和解。绩抗声道："大丈夫各行己志，何至以死相迫呢？况江仲元绩自称表字。年垂六十，但恨未得死所，死亦何妨！"说着，竟大踏步趋出。仲堪怒尚未平，将绩免职，令司马杨佺期代任，颛亦托疾辞职。仲堪亲往探视，见颛卧着，似甚困顿。乃顾问道："兄病至此，实属可忧。"颛张目道："我病不过身死，汝病恐将灭门。宜求自爱，勿劳念我！"仲堪怀闷而出。嗣得郗恢复书，亦不见允，因复踌躇起来。适值王恭书至，乃想出一条圆滑的法儿，令恭即日先驱，自为后应。恭得了复书，喜如所愿，便即遣使抗表道：

后将军国宝，得以姻戚频登显列，道子妃为国宝妹，故称姻戚，事见七十六回。不能感恩效力，以报时施，而专宠肆威，以危社稷。先帝登遐，夜乃犯阙叩扉，欲矫遗诏，赖皇太后明聪，相王神武，故逆谋不果。又夺东宫现兵，以为己用，谗嫉二昆，甚于仇敌。与其从弟绪同党凶狡，共相煽连，此不忠不义之明证也。以臣忠诚，必亡身殉国，是以谮臣非一，赖先帝明鉴，浸润不行。昔赵鞅兴甲，诛君侧之恶，臣虽驽劣，敢忘斯义！已与荆州督臣殷仲堪，约同大举，不辞专擅，入除逆党，然后释甲归罪，谨受钺钺之诛，死且不朽！先此表闻。

为了王恭这篇表文，遂令晋廷大臣，个个心惊。当下传宣诏命，内外戒严，道子日夕不安，即召王珣入商大计。珣本为孝武帝所信任，孝武暴崩，珣不得预受顾命，名虽加秩，实是失权。及应召进见，道子便问道：“二藩作逆，卿可知否？”珣随口答辩道：“朝政得失，珣勿敢预；王殷发难，何从得知？”道子无词可驳，只好转语王国宝，且有怨言。国宝实是无能，急得不知所措。此时用不着媚骨了。没奈何派遣数百人，往戍竹里，夜遇风雨，竟致散归。国宝越加惶惧，王绪进语国宝道：“王珣阴通二藩，首当除灭，车胤现为吏部尚书，实与珣同党。为今日计，急矫托相王命，诱诛二人，拔去内患，然后挟持君相，出讨二藩，人心一致，怕什么逆焰呢？”计颇凶狡。国宝迟疑不答，被绪厉声催逼，方遣人召入珣胤。至珣胤到来，国宝又不敢加害，反向珣商量方法。珣说道：“王殷与君，本没有什么深怨，不过为权利起见，因生异图。”国宝不待说毕，便愕然道：“莫非视我作曹爽不成！”曹爽事见《三国志》。珣微哂道：“这也说得过甚，君无爽罪，王孝伯亦怎得比宣帝呢？”宣帝即司马懿。国宝又转顾车胤道：“车公以为何如？”胤答道：“昔桓公围攻寿春，日久方克。即桓温攻袁真事，见六十二回。今朝廷发兵讨恭，恭必婴城固守，若京口未拔，荆州军又复到来，君将如何对待呢？”国宝闻言失声道：“奈何奈何？看来只好辞职罢！”珣与胤窃笑而去。胤字武子，系南平人，少时好学，家贫不常得油，夏月取萤贮囊，代火照书，囊萤照读故事，便是车胤古典。一长可录，总不轻略。成人后得膺仕籍，累迁至护军将军。前时王国宝讽示百官，拟推道子为丞相，胤不肯署名，独与国宝反对，所以绪将他牵入，欲加毒手。至计不得遂，因长叹道：“今日死了！”国宝置诸不睬，即上疏解职，诣阙待罪。嗣闻朝廷不加慰谕，又起悔心，乃矫诏自复本官。不料道子与他翻脸，竟因他诈传诏命，立遣谯王尚之，收捕国宝及绪，付诸廷尉，越宿赐国宝死，命牵绪至市曹枭首。一面贻书王恭，自陈过失，且言国宝兄弟，已经伏诛，请即罢兵。恭乃引兵还屯京口。殷仲堪闻国宝已死，才遣杨佺期出屯巴陵，接应王恭。旋亦接到道子来书，并知恭已退归，因亦召还佺期，一番风潮，总算暂平。

国宝兄侍中王恺，骠骑司马王愉，与国宝本是异母，又素来不相和协，故得免坐，悉置不问。唯会稽世子元显，年方十六，才敏过人，居然得官侍中，他却禀白乃父，谓王殷二人，终必为患，不可不防。道子乃即奏拜元显为征虏将军，所有卫府及徐州文武，悉归部下，使防王殷。于是除了两个佞臣，又出一个宠子来了。道子门下，无非厉阶。

这且待后再表。且说凉州牧吕光，背秦独立，据有河西。回应七十一回。武威太守杜进，是吕光麾下第一个功臣，权重一时，出入羽仪，与光相亚。适光甥石聪自关中来，光问聪道："中州人曾闻我政化否？"聪答道："止知杜进，不知有舅。"光不禁愕然，遂将杜进诱入，把他杀死。好良心。既而光宴会群僚，谈及政事，参军段业进言道："明公乘势崛起，大有可为，但刑法过峻，尚属非宜。"光笑道："商鞅立法至峻，终强秦室，吴起用术无亲，反霸荆蛮，这是何故？卿可道来。"业答道："公受天眷命，方当君临四海，效法尧舜，奈何欲将商鞅吴起的敝法，压制神州？难道本州士女，归附明公，反自来求死么？"光乃改容谢过，下令自责，改革烦苛，力崇宽简。会酒泉被王穆袭入，也自称大将军凉州牧，见七十一回。诱结吕光部将徐炅，及张掖太守彭晃。光遣兵讨炅，炅奔往张掖，光亟自引步骑三万，倍道兼行，直抵张掖城下。晃不意光军骤至，仓猝守城，并向王穆处乞援。穆军尚未赴急，城中已经内溃，晃将寇颤，开城纳光。晃不及脱身，被光众擒斩。光复移兵掩入酒泉，王穆正出援张掖，途中闻酒泉失守，慌忙驰还，偏部将相率骇散，单剩穆一人一骑，窜至骍马。骍马令郭文，顺手杀穆，函首献光。光乃从酒泉还军，适金泽县令报称麒麟出现，百兽相随，恐未必是真麒麟。光目为符瑞，遂自称三河王，改年麟嘉。立妻石氏为王妃，子绍为世子，追尊三代为王，设置官属。中书侍郎杨颖上书，请依三代故事，追尊吕望为始祖，立庙飨祀，世世不迁。吕望并非氐族，如何自认为祖？光欣如所请，因自命为吕望后人。

会张掖督邮傅曜，考核属县，为邱池令尹兴所杀，投尸入井，急图灭迹。偏是冤魂未泯，竟向吕光托梦，自陈履历，且言尹兴赃私狼藉，惧为所发，是以将臣杀害，弃尸南亭枯井中，臣衣服形状，请即视明，乞为伸冤云云。光闻言惊寤，揭帐启视，灯光下犹有鬼形，良久乃灭。次日即遣使案视，果得尸首，因即诛兴抵罪。时段业已任著作郎，犹谓光平日用人，未能扬清激浊，以致贤奸混淆，乃托词疗疾，径至天梯山中，拨冗著作，得表志诗九首，叹七条，讽十六篇，携归呈光。光却也褒美，但究竟未能听从，不过空言嘉许罢了。业在此时也想做个直臣，奈何始终不符？

南羌部酋彭奚念，入攻白土。守将孙峙，退保兴城，一面飞使报光。光遣武贲中郎将庶长子纂，与强弩将军窦苟，带领步骑五千，往讨奚念，大败而还。奚念进据枹罕，光乃大发诸军，亲自往击。奚念才觉惊慌，命在白土津旁，迭石为堤，环水自固，并遣精兵万名，守住河津。光遣将军王宝，潜趋河水上游，绕越石堤，夜压奚念营垒，光从石堤直进，隔岸夹攻，守兵俱溃，遂并力攻奚念营，奚念亦遁。光驱众急追，乘势突入枹罕，逼得奚念无巢可归，没奈何逃往甘松，光留将士戍枹罕城，振旅班师。

先是光徙西海郡民，散居诸郡。侨民系念土著，不乐迁居，乃编成歌谣道："朔马心何悲，念旧中心劳；燕雀何徘徊，意欲还故巢！"光恐他互相煽乱，因复徙还。并因西海外接胡虏，不可不防，乃复使子复为镇西将军，都督玉门以西诸军事，兼西域大都护，镇守高昌。

光又自号天王，称大凉国，改年龙飞。立世子绍为太子，诸子弟多封公侯。进中书令王详为尚书左仆射，著作郎段业等五人为尚书，此外各官，不胜殚述。时为晋孝武帝太元二十一年。史家称他为后凉。西秦王乞伏乾归，见七十四回。尝向吕光称藩，未几即与光绝好。光曾遣弟吕宝等，出攻乾归，交战失利，宝竟败死。光屡思报怨，只因彭奚念入扰，不暇顾及乾归，坐此迁延。奚念本依附乾归，曾受封为北河州刺史。至奚念败窜后，光还称尊号，更欲仗着天王威势，凌压西秦。可巧乾归从弟乞伏轲殚，与乞伏益州有隙，奔投吕光，光不禁大悦，即日下令道：

> 乞伏乾归，狼子野心，前后反复，朕方东清秦赵，勒铭会稽，岂令竖子鸱峙洮南，且其兄弟内相离间，可乘之机，勿过今也。其敕中外戒严，朕当亲征！

这令下后，即引兵出次长最，使扬威将军杨轨，强弩将军窦苟，偕子纂同攻金城，作为中路。又遣部将梁恭金石生等，出阳武下峡，会同秦州刺史没奕于，从东路进兵。再命天水公吕延，征发枹罕守卒，出攻临洮武始河关，向西杀入。延为光弟，最号骁悍，接了光命，首先发兵，奋勇前驱，所向无敌。

当有警报传达乾归，乾归已徙都西城，便召集将佐，商议拒敌。众谓光军大至，不易抵敌，且东往成纪，权避寇锋。乾归怫然道："昔曹孟德击败袁本初，陆伯言摧毁刘玄德，皆三国时事。统是谋定后战，以少胜多。今光兵虽众，俱无远略，光弟延有勇无谋何足深虑！我能用谋制延，延一败走，各路皆退，乘胜追奔，当可尽歼了！"颇有小智。

正议论间，帐外驰入金城来使，报称万急。乾归只好亟援金城，自率部兵二万，行至中途，又接着急报。乃是金城陷没，太守卫鞬被擒。接连复得数处警耗，临洮失守了，武始失守了，河关又失守了，乾归至此，也不觉大惊。小子有诗咏道：

扰扰群雄战未休，雄师三路发凉州。
须知兵众仍难恃，用力何如用智谋！

欲知乾归如何拒敌，待至下回表明。

会稽王道子，贪利嗜酒，实是一个糊涂虫。假使朝右有人，自足制驭道子，遑论王国宝。乃王珣王雅辈，徒事模棱，毫无建白，而又奉一寒暑不辨之司马德宗，以为之主，安得不乱！王恭之兴师京口，以讨王国宝兄弟为名，旧史已称之曰反。吾谓此时之王恭，志在诛佞，犹可说也。不然，国宝兄弟，窃位擅权，靡所纪极，将待何时伏诛耶！后凉主吕光，无甚才略，不过乘乱窃地，独据一方，观其所为，俱不足取。至倾师而出，往攻西秦，竭三路之兵力，不足以制乾归，毋怪为乾归所评笑也。

第七十九回　吕氏肆虐凉土分崩
燕祚寖衰魏兵深入

却说乞伏乾归连接警耗，不禁惶急起来。沉思多时，乃泣语将士道："今事势穷蹙，无从逃命，死中求生，正在今日。凉军虽四面到来，究竟相去尚远，不能立集，我果能败他一军，不怕凉军不退。"将士听了，统踊跃应声道："如大王命，愿效死力！"乾归道："我意总在杀退吕延。延甚骁勇，不可力敌，我当用计取他便了。"遂分派将士，散伏要隘，人卷甲，马衔枚，静候不动。一面令敢死士数人，佯探延兵，故意被擒，伪说本军退走。果然延拘讯死士，信为真言，即释令不诛，使为前导。此引彼随，直入陷阱，那死士不知去向。但听得数声胡哨，伏兵四面杀出，把延兵冲成数段。延情急失措，正要寻路返奔，又被万弩竞射，就使力大无穷，也禁不住许多硬箭，眼见是一命呜呼了。无谋者终不可行军。延有司马耿稚，本戒延轻进，延不用忠言，因致败死。稚尚在后队，急与将军姜显，结阵自固，收集逃卒，徐徐引退，才得还屯枹罕。光闻延败殁，神色沮丧，遂命各军退回，自己匆匆返入姑臧。乾归复进据枹罕，使定州刺史翟瑥居守，召入彭奚念为镇卫将军，命镇西将军屋弘破光为河州牧，因即还师。

唯吕光遭此一挫，声威顿减，遂令部将离心，又生出南北二凉来了。南凉为秃发乌孤所建，乌孤就是思复鞬次子。思复鞬尝使长子奚于，助张大豫拒光，为光所杀，事见前文。见七十一回。未几，思复鞬亦死，乌孤嗣立，欲报兄仇，因与大将纷陁，谋取凉州。纷陁道："凉州方盛，未可急取，请先务农讲武，招俊杰，修政刑，巩固根本，然后观衅而动，可报前仇。”乌孤依议施行，才越数年，已易旧观，振作一新。吕光欲羁縻乌孤，特遣使封乌孤为冠军大将军，领河西鲜卑大都统。乌孤问诸将道：“吕氏远来授官，可接受否？”诸将多应语道：“吕氏与我有仇，怎可与和？况近来士强兵盛，难道还受人制么？”乌孤道：“我意亦是如此。”独有一人抗声道：“欲拒吕光，今尚未可。”乌孤瞧着，乃是卫弁石真若留。便诘问道：“卿怕吕光么？”石真若留道：“今根本未固，邻近未服，还宜随时遵养，未可轻动。况吕光势尚未衰，地大兵众，若向我致死，恐不可敌，不如暂时受屈，使他不防，彼骄我奋，一举成功了。”胡人亦多智士。乌孤道：“卿言亦是，我且依卿。”乃对使受封。及凉使去后，乌孤即整顿兵马，出破乙弗折掘二部落，又遣将石亦干筑廉川堡，作为都城。乌孤遂徙居廉川。

已而登廉川大山，但泣不言。石亦干在旁进言道：“臣闻主忧臣辱，主辱臣死，大王今日不乐，想是为了吕光一人。光年已老，师徒屡败。今我得保据大川，养足锐气，将来一可当百，岂尚怕吕光不成！”乌孤道：“吕光衰老，我非不知，但我祖宗德威及远，异俗倾心。今我承祖业，未能制服诸部，近且未怀，怎思及远！悲从中来，不能不泣呢。”旁又闪出大将苻浑道：“大王何不振旅誓众，讨服邻近部落？”乌孤道：“卿等肯同心协力，我便当出师。”苻浑等齐声应命。可见乌孤一泣，实是一激将法。随即出兵四略，迭破诸部。吕光闻乌孤日盛，进封乌孤为广武郡公。广武人赵振，少好奇略，弃家依乌孤。乌孤素慕振才，立即引见，与言国政，无不称意。遂大喜道：“我得赵生，大事成了！”适凉州又有使人到来，进乌孤征南大将军益州牧左贤王，并给鼓吹羽仪等物。乌孤语来使道：“吕王擅命专征，得有此州，今不能怀柔远人，惠安黎庶，诸子贪淫，群甥肆暴，郡县土崩，远近愁怨，我岂尚可违反人心，助桀为虐么？帝王崛起，本无常种，有德即兴，无道即亡，我将应天顺人，为天下主，不愿再事吕王了！”遂将鼓吹羽仪，一并留住，但拒绝封册，仍交原使赍回。于是自称大都督大将军大单于西平王，纪元太初，是年为晋安帝隆安元年。治兵广武，攻凉金城。凉王吕光，遣将军窦苟往援，到了街亭，被乌孤率兵邀击，苟兵大败，狼狈奔还。金城遂被乌孤夺去。复取凉乐都湟河浇河三郡，收纳岭南羌胡数万家，就是凉将杨轨王乞基，亦率户数千降乌孤。乌孤复改称武威王。史家因他占据各地，在凉州南面，所以号为南凉，免与前后凉相混，这也是史笔的界划呢。

南凉既兴，北凉又起，首先发难的，叫作沮渠蒙逊。蒙逊系张掖郡卢水胡人，先世尝为匈奴左沮渠王，因以沮渠为氏。蒙逊有伯父二人，一名罗仇，一名麹粥，均在吕光麾下，从光往伐西秦。吕延败死，光众退还，麹粥语兄罗仇道："主上荒耄，骄纵诸子，朋党相倾，谗人侧目。今兵败将亡，必多猜忌，我兄弟素为所惮，必不见容，倘或徒死无名，何若勒兵径向西平，道出苕藋，奋臂一呼，凉州可立下了。"罗仇道："汝言亦自有理，但我家世代忠良，为西土所归仰，宁人负我，我却不忍负人哩。"既而光果听信谗言，竟将败军的罪名，诿诸罗仇麹粥身上，将他骈戮。死若有知，麹粥亦不免与兄相阋了。蒙逊素有谋略，博涉经史，并晓天文，突遭此变，当然悲愤交并，不得已殓葬两尸。诸部多为沮渠氏姻戚，多来送葬，数达万人，蒙逊向众哭语道："吕王昏耄，滥杀无辜，我先世尝统辖河西，保安诸部，今乃受人戮辱，岂不可耻！我欲与诸公并力，为我二伯父复仇雪恨，不使他埋怨泉下，未知诸公肯助我否？"大众听了，都齐称万岁。当下结盟起兵，攻凉临松郡，阵斩凉护军马邃。临松令井祥，屯据金山。凉主吕光，遣子纂率兵往攻，蒙逊抵敌不住，逃入山中。

适蒙逊从兄男成，由晋昌纠众数千，起应蒙逊。酒泉太守垒澄，引兵出击，临阵败死，男成遂进攻建康。此与东晋之都城异地同名。建康太守段业，正为仆射王详所排，出就外任，男成遣人说业道："吕氏政衰，权臣擅命，刑杀无常，人皆生贰，百姓嗷然，无所依附，近已瓦解，将必土崩，府君奈何以盖世英才，效忠危地！男成等今倡大义，欲屈府君抚临鄜州，造福百姓，尽使来苏，岂不甚善！"业不肯从，登陴拒守，且向姑臧乞师，相持至二旬余，援兵不至，郡人高逵史惠等，劝业不如俯从男成，业恐王详等居中反对，阻住援军，乃决与男成联络，开城纳入。男成即推业为大都督龙骧大将军，领凉州牧，号建康公，改吕氏龙飞二年为神玺元年。男成派人往召蒙逊，蒙逊遂出山投业。业授男成为辅国将军，委任国事，蒙逊为镇西将军，兼张掖太守。

蒙逊请速攻西郡，将佐互有异言。蒙逊道："西郡为岭南要隘，不可不取。"业乃令蒙逊为将，引兵往攻。蒙逊到了城下，相视地势，见城西有河相通，遂佯为攻扑，暗堵河流。西郡太守吕纯，为吕光从子，专在城上守着，不防河水灌入城中，汹涌澎湃，势如奔潮，兵民相率惊徙，不暇拒战。蒙逊得乘际杀入，城即被陷，吕纯无从奔避，被蒙逊督众擒归。于是晋昌太守王德，敦煌太守孟敏，俱举郡降业。业封蒙逊为临池侯，命德为酒泉太守，敏为沙州刺史，再使男成及王德，进攻张掖。张掖为光次子常山公弘所守，未战即溃，弃城东走。男成等得入城中，向业告捷。业即驰至张掖，誓众追弘。蒙逊谏阻道："归师勿遏，穷寇勿追，这乃兵法要言，不可不戒。"业不以为然，竟率众往追。适值纂奉了父命，领兵迎弘，望见业众追来，便分部兵为二队，使弘率右翼，自率左翼，夹道以待。至业已驱至，一声号令，两队夹击，杀得业左支右绌，慌忙返奔。吕纂等哪里肯舍，当然追赶。业落荒急走，手下不过百余人，幸得蒙逊前来救应，方得保业退还。吕纂见有援兵，也收兵自去。段业叹道："孤不能用子房言，致有此败！"以张子房视蒙逊，可惜汝不似沛公！懊怅了好几日，又命兵役往筑西安城，用部将臧莫孩为太守，蒙逊又谏道："莫孩有勇无谋，知进忘退，今乃令彼往守，是无异与彼筑坟，怎得称为筑城呢？"业复不从。奈何又不信子房。俄而吕纂兵至，莫孩战死，西安城果然失守，枉费了许多财力，蒙逊自此轻业。为后文弑业伏笔。业尚侈然自大，自号凉王，又复改元天玺，进蒙逊为尚书左丞，梁中庸为右丞，即以张掖为国都。张掖在凉州北面，所以史家号为北凉，南北相对，都从后凉分出，后凉吕氏，就此寖衰了。十六国中有五凉，上文叙过共计四凉。话分两头。

且说后燕主慕容宝，嗣位以后，即弑太后段氏，已失众心。回应七十六回。嗣又违背父命，溺爱少子，立储非人，益致内乱。宝有数子，最长为长乐公盛，次为清河公会，又次为濮阳公策，皆非嫡出。唯策母本出将门，最得宝宠；盛母较贱，会母尤贱。盛与会颇有智略，会更为祖垂所爱，每遣宝北伐，必令会代摄东宫诸事，已寓微意。嗣又以龙城旧都，宗庙所在，特使会往镇幽州，委以东北重任，国官府佐，俱采选一时名俊，使崇威望。及垂临死嘱宝，须立会为宝嗣，宝虽承遗嘱，心下却爱怜少子，未肯立会。会生年本与盛同，不过因月日较先，号为长男。盛因自己不得立储，也不愿会得嗣立，索性让与季弟，因向宝陈词，请立弟策。宝正合意旨，尚恐族议未同，特与赵王麟等商及，麟极口赞成。乃即立策为太子，并立策母段氏为皇后。策年才十二，外若秀美，内实蠢愚。盛为排会起见，劝宝立策。麟更怀着私意，利立愚稚，将来容易捽去，好行僭逆。宝怎知两人隐衷，无非是溺爱不明，背父遗言，暂图快意。还有会快快失望，很觉不平。暗中伏着如许祸祟，试想这后燕还能平静么？语足儆世。宝虽进封盛会为王，终难释怨。再加那北方新盛的后魏，常来惊扰，因此内乱外患，相继迭乘。

魏王拓跋珪，养兵蓄马，日见盛强。群臣劝称尊号，珪始建天子旌旗，出警入跸，改登国十一年为皇始元年。魏王珪纪元登国，见七十三回。魏人所惮，唯一慕容垂，垂既去世，拓跋珪以下，无不心喜。参军张恂，遂劝珪进取中原，珪乃大举攻燕，率步骑四十余万，南出马邑，逾句注山，旌旗达二千余里，鼓行前进，直逼晋阳，又分兵东袭幽州，燕并州牧慕容农，与骠骑将军李晨，督兵出战，挡不住魏兵锐气，并因寡不敌众，竟至大败，奔还晋阳。不料司马慕舆嵩在城居守，忽起歹心，竟将慕容农妻子，驱出城外，把城门紧紧关住。不杀慕容农妻子，还算好人。

农跑至城下，遇着妻孥诉苦，气得不可名状，但退无所归，进不能战，只好挈了妻子，向东急走。偏部众统皆惊骇，沿途四散，单剩数十骑随农。到了潞川，后面尘头大起，乃是魏将长孙肥，引兵追来。农逃命要紧，连妻子都不及顾了，挥鞭疾驰。距敌少远，背上尚着了一箭，忍痛逃脱，还至中山，随从只有三骑，那爱妻娇儿，久不见归，想总被魏兵拘去，悲亦无益，只好入见燕主。燕主宝不好斥责，略略慰谕数语，令他归第休息。越日，即得警报，晋阳降魏，并州陷没了。

又过了两三天，复有急报传到，乃是魏将奚牧，攻入汾州，擒去丹阳王买德，及离石护军高秀和。燕主宝也觉着忙，亟召群臣会集东堂，咨问拒敌方法。中山尹苻谟道：“今魏兵强盛，转战千里，乘胜前来，勇气百倍，若纵入平原，更不可敌，亟宜遣兵扼险，遏住寇锋，方可无虑。”中书令眭邃道：“据臣意见，不如令郡县人民，聚众为堡，坚壁清野，但守勿战。彼寇骑往来剽锐，马上赍粮，不过旬日可以支持；若进无所掠，粮何从出，数日食尽，自然退去了。”尚书封懿道：“眭中书所言，亦属未善；今魏兵数十万，蜂拥前来，百姓虽欲营聚，势难自固，且屯粮积食，转为寇资，计不如阻关拒战，还不失为上策哩。”宝听了众议，无从解决。胸无主宰，总难济事。因旁顾及赵王麟，麟答道：“魏兵大至，锐不可当，宜完守设备，与他相持。待他粮尽力敝，然后出击，当无虑不胜了。”主意与封懿略同。于是修城积粟，为持久计，且命辽西王农，出屯安喜，作为外援。所有军事调度，悉归赵王麟主持。

魏主拓跋珪，已使部将于栗磾公孙兰等，带领步骑二万，从晋阳出井陉路，拔木通道，俾便往来，复自率大军驰出井陉，进拔常山，擒住太守苟延。常山以东诸守宰，统皆惶惧，或望风输款，或弃城逃生。只有邺与信都二城，尚固守不下。魏主珪即命征东大将军东平公拓跋仪，率五万骑攻邺，冠军将军王建，左将军李栗等攻信都，自进兵直攻中山，掩至城下。城中已有预备，当然不致陷入。珪督兵围攻数日，毫不见效，乃顾语诸将道："我料宝不能出战，定当凭城固守，急攻必伤我士卒，缓攻又费我粮糈，不如先平邺与信都，然后还取中山，我众彼寡，自然易克了。"诸将齐声称善。珪尚为示威计，再麾众猛扑一场，南城墙不甚固，几为魏兵所毁。燕高阳王慕容隆，镇守南郭，一面派兵修缮，一面率锐力战。自旦至暮，杀伤至数千人，魏兵乃退，乘夜南行。

先是燕章武王慕容宙，奉垂及段后灵车，往葬龙城，并由燕主宝命，叫他毕葬回来，顺便将前镇军慕容隆家属部曲，带还中山。清河王会，方代镇龙城，见七十六回。阴蓄异志，把他部曲，多半截留，不肯遽遣。宙拗他不过，只得挈隆家眷，及隆参佐等，趋还中山。途次闻有魏寇，驰入蓟州，与镇北将军慕容兰登城守御。兰系慕容垂从弟。魏将石河头，往攻不克，退屯渔阳。应上文东袭幽州句。魏主珪南抵鲁口，博陵太守申永，弃城奔河南，又有高阳太守崔宏，也出奔海渚。珪素闻宏名，遣骑追及，把宏擒归。急命释缚，用为黄门侍郎，使与给事黄门侍郎张衮，并掌机要，创立礼制。博陵令屈遵降魏，也即命为中书令，出纳号令，兼总文诰。后来拓跋氏各种制度，及所有谕旨，多出二人手裁。小子有诗咏道：

楚材入晋再弹冠，用夏变夷易旧观。
只是华人甘事虏，史家终作贰臣看！

欲知魏兵南下情形，且至下回再表。

秃发乌孤之背吕光，乘光之衰也，沮渠蒙逊之叛吕光，因光之暴也。乌孤与光，本有杀兄之宿嫌，不得已敛尾戢翼，受光之封。至毛羽已丰，不飞何待？蒙逊本为光臣，与光无怨，待诸父罗仇麹粥无辜被杀，抉愤而起。一则蓄之于平素，一则迫之于崇朝，要之皆有词可援，非无因而至也。然使吕光能修明政刑无怠厥治，则乌孤不能崛兴，蒙逊何至猝变？分崩之祸，不戢自消，乃知瓦解土崩之患，莫非自召耳。后燕主慕容宝，背父弑母，舍长立幼，揆诸天理，必亡无疑，魏之大举深入，尚不足以亡燕，故当时之主战主守，不足深评，必至内乱纷起，然后外侮一乘，而国即亡矣。要之立国之道，唯仁与义，夷狄举仁义而尽废之，其速亡也宜哉！

第八十回　拓跋珪转败为胜
慕容宝因怯出奔

却说邺中镇守的燕将，乃是范阳王慕容德。见七十六回。他闻魏将拓跋虔来攻，便使安南王慕容青，系慕容皝曾孙。率领将士，夤夜出城，袭击魏营。拓跋虔未及防备，竟被捣破，伤了许多兵马，踉跄返奔，退入新城，青回城报功。到了次日，还要引兵追击，别驾韩谇劝阻道："古人先谋后战，昨夜掩他无备，才得胜仗，今不可轻击魏军，共有四端；悬军远客，利在野战，一不可击；深入近畿，向我致死，二不可击；前锋既败，后阵必固，三不可击；彼众我寡，四不可击。并且官军不宜轻动，亦有三要，本地争战，胜且扰民，一不宜动；倘或不胜，众心难固，二不宜动；城隍未修，敌来无备，三不宜动。为今日计，不如深沟高垒，持重勿战，彼师远来，无粮可因，难道能久留不去么？"慕容德依了谇言，止青勿出。

魏辽西公贺赖卢为魏主珪母舅，奉了珪命，来会拓跋仪攻邺。适魏别部大人没根，为珪所忌，投奔中山，燕主宝命为镇东大将军，封雁门公。没根素有胆勇，请还袭魏营，宝尚未深信，只给百余骑随去。行近魏主珪大营，适当日暮，没根走入僻处，令群骑吃了干粮，悄悄伏着，待到夜半，方趋至魏营门外，仿着魏兵口号，叩营径入。魏兵还道他是巡卒，并未拦阻，至没根直入中帐，始被珪卫兵截住，两下里动起手来，喊声震动。魏主珪才从帐中惊醒，跣足趋入后帐，急命将士拒战。没根等东斫西劈，已得了首级百余，及见魏兵陆续趋集，方大喝一声，夺路走脱。魏兵因月黑天昏，不敢追赶，一听没根驰回。这次魏营被劫，虽然不致大损，但魏主珪常有戒心，倒也有三分胆怯了。无人不怕死。只拓跋虔围邺逾年，终未退去。燕范阳王德，也守得力倦神疲，不得已遣使入关，至后秦姚兴处乞救。后秦太后蛇氏，正患寝疾，兴颇有孝思，日夕侍奉，不愿出兵。兴尊母蛇氏为太后，见七十四回。邺使只好返报，守兵闻秦援不至，颇加恟惧。忽城外有书射入，经守兵拾呈慕容德，德展览后，颇有喜色。原来魏辽西公贺赖卢，自恃国戚，不愿受拓跋仪节制，互相猜疑。仪司马丁建阴与德通，因射书入城，报明魏营情形，令德放怀。德知魏军必有变动，当然易忧为喜。又越数日，大风暴起，白日如昏，赖卢营中爇炬代光，丁建伪报拓跋仪道："贺营已纵火烧营了，必乱无疑。"仪不禁着忙，急引兵趋退。贺赖卢莫名其妙，但见仪众退去，也只好撤还。丁建竟入邺降德，且言仪师老可击，德乃遣慕容青等带着精骑七千，追击魏兵；果然大得胜仗，夺了许多军械，搬回邺城。燕主宝得邺城捷报，也使左卫将军慕舆腾，收复博陵高阳，杀魏所置守令诸官，堵塞魏军粮道。

魏主珪因邺城难下，信都又复未克，乃亲督军赴信都，往助冠军将军王建。建攻信都与仪攻邺，俱见前回。燕冀州刺史宜都王慕容凤，已守了七十余日，粮食将尽，又闻魏主珪亲来围攻，自知不支，竟逾城夜走，奔归中山。信都失了主帅，所有将军张骧徐超等，不能再拒，便即开城出降。

燕失去信都，却得拔杨城，杀毙守兵三百余人。慕容宝拟大举击魏，尽取出府库金帛，购募壮士，不论良莠，悉数录用，甚至金帛不足，把宫中闲散侍女，也作为赏赐。还是活口赏人，可省口粮，似为得计，一笑。于是盗贼无赖，统皆应募，数日间得数万人。乌合之徒，宁足成事！会没根兄子丑提，为并州监军，闻叔降燕，恐连坐被诛，因即还国作乱。魏主珪防国都有失，意欲北归，乃遣国相涉延，诣燕求和。燕主宝不肯照允，使冗从仆射兰真，责珪负恩，悉发部众出拒，统计步卒十二万，骑兵三万六千，行至钜鹿郡内的柏肆坞，临滹沱河沿岸为营。可休勿休，岂靠着一班无赖，便足徼功么？魏主珪不得所请，当然怒起，叱还燕仆射兰真，即引兵至滹沱河南，与燕军夹岸列寨。

燕主宝见魏兵势盛，又有惧容，还是高阳王隆，想出一计，自请潜师夜渡，往劫魏营。宝依了隆计，自在营中戒严，作为后援。隆从募兵中挑出勇士万人，各执火具，待到夜静更深，悄然渡河。一经登岸，便乘风纵火，且烧且进，突向魏营杀入。魏营中虽有夜巡，未及入报，魏兵从睡梦中惊醒，顿致大乱，自相践踏。魏主珪仓猝起视，见外面尽是火光，也不由惊心动魄，连衣冠都不及穿戴，匆匆逃脱。燕将乞特真，捣入魏主寝帐，那魏主已经走远，只剩得衣靴等件，劫取而回。魏主珪前曾被劫，至此又复弃营，也算善循覆辙。此外粮械，由燕兵悉数搬运，你抢我夺，竟至互相争论，私斗起来。可见兵宜训练，临时召募之徒，虽胜亦不中用。魏主珪惊走数里，觉后面并无追兵，乃敢少息。溃兵亦次第趋集，仍然择地安营。复登高遥望，见燕军抢夺各物，自相斫射，不禁欣喜道："今夜尚可转败为胜哩！"随即回营伐鼓，号召散卒，在营外遍布火炬，然后纵骑冲击燕兵。

燕兵方才罢斗，由慕容隆弹压平静，捆载各物，正要渡河还营，不防魏兵来打还复阵，好似怒虎咆哮，逢人便噬。燕军已无行列，又无斗志，逃的逃，死的死。将军高长，略略对敌，便被魏兵攒绕拢来，把他打翻，捆绑了去。慕容隆到此，也只好自管性命，奔回宝营。宝忙出兵援应，才得救回一二千人，此外不是被杀，就是被擒。越宿，魏兵又整队临河，对营相持，军容很是严肃，燕人大惧，上下夺气。慕容麟与慕容农，劝宝还师，宝乃拔营急归。魏兵越河追蹑，屡败燕军，并因春寒未解，风雪交乘，士多冻死，枕藉道旁。宝驱马急驰，不遑顾及全军，只带旧兵二万骑，匆匆北走，尚恐被魏兵追及，令士卒抛仗弃甲，赶紧行路，所有兵器数十万，一齐丧失，寸刃无遗。

燕尚书闵亮，秘书监崔逞，太常孙沂，殿中侍御史孟辅等，不及奔还，但为魏兵所虏，悉数降魏。崔逞素有才名，魏张衮常为称扬，至是魏主珪得逞甚喜，即授官尚书，使录三十六曹，委以政事。一面麾众再进，竟抵中山城外，屯芳林园。

燕主宝奔入中山，喘息未休，尚书郎慕舆皓，竟阴谋杀宝，推立赵王麟。幸有人预先开发，宝即派兵严查，皓自知谋泄，斩关奔魏。宝本欲罪麟，又闻魏兵进逼，不敢遽发，只好飞使往达龙城，召清河王会入援。会犹怀私怨，未肯遽赴。事见前回。但使征南将军库傉官伟，建威将军余崇，率兵五千，先驱进行。伟等到了卢龙，静待后应，约莫至三阅月，未见会至，所带粮饷，早已食尽，甚至宰牛杀马，烹食充饥，亦且无余。时中山已被困多日，燕主宝累诏催会，会尚托词练兵，迁延不发，目无君父。伟在卢龙，也觉焦急，意欲使轻骑先进，侦敌强弱，且为中山遥接声援，诸将皆互相推诿，不敢奉令，独余崇奋然道："今巨寇滔天，都城危迫，匹夫尚思致命，往救君父，诸君受国重任，乃如此贪生怕死么？若社稷倾覆，臣节不立，死有余辜。诸君尽管居此，崇愿自往一行，虽死无恨！"可惜会不闻此言！伟极口褒许，便选给精骑数百人，随崇出发。行至渔阳，遇魏游骑千余人，众皆彷徨，且前且却，崇又励众道："彼众我寡，不战必死，与战或尚可求生。"遂当先进击，众亦随上，格杀数十人，活捉十余人，魏骑骇退，崇亦引还。当下讯明俘虏，得知魏主亦有归志，乃驰使报会，会方引兵就道，沿途还是逗留，好几日才至蓟城。

燕都被围日久，将士统欲出战，高阳王隆，向宝献议道："魏主虽得小利，但顿兵经年，锐气已挫，士马亦大半死伤，人心思归，诸部离散，正是可击的机会，且城中将士，已尽思奋，彼衰我盛，战无不克，若持重不决，将士气丧，日益困逼，事久变生，恐无能为力了。"宝颇以为然，令隆整兵出战，偏赵王麟多方阻挠，竟致隆孤掌难鸣，欲出又止。

宝急得没法，因使人至魏营请和，愿送还魏主弟觚，并割让常山西境，即以常山为燕魏分界。魏主珪因母后贺氏，念觚致疾，竟至谢世，未免怀着余哀。回应前文，并了结贺氏。此次由燕许归觚，并得常山西境，乐得乘机罢兵，便不复多求，愿如所约。燕使请即撤围，然后照约履行，珪亦许诺，遣还燕使，自引兵退屯卢奴。谁知宝又复翻悔，不肯照行和约，自食前言。好似儿戏。魏主珪待了数日，杳无音信，复督诸将进攻中山，燕将士数千人，俱入殿自请道："今坐守孤城，终致困敝，臣等早愿出战，陛下一再禁止，难道待死不成？且受围多日，无他奇策，徒欲延时积日，待寇自退。臣等见内外形势，强弱悬殊，彼必不肯无故舍去，请从众决战，背城借一，彼见我尚能奋力，自然知难即退了！"宝当面允许，又命隆率众出击。隆被甲上马，勒兵诣门，将要出城，偏慕容麟驰马急至，不准开门。隆亦未便与争，涕泣还第，大众从此灰心，各悻悻散去。

到了夜间，麟竟带领部众，迫左卫将军慕容精，入宫弑宝，精抗议不从，惹动麟怒，拔刀杀精，自率妻子出城，奔往西山，于是人情骇震。

燕主宝闻报大惊，只恐麟出夺会军，拟遣将迎会追麟，可巧麟麾下属吏段平子，背麟奔还，报称麟赴西山，招集丁零余众，谋袭会军，东据龙城。

宝顿足道："果不出我所料，奈何？奈何？"说着，即召农隆二王入议，欲弃去中山，走保龙城。呆极。隆应声道："先帝栉风沐雨，成此基业，今崩未逾年，大局遽坏，岂非孤负先帝，但外寇方盛，内乱又起，骨肉乖离，百姓疑惧，原是不足拒敌，北迁旧都，未始非权宜计策。但龙城地狭民贫，若移众至彼，要想足食足兵，断非旦夕可成。陛下诚能节用爱民，务农训士，待至公私充实，可守可战，将来赵魏遗民，厌苦寇暴，追怀燕德，当不难返旆南来，克复故业。否则不如凭险自固，静镇不动，或尚足优游养锐哩。"语意亦太模棱。宝答道："卿言确有至理，朕当一从卿意，今日是不能不迁了。"隆默然退出，农亦随退。辽东人高抚，素善卜筮，为隆所信。隆返第后，抚即入见，附耳与语道："殿下北行，恐难及远，太妃亦未必相见，若使主上独往，殿下留守都城，不但无祸，并得大功。"隆家属留居蓟城，事见前回，故云太妃未必相见。隆摇首道："国有大难，主上蒙尘，老母又在北方，我若得归死首邱，亦无所恨，怎得另生异志呢？"乃遍召僚佐，预嘱行期。僚佐多不愿从行，唯司马鲁恭，参军成岌，尚无异言。隆喟然道："愿从者听，不愿从者亦听！"僚佐闻言，便各散归，隆遂部署行装，准备出走。慕容农与隆同意，亦即日整装，部将谷会归进谏道："城中兵士，俱因参合一战，家属多亡，恨不得与敌拼命，只因赵王禁遏，不能伸志。今闻主上北徙，大众互相私议，俱谓得慕容氏一人，奉为主帅，与魏力战，虽死无怨。大王尽可留此，俯从众望，击退魏军，抚宁畿甸，奉迎大驾，重整河山，岂不是忠勇兼全么？"比高抚言更为豪爽。农怫然不悦，意欲拔刀杀归。转思归有才勇，不忍下手，但作色与语道："必如汝言，才可望生，我终不愿，宁可就死！"农从垂起兵时，颇有才识，此时何亦无生气耶？归只得告退。是夜燕主宝开城北走，除农隆二人随行外，尚有太子策，长乐王盛等，带着万骑，衔枚急奔。河间王熙，渤海王朗，博陵王鉴，皆垂子，见七十六回。年尚幼弱，不能出城，隆复入城迎接，护令同行，方得走脱。燕将王沈等降魏，乐浪王惠，中书侍郎韩范，员外郎段宏，太使令刘起等，挈工役三百余人，奔往邺城。

燕都无主，百姓惊惶，东门连夜不闭。事为魏主珪所闻，即欲引兵入城，偏冠军将军王建，志在掳掠，偏至魏主面前，谓夜间昏黑，恐士卒入盗库物，无从彻查，不如待至天明，魏主乃止。及晨鸡报晓，旭日已升，魏主始引兵至东门，哪知门已紧闭，城上守兵俱列，反比前日整齐，不由的惊诧起来。遂饬众并力猛攻，偏是矢石齐下，无隙可乘，自朝至暮，一些儿没有见功，反伤害了数百人。次日，又复攻扑，仍然无效，乃使人上登巢车，招谕守兵道："慕容宝出城奔走，已弃汝等北去，汝等百姓，复替何人把守？难道汝等俱不识天命，徒自取死么？"守兵齐声答道："从前参合一役，降且不免，今日守亦死，降亦死，所以不愿出降，情愿死守！况城中并非无主，去一君，立一君，难道汝魏人能杀尽我么？"魏主珪听了，顾视王建，直唾建面。当下遣中领将军长孙肥，左将军李栗，率三千骑追慕容宝。行至范阳，尚不见有宝踪迹，但新城戍兵，约有千人，索性攻将进去，俘得数百名，还报大营。魏主珪懊悔无及，尚拟攻克中山，未肯撤围。究竟中山由何人主持？原来是燕开封公慕容详。详系慕容青弟。详未曾出城，即由守兵奉为主帅，闭城拒守，因此宝虽北去，城尚保存。小子有诗叹道：

国都未破主先逃，遗族留屯差自豪；
假使岩垣长不坏，维城宗子也名高。

欲知慕容宝在途情状，待至下回再详。

慕容宝一鄙夫耳，喜怒靡常，进退无主，观其所为，即安内尚且不足，遑问拒外！魏人一至，可和不和，可战不战，可守不守，虽欲不败，乌得而不败？虽欲不亡，乌得而不亡？不然，魏主拓跋珪，智术亦疏，没根二击而惊走，慕容隆再击而狰奔，当两军对垒之时，无备若此。向令宝父尚存，珪亦安能逞志乎？慕容农与慕容隆，名为燕室忠臣，乃父中兴，两人亦尝佐命，乃小胜即喜，小败即怯，既不能监制慕容麟，又不能匡正慕容宝，都城可弃，何一不可弃耶？观此回可知后燕败亡之由来云。

第八十一回　攻旧都逆子忘天理
陷中山娇女作人奴

却说慕容宝弃都出走，行至阱城，适与赵王麟相遇。麟不意宝至，还道他亲自出讨，顿致惊溃，奔往蒲阴。宝不遑追击，但驱众北趋，到了蓟城。随从卫士，散亡略尽。唯慕容隆部下四百骑，留卫行幄。慕容会率骑兵二万人，方至蓟南，闻宝已入蓟，乃进城相见。父子叙谈，会语多讽刺，面上亦很觉不平。宝俟会退出，即召农隆二人，入语会不平情形。二人均说道："会尚年少，专任方面，习成骄盈，所以有此情状。臣等执礼相绳，料彼也不致生异了。"除非立会为太子，或可释嫌。宝虽然许可，心中总未免疑会，遂欲夺会兵权，归隆统辖。隆恐会有变，当面固辞。宝犹分拨会众，给与农隆。又遣西河公库傉官骥，率兵三千，助守中山，一面尽徙蓟中库藏，北趋龙城。

魏将石河头引兵追宝，驰至夏谦泽，得及宝军。宝不欲与战，会抗声道："臣抚练士卒，正为今日，今大驾蒙尘，人思效命，乃狡虏敢来送死，太违情理。兵法有言：'归师勿遏。'又云：'置之死地而后生。'彼犯二忌，我得二利，若再不战，益启寇心，龙城亦岂可长保么？"宝乃从会言，列阵拒敌。会出当敌冲，使农隆二军，分攻魏兵左右，三路夹击，大败魏兵，追奔百余里，斩首数千级。隆尚未肯罢休，再追至数十里外，夺得许多甲仗，方才回军，归途语故吏阳璆道："中山城积兵数万，不得伸展我意，今日虽得一胜，尚令我遗恨无穷。"说着，慷慨太息，泪下数行。独会经此一捷，骄夸愈甚，隆不得不从旁训勉。会非但不听，反加忿恨，又因农隆俱常镇龙城，名望素出己右，恐宝至龙城后，大权必在农隆掌握，自己越致失势，乃潜谋作乱。幽平二州士卒，统已受会牢笼，不愿归二王节制，遂向宝陈请道："清河王勇略过人，臣等愿与同生死，今请陛下与太子诸王，留住蓟宫，臣等从清河王南征，解京师围，还迎大驾便了。"宝似信非信，默然不答。大众退后，宝左右进言道："清河王不得为太子，神色已很是不平，且材武过人，善收人心，陛下若从众诸，臣恐解围以后，必有卫辄故事，不可不防。"卫辄拒父事，见《东周列国》。宝点首示意。侍御史仇尼归，系会私党，探悉宝情，便私下告会道："大王所恃唯父，父已异图，所仗在兵，兵已去手，试问将如何自全呢？不如诛二王，废太子，由大王自处东宫，兼任将相，匡复社稷，方为上策。"双方谗间，怎得不乱？会尚犹豫未决。

宝语农隆道："我看会已有反志，今若不除，难免大祸。"农隆齐声道："今寇敌内侮，中土纷纭，社稷危如累卵，会镇抚旧都，来赴国难，威名远震。逆迹未彰，若一旦加诛，不但父子伤恩，人心亦必将不服呢。"宝慨然道："逆子已不顾君亲，卿等兹恕，尚不忍诛，一旦变起，必先害诸父，然后及我，后悔恐无及了。"农隆为妇人之仁，不知弭乱，宝既知子恶，仍不加防，是亦妇人之见而已。话虽如此，但也不肯急切下手，仍向龙城进行。

到了广都黄榆谷，时已天晚，因即驻宿。农与隆二人为卫，卧至夜半，忽有一片哗噪声，从外而入。隆急忙起视，见有十数人持刀进来，料知有变，便欲返身入报，不防背上已中了一刀，痛彻心窝，立致晕倒，接连又被一刀剁下，自然断命。时农已拔甲出来，跨马欲遁，偏被那强人阻住，用刀乱斫，农急忙闪避，左臂已着了刀伤，忍痛走脱。背后却有数健卒相随，代抱不平，俱奋力留拒强人，格翻几个，赶去几个，独擒得一个头目，仔细辨认，正是侍御史仇尼归。当下将他捆住，牵送慕容农。农已窜入山谷，健卒亦跟了进去，待至追及，由农讯问仇尼归，供称为会所遣。农乃裹创待晓，然后出山，返报慕容宝。

宝夜间闻变，正在惊惶，突见会踉跄趋入道："农隆谋逆，臣已将他二人除去了。"宝知会有诈，一时不便叱责，乃佯为慰谕道："我素疑二王，果然谋变，今得除去，甚好！甚好！"此时倒还有急智。会喜跃而出。翌晨，由会排齐兵仗，严防他变，始拥宝就道。建威将军余崇，请收殓隆尸，载往龙城，会尚未许，经崇涕泣固请，方得邀允。即由崇殓隆入棺，用车载行。适慕容农自来谒宝，并押献仇尼归。宝不令农诉明情迹，但伪叱道："汝何故负我？"遂令左右将农拿下。仇尼归乐得狡赖，只说农等为逆，拒战被擒，宝即令释缚，仍复原官。约行十余里，正要午餐，宝召群臣同食，且议加农罪。会方就坐，宝目顾卫军将军慕舆腾，暗嘱杀会。腾拔剑出鞘，向会行刺。会把头一低，冠被劈去，略受微伤，身子向外一掠，竟得逃走。腾不及追杀，慌忙奉宝急奔，飞驰二百余里，得抵龙城。时已夕阳下山了；会号召徒党，追宝至石城，终不得及，乃使仇尼归为前驱，径攻龙城。宝令壮士夤夜出击，得破仇尼归。会且上书要求，请诛左右佞臣，并求立为太子。宝当然不许，唯乘舆器物及后宫妾御，不及随宝进城，尽被会掠去，分赏将吏，擅置官属，自称皇太子，录尚书事，引众再攻龙城，以讨慕舆腾为名。宝登城责会，会跨马扬鞭，意气自如，且令军士鼓噪扬威。城中将士，见会如此无礼，统皆愤怒，开城迎战。天下事全仗理直，理直自然气壮，一鼓作气，锐不可当，便将会众杀退。毕竟人心未死。会走还营中，到了夜半，侍御史高云，又从城中潜出，带着敢死士百余人，袭击会营。会众大乱，相率逃散。会不能成军，只带十余骑奔往中山。开封公慕容详，怎能容会，立将会拘住斩首，并派人传报龙城。宝乃颁令大赦，凡从前与会同谋，悉置不问，使复旧职。免罪尚可说得，复官未免太宽。又论功行赏，封侯拜将，共数百人。命慕容农为左仆射，兼职司空，领尚书令，进高云为建威将军，封夕阳公，养为义儿，追赠高阳王隆为司徒，予谥曰康。龙城一隅，暂得少安。

唯邺城尚被围住，积久未退，慕容详尚有能耐，坚持到底。魏主珪因军食不继，命东平公仪撤去邺围，徙屯钜鹿，筹运粟米。慕容详又暗遣步卒，出袭魏营，虽然魏主有备，杀败守兵，但终因粮道未通，解围自去，就食河间。详还道是威足却魏，竟僭称皇帝，改元建始，用新平公可足浑谭为车骑大将军，领尚书令。此外设官分职，居然备置百官。且闻慕容麟出屯望都，即遣兵掩击，逐麟入山，擒麟妻子还都。燕西河公库傉官骥，本奉燕主宝命，助守中山，见上文。及详既僭位，便思逐骥。骥与他反抗，遂致互阋，结果是众寡不敌，为详所杀。详尽灭库傉官氏，又杀中山尹苻谟，诛及家族。唯谟有二女娀娥训英，娇小玲珑，幸得走脱，后文自有表见。天生尤物，不肯令其遽死。详既得逞志，便即淫荒，嗜酒无度，横加杀戮。所授尚书令可足浑谭直言进谏，适值详酒醉糊涂，竟不分皂白，喝令左右，把谭推出斩首。官吏等当然不服，均有异言，详更使人监谤，遇有私议政事的人员，不论贵贱，一体处斩。自详僭号以后，但阅一月，所诛王公以下，已五百余人，内外屏息，莫敢发言。

城中又复饥迫，百姓欲出外觅粮，偏详下令严禁，不准出入，因此人多饿死，举城皆恨详无道，欲就近往迎赵王麟。麟与详相去几何？百姓亦但管目前，未遑顾后。详尚未察悉，但因城中乏食，遣辅国将军张骧，率五千余人赴常山，督办粮糈。慕容麟伺隙复出，招集丁零余众，潜袭骧军。骧正在灵寿县，严加督责，戕害吏民，众心浮动，一闻麟至，都去欢迎，连骧部下各兵士，亦弃骧就麟。骧仓皇窜去，麟即引众掩至中山，城门不闭，得一拥直入，城中兵民，见麟到来，无不喜慰，从前被杀诸大臣家属，乐得乘机报怨，各引麟趋入伪宫，往捉慕容详。详醉后酣寝，未及逃避，即被大众七手八脚，把他捆住，牵出见麟。详尚睡眼模糊，不知为何人所执，但听得一片杀声，才开眼一睁，那刀光已到颈上，未及开言，头颅已落。得做醉鬼，详亦甘心。又搜杀详亲党三百余人。麟复僭称尊号，听民四出觅食，大众才得一饱。

魏主珪闻中山变乱，即遣中领军将军长孙肥，带领轻骑七千人，潜袭中山，得入外郛。麟忙集众出拒，肥始退去。麟复率步骑四千，追至泒水，由肥麾众返击，彼此各有杀伤。麟丧失铠骑二百，肥亦身中流矢，两造统收军引还。魏主珪移驻常山九门，军中大疫，人马多死，将士多半思归。珪觇知众意，便语众将道："前闻丑提作乱，本即北返，嗣因燕主悔约，丑提乱亦得平。从珪口中了过丑提。我意决拔中山，再作归计，今全军遇疫，岂天意不欲我取中山么？但四海以内，人民众多，无处不可立国，诚使我抚驭有方，谁不悦服？目前病死多人，也不足顾恤呢。"语不足法。诸将始不敢再言。珪即令抚军大将军略阳公拓跋遵，引兵再袭中山，割取禾稻，捆载而还。中山失禾，饥荒益甚。慕容麟不能安居，因率众三万余人，出据新市。

魏主珪已进兵攻麟，太史令晁崇进谏道："今日进军，恐防不吉。"珪问为何因？崇答道："纣以甲子亡，故后世称甲子日为疾日，今日适当甲子，不宜出兵。"珪笑道："纣以甲子亡，周武不以甲子兴么？"崇无言可对。珪即启行至新市，与麟对垒。麟不免心怯，退屯泒水，依渐洳泽立营，意图自固。彼此相持数日，魏兵进压麟营，麟不得已开营出战，一场交手，哪里敌得过魏兵？二万人死了九千余，逃去一万余，单剩得数十骑，随麟奔还。麟妻子前为详所拘，未曾处死，见上文。麟入中山，当然放出，此次复挈了妻子，遁入西山，从间道赴邺。魏主珪驰入中山，凡麟所署公卿将吏，及守城士卒，统皆迎降，共约二万余人。又得燕所传皇帝玺绶，并图书府库珍宝，以巨万计，还有后宫妇女，数亦盈千。并得慕容详遗女一人，年青貌美，秀色可餐，珪即纳为妾媵，晚令侍宿。详女亦只好随缘作合，供他淫污。越日，又发慕容详冢，锉尸焚骨，并查得拓跋觚死时，由燕人高霸程同下手，便将两人磔死，并夷五族。霸固为详所使，本不应置重辟，况又夷及五族，珪之淫虐如此，无怪其不得令终。于是班赏将士，多寡有差。

慕容麟奔至邺城，与范阳王慕容德相见，便向德献议道："魏兵既克中山，必来攻邺，邺中虽有蓄积，但城大难固，且人心恇惧，恐难坚守，不如南赴滑台，较为万全。"德闻言心动，遂拟南迁。时滑台守将，为燕鲁阳王慕容和，亦遣人迎德，德因决计徙屯。好容易又是残冬，越年为燕主宝永康三年，即晋安帝隆安二年。正月上旬，德率户四万，南徙滑台，将吏当然随行。无故弃邺，也是失策。魏东平公拓跋仪，已进封卫王，引众入邺，追德至河，不及乃还。慕容麟等向德劝进，德依兄慕容垂故事，自称燕王元年，摄行帝制，备设官属，用慕容麟为司空，领尚书令，慕容法为中军将军，慕舆拔为尚书左仆射，丁通为右仆射，这便是南燕的始基。是为四燕之殿。看官听说！慕容麟劝德南徙，仍然为自己起见，他因河间常有麟现，自谓与己名相应，必得君临燕土。中山僭号，不满三月，匆匆奔邺，欲用德为傀儡，迁往河南，仍好废德自立。哪知天不助逆，竟至谋泄，被德赐死，狡猾半生，终归不得善终。可作晨钟之警。

那慕容宝尚未知滑台情形，还遣鸿胪卿鲁邃，册拜慕容德为丞相，领冀州牧，封南夏公，一面大阅兵马，仍欲规复中原。会魏主北归，慕容德亦命侍郎李延，向宝报闻，谓"魏军已返，中原空虚，正好及时收复"等语。宝心下大喜，即拟南行。辽西王农，长乐王盛进谏道："今方北迁，兵疲力弱，魏新得志，未可与争，不如养兵观隙，更俟他年。"宝颇欲依议，偏抚军将军慕舆腾抗言道："寇虏已返，我师大集，正宜乘机进取，百姓可与乐成，难与图始，唯当独决圣虑，不应广采异同，阻挠大计。"宝闻言奋袂道："我计决了，敢谏者斩！"遂留慕容盛居守龙城，命慕舆腾为前军大司马，慕容农为中军，自为后军，统率步骑三万，自龙城依次出发，南屯乙连。

燕制称卫兵为长上，素随乘舆出入，不令迁调，此次宝统众南行，当然随着，但众情俱不愿征役，各有怨言。卫弁段速骨宋赤眉等，本为高阳王隆旧部，入充宿卫，此次因众心蠢动，遂纠众作乱，逼立隆子崇为主帅，立即发难，杀毙司空乐浪王慕容宙，中牟公段谊诸人。唯河间王熙，素与崇善，崇代为庇护，始得免难。燕主宝突然遇变，急率十余骑奔往农营。农急忙出迎，左右抱住农腰，谓营卒亦恐应乱，不宜轻出。农抽刀吓退左右，才得出营见宝，接入营中。一面遣人追还前军慕舆腾，一面拔营回讨段速骨等。谁知军心都变，俱弃仗散走，就是慕舆腾部下，亦皆溃散。宝与农只好奔还龙城，乱兵尚在后追赶，亏得龙城留守长乐王盛，引兵出接，才得迎入宝与农。小子有诗叹道：

不从众议妄行师，祸起军中悔已迟。
纵使一时能幸脱，窜身便是杀身时。

宝与农既入龙城，乱兵亦进逼城下，欲知乱事如何结果，容待下回表明。

君君臣臣，父父子子，此为修齐治平之要素，先圣固尝言之矣。慕容宝之不君不父，乌足为国？观其立太子时，已启内乱之渐，以立长言，则宜立长乐公盛，以受遗言，则宜立清河王会，策为少子，又非嫡嗣，徒以溺爱之故，越次册立，无惑乎会之谋乱也。会固不子，宝实不父，而又当断不断，徒受其乱，亲为父子，反成仇敌，家且不齐，国尚能治乎？幸而会乱已平，正宜与民更始，休养生息，徐图规复，乃不察民生之困苦，不问将士之罢劳，冒昧径行，侈言南讨，是君不君也。君不君，臣即不臣，段速骨等之作乱，亦意中事，无见怪也。彼慕容农与慕容隆，心固无他，才实不足。慕容麟好行不义，终至自毙，燕事如此，即无拓跋氏之外侮，亦终必亡而已矣。

第八十二回　通叛党兰汗弑君 诛贼臣燕宗复国

却说段速骨等引着乱兵，进逼龙城。城中守兵甚少，由慕容盛募民为役，始得万人，登陴奋力拒守。速骨等人数虽多，但同谋不过百人，余皆胁从为乱，并无斗志。唯尚书顿邱王兰汗，本为慕容垂季舅，又是慕容盛妇翁，他偏起了歹心，与速骨等通谋，所以速骨等有恃无恐，日夕鼓噪，威吓城中；且诱慕容农出城招抚，愿与讲和。农恐城不能守，潜自夜出，往抚乱兵。乱兵未曾被衄，怎肯投诚？农潜往招抚，不啻送死。速骨怎肯依农，反把农拘住不放。翌晨，复引众攻城，城上守兵，拒战甚力，伤毙乱卒百余人。守兵正在得势，忽见速骨牵出慕容农，指示城上，呶呶乱语。农亦有口，奈何畏死不言？守兵本恃农为重，忽见农在城下，也不暇问明情由，骤然夺气，一哄而散。速骨等得缘梯登城，纵兵杀掠，死亡相枕。燕主宝与慕舆腾余崇张真李旱等，轻骑南奔。

速骨尚不敢杀农，但将他幽住殿内。另有同党阿交罗，为速骨谋主，意欲废崇立农，偏被崇左右闻知，就中有豰让出力鞬两人，为崇效力，骤入杀农，并及阿交罗。农故吏左卫将军宇文拔，亡奔辽西，速骨恐人心忆农，必且生变，因归罪豰让出大鞬，把他诛死。哪知与他反对的，不是别人，就是前时通谋的兰汗。汗阳与勾通，暗中仍然嫉忌，速骨未曾防着，突被汗纠众袭击，见一个，杀一个，才阅半日，已将速骨等亲党百余人，一古脑儿送他归阴。当下废去慕容崇，奉太子策监国，承制大赦，且遣使迎宝北归。

时长乐王盛等，已逾城从宝，同至蓟城，接见兰汗来使，宝即欲北还。

盛等俱进谏道："兰汗忠诈，尚未可知，今若单骑往赴，倘汗有异志，悔不可追，不如南就范阳王，合众取冀州，就使不捷，亦可收集南方余众，徐归龙城，这却是万全计策呢。"宝乃依议，从间道趋邺。邺人颇愿留宝，宝独不许。南至黎阳，暂驻河西，命中黄门令赵思，召北地王慕容钟，使他迎驾。钟为慕容德从弟，曾劝德称尊，至是执思下狱，并即报德。德召僚属与语道："卿等为社稷大计，劝我摄政，我亦因嗣主播越，民神乏主，暂从群议，聊系众心。今天方悔祸，嗣主南来，我将具驾奉迎，谢罪行辕，然后角巾还第，不问国事，卿等以为何如？"全是假话。黄门侍郎张华应声道："陛下所言，未免失计，试想天下大乱，断非庸才所能济事，嗣主暗弱，不足绍承先绪，陛下若蹈匹夫小节，舍天授大业，恐威权一去，身首不保，社稷宗庙，岂尚得血食么？"将军慕容护亦接入道："嗣主不达时宜，委弃国都，自取败亡，尚何足恤？从前蒯聩出奔，卫辄不纳，《春秋》尚不以为非，孔圣亦未尝赞成。彼为子拒父，尚属可行，况陛下为嗣主叔父，难道不可拒犹子吗？"正要你二人说出此话。德半晌才道："古人逆取顺守，终欠合理，所以我中道徘徊，怅然未决呢。"护又道："赵思南来，虚实未明，臣愿为陛下驰往诇察，再作计较。"德乃遣护前往，佯为流涕。多此做作。护率壮士数百人，偕思北往。适宝得樵夫言，谓德已僭号，料知不为所容，仍转身北去，护追宝不及，复执思南还。

德闻思练习掌故，召他入见，欲为己用。思慨然道："犬马尚知恋主，思虽刑臣，颇识大义，乞加惠赐归。"德作色道："汝在此受职，与在彼何异？"思亦发怒道："周室东迁，晋郑是依，陛下亲为叔父，位居上公，不能倡率群臣，匡扶帝室，乃反幸灾乐祸，欲效晋赵王伦故事，思虽不能效申包胥，乞援存楚，尚想如王莽时的龚胜，不屑偷生，归既不得，死亦何妨！"阉人中有此义士，恰也难得。德被他揶揄，容忍不住，便命将思推出斩首，真情毕露。嗣是遂与宝绝。

宝遣盛与慕舆腾，收兵冀州，盛因腾请兵启衅，激成祸乱，且素来暴横不法，为民所怨，因即将他杀死。总嫌专擅。行至钜鹿，遍谕豪杰，俱欲起兵奉宝，约期会集。偏宝闻兰汗祀燕宗庙，举动近理，便欲北还龙城，不肯再留冀州，于是召盛速还，即日启行。到了建安，留宿土豪张曹家。曹素武健，自请纠众效劳，盛又劝宝缓归，俟确觇兰汗情状，再定行止。宝乃遣冗从仆射李旱，往见兰汗，自在石城候信。

会兰汗遣左将军苏超，至石城迎宝，极陈兰汗忠诚。宝信为真言，不待李旱返报，遂自石城出发。盛涕泣固谏，宝仍不从，但留盛在后徐行。盛与将军张真等下道避匿，不肯遽赴。盛为宝子，知父有难，不肯随往，亦太忍心。宝匆匆急返，抵索莫汗陉，去龙城只四十里，城中皆喜。兰汗惶惧，欲自出谢罪，兄弟同声谏阻。汗因遣弟加难率五百骑出迎，又令兄提闭门止仗，禁人出入。城中皆知汗有变志，但亦无法挽回。加难驰至陉北，与宝相见，拜谒甚恭。宝即令他护驾，昂然进行。颍阴公余崇，密白宝道："加难形色不定，必有异谋，陛下宜留待三思，奈何径往？"宝尚说无妨。又行了十余里，加难忽喝令骑士向前执崇，崇徒手格斗，毕竟寡不敌众，终为所缚。崇大骂道："汝家幸为国戚，迭沐宠荣，今乃敢为篡逆，天地岂肯容汝？不过稍迟旦暮，便当屠灭，但恨我不得手脍汝曹呢！"加难听了，竟拔刀杀崇。宝至此悔已无及，只好随了加难，同入龙城。加难不令入殿，但使寓居外邸，用兵监守。到了夜间，便遣壮士潜入邸中，将宝拉死。莫非自取。兰汗闻报，命为棺殓，追谥曰灵。又杀太子策及王公卿士以下百余人。汗自称大都督大单于大将军，昌黎王，改元青龙，令兄提为太尉，弟加难为车骑将军，封河间王熙为辽东公。使如周时杞宋故例，备位屏藩。居然想作周天子了。

慕容盛在外闻变，即拟奔丧入城，将军张真，极力劝阻。盛说道："我今拚死往告，自述哀穷，汗性愚浅，必顾念婚姻，不忍害我。约过旬月，我得安排妥当，便足伸志，这也是枉尺直寻的办法呢。"遂不从真言，径入城赴丧，先使妻兰氏进求汗妻，为盛乞免。汗妻乙氏，究是女流，见女涕泣哀请，自然代为缓颊。汗本意颇欲害盛，但见了一妻一女，宛转哀鸣，免不得心肠软活，化刚为柔。唯兄提及弟加难，谓斩草留根，终足滋患，不如一并杀盛。盛妻又向伯叔叩头，哀吁不已，提与加难尚有难色，汗独恻然道："我就赦汝夫婿，但汝当为我传言，须怀我德，毋记我嫌。"盛妻当然应命。汗即遣子迎盛，引入宫中。盛见汗匍匐，且泣且谢。亏他忍耐。汗还道他是诚心归附，一再劝慰，且伪言宝实自尽，并非加害，当即为宝治丧，令盛及宗族亲党，一律送葬，复授盛为侍中，兼左光禄大夫。还有太原王奇，系前冀州牧慕容楷子，为汗外孙，汗亦将奇宥免，命为征南将军。奇既得受职，遂与盛同列，两人俱怀报复，且系从曾祖兄弟，当然患难相亲，于是盛得了一个帮手，尝与密谋。

兰提等随时防着，屡次劝汗杀盛，汗终不从，兄弟间遂有违言。提又骄狠荒淫，动逾礼法，就是与汗相见，亦往往恶语相侵。汗情不能忍，益生嫌隙。盛得乘间媒孽，如火添薪，又潜使奇出外招兵，为恢复计。奇密往建安，募集丁壮，得数千人，使据城自固。提闻变报汗，汗即遣提往讨，偏盛入白汗道："善驹即奇表字。小儿，怎敢起事？莫非有假托彼名，谋为内应不成？"汗瞿然道："这是由太尉入报，当不相欺。"盛屏人语汗道："太尉骄诈，不宜轻信，若使发兵出讨，一或为变，祸不胜言了。"汗闻盛言，即饬罢提兵，汗实愚夫，若使有一隙之明，定必不信。另遣抚军将军仇尼慕，率众讨奇。时龙城数月不雨，自夏及秋，异常亢旱。汗疑得罪燕祖，致遭此谴，乃每日至燕太庙中，顿首拜祷，又向故主宝神主前，叩陈前过，实由兄弟二人起意，应当坐罪云云。提与加难，得悉汗言，统怒不可遏，竟擅领部曲将士，出袭仇尼慕军，杀毙无算。

仇尼慕幸得不死，奔回告汗。汗不禁惊骇，立遣长子穆出讨。穆临行时，密语汗道："慕容盛与我为仇，今奇起兵，盛必与闻，这是心腹大患，急宜除去，再平内乱未迟。"汗半疑半信，欲召盛入见，觇察情实，然后加诛。盛妻兰氏，稍有所闻，忙即告盛。盛伪称有疾，杜门不出。汗亦搁着不提。燕臣李旱卫双刘忠张豪张真等，本与盛有旧交，因见兰穆势盛，虚与周旋，穆遂引为腹心，使旱等往来盛室，为监察计。哪知旱等反向盛输情，为盛谋主，伺隙起事。会穆击破兰提等军，回城献捷，汗遂大飨将士，欢宴终日，父子统饮得酩酊大醉，分归就寝。当有人诣盛通报，盛夜起如厕，逾墙趋出，直往东宫。李旱等已先待着，即拥盛斩关，入室寻穆。穆高卧未醒，被旱等手起刀落，立即毙命。盛得穆首级，携带出门，徇示大众。众未解严，尚扎住东宫外面，一闻盛起兵杀穆，大都踊跃赞成，便听盛指挥，往攻兰汗。汗醉寝宫中，至大众突入，才得惊醒，起视门外，遥见一片火光，滚滚前来，火光中露出许多白刃，料知不是好事，亟呼卫卒保护，偏卫卒已逃散，不知去向，任他喊破喉咙，并无一人答应。他想返身避匿，奈两脚如痿躄一般，急切不能逃走。那外兵已趋近身边，不由分说，便即劈头一刀，但觉脑袋上非常痛苦，站立不住，就致晕倒，一道灵魂，与长子穆先后归阴，同登森罗殿上，同燕主宝对簿去了。恐怕是同去喝黄汤哩！

汗尚有子和与扬，分戍令支白狼，盛连夜使李旱张真，驰往诱袭，相继诛死。兰提加难，也由盛遣将掩捕，同时受戮。人民大悦，内外帖然，盛因妻为汗女，当坐死罪，因拟遣她出宫，迫令自尽，盛之复兴，半由妻兰氏营救之功，奈何遽欲杀妻，男儿薄幸，可为一叹！亏得献庄太子妃丁氏，从旁力争，始得免死。看官道献庄太子为谁？就是慕容垂长子令。令前时走死，事见上文。在六十一回。垂称帝时，曾追谥令为献庄太子，令妻丁氏，尚得生存，宝尝迎养宫中，以礼相待。盛妻兰氏，奉侍维谨，所以丁氏壹力保护，极言兰氏相夫有功，如何用怨报德？说得盛无词可驳，不得不曲予通融。但后来盛称尊号，仍不立兰氏为后，终未免心存芥蒂，这且无庸絮言。

且说慕容盛得复父仇，便告成太庙，大赦境内，一时不称尊号，暂以长乐王摄行统制，降诸王爵为公，文武各复旧官，并召太原公奇还都。奇听信谗言，竟抗不受命，勒兵叛盛，回屯横沟，去龙城只十里。盛亲督将士，出城击奇，奇手下虽有三万余人，究竟是临时召募，没有纪律，乘兴便至，见敌即逃。奇不能禁遏，如何拒盛？盛驱兵追杀，又令军士接连射箭，射倒奇马，奇坠地受擒，牵入龙城，立即处死。奇党严生王龙等，一并捕诛。遂命河间公熙为侍中，都督中外诸军事，改谥先主宝为惠闵皇帝，庙号烈宗。宝尚有庶子元，受封阳城公，兼卫将军，东阳公根，为尚书令，张通为左仆射，卫伦为右仆射，李旱为辅国将军，卫双为前将军，张真为右将军，皆封郡公。又进刘忠为左将军，张豪为后将军，并赐姓慕容氏。既而步兵校尉马勒等谋反，事泄伏诛，案连高阳公崇，即段速骨等所立之慕容崇。因即将崇赐死。这是盛有心杀崇。

是夕，大风暴起，拔去阙前七大树，宫廷震悚。可见天道有知，隐隐为崇鸣冤。偏群臣一味迎合，还要向盛劝进。盛初尚不许，嗣复屡接奏牍，请上尊号，盛乃即燕帝位，改元建平，追尊伯考献庄太子为皇帝，宝后段氏为皇太后，献庄太子妃丁氏为献庄皇后，谥太子策为献庄太子。后来张豪张真张通及尚书段成，昌黎尹留忠等，相继谋叛，依次发觉，一并伏诛。就是东阳公慕容根，亦株连被戮。即用阳城公元为尚书令，改封平原公。才阅一年，复改元长乐。每有罪犯，盛必自矜明察，亲加鞫讯；且因宝宽弛失国，务从严刻，无论宗族勋旧，稍有过失，便置重刑。辽西太守李朗，在郡十年，威行境内，盛屡征不至，且阴召魏兵，阳吓燕廷。盛察知有诈，便将他留居龙城的家属，尽加屠戮，并遣辅国将军李旱，率骑讨朗。旱奉命出次建安，忽又接到朝使，召他还都。旱只得驰还。及抵阙下，谒盛问故。盛但云："恐卿过劳，所以召归休息。"旱乃退出。越宿，又遣旱从速出兵，群臣都莫名其妙，就是旱亦无从索解，只好依令奉行。

朗初闻旱兵出击，当然防守，及旱中途却还，总道是龙城有变，不复设备，留子养守住令支，即辽西治所。自往北平迎候魏兵。旱兼程前进，掩入令支，擒斩李养，复遣广威将军孟广平，引骑追朗。朗尚未抵北平，已被孟广平追及，纵骑奋击，攻他无备。朗慌忙抵敌，与广平战了数合，因见从骑溃散，未免胆怯，手下一松，即由广平觑隙猛刺，中朗左胁，坠落马下。广平再加一槊，断送朗命，当下枭了首级，取回报旱。旱即传首龙城，盛得捷报，方明谕群臣道："朗甫谋叛，必忌官威，或纠合同类，与我力敌，或亡窜山泽，据险自固，一时如何荡平？我所以前召旱还，使他无备，再令旱出，猝加掩击，这是避实击虚的妙计。今果一鼓平逆，得歼渠魁，总算是计不虚行了。"徒矜小智，无当大体。群臣自然贡谀，群称神圣。盛即将朗首悬示三日，一面召旱班师。旱应召西归，途次得卫双被诛消息，不禁惶骇，弃军潜奔，走匿板陉。盛知旱无他意，不过畏罪逃亡，乃遣使往谕，说是："卫双有罪，不得不诛，与旱无涉，可即日还朝。"旱乃入都谢罪，盛仍令复职，唯讨平辽西的功劳，已付诸汪洋大海，搁起不提了。小子有诗咏道：

用宽用猛贵相兼，但尚刑威总太严；
罚不当辜功不赏，君臣怎得免猜嫌！

盛虽得平辽西，魏兵却已出境，欲知燕魏交战情形，且至下回详叙。

观本回兰汗之弑慕容宝，与慕容盛之杀兰汗，芒刃起于萧墙，亲戚成为仇敌，皆权利思想之为害也。兰汗身为国舅，其女又为长乐妃，亲上加亲，应同休戚，乃潜通外叛，诱杀国君，宝不负汗，汗实负宝，盖比莽操之恶，为尤过矣。盛阳归兰汗，阴纵反间，冒险忍辱，卒举汗父子兄弟而尽戮之，甚且欲连坐贤妇，忘德报怨，阴鸷若此，可惊可畏，论者不以为暴，无非因盛之手刃父仇，大义灭亲故耳。然卒之好猜嗜杀，安忍无亲，宗戚勋旧，多罹刑网，诩诩然自矜明察，而以为杜渐防微，人莫予毒，庸讵知治国之道，固在仁不在暴耳，而盛之遇祸亦不远矣。

第八十三回　再发难王恭受戮　好惑人孙泰伏诛

却说魏主拓跋珪，自中山还军以后，复徙都平城。营宫室，建宗庙，立社稷，正封畿，制郊甸，遣使循行郡国，考核守宰，明正黜陟。又命尚书吏部郎刘渊，立官制，协音律，仪曹郎董谧制礼仪，三公郎王德定律令，太史令晁崇考天象。进黄门侍郎崔宏为吏部尚书，总司典要，纂定各制，垂为永式。就于魏皇始三年十二月，即晋安帝隆安二年。即皇帝位，改元天兴，命朝野皆束发加帽，追崇远祖毛以下二十七人，皆称皇帝。尊六世祖力微为神元皇帝，庙号始祖，祖什翼犍为昭成皇帝，庙号高祖，父寔为献明皇帝，仿行古制，定郊庙朝飨礼乐。又用崔宏条议，自谓黄帝后裔，以土德王，徙六州二十二郡守宰，及土豪二千家至代郡。凡自代郡以西，善无以东，阴馆以北，参合以南，俱为畿内。此外四方四维，分置八部帅监守，居然有体国经野的遗规。魏自拓跋珪称帝，为北方强国，故叙述从详。平城附近有秀容川，旧有酋长尔朱羽健服属魏主，且随攻晋阳中山，立有战功。魏主珪特别加赏，即就秀容川四围三百里，给为封土，于是尔朱氏亦蕃盛起来。独志祸本事，见《南北史演义》。

会因燕李朗遣使借兵，乃命材官将军和拔，入袭幽州。幽州刺史卢溥，旧为魏民，戕吏据州，叛魏降燕，至是被和拔突入，擒溥及子涣，押送平城，车裂以徇。燕主盛闻幽州被兵，亟遣广威将军孟广平往救，已是不及，但斩魏戍吏数人，引师退还。盛复去皇帝号，贬称庶人天王，封弟渊为章武公，虔为博陵公，子定为辽西公。适太后段氏病殁，谥为惠德皇后。襄平令段登，与段太后同宗，忽然谋变，由盛遣将捕诛。前将军段玑，系段太后兄子，迹涉嫌疑，恐致连坐，即逃往辽西，嗣复还都归罪，得邀赦免，赐号思悔侯，使尚公主，入直殿庭。养虎贻患。一面尊献庄皇后丁氏为皇太后，立子辽西公定为皇太子，颁制大赦，命百僚会集东堂，亲考器艺，超拔十有二人。并在新昌殿遍宴群臣，令各言志趣。七兵尚书丁信，年方十五，因为丁太后兄子，擢居显要，他独起座面陈道："在上不骄，居高不危，这是小臣的志愿呢。"这数语是因盛好杀，暗加讽谏，盛亦知他言中寓意，便微笑相答道："丁尚书年少，怎得此老成论调呢？"话虽如此，但盛终不肯反省，仍然苛刻寡恩，免不得激成众怒，终罹大祸。事且慢表。

且说晋青兖刺史王恭，及荆州刺史殷仲堪，分镇长江，势倾朝右。会稽王道子，惧他侵逼，既令世子元显为征虏将军，配给重兵，使为内备，事见七十八回。复因谯王尚之，及尚之弟休之，素有才略，引为谋士。尚之休之系谯王承子，无忌孙。尚之向道子进议道："今方镇强盛，宰相权轻，大王何不外树腹心，自增藩位？"道子听着，即令司马王愉为江州刺史，都督江州及豫州四郡军事。偏豫州刺史庾楷，不愿分权，抗疏辩驳，略言："江州系是内地，与豫州四郡，素不相连，不应使王愉分督。"疏入不报。楷因遣子鸿往说王恭道："尚之兄弟，为会稽羽翼，权过国宝，欲借朝威，削弱方镇，王愉又是国宝兄弟，前来督豫，公等若不早图，恐必来报复前嫌，祸且不测了。"王国宝事，亦见七十八回。王恭本虑道子报怨，一闻此言，当然着急，忙遣人报告殷仲堪。仲堪即与桓玄商议，玄本是个闯祸的头目，哪有不劝令为乱，况当时又有一种刺激，更增玄忿，尤觉得跃跃欲动，乘隙寻仇。原来玄在荆州，料为道子所忌，特故意上书，求为广州刺史，果得朝廷允准，且敕令兼督交广二州。当下佯为受命，暗中实无意启行。凑巧遇着王恭来使，阴约仲堪，此时不怂恿起事，更待何时？乃与仲堪拟就复书，愿推恭为盟主，约期同趋建康。恭得书后，便欲发兵，司马刘牢之进谏道："将军为国家元舅，义同休戚，恭为孝武后王氏之兄。会稽王乃天子叔父，又当国秉政，前因将军责备，诛及王国宝王绪，自割所爱，为将军谢过，将军亦已可谓得志了。现在王愉出镇江州，虽未惬人意，亦不为大失，就是豫州四郡，割配王愉，与将军何损？晋阳兵甲，可一不可再呢。"牢之谏恭之言，不为不忠，可惜后来变卦。恭不肯从，即上表请讨王愉，及尚之兄弟。

道子闻庾楷从恭，即使人说楷道："孤前与卿恩如骨肉，帐中共饮，结带与言，也好算是亲密了。卿今弃旧交，结新援，难道竟忘王恭前日的欺侮么？若欲委身事恭，使恭得志，恭也必疑卿反复小人，怎肯诚心亲信？身首且不可保，还望什么富贵呢！"楷本为王国宝私党，事见前文，故道子又有此言。楷闻言大怒，即令使人还报道："王恭前赴山陵，相王忧惧无计，我知事急，发兵入卫，恭乃不敢猝发。去年恭勒众内向，我亦櫜鞬待命，我事相王，未尝有负，相王不能拒恭，反杀国宝兄弟，国宝且死，何人再为相王尽力？庾楷身家百口，怎能再不见几，自取屠灭呢？相王今且责己，毋徒责人。"这一篇话报知道子，道子素来胆小，急得不知所为。独世子元显奋然道："前不讨恭，致有今日，今若再姑息，难道还有朝廷么？我虽年少，愿出当逆贼。"道子听了，稍稍放怀，乃将兵马大权，悉付元显，自在府第中日饮醇酒，作为排遣罢了。

殷仲堪闻恭已举兵，也即勒兵出发，但平时素无将略，所有军事，尽委南郡相杨佺期兄弟，使佺期率舟师五千，充作前锋。桓玄继进，自督兵二万为后应。佺期到了湓口，王愉尚全然无备，惶遽奔临川。桓玄遣偏将追愉，愉不及逃避，竟被擒去。建康闻报，很是震动，内外戒严，当即加会稽王道子黄钺，命元显为征讨都督，遣卫将军王珣，右将军谢琰，率兵讨王恭。谯王尚之率兵讨庾楷。楷方出兵至牛渚，突遇尚之统众杀来，一时惊惶失措，立致溃散，楷单骑奔投桓玄。会稽王道子，遂授尚之为豫州刺史。尚之有弟三人，除上文所叙的休之外，尚有恢之允之，此时均授要职。休之为襄城太守，恢之为骠骑司马丹阳尹，允之为吴国内史，各拥兵马，为道子声援。不意桓玄乘锐杀入，所向无前，连破江东各戍，由白石直进横江。尚之驱军与战，竟为所败，仓皇遁走。恢之所领各舟军，又被玄捣破，悉数覆没，于是都城大震。道子自屯中堂，令王珣守北郊，谢琰屯宣阳门，严兵守备。元显独出守石头城，英气直达，毫不畏缩。当时会稽府中，多半谀媚元显，说他聪明英毅，有明帝风。他亦自命不凡，居然以安危为己任，因见敌势甚锐，遂多方探刺敌情，果被察出破绽，想就一条反间计来。

自王恭不用刘牢之言，贸然出兵，牢之虽尚随着，却不愿为恭效死。恭又淡漠相待，越使牢之灰心。正在懊怅的时候，忽有庐江太守高素，借入报军机为名，得与牢之密语，啗以厚利，大略劝牢之背恭，事成后即将恭位转授。牢之自然心动，踌躇不答。素见牢之情状，乐得和盘托出，便从怀中取出一书，交与牢之，作为凭信。牢之启视，乃是会稽王道子署名，书中所说，也与素言相符，这封书是元显手笔，托名乃父，牢之未尝不知，但已闻元显握有全权，足为道子代表，便深信不疑，因即遣素返报，愿如所约。一面语子敬宣道："王恭曾受先帝大恩，今为帝舅，不能翼戴王室，反屡发兵寇逼京师，我想恭蓄志不轨，事果得捷，尚肯为天子相王所制么？我今欲奉国威灵，助顺讨逆，汝以为可行否？"敬宣答道："朝廷近政，虽不能媲美成康，究竟没有幽厉的残暴，恭乃自恃兵威，陵蔑王室，大人与恭，亲非骨肉，义非君臣，不过共事有年，略联情好，但彼既营私负国，大人原不宜党逆叛君，今欲助顺讨逆，理应如此，何必多疑。"敬宣此言，原是正论。牢之乃与敬宣密谋，将乘间图恭。

恭参军何澹之，素与牢之不协，至是侦知机密，急入白恭。恭尚疑澹之挟嫌进谗，不肯遽信，且特置盛宴，邀请牢之，就在席间拜他为兄，所有精兵坚甲，悉归牢之统领，使率帐下督颜延为先锋，进攻建康。一误再误，且送死一个颜延。牢之谢过了宴，立即登程。行至竹里，即将颜延一刀两段，送首入石头城。并遣子敬宣，及女婿东莞太守高雅之，还军袭恭。恭方出城阅兵，拟为牢之后继，不防敬宣麾骑突至，纵横驰骤，乱杀乱剁，霎时间将恭兵驱散。恭匹马回城，城门已闭，城上立着一员大将，便是东莞太守高雅之。他已混入城中，据城拒恭。恭知不可入，忙纵马奔往曲阿。他平时本不善骑，急跑了数十里，髀肉溃裂，流血涔涔，不得已下马觅舟。适有曲阿人殷确，为恭故吏，乃用舟载恭，送往桓玄军营；行至长塘湖，偏被逻吏截住，将恭擒送建康。恭至此还有什么希望，眼见是引首就刑。唯临死时，尚自理发鬓，颜色自若，顾语刑吏道："我误信匪人，致遭此祸，但原我本心，岂真不忠？使百世以下，知有王恭，我死已值得了。"以此为忠，何人不忠？恭既受诛，所有子弟党与，当然骈戮无遗。晋廷遂命刘牢之为辅国将军，都督兖青冀幽并徐扬各州军事，代恭镇守京口。

俄而杨佺期桓玄至石头，殷仲堪至芜湖，俱上表为恭伸冤，请诛刘牢之。元显见他势盛，却也生畏，遂悄悄的驰还京师，令丹阳尹王恺等发京邑士民数万人，共往石头。佺期与玄，方在石头城下，耀武扬威，猖獗得很。忽见建康兵士，如蜂拥，如蚁攒，漫山遍野，踊跃前来。两人不禁失色，当即麾军倒退，回屯蔡州。唯仲堪尚在芜湖，拥众数万，气焰未消。晋廷不知虚实，尚以为忧。左卫将军桓修，入白道子道："西军情实，修已了如指掌了，彼纠众为逆，殷桓以下，单靠王恭，恭既破灭，西军气沮，今若以重利啗玄，并及佺期，二人必然心喜，桓玄已足制仲堪，再加一佺期，便可使倒戈取仲堪了。"道子乃令玄为江州刺史，召还雍州刺史郗恢，使为中书，即命佺期代刺雍州，并都督梁雍秦三州军事。任修为荆州刺史，权领左卫文武，即日赴镇。遣刘牢之带领千人，护修前行。黜仲堪为广州刺史，使仲堪叔父太常殷茂，赍诏敕仲堪回军。

仲堪接诏，愤怒的了不得，便一再遣使，催促桓玄佺期进军。玄等得着朝命，颇为所动，犹豫未决。仲堪防他生贰，急从芜湖南归，又着人传谕蔡州军士道："汝辈若不早散归，我至江陵，当尽诛汝等家属了。"蔡州军士，听到此言，当然恂惧。佺期部将刘系，潜率二千人先归，一军已去，余众皆动。玄与佺期，不能禁遏，也只好随众西还。众惧家属被诛，倍道还趋，行至寻阳，得与仲堪相值。仲堪已经失职，不能不倚玄等为援，玄等见仲堪众盛，一时也不便相离，虽是两下猜嫌，表面上只好联络，所以彼此叙面，各无异言，且比前日较为亲昵，你指天，我誓日，俨然有沥肝披胆的情形，甚至各出子弟，互相抵质，就在寻阳筑台，歃血为盟，仍皆不受朝命，并连名上疏，提出三大条件：一是请申理王恭；二是求诛刘牢之，及谯王尚之；三是诉仲堪无罪，不应独被降黜。明明兴兵犯阙，如何说得无罪？不过玄与佺期同罪异罚，仲堪应也呼冤。这篇奏牍呈将进去，又令道子以下，无法抗辩，莫展一筹，统是酒囊饭袋。结果是召还桓修，仍将荆州给与仲堪，还要优诏慰谕，明示和解。成何体统！御史中丞江绩，且劾桓修专为身计，贻误朝廷，于是修被褫官爵，放归田里。冤哉枉也！

仲堪等得了诏谕，虽尚未尽如愿，但名位各得保全，已足令人意快，不如得休便休，受了诏命。偏佺期又来作怪，密语仲堪，谓："将来玄必为患，索性乘早袭击，杀死了他，方免后忧。"仲堪非不忌玄，但寻阳联盟，还是仗玄声望，得吓朝廷；且佺期素有勇略，兄广及弟思平，又皆粗悍强暴，不易驾驭，若杀玄以后，必更嚣张，势益难制，所以不从佺期，且加禁止。佺期孤掌难鸣，只得罢手，辞别赴镇。仲堪亦与玄相别，各就镇所去了。

三镇暂息战云，东南忽生妖雾，遂致建康都内，又复恐慌，正是祸端日出，防不胜防，这也是典午将亡，所以有此剧变呢。先是钱塘人杜子恭，挟有秘术，为众所推，尝就人借一瓜刀，数日不还。刀主向他索取，子恭道："当即相还，但不必由我亲交呢。"刀主似信非信，不过因刀为微物，未便强索，乃辞即去。会刀主有事赴吴，舟行至嘉兴，忽有大鱼一条，跃入舟中，当下将鱼获住，剖腹待烹，腹中有刀一柄，仔细审视，就是前日借与子恭的瓜刀。刀主很是惊异，免不得传示他人，一传十，十传百，顿时哄动远近，大都称子恭为神，多往就学，负笈盈门。国家将亡，必有妖孽。当时有琅琊人孙泰，系是西晋时孙秀的后裔，世奉五斗米道，汉张陵有异术，往学者必先奉五斗米，故称五斗米道。闻子恭有异术，特南访子恭，愿为弟子。子恭即收泰为徒，便将生平秘技，一一传授。已而，子恭病死，泰为子恭高弟，就将那师家秘传，试演一二，便得愚民信仰，奉若神明。泰性狡猾，青出于蓝，往往借端敛钱，自供挥霍，甚且为人禳灾祈福，见有年轻女子，便乘机引诱，据为婢妾。愚民有何知识，但教有福可求，有灾可避，就使倾资竭产，也是甘心。至若女生外向，本要嫁给人家，何妨进奉仙师，可徼全家福利。于是泰既得财帛，又得子女，食必粱肉，衣必文绣，最快乐的是左拥娇娃，右抱丽姝，日夜演那彭祖采战的秘戏，生下六个红孩儿。左仆射王珣，闻他妖言惑众，即请诸会稽王道子，把泰流戍广州。偏广州刺史王怀之，为泰所惑，竟使为郁林太守。他复借术欺人，名驰南越。太子少傅王雅，本与泰交游，竟向孝武帝前推荐，说他养性有方，因复召还都城，使为徐州主簿，寻迁辅国将军，兼新安太守。王恭发难，泰私集徒众，得数千人，号为义兵，为国讨恭。黄门郎孔道，鄱阳太守桓放之，骠骑谘议周勰等，都替泰揶扬，声誉日盛。就是会稽世子元显，也时常诣泰，求习秘术。泰见天下起兵，以为晋祚将终，乃聚资钜亿，号召三吴子弟，意图作乱。朝士多知泰异谋，只因元显与泰相契，惮不敢发。独会稽内史谢辅，密白道子，揭发泰隐。道子乃使元显诱泰入都，泰昂然进见，不防道子厅前，伏着甲士，见泰进来，一齐突出，立将泰拿下，推出斩首，并发兵捕泰六子，尽加诛戮。只泰兄子孙恩，逃奔入海，愚民尚说泰蝉蜕成仙，纠资送往海岛中，接济孙恩。恩得聚合亡命百余人，潜谋复仇。小子有诗叹道：

人道反常妖自兴，瓜刀幻术有何凭？

渠魁虽戮余支在，东海鲸波又沸腾。

究竟孙恩能否起事，待至下回再表。

王恭初次发难，以讨王国宝兄弟为名。国宝兄弟，骄纵不法，讨之尚属有名，至罪人已诛，收军还镇，已可谓遂志矣！谚有之：“得意不宜再往。”况庾楷本国宝余党，王愉之兼镇豫州，所损唯楷，于恭无与，恭奈何偏信楷言，竟为楷所利用乎？引兵犯顺，一再不已，其卒至身首异处者，非不幸也，宜也。殷仲堪桓玄杨佺期，约恭进击，罪与恭同，幸得无恙。晋固威柄下移，而仲堪等蔑视朝廷，自相猜忌，有不致杀身不止者。无操懿之功，而思为操懿之行，未有不身诛族灭者也。孙泰妖言惑众，妄思借讨恭之名，号召徒党，乘机作乱，不旋踵而父子骈戮，同归于尽。《书》曰：“惠迪吉，从逆凶。”亶其然乎？

第八十四回　戕内史独全谢妇
杀太守复陷会稽

却说孙恩逃往海岛，还想纠众作乱，只因亡命诸徒，陆续趋附，尚不过百余人，所以未敢猝发。适会稽王道子有疾，不能视事。世子元显，竟暗讽朝廷，解去道子扬州刺史兼职，授与元显，朝廷竟允所请。及道子疾得少痊，始知此事，未免懊恼，但事成既往，无可奈何，徒落得一番空恨罢了。谁教你溺爱不明。元显既得领扬州，引庐江太守张法顺为谋主，招集亲朋，生杀任意，并发东土诸郡，凡免奴为客诸人民，尽令移置京师，充作兵士。免奴为客，是得免奴籍，侨居东土诸客户，故有是称。东土嚣然苦役，各有怨言。孙恩因民心骚动，遂得乘势号召，集众至千余人，从海岛中出发，登岸入上虞境，戕官据城，沿途劫掠，复引众进攻会稽。

会稽内史谢辅，已经去职，换了一个王凝之。凝之就是前右军羲之的次子，由江州刺史调任，素性迂僻，工书以外，没甚才能，但奉五斗米道，讲习符箓祈祷诸事。他妻便是谢道韫，乃安西将军谢奕女，素有才名，略见前文。少时已善属诗文，叔父安尝问道韫，谓《毛诗》中何句最佳？道韫答云："全诗三百篇，莫若《大雅·嵩高篇》云，吉甫作颂，穆如清风。仲山甫永怀，以慰其心。"安一再点首，谓道韫有雅人深致。又尝当冬日家宴，天适下雪，安问雪何所似？兄子谢明道："撒盐空中差可拟。"道韫微哂道："未若柳絮因风起。"安不禁大悦，极称道韫敏慧。已而适王凝之，归宁时谒见伯叔，很是怏怏。安问道："王郎乃逸少子，羲之字逸少见前。并不恶劣，汝有何事未快呢？"

道韫怅然道："一门叔父，有阿大中郎。群从兄弟，有封胡羯末，不意天壤中乃有王郎。"以凤随鸦，无怪不乐。安也为叹息不置。阿大疑即指安，中郎系指谢万。万曾为西中郎将。万长子韶，小字为封，曾任车骑司马。胡系朗小字，父据早卒，朗官至东阳太守，乃终。羯即玄小字，乃是道韫胞兄，位望最隆，详见上文。还有谢川小字，就叫作末，也是道韫从兄，青年早逝。这四人俱有才名，为谢氏一门彦秀，所以道韫提及，作为凝之的反比例。看官阅此，便可知凝之的本来面目了。

凝之弟献之，雅擅风流，为谢安所器重，辟为长史。他本来善谈玄理，有时与辩客叙议，或至词屈，道韫在内室闻知，即遣婢白献之道："欲为小郎解围。"宾客闻言，一座皆惊。少顷用青绫步障，施设屏前，即由道韫出坐帷内，再申献之前议，与客辩难，客亦词穷而去。才女遗闻，应该补叙。及凝之赴任会稽，挈家同行，才越半年，即由孙恩乱起，将逼会稽城下。凝之并不调兵，亦不设备，厅室中向设天师神位，每日焚香讽经，至是闻寇氛日逼，但在天师座下，日夕稽颡，且叩且诵，几把那道教中无上宝咒，全体念遍，又复起立东向，仗剑焚符，好象疯子一般，令人可笑。张天师以捉妖著名，恩虽为妖人余裔，奈部众统是强盗，并非妖怪，天师其如恩何？官吏入见凝之，请速发兵讨贼。凝之大言道："我已请诸道祖，借得神兵数千，分守要隘，就使有十万贼众，也无能为了。"哪知凝之虽这般痴想，神兵终未见借到，反致贼势日逼日近，距城不过数里。属吏连番告急，凝之方许出兵，兵未调集，贼已麕至，城中人民，夺门避难，凝之尚在道室叩祷，忽有隶役入报道："贼已入城了。"凝之方才惊起，急挈诸子出走，连妻谢道韫都不暇带去。才行至十里左右，已被贼众追及，仆从骇散，天尊无灵，只剩下父子数人，无从逃避，徒落强人手中，牵缚至孙恩面前，由恩责讯数语，但说他殃民误国，叱令枭首。凝之尚念念有词，不知诵什么避刀咒，无奈咒语仍然没效，但听得几声刀响，那父子数人的头颅，统已砍去了。好去见天师了。

谢道韫尚在内室，举动自如，及得凝之父子凶闻，始失声恸哭，下了数行痛泪。百忙中还有主宰，命婢仆等舁入小舆，自己挈着外孙刘涛，乘舆出走，弃去细软物件，但使各携刀械，防卫身体。甫出署门，即有数贼拦住，道韫使婢仆与斗，杀贼二人，余贼返奔，复去纠贼百余，前来抢掳。道韫见不可敌，索性下舆持刃，凭着那生平气力，也与贼奋斗起来。贼猝不及防，竟被砍倒数人，后来一拥齐上，才为所执。外孙刘涛，尚止数龄，自然一并掳去。道韫毫无惧色，但请往见孙恩。既至恩前，从容与语，说得有条有理，反令恩暗暗称奇，不敢加害；唯见了幼儿刘涛，却欲把他杀毙，道韫又抗声道："这是刘氏后人，今日事在王门，何关他族？必欲杀儿，宁先杀我！"恩也为动容，乃不杀涛，各令释缚，使她自去。

道韫自是嫠居会稽，矢志守节，律身有法。后来孙恩被逐，会稽粗安，太守刘柳闻道韫名，特往求见。道韫素知柳才，亦坦然出来，素髻素褥，自坐帷中，与柳问答。柳整冠束带，侧坐与谈。道韫风韵高迈，叙谈清雅，先述家事，慷慨流涟，徐酬问意，词理圆到。柳谈了片时，乃告退自叹道："巾帼中罕见此人，但瞻察言气，已令人心形俱服了。"强盗且不敢加害，何况刘柳？道韫亦云："亲从阔亡，始遇此士，听他问语，亦足开人心胸。"这也是惺惺惜惺惺的意思。先是同郡张玄，亦有慧妹，为顾家妇。玄每向众自夸，足敌道韫。有济尼往游二家，或问及谢张两女优劣，济尼道："王夫人神情散朗，自有林下风，顾家妇清心玉映，也不愧为闺房翘秀哩。"道韫所著诗赋诔颂，辑成卷帙，至寿终后，遗集流传，脍炙人口。但古来才女，总不免有些命薄，曹大家读若姑，见《汉书》。中年丧夫，谢道韫自伤不偶，且致守孀，难道天意忌才，果不使有美满姻缘么？感慨中寓郑重之意。话休叙烦。

且说孙恩既陷入会稽，遂高张巨帜，号召远近。吴国内史桓谦，临海太守王崇，义兴太守魏隐，皆弃郡窜去。凡会稽吴郡吴兴义兴临海永嘉东阳新安八郡，土豪蜂起，戕吏附贼。吴兴太守谢邈，永嘉太守司马逸，嘉兴公顾胤，南康公谢明慧，黄门侍郎谢冲张琨，中书郎孔道等，相继被杀。冲邈皆谢安从子，明慧又是冲子，过继南康公谢石，故得袭封。邈兄弟且至灭门，罹祸尤惨。邈先纳妾郗氏，颇加宠爱，嗣娶继室郗氏，貌美心妒，为邈所惮。妾郗氏竟致见疏，阴怀忿怼，遂作书与邈，凄词诀绝。邈知文非妾出，疑为门下士仇玄达所作，因黜玄达。玄达竟投依孙恩，引贼执邈，逼令北面下跪。邈厉声道："我未尝得罪天子，何用北面？"此时颇有丈夫气，奈何前惮一妇。说毕被害。玄达复搜邈家族，屠戮无遗。

时三吴承平日久，兵不习战，但知望风奔溃，或且降附孙恩。恩住会稽旬余，得众至数十万，遂自称征东将军，胁士人为官属，号为长生党。士民或不肯相从，立屠家属，戮及婴孩。每拘邑令，辄醢为肉酱，令他妻子取食，一不从令，即支解徇众。所过诸境，掠财物，毁庐舍，焚仓廪，无论男女，悉驱往会稽充役。妇人顾恋婴儿，未肯即行，便把她母子尽投水中，且笑祝道："贺汝先登仙堂，我当随后就汝。"想是恩自知结果，故有此谶语。百姓横遭酷虐，不可胜数。恩恐师出无名，未足动众，乃上表罪会稽王父子，请即加诛。晋廷当然不许，遂内外戒严，复加会稽王道子黄钺，进元显为领军将军，命徐州刺史谢琰，兼督吴兴义兴诸军事，征兵讨恩。青兖七州都督刘牢之，自请击贼，拜表即行。谢琰为谢安次子，颇负重望，既奉诏督军，即调集兵士，长驱直进。行至义兴，与贼党许允之，一场大战，便将允之首级取来，义兴城唾手夺还。召回前太守魏隐，仍令照前办事。再移兵进攻吴兴，又破贼邱尪，可巧刘牢之亦麾军到来，遂与他分头征剿，转斗而前，所向皆克。琰留屯乌程，遣司马高素助牢之，南临浙江。有诏命牢之都督吴郡诸军事，牢之引彭城人刘裕为参军。看官听说，这刘裕系乱世枭雄，就是将来的宋武帝。此时正当发轫，自然英武特出，比众不同。相传裕为汉楚王交二十一世孙，交尝受封彭城，后裔就在彭城居住。嗣随司马氏东迁，方移居丹徒县京口里。裕字德舆，小名寄奴，幼时贫贱，粗识文字，好骑射，善樗蒱，无计谋生，没奈何织屦为业。尝至荻州伐荻作薪，忽遇着大蛇一条，长约数丈，他急拔箭射去，适中蛇两目间，蛇负痛自去。次日复往，见有群儿捣药，便问作何用？一儿答道："我王为刘寄奴所伤，故遣我等采药，捣敷伤痕。"裕又问："汝王为谁？"儿答为山神。裕惊诧道："山神岂不能杀一寄奴？"儿又谓："寄奴王者不死。"裕听了儿言，胆气益壮，便叱退群儿，把臼中药取归，每遇伤痕，一敷即愈。自此襟期远大，有出仕意，遂往投冠军将军孙无终麾下，充入行伍，未几，即擢为司马。裕为一朝主子，故叙明履历。

牢之尝闻裕智勇过人，因即引参军事，与商计议，多出意表。牢之使裕率数十人，往探贼势。裕毅然径行，途次遇贼数千名，即挺身与斗，从人多死，裕亦逼坠岸下。贼欲下岸刺裕，裕手中执着长刀，仰斫数人，复一跃登岸，大呼杀贼，贼竟骇走。适牢之子敬宣，见裕久出不归，恐他遇险，因引兵往寻，及见裕孑身驱贼，不禁惊叹，遂助裕进击，斩获贼党千余人，然后回营。

孙恩前据会稽，闻八郡响应，喜出望外，便笑语党羽道："取天下如反掌了，我当与诸君朝服至建康。"嗣因贼党屡败，又闻牢之兵已临江，复对众叹息道："我割浙江以东，尚不失为越勾践哩。"至牢之引兵渡江，防贼相继溃归，恩扼腕道："孤不羞走，将来再出未迟。"遂驱男女二十余万口，向东急奔，沿途抛散宝物子女，赚弄官军。果然官军从后追蹑，见了珍奇的宝物，髫秀的子女，无不争取，遂至趱路迟滞，不得及恩，恩复逃入海岛中去了。高素亦连破贼党，斩恩所署吴郡太守陆瑰，吴兴太守邱尪，余姚令孙穆夫。东土人民，稍稍还复旧居。唯官军亦不免纵掠，以暴易暴，殊失民望。

朝廷虑恩复至，用谢琰为会稽太守，都督五郡军事，率领徐州文武，镇守海浦。琰以资望守越，时论总道他驾驭有方，可无后患，哪知他莅任以后，荒废职务，既不抚民，又不训兵，镇日里闲居厅舍，饮酒自遣。将佐多入请道："强贼在海，伺人形便，宜广扬仁风，宽以济猛，俾彼自新。"琰傲然道："苻坚拥兵百万，尚自送死淮南，况孙恩败奔海岛，怎能复出？如或出来，乃是天歼贼党，令他速死了。"遂不从所请。

既而孙恩果复寇浃口，入余姚，破上虞，进逼邢浦，距山阴北只三十五里。琰乃遣参军刘宣之引兵往击，得破贼众，恩又退还海中。宣之还军报琰，琰益以为贼不足虑，高枕无忧。偏孙恩探得官军已返，复领众登岸，再攻上虞。太守张虔硕驱兵出战，为恩所破，败走邢浦。恩乘胜进击，戍兵多望风骇退，于是贼势复张，人情大骇。警报纷至琰所，琰尚不以为意，将吏又请诸琰前，谓："宜严加防堵，挫遏贼锋。"琰还摇首道："彼来送死，待我一出，便可立歼了。"谈何容易。或谓："贼颇猖獗，未可轻视，最好是预遣水军，埋伏南湖，俟他到来，发伏邀击，不患不胜。"此计最妙。琰付诸一笑，总道是贼党乌合，容易破灭，不必多设机谋。

迁延了一两日，贼已大至，琰尚未朝食，闻报即出，招集将士，便命击贼。帐下督张猛，请食毕后行。琰瞋目道："幺麽小丑，一鼓可平，我当先灭此寇，再来会食未迟。"猛又道："众皆枵腹，如何从戎？"琰不待说毕，便厉声喝道："汝敢违我军令么？左右快与我拿下，斩讫报来！"他将见琰动怒，乃环跪帐前，为猛乞免。琰尚执着"死罪可免，活罪难饶"二语，令把猛笞杖数十，然后发放。一面出厅上马，命广武将军桓宝为先锋，匆匆出战。行至江塘，与贼相遇，宝颇有胆力，前驱陷阵，杀贼甚多。琰见先锋得胜，麾兵急进，怎奈塘路迫狭，不能四面直上，只好鱼贯而前。琰尚恨迟慢，从后催趱，不防江外有贼舰驱至，舰中贼弯弓迭射，竞向官军射来。官军无法避免，多被射倒，贼复从舰中登岸，上塘冲击，把官军截做两段，官军前后不能相顾，前面的贼党，顿时起劲，围住桓宝。宝虽称骁悍，究竟不能久持，手下所领的兵士，又是饥敝得很，无力再战，宝自知必死，索性下马格斗，杀贼数十人，刀缺力竭，自刎而亡。余众尽做了刀下鬼兵。

那谢琰领着后队，不得前进，自然倒退，到了千秋亭，贼众不肯相舍，还是恶狠狠的赶来。琰正在着忙，忽背后有一骑驰至，用刀斫琰马尾，马负痛倒地，琰亦坠下，顶上又着了一刀，便即归阴。究竟是为何人所杀？原来就是帐下督张猛。猛既杀琰泄恨，逼官军降贼，官军或逃或降，贼得与猛同入会稽。一不做，二不休，可恨逆猛忍心，还要屠琰家眷。琰有二子肇峻，俱为所害，只有少子混曾尚晋陵公主，孝武帝女。就职都中，幸得免难。后来刘裕破贼左里，活擒张猛，押送与混。混刳出猛肝，生食泄忿。有诏谓："琰父子陨于君亲，忠孝萃于一门，应并加旌典。"乃追赠琰为侍中司空，予谥忠肃。琰子肇得赠散骑常侍，峻得赠散骑侍郎。小子有诗叹道：

谢家琪草本多栽，况复东山受训来。
谁料骄兵遭败劫，捐躯徒使后人哀！

孙恩再入会稽，转寇临海，晋廷当然遣将抵御，欲知后事，请看官续阅下回。

孙恩能杀王凝之，而不能杀谢道韫，非有幸有不幸也。凝之迷信道教，不知战守，其死也固宜；道韫以一妇人，能从容抗贼，不为所屈，恩虽剧盗，亦诧为未有，纵之使去。林下高风，令人倾倒，是固《列女传》中独占一席者也。造物忌才而故阨之，又若怜才而特佑之，道韫有知，其亦可无遗恨欤？谢琰为安次子，资望并崇，当其奉诏讨贼，累战皆克，亦非真庸劣无能者比。厥后镇守会稽，乃不听将佐之谋，仓猝战败，致为忿将所戕，斯皆由骄之一字误之耳。曹操苻坚，拥兵百万，犹以骄盈复众，况谢琰乎！

第八十五回　失荆州参军殉主
弃苑川乾归逃生

却说晋廷闻谢琰战殁，亟遣将军孙无终、桓不才、高雅之等，分讨孙恩。恩转寇临海，为雅之所击，退走余姚。雅之进兵再战，竟至败绩，退保山阴，部众十死七八，诏令刘牢之都督会稽五郡，率众击恩。恩颇惮牢之兵威，复走入海。牢之乃东屯上虞，使刘裕戍勾章，吴国内史袁崧，筑垒沪渎，作为后备，才得少安。唯荆州刺史殷仲堪，前次虽不听佺期，未袭桓玄，但心中也恐玄跋扈，足为己患，所以与佺期仍相联络，互结姻缘。玄也颇闻佺期密谋，先事豫防，督兵屯戍夏口，用始安太守卞范之为长史，充作谋主；且引庾楷为武昌太守。楷尝挟嫌寻衅，见嫉朝廷，故仲堪等免罪，楷独不得遇赦。玄引罪人为心腹，已隐与朝廷反抗，偏又上告执政，谓："殷杨必再滋事，请先给特权，以便控制"云云。会稽王道子等，亦欲三人自相构隙，使他乖离，乃加玄都督荆州四郡军事。又以玄兄桓伟，代佺期兄广为南蛮校尉，佺期原是不平，广更忿恨的了不得，定要兴兵拒伟。唯佺期尚未敢遽发，禁广暴动，且出广为宜都建平二郡太守。会后秦主姚兴，寇晋洛阳，擒去河南太守辛恭靖，河洛一带，相继陷没。佺期想出一条声西击东的计策，部署兵马，阳言援洛，暗中实欲袭玄；自思兵力未足，仍遣使商诸仲堪。何苦寻衅？仲堪又恐佺期得势，也非己利，因复书苦劝，并遣从弟遹屯北境，防遏佺期。佺期不能独举，且未测仲堪命意，因此敛兵不动。仲堪多疑少决，谘议参军罗企生，密语弟遵生道："殷公优柔寡断，终必及祸，我既蒙知遇，义不可去，将来必与彼同死了。”遵生也为太息。但见兄已决死，不好劝他引退，只好听天由命罢了。前时胡藩曾劝罗早去，罗终未决，虽士为知己者死，但仲堪非忠义臣，何必与同死生。是时，荆州水溢，洪流遍地，仲堪偏发仓廪，赈济饥民。桓玄欲乘他空虚，先攻仲堪，继及佺期，表面上也以救洛为名，筹备军事，先遣人致书仲堪道：

佺期受国恩而弃山陵，宜共罪之。今当入沔，讨除佺期，已屯兵江口，若公与同心，可速收杨广杀之。如其不尔，便当率兵入江，公其毋悔！

仲堪得书，不答一词。玄遂遣兵袭入巴陵，夺取积谷，作为军粮。适梁州刺史郭铨，奉命赴官，道经夏口，玄把铨留住，诈称朝廷遣铨助己，使为前锋，拨给江夏部曲，督同诸军并进，且密报兄伟，使为内应。伟毫不预备，急切不知所为。仲堪亦稍有所闻，便迫伟入见，诘问桓玄消息。伟恐为所杀，只好和盘说出，谓与自己无干。仲堪将伟拘住，使与玄书，说得情词迫切，吁乞退军。玄览书微笑道：“仲堪为人，素少决断，必不敢加害我兄，我可无忧，尽管准备进兵便了。”遂使部将郭铨苻宏，掩至江口，与殷遹军相值。遹仓猝接战，败还江陵。仲堪再遣杨广，及从子道护等往拒，又为玄军所败，江陵震骇；且因城中乏食，用胡麻代粮，权时充饥，偏桓玄乘胜进逼，前锋距江陵城，仅二十里，仲堪大惧，急召杨佺期过援。佺期道：“江陵无粮，如何待敌？可请来相就，共守襄阳。”仲堪得报，不欲弃州他往，乃复遣人绐佺期道：“现已收储粮米，不虞无食了。”此事岂可骗得？佺期信以为真，即率步骑八千，直趋江陵，仲堪无粮可给，但使人挑出数担胡麻饭，饷佺期军。莫非使他尽去登仙。佺期始知被绐，勃然大怒道：“这遭又败没了！”遂不暇入见仲堪，忙与兄广一同击玄。玄闻佺期挟锐前来，暂避凶锋，退屯马头，但令郭铨留戍江口。佺期杀将过去，铨兵少势孤，怎能抵敌？险些儿被他擒住，幸亏逃走得快，才保性命。佺期等既得胜仗，休息一宵，锐气已减，谁知桓玄领着大兵，突然杀到，闯入佺期营内。佺期兵立时哗散，单剩佺期兄弟二人，如何退敌？没奈何拼命逃生，奔往襄阳。途次被玄将冯该，引兵追到，佺期及广，无处可奔，束手受死。冯该怎肯容情，便将他兄弟缚去献玄。玄立命枭斩，传首建康。佺期弟思平，与从弟尚保孜敬，逃入蛮中。

仲堪闻佺期败走，即出奔酂城，旋接佺期死耗，又率数百人西奔。将赴长安，行至冠军城，为玄军追及，数百人逃避一空，只有从子道护随着，四顾无路，两叔侄被捉去一双，还至柞城，逼令仲堪自杀。道护抚尸恸哭，也为所害。仲堪尝信奉释道，不吝财贿，唯专务小惠，未识大体；及桓玄来攻，尚求仙祷佛，毫无战守方略，终致败死。后由仲堪子简之，觅得遗骸，移葬丹徒，庐居墓侧，有复仇志，事且慢表。先是仲堪出走时，文武官属，无一人送行，独罗企生随与同往。路经家门，适弟遵生待着，便语企生道："今日作这般分离，何可不握手言别？"企生乃停辔授手，遵生素有膂力，竟将企生牵腕下马，且与语道："家有老母，去将何往？"企生挥泪道："我决与殷公同死，不宜失信，但教汝等奉养老母，不失子道，便是罗氏一门忠孝两全，我死亦无遗恨了。"遵生仍然牵住，不令脱身。仲堪回头遥望，见企生被弟掖住，料无脱理，因即策马自去，故企生尚得不死。及桓玄已杀仲堪，唾手得了荆州，自然急诣江陵。江陵人士，统去迎谒，唯企生不往，专为仲堪办理家事。有友人驰语企生道："君为何不识时务？恐大祸就在目前了。"企生道："殷公以国士待我，我何忍相负？前为我弟所制，不得随行，共除丑逆，今有何面目去见桓玄，屈志求生呢？"这数语为玄所闻，当然忿恨，但颇怜惜企生材具，乃使人传语道："企生若肯来谢我，必不加罪。"企生慨然道："我为殷荆州属吏，殷荆州已死，我还去谢何人？"玄因企生不屈，遂将他收系狱中，复遣人问企生，尚有何言？企生道："前文帝尝杀嵇康，康子绍仍为晋忠臣，今我不求生，只乞活一弟，终养老母。"玄乃引企生至前，自与语道："我待汝素厚，何故见负？难道真不怕死么？"企生道："使君兴音阳甲，出次寻阳，与殷荆州并奉王命，各还本镇，当时升坛盟誓，言犹在耳。今口血未干，乃遽生奸计，食言害友。企生自恨庸劣，不能翦灭凶逆，死已嫌迟，还怕什么！"玄被他诘责，益觉恼羞成怒，因令左右将企生斩讫，总算释免遵生，不使连坐。企生母胡氏，尝由玄赠一羔裘，及企生遇害，胡母即日焚裘。玄虽然闻知，也置诸不理，企生尝列《晋书·忠义传》中，非不足以风世，但企生出处，亦欠斟酌。唯上表归罪殷杨，自求兼领荆州。晋廷但务羁縻，并不责玄专杀，只调玄都督荆司雍秦梁益宁七州军事，领荆州刺史，另起前将军桓修为江州刺史。玄得了荆州，失去江州，心仍不甘，再上疏固求江州。于是加督八州，兼领江荆二州刺史。玄兄伟未曾被害，由玄擅授为雍州刺史，且令从子振为淮南太守。朝廷不敢违忤，遂致玄肆无忌惮，越要恃势横行了。为下文谋逆伏案。

是时，河北诸国，后秦最强。秦主姚兴，礼耆硕，登贤俊，讲求农政，整饬军容，尝遣弟姚崇寇晋洛阳。晋河南太守辛恭靖，固守百余日，援绝粮尽，城乃被陷。恭靖被执至长安，得见姚兴。兴与语道："卿若肯降我，我将委卿以东南重任，可好么？"恭靖厉色道："我宁为国家鬼，不愿为羌贼臣。"再叙辛恭靖事，无非称美忠臣。兴虽不免动怒，将他幽锢别室，但也未尝加刑。后来恭靖逾垣逃归，兴也不欲追赶，由他自返江东。唯自洛阳陷没，淮汉以北诸城，多半降秦，姚兴并不矜夸；且因日月薄蚀，灾眚屡见，自削帝号，降称秦王。凡群公卿士，将帅牧守，俱令降级一等，存问孤寡，简省法令，清察狱讼，严定赏罚，远近肃然，推为美政。

西秦主乞伏乾归，自杀退凉主吕光后，与南凉主秃发乌孤和亲，互结声援；又讨服吐谷浑，攻克支阳鹯武允吾三城，威焰日盛。接应七十九回。只因所居西城南景门，无故忽崩，虑及不祥，乃复自西城迁都苑川。后秦主姚兴，恐乾归逼处西陲，势大难制，乃拟先发制人，特遣征西大将军陇西公姚硕德，统兵五万攻西秦，趋南安峡。乾归出次陇西，督率将士，抵御硕德。俄闻兴潜军将至，因召语诸将道："我自建国以来，屡摧劲敌，乘机拓土，算无遗策，今姚兴倾众前来，兵势甚盛，山川阻狭，未便纵骑与敌，计唯诱入平川，待他懈怠，然后纵击，国家存亡，在此一举，愿卿等努力杀贼，毋少退缩。若能枭灭姚兴，关中地便为我有了。"于是遣卫军慕容允，率中军二万屯柏阳。镇军将军罗敦，率外军四万屯侯辰谷。乾归自引轻骑数千，前候秦军。

会大风骤起，阴雾四霾，军士无故自骇，东奔西散，致与中军相失。姚兴却驱军追来，乾归忙驰入外军。诘旦，天雾少晴，开营出战，敌不过秦军锐气，前队多半伤亡，后队便即奔溃。乾归见势不佳，弃军急走，逃归苑川，余众三万六千，尽降姚兴。兴遂进军枹罕，乾归不能再战，复自苑川奔金城，泣语诸豪帅道："我本庸才，谬膺诸军推戴，叨窃名号，已逾一纪。今败溃至此，不能拒寇，只好西趋允吾，暂避寇焰，但欲举众前往，势难速行，倘被寇众追及，必致俱亡。卿等且留居此城，万一不能保全，尽可降秦，免屠家族，此后可不必念我了。"何前倨而后恭？诸豪帅齐答道："从前古公杖策，豳人归怀，玄德南奔，荆楚襁负，临歧泣别，古人所悲，况臣等义深父子，怎忍相离？情愿随着陛下，誓同生死！”乾归道：“从古无不亡的国家，如果天未亡我，再得兴复，卿等复可来归，何必今朝俱死呢？况我将向人寄食，亦不便携带多人。”诸豪帅见乾归志决，乃送别乾归，恸哭而返。乾归遂率着家属，数百骑西走允吾，一面遣人至南凉，奉书乞降。

南凉主秃发乌孤，因酒醉坠马，伤胁亡身，僭位仅及三年。遗命宜立长君，乃立弟凉州牧利鹿孤为嗣主，改元建和，追谥乌孤为武王。才阅半年，即得乾归降书，乃令弟广武公傉檀，往迎乾归，使居晋兴，待若上宾。镇北将军秃发俱延，入白利鹿孤道：“乾归本我属国，妄自尊大，今势穷来归，实非本心，他若东奔姚氏，必且引兵西侵，为我国患，故不如徙置西陲，使他不得东往，才可无忧。”利鹿孤道：“我方以信义待人，奈何疑及降王，徙置穷边？卿且勿言！”俱延乃退，已而乾归得南羌梁弋等书，谓：“秦兵已撤回长安，请乾归还收故土。”乾归即欲东行，偏为晋兴太守阴畅所闻，驰白利鹿孤。利鹿孤遣弟吐雷，率骑三千，屯扪天岭，监察乾归。乾归恐为利鹿孤所杀，因嘱子炽磐道：“我因利鹿孤谊兼姻好，情急相投，今乃忘义背亲，谋我父子，我若再留，必为所害。今姚兴方盛，我将往附，若尽室俱行，必被追获，现唯有送汝兄弟为质，使彼不疑，我得至长安，料彼也不敢害汝呢。”炽磐当然从命。乾归即送炽磐兄弟至西平，作为质信。果然利鹿孤不复加防，乾归得潜身东去。去了二日，利鹿孤始得闻知，急遣俱延往追，已是不及。

那乾归径诣长安，往降姚兴。兴喜得乾归，即命他都督河南军事，领河州刺史，封归义侯。寻复迁还苑川，使收原有部众，仍然留镇。乞伏炽磐质押西平，常思乘间窃逃，奔依乃父。一日已得脱行，偏被利鹿孤探知，遣骑追还。利鹿孤欲杀炽磐，还是广武公傉檀，替他解免，说是：“为子从父，乃是常情，不足深责，宜加恩宽宥，表示大度。”利鹿孤乃赦免炽磐，不复加诛。炽磐心终未死，过了年余，竟得逃还苑川。乾归大喜，使他入朝姚兴。兴命为振忠将军，领兴晋太守。炽磐父子，总算共事姚氏，暂作秦臣。虎兕终难免出柙。

唯南凉秃发氏，与后凉吕氏，常有战争，小子宜就此补叙，表明后凉衰乱情形。吕光晚年，政刑无度，土宇分崩，除北凉段业，另行建国，已见前文外，见七十九回。尚有散骑常侍太史令郭黁，读若贲。连结西平司马杨统，叛光为乱，借兵南凉，于是两凉构兵，差不多有一年余。黁颇识天文，素善占候，为凉人所信重。会荧惑星守东井，麔语仆射王详道：“凉地将有大兵，主上老病，太子暗弱，太原公指吕光庶长子纂。又甚凶悍，我等为彼所忌，倘或乱起，必为所诛。现田胡王乞基两部最强，东西二苑卫兵，素服二人，我欲与公共举大事，推乞基为主帅，俟得据都城，再作计较。”详颇以为然，与麔约期起事。不料事尚未发，谋已先泄，王详在内，首被捕诛。麔即据东苑，集众作乱。凉主吕光，急召太原公纂讨麔，纂司马杨统，为麔所诱，密告从兄桓道：“郭麔举事，必不虚发，我欲杀纂应麔，推兄为主，西袭吕弘，据住张掖，号令诸郡，这却是千载一时的机会哩。”桓勃然道：“臣子事君，有死无贰，怎得称兵从乱？吕氏若亡，我为弘演，尚是甘心哩。”弘演系春秋时卫人，见《列国志》。统见兄不从，恐为所讦，遂潜身奔麔。太原公纂，初击麔众，为麔所破。嗣由西安太守石元良来援，方得杀败麔兵。麔先入东苑，拘住光孙八人，及兵败生愤，把光孙一并杀死，肢分节解，饮血盟众。众皆掩目，惨不忍睹。识天文者果如是耶？

适凉人张捷宋生等，纠众三千，起据休屠城，与麔勾通，共推凉后军杨轨为盟主。轨遂自称大将军凉州牧西平公，令司马郭伟为西平相，率步骑二万人，往助郭麔。麔已打了好几个败仗，遣人至南凉乞援。南凉利鹿孤傉檀，先后发兵赴救，两路兵共逼姑臧，凉州大震，亏得吕纂已驱麔出城，严兵把守。麔兵十死五六，余众因麔性残忍，尽已离心。麔不禁气夺。至杨轨进营城北，欲与纂决一雌雄，反被麔从旁阻住，屡引天道星象，作为证据，只说是不宜急动，急动必败。此时想又换过一天，故前后言行不符。看官试想！行兵全仗一股锐气，若久顿城下，不战自疲；还有南凉兵远道前来，携粮不多，利在速战，但因杨轨等未尝动手，也只好作壁上观，不但兵粮日少一日，军心也日懈一日，相持至数阅月，已有归志。会凉常山公吕弘，为北凉沮渠男成所攻，拟自张掖还趋姑臧。凉主吕光，令吕纂发兵往迎，杨轨闻报，语将士道，“吕弘有精兵万人，若得入姑臧，势且益强，凉州万不可取了。”乃与南凉兵邀击纂军。纂正防此着，驱军大杀一阵，南凉兵先退，轨亦败退，于是纷纷溃散。郭麔先东奔魏安，轨与王乞基等南走廉川。南凉兵当然归国，姑臧解严，纂与宏安然入都。唯吕光受了一番虚惊，老病益甚，要从此归天了。小子有诗叹道：

重瞳肉印并奇闻，谁料耄昏治日棼。
十载光阴徒一瞥，五胡毕竟少贤君。

欲知吕光临死情形，且至下回说明。

殷仲堪与杨佺期，皆非桓玄敌手，仲堪之失在畏玄，佺期之失在忌玄。畏玄者终为所制，忌玄者不能制玄，终必失败，其结果同归一死而已。罗企生不从胡藩之言，甘心殉主，徒死无益，殊不足取。唯当世道陵夷之日，犹得一视死如归之烈士，不可谓非名教中人，《晋书》之列入《忠义传》，良有以也。乞伏乾归，承兄遗业，斩杨定，杀吕延，拓地西陲，几若一鲜卑霸王，然姚兴兵至，一败即奔，又何其怯也？姚兴能屈服乾归，而吕光反为所屈，此后凉之所以一蹶不振也夫。

第八十六回　受逆报吕纂被戕　据偏隅李皓独立

却说后凉主吕光，老病已剧，自知不起，乃立太子绍为天王，自称太上皇，命庶长子纂为太尉，纂弟弘为司徒，且力疾嘱绍道："我之病势日增，恐将不济，三寇窥窬，指南凉北凉西秦。迭伺我隙，我死以后，汝宜使纂统六军，掌朝政。委重二兄，尚可保国，倘自相猜贰，起衅萧墙，恐国祚从此殄灭了。"说毕，又召纂弘入嘱道："永业绍字永业。非拨乱才，但因正嫡有常，使为元首，今外有强寇，人心未宁，汝兄弟能互相辑睦，自可久安，否则内自相图，祸不旋踵，我死亦难瞑目呢。"乘乱窃国，怎得久存。纂与弘受命而退。未几光死，享年六十三，在位十年。已算久长。绍恐有内变，秘不发丧。已忘父训。纂已闻知，排闼入哭，尽哀乃出。绍所忌唯纂，恐为所害，乃呼纂与语道："兄功高年长，宜承大统，我愿举国让兄。"纂答道："臣虽年长，但陛下系国家冢嫡，不能专顾私爱，致乱大伦。"绍尚欲让纂，纂终不从，绍乃嗣位，为父发丧，追谥光为懿武皇帝，庙号太祖。

光有从子二人，长名隆，次名超，皆为军将。此次送葬已毕，超即乘间白绍道："纂连年统兵，威震内外，临丧不哀，步高视远，看他举止，必成大变，宜设法早除，方安社稷。"绍摇首道："先帝顾命，音犹在耳，况我年尚少，骤当大任，方赖二兄安定家国，怎得相图？就使彼若图我，我亦视死如归，终不忍自戕骨肉，愿卿勿言！"超又道："纂威名素盛，安忍无亲，今不早图，后必噬脐。"劝人杀兄，难道非安忍无亲么？绍半晌答道："我每念袁尚兄弟，未尝不痛心忘食，宁可待死，不愿相戕。”恐非由衷之言。超叹息道：“圣人尝言，知几其神，陛下临几不断，臣恐大事去了。”既而绍在湛露堂，适纂进来白事。超持刀侍侧，屡次顾绍，用目示意，欲绍下令收纂。绍终不为动，纂得从容退去。

弘前得光宠，望为世子，及绍得嗣立，弘常怀不平，至是遣尚书姜纪，私下语纂道：“先帝登遐，主上暗弱，兄尝总摄内外，威震远迩，弟欲追踪霍子孟，即汉霍光。废暗立明，即推兄为中宗，兄以为如何？”又是一个乱首。纂尚觉踌躇，再经姜纪怂恿数语，动以利害，不由纂不从弘议，遂夜率壮士数百人，潜逾北城，攻广夏门。弘亦率东苑卫士，斫洪范门，与纂相应。左卫将军齐从，方守融明观，闻禁门外有哗噪声，即孑身出视，问为何人？纂手下兵士齐声道：“太原公有事入宫。”从抗声道：“国有大故，主上新立，太原公行不由道，夜入禁门，莫非谋乱不成？”说着，即抽剑直前，向纂斫去。纂连忙闪过，额已被伤，左右争来救纂，与从对敌。从双手不敌四拳，终为所擒。纂称为义士，宥从勿杀。绍在宫中闻变，乃遣武贲中郎将吕开，率禁兵出战端门。吕超亦引众助战，偏兵士都惮纂声威，相率溃散。纂得入青光门，升谦光殿，绍知不可为，趋登紫阁，自刎而亡，超独出奔广武去了。

弘入殿见纂，纂见弘部众强盛，也不得不佯为推让，劝弘即位。弘微笑道：“绍为季弟，入嗣大统，所以人心未顺，因有此变。我违先帝遗训，愧负黄泉，若复越兄僭号，有何面目偷息人间？大兄年长才高，威名远振，宜速就大位，安定人心。”纂遂僭称天王，改元咸宁，谥绍为隐王，命弘为侍中大都督大司马车骑大将军，录尚书事，封番禾郡公。此外封拜百官，不胜具述。唯前左卫将军齐从，仍令复职。纂引从入见，且与语道：“卿前次砍我，未免太甚。”从泣答道：“隐王为先帝所立，臣当时唯知有隐王，尚恐陛下不死，怎得说是太甚呢？”纂仍嘉从忠，优礼相待，且遣人慰谕吕超，说他迹不足取，心实可原。超乃上疏陈谢，得复原官。

唯弘因功名太盛，恐不为纂所容，时有戒心，纂亦不免加忌。两下里猜嫌已久，弘竟从东苑起兵，围攻禁门。纂遣部将焦辨，率众出击，弘战败出奔，逃往广武。纂纵兵大掠，所有东苑将士的妇女，悉充军赏。弘妻女不及出走，也被纂兵掠去，任意淫污。纂自鸣得意，笑语群臣道：“今日战事，卿等以为何如？”侍中房晷应声道：“天祸凉室，衅起萧墙，先帝甫崩，隐王幽逼，山陵甫讫，大司马惊疑肆逆，京邑交兵，骨肉相戕，虽由弘自取夷灭，究竟陛下亦未善调和。今宜省己责躬，慨谢百姓，乃反纵兵大掠，污辱士女，衅止一弘，百姓何罪？况弘妻为陛下弟妇，弘女为陛下侄女，奈何使无赖小人，横加凌侮？天地鬼神，岂忍见此？”说直可风。说罢，唏嘘泣下。纂亦不禁改容，乃禁止骚扰，召还弘妻及男女至东宫，妥为抚养。已被人污辱得够了。寻由征东将军吕方，执弘系狱，飞使告纂。纂使力士康龙，驰往杀弘。康龙将弘拉死，还归复命。身为戎首，宜其先亡。纂妻杨氏，为弘农人杨桓女，美艳绝伦，纂即立为皇后，授后父桓为散骑常侍，尚书左仆射，封金城侯。且因内乱已平，侈图远略，遂拟兴兵往攻南凉。中书令杨颖进谏道：“秃发利鹿孤，上下用命，国未有衅，不宜遽伐。今且缮备兵马，劝课农桑，待至有机可乘，然后往伐，乃可一举荡平。今日国家多事，公私两困，若非先固根本，内患恐将复起，愿陛下计出万全，毋轻用兵。”纂不肯从，竟引兵渡浩亹河，侵入南凉境内，果为利鹿孤弟傉檀所败。纂尚未肯罢休，复移兵西袭张掖。尚书姜纪又谏道：“今当盛夏，农事方殷，若废农用兵，利少害多，且逾岭攻虏，虏亦必乘虚来袭都下，不可不防，还请回军为是。”纂尚不以为然，侈然说道：“利鹿孤有什么大志，若闻朕军大至，自守尚且不暇，还敢来攻我都么？”已经一败，还要自夸。遂进围张掖。偏傉檀不即赴援，竟引兵入逼姑臧，当由姑臧守将，飞报纂军。纂慌忙驰还，傉檀乃收兵退去。

先是纂弑绍据国，姑臧城内，有母猪生一小猪，一身三头；又有黑龙出东箱井中，蟠卧殿前，良久方去。纂目为祥瑞，改殿名为龙翔殿。俄而黑龙又升悬九宫门，纂复改名九宫门为龙兴门。大约是条黑蛇，纂强名为黑龙。时西僧鸠摩罗什，尚在姑臧，因吕光父子，不甚听从，所以闲居寺中，无所表白，至是闻纂用兵不已，才入殿告纂道：“前时潜龙屡出，豕且为妖，恐有下人谋上的隐祸，宜亟增修德政，上挽天心。”纂虽当面应诺，下令罢兵；但性好游畋，又耽酒色，越是酣醉，越是喜游。杨颖一再谏阻，终不少改；再经殿中侍御史王回，中书侍郎王儒，叩马极谏，仍然不从。好容易过了一年，吕超调任番禾太守，擅发兵击鲜卑思盘。思盘遣弟乞珍，至姑臧诉纂谓超无故加兵。纂乃征超与思盘，一同入朝。超至姑臧，当然惧罪，先密结殿中监杜尚，求为内援，然后进见。纂怒目视超道：“汝仗着兄弟威势，敢来欺我，我必须诛汝，然后天下可定。”超叩首求免，纂乃将超叱退。欲斩即斩，何必虚张声势，况超固有可诛之罪耶！

超趋出殿门，心下尚跳个不住，乃急往兄第。兄隆为北部护军，此时正返姑臧，便与超密商多时，决定异谋，伺机待发。也是纂命已该绝，不能久待，越日即引入思盘，与群臣会宴内殿，又召隆超两人，一同预席，意欲为超与思盘，双方和解。当下和颜与语，谈饮甚欢。超佯向思盘谢过，思盘亦不敢多求，宴至日旰，大家都已尽兴，谢宴辞出，思盘亦随着退去。唯隆超两人，怀着异图，尚留住劝酒，纂是个酒中饿鬼，越醉越是贪饮，到了神志昏迷，才乘车入内。隆与超托词保护，跟入内庭，车至琨华堂东阁，不得前进。纂亲将窦川骆腾，置剑倚壁，帮同推车，方得过阁。超顺便取剑，上前击纂，因为车轼所隔，急切不得刺着。偏纂恃着勇力，一跃下车，徒手与搏，怎奈醉后晕眩，一阵眼花，被超刺入胸间，鲜血直喷，急返身奔入宣德堂。川腾与超格斗，超持剑乱斫，劈死二人。纂后杨氏，闻变趋出，忙命禁兵讨超，哪知殿中监杜尚，不奉后命，反引兵助超，导入宣德堂，把纂杀死，且枭首徇众道："纂背先帝遗命，杀害太子，荒耽酒猎，昵近小人，侵害忠良。番禾太守超，属在懿亲，不敢坐视，所以入除僭逆，上安宗庙，下为太子复仇。凡我臣庶，同兹休庆。"这令一下，众皆默然，不敢反抗。

唯巴西公吕他，陇西公吕纬，居守北城，拟约同讨贼。他妻梁氏，阻他不赴，纬又为超所诱，佯与结盟，伪言将奉纬为主。纬欣然入城，立被拿下，结果性命。超径入宫中，搜取珍宝。纂后杨氏，厉声责超道："尔兄弟不能和睦，乃致手刃相屠，我系旦夕死人，尚要金宝何用？现皆留储库中，一无所取，但不知尔兄弟能久享否？"倒是个巾帼须眉。超不禁怀惭；又见她华色未衰，起了歹心，因暂退出。少顷，又着人索交玉玺。杨氏谓已毁去，不肯交付，自与侍婢十余人，收殓纂尸，移殡城西。超召后父杨桓入语道："后若自杀，祸及卿宗。"桓唯唯而退，出语杨后。杨氏知超不怀好意，便毅然语桓道："大人本卖女与氏，冀图富贵，一次已甚，岂可至再么？"遂向殡宫前大哭一场，扼吭自尽。烈妇可敬。

还有吕绍妻张氏，前因绍被弑，出宫为尼，姿色与杨氏相伯仲，并且年才二八，正是娇艳及时，前为吕隆所见，久已垂涎，此次已经得志，即自造寺中，逼她为妾。张氏登楼与语道："我已受佛戒，誓不受辱。"隆怎肯罢手，竟上楼胁迫，强欲行淫。张氏即从窗外跳出，跌得头青额肿，手足俱断，尚宛转诵了几声佛号，瞑然而逝。足与杨氏并传不朽。

隆扫兴乃返，超遂请隆嗣位。隆有难色，超忙说道："今譬如乘龙上天，怎好中途坠下呢？"隆遂僭即天王位，拟改年号。超在番禾时，曾得小鼎一枚，遂以为神瑞，劝隆改元神鼎。隆当然依议，追尊父宝吕光之弟。为皇帝，母卫氏为皇太后，妻杨氏为皇后，命弟超为辅国大将军，都督中外诸军事，封安定公。一面为纂发丧，追谥为灵皇帝，与杨后合墓同葬，总计纂在位不过年余，唯自晋安帝隆安三年冬季僭号，至五年仲春被弑，先后总算三年。纂平时与鸠摩罗什弈棋，得杀罗什棋子，辄戏言斫胡奴头。罗什从容答道："不斫胡奴头，胡奴斫人头。"纂听了不以为意，谁料吕超小字胡奴，竟将纂斫死，后人才知罗什所言，寓着暗谜。真是玄语精深，未易推测呢。话分两头。

且说北凉主段业，虽得乘时建国，却是庸弱无才，威不及远，当时出了一个敦煌太守李皓，起初是臣事北凉，后来也居然自主，另建年号，变成一个独立国，史家叫做西凉。不过他本是汉族华裔，与五胡种类不同。十六国中有三汉族，前凉居首，西凉次之，其三为北燕见下文。相传皓为汉李广十六世孙，系陇西成纪人。高祖雍，曾祖柔，皆仕晋为郡守。祖弇仕前凉为武卫将军，受封安世亭侯。父旭少有令名，早年逝世，遗腹主皓。皓字玄盛，幼年好学，长习武略，尝与后凉太史令郭黁，及同母弟宋繇同宿。想是母已改嫁宋氏。黁起谓繇道："君当位极人臣，李君且将得国，有騧马生白额驹，便是时运到来了。"黁明于料人，暗于料己。已而段业自称凉州牧，调敦煌太守孟敏为沙州刺史。敏署皓为效谷令，宋繇独入任中散常侍。及孟敏病殁，敦煌护军郭谦，沙州治中索仙等，因皓温惠服人，推为敦煌太守。皓尚不肯受，适宋繇自张掖告归，即语皓道："段王本无远略，终必无成，兄尚记郭黁遗言么？白额驹今已生了。"皓乃依议，遣使向业请命。业竟授皓为敦煌太守，兼右卫将军。至业僭称凉王，右卫将军索嗣，向业谮皓道："李皓难恃，不可使居敦煌。"业乃遣嗣为敦煌太守，令骑兵五百人从行。将到敦煌，移文至皓，使他出迎。皓颇欲迎嗣，宋繇及效谷令张邈，同声劝阻道："段王暗弱，正是豪杰有为的机会，将军已据有成业，奈何拱手让人？"皓问道："若不迎嗣，当用何策？"宋繇遂与皓密谈数语，皓点首许可，乃即遣繇往见索嗣。繇与嗣晤谈，满口献谀，说得嗣手舞足蹈，得意扬扬。繇辞归语皓道："嗣志骄兵弱，容易成擒，请即发兵击嗣便了。"皓遂使二子歆让，及宋繇张邈等引兵出击，出嗣不意，杀将过去。嗣不知所措，急忙拍马返奔，逃回张掖，五百人死了一大半，歆让等得胜回军。皓与嗣本来友善，此次反被谗间，当然痛恨，遂上书段业，请即诛嗣。业迟疑未决，适辅国将军沮渠男成，亦与嗣有嫌，从旁下石借端复仇，于是业竟杀嗣；且遣使谢皓，进蕾都督凉兴巴西诸军事，领镇西将军。即此可知业之庸弱。

时有赤气绕皓后园，龙迹出现小城，众以为瑞应在皓，交相传闻。疑是皓捏造出来。晋昌太守唐瑶，首先佐命，移檄六郡，推皓为大都督大将军凉公，领秦凉二州牧。皓既得推戴，便颁令大赦。是年，岁次庚子，系晋安帝隆安四年。即以庚子纪元。追尊祖弇为凉景公，父旭为凉简公，命唐瑶为征东将军，郭谦为军谘祭酒，索仙为左长史，张邈为右长史，尹建兴为左司马，张体顺为右司马，宋繇为从事中郎，兼折冲将军。即遣繇东略凉兴，并拔玉门以西诸城，屯田积谷，保境图强，是为西凉。北凉主段业，闻皓独立，也欲发兵出讨，无如庸柔不振，力未从心，再加沮渠蒙逊等从中作梗，连自己位且不保，怎能顾及敦煌，所以李皓背业自主，安稳连年，那段业非但不能往讨，甚至大好头颅，也被人取去。看官欲问业为何人所杀？便是那尚书左丞沮渠蒙逊。小子有诗叹道：

文弱终非命世才，因人成事反招灾。
须知祸福无常理，大祸都从幸福来。

究竟蒙逊如何弑业，非一二语所能详尽，欲知底细，请至下回看明。

观本回后凉之乱，全由兄弟互阋而成，实则自吕光启之。光既知永业之非才，则舍嫡立长，未始非权宜之举；况纂有却敌之功，岂肯受制乃弟乎？光以为临危留嘱，可无后患，讵知口血未干，内衅即起，绍忌纂，纂亦忌绍，又有超与弘之隐相构煽，虽欲不乱，乌得而不乱？然纂之弑绍，弘实首谋，首祸者必先罹祸，故弘即被诛；纂不能逃弑主之罪，卒授手于超以杀之。胡奴斫头，何莫非因果之报应耶？唯绍妻张氏，纂妻杨氏，宁死不辱，并足千秋，吕宗之差强人意者，只此巾帼二人，余皆不足道也。西凉李皓，乘势自主，犹之吕光段业诸人。吕光氐也，段业籍隶京兆，虽非胡裔，而不得令终。皓为汉族，能崛起于河朔腥膻之日，亦未始非志在有为，庸中佼佼之称，皓其犹足当此也夫。

第八十七回　扫残孽南燕定都
立奸叔东宫失位

却说北凉主段业，用沮渠蒙逊为尚书左丞，貌似信用，暗实猜嫌，蒙逊窥业意，深自晦匿。业授门下侍郎马权为张掖太守，甚见亲重。权自恃豪略，蔑视蒙逊，蒙逊遂伺隙谮权，业信以为真，将权杀死。蒙逊既除去一患，还想设法除业，因复语从兄男成道："段业愚暗，非济乱才，信谗爱佞，鉴断不明，前有索嗣马权，为业心腹，未可急图，今已皆诛死，我正可下手，除业奉兄，兄以为何如？"男成道："业本孤客，为我家所拥立，彼得我兄弟，情同鱼水，人既亲我，我不应背人，背人不祥。"蒙逊即默然趋出。越宿，即向业而陈，愿出为西安太守。业正虑蒙逊内逼，巴不得他离开眼前，既得此请，当即乐从。蒙逊佯赴外任，致书男成，约与同祭兰门山，暗中却先使司马许成，入告段业道："男成将乞假为乱，若求祭兰门山。便见臣言不虚了。"业疑信参半，到了次日，果由男成请假，谓须出祭兰门山。业遂信许成言，把他拿下，勒令自杀。耳软若此，不死何为？男成道："蒙逊先与臣谋反，臣因兄弟至亲，但加斥责，不忍遽发。今与臣共约祭山，反诬臣为逆，臣若朝死，彼必夕发，为大王计，不若诈言臣死，暴臣罪恶，待蒙逊倡乱，然后出臣往讨，名正言顺，无忧不克了。"业竟不肯听，迫使速死。愚愦之至。

蒙逊闻男成死状，便泣告部众道："我兄男成，忠事段王，反被枉杀，岂不可恨？况我等拥段为主，本欲安土息民，今段王如此无道，戮害忠良，试想我等还能安枕么？诸君如肯为我兄复仇，请速从我来。"杀兄求逞，心术之险，自古罕闻。部众未悉阴谋，并怀男成旧恩，便即泣涕应命，踊跃从行，霎时间已得万人。便由蒙逊引逼氐池，镇军臧莫孩，率众请降，羌胡亦多响应。蒙逊又进屯侯坞，业至此悔杀男成，亟授梁中庸为武卫将军，饬使专征。右将军田昂，得罪被囚，业复将他释放，令与中庸共讨蒙逊。别将王丰孙入谏道："昂貌恭心险，不宜重用。且羁囚有日，定必怀仇，奈何反使他讨逆呢？"业蹙然道："我亦未尝无疑，但事至今日，非昂不能讨蒙逊，卿且勿言！"疑人勿用，业乃反是，真是该死！昂奉命出发，一至侯坞，即率骑五百，归降蒙逊。中庸麾下各将士，不战先溃，害得中庸无法可施，也只好向蒙逊请降。

蒙逊毫不费力，长驱直进，竟到张掖。昂兄子承爱，愿为内应，就斩关纳蒙逊军。业惶急万状，号召左右，已皆奔散，顿时抖做一团，没法摆布。俄而蒙逊率兵进来，业越加惊慌，不得已流涕语蒙逊道："孤孑然一身，为君家所推，勉居此位，今愿推位让国，但乞全我一命，使得东还，与妻子相见，便是再造宏恩了。"还想求生，徒形其丑。蒙逊回顾部众道："彼杀人时，并未加怜，今死在目前，倒想人怜惜，汝等以为可恕么？"部众听了，都说是可杀可杀，杀声一起，便由蒙逊顺手一挥，众刃齐进，就使段业铜头铁额，到此也裂成数段了。蒙逊既得斩业，便召集梁中庸等，拟立嗣主。全是诈伪。中庸等当然推立蒙逊，蒙逊尚谦让三分，但自称大都督大将军凉州牧张掖公，改元永安，署从兄伏奴为镇军领张掖太守，封和平侯，弟挐为建忠将军，封都谷侯，田昂为镇南将军，领西郡太守，臧莫孩为辅国将军，梁中庸房晷为左右长史，张骘谢正礼为左右司马，布赦安民，臣庶大悦。看官！你道蒙逊窃位的方法，善不善呢？刁不刁呢？

小子一支秃笔，演述这边，又不得不演述那边。当时南燕王慕容德，已自滑台徙都广固，竟由王称帝了，回应八十二回。说来又有一段表白，请看官浏览下去。五胡十六国时，实是头绪纷繁，不能不特笔表明。先是秦主苻登，为姚兴所灭，事见前文。登弟广收拾残众，奔依南燕。慕容德令为冠军将军，使居乞活堡，会荧惑守东井，有人谓秦当复兴，广遂自称秦王，击败南燕北地王慕容钟。德乃留鲁王慕容和守滑台，自率精骑讨广，竟得荡平，斩广了事。不意滑台留守慕容和，竟为长史李辩所杀，举城降魏。德闻报大怒，即欲引兵还攻。前邺令韩范谏阻道："前时魏为客，我为主，今日我为客，魏为主，客主情形，大不相同，人心危惧，不可再战。今宜先据一方，自立根本，然后养足兵力，取还滑台，方为上计。”正议论间，帐外报称右卫将军慕容云到来。此慕容云与高云不同。德即传入。云献上李辩首级，并言已救出将士家属二万余口，一并带来。德军正系念家眷，得了此信，统去分别认领，聚首言欢。

德又集将佐商议道：“苻广虽平，滑台复失，进有强敌，退无所依，将用何策？”给事中书令张华进言道：“彭城为楚旧都，依山带川，地广民饶，可取作基本，急往勿延。”德不甚赞成，犹豫未答。慕容钟慕舆护封逞韩竨等，谓不如仍攻滑台。独尚书潘聪献议道：“滑台四通八达，不易安居，且北通大魏，西接强秦，两国环伺，防不胜防。彭城土广人稀，坦平无险，又距晋甚近，晋必与我相争，我长陆战，彼长水战，就使我幸得彭城，到了秋夏霖潦的时候，江淮水涨，千里为湖，晋人鼓棹前来，如何抵御？故欲取彭城，亦非久计。唯青齐沃壤，向号东秦，地方二千里，户口十余万，右控山河，左负大海，可谓用武胜地；况广固为曹嶷所营，曹嶷事见前。山形险峻，足为皇都，今被辟闾浑据住，浑本燕臣，辜负国恩，今宜遣辩士先往招谕，再用大兵在后继进，彼若不从，一战可下。既得广固，然后闭关养锐，伺衅乃动，这也好似西汉的关中，东汉的河内呢。”德尚以为疑，特遣牙门苏抚，往询齐州沙门僧朗。朗素善占候，与抚相见，抚即自陈来意，并述群臣各议。朗答道：“三策中莫如潘议。按诸天道，亦无不合。今岁彗星起自奎娄，遂扫虚危，奎娄二星，当鲁分野，虚危二星，当齐分野，彗星适现，正是除旧布新的天象。今请先定兖州，巡抚琅琊，待至秋风戒令，乃可北转临齐，应天顺人，正在此举。”抚又密问道：“将来历年几何？”朗微笑不言。抚再三固问，朗乃布蓍占易，详审卦兆，才密告道：“燕衰庚戌，年适一纪，传世及子。”为后文南燕败亡张本。抚惊起道：“有这般短促么？”朗说道：“卦兆如是，无关人事，但留证后来便了。”人果不能胜天吗？抚当即告别，还报慕容德，但说当进取广固，所有年数长短，不敢遽述。

德遂决意东行，引兵入薛城。兖州北鄙诸郡县，望风迎降。德另置守宰，禁兵侵掠，百姓安堵，统赍牛酒犒军。德又遣谕齐郡太守辟闾浑，辟闾浑抗命不从，乃命慕容钟率步骑二万，即日进攻，自率兵进据琅琊。徐兖人民，陆续归附，数达十余万户。兖州守将任安，弃城遁去。渤海太守封孚，就是后燕的吏部尚书，前次兰汗作乱，孚南奔辟闾浑，浑令他署守渤海。兰汗乱事，见九十二回。及德至莒城，孚乃出降。德大喜道：“我得平青州，尚不足喜，所喜者在得卿呢。”遂委任机密，事辄与商。再拟进军广固，为钟后援。辟闾浑闻德将至，徙八千余家守广固，遣司马崔诞守薄荀，平原太守张豁守柳泉，诞豁俱遣子奉书，向德投诚。浑孤立无助，当然惊骇，急挈妻子奔魏。行至莒城，被德将刘刚追及，擒住斩首。浑有少子道秀，自诣德营，愿与父俱死。德叹息道：“父虽不忠，子独能孝，我何忍加诛呢？”遂赦免道秀，只杀浑参军张瑛，随即入据广固，作为都城，并为僧朗建神通寺，酬绢百匹。越年，德自称皇帝，即位南郊，改元建平。因人民不易避讳，特在德字上加一备字，叫做备德，即援二名不偏讳故例，诏示境内。名果能副实么？复在宫南建筑祖庙，遣使致祭，奉策告成，追谥前燕主慕容暐为幽皇帝，用慕容钟为司徒，慕舆拔为司空，封孚为左仆射，慕舆护为右仆射，立妻段氏为皇后。后即段仪次女季妃，自誓不作庸夫妇，见六十四回。至此果得为南燕后，也可谓如愿以偿了。

唯备德为前燕主慕容皝少子，母公孙氏尝梦日入脐，因致怀孕。生备德时，尚昼寝未醒，及侍女惊呼，方醒寤起床。皝谓此儿寤生，颇似郑庄公，将来必有大德，乃以德为名。郑庄亦未见有德。及为范阳王，由后秦太史令高鲁，遗赠玉玺一纽，上有篆文镌着，系“天命燕”三字。又图谶秘文，载有四语云：“有德者昌，无德者亡，德受天命，柔而复刚。”此外尚有童谣云：“大风蓬勃扬尘埃，八井三刀卒起来，四海鼎沸中山颓，唯有德人据三台。”为了种种征验，所以备德入广固，终称尊号。独母公孙氏及兄慕容纳，陷落长安。备德前时别母，曾留金刀与诀，及从慕容垂起兵背秦，秦苻昌收捕备德家属，杀纳及备德诸子，公孙氏因老免死。纳妻段氏方娠，下狱待刑，狱掾呼延平，为备德故吏，私释二人，同奔羌中。纳妻段氏，生下一男，就是慕容超。超年十岁，祖母公孙氏方殁，临危时取出金刀，付超垂嘱道：“这是汝叔留下的纪念。若天下太平，汝可东往寻叔，赍刀送还便了。”超自然受教。呼延平代为理丧，复恐秦人掩捕，转挈超母子往投后凉。备德屡遣使入关，访问母兄，杳无下落，后由故吏赵融从长安东来，具述前情，才知母兄凶闻，备德连番恸哭，甚至呕血，寝疾数日，经良医调治，始得渐愈。但兄纳妻子，逃入后凉，不但备德无从探悉，就是赵融亦未尝闻知。后来超得东归，容至下文表明，叙入此段，为立超嗣位伏案。小子却要叙入后燕了。

后燕主慕容盛，苛刻少恩，前文中已经叙过，见八十三回。勉强过了二年，宗族亲旧，多半携贰。盛尚不知恩抚，单靠着暗地钩考的思想，寻隙索瘢，不遗余力，独有一种暧昧的事情，发自太后宫中，盛虽自矜明察，反被她始终瞒着，毫无所闻。丁太后为盛伯母，看官应早阅悉，见八十二回。她本是个燕中的尤物。到了中年，还是丰容盛鬋，雪貌花肤，就中有个河间公慕容熙，索性渔色，又仗着皇叔懿亲，骠骑重任，时常出入宫廷，谒问太后。丁氏见他年甫逾冠，绰有丰仪，好一个翩翩公子，免不得另眼相看。熙就此勾引，朝挑暮拨，惹动丁氏情肠，你有情，我有意，彼此不顾嫂叔名义，竟凑成一番露水缘。宫中大小妇寺，就使得知，总教利诱势驱，自然不敢多口，只碍着主子慕容盛，不好明目张胆，夜夜交欢。盛又尝调熙远征，东伐高句骊，北讨奚契丹，情郎行役，闺妇怀愁，个中况味，唯有两人亲尝，不能与外人诉说，所以两人视盛，已似眼中钉一般，恨不得置盛死地，好让他日夜欢娱。谋夫杀子，多由纵奸所致。可巧燕主盛长乐三年，盛往伐库莫奚，大获而还，饮至行赏，宫廷交庆。左将军慕容国，与秦舆段赞等，谋率禁兵袭盛，熙与丁氏，稍有所闻，但望他一举成功，偏偏机事未密，被盛察觉，竟将慕容国等先行拿斩，连坐至五百余人，唯舆子兴赞子泰等，幸得逃脱。

过了数日，兴与泰串同思悔侯段玑，见八十三回。夜入禁中，鼓噪大呼，响震屋瓦。盛闻变起床，亟率左右出战，击退乱党，玑亦被创，走匿厢屋间。忽有一贼潜蹑盛后，用刀斫盛。盛闻声跃起，身虽闪免，足已受伤，回顾那贼，却一闪儿不见了。此贼恐系丁氏所遣。盛忍不住痛苦，忙乘辇出升前殿，申约禁卫，宣召叔父河间公熙，拟嘱后事。熙尚未至，盛已晕倒座上，经左右舁入内廷，便即断气。中垒将军慕容拔，冗从仆射郭仲，急入白太后丁氏。丁氏装出一副泪容，颦眉与语道："嗣主不测，为贼所伤，现唯有亟立新君，捕诛贼党，方足安慰先灵。"慕容拔道："太子在外，请即迎立。"丁氏道："国家多难，宜立长君，太子年幼，恐不堪承祚呢。"郭仲从旁插入道："太子即不可立，不如迎立平原公。"丁氏又复摇首。再由慕容拔等请示，丁氏乃推出那心上人儿，说他名望素隆，足靖国难。又温言笼络拔等，即令他乘夜往迎，休得漏泄。拔等奉命而出，适值慕容熙进来，遂导令入宫，准备即位。又好与丁氏续欢了。

转眼间，便是天明，群臣联翩入朝，才知盛已暴殁。内廷有择立长君的消息，当时平原公慕容元，系盛季弟，曾任司徒尚书令，群望相属，总道是不立太子，必立太弟，就是郭仲所说，也属此人。偏待了半晌，由内侍传出太后手诏，乃是继立河间公熙，竟使叔承侄统，大众未免惊愕。但因熙职掌兵权，不好反抗，只得联名上书，向熙劝进。熙尚谓元宜嗣位，故意推让。元当然固辞，熙遂僭即尊位，捕诛叛臣段玑，及秦兴段鬙等人，并夷三族。且将平原公元，亦牵入案内，只说是与玑同谋，迫令自尽。真是辣手。乃下令大赦，为盛营葬。盛在位三年，殁时只二十九岁，追谥昭武皇帝，庙号中宗，出葬兴平陵。丁氏亦出都送葬，尚未还宫，中领军慕容提，及步军校尉张佛等，谋立故太子定，乘间发难。偏有人报知慕容熙，熙忙发兵捕获慕容提张佛，立即斩首，并将定一并赐死。又下了一次毒手。及丁氏回来，宫廷已安静如常了。熙再颁赦令，改元光始，把北燕台改称大单于台，置在右辅，位次尚书，每日除视朝外，唯与太后丁氏调情取乐，俨然与伉俪相似。丁氏亦华装盛饰，日夜陪着，还道天长地久，生死不离，哪知男子心肠，本多薄幸；再加丁氏华年，要比熙加长十余龄，熙未免嫌她年老，暗嘱左右幸臣，采选美人儿入宫。凑巧有一对姊妹花，流寓龙城，得被选入。经熙仔细端详，端的是面似桃花，眉似柳叶，目如点漆，发如堆云，齿若瓠犀，领若蝤蛴，再加一副轻盈体态，画笔难描，真令熙喜极欲狂，真把魂灵儿交付两美，惹得颠倒迷离，慢慢的按定了神，讯明姓氏，方知是前中山尹苻谟女儿，长名娀娥，次名训英。见八十一回。熙也不暇再问来历，便命左右摆起盛宴，令两美左右侍饮。红灯绿酒，翠鬟朱颜，真个是春色撩人，无情不醉。况熙系登徒子一流人物，怎得不馋涎欲滴？才饮数觥，已按不住欲火，便搂住两美，同入欢帏，去做那阳台梦了。小子有诗叹道：

冶容本是诲淫媒，况复娇雏并翼来。
一箭双雕原快事，谁知极乐即生哀。

熙既得了大小苻女，左拥右抱，欢爱的了不得，当然将丁氏冷淡下去，欲知后事，且看下回便知。

典午之季，五胡云扰，无礼无义，其淆乱也甚矣！沮渠蒙逊欲废主而窃国，虽卖兄亦所不恤，兄可卖，主亦何不可弑乎？慕容德之下青齐，入广固，定都称帝，似夺之于乱臣之手。于后燕绝不相关，然德既为后燕臣，后燕未亡，德乌能称帝？是德固无君也。若慕容熙更不足责矣。太后可烝，太子可杀，淫凶暴戾，凌侮孤寡，此而畀之以国，天道果真无知乎？但稔恶必亡，近报在身，远报在儿孙，觉于慕容熙之结果，不及慕容德，又不及沮渠蒙逊，乃知恶愈甚者亡愈速，天道固非尽无凭也。

第八十八回　吕隆累败降秦室
刘裕屡胜走孙恩

却说大小苻女，并邀宠幸，与慕容熙欢爱数宵，大苻女娀娥，受封贵人，小苻女训英，受封贵嫔，两姊妹轮流伴寝，说不尽的凤倒鸾颠。但小苻女年既娇小，态愈鲜妍，更足令人生爱，所以得熙专宠，比阿姊还突过一筹。看官试想，两苻女貌本相同，只为了年龄上长幼，略有区别，便觉大不如小，何况这太后丁氏，已过中年，任她如何美艳，究竟残花败叶，不及嫩柳娇枝，自从两苻女入宫，熙遂与丁氏断绝关系，好几月不去续欢。丁氏忍耐不住，尝遣侍女请熙，熙哪里肯往，有时还要谩骂侍女，侵及丁氏。痴心女子负心汉，教丁氏如何不恼？如何不怨？七兵尚书丁信，为丁氏兄子，当由丁氏召他入议，密谋废熙。天道祸淫，不使丁氏再得快意，竟至密谋发泄，信被执下狱，所有丁氏定策功劳，一笔钩消，反说她是谋逆首犯，活活的胁使自尽，还算保全太后脸面。丁氏至此，悔也无及，只有一死罢了。是淫妇结局，后之妇女其鉴诸。熙命用后礼殓葬，谥曰献幽皇后，想还念旧日恩情。唯将丁信处斩了事。高而不危之言，奈何忘却？越年，进大苻女为昭仪，嗣复立小苻女为皇后，阿妹竟高出阿姊么？大苻女好微行游宴，熙为凿曲光海，清凉池，盛暑兴工，役夫多半渴死。小苻女好骑马游畋，熙尝与她并辇出猎，北登白鹿山，东过青岭，南临沧海，沿途征索供亿，不堪骚扰。士卒多为豺狼所害，并因路上遇寒，冻死至五千余人。熙全不顾恤，但教得两美人的欢心，还管什么兵民，眼见是要好色亡国了。好色未必亡国，好色不爱兵民，国必亡。

且说后凉主吕隆，僭称天王，壹意逞威，收捕内外叛党，不遗余力。杨轨王乞基等，早自廉川奔降南凉，郭黁亦自魏安奔依西秦。应八十五回。南凉主利鹿孤，本收纳杨轨等人，既而杨轨阴有异谋，为利鹿孤所杀。了却杨轨。西秦主乞伏乾归，服属后秦，势力方衰，郭黁虽然投奔，不过苟延残喘，未能唆使乾归，进图后凉。吕隆本可少安，偏他尚疑忌群臣，只恐为吕纂复仇，稍涉嫌疑，即加诛戮，因此内外骚然，各有戒心。魏安人焦朗，遣人至后秦，怂恿陇西公姚硕德道："吕氏自武皇弃世，后汉谥吕光为懿武皇帝，见前文。诸子相攻，政治不修，但务威虐，百姓饥馑，死亡过半。明公位尊分陕，威振遐方，何不弃吕氏衰残，吊民伐罪，救此一方涂炭呢？"也是一个虎伥。硕德遂转告秦主姚兴，兴令率步骑六万人，进攻后凉。乞伏乾归亦领七千骑从军。硕德自金城渡河，直逼姑臧，部将姚国方献策道："今悬军深入，后无援应，乃是危道，宜乘我锐气，与他速战，他总道我远来疲乏，可以力拒，我若得将他杀败，他自然生畏，无虑不克了。"硕德遂严申军律，准备厮杀。吕隆遣弟吕超，及龙骧将军品邈等，出城迎战。兵刃甫交，秦军如潮涌进，十荡十决，杀毙凉兵无数，超慌忙遁回，邈迟走一步，已被秦军打倒马下，活捉去了。姑臧大震，巴西公吕他，率东苑兵二万五千，出降秦营。隆惊惶得很，急忙收集离散，婴城拒守。西凉主李皓，北凉主沮渠蒙逊，南凉主秃发利鹿孤，俱遣使贡秦，且贺秦胜凉。

凉尚书姜纪，前因隆超僭夺，惧奔南凉。南凉广武公傉檀，与谈兵略，甚相契合，坐必同席，出必同车。利鹿孤常语傉檀道："姜纪原有美才，但我看他目动言肆，必不肯在此久留。倘若入秦，必为我患，不如趁早除去。"傉檀闻言大惊，忙接口道："臣以布衣交待纪，料纪必不负我，请勿他疑。"未免过信。利鹿孤乃止。不意秦凉战起，纪竟潜奔秦军，往说硕德道："吕隆孤城乏援，明公率大军围攻，城中危急，势必乞降，但乞降乃是虚文，非真心服，公若班师，彼又抗命，现请给纪步骑三千，与焦朗等互为犄角，箝制吕隆，隆必无能为了。否则秃发在南，兵强国富，若乘公退兵，入据姑臧，威势益振，李皓沮渠蒙逊等，必且折入秃发，岂非公将来大患么？"硕德大喜，遂表为武威太守，给兵三千，使屯晏然，再督兵进攻姑臧。城中多谋外叛，将军魏益多，且煽惑兵士，谋杀隆超，事泄被诛，连坐至三百余家。于是群臣多向隆上书，请与秦军通和。隆尚不许，再经超一再进劝，略说“强寇外逼，兵粮内竭，上下嗷嗷，势难自固，不如遣使乞和，卑辞退敌。敌果退去，完境息民，若卜世未终，自可复旧，万一天命已去，亦得保全宗族”等语。隆乃依议，派使出城，乞降秦营，愿遣子弟为质。硕德不欲苛求，允如所约，一面转报长安。秦主兴即使鸿胪卿桓敦，册拜隆为镇西大将军，都督河西军事，领凉州刺史，封建康公。隆对使受命，乃遣母弟爱子，及文武旧臣慕容筑杨颖等五十余家，入质长安。硕德振旅而还，往返皆严肃部伍，秋毫无犯，西土皆称为义师。

过了两日，吕超又引兵攻姜纪，因纪严守不下，转攻焦朗。朗向南凉求救，南凉广武公傉檀，率兵赴援，到了魏安，见城下并无一人，只城门还是紧闭，一些儿没有影响。傉檀大是惊疑，即在城下大呼，促朗出迎，但听城上有人应声道：“寇已退走，无劳援军费心，也请退还，恕不送迎。”好似一种调侃语。傉檀勃然怒起，便欲麾兵攻城，部将俱延谏阻道：“朗但靠孤城，总难久持，今岁不降，明年自服，何必多劳士卒，同他拼命？且为丛驱雀，转非良策，不如退兵数里，发使晓谕，令他自知无礼，定然出来谢罪了。”傉檀依议而行，果由朗复使谢过，乃仍与朗连和，顺道进军姑臧，就胡坑立营。夜间防凉兵掩袭，蓄火戒严，兵不解甲。到了夜半，营外突然火起，凉将王集，果来劫垒，傉檀徐起，纵兵出击，内外火炬齐明，光同白昼。集部下不过千人，敌不住傉檀大营，便欲返奔。偏傉檀驱兵杀上，集措手不及，竟被砍死。败兵逃回姑臧，吕隆惊骇，与超密谋，想出一条诈计，致书傉檀，伪与修好，且请傉檀入盟。傉檀也恐有诈，因使将军俱延往代。俱延入城，由超引至东苑，发伏出攻。俱延不及上马，徒步急奔，还亏城阃两旁，有南凉将军郭祖，引兵待着，让过俱延，截住超兵，且战且走，才得退归营中。傉檀大愤，遂攻显美城。昌松太守孟祎，固守待援，吕隆遣将荀安国石可等，领兵往救，中道却还。孟祎守了数旬，援军不至，竟被傉檀陷入，祎巷战被擒。傉檀问他何不早降？祎抗声道：“祎受吕氏厚恩，分符守土，若明公大军甫至，便即归附，如何对得住吕氏？想明公亦必斥为不忠呢。”傉檀改容礼祎，命即释缚，面授为左司马。祎固辞道：“吕氏将亡，圣朝必取河右，可无疑义。但祎为人守，城不能全，若再忝居显任，益增愧赧。果使明公加惠，令祎就戮姑臧，祎死且知感了。”词婉意诚，不失为忠。傉檀称为义士，纵使归去。且恐师劳粮绝，收兵自归。

会姑臧大饥，斗米值钱五千，人自相食，饿莩盈途。吕隆恐有变祸，饬闭城门，日夜不开，樵采路绝。百姓乞出城觅食，愿为胡虏奴婢，日有数百。隆恨他煽动众心，索性把他拘住，尽行坑死，尸积如山。北凉主沮渠蒙逊，乘隙攻姑臧，隆不得已卑辞厚币，向南凉乞援。南凉再使傉檀赴急。蒙逊闻傉檀将至，勒兵挑战，为隆所败，乃与隆讲和结好，留谷万余斛，赈济凉民，然后退还。傉檀到了昌松，得知蒙逊回兵消息，因亦引军折回，途次接到利鹿孤命令，嘱他移讨魏安，乃改辙北行，再攻魏安守将焦朗。朗无力守城，不得已面缚出降。傉檀送朗赴西平，徙魏安人民至乐都。嗣是复屡寇姑臧，再加沮渠蒙逊，与吕隆背了前盟，也去侵扰。傉檀在南，蒙逊在北，恰好似喝着同心酒，共图后凉，累得隆南防北守，奔走不遑。偏后秦又来作祟，遣使征吕超入侍，隆急得没法，只好令超赍着珍宝，奉献秦廷，情愿将姑臧归秦，请兵相迎。秦主兴遂遣左仆射齐难等，率步骑四万人迎隆。军至姑臧，隆素车白马，出候道旁。难令司马王尚署凉州刺史，给兵三千，权守姑臧，分置守宰，镇守仓松番禾二城。隆使吕胤告辞光庙道："陛下前抒远略，开建西夏，德被苍生，威震遐裔，后嗣不肖，迭相篡弑，二虏交迫，将归东京，谨与陛下诀别，从此长离。"早知今日，何必当初？胤告毕复命，隆即率宗族僚属，及民万户至长安。秦主兴授隆为散骑常侍，超为安定太守，其余文武三十余人，量才录用，不使向隅。但后凉自吕光开基，至隆亡国，共历四主，合十九年。

先是太史令郭黁，占得术数，谓代吕者王，故叛凉起兵，先推王详，后推王乞基。及吕隆东迁，代以王尚，恰如黁言，可惜黁徒算得一半，知姓不知名，所以终归失败。且奔投西秦后，从乞伏乾归降秦，又暗中推算，以为灭秦者晋！却是算着，但不能自算存亡，终归差了半着。乃复潜身东奔，偏被秦人追获，割去头颅，这叫做人有千算，天教一算，算到尽头，徒落得身首两分，追悔无及了。了过郭黁。那吕隆仕秦数年，亦连坐乱党，终至伏诛，待后再表。此处却要补述晋事了。

自孙恩被逐入海后，余灰复燃，又纠众进寇勾章，转攻海盐。接应八十五回。勾章守将刘裕，随地抵御，且就海盐添筑城堡。恩屡来攻城，由裕麾兵出击，得破孙恩，阵斩恩党姚盛，然后收兵还城。唯恩虽败挫，余焰未衰，城中兵少势孤，恐难久持；裕乃想出一法，待至夜半，把城上旗帜，一齐拔去，密遣精兵伏住城闉。到了天明，竟把城门大开，只遣几个老弱残兵，嘱付数语，登城立着。恩探得城内空虚，驱兵复进，将到城下，遥见城门开着，便厉声喝问道："刘裕何在？"城上羸卒答应道："昨夜已引兵出走了。"贼众信为真言，拥众入城，陡听得一声鼓响，城门左右，突出两路伏兵，大刀阔斧，向贼乱斫。贼挤住城闉，进退无路，除被裕军杀死外，多半由自相蹴踏，倒毙无数。恩尚在城外，掉头急奔，幸逃性命，余众死了一半，一半随恩北走，径趋沪渎。

裕复弃城追击，海盐令鲍陋，遣子嗣之率吴军一千，从裕讨贼。嗣之年少，自恃骁勇，请为前驱。裕与语道："贼众善战，非吴军所能与敌，卿为前驱，倘或失利，必至牵动我军，不如随着我后，可作声援。"嗣之勃然道："将军亦未免小觑后生了。嗣之决意前行，效力杀贼，虽死无怨。"确是前去送死。说着，引兵即去。裕明知不佳，没奈何从后继进，但使两旁多伏旗鼓，作为疑兵，等到前驱遇贼，两下交锋，裕令伏兵扬旗呐喊，擂鼓助威，贼果疑他四面有军，仓皇引退。偏嗣之不肯少停，策马急追，竟致裕军落后，无人相助，冒冒失失的闯将进去，被贼众翻身杀转，围住嗣之。嗣之独力难支，竟至战殁。贼众既得胜仗，便乘势来击裕军。裕见来势凶猛，也只得且战且走，走了数里，贼尚未肯舍去，麾下兵却死伤多人。裕索性下马，令左右脱去死人衣，故示闲暇。贼众见了，倒不禁生疑，勒马停住。裕反上马大呼，麾兵杀贼，贼始骇退，裕得从容引归。刘裕用兵仿佛曹阿瞒。孙恩知裕不易敌，竟北赴沪渎，攻入守将袁山松营垒，将山松杀死，山松部下伤毙四千人。恩劫掠三吴丁壮，胁使为贼，遂航海直往丹徒。党羽十余万，楼船千余艘，烽火夜逼建康，都城大骇，内外戒严。

百官入命省内，使冠军将军高素等守石头，辅国将军刘袭堵淮口，丹阳尹司马恢之戍南岸，冠军将军桓谦等备白石，左卫将军王嘏等屯中堂，征豫州刺史谯王尚之入卫京师。会稽都督刘牢之，自山阴发兵邀击孙恩，已是不及，乃使刘裕从海盐入援。裕闻命即行，部兵不满千人，偏兼程前进。恩甫至丹徒，裕亦踵至，丹徒守军，本无斗志，百姓多荷担欲逃。恩率众登岸，鼓噪登蒜山，声震江流，兵民益骇。独裕晓谕兵民，叫他勿惧，自率步兵上山奋击，一当十，十当百，竟把恩众击退，复乘胜杀下，大破恩众。恩狼狈遁回船中，贼党投崖溺水，不下万人。唯恩尚有余众八九万，势还猖獗，他想丹徒有刘裕守住，未可轻进，不如直趋建康，遂驶舰西上，步步进逼。会稽世子后将军元显，发兵拒战，并皆失利。会稽王道子，无他谋略，但向蒋侯庙中焚香祷禳，日日不休。蒋侯名叫子文，系东汉时广陵人，嗜酒好色，尝自谓骨具青色，死当为神。及汉末为秣陵尉，逐贼至钟山下，受创而死。吴据江东，有故吏见子文出现，乘白马，执白扇，遮道与语道："我当为此间土神。"言讫不见。后来土地祠中，果常见灵异，吴主乃封为都中侯，加印绶，立庙堂，改钟山为蒋山，表示神灵。说明蒋侯来历，亦不可少。道子很是敬信，所以镇日祈祷，只望他暗中显灵，驱除贼寇，哪知寇氛甚恶，日逼日紧，宫廷内外，恟惧的了不得。幸亏谯王尚之，率锐驰至，入屯积弩堂。恩楼船高大，又遇逆风，不得疾行，莫非就是蒋侯显灵了。好几日才到白石，探得尚之已至建康，都城有备，倒也不敢径进。又恐刘牢之截住后路，或至腹背受敌，因浮海北走郁洲，另遣党羽攻陷广陵，杀毙守兵三千人。朝旨调刘裕为下邳太守，集兵讨恩。裕仗着谋力，与恩大小数十战，无一不胜。恩逃至沪渎，再走海盐，俱由裕督兵尾追，好似飚迅电扫一般，杀得恩抱头狂奔，仍然窜入海中。到了安帝六年，改年元兴，恩还想出来骚扰，入寇临海，被太守辛景一场痛击，几乎杀尽贼党，恩投海自溺，方才毕命。亲党及妻妾等，从死百人，残众还称他为水仙。小子有诗叹道：

> 黄巾左道尽虚诬，篝火狐鸣吓腐愚。
> 若果水仙通妙术，海滨何事伏兵诛。

恩既溺死，尚有残众数千，未曾解散，又由众推出一个头目来了。欲知头目为谁，容至下回报明。

吕隆吕超，篡逆得国，兄为君，弟为相，踌躇满志，谓可安享天年，孰知焦朗姜纪，为秦作伥，竟导姚硕德之进攻乎？超战败请降，秦军即返，威虽尽杀，国尚幸存，孰知北有沮渠，声有秃发，相逼而来，竟欲分割后凉而后快乎？隆超两人，无术保全，不得已弃国降秦，此非邻国之不肯容隆，实天意之不肯恕隆也。孙恩以海岛余孽，招集亡命，骚扰东南，得良将以扑灭之，原非难事，乃一误于王凝之，再误于谢琰，遂致匪党日盛。当时尚疑其妖术胜人，未可力敌，然观于刘寄奴之累战累胜，乃知恩固无术，徒为胁从之计而已。寄奴非能破法者，胡为足使水仙之返劫乎？

第八十九回　覆全军元显受诛
夺大位桓玄行逆

却说孙恩溺死，尚有妹夫卢循，未曾从死，为众所推，奉为头目。循系晋从事中郎卢谌从孙，双眸炯彻，眉宇清扬，少时工草隶书，并善弈棋。沙门惠远，有相人术，尝语循道："君可谓风雅士，可惜志存不轨，终乏善果，奈何奈何？"卢循听了此言，倒也不以为意。及长，娶孙恩妹为妻。恩纠众作乱，与循通谋。循常劝恩抚绥士卒，故人乐为循用。恩死后即奉循为主，仍然蟠踞海岛，不服晋命。晋廷还想命刘牢之等，出兵剿循，偏长江上游，突起了一场大乱，几乎把东晋江山，席卷了去，于是不暇顾循，但期扫清长江乱事，好几年才得就绪。

看官欲问乱首为谁？就是都督八州，兼领荆江二州刺史的桓玄。应八十五回。玄先令兄伟为雍州刺史，晋廷不敢驳议，他遂得步进步，表移伟为江州刺史，镇守夏口。司马刁畅为辅国将军，监督八郡军事，镇守襄阳。且遣部将桓振皇甫敷冯该等，并戍湓口。移沮漳蛮二千户至江南，为立武宁郡，更招集流民万人，为立绥安郡。两郡俱增设郡丞。晋廷征广州刺史刁逵，及豫章太守郭昶之入都，俱被玄留住不遣。玄自谓地广兵强，势压朝廷，遂欲篡夺晋祚，屡上书报告祯祥，隐讽执政。更向会稽王道子上笺，再为王恭讼冤。会稽王父子，见了玄笺，当然惶惧。庐江太守张法顺，进白元显道："玄始得荆州，人心未附，若使刘牢之为先锋，再用大军继进，取玄不难了。"激成乱衅，斯为厉阶。元显本倚法顺为谋主，听了此言，自然心动。

适武昌太守庾楷，密使人自结元显，请为内应，反复小人，最为可恶。元显大喜，即遣法顺至京口，转告牢之，牢之颇有难色。法顺还报元显道："牢之无意效命，看他词色，将来必且叛我，不如召他入京，先斩此人，否则反多一敌，难免误事。"元显听了，不以为然，竟不从法顺所请。此议偏独不从，也是该死。一面大治水军，准备讨玄。

元兴元年元旦，竟由晋廷颁诏，数玄罪状。即授元显为骠骑大将军，征讨大都督，加黄钺，节制十八郡军马。小船怎可重载。使刘牢之为前锋，谯王尚之为后应，克日出发，前往讨玄。加会稽王道子为太傅，居中秉政。元显欲尽诛诸桓，骠骑长史王诞，为中护军桓修舅，力向元显解免，谓修等与玄，志趣不同，元显乃止。法顺又入请道："桓谦兄弟，谦即修兄。每为上流耳目，应速即加诛，借杜奸谋，况兵事成败，系诸前军，牢之居前，一或有变，祸败立至，最好令刘牢之杀谦兄弟，示无贰心，彼若不肯受命，隐情已露，我也好预先防备了。"元显怫然道："今非牢之不能敌玄，且三军甫出，先诛大将，人情亦必不安，这事怎可行得？"法顺再三固请，元显只是不从，且因谦父桓冲，遗惠及荆，特授谦荆州刺史，都督荆益宁凉四州军事，冀抚荆人。不杀反赏，真是颠倒。

桓玄坐踞江陵，自思东土未靖，朝廷不暇西顾，可以蓄力观衅。及闻元显已统军出讨，也不禁意外惊心，因欲完城聚甲，为自固计。长史卞范之道："明公声威，传闻远近，元显口尚乳臭，刘牢之大失物情，若进逼近畿，示以祸福，势必瓦解。明公自可得志，怎可延敌入境，自取穷蹙呢？"玄依范之言，遂抗表传檄，罪责元显。留兄伟守江陵，自举大兵东下。途次尚未免却顾，及行过寻阳，并不见有官军，才放大了胆，驱军急进，部众亦勇气加倍。又探悉庾楷诡谋，分兵诱袭，把他拘住，于是江东大震。元显甫出都门，接得桓玄来檄，已经心慌，再得庾楷被囚消息，免不得惊上加惊，勉强下船，终不敢发。晋廷上下，也不免着忙，特遣齐王柔之，系故南顿王宗之子，过继齐王冏，承祀袭封。执着驺虞幡，出告荆江二州，谕令罢兵。途中遇着桓玄前锋，不服朝命，竟将柔之杀死。玄顺流直至姑孰，使部将冯该等，往攻历阳。襄城太守司马休之，即谯王尚之弟。婴城固守，玄军堵截洞浦，纵火焚豫州军舰。豫州刺史谯王尚之，率步卒九千，列阵浦上，又遣武都太守杨秋，屯兵横江。秋竟降玄军，反引玄军攻尚之，尚之众溃，自奔涂中，避匿数日，终被玄军擒去。休之出战败绩，弃城遁走。

刘牢之本来观望，不附元显，他想利用桓玄，除去元显父子，再伺玄隙，把玄翦除，然后好职掌大权，唯所欲为，算盘太精明了。所以牢之虽为前驱，始终未肯效力。下邳太守刘裕，此时也奉调从军，为牢之参谋，请牢之亟往击玄。牢之摇首不答。可巧牢之的族舅何穆，阴受玄嘱，进说牢之道："从古以来，功高必危，试看越文种，秦白起，汉韩信，俱身事明主，尽忠戮力，功成以后，且不免诛夷，何况为暗主所任使呢？君如今日战胜，亦必倾宗，战败当然夷族。胜败俱不能自全，何若幡然改图，尚得长保富贵。古人射钩斩祛，还不害为辅佐，今君与桓玄，素元嫌隙，难道不好相亲么？"牢之正有此意，便令何穆报玄，阴与相通。刘裕再谏不从，牢之甥何无忌，为东海中尉，也极谏牢之，终不见听。裕又使牢之子敬宣入谏，以汉董卓比玄，请牢之急击勿失。牢之反怒叱道："我也知桓玄易取，但平玄以后，试问骠骑能容我否？"敬宣不好违父，只得唯唯听受。牢之遂遣敬宣潜诣玄营，奉上降书。玄佯为优待，授任谘议参军，乘势进迫建康。

元显将要出发，忽有急报传到，谓玄已至新亭，吓得魂不附体，弃船返奔，退屯国子学。越日，出阵宣阳门外，军中自相惊扰，俄而玄军前队，鼓噪前来，大呼放仗。元显拍马急奔，还入东府，元显讨王恭时，曾以果锐见称，此时竟如此颓靡，到已死得半截了。将佐统皆逃散，唯张法顺一骑随归。元显前曾录尚书事，与乃父东西对居，道子所居称东录，元显所居称西录，西府车骑辐辏，东府门可张罗，后来星孛天津，元显解职，仍加尚书令。吏部尚书车胤，密白道子，请抑元显。元显闻悉，谓胤离间父子，意欲害胤，胤竟惶急自杀。自是公卿以下，无一敢与元显抗礼。至元显败还，大都袖手旁观，无人顾恤，只有道子是情关骨肉，狼狈相依，虽平时亦隐恨元显，到此丢去前嫌，想替儿子设法。怎奈想了多时，不得一筹，唯有相对泣下。俄而从事中郎毛泰，导引玄军，闯将进来，七手八脚，把元显抓了出去，送往新亭，缚诸舫前，由玄历数元显罪恶。元显也不多言，但自称为王诞张法顺所误，懊悔不休。玄复命将王诞张法顺拿住，与元显同付廷尉，置诸狱中，一面整仗入京，矫诏解严，自为丞相，总掌百揆，都督中外诸军，录尚书事，领扬州牧。令桓伟为荆州刺史，桓谦为尚书左仆射，桓修为徐兖二州刺史，桓石生为江州刺史，卞范之为丹阳尹，王谧为中书令。新安太守殷仲文，系玄姊夫，弃郡投玄，星夜入都，玄即授为谘议参军。晋安帝本同木偶，未晓国事，内政一切，统由琅琊王德文代理，德文又无兵无权，如何能制服桓玄？玄得独断独行，不过借着天子的名目，号令四方，当下将元显等牵出狱外，先将元显开了头刀，次及谯王尚之，又次及庾楷张法顺。唯王诞本应同斩，桓修为舅乞怜，才得免死，流戍岭南。再收捕元显家属，得元显子六人，一并处死。只因道子为安帝叔父，不得不欺人耳目，先行奏闻，然后处置。奏中有“道子酣纵不孝，罪应弃市”等语。复诏援议亲故例，贷道子死，徙居安成郡，使御史杜竹林，偕往管束。竹林密承玄旨，鸩死道子，父子代握政权，威吓已极，至此相继遇害，这叫做自作孽，不可活呢。法语之言。

刘牢之留次溧州，静待好音，好几日才见朝命，但授为会稽内史。牢之惊叹道：“今日便夺我兵权，祸在目前了。”已而敬宣自建康驰至，乃是讨差出来，佯称替玄慰谕，暗中却为父设谋，进袭桓玄。牢之迟疑未决，私召刘裕入商道：“我悔不用卿言，致为桓玄所卖。今欲北趋广陵，联结高雅之等，起兵讨逆，卿可从我去否？”裕答道：“将军率劲卒数万，望风降玄，今玄已得志，威震天下，朝野人士，已失望将军，将军岂尚能再振么？裕只有弃官归里，不敢再从将军。”言毕即退，出外遇着何无忌。无忌密问道：“汝将何往？”裕与语道：“我观刘公必不能免，卿不若随我至京口。桓玄若守臣节，我与卿不妨事玄，否则与卿图玄便了。”无忌依议，也不向牢之告辞，竟偕裕同往京口去了。牢之大集僚佐，拟据住江北，纠众讨玄。参军刘袭进言道：“天下唯一反字，最悖情理，将军前反王兖州，指王恭。近日反司马郎君，指元显。今又欲反桓玄，一人三反，如何自立？”这数句话说得牢之瞠目结舌，无言可答。袭亦退出，飘然自去。佐史亦多半散走。牢之惊惧，使敬宣至京口迎家眷。敬宣愆期不还，牢之还道是机谋已泄，为玄所杀，乃率部曲北走。到了新洲，部众散尽，牢之悔恨已极，且恐玄军追来，竟解带悬林，自缢而死。真是死得不值。尚有左右数人，代为棺殓，草草了事。及敬宣奔至，惊悉牢之早死，无暇举哀，匆匆渡江，逃往广陵。桓玄闻报，命将牢之斲棺枭首，曝尸市中。牢之骁勇过人，当时推为健将，唯故太傅谢安在日，尝说牢之器小，不可独任，独任必败，至是果如安言。

桓玄又伪示谦恭，让去丞相，改官太尉，兼领豫州刺史，余官如故。国家大事，俱就咨询，小事乃决诸尚书令桓谦，及丹阳尹卞范之。自从安帝嗣位以来，会稽父子，秉权乱政，闹得一蹋糊涂。玄初入建康，黜奸佞，揽贤豪，都下人民，欣然望治。过了月余，玄即奢侈无度，政令失常，朋党互起，凌侮朝廷，甚至宫中供奉，亦隐加尅扣。安帝以下，不免饥寒；再加三吴大饥，民多饿死。临海永嘉，又遭孙恩卢循等侵掠，十室九空，百姓流离死亡，苦不胜言。桓玄出屯姑孰意欲抚安东土，乃遣人招致卢循，使为永嘉太守。循虽然受命，仍是暗中劫夺，骚扰不休。玄却自诩有功，隐讽朝廷，录取前后勋绩，加封豫章桂阳诸郡公。又复表辞不受，暗嘱有司为子侄请封。晋廷怎敢不依，因封玄子昇为豫章公，玄兄子濬为桂阳公。乐得炫赫。一面钩求异党，再杀吴兴太守高素，将军竺谦之刘袭等人。数子皆牢之旧将，故一并遇害。袭兄冀州刺史刘轨，邀同司马休之刘敬宣高雅之等，共据山阳，欲起兵攻玄，被玄先期察觉，发兵控御。轨等自知无成，走投南燕去了。

越年二月，玄上表申请，愿率诸军讨平关洛，有诏授玄为大将军。玄命整缮舟师，先制轻舸数艘，装载服玩书画。有人问为何因？玄答道："兵凶战危，倘有意外，当使轻便易运，免为敌人所掠呢。"这语一传，大众始知他饰辞北伐，其实为求封大将军起见。果然不到数日，朝旨复下，饬玄缓进。玄借朝命宣示将士，不复出兵。一味诈伪。已而荆州刺史桓伟病死，玄令桓修继任。从事中郎曹靖之说玄道："谦修兄弟，专据内外，权势太重，不可不防。"玄乃令南郡相桓石康为荆州刺史，石康为玄从弟，仍系桓氏亲属，曹靖之徒费唇舌，反多为桓氏增一羽翼罢了。侍中殷仲文，散骑常侍卞范之，为玄心腹，密劝玄早日受禅，且由仲文起草，代撰九锡文及册命，玄当然心喜。朝右大臣，统是玄党，便即迫安帝下诏，册命玄为相国，总百揆，晋封楚王，领南郡南平宜都天门零陵营阳桂阳衡阳义平十郡，加九锡典礼，得置丞相以下官属。桓谦进任卫将军，录尚书事。王谧为中书监，领司徒，桓胤为中书令，桓修为抚军大将军。

时刘裕为彭城内史，修因召裕密问道："楚王勋德崇隆，中外属望，闻朝廷将俯顺人情，仿行揖让故事，卿意以为何如？"裕应声道："楚王为宣武令嗣，温谥宣武，见前文。勋德盖世，宜膺大宝。况晋室衰弱，民望久移，乘运禅代，有何不可？"看到后文，实是请君入瓮。修欣然道："卿以为可，还有何人敢云不可呢？"裕暗笑而退。

新野人庾仄，为殷仲堪旧党，闻玄谋篡逆，即纠众袭击襄阳，逐走刺史冯该。当下辟地为坛，祭晋七庙祖灵，祃师誓众，传檄讨玄，也是汉翟义流亚，故特叙入。江陵震动。适值桓石康莅镇，引兵攻襄阳，仄出战败绩，奔投后秦。玄伪欲避嫌，自请归藩。桓修等入白安帝，请帝手诏慰留，安帝不得不从。玄又诈言钱塘临平湖忽开，江州有甘露下降，使百僚集贺庙堂，矫诏谓："相国至德，感格神祇，所以有此嘉瑞"云云。玄复自思前代受命，多得隐士，乃特征前朝高隐皇甫谧六世孙希之，为著作郎，又使希之固辞不就，然后下诏旌礼，号为高士，时人讥为充隐。都人士有法书好画，及佳园美宅，必为玄所垂涎，尝诱令赌博，使作孤注，得胜便取为己有。生平尤爱珠玉，玩不释手，至逆谋已成，遂假传内旨，加玄冕十有二旒，建天子旌旗，出警入跸，车驾六马，乐舞八佾，妃得称王后，世子得称太子。卞范之便代草禅诏，迫令临川王司马宝，持入宫中，胁安帝照文誊录，盖用御印，当即发出。越宿，逼帝临轩，交出玺绶，遣令司徒王谧赍给楚王，复徙帝出居永安宫。又越宿，迁太庙神主至琅琊庙，逼何皇后系穆帝后，尝居永安宫。及琅琊王德文，出居司徒府。何皇后行过太庙，停舆恸哭，哀感路人；后来为玄所闻，勃然怒道："天下禅代，不自我始，与何氏妇女何涉，乃无端妄哭呢？"你既要笑，何后怎得不哭？

王谧既将玺绶献玄，百官又统至姑孰，联名劝进。玄命在九井山北，筑起受禅台来，便于元兴二年十二月朔旦，僭即帝位，改国号楚，纪元永始，废安帝为平固王，王皇后为平固王妃，降何后为零陵县君。琅琊王德文为石阳公，武陵王遵为彭泽县侯，追尊父温为宣武皇帝，母南康公主为宣皇后，封子昇为豫章王。余如桓氏子弟族党，一律封赏，大为王，次为公，又次为侯。过了数日，玄乘法驾，设卤簿，驰入建康宫。途中适遇逆风，旌旗皆偃，及登殿升座，猛听得豁喇一声，御座陷落，好似有人在后推玄，险些儿跌将下来。小子走笔至此，因随书一诗道：

唐虞禅位传文德，汉魏开基本武功。
功德两亏谋盗国，任他狡猾总成空。

究竟玄曾否跌下，待至下回续表。

会稽父子，相继为恶，实为东晋厉阶。桓玄之起兵作乱，祸实启于元显一人，而道子之不能制子，亦宁得谓其无咎？故元显之枭首，与道子之鸩死，理有应得，无足怪也。唯刘牢之欲收鹬蚌之利，卒死于桓玄之手，党恶亡身，欲巧反拙，天下之专图利己者，其亦可自返乎？桓玄才智，不及乃父，徒乘晋室之衰，遍树族党，窃人家国，彼方以为人可欺，天亦可欺，篡逆诈夺，任所欲为，庸讵知冥漠之中，固自有主宰在耶？盖观于逆风之阻，御座之倾，而已知天意之诛玄矣。

第九十回　贤孟妇助夫举义
勇刘军败贼入都

却说桓玄上登御座，忽致陷落，几乎跌下。左右慌忙扶住，才得站住。群下统皆失色，独殷仲文向前道："这是圣德深厚，地不能载，所以致此。"亏他善谀。玄乃易惊为喜，出殿还宫，徙安帝出居寻阳，纳桓温神主于太庙中，立妻刘氏为皇后。散骑常侍徐广，请依据晋典，建立七庙。玄自以为祖彝以上，名位未显，不欲追尊，但诡词辩驳道："礼云三昭三穆，与太祖为七，是太祖应为庙主，昭穆皆在太祖以下。近如晋室太庙，宣帝反列在昭穆中，次序错乱，怎得奉为定法呢？"广乃默然退出，适遇秘书监卞承之，述及前言。承之喟然道："宗庙祭祀，上不及祖，眼见是楚德不长了。"桓彝忠晋，桓玄篡晋，祖孙志趣不同，无怪玄之不愿追尊。承之谓楚德不长，岂尊祖便能长久么？

玄性苛细，好自矜伐，朝令暮更，群下无所适从，遂致奏案停积，纪纲不治；唯素好游畋，日必数出。兄伟葬日，旦哭晚游。且出入未尝预告，一经命驾，传呼严促，侍从奔走不暇，稍或迟慢，即遭斥责，所以众情咸贰，怨气盈廷。玄心中也不自安，时常戒备。一夕，有涛水涌至石头城下，奔腾澎湃，突如其来，岸上人不及奔避，多被狂涛卷去，顿时天昏地黯，鬼哭神号。玄在建康宫中，也有声浪传到，矍然惊起道："敢是奴辈发作么，如何是好？"说着，即命左右出外探听。及接得还报，方知巨涛为祟，才得放心。

寻遣使至益州，加封刺史毛璩为散骑常侍，兼左将军。璩不肯服玄，竟将来使拘住，扯碎玄书。因授桓希为梁州刺史，令他分派诸将，调戍三巴，严防毛璩。璩索性传檄远近，列玄罪状，慷慨誓师，克日东讨。仿佛似雷声一震。当下遣巴东太守柳约之，建平太守罗述，征虏司马甄季之，会攻桓希，大得胜仗，遂引兵进屯白帝城。玄又命桓弘为青州刺史，镇守广陵，刁逵为豫州刺史，镇守历阳。弘令青州主簿孟昶，入都报政，玄见他词态雍容，很加器重，便语侍臣刘迈道："素士中得一尚书郎，与卿同一州里，卿可相识否？"迈与昶皆下邳人，素不相悦，至是即应声道："臣在京口，不闻昶有异能，但闻他父子纷纷，互相赠诗哩。"玄付诸一笑，乃遣昶仍返青州。昶行至京口，正与刘裕相遇，彼此叙谈，颇觉投机。裕笑语道："草泽间当有英雄崛起，卿可闻知否？"昶接口道："今日英雄为谁，想便应属卿了。"看官听说，昶因刘迈从中媒孽，隐怀愤恨，所以见了刘裕，乐得乘间挑衅，要他去做个冲锋，推倒桓玄。

裕乃与昶共议匡复方法，当时有好几处机会，可以联络，一是弘农太守王元德，与弟仲德皆有大志，不服桓玄，此时卸职入都，正好使他内应。还有前河内太守辛扈兴，振威将军童厚之，亦寓居建康，与裕素有往来，亦可密令起应元德，做个帮手；二是裕弟道规，方为青州中兵参军，正好使他暗袭桓弘，当令孟昶还白道规，佐以沛人刘毅合同举事；三是豫州参军诸葛长民，也是裕一个密友，正好使他同时举发，袭取豫州刺史刁逵，据住历阳。安排已定，便分头通知。

孟昶立即辞行，返至青州，即向妻周氏说道："刘迈在都中毁我，使我一生沦落，我决当发难，与卿离绝，倘然得遇富贵，迎汝未迟。"周氏接口道："君有父母在堂，理应奉养，今君欲建立奇功，亦非妇人所能谏阻，万一不成，当由妾谨事舅姑，死生与共，义无归志，请君不必多心。"好妇人。昶沉吟多时，欲言不言，因抽身起座，意欲外出。周氏已瞧破情形，抱儿呼昶，复令返座道："看君举措，并非欲谋及妇人，不过欲得我财物呢。"说着，又指怀中儿示昶道："此儿如可质钱，亦所不惜。"昶乃起谢。原来周氏多财，积蓄颇饶，至此遂倾资给昶，昶得与刘道规等联同一气，相机下手，一面预报刘裕。裕与何无忌同居京口，无忌尝思为舅复仇，当然与裕同志，事必预谋。裕既决计起兵，令无忌夜草檄文，无忌母为刘牢之姊，从旁瞧着，不禁流涕道：“我不及东海吕母，王莽时人，见《汉书》。汝能行此，还有何恨？”随即问同谋为谁？无忌答称刘裕。母大喜道：“得裕为主，桓玄必灭了。”孟昶有妻，何无忌有母，却是无独有偶。

过了两日，无忌偕裕出行，托词游猎，号召义徒，共得百余名，就中选得志士二十人，使充前队，自己冒作敕使，一骑当先，扬鞭入丹徒城。徐兖二州刺史桓修，闻有敕使到来，便出署相迎。兜头遇着无忌，正要启问，偏被无忌顺手一刀，头随刀落，当下大呼讨逆，众皆骇散。刘裕得无忌捷报，即驰入府舍，揭榜安民，片时已定。当将桓修棺殓，埋葬城外。召东莞人刘穆之为府主簿，穆之直任不辞。徐州司马刁弘，得知丹徒有变，方率文武佐吏，来探虚实。裕登城与语道：“郭江州指前刺史郭昶之。已奉乘舆，反正寻阳，我等并奉密诏，诛除逆党，今日贼玄首级，已当枭示大众，诸君皆大晋臣子，来此何干？”弘等闻言，信以为真，当即退去。适值孟昶刘毅刘道规，诱杀桓弘，收众渡江，来会刘裕。裕令刘毅追袭刁弘，杀死了事。

青徐兖三州已经略定，只有建康及豫州二路，尚未发作。裕令毅作书报告乃兄，乃兄就是刘迈，得了毅书，踌躇未决。致书人周安穆，见迈怀疑，恐谋泄罹祸，匆匆告归。迈正受玄命为竟陵太守，意欲夤夜出行，冀得避难，忽由桓玄与书，谓：“北府人情云何？卿近见刘裕，彼作何词？”迈阅书后，还道玄已察裕谋，竟默然待旦，自行出首。玄顿觉大惊，面封迈为重安侯，立饬卫兵出宫，收捕王元德辛扈兴童厚之等，骈戮市曹。已而有人向玄谮迈，谓迈纵归周安穆，不免同谋。玄遂收迈下狱，亦处死刑。迈亦该死。

那刘裕已为众所推，作为盟主，总督徐州军事，用孟昶为长史，檀凭之为司马，当下号召徐兖二州众士，得一千七百人，出次竹里，传檄远近，声讨桓玄。玄因命扬州刺史桓谦为征讨都督，并令侍中殷仲文，代桓修为徐兖二州刺史，会同拒裕。谦请发兵急击，玄皱眉道：“彼众甚锐，向我致死，我若一挫，大事去了，不若屯兵覆舟山下，以逸待劳，彼空行至二百里，无从一战，锐气必挫。忽见我大军屯守，势必却顾，我再按兵坚垒，勿与交锋，使彼求战不得，自然散去，这乃是今日的上计哩。”谦尚执定前议，仍然固请。玄乃请顿邱太守吴甫之，右卫将军皇甫敷，北击裕军。各军陆续出发，玄心下还带着惊慌，绕行宫中，徬徨不定。左右从旁劝慰道：“裕等不过乌合，势必无成，至尊何必多虑？”玄摇言道：“裕乃当世英雄，刘毅家无担石，樗蒱且一掷百万，何无忌酷似彼舅，共举大事，何谓无成？”说至此，又忆从前不听妻言，懊怅不置。原来裕为彭城内史，曾在桓修麾下，兼充中书参军。修尝入都谒玄，裕亦从行。玄见裕风骨不凡，称为奇杰，待遇甚优，每值宴会，必召裕入座。玄妻刘氏，从屏后窥见裕貌，谓裕龙行虎步，瞻顾非凡，将来必不可制，因劝玄趁早除裕。玄欲倚裕为助，故终不见从，谁知裕还京口，果然纠众发难，做了桓玄的对头，玄怎得不悔？怎得不恨？但已是无及了。刘寄奴王者不死，蛇神且无如之何，玄夫妇怎能死裕。

刘裕率军径进，攻克京口，用朱龄石为建武参军。龄石父绰，曾为桓冲属吏，至是龄石虽受裕命，自言受桓氏厚恩，不欲推刃。裕叹为义士，但令随着后队，不使前驱。行至江乘，正值玄将吴甫之，引兵杀来。甫之向称骁勇，全不把刘裕放在眼中，拍马直前，挺槊急进。裕军前队，却被拨落数人，正在杀得兴起，蓦有一将驰至，厉声大呼道："吴甫之敢来送死吗？"甫之未曾细瞧，已被来将大刀一劈，剁落马下。看官道是何人？原来就是刘裕。裕乘甫之不备，把他劈死，便即杀散余众，进军罗落桥。对面有敌阵列着，乃是玄将皇甫敷。裕又欲亲出接战，独司马檀凭之，纵马先出，与敷交锋，战了数十回合，凭之力怯，一个失手，为敷刺死。裕不禁大怒，自出接仗，敷素闻裕名，不敢轻与交手，唯麾众围裕，绕裕数重。裕毫不畏缩，倚着大树，与敷力战。敷呼裕道："汝欲作何死？"说着，即拔戟刺裕。裕大喝一声，吓得敷倒退数步，不敢近前。可巧裕党共来救应，击破敷众，敷解围欲走，裕令军士一齐放箭，射中敷额，敷遇创仆地，裕持刀直前，将要杀敷，但听敷凄声语道："君得天命，敷应受死，唯愿以子孙为托。"裕一面允诺，一面下手斩敷，随令军吏厚恤敷家，安抚孤寡，示不食言。且因檀凭之战死军中，特令他从子檀祗，代领遗众，仍然进薄建康。

桓玄闻二将战死，越觉惊心，忙召诸术士推算吉凶，并为厌胜诅咒诸术，并问及群臣道："朕难道就此败亡么？"群臣皆不敢发言。独吏部郎曹靖之抗声道："民怨神怒，臣实寒心。"玄瞿然道："民或生怨，神有何怒？"靖之道："晋氏宗庙，飘泊江滨，大楚祭不及祖，怎得不怒？"玄又道："卿何不先谏？"靖之道："辇下君子，统说是时逢尧舜，臣何敢多言。"玄无词可答，只长叹了好几声。威风扫尽。寻使桓谦出屯东陵，卞范之出屯覆舟山西，共合二万人。裕至覆舟山东，使军士饱餐，弃去余粮，期在必死，先令老弱残兵，登高张旗，作为疑兵，然后与刘毅等分作数队，突进谦阵。毅与裕俱身先士卒，拼死直前，将士亦踊跃随上，喊声动地。适有大风从东北吹来，裕军正在上风，便放起一把火来，火随风势，风助火威，烧得桓谦部下，都变了焦头烂额的活鬼，哪里还敢恋战，纷纷大溃。谦与范之，也一溜烟似的跑去，苟延生命。

玄因两军交战，时遣侦骑探报，侦骑见了疑兵，即返报裕军四塞，不知多少。玄亟遣武卫将军庾赜之，带领精兵，往援谦军，暗中却使领军将军殷仲文，至石头城预备船只，以便逃走。忽有探马踉跄入报，说是桓谦卞范之两军，俱已败溃。玄忙集亲信数千人，仓皇出奔，口中还声言赴战，挈同子昇及兄子濬，出南掖门。适遇前相国参军胡藩，叩马谏阻道："今羽林射手，尚有八百，非亲即故，彼受陛下累世厚恩，应肯效力，乃不驱令一战，偏舍此他去，究竟何处可以安身？"玄不暇对答，但用鞭向天一指，便即策马西走。驰至石头，见仲文已备齐船只，即下船驶行。船中未曾备粮，经日不食。及驶至百里外，方从岸上觅得粗粝，刈苇为炊，大众才得一饱。玄勉强取食，咽不能下，由子昇代为抚胸，惹得玄涕泣俱下，复恐追兵到来，径往寻阳去了。

唯建康城内，已无主子，司徒王谧等，当然背玄，迎裕入都。王仲德抱元德子方回，出城候裕。裕接见后，便将方回抱入怀中，与仲德对哭一场，面授仲德为中兵参军，追赠元德为给事中，然后将方回缴还仲德，引兵驰入都中。越日，移屯石头城，设立留台，令百官照常办事，取出桓温神主，至宣阳门外毁去，另造晋室新主，奉入太庙。又派刘毅等追玄，所有桓氏族党，留居建康，尽行捕诛。再使部将臧熹入宫检收图书器物，封闭府库，熹一一敛贮，毫无所私。裕乃倡言迎驾，使尚书王嘏，率百官往寻阳，迎还安帝。嘏与百官奉令去讫，唯王谧居守留台，推裕领扬州军事。裕一再固辞，让谧为扬州刺史，仍领司徒，兼官侍中，录尚书事。谧复推裕都督扬徐兖豫青冀幽并八州，领徐州刺史，裕即受任不辞。辞扬州而不辞八州，其意可知。当下令毅为青州刺史，何无忌为琅琊内史，孟昶为丹阳尹，刘道规为义昌太守。凡军国处置，俱委任刘穆之，仓猝办定，无不就绪，朝野翕然。只诸葛长民前与裕约，谋据历阳，事尚未发，为刺史刁逵所闻，将他拘住，槛送建康。行亚当利，闻得桓玄出走，建康已属刘裕，解差乐得用情，破槛放出长民，还趋历阳。历阳兵民，乘机反正，逐去刺史刁逵，逵弃城出走，正与长民相值，再经城中兵士追来，无从逃避，只好下马受缚，由他解送石头，一刀处死。子侄等亦皆骈戮，唯季弟给事中刁聘，幸得赦免。裕令魏咏之为豫州刺史，镇守历阳，诸葛长民为宣城内史。先是裕少年微贱，轻狡无行，名流多不与往来，唯王谧素来重裕，尝语裕道："卿当为一代英雄。"裕亦因此自负。会与刁逵赌博，输资不偿，逵缚诸树上，责令还值，嗣由谧代为偿还，方得释裕。裕感谧愈深，恨逵亦愈甚，至是酬恩报怨，才得伸志。唯桓玄篡位时，谧实助玄为虐，手解安帝玺绶，献与桓玄。见前回。时论皆不直王谧，谓宜声罪伏诛，独裕力为保全，谧才得无恙。因私废公，终属非是。

桓玄奔至寻阳，将要息肩，闻得刘毅等又复追来，他急胁迫安帝兄弟，及何王二后，乘舟西行。安帝被徙寻阳，事见上文。留龙骧将军何澹之，与前将军郭铨，刺史郭昶之等，堵仗湓口。刘毅等不能前进，尚书王嘏等，无从迎驾，只好还报刘裕。裕乃托称受帝密诏，迎武陵王司马遵为大将军，暂居东宫，承制行事。遵父名晞，就是元帝第四子，受封武陵，由遵袭爵，留官建康，任中领军。桓玄篡位，降遵为彭泽侯，勒令就镇。遵甫出石头，裕军已至，乃退还就第，此时总摄百揆，称制大赦，唯桓玄一族，不在赦例。可巧刘敬宣司马休之，自南燕奔归，遂令休之领荆州刺史，监督荆益梁宁秦雍六州军事，敬宣为晋陵太守。他两人奔往南燕时，曾与刘轨高雅之同行，见前回。后欲密图南燕王慕容备德，事泄南奔，轨与雅之被南燕兵追斩，独休之敬宣得脱，还为晋臣。休之奉命赴镇，但此时的荆州，尚为桓石康所据，怎肯让与休之，再加桓玄自寻阳奔赴，当然迎纳桓玄，与晋反抗。玄仍称楚帝，即以江陵为楚都，眼见得桓玄虽败，还有一片尾声。小子有诗咏道：

石头城内庆安全，半壁江山得少延。
只有荆襄还未靖，尚劳兵甲扫残烟。

欲知江陵如何攻克，待至下回再表。

刘裕起兵讨玄，主谋者实为孟昶，昶之怂恿刘裕，为私怨而发，非真知有公义也。观其对妻之言，全为刘迈一人，而周氏独能倾囊相助。且谓义无归志，彼知从夫之义，宁不能知报国之忠，其所由慨然给资者，正欲昶之乘间除逆耳。周氏诚贤矣哉！本回特举以标目。所以扬巾帼，愧须眉也。何无忌母，为弟复仇，犹其次焉者耳。刘裕一举，桓氏瓦解，师直为壮，曲为老，复得裕以统率之，何患不成？玄之惧裕，譬诸贼胆心虚，不寒自栗耳。然裕诛刁逵而不诛王谧，裕已第知有私，不知有晋矣，宁待篡位而始见裕之心哉？

第九十一回　截江洲冯迁诛逆首
陷成都谯纵害疆臣

却说桓玄退居江陵，仍称楚帝，署置百官，用卞范之为尚书仆射，倚作心腹，自恐奔败以后，威令不行，乃更加严刑罚，好杀示威。殷仲文劝玄从宽，玄发怒道："今因诸将失律，天文不利，故还都旧楚。今群小纷纷，妄兴异议，方当严刑惩治，奈何反说从宽呢？"仲文不便再劝，只好退出。玄兄子歆，贿结氐帅杨秋，进寇历阳，为魏咏之诸葛长民刘敬宣等击败，追至练固，将秋杀毙。玄再使武卫将军庾雅祖，江夏太守桓道恭，率数千人助何澹之，共守湓口。见前回。晋将何无忌刘道规，引兵至桑落洲，与澹之等乘舟交战。澹之平时的坐船，羽仪旗帜，很是辉煌，无忌语众将道："澹之必不居此，无非虚张声势，摇惑我军，我当先夺此船。"众将道："澹之既不在此船，就使夺得，也属无益。"无忌道："彼众我寡，胜负难料，澹之既不居此船，战士必弱，我用劲兵往攻，定可夺取，夺取以后，彼衰我盛，乘势迫击，破贼无疑了。"以实攻虚，也是一策。道规也以为然，遂遣精兵往攻。船中果无健将，立被晋兵夺来。无忌即令军士传呼道："我军已擒得何澹之了。"是谓以虚欺实。澹之军中，闻声大惊，自相哗扰。就是晋军也道是已得澹之，勇气百倍，当由无忌道规，麾军进攻澹之等。澹之各军，已经气夺，怎禁得晋军猛扑，奋勇杀来，顿时逃的逃，死的死，澹之等一齐遁去。无忌道规，得驶入湓口，进屯寻阳，取得晋宗庙主祏，奉还京师。

桓玄接得澹之等败报，复大集荆州士卒，得众二万人，楼船数百艘，再挟安帝东下，亲来督战。使散骑常侍徐放先行，入说刘裕等道："若能旋军散甲，当共同更始，各授爵位，令不失职。"裕等当然不从，更拨青州刺史刘毅，及下邳太守孟怀玉，会师寻阳，与何无忌刘道规两军，西出拒玄。两军相遇峥嵘洲，毅军尚不满万人，见玄军军容甚盛，各有惧色，意欲退还寻阳。独刘道规挺身道："行军全在气势，不在多寡，今欲畏怯不进，必为所乘，就使得返寻阳，亦岂遂能固守？玄虽外示声威，内实恇怯，并且前次已经奔败，众无固志，临机决胜，在此一举，怕他什么！"说着，即麾众前进，毅等乃鼓棹随行。两下方才交锋，忽江面刮起一阵大风，吹向玄舟，道规大喜，即令军士纵火，顺风烧贼。毅等亦助薪扬威，烟焰迷蒙，统望玄舟扑去。玄众本无斗志，再加大火冲来，船多被焚，哪里还敢对敌，当下散舟大溃。玄坐舫边备有小舸，慌忙挟帝换船，飞桨西走。时何王二后，亦被玄胁令从军，避火乱奔，行至巴陵，殷仲文收集散卒，背叛桓玄，奉二后奔往夏口，旋即东入建康。唯桓玄挟住安帝，再返江陵，玄将冯该，请再整兵拒战，无如人情离沮，号令不行。玄不得已乘夜出走，欲奔汉中，往依梁州刺史桓希。甫至城阊，忽暗中有数人闪出，持刀斫玄。玄手下尚有心腹百余人，慌忙代玄格住，玄才得免伤。彼此互相刺击，天又昏黑，不能细辨，但乱杀了一回，徒落得肝脑涂地，尸首塞途。玄单骑逃出，幸得下船，待了片刻，唯卞范之踉跄奔来，尚有嬖人丁仙期万盖等，也随后趋至，偕玄西行。好算是桓玄患难朋友。安帝才免挟去，由荆州别驾王康产，奉帝入南郡府舍。南郡太守王腾之，率领文武，为帝侍卫。琅琊正德文，始终随着安帝，不离左右。安帝至此，才觉惊魂粗定，稍安寝食了。慢着。

益州刺史毛璩，前曾移檄讨玄，因为桓希所阻，未曾东下。事见前回。有侄修之，为汉中屯骑校尉，与璩交通，他闻玄战败西奔，正好设法除奸，便亲诣玄舟，诈言蜀地无恙，不妨前往。玄已如漏网鱼，脱笼鸟，但教有路可奔，无不愿行，再加子侄辈陆续奔集，船中也有数十人，乐得一同西往，权寻一个安身窠。日暮途穷，还想择地安身么？适宁州刺史毛璠，在任病殁，璠系璩弟，由璩遣从孙毛祐之，及参军费恬，督护冯迁等，护丧归江陵，道出枚回洲，正与桓玄遇着。两边俱系舟行，祐之眼快，看见玄坐在舟中，便遥问道："逆贼何往？"一声喝着，舟中竞起，统弯弓放箭，射向玄舟。玄惊慌得很，嬖人丁仙期万盖，挺身蔽玄，俱被射死。益州督护冯迁，索性督同壮士，跃过玄舟，持刀径入。玄战声道："汝句汝何人？敢杀天子？"迁应声道："我来杀天子的贼臣。"道声未绝，刀光一闪，已将玄首劈下。玄子昇忙来救护，已是不及，反被冯迁等打倒，捆绑起来。毛祐之费恬等，一齐到玄舟中，劈死桓石康桓濬，唯卞范之凫水逃去。毛修之持了玄首，毛祐之锁住桓昇，同赴江陵，即遣人迎入安帝，暂借江陵为行宫，下诏大赦。唯桓氏不赦，命将桓昇牵出市曹，一刀斩讫。进毛修之为骁骑将军，余亦封赏有差，一面传送玄首，悬示大桁。

刘毅等闻乘舆反正，总道江陵已平，不必速进，且连日为逆风所阻，未便行舟，所以沿途逗留。哪知死灰复燃，余孽再炽。玄从子桓振，自华容浦纠众出来，掩袭江陵城。桓谦本避匿沮中，也聚党应振，众又逾千。江陵空虚，只有王康产王腾之守着，蓦被桓振等陷入，慌忙抵敌，已是不及，两人相继战死。桓振跃马操戈，直入行宫，向安帝追索桓昇，张目奋须道："臣门户何负国家，乃屠灭至此？"安帝面如土色，连一句话都说不出来。还是琅琊王德文，从旁代答道："这岂我兄弟本意么！"语亦可怜。振尚不肯敛手，奋戈指帝。可巧桓谦驰入，斥振无礼，苦加禁阻。振乃敛容下马，再拜而出。越宿为玄发丧，伪谥武悼皇帝。又过一宵，桓谦等率领群臣，奉还玺绶，且上言道："主上法尧禅舜，德媲唐虞，今楚祚不终，民心仍还向晋室，谨将玺绶奉缴，借副众望。"琅琊王德文，接了玺绶，交与安帝，又不得不婉言羁縻，令他退候诏旨，谦等奉命退出。未几，即有诏命颁发，授德文为徐州刺史，桓振为荆州刺史，都督八郡军事，桓谦复为侍中卫将军，加江豫二州刺史。于是桓氏又得专政，侍御左右，皆振爪牙。振少时无赖，为玄所嫉，至是振叹息道："我叔父不早用我，遂致败亡；若使叔父尚在，我为前锋，天下已早定了。今局居此地，果将何归？看来是不能久持呢。"颇有自知之明。谦劝振引兵东下，自守江陵。振方纵情酒色，肆行杀戮，欲安享几日的威福，怎肯再行赴敌？谦只得招募徒众，出堵马头，使桓蔚往戍龙泉。

刘毅何无忌刘道规等，接得江陵警耗，方鼓行西进，击破桓谦，又分兵再破桓蔚，兵势大振。无忌欲乘胜直趋江陵，道规谏阻道："兵法屈伸有时，不可轻进。诸桓世居西楚，群小皆为竭力，振又勇冠三军，难与交锋，今且息兵养锐，佯为示弱，待他骄怠，不患不胜。"无忌不从，引军直进。桓振果倾众出战。冯该卞范之等，又先后趋集，与无忌交战灵溪。无忌抵挡不住，前队多死，没奈何退保寻阳，与刘毅等上笺请罪。刘裕仍命毅节度诸军，唯夺去青州刺史官职。毅整署兵甲，修缮船械，再图西进。刘敬宣豫储粮食，拨给各军，所以无忌等虽然败退，不致大挫。休养数日，复从寻阳出发，前往复口。桓振遣冯该守东岸，孟山图据鲁山城，桓仙客守偃月垒。共计万人，水陆互援。刘毅攻孟山图，道规攻偃月垒，无忌遏住中流，抵御冯该，自辰至午，晋军大胜，擒住山图仙客，独冯该走往石城。毅等进拔巴陵，军令严整，不准侵掠，百姓安堵如常。

刘裕复命毅为兖州刺史，规复江陵。时益州刺史毛璩，从白帝城引兵出发，袭破汉中，得诛桓希。桓氏势力日蹙，唯荆襄尚为所据。桓振令桓蔚驻守襄阳，勉强过了残年。一交正月，南阳太守鲁宗之，起兵讨逆，掩入襄阳城。桓蔚走还江陵，刘毅并集各军，再攻马头。桓振挟安帝出屯江津，遣使求割江荆二州，然后送还天子。刘毅不许。振正欲拒战，不防鲁宗之杀入柞溪，击破振将桓楷，进驻纪南。振不得不还防宗之，留桓谦冯该卞范之守住江陵，监视安帝兄弟。谦令冯该堵截豫章口，为刘毅等所击败，再奔石城。毅等直至江陵城下，纵火焚门，谦等弃城西遁。唯卞范之迟走一步，被晋军拦住，拿下处斩。随即扑灭余火，麾军入城。卞范之到此才死，总算桓氏的异姓忠臣。桓振到了纪南，杀退鲁宗之军，返救江陵，途中望见火起，料知城已被陷，部众溃散，振无路可归，逃往涢川。安帝再得正位，改元义熙，复下赦诏，唯桓氏仍不得赦。前丰城公桓冲，有功王室，特赦免冲孙胤一人，徙居新安。进刘毅为冠军将军，所有行宫政令，悉归毅主持。授鲁宗之为雍州刺史，毛璩为征西将军，都督益梁秦凉宁五州军事。璩弟瑾为梁秦二州刺史，瑗为宁州刺史，遣建威将军刘怀肃，追剿桓氏余党，阵斩冯该。桓谦桓蔚桓楷何澹之等，都西奔后秦。

会建康留台，备齐法驾，来迎安帝。何无忌奉帝东还，留刘毅刘道规居守夏口，江陵归荆州刺史司马休之入守，不意桓振再收遗众，又从涢川进袭江陵。司马休之未曾预备，仓皇出敌，吃了一个败仗，奔往襄阳。振再入江陵，自称荆州刺史。建威将军刘怀肃，急引军救江陵城，刘毅又遣广武将军唐兴为助，夹攻桓振。振出战沙桥，还靠着一把大刀，盘旋飞舞，乱劈晋军。怀肃素知桓振厉害，早备着强弓硬箭，与他对敌，兵刃初交，便令军士弯弓迭射，箭如骤雨一般。振众死了一半，逃去一半，那时振亦没法支持，拍马欲逃，偏偏马已中箭，掀倒地上，振亦坠马。怀肃急抢前一步，手起刀落，把振剁作两段。桓氏后起悍将，至此才尽。江陵城当然夺还。

唯益州刺史征西将军毛璩，得了江陵再陷消息，集众三万，东出讨振。使弟瑗出外水，参军谯纵出涪江，偏蜀人不乐远征，多有怨言，纵将侯晖，与巴西人阳昧联谋，逼纵为主。纵不敢承受，自投水中，又为晖等捞起，再三固请，胁纵登车，往攻秦梁二州刺史毛瑾。瑾在涪城，闻变调兵，一时无从召集，即被侯晖等陷入，把瑾杀死，遂推纵为梁秦二州刺史。毛璩行至略城，才知纵等为乱，慌忙赶还成都。亟使参军王琼，率三千人讨纵，又令弟瑗领兵四千，作为后应。琼至广汉，适值侯晖引众拦阻，当由琼麾兵杀去，击毙晖众数十名，晖即引退。琼乘胜急追，瑗亦从后趋进，驰至绵竹，不意谯纵弟明子，奉了兄命，暗设两重伏兵，悄悄待着。琼陷入第一重伏中，尚然未觉，及深入第二重，前后胡哨大作，伏兵齐起，把琼困在垓心，琼拼命冲突，竟不得出。至毛瑗兵到，杀开血路，救琼出国，琼众已十死八九，就是毛瑗麾下，也战死了一半。瑗与琼奔还成都，侯晖谯明子等追至成都城下，日夕攻扑。益州营户李腾，潜开城门，引入外寇，毛璩及瑗，不及逃避，均为所戕。侯晖谯明子，遂据住成都，迎纵为主。纵令从弟洪为益州刺史，明子为征东将军，领巴州刺史，使率部众五千，出屯白帝城，于是全蜀大乱，汉中空虚。氐帅仇池公杨盛，得遣兄子杨抚，乘虚袭据汉中，余地多归入谯氏。晋廷方搜捕桓氏余孽，不遑西顾，谯纵得安然为成都王，霸占一隅了。谯纵据蜀，不在十六国之列。且说晋安帝东还建康，留台诸官，诣阙待罪，有诏令一律复职，命琅琊王德文为大司马，武陵王遵为太保，刘裕为侍中，兼车骑将军，都督中外诸军事，领青徐二州刺史。刘毅为左将军，何无忌为右将军，分督扬州豫州诸军事。刘道规为辅国将军，督淮北诸军事。魏咏之为征虏将军，兼吴国内史。余官亦进职有差。唯刘裕固让不受，安帝还道他未足偿愿，优诏慰勉，再加裕录尚书事。裕又表辞，且恳请归藩。安帝复遣百僚敦劝，并亲幸裕第，面加劝谕，裕仍不受命，始终请调任外镇。居心可知。乃改授裕都督荆司梁益宁秦雍凉诸州军事，并前时扬徐等八州，合成十六州都督，驻守京口，裕始拜命而去。已将东晋江山，一大半归诸掌握了。

先是，刘毅尝为刘敬宣宁朔参军，时人或称毅为雄杰，独敬宣说他“内宽外忌，夸己轻人，将来得志，必致陵上取祸”云云。毅得闻此言，衔恨甚深。及敬宣因功加赏，擢任江州刺史，毅使人白裕道："敬宣未预义谋，授为郡守，已属过优，今超任至江州刺史，岂不令人骇愕么？"是即夸己轻人之一斑。裕却未依毅议。敬宣已稍有所闻，自请解职，乃召还为宣城内史。毅复与何无忌等，分讨桓氏余党，所有桓亮桓玄等遗孽，一概荡平。荆湘江豫四州，从此肃清。有诏命毅都督淮南五郡，无忌都督江东五郡，晋室粗安。唯永安何皇后自巴陵还都后，年已六十有六，累经跋涉，饱受虚惊，便即一病去世，追谥为章皇后。了结何后，笔不渗漏。当时，宫廷虽经丧乱，但大憝已除，人心自然思治，共望升平。唯有一个彭泽令陶潜，系是故大司马陶侃曾孙，表字元亮，一字渊明，独因郡中遣到督邮，县吏谓应束带出迎。潜慨然太息，谓不能为五斗米折腰，遂于义熙二年，解印去县，归隐栗里，自作《归去来辞》表明高志。后来诗酒自娱，屡征不起；到了刘宋开国，还去征召，仍然不就，竟得寿终，这也是危邦不居，无道则隐的意思。不没高士。小子有诗赞道：

摆脱尘缨且挂冠，何如归隐尚堪安。
北窗醉卧东皋啸，能效陶公始达观。

陶潜归隐，寓有深衷，实在是江左乱端，未曾平定，试看下回卢循等事，便可分晓。

桓玄无赫赫之功，足以名世，但乘会稽父子之乱政，闯入建康，窃取大位，其为舆情之不服也可知。刘裕刘毅何无忌等，奋臂一呼，玄即败溃，始则犹挟安帝为奇货，及一失所挟，即被诛于枚回洲。计其僭位之期，不过半年，其亡也忽，谁曰不宜？论者谓玄挟主而不敢弑主，至桓振再起，欲弑主矣，而卒为桓谦所阻，是桓氏犹有敬主之心，虽曰为逆，尚可少原。不知彼欲借主以逃死，并非活主以鸣恭，假使玄得在位一二年，安帝宁尚得再生乎？唯毛璩首先倡义，不愧为忠，至闻桓振复陷江陵，又率众东下，报主之心，可谓挚矣。乃其后卒为叛徒所戕，祸及灭门，忠而构难，是亦当与刘越石同一叹惜也。然观于谯纵之速亡，璩亦可无遗恨也乎？

第九十二回　贪女色吞针欺僧侣　戕妇翁拥众号天主

却说卢循侵掠海滨，连年未已，虽前应桓玄招抚，受职永嘉太守，仍然未肯敛锋。见八十九回。当时为刘裕堵击，一再败循，循弃去永嘉，浮海南走。及裕起义讨玄，循复转寇南海，攻陷番禺，执住广州刺史吴隐之，自称平南将军，摄广州事，使姊夫徐道复往袭始兴，掩入城中，把始兴相阮腆之拘住，于是，循据广州，道复据始兴。及安帝反正，得平逆党，循亦未免畏忌，乃使人入贡晋廷，窥探虚实。晋廷方欲休兵息民，无暇南讨，因令循为广州刺史，道复为始兴相。实属不当。循复贻刘裕益智粽，裕报以续命汤。前琅琊内史王诞，时在广州，为循所迫，令为平南长史。诞因说循道："诞未习戎旅，留此无用，不若遣诞北上。诞与刘镇军素来友善，前去必蒙委任，倘与将军交际，定当从中相助，仰答厚恩。"循颇以为然，正要使诞启行，忽接刘裕来书，令循释还吴隐之。循尚不肯从，诞复语循道："将军今留吴公，实非良策。孙伯符即孙策。岂不欲留华子鱼？即华歆。但一境不容二主，所以纵还，将军独未闻此义么？"好口才。循乃释出隐之，使与诞同还建康。裕因隐之既归，得休便休，奈何忘却阮腆之。且暂时羁縻卢徐，容后再图。小子亦暂搁循事，到后再表。

且说后秦主姚兴，自收纳吕隆后，应八十八回。闻西僧鸠摩罗什，道行甚高，也即遣人迎入，尊为国师，鸠摩罗什散见前文。令居西明阁及逍遥园，翻译佛经。罗什博通经典，所有西域梵音，无不熟诵，及见关中通行诸佛书，多半错谬，乃召集沙门僧睿僧肇等八百余人，传授奥旨，笔述经纶三百余卷。沙门慧睿，才识高明，尝随罗什传写，罗什每与慧睿详论西方辞体，商榷异同，且云："天竺国俗，甚重文制，大约以宫商声韵，可入管弦，最为美善，所以臣民觐见国王，必有赞德经中偈颂等，语皆叶调，无不谐音。唯因中土流传，多非大乘教旨。"因特撰实相论二卷，呈诸姚兴。兴奉若神明，亲率朝臣及沙门千余人，肃容静听。罗什登座谈经，从容演讲。一日讲了多时，忽下座白兴道："有二小儿登我肩上，致生欲障，不得不求御妇人。"兴欣然道："大师聪明超悟，海内无双，若一旦入定，怎可使法种无嗣呢？"因即罢讲还宫，拨遣宫女一人，使伴罗什住宿。罗什一与交媾，果生二子，嗣是不住僧房，别立廨舍。兴敬礼不衰，优加供给，更拨女使十名，为充服役。罗什得了众女，索性肉身说法，与结大欢喜缘。高僧亦如是耶。僧徒等从旁艳羡，免不得互相效尤，作狭邪游。罗什乃持出一钵，召语僧徒道："汝等能将钵内贮物，取食净尽，方可蓄养妻妾，否则不得效我。"僧徒听了，都向钵中瞧着，不禁咋舌。原来钵中并非他物，乃是七大八小的绣花针，当下无人敢食，面面相觑。罗什却举匕箝针，一一进食，好似食韭一般，到口便软，自然熔化。恐怕是遮眼术。僧徒等不禁叹服，方才敛迹，相戒淫游。佛子佛孙，想已有许多传出了。后来，罗什居秦九年，年已七十有四，自觉不适，因口出三番神咒，令外国弟子传诵，意图自救。偏是大命该绝，诵祷无灵，到了病危时候，与众僧诀别，但言"传译诸经，俱系真旨，当使焚身以后，舌不燋烂"云云。西俗向用火葬，故罗什留有此语。罗什既死，姚兴令在逍遥园中，依西域法，用火焚尸，薪灭形碎，唯舌尚存。僧肇为作诔文，说得罗什非常神悟，共计有数千言。小子不忍割爱，特节录诔词如下：

先觉登遐，灵风缅邈，通仙潜凝，应真冲漠。丛丛九流，是非竞作，悠悠盲子，神根沉溺。时无指南，谁识冥度？大人远觉，幽怀独悟。冲恬静默，抱此玄素，应期乘运，翔翼天路。既曰应运，宜当时望，受生乘利，形标奇相。襁褓俊远，龆龀逸量，思不再经，悟不待匠。投足八道，游神三向，玄根挺秀，宏音远唱。又以抗节，忽弃荣俗，从容道门，尊尚素朴。有典斯寻，有妙斯录，弘无自替，宗无拟族。霜结如冰，神安如岳，外迹弥高，内朗弥足。恢恢高韵，可模可因，愔愔冲怀，唯妙唯真。静以通玄，动以应人，言为世宝，默为时珍。华风既立，二教亦宾，谁谓道消？玄化玄新。自公之觉，道无不弘，灵风遐扇，逸响高腾。廓兹大力，燃斯慧镫，道音始唱，俗网以崩。痴棍弥拔，上善弥增，人之寓俗，其徒无方。统斯群有，纽兹颓网，顺以四恩，降以慧霜。如彼维摩，迹参城坊，形虽圆应，神冲帝乡。来教虽妙，何足以臧？伟哉大人，振隆圆德。标此名相，显彼冲默，通以众妙，约以玄则。方隆般若，以应天北，如何运遭，幽里冥克。天路谁通？三途谁塞？呜呼哀哉！至人无为，而无不为，拥网遐笼，长途远羁。纯恩下钓，客旅上摛，恂恂善诱，肃肃风驰。道能易俗，化能移时，奈何昊天，摧此灵规？至真既往，一道莫施，天人哀泣，悲恸灵祇。呜呼哀哉！公之云亡，时维百六，道匠韬斤，梵轮摧轴。朝阳颓景，琼岳颠覆，宇宙昼昏，时丧道目。哀哀苍生，谁抚谁育？普天悲感，我增摧衄。呜呼哀哉！昔吾一时，曾游仁川，遵其余波，纂承虚玄。用之无穷，钻之弥坚，跃日绝尘，思加数年。微情未叙，已随化迁，如何赎兮？贸之以千。时无可待，命无可延，唯身唯人，靡凭靡缘，驰怀罔极，情悲昊天。呜呼哀哉！

自从鸠摩罗什讲经以后，尚有道恒道标道融昙无成等，具为罗什高徒广传佛法。西僧佛陀耶舍，弗若多罗，及觉贤法明，亦开关入秦，与罗什辩疑析难，多所发明。秦人沿为风气，侫佛奉经，十居八九。姚兴迷信释氏，煦煦为仁。关中臣民，颇免刑虐。但小信未孚，大体已失，姚氏国运，已启衰机。佛教是一种哲学，究非治平之道。晋十六州都督刘裕，因桓氏余孽，奔入关中，恐他引秦入寇，特遣参军衡凯之，诣秦通好。秦亦遣吉默报聘，由是使节往来，东西不绝。裕复求南乡诸郡，兴慨然许诺。廷臣多半谏阻，兴遍谕道："天下善恶，彼此从同。刘裕拔萃起微，匡辅晋室，乃能讨平逆党，修明政治，这正是当世英雄，我何惜数郡土地，不成彼美呢？"这也是信佛所致。遂将南乡顺阳新野舞阴等十二郡，割与东晋。唯仇池公杨盛，附魏抗秦，兴乃遣陇西公姚硕德，及冠军将军徐洛生等，往伐仇池，连得胜仗。盛穷蹙乞降，遣子难当及僚佐等数十人，入质长安。兴因署盛为征南大将军益州牧，都督益宁二州军事，召硕德等还师。硕德为姚氏勋戚，独具忠忱，兴亦特别待遇，每见硕德，必具家人礼，语必称字，车马服御，赏给甚丰。至此硕德凯旋，顺道入觐，兴盛筵相待，欢宴数日。待硕德辞行返镇，兴亲送至雍，然后与别，这也是兴优礼勋戚的好处。一节之长，不忍略过。

是时，南凉王秃发利鹿孤，已早去世，由弟广武公傉檀嗣立，傉檀少时机警，颇有才略，乃父思复鞬，尝语诸子道："傉檀器识，非汝等所及。"因此乌孤传位利鹿孤，利鹿孤传位傉檀，兄终弟及，有吴子诸樊兄弟遗意。谁知傉檀竟至亡国，可见小时了了，大未必佳。傉檀既嗣兄位，自号凉王，迁居乐都，改元弘昌。他见姚秦势盛，不能不与为联络，因此上表秦廷，报称嗣立。秦主兴遣使册拜傉檀为车骑将军，封广武公。已而，傉檀欲得姑臧，特向秦格外输诚，自去年号，罢尚书丞郎官，乃遣参军关尚诣秦入贡。秦主兴与语道："车骑投诚献款，为国屏藩，今闻他擅兴兵众，自造大城，究属何意？"尚答道："王公设险守国，系是古来成制，预备不虞，试想车骑僻处遐藩，密迩勍寇，南方逆羌未宾，西方蒙逊跋扈，一或有失，不但危及车骑，并且有害大秦，陛下奈何反启猜嫌呢？"兴闻言始笑道："卿言甚是，朕不免错怪了。"尚归报傉檀，傉檀乘机用兵，使弟文支出破南羌，向秦告捷，并求凉州。姚兴不许，但加傉檀散骑常侍，增邑二千户。傉檀再发兵攻北凉，沮渠蒙逊登陴固守，傉檀芟割禾苗，掠得牲畜数千头，引兵退还。于是再遣使至秦，献马三千匹，羊二万口，复乞给凉州城。秦王兴以傉檀为忠，始命都督河右诸军事，进车骑大将军，领凉州刺史，镇守姑臧。召凉州留守王尚还长安。王尚守姑臧，见八十八回。

凉州人申屠英等，遣主簿胡威赴长安，请留王尚仍守凉州，兴不肯从，威流涕白兴道："臣州奉戴王化，迄今五年，仰恃陛下威德，良牧仁政，士民戮力固守，才得保全，陛下何故贱人贵畜，以臣等易马羊呢？若军国须马，但烦尚书一符，令臣州三千余户，各输一马，朝下夕办，并非难事。昔汉武倾天下财力，开拓河西，截断匈奴右臂，今陛下无故弃五郡士民，俾资暴虏，窃恐虏情狡诈，不但虐我百姓，且劳圣朝旰食呢。"说得有理。兴始有悔意，使人止住王尚，并谕令傉檀缓进，哪知傉檀已率众三万，倍道行至五涧，逼尚出城。尚不得已让去姑臧，自还长安，傉檀遂入姑臧城，就宣德堂宴集群僚，酒至半酣，仰视建筑，很觉崇闳，便感叹道："古人谓作者不居，居者不作，今果然了。"凉州故吏孟祎进言道："从前张文王指前凉张骏，张祚尝尊骏为文王。筑造城苑，缮治宫庙，无非欲传诸子孙，永垂久远，乃秦兵渡河，全州瓦解；梁熙据有此州，拥兵十万，丧师酒泉，亡身彭济，吕氏掩入，势可排山，称王西夏，再传以后，率土崩离，衔璧秦雍。事并见前。昔人有言，富贵无常，忽乱易人，此堂建设，已将百年，共历十有二主，大约信顺乃可久安，仁义才能永固，愿大王慎图远久，无间始终。”傉檀改容称谢，推为谠言。先令弟文支镇守姑臧，自还乐都，旋即迁居姑臧城，车服礼仪，统如王制，不过向秦称藩罢了。

先是魏主拓跋珪称帝，暂不立后，前文八十三回，叙述魏事未及立后，至此补足数语。珪本来好色，所得妃妾，不下十百，大都恃娇倚宠，想做一个正宫娘娘，无如旧不敌新，后来居上，那慕容宝的季女，被虏入魏，竟因年轻貌美，得宠专房。见八十一回。魏俗欲立皇后，必先范铜为像，像成乃得册立。慕容氏铸像适成，遂得立为魏后。约莫过了三五年，珪又想另选娇娃，特遣北部大人贺狄干，向秦求婚。秦王兴闻魏已立后，当然不从，且将贺狄干拘留，不令归魏。珪闻报大怒，便亲自督兵，出攻秦属没奕于诸部。当时，北狄有柔然国，为东胡苗裔，姓郁久闾氏，始祖名木骨间，本为代王猗卢骑卒，遁匿广漠。子车鹿会勇武过人，始纠众立国，号为柔然。后裔社仑，正与拓跋珪同时，连结后秦，屡侵魏境，至是复援秦拒魏，为珪所破，远徙漠北，夺高车为根据地，自号豆代可汗，不劳琐叙。唯秦主兴也遣弟姚平，率兵攻魏平阳，陷入乾壁。珪移众击平，将平围住。平向兴乞援，兴自统兵往救，被珪邀击蒙坑，杀退兴军。姚平乃不得出围，粮竭矢尽，投水殉难。余将狄伯支等，尽被擒去。兴力不能救，举军恸哭，因遣使向魏请和。珪尚不许，且进攻蒲坂。守将姚绪，用了坚壁清野的计策，固垒扼守，珪无从抄掠，方才引还。嗣因柔然复盛，又为魏患，魏乃与秦通好，放还秦俘。秦亦遣归贺狄干，释怨罢兵，谁知反恼了一个降臣，恨秦通魏，居然叛秦自立，独霸一方。看官道是何人？原来是刘卫辰子勃勃。

卫辰为魏所灭，勃勃辗转入秦，奔依秦高平公没奕于。事见前文。没奕于妻以爱女，使谒姚兴。兴见他身高八尺，腰带十围，仪容伟岸，应对详明，禁不住暗暗称奇，便面授骁骑将军兼奉车都尉，所有军国大议，常使参谋。兴弟邕入谏道：“勃勃天性不仁，未可轻近，愿陛下留意。”兴怫然道：“勃勃有济世才，我方欲与平天下，何为见疏？”这叫做养虎自卫。寻命勃勃为安远将军，封阳川侯，使助没奕于镇高平。且令朔方杂夷，及卫辰遗众三万人，拨归勃勃节制，使他伺魏间隙，报复宿仇。姚邕复与兴固争，力言不可。兴又道："卿如何知他性气？"邕答道："勃勃奉上慢，御众残，贪暴无亲，轻为去就，如欲过宠，必为边害。"兴乃罢议。未几，复拜勃勃为安北将军，封五原公，配以三交五部鲜卑，及杂虏三万余落，使镇朔方。勃勃既得专方面，号令一隅，免不得暗蓄雄心，跃跃思逞。会闻秦魏通和，遂与秦有嫌，起了叛意。适值柔然部酋社仑，遣使贡秦，有马八千匹，路过大城，竟被勃勃截住，夺为己有。又复召集部众三万余人，伪猎高平川，诱令没奕于出会。没奕于以女夫入境，定无歹心，便即坦然相迎。不料勃勃生成戾性，不顾妇翁，竟暗嘱部众，刺死没奕于，并有高平部曲，众至数万。晋安帝义熙二年，便僭称天王大单于，建元龙升，署置百官，自谓系出匈奴，乃夏后氏苗裔，因以夏为国号。也列入十六国中。命长兄右地代为丞相，封代公，次兄力俟提为大将军，封魏公，弟阿利罗引为征南将军，兼司隶校尉。异姓依次授任，尊卑有差。当下出击鲜卑薛干等三部，收降万余人，复进攻三城以北诸戍垒。

三城为秦要塞，由秦将杨丕姚石生等守着，既闻勃勃来攻，当然督兵堵击。偏勃勃兵锋甚锐，势不可当，杨姚二将，连战失利，相继败亡。勃勃尚随地侵掠，不肯少休。部将请定都高平，自固根本，勃勃道："我新创大业，士众未多，姚兴亦一时英雄，诸将用命，未可骤图，我若专恃一城，彼必并力攻我，亡可立待，不如东西飚突，攻他无备，彼顾后必失前，顾前必失后，劳碌奔波，不战亦敝，我得游食自如，不出十年，岭北河东，可尽为我有。待兴既死，然后进攻长安，兴子泓庸弱小儿，怎能敌我？我自有擒他的计策。古时轩辕氏亦迁居无常，至二十多年，始定国都，何必以我为怪呢？"确是狡谋。部将相率拜服。勃勃遂攻秦岭北诸城，忽来忽去，害得诸城门终日关闭，白昼不开。种种警报，传入长安，秦主兴方自叹道："我不用黄儿言，致生此患，今已无及了。"小子有诗咏道：

狼性难驯本易知，献箴况复有黄儿。
如何不纳忠良语，坐昧先几后悔迟。

欲知黄儿为谁，且看下回便知。

观鸠摩罗什之所为，实是一种邪术，不足厕入高僧之列，否则六根已净，何致再生欲障，纳女生男。食针之举，特借此以欺人耳。吾尝谓佛图澄之入后赵，无救石氏之亡，鸠摩罗什之入后秦，反致姚氏之敝，释氏子之无益人国，已可概见。而鸠摩罗什之道行，且出佛图澄下，修已未能，遑问济人乎？姚兴自佞佛后，割南乡十二州以畀晋，弃凉州五郡以给南凉，皆误会佛氏舍身救人之义。而轻撤国防，至命赫连勃勃之镇朔方，尤为大误。勃勃胡种，与秦异族，狼子野心，岂宜重任？就使秦不和魏，亦必有反噬之忧，及僭号叛秦，侵轶岭北，而姚兴始有不用良言之悔，晚矣。

第九十三回　葬爱妻遇变丧身
立犹子临终传位

却说后秦主姚兴，连接岭北警报，始悔从前不听黄儿，黄儿就是姚邕小字，但此时已经无及，只好严饬边城防备。勃勃已杀死妇翁没奕于，不欲立妻为后，乃更遣使至南凉，向秃发傉檀乞婚。傉檀不许，勃勃遂率骑兵二万，进攻南凉。傉檀方与沮渠蒙逊互起战争，少胜多败，又遇勃勃来攻，慌忙移军阳武，与他对敌。勃勃气势方盛，所向无前，南凉兵已经战乏，怎能招架得住？一场角逐，傉檀大败，将佐死了十余人，兵士伤毙万余，自与散骑逃入南山，才得幸免。勃勃裒尸成邱，号为髑髅台；又大掠人民牲畜，满载而归。

时西秦主乞伏乾归，自苑川入朝后秦。姚兴闻他兵势寖强，恐将来不易制服，因留乾归为主客尚书，唯令他长子炽磐，署西夷校尉，监抚部众。傉檀阴欲背秦，曾遣使邀同炽磐，共图姚氏。炽磐杀死来使，传首长安。兴得炽磐报闻，方知傉檀已有贰心，非但不肯往援，且欲声罪致讨。傉檀大惧，急还姑臧，并将三百里内民居，悉数徙入，国中骇怨。屠各部内的成七儿，劫众谋叛，幸亏殿中都尉张猛，设法解散，骑将白路等追斩七儿，才得无事。寻又由军谘祭酒梁裒，辅国司马边宪等，潜图不轨，事泄被诛，这是南凉气运未终，所以还有此侥幸呢。暂作一结。

小子因后燕构乱，正在此时，不得不插叙慕容熙事，成一片段文章。回应八十八回。慕容熙纳二苻女，姊为昭仪，妹为皇后，宠爱的了不得。大兴土木，筑造宫室，最大的叫做龙腾苑，广袤十余里，役徒二万人，苑内架迭景云山，台广五百步，峰高十七丈；又建逍遥宫甘露殿，连房数百，观阁相交。熙与苻氏两姊妹，朝游暮乐，快活异常，两女所言，无不依从，甚至刑赏大政，亦尝关白帷房，使她裁断，所以两女权力，几出熙上。会熙游城南，暂憩大柳树下，忽听树中有声发出，好似有人呼道："大王且止！大王且止！"熙甚觉骇异，即命卫士用斧伐树。树方劈开，忽有一大蛇蜿蜒出来，长约丈余，闪闪有光，当由卫士各用长槊，竟相攒刺，好多时才得刺死。维虺维蛇，女子之祥。大苻女正随熙同行，见了这般大蛇，也觉惊心，迨还宫后，遂至精神恍惚，体态慵松，过了数日，便一病不起，奄卧床中。龙城人王荣，自言能疗昭仪疾病，愿为诊治。熙忙使入视，开方进药，连服了两三剂，竟把这如花似玉的苻昭仪，医得两眼翻白，一命呜呼。好一个医生。熙不胜悲愤，命将王荣拿下，责他妄言诞语，反使宠妾速亡，当下推出公车门，处以磔刑，支解四体，焚骨扬灰。庸医杀人，未尝无过，但何至犯此大罪？一面用后礼殓葬，追谥为愍皇后。熙经此悼亡，连日不欢，亏得宫中还有个小苻女，本来是宠过乃姊，以小加大，此次从旁解劝，格外绸缪，方把那慕容熙的悲伤，渐渐的淡了下去。娥眉善妒，不问姊妹。熙固悼亡，安知小苻女不暗地生欢？

光始四年冬季，光始系慕容熙年号，见前。东方的高句骊国，入寇燕郡，杀掠百余人。越年孟春，熙督兵东征，令苻后从行。到了辽东，攻高句骊城，仰用冲车，俯凿地道，高下并进，守兵不遑抵御，几被陷入。熙遍号令军中道："待铲平寇城，朕当与后乘辇共入，休得着忙！"将士等得了此令，只好缓进，城内得严加堵塞，反致难下。会春寒加剧，雨雪霏霏，兵士多致冻僵，熙与苻后披裘围炉，尚觉不温，只好引兵退还。辽西太守邵颜，供应不周，遂至黜责，并欲将颜处死。颜亡命为盗，侵掠人民。熙遣中常侍郭仲往讨，用了无数的兵力，才得斩颜。转瞬间又是暮冬，苻后欲北往围猎，熙不得不依。出猎已毕，苻后尚不肯还宫，劝熙北袭契丹，熙乃在塞外过年。元旦已过，即与苻后进趋陉北，探得契丹兵戍，很是严密，料难进取，因拟收兵南归。偏苻后不欲空行，定欲出些风头，得着战胜的荣誉，方肯回南，熙不忍违抗后旨，又未敢轻迫契丹，只好想出别法，改向东行，再袭高句骊。途中不便载重，索性将辎重弃去，但率轻骑东趋。军行三千余里，士马俱疲，又适遇着大雪，冻死累累，勉强行至木底城，攻打了一二旬，全然无效，夕阳公慕容云，身中流矢，因伤辞归，士卒亦无斗志，苻后兴亦垂尽，乃一并引还。妇人之误国也如此。

慕容宝子博陵公虔，上党公昭，皆为熙所忌，诬他谋反，相继赐死。又为苻后砌承华殿，高出承光殿一倍，负土培基，土与谷几至同价。宿卫典军杜静，载棺诣阙，上书极谏。熙怒令斩首，弃尸野中。苻后尝在季夏时，思食冻鱼脍，至仲冬时，思食生地黄。熙令有司采办，有司无从觅取，竟责他不奉诏命，辄置死刑。到了光始七年的元旦，复改元建始，大赦境内。太史丞梁延年，梦见月光散采，化为五白龙，就在梦寐中占验吉凶，谓："月为臣象，龙为君象，将来臣化为君的预兆。"说着，竟被鸡声唤醒，想了片刻，觉得梦象不虚，乃起语家人道："国运恐要垂尽了。"

已而由春历夏，苻后忽然遘疾，急得慕容熙眠食不安，遍求内外名医，多方疗治。偏偏昙花易散，好梦难圆，苯苜无灵，芙蕖竟萎。熙悲号擗踊，如丧考妣，且在尸旁陪着，终日不离；自朝至暮，抚尸大哭道："体已冷了，难道果就此绝命么？"道言未绝，竟至晕倒地上。好一个义夫。左右慌忙救护，过了多时，才得苏醒，不如就此死去，省得后来饮刀。还是哭泣不休，嘱令缓殓。时当孟夏，天气温和，尸身不致骤坏，停搁两日，左右屡请殓尸，方才允准。大殓已毕，盖棺移殿。熙不许移棺，还望她起死回生，再命左右启棺审视。说也奇怪，那尸体原是未朽，并且面色如生，仍然杏脸桃腮，红白相衬。熙亲为摩抚，看一回，哭一回，嗣复想入非非，俯下了首，与死后接一个吻。两口相交，禁不住欲火上炎，竟遣开左右，扒入棺内，俯压尸身，把她卸去下衣，演出一番独角戏。闻所未闻。好一歇才平欲火，仍复出棺，见尸身忽然变色，蓬蓬勃勃的臭气，熏将出来。熙方始避开，召入侍从，把棺盖下，自己斩衰食粥，就宫内设立灵位，令百僚依次哭灵；且暗令有司监视，凡哭后有泪，方为忠孝，若无泪即当加罪。于是群臣震惧，莫不含辛取泪，免受罪名。前高阳王慕容隆妻张氏，本为熙嫂，素美姿容，兼有巧思，熙将令为苻氏殉葬，特吹毛索瘢，把她襚靴拆毁，见有敝毡，即诬她厌胜，勒令自尽。三女叩头求免，熙终不许。可怜这位张嫠妇，平白地丧了性命。毕竟美人薄命。熙又传出命令，凡公卿以下，及兵民各户，统须前往营墓。墓制非常弘敞，周轮数里，内备藻绘，下及三泉，所费金银，不可胜计。熙语监吏道："汝等须妥为办理，朕将随后入此陵了。"右仆射韦璆等，并恐殉葬，沐浴待死，还算命未该绝，不见令下。至墓已营就，号为徽平陵。启殡时全体送葬，唯留慕容云居守。熙披发跣足，步随柩后。丧车高大，不能出城，因即拆毁北门，才得舁出。长老私相叹息道："慕容氏自毁国门，怎得久享呢？"

既至南苑，忽由中黄门赵洛生，踉跄奔至，报称祸事。看官道是何因？原来中卫将军冯跋，左卫将军张兴，曾坐事出奔，至是得混入城中，与跋从兄万泥等二十二人，密结盟约，即推慕容云为主，发尚方徒五千余人，分屯四门。跋兄子乳陈等鼓噪入宫，禁卫皆散，遂由跋等闭门拒熙。熙得赵洛生警报，却投袂奋起道："鼠子有何能为？待朕还剿，便可荡平。"说着，即收发贯甲，驰还赴难。夜至龙城，门已紧闭，命卫士攻扑多时，无从得胜，乃退入龙腾苑中。越日，由尚方兵褚头，逾城从熙，自称营兵将至，愿来助顺。熙未曾听明，便即趋出。前勇复怯，不死已馁。左右不及随行，待了半日，未见熙还，方向各处找寻，并无下落，只有衣冠留在沟旁。中领军慕容拔，语中常侍郭仲道："大事垂捷，主上却无故出走，令人可怪，但城内已经悬望，不应久延，我当先往城中，留卿待着，卿如寻得主上，便应速来。若主上一时未归，我亦好安抚兵民，再出迎驾，也不为迟哩。"郭仲允诺。拔即率壮士二十余人，趋登北城。城中将士，还道是熙已前来，俱投械请降，已而熙久不至，拔无后继，众心疑惧，复下城赴苑，遂皆溃散，拔竟为城中人所杀。

慕容云既据龙城，令冯跋等搜捕慕容熙。熙自龙腾苑出走，错疑城中兵来攻，避匿沟下，累得拖泥带水，狼狈不堪。良久不见变动，方从沟中潜出，脱去衣冠，辗转逃入林中，为人所执，送至云处。云亲数熙罪，把他处斩，好与大小苻女，再去交欢，也不枉一死了。并杀熙诸子，同殡城北。总计熙在位七年，还只二十三岁，当时先有童谣云："一束藁，两头燃，秃头小儿来灭燕。"燕人初不解所谓，及熙死云手，才应谣言，藁字上有草，下有木，两头燃着，乃是草木俱尽，成一高字。云本姓高，系高句骊支庶，从前慕容皝破高句骊，被徙青山，遂世为燕臣。云父名拔，小字秃头，拔有三子，云列第三，所以称为秃头小儿，起初入事慕容宝，拜为侍御郎，旋因袭败慕容会军，宝乃养为义儿，封夕阳公。见八十一回。冯跋向与交好，所以推他为主，篡了燕祚，当下僭称天王，复姓高氏，大赦境内，改元正始，国仍号燕。命冯跋为侍中，都督中外诸军事，领征北大将军，开府仪同三司，录尚书事，封武兴公。冯万泥为尚书令，冯乳陈为中军将军，冯素弗为昌黎尹，兼抚军大将军，张兴为辅国大将军。此外，封伯子男及乡亭侯，共五十余人。所有慕容熙故臣，仍令复官。谥熙为昭文皇帝，与苻后同葬徽平陵。自慕容垂僭号称帝，至熙共历四世，凡二十四年。高云为慕容宝养子，或仍附入后燕谱录，其实是已经易姓，不能再沿旧称了。《通鉴》列高云于北燕，不为无见，唯《晋书》及《十六国春秋》，仍附云于后燕之末。

是时，南燕主慕容备德，据住广固，势尚未衰，蹉跎过了五年，已是六十九岁，苦无后嗣，探闻兄子超流寓长安，乃遣使购求。超母子尝随呼延平奔入后凉，前文中已曾叙过，见八十七回。后因凉主吕隆，失国降秦，呼延平又挈超母子徙入长安。未几平歿，超号恸经旬，母段氏语超道："我母子死中逃生，全亏呼延氏保护，若受恩不报，必受天殃。平今虽死，我欲为汝纳呼延女，聊报前恩，汝以为何如？"超当然从命，遂娶平女为妻。平女嫁超，想有两三年称后的福气。唯因诸父在东，恐为秦人所捕，乃佯狂乞食，敝服游市中，秦人都目为贱丐。独东平公姚绍，看破隐情，即入白姚兴道："慕容超姿干魁伟，必非真狂，愿微加爵禄，略示羁縻。"兴便召超入见，详加研诘。超故为谬语，答非所问，兴顾语绍道："谚云'妍皮裹痴骨'，今始知是妄语哩。"乃叱超令退，不复加意。超得自由往来，无拘无束，途中遇着一个相士，叫做宗正谦，看超面目，便与语道："汝当大贵，奈何混居市中？"超不禁着忙，亟引正谦入僻静处，详告履历，嘱使讳言。正谦系济阴人，即替超设法，使人密报南燕。备德才有所闻，因遣济阴人吴辩，往探虚实。辩至长安，先访宗正谦，当由正谦告超。超不敢转白母妻，竟与吴宗两人，变易姓名，潜行至梁父，投入镇南长史悦寿廨舍，方吐真名。寿报诸兖州刺史南海王法，法说道："昔汉有卜人，诈称卫太子，今怎知非此类呢？"遂不肯迎超。为下文伏案。悦寿即送超入广固，备德闻超到来，大喜过望，即遣三百骑往迎。超进谒备德，呈上金刀，具述祖母临终遗语。备德抚超大恸，泣下数行，当下封超为北海王，授官侍中，拜骠骑大将军，领司隶校尉。超仪表雄壮，颇肖备德，备德很加宠爱，意欲立超为嗣，乃为超筑第万春门内，规制崇闳，每日有暇，必亲自临幸，与超谈论国事。超曲意承欢，侍奉弥谨；又复开府置吏，屈己下人，内外瞀望，翕然相从。

约莫过了一年，暮秋天凉，汝水忽竭，备德未免失惊，越两月，竟至寝疾。超请往祷汝水神，备德道：“人主命数，本自天定，难道汝水神所能专主么？”遂不从所请。是夜，备德梦见父慕容皝，临榻与语道：“汝既无男，何不立超为太子？否则恶人将从此生心了。”这恐是因想成梦。备德欲问恶人何名，偏有人从旁唤醒，开目一瞧，乃是皇后段氏，不由的唏嘘道：“先帝有命，令我立储，看来是我将死了。”翌日，力疾起床，勉御东阳殿，引见群臣，议立超为太子。事尚未决，忽觉地面震动，坐立不安。百僚都窜越失位，备德也支持不住，乘辇还宫，延至夜分，病已大增，口不能言。段氏在旁大呼道：“今召中书草诏，立超为嗣，可好么？”备德张目四顾，见超已侍侧，便即颔首。段后因宣入中书，草定遗诏，立超为皇太子，备德遂瞑目而逝。年正七十，在位六年。

诘朝由超登殿，嗣为南燕皇帝，循例大赦，改元太上。尊备德后段氏为太后，命北地王慕容钟都督中外诸军，录尚书事。南海王慕容法为征南大将军，都督徐兖扬南兖四州诸军事。桂阳王慕容镇为开府仪同三司，尚书令封孚为太尉，鞠冲为司空，潘聪为左光禄大夫，段弘为右光禄大夫，封嵩为尚书左仆射。此外封拜各官，不必备述。追谥备德为献武皇帝，庙号世宗。唯奉灵出葬时，却先有十余柩，夜出西门，潜葬山谷，至正式告窆的东阳陵，实是一口空棺，谅想由备德生前的预嘱呢。小子有诗叹道：

奸诈几同曹阿瞒，不为疑冢即虚棺。
生前若肯留余地，朽骨何容虑未安？

欲知慕容超嗣位后事，且看下回再表。

苻秦之灭，慕容氏为之，慕容氏之灭，苻氏实为之，天道好还，因果不爽。且俱斫丧于妇人女子之手，何其事迹之相似也？慕容垂妻段氏，苻坚尝与之同辇出游，慕容冲姊弟专宠，长安有雌雄凤凰之谣，至慕容熙纳苻谟二女，宠爱绝伦，大苻早殁，熙杀王荣，小苻继逝，熙如丧考妣，衰服送葬，以嫂为殉，而叛徒即乘间发难。说者谓衅起冯跋，成于高云，于苻氏何与？不知兴土木，倾府库，唯妇言是用，皆亡国之媒介也。岂尽得归咎于冯高二子哉？若慕容备德之立慕容超，犹子比儿，不违古义。且超内能尽孝，外能下士，贤名夙表，誉重一时，此而不立，将立何人？况有慕容䟫之感及梦象哉？然其后终不免亡国，此非德立超之过，乃德叛宝之过也。德不知有主，安能传及后嗣？十余柩之潜发，德亦自知负疚矣乎？

第九十四回　得使才接眷还都　失兵机纵敌入险

却说慕容超既得嗣位，引亲臣公孙五楼为武卫将军，领司隶校尉，内参政事。五楼欲离间宗亲，多方媒孽。超因出慕容钟为青州牧，段弘为徐州刺史。太尉封孚语超道："臣闻亲不处外，羁不处内，钟系国家宗臣，社稷所赖，弘亦外戚懿望，百姓具瞻，正应参翼百揆，不宜远镇外方。今钟等出藩，五楼内辅，臣等实觉未安。"超终信五楼，不听孚言。钟与弘俱不能平，互相告语道："黄犬皮恐终补狐裘呢。"嗣为五楼所闻，嫌隙益深。超因前时归国，为慕容法所不容，因亦怀恨在心。备德殁时，法恐为超所忌，不入奔丧，至是超遣使责法。法遂与慕容钟段弘等，合谋图超。不意被超察悉，立召令入都，法与钟皆称疾不赴，超先搜查内党，捕得侍中慕容统，右卫将军慕容根，散骑常侍段封等，一体枭斩；复将仆射封嵩，轘裂以殉。然后遣慕容镇攻钟，慕容昱攻弘，慕容凝韩范攻法，封嵩弟融，出奔魏境，号召群盗，袭石塞城，击杀镇西大将军馀郁。青土震恐，人怀异议。慕容凝也有异心，谋杀韩范，袭击广固。范侦得凝谋，勒兵攻凝，凝出奔后秦。慕容法亦保守不住，弃城奔魏。钟在青州，亦被镇引兵攻入，钟自杀妻孥，凿隧逃出，也奔往后秦去了。枝叶已尽，根本何存？

超既平叛党，遂以为人莫敢侮，肆意畋游。仆射韩䛓切谏不从。百姓屡受征调，不堪供役，多有怨言。会超忆念母妻，特使御史中丞封恺，前往长安请求。秦主姚兴，本已将超母妻拘住，至此闻恺到来，乃召入与语道："汝主欲乞还母妻，朕亦不便加阻，但从前苻氏败亡，太乐诸伎，悉数归燕；今燕当前来归藩，并将诸伎送还，否则或送吴口千人，方可得请呢。"恺如言还报，超使群臣详议。左仆射段晖，谓："不宜顾全私亲，自降尊号。且太乐诸伎，为先代遗音，怎可畀秦？万不得已，不如掠吴口千人，付彼罢了。"是乃忍人之言。尚书张华，力驳晖议，说是："侵掠吴边，必成邻怨，我往彼来，赔祸无穷。今陛下慈亲，在人掌握，怎可靳惜虚名，不顾孝养？今果降号修和，定能如愿，古人谓'枉尺直寻'，便是此意。"超大喜道："张尚书深得我心，我也不惜暂屈了。"遂遣中书令韩范，奉表入秦。

秦主兴取阅表文，见他称藩如仪，便欣然语范道："封恺前来，致燕王书，曾与朕抗礼，今卿赍表来附，莫非为母受屈么？还是以小事大，已识《春秋》古义呢？"范从容答道："昔周爵五等，公侯异品，小大礼节，缘是发生；今陛下命世龙兴，光宅西秦，我朝主上，上承祖烈，定鼎东齐，南面并帝；通聘结好，若来使矜诞，未识谦冲，几似吴晋争盟，滕薛竞长，恐伤大秦堂堂国威，并损皇燕巍巍美德，彼此俱失，义所未安。"兴不待说毕，便作色道："若如卿言，是并非以小事大了。"范又道："大小且不必论，今由寡君纯孝，来迎慈母，想陛下以孝治人，定必推恩锡类，沛然垂悯呢。"不亢不卑，是专对才。兴方转怒为喜道："我久不见贾生，自谓过彼，今始知不及了。"乃厚礼相待，欢颜与叙道："燕王在此，朕亦亲见；风表有余，可惜机辩不足。"范答道："'大辩若讷'，古有名言。若使锋芒太露，便不能继承先业了。"兴笑道："使乎？使乎？朕今当为卿延誉了。"范复乘间聘词，说得兴非常惬意，面赐千金，许还超母妻。时慕容凝已早至长安，入白姚兴道："燕王称藩，实非本心，若许还彼母，怎肯再来称臣呢？"兴意乃中变，又不好自食前言，但称天时尚热，当俟秋凉送还，因即遣范归燕，且使散骑常侍韦宗报聘。

超北面受秦诏敕，赠宗千金，再遣左仆射张华，给事中宗正元赴秦，送入乐伎一百二十人。兴喜如所望，延华入宴，酒酣乐作，雅韵铿锵。黄门侍郎尹雅语华道："昔殷祚将亡，乐师归周；今皇秦道盛，燕乐来庭，废兴机关，就此可见了。"华不肯受嘲，忙即接口道："从古帝王，为道不同，欲伸先屈，欲取姑与，今总章西入，必由余东归，由余戎人，入关事秦，见《列国演义》。祸福相倚，待看后来方晓哩。"兴听着华言，不禁勃然道："古时齐楚竞辩，二国兴师，卿乃小国使臣，怎得抗衡朝士？”华乃逊辞道：“臣奉使西来，实愿交欢上国，上国不谅，辱及寡君社稷，臣何敢守默，不为仰酬？”也是一个辩才。兴始改容道：“不意燕人都是使才。”乃留华数日，许奉超母妻东还。宗正元先驰归报命，超乃亲率六宫，出迎母妻。彼此聚首，自有一种悲喜交并的情形，无庸细表。

越年，为太上四年，正月上旬，追尊父纳为穆皇帝，立母段氏为皇太后，妻呼延氏为皇后。超亲祀南郊，柴燎无烟。灵台令张光，私语僚友道：“今火盛烟灭，国将亡了。”及超将登坛，忽有一怪兽至圜丘旁，大如马，状类鼠，毛色俱赤，少顷即不知所在，但见暴风骤起，天地昼昏，行宫羽仪帷幔，统皆毁裂。超当然惶恐，密问太史令成公绥。绥答道：“陛下信用奸佞，诛戮贤良，赋税烦苛，徭役杂沓，所以有此变象哩。”超因还宫大赦，谴责公孙五楼等，疏远了好几日，旋复引用如前；再遇地震水溢诸变，毫不知儆，又荒耽了一年。

太上五年元旦，超御东阳殿朝会群臣，闻乐未备音，自悔前时送使入秦，乃拟南掠吴人，补充乐伎。领军将军韩谆进谏道：“先帝因旧京倾覆，戢翼三齐，遵时养晦，今陛下嗣守成规，正当闭关养锐，静伺贼隙，恢复先业，奈何反结怨南邻，自寻仇敌呢？”超怫然道：“我意已决。卿勿多言！”祸在此了。当下遣将军慕容兴宗斛谷提公孙归等，率骑兵寇晋宿豫，掳去阳平太守刘千载，济阴太守徐阮，及男女二千五百人，载归广固。超令乐官分教男女，充作乐伎。并论功行赏，特进公孙归为冠军将军，封常山公；归为公孙五楼兄，故赏赉独隆；五楼且加官侍中尚书令，兼左卫将军，专总朝政；就是他叔父公孙穨，也得授武卫将军，封兴乐公。桂阳王慕容镇入谏道：“臣闻悬赏待勋，非功不侯，今公孙归结祸构兵，残贼百姓，陛下乃封爵酬庸，岂非太过？从来忠言逆耳，非亲不发，臣虽庸朽，忝居国戚，用敢竭尽愚款，上渎片言。”超默然不答，面有怒容，镇只好趋退。群臣从旁瞧着，料知超喜佞恶直，遂相戒不敢多言。尚书都令史王俨，谄事五楼，连年迁官，超拜左丞，时人相传语云：“欲得侯，事五楼。”超又使公孙归等率骑五千，入寇南阳，执住太守赵光，俘掠男女千余人而还。

晋刘裕欲发兵进讨，先令并州刺史刘道怜，出屯华阴，一面部署兵马，请命乃行。时刘裕已晋封豫章郡公，刘毅何无忌，也分封南平安成二郡公。

三公当道，裕权最盛。无忌素慕殷仲文才名，因仲文出任东阳太守，请他过谈。仲文自负才能，欲秉内政，偏被调出外任，悒悒不乐，因此误约不赴。无忌疑仲文薄己，遂向裕进谗道："公欲北讨慕容超么？其实超不足忧，唯殷仲文桓胤，是心腹大病，不可不除。"裕也以为然。适部将骆球谋变，事泄被诛，裕遂谓仲文及胤，与球通谋，即将他二人捕戮，屠及全家。二人罪不致死，唯为桓氏余孽，死亦当然。

已而，司徒兼扬州刺史王谧病殁，资望应由裕继任。刘毅等不欲裕入辅政，拟令中领军谢混为扬州刺史。或恐裕有异言，谓不如令裕兼领扬州，以内事付孟昶。朝议纷纭莫决，乃遣尚书右丞皮沈，驰往询裕。大权已旁落了。沈先见裕记室刘穆之，具述朝议。穆之伪起如厕，潜入白裕道："晋政多阙，天命已移，公勋高望重，岂可长作藩臣？况刘孟诸人，与公同起布衣，共立大义，得取富贵，不过因事有先后，权时推公，并非诚心敬服，素存主仆的名义。他日势均力敌，终相吞噬，不可不防。扬州根本所系，不可假人，前授王谧，事出权道；今若再授他人，恐公终为人制，一失权柄，无从再得，不如答言事关重大，未便悬论，今当入朝面议，共决可否。俟公到京，彼必不敢越公，更授他人了。"裕之篡晋，实由穆之一人导成。裕极口称善；见了皮沈，便依言照答，遣他复命。果然沈去数日，便有诏征裕为侍中，扬州刺史，录尚书事。裕当然受命，唯表解兖州军事，令诸葛长民镇守丹徒，刘道怜屯戍石头。

会闻谯纵据蜀，有窥伺下流消息，乃亟遣龙骧将军毛修之，会同益州刺史司马荣期，共讨谯纵。荣期先至白帝城，击败纵弟明子，再请修之为后应，自引兵进略巴州。不料参军杨承祖，忽然心变，刺死荣期，擅称巴州刺史，回拒修之。修之到了宕渠，接得警耗，退还白帝城，邀同汉嘉太守冯迁，即九十一回中之益州督护。同击承祖，幸得胜仗，把他枭首。再欲进讨谯纵，偏来了一个新益州刺史鲍陋，从旁阻挠，牵制修之。修之据实奏闻，刘裕乃表举刘敬宣为襄城太守，令率兵五千讨蜀，又命并州刺史刘道规，为征蜀都督，节制军事。谯纵闻晋师大至，忙遣使至后秦称臣，奉表乞师；且致书桓谦，招令共击刘裕。谦将来书呈入秦主，自请一行。秦主兴语谦道："小水不容巨鱼，若纵有才力，自足办事，何必假卿为鳞翼？卿既欲往，宜自求多福，毋堕人谋。"谦志在报怨，竟拜辞而去。到了成都，与纵晤谈，起初却还似投契，后来谦虚怀引士，交接蜀人，反被纵起了疑心，竟把他锢置龙格，派人监守。谦流涕道：姚主果有先见，求福反致得祸了。”已而谯纵出兵拒敌，与刘敬宣接战数次，均至失利，再遣人至秦求救。秦遣平西将军姚赏，梁州刺史王敏，率兵援纵。纵亦令将军谯道福，悉众出发，据险固守。敬宣转战入峡，直抵黄虎，去成都约五百里。前面山路崎岖，又为谯道福所阻，不能进军。相持至六十余日，军中食尽，且遭疫疠，伤毙过半，没奈何收兵退回。敬宣坐是落职，道规亦降号建威将军。裕因荐举失人，自请罢职，有诏降裕为中军将军，余官如故。

裕本欲自往讨蜀，因南燕为患太近，不得不后蜀先燕，于是抗表北伐，指日出师。朝臣多说是西南未平，不宜图北，独左仆射孟昶，车骑司马谢裕，参军臧熹，赞同裕议。安帝不能不从，便命裕整军启行。时为义熙五年五月，夏日正长，大江方涨，裕率舟师发建康，由淮入泗，直抵下邳，留住船舰辎重，麾兵登岸。步至琅琊，所过皆筑城置守。或谓裕不宜深入，裕笑道：“鲜卑贪婪，何知远计？诸君不必多虑，看我此行破虏呢。”乃督兵急进，连日不休。

南燕主超闻有晋师，方引群臣会议，侍中公孙五楼道：“晋兵轻锐，利在速战，不宜急与争锋。今宜据住大岘山，使不得入，旷日延时，挫他锐气，然后徐简精骑二千，循海南行，截彼粮道，别敕段晖发兖州兵士，沿山东下，腹背夹攻，这乃是今日的上计。若依险分戍，筹足军粮，芟刈禾苗，焚荡田野，使彼无从侵掠，彼求战不得，求食无着，不出旬月，自然坐困，这也不失为中策。二策不行，但纵敌入岘，出城逆战，便成为下策了。”莫谓五楼无才，超本深信五楼，何为此时不用？超作色道：“今岁星在齐，天道可知，不战自克。就是证诸人事，彼远来疲乏，必不能久，我据有五州，拥民万亿，铁骑成群，麦禾布野，奈何芟苗徙民，先自蹙弱哩？不若纵使入岘，奋骑逆击，以逸待劳，何忧不胜？”辅国将军贺赖卢道：“大岘为我国要塞，天限南北，万不可弃，一失此界，国且难保了。”超摇首不答。太尉桂林王慕容镇又谏道：“陛下既欲主战，何不出岘逆击？就使不胜，尚可退守，不宜纵敌入岘，自弃岩疆。”超终不从，拂袖竟入。镇出语韩谆道：“既不能逆战却敌，又不肯徙民清野，延敌入腹，坐待围攻，是变做刘璋第二了。刘璋即汉后主。今年国灭，我必致死，卿系中华人士，恐仍不免文身了。”谆无言自去，径往白超。超怒镇妄言，收镇下狱，乃集莒与梁父二处守兵，修城隍，简车徒，静待晋兵到来。

刘裕得安然过岘，指天大喜道：“兵已过险，因粮灭虏，就在此举了。”慕容超方命五楼为征虏将军，使与辅国将军贺赖卢，左将军段晖等，率步骑五万人，出屯临朐。自督步骑四万，作为后应。临朐南有巨蔑水，距城四十里，公孙五楼领兵往据，方达水滨，已由晋将孟龙符杀来，兵势甚锐，不容五楼不走。晋军有车四千辆，分作左右两翼，方轨徐进。将至临朐城下，与慕容超大兵相遇，杀了半日有余，不分胜负。刘裕用胡藩为参军，至是向裕献策，请出奇兵径袭临朐城。裕即遣藩及谘议将军檀韶，建威将军向弥，引兵绕出燕兵后面，直攻临朐，且大呼道：“我军从海道来此，不下十万人，汝等守城兵吏，能战即来，否则速降。”城内只有老弱残兵，为数甚少，唯城南有燕将段晖营，不及乞援，已被向弥擐甲登城，立即陷入。段晖闻变，料难攻复，只得遣人飞报慕容超。超闻报大惊，单骑奔还，投入段晖营中。南燕兵失了主子，统皆骇散，当被刘裕纵兵奋击，追到城下，乘胜踹入晖营。晖出营拦阻，一个失手，要害处中了一槊，倒毙马下。还有燕将十余人，相继战死。超策马急奔，不及乘辇，所有玉玺豹尾等件，一古脑儿抛去。晋军一面搬运器械，一面长驱追超。超逃入广固，仓皇无备，那晋军已随后拥入，竟将外城占据了去。小子有诗咏道：

设险方能制敌强，如何纵使入萧墙？
良谋不用嗟何及，坐致岩疆一旦亡。

欲知慕容超如何拒守，容至下回说明。

慕容超之迎还母妻，不可谓非孝义之一端。超母跋涉奔波，备尝艰苦，超既得承燕祀，宁有身为人主，乃忍其母之常居虎口乎？呼延女之为超妇，超母以报德为言，夫欲报之德，反使之流落长安，朝不保暮，义乎何在？所屈者小，所全者大，此正超之不昧天良也。惜乎！有使才而无将才，顾私德而忘公德，无端寇晋，启衅南邻，迨至晋军入境，又不听公孙五楼之上中二策，纵使入岘，自撤藩篱，愚昧如此，几何而不为刘璋乎？史称超身长八尺，腰带九围，雄伟如此，乃不能保一广固城，外观果曷恃哉！

第九十五回　覆孤城慕容超亡国　诛逆贼冯文起开基

却说晋军入广固外城，急得慕容超奔避不遑，慌忙闭内城门，集众固守。刘裕督兵围攻，四面筑栅，栅高三丈，穿堑三重，抚纳降附，采拔贤俊，华夷大悦。超闷坐围城，无计可施，乃遣尚书郎张纲，诣秦乞援，并赦桂林王慕容镇，令督中外诸军，兼录尚书事。当即召入与语，自悔前误，殷勤问计。迟了，迟了！镇慨答道："百姓怨望，系诸一人，今陛下亲董六师，战败奔还，群臣离心，士民短气，今欲乞秦援兵，闻秦人亦有外患，恐不暇分兵救人。唯我散卒还集，尚有数万，宜尽出金帛，充作犒赏，更决一战。若天意助我，定能破敌，万一不捷，死亦殉国，比诸闭门待尽，恰是好得多了。"语尚未毕，旁有司徒乐浪王慕容惠接口道："晋兵乘胜，气势百倍，今徒令羸兵与战，不败何待？秦虽与勃勃相持，未足为患，且与我分据中原，势如唇齿，怎得不前来相援？但不令大臣西向，恐彼未必遽出重兵，尚书令韩范，望重燕秦，宜遣令乞师为是！"超依了惠言，再令韩范前去。

是时，秦主兴因南凉生贰，秃发傉檀内外多难，意欲乘此进讨，收还姑臧。应九十三回。先使尚书郎韦宗往觇虚实，宗与傉檀相见，傉檀纵横辩论，洞悉古今。宗大为叹服，归报秦主兴道："凉州虽敝，傉檀权谲过人，未可骤图。"兴疑问道："刘勃勃兵皆乌合，尚能击破傉檀，况我军曾经百战，攻无不克，难道还不及勃勃么？"宗答道："傉檀为勃勃所欺，敝在轻视勃勃，不先留意，今我用大军往讨，彼必戒惧求全，兵法有言：'两军相见，哀者必胜。'臣所以为不宜轻攻哩。"兴不信宗言，竟令子广平公弼，及后军将军敛成，镇远将军乞伏乾归等，率领步骑三万，袭击傉檀。又使左仆射齐难，率领骑兵二万，往攻勃勃。吏部尚书尹昭入谏道："傉檀自恃险远，故敢违慢，不若诏令沮渠蒙逊，及李皓往讨，使他自相残杀，互致困敝，不必烦我兵力哩。"是即卞庄刺虎之计。兴仍然不从，唯使人致书傉檀，伪称："我国发兵，实是往讨勃勃，请勿多虑！"兴自以为得计，谁知弄巧反拙。傉檀信为真言，遂不设备。谁知秦军已乘虚直进，攻克昌松，杀毙太守苏霸，直达姑臧城下。傉檀方知为秦所赚，急忙调兵登陴，日夕督守，伺敌少懈，密遣精骑夜出，劫破秦垒。秦统将姚弼退据西苑，暗使人嗾动城中，买嘱凉州人王钟宋钟王娥等，使为内应。偏被傉檀察悉，把他叛党坑死，再命各郡县散牛羊，作为敌饵。果然秦将敛成，纵兵抄掠，自紊军律。傉檀即遣将军俱延敬归等，开城纵击，大败秦兵，斩首七千余级。

姚弼收集败兵，固垒自守，且驰报长安，请速济师。秦主兴复遣常山公显，率骑二万，倍道赴援。显至姑臧，令射手孟钦等五人，至凉风门前挑战，不意城外已伏着凉将宋益，觑得孟钦走近，引兵突出。孟钦弦不及发，已被劈倒，余四人不值一扫，尽皆毙命。显始知傉檀有备，不易攻克，乃遣人与傉檀修好，委罪敛成，引众退归。还有齐难一军，驰入夏境，沿途四掠。勃勃却退兵河曲，佯示虚弱，乘难无备，潜师掩袭，俘斩至七千人。难慌忙退走，奔至木城，被勃勃引兵追到，四面兜围，把难擒去，余众皆为所虏，数共万三千人，于是岭北一带，俱降勃勃。勃勃遍置守宰，分疆拒秦，秦已将亡，故两路俱败。秦主兴未免懊悔，尚欲再讨勃勃，适值南燕求援，自觉不遑东顾，但权允发兵，令张纲先行返报。

纲经过泰山，为太守申宜所执，送入晋营。刘裕素闻纲有巧思，善制攻具，便引纲入见，亲为解缚，好言抚慰，使登楼车巡城，呼语守吏道："刘勃勃大破秦军，秦主无暇来救，只好由汝等自寻生路罢。"守吏听了此言，无不失色。慕容超惶急异常，乃遣使至裕营请和，愿割大岘山南地归晋，世为藩臣。裕拒绝不许，未几来一秦使，传语刘裕道："慕容氏与秦毗邻，素来和好，今晋军无端加攻，秦已遣铁骑十万，行次洛阳，若晋军不还，便当长驱直进了。"裕怒答道："汝可归白姚兴，我平燕后，便当来取关洛，若姚兴自愿送死，尽管速来。"秦使自去。参军刘穆之入白道："公奈何挑动敌怒？今广固未下，再来羌寇，敢问公将如何抵御？”裕笑道：“这是兵机，非卿所解。试想姚兴果肯救燕，方且潜师前来，何至先遣使命，令我预防，这明明是虚声吓人，不足为虑。”一口道破。穆之乃退。

秦主兴本遣卫将军姚强，带着步骑万人，偕燕使韩范至洛阳，令与洛城守将姚绍合兵，往救广固。嗣闻勃勃杀败秦军，窥伺关中，乃追还姚强，但用了一个虚张声势的计策，去吓刘裕。裕不为所动，秦谋自沮。只韩范怏怏自归，且悲且叹道：“天意已要亡燕了。”燕臣张华封恺，出兵击裕，均被裕军擒住。封融张俊，相继乞降。俊语刘裕道：“燕人所恃，唯一韩范，今范甫归，还道他能致秦师，若得范来降，燕城自下了。”裕乃表范为散骑常侍，致书招范。长水校尉王蒲，劝范奔秦，范慨然道：“刘裕起自布衣，灭桓玄，复晋室，今兴师伐燕，所向崩溃，这乃天授，未必全由人力呢。燕若灭亡，秦亦难保，我不可再辱，不如降晋罢了。”遂潜投裕营。裕得范大喜，即使范至城下，招降守将，城中愈觉夺气。或劝燕主超诛范家族，超因范弟谆尽忠无贰，因赦范家。嗣见晋军建设飞楼，悬梯木，幔板屋，覆以牛皮，上御矢石，料知此种攻具，定是张纲所为，遂将纲母捕到，悬缚城上，支解以徇。死在目前，何必行此惨虐。

既而太白星入犯虚危，灵台令张光，谓天象亡燕，劝超降晋。超并不答言，便把佩剑拔出，剁落光首。好容易过了残腊，翌日为晋义熙六年元旦，超登天门，在城楼朝见群臣，杀马犒飨将士，并迁授文武百官。越宿，与宠姬魏夫人登城，见晋兵势甚强盛，不禁唏嘘泪下，与魏氏握手对泣。韩谆从旁进言道：“陛下遭际厄运，正当努力自强，鼓励士气，奈何反与女子对泣呢？”超乃拭泪谢过。尚书令董锐又劝超出降，超复系锐下狱。贺赖卢公孙五楼暗凿地道，通兵出战。晋军不及防备，几被掩入，幸亏裕军律素严，前仆后继，仍把燕军杀退。城门久闭不开，居民无论男女，俱生了一种脚气病，不能行走，就是超亦染了此症，乘辇登城。尚书悦寿语超道：“今天助寇为虐，战士雕敝，城孤援绝，天时人事，已可知了。从来历数既终，尧舜尚且避位，陛下亦应达权通变，庶得上存宗庙，下保人民。”超忾然道：“兴废原有天命，我宁奋剑致死，不愿衔璧求生。”颇有血性，可惜不知守国。

刘裕见城中困乏，乃下令破城，悉众猛扑。或谓：“今日往亡，不利行师。”裕掀须道：“我往彼亡，有何不利？”遂亲自督攻，不克不止。悦寿在城上望着，料知不能支持，因开门迎纳晋军。超与左右数十骑，逾城出走，才行里许，即被晋军追到，捉得一个不留。当下押至裕前，由裕叱责数语，大略是说他抗命不降，殃及兵民。超神色自若，但将母托刘敬宣，余无一言。裕乃命将超置入槛车，解送建康。且因广固围久乃下，恨及燕人，意欲把男子一并坑死，妇女尽赏将士。韩范入谏道："晋室南迁，中原鼎沸，士民失主，不得不归附外族。既为君臣，自当替他尽力，其实统是衣冠旧族，先帝遗民，今王师吊民伐罪，若不问首从，一概加诛，窃恐西北人民，将从此绝望了。"裕虽改容称谢，尚斩燕王公以下三千人，没入家口万余，毁城平濠，变成白地，然后班师。慕容超解入晋都，枭首市曹，年才二十有六。总计超僭位六年，与慕容德合并计算，共得十有一年，南燕遂亡，慕容氏从此垂尽。慕容宝养子高云，已经篡位，仍复原姓。见九十三回。但使慕容归为辽东公，使主燕祀，是前燕后燕南燕三国，至此俱已沦亡。就是史家把高云僭位，列入后燕，也不过一年有余，便即告终。

云本由冯跋等推立，僭号天王，立妻李氏为后，子彭城王为太子，名目上算做一国主子，实际上统是冯跋专权。云亦恐跋等为变，心不自安，特养壮士为爪牙，令他宿卫。当时卫弁头目，一名离班，一名桃仁，日夕随侍，屡蒙厚赐，甚至高云的饮食起居，也慷慨推解，毫不少吝，居然有甘苦同尝的意思。哪知小人好利，贪婪无厌，任你高云如何宠遇，总有一二事未惬他意，遂致以怨报德，暗起杀心。迁延到一年有余，突然生变，班仁两人，怀剑直入，向内启事。高云毫无所觉，出临东堂。桃仁递上一纸，交云展阅。云接纸在手，不防离班抽剑斫来，吓得云不知所措，还算忙中有智，把儿提起，当住离班的剑锋，无如一剑未中，一剑又至，这剑乃是桃仁所刺，急切无从招架，竟被穿入腰胁，大叫一声，晕倒地下；再经离班一剑，当然结果性命。小人之难养也，如此。

冯跋在外闻报，忙升洪光门观变。帐下督张泰李桑语跋道："二贼得志，将无所不为，愿为公力斩此贼。"跋点首应诺，泰与桑仗剑下城，招呼徒众，扑入东堂。途中遇着离班，大呼杀贼，班迫不及避，也恶狠狠的持剑来斗，桑接住厮杀，徒众齐上，并力击班。独泰恐桃仁遁走，亟向东堂驰入，冤冤相凑，正值桃仁出来，由泰劈头一剑，好头颅左右分离，立致倒毙。可巧桑已枭了班首，进来助泰，见泰诛死桃仁，自然大喜，当下迎跋入殿，推他为主。跋情愿让弟素弗，素弗道："从古以来，父兄得了天下，方传子弟，未闻子弟可突过父兄。今鸿基未建，危甚赘疣，臣民俱属望大兄，何必再辞。"张泰李桑等，亦同声推戴。跋乃允议，遂在昌黎城即天王位，改元太平，国仍号燕，是为北燕。为十六国之殿军。

跋字文起，世为汉族，系长乐郡信都人。祖父和曾避晋乱，迁居上党，父安雄武有力，尝为西燕将军。西燕灭亡，跋复东徙和龙，住居长谷。屋上每有云气护住，状若楼阁，时人诧为奇观。及慕容宝即位，署跋为中卫将军。跋弟素弗，素性豪侠，不务正业，尝与从兄万泥，及诸少年同游水滨，见一金龙出溪水中，问诸万泥等人，皆云未见。素弗捞得金龙，取示大众，无不惊异。后来被慕容熙闻知，暗加疑忌。熙既篡立，欲诛冯跋兄弟，增设禁令。跋适犯禁，惧祸潜奔，与子弟同匿山泽，每夜独行，猛兽尝为避路。跋乃奋然起事，与兄弟潜入龙城，弑熙立云。补九十三回中所未详。云既被戕，跋得称尊，总算不忘旧谊，为云举哀发丧，依礼奉葬。云妻子亦已遇害，统皆代埋，设立云庙，置园邑二十家，四时致祭。追谥云为惠懿皇帝。一节可取。一面追尊祖考，称祖和为元皇帝，父安为宣皇帝，奉母张氏为太后，立妻孙氏为王后，子永为太子，弟范阳公素弗为车骑大将军，录尚书事。次弟汲郡公弘为侍中，兼尚书仆射。从兄广川公万泥，领幽平二州牧，从兄子乳陈为征西大将军，领并青二州牧。余如张兴冯护等，佐命功臣，亦皆封赏有差。

素弗当弱冠时，曾向尚书左丞韩业处求婚，业因素弗行谊不修，毅然谢绝。素弗再求尚书郎高邵女，邵亦弗许。至是得为宰辅，并不记嫌，待遇韩业等，反且加厚。又能拔寒畯，举贤能，谦恭俭约，以身率下，端的是休休有容，不愧相度，这也好算是难得呢。唯万泥乳陈，自命勋亲，欲为公辅，偏跋令居外镇，作为二藩。乳陈性尤粗悍，不顾利害，因密遣人告万泥道："乳陈有至谋，愿与叔父共议。"万泥遂往与定约，兴兵作乱。跋遣弟弘与将军张兴，率步骑二万人往讨，弘先传书招谕道："我等兄弟数人，遭际风云，鼓翼齐起。今主上得群下推戴，光践宝位，裂土分爵，与兄弟共同富贵，并享荣华，奈何无端起衅，自寻干戈呢？人非圣人，不能无过；过贵能改，方不终误。属在至亲，所以极诚相告，还望释嫌反正，同奖王室，勿再沉迷。"万泥得书，便欲罢兵谢罪，独乳陈按剑怒吼道："大丈夫死生有命，怎得中道生变，不战即降呢？"遂答书不逊，约同一战。张兴语弘道："贼与我约，明日争锋，恐今夜就来劫营，应命三军格外戒备，方保无虞。”弘乃密下军令，每人各携草十束，备着火种，分头埋伏，自与张兴出伏要路，静待乱兵到来。

黄昏已过，万籁无声，尚不闻有什么动静，到了夜半，果见尘头纷起，约莫有千余人，疾趋而来。弘不禁暗叹道：“张将军确有先见，贼众前来送死了。”再阅半时，那乱兵已经过去，才发了一声胡哨，号召各处伏兵，霎时间火炬齐明，呼声四集，吓得乱兵东逃西窜，拼命乱跑。怎奈四面八方，统已有人拦着，不是被杀，就是被擒，扰乱了小半夜，千余人全体覆没，无一得还。弘等得胜回营，天色已大明了。乳陈得了败耗，方才惊惧，与万泥诣营乞降。只有这般胆量，何必前此发威。弘召他入营，诘责罪状，即命左右推出斩首。余众赦免，然后班师。跋进弘为骠骑大将军，改封中山公，且署素弗为大司马，改封辽西公。嗣是除苛政，惩贪赇，省徭赋，课农桑，燕人大悦，恰享了好几年的太平。同时，南凉的秃发傉檀复称凉王，改元嘉平。西秦的乞伏乾归，也逃归苑川，复称秦王，改元更始，这都因后秦寖衰，所以不甘受制，仍然独立。唯有那雄长朔方的拓跋珪，立国已二十四年，尚只三十九岁，被那逆子清河王绍，入宫弑死，这也是北魏史上的骇闻。小子有诗叹道：

父子相离已灭伦，况经手刃及君亲。
莫言胡俗无天性，祸报由来有夙因。

毕竟拓跋弑何故遇弑，且至下回再详。

慕容超之亡国，非刘裕得亡之，超实自亡之也。超之致亡，已见前评，及城不能保，尚未肯出降，自决一死，卒至为裕所虏，送斩建康，彼得毋援国君死社稷之义，诩诩然自谓正命耶。但王公以下，被杀之三千人，家口没入至万余，虽由裕之残虐不仁，亦何莫非由超之倔强不服，激成裕愤，区区一死，亦何足谢国人也。彼慕容云之愚昧，且出超下，其得立也出诸意外，其被戕也亦出乎意外。冯跋不必防而防之，离班桃仁，不宜亲而亲之，然欲不死得乎？跋之称尊，不得谓其非僭，然较诸沮渠蒙逊辈，相去远矣，况有冯素弗之良宰辅乎。

第九十六回　何无忌战死豫章口　刘寄奴固守石头城

却说拓跋珪素来好色，称帝时曾纳刘库仁从女，宠冠后宫，生子名嗣，后因慕容氏貌更鲜妍，特立为后，已见前文。见九十二回。珪母贺氏，已早殁世，追谥为献明太后。太后有一幼妹，入宫奔丧，生得一貌如花，纤浓合度，珪瞧入眼中，暗暗垂涎，便想同她狎昵，无如这位贺姨母，已经嫁人，不肯再与苟合，惹得珪心痒难熬，竟动了杀心，密嘱刺客，把贺姨夫杀毙。贺姨母做了寡妇，无从诉冤，只好草草发丧，丧葬已毕，即由宫中差来干役，逼令入宫。贺氏明知故犯，不能不随他同去，一经见珪，还有什么好事，眼见得衾裯别抱，露水同栖。冤家有孽，生下了一个婴儿，取名为绍，蜂目豺声，与乃母大不相同，想是贺姨夫转世。渐渐的长大起来，凶狠无赖，不服教训，珪尝把他两手反缚，倒悬井中，待他奄奄垂毙，然后释出。他经此苦厄，稍稍敛迹，但心中愈加含恨。珪哪里知晓，还道他惧罪知改，特拜为清河王。后来珪势益盛，纳妾愈多，一人怎能御众，免不得求服丹药，取补精神。哪知这药性统是燥烈，愈服愈燥，愈燥愈厉，遂至喜怒乖常，动辄杀人。长子嗣本受封齐王，至是立为太子，嗣母刘贵人，反被赐死。珪召嗣与语道："昔汉武将立太子，必先杀母，实预恐妇人与政，所以加防。今汝当继统，我不得不远法汉武了。"汉武杀钩弋夫人，宁足为训？况珪曾赖母得立，奈何不思？嗣闻言泣下，悲不自胜。珪反动怒，把他叱退。待嗣还居东宫，还闻他朝夕恸哭，又遣人召嗣入见。东宫侍臣，劝嗣不应遽入，因托疾不赴。

卫王拓跋仪前镇中山，为珪所忌，召还闲居，阴有怨言。珪适有所闻，便说他蓄谋不轨，勒令自杀。贺夫人偶然忤珪，亦欲加刃，吓得贺氏奔避冷宫，立遣侍女报绍，令他入救。绍本怀宿愤，又听得生母将死，气得双目直竖，五内如焚，当下招致心腹，赇通宫女宦官，使为内应，趁着天昏夜静，逾垣入宫，宫中已有人前导，引至内寝，破户直入。珪才从梦中惊醒，揭帐启视，刀已飞入，不偏不倚，正中项下，颈血模糊，便即毕命。莫非孽报。

绍既弑父，便去觅母。贺氏见绍夜至，问明情状，却也一惊，忙去视珪，果被杀死，不由的泪下两行。曾忆念前夫么？绍却欲号召卫士，往攻东宫，意图自立。卫士多不愿助绍，相率观望。适东宫太子拓跋嗣，使人报告将军安同，促令诛逆。安同慷慨誓众，无不乐从，遂一拥入宫，搜捕逆绍。卫士争先应命，七手八脚，把绍抓出，送交安同。安同迎嗣登殿，声明绍罪，立命枭斩。绍母贺氏，一并坐罪赐死。死后却难见二夫。于是嗣即尊位，为珪发丧，追谥为宣武皇帝，庙号太祖。后来改谥道武，这且慢表。

且说晋刘裕既平南燕，还屯下邳，意欲经营司雍二州，忽由晋廷飞诏召裕，促令还援。看官道是何因？原来卢循陷长沙，徐道复陷南康庐陵豫章，顺流东下，居然想逼夺晋都了。先是卢徐二人，虽受晋官职，仍然阳奉阴违，伺机思逞。徐道复闻刘裕北伐，致书卢循，劝他入袭建康，循复称从缓。道复自往语循道："我等长住岭外，岂真欲传及子孙？不过因刘裕多智，未易与敌，所以郁郁居此。今裕方顿兵北方，未有还期，我正好乘虚掩击，直入晋都，何无忌。刘毅。等皆不及裕，无能为力。若我得攻克建康，裕虽南还，也不足畏了。"却是个好机会。循尚狐疑未决。道复奋起道："君若不肯同行，我当自往。始兴兵甲虽少，也可一举，难道不能直指寻阳么？"循见他词气甚厉，不得已屈志相从。道复即还至始兴，整顿舟舰。他本预蓄异谋，尝在南康山伐取材木，至始兴出售，鬻价甚贱，居民争往购取，不以为疑，其实是留贮甚多，至尽取做船材，旬日告成，遂与卢循北出长江，分陷石城，舣舟东指。

晋廷单靠刘裕，自然驰使飞召，裕即令南燕降臣韩范，都督八郡军事，封融为渤海太守，引兵南行。到了山阳，又接得豫章警报，江荆都督何无忌，为徐道复所败，竟至阵亡。无忌系江左名将，突然败死，令裕也惊心。究竟无忌如何致败？说将起来，也是冒险轻进，有勇寡谋，遂落得丧师失律，毕命战场。当无忌出师时，自寻阳驶舟西进，长史邓潜之进谏道："国家安危，在此一举，卢徐二贼，兵舰甚盛，势居上流，不可轻敌，今宜暂决南塘，守城自固，料彼必不敢舍我东去，我得蓄力养锐，待他疲老，然后进击，这乃是万全计策呢。"无忌不从。参军殷阐复谏道："循众皆三吴旧贼，百战余生，始兴贼亦骁捷善斗，统难轻视，将军宜留屯豫章，征兵属城，兵至合战，也不为迟。若徒率部众轻进，万一失利，悔将何及？"无忌是个急性鬼，仗着一时锐气，径至豫章西隅，徐道复已据住西岸小山，带了数百弓弩手，迭射晋军。晋军前队，多受箭伤，不敢急驶过去，惹得无忌性起，改乘小舰，向前直闯。偏偏西风暴起，将他小舰吹回东岸，余舰亦为浪所冲，东飘西荡。道复乘着风势，驶出大舰，来击无忌，无忌舟师已散，如何抵挡，顿致尽溃。独无忌不肯倒退，厉声语左右道："取我苏武节来。"左右取节呈上，无忌执节督战，风狂舟破，贼众四集，可怜无忌身受重伤，握节而死。虽曰忠臣，实是无益有害。

刘裕得知无忌死耗，恐京畿就此失守，便即卷甲急趋，与数十骑驰至淮上。可巧遇着朝廷来使，急忙问讯，朝使谓贼尚未至，专待公援，裕才放心前进，行至江滨，适值风急波腾，众不敢济。裕慨然道："天若佑晋，风将自息，否则总是一死，覆溺何害！"此时尚是一大忠臣。说着，便挺身下舟，众亦随下。说也奇怪，舟行风止，竟安安稳稳的驶至京口。百姓见裕到来，齐声相庆，倚若长城。越二日，裕即入都，因江州覆没，表送章绶，有诏不许。时青州刺史诸葛长民，兖州刺史刘藩，并州刺史刘道怜，各将兵入卫。藩系豫州刺史刘毅从弟，与裕相见，报称毅已起兵拒贼，有表入京。裕谓兵宜缓进，不可求速，遂展纸作书云：

> 吾往日习击妖贼，晓其变态，贼新获利，锋不可当。今方整修船械，限日毕工，当与老弟同举。平贼以后，上流事自当尽委，愿弟勿疑！

书毕加封，令藩赍书诣毅，并嘱他传语乃兄，切勿躁进。藩趋往姑孰，投书与毅，且述裕言。毅展阅未毕，便瞋目顾藩道："前日举义平逆，权时推裕，汝道我真不及他吗？"休说大话！说着，将书掷地，立集水师二万，出发姑孰。到了桑落州，正值卢循徐道复合兵前来，船头很是高锐，毅舰低脆，一与相触，便致碎损。客主情形，既不相符，毅众当然惊避。卢徐乘势冲突，连毅舟都被撞碎。毅慌忙弃舟登岸，徒步奔还，随行只有数百人，余众都被贼虏去。果能及刘裕否？卢循审讯俘虏，得知刘裕已还建康，颇有戒心，意欲退还寻阳，攻取江陵，据住江荆二州，对抗晋廷。独道复谓宜乘胜急进。彼此争论数日，毕竟道复气盛，循不得不从，便即连樯东下。

警报传达建康，裕因都城空虚，亟募民为兵，修治石头城。或谓宜分守津要，裕摇首道："贼众我寡，再若分散，一处失利，全局俱动，今不如聚众石头，随宜应赴，待至徒众四集，方可再图。"诸葛长民孟昶等，探得贼势猖獗，舳舻蔽江，有众十数万，都不禁魂驰魄散，想出了一条趋避的计策，欲奉乘舆过江，独裕不许。昶料事颇明，曾谓何无忌刘毅出师，必遭败衄，后皆果如昶言。此时因北师甫还，战士已经疲乏，亦恐裕不能抗循，所以主张北徙，朝议亦大半赞成。唯龙骧将军虞邱面折昶议，还有中兵参军王仲德，也不服昶论，独向裕进言道："明公具命世才，新建大功，威震六合，妖贼乘虚入寇，闻公凯旋，自当惊溃，若先自逃去，威名俱丧，何以图存？公若误从众议，仆不忍同尽，请从此辞。"裕大喜道："我意正与卿相同。南山可改，此志不移呢。"正问答间，见孟昶踉跄进来，又申前议。裕勃然道："今重镇外倾，强寇内逼，人情惶骇，莫有固志。若一旦迁动，必致瓦解，江北岂果可得至么？就使得至，也不能久延。今兵士虽少，尚足一战，我能胜贼，臣主同休，万一不胜，我当横尸庙门，以身殉国，难道好窜伏草间，偷生苟活么？我计已决，卿勿再言！"昶还要泣陈，自请先死。裕忿然道："汝且看我一战，再死未迟。"昶怏怏退出，归书遗表，略言"臣裕北讨，臣实赞同，今强贼乘虚进逼，自愧失策，愿一死谢过"云云。表既封毕，便仰药而死。愚不可及。

俄闻卢循已至淮口，不得不内外戒严，琅琊王德文督守宫城，刘裕出屯石头，使谘议参军刘粹，辅着四龄少子义隆，往镇京口。余将亦由裕调度，各有职守。裕登城遥望，见居民多临水眺贼，不禁动疑，顾问参军张劭。劭答道："今若节钺未临，百姓将奔散不暇，尚敢临水观望吗？照此看来，定是有恃无恐，所以得此安详。"裕又凝望片刻，召语将佐道："贼若由新亭直进，锐不可当，只好暂时回避，徐决胜负。若回泊西岸，贼势必懈，便容易成擒了。"将佐等听了裕言，便专探贼舰消息。徐道复原欲进兵新亭，焚舟直上，偏卢循不肯冒险，逡巡未行，且语道复道："我军未向建康，闻孟昶已惧祸自裁，看来晋都空虚，必且自乱，何必急求一战，多伤士卒呢？"道复终不得请，退自叹息道："我必为卢公所误，事终无成。若使我独力驰驱，得为英雄，取天下如反手哩。"也是过夸，试看后来豫章之战。

既而刘裕登石头城，望见敌船，引向新亭，也觉失色。嗣看他退驻蔡洲，方有喜容。龙骧将军虞邱，请伐木为栅，保护石头淮口，又修治越城，增筑查浦药园廷尉官寺所居之处。三垒，杜贼侵轶。裕皆依计施行，人心渐固。刘毅奔还建康，诣阙待罪。有诏降毅为后将军，裕却亲加慰勉，使知中外留守事宜。再派冠军将军刘敬宣屯北郊，辅国将军孟怀玉屯丹阳郡西，建武将军王仲德屯越城，广武将军刘默屯建阳门外。又令宁朔将军索邈，用突骑千匹，外蒙虎皮，分扎淮北。部署既定，壁垒皆新。卢循探悉情形，才悔因循误事，急遣战舰十余艘，进攻石头城的防栅。栅中守卒，并不出战，但用神臂弓竞射，一发数矢，无不摧陷，循只好退去。寻又伏兵南岸，伪使老弱东行，扬言将进攻白石。刘裕留参军沈林子徐赤特防备南岸，截堵查浦，嘱令坚守勿动，自与刘毅诸葛长民等，往戍白石，拒遏贼军。卢循闻裕北去，自喜得计，遂引众进毁查浦，直攻张侯桥。徐赤特即欲出击，林子道："贼众声往白石，乃反来此挑战，情诈可知。我众寡不敌，不如据垒自固，静待大军。况刘公曾一再面嘱，怎好有违？"赤特不听，自引部曲出战，遇伏败走，遁往淮北。贼众趁势攻栅，喊杀连天，亏得林子据栅力御，又经别将刘钟朱龄石等，相率来援，方将贼众击退，循引锐卒趋往丹阳。

裕抵白石，未见贼至，料知贼有诈谋，急率诸军驰还石头，捕斩赤特，然后出阵南塘，令参军诸葛叔度，及朱龄石等渡淮追贼。贼众转掠各郡，郡守统坚壁待着，毫无所得。循乃语道复道："我兵老了，不如退据寻阳，并力取荆州，徐图建康便了。"乃留徒党范崇民，率众五千，居守南陵，自向寻阳退去。晋廷进刘裕为太尉，领中书监，并加黄钺。裕表举王仲德为辅国将军，刘钟为广州太守，蒯恩为河间太守，令与谘议参军孟怀玉等，引兵追循，自还东府整治水军，增筑楼船；特遣建威将军孙处，振武将军沈田子，领兵三千，自海道径袭番禺，捣循巢穴。将佐谓海道迂远，不宜出发，裕微笑不答，但嘱孙处道："大军至十二月间，必破妖贼，卿可先倾贼巢，截彼归路，不怕不为我所歼哩。"却是釜底抽薪的妙计。孙处等奉令自去。

那卢循退至寻阳，遣人从间道入蜀，联结谯纵，约他夹攻荆州。纵复称如约，并向后秦乞师。秦主姚兴，册封纵为大都督，相国蜀王，加九锡礼，得承制封拜，并使前将军苟林，率兵会纵。纵乃释出桓谦，令为荆州刺史，应九十四回。又使谯道福为梁州刺史，兴兵二万，与秦将苟林共寇荆州。荆州为贼寇所阻，与建康音问不通，刺史刘道规，曾遣司马王镇之，率同天门太守檀道济，广武将军刘彦之，入援建康。镇之行至寻阳，适值秦苟林抄出前面，击败镇之，镇之退走。卢循欢迎苟林，使为南蛮校尉，拨兵相助，会攻荆州。桓谦又沿途募兵，得众二万，进据枝江。苟林入屯江津，二寇交逼江陵，荆州大震，士民多思避去。刘道规会集将士，对众晓谕道："诸君欲去，尽请自便。我东来文武，已足拒寇，可不烦此处士民了。"说着，令大开城门，彻夜不闭，任令自由出入，暗中却日夕增防，士民不禁惮服，反无一人出走。会雍州刺史鲁宗之，自襄阳率军与援，或谓宗之情不可测，道规独单骑迎入，推诚相待，引为腹心。虽是一番权术，却不愧为济变才。当下留宗之居守，自引各军士击桓谦，水陆齐进，直达枝江。天门太守檀道济，奋呼陷阵，大破谦众。谦单舸奔逃，被道规追击过去，一阵乱箭，把谦射死。再移军进攻苟林。

林闻谦败死，未战先逃，道规令参军刘遵，从后追赶，驰至巴陵，得将苟林击毙。道规回军江陵，检得士民通敌各书，一律焚去，不复追究，人情大安。鲁宗之当即辞去。忽闻徐道复率贼三万，奄至破冢，将抵江陵，城中又复惊哗，一时谣言蜂起，且云："卢循已陷京邑，特使道复来镇荆州。"道规也觉怀疑，自思追召宗之，已是不及，眼前唯有镇定一法，募众守城。好在江陵士民，统感道规焚书德惠，不再生贰，誓同生死，因此秩序复定。可巧刘遵亦得胜回来，道规即使为游军，自督兵出豫章口，逆击道复。道复来势甚锐，突破道规前军，节节进逼。不防斜刺里来了战舰数艘，横冲而入，把道复兵舰截作两段，道复前后不能相顾，顿致慌乱。道规得乘隙奋击，俘斩无算。再经来舰中的大将，帮同拦截，杀得道复走投无路，拼死的杀出危路，走往湓口去了。小子有诗赞刘道规道：

江陵重地镇元戎，战守随宜终立功。
尽有良谋能破贼，强徒漫自诩英雄。

究竟何人来助道规，得此胜仗，待至下回报明。

叙何无忌刘毅之败衄，益以显刘裕之智能。无忌猛将也，而失之轻，刘毅亦悍将也，而失之愎，轻与愎皆非良将才，徐道复谓其无能为，诚哉其无能为也。然观于毅之苟免，犹不如无忌之舍生，虽曰徒死无益，究之一死足以谢国人，况观于后来之刘毅，死于刘裕之手，亦何若当时殉难，尚得流芳千古乎？刘裕临敌不挠，见机独断，诚不愧为一代枭雄，曹阿瞒后，固当推为巨擘，卢循徐道复诸贼，何足当之？宜其终归败灭也。刘道规为裕弟，智力不亚乃兄，刘氏有此二雄，其亦可谓世间之英乎？

第九十七回　窜南交卢循毙命 平西蜀谯纵伏辜

却说刘道规至豫章口，击破徐道复，全亏游军从旁冲入，始得奏功。游军统领，便是参军刘遵，当时道规将佐，统说是强寇在前，方虑兵少难敌，不宜另设游军。及刘遵夹攻道复，大获胜仗，才知道规胜算，非众所及，嗣是益加敬服，各无异言。刘裕闻江陵无恙，当然心喜，便拟亲出讨贼。刘毅却自请效劳，长史王诞密白刘裕道："毅既丧败，不宜再使立功。"裕乃留毅监管太尉留府，自率刘藩檀韶刘敬宣等，出发建康。王仲德刘钟各军，前奉裕令追贼，行至南陵，与贼党范崇民相持，至此闻裕军且至，遂猛攻崇民，崇民败走，由晋军夺还南陵。凑巧裕军到来，便合兵再进，到了雷池，好几日不见贼踪，乃进次大雷。越宿，见贼众大至，舳舻衔接，蔽江而下，几不知有多少贼船，裕不慌不忙，但令轻舸尽出，并力拒贼，又拨步骑往屯西岸，预备火具，嘱令贼至乃发，自在舟中亲提旛鼓，督众奋斗。右军参军庾乐生，逗留不进，立命斩首徇众。众情知畏，不敢落后，便各腾跃向前。裕又命前驱执着强弓硬箭，乘风射贼，风逐浪摇，把贼船逼往西岸。岸上晋军，正在待着，便将火具抛入贼船，船中不及扑救，多被延烧，烈焰齐红，满江俱赤，贼众纷纷骇乱，四散狂奔。卢循徐道复，也是逃命要紧，走还寻阳。卢徐二贼，从此休了。

裕得此大捷，依次记功，复麾军进迫左里。左里已遍竖贼栅，无路可通，裕但摇动麾竿，督众猛扑，砉然一声，麾竿折断，幡沉水中，大众统皆失色。裕笑语道："往年起义讨逆，进军覆舟山，幡竿亦折，今又如此，定然破贼了。"覆舟山之战，系讨桓玄时事，见九十回。大众听了，气势益奋，当下破栅直进，俘斩万余。卢徐二贼，分途遁去。裕遣刘藩孟怀玉等，轻骑追剿，自率余军凯旋建康，时已为义熙六年冬季，转眼间便是义熙七年了。徐道复走还始兴，部下寥寥，只剩了一二千人，并且劳疲得很，不堪再用。偏晋将军孟怀玉，与刘藩分兵，独追道复，直抵始兴城下。道复硬着头皮，拼死守城。一边是累胜军威，精神愈振，一边是垂亡丑虏，喘息仅存，彼此相持数日，究竟贼势孤危，禁不住官军骁勇，一着失手，即被攻入。道复欲逃无路，被晋军团团围住，四面攒击，当然刺死。

独卢循收集散卒，尚有数千，垂头丧气，南归番禺。途次接得警报，乃是番禺城内，早被晋将孙处沈田子从海道掩入，占踞多日了。回应前回。原来卢循出扰长江，只留老弱残兵，与亲党数百人，居守番禺，孙处沈田子引兵奄至城下，天适大雾，迷蒙莫辨，当即乘雾登城，一齐趋入。守贼不知所为，或被杀，或乞降。孙处下令安民，但将卢循亲党，捕诛不赦外，余皆宥免，全城大定。又由沈田子等分徇岭表诸郡，亦皆收复。只卢循得此音耗，累得无家可归，不由的惊愤交并，慌忙集众南行。倍道到了番禺，誓众围攻，孙处独力拒守，约已二十余日，晋将刘藩，方驰入粤境，沈田子亦从岭表回军，与藩相遇，当下向藩进言道："番禺城虽险固，乃是贼众巢穴，今闻循集众围攻，恐有内变，且孙季高系处表字。兵力单弱，未能久持，若再使贼得据广州，凶势且复振了，不可不从速往援。"藩乃分兵与田子，令救番禺。田子兼程急进，到了番禺城下，便扑循营，喊杀声递入城中。孙处登城俯望，见沈田子与贼相搏，喜出望外，当即麾兵出城，与田子夹击卢循，斩馘至万余人。循狼狈南遁。处与田子合兵至苍梧郁林宁浦境内，三战皆捷。适处途中遇病，不能行军，田子亦未免势孤，稍稍迟缓，遂被卢循窜去，转入交州。

先是九真太守李逊作乱，为交州刺史杜瑗讨平，未几瑗殁，子慧度讣达晋廷，有诏令慧度袭职。慧度尚未接诏，那卢循已袭破合浦，径向交州捣入。慧度号召中州文武，同出拒循，交战石琦，得败循众。循党尚剩三千人，再加李逊余党李脱等，纠集蛮獠五千余人，与循会合，循又至龙编南津，窥伺交州。慧度将所有私财，悉数取出，犒赏将士。将士感激思奋，复随慧度攻循。循党从水中舟行，慧度所率，都是步兵，水陆不便交锋，经慧度想出一法，列兵两岸，用雉尾炬烧着，掷入循船。雉尾炬系束草一头，外用铁皮缚住，下尾散开，状如雉尾，所以叫做雉尾炬。循船多被燃着，俄而循坐船亦致延烧，连忙扑救，还不济事，余舰亦溃。循自知不免，先将妻子鸩死，后召妓妾遍问道："汝等肯从死否？"或云："雀鼠尚且贪生，不愿就死。"或云："官尚当死，妾等自无生理。"循将不愿从死的妓妾，一概杀毙，投尸水中，自己亦一跃入江，溺死了事。又多了一个水仙。慧度命军士捞起循尸，枭取首级，复击毙李脱父子，共得七首，函送建康。南方十多年海寇，至此始荡涤一空，不留遗种了。也是一番浩劫。晋廷赏功恤死，不在话下。

且说荆州刺史刘道规，莅镇数年，安民却寇，惠及全州，嗣因积劳成疾，上表求代。晋廷令刘毅代镇荆州，调道规为豫州刺史。道规转赴豫州，旋即病殁。荆人闻讣，无不含哀。独刘毅素性贪愎，自谓功与裕埒，偏致外调，尝郁郁不欢。裕素不学，毅却能文，因此朝右词臣，多喜附毅。仆射谢混，丹阳尹郗僧施，更与毅相投契。毅奉命西行，至京口辞墓。谢郗等俱往送行，裕亦赴会。将军胡藩密白裕道："公谓刘荆州终为公下么？"裕徐徐答道："卿意云何？"藩答道："战必胜，攻必取，毅亦知不如公。若涉猎传记，一谈一咏，毅却自诩雄豪。近见文臣学士，多半归毅，恐未必肯为公下，不如即就会所，除灭了他。"裕之擅杀，藩实开之。裕半晌方道："我与毅共同匡复，毅罪未著，不宜相图，且待将来再说。"杀机已动。随即欢然会毅，彼此作别。裕复表除刘藩为兖州刺史，出据广陵。毅因兄弟并据方镇，阴欲图裕，特密布私人，作为羽翼。乃调僧施为南蛮校尉，毛修之为南郡太守，裕皆如所请，准他调去。是亦一郑庄待弟之策。毅又常变置守宰，擅调豫江二州文武将吏，分充僚佐；嗣又请从弟兖州刺史刘藩为副。于是刘裕疑上加疑，不肯放松，表面上似从毅请，召藩入朝，将使他转赴江陵。藩不知是计，卸任入都，便被裕饬人拿下，并将仆射谢混，一并褫职，与藩同系狱中。越日，即传出诏旨，略言"刘藩兄弟与谢琨同谋不轨，当即赐死。毅为首逆，应速发兵声讨"云云。一面令前会稽内史司马休之为荆州刺史，随军同行。裕弟徐州刺史刘道怜为兖青二州刺史，留镇京口。使豫州刺史诸葛长民监管太尉府事，副以刘穆之。

裕亲督师出发建康，命参军王镇恶为振武将军，与龙骧将军蒯恩，率领百舰，充作前驱，并授密计。镇恶昼夜西往，至豫章口，去江陵城二十里，舍船步上，扬言刘兖州赴镇。荆州城内，尚未知刘藩死耗，还道传言是实，一些儿不加预防。至镇恶将到城下，毅始接得侦报，并非刘藩到来，实是镇恶进攻，当即传出急令，四闭城门，哪知门未及闭，镇恶已经驰入，驱散城中兵吏。毅只率左右百余人，奔突出城，夜投佛寺，寺僧不肯容留，急得刘毅势穷力蹙，没奈何投缳自尽。究竟逊裕一筹，致堕诡计。镇恶搜得毅尸，枭首报裕。裕喜已遂计，即西行至江陵，杀郗僧施，赦毛修之。宽租省调，节役缓刑，荆民大悦。裕留司马休之镇守江陵，自率将士东归。有诏加裕太傅，领扬州牧，裕表辞不受，唯奏征刘镇之为散骑常侍。镇之系刘毅从父，隐居京口，不求仕进，尝语毅及藩道："汝辈才器，或足匡时，但恐不能长久呢。我不就汝求财位，当不为汝受罪累，尚可保全刘氏一脉，免致灭门。"毅与藩哪里肯信，还疑乃叔为疯狂，有时过门候谒，仪从甚多，辄被镇之斥去。果然不到数年，毅藩遭祸，亲族多致连坐，唯镇之得脱身事外。裕且闻他高尚，召令出仕，镇之当然不赴，唯守志终身罢了。不没高士。

豫州刺史诸葛长民，本由裕留监太尉府事，闻得刘毅被诛，惹动兔死狐悲的观念，便私语亲属道："昔日醢彭越，今日杀韩信，祸将及我了。"长民弟黎民进言道："刘氏覆亡，便是诸葛氏的前鉴，何勿乘刘裕未还，先发制人？"长民怀疑未决，私问刘穆之道："人言太尉与我不平，究为何故？"穆之道："刘公溯流西征，以老母稚子委足下，若使与公有嫌，难道有这般放心么？愿公勿误信浮言！"穆之为刘裕心腹，长民尚且不知，奈何想图刘裕？长民意终未释。再贻冀州刺史刘敬宣书道："盘龙刘毅小字。专擅，自取夷灭，异端将尽，世路方夷，富贵事当与君共图，幸君勿辞！"敬宣知他言中寓意，便答书道："下官常恐福过灾生，时思避盈居损，富贵事不敢妄图，谨此复命！"这书发出，复将长民原书，寄呈刘裕。裕掀髯自喜道："阿寿原不负我呢。"阿寿就是敬宣小字。说毕，即悬拟入都期日，先遣人报达阙廷。

长民闻报，不敢动手，唯与公卿等届期出候，自朝至暮，并不见刘裕到来，只好偕返。次日，又出候裕，仍然不至，接连往返了三日，始终不闻足迹，免不得疑论纷纭。裕又作怪。谁知是夕黄昏，裕竟轻舟径进，潜入东府，大众都未知悉，只有刘穆之在东府中，得与裕密议多时。到了诘旦，裕升堂视事，始为长民所闻，慌忙趋府问候。裕下堂相迎，握手殷勤，引入内厅，屏人与语，非常款洽。长民很是惬意，不防座后突入两手，把他拉住，一声怪响，骨断血流，立时毙命，遂舆尸出付廷尉，并收捕长民弟黎民幼民，及从弟秀之。黎民素来骁勇，格斗而死；幼民秀之被杀。当时都下人传语道：“勿跋扈，付丁旿。”旿系裕麾下壮士，拉长民，毙黎民，统出旿手，这正好算得一个大功狗了。意在言中。

裕又命西阳太守朱龄石，进任益州刺史，使率宁朔将军臧熹，河间太守蒯恩，下邳太守刘钟等，率众二万，西往伐蜀。时人统疑龄石望轻，难当重任，独裕说他文武优长，破格擢用。臧熹系裕妻弟，位本出龄石上，此时独属归龄石节制，不得有违。临行时，先与龄石密商道：“往年刘敬宣进兵黄虎，无功而还，今不宜再循覆辙了。”遂与龄石附耳数语，并取出一锦函，交与龄石，外面写着六字云：“至白帝城乃开。”龄石受函徐行，在途约历数月，方至白帝城。军中统未知意向，互相推测，忽由龄石召集将士，取示锦函，对众展阅，内有裕亲笔一纸云：“众军悉从外水取成都，臧熹从中水取广汉，老弱乘高舰十余，从内水向黄虎，至要勿违。”大众看了密令，各无异言，便即倍道西进。前缓后急，统是刘裕所授。

蜀王谯纵，早已接得警报，总道晋军仍由内水进兵，所以倾众出守涪城，令谯道福为统帅，扼住内水。黄虎系是内水要口，此次但令老弱进行，明明是虚张声势，作为疑兵。外水一路，乃是主军，由龄石亲自统率，趋至平模，距成都只二百里。谯纵才得闻知，亟遣秦州刺史侯晖，尚书仆射谯诜，率众万余，出守平模夹岸，筑城固守。时方盛暑，赤日当空，龄石未敢轻进，因与刘钟商议道：“今贼众严兵守险，急切未易攻下，且天时炎热，未便劳军，我欲休兵养锐，伺隙再进，君意以为可否？”钟连答道：“不可不可。我军以内水为疑兵，故谯道福未敢轻去涪城，今大众从外水来此，侯晖等虽然拒守，未免惊心，彼阻兵固险，明明是不敢来争，我乘他惊疑未定，尽锐进攻，无患不克。既克平模，成都也易取了。若迟疑不定，彼将知我虚实，涪军亦必前来，并力拒我，我求战不得，军食无资，二万人且尽为彼虏了。”龄石矍然起座，便誓众进攻。能从良策，便是良将。

蜀军筑有南北二城，北城地险兵多，南城较为平坦，诸将欲先攻南城，龄石道：“今但屠南城，未足制北，若得拔北城，南城不麾自散了。”当下督诸军猛攻北城，前仆后继，竟得陷入，斩了侯晖谯诜，再移兵攻南城。南城已无守将，兵皆骇遁，一任晋军据住。可巧臧熹亦从中水杀进，阵斩牛脾守将谯抚之，击走打鼻守将谯小狗，留兵据守广陵，自引轻兵来会龄石。两军直向成都，各屯戍望风奔溃，如入无人之境，成都大震。谯纵魂飞天外，慌忙挈了爱女，弃城出走，先至祖墓前告辞。女欲就此殉难，便流泪白纵道："走必不免，徒自取辱，不若死在此处，尚好依附先人。"纵不肯从，女竟咬着银牙，用头撞碣，砰的一声，脑浆迸裂，一道贞魂，去寻那谯氏先祖先宗了。烈女可敬！纵心虽痛女，但也未敢久留，即纵马往投涪城。途次正遇着道福，道福勃然怒道："我正因平模失守，引兵还援，奈何主子匹马逃来？大丈夫有如此基业，骤然弃去，还想何往？人生总有一死，难道怕到这般么？"说着，即拔剑投纵。纵连忙闪过，剑中马鞍，马尚能行，由纵挥鞭返奔，跑了数里，马竟停住，横卧地上。纵下马小憩，自思无路求生，不如一死了事，遂解带悬林，自缢而亡。不出乃女所料。巴西人王志，斩纵首级，赍送龄石。龄石已入成都。蜀尚书令马耽，封好府库，迎献图籍。当下搜诛谯氏亲属，余皆不问。谯道福尚拟再战，把家财尽犒兵士，且号令军中道："蜀地存亡，系诸我身，不在谯王。今我在，尚足一战，还望大家努力！"众虽应声称诺，待至金帛到手，都背了道福，私下逃去。都是好良心。剩得道福孤身远窜，为巴民杜瑾所执，解送晋营，结果是头颅一颗，枭示军门。总计谯氏僭称王号，共历九年而亡。小子有诗叹道：

九载称王一旦亡，覆巢碎卵亦堪伤。
撞碑宁死先人墓，免辱何如一女郎。

朱龄石既下成都，尚有一切善后事情，待至下回续叙。

卢循智过孙恩，徐道复智过卢循，要之皆不及一刘裕，裕固一世之雄也。道复死而循乌得生？穷窜交州，不过苟延一时之残喘而已。前则举何无忌刘毅之全军，而不能制，后则仅杜慧度之临时召合，即足以毙元恶，势有不同故耳。然刘毅不能敌卢循，乌能敌刘裕？种种诈谋，徒自取死。诸葛长民，犹之毅也。谯纵据蜀九年，负险自固，偏为朱龄石所掩入，而龄石之谋，又出自刘裕，智者能料人于千里之外，裕足以当矣。然江左诸臣，无一逮裕，司马氏岂尚有幸乎？魏崔浩论当世将相，尝目裕为司马氏之曹操，信然。

第九十八回　南凉王愎谏致亡
西秦后败谋殉难

却说朱龄石入成都后，上书告捷，晋廷叙功加赏，命龄石监督梁秦二州军事，赐爵丰城县侯。龄石恐降臣马耽，在蜀生事，特将他徙往越巂。耽至徙所，私语亲属道："朱侯不送我入凉，无非欲杀我灭口，看来我必不免了。"乃盥洗而卧，引绳扼死，既而龄石使至，果来杀耽。见耽已死，即戮尸归报，龄石乃安。可见龄石不免营私。后来龄石遣使诣北凉，宣谕晋廷威德，北凉王沮渠蒙逊，却也有些畏惧，因上表晋廷。略云：

> 上天降祸，四海分崩，灵耀拥于南裔，苍生没于丑虏。陛下累圣重光，道迈周汉，纯风所被，八表宅心。臣虽被发旁徼，才非时俊，谬经河右遗黎，推为盟主，臣之先人，世荷恩宠，虽历夷险，执义不回，倾首朝阳，乃心王室。近由益州刺史朱龄石，遣使诣臣，始具朝廷休问。承车骑将军刘裕，秣马挥戈，以中原为事，可谓天赞大晋，笃生英辅。彼亦唯知一裕。臣闻少康之兴大夏，光武之复汉业，皆奋剑而起，众无一旅，犹能成配天之功，著《车攻》之咏。陛下据全楚之地，拥荆扬之锐，宁可垂拱晏然，弃二京以资戎虏乎？若六军北轸，克复有期，臣愿率河西诸戎，为晋右翼，效力前驱，櫜鞬待命！

看官听说！这时候的沮渠蒙逊已夺了南凉的姑臧城，从张掖徙都姑臧，自称河西王，改元玄始，差不多与吕光一律了。原来南北二凉，互相仇敌，争战不休。迭见前文。南凉王秃发傉檀，背秦僭位，称妻折掘氏为王后，子虎台为太子，也设置臣僚，封拜百官。应九十五回。且遣左将军枯木，与驸马都尉胡康等，往侵北凉，掠去临松人民千余家。北凉怎肯甘休？由蒙逊亲率骑士，称戈报怨，突入南凉的显美境内，大掠而去。南凉太尉俱延，引兵追蹑，被蒙逊回军奋击，大败遁还。于是傉檀也征兵五万，往攻蒙逊。左仆射赵晁，及太史令景保谏阻道："近年天文错乱，风雨不时，陛下唯修德责躬，方可晋吉，不宜再动干戈。"傉檀勃然道："蒙逊不道，入我封畿，掠我边疆，残我禾稼，我若不再征，如何保国？今大军已集，卿等反出言沮众，究出何意？"谁叫你先去害人？景保道："陛下令臣主察天文，臣若见事不言，便负陛下。今天象显然动必失利。"傉檀道："我挟轻骑五万，亲征蒙逊，可战可守，有什么不利呢？"景保还要强谏，惹得傉檀性起，锁保随军，且与语道："有功当斩汝徇众，无功当封汝百户侯。"当下亲自出马，引众直趋穷泉。

蒙逊当然出拒，两下相见，北凉兵非常厉害，杀得南凉人仰马翻，纷纷逃溃。傉檀亦单骑奔还，只有量保锁着，不能自由行走，致被北凉兵擒去，推至蒙逊面前。蒙逊面责道："卿既识天文，为何违天犯顺，自取羁辱？"保答道："臣非不谏，谏不肯从，亦属无益。"蒙逊道："昔汉高祖免厄平城，赏及娄敬；袁绍败溃官渡，戮及田丰。卿谋同二子，可惜遇主不同，卿若有娄敬的功赏，我当放卿回去，但恐不免为田丰呢。"保又道："寡君虽才非汉祖，却与袁本初不同，臣本不望封侯，亦不致虑祸呢。释还与否，悉听明断便了。"蒙逊乃放归景保。保还至姑臧，傉檀引谢道："卿为孤蓍龟，孤不能从，咎实在孤，孤今当从卿了。"乃封保为安亭侯。已经迟了。

蒙逊进围姑臧，城内大骇，民多惊散。傉檀亦非常着急，只得遣使请和，遣子他及司隶校尉敬归，入质蒙逊。蒙逊乃引兵退去。归至胡坑，乘间逃还，他亦走了里许，仍被追兵拘住，将他械归。傉檀恐蒙逊复至，不敢安居，竟率亲党徙居乐都，但留大司农成公绪守姑臧。甫出城门，魏安人焦谌王侯等闭门作乱，收合三千余家，占据南城，推焦朗为大都督，自称凉州刺史，通款蒙逊。蒙逊复进兵姑臧，焦朗未悉谌谋，纠众守城，偏偏谌为内应，潜开城门，迎纳蒙逊。朗不及出奔，束手受擒。还算蒙逊大开恩典，把朗赦免，再移兵往取北城。成公绪早已遁去，姑臧城遂全属蒙逊了。傉檀轻弃姑臧，原是失策，但易得易失，亦理所固然。蒙逊令弟挐为秦州刺史，居守姑臧，自率兵进攻乐都。

傉檀迁居未久，闻得蒙逊兵至，慌忙勒兵登陴，日夕守御。蒙逊相持匝月，尚幸全城无恙，唯守卒已死了多人，总觉岌岌可危，不得已再与讲和。蒙逊索傉檀宠子为质，傉檀不肯遽许，旋经群臣固请，才令爱子安周出质，蒙逊乃去。过了数月，傉檀复欲往攻蒙逊，邯川护军孟恺进谏道："蒙逊方并姑臧，凶势方盛，不宜速攻，且保守境土为是。"傉檀急欲复仇，不听恺言，忽惧忽忿，好似小儿模样。遂分兵五路，同时俱进。到了番禾苕藋等地方，掠得人民五千余户，乃议班师。部将屈右入白道："陛下转战千里，已属过劳，今既得利，亟宜倍道还师，速度险阨。蒙逊素善用兵，士众习战，若轻军猝至，出我意外，强敌外逼，徙户内叛，岂不危甚？"道言方绝，卫将伊力延接口道："彼步我骑，势不相及，若倍道急归，必致捐弃资财，示人以弱，这难道是良策么？"屈右出语诸弟道："我言不用，岂非天命？恐我兄弟将不能生还了。"傉檀徐徐退还，途次忽遇风雨，阴雾四塞。那蒙逊兵果然大至，喊声四震，吓得南凉兵魂不附体，没路飞跑。傉檀亦即返奔，弃去辎重，狼狈走还。蒙逊追至乐都，四面围攻，傉檀又送出一个质子染干，方得令蒙逊回军。亏得多男。

是时，西秦王乞伏乾归，叛秦独立。见九十五回。乃号妻边氏为王后，子炽磐为太子，兼督中外诸军，录尚书事。屡寇秦境，陷入金城略阳南安陇西诸郡。秦主姚兴，不遑西讨，只好遣吏招抚，曲为周旋。乾归方欲图南凉，乃与秦修和，送还所掠守宰，答书谢罪。兴更册拜乾归为征西大将军，河州牧，大单于，河南王，都督陇西岭北匈奴杂胡诸军事。炽磐为镇西将军左贤王平昌公。乾归父子受了秦命，送遣炽磐及次子审虔，带领步骑万人，往攻南凉，击败南凉太子虎台，掠得牛马十余万匹而还。未几，复与秦背约，寇掠略阳南平，徙民数千户至谭郊，令子审虔率众二万，赴谭郊筑城；筑就后又复迁都，但命炽磐留镇苑川。

从子乞伏公府，系国仁子，年已长成，自恨前时不得嗣立，深怨乾归。公府事见前文。会乾归出畋五溪，有枭鸟飞集手上，忙即拂去，心中不能无嫌，唯未曾料及隐患。是夕，宿居猎苑，被公府招引徒党，突入寝处，刺死乾归。因恐炽磐往讨，走保大夏。炽磐闻变，立命弟智达木奕于等，引兵讨逆，留骁骑将军娄机镇苑川，自帅将佐至枹罕城。已而智达击败大夏，追公府至嵻崀山，把他擒住，并获公府四子，解至谭郊，车裂以徇。炽磐遂自称大将军河南王，改元永康，迎回乾归遗柩，安葬枹罕，追谥为武元王，号称高祖。署翟勍为相国，麹景为御史大夫，段晖为中尉；当即兴兵四出，攻讨吐谷浑诸胡，先后俘得男女二万八千人。越二年余，有五色云出现南山，炽磐目为符瑞，喜语群臣道："我今年应得太庆，王业告成了。"嗣是缮甲整兵，专待四方衅隙。适南凉王傉檀，西讨乙弗，炽磐拔剑奋起道："平定南凉，在此一行了。"当下征兵二万，克日起行。

那傉檀连年被兵，损失不资，国威顿挫。唾契汗乙弗，向居吐谷浑西北，臣事南凉，至是亦叛。因此傉檀定议西征。邯川护军孟恺，又进谏道："连年饥馑，百姓未安，炽磐蒙逊，屡来侵扰，就使远征得克，后患必深，计不如与炽磐结盟，通籴济难，足食缮兵，相时乃动，方保万全。"傉檀不从，使太子虎台居守，预约一月必还，倍道西去，大破乙弗，掳得马牛羊四十余万头，饱载归来。哪知乐极悲生，福兮祸倚，中途遇着安西将军樊尼，报称："乐都失守，王后太子，俱已陷没了。"傉檀听到此耗，险些儿晕了过去，勉强按定了神，问明情形，才知为炽磐所掩袭。乐都城内的兵民，仓猝奔溃，虎台不及出奔，遂致被掳，妻妾等统是怯弱，当然不能脱身了。傉檀踌躇多时，复号众与语道："今乐都为炽磐所陷，男夫多死，妇女赏军，我等退无所归，只好再行西掠，尽取乙弗资财，还赎妻子罢。"说着，又麾众西进。偏将士俱思东归，多半逃还。傉檀遣镇北将军段苟往追，苟亦不返。俄而将佐皆散，唯安西将军樊尼，中军将军纥勃，后军将军洛肱，散骑常侍阴利鹿，尚是随着。傉檀泣叹道："蒙逊炽磐，从前俱向我称藩，今我若穷蹙往降，岂不可耻？但四海虽广，无可容身，与其聚而同死，不若分而或生。樊尼系我兄子，宗祧所寄，我众在北，尚不下二万户，可以往依。蒙逊方招怀远迩，不致寻仇，纥勃洛肱，俱可同去。我已老了，无地自容，宁与妻子同死罢。"言若甚悲，实由自取。樊尼与纥勃洛肱，依言别去。傉檀掉头东行，随从只阴利鹿一人，因凄然顾语道："我亲属皆散，卿何故独留？"利鹿道："臣家有老母，非不思归，但忠孝不能两全，臣既不能为陛下保国，难道尚敢相离么？"傉檀感叹道："知人原是不易，大臣亲戚，统弃我自去，唯有卿终始不渝，卿非负我，我实愧卿。"说毕，泪下如雨。利鹿亦泣慰数语，乃再相偕同行。

途次探得炽磐已归，留部将谦屯都督河右，镇守乐都，又任秃发赴单为西平太守，镇守西平，赴单系乌孤子，为傉檀侄。傉檀得此援系，当即往投。赴单已臣事西秦，自然报达炽磐。炽磐从前入质南凉，利鹿孤尝给宗女为妻，后来炽磐奔还，傉檀曾将炽磐女送归。及炽磐攻入乐都，掳得傉檀季女，见她艳丽动人，遂逼令侍寝。为此两道姻谊，所以遣使往迎傉檀，待若上宾，令为骠骑大将军，封左南公。就是虎台被他带归，亦优礼相待。傉檀乃遣阴利鹿归省，利鹿方去。

自从乐都失陷，南凉各城，尽归炽磐，唯浩亹守将尉贤政，固守不下。炽磐遣人招谕道："乐都已溃，卿妻子都在我处，何不早降？"贤政答道："主上存亡，尚未探悉，所以不敢归命。若顾恋妻子，便忘故主，试问大王亦何用此臣？"去使还报炽磐。炽磐再使虎台赍去手书，往招贤政。贤政见了虎台，便正色道："汝为储副，不能尽节，弃父忘君，自堕基业，贤政义士，岂肯效汝么？"虎台怀惭而去。及傉檀受爵左南，才举城归附后秦。与阴利鹿志趣相同，犹为彼善于此。炽磐既并吞南凉，遂自称秦王，立傉檀女秃发氏为王后，前妻秃发氏为左夫人。重后轻前，亦属非是。旋恐傉檀尚存，终为后患，竟遣人赍了鸩毒，往毒傉檀。傉檀一饮而尽，俄而毒发，痛不可当，左右请亟服解药，傉檀瞋目道："我病岂尚宜疗治么？"言讫即毙。年终五十一，在位十三年。南凉自秃发乌孤立国，兄弟相传，共历三主，凡十有九年而亡。

傉檀子保周破羌，利鹿孤孙副周，乌孤孙承钵，皆奔往北凉，转入北魏。魏并授公爵，且赐破羌姓名，叫作源贺，后来为北魏功臣。就是傉檀兄子樊尼，亦入魏授官，不遑细叙。唯虎台仍在西秦，北凉王沮渠蒙逊，遣人引诱虎台，许给番禾西安二郡，且愿借兵士，使报父仇。虎台恰也承认，阴与定约。偏被炽磐闻知，召入宫廷，不令外出，但表面上还不露声色，待遇如初。炽磐后秃发氏，与虎台为兄妹，起初是无法解脱，只好勉侍炽磐，佯作欢笑，及得立为后，历承恩宠，心中总不忘君父，自恨身为女流，无从报复。可巧乃兄召入，尝得相见，遂觑隙与语道："秦与我有大仇，不过因婚媾相关，虚与应酬，试想先王死于非命，遗言不愿疗治，无非为保全子女起见，我与兄既为人子，怎可长事仇雠，不思报复呢？"虽含有烈性，究竟自己被污，也不免迟了一着。虎台点首退出，密与前时部将越质洛城等设谋，阴图炽磐。不料宫中却有一个奸细，本是秃发氏遗胄，偏他甘心事虏，反噬虎台兄妹，这叫丧尽天良，可叹可恨呢！

看官道是何人？便是炽磐左夫人秃发氏。她自傉檀女入宫得宠，已怀妒意，又平白地失去后位，反使后来居上，越觉愤愤不平，但面上却毫不流露，佯与王后相亲，很是投机。秃发后仍以姊妹相呼，误信她为同宗一派，当无异心，所以有时晤谈，免不得将报仇意计，漏说数语。她便假意赞成，盘问底细，得悉她兄妹隐情，竟去报知炽磐。炽磐不听犹可，听了密报，自然怒起，立把王后兄妹，及越质洛城等人，一并处死。自是左夫人秃发氏，得快私愤，复沐专宠了。唯炽磐元妃早殁，遗下数男，次子叫做慕末，由炽磐立为太子。慕末弟轲殊罗，亦为前妻所出，后来炽磐身死，慕末继立，秃发左夫人做了寡妇，不耐嫠居，竟与轲殊罗私通，谋杀慕末。慕末闻知，鞭责轲殊罗，赦他一死，独勒令秃发氏自尽，事在刘宋元嘉六年，乃是东晋后事。小子因她妒悍淫昏，终遭恶报，所以特别提出，留作榜样。奉劝后世妇女，切莫效此丑恶事呢。是有心人吐属。因随笔凑成一诗道：

一门姊妹不相侔，谗杀同宗甘事仇。
待到后来仍自尽，何如死义足千秋。

西秦方盛，后秦却已垂亡，欲知详情，试看下回分解。

秃发傉檀，北见侵于蒙逊，东受迫于炽磐，其危亡也必矣。然使听孟恺之言，和东拒北，尚不致于遽亡，乃人方眈伺，彼尚逞兵，乙弗不必讨而讨之，乐都不可忽而忽之，卒至众叛亲离，束手降虏，举先人之基业，让诸他人，寻且服鸩自毙，嗟何及哉！傉檀女为西秦后，冀复父仇，谋泄而死。一介妇人，独有亢宗之想，计虽不成，志足悲也。彼左夫人亦秃发氏女，何忘仇无耻若是？同一巾帼，判若径庭，然则秃发后其可不传乎？特笔以表明之，所以补《晋书》之阙云。

第九十九回　入荆州驱除异党 夺长安翦灭后秦

却说秦主姚兴嗣位后，曾立昭仪张氏为后，长子泓为太子，余子懿弼洸宣谌愔璞质逵裕国儿等，皆封公爵。弼受封广平公，素性阴狡，潜谋夺嫡，外面却装作孝谨，深得父宠，出为雍州刺史，权镇安定。降臣姜纪，曾叛凉归秦，依弼麾下，劝弼结兴左右，自求入朝。弼如言施行，果得兴诏，征为尚书侍中大将军，得参朝政。嗣是引纳朝士，勾结党羽，势倾东宫，为国人所侧目。左将军姚文宗，与东宫常相往来，很是亲昵。弼因之加忌，诬称文宗怨望，嘱使侍御史廉桃生为证人。兴不察虚实，竟将文宗赐死，群臣益复畏弼，不敢多言。溺爱不明，适足致乱。弼令私人尹冲为给事黄门郎，唐盛为治书侍御史，伺察机密，监制朝廷。右仆射梁喜，侍中任谦，京兆尹尹昭，不忍坐视，乘间白兴道："家庭父子，人所难言，但君臣恩义，与父子相同，臣等理不容默，故敢直陈。广平公弼势倾朝野，意在夺嫡，陛下反假他威权，任所欲为，时论皆言陛下有废立意，果有此事，臣等宁死不敢奉诏。"兴愕然道："哪有此事？"喜等复道："陛下既无此事，爱弼反致祸弼，应亟加裁制，方免他忧。"兴默然不答，喜等只好趋退。大司农窦温，司徒左长史王弼，为弼说情，劝兴改立弼为太子。兴虽然不允，亦未尝驳责，益令朝右生疑，但不过腹诽心议罢了。

未几，兴遇重疾，太子泓入侍，弼谋作乱，潜集党羽数千人，披甲为备，拟俟兴死后，杀泓自立。兴子裕侦悉弼谋，遣使四出，飞告诸兄。于是上庸公懿，治兵蒲坂，陈留公阁治兵洛阳，平原公谌治兵雍州，俱欲入赴长安，会师讨弼。尚幸兴病渐愈，弼谋不得遂。征虏将军刘羌，乘兴升殿，泣告前情。兴慨然道："朕过庭无训，使诸子不睦，负惭四海，今愿卿等各陈所见，俾安社稷。"京兆尹尹昭复请诛弼，右仆射梁喜，亦如昭议，唯兴始终不忍，但免弼尚书令，使以将军公就第。懿洸谌闻兴已瘳，各罢兵还镇。已而懿洸谌及长乐公宣，联翩入朝，使弟裕先入报兴，求陈时事。兴怫然道："汝等无非论弼得失，我已尽知，不烦进言了。"裕答道："弼果有过，陛下亦宜垂听，若懿等妄言，尽可加罪，奈何不令入见呢？"兴乃就谘议堂引见诸子。宣流涕极陈弼罪，兴徐嘱道："我自当处弼，何必汝等加忧？"宣始趋出。抚军东曹属姜虬疏请黜弼，兴将虬疏取示梁喜，喜复请早决，兴仍然不从，蹉跎过去，又越年余。

晋荆州刺史司马休之，据住江陵，雍州刺史鲁宗之，据住襄阳，与太尉刘裕相争，因驰书入关，乞发援兵。秦主兴遣将姚成王司马国璠等，率八千骑赴援，指日出发。究竟休之宗之，何故与裕失和？说来又是一番原因。休之出镇江陵，颇得民心，子文思过继谯王，留居建康，豪暴粗疏，为太尉裕所嫉视。有司希旨，阴伺文思过失，适文思捶杀小吏，正好据事纠弹。有诏诛文思党羽，本身贷死。裕将文思送给休之，令自训厉，意欲休之将子处死。休之但表废文思，并寄裕书，陈谢中寓讥讽意。裕因之不悦，特使江州刺史孟怀玉，兼督豫州六郡，监制休之。翌年，又收休之次子文质，从子文祖，并皆赐死，一面声讨休之，即加裕黄钺，领荆州刺史，起兵西行。裕令弟中军将军刘道怜监留府事，进刘穆之兼左仆射，佐助道怜，自己好放心前去。休之闻报，忙邀雍州刺史鲁宗之。及宗之子竟陵太守鲁轨，合拒裕军。裕使参军檀道济朱超石，率步骑出襄阳。江夏太守刘虔之，聚粮以待，偏被鲁轨暗袭虔之，把他击死。裕婿徐逵之，与别将蒯恩沈渊子等，出江夏口，又堕入鲁轨的埋伏计。逵之沈渊子阵亡，唯蒯恩得免。

裕连接败报，不由的怒气勃勃，麾军渡江，亲决胜负。休之也恐不能敌裕，因向后秦乞援。秦虽遣将为助，究因道途相隔，未能遽至。回应上文。休之子司马文思，与宗之子鲁轨，合兵四万，夹江扼守，列阵峭岸，高约数丈。裕舟近岸，将士见了峭壁，不敢上登。裕披甲出船，自欲跃上，诸将苦谏不从。主簿谢晦，把裕掖住，气得裕嫚目扬须，拔剑指晦道："我当斩汝！”晦答道：“天下可无晦，不可无公。”有何用处？不过留他篡晋呢。将军胡藩，忙趋出裕前，用刀头挖穿岸上，可容足趾，便蹑迹登岸。将士亦陆续随上，向前力战。文思与轨，稍稍却退。转瞬间，裕亦上岸，麾军大进，顿将文思等击退，直指江陵。休之宗之，闻裕军锐甚，无心固守，亦弃城北遁。唯轨退保石城，裕令阆中侯赵伦之，参军沈林子攻轨，另遣武陵内史王镇恶，领着舟师，追蹑休之宗之。休之在途中收集败军，拟援石城，不意石城已被攻破。轨独狼狈奔来，乃相偕奔往襄阳。襄阳参军李应之，闭门不纳，休之等只好奔往后秦。行至南阳，正遇秦将姚成王等前来，彼此谈及，知荆雍已被裕军夺去，不如同入长安，再作后图，乃相引入关去了。

休之有亲属司马道赐，为青冀二州刺史刘敬宣参军，密拟起应休之，与裨将王猛子等合谋，竟将敬宣刺毙。敬宣府吏，当即召众戡乱，捕斩道赐猛子，青冀二州，仍然平定。裕饬诸军还营，奏凯入朝。廷旨加裕太傅扬州牧，剑履上殿，入朝不趋，赞拜不名。裕表辞太傅州牧，其余受命。是年，又命裕都督二十二州军事。越年，再任裕为中外大都督。裕闻后秦乱起，骨肉相残，已有亡征，乃说他援纳叛党，决计西讨；当下敕令戒严，准备启行。

自从秦主兴收纳休之，命为镇军将军，领扬州刺史，使他侵扰荆襄，且欲调兵接应。无如诸子相争，国内不安，天灾地变，复随时告警，忽而大旱，忽而水竭，忽而白虹贯日，忽而荧惑出东井，童谣讹言，哗传不息。兴亦未免怀忧，乃不遑出师。再越一年，已是秦主兴的末年了。正月元旦，兴御太极前殿，朝会群臣，礼毕退朝，群臣忽闻有哭泣声，仔细一查，乃是沙门贺僧。贺僧能言未来吉凶，为兴所敬礼，所以宴会时尝得列席。此次退朝哭泣，大众不免疑问，他且默然自去。尽在不言中。兴哪里知晓，北与拓跋魏和亲，特遣女西平公主，嫁与拓跋嗣为夫人，南使鲁宗之父子，寇晋襄阳。宗之道死，由鲁轨引兵独行，为晋雍州刺史赵伦之击退。兴自出华阴，调兵南下，不意旧疾复发，没奈何趋还长安。太子泓留守西宫意欲出迎，宫臣进谏道：“主上有疾，奸臣在侧，殿下今出，进不得见主上，退且有不测奇祸，不如勿迎。”泓蹙然道：“臣子闻君父疾笃，尚可不急往迎谒么？”宫臣答道：“保身保国，方为大孝，怎可徒拘小节呢？”泓乃不敢出郊，但在黄龙门下，迎兴入宫。时黄门侍郎尹冲，果欲因泓出迎，刺泓立弼，偏偏计不得遂，只好罢议。

尚书姚沙弥，为冲划策，拟迎兴入弼第。冲因兴生死未卜，欲随兴入宫作乱，故不用沙弥言。兴既入宫，命太子泓录尚书事，且召入东平公姚绍，使与右卫将军胡翼度，典兵禁中，防制内外。且遣殿中上将军敛曼嵬，往收弼第中甲仗，纳诸武库。未几，兴疾益剧，有妹南安长公主，入内问疾，兴不能答，于是阖宫仓皇，群谓兴死在目前。兴少子耕儿，出告兄南阳公愔道："主上已崩，请速决计！"愔闻言即出，号召党羽尹冲姚武伯等，率甲士攻端门。敛曼嵬勒兵拒战，胡翼度率禁兵闭守四门，愔等不得突入，索性在端门外面，放起火来，那时宫内臣妾，见外面火光烛天，当然骇噪。秦主兴耳目尚聪，力疾起问，才得乱报，便令侍臣扶掖出殿，传旨收弼，立即赐死。何若先事预防，或可免此惨剧。禁兵见兴出临，无不喜跃，争往击愔。愔败奔骊山。愔党建康公吕隆即后凉亡国主。奔雍，尹冲及弟泓奔晋，秦宫少定。兴已弥留，亟召姚绍姚谶梁喜尹昭敛曼嵬等，并入内寝，受遗诏辅政，越日兴殂。泓秘不发丧，便遣将捕诛南阳公愔及吕隆等人，然后发丧。追諡兴为文桓皇帝，总计兴在位二十二年，寿终五十一岁。

泓乃嗣位，改元永和。北地太守毛雍，起兵叛泓，泓命东平公绍往讨，将雍擒斩。长乐公宣，未知雍败，遣将姚佛生等，入卫长安。佛生既行，宣参军韦宗好乱，劝宣乘势自立，宣竟为所误，也即发难。再由东平公绍移军往击，大破宣兵。宣诣绍归罪，为绍所杀。既而西秦王炽磐，仇池公杨盛，夏主勃勃，先后交侵，秦土日蹙。再经晋刘裕引着大军，得步进步，姚氏宗祚，从此要灭亡了。

刘裕既兴兵讨秦，加领征西将军，兼司豫二州刺史。世子义符为中军将军，留监府事。左仆射刘穆之，领监军中军二府军司，入居东府，总摄内外。司马徐羡之为副，左将军朱龄石守卫殿省，徐州刺史刘怀慎守卫京师。部署既定，然后西讨军出都，分作数路。龙骧将军王镇恶，冠军将军檀道济，自淮淝向许洛，新野太守朱超石，宁朔将军胡藩趋阳城，振武将军沈田子，建威将军傅弘之入武关，建武将军沈林子，彭城内史刘遵考，率水军出石门，自汴达河，又命冀州刺史王仲德为征虏将军，督领前锋，开钜野入河。刘穆之语镇恶道："刘公委卿伐秦，卿宜努力！"镇恶道："我若不克关中，誓不复渡江。"当下各路出发，陆续西进。裕亦徐出彭城，连接前军捷报。王镇恶收服漆邱，檀道济降项城，拔新蔡，下许昌，沈林子克仓垣，王仲德亦入滑台，好算是势如破竹，先声夺人了。

唯滑台系是魏地，守将尉建，骤见晋军到来，不明虚实，便即遁去。魏主拓跋嗣闻报，即遣部将叔孙建公孙表等，引兵渡河。途遇尉建返奔，就将他缚住，押往滑台城下，一刀斩首，投尸河中。随即问城上晋兵，责他何故入犯？仲德使司马竺和之答语道："刘太尉遣王征虏将军，自河入洛，清扫山陵，并未敢侵掠魏境，不过魏将弃城自去，王征虏暂借空城，休息兵士，缓日即当西去，便将原城奉还。"不假道而入城，究属牵强。叔孙建不便启衅，使人飞报魏主。魏主嗣又令建致书刘裕，裕婉词答复道："洛阳系我朝旧都，山陵具在，今为西羌所掠，几至陵寝成墟，且我朝叛犯，均由羌人收纳，使为我患，我朝因此西讨，假道贵国，想贵国好恶从同，定无违言。滑台一军，便当令彼西引，断不久留。"这一席话，答将过去，魏人倒也无词可驳，只好按兵待着，俟仲德他去，收复滑台。

那晋将檀道济，进拔秦阳荥阳二城，直抵成皋。秦征南将军姚洸，屯戍洛阳，急向关中乞援。秦主泓遣武卫将军姚益男，越骑校尉阎生，合兵万三千人，往救洛阳。又令并州牧姚懿，南屯陕津，作为声援。姚益男等尚未到洛，晋军已降服成皋，进攻柏谷。秦宁朔将军赵玄，劝洸据险固守，静待援师，怎知司马姚禹，已暗通晋军，但请洸发兵出战。洸即令赵玄，领兵千余，出堵柏谷坞，广武将军石无讳，出守巩城。玄临行时，泣语洸道："玄受三帝重恩，理当效死。但公误信奸人，必贻后悔。"说毕，即与司马蹇鉴，驰往柏谷，正值晋军攻入，便与交锋。晋军越来越多，玄兵只有千余，又无后继，如何拦截得住？玄拼命冲入，身中十余创，力不能支，据地大呼。司马蹇鉴，抱玄泣下。玄凄声道："我死此地，君宜速去。"鉴泣答道："将军不济，鉴将何往？"遂相偕战死。不愧为姚氏忠臣。无讳至石阙奔还，姚禹逾城降晋。晋军直逼洛阳，四面围攻。姚洸待援不至，只好出降。檀道济俘得秦兵四千余名，或劝他悉加诛戮，封作京观。道济道："伐罪吊民，正在今日，怎得多杀哩？"是极。因皆释缚遣归，入城安民，秦人大悦。

姚益男等闻洛阳失陷，不敢再进，折回关中。刘裕使冠军将军毛修之往镇洛阳，再饬道济等前进。适西秦王炽磐，遣使诣裕，愿击秦自效。裕即表封炽磐为平西将军河南公，自引水军发彭城，接应前军。秦主泓方惶急得很，不防并州牧姚懿，到了陕津，误听司马孙畅计议，意图篡立，反倒戈还攻长安。秦主急遣东平公姚绍等，引兵击懿。懿败被擒，孙畅伏诛。接连是征北将军齐公姚恢，复自称大都督，托言入清君侧，自北雍州还趋长安，再由姚绍移军攻恢，恢方败死。懿为泓弟，恢为泓叔，不思共救国危，反相继谋逆，真是姚氏气数。姚绍得进封鲁公，升官太宰，都督中外诸军事，率同武卫将军姚鸾等，拥兵五万，东援潼关。别遣副将姚驴守蒲坂。晋将王镇恶入渑池，进薄潼关，檀道济沈林子，自陕北渡河，进攻蒲坂。蒲坂城坚难下，林子谓不若会同镇恶，合攻潼关。道济依议，便与林子回军，共至潼关下寨。姚绍开关搦战，被道济等纵兵奋击，丧亡千人，不得已退保定城，据险固守，再令姚鸾出击晋军粮道，偏为晋将沈林子所料，夤夜袭鸾，把鸾击毙。绍又使东平公姚赞，截晋水军，亦被沈林子击败，奔回定城。

秦主泓连接败报，仓皇失措，只好向魏乞援。晋刘裕泝河西上，亦使人向魏借道。魏主拓跋嗣集众会议，多说秦魏方通婚媾，理应拒晋援秦。秦女西平公主为魏夫人事，见上文。独博士祭酒崔浩，谓："秦已垂亡，往救无益，不如假裕水道，听他西上，然后发兵堵塞东路。裕若胜秦，必感我惠，否则我亦有救秦的美名，这乃是一举两得的上计。"拓跋嗣不能无疑，再经宫内的拓跋夫人，劝嗣拒晋，嗣乃遣司徒长孙嵩等屯兵河北，遏住裕军。裕引军入河，魏兵随裕西行。裕遣亲兵队长丁旿，率勇士七百人，坚车百乘，登岸列阵。再命朱超石领着弓弩手二千，登车环射魏兵，且射且进。再用大锤短槊，左右猛击，连毙魏兵无数。魏兵大溃，魏将阿薄干阵亡，裕军遂安然向西去了。

魏主嗣始悔不听崔浩，再与浩商议军情，欲截裕军归路。浩答道："裕能得秦，不能守秦，将来关中终为我有，何必目前劳兵？臣尝私论近世将相，王猛佐秦，乃是苻坚的管仲，慕容恪辅燕，乃是慕容暐的霍光，刘裕相晋，乃是司马德宗的曹操，彼欲立功震世，篡代晋室，岂肯长留关中么？"料事如神。嗣乃大喜，不再出兵。晋将王镇恶，久驻潼关，粮食将尽，意欲弃去辎重，还赴大军。沈林子拔剑击案道："今许洛已定，关右将平，前锋为全军耳目，奈何自沮锐气，功败垂成呢？"镇恶乃自至弘农，晓谕百姓，劝送义租，百姓应命输粮，军食复振。林子复击破河北秦军，斩秦将姚洽姚墨蠡唐小方。姚绍愧愤成疾，呕血而亡。秦兵失了姚绍，越加惊心，无心战守。晋将沈田子傅弘之等，领着偏师千余骑，袭破武关，进屯青泥。秦主泓率众数万，前来抵御，弘之欲退，田子独慷慨誓众，鼓噪奋进。姚泓素未经大战，蓦见晋军各执短刀，冒死冲来，好似虎狼一般，不由的惊心动魄，急忙返奔，余众当然披靡，统皆溃散，所有乘舆麾盖，抛弃殆尽。沈林子恐田子有失，亟往驰救，见秦主已经败去，便相偕追入，再加刘裕到了潼关，令王镇恶自河入渭，亟捣长安。裕军继进，斩姚强，走姚难，直达渭桥。姚丕扼守渭桥，由镇恶舍舟登岸，身先士卒，大破丕军。姚泓引兵援丕，反被丕败卒还冲，自相践踏，不战即溃。泓匹马奔还，镇恶追入平朔门，长安已破，急得泓不知所为，挈妻子奔往石桥。姚谠还救姚泓，众皆散去，胡翼度走降晋军。泓无法可施，只得输款乞降。后秦自姚苌僭号，共历三世，凡三十二年而亡。小子有诗叹道：

霸踞关中卅二年，如何豆釜竟相煎？
内忧外侮侵寻日，莫怪姚宗不再延。

姚泓出降，独有一幼子涕泣谏阻，坠城殉国。欲知详情，下文还有一回，请看官仔细看明。

司马休之，晋宗室之强者也。刘裕既杀刘毅与诸葛长民，宁能再容休之？其所由使镇荆州者，亦一调虎离山之秘计耳。文思有罪，废之可也，乃必送交休之，令其处死，是明知休之之不忍杀子，可声罪以讨之。休之不能敌裕，卒致兵败西走，而鲁宗之父子，亦随与同行，裕之驱除异己，从此垂尽矣。后秦主姚兴父子，其恶皆不若姚苌，兴得幸免，泓竟速亡，祸实由苌贻之。内有诸子之相争，外有强邻之相逼，虽曰人事，亦由天道。如姚苌之狡鸷，犹得传祚三世，不可谓非幸事。姚泓以仁孝闻，卒致失国陨身，乃知凶人之必归无后也。

第一百回　招寇乱秦关再失
迫禅位晋祚永终

却说姚泓幼子佛念，年才十二，他料乃父出降，未足自全，因涕泣语泓道："陛下今虽降晋，亦必不免，还不如自裁为是。"泓怃然不应。佛念竟自登宫墙，跃坠下地，脑破身亡。倒是一个国殇。泓率妻子及群臣诣镇恶营前乞降，镇恶命属吏收管，待刘裕入城处置，一面出示抚慰，严申军令，阖城粗安。既而闻裕到来，出迎灞上，裕面加慰劳道："成我霸业，卿为首功。"镇恶再拜道："威出明公，力出诸将，镇恶何功足录呢？"裕笑道："卿亦欲学汉冯异么？"说着，即偕镇恶入城，收秦仪器法物，送往建康，外如金帛珍宝，分赏将士。秦平原公姚璞，及并州刺史尹昭，以蒲坂降。东平公姚瓒，亦率宗族百余人投降。裕尽令处斩，且解送姚泓入都，枭首市曹，年才三十。司马休之父子及鲁轨，已见机先遁，逃入北魏，裕无法追捕，只好罢休。

晋廷遣琅琊王德文，暨司空王恢之，并至洛阳，修谒五陵。裕欲表请迁洛，谘议将军王仲德，谓："劳师日久，士卒思归，迁都事未可骤行。"裕乃罢议，唯暗嘱行营长史王弘，入朝讽请，加九锡礼。有诏进裕为相国，总掌百揆，封十郡为宋公，兼加九锡。裕反佯辞不受。请之而复辞之，全是狡诈。寻又封裕为王，裕仍表辞。时夏主勃勃雄踞朔方，就黑水南面筑一大城，作为夏都，自谓将统一天下，君临万邦，故名都城为统万城。又言祖宗误从母姓，实属不合，特改刘氏为赫连氏，取徽赫连天的意思。远族以铁伐为氏，谓刚锐如铁，并足伐人。无非杜撰。嗣是屡寇秦边，掠民突境。至闻刘裕伐秦，因笑语群臣道："姚泓本非裕敌，且兄弟内叛，怎能拒人？眼见是要灭亡了。但裕不能久留，必将南归，但使子弟及诸将居守，我正好进取关中呢。"遂秣马厉兵，进据安定。秦岭北郡县镇戍，皆降勃勃。

裕得此消息，亦知勃勃必进图关中，乃遣使贻勃勃书，约为兄弟。勃勃使侍郎皇甫徽，预草答书，一诵即熟，乃对着裕使，口授舍人，令他书就，即交裕使赍归。裕问悉情形，并展读复书，不禁愧叹，自谓勿如，也被勃勃所绐么？因欲经略西北，为弭患计。偏由建康递到急报，乃是左仆射刘穆之，得病身亡。裕恃穆之为腹心，府事统归他主裁，忽然病死，顿令裕内顾怀忧，当即决意东归，留次子义真为安西将军，都督雍梁秦州军事，镇守关中。义真年仅十三，特使谘议将军王修为长史，王镇恶为司马，沈田子毛德祖傅弘之为参军从事，留辅义真，自率诸军启行。既知勃勃为患，乃使幼子守秦，裕亦有此失策，令人不解！三秦父老，各诣军门泣阻道："残民不沾王化，已阅百年，今复得睹汉仪，人人相贺，长安十陵，是公祖墓，咸阳宫阙，是公旧宅，去此将何往呢？"裕祖乃汉高帝弟交，曾见前文，故秦民所言如此。裕只以受命朝廷，不得擅留为辞。且言："有次子义真及诸文武共守此土，可保无虞。"吾谁欺？欺天乎？秦民只好退去。王镇恶恃功贪恣，盗取库财，不可胜记。又与沈田子等不和，田子屡次白裕，谓："镇恶贪婪不法，且家住关中，不可保信。"裕终不问。至裕启程时，又与傅弘之同申前议。裕答道："猛兽不如群狐，卿等十余人，难道怕一王镇恶么？"此语益错。语毕即行，自洛入河，开汴渠以归。

夏主勃勃，闻裕已东归，便召王买德问计，欲夺关中。买德道："关中为形胜地。裕乃令幼子居守，匆匆东返，无非欲急去篡晋，不暇顾及中原，一语窥破。我若不再取关中，尚待何时？青泥上洛，是南北险要，可先遣游军截住，再发兵东塞潼关，断他水陆要道，然后传檄三辅，兼施威德，区区义真，如网罟中物，自然手到擒来了。"勃勃大喜，遂命子赫连璝率兵二万，南向长安。前将军赫连昌，往屯潼关，使买德为抚军长史，出据青泥，自率大军继进。璝至渭阳，秦民多降。关中守将沈田子傅弘之等，督兵出御，因闻夏兵势盛，不敢前进，但退守刘回堡，遣使还报刘义真。王镇恶语王修道："刘公以十岁儿付我侪，理当竭力匡辅，今大敌当前，拥兵不进，试问虏何时得平？"说着，即遣还来使，自率部曲往援。田子得使人返报，益恨镇恶，随即造出一种讹言，谓："镇恶将自王关中，送归义真，杀尽南人。"军士闻言，当然惊惶。及镇恶到来，由田子邀入傅弘之营，诈称有密计相商，请屏左右。镇恶贸然径入，突被田子宗党沈敬仁，一刀刺死，复矫称："刘太尉密令，谓镇恶系前秦王猛孙，反复难恃，所以加诛"云云。弘之本未与田子同谋，骤遭此变，急忙奔还长安，告知王修。修拥义真披甲登城，潜令军士埋伏城外，等到田子返报，即发伏拿下田子，责他擅杀大将，斩首徇众。当下命冠军将军毛修之，代为司马，与傅弘之同出拒战，连破夏兵，夏兵乃退。

王修遣人报知刘裕，裕表赠镇恶为左将军青州刺史，别遣彭城内史刘遵考为并州刺史，领河东太守，出镇蒲坂。征荆州刺史刘道怜为徐兖二州刺史，调徐州刺史刘义隆出镇荆州。义隆系裕第三子，年尚幼弱，辅以刘彦之张邵王昙首王华等人，四方重镇，统用刘氏子弟扼守，刘裕心术，不问可知了。已而相国宋公的荣封，及九锡殊礼，联翩下诏，裕居然受封。正要将篡立事下手进行，偏得关中警耗，乃是长安大乱，夏兵四逼，非但秦地难守，连爱子义真都命在须臾。裕不禁着忙，急遣辅国将军蒯恩，率兵西往，召还义真，再派右司马朱龄石为雍州刺史，代镇关中。龄石临行，裕与语道："卿到长安，速与义真轻装出关，待至关外，方可徐行，若关右必不可守，即与义真俱归便了。"既知爱子，何必令守关中？龄石领命而去。裕又遣龄石弟超石，宣慰河洛，随后继进，才稍稍放下忧心。

哪知关中变乱，统是义真一人酿成。所谓成事不足，败事有余。义真年少好狎，赏赐无节，王修每加裁抑，为众小所嫉视，遂日进谗言，诬修谋反。义真不明曲直，便使嬖人刘乞等，刺杀王修，于是人情疑骇，无复固志。义真悉召外兵入卫，闭门拒守，这消息传入夏境，赫连勃勃，即发兵南下，占据关中郡县，复自率亲军入踞咸阳，截断长安樵汲，长安大震。义真自然向裕乞援，到了蒯恩入关，促义真即日东归。偏义真左右，志在子女玉帛，一时未肯动身；及龄石踵至，再三敦促，义真乃出发长安。部下趁势大掠，满载妇女珍宝，方轨徐行，傅弘之蒯恩随着，一日只行十里。忽闻夏世子赫连璝，轻骑追来，弘之急白义真，劝他弃了辎重，赶紧出关。义真还不肯从。俄而夏兵大至，尘雾蔽天，弘之即令义真先行，自与蒯恩断后，且战且走。夏兵不肯舍去，尽管追蹑，累得傅蒯两人，力战了好几日，杀得人困马乏，才到青泥。不料夏长史王买德，引兵截住，傅弘之蒯恩，虽然死斗，究竟敌不住夏兵，结果是同被擒去。司马毛修之，也为买德所擒，单逃出一个义真。还是死的干净。义真见左右尽亡，避匿草中，幸遇中兵参军段宏，窃负而逃，又当夜色迷蒙，无人能辨，才得脱归。

夏主勃勃入攻长安，长安只有朱龄石居守，百姓不服龄石，把他撵逐。龄石焚去前朝宫殿，奔往潼关。弟超石奉令西行，亦入关探兄，兄弟方才相会，同入戍将王敬垒中。偏夏将赫连昌，引众来攻，先截水道，后扑戍垒，垒中兵渴不能战，竟被陷入。龄石使超石速去，超石泣道："人谁不死？宁忍今日别兄，自寻生路呢？"遂与敬等出斗，力竭负伤，统为所擒。勃勃遂入长安，据有关中。龄石兄弟，及王敬傅弘之等，并皆不屈，均遭杀害。勃勃且积人头为京观，号为髑髅台，然后命在灞上筑坛，自称皇帝，改元昌武。寻复还居统万城，留世子赫连璝为雍州牧，镇守关中，号为南台，这且搁下不提。

且说刘裕闻长安失守，未知义真存亡，顿时怒不可遏，即欲兴兵北伐。侍中谢晦等固谏，尚未肯从，嗣得段宏启闻，知已救出义真，乃不复发兵，但登城北望，慨然流涕罢了。是岁为晋义熙十四年，即安帝二十二年。西凉公李歆，遣使至建康，报称父丧，且告嗣位。歆父就是李皓，自与北凉脱离关系，据有秦凉二州郡县，初称凉公，嗣称秦凉二州牧。应八十六回。改年建初，由敦煌迁都酒泉，一再奉表建康，词极恭顺。就是境内自治，亦注重文教，志在息民。唯北凉主沮渠蒙逊，屡往侵扰。皓每出防堵，互有胜负。在位十九年，年已六十七岁，得疾而亡。临殁时，遗命长史宋繇道："我死后，我子与卿相同，望卿善为训导，勿负我心。"繇当然受命，嗣奉皓子歆为西凉公，领凉州牧，改元嘉兴，追谥皓为武昭王，尊皓继妻尹氏为太后。皓元配辛氏，贞顺有仪，中年去世，皓尝亲为作诔，并撰悼亡诗数十首。续配尹氏，本是扶风人马元正妻，元正早卒，尹乃改嫁，自恨再醮失节，三年不言，抚前妻子，恩过所生；及皓创业时，多所赞助，故当时有李尹王敦煌的谣传。尹氏排入《晋书·列女传》，故文不从略。歆既嗣位，进宋繇为武卫将军，录三府事。繇劝歆仍事晋室，尹太后语亦从同，所以歆遣使报晋。晋授歆为镇西大将军，封酒泉公。北凉王蒙逊，闻歆得邀封，也遣使向晋称藩。有诏授蒙逊为凉州刺史，唯此时颁发诏旨，已为琅琊王德文所出，那晋安帝已被刘裕弑死了。

裕年逾六十，急欲篡晋，自娱晚年，尝查阅谶文云："昌明后尚有二帝。"昌明即晋孝武帝表字，见前文。乃决拟弑主应谶，密嘱中书侍郎王韶之，贿通安帝左右，乘间弑帝。安帝原是傀儡，一切辅导，全仗弟琅琊王德文。德文自往洛阳谒陵后，便即还都，仍然日侍帝侧，不敢少离。韶之等无隙可乘，如何下手？会德文有疾，不得不回第调养。韶之趁势入宫，指挥内侍，竟用散衣作结，套住安帝颈中，生生勒毙。阅至此，令人发指。年止三十七岁，在位二十二年。韶之既已得手，便去报知刘裕，裕因托称安帝暴崩，且诈传遗诏，奉琅琊王德文嗣位，是为恭帝。越年正朔，改元元熙，立妃褚氏为皇后。后系义兴太守褚爽女，颇有贤名。可惜已成末代。恭帝因先兄未葬，一切典仪，概从节省。过了元宵，方将梓宫奉葬，追谥为安皇帝，一面加封百官，进刘裕为宋王。裕老实受封，移镇寿阳。嗣复讽令朝臣，再加殊礼，得用天子服驾，出警入跸，进母萧氏为王后，世子义符为太子。

好容易过了一年，裕在寿阳宴集群僚，伪言将奉还爵位，归老京师。僚属莫名其妙，只有一中书令傅亮，悉心揣摩，居然窥透裕意，到了席散出厅，复叩扉请见道："臣暂应还都。"裕掀髯一笑，并无他言。贼心相照。亮便即辞去，仰见天空中现出长星，光芒四射，不禁抚髀长叹道："我尝不信天文，今始知天道有凭了。"越宿，即驰赴都中。未几，即有诏命传出，征裕入辅。裕留四子义康镇寿阳，参军刘湛为辅，自率亲军匆匆启行。到了建康，傅亮已安排妥当，迫帝禅位，自具诏草，进呈恭帝，令他照稿誊录。恭帝顾语左右道："桓玄时晋已失国，亏得刘公恢复，又复重延，到今将二十年。今日禅位，也是甘心。"说着，即强作欢颜，操笔书就，付与傅亮；眼中想已包含无数泪珠。复取出玺绶，交给光禄大夫谢澹，尚书刘宣范，赍送宋王刘裕；自挈皇后褚氏等，凄然出宫去了。当时，司马氏中，稍有才望的人物，或逐或死，已经垂尽，只司马楚之有万余人，屯据长社，司马文荣引乞活千余人，屯据金墉城南，乞活见前。司马道恭自东坦率三千人，屯据城西，司马顺明集五千人屯陵云台，彼此统是晋室遗胄，志在规复，但没有一定统领，好似散沙一般，如何成事？结果是被各处戍将，驱逐出境，同奔北魏去了。强弩之末，势不能穿鲁缟。宋王刘裕得了禅诏，表面上还三揖三让，佯作谦恭，那一班攀鳞附翼的臣僚，连番劝进，遂在南郊筑坛，祭告天地，即皇帝位，国号宋，颁诏大赦，改晋元熙二年为宋永初元年。废晋恭帝为零陵王，晋后褚氏为零陵王妃，徙居故秣陵县城。使冠军将军刘遵考率兵管束，东晋遂亡。更可恨的是狠心辣手的刘裕，暗想废主尚存，终是祸根，不如一律铲除，好免后患。自晋元熙二年六月受禅，到九月中，竟用毒酒一罂，命鸩零陵王司马德文，起初是遣琅琊郎中令张伟往鸩，伟竟取来自饮，毒发即亡。尚是一个晋氏忠臣，故特表出。后竟令兵士逾垣，再鸩德文。德文不肯饮鸩，竟被兵士用被掩死。可怜德文在位才及年余，便遭惨毙，年终三十六岁。宋主裕佯为举哀，辍朝三日，追谥曰恭。总计东晋自元帝至恭帝，共十一主，得一百零四年，若与西晋并合计算，共十五主，得一百五十六年。

至若刘宋开国，一切事实，具详《南北史演义》中，此书名为《两晋演义》，便应就此收场。唯东晋亡时，西凉亦亡。西凉主李歆，好兴土木，又尚严刑，累得人民不安，变异迭出。歆尚不知儆，从事中郎张显，切谏不从。北凉主蒙逊，乘隙图歆，佯引兵攻西秦，暗中却屯川岩，专待歆军，果然歆为彼所诱，拟乘虚往袭北凉。武卫将军宋繇等，苦口谏阻，终不见听，再经尹太后危词劝戒，仍然不从；遂将步骑三万人东行。中途被蒙逊邀击，一败涂地。或劝歆还保酒泉，歆慨然道："我违母训，自取败辱，不杀此胡，有何面目再见我母呢？"当下收拾残兵，再战再败，竟为所杀。蒙逊遂进据酒泉，灭掉西凉。西凉自李皓独立，一传而亡，凡二主，共二十二年。只西凉母后尹氏，见了蒙逊，蒙逊却好言劝慰，尹氏正色道："李氏为胡所灭，尚复何言？"蒙逊默然，仍令退去。或语尹氏道："母子命悬人手，奈何倨傲若此？"尹氏道："兴灭死生，乃是定数，但我一妇人，不能死国，难道尚怕加斧钺，求为他人臣妾么？若果杀我，我愿毕了。"蒙逊闻言，反加敬礼，娶尹氏女为子妇。后来尹氏自往伊吾，与诸孙同居，竟得寿终。特叙西凉之亡，全为尹氏一人。唯北燕沮渠蒙逊，传子牧鞬，为魏所灭，西秦乞伏炽磐，传子慕末，为夏所灭。夏历二传，赫连冒赫连定。北凉只一传，冯跋弟弘。先后入魏。就是仇池杨氏，亦被魏吞并，这都属刘宋时事，详载《南北史演义》，请看官另行取阅便了。交代清楚。不过五胡十六国的兴亡，却有略表数行，录述如下：

（一）汉刘渊。（前赵）刘曜。　　匈奴汉历三主，分为二赵，前赵刘曜，为后赵所灭。

（二）北凉沮渠蒙逊。	同左凡二主，为北魏所灭。
（三）夏赫连勃勃。	同左凡三主，为北魏所灭。
（四）前燕慕容皝。	鲜卑凡三主，为前秦所灭。
（五）后燕慕容垂。	同左凡五主，为北燕所篡。
（六）南燕慕容德。	同左凡二主，为晋所灭。
（七）西秦乞伏国仁。	同左凡四主，为夏所灭。
（八）南凉秃发乌孤。	同左凡三主，为西秦所灭。
（九）后赵石勒。	羯凡七主，为冉闵所篡，闵复为前燕所灭。
（十）成（汉）李雄。	氐凡三主，雄弟寿，改国号汉，寿子势为晋所灭。
（十一）前秦苻洪。	同左凡七主，为后秦所灭。
（十二）后凉吕光。	同左凡四主，为后秦所灭。
（十三）后秦姚苌。	同左凡二主，为晋所灭。
（十四）前凉张重华。	汉族凡五主，为前秦所灭。
（十五）西凉李皓。	同左凡二主，为北凉所灭。
（十六）北燕冯跋。	同左凡二主，为北魏所灭。

小子叙述既毕，尚有煞尾诗二首，作为本编的余声，看官毋遽掩卷，且再阅后面两行。诗云：

百年遗祚竟沦亡，大好江东让宋王。
我篡他人人篡我，祖宗作法子孙偿。
彝夏如何溃大防，五胡迭入竞猖狂。
可怜中土无宁宇，话到沧桑也黯伤。

刘裕既得关中，乃令次子义真居守，彼岂不知义真尚幼，无守土才，况王沈诸将，嫌隙已萌，即无赫连勃勃之窥伺，亦未必常能保全。其所由遽尔东归者，篡晋之心已急，利令智昏，不暇为关中妥计耳。至裕一归而秦地即乱，诸将多死，唯义真幸得脱归，失于彼必偿于此，而裕之篡晋益急矣。弑安帝复弑恭帝，何其残忍至此！意者其亦司马氏篡魏之果报欤？然司马昭弑高贵乡公，其子炎犹不杀陈留王，故尚能传祚至百余年；裕以一身弑两主，欲子孙之得长世，难矣！本回叙东晋之亡，简而不略，诛刘裕之心也。（详见《南北史演义》中）末段复将五胡十六国始末，作一总结，以便收束全书，阅者得此，则回忆前文，更自了然，而作者之苦心，益可见矣。

历朝通俗演义　第四部

南北史通俗演义

（上）

蔡东藩　著

中国书店

图书在版编目（CIP）数据

南北朝通俗演义 / 蔡东藩著；—北京：中国书店，2012.6（2019.10重印）
（历朝通俗演义）
ISBN 978-7-5149-0386-7

Ⅰ.①南… Ⅱ.①蔡… Ⅲ.①章回小说－中国－现代 Ⅳ.①I246.4

中国版本图书馆 CIP 数据核字（2012）第 108410 号

责任编辑 辛 迪
策 划 人 张凌文
装帧设计 肖晋兴
制作统筹 陈 辉

南北朝通俗演义
蔡东藩 著

出 版 中国书店
地 址 北京市西城区琉璃厂东街115号
邮 编 100050
发 行 全国新华书店经销
印 刷 天津东辰丰彩印刷有限公司
开 本 680毫米×980毫米 1/16
印 张 48.25
字 数 764,000
版 次 2012年8月第1版
印 次 2019年10月第11次印刷
书 号 ISBN 978-7-5149-0386-7
定 价 598.00元（全十一部，共二十一册）

出版说明

蔡东藩先生从 1915 年开始创作《清史通俗演义》。此后历经十年，先后完成《元史通俗演义》、《明史通俗演义》、《民国通俗演义》、《宋史通俗演义》《唐史通俗演义》、《五代史通俗演义》、《南北史通俗演义》、《两晋通俗演义》、《前汉通俗演义》、《后汉通俗演义》。

蔡先生的小说除极具故事性、趣味性之外，还极其重视史料的真实性。不但可以作为一般的休闲读物，也可以作为历史爱好者的参考书。

本套书由上海会文堂新记书局陆续出版，至 1926 年 9 月全部出齐。初版 11 部全部是有光纸石印线装本。1935 年 5 月，会文堂进行改版，全部改为铅印，分装 44 册，增加了许廑父续写的《民国通俗演义》后 40 回。全套书书名为《历朝通俗演义》，共 11 部，600 余万字。

此次出版，是以会文堂 1935 年的铅印本为底本，将繁体竖排改为简体横排。在编辑过程中，尽量保持原书风貌，仅对个别的错字、标点等做了调整和修改。原书的一大特色，蔡东藩自己批注的注释、夹批和后批，全部按原文保留。

希望能带给读者原汁原味的阅读感受。

自序

子舆氏有言曰："世衰道微，邪说暴行有作，臣弑其君者有之，子弑其父者有之。孔子惧，作春秋，春秋作而乱臣贼子惧。"夫孔子惧乱贼，乱贼亦惧孔子。则信乎一字之贬，严于斧钺，而笔削之功为甚大也。春秋以降，乱贼之迭起未艾，厥唯南北朝，宋武为首恶，而齐而梁而陈，无一非篡弑得国，悖入悖出，忽兴忽亡，索虏适起而承其敝，据有北方，历世十一，享国至百七十余年。合东西二魏在内。夷狄有君，诸夏不如，可胜慨哉！至北齐，北周，篡夺相仍，盖亦同流合污，骎骎乎为乱贼横行之世矣。隋文以外戚盗国，虽得混一南北，奄有中华，而冥罚所加，躬遭子祸，阿縻弑君父，贼弟兄，淫烝无度，卒死江都，夏桀、商辛不是过也。二孙倏立倏废，甚至布席礼佛，愿自今不复生帝王家，倘非乃祖之贻殃，则孺子何辜？乃遽遭此惨报乎！然则隋之得有天下，亦未始非过渡时代，例以旧史家正统之名，隋固不得忝列也。沈约作宋书，萧子显作齐书，姚思廉作梁、陈二书，语多回护，讳莫如深，沈与萧为梁人，投鼠忌器，尚有可原；姚为唐臣，犹曲讳梁、陈逆迹，岂以唐之得国，亦仍篡窃之故智与？抑以乃父察之曾仕梁、陈乃不忍直书与？彼夫崔浩之监修魏史，直书无隐，事未藏而身死族夷。旋以谄谈狡佞之魏收继之，当时号为"秽史"，其不足征信也明甚。北齐书成于李百药，北周书成于令狐德芬，率尔操觚，徒凭两朝之记录，略加删润，于褒贬亦无当焉。隋书辑诸唐臣之手，而以魏征标名。魏以直臣称，何以张衡传中，不及弑隋文事，明明为乱臣贼子，而尚曲讳之，其余何足观乎？若李延寿之作南、北史，本私家之著述，作官书之旁参，有此详而彼略者，有此略而彼详者，兹姑不暇论其得失，但以隋朝列入北史，后人或讥其失宜，窃谓春秋用夷礼则夷之，李氏固犹此意也。嗟乎！乱臣贼子盈天下，即幸而牢宠九有，囊括万方，亦岂真足光耀史乘流传后世乎哉？本编援李氏南、北史之例，拾摭事实，演为是书；复因年序之相关，合南北为一炉，融而冶之，以免阅者之对勘，非敢谓是书之作，足以步官私各史之后尘。但阅正史者，常易生厌，而览小说者不厌求详，鄙人之撰历史演义也有年矣，每书一出，辄受阅者欢迎，得毋以辞从浅近，迹异虚诬，就令草草不工，而于通俗之本旨，固尚不相悖者与！抑尤有进者，是书于乱贼之大防，再三致意，不为少讳。值狂澜将倒之秋，而犹欲扬汤止沸，鄙人固不敢出此也。若夫全书之体例，已数见前编之各历史演义中，兹姑不赘云。

中华民国十三年一月古越蔡东帆自叙于临江书舍

南史世系图

宋

- ❶武帝刘裕[在位三年 420年–422年]
  - ❷少帝营阳王义符[在位二年 422年–423年]
  - ❸文帝义隆[在位三十年 424年–453年]
    - ❹孝武帝骏[在位十一年 454年–464年]——❺废帝子业[不逾年]
    - ❻明帝彧[在位八年 465年–472年]——❼后废帝苍梧王昱[在位四年 473年–476年]
    - 桂阳王休范——❽顺帝準[在位三年 477年–479年]

齐

- 始安王道生——❺明帝鸾[在位五年 494年–498年]
  - ❻东昏侯宝卷[在位二年 499年–500年]
  - ❼和帝宝融[在位一年 501年]
- ❶高帝萧道成[在位四年 479年–482年]——❷武帝赜[在位十一年 483年–493年]——太子长懋
  - ❸郁林王昭业[不逾年]
  - ❹海陵王昭文[不逾年]

梁

- ❶武帝萧衍[在位四十八年 502年–549年]
  - 昭明太子统[后梁]——宣帝詧[在位七年 555年–561年]——明帝岿[在位二十四年 562年–585年]——后主琮[在位二年 586年–587年]
  - ❷简文帝纲[在位二年 550年–551年]
  - ❸元帝绎[在位三年 552年–554年]——❹敬帝方智[在位三年 555年–557年]

陈

- ❶武帝陈霸先[在位三年 557年–559年]
- 昭烈王道谭
  - ❷文帝蒨[在位七年 560年–566年]——❸临海王伯宗[在位二年 567年–568年]
  - ❹宣帝顼[在位十四年 569年–582年]——❺后主叔宝[在位七年 583年–589年]

北史世系图

魏

❶道武帝拓跋珪[在位二十三年 386年-408年]——❷明元帝嗣[在位十五年 409年-423年]——❸太武帝焘[在位二十八年 424年-451年]景穆太子晃——❹文成帝濬[在位十四年 452年-465年]

——❺献文帝弘[在位五年 466年-470年]——❻孝文帝宏[在位二十九年 471—499年]——❼宣武帝恪[在位十六年 500年-515年]——❽孝明帝诩[在位十三年 516年-528年]

——广陵王羽——⑩节闵帝恭[在位一年 531年]

- 广平王怀——⑪孝武帝修[在位三年 532年-534年]
- 京兆王愉[西魏]文帝宝炬[在位十七年 535年-551年]
  - 废帝钦[在位三年 551年-553年]
  - 恭帝廓[在位三年，复姓拓跋氏 554年—556年]
- 清河王怿——清河王亶[东魏]孝静帝善见[在位十七年 534年-550年]

——彭城王勰——❾孝庄帝子攸[在位三年 528年-530年]

齐

神武帝高欢——
- ❶文宣帝洋[在位十年 550年-559年]——❷废帝殷[不逾年]
- ❸孝昭帝演[在位二年 560年-561年]
- ❹武成帝湛[在位五年 561年-564年]——❺后主纬[在位十二年 565年-576年]——❻幼主恒[不逾年]

周

文帝宇文泰——
- ❶孝闵帝觉[不逾年]
- ❷明帝毓[在位四年 557年-560年]
- ❸武帝邕[在位十八年 561年-578年]——❹宣帝赟[不逾年]——❺静帝阐[在位三年 579年581年]

隋

❶文帝杨坚[在位二十四年 581年-604年]——❷炀帝广[在位十三年 605年-617年]——元德太子昭——
- ❸恭帝侑[在位二年 617年-618年]
- ❹恭帝侗[在位二年 618年-619年]

目　录

第一回　射蛇首兴王呈预兆　睹龙颜慧妇忌英雄

世运百年一大变，三十年一小变，变乱是古今常有的事情，就使圣帝明王，善自贻谋，也不能令子子孙孙，万古千秋的太平过去，所以治极必乱，盛极必衰，衰乱已极，复治复盛，好似行星轨道一般，往复循环，周而复始。一半是关系人事，一半是关系天数，人定胜天，天定亦胜人，这是天下不易的至理。但我中国数千万里疆域，好几百兆人民，自从轩辕黄帝以后，传至汉、晋，都由汉族主治，凡四裔民族，僻居遐方，向为中国所不齿，不说他犬羊贱种，就说他虎狼遗性，最普通的赠他四个雅号，南为蛮，东为夷，西为戎，北为狄。这蛮夷戎狄四种，只准在外国居住，不许他闯入中原，古人称为华夏大防，便是此意。界划原不可不严，但侈然自大，亦属非是。

汉、晋以降，外族渐次来华，杂居内地，当时中原主子，误把那怀柔主义，待遇外人，因此藩篱自辟，防维渐弛，那外族得在中原境内，以生以育，日炽日长，涓涓不塞，终成江河，为虺勿摧，为蛇若何。嗣是五胡十六国，迭为兴替，害得荡荡中原，变做了一个胡虏腥膻的世界。后来弱肉强食，彼吞此并，辗转推迁，又把十六国土宇，浑合为一大国，叫作北魏。北魏势力，很是强盛，查起他的族姓，便是五胡中的一族，其时汉族中衰，明王不作，只靠了南方几个枭雄，抵制强胡，力保那半壁河山，支持危局，我汉族的衣冠人物，还算留贻了一小半，免致遍地沦胥，无如江左各君，以暴易暴，不守纲常，不顾礼义，你篡我窃，无父无君，扰扰百五十年，易姓凡三，历代凡四，共得二十三主，大约英明的少，昏暗的多，评论确当。反不如北魏主子，尚有一两个能文能武，武指太武帝焘，文指孝文帝宏。经营见方，修明百度，扬武烈，兴文教，却具一番振作气象，不类凡庸。他看得江左君臣，昏淫荒虐，未免奚落，尝呼南人为枭夷，易华为夷，无非自取。南人本来自称华胄，当然不肯忍受，遂号北魏为索虏。口舌相争，干戈继起，往往因北强南弱，累得江、淮一带，烽火四逼，日夕不安。幸亏造化小儿，巧为播弄，使北魏亦起内讧，东分西裂，好好一个魏国，也变做两头政治，东要夺西，西要夺东，两下里战争未定，无暇顾及江南，所以江南尚得保全。可惜昏主相仍，始终不能展足，局促一隅，苟延残喘。及东魏改为北齐，西魏改为北周，中土又作为三分，周最强，齐为次，江南最弱，鼎峙了好几年，齐为周并，周得中原十分之八，江南但保留十分之二，险些儿要尽属北周了。就中出了一位大丞相杨坚，篡了周室，复并江南，其实就是仗着北周的基业，不过杨系汉族，相传为汉太尉杨震后裔，忠良遗祚，足孚物望；更兼以汉治汉，无论南北人民，统是一致翕服，龙角当头，王文在手，均见后文。既受周禅，又灭陈氏，居然统一中原，合并南北。当时人心归附，乱极思治，总道是天下大定，从此好安享太平，哪知他外强中干，受制帷帝，阿么炀帝小名。小丑，计夺青宫，甚至弑君父，杀皇兄，烝庶母，骄恣似苍梧，宋主昱。淫荒似东昏，齐主宝卷。愚蔽似湘东，梁主绎。穷奢极欲似长城公，陈主叔宝。凡江左四代亡国的覆辙，无一不蹈，所有天知、地知、人知、我知的祖训，一古脑儿撇置脑后，衣冠禽兽，牛马裾襟，遂致天怒人怨，祸起萧墙，好头颅被人斫去，徒落得身家两败，社稷沦亡；妻妾受人污，子弟遭人害，闹得一塌糊涂，比宋、齐、梁、陈末世，还要加几倍扰乱。咳！这岂真好算做混一时代么？小子记得唐朝李延寿，撰南北史各一编，宋、齐、梁、陈属南史，魏、齐、周、隋属北史，寓意却很严密，不但因杨氏创业，是由北周蝉蜕而来，可以属诸北史，就是杨家父子的行谊，也不像个治世真人，虽然靠着一时侥幸，奄有南北，终究是易兴易哀，才经一传，便尔覆国，这也只好视作闰运，不应以正统相待。独具只眼。小子依例演述，摹仿说部体裁，编成一部《南北史通俗演义》，自始彻终，看官听着，开场白已经说过，下文便是南北史正传了。虚写一段，已括全书大意。

且说东晋哀帝兴宁元年，江南丹徒县地方，生了一位乱世的枭雄，姓刘名裕字德舆，小字叫作寄奴，他的远祖，乃是汉高帝弟楚元王交。交受封楚地，建国彭城，子孙就在彭城居住。及晋室东迁，刘氏始徙居丹徒县京口里。东安太守刘靖，就是裕祖，郡功曹刘翘，就是裕父，自从楚元王交起算，传至刘裕，共历二十一世。裕生时适当夜间，满室生光，不啻白昼；偏偏婴儿堕地，母赵氏得病暴亡，乃父翘以生裕为不祥，意欲弃去，还亏有一从母，怜惜侄儿，独为留养，乳哺保抱，乃得生成。翘复娶萧氏女为继室，待裕有恩，勤加抚字，裕体益发育，年未及冠，已长至七尺有余。会翘病不起，竟致去世，剩得一对嫠妇孤儿，凄凉度日，家计又复萧条，常忧冻馁。裕素性不喜读书，但识得几个普通文字，便算了事；平日喜弄拳棒，兼好骑射，乡里间无从施技；并因谋生日亟，不得已织屦易食，伐薪为炊，劳苦得了不得，尚且饔飧鲜继，饥饱未匀；唯奉养继母，必诚必敬，宁可自己乏食，不使甘旨少亏。揭出孝道，借古风世。一日，游京口竹林寺，稍觉疲倦，遂就讲堂前假寐。僧徒不识姓名，见他衣冠褴褛，有逐客意，正拟上前呵逐，忽见裕身上现出龙章，光呈五色，众僧骇异得很，禁不住哗噪起来。裕被他惊醒，问为何事？众僧尚是瞧着，交口称奇。及再三诘问，方各述所见。裕微笑道："此刻龙光尚在否？"僧答言："无有。"裕又道："上人休得妄言！恐被日光迷目，因致幻成五色。"众僧不待说毕，一齐喧声道："我等明明看见五色龙，罩住尊体，怎得说是日光迷目呢？"裕亦不与多辩，起身即行。既返家门，细思众僧所言，当非尽诬，难道果有龙章护身，为他日大贵的预兆？左思右想，忐忑不定。到了黄昏就寝，还是狐疑不决，辗转反侧，蒙眬睡去。似觉身旁果有二龙，左右蟠着，他便跃上龙背，驾龙腾空，霞光绚彩，紫气盈途，也不识是何方何地，一任龙体游行，经过了许多山川，忽前面笼着一道黑雾，很是阴浓，差不多似天地晦冥一般，及向下倚瞩，却露着一线河流，河中隐隐现出黄色，黑气隐指北魏，河中黄色便是黄河，宋初尽有河南地，已兆于此。那龙首到了此处，也似有些惊怖，悬空一旋，堕落河中。裕骇极欲号，一声狂呼，便即惊觉，开眼四瞧，仍然是一张敝床，唯案上留着一盏残灯，临睡时忘记吹熄，所以余焰犹存。回忆梦中情景，也难索解，但想到乘龙上天，究竟是个吉兆，将来应运而兴，亦未可知，乃吹灯再寝。不意此次却未得睡熟，不消多时，便晨鸡四啼，窗前露白了。

裕起床炊爨，奉过继母早膳，自己亦草草进食，已觉果腹，便向继母禀白，往瞻父墓，继母自然照允。裕即出门前行，途次遇着一个堪舆先生，叫作孔恭，与裕略觉面善。裕乘机扳谈，方知孔恭正在游山，拟为富家觅地，当下随着同行，道出候山，正是裕父翘葬处。裕因家贫，为父筑坟，不封不树，只耸着一抔黄土，除裕以外，却是没人相识。裕戏语孔恭道："此墓何如？"恭至墓前眺览一周，便道："这墓为何人所葬，当是一块发王地呢。"裕诈称不知，但问以何时发贵？恭答道："不出数年，必有征兆，将来却不可限量。"裕笑道："敢是做皇帝不成？"恭亦笑道："安知子孙不做皇帝？"彼此评笑一番，恭是无心，裕却有意，及中途握别，裕欣然回家，从此始有意自负，不过时机未至，生计依然，整日里出外劳动，不是卖履，就是斫柴；或见了飞禽走兽，也就射倒几个，取来充庖。

时当秋日，洲边芦荻萧森，裕腰佩弓矢，手执柴刀，特地驰赴新洲，伐荻为薪。正在俯割的时候，突觉腥风陡起，流水齐嘶，四面八方的芦苇，统发出一片秋声，震动耳鼓。裕心知有异，忙跳开数步，至一高涧上面，凝神四望，蓦见芦荻丛中，窜出一条鳞光闪闪的大蛇，头似巴斗，身似车轮，张目吐舌，状甚可怖。裕见所未见，却也未免一惊，急从腰间取出弓箭，用箭搭弓，仗着天生神力，向蛇射去，飕的一声，不偏不倚，射中蛇项，蛇已觉负痛，昂首向裕，怒目注视，似将跳跃过来，接连又发了一箭，适中蛇目分列的中央，蛇始将首垂下，滚了一周，蜿蜒而去，好一歇方才不见。裕悬空测量，约长数丈，不禁失声道："好大恶虫，幸我箭干颇利，才免毒螫。"说至此，复再至原处，把已割下的芦荻，捆做一团，肩负而归。汉高斩蛇，刘裕射蛇，远祖裔孙，不约而同。次日，复往州边，探视异迹，隐隐闻有杵臼声，越加诧异，随即依声寻觅，行至榛莽丛中，得见童子数人，俱服青衣，围着一臼，轮流杵药。裕朗声问道："汝等在此捣药，果作何用？"一童子答道："我王为刘寄奴所伤，故遣我等采药，捣敷患处。"裕又道："汝王何人？"童子复道："我王系此地土神。"裕輾然道："王既为神，何不杀死寄奴？"童子道："寄奴后当大贵，王者不死，如何可杀？"裕闻童子言，胆气益壮，便呵叱道："我便是刘寄奴，来除汝等妖孽，汝王尚且畏我，汝等独不畏我么？"童子听得刘寄奴三字，立即骇散，连杵臼都不敢携去。裕将臼中药一齐取归，每遇刀箭伤，一敷即愈。裕历得数兆，自知前程远大，不应长栖陇亩，埋没终身，遂与继母商议，拟投身戎幕，借图进阶。继母知裕有远志，不便拦阻，也即允他投军。

裕辞了继母，竟至冠军孙无终处，报名入伍。无终见他身材长大，状貌魁梧，已料非庸碌徒，便引为亲卒，优给军粮，未几即擢为司马。晋安帝隆安三年，会稽妖贼孙恩作乱，晋卫将军谢琰，及前将军刘牢之，奉命讨恩，牢之素闻裕名，特邀裕参军府事。裕毅然不辞，转趋入牢之营。牢之命裕率数十人，往侦寇踪，途次遇贼数千，即持着长刀，挺身陷阵，贼众多半披靡。牢之子敬宣，又带兵接应，杀得孙恩大败亏输，遁入海中。

既而牢之还朝，裕亦随返，那孙恩无所顾惮，复陷入会稽，杀毙谢琰。再经牢之东征，令裕往戍勾章。裕且战且守，屡败贼军，贼众退去，恩复入海。嗣又北犯海盐，由裕移兵往堵，修城筑垒。恩日来攻城，裕募敢死士百人，作为前锋，自督军士继进，大破孙恩。恩转走沪渎，又浮海至丹徒。丹徒为裕故乡，闻警驰救，倍道趋至，途次适与恩相遇，兜头痛击。恩众见了裕旗，已先退缩，更因裕先驱杀入，似生龙活虎一般，哪里还敢抵挡？彼逃此窜，霎时跑散。恩率余众走郁州。晋廷以裕屡有功，升任下邳太守。裕拜命后，再往剿恩。恩闻风窜去，自郁州入海盐，复自海盐徙临海，徒众多被裕杀死，所掳三吴男女，或逃或亡。临海太守辛景，乘势逆击，杀得孙恩上天无路，入地无门，只好自投海中，往做水妖去了。孙恩了。

恩有妹夫卢循，神采清秀，由恩手下的残众，推他为主，于是一波才平，一波又起。荆州刺史桓玄，方都督荆、江八州军事，威焰逼人。安帝从弟司马元显，与玄有隙，玄遂举兵作乱，授卢循为永嘉太守，使作爪牙。安帝即令元显为骠骑大将军，征讨大都督，并加黄钺，调兵讨玄。遣刘牢之为先锋，裕为参军，即日出发。

行至历阳，与玄相值，玄使牢之族舅何穆来作说客，劝牢之倒戈附玄。牢之也阴恨元显，意欲自作下庄，姑与玄联络，先除元显，后再除玄，裕闻知消息，与牢之甥何无忌，极力谏阻，牢之不从。裕再嘱牢之子敬宣，从旁申谏，牢之反大怒道："我岂不知今日取玄，易如反掌？但平玄以后，内有骠骑，猜忌益深，难道能保全身家么？"联络桓玄，亦未必保身。遂遣敬宣赍着降书，投入玄营。

玄收降牢之，进军建康。即晋都。元显毫无能力，奔入东府，一任玄军入城。玄遂派兵捕住元显，及元显党羽庾楷、张法顺，与谯王尚之，一并杀死，自称丞相，总百揆，都督中外。命刘牢之为会稽内史，撤去兵权。牢之始惊骇道：“桓玄一入京城，便夺我兵柄，恐祸在旦夕了！”嗟何及矣。

敬宣劝牢之袭玄，牢之又虑兵力未足，不免迟疑。当下召裕入商道：“我悔不用卿言，为玄所卖，今当北至广陵，举兵匡扶社稷，卿肯从我否？”裕答道：“将军率禁兵数万，不能讨叛，反为虎伥，今枭桀得志，威震天下，朝野人情，已失望将军，将军尚能得广陵么？裕情愿去职，还居京口，不忍见将军孤危呢。”言毕即退。

牢之又大集僚佐，议据住江北，传檄讨玄。僚佐因牢之反复多端，都有去意，当面虽勉强赞成，及牢之启行，即陆续散去，连何无忌亦不愿随着，与裕密商行止。裕与语道：“我观将军必不免，君可随我还京口。玄若能守臣节，我与君不妨事玄，否则设法除奸，亦未为晚！”无忌点首称善，未与牢之告别，即偕裕同往京口去了。

牢之到了新洲，部众俱散，日暮途穷，投缳自尽。子敬宣逃往山阳，独刘裕还至京口，为徐兖刺史桓修所召，令为中书参军。可巧永嘉太守卢循，阳受玄命，阴仍寇掠，潜遣私党徐道覆，袭攻东阳，被裕探问消息，领兵截击。杀败道覆，方才回军。

既而桓玄篡位，废晋安帝为平固王，迁居寻阳，改国号楚，建元永始。桓修系玄从兄，由玄征令入朝。修驰入建业，裕亦随行。当时依人檐下，只好低头，不得不从修谒玄。玄温颜接见，慰劳备至，且语司徒王谧道：“刘裕风骨不常，确是当今人杰呢。”谧乘机献媚，但说是天生杰士，匡辅新朝，玄益心喜。每遇宴会，必召裕列座，殷勤款待，赠赐甚优。独玄妻刘氏，为晋故尚书令刘耽女，素有智鉴，尝在屏后窥视，见裕状貌魁奇，知非凡相，便乘间语玄道：“刘裕龙行虎步，瞻顾不凡，在朝诸臣，无出裕右，不可不加意预防！”玄答道：“我意正与卿相同，所以格外优待，令他知感，为我所用。”刘氏道：“妾见他器宇深沉，未必终为人下，不如趁早翦除，免得养虎贻患！”玄徐答道：“我方欲荡平中原，非裕不解为力，待至关陇平定，再议未迟。”刘氏道：“恐到了此时，已无及了！”玄终不见听，仍令修还镇丹徒。

修邀裕同还，裕托言金创疾发，不能步从，但与何无忌同船，共还京口。舟中密图讨逆，商定计划。既至京口登岸，无忌即往见沛人刘毅，与议规复事宜。毅说道："以顺讨逆，何患不成？可惜未得主帅！"无忌未曾说出刘裕，唯用言相试道："君亦太轻量天下，难道草泽中必无英雄？"毅奋然道："据我所见，只有一刘下邳啰。"下邳见前。无忌微笑不答，还白刘裕。适青州主簿孟昶，因事赴都，还过京口，与裕叙谈，彼此说得投机。裕因诘昶道："草泽间有英雄崛起，卿可闻知否？"昶答道："今日英雄，舍公以外，尚有何人？"裕不禁大笑，遂与同谋起义。

裕弟道规，为青州中兵参军。青州刺史桓弘，为桓修从弟，裕因令昶归白道规，共图杀弘。且使刘毅潜往历阳，约同豫州参军诸葛长民，袭取豫州刺史刁逵。一面再致书建康，使友人王元德、辛扈兴、童厚之等，同作内应。自与何无忌用计图修，依次进行。看官听说，这是刘裕奋身建功的第一着！画龙点睛。小子有诗咏道：

> 发愤终为天下雄，不资尺土独图功。
> 试看京口成谋日，豪气原应属乃公。

欲知刘裕能否成功，容待下回续叙。

开篇叙一楔子，括定全书大意，且援李延寿史例，将隋朝归入北史，见地独高。及正传写入刘裕，历述符谶，俱系援引南史，并非向壁臆造。唯经妙笔演出，愈觉有声有色，足令人刮目相看。桓玄妻刘氏，鉴貌辨色，能知裕不为人下，劝玄除裕。夫蛇神尚不能害寄奴，何物桓玄，乃能置裕死地乎？但巾帼中有此慧鉴，不可谓非奇女子，惜能料刘裕而不能料桓玄。当桓玄篡位之先，不闻出言匡正，是亦所谓知其一不知其二者欤？唯晋事当具晋史，故于晋事从略，第于刘裕事从详云。

第二回　起义师入京讨逆
迎御驾报绩增封

却说刘裕既商定密谋，遂与何无忌托词出猎，号召义徒。共得百余名，最著名的约二十余人，除何无忌、刘毅外，姓名如左：

刘道怜即刘裕弟。　魏咏之　魏欣之咏之弟。　魏顺之欣之弟。　檀凭之　檀祗隆凭之弟。　檀道济凭之叔。　檀范之道济从兄。　檀韶凭之从子。　刘藩刘毅从弟。　孟怀玉孟昶族弟。　向弥　管义之　周安穆　刘蔚　刘珪之蔚从弟。臧熹　臧宝符熹从弟。　臧穆生熹从子。　童茂宗　周道民田演　范清

这二十余人各具智勇，充作前队。何无忌冒充敕使，一骑当先，扬鞭入丹徒城，党徒随后跟入。桓修毫不觉察，闻有敕使到来，便出署相迎，无忌见了桓修，未曾问答，即拔出佩刀，把修杀死。随与徒众大呼讨逆，吏士惊散，莫敢反抗。刘裕也驰入府署，揭榜安民，片刻即定。当将桓修棺殓，埋葬城外。召东莞人刘穆之为府主簿，更派刘毅至广陵，嘱令孟昶刘道规，即日响应。

昶与道规，伪劝桓弘出猎，以诘旦为期。翌日昧爽，昶等率壮士数十人，伫待府署门前，一俟开门，便即驰入。弘方在啜粥，被道规持刃直前，劈破弘脑，死于非命。当即收众渡江，来会刘裕。

徐州司马刁弘，闻丹徒有变，方率文武佐吏，来至丹徒城下，探问虚实，裕登城伪语道："郭江州已奉戴乘舆，反正寻阳，我等奉有密诏，诛除逆党，今日贼玄首级，已当晓示大航。诸君皆大晋臣，无故来此，意欲何为？"刁弘等信为真言，便即退去。

可巧刘道规、孟昶等自广陵驰至，众约千人，裕即令刘毅追杀刁弘。待毅归报，又令毅作书与兄，即遣周安穆持书入京，促令起事。原来毅兄刘迈留官建康，桓玄令迈为竟陵太守，整装将发。既得毅书，踌躇莫决。安穆见迈怀疑，恐谋泄罹祸，匆匆告归，连王元德、辛扈兴、童厚之等处也未及报闻。迈计无所出，意欲黄夜下船，赴任避祸。忽由桓玄与书，内言北府人情，未知何如？近见刘裕，亦未知彼作何状，须一一报明。此书寓意，乃俟迈抵任后，令他禀报。偏迈误会书义，还道玄已察裕谋，不得不预先出首。这叫作贼胆心虚。遂不便登舟，坐以待旦，一俟晨光发白，即入朝报玄。

玄闻裕已发难，不禁大惧，面封迈为重安侯。迈拜谢退朝，偏有人向玄谮迈，谓迈纵归周安穆，未免同谋。玄乃收迈下狱，并捕得王元德、辛扈兴、童厚之三人，与迈同日加刑。一面召弟桓谦，及丹阳尹卞范之等，会议拒裕，谦请从速发兵，玄欲屯兵覆舟山，坚壁以待。经谦等一再固请，始命顿邱太守吴甫之，右卫将军皇甫敷，北遏裕军。

裕闻桓玄已经发兵，也锐意进取，自称总督徐州事，命孟昶为长史，守住京口。集得二州义旅，共千七百人，督令南下。且嘱何无忌草檄，声讨玄罪。

无忌夜作檄文，为母刘氏所窥，且泣且语道："我不及东海吕母，王莽时人。汝能如此，我无遗恨了！"兄弟之仇，不可不报。至无忌檄已草就，翌晨呈入。裕即令颁发远近，大略说是：

> 夫成败相因，理不常泰，狡焉肆虐，或值圣明。自我大晋，屡遘阳九，隆安以来，隆安为晋安帝嗣位时年号。国家多故，忠良碎于虎口，贞贤毙于豺狼。逆臣桓玄，敢肆陵慢，阻兵荆郢，肆暴都邑。天未忘难，凶力繁兴，逾年之间，遂倾里祚，主上播越，流幸非所，神器沉辱，七庙毁坠。虽夏后之罹浞殪，有汉之遭莽卓，方之于玄，未足为喻。自玄篡逆，于今历年，亢旱弥时，民无生气，加以士庶疲于转输，文武困于

版筑，室家分析，父子乖离，岂唯大东有杼轴之悲，摽梅有倾筐之怨而已哉！仰观天文，俯察人事，此而可存，孰为可亡？凡在有心，谁不扼腕？裕等所以椎心泣血，不遑启处者也，是故夕寐宵兴，搜奖忠烈，潜构崎岖，险过履虎，乘机奋发，义不图全。辅国将军刘毅，广武将军何无忌，镇北主簿孟昶，兖州主簿魏咏之，宁远将军刘道规，龙骧参军刘藩，振威将军檀凭之等，忠烈断金，精白贯日，荷戈奋袂，志在毕命。益州刺史毛璩，万里齐契，扫定荆楚。江州刺史郭昶之，奉迎主上，官于寻阳。镇北参军王元德等，并率部曲，保据石头。扬武将军诸葛长民，收集义士，已据历阳。征虏参军庾颐之，潜相连结，以为内应。同力协规，所在蜂起，即日斩伪徐州刺史安城王桓修，青州刺史桓弘。义众既集，文武争先，咸谓不有统一，则事无以辑。裕辞不获命，遂总军要，庶上凭祖宗之灵，下罄义夫之力，翦馘逋逆，荡清京华。公侯诸君，或世树忠贞，或身荷爵宠，而并俯眉猾竖，无由自效，顾瞻周道，宁不吊乎！今日之举，良其会也。裕以虚薄，才非古人，受任于既颓之连，接势于已替之机，丹忱未宣，感慨愤激，望霄汉以永怀，盼山川以增伫，投檄之日，神驰贼廷。檄到如律令！

观檄中所载，如毛璩以下，多半是虚张声势，未得实情。郭昶之何曾反正，王元德并且被诛。就是诸葛长民，亦未能据住历阳，不过讹以传讹，也足使中土向风，贼臣丧胆。桓玄自刘裕起兵，连日惊惶，或谓裕等乌合，势必无成，何足深惧？玄摇首道："刘裕为当世英雄，刘毅家无担石，樗蒱且一掷百万，何无忌酷似若舅，共举大事，怎得说他无成呢？"恐亦惭对令正。果然警报频来，吴甫之败死江乘，皇甫敷败死罗洛桥，那刘裕军中，只丧了一个檀凭之，进战益厉。玄急遣桓谦出屯东陵，卞范之出屯覆舟山西，两军共计二万人。

裕至覆舟山东，令各军饱餐一顿，悉弃余粮，示以必死。刘毅持槊先驱，裕亦握刀继进，将士踊跃随上，驰突敌阵，一当十，十当百，呼声动天地。凑巧风来助顺，因风纵火。烟焰蔽天，烧得桓谦、卞范之两军，统变成焦头烂额，与鬼为邻。桓谦、卞范之，后先骇奔，裕复率众力追，数道并进。玄已料裕军难敌，先遣殷仲文具舟石头，为逃避计。至是接桓谦败耗，忙令子升策马出都，至石头城外下舟，浮江南走。裕得乘胜长驱，直入建康。

京中已无主子，由裕出示安民，且恐都人惶惑，徙镇石头城，立留台，总百官，毁去桓氏庙主，另造晋祖神牌，纳诸太庙。更遣刘毅等追玄，并派尚书王嘏，率百官往迎乘舆。一面收诛桓氏宗族，使臧熹入宫，检收图籍器物，封闭府库。

司徒王谧本系桓玄爪牙，玄篡位时，曾亲解安帝玺绶，奉玺授玄。当时大众目为罪魁，劝裕诛谧，偏裕与谧有旧，少年孤贫时，尝由谧代裕偿债，至此不忍加诛，仍令在位。未免因私废公。谧又向裕贡谀，愿推裕领扬州军事。裕一再固辞，令谧为侍中，领扬州刺史，录尚书事，谧更推裕都督八州，扬、徐、兖、豫、青、冀、幽、并。兼徐州刺史，裕乃受任不辞。令刘毅为青州刺史，何无忌为琅琊内史，孟昶为丹阳令，刘道规为义昌太守，所有军国处分，均委任刘穆之。仓猝立办，无不允惬。

唯诸葛长民愆期未发，谋泄被执，刁逵尚未得建康音信，把长民羁入槛车，派使解京。途次闻桓玄败走，建康已为刘裕所据，那使人乐得用情，即将长民放出，还趋历阳。历阳军民，乘机起事，围攻刁逵。逵溃围出走，凑巧遇着长民，兜头截住，再经城中兵士追来，任你刁逵如何逞刁，也只好束手受缚，送入石头，饮刀毕命！

桓玄逃至寻阳，刺史郭昶之，供玄乘舆法物，可见刘氏前次檄文，纯系虚声。玄仍自称楚帝，威福如故。嗣闻刘毅等率军追来，将到城下，玄又惊惶失措，急遣部将庾雅祖、何澹之堵住湓口，自挟一主即晋安帝。二后，一系穆帝后何氏，一系安帝后王氏。西走江陵。刘毅与何无忌、刘道规诸将，至桑落洲，大破何澹之水军，夺湓口，拔寻阳，遣使报捷。刘裕因安帝西去，乃奉武陵王司马遵为大将军，入居东宫，承制行事。再饬刘毅等西追桓玄。

玄至江陵，收集荆州兵，有众二万，复挟安帝东下。行抵峥嵘洲，正值刘毅各军，扬帆前来。刘道规望玄船，麾众先进，刘毅、何无忌，鼓棹随行。此时正是仲夏天气，西南风吹得甚劲，道规乘风纵火，毅等亦助薪扬威，烧得长江上下，烟雾迷濛。玄所督领诸战舰，多半被焚，部卒大乱。玄慌忙改乘小舟，仍将安帝挟去，遁还江陵。

部将殷仲文叛玄降刘，奉晋二后还京。玄再返江陵，人情离叛，没奈何乘夜出奔，欲往汉中。南郡太守王腾之，荆州别驾王康产，奉安帝入南郡府，寻迁江陵。

益州刺史毛璩有侄修之，为玄屯骑校尉，诱玄入蜀。玄依言西行，至枚回洲，适上流来了丧船数艘，船首立着一员卫弁，与修之打了一个照面，便厉声呼道："来船中有无逆贼？"修之不答，桓玄却颤声说道："我是当今新天子，何处盗贼，敢来妄言！"此时还想称帝，太不自量。道言未绝，那对船上又跳出二将，拈弓搭矢，飞射过来，玄嬖人万盖、丁仙期，挺身蔽玄，俱被射倒。玄正在惊惶，突有数人持刀跃入，为首的正是对船卫弁。便骇问道："汝……汝等何人？敢犯天子！"卫弁即应声道："我等来杀天子的贼臣！"说至此，即用刀劈玄，光芒一闪，玄首分离。看官道卫弁为谁？原来是益州督护冯迁。

益州毛璩有弟毛璠，为宁州刺史，在任病殁。璩使兄孙祐之，及参军费恬，扶榇归葬，并派冯迁护丧。恰巧中流遇着玄船，由修之传递眼色，便一齐动手，杀死贼玄。看官不必细问，就可知对船发矢的二将，便是费恬、毛祐之了。冯迁既枭玄首，执住玄子桓升，杀死玄族桓石康、桓浚，令毛修之赍献玄首，及槛解桓升，驰诣江陵。安帝封毛修之为骁骑将军，诛升东市，下诏大赦，唯桓氏不原。

玄从子桓振，逃匿华容浦中，招聚党徒，得数千人，探得刘毅等退屯寻阳，即袭击江陵城。桓谦亦匿居沮川，纠众应振。江陵城内，只有王腾之、王康产二人守着，士卒无多，径被两桓掩入。腾之、康产战死。安帝尚寓居江陵行宫，振持刀进见，意欲行弑。还是桓谦驰入劝阻，方才罢手，下拜而出。为玄举哀发丧，谦率百官朝谒安帝，奉还玺绶，所有侍御左右，一律撤换，改用两桓党羽，乘势攻取襄阳等城。

刘毅等还居寻阳，总道是元凶就戮，逆焰消除，可以高枕无忧，哪知死灰复燃，复有两桓余孽，袭取江陵。急忙令何无忌、刘道规二将，进讨两桓。师至马头，已由桓谦派兵扼住。两下里杀了一场，谦众败退。无忌、道规，直趋江陵。桓振令党徒冯该，设伏杨林，自率众逆战灵溪，无忌恃胜轻进，被贼军两路杀出，冲断阵势，大败奔还。幸亏刘敬宣聚粮缮船，接济无忌、道规，复得成军，蹶而复振。

敬宣即刘牢之子，前时逃往山阳，拟募兵讨玄，未克如愿。再往南燕乞师，南燕主慕容德，不肯发兵。敬宣潜结青州大族，及鲜卑豪酋，谋袭燕都，事泄还南。时玄已败死，走归刘裕，裕令为晋陵太守，寻又迁授江州刺史。他因刘毅等讨玄余党，所以筹备舟械，随时接应。补笔不漏。

无忌、道规得此一助，再进兵夏口。毅亦督军随进，攻入鲁城。道规亦拔偃月垒，复会师进克巴陵。号令严整，沿途无犯，再鼓众至马头。桓振挟安帝出屯江津，遣使请和，求割江、荆二州，奉还天子。以皇帝为交换品，却是奇闻。毅等不许。会南阳太守鲁宗之，起兵袭襄阳，振还军与战，留桓谦、冯该守江陵。谦遣该守豫章口，为毅等击败，谦弃城遁走。毅等驰入江陵，擒住逆党卞范之等，一并枭斩。

安帝时在江陵，未被桓振挟去。毅得入行宫谒帝，由帝面加慰劳，一切处置，悉归毅主持。毅正拟追剿两桓，适振回救江陵，在途闻城已失守，众皆骇散，振亦只好逃匿涢州。既而召集散众，复袭江陵，为将军刘怀肃所闻，伏兵邀击，一鼓诛振。振为桓氏后起悍将，至此毙命，桓氏遗孽垂尽，唯桓谦等奔入后秦。

安帝改元义熙。再下赦书，除桓谦等不赦外，独赦桓冲孙胤，徙居新安，令存桓冲宗祀，保全功臣一脉。冲系桓玄叔父，有功晋室，封丰城公，详见《两晋演义》。刘裕闻报，使刘毅、刘道规留屯夏口，命何无忌奉帝东归。安帝乃自江陵启銮，还至建康。百官诣阙待罪，有诏令一并复职。授琅琊王司马德文为大司马，武陵王司马遵为太保，且封赏功臣，首刘裕，次及刘毅、何无忌、刘道规。诏敕有云：

> 朕以寡昧，遭家不造，越自遘闵，属当屯极。逆臣桓玄，乘衅纵慝，穷凶恣虐，滔天猾夏，诬罔神人，肆其篡乱，祖宗之基既湮，七庙之飨胥殄，若坠渊谷，未足斯譬。皇度有晋，天纵英哲，都督扬、徐、兖、豫、青、冀、幽、并、江九州诸军事镇军将军徐、青二州刺史刘裕，忠诚天亮，神武命世，用能贞明协契，义夫向臻，故顺声一唱，二溟卷波，英风振路，宸居清翳。冠军将军刘毅，辅国将军何无忌，振武将军刘道规，舟旗遄迈，而元凶传首，回戈叠挥，则荆汉雾廓。俾宣元之祚，永固于嵩岱，倾基重造，再集于朕躬。宗庙歆七百之祐，皇基融载新之命。念功唯德，永言铭怀，固已道冠开辟，独绝终古，书契以

来，未之前闻矣。虽则功高靡尚，理至难文，而崇庸命德，哲王攸先者，将以弘道制治，深关盛衰，故伊望膺殊命之锡，桓文飨备物之礼，况宏征不世，顾邈百代者，宜极名器之隆，以光大国之盛。而镇军谦虚自衷，诚旨屡显，朕重逆仲父，乃所以愈彰德美也。镇军可进位侍中车骑将军都督中外诸军事，使持节徐、青二州刺史如故。显祚大邦，启兹疆宇，特此诏闻！

这诏下后，裕上表固辞。再加录尚书事，裕又不受，且乞请归藩。安帝不允，遣百僚敦劝，裕仍然固让，入朝陈情，愿就外镇，乃改授裕都督荆、司、梁、益、宁、雍、凉七州，并前十六州诸军事，仍守本官，裕始受命，还镇丹徒。封刘毅为左将军，何无忌为右将军，分督豫州、扬州军事，刘道规为辅国将军，督淮北诸军事。余如并州刺史魏咏之以下，皆加官进爵有差。

先是刘毅尝为刘敬宣参军，时人推毅为雄杰，敬宣道："有非常的材具，必有非常的度量，此君外宽内忌，夸己轻人，设使一旦得志，亦恐以下陵上，自取危祸呢。"为后文刘裕杀毅张本。裕闻敬宣言，尝引以为憾。及得授方镇，遂使人白刘裕道："敬宣未与义举，授为郡守，已觉过优，擢置江州，更足令人骇惋，恐猛将劳臣，不免因此懈体呢。"裕迟迟不发。敬宣得知消息，心不自安，乃表请解职，因召还为宣城内史。刘毅再与何无忌，分道出讨桓玄余党，所有桓亮、符玄等小丑，一概诛灭，荆、湘、江、豫皆平。晋廷命毅都督淮南五郡，兼豫州刺史。何无忌都督江东五郡，兼会稽内史。毅自是益骄，免不得目空一切，有我无人了。小子有诗叹道：

平矜释躁始成才，器小何堪任重来！
古有一言须记取，谦能受益满招灾。

过了一年，追叙讨逆功绩，又有一番封赏，待小子下回说明。

桓玄一乱，而刘裕即乘九而起，是不啻为渊驱鱼，为丛驱雀，玄死而裕贵，玄固非鹯即獭也。大抵枭桀之崛兴，其始必有绝大之功业，足以耸动人心，能令朝野畏服，然后可以任所欲为，潜移国祚于无形。莽懿之徒，无不如是。裕为莽懿流亚，有玄以促成之，玄何其愚，裕何其智耶！至于安帝返驾，封赏功臣，裕为功首，而再三退让，成功不居。周公恐惧流言日，王莽谦恭下士时，假使当年身便死，一生真伪有谁知？”我读此诗，我更有以窥刘裕矣。

第三回　伐燕南冒险成功
捍东都督兵御寇

却说晋安帝复辟逾年，追叙讨逆功绩，封刘裕为豫章郡公，刘毅为南平郡公，何无忌为安成郡公。一国三公，恐刘裕未免介介。此外亦各有封赏，不胜枚举。独殷仲文自负才望，反正后欲入秉朝政，因为权臣所忌，出任东阳太守，心下很是怏怏。何无忌素慕仲文，贻书慰藉，且请他顺道过谈。仲文复书如约，不意出都赴任，心为物役，竟致失记。无忌伫候多日，并不见到，遂心疑仲文薄己，伺隙报怨。适南燕入寇，刘裕拟督军出讨，无忌即向裕致书道："北虏尚不足忧，唯殷仲文、桓胤，实系心腹大病，不可不除。"裕心以为然。会裕府将骆球谋变，事发伏诛，裕因谓仲文及胤，与球通谋，即捕二人入京，并加夷诛。已露锋芒。

司徒兼扬州刺史王谧病殁，资望应由裕继任。刘毅等已是忌裕，不欲他入朝辅政，乃拟令中领军谢混为扬州刺史。或恐裕出来反对，谓不如令裕兼领扬州，以内事付孟昶。安帝不能决议，特遣尚书右丞皮沈驰往丹徒，以二议咨裕。用人必须下问，大权已旁落了。沈先见裕记室刘穆之，具述朝议。穆之伪起如厕，潜入白裕，谓皮沈二议，俱不可从。裕乃出见皮沈，支吾对付，暂令出居客舍，复呼穆之与商。穆之道："晋政多阙，天命已移，公匡复皇祚，功高望重，难道可长作藩将么？况刘、孟诸公，与公同起布衣，倡立大义，得取富贵，不过因事有先后，权时推公，并非诚心敬服，素存主仆的名义，他日势均力敌，终相吞噬。扬州为国家根本，关系重大，如何假人？前授王谧，已非久计，今若复授他人，恐公将为人所制，一失权柄，无从再得。今但答言事关重要，不便悬论，当入朝面议，共决可否。俟公一至京邑，料朝内权贵，必不敢越次授人，公可坐取此权位了。”为裕设计，恰是佳妙，但亦一许攸、荀彧之徒。

裕极口称善，遂遣归皮沈，托言入朝面决。沈回京复命，果然朝廷生畏，立即下诏，征裕为侍中扬州刺史，录尚书事。裕又佯作谦恭，表解兖州军事，令诸葛长民镇守丹徒，刘道怜屯戍石头城，又遣将军毛修之，会同益州刺史司马荣期，共讨谯纵。

纵系益州参军，擅杀刺史毛璩，自称成都王，蜀中大乱。晋廷简授司马荣期为益州刺史，令率兵讨蜀。荣期至白帝城，击败纵弟明子，再拟进师，因恐兵力不足，表请缓应。裕乃再遣毛修之西往。修之入蜀，与荣期相会，当令荣期先驱，自为后应，进薄成都。荣期抵巴州，又为参军杨承祖所杀，承祖自称巴州刺史。及修之进次宕渠，始接荣期死耗，不得已退屯白帝城。时益州故督护冯迁，已升任汉嘉太守，发兵来助修之。修之与迁合兵，击斩杨承祖，拟乘胜再进。不意朝廷新命鲍陋为益州刺史，驰诣军前，与修之会议未协。修之据实奏闻，裕乃表举刘敬宣为襄城太守，令率兵五千讨蜀，并命荆州刺史刘道规为征蜀都督，调度军事。

谯纵闻晋军大至，忙向后秦称臣，乞师拒晋。秦主姚兴遣部将姚赏等援纵，会同纵党谯道福，择险驻守。刘敬宣转战而前，至黄虎岭，距城约五百里，岭路险绝。再经秦、蜀二军坚壁守御，敬宣屡攻不入，相持至六十余日，粮食已尽，饥疲交并，没奈何引军退还，死亡过半。敬宣坐是落职，道规亦降号建威将军。裕以敬宣失利，奏请保荐失人，自愿削职。无非做作。有诏降裕为中军将军，守官如故。

裕拟自往伐蜀，忽闻南燕入寇，大掠淮北，乃决计先伐南燕，再平西蜀。南燕主慕容德，系前燕主慕容皝少子，后燕主慕容垂季弟。皝都龙城，传三世而亡，垂都中山，传四世而亡。详见《两晋演义》。独德为范阳王收集两燕遗众，南徙滑台，东略晋青州地，取广固城，据作都邑。初称燕王，后称燕帝，改名备德，史家称为南燕。德僭位七年，殁后无嗣，立兄子超为嗣。超宠私人公孙五楼，猜忌亲族，屡加诛戮，且遣部将慕容兴宗、斛谷提、公孙归等，率骑兵入寇宿豫，掳去男女数千人，令充伶伎。嗣又大掠淮北，执住阳平太守刘千载，及济南太守赵元，驱略至千余家。刘裕令刘道怜出戍淮阴，严加防堵，一面抗表北伐，即拟启行。

朝臣因西南未平，拟从缓图。唯左仆射孟昶、车骑司马谢裕、参军臧熹，赞同裕议，乃诏令裕调将出师。裕使孟昶监中军留府事，调集水军出发，泝淮入泗，行抵下邳，留下船舰辎重，但麾众登岸，步进琅琊。所过皆筑城置守，诸将或生异议，叩马谏阻道："燕人闻我军远至，谅不敢战，但若据大岘山，刈粟清野，使我无从觅食，进退两难，如何是好！"裕微笑道："诸君休怕！我已预先料透，鲜卑贪婪，不知远计，进利掳掠，退惜禾苗，他道我孤军深入，必难久持，不过进据临朐，退守广固罢了，我一入岘，人知必死，何虑不克！我为诸君预约，但教努力向前，此行定可灭虏呢。"所谓知彼知己。乃督兵亟进，日夕不息。果然南燕主慕容超，不听公孙五楼等计议，断据大岘，唯修城隍，简车徒，静待一战。

及裕已过岘，尚不见有燕兵，不禁举手指天道："我军幸得天祐，得过此险，因粮破虏，在此一举了！"

时慕容超已授公孙五楼为征虏将军，令与辅国将军贺赖卢，左将军段晖等，率步骑五万人，出屯临朐。至闻晋军入岘，复自督步骑四万，出来援应。临朐南有巨蔑水，离城四十里，超使公孙五楼，领兵往据。五楼甫至水滨，晋龙骧将军孟龙符，已率步兵来争，势甚锐猛。五楼抵敌不住，向后退去。晋军有车四千辆，分为左右两翼，方轨徐进，直达临朐，距城尚约十里，慕容超已悉众前来。两下相逢，立即恶斗，杀得山川并震，天日无光。转眼间夕阳西下，尚是旗鼓相当，不分胜负。

参军胡藩白裕道："燕兵齐来接仗，城中必虚，何不从间道出兵，往袭彼城？这就是韩信破赵的奇计呢。"裕连声称善，即遣藩及咨议将军檀韶，建威将军向弥，率兵数千，绕出燕兵后面，往袭临朐城。城内只留老弱居守，唯城南有一营垒，乃是段晖住着，手下兵不过千名。向弥擐甲先驱，径抵城下，大呼道："我等率雄师十万，从海道来此，守城兵吏，如不怕死，尽管来战，否则速降，毋污我刃！"这话说出，吓得城内城外的燕兵，不敢出头。弥即架起云梯，执旗先登，刘藩、檀韶等，麾军齐上，即陷入临朐城。

段晖飞报慕容超，超大吃一惊，单骑驰还。燕兵失了主子，当然溃退，被刘裕纵兵奋击，追杀至城下。乘胜蹈段晖营，晖慌忙拦阻，措手不及，也为晋军所杀。慕容超策马飞奔，马蹶下坠，险些儿被晋军追着，亏得公孙五楼等，替他易马授辔，仓皇走脱。所有乘马伪辇，玉玺豹尾等件，尽行弃去，由晋军沿途拾取，送入京师。

慕容超逃回广固，未及整军，那晋军已经追到，突入外城。超与公孙五楼等，忙入内城把守。裕猛扑不下，乃筑起长围，为久攻计，垒高三丈，穿堑三重，抚纳降附，采拔贤俊，华夷大悦。超遣尚书郎张纲，缒城夜出，至后秦乞师。秦主姚兴，方有夏患，夏主赫连勃勃攻秦，详见下回。无暇分兵救燕，但佯允发兵，遣纲先行返报。纲还过泰山，被太守申宣擒住，送入裕营。裕得纲大喜，亲为释缚，赐酒压惊。纲感裕恩，情愿归降。

先是裕治攻具，城上人尝揶揄道："汝等虽有功具，怎能及我尚书郎张纲？"及纲既降裕，裕令纲登楼车，呼语守卒，谓秦人不遑来援。守卒大惧，慕容超亦惊惶得很，乃遣使至裕营请和，愿割大岘山为界，向晋称藩。裕斥还来使，超穷急无法，只得再命尚书令韩范，向秦乞师。秦主兴遣使白裕，请速退兵，且言有铁骑十万，进屯洛阳，将涉淮攻晋。裕怒答道："汝去传语姚兴，我平定青州，将入函谷，姚兴自愿送死，便可速来！"妙极。

秦使自去，录事参军刘穆之入谏道："公语不足畏敌，反致怒敌，若广固未下，羌寇掩至，敢问公将如何对待呢？"裕笑道："这是兵机，非卿所解；试想羌人若能救燕，方且潜师前来，攻我无备，何致先遣使命，使我预防？这明是虚声吓人，不足为虑！"一语道破，裕固可号智囊。穆之亦领悟而退。

裕即令张纲制造攻具，备极巧妙，设飞楼，悬梯木，幔板屋，覆以牛皮，城上矢石，毫无所用。眼见得城内孤危，形势岌岌。韩范自后秦东归，见围城益急，竟至裕营投诚，裕表范为散骑常侍，并令范至城下，招降守将。城中人情离沮，陆续逾城出降。慕容超尚坚守两三月，且遣公孙五楼潜掘地道，出击晋兵。晋营守御极严，无懈可击，于是阖城大困。刘裕知城中穷蹙，乃誓众猛攻。是日适为往亡日，不利行师，裕奋然道："我往彼亡，有何不利？"足破世人迷梦。遂遍设攻具，四面攻扑。南燕尚书悦寿，料知不支，即开门迎纳晋军。慕容超即率左右数十骑，惶遽越城，逃窜里许，被晋军追到，捉得一个不留，牵回城中。

刘裕升帐，责超抗命不降的罪状，超神色自若，一无所言。裕屠南燕王公以下三千人，没入家口万余，把慕容超囚解进京，自请移镇下邳，进图关洛。

晋廷诛慕容超，加裕兼青、冀二州刺史，拟许便宜行事。不料卢循陷长沙，徐道覆陷南康、庐陵、豫章，顺流而下，将袭晋都，江东大震，急得晋廷君臣，不知所措，只好飞召刘裕，率军还援。盈廷只靠一人，怪不得晋祚垂尽。原来刘裕讨灭桓玄，迎帝回銮，彼时因朝廷新定，不暇南顾，暂授卢循为广州刺史，徐道覆为始兴相，权示羁縻。循遗裕益智粽，裕报以续命汤。及裕出师伐燕，道覆劝循乘虚入袭，循初尚不从，经道覆亲往献议，谓裕尚未归，机不可失，乃分道入寇。

循攻长沙，一鼓即下，道覆且连陷南康、庐陵、豫章诸郡，沿江东趋，舟楫甚盛。江荆都督何无忌，自寻阳引兵拒贼，与道覆交战豫章。道覆令弓弩手数百名，登西岸小山，顺风迭射，无忌急命船内水军，用藤牌遮护。偏是西风暴急，战船停留不住，竟由西岸飘至东岸，贼众乘势驰击，用着艨艟大舰，进逼无忌坐船，无忌麾下，顿时骇散，无忌厉声语左右道："取我苏武节来！"至节已取至，无忌持节督战，风狂舟破，贼势四蹙。可怜无忌身受重伤，握节而死！无忌亦一时名将，可惜死于小贼之手。

刘裕已奉召至下邳，用船载运辎重，自率精锐步归。道出山阳，接得无忌凶耗，恐京邑失守，急忙卷甲疾趋，引数十骑至淮上。遇着朝使敦促，便探问消息。朝使说道："贼尚未至，但教公速还都，便可无忧。"裕心甚喜。驰至江滨，正值风急浪腾，大众俱有难色，裕慨然道："天命助我，风当自息，否则不过一死，覆溺何害！"遂麾众登舟，舟移风止。过江至京口，江左居民，望见旗麾，统是额手欢呼，差不多似久旱逢甘，非常欣慰。晋祚潜移，于此可见。

越二日即入都陛见，具陈御寇规划，朝廷有恃无恐，诏令京师解严。豫州都督刘毅，自告奋勇，愿率部军南征。裕方整治舟械，预备出师。既得毅表，令毅从弟刘藩，赍书复毅，略言贼新获利，锋不可当，今修船垂毕，愿与老弟会师江上，相机破贼云云。

藩至姑熟，将书交毅，毅阅书未终，已有怒色，瞋目视藩道："前次举义平逆，不过因刘裕发起，权时推重，汝便谓我真不及刘裕么？"说着，把来书掷弃地上，立集舟师二万，从姑熟出发。是谓忿兵。急驶至桑落洲，正值卢循、徐道覆两贼，顺流鼓檝，舣舰前来，船头甚是高锐，突入毅水师队中。毅舰低脆，偶与贼舰相撞，无不碎损，没奈何奔避两旁，舟队一散，全军立涣。两贼渠指挥徒众，东隳西突，害得毅军逃避不遑，或与舟俱沉，或全船被掳。毅无法支撑，只好带着数百人，弃船登岸，狼狈遁走。所有辎重粮械，一古脑儿抛置江心，被贼掠去。毅试自问，果能及刘裕？

这败报传达都中，上下震惧，刘裕急募民为兵，修治石头城，为控御计。时北师初还，疮痍未复，京邑战士，不满数千，诸葛长民、刘道怜等，虽皆闻风入卫，但也是部曲寥寥，数不盈万。

那卢、徐二贼，毙何无忌，败刘毅，连破江、豫二镇，有众十余万，舟车百里不绝，楼船高至十二丈，横行江中。他心目中只畏一刘裕，闻裕还军建业，未免惊心。循欲退还寻阳，转攻江陵，独道覆谓宜乘胜进取。两人议论数日，方从道覆言，联樯东下。

警报与雪片相似，飞达都中，还有败军逃还，亦统称贼势甚盛，不应轻敌。孟昶、诸葛长民，倡议避寇，欲奉乘舆过江，独刘裕不许。参军王仲德进白刘裕道："明公新建大功，威震六合，今妖贼乘虚入寇，骤闻公还，必当惊溃；若先自逃去，势同匹夫，何能号召将士？公若误徇时议，仆不忍随公，请从此辞！"裕亟慰谕道："南山可改，此志不移，愿君勿疑！"

孟昶尚固请不已，裕勃然道："今日何日！尚可轻举妄动么？试想重镇外倾，强寇内逼，一或迁徙，全体瓦解，江北亦岂可得至？就使得至江北，亦不过苟延时日罢了，今兵士虽少，尚足一战，战若得胜，臣主同休，万一挫败，我当横尸庙门，以身殉国，断不甘窜伏草间，偷生苟活呢。我计已决，君勿复言！"据裕此言，几似忠贯天日，可惜此后不符。昶尚涕泣陈词，自愿先死，惹得刘裕性起，厉声呵叱道："汝且看我一战，再死未迟！"昶惘惘归第，手自草表道："臣裕北讨，众议不同，唯臣赞成裕计，令强贼乘虚进逼，危及社稷，臣自知死罪，谨引咎以谢天下。"表既封就，仰药竟死。呆鸟。

未几闻卢循已至淮口，内外戒严，琅琊王司马德文督守宫城，刘裕自出屯石头，使咨议参军刘粹，引第三子义隆，往戍京口。义隆年仅四龄，裕借此励军，表示毁家纾难的意思，且召集诸将，预揣贼势道："贼若由新亭直进，不易抵御，只好暂时回避，将来胜负，尚未可料，倘或回泊西岸，贼锋已靡，便容易成擒了。”遂常登城西望。起初尚未见寇踪，但觉烟波一碧，山水同青。百忙中叙此闲文，格外生色。俄而鼓声到耳，远远有敌船出没，引向新亭，不由的旁顾左右，略露忧容。嗣见敌船回泊蔡洲，乃变忧为喜道：“果不出我所料。贼党虽盛，无能为了。”

原来徐道覆既入淮口，本拟由新亭进兵，焚舟直上。独卢循多疑少决，欲出万全，所以徘徊江中，既东复西。道覆曾叹息道：“我终为卢公所误，事必无成。使我得独力举事，取建康如反掌明。”一面说，一面拔椗西驶。

自卢、徐等回泊蔡洲，刘裕得从容布置，修治越城以障西南，筑查圃药园种芍药之所。廷尉官寺所居，因以为名。三垒，以固西鄙，饬冠军将军刘敬宣屯北郊，辅国将军孟怀玉屯丹阳郡西，建武将军王仲德屯越城，广武将军刘默屯建阳门外。又使宁朔将军索邈，仿鲜卑骑装，用突骑千余匹，外蒙虎斑文锦，光成五色，自淮北至新亭，步骑相望，壁垒一新。小子有诗咏道：

从容坐镇石头城，匕鬯安然得免惊。
可笑怯夫徒慕义，仓皇仰药断残生。

欲知卢、徐二贼，进退如何，且待下回分解。

观本回之叙刘裕，备述当时计议，益见其智勇深沉，非常人所可及。大岘山，南燕之险阻也，裕料慕容超之必不扼守，故冒险前进，因粮于敌，卒得成功。新亭，东晋之要害也；裕料卢循之必不敢进，故决计固守，效死勿去，卒能却寇。盖行军之道，必先知敌国之为何如主，贼渠之为何如人，然后可进可退，能战能守。彼何无忌、刘毅之轻战致败，孟昶之怯敌自戕，非失之躁，即失之庸，亦岂足与刘裕比耶？裕固一世之雄也，曹阿瞒后，舍裕其谁乎？

第四回　毁贼船用火破卢循 发军函出奇平谯纵

却说卢循、徐道覆回泊蔡洲，静驻了好儿日，但见石头城畔，日整军容，一些儿没有慌乱。循始自悔蹉跎，派遣战舰十余艘，来攻石头城外的防栅，刘裕命用神臂弓迭射，一发数矢，无不摧陷，循只好退去。寻又伏兵南岸，使老弱乘舟东行，扬言将进攻白石。白石在新亭左侧，也是江滨要害，裕恐他弄假成真，不得不先往防堵。会刘毅自豫州奔还，诣阙待罪，安帝但降毅为后将军，令仍至军营效力，带罪图功。毅见了刘裕，未免自惭，裕却绝不介意，好言抚慰，即邀他同往白石，截击贼船，但留参军沈林子、徐赤特等，扼定查浦，令勿妄动。

及裕已北往，贼众自南岸窃发，攻入查浦，纵火焚张侯桥。徐赤特违令出战，遇伏败遁，单舸往淮北。独沈林子据栅力战，又经别将刘钟、朱龄石等，相继入援，贼始散去。卢循引锐卒往丹阳，裕闻报驰还，赤特亦至，由裕责他违令，斩首徇众。自己解甲休息，与军士从容坐食，然后出阵南塘，命参军诸葛叔度，及朱龄石分率劲卒，渡淮追贼。

龄石部下多鲜卑壮士，手握长槊，追刺贼众，贼虽各挟刀械，终究是短不敌长，靡然退去。龄石等亦收军而回。卢循转掠各郡，郡守皆坚壁待着，毫无所得，乃语徐道覆道："我军已敝，不如退据寻阳，并力取荆州，徐图建康罢了。"兵法有进无退，一退便要送终了。乃留贼党范崇民，率众五千，踞守南陵，自向寻阳退去。

晋廷授刘裕太尉中书监，并加黄钺。裕受钺辞官，朝旨不许。裕表荐王仲德为辅国将军，刘钟为广川太守，蒯恩为河间太守，令与咨议参军孟怀玉等，率众追贼，自己大治水军，广筑巨舰，楼高十余丈，令与贼船相等。船既筑成，即派将军孙处、沈田子，领着百艘，由海道径袭番禺，直捣卢循老巢。诸将以为海道迂远，跋涉多艰，且自分兵力，尤觉非计。裕笑而不答，但嘱孙处道："大军至十二月间，必破妖虏。卿为我先捣贼巢，使彼走无所归，不怕他不为我擒了。"料敌如神。孙处等奉令去讫。

那卢循还入寻阳，遣人从间道入蜀，联结谯纵，约他夹攻荆州。纵复言如约，回应前回。一面向后秦乞师。秦主姚兴，封纵为大都督，兼相国蜀王，且拨桓谦助纵。桓谦奔秦，见第二回。纵令谦为荆州刺史，谯道福为梁州刺史，率众二万寇荆州。秦将军苟林，亦奉秦主兴命令，率骑兵往会，声势甚盛。

先是卢循东下，荆、扬二州，隔绝音问，荆州刺史刘道规，遣司马王镇之，与天门太守檀道济，广武将军到彦之，入援建业。途次与苟林相遇，正在交锋，忽由卢循等派兵接应，夹攻镇之，镇之败退。卢循厚犒秦军，并授苟林为南蛮校尉，分兵为助，令林进攻江陵。苟林系后秦将军，奈何受卢循封职，贪利若此，安得不死！林遂入屯江津。桓谦沿途召募旧党，又集众至二万人，进据枝江。两寇交逼，江陵大震，士民多怀观望。刘道规默察舆情，索性大开城门，令士民自择去就，一面严装待寇。士民不禁惮服，无人出走，城中反觉安堵。道规权术可爱，不愧为刘裕弟。

时鲁宗之已升任雍州刺史，自襄阳率兵援荆。或谓宗之情不可测，独道规单骑出迎，导入城中，叙谈甚欢。竟留宗之居守，自领各军出讨桓谦，水陆并进，疾抵枝江。桓谦大陈舟师，与道规对仗。道规前锋为檀道济，首突谦阵，水陆各军，乘势随上，夹击桓谦，谦众大溃。道规鼓全力追，将谦射死，遂移军出江津，往攻苟林。林闻桓谦败死，未战先怯，望尘便遁。道规令参军刘遵，从后追赶，驰至巴陵，得将苟林围住，一鼓击毙。

遵回军报功，刘道规已返江陵，送归鲁宗之。蓦闻徐道覆统众三万，长驱前来，免不得谣言散布，安而复危。道规欲追召宗之，已是不及，只得部署各军，再出迎战。可巧刘遵得胜回来，遂命遵为游军，自至豫章口抵御道覆。道覆联舟直上，兵势张甚，遇着道规前队，兜头接仗，凭着一鼓锐气，横厉无前。道规督军力战，尚是退多进少。道覆兴高采烈，步步逼人，不防刘遵自外面杀到，把道覆麾下的兵舰，冲作两段。道覆顾前失后，顾后失前，禁不住慌张起来。遵与道规，并力夹击，斩贼首万余级，挤溺无算。道覆奔还湓口，江陵复安。

刘裕闻江陵无恙，贼众皆败，遂亲率刘藩、檀韶等南讨贼党。留刘毅监太尉府，委以内事。诸军方发，接得王仲德捷报，已逐去悍贼范崇民，夺还南陵。裕很是喜慰，溯流出南陵城，与王仲德等会师，进达雷池。好几日不见贼至，再进军大雷。

翌日黎明，方闻贼众趋至，由裕自登船楼，向西眺望，只见舳舻衔接，绵亘江心，几不知有多少战船。他仍不动声色，先拨步骑往屯西岸，嘱他备好火具，待时纵火，然后躬提幡鼓，悉发轻利斗舰，齐力向前。右军参军庾乐生，乘舰徘徊，立命斩首号令。于是各军争奋，万弩齐发，好在风又助顺，水亦扬波，把贼船逼往西岸。岸上早列着步兵，手执火具，各向贼船抛去。火随风炽，风助火威，霎时间烈焰飞腾，满江俱赤，贼船多半被毁，骇得贼众狂奔。卢、徐两贼，仓猝遁走，既还寻阳，复趋豫章，就左里竖起密栅，阻遏晋军。

裕大获胜仗，留孟怀玉守雷池，再督兵往攻左里，将到栅前，忽裕所执麾竿，无故自折，沉入水中。大众不禁惶惧，裕欣然道："从前覆舟山一役，见第二回。幡竿亦折，今复如此，破贼无疑了！"无非稳定众心。遂易麾督攻，破栅直进。贼众虽然死战，始终招架不住，或饮刃，或投水，死亡至万余人。卢循孤舟驰去，余众多降。裕还至雷池，遣刘藩、孟怀玉追剿卢、徐，自率余军凯旋。安帝遣侍中黄门诸官，出郊迎劳，俟裕入阙，面加奖赏，授裕为大将军扬州牧，给仪卫二十人，裕又固辞。假惺惺做甚？略称卢、徐未诛，怎可受封？安帝乃收回成命。

那卢循收集散卒，尚不下万人，走还番禺。徐道覆退保始兴。始兴尚幸无恙，番禺早入晋军手中。晋将军孙处、沈田子等自海道袭番禺，番禺虽有贼党守着，毫不防备。处等率军掩至，天适大雾，咫尺不辨，及晋军四面登城，城中方才惊觉，百忙中如何对敌？顿时夺门逃散，有许多生得脚短的，都做了刀头鬼。处安抚旧民，捕戮贼渠亲党，勒兵谨守，全城大定。又遣沈田子等分击岭表诸郡，依次克复。

卢循闻巢穴被破，惊慌得了不得，忙率众驰攻番禺，由孙处独力固守，相持不下。刘藩、孟怀玉分追卢、徐，怀玉到了始兴，攻破城池，阵斩徐道覆；藩入粤境，正与沈田子遇着，即分军与田子，令救番禺。田子引兵至番禺城下，捣入循营，喊杀声震撤城中。孙处闻有援兵到来，也出兵助战。一场合击，杀死贼党数千名，循向南窜去。处与田子奋力追蹑，至苍梧、郁林、宁浦诸境，三战皆捷。循势穷力蹙，逃入交州，交州刺史杜慧度，发兵至龙编津，截循去路。循众尚有三千人，舟约数十艘，被慧度掷炬纵火，毁去循船，岸上又飞矢如雨，无隙可钻。循自分必死，先鸩妻子，后杀妓妾，一跃入水，顷刻毙命。慧度命军士捞起循尸，枭取首级，传入建康。南方逆党，至此才平。了结卢、徐。

会荆州刺史刘道规，因病求代，晋廷遣刘毅往镇荆州，调道规为豫州刺史。道规在荆州数年，秋毫无犯，惠及人民。及调任豫州，未几即殁，荆人闻讣，相率流涕。有善必录。

刘毅自豫州败后，与刘裕同朝相处，外似逊顺，内益猜疑。裕素不学，毅独能文，所以朝右词臣，喜与毅相结纳。仆射谢混，丹阳尹郗僧施，往来尤密。及毅出镇荆州，多反道规旧政，檄调豫州文武旧吏，隶置麾下。且求兼督交广，请任郗僧施为南蛮校尉，毛修之为南郡太守。

刘裕在朝览表，一一允行，将军胡藩白裕道："公谓刘将军终为公屈么？"裕沉吟半晌，方说道："卿意如何？"藩答道："统百万雄师，战必胜，攻必取，毅原愧不如公，若涉猎传记，一谈一咏，却自命为豪雄。近见搢绅文士，多半归附，恐未必终为公下！"裕微笑道："我与毅协同规复，功不可忘，过尚未著，怎得无故害人？"仿佛郑庄之待叔段。藩默然趋出。

裕复因刘藩讨逆有功，擢任兖州刺史，出镇广陵。会毅在任遇疾，郗僧施劝毅上表，乞调藩为副帅。毅依言表闻，刘裕始有心防毅，佯从毅请，召藩入朝。藩自广陵入都，甫至阙下，即由裕饬令卫士，收藩下狱。并请得诏书，诬称刘毅兄弟，与仆射谢混，共谋不轨，立命并混拿下，与刘藩同日赐死。一面自请讨毅，刻日召集诸军，仗钺西征。真是辣手。

授前镇军将军司马休之为平西将军荆州刺史，随同前往，且遣参军王镇恶，龙骧将军蒯恩，带领前队军士，掩袭江陵。镇恶用轻舸百艘，昼夜兼行，伪充刘兖州旗号，直至豫章口，荆州人士，尚未知刘藩死状，总道是刘藩西来，绝不疑忌。镇恶舍舟登岸，径达江陵。刘毅探悉实信，急欲下关，已被王镇恶闯入，关不及键，兵不及甲，顿时全城鼎沸。毅率左右数百人，驰突出城，夜投佛寺，寺僧不肯收纳，仓猝缢死。镇恶搜得毅尸，枭首市曹，并将毅所有子侄，一并杀毙。

越数日刘裕军至江陵，捕杀郗僧施，宥免毛修之，宽租省调，节役缓刑，荆民大悦。遂留司马休之镇守江陵，自率大军还京师。

先是裕西行时，留豫州刺史诸葛长民，监太尉军府事，又加刘穆之为建威将军，使佐长民。长民闻刘毅被杀，私语亲属道："昔日醢彭越，今日斩韩信，恐我等亦将及祸了！"长民弟黎民献议道："刘氏灭亡，诸葛氏岂能独免？宜乘刘裕未归时，速图为是。"长民犹豫未决，潜问刘穆之道："人言太尉与我不平，究为何因？"穆之道："刘公泝流远征，以老母稚子委节下，若与公有嫌，怎肯出此？"

长民意终未释，复贻冀州刺史刘敬宣书，有共图富贵等语。敬宣竟寄与刘裕。裕阳言某日入都，长民等逐日出候，并未见到，不意裕夤夜入府，除刘穆之外，无人得闻。越日天晓，裕升堂视事，长民才得闻知，惊趋入门。裕下堂握长民手，屏人与语，备极欢洽。长民方欲告别，忽帐后突出壮士，抓住长民，把他勒死，舆尸付廷尉。长民弟黎民、幼民，及从弟秀之，均遭逮捕。黎民素来骁勇，格斗而死，幼民、秀之被杀。

当时都下传语道："勿跋扈，付丁旿。"看官道是何说？原来刘裕伏着的壮士，叫作丁旿。勒长民，毙黎民，统出旿手。大众畏他强悍，所以有此传闻。丁旿亦典韦流亚。

这且休表。且说刘裕既翦灭二憾，乃命朱龄石为益州刺史，令与宁朔将军臧熹，河间太守蒯恩，下邳太守刘钟等，率军二万，往讨西蜀。时人多谓龄石望轻，难当重任，裕独排众议道："龄石既具武干，又练吏职，此去必能成功。诸君不信，待后便知！"另眼看人。当下召入龄石，密谈数语，且付一锦函，上书六字道："待至白帝乃开。"龄石持函出都，泝江西行。诸将闻龄石受裕密计，究不知他如何进取，但一路随着，晓行夜宿。好容易到了白帝城，龄石乃披发锦函，但见函中藏有一纸，上面写着：

众军悉从外水取成都，臧熹从中水取广汉，老弱乘高舰，从内水向黄虎，速行不误。违令毋赦！

看官阅过前回，应知刘敬宣前时伐蜀，道出黄虎，无功而还。此次独令众军取道外水，明明是惩着前辙，改道行军。又恐蜀人预料，特令龄石派遣老弱，作为疑兵，牵制蜀人。复命臧熹从中水进兵，亦无非是分蜀兵势。伪蜀王谯纵，果疑晋军仍薄黄虎，急遣谯道福出守涪城，严防内水。那龄石已自外水趋平模，距成都只二百里，谯纵才得知晓。派秦州刺史侯晖，尚书仆射谯诜，率众万余，出屯平模对岸，筑城拒守。

天适盛暑，赤日炎炎，龄石颇费踌躇，与刘钟密商道："今天时甚热，贼众据险自固，未易攻入，我拟休兵养锐，伺隙乃发，君意以为何如？"刘钟道："此计错了！我军以内水为疑兵，所以谯道福出守涪城。今重军到此，出其不意，侯晖等虽然来拒，未免惊慌，我乘他惊疑未定，尽锐往攻，定可必胜。俟平模战克，鼓行西进，成都自不能守了。若顿兵不前，使他知我虚实，调涪军前来援应，并力拒守，我既不能进，又不能退，师老食绝，二万人将尽为蜀虏，岂不可虑！"龄石愕然道："非君言，几误大事！"遂麾兵齐进，共集城下。

蜀人筑有南北城，北城倚山靠水，地阴兵多，南城较为平坦。诸将请先攻南城，龄石道："攻坚难，抵瑕易，我能先拔坚城，贼众自靡，南城可以立取。这才是一劳永逸呢！"于是拥众攻北城，前仆后继，半日即下。侯晖谯诜，先后战死，蜀兵大败。龄石引兵趋南城，南城守卒，已经溃散，寂无一人。乃毁去二垒，舍舟步进。臧熹从中水趋入，阵斩蜀将谯抚之，击走蜀吏谯小苟，据住广汉，留兵戍守，自率亲军来会龄石。两军直向成都，势如破竹。

谯纵迭接败耗，吓得魂飞天外，急弃成都出走。纵女年仅及笄，涕泣谏纵道："走必不免，徒自取辱，不若至先人墓前，一死了事。"纵不能从，辞墓即行，女竟撞死于墓侧。还是此女烈毅，可惜生于谯家。谯道福闻平模失守，自涪城还兵入援，途中与纵相遇，见纵狼狈情状，不禁忿忿道："大丈夫有如此功业，一旦轻弃，去将安归！人生总有一死，有什么畏怯呢！"因拔剑投纵，掷中马鞍。纵情急奔避，左右四散，没奈何解带自经。巴西人王志，斩了纵首，献与龄石。

道福尽散金帛，犒赏军士，再拟背城一战，偏军士得了赏给，仍然散去。道福孑身远窜，为巴民杜瑾所执，也送至龄石军前。龄石已入成都，搜诛谯纵亲属，余皆不问。及道福执至，因系谯氏宗族，亦枭示军门。

蜀尚书令马耽，封闭府库，留献晋军。龄石独徙耽至越巂。耽叹息道："朱公不送我入京，无非欲杀我灭口，我必不免了！"求荣反辱，虽悔曷追？乃盥洗而卧，引绳缢死。既而龄石使至，果来杀耽。见耽已死，戮尸归报。龄石驰书奏捷。诏命龄石进监梁、秦州六郡军事，赐爵丰城县侯。小子有诗咏道：

锦函授策似先知，外水长驱计独奇；
莫道蚕丛天险在，王师履险竟如夷！

龄石平蜀，谋出刘裕，当然叙功加封。欲知封赏大略，且至下回表明。

非刘裕不能破卢、徐，非刘裕不能平谯纵，卢循智过孙恩，徐道覆且智过卢循，往来江豫，盘踞中流，实为东晋腹心之大蠹。议者谓循之致败，误于不用徐道覆之言；然大雷一战，徐亦在列，胡不预备火攻，严师以待，且败走始兴，先循被杀。彼尝欲身为英雄，奈智不若刘裕何也！谯纵据有成都，负嵎自固，刘敬宣挫师黄虎，天险足凭。乃朱龄石等引军再进，多方误蜀，破竹直入，杀敌致果者为诸将，发纵指示者实刘裕。锦函之授，远睹千里，裕诚一枭杰矣哉！至若杀刘毅，杀诸葛长民，一挥手而两首悬竿，何其敏且速也！然讨卢循、徐道覆、谯纵，犹似近公，袭杀刘毅、请葛长民，纯乎为私，司马昭之心，路人皆知，宁待至篡国后哉！

第五回　捣洛阳秦将败没　破长安姚氏灭亡

却说晋安帝加赏刘裕，仍申前命，授裕太傅扬州牧，加羽葆鼓吹二十人。裕只受羽葆鼓吹，余仍固辞。还要作伪。乃另封裕次子义真为桂阳县公。一门烜赫，父子同荣，不消细说。会司马休之子文思，入继谯王，宋书谓系休之兄子。性情暴悍，滥结党徒，素为裕所嫉视。文思又捶杀都中小吏，由有司上章弹劾，有诏诛文思党羽，贷文思死罪。休之在江陵闻悉，奉表谢罪。裕饬将文思执送江陵，令休之自加处治。休之但表废文思，并寄裕书，陈谢中寓讥讽意。裕由是不悦，使江州刺史孟怀玉，兼督豫州六郡，监制休之。

越年又收休之次子文质，从子文祖，并皆赐死。自领荆州刺史，出讨休之。留弟中军将军刘道怜，掌管府事，刘穆之为副。事无大小，皆取决穆之。遂率大军出都，泝江直上。

休之因上书罪裕，并联合雍州刺史鲁宗之，及宗之子竟陵太守鲁轨，抵御裕军。裕招休之录事韩延之，延之复书拒绝。乃使参军檀道济、朱超石，率步骑出襄阳，又檄江夏太守刘虔之，聚粮以待。道济等未曾得粮，虔之已被鲁轨击死。裕再使女夫振威将军徐逵之，偕参军蒯恩、王允之、沈渊子等，出江夏口，与鲁轨对垒。轨用埋伏计，诱击逵之，逵之遇伏阵亡。允之渊子赴援，亦皆战死。独蒯恩持重不动，全军退还。

刘裕闻报大怒，自率诸将渡江。鲁轨与司马文思，统兵四万，夹江为守，列阵峭岸。岸高数丈，裕军莫敢上登，彼此相觑。裕怒不可遏，自被甲胄，突前作跳跃状。诸将苦谏不从，主簿谢晦将裕掖住，气得裕头筋暴涨，瞋目扬须，拔剑指晦道："汝再阻我，我将杀汝！"想为女婿被杀，因致如此。晦从容道："天下可无晦，不可无公！"必欲留他篡晋耶。

裕尚欲上跃，将军胡藩，亟用刀头凿穿岸土，可容足指，蹑迹而上。随兵亦稍稍登岸，直前力战，轨众少却。裕麾军上陆，用着大刀阔斧，奋杀过去，轨与文思，立即败溃。一走一追，直抵江陵城下。休之与鲁宗之、韩延之等，弃城皆走，独鲁轨退保石城。裕令阆中侯赵伦之，参军沈林子攻轨，另派内史王镇恶，领舟师追休之等。休之闻石城被攻，拟与宗之收军往援，哪知到了中途，遇轨狼狈奔来，报称石城被陷，乃相偕奔往襄阳。偏偏襄阳参军，闭门不纳，休之等无可如何，俱西奔后秦。

是时司马道赐为休之亲属，与裨将王猛子密谋刺死青冀二州刺史刘敬宣，响应休之。敬宣府吏，即时起兵攻道赐，把他击毙，连王猛子亦砍作肉泥。青、冀二州，仍然平定。

刘裕奏凯班师，诏仍加裕为太傅扬州牧，剑履上殿，入朝不趋，赞拜不名。裕仍固辞太傅州牧，余暂受命。嗣又加裕领平北将军，都督南秦，凡二十二州，未几且晋封中外大都督。裕长子义符为兖州刺史，兼豫章公，三子义隆为北彭城县公，弟道怜为荆州刺史。

裕因后秦屡纳逋逃，决意声讨。后秦自姚苌僭位，传子姚兴，灭前秦，降后凉，在位二十二年，颇号强盛。兴死，长子泓嗣，骨肉相争，关中扰乱。详见《两晋演义》。裕乘机西征，加领征西将军，兼司、豫二州刺史，长子义符为中军将军，监留府事。刘穆之为左仆射，领监军中军二府军司，入居东府，总摄内外。司马徐羡之为副。左将军朱龄石守卫殿省。徐州刺史刘怀慎守卫京师。

裕将启行，分诸军为数道：龙骧将军王镇恶，冠军将军檀道济，自淮淝向许洛；新野太守朱超石，宁朔将军胡藩趋阳城；振武将军沈田子，建威将军傅弘之趋武关；建武将军沈林子，彭城内史刘遵考，率水军出石门，自汴达河。又命冀州刺史王仲德为征虏将军，督领前锋，开巨野入河。刘穆之语王镇恶道："刘公委卿伐秦，卿宜勉力，毋负所委！"镇恶道："我不克关中，誓不复济江！"当下各队出都，依次西进。刘裕在后督军，亦即出发，浩浩荡荡，行达彭城。

镇恶道济驰入秦境，所向皆捷。秦将王苟生举漆邱城降镇恶，刺史姚掌，举项城降道济。诸屯守俱望风款附，唯新蔡太守董遵守城不下。道济一鼓入城，将遵擒住，立命斩首。进克许昌，又获秦颍川太守姚垣，及大将杨业。

沈林子自汴入河，襄邑人董神虎来降，从林子进拔仓垣，收降秦刺史韦华。神虎擅还襄邑，为林子所杀。

王仲德水军渡河，道过滑台，滑台为北魏属地，守吏尉建庸懦，还道是晋军来攻，即弃城北走。仲德入滑台宣言道："我军已预备布帛七万匹，假道北魏，不意北魏守将，弃城遽去，我所以入城安民，大众不必惊惶，我将自退。"魏主嗣接得军报，立命部将叔孙建、公孙表等，自河内向枋头，引兵济河。途遇尉建还奔，将他缚至滑台城下，投尸河中，仰呼城上晋兵，问他何故侵轶？仲德使人答语道："刘太尉遣王征虏将军，自河入洛，清扫山陵，并未敢侵掠魏境，魏守将自弃滑台，剩得一座空城，王征虏借城息兵，秋毫无犯，不日即当西去，晋魏和好，始终守约，幸勿误会！"叔孙建也无词可驳，遣人飞报魏主。魏主又令建致书刘裕，裕婉辞致复道："洛阳为我朝旧都，山陵俱在，今为西羌所据，几至陵寝成墟。且我朝罪犯，均由羌人收纳，使为我患。我朝因发兵西讨。欲向贵国假道，想贵国好恶从同，断不致有违言。滑台一军，自当令彼西引，愿贵国勿忧！"远交近攻，却是要着。魏主嗣乃令叔孙建等按兵不动，俟仲德退去，然后收复滑台。

晋将军檀道济领兵前驱，连下秦阳、荥阳二城，直抵成皋。秦征南将军陈留公姚洸屯驻洛阳，忙向关中求救。秦主泓遣武卫将军姚益男，越骑校尉阎生，合兵万三千人，往援洛阳。又令并州牧姚懿，南屯陕津，遥作声援。姚益男等尚未到洛，晋军已降服成皋，进攻柏谷。秦将军赵玄，在洸麾下，先劝洸据险固守，静待援兵。偏司马姚禹，暗向晋军输款，促洸发兵出战。洸即遣赵玄率兵千余，南出柏谷坞，迎击晋军。玄泣语洸道："玄受三主重恩，有死无二，但明公误信谗言，必致后悔！"说毕，麾旗趋出，与行军司马蹇鉴，驰往柏谷，兜头遇着晋龙骧司马毛德祖，带兵前来，两下不及答话，便即交战，自午至未，杀伤相当，未分胜负。那晋军越来越多，玄兵越斗越少，再战了好多时，玄身中十余创，力不能支，呕血无数，据地大呼。司马蹇鉴抱玄泣下，玄凄声道："我创已重，自知必死，君宜速去！"鉴泣答道："将军不济，鉴将何往？"玄再呼毕命。鉴拔刀死战，格毙晋军数人，亦自刎而亡。为主捐躯，不失为忠。毛德祖杀尽玄兵，直捣洛阳。檀道济亦至，四面围攻。洛阳司马姚禹，即逾城出降。姚洸无法可施，也只好举城奉献，作为贽仪。道济俘得秦兵四千余名，或劝道济悉数坑毙，作为京观，道济道："伐罪吊民，正在今日，何用多杀哩！"因皆释缚遣归，秦人大悦，相率趋附。

秦将军姚益男、阎生等闻洛阳已陷，不敢进兵，退还关中。秦廷惶急得很，偏并州牧姚懿，到了陕津，听了司马孙畅的计议，反攻长安。秦主泓急令东平公姚绍等，往击姚懿，懿败被擒，畅亦伏诛。既而征北将军齐公姚恢，又复自称大都督，托言入清君侧，进关西向。秦主又飞召姚绍等击恢，恢亦败死。看官听说！这姚懿为秦主泓母弟，姚恢乃秦主泓诸父，本来休戚相关的至亲，乃国危不救，反且倒戈内逼，试想姚氏至此，阋墙构变，不顾外侮，还能保全国家么？当头棒喝。恢、懿等虽然伏法，秦兵已伤了一半。

晋太尉刘裕且引水军发彭城，留三子彭城公义隆居守，兼掌徐、兖、青、冀四州军事，自督大兵西进。

王镇恶入渑池，趋潼关，檀道济、沈林子，自陕北渡河，进攻蒲阪。秦东平公姚绍，升任鲁公，进官太宰，督武卫将军姚鸾等，率步骑五万援潼关，别遣副将姚驴救蒲阪，道济、林子，攻蒲阪不克，林子语道济道："蒲阪城坚兵众，未易猝拔，不若往会镇恶，并力攻潼关，潼关得手，蒲阪可不战自下了。"道济依言，移军往潼关，与镇恶会师合攻。姚绍开关出战，由道济、林子等奋击，大破绍兵，斩获千数。绍退屯定城，据险固守，令姚鸾屯兵大路，堵截晋军粮道。晋沈林子夜率锐卒，突入鸾营，鸾措手不及，竟为所杀。余众数千人，立时扫尽。姚绍又遣东平公姚赞出师河上，断晋水道，复被沈林子击败，奔还定城。

秦兵累败，急得秦主泓不知所为，忙遣人向魏乞援。泓有女弟西平公主，曾适北魏为夫人。北魏主拓拔嗣，正欲发兵，可巧刘裕泝河西上，亦有假道书传入，累得北魏主左右两难，不得不集众会议。左右齐声道："潼关号称天险，刘裕用水军攻关，必难得志，若登岸北侵，便较容易。况裕虽声言伐秦，志不可测，今日攻秦，安知他日不来攻我，我与秦固为婚媾国，更当相救，宜发兵断河上流，勿使得西。"博士祭酒崔浩，独抗言道，"不可不可！刘裕早蓄志图秦，今姚兴已死，子泓懦弱，国内多难，势已岌岌，裕大举入秦，志在必克。我若遏他上流，裕心忿戾，必上岸北侵，是我转代秦受敌呢！为今日计，不若假裕水道，听裕西上，然后用兵塞住东路。裕若克捷，必感我假道，断不与我为仇，否则我亦有救秦美名，这才是一举两得的上策，况且南北异俗，就使我国家弃去恒山以南，俾裕占据，裕亦不能驱吴、越士卒，与我争河北地，可见是不足为患哩！”

魏主始终以为疑，且因左右啧有烦言，夫人拓拔氏亦在内吁请，乃遣司徒长孙嵩督领山东诸军事，率同将军娥清，刺史阿薄干屯河北岸。遇有晋军船被风漂流，由南至北，辄加杀掠。

裕遣兵往击，魏入即去，及晋兵退还，魏人又来。裕因遣亲军队长丁旿，率勇士七百人，坚车百乘，渡往北岸。上岸百余步，列车为阵，每车内置勇士七人，总竖一帜，用旄为饰，叫作白毦。魏人莫明其妙，只眼睁睁的望着，忽见白捽高举，由晋将军朱超石，领着二千人过来，赍了连臂弓百张，分登车上，一车增二十人。魏都督长孙嵩，恐晋军进逼，乃用先发制人的计策，麾众三万骑，来攻车阵。晋军发矢迭射，伤毙魏兵不少。但魏兵抵死不退，四面猛扑，血肉齐飞。突见晋军取出两般兵器，迎头痛击，一件是数十斤重的大锤，一件是三四尺长的短槊，锤过处头颅粉碎，槊截处胸脊洞穿，更兼车高临下，容易击人，魏兵招架不住，当然倒退。哪知车阵展开，四面蹂躏，魏兵稍一缓行，即被撞倒，碾入车下，肠破血流。长孙嵩娥清，拨马逃脱，阿薄干迟了一步，马蹶仆地，立被踏死。至此才知车阵厉害。还有晋将军胡藩、刘荣祖等，也来援应超石，追击至数十里外，斩获千计。及魏兵退入平城，才收兵南旋。魏主闻败，始悔不用崔浩言，但已是无及了。

唯王镇恶等驻扎潼关，食尽兵嚣，意欲遁还，沈林子拔剑击案道：“今许洛已定，关右将平，奈何自沮锐气，致隳前功！况前锋为全军耳目，前锋一退，后军必靡，怎得成功！”镇恶乃遣使白裕，乞即济粮。裕本令镇恶等静待洛阳，与大军齐进，镇恶等贪利邀功，径趋潼关，已为裕所介意，况正与魏人交战，也无暇顾及镇恶，镇恶得去使返报，无粮可济，乃自至弘农劝谕百姓，令他赍送义租。百姓应命输粮，军乃得食，众心方定。林子复击破河北秦军，斩秦将姚洽、姚墨蠡、唐小方，因遣人驰报刘裕道：“姚绍气盖关中，今一蹶不振，命且垂尽，恐不得膏我铁钺，但姚绍一死关中无人，取长安如反掌了！”果然不到数日，姚绍愤恚成疾，呕血而死，把军事付与东平公姚赞。赞引兵袭沈林子，为林子所料，设伏击退。

既而沈田子、傅弘之得入武关，进屯青泥，秦主泓自率步骑数万，往击田子。田子麾下，本非正兵，但率游骑千余人，袭破武关，至此闻姚泓亲至，并不畏避，反欲上前迎击。傅弘之以众寡不敌，劝令暂避。田子慨然道：“兵贵用奇，不在用众，且今众寡相悬，势不两立，苦彼结营既固，前来困我，我从何处逃命！不如乘他初至，营阵未立，先往杀入，尚可图功。”说至此，即策马先往。弘之亦从后继进，约行数里，便见秦军漫山遍野，徐徐而来。田子慨然誓众道：“诸君冒险远来，正求今日一战，若幸得战胜，拜将封侯，就在此举了！”士卒踊跃争先，各执短兵临阵，鼓噪齐进。古人说得好，一夫拼命，万夫莫当，况田子有兵千人，一当十，十当百，任他数万秦军，尚不值千人一扫。秦主泓未经劲敌，骤见晋军这般犷悍，正是见所未见，不由的魂驰魄散，易马返奔。主子一走，全军四溃，倒被田子追杀一阵，斩馘万余级，连秦王乘舆法物，也一并夺来。

刘裕到了潼关，正虑田子兵少，亟遣沈林子带兵数千，自秦岭赴援。到了青泥，秦主已经败去，乃相偕追入。关中郡县多望风迎降。田子陆续报捷，刘裕大喜。

将军王镇恶愿统水军自河入渭，径捣长安，裕允令前往。镇恶行至泾上，正值秦恢武将军姚难，与镇北将军姚强，会师拒战。镇恶使毛德祖进击，秦兵皆溃，强死难遁。秦主泓自屯逍遥园，使姚赞屯灞东，胡翼度屯石积，姚丕屯渭桥。镇恶泝渭直上，所乘皆蒙冲小舰，水手俱在舰内，秦人见它行驶如飞，并无水手，统惊为神助。及镇恶到了渭桥，令军士食毕，各持械登岸，落后者斩。霎时间大众毕登，舰皆随流漂去，不知所向。仿佛是破釜沉舟。镇恶申谕士卒道：“我辈俱家居江南，今至长安北门，去家万里，舟楫衣粮，统已随水漂没，若进战得胜，功名俱显，否则骸骨不返，无他希望了！愿与诸君努力，一决死生！”众齐声应命，激响如雷。镇恶身先士卒，持槊直前，众皆竞进，奋击姚丕。丕军大败，向西乱窜。

那冒冒失失的秦主姚泓，方引兵来援，巧值丕军败还，自相践踏，不战即溃。王镇恶追杀过去，乱杀乱剁，如刈草芥。秦镇西将军姚谌，前军将军姚烈，左卫将军姚宝安，散骑常侍王帛，扬威将军姚蚝，尚书右丞孙玄等，并皆战殁。秦主泓单骑还都。王镇恶追入平朔门，泓挈妻子奔石桥。姚赞引众救泓，众皆溃去，胡翼度走降晋军。晋军驰至石桥，将泓围住，泓束手无策，只好送款乞降。泓子佛念，年才十二，涕泣语泓道："陛下今欲降晋，晋人将甘心陛下，终必不免，请自裁决为是！"泓怃然不应。佛念遂登宫墙，一跃而下，脑裂身亡。不亚蜀北地王刘谌，尤难得是少年殉国。泓率妻子及群臣，诣镇恶营前请降，镇恶命属吏收管，待刘裕入城处置。城中居民六万余户，由镇恶出示抚慰，号令严肃，阖城安堵。

越数日，刘裕统军入长安，镇恶出迎灞上，裕面加慰劳道："成吾霸业，卿为首功！"镇恶拜谢道："这都仗明公威灵，诸将武力，所以一举成功，镇恶有何功足称呢？"裕笑道："卿亦欲学汉冯异么？"遂与镇恶并辔入城。嗣闻镇恶盗取库财，不可胜纪，亦置诸不问。收秦彝器浑仪、土圭、记里鼓、指南车等，送入京师，其余金帛财宝，悉分给将士。

秦镇东将军平原公姚璞，与并州刺史尹昭，以蒲阪降，抚军将军东平公姚赞，率姚氏子弟百余人，亦诣军门投诚。裕不肯赦免，一律处斩，且解送姚泓入都，戮诸市曹，年才三十。小子有诗叹道：

　　嗣祚关中仅二年，东师一入即颠连。
　　河山破碎头颅陨，弱主由来少瓦全。

裕既灭秦，再索逃犯司马休之等人。究竟捕获与否，容至下回再叙。

司马休之并无逆迹，第为文思所累。得罪刘裕，遂致江陵受祸，西走入秦，秦虽屡纳逋逃，然所纳诸人，皆刘裕之私仇，非东晋之公敌，来者不拒，亦仁人所有事耳。史称秦主泓孝友宽和，尊师好学，似亦一守文之主，误在仁柔有余，英武不足，内变未靖于萧墙，外侮复迫于疆场，卒至泥首献阙，被戮市曹，弱肉强食，由来已久，固无所谓公理也。王镇恶、沈田子等，助裕攻秦，冒险入关，不可谓非智勇士；然立功最巨，致死最速，以视赵玄蹇鉴，且有愧色矣！良禽择木而栖，良臣择主而事，彼王、沈诸徒，胡甘为许褚、典韦之流亚，而求荣反辱耶！读此当为一叹。

第六回　失秦土刘世子逃归　移晋祚宋武帝篡位

却说司马休之、鲁宗之、韩延之等曾奔投后秦。秦为晋灭，宗之已死，休之等见机先遁，转入北魏，北魏各给官阶，使参军政。休之寻卒，子文思及鲁轨等，遂为魏臣。刘裕大索不获，只好罢休。晋廷已遣琅琊王司马德文，与司空王恢之，先后至洛，修谒五陵。刘裕欲表请迁都，仍至洛阳，王仲德谓劳师日久，士卒思归，迁都事未可骤行，裕乃罢议。晋廷已加授裕为相国，总掌百揆，封十郡为宋公，备九锡礼，裕又佯辞不受。再进爵为王，增封十郡，裕仍表辞。封爵虽崇，终未满意。更欲进略西北，为混一计，忽由京中递到急报，乃是前将军刘穆之，得病身亡，禁不住惊惶悲恸，泪下数行。

穆之为裕心腹，自裕西征后，内总朝政，外供军需，决断如流，事无壅滞。属吏抱牍入白，盈阶满室，经穆之目览耳听，手批口酬，不数时便即了清。平时喜交名士，座上常满，谈答无倦容。又食必方丈，未尝独餐，尝语刘裕道："仆家贫贱，养生多阙，蒙公宠遇，得叨禄位，朝夕所须，未免过丰，此外一毫不敢负公！"裕当然笑允，始终倚任不疑。每届出师，无论国事家事，悉数委托，穆之极尽心力，勉图报效。及九锡诏下，穆之未曾与谋，闻由行营长史王弘，奉裕密旨，自来讽请，因此不免怀惭。刘裕讽求九锡，又复表辞，何其鬼祟若此？嗣是愧惧成疾，竟致逝世。比荀彧尚觉匆如。

刘裕失一良佐，恐根本无托，决意东归，留次子义真为安西将军，都督雍梁秦州军事，镇守关中。义真年才十三，少不更事。关中重地，偏留稚子居守，未知何意？裕令咨议将军王修为长史，王镇恶为司马，沈田子、毛德祖、傅弘之为参军从事，留辅义真，自率各军东还。三秦父老，闻裕整装欲返，俱诣军门泣请道："残民不沾王化，已阅百年，今复得睹汉仪，人人相贺。长安十陵，是公家祖墓，指汉高以下十陵。咸阳宫阙，是公家旧宅，舍此将何往呢？"裕亦黯然欲涕，随即慰谕道："我受命朝廷，不得擅留，诸君诚意可感，今由次子义真及文武贤才，共守此土，汝等勉与安居，谅不致有意外变动呢！"大众乃退。

沈田子忌镇恶功，屡言镇恶家住关中，不可保信，至是复与傅弘之同入白裕。裕答道："猛兽不如群狐，这是古人名论。今留卿等文武十余人，统兵逾万，难道还怕一王镇恶么？"既知军将相忌，奈何不为之防，反导之使乱，想是篡弑心急，故不遑远图。语毕即行，自洛入河，开汴渠以归。

当时后秦西北，有统万城，为夏主赫连勃勃根据地。勃勃本姓刘，父名卫辰，建牙代他，卫辰为北魏所灭，勃勃奔至后秦，秦授他为安北将军，使镇朔方。秦魏通好，勃勃背秦自主，僭称夏王，改姓赫连氏，屡寇秦边。及闻刘裕入秦，顾语群臣道："裕此行必得关中，但不能久留，若留子弟及将吏戍守，必非我敌，我取关中不难了！"乃秣马厉兵，进据安定，收降岭北郡县。刘裕曾遗勃勃书，约为兄弟，勃勃含糊答复。裕不遑西顾，仓猝东归。勃勃即遣子璝率兵二万，南向长安，使前将军赫连昌出潼关，长史王买德出青泥，自率大军为后继。

关中守将沈田子与傅弘之督兵出御，因闻夏兵势盛，不敢向前，退屯留回堡，遣使还报王镇恶等。镇恶语王修道："刘公以十岁儿付我侪，应该竭力夹辅，乃大敌当前，拥兵不进，试问将如何退敌呢？"镇恶为裕出力，虽事非其主，但不负委托，心术尚可节取。遂遣还来使，自率部曲往援。

田子得使人返报，益恨镇恶，当下造出一种讹言，谓镇恶欲尽杀南人，送归义真，自据关中为王。这语一传，此唱彼和，几乎众口同声。唯镇恶尚未得闻，匆匆至留回堡，与田子会议军情。田子邀镇恶至弘之营，托言有密计相商，请屏左右。镇恶不知有诈，单骑驰入，突由田子族党沈敬仁，驱兵杀出，竟将镇恶砍死幕下。

田子即矫称刘太尉密命，饬诛镇恶。镇恶本前秦王猛孙，南奔依裕，裕一见如故，擢为参军，任至上将，前进谗言，后起讹传，原因从此处补出。至是为田子所杀。弘之未免惊惧，奔告义真，义真急召王修计事。修拥义真被甲登城，潜令亲军埋伏城外，从容待变。俄见沈田子率数十骑到来，即在城上遥呼，问以镇恶情状。田子下马答词，才说出"镇恶造反"四字，那伏兵已经尽发，立将田子拿下。王修责他擅戮大将，立命枭首。实是该死。一面令冠军将军毛修之代为安西司马，与傅弘之等同出拒战。一败赫连璝于池阳，再破夏兵于寡妇渡，斩获甚众，夏人乃退。

刘裕还镇彭城，未曾入朝，闻王镇恶被害，上表朝廷，请追赠镇恶为左将军青州刺史。并令彭城内史刘遵考为并州刺史，兼领河东太守，出镇蒲阪。征荆州刺史刘道怜为徐、兖二州刺史，调徐州刺史刘义隆出镇荆州，以到彦之、张邵、王昙首、王华等为参佐。义隆年少，府事皆决诸张邵。裕又召谕义隆道："王昙首器度深沉，真宰相才，汝当遇事咨询，自不致有误事了。"义隆应命而去。

忽又接到关中急报，长安大乱，夏兵四逼，顿令这雄毅沉鸷的刘寄奴，也不免惶急起来。原来刘义真年少好狎，昵近群小，赏赐无节，王修每加裁抑，激成众怨，遂交谮王修道："王镇恶欲反，为沈田子所杀，王修又杀沈田子，难道是不欲反么？"义真始尚未信，继经左右浸润，竟信以为真，遽遣嬖人刘乞等，刺杀王修。修既刺死，人情惶骇，长安城中，一日数惊。义真悉召外军入卫，闭门拒守。夏兵伺隙复来，秦民相率迎降，郡县多为夏有。赫连勃勃入据咸阳，截断长安樵汲，义真大恨，飞使求援。刘裕急遣辅国将军蒯恩，率兵速往，召还义真。一面派右司马朱龄石为雍州刺史，代镇关中。龄石临行，裕与语道："卿若抵长安，可饬义真轻装速发，既出关外，然后徐行，若关右必不可守，可与义真俱归便了。"先时若果加慎，何至狐埋狐搰。

龄石既去，又遣中书侍郎朱超石，宣慰河洛，随后继进。蒯恩先入长安，促义真整装东归，义真摒挡行李，悉集服货珍玩，足足收拾了三五天，及龄石驰至，尚未启程。龄石一再敦促，乃出发长安，义真左右，又趁势掠夺财物，并强劫美色妇女，尽载车上，方轨徐行。途次得着警耗，乃是夏世子赫连璝，率兵三万，从后追来，傅弘之急白义真道："刘公有命，令速出关，今辎重杂沓，一日行不过十里，虏骑复将追至，如何抵御？请即弃车轻行，方可免祸。”义真怎肯割舍辎重，其余亲吏，尚且贪心不足，更不愿从弘之言，仍然徐徐而行。猛听得几声胡哨，从后吹来，回头一望，那夏兵似蜂蚁一般，疾趋而至。弘之急令义真先行，自与蒯恩断后，力拒夏兵。夏兵先被击却，俟傅、蒯两人东行，又复追蹑。傅弘之、蒯恩，走一程，战一场，一日数战，累得人困马乏，无从休息；再经义真等尚在前面，辎重车行得甚慢，又不好抢前越行。好容易得到青泥，天色将晚，斜刺里杀出一支敌兵，敌帅就是夏长史王买德。接应上文。看官，你想此时的傅弘之、蒯恩，还能支撑得住么？弘之拼着一死，奋力再战，蒯恩也是死斗，被夏兵围绕数匝，用箭射倒两人坐马，相继擒去；部兵亦无一得免。还有司马毛修之，因与义真相失，四处寻觅，冤冤相凑，遇着了王买德，亦为所擒。义真逃匿草中，左右尽散，辎重车统已失去，形单影只，倍极凄凉。服货尚在否？珍宝无恙否？我愿一问。天已昏黑，辨不出路径，眼见是死多活少。偶闻有人相呼，声音甚熟，乃匍匐出来，见是参军段宏，喜极而泣。宏将义真束诸背上，策马飞遁，始得脱归。

赫连勃勃进攻长安，长安人民，逐走朱龄石，龄石焚去宫殿，出奔潼关，偏被赫连昌截住，进退无路，束手就擒。朱超石即龄石弟，趋至蒲阪，往探龄石，亦为夏人所执，送至勃勃军前，同时被杀。勃勃闻傅弘之骁勇，迫令投降，弘之不屈。勃勃因天气严寒，褫弘之衣，裸置雪窖中，弘之叫骂而死。勃勃遂入长安，据有关中。

刘裕得青泥败耗，未知义真存亡，投袂而起，即欲出师报怨，侍中谢晦等固谏，尚未肯从。会得段宏驰报，知已救出义真，乃不复发兵，可见他全然为私。但登城北望，慨然流涕罢了。义真还至彭城，降为建威将军兼司州刺史。进段宏为黄门郎，领太子右卫率。召刘遵考东还，令毛德祖接替，退戍虎牢。为德祖被擒伏案。嗣闻勃勃称帝，也不禁雄心思逞，想与勃勃东西并峙，做一个江南天子，聊娱晚年。于是相国宋公的荣封，也承受了，九锡殊礼也接领了，尊继母萧氏为宋公太妃，世子义符为中军将军，副贰相国府，用太尉军咨祭酒孔靖为宋国尚书令，青州刺史檀祗为领军将军，左长史王弘为仆射，从事中郎傅亮、蔡廓为侍中，谢晦为右卫将军右长史，郑鲜之为参军，殷景仁为秘书郎。此外僚属，均依晋朝制度，差不多似晋宋分邦，彼此敌体；独孔靖不愿受职，慨然辞去。气节可嘉。

裕按据谶文，谓昌明后尚有二帝。昌明系晋孝武帝表字，安帝承嗣孝武，尚止一代，似晋祚不致遽绝，当还有一个末代皇帝。数不可违，时难坐待，只得想出一法，密嘱中书侍郎王韶之，入都行计。看官道是何策？乃是使王韶之贿通内侍，要做那篡逆的大事。语有筋节。

琅琊王司马德文系是晋安帝母弟，自谒陵还都，谒陵见上。见刘裕权位日隆，已恐他进逼安帝，随时加防。每日入值宫中，小心检察，就是安帝饮食，亦必尝而后进，所以王韶之等无隙可乘，安帝尚得苟活数天。不料安帝命数该绝，致德文无端生病，出居外第，那时韶之正好动手，指挥内侍，竟将安帝揿住，用散衣作结，硬将安帝勒毙。是可忍，孰不可忍！

当下托言安帝暴崩，传出遗诏，奉德文即皇帝位。德文亦明知有变，怎奈宫廷内外，已都是刘裕爪牙，孤身如何发作，只好得过且过，权登帝座。史家称他为晋恭帝。越年改安帝元兴年号，称为元熙元年，立王妃褚氏为后，依着历代故例，大赦天下，加封百官。再进封刘裕为宋王，又加给十郡采邑。裕此时是老实受封，徙都寿阳，嗣复讽令朝臣，申加殊礼。恭帝不敢违慢，更命裕得戴冕旒，建天子旌旗，出警入跸，乘金根车，驾六马，备五时副车，乐舞八佾，设钟虡宫悬，进王太妃为太后，世子为太子，居然与晋朝无二了，是古来所未有。

勉强过了一年，裕已六十有五岁，自思来日无多，急欲篡位，一时又不好启口，只得宴集群臣，微示己意。酒至半酣，乃掀须徐语道："桓玄篡国，晋祚已移，我倡义兴复，平定四海，功成业著，始邀九锡，今年将衰迈，备极宠荣，物忌盛满，自觉不安，现欲奉还爵位，归老京师，卿等以为何如？"群臣听了，尚摸不著头脑，只得随口敷衍，把那功德巍巍，福寿绵绵的谀词，说了数十百言，但见裕毫无喜容，反露出一种怅惘的形状。实是闷闷。群臣始终不解，挨至日暮撤席，方各散去。

中书令傅亮已出门外，忽恍然悟道："我晓得了！"还算汝有些聪明。遂又转身趋入，门已下扃，特叩扉请见，面白刘裕道："臣暂应还都。"裕不禁点首，面有喜色。亮知已猜着裕意，便即辞出；仰见天空现一长星，光芒烛天，因拊髀长叹道："我常不信天文，今始知天象有验了！"越日即驰赴都中。

刘裕遣发傅亮，专待好音。过了数日，果有诏旨到来，召令入辅，裕留四子义康镇寿阳，命参军刘湛为长史，裁决府事，自率亲军即日启行。才入京师，傅亮已遍结朝臣，迫帝禅位，自具诏草，呈入恭帝。恭帝览毕，语左右道："桓玄跋扈，我晋朝已失天下，幸赖刘公恢复，统绪复延，迄今将二十年，我早知有今日，禅位也是甘心呢。"遂操笔为书，令裕受禅。越日即传出赤诏，略云：

咨尔宋王，夫玄古权舆，悠哉邈矣，其详靡得而闻。爰自书契，降逮三五，莫不以上圣君四海，止戈定大业；然则帝王者宰物之通器，君道者天下之至公。昔在上叶，深鉴兹道，是以天禄既终，唐、虞勿得传其嗣；符命来格，舜、禹不获全其谦。所以经纬三才，澄叙彝化，作范振古，垂风万叶，莫尚于兹。自是厥后，历代弥劭，汉既嗣德于放勋，魏亦方轨于重华，谅以协谋乎人鬼，而以百姓为心者也。昔我祖宗钦明，辰居其极，而明晦代序，盈亏有期，翦商兆祸，非唯一世，曾是弗克，矧伊在今，天之所废，有自来矣。唯王体上圣之姿，苞二仪之德，明齐日月，道合四时。乃者社稷倾覆，王拯而存之，中原芜梗，又济而复之。自负固不宾，干纪放命，肆逆滔天，窃据万里，靡不润之以风雨，震之以雷霆，九伐之道既敷，八法之化自理，岂徒博施于民，济斯黔庶？固以义洽四海，道盛八荒者矣。至于上天垂象，四灵效征，图谶之文既明，人神之望已改，百工歌于朝，庶民颂于野，亿兆忭踊，倾伫唯新，自非百姓乐推，天命攸集，岂伊在予所得独专？是用仰祈皇灵，俯顺群议，敬禅神器，授帝位于尔躬，大祚告穷，天禄永终。于戏！王其允执厥中，敬遵典训，副率土之嘉愿，恢洪业于无穷，时膺休祐，以答三灵之眷望。此咨！

这诏传出，遂由光禄大夫谢澹，尚书刘宣范，奉着皇帝玺绶，送交宋王刘裕。复附一禅位书云：

盖闻天生蒸民，树之以君；帝皇寄世，实公四海。崇替系于勋德，升降存乎其人，故有国必亡，卜年著其数；代谢无常，圣哲握其符。昔在上世，三圣系轨，畴哲四岳以弘揖让，唯先王之有作，永垂范于无穷。及刘氏致禅，实尧是法，有魏告终，亦宪兹典，我世祖所以抚归运而顺人事，乘利见而定天保者也。乃道不常泰，戎夷乱华，丧我洛京，僾国江表，仍遘否运，沦没相因，逮于元兴，遂倾宗祀。幸赖神武光天，大节宏发，匡复我社稷，重造我国家，内纾国难，外播弘略，诛大憝于汉阳，逋僭盗于沂渚，澄氛西岷，肃清南越，再静江湘，拓定樊沔。若乃永怀区宇，思一声教，王师首路，则伊洛澄流，棱威崤潼，则华岳蹇霨，伪酋衔壁，咸阳即叙，虽彝器所铭，诗书所咏，庸勋之盛，莫之与京也。遂偃武修文，诞敷德政，八统以驭万民，九职以刑邦国，思兼三王以施四事，故信著幽显，义感殊方。朕每敬维道勋，永察符运，天之历数，实在尔躬。是以五纬升度，屡示除旧之迹，三光协数，必昭布新之祥，图谶祯瑞，皎然斯在。昔土德告沴，传胙于我有晋，今历运改卜，永终于兹，亦以金德而传于宋。仰四代之休义，鉴明昏之定期，询于群公，爰逮庶尹，佥曰休哉，罔违朕志。今遣使持节兼太保散骑常侍光禄大夫谢澹，兼太尉尚书刘宣范，奉交皇帝玺绶，受终之礼，一如唐虞汉魏故事。王其允答神人，君临万国，时膺灵祉，酬于上天之眷命！

刘裕得禅位书，尚且上表陈让，佯作谦恭。那时晋恭帝已被逼出宫，退居琅琊王旧第，百官送旧迎新，扬扬得意，唯秘书监徐广犹带哀容。也是无益。刘裕三揖三让，还是装腔做势。太史令骆达，掇拾天文符瑞数十条，作为宋王受命的证据，裕乃筑坛南郊，祭告天地，还宫御太极殿，受百官朝贺，颁制大赦。改晋元熙二年为宋永初元年，封晋帝为零陵王，迁居故秣陵城。令将军刘遵考率兵防卫，明明是管束故主的意思。小子有诗叹道：

洛阳当日归夷虏，江左残邦付贼臣，
剩得秣陵一片土，留埋亡国主人身。

宋主裕既即帝位，当然有尊亲酬庸的典礼。欲知详情，请看官续阅下回。

刘裕数子，年皆童稚，裕各令为镇帅，岂不知其不能胜任，而漫为出此者，有二因焉：一则为分封子姓之预备，二则为镇压将吏之先机。裕之帝制自为，目无晋室也，盖已久矣，然稚子究未能守土，虚声亦宁足制人，观关中之乍得乍失，自丧爪牙，几至委义真于强虏之手，天下事之专欲难成者，何一不可作如是观耶？至若胁晋禅位，由渐而进，始则佯为逊让以欺人，继则实行篡弑以盗国，其心术之狡鸷，比操懿为尤甚，魏晋已导于前，裕乃起而踵于后，青出于蓝，冰寒于水，固非偶然也。顾晋之得国也如是，其失国也亦如是，天道好还，司马氏其固甘心哉！

第七回　弑故主冤魂索命
丧良将胡骑横行

却说宋主刘裕开国定规，追尊父刘翘为孝穆皇帝，母赵氏为穆皇后，奉继母萧氏为皇太后，追封亡弟道规为临川王。道规无嗣，命道怜次子义庆过继，承袭封爵，晋封弟道怜为长沙王。故妃臧氏，即臧熹姊。已于晋安帝义熙四年，病殁东城，追册为后，予谥曰敬，立长子义符为皇太子，封次子义真为庐陵王，三子义隆为宜都王，四子义康为彭城王。加授尚书仆射徐羡之为镇军将军，右卫将军谢晦为中领军，领军将军檀道济为护军将军。从前晋氏旧吏，宣力义熙，与宋主预同艰难，一依本秩；唯降始兴、庐陵、始安、长沙、康乐五公为县侯，令仍奉晋故臣王导、谢安、温峤、陶侃、谢玄宗祀。晋临川王司马宝亦降为西丰县侯。进号雍州刺史赵伦之为安北将军，北徐州刺史刘怀慎为平北将军，征西大将军杨盛为车骑大将军。又封西凉公李歆为征西大将军，西秦主乞伏炽磐为安西大将军，高句丽王高琏为征东大将军，百济王扶余映进为镇东大将军，蠲租省刑，内外粗安。

西凉公李歆，相传汉前将军李广后裔，父名暠，曾臣事北凉，任敦煌太守，后来自称西凉公，与北凉脱离关系，取得沙州、秦州、凉州等地，定都酒泉。暠殁歆嗣，曾遣使至江东，报称嗣位，是时晋尚未亡，封歆为酒泉公。及宋主受禅，更覃恩加封。北凉主蒙逊，与歆为仇，伪引兵攻西秦，潜师还屯川岩，果然李歆中计，还道是北凉虚空，乘隙往袭，途中被蒙逊邀击，连战皆败，竟为所杀。蒙逊遂入据酒泉转攻敦煌。敦煌太守李恂，即李歆弟，乘城拒守，被蒙逊用水灌入，城遂陷没，恂自刎死。子重耳出奔江左，因道远难通，投入北魏，五传至李渊，就是唐朝第一代的高祖，这是后话慢表。随笔带叙西凉灭亡。

宋主裕闻西凉被灭，无暇往讨北凉。唯自思年老子幼，不能图远，亦当顾近。那晋祚虽然中绝，尚留一零陵王，终究是胜朝遗孽，将来或死灰复燃，适贻子孙祸患，左思右想，总须再下辣手，斩草除根。是为残忍。乃用毒酒一罂，授前琅琊郎中张伟，使鸩零陵王。伟受酒自叹道："鸩君求活，徒贻万世恶名，不如由我自饮罢！"遂将酒一口饮尽，顷刻毒发，倒地而亡。却是司马氏忠臣。宋主得张伟讣音，倒也叹息，迁延了好几月，心终未释。

太常卿褚秀之，侍中褚淡之，统是故晋后褚氏兄，褚氏本为恭帝后，帝已被废，后亦降称为妃。秀之兄弟贪图富贵，甘做刘家走狗，不顾兄妹亲情，褚妃生男，秀之等受裕密嘱，害死婴孩。零陵王忧惧万分，整日里与褚妃共处，相对一室，饮食一切，概由褚妃亲手办理，往往炊爨床前，不劳厨役，所以宋人尚无隙可乘。

宋主裕不堪久待，乃于永初二年秋九月，决计弑主，遣褚淡之往视褚妃，潜令亲兵随行。妃闻淡之到来，暂出别室相见，哪知兵士已逾垣进去，置鸩王前，迫令速饮。王摇首道："佛教有言，人至自杀，转世不得再为人身。"现世尚是难顾，还顾转世做甚？兵士见王不肯饮，索性挟王上床，用被掩住，把他扼死；随即越垣还报。及褚妃返室视王，早已眼突舌伸，身僵气绝了。可怜！可叹！

淡之本是知情，闻妹子入室大恸，已料零陵王被弑，当即入内劝妹，代为料理丧事。狼心狗肺。一面讣闻宋廷。宋王已经得报，很是喜慰，至讣音到后，佯为惊悼，率百官举哀朝堂，依魏明帝服山阳公故事。魏明帝即曹叡，山阳公即汉献帝。且遣太尉持节护丧，葬用晋礼，给谥为恭，这也不在话下。

且说宋主裕既弑晋恭帝，自谓无患，遂重用徐羡之、傅亮、谢晦三人，整理朝政，有心求治。可奈年华已迈，筋力就衰，渐渐的饮食减少，疾病加身；到了永初三年春季，竟至卧床不起。长沙王刘道怜，司空录尚书事徐羡之，尚书仆射傅亮，领军将军谢晦，护军檀道济，竝入侍医药，见宋主时有呓语，请往祷神祇，宋主不许。但使侍中谢方明，以疾告庙，一面专命医官诊治，静心调养。幸喜服药有灵，逐渐痊愈，乃命檀道济出镇广陵，监督淮南诸军。

太子义符素来是狎昵群小，及宋主得病时，更好游狎。谢晦颇以为忧，俟宋主病瘳，乃进言道："陛下春秋已高，应思为万世计，神器至重，不可托付非人。"宋主知他言出有因，徐徐答道："庐陵何如？"晦答道："臣愿往观可否。"乃出见义真，义真雅好修饰，至是益盛服与谈，娓娓不倦。晦不甚答辩，还报宋主道："庐陵才辩有余，德量不足，想亦非君人大度呢。"宋主乃出义真镇历阳，都督雍、豫等州军事，兼南豫州刺史。既而宋主复病，病且日剧，有时蒙眬睡着，但见有无数冤魂，前来索命，且故晋安、恭二帝，亦常至床前。疑心生暗鬼。往往被他惊醒，汗流浃背。自思鬼魅萦缠，病必不起，乃召太子义符，至榻前面嘱道："檀道济虽有武略，却无远志，徐羡之、傅亮事朕已久，当无异图；唯谢晦屡从征伐，颇识机变，将来若有同异，必出是人，汝嗣位后，可处以会稽、江州等郡，方免他虑。"专防谢晦，当是尚记前言。又自为手诏，谓后世若有幼主，朝事一委宰相，母后不烦临朝。待至弥留，复召徐羡之、傅亮、谢晦等，入受顾命，令他辅导嗣君，言讫遂殂，在位只二年有余，年六十七岁。

宋主裕起自寒微，素性俭约，游宴甚稀，嫔御亦少，不宝珍玩，不爱纷华；宁州尝献琥珀枕，光色甚丽，会出征后秦，谓琥珀可疗金创，即命捣碎；分给诸将。及平定关中，得秦主兴从女，姿色甚丽，一时也为色所迷，几至废事。谢晦入谏，片语提醒，即夕遣出。宋台既建，有司奏东西堂施局脚床，用银涂钉，致为所斥，但准用铁。岭南献入筒细布，一端八丈，精致异常，宋主斥为纤巧，即付有司弹劾太守，并将布发还，令此后禁作此布。公主下嫁，遣送不过二十万缗，无锦绣金玉等物。平时事继母甚谨，即位后入朝太后，必在清晨，不逾时刻。诸子旦问起居，入阁脱公服，止著裙帽，如家人礼。又命将微时农具，收贮宫中，留示后世，这都是宋主的美德。唯阴移晋祚，迭弑二主，为南朝篡逆的首倡，实是名教罪人。看官阅过上文，已可知宋主刘裕的定评了。褒贬处关系世道。是年七月，安葬蒋山初宁陵，群臣上谥曰武皇帝，庙号高祖。南北朝各君实皆不足列为正统，故本书演述，但称某主，与汉唐诸代不同，五季史亦仿此例。

太子义符即位，制服三年，尊皇太后萧氏为太皇太后，生母张夫人为皇太后，立妃司马氏为皇后，妃即晋恭帝女海盐公主，小名茂英。命尚书仆射傅亮为中书监尚书令，与司空徐羡之，领军将军谢晦，同心辅政。长沙王刘道怜病逝，追赠太傅；太皇太后萧氏，年逾八十，因哭子过哀，不久亦殁，追谥孝懿。宋廷连遇大丧，忙碌得了不得。那嗣主义符，年才十七，童心未化，但知戏狎，一切居丧礼仪，多从阙略，特进致仕范泰，上书规谏，毫不见从。就是徐羡之、傅亮、谢晦等，随时指导，亦似聋瞽一般，无一听纳。都人士已料他不终；偏是北方强寇，乘隙而来，河南诸郡，遍罹兵革，累得宋廷调兵遣将，又惹起一番战争。看官听着！这就是宋、魏交兵的开始。事关重大，特笔提明。

魏太祖拓跋珪源出鲜卑，向例用索辫发，因沿称为索头部。世居北荒，晋初始通贡使。怀帝时拓跋猗卢，与并州刺史刘琨，结为兄弟。琨表猗卢为大单于，封以代郡，号为代公。嗣复进爵为王，六传至什翼犍，有众数十万，定都盛乐，威震云中。匈奴部酋刘卫辰，被逐奔秦，秦主苻坚大举伐代，令卫辰为向导。什翼犍拒战败绩，还走盛乐，为庶子寔君所弑，部落分散。秦主坚捕诛寔君，分代为二，西属刘卫辰，东属什翼犍甥刘库仁。什翼犍有孙名珪，由库仁抚养，恩勤周备，及长颇有智勇，为库仁子显所忌，走依贺兰部母舅家。会秦已衰灭，代亦丧乱，朔方诸部，推珪为主，即代王位，仍还盛乐，逐去刘显，改国号魏，纪元天赐。史家称为后魏，亦称北魏；因恐与三国时曹魏有混，故有此称。

刘卫辰攻珪败窜而死。子勃勃逃奔后秦，后为夏国，已见前回。珪复破柔然，掠高车，蹂躏后燕，遂徙都平城，立宗庙社稷，僭号称帝，初纳刘库仁从女，宠冠后宫，生子名嗣。寻获后燕主慕容宝幼女，姿色过人，即立为后。后又见姨母贺氏，貌更美艳，竟将她本夫杀毙，硬夺为妃，产下一男，取名为绍。珪晚年服饵丹药，躁急异常，往往因怒杀人，贺夫人偶然忤珪，亦欲加刃，吓得贺氏奔匿冷宫，向子求救，子绍已封清河王，夜入弑珪。长子嗣受封齐王，闻变入都，执绍诛死，并杀贺氏，乃即帝位，尊珪为太祖道武皇帝。于是勤修政治，劝课农桑，任用博士崔浩等，兴利除弊，国内小康。

自从南军鏖战河北，失利而还，滑台一城，始终不得收复，未免引为恨事。应第五回。只因刘宋开基，气焰方盛，不得不虚与周旋，请和修好，岁时聘问。北魏亦占本书之主位，故叙述源流较他国为详。及宋主裕老病去世，宋使沈范等自魏南归，甫及渡河，忽被魏兵追来，把范等截拿而去。看官道为何因？原来魏主嗣欲乘丧南侵，报复旧怨，因将宋使执回，即日遣将征兵，进攻滑台，并及洛阳虎牢。崔浩谓伐丧非义，应吊丧恤孤，以义服人，魏主嗣驳道："刘裕乘姚兴死后，即灭姚氏，今我乘裕丧伐宋，有何不可？"浩答道："姚兴一死，诸子交争，故裕得乘衅徼功，今江南无衅，不得援为此例。"崔浩言固近义，但刘裕乘丧伐秦，适为魏主借口，故人必自侮然后人侮之。魏主仍然不从，命司空奚斤为大将军，使督将军周几公孙表等，渡河南行。

先是晋宗室司马楚之亡命汝颍间，聚众万人，屯据长社，欲为故国复仇，宋主裕尝遣刺客沐谦往刺。谦不忍下手，且因楚之待遇殷勤，反为表明来意，愿作楚之卫士。刺客却有良心。楚之留谦自卫，日思东攻，苦不得隙，及闻魏兵渡河，遂遣人迎降，请作前驱。魏授楚之为征南将军，兼荆州刺史，令侵扰北境。奚斤等道出滑台，与楚之遥为犄角，夹攻河洛。

宋司州刺史毛德祖，屯戍虎牢，亟遣司马翟广等，往援滑台，又檄长社令王法政，率五百人戍召陵，将军刘怜，领二百骑戍雍上，防御楚之。楚之引兵袭刘怜，未能得手，就是奚斤等围攻滑台，亦不能下，唯魏尚书滑稽，引兵袭仓垣，得乘虚攻入。宋陈留太守严稜，自恐不支，向奚斤处请降。奚斤顿兵滑台城下，仍然未克，遣人至平城乞师。魏主嗣自将五万余人，南逾恒岭，为奚斤声援，且令太子焘出屯塞上，一面严谕奚斤，促令猛攻。

奚斤惧罪思奋，亲冒矢石，督众登城。滑台守吏王景度力竭出奔，司马阳瓒尚率余众拒魏兵，至魏兵已经陷入，还与之巷战多时，受伤被执，不屈而死。奚斤乘胜过虎牢，击走翟广，直抵虎牢城东。毛德祖且守且战，屡破魏军，魏军虽多杀伤，毕竟人多势众，未肯退去。

两下相持不舍，那魏主又遣黑矟将军于栗磾，出兵河阳，进攻金墉。栗磾为北魏有名骁将，善用黑矟，因封黑矟将军。德祖再遣振威将军窦晃，屯戍河滨，堵截栗矟。魏主更派将军叔孙建等，东略青兖，自平原逾河。宋豫州刺史刘粹，忙遣属将高道瑾，据项城，徐州刺史王仲德，自督兵出屯湖陆，与魏兵相持。魏中领军娥清、期思侯、闾大肥等，复率兵会叔孙建，进至确磝，宋兖州刺史徐琰望风生畏，便即南奔。凡泰山、高平、金乡等郡，皆被魏兵陷没。叔孙建东入青州，青州刺史竺夔，方出镇东阳城，飞使至建康求救。宋遣南兖州刺史檀道济，监督军事，会同冀州刺史王仲德，出师东援。庐陵王刘义真，亦遣龙骧将军沈叔貍，带领步骑兵三千人，往击刘粹，随宜救急。

好容易过了残冬，便是宋主义符即位的第二年，改元景平，赐文武官进秩各二等，改元纪年，万难略过。享祀南郊，颁发赦书。京都里面，好象是国泰民安；哪知河南的警信，却日紧一日。魏将于栗磾，越河南下，与奚斤合攻宋军，振威将军窦晃等均被杀败，相率退走。栗磾进攻金墉城，河南太守王涓之，复弃城遁走，金墉被陷，河、洛失守。魏令栗磾为豫州刺史，镇守洛阳，虎牢越加吃紧，奚斤、公孙表等，并力攻扑，魏主又拨兵助攻。毛德祖竭力抵御，日夕不懈，且就城脚边凿通地道，分为六穴，出达城外，约六七丈，募敢死士四百人，从穴中潜出，适在魏营后面，一声呐喊，突入魏营。魏兵还疑是天外飞来，不觉惊骇，一时不及抵敌，被敢死士驰突一周，杀死魏兵数百人，毛德祖乘势开城，出兵大战，又击毙魏兵数百，收集敢死士，然后入城。

魏兵退散一二日，又复四合，攻城益急。德祖特用了一个反间计，伪与公孙表通书，书中所说，无非是结约交欢的意思，表得书示斤，自明无私，斤却心中启疑。德祖又更作一书，书面是送至公孙表，却故意投入斤营，斤展阅后，比前书更进一层，乃遣人赍着原书，驰报魏主。魏太史令王亮，与表有隙，乘间言表有异志，不可不防，魏主遂使人夜至表营，将表勒毙。表权谲多谋，既被杀死，虎牢城外，少一敌手，德祖当然快意，嗣是一攻一守，又坚持了好几月。极写德祖智勇。

魏主嗣自至东郡，令叔孙建急攻东阳城，又授刁雍为青州刺史，令助叔孙建。刁雍与前豫州刺史刁逵同族，刁逵被杀，家族诛夷，见第二回。唯雍脱奔后秦。秦亡奔魏，魏令为将军，此时遣助叔孙，明明是借刀杀人的意思。东阳守吏竺夔，检点城中文武将士，只千五百人，忙招城外居民入守，还有未曾入城的百姓，令他伏据山谷，芟夷禾稼，所以魏军虽据有青州，无从掠食。济南太守桓苗，驰入东阳，与夔协同拒守，及魏兵大至，列阵十余里，大治攻具，夔预浚四重濠堑，阻遏魏兵，魏兵填满三重，造撞车攻城，城中屡出奇兵，随时奋击，又穴通隧道，遣人潜出，用大麻绳挽住撞车，令他自折。魏人一再失败，遂筑起长围，四面环攻，历久城坏，坍陷至三十余步，夔与苗连忙抢堵，战士多死，用尸填缺，勉强堵住。好在天气盛暑，魏军多半病殁，无力续攻，城才免陷。刁雍以机会难得，请一再接厉，为破城计。建拟稍缓时日，忽闻檀道济引兵将至，不禁太息道：“兵人疫病过半，不堪再战，今全军速返，还不失为上策哩！”乃毁营西遁。

道济到了临朐，因粮食将尽，不能追敌，但令竺夔缮城筑堡，防敌再来。夔因东阳城圮，急切里不遑修筑，移屯不其城，青州还算保全。

魏主因东略无功，索性西趋河内，并力攻虎牢，所有叔孙建以下各军，统令至虎牢城下会齐，由魏主亲往督攻，真个是杀气弥空，战云蔽日。

虎牢被围已二百日，无日不战，劲兵伤亡几尽，怎禁得魏兵合攻，防不胜防，毛祖德拼死力御，尚固守了一、二旬。及外城被毁，又迭筑至三重城，魏人更毁去二重，只有一重未破，兀自留着。守卒眼皆生疮，面如枯柴，仍然昼夜相拒，终无贰心。可见德祖之义勇感人。时檀道济出军湖陆，刘粹驻军项城，沈叔狸屯军高桥，皆畏魏兵强盛，不敢进援，统是饭桶。魏人遍掘地道，泄去城中井水，城中人渴马乏，兼加饥疫，眼见是束手就毙，不能再支。魏兵陆续登城，守将欲挟德祖出走，德祖大呼道：“我誓与此城俱亡，断不使城亡身存！”因引众再战，挺身死斗。

魏主下令军中，必生擒德祖，将军豆代田，用长矛搠倒德祖坐马，方将德祖擒献，将士亦尽作俘虏，唯参军范道基，率二百人突围南奔。魏兵亦十死二三，司、兖、豫诸郡县，俱为魏有。魏主劝德祖投降，德祖怎肯屈节，由魏主带回平城，留周几镇守河南。德祖身已受创，未几遂亡。小子有诗赞道：

频年苦守见忠忱，可奈城孤寇已深，
援卒不来身被虏，宁拼一死表臣心。

败报传达宋廷，未知如何处置，且俟下回说明。

教子正道也，不能教子，反欲弑主以绝后患，何其谬欤！子舆氏有言，杀人之父，人亦杀其父，杀人之兄，人亦杀其兄。楚灵王曰：“余杀人子多矣，能无及此乎！”刘裕以年老子幼，决弑零陵，亦思乃祖汉刘季，以匹夫而得天下，其果为帝胄否耶？义符童昏，不知教导，徒犯大不韪之名，迭行弑逆，造恶因者必种恶果，几何不还报子孙也。即如北魏之乘丧侵宋，亦何莫非刘裕之自取，观魏主嗣答崔浩言，即起刘裕于地下而问之，亦将无以自解，南北鏖兵，连年不已，卒致司、兖、豫三州，俱沦左衽，忠勇如毛德祖、汤瓒等，后先被执，捐躯殉难，丧良将，失膏腴，庸非大可慨乎！本回特揭出之以垂后戒，而世之为子孙计者，可以鉴矣。

第八回　废营阳迎立外藩
反江陵惊闻内变

却说宋廷迭接败报，相率惊惶，徐羡之、傅亮、谢晦三相，因亡失境土，上表自劾。宋主义符，专务游幸，管什么黜陟事宜，但说是无庸议处，便算了事。当时内外臣僚，尚虑魏兵未退，进逼淮、泗，嗣闻魏主北归，稍稍放心。魏将周几，留守河南，复陷入许昌、汝阳，宋豫州刺史刘粹，屯兵项城，恐魏人深入，日夕戒严。会值魏主嗣病殁平城，太子焘入承魏祚，尊嗣为太宗明元皇帝，改元始光，仍然重用崔浩，浩劝焘休兵息民，乃饬周几等各守疆土，暂停战争。宋军已日疲奔命，更兼新败以后，疮痍未复，巴不得相安无事，暂免兵戈。

越年为景平二年，宋主义符不改旧态，整日游戏，无心朝事，庐陵王义真，颇加觊觎。尝与太子左卫率谢灵运，员外常侍颜延之，及慧琳道人等，往来通问，非常款洽。且侈然道："我若得志，当令灵运、延之为宰相，慧琳为西豫州都督。"这数语传入都中，徐羡之等阴加戒惧，特出灵运为永嘉太守，延之为始安太守。义真闻二人左迁，明知执政与己反对，益生怨言，且性好浮华，时有需索，又被羡之等裁抑，不肯照给，因此恨上生恨，自请还都，表文中言多不逊，隐然有入清君侧的语意。乃父一生鬼蜮，其子何不肖若此！羡之等因嗣主不肖，正密谋废立事宜，既得义真表文，更激动一腔怒意，一不做，二不休，索性先除了义真，然后再废嗣主义符，乃由徐、傅、谢三相会衔，奏陈义真过恶，请即废黜。疏词有云：

臣闻二叔不咸，难结隆周，淮南悖纵，祸兴盛汉，莫非义以断恩，情为法屈；二代之事，殷鉴未远，仁厚之主，行之不疑。故共叔不断，几倾郑国，刘英容养，衅广难深；前事之不忘，后王之成鉴也。案车骑将军庐陵王义真，凶忍之性，生自稚弱，咸阳之酷，丑声远播，先朝犹以年在绔绮，冀能改厉，天属之爱，想能革心。自圣体不豫以及大渐，臣庶忧惶，内外屏气，而彼乃纵博酣酒，日夜不辍，肆口纵言，多行无礼。先帝贻厥之谋，图虑谨固，亲敕陛下面诏臣等，若遂不悛，必加放黜。至言若厉，犹在纸翰，而自兹迄今，日月增甚；至乃委弃藩屏，志还京邑，潜怀异图，希幸非冀，转聚甲卒，征召车马。陵墓未干，情事犹昨，遂蔑弃遗旨，显违成规，整棹浮舟，以示归志，肆心专已，无复咨承。圣恩低徊，深垂隐忍，屡遣中使苦相敦释，而乃亲对散骑侍郎邢安泰，广武将军茅仲思，纵其悖骂，讪主谤朝，此久播于远近，暴于人听。臣以为燎原不扑，蔓延难除，青青不灭，终致寻斧，况忧深患者，社稷虑切。请一遵晋朝广陵旧典，使顾怀之旨，不坠于武庙；全宥之德，或申于昵亲，临启感动，无任悲咽。表中援引刘英，疑即汉朝楚王英，广陵疑即广陵王司马遹。

宋主义符本与义真不甚和协，况朝政由羡之等主持，义符除狎游外，悉听三相裁决，因即下诏废义真为庶人，徙居新安郡，改授皇五弟义恭为冠军将军，任南豫州刺史。

原来宋武帝刘裕有七子。长子义符，为张夫人所出，已见上回。次子义真，生母为孙修华。三子义隆，生母为胡婕妤。四子义康，生母为王修容。五子义恭，生母为王美人。六子义宣，生母为孙美人。七子义季，生母为吕美人。前时只封义真、义隆、义康为王，不及义恭以下诸子，因为义恭等年皆幼稚，所以未曾加封。补叙义恭以下诸子，但为后文伏案。此次义真被废，义隆、义康俱有封邑，故将义恭挨次补入，这却待后再表。

唯义真年只十八，仓猝废徙，尚没有确实逆迹，未免令人不服。前吉阳令张约之上书谏阻，力请保全懿亲，赐还爵禄。为这一奏，顿时触怒当道，谪往梁州，寻且赐死。复遣人到了新安，亦将义真勒毙。乃召南兖州刺史檀道济，江州刺史王弘，即日入朝。两人不知何因，星夜前来，即由徐羡之等召入密室，与谋废立，两人一体赞成。谢晦因府舍敞隘，尽令家人出外，但调将士入府，诘旦举事。又约中书舍人邢安泰、潘盛为内应。夜邀檀道济同宿，道济就寝，便有鼾声，唯晦徬徨顾虑，竟夕不眠，不由的暗服道济。为下文讨晦伏线。

时已为景平二年六月，天气溽暑，入夜不凉。宋主义符避暑华林园中，设肆沽酒，戏为酒保。傍晚乘坐龙舟，与左右同游天渊池，直至月落参横，才觉少疲，就在龙舟中留宿。翌日天晓，檀道济自谢领军府出来，引兵前驱，突入云龙门，徐羡之、傅亮、谢晦，随后继进。门内宿卫，已由邢安泰等预先妥嘱，统皆袖手旁观，一任道济等驰入，径造华林园。宋主义符，尚在龙舟内作华胥梦，猛闻喧声入耳，才从梦中惊醒，披衣急起，已见来兵拥登舟中，持刃直前，杀死二侍。仓猝中不及启问，竟被军士牵拥上舟，扯伤右指，你推我挽，迫至东阁。由徐羡之等收去玺绶，召集百官，宣布皇太后命令。略云：

> 王室不造，天祸未悔，先帝创业弗永，弃世登遐。义符长嗣，属当天位，不谓穷凶极悖，一至于此。大行在殡，宇内哀惶，幸灾肆於悖词，喜容表于在戚，至乃征召乐府，鸠集伶官，倡优管弦，靡不备奏，珍馐甘膳，有加平日，采择媵御，产子就宫，靦然无怍，丑声四达。及懿后崩背，懿后即萧太后见前。重加天罚，亲与左右执绋歌呼，推排梓宫，抃掌笑谑，殿省备闻。又复日夜媟狎，群小漫戏，兴造千计，费用万端，帑藏空虚，人力殚尽，刑罚苛虐，幽囚日增。居帝王之位，好皂隶之役，处万乘之尊，悦厮养之事，亲执鞭扑，殴击无辜以为笑乐。穿池筑观，朝成暮毁，征发工匠，疲极兆民，远近叹嗟，人神怨怒，社稷将坠，岂可复嗣守洪业，君临万邦！今废为营阳王，一依汉昌邑即昌邑王贺。晋海西即海西公奕。故事，奉迎镇西将军宜都王义隆，入纂大统，以奠国家而乂人民。特此令知！

宣令既毕，百官拜辞义符，暂送至故太子宫，令他具装出都，徙往吴郡。并废皇后司马氏为营阳王妃，使檀道济入守朝堂，一面令傅亮率领百官，备齐法驾，至江陵迎宜都王。祠部尚书蔡廓，偕傅亮同至寻阳，遇疾不能行，乃与亮别，且语亮道："营阳徙吴，宜厚加供奉，倘有不测，恐廷臣俱蒙弑主恶名，将来有何面目，再生人世呢！"览廓语意，似不愿废立，恐中途遇病，亦属托词。亮出都时，营阳王亦已就道，他本与徐羡之议定，令邢安泰随王前去，到吴行弑。至是亮闻廓言，也觉有理，忙遣人谕止安泰，然已是无及了。

原来安泰送义符至金昌亭，即遵照羡之等密嘱，麾兵将亭围住，持刃径入。义符颇有勇力，立起格斗，且战且走，竟得突围出奔，驰越阊门。安泰率兵追上，用门闩掷去，正中义符腰背，受伤仆地，安泰赶上一刀，结果性命，年仅一十九岁。史家称为少帝。

傅亮得去使返报，未免愧悔，但人死不能重生，只好付诸一叹，遂西行至江陵，诣行台奉表，并进玺绂。表文有云：

臣闻否泰相革，数穷则变，天道所以不慆，卜世所以灵长。乃者运距陵夷，王室艰晦，九服之命，靡所适归，高祖之业，将坠于地。赖基厚德深，人神同奖，社稷以宁，有生获乂。伏唯陛下君德自然，圣明在御，孝悌著于家邦，风猷宣于藩牧，是以征祥杂沓，符瑞熠辉，宗庙神灵，乃睠西顾，万邦黎献，望景托生。臣等忝荷朝列，预充将命，后集休明之运，再睹太平之业，行台至止，瞻望城阙，不胜喜悦，凫藻之情，谨诣门拜表以闻！

宜都王义隆，亦下教令答复道：

皇运艰敝，数钟屯夷，仰唯崇基，感寻国故，永慕厥躬，悲慨交集。赖七百祚永，股肱忠贤，故能休否以泰，天人式序。猥以不德，谬降大命，顾己兢悸，何以克堪！行当暂归朝廷，展哀陵寝，并与贤彦申写所怀。望体其心，勿为辞费！

既而府州佐吏并皆称臣，申请题榜诸门，一依宫省，义隆不许，宜都将佐，闻营阳、庐陵二王，后先遇害，亦劝义隆不可东下。独司马王华道："先帝为天下立功，四海畏服，虽嗣主不纲，人望仍然未改。徐羡之中材寒士，傅亮布衣诸生，并非晋宣帝司马昭。王大将军王敦。可比；且受寄深重，未敢骤然背德，不过畏庐陵严断，将来不能相容，不如奉迎殿下，越次辅立，尚得徼功。况羡之等同功并位，莫肯相让，欲谋不轨，势亦难行，今因废主尚存，或恐受祸，不得已下此毒手，此外当无逆谋，尽可勿疑！殿下但整辔入都，上顺天心，下副人望，臣敢为殿下预贺呢！”料得定，拿得稳。义隆微笑道：“卿亦欲为宋昌么？”宋昌劝汉文帝事，见汉史。长史王昙首，校尉到彦之，亦劝义隆东行。义隆乃留王华镇荆州，到彦之镇襄阳，自率将佐发江陵。

当下召见傅亮，问及营阳、庐陵二王事，悲恸呜咽，左右亦为之流涕。亮亦汗流浃背，几不能对。义隆止泪后，即引傅亮等登舟，中兵参军朱容之，佩刀侍侧，不离左右，就是夜间寝宿，亦衣不解带，防备非常。

既抵京师，由群臣迎谒新亭。徐羡之私问傅亮道：“今上可比何人？”亮答道：“在晋文、景以上。”羡之道：“英明若此，定能鉴我赤心。”恐未免带黑了。亮徐徐答道：“恐怕未必！”羡之亦不暇再问，谒过义隆，导驾入城。义隆顺道谒初宁陵，即宋武帝陵，见前回。然后乘辇入阙。百官奉上御玺，义隆谦让再四，方才接受，遂御太极前殿，即皇帝位，大赦改元。称景平二年为元嘉元年，追尊生母胡婕妤为太后，奉谥曰章。复庐陵王义真封爵，迎还灵柩，并义真母孙修华，妻谢妃，尽归京都。彭城王南徐州刺史义康，官爵如故。进号骠骑将军，南豫州刺史义恭，进号抚军将军，加封江夏王。册第六皇弟义宣为竟陵王，第七皇弟义季为衡阳王。进授司空徐羡之为司徒，卫将军王弘为司空，中书监傅亮加左光禄大夫，开府仪同三司，南兖州刺史檀道济为征北将军。弘与道济并皆归镇，唯领军将军谢晦，前由尚书录命，除授荆州刺史，权行都督荆、襄等七州诸军事，此时实行除拜，加号抚军将军。

看官听说！司空徐羡之本兼录尚书事，他恐义隆入都，荆州重地，授与他人，所以先用录命，使晦接任，好教他居外为援。所有精兵旧将，悉数隶属。晦尚未登程，新皇已至，因即随同朝贺，至此奉诏真除，当然喜慰。临行时密问蔡廓道：“君视我能免祸否？”廓答道：“公受先帝顾命，委任社稷，废昏立明，义无不可；但杀人二兄，仍北面为臣，内震人主，外据上流，援古推今，恐未能自免，还请小心为是！”依情度理之言。晦听了此言，只恐不得启行，即遭危祸，及陛辞而去，回望石头城道：“我今日幸得脱身了！”慢着！

宋主义隆因谢晦出镇荆州，即召还王华，令与王昙首并官侍中，昙首兼右卫将军，华兼骁骑将军，更授朱容子为右军将军。未几又召还到彦之，令为中领军，委以戎政。彦之自襄阳还都，道出江陵，正值谢晦莅任，便亲往投谒，表示诚款，且留马及刀剑，作为馈遗。晦亦殷勤饯别，厚自结纳。待彦之东行，总道是内援有人，从此可高枕无忧了。宋主义隆年才十八，却是器宇深沉，与乃兄静躁不同。他心中隐忌徐、傅、谢三人，面上却不露声色，遇有军国重事，仍然一体咨询。而且立后袁氏，所备礼仪，均委徐、傅酌定，徐、傅均为笼络，盛称主上宽仁，毫不疑忌。袁后事就此带叙。

未几已是元嘉二年，徐羡之、傅亮上表归政，宋主优诏不许。及表文三上，乃准如所请，自是始亲览万机，方得将平时积虑，逐渐展布出来。江陵参军孔宁子，向属义隆幕下，扈驾入都，得拜步军校尉。他与侍中王华，为莫逆交，尝恨徐羡之、傅亮擅权，日加媒孽。宋主因遂欲除去二人，并及荆州刺史谢晦。

晦有二女，一字彭城王义康，一字新野侯义宾，系刘道怜第五子。此时正遣妻室曹氏，及长子世休，送女入都，完成婚礼。宋主授世休为秘书郎，把他留住都中，好一个软禁方法。一面托词伐魏，预备水陆各师，并召南兖州刺史檀道济入都，令主军事。王华入奏道：“陛下召道济入都，果真要伐魏么？”宋主屏去左右，便语华道：“卿难道尚未知朕意？”华答道：“臣亦知陛下注意江陵，但道济前与同谋，怎可召用？”宋主道：“道济系是胁从，本非首犯，况杀害营阳，更与他无涉，若先加抚用，推诚相待，定当为朕效力，保无他虑！”华乃趋退，宋主又授王弘为车骑大将军，加开府仪同三司，弘即昙首长兄，从前加封司空，尝再三辞让，仍然出镇江州，至是宋主有意笼络，别给崇封，且遣昙首密报乃兄。弘当然赞同，毫无异议。

徐羡之、傅亮，虽在朝辅政，尚未得知消息，不过北伐计议，未以为然，特会同百僚，上书谏阻。宋主义隆，搁置不报，徐、傅也莫明其妙。嗣由宫廷中传出消息，谓当遣外监万幼宗，往访谢晦，再定进止。傅亮因潜贻晦书，述及朝廷情事，且言万幼宗若到江陵，幸勿附和云云。晦照书答复，无非是谨依来命等语。

未几已是元嘉三年，都中事尚未发作，那宋主与王华密谋，已稍稍泄露。黄门侍郎谢皭，系谢晦弟，急使人往江陵报闻。晦尚未信，召入参军何承天，取示亮书，且与语道："万幼宗想必到来，傅公虑我好事，所以驰书预报。"承天道："外间传言，统言北征定议，朝廷即将出师，还要幼宗来做什么？"晦又说道："谣传不足信，傅公岂来欺我！"遂使承天预草答表，略谓征虏须俟来年。

忽由江夏参军乐冏，奉内史程道惠差遣，递入密函。晦急忙展阅，乃是寻阳人寄书道惠，报称朝廷有绝大处分，不日举行。晦始觉不安，乃呼承天入议。再出程书相示，因即启问道："幼宗不来，莫非朝廷果有变端么？"承天道："幼宗本无来理，如程书言，事已确凿，何必再疑！"晦又道："若果与我不利，计将安出？"承天道："蒙将军殊遇，尝思报德，今日事变已至，区区所怀，恐难尽言！"晦不禁失色道："卿岂欲我自裁么？"承天道："这却尚不至此，唯江陵一镇，势不足敌六师，将军若出境求全，最为上计，否则用心腹将士，出屯义阳，将军自率大军进战夏口，万一不胜，即从义阳出投北境，尚不失为中策。"晦踌躇良久，方答说道："荆州为用武地，兵粮易给，暂且决战，战败再走，料亦未迟。"逐次写来，见谢晦实是寡智。乃立幡戒严，先与咨议参军颜邵，商议起兵，邵劝晦勉尽臣节，被晦诘责数语，邵即退出，仰药自杀，晦又召语司马庾登之道："我拟举兵东下，烦卿率三千人守城。"登之道："下官亲老在都，又素无部众，此事不敢奉命！"一个已死，一个又辞，即为后日离散之兆。

晦愈加怅闷，传问将佐，何人愿守此城。有一人闪出道："末将不才，愿当此任！"晦瞧将过去，乃是南蛮司马周超，便又问道："三千人足敷用否？"超答道："不但三千人已足守城，就使外寇到来，亦当与他一战，奋力图功！"粗莽。庾登之听了超言，忙接口道："超必能办此，下官愿举官相让。"晦即而授超为行军司马，领南义阳太守，徙登之为长史，一面筹集粮械，草檄兴兵。

才阅一两日，忽有人入报道："不好了，司徒徐羡之，左光禄大夫傅亮，已身死家灭了！"晦不禁跃起道："果有这等事么？"言未已，复有人入报道："不好了！不好了！黄门侍郎二相公，新除秘书郎大公子，并惨死都中了！"晦但说出阿哟二字，晕倒座上。小子有诗咏道：

欲保身家立嗣皇，如何功就反危亡？

江陵谋变方书檄，子弟先诛剧可伤。

毕竟谢晦性命如何，容至下回再叙。

营阳童昏，废之尚或有辞，弑之毋乃过甚。庐陵罪恶未彰，废且不可，况杀之乎！宋主刘裕，翦灭典午遗胄，无非为保全子嗣计，庸讵知死灰难燃，而害其子嗣者，乃出于托孤寄命之三大臣乎？徐羡之、傅亮、谢晦，越次迎立义隆，意亦欲乞怜新主，借佐命之功，固一时之宠，不谓求荣而招辱，希功而得罪，义隆嗣立，才及二年，而三子皆为义隆所杀。三子固有可诛之罪，但诛之者乃为一力助成之新天子，是不特为三子所未及料，即他人亦不料其若此也。人有千算，天教一算，观于营阳、庐陵之遭害，及徐、傅、谢三子之被诛，是正天之巧于报复欤！

第九回　平谢逆功归檀道济
入夏都击走赫连昌

却说谢晦闻子弟被诛，禁不住一阵心酸，顿时晕倒座上。左右急忙施救，灌入姜汤，方才苏醒。又恸哭多时，先令江陵将士，为徐羡之、傅亮举哀，继发子弟凶讣，即日治丧。嗣又接到朝廷诏敕，由晦阅毕，撕掷地上，即出射堂阅兵，调集精兵三万人，克期东下。看官！你道诏书中如何说法？由小子录述如下。

盖闻臣生于三，事之如一，爱敬同极，岂唯名教？况乃施侔造物，义在加隆者乎？徐羡之、傅亮、谢晦，皆因缘之才，荷恩在昔，超居要重，卵翼而长，未足以譬。永初之季，天祸横流，大明倾曜，四海遏密，实受顾托，任同负图，而不能竭其股肱，尽其心力，送往无复言之节，事居阙忠贞之效，将顺靡记，匡救蔑闻，怀宠取容，顺成失德。虽末因惧祸以建大策，而逞其悖心，不畏不义，播迁之始，谋肆鸩毒，至止未几，显行怨杀，穷凶极虐，荼毒备加，颠沛皂隶之手，告尽逆旅之馆，都鄙哀愕，行路饮涕。故庐陵王英秀明远，风徽夙播，鲁卫之寄，朝野属情。羡之等暴蔑求专，忌贤畏逼，造构贝锦，成此无端。罔主蒙上，横加流屏，矫诬朝旨，致兹祸害，寄以国命而剪为仇雠，旬月之间，再肆鸩毒，痛感三灵，怨结人鬼。自书契以来，弃常安忍，反易天明，未有如斯之甚者也。昔子家从弑，郑人致讨，宋肥无辜，荡泽为戮；况逆乱倍于往衅，情痛深于国家！此而可容，孰不可忍？即宜诛殛，告谢存亡。而当时大事甫定，异同纷结，匡国之勋未著，莫大之罪未彰，是以远酌民心，近听舆讼，虽或讨乱，虑或难图，故忍戚含哀，怀耻累载。每念人生实难，情事未展，何尝不顾影恸心，伏枕泣血。今逆臣之衅，彰暴遐迩，君子悲情，义徒思奋，家仇国耻，可得而雪，便命司寇肃明典刑。晦据有上流，或不即罪，朕当亲率六师，为其遏防，可遣中领军到彦之即日电发，征北将军檀道济，络绎继路，并命征虏将军刘粹，断其走伏。罪止元凶，余无所问，敕示远迩，咸使闻知！

原来宋主义隆未发此诏时，已召徐羡之、傅亮入宫，密令卫士待着，拿付有司。偏为谢皭所闻，急报傅亮令勿应召，亮俟内使至门，托言嫂病正笃，少待即来。一面通知徐羡之，自乘轻车出郭门，奔避兄傅迪墓旁。羡之已奉命赴朝，行至西明门外，始接傅亮急报，乃折还私第，改乘内人问讯车，微行出都。奔至新林，见后面有追骑到来，慌忙趋匿陶灶内，自经而死。亮亦被屯骑校尉郭泓追获，送入都门。宋主遣中使持示诏书，且传谕道："卿躬与弑逆，罪在不赦，但念汝至江陵时，诚意可嘉，当使汝诸子无恙。"亮读诏毕，且悲且恨道："亮受先帝宠眷，得蒙顾托，黜昏立明，无非为社稷计，今欲加亮罪，何患无辞。"未几复有诏使出来，命诛傅亮。赦亮妻子，流徙建安。又收捕羡之子乔之、乞奴，及谢晦子世休，一并诛死。逮晦弟谢皭下狱，当时晦闻子弟被诛，尚有讹词，其实皭在狱中，尚未受诛。补叙徐、傅二人死状，是倒戟而出之法。晦既整兵待发，复奉表自讼道：

臣晦言：臣昔蒙武皇帝殊常之眷，外闻政事，内谋帷幄，经纶夷险，毗赞王业，预佐命之勋，膺河山之赏。及先帝不豫，导扬末命，臣与故司徒臣羡之，左光禄大夫臣亮，征北将军臣道济等，并升御床，跪受遗诏，载贻话言，托以后事。臣虽凡浅，感恩自励，送往事居，诚贯幽显，逮营阳失德，自绝宗庙，朝野岌岌，忧及祸难，忠谋协契，殉国忘己，援登圣朝，唯新皇祚。陛下驰传乘流，曾不加疑，临朝殷勤，增崇封爵，此则臣等赤心，已亮于天鉴，远近万邦，咸达于圣旨。若臣等志欲专权，不顾国典，便当协翼幼主，孤负天日，岂复虚馆七旬，仰望鸾旗者哉！故庐陵王于营阳之世，屡被猜嫌，积怨犯上，自贻非命。天祚明德，属当昌运，不有所废，将何以兴！成人之美，春秋之高义，立帝清馆，臣节之所司。耿弇不以贼遗君父，臣亦何负于宋室耶！况衅积阋墙，祸成威逼，天下耳目，岂伊可诬！臣忝居藩任，乃诚匪懈，为政小大，必先启闻，纠剔群蛮，清夷境内，分留弟侄，并待殿省。陛下聿遵先志，申以婚姻，童稚之目，猥荷齿召。荐女遣子，阖门相送，事君之道，义尽于斯。臣羡之总录百揆，翼亮三世，年耆乞退，屡抗表疏，优旨绸缪，未垂顺许。臣亮管司喉舌，恪虔夙夜，恭谨一心，守死善道，此皆皇宋之宗臣，社稷之镇卫。而谗人倾覆，妄生国衅，天威震怒，加以极刑，并及臣门，同被孥戮。元臣翼命之佐，剿于奸邪之手，忠良匪躬之辅，不免夷灭之诛。陛下春秋方富，始览万机，民之情伪，未能鉴悉。王弘兄弟，轻躁昧进，王华猜忌忍害，盗弄威权，先除执政以逞其欲，天下之人，知与不知，孰不为之痛心愤怨者哉！昔白公称乱，诸梁婴胄，恶人在朝，赵鞅入伐，臣义均休戚，任居分陕，岂可颠而不扶，以负先帝遗旨？爰率将士，缮治舟甲，须其自送，投袂扑讨。若天祚大宋，卜世灵长，义师克振，中流轻荡，便当浮舟东下，戮此三竖，申理冤耻，谢罪阙廷，虽伏锁赴镬，无恨于心。伏愿陛下远寻永初托付之旨，近存元嘉奉戴之诚，则微臣丹款，犹有可察。临表哽慨，不尽欲言！

这篇表文到了宋廷，宋主义隆当然愤怒，当即下诏戒严，命讨谢晦。檀道济已早入都，由宋主面加慰问，且与商讨逆事宜。道济自请效力，且申奏道："臣昔与晦同从北征，入关十策，晦居八九，才略明练，近今少匹。但未尝孤军决胜，戎事殆非所长，臣服晦智，晦知臣勇。今奉命往讨，以顺诛逆，定可为陛下擒晦呢！"道济自愿效力，不出宋主所料。宋主大喜，即召入江州刺史王弘，授侍中司徒，录尚书事，兼扬州刺史。命彭城王义康，都督荆、襄等八州诸军事，兼荆州长史，留都居守。自率六军亲征，命到彦之为前锋，檀道济为统帅，陆续出都，泝流西进。

先是袁皇后产下一男，形貌凶恶，后令人驰白宋主道："此儿状貌异常，将来必破国亡家，决不可育，愿杀儿以绝后患！"袁后颇有相术。宋主闻报，不胜惊异，忙至后寝殿中，拨幔示禁，乃止住不杀，取名为劭。祸在此矣。

此时宋主服尚未阕，讳言生子，因戒宫中暂从隐秘，不许轻传。至是已经释服，更因亲征在即，乐得将弄璋喜事，宣布出来。不过说是皇子初生，皇后分娩，尚未满月，特令皇姊会稽公主入内，总摄六宫诸事。这位会稽长公主，系是宋武帝正后臧氏所出，下嫁振威将军徐逵之。逵之战殁江夏，事见第五回。长公主嫠居守节，随时出入宫中，所以宋主命她暂掌宫事。宫廷已得人主持，乃启跸出都，放胆西行。

谢晦也命弟遁领兵万人，与兄子世猷，司马周超，参军何承天等，留戍江陵，自引兵三万人，令庾登之总参军事，由江津直达破冢，舳舻相接，旌旗蔽空。晦临流长叹道："恨不用此作勤王兵！"谁叫你造反。遂传檄京邑，以入诛三竖为名，顺流至江口，进据巴陵，前哨探得宋军将至，乃按兵待战，会霖雨经旬，庾登之不发一令，但在舟中闲坐。参军刘和之白晦道："天降霪雨，彼此皆同，奈何不进军速战？"晦乃促登之进兵，登之道："水战莫若火攻，现在天气未晴，只好准备火具，俟晴乃发。"晦亦以为然，仍逗留不前。登之不愿从反，已见前言，晦乃令参决军事，且信其迂说，智者果如是耶？但使小将陈祐，督刈茅草，用大囊贮着，悬挂帆樯，待风干日燥，充作火具。

延宕至十有五日，天已晴霁，始遣中兵参军孔延秀进攻彭城洲。洲滨已立宋军营栅，由到彦之偏将萧欣，领兵守着。欣怯懦无能，没奈何出来对敌，自己躲在阵后，拥楯为卫。及延秀驱兵杀入，前队少却，他即弃军退走，乘船自遁，余众皆溃。延秀乘胜纵火，毁去营栅，据住彭城洲。彦之闻败，不免心惊。也是个无用人物。诸将请还屯夏口，以待后军。彦之恐还军被谴，留保隐圻，使人促道济会师。道济率众趋至，军始复振。

谢晦闻延秀得胜，复上表要求，语多骄肆，内有枭四凶于庙廷，悬三监于绛阙，申二台之匪辜，明两藩之无罪，臣当勒众旋旗，还保所任等语。看官听着！这表文中所说两藩，一说自己，一说檀道济，他以为道济同谋，必难独免，所以替道济代为解免。哪知辅主西征的大元帅，正是南兖州刺史檀道济。

表文方发，军报已来，说是道济与到彦之合师，渡江前来，惊得谢晦仓皇失措，不知所为。方焦急间，孔延秀亦已败回，报称彭城洲又被夺去。没奈何整军出望，远远见有战舰前来，不过一二十艘，还道是来兵不多，可以无恐。当命各舰列阵以待，呐喊扬威。那来舰泊住江心，并不前来交战，晦亦勒兵不进。

到了日暮，东风大起，来舰四集，前后绵亘，几不知有多少兵船，且处处悬着檀字旗号。蓦闻鼓声大震，来舰如飞而至。这一惊非同小可，慌忙下令对仗，偏部众不战先溃，顷刻四散。晦亦只好还投巴陵。继思巴陵狭小，必不能守，索性夜乘小舟，逃还江陵去了。

前豫州刺史刘粹，调任雍州，奉旨往捣江陵，驰至沙桥，被周超驱兵杀败，退至数十里外。超收军回城，见晦狼狈奔还，才知全军溃败，不由的忧惧交并。晦愧谢周超，嘱令并力坚守，超佯为允诺，竟夜出潜奔，往投到彦之军。

晦失去周超，越加惶急，又闻守兵亦溃，无一可恃，忙与弟遁及兄子世基、世猷，共得七骑，出城北走。遁体肥壮，不能骑马，晦沿途守候，行不得速，才至安陆，为守吏光顺之所执。七个人无一走脱，尽被拘入囚车，解送行在。庾登之、何承天、孔延秀等，悉数迎降。

宋主奏凯班师，入都后敕诛谢晦、谢遁、谢世基、谢世猷，并将谢皭亦提出狱中，斩首市曹。晦有文才，兄子世基，尤工吟咏，临刑时世基尚吟连句诗道："伟哉横海鳞！壮矣垂天翼！一旦失风水，翻为蝼蚁食！"晦亦不觉技痒，随口续下道："功遂侔昔人，保退无智力，既涉太行险，斯路信难陟。"叔侄吟罢，伸头就戮。迂腐可笑。

忽有一少妇披发跣足，号啕而来，见了谢晦，即抱住晦头，且舐且哭。刑官因刑期已至，劝令让避，该妇乃与晦永诀道："大丈夫当横尸战场，奈何淩籍都市？"晦凄然道："事已至此，不必多说了。"言未已，一声炮响，头随刀落。少妇尚晕仆地上，经从人救她醒来，舁入舆中，疾行去讫。看官道少妇何人？原来是晦女彭城王妃。此妇颇有烈气。

晦既被诛，同党周超、孔延秀等，虽已投降，终究是抗拒王师，罪无可贷，亦令受诛，唯庾登之、何承天等，总算免他一死。宋主加封檀道济为征南大将军，开府仪同三司，兼江州刺史，到彦之为南豫州刺史。此外将士，各赏赉有差。又召还永嘉太守谢灵运，令为秘书监，始兴太守颜延之，令为中书侍郎。既而命左卫将军殷景仁，右卫将军刘湛，与王华、王昙首并为侍中，擢镇西咨议参军谢弘微为黄门侍郎，都人号为元嘉五臣，冠冕一时。

这且慢表。且说魏主焘嗣位以后，休息经年，国内无事，忽报柔然入寇，攻陷云中。那时魏主焘不好坐视，当然督兵赴援。这柔然国系匈奴别种，先世有木骨闾，曾为魏主远祖代王猗卢骑卒，因坐罪当斩，遁居沙漠，生子车鹿会，很有勇力，召集番人，成一部落，号为柔然，即以木骨闾为氏，转音叫作郁久闾。六传至社仑，骁悍有智，与魏太祖拓跋珪同时。两雄相遇，免不得互启战争，拓跋珪卒破社仑。社仑奔至漠北，并有高车。兼灭匈奴余种。气焰益盛，自号豆代可汗。可汗二字，就是中国人所称的皇帝，豆代二字，乃是驾驭开张的意思，尝南向侵魏，欲报前败。社仑死后，兄弟继立，篡杀相寻，从弟大檀，先统西方别部，入靖国乱，自号纥升盖可汗，寓有制胜的意义，承兄遗志，复来攻魏。且闻魏主新立，意存轻视，竟率众六万骑，大举入云中。

魏主焘兼程驰救，三日二夜，趋至盛乐，盛乐是北魏旧都，已被大檀夺去，大檀复纵骑来战。兵多势盛，围绕魏主至五十余重，魏兵大惧，独魏主焘神色自若，亲挽强弓，射倒柔然大将于陟斤。柔然兵不战自乱，再经魏主麾兵力击，得将大檀击退。魏主焘收复盛乐，还至平城，再遣将士五道并进，追逐大檀出漠北，杀获甚多，方才班师。叙述柔然源流，笔不苟略。魏主焘因他无知，状类虫豸，改号柔然为蠕蠕。越年，夏主勃勃病歾，长子璝先死，次子昌嗣立。魏尝称勃勃为屈丐，意在卑辱勃勃，但勃勃凶狡善兵，颇亦为魏所惧。至是闻勃勃已死，因欲乘机伐夏，群臣请先伐蠕蠕，然后西略，独太常博士崔浩请先伐夏。魏相长孙嵩道：“我若伐夏，大檀必乘虚入寇，岂不可虑？”浩驳道：“赫连残虐，人神共弃，且土地不过千里，我军一到，彼必瓦解。蠕蠕新败，一时未敢入寇，待他来袭，我已好奏凯归来了！”魏主焘与浩意合，决计西征，乃遣司空奚斤率四万五千人袭蒲阪，将军周几袭陕城，用河东大守薛谨为向导，向西进发。魏主焘自为后应，行次君子津，适遇天气暴寒，河冰四合，遂率轻骑二万渡河，掩袭夏都统万城。夏主昌方宴集群臣，蓦闻魏兵掩至，惊扰的了不得，慌忙撤去筵席，号召兵将，由夏主亲自督领，出城拒战。看官！你想这仓猝召集的部众，怎能敌得过百战雄师？一经交锋，便即败溃。夏主昌匆匆走还，城末及闭，已被魏将豆代田，麾轻骑追入，直逼西宫，纵火焚西门。宫门骤闭，代田恐被截住，逾垣趋出，仍还大营。魏主焘尚在城外，见代田回来，面授勇武将军，再分兵四掠，俘获万计，得牛马十余万头。会夏主昌复登陴拒守，兵备颇严。魏主焘乃语诸将道："统万城坚，尚未可取，且俟来年再举，与卿等共取此城便了。"遂掠夏民万余人而还。

时周几已攻破弘农，逐去守吏曹达。几入弘农，一病身亡，由奚斤代统各军，进攻蒲阪。守将乙斗，即遁往长安。长安留守赫连助兴，为夏主弟，见乙斗来奔，也弃城奔往安定，大好关中，被奚斤唾手取去。易得易失，也有定数。

北凉王沮渠蒙逊，氐王杨盛子玄，闻魏兵连捷，并皆惶恐，各遣使至魏，纳贡称藩。北凉及氐详见后文。魏主焘当然喜慰，更命军士伐木阴山，大造攻具，再谋伐夏。可巧夏主遣弟平原公定，率众二万，进攻长安，与魏帅奚斤，相持数月，未见胜负。魏主焘仍用前策，拟乘虚往袭统万，简兵练士，部分诸将，命司徒长孙翰及常山王拓跋素等，陆续出发。自督骑兵继进，至拔邻山，舍去辎重，径率轻骑三万人，倍道先行。群臣俱劝阻道："统万城非旦夕可下，奈何轻进？"魏主笑道："兵法以攻城为最下，不得已出此一策；若与步兵攻具，同时俱进，彼必坚壁以待。我攻城不下，食尽兵疲，进退无路，如何了得！不如用轻骑直薄彼都，再用羸形诱敌，彼或出战，定可成擒。试想我军离家，已二千余里，又有大河相隔，全靠着一鼓锐气，来求一战，置诸死地而后生，便在此一举了！"番主却亦能军。遂扬鞭急进，分兵埋伏深谷，但用数千人至城下。

夏主昌飞召平原公定，叫他还援。定命使人返报，请夏主坚守，俟擒住奚斤，便即还救。夏主依议施行。适夏将狄子玉，缒城出降，报明定计。魏主焘即命退军，军士稍稍迟慢，立加鞭扑，又纵使奔夏，令报魏军虚实。夏主闻魏兵无继，且乏辎重，便督众出击。要中计了。

魏主焘且战且走，夏兵分作两翼，鼓噪追来，约行五六里，突遇风雨骤至，扬沙走石，天地晦冥，魏宦官赵倪颇晓方术，亟白魏主道："今风雨从贼上来，彼顺风，我逆风，天不助人，愿陛下速避贼锋！"道言未毕，崔浩在旁呵叱道："你说什么？我军千里远来，赖此决胜，贼贪进不止，后军已绝，我正好发伏掩击，天道无常，全凭人事作主呢！"

魏主连声称善，再诱夏兵至深谷间，一声鼓号，伏兵齐起。魏主焘分为两队，抵挡夏兵，复一马当先，突入夏兵阵内。夏尚书斛黎文，持槊刺来，魏主焘揽辔一跃，马失前蹄，身随马仆。危乎险哉。斛黎文见魏主坠马，即下马来捉魏主，亏得魏将拓跋齐，上前急救，大呼勿伤我主！一面说，一面拦住斛黎文，拼死力斗。斛黎文未及上马，那魏主已腾身跃起，拔刀刺毙斛黎文。复乘马驰突，杀死夏兵十余人，身中数箭，仍然奋击不止。魏兵俱一齐杀上，夏兵大败。

夏主昌欲逃回城中，偏被魏主绕出马前，截住去路，没奈何拨马斜奔，逃往上封去了。魏司徒长孙翰，率八千骑追夏主昌，直至高平，不及乃还。魏主焘乘胜攻城，城中无主，立即溃散，当由魏兵拥入，擒住文武官吏，及后妃公主宫女，不下万人。只夏主母由夏将拥出，西奔得脱。此外马约三十余万匹，牛羊约数千万头，均为魏兵所得，还有府库珍宝，车旗器物，不可胜计。小子有诗叹道：

雄踞西方建夏都，一传即被索头驱；
可怜巢覆无完卵，男作俘囚女作奴！

魏主焘既得统万城，亲自巡阅，禁不住叹息起来。究竟为着何事，且看下回便知。

谢晦举兵，上表自讼，看似振振有词，曾亦思废立何事，弑逆何罪，躬冒大不韪之名，尚得虚词解免乎？夫贤如霍光，犹难免芒刺之忧，卒至身后族灭。谢晦何人，乃思免责。叛军一举，便即四溃，晦叛君，晦众即叛晦，势有必至，无足怪也。赫连勃勃乘乱崛起，借凶威以据西陲，祸不及身，必及其子。赫连昌之为魏所制，虽曰不乃父若，要亦勃勃之贻祸难逃耳。故保身在义，保国在仁，仁义两失，未有不身死国亡者也。观此回而益信云。

第十回　逃将军弃师中虏计　亡国后侑酒作人奴

却说魏主焘巡阅夏都，见他城高基厚，上逾十仞，下阔三十步，就是宫墙亦备极崇隆，内筑台榭，统皆雕镂刻画，饰以绮绣，不禁喟然叹道："蕞尔小国，劳民费财，一至于此，怎得不亡呢！"可为后鉴。遂将所得财物，分给将士，留常山王素镇守统万，自率众还平城。所有男女俘虏，悉数带归。夏太史令张渊、徐辩，颇有才学，仍命为太史令。故晋将军毛修之，前被夏掳，见第六回。至是复为魏所俘，因他善解烹调，用为大官令。夏后、夏妃，没入掖庭。夏公主数人，内有三女生成绝色，统是赫连勃勃所出，魏主焘召纳后宫，迫令侍寝。红颜力弱，只好勉抱衾裯，轮流当夕，魏主特降恩加封，俱号贵人。其父可名为丐，其女如何骤贵？寻且进册赫连长女为继后，这且不必细表。

唯魏主焘因奚斤在外，日久劳师，特召令北还。斤上书答复，力请添兵灭夏，乃命宗正娥清，太仆邱堆，率兵五千，进略关右，援应奚斤；复拨精兵万人，马三千匹，发往军前。赫连定闻统万失守，更见魏兵日增，也奔往上邽，奚斤追赶不及，乃进军安定，与娥清、邱堆合兵，拟再进取上邽。偏是天气不正，马多疫死，营中亦渐渐乏粮，一时不便再进，但深垒自固，遣邱堆督课民间，勒令输粟，士卒又四出劫掠，不设儆备。夏主昌伺隙掩击，杀败邱堆。堆收残骑还安定城，夏兵又时至城下抄掠，令魏军不得刍牧。

奚斤颇以为忧，监军侍御史安颉道："赫连昌轻率寡谋，往往自出挑战，若伏兵掩击，定可擒他。”斤以粮少马乏为辞，安颉道：“今日不战，明日又不战，粮愈少，马愈乏，死在旦夕，还想破敌么？”斤尚欲静守待援，颉知他无能，自与将军尉眷密议，选骑以待。果然夏主昌自来攻城，当先督阵，颉与尉眷纵骑杀出，奋力搏战，适大风骤起，尘沙飞扬，魏兵乘风驰突，专向夏主前杀去。夏主料不可敌，情急返奔，被颉策马追上，槊伤夏主坐骑，夏主昌坠落马下，魏兵活捉而归。夏兵除死伤外，悉数遁去。

安颉、尉眷押夏主昌至平城，魏主焘却优礼相待，唯爵会稽公，令居西宫门内。昌仪容颇伟，又娴骑射，为魏主所受宠，便将妹子始平公主，给与为妻。掳人妻妹，却以己妹偿之，好算特别报酬。且尝与出猎逐鹿，深入山谷。群臣恐昌有异心，一再进谏，魏主道：“天命有归，何必顾虑！”仍昵待如初。封安颉为建威将军，兼西平公，尉眷为宁北将军，兼渔阳公。

奚斤以功出偏裨，引为己耻，探得夏主弟赫连定，自上邽奔平凉，僭号称帝，便赍三日军粮，率兵击定。定设伏邀击，大破魏军，擒去奚斤，并及他将娥清、刘拔。太仆邱堆，输辎重至安定，闻斤等被擒，弃去辎重，还奔长安。夏主定乘胜进逼，邱堆又弃城奔蒲阪。

魏主闻报，立命安颉往斩邱堆，代领部众，控御夏兵。且又欲督军出讨，会闻柔然寇边，乃先击柔然，星夜北驱，直抵栗水。柔然酋长大檀，不及抵御，自毁庐舍，仓皇西走，部落四散。魏主分军搜讨，俘获甚众，进至涿邪山，惧有伏兵，乃引军南归。大檀一蹶不振，愤悒而死。子吴提嗣立，号敕连可汗，番语称神圣为敕连，他亦自知衰弱，遣人至平城朝贡，向魏乞和。魏主得休便休，许为北藩，北方已算征服了。

先是宋主义隆嗣位，曾遣使如魏修好，魏亦遣使报聘。及魏主将伐柔然，正值魏使北归，述宋主语，索还河南，否则将发兵攻取云云。魏主大笑道：“龟鳖小竖，有何能为？我若不先灭蠕蠕，转使腹背受敌了。今日北征，他日南伐未迟！”崔浩又从旁怂恿，乃决计北行，果得征服柔然，马到成功。凯旋后，加授浩为侍中，特进抚军大将军，凡遇军国大事，必先咨浩，然后施行。

宋元嘉七年春季，宋主义隆，特选甲卒五万，命右将军到彦之，安北将军王仲德，兖州刺史竺灵秀，并为统领，泛舟入河。使骁骑将军段宏，率骑兵八千，直指虎牢，豫州刺史刘德武，领兵万人继进，皇从弟长沙王刘义欣，即道怜长子。统兵三万，监督征讨诸军事，出镇彭城。先遣殿前将军田奇使魏。传语魏主道："河南是我宋地，故遣兵修复旧境，与河北无涉。"

魏主焘勃然道："我生发未燥，已闻河南属我，奈何前来相侵？必欲进军，悉听汝便，看汝能夺我河南否？"遂遣奇返报，一面使群臣会议。众请出兵三万，先发制人，并诛河北流民，绝宋向导。独崔浩进议道："南方卑湿，入夏水涨，草木蒙密，地气郁蒸，容易生疫，不利行师；若彼果能北来，我正可以逸待劳，俟他疲倦，然后出击，那时秋高马肥，因敌取食，才不失为万全计策呢！"魏主素来信浩，便按兵不发。

嗣由南方诸将，一再上表，乞派兵助守，并请就漳水造舰，为御敌计，朝臣统是赞成。更想出一法，谓宜署司马楚之、鲁轨、韩延之为将帅，使他招诱南人。楚之等入魏分见上文。崔浩又谏阻道："楚之等为宋所忌，今闻我悉发精兵，大造舟舰，欲存立司马氏，诛除刘宗，他必全国震骇，拼死来争，我徒张虚声，反召实害，岂非大谬！况楚之等皆纤利小才，止能招合无赖，断不能成就大功，徒使我兵连祸结，有何益处！"见地原胜人一筹。魏主未免踌躇，浩更援据天文，谓"南方举兵，实犯岁忌，定必不利，我国尽可无忧！"

魏主不欲违众，命造战舰三千艘，调幽州以南戍兵，会集河上，且授司马楚之为安南大将军，封琅琊王出屯颍川。宋右将军到彦之等，自淮入泗，适值淮水盛涨，逆流而上，每日止行十里，自孟夏至孟秋，始至须昌，未免沿途逗留，否则亦未必至此。乃泝河西上。到了碻磝，魏兵已撤戍北归，再进滑台，也只留一空城，又趋向洛阳虎牢，统是城门大开，并无一个魏卒。彦之大喜，命朱修之守滑台，尹冲守虎牢，杜冀守金墉，余军入屯灵昌津，列守南岸，直抵潼关。大众统有欢容，唯王仲德有忧色，语诸将道："诸君未识北土情伪，必堕狡计。胡虏仁义不足，凶狡有余，今敛戍北归，并力完聚，待至天寒冰合，必将复来，岂不可虑？"彦之等尚似信未信，说他多心。是谓之愚。

才过月余，天气转寒，魏主焘大举南侵，令冠军将军安颉，督护诸军，来击彦之。彦之遣裨将姚耸夫等，渡河接战，哪里挡得住魏军，慌忙退还，麾下已十亡五六。颉乘胜逾河，攻金墉城，城中乏粮，宋将杜冀南遁，城遂被陷。洛阳已拔，又移军攻虎牢。守将尹冲，忙向彦之处求援。彦之令裨将王蟠龙，率军援应，行至七女津，被魏将杜超截击，阵斩蟠龙。尹冲闻援军败没，便与荥阳太守崔模，迎降魏军，虎牢又复失去。

彦之自魏兵南渡，畏缩得很，逐日退师，还保东平，且上表宋廷，请速派将添兵。宋主义隆，命征南将军檀道济，都督征讨诸军事，出兵伐魏，魏亦续遣寿光侯叔孙建，汝阴公长孙道生，越河南下，接应安颉。到彦之闻魏军大至，道济未来，不禁惶急异常，便欲引退，将军垣护之贻书谏阻，谓宜令竺灵秀助守滑台，更督大军进趋河北。彦之怎肯听从，且拟焚舟步走。

王仲德进言道："洛阳既陷，虎牢自不能守，这是应有的事情；今我军与虏相距，不下千里，滑台尚有强兵，若遽舍舟南走，士卒必散，愚意谓且引舟入济，再定行止。"彦之乃督率舰队，自清河入济南。才至历城，闻报魏兵追来，慌忙焚舟弃甲，登岸徒步，一溜风似的逃还彭城。何不改姓为逃。竺灵秀也弃了须昌，南奔湖陆，青、兖大震。

长沙王义欣誓众戒严。将佐恐魏兵大至，劝义欣委镇还都，义欣慨然道："天子命我镇守彭城，义当与城存亡，奈何弃去？"如君才不愧一义字。遂坚持不动，人心稍定。

魏兵东至济南，济南城内，兵不满千，太守萧承之，用了一个空城计，开门以待。魏人疑有伏兵，探望多时，始终不敢进城，相率退去。叔孙建入攻河陆，竺灵秀弃军遁走。

各败报传入宋都，宋主大怒，命诛灵秀，收击到彦之、王仲德，下狱免官。仲德似尚可贷。迁垣护之为北高平太守，旌赏直言，并促檀道济速救滑台。

道济自清河进兵，为魏将叔孙建、长孙道生所拒，先后三十余战，多半得胜。转战至历城，被叔孙建等前后邀击，焚去刍粮，遂不得进，魏将安颉、司马楚之等，得并力攻滑台。朱修之坚守数月，援绝粮空，甚至熏鼠为食，魏又使将军王慧龙助攻，眼见得城池被陷、修之成擒。

檀道济食尽引还，魏叔孙建得宋降卒，讯知道济乏食还军，即趋兵追赶。将及宋军，宋军大惧，道济却不慌不忙，择地下营，夜令军士唱筹量沙，贮作数囤，用米少许，遮盖囤上，摆列营前。到了黎明，魏兵前哨探视，见米囤杂列，不胜惊讶，忙报知叔孙建。叔孙建闻道济有粮，还道是降卒妄言，喝令处斩，率骑士逼道济营，道济令军士被甲随着，自己白服乘舆，从容出来，向南徐走。叔孙建疑为诱敌，不敢进击，反且引退，道济得全军而回。宋将中应推此人。

魏主已攻克河南，饬安颉旋师。安颉系归朱修之，魏主嘉他固守，拜为侍中，妻以宗女。司马楚之请再举伐宋，魏主不许，召楚之为散骑常侍，令王慧龙为荥阳太守。慧龙在郡十年，农战并修，声威大著，宋主义隆，使人往魏，散布谣言，但称慧龙功高位下，积怨已久，有降宋背魏等情。魏主不信，宋主复遣刺客吕玄伯，往刺慧龙。玄伯诈为降人，投入荥阳，被慧龙搜出匕首，纵使南归，且笑语道："彼此各皆为主，我不怪汝！"玄伯感泣请留，慧龙竟留侍左右，待遇甚优。后来慧龙病殁，玄伯代为守墓，终身不去，这也好算做豫让第二了。褒中寓贬。

且说夏主赫连定战败魏军，擒住魏帅奚斤等，据有关中，声势复盛，尝遣使至宋，约同攻魏，共分魏地。魏主焘正拟出兵讨夏，闻报大怒，遂亲赴统万城，进袭平凉，夏主方出居安定，引兵还救，途中遇魏将古弼，便即交战。古弼佯退，引夏主入伏中，杀得夏兵东倒西歪，斩首至数千级。夏主走保鹑觚原，命余众结一方阵，抵御魏兵。魏将古弼纵兵环集，又由魏主遣将尉眷等，来助古弼。两军相合，把鹑觚原围住，截断夏兵粮道，连樵汲都无路可通。夏兵又饥又渴，马亦乏草可食，没奈何下鹑觚原，突围出走。夏主定从西面杀出，正遇魏将尉眷截住，一场死斗，方得杀开一条血路，奔往上邽，所有夏主弟乌视拔秃骨，及公侯以下百余人，一古脑儿被魏人擒去。

魏兵乘胜攻安定，夏将东平公乙斗，竟弃了安定城，遁入长安，嗣复西奔上邽，往依赫连定去了。

那平凉城为魏主所攻，经旬未下，夏上谷公杜干，广阳公度洛弧，婴城固守，专望夏主定来援，魏主使赫连昌招降，亦不见从，乃掘堑营垒，督兵围攻。相持至一月有余，杜干等已是力尽，且闻夏主定败奔上邽，无从得援，没奈何开城出降。

魏将豆代田先驱入城，掳得夏宫中后妃，并在狱中择出奚斤等人，送交魏主。魏主大喜，入城安民，置酒高会，令豆代田就座左席，位出诸将上，并呼奚斤至前道："全汝生命，赖有代田，汝宜膝行奉酒，方可报德。"奚斤不敢违命，只好捧觞至代田前，屈膝奉饮。代田起座接受，一饮而尽。魏主又命将夏后释缚，唤她侑宴，令就代田处斟酒。代田见她低眉半蹙，泪眼微红，一种娇愁态度，令人暗暗生怜，便起禀魏主道："她也是一个主母，望陛下稍稍顾全！"魏主微笑道："你爱她么？我便把她赐你便了。"代田喜出望外，出座拜谢，及酒阑席散，便将夏后领去，享受美人滋味，越宿又接到诏敕，晋封井陉侯，加散骑常侍右卫将军，既邀艳福，复沐宠荣，真个是喜气重重，得未曾有了。只难为了赫连定，叫他作元绪公。

平凉既下，长安一带，复为魏有，魏主留巴东公延普镇安定，镇西将军王斤镇长安，自率各军还平城。那夏主定仅保上邽，所有故土，多半失去，自思东隅难复，不如改辟西境，还可取彼偿此，再振雄图。

当时陇西有西秦国，系鲜卑种族，初属苻秦，苻秦败亡，乞伏国仁，据有凉州、临洮、河州，自称大单于，领秦、河二州牧。国仁死，弟乾归嗣，尽有陇西地，始称秦王，历史上号为西秦。乾归为兄子公府所弑，公府复为乾归子炽磐所杀，炽磐并吞南凉秃发氏，秃发傉檀为西秦所灭事见晋史。拓地益广。传子暮末，屡与北凉战争，师财劳匮，众叛亲离。暮末不得已向魏乞降，魏遣将往迎暮末，暮末焚城邑，毁宝器，率部民万五千人东行。道出上邽，正值夏主定有心西略，便出兵邀击。暮末不敢争锋，退保南安，夏主定令叔父韦伐，驱兵进逼，即将南安城围住。城中无粮可依，人自相食，秦侍中出连辅政，乞伏国祚及吏部尚书乞伏跋跋，逾城奔夏。暮末窘急万状，只好面缚舆榇，出城请降。

夏将韦伐，把暮末送至上邽，又将乞伏氏宗族五百余人，悉数擒献，当被夏主定严刑屠戮，杀得一个不留。危亡在即，还要如此惨虐，安得不自速其死！复驱秦民十余万口，自治城渡河，欲夺北凉疆土，作为根据。不意吐谷浑吐读如突，谷读如欲。王慕璝，骤发劲骑三万人，前来袭击，顿令这痴心妄想的赫连定，从此了结，一命呜呼。

吐谷浑也是鲜卑支派，远祖名叫谷吐浑，为晋初鲜卑都督慕容廆庶兄，旧居辽西。迁往阴山，再传至孙叶延，颇好学问，用王父字为氏，故国号吐谷浑。又三传至阿豺，据有并、氐、羌地方数千里，自称骁骑将军沙州刺史。宋景平初年，通使江南，进献方物，宋少帝封为浇河公，未及拜受。至宋主义隆入嗣，始受册命。阿豺有子二十人，临死时，命诸子各献一箭，共得二十支。又召母弟慕利延入帐，令他取折一箭，应手而断，更命把十九箭总作一束，再使取折，慕利延费尽腕力，不损分毫。阿豺顾语子弟道："汝等可共视此箭，孤单易折，众厚难摧，愿汝等戮力同心，保全社稷！”至理名言，不可勿视。言讫即逝。

弟慕璝嗣立，奉表至宋，宋封为陇西公，慕璝又遣使通魏，魏亦封为大将军。至是闻夏主西来，遂遣慕利延等率骑三万，沿河截击，乘着夏兵半济，奋杀过去。夏兵大半溺死，夏主定拖泥带水，登岸飞逃，偏被敌骑逾河追至，七手八脚，把他拖去。当下置入囚车，献与慕璝，慕璝又遣侍郎谢太宁，押定送魏。魏主焘即令斩定，且嘉奖慕璝，加封为西秦王。

既而赫连昌亦叛魏西走，为河西军将格毙，并收捕赫连昌子弟，一并诛夷。夏传三主而亡，勃勃子孙，被诛殆尽。小子有诗叹道：

> 侈言徽赫与天连，勃勃改姓赫连即本此意。三主相传廿六年；
> 虎父不能生虎子，平城流血几成川。

夏已灭亡，上邽为氐王所据，自称都督雍、凉、秦三州军事，且发兵进窥汉中，与宋构衅。欲知详情，俟下卷说明。

宋主欲规复河南，何不先用檀道济，而乃命怯懦无能之庸帅，侥幸一试，痴望成功？魏兵之不战而退，明明是欲取姑与之谋，譬如鸷鸟搏食，必先敛翼，然后一往无前。王仲德虽尚能料事，顾亦徒托空言，未尝预备。至于魏兵再下，宋师屡败，始用檀道济以援应之，晚矣！道济之唱筹量沙，古今传为奇计，但只能却敌，不能破敌，大好中州，终沦左衽，嗟何及耶！赫连兄弟，先后就擒，男作俘囚，女作妾媵，未始非勃勃残恶之报。赫连定已经授首，赫连昌尚属幸存，受魏封爵，娶魏公主，假令安分守己，不生异图，则赫连氏何至无后？乃复叛魏西走，卒至全族诛夷，凶人之后，其果无噍类也乎！

第十一回　破氐帅收还要郡　杀司空自坏长城

却说关陇南面，有一胜地，叫作仇池，地方百顷，平地起凸，四面斗绝，高约七里有奇，统是羊肠曲道，须经过三十六个回峰，力登绝顶。上面水草丰美，且可煮盐，向为氐族所据。东汉末年，氐族头目，姓杨名腾，占据此地。其孙名千万，称臣曹魏，受封百顷王，再传至杨飞龙，势渐强盛，晋封他为平西将军。飞龙无嗣，养外甥令狐茂搜为子，茂搜冒姓杨氏，又三传至杨初，自号仇池公。曾孙名纂，为苻秦所灭。苻秦败亡，杨氏遗族杨定，亡奔陇右，收集旧众千余家，仍据仇池，徙居历城，距仇池二十里，与山东之历城不同。夺取天水、略阳等地，僭称陇西王，后为西秦王乞伏乾归所杀。从弟杨盛，留守仇池，自称仇池公，出略汉中，向晋称藩，晋封盛为征西大将军，兼仇池王。宋主篡晋，复封盛为车骑将军，晋爵武都王。盛仍奉晋正朔，尚沿用义熙年号。

元嘉二年，盛病将死，授遗嘱与子玄道："我年已老，当终为晋臣，汝宜善事宋帝。"玄涕泣受命，及盛没后，向宋告哀，始用元嘉正朔。宋令玄仍袭父爵，玄又通好北魏，受封征南大将军兼南秦王。才越四年，又复病剧，召弟难当入，语道："今国境未宁，正须抚慰，我子保宗，年尚冲昧，烦弟继承国事，毋坠先勋！"难当固辞，愿辅立保宗。至玄死发丧，难当果不食言，立保宗为嗣主。偏是难当妻姚氏，密语难当道："国险未平，应立长君，奈何反事孺子呢？"妇人专喜播弄是非。难当听信妇言，竟将保宗废去，自称都督雍、凉、秦三州军事，兼征西大将军秦州刺史武都王。

可巧赫连族灭，上邽空虚，他即命子顺收取上邽，充任留守。又授保宗为镇南将军，使戍宕昌。保宗谋袭难当，事泄被拘。难当又欲并吞汉中，伺隙思逞。补叙详明。

会梁州刺史甄法护，刑政不修，宋主特遣刺史萧思话代任，思话尚未莅镇，那杨难当又乘机先发，调拨兵将，径袭梁州。甄法护本来糊涂，一切兵备，统已废弛，蓦闻氐众到来，吓得魂驰魄散，慌忙挈领妻孥，逃出城外，奔投洋州。氐众当然入城。

萧思话到了襄阳，接得梁州失守的消息，忙遣司马萧承之，率五百人前进，长史萧汪之，率五百人为后应。看官听着！这萧承之就是后来齐太祖的父亲，前为济南太守，曾用空城计却魏。事见前回。此次调任汉中太守，偕思话东行，兼充行军司马。既奉思话军令，作为前驱，自思随兵太少，应该沿途招募，便陆续收集丁壮，约得千人，乃进据磝头。

杨难当焚掠汉中，引众西还，留将军赵温居守梁州，温令魏兴太守薛健据黄金山，副守姜宝据铁城。铁城与黄金山相对，仅隔里许，斫树塞道，阻截宋军。萧承之遣阴平太守萧坦，进攻二戍，扫除芜秽，长驱直达，先拔铁城，继下黄金山，杀得薛健、姜宝大败而逃。赵温亲自出马，来攻坦营，坦又出兵奋击，舞刀先进，左斫右劈，杀死氐众数十人。后面兵士随上，搅破温阵，温知不可当，狼狈遁去。坦亦受创，退归大营养疴，承之另遣司马锡文祖，往戍黄金山。后队萧汪之亦至，还有平西将军临川王刘义庆，即道规继子，见第七回。方出镇荆州，也遣将军裴方明，带兵三千，来助思话。思话派参军王灵济，率偏师出洋川，进向南城。氐将赵英，据险扼守，为灵济所破，将英擒住。南城空虚，无粮可因，灵济引军退还，与承之合师。

承之督令诸军追击氐众，行抵汉津，但见两岸遍布敌营，中通浮桥，步骑杂沓，戈戟森严，料知有一场恶斗，乃立营布阵，从容待战。极写承之。那敌营中的统帅，乃是杨难当子杨和，会集赵温、薛健等人，据津拒敌，兵约万余。既见宋军到来，便麾众来攻，环绕承之行营，至数十匝。承之开营逆战，因与敌接近，弓箭难施，只好各用短刀，上前力搏。偏氐众尽穿犀甲，刃不能入，承之急命将士截断长矟，上系大斧，横砍过去，每一动手，砍倒氐兵十余人，氐众抵敌不住，纷纷溃散。杨和等逃回寨中，放起一把无名火来，将所有营帐及所筑浮桥，尽行毁去，退保大桃。

既而萧思话、裴方明等一齐驰至，与承之并力进攻，连战皆捷，不但将大桃敌众，悉数逐走，就是梁州亦唾手取来。从前杨盛时候，略汉中地，夺去魏兴、上庸、新城三郡，至是且尽行克复，汉中全境，无一氐人。杨难当恐宋军入境，慌忙上表谢罪，宋主义隆，方下诏赦宥。令萧思话镇守汉中，加号宁朔将军。召萧承之还都，令为太子屯骑校尉，收逮甄法护下狱，赐令自尽。此外有益州贼赵广，秦州贼马大玄，先后作乱，俱得荡平，这也无容细表。

且说魏主焘既得河南，分兵戍守，加授崔浩为司徒，长孙道生为司空。道生平素俭约，得一熊皮为毯，数十年不易，魏主尝使歌工作颂，有智如崔浩，廉如道生二语。浩更劝魏主偃武修文，征求世胄遗逸，得范阳人卢玄，博陵人崔绰，赵郡人李灵，河间人邢颖，渤海人高允，广平人游雅，太原人张伟等，各授中书博士。唯崔绰以母老为辞，不肯受官。浩又改定律令，除四岁五岁刑律，增一年刑，授议亲议贵议功诸例，凡官阶九品以上，得酌量减免，妇人当刑而孕，概令延期，待产后百日，始按律取决。阙下悬登闻鼓，使冤民得诣阙伸诉，击鼓上闻，舆情翕服，国内称治。一面欲通好江左，息争安民，乃请命魏主，令散骑侍郎周绍南来，至宋聘问，并乞和亲。宋主含糊作答，但遣使臣魏道生报聘，嗣是两国使节，往来不绝。

魏主立子晃为太子，又派散骑常侍宋宣至宋，为太子求婚，宋主仍然支吾对付，卒无成议，唯南北和好，约得十余年，好算是魏主的美意。应该使南人领情。

宋主义隆，闻魏主求贤恤民，也下了几道劝农举才的诏敕，无如亲贵擅权，吏胥舞法，就使有几个遗贤耆老，怎肯冒昧出山，虚縻好爵。武帝时，尝召武阳人李密为太子洗马，密愿终养祖母刘氏，上了一篇陈情表，决意辞征。一表千秋，应叙大名。武帝只好收回成命，许令终养。还有谯郡戴逵子颙，承父遗训，雅好琴书，屡征不起。南阳人宗炳，与妻罗氏，并隐江陵，亦终不就征。他如广武人周续之，临沂人王弘之，鲁人孔淳之，枝江人刘凝之等，均立志高尚，迭经宋廷召用，并皆固辞。最著名的是寻阳陶渊明先生，他名潜，字元亮，系晋大司马陶侃曾孙，晋季曾为彭泽县令，郡遣督邮至县，故例应束带迎见，渊明慨然道：“我不能为五斗米折腰！”乃解组自归。随赋《归去来辞》，自明志趣。门前种五柳树，因作《五柳先生传》，为己写照。妻翟氏亦与同志，偕隐栗里，渊明前耕，翟氏后锄，并安勤苦，不慕荣利。宋司徒王弘，为江州刺史时，尝使渊明友人庞通之，赍着酒肴，邀他共饮。渊明嗜酒，欣然应召，入座便饮。俄顷弘至，渊明只自饮酒，不通姓名，既醉即去。平时所著文章，必书年月，但在晋义熙以前，尝署年号，一入宋初，唯署甲子，隐寓不事宋室的意思。宋主义隆，正拟遣发征车，适渊明病殁，方才罢议，后世号渊明为靖节先生。叠叙高人，以愧干禄之士。

王弘闻讣，亦叹息不置。元嘉九年，弘进爵太保，才阅月余，亦即逝世。王华、王昙首又皆病终。荆州刺史彭城王义康已入任司徒，录尚书事，至是因元老丧亡，遂得专握政权。领军将军殷景仁升任尚书仆射，太子詹事刘湛升任领军将军。湛本为景仁所引，既沐荣宠，却暗忌景仁。且前时曾为彭城长史，与义康有僚佐情，遂格外巴结义康，想将景仁挤排出去。是谓小人。偏偏景仁深得主心，更加授中书令兼中护军。湛未得加官，但命兼任太子詹事，湛益愤怒，与义康并进谗言，诋毁景仁。宋主始终不信，待遇景仁，反且加厚。景仁亦知刘湛排己，尝对亲旧叹息道：“引虎入室，便即噬人！”乃托疾辞职，累表不许，但令他在家养疴。湛尚不能平，拟令兵士诈为劫盗，夜入景仁私第刺杀景仁。谋尚未发，偏有人传报宋主，宋主亟令景仁徙居西掖门，使近宫禁，因此湛计不行。宋主既知湛阴谋，何不立加穷治，乃使其连害骨肉耶？

嗣是义康僚属，及湛相知的友人，潜相约勒，无敢入殷氏门。独彭城王主簿刘敬文，有父名成，尚向景仁处求一郡守。敬文得悉，忙至湛第，长跪叩首，湛惊问何因？敬文呜咽道：“老父悖耄，就殷家干禄，竟出敬文意外。敬文不知豫防，上负生成，阖门惭惧，无地自容！为此踵门请罪。”无耻已极。湛徐答道：“父子至亲，奈何不先通知，此次且不必说，下次须要加防！”敬文听了，如遇皇恩大赦一般，又捣了几个响头，方才辞出。作者亦太挖苦。

后将军司马庾炳之，颇有才辩，往来殷、刘二家，皆得相契，暗中却输忠宋主。宋主屡使炳之传达密命，往谕景仁，景仁虽称疾不朝，仍然有问必答，密表去来，俱令炳之代达，刘湛全然未知，但闻炳之出入殷家，也还道是探问疾病，不加猜疑。此等处何独放心？

嗣因谢灵运得罪被收，宋主怜他多才，拟加赦宥。彭城王义康，听刘湛言，说他恃才傲物，犯上作乱，定须置诸重典，乃流戍广州。究竟灵运有何逆迹，待小子略略叙明。

灵运前曾蒙召为秘书监，见第九回。使整理秘阁书籍，补足阙文，且命他撰述晋书。他尝挟才自诩，意欲入朝参政，不料应召以后，但教他职司翰墨，未免心下怏怏，所以奉命撰史，不过粗立条目，日久无成。及迁任侍中，朝夕引见，或陈诗，或献字，宋主尝称为二宝，辄加叹赏。唯总不令他参预朝纲，因此灵运益觉不平，时常称疾不朝。有时出郭游行，兼旬不返，既未表闻，又不请假，廷臣啧有烦言。宋主亦嫌他不守官方，讽令辞职，灵运始上表陈疾，奉旨东归。

族父谢方明，为会稽太守，灵运即往省视，与方明子惠连相见，大加赏识。又与东海人何长瑜，颍川人荀雍，泰山人羊璇之，诗酒倡和，联为知交，惠连亦得与列，称为四友。谢氏本为名族，灵运得先世遗资，畜养僮奴数百人，又得门生数百，同游山泽间，穷幽极险，伐木开径，百姓惊扰，目为山贼。可巧会稽太守，换了一个新任官，叫作孟颉，颉迷信佛教，灵运独面讽道："得道须慧业文人，公生天当在灵运前，成佛必在灵运后。"颉深恨此言，遂与灵运有隙，上书奏讦。灵运原是多嘴，孟颉亦觉逞刁。

灵运忙诣阙自讼，得旨令为临川内史。一行作吏，仍然游放自若，为有司所纠劾，遣使逮治，偏他抗衡不服，竟将来使执住，且作诗道："韩亡子房奋，秦帝鲁连耻，本自江海人，忠义感君子。"这诗一传，有司越加借口，称为逆迹昭著，兴兵捕住灵运，请旨正法。还是宋主特别垂怜，连义康面奏诸词，都未听从，才得免死流粤。也是灵运命运该绝，又有人奏了一本，说他私买兵器，纠结健儿，欲就三江口起事。那时宋主只好割爱，饬令在广州弃市。看官！你想灵运是个文人，怎能造反？无非是文辞狂放，触怒当道，徒落得身首异处，贻恨千秋呢！实是一种文字狱。

未几又由刘湛主谋，要把那宋室长城，凭空毁坏。真个是谗人罔极，妨功害能，说将起来，可痛！可恨！当时宋室良将，首推檀道济，自历城全师退归，进位司空，仍然还镇寻阳。即江州。左右心腹，并经百战，有子数人，如给事黄门侍郎檀植，司徒从事中郎檀粲，太子舍人檀隰，征北主簿檀承伯，秘书郎檀遵等，又皆秉受家传，才具卓荦。功高未免震主，气盛益足陵人，朝廷已时加疑忌，留意豫防。会宋主寝疾，历久不愈，刘湛密语义康道："宫车倘有不测，余无足忧，最可虑的是檀道济。"义康道："君言甚是，应如何预先处置？"湛答道："莫如召他入朝，但托言索虏入寇，要他来都面议，如欲乘此除患，便容易下手了。"

义康点首称善，入白宋主，请召道济入朝。宋主神疲意懒，无暇问明底细，但模糊答应了一声，义康遂飞诏驰召。

道济接到诏敕，即整装起行，妻向氏语道济道："震世功名，必遭人忌，今无故相召，恐不免及祸哩！"颇有见识，但奉召不入，亦属非是。道济道："诏敕中说有边患，不得不赴，谅来亦无甚妨碍，卿可放心！"言为心声，可见道济存心不贰。随即启程入都。

及至建康，与义康等晤谈，义康谓索虏已退，只是主疾可忧。道济遂入宫问疾，见宋主却是狼狈，略略慰问，便即趋出。嗣是宋主病势，牵缠不退，道济只好在都问安，计自元嘉十二年冬季入都，直至次年春暮，始见宋主少瘥，乃辞行还镇。方才下船，忽有中使驰至，谓圣躬又复不安，仍命他返阙议事。道济不敢不依，还入都城，甫至阙下，忽由义康出来，指示禁军，拿下道济，且令他跪听宣敕，旁边趋出刘湛，即捧敕朗读道：

> 檀道济阶缘时幸，荷恩在昔，宠灵优渥，莫与为比，曾不感佩殊遇，思答万分，乃空怀疑贰，履霜日久。元嘉以来，猜阻滋结，不义不昵之心，附下罔上之事，固已暴之民听，彰于远迩。谢灵运志凶辞丑，不臣显著，纳受邪说，每相容隐，又潜散金货，招诱剽猾逋逃，必至实繁弥广，日夜伺隙，希冀非望。镇军将军王仲德，往年入朝，屡陈此迹，朕以其位居台铉，预班河岳，弥缝容养，庶或能革。而乃长恶不悛，凶慝遂遘，因朕寝疾，规肆祸心。前南蛮行参军庞延祖，具悉奸状，密以启闻。夫君亲无将，刑兹罔赦，况罪衅深重，若斯之甚，便可收付廷尉，肃正刑书，事止元恶，余无所向。特诏！

道济听毕诏书，不禁大愤，张目注视刘湛，好似电闪一般。转思已落人手，多言无益，索性脱帻投地道："乃坏汝万里长城！"说着，即起身自投狱中。那阴贼险狠的刘湛，竟怂恿义康，收捕道济诸子，令与乃父一同牵出，骈首都市。还有随从道济的参军薛彤，一体收斩。又遣尚书库部郎顾仲文，建武将军茅亨，领兵至寻阳，捕系道济妻向氏，少子夷、邕、演等，及参军高进之，悉置死刑。道济有子十一人，统遭骈戮，诸孙亦死，只留邕子孺一人，使续檀氏宗祀。何罪至此？薛彤、高进之，皆有勇力，为道济所倚任，时人比为关羽、张飞。魏人闻道济被诛，私自庆贺道："道济一死，吴人均不足畏了！"小子走笔至此，也不禁为道济呼冤。即自录一诗道：

百战经营臣力多，无端谗构起风波。
都门脱帻留遗恨，坏汝长城可奈何！

义康与湛既冤杀檀道济，宋主病亦渐愈。忽有前滑台守将朱修之，自虏中逃归，替燕求援。欲知燕国详情，容至下回再叙。

萧承之力破氐众，为萧氏篡刘之滥觞，故本回特别叙明；志功首，即所以记祸始也。刘湛列元嘉五臣之一，而二王迭逝，彭城秉政，乃隐结义康，以排殷景仁，始联殷而得主宠，继倾殷而欲自专，小人变诈，几不胜防，无怪景仁之引为长叹也。谢灵运之被诛，当时谓其逆迹昭著，而史官独以恃才凌物，为其致祸之由，诚有特见。灵运一文人耳，吟诗遭忌，锻炼深文，刑重罚轻，已为可悯。檀道济以不世之功，罹不测之祸，自坏长城，冤无从诉。乃知陶靖节之归隐柴桑，自耽松菊，其固有加人一等者欤！本回连类汇叙，彰瘅从公，益可见下笔之不苟云。

第十二回　燕王弘投奔高丽　魏主焘攻克姑臧

却说燕主冯弘，为后燕中卫将军冯跋弟。跋尝得罪后燕，亡命山泽。后燕主慕容熙即慕容宝之叔。淫荒失德，跋即乘势作乱，推慕容氏即慕容宝。养子高云为主，弑慕容熙。云自称天王，寻复遇弑，由跋代定国乱，继为燕主，定都龙城，史家称为北燕。魏遣使臣于什门至燕，敕令称藩，冯跋不从，拘住于什门，迫令投降。什门不屈，跋亦不肯遣归，魏遂与燕有隙，屡次鏖兵。既而冯跋病剧，命太子翼摄政，跋妃宋氏，欲立亲子受居，迫翼退居东宫。跋弟弘乘间入阁，便即篡位，跋竟惊死。弘杀太子翼，及跋子弟百余人。

魏主焘再督兵伐燕，连败燕兵，燕尚书郭渊，劝弘送款献女，向魏求和。弘摇首道："负衅在前，结怨已深，就使屈志降敌，也未必保全，不如另图别计。"乃再行调兵，与魏相持，魏降将朱修之，系怀祖国，因魏主自出攻燕，拟与前时被俘诸南人，联络起事，往袭魏主，事成归宋。当下商诸毛修之，毛修之亦系宋臣，被掳多年，甘心事魏，不肯相从。同名不同姓，同迹不同心，我为一叹。毛修之被掳见第六回。朱修之恐他泄谋，逃奔入燕。燕主弘遣令归宋，乞师北援，因即汎海南行，仍返故都。看官！你想此时的彭城王义康，及领军将军刘湛，方自坏长城，冤杀良将，还有何心去援北燕，再伐北魏！朱修之替燕求救，徒托空言，唯得了一个官职，充任黄门侍郎，没奈何蹉跎过去。

魏主焘闻南人谋变，引兵西还，燕得苟延旦夕。不意内讧复起，反召外侮，遂令冯弘自取危祸，从此败亡。

原来弘妻王氏，生有三子，长名崇，次名朗，又次名邈，妾慕容氏生子王仁，及弘已篡国，以妾为妻，竟立慕容氏为后，王仁为太子。崇受封长乐公，出镇辽西，朗与邈私议道："今国家将亡，无人不晓，我父又听慕容氏谗言，恐我兄弟要先遭惨祸了，不如先走为是。"乃同奔辽西，劝兄降魏。嫡庶相争，非乱即亡，弘之得国也在此，其失国也亦在此，可谓天道好还。崇遂使邈赴魏都，举郡请降。

冯弘闻三子卖国，勃然大怒，立遣部将封羽往讨。崇再向魏求救，魏授崇为车骑大将军，兼幽、平二州牧、封辽西王，食辽西十郡。更派永昌王拓跋健，左仆射安原，往援辽西，进攻龙城。拓跋健到了辽西，探得燕将封羽，在凡城驻兵，便遣裨将楼勃，率五千骑兵往攻，封羽不战即降，凡城复为魏有。

冯弘大惧，不得已遣使至魏，情愿纳女求成。魏主焘索还于什门，且令燕太子王仁为质，方许罢兵。弘乃遣于什门归燕，什门在燕二十一年，终不屈节，魏主比为苏武，拜治书御史。唯弘子王仁，仍未遣往，由魏使征令入朝。弘钟爱少子，当然迟疑，更兼宠后慕容氏，从旁阻挠，掩袖工啼，牵袍揾泪，惹得这位燕王弘，倍加怜惜，宁可亡国，不肯割爱。小不忍，则乱大谋。

散骑常侍刘滋入谏道："从前蜀刘禅依山为固，吴孙皓据江为城，后来顿为晋俘，可见得强弱不同，终难幸免。今魏比晋强，我且不如吴蜀，若不从魏命，恐速危亡，还请陛下暂舍太子，令他入魏。一面修政治，抚百姓，收离散，赈饥穷，劝农桑，省赋役，维持国本，返弱为强，那时魏主亦不敢轻视，太子自得重归了。"计划甚是。道言未绝，弘已拍案道："你也有父子情谊，难道教朕送儿就死么？"滋亦抗声道："陛下遣子往魏，子未必死，国家可保；否则危亡在即，不但失一太子呢！"弘更大怒道："逆臣咒诅朕躬，罪无可赦，左右快将他绑出朝门，斩首报来！"左右一声遵旨，便将刘滋绑出，一刀了命。可与龙逄、比干共传不朽，故本书不肯略过。

随即叱还魏使，另遣使至建康，称藩乞援。宋廷称他为黄龙国，会燕使赍还诏书，封弘为燕王，但未尝出师相救，弘料不可恃，再命部将汤烛，奉贡魏都，托言太子有疾，故未遣质。魏主焘知他饰词，下诏逐客。先命永昌王拓跋健等伐燕，割取禾稼，继命骠骑大将军乐平王拓跋丕，镇东大将军徒河、屈垣等，带领骑兵四万，直捣龙城。弘闻报大惧，亟备牛酒犒师。魏将屈垣先到城下，由弘遣发部吏，牵羊担酒，犒劳魏兵，并令太常卿杨峄求和。屈垣道："汝国不送侍子，所以我军前来；如果悔罪投诚，速将侍子献出，不得迟延！"杨峄唯唯而还。屈垣待了一日，未见复音，乃纵兵大掠，虏得男女六千余口。未几拓跋丕亦至，麾兵薄城。燕主弘既忧外侮，复舍不得膝下宠儿，害得徬徨失措，昼夜不安。没奈何再遣杨峄出城，限期送入侍子，求他退兵。拓跋丕总算应允，许以一月为期，自率四万骑兵，及所掠人口，从容退去。转眼间限期已满，弘仍未践约，杨峄一再入劝，弘答道："我终不忍出此，万一事急，不如东投高丽，再图后举。"峄对道："魏用全国兵力，来压我国，理无不克，高丽也是异族，始虽相亲，终必为变，不可不防！"燕臣非无智虑。弘终不从，密遣尚书阳伊，东往高丽，请发兵相迎。阳伊未返，魏师又来，弘又向魏进贡方物，愿送侍子入质。魏主焘到了此时，却不肯应许了，魏平东将军娥清，安西将军古弼，奉魏主命，率精骑万人，杀入燕境，再檄平州刺史拓跋婴，调集辽西诸军，一齐会合，鼓行而进，攻陷白狼城，入捣燕都。凑巧燕尚书阳伊，也乞得高丽兵将数万人，来迎燕主，进屯临川。燕尚书令郭生，不欲东迁，骤开城门纳魏兵。魏兵疑他有诈，未敢径入，郭生竟勒兵攻弘。弘急引高丽将葛卢、孟光入城，与生交锋。生中箭倒毙，余众奔散。葛卢、孟光，乘势掠取武库，搬出甲胄刀械，颁给高丽兵士。高丽兵易去旧褐，焕然一新，且见城中人民殷实，索性任情打劫，彻夜不休。燕民何辜！燕主弘遂迫民东徙，纵火焚去宫阙，但携细软什物，出城启行。令后妃宫人被甲居中，阳伊率兵外护，葛卢、孟光殿后，方轨并进，绵亘八十余里。

魏将古弼因高丽兵众，立营自固，作壁上观。至燕主东行，弼正举酒独酌，陶然忘情。忽由部将高苟子入报，请率骑兵追击燕人，弼已含有醉意，拔刀斫案道："谁敢打断老夫酒兴，如再多言，便即斩首！"高苟子伸舌而退。弼醉后就寝，翌日始醒，闻燕主已经遁去，始有悔意，乃率兵驰入龙城，据实奏报。不到数日，即有槛车到来，责弼拥兵纵寇，把他拘去，并召还娥清，一律加罪，黜为门卒。另派散骑常侍封拨，驰诣高丽，饬他送弘入魏。

高丽王高琏不肯送弘，但复书魏都，谓当与冯弘俱奉王化。魏主焘恨他违命，拟发兵进讨，还是乐平王丕上书规谏，方才罢议。弘到了高丽，由高琏遣人郊劳道：“龙城王冯君，远来敝郊，敢问士马劳苦否？”弘且惭且愤，还要摆着皇帝架子，使人赍着诏书，谯让高琏，太不自量。高琏未免动怒，不许入城，但令弘寓居平郭，嗣复徙往北丰。弘侈然自大，政刑赏罚，独行独断，仍与在龙城时相似，惹得高琏怒上加怒，竟遣发骑士，驰至北丰，夺去冯弘侍臣，并把他太子王仁，一并拘去。令人一快。

看官试想！这冯弘为了爱子娇妻，甘心弃国，此时仍弄到父子生离，哪得不悲愤交集？当下再遣密使，奉表宋廷，哀求援助，宋主遣吏王白驹等往迎冯弘，且饬高琏给资遣送。高琏益加愤恨，索性差了两员大将，一是孙漱，一是高仇，带了数百兵士，至北丰杀死冯弘，并弘子孙十余人。慕容后如何下落，可惜史中未详。

北燕自冯跋篡立，一传即亡。高琏阳谥弘为昭成皇帝，但说他因病暴亡，浼王白驹返报宋主。宋主原不过貌示怀柔，既闻冯弘病殁，也就罢休，不复追诘了。

魏主焘既灭北燕，乃进图北凉。北凉沮渠氏，世为匈奴左沮渠王，以官为姓。后凉主吕光，背秦自立，用那沮渠罗仇为尚书，后凉兴灭，见《两晋演义》。出伐西秦，竟致败绩。吕光归罪罗仇兄弟，将他处斩，罗仇从子蒙逊，起兵报怨，推太守段业为凉州牧，自为部将，击败后凉，擒住吕光侄吕纯。段业遂自称凉王，用蒙逊为尚书左丞，历史上称为北凉。蒙逊功高权重，为业所忌，出为西平太守，因密约从兄男成，谋共除业。男成亦辅业有功，不从蒙逊计议，蒙逊先谮男成，令业赐男成自尽，然后托词纠众，为兄报仇。阴害从兄，为弑主计，仁义安在？遂攻入凉州，弑了段业，自为大都督大将军凉州牧，兼张掖公。至后凉为后秦所灭，令南凉主秃发傉檀据守姑臧，蒙逊击走傉檀，即将姑臧夺来，作为国都，挈族迁居，加号河西王。嗣又破灭西凉，得地更广。蒙逊灭西凉见第七回。尝遣使通好江南，迭受册封，又遣了安周入侍北魏，魏亦遣官授册。两头讨好，计亦甚狡。僭号至二十余年，免不得骄淫起来。

西僧昙无谶自言能使鬼治病，且有秘术，为蒙逊所信重，尊为圣人，令诸女及子妇，皆往受教。恐他是肉身说法。魏主焘独信道教，甚嫉释徒，闻蒙逊礼事西僧，遂遣尚书李顺，往征无谶。蒙逊抗命不遣，因此失魏主欢。李顺屡至姑臧，蒙逊渐不为礼，甚至箕踞上坐，受书不拜。顺正色道："齐桓公九合诸侯，一匡天下，周天子赐祚，命无下拜。桓公犹谨守臣道，下拜登受。今王不及齐桓，我朝又未尝谕王免拜，乃反骄蹇无礼，莫非轻视我朝不成！"这一席话，说得蒙逊神色悚惶，方起拜受诏。

顺辞行归魏，魏主问焘及凉事，顺答道："蒙逊控制河右，将三十年，粗识机谋，绥集荒裔，虽不能贻厥孙谋，尚足传及一世。唯礼为德舆，敬为德基，蒙逊无礼不敬，死期将至，不出一两年，就当毙命了。"魏主复问道："易世以后，何时当灭？"顺又道："蒙逊诸子，臣皆见过，统是庸才，唯敦煌太守牧犍，较有器识，继位必属此人，但终不及乃父，这乃是天授陛下呢。"魏主喜道："能如卿言，朕当记着！"果然过了一年，北凉遣使告哀，说是蒙逊已殁，由世子牧犍嗣位。魏主谓李顺道："卿言已验，看来朕取北凉，亦当不远了。"乃进授安西将军，仍令他赍送封册，拜牧犍为凉州刺史兼河西王。

牧犍有妹兴平公主，曾由魏主求为夫人，蒙逊前已允诺，尚未遣送，至是牧犍奉父遗命，特派右丞李繇，送妹入魏，得册为右昭仪。魏主亦愿将亲妹武威公主，嫁与牧犍，牧犍仍遣李繇迎归。彼此联姻，共敦睦谊，总道是亲戚关系，可以无虞，偏魏主征令牧犍子封坛，入侍左右。牧犍虽然不愿，也只好唯命是从。且因魏使李顺，仍然往来，特厚加馈赂，托他斡旋，所以魏主欲依顺前言，加兵北凉，均经顺婉言劝止，暂免兵戈。

忽有老人在敦煌东门，投入书函，函中写着："凉王三十年若七年，"守吏得书，视为奇事，四处寻觅老人，并无下落，乃将原书呈献牧犍。牧犍也是不懂，召问奉常张慎，奉常官官。慎答道："臣闻虢国将亡，有神降莘，愿陛下崇德修政，保有三十年世祚；若好游畋，耽酒色，臣恐七年以后，必有大变。"可作警铎。牧犍听了，很是不乐。

原来牧犍有嫂李氏，色美好淫，牧犍兄弟三人，均与通奸，唯妇人格外势利，对着牧犍，特别加媚，大得牧犍欢心，独王后拓跋氏即武威公主。看不过去，常有怨言。李氏遂与牧犍姊密商，寘毒食中，谋毙王后。牧犍姊何故通谋，莫非想做鲁文姜么？幸拓跋氏稍稍进食，便觉腹痛，自知遇毒，即令内侍飞报魏主。魏主焘急遣解毒医官，乘传往救，始得告痊。医官还报魏主，魏主又传谕牧犍，索交李氏，牧犍与李氏结不解缘，怎肯将她献出，佯对魏使，将李氏黜居酒泉，其实是辟窟藏娇，仍与往来。

魏主再遣尚书贺多罗至凉州，探伺牧犍举动。多罗返报，谓牧犍外修臣礼，内实乖悖，魏主乃更问崔浩。浩答道："牧犍逆萌已露，不可不诛！"于是大集公卿，会议出师。自奚斤以下三十余人，统说牧犍心虽未纯，职贡无阙，朝廷待以藩臣，妻以公主，原为羁縻起见，今罪恶未彰，应加恕宥。且北凉土地卤瘠，难得水草，若往攻不下，野无所掠，反致进退两难，不如不讨为是。魏主因李顺常使北凉，复详加咨询。顺至北凉已有十二次，前时亦尝得蒙逊赂遗，及牧犍嗣立，赠馈加厚，乃伪语道："姑臧附近一带，地皆枯石，野无水草，城南天梯山上，冬有积雪，深至丈余，春夏消释，下流成川，居民引以灌溉。若我军往讨，彼必决通渠口，泄去积水，并且无草可资，人马饥渴，如何久留！奚斤等所言，不为无见，还请陛下三思！"

魏主召入崔浩，与述众议，浩对众辩论道："《汉书·地理志》曾谓凉州畜产，素来饶富，若无水草，畜何由蕃？且前人筑造城郭，建设郡县，定有地利可因，难道无水无草，尚可立足么？如谓人民汲饮，全恃雪水，试想雪水消融，仅足敛尘，何能通渠灌溉？似此妄言，只可欺人，何能欺我！"数语道破，不啻亲睹。李顺又接口道："眼见是真，耳闻是假，我尝亲见，何必多辩！"浩厉声道："汝受人金钱，便以为我目不见，乐得替人掩饰么？"顺被浩说出心病，禁不住满面羞惭，低首而退。奚斤亦即趋出。

振威将军伊馛独留白魏主道："凉州若果无水草，凉人如何立国？众议皆不可用，请从浩言！"魏主乃治兵西郊，下敕亲征，留太子晃监国，宜都王穆寿为辅。又使大将军嵇敬，率二万人屯漠南，防御柔然，自率大军登程。传诏北凉，数牧犍十二罪，结末有数语道："汝若亲率群臣，委贽远迎，谒拜马首，尚不失为上策；至六军既临，面缚舆榇，已是下策；倘执迷不悟，困死孤城，自甘族灭，为世大戮，乃真正无策了。"

牧犍受诏不报，魏主遂由云中渡河，至上郡属国城，部分诸军，命永昌王拓跋健，尚书令刘洁，与常山王拓跋素为先锋，两道并进，乐平王拓跋丕，阳平王杜超为后继，用平西将军秃发源贺为向导。源贺系秃发傉檀子，入魏拜官，由魏主询问征凉方略，源贺答道："姑臧城旁，有四部鲜卑，均系祖父旧民，臣愿处军前，宣扬威信，他必相率归命。外援既服，取孤城如反掌了。”魏主称善。源贺沿途招慰，收得诸部三万余人，魏军得专攻姑臧。永昌王拓跋健，掠得河西畜产二十余万头，北凉大震。

牧犍向柔然求救，柔然路远不至，乃遣弟董来领兵万人，出战城南，略略争锋，便即溃退。牧犍婴城固守，魏主亲自督攻，见姑臧附近，水草甚饶，顾语崔浩道：“卿言已验，可恨李顺欺朕！”浩答道：“臣原不敢虚言呢。”魏主又遣使入城，谕令牧犍速降，牧犍还未肯应命，等到城中内溃，兄子万年，领众降魏，牧犍乃无法可施，面缚出降。计自牧犍嗣位至此，正满七年。回应老人书中语。

魏主但诘责数语，仍令释缚，以妹婿礼相待。一面统军入城，收抚户口二十余万，所得仓库珍宝，不可胜计。又使张掖王秃发保周，龙骧将军穆罴等，分徇诸部，杂胡闻风降附，又得数十万人。魏主遂留乐平王丕及征西将军贺多罗，镇守凉州，命牧犍带领宗族，及吏民三万户，随归平城，北凉遂亡。

尚有牧犍弟无讳、宜得、安周等，前曾分戍沙州、酒泉、张掖等处，至此为魏军所攻，相继奔散。无讳又收集遗众，更取酒泉，由魏主再遣永昌王健，督军往讨。无讳穷蹙，方才请降。魏授无讳为征西大将军兼酒泉王，又封万年为张掖王。

无讳复有异志，再经魏镇南将军尉眷往击，无讳食尽，与弟安周西走鄯善。鄯善王比龙怯走，城为无讳所据。无讳兄弟，又还据高昌，遣部吏汜隽奉表宋廷。宋封无讳为征西大将军河州刺史河西王，都督凉、河、沙三州军事。无讳病死，弟安周继得宋封，仍袭兄职，后为柔然所并。

万年调任冀、定二州刺史，复坐谋叛罪赐死，就是牧犍父子，留居平城，忽被魏人告讦，说他隐蓄毒药，姊妹皆为左道，朋行淫佚，毫无愧颜。终为西僧所误。魏主遂将沮渠昭仪，勒令自尽，也怕做元绪公么？并令司徒崔浩，赐牧犍死，诛沮渠氏宗族数百人。唯牧犍妻武威公主，系是魏主胞妹，才得保全。小子有诗叹道：

休言婚媾本相亲，隙末凶终反丧身；
才识丈夫应自立，事功由己不由人。

魏主已灭北凉，大河南北，尽为魏有，只有一氐王杨难当，尚据上邽，一隅仅保，免不得同就灭亡。欲知后事，再阅下回。

北燕、北凉，兴亡之迹不同，而其因女色而亡也则同。冯弘以妾为妻，偏爱少子，沮渠、牧犍以叔盗嫂，下毒正妃，卒皆得罪强邻，同归覆灭。故弘之有妾慕容氏，牧犍之有嫂李氏，实皆燕凉之祸水，而以美色倾人家国者也。然冯弘之得国也，由于乃兄之宠宋夫人，嫡庶相争，因乱窃位，故其受报也亦在于宠妾；沮渠、牧犍之嗣国也，由于乃父之谮杀男成，昆季相戕，托名报怨，故其受报也即在于艳嫂。报应之来，迟早不爽，阅者观于燕、凉之遗事，有以知亡国之由来矣。

第十三回　捕奸党殷景仁定谋
露逆萌范蔚宗伏法

却说氐帅杨难当，自梁州兵败，保守已土，不敢外略，每年通使宋魏，各奉土贡。过了年余，复自称大秦王，立妻为王后，世子为太子，也居然大赦改元。释出兄子杨保宗，使镇薰亭。魏主焘闻难当僭号，即命乐平王拓跋丕，尚书令刘絜等，率军进讨。先遣平东将军崔颐赍奉诏书，往谕难当，难当大惧，情愿将上邽归魏，令子顺引还仇池。魏主才算允议，但饬拓跋丕入上邽城，抚慰初附，全军还朝。

看官听着！从前东晋时代，五胡并起，迭为盛衰，先后凡十六国，二赵前赵、后赵。四燕前燕、后燕、南燕、北燕。三秦前秦、后秦、西秦。五凉前凉、后凉、南凉、西凉、北凉。还有成夏，到了晋亡宋兴，只有夏赫连氏，北燕冯氏，北凉沮渠氏，尚算存在。魏主焘连灭三国，灭夏见第九回，灭燕灭凉见前回。于是窃据一方的酋长，剗除殆尽。总计十六国的土地，唯李雄据蜀称成，三传为晋所灭，中经谯纵攻取，复由刘裕克复。见第四回。裕篡晋祚，蜀亦由晋归宋，此外统为北魏所并，所以中国疆域，宋得三四，魏得六七，两国对峙，划分南北，后世因称为南北朝。总揭数语，为上文结束，俾阅者醒目。

魏以此时为最盛，威震塞外。就是西域诸国，如龟兹、疏勒、乌孙、悦般、渴槃陀、鄯善、焉耆、车师、粟特九大部落，先后入贡。远如破落那、者舌二国，去魏都约万五千里，亦向魏称臣，极西如波斯，极东如高丽，统皆服魏，独柔然不服，经魏主屡次出师，逐出漠北，部落亦渐渐离散，不敢入犯。魏主焘乃专意修文，命司徒崔浩，侍郎高允，纂修国史，订定律历，尚书李顺，考课百官，严定黜陟。顺素性贪利，未免受贿，品第遂致不平，魏主察破赃私，并忆及前时保庇北凉，面欺误国等情，索性两罪并发，立赐自尽；仕途为之一肃。

唯当时有嵩山道士寇谦之，宗尚道教，自言遇老子玄孙李谱文，授以图籍真经，令佐辅北方太平真君，因将神书献入魏主。魏主转示崔浩，浩竟拟为河图洛书，极言天人相契，应受符命，说得魏主欣慰无似，下诏改元，称为太平真君元年。即宋元嘉十七年。尊寇谦之为天师，立道场，筑道坛，亲受符箓。谦之请魏主作静轮官，高约数仞，使鸡犬无闻，才可上接天神。崔浩在旁怂恿，工费巨万，经年不成。崔浩为北魏智士，奈何迷信异端？太子晃入谏道："天人道殊，高下有定，怎能与神相接？今耗府库，劳百姓，无益有损，不如勿为。"魏主不听，一意信从寇谦之。

这且慢表。且说宋主义隆，素好俭约，尝戒皇后袁氏，服饰毋华，袁后亦颇知节省，得宋主欢。唯后族寒微，不足自赡，每由后代求钱帛，接济母家。宋主虽然照允，但不肯多给，每约钱只三五万缗，帛只三五十匹，后来选一绝色丽姝，纳入后宫，大得宋主宠爱，不到数年，便加封至淑妃，与皇后止差一级。这淑妃姓潘，巧笑善媚，有所需求，辄邀宋主允许。袁皇后颇有所闻，故意转托潘妃，向宋主索求三十万缗。果然片语回天，求无不应，仅隔一宿，即由潘妃报达袁后，如数给发。袁皇后佯为道谢，暗中却深怨宋主，并及潘妃。往往托病卧床，与宋主不愿相见。

宋主得新忘旧，把袁皇后置诸度外，每日政躬有暇，即往西宫餐宿。潘淑妃产下一男，取名为浚，母以子贵，子以母贵，潘淑妃越加专宠，宋主义隆亦越觉垂怜。区区老命，要在她母子手中送死了。古人有言，蛾眉是伐性的斧头，况宋主本来羸弱，自为潘淑妃所迷，越害得精神恍惚，病骨支离；一切军国大事，统委任彭城王义康。

义康外总朝纲，内侍主疾，几乎日无暇晷，就是宋主药食，必经义康亲尝，方准献入。友爱益笃，倚任益专，凡经义康陈奏，无不允准。方伯以下，俱得义康选用，生杀予夺，往往由录命处置，义康录尚书事，见十一回。势倾远近，府门如市。义康聪敏过人，好劳不倦，所有内外文牍，一经披览，历久不忘，尤能钩考厘剔，务极精详。唯生平有一极大的坏处，不学无术，未识大体。他自以为兄弟至亲，不加戒慎，朝士有才可用，并引入己府，又私置豪僮六千余人，未尝禀报，四方献馈，上品概达义康，次品方使供御。宋主尝冬月啖柑，嫌它味劣。义康在侧，即令侍役至己府往取，择得甘大数枚，进呈宋主，果然色味俱佳，宋主不免动了疑心。还有领军刘湛，仗着义康权势，奏对时辄多骄倨，无人臣礼，宋主益觉不平。殷景仁密表宋主，谓相王权重，非社稷计，应少加裁抑，宋主也以为然。

义康长史刘斌、王履、刘敬文、孔胤秀等，均谄事义康，见宋主多疾，尝密语义康道："主上千秋以后，应立长君，"这句话是挑动义康，明明有兄终弟及，情愿拥立义康的意思。可巧袁皇后一病不起，竟尔归天，宋主悼亡念切，也累得骨瘦如柴，不能视事。原来宋主待后，本来恩爱，不过因潘妃得宠，遂致分情。袁皇后愤恚成疾，竟于元嘉十七年孟秋，奄奄谢世。临终时由宋主入视，执袁后手，唏嘘流涕，问所欲言。袁后不答一词，但含着两眶眼泪，注视多时，既而引被覆面，喘发而亡。宋主见了袁后死状，免不得自嗟薄幸，悲悔交乘，特令前中书侍郎颜延之作一诔文，说得非常痛切，益使宋主悲不自胜，尝亲笔添入抚存悼亡感今怀昔八字，特诏谥后为元，哀思过度，旧恙复增。既有今日，何必当初？好几日不进饮食，遂召义康入商后事，预草顾命诏书。义康还府，转告刘湛。湛说道："国势艰难，岂是幼主所可嗣统？"义康流涕不答，湛竟与孔胤秀等，就尚书部曹索检晋立康帝故例，康帝系成帝弟，事见晋史。意欲推戴义康，其实义康全未预闻。哪知宋主服药有效，得起沉疴，渐渐闻知刘湛密谋，总道是义康串同一气，疑上加疑。义康欲选刘斌为丹阳尹，宋主不允，义康倒也罢议，偏刘湛从旁窥察，引为己忧，不幸母又去世，丁艰免职，湛顾语亲属道："这遭要遇大祸了！"汝亦自知得罪么？

先是殷景仁卧疾五年，常为刘湛等所谗毁，亏得宋主明察，不使中伤。及湛免官守制，景仁遽令家人拂拭衣冠，似将入朝，家人统莫明其妙。到了黄昏，果有密使到来，立促景仁入宫。景仁戴朝冠，服朝衣，应召趋入，见了宋主，尚自言脚疾，由宋主指一小床舆，令他就坐，密商要事。看官道为何因？就是要收诛刘湛，黜退义康的密谋。景仁一力担承，便替宋主下敕，先召义康入宿，留止中书省。待至义康进来，时已夜半，复开东掖门召沈庆之。庆之为殿中将军，防守东掖门，蓦闻被召，猝着戎服，缚裤径入。宋主惊问道："卿何故这般急装？"庆之答道："夜半召臣，定有急事，所以仓猝进来。"宋主知庆之不附刘湛，遂命他捕湛下狱，与湛三子黯、亮、俨，及湛党刘斌、刘敬文、孔胤秀等。

时已天晚，当即下诏暴湛罪恶，就狱诛湛父子，及湛党八人。一面宣告义康，备述湛等罪状。义康自知被嫌，慌忙上表辞职，有诏出义康为江州刺史，往镇豫章，进江夏王义恭为司徒，录尚书事。义康待义恭到省，便即交卸，入宫辞行。宋主唯对他恸哭，不置一言，义康亦涕泣而出。宋主遣沙门慧琳送行，义康问道："弟子有还理否？"慧琳道："恨公未读数百卷书！"义康尚将信将疑，怅怅辞去。梦尚未醒。

骁骑将军徐湛之，系是帝甥，为会稽长公主所出，公主嫁徐逵之见第九回。至是亦坐刘湛党，被收论死。会稽长公主闻报，仓皇入宫，手中携一锦囊，掷置地上，囊内贮一衲布衫袄，取示宋主，且泣且语道："汝家本来贫贱，此衣便是我母与汝父所制，今日得一饱餐，便欲杀我儿么？"宋主瞧着，也不禁泪下。这衲布衫袄的来历，系是宋武微贱时，由臧皇后手制，臧后薨逝，留付公主道："后世子孙，如有骄奢不法，可举此衣相示。"公主奉了遗嘱，因将此衣藏着，这次正好取用，引起宋主怅触，乃将湛之赦免。

吏部尚书王球，素安恬淡，不阿权贵，独兄子履为从事中郎，深结刘湛，往来甚密，球屡戒不悛。及湛在夜间被收，履闻变大惊，徒跣告球，球从容自若，命仆役代为取鞋，且温酒与宴，徐徐笑问道："我平日语汝，汝可记得否？"履附首呜咽，不敢答言。球见他觳觫可怜，方道："有汝叔在，汝怕什么？但此后须要小心！"履始泣谢。越日诏诛湛党，履果免死，但褫夺官职，不得再用。球却得进官仆射，受任未几，即称疾乞休，卒得令终。热中者其视之。

宋主命殷景仁为扬州刺史，仍守本官，尚书刘义融为领军将军。又因会稽长公主的情谊，特任徐湛之为中护军，兼丹阳尹。会稽长公主入宫道谢，由宋主留与宴饮，相叙甚欢。公主忽起，离座下拜，叩首有声。宋主不知何意，慌忙下座搀扶，公主悲咽道："陛下若俯纳愚言，方敢起来。"宋主允诺，公主乃起，随即说道："车子岁暮，必不为陛下所容，今特替他请命！"说着，泪如雨下，宋主亦觉唏嘘，便与公主出指蒋山道："公主放心，我指蒋山为誓，若背今言，便是负初宁陵！"即宋武陵。公主乃破涕为欢，入座再饮，兴尽始辞。看官欲问车子为谁？车子就是彭城王义康小字。宋主又将席间余酒，封赐义康，并致书道："顷与会稽姊饮宴，记及吾弟，所有余酒，今特封赠。"义康亦上表谢恩，无容絮述。

唯殷景仁既预诛刘湛，兼领扬州，忽致精神瞀乱，变易常度。冬季遇雪，出厅观望，愕然失色道："当阁何得有大树？"寻复省悟道："我误了！我误了！"遂返寝卧榻，呓语不休。才阅数日，一命呜呼！或说是刘湛为祟，亦未知真否，小子未敢臆断，宋主追赠司空，赐谥文成，扬州刺史一缺，即授皇次子始兴王浚。

宋主长子名劭，已立为太子，次子浚年尚幼冲，偏付重任，州事一切，悉委任后军长史范晔，主簿沈璞。晔字蔚宗，具有隽才，后汉书百二十卷，实出晔手，几与司马迁、班固齐名。唯素行佻达，广置妓妾，常为士论所鄙。晔尚谓用不尽才，屡怀怨望。宋主爱他才具，令为扬州长史，嗣又擢任左卫将军，兼太子詹事，与右卫将军沈演之，分掌禁旅，同参机密。吏部尚书何尚之，入谏宋主道："范晔志趋异常，不应内任，最好是出为广州刺史，距都较远，免致生事，尚可保全。若在内构衅，终加铁锧，是陛下怜才至意，反不能慎重如始了！"宋主摇首道："方诛刘湛，复迁范晔，人将疑朕好信谗言，但教知晔性情，预为防范，他亦怎能为害呢！"忠言不听，终致误事。尚之不便再言，只好趋退。

彭城王义康出镇江州，越年表辞刺史，乃令都督江、处、广三州军事。前龙骧将军扶令育，诣阙上书请召还义康，协和兄弟，偏偏触动主怒，下狱赐死。宋主始终疑忌义康，只因会稽长公主在内维持，义康还得无恙。公主又因竟陵王义宣，衡阳王义季，年已寖长，未邀重任，亦尝与宋主谈及，请令出镇上游。宋主不得已任义宣为荆州刺史，义季为南兖州刺史，已而复调义季镇徐州。

先是广州刺史孔默之，因赃得罪，由义康代为奏解，方邀宽免。默之病死，有子熙先，博学文史，兼通数术，充职员外散骑侍郎。他感义康救父深恩，密图报效。尝按天文图谶，料宋主必不令终，祸由骨肉，独江州应出天子。后事果如所料，可惜尚差一着。当下属意义康，总道是江州应谶，可以乘机佐命，一则期报私惠，二则借立奇功，主见已定，伺机待发。

好容易待了两三年，无隙可乘，熙先孤掌难鸣，必须联结几个重臣，方可起事。左瞻右瞩，只有范晔自命不凡，常怀觖望，或可引与同谋。乃先厚结晔甥谢综，使为先容。综为太子中书舍人，本与晔并处都中，朝夕过从，乐得引了熙先，同往见晔。晔与熙先谈论今古，熙先应对如流，已为晔所器重，晔素好博，熙先又故意输钱，买动晔欢，晔遂格外亲爱，联作知交。熙先以摴蒲买欢，实开后世干禄法门。熙先因从容说晔道："彭城王英断聪敏，神人所归，今远徙南陲，天下共愤，熙先受先君遗命，愿为彭城王效死酬恩，近见人情骚动，天文舛错，正是智士图功的机会。若顺天应人，密结英豪，表里相应，发难肘腋，诛异己，奉明圣，号令天下，谁敢不从，未知尊见以为何如？"晔听他一番言语，禁不住错愕失色。熙先又道："公不见刘领军么？挟权千日，碎首一朝。公自问谅不及刘领军，万一祸及，不可幸逃，若乘势建功，易危为安，享厚利，收大名，岂不较善！"再进一步，是晓以利害。

晔尚沉吟不决，熙先复说道："愚尚有一言，不敢不向公直陈，公累世通显，乃不得连姻帝室，人以犬豕相待，公岂不知耻！尚欲为人效力么？"更进一步，是抉透隐情。这数语激起晔恨，不由的感动起来。晔父范泰，曾任为车骑将军，从伯弘之，袭封武兴县五等侯，只因门无内行，不得与帝室为婚，晔原引为耻事，所以被熙先揭破，遂启异图。熙先鉴貌辨色，已知晔被说动，便与晔附耳数语，晔点首示意，熙先乃出。

谢综尝为义康记室参军，综弟约娶义康女为妻，当然与义康联络。又有道人法略，女尼法静，皆受义康豢养，素感私恩，并与熙先往来。法静妹夫许曜，领队在台，约为内应。就是中护军丹阳尹徐湛之，本是义康亲党，熙先更与连谋，并羼入前彭城府史仲承祖，日夕密议废立事。三个缝皮匠，比个诸葛亮，况有十数人主谋，便自以为诸葛亮复生，定可成功。当下想出一法，拟嫁祸领军将军赵伯符，诬他逞凶行弑，由范晔、孔熙先等入平内乱，迎立彭城王义康。逞情妄噬，怎得不败？一面由熙先遣婢采藻，随女尼法静往豫章，先与义康接洽，及法静、采藻还都，熙先又恐采藻泄言，把她鸩死。残忍。又诈作义康与湛之书，令在内执除谗慝，阳示同党，待期举发。

适衡阳王义季辞行出镇，皇三子武陵王骏，简任雍州刺史，皇四子南平王铄，也出为南豫州刺史，同日启行。宋主赐饯武帐冈，亲往谕遣。熙先与晔，拟即就是日作乱，许曜佩刀侍驾，晔亦在侧。宋主与义季等共饮，曜一再指刀，斜目视晔，究竟晔是文人，胆小如鼷，累得心惊肉跳，始终未敢动手。原来是银样镴枪头。

俄而座散，义季等皆去，宋主还宫，徐湛之恐事不济，竟密表上闻。宋主即命湛之收查证据，得晔等预备檄草，上面已署录姓名。当即按次掩捕，先呼晔及朝臣，入集华林园东阁，留憩客省，然后饬拿谢综、孔熙先等，一一审讯，并皆供服。宋主出御延贤堂，遣人问晔，晔满口抵赖。再命熙先质对，熙先笑语道："符檄书疏，统由晔一人主稿，怎得诬赖别人！"自己本是首谋，偏说他人主议，小人之可畏也如此。晔还未肯供认，经宋主取示草檄，上有晔亲笔署名手迹，自知无可隐讳，只好据实直陈。乃将晔拿下，与熙先等同拘狱中。

晔在狱上书，备陈图谶，申请宋主推诚骨肉，勿自贻祸等语。宋主置诸不理，但命有司穷治逆案，延至二旬，还未定刑。晔在狱中赋诗消遣，尚望更生。小子阅《范晔列传》，见有晔咏五古一首，当即随笔抄录，作为本回的结束。其诗云：

祸福本无兆，唯命归有极；
必至定前期，谁能延一息？
在生已可知，来缘惛音画，不慧貌。无识。
好丑共一丘，何足异枉直！
岂论东陵上，宁辨首山侧，
虽无嵇生琴，晋嵇康被害遭刑，索琴弹曲，操广陵散。庶同夏侯色。魏夏侯玄为司马师所杀，就刑东市，神色不变。
寄言生存子，此路行复即。

既而刑期已至，范晔等统要骈首市曹，临刑时尚有各种情形，待小子下回再叙。

义康未尝图逆，而刘湛、范晔，先后构衅，名若为义康谋，实则为身家计，求逞不成，杀身亡家，观于本回之叙录，病其狡，转不能不悯其愚焉！夫刘湛、范晔，无功业之足称，而一则为领军将军，一则兼太子詹事，入参机密，位非不隆，曩令废立事成，逆谋得遂，度亦不过拜相封侯已耳。况古来之佐命立功者，未必能长享富贵，飞鸟尽，良弓藏，狡兔死，走狗烹，刘、范固自称智士，胡为辨不蚤辨，自取诛夷耶？子舆氏有言：其为人也小有才，未闻君子之大道，则足以杀其躯而已。刘湛、范晔，正此类也。彼刘斌、孔熙先辈，鄙诈小人，更不足道，而义康为所播弄，始被黜，继遭废，死期已不远矣。

第十四回　陈参军立栅守危城
薛安都用矛刺虏将

却说范晔等系狱兼旬，谳案已定，当然处斩，晔为首犯，当先赴市。谢综、孔熙先等随后，彼此互相问答，尚有笑声。是谓憨不畏死。会晔家母妻，并来探视，且泣且詈，晔无愧色，亦无戚容。嗣由晔妹及妓妾来别，晔不禁悲涕流连。谢综在旁冷笑道："舅所言夏侯色，恐不若是！"晔乃收泪，旁顾亲属，不见综母，遂顾语综道："我姊不来，究竟比众不同！"又呼监刑官道："为我寄语徐童，鬼若有灵，定当相讼地下！"原来徐湛之小名仙童，晔怨湛之泄谋，故有此言，未几由监刑官促令开刀，几声脆响，头都落地，晔子蔼、遥、叔、蒌，孔熙先弟休先、景先、思先，子桂甫，孙白民，谢综弟约，及仲承祖许曜等，皆同时伏诛。查抄晔家资产，乐器服玩，并皆珍丽，妓妾所有珠翠，不可胜计。唯晔母居处敝陋，只有一厨中少积刍薪，晔弟子冬无被，叔父单布衣，薄父母，厚妾媵，不仁如晔，宜乎速死。世人其听之。

晔孙鲁连，谢综弟纬，蒙恩免死，流徙远州。臧皇后从子臧质，前为徐、兖二州刺史，与晔厚善，宋主顾念亲情，不令连坐，但降为义兴太守。削彭城王义康官爵，列为庶人，徙安成郡。命宁朔将军沈邵，为安成相，领兵防守。用赵伯符为护军将军。伯符系宋主祖母赵氏从子，宋主因逆党草檄，仇视伯符，所以引为宿卫，格外亲信。义康到了安成，记及慧琳赠言，方开箧阅书，读至汉淮南厉王长事，竟掩卷自叹道："古时已有此事，我未曾知晓，怪不得要遭重谴了！”悔之晚矣。

衡阳王义季，自南兖州移镇徐州，闻义康被废，未免灰心，遂终日饮酒，沉湎不治，宋主屡戒不悛。俄闻北魏寇边，越觉纵饮，夜以继昼，他本自祈速死，所以借酒戕生。果然不出两年，便即送命，年止二十三岁。原是速死为幸。追赠侍中司空，有子名嶷，许令袭爵。调皇三子武陵王骏为徐州刺史，捍卫京畿，控遏北虏。

看官阅过上文，应知宋、魏已经修和，为何又要开战呢？说来话长，由小子逐事叙明。接入无痕。

自氐王杨难当，投顺北魏，遣兄子保宗出镇薰亭，事见前回。保宗竟奔往北魏。魏授保宗为征西大将军、都督陇西军事，兼秦州牧武都王，镇守上邽，妻以公主；一面拜难当征南大将军领秦、凉二州牧，兼南秦王。难当以受职征南，进窥蜀土，驱兵袭宋益州，拔葭萌关，围攻涪城。太守刘道锡固守不下，难当乃移寇巴西，掠去维州流人七千余家。宋遣龙骧将军裴方明，会同梁、秦二州刺史刘真道，合兵往讨，大破难当，捣入仇池，擒住难当子虎，及兄子保炽。难当走依上邽，仇池无主，乃留保炽居守，献虎入宋都，杀死了事。宋命辅国司马胡崇之为北秦州刺史，监管保炽，助守仇池。魏独遣人迎难当至平城，起用古弼为统帅，与杨保宗等出兵祁山，直向仇池进发。胡崇之督军逆战，军败被擒，杨保炽遁走，仇池被魏夺去。魏使河间公拓跋齐，与杨保宗对镇骆谷。保宗弟文德，劝保宗乘间叛魏，规复故国，保宗也颇感动，只恐妻室不从，未敢遽发。哪知他妻室魏公主，窥透隐情，竟提及出家从夫四字，愿与保宗背魏。或谓公主不宜忘本，公主道：“事成当为国母，不比一小县公主了。”也是利令智昏。于是保宗决计叛魏。拓跋齐微有所闻，计诱保宗，把他擒住，送往平城，活活处死。独杨文德即据住白崖山，进图仇池，自号仇池公，称为保宗复仇。魏将军古弼击败文德，文德退走，遣使至宋廷乞援，宋命文德为征西大将军武都王，特派将军姜道盛驰救，与文德攻魏浊水城，魏将拓跋齐等逆战，道盛败死，文德退守葭芦，后来又被魏兵攻破，奔入汉中，妻子僚属，悉数陷没。就是杨保宗妻魏公主，亦为所取，由魏主赐令自尽。宋亦以文德失守故土，削爵免官。为这一事，宋、魏复成仇敌。

偏偏一波未平，一波又起。魏国属部卢水胡盖吴，纠众叛魏，为魏所破，吴又奉表宋廷，乞师为助。宋主也忘了前辙，即封吴为北地公，发雍、梁兵出屯境上，为吴声援，吴终敌不住魏兵，未几败死，魏主遂借口南侵，亲督步骑十万，逾河南来。

南顿太守郑琨，颍川太守郑道隐，望风遁去。豫州刺史南平王刘铄，方镇寿阳，亟遣参军陈宪，往戍悬瓠城。城中战士不满千人，魏兵大举来攻，环城数匝，且多设高楼瞰城，飞矢迭射，好似急雨一般，乱入城中，宪令军士拥盾为蔽，昼夜拒守，兵民汲水，统负着户板，为避矢计。魏兵又在冲车上面，设着大钩，牵曳楼堞，毁坏南城，宪复内设女墙，外立木栅，督兵力拒，誓死不退。魏主怒起，亲出指挥，使军士运土填堑，肉薄登城，宪率众苦战，杀伤甚众，尸与城齐，魏兵乘尸上城，挟刃相接，经宪奋臂一呼，士气益奋，一当十，十当百，任你魏兵如何骁勇，总不能陷入城中。但见头颅乱滚，血肉横飞，自朝至暮，杀了一日，那孤城兀自守着，不动分毫，魏兵却死了万人，只好退休。城中兵民，亦伤亡过半，陈宪仍然抚定疮痍，再与魏主相持，毫无惧色。好一员守城将吏。

魏永昌王拓跋仁掠得沿途生口，驻扎汝阳，徐州刺史武陵王刘骏，奉宋主命，发骑兵赍三日粮，遣参军刘泰之、垣谦之、臧肇之，及左常侍杜幼文，殿中将程天祚等，出兵五千，往袭拓跋仁。拓跋仁但防寿阳兵，不防彭城兵，忽被泰之等突入，顿时骇散，泰之等杀毙魏兵三千余人，毁去辎重，放出许多生口，悉令东还，然后收兵徐退。拓跋仁收集溃兵，探得泰之等兵无后继，复来追击，垣谦之纵辔先走，士卒惊溃。泰之战死，肇之溺毙，天祚被擒，唯幼文得脱，检查士卒，只得九百余人，余皆阵亡。

宋主闻报，命诛垣谦之，系杜幼文，降武陵王骏为镇军将军，再遣南平内史臧质，司马刘康祖，率兵万人，往援悬瓠。

魏主令任城乞地真截击，与臧质等鏖斗一场，乞地真马蹶被杀，余众除死伤外，溃归大营。魏主在悬瓠城下，已阅四十二日，正虑城坚难克，又闻兵挫将亡，援师将至，恐将来进退两难，不如知难先退，乃下令撤围，引兵北归。陈宪以守城有功，得擢为龙骧将军，兼汝南、新蔡两郡太守。

宋主因与魏失和，遂欲经略中原。彭城太守王玄谟，素好大言，屡请北伐，丹阳尹徐湛之，吏部尚书江湛，更从旁怂恿，独新任步兵校尉沈庆之，入朝谏阻道："我步彼骑，势不相敌，昔檀道济两出无功，到彦之失利退还，今王玄谟等未过两将，兵力也未见盛强，不如休养待时，徐图大举！”宋主怫然道：“道济养寇自资，彦之中途疾返，所以王师再屈，未见成功。朕思北虏所恃，以马为最，今夏水盛涨，河道流通，泛舟北进，确磝必走，滑台易下，虎牢、洛阳，自然不守。待至冬初，城戍相接，虏马过河，亦属无用，或反为我所擒获，亦未可知。此机如何轻失呢！”能说不能行奈何？庆之仍力言不可，宋主使徐湛之、江湛面与辩驳。庆之道：“治国譬如治家，耕当问奴，织当问婢，陛下今欲伐魏，反与白面书生商议，怎能有成？”江、徐二人，面有惭色，宋主大笑而罢。

太子劭及护军将军萧思话，亦奏称不宜出师，宋主始终不信。又接到魏主来书，语语讥讽，益足增恼。更闻魏臣崔浩，得罪被诛，虏廷少一谋士，越觉有隙可乘。崔浩被诛，详见下文，因为时序起见，故特带叙一笔。遂毅然决计，下诏北征，特加授王玄谟为宁朔将军，令偕步兵校尉沈庆之，咨议参军申坦，率水军入河，归青、冀二州刺史萧斌调度。新任太子左卫率臧质，骁骑将军王方回，出兵许洛，徐州刺史武陵王骏，豫州刺史南平王铄，各率部众出发，东西并进。梁、秦二州刺史刘秀之，西徇汧陇，太尉江夏王义恭，出次彭城，节制各军。一朝大举，饷运浩繁，国库中本无储积，不得不竭力搜括，凡王公妃主，及朝士牧守，各令量力输将，接济兵费，且遍查扬、徐、兖、江四州人民，计家资在五十万以上四成中要硬借一成，僧尼或有二十万积蓄，亦应四分借一，待军事已竣，乃许归偿，又恐兵力未足，悉征青、冀、徐、豫、兖诸州民丁，充入行伍。如有骑射优长，武技出众诸壮士，先加厚赏，继委兵官，真个是八方搜罗，不遗余力。真正何苦？

建武司马申元吉引兵趋确磝，魏刺史王买德弃城北遁；将军崔猛引兵投安乐，魏刺史张淮之亦弃城遁去。萧斌与沈庆之留守确磝，王玄谟率领大军进攻滑台。魏主初闻宋师大举，顾语左右道：“马今未肥，天时尚热，我若速出，未必有功，倘敌来不止，不如退避阴山，延至冬初，便无忧了。”及滑台被围，已值暮秋，魏主即命太子晃屯兵漠南，防御柔然，更令庶子南安王余，留守平城，自引兵南救滑台。

宋将王玄谟本不知兵，但遣钟离太守垣护之，率百舸为前锋，往据石济。石济距滑台西南百二十里，总算要他扼截援军，作为犄角，自领各军驻扎滑台城下，四面环攻。城中本多茅屋，诸将请用火箭射入，使他延烧，玄谟摇首道："城中一草一木，统是值钱，将来都当属我，奈何遽令烧毁呢？"无非妄想。过了一日，城中居民，即撤屋穴处，守将日夕防备，无懈可击，玄谟又出示召募兵民，河洛壮丁，络绎奔赴，操械投营，玄谟只给他每家匹布，还要勒供大梨八百枚，遂致众心失望，相率解体。

城下顿兵数月，士气日衰，忽接到垣护之来书，说是魏兵将至，请促兵攻城，愈速愈妙云云。玄谟尚不在意，蹉跎过去。又越旬余，由侦骑仓皇奔入，报称魏主南来，已到枋头，有众百万人。吓得玄谟面如土色，急召诸将会议。诸将又请发车为营，防备冲突，玄谟仍迟疑不决。到了夜间，但听得鼓声隐隐，自远传来，更觉惊慌失措，三更已过，斗转参横，突有铁骑冲围直入，驰向城中，玄谟也不敢下令截击，一任来骑入城，看官欲问骑将姓名，原来叫作陆真，是奉魏主焘命令，先来抚慰城中，报知援师消息。麾下不过数骑，王玄谟尚是怯战，何况魏主带来的大兵呢？

是夕魏兵大至，鼙鼓声喧，比昨夜还要震耳，玄谟出营北望，从月光下瞧将过去，尘头陡乱，扑面生惊，慌忙入帐传令，立刻退走，将士已无斗志，一闻令下，争先奔还，玄谟也上马急奔，只恨爹娘少生两翅，急切飞不到江东。那魏兵从后赶来，乘势乱斫，把宋军后队的将士，一古脑儿杀光，就是前队人马，亦多逃散。沿途委弃军械，几同山积，眼见是赠与魏人了。一刀一剑，统是值钱，奈何甘心赠虏？

垣护之尚在石济，得知魏军渡河，正拟致书玄谟，与约夹攻，不料玄谟未战先溃，魏人夺得玄谟战舰，反来截击护之归路。护之又惊又愤，把百舸列成一字，横驶归来，中流被战舰阻住，连贯铁组三重，系以巨锁，护之先执长柄巨斧，猛力奋劈，得将铁组割断一重，部众也依法施行，你斩我斫，立将三重攻破，越舸南下。魏人见他来势凶猛，却也不拦阻，由他冲过，各舸多半无恙，只失去了一舸。

萧斌尚在碻磝，闻报魏主来援，便命沈庆之率兵五千，往救玄谟。庆之道："玄谟士众疲敝，不足一战，寇虏已逼，五千人何足济事，不如勿往！"斌强令驰救，庆之方才出城，约行数里，即见玄谟狼狈奔还，自知前进无益，也只好中途折回，与玄谟同见萧斌。斌面责玄谟，意欲将他处斩，庆之忙谏阻道："佛狸，系魏主焘小字。威震天下，控弦百万，岂玄谟所能抵敌，徒杀战将，反以示弱，愿明公慎重为是！"玄谟罪实可杀，不过所杀非时。斌意乃解，再议固守碻磝，庆之道：“今青冀虚弱，乃欲坐守穷城，实非良策；若虏众东趋，青冀恐非我有了。”斌因欲还镇，适值诏使到来，令斌等留住碻磝，再图进取。庆之又入语斌道：“将在外，君命不受，诏从远来，未明事势，今日须要从权，未可专从君命！”斌答道：“且俟经过众议，方定行止。”庆之抗声道：“节下有一范增不能用，空议何益？”范增系项羽臣，庆之借以自比。斌笑顾左右道：“不意沈公却有此学问。”庆之益厉声道：“众人虽知古今，尚不如下官耳学呢。”斌乃留王玄谟戍碻磝，申坦、垣护之据清口，自率诸军还历城。

先是宋主出师，除饬徐、豫两亲王，分道发兵外，又任第六子随王诞为雍州刺史，使镇襄阳，且暂辍江州军府，将所有文武官吏，移住雍州，归诞调拨。诞遣中兵参军柳元景，振威将军尹显祖，奋武将曾方平，建武将军薛安都，略阳太守庞法起等，从西北进兵，入卢氏县，斩魏县令李封，用城中豪民赵难为县令，使充向道。再进兵攻弘农，擒住魏太守李初古。连章奏捷，有诏命元景为弘农太守。元景又使庞法起、薛安都、尹显祖等西进，自在弘农督饷济军。

法起等到了陕城，城垣险固，攻打不下，魏洛州刺史张是连提，率众二万，渡殽救陕，纵骑突入宋军，很是厉害。宋军纷纷却退，薛安都呼喝不住，恼得气冲牛斗，脱去盔甲，只着绛袖两裆。前当心，后当背，谓之两裆。并卸去马鞍，跃马横矛，当先突出，直向魏军阵内杀入。无论魏军如何精悍，但教被他矛头钩着，无不丧命。宋军也趁势杀转，反将魏军冲散。说时迟，那时快，魏将张是连提，见安都奋着两条赤膊，锐不可当，便令军士一齐放箭，统向安都射来，偏安都这枝蛇矛，神出鬼没，看他四面旋舞，连箭簇都不能近身，不过安都手下的随军，倒被射死了好几个。战至日暮，两军尚有余勇，未肯罢手。可巧宋将鲁元保，从函谷关杀到，来助安都，魏将见有生力军来援，方收军退去。

越宿天晓，曾方平又引兵到来，与安都谈及战事，方平也是个不怕死的好汉，慨然语安都道：“今强敌在前，坚城在后，正是我等效死的日子。我与君约，同出决战，君若不进，我当斩君，我若不进，君可斩我！”安都大喜道：“愿如君言！”以死为约，越不怕死，越是不死。

方平又召入副将柳元佑，与他附耳数语，元佑应令自去。有勇还贵有谋。

乃与安都至陕城西南，列阵待战。

魏将张是连提，倒也不管死活，仗着兵多马众，前来接仗。安都在左，方平在右，各率部众猛进。两下里喊杀连天，声震山谷，约有百数十个回合，魏兵死伤甚众，已觉无力支撑。蓦听得鼓声大震，一彪军从南门杀来，旌旗甲胄，很是鲜明，吓得魏军胆战心惊，步步倒退。这支人马，就是柳元佑领计前来。安都乘势奋击，流血凝肘，矛被折断，易矛再进，杀到天昏地暗，日薄西山。张是连提，料知不能再持，策马欲奔，不防安都突至马前，兜心一矛，戳破胸膛，倒毙马下。魏军失了主帅，当然大溃，将卒伤亡三千余人，此外坠河填堑，不可胜数，有二千人无路可走，降了宋军。

翌日，柳元景亦驰至陕城，责语降卒道："汝等本中国人民，反为虏尽力，必待力屈乃降，究是何意？"降卒齐声道："虏将驱民使战，稍一落后，便要灭族，且用骑蹙步，未战先死，这是将军所亲见，还乞见原！"诸将请尽杀降兵，元景道："王旗北指，当使仁声载路，奈何多杀无辜！"仁人之言。遂悉数纵归，众皆罗拜，欢呼万岁而去。

元景乃督攻陕城，隔宿即下，更令庞法起等进攻潼关。魏戍将娄须遁去，关为法起所据，揭榜安民，关中豪杰，及四山羌胡，统输款军前，情愿投效。不意宋廷传下诏书，竟召柳元景等还镇，元景只好奉诏班师，仍归襄阳。小子有诗叹道：

王旗西指入河潼，百战功成指顾中。
谁料朝廷常失策，无端马首促归东！

欲知宋廷召还西师的原因，且至下回再表。

陈宪、薛安都，一善守，一善战，将将或不足，将兵则固属有余。他如沈庆之之持重，柳元景之好仁，俱有名将态度，以之将将，未必不能胜任，有此干城之选，而不获重用，乃独任阘茸无能之萧斌，为正军之统帅，虚憍无识之王玄谟，为正军之前驱，几何而不丧师失律，贻误军机也！周易有言：长子帅师，弟子舆尸，贞凶。如萧斌、王玄谟者，正受此害，汉弧不张，胡焰益炽，不谓之贞凶得乎！师贵文人，恶小子，宋室君臣，皆未足语此。必以恢复河南为宋主咎，尚非探本之论也。

第十五回　骋辩词张畅报使　贻溲溺臧质复书

却说宋廷驰诏入关，召还柳元景以下诸将，诏中大略，无非因王玄谟败还，柳元景等不宜独进，所以叫他东归。元景不便违诏，只好收军退回，令薛安都断后，徐归襄阳。为这一退，遂令魏兵专力南下，又害得宋室良将，战死一人。

原来豫州刺史南平王刘铄，曾遣参军胡盛之出汝南，梁坦出上蔡，攻夺长社，再遣司马刘康祖，进逼虎牢。魏永昌王拓跋仁，探得悬瓠空虚，一鼓攻入，又进陷项城。适宋廷召还各军，各归原镇，刘康祖与胡盛之，引兵偕归。行至威武镇，那后面的魏兵，却是漫山遍野，蜂拥而来。胡盛之急语康祖道："追兵甚众，望去不下数万骑，我兵只有八千人，众寡不敌，看来只好依山逐险，间道南行，方不致为虏所乘哩。"康祖勃然道："临河求敌，未得出战，今得他自来送死，正当与他对垒，杀他一个下马威，免令深入，奈何未战先怯呢？"勇有余而智不足。遂结车为营，向北待着，且下令军中道："观望不前，便当斩首！惊顾却步，便当斩足！"军士却也齐声应令。声尚未绝，魏军已经杀到，四面兜集，围住宋营。宋军拼命死斗，自朝至暮，杀毙魏兵万余人，流血没踝，康祖身被数创，意气自若，仍然麾众力战。会日暮风急，虏帅拓跋仁，令骑兵下马负草，纵火焚康祖车营，康祖随缺随补，亲自指挥，不防一箭飞来，穿透项颈，血流不止，顿时晕倒马下，气绝身亡。余众不能再战，由胡盛之突围出走，带着残兵数百骑，奔回寿阳，八千人伤亡大半。

魏兵乘势蹂躏威武，威武镇将王罗汉，手下只三百人，怎禁得虏骑数万，把他困住，一时冲突不出，被他擒去。魏使三郎将锁住罗汉，在旁看守，罗汉伺至夜半，觑着三郎将睡卧，扭断铁练，踅至三郎将身旁，窃得佩刀，枭他首级，抱锁出营，一溜风似的跑到盱眙，幸得保全性命。

拓跋仁进逼寿阳，南平王铄登陴固守。魏主拓跋焘把豫州军事，悉委永昌王仁，自率精骑趋徐州，直抵萧城。前写宋师出发，何等势盛，此时乃反客为主，可见胜败无常，令人心悸。萧城距彭城只十余里。彭城兵多粮少，江夏王义恭，恐不可守，即欲弃城南归。沈庆之谓历城多粮，拟奉二王及妃女，直趋历城，留护军萧思话居守。长史何勋，与庆之异议。欲东奔郁洲，由海道绕归建康。独沛郡太守张畅，闻二议龃龉不决，即入白义恭道："历城、郁洲，万不可往，亦万不易往，试想城中乏食，百姓统有去志，但因关城严闭，欲去无从，若主帅一走，大众俱溃，虏众从后追来，难道尚能到历城、郁洲么？今兵粮虽少，总还可支持旬月，哪有舍安就危，自寻死路？若二议必行，下官愿先溅颈血，污公马蹄。"道言甫毕，武陵王骏亦入语道："叔父统制全师，欲去欲留，非道民所敢干预；道民系骏小字。唯道民本此城守吏，今若委镇出奔，尚有何面目归事朝廷？城存与存，城亡与亡，道民愿依张太守言，效死勿去！"十一年南朝天子，是从此语得来。义恭乃止。

魏主焘到了彭城，就戏马台上，叠毡为屋，瞭望城中，见守兵行列整齐，器械精利，倒也不敢急攻。便遣尚书李孝伯至南门，馈义恭貂裘一袭，饷骏橐驼及骡各数头，且传语道："魏主致意安北将军，可暂出相见，我不过到此巡阅，无意攻城，何必劳苦将士，如此严守！"武陵王骏，曾受安北将军职衔，恐魏主不怀好意，因遣张畅开门报使，与孝伯晤谈道："安北将军武陵王，甚欲进见魏主，但人臣无外交，彼此相同，守备乃城主本务，何用多疑？"

孝伯返报魏主，魏主求酒及橘蔗，并借博具，由骏一一照给，魏主又饷毡及胡豉与九种盐，乞假乐器。义恭仍遣张畅出答。畅一出城，城中守将，见魏尚书李孝伯，控骑前来，便拽起吊桥，阖住城门。孝伯复与畅接谈，畅即传命道："我太尉江夏王，受任戎行，未赍乐具，因此妨命！"孝伯道："这也没甚关系，但君一出城，何故即闭门绝桥？"畅不待说毕，即接口道："二王因魏主初到，营垒未立，将士多劳，城内有十万精甲，恐挟怒出城，轻相陵践，所以闭门阻止，不使轻战。待魏主休息士马，各下战书，然后指定战场，一决胜负。"颇有晋栾鍼整暇气象。孝伯正要答词，忽又由魏主遣人驰至，与畅相语道："致意太尉安北，何不遣人来至我营，就使言不尽情，也好见我大小，知我老少，观我为人，究竟如何？若诸佐皆不可遣，亦可使僮干前来。"畅又答道："魏主形状才力，久已闻知，李尚书亲自衔命，彼此已可尽言，故不复遣使了。"孝伯接入道："王玄谟乃是庸才，南国何故误用，以致奔败？我军入境七百里，主人竟不能一矢相遗，我想这偌大彭城，亦未必果能长守哩！"畅驳说道："玄谟南土偏将，不过用作前驱，并非倚为心膂，只因大军未至，河冰适合，玄谟乘夜还军，入商要计，部兵不察，稍稍乱行，有什么大损呢？若魏军入境七百里，无人相拒，这由我太尉神算，镇军秘谋，用兵有机，不便轻告。"亏他自圆其说。孝伯又易一词道："魏主原无意围城，当率众军直趋瓜步，若一路顺手，彭城何烦再攻？万一不捷，这城亦非我所需，我当南饮江湖，聊解口渴呢！"畅微笑道："去留悉听彼便，不过北马饮江，恐犯天忌；若果有此，可是没有天道了！"这语说出，顿令孝伯出了一惊。看官道为何故？从前有一童谣云："虏马饮江水，佛狸死卯年。"是年正岁次辛卯，孝伯亦闻此语，所以惊心。便语畅告别道："君深自爱，相去数武，恨不握手！"畅接说道："李尚书保重，他日中原荡定，尚书原是汉人，来还我朝，相聚有日哩！"遂一揖而散。好算一位专对才。

次日，魏主督兵攻城，城上矢石雨下，击伤魏兵多人。魏主遂移兵南下，使中书郎鲁秀出广陵，高凉王拓跋那出山阳，永昌王拓跋仁出横江，所过城邑，无不残破。江淮大震，建康戒严，宋主亟授臧质为辅国将军，使统万人救彭城。行至盱眙，闻魏兵已越淮南来，亟令偏将臧澄之、毛熙祚等，分屯东山及前浦，自在城南下营。哪知臧、毛两垒，相继败没，魏燕王拓跋谭，驱兵直进，来逼质营。质军惊散，只剩得七百人，随质奔盱眙城，所有辎重器械，悉数弃去。

盱眙太守沈璞，莅任未久，却缮城浚隍，储财积谷，以及刀矛矢石，无不具备。当时僚属犹疑他多事，及魏军凭城，又劝璞奔还建康。璞奋然道："我前此筹备守具，正为今日，若虏众远来，视我城小，不愿来攻，也无庸多劳了。倘他肉薄攻城，正是我报国时候，也是诸君立功封侯的机会哩！诸君亦尝闻昆阳、合肥遗事么？新莽、苻秦，拥众数十万，乃为昆阳、合肥所摧，一败涂地，几曾见有数十万众，顿兵小城下，能长此不败么？”僚佐闻言，方有固志。

璞招得二千精兵，闭城待敌。至臧质叩关，僚属又劝璞勿纳，璞又叹道：“同舟共济，胡越一心，况兵众容易却虏，奈何勿纳臧将军！”遂开城迎质。质既入城，见城中守备丰饶，喜出望外，即与璞誓同坚守，众皆踊跃呼万岁。

那魏兵不带资粮，专靠着沿途打劫，充作军需。及渡淮南行，民多窜匿，途次无从抄掠，累得人困马乏，时患饥荒，闻盱眙具有积粟，巴不得一举入城，饱载而归。偏偏攻城不拔，转令魏主无法可施，因留数千人驻扎盱眙，自率大众南下。

行抵瓜步，毁民庐舍，取材为筏，屋料不足，济以竹苇。扬言将渡江深入，急得建康城内，上下震惊。宋主亟命领军将军刘遵考等，率兵分扼津要，自采石至暨阳，绵亘六七百里，统是陈舰列营，严加备御。太子劭出镇石头，总统水师。丹阳尹徐湛之，往守石头仓城。吏部尚书江湛，兼职领军，军事处置，悉归调度。宋主亲登石头城，面有忧色，旁顾江湛在侧，便与语道：“北伐计议，本乏赞同，今日士民怨苦，并使大夫贻忧，回想起来，统是朕的过失，愧悔亦无及了！”江湛不禁赧颜，俯首无词。宋主复叹道：“檀道济若在，岂使胡马至此！”谁叫你自坏长城？

嗣又转登幕府山，观望形势，自思重赏之下，当有勇夫，因即榜示军民，有能得魏主首，封万户侯，或枭献魏王公首，立赏万金。又募人赍野葛酒，置空村中，诱令魏人取饮，俾他毒死。统是儿女子计策。偏偏所谋不遂，智术两穷。还幸魏主无意久持，遣使携赠橐驼名马，请和求婚。宋主亦遣行人田奇，答送珍羞异味。魏主见有黄柑，当即取食，且大进御酒。左右疑食中有毒，密戒魏主，魏主不应，但出雏孙示田奇道：“我远来至此，并非贪汝土地，实欲继好息民，永结姻援。汝国若肯以帝女配我孙，我亦愿以我女配武陵王，从此匹马不复南顾了！”田奇乃归白宋主。宋廷大臣，多半主张和亲，独江湛谓戎狄无信，不如勿许。忽有一人抢入道：“今三王在阨，主上忧劳，难道还要主战么？”这数语的声浪，几乎响彻殿瓦，豺狼之声。害得江湛大惊失色，慌忙审视，进言的不是别人，乃是太子刘劭。自知此人难惹，便即匆匆退朝。劭且顾令左右，当阶挤湛，几至倒地，宋主看不过去，出言呵禁，劭尚抗声道："北伐败辱，数州沦破，独有斩江、徐二人，方可谢天下！"宋主蹙额道："北伐原出我意，休怪江、徐！"汝肯认过，怪不得后来遇弑？劭怒尚未平，悻悻而出。

可巧魏主也不复请和，但在瓜步山上，过了残年。越日已为元嘉二十八年元旦，魏主大集群臣，班爵行赏，便下令拔营北归。道出盱眙，魏主又遣使入城，馈送刀剑，求供美酒。守将臧质，却给了好几坛，交来使带回。魏主酒兴正浓，即命开封取酒，哪知一股臭气，由坛冲出。仔细验视，并不是酒，乃是混浊浊的小溲！臧质亦太恶作剧。

魏主大怒，便令将士攻城，四面筑起长围，一夕即就。且运东山土石，填砌濠堑，就君山筑造浮桥，分兵防堵，截断城中水陆通道。一面贻臧质书道：

尔以溲代酒，可谓智士，我今所遣攻城各兵，尽非我国人，城东北是丁零与胡，南是氐羌，设使丁零死，正可减常山赵郡贼；胡死可减并州贼；羌死可减关中贼；尔若能尽加杀戮，于我甚利，我再观尔智计也！

臧质得书，亦复报道：

省示具悉奸怀！尔自恃四足，屡犯边境，王玄谟退于东，申坦散于西，尔知其所以然耶？尔独不闻童谣之言乎？盖卯年未至，故以二军开饮江之路耳！冥期使然，非复人事。我受命扫虏，期至白登，师行未远，尔自送死，岂容复令尔生全，飨有桑干哉！尔有幸得为乱兵所杀；不幸则生遭锁缚，载以一驴，直送都市耳！我本不图全，若天地无灵，力屈于尔，齑之粉之，屠之裂之，犹未足以谢本朝。尔智识及众力，岂能胜苻坚耶！今春雨已降，兵方四集，尔但安意攻城，切勿遽走！粮食乏者可见语，当出廪相遗。得所送剑刀，欲令我挥之尔身耶？各自努力，毋烦多言！

魏主接阅复书，当然大怒，特制铁床一具，上置许多铁镵，仿佛与尖刀山相似。且咬牙切齿，指床示众道："破城以后，誓生擒臧质，叫他坐在镵上，尝试此味！"臧质得知消息，亦写着都中赏格，有斩佛狸首封万户侯等语。魏主益怒，麾兵猛攻，并用钩车钩城楼。臧质将计就计，命守卒数百人，各执巨绠，将他来钩系住，反令车不得退。相持至夜间，质见魏兵少懈，缒桶悬卒，出截各钩，悉数取来。次日辰刻，魏主改用冲车攻城，城土坚密，颓落不多。魏兵即肉薄登城，更番相代，前仆后继，质与沈璞分段扼守，饬用长矛巨斧，或戳或斫，一些儿没有放松。可怜魏兵只有下坠，不能上升，究竟性命是人人所惜，死了几十百个，余外亦只好退休。今日攻不下，明日又攻不下，好容易过了一月，仍然不下，魏兵倒死了万余人。春和日暖，尸气薰蒸，免不得酿成疫疠，魏兵多半传染，均害得骨软神疲。探得宋都消息，将遣水军自海入淮，来援盱眙，并饬彭城截敌归路，魏主知不可留，乃毁去攻具，向北退走。

盱眙守将欲追蹑魏兵，沈璞道："我军不过二三千名，能守不能战，但教佯整舟楫，示欲北渡，能使虏众速走，便无他虑了！"可行则行，可止则止，是谓良将。魏主闻盱眙具舟，果然急返，路过彭城，也无暇住足，匆匆驰去。彭城将佐，劝义恭出兵追击，谓虏众驱过生口万余，当乘势夺回。义恭很是胆怯，不肯允议。

越日诏使到来，命义恭尽力追虏，是时魏兵早已去远，就使有翅可飞，也是无及。义恭但遣司马檀和之驰向萧城，总算是奉诏行事，沿途一带，并不见有魏兵，但见尸骸累累，统是断脰截足，状甚可惨。途次遇着程天祚，乃是由虏中逃归，报称南中被掠生口，悉数遭屠，丁壮都斩头斩足，婴儿贯诸槊上，盘舞为戏，所过郡县，赤地无余，连春燕都归巢林中，说将起来，真是可叹！谁生厉阶，一至于此？还有王玄谟前戍碻磝，也由义恭召还，碻磝仍被魏兵夺去。

看官听着！这废王刘义康，就在这战鼓声中了结生命。当时故将军胡藩子诞世，拟奉义康为主，纠集羽党二百余人，潜入豫章，杀死太守桓隆之，据郡作乱。适值交州刺史檀和之卸职归来，道出豫章，号召兵吏，击斩诞世，传首建康。太尉江夏王义恭，引和之为司马。且奏请远徙义康，宋主乃拟徙义康至广州。先遣使人传语，义康答道："人生总有一死，我也不望再生，但必欲为乱，何分远近？要死就死在此地，已不愿再迁了！"宋主得来使返报，很是介意。及魏兵入境，内外戒严，太子劭及武陵王骏等，恐义康乘隙图逞，屡把大义灭亲四字，申劝宋主。宋主遂遣中书舍人严龙，持药至安成郡赐义康死。如前誓何？义康不肯服药，蹙然道：“佛教不许自杀，愿随宜处分。”零陵王曾有此语，不意于此复得之，刘裕有知，亦当悔弑零陵。严龙遂用被掩住义康，将他扼死。死法亦与零陵相同。

太尉江夏王义恭，徐州刺史武陵王骏俱因御虏无功，致遭谴责，义恭降为骠骑将军，骏降为北中郎将。青、冀刺史萧斌，将军王玄谟，亦坐罪免官。自经此次宋、魏交争，南兖、徐、兖、豫、青、冀六州，邑里为墟，倍极萧条。元嘉初政，从此寖衰了。小子有诗叹道：

自古佳兵本不祥，况闻将帅又非良；
六州残破民遭劫，毕竟车儿太不明！车儿系宋主义隆小字。

兵为祸始，身且凶终。过了一两年，南北俱有重大情事，出人意表。小子当依次演述，请看官续阅下回。

观张畅之出报魏使，措词敏捷，可称为外交家。观臧质之复答魏书，下笔诙谐，可称为滑稽派。但吾谓宁效张畅，毋效臧质。张畅所说，不亢不卑，能令魏使李孝伯自然心折，三寸舌胜过十万师，张畅有焉。臧质以溲代酒，殊出不情，所致复书，语语挑动敌怒，曩令沈璞无备，区区孤城，岂能长守！且使魏主无意北归，誓拔此城，彭城又不敢发兵相救，则援绝势孤，终有陷没之一日，恐虏主所设之铁床，难免质之一坐耳。然则张畅之却敌也，得之于镇定；臧质之却敌也，得之于侥幸，镇定可恃，侥幸不可恃，臧质一试见效，至欲再试三试，宜后来之发难江州，一跌赤族也。

第十六回　永安宫魏主被戕　含章殿宋帝遇弑

却说魏主焘驰还平城，饮至告庙，改元正平，所有降民五万余家，分置近畿，无非是表扬威武，夸示功绩的意思。魏自拓跋嗣称盛，得焘相继，国势益隆，但推究由来，多出自崔浩功业。浩在魏主南下以前，已为了修史一事，得罪受诛，小子于十四回中，曾已提及，不过事实未详，还宜补叙。本回承前启后，正应就此表明。

浩与崔允等监修国史，已有数年，见十三回。魏主尝面谕道："务从实录"，浩因将魏主先世，据实列叙，毫不讳言。著作令史闵湛郗标，素来巧佞，见浩平时撰著，极口贡谀，且劝浩刊布国史，勒石垂示，以彰直笔。浩依言施行，镌石立衢，所有北魏祖宗的履历，无论善恶，一律直书。时太子晃总掌百揆，用四大臣为辅，第一人就是崔浩，此外三人，为中书监穆寿，及侍中张黎、古弼。弼头甚锐，形似笔尖，忠厚质直，颇得魏主信任，尝称为笔头公。浩亦直言无隐，常得太子敬礼，因此权势益崇，为人所惮。古人说得好，道高一尺，魔高一丈，崔浩具有干才，更得两朝优宠，事皆任性，不避嫌疑，免不得身为怨府，遭人构陷，中书侍郎高允，已早为崔浩担忧，浩全不在意，放任如故。致死之由。果然谗夫交构，大祸猝临，一道敕书，竟将浩收系狱中。

高允与浩同修国史，当然牵连，太子晃尝向允受经，意图营救，便召允与语道："我导卿入谒内廷，至尊有问，但依我言，当可免罪。"允佯为遵嘱，随太子进见魏主。太子先入，谓允小心慎密，史事俱由崔浩主持，与允无涉，请贷允死罪。魏主乃召允入问道："国史统出浩手么？"允跪答道："太祖记是前著作郎邓渊所作，先帝记及今上记，臣与浩共著，浩但为总裁，至下笔著述，臣较浩为更多。"魏主不禁盛怒，瞋目视太子道："允罪比浩为大，如何得生？"太子面有惧色，慌忙跪求道："天威严重，允系小臣，迷乱失次，故有此言。臣儿曾向允问明，俱说是由浩所为。"魏主又问允道："东宫所陈，是否确实？"允从容答道："臣罪当灭族，不敢虚妄，殿下哀臣，欲丐余生，所以有此设词。"壮哉高允。魏主怒已少解，复顾语太子道："这真好算得直臣了！临死不易辞，不失为信，为臣不欺君，不失为贞，国家有此纯臣，奈何加罪！"便谕令起身，站立一旁。复召崔浩入讯。浩面带惊惶，不敢详对。魏主令左右牵浩使出，即命高允草诏，诛浩及僚属僮吏，凡百二十八人，皆夷五族。允持笔不下，魏主一再催促，允搁笔奏请道："浩若别有余衅，非臣所敢谏诤；但因直笔触犯，罪不致死，怎得灭族！"魏主又怒，喝令左右将允拿下。太子晃更为哀求，魏主乃霁颜道："非允敢谏，更要致死数千人了。"太子与允，拜谢而退。越日有诏传出，命诛崔浩，并夷浩族；余止戮身，不及妻孥。还是一场冤狱。

他日太子责允道："我欲为卿脱死，卿终不从，致触上怒，事后追思，尚觉心悸。"允答道："史所以记善恶，垂戒今古。崔浩非无他罪，但作史一事，未违大礼，不应加诛，臣与浩同事，浩既诛死，臣何敢独生！蒙殿下替臣救解，恩同再造，不过违心苟免，非臣初愿，臣今独存，尚有愧死友哩！"太子不禁动容，称叹不置。语为魏主所闻，也有悔意。会尚书李孝伯病笃，讹传已死，魏主呜咽道："李尚书可惜！"半晌又改言道："朕几失词，崔司徒可惜！李尚书可哀！"嗣闻孝伯病愈，遂令入代浩职，每事与商，仿佛如浩在时，这且毋庸细表。

唯太子晃为政精察，素与中常侍宗爱有嫌，给事中仇尼道盛，得太子欢，亦与爱不协。偏魏主好信爱言，爱遂谗间东宫，先将仇尼道盛，指为首恶，次及东宫官属十数人。魏主竟一体处斩，害得太子晃日夕惊惶，致成心疾，未几遂殁。太吓不起。

既而魏主知晃无罪，很是悲悼，追谥晃为景穆太子，封晃子浚为高阳王。嗣又以皇孙世嫡，不当就藩，乃复收回成命。浚时年十二，聪颖过人，魏主格外钟爱，常令侍侧。只宗爱见魏主追悔，自恐得罪，遂想了一计，做出弑逆的大事来了。

一年易过，苦难下手。至魏正平二年春季，魏主焘因酒致醉，独卧永安宫。宗爱伺隙进去，不知他如何动手，竟令这英武果毅的魏主焘，死得不明不白，眼出舌伸。也是杀人过多的报应。

经过了好多时，始有侍臣入视，见魏主这般惨状，骇极欲奔，狂呼而出，那时宗爱早已溜出外面，佯作惊愕情状，即与尚书左仆射兰延、侍中和疋、音雅。薛提等，商量后事，暂不发丧。当下审择嗣君，互生异议。和疋以皇孙尚幼，欲立长君，薛提独援据经义，决拟立孙。彼此辩论一番，尚未定议，和疋竟召入东平王翰，置诸别室，将与群臣会议，立为嗣君。宗爱独密迎南安王余，自便门入禁中，引至柩前嗣位。这东平王翰及南安王余。统是魏主焘子，太子晃弟，翰排行第三，余排行第六。宗爱尝谮死东宫，听着薛提立孙的议论，原是反对，但与翰亦夙存芥蒂，不愿推立，因即矫传赫连皇后命令，魏立赫连后，见第十回。召入兰延、和疋、薛提三人，待他联翩入宫，竟突出宦官数十名，各持刀械，一拥而上，吓得三人浑身发颤，眼睁睁的被他缚住，霎时间血溅颈中，头颅落地。东平王翰居别室中，还痴望群臣来迎，好去做那嗣皇帝，不意室门一响，闯入许多阉人，执刀乱斫，半声狂叫，一命呜呼！真是冤枉。

宗爱即奉余即位，宣召群臣入谒，一班贪生怕死的魏臣，哪个还敢抗议；不得已向余下拜，俯首呼嵩。随即照例大赦，改元永平，尊赫连氏为皇太后，追谥魏主焘为太武皇帝，授宗爱为大司马大将军太师，都督中外诸军事，领中秘书，封冯翊王。备述宗爱官职，所以见余之不子。余因越次继立，恐众心未服，特发库中财帛，遍赐群臣。不到旬月，库藏告罄。偏是南方兵甲，蓦地来侵，几乎束手无策，还亏河南一带，边将固守，胜负参半，才将南军击退。

原来宋主义隆，闻魏主已殂，又欲北伐，可巧魏降将鲁轨子爽，及弟秀复来奔宋，奏称父轨早思南归，积忧成病，即致身亡，臣爽等谨承遗志，仍归祖国云云。鲁轨先奔秦，后奔魏，俱见第五、六回中。宋主大喜，立授爽为司州刺史，秀为颍州太守，与商北伐事宜。爽等竭力怂恿，遂遣抚军将军萧思话，督率冀州刺史张永等，进攻确磝。鲁爽、鲁秀、程天祚等，出发许洛，雍州刺史臧质，率部众趋潼关。沈庆之等固谏不从。青州刺史刘兴祖请长驱中山，直捣虏巢，亦不见听。反使侍郎徐爰，传诏军前，遇有进止，须待中旨施行。从前宋师败绩，均由宋主专制过甚，诸将趦趄莫决，所以致此。此次仍蹈前辙，眼见是不能成功。

张永等到了碻磝，围攻兼旬，被魏兵穴通地道，潜出毁营，永竟骇退，士卒多死。萧思话自往督攻，又经旬不下，粮尽亦还。臧质顿兵近郊，但遣司马柳元景等向潼关，梁州参军萧道成，即萧承之子。亦会军赴长安，未遇大敌，无状可述。唯鲁爽等进捣长社，魏守将秃发幡弃城遁去，再进至大索，与魏豫州刺史拓跋仆兰，交战一场，斩获甚多。追至虎牢，闻碻磝败退，魏又派兵来援，乃还镇义阳。柳元景等自恐势孤，亦引军东归，一番举动，又成画饼。宋主因他擅自退师，降黜有差，这也不在话下。

且说魏主余闻宋师已退，放心安胆，整日里沉湎酒色，间或出外畋游，不恤政事。宗爱总握枢机，权焰滔天，不但群臣侧目，连魏主余亦有戒心。有时见了宗爱，颇加裁抑，宗爱不免含愤，又复怀着逆谋，欲将余置诸死地。小人难养，观此益信。会余夜祭东庙，宗爱即嘱令小黄门贾周等，用着匕首，刺余入胸，立刻倒毙。

群臣尚未闻知，唯羽林郎中刘尼，得知此变，便入语宗爱，请立皇孙浚以副人望。爱愕然道："君大痴人，皇孙若立，肯忘正平时事么？"招太子晃事。尼默然趋出，密告殿中尚书源贺。贺有志除奸，即与尼同访尚书陆丽，与丽晤谈道："宗爱既立南安，今复加弑，且不愿迎立皇孙，显见他包藏祸心，不利社稷，若不早除，后患正不浅哩！"丽惊起道："嗣主又遭弑么？一再图逆，还当了得！我当与诸君共诛此贼，迎立皇孙！"遂召尚书长孙渴侯，商定密计，令与源贺率同禁兵，守卫宫廷，自与尼往迎皇孙。皇孙浚才十三岁，即抱置马上，驰至宫门。长孙渴侯开门迎入，丽入宫拥卫皇孙，尼率禁兵驰还东庙，向众大呼道："宗爱弑南安王，大逆不道，罪当灭族。今皇孙已登大位，传令卫士还宫，各守原职！"大众闻言，欢呼万岁。尼即麾众拿下宗爱、贾周，勒兵返营。奉皇孙浚御永安殿，即皇帝位，召见群臣，改元兴安。诛宗爱、贾周，具五刑，夷三族。追尊景穆太子晃为皇帝，庙号恭宗，妣郁久闾氏为恭皇后。立乳母常氏为保太后，常氏本辽西人，因事入宫，浚生时母即去世，由常氏哺乳抚育，乃得成人，所以特别尊养，隐示报酬。寻且竟尊为皇太后。虽曰报德，未足为训。封陆丽为平原王，刘尼为东安公，源贺为西平公，长孙渴侯为尚书令，加开府仪同三司，国事粗定，易危为安。那南朝的宋天子，却亲遭子祸，死于非命，仿佛有铜山西崩，洛钟东应的情状，这正所谓乱世纷纷，华夷一律呢。开下半回文字。

宋自袁皇后病逝后，潘淑妃得专总内政。太子劭性本凶险，又忆及母后病亡，由淑妃所致，不免仇恨淑妃，并及淑妃子浚。浚恐为劭所害，曲意事劭，因得与劭相亲。劭姊东阳公主，有婢王鹦鹉，与女巫严道育往来，道育夤缘干进，得见公主，自言能辟谷导气，役使鬼物。妇人家多半迷信，遂视道育为神巫。道育尝语公主道："神将赐公主重宝，请公主留意！"公主记在心中，入夜卧床，果见流光若萤，飞入书笥，慌忙起视，开箧得二青珠，即目为神赐，益信道育。

劭与浚出入主家，由公主与语道育神术，亦信以为真。他两人素行多亏，常遭父皇呵斥，可巧与道育相识，便浼他祈请，欲令过不上闻。道育设起香案，对天膜拜，念念有词，也不知他是什么咒语。是无等等咒。既而向空问答，好似有天神下降，与他对谈，约有半个时辰，才算祷毕。无非捣鬼。入语劭、浚二人道："我已转告天神，必不泄露。"二人大喜，共称道育为天神。道育恐所言未验，索性为劭、浚设法，用巫蛊术，雕玉成像，假托宋主形神，瘗埋含章殿前。东阳公主婢王鹦鹉，与主奴陈天与，黄门陈庆国，共预秘谋。劭擢天与为队主，宋主说他录用非人，面加诘责。天神何不代为掩饰。劭未免心虚，且恨且惧，适浚出镇京口，遂驰书相告。浚复书道："彼人若所为不已，正好促他余命。"彼人暗指宋主，劭与浚往来通信，尝称宋主为彼人，或曰其人。却是一个新名词。

已而东阳公主，一病不起，竟致谢世。何不先浼道育替她禳解？王鹦鹉年亦寖长，既为公主毕丧，理应遣嫁，当由浚代为主张，命嫁府佐沈怀远为妾。怀远格外爱宠，竟至专房。鹦鹉原是得所，偏她有一种说不出的隐情，横亘在胸，未免喜中带忧。看官道为何因？原来鹦鹉在主家时，曾与陈天与私通，此次嫁与怀远，恐天与含着醋意，泄漏巫蛊情事，左思右想，无可为计，不如先杀天与，免贻后患。世间最毒妇人心。当下自往告劭，但说是天与谋变，将发阴谋。劭怎知情弊，立将天与杀死，陈庆国骇叹道："巫蛊秘谋，唯我与天与得闻，天与已死，我尚能独存么？"遂入见宋主，一一具陈。宋主大惊，即遣人收捕鹦鹉，并搜检鹦鹉箧中，果得劭、浚书数百纸，统说诅咒巫蛊事。又在含章殿前，掘得所埋玉人，当命有司穷治狱案，更捕女巫严道育，道育已闻风逃匿，不知去向。想是由天神救去了。只晦气了一个王鹦鹉，囚禁狱中。宋主连日不欢，顾语潘淑妃道："太子妄图富贵，还有何说？虎头浚小字。也是如此，真出意料！汝母子可一日无我么？"遂遣中使切责劭、浚，两人无从抵赖，只得上书谢罪。宋主虽然怀怒，尚是存心舐犊，不忍加诛！真是溺爱不明。

蹉跎蹉跎，又经一载，已是元嘉三十年了。浚自京口上书，乞移镇荆州，宋主有诏俞允，听令入朝。会闻严道育匿居京口张旿家，即饬地方官掩捕，仍无所得。但拘住道育二婢，就地审讯，供称道育曾变服为尼，先匿东宫，后至京口依始兴王，浚封始兴王已见十三回中。曾在旿家留宿数宵，今复随始兴王还朝云云。宋主大怒，即命京口送二婢入都，将与劭、浚质对。

浚至都中，颇闻此事，潜入宫见潘淑妃。淑妃抱浚泣语道："汝前为巫蛊事，大触上怒，还亏我极力劝解，才免汝罪，汝奈何更藏严道育？现在上怒较甚，我曾叩头乞恩，终不能解，看来是无可挽回，汝可先取药来，由我自尽，免得见汝惨死哩！"浚听了此言，将母推开，奋衣遽起道："天下事任人自为，愿稍宽怀，必不相累！"说着，抢步出宫去了。

宋主召入侍中王僧绰，密与语道："太子不孝，浚亦同恶，朕将废太子劭，赐浚自尽，卿可检寻汉、魏典故，如废储立储故例，送交江、徐二相裁决，即日举行。"僧绰应命趋出，当即检出档册，赍送尚书仆射徐湛之，及吏部尚书江湛，说明宋主密命，促令裁夺。江湛妹曾嫁南平王铄，徐湛之女为随王诞妃，两人各怀私见，因入谒宋主，一请立铄，一请立诞。宋主颇爱第七子建平王弘，意欲越次册立，因此与二相辩论，经久未决。

僧绰入谏道："立储一事，应出圣怀，臣意宜请速断，不可迟延！古人有言，当断不断，反受其乱，愿陛下为义割恩，即行裁决！若不忍废立，便当坦怀如初，不劳疑议。事机虽密，容易播扬，不可使变生意外，贻笑千秋！"宋主道："卿可谓能断大事，但事关重大，不可不三思后行！况彭城始亡，人将谓朕太无亲情，如何是好？"瞻望徘徊，终归自误。僧绰道："臣恐千载以后，谓陛下只能裁弟，不能裁儿！"宋主默然不应，僧绰乃退。

嗣是每夕召湛之入宫，秉烛与议，且使绕壁检行，防人窃听。潘淑妃遣人伺察，未得确报，俟宋主还寝，佯说劭、浚无状，应加惩处。宋主以为真情，竟将连日谋划，尽情告知。淑妃急使人告浚，浚即驰往报劭，劭与队主陈叔儿，斋帅张超之等，密谋弑逆，即召集养士二千余人，亲自行酒，嘱令戮力同心。

到了次日，夜间诈为诏书，伪称鲁秀谋反，饬东宫兵甲入卫，一面呼中庶子萧斌，左卫率袁淑，中舍人殷仲素，左积弩将军王正见等，相见流涕道："主上信谗，将见罪废，自问尚无大过，不愿受枉，明旦将行大事，望卿等协力援我，共图富贵！"说至此，起座下拜。萧斌等慌忙避席，逡巡答语道："从古不闻此事，还请殿下三思！"劭不禁变色，现出怒容。斌惮劭凶威，便即改口道："当竭力奉令！"仲素等亦依声附和。淑独呵叱道："诸君谓殿下真有此事么？殿下幼尝患疯，今或是旧疾复发哩。"劭益加奋怒，张目视淑道："汝谓我不能成事么？"淑答道："事或可成，但成事以后，恐不为天地所容，终将受祸！如殿下果有此谋，还请罢休！"陈叔儿在旁说道："这是何事，尚说可罢手么？"遂麾淑使出。

淑还至寓所，绕床行走，直至四更乃寝。何不速报宋主。翌晨宫门未开，劭内着戎服，外罩朱衣，与萧斌同乘画轮车，出东宫门，催呼袁淑同载。淑睡床未起，经劭停车力促，乃披衣出见，劭使登车，辞不肯上，即被劭指麾左右，一刀了命。实是该死。遂趋至常春门，门适大启，推车直入。旧制东宫队不得入禁城，劭取出伪诏，指示门卫道："接奉密敕，有所收讨，可放后队入门。"门卫不知是诈，便一并放入。张超之为前驱，领着壮士数十人，驰入云龙门。驰过斋阁，直进含章殿，宋主与徐湛之密谋达旦，烛尚未灭，门阶户席，卫兵亦尚寝未起。

超之等一拥入殿。宋主惊起，举几为蔽，被超之一刀劈来，剁落五指，投几而仆。超之复抢前一刀，眼见得不能动弹，呜呼哀哉！享年四十七岁。小子有诗叹道：

> 到底妖妃是祸胎，机谋一泄便成灾；
> 须知枭獍虽难驭，衅隙都从帷帘来！

宋主被弑，徐湛之直宿殿中，闻变惊起，趋往北户，未知能逃脱性命否，且待下回续详。

北朝弑主，南朝亦弑主，仅隔一年，祸变相若，以天地间不应有之事，而乃数见不鲜，可慨孰甚！尤可骇者，魏阉宗爱，一载中敢弑二主，当时忠如崔允，直如古弼，俱尚在朝，不闻仗义讨贼，乃竟假手于刘尼、陆丽诸人，向未著名，反能诛逆，彼崔允、古弼辈，得毋虚声纯盗耶！宋主被弑，出自亲子，当断不断，反受其乱，诚如王僧绰所言。江、徐两相，得君专政，不能为主除害，寻且与主同尽，怀私者终为私败，人亦何苦不化私为公也！然乱臣贼子遍天下，而当时之泯泯棼棼，已可概见。太武称雄，元嘉称治，史臣所云，其然岂其然乎！

第十七回　发寻阳出师问罪
克建康枭恶锄奸

却说徐湛之趋入北户，正拟开门逃生，那背后已有乱兵追到，立被杀死。江湛夜直上省，早起闻喧噪声，料知有变，喟然叹道："不用王僧绰言，乃竟至此！"遂避匿小屋中，亦被乱兵搜捕，结果性命。左细仗主广威将军卜天与，不暇被甲，执刀持弓，疾呼左右出战，一箭射去，几中劭颈。劭急忙闪避，幸得躲过，劭党围击天与，砍断天与左臂，大吼一声，倒地而亡。队长张泓之、朱道钦、陈满等，一同战死。

劭入含章殿中阁，杀毙中书舍人顾嘏，他如宿卫旧将罗训、徐罕，及左卫将军尹弘，皆望风屈附。劭又使人闯入东阁，往杀潘淑妃。淑妃方才起床，尚未盥栉，蓦见乱兵冲入，吓做一团。赳赳武夫，管什么玉骨冰肌，竟把她一刀砍死，剖开胸膛，挖心献劭。何不前时仰药，免得受此惨劫。还有宫中侍役，平时得宋主亲信，约有数十人，也共做了刀头面，随着潘淑妃的芳魂，同到冥府中去侍宋主了。

浚宿居西府，由舍人朱法瑜，踉跄走告道："不好了！不好了！宫中变起，外面统说是太子造反了！"浚佯惊道："有这等事么？奈何奈何！"法瑜道："不如急往石头，据城观变。"将军王庆呵止道："宫中有变，未知主上安危，做臣子的理应投袂赴难，奈何反往石头！"浚尚未知宫中确耗，竟从南门趋出，带着文武千余人，驰往石头城。

城中由南平王铄留守，见浚奔至，惊问宫廷情状。浚答说未毕，即由张超之到来，召浚入朝。浚屏去左右，向超之问明底细，便戎服上马，急驰而去。朱法瑜劝阻不从，王庆叩马直谏，提出声罪讨逆四字，更与浚意相反。浚即怒叱道："皇太子有令，敢有多言，便当斩首！"遂与张超之匆匆入朝，与劭相见。劭说道："弟来甚好！可惜这潘淑妃，"说到妃字，不禁住口。浚问道："敢是已死了么？"劭见他形色自如，才答道："为兄的一时失检，淑妃竟为乱兵所害！"浚怡然道："这是下情所愿，死何足惜！"劭可无父，浚亦何必有母！

劭甚是喜慰，又诈传诏书，召入大将军江夏王义恭，及尚书令何尚之，拘至别室，胁令屈服。并召百官入殿，有数十人应召到来。劭即被服冕旒，居然登位，且宣示敕书道：

> 徐湛之、江湛弑逆无状，吾勒兵入殿，已无所及，号惋崩衄，心肝破裂。今罪人斯得，元凶克殄，可大赦天下，改元太初，俾众周知！

即位已毕，便还居永福省，不敢临丧，但命亲党入宫殿中，棺殓宋主及潘淑妃，谥宋主义隆为景皇帝，庙号中宗。当即发丧，葬长宁陵，命萧斌为尚书仆射，领军将军，何尚之为司空，前太子右卫率檀和之戍石头，征虏将军营道侯义綦镇京口。义綦系道怜幼子。殷仲素为黄门侍郎，王正见为左军将军，张超之、陈叔儿以下，皆升官进爵有差。又令辅国将军鲁秀，与屯骑将军庞秀之，分掌禁军，杀尚书左丞荀赤松，右丞臧凝之。两人系江、徐亲属，所以被杀。王僧绰授任吏部尚书，兼官司徒，嗣由劭检查故牍，及江湛家书疏，得僧绰所上前代废储典故，不禁怒起，即令加诛。迟死数日，便是逆臣。僧绰弟僧虔亦死。劭又诬称宗室王侯，与僧绰谋反，收系义欣子长沙王瑾，及瑾弟楷。义庆子临川王晔，义融子桂阳侯觊，义宗子新渝侯玠，义融、义宗皆义欣弟。一并处死。授江夏王义恭为太保，南谯王义宣为太尉，始兴王浚为骠骑将军，调雍州刺史，臧质为丹阳尹，随王诞为会州刺史，立妃殷氏为皇后，后季父殷冲为司隶校尉。号女巫严道育为神师，释王鹦鹉出狱，厚赏金帛。鹦鹉至劭处谢恩，劭见她妖冶善媚，格外加怜，竟引入密室，特赐雨露。鹦鹉本来淫荡，骤然得此奇遇，真是喜出望外，流连枕席，曲意承欢，引得劭心花怒开，通宵取乐，恨不即立她为后。只因正宫有主，一时不便废易，权且列作妾媵，再作后图。鹦鹉原是禽类，应与禽兽为匹。

是时武陵王骏，移镇江州，仍然开府。回应十四回中江州罢府事，文笔不漏，且与十三回中江州应出天子语，亦遥相印证。适值江蛮为寇，骏出屯五洲，并由步兵校尉沈庆之，自巴水来会，并讨群蛮。劭阳授骏为征南将军，暗中却与沈庆之手书，令他杀骏。可巧典签董元嗣，也自建康至五州，具言太子弑逆状，庆之密语僚佐道："萧斌妇人，余将帅皆不足道，看来东宫同恶，不过三十人，此外胁从，必不为用，我若辅顺讨逆，不患无成！"乃入帐见骏，骏已略闻密书消息，阴有戒心，即托疾不见。庆之竟自突入，取出劭书，当面示骏。骏无从避匿，但对书泣下道："我死亦不怕，但上有老母，可否许我一诀？"原来骏母为路淑媛，尝随骏就藩，所以骏有此言。庆之奋然道："殿下视庆之为何如人？庆之受先帝厚恩，今日当辅顺讨逆，唯力是视，殿下何必多疑！"骏起座再拜道："国家安危，皆在将军！"庆之答拜毕，即命内外勒兵，克期东指。

府主簿颜竣道："劭据有天府，急切难攻，若单靠一隅起义，未免孤危，不如待诸镇协谋，然后举事。"庆之厉声道："今欲仗义出师，乃来这黄头小儿，挠阻军心，怎得不败？宜斩首号令，振作士气！"骏见庆之动怒，忙令竣拜谢庆之，庆之乃和颜语竣道："君但当司笔札事，出兵打仗，非君所能与闻。"骏喜说道："愿如将军言！"当下戒严誓众，命沈庆之为府司马，襄阳太守柳元景，随郡太守宗悫，为咨议参军，内史朱修之署平东将军，颜竣为录事，长史刘延孙为寻阳太守，行留府事。

庆之部署内外，才阅旬日，便已整备，时人目为神兵。当命颜竣草檄，传示四方，使共讨劭。荆州刺史南谯王义宣，雍州刺史臧质，司州刺史鲁爽，首先起应，举兵相从。骏留鲁爽守江陵，自与臧质出赴寻阳。

劭闻骏出师，调兖、冀二州刺史萧思话为徐、兖二州刺史，起张永为青州刺史。思话不奉劭命，竟率兵应骏，建武将军垣护之，也自历城赴寻阳，与骏联合。就是随王诞亦致书与骏，愿共讨逆。不到一月，已是义师四起，伐鼓渊渊。可见人心未死。劭尚自恃知兵，召语朝士道："卿等但助我料理文书，不必注意军旅，若有寇难，我自能抵御，但恐贼虏未敢遽动呢！"嗣闻四方兵起，方有忧色，乃下令戒严。

春去夏来，警信益急，柳元景统领宁朔将军薛安都等，出发湓口，共计十有二军。武陵王骏，亦自寻阳出发，命沈庆之总掌中军，浩浩荡荡，杀奔建康。一面传檄入都，历数劭罪。

劭得阅檄文，探知是颜竣手笔，便召太常颜延之入殿，投檄相示道："你可知何人所作？"延之方应劭征，入为光禄大夫，竣即延之长子，延之从容览檄，料知劭是故意质问，便直供道："这当是臣儿所为。"劭又问道："汝如何知晓？"延之道："臣子竣笔意如此，臣不容不识。"劭又道："竣如何这般毁我？"延之道："竣不顾老父，怎知顾陛下！"劭怒少解，叱令退朝，命拘竣子至侍中下省，义宣子至太仓空舍，一体幽禁，且欲尽杀三镇将士家口。

江夏王义恭，司空何尚之进言道："人生欲举大事，必不顾家，否则定是胁从，无法解免；若将他家室诛灭，益令众心绝望，更增敌焰呢。"娓娓动听，保全不少。劭也以为然，因不复问。唯自思朝廷旧臣，均不足恃，只好厚抚辅国将军鲁秀，及右军参军王罗汉，委以军事，令萧斌为谋主，殷冲掌兵符。

斌劝劭整率水军，自出决战，或保据梁山，固垒扼守。江夏王义恭有心结骏，恐他仓猝起兵，船只狭小，不利水战，乃劝劭养锐待期，不宜远出。斌厉色道："武陵郎二十少年，能做出这般大事，殆未可量；况复三方同恶，势据上流，沈庆之谙练军事，柳元景、宗悫屡次立功，形势如此，实非小敌。今都中人心未离，尚可勉力一战，若端坐台城，如何能久持哩！"劭不听斌言，但慰劳将士，督治战舰，拟俟敌军逼近，然后决战。呆鸟。或劝劭保石头城，劭说道："前人据守石头，无非待诸侯勤王，我若守此，何人来援，唯应与他决战，方可取胜。"既而遣庞秀之出戍石头，秀之竟往奔骏军，于是人情大震。

骏军到了鹊头，宣城太守王僧达，又驰往谒骏，骏即授为长史，置诸左右。柳元景因舟舰未坚，不便水战，特倍道疾行，至江宁登岸，使薛安都带领铁骑耀兵淮上，且贻书朝士，为陈逆顺利害。朝士多潜出建康，往投军前。骏自寻阳东行，途次遇疾，不能见将士，唯颜竣出入卧内，亲视起居。有时因骏病加剧，不便禀白，即专行裁决，军政以外，所有文檄往来，似出一人，毫无稽滞。

好容易过了兼旬，连舟中甲士，亦未知骏有危疾，毫不慌张。那柳元景日报军情，俱由竣批答出去，令他相机进取，不为遥制。元景潜至新亭，依山为垒，劭使萧斌统步军，褚湛之统水军，与鲁秀、王罗汉等，合精兵万余人，攻新亭寨。劭自登朱雀门督战。

元景下令军中道：“鼓繁气易衰，声喧力易竭，汝等但衔枚接仗，听我鼓起，方许发声。”传令已毕，遂分兵士为两队，出寨决斗，一队抵敌步军，一队防遏水军，所有勇士，悉数遣出，但留左右数人，宣传军令。两下里猛力交锋，争个你死我活。一边是仗义而来，人人奋勇，一边是贪赏而至，个个争先。自午前杀至午后，不分胜败。那王罗汉杀得性起，挺着一枝长矛，闯入义军队内，左挑右拨，无人敢当。褚湛之亦麾兵登岸，与萧斌左右夹攻，看看义军势弱，有些儿招架不住。元景出营督队，也捏着一把冷汗。忽闻萧斌军内，打起几声退鼓，顿令萧斌、褚湛之等，动起疑来，向后却顾。元景觑着此隙，援桴击鼓，鼕鼕不绝，部众闻鼓踊跃，呐一声喊，统向敌军杀去。敌军骇散，多半坠入淮水，溺毙甚多。

劭见各军败退，自率余众，再来攻垒，复被元景杀败，伤亡无数。萧斌受伤先遁，鲁秀、褚湛之、檀和之，统奔降柳营，劭单骑走脱，驰还建康。

元景迎纳鲁秀等，谈及军事，才知前次退鼓，乃由鲁秀所击，就是褚、檀两人，也由秀邀他反正，所以同奔。元景大喜，露布告捷，且迎武陵王骏至新亭。

骏病体已痊，即至新亭劳军，乘便入江宁城。凑巧江夏王义恭，自建康脱身驰至，上劝进书。又来了散骑侍郎袁爰，佯说是追赶义恭，亦至武陵王处投顺。爰素习朝仪，遂令兼太常丞，草述即位仪注。编制已就，便在新亭筑坛，由武陵王骏即皇帝位，大赦天下。文武各赐爵一等，从军加二等，改谥大行皇帝曰文，庙号太祖。授大将军义恭为太尉，录尚书事，兼南徐州刺史，南谯王义宣为中书监，兼扬州刺史，随王诞为卫将军，兼荆州刺史，臧质为车骑将军，兼江州刺史，沈庆之为领军将军，萧思话为尚书左仆射，王僧达为右仆射，柳元景、颜竣为侍中，宗悫为右卫将军，张畅为吏部尚书。其余将士各加官有差。改号新亭为中兴亭，再图进取。

劭自新亭奔还，闻义恭逃去，即将他十二子一并拘到，尽行杀毙，立子伟之为太子，又复大赦。唯刘骏、义恭、义宣、诞不原。命浚为南徐州刺史，与南平王铄并录尚书事，浚闻骏军将至，忧迫无计，当与劭想出一法，用辇迎蒋侯神像，升置宫中，稽颡求福，拜大司马，封钟山王，又封苏侯为骠骑将军，也是焚香顶礼，日夕虔求。想是严道育教他。偏是臧质等步步进逼，直指建康。劭遣殿中将军燕钦等出拒，相遇曲阿，未战即溃。劭乃缘淮树栅，派兵戍守。男丁多半逃散，城内外只有妇女，也迫令从军，充当役使。鲁秀等募勇士攻破大航，钩得一舶。王罗汉尚逍遥江上，挟妓醉酒，忽闻秀军已经登岸，急得不知所措，慌忙出降。缘淮各戍依次奔散，器仗鼓盖，充塞路衢。

劭闻戍军溃退，没奈何闭守六门，并在城内凿堑立栅，城中一日数惊，非常慌乱。丹阳尹尹弘等逾城出降，萧斌亦令部兵解甲，自石头城携着白旛，奔投军前。鲁秀等奏达新亭奉诏以斌甘党恶，情罪较重，饬即处斩，当下将斌械送，枭首行辕。

这时候的元凶刘劭，自知大事已去，毁去乘辇及冕服，打算逃走，浚劝劭载运宝货，航海远奔。劭恐人情离散，载宝出走，反惹众目，意欲轻骑逃生。两人计议未决，那阊阖门外的守兵，已走还入殿，薛安都、程天祚等领着义师，乘乱随入。臧质、朱修之分门杀进，同会太极殿前。逆党四处逃奔，王正见首被擒获，当场斩首。张超之走入含章殿，匿御床下，被义军追寻得手，抓出殿阶，乱刀分尸，刳肠剖心，啖肉立尽。

劭不能出走，穴通西垣，窜入武库井中，义军队副高禽，率兵进内，七八脚，将劭擒住，反绑起来。劭问道：“天子何在？”禽答道：“就在新亭！”当下牵劭出庭，臧质瞧着，向他悲恸。劭觋然道：“天地所不覆载，丈人何为见哭！”此时也自知罪么？臧质何故恸哭，我亦要问。质乃停泪，把劭缚住马上，押送行辕。一面捕得伪皇后殷氏、伪皇子伟之等兄弟四人，并诸女妾媵，及严道育、王鹦鹉等妇女系狱，男子械送，封府库，清宫禁，只不见了传国玺。再遣人向劭诘问，劭言在严道育处，因将道育身上检搜，果然藏着，便即取献新皇。道育怀藏国宝，莫非要送与天神不成！

劭与四子俱至军门，江夏王义恭等出视，义恭先叱劭道：“我背逆归顺，有何大罪，乃杀我十二儿？”劭答道：“杀死诸弟，原是我负叔父！”江湛妻庾氏，乘车往詈，庞秀之亦加诮让，劭厉声道：“何必多说！我死罢了！”义恭怒起，先命斩劭四子，然后及劭。劭临刑时，尚叹息道：“不图宋室弄到如此！”出汝逆贼，所以如此。劭父子首都枭示大航，暴尸市曹。

义恭奉命先归，道出越城，正值濬父子狼狈逃来，还有铄亦偕行。见了义恭，濬下马问道："南中郎今作何事？"义恭道："皇上已君临万国！"濬又道："虎头来得太迟了！"虎头见前。义恭道："未免太迟。"濬又问可不死否？义恭道："可诣行阙请罪。"乃勒令上马相从，乘他不备，剁下头颅。濬有三子，一并斩首，献至行辕，命与劭父子首同悬大航。

又有诏传入建康，凡伪皇后殷氏以下，俱赐自尽。殷氏且死，语狱丞江恪道："我等无罪，何故枉杀？"恪答道："受册为后，怎得无罪！"殷氏道："这是暂时的册封，稍迟数月，便当册王鹦鹉为后了。"随即用帛自尽。诸女妾媵皆自杀，唯严道育、王鹦鹉两人，牵出都市，鞭笞交下，宛转致毙。要想做天师、皇后的滋味。焚尸扬灰，掷置江中。殷冲为殷氏季父，尹弘王罗汉，曾事劭尽力，一概赐死。淮南太守沈璞，坐守湖上，观望不前，亦即加诛。

嗣主骏自新亭入都，就居东府，百官踵府请罪，有诏不问。遂遣建平王弘至寻阳，迎生母路淑媛，及妃王氏入都。尊母为皇太后，册妃为皇后。追赠袁淑为太尉，徐湛之为司空，江湛为开府仪同三司，王僧绰为金紫光禄大夫。毁劭所居东宫斋室，作为园池。封高禽为新阳县男，追号潘淑妃为长宁国夫人，特置守冢。祸由彼起，不应追赠，即如王僧绰之甘受伪命，亦不宜赠官。进江夏王义恭为太傅，领大司马，南平王铄为司空，建平王弘为尚书左仆射，随王诞为右仆射，寻且改南谯王义宣为南郡王，随王诞为竟陵王。余皆论功行赏，各有迁调。唯褚湛之本为濬妇翁，自南奔归顺后，赦去前罪，受职丹阳尹，女为濬妃，因湛之反正，濬与妃绝，亦得免诛。又有何尚之虽曾附逆，但与义恭从中调护，保全三镇，心向义军，理应特别原情，仍授为尚书令。子何偃为大司马长史，任遇如故。宋主骏乃入居大内，粗享太平。小子有诗咏道：

江州天下语非虚，一举功成恶尽除。
毕竟人情犹向义，元凶结局果何如！

过了两月，南平王铄，竟致暴亡。究竟为着何事，待小子下回表明。

弑宋主者为元凶劭。劭何能弑主？潘淑妃实召之。宋主死而淑妃亦死，宜也。淑妃死而劭与浚相继俱死，尤其宜也。武陵王骏，亦南平王铄之流，非真能成大事者，幸赖沈庆之昌言起义，始得号召义旅，入诛元凶。天下虽滔滔皆是，而公论犹存，凶人卒殄，是可见弑君弑父者，终不能幸全性命；否则天理沦亡，顺逆不辨，几何不胥为禽兽也。乃逆党殄平，不问原委，且追赠潘淑妃为长宁国夫人，另置守冢，是岂不可以已乎！吾乃知骏之终为闇主也。

第十八回　犯上兴兵一败涂地
诛叔纳妹只手瞒天

却说南平王铄，与义恭等还入建康，虽得进位司空，但因归义最迟，终为宋主骏所忌。铄亦常怀忧惧，寤寐不安，夜眠时或尝惊起，与家人絮谈，语多荒谬，及神志清醒，始自觉为失魂。一日食中遇毒，竟尔暴亡。当时统说由宋主所使，将他毒毙，表面上追赠司徒，总算掩饰过去。

越年就是宋主骏元年，年号孝建。才经一月，江州复起乱事，免不得又要兴师。自宋主骏入都定位，凡被劭拘禁诸子，及义宣诸儿，当然放出。立长子子业为皇太子，并封义宣子恺为南谯王。义宣固辞，乃降封恺为宜阳县王，恺兄弟有十六人，姊妹亦多，或随义宣就藩，或留住都中。义宣受宋主骏命，兼镇扬州，他却不愿内任，情愿还镇荆州。宋主骏准如所请。义宣陛辞而去，所留都中子女，仍然居京邸中。

宋主骏年才三八，膂力方刚，正是振作有为的时候，偏他有一种好色的奇癖。好色亦是常情，不得目为奇癖。无论亲疏贵贱，但教有几分姿色，被他瞧着，便要召入御幸，不肯放松。路太后居显阳殿中，内外命妇，及宗室诸女，免不得进去朝谒，骏乘间闯入，选美评娇，一经合意，便引她入宫，迫令侍寝。有时竟在太后房内，配演几出龙凤缘。太后溺爱得很，听令胡闹，不加禁止，因此丑声外达，喧传都中。

义宣诸女曾出入宫门，有几个生得一貌如花，被宋主骏瞧着，也不管她是从姊从妹，竟做了春秋时候的齐襄公。义宣女不好推脱，只好勉遵圣旨，也凑成了第二、三个鲁文姜。天下事若要不知，除非莫为，渐渐的传到义宣耳中。看官！你想这义宣恨不恨呢？女为帝妃，何必生恨！

会雍州刺史臧质调任江州，自谓功高赏薄，阴蓄异图，闻义宣怀恨宋主，遂遣心腹往谒义宣，赍投密书。略云：

自来负不赏之功，挟震主之威者，保全能有几人！今万物系心于公，声闻已著，见机不作，将为他人所先。若命鲁爽、徐遗宝驱西北精兵，来屯江上，质率沅江楼船，为公前驱，已得天下之半。公以八州之众，徐进而临之，虽韩、白韩信、白起。复生，不能为建康计矣。且少主失德，闻于道路，沈庆之。柳元景。诸将，亦我之故人，谁肯为少主尽力者？夫不可留者年也，不可失者时也，质常恐溘先朝露，不得展其膂力，为公扫除。再或蹉跎，悔将无及，愿明公熟思之！

义宣得书，反复览诵，不免心动。质系臧皇后从子，臧皇后见前。与义宣为中表兄弟，质女为义宣子采妻，更做了儿女亲家，戚谊缠绵，深相投契，此次怨及宋主，又是不谋而合，义宣总道他有几分把握，自然多信少疑。还有咨议参军蔡超，司马竺超民等，希图富贵。统劝义宣乘时举事，如质所言，义宣乃复书如约。

时鲁爽为豫州刺史，素与义宣交好，亦与质相往来。兖州刺史徐遗宝，向为荆州部将，义宣即遣使分报二人，密约秋季举兵，爽方被酒，未曾听明来使传言，即日调集将士，首先发难。私造法服登坛，自号建平元年。遗宝亦整兵向彭城。爽弟瑜在建康，闻信奔至爽处。瑜弟弘为质府佐，有诏令质收捕。质执住诏使，也即举兵，一面报知义宣，促令会师。

义宣出镇荆州，先后共计十年，虽然兵强财富，但欲称戈犯阙，期在秋凉。蓦闻鲁爽、臧质，先期发难，自己势成骑虎，不得不仓猝起应。只因师出无名，不得不与质互商，想出一条入清君侧的话柄，各奉一表，传达建康。宣义自称都督中外诸军事，置左右长史司马，使僚佐上笺称名，加鲁爽为征北将军。爽送所造舆服至江陵，使征北府户曹投义宣版文，有云：丞相刘今补天子，名义宣，车骑臧今补丞相，名质，皆版到奉行。义宣瞧着，很加诧异。我亦惊疑。复贻书臧质，密令注意。质意图笼络，特加鲁弘为辅国将军，令戍大雷。义宣亦遣咨议参军刘湛之，率万人助弘，并召司州刺史鲁秀，欲使为湛之后继。秀至江陵，入见义宣，彼此问答片时，即出府太息道："我兄误我，乃与痴人作贼，这遭要身败家亡了！"既知义宣不足恃，何不另求自全之计？

宋主骏闻义宣发难，恐他兵力盛强，不能抵敌，乃与诸王大臣商议，为让位计，拟奉乘舆法物，往迎义宣。竟陵王诞劝阻道："兵来将挡，火来水灭，况义宣犯上作乱，无幸成理，奈何持此座与人！"宋主乃止，命大司马江夏王义恭，作书劝谕义宣，历陈祸福。义宣不报，于是授领军将军柳元景为抚军将军，兼雍州刺史，左卫将军王玄谟为豫州刺史，安北司马夏侯祖欢为兖州刺史，安北将军萧思话为江州刺史。四将一齐会集，即令元景为统帅，往讨义宣、臧质及鲁爽。

雍州刺史朱修之得义宣檄文，佯为联络，暗中却通使建康，愿共讨逆。宋廷本虑他趋附义宣，所以令元景兼刺雍州，既得修之密报，当然复谕奖勉，调他为荆州刺史。益州刺史刘秀之，斩义宣使，遣中兵参军韦崧，率万人袭江陵。义宣尚未闻知，命臧、鲁两军先发，自督部众十万，出发江津，舳舻达数十里。授子慆为辅国将军，与左司马竺超民，留镇江陵，檄朱修之出兵接应。修之已输诚宋室，哪里还肯发兵？义宣始知修之怀贰，特遣鲁秀为雍州刺史，分兵万人，令他北攻修之。

王玄谟闻秀北去，不由的心喜道："鲁秀不来，一臧质怕他什么！"遂进兵扼守梁山。冀州刺史垣护之，系徐遗宝姊夫，遗宝邀护之同反，护之不从，且与夏侯祖欢约击遗宝，遗宝方进袭彭城，长史明胤预先防备，击退遗宝，并与祖欢、护之合军，夹击湖陆。遗宝保守不住，焚城出走，奔投鲁爽。兖州叛兵已了。

爽引兵直趋历阳，与臧质水陆俱下。殿中将军沈灵赐，奉元景将令，带着百舸，游弋南陵，正值臧质前锋徐庆安，率舰东来，灵赐即掩杀过去。可巧遇着东风，顺势逆击，把庆安坐船挤翻，庆安覆入水中，由灵赐指麾勇夫，解衣泅水，得将庆安擒住，回军报功。臧质闻庆安被擒，怒气直冲，驱舰急进，径抵梁山。王玄谟扼守多日，营栅甚固，质猛攻不下，乃夹岸立营，与玄谟相拒，且促义宣从速援应。义宣自江津启行，突遇大风暴起，几至覆舟，尚幸驶入中夏口，始得无恙。已兆死谶。

好容易到了寻阳，留待臧、鲁二军消息。既得臧质来书，便拨刘湛之率兵助质，又督军进驻芜湖。质复进攻梁山，顺流直上，得拔西垒。守将胡子友等迎战失利，弃垒东渡，往就玄谟，玄谟忙向柳元景告急。元景正屯兵姑熟，急遣精兵助玄谟，命在梁山遍悬旗帜，张皇声势。又令偏将郑琨、武念出戍南浦，为梁山后蔽，果然臧质派将庞法起，率众数千，来击梁山后面，冤冤相凑，与琨、念碰着。一场厮杀，法起大败，堕毙水中。

时左军将军薛安都，龙骧将军宗越，往戍历阳，截击鲁爽，斩爽先行杨胡兴。爽不能进，留驻大岘，使弟瑜屯守小岘，作为犄角。宋廷特简镇军将军沈庆之，出督历阳将士，奋力进讨。庆之系百战老将，为爽所惮，且因粮食将尽，麾兵徐退，自率亲军断后，从大岘趋往小岘。兄弟相见，杯酒叙情，总道是官军未至，可以放心畅饮，不防薛安都带着轻骑，倍道追来，直至小岘营前。爽与瑜方才得悉，仓皇出战，队伍未齐，爽已饮得醉意醺醺，不顾好歹，尽管向前乱闯，兜头碰着薛安都，挺刃欲战，偏偏骨软筋酥，抬手不起。但听得一声大喝，已被安都一枪刺倒，堕落马下。安都部将范双，从旁闪出，枭爽首级。爽众大溃，瑜亦走死。安都追至寿阳，沈庆之继至，寿阳城内，只有一个徐遗宝，怎能支持？便弃城往奔东海，为土人所杀。豫州叛众又了。

兖、豫二州，俱已荡平，爽系累世将家，骁勇善战，号万人敌，一经授首，顿使义宣、臧质，心胆皆惊。沈庆之又将爽首赍送义宣，义宣益惧。勉强到了梁山，与质相晤，质献上一策，请义宣攻梁山，自率万人趋石头，义宣迟疑未决。原来江夏王义恭，屡与义宣通书，谓质少无美行，不可轻信。实是离间之计。因此义宣怀疑。刘湛之又密白义宣道：“质求前驱，志不可测，不如合攻梁山，待已告克，然后东进，方保万全。”义宣遂不从质议，只令质进攻东城。

那时薛安都、宗越等，均已驰至梁山，垣护之亦至，王玄谟慷慨誓师，督众大战。薛安都、宗越，并马出垒，分作两翼，俟质众登岸，即冲杀过去。安都攻质东南，一枪刺死刘湛之，宗越攻质西北，亦杀毙贼党数十人。质招架不住，只好退走，纷纷登舟，回驰西岸。不防垣护之从中流杀来，因风纵火，烟焰蔽江。质众大乱，走投无路，各舟又多延燃，烧死溺死等人，不计其数。可谓水火既济。

义宣在西岸遥望，正在着急，那垣护之、薛安都、宗越各军，已乘胜杀来，吓得不知所措，即驶船西走，余众四溃。臧质亦单舸遁去，梁山所遗贼呰；统被官军毁尽，内外解严。质奔还寻阳，欲与义宣计事，偏义宣已先经过，不及入城，但命将臧采妻室，接取了去，即义宣女。一同西奔。质知寻阳难守，毁去府舍，挈了妓妾，奔往西阳。太守鲁方平，闭门不纳，转趋武昌，也遇着一碗闭门羹。日暮途穷，无处存身，没奈何窜入南湖，采莲为食。未几有追兵到来，他自匿水中，用荷覆头，止露一鼻。忽为追将郑俱儿望见，射了一箭，直透心胸。既而兵刃交加，肠胃尽出，枭首送建康。江州叛首又了。

义宣奔至江夏，欲趋巴陵，遣人往探，返报巴陵有益州军，不得已回入径口，步向江陵。众散且尽，左右只十数人，沿途乞食，又患脚痛。好几日始至江陵郭外，遣人报知竺超民，超民乃率众出迎。义宣见了超民，且泣且语，备述败状。超民恐众心变动，慌忙劝阻，义宣左右顾望，又见鲁秀亦在，惊问底细，方知秀为朱修之杀败，走回江陵。不如意事常八九，可与人言无二三，没奈何垂头丧气，偕超民等同入城中。亲吏翟灵宝，谒过义宣，便即进言道："今荆州兵甲，不下万人，尚可一战，请殿下抚问将佐，但说臧质违令致败，现特治兵缮甲，再作后图。从前汉高百败，终成大业，怎知他日不转败为胜，化家为国呢！"义宣依议召慰将佐，也照了灵宝所说，对众晓谕。他本来口吃舌短，如期期艾艾相似，语不成词。此次又仓皇誓众，更属蹇涩得很，及说到汉高百败一语，他竟忙中有错，误作项羽千败。语言都不清楚，记忆又甚薄弱，乃想入做皇帝，真是痴人！大众都忍不住笑，各变做掩口葫芦。义宣始觉错说，禁不住两颊生红，返身入内，竟不复出。

鲁秀、竺超民等尚欲收拾余烬，更图一決，可奈义宣昏沮，腹心皆溃，所有城中将弁，多悄悄遁去。鲁秀知不可为，因即北行。义宣闻秀已北去，亦欲随往，急令爱妾五人，各扮男装，自与子慆带着佩刀，携着干粮，前导后拥，跨马而出。但见城中兵民四扰，白刃交横，又不觉惊惶无措，吓落马下。真正没用家伙。还亏竺超民随送在后，把他扶起，送出城外，复将自己乘马，授与义宣，乃揖别还城，闭门自守。

义宣出城数里，并不见有鲁秀，随身将吏，又皆逃散，单剩子慆一人，爱妾五人，黄门二人，举目苍凉，如何就道？不得已折回江陵，天色已晚，叩城不应，乃转趋南郡空廨，荒宿一宵。无床席地，待至天明，遣黄门通报超民。超民已变初意，竟给他敝车一乘，载送至刺奸狱中。义宣入狱，坐地长叹道："臧质老奴，误我至此！"似你这般痴人，即不为臧质所误，恐亦未必长生。嗣由狱吏遣出五妾，不令同居，义宣大恸道："常日说苦，尚非真苦，今日分别，才算是苦！"

那鲁秀本拟奔魏，途次从卒尽散，单剩了一个光身，不便北赴，也只好还向江陵。到了城下，城上守兵，弯弓竞射，秀急忙趋避，背后已中一箭，自觉逃生无路，投濠溺毙。守兵出城取首，传送都中，诏令左仆射刘延孙至荆、江二州，旌别枉直，分行诛赏。且由大司马义恭，与荆州刺史朱修之，叫他驰入江陵，令义宣自行处治。书未及达，修之已入江陵城，杀死义宣及子慆，并同党蔡超、颜乐之、徐寿之。就是竺超民亦不能免罪，一并伏诛。义宣有子十八人，两子早死，尚余十六子，由宋廷一一逮捕，俱令自尽。臧质子孙，亦悉数诛夷。豫章太守任荟之，临川内史刘怀之，鄱阳太守杜仲儒，并坐质党，同时处斩。加封沈庆之为镇北大将军，柳元景为骠骑将军，均授开府仪同三司。余如王玄谟以下，皆迁升有差。

先是晋室东迁，以扬州为京畿，荆、江二州为外藩，扬州出粟帛，荆、江二州出甲兵，各使大将镇守。宋因晋旧，规制不改。宋主骏惩前毖后，谓各镇将帅，一再叛乱，无非由地大兵多所致，遂令刘延孙分土析疆，划扬州、浙东五郡，为东扬州，置治会稽，并由荆、湘、江、豫四州中，划出八郡，号为郢州，置治江夏，撤去南蛮校尉，把戍兵移居建康，荆、扬二镇，坐是削弱，但从此地力虚耗，缓急难资。太傅义恭，见宋主志在集权，不欲柄归臣下，乃请将录尚书事职衔，就此撤消，且裁损王侯车服器用，乐舞制度，共计九条。宋主自然准奏，尚因王侯仪制，裁抑未尽，更令有司加添十五条，共计二十四条，嗣是威福独专，隐然有言莫予违的状况。

沈庆之功高望重，恐遭主忌，年纪又已满七十，乃告老乞休，宋主不许，庆之入朝固请道："张良名贤，汉高且许他恬退，如臣衰庸，尚有何用？愿乞赐骸骨，永感圣恩！"宋主仍面加慰留。经庆之叩头力请，继以涕泣，乃授庆之为始兴公，罢职就第。柳元景亦辞去开府，迁官南兖州刺史，留卫京师，朝右诸臣，见义恭及沈、柳两人，尚且敛抑惧罪，哪个还敢趾高气扬？大家屏足重息，兢兢自守。就使宫廷有重大情事，也不敢进谏，个个做了仗马寒蝉。不意庸才如骏，却有这番专制手段。

宋主骏乐得放肆，除循例视朝外，每日在后宫宴饮，狎亵无度。前时义宣诸女，虽得仰承雨露，尚不过暗地偷欢，未尝列为嫔御，至此由宋主召令入宫，公然排入妃嫱，追欢取乐。只是姊妹花中，性情模样，略有不同，有一个生得姿容纤冶，体态苗条，面似芙蕖，腰似杨柳，水汪汪的一双媚眼，勾魂动魄，脆生生的一副娇喉，曼音悦耳，痴人生此娇女恰也难得。引得这位宋主骏，当作活宝贝看待，日夕相依，宠倾后宫。几度春风，结下珠胎，竟得产一麟儿，取名子鸾，排行第八，宋主越加喜欢，拜为淑仪。但究竟是个从妹，不便直说出去，他托言是殷琰家人，入义宣家，由义宣家，没入掖廷。俗语有云，张冠李戴，明明是个义宣女，冒充殷氏家人，封号殷淑仪，这真叫作张冠李戴呢。小子有诗叹道：

自古人君戒色荒，况兼从妹备嫔嫱；
冠裳颠倒同禽兽，国未亡时礼已亡。

中篝丑闻总难掩饰，当时谤言四起，又惹出一场阋墙的大衅来了。欲知后事，且看下回。

宋武七男，少帝、文帝，为臣子所废弑，义真、义康，先后受戮，义季不寿，所存者仅义恭、义宣耳。义宣讨逆有功，受封南郡，方诸姬旦，几无多让。曩令始终不贰，安镇荆州，则以懿亲而作外藩，几何不与国同体也。乃始而诛逆，继且为逆，轻率如臧质，狂躁如鲁爽，引为同党，率尔揭竿，乃知向之躬与讨逆者，第为一时之侥幸，至此则情态毕露，似醉似痴。圣狂之界，只判几希。能讨逆则足媲元圣；一为逆则即属痴人，身名两败，家族诛夷，非不幸也，宜也。然义宣启衅之由，始自宋主骏之淫及己女，义宣败而女为淑仪，宠擅专房，女无耻，男无行，易刘为殷，欲盖弥彰，其得保全首领以殁也，何其幸欤！然骨肉相残，人禽无辨，祸不及身，必及子孙：阅者于此，足以观因果焉。

第十九回　发雄师惨屠骨肉
备丧具厚葬妃嫱

却说宋主骏既诛义宣，复纳义宣女为淑仪，冒称殷氏，一面压制诸王，凌轹大臣，省得他多嘴多舌，起事生风。偏是专制益甚，反动益烈，群臣原屏足重息，那宋主自己的亲弟，却未肯受他抑迫，免不得互起猜嫌。原来宋主骏有二兄，一劭、一浚，已经诛死。亲弟却有十六人，最长的即南平王铄，遇毒暴亡；次为庐陵王绍，已经早卒，又次为建平王弘，佐骏除助，官左仆射，未几亦殁，又次为竟陵王诞，受职右仆射；又次为东海王祎，义阳王昶，武昌王浑，湘东王彧，即明帝。建安王休仁，山阳王休祐，海陵王休茂，鄱阳王休业，新野王夷父，顺阳王休范，巴陵王休若，除夷父濛逝外，余皆少年受封，无甚表见。叙次明白。

孝建元年，柳元景辞去雍州兼职，令武昌王浑为雍州刺史，浑年轻有力，身长七尺，莅任以后，与左右戏作文檄，自称楚王，年号元光，备置百官。长史王翼之，上表奏闻，有诏削浑王爵，免为庶人，寻即逼令自杀。痴儿可悯。竟陵王诞，年龄较长，功绩最高，讨劭时已预义师，讨义宣时，又主张出兵。得平三镇，遂进宫太子太傅，领扬州刺史。他遂造立亭舍，穷极工巧，园池华美，冠绝一时。又募壮士为卫，甲仗鲜明，夸耀畿甸。宋主骏本来多疑，更经义宣乱后，益滋猜忌，见诞举动不经，特阳示推崇，加诞为司空，调任南徐州刺史，出镇京口。嗣因京口尚近都城，更徙诞为南兖州刺史，另派右仆射刘延孙镇守南徐，阴加戒备。朝内用了两戴一巢，作为腹心，遇有军国大事，必与三人裁决，然后施行。两戴一名法兴，一名明宝，旧为江州记室，宋主即位，均擢为南台侍御史，兼中书通事舍人。一巢名叫尚之，涉猎文史，颇擅声誉，亦得与两戴同官。

到了孝建三年冬季，两戴一巢，上书献谀，无非说是臣民翕服，远近畏怀。宋主骏亦踌躇满志，特命改孝建四年元旦，为大明元年正朔，大赦天下，行庆施惠，粉饰太平。忽由东平太守刘胡，递入急报，说索虏内侵，与战失利，乞即发兵出援。宋主乃遣薛安都等往救，驰至东平，魏兵已退，因即班师。嗣是内外粗安，直至次年秋季，南彭城妖民高阇，与沙门昙标等谋反，勾通殿中将军苗允，拟内应外合，推阇为帝，幸有人告讦密谋，事前捕获，斩首了案，中书令王僧达，自恃才高，诽议朝政，路太后兄子尝访僧达，升榻高坐，竟被舁弃，遂入诉太后，求惩僧达。太后转告宋主，宋主已恨他讪上，即诬僧达与阇通谋，冤冤枉枉的把他赐死。

已而魏镇西将军封敕文，又入攻清口，为守将傅乾爱所破，魏征西将军皮豹子，复入寇青州，也为青、冀刺史颜师伯所败，索头军不能得志，相继退还。南兖州刺史竟陵王诞，竟乘隙思逞，托词防魏，缮城聚甲，将与宋主骏一决雌雄。又是一个痴人。参军刘智渊，料知诞将作乱，请假还都，密报诞状。宋主命智渊为中书侍郎，俟诞起事，即加声讨。会吴郡民刘成，豫章民陈谈之，均上书告变，一说诞私造乘舆，一说诞密行巫蛊。宋主连得二书，遂召台臣劾诞罪恶，应收付廷尉治罪。及批答出去，却援着议亲议功故例，特别宽宥，但降爵为侯，撤去南兖州领职，遣令就国。另擢义兴太守桓阆为兖州刺史，拨给羽林禁兵，且遣中书舍人戴明宝，为阆主谋，乘间袭诞。做了堂堂天子，为何专喜鬼祟。

阆至广陵，即南兖州治所。诞毫不防备，典签蒋成，得戴明宝密函，约为内应。成恐孤掌难鸣，更与府舍人许宗之相谋，求他臂助。宗之佯为允诺，悄悄的入府白诞，时已入夜，诞正就寝，听得宗之密报，披衣惊起，立呼左右，及平时食客数百人，收捕蒋成，一面列兵登陴，阖城拒守。待至黎朗，果闻桓阆叩城，便即斩了蒋成，掷首城下。阆得了成首，始知事泄，急忙策马倒退，不防诞驱兵杀出，仓猝间不及措手，立被杀毙，只戴明宝脱身奔还。

宋主闻报，特起始兴公沈庆之为车骑大将军，兼领南兖州刺史，统兵讨诞。诞毁去郭邑，驱城外居民入城，分发书檄，要结远迩，且遣人奉表，投诸建康城外。当有人拾起表文，呈入宫廷，宋主当即披阅，但见上面写着道：

往年元凶祸逆，陛下入讨，臣背凶赴顺，可谓常节。及丞相构难，臧鲁协从，朝野恍惚，咸怀忧惧，陛下欲遣百官羽仪，星驰推奉，臣前后谏诤，方赐俞允，社稷获全，是谁之力？陛下接遇殷勤，累加荣宠，骠骑扬州，旬月移授，恩秩频加，复赐徐兖，臣感蒙恩遇，久要不忘！岂谓陛下信用谗言，遂令无名小人，来相掩袭！不任枉酷，即加诛翦，雀鼠贪生，仰违诏敕。今亲勒部曲，镇扞徐兖。先经何福，同生皇家，今有何愆，便成胡越。陵锋奋戈，万没岂顾；荡定以期，冀在旦夕。陛下宫闱之丑，岂可三缄？临纸悲塞，不知所言！特录诞表，见得诞犹可原，以揭宋主不义不友之隐。

看官，你想宋主骏览着此表，尚能不怒愤填胸么？当下遣官四缉，凡与诞有亲友关系，及诞党同籍期亲，留居都中，不论他通诞与否，一体处斩，共死千余人。淫刑以逞。自己出居宣武堂，内外戒严，奈何不与从妹同宿？且促庆之速进广陵，并饬豫州刺史宗悫，徐州刺史刘道隆，会师广陵城下，限期破城。

宗悫南阳人，字元干，少有大志，叔父炳高尚不仕，尝问悫志如何？悫答道："愿乘长风破万里浪！"炳叹道："汝不富贵，且破我家！"悫兄泌方娶妻，吉夕有盗入门，悫年仅十四，挺身拒盗，盗约十余人，皆披靡不敢入室，勇名始著。后随江夏王义恭麾下，义恭举悫南略林邑，奏绩北归。已而为随郡太守，复征服雍州群蛮，元凶劭肆逆时，从讨有功，官左卫将军，封洮阳侯。宗系一代人杰，故叙述较详。至诞据广陵，不服朝命。悫正驻节豫州，表求赴讨，当即乘驿入都，而受节度。时年逾六十，顾盼自豪，宋主很是嘉勉，便遣令赴军，归沈庆之节制。

诞闻宗悫到来，颇加畏惧，但下令军中道："宗悫助我，尽可放心！"悫至城下，知城中有如此伪令，即绕城一周，跃马大呼道："我宗悫也！只知讨逆，不知助逆。"如闻其声。诞自悔失计，登城俯望，正值庆之指麾众士，将要攻城，便凄声呼语道："沈公沈公，年垂白首，何苦来此？"庆之道："朝廷因君狂愚，不足劳动少壮，所以遣老夫前来。"

诞见军势甚盛，颇有惧色，当即下城整装，留中兵参军申灵赐居守，自将步骑数百人，及帐下亲卒，托词出战，开门北走。约行十余里，望见后面尘头陡起，料有追兵到来，大众哗噪道："同一遇敌，不如还城！"诞蹙额道："我若还城，卿等能为我尽力否？"众皆许诺。部将杨承伯牵住诞马，且泣语道："无论生死，且返保城池，速即退还，尚可入城，迟恐不及了！"诞乃复还，即与追军相值，来将为戴宝之，单骑直前，挺槊刺诞，几中咽喉，亏得杨承伯用刀格去，敌住宝之，余众拥诞冲锋，杀开一条走路，匆匆还城。承伯且战且行，宝之因随兵不多，也放令走还。

诞既入城，授申灵赐为骠骑府录事，参军王屿之为中军长史，世子景粹为中军将军，别驾范义为中军长史，此外府州文武将佐，一概加秩，筑坛歃血，誓众固守。命主簿刘琨之为中兵参军，琨之系宋宗室将军刘遵考子，不肯就职，正色谢诞道："忠孝不能两全，琨有老父在都，未敢奉命！"诞怒他抗违，囚縶狱中，不屈遇害。右卫将军垣护之，虎贲中郎将殷孝祖等，前曾奉诏防魏，至是俱还广陵，与沈庆之合军攻城。诞遗庆之食物，庆之毫不启视，悉令毁去。诞又在城上捧一函表，托庆之转达朝廷，庆之道："我受诏讨贼，不能为汝送表，汝欲归死朝廷，便当开门遣使，我为汝护送便了！"写庆之忠直。诞无词可答，乃遣将分出四门，袭击宋营，俱被宋将杀退。

宋主颁发金章二钮，赍至军前，一为竟陵县开国侯，食邑一千户，系是悬赏擒诞，一为建兴县开国男，食邑三百户，乃是悬赏先登。并命庆之预设三烽，举一烽是克外城，举两烽是克内城，举三烽是已擒诞。且又遣屯骑校尉谭金，前虎贲中郎将郑景玄，率羽林兵再助庆之，促令速拔广陵。会值夏雨连绵，不便进攻，因此久持不下，诏使相继催迫，络绎道旁。及天雨已霁，宋主命太史择日，拟渡江亲征，太傅义恭固谏，方才罢议。但使御史奏劾庆之，并将原奏寄示行营，令他自省。若使庆之不忠，岂非激令附逆？庆之益督励诸军，奋勇进攻，诞屡战屡败，穷蹙无法，将佐多逾城出降。记室参军贺弼，曾再四谏诞，终不见听。或劝弼宜早出，弼答道："叛君不忠，背主不义，只好一死明心罢了！"乃饮药自杀。参军何康之等，斩关出降，诞拘住康之母，缚置城楼，不给饮食，母且呼且号，数日而死。诞已死在目前，尚且如此残忍。庆之亲冒矢石，攻破外郛，乘势进拔内城，诞与申灵赐走匿后园，为庆之裨将沈胤之等追及，击伤诞面，诞坠入水中，又被官军牵出，枭首送京。诞母殷修华，修华为女嫔名。妻徐氏，俱随诞在镇，同时自尽，余众多死。

庆之连举三烽，报捷都中，宋主御宣阳门，左右争呼万岁，独侍中蔡兴宗在侧，绝不作声。宋主顾问道："卿何独不呼？"兴宗正色道："陛下今日，正应涕泣行诛，怎得令称万岁？"宋主怫然不悦，且传令军前，饬屠广陵城。沈庆之忙即奏阻，请自五尺以下，并皆贷死。虽得宋主许可，但丁壮皆诛，妇女充作军赏。庶民何辜，遭此惨虐！更有杀人不眨眼的宗越，临辕监刑，备极苛虐，或刳肠抉目，或笞面鞭腹，先令他血肉横飞，然后剁落头颅，共计首级三千余，奉诏持至石头城南岸，聚为京观。诞子景粹，由黄门吕昙济，携逃出城，匿居民间，好几日始得觅着，当然处斩。临川内史羊璿，与诞素善，连坐伏诛。山阳内史梁旷，家在广陵，因不应诞召，全家被戮，至是受命为后将军。刘琨之亦得擢为黄门侍郎。

沈庆之班师回朝，赏赉有差，诏进庆之为司空，领南兖州刺史。庆之受职未久，仍然乞休，且将司空职衔，让与柳元景。自挈家属徙居娄湖，广辟田园，优游自乐，蓄有妓妾数十人，奴僮千计，非经朝贺，不复出门，居然想做一陶朱公了。若果与世无求，何至后来遇祸？

颜竣因佐命功，得为丹阳令，席丰履厚，夸耀一时。乃父颜延之，仍布衣茅屋，不改书生本色，尝乘羸牛笨车，出游郊外，遇竣跨马前来，仪从甚盛，即屏住道侧。已而步入竣署，面诫竣道："我生平不喜见要人，今不料见汝！"竣仍不改，广筑居室，华丽无比。延之又申谕道："汝宜善为，勿令后人笑汝拙呢！"竣又尝晏起，甚至宾客盈门，尚未出见。延之往斥道："汝在粪土中，升云霄上，乃遽骄惰如此，怎能长久哩？"延之生平品行无甚可取，唯诫子数语，却是治家格言。

既而延之病卒，竣丁父忧，才阅一月，即起为右将军，仍任丹阳尹。宋主奢淫自恣，竣欲沽名市直，屡有诤言，为宋主所隐恨。身且不正，安能正君？竣见言多不纳，乞请外调，有诏徙为东扬州刺史。竣始知恩宠已衰，渐有惧意。寻遭母忧，送葬还都，偏为仇家所讦，说他怨望诽谤，宋主竟将竣列入诞案，诬称与诞通谋，勒令自尽，妻子徙交州。复遥嘱押解官吏，把他男口沉死江中，延之所言，果然尽验。功成不退，往往罹祸。

庐陵内史周朗，每上书言事，语多切直，宋王怒起，命传送宁州，杀毙道旁。

到了大明五年，雍州刺史海陵王休茂，又复谋变，未成即死，休茂为宋主第十四弟，兄浑被诛，见本回上文。出代后任。司马庾深之行府州事，因休茂年少，不令专决，府吏张伯超，得休茂宠，专恣不法，尝遭深之呵责，伯超遂劝休茂杀死休之，建牙驰檄，征兵作乱。参军尹玄度潜结壮士，夜袭休茂，当场擒获，斩首送建康，母蔡美人亦死。

义恭进位太宰，希宋主意旨，即把竟陵、海陵等作为话柄，申请裁抑诸王，不使出任边州，且令绝宾客，禁甲兵。宋主意欲准奏，由侍中沈怀文固谏，方将此议搁起，但心中未免怏怏。怀文素与颜竣、周朗友善，竣、朗受诛，唯怀文犹进直言。宋主尝召与语道："竣若知有死日，也不敢向朕多嘴了。"怀文不答。

看官听说！古来直臣正士，明知闇君不能受谏，只因一腔热血，熬受不住，总要出去多言；况宋主骏好色好货，好博好饮，好猜忌群下，好狎侮大臣，种种行止，皆失君道，试想庸中佼佼的沈怀文，怎能隐忍过去？每过旬日，总有一二本奏牍，数十句箴言，宋主始终逆耳，不愿听从。怀文又尝偕侍臣入宴，宋主必使列座沉醉，互相嘲谑。独怀文素不饮酒，又不喜戏言，宋主益恨他故意违旨，出为广陵太守。大明六年正月，入都觐贺，事毕当还，因女病乞请展期，致挂弹章，奉旨免官。怀文请卖去京宅，返归武康原籍，哪知益触主怒，竟诬他还家谋变，下诏赐死。

朝中又少了一个直臣，于是正人短气，奸佞扬镳。两戴一巢，内邀恩宠，外受赃赇，家累千金，门外成市。还有青冀刺史颜师伯，入为侍中，生平所长，莫如谀媚，朝夕入直，事事得宋主心。好算一个人才。宋主常与他作摴蒲戏，一掷得雉，自谓必胜，师伯独一掷得卢，急得宋主失色，不意师伯善解上意，慌忙敛子道："几乎得卢。"遂自愿认输。待至罢博，师伯竟输钱百万缗，宋主大喜。君臣相博，成何体统？况师伯所输之钱，试问从何处得来？平时对大臣言谈，好涉戏谑，常呼光禄大夫王玄谟为老伧，仆射刘秀之为老悭，颜师伯为齴。齴系露齿的意义，师伯唇不包齿，故有此称。此外长短肥瘦，各替他取一绰号。又嬖宠一昆仑奴，状似昆仑国人，长大多力，令他执仗侍侧，稍不惬意，便令他殴击群臣。唯蔡兴宗入朝，容仪严肃，颇为宋主所惮，不敢狎媟，且命与给事中袁粲，同为吏部尚书。有仪可象，其效如此！粲亦持正，吏治少清。

唯宋主骄侈日甚，奢欲无度，土木被锦绣，赏赐倾库藏，财用不足，想出一个敛取的方法，每经刺史二千石，卸职还都，辄限使献奉，又召他入戏摴蒱，必将他宦囊余积，悉数输出，然后快意。仿佛无赖子所为。所得财物，又任情挥霍，因嫌宫殿狭小，特另造玉烛殿。坏高祖所居潜室，见床头用土作障，壁上挂葛灯笼，麻绳拂，宋主瞧着，用鼻作嗤笑声。侍中袁顗，有意讽谏，极称高祖俭德，宋主反变色道："田舍翁得此器用，已算是过度了！"试问汝是田舍翁何人？顗知话不投机，方才退去。

义恭自诸王被祸，日夕忧惧，他本兼领扬州刺史，因恐权重遭忌，一再表辞。宋主乃令次子西阳王子尚为扬州刺史，年未十龄。嗣又立第八子子鸾为新安王，领南徐州刺史，年仅六龄。鸾母殷淑仪，宠擅专房，见前回。鸾亦独邀异数，怎奈红颜命薄，天不假年，大明六年四月，殷淑仪一病身亡，惹得这位宋主骏，悲悼不休，如丧考妣。追册淑仪为贵妃，予谥曰宣，埋玉龙山，立庙皇都。出葬时特给辒辌车，载奉灵柩，卫以虎贲班剑，导以鸾辂九旒，前后部羽葆鼓吹，几比帝后发丧，还要烜赫。送丧人数，不下数千，外如公卿百官，内如嫔御六宫，无不排班执引，素服举哀。宋主出南掖门，目送丧车，悲不自胜。何不去做孝子？因饬执事中谢庄，作哀策文。庄夙擅文才，援笔立就，说得非常哀艳，可泣可歌。宋主还宫偃卧，由内侍呈入哀诔，才阅数行，禁不住潸潸泪下。及全篇阅毕，起坐长叹道："不谓当今复有此才！"说着，自己亦觉技痒，特拟汉武帝李夫人赋，追诔殷贵妃，语语悱恻，字字缠绵，但比那谢庄哀文，尚自觉弗如。当下将谢庄哀文颁发，勒石镌墓，都下传写，纸墨价为之一昂。小子因限于篇幅，无暇录述，但总结一诗道：

为昵私情益悼亡，秽闻欲盖且弥彰；
伤心南郡犹知否？父死刀头女盛丧！

宋主忆妃爱子，更进子鸾为司徒，加号抚军，命谢庄为抚军长史，令佐爱儿。好容易过了两年，宋主骏也要归天了。欲知宋主何疾致死，且看下回声明。

郑伯克段于鄢，春秋不书弟贱段而甚郑伯也，甚郑伯之处心积虑成于杀也。宋竟陵王诞，罪不段若，而宋主骏之惎刻，则过于郑庄，诞之反，实宋主骏激成之，雀鼠哀生，情殊可悯。及沈庆之攻克广陵，复下诏屠城，虽经庆之谏阻，尚杀三千余口，筑为京观，视骨肉如鲸鲵，不仁孰甚！且杀颜竣，戮周朗，赐沈怀文死，饰非拒谏，草菅人命，而独嬖一从妹，宠一爱子，何薄于彼而厚于此耶？至若好博好财，有愧君道，盖犹其失德之小事。古谓其父行劫，其子必且杀人，无怪子业之淫恶加甚也。

第二十回　狎姑姊宣淫鸾掖
辱诸父戏宰猪王

却说宋主骏忆念宠妃，悲悼不已，后宫佳丽虽多，共产二十八男。但自殷淑仪死后，反觉得此外妃嫔，无一当意，也做了伤神的郭奉倩，即魏郭嘉。悼亡的潘安仁，即晋潘岳。渐渐的情思昏迷，不亲政事。挨到大明八年夏季，生了一病，不消几日，便即归天。在位共十一年，年只三十五岁。遗诏命太子子业嗣位，加太宰义恭为中书监，仍录尚书事，骠骑大将军柳元景，领尚书令，事无大小，悉白二公。遇有大事，与始兴公沈庆之参决，军政悉委庆之，尚书中事委仆射颜师伯；外监所统，委领军王玄谟。

子业即位柩前，年方十六，尚书蔡兴宗亲捧玺绶，呈与子业。子业受玺，毫无戚容，兴宗趋出告人道："昔鲁昭不戚，叔孙料他不终，是春秋时事。今复遇此，恐不免祸及国家了！"不幸多言而中。

既而追崇先帝骏为孝武皇帝，庙号世祖，尊皇太后路氏为太皇太后，皇后王氏为皇太后。子业系王氏所出，王太后居丧三月，亦患重疾。子业整日淫狎，不遑问安，及太后病笃，使宫人往召子业，子业摇首道："病人房间多鬼，如何可往？"奇语。宫人返报太后，太后愤愤道："汝与我快取刀来！"宫人问作何用？太后道："取刀来剖我腹，哪得生宁馨儿！"也是奇语。宫人慌忙劝慰，怒始少平，未几即殁，与世祖同葬景宁陵。

是时戴法兴、巢尚之等仍然在朝，参预国事。义恭前辅世祖，尝恐罹祸，及世祖病殂，方私自庆贺道："今日始免横死了！"慢着。但话虽如此，始终未敢放胆，此番受遗辅政，仍然引身避事。法兴等得专制朝权，诏敕皆归掌握。蔡兴宗因职掌铨衡，常劝义恭登贤进士，义恭不知所从。至兴宗奏陈荐牍，又辄为法兴、尚之等所易，兴宗遂语义恭及颜师伯道："主上谅闇，未亲万机，偏选举例奏，多被窜改，且又非二公手笔，莫非有二天子不成？"义恭、师伯，愧不能答，反转告法兴，法兴遂向义恭谗构兴宗，黜为新昌太守。义恭渐有悔意，乃留兴宗仍住都中。同官袁粲，改除御史中丞，粲辞官不拜。领军将军王玄谟，亦为法兴所嫉，左迁南徐州刺史，另授湘东王彧为领军将军，越年改元永光，又黜彧为南豫州刺史，命建安王休仁为领军将军。已而雍州刺史宗悫，病殁任所，乃复调彧往镇雍州。

子业嗣位逾年，也欲收揽大权，亲裁庶政。偏戴法兴从旁掣肘，不令有为。子业当然衔恨，阉人华愿儿，亦怨法兴裁减例赐，密白子业道："道路争传，法兴为真天子，官家为假天子；况且官家静居深宫，与人罕接，法兴与太宰颜、柳，串同一气，内外畏服，恐此座非复官家有了！"子业被他一吓，即亲书诏敕，赐法兴死，并免巢尚之官。颜师伯本联络戴巢，权倾内外，蓦闻诏由上出，不禁大惊。才阅数日，又有一诏传下，命师伯为尚书左仆射，进吏部尚书王彧为右仆射，所有尚书中事，令两人分职办理；且将师伯旧领兼职，尽行撤消。师伯由惊生惧，即与元景密谋废立，议久不决。需者事之贼。

先是子业为太子时，恒多过失，屡遭乃父诟责，当时已欲易储，另立爱子新安王子鸾。还是侍中袁觊，竭力保护，屡称太子改过自新，方得安位。及入承大统，临丧不哀，专与宦官宫妾，混作一淘，纵情取乐。华愿儿等欲攫大权，所以抬出这位新天子来，教他显些威势，好做一块挡风牌。

元景师伯即欲声明主恶，请出太皇太后命令，废去子业，改立义恭。当下商诸沈庆之，庆之与义恭未协，又恨师伯平时专断，素未与商，乃佯为应允，密表宫廷。子业闻报，遂亲率羽林兵，围义恭第，麾众突入，杀死义恭，断肢体，裂肠胃，挑取眼睛，用蜜为渍，叫作鬼目粽，并杀义恭四子。宋武诸子至此殆尽。另遣诏使召柳元景，用兵后随。元景知已遇祸，入辞老母，整肃衣冠，乘车应召。弟叔仁为车骑司马，欲兴甲抗命，元景不从，急驰出巷，巷外禁兵林立，挟刃相向。元景即下车受戮，容色恬然。元景有六弟八子，相继骈戮，诸侄亦从死数十人。颜师伯闻变出走，在道被获，当即杀毙，六子尚幼，一体就诛。师伯该死，义恭、元景未免含冤。

子业复改元景和，受百官朝贺，文武各进位二等，进沈庆之为太尉，兼官侍中，袁顗为吏部尚书，赐爵县子，尚书左丞徐爰，夙善逢迎，至是亦徼功获赏，并得子爵。自是子业狂暴昏淫，毫无忌惮，有姊山阴公主，闺名楚玉，与子业同出一母，已嫁驸马都尉何戢为妻，子业独召入宫中，留住不遣，同餐同宿，居然与夫妇相似。父淫从妹，子何不可与女兄宣淫。有时又同辇出游，命沈庆之为骖乘，沈公年垂白首，何苦如此？徐爰为后随。

山阴公主很是淫荡，单与亲弟交欢，意尚未足，为问伊母王氏，哪得此宁馨儿？尝语子业道："妾与陛下男女虽殊，俱托体先帝，陛下六宫万数，妾止驸马一人，事太不均，还请陛下体恤！"子业道："这有何难？"遂选得面首三十人，令侍公主。面首，即美貌男子，面谓貌美，首谓发黑，公主得许多面首，轮流取乐，兴味盎然。忽见吏部侍郎褚渊，身长面白，气宇绝伦，复面白子业，乞令入侍，子业也即允许，令渊往侍公主。哪知渊不识风情，到了公主私第中，似痴似呆，随她多方挑逗，百般逼迫，他竟守身如玉，好似鲁男子一般，见色不乱，一住十日，竟与公主毫不沾染，惹得公主动怒，把他驱逐出来。恰是难得，只辜负了公主美意。

子业且封姊为会稽长公主，秩视郡王。不过因公主已得面首，自己转不免向隅。故妃何氏颇有姿色，奈已去世，只好追册为后，不能再起图欢。继妃路氏，系太皇太后侄女，辈分亦不相符。年虽髫秀，貌未妖淫，子业未能满意。此外后宫妾媵，亦无甚可采，猛忆着宁朔将军何迈妻房，为太祖第十女新蔡公主，生得杏脸桃腮，千娇百媚，此时华色未衰，何妨召入后廷，一逞肉欲。中使立发，彼美旋来，人面重逢，丰姿依旧，子业此时，也顾不得姑侄名分了，顺手牵扯，拥入床帏。妇人家有何胆力，只得由他摆布，任所欲为，流连了好几夕。恩爱越深，连新蔡公主的性情，也坐被熔化，情愿做了子业的嫔御，不欲出宫。子业更不必说，但如何对付何迈？无策中想了一策，伪言公主暴卒，舁棺出去。这棺材里面，却也有一个尸骸，看官道是何人？乃是硬行药死的宫婢，充做公主，送往迈第殡葬。一面册新蔡公主为贵嫔，诈称谢氏，令宫人呼她为谢娘娘。可谓肖子。一日与谢贵嫔同往太庙，见庙中只有神主，并无绘像，便传召画工进来，把高祖以下的遗容，一一照绘。画工当然遵旨，待绘竣后，又由子业入庙亲览，先用手指高祖像道：

"渠好算是大英雄，能活擒数天子！"继指太祖像道："渠容貌恰也不恶，可惜到了晚年，被儿子斫去头颅！"又次指世祖像道："渠鼻上有齇，奈何不绘？"齇音楂，鼻上疱也。立召画工添绘齇鼻，乃欣然还宫。新安王子鸾，因丁忧还都，未曾还镇。子业记起前嫌，想着当年储位，几乎被他夺去，此时正好报复。便勒令自尽。子鸾年方十岁，临死语左右道："愿后身不再生帝王家！"子鸾同母弟南海王子师，及同母妹一人，亦被杀死。并掘发殷贵妃墓，毁去碑石，怪不得先圣有言，丧欲速贫，死欲速朽。甚且欲毁景宁陵。即世祖陵见前。还是太史上言，说与嗣主不利，才命罢议。

义阳王昶系子业第九个叔父，见前回。时为徐州刺史，素性褊急，不满人口，当时有一种讹言，谓昶将造反，子业正想用兵，出些风头，可巧昶遣使求朝，子业语来使蘧法生道："义阳曾与太宰通谋，我正思发兵往讨，他倒自请还朝，甚好甚好！快叫他前来便了。"法生闻言，即忙退去，奔还彭城，据实白昶。昶募兵传檄，无人应命，急得不知所为。蓦闻子业督兵渡江，命沈庆之统率诸军，将薄城下，那时急不暇择，夤夜北走，连母妻俱不暇顾，只挈得爱妾一人，令作男子装，骑马相随，奔投北魏。在道赋诗寄慨，佳句颇多。魏主濬时已去世，太子弘承接魏阼，闻昶博学能文，颇加器重，使尚公主，赐爵丹阳王。昶母谢容华等还都，还算子业特别开恩，不复加罪。

吏部尚书袁顗，本为子业所宠任，俄而失旨，待遇顿衰。顗因求外调，出为雍州刺史，顗舅就是蔡兴宗，颇知天文，谓襄阳星恶，不宜前往。顗答道："白刃交前，不救流矢，甥但愿生出虎口呢！"适有诏令兴宗出守南郡，兴宗上表乞辞，顗复语兴宗道："朝廷形势，人所共知，在内大臣，朝不保夕，舅今出居南郡，据江上流，顗在襄沔，与舅甚近，水陆交通，一旦朝廷有事，可共立桓、文齐桓晋文。功业，奈何可行不行，自陷罗网呢！"兴宗微笑道："汝欲出外求全，我欲居中免祸，彼此各行已志罢了。"看到后来毕竟兴宗智高一筹。顗匆匆辞行，星夜登途，驰至寻阳，方喜语道："我今始得免祸了！"未必。兴宗却得承乏，复任吏部尚书。

东阳太守王藻，系子业母舅，尚太祖第六女临川公主。公主妒悍，因藻另有嬖妾，很为不平，遂入宫进谗，逮藻下狱，藻竟愤死，公主与王氏离婚，留居宫中。岂亦效新蔡公主耶？新蔡公主，既充做了谢贵嫔，寻且加封夫人，坐鸾辂，戴龙旗，出警入跸，不亚皇后。只驸马都尉何迈，平白地把结发妻房，让与子业，心中很觉得委屈，且惭且愤，暗中蓄养死士，将俟子业出游，拿住了他，另立世祖第三子晋安王子勋。偏偏有人报知子业，子业即带了禁军，掩入迈宅。迈虽有力，究竟双手不敌四拳，眼见是丢了性命。有艳福者，每受奇祸。

沈庆之见子业所为，种种不法，也觉看不过去。有时从旁规谏，非但子业不从，反碰了许多钉子，因此灰心敛迹，杜门谢客。迟了！迟了！吏部尚书蔡兴宗，尝往谒庆之，庆之不见，但遣亲吏范羡，至兴宗处请命。兴宗道："沈公闭门绝客，无非为避人请托起见，我并不欲非法相干，何故见拒！"羡乃返白庆之，庆之复遣羡谢过，并邀兴宗叙谈。兴宗又往见庆之，请庆之屏去左右，附耳密谈道："主上渎伦伤化，失德已甚，举朝惶惶，危如朝露。公功足震主，望实孚民，投袂指挥，谁不响应？倘再犹豫不断，坐观成败，恐不止祸在目前，并且四海重责，归公一身！仆素蒙眷爱，始敢尽言，愿公速筹良策，幸勿自误！"庆之掀须徐答道："我亦知今日忧危，不能自保，但始终欲尽忠报国，不敢自贰，况且老退私门，兵权已解，就使有志远图，恐亦无成！"尸居暮气。兴宗又道："当今怀谋思奋，大有人在，并非欲徼功求赏，不过为免死起见；若一人倡首，万众起应，指顾间就可成事；况公系累朝宿将，旧日部曲，悉布宫廷，公家子弟，亦多居朝右，何患不从？仆忝职尚书，闻公起义，即当首率百僚，援照前朝故事，更简贤明，入承社稷，天下事更不难立定了，公今不决，人将疑公隐逢君恶，有人先公起行，祸必及公，百口难解！公若虑兵力不足，实亦不必需兵，车驾屡幸贵第，酣醉淹留，又尝不带随从，独入阁内，这是万世一时，决不可失呢！"庆之终不愿从，慢慢儿答道："感君至言，当不轻泄；但如此大事，总非仆所能行，一旦祸至，抱忠没世罢了！"死了！死了！兴宗知不可劝，怏怏别去。

庆之从子沈文秀受命为青州刺史，启行时亦劝庆之废立，甚至再三泣谏，总不见听，只好辞行。果然不到数日，大祸临门。原来子业既杀何迈，并欲立谢贵嫔为后，恐庆之进谏，先堵青溪诸桥，杜绝往来。庆之怀着愚忠，心终未死，仍入朝进谏。及见桥路已断，始怅然折回。是夕即由直阁将军沈攸之，赍到毒酒，说是奉旨赐死。庆之不肯遽饮，攸之系庆之从子，专知君命，不顾从叔，竟用被掩死庆之，返报子业。子业诈称庆之病死，赠恤甚厚，谥曰忠武。庆之系宋室良将，与柳元景齐名，元景河东解县人，庆之吴兴武康人，异籍同声，时称沈、柳。两人以武功见称，故并详籍贯。

庆之死时，年已八十，长子文叔，曾为侍中，语弟文季道："我能死，尔能报！"遂饮庆之未饮的药酒，毒发而死。文季挥刀跃马，出门径去，恰也无人往追，幸得驰免。文叔弟昭明，投缳自尽，至子业被弑后，沈、柳俱得昭雪，所遗子孙，仍使袭封，这且慢表。

且说庆之已死，老成殆尽，子业益无忌惮，即欲册谢贵嫔为正宫。谢贵嫔自觉怀惭，当面固辞，乃册路妃为后，四厢奏乐，备极奢华。子业又恐诸父在外，不免反抗，索性一并召还，均拘住殿中，殴捶陵曳，无复人理。湘东王彧，建安王休仁，山阳王休祐，并皆肥壮，年又较长，最为子业所忌。子业号彧为猪王，休仁为杀王，休祐为贼王，尝掘地为坑，和水及泥，褫彧衣冠，裸置坑中，另用木槽盛饭，搅入杂菜，使彧就槽餂食，似牧猪状，作为笑谑。且屡次欲杀害三王。亏得休仁多智，谈笑取悦，才得幸全。东海王祎，姿性愚陋，子业称为驴王，不甚见猜。桂阳王休范，巴陵王休若，尚在少年，故得自由。自彧以下，均见前回。

少府刘曚妾怀孕临月，子业迎入后宫，俟她生男，当立为太子。湘东王彧，不愿做猪，未免怨怅，子业令左右缚彧手足，赤身露体，中贯以杖，使人舁付御厨，说是今日屠猪。休仁在旁佯笑道："猪未应死！"子业问是何故？休仁道："待皇太子生日，杀猪取肝肺。"子业不待说毕，便大笑道："好！好！且付廷尉去，缓日杀猪。"越宿，由休仁申请，但言猪应豢养，不宜久拘，乃将彧释出。及曚妾生男，名曰皇子，颁诏大赦，竟将屠猪事失记。这也是湘东王彧，后来应做八年天子，所以九死一生。

晋安王子勋，系子业第三弟，五岁封王，八岁出任江州刺史，幼年出镇，都是宋武遗传。子业因祖考嗣祚，统是排行第三，太祖义隆为宋武第三子，世祖骏为太祖第三子。恐子勋亦应三数，意欲趁早除去。又闻何迈曾谋立子勋，越加疑忌，遂遣侍臣朱景云，赍药赐子勋死。景云行至湓口，停留不进，子勋典签谢道迈，闻风驰告长史邓琬，琬遂称子勋教令，立命戒严。且导子勋戎服出厅，召集僚佐，使军将潘欣之，宣谕部众，大略谓嗣主淫凶，将危社稷，今当督众入都，与群公卿士，废昏立明，愿大家努力云云。众闻言尚未及对，参军陶亮，跃然起座，愿为先驱。于是众皆奉令，即授陶亮为咨议中兵，总统军事，长史张悦为司马，功曹张沈为咨议参军，南阳太守沈怀宝，岷山太守薛常宝，彭泽令陈绍宗等，传檄远近，旬日得五千人，出屯大雷。

那子业尚未闻知，整日宣淫，又召诸王妃公主等，出聚一室，令左右幸臣，脱去衣裳，各嬲妃主，妃主等当然惊惶。子业又纵使左右，强褫妃主下衣，迫令行淫。南平王铄妃江氏，抵死不从，子业怒道："汝若不依我命，当杀汝三子！"江氏仍然不依，子业益怒，命鞭江氏百下，且使人至江氏第中，杀死江氏三子敬深、敬猷、敬先。铄已早死，竟尔绝嗣。淫恶如此，自古罕闻。子业因江氏败兴，忿尚未平，另召后宫婢妾，及左右嬖幸，往游华林园竹林堂。堂宇宽敞，又令男女裸体，与左右互相嬲逐，或使数女淫一男，或使数男淫一女，甚且想入非非，使宫女与羝羊猴犬交，并缚马仰地，迫令宫女与马交媾，一宫女不肯裸衣从淫，立刻斩首。诸女大惧，只好勉强遵命，可怜红粉娇娃，竟供犬马蹂躏，有几个毁裂下体，竟遭枉死。子业反得意洋洋，至日暮方才还宫。夜间就寝，恍惚见一女子突入，浑身血污，戟指痛詈道："汝悖逆不道，看你得到明年否？"子业一惊而醒，回忆梦境，犹在目前。翌日早起，即向宫中巡阅，适有一宫女面貌，与梦中女子相似，复命处斩。是夜又梦见所杀宫女，披发前来，厉色相诟道："我已诉诸上帝，便当杀汝！"说至此，竟捧头颅，掷击子业，子业大叫一声，竟尔晕去。小子有诗咏道：

反常尚且致妖兴，淫暴何能免咎征；
两度冤魂频作厉，莫言幻梦本无凭。

毕竟子业曾否击死，试看下卷便知。

自古淫昏之主，莫如桀、纣；然桀在位五十二岁，纣在位三十二祀，历年已久，昏德始彰，未有若宋子业之即位逾年，而淫凶狂暴，若是其甚者也！伊尹放太甲，霍光废昌邑王贺，太甲昌邑王，亦不子业若，而后世以伊尹为圣，霍光为贤，国君危社稷则变置，古训昭然，无足怪也。沈庆之以累朝元老，不能行伊、霍事，反害义恭及柳元景，寻亦被杀，愚忠若此，何足道焉！阅此回几令人作三日呕云。

第二十一回　戕暴主湘东正位
讨宿孽江右麾兵

却说子业被女鬼一击，竟致晕去。看官不要疑他真死，他是在睡梦中受一惊吓。还道是晕死了事，哪知反因此晕死，竟得醒悟。仔细一想，尚觉可怕，于是要想出除鬼的法子来了。还是被鬼击死，免得刀头痛苦。

先是子业杀死诸王，恐群下不服，或致反动，遂召入宗越、谭金、童太一、沈攸之等，令为直阁将军，作为护卫。四子皆号骁勇，又肯与子业效力，所以俱蒙宠幸，赏赐美人金帛，几不胜计。子业恃有护符，恣为不道，中外骚然。左右卫士，皆有异志，但因宗越等出入警跸，惮不敢发。湘东王彧，屡次濒危，朝不保夕，乃密与主衣阮佃夫，内监王道隆，学官令李道儿，直阁将军柳光世等，共谋杀主，觑隙行事。子业素嫉主衣寿寂之，常加呵斥，寂之又与阮佃夫等连合，并串通子业左右，如淳于文祖、朱幼、王南、姜产之、王敬则、戴明宝诸人，同伺子业行动，候便开刀。

子业不务防人，反欲防鬼，竟带了男女巫觋，及彩女数百人，往华林园中的竹林堂，备着弓箭，与鬼从事。鬼岂畏射，真是妄想！会稽长公主也同随往，建安王休仁，山阳王休祐，受命前导，独湘东王彧尚软禁秘书省中，不使同行。当时民间讹言，湘中将出天子，子业欲南巡厌胜，令宗越等先期出阁，部署各军，暗中谋杀湘东王，然后启程。会因两次梦鬼，猝拟往射，总道是鬼不胜力，且有巫觋为卫，不必召入宗越等人，所以左右扈驾，无一勇士。

当下到了竹林堂，时已黄昏，先由巫觋作法，作召鬼状，然后由子业亲发三箭，再命侍从依次递射。平白地乱了一阵，巫觋等齐拜御前，说是鬼已尽死，喧呼万岁。真是捣鬼。子业大喜，便命张筵奏乐，庆鬼荡平。

正要入座饮酒，蓦见有一群人，持刀直入，为首的是寿寂之，次为姜产之，又次为淳于文祖，此外不及细认。但觉他来势凶猛，料知有变，慌忙引弓搭箭，向寂之射去。偏偏一箭落空，寂之仍然不退，反向前趋进。不能射人，专能射鬼。那时脚忙手乱，不遑再射，只好向后逃走。休仁、休祐等已早奔出，巫觋彩女等亦皆四窜。子业且走且呼，口中叫了寂寂数声，已被寂之追及，一刀刺入背中，再一刀断送性命。寂之即齐声道："我等奉太皇太后密命，来除狂主，今已了事，余众无罪，不必惊慌！"话虽如此，那竹林堂中，除寂之等外，已阒如无人了。

休仁奔至景阳山，未知竹林堂消息，正在遑迫无措，可巧寂之等寻至山中，报称宫廷无主，亟应迎立湘东王。休仁乃径诣秘书省，见了湘东王彧，便拜手称臣。彧虽有心弑主，但未料到这般迅速，此次从睡中惊起，由休仁促赴内廷，中途失履，跣足急行。既至东堂，犹着乌帽，休仁召入主衣，易用白帽，并给乌靴。仓猝登座，召见百官，群臣依第进谒，统无异言。当由中书舍人戴明宝，代草太皇太后命令，对众宣读，词云：

> 前嗣王子业，少禀凶毒，不仁不孝，著自髫龄。孝武弃世，属当辰历，自梓宫在殡，喜容腼然。天罚重离，欢恣滋甚。逼以内外维持，忍虐未露，而凶惨难抑，一旦肆祸，遂纵戮上宰，殄害辅臣。子鸾兄弟，先帝钟爱，含怨既往，枉加屠酷。昶茂亲作扞，横相征讨。新蔡公主，逼离夫族，幽置深宫，诡云薨殒。襄事甫尔，丧礼顿释，昏酣长夜，庶事倾遗。朝贤旧勋，弃若遗土。管弦不辍，珍羞备膳。詈辱祖考，以为戏谑。行游莫止，淫纵无度，肆宴园陵，规图发掘。诛剪无辜，籍略妇女。建树伪竖，莫知谁息。拜嫔立后，庆过恒典，宗室密戚，遇若婢仆，鞭捶陵曳，无复尊卑。南平一门，特钟其酷，反天灭理，显暴万端。苛罚酷令，终无纪极，夏桀殷辛，未足以譬。阖朝业业，人不自保，百姓皇皇，手足靡措。行秽禽兽，罪盈三千，高祖之业将泯，七庙之享几绝。吾老疾沉笃，每规祸鸩，忧遂漏刻，气命无几。开辟以降，所未尝闻。远近思奋，十室而九。卫将军湘东王体自太祖，天纵英圣，

文皇钟爱，宠冠列藩，吾早识神睿，特兼常礼。潜运宏规，义士投袂，独夫既殒，悬首白旗，社稷再兴，宗祐永固，人鬼属心，大命允集，且勋德高邈，大业攸归，宜遵汉晋故事，纂承皇极。未亡人余年不幸，婴此百艰，永寻情事，虽存若殒，当复奈何！当复奈何！

宣读既毕，天已大明。直阁将军宗越等闻变，始踉跄趋入，湘东王好言慰抚，越等也无可奈何，唯唯从命。扬州刺史豫章王子尚，傲顽无礼，不啻乃兄，会稽长公主淫乱宫闱，俱由太皇太后命令，即日赐死。面首三十人可令殉葬！子业尸首，尚暴露竹林堂，未曾棺殓。蔡兴宗语仆射王彧道："彼虽凶悖，曾已为天下主，应使丧礼粗备，否则人言可畏，亦足寒心。"彧乃依言入白，因草具丧礼，槁葬秣陵县南，年仅十七。改元未及一年，时人称为废帝。穷凶极恶，总有此日。

湘东王母沈婕妤早卒，尝经路太后抚养，王事太后甚谨，太后爱王亦笃，至是命太后从子路休之为黄门侍郎，茂之为中书侍郎，算是报答太后的深恩。又复论功行赏，如寿寂之等十余人，或封县侯，或封县子。弑主者得与荣封，究属未当。改号东海王祎为庐江王，兼中书监太尉，建安王休仁为司徒尚书令，领扬州刺史，山阳王休祐为荆州刺史，桂阳王休范为南徐州刺史，晋安王子勋为车骑将军，开府仪同三司。是年十二月。湘东王祐即皇帝位，宣诏中外，又有一篇革故鼎新的文字，小子亦录述如下：

昔高祖武皇帝德润四瀛，化绵九服；太宗文皇帝以大明定基，世祖孝武皇帝以下武宁乱，日月所照，梯山航海，风雨所均，削衽袭带，所以业固盛汉，声溢隆周。子业凶嚚自天，忍悖成性，人面兽心，见于龆日，反道败德，著自比年，其狎侮五常，怠弃三正，矫诬上天，毒流下国，实开辟所未有，书契所未闻。再罹遏密，而无一日之哀，齐斩在躬，方深北里之乐。虎兕难柙，凭河必彰，遂诛灭上宰，穷衅逆之酷，虐害国辅，究孥戮之刑。子鸾同生，以昔憾殄殪，敬猷兄弟，以睚眦歼夷，征逼义阳，将加屠脍，陵辱戚藩，捶楚妃主，夺立左右，窃子置储，肆酗于朝，宣淫于国。事秽东陵，行污飞走，积衅罔极，日月兹深。比遂图犯玄宫，暴行无忌，将肆枭獍之祸，逞豺虎之心，又欲鸩毒崇宪，路太后居崇宪宫。虐加诸父。事均官闱，声遍国都。鸱枭小竖，莫不宠昵，朝廷忠臣，必加戮挫。收掩之旨，虓虎结辙，掠夺之使，白刃相望。百僚危气，首领无有全地，万姓崩心，妻子不复相保。所以鬼哭山鸣，星钩血降，神器殆于驭索，景祚危于缀旒。朕假寐凝忧，泣血待旦，虑大宋之基，于焉而泯，武文之业，将坠于渊。赖七庙之灵，借八百之庆，巨猾斯殄，鸿沴时褰，皇纲绝而复纽，天纬缺而更张。猥以寡薄，属承乾统，上缉三光之重，俯顾庶民之艰，业业兢兢，若履冰谷，思与亿兆，同此维新。可大赦天下，改景和元年为泰始元年，一切法度，悉依前朝令典。其昏制谬封，并皆刊削，不使留存。特此谕知！

即位礼成，又有一番封赏，特进南豫州刺史刘遵考为光禄大夫辅国将军，历阳、南谯二郡建平王景素为南豫州刺史，荆州刺史临海王子顼为镇军将军，徐州刺史永嘉王子仁为中军将军，左卫将军刘道隆为中护军。建安王休仁，闻道隆升职，上表辞官，谓不愿与道隆同朝。宋主彧几莫明其妙，嗣经左右查明，方知子业在日，曾召入休仁母杨氏，嘱令道隆逼奸。道隆乐得宣淫，竟将这位杨太妃，按倒榻上，备极丑态。杨氏亦不为无过，如何不学南平王妃？休仁不堪此辱，所以情愿解职。宋主彧既知底细，便将道隆赐死。片刻欢娱，丢去性命，何苦何苦！宗越、谭金、童太一等，虽经新皇摭慰，心中终属不安，嗣复闻有外调消息，遂与沈攸之密谋作乱。攸之竟去告密，越等当然被捕，勒毙狱中。好杀人者，终为人杀，观越可知。尚书右仆射王彧，表字景文，因避宋主名讳，易字为名，正任仆射，总尚书事，内外布置，统已就绪。独晋安王子勋，偏不肯服从命令，仍然用兵未休。

子勋年仅十龄，晓得什么军事，凡事统由长史邓琬作主。琬因子勋排行第三，且起兵寻阳，与世祖骏相符，还道是后先辉映，定获成功。当时由都中新令，传到江州，将佐统共喜贺，琬忽取令投地道：“殿下将南面听政，如车骑将军等职，乃是我等所为，奈何授与殿下！”众皆骇愕，琬独与陶亮合谋，缮治兵甲，征兵四方。

雍州刺史袁颛，偕咨议参军刘胡，起兵相应，诈称奉太皇太后密令，嘱使出师。一面表达寻阳，劝子勋速即帝位。邓琬遂替子勋传檄，略言孤志遵前典，废幽陟明，湘东王彧，矫害明茂，指宋主杀豫章王事。篡窃大宝，干我昭穆，寡我兄弟，藐孤同气，犹有十三，圣灵何辜，乃致乏飨云云。这檄文传达远近，四处闻风；于是郢州刺史安陆王子绥，荆州刺史临海王子顼，会稽太守寻阳王子房，均与子勋谊关兄弟，愿作臂助。他如徐州刺史薛安都，冀州刺史崔道固，青州刺史沈文秀，义阳内史庞孟虬，行会稽郡事孔觊，吴郡太守顾琛，吴兴太守王昙生，义兴太守刘延熙，晋州太守袁标，益州刺史萧惠开，湘州行事何慧文，广州刺史袁昙远，梁州刺史柳元怙，山阳太守程天祚等，皆归附子勋。何攀龙附凤者之多耶！

邓琬因趋附日多，遂伪言受路太后玺书，率将佐劝进，草草定仪，竟于宋主彧泰始二年，奉子勛为帝，改元义嘉，用邓琬为尚书右仆射，张悦为吏部尚书，袁觊为尚书左仆射，此外将佐及诸州郡官吏，各加官进爵，赏赐有差，四方贡献，多归寻阳。

宋主彧只保有丹阳、淮南数郡，几乎危急得很，亟派建安王休仁，都督征讨诸军事，命王玄谟为江州刺史，做了休仁的副手。沈攸之为寻阳太守，率兵万人，出屯虎槛。休仁等出都西去，才隔数日，忽由东南传来警报，说是会稽太守寻阳王等，已进兵至永世县。永世县地隔建康，不过数百里，都下震惧，风鹤惊心。宋主彧忙召群臣计事，蔡兴宗进言道："今普天同叛，各怀异志，亟宜处以镇静，推诚待人；即如叛党亲戚，散布宫省，若用法相绳，转致激变，不为瓦解，必为土崩。今宜速颁明诏，示以罪不相及，待至舆情既定，人有战心，将见六军精勇，器械犀利，与叛众交战，自操胜算，何必过忧？"宋主彧连声称善，依议施行。

甫越两日，又闻豫州有附逆消息。豫州刺史殷琰，家属多在建康，本不愿归附寻阳，建武司马刘顺，替寻阳游说，力劝琰背东归西，琰犹豫未决，寻由右卫将军柳光世，出奔彭城，道过寿阳，谓建康万不可守，又兼豫州参军杜叔宝，从中迫胁，令琰不能自脱，没奈何起应子勋。宋主彧又复添忧，仍召兴宗等入商，蹙然与语道："各处未平，殷琰又复同逆，奈何奈何？"兴宗道："顺逆两端，臣不暇辨，惟现时商旅断绝，米却丰贱，四方云合，人情反安，照此看来，荡平可卜。臣所忧不在今日，却在将来。昔晋羊祜言事平以后，方劳圣虑，臣意亦这般想呢。"宋主道："诚如卿言，且卿前言叛党亲属，不宜株累，朕今拟厚抚琰家，卿以为何如？"兴宗道："这正是招携怀远的要策呢。"宋主遂令侍臣慰抚琰家，令他作书招琰。并遣兖州刺史殷孝祖甥荀僧韶，往谕孝祖，饬令即日入朝。

僧韶到了兖州，谒见孝祖道：“景和凶狂，开辟未闻，今主上夷凶剪暴，再造河山，不意群迷相煽，摇动众听。假使天道助逆，群凶逞志，亦必至祸难百出，不堪复问。舅父少有大志，若能召集义勇，辅佐明廷，不但匡主静乱，且更足扬名竹帛呢。”孝祖听了，奋袂遽起，也不管什么妻孥，立率文武二千人，随僧韶至建康。

时会稽各郡叛军，愈逼愈近，内外忧危，群欲奔散，亏得孝祖驰至，所带随兵，饶有赳赳气象，人心因是得安。宋主彧即进孝祖为抚军将军，督前锋诸军事，使往虎槛。再遣山阳王休祐为豫州刺史，督领辅国将军刘勔，宁朔将军吕安国等，北讨殷琰。又派巴陵王休若，率同建威将军沈怀明，尚书张永，辅国将军萧道成等，东讨孔觊。觊方会合东南各军，使出晋陵，气焰甚盛。沈怀明至奔牛镇，未敢进战，但筑垒自固。永至曲阿县，更被吓退，逃还延陵，往就休若。时方孟春，连日风雪，陂塘崩溃，众无固志。诸将劝休若退保破冈，休若怒道：“叛贼未来，奈何轻退！敢有言退者斩！”诸将方不敢再言，乃筑垒息甲，严兵以待。

适殿中御史吴喜，在宋主前自请效力，宋主授喜建武将军，特简羽林勇士千人，遣往军前。喜尝出使东吴，情性宽厚，得人敬爱，此次出兵，竟自成一路，往捣贼巢。吴人闻喜到来，多望风欢迎，不战自服。足副大名。永世县令孔景宣，本已叛应孔觊，为土民徐崇之所杀，向喜报捷。喜令崇之权署县事，自进兵至吴城，连破义兴军。义兴太守刘延熙，筑栅长桥，保郡自守。喜正长驱进击，又来了一个好帮手，乃是司徒参军任农夫，也是自请从军。到了义兴，与喜同攻刘延熙，延熙保守不住，棚毁兵溃，投水自尽，眼见得义兴克复了。

孔觊闻义兴兵败，不寒自栗。宋廷又遣积射将军江方兴，御史王道隆，出至晋陵，督厉诸军，连战皆胜，攻克晋陵，各军皆遁，王昙生、顾琛、袁标等，亦弃郡出走。吴郡、吴兴、晋州各地，相继荡平。捷书连达宋廷，宋主调张永等击彭城，江方兴等击寻阳，但留建武将军吴喜，与建威将军沈怀明，东击会稽。喜遂引兵入柳浦，拔西陵，兵威所至，无不披靡。上虞县令王晏，复起兵攻郡城，孔觊逃往嶀山，单剩一个寻阳王子房。子房系子勋弟，与子勋同年，乳臭犹存，怎能自保？当被王晏攻入，把他缚住，械送建康。复悬赏购觊，觊即被获，并觊从弟孔璪，一并诛死。

会稽平定，王昙生、顾琛、袁标等，无路可逃，不得已诣吴喜营，叩首乞怜。喜代达朝廷，均蒙赦宥；就是子房解到建康，也因他年幼无知，特别宽免，但贬为松滋侯。东路了。

山阳王休祐到了历阳，令刘勔为先行，进军小岘。殷琰所署南汝阴太守裴季之，举合肥城出降。宁朔将军刘怀珍，又奉了宋主遣发，带同龙骧将军王敬则等，共步骑五千人，诣刘勔营，助讨寿阳，击斩庐江太守刘道蔚。琰遣部将刘顺、柳伦、皇甫道烈、庞天生等，率兵八千，东拒宛唐，与刘勔南北相持，约有月余。刘顺等粮食将尽，急向殷琰处索粮。参军杜叔宝，发车千五百乘，运粮饷顺，途次为勔军所劫，弃粮遁还。顺军无从得食，自然溃散，刘勔遂进薄寿阳。殷琰非常惶急，但与杜叔宝召集散兵，婴城自守，势孤援绝，料难保全。

张永与萧道成往攻彭城，彭城系徐州治所，为薛安都所据。安都从子薛索儿，偕太原太守傅灵越，夺据睢陵，阻截官军。张、萧两将，与索儿大战城下，索儿败退，食尽走死。傅灵越奔往淮西，武卫将军王广之，诱执送勔。勔送建康，宋主爱他骁勇，颇欲贷死，灵越抗言不逊，因即伏诛。唯殷孝祖驰至虎槛，会同寻阳太守沈攸之，进攻赭圻，仗着自己猛力，不顾士卒，昂然直往，且用羽仪前导，显示威风。他将已料他不终，果然与寻阳军将，大战一场，身中流矢，倒地而亡。小子有诗叹道：

为王执殳效前驱，危局颇期只手扶。
忠勇有余谋不足，赭圻一战竟捐躯。

孝祖中箭阵亡，众情大沮，后来胜负如何，容至下回续表。

子业为寿寂之所弑，湘东王彧实尸之，例以春秋书法，彧为首恶，不能辞咎。唯子业淫昏凶暴，浮于桀纣，汤武征诛，不为不义，何尤于湘东！本回标目，不曰弑而曰戕，至演述事实，复连录二令，所以罪子业，恕湘东也。子勋起兵寻阳，对于子业，尚属有名，对于湘东，实为无理。彼虽幼稚，未知逆顺，但既有统军之名，不得以其年幼而恕之，标目曰讨，书法特严。历叙叛党之不耐久战，正以见助逆之难成，莫谓乱世之果无公理也。

第二十二回　扫逆藩众叛荡平
激外变四州沦陷

却说殷孝祖阵亡，众情震骇，还亏沈攸之御众有方，勉力支持，方得镇定人心，不致溃散。时江方兴已由南调北，与攸之名位相埒，应前回。大众拟推攸之为统军，攸之独让与方兴。方兴大喜，便督厉诸将，准备开战。

赭圻守将，为寻阳左卫将军孙冲之，右卫将军陶亮等人，统兵约二万名。冲之语亮道："孝祖骁将，一战便死，天下事不难手定了。此地不须再战，便当直取京师。"亮不肯从，但与部将薛常宝、陈绍宗、焦度等，出兵对垒，决一胜负。方兴与攸之夹攻敌阵，有进无退，杀得寻阳军士，弃甲曳兵，一哄儿逃往姥山。死亡过半，失去湖、白二城。陶亮大惧，亟与孙冲之退保鹊尾，只留薛常宝等守赭圻。

寻阳长史邓琬，闻前军败绩，复遣豫州刺史刘胡，率众三万，铁骑二千，援应孙、陶。胡系宿将，颇有勇略，为将士所敬惮，孙、陶二人，亦倚以为重，总道是长城可靠，后必无虞。会宋廷已擢沈攸之为辅国将军，代殷孝祖督前锋军事，又调建武将军吴喜，自会稽至赭圻。攸之以军势颇盛，遂麾军围赭圻城。

薛常宝乘城扼守，且因粮食不继，向刘胡处乞援。胡自督步卒万人，负囊运米，乘夜救薛，天明至城下，偏为攸之大营所阻，不得入城。攸之且出兵邀击，与刘胡鏖斗多时，胡却也厉害，持槊直前，冲突多次。经攸之号令诸军，迭发强弩，把他射住，胡尚三却三进，直至身中数箭，方自觉支撑不住，向后倒退。攸之乘势奋击，胡众大败，舍粮弃甲，缘山奔去。胡狼狈退走，仅得回营。

薛常宝见胡败去，料知孤城难守，便开门突围，走入胡寨。他将沈怀宝，也想随奔，适被攸之截住，战不数合，就做了刀头鬼。陈绍宗单舸走鹊尾，城中尚有数千人，当即出降。攸之入赭圻城，建安王休仁，亦自虎槛至赭圻。宋主复遣尚书褚渊，驰抵行营，赏犒将士，促兵再进。

邓琬传子勋号令，征袁颉至寻阳，令他统军赴敌，颉尽率雍州部曲，来会寻阳各军。楼船千艘，战士二万，如火如荼，趋至鹊尾，刘胡等迎颉入营，谈论军情，颉略略交谈，便算了事。住营数日，并未闻有什么方略，但见他常服雍容，赋诗饮酒，差不多似没事一般。也想学谢太傅么？刘胡因南军未至，军需匮乏，特向颉商借襄阳军资，颉不肯应允。又闻路人谣传，谓建康米贵，斗米千钱，遂以为不劳往攻，可以坐定；因此连日延宕，不发一兵。刘胡等屡请出战，颉乃令胡出屯浓湖，堵截官军。

会青、兖各郡吏，并起兵应建康，青州刺史沈文秀，勉与相持，势颇危急。弋阳西山蛮田益之，也输诚宋室，率蛮众万人围义阳，司州刺史庞孟虬，由邓琬差遣，击退益之，且引兵往援殷琰。刘勔致休仁书，请分兵相助，休仁欲遣龙骧将军张兴世赴援，兴世方谋绕越鹊尾，上据钱溪，截击寻阳军粮道，偏休仁令他北援，未免背道而驰，甚为叹惜。

沈攸之本赞成兴世，即入白休仁道：“孟虬蚁聚，必无能为，但遣别将往救，已足相制，兴世谋袭叛军粮道，乃是安危枢纽，万难中止，还请大帅注意！”休仁依攸之言，另派部将段佛荣率兵救虬，令兴世简选战士七千，用轻舸二百艘分装，泝流而上。途次辄遇逆风，屡进屡退。刘胡闻报大笑道：“我尚不敢轻越彼军，下取扬州，张兴世有何能力，乃敢据我上流呢！”遂不复戒备。

哪知天心助顺，不如人料，一夕东北风大起，兴世得悬帆直上，径越鹊尾。及刘胡闻知，急令偏将胡灵秀往追，已是不及。兴世竟趋钱溪，扎住营寨，堵截交通。刘胡自率水部各军，往攻钱溪，前锋为兴世所败，伤毙数百人。胡不禁大怒，驱军猛进，不防袁颉着人追还，说是浓湖危急，促令返救，胡只得回军浓湖。看官听说！这浓湖危急的军报，并非袁颉虚造，实是休仁遥应兴世，特令沈攸之、吴喜等，率舰进击，牵制刘胡。胡既东返，攸之等也即引还。无非是亟肄以敝，多方以误之计。

是时广州刺史袁昙远，为下所杀，山阳太守程天祚反正投诚。赣令萧颐，系辅国将军萧道成世子，擒获南康相沈肃之，据住南康，起应君父。就是庞孟虬到了弋阳，也被吕安国等击走，遁还义阳。王玄谟子昙善，又起兵据义阳城，击逐孟虬，孟虬窜死蛮中。皇甫道烈等闻孟虯败死，相率降虯。虯遂遣还段佛荣，仍至浓湖。

刘胡等军中乏食，粮运为兴世所阻，梗绝不通。胡再攻钱溪，仍然不克，更遣安北府司马沈仲玉，竟往南陵征粮。仲玉至南陵，载米三十万斛，钱布数十舫，还过贵口，可巧碰着宋将寿寂之、任农夫，麾兵杀来。那时逃命要紧，不得已弃去米布，走回觊营。

刘胡闻报大惊，阴谋西窜，佯令人通知袁觊，只说是再攻钱溪，兼下大雷，暗令薛常宝办船，径趋海根，毁去大雷诸城，自向寻阳遁去。觊至夜方知，顿足大愤道："不意今年为小子所误，悔无及了！"一面说，一面即出跨乘马，顾语部众道："我当自往追胡，汝等不应妄动，在营守着！"语毕，即带着千人，策马飞驰，走往鹊头。依样画葫芦。

浓湖及鹊尾各营，统共不下十万人，两处并无主帅，如何保守？索性尽降宋军。建安王休仁，既入浓湖，复至鹊尾，收降敌垒数十，遂遣沈攸之等追觊。

觊与鹊头守将薛伯珍，又趋向寻阳，夜止山间，杀马飨将士，且语伯珍道："我非不能死，但欲一至寻阳，谢罪主上，然后自尽呢。"伯珍不答。到了翌晨，竟请屏人言事。觊不知他是何妙计，便命左右退去，与他密谈，哪知他拔剑出鞘，向觊砍来。觊骇极欲避，偏偏身不由主，手足反笨滞得很，只听见砉的一声，魂灵儿已飞入幽都。

伯珍枭了觊首，持示大众，嘱令降宋，众皆听命，他即持觊首驰往钱溪。适遇马军将军俞湛之，出首相示，湛之佯为道贺，暗拔刀斲伯珍首，共得两颗头颅，送往休仁大营，据为己功。强中更有强中手。

寻阳连接败报，邓琬等仓皇失措，忽见刘胡到来，诈称袁觊叛去，军皆溃散，唯自己全军回来，请速加部署，再图一战。琬信为真言，拨粮给械，令他出屯湓城，不料他一出寻阳，竟转向沔口去了。

琬闻胡去，越加惶急，与中书舍人褚灵嗣等，商量救急方法，大家智尽能索，无一良谋。尚书张悦，却想出一条妙计，诈称有疾，召琬议事。琬应召入室，向悦问安，悦答道："我病为国事所致，事至今日，已迫危境，足下首倡此谋，敢问计将安出？"琬踌躇多时，方嗫嚅答道："看来只好斩晋安王，封库谢罪，或尚得保全生命！"好计策。悦冷笑道："这也太觉不忍，难道可卖殿下求活么？且饮酒一樽，徐图良策。"说至此，即向帐后回顾，佯呼取酒。帐后一声应响，便闪出许多甲士，手中并无杯箸，但各执刀械相饷。琬欲走无路，立被甲士拿下，由悦数责罪状，当场斩首！该杀。复令捕到琬子，一并加诛，自乘单舸诣休仁军前，献入琬首，赎罪乞降。

休仁即令沈攸之等驰往寻阳。寻阳城内，已经大乱，子勋已被蔡道渊囚住，城门洞开，一任攸之等趋入。可怜十一岁的垂髫童子，做了半年的寻阳皇帝，徒落得一刀两段，身首分离。

当下传首建康，露布告捷，再遣张兴世、吴喜、沈怀明等，分徇荆、郢、雍、湘各州，及豫章诸郡县。刘胡逃至石城，为竟陵丞陈怀直所诛。郢州行事张沈，荆州行事孔道存，相继毕命。临海王子顼，由荆州治中宗景，执送建康，勒令自杀。安陆王子绥也即赐死。还有邵陵王子元，系子勋弟，本迁任湘州刺史，道出寻阳，为子勋所留，加号抚军将军，至是亦连坐受诛，年止九岁。所有叛附子勋诸党羽，除见机归顺外，多被捕诛。徐州刺史薛安都，冀州刺史崔道固，益州刺史萧惠开，梁州刺史柳元怙等，先后乞降。独湘州刺史何慧文，未曾投顺，由宋主诏令吴喜，宣旨招抚。慧文叹道："身陷逆节，不忠不义，还有何面目见天下士！"遂仰药自杀。有诏追赠死节诸臣，及封赏有功将士，各分等差，并召休仁还朝。

时路太后已遇毒身亡，追谥为昭太后，葬孝武陵东南，号修宁陵。名目上虽未减损，实际上很是草率。原来路太后闻子勋建号，颇以为幸，及子勋将败，路太后竟召入宋主，置毒酒中，伪令侍饮。宋主彧全不加防，经内侍从旁牵衣，始悟毒谋。即将计就计，起奉面前樽酒，为太后寿。路太后无可推辞，只好拚死饮尽。原是自己速死。是夕毒发暴亡。宋主彧尚秘不发丧，但迁殡东宫，至寻阳告捷，乃草草奉葬。

休仁应召入都，复密白宋主道："松滋侯兄弟尚在，终为祸阶，宜早自为计！"宋主因将松滋侯子房以下，共计兄弟十人，一并赐死，连路太后从子休之茂之，也连坐加诛。总计孝武二十八子，至此俱尽。上文虽约略分叙，未曾详明，由小子列表如下：

废帝子业。遇弑。豫章王子尚。赐死。晋安王子勋。被杀。安陆王子绥。赐死。子深。未封而殇。寻阳王子房。降为松滋侯赐死。临海王子顼。赐死。始平王子鸾。为子业所杀。永嘉王子仁。赐死。子凤。未封而殇。始安王子真。赐死。子玄。未封而殇。邵陵王子元。赐死。齐敬王子羽。早卒，追加封谥。子衡子况。俱未封而殇。淮南王子孟。赐死。南平王子产。赐死。晋陵王子云。早卒。子文。未封而殇。庐陵王子羽。赐死。南海王子师。为子业所杀。淮阳王子霄。早卒，追加封谥。子雍。未封而殇。子趋。未封赐死。子期。未封赐死。东平王子嗣。赐死。子悦。未封赐死。

以上为孝武帝二十八男，由宋主彧赐死，得十四人，这也可谓残虐骨肉，太无仁心了。咎在休仁。

辅国将军刘勔，围攻寿阳，自春至冬，尚未能下，宋主彧使中书草诏，招抚殷琰。尚书蔡兴宗入谏道："天下既定，琰宜知过自惧，但须由陛下赐给手书，彼方肯来，否则仍使疑贰，尚非良策！"宋主不从，果然殷琰得诏，疑是刘勔行诈，不敢出降。杜叔宝且藏瞒寻阳败报，益加守备。嗣经宋主发到降卒，使与城中人问答，守卒始知寻阳败没，各生贰心。琰欲北走降魏，主簿夏侯详，极力劝阻。琰乃使详出见刘勔，婉言乞请道："今城中兵民，明知受困，尚且固守不变，无非惧将军入城，一体受诛；倘将军逼迫太急，彼将北走降魏，为将军计，不如网开三面，一律赦罪，大众得了生路，还有不相率归顺么？"勔慨然应诺，即使详至城下，呼城上将士，传达勔意。琰乃率将佐面缚出降，勔悉加慰抚，不戮一人。入城又约束部曲，秋毫无犯，城中大悦。宋主亦有诏赦琰。琰还都后，复得为镇南咨议参军，仕至少府而终。北路亦了。

他如兖州刺史毕众敬，豫章太守殷孚，汝南太守常珍奇，从前常向应子勋，至是俱上表输诚，愿赎前愆。宋主因叛乱已平，更欲示威淮北，特授张永为镇军将军，沈攸之为中领军，使统甲士十五万，往迎徐州刺史薛安都。蔡兴宗谏道："安都已经归顺，但须一使传书，便足征召，何必多发大兵，反令疑忌呢！若谓叛臣罪重，不可不诛，亦应在未赦以前，早为处置。今已加恩宽宥，复迫令外叛，招引北寇，恐欲益反损，朝廷又不遑旰食了！”历观兴宗所陈，多有特见。宋主不以为然，转询萧道成，道成亦答称不宜遣兵，宋主道：“诸军猛锐，何往不利，卿等亦未免过虑了！”骄必败。遂径遣张、沈二将北行。

安都闻大兵将至，果然疑惧，亟遣子入质魏廷，向他求救。汝南太守常珍奇，亦恐连坐遭诛，也举悬瓠城降魏。魏主弘系拓跋浚长子，浚在位十四年病殂，由弘承父遗统，与宋主彧同年即位，尊浚为文成皇帝。弘年仅十二，丞相太原王乙浑，总决国事。补前文所未详。越年，乙浑有谋反情事，太后冯氏密定大计，收浑伏诛。冯氏为弘嫡母，颇有智略，因临朝听政。可巧薛安都、常珍奇二人，奉书乞援，遂与中书令高允等，商决出兵，立派镇南大将军尉元，镇东将军孔伯恭等，率骑兵万人，东救彭城。镇西大将军西河公拓跋石，都督荆豫南雍州诸军事张穷奇，率步兵万人，西救悬瓠，授薛安都为镇南将军，领徐州刺史，封河东公，常珍奇为平南将军，领豫州刺史，封河内公。

兖州刺史毕众敬，与安都异趋，表达建康，请讨安都。书尚在途，忽闻子元宾坐罪被杀，不禁大怒，拔刀斫柱道：“我已白首，只生一子，今在都中受诛，我亦不愿生存了！”为子叛君，也不合理。未几魏军至瑕邱，众敬即遣人乞降，魏将尉元，拨部众随入兖州，便将城池据去，不令众敬主持。众敬始觉悔恨，好几日不进饮食，但已是无及了。

魏西河公石至上蔡，与尉元同一谋划，俟常珍奇出迎，即麾众入城，勒交管钥，据有仓库。珍奇也有悔心，复欲图变，奈石已防备严密，无从下手，没奈何屈意事石，蹉跎过去。引狼入室，应有此遇。

薛安都尚未知两处消息，但闻张永、沈攸之等已到下磕，忙遣使催促魏军。尉元长驱至彭城，见薛安都开门迎谒，便派部将李璨，偕安都入城，收检库钥，更令孔伯恭用精兵二千，守卫城池内外，方才驰入。既至府署，堂皇高坐，令安都下阶参见，好似上司对下属一般。安都不禁愤恚。退语部众，再欲叛魏归宋，偏又为尉元所闻，召入署中，语带讥讽。安都且愧且惊，不得已携出私资，重赂尉元，复委罪女夫裴祖隆，将他杀死。女夫何罪，乃斵其首，女又何辜，乃令其寡？徇利贪生，一至于此，比毕、常二人犹且勿如。元乃使李璨守城，安都为助，自率兵出袭张永粮道。

永正派羽林监王穆之，领兵五千，在武原守住辎重，不意魏兵杀到，措手不及，只好将辎重弃去，奔就永营。永等方进薄彭城，蓦见穆之逃来，说是辎重被夺，不觉大骇，又兼冬春交季，雨雪纷纷，自知站立不住，索性弃营遁还。适泗水冰合，船不能行，复把兵船弃去，渡冰南走。士卒已多半冻毙，及渡过南岸，行抵吕梁相近，突遇魏兵杀出，首领正是尉元。原来元袭穆之辎重，已绕出永营后面，预料永军绝粮，必将奔还，因即逾淮待着，截击永军。永已无心恋战，既遇魏军，不得不勉强厮杀，哪知后面又有鼓声，乃是薛安都领兵追到，也来乘势邀功。何颜之厚。永前后受敌，如何了得，急令沈攸之抵挡后军，自督兵冲突前军。好容易杀开血路，已是足指被伤，忍痛走脱。沈攸之也仅以身免。部众死亡逾万，横尸六十里，所有军资器械，抛散殆尽。

宋主接得败报，召语蔡兴宗道："朕不听卿言，竟致徐、兖失守，今自觉无颜对卿呢。"兴宗道："徐、兖已失，青、冀亦危，速请抚慰为是！"宋主乃遣沈文秀弟文炳，持诏宣抚，又遣辅国将军刘怀珍，与文炳同行。途次果闻青、冀有变，由怀珍兼程急进，连定各城，青州刺史沈文秀，冀州刺史崔道固，始不敢生贰，仍绝魏归宋。怀珍乃还。

魏既得徐、兖二州，复拟攻青、冀二州，再遣平东将军长孙陵赴青州，征南大将军慕容白曜为后应，驱兵大进，势如破竹，据无盐，破肥城，夺去糜沟。垣苗二戍，又进陷升城。守将非死即降。宋主复命沈攸之等规复彭城，俾得通道东北，往援青、冀。攸之谓淮泗方涸，不便行军，宋主怒起，立要他立功赎罪。攸之不得已北行，萧道成亦奉命镇淮阴，接应攸之军需。攸之至濉清口，被魏将孔伯恭截住，战了半日，攸之败退。孔伯恭乘胜追击，杀毙宋龙骧将军崔彦之，攸之身亦受创，走还淮阴。下邳、宿豫、淮阳诸守将，皆弃城遁还。

青、冀二州，日夕待援，始终不至，崔道固孤守历城，即冀州治所。被围年余，力竭降魏。沈文秀困守东阳，即青州治所。被围三年，士卒昼夜拒战，甲胄生虮虱，魏将长孙陵，督众陷入，执住文秀，缚送慕容白曜。白曜喝令下拜，文秀亦厉声道："汝为北臣，我为南臣，彼此名位从同，何必拜汝！"白曜倒也起敬，待以酒食，始转送平城。魏主令为中都下大夫，于是青、冀二州，也为魏有。小子有诗叹道：

无端挑衅启兵争，外侮都因内变生；

试看四州沦陷日，才知师出本无名。

豫州境内，又有魏兵出入，亏得有人守住，击斩魏将，才得保全。欲知此人为谁，且至下回再叙。

子勋之死，咎由自取，袁颉、邓琬、刘胡等，死有余辜，更不足责。子顼、子房、子绥，同类受诛，尚不得为冤死。子元被留寻阳，死非其罪，顾犹得曰受抚军将军之伪命，固不便轻赦也。子仁以下共九人，年皆冲幼，又未尝趋附子勋，何罪何辜，乃尽赐死？休仁原是不仁，而宋主彧之妄加锄戮，举孝武遗胄而悉屠之，安得谓非残忍乎？子勋既败，余党尽降，薛安都亦奉表归命，无端发兵十五万，往迎安都，可已不已，激成外变，卒至徐、衮、青、冀四州，相继沦没。江左小朝，不及北魏之半，又复失去四州，是地且益小矣。呜呼刘彧弄巧反拙，原厥祸始，实误于“骄”之一字。裴子野谓齐桓矜于葵邱，而九国叛，曹公不礼张松，而三国分，合以宋主彧之失四州，几成鼎足，乃知持盈保泰之固自有道也。

第二十三回　杀弟兄宋帝滥刑
好佛老魏主禅统

却说豫州刺史刘勔甫经莅任，闻魏司马赵怀仁，入寇武津，亟遣龙骧将军申元德，出兵拦截。元德击退魏兵，且斩魏于都公阏于拔，获运车千三百乘，魏移师寇义阳，又由勔使参军孙台灌把他驱逐，豫州才幸无事。勔复致书常珍奇，叫他反正，珍奇亦生悔念，乃单骑奔寿阳，魏始不敢南侵。宋亦无力恢复，但矫立徐、兖、青、冀四州官吏。徐治钟离，兖治淮阴，青、冀治郁洲，虚置郡县，招辑流亡，不过摆着个空场面。那徐、兖、青、冀的人民，都已沦为左衽，无力南迁了。

宋主彧遭此一挫，未尝刷新图治，反且纵暴肆淫。即位初年，立妃王氏为皇后，王氏系仆射王景文胞妹，秉性柔淑，赋质幽娴，与宋主却相敬爱。后来宋主纵欲，选择嫔御数百人，充入后房，渐把王后疏淡下去。王后倒也不生怨忿，随遇自安。唯王后只生二女，未得毓麟，就是后宫许多嫔御，亦不闻产一男儿。寡欲始可生男，否则原难望子。

宋主好色过度，渐至不能御女，只好向人借种，乃把宫人陈妙登，赐给嬖臣李道儿。妙登本屠家女，原没有什么廉耻，既至李家，与道儿连日取乐，不消一月，已结蚌胎。如此得孕，有何佳儿？事为宋主所闻，又复迎还。曾不思覆水难收么？十月满足，得产一子，取名慧震，宋主说是自己所生。又恐他修短难料，更密查诸王姬妾，遇有孕妇，便迎纳宫中，倘得生男，杀母留子，别使宠姬为母，抚如己儿。至慧震年已三龄，牙牙学语，动人怜爱，宋主即册立为太子，改名为昱，册储节宴，很是热闹。

到了夜间，复在宫中大集后妃，及一切公主命妇，列坐欢宴。饮到半酣，却下了一道新奇命令，无论内外妇女，均令裸着玉体，恣为欢谑。王皇后独用扇障面，不笑不言，宋主顾叱道：“外舍素来寒乞，今得如此乐事，偏用扇蔽目，究作何意？”后答道：“欲寻乐事，方法甚多，难道有姑姊妹并集一堂，反裸体取乐么？外舍虽寒，却不愿如此作乐！”宋主不待说毕，益怒骂道：“贱骨头不配抬举，可与我离开此地！”王后当即起座，掩面还宫，宋主为之不欢，才命罢宴。

次日为王景文所闻，语从舅谢纬道：“后在家时，很是懦弱，不意此番却这般刚正，真正难得！”纬亦为叹赏不置。

看官听说！从来淫昏的主子，没有不好色信谗，女子小人，原是连类并进，似影随形，宋主彧既选入若干妇女，免不得有若干宵小。游击将军阮佃夫，中书舍人王道隆，散骑侍郎杨运长，并得参预政事，权亚宋主。就中如佃夫最横，纳货赂，作威福，宅舍园池，冠绝都中。平居食前方丈，侍妾数百，金玉锦绣，视同粪土，仆从附隶，俱得不次升官，车夫仕至中郎将，马士仕至员外郎。朝士无论贵贱，莫不伺候门庭。从前二戴一巢，号称权幸，也未及佃夫威势。且巢、戴是士人出身，尚知稍顾名誉，佃夫是从小吏入值，由主衣得充内监，不过因废立预谋，骤得封至建城县侯。寻阳乱作，从军数月，又得兼官游击将军，声灵赫濯，任性妄行。王道隆、杨运长等，与为倡和，往往援引党徒，排斥异类。最畏忌的是皇室宗亲，宗亲除去，他好侮弄人主，永窃国权，所以随时进谗，凭空构衅。好一段大文章，含有至理。

宋主彧本来好猜，更有佃夫等从旁鼓煽，越觉得至亲骨肉，纯是祸阶。可巧皇八兄庐江王祎，与河东人柳欣慰，诗酒劝酬，订为知交。欣慰密结征北咨议参军杜幼文，意图立祎，偏幼文奏发密谋，遂将欣慰捕戮，降祎为车骑将军，徙镇宣城，特遣杨运长领兵管束。运长更嘱通朝士，讦祎怨望，祎坐夺官爵，且为朝使所迫，勒令自裁。

扬州刺史建安王休仁，与宋主彧素相友爱，前曾保全彧命。彧即位后，更由休仁亲冒矢石，迭建大功，位冠百僚，职兼内外，渐渐的功高遭忌，望重被谗。休仁已不自安，至祎被诛死，即上表辞扬州兼职。宋主乃调桂阳王休范为扬州刺史，并改封山阳王休祐为晋平王，自荆州召还建康，另派巴陵王休若为荆州刺史。休祐刚狠，屡次忤旨，宋主积不相容，故召回都下，设法翦除。泰始七年春二月，车驾至岩山射雉，特令休祐随行，射了半日，有一雉不肯入场，呼休祐驰逐，必得雉始归。休祐既去，宋主密嘱屯骑校尉寿寂之等，追随休祐，自己启跸还宫。天色将暮，日影西沉，休祐尚未得雉，控辔驰射，不意后面突来数骑，冲动马尾，马遇惊跃起，竟将休祐掀下。休祐料有急变，奋身腾立，顾见寿寂之等，正要诘问，那寂之等已四面凌逼，拳足交加。休祐颇有勇力，也挥拳抵敌，横厉无前，忽背后被人暗算，引手撩阴，一声爆响，晕倒地上，复被大众殴击，自然断命。寂之驰白宋主，报称骠骑坠马，休祐原任骠骑大将军，所以有此传呼。宋主佯为惊愕，即遣御医络绎往视，医官检验伤痕，明知殴毙，但返报气绝无救罢了。殓葬时尚追赠司空，旋且废为庶人，流徙家属。究竟要露出真相。

一波未平，一波又起，都中忽起谣言，谓巴陵王休若，有大贵相，宋主复召休若为南徐州刺史。休若将佐，都劝休若不宜还朝，中兵参军王敬先进言道："荆州带甲十余万，地方数千里，上可匡天子，除奸臣，下可保境土，全一身，奈何自投罗网，坐致赐剑呢！"休若阳为应诺，至敬先趋出，即令人把他拿下，奏请加惩，奉诏将敬先诛死。及启行入都，会宋主遇疾，医治乏效，自恐病不能兴，特召杨运长等筹商后事。运长独指斥建安王休仁，以为此人不除，必贻后患。宋主尚觉踌躇。嗣闻宫廷内外，多属意休仁，拟俟宋主晏驾，即行推戴，仍恐出运长等谗言。于是决计先发，召休仁直宿尚书省。

休仁至尚书省中，闲坐多时，已将夜半，乃和衣就寝。蓦然有诏使到来，宣敕赐死，且进毒酒。休仁叱道："主上得有天下，究系何人的功劳？今天下粗安，乃欲我死，从前孝武诛夷兄弟，终至子孙灭绝，前车不鉴，后辙相循，宋祚岂尚能长久么？"原是冤枉，但松滋兄弟，并无致死之罪，汝何故奏请诛夷？诏使逼令饮酒，休仁道："我死后，看他能活到何时？"说着，遂取杯饮尽，未几毒发身死。宋主虑有他变，力疾乘舆，夜出端门，及接得休仁死报，才复入宫。

黎明又下一诏，诈言休仁谋反，惧罪引决。应降为始安县王。唯休仁子伯融，许令袭爵，伯融为休仁妃殷氏所出。殷氏嫠居抱病，延医生祖翻诊治，祖翻面白貌秀，殷氏亦甫在中年，两下相窥，你贪我爱，竟相拥至床，实行那针灸术。后来奸案发觉，遣还母家，亦迫令自尽。裸体纵欲，已成常事，何必勒令自尽！宋主且语左右道："我与建安年龄相近，少便款狎，景和、泰始年间，原是仗他扶持，今为后计，不得不除，但事过追思，究存余痛呢！"说至此，潸然泪下，悲不自胜，左右相率劝解，还说是情法两全，可以无恨。彼此相欺，亡无日矣。

先是吏部尚书褚渊出为吴郡太守，宋主谋杀休仁，促令入见，流涕与语道："我年甫逾壮，病日加增，恐将来必致不起，今召卿进来，特欲卿试着黄椤呢。"看官道黄椤是何衣？原来是当时乳母服饰。宋主以子昱年幼，有志托孤，乃有此语。渊婉辞慰答。及与谋诛休仁事，却由渊谏阻，宋主怒道："卿何太痴！不足与计大事！"渊乃恐惶从命。既而进右仆射袁粲为尚书令，渊为尚书左仆射，同参国政。

适巴陵王休若，到了京口，闻得休仁死耗，惊惧交并，正在进退两难的时候，接到朝廷手敕，调任江州，唯促令入都相见，定期七夕会宴。休若不得已入朝，宋主尚握手殷勤，叙家人谊。到了七夕宴期，休若入座，主臣欢饮，并没有什么嫌疑。宴罢归第，时已入夜，偏有朝使随到，赍酒赐死。休若无可奈何，只好一饮而尽，转眼间已是毕命。追赠侍中司空，命子冲袭封，总算敷衍表面，瞒人耳目。

又调休范刺江州，休范在兄弟中，最为朴劣，宋主彧尝语王景文道："休范材具庸弱，不堪出镇，只因我承大统，令他富贵，释氏谓愿生王家，便是此意。"承情之至。景文唯唯而退。其实文帝十九子，除宋主彧外，此时只休范尚存，不过因他庸愚寡识，尚得苟延残喘，但也是死多活少，命在须臾了。文帝十九子，已见前文，故本回不再复述。

宋主既猜忌骨肉，复迷信鬼神，特辟故第为湘宫寺，备极华丽。新安太守巢尚之，罢职还朝，宋主与语道："卿可往湘宫寺否？这是朕生平一大功德。"尚之还未及答，旁有一官闪出道："这都由百姓卖儿贴妇钱，充作此费，佛若有灵，当暗中嗟叹，有什么功德可言！"宋主闻言，怒目顾视，乃是散骑侍郎虞愿，便喝令左右，驱愿下殿。愿从容趋出，毫不动容。过了数日，宋主与彭城丞王抗弈棋，抗本善弈，远出宋主上，只因天威咫尺，不便争胜，往往故意逊让，且弈且言道："皇帝飞棋，使臣抗不能下手。"这句话明明是不愿与弈，那宋主还自得其乐，愈嗜弈棋，虞愿又进谏道："尧尝用弈教丹朱，非人主所应留意。”宋主只听得两语，已经怒起，便挥手使退，但因他是个文人，不足为虞，所以未尝加罪，始终含容过去。独屯骑校尉寿寂之，孔武有力，豫州都督吴喜，智计过人，均阴中上忌，先后赐死。寂之手刃子业，应死已久；吴喜且有大功，奈何赐死！萧道成出镇淮阴，为人所谮，也被召入朝。将佐等劝勿就征，道成慨然道：“死生自有定数，我若淹留，乃足致疑；况朝廷摧残骨肉，祸必不远，方当与卿等戮力图功，有什么顾虑呢！”随即偕使入朝。果然到了阙下，并无危祸，唯改官散骑常侍，兼太子左卫率，不令还镇罢了。能杀他人，不能杀萧道成，岂非天数。

宋主又欲规复淮北，命北琅琊、兰陵太守垣崇祖出师，当时北琅琊、兰陵两郡，已被魏陷没，崇祖侨驻郁洲，只率数百人袭入魏境，据住蒙山。魏人闻信出击，崇祖恐众寡不敌，仍然引还。

魏自拓跋弘即位，第一年改元天安，第二年又改元皇兴。皇兴元年，后宫李夫人生下一子，取名为宏，由冯太后取入已宫，勤加抚养，一面把政权付还魏主。魏主弘始亲国事，追尊生母李贵人为元皇后，向例魏立太子，即将生母赐死。弘册为太子时，李贵人应依故事，条记事件，付托兄弟，然后自尽。此等秕政，实属无谓。弘回忆生初，当然伤感，因追尊为后。自亲政后，大小必察，赏不滥，刑不苛，黜贪尚廉，保境息民，十五六岁的北朝天子，居然能移易风俗，整肃纪纲，中书令高允，却也竭诚辅导，知无不言。所以皇兴年间，魏国称治。唯冯太后尚在盛年，不耐寡居，巧值尚书李敷弟奕，入充宿卫，太后见他年少貌美，遂引入宫中，赐以禁脔。宫女等素惮雌威，不敢窃议，所以李奕得出入无忌，尝与冯太后交欢，只瞒着魏主弘一人。

魏主弘性好释老，做了三五年皇帝，已不耐烦，就将那襁褓婴儿，册为储贰。到了皇兴五年，太子宏年仅五岁，一时不便禅授，意欲传位京兆王子推。子推系文成帝弟，与魏主弘为叔父行，弘因他器宇深沉，故欲推位让国，令他主治，自己可以养性参禅。匪夷所思。当下召集公卿，议禅位事，公卿等听作奇闻，莫敢应对。独子推弟任城王子云，抗言进谏道：“陛下方坐致太平，君临四海，怎得上违宗庙，下弃兆民！必欲委置尘务，亦应传位储君，方不乱统。”不私所亲，却是一个正人。太尉源贺，尚书陆馛，亦相继应声道：“任城所言甚是，请陛下采纳！”魏主弘不禁变色，似有怒意，中书令高允插口道：“臣不敢多言，但愿陛下上思宗庙付托，何等重大，追念周公抱成王事，也是从权办法，陛下择一而行，才不致惊动中外！”魏主弘乃徐徐道：“据卿等奏议，宁立太子，不过太子幼弱，全仗卿等扶持。”高允等尚未及答，魏主弘又道：“陆馛素来正直，必能保全我子。”馛闻言即叩首谢奖，魏主即授为太保，令与太尉源贺，准备禅位事宜。

宏生有至性，上年魏主病痈，由宏亲为吮毒，至是得受禅信息，向父泣辞。魏主弘问为何因？宏答道：“臣儿幼弱，怎堪代父承统，中心忧切，因此泪下！”五岁小儿，却能如此，恐未免史笔夸张。魏主弘叹道：“尔能知此，必可君人。我意已决定了！”遂令陆馛等整缮册文，即日传位。文中略云：

> 昔尧、舜之禅天下也，皆由其子不肖，若丹朱、商均，果能负荷，岂必搜扬侧陋而授之哉！尔虽冲弱，有君人之表，必能恢隆主道，以济兆民。今使太保建安王陆馛，太尉源贺，持节奉皇帝玺绶，致位于尔躬。尔其践升帝位，克广洪业，以光祖宗之烈，使朕优游履道，颐神养性，可不善欤！

五龄太子，出受册文，也被服帝衣，登上御座，受文武百官朝谒，改年为延兴元年。礼毕还宫，又由公卿大夫，引汉高帝尊奉太上皇故事，奉魏主弘为太上皇帝，仍总国家大政。魏主弘准如所请，自徙居崇光宫，采椽不斲，土阶不垩，差不多有太古风。又仿西印度传闻，特在宫苑中建造鹿野浮图，引禅僧同住，研究佛学。唯国有大事，始令上闻。这也是别有心肠，非人情所得推测呢。这且慢表。

且说北朝禅位以后，遣使告宋，宋亦遣使报聘，南北又复通好，暂息兵争。只宋主屡次抱病，骨瘦如柴，无非渔色所致。渐渐的支撑不住。自恐一旦不讳，子昱尚幼，不能亲政，势必由皇后临朝，王景文为皇后兄，必进为宰相，大权在握，易生异图。乃特书手敕，遣人赍付。景文方与客围棋，见有敕至，启函阅毕，徐置局下。及棋局已终，敛子纳奁，乃取敕示客道：“有敕赐我自尽。”客不觉大惊，景文却神色自若，自书墨启致谢，从容服毒而死。使人得启返报，宋主方才安心。是夜又梦人告语道：“豫章太守刘愔谋反了！”宋主突然惊寤，俟至天明，便发使持节，驰至豫章，杀死刘愔。

嗣是心疾日甚，精神越加恍惚，每当夜静更阑，辄见有无数冤魂，环集榻旁，争来索命。他亦无法可施，特命改泰始八年为泰豫元年，暗取安豫的意思。也是痴想。又命在湘宫寺中，日夕忏醮，祈福禳灾。可奈神佛无灵，鬼魂益迫，休仁、休祐，索命愈急，宋主呓语不绝，尝云司徒恕我，或说是骠骑宽我。模模糊糊的说了几日，略觉有些清醒，便命桂阳王休范为司空，褚渊为护军将军，刘勔为右仆射，与尚书令袁粲，仆射兼镇东将军蔡兴宗，及镇军将军郢州刺史沈攸之，入受顾命，嘱令夹辅太子。渊等受命而出。复由渊保荐萧道成，说他材可大任，乃加授道成为右卫将军，共掌机事。

是夕宋主彧病剧归天，享年三十四岁。改元二次，在位共八年。太子昱即皇帝位，大赦天下，命尚书令袁粲，护军将军褚渊，左右辅政，尊谥先帝彧为明皇帝，庙号太宗。嫡母王氏为皇太后，生母陈氏为皇太妃。昱时年仅十龄，居然有一个妃子江氏，妻随夫贵，也得受册定仪，正位中宫。一对小夫妻，统治内外，眼见是宫廷紊乱，要收拾那宋室的江山了。小子有诗叹道：

乏嗣何妨竟择贤，如何借种便相传！
十龄天子痴狂甚，两小宁能把国肩？

还有阮佃夫、王道隆等，依旧用事，搅乱朝纲。欲知后来变乱情形，俟小子下回再叙。

休仁为兄弟计，议杀诸侄；宋主彧为嗣子计，并杀兄弟，而休仁亦不得免。休仁不能保身，而宋主彧不能保子，且不能保国，天下未有自残骨肉，而尚能庇其身世者也！夫同姓不可恃，遑问异姓？观后来之萧齐篡宋，尽灭刘氏，何莫非宋主彧好杀之报乎？若夫魏主弘之禅位，亦出不经，考魏主践阼之年，仅十二龄，越年改元天安，又越年改元皇兴，禅位时年仅十有九岁。太子宏虽聪睿夙成，究属五龄童子，未能御宇；况冯太后内行不正，秽渎深宫，不知先事防闲，乃迷信佛老，遽弃尘务，是亦为取祸之媒，不致杀身不止。王道不外人情，蔑情者必亡，矫情者必危，观宋魏遗事而益恍然矣。

第二十四回　江上堕谋亲王授首　殿中醉寝狂竖饮刀

却说阮佃夫、王道隆等仍然专政，威权益盛，货赂公行。袁粲、褚渊两人，意欲去奢崇俭，力矫前弊，偏为道隆、佃夫所牵制，使不得行。镇东将军蔡兴宗，当宋主彧末年，尝出镇会稽，彧病殂时，正值兴宗还朝，所以与受顾命。佃夫等忌他正直，不待丧葬，便令出督荆、襄八州军事。嗣又恐他控制上游，尾大难掉，更召为中书监光禄大夫，另调沈攸之代任。兴宗奉召还都，辞职不拜，王道隆欲与联欢，亲访兴宗，蹑履到前，不敢就席。兴宗既不呼坐，亦不与多谈，惹得道隆索然无味，只好告别。未几兴宗病殁，遗令薄葬，奏还封爵。兴宗风度端凝，家行尤谨，奉宗姑，事寡嫂，养孤侄，无不尽礼。有子景玄，绰有父风，宋主命袭父职荫，景玄再四乞辞，疏至十上，乃只令为中书郎。三世廉直，望重济阳。兴宗济阳人，父廓为吏部尚书，夙有令名。信不愧为江南人表。铁中铮铮，理应表扬。

自兴宗去世，宋廷少一正人，越觉得内外壅蔽，权幸骄横。阮佃夫加官给事中，兼辅国将军，势倾中外。吴郡人张澹，系佃夫私亲，佃夫欲令为武陵太守，尚书令袁粲等不肯从命，佃夫竟称敕施行，遣澹赴郡。粲等亦无可奈何。但就宗室中引用名流，作为帮手。当时宗室凌夷，只有侍中刘秉，为长沙王道怜孙，刘道怜见前文。少自检束，颇有贤名，因引为尚书左仆射，但可惜他廉静有余，才干不足，平居旅进旅退，无甚补益。尚有安成王准，名为明帝第三子，实是桂阳王休范所生，收养宫中。昱既践阼，拜为抚军将军，领扬州刺史，准年只五龄，晓得什么国家大事，唯随人呼唤罢了。

越年改元元徽，由袁、褚二相勉力维持，总算太平过去。翌年五月，江州刺史桂阳王休范，竟擅兴兵甲，造起反来。休范本无材具，不为明帝所忌，故尚得幸存。及昱嗣宋祚，贵族秉政，近习用权，他却自命懿亲，欲入为宰辅。既不得志，遂怀怨愤，典签许公舆，劝他折节下士，养成物望，由是人心趋附，远近如归。一面招募勇夫，缮治兵械，为发难计。宋廷颇有所闻，阴加戒备。会夏口缺镇，地当寻阳上流，朝议欲使亲王出守，监制休范，乃命皇五弟晋熙王燮出镇夏口，为郢州刺史。郢州治所即夏口。燮只四岁，特命黄门郎王奂为长史，行府州事。四岁小儿，如何出镇，况所关重要，更属非宜，宋政不纲，大都类是。又恐道出寻阳，为休范所留，因使从太子洑绕道莅镇，免过寻阳。

休范闻报，知朝廷已经疑己，遂与许公舆谋袭建康。起兵二万，骑士五百，自寻阳出发，倍道急进，直下大雷。大雷守将杜道欣，飞使告变，朝廷惶骇。护军将军褚渊，征北将军张永，领军将军刘勔，尚书左仆射刘秉，右卫将军萧道成，游击将军戴明宝，辅国将军阮佃夫，右军将军王道隆，中书舍人孙千龄，员外郎杨运长，同集中书省议事，半日未决。

萧道成独奋然道："从前上流谋逆，都因淹缓致败，今休范叛乱，必远惩前失，轻兵急下，掩我不备，我军不宜远出，但屯戍新亭、白下，防卫宫城，与东府石头，静待贼至，彼自千里远来，孤军无继，求战不得，自然瓦解。我愿出守新亭挡住贼锋，征北将军可守白下，领军将军但屯宣阳门，为诸军节度。诸贵俱可安坐殿中，听我好音，不出旬月，定可破贼！"说至此，即索笔下议，使众注明可否。大众不生异议，并注一同字。一班酒囊饭袋。独孙千龄阴袒休范，谓宜速据梁山，道成正色道："贼已将到，还有什么闲军，往据梁山？新亭正是贼冲，我当拼死报国，不负君恩。"说着，即挺身起座，顾语刘勔道："领军已同鄙议，不可改变，我便往新亭去了。"

勔应声甫毕，外面又走进一人，素衣墨绖，曳杖而来。是人为谁？就是尚书郎袁粲。粲正丁母艰，闻变乃至。当由萧道成与述军谋，粲亦极力赞成。道成即率前锋兵士，赴戍新亭。张永出屯白下，另遣前南兖州刺史沈怀明，往守石头城。袁粲、褚渊，入卫殿省，事起仓猝，不遑授甲，但开南北二武库，任令将士自取，随取随行。

道成到了新亭，缮城修垒，尚未毕事，那休范前军，已至新林，距新亭不过数里。道成解衣高卧，镇定众心，既而徐起，执旗登垣，使宁朔将军高道庆，羽林监陈显达，员外郎王敬则等，带领舟师，堵截休范。两军交战半日，互有杀伤，未分胜负。

翌日黎明，休范舍舟登岸，自率大众攻新亭，分遣别将丁文豪，往攻台城。道成挥兵拒战，自辰至午，杀得江鸣海啸，天日无光，休范兵不少却，但觉鼓声愈震，兵力愈增，城中将士，都有惧色。道成笑道："贼势尚众，行列未整，不久便当破灭了！"

言未毕，忽有休范檄文，射入城内。当由军士拾呈道成，道成取视，但见起首数行，乃说杨运长、王道隆等蛊惑先帝，使建安、巴陵二王，无罪受戮，望执戮数竖，聊谢冤魂云云。后文尚有数行，道成不再看下，即用手撕破，掷置地上。

旁边闪出二人道："逆首檄文，想是招降，公何不将计就计，乘此除逆？"道成瞧着，乃是屯骑校尉黄回，与越骑校尉张敬儿，便应声问道："敢是用诈降计么？"两人齐声称是。道成又道："卿等能办此事，当以本州相赏。"两人大喜，便出城放仗，跑至休范舆前，大呼称降。

休范方穿着白服，乘一肩舆，登城南临沧观，览阅形势，左右护卫，不过十余人。既见两人来降，便召问底细。回佯致道成密意，愿推拥休范为宋主，唯请休范订一信约，休范欣然道："这有何难？我即遣二子德宣、德嗣，往质道成处，想他总可相信了。"遂呼二子往道成垒中，留黄、张二人侍侧。亲吏李桓、钟爽等，交谏不从，自回舟中高坐，置酒畅饮，乐以忘忧。所有军前处置，都委任前锋将杜黑骡处置。哪知遣质二子，早被道成斩首，他尚似在梦里鼓里，一些儿没有闻知。

黄回、张敬儿反导他游弋江滨，且游且饮。一夕天晚，休范已饮得酒意醺醺，还是索酒不休，左右或去取酒，或去取肴，黄回拟乘隙下手，目示敬儿，敬儿即趋至休范身后，把他佩刀抽出，休范稍稍觉察，正要回顾，那刀锋已经刺来，一声狂叫，身首两分。好去与十八兄弟重聚，开一团圆大会，重整杯盘。左右统皆骇散，敬儿持休范首，与回跃至岸上，驰回新亭报功。

道成大喜，即遣队长陈灵宝，传首都中。灵宝持首出城，正值杜黑骡麾兵进攻，一时走不过去。没奈何将首投水，自己扮作乡民模样，混出间道，得达京城，报称大憝已诛。满朝文武，看他无凭无据，不敢轻信，唯加授萧道成为平南将军。道成因叛军失主，总道他不战自溃，便在射堂查验军士，从容措置。不防司空主簿萧惠朗，竟率敢死士数十人，攻入射堂。道成慌忙上马，驱兵搏战，杀退惠朗，复得保全城垒。原来惠朗姊为休范妃，所以外通叛军，欲作内应。

惠朗败走，杜黑骡正来攻扑，势甚慓劲，亏得道成督兵死拒，兀自支撑得住。由晡达旦，矢石不息，天又大雨，鼓角不复相闻。将士不暇寝食，马亦觉得饥乏，乱触乱号，城中顿时鼎沸，彻夜未绝。独道成秉烛危坐，厉声呵禁，并发临时军令，乱走者斩，因此哗声渐息，易危为安。可见为将之道，全在镇定。

黑骡尚未知休范死耗，努力从事，忽闻丁文豪已破台城军，向朱雀桁进发，遂也舍去新亭，趋向朱雀桁。右军将军王道隆，领着羽林精兵，驻扎朱雀门内，蓦闻叛军大至，急召刘勔助守，勔驰至朱雀门，命撤桁断截叛军。道隆怒道："贼至当出兵急击，难道可撤桁示弱么？"勔乃不敢复言，遽率众出战。甫越桁南，尚未列阵，杜黑骡已麾众进逼，与丁文豪左右夹攻，勔顾彼失此，竟至战死。道隆闻勔已阵亡，慌忙退走，被黑骡长驱追及，一刀杀毙。害人适以自害。张永、沈怀明各接败报，俱弃去泛地，逃回宫中。抚军长史褚澄，开东府门迎纳叛军。叛众劫住安成王准，使居东府，且伪称休范教令道："安成王本是我子，休得侵犯！"中书舍人孙千龄，也开承明门出降，宫省大震。

皇太后王氏，皇太妃陈氏，因库藏告罄，搜取宫中金银器物，充作军赏，嘱令并力拒贼。贼众渐闻休范死音，不禁懈体。丁文豪厉声道："我岂不能定天下，何必借资桂阳！"许公舆且诈称桂阳王已入新亭，惹得将吏惶惑，多至新亭垒间，投刺求见，名达千数。道成自登北城，俯语将吏道："刘休范父子，已经伏诛，暴尸南冈下，我是萧平南，请诸君审视明白，勿得自误！"说至此，即将所投名刺，焚毁城上，且指示道："诸君名刺，今已尽焚，不必忧惧，各自反正便了。正好权术。将吏等一哄散去，道成复遣陈显达、张敬儿等，率兵入卫。

袁粲慷慨语诸将道："今寇贼已逼，众情尚如此离沮，如何保得住国家！我受先帝付托，不能安邦定国，如何对得住先帝？愿与诸公同死社稷，共报国恩！”说着，披甲上马，纵辔直前，诸将亦感激愿效，相随并进。可巧陈显达等亦到，遂共击杜黑骡，两下交战，流矢及显达目，显达拔箭吮血，忍痛再斗，大众个个拼死，得将黑骡击走。黑骡退至宣阳门，与丁文豪合兵，尚有万余人，越日天晓，张敬儿督兵进剿，大破叛众，斩黑骡，战文豪，收复东府，叛党悉平。

萧道成振旅还都，百姓遮道聚观，同声欢呼道：“保全国家，全赖此公！”为将来篡宋张本。道成既入朝堂，即与袁粲、褚渊、刘秉会着，同拟引咎辞职。表疏呈入，当然不许，升授道成为中领军，兼南兖州刺史，留卫建康，与袁粲、褚渊、刘秉三相，更日入直决事，都中号为四贵。

荆州刺史沈攸之曾接休范书札，并不展视，具报朝廷，且语僚佐道：“桂阳必声言与我相连，我若不起兵勤王，必为所累了！”乃邀同南徐州刺史建平王景素，郢州刺史晋熙王燮，湘州刺史王僧虔，雍州刺史张兴世，同讨休范。休范留中兵参军毛惠连等守寻阳，为郢州参军冯景祖所袭，惠连等不能固守，开门请降。休范尚有二子留着，一体伏诛。有诏以叛乱既平，令诸镇兵各还原地，兵气销为日月光，又有一番升平景象了。语婉而讽。

宋主昱素好嬉戏，八九岁时，辄喜猱升竹竿，离地丈余，自鸣勇武。明帝在日，曾饬陈太妃随时训责，扑作教刑，怎奈江山可改，本性难移，到了继承大统，内有太后、太妃管束，外有顾命大臣监制，心存畏惮，未敢纵逸。元徽二年冬季，行过冠礼，三加玄服，遂自命为成人，不受内外羁勒，时常出宫游行。起初尚带着仪卫，后来竟舍去车骑，但与嬖幸数人，微服远游，或出郊野，或入市廛。陈太妃每乘青犊车，随踪检摄，究竟一介女流，管不住狂童驰骋。昱也唯恐太妃踪迹，驾着轻骄，远驰至数十里外，免得太妃追来。有时卫士奉太妃命，追踪谏阻，反被昱任情呵斥，屡加手刃，所以卫士也不敢追寻，但在远山瞻望，遥为保护。昱得恣意游幸，且自知为李道儿所生，尝自称为李将军，或称李统。营署巷陌，无不往来，或夜宿客舍，或昼卧道旁，往往与贩夫商妇，贸易为戏，就使被他揶揄，也是乐受如饴，一笑了事。直是一个无赖子。平生最多小智，如裁衣制帽等琐事，过目即能，他如笙管箫笛，未尝学吹，一经吹着，便觉声韵悠扬，按腔合拍。

蹉跎蹉跎，倏过二年。荆襄都督沈攸之威望甚盛，萧道成防他生变，特使张敬儿为雍州刺史，出镇襄阳。世子赜出佐郢州，防备攸之。攸之未曾发难，京口却先已起兵。原来建平王景素，时为南徐州刺史，他是文帝义隆孙，为故尚书令宣简王弘长子。弘为文帝第七子，见前文。好文礼士，声誉日隆。适宋主昱凶狂失德，朝野颇属意景素，时有讹言。杨运长、阮佃夫等，贪辅幼主，不愿立长，密唆防阁将军王季符，诬讦景素反状，俾便出讨。萧道成、袁粲窥破阴谋，替他解免，阻住出师，景素亦遣世子延龄，入都申理。杨、阮等还未肯甘休，削去景素征北将军职衔，景素始渐觉不平，阴与将军黄回，羽林监垣祗祖通书，相约为变。

酝酿了好几个月，忽由垣祗祖带了数百人，奔至京口，说是京师乱作，台城已溃，请即乘间发兵。景素信为真言，即据住京口，仓皇起事。杨、阮闻报，立遣黄回往讨。萧道成知回蓄异图，特派将军李安民为前驱，夜袭京口，一鼓破入，擒斩景素，所有叛党，统共伏诛。

宋主昱因京口告平，骄恣益甚，无日不出，夕去晨返，晨去夕归，令随从各执铤矛，遇有途人家畜，即命攒刺为戏，民间大恐，商贩皆息，门户昼闭，道无行人。有时昱居宫中，针椎凿锯，不离左右，侍臣稍稍忤意，便加屠剖，一日不杀，便愀然不乐。因此殿省忧惶，几乎不保朝暮。

阮佃夫与直阁将军申伯宗、朱幼等，阴谋废立，拟俟昱出都射雉，矫太后命，召还队仗，派人执昱，改立安成王准。事尚未发，为昱所闻，立率卫士拿住阮佃夫、朱幼，下狱勒毙。佃夫也有此日耶！申伯宗狼狈出走，中途被捕，立置重刑。或告散骑常侍杜幼文，司徒左长史沈勃，游击将军孙超之，亦与佃夫同谋，昱复自往掩捕，执住杜幼文、孙超之，亲加脔割，且笑且骂，语极秽鄙，不堪入耳。转趋至沈勃家，勃正居丧在庐，蓦见昱持刀突入，不由的怒气上冲，便攘袂直前，手搏昱耳道："汝罪逾桀纣，就要被人屠戮！"说到戮字，已由卫士一拥而进，把勃劈作两段，昱又亲解支体，并命将三家老幼，一体骈诛。十四岁的幼主，如此酷虐，史所未闻。杜幼文兄叔文，为长水校尉。即遣人把他捕至，命在玄武湖北岸，裸缚树下，由昱跨马执槊，驰将过去，用槊刺入叔文胸中，钩出肝肠，嬉笑不止，卫士齐称万岁！

昱尽兴还宫，偏遇皇太后宣召，勉强进去，听了好几句骂声，无非说他残虐无道，饬令速改，惹得昱满腔懊闷，快快趋出。已而越想越恨，索性召入太医，嘱令煮药，进鸩太后。左右谏止道："若行此事，天子应作孝子，怎得出入自由！"昱爽然道："说得有理。"乃叱退医官，罢除前议。嗣是狎游如故，偶至右卫翼辇营，见一女子娇小可怜，便即搂住，借着营中便榻，云雨起来。事毕以后，又令跨马从游，每日给数千钱，供她使用。

一日盛暑，竟掩入领军府。萧道成昼卧帐中，昱不许他人通报，悄悄的到了帐前，揭帐审视，见他袒胸露腹，脐大如鹄，不禁痴笑道："好一个箭靶子！"这一语惊醒道成，张目瞧视，见是当今小皇帝，不胜惊异，慌忙起床整衣。昱摇手道："不必不必，卿腹甚大，倒好试朕的箭法！"说着，即令左右拥着道成，叫他露腹直立，画腹为的，自引弓作注射状，道成忙用手版掩腹，且申说道："老臣无罪！"旁由卫队长王天恩进言道："领军腹大，原是一好射堋，但一箭便死，后来无从再射，不如用骲箭射腹，免致受伤！"是道成救星。昱依天恩言，即令他取过骲箭，搭上弓弦，喝一声着，正中道成肚脐。当下投弓大笑道："箭法何如？"天恩极口赞美，连称陛下只须一箭，不必更射，说得昱喜上加喜，方出署自去。

道成无词可说，送出御驾，回入署中。自思此番幸用骲射，乃是骲镞所为，不致伤人。骲箭注射，就此带叙。但侥幸事情，可一不可再，当速图自全，乃密访袁粲、褚渊二人，商及废立问题。渊默然不答，粲独说道："主上年少，当能改过，伊霍事甚不易行，就使成功，亦非万全计策！"道成点首而出。点首二字，暗寓狡猾。

俄由宫中漏出消息，得知昱尝磨铤，欲杀道成，还是陈太妃从中喝阻，谓道成有功社稷，不应加害，昱乃罢议。道成却越加危惧，屡与亲党密谋，意欲先发制人。或劝道成出诣广陵，调兵起事，或谓应令世子赜率郢州兵，东下京口，作为外应。道成却欲挑动北魏，俟魏人入寇，自请出防，乘便笼络军士，入除暴君。这三策都未决议，累得道成日夕踌躇。领军功曹纪僧真，把三策尽行驳去，谓不若在内伺衅，较为妥当。道成族弟镇军长史顺之，及次子骠骑从事中郎嶷，均言幼主好为微行，但教联络数人，即可下手，何必出外营谋，先人受祸等语。道成乃幡然变计，密结校尉王敬则，令赒通卫士杨玉夫、杨万年、陈奉伯等，共二十五人，专伺上隙。

夏去秋来，新凉已届，宋主昱正好夜游，七月七日，昱乘露车至台冈，与左右跳高赌技。晚至新安寺偷狗，就昙度道人处杀狗侑酒，饮得酩酊大醉，方还仁寿殿就寝，杨玉夫随从在后，昱顾语道："今夜应织女渡河，汝须为我等着，得见织女，即当报我；如或不见，明日当杀汝狗头，剖汝肝肺！”你的狗头要保不牢了。玉夫听着醉语，又笑又恨，没奈何应声外出。

看官听说！自昱嗣位后，出入无常，殿省门户，终夜不闭，就是宿卫将士，统局居室中，莫敢巡逻。只恐与昱相值，奏对忤旨，便即饮刃，所以内外洞开，虚若无人，杨玉夫到了夜半，与杨万年同入殿内，趋至御榻左近，侧耳细听，呼呼有鼾睡声，再走进数步，启帐一瞧，昱仍熟睡，唯枕旁置有防身刀，当即抽刀在手，向昱喉下戳入，昱叫不出声，手足一动，呜呼哀哉！年仅十五。在位只五年，后人称子业为前废帝，昱为后废帝。小子有诗叹道：

童年失德竟如斯，陨首宫廷尚恨迟；
假使十龄身已死，刘家兴替尚难知。

杨玉夫已经弑昱，持首出殿，突遇一人拦住，不由的魂飞天外。究竟来人为谁，且至下回说明。

桂阳王休范，不死于泰始之时，而死于元徽之世，殊属出人意外；然其获免也以愚，其致死也亦以愚。愚者可一幸不可再幸，终必有杀身之祸。试观其中诈降计，纳黄回、张敬儿于左右，肘腋之间，自召危机，尚复日饮醇酒，游宴自如，不谓之愚得乎！建平王景素，亦一愚夫耳。轻信垣祗祖之言，仓猝起兵，不亡何待！史家不恕休范，而独恕景素，殆以景素发难，由杨阮之激迫而成，欲罪杨阮，不得不于景素有恕词，要知亦一愚人而已，废帝昱愚而且暴，与子业相似，其被弑也亦相同。狡如宋武，而后嗣多半昏愚，然后知仁厚者可卜灵长，而狡黠者之终难永久也。

第二十五回　讨权臣石头殉节
失镇地栎林丧身

却说杨玉夫手持昱首，驰出殿门，适与一人相遇，不觉惊惶。及仔细审视，乃是同党陈奉伯，方才放心，即将昱首交与奉伯。奉伯诈传敕旨，开承明门，门外由王敬则待着，复把昱首转交。敬则驰诣领军府，叩门大呼，道成不知何事，未敢开门。敬则投首入墙，由道成洗首验视，果系昱头，乃戎服乘马，偕敬则等入殿。殿中相率惊怖，经道成说明昱死，始同声呼万岁。道成就殿廷槐树下，托称王太后命，召袁粲，褚渊、刘秉等入议。

道成语秉道："这是君家私事，外人不敢擅断。"秉顾视道成，但见他须髯尽张，目光似电，令人可怖，不由的嗫嚅道："尚书诸事，可以见委，军旅处分，当由领军作主！"错了！错了！道成复让与袁粲，粲亦不敢承认。也是没用。王敬则拔刀跃入道："天下事都应关白萧公；如有异言，血染敬则刃！"遂手取白纱帽，加道成首，劝他即位；且说道："今日尚有何人，敢来多嘴？事须及热，何必迟疑！"比许褚、典韦还要出力。

道成取去纱帽，正色呵斥道："汝等统是瞎闹！"粲欲乘势进言，又被敬则怒目相视，不敢开口。褚渊接入道："今非萧公不能了此！"道成乃徐徐道："诸君都不肯建议，我亦未便推辞，今日只有迎立安成王为是！"刘秉，袁粲等模糊答应。敬则尚欲推戴道成，由道成用目相示，乃挟刘、袁、褚三相，出待东城，另备法驾往迎安成王准。

秉行过道旁，适与从弟韫相遇，韫急问道："今日事是否归兄？"秉答道："我等已让萧领军主持！"韫惊叹道："兄肉中究有血否？今年恐被族灭了！"秉似信非信，与韫别去。

既而安成王准已经迎入，当由道成替太后宣令，追废昱为苍梧王，命安成王准嗣皇帝位。略云：

> 前嗣王昱以冢嫡嗣登皇统，方冀体识日弘，社稷有寄，岂意穷凶极悖，自幼而长，善无细而不违，恶有大而必蹈！前后训诱，常加隐蔽，险戾难移，日月滋甚。弃冠毁冕，长袭戎衣，犬马是狎，鹰隼是爱，皂历轩殿之中，韝绁宸衷之侧。至乃单骑远郊，独宿深野，手挥矛铤，躬行刳斮，白刃为弄器，斩害为恒务，舍交戟之卫，委天毕之仪，趋步阛阓，酣歌垆肆，宵游忘返，宴寝营舍，夺人子女，掠人财物，方策所不书，振古所未闻。沈勃儒士，孙超功臣，幼文兄弟，并预勋效，四人无罪，一朝同戮，飞镞鼓剑，孩稚无遗，屠裂肝肠，以为戏谑，投骸江流，以为欢笑。又淫费无度，帑藏空竭，横赋关河，专充别蓄，黔首嗷嗷，厝生无所。吾与其所生，每励以义方，遂谋鸩毒，将骋凶忿。沈忧假日，虑不终朝。自昔辛癸，爰及幽厉，方之于此，未譬万分。民怨既深，神怒已积，七庙阽危，四海褫气，废昏立明，前代令范，况乃灭义反道，天人所弃，衅深牧野，理绝桐宫。故密令萧领军潜运明略，幽显协规，普天同泰。骠骑大将军安成王，体自太宗，天听淹叡，风神凝远，德映在田，地隆亲茂，皇历攸归，亿兆系心，含生属望，宜光奉祖宗，临享万国。便依旧典，以时奉行。昱虽穷凶极暴，自取覆灭，弃同品庶，顾所不忍，可特追封苍梧郡王。未亡人追往伤怀，永言感绝，所望嗣皇帝远绍洪规，近惩覆辙，痌瘝兆民，期天永命，则宗庙社稷之灵，庶其攸赖，用此令知！

小子前述明帝彧事，说他不能御女，致乏子嗣，昱已为李道儿所生，准为明帝彧第三子，料亦由诸王所出，取育宫中。史称明帝有十二男，陈贵妃生昱，就是后废帝；谢修仪生法良，早年去世；陈昭华生准，就是安成王；徐婕妤生第四皇子，未曾取名，即已殀殇；郑修容生智井，及晋熙王燮，泉美人生邵陵王友，及江夏王跻，徐良人生武陵王赞，杜修华生南阳王翙，及次兴王嵩，最幼的是始建王禧，也相传为泉美人所出，其实统是螟蛉继儿，由妃嫔抚养成人，便冒充为己子哩。特别表明，贯穿前后。

且说安成王准，由东城迎入朝堂，刘秉、袁粲、褚渊，随归谒见，萧道成也带领百官，一同迎谒，当奉准升殿入座，即皇帝位，准年仅十一，颁诏大赦，改永徽五年为升明元年。尊生母陈昭华为皇太妃，替苍梧王发丧，降陈太妃为苍梧王太妃，江皇后为苍梧王妃。授道成为司空录尚书事，兼骠骑大将军，领南徐州刺史，留镇东府。刘秉为尚书令，加中军将军，褚渊加开府仪同三司，袁粲为中书监，出镇石头。进号荆州刺史，沈攸之为车骑大将军，兼尚书左仆射，王僧虔为尚书仆射，刘韫为中领军，兼金紫光禄大夫，王琨为右光禄大夫，晋熙王燮为抚军将军，调任扬州刺史，武陵王赞为郢州刺史，邵陵王友为江州刺史，南阳王汎为湘州刺史，杨玉夫等二十五人，各赏赐爵邑有差。无非导人篡弑。此外文武百官，皆加官二级，不在话下。

先是刘秉用意，以为尚书关系政本，由己主持，可致天下无变，所以与道成会议时，情愿将兵权让与道成。及道成兼总军国，散布心腹，予夺自专，褚渊又趋炎附势，甘党道成。秉势成孤立，始有悔心。袁粲素性恬静，每有朝命，必一再固辞，不得已乃始就职。至是知道成跋扈不臣，有心除患；因此一经朝命，毫不推让，即出镇石头城去了。

荆襄都督沈攸之，前与道成同直殿省，很是和协，道成且与订姻好，把长女嫁与攸之子文和为妻。及攸之出镇荆州，与道成尚无嫌隙，不过因朝局日紊，未免雄心思逞，暗蓄异图。会直阁将军华容人高道庆，告假回家，路过江陵，为攸之所邀，戏与赌槊，彼此争胜，语未加检。攸之不免失词，由道庆记在胸中，假满入朝，遂述攸之狂言，已露反状，愿假轻骑三千，往袭江陵。刘秉等未以为然，道成顾念亲情，更力保攸之不反，唯杨运长等嫉忌攸之，与道庆密谋，使刺客潜往江陵，无隙可乘，反为攸之察觉，杀死刺客。攸之因怨恨朝廷，并疑道成不为帮护，亦有微嫌。

主簿宗俨之，功曹臧寅，劝攸之从速举兵，攸之因长子元琰，留官建康，投鼠忌器，未便速发，乃延宕下去。会苍梧王被弑，朝政一变，道成也嫉杨运长，出为宣城太守。又遣攸之子元琰，持苍梧王刳斮遗具，往示攸之。在道成意见，一则为攸之黜退仇人，示全亲谊；二则使攸之与闻主恶，表明己功。偏攸之以道成名位，素出己下，至是专制朝权，愈加不平，且因元琰得至江陵，疑为天助，遂顾语道："儿得来此，尚复何忧？我宁为王陵死，王陵汉人。不为贾充生！"贾充晋人。乃留住元琰，不使还都。一面上表称庆，并与道成书，阳为推功。

适有朝使至江陵，加攸之封号，并由太后赐烛十挺，攸之遂借此开衅，谓在烛中剖出太后手敕，有云社稷事一以委公，因此整兵草檄，指日举事。攸之妾崔氏、许氏同谏道："官年已老，奈何不为百口计！"攸之指示裲裆角，由两妾审视，乃是素书十数行，写着明帝与攸之密誓。恐也是捏造出来。两妾颇识文字，阅罢后亦不便多言。

攸之复遣使往约雍州刺史张敬儿，豫州刺史刘怀珍，梁州刺史范柏年，司州刺史姚道和，湘州行事庾佩玉，巴陵内史王文和等，共同举兵。敬儿本由道成差遣，监制攸之，当然是不肯照约，即将来使斩讫，驰表上闻。敬儿出镇见前回。怀珍、文和，也与敬儿相联，依法办事。柏年、道和、佩玉，模棱两可，共守中立，文和胆力最小，一俟攸之出兵，便弃去州城，奔往夏口。

攸之又贻道成书云："少帝昏狂，应与诸公密议，共白太后，下令废立，奈何私结左右，亲加弑逆，乃至暴尸不殡，流虫在户，凡在臣下，莫不惋骇；且闻擅易朝旧，密布亲党，宫阁管籥，悉付家人，我不知子孟即汉霍光。孔明即诸葛亮。遗训，曾否如此！足下既有贼宋之心，我宁敢捐包胥之节！"书中语恰也近理，可惜他未必为公！包胥即楚申包胥。

这封书驰达道成，道成自然动恼，当即入守朝堂，命侍中萧嶷代守东府，抚军行参军事萧映往镇京口，嶷映皆道成子，故特付重任。长子赜本出佐晋熙王燮，以长史行郢州事，燮徙镇扬州，赜升任左卫将军，随燮东行。刘怀珍致书道成，谓夏口冲要，不宜失人，道成乃与赜书，令他择能代任。赜荐郢州司马柳世隆自代，世隆得奉朝命为郢州长史，辅佐武陵王赞。燮徙扬州，赞镇郢州，俱见上文。赜临行时，语世隆道："我料攸之必将作乱，一旦变起，倘焚去夏口舟舰，顺流东下，却不可当；若留攻郢城，顿兵不进，君为内守，我为外援，攸之不足虑了！"世隆应声如约，赜乃启行。

甫至寻阳，已闻攸之发难，朝廷尚不见处置。或劝赜速赴建康，赜摇首道："寻阳地居中流，密迩畿辅，我今当留屯湓口，内卫朝廷，外援夏口，保据形胜，控制西南，这是天授机会，奈何弃去！"左中郎将周山图亦极端赞成。赜即奉燮镇湓口。军事悉委山图。山图截取行旅船板，筑楼橹，立水栅，旬日办竣，使人驰报道成。道成大喜道："赜真不愧我子呢！"仿佛操丕。遂授赜为西讨都督，山图是副。赜又恐寻阳城孤，表移邵陵王友同镇湓口，但留别驾胡谐之守住寻阳。这是防攸之推戴邵陵，故表移湓口。

适前湘州刺史王蕴，因母丧辞职，还过巴陵，与攸之潜相结纳，及入居东府，为母发丧，欲乘道成出吊，把他刺死，偏道成狡猾，先事预防，但遣人吊唁，并未亲往。蕴计不能遂，乃与袁粲、刘秉，共图别计。将吏黄回、任候伯、孙昙瓘、王宜兴、卜伯兴等，皆与通谋。

道成亦防粲立异，自至石头城，与粲计事，粲拒不见面，通直郎袁达，劝粲不应相拒。粲答道："彼若借主幼时艰四字，迫我入朝，与桂阳时无异，我将何辞谢绝？一入圈中，尚得使我自由么？"遂不从达言。也是误处。

道成另召褚渊入议，每事必咨，格外亲昵。渊前为卫将军，遭母丧去职，朝廷敦迫不起，粲独往劝渊，渊乃从命。及粲为尚书令，亦丁母忧，免官守制，渊亦亲往怂恿，力劝莅事，粲终不为动；渊由是恨粲。小事何足介意，渊之度量可知！至是进白道成道："荆州构衅，事必无成，明公先当防备内变，幸勿疏虞！"道成点首称善。

已而粲与刘秉等谋诛道成，拟告知褚渊。众谓渊素附道成，断不可告，粲说道："渊与彼虽友善，但事关宗社，渊亦不得大作异同；倘成不告，是多增一敌手了！"此着大误。遂把密谋告渊。渊愿为萧氏爪牙，当即转白道成。道成即遣军将苏烈、薛渊、王天生等，往戍石头，名为助粲，实是监粲。又因刘韫为中领军，卜伯兴为直阁将军，与粲相通，特派王敬则一同直阁，牵制二人。

粲谋矫太后令，使韫与伯兴，率宿卫兵攻道成，由黄回等为外应，定期举事。刘秉尚在都中，届期这一日，禁不住心惊肉跳，那起事的期间，本在夜半，偏秉胆小如鼷，竟于傍晚时候，载家属奔石头，部曲数百，张皇道路，粲闻秉骤至，忙出相见道："何事遽来？这遭要败灭了！"秉泣答道："得见公一面，虽死无恨！"笨伯岂可与谋？说着，孙昙瓘亦自京奔至，粲越加惶急，但也想不出什么方法，只顿足长叹罢了。

丹阳丞王逊，走告道成，道成亦已略悉，即遣人密告王敬则，使杀刘韫、卜伯兴等人。时阁门已闭，敬则欲出无路，亟凿通后垣，佩刀出走。趋至中书省，正值韫列烛戒严，危坐室中。突见敬则闯入，便惊起问道："兄何为夜顾？”敬则瞋目道：“小子怎敢作贼！”一面说，一面用手拔刀。韫忙抱住敬则，怎禁得敬则力大，用拳掴颊。韫不胜痛楚，晕到地上，被敬则拔刀一挥，立致殒命。敬则持刀至伯兴处，伯兴猝不及防，也被杀死。

苏烈、王天生等，已据住仓城，与粲相拒，道成又遣军将戴僧静，助烈攻粲。粲遣孙昙瓘出战，与苏烈等相持一宵，到了黎明，戴僧静攻毁府西门，刘秉在城东回望，见城西火起，竟与二子俣倏，逾城遁去。真不济事。粲亦料不可守，下城谕子最道：“早知一木难支大厦，但因名义至此，死不足恨了！”语尚未已，僧静已逾城进击。最奋身翼粲，为僧静斫伤。粲涕泣向最道：“我不失忠臣，汝不失孝子。”遂与最力斗数合，俱为所害。百姓为粲哀谣道：“可怜石头城，宁为袁粲死，不为褚渊生！”有志无才，徒付一叹。

僧静既杀害袁氏父子，复召集各军，往追刘秉，驰至额檐湖，得将秉父子拿住，立即斩首。秉实该死。任侯伯等乘船赴石头，闻粲已死节，便即驰还。王蕴也率数百壮士，到石头城，被薛渊闭城射退，逃往斗场，也遭擒戮。孙昙瓘遁去。黄回由新亭进攻，行过石头，得悉同党俱败，乃佯称入援道成。道成也知他刁狡，但一时不欲多诛，因慰抚如旧，仍然遣驻新亭。此外坐粲党羽，一体赦免，均不复问。巧与笼络。授尚书仆射王僧虔为左仆射，新除中书令王延之为右仆射，度支尚书张岱为吏部尚书，吏部尚书王奂为丹阳尹。

满朝文武，已尽是道成心腹。道成乃自请出讨攸之，有诏假道成黄钺，出屯新亭。攸之也遣中兵参军孙同等五将，率五万人为前驱，司马刘攘兵等五将，率二万人为后应，中兵参军王灵秀等四将，分兵出夏口，据住鲁山。

攸之自恃兵强，饶有骄态，遣人至郢州，语柳世隆道：“奉太后令，当暂还都，卿果同心奉国，应知此意。”世隆托使人答复道：“东下雄师，久承声问，郢城镇小，只能自守，恕不相从！”攸之闻言，不禁动怒，即欲往攻郢城。功曹臧寅，谓郢城险固，攻守势异，非旬日可拔，不如长驱东下，速图建康。攸之乃留偏师攻郢城，自率大众东进。

将要启行，忽报柳世隆出兵西渚，前来搦战。攸之使王灵秀迎击，郢兵不战即退，灵秀进簿城下，郢州参军焦度，登城拒守，百般辱骂，恼得灵秀性起，麾兵猛扑。那城上矢石交下，反将灵秀兵击伤数百人。灵秀飞报攸之，请即济师，攸之被他一激，遂改计攻郢，亲督诸将西行。到了城下，筑起长围，昼夜攻战。着了道儿。柳世隆随方拒应，或战或守，游刃有余。相持过年，攸之屡攻不克，反被世隆击破数次，伤损甚多。萧赜依着前约，令军将桓敬屯据西塞，为世隆声援。

攸之素失人情，全是势迫形驱，意气用事。初发江陵，已有兵士逃亡，及顿兵郢城，月余不拔，逃亡愈多，攸之乘马巡查，日夕抚慰，怎奈大众离心，单靠着一言一语，无人肯信，仍相继离散。攸之大怒，召集诸将道："我奉太后令，仗义起师，大事若成，当与卿等共图富贵；否则朝廷诛我百口，不涉他人，近来军人叛散，皆由卿等不肯留意，自今以后，兵士叛去，军将当连带坐罪！"诸将虽然面从，心中愈觉不平。会闻道成遣黄回等西袭荆州，溯流而上，大众益加惊骇，各怀异志。刘攘兵射书入城，愿降世隆，请他上表洗罪。世隆复称如约，攘兵遂毁营自去。诸军猝见火起，顿时骇散，将帅不能禁。攸之忿火中烧，气得咬须嚼齿，立收攘兵兄子天赐，及女夫张平虏，处以极刑，自率残众东归。

行至鲁山，众竞大溃，各将亦皆四散，独臧寅慨然道："得势即从，失势即去，我却不忍出此！"遂投水自尽。攸之只有数十骑相随，忙宣令军中道："荆州城中，大有余钱，何不一同还取，作为资粮！"这令一下，散军乃逐渐趋集，且因郢州未有追军，徐还江陵，复得随兵二万人。无所望而去，有所望而来，此等兵将如何足恃！哪知途次接得急信，好好一座江陵城，已被张敬儿夺去！奈何！奈何！逼得攸之进退无路，只好转走华容，沿途随众复溃。到了栎林，随身只有一人，乃是攸之子文和。攸之下马，长叹数声，解带悬林，自尽而死。文和亦缢。村民斩二人首，献入江陵。

原来张敬儿侦得攸之攻郢，江陵空虚，遂引兵掩袭江陵。江陵城内，由攸之子元琰，与长史江乂，别驾傅宣共守。夜间听着鹤唳声，疑是军至，乂与宣即开门遁去。吏民接踵逃散，元琰也奔往宠洲，为人所杀。敬儿尚在沙桥，得悉此信，急趋入城，捕诛攸之二子四孙，并及攸之亲党，掳得财物数十万，悉入私囊。嗣经栎林，村民献入攸之父子首级，即按置楯上，覆以青伞，徇行城市。越日乃函首送建康。

留府司马边荣，先为府录事所辱，攸之替荣鞭杀录事，及敬儿入城，荣被执住，由敬儿慰问道："边公何不早来？"荣答道："身受沈公厚恩，受命留守，怎敢委去！本不祈生，何须见问？"敬儿笑道："死何难得！"即命左右牵荣出斩。荣怡然趋出，荣客程邕之抱荣道：“与边公交友，不忍见边公死，乞先见杀！”兵士又入白敬儿，敬儿道：“求死甚易，何为不许！”遂命先杀邕之，然后杀荣。旁观诸人，共为泪下。主簿宗俨之，参军孙同等皆被杀死。小子有诗叹道：

功名富贵漫相争，取义何妨且舍生；
谁是忠贞谁是逆，千秋总有大公评！

荆州既平，萧道成还镇，封赏功臣。欲知详情，且阅下回自知。

袁粲、刘秉，皆非任重才。秉以军事让萧道成，已为失策，至约期举事，先奔石头，胆小如此，安望有成！粲平时闻望，高出秉上，乃密谋甫定，遽告褚渊，彼与渊共事有年矣，宁不知渊为萧党，而独不从众议，贸然相告，是并秉且不若矣！裴子野谓粲蹈匹夫之节，无栋梁之具，诚哉其然也。沈攸之不速赴建康，反顿兵郢城，就令军无贰志，亦与讨贼之志不合，南辕北辙，不死奚为！夫当时粲、秉图内，攸之图外，取萧道成犹反手事耳。粲以寡识败，攸以失机败，反使道成权位愈隆，篡逆愈急，是袁粲、沈攸之之起事，非唯无益，反从而害之矣。然史家书法，于沈攸之之举兵也则书讨，袁粲、刘秉之定议也，则书谋诛；嫉乱贼，奖忠义，此其所以羽翼《麟》经，有功名教也。本回亦隐寓是意，可于夹缝中求之。

第二十六回　篡宋祚废主出宫
弑魏帝淫妪专政

却说萧道成还镇东府，命长子赜为江州刺史，次子嶷为中领军，进尚书左仆射，王僧虔为尚书令，右仆射王延之为左仆射，柳世隆为右仆射，道成送还黄钺，自加太尉，都督南、徐等十六州军事，加卫将军褚渊为中书监司空。召平西将军黄回还至东府，留住外斋，即令宁朔将军桓康，率数十人缚回，历数回罪，一刀杀死。骠骑长史谢朏，素有清名，道成欲引为腹心，参赞大业，每夜召入与语，屏除侍从，但使二小儿捉烛，总道他有佐命良谟，造膝前陈，哪知朏坐了多时，并没有说及心事。道成恐朏为难，取烛置案，再遣去二小儿，朏仍然无言。愚不可及。道成乃呼入左右，朏亦别去。太尉右长史王俭，窥知道成微意，密语道成道："功高不赏，古今甚多，如公所处地位，难道可长居北面么？"道成佯为呵止，面色却微露欢容。俭又说道："蒙公青睐，故言人所未言，奈何见拒！试想宋氏失德，非公何能安定；但恐人情浇薄，未能久持，公若再加延宕，人望且从此去了！不但大业永沦，连身家亦将难保呢！"道成始徐徐道："卿言亦似有理。"俭复道："公今日名位，不过一经常宰相，理应加礼同寅，微示变革。现在朝右大臣，唯褚公尚可与商，俭愿为公先容。"教猱升木，不顾名义。道成道："我当自往！"

越两日亲访褚渊，说了许多闲文，方恬说道："我梦应得大位。"渊支吾道："目下一二年间，恐未便轻移，就使公有吉梦，亦未必应在旦夕，请公慎重为是！"道成乃出，还告王俭，俭答道："这是褚公尚未曾达识哩。俭当为公设法！”遂倡议加道成太傅，假授黄钺，使中书舍人虞整草诏。简直是没有宋主。道成亲吏任遐道：“如此大事，应报褚公。”道成道：“褚公不从，奈何！”遐笑道：“褚彦回系褚渊字。贪生怕死，并没有奇材异能，怕他什么！遐今往报，不患不从！”道成乃令遐告褚。褚渊前尚犹豫，经遐怵以利害，渊果无异词。确是贪生怕死。

遐欣然还报，便即缮诏颁发，假道成黄钺，都督中外诸军，加官太傅，领扬州牧，剑履上殿，入朝不趋，赞拜不名，余官如故。道成上表佯辞，由侍臣奉诏敦劝，乃受黄钺，辞殊礼。酷肖刘裕。召赜为领军将军，调嶷为江州刺史，令三子映为南兖州刺史，四子晃为豫州刺史。

已而宋主准立谢氏为皇后，十二岁即立皇后，未免太早。后系故光禄大夫谢庄女孙，即谢朏侄女。既已正位，覃恩庆赏，再申前命，加封道成，道成尚不肯受。越年正月，擢江州刺史萧嶷，都督荆、湘等八州军事，领荆州刺史，出左仆射王延之为江州刺史。道成又欲引用谢朏，令为左长史，尝置酒召饮，与论魏晋故事，微言挑逗道：“昔石苞不早劝晋文，指司马昭。迟至奔丧，方才恸哭，若与冯异相较，冯异东汉人，曾向光武帝劝进。究不得为知儿。”朏答道：“晋文世事魏室，所以终身北面，设使魏行唐、虞故事，亦当三让鸣高。”

道成愀然不乐，改官朏为侍中，更用王俭为长史。俭格外效力，先申前命，请道成不必再辞。复拟加封公爵，初议封为梁公，员外郎崔祖思道：“纤书有云，金刀利刃齐刈之，今宜称齐，乃应天命。”于是代为缮诏，进道成为相国，总掌百揆，封十郡为齐公，备九锡礼，所有官属礼仪，并仿朝廷。道成三让乃受，即命王俭为齐尚书右仆射，兼领吏部。

会宣城太守杨运长免职还家，道成遣人勒死运长。陵源令潘智与运长友善，为临川王刘绰所深知。绰系故临川王义庆孙，承袭旧封，自忧宋祚将移，遂遣亲吏陈赞，向智代白道：“君系先帝旧人，我是宗室近属，一旦权奸得志，势难两全，乘此招合内外，起图保国，尚可挽回末运，免致沦胥！”智佯为允诺，遣归陈赞，暗中却报知道成。道成即遣兵捕绰，并绰兄弟亲党，悉数加诛。

嗣复毒死武陵王赞，召还雍州刺史张敬儿，令为护军将军。授萧长懋为黄门侍郎，出官雍州刺史。长懋系道成孙，即赜长子，赜领南豫州刺史，为相国副。寻复进爵道成为齐王，增封十郡，得建天子旌旗，出警入跸，冕十有二旒，乘金根车，驾六马，备五时副车，乐舞八佾，设钟虡宫悬。世子赜改称太子，王女王孙爵命，一如旧仪。与刘裕篡晋时好似一幅印板文字。于是大事告成，好把那刘宋四世六十年的帝祚，轻轻夺来。

不到数日，便逼宋主准禅位，可怜十三岁的小皇帝，在位只三年，也要他下禅位诏。诏曰：

唯德动天，玉衡所以载序；穷神知化，亿兆所以归心。用能经纬乾坤，弥纶宇宙，阐扬鸿烈，大庇生民，晦往明来，积代同轨。前王踵武，世必由之。宋德湮微，昏毁相袭，景和骋悖于前，元徽肆虐于后。三光再霾，七庙将坠，璇极委驭，含识知泯。我文武之祚，眇焉如缀，静唯此紊，夕惕疚心。相国齐王，天诞叡圣，河岳炳灵，拯倾提危，澄氛靖乱，匡济艰难，功均造物。宏谋霜照，秘算云回，旌旆所临，一麾必捷，英风所拂，无思不偃，表里清夷，遐迩宁谧。既而光启宪章，弘宣礼教，奸宄之类，睹隆威而革情，慕善之俦，仰徽猷而增厉，道迈于重华，勋超乎文命，荡荡乎无得而称焉！是以辫发左衽之酋，款关清吏，木衣卉服之长，航海来庭，岂唯萧慎献楛，越裳荐翚而已哉！故四奥载宅，六府克和，川陆效珍，祯祥麟集，卿烟玉露，旦夕扬藻，嘉穟芝英，晷刻呈茂。革运斯炳，代终弥亮，负扆握枢，允归明哲，固已狱讼去宋，讴歌适齐。昔圣政既沦，水德缔构，天之历数，皎焉攸征。朕虽寡昧，闇于大道，稽览隆替，为日已久，敢忘列代遗则，人神至愿乎？便逊位别宫，敬禅于齐，依唐、虞、魏、晋故事，俾众周知！

这诏传出，宋主准应即徙居。那阴鸷险狠的萧道成，尚有一番做作，连上三表恳辞，所以宋主还得淹留一日。王公大臣，统向齐王府劝进，朝廷又连下诏书，促令受禅。内推外挽，统是一班狐群狗党，巧为播弄，遂于次日行禅位礼。

宋主准本应临轩，他却畏缩得很，匿居佛盖下。王敬则引兵入殿，令军士舁着板舆，趋进宫中，胁主出宫。因宋主避匿，一时搜寻不着，惹得敬则动恼，大肆咆哮。太后等惊骇得很，只好自督内侍，四处找寻。既将幼主觅着，乃送交敬则，可怜幼主准鼻涕眼泪，迸做一堆，瞧着板舆，好似囚车一般，不肯坐入。当由敬则拥令升舆，驱使出殿。准收泪语敬则道：“今日要杀我否？”敬则道：“没有此事，不过徙居别宫，官家先世取司马家，也是这般！”报应显然。准复泣下，自作恨声道：“愿后身世世勿复生天王家！”帝王末路，多半如此，人生何苦想作皇帝！宫中自太后以下，无不哭送。

准复拍敬则手道：“如无他虑，愿饷公十万钱！”敬则不答，及出至朝堂，百官均已候着，独侍中谢朏，入直阁中，并未出来。当由诏使趋呼道：“侍中应解玺绶授齐王！”朏答道：“齐自应有侍中，何必使我！”说着，引枕自卧。诏使不禁着忙，便问道：“侍中是否有疾！我当走报。”朏又道：“我有什么疾病，不劳诳言！”诏使无法，只好自去。朏竟步出东掖门，登车还宅。

齐仆射王俭代为侍中，趋至宋主身旁，解去玺绶。敬则遂令宋主改乘画轮车，出东掖门，就居东邸，静待新皇命令。光禄大夫王琨，在晋末已为郎中，至是复见宋主授禅，便攀宋主车号哭道：“他人以寿为欢，老臣以寿为戚，既不能先驱蝼蚁，乃复遇着此事，怎得不悲！”老而不死是为贼。左右亦为泣下，敬则反加呵止。俟宋主已入东邸，派兵监守，然后再入殿门。

司空褚渊，尚书令王僧虔，赍奉玺绶，率百官驰诣齐宫，道成尚佯为谦让。善学刘裕。渊等固请受玺，并由渊宣读玺书道：

皇帝敬问相国齐王。大道之行，与三代之英，朕虽闇昧而有志焉。夫昏明相袭，晷景之恒度，春秋递运，岁时之常序，求诸天数，犹且隆替，矧伊在人，能无终谢！是故勋华弘风于上叶，汉魏垂式于后昆。昔我高祖钦明文思，振民育德，皇灵眷命，奄有四海。晚世多难，奸宄实繁，蠢鼓宵闻，元戎旦警，亿兆夷人，启处靡厝，加以嗣君荒怠，敷虐万方，神鼎将迁，宝策无主，实赖英圣，匡济艰危。唯王体天则地，含弘光大，明并日月，惠均云雨，国步斯梗，则棱威外发，王猷不造，则渊谟内昭。重构闽吴，再宁淮济。静九江之洪波，卷海圻之氛沴，放斥凶昧，存我宗祀，旧物维新，三光改照。逮至宠臣裂冠，则裁以庙略，荆汉反噬，则震以雷霆。麾旆所临，风行草靡，神算所指，龙举云属，诸夏廓清，戎翟思韪，兴文偃武，阐扬洪烈，明保冲昧，翱翔礼乐之场，抚柔黔首，咸跻仁寿之域。自霜露所坠，星辰所经，正朔不通，人迹罕至者，莫不逾山越海，北面称藩，款关重译，修其职贡。是以祯祥发采，左史载其奇，玄象垂文，保章审其度。凤书表肆类之运，龙图显班瑞之期。重以珠衡日月，神姿特挺，君人之义，在事必彰。书不云乎：皇天无亲，唯德是辅，民心无常，唯惠之怀。神祇之眷如彼，苍生之愿如此，笙管变声，钟石改调，朕所以拥璇持衡，倾伫明哲。昔金德既沦，而传祚于我有宋；历数告终，实在兹日，亦以水德而传于齐。式遵前典，广询群议，王公卿士，咸曰唯宜。今遣使持节兼太保侍中中书监司空褚渊，兼太尉守尚书令王僧虔，奉皇帝玺绶，受终之礼，一依唐、虞故事。王其允副幽明，时登元后，宠绥八表，以酬昊天之休命！

还有太史令陈文建，奏陈符命，说自六为亢位，后汉历一百九十六年，禅位与魏；魏历四十六年，禅位与晋；晋历一百五十六年，禅位与宋；宋历六十年，禅位与齐，数朝俱六终六受，验往揆今，若合符节，这便是大齐受命的符瑞。牵强附会。王俭又呈上即位的仪注，劝道成即日登基，因择定宋升明元年四月甲午日，即位南郊，祭告天地，改元建元，登坛受贺。褚渊、王僧虔以下，称臣山呼，舞蹈如仪。丑。

礼成还宫，颁诏大赦，废宋主准为汝阴王，王太后为汝阴王太妃，谢皇后为汝阴王妃，撤去汝阴王陈太妃名号，各令迁出宫中，移居丹阳，筑宫置戍，限制自由。降宋晋熙王燮为阴安公，江夏王跻为沙阳公，随阳王翙翙已改封为随阳王。为舞阴公，新兴王嵩为定襄公，建安王禧为荔浦公，郡公主为县君，县公主为乡君。所有宋室功臣子孙，袭爵封国，一并撤消，唯存南康、华容、萍乡三邑封爵，使奉刘穆之、王弘、何无忌宗祀。二台官僚，依任摄职，进褚渊为司徒，柳世隆为南豫州刺史，陈显达为中护军，王敬则为南兖州刺史，李安民为中领军，他如王俭、张敬儿以下，各加官进爵有差。

褚渊从弟炤前为安成太守，卸职家居，当渊奉玺劝进时，曾问渊子贲道："司空今日何往？"贲答道："奉玺绶往齐王府！"炤叹道："我不知汝家司空，把一家物送与一家，是何命意？"及渊为司徒，贺客盈门，炤复叹道："彦回少立名行，不意病狂至此！门户不幸，致有今日；倘使彦回作中书郎时，便即病死，岂不是一位名士么？正唯名德不昌，乃享期颐上寿。"

渊有此弟，不啻跖、惠。渊闻炤言，颇自觉惭闷，上表辞官。奉朝请裴颢，独上表数道成罪恶，挂冠径去。道成遣人追及，把他杀死。太子萧颐请杀谢朏，道成摇首道："彼不畏死，我若杀他，反成彼名，不如置诸度外，足示包容。"于是朏乃免死，但罢职归家。

处士何点戏语人道："我已撰罢齐书，首列功臣二赞，分作十六字四句。第一句是渊既世族，第二句是俭亦国华，第三句是不赖舅氏，第四句是遑恤国家！"原来渊父湛之，曾尚宋武帝女始安公主，俭父僧绰，亦尚武康公主，所以何点讥讽二人，如是云云。

那废主准徙居丹阳，未及匝月，忽闻门外有走马声，卫士疑为乱起，奔入杀准，伪报病死。萧道成未曾加罪，反且赏功，但追谥为宋顺帝，一切饰终仪制，如晋恭帝故事。宋自武帝至此，共历四世八主，计六十年而亡。尤可恨的是齐主道成，一不做，二不休，索性把刘宋宗室，如阴安公燮以下，一概捕戮，各家无论少长，也同处死。唯刘遵考子澄之，与褚渊善，渊代为哀求，总算赦免，尚得幸存。比刘裕还加惨毒，故享国较短。

萧氏既开国号齐，追尊祖考，他本汉相国萧何二十四世孙，当然以萧何为始祖。萧何居沛，何孙彪徙居东海兰陵县，传至淮阴令令整，即道成五世祖，适值晋乱，奔至江左，居晋陵武进县。当时邑人统皆南徙，便号称为南兰陵。道成父承之，仕宋至右军将军，屡立战功。前文於承之事，亦曾散叙。宋元嘉二十四年，承之病殁，道成年亦弱冠，姿表英异，龙颡钟声，鳞纹遍体，时人已目为英奇。又有一种异征，他母陈氏生道成时，屡忧乏乳，夜梦神人持糜粥两瓯，呼令尽饮。饮毕乃醒，乳遂大出，陈氏也不胜惊异。道成有庶兄二人，一名道度，一名道生，有相士见陈氏道："夫人当生贵子，只可惜不能亲见！"陈氏叹道："我有三儿，不知将哪个应相？"嗣复指道成道："斗将大约将来当应验汝身呢！"原来道成表字绍伯，小名斗将，当丧父时，家乏余资，母陈氏尚亲操井臼。及道成为建康令，冬月尚无缣纩，独奉膳甚厚。陈氏尝撤去兼肉，语道成道："居家务宜勤俭，我得一盘肉食，也好知足了。"未几亦殁。

道成篡宋受禅，追尊父承之为宣皇帝，母陈氏为孝皇后。还有两兄一妻，均先时去世，追封兄道度为衡阳王，道生为始安王。妻刘氏少年寝卧，常有云气拥护，适道成后，治家有法。宋明帝末年，刘亦病殁，升明二年，追赠为齐国妃，齐建元元年，复册谥为昭皇后。补叙萧氏履历，是必不可少之笔。太子赜为皇储，次子嶷为豫章王，三子映为临川王，四子晃为长沙王，五子晔为武陵王，六子暠为安成王，七子锵为鄱阳王，八子铄为桂阳王，九子早夭，十子鉴为广陵王，十一子钧为衡阳王，钧出继道度为嗣，皇孙长懋为南郡王，光前裕后，安国定邦，饶有兴朝气象。

蓦闻魏遣梁郡王拓跋嘉，奉丹阳王刘昶，昶系宋文帝第九子，景和元年奔魏，事见前文。南侵寿阳，齐主道成怡然道："我早料有此着，已派垣崇祖出镇豫州，力能制虏，当不致有他虑。"遂不复调兵遣将，但拨运粮饷，接济寿阳。

小子欲叙寿阳战事，又不得不将北朝事迹，约略补述。自魏主弘传位太子，自居崇光宫，柔然侵魏，弘因嗣主年幼，不能治军，乃复督兵北讨，逐走虏众。嗣复南巡西幸，一再外出，这位淫狡不贞的冯太后，乐得与李奕朝欢暮乐，共效于飞。应二十三回。适尚书李䜣，出为相州刺史，受赃枉法，被人告讦，尚书李敷，暗中袒䜣，替他掩饰，偏为上皇弘所闻，槛车征䜣，考验当死。又欲黜退李敷兄弟，䜣婿裴攸，替䜣设法，谓应讦发李敷兄弟阴事，当可免罪。䜣初意不欲背敷，转思生死攸关，也顾不得旧时僚谊，乃列李敷兄弟罪状三十余条，奏陈上去。弘不禁大怒，立诛李敷兄弟，䜣得减死。未几仍复任尚书。

看官，你想这冯太后贪欢恋爱，与李奕如何情密，平白地将情夫诛死，怎得不痛恨交并！当下嘱使左右，就上皇弘饮食间，暗加鸩毒。弘不知就里，食将下去，须臾毒发，痛得肝肠寸裂，七窍流血，一命呜呼！妇人心肠，如此阴毒。年仅二十三岁。追谥为献文帝，庙号显祖。时为魏主宏延兴六年，即宋主昱元徽四年。点醒年序，令人豁目。

冯太后复临朝称制，改元太和，受尊为太皇太后，知书达事，亲决万机。授兄冯熙为太师中书监。熙恐人情不服，一再乞辞，乃出除洛阳刺史，仍官太师。太卜令王叡，姿貌伟皙，由冯氏特加青睐，令作李奕第二，超拜尚书。秘书令李冲，美秀而文，亦邀私宠。去一得二，其乐也融融。外面却优礼勋旧，如东阳王拓跋丕等，均加厚赏。

丹阳王刘昶，由宋奔魏，迭遭宠遇，三尚公主。至是闻萧氏篡宋，表请声讨，冯太后与群臣计议，许昶规复旧业，世胙江南，作为魏藩，乃发兵数万，号称二十万人，归梁郡王嘉统带，奉昶南下，寿阳大震。豫州刺史垣崇祖，却不慌不忙，想出一条御敌的计策，保守危城，果得建功。小子有诗叹道：

> 扞边端的仗奇谋，胡骑南侵不足忧；
> 借得一泓肥水力，管城城守等金瓯。

毕竟崇祖用何妙计，且看下回分解。

果报二字，为释氏口头禅，儒家亦未尝不守此说。子舆氏曰，杀人之父，人亦杀其父，杀人之兄，人亦杀其兄，然则非自杀之也，一间耳。观于刘裕篡晋，传及四世，而萧道成起而篡宋，与刘裕如出一辙，阴谋攘夺，阳示谦恭，零陵、汝阴，同归于尽。王敬则更明告汝阴王，谓官家先取司马家亦如此，令起刘裕而问之，恐亦不能自解也。天网恢恢，疏而不漏，其报应诚巧矣哉！魏冯太后之弑魏主弘，亦未始非北朝之果报。北朝故事，后宫生子，将为储贰，必先令其母自尽，秕俗相沿，乃有母杀其子之怪剧，是亦一天之巧于报应也。若夫萧道成之奸险，与冯太后之淫乱，则演义已详，无容赘论焉。

第二十七回　膺帝箓父子相继
礼名贤昆季同心

却说齐豫州刺史垣崇祖闻魏兵大至，即设一巧计，命在寿阳城西北，叠土成堰，障住肥水。堰北筑一小城，四周掘堑，使数千人入城居守。将佐统言城小无益，不足阻寇，崇祖笑曰："我设此城，无非为诱敌起见，虏骑远来，骤见城小，必以为一举可拔，悉力尽攻，谋破我堰，我决堰纵水，淹彼不备，就使不尽淹没，也要漂流不少。锐气一挫，自然遁去了！"原是好计。将佐等方无异言。

果然魏兵一至，即攻小城。崇祖自往督御，坐着肩舆，从容登城。魏兵举首仰望，但见他冠服雍容，不穿甲胄，首戴白纱帽，身著白绛袍，好似平居无事一般。大众很是惊讶，唯自恃人多势旺，也不管他什么态度，当即蚁附攻城。不意澎湃一声，大水骤至，城下一片汪洋，害得魏兵无从立足，慌忙倒退。怎奈前队兵士，被后队挤住，一时不能速走，那流水最是无情，霎时间淹去人马，已达千数，余众拼命奔逃，也已拖泥带水，狼狈不堪。这一场的挫败，把魏兵一股锐气，消磨了一大半。崇祖仍将肥堰筑好，还驻寿阳，一面派兵往朐山，令他埋伏城外，与城中相呼应，防敌往攻。魏将梁郡王嘉，心果未死，移师往攻朐山，甫至城下，伏兵齐起，与守卒内外夹击，又杀伤魏兵千余。梁郡王嘉，只好麾众北走，退出豫州境外去了。

先是崇祖在淮上，谒见齐主萧道成，便自比韩信、白起，众皆未信。及捷报入都，齐主语朝臣道："我原料他力能制虏，今果如是，真是朕的韩、白呢！”可惜是为汝爪牙，终累盛名。遂进官都督，号平西将军，增封千五百户。崇祖闻陈显达、李安民等，得增给军仪，因也上表请求，随即奉到朝廷敕书，谓卿才如韩、白，比众不同，今特赐给鼓吹一部，崇祖拜受。又恐魏骑转寇淮北，奏徙下蔡城至淮东。

是年夏季，魏兵果欲攻下蔡，既闻内徙，乃声言当平除故城。崇祖麾下诸将佐，虑虏骑设戍故城，崇祖道："下蔡距镇甚近，虏岂敢立戍，不过欲平城示威罢了。我当率众往击，休使轻视！"遂率众渡淮。正值魏兵毁掘城址，便驱兵杀将过去，吓得魏兵弃去器械，匆匆退走。崇祖趁势奋击，追奔数十里，杀获数千人，到了日暮，才收军回城。垣氏威名，从此远震。

越年，魏兵复侵齐淮阳，军将成买，拒守甬城。齐遣将军李安民、周盘龙等，领兵往援，买亦出城与战。魏兵分头抵敌，很是厉害，买竟战死。李安民、周盘龙等与魏兵相持，未分胜负。那魏兵已战胜买军，并力来围李、周两人，盘龙子奉叔，率壮士二百人，突入魏兵阵内，又被魏兵围住，或言奉叔陷殁，惹得盘龙性起，跃马奋稍，杀入魏阵，所向披靡。奉叔乘隙杀出，闻知乃父陷入，复转身杀进，救父盘龙。父子两骑萦扰，十荡十决，得将魏兵击退。李安民驱军追上，力破魏兵，魏兵约有数万，四散奔逃，乃不敢再窥齐境。刘昶亦打消前念，还居平城。

既而齐遣参军车僧朗，至魏行聘，魏主宏问僧朗道："齐辅宋日浅，何遽登大位？"僧朗答道："唐、虞登庸，身陟元后，魏、晋匡辅，贻厥子孙，这都是因时制宜，不容相提并论呢。"魏主却也不加辩驳，唯赐宴时，尚有宋使一人，因萧齐篡宋，留住魏都，至是也召入列宴，位置在僧朗上首。僧朗不肯就席，宋使出言诟詈，顿时恼动僧朗，拂衣趋出，仍就客馆俟命。刘昶袒护宋使，阴使人刺杀僧朗，魏主宏颇不直刘昶，厚赆丧仪，送榇南归，并遣还宋使。齐主道成，尚欲整兵北伐，只因年将花甲，筋力就衰。有时且患疾病，未免力不从心。

好容易过了四年，褚渊已进任司徒，豫章王嶷，进位司空，兼骠骑大将军，领扬州刺史，临川王映为前将军，领荆州刺史，长沙王晃为后将军，兼护军将军，南郡王长懋为南徐州刺史，安成王暠为江州刺史，召还江州刺史王延之，令为右光禄大夫。未几疾病交作，医治罔效，甚且沉重。自知不起，乃召司徒褚渊，左仆射王俭，至临光殿，面授顾命。且下遗诏道：

朕本布衣素族，念不到此，因藉时来，遂隆大业。风道沾被，升平可期，遘疾弥留，至于大渐。公等奉太子，愿如事朕，柔远能迩，辑和内外，当令太子敦穆亲戚，委任贤才，崇尚节俭，弘宣简惠，则天下之理尽矣。死生有命，夫复何言！

越二日，就在临光殿逝世，年五十六，在位只四年。太子萧赜嗣位，追谥为高皇帝，庙号太祖，窆武进泰安陵。齐主秉性清俭，喜怒不形，博涉经史，善属文，工草隶书。即位后，服御无华，主衣中有玉介导，或作玉导，系是冠簪。谓留此反长病源，命即打碎。后宫器物栏槛，向用铜为装饰，悉改用铁。内宫施黄纱帐，宫人著紫皮履，华盖除金花，爪用铁回钉，尝语左右道："使我治天下十年，当使黄金与土同价。"即使天假之年，恐亦未能得此，且恭俭乃是小善，不能掩篡弑大恶，夸诞何为！

自齐主殁后，嗣主赜力从俭约，尚有父风。赜小字龙儿，为刘昭后所出。刘昭后见上。生赜时，与始陈孝后同梦，见龙据屋上，因字赜为龙儿。赜少受父训，颇具韬略，后来亦屡立战功，至是得承遗统，升殿即位，命司徒褚渊录尚书事，尚书左仆射王俭为尚书令，车骑将军张敬儿为开府仪同三司，司空豫章王嶷为太尉，追册故妃裴氏为皇后。裴氏为左军参军裴玑之女，纳为太子妃，建元三年病殁，予谥曰穆，故前称穆妃，后称穆皇后。立长子长懋为太子，次子子良为竟陵王，三子子卿为庐陵王，四子子响，出为豫章王嶷养子，未得受封，五子子敬为安陆王，六子早夭，七子子懋为晋安王，八子子隆为随郡王，九子子真为建安王，十子子明为武昌王，十一子子罕为南海王，余子并幼，因特缓封。尚有幼弟数人，前尚年少，未得封爵，乃特封皇十二弟锋为江夏王，十五弟锐为南平王，十六弟铿为宜都王，后来又封十八弟铼为晋熙王，十九弟铉为河东王，总计齐祖萧道成，共生十九男，自赜以下至十一子，已见前回，十三十四十七子，早亡无名，史家称为高祖十二王。衡阳王钧出继，不在此例。太子长懋子昭业，亦得受封为南郡王。司徒褚渊，复进位司空。且由嗣主赜召宴东宫，群臣多半列座，右卫率沈文季，与渊谈论，语言间偶有龃龉。渊不肯少让，文季怒道："渊自谓忠臣，他日死后，不知如何见宋明帝！"渊亦老羞成怒，起座欲归，还是齐主赜好言劝解，特赐他金镂柄银柱琵琶。朝秦暮楚，不啻倡伎，应该特赐琵琶。乃顿首拜受，终席始出。

越宿入朝，天气盛热，红日东升，渊用腰扇为障。功曹刘祥，从旁揶揄道：“作这般举止，怪不得没脸见人！但用扇遮面目，有何益处？”渊听入耳中，禁不住开口道：“寒士不逊。”祥冷笑道：“不能杀袁、刘，怎得免寒士！”渊惭不能答，自是愧愤成疾，竟致谢世。渊丰采过人，独眼多白睛，世拟为白虹贯日，指作宋氏亡征。亦太附会。殁时年四十八岁。长子贲为齐世子中庶子，领翊军校尉，既丁父忧，当然免职。及服阕进谒，诏授侍中，领步军校尉，贲固辞不拜。渊曾封南康公，贲当袭爵，他复让与弟蓁，自称有疾。大约是耻父失节，所以守志不仕，营墓终身，这也可谓善干父蛊了。幸有此儿。

越年改元永明，授太尉豫章王嶷领太子太傅，护军将军长沙王晃为南徐州刺史，镇北将军竟陵王子良为南兖州刺史。召还豫州刺史垣崇祖，令为五兵尚书。中兵、外兵、骑兵、别兵、都兵为五兵。改司空咨议荀伯玉为散骑常侍。从前齐主赜为太子时，年已强仕，与乃父同创大业，朝政多由专断，幸臣张景真，骄侈僭拟，内外莫敢言，独司空咨议荀伯玉，密白宫廷，齐祖道成，即命检校东宫，收杀景真，且宣敕诘责太子。赜惊惶称疾，月余尚难回父意，几乎储位被易，幸亏豫章王嶷无意夺嫡，孝悌兼全，王敬则又替赜救解，始免易储。但伯玉益得上宠，赜更引为怨恨，与伯玉势不相容。垣崇祖亦未尝附赜，当破魏入朝时，尝与太祖密谈终夕，赜亦未免怀疑；因此即位改元，便召崇祖入都，佯为抚慰。过了数月，密嘱宁朔将军孙景育，诬告崇祖构煽边荒，意图不轨，伯玉与为勾结，约期作乱等事，遂将崇祖伯玉，收系狱中，论死处斩。

车骑将军张敬儿因佐命有功，很得宠遇，家中广蓄妓妾，奢侈逾恒。初娶毛氏，生子道文，后见尚氏女有美色，竟将毛氏休弃，纳尚氏为继妻。尚氏尝语敬儿道：“从前妾梦一手热，君得为南阳太守，嗣梦一髀热，君得为雍州刺史，近复梦半身热，君得为开府仪同三司，今且梦全体俱热，想又有绝大的喜事了。”要杀头了。敬儿大悦，私语左右，当有人报入宫中。齐主赜不能无疑，敬儿又遣人贸易蛮中，朝廷又疑他勾通蛮族。适华林园设斋超荐，朝臣皆奉敕入园，敬儿亦往。才经入座，即有卫士突出，拿下敬儿。敬儿自脱冠貂，愤然投地道："都是此物误我！"贪图富贵者其听之！下狱数日，便即诛死，子道文、道畅、道固、道休并伏诛，唯少子道庆赦免。聊为汝阴吐气。弟恭儿官至员外郎，留居襄阳，闻敬儿被诛，率数十骑走蛮中。

小子尝阅宋书，得悉敬儿兄弟略迹。敬儿初名狗儿，恭儿名猪儿，宋明帝因他名称鄙俚，改名敬儿、恭儿。敬儿叛宋佐齐，做了一个开国功臣，总道是与齐同休，哪知阅时未几，父子同死刀下，这可见助恶附逆的贼臣，侥幸成功，也不能富贵到底，人生亦何苦不为忠义呢！敬儿本南阳人，曾在襄阳城西，筑造大宅，储积财货。恭儿虽官员外郎，却不愿出仕，并与敬儿异居，自处上保村中，起居饮食，不异凡民，自虑为兄受累，乃窜迹蛮穴。后来上表自首，历陈本末，齐主赜亦知他与兄异趣，下诏原宥，仍得还家。一死一生，公理自见，本书不嫌琐叙，实欲唤醒梦梦。

侍中王僧虔，为宋太保王弘从子，世为宰辅。齐祖萧道成，素与僧虔友善，所以开国前后，特加重任。齐祖善书，僧虔亦善书，两人尝各书一纸，比赛高下，书毕，齐祖笑示僧虔道："谁为第一？"虔答道："臣书第一，陛下书亦第一。"齐祖复笑道："卿可谓善自为谋了。"建元三年，出任湘州刺史，都督湘州诸军事，永明改元，召还都中，授侍中左光禄大夫，开府仪同三司。僧虔累表固辞。尚书令王俭，系僧虔从子，僧虔与语道："汝位登三事，将邀八命褒荣，我若复得开府，是一门有二台司，岂不是更增危惧么！"既而得齐主敕书，收回开府成命，改授侍中特进左光禄大夫。

或问僧虔何故辞荣？僧虔答道："君子所忧无德，不忧无宠，我受秩已丰，衣暖食足，方自愧才不称位，无自报国，岂容更受高爵，加贻官谤！且诸君独不见张敬儿么？敬儿坐诛，不特子姓受殃，连亲戚亦且坐罪。谢超宗门第清华，不让敝族，今亦因张氏赐死，你道可怕不可怕呢！"原来超宗为谢灵运孙，好学有文辞，宋孝武帝时，为新安王子鸾常侍，曾为子鸾母殷淑仪作诔，孝武帝大为叹赏，谓超宗殊有凤毛，当是灵运复出，遂迁为新安王参军。足补前文十九回之阙。后来齐祖萧道成为领军，爱超宗才，引为长史。萧氏受禅，迁授黄门郎，嗣因失仪被黜，竟至免官，超宗未免怨望。及萧赜嗣统，使掌国史，除竟陵王咨议参军，益怏怏不得志。尝娶张敬儿女为子妇，敬儿死后，超宗语丹阳尹李安民道："往年杀韩信，今年杀彭越，尹亦当善自为计！"安民具状奏闻，齐主赜遂收系超宗，夺官戍越，行至豫章，复赐自尽。所以僧虔引为申诫。

僧虔于永明三年病殁，追赠司空，赐谥简穆。王俭本僧绰子，僧绰遇害，俭由僧虔抚养成人。至是为僧虔守制，表请解职。齐主不许，但改官太子少傅。向例太子敬礼师长，二傅从同，此时朝廷易议，太子接遇少傅，视同宾友。太子长懋，颇知好学，每与俭问答经义，俭逐条解释，曲为引申。竟陵王子良，临川王子映，亦尝侍太子侧，互相引证。天演讲学，望重一时，子良尤好宾客，延揽文士。永明五年，进官司徒，他却移居鸡笼山，特开西邸，召集名流，联为文字交。当时如范云、萧琛、任昉、王融、萧衍、谢朓、沈约、陆倕八人，皆有才誉，子良各与相亲，号为八友。次如柳恽、王僧孺、江革、范缜、孔休源等，亦皆预列。唯太子好佛，子良亦好佛，东宫尝开拓玄圃，筑造楼观塔宇。子良亦就西邸中，开厦辟舍，营斋造经，召致名僧，日夕呗诵。萧氏好佛，此为先声。范缜屡言无佛，子良道："汝不信因果，何故有富贵贫贱？"缜答道："人生与花蕊相似，随风飘荡，或吹入帘幌，坠诸茵席，或吹向篱墙，落诸粪坑。殿下贵为帝胄，譬如花坠茵席，下官贱为末僚，譬如花落粪坑，贵贱虽殊，究竟有什么因果呢！"理由亦未尽充足。缜又著《灭神论》，以为神附于形，形存神自存，形亡神亦亡，断没有形亡神存的道理。子良使王融与语道："卿具有美才，何患不得中书郎，奈何矫情立异，自辱泥涂！"缜笑说道："使缜卖论取官，就使不得尚书令，也好列入仆射了。"

范云即缜族兄，子良尝奏白齐主，请简云为郡守，齐主赜道："我闻云卖弄小材，本当依法惩治，就使不尔，亦将饬令远徙。"子良道："臣有过失，云辄规谏，谏草具存，尽可复核。"遂取云谏书上呈，由齐主赜检阅，约百余纸，词皆切直，因语子良道："不意云能如此直言，我当长令辅汝，怎可使他出守！"太子长懋，尝出东田观获，顾语僚佐道："刈此亦殊可观。"众皆唯唯，不复置议，独云趋前进言道："三时农务，关系国计民生，伏愿殿下知稼穑艰难，毋令一朝游佚！"太子闻言，改容称谢。齐主赜素好射雉，云复劝子良进谏，代为属草。大略说是：

鸾舆亟动，天跸屡巡，陵犯风烟，驱驰野泽，万乘至重，一羽甚微，从甚微之欢，忽至重之诫，臣窃以为未可也。顷郊郭以外，科禁严重，匪直刍牧事罢，遂乃窀掩殆废。且田月向登，桑时告至，士女呼嗟，易生噂议，弃民从欲，理未可安。曩时巡幸，必尽威防，领军景先，高帝从子。詹事赤斧，高帝从祖弟。坚甲利兵，左右屯卫。令驰骛外野，交侍疏阔，晨出晚还，顿遗清道，此实愚臣最所震迫耳。况乎卫生保命，人兽不殊，重躯爱体，彼我无异，故语云闻其声不食其肉，见其生不忍其死。今以万乘之尊，降同匹夫之乐，夭杀无辜，易致伤仁害福。菩萨不杀，寿命得长，施物安乐，自无恐怖，姑无论驰射之足以致危，即此动辄伤生，亦非陛下祈天永命之意。臣本庸愚，齿又未及，以管窥天，犹知得失，庙廊之士，岂阍是非，未闻一人开一说，为陛下远害保身，非但面从，亦畏威耳！臣若不启，陛下于何闻之？

齐主赜览表，颇为感动，不复出射。

会因连年无事，齐主有志修文，特命王俭领国子祭酒，就在俭宅开学士馆，举前代四部书，充入馆中。俭夙娴礼学，谙究朝仪国典，所有晋、宋故事，无不记忆，当朝理事，判决如流，发言下笔，皆有精彩。十日一还学，监试诸生，巾卷在庭，剑卫令史，仪容甚盛，自作解散髻，斜插帻簪，朝野吏士，相率仿效。俭尝语人道："江左风流宰相，唯有谢安。"言下寓有自拟意。恐怕勿如。至永明七年，遇疾而殁，年才三十八岁。礼官欲谥为文献。吏部尚书王晏，与俭有嫌，特入启齐主道："此谥自宋氏以来，不加异姓。"齐主赜乃令改谥文宪，追赠太尉侍中中书监，旧封南昌公，仍使如故。一切丧葬礼制，悉依前太宰褚渊故事。小子有诗咏王俭道：

斜簪散髻号风流，侈拟东山转足羞。
谢傅不为桓氏党，如何附势倡奸谋！

未几为永明八年，巴东王子响，忽有谋反消息，又惹起一番兵祸来了。究竟子响是否谋反？容待下回表明。

萧赜嗣位，即杀垣崇祖、荀伯玉，盖亦一雄猜之主也。崇祖为萧齐健将，御虏有功，正宜令彼扞边，永作干城，乃以青宫私怨，诬罪处死，其冤最甚。伯玉亦无可杀之罪，挟嫌报怨，置诸死地，究属非宜，即如张敬儿之伏诛，诛之可也，令诛者为齐主萧赜，不可也。彼佐齐篡宋，甘为贼首，虽死尚有余辜，但于齐则固为佐命功臣，杀之不以道，我且为敬儿呼冤矣。褚渊、王俭，身为贰臣，皆不足道。王僧虔因贵知惧，犹不失为智士，然赍宋玺绶，送入齐宫，对诸袁粲、刘秉，当有愧色。绳以春秋贼讨之义，其亦褚渊之流亚乎？长懋兄弟，敬师下士，颇有可取；然江左文人，尚风流而少气节，虽得百士，亦属无补。且佞佛呗经，几与村妪相似，是亦不足观也已。

第二十八回　造孽缘孽儿自尽
全愚孝愚主终丧

却说巴东王子响，系齐主赜第四子，本出为豫章王嶷养儿。嶷早年无子，后来连生五男，乃命将子响还本，进封巴东王。永明七年，由江州刺史调镇荆州，都督荆、襄、雍、梁、宁、南北秦七州军事。子响少年好武，膂力绝人，能开四斛重硬弓。自选壮士六十人，被服甲胄，随从左右。莅镇年余，辄在内斋杀牛置酒，犒飨壮士，又令内人私作锦袍绛袄，与蛮人交易器仗。长史刘寅等，密表上闻。齐主赜遣使查问，子响拒不见面，先将刘寅等拿下，一一杀毙。朝使奔归阙下，报明齐主，齐主当然动怒，即召将军戴僧静入朝，令他统兵万人，往讨子响。

僧静奏道："巴东王少年喜事，不知审慎，长史等亦操持太急，忿不思难，所以致此。试想天子儿过误杀人，也没有什么大罪，骤然遣军西进，反致人情惶惧，恐非良策，还请陛下三思！"僧静所奏，似是而非。齐主乃别遣卫尉胡谐之，游击将军尹略，中书舍人茹法亮，带领甲仗数百人，驰往江陵，查捕群小，且传诏道："子响若束身来归，当许保全生命。"

谐之等行至江津，筑城燕尾洲，遣传诏石伯儿，诣江陵城抚慰子响，子响闭门不纳，但白服登城，呼语伯儿道："天下岂有儿子叛父的道理？长史等捏造蜚言，负我太甚，所以将他杀死。我罪不过擅杀，便当单骑还阙，自请处分，何必筑城相逼，欲捉我报功呢！"伯儿返报燕尾洲，尹略愤然道："擅杀长史，罪已非轻，今又拒绝诏使，还好说是不反么？"遂欲整众攻城。

子响闻报，乃杀牛具酒，遣使至燕尾洲犒军。略将来使拘住，所有牛酒，悉委江流。太为造孽，所以速死。

子响又使人走告法亮，愿见传诏，法亮复把他拘系。于是子响怒起，洒泪誓众，集得府州兵卒二千人，即令养士六十人为前导，从灵溪西渡，直薄燕尾洲，自与百余人跨马后随，押着连臂弓数十张，接应前军。尹略不管好歹，一闻叛兵驰至，即驱兵出敌，趋至堤上，正遇叛兵相值，不暇问答，便与交锋，叛兵头目王冲天，左手执盾，右手执刀，恶狠狠的向前冲突，略挺枪拦阻，才经数合，杀得略气喘吁吁，臭汗直流。慌忙虚幌一枪，勒马返奔，不防叛兵里面，发出无数硬箭，没头没脑的射来。略正叫苦不迭，忽听见飕的一声，那箭镞已射着项后，贯入颈中，一时忍不住痛，晕落马下。巧巧王冲天追到，顺手一刀，剁作两段。该死。余众死了一半，逃还一半。王冲天持盾陵城，茹法亮胆怯即奔，胡谐之亦弃城退走。燕尾洲的城垒，被王冲天毁去。

齐主赜接得败报，再遣丹阳尹萧顺之，率军讨逆。顺之为齐祖道成族弟，尝从齐祖为军副，所向有功。顺之为梁主萧衍父，故特别提明。石头一役，黄回顺流直下，由顺之坐据朱雀桥，从容镇定。回夙仰威名，始不敢进攻。补二十五回所未及。齐祖倚若左右手。赜为太子时，顺之尝至东宫问讯，豫章王嶷在侧，赜指示道："我家若非此翁，无以致今日！"及赜既嗣祚，颇相忌惮，故不使入居台辅，但封为临乡县侯，授领军将军，兼丹阳尹。此次奉命西行，威声先达，叛兵望风生畏，相率散去。王冲天也无能为力了。

子响知事不济，自乘小舰赴建康。太子长懋，素忌子响，密与顺之书，谓须早为了结，勿令生还。顺之乃截住子响。子响穷蹙，进见顺之，乞顺之代为申诉，顺之不许。又请随诣阙前，自行请死，顺之又不许。子响乃索纸笔，手书绝启，托顺之代呈，随即解带自经，年只二十三岁。其启文中有云：

> 刘寅等入斋检校，具如前启。臣罪既山海，分甘斧钺，奉敕遣胡谐之、茹法亮等，俯赐重劳，胡、茹竟无宣旨，便建旗入津，对城南岸，筑城相逼。臣累遣书信，招呼法亮，乞白服相见，乃卒不见从，遂致群小惶怖，酿成攻战，此臣之罪也。臣于是月二十五日，束身投军，希还

天阙，停宅一月，臣自取尽，可使齐代无杀子之讥，臣无逆父之谤，既不遂心，今便命尽。临启哽咽，知复何陈！

顺之窜改数语，方才进呈，廷臣又奏绝子响属籍，乃削夺爵邑，废为庶人，改姓为蛸。余党依次搜捕，分别定罪，刘寅等统皆赠官。后来齐主赜游华林园，见一猿跳掷悲鸣，不觉奇诧起来。左右进言道："猿子前日坠崖，竟致跌死，所以老猿如此哀鸣！"齐主赜览物生感，禁不住悲从中来，太息泪下。先是高祖弥留，尝戒赜道："宋氏非骨肉相残，他族怎得乘弊？汝宜知戒，勿忘予言！"赜涕泣受教，嗣位后待遇子弟，虽不甚苛刻，但亦未尝相亲。长沙王晃为南徐州刺史，罢职归都，载还兵仗数百人，赜尝禁诸王蓄养私仗，闻晃违命犯法，立欲科罪，亏得豫章王嶷顿首代请道："晃罪原不足宥，但陛下当忆先朝，垂爱白象！"说至此，呜咽不能成声。赜亦泣下，乃搁置不提。白象系晃小字，最得父宠，故嶷有此言。武陵王晔，尝入宫侍宴，醉后伏地，冠上貂抄入肉柈。音槃，义亦相通。齐主赜笑道："肉且污貂，岂不可惜！"晔因醉忘情，率尔奏对道："陛下未免爱羽毛，疏骨肉了！"齐主不禁变色，饶有怒容。既而游宴东田，诸王皆应召趋至，独不闻召晔。豫章王嶷面请道："风景颇佳，诸弟毕集，可惜只缺一武陵！"齐主赜乃宣晔入宴，酒后命诸王赌射，晔连发数矢，无不中的。遂顾语四座道："手法如何？"座间多半喝彩，唯齐主有不悦状，嶷已窥破隐情，即面白齐主道："阿五平日，没有这般善射，今日仰仗天威，所以发无不中。"好兄弟，我愿崇拜之。齐主赜乃开颜为笑，畅饮而归。补入此段，以表齐主赜之好猜。至子响缢死，不得丧葬，豫章王嶷复上疏乞请道：

臣闻将而必戮，炳自春秋，罄于甸人，著于经礼，犹怀不忍之言，尚有如伦之痛，岂不事因法往，情以恩留？故庶人蛸子响，识怀靡树，见沦不逞，肆愤一朝，取陷凶德，遂使迹怜非孝，事近无君，身膏草野，未云塞衅。但枨矢倒戈，归罪司戮，即理原心，亦既迷而知返，衅骨不收，辜魂莫赦，抚今追往，载伤心目。伏愿一下天矜，爰诏蛸氏，使得安兆末郊，旋窆余麓，微列苇枨之容，薄申封树之礼，岂仅穷骸被德，实且天下归仁。臣属忝皇枝，偏蒙友睦，以臣继别未安，子响言承出命，提携鞠养，抚恩成人。虽辍胤蕃条，归体璇萼，循执之念不移，传训之怜何已？敢冒宸严，布此悲诚，涕泣上闻！

齐主赜始尚未许，嶷经嶷入宫申请，乃命将子响营葬，赐封鱼复侯。嶷身长七尺八寸，善持容范，文物卫从，礼冠百僚。每出入殿省，人皆瞻仰，他却深自敛抑，事上甚谨，对下亦恭，始终保全同气，曲意周旋。每见父兄盛怒，辄婉言劝解，片语回天。乃父原是钟爱，乃兄亦友爱日深，就是内外大臣，亦无一与忤，相率敬服。道成有此佳儿，却是难得。

永明五年，嶷进位大司马，至七年表求还第。有诏令嶷子子廉，代镇东府，遇有军国重事，常召入咨询，或且就第与商。有时车驾出游，必令嶷相随。嶷妃庾氏有疾，内侍屡奉旨往省，及疾已渐瘳，齐主挈领妃嫔，统往嶷宅庆贺，且先敕外监道："朕往大司马第，不啻还家，汝等但当清道，不必屏除行人。"既至嶷第，趋入后堂，张乐设饮，欢宴终日。嶷执卮上寿，且语齐主道："古来颂祝圣寿，尝谓寿如南山，就是世俗相沿，亦必称皇帝万岁，愚以为言近虚浮，反欠切实，如臣所怀，愿陛下寿享百年，意亦足了！"齐主笑道："百年何可必得，但教东西一百，便足济事。"嶷矍然道："陛下年逾大衍，臣年亦将半百，百岁已周，怕不能再过百年么？"齐主亦自觉失言，一笑而罢。饮至月上更催，方率宫人还宫。

偏齐主酒后率词，竟同谶语。转瞬间为永明十年，嶷正四十九岁，忽然抱病，病且日甚，齐主屡往问视，遍召名医诊治，无如寿数已尽，药石难回。长子子廉，次子子恪，侍疾在侧，嶷顾语道："人生在世，本无常境，我年已老，死不为夭，但望汝兄弟共相勉厉，笃睦为先，才有优劣，位有通塞，运有富贫，这是理数使然，不必强求，若天道有灵，汝等各自修立，便足保全世祚。勤学行，守基业，治闺庭，尚闲素，如此自无忧患。圣主储君及诸亲贤，当不以我死易情，我死后丧葬从俭，祭祀毋丰，我虽才愧古人，颇不以遗财为累，所余薄资，汝有弟未婚，有妹未嫁，可量力办理。后事甚多，不能尽告，汝兄弟依理而行，我死亦瞑目了！"遗训足传后世。子廉等垂泪受教。嶷又申述己意，命子廉草遗启道：

臣自婴今患，亟降天临。医走术官，泉开藏府，慈宠优渥，备极人臣。臣生年疾迫，遽阴无几，愿陛下审贤与善，极寿苍昊，强德纳和，为亿兆御。臣命违昌数，奄夺恩怜，长辞明世，伏涕呜咽！

启奏草就，齐主又自来审视，握手唏嘘。嶷略说数语，无非是启中大意。齐主尚嘱他保重，流涕自去。傍晚又枉驾过问，嶷已口不能言，对着齐主一喘而终。齐主悲不自胜，掩面还宫。越宿即下诏道：

宠章所以表德，礼秩所以纪功，慎终追远，前王之盛策，累行酬庸，列代之通诰。故使持节都督扬、南徐二州诸军事大司马、领太子太傅扬州牧豫章王嶷，体道秉哲，经仁纬义，挺清誉于弱龄，发韶风于早日，缔纶霸业之初，翼赞皇基之始，孝睦著于乡闾，忠谅彰乎邦邑。及秉德论道，总牧神甸，七教必荷，六府咸理，振风润雨，无愆于时候，恤民拯物，有笃于矜怀。雍容廊庙之华，仪形列郡之观，神凝自远，具瞻允集。朕友于之深，情兼家国，方授以神图，委诸庙胜。缉颂九弦，陪禅五岳。天不憖遗，奄焉薨逝，哀痛伤惜，震恸乎厥心。今先远戒期，寅谋袭吉，宜加茂典以协徽猷，可赠假黄钺都督中外诸军事扬州牧，具九服锡命之礼，侍中大司马太傅王如故。给九旒鸾辂，黄屋左纛，虎贲班剑百人，辒辌车前后部羽葆鼓吹葬送，仪依汉东平献王故事，以示朕不忘勋亲之至意。

嶷殁后第库无现钱，一切丧葬费用，皆由国库支给，原不消说。齐主又月给现钱百万，赡养子孙，并赐谥文献。自夏经秋，内廷不举乐，不设宴，好算君臣兄弟，善始善终了。原是叔世所罕闻。是年授司徒竟陵王子良为尚书令，领扬州刺史，更命西昌侯萧鸾为尚书左仆射。鸾系齐祖道成兄子。父即始安王道生，道生早殁，鸾年尚幼，为叔父所抚养。宋泰豫元年，出为安吉令，颇有吏才，升明中累迁淮南、宣城二郡太守。齐建元二年，封西昌侯，调郢州刺史。永明元年入为侍中，领骁骑将军，至是复擢为尚书左仆射，渐渐的位高望重，专制朝权。这且待后再表。隐伏一案。

且说魏主宏秉性孝谨，事无大小，悉禀命慈闱。宏本后宫李夫人所出，由冯太后抚养成人。见二十三回。宏为太子，李夫人依例赐死，宏终不知为谁氏所生，但从幼随着太后冯氏，视祖母如生母一般，所以乃父遇害，越觉孝顺太后。太后冯氏，已尊为太皇太后，临朝称制，乐得恣行威福，任意欢娱。尚书王睿，出入闺闼，不数年便为宰辅，加封至中山王，赏赐无算，已而睿死，赐谥立庙，令文士作诔，约百余篇。秘书令李冲，是太后第二情夫，密加赐赉，也不可胜纪。宦官王琚、张祐、符承祖等，送暖迎新，非常得宠，自微阉拔为大官，居然得拜爵崇封。

太后自知内行不谨，常令权阉侦察内外，遇有谤言丑语，立刻捕至，也不关白魏主，便即杀毙。青州刺史南郡王李惠，为魏主宏母舅，所历各郡，颇有政声，只不合评谤宫闱，致为冯太后所闻，竟诬他谋逆，屠戮全家。唯待遇勋旧，恩礼不衰。就使宠臣有过，亦不肯少恕，动加箠楚，多至百余，少亦数十。不过性无宿憾，过必罚，功必赏，往往昨日受刑，明日升官，所以人无怨言，反愿效死。这是英雄手段。

中书令光禄大夫高允，历事五朝，出入三省，居官五十余年，资望最隆，年逾九十，因老乞归。冯太后怀念老成，仍用安车征至平城，拜为中书监，特命乘车入殿，朝贺不拜，且使他申定律令。允老眼无花，按律审刑，折衷至当，尝慨然叹道：“刑狱为人命所系，不容轻忽。古称至德如皋陶，明刑弼教，应无枉滥，后嗣子孙，英六先亡。况在常人，可不再三审慎么！”冯太后代主下诏，谓允家贫养薄，饬传乐部十人，五日一诣允第奏乐娱允，朝晡给膳，朔望致牛酒，月给衣服绵绢，入见备几杖。垂问政事，允知无不言。魏主宏太和十一年，允病殁都城，年九十八，追赠司空，予谥曰文。

越三年冯太后病殂，年四十九。魏主宏哀毁过礼，勺饮不入口，约有五日。何不使李冲等殉葬。群臣上章固谏，始进一粥，王公表请依例茔葬，魏主宏有诏答道：“奉侍梓宫，犹希仿佛，山陵迁厝，尚未忍闻！”王公等又复固请，乃奉葬永固陵。太尉荣阳王拓跋宏，申请勉抑至情，循行旧典。魏主宏又道：“祖宗志在武略，未遑修文，朕仰禀圣训，思习古道，论时比事，与先世不同。况圣人制礼，卒哭变服，夺情以渐，今甫及旬日，即从吉服，岂非有违古礼么？”秘书丞李彪道：“汉明德马后，保养章帝，后崩后葬不淹旬，旋即从吉，章帝不受讥，明德不损名，愿陛下垂察！”魏主宏复道：

“朕眷恋衰绖，情所未忍，并非矫饰沽名，且公卿尝称四海晏安，礼乐日新，可以参美唐、虞，今乃苦夺朕志，使朕不得逾魏、晋，究是何意？”群臣尚未及答，魏主宏申说道：“朕闻高宗谅闇，三年不言，若不许朕衰绖视事，理应拱默礼庐，委政冢宰，二事唯公卿所择！”尚书游明根对道：“渊默不言，大政将旷，仰顺圣心，请从衰服！”魏主宏呜咽道：“朕处不言地位，不应如此喋喋；但公卿欲夺朕情，遂至烦言，追念慈恩，叫朕如何释念哩！”说至此，号哭而入。顾小失大，迂愚可笑。群臣亦流涕退出。

既而有诏颁发，决行期年衰服，近臣亦皆服衰，外臣得变服就练，七品以下，除服从吉，于是公卿以下，莫敢异议，追谥太皇太后，为文明太后，且屡次谒祭永固陵。

越年元旦，魏主宏乃临朝听政。看官，你道魏主宏这般孝思，究竟是大孝呢，还是小孝呢？想看官阅过上文，应知冯太后这般行为，不该出此孝孙，小子也无容评断了。不贬之贬，尤甚于贬。

齐主萧赜，特派散骑常侍裴昭明，侍郎谢竣，如魏吊丧，意欲朝服行事。魏命著作郎成淹，据经辩驳。昭明等无词可答，乃改易吊服，魏亦命散骑常侍李彪，随使报聘。既至齐廷，齐为置宴设乐，彪固辞道：“主上孝思罔极，兴坠正失，朝臣虽除衰绖，尚是素服从事，使臣何敢仰叨盛贶呢！”齐主见他尽礼，颇加器重，因撤乐留饮，馆待数日。及彪陛辞北还，车驾亲送至琅琊城，且命群臣赋诗，作为嘉宠。彪亦申谢而去。嗣是南北又复通使，彪六次往返，均不辱命。那魏主宏却有心复古，正祀典，作明堂，营太庙，周年祥祭，易服终哭，谒永固陵，哀瘠殊甚。

先是冯太后在日，忌宏英敏，恐于己不利，尝在严寒时候，幽诸空室，绝食三日，意欲把他废立，还幸朝右大臣，上疏切谏，因得释出。嗣又由权阉暗中谗构，致宏无故受杖，宏竟毫不介意。

及丧已逾期，还是哭泣不休，魏臣多退有后言。可巧隆冬大旱，兼遇大风，司空穆亮，借此进谏。谓天子父天母地，子或过哀，父母亦必不欢，今和气不应，未始非过哀所致，愿陛下袭轻裘，御常膳，庶使天人交庆云云。魏主宏却下诏辩驳，说是孝悌至行，无所不通。今飘风旱气，是由诚慕未深，不能格天，所言咎本过哀，殊为未解等语。

冯太后尝欲家世贵宠，简选冯熙二女，充入掖廷。后宫林氏，生皇子恂，魏主宏拟废去故例，不令林氏自尽，独冯太后不肯俯允，迫令依旧施行。恂尚未得立储，林氏却先勒死。到了太和十七年，魏主终丧，始知生母为李夫人，追尊为思皇后，并册谥故妃林氏为贞皇后。唯总不忘冯氏旧恩，续立冯熙次女为皇后，长女为昭仪。昭仪系是庶出，所以妹尊姊卑。只是娥眉争宠，狐媚工谗，免不得要捣乱宫闱了。小子有诗叹道：

背父忘仇已不伦，哪堪更尔顾私情？
国风敝笱贻讥久，二女如何再近身！

北朝方隐构内衅，南朝又迭报大丧。欲知一切情形，待至下回申叙。

子响非真好叛者，误在任性好杀，不明是非。戴僧静谓其忿不思难，固也。谓天子儿杀人，无甚大罪，则其言实谬。法为天下共守之法，岂人主所得而私废乎？茹法亮、尹略等，又激动兵戈，致子响身罹大戮，投缳自尽，不足为冤。但齐主赜纵容于先，抑勒于后，失君臣之义，伤父子之情，感猿兴悲，嗟何及哉！豫章王嶷，仁恕廉谨，德望冠时，史家以嶷比周公，原为过誉。唯庸中佼佼，铁中铮铮，叔季有此人，应当崇拜，亟表扬之以风后世，亦尚论者应有事耳。魏冯太后亲弑上皇，律以不共戴天之义，嗣主宏应负深仇；况秽渎宫闱，淫乱禁掖，拘而废之，亦为通变达权之举。顾乃生尽孝养，没尽哀思，祖父不可忘，君父独可忘乎？忘君不忠，忘父不孝，忠孝已乖，反与仇人而事之，淫后而尊之，可已不已，不可已而已，斯其所以为蛮夷之孝也夫！

第二十九回　萧昭业喜承祖统
魏孝文计徙都城

却说齐主赜永明十一年，太子长懋有疾，日加沉重，齐主赜亲往东宫，临视数次，未几谢世，享年三十六岁，殓用衮冕，予谥文惠。长懋久在储宫，得参政事，内外百司，都道是齐主已老，继体在即。忽闻凶耗，无不惊惋。齐主赜抱痛丧明，更不消说。后经齐主履行东宫，见太子服玩逾度，室宇过华，不禁转悲为恨，饬有司随时毁除。

太子家令沈约正奉诏编纂宋书，至欲为袁粲立传，未免踌躇，请旨定夺。齐主道："袁粲自是宋室忠臣，何必多疑！"说得甚是。约又多载宋世祖孝武帝骏。太宗明帝彧。诸鄙琐事，为齐主所见，面谕约道："孝武事迹，未必尽然，朕曾经服事明帝，卿可为朕讳恶，幸勿尽言！"约又多半删除，不致芜秽。

齐主因太子已逝，乃立长孙南郡王昭业为皇太孙，所有东宫旧吏，悉起为太孙官属。既而夏去秋来，接得魏主入寇消息。正拟调将遣兵，捍守边境，不意龙体未适，寒热交侵，乃徙居延昌殿，就静养疴。乘舆方登殿阶，蓦闻殿屋有衰飒声，不由的毛骨森竖，暗地惊惶。死兆已呈。但一时不便说出，只好勉入寝门，卧床静养。偏北寇警报，日盛一日，雍州刺史王奂，正因事伏诛，乃亟遣江州刺史陈显达，改镇雍州及樊城。又诏发徐阳兵丁，扼守边要。竟陵王子良，恐兵力不足，复在东府募兵，权命中书郎王融为宁朔将军，使掌召募事宜。会有敕书传出，令子良甲仗入侍。子良应召驰入，日夕侍疾。太孙昭业，间日参承，齐主恐中外忧惶，尚力疾召乐部奏技，藉示从容。怎奈病实难支，遽致大渐，突然间晕厥过去，惊得宫廷内外，仓猝变服。独王融年少不羁，竟欲推立子良，建定策功，便自草伪诏，意图颁发。适太孙闻变驰至，融即戎服绛袍，出自中书省阁口，拦阻东宫卫仗，不准入内。太孙昭业，正进退两难，忽由内侍驰出，报称皇上复苏，即宣太孙入侍，融至此始不敢阻挠，只好让他进去。其实子良却并无妄想，与齐主谈及后事，愿与西昌侯萧鸾，分掌国政。当有诏书发表道：

> 始终大期，贤圣不免，吾行年六十，亦复何恨；但皇业艰难，万几事重，不能无遗虑耳。太孙进德日茂，社稷有寄，子良善相毗辅，思弘治道，内外众事，无论内外，可悉与鸾参决。尚书中是职务根本，悉委王晏、徐孝嗣，军旅捍边之略，委王敬则、陈显达、王广之、王玄邈、沈文季、张瓌、薛渊等，百辟庶僚，各奉尔职。谨事太孙，勿复懈怠，知复何言！

又有一道诏书，谓丧祭须从俭约，切勿浮靡，凡诸游费，均应停止。自今远近荐献，务尚朴素，不得出界营求，相炫奢丽。金粟缯纩，弊民已多，珠玉玩好，伤工尤重，应严加禁绝，不得有违。后嗣不从奈何？是夕齐主升遐，年五十四，在位十一年。中书郎王融，还想拥立子良，分遣子良兵仗，扼守宫禁，萧鸾驰至云龙门，为甲士所阻，即厉声叱道："有敕召我，汝等怎得无礼？"甲士被他一叱，站立两旁。鸾乘机冲入，至延昌殿，见太孙尚未嗣位，诸王多交头接耳，不知何语。时长沙王晃已经病殁，高祖诸子，要算武陵王鞾为最长，此次也在殿中。鸾趋问道："嗣君何在？"晕即朗声道："今若立长，应该属我，立嫡当属太孙。"鸾应声道："既立太孙，应即登殿。"晕引鸾至御寝前，正值太孙视殓，便掖令出殿，奉升御座，指麾王公，部署仪卫，片刻即定。殿中无不从命，一律拜谒，山呼万岁。子良出居中书省，即有虎贲中郎将潘敞，奉著嗣皇面谕，率禁军二百人，屯居太极殿西阶，防备子良。子良妃袁氏，前曾抚养昭业，颇加慈爱，昭业亦乐与亲近。及闻王融谋变，因与子良有隙。成服后诸王皆出，子良乞留居殿省，俟奉葬山陵，然后退归私第，奉敕不许。王融恨所谋不遂，释服还省，谒见子良，尚有恨声道："公误我！公误我！"子良爱融才学，尝大度包容，所以融有唐突，子良皆置诸不理，一笑而罢。越宿传出遗诏，授武陵王晕为卫将军，与征南大将军陈显达，并开府仪同三司，西昌侯鸾为尚书令，太孙詹事沈文季为护军，竟陵王子良为太傅。又越数日，尊谥先帝赜为武皇帝，庙号世祖。追尊文惠皇太子长懋为世宗文皇帝，文惠皇太子妃王氏为皇太后。立皇后何氏。何氏为抚军将军何戢女，永明二年，纳为南郡王妃，此时从西州迎入，正位中宫。先是昭业为南郡王时，曾从子良居西州，文惠太子常令人监制起居，禁止浪费。昭业佯作谦恭，阴实佻达，尝夜开西州后阁，带领僮仆，至诸营署中，召妓饮酒，备极淫乐。每至无钱可使，辄向富人乞贷，无偿还期。富人不敢不与。师史仁祖，侍书胡天翼，年已衰老，由文惠太子拨令监督。两人苦谏不从，私相语道："今若将皇孙劣迹，上达二宫，恐不免触怒皇孙。且足致二宫伤怀。若任他荡佚，无以对二宫；倘有不测，不但罪及一身，并将尽室及祸。年各七十，还贪什么余生呢？"遂皆仰药自杀。二人亦可谓愚忠。昭业反喜出望外，越加纵逸，所爱左右，尝预加官爵，书黄纸中，令他贮囊佩身，俟得登九五，依约施行。女巫杨氏，素善厌祷，昭业私下密嘱，使咒诅二宫，替求天位。已而太子有疾，召令入侍，他见着太子时，似乎愁容满面，不胜忧虑；一经出外，便与群小为欢。及太子病逝，临棺哭父，擗踊号咷，仿佛一个孝子，哭罢还内，又是纵酒酣饮，欢笑如恒。世祖赜欲立太孙，尝独呼入内，亲加抚问，每语及文惠太子，昭业不胜呜咽，装出一种哀慕情形。世祖还道他至性过人，呼为法身，再三劝慰，因此决计立孙，预备继统。至世祖有疾，又令杨氏祈他速死，且因何妃尚在西州，特暗致一书，书中不及别事，但中央写一大喜字，外环三十六个小喜字，表明大庆的意思。有时入殿问安，见世祖病日加剧，心中非常畅快，而上却很是忧愁。世祖与谈后事，有所应诺，辄带凄声，世祖始终被欺，临危尚嘱咐道："我看汝含有德性，将来必能负荷大业；但我有要嘱，汝宜切记！五年以内，诸事悉委宰相，五年以后，勿复委人，若自作无成，可不致怨恨了！"哪知他不能逾期。昭业流涕听命。至世祖弥留时候，握昭业手，且喘且语道："汝……汝若忆翁，汝……汝当好作！"说到作字，气逆痰冲，翻目而逝。昭业送终视殓，已不似从前失怙时，擗踊哀号。到了登殿受贺，却是满面喜容。礼毕返宫，竟把丧事撇置脑后，所有后宫诸妓，悉数召至，侑酒作乐，声达户外。此时原不必瞒人了。

过了十余日，便密饬禁军，收捕王融，拘系狱中。融既下狱，乃嘱使中丞孔稚珪，上书劾融，说他险躁轻狡，招纳不逞，诽谤朝政，应置重刑，于是下诏赐死。融母系临川太守谢惠宣女，夙擅文艺，尝教融书学，因得成才。可惜融恃才傲物，常怀非望，每自叹道："车前无八驺，何得称丈夫！"至是欲推戴子良，致遭主忌，因即罹祸。融上疏自讼，不得解免，更向子良求救，子良已自涉嫌疑，阴怀恐惧，哪里还敢援手？坐令二十七岁的卓荦青年，从此毕命！少年恃才者，可援以为戒。融临死自叹道："我若不为百岁老母，还当极言！"原来融欲指斥昭业隐恶，因恐罪及老母，所以含忍而终。

齐嗣主昭业既斩融以泄恨，遂封弟昭文为新安王，昭秀为临海王，昭粲为永嘉王。尊女巫杨氏为杨婆，格外优待。民间为作《杨婆儿》歌。奉祖柩出葬景安陵，未出端门，即托疾却还，趋入后宫，传集胡伎二部，夹阁奏乐，这真所谓纵欲败度，痴心病狂了。

小子前叙世祖遇疾时，曾有北寇警报，至昭业嗣位，反得淫荒自盗，不闻外侮，究竟魏主曾否南侵，待小子补笔叙明。魏主宏雅怀古道，慨慕华风，兴礼乐，正风俗，把从前辫发遗制，毅然更张，也束发为髻，被服衮冕。且分遣牧守，祀尧舜，祭禹周公，谥孔子为文圣尼父，告诸孔庙，另在中书省悬设孔像，亲行拜祭，改中书学为国子学，尊司徒尉元为三老，尚书游明根为五更，又养国老庶老，力仿三代成制。

他尚日夕筹思，竟欲迁都洛阳，宅中居正，方足开拓宏规，因恐群臣不从，特议大举伐齐，乘便徙都。先在明堂右个，斋戒三日，乃命太常卿王谌筮易。可巧得了一个革卦，魏主宏喜道："汤武革命，顺天应人，这是最吉的爻筮了！"尚书任城王拓跋澄趋进道："陛下奕叶重光，帝有中土，今欲出师南伐，反得革命爻象，恐未可谓全吉哩。"魏主宏变色道："繇云大人虎变，何为不吉？"任城王澄道："陛下龙兴已久，如何今才虎变？"魏主宏厉声道："社稷是我的社稷，任城乃欲沮众么？"澄又道："社稷原是陛下所有，臣乃是社稷臣，怎得知危不言！"魏主宏听了此言，却亦觉得有理，乃徐徐申说道："各言己志，亦属无伤。"

说毕，启驾还宫，复召澄入议，屏人与语道："卿以为朕真要伐齐么？朕思国家肇兴北土，徙都平城，地势虽固，但只便用武，不便修文，如欲移风易俗，必须迁宅中原。朕将借南征名目，就势移居，况筮易得一革卦，正应着改革气象，卿意以为何如？”澄乃欣然道：“陛下欲卜宅中土，经略四海，这是周汉兴隆的规制，臣亦极愿赞成！”魏主宏反皱眉道：“北人习常恋故，必将惊扰，如何是好？”澄又道：“非常事业，原非常人所能晓，陛下果断自圣衷，想彼亦无能为了。”魏主笑道：“任城原不愧子房哩。”汉高定都关中，想是魏主记错。遂命作河桥，指日济师。一面传檄远近，调兵南征。部署至两月有余，乃出发平城，渡河南行，直达洛阳。

适天气秋凉，霖雨不止，魏主宏饬诸军前进，自著戎服上马，执鞭指麾。尚书李冲等叩马谏阻道：“今日南下，全国臣民，统皆不愿，独陛下毅然欲行，臣不知陛下独往，如何成事！故敢冒死进谏。”冲果拼死，何不从冯太后于地下！魏主宏发怒道：“我方经营天下，有志混一，卿等儒生，不知大计，国家定有明刑，休得多渎！”说着，复扬鞭欲进。安定王拓跋休等，又叩首马前，殷勤泣谏，魏主宏说道：“此次大举南来，震动远近，若一无成功，如何示后？今不南伐，亦当迁都此地，庶不至师出无名。卿等如赞成迁都，可立左首，否则立右。”定安王休等均趋右侧，独南安王拓跋桢进言道：“天下事欲成大功，不能专徇众议，陛下诚撤回南伐，迁都雒邑，这也是臣等所深愿，人民的幸福呢！”说毕，即顾语群臣，与其南伐，宁可迁都，群臣始勉强应诺，齐呼万岁。于是迁都议定，入城休兵。

李冲复入白道：“陛下将定鼎雒邑，宗庙宫室，非可马上迁移，请陛下暂还平城，俟群臣经营毕功，然后备齐法驾，莅临新都，方不至局促哩。”魏主宏怫然道：“朕将巡行州郡，至邺小停，明春方可北归，今且缓议。”冲不敢再言。魏主即遣任城王澄驰还平城，晓谕留司百官，示明迁都利害，且饯行嘱别道：“今日乃真所谓革呢。王其善为慰谕，毋负朕命！”澄叩辞北去，魏主宏尚虑群臣异议，更召卫尉卿征南将军于烈入问道：“卿意何如？”烈答道：“陛下圣略渊远，非浅见所可测度，不过平心处议，一半乐迁，一半尚恋旧呢。”魏主宏温颜道：“卿既不倡异议，便是赞同，朕且深感卿意。今使卿还镇平城，一切留守庶政，可与太尉丕等悉心处置，幸勿扰民！”于烈亦拜命即行。原来魏太尉东阳王丕，与广陵王羽，曾留守平城，未尝随行，故魏主复有是命。

魏主宏乃出巡东墉城，征司空穆亮，与尚书李冲，将作大匠董爵，经营洛都。自从东墉趋河南城，顺道诣滑台，设坛告庙，颁诏大赦，再启驾赴邺。凑巧齐雍州刺史王奂次子王肃，奔避家难，王奂伏诛，见上文。驰至邺城，进谒魏主，泣陈伐齐数策。魏主已经解严，不愿南伐，唯见他语言悲惋，计议详明，不由的契合入微，与谈移晷。嗣是留侍左右，器遇日隆，或且屏人与语，到了夜半，尚娓娓不倦，几乎相见恨晚，旋即擢肃为辅国将军。

适任城王澄，自平城至邺，报称“留司百官，初闻迁都计划，相率惊骇，经臣援引古今，譬谕百端，已得众心悦服，可以无虞。”魏主宏大喜道：“今非任城，朕几不能成事了。”随即召入王肃，谕以朕方迁都，未遑南伐，俟都城一定，当为卿复仇。卿为江左名士，应素习中朝掌故，所有我朝改革事宜，一以委卿，愿卿勿辞！”肃唯唯遵谕，便替魏主草定礼仪，一切衣冠文物，逐条裁定，次第呈入，魏主无不嘉纳，留待施行。当下在邺西筑宫，作为行在。又命安定王休，率领官属，往平城迎接家属，自在行宫过了残冬。

越年为魏太和十八年，即齐主昭业隆昌元年，魏中书侍郎韩显宗，上书陈事，共计四条：一是请魏主速还北都，节省游幸诸费，移建洛京，二是请魏主营缮洛阳，应从俭约，但宜端广衢路，通利沟渠；三是请魏主迁居洛城，应施警跸，不宜徒率轻骑，涉履山河；四是请魏主节劳去烦，啬神养性，惟期垂拱司契，坐保太平。魏主宏颇以为然，乃于仲春启行，北还平城。

留守百官迎驾入都，魏主宏登殿受朝，面谕迁都事宜。燕州刺史穆罴出奏道：“今四方未定，不应迁都，且中原无马，如欲征伐，多形不便。”魏主宏驳道：“厩牧在代，何患无马，不过代郡在恒山以北，九州以外，非帝王所宜都，故朕决计南迁。”尚书于栗又接入道：“臣非谓代地形胜，得过伊洛。但自先帝以来，久居此地，吏民相安，一旦南迁，未免有拂众情。”魏主听了，面有愠色，正要开口诘责，东阳王丕复进议道：“迁都大事，当询诸卜筮。”魏主宏道：“昔周召圣贤，乃能卜宅。今无贤圣，问卜何益？且卜以决疑，不疑何卜！自古帝王以四海为家，或南或北，随地可居。朕远祖世居北荒，平文皇帝即拓跋郁律。始居东木根山，昭成皇帝即什翼犍。更营盛乐，道武皇帝即拓跋珪。迁都平城。朕幸叨祖荫，国运清夷，如何独不得迁都呢？”群臣始不敢再言。魏主宏又复西巡，幸阴山，登阅武台，遍历怀朔、武川、抚冥、柔玄四镇。及还至平城，已值秋季。到了初冬，闻洛阳宫阙，营缮粗竣，便即亲告太庙，使高阳王拓跋雍，及镇南将军于烈，奉神主至洛阳，自率六宫后妃，及文武百官，由平城启行，和鸾锵锵，旗旐央央，驰向洛都来了。小子有诗咏道：

霸图造就慕皇风，走马南来抵洛中；
用夏变夷怀远略，北朝嗣主亦英雄。

魏主迁洛的时候，正值齐廷废立的期间，欲知废立原因，且看下回演叙。

冢子先亡，嫡孙承重，此系古今通例，毫不足怪。萧昭业为文惠太子之胤，太子殁而昭业继，祖孙相承，不背古道。议者谓昭业淫慝，难免覆亡，不若王融之推立子良，尚得保全齐高之一脉，其说是矣；然天道远，人道迩，立孙承祖，人道也。孙无道而覆祖业，天道也。帝乙立纣，不立微子，后世不能归咎于太史，以是相推，则于萧鸾乎何尤，王融妄图富贵，叛道营私，何足道哉！魏主宏南迁洛阳，本诸独断，后世又有讥其轻弃根本，侈袭周、汉故迹，以至再传而微。夫国家兴替，关系政治，与迁都无与，政治修明，不迁都可也；即迁都亦无不可也。否则株守故土，亦宁能不危且亡者！必谓魏主宏之迁都失策，亦属皮相之谈。本回于萧鸾之拥立太孙，魏主宏之迁都洛邑，各无贬词，良有以也。

第三十回　上淫下烝丑传宫掖
内应外合刃及殿庭

却说齐嗣主昭业，即位逾年，改元隆昌。自思从前不得任意，至此得了大位，权由己出，乐得寻欢取乐，快活逍遥，每日在后宫厮混，不论尊卑长幼，一味儿顽皮涎脸，恣为笑谑。世祖时穆妃早亡，不立皇后，后宫只有羊贵嫔、范贵妃、荀昭华等，已值中年，尚没有什么苟且事情。独昭业父文惠太子宫内，尚有几个宠姬，多半是年貌韶秀，华色未衰。不过贞淫有别，品性不同。就中有一霍家碧玉，年龄最稚，体态风骚，当文惠太子在日，也因她柔情善媚，格外见怜，此时嫠居寂寞，感物伤怀，含着无限凄楚，偏昭业知情识趣，眉去眼来，一个是不衫不履，自得风流，一个是若即若离，巧为迎合，你有情，我有意，渐渐的勾搭上手，还有什么礼义廉耻。更有宦官徐龙驹，替两人作撮合山，从旁怂恿，密为安排。好一个牵头。于是云房月窟，暗里绸缪，海誓山盟，居然伉俪，说不尽的鸾颠凤倒，描不完的蝶浪蜂狂。龙驹又想出一法，只说度霍氏为尼，转向皇太后王氏前，婉言禀闻。王太后哪识奸情，便令将霍氏引去，龙驹竟导至西宫，令与昭业彻夜交欢，恣情行乐，并改霍氏姓为徐氏，省得宫廷私议，贻笑鹑奔。此外又选入许多丽姝，充为妾媵，就是两宫中的侍女，也采择多人。不过霍氏是文惠幸姬，格外著名，昭业更格外宠爱，所以齐宫丑史，亦格外播扬。

更可丑的是皇后何氏，也是一个淫妇班头。她在西州时候，因昭业入宫侍奉，耐不住孤帐独眠，便引入侍书马澄，与他私通。及迎入为后，与昭业虽仍恩爱，但昭业是见一个，爱一个，见两个，爱一双，仍使何后独宿中宫，担受那孤眠滋味。她前时既已失节，此时何必完贞。可巧昭业左右杨珉，生得面白唇红，丰姿楚楚，由何后窥入眼中，便暗令宫女导入，赐宴调情。杨珉原是个篾片朋友，既承皇后这般厚待，还有什么不依，数杯酒罢，携手入帏，为雨为云，不消细说。那时昭业上烝庶母，何后下私幸臣，尔为尔，我为我，两下里各自图欢，倒也无嫌无疑，免得争论。却是公平交易。

昭业不特渔色，并好佚游，每与左右微服出宫，驰骋市里，或至乃父崇安隧中，掷涂赌跳，作诸鄙戏，兴至时滥加赏赐，百万不吝，尝握钱与语道："我从前欲用汝一枚，尚不可得，今日须任我使用了！"钱神有知，应答语道：快用快用，明年又轮不着用了！

先是世祖赜生平好俭，库中积钱五亿万，斋库亦积钱三亿万，金银布帛，不可胜计。昭业更得任情挥霍，视若泥沙，祖宗为守财奴，子孙往往如此。尝挈何后及宠姬，入主衣库，取出各种宝器，令相投击，砰磅砰磅的好几声，悉数破碎，昭业反狂笑不置。或令阉人竖子，随意搬取，顷刻垂尽。中书舍人綦毋珍之、朱隆之，直阁将军曹道刚、周奉叔，各得宠眷。珍之内事谄媚，外恣威权，所有宫廷要职，必须先赂珍之，论定价值，然后由珍之列入荐牍。一经保奏，无不允行。珍之任事才旬月，家累巨万。往往不俟诏旨，擅取官物，及滥调役使，有司辄相语云："宁拒至尊敕，难违舍人命！"

宦官徐龙驹得受命为后阁舍人，常居含章殿，戴黄纶帽，披黑貂裘，南面向案，代主划敕，左右侍直与御坐前无异。这是做牵头的好处。卫尉萧谌，为世祖赜族子，世祖尝引为宿卫，使参机密。征南咨议萧坦之，与谌同族，曾充东宫直阁，昭业因二人同为亲旧，亦加信任。谌或出宿，昭业常通宵不寐，直待谌还直宫中，方得安心。坦之出入后宫，每当昭业游宴，必令随侍。昭业醉后忘情，脱衣裸体，坦之扶持规谏，略见信从；但后来故态复萌，依然如故。何皇后私通杨珉，恐事发得罪，所以对着昭业，比前尤昵，曲意承欢。昭业喜不自胜，迎后亲戚入宫，使居耀灵殿，斋阁洞开，彻夜不闭，内外淆杂，无复分别，好似那混沌世界，草昧乾坤。想是子业转世来亡齐祚。

当时恼动了一位宰辅，屡次上疏，规戒主恶。怎奈言不见听，杳无复谕，自欲入宫面奏，又常被周奉叔阻住禁门，不准放入。情急智生，由忧生愤，遂欲仿行伊、霍故事，想出那废立的计谋。这人为谁？就是尚书令西昌侯萧鸾，特笔提叙，喝起下文。鸾拥立昭业，得邀重任，政无大小，多归裁决。武陵王晕，虽亦见倚赖，但政治经验，未能及鸾，所以遇事推让。竟陵王子良已被嫌疑，只好钳口不言，免滋他祸。

鸾专握朝纲，见嗣主纵欲怙非，不肯从谏，乃引前镇西咨议参军萧衍，与谋废立。衍劝鸾待时而动，不疾不徐。鸾怅然道："我观世祖诸子，多半庸弱，唯随王子隆，世祖第八子。颇具文才，现今出镇荆州，据住上游，今宜预先召入，免滋后患。唯他或不肯应召，却也可忧。"衍答道："随王徒有美名，实是庸碌，部下并无智士，只有司马垣历生，太守卞白龙，作为爪牙，二人唯利是图，若给他显职，无有不来！随王处但费一函，便足邀他入都了。"鸾抚掌称善，即征历生为太子左卫率，白龙为游击将军。果然两人闻信，喜跃前来。再召子隆为抚军将军，子隆亦至。鸾又恐豫州刺史崔慧景，历事高、武二朝，未免反抗，因即遣萧衍为宁朔将军，往戍寿阳，慧景还道是意外得罪，白服出迎，由衍好言宣慰，偕入城中。那萧鸾既抚定荆、豫，释去外忧，便好下手宫廷，专除内患。

萧坦之、萧谌两人本系昭业心腹，因见昭业怙恶不悛，也恐祸生不测。鸾乘间运动，把两萧引诱过来，晓以祸福利害，使他俯首帖耳，乐为己用，然后使坦之入奏，请诛杨珉。昭业转告何后，何后大骇，流涕满面道："杨郎直呼杨郎曾否知羞？年少无罪，何可枉杀！"昭业出见坦之，也将何后所说，复述一遍，坦之请屏左右，密语昭业道："杨珉与皇后有情，中外共知，不可不诛！"昭业愕然道："有这般事么？快去捕诛便了。"坦之领命，忙去拿下杨珉，牵出行刑。何皇后闻报，急至昭业前跪求，哭得似泪人儿一般。昭业也觉不忍，便命左右传出赦诏。甘作元绪公。哪知坦之早已料到此着，一经推出杨珉，便即处决。至赦文传到，珉已早头颅落地了。牡丹花下死，做鬼也风流。诏使返报昭业，昭业倒也搁起，独何后记念情郎，不肯忘怀，一行一行的泪珠儿，几不知滴了多少。

坦之虑为所谮，向鸾问计。鸾正欲诛徐龙驹，便嘱坦之贿通内侍，转白何后，但言杨珉得罪，统是龙驹一人唆使。坦之依计而行，何后不知真假，便深恨龙驹，请昭业速诛此人，昭业尚未肯应允，再经鸾一本弹章，令坦之递呈进去，内外夹迫，教龙驹如何逃生！刑书一下，当然毕命。

杨、徐既除，要轮到直阁将军周奉叔了，奉叔恃勇挟势，陵轹公卿，尝令二十人带着单刀，拥护出入，门卫不敢诃，大臣不敢犯。尝哓哓语人道："周郎刀，不识君！"鸾亦亲遭嫚侮，所以决计翦除。当下嘱使二萧，劝昭业调出奉叔，令为外镇。昭业耳皮最软，遂出奉叔为青州刺史。奉叔乞封千户侯，亦邀俞允。独萧鸾上书谏阻，乃止封奉叔为曲江县男，食邑三百户。奉叔大怒，持刀出阁，与鸾评理。鸾不慌不忙，从容晓谕，反把奉叔怒气，挫去了一大半，没奈何受命启行。部曲先发，自入宫面辞昭业，退整行装，跨马欲走。鸾与萧谌矫敕召奉叔入尚书省，俟奉叔趋入省门，两旁突出壮士，你一锤，我一挝，击得奉叔脑浆迸流，死于非命。鸾始入奏，托言奉叔侮蔑朝廷，应就大戮。昭业拗不过萧鸾，且闻奉叔已死，也只好批答下来，准如所请。只能欺祖考，不能欺萧鸾。

溧阳令杜文谦尝为南郡王侍读，至是语綦母珍之道："天下事已可知了！灰尽粉灭，便在旦夕，不早为计，将无噍类呢！"珍之道："计将安出？"文谦道："先帝旧人，多见摈斥，一旦号召，谁不应命？公内杀萧谌，文谦愿外诛萧令，就是不成而死，也还有名有望，若迟疑不断，恐伪敕复来，公赐死，父母为殉，便在眼前了！"珍之闻言，犹豫未决。不到旬日，果为鸾所捕，责他谋反，立即斩首。连杜文谦也一并拘住，骈首市曹。

武陵王晕忽尔病终，年只二十八。竟陵王子良时已忧闷成病，力疾吊丧，一场哀恸，益致困顿。既而形销骨立，病入膏肓，便召语左右道："我将死了！门外应有异征。"左右出门了望，见淮中鱼约万数，浮出水上，齐向城门。不禁惊讶异常，慌忙回报，子良已痰喘交作，奄然而逝了，年三十有五。

子良为当时贤王，广交名士，天下文才，萃集一门。又有刘瓛兄弟，素具清操，无心干进，子良欲延瓛为记室，瓛终不就。继除步兵校尉，又复固辞。京师文士，多往从学，世祖且为瓛立馆，拨宅营居，生徒皆贺。瓛叹道："室美反足为灾，如此华宇，奈何作宅！幸奉诏可作讲堂，尚恐不能免害呢！"子良折节往谒，瓛与谈礼学，不及朝政。年四十余，尚未婚娶，历事祖母及母，深得欢心。母孔氏很是严明，尝呼瓛小字，指语亲戚道："阿称阿瓛小字。便是今世曾子呢。"后奉朝命，娶王氏女。王女凿壁挂履，土落孔氏床上，孔氏不悦，瓛即出妻。年五十六病终。子良移厨至瓛宅，嘱瓛徒刘绘花缜等，代为营斋。后世为瓛立碑，追谥贞简先生。

瓛弟琎亦甚方正，与瓛同居，瓛至夜间，隔壁呼进共语，琎下床着衣，然后应瓛。瓛问为何因？琎答道："向尚未曾束带，所以迟迟。"又尝与友人孔澈同舟，澈目注岸上女子，琎即与他隔席，不复同坐。子良为他延誉，由文惠太子召入东宫，遇事必咨，琎每上书，辄焚削草稿。寻署琎为中兵兼记室参军，病殁任所。刘瓛兄弟，系叔季名士，故特笔带叙。

及子良逝世，士类同声悲悼，独昭业素有戒心，至是很觉欣慰，不过形式上表示褒崇，赙赠加厚，算作饰终尽礼罢了。看官听说！这武陵王晕，与竟陵王子良，本是高武以后著名的哲嗣，位高望重，民具尔瞻，此次迭传耗问，失去了两个柱石，顿使齐廷阒寂，所有军国重权，一古脑儿归属萧鸾。昭业虽进庐陵王子卿世祖第三子。为卫将军，鄱阳王锵高帝第七子。为骠骑将军，究竟两人资望尚浅，比萧鸾要逊一筹。鸾又得加官中书监，进号镇军大将军，开府仪同三司。自是权势益隆，阴谋益急，废立两字的声浪，渐渐传到昭业耳中。

昭业尝私问鄱阳王锵道："公可知鸾有异谋否？"锵素和谨，应声答道："鸾在宗戚中，年齿最长，并受先帝重托，谅无他意。臣等少不更事，朝廷所赖，唯鸾一人，还请陛下推诚相待，勿启猜疑！"昭业默然不答。过了数日，又商诸中书令何胤。胤系何后从叔，后尝呼胤为三父，使直殿省。昭业与谋诛鸾，胤不敢承认，但劝昭业耐心待时。

昭业乃欲出鸾至西州，且由中敕用事，不复向鸾关白。鸾知昭业忌己，急谋诸左仆射王晏，及丹阳尹徐孝嗣，乞为臂助，两人亦情愿附鸾。会由尼媪入宫，传达异闻，昭业又召问萧坦之道："镇军与王晏萧谌，意欲废我，传闻藉藉，似非虚诬，卿果有所闻否？"偏偏问着此人，真是昭业快死。坦之变色道：变色二字，甚妙。"天下宁有此事！好好一个天子，谁乐废立？朝贵亦不应造此讹言，想是诸尼媪挑拨是非，淆惑陛下，陛下切勿轻信！况无故除此三人，何人还能自保呢？"昭业似信非信，复商诸直阁将军曹道刚。道刚为昭业心腹，即密与朱隆之等设法除鸾。尚未举行，鸾已有所闻，急告坦之。坦之转白萧谌，谌答道："始兴内史萧季敞，南阳太守萧颖基，已奉调东都，我正待他到来，共同举事，较易成功。"坦之道："曹道刚、朱隆之等，已有密谋，我不除他，他将害我，卫尉若明日不举，恐事已无及了！弟有百岁老母，怎能坐听祸败？只好另作他计呢。"谌被他一吓，不由的惶遽起来，亟向坦之问计。坦之与他附耳数语，谌连声称善。当即约定次日起事，连夜部署，准备出发。

一宵易过，转瞬天明，谌令兵士早餐，食毕入宫，正与曹道刚相遇。道刚惊问来由，才说一语，刃已入胸，倒毙地上，肠已流出。谌麾众再进，又碰着朱隆之，乱刀直上，挥作数段。直后将军徐僧亮怒气直冲，扬声号召道："我等受主厚恩，今日应该死报！"说着，即拔刀来斗，究竟寡不敌众，也被萧谌杀死。萧鸾继入云龙门，内着戎服，外被朱衣，踉跄趋进，急至三次失履。王晏、徐孝嗣、萧坦之、陈显达、王广之、沈文季等，一并随入，宫中大扰。昭业在寿昌殿，闻有急变，忙使内侍闭住殿门。门甫阖就，外面已喊声大震，萧谌引着数百人，斩关直入。昭业骇极，奔入徐姬房，与姬诀别，徐姬也抖作一团，涕泗滂沱。这便是先笑后号咷。

两人正无法可施，偏喊声又复四集，昭业遽起，拔剑出鞘，吞声饮恨道："他……他不过要我性命，我就自了罢！"说着，用剑自刺，急得徐姬抢前来救，将昭业抱住，连呼陛下动不得动不得。何不前日作此语？昭业见徐姬满面泪容，凄声欲绝，禁不住心软手颤，坠剑落地。俄而萧谌驰入，逼昭业出殿庭，昭业自用帛缠颈，随谌出延德殿。宿卫将士，皆隶谌麾下，作壁上观。昭业也竟无一言，被谌引入西斋，就昭业颈上缠帛，把他勒毙，年止二十一岁。遂舆尸出殡徐龙驹故宅，一面奉萧鸾命，收捕嬖幸，并及改姓无耻的徐姬，尽行牵出，一刀一个，了结残生。绝妙徐娘，又好与昭业作地下鸳鸯了。

鸾顾语大众道："废君立君，目下应属何人？"已有自立意。徐孝嗣应声道："看来只好立新安王！"鸾微笑道："我意也是如此，但必须作太后令，卿可急速起草。"孝嗣道："已早缮就了。"说着，即从袖中取出一纸，递呈与鸾。鸾略阅一周，便道："就是这样罢。"当下将令文宣布，大略说是：

自我皇历启基，受终于宋，睿圣继轨，三叶重光。太祖以神武创业，草昧区夏，武皇以英明提极，经纬天人，文帝以上哲之资，体元良之重，虽功未被物，而德已在民。三灵之眷方永，七百之基已固。嗣主特钟沴气，爰表弱龄，险戾著于绿车，愚固彰于崇正，狗马是好，酒色方湎，所务唯鄙事，所嫉唯善人。世祖慈爱曲深，每加容掩，冀年志稍改，立守神器。自入纂鸿业，长恶滋甚。居丧无一日之哀，缞绖为欢宴之服，昏酣长夜，万机斯壅，发号施令，莫知所从。阉竖徐龙驹专总枢密，奉叔珍之，互执权柄。自以为任得其人，表里缉穆，迈萧、曹而愈信布，倚泰山而坐平原。于是恣情肆意，罔顾天显，二帝姬嫔，并充宠御，二宫遗服，皆纳玩府，内外混漫，男女无别。丹屏之北，为酤鬻之所，青蒲之上，开桑中之肆。又微服潜行，信次忘返，端委以朝虚位，交战而守空宫。宰辅忠贤，尽诚奉主，诛锄群小，冀能悛革，曾无克己，更深怨憾。公卿股肱，以异己置戮，文武昭穆，以德誉见猜，放肆丑言，将行屠脍，社稷危殆，有过缀旒。昔太宗克光于汉世，简文代兴于晋氏，前事之不忘，后人之师也。镇军居正体道，家国是赖，伊霍之举，实寄渊谟，便可详依旧典，以礼废黜。新安王体自文皇，睿哲天秀，宜入嗣鸿业，永宁四海，即当以礼奉迎，使正大位。未亡人属此多难，投笔增慨，不尽欲言！

看官阅过前回，应知新安王就是昭文，系文惠太子第二子。当时曾任中军将军，领扬州刺史，年方十五。由萧鸾等迎入登台，授鸾为骠骑大将军，录尚书事，兼领扬州刺史，晋封宣城郡公。颁诏大赦，改隆昌元年为延兴元年。复奉太后命令，追废故主昭业为郁林王，何皇后为王妃。总计昭业在位，仅得一年。小子有诗叹道：

到底欢娱只一年，两斋毙命亦堪怜；
早知如此遭奇祸，应悔当初恶未悛！

昭文即位，朝局粗定，除萧鸾晋爵外，还有一番封赏。欲知底细，须待下回表明。

宋有子业，齐有昭业，好似天生对偶，名相似而迹亦略同。且子业时代，有会稽公主谢贵嫔之淫乱，昭业时代，有霍宠姬何皇后之淫污，男女宣淫，又若后先一辙；其稍有不同者，则子业好杀，昭业尚不如也。宋湘东王彧，屡濒于危，不得已而图一逞，死中求生，情尚可原。齐西昌侯萧鸾，权倾中外，诛杨珉、徐龙驹，杀周奉叔、綦毋珍之，一举即成，不烦智力。假使有伊尹之志，放昭业于崇安隧中，用正人以辅导之，亦未始不可为太甲，乃必谋废立，杀主西斋，为将来篡逆之先声，以视湘东王彧之所为，毋乃过甚！本回演述大意，始则归咎昭业，继则归罪萧鸾，盖与二十一回之文法，隐判异同，明眼人自能灼见也。

第三十一回　杀诸王宣城肆毒　篡宗祚海陵沉冤

却说新安王昭文嗣位，封赏各王公大臣，进鄱阳王锵为司徒，随王子隆为中军大将军，卫尉萧谌为中领军，司空王敬则为太尉，车骑大将军陈显达为司空，尚书左仆射王晏为尚书令，西安将军王玄邈为中护军。此外亲戚勋旧，各有迁调，不及细表。独萧鸾从子遥光遥欣，本没有什么大功，不过遥欣为始安王道生长孙，得袭封爵。此次复为鸾效力，因特授南郡太守，不令莅镇，仍留为参谋。遥光除兖州刺史，嗣又命遥欣弟遥昌，出为郢州刺史。鸾已有心篡立，所以将从子三人，布置内外，树作党援。

鄱阳王锵，随王子隆，年龄俱未及壮，但高武嗣子，半即凋零，要算锵与子隆，名位最崇，资望亦最著。萧鸾阴实忌他，外面却佯表忠诚，每与锵谈论国事，声随泪下。锵不知有诈，还道他是心口相同，本无歹意；实则朝廷内外，统已看透萧鸾诡秘，时有戒心。

制局监谢粲，私劝锵及子隆道："萧令跋扈，人人共知，萧鸾已进录尚书事，粲尚呼为萧令，是沿袭旧称。此时不除，后将无及！二位殿下，但乘油壁车入宫，奉天子御殿，夹辅号令，粲等闭城上仗，谁敢不从？东府中人，当共缚送萧令，去大害如反掌了"恐也未必。子隆颇欲依议，锵独摇首道："现在上台兵力，尽集东府，鸾为东府镇守，坐拥强兵，倘或反抗，祸且不测，这恐非万全计策呢！"我亦云然，但此外岂竟无良策么？

已而马队长刘巨复屏人语锵，叩头苦劝。锵为所怂恿，命驾入宫。转念吉凶难卜，有母在堂，须先禀诀为是。乃复折回私第，入白生母陆太妃。陆太妃究系女流，听着这般大事，吓得魂不附体，慌忙出言谕止，累得锵迟疑莫决，只在家中绕行。盘旋了好半日，天色已晚，尚未出门。事为典签所闻，典签官名，即记室之类。竟驰往东府告鸾。鸾立遣精兵二千人，围攻锵第。锵毫无预备，只好束手就死。谢粲、刘巨，俱为所杀。

子隆方待锵入宫，日暮未闻启行，黄昏又无消息。正拟就寝，忽闻有人入报，鄱阳王居第已被东府兵围住了。子隆料知有变，但也没法自防，不得不听天由命。统是没用人物。过了片刻，那东府兵已蜂拥前来，排墙直入，子隆无从逃匿，坐被乱兵杀死。两家眷属，并皆遇害，财产抄没。锵年才二十六，子隆年只二十一，一叔一侄，携手入鬼门关去了。

江州刺史晋安王子懋，系子隆第七兄，闻二王罹祸，意甚不平，遂欲起兵赴难。自思生母阮氏，尚居建康，应先事往迎，免得受害，乃密遣人入都，迎母东行。偏阮氏临行时，使人报知舅子于瑶之，令自为计，传文作兄子瑶之，疑有误。瑶之反驰白萧鸾。自为计则得矣，如亲谊何！鸾即奏称子懋谋反，自假黄钺督军，内外戒严，立派中护军王玄邈，率兵往讨子懋。一面遣军将裴叔业，与于瑶之径袭寻阳。

子懋与防阁军将陆超之、董僧慧商议，以湓城为寻阳要岸，恐都军沂流掩击，即拨参军乐贲率兵三百人往守。裴叔业等乘船西上，驶至湓城，见城上有兵守着，便不动声色，但扬言奉朝廷命，往郢州行司马事。当下悬帆直上，掉头自去。城中兵见他驶过，当然放心，夜间统去熟睡。不意到了三更，竟有外兵扒城进来，一声喧噪，杀入署中。乐贲仓皇惊醒，披衣急走，才出署门，兜头碰着裴叔业，大呼速降免死！贲知不可脱，没奈何伏地乞降。叔业收纳乐贲，据住湓城。因闻子懋部曲，多雍州人，骁悍善战，不易攻取，乃更使于瑶之诣寻阳城，往赚子懋。

子懋因湓城失陷，正在着忙，召集府州将吏，登城捍御。忽见瑶之叩门，还疑是戚谊相关，前来相助，便命开城迎入。瑶之视了子懋，行过了礼，便开口说道："殿下单靠一座孤城，如何久持！不若舍仗还朝，自明心迹，就使不能复职，也可在都下作一散官，仍得保全富贵，决无他虑！"子懋被他一说，禁不住心动起来。寻阳参军于琳之，系瑶之亲兄，此时也从旁闪出，与乃兄一唱一和，说得子懋越加移情。琳之复劝子懋重赂叔业，使他代为申请，洗刷前愆。子懋已为所迷，遂取出金帛，使琳之随兄同往。琳之见了叔业，非但不为子懋说情，反教叔业掩取子懋。叔业即遣裨将徐玄庆，率四百人随着琳之，驰入州城。

子懋正坐斋室中，静待琳之归报，蓦闻门外有蹴踏声，惊起出视，只见琳之带着外兵，各执着亮晃晃的宝刀，踊跃而来。不由的大骇道："汝从何处招来兵士？"琳之瞋目道："奉朝廷命，特来诛汝！"子懋乃怒叱道："刁诈小人，甘心卖主，天良何在！"言未已，琳之已趋至面前。子懋退入斋中，被琳之抢步追入，揿住子懋，用袖障面，外边跟进徐玄庆，顺手一刀，头随刀落，年只二十三。死由自取，不得为枉。

琳之取首出斋，徇示大众，那时府中僚佐，早已逃避一空，剩得几个仆役，怎能反抗！此外有若干兵民，统是顾命要紧，乐得随风披靡，顺从了事。可巧王玄邈大军亦到，见城门洞开，领兵直入。琳之、玄庆等接着，报明情形，玄邈大喜，复分兵搜捕余党。

兵士捕到董僧慧，僧慧慨然道："晋安举兵，仆实预谋，今为主死义，尚复何恨！但主人尸骸暴露，仆正拟买棺收殓，一俟殓毕，即当来就鼎镬！"玄邈叹道："好一个义士！由汝自便。我且当牒报萧公，贷汝死罪！"僧慧也不言谢，自去殓葬子懋。子懋子昭基，年方九岁，被系狱中，用寸绢为书，贿通狱卒，使达僧慧。僧慧顾视道："这是郎君手书，我不能援救，负我主人！"遂号恸数次，呕血而亡！

还有陆超之静坐寓中，并不避匿。于琳之素与超之友善，特使人通信，劝他逃亡。超之道："人皆有死，死何足惧！我若逃亡，既负晋安王厚眷，且恐田横客笑人！"田横齐人，事见汉史。玄邈拟拘住超之，囚解入都，听候发落。偏超之有门生某，妄图重赏，佯谒超之，觑隙闪入超之背后，拔刀奋砍，头已坠下，身尚不僵。超之非羿，其徒恰似逢蒙。遂携首往报玄邈。玄邈颇恨门生无礼，但一时不便诘责，仍令他携首合尸，厚加殡殓。大殓已毕，门生助举棺木，棺忽斜坠，巧巧压在门生头上。一声脆响，颈骨已断，待至旁人把棺扛起，急救门生，已是晕倒地上，气绝身亡！莫谓义士无灵！玄邈闻报，也不禁叹息，唯受了萧鸾差遣，只好将昭基等械送入都，眼见是不能生活了。

鸾复遣平西将军王广之，往袭南兖州刺史安陆王子敬。系武帝第五子。广之命部将陈伯之为先驱，佯说是入城宣敕。子敬亲自出迎，被伯之手起刀落，砍倒马下。后面即由广之驰到，城中吏民，顿时骇散。经广之揭张告示，谓罪止子敬，无预他人，于是吏民复集，稍稍安堵。广之飞使报鸾，鸾更遥饬徐玄庆，顺道西上，往害荆州刺史临海王昭秀。

玄庆轻车简从，驰抵江陵，矫传诏命，立召昭秀同归。荆州长史何昌寓，料有他变，独出见玄庆道："仆受朝廷重寄，翼辅外藩，今殿下未有过失，君以一介使来，即促殿下同去，殊出不情！若朝廷必须殿下入朝，亦当由殿下启闻，再听后命。"玄庆见他理直气壮，倒也不好发作，乃告辞而去。嗣由正式诏使，征昭秀为车骑将军，别命昭秀弟昭粲继任，昭秀乃得安然还都。

萧鸾续命吴兴太守孔琇之，行郢州事，且嘱使杀害晋熙王銶。高帝第十八子。琇之不肯受命，绝粒自尽。乃改遣裴叔业西行，翦除上流诸王。叔业自寻阳至湘州，湘州刺史南平王锐，拟迎纳叔业。防阁将军周伯玉朗声道："这岂出自天子意？为今日计，宜收斩叔业，举兵匡扶社稷，名正言顺，何人不依！"快人快语。锐年才十九，没甚主见，典签在旁，呵叱伯玉，竟勒令下狱。待叔业入城，矫诏杀锐，又将伯玉杀死。叔业再趋向郢州，也是依法泡制，銶年十六，更加懦弱，服毒了命。更由叔业驰往南豫州。豫州刺史宜都王铿，高帝第十六子。也不过十八岁，惊惶失措，也被叔业勒毙。

上游诸王，已经尽歼，叔业欣然东还，复告萧鸾。萧鸾遂自为太傅，领扬州牧，进爵宣城王，引用当时名士，与商大计，指日篡位。侍中谢朏不愿附逆，求出为吴兴太守，得请赴郡。用酒数斛，贻送吏部尚书谢瀹，且附书道："可力饮此，勿预人事！"统做好好先生，自然乱贼接踵。原来瀹系朏弟，朏恐他好事惹祸，故有此嘱。宣城王鸾，尚恐人情未服，不免加忧。骠骑咨议参军江祏面请道："大王两胛上生有赤志，便是肩擎日月。何不出示众人，俾知瑞异！"鸾点首无言。适晋寿太守王洪范，入都谒鸾，鸾便袒臂相示，且故意密语道："人言此是日月相，愿卿勿泄！"洪范道："公有日月在躯，如何可隐？当为公极力宣扬！"鸾佯为失色，洪范退后，却暗暗喜欢，欣慰不置。桂阳王铄，高帝第八子。与鄱阳王锵齐名，锵好文章，铄好名理，时称鄱桂。鄱阳王遇害，铄由前将军迁任中军将军，并开府仪同三司。他本来流连诗酒，不愿与闻政事。此时勉强接任，明知鸾不怀好意，也因没法推辞，虚与周旋。一日往东府见鸾，坐谈片刻，还语侍读山悰道："我日前往见宣城王，王对我呜咽，即夕害死鄱阳、随郡二王，今日宣城见我，又复流涕，且面有愧色，恐我等也要受害哩！"自知颇明，惜不能先几远引。是夕心惊肉跳，很觉不安。果然到了夜半，有东府兵斩关突入，把铄杀毙，年只二十四。

铄以下诸弟，便是始兴王鉴，高帝第十子。曾为秘书监，领石头戍事，时已去世；又次为江夏王锋，锋有才行，并有武力，任骁骑将军。至是贻书责鸾，说他残虐宗族，忍心害理，鸾引为深恨。只因他勇武过人，不敢遣兵入第，但使他出祀太庙，就庙中埋伏甲士，俟锋登车前来，突出害锋。锋从车上跃下，挥拳四击，前至数人，皆被击倒，怎奈来兵甚众，四面攒殴，且手中尽执刀械，绕身攒刺，任你江夏王如何骁悍，毕竟赤手空拳，寡不敌众，身上受了数十创，大吼而亡，年只二十。

鸾又遣典签何令孙，往杀建安王子真。武帝第九子。子真方十九岁，胆子甚小，走匿床下。令孙追入，一把抓住，吓得子真浑身发抖，伏地叩首，哀乞为奴，冀免一死。偏令孙不肯容情，拔剑一挥，呜呼毕命！

鸾杀死数王，意尚未足，更令中书舍人茹法亮，往杀巴陵王子伦。武帝第十三子。子伦阅年十六，颇有英名，时正为南兰陵太守，镇治琅琊，闻得法亮到来，即从容不迫，整肃衣冠，出受诏命。法亮读过伪敕，并递过毒酒一杯，逼令速饮。子伦唏嘘道："圣人有言，鸟死鸣哀，人死言善，先朝前灭刘氏，几无遗类，今子孙遭祸，也是理数循环，不足深怨。唯君是我家旧人，独奉使到此，想是事不得已，此酒何劳劝酬，我拼着一死罢了！"此子颇觉明白，可惜为鸾所杀。法亮怀惭不答，但看他酒已毕饮，当即趋退。不到片时，子伦已毒发归天。法亮又入内殡殓，也为泪下。假惺惺何为？

随即返报萧鸾，鸾并杀死衡阳王钧。钧系高帝十一子，过继衡阳王道度为嗣，曾任秘书监，好学有文名，生年二十二岁，也为萧鸾所害。看官！你道是冤不冤，惨不惨呢！出尔反尔，盍读子伦遗言。

鸾逞情杀戮，无一敢违，正好趁势做去，把高、武两帝传下的宝座，篡夺了来。齐主昭文，本来是个殿中傀儡，一切政事，听命萧鸾，就是一饮一食，也必经萧鸾允给，方由御厨供俸。一日思食蒸鱼菜，饬厨官进陈，厨官答称无宣城命，竟不上供。似这无权无力的小皇帝，要他推位让国，真是容易得很。况且宗亲懿戚，已害死了一大半，朝上一班元老，又统是朝秦暮楚，没甚廉耻，但得保全富贵，管什么帝祚旁移！因此延兴元年十月终旬，竟颁出一道太后敕令，废齐主昭文为海陵王，命宣城王鸾入登大位。令云：

夫明晦迭来，屯平代有，上灵所以眷命，亿兆所以归怀。自皇家淳耀，列圣继轨，诸侯官方，百神受职，而殷忧时启，多难荐臻。隆昌失德，特紊人思，非徒四海解体，乃亦九鼎将移。赖天纵英辅，大匡社稷，崩基重造，坠典再兴。嗣主幼冲，庶政多昧，且早婴尫疾，弗克负荷；所以宗正内侮，戚藩外叛，觇天视地，人各有心。虽三祖之德在民，而七庙之危行及，自非树以长君，镇以渊器，未允天人之望，宁息奸宄之谋！太傅宣城王，胤体宣皇，钟慈太祖，识冠生民，功高造物，符表夙著，讴颂有在。宜入承宝命，式宁宗涢。帝可降封海陵王，吾当归老别馆。昔宣帝中兴汉室，简文重延晋祀，庶我鸿基，于兹永固。言念国家，感庆载怀。

这令一下，昭文当然出宫，别居私第。还有昭文妃王氏，方册为皇后，不到旬月，仍降为海陵王妃。就是太后王氏，本居养宣德宫，至鸾入嗣位，也只好让出宫外，另就鄱阳王故第，略加修葺，沿袭旧号，仍称为宣德宫。那太傅领大将军扬州牧宣城王萧鸾，还且三揖三让，待至群臣三请，然后入殿登基。愈形其丑。当即改元建武，颁诏大赦。自谓入承太祖，列作第三子。要篡就篡，何必强词附会！加授太尉王敬则为大司马，司空陈显达为太尉，尚书令王晏为骠骑大将军，左仆射徐孝嗣为中军大将军，中领军萧谌为领军将军，兼南徐州刺史，中护军王玄邈为南兖州刺史，平北将军王广之为江州刺史，晋寿太守王洪范为青、冀二州刺史。所有扬州刺史要缺，特委任长子宝义。宝义少有废疾，不堪外镇，乃更改命始安王遥光代任。遥光弟遥欣镇荆州，遥昌镇豫州，三人与鸾最亲，更有佐命功勋，所以特委重任，倚若长城。为后文伏笔。

度支尚书虞悰独自称病重，不肯入朝。王晏奉新主命，慰谕虞悰，令他出佐新朝，悰慨然道：“主上圣明，公卿戮力，自能安邦定国，还须老朽何用？悰实不敢闻命！”说至此，恸哭不已。惹得王晏无可再说，只得入朝复旨，朝议即欲具奏劾悰，徐孝嗣独进言道：“这也是古来遗直呢！”想亦自觉觍颜。朝臣闻孝嗣言，方才罢议。

过了数日，追尊生父始安王道生为景皇帝，生母江氏为景皇后，赠故兄凤为侍中骠骑将军，封始安王弟缅为侍中司徒，封安陆王。凤仕宋为郎官，宋季已经病故，嗣子就是遥光兄弟。缅在齐太祖时，受爵安陆侯，世祖永明九年病殁，嗣子宝晊袭爵，出为湘州刺史。宝晊弟宝览封江陵公，宝宏封汝南公。册故妃刘氏为皇后，追谥曰敬。刘后去世，差不多有六七年，遗下四子，长宝卷，次宝玄，次宝夤，又次为宝融。尚有庶出诸子，最长的就是宝义，次宝源，次宝攸，次宝嵩，最幼为宝贞。鸾既为帝，欲立储贰，因宝义虽为长子，究是庶出，且有废疾，因特立宝卷为太子，封宝义为晋安王，宝玄为江夏王，宝源为庐陵王，宝夤为建安王，宝融为随王，宝攸为南平王，宝嵩为晋熙王，宝贞为桂阳王。

又对着废主昭文，佯加优待，命依汉东海王疆汉光武子。故事，给虎贲旄头画轮车，设钟虡宫悬，一切供养，俱从隆厚。到了十一月间，忽称海陵王有疾，屡遣御医诊视，哪知进药数剂，反把他断送性命。形式上却下了一道哀诏，命大鸿胪监护丧事，殓用衮冕，葬给辒辌车，仪仗用黄屋左纛，前后羽葆鼓吹，挽歌二部，予谥为恭。可怜十五岁的废主，徒博得一副葬仪，还算比高武文惠诸男，外观较美呢。小子有诗叹道：

郁林废去海陵来，半载蹉跎受劫灰。
幼主未曾闻失德，徒遭篡弑令人哀！

齐主鸾正心满意足，如愿以偿，偏外人仗义执言，竟尔声罪致讨，兴动干戈。欲知何人讨鸾，且看下回再详。

高武文惠诸男，不可谓少，乃萧鸾图逆，恣意杀戮，未敢有违；唯鄱阳王锵，随王子隆，晋安王子懋本欲先发制鸾，顾皆为鸾所害。三王之死，皆一疑字误之；当断不断，反受其乱，古语诚不虚也。夫以诸王之内居外守，竟不能监束一鸾，毋乃所谓景升之子，皆豚犬耶！昭文嗣位，未及一年，饮食起居，皆待鸾命，捽而去之，犹反手耳。然昭文不足亡国，而亡国者实为昭业，鸾之篡位，昭业使之也。但前有郁林，后有东昏，悖入悖出，两两相称，鸾犹残戮诸王，为后嗣计，毒若蛇蝎，愚若犬彘，读此回而不叹恨者，未之有也。

第三十二回　假仁袭义兵达江淮
易后废储衅传河洛

却说魏主宏迁都洛阳，经营粗定，应二十九回。闻得南齐废立，萧鸾为帝，意欲乘机出兵，托词问罪。可巧边将奏报，谓齐雍州刺史曹虎，有乞降意。魏主大喜，即遣镇南将军薛真度出攻襄阳，大将军刘昶，平南将军王肃出攻义阳，徐州刺史拓跋衍出攻钟离，平南将军刘藻出攻南郑，四路并进。又特派尚书仆射卢渊，督襄阳前锋诸军，渊不愿受命，托言未习军事。魏主不许，渊叹息道："我非不愿尽力，但恐曹虎有诈，将为周鲂，奈何！"周鲂三国时人。相州刺史高闾上表，略称洛阳草创，曹虎并未遣质，必非诚心，不应轻举。魏主仍然不从，再召公卿会议，欲自往督师。镇南将军李冲，及任城王澄，同声劝阻，独司空穆亮，主张亲征。公卿等多半模棱，澄瞋目语亮道："公等平居议论，俱未尝赞成南征，何得面对大廷，即行变议！事涉欺佞，岂是纯臣所为？万一倾危，试问咎归何人？"李冲从旁插入道："任城王所言，确是效忠社稷！"魏主宏怫然道："任城以从朕为佞，不从朕为忠，朕闻小忠为大忠之贼，任城可也晓得否？"澄复道："澄质愚暗，虽似小忠，要是竭忠报国，但不知陛下所谓大忠，究有何据？"魏主宏无词可答，但气得目瞪口呆，坐了半晌，拂袖还宫。越日竟传出敕命，令季弟北海王详为尚书仆射，留掌国事，李冲为副，同守洛都，又命皇弟赵郡王干，始平王勰，分统禁军宿卫左右，自率大军南下。

行至悬瓠，连促曹虎会兵，虎终不至。魏主宏仍不肯罢兵，警报传达齐廷，齐遣镇南将军王广之、右卫将军萧坦之，尚书右仆射沈文季，分督司、徐、豫三州兵马，抵御魏军。魏将拓跋衍攻钟离，由齐徐州刺史萧惠休乘城拒守，且用奇兵出袭魏营，击败拓跋衍。刘昶、王肃攻义阳，由齐司州刺史萧诞抗御，诞出战不利，闭城自守，城外居民，多半降魏，统计约万余人。

魏主宏渡淮东行，直抵寿阳，众号三十万，铁骑满野。适春雨连宵，魏主自登八公山，览胜赋诗，并命撤去麾盖，冒雨巡行，示与士卒共同甘苦。见有军士抱病，辄亲加抚慰。一面呼城中人答话，豫州刺史萧遥昌，使参军崔庆远出见魏主，且问何故兴师？魏主宏道："卿问我何故兴师，我且问汝主何故废立？"庆远道："废昏立明，古今通例，何劳疑问！"魏主又道："齐武子孙，今皆何在？"庆远道："周公大圣，尚诛管蔡，今七王同恶，不得不诛。此外二十余王，或内列清要，或外典方牧，并没有意外祸变。"魏主复道："汝主若不忘忠义，何故不立近亲，与周公辅成王相类，为什么自行篡取呢？"庆远道："成王有守成美德，所以周公可辅，今近亲皆不若成王，故不可立。汉霍光尝舍武帝近亲，迎立宣帝，便是择贤为主的意思。"魏主笑道："霍光何以不自立？"庆远道："霍光异姓，故不自立，主上同宗，正与汉宣帝相似。且从前武王伐纣，不立微子，难道也是贪图天下么？"亏他善辩，好似宋张畅之答魏尚书。魏主被他驳倒，几乎理屈词穷，便强作大笑道："朕本前来问罪，如卿所言，却似有理，朕也未便显斥了。"庆远便接口道："见可而进，知难而退，便不愧为王师！"前驳后谀，正好口才。魏主道："据卿意见，欲朕与汝国和亲么？"庆远道："南北和亲，两国交欢，便是生民大幸。否则彼此交恶，生灵涂炭，这在圣衷自择，不必外臣多言！"

魏主不禁点首，便赏庆远宴饮，并赏给衣服，遣令还城。自移军转趋钟离。齐复遣左卫将军崔慧景，宁朔将军裴叔业，至钟离援萧惠休。平北将军王广之与黄门侍郎萧衍，太子右卫率萧诔等，至义阳援萧诞。诞为萧谋兄，诔为萧诞弟，此次救兄情急，从广之往救义阳，恨不得即日驰到。偏广之行至中途，距义阳城百余里，探得魏兵甚盛，未敢遽进。诔急白萧衍，请催广之进兵，衍乃转告广之。广之尚在迟疑，经衍自请先驱，愿与诔间道赴援。广之乃分兵拨给，令他二人前去。

二人领兵夜发，衔枚疾走，直达贤首山，去魏军仅隔数里，满山上插起旗帜，鼓角齐鸣。魏刘昶、王肃等，正堑栅三重，并力攻义阳城，蓦闻鼓角声从后传至，不禁惊异，回首探望，隐约见有无数旌旗，飘扬山上，几不辨齐军多少，未敢派兵往攻。转眼天明，城中亦望见援军，由长史王伯瑜带领守兵，出攻魏栅，因风纵火，烟焰薰天。萧衍等从高瞧着，急驱军下山，从外夹击，一番混战，魏军支持不住，解围遁去。萧诞复会师追击，俘获至数千人。

魏主时在钟离城下，尚未接义阳败耗，拟乘锐渡江，掩齐不备，乃自督轻骑南行。司徒冯诞病不能从，魏主与他诀别，忍泪出发。约行五十里，即接得钟离急报，报称诞已逝世，不由的涕泪俱下。又闻齐将崔慧景等来援钟离，相去不远，乃只好夤夜趋还。到了钟离城下，抚冯诞尸，哭泣不休，达旦犹闻哭声。诞与魏主宏同年，幼同砚席，并尚魏主妹乐安公主，平素虽无甚才名，但资性却是淳厚，所以魏主格外含哀，赙殓仪制，特别加厚。待诞榇发回安葬，魏主尚无归志，又遣使临江，传达檄文，历数齐主鸾罪状，应该有此。自督兵围攻钟离。

钟离城守萧惠休，本来有些智勇，那崔慧景、裴叔业等，又复驰至，扎营城外，与城中相应。内守外攻，与魏兵相持旬日，魏兵不得便宜，反战死了许多士卒。魏主宏乃至邵阳，就洲上筑起三城，栅断水路，为久驻计，被裴叔业率兵攻破，计不得逞。更欲置戍淮南，招抚新附，会魏相州刺史高闾，及尚书令陆叡，先后上书，劝魏主退归洛阳，魏主乃渡淮北去。

兵未渡完，忽有齐兵飞舰前来，据住中渚，截击魏人。魏主宏亟悬赏购募，谓能击破中渚兵，当立擢为直阁将军。军弁奚康生应募奋出，缚筏积薪，引着壮士数百名，驶至中渚，因风纵火，毁齐战舰，趁着烟雾迷濛的时候，持刀直进，乱斫乱砍，逼得齐兵仓皇失措，四散逃去。魏主大喜，即命康生为直阁将军，各军依次毕济。

唯将军杨播，领着步卒三千，骑兵五百，作为殿军，尚未涉淮。偏齐兵又复大至，战舰塞川，截住杨播归路。播结阵自固，齐兵上岸围攻，由播猛力搏战，相拒至两昼夜，兀自守住。只苦军中食尽，不能枵腹从戎。魏主宏在北岸遥望，屡思越淮救播，可奈春水方涨，船只未备，急切不便徒涉，无从施救。唯有相对唏嘘。幸而淮水渐退，播自阵中杀出，引得精骑三百名，至齐舰旁大呼道："我等便要渡江，有人能战，快来接仗，休得误过！"一面说，一面跃马入水，向北径渡。齐兵见他勇悍，也不敢追逼，由他游泳自去。越不怕死，越不会死。

魏主宏见播到来，很是喜慰，便引兵回洛去了。唯邵阳洲上，尚留魏兵万人，也欲北归，因被崔慧景等阻住，无法退还，不得已遣使求和，愿输良马五百匹，借一归路。慧景未许，副将张欣泰道："归寇勿遏，不如纵使北去。否则困兽犹斗，彼若拚死来争，就使我得幸胜，亦不为武，不胜反隳弃前功，岂不可惜！"慧景乃纵令北还。嗣被萧坦之劾奏，二人皆不得赏，未免怏怏，后文另有交代。

唯魏兵出发，本由四路进兵。钟离、义阳两路，已经退归。还有襄阳一路，是魏将薛真度为帅，到了南阳为齐太守房伯玉杀败，无功而还。南郑一路，军帅乃是刘藻，行至中途，适梁州刺史拓跋英，也引兵来会，便合军进击汉中。齐梁州刺史萧懿，遣部将尹绍祖、梁季群等，率兵二万，据险扼守，设立五栅，防御敌兵。拓跋英侦得消息，便嚣然道："齐帅皆贱，不能统一，我但挑选精卒，攻他一营，彼必不肯相救；一营得破，四营不战自溃了。"说着，便自统精骑数千人，急攻一营。营中守将正是梁季群，蓦闻魏兵到来，便开栅逆战。拓跋英持槊当先，与季群大战数合。季群力怯，战不过拓跋英，正思勒马退走，不防拓跋英乘隙刺来，慌忙闪避，被英横槊一掠，跌了一个倒栽葱，即由魏兵擒去。齐兵失了主将，当然弃栅逃散。尹绍祖闻季群遭擒，吓得魂胆飞扬，把四栅一并弃去，狼狈奔回。拓跋英乘胜长驱，进逼南郑。萧懿又遣他将姜修击英，途次遇着伏兵，俱为所俘，竟至片甲不回，遂直达南郑城下，四面围住。懿登陴固守，约历数十日，城中粮食将尽，兵中恂惧异常。参军庾域，却想了一计，封题空仓数十，指示将士道："仓中粟米皆满，足支二年，但能努力坚守，怕什么强虏呢！"大众听了此语，方得少安。懿复遣人煽诱仇池诸氏，使起兵断英运道，英乃不能久持。适魏主有敕颁到，召还刘藻，并令英还镇，英乃撤围西返，使老弱先行，自率精兵断后，且仰呼城中，与懿告别。懿恐有诈谋，不敢遽追，过了两日，方遣将倍道追去。英见有追兵，下马待战，故示从容，懿兵又不敢进逼，重复折回。英始取道斜谷，返入仇池，沿途遇着叛氐，且战且前，流矢射中英颊，英督战如故，终得将叛氐杀平，安抵仇池。叙清两路，缴足上文。

又有魏城阳王拓跋鸾，攻齐赭阳，也不能拔，齐遣右卫率垣历生赴援，鸾恐众寡不敌，下令退兵，偏部将李佐，留兵逆战，吃了一个大败仗，方匆匆走还。督军卢渊，本是勉强受命，至此归心愈急，早已弃师还洛。魏主转趋鲁城，亲祀孔子，拜孔氏二人，颜氏二人为官，且选孔氏宗子一人，封崇圣侯。奉孔子祀，重修园墓，更建碑铭，饶有尊圣明经的意思。既而还都，特立国子太学，四门小学，选了几个耆年硕彦，充做国老庶老，赐宴华林园，各给鸠杖衣裳，求遗书，正度量，制礼作乐，黼黻太平。

越年，又下诏易姓，称为元氏。魏人尝自称为黄帝子昌意后裔，昌意少子，受封北国，有大鲜卑山，遂以为号。黄帝以土德王。北俗谓土为拓，后为跋，所以叫作拓跋氏，魏主宏谓土属黄色，是万物原始，此次变礼从华，不宜仍袭北语，因特改姓为元，凡诸功臣旧族，姓或重复，悉令改更，就是内外文牍，及普通语言，均不得再仍旧俗。又仿南朝制度，一切选调，推重门族。尚书仆射李冲进言道："陛下选用官吏，如何专取门品，不拔才能？"魏主道："世家子弟，就使才具平常，德性要自纯笃，朕故就此录用。"冲又道："傅说版筑，吕望钓叟，何尝出自世家？"魏主道："非常人物，古今只有一二人，怎得拘为成例？"中尉李彪亦插嘴道："鲁有三卿，如何孔门四科？"魏主道："如有高明特达，出类拔萃，朕亦自当重用，不拘一格呢。"两李方才无言，相继告退。南朝雅重门望，实是敝制，如何魏亦仿此？看官！你道魏主宏变夷从夏，好似一个有道明君，哪知他钓名沽誉，诸多粉饰，连宫闱里面，尚是偏听不明。对着六七个嗣子，亦未闻有义方教训，是不能齐家，焉能治国！名为尊崇孔圣，实与孔子遗言，简直是大不相符呢。

从前魏主终丧，曾纳太师冯熙二女，长为昭仪，次为皇后，当时因长女庶出，所以妹尊姊卑，小子于前文二十八回中，曾已略叙，但皇后颇有德操，昭仪独工姿媚，魏主宏初尚重后，后来觉得中宫坦率，总不及爱妾多情，而且玉貌花容，妹不及姊，好德不如好色，魏主宏正犯此病，迁都以后，姊妹花同入洛阳，冯昭仪尤邀宠幸。魏主除视朝听政外，日夕在昭仪宫内，同餐同宿，形影不离。昭仪更献出百般殷勤，笼络魏主，直把那魏主爱情，尽移到一人身上，不但后宫无从望幸，就是中宫皇后，也几同寂寂长门。冯皇后虽非妒妇，也不免自嗟命薄，私怨鸰原。昭仪本自恃年长，不肯遵循妾礼，又况宠极专房，更视阿妹如眼中钉。每当枕席私谈，无非说皇后坏处，惹得魏主怒上加怒，竟把皇后废去，贬入冷宫。无以妾为妻，魏主曾闻古语否？后乞出居瑶光寺，情愿为尼，总算得魏主允许，遂以练行尼终身。看到后文，乃姊应自愧弗如。朝臣进谏不从，唯暂将立后问题，搁起了三五月。

冤冤相凑，又惹出废储一案，遂致夫妇不终，父子亦不终。魏主长子名恂，系故妃林氏所出。见第二十八回。太和十七年，恂年十一，立为皇太子。既而行加冠礼，魏主为他取字，叫作元道。且召令入见，诫以冠义，并面嘱道："字汝元道，所寄不轻，汝当顾名思义，勉从吾旨。"及改姓元氏，又改字宣道。适太师冯熙，病死平城，魏主遣恂吊丧，临行嘱咐道："朕位居皇极，不便轻行，欲使汝展哀舅氏，并顺便拜谒山陵及汝母墓前。在途往返，当温读经籍，勿违朕言"冯熙之死，就此带过。恂虽允诺而去，但素性懒惰，不甚好学，体又肥壮，每苦河洛暑热，不愿南居，此时奉命北去，乐得假公济私，偷图安逸。偏是乃父性急，相离不过两三月，竟下了数道诏旨，促使南归。恂无法推诿，只好硬着头皮，还洛复命。魏主训责数语，又令在东宫勤学，不得佚居。恂阳奉阴违，且有怨词，中庶子高道悦，屡次苦谏，恂不唯不从，反引为深恨。

会魏主巡幸嵩岳，留恂居守金墉城，恂欲轻骑北去，为道悦所阻，顿时触动恂怒，拔剑一挥，杀死道悦。幸领军元徽，勒兵守门，不使恂得擅越；一面遣报魏主。魏主骇惋，亟自汴口折还，召恂责问，亲加笞杖。皇弟咸阳王禧等入内劝解，魏主反令禧代杖百下。禧虽未下重手，究竟是金枝玉叶，从未经过这般捶楚，宛转呻吟，不能起立。魏主叱令左右，把恂扶曳出外，幽锢城西别馆。恂卧床不起，竟至月余。魏主怒尚未息，至清徽堂召见群臣，议即废恂，司空兼太子太傅穆亮，仆射太子少保李冲，并免冠顿首，代为哀请。魏主勃然道："古人有言：大义灭亲，此儿今日不除，必为国家大祸。南朝永嘉乱事，可为借鉴，奈何好姑息养奸哩！"遂即下诏，废恂为庶人，移置河阳无辟城，所供服食，仅免饥寒。

适恒州刺史穆泰，定州刺史陆叡，不乐移徙，共谋作乱。魏主闻报，急使任城王澄，掩捕二人，拘系平城狱中。魏主又亲往审鞫，诛穆泰，赐陆叡自尽。还至长安，接得中尉李彪密报，谓废太子恂，将与左右谋逆，恐是蜚言。乃使咸阳王禧，与中书侍郎邢峦，奉诏赍鸩，迫令取饮。恂饮毕即死，年才十五。用粗棺常服为殓，槁葬河阳城。另立次子恪为太子。恪母高氏，为将军高肇妹，幼时梦为日所逐，避匿床下，日化为龙，绕身数匝，大惊而寤。时已目为奇征，年十三岁入掖庭，婉艳动人，由魏主召幸数次，得孕生恪。嗣又生子名怀，恪为太子，怀亦受封广平王，至冯昭仪得宠，高氏亦为魏主所疏。昭仪无出，闻高氏幼有异梦，料将来应在恪身，乃欲养恪为子，竟将高氏毒毙。恪年尚幼，遂归冯昭仪抚养，每日必亲视栉沐，慈爱有加。魏主还嘉她抚恪有恩，不啻己出，其实她是慕效姑母，想做第二个文明太后，蓄志正不小呢！计策固佳，可惜无文明太后福命！

东阳王拓跋丕，前曾劝阻迁都，及魏主诏改衣冠，丕仍着旧服，诸多忤旨，降封为新兴公。丕子隆及弟超，又与穆泰密谋为乱，经魏主宏穷治泰党，隆超皆连坐伏诛。丕本不预谋，亦被斥为民。当时北魏宗室，丕年最高，资望亦为最隆，历事六朝，垂七十年，骤然夺职，还为庶人，朝野皆为叹惜。魏在两拓跋丕，一为太武之弟，封乐平王，已经早殁，此拓跋丕为代王翳槐玄孙，非道武嫡裔，阅者幸勿混视。魏主宏还特别加恩，免丕死罪。未几，即立冯昭仪为继后，疏斥老成，专宠艳妃，一位守文中主，损德实不少呢。小子有诗叹道：

无辜弃妇先伤义，有意诛儿又害慈；
尽说孝文魏主宏殁后谥法。能复古，如何恩义两乖离！

魏主远贤近色，好大喜功，闻得南朝屡杀大臣，众心不服，复乘隙起兵，进攻南阳。欲知胜负如何，下回再行详叙。

本回所叙，专指魏事，齐事第连类带叙而已。当魏主之决计南伐也，名非不正，乃屈于崔庆远之数言，即致气沮，已见其用志之不专。萧鸾横逆，敢弑二君，据事驳斥，彼将何辞？乃以萧衍之战胜，冯诞之病死，即引军还洛，仅遣使临江，数罪而去，言不顾行，多辞奚益？要之一味意气用事，徒假虚名以欺人世耳。至若皇后无过，乃以宠妾之谗构，遽黜为尼，太子恂少年寡识，未始不可教之为善，乃始则废徙，继则赐死。观夫李彪之密表，及次子恪之归养昭仪，竟得夺嫡，其暗中之谗间播弄，不问可知。魏主宏甘为所蔽，以致夫妇失道，父子贼恩，家不齐则国不治，是而谓为守文令主也，谁其信之！

第三十三回　两国交兵齐师屡挫
十王骈戮萧氏相残

却说齐主鸾篡位时，第一个佐命功臣，要算中领军萧谌，鸾曾许他迁镇扬州，及事后食言，但命他兼刺南徐，别授萧遥光为扬州刺史。谌怏怏失望，尝语友人道："炊饭已熟，便给别人。"尚书令王晏，得闻谌言，却暗中冷笑道："何人再为谌作瓯箸！大家得过且过罢了。"鸾性本好猜，即位后更密遣亲幸，随处侦察。应是贼胆心虚。凡谌平时言动，多经侦役报明，遂致疑忌。可巧魏主侵齐，谌兄诞力守司州，与魏相拒，诞弟诔更从军援诞，昆季二人，为国效劳，鸾只好暂从含忍，迁延未发。谌不管死活，尚且恃功干政，遇有选用，窃援引私党，嘱使尚书录奏，因此益遭主忌，酿祸尤深。会魏兵已退，鸾召大臣入宴华林园，谌亦与坐，畅饮尽欢，至夜才撤席散去。谌亦退居尚书省。忽由御前亲吏莫智明，赍敕到来，向谌宣读道："隆昌时事，非卿原不得今日，今一门二州，兄弟三封，朝廷相报，不为不优，卿乃屡生怨望，乃云炊饭已熟，合甑与人，究是何意？今特赐卿死！"谌听毕敕语，当然惶骇，转思事已至此，无法求免，遂顾语智明道："天人相去不远，我与至尊杀高、武诸王，都由君传达往来，今令我死，君未尝出言相救，我将申诉天廷，冤冤相报，莫谓地下无灵呢！"郁林、海陵干卿甚事，何故助桀为虐？此次赐死，难道不是天道么？语至此，即服毒自杀。

智明入内报鸾，鸾更遣使至司州，诛诞及诔，复将西阳王子明，世祖第十子。南海王子罕，世祖第十一子。邵陵王子贞，世祖第十四子。亦一并牵连进去，概赐自尽。子明、子罕，年仅十七，子贞年仅十五，少不更事，有何谋虑？此次为萧谌一案，缘同连坐，显见得是冤诬致死哩。揭破鸾谋，不肯滑过。

尚书令王晏，因萧谌已死，乘势专权，又为嗣主鸾所忌。始安王萧遥光，前已劝鸾诛晏，鸾曾迟疑道："晏与我有功，且未得罪，如何就诛？"遥光道："晏尝蒙武帝宠任，手敕至三百余纸，与商国事，彼尚不肯为武帝尽忠，怎肯为陛下效力呢！"一语足死王晏。鸾不禁变色。已而亲吏陈世范，报称晏尝屏人私语，恐有异谋。鸾愈加戒备，更命世范悉心侦伺。

好容易至建武四年，世范又复告密，谓晏将俟主上南郊，纠集世祖亲旧，窃发道中。鸾闻言益惧，竟召晏入华林省，敕令诛死，并杀晏弟广州刺史诩及晏子德元、德和。

鸾两次废立，晏皆与谋，从弟思远谏晏道："兄荷世祖厚恩，今一旦叛德助逆，后来将如何自立！若及此引决，还可保全门户，不失后名。"晏微笑道："我方啖粥，未暇此事。"及超拜骠骑将军，顾语子弟道："隆昌末年，阿戎思远小字。尝劝保自裁，我若依他，何有今日！"思远遽应声道："如阿戎所见，今尚为未晚哩。"晏仍然未悟，濒死前十日，思远又语晏道："时事可虑，兄亦自觉不凡，但当局易昧，旁观乃清，请兄早自为计！"晏默然不答，思远乃出。晏且叹且笑道："世上有劝人觅死，真是出人意外！"哪知过了旬日，便即遭诛。

晏外弟阮孝绪，亦知晏必罹祸，辄避不见面。晏赠酱甚美，孝绪未觉，食酱时亦称为异味。嗣闻由晏家送来，立即吐出，倾覆水中。至晏既受诛，孝绪亲友，恐他连坐，代为加忧，孝绪怡然道："亲而不党，何畏何疑！"果然王晏狱起，孝绪不闻连累，就是思远亦得免罪。趋炎附势者其听之！不过萧谌死后，莫智明果遇祟暴亡。王晏为陈世范所害，世范却安然如故，幽明路隔，无从查悉原因。小子但依事演述罢了。补出莫智明死状，回应萧谌遗言。

齐主鸾授萧坦之为领军将军，徐孝嗣为尚书令，宣抚中外，粗定人心。那魏主宏谓有隙可乘，大发冀、定、瀛、相、济五州丁壮，得二十万，亲自督领，出发洛阳。留吏部尚书任城王澄居守，中尉李彪，仆射李冲为辅。授彭城王勰为中军大将军，都督行营事宜，勰面辞道："亲疏并用，方合古道，臣叨附懿亲，不应屡邀宠授。"魏主不从，命勰调军后随，自引兵径诣襄阳。

先是镇南将军薛真度，劝魏主先取樊邓，魏主命他往攻南阳，竟被齐太守房伯玉击退。至是为报复计，先向南阳进发。众号百万，各用齿吹唇，作鹰隼声，响彻远近。

既至南阳城下，一鼓作气，攻克外郛，房伯玉入守内城，誓众抵御。魏主遣中书舍人孙延景，传语伯玉道："我今欲荡平六合，不似前次南征，冬来春去，如或未克，终不还北。卿此城当我首冲，不容不取，远期一载，近止一月，封侯枭首，就在此举！且卿有三罪，今特一一晓示：卿先事武帝，不能效忠，反靦颜助逆，这就是第一大罪。近年薛真度来，卿乃伤我偏师，这就是第二大罪。今銮辂亲临，尚不闻面缚出降，这就是第三大罪。若再怙恶不悛，恐死在目前，我虽好生，不能轻贷！"三大罪中，只有第一条还算中肯。伯玉亦遣副将乐稚柔答语道："大驾南侵，期在必克，外臣职守卑微，得抗君威，与城存亡，死且得所！从前蒙武帝采拔，怎敢妄思？只因嗣主失德，今上光绍大宗，不特远近惬望，就是武皇遗灵，亦所深慰，所以区区尽节，不敢贰心！即如前次北师深入，寇扰边民，外臣职守所关，唯力是视；难道北朝政府，反导人不忠么？"语颇近理，可惜不能坚持！延景返白魏主，魏主自逼城外吊桥，跃马径上。不意桥下却突出壮士，戴虎头帽，身服斑衣，来击魏主，魏主人马皆惊，幸有魏将原灵度随着，拈弓搭箭，发无不中，连毙南阳壮士数人，方将魏主救脱。魏主乃留咸阳王禧攻南阳，自引军趋新野。

新野太守刘思忌凭城守御，魏主屡攻不克，四筑长围，并遣人呼守卒道："房伯玉已降，汝何为独取糜碎？"思忌亦遣人应声道："城中兵食尚多，未暇从汝小虏命令；彼此各努力便了！"魏主倒也没法，但命将围攻，连日不休。

齐主鸾闻魏兵压境，曾遣直阁将军胡松，助北襄城太守成公期，保守赭阳，义阳太守黄瑶起保守舞阴。又因雍州关系重要，遣豫州刺史裴叔业往援，叔业谓北人不乐远行，专喜抄掠，若侵入虏境，虏主自然回顾，司、雍便可无虞。齐主鸾以为奇计，许他便宜行事，叔业遂引兵攻魏虹城，俘得男女四千余人。一面令别将鲁康祚、赵公政等，率兵万人，往攻太仓口。

魏豫州刺史王肃，使长史傅永，率甲士三千人，堵塞太仓，与齐军夹淮列阵。永语左右道："南人专喜斫营，夜间必来劫我寨，近日乃是下弦，夜色苍茫，我料他越淮前来，当在淮中置火，记明浅处，以便还涉。我正可将计就计，歼敌立功，就在今日了！"遂分部兵为二队，埋伏营外，又使人用瓠贮火，密渡南岸，至水深处置火，嘱待夜间火起，悉数燃着，不得有误。各士卒依言去讫，永设着空营，厉兵以待。到了夜静更深，果有齐兵杀到。鲁康祚、赵公政，并马入营，见营中虚设灯火，不留一人，料知中计，急忙麾兵退还。蓦闻一声胡哨，伏兵从左右杀出，夹击齐军。鲁、赵两将，拼命冲突，也顾不得行列步伐，霎时间人马散乱，弄得七零八落。赵公政策马飞奔，兜头遇着一将，正是傅永，一时不及措手，被永伸手过来，活活擒去。鲁康祚见公政就擒，慌忙脱去甲胄，从斜刺里奔至水滨，跃马急渡，偏偏南岸信火，散作数处，辩不出什么浅深，那时情急乱涉，失足灭顶，竟致溺死。部下兵士，一半为魏人所杀，还有一半渡淮南奔，也因深浅难辨，溺毙无数。只有几个寿命延长的，奔报叔业。

永械住赵公政，复捞得鲁康祚尸首，奏凯而归。王肃大喜，遣使向魏主处报述永功。嗣闻叔业进薄楚王戍，仍令永率三千人赴援。永先遣心腹将弁，倍道驰告戍军，令急填塞外堑，就城外埋伏千人，俟援军驰至，鸣炮为号，两路夹攻，戍军当然遵行。既而叔业进兵戍所，正拟部分将士，下令猛攻，不防号炮一响，前有伏兵杀出，后有永兵掩至，害得叔业心慌意乱，夺路奔逃，连一切伞扇鼓幕，一并弃去，兵士甲仗，丧失无算。也是鲁赵一流人物。永也不蹑击，但收拾所得兵械，整军欲归。左右尚劝永急进，永喟然道："吾弱卒不过三千人，彼精甲犹盛，并非力屈，不过堕我计中，仓猝遁去。我但俘获此数，已足使彼丧胆，还要追他做什么？"乃驰还报捷。

肃更为奏闻，魏主即拜永为安远将军，兼汝南太守，封贝邱县男。永有勇力，好学能文，魏主尝叹道："上马击贼，下马作露布，唯傅修期一人。"修期便是永字。魏主呼字不呼名，正是器重傅永的意思。原是能手。

一面命统军李佐，急攻新野，刘思忌堵守不住，竟被攻入，且因巷战力竭，为佐所缚。献至魏主驾前，魏主笑问道："今可降否？"思忌朗声道："宁作南朝鬼，不为北虏臣！"可为硬汉。乃推出斩首。魏主遂南循沔水，沔北大震。赭阳戍将成公期，舞阳戍将黄瑶起，相继南遁。瑶起曾害死王奂，魏主欲为王肃报仇，饬兵追捕，竟得擒住。当下缚送与肃，肃见是杀父仇人，便摆起香案，破瑶起心，哭祭父灵。再将瑶起脔割烹食，聊泄旧恨。王奂被杀，王肃投魏事，见前文二十九回中。魏主又移攻南阳，房伯玉势孤援绝，不得已面缚出降。有愧刘思忌。伯玉见从弟思安，曾仕魏为中统军，屡为伯玉泣请，魏主乃特命贷死，留居营中。

齐主鸾闻新野南阳，相继陷没，复遣太子中庶子萧衍，度支尚书崔慧业，带领军将刘山阳、傅法宪等，共将士五千余人，出救襄阳。进诣彭城，忽见魏兵数万骑，蹀躞前来，气势甚盛，慧景忙敛众入城，为守御计。萧衍检阅城中，无粮无械，禁不住一把冷汗，便顾语慧景道："我军远来，蓐食轻行，已有饥色；若见城中粮备空虚，势必溃变，如何保守得住！不若仗着锐气，冲击一阵，倘能杀退虏兵，士气尚可振作，不致为变呢。"慧景支吾道："我看虏众多是游骑，日暮自当退去，尽可无虑。"既而天色将晚，魏兵越来越多，势且凭城。慧景竟潜开南门，带着自己部曲，向南遁去，余众当然大哗，相继皆遁。萧衍亦不能禁遏，只好令山阳、法宪二将，率兵断后，且战且行。

魏兵自北门杀入，见齐军已经尽遁，便长驱追赶。齐军闻有追兵，都想急奔，适前面有一阔沟，上架木桥，被崔慧景前队过去，急不暇择，已将桥梁踏断。那后队无桥可渡，挤做一堆，惊惶的了不得。魏兵煞是厉害，用着强弓硬箭，夹道射来，傅法宪中箭落马，一呼而亡。士卒拼死逾沟，多半坠没。亏得刘山阳遇急生智，忙令军士舍去甲仗，填塞沟中，逃兵始得半沉半浮，褰裳过去。山阳亦越沟南还，趋至沔城，已值黄昏，后面鼓声大震，魏主自率大兵驰至，山阳急入城闭门。幸城中备有矢石，陆续运至城上，或射或掷，伤毙魏兵前队数十人，魏主乃退。转趋樊城，城上守御颇严，雍州刺史曹虎，正在此堵截魏军。魏主料知难下，转向悬瓠城去了。魏又一胜，齐又一挫。独镇南将军王肃，进攻义阳。

齐豫州刺史裴叔业，自楚王戍败归，搜卒补乘，得五万人，闻义阳被攻，又用了一条围魏救赵的计策，不救义阳，直攻涡阳。仍然是老法儿。魏南兖州刺史孟表，为涡阳城守，无粮可因，但食草木皮叶，飞使至悬瓠乞援。魏主使安远将军傅永，征虏将军刘藻，辅国将军高聪等，并救涡阳，统归王肃节制。高聪为前锋，刘藻继进，被裴叔业迎头痛击，杀得人仰马翻，东逃西散。傅永从后接应，也为前军所冲，不能成列，没奈何收军徐退。傅将军也没法了。叔业驱军再进，聪与藻都奔师逃窜。单剩傅永一军，抵挡叔业。部下都无斗志，勉强战了几合，便即溃走。永亦只得奔还，这次算是齐军大捷，斩首万级，活捉三千余人，所得器械杂畜财物，不可胜计。

魏主闻败，命锁三将至悬瓠，聪与藻流戍平州，永亦夺官，连王肃亦坐降为平南将军。肃请再遣军救涡阳，魏主复谕道：“卿何不自救涡阳，乃徒向朕絮聒，更乞派兵？朕处若分兵太少，不足制敌，太多转不足扈跸，卿当为朕熟筹！义阳可取乃取，不可取即舍，若失去涡阳，卿不得为无罪哩！”肃得了此谕，乃撤义阳围，转救涡阳，步骑共十余万，叔业见魏兵势盛，不敢抵敌，夤夜退兵。翌晨被魏兵追及，杀伤甚众，匆匆的走保义阳。王肃亦收军而回。齐兵又败。

齐主鸾连得败耗，颇怀忧惧，渐渐的积忧成疾，不能视朝。宗室诸王，都入内问安。鸾叹道：“我及司徒诸儿，多未长成，司徒指安陆王缅，见三十一回。独高、武子孙，日见壮盛，将来终恐为我患呢！”既而太尉陈显达进谒，鸾述及己意，显达道：“这等小王，何足介意！”鸾闭目不答。及显达退出，遥光入见，鸾复与议及，正中遥光下怀，便竭力撺掇，劝鸾尽歼高、武子孙。原来遥光素有躄疾，每乘肩舆入殿，辄与鸾屏人密谈，鸾即向左右索取香火，供爇案上，自己呜咽流涕。到了次日，必杀戮同宗，遥光非常快意。他的存心，并非为萧鸾子孙计，实欲借鸾逞凶，灭尽高、武后裔。等到鸾死，却好把鸾子鸾孙，再加翦灭，将来的齐室江山，容易占住，也得安然为帝。鸾未曾察觉，还道是遥光爱己，唯言是从，遥光遂乘鸾有疾，矫制收捕高、武子孙，共得十王，一律杀死。欲知十王为谁，由小子表明如下：

河东王铉。高帝第十九子，时年十九。临贺王子岳。武帝第十六子，时年十四。西阳王子文。武帝第十七子，年亦十四。衡阳王子峻。武帝第十八子，年亦十四。南康王子琳。武帝第十九子，年亦十四。永阳王子岷。武帝第二十子，出继衡阳王道度为孙，时年亦十四。湘东王子建。武帝第二十一子，时年十三。南郡王子夏。武帝第二十三子，年仅七岁。巴陵王昭秀。由临海王改封，系文惠太子第三子，时年十六。桂阳王昭粲。文惠太子第四子，年才八岁。

自这十王被杀后，高、武子孙，得封王爵诸人，无一留遗，煞是可叹！从前齐世祖武帝在日，尝梦见一金翅鸟，突下殿廷，搏食小龙无数，始飞上天空。文惠太子长懋，亦尝语竟陵王子良道：“我每见鸾，辄怀恶心，若非彼福德太薄，必与我子孙不利！”至是皆验。遥光既杀死诸王，乃使公卿诬构十王罪状，请正典刑。鸾尚有诏不许，俟再奏后，方才允议，且进遥光为大将军，并改建武五年为永泰元年。

大司马王敬则，出任会稽太守，因见萧谌、王晏，依次受诛，未免动了兔死狐悲的观感。至此复闻高、武子孙，悉数尽歼，又加了一层疑惧。自思为高、武旧将，终且被嫌，日夜筹划，尚苦无自全计策。齐主鸾却也相疑，不过因他年已七十，并居内地，所以稍稍放心，未曾诛夷。敬则长子仲雄，留侍殿廷，雅善弹琴，宫中留有蔡邕汉人。焦尾琴一具，由鸾给仲雄鼓弹，仲雄操懊侬曲，曲中有歌词云："常叹负情侬，郎今果行许。"又有语云："君行不净心，哪得恶人题！"鸾闻琴声，愈加猜愧。及寝疾日笃，特命张瓌为平东将军兼吴郡太守，防备敬则。敬则大惊道："东无寇患，用什么平东将军？大约是欲平我呢。我岂甘心受鸩么？"

徐州行事谢朓，系敬则女婿，敬则第五子幼隆，曾为太子洗马，与朓密书往来，约同举事。朓竟执住来使徐岳，奏报朝廷，于是鸾决计加讨，指日遣兵。消息传到会稽，敬则从子公林，曾为五官掾，劝敬则急速上表，请诛幼隆，自乘单舸还都谢罪。敬则不应，竟举兵造反，扬言奉南康侯子恪为主，将入都废鸾。子恪系豫章王嶷次子。为这一番传闻，遂令大将军始安王遥光，驰入白鸾，请将高、武余裔，无论长幼，悉召入宫，一体就诛。鸾已病剧，模糊答应，遥光遂召集高、武诸孙，置诸西省，所有襁褓婴儿，亦令与乳母并入，令太医速煮椒二斛，都水监办棺材数十具，俟至三更天气，好将高、武诸孙，尽行毒毙。小子有诗叹道：

忍心竟欲灭同宗，狼子咆哮亦太凶；
待到东城匍匐日，问他曾否得乘龙！事见下文。

毕竟高、武诸孙，是否同尽？容至下回说明。

魏主宏二次出师，再攻襄邓，实是忿兵，忿兵必败。其所以幸胜者，由齐君臣之互相猜忌，所遣将吏，未肯为主尽力耳。萧谌诛矣，王晏死矣，两人有佐命大功，结果如此，彼如裴叔业、崔慧景、萧衍诸人，能不寒心！心一寒而气即馁，欲其杀敌致果，谈何容易！然魏兵且有涡阳之败，以屡胜之傅永，亦致狼狈奔还，忿兵必败之言，非其明证欤？齐主鸾不能外攘，专事内残，遥光得乘间而入，屠戮十王。前用鸾者为萧道成，后用遥光者为萧鸾，卒之皆授人以柄，自取覆亡。遥光后虽诛死，而东昏已成孤立，齐祚之不永也有以夫！

第三十四回　齐嗣主临丧笑秃鹜　魏淫后流涕陈巫蛊

却说南康侯子恪，本不与敬则通谋。他曾为吴郡太守，因朝廷改任张瓌，卸职还都。蓦闻都下有此谣传，不禁大骇。起初是避匿郊外，嗣得宫中消息，谓将尽杀高、武诸孙，乃拼死还阙，徒跣自陈。到了建阳门，时已二更三点了，中书舍人沈徽孚，与内廷直阁单景俊，正密谈遥光残忍，无法救解。适萧鸾睡熟，拟将三更时刻，暂从缓报。可巧子恪叩门，递入诉状，景俊大喜，忙至寝殿中白鸾。鸾亦醒寤，令景俊照读状词，待至读毕，不禁抚床长叹道："遥光几误人事！"乃命景俊传谕，不准妄杀一人，并赐高、武子孙供馔，诘旦悉遣还第，授子恪为太子中庶子。

嗣闻敬则出发浙江，张瓌遁去，叛众多至十万人，已达武进陵口，高、武诸陵，俱在武进。乃亟诏前军司马左兴盛，后军将军崔恭祖，辅国将军刘山阳，龙骧将军胡松等，共赴曲阿，筑垒长冈。又命右仆射沈文季都督各军，出屯湖头，备京口路。敬则驱众直进，猛扑兴盛、山阳二垒。兴盛、山阳，竭力抵御，尚不能敌，意欲弃垒退师，又苦四面被围，无隙可钻，不得已督兵死战。胡松引着骑兵，来救二垒，从敬则后面杀入。敬则部众虽多，大都乌合，顿时骇散。兴盛、山阳趁势杀出，与胡松并力合攻，敬则大败。崔恭祖又倾寨前来，正值敬则返奔，便挺枪乱刺，适中敬则马首，敬则忙跃落马下，大呼左右易马，怎奈左右俱已溃乱，仓猝不及改乘，那崔恭祖的枪尖，又刺入敬则左胁。敬则忍痛不住，竟致仆地，兴盛部将袁文旷，刚刚杀到，顺手一刀，结果性命。余众或死或逃，一个不留。当下传首建康，报称叛党扫平。

时齐主鸾已经病笃，太子宝卷，急装欲走，都下人士，惶急异常。至捷报传到，方得安定。所有敬则诸子，悉数捕诛，家产籍没，宅舍为墟。敬则母尝为女巫，生敬则时，胞衣色紫，母语人道："此儿有鼓角相。"及年龄稍长，两腋下生乳，各长数寸，又梦骑五色狮子，侈然自负。善骑射，习拳术，萧氏得国，实出彼力，因此官居极品，父子显荣。只是天道昭彰，善恶有报，似敬则的逼死苍梧，助成篡逆，若令他富贵终身，子孙长守，岂不是惠迪反凶，从逆反吉吗！至理名言。

左兴盛、崔恭祖、刘山阳、胡松四人，平敬则有功，并得封男。谢朓先期告变，亦得擢迁吏部郎，朓三让不许。唯朓妻王氏，常怀刃衣中，欲刺朓谢父，朓不敢相见。同僚沈昭略尝嘲朓道："君为主灭亲，应该超擢，但恨今日刑于寡妻！"朓无言可答，唯赧颜相对罢了。为当日计，却亦难乎为朓！

是年七月，齐主鸾病殁正福殿，年四十七。遗诏命徐孝嗣为尚书令，沈文季、江祏为仆射，江祀为侍中，刘暄为卫尉；军事委陈太尉显达，内外庶务，委徐孝嗣、萧遥光、萧坦之、江祏；遇有要议，使江祀、刘暄协商；至若腹心重任，委刘悛、萧惠休、崔惠景三人。此外无甚要言，但面嘱太子宝卷道："作事不可落人后，汝宜谨记勿忘！"看官听着！为了这句遗嘱，遂令宝卷委任群小，任情诛戮，搅乱的了不得，终弄得身亡国灭呢。是谓天道。

宝卷即位，谥鸾为明皇帝，庙号高宗。鸾在位只五年，改元二次，残刻寡恩，事多过虑，平时深居简出，连郊天大典，都屡次延约，始终不行。又尝迷信巫觋，每出必先占利害，东出云西，西出云北，及疾已大渐，尚不许左右传闻。无非推己及人，防他变乱，但如此为帝，有何趣味！且因巫觋进言，谓后湖水经过宫内，不利主上，乃欲堵塞后湖，作为厌胜。其实宫中取饮，全仗此湖，鸾为疗疾起见，至欲因噎废食，亏得早死数日，事乃得寝。史家称他起居俭约，宫禁肃清，罢新林苑，废钟山楼馆，斥卖东田园囿，舆辇舟乘，剔去金银，后宫服饰，概尚朴素，御食时有裹蒸一大枚，尝令剖作四块，食半留半，充作晚餐，从前高、武俭德，亦不过如是。哪知圣帝明王，德量宽广，不在区区小节；若徒从俭省一事，传作美谈，岂非是不虞之誉，未足凭信么？评论精严。

这且不必絮谈，且说太子宝卷，素性好弄，不喜书学，乃父亦未尝斥责，但命尽家人礼。宝卷求每日入朝，有诏不许，但使三日一朝。夜间无事，辄捕鼠达旦，恣情笑乐。至入承大统，不愿咨询国事，但与宦官宫妾等，终日嬉戏，彻夜流连。梓宫殡太极殿中，才经数日，即欲速葬。徐孝嗣入内固争，始延宕了一月，出葬兴安陵。宝卷临丧不哀，每哭辄托云喉痛。大中大夫羊阐入临，号恸俯仰，脱帻坠地，露首无发，好似秃头一般。宝卷瞧着，忍不住狂笑起来，且笑且语道："秃鹫啼来了！"左右闻言，亦笑不可抑，统做了掩口葫芦。到了奉灵安葬，宝卷越无哀思，从此欢天喜地，纵乐不休。左右嬖幸，捉刀随侍，俱得希旨下敕，时人遂有刀敕的称呼。扬州刺史始安王萧遥光，尚书令徐孝嗣，右仆射江祐，右将军萧坦之，侍中江祀，卫尉刘暄，更番入直，分日帖敕，朝三暮四，无所适从。眼见是纪纲日紊，为祸不远了。暂作一结。

魏主宏闻齐主病殂，却下了一道诏敕，证经引礼，不伐邻丧，说得有条有脊，居然似仁至义尽，效法前贤。哪知他却有三种隐情，不得不归，乐得卖个好名，引兵北去。极写魏主心术。看官听我叙来，便可知晓。魏主南下，留任城王澄，及李彪、李冲居守。见上回。彪家世孤微，赖冲汲引，超拜太尉，此次共掌留务，偏与冲两不相容，事多专恣。冲气愤填胸，历举彪过，请置重辟。魏主但令除名。冲余恨未平，竟病肝裂，旬日毕命。好去重会文明太后了。洛阳留守，三人中少了二人，魏主不免担忧，遂动归志。这是第一层。还有高车国在魏北方，服魏多年，此次魏主南侵，调发高车兵从行，高车兵不愿远役，推奉袁纥树者为主，抗拒魏命。魏主遣将军宇文福往讨，大败奔还。更命将军江阳王元继，再出北征，继主张招抚，一时不能平乱。魏主未免心焦，拟自往北伐，所以不能不归。这是第二层。最可恨的是宫闱失德，贻丑中冓，累得魏主躁忿异常，不得不驰还洛都，详讯一切。魏主好名，偏遇艳妻出丑，哪得不恨！

原来冯昭仪谗谋得逞，正位中宫，本来是鱼水谐欢，无夕不共，偏偏魏主连岁南下，害得这位冯皇后，凄凉寂寞，闷守孤帏。适有中官高菩萨，名为阉宦，实是顶替进来，仍与常人无二，而且容貌颀皙，资性聪明，每日入侍宫帏，善解人意。冯皇后很加爱宠。他竟巧为挑逗，引起冯后慾火，把他侍寝，权充一对假鸳鸯。谁知他阳道依然，发硎一试，久战不疲，冯后是久旱逢甘，得此奇缘，喜出望外。真是一个救苦救难的大菩萨。嗣是朝欢暮乐，我我卿卿，又得阉竖双蒙等，作为腹心，内外瞒蔽，真个是洞天花月，暗地春宵。但天下事若要不知，除非莫为，冯皇后虽买通侍役，代为掩饰，终不免漏泄出去，使人闻知。会魏主女彭城公主，曾为刘昶子妇，年少嫠居，冯后欲令她改嫁，即为亲弟北平公冯夙求婚，请命魏主，魏主却也允许。偏是公主不愿，将近婚期，竟潜挈婢仆十数人，乘轻车，冒霖雨，直达悬瓠，进谒魏主，跪陈本意，且言后与高菩萨私乱情形。魏主将信将疑，又惊又愕，只好暂守秘密，还鞫实情。这是第三层。途次忧愤交并，竟致成疾。

彭城王勰筑坛汝滨，祷告天地祖宗，自乞身代，果然神祖有灵，勰仍无恙，魏主却渐渐告痊。行至邺城，接得江阳王继来表，招抚高车，已有成效，树者虽亡入柔然，但也有出降意，尽可无忧。魏主稍稍放心，休养旬月，就在邺城过冬。越年为魏主太和二十三年，就是齐主宝卷永元元年，年序不便常混，故本编屡次点清。正月初旬，魏主即自邺还洛，一入宫廷，便拿下高菩萨、双蒙，当面审问。二人初尚狡赖，一经刑讯，才觉熬受不住，据实招供，并说出冯后厌禳情事。

先是彭城公主南赴悬瓠，冯后恐公主讦发阴私，渐生忧虑，召母常氏入宫，求托女巫禳厌，使魏主速死，自得援文明太后故例，另立少主，临朝称制。又尝取三牲入宫，托词祈福，阴实为厌禳计。常氏或自诣宫中，或遣婢入宫，与相报答。偏迅雷不及掩耳，那高菩萨、双蒙等，已被魏主讯得确供，水落石出。冯皇后原是惊惶，魏主亦气得发昏，旧疾复作，入卧含温室中。

到了夜间，令菩萨等械系室外，召后问状，后不敢不来，入室有遽色。魏主令宫女搜检后身，得一小匕首，长三寸许，便喝令斩后。后慌忙跪伏，叩头无数，涕泣谢罪。魏主乃命她起来，赐坐东楹，隔御寝约二丈余，先令菩萨等陈状，菩萨等不敢翻供，仍照前言陈明。魏主瞋目视后道："汝听见否？汝有妖术，可一一道来。"后欲言不言，经魏主一再催迫，方乞屏去左右，自愿密陈。魏主使中宫侍女，一概出室，唯留长秋卿白整在侧，且起取佩刀，指示后面，令她速言。后尚不肯语，但含着一双泪眼，注视白整。魏主会意，用棉塞整两耳，再呼整名，整已无所闻，寂然不应，乃叱后从实供来。后无可抵赖，只得呜呜咽咽，略述大概。亏她老脸自陈。

魏主大愤，直唾后面。且召彭城王勰，北海王祥入室，嘱令旁坐。二人请过了安，见后亦在座，未免局促不安。魏主指语道：“前是汝嫂，今是他人，汝等尽管坐下。”二人方才谢坐。魏主又语道：“这老妪欲挟刃刺我，可恶已极，汝等可穷问本末，不必畏难！”二人见魏主盛怒，只好略略劝解，魏主道：“汝等谓冯家女不应再废么？彼既如此不法，且令寂处中宫，总有就死的一日，汝等勿谓我尚有余情呢！”二王趋退，魏主即命中官等送后入宫，后再拜而出。

过了数日，魏主有事问后，令中官转询，后又摆起架子，向中官叱骂道：“我是天子妇，应该面对，怎得令汝传述呢？”中官转白魏主，魏主大怒，即召后母常氏入宫，详述后罪，并责常氏教女不严，纵使淫妒。常氏未免心虚，恐为厌禳事连坐致刑，不得已挞后百下，佯示无私。魏主尚顾念文明太后旧恩，不忍将后废死，但敕诛高菩萨、双蒙二人，并嘱内侍等不得纵后，略加管束，就是废后敕书，亦迟久不下。所有六宫嫔妾，仍令照常敬奉，唯太子恪不得朝谒，示与后绝，这真算是特别加恩了。未免有情。

会闻齐太尉陈显达，督领将军崔慧景，规复雍州诸郡，魏将军元英迎战，屡为所败，被齐军夺去马圈、南乡两城，魏主病已少痊，力疾赴敌，并命广阳王拓跋嘉，从间道绕出均口，邀截齐军归路。齐军前后受敌，杀得大败亏输，显达南走，慧景亦还。魏主虽然欣慰，但跋涉奔波，终不免有一番劳顿，病骨支离，禁受不起，又复病上加病，奄卧行辕。彭城王勰，旁侍医药，昼夜不离，饮食必先尝后进，甚至蓬首垢面，衣不解带。好兄弟，好君臣。魏主命勰都督中外诸军事，勰面辞道：“臣侍疾无暇，怎可治军？愿另派一王，使总军务。”魏主道：“我正恐不起，所以命汝主持，安六军，保社稷，除汝外尚有何人？幸勿再辞！”勰乃勉强受命。

既而魏主疾亟，乘卧舆北归，行次谷塘原，病势益甚，顾语彭城王勰道：“我已不济事了，天下未平，嗣子幼弱，倚托亲贤，所望唯汝！”勰泣答道：“布衣下士，尚为知己尽力，况臣托灵先皇，理应效命股肱，竭力将事。但臣出入喉膂，久参机要，若进任首辅，益足震主，圣如周旦，尚且遁逃，贤如成王，尚且疑惑，臣非矫情乞免，实恐将来取罪，上累陛下圣明，下令愚臣辱戮呢！”勰非不知远虑！后来仍难免祸，功高震主之嫌，非上智其能免乎！魏主沉吟半晌，方徐答道：“汝言亦颇有理，可取过纸笔来。”勰依言取奉纸笔，由魏主强起倚案，握笔疾书，但见上面写着：

汝第六叔父勰，清规懋赏，与白云俱洁，厌荣舍绂，以松竹为心。吾少与绸缪，提携道趣，每请朝缨，恬真邱壑。吾以长兄之重，未忍离远，何容仍屈素业，长婴世网？吾百年之后，其听勰辞蝉舍冕，遂其冲挹之性也！

书至此，手已连颤，不能再写，乃掷笔语勰道："汝可将此谕付与太子，惬汝素怀。"勰见魏主困惫，扶令安卧。魏主喘吁多时，又命勰草诏，进授侍中北海王详为司空，平南将军王肃为尚书令，镇南大将军广阳王嘉，为尚书左仆射，尚书宋弁为吏部尚书，令与太尉咸阳王禧，尚书右仆射任城王澄，并受遗命，协同辅政，随即口述己意，命勰另书道：

谕尔太尉、司空、尚书令、左右仆射、吏部尚书：唯我太祖丕不之业，与四象齐茂，累圣重明，属鸣历于寡昧，兢兢业业，思纂乃圣之遗踪，迁都嵩极，定鼎河瀍，庶南荡瓯吴，复礼万国，以仰光七庙，俯济苍生，天未假年，不永乃志。公卿其善毗继子，隆我魏室，不亦善欤！可不勉之！

勰俱书就，呈与魏主阅过，魏主始点首无言。是时唯任城王澄，广阳王嘉从军，嘉为太武帝焘孙，澄为景穆太子晃孙，年序最长，齿爵并崇，当由魏主召入，略述数语。二王奉命退出，勰仍留侍。越二日，魏主弥留，复语彭城王勰道："后宫久乖阴德，自寻死路，我死后可赐她自尽，葬用后礼，庶足掩冯门大过，卿可为我书敕罢！"勰复依言书敕，书毕呈阅，魏主已不省人事，顷刻告终。年三十有三。

魏主宏雅好读书，手不释卷，所有经史百家，无不赅览，善谈庄老，尤精释义，才藻富赡，好为文章诗赋铭颂，自太和十年以后诏册，俱亲加口授，不劳属草，平居爱奇好士，礼贤任能，尝谓人君能推诚接物，胡越亦可相亲，如同兄弟。又尝诫史官道："直书时事，无讳国恶，人主威福自擅，若史复不书，尚复何惧！"至若郊庙祭祀，未有不亲，宫室必待敝始修，衣冠迭经浣濯，犹然被服。在位二十三年，称为一时令主。唯宠幸冯昭仪，以致废后易储，有乖伦纪，渐且酿成宫闱丑事，饮恨而终，这可见色为祸原，常人且不宜好色，况系一国的主子呢。大声疾呼。

彭城王勰，与任城王澄等计议，因齐兵尚未去远，且恐麾下有变，只得秘不发丧，仍用安车载着魏主，趱程前进。沿途视疾问安，仍如常时，一面飞使赍敕，征太子恪至鲁阳，及两下会晤，才将魏主棺殓，发丧成服，奉恪即位。咸阳王禧，是魏主宏长弟，自洛阳奔丧，疑勰为变，至鲁阳城外，先探消息，良久乃入。与勰相语道："汝非但辛勤，亦危险至极！"勰答道："兄识高年长，故防危险，弟握蛇骑虎，不觉艰难。"禧微笑道："想汝恨我后至哩。"此外东宫官属，亦多疑勰有异志，密加戒备。勰推诚尽礼，无纤芥嫌。俟恪即位，即跪奉遗敕数纸。恪起座接受，一一遵行。当下令北海王详，及长秋卿白整等，赍着遗敕，并持药入宫，赐冯后死。冯后尚不肯引决，骇走悲号，整指挥内侍，把后牵住，强令灌下。小子有诗叹道：

尤物从来是祸苗，一经专宠便成骄；
别宫赐死犹嫌晚，秽史留贻恫北朝！

欲知冯后曾否服毒，且俟下回再表。

萧鸾一生凶诈，而独有狂愚之嗣子，拓跋宏一生英敏，而独有淫恶之艳妻。先贤有言，身不行道，不行于妻子，鸾之不德，宜有是儿。魏主好文稽古，兼长武事，顾乃不能制一妇人，菩萨为祟，厌禳继兴，巫蛊不足，甚且挟刃图逞天下。好妒之妇人，未有不淫，好淫之妇人，未有不悍。魏主宏为色所迷，已乖伦纪，身为元绪公，险作刀头鬼，犹沾沾于文明太后之私恩，不声罪以诛之。夫文明太后，有杀父之大仇，尚不知报，何怪淫后之胆大妄为，效尤益甚！其得安殂谷塘原，保全首领以殁，亦幸矣哉！然后知凶诈者固不足诒谋，英敏者亦非真能制治也。

第三十五回　泄密谋二江授首
遭主忌六贵洊诛

却说魏冯后见了毒药，尚不肯饮，且走且呼道："官家哪有此事，无非由诸王恨我，乃欲杀我呢！"嗣经内侍把她扯住，无法脱身，没奈何饮毒自尽。白整等驰报嗣主，咸阳王禧等，欢颜相语道："若无遗诏，我兄弟亦当设法除去，怎得令失行妇人，宰制天下，擅杀我辈呢！"魏主恪遵照遗言，尚用后礼丧葬，谥为幽皇后。仍命彭城王勰为司徒，摄行冢宰，委任国事，一面奉梓宫还洛阳。守制月余，乃出葬长陵，追谥皇考为孝文皇帝，庙号高祖，并尊皇妣高氏为文昭皇后，配飨高庙。高氏见三十二回。封后兄肇为平原公，显为澄城公。从前冯氏盛时，冯熙为文明太后兄，尚公主，官太师，生有三女，二女相继为后，还有一女亦纳入掖廷，得封昭仪。子诞为司徒，修为侍中，聿为黄门郎。侍中崔光尝语聿道："君家富贵太盛，终必衰败。"聿变色道："君何为无故诅我？"光答道："物盛必衰，天地常理，我非敢诅咒君家，实欲君家预先戒慎，方保无虞。"聿转白父熙，熙不能从。过了年余，修获罪黜，熙与诞先后谢世，幽后废死，聿亦摈弃，冯氏遽衰。述此以讽豪门。高氏遂得继起，一门二公，富贵赫奕，几与冯氏显盛时，相去不远了。这且待后再表。

且说齐主萧宝卷，嗣位以前，曾简萧懿为益州刺史，萧衍为雍州刺史。衍闻宝卷入嗣，萧遥光等六人辅政，遂语从舅参军张弘策道："一国三公，尚且不可，今六贵同朝，势必相图。乱将作了。避祸图福，无如此州，所虑诸弟在都，未免遭祸，只好与益州共图良策呢！”弘策亦以为然。懿为衍兄，衍所说益州二字，便是指懿。嗣是密修武备，多伐竹木，招聚骁勇，数约万计。中兵参军吕僧珍，阴承衍旨，亦私具橹数千张。

已而懿罢刺益州，改行郢州事，衍即使弘策说懿道："今六贵比肩，人自画敕，争权夺势，必致相残。嗣主素无令誉，狎比群小，慓轻忍虐，怎肯委政诸公，虚坐主诺！嫌疑久积，必且大行诛戮。始安欲为赵王伦。晋八王之一。形迹已露，但性褊量狭，徒作祸阶，萧坦之忌克陵人，徐孝嗣听人穿鼻，江祏无断，刘暄阘弱，一朝祸发，中外土崩。吾兄弟幸守外藩，宜为身计！及今猜嫌未启，当悉召诸弟西来，过了此时，恐即拔足无路了。况郢州控带荆湘，雍州士马精强，世治乃竭忠本朝，世乱可自行匡济，因时制宜，方保万全；若不早图，后悔将无及呢！”懿默然不应，唯摇首示意。弘策又自劝懿道："如君兄弟，英武无敌，今据郢、雍二州，为百姓请命，废昏立明，易如反掌，愿勿为竖子所欺，贻笑身后！雍州揣摩已熟，所以特来陈请，君奈何不亟为身计！”懿勃然道："我只知忠君，不知有他！"语非不是，但未免迂愚。弘策返报，衍很为叹息。自遣属吏入都，迎骠骑外兵参军萧伟及西中郎外兵萧憺，并至襄阳，静待朝廷消息。

果然永元改元，甫阅半年，即有二江被诛事。江祏、江祀，是同胞兄弟，系景皇后从子，与齐主鸾为中表亲。景皇后系鸾生母，见三十一回。鸾篡帝祚，祏与祀并皆佐命。所以格外信任，顾命时亦特别注意。卫尉刘暄，乃是敬皇后弟，敬皇后系鸾故妃，亦见三十一回。与二江同受遗敕，夹辅嗣君。当时宝卷不道，屡欲妄行，徐孝嗣不敢谏阻，萧坦之依违两可，独祏常有谏诤，坚持到底，致为宝卷所恨。宝卷平日，最宠任茹法珍、梅虫儿二人，祏又屡加裁抑，法珍等亦视若仇雠。徐孝嗣常语祏道："主上稍有异同，可依则依，不宜一律反对。"祏答道："但教事事见委，定可无忧。"专欲难成。

宝卷失德益甚，祏欲废去宝卷，改立江夏王宝玄，独刘暄与他异议，拟推戴建安王宝夤。宝玄宝夤并系鸾子，见三十一回。原来暄前为郢州行事，佐助宝玄，有人献马，宝玄意欲取观，暄答道："马是常物，看他什么？"宝玄妃徐氏，命厨下燔炙豚肉，暄又不许，且语厨人道："朝已煮鹅，奈何再欲燔豚？"为此二事，宝玄尝恚恨道："舅太无渭阳情。"暄闻言亦滋不悦。至是入秉政权，当然不愿立宝玄。祏因暄异议，乃转商诸萧遥光。看官阅过上文，应知遥光本意，早图自取。此时正想下手，怎肯赞同祏意，推立宝玄！唯又不便与祏明言，只好旁敲侧击，托言为社稷计，应立长君。祏知他言中寓意，出白弟祀，祀亦谓少主难保，不如竟立遥光，累得祏惶惑不定，大费踌躇。如此大事，怎得胸无主宰！

萧坦之正丁母忧，起复为领军将军，祏乘便与商，谓将拥立遥光。坦之怫然道："明帝起自旁支，入正帝位，天下至今不服，若复为此举，恐四方瓦解，我却不敢与闻呢！"祏乃趋退。坦之恐为祏所累，仍还宅守丧。

吏部郎谢朓，素有才望，祏与祀引为臂助。召朓入语道："嗣主不德，我等拟改立江夏王，但江夏年少，倘再不堪负荷，难道再废立不成！始安王年长资深，乘时推立，当不致大乖物望。我等为国家计，因有此意，并非欲要求富贵呢！"朓未以为然，不过支吾对答。说了数语，便即辞归。可巧丹阳丞刘沨，奉遥光密遣，致意与朓，嘱使为助。朓又随口敷衍，似允非允。沨返报遥光，遥光竟命沨兼知卫尉事。朓骤得显要，反有惧心，即转将祏祀密谋，转告太子右卫率左兴盛。兴盛却不敢多言。朓又说刘暄道："始安王一旦南面，恐刘沨等将入参重要，公将无从托足呢！"暄佯作惊惶，俟朓去后，即驰报遥光及祏。遥光道："他既不愿相从，便可令他出外，现在东阳郡守，正当出缺，令他继任便了！"祏独入阻道："朓若外出，适足煽惑众人，必于我辈不利，请早日翦除为是！"比遥光更凶。遥光乃矫制召朓，收付廷尉，然后与徐孝嗣、江祏、刘暄三人，联名具奏，诬朓妄贬乘舆，窃论宫禁，私谤亲贤，轻议朝宰，种种不法，宜与臣等参议，肃正刑书等语。宝卷游狎不遑，无心查究，便令他数人定谳，当即论死，勒令狱中自尽。朓入狱后，还想告讦遥光等阴谋，意图自脱，偏狱吏不容传书，无从讦发，乃流涕叹息道："我虽不杀王公，王公由我而死！指前回王敬则事。今日罹祸，不足为冤，我死罢了！"遂解带自经。

遥光即欲发难，不料刘暄又复变计。看官道是何因？他想遥光得位，自己把元舅资望，凭空失去，转致求荣反辱，所以变易初心。萧衍谓刘暄闇弱，尚非定评，暄实一反复小人，不止闇弱而已。祏与祀见暄有异，也不敢从速举事。遥光察悉情状，恨暄切齿，潜遣家将黄昙庆刺暄。暄正出过青溪桥，护队颇多，昙庆惮不敢出，留匿桥下。偏暄马惊跃而过，惹动暄疑，仔细侦察，方知由遥光暗算，幸得免刺。由惊生惧，由惧生怒，竟想出一条釜底抽薪的计策，密呈一本，报称江祏兄弟罪状。宝卷仰承遗训，不肯落后，即传敕召祏，并即收祀。祀正入值内殿，略得风声，忙遣使报祏道："刘暄似有异谋，应如何防备？"祏尚不以为意，但说出镇静二字。有顷由敕使驰至，召祏入见，暂憩中书省候宣。忽有一人持刀入省，用刀环击祏心胸，张目叱祏道："汝尚能夺我封赏么？"祏仓皇辨认，乃是直阁袁文旷，不由的颤动起来。文旷前斩王敬则，论功当封，祏坚执不与。文旷因此挟嫌，乘势报复，先将祏击伤，然后用械锁祏。俄而又来敕使，传敕处斩，文旷即将祏牵出，交与刑官。祏至市曹，祀亦被人牵至，两人相对下泪，喉噎难言。只听得一声号令，魂灵儿已驰入重泉，连杀头的痛苦，也无从知觉了。兄弟同死，却免鸰原遗恨。

宝卷既除江祏，无人强谏，好似拔去眼中钉，乐得逍遥自在，日夜与左右嬖幸，鼓吹戏马。每至五更始寝，日晡乃起，台阁案奏，阅数十日乃得报闻，或且被宦官包裹鱼肉，持还家中，连奏牍都不见着落。一日乘马出游，顾语左右道："江祏常禁我乘马，此奴尚在，我怎得有此快活呢！"左右统是面谀，盛称陛下英明，乃得除害，宝卷又问江祏亲属，有无留存，左右答道："尚有族人江祥，拘系东冶，未曾处决。"宝卷道："快取纸笔来。"左右奉呈纸笔，就从马上书敕，赐祥自尽，令人传往东冶。东冶乃是狱名，祥本以疏亲论免，至此被诛。此外江祏家属，不问可知，小子也毋庸细述了。

萧遥光虽未连坐，心下很是不安，季弟遥昌，领豫州刺史，已病终任所，只有次弟遥欣，尚镇荆州，他遂与遥欣通书，密谋起事，据住东府，使遥欣自江陵东下，作为外援。事尚未发，遥欣偏又病亡，弟兄三人，死了一双，弄得遥光孤立无助，懊怅异常，宝卷亦阴加防备，尝召遥光入议，提及江祏兄弟罪案，遥光益惧，佯狂称疾，不问朝事。

会遥欣丧还，停留东府前渚，荆州士卒，送葬甚多，宝卷恐他为变，拟撤他扬州刺史职衔，还任司徒，令他就第。当下召令入朝，面谕意旨，遥光恐蹈祏覆辙，不敢应召。一面收集二弟旧部，用了丹阳丞刘沨，及参军刘晏计议，托词讨刘暄罪，夜遣数百人，破东冶出囚，入尚方取仗，并召骁骑将军垣历生，统领兵马，往劫萧坦之、沈文季二人。坦之、文季，已闻变入台，免被劫去。历生遂劝遥光夜攻台城，遥光狐疑不决，待至黎明，始戎服出厅，令部曲登城自卫。历生复劝他出兵，遥光道："台中自将内溃，不必劳我兵役。"历生出叹道："先声乃能夺人；今迟疑若此，怎能成事呢！"

萧坦之、沈文季两人入台告变，众情恟惧。俟至天晓，方有诏敕传出，召徐孝嗣入卫，人心少定。左将军沈约，也驰入西掖门，于是宫廷内外，稍得部署。遥光若从历生计议，早可入台，然如遥光所为，若使成事，是无天理了。徐孝嗣屯卫宫城，萧坦之率台军讨遥光，出屯湘宫寺，右卫率左兴盛屯东篱门，镇军司马曹虎屯青溪桥，三路兵马，进围东府。遥光遣垣历生出战，屡败台军，阵斩军将桑天受。坦之等未免心慌。忽由东府参军萧畅，及长史沈昭略，自拔来归，报称东府空虚，力攻必克。坦之大喜，便督诸军猛攻。东府中失去萧、沈两人，当然气沮，萧畅系豫州刺史萧衍弟，沈昭略系仆射沈文季从子，两人俱系贵阀，所以有关人望。垣历生见两人已去，益起贰心，遥光命他出击曹虎，他一出南门，便弃槊奔降虎军。虎责他临危求免，心术不忠，竟喝令枭首。遥光闻历生叛命，从床上跃起，使人杀历生二子，父子三人，统死得无名无望，恰也不必细说。

垣之等攻城至暮，用火箭射上，毁去东北角城楼，城中大哗，守兵尽溃。遥光走还小斋，秉烛危坐，令左右闭住斋阁，在内拒守。左右皆逾垣遁去，外军杀入城中，收捕遥光。破斋阁门，遥光吹灭烛焰，匍匐床下。外军暗地索寻，就床下用槊刺入。遥光受伤，禁不住有呼痛声，当被军人一把拖出，牵至阁外，禀明萧坦之等，便即饮刀。死有余辜。军人复纵火烧屋，斋阁俱尽，遥光眷属，多死火中。刘沨、刘晏，亦遭骈戮。一场乱事，化作烟消。

坦之等还朝复命，有诏擢徐孝嗣为司空，加沈文季为镇南将军，进萧坦之为尚书右仆射，刘暄为领将军，曹虎为散骑常侍右卫将军。坦之恃功骄恣，又为茹法珍等所嫌，日夕进谗。宝卷亟遣卫帅黄文济，率兵围坦之宅，逼令自杀。

坦之有从兄翼宗，方简授海陵太守，未曾出都，坦之呼语文济道："我奉君命，不妨就死，只从兄素来廉静，家无余资，还望代为奏闻，乞恩加宥！"文济问翼宗宅在何处，坦之以告，经文济允诺，乃仰药毕命。文济返报宝卷，并述及翼宗事，宝卷仍遣文济往捕，查抄翼宗家资，一贫如洗，只有质帖钱数百。想即钱券之类。持还复命，宝卷乃贷他死罪，仍系尚方。坦之子秘书郎萧赏，坐罪遭诛。茹法珍等尚未满意，复入谮刘暄。宝卷道："暄是我舅，怎有异心！"彼也有一隙之明耶？直阁徐世标道："明帝为武帝犹子，备受恩遇，尚灭武帝子孙，元舅岂即可恃么？"谗口可畏。宝卷被他一激，便命将暄拿下，杀死了事。嗣后因曹虎多财，积钱五千万，他物值钱，亦与相等，一道密敕，把虎收斩，所有家产，悉数搬入内库。萧翼宗因贫免死，曹虎因富遭诛，世人何苦要钱，自速其死！统计三人处死，距遥光死期，不到一月。就是新除官爵，俱未及拜，已落得身家诛灭，门阀为墟！富贵如浮云。

唯徐孝嗣以文士起家，与人无忤，所以名位虽重，尚得久存。中郎将许准，为孝嗣陈说事机，劝行废立。孝嗣谓以乱止乱，决无是理，必不得已行废立事，亦须俟少主出游，闭城集议，方可取决。准虑非良策，再加苦劝，无如孝嗣不从。沈文季自托老疾，不预朝权，从子昭略，已升任侍中，尝语文季道："叔父行年六十，官居仆射，欲以老疾求免，恐不可必得呢！"文季但付诸微笑，不答一词。

过了月余，有敕召文季叔侄，入华林省议事。文季登车，顾语家人道："我此行恐不复返了！"及趋入华林省，见孝嗣亦奉召到来，两人相见，正在疑议，未知所召何因。忽由茹法珍趋至，手持药酒，宣敕赐三人死。昭略愤起，痛詈孝嗣道："废昏立明，古今令典，宰相无才，致有今日！"说至此，取酒饮讫，用瓯掷孝嗣面道："使作破面鬼！"言讫便僵卧地上，奄然就毙。文季亦饮药而尽。孝嗣善饮，服至斗余，方得绝命。子演尚武康公主，况尚山阴公主，统皆坐诛。女为江夏王宝玄妃，亦勒令离婚。昭略弟昭光，闻难欲逃，因不忍别母，持母悲号，被收见杀。昭光兄子昙亮，已经逃脱，闻昭光死，且恸且叹道："家门屠灭，留我何为！"也绝吭自尽。未免太迂。

嗣是同朝六贵，只剩太尉陈显达一人，显达为高、武旧将，当明帝鸾在位时，已恐得罪，深自贬抑，每出必乘敝车，随从只十数人，非老即弱，尝蒙明帝赐宴，酒酣起奏道："臣年衰老，富贵已足，唯欠一枕，还乞陛下赐臣，令臣得安枕而死！"明帝失色道："公已醉了，奈何出此语！"既而显达又上书告老，仍不见许，及预受遗敕，出师攻魏，为魏所败，狼狈奔还。见前回。御史中丞范岫，劾他丧师失律，应即免官，显达亦请解职，宝卷独优诏慰答，不肯罢免。寻且命显达都督江州军事，领江州刺史，仍守本官。显达得了此诏，好似跳出陷坑，非常快慰。至朝中屡诛权贵，且有谣言传出，谓将遣兵袭江州，显达遂与长史庾弘远，司马徐虎龙计议，拟奉建安王宝夤为主，即日起兵。小子有诗叹道：

寻阳一鼓起三军，主德昏时乱自纷，

我有紫阳书法在，半归臣子半归君。

师期已定，又令庾弘远等出名，致书朝贵，颇写得淋漓痛快，可泣可歌。欲知书中详情，容待下回录叙。

六贵同朝，人自画敕，此最足以致乱，萧衍之说韪矣。但平心论之，六人优劣，亦有不同。萧遥光怂恿萧鸾，残害骨肉，其心最毒，其策最狡。江祏、江祀，密图废立，乃欲奉戴遥光，党恶助虐，绳以国法，遥光固为罪首，二江其次焉者也。刘暄反复靡常，亦不得为无罪。萧坦之、徐孝嗣、沈文季三人，讨平遥光，非特无辜，抑且有功。就令坦之恃功骄恣，而罪状未明，乌得妄杀！孝嗣、文季，更无罪之可言。故遥光可诛，江祏、江祀可诛，刘暄亦可诛，坦之、孝嗣、文季，实无可诛之罪，诛之适见其诬枉耳！人徒谓宝卷滥杀大臣，因致亡乱，不知无罪者固不应诛，有罪者亦非真不可诛也。彼宝卷之亡国，犹在彼不在此焉。

第三十六回　江夏王通叛亡身
潘贵妃入宫专宠

却说陈显达决计起兵，将攻建康，先令长史庾弘远、司马徐虎龙，致书朝贵，大略说是：

诸公足下：我太祖高皇帝，睿哲自天，超人作圣，属彼宋季，纲纪自紊，应禅从民，构此基业。世祖武皇帝，昭略通远，克纂洪嗣，四关罢险，三河静尘。郁林、海陵，顿孤负荷。明帝英圣，绍建中兴。至乎后主，行悖三才，琴横由席，绣积麻筵，淫犯先宫，秽兴闺闼，皇陛为市廛之所，雕房起战争之门，任非华尚，宠必寒厮。江仆射兄弟，忠言屡进，正谏繁兴，覆族之诛，于斯而至。故乃犴噬之刑，四剽于海路，家门之衅，一起于中都。萧、刘二领军，拥升御座，共秉遗诏，宗戚之苦，谅不足谈，渭阳之悲，何辜至此！徐司空累叶忠荣，清简流世，匡翼之功未著，倾宗之罚已彰。沈仆射年在悬车，将念几杖，欢歌园薮，绝影朝门，忽招陵上之罚，何万古之伤哉！遂使紫台之路，绝廛绅之俦，缨组之阁，罢金张之胤。悲起蝉冕，为贱宠之服；呜呼皇陛，列劫竖之坐。且天人同怨，干象变错，往者三州流血，今者五地自动，咎征迭著，昏德未悛，此而未废，孰不可兴。诸公多先朝遗旧，志在名节，并列丹书，要同义举。建安殿下，秀德冲远，实允神器。昏明之举，往圣留言，今忝役戎驱，亟请乞路，须京尘一静，西迎大驾，歌舞太平，不亦佳哉！我太尉体道合圣，仗德修文，神武横于七伐，雄略震于九纲，是乃仗义兴师，还抗社稷。本欲鸣笳振铎，无劳戈刃，但忠谠有心，节义难遣，信次之间，森然十万，飞旍咽于九派，列舰迷于三川，此盖捧海浇萤，列火消冻耳。吾子其择善而从之！毋令竹帛无名，空为后人笑也！

朝臣得了此书，当即报知宝卷。宝卷令护军崔慧景为平南将军，督兵往击显达，后军将军胡松，骁军将军李叔献，率水军屯梁山，左卫将军左兴盛，督前锋屯杜姥宅。陈显达出发寻阳，沿流东下，道出采石，适遇胡松截住，两下交锋，约历半日有余，胡松败走。再进兵至新林，左兴盛麾军堵御，彼此未经大战，显达却虚设屯火，绊住兴盛，自率轻舸夜渡，潜袭都城。偏偏遇着逆风，至晓方达，舍舟登落星冈。守卫诸军，不意显达猝至，急忙闭城设守。显达手横长槊，匹马当先，随后有勇士数百人，鼓噪攻城。城中出兵与战，挡不住显达长槊。显达年已七十三，尚是精神矍铄，奋勇无前。战至数十回合，十荡十决，刺死守卫军百余人。俄而槊竟折断，一时掉不出顺手兵器，只好仗剑督战。会左兴盛各军，回救都门，显达寡不敌众，没奈何退至西州。后骑官赵潭注，率兵力追，抢步至显达马后，用槊猛刺。显达不及预防，竟被刺落马下，再加一槊，已是血流满地，不能动弹了。诸子皆被执伏诛。庾弘远亦为所获。临刑索帽，顾语刑官道："子路结缨，吾不可以不冠。"及帽既取戴，复慨然道："我非乱贼，乃是义兵，来此为诸君请命。陈公太觉轻事，我曾谏他持重，若用我言，人民当免致涂炭呢。"也恐未必。弘远有子子曜，年才十四，抱父乞代，并为所杀。父愚子亦愚。各军将入城报功，当又有一番封赏，不消琐述。

豫州刺史裴叔业闻朝廷屡诛大臣，很是危惧，朝廷亦防他有变，调镇南兖州，令他内徙。叔业愈觉不愿，未肯启行，他有兄子裴植，曾为殿中直阁，至是亦惧奔寿阳，谓朝廷必相掩袭，宜早为计。叔业遣亲人马文范，潜赴襄阳，问萧衍道："天下大势，已是可知；但我辈不能自存，现拟回面向北，尚不失为河南公，公意以为何如？"衍使文范返报道："群小用事，怎能虑远？若果疑公，暂宜送家还都，作为质信，万一意外相迫，可勒马步军，直出横江，断他后路，天下事一举可定。今欲北向，恐彼必遣人相代，别以河北一州处公，河南公尚可复得么？”智虑却是过人。

叔业乃遣子芬之入质建康。芬之已去，又欲北向投魏，特向魏豫州刺史薛真度处，致书探问，略表己意。真度劝令早降，复书有云：若至事迫始来，反致功微赏薄，事贵从速，不必多疑。叔业意终未决，不过与真度屡通书信，往来不绝。都中人士，已渐有风闻，咸传叔业外叛，芬之恐被收捕，溜出都门，竟返寿阳。叔业竟遣芬之奉表降魏，魏主宏令彭城王勰出镇寿阳，封叔业为兰陵郡公，仍领豫州刺史。齐廷闻报，不得不发兵加讨，特遣平西将军崔慧景，带领水军，出讨叔业。宝卷亲出送行，戎服坐琅琊城上，召慧景单骑入城，略问数语，慧景即拜辞而去。宝卷还宫，复下诏命萧懿为豫州刺史，助慧景西讨寿阳。

慧景此次出行，已蓄异图，曾与子觉密约，令他隔宿出都，驰赴军前。觉曾为直阁将军，得了父命，即于次日单骑出走，行抵广陵，始与慧景相会。慧景过广陵十余里，召会各军将弁，涕泣晓谕道：“我受三帝厚恩，愧无以报，今幼主昏狂，朝廷浊乱，持危扶倾，莫如今日，愿与诸君还立大功，共立社稷，未知众意若何？”众皆应声听令。慧景遂还向广陵，司马崔恭祖守广陵城，开门迎入。慧景停广陵二日，将集众渡江，因遣人驰见江夏王宝玄，愿奉他为主。宝玄喝斩来使，发兵守城，并飞报诸中。宝卷亟派马军将戚平，外监黄林夫，出助宝玄，镇守京口。总道他是长城可靠，不生变端，哪知宝玄是阳绝慧景，阴实勾通。他与妃子徐氏，本来伉俪情深，只因孝嗣被杀，迫令离婚，心中好生不乐。此次斩使请命，实欲引诱台军，自增势力。

戚平、黄林夫，到了京口，宝玄即引与密商，探他意见。二人语多未合，恼动宝玄，呼令左右，劚二人首。司马孔矜，典签吕承绪，不禁大呼道：“殿下造反了！”宝玄更怒不可遏，杀死二人。好杀不祥。更派长史沈佚之，咨议柳澄，分统部众，专待慧景到来。

慧景自广陵东返，顺抵京口，由宝玄开城纳入，即令慧景为先驱，自乘翠舆，手执绛麾幡，督军继进。都中大震，亟遣骁骑将军张佛护，直阁将军徐元称等，出屯竹里，堵截叛军。慧景前锋将崔恭祖，带着百战不疲的壮士，与佛护等一场鏖斗，佛护等败入城中。恭祖乘胜攻入，斩佛护，降元称，进迫查硎。中领军王莹，奉宝卷命，都督水陆各军，据住湖头，筑垒蒋山西岩，屯甲数万，恭祖不能前进。及慧景继至，亦无法可施，悬赏求计。

竹塘人万副儿献议道："今平路皆有重兵堵住，不可议进，最好从蒋山背后，蹑登山顶，从上临下，出其不意，方可得志。"慧景依计而行，遂分遣壮士千名，绕出山后，鱼贯而上。俟至夜半，突起鼓角，由西岩驰下，各戍垒闻声大骇，不知所为，一齐弃垒遁去。慧景得追至都下，攻扑各门，右卫将军左兴盛，率台军三万人，就北篱门扼守，军中望风溃散，兴盛亦遁。东府、石头、白下、新亭诸城，统皆骇走，兴盛无路可奔，逃匿淮渚荻舫中，被慧景部兵搜获，立即杀毙。慧景突入外城，驻乐游苑，崔恭祖率骑兵千余，攻北掖门，将要陷入，为宫中卫兵所拒，仍复折回，宫门皆闭。慧景引众围攻，又毁去兰陵府署，作为战场。宫中危急万分，幸得卫尉萧畅，屯守南掖门，处分城内，多方应拒，众心稍定。

慧景捏传宣德太后命令，宣德太后见三十一回。废齐主宝卷为吴王，却把推立宝玄的问题，反搁置起来，未曾提及。又生变计。原来竟陵王子良子昭胄，曾封巴陵王，永泰元年，十王被戮，昭胄与弟昭款，避难出奔，至江西溷迹为道人。慧景举兵入都，昭胄兄弟，又奔投慧景，慧景与谈甚欢，更欲拥立昭胄，心如辘轳，未能遽定。子觉又与恭祖争功，竹里一捷，功出恭祖，觉但主粮运，偏说是功与相侔。慧景舐犊情深，不免袒觉，遂致恭祖失望。恭祖又进献一计，请用火箭攻北掖楼，慧景道："大事垂定，何必多毁，免得将来更造，多费财力。"恭祖怏怏而退。慧景素好佛学，善谈释义，自乐游苑移居法轮寺，整日闲坐，对客高谈。恭祖窃叹道："今日何日，难道是参禅时么！"想是要求往西方去了。

蓦闻豫州刺史萧懿，自采石渡江，来援都城，恭祖忙至法轮寺中，自请击懿。慧景道："汝且留此，不如叫我子前去罢。"恭祖趋出，大为怫意，还顾寺门道："看汝父子能成事么？萧豫州岂是好惹的人！"慧景全然未悟，竟遣觉率精兵数千，往拒萧懿去了。

懿本奉命西讨，出屯小岘，闻得裴叔业病死，正拟乘虚往击，忽由都中遣到密使，促令勤王。懿方就食，投箸起座，即率军将胡松、李居士等数千人，从采石渡江东行，举火示城中。台城居人，欢呼称庆。懿军已达南岸，崔觉才领军趋至，与懿接仗。懿下令军中，前进有赏，后退即斩；于是人人致死，个个拼生。

崔觉本非战将，骤遇劲敌，教他如何抵挡！战不多时，即大败奔还，部下伤毙至二千余人。觉率败众逃还都中，正值恭祖抄掠东宫，取得女使数人，饶有姿色。觉不禁垂涎，竟把他拦住，将女妓劫为己有。强盗碰着强盗。恭祖已怨恨慧景，又经此一激，不由的忿火中烧，竟与骁将刘灵运，夜降台军。慧景部下，见崔觉败还，恭祖引去，料知不能成事，多半离散。慧景亦立足不住，潜引心腹数人，自往北渡。余众尚未曾闻知，留住城下。那萧畅却麾兵杀出，击毙数百人，众始散走。

慧景留都历十二日，一败涂地，匆匆奔至江滨，被萧懿麾下的巡兵，驱逐一程，随从都不知去向。只有慧景一人一骑，逃至蟹浦，浦口有渔人会集，见他形迹可疑，仔细盘问，知是崔慧景。渔人已闻他是叛首，乐得杀叛徼赏，呼众奋斫，立将慧景砍死，枭了首级，纳入鱼篮，担送建康。觉亡命为道人，嗣被捕诛。崔恭祖虽然投顺，朝议以他穷蹙始降，不能贷罪，仍拘系尚方，未几亦处斩如律。宝玄逃匿数日，因都中大索，无人容纳，没奈何自出投首。宝卷召入后堂，四面用幛围裹，令群小数十人，鸣鼓而攻。且使人传语道："汝近日围我，与此相类，我亦令汝一尝此味呢！"仿佛儿戏。已而牵出，赐药勒毙。

军将搜得叛人党册，内列姓氏甚多，朝士亦或参入，宝卷并不察阅，但令左右取毁，且慨然道："江夏尚且如此，还问别人做甚？"寻又颁诏大赦，所有叛徒余孽，悉令自新，不复穷治。这却是宝卷即位以后，绝无仅有的美政！却是难得。偏一班佥任宵小，不依诏书，查有家道殷实的人民，概诬为贼党，屠门借资，充入私囊。若本系贫穷，就使前时从贼，也置诸不问。或语中书舍人王咺之道："赦书无信，物议沸腾。"咺之道："会当复有赦书。"已而赦书又下，群小横行如故。宝卷日事嬉游，无心顾问，但任他所为罢了。统计宫中嬖幸左右侍从，凡三十一人，黄门十人。

直阁骁骑将军徐世檦，得委重权，一切刑戮，都由他一人主持。世檦亦宝卷昏纵，密语同党茹法珍、梅虫儿道："何世天子无要人，可惜我主太恶，恐未能长保呢！"法珍等本阴忌世檦，得此一言，便转告宝卷。宝卷怒起，即令法珍督领禁兵，往杀世檦。世檦拒战不胜，终遭杀毙。法珍、虫儿，得并为外监，口称诏敕。王咺之专掌文翰，朋比为奸。及慧景乱平，法珍且受封余干县男，虫儿亦得封竟陵县男。

宝卷以权贵悉除，益加骄纵，或间日一出，或一日一出，既无定时，亦无定所，东西南北，无处不游。朝夕旦暮，在所不计，所经道路，必先屏逐居民，有人犯禁，格杀勿论。自万春门至郊外，周围数十百里，皆空家尽室，巷陌悬幔为高幛，置使人防守，号为屏除，亦称长围。尝游至沈公城，有一妇临产不去，即命剖腹验胎，辨视男女。商纣遗风。又尝至定林寺，有僧老病不能行，藏匿草间，偏为宝卷所见，命左右射僧，百箭俱发，集身如蝟。宝卷亦自发数矢，贯入僧脑，自夸绝技。置射雉场二百九十六处，每出射雉，必先令尉司击鼓，鼓声一传，当役诸人，立命奔走，甚至不暇衣履。尝在夜中三四更间，驾出蹋围，鼓声四起，火光烛天，幡戟横路，士民喧走，相随老小，无不震惊，啼号遍道，宝卷反自鸣得意。他本膂力过人，能挽三斛五斗的重弓，又能在齿上驾运白虎幢，高可七丈五尺，甚至折齿不倦。

他在东宫时，纳妃褚氏，即位后册为皇后。妾黄氏生子名诵，立为太子，黄氏得封淑媛。褚氏本故相褚渊侄女，姿貌平庸，宝卷不甚垂爱。黄淑媛略有姿色，不幸早亡。茹法珍、梅虫儿等格外效劳，代主采艳，选了美女数十名，充入后宫。就中翘楚，要算余、吴两姬为最美，宝卷封余氏为妃，吴氏为淑媛，后来得了一个潘家女，是王敬则营妓，流落都中，真乃天生尤物，妖冶绝伦。体态风流，如春后梨云冉冉，腰肢柔媚，似风前柳带纤纤；一双眼秋水低横，两道眉春山长画，肤成白雪，异样鲜妍，发等乌云，倍增光泽，更有一种销魂妙处，便是裙下双钩，不盈一握。销魂处，恐尚不止此。

宝卷得了此女，好似天女下凡，见所未见。一宵欢会，五体酥麻，越日即册封为妃，又越月余，复册为贵妃。所有潘氏服御，极选珍宝，无论如何价值，但得潘氏欢心，千万亦所不惜。相传一琥珀钏，值价百七十万。就是潘氏宫中的器皿，亦纯用金银。内库所贮，不够取用，更向民间收买，金银宝物，价昂数倍，并令京邑酒租，折钱输金。那潘氏既邀特宠，也任情挥霍，一些儿不知节省，今日索某宝，明日采某珍，供使络绎，不绝道中。每当宝卷出游，必穷极华装，与驾同出。宝卷却令她乘舆先驱，自跨骏马后随。天子为随奴，潘妃亦大出风头。急装缚袴，不避寒暑，驰骋至渴，辑下马解取腰边蠡器，酌茗为饮，或且亲至潘妃舆前，持茗给妃，然后还登马上，仍然驰去。日暮尚未言归，辄往亲幸家留宴。

潘父宝庆，因妃得宠，赐第都中，宝卷呼他为阿丈。就是对着茹法珍，亦以丈相呼。茹家无女，何亦呼他为丈！呼梅虫儿为阿兄。营兵俞灵韵，素善骑马，宝卷向他学驰，故亦呼他为兄。一淘儿游戏，即一淘儿至宝庆家，妃为调羹，躬自汲水。安排既就，便与潘妃并坐取饮，法珍、虫儿等依次列席，不分男女上下，恣为欢谑。还有阉人王宝孙，年仅十余，生得眉目清扬，不啻处女，宝卷号为伥子，非常宠爱。就是潘妃亦青眼相看，宝孙巧小玲珑，常坐潘妃膝上，一同饮酒。伥子何幸，得亲芗泽，可惜少一东西。至夜深还宫，得在御榻旁留寝，因此恃宠生骄，渐得干政。甚且移易诏敕，控制大臣，如梅虫儿、王咺之等，尚有惧意。有时骑马入殿，诋诃天子，宝卷不以为意，日夕留侍，备极宠怜。

从前世祖赜筑兴光楼，上施青漆，宝卷谓武帝未巧，何不纯用瑠璃！谁意永光二年八月间，宝卷挈潘妃等夜游，尚未还宫，祝融氏忽入临宫禁，大肆威焰，毁去房屋三千余间。宫门夜闭，外人非奉敕令，不敢擅开，至宝卷闻火驰归，传谕开门，宫内已付诸一烬。侍女小竖，烧死无数，宝卷也不禁叹息。

当时宫中嬖幸，皆号为鬼，有赵鬼能读西京赋，向宝卷进言道："柏梁既灾，建章是营。"宝卷乃大起芳乐玉寿等殿，用麝涂壁，刻为装饰，穷工极巧。此番想可纯用瑠璃了。工匠彻夜动作，尚苦不及，因搜剔佛寺刹殿，见有玉石狮象，便运入新屋，充作点缀。且凿金为莲花，遍贴地面，命潘妃徐行而过，花随步动，步逐花娇。宝卷从旁称羡道："这真是步步生莲花呢！"小子有诗叹道：

纤足风开自六朝，莲花生步不胜娇；
美人未必能倾国，祸水都从暗主招。

古人有言，乐不可极，极乐必亡，似宝卷这种淫乐，怎得不自速危亡！欲知后事，试看下回。

陈显达一举即败。崔慧景已入外都，殆将成事，乃以多疑而亦败。此由宝卷之恶贯未盈，故陈、崔皆无所成耳。纲目于二人起事，未尝书叛，及其死也，又不书诛，非为二人恕，嫉宝卷不得不恕二人。江夏王宝玄，无拳无勇，徒欲依慧景以觊天位，多见其不知量耳。裴叔业之叛齐降魏，其居心之卑鄙，更出陈、崔二人下，宜其为萧衍所齿冷也。宝卷不道，恶不胜纪，而独归咎于潘贵妃，非一妇人即足亡国；盖蛊惑主聪，乱必及之。桀纣之亡，史家必兼咎妹妲，盖亦此物此志也夫。

第三十七回　杀山阳据城传檄
立宝融废主进兵

却说萧懿入援，得平崔慧景，宝卷留懿在都，超拜尚书令。懿弟畅为卫尉，职掌管籥，雍州刺史萧衍，系懿次弟，即遣亲吏虞安福，入都语懿道："兄一举平贼，功高震主，就使遭际清时，尚或难免，况在乱世，怎能自全！计不如勒兵入宫，行伊、霍故事，却是万世一时的机会。否则仍表请还镇，托名拒虏，内畏外怀，谁敢不从！若放弃兵权，徒縻厚爵，高而无民，必生后悔！"懿摇首不答，长史徐曜甫从旁苦劝，又不见从。茹法珍、王咺之等，惮懿威权，密语宝卷道："懿将行隆昌故事，恐陛下命在旦夕。"宝卷矍然起座，即命法珍等设法除懿。

徐曜甫得知消息，慌忙具舟江渚，劝懿出奔襄阳。懿慨然道："自古皆有死，岂有叛走尚书令么？"懿有弟九人，除衍、畅外，长为萧敷，余为融、宏、伟、秀、憺、恢。伟与憺已入襄阳。见三十五回。敷、融等统尚在都，预备逃匿。法珍等恐懿为变，伺懿在尚书省，即持敕赐药。懿毫不流连，唯向中使慨语道："家弟在雍，很为朝廷担忧哩。"既有衍将为变，不如先立贤君，尚得保全齐祚。说毕，即饮药自尽。懿弟侄统皆亡去，唯融为所捕，亦被处死。一面遣直后将军郑植，往刺萧衍。

植弟绍叔曾为衍宁蛮长史，法珍等遣植往刺，嘱令联络绍叔，乘间行事。绍叔既与植会谈，即将乃兄来意，据实告衍。衍特备办酒宴，令担至绍叔家，为植接风。自己亦备驾前往。宾主会席，饮至半酣，衍笑语道："朝廷遣卿图我，今日闲宴，我特戴头前来，何勿急取！”植亦大笑道：“且待明日取公，今且饮酒罢。”及酒阑席散，衍又令植遍阅城隍府库，与士马器械舟舰。植既阅毕，退语绍叔道：“雍州实力，确是坚强，未易规取。”绍叔道：“兄还都后，不妨实告天子，若欲取雍州，绍叔愿率众力战，一决雌雄。”植住了两日，便告辞而行。绍叔送至南岘，握手流涕，唏嘘别去。

植出都时，懿尚未死，所以植未提及。至是耗问已至，衍东向恸哭，到了夜间，便召参军张弘策、吕僧珍，长史王茂，别驾刘庆远，功曹吉士瞻等，入宅定议。翌晨出厅视事，召集僚佐与语道：“昏主暴虐，恶逾桀纣，当与卿等入都，废昏立明，共扶社稷！”众皆许诺。当下建牙集众，得甲士万余人，马千余匹，船三千艘，出从前所贮竹木，补葺船只，事皆立办。诸将又复索橹，吕僧珍有橹数百张，搬将出来，每船付与二橹，适足敷用。

正拟整军出发，闻朝廷遣辅国将军刘山阳，到了荆州，会合荆州长史萧颖胄，将袭襄阳。衍遂遣参军王天虎驰赴江陵，沿途与州府书，声言山阳西上，并袭荆、雍。又与颖胄兄弟各一函，约他同时起义，共入建康。颖胄是齐祖萧道成族侄，父名赤斧，曾为太子詹事，见二十七回子良疏中。殁后由颖胄袭荫，累佐诸王出镇。此时南康王宝融，明帝第八子。都督荆州，命颖胄为冠军将军西中郎长史，行荆州府州事。既得衍书，怀疑未决。颖胄弟颖达，亦在南康王幕中，览书后与兄密议，也一时不能定谋。

山阳行至巴陵，逗留十余日，徘徊不进。颖胄已遣还天虎，天虎复奉萧衍命，传书颖胄，指示方略。颖胄乃呼参军席阐文，及咨议柳忱，闭斋密议。阐文道：“萧雍州蓄养士马，非复一日，江陵人素畏襄阳，又众寡不敌，万难相制。就使幸能制服，朝廷反多疑忌，不肯包容。今若诱杀山阳，与雍州共事，改立天子，号令诸侯，未始非一时霸业呢！”忱亦接入道：“朝廷狂悖已甚，京师贵人，莫不重足屏息。君等幸在远镇，尚能自安。今乃命山阳前来，假我图雍，这明明是卞庄刺虎的计策。君独不闻萧令君么？率精兵数千，破崔氏十万众，尚为群邪所陷，竟至杀身。况萧雍州雄略盖世，必非山阳所能敌。山阳被破，朝廷转归罪荆州，谓我不能相助，进退两难，何不早从席参军言，别筹良计。”萧颖达闻二人言，亦奋然道：“二君言是，阿兄不可不依！”颖胄道：“席参军劝我诱杀山阳，计将安出？”阐文道：“山阳迟疑不进，明是疑我；我只好斩天虎首，送与山阳，山阳必欢然前来，我得乘便下手了。”颖胄道：“如杀天虎，萧雍州能不疑我么？”阐文道：“这也不难！可先复书与他，说明诱杀山阳，不得不尔。以一天虎易山阳，想萧雍州亦必谅我呢！”计固甚善，可惜太毒！

颖胄依议，遂遣使报达萧衍，自召天虎入室，愀然与语道：“卿与刘辅国相识，今只得权借卿头。”头可借得么？天虎骇极，方欲答言，已由颖达趋入，从背后拔出佩剑，劈死天虎。当即枭首送与山阳，一面征发车牛，扬言将起兵讨雍。山阳得天虎首，即单车白服，只带左右数十人，来见颖胄。颖胄使前汶阳太守刘孝庆等，伏兵城内，自率数人出迎。待山阳入城，一声暗号，伏兵齐出，就使山阳三头六臂，至此也不能抵敌，立即毙命。山阳副将李元履，闻山阳被杀，不得已挈众请降。

颖胄恐司马夏侯详，未肯从议，商诸柳忱。忱答道：“这也容易，近日详子求婚，尚未允诺，今欲举大事，何惜一女呢！”遂以女字详子夔，约同起事。详当然允洽。乃即奉南康王宝融为主，下教戒严。宝融年只十三，有何大略，凡事俱由颖胄主张，不过假他为名。令萧衍都督前锋诸军事，自为都督行留诸军事，加夏侯详为征虏将军，遣宁朔将军王法度，出徇巴陵。一面使人送山阳首至雍州，约期来年二月，进兵建康。

衍遣王天虎赍书时，曾语张弘策道：“兵法以攻心为上，天虎往荆州，人皆有书，独于南康部下，只有两函，与行事兄弟，外人必谓行事另有隐谋，行事无以自明，不得不姿心就我，是两空函足定一州了。”萧衍隐谋，借他口中自述。及颖胄计诱山阳，驰书说明杀天虎事，衍不加可否，无词答复。便是默许。至山阳首传到，谓须延期进兵，衍问何因？来使言年月未利，所以延期。衍勃然道：“行军全仗锐气，事事赶先，尚恐疑怠，若顿兵十旬，必生悔吝。且太白星已现西方，仗义兴师，有何不利！从前周武伐纣，行逆太岁，并未闻展年待月，终得成功。今处分已定，事难中止，还要迁延做甚！”言之有理。遂遣还来使，自上南康王笺，请称尊号，即日举义进兵。

南康王宝融，一时未敢称尊，但使萧颖胄、夏侯详二人出名，檄告京邑百官，及诸州郡牧守。檄云：

夫运不尝夷，有时而陂，数无恒剥，否极则亨。昔我太祖高皇帝德范生民，功极天地，仰纬彤云，俯临紫极。世祖嗣兴，增光前业，云雨之所沾被，日月之所出入，莫不举踵来王，交臂纳贡。郁林昏迷，颠覆厥序，俾我大齐之祚，翦焉将坠。高宗明皇帝建道德之盛轨，垂仁义之至踪，绍二祖之鸿基，继三五之绝业。昧旦丕显，不明求衣，故奇士盈朝，异人辐辏。嗣主不纲，穷肆陵暴，十愆毕行，三风咸袭，丧初而无哀貌，在戚而有喜容，酣酒嗜音，罔悛其侮，谗贼狂邪，是与比周，遂令亲贤婴荼毒之谋，宰辅受葅醢之戮。江仆射、萧刘领军、徐司空、沈仆射、曹右卫，或外戚懿亲，或皇室令德，或时宗民望，或国之虎臣，并勋彰中兴，功比周召，秉钧赞契，受遗先朝。咸以名重见疑，正直贻毙。害加党族，虐及婴孺。曾无渭阳追远之情，不顾本支歼落之痛，信必见疑，忠而获罪，百姓业业，罔知攸暨。崔慧景内逼淫刑，外不堪命，驱土崩之民，为免死之计，倒戈回刃，还指宫阙，城无完守，人有异图。赖萧令君勋济宗祏，业拯苍氓，四海蒙一匡之德，亿兆凭再造之功。江夏王拘迫威强，牵制巨力，迹屈当时，心犹可亮，竟不能内恕探情，显加鸩毒。萧令君自以亲唯族长，任实宗臣，至诚苦言，朝夕献入，谗丑交构，渐见疏疑，浸润成灾，奄罹冤酷。用人之功以宁社稷，刈人之身以骋淫滥，台辅既诛，奸小竞用。梅虫儿、茹法珍妖忍愚戾，穷纵丑恶，贩鬻主威，以为家势，营惑嗣主，恣其妖虐。宫女千余，裸服宣淫，孽臣数十，袒裼相逐。帐饮阛肆之间，宵游街陌之上。刘山阳潜受凶旨，规肆狂逆，天诱其衷，既就枭翦。夫天生蒸民，树之以君，使司牧之，勿使失性。岂有尊临寓县，毒遍黔首，绝亲戚之恩，无君臣之义，功重者先诛，勋高者速毙！九族内离，四夷外叛，封境日蹙，戎马交驰，帑藏已空，百姓已竭，不恤不忧，慢游是好。民怨于下，天愆于上，故荧惑袭月，孽火烧宫，妖水表灾，震蚀告沴。七庙阽危，三才莫纪，大惧我四海之命，永沦于地。南康殿下，体自高宗，天挺英懿，食叶之征，著于弱年，当璧之祥，兆乎绮岁，亿兆颙颙，咸思戴奉。且势居上游，任总连帅，忧深责重，誓清时艰。今特命冠军将军杨公则等，振旅三万，径造秣陵，冠军将军蔡道恭等，被甲二万，直指建业。即建康。辅国将军邓元起等，铁骑一万，分趋白下，宁朔将军柳忱等，组甲五万，络绎继发。雄剑高挥，则五星从流，长戟远指，则云虹变色。天地为之矞皇，山渊以之崩沸。幕府亲贯甲胄，授律中权，董率熊罴之士十有五万，征鼓纷沓，雷动荆南。宁朔将军南康王友萧颖达，领虎旅三万，抗威后拒。萧雍州勋业盖世，谋猷渊肃，既痛家祸，兼愤国难，泣血枕戈，誓雪冤酷。精卒十万，已出汉川。张郢州见上文。节义慷慨，悉力齐奋。江州邵陵王，即宝攸。湘州张行事，王司州并见下文。远近悬契，不谋而同，并勒骁猛，指景风驱，舟舰鱼丽，车骑云屯，平原雾塞。以同心之士，伐倒戈之众，盛德之师，救危亡之国，何征而不服，何诛而不克哉！今兵之所指，唯在梅虫儿、茹法珍二人而已。诸君德载累世，勋著先朝，属无妄之时，居道消之运，受迫群竖，念有危惧。大军近次，当各思拔迹，来赴军门。檄到之日，有能斩送虫儿、法珍首者封二千户，开国县侯！若迷惑凶党，敢拒军锋，刑兹无赦，戮及宗族！赏罚之信，有如皦日！江水在此，誓不食言！

是时宁朔将军王法度，延宕不进，勒令免官。改遣冠军将军杨公则进拔巴陵，直向湘州，又定辅国将军邓元起，进兵夏口，适夏侯详子骁骑将军亶，自建康逃至江陵，颖胄遂授以密计，教他托称宣德太后敕令，谓南康王宜纂承皇祚，方俟清宫，未即大号，可封十郡为宣城王，相国荆州牧，加黄钺，选百官，领西中郎府南康国如故。凡遇军次，近路军主，宜详依旧典，备驾奉迎等语。时将年暮，宝融拟俟新岁受命，但将太后敕颁示四方。

萧衍部署军马，即拟启行。竟陵太守曹景宗，劝衍迎宝融至襄阳，建都正位，然后进军。衍置诸不答。已有帝制自为之意。长史王茂语张弘策道：“今使南康王置人手中，彼挟天子令诸侯，节下前进，受人指使，这岂他日的长计么？”弘策依言白衍，衍微笑道：“若前途大事不捷，势且兰芝同焚；幸而得克，方且威震四海，怎敢不从！岂长是碌碌因人，听他处分么？”志意毕露。

先是陈、崔发难，人心不安，上庸太守韦睿道：“陈虽旧将，非命世才，崔颇历练，庸懦不武，怎能成事？欲平天下，必在我州将呢！”乃遣二子结识萧衍。衍既起兵，睿率精兵二千，倍道诣襄阳，华山太守康绚，亦率三千人往会，沟均口戍弁冯道根，方居母丧，亦率乡人子弟依衍。梁南、秦二州刺史柳惔，即柳忱兄，亦起兵相应。

衍在沔南立新野郡，安置新附，候令调遣。都中已备闻消息，下诏讨荆、雍二州。命冠军长史刘浍为雍州刺史，遣骁骑将军薛元嗣，制局监暨荣伯，带领兵士，并运粮百四十余艘，送交郢州刺史张冲，使拒西师。元嗣等得江陵檄文，有张郢州悉力齐奋一语，未免生疑，且惩刘山阳覆辙，益有惧心。乃停住夏口浦，不敢入郢。嗣闻西师将至，张冲亦未通江陵，乃输粮入郢城。前竟陵太守房僧寄，卸职还都，途次接得朝敕，令留守鲁山，除拜骁骑将军。张冲与他结盟，更遣军将孙乐祖，率数千人助守。萧颖胄与邓元起，寄书张冲，劝令归附，冲竟不从。杨公则兵至湘州，湘州行事张宝积迎降，公则驰入长沙，揭示安民。湘州遂定。

越年为永光三年，南康王宝融，始称相国，颁令大赦，唯梅虫儿、茹法珍不在赦例。命萧颖胄为左长史，号镇军将军，萧衍为征东将军，杨公则为湘州刺史。衍自襄阳出兵，积雪开霁，众皆欢跃，留弟伟总府州事，憺守垒城。魏兴太守裴师仁，齐兴太守颜僧都，不受衍命，反举兵袭襄阳，幸伟憺发兵邀击，大破二军。裴、颜等遁去，雍州乃安，衍得无后顾忧。

行次竟陵，命长史王茂，太守曹景宗为前军，留中兵参军张法安守城。诸将共白萧衍，请用正军围郢，偏军袭西阳武昌，衍摇首道："房僧寄固守鲁山，与郢城为犄角，我若悉众前进，僧寄必来绝我后，悔无可及！今遣王曹诸军渡江，与荆州军合，共逼郢城，我自围鲁山，通道沔汉，使郢城、竟陵济粟，江陵、湘中济兵，兵多食足，何忧两城不拔？天下事正可坐定呢。"成算在胸。乃使王茂等率众济江。

进次九里，正值郢州参军陈光静，前来搦战。由茂等一鼓杀退，光静身受重伤，还城即死。张冲闭城自守，茂与景宗，遂进拔石桥浦。荆州将邓元起、王世兴、田安之，率数千人来会雍州兵，湘州刺史杨公则，亦悉众至夏口，萧颖胄命荆州诸军，皆受公则节度，另派参军刘坦为长沙太守，行湘州事。坦先尝任职湘州，素得民心，至是下车，民多欢迎。坦遂发民运粮，得三十余万斛，助荆雍军，兵食才免匮乏。衍筑汉口城阻住鲁山，且命水军将张惠绍游弋江中，断绝郢鲁二城往来。张冲恚愤成疾，便即逝世。骁骑将军薛元嗣，与冲子孜，及征虏长史程茂共守郢城。

两军尚相持未下，南康王宝融，已由萧颖胄等劝进，即位江陵，改元中兴。就南北郊设立宗庙，宫府悉依建康旧制。立皇后王氏，授萧颖胄为尚书令，兼守本官，萧衍为左仆射，都督征讨诸军，夏侯详为中领军，晋安王宝义明帝长子。为司空，庐陵王宝源明帝第五子。为车骑将军，开府仪同三司，建安王宝夤明帝第六子。为徐州刺史，将军萧伟为雍州刺史，废主宝卷为涪陵王，大赦天下。梅虫儿、茹法珍仍不准赦。且遣御史中丞宗夬至夏口，慰劳衍军。宁朔将军庾域，隶衍部下，为衍语夬道："黄钺未加，不便总率侯伯，君何不代为请命？"夬应诺而还。未几即由冠军将军萧颖达，来助衍军，乘便传敕，假衍黄钺。衍欣然领命。小子有诗叹道：

未经建绩已怀奸，黄钺秉承始上坛；
千古枭雄同一例，果然名器假人难！

衍既受黄钺，即道出沔江，命王茂、萧颖达进逼郢城。欲知郢城攻守如何，容待下回再叙。

萧颖胄之起事江陵，实由萧衍诱成之，是颖胄之才智，已非衍敌。宝融固一傀儡耳，颖胄亦一萧衍之傀儡也。曹景宗反劝衍奉迎宝融，安知衍之本意？衍岂甘居人下者！彼为衍效力诸军将，皆傀儡中之傀儡耳。观其初出夏口，即欲假黄钺，其居心已可概见。宋齐开国之主，何一不自假钺始耶！檄文一篇，却写得声容并壮，是南朝时代一篇好文字，故特录之。

第三十八回　张欣泰败谋罹重辟
王珍国惧祸弑昏君

却说萧衍出沔，命王茂、萧颖达等进逼郢城，薛元嗣不敢出战，但闭城严守，并遣使至建康乞援。宝卷已命豫州刺史陈伯之，移镇江州，西击荆、雍，至是复令军将吴子阳、陈虎牙等，率十三军往救郢州，进屯巴口。

萧颖胄令席阐文至军前语萧衍道："今顿兵两岸，不并军围郢，定西阳、武昌，转取江州，似已失计，不如向魏通好，乞师为助，尚是上策。"衍笑语道："汉口路通荆、雍，控引秦、梁，粮运资储，四面可达，所以兵压汉口，连结数州。今若并军围郢，又分兵前进，鲁山必截我后路，粮道不通，如何持久？西阳、武昌，非不可取，但取得二城，应该分兵把守，最少须有万人，粮饷相等，倘使东军西来，用万人攻两城，我若再分军应援，首尾俱弱，否则孤城必陷，一城失守，全局土崩，天下事从此去了！今若得拔郢城，西阳、武昌，自然风靡，何必先分兵散众，自取祸患呢！大丈夫举事，欲清天步，拥数州兵入诛群小，譬如悬河注火，一扑即灭，怎得北面事虏，求援戎狄？彼未信我，我已足羞，这是下计，何谓上策！卿为我还白镇军，即指颖胄。前途攻取，不妨悉委，事在目中，无虑不捷，但仗镇军静镇便了！"料得着，说得透。阐文唯唯而去。衍命军将梁天惠等屯渔湖城，唐修期等屯白阳垒，夹岸相对，专待东军到来。

吴子阳进至加湖，距郢城约三十里，见西师沿路设屯，不敢前敌，但倚山带水，筑寨自固。会值春水暴涨，衍使王茂等率领自师，夜袭加湖，子阳未曾预备，骤闻西军大至，战鼓喧天，急得心慌意乱，不遑部署。那王茂等已登岸攻寨，杀进帐中，子阳上马急奔，仓皇走脱，将士溺死杀死，不可胜计。茂等俘得余众，回营报功。郢、鲁二城，闻子阳败去，相率夺气。鲁山守将房僧寄，又遭病死，众推助防将孙乐祖为主，仍复拒守。无如粮食已罄，所有军士，只在矶头捕鱼供食。

衍探悉情形，恐他出走，特遣偏军截住去路，一面致书劝降。孙乐祖窘迫无计，只好依了衍书，举城归顺。

郢城被围已经数月，士卒十死七八，守将薛元嗣、邓茂，日坐围城，惶急万状。衍令孙乐祖作书招降，元嗣等以鲁山失守，孤城万难保全，不得已令张孜复书，情愿投诚。张冲故吏房长瑜语孜道："前使君忠贯昊天，郎君亦当坐守划一，负荷析薪；若天命已去，唯有幅巾待命，下从使君，奈何觍颜出降呢！"孜不能从，与薛、邓等迎纳衍军。衍即令韦睿为江夏太守，行郢府事，恤死抚生，郢人大安。

诸将欲休兵夏口，缓日进行，衍叱道："此时不乘胜长驱，直捣建康，尚待何时！"张弘策、庾域等亦以为然，乃整军出发，陆续东行。

可笑那齐主宝卷，尚在都中撤阅武堂，改造芳乐苑，恣意奢淫。苑中山石，概涂五采，闻民家有好树美石，概毁墙撤屋，徙置苑间。傍池筑榭，叠石成楼，复壁邃房，俱绘着裸体男女，作猥亵状。又就苑中设立店肆，使宦官宫妾，共为稗贩，命潘妃为市令，自为市吏录事。遇有争斗等情，概就潘妃判断，应罚应笞，一由妃意。宝卷自有小过，妃辄上座审讯，或罚宝卷长跪，甚且加杖，宝卷乐受如饴。后世之跪踏板者，想是受教东昏。复开渠立埭，躬自引船，埭上设店，入坐屠肉。都下有歌谣云："阅武堂，种杨柳，至尊屠肉，潘妃酤酒。"宝卷闻歌，愈觉得意，待遇潘妃，不啻孝子。潘妃生女，百日夭殇，他却自服衰绖，内衣亦悉著粗布，积旬不听音乐。群小来吊，盘旋坐地，举手受执蔬膳。后经伥子王宝孙等，并营肴馐，云为天子解菜，方食荤腥。潘妃无福，不能早死，若此时病殁，倒有一个大孝子，应比潘妃女哀毁十倍。

潘妃父宝庆，与诸小共逞奸毒，富人悉诬为罪犯，籍资归己，又辗转牵连，一家被陷，祸及亲邻，宝卷概不过问。唯素性好淫，虽然畏惮潘妃，尚引诸姊妹游苑，觑隙交欢。或为潘妃所闻，辄召入杖责，乃敕侍臣不得进荆荻，期免凌辱。古今无此愚主。又偏信蒋侯神，即蒋子文。迎入宫中，尊为灵帝，昼夜祈祷。嬖臣朱光尚，自言能见鬼神，日引巫觋，哄诱宝卷。宝卷迷信益深，博士范云语光尚道："君是天子要人，当思为万全计。"光尚道："至尊不可谏正，当托鬼神达意便了。"既而宝卷出游，人马忽惊，便顾问光尚，光尚诡词道："向见先帝大瞋，不许屡出。"宝卷大怒道："鬼在何处？汝快导我前去，杀死了他！"遂拔刀促行。光尚无法，只得领他寻鬼，盘旋了好几次，方言鬼已遁去，因缚菰为明帝形，北向枭首，悬诸苑门。可恨可笑。

先是昭胄兄弟，奔投崔慧景，慧景败死，昭胄等幸免株连，仍得以王侯还第，唯心中总不自安。前为竟陵王防阁将军桑偃，至是入宫，为梅虫儿军副，因感子良旧恩，谋立昭胄。子良即昭胄父，见三十六回。故巴西太守萧寅，与桑偃友善，亦与同谋。昭胄预许寅为尚书左仆射护军，复遣人诱说新亭戍将胡松，约言宝卷出游，即闭城行废立事。若宝卷奔至新亭，幸勿纳入，松亦许诺。适宝卷新造芳乐苑，经月不出，偃等拟募健儿百余人，从万春门入刺宝卷，昭胄谓非良策，偃党山沙虑事久无成，转告御刀徐僧重，谋遂被泄。昭胄兄弟，与桑偃等皆为所捕，同时伏诛。

胡松闻昭胄事败，隐怀危惧。会新除雍州刺史张欣泰，与弟欣时，递给密书，将与前南谯太守王灵秀，直阁将军鸿选等，奉立建安王宝夤，废去宝卷，诛诸嬖幸，乞松为助。松当然复书赞成。宝卷方遣中书舍人冯元嗣，往援郢州，茹法珍、梅虫儿，及太子右卫率李居士，制局监杨明泰，送元嗣至新亭。欣泰使人怀刃，随着元嗣，俟法珍等入座饯别，突起斫元嗣头，坠入盘中。明泰慌忙救护，也被刺倒，剖腹流肠，虫儿亦受伤数处，手指皆堕，忍痛逃出。法珍、居士，抢先急走，驰还台城，王灵秀趋至石头，迎入建安王宝夤，百姓数千人，皆空手相随，欣泰亦驰马入宫。

说时迟，那时快；法珍等知有变祸，飞马奔还，先至禁中，闭门上仗，禁止出入。欣泰不得进去，鸿选亦不敢发，宝夤入憩杜姥宅，待至日暮，并没有喜信传到，从人渐渐溃散。宝夤再欲出城，城门已闭，城上有人守着，用箭射下，自知不能脱走，仍然折回，向隐僻处躲避三日。城中大索罪人，欣泰等次第见收，统遭死罪，连胡松亦俱收诛。宝夤索性出来，戎服诣草市尉，自请处分。还是此着。尉报宝卷，宝卷召宝夤入宫，问明原委，宝夤泣答道："臣在石头，不知内情，偏有人逼使上车，令入台城，左右皆有人监制，不许自由。今左右皆去，臣始得出诣廷尉，自行请罪。"亏他善诳，暂得保全性命。宝卷不禁冷笑，再经宝夤哀请，始令仍复爵位。宝卷还能顾全兄弟，不似乃父残忍。

嗣又命宝夤为荆州刺史，冠军将军王珍国为雍州刺史，辅国将军申胄监郢州事，龙骧将军马仙琕监豫州事，骁骑将军徐元称监徐州事，特简太子右卫率李居士，总督西讨诸军事，屯新亭城。旋闻江州刺史陈伯之降附衍军，乃更令居士兼领江州刺史。

伯之初镇江州，为吴子扬等声援，子扬败去，郢、鲁二城，俱为衍有。衍语诸将道："用兵非必需实力，但教威声夺人，已足使远近丧胆。寻阳不必劳兵，一经传檄，自可立定了。"乃命查检俘囚，得伯之旧部苏隆之，厚加赏赐，令招伯之，且仍许伯之为江州刺史。过了数日，隆之返报，果得伯之降书，但云大军不应遽下。衍笑道："伯之虽云归附，还是首鼠两端，我军今宜往逼，使他计无所出，方肯诚心来降。"乃命邓元起引兵先驱，自率杨公则等从后继进。伯之退保湖口，留陈虎牙守湓城，虎牙即伯之子，至衍军进薄寻阳，伯之只好迎降。

新蔡太守席谦，从伯之镇寻阳，乃父恭祖，曾为镇西司马，被鱼复侯子响杀死。子响事见二十八回。谦闻衍东下，语伯之道："我家世忠贞，有死无二。"伯之遂拔刀杀谦，出城迎衍，束甲待罪。衍托宝融命令，授伯之为江州刺史。虎牙为徐州刺史。汝南民胡文超，亦起兵遥应。司州刺史王僧景，遣子贞孙请降。衍遂留骁骑将军郑绍叔守寻阳，与伯之引兵东下。临行语绍叔道："卿是我萧何、寇恂呢！隐以汉高、光武自居，怎肯受制宝融。事若不捷，我应任咎，粮运不继，责专在卿。"绍叔流涕应命，衍得无后顾忧，专向建康。

忽由江陵驰到急使，报称巴西太守鲁休烈，巴东太守萧惠子瑱，出兵峡口，东击江陵，将军刘孝庆败走，任漾之战死，江陵危急，请即遣还杨公则，顾救根本。衍复答道："公则已经东向，若令他折回江陵，就使兼程趋至，亦恐不及。休烈等系是乌合，不能久持，但教镇军少须持重，便足退敌。必欲急需兵力，两弟在雍，尽可调遣，较易入援，请镇军酌夺！"来使还报颖胄，颖胄自遣军将蔡道恭，出屯上明，抵御巴军。

衍驱兵东进，直指江宁，宝卷以前次乱事，不久即平，此次亦视若寻常，仅备百日刍粮，且顾语茹法珍道："待叛众来至白门，当与一决。"嗣闻衍军已抵近郊，乃聚兵议守，特赦二尚方二冶囚徒，充配军役，唯已经论死，不得再活，即牵至朱雀门外，斩决了案。总督军士李居士，自新亭出屯江宁，西军先锋曹景宗，率兵至江宁城下，未曾列营，居士即出兵邀击，鼓噪而前，景宗麾军迎战，劲气直进，大破居士。居士遁还新亭，景宗乘胜进逼，王茂、邓元起、吕僧珍，依次继进。新亭城主江道林，引兵出战，被各军左右夹攻，悉数擒归。于是景宗据皂筴桥，王茂据越城，邓元起据道士墩，陈伯之据篱门。李居士侦得僧珍兵少，复率锐卒万人，薄僧珍垒。僧珍道："我兵不多，未可逆战，须俟他入堑，并力向前，方可获胜。"俄而居士兵皆越堑拔栅，僧珍分兵上城，矢石俱发，自率马、步三百人，绕出居士后面，城上人复下城出击，号炮一声，内外齐奋，杀得居士胆战心寒，拨马奔回，又丧失了许多甲械。宝卷再遣征虏将军王珍国，及军将胡虎牙，率精兵十余万，列阵朱雀航南。宦官王宝孙，持白虎幡督战，开航背水，自绝归路，示与西军拼命。两军初交，东军却是厉害，并力冲击，西军稍稍却退。王茂奋然下马，单刀直前，茂甥韦欣庆，手执铁缠稍，翼茂继进，曹景宗复麾兵直上，专向东军中坚，冒死突入，东军也抵死招架。鼓声鼕鼕，杀气腾腾，几乎天昏地暗，寒日无光。适遇西风骤起，飞石扬沙，吕僧珍乘风纵火，焚扑东营，珍国等不禁骇乱，纷纷退走。王宝孙持幡大骂，斥辱诸将。直阁将军席豪，发愤西向，突入西军阵内，西军已经得势，就使生龙活虎，也要食肉寝皮，何况是区区一个席豪，当下将豪围住，你刀我槊，把豪槊成几个窟窿，眼见是不能活了。豪系著名骁将，一经战殁，全军瓦解，赴淮溺死，数不胜计，积尸与航等。宝孙亦弃幡逃回。只有这般胆力，何必信口骂人？

衍军追至宣阳门，都中恟惧，宁朔将军徐元瑜，举东府城出降。青、冀二州刺史恒和，奉召入援，见衍军势盛，也率众请降。光禄大夫张瓌，弃去石头，奔还宫中。李居士孤守新亭，也穷蹙乞降。衍入石头城，令诸军围攻六门。宝卷命烧门内营署，驱兵民尽入宫城，闭门自守。外军筑起长围，把他困住，都人谓宝卷出游，随处障幔，叫作长围，见三十六回。便是预谶。衍家弟侄，前遭懿难，逃匿各处，至此俱出赴军前，衍令他晓谕各戍，劝令从顺。于是京口屯将左僧庆，广陵屯将常僧景，瓜步屯将李叔献，破墩屯将申胄，相继奉书，愿归麾下。衍遣弟秀镇京口，恢镇破墩，各权授辅国将军，从弟景镇广陵，权授宁朔将军。

嗣接中领军夏侯详密函，报称颖胄病殁，因恐巴东西两军，乘隙进逼，所以秘不发丧。衍作书答详，令亟向雍州征兵，自在军中，亦绝口不谈颖胄死事。详遂向雍征兵，留守萧伟，遣弟憺赴援。巴东西军，闻建康已危，且有援军来攻，相率骇散。萧璝、鲁休烈，不得已投降宝融。江陵乃为颖胄发丧，追赠丞相，封巴东公，予谥献武。速死为幸，否则和帝废死，颖胄亦恐难幸免了。

自颖胄死后，众望尽属萧衍。衍已得宝融诏敕，便宜从事，此时中外归心，更觉大权在握，可以任所欲为了。

宝卷为衍所困，城中军事，悉委王珍国，兖州刺史张稷入卫，受命为珍国副手，兵甲尚有七万人。宝卷与黄门刀敕，及后宫健妇，习斗华光殿，佯作败状，仆地僵卧，令宫人用板舁去，号为厌胜。又尝跨马出入，用金银为铠胄，饰以孔翠，昼眠夜起，仍如平时。倒也亏他镇定。或闻外面鼓噪声，便自被大红袍，登景楼屋上，遥望外兵，流矢几及足胫，却也不甚畏惧，从容下楼，但遣朱光尚祷蒋侯神，求福禳灾。茹法珍发兵出战，一再败还，乃请诸宝卷，乞发库银犒军，振作士心。宝卷道："贼来岂独取我么？何故向我求物！"愚鄙可笑。后堂贮数百具大木，法珍等欲移作城防，宝卷谓留此造殿，不得妄移，并饬工匠雕镂杂物，务求速成。岂已自知要死，速成玩物，以图一快耶？抑恃有蒋侯神默祷耶？众情无不怨怠，唯待早亡，但无人敢为首难。

梅虫儿又邀同法珍，入白宝卷道："大臣不忠，使长围不解，陛下宜诛罪伸威，方得军人效命！"宝卷迟疑未决，那消息已传达军中。王珍国、张稷，当然忧惧，即密遣亲吏出城，赍一明镜，献与萧衍，衍亦断金为报。各寓隐情。珍国遂与稷定谋，令兖州参军冯翌、张齐，入弑宝卷，并约后阁舍人钱强，御刀丰勇之为内应。

时已残冬，宝卷在含德殿中，与潘妃等夜饮，仍然是笙歌杂奏，环珮成围。只此半夕了。钱强潜开云龙门，放入张齐、冯翌等人，自为前导，直趋含德殿，宝卷已经撤宴，潘妃等均返后宫。只宝卷饶有醉意，暂就殿中寝榻，为休息计。突闻兵入，即趋出北户，欲还后宫，宫门已闭，宦官黄泰平用刀刺宝卷膝，痛极仆地，外兵已经驰入，张齐执刀先驱，见宝卷仆地呼号，便手起刀落，劈作两段。宝卷年才十九，在位三年。

珍国与稷，也引兵入殿，召尚书右仆射王亮等，列坐殿前，令百僚署笺，并用黄䌷裹宝卷首，遣博士范云等，送诣石头。右卫将军王志叹道："冠虽敝不能加足，奈何倒行逆施呢！”遂佯作痴呆，不肯署名。云等既至石头城，萧衍大喜。且因与云有旧，留参帷幄，使张弘策等先入清宫，封府库及图籍。城中珍宝委积，由弘策禁勒部曲，秋毫无犯。杨公则率兵入东掖门，卫送公卿士民出城，俱使安归，毫不侵掠。唯拿下茹法珍、梅虫儿、王宝孙、王咺之等四十一人，及妖艳淫靡的潘贵妃，拘系狱中，听候萧衍发落。衍乃入屯阅武堂，用宣德太后令，追废涪陵王宝卷为东昏侯，褚后及太子诵为庶人。小子因有诗叹道：

到底淫荒足杀身，为君在位仅三春。
孽妃受戮原同罪，但累妻孥作庶人！

欲知太后令中，如何措词，请看官续阅下回。

宝卷即位三年，变乱四起，至于荆、雍举事，已失上游，非陈显达之仅恃江州，崔慧景之专依京口，所得而比。乃犹撤阅武堂，筑芳乐苑，穷奢极欲，恣意荒淫，其致亡也必矣。萧昭胄意图自立，无兵可恃，张欣泰欲拥立宝夤，其失与昭胄等。假使外应荆、雍，伏甲以待，则他日成事，亦不失王侯之赏；乃自便私图，侥幸求逞，故宝卷可亡，而二人不能亡宝卷，反致速死。及西军长驱入都，宫廷被围，王珍国等谋贰于内，不烦兵戈，而昏主授首。萧衍无弑主之名，坐收讨乱之实，虽其智力过人，亦未始非乘势待时之利也。然举兵之始，即以天子自居，彼心目中固已无宝融矣。萧鸾残害骨肉，卒不能保全子嗣，终为疏族所篡夺，猜忍者果何益哉！

第三十九回　谏远色王茂得娇娃
窃大宝萧衍行弑逆

却说萧衍入屯阅武堂，即称奉宣德太后命令，晓示官民。大略说是：

皇室受终，祖宗齐圣，太祖高皇帝肇基骏命，膺箓受图；世祖武皇帝系明下武，高宗明皇帝重隆景业，咸降年不永，宫车早晏。皇祚之重，允属储元，而禀质凶愚，发于稚齿。爰自保姆，迄至成童，忍戾昏顽，触途必著。高宗留心正嫡，立嫡唯长，辅以群才，间以贤戚，内外扶持，冀免多难。未及期稔，便逞屠戮，密戚近亲，元勋良辅，覆族歼门，旬月相系。凡所任杖，尽慝穷奸，皆营伍屠贩，容状险丑，身秉朝权，手断国命，诛戮无辜，纳其财产，睚眦之间，屠覆比屋。身居元首，好是贱事，危冠短服，坐卧以之。晨出夜返，无复已极，驱斥氓庶，巷无居人，老幼奔皇，置身无所。东迈西屏，北出南驱，负疾舆尸，填街塞陌。兴筑缮造，日夜不穷，晨构夕毁，朝穿暮塞，络以随珠，方斯已陋，饰以璧珰，曾何足道。时暑赫曦，流金铄石，移竹蓺果，匪日伊夜，根未及植，叶已先枯，畚锸纷纭，动倦无已。散费国储，专事浮饰，逼夺民财，自近及远，兆庶恟恟，流窜道路，工商稗贩，行号道法。屈此万乘，躬事角觝，昂首翘肩，逞能橦木，观者如堵，曾无怍容。芳乐华林，并立阛阓，踞肆鼓刀，手操轻重，干戈鼓操，昏晓靡息，无戎而城，岂足云譬。至于居丧淫宴之愆，三年载弄之丑，反道违常之衅，牝鸡晨鸣之慝，于事已细，尚可得而略也。罄楚、越之竹，未足以言，校辛、癸之君，岂或能匹！征东将军忠武奋发，投袂万里，光奉明圣，翌成中兴，乘胜席卷，扫清京邑。而群小靡识，婴城自固，缓戮稽诛，倏逾旬月。宜速剿定，宁我邦家。乃潜遣间介，密宣此旨，忠勇齐奋，遄加荡朴，放斥昏凶，卫送外第。未亡人不幸遭此百罹，感念存殁，心焉如割。令依汉海昏侯即昌邑王贺。故事，宝卷降封为东昏侯，宝卷后褚氏及太子诵并为庶人。肃清宫掖，重见升平，未亡人亦与有幸焉。

看官！你想此时的宣德太后，出居鄱阳王故第，来管什么朝事？也轮不着管。萧衍不欲自居废立，因借太后为名，这也是古今废立的常例。又托太后命令，进衍为大司马，录尚书事，兼骠骑大将军扬州刺史，封建安郡公，承制行事，百僚致敬。王亮出见萧衍，衍与语道："颠而不扶，焉用彼相！"亮答道："若果可扶，明公亦不得有今日！"衍不禁大笑，即授亮为长史，以司徒扬州刺史晋安王宝义为太尉，仍领司徒，改封建安王宝夤为鄱阳王。衍弟宏得拜中护军。诛茹法珍、梅虫儿、王宝孙、王咺之等四十一人。潘贵妃尚在狱中，衍不忍加戮，意欲留侍巾栉，特商诸领军王茂。茂答道："亡齐乃是此物！若留居宫中，必招外议。"衍不得已勒令缢死。威福已享尽了。当下颁发赦文，蠲除敝制，放宫女二千人出宫，分赐将士。唯佘妃、吴淑媛，华色未衰，衍早闻艳名，便即入镇殿中，据住二美。还有宫人阮氏，系始安王遥光妾媵，遥光败后，没入掖庭，也生得身材袅娜，体态轻盈。衍亦纳为彩女，随意谐欢。均为后文伏线。自古英雄多好色，这也不足深怪。

当时远近州郡，均望风纳款，独豫州刺史马仙琕，吴兴太守袁昂，不肯受命。衍使仙琕故人姚仲宾招降，仙琕设筵相待，至仲宾述及衍意，被仙琕叱出，枭示军门。驾部郎江革，为衍致书袁昂，书中略云："根本既倾，枝叶安附？况竭力昏主，未足为忠，家门屠戮，非所谓孝，何苦幡然改图，自招多福。"昂复书婉拒，大致谓既食人禄，不便遽忘，请示含容，毋责后至等语。衍乃复命李元履为豫州刺史，出抚东土，令勿以兵威从事。元履至吴兴，昂仍然不降，但开门撤备，由他拘去。及转招仙琕，仙琕泣语将士道："我受人任寄，义不容降，君等皆有父母，不应令家属坐诛，我为忠臣，君等为孝子，两无所憾了！”乃悉遣将士出降，尚剩壮士数十人，闭门独守。俄而元履兵入，仙琕令壮士持弓相待，兵不敢逼。到了日暮，仙琕始投弓道：“诸君但来见取，我义不降！”兵士始执住仙琕，槛送建康。衍见马、袁两人送至，亲为释缚，且语左右道：“令天下见二义士。”两人感衍厚意，始皆归降。仍然降顺，前时何必做作！

衍前在竟陵王西邸，曾与范云、沈约、任等，同处宾僚。见二十七回。至是怀念故交，引范云为咨议，沈约为司马，任北为记室。又征前吴兴太守谢朏，国子祭酒何胤，二人不至，衍迎宣德太后王氏入宫，即于中兴二年正月，奉后称制，自撤承制二字，余官如故。沈约入语衍道：“齐祚已终，明公当入承帝运，虽欲自守谦光，恐不可复得了。”衍沉吟道：“此事可行得么？”约又道：“天人相应，何不可行！”衍复嗫嚅道：“且待三思。”约慨答道：“公初建牙樊沔，应该三思，今王业已成，何容疑虑！若不早定大业，将来天子入都，公卿在位，君臣分定，无复异心；果使君明臣忠，难道尚有他人助公作贼么！”极力怂恿，好个梁初走狗。衍始点首。

约既趋出，复召范云入议。云所对亦如沈言，衍欣然道：“智士所见略同，卿明早与休文更来。”云出语约，约答道：“明晨须要待我，同见大司马。”云笑道：“休文何必多虑，当然相待。”遂拱手别去。休文是约表字。诘旦云仍趋入，未见约至，待了多时，仍然没有到来。问明殿中卫士，方知约已早入，不禁惊诧异常。本欲闯将进去，又恐未奉传宣，不便遽入，乃徘徊寿光阁下，连呼咄咄怪事！攀龙附凤，应走先着，云自己落后，被人愚弄，何怪之有！既而见约出来，慌忙迎问道：“何以处我？”约举手向左，云始解颐道：“幸不失望！”看官道是何因？原来沈约左指，便是令云为左仆射的意思。云已经解意，所以转惊为喜，即得开颜。热中如此，可叹可鄙！

未几由衍召入，取出数纸，折递与云。云接入手中，约略瞧视，一纸是加九锡文，一纸是封梁王文，还有一纸，竟是内禅诏书，不由的失声道：“好快笔墨！”从范云目中看出，笔法不平。衍叹道：“休文才智，当今无匹。我起兵至今，已历三年，诸将同心辅助，各有功劳，但造成帝业，唯卿与休文二人！”云欣然称谢。

越数日，即诏进大司马衍位相国，总百揆，领扬州牧，封十郡为梁公，备九锡礼。又越数日，复诏梁公增封十郡，进爵为王。所有梁国要职，悉依天朝成制。于是授沈约为吏部尚书，兼右仆射，范云为侍中。云前为约诳，致落人后。此时日夕留心，恨不把梁王衍即刻抬上，便好做个开国元勋。自二月间衍封梁王，迁迟旬月，尚不闻准备受禅，连衍亦未曾提及，不禁格外心焦。常思乘间进言，偏衍深居简出，除出殿视事对众裁决外，整日里在内休养。有时云入启事，且往往谢绝，不得见面。仔细探听，方知衍为女色所迷，竟将大事搁起。

衍妻郗氏为故太子舍人郗晔女，幼即明慧，善隶书，通史传，女工女容，无不娴熟。宋后废帝昱欲纳女为后，事不果行，齐初安陆王缅，又欲娶女为妃，郗家托词女疾，婚议复寝。建元末年，竟嫁衍为妻，伉俪甚谐。衍出为雍州刺史，郗氏随行，病殁襄阳官廨中，唯郗氏在日，性多妒忌，禁衍置妾。衍只有一妾丁氏，尝遭郗氏虐待，每日使舂米五斛。幸丁氏是一村女，不甚懦弱，却还吃苦得起，按日照舂。若有神助，从未违限，亦无怨言。郗氏迭生三女，不得一男，丁又遭忌，鲜得当夕。及郗氏病死，丁氏始得怀娠，产下一男，取名为统，就是后来的昭明太子。统生月余，衍起师围郢，丁氏母子，当然是不便随行，留居雍城。带叙萧衍妻妾，贯穿前后。

及衍既入建康，已做了两年旷夫，骤得余、吴两姬，趋承左右，朝拥暮偎，欢乐可知。唯吴淑媛已经有娠，未便常侍枕席，遂令余妃专宠，日夕相亲。这位多才多智的梁王衍，也被那色魔扰住，几乎似醉似痴，沉湎不治。色之害人大矣哉！

云既洞悉情由，遂屡次求见。衍不好屡却，或许进谒，云请屏去左右，衍但说左右俱是心腹，有事不妨尽言。究竟投鼠忌器，属耳须防，云恐为左右泄语，未敢直谏，只得隐约陈情，劝衍戒色。衍虽然面允，耽乐如故。云乃想出一计，特邀领军王茂，一同进谏。茂佐衍起兵，战必先驱，推为功首，初为雍州长史，超迁至领军将军，衍格外优待，言听计从。云得茂为帮手，便放胆进去，排闼入见。衍惊问何因？云朗声道："昔汉高祖居山东，贪财好色，及入关定秦，财帛无所取，妇女无所幸，范增畏他志大，后来终得成功。今明公始定建康，海内方想望风声，奈何为色所迷，取亡国女子，自累盛德呢！"衍默然不答，茂即下拜道："范云言是！公以天下为念，不宜留此亡国妇。"

衍被二人缠住，勉强答说道："我便当放她出去。"云趁势进言道："公既采纳愚言，便应速行。前时放出宫人二千名，分赏将士，独王领军尚无所得，王领军为公效力，忠勇过人，何为独令向隅？今愿将佘、吴二姬，择一为赐！”衍遽答道：“吴氏已有娠了。”云复道：“吴既有娠，请出佘氏赉茂罢。”说至此，以目视茂，茂即顿首拜谢。衍心实不愿，转思大事将成，不能为一女子，违忤功臣，反滋众怨，因慨然语茂道：“我便将佘氏赉卿！”说着，顾令左右，召出佘氏，竟命王茂领去。佘妃不防有此一着，急得蛾眉紧蹙，珠泪欲垂，当即拜倒衍前，嘤嘤泣语。衍不待启口，便拂袖起座道：“汝去罢！不必多说了。”又顾王茂道：“卿须善待此妇，勿负我言！”一面说，一面走入内室去了。有此决心，故得为帝四十余年。佘氏不好再留，只得起身收泪，随茂出门，上舆赴茂私第。从此又另是一番情缘，毋庸细表。倒便宜了王茂。

且说衍既放出佘妃，复赐云、茂钱各百万。是霸王权术。于是决计篡齐，准备参禅。湘东王宝晊，系安陆王缅嗣子，素好文学，为衍所忌，诬他谋反，立即捕诛。宝晊弟宝览、宝宏，一并受戮。还有邵陵王宝攸，晋熙王宝嵩，桂阳王宝贞，年龄都不过十岁上下，都缘宝晊连坐，悉令自尽。庐陵王宝玄忧死，鄱阳王宝夤，穿墙夜出，逃匿山涧，昼伏夜行，得抵寿阳东城，投降北魏。明帝诸子，只剩了晋安王宝义及江陵嗣主宝融。衍乃奉表江陵，佯请宝融东归，入都为帝。宝融带领百官，便即启行，留萧憺为荆州刺史，都督荆、湘军事。

那边马首东瞻，这边已攀龙附凤，自行劝进。接连是上陈符瑞，迭报祯祥，或称景星见，或称甘露降，或称凤凰至，或称驺虞兴，种种奇异，不知他是真是假，统说是上天应命，百兽率仪。沈约、范云等，又贻书夏侯详，教他迫主禅位，不得迟延。夏侯详见风使帆，乐得做个人情，同佐新朝景运。及宝融到了姑熟，便遣使入都，与范云、沈约等接洽，定受禅仪。应用诏书，已由沈约草就，便即颁发出来。语云：

夫五德更始，三正迭兴，驭物资贤，登庸启圣。故帝迹所以代昌，王度所以改耀，革晦以明，由来尚矣。齐德沦微，危亡荐袭，隆昌凶虐，实违天地，永元昏暴，取紊神人。三光再沈，七庙如缀，鼎业几移，含识知泯。我高明之祚，眇焉将坠，永唯屯难，冰谷载怀。相国梁王，天诞睿哲，神纵灵武，德格玄祇，功均造物，止宗社之横流，及生民之涂炭，扶倾颓构之下，拯溺逝川之中，九区重缉，四维更纽，绝礼还纪，崩乐复张，文馆盈绅，戎亭息警，浃海隅以驰风，罄轮裳而禀朔，八表呈祥，五灵效祉，岂止鳞羽祯奇，星云瑞色而已哉！勋茂于百王，道昭乎万代，固已明配上天，光华日月者也。河岳表革命之符，图谶纪代终之运，乐推之心，幽显共积，歌颂之诚，华裔同著。昔水政既微，木德升绪，天之历数，实有攸归，握镜璇枢，允集明哲。朕虽庸蔽，闇于大道，永鉴崇替，为日已久，敢忘列代之高义，神人之至愿乎！今便敬禅于梁，即安姑熟，一依唐、虞、晋、宋故事，王其毋辞！

这诏传出，那宣德太后王氏，当然是不能安居，也由沈约等代下一令道：

西诏至，帝宪章前代，敬禅神器于梁。可临轩遣使，恭授玺绶，未亡人便归别宫，如令施行。

中兴二年四月壬戌日，宣德太后遣尚书令王亮等，奉玺绶诣梁宫，又有一两篇大文章。其玺书云：

夫生者天地之大德，人者含生之通称，并首同本，未知所以异也。而禀灵造化，贤愚之情不一，托性五常，强柔之分或舛。群后靡一，争犯交兴，是故建君立长，用相司牧，非谓尊骄在上，以天下为私者也。兼以三正迭改，五运相迁，绿文赤字，征文表洛。在昔勋华，深达兹义，眷求明哲，授以蒸人。迁虞事夏，本因心于百姓，化殷为周，实受命于苍昊。爰自汉、魏，罔不率由，降及晋、宋，亦遵斯典。我高皇所以格文祖而抚归运，畏上天而恭宝历者也。至于季世，祸乱洊臻，王度纷纠，奸回炽积。亿兆夷人，刀俎为命，已然之逼，若线之危，跼天蹐地，逃形无所，群凶挟煽，志逞残戮，将欲先殄衣冠，次移龟鼎，衡保周召，并列宵人，巢幕累卵，方此非切。自非英圣远图，仁为己任，则鸱枭厉吻，翦焉已及。唯王崇高则天，博厚仪地，熔铸六合，陶甄万有。锋驲交驰，振灵武以遐略，云雷方扇，鞠义旅以勤王。扬旍旆于远路，戮奸宄于魏阙，德冠往初，功无与二，弘济艰难，缉熙敬止。待旦同乎殷后，日昃过于周文，风化肃穆，礼乐交畅。加以赦过宥罪，神武不杀，盛德昭于景纬，至义感于鬼神。若夫纳彼大麓，膺此归运，烈风不迷，乐推攸在，治五韪于已乱，重九鼎于既轻，自声教所及，车书所至，革面回首，讴吟德泽。九山灭祲，四渎安流，祥风扇起，淫雨静息，玄甲游于芳荃，素文驯于郊苑，跃九川于清溪，鸣六象于高岗，灵瑞杂沓，玄符昭著。《书》云：天监厥德，用集大命。《诗》云：文王在上，于昭于天。所以二仪乃眷，幽明永叶，岂唯宅是万邦，缉兹讴讼而已哉！朕用是拥璇沈首，属怀圣哲。昔水行告厌，我太祖既受命，代终在日，天禄永谢，亦以木德而传于梁。远寻前典，降唯近代，百辟遐迩，莫违朕心。今遣使兼太保侍中中书监尚书令王亮，兼太尉散骑常侍中书令王志，奉皇帝玺绂，受终之礼，一依唐、虞故事，王其陟兹元后，君临万方，式传洪烈，以答上天之休命！

衍既得玺书，踌躇满志，只形式上未便遽受，不得不抗表陈让，佯作谦恭。又要抄老文章了。齐百官豫章王元琳等八百十九人，及梁侍中范云等一百十七人。此次由范云列首，也算如愿以偿。再上书称臣，乞请践阼，衍尚谦让不受。太史令蒋道秀陈天文符谶六十四条，事皆明著，亏他掇拾。范云等又复固请，乃择期丙寅日，即位南郊，祭告天地，登坛受百官朝贺。改齐中兴二年为梁天监元年，大赦天下。废齐主宝融为巴陵王，暂居姑熟，宣德太后为齐文帝妃，迁住别宫。皇后王氏为巴陵王妃，齐世王侯封爵，悉从降省。唯宋汝阴王不在降例，追尊父顺之为文皇帝，庙号太祖，母张氏为献皇后，追谥故妃郗氏为德皇后，追赠兄太傅懿为长沙王，予谥曰宣，弟融为桂阳王，予谥曰简；又因弟敷、畅并殁，赠敷为永阳王，予谥曰昭，畅为衡阳王，予谥曰宣。封拜文武夏侯详为公侯，食邑有差。

还宫以后，复召入沈约、范云等密商，拟改南海郡为巴陵国，徙居宝融。云未及答，约忙说道："不可慕虚名，受实祸。"梁主颔首，过了一日，即遣亲吏郑伯禽，驰赴姑熟，用生金进巴陵王。巴陵王宝融叹道："我死不须金，醇醪亦足了。"乃取酒令饮，饮至沉醉，就将他拉毙榻上，年才十五。

伯禽返报。衍却托称暴亡，伪为哀恸，且追尊为齐和帝，葬恭安陵。先是文惠太子与才人共赋七言诗句，辄云愁和帝，至此方验。总计齐自太祖萧道成篡宋，至和帝亡国，凡七主，共二十三年。当时独有一个齐末忠臣，不食数日，为齐殉节。小子有诗赞道：

新朝佐命尽弹冠，独有孤臣大节完，
劲草疾风知不改，首阳遗石好重刊。

毕竟何人殉节，且至下回叙明。

沈约、范云，同赞逆谋，而约尤为狡黠。与云同约，即负云先入，但慕荣利，不顾小信，其心迹尤为可鄙。且云尚知谏衍，请出余妃，一节可取，而约独无闻。约第知劝衍受禅，迫宝融传位。即如宝晊等之受戮，亦安知非由约之参谋，不过史未之详耳。且衍废宝融，尚欲全其生命，而约独嗾使加弑，为衍弭祸，即为己固宠。范云之所不敢为者，约皆悍然为之，是衍之篡逆，实约一人首导之也。不然，衍因范云、王茂之直谏，能举余妃而急出之，未始非可与有为之主，假令辅佐得人，亦宁不能为唐高、宋太耶！篡即未免，弑或不为，略迹论心，不能不深恶痛嫉于沈休文矣！

第四十回　萧宝夤乞师伏虏阙
魏邢峦遣将夺梁州

却说齐和帝被弑，有一位殉节忠臣，绝粒而死。看官欲问他姓名，乃是琅琊人颜见远。他本为荆州参军，及宝融称帝，进官御史中丞，至是独为齐死节。备书爵里，法本紫阳。梁主衍闻报，慨然说道："我自应天顺人，何预天下士大夫事？不意颜见远乃竟至此！"因命萧宝义为巴陵王，使奉齐祀。宝义幼有废疾，喑不能言，独不中时忌，得终天年。宣德太后逊居外宫，本来是个庸妪，任人播弄，故亦得寿终。后来祔葬崇安陵，由梁廷谥为安皇后。这也不必琐叙。了过齐朝。

梁主衍南面垂裳，大封勋戚，命弟宏为临川王，领扬州刺史，秀为安成王，领南徐州刺史，伟为建安王，领雍州刺史，恢为鄱阳王，授左卫将军，憺为始兴王，领荆州刺史。加领军中军王茂为镇军将军，中书监王亮为尚书令，左长史王莹为中书监，吏部尚书沈约为尚书右仆射，侍中范云为尚书左仆射。立子统为皇太子。置谤木，设肺石，各附一函。凡布衣处士，欲陈清议，可投谤木函中。功臣材士，欲伸屈抑，可投肺石函中。御用衣饰，概从朴素，常膳只备菜蔬。每简长史，务选廉平，皆召见前殿，勋以政道。小县令有能，迁大县，大县令有能，迁二千石，廉能知劝，吏治少清。唯尚有东昏余孽，隐怀反侧，推孙文明为首，密谋作乱。

五月初旬，天适阴雨，夜昏如墨。孙文明竟纠众起事，毁神虎门入总章观。卫尉张弘策，直宿观中，被他杀毙。复烧尚书省及云龙门，军司马吕僧珍，亟召集卫兵，出御乱党。因天昏不辨咫尺，虽有火炬，总难用力奋斗。没奈何保住殿省，分堵各门。那乱党呼喊连天，声彻宫禁。梁主衍身著戎服，出御殿前，镇定众心，且语左右道："贼从夜间作乱，人必不多，待晓便散走了。汝等可传谕巡士，速击五鼓！"毕竟有智。左右领命出去，不到片刻，即闻更鼓五下，音响且清。这更声传达门外，乱党疑是将晓，果然散去。偏遇镇军王茂，引兵入卫，把乱党拦住，或杀或捉，所有孙文明以下诸悍目，悉数擒住。诘旦骈诛，宫禁乃安。

才阅数日，接得豫章太守郑伯伦急报，内称江州刺史陈伯之造反，侵及豫章，请速发兵讨逆云云。原来伯之从梁主入都，受禅事定，令复原镇。伯之目不识书，一切予夺，俱取决幕僚。别驾邓缮，参军褚缉、朱龙符，乐得乘间舞弊，恣为奸利。梁主闻知弊窦，乃请人代缮，伯之不肯受命。缮且劝伯之造反，缉亦一律赞成，便诈为齐建安王宝夤书，使伯之取示僚佐。伯之更对众泣语道："我受明帝厚恩，应誓死报德！"当下部勒兵士，移檄州郡。豫章太守郑伯伦，整军为备，一面飞报朝廷。梁主览奏，便命镇军将军王茂兼领江州刺史，率兵讨叛。伯之正进攻豫章，与伯伦相持不下，偏王茂引军趋至，来攻伯之。城中守兵，又由伯伦督领，杀将出来。伯之内外受敌，不能招架，只好挈了亲属，夺路北走，绕出间道，渡江奔魏。

魏任城王澄，方受任为镇南大将军，迎纳齐建安王宝夤，宝夤奔魏见前回。优礼相待。宝夤为故主持丧，自服衰绖，居处一庐，澄率官僚赴吊，宝夤拜伏地上，泣请复仇。澄乃令自谒魏主，护送入洛。可巧伯之亦至，也拟请兵伐梁，遂由澄一并送行，随宝夤同赴洛都。

先是齐和帝即位江陵，魏镇南将军元英，曾上书魏主，乞乘隙南侵。车骑大将军源怀，也与元英同意，相继请命。魏主乃命任城王澄，为镇南大将军，领扬州刺史，经略江东。澄既受命，将欲出师，偏又接到魏主敕命，令他慎重，不应轻进。魏主不乘隙南下，实是失机。

此次齐宝夤到了魏廷，终日伏阙，定要乞师南伐，虽遇暴风大雨，终不暂移。好似一个申包胥。陈伯之亦请兵自效，诚恳异常，魏主恪乃召入宝夤，赐令旁坐。宝夤年只十七，与魏主相问答，语语呜咽，字字凄凉，说得魏主也为动容，遂允请发兵。过了两日，即授宝夤为镇东将军，加封齐王，都督东阳等三州军事，给兵万人屯东城。伯之为平南将军，仍任江州刺史，都督淮南诸军事，率旧部出屯阳石，俟秋冬交季，大举伐梁。宝夤闻命，尚通宵恸哭，达旦即诣阙拜命。真耶假耶！魏主见他惨形悴色，愈觉垂怜，又听宝夤自募四方壮勇，补充队伍。

宝夤叩首辞行，沿途募得壮士数千人，拔颜文智、华文荣等六人为军将，使统新军，且屡致书任城王澄，乞他上书提早师期。澄乃表闻魏主，略言萧衍堵塞东关，欲令巢湖泛滥，灌我淮南诸戍，且灌且掠，淮南地恐非我有。寿阳去江五百余里，众庶惶惶，并惧水害，若因民愿望，攻敌空虚，预集诸州士马，首秋大举，应机经略，就使不能混一，江西定可无虞了。魏主乃发冀、定、瀛、相、并、济六州兵马，得兵二万人，马千五百匹，令至仲秋中澣，毕会淮南。并寿阳屯兵三万，俱归任城王澄调度。就是萧宝夤、陈伯之两军，亦皆受澄节制。嗣复令镇南将军元英，督征义阳诸军事，与任城王澄同时举兵。

梁同州刺史蔡道恭，闻魏军将至，亟遣将军杨由，收集城外居民，屯保贤首山，列为三栅。梁天监二年秋季，元英麾军至贤首山，围攻三栅，杨由督厉兵民，且战且守。约历旬月，兵民伤亡不少。由用法过峻，为民所怨，土豪任马驹斩由出降。

任城王澄，命统军党法宗、傅竖眼、王神念等，分攻东关、大岘、淮陵、九山，高祖珍率三千骑为游军，澄自为后应。魏军连拔关要、颍川、大岘三城，白塔、牵城、清溪诸梁戍，望风奔溃。梁徐州司马明素，率兵三千救九山，徐州长史潘法邻率兵二千救淮陵，宁朔将军王燮保焦城。魏将党法宗等，长驱直进，锐不可当。一战拔焦城，王燮败溃，再战破九山，明素受擒，三战入淮陵，潘法邻被杀，势如破竹，直趋阜陵。

阜陵由南梁太守冯道根居守，道根先期月余，已修城隍，严斥堠，俨临大敌。僚佐笑为多事，道根道："诸君不闻怯防勇战么？若俟寇逼城下，何暇及此！"是谓有备无虞。已而城工粗竣，党法宗等有众二万，果然掩至，众皆失色，道根命大开城门，缓服登城，但遣精骑二百人，出城冲阵，东荡西突，撞倒魏军前队数百人，杀毙数十，从容退还。魏兵见所未见，又仰望城上高坐的冯道根，笑容可掬，毫无惧色，总道是城中设伏，不敢进去，便引兵却退。仿佛空城计。道根复遣百骑掩击高祖珍，亦得胜仗，且扬言将袭魏粮，党法宗等正恐粮运不继，慌忙引还。阜陵解严，道根因功超擢，得拜豫州刺史。

越年二月，任城王澄，复举兵攻钟离，梁将军姜庆真，乘虚袭寿阳，魏长史韦缵，仓皇失措，急忙调兵抵御，已是不及，被梁兵攻入外郛。任城王太妃孟氏，素有干才，勒众据守内城，激厉文武，抚慰新旧，又亲披戎服，昼夜巡城，不避矢石，严定赏罚，因此人人争奋，守备遂坚。萧宝夤引兵来援，与州将合击庆真，庆真败走。孟太妃乃遣使报澄，令他安心进攻，澄遂把钟离围住。梁遣将军张惠绍等，输粮至钟离，为澄将刘思祖所邀，大战邵阳，梁兵败绩，杀虏几尽，惠绍等俱被擒去。思祖因功论赏，应封千户侯。侍中元晖，向思祖索求二婢，思祖不与，元晖遂从中抑制，不令封侯，由是军心未服，不免懈体。

既而霪雨连旬，淮水暴涨，澄乃引还寿阳。一经退军，行伍自乱，由梁军追蹑数里，俘斩至四千余人。澄坐降三阶。梁主命将所俘将士，向魏易还张惠绍等，得澄允许，彼此俘虏，各得生还。

魏镇南将军元英，闻澄无功还镇，不禁愤懑起来，遂投袂奋起，督兵围攻义阳。义阳城中，守兵不满五千人，粮食仅支半载，魏兵昼夜猛扑，声势甚锐。幸司州刺史蔡道恭，随方抗拒，相持至百余日，魏兵无从攻入，反丧亡了许多人马，竟欲卷甲退还。

会道恭积劳成疾，竟致不起，呼从弟骁骑将军灵恩，兄子尚书郎僧勰，及部下将佐，至榻前面嘱道："我受国厚恩，不能杀退虏众，愧愤交并！今疾苦缠身，万不可支，但望汝等效死守节，勿使我殁有遗恨！"灵恩等涕泣受命，道恭不久即殁。

灵恩摄掌州事，代守城池。梁主遣平西将军曹景宗，及后军将军王僧炳，分领步骑三万，往救义阳。僧炳率二万人先进，行次凿岘，适魏冠军将军元逞等，奉元英军令，趋至樊城，来截僧炳。僧炳上前搦战，见来兵不多，未免藐视，哪知鼓声一响，敌骑踊跃前来，冲突入阵，前队各军，统皆披靡，后队亦被牵动。僧炳弹压不住，只得返奔，失去四千余人。曹景宗趋至凿岘，正值僧炳奔还，不觉大惊，遂顿兵不进。统是酒囊饭袋。

义阳因丧了道恭，将士夺气。魏兵本欲引退，得此消息，反麾兵急攻。灵恩飞使求救，梁廷再遣宁朔将军马仙琕，统兵赴急。仙琕转战而前，兵势颇锐，元英派将堵截，俱被击退。乃自至士雅山，结寨立栅，分命诸将埋伏四隅，掩旗示弱。仙琕恃胜生骄，直追英营。英亲出挑战，才斗数合，即回马佯奔，诱至伏中，纵令伏兵四出，合攻仙琕。仙琕已知中计，但事已至此，不得不驱兵鏖斗。猛见敌军中有一老将，擐甲执槊，冲将过来，便命军士放箭，一箭正中老将左股。那老将不慌不忙，拔去箭镞，流血及趾，仍然猛力驰入，握槊四刺，槊毙梁兵多人，连仙琕子亦死槊下。仙琕不胜悲愕，引兵亟走。这老将便是魏统军傅永。永见仙琕败去，尚跃马前追，元英急向前拦阻道："公已受伤了，请还营休养，待我督兵追击罢！"永答道："昔汉祖受伤扪足，不令人知，下官虽微，也是国家一将，伤未及死，怎得畏缩呢！"说毕，仍然力追，俘获梁兵多名，及暮始返。永时年已七十三，全军皆为敬服。老当益壮。

仙琕输了一阵，再收集余众，尚得万人，复与元英决战。三战三败，阵亡大将陈秀之，余军不能再振，狼狈奔还。义阳城内的蔡灵恩，势穷援绝，只为了贪生怕死四字，竟违背兄言，举城降魏。千古艰难唯一死。平靖、武阳、黄岘三关，所有梁朝戍将，亦弃关南遁。魏封元英为中山王，傅永以下，俱得加赏，士马欢腾，不消细说。

唯梁廷连接败报，当然惊惶，御史中丞任，奏弹曹景宗拥兵不救，应即加谴。梁主因他佐命有功，置诸不问，但令就南义阳建置司州，移镇关南，用卫尉郑绍叔为刺史。绍叔立城隍，缮器械，广田积谷，召集流亡，兵民安堵，复成重镇。魏人却也不敢进逼，唯据住义阳，扼要设戍罢了。

已而梁汉中太守夏侯道迁，复举汉中降魏。魏令邢峦为镇西将军，西略梁州，所向摧破。白马戍将尹天宝，景寿太守王景胤，都向益州告急。益州刺史邓元起，观望不前。天宝战死，景胤败走，巴西太守庞景民，又为郡民严玄思所杀，举地附魏。梁遣将军孔陵等，率兵西援，一面招诱仇池军将，令他叛魏归梁，夹击魏军。

仇池自杨文德归宋，杨难当降魏后，彼此分事南北。见前文。文德弟文度，据有葭芦，自立为武兴王，被魏击死。文度弟文弘，奉表魏廷，谢罪称藩，魏乃除文弘为南秦州刺史，授武兴王封爵，兼拜征西将军西戎校尉。文弘传侄后起，后起传子集始，集始又传子绍先，并受魏封。绍先年幼，委事二叔集起、集义。两人闻汉中入魏，恐仇池不免翦夷，又经梁人招诱，遂鼓动群氐，推绍先为帝，出截魏人粮道。

魏镇西将军邢峦，拨兵邀击，得将氐众杀退。叙仇池事，简而不漏。又遣统军王足，带领万骑，抵敌梁将孔陵，连战皆捷。陵退保梓潼。足攻入剑阁，趁势略地，凡梁州十四郡，尽为魏有，益州大震。梁假邓元起都督征讨诸军事，出援梁州，另授西昌侯萧渊藻代为刺史。

渊藻莅镇，见粮储器械，悉被元起取去，免不得愤恨交乘，遂入元起营，乞拨还良马百匹。元起勃然道："年少郎君，要良马做甚？"渊藻愈愤，忍气而出。越宿邀元起过宴，托词饯行，更迭行觞，灌使烂醉。渊藻拔剑遽起，把他杀死。且指挥左右，尽戮元起随员，然后闭城自固。元起部曲，立营城外，闻元起被戮，便即围城，呼问元起罪状。渊藻登城朗声道："天子有诏，命诛元起，汝等无罪，速宜敛甲归营，毋得取咎！"众乃散归。唯元起故吏罗研，诣阙讼冤，梁主以渊藻为兄懿次子，不忍加谴，但遣使责让，贬渊藻为冠军将军，恤赠元起，赐谥曰忠。未免失刑。

渊藻年未弱冠，颇有胆识，会益州乱民焦僧护，纠众起事，渊藻共乘肩舆，巡行贼垒，乱党聚弓乱射，箭如飞蝗，渊藻左右，忙举楯为蔽，渊藻叱令撤去，大呼道："汝等多是良民，奈何从贼！能射速射，不能射速降！"贼众闻言，俱为咋舌。又见所发各箭，统从渊藻身旁飞过，毫不受伤，更疑为神助。不是神助，实由乱党乌合，未能射着。渊藻从容退归，贼竟夜遁，由渊藻发兵进剿，斩首数千级，僧护窜死，余党荡平。渊藻得进号信威将军。

魏将王足，进围涪城，邢峦且一再上表，请即大举入蜀，魏主独敕令从缓，但令王足行益州刺史，相机进兵。不识何意？不到数日，又命梁州军司羊祉代足，足很是怏怏。时魏主恪委政权幸，疏忌亲属，足恐遭谗被祸，即背魏归梁。

邢峦失一骁将，叹息不置。自在梁州驻节，恩威并著，原是抚驭有方，大得众心。但一身不能分镇，所得巴西郡城，只好遣军将李仲迁往守。仲迁好酒渔色，既莅任后，广采美姬，得了一个张法养女，妖淫善媚，宠爱异常，郡中公事，悉任属吏办理。就是邢峦有事，遣人往商，亦不得见他一面。使人返报邢峦，峦当然痛恨，正拟把他撤调，偏巴西已经变乱，仲迁被戕，首级献与梁人，一座城池，得而复失，又为梁人占据去了。

峦且恨且悔，更闻杨集义等围攻阳平关，因使建武将军傅竖眼，领兵往讨，兼程前进。到了关下，大破氐众，集义遁走。竖眼乘胜逐北，掩入仇池，执住杨绍先，送入洛阳。集起、集义，奔匿数日，穷无所归，也只得出降魏军。仇池自晋惠帝时，氐王杨茂搜始据此地，至是乃灭。改称武兴镇，寻又改为东益州，这是梁天监五年，魏正始三年间事。

那时梁主衍因失去司梁，无从泄恨，既得王足等投降，报称魏廷内容，才知魏政腐败，如咸阳王禧，北海王详等，均已受诛，外戚高肇，宠臣茹皓，内外弄权，谗害勋旧，正是有隙可乘的时候，遂命扬州刺史临川王萧宏，都督北讨诸军事，尚书右仆射柳惔为副，出次洛口，调兵北进。宏系皇室介弟，位虽隆重，材实平庸，骤然间手握兵符，身为统帅，看官试想，能胜任不胜任呢！小子有诗叹道：

兵为凶器战尤危，庸竖何堪使帅师！
梁室初年纲已紊，输人一著是萦私。

宏既出师，魏人怎肯退缩，当然遣兵派将，来抗梁师。但魏主恪委政权幸，上文未曾详叙，须待下回说明，看官少安毋躁，请阅下回便知。

萧宝夤避难奔魏，乞师魏阙，效申包胥秦庭之哭，似乎忠臣孝子之所为；然观后来之叛魏称帝，则无非借忠孝之名，觊一时之富贵耳。史称其伏阙终日，风雨不移，拜命前夕，恸哭达旦，过期尚悴色麄衣，未尝嬉笑者，皆伪态也。自宝夤乞师南下，而魏任城王澄，及镇南将军元英，分兵内扰，据有司州，镇西将军邢峦，又遣王足等夺据巴西，兵锋直达涪城。梁人东西奔命，应接不遑。虽萧衍以篡弑得国，不足深惜；然百姓何辜，遭此蹂躏，是岂非由宝夤之挟私图逞，贻害生灵乎？后人犹有以逡巡观望，为魏主咎者。夫欲咎魏主，即归美宝夤，一孔之见，实属大谬。论人者当就其终身行事，以下定评，岂可徒以一节称之？况第为声音笑貌云乎哉！

第四十一回　弟子舆尸溃师洛口
将帅协力战胜钟离

却说魏主恪即位时，改元景明，年仅十六，未能亲决大政，曾授皇叔彭城王勰为司徒，录尚书事。勰志在恬退，未几辞职归第，太尉咸阳王禧，进位太保司空，北海王详进位大将军，两王俱系魏主叔父，所以倚畀俱隆。魏主尊生母高贵人为太后，高氏为冯幽后毒毙，见三十二回。兄肇在朝，由魏主推类锡恩，特封为平原公，也得专政。见三十五回。还有太尉于烈，兼充领军，烈弟劲有女端好，得册为后，因此烈、劲并预朝权。政出多门，已成乱兆，再加幸臣茹皓、王仲兴、赵修、赵邕、寇猛等，居中用事，更觉庶政丛脞，泯泯棼棼。

咸阳王禧因权为所夺，致蓄异图，竟欲废帝自立，谋泄被诛。诸子削籍，家产分给高肇、赵修二家，及内外百官。禧家财帛，不可胜计，百官所得分赐，每人得帛百匹，或数十匹，最少亦有十匹。宫人常作歌道："可怜咸阳王，奈何作事误！金床玉几不能眠，夜蹋霜与露；洛水湛湛弥岸长，行人哪得度！"歌辞惋切，流传江表。

北海王详，尝讦禧阴谋，至是得进位太傅，兼领司徒。高肇得官尚书令，茹皓任冠军将军。皓娶高肇从妹为妻，妻姊为安定王元燮妃。燮为详从父，详常出入燮家，见燮妃容貌妖冶，未免垂涎。燮妃高氏，亦见详丰姿秀美，远出燮上，两人眉去眼来，也不顾婶侄名分，竟做成了苟且的事情。嗣是与茹皓益相亲狎。皓虽闻详奸通妻姊，但因详权势方隆，亦乐得依附，引作党援。皓独不怕做元绪公么？直阁将军刘胄，系详所引荐，与殿中将军常季贤、陈扫静等，皆党同详、皓，招权纳贿，无所不至。

高肇系出高丽，为详、皓等所轻视，偏魏主恪为母尊舅，格外优礼，事必与商。肇遂欲与详、皓争权，辄相谗构。肇兄偃生有一女，貌美色娇，得入为贵嫔，他即暗受肇嘱，与肇表里为奸，诬称详、皓有谋逆情事。魏主恪方宠高贵嫔，当然信为真言，遂于正始元年四月，魏景明五年，改元正始。召中尉崔亮入禁中，使劾详贪淫骄纵，及茹皓、刘胄、常季贤、陈扫静四人，专恣不法，谋为不轨等情。亮依旨上奏，当夜收捕皓等，拘系南台。更遣虎贲百人，围守详第。诘旦赐皓等死，废详为庶人，锢居太府寺。详母高太妃，妻刘氏，仍居旧第，令五日得一视详。

高太妃家法素严，详有微罪，辄用絮裹杖，亲加笞罚，所以详平日贪淫，不敢白母。至此高太妃始悉淫烝事，向详怒叱道："汝自有妻妾侍婢，皆年少如花，何故与高丽婢犯奸？今致此罪，我若见高丽婢，当生啖彼肉！"说着，携杖去絮，挞详百下。详不胜痛楚，杖痕纍纍，皆至创脓。高太妃又指详妻刘氏道："汝亦大家女，门户匹敌，何畏何疑，乃不规谏夫婿？"刘微笑不答，跪伏姑前，亦被杖数十。刘氏即宋王刘昶女，姿色寻常，为详所憎，她独不谈夫恶，情愿受杖，却是一位贤妇。

未几详即暴死，想是由魏主遣使暗害，但佯下诏敕，令得还丧故宅。所有诸王宗室，仍使奔赗，母妻等依然给饩，当时以详虽贪淫，罪不致死，共为惊叹不置。魏主复起彭城王勰为太师，勰固辞不获，乃遵敕就职。但高肇益得弄权，且劝魏主分拨卫队，监守诸王宅第。勰切谏不从，从此外戚有权，宗室反无权了。隐伏下文。

且说魏主闻梁师大举，已出洛口，乃授中山王元英为征南将军，都督扬、徐诸军事，率众十万，抵敌梁军，又使镇西将军邢峦，都督东讨诸军事，发定、冀、瀛、相、并、肆六州人马，约十余万，接济元英，魏兵尚未到齐，梁军已经先出。江州刺史王茂，侵魏荆州，诱魏边民及诸蛮，更立宛州，随遣所署宛州刺史雷豹狼等，袭取河南城。太子右卫率张惠绍，侵魏徐州，攻入宿预城，擒住守将马成龙。北徐州刺史昌义之，也得拔魏梁城。迭写梁军胜仗，反衬下文。

豫州刺史韦睿，遣长史王超等攻小岘，日久未下。睿亲往行营，巡阅围栅，魏兵亦出数百人，列阵门外。睿即欲下令攻击，部将叩马进谏道："今日随驾来此，未具战备，请还镇授甲，方可进战。"睿驳说道："魏城中有二三千人，尚能固守，今无故出城列阵，必自恃骁勇，藐视我军，我若败他一阵，使他知惧，然后守卒寒心，此城可不攻自破了！"众尚面面相觑，各有难色，睿张目四顾，握节出示道："朝廷授我此节，并非徒饰外观，诸君相从有年，难道还未知韦睿军法么？"大众见他动恼，方才应令，乃并力向前，猛击魏兵。魏兵果自恃骁悍，齐来争锋，哪禁得睿军拼死，一当十，十当百，竟把魏兵击退。便乘势攻城，果然城中内溃，经宿即下。遂乘胜进薄合肥，就淝水设了一堰，令水汇集城旁，使通舟舰。

魏将杨灵胤率众五万，来救合肥，梁将恐众寡不敌，请睿奏请添兵。睿笑道："强虏当前，再求添兵，还来得及么？况我求添兵，彼亦添兵，何时得了？兵贵出奇，虽多何益！"说着，即列阵以待。至灵胤驱军过来，便冲杀前去。灵胤未曾防着，恰被睿驰突一场，折损了许多人马，退至数里下寨。睿本遣军将王怀静，筑垒堰旁，令他守堰。灵胤夜遣锐卒，攻破怀静营垒，复掩至堤下，兵容甚盛。睿众又欲退守巢湖，或拟还保三汊，睿变色道："哪有此理！"遂命取大纛旗矗立堤下，并下令道："堤存与存，堤亡与亡，妄动即斩！"既而魏人俱来凿堤，睿督众与争，擐弓攒射，箭伤魏兵多名，魏兵怯走。睿即沿堤筑垒，约高数仞，并将斗舰架起垒上，与城相齐，然后鸣鼓督攻。城中人失去凭借，个个慌张，骇极而哭。守将杜元伦登城督战，中箭倒毙，蛇无头不行，兵无主自乱，就在夜间开城遁去。睿一面入城，一面发兵追逐，斩俘万余级，获牛马亦万数。

睿素来体弱，未尝跨马，每战辄乘白板舆，督厉将士，勇气无敌。平时与士卒同甘苦，极意拊循，所以令出必行，无战不胜。平时待下有恩，战时始可用威，否则士不用命，威亦何益，这是本段著眼处。灵胤亦闻风退走。叡率将士至东陵，有诏令他班师，乃悉遣辎重前行，自乘小舆殿后，从容还至合肥。魏人服睿威名，不敢追蹑。睿就把豫州官府，俱迁入合肥城，即以合肥为豫州治所。庐江太守裴邃，也有能名，连拔魏羊石、霍邱二城，青、冀二州刺史桓和又克魏朐山及固城。

梁廷屡得捷书，盈廷相庆，哪知胜负靡常，得失无定！王茂到了河南城，被魏平南将军杨大眼，一鼓杀败，茂弃甲遁还，杨豹狼亦弃城逃走，河南城复为魏有了。张惠绍自宿预进发，北攻彭城，遣署徐州刺史宋黑，往围高塚，又被魏武魏将军奚康生，率兵来援，黑竟战死。惠绍继战亦败，仍退保宿预城。魏中山王元英，及将军邢峦，先后继进，连战皆捷。再加魏平南将军安乐王元诠，亦督后军随赴淮南，梁军都望风生畏，节节退还。桓和保不住固城，张惠绍保不住宿预，俱隳弃前功，仓猝南奔。前叙胜，后叙败，兔起鹘落，笔势不平。

那时临川王宏尚逗留洛口，拥兵不进。闻魏军进逼梁城，不禁生惧，亟召诸将会议，意欲旋师。吕僧珍首先开口道："知难而退，也是行军要诀。"宏即答道："我意也作是想。"柳惔接入道："我军出境，连克名城，怎得谓难？何必遽退！"裴邃亦说道："此次出师，原为杀敌而来，明知非易，奈何畏难？"马仙琕朗声道："王奈何自堕志节，甘取败亡！试想天子举全国将士，悉数付王，有前死一尺，无却生一寸！"昌义之更怒气勃勃，须发尽张，面唾僧珍道："吕僧珍直可斩首，岂有百万大兵，出未遇敌，便望风遽退！似此庸奴，尚有面目还见圣主么？"朱僧勇、胡辛生拔剑趋出道："欲退自退，下官当前向取死！"诸将亦含怒欲出，僧珍乃谢诸将道："殿下昨来风动，意不在军，深恐大致沮丧，故欲全军速返。"裴邃尚欲有言，见僧珍以目示意，乃含忍不发。俟大众尽退，宏亦入内，因复问僧珍道："公系佐命元勋，今为何自怯若此？"僧珍即附耳低语道："王不但全无谋略，且很是胆怯，我与王屡言军事，俱格不相入，看此情势，怎能成功！故不如见机退兵，还得保全大众。"邃始叹息而出。

宏因众情违沮，未便遽退，却亦未敢遽进。魏人知他不武，以巾帼相遗，宏虽不免怀惭，始终畏缩不前。当时魏人有歌谣云："不畏萧娘与吕姥，但畏合肥有韦虎！"韦虎是指韦睿，萧娘指宏，吕姥指僧珍。僧珍听得此谣，越加愧叹，请遣裴邃分军取寿阳，宏终不从。

魏将奚康生，遣杨大眼请命元英，略言梁军屯留不进，畏我无疑，王若进军洛口，彼自奔败云云。英答说道："萧临川虽然庸呆，部下却有良将，韦、裴诸人，皆未可轻视，汝等且静观形势，勿与交锋！"元英亦未免自沮，然用兵不可无良将，于此益见。

未几已值深秋，洛口暴风大作，继以骤雨，梁军相率惊哗。临川王宏，竟潜率数骑夜遁，将士求宏不得，顿时四散，弃甲抛戈，填满水陆。宏乘小船渡江，趋至白石垒，天尚未明，便叩城求入。临汝侯萧渊猷系衡阳王萧懿第三子，据守垒城，便登城问为何人？宏以实对。渊猷答道：“百万雄师，一朝鸟散，国家前途，可危孰甚！倘或奸人乘间图变，如何支持？此城地当冲要，不便夜开，且俟至天明罢。”宏亦无法，唯向渊猷求食，渊猷乃縋食馈宏，待旦方才纳入。渊猷颇不愧官守。

昌义之尚驻守梁城，闻洛口军溃，与张惠绍引兵退还。此次梁廷出师，倾国大举，器械统是精利，甲仗亦很整齐，出次半年，只招降了一个反复无常的陈伯之，与梁廷没甚利益。伯之亦旋即病歿。此外劳师糜饷，损失甚多，兵士溃散，及老弱死亡，差不多有五万人，这都由任将非人，徇私废公，所以遭此一跌呢。语意谨严。

魏主恪传诏各军，乘胜平南，中山王英，进陷马头城，夺得城中积粟，悉数运去。梁主闻宏溃归，急命添戍钟离。或谓魏兵运粮北归，当不致南下，梁主衍道：“这真是狡虏诈计，怎得不防！”此时还算明白。遂饬昌义之速入钟离城，缮垣浚濠，严兵守着。不到数日，魏兵前队，已到钟离城下，亏得昌义之先已防备，毫不仓皇，一攻一守，相持多日。

魏主复令邢峦引兵会攻，峦上疏道：“南军虽不善野战，却善城守，今尽锐往攻钟离，实为失策。钟离远处淮南，就使束手归顺，尚恐无粮可守，况顿兵城下，血薄与争呢！国家有事南方，转瞬经年，士卒劳敝，不问可知。愚意谓不如敛兵北返，修复旧戍，抚循诸州，徐图后举。”魏主不从，反促令进兵。峦复申奏道：“今中山王进军钟离，臣实未解。若专图南略，不顾万全，亦不如直袭广陵，或可掩他不备。乃徒载八十日刍粮，欲取钟离城，谈何容易！钟离天险，城堑水深，非可填塞，彼坚守不战，我师当然坐老；若遣臣接应，从何致粮？臣部下只带袷衣，未赍冬服，倘遇冰雪，又从何取济？臣宁受责逗挠，不愿同遭败损。陛下果信臣言，乞赐臣免职；若谓臣惮行求还，臣愿将所率部曲，尽付中山王，任他处分！臣不妨孑身单骑，听令驱策。倘知难不言，非但负将士，并且负陛下了！”颇有远识。魏主乃召峦还，另遣镇东将军萧宝夤助攻钟离。

钟离守将昌义之，守备有余，因恐魏兵日增，不得不奉表求援。梁主因遣右卫将军曹景宗，督兵二十万，往救钟离，且令暂留道人洲，候诸军到齐，然后进发。景宗请先据邵阳洲尾，奉诏不许，他却违诏前进。途次适遇暴风，淹死数百人，乃还守先顿。梁主衍闻报，反有喜色道："景宗不能独进，是天意教我破贼了！若孤军得行，猝遇大敌，必至狼狈，大将溃走，他有何望呢？"景宗静待各军，过了残冬，尚未能启行。

越年为梁天监六年，魏中山王英，与平东将军杨大眼等，率众数十万，进围钟离。城北沮住淮水，不便合围，英特就邵阳洲上，筑桥跨淮，树栅为垒，屯兵攻城。英据南岸，大眼据北岸，督众猛扑，不舍昼夜。城中守卒才三千人，昌义之激厉将士，随方抵御。魏人负土填堑，复用严骑迫蹙，人未及返，土又随压，连人带泥，叠入堑中。俄而堑满，即用冲车撞城，城土屡堕。义之用泥补城，随坏随补，终得堵住。魏人缘梯登城，更番相代，前仆后继，不少退却，经义之率领守兵，用着长刀大戟，刈人如草，但见魏兵随升随堕，始终不得登城。一日战数十合，前后杀伤万计，尸与城平，城仍未下。魏主因顿兵日久，召英使还，英不肯退兵，但请宽假时日。魏主又遣步兵校尉范绍，驰抵英营，相视形势。绍见钟离城坚固难下，亦劝英还，英仍不从。非败不归。

那时梁统帅曹景宗已经启行。豫州刺史韦睿，亦受命会师，归曹景宗节度。睿自合肥出发，取便道赴钟离，所过阴陵大泽，道多涧谷，随驾飞桥，立即济师。或虑魏兵势盛，请睿缓行，睿毅然道："钟离兵民，凿穴而处，负户而汲，不胜困惫，我等急往赴难，还恐不及，难道尚可延宕么？魏人已堕我腹中，愿卿等勿忧！"于是星夜前进。到了邵阳洲，才阅旬日，曹景宗亦即驰至。两下相见，似漆投胶，很是欢洽。景宗本来好胜，动辄陵人，唯韦睿年高望重，颇为景宗所敬礼，故毫无嫌疑，和衷办理。梁主衍也恐景宗使气，先给密敕道："韦睿老成，与卿有关乡望，卿宜厚待为是！"及闻景宗见叡，持礼甚谨，便欣然道："二将和衷，无不济事了！"想亦惩宏覆辙，故格外小心。

睿自率部众，夜逼魏营，堑洲设垒，通宵赶筑。南梁太守冯道根，为睿前驱，能走马步地，按步计功，才至天明，垒已成立。魏中山王英，总道他无此迅速，所以夜间不加防备。天明出望，梁营已经屹立，距本寨仅百余步，不禁大惊，用杖击地道："是何神速至此！"魏将见梁营联接，横亘洲旁，旗帜器械，焕然一新，也相顾夺气。

杨大眼系杨难当孙，勇冠诸军，径率万余骑攻睿。睿结车为阵，按兵不动，俟大眼麾骑围绕，乃发出梆声。一声怪响，万弩齐发，洞甲穿胸，射得魏兵个个倒躲，连大眼右臂，也中数矢，只好退去。可惜只射中右臂，不能射他两目。

翌晨，英自督众来战，睿乘木舆，执白角如意，麾军对敌。杀了数十回合，英不能胜，怅然回营。过了两日，魏人复猛攻睿垒，飞矢如雨，睿登垒督守，绝不畏避。睿子黯请下垒避箭，及将士有怯噪声，统由睿厉声呵止，静镇不乱，仍然得安。

杨大眼臂创少愈，复遣兵四出，断截梁兵刍牧。曹景宗募得勇士千余人，竟至大眼营前，筑垒堵住，不令出掠。大眼一再来争，均被梁兵杀退，及垒既筑就，使别将赵草扼守，草内护外拒，刍牧无忧，因呼为赵草城。可谓劲草。

已而有朝敕到来，授他方略，乃是火攻计，令景宗与睿，各攻一桥。两将依敕待行，光阴易过，又是春暮，淮水暴涨六七尺，睿遣前锋冯道根，与庐江太守裴邃，秦郡太守李文钊等，各乘斗舰，奋击洲上魏兵，一战尽殪。别用小船载草，沃以膏油，纵火焚桥，风烈火炽，烟尘缭乱。道根等皆亲自搏战，麾动锐卒，拔栅斫桥。桥梁栅木，半被毁去，半入淮流，顷刻俱尽。曹景宗因使众军鼓噪，奋突魏营，仿佛似川鸣谷应，海啸山崩。魏中山王英，弃营亟走，杨大眼亦毁营窜去，诸垒依次土崩，抛戈弃甲，争投淮水中，多半溺毙，淮水为之不流。睿遣报昌义之，义之且悲且喜，不暇答语，但呼道："更生！更生！"当下部署残军，也出城追虏。景宗与睿，遣各军并力逐北，至濊水上。沿途尽情杀掠，伏尸四十里，生擒五万人，收获军粮器械，牛马驴骡，不可胜计。

景宗与诸将争先告捷，睿独居后。及义之邀诸军入城，置酒犒宴，请景宗与睿共席。酒酣兴至，掷骰为戏，设二十万钱为博注。景宗一掷得雉，睿徐掷得卢，他却忙取一子，翻将转来，情愿作塞，且连称异事。景宗一笑而罢。小子有诗咏韦睿道：

不贪名利不争功，德愈谦时望愈隆。
为问萧梁诸将士，阿谁能学韦公风？

景宗等既献捷报功，当由梁主下诏，命班师还朝。欲知凯旋后事，且看下回分解。

梁室诸将，莫如韦睿，次为裴邃。当时欲出师北伐，何不用睿为帅，邃为将，专阃得人，奏功自易事耳。不此之审，乃独用一无才无勇之临川王宏，宏虽介弟，未足统军，不战而逃，原意中事。假令当日无韦、裴二将，为敌所忌，魏中山王英等，直迫洛口，吾恐宏且南走之不暇，而全军且尽覆没矣！异哉萧衍，明知韦睿之为时望，而不能重用，几陷乃弟于死地。乃弟可死，如全军何！及钟离一役，又未尝专任韦睿，而独任曹景宗，令睿归景宗节制。幸睿素负重名，为景宗所敬礼，始得和衷共济，大破魏军。否则，景宗尝违诏进军矣；虽有密敕，令彼敬睿，亦乌足恃！然后知萧衍之智，不过寻常，无怪其老且益愚也！

第四十二回　诬通叛魏宗屈死
图规复梁将无功

却说曹景宗奉诏班师，还朝饮至，盈廷大臣，统皆列席。当时左仆射范云已早病逝，另用尚书左丞徐勉，及右卫将军周捨，同参国政，左仆射沈约有志台司，终不见用。唯才华富瞻，兼长诗文，梁主衍有所制作，必令约属草，倚马万言。至是与宴华光殿中，遵敕赋诗，夸张战绩。曹景宗亦擅诗才，不得与赋，意甚不平，遂起求赋诗。梁主衍道："卿技能甚多，何必吟咏？"景宗求作不已，梁主衍见约所作，赋韵将尽，只剩得竞病二字，便笑语景宗道："卿能赋此二字否？"景宗索笔成书，立就四语，呈与梁主。但见纸上写着：

去时儿女悲，归来笳鼓竞。借问路旁人，何如霍去病！

梁主瞧毕，击节叹赏道："卿文武兼全，陈思王即魏曹植。不能专美了！"景宗顿首谢奖。及宴毕散座，梁主还宫，即颁发诏敕，进景宗为领军将军，加封竟陵公。韦叡为右卫将军，加封永昌侯。昌义之为征虏将军，移督青、冀二州军事，兼领刺史。余如冯道根以下，各受赏有差。越年出景宗为江州刺史，病殁道中，追赠征北将军开府仪同三司，予谥曰壮。是年尚书右仆射夏侯详，亦老病谢世。这且慢表。

且说魏中山王英，及镇东将军萧宝夤，败奔梁城，魏廷言官，当然上章弹劾，请诛英及宝夤。魏主恪减等议罪，夺去二人官爵，除名为民。杨大眼亦坐徙营州。别简中护军李崇为征南将军，兼扬州刺史。崇深沉宽厚，颇得士心，出镇寿阳，远近畏服，所以钟离虽挫，淮右尚安堵如常。独魏主恪外宠高肇，内惑高贵嫔，疏忌宗室，迷信桑门，一切军国大事，未尝亲理。彭城王勰，虽起任太师，有位无权。勰兄广陵王羽，受职司空，好酒渔色，尝与员外郎冯俊兴妻私通。俊兴恚恨，伺羽夜游，骤出狙击，致受重伤，未几即死。羽弟高阳王雍，继任司空，学识短浅，无善可称。还有广陵王嘉，系太武帝拓跋焘庶孙，齿爵并尊，但好容饰。雍由司空擢太尉，嘉得进位司空，旅进旅退，备员全身。就是魏主四弟，如京兆王愉，清河王怿，广平王怀，汝南王悦等，资望皆轻，未足参政，所以北朝政令，几全出高氏手中。总叙魏主宗室，俱为后文伏案。

皇后于氏，本为魏主所宠爱，自纳高贵嫔后，宠遇渐衰。正始四年，后忽暴疾，半日即殂。宫禁内外，明知由高氏加毒，但怕她势大，不敢显言。魏主已移情高氏，也没甚悲悼，唯依礼丧葬，谥为顺皇后，算作了事。于后有子名昌，年只二岁，越年三月，昌复得病，侍御师王显，不加疗治，由他啼号，才阅两日，一命呜呼。魏主仅得此子，忽然夭逝，当然比于后殁时，较为哀痛。嗣因高贵嫔从旁劝慰，仗着三寸慧舌，挽回一片哀肠，遂令魏主境过情迁，竟将于后母子二人，撇诸脑后。就是王显失医等情，亦绝不问及。看官不必疑猜，便可知是高氏阴谋，巧为蒙蔽了。

于后世父于烈，出镇恒州，父于劲，虽留仕魏都，究竟孤掌难鸣，未敢奏讦。高氏得逍遥法外，任所欲为。

过了数月，高贵嫔即受册为后，太师彭城王勰，上书谏阻，那魏主已堕入迷团，任他如何苦口忠言，统已逆耳不受，反令勰得罪高氏，视若仇家。高肇恃势益骄，权倾中外，妄改先朝成制，削封秩，黜勋臣，怨声盈路，朝野侧目。度支尚书元匡，独与肇抗衡，先自造棺，置诸厅间，拟舆棺诣阙，详劾肇罪，然后自杀，隐寓尸谏的意思。忠而近愚。事尚未行，适奉诏议权量事，与太常卿刘芳互有龃龉。高肇主张芳议，匡不直肇，便据理力争，且表称肇指鹿为马，必为国害。魏主尚未批答，偏奏斥元匡的弹章，相继呈入，署名为谁，就是前充侍御师，后升中尉的王显。可见前次失医皇子，明是高氏授意。当下将两奏尽行颁出，命有司论奏，有司皆趋承高肇，统复称元匡诬谤宰相，应处死刑。还算魏主加恩宽免，但降匡为光禄大夫。

权豪跋扈，祸变猝来，魏主弟京兆王愉，忽自信都起兵构乱，也居然称帝改元，托言高肇谋逆，魏主被弑，不得不从权继立，入讨乱臣。看官听着！高肇虽然专横，究竟尚未弑逆，如何京兆王凭空捏造，骤敢作乱？说将起来，也有一段隐情。

先是魏主恪颇知友爱，尝令诸弟出入宫掖，寝处与共，不异家人。愉由护军将军迁授中书监，入直殿阁，更成常事。魏主为娶于后妹为妃，于氏貌不动人，未得愉欢。愉另纳妾杨氏，能歌善媚，宠擅专房。只因杨氏出身微贱，特令拜中郎将李恃显为养父，冒姓为李。产下一子，取名宝月。于妃未免妒恨，屡入宫诉告乃姊，于后因召李入宫，亲加斥责，且勒令为尼，把宝月归妃抚养，愉虽不能抗命，心中总系念宠妾，日夕不忘，乃托人请求后父，乞为转圜。时于后尚未产男，后父于劲，也劝后格外包容，使魏主得广纳嫔御。又因愉屡次请托，乐得替他说情，仍将李氏归愉。于后本来柔淑，遂勉承父命，遣还李氏。碧玉重归，情好益笃。自高肇用事，高贵嫔得立为继后，魏主信任外戚，摈斥宗亲，待遇诸弟，迥异从前。愉又喜引宾客，崇奉佛道，用度浩繁，常患不足，渐渐的纳贿营私，致有不法情事。高肇害死于后，常恐于氏报复。愉为于婿，适中肇忌，所以日陈愉短，谮毁多端。魏主恪召愉入宫，面数罪恶，杖愉五十，出为冀州刺史。

愉既莅任，愤无所泄，乃欲乘间构难，冒险求逞，长史羊灵，抗词谏诤，竟为所杀。司马李遵，畏死相从，遂诈称得清河王怿密函，说是高肇弑逆，应该继统讨罪。当下筑坛城南，自称皇帝，改元建平，伪诏大赦。又把这娇娇滴滴的爱妾，抬举起来，立为皇后。以妾为妻，第一着便铸成大错，怎得济事？法曹参军崔伯骥，不肯从命，又为所杀。且逼令长乐太守潘僧固一同起事。僧固系彭城王勰母舅，为此一隙，遂令一代贤王，也陷入案中，平白地做了一个枉死鬼魂。

高贵嫔得为继后，勰尝谏阻，高氏恨勰甚深，只苦无隙可乘，不能置诸死地。可巧僧固附逆，被高肇吹毛求疵，抵隙下石。一面请遣尚书李平，督军讨愉，一面诬奏彭城王勰，说他与愉通谋，纵舅助逆，应速除内应，才戢外奸。魏主恪尚称明白，把遣发李平一奏，立即允议，独将彭城王一案，暂从搁置。

高肇怎肯罢手，嗾使侍中元晖，申疏论勰，晖不肯从。乃更嘱郎中令魏偃，前防阁高祖珍，交章谗构，证成勰罪。魏主方才动疑，召问元晖，晖力白冤诬。晖亦一小人，此时独持正论，故特揭之。魏主乃更问高肇，肇又引魏偃、高祖珍，共陈勰有通谋实情，说得魏主不能不信。再加那艳后从中煽惑，遂决计杀勰，竟与高肇等定谋，征令入宴，秘密行诛。

越宿即遣出中使，召勰及高阳王雍，广阳王嘉，清河王怿，广平王怀，入宴禁中，肇亦与宴。勰妃李氏方产，固辞不赴，中使一再敦促，不得已与妃诀别，乘牛车入东掖门。将度小桥，牛不肯进，牛果能则知耶！由中使解去牛缆，挽车驰入。彼此列席宴饮，直至黄昏，尚无他变。大家都有酒意，各起至别室休息。

才阅须臾，忽由卫军元珍，引着武士，赍鸩前来，逼勰使饮。勰瞿然道："我有何罪？愿一见至尊，虽死无恨！"元珍道："至尊不能再见！"勰复道："至尊圣明，不应无罪杀我，诬告何人，愿与一对曲直！"元珍不应，但目视武士。武士用刁环击勰三下，勰抗声道："冤哉皇天！忠乃见杀。"武士再用刀击勰，勰乃取鸩饮讫。毒尚未发，又被武士刺死。翌晨用褥裹尸，载归故第，诈云因醉致死。李妃闻报，向天大号道："高肇枉理杀人，天道有灵，怎得善终！"魏主佯为举哀，赙赠从厚，赐谥武宣。及举柩出葬，行路士女，统望柩流涕道："高肇小人，枉杀如此贤王！"嗣是中外舆情，益恨肇不休。莫谓直道无存！

那李平督领各军，进攻信都，愉出城拒战，屡战屡败，乃闭门静守。李平分兵围城，连日攻扑，闹得城中昼夜不安，各生贰心。再加河北各州，已由定州刺史安乐王诠，檄称魏主无恙，休信叛王讹言，遂致鬼蜮伎俩，俱被瞧破，没一人信从伪主。愉情势两穷，没法摆布，只好挈了伪后，及爱子四人，并左右数十骑，溜出后门，命伪冀州牧韦超，居守信都。李平闻愉出走，亟遣统军叔孙头追捕，自督将士登城，即日攻入，杀死韦超，揭榜安民，全城复定。叔孙头也将愉等拿到，不漏一人，便由平奉表告捷。

高肇等请就地诛愉，魏主不许，但命械送洛阳，责以家法。平乃派将送愉，及愉妾李氏子四人，乘驿解往。愉每止宿亭，必与李氏握手言情，备极私昵，一切饮食，悉如平日，毫无怍容。行至野王，由高肇传到密令，迫愉自杀。愉服毒待尽，且语人道："我虽不死，亦无面目见至尊。"又与李氏永诀，悲不自胜，俄而气绝，年只二十一。李氏与四子至洛，魏主赦免四子，唯拟置李氏极刑。中书令崔光谏道："李氏方娠，刑至刳胎，乃桀、纣所为，严酷非法，须俟产毕，然后行刑。"魏主依议，按功行赏，加李平散骑常侍，即令还朝。平入信都，从参军高颢言，宥胁从，禁杀掠，子女玉帛，一无所取，还都以后，中尉王显，索赂不得，遂劾平隐没官口，乱党子女，应没入宫廷，叫作官口。显有情弊。高肇亦恨他毫无馈遗，奏除平名，有功反罪，国事更可知了。不乱不止。

梁天监七年，魏郢州司马彭珍等，叛魏降梁，潜引梁兵趋义阳。三关即平靖、武阳、武胜三关，并见前文。戍将侯登，亦向梁请降。魏悬瓠军将白早生，又杀死豫州刺史司马悦，自号平北将军，致书梁司州刺史马仙琕，乞发援师。仙琕上书奏闻，梁主衍令仙琕往援早生，且授早生司州刺史。仙琕进屯楚王城，但遣副将齐苟儿，率兵二千，助守悬瓠，魏复起中山王英，都督南征诸军事，出援郢州。再命尚书邢峦，行豫州事，领兵击白早生。峦尚未发，先遣中书舍人董绍，抚慰悬瓠，早生执绍送建康。峦闻绍被执，忙率骑士八百，倍道兼行。五日至鲍口，早生遣将胡孝智，领兵七千，出城二百里逆战，为峦所破，遁还悬瓠。峦进至汝水，早生自往截击，又复败还。峦遂渡水围城。魏宿预守将严仲贤，因邻境被兵，正拟戒严，参军成景儁，刺死仲贤，竟举城降梁。于是魏郢、豫二州属境，自悬瓠以南，直至安陆，均为梁有。唯义阳一城，为魏坚守。

中山王英，虑兵不敷用，求请添兵。魏主但遣安东将军杨椿，率兵四万，进攻宿预。命英就邢峦军，同攻悬瓠。悬瓠城已经危急，复见英军助攻，越加恟惧。白早生尚欲死守，偏自司州遣来的齐苟儿，遽开城出降。苟儿应改名狗儿，故愿乞怜外族。魏兵一拥入城，擒斩早生，及余党数十人。英乃引兵赴义阳。

义阳太守辛祥，与郢州刺史娄悦，婴城共守。梁将军胡武城、陶平虏，引兵进逼，祥与悦共议战守事宜。悦但主守，俟英来援，祥独主战，夜率壮士掩袭梁营。梁人果然中计，胡武城仓猝逃还，陶平虏略慢一步，被辛祥活捉了去。义阳得安。悦耻功出祥下，奉书高肇，掩没祥功，赏竟不行。

中山王英，到了义阳，梁兵早已败去，乃欲规取三关。先与众将计议道："三关相须，如左右手，若攻克一关，两关可不战自下。攻难不如攻易，应先攻东关为宜。”东关即武阳关。众将自无异言。英又使长史李华，引兵赴西关，即平靖关。牵制梁军，自督诸军向东关。六日而下，虏得守将马广、彭瓮生、徐元季，再移兵攻广岘。守将李元履遁去，又攻西关，梁将马仙琕亦遁。

梁主亟遣韦睿往援仙琕，行至安陆，闻三关已经失守，忙入城为备，增筑城垣二丈余，更开大堑，起高楼，收集溃卒，严加防堵。部将或以怯敌为疑，睿笑道："为将当有怯时，怎可徒恃勇气！”马仙琕等陆续退还，魏中山王英，乘胜急追，欲复邵阳旧耻，及闻睿复出守安陆，不免生畏，便即退师。

梁主以连岁用兵，师劳力竭，特释魏中书舍人董绍，召入面谕道："两国战争，连年不息，民物涂炭，彼此同忧，吾今释卿归国，愿修和好，卿宜备申朕意。若果罢战息民，我愿将宿预还魏，魏亦当还我汉中。”绍唯唯遵谕，辞还洛都，即将梁主意旨，详报魏主。魏主不从，南北失好如故。

已而魏荆州刺史元志，率兵七万攻潺沟，驱迫群蛮，群蛮皆渡过汉水，乞降雍州。梁雍州刺史侯景，收纳群蛮，使司马朱思远部勒蛮众，往击魏军。蛮众积忿竞斗，大破元志，斩首万余级，元志走还。

过了两年，天监十年。琅琊土豪王万寿，纠众戕官，据住朐山，密召魏兵。魏徐州刺史卢昶，遣戍将傅文骥赴援，青、冀二州刺史张稷，发兵往剿，与战失利。文骥入据朐山，梁廷遣马仙琕往攻，把朐山城围住，困得水泄不通。朐山无粮可因，樵汲复断，文骥无法可施，没奈何开城出降。卢昶不谙军事，仓猝往援，途次接得朐山败报，回马就逃，部众皆溃。时值大雪，冻毙甚多，又经仙琕追击，十死七八，粮畜器械，丧失无数。

唯张稷还兵郁洲，青、冀二州，宋时已被魏陷没，南朝借郁洲地侨置青、冀州治，事见前文。自愧无功，心益郁闷。他尝仕齐为侍中，东昏被废，稷曾与谋。梁主衍因他有功，迁任左卫将军。稷自谓功大赏薄，每当侍宴，辞色怏怏。梁主衍瞧透情形，便向他嘲笑道："卿与杀君主，有何名称？”稷答道："臣原无美名，不过对着陛下，未为无功。况东昏暴虐，义师一起，天下归心，岂止臣一人响应么？”梁主掀髯微哂道："张公真足畏人！”语带忌刻。乃命他为安北将军，领青、冀二州刺史。稷仍未惬望，莅镇后懒治政事，宽弛失防。朐山一役，无功而归，僚吏益多轻视，乐得暗地营私。

好容易过了二年，郁洲人徐道角，召集亡命，及许多怨民，夤夜袭入州城，闯进官廨，怀刃害稷。稷长女楚瑗，为会稽孔氏妇，无子归宗，随稷在任。至此挺然出来，以身蔽父。乱党见人便斫，管什么孝女烈妇，第一刀杀死楚瑗，第二刀将稷剁毙。不没楚瑗，意在阐幽。索性枭稷头颅，函送北朝，作为贽献礼物。魏主调兵收降，偏被梁北兖州刺史康绚，走了先着，引兵掩入郁洲，捕诛乱党。及魏兵东下，徐道角早已伏辜，郁洲平定如恒。那魏兵也只得敛甲告归。

梁主本不满张稷，追论稷病民致乱，削夺官爵。稷固无状，稷女何不旌扬！嗣复与沈约谈及，尚觉不平。约答道："已往事不必复论。"梁主陡然忆起，知约与稷尝联婚谊，不由的愤愤道："卿作此语，好算得忠臣么？"语毕入内。约骤遭诘责，不觉惊惶，连梁主入室时，都似未见，仍然呆坐。经左右呼令趋退，方惘惘还第。未曾至床，却悬空睡将下去，跌了一交，几乎中风。家人忙扶他入寝，延医服药，稍得免痛。到了夜间，忽大叫道："阿哟！不好了！不好了！舌被割去了！"小子有诗叹道：

为慕虚荣不顾名，与谋篡弑得公卿，
可知夜气销难尽，妖梦都从胆怯生。

究竟何人割舌，待至下回报明。

先圣有言，女子小人为难养，养且不可，况宠信乎！高肇小人也，高贵嫔为女子，更无庸言。魏主恪委任高肇，使握朝纲，嬖宠高贵嫔，使攘后位，内有艳妻，外有豪戚，女子小人，表里用事，毒于后，害皇子昌，谮京兆王愉，诬彭城王勰，阴贼险狠，莫此为甚。愉迫于私忿，遽敢称戈，野王之戮，尚其自取。勰为中外属望之贤王，乃冤诬致死，妨贤病国，高氏宁能长存乎？顾魏政不纲，朝野解体，降梁者日益众，梁出师图复郢、豫，旋得旋失，终归败挫，非魏将之勇略过人，实梁无良将之所致也。梁有一韦睿而不能重用，何怪其屡出无功乎！朐山、郁洲之平乱，其犹为幸事哉。

第四十三回　充华产子嗣统承基　母后临朝穷奢极欲

却说沈约夜卧床中，精神恍惚，似觉舌被割去，痛不可耐，乃拼命呼救。待家人把他唤醒，尚觉舌有余痛。细忆起来，乃是南柯一梦。梦中见齐和帝入室，手执一剑，把自己舌根截去。于是越想越慌，嘱家人召入一巫，令他详梦。巫不待说明，便道是齐和帝作祟，乃即挽巫祷禳，日夕忏醮。并自撰赤章，焚诉天廷，内称禅代情事，统是梁主衍一人所为，与己无涉。人且不可欺，天可欺乎？凑巧梁主遣御医徐奘，往视约疾，得见赤章，问明原由，才知梦状。当下还宫复命，据实具陈。梁主不禁怒起，立遣中使责约，略言禅让草诏，皆约所为，怎得诿诸朕躬！约愈加惶急，既畏主谴，又惧冥诛，两忧相迫，便即毙命，寿已七十三岁了。不死何为？

梁主还算有情，仍赠本官，赙钱五万，布百匹。朝议请赐谥为文，梁主烛改一隐字。颇合沈约行谊。约以文名著世，所撰晋书百一十卷，宋书百卷，齐纪二十卷，宋文章志三十卷，文集百卷。又制四声谱，自谓穷神入妙。梁主衍不以为奇，且问参政周捨道："何谓四声？"捨举"天子圣哲"四字，表明平上去入的四声。梁主淡淡的答道："这也有什么奇怪呢？"遂将韵谱搁起，不复遵用。后来却流传人世，推为巨制。

当时与约齐名，尚有江淹、任北等人。淹字文通，仕齐为秘书监，梁主起兵，却微服往投。嗣迁金紫光禄大夫，封醴陵侯。天监四年逝世，予谥曰宪。淹少年好学，尝梦神人授以五色笔，遂擅文才。晚年又梦神人将笔索还，从此遂无妙句，时人叹为江郎才尽。平生著作百余篇，及齐史十志，并传后世。

昉字彦升，雅善属文，尤长载笔，起草即成，不加点窜。母裴氏尝昼寝，梦见一彩旗盖，四角悬铃，从天坠下，一铃落入怀中，惊动有娠，遂得生昉。昉在齐末，亦官司徒右长史。梁主入都，召为骠骑记室参军，寻拜黄门侍郎，迁吏部郎中。天监六年，出为宁朔将军，领新安太守，为政清约，辄曳杖徒行，为民决讼视事。期年病殁官舍，百姓怀德不忘，就城南设一祠堂，岁时祭奠。梁主亦闻讣举哀，追赠太常卿，予谥曰敬。留有杂传二百四十七卷，地记二百五十二卷，文章三十三卷，亦传诵士林，历久不磨。

此外尚有前侍中谢朏，亦素有文名，齐季归隐田里，屡征不起。梁初又征朏为侍中，朏仍不至。嗣忽自乘轻舟，诣阙陈词，有诏命为侍中司徒尚书令，朏表称足疾，不堪拜谒，但戴角巾，坐肩舆，诣云龙门谢诏。梁主召见华林园，又乘小车就席，翌日梁主又亲至朏宅，宴语尽欢，朏固陈本志，未邀俞允，因请还里迎母，为梁主所允准，赋诗送别。寻奉母至京师，虽奉诏受职，不治官事，未几即丁母忧，仍令摄职。服阕后改授中书监司徒，旋即病死。追赠侍中司徒，谥曰靖孝。著有文章书籍，亦广流传，不过晚节不终，迹近矫诈，免不得贻讥公论呢。类举文士，亦寓重才之意。这且不必细表。

且说魏主恪宠信高贵嫔，立为继后。后貌美性妒，所有后宫嫔御，不令当夕。生下一子一女，子偏早殇。魏主年已将壮，尚未有嗣，不免心焦。可巧宫中有一胡充华，为司徒胡国珍女，容色殊丽，秀外慧中。相传胡女生日，红光四绕，术士赵胡，尝由国珍召问，谓此女后必大贵，当为天地母。实是一个祸水。魏主恪略有所闻，特召入掖庭，册封充华。高后见她纤丽动人，当然加忌，偏胡充华巧言令色，颦笑皆妍，能使这位貌美性妒的高皇后，也觉得楚楚可怜，另眼相待。魏主恪乘间召入，与胡充华演了一出鸾凤缘，天子多情，美人有幸，竟暗结珠胎，怀成六甲。

先是六宫嫔御，相与祈祷，但愿生诸王公主，不愿生太子，独胡充华慨然道："国家旧制，子为储君，母应赐死，这原是特别的苛条；但妾却不怕一死，宁可令皇家育一冢嗣，不愿为贪生计，贻误宗祧！"语似有理，志已不凡。

及怀娠后，同列或劝她服药堕胎，胡充华不从，夜间焚香，仰天私誓道："但得产下男儿，排行居长，就使子生身死，亦所不辞！"已而分娩，竟生一男，魏主取名为诩，且恐皇后妒忌，致生不测，特另择乳保，取育别宫，不但皇后不得过问，就是胡充华也不使抚视。

过了三年，诩已三龄，魏主欲立诩为太子，下诏改元，号永平五年为延昌元年，加尚书令高肇为司徒，清河王怿为司空，广平王怀为骠骑大将军，开府仪同三司。到了孟冬，便立皇子诩为太子，此次册立皇储，竟变易旧制，不令胡充华自尽。高后与高肇，很是不服，劝魏主仍遵故事，魏主始终不从，反进胡充华为贵嫔，高后越加愤恚，欲暗下毒手，置胡死地。胡向中给事刘腾求救，腾转告左庶子侯刚，刚又转告侍中领军将军于忠。忠系领军于烈子，嗣父袭爵，因于后暴亡事，憾及高后，当下借公报私，即向太子少傅崔光处问计。光与忠附耳数语，忠大喜照行，仅阅两日，即由魏主下一内敕，命将胡贵嫔迁居别宫，饬令亲军严加守卫，不得妄通一人。为这一策，竟使高氏无从施毒，胡贵嫔得安居无恐，保养天年。死期未至，故得救星。

清河王怿惩彭城覆辙，常有戒心。一夕与高肇等侍宴禁中，酒酣语肇道："天子兄弟，尚有几人，公何故翦灭殆尽？从前王莽头秃，借渭阳势力，遂篡汉室，今君身曲，恐终成乱阶，不可不慎！"肇不禁惊愕，扫兴趋出。会天遇大旱，肇擅录囚徒，宥死颇多。怿复入白魏主道："臣闻名器不可以假人，昔李氏旅泰山，孔子引为深戒，这无非为天尊地卑，君臣有别，事贵防微，不应加渎呢！今欲减膳录囚，应归陛下所为，司徒究是人臣，奈何擅敢僭越，下陵上替，祸且不远了！"魏主恪向他微笑，不发一言。已是会意。

越年，魏恒、肆二州，地震山鸣，人民压死甚众。魏主忧心天变，益防高氏。又越年冬季，梁涪人李苗，及校尉淳于诞奔魏，上书魏阙，请即取蜀。魏主乃即命高肇为大将军，率步骑十万，攻益州。侍中游肇进谏道："今国家连年水旱，不宜劳役。蜀地险隘，镇戍无隙，怎可轻信浮言，遽动大众！事不慎始，恐后悔转无及了。"魏主又默然不应。

倏忽间已是岁阑，度过残冬，便是魏延昌四年正月。高肇西去，尚无捷音，那魏主恪却生成重疾，医药无灵，才经三日，便已归天。侍中领军将军于忠，侍中中书监崔光，詹事王显，庶子侯刚，即至东宫迎太子诩，趋入内殿，夤夜嗣位。王显系高氏心腹，谓翌日登基，也不为迟。崔光道："天位不可暂旷，何可待至明日？”显又道：“太子即位，亦须奏达中宫。”光又道：“皇帝驾崩，太子继立，这乃是国家常典，何须中宫命令！”进请太子入立东序，由于忠扶住太子，西向举哀。哭至十余声，便令止哭。光摄太尉，奉册进玺绶，太子跪受册玺，被服衮冕，御太极殿，即皇帝位。光等与夜直群臣，伏殿朝贺，稽首呼万岁。翌日大赦天下，征还西讨东防诸军，尊谥先帝恪为宣武皇帝，庙号世宗。皇后高氏为皇太后，胡贵嫔为皇太妃。

于忠与门下省侍中等官，会议国事，大略以嗣主冲幼，未能亲政，宜使高阳王雍裁决庶事。又因任城王澄，为肇所忌，久居闲散，此时肇西出未归，正好起用老成，使总国事。当下奏白太后，请即教授。王显意欲弄权，不愿二王秉政，独矫太后命，令高肇录尚书事，自与肇兄子猛，同为侍中。于忠等先发制人，即乘显入殿，喝令拿下，责他侍疗无效，传旨削职。显临执呼冤，被直阁将军用刀环击伤腋下，牵送右卫府，一宿即死。遂下诏令太保高阳王雍入居西柏堂，任城王澄录尚书事。百官总已听命二王，中外却也悦服。

高肇西至函谷关，所乘戎车，忽然折轴，已是隐怀疑虑。至此接到嗣主哀书，且召令入朝，益恐内廷有变，于己不利，急得朝夕哭泣，神槁形枯。贼胆心虚。匆匆东归，途次由家人相迎，亦不与见，即星夜跑至阙下，格外小心，已是无及。满身穿着衰服，入临太极殿，恸哭尽哀。高阳王雍，与领军于忠密议，拟即诛死高肇，断绝后患。当下令卫士邢豹等，潜伏中书省中，俟肇哭毕，由于忠引他入省，托名议事。甫经入门，忠忽大呼道：“卫士何在？”邢豹等应声突出，把肇执住。肇欲开口鸣冤，偏被豹用手叉喉，不令出声。两手又为卫士所缚，不得动弹。才过片时，喉噎气塞，再由豹用力一扼，但见他目出舌伸，立即毙命。威焰到何处去了？当有一道敕书，数肇过恶，说他畏罪自尽。此外亲党悉无所问，但褫肇官爵，葬用士礼。到了黄昏，从厕门出尸，送归肇家。

肇既伏诛，高太后当然不安，再加这位胡太妃乘势报怨，竟与于忠等商议，勒令高太后为尼，徙居瑶光寺，非大节庆，不得入宫。这叫做打落水狗。嗣是于忠内结宫闱，外总宿卫，又为门下省领袖，专揽朝政，权倾一时。尚书裴植，仆射郭祚，恨忠专横，密白高阳王，劝令黜忠。雍尚未发，忠已先闻，即令有司诬构二人，证成罪状，矫诏赐他自尽。甚至欲杀高阳王，还是侍中崔光，从旁力阻，乃出雍归第，不令执政。寻且尊胡太妃为皇太后，居崇训宫，进于忠为尚书令，崔光为车骑大将军，刘腾为太仆，侯刚为侍中。这四人都有功胡氏，所以加官进爵，同日酬勋。

太后父胡国珍得封安定公，兼职侍中，还有太后妹胡氏，适江阳王继子乂为妻。江阳王继，系道武帝珪曾孙，袭封江阳王，宣武时为青州刺史，取良家女为奴婢，坐罪夺爵。胡太后为妹加恩，复继本封，进位太保，授乂为通直散骑侍郎，乂妻为新平君，拜女侍中。于忠、崔光等，且奏请太后临政，太后当即允议，垂帘称制。她本是个聪明伶俐的女钗裙，喜读书，善属文，内外政事，均亲自裁决，随手批答。又素娴骑射，发矢能中针孔，有此种种技艺，故指挥如意，游刃有余。哲妇倾城。听政经旬，即引门下侍官，入问于忠声望。群臣揣摩迎合，料太后不慊于忠，因俱言未能称职。太后颔首，遂出忠为征北大将军，领冀州刺史。忠既外出，雍乃上表自劾，谓臣初入柏堂，每见于忠专恣，欲加裁抑，忠反欲矫诏杀臣，幸由同僚坚拒，始得免死。自思忝官尸禄，辜负恩私，愿返私门，伏听司败等语。胡太后不忍罪忠，但优诏慰雍，起为太师，领司州牧。加清河王怿为太傅，兼官太尉，广平王怀为太保，兼官司徒，任城王澄为司空，兼官骠骑大将军。澄希承意旨，奏清安定公宜出入禁中，参咨大务，胡太后当然乐从。

太后初临朝时，尚称令行事，群臣上书称殿下，旋即改令为诏，居然称朕，群臣亦改称陛下。到了冬季十二月，大飨宗庙，太后因嗣主年幼，未能亲祭，拟仿周礼君与夫人交献古制，代行祭礼，礼官均以为未可，乃转问侍中崔光。光独曲意逢迎，竟引据汉和熹邓后汉和帝皇后。荐祭故事，陈将上去，适中胡太后心坎，便将光语援作铁证，饬侍卫备齐全副仪仗，亲至宗庙，摄行祭祀。又饬造申讼车，随时驾御，出云龙门，进千秋门，遇有吏民诉讼，当即审判，有所未决，乃付有司。凡州郡荐举孝廉秀才，及一切计吏，也由胡太后亲御朝堂，临轩发策，且自览试卷，评定甲乙，颇洽舆情。

一日与幼主幸华林园，就都亭曲水旁，宴集群臣，令王公以下各赋七言诗。太后自为首唱，随口说道："化光造物含气贞，"次语令幼主诩续下，诩年方七岁，却也有些聪慧，思索半晌，乃续咏道："恭己无为仰慈英。"太后面有喜容，又合心坎。即叹赏道："七龄幼主，有此续句，也好算是难得了。"群臣齐呼万岁。太后乃令群臣赓续，你一语，我一句，凑成一片古风，无非是颂扬母德，敷奏升平。太后大喜，命左右取出贮帛，颁赏有差。

越年改元熙平。是梁天监十五年。侍中侯刚，掠杀羽林军，为中尉元匡所劾，诏付廷尉议处。廷尉谓杀人抵死，应处大辟，胡太后记念前功，偏说刚因公掠人，邂逅致死，不得坐罪。嗣经少卿袁翻，力为辩驳，始削刚封邑三百户，撤去尝食典御职使。刚以善烹调得幸，尝主御食，充使垂三十年，至此始被撤消，但仍得出入宫禁，与闻朝政。有时且随从太后，游幸宗戚勋旧各家，往往宴至夜半，方才还宫。侍中崔光，援经据史，谏止游宴。太后可主祭祀，为何不可游幸！

看官，你想胡太后到了此时，已是荡逸飞扬，从心所欲，哪里还肯听信崔光，深居简出呢？而且历朝妇女，多信佛事，胡太后有一姑母，曾作女冠子，好谈释教，太后自幼相依，耳熟能详，至此特命在崇训宫侧，建造一永宁寺，又在伊阙口建石窟寺。两寺皆备极华丽，永宁寺尤觉辉煌，内设九层浮图，高九十丈，浮图上柱，复高十丈，四面悬着铃铎。每当夜静，铃铎为风所激，清音泠泠，声闻十里。此外佛殿僧房，尽是珠玉锦绣，炫饰而成，真个是五光十色，骇人心目。自从佛法传入中国，寺刹巍峨，得未曾有。落成时候，太后率领王公夫妇等，自往拈香，凡京内外僧尼士女，俱得入寺瞻仰，络绎奔赴，不下十万人。扬州刺史李崇，谓宜裁省寺塔糜费，移葺明堂太学，一再上表，好似石沉大海，毫无转音。到了熙平三年，有人献一异龟，当作神奇看待，遂改称神龟元年，恐怕是个死乌龟，要应在宣武身上。颁诏大赦，庆宴群臣。

忽报称征北大将军灵寿公于忠身死，大众颇称快意，独太后优诏褒荣，赐谥武敬，并赠厚赙。又越数日，司徒安定公胡国珍又死。国珍系胡太后父，饰终典礼，格外从隆，追赠相国太师，兼假黄钺，加号太上秦公，并迎太后母皇甫氏灵柩，同墓合葬，称为太上秦孝穆君。当时有一个谏议大夫张普惠，还想斟情酌理，竭力奏谏，说是太上名称，不能施诸人臣。同朝统说他不识时务，从旁讥笑，普惠却应机辩析，驳得朝臣哑口无言。但终是空费唇舌，不闻收回成命，徒博得一个直臣名目罢了。

过了数月，天象告变，月食几尽，胡太后恐自己当祸，特想出一件替身符来，密令心腹内侍，赍毒至瑶光寺中，药死故太后高氏，佯说是得病暴亡，棺殓俱用尼礼，草草治丧，即令舁柩至北邙山，埋葬了事。高氏该有此结局，胡氏狠毒尤甚，怪不得后来沉河。内外百官，毫无异议。胡太后越无顾忌，索性任情纵欲，引入一位皇叔，自荐枕席，作成了一段叔嫂奇缘。小子有诗叹道：

雉鸣求牡已增羞，叔嫂何堪结凤俦！
才识妇人须尚德，飞扬荡逸总贻忧。

欲问皇叔为谁，待小子下回申叙。

北魏故例，后宫生男，立为太子，即赐母自尽，此为夷狄之敝俗，不足为训。但胡氏不死，后竟临朝称制。恣为威福，穷极奢淫。论者或归咎魏主恪，谓其不遵古制，致贻后患，实则未然。北魏之宫闱不正，非自胡氏始；就使胡氏已死，而貌美心狠之高皇后，安知其不与胡氏相等耶！高氏专横已甚，天特假手胡氏，令其翦灭。胡氏不惩前辙，尤而效之，罪又甚焉；故其后日之结果，亦较高氏为尤甚。盖天下未有骄淫荡佚之妇人，而能长此不亡者也。故圣王起化，始自闺门，刑于之大本先端，自可无忧女祸。彼留子杀母之故事，岂真足为治平之道乎！

第四十四回　筑淮堰梁皇失计　害清河胡后被幽

却说胡太后引入皇叔，自荐枕席。这位皇叔为谁，就是清河王怿。怿为孝文诸子中，最美丰仪，胡太后看上了他，授以重位，事必与商。且尝至怿第夜宴，目逗眉挑，已非一日。怿却不愿盗嫂，虚与周旋，未尝沾染。偏胡太后欲火上炎，忍耐不住。一夕召入寝宫，托名议事，怿只好奉诏进去，哪知她与怿相见，开口叙谈，便是床头兵法。怿始知中计，但已无法脱身，不得不通变达权，将顺了事。嗣是出入宫闱，几成惯习，渐渐的秽声腾播，贻谤都中。只因怿素有才望，好贤下士，辅政后亦多所裨益，所以毁不掩誉，一时尚能免害。但日长时久，总不免为人所乘，翩翩佳公子，恐跳不出后来一着呢。色上有刀。小子因胡后听政时，有梁、魏争夺淮堰一事，不得不将魏廷内政，暂从缓表，且将淮堰事叙明。

梁天监十二年，魏寿阳城为水所淹，漂没庐舍。镇帅李崇，勒兵泊城上，天雨不止，水涨未已，城垣仅露二版。将佐皆劝崇弃去寿阳，往保北山，崇喟然道："我忝守藩岳，德薄致灾，淮南万里，系诸我身，我一动足，百姓瓦解，此城恐非我有了！但士民无辜，不忍令他同死，可结筏随高，各使自脱，决与此城俱没，幸勿多言！"治中裴绚，率城南民数千家，泛舟南走，避水高原。因水势迭涨，还道崇必北归，乃自称豫州刺史，送款梁将马仙琕，情愿投诚。崇闻绚叛，未测虚实，特遣僚吏韩方兴单舸召绚，绚且惊且悔，转思势成骑虎，已是难下，乃遣方兴返报道："适因大水迷漫，为众所推，不得已便宜从事。今民非公民，吏非公吏，愿公早行，无犯将士！”崇得报始愤，即遣从弟李神等，率领舟师讨绚。绚战败窜匿，被村民执住，械送寿阳。绚至中途，对湖长叹道：“我有何面目再见李公！”因投水自尽。马仙琕调兵救绚，不及而还。

寿阳水势渐退，居民复安。为这一番水溢，遂由梁降将王足，献策梁廷，请堰淮水以灌寿阳。王足降梁见四十回。梁主衍，称为良策，便遣材官将军祖暅，水工陈承伯等，相地筑堰，大发淮、扬兵民，充当工役。命太子右卫率康绚，权督淮上各军，看护堰作。这次筑堰，为梁廷特别巨工，南起浮山，北抵巉石，依岸培土，合脊中流，役夫需二十万众，兵士不足，取派人民，每二十户令出五丁，并力合作，自天监十三年仲冬为始，直至次年孟夏，草草告成。不料一宵风雨，水势暴涨，澎湃奔腾，竟将辛苦筑成的堤堰，冲散几尽。当时舆论纷纭，早有人谓淮岸聚沙，地质未固，恐难成功，梁主不以为然，决拟兴作，及经此一溃，仍然不肯中阻，再接再厉。实是多事。或谓蛟龙为祟，能乘风雨破堰，唯性最畏铁，可用铁冶入水中，免致冲损，于是采运东西冶铁，得数千万斤，沉诸水滨，仍不能合。蛟龙畏铁，不知出自何典？乃改用他法，伐树为井榦，填以巨石，上加厚土，沿淮百里内，木石无论巨细，悉数取至。兵民朝夕负担，肩上皆穿，更且夏日薰蒸，蝇蚋攒集，酿成一股疫气，不堪触鼻。可怜充当巨役的苦工，迭受驱迫，无法求免，没奈何拚去性命，与天时相搏战。究竟人不胜天，死亡相踵。好容易到了秋天，暑气已退，乘流增筑，尚堪耐劳，奈转眼间又是寒冬，淮、泗尽冻，朔风凛冽，劳役诸人，手足俱僵。天公也故意肆虐，雨雪连宵，比往年更增冷度，浮山堰中的兵民，十死七八，真可谓一大巨劫了。为谁致之？孰令听之？

天下本无事，庸人自扰之。那淮堰尚未竣工，魏已复起杨大眼为平南将军，督诸军屯荆山，来争淮堰。梁主衍意图先发，亟派左游击将军赵祖悦，袭据魏境西硖石，进逼寿阳。魏假定州刺史崔亮旌节，命充镇南将军，出攻硖石。又起萧宝夤为镇东将军，进次淮堰。梁将赵祖悦闻崔亮到来，出城迎击，为亮所败，退归拒守。亮竟率兵围城，并约寿阳镇帅李崇，水陆并进。崇屡次愆约，遂致亮围攻硖石，隔年未下。

魏胡太后闻崔亮无功，料知诸将不一，特简吏部尚书李平，任镇军大将军，兼尚书右仆射，率步骑二千，驰抵寿阳，别为行台，节度诸军，准令军法从事。平至寿阳，督谕李崇，令即调发水陆各军，助攻硖石，一面促萧宝夤进攻淮堰。宝夤遣部将刘智文等，渡淮攻破三垒，又在淮北击败梁将垣孟孙。梁使左卫将军昌义之，率兵救浮山。义之未至，护淮军使康绚，已麾兵杀退萧宝夤军。义之在途奉敕，与直]将军王神念，溯淮往救硖石。魏将崔亮，遣将军崔延伯守下蔡，延伯与别将伊瓮生，夹淮为营，取车轮去辋，削锐轮辐，两两接对，揉竹为絙，互相连贯，穿成十余道，横木为桥，两头施火辘轳，随意收放，不使烧斫。既断赵祖悦走路，又得堵截梁援。义之、神念，不能前进，只得暂驻梁城。李平自至硖石，督令水陆各军，奋力猛扑，攻克外城。赵祖悦势穷出降，为平所斩，余众尽为魏俘。平复进攻浮山堰。崔亮以前日李崇愆期，隐怀宿憾，平又为崇从弟，更不愿受他节制，遂托疾请归，带领部曲，竟自返洛。平奏请处亮死刑，胡太后意在袒亮，但诏许立功补过，平不免怏怏，索性全军退还。崇前守寿阳，颇见忠诚，不知他何故愆期？平不责从兄，专咎崔亮，亦属未是。

魏廷论功加封，进李崇为骠骑将军，加开府仪同三司，李平为尚书右仆射，崔亮亦进号镇北将军。平在殿前争论亮罪，亮亦斥平挟私排异，由胡太后曲为调解，改亮为殿中尚书。萧宝夤尚在淮北，梁主衍致书招降，令袭彭城。宝夤将来书陈报魏廷，胡太后下诏嘉奖，令他静守边防。杨大眼亦敛兵不出，但在荆山驻守。

梁人得专力筑堰。至天监十五年四月，淮堰始成，长约九里，上阔四十五丈，下阔一百四十丈，高二十丈，杂种杞柳，间设军垒。有人献议康绚道："淮列四渎，天所以节宣水气，不宜久塞；若凿湫同湫。东注，使它波流纡缓，这堰可长久不坏了。"说近无稽。绚又开湫东注，又使人纵反间计，往语萧宝夤道："梁人但惧开湫，不畏野战。"宝夤正患水涨，遂为所诳，乃开湫北注，水势日夜分流，尚不少减。李崇就硖石戍间，筑桥通水，又在八公山即北山。东南，筑魏昌城，作为寿阳城保障。居民多散处冈垄，旧有庐舍塚墓，多被浸没，此嗟彼怨，不得宁居。李崇随处抚慰，大众益仇恨梁人，誓死守境，各无叛心。

梁徐州刺史张豹子，自谓筑堰监工，必归己任。偏梁廷简派康绚，并饬豹子受绚节制。豹子惭愤交迫，多方谗构，诬绚与魏有交通情事。梁主衍虽然未信，但因筑堰事毕，召绚还朝，绚既奉诏入都，淮堰归豹子管辖。豹子不复加修，堰受水激，不免松动。唯魏廷以寿阳被水，引为大患，更授任城王澄为上将军，都督南讨诸军事，将东下徐州，大举攻堰，仆射李平进言道："淮堰不久必坏，何须兵力！"乃敕任城王暂从缓进，静待秋汛。

忽由东益州刺史元法僧，呈入警报，乃是葭萌乱民任令宗，擅杀晋寿太守，举城降梁。梁益州刺史鄱阳王恢，遣太守张齐迎纳令宗，据住葭萌。法僧遣子景隆拒齐，连战皆败，齐更进围武兴，全境岌岌，速请济师等语。魏遂授傅竖眼为益州刺史，引兵赴援，倍道入益州境。转战三日，行二百余里，连获胜仗，解武兴围。张齐退保白水，嗣复出兵侵葭萌关。关城守将，为梓潼太守苟金龙，时适患疾，不能督战，妻刘氏率厉兵民，登关守御。副戍高景谋叛，由刘氏察觉，拿下斩首。嗣因水道为梁兵所据，守卒乏饮，幸值天雨，刘氏出公私布绢，及所有衣服，悬诸空中，绞取雨水，储以杂器，于是饮水不竭，人心乃固。特叙刘氏为巾帼劝。竖眼复移师往救，击退张齐，齐乃引还，葭萌复为魏有。魏封金龙子为平昌县子，旌刘氏功。应该加旌。

已而时值季秋，淮水盛涨，梁堰崩溃，声如雷吼，震动三百里左右。沿淮城戍及村落兵民约十余万口，一古脑儿漂入海中，连尸骸都无着落。胡太后闻报大喜，优赏李平，停止任城王进兵。唯梁主衍懊怅终日，空耗了许多财帛，死了若干生命，终弄到前功尽弃，毫无效益，渐渐的自怨自艾，迷信佛教。诏罢宗庙牲牢，荐祭只用蔬果，朝野诧为奇闻，统说宗庙去牲，乃是不复血食。再由廷臣参议，拟用大脯代牛。偏梁主决意舍牲，但命用面捏成牲像，以饼代脯，这真叫做舍大就小，轻人重畜哩。越弄越错。

临川王宏自洛逃归，未尝加罚，仍令为扬州刺史，加官司徒。宏好内爱酒，沉湎声色，侍女数百人，皆极绮丽，妾吴氏更擅国色，宠冠后庭。有弟法寿，性麁且悍，恃势杀人，尸家指名申诉，怎奈法寿匿宏府中，有司不能搜捕。旋为梁主所闻，始令宏缴出法寿，即日伏法。南台御史，请并罪宏，罢免官爵。梁主挥涕批答道："爱宏是兄弟私情，免宏是朝廷王法，准如所议！"罢宏归第。未几复以宏为司徒，宏淫侈如故。

天监十七年，梁主将幸光宅寺，忽闻都下有谋变情事，乃从各航中搜索，得一刺客，讯知为宏所使。乃召宏入，涕泣与语道："我人才胜汝百倍，幸居天位，时恐颠坠，汝奈何尚作妄想？我非不能为周公、汉文，周公诛管蔡，汉文废死济北、淮南二王。为汝愚昧，特加怜悯，汝反不知感，真太无人心了！”宏顿首道：“无是！无是！”梁主因再免宏官，勒令回第。嗣又有人密报梁主，谓宏私藏铠仗，包藏祸心。梁主乃送盛馔与宏，且亲往就饮。酒至半酣，径入宏后堂检视。列屋约三十余间，各有色纸标封。旁顾及宏，面色沮丧，益疑是所报非虚，便命随从校尉邱佗卿，启封查阅，每屋多贮制钱，百万为一聚，标用黄签，千万为一库，标用紫签，梁主与佗卿屈指计算，凡三十余间屋内，约得现钱三亿余万，尚有旁屋数所，各贮布绢丝棉漆蜜纻蜡朱纱黄屑杂货等，满室堆砌，不知多少。宏恐梁主见斥，越加慌张，哪知梁主反露笑容，温颜与语道：“阿六，宏排行第六。汝生计大佳！”民膏民脂，岂容敛积，如何梁主反为得意！遂返座畅饮，至夜方还。自经此次检查，料宏徒知私积，当无大志，乃更使复原职。

梁主次子豫章王综，仿晋王褒《钱神论》，戏作《钱愚论》讥宏，梁主犹命综速毁，但已流传都中。宏引为愧恨，稍自敛束，不久复萌故态，更闯出一桩逆伦伤化的重案。这也由梁主姑息养奸，为私忘公，一误再误，贻患实不浅呢。事且慢表。

且说魏胡太后称制五年，奢淫无度，一掷千万，毫不吝惜，赏赐左右，不可胜计。又命内外添筑寺塔，竞尚崇闳，特派使臣宋云，与比邱僧徒别称。慧生等，往西域求佛经，西行约四千里，度过赤巅，乃出魏境。再西行历二年，至乾罗国，始得佛书百七十部而还。其时交通不便，所以有此困难。胡太后分供佛寺，设会施僧，又糜费了无数金银。诸王贵人，宦官羽林军，迎合意旨，各在洛阳建寺，所费不赀。且因奢风传播，习成豪侈。高阳王雍，富甲全国。河间王琛，系文成帝浚孙。与他斗富，厩畜骏马十余匹，俱用银为槽，窗户上装璜精美，相传为金龙吐旆，玉凤衔铃。宴会酒器，有水精峰、玛瑙碗、赤玉卮等，统是绝无仅有的珍品。尝夸语僚友道：“我不恨不见石崇，晋人。但恨石崇不见我。”当时传为异谈。

看官，试想宇宙间所出财产，地方上所供赋税，本有一定数目，不能凭空增添，亏得北魏历朝皇帝，按时节省，代有余积，熙平、神龟年间，府库颇称盈溢。偏经这位胡太后临朝，视若粪土，浪用一空。他如宗室权幸，虽由祖宗积蓄，朝廷赏赉，博得若干财帛，但为数也属不多，要想争奢斗靡，免不得贪赃纳贿，横取吏民。一班热中干进的下僚，蝇营狗苟，恨不得指日高升，荣膺爵禄，所以仕途愈杂，流品益淆。小说中有此大议论，益增光彩。

征西将军张彝子仲瑀，独上封事，请量削选格，排抑武人。羽林虎贲各军士，得此消息，立集千人，至尚书省诟骂。省门急闭，乱众抛瓦掷石，闹了片时，便趋诣张宅，把张彝父子拖出，拳打脚踢，几无完肤。一面纵火焚宅，仲瑀兄始均叩头乞恕，被乱党提掷火中，烧得乌焦巴弓。仲瑀奄卧地上，贼疑为已死，不加防守，他得忍痛走免。彝气息仅属，再宿即死。胡太后闻变，慌忙派官宣抚，但收捕乱首八人，斩首伏辜，余皆不问。且下诏大赦，并令武人得依资入选。

适怀朔镇函使高欢至洛阳，函使谓函奏往来之使。见张彝死状，还家散财，结交宾佐，或问为何意？欢答道："宿卫军将，焚杀大臣，朝廷不敢穷究，政事可知，私产怎能守呢？"乱世枭雄，类具特识。欢系渤海蓨县人，字贺六浑，曾祖湖为燕郡太守，奔投魏国。祖谧为魏御史，坐法徙怀朔镇，因世居北边。欢执役平城，有富人娄氏女，见他状貌魁梧，愿嫁为妇，乃得资购马，报效镇将，充做函使。后来便是北齐始祖，事见下文。志北齐之所自始。

魏尚书崔亮迁掌吏部，因官不胜选，特创立停年格，不问贤否，只论年限，虽为杜绝幸进起见，未始非权宜计策；但贤能或因此负屈，庸才反循例超升，选举失人，实自此始。洛阳令薛琡，一再辨谬，终不见从，就是亮甥刘景安，贻书劝阻，亮亦不从。寻且以国用不足，减损百官俸禄，四成中短少一成。任城王澄，谓不如节省浮费，较全大体，胡太后置诸不理，恣肆依然。

宦官刘腾恃功怙宠，由太仆迁官侍中，兼右光禄大夫，干预朝政，卖官鬻爵。胡太后不加禁止，反擢腾为卫将军，加开府仪同三司。唯清河王怿，用法相绳，不肯容情。吏部请授腾弟为郡守，怿搁置不提，还有散骑侍郎元乂，超擢至侍中领军将军，骄恣不法，亦为怿所裁抑。乂与腾共嫉怿如仇，阴图报复。

龙骧府长史宋维，由怿荐为通直郎，浮薄无行，怿常加戒饬。乂乘隙召维，用利相啗，使告怿有谋反情事。胡太后与怿通奸，更兼怿实无反情，一经案验，全出冤诬。怿当然无罪，维照例反坐。乂亟入白太后道："今若诛维，他日果有人真反，何人敢告！"胡太后听了乂言，也觉有理，乃止黜维为昌平郡守。乂与腾更日夜密谋，料知怿为太后所幸，非用釜底抽薪的计策，断不能独除一怿。一不做，二不休，索性把太后幽禁，方好任所欲为。当下使主食胡定，进白魏主，伪言怿将进毒，贿臣下手，臣不敢为逆，故即自首。

魏主年方十一，究是儿童性质，容易被欺，遂嘱定转告元乂，速图去害。

是年为魏神龟三年，序值新秋，乂魏主御显阳殿，腾闭住永巷门，杜绝太后出路，独召怿入见。怿至含章殿后，又为乂所阻，不令怿入。怿大声道：“汝欲造反么？”乂亦怒叱道：“乂不敢反，特欲缚汝反贼。”怿再欲抗辩，已由乂指挥宗士，牵住衣袖，迫入含章东省，令人监守。腾称诏召集公卿，论怿大逆，拟置死刑。群臣畏他势力，莫敢抗议，独仆射游肇，出言相阻。乂、腾毫不理睬，竟入白魏主，谓公卿同议诛怿。魏主有何主见，含糊许可，当即将怿处死，并诈为太后诏敕，自称有疾，归政嗣君。遂将太后幽锢北宫，宫门昼夜长闭，内外断绝。腾自执管钥，连魏主都不得入省，只许按时进餐。太后不免饥寒，私自泣叹道：“养虎遭噬，便是我今日所处了！”此时尚非真苦。

是时任城王澄已殁，乂与太师高阳王雍等，同掌朝政，改元正光，乂为外御，腾作内防，魏主呼乂为姨父，政由乂出。高阳王雍等亦只能随声附和，不敢相违。游肇愤悒而终。朝野闻怿被杀，统皆丧气，胡人为怿剺面，计数百人。小子独有诗讥怿道：

含章受刃似冤诬，笔伐难逃古董狐。
自古人生终有死，为何被胁作淫夫？

已而由相州递入急奏，请诛元乂、刘腾，且将起兵讨罪。究竟相州是何人主持，待至下回表明。

梁主用降人王足计，命筑淮堰，无论其劳民费财，实为厉阶，即令淮堰易成，成且经久，亦岂遽足夺寿阳！果使寿阳归梁，于魏亦无一损，仁者杀一不辜而得天下，犹且不为，况丧民无数，以邻为壑，必欲争此一城，果何为者？甚矣哉梁武之不仁也！夫欲筑淮堰，不惜民命，荐祭宗庙，乃欲废牲，甚至如宏之一再谋乱，一再姑息，子弟可爱，百姓独不必爱乎？牺牲可惜，人民独不足惜乎？愚谬若此，真出意外。若夫胡太后之骄奢淫佚，原足致乱，即无元乂、刘腾，亦岂能长治久安？清河王怿之罹害，不无冤累，但未能预为防闲，反甘受牝后之淫逼，宫闱之乐事未终，而釜镬已临于颈上，畏死者仍归一死，亦何若拒淫死义之为愈乎！吾于怿无所取焉。

第四十五回　宣光殿省母启争端
沃野镇弄兵开祸乱

却说魏相州刺史元熙，系中山王元英长子，英自攻克三关后，三关事见三十二回。还朝病故，由熙袭封。熙颇好学，具有文才，唯轻躁浮动，常为英忧。英欲立熙弟略为世子，略固辞乃止。熙妻为于忠女，借忠威权，骤擢为相州刺史，又与清河王怿素称友善，通问不绝。

熙莅任时，时方初秋，忽遇狂风骤雨，酿成奇寒，冻死驴马数十匹，随卒数人。嗣复有蛆生庭中。熙尝夜寝，见有一人与语道："任城王当死，死后三日外，君亦不免；如或不信，但看任城王家。"熙恍惚相随，趋至任城王家前，果见四面墙坍，不遗一堵。正在惊叹，蓦被鸡声唤醒，方知是梦。回忆梦境，恐兆不祥，告诸亲友，大都从旁劝解，说是梦不足凭。及闻怿被诬受戮，不禁怒从中来，便欲起兵讨罪。熙妃于氏，援梦谏阻，熙已忿不可遏，不从妻言，遽称兵邺上，声讨乂腾。

黄门侍郎元略，司徒祭酒元纂，俱系熙弟，由洛阳奔至邺城，助兄举兵。长史柳元章等佯为从命，暗中却嗾动部众，鼓噪入府，杀熙左右，即将熙、纂二人拿住，锢置高楼。一面飞报都中，元乂立派尚书左丞卢同，赍诏至邺，监斩熙、纂及熙诸子。熙将死时，贻僚友书道："我与弟并蒙太后知遇，兄据大州，弟得入侍，垂训殷勤，恩同慈母。今太后见废北宫，清河王横遭屠酷，主上幼年，不能自主，君亲若此，臣子奚安？所以督厉兵民，誓建大义，不幸智力浅短，遽见囚执，上惭朝廷，下愧知交，流肠碎首，亦复何言！凡百君子，各敬尔身，为国为家，善勖名节！”元熙发难，虽若可原，但始谋不慎，徒死何裨？至熙首传至洛阳，亲旧莫敢过视，唯前骁骑将军刁整，竟为收埋，时共称为义友。

熙弟元略独得幸脱，走匿西河太守刁双家，约历年余。因内外索捕甚急，别双奔梁，梁封为中山王，领宣城太守。魏元乂闻略受梁封，特遣使至建康，与梁通好。梁亦知魏深意，虚与应酬，即日遣归罢了。

魏主诩久疏定省，意欲朝母，向乂陈明，乂乃允诺。太后在西林园，由魏主带领文武百官，朝见太后。并即开宴，魏主与群臣侍饮。饮至半酣，武臣起舞为欢。右卫将军奚康生独为力士舞，阶下盘旋，每顾视太后，举手蹈足，作执杀罪人形状。太后窥透微意，暗暗心喜，但一时未敢遽言。看官听着！康生与乂，本是转湾亲戚，康生子难当，娶侯刚女为妻，刚子为元乂妹婿，所以爰幽太后，康生亦曾与谋。但康生素性粗武，与乂同值禁中，往往因词气高下，致有龃龉，积久遂成嫌隙。也是一个小人。此时借着舞势，示杀乂意。胡太后毕竟聪明，默视良久，待至日色将暮，即命魏主留宿北宫。侯刚在旁道：“至尊已经朝讫，何必在此留宿？”康生道：“至尊为太后陛下亲儿，太后有命，至尊不可不遵。”胡太后乘势起座，即携住魏主臂，下堂径去。

既入宣光殿，在北宫中。太后挈魏主上坐，左右侍臣，分立阶下。康生仗着酒胆，即欲传诏执乂，不意乂已防着急变，指令军士，闯入殿中，七手八脚，把康生牵去。两阶侍臣当然哗乱，胡太后见此情形，也觉慌张，光禄勋贾粲，入白太后道：“侍臣惶恐不安，请陛下出殿抚慰。”胡太后便即起身，甫出殿阶，粲即扶魏主下座，就东序趋出，至显阳殿。太后回顾，已失魏主所在，自知为粲所给，复入殿徘徊。聪明人，又着了道儿。那贾粲又偕刘腾等人，进胁太后，仍居北宫。所有宫殿各门，照旧关锁去了。

奚康生被牵至门下省，由侍中黄门仆射尚书等十余人，私承爰嘱，当夜审讯，模糊定谳，康生拟斩，子难当拟绞。草案呈入，乂在内矫诏处决，康生死罪，如群臣议，难当恕死，坐流安州。时已昏暮，刑官即驱康生赴市，依谳处斩。难当哭辞乃父，康生独慨然道：“我无反状，乃为贼臣陷害，一死何辞！汝亦不必多哭了！”遂伸颈就刑。前时何故附乂？难当收尸埋葬，又得留家百余日，始往流所。这是元乂顾全侯刚面目，暂时买情。及难当去后，密遣人致书行台，叫他刺死难当。难当仍不得生，一道羁魂往冥府中去寻死父，自不消说。

刘腾得进任司空，刑余腐竖，位列三公，实为北魏创例。八座九卿，尝旦造腾宅，伺候颜色，既得腾命，然后各赴省府，依言办事。公私请托，专视货贿多少，决定可否。岁入以巨万计，寡廉鲜耻的下吏，辄投拜门下，愿为义儿，权焰薰天，远近侧目。车骑大将军崔光，随班进退，无所补救，时人比为汉张禹、胡广，至此得升授司徒。江阳王继，为元乂父，已徙封京兆王，本领司徒重职，继恐父子权位太盛，愿以司徒让崔光。元乂听从父意，请命魏主，魏主虽将司徒授光，仍改官继为太保，名异实同，不过掩饰耳目罢了。

未几又有元乂贪金，用兵柔然事。柔然前为魏所逐，逃居漠北，后来复屡入寇边，终被魏戍兵击退，魏宣武帝正始元年，柔然库者可汗复遣兵寇魏沃野，及怀朔镇，魏遣车骑大将军源怀，出巡北边，增筑九城，设兵防守，柔然始不敢入窥。库者可汗死，子佗汗可汗嗣。佗汗可汗屡向魏乞和，魏廷勿许。既而佗汗为高车所杀，子伏跋可汗继立，勇悍有武略，为父复仇，击破高车，擒杀酋长弥俄突，漆头为溺器，复扫灭叛国，转弱为强。伏跋有幼子祖惠，忽然亡去，四觅勿得。适有女巫地万，入见伏跋，谓祖惠现在天上，我能召还。乃即就大泽中量地张幄，祷祀天神，地万喃喃诵咒，约历昼夜，果见祖惠自帐中出来，自言为天神所摄，今始遣归。伏跋大喜，号地万为圣女。地万出入帐中，姿态妖淫，善蛊人主。伏跋初颇尊敬，继与狎亵，竟得地万顺从，枕席风光，远过妾妇，喜得伏跋似遇天仙，当即册为可敦，地万所望在此，胡人称主为可汗，后为可敦。大加爱宠。

已而祖惠寖长，与母私语道："我系人身，怎得上天？地万留我在家，教我诳言。"母闻祖惠言，便转告伏跋，伏跋已为地万所迷，摇首答说道："地万能前知未然，汝等何必谗妒呢！"地万且喜且惧，谮杀祖惠。祖惠母怎肯甘休，泣诉伏跋母侯吕陵氏。侯吕陵氏乘伏跋出畋，竟把地万拘住，遣大臣具列等，绞死地万。及伏跋闻变驰归，地万已死，他不胜悲愤，欲诛具列等人。适值邻国阿至罗入寇，由伏跋率兵邀击，失利奔还。侯吕陵氏意会同群臣，杀死伏跋，立伏跋弟阿那瓌为可汗。

甫经匝旬，伏跋族兄示发举兵击阿那瓌。阿那瓌战败，与弟乙居伐奔魏。魏使京兆王继等迎入，赐劳甚厚，引见置宴，封为朔方公蠕蠕王。阿那瓌乞请援师，回国讨叛，朝议经久未决。阿那瓌居洛数月，得知元乂用事，赂金百斤，元乂乃调发近郡兵万五千人，使怀朔镇将杨钧为将，送阿那瓌返国。尚书右丞张普惠上书谏阻，谓蠕蠕久为边患，今天亡丑虏，使彼自乱，阿那瓌束身归命，正好令为内属，戢彼野心，奈何发兵送还，自增劳扰？这一书奏将进去，那元乂全然不睬。但令杨钧从速部署，指日北行。无非为了百斤黄金。阿那瓌入辞北堂，特赐给军器衣被杂米粮畜，悉从优厚，阿那瓌拜谢而去。

时柔然为示发所破，杀死阿那瓌祖母侯吕陵氏及他亲弟二人。偏又有从兄婆罗门，纠众逐示发，示发奔往地豆干。地豆干把他杀毙，国人推立婆罗门为可汗。杨钧入柔然境，恐柔然出兵抗拒，再乞济师。魏遣使臣谍云具仁，先往宣谕。婆罗门骄倨不逊，经具仁与他抗辩，始令大臣邱升头等，随具仁迎阿那瓌。具仁轻骑还报，阿那瓌又惧不敢进，情愿还洛。会高车王弥俄突弟伊匐，乞师哄哒，收拾余众，来击柔然，报复兄仇，大破婆罗门。婆罗门窘急，也率十部落诣凉州，向魏乞降。

柔然无主，国人愿迎奉阿那瓌，阿那瓌又复请归。魏凉州刺史袁翻，上言蠕蠕二主，并宜抚存，可令东西各居，分驭部落，也是一条安边保塞的至计。朝议颇以为然，乃命阿那瓌居怀朔北方，地名吐若奚泉，婆罗门居凉州北境，就是西海故郡。

哪知戎狄豺狼，野性难测。婆罗门却阴怀异志，侨居逾年，走归哄哒，幸由魏平西长史费穆，引兵往讨，用埋伏计诱婆罗门，一鼓掩获，送至洛阳，好容易瘦死狱中。阿那瓌先求粟种，魏输给万石，继复因年谷不登，突入魏境，表求赈给，魏令尚书右丞元孚，持节抚劳，反被阿那瓌拘留，引众南侵，所过剽掠，直至平城附近。闻魏遣尚书令李崇等大举北征，始将元孚释回，驱民北遁。李崇追蹑三千里，不及乃还。这都由元爰贪赂纵奸，酿成戎祸，渐渐的尾大不掉，反为夷狄所制呢。暗伏后文。

元乂为恶不悛，取民无度。乃父京兆王继性亦贪纵，专受赂遗。平时请属有司，无敢违慢，牧令守长，哪个肯毁家报效？当然是竭泽而渔，上供欲壑，于是朔方叛乱，相继迭起。又开生面。

先是魏都平城，曾在四邻置设六镇，一武川，二抚冥，三怀朔，四怀荒，五柔玄，六御夷，皆在长城北面，用备藩卫，素来资给从厚。至孝文南迁，漠然相待，将士渐有怨言。尚书令李崇，出击阿那瓌，长史魏兰根语崇道：“从前沿边置镇，地广人稀，所遣将士，或系强宗子弟，或系国家爪牙。晚近以来，有司号为府户，役同厮养。厚内薄外，适足滋怨，怨久必乱，不可不防。今宜改镇立州，分置郡县，凡属府户，悉免为民，入官次叙，一准旧制，文武兼用，威爱并施，庶几人心归向，可无北顾忧了。”此语若行，何致生乱？崇颇以为然，依议奏闻。权贵只识金钱，晓得什么后虑，便将崇奏搁起不提。

怀荒镇将于景，系故尚书令于忠弟，为元乂所忌，出就外镇。阿那瓌入寇时，镇民求饷，景不肯给，激动众怒，竟将于景杀死。乱尚未了，那六镇以外的沃野镇，复有豪民破六韩拔陵，聚众造反，攻杀镇将，据境称王。遣党徒卫可孤，围武川镇，又分兵攻怀朔镇。怀朔镇将杨钧，擢尖山人贺拔度拔为统军。度拔有三子，长名允，次名胜，幼名岳，皆有材力，随父从军，分任队长。据守经年，外援不至，杨钧遣贺拔胜突围而出，至临淮王元彧处告急，且语彧道：“怀朔一陷，武川亦危，虽有良、平，张良、陈平皆汉人。不能为计了。”彧许为出师，并即表闻。魏命彧都督北讨军事，往征破六韩拔陵。彧遣胜先归，会武川失守，杨钧弃城南遁，留胜父子居守，卫可孤乘隙攻入，胜父子巷战力屈，俱为所擒。及彧至五原，两镇早陷，破六韩拔陵，麾众邀击，尽锐冲突，彧不能抵敌，大败退归。

魏主闻耗，亟召群臣问计，吏部尚书元修义，请遣重臣督军，出镇恒朔，捍御叛寇。魏主欲任用李崇，崇已早还朝，时亦在列，便自陈衰老，请另择贤才。魏主不许，即加崇开府仪同三司，领北讨大都督事，所有抚军将军崔暹，及镇军将军广阳王元渊以下，渊或作深，系太武帝曾孙。皆受崇节度，陆续北行。

是时西北一带，寇盗蜂起，响应拔陵。敕勒酋长胡琛，凉州幢帅于菩提，营州民就德舆等，群起为乱。还有朔方汾州诸胡，亦乘时蜂起，骚扰边境。各州刺史，就近征剿，倏出倏没，未得荡平。秦州刺史李彦，政刑残虐，群下生怨，部将薛珍等突入杀彦，推党人莫折大提为秦王。南秦州民张长命韩祖香孙掩等，亦戕刺史崔游，举城应大提。大提袭入高平，杀害镇将赫连略及行台高元荣。既而大提病死，子念生居然称帝，自号天建元年。魏命雍州刺史元志为征西都督，往讨念生。念生弟天生，率众下陇，志连战连败，退保岐州。天生乘胜进逼，四面登城，志竟被杀，岐州陷没。

说也奇怪，元志方战殁岐州，李崇也败退云中。崇本遣崔暹出北道，教他不得浪战，但牵制拔陵兵力，自从东道进兵，直捣沃野。暹违崇将令，竟转斗而前，被拔陵诱入伏中，杀得全军覆没，只剩了一人一骑，狼狈走还。拔陵得并力攻崇，崇抵挡不住，没奈何退守云中，与寇相持。魏正遣尚书元修义为西道行台，规复岐州，偏又接得李崇败报，宫廷相率惊惶。广阳王渊申崇前说，仍请改镇为州。魏主不省，唯召还崔暹，命系廷尉。暹忙将良田美妓，献纳元乂，乂替他解免，竟得宥罪。

未几东西铁敕部，统皆叛命，归附破六韩拔陵，魏主乃思李崇及元渊言，下诏改镇为州，遣黄门侍郎郦道元为大使，抚慰六镇兵民。哪知六镇已皆叛魏，道元去亦无益，仍折回都中。南秀容人乞伏莫于，又复起反，总算出了一个酋长尔朱荣，集众讨平。当下奉表魏廷，详报平贼情事，魏封荣为博陵郡公。荣高祖羽健，初封秀容川，父名新兴，善事畜牧，牛羊马驼，辨色为群，尝弥漫山谷间。魏有事北方，新兴辄献牲畜助军。至荣讨平叛乱，进爵为公，方阴蓄大志，拟乘四方变乱的时候，发愤为雄。所有畜牧资财，悉数取出，散给勇士，结交豪杰。于是侯景、司马子如、贾显、段荣、窦泰等，先后趋附，整日里练兵储械，待时出发。这乃是北魏一大隐患，不比那四方草寇，剽掠无定，尚容易处置呢。俱为下文写照。

且说梁主萧衍，闻魏乱方盛，欲趁势经略中原。当时南朝良将，为韦睿、裴邃二人，睿于普通元年病逝，随笔带过韦睿。只裴邃尚存。乃授邃为信武将军，领豫州刺史，出镇合肥。适临川王宏第三子正德，背梁奔魏，魏已起萧宝夤为尚书仆射，谓正德无故来投，情不可测，不若拘戮为是。魏主虽然不从，但亦未尝礼待，正德因复逃归。前时梁主无子，曾取正德为养儿。及太子统生，仍使正德还本，赐爵西丰侯。正德以不得立储，衔恨多年，乃觑隙奔魏。既不得志，南行还梁，恐遭梁主诘责，不得不捏造诳言。当诣阙谢罪，托言北侦虏情，确是有乱可乘，请速出师等语。梁主亦瞧透三分，诘问数语，正德具阵魏乱，似觉详明，乃仍复本封，并促裴邃出兵北略。

邃因率骑袭寿阳，掩入外郛。魏扬州刺史长孙稚，奋力抵御，一日九战，杀伤相当。邃因后军不至，引军暂归。嗣复取魏建陵、曲木，及狄城、甓城、司吾城。徐州刺史成景俊拔睢陵，将军彭宝孙拔琅琊，曹世宗拔曲阳、秦墟，李国兴且进拔三关。魏徐州刺史元法僧，又遣子景仲至梁，奉表输诚。梁即授降王元略为大都督，与将军陈庆之等，率兵接应，为魏安乐王元鉴击败。法僧却乘鉴骄怠，杀将过去，得了一个大胜仗。梁授法僧为司空，封始安郡公，复命西昌侯萧渊藻及豫章王萧综等，相继进兵，接济裴邃。

邃攻下新蔡郡，进克郑城、汝颖一带，所在响应，魏河间王元琛及寿阳守将长孙稚，率众五万，前来截击，邃暗设四伏，诱稚入阱，四面相迫，好似网中捕鱼，瓮中捉鳖。还算长孙稚有些勇力，拼命冲突，夺路奔逃。再加元琛从后援应，方得将长孙稚救回寿阳，但已丧毙了一二万人。邃威名大振，将乘胜荡平淮甸，再图河洛，偏偏天不假年，竟尔一病不起，告殁军中。身后赠典，比韦睿更优。睿得赠侍中，给谥曰严；邃亦得赠侍中，且进爵为侯，予谥曰烈。淮、淝军民，感念邃恩，莫不流涕。再与韦睿相较，是不忘良将之意。小子有诗叹道：

北征大将肃军威，万众全凭只手挥。
功业未成身已殒，萧梁气运兆衰微。

邃既死事，后任为中护军夏侯亶。亶虽有才名，究竟不及韦、裴两人，因此敛兵不进，南北粗安，那魏人得专力北方。欲知后事，且看下回叙明。

元乂、刘腾，为北魏之祸首，而胡后实纵成之。奚康生久预军机，始不能诛锄权戚，乃反甘作爪牙，与谋幽后。后固自取，而康生之党恶济奸，未始非乂腾之流亚也。及西林省母，渐有转机。康生如有悔心，亦唯导后以慈，勗主以孝，内联母子，外正君臣，则苦志弥缝，安身即以安国。计不出此，乃徒以舞势示意，挑拨胡后，宣光殿之被执，门下省之受诛，虽死何补？适见其好乱取祸耳！沃野之乱，不特为六镇之引线，并且为亡魏之祸阶，一蚁溃穴，全隄皆动，乱之不可以使长也，有如此者。然不有内乱，安有外乱？胡后导于先，乂腾踵于后，读史者可以知所鉴矣。

第四十六回　诛元乂再逞牝威
拒葛荣轻罹贼网

却说魏尚书元修义，出讨莫折念生，中途遇着风疾，不能治军，乃命萧宝夤代任，并命崔延伯为岐州刺史，兼西道都督，与宝夤俱出屯马嵬。莫折天生方列营黑水，由延伯前往挑战，天生开营追逐，延伯徐徐引还，行伍整齐，步伐不乱，反将贼众惊退。越日复勒兵出战，延伯当先突进，将士尽锐长驱，大破天生，俘斩十余万，追奔小陇山，岐、雍及陇东皆平。魏京兆王继正受命为大都督，出统西道各军。既得岐、雍捷报，乃诏令班师。

时宦官刘腾已死，司徒崔光亦卒，元乂耽酒好色，淫宴自如，无论姑姊妇女，稍有姿色，即与宣淫。嗣是常留家不出，或出游忘返，无暇防卫宫廷。

胡太后察悉情形，转忧为喜，乘乂他出，即召魏主与群臣入见，当面宣谕道："元乂隔绝我母子，不听往来，还复留我何用？我当削发出家，修道嵩山，闲居寺院，聊尽余生罢了。"说着，泪下不止。一派伪态。魏主见太后容色，免不得天良发现，即叩头劝阻，群臣亦跪伏哀求。胡太后置诸不理，反令侍女觅取快剪，立即削发。魏主越加惶急，禁住侍女，再三苦劝，太后尚未肯依。越装越象。群臣乃请魏主伴宿，夜间母子叙情，谈至夜半，无非说元乂不法，必将为乱。左右且从旁报密，谓乂尝遣从弟洪业与武州人姬库根，潜买马匹，预备起事。魏主年已十六，已有知觉，也恐帝位被夺，顿起疑心，遂与太后密谋黜乂。及乂还朝入直，魏主但与言太后意见，将往嵩山修道。乂巴不得太后出家，便劝魏主顺承母旨，魏主含糊应允。

看官！试想这胡太后年将四十，尚是华装艳服，盛鬋丰容，哪里肯出家为尼，除绝六欲？她不过借此为名，计愚元乂。乂却竟为所愚，还道太后无颜问政，不必防闲。太后遂得屡御外殿，不似从前幽锢。有时且偕魏主出游，无人阻碍。乂举元法僧为徐州刺史，法僧叛魏奔梁，太后屡以为言，乂颇自愧悔。高阳王雍虽位居乂上，权力不能及乂，所以暗加畏忌。会魏主奉太后出游，往幸雒水，雍邀两宫至私第中，开宴畅饮。饮至日晡，太后与魏主起座，偕雍同入内室，谈了许多时刻，方才出来。从官皆不得与闻，唯由太后传令还驾，始皆奉跸还宫。

过了数日，雍从魏主入朝太后，奏称元乂父子，权位太重，致多疑谤，太后乃召乂入语道："元郎若果效忠朝廷，何故不辞去领军，以他官辅政？"乂乃免冠拜伏，求解领军职衔。当由两宫允准，授乂为骠骑大将军，开府仪同三司，兼尚书令，仍守侍中等官。改用侯刚为领军将军，暂安乂意。乂因刚为同党，果然不疑。

魏主立太后侄女胡氏为后，不甚爱宠。想是姿貌平庸。寻纳一潘氏女为充华，名叫外怜，色擅倾城，容能媚主，最得魏主欢心。南有潘贵妃，北有潘充华，何潘家多美女乎？阉竖张景嵩、刘思逸等与乂未协，屡白潘充华，谓乂有害潘意。潘充华乃泣诉魏主道："元乂心存叵测，尝欲杀妾，并将不利陛下，请陛下早为留意！"魏主既受教慈闱，又牵情帷闼，遂视元乂为眼中钉，恨不把他即日捽去。侍中穆绍，又劝胡太后即速除乂。太后以乂党尚盛，未便遽发，先出侯刚为冀州刺史，去了元乂一条左臂，又迁贾粲为济州刺史，把元乂右臂亦复除去，然后安排黜乂。

正光六年四月朔，胡太后复临朝摄政，下诏罪元乂、刘腾，黜元乂为庶人，追削刘腾官爵。清河国郎中令韩子熙，乘间上书，为清河王怿讼冤，乞诛元乂，并戮刘腾尸。太后乃命发刘腾墓，劈棺散骨，尽杀腾养子，籍没家资。遣使追杀贾粲，降侯刚为征虏将军，夺刺史官。刚还家病死。石子熙为中书舍人，又征齐州刺史元顺还朝，授职侍中。顺为任城王澄子，前为黄门侍郎，直言忤乂，因致外迁。此次还都受职，颇邀宠眷。他本与乂未协，因见爰尚未伏诛，不免怀忧。

一日入朝内殿，由太后赐令旁坐，顺拜谢毕，顾视太后右侧，坐一中年妇人，乃是太后亲妹，即元乂妻房。当下用手指示道："陛下奈何眷念一妹，不正元乂罪名，使天下不得大伸冤愤！"太后默然不答。乂妻已潸然泪下，顺乃趋出。先是咸阳王禧，谋逆见诛，诸子多南奔入梁。咸阳王事见前文。一子名树，受梁封为邺王。树贻魏公卿书，暴乂罪恶，大略说是：

乂本名夜叉，弟罗实名罗刹，两鬼食人，非遇黑风，事同飘堕。呜呼魏境！罹此二灾。恶木盗泉，不息不饮，胜名枭称，不入不为；况昆季此名，表能噬物，暴露久矣，今始信之。

魏公卿得了此书，也即进呈，胡太后因妹乞恩，尚不忍诛乂。至此顾语侍臣道："刘腾、元乂，前向朕索求铁券，冀得不死，朕幸未照给。"舍人韩子熙接入道："事关生杀，不计赐券，况陛下前尚未给，今何故知罪不诛？"太后怃然无言。是谓妇人之仁。

已而有人讦乂阴谋，将与弟瓜招诱六镇降户，谋变定州，太后尚迟疑未决。群臣固请诛乂，魏主亦以为然，乃赐乂及弟瓜自尽。乂既伏诛，犹赠乂原官。京兆王继亦被废归家，未几即死。独乂妻居家守丧，寂寂寡欢。乂弟罗未曾连坐，有心盗嫂，日夕勾引，竟得上手，即与乂妻结不解缘，情同伉俪。胡氏姊妹淫行相同，这乃不脱夷狄旧俗哩。中国亦未必不尔。

胡太后两次临朝，改元孝昌，把前日被幽苦况，撇诸脑后，依然是放纵无度，饱暖思淫。乃父胡国珍有参军郑俨，容仪秀美，不亚清河，当即引为中书舍人，与同枕席。俨又引入徐纥、李神轨，皆为舍人，轮流侍寝，彻夜交欢。太后愈老愈淫，多多益善，唯心目中最爱郑俨，俨有时归家，太后必令内侍随去，只许俨与妻同言，不准留宿。俨亦无法，只好勉从慈命。淫妇必妒，盍观胡氏。太后又屡出游幸，装束甚丽，侍中元顺面谏道："古礼有言，妇人无夫，自称未亡人，首去珠玉，衣不文饰。陛下母仪天下，年垂不惑，修饰过甚，如何能仪型后世呢？"太后惭不能答。及还宫后，召顺诘责道："千里相征，岂欲众中见辱？"顺又抗声道："陛下不畏天下耻笑，乃独恨臣一言，臣亦未解！"却是个硬头子。太后驳他不倒，一笑而罢，但心中也未免怨顺。城阳王元徽与中书舍人徐纥，窥承意旨，屡加谗毁，太后始尚含容，后竟徙顺为太常卿。顺拜命时，见徐纥侍侧，戟指诟詈道："此人便是魏国的宰嚭，魏国不亡，此人不死，想也是气数使然呢！”纥面有愧容，胁肩而去。顺复叱语道：“尔系刀笔小才，只应充当书吏，奈何污辱门下，坏我彝伦！”实不止污辱门下，顺尚言之未尽。纥踉跄避去，太后佯作不闻，顺亦自出。

忽闻豫章王综自徐州来归，胡太后喜他投诚，嘱令魏主优礼相待。魏主乃召综入殿，温言接见，特授职侍中，封丹阳王。综系梁主衍次子，母为吴淑媛，本系齐东昏侯宠妃，衍入建康，据为已有。七月生综，宫中多说是东昏遗胎。吴淑媛事见前文。既而吴氏年暮色衰，渐次失宠。综已寖长，年约十余。尝梦见一肥壮少年，抚摩综首，综私自惊讶，密语生母吴淑媛。淑媛问及梦中少年，如何形状，由综约略陈述，正与东昏侯相似，便不禁泣下道：“我本齐宫嫔御，为今上所迫，七月生汝，汝怎得比诸皇子？但汝为太子次弟，幸保富贵，切勿泄言。”综听了此语，抱母而泣。嗣复将信将疑，暗思人间俗语，用生人血滴死人骨，渗入乃为父子，此次正可仿行，试验真伪。遂密引心腹数人，微行至东昏侯墓前，私下发掘，剖棺出骨。沥血试验，果然渗入。返至家中，有次子才生月余，竟将他一把揿死。槁葬数日，日夜遣人发取儿骨，再行滴血，渗入如初。遂自信为东昏遗子。每日在静室中，私祭齐氏祖宗，一面求经略边境。

梁主始尚未许，会魏元法僧降梁，元略、陈庆之接应法僧，为魏所败，见前回。乃命综出督诸军，镇守彭城，并摄徐州府事。召法僧入都授职，法僧应召诣建康，魏调临淮王彧为东道行台，率兵逼彭城，梁主又恐综未惯战，促令引还，出尔反尔，究属何因？综竟输款魏营，夜投彧军。城中失了主帅，隔宿大溃，魏人陷入彭城，掳去长史江革，及司马祖暅，令随综入洛阳。综得受魏封，遂为东昏侯举哀，服斩衰三年，改名为赞。一作缵。

梁主闻报，大为骇愕，有司奏削综爵土，撤除属籍。有诏准议，并废吴淑媛为庶人，寻且赐死。已而魏遣还江革祖暅，交换元略，梁主乃礼遣略归。略还魏阙，魏已给复乃父中山王熙官爵，并拜略为侍中，赐爵东平王，迁尚书令，格外宠任。但徐郑用事，略亦不能有为，只好随俗浮沉罢了。

梁主衍既遣归元略，召问江革祖暅，问明综奔魏情形，江革祖暅，据实奏陈。梁主以综顾本支，颇有孝思，且追忆吴淑媛旧情，又复生悔。萧衍晚年误事，便由胸无主宰。乃赐复综爵，仍令入籍，并复吴淑媛品秩，予谥曰敬。封综子直为永新侯，令主吴淑媛丧葬事宜。

还有一件暧昧的事情，说将起来，尤觉可丑可笑。梁主衍有数女，临安、安吉、长城三公主，并有文才，独永兴公主，顽而且淫，竟与叔父临川王宏通奸。宏与谋篡逆，约事成后立为皇后。回应四十四回。梁主尝为三日斋，与诸公主并入斋室。永兴公主使二僮行刺，乔扮女装，随入室中。僮阁阈失履，为真阁将军所疑，密白丁贵嫔。贵嫔欲转告梁主，因恐梁主未信，特使真阁加防。真阁令舆卫八人，整装立幕下。及斋座将散，永兴公主果上前面陈，请叙机密。梁主屏去左右，令主密谈，那二僮竟趋至梁主背后，拟从怀中取刃。舆卫八人，立即突出，擒住二僮。梁主惊坠地上，幸由卫士扶起，坐讯二僮逆迹，二僮初尚抵赖，一经搜检，取出利刃二柄，且系假充女婢，水落石出，无从讳言，只得供明逆情，说是为宏所使。梁主不欲详诘，但命将二僮斩讫，用漆车载着公主，撵逐出外。公主也觉无颜，便即暴卒。临川王宏忧惧成疾，梁主犹七次临视，未几告终，尚追赠侍中大将军扬州牧，并假黄钺，给羽葆鼓吹一部，增班剑六十人，赐谥曰靖。傲弟逆女，如此不法，尚欲多方掩饰，不忍行诛，甚且特别优待，这真叫做当断不断，反受其乱了。

那北魏的祸乱也是日盛一日，不可收拾。莫折天生虽然败去，敕勒酋长胡琛，却自称高平王，遣部将万俟丑奴，寇魏泾州。萧宝夤、崔延伯移师往援，与丑奴会战安定。丑奴狡猾得很，屡次诈败，引诱延伯。延伯恃胜轻进，至为丑奴所乘，杀伤至二万人。宝夤入城自保，延伯再战再败，中矢而亡。贼势益盛，魏廷大震。

时北道都督李崇病殁，广阳王渊进兵五原，贺拔度拔父子，正袭杀拔陵将卫可孤，西拒铁勒。度拔战死，子胜等奔至五原，投入广阳王渊麾下。渊爱他骁勇，引为亲将，适破六韩拔陵，纠众大至，把五原城四面围住。胜募健卒二百人，开东门出战，斩贼百余人，贼渐引却。渊乃拔军赴朔州。即怀朔镇。参军于谨，能通诸番言语，招降西铁勒部酋长乜列河，并结合蠕蠕主阿那瑰，大破拔陵，收降叛众二十万。拔陵穷蹙，奔还沃野，阿那瓌出兵进击，连战皆捷，擒斩拔陵，献捷魏廷。拔陵了。魏主遣中书舍人冯隽，前往宣劳，犒赏从优。阿那瓌送归冯使，遂自称头兵可汗，蟠踞塞外，拥众称雄。这且待后再表。

且说沃野告平，魏已去一乱首，只有莫折念生、胡琛两路，尚未扑灭，不能不分头征剿，静俟澄清。哪知二寇未歼，复又生出二寇，遂致乱祸益炽，势等燎原。看官听说！一路是柔玄镇乱民社洛周，起反上谷，改元真王；一路是五原降户鲜于修礼，起反定州，改元鲁兴。警报与雪片相似，传达魏廷，魏命幽州刺史常景，为行台征虏将军，与幽州都督元谭，往讨洛周。扬州刺史长孙稚，为骠骑将军，都督北讨军事，与都督河间王琛，往讨鲜于修礼。两两写来，有条不紊。彼此战争数月，元谭军溃，用别将李琚相代，琚复战死，更换了一个于荣。荣颇善战，军务始有起色。河间王琛与长孙稚未协，稚兵至滹沱河，被修礼伏兵邀击，伤亡甚多。琛观望不救，稚大败南奔，两人互相奏讦，俱坐罪除名。改用广阳王渊为大都督，以章武王元融，及将军裴衍为副，出击修礼。渊为太武帝曾孙，与城阳王元徽，系是从祖兄弟。徽妻于氏，与渊相奸，徽不能防闲于氏，唯恨渊甚深。渊既出征，徽上白胡太后，谓渊心不可测，恐有异图。胡太后乃密敕章武王融，令他潜加防备，融却持密敕示渊。渊乃上表讦徽，论徽过恶，说他谗害功臣，并及己身，请调徽出外，然后得免牵掣，方可效死击贼。胡太后搁置不理。徽时为尚书令，与郑俨等朋比为奸，外似柔谨，内实忌克，赏罚任情，魏政益乱。渊闻朝廷不用己言，越加疑惧，事无大小，不敢自决，因此沿途逗挠。会贼将元洪业，杀毙鲜于修礼，向渊请降。鲜于修礼了。渊正拟遣将招抚，偏修礼部下葛荣，替主复仇，刺死洪业，自为贼帅。旋且僭称皇帝，立国号齐，居然下诏改元，称为广安元年，率众趋瀛州。魏廷促渊进讨，渊遣章武王融，前往击荣，兵败战死。渊外畏贼势，内虑谗言，越弄得进退徬徨，自悲歧路。你要奸通人妻，应该受此折磨。城阳王徽，乐得下阱投石，嘱令侍中元晏，劾渊盘桓不进，坐图不轨。参军于谨，实主渊谋，胡太后因诏膀省门，悬赏缉谨。谨既有所闻，乘使语渊道："今女主临朝，信用谗佞，殿下迹被嫌疑。若无人代为表明，恐遭奇祸！谨愿束身归罪，宁可诬谨，不可诬殿下！"渊乃与谨泣别，谨星夜入都，自投膀下。有司以闻，胡太后立即召入，厉声责谨。谨从容奏对，为渊辩诬，且备陈按兵情由，说得胡太后亦为动容，不由的怒气潜消，释谨不问。

徽计不得逞，又致书定州刺史杨津，嘱使图渊。渊因葛荣势盛，退保定州，津遣都督毛谧等，夜袭渊舍，渊只率左右数人，仓皇走脱。行至博陵郡界，正值葛荣游骑，把他截住，劫往见荣。贼党欲奉渊为主，荣已自称天子，势不两立，便将渊杀死了事。城阳王徽，即诬渊降贼，拘渊妻孥。莫非欲污辱渊妻么？还是广阳府佐宋游道，替渊诉理，具报渊遇害实情，乃赦渊家属，不复论罪。即授杨津为北道都督，使拒葛荣。并因朔方扰乱，特授博陵郡公尔朱荣为安北将军，都督恒、朔二州军事。荣过肆州，刺史尉庆宾闭城不纳，惹动荣怒，引众登城，执庆宾还秀容，擅署从叔羽生为刺史。嗣是兵威渐盛，魏不能制。小子有诗叹道：

一麾出督便称雄，枭桀何曾肯效忠？
试看肆州轻易吏，咆哮已自藐皇风。

贺拔胜兄弟，也投奔尔朱荣。荣得胜大喜，署为军将。欲知后事如何，待至下回再叙。

元乂可诛，而牝后不宜再出，胡氏之重复临朝，魏之乱亡也必矣。高阳王雍等，卑鄙无能，原不足道，元顺刚直敢言，何不力请胡后，归政魏主，乃徒谏毕饰，斥幸臣，不揣其本而齐其末，讵得谓之社稷臣乎？元略奔梁，萧综奔魏，当时南北二朝，喜纳亡人，几成习惯，略之逃亡也有名，综之叛亡也亦未始无名，但为梁主计，则综实乱贼，似难曲恕。彼既削综籍，旋即赐复，朝令暮改，憧憧往来，无非由内省多疚耳！淫弟逆女犹可恕，于综果何尤耶？魏既召还元略，赐爵东平，而略仍不能匡救时艰，犹之一高阳王雍也。盗贼麕于外，嬖幸蟠于内，庸臣旅进旅退，毫无干济。广阳王渊，虽遭谗罹祸，饮刃贼巢，然常则思淫，变则思避，天下有如是之取巧乎？甚致死也，谁曰不宜！

第四十七回　萧宝夤称尊叛命
尔朱荣抗表兴师

却说尔朱荣在肆州，得了贺拔胜兄弟，不禁大喜，抚胜背道："卿兄弟肯来从我，天下便容易平靖了。"遂署为军将，行止进退，随时与议。胜等亦乐为效力。看官阅荣词色，已可知他拔扈飞扬，名为魏廷御乱，实是后来一大厉阶。那魏廷正乱势纷纷，只忧兵将不足，想靠荣做北方长城，眼前事且不暇顾，怎能顾到日后呢！

古人有言：外宁必有内忧，这魏国是内忧交迫，外亦未宁，正是内外摇动的时候，梁豫州刺史夏侯亶，趁着淮水盛涨，攻魏寿阳。魏扬州刺史李宪，待援不至，只好举城降梁。亶令将军陈庆之入城安民，收降男女七万五千人，复称寿阳为豫州，改合肥为南豫州，二州俱归亶管辖。嗣复由梁将湛僧智，及司州刺史夏侯夔，会师武阳关，围魏广陵。魏尝称广陵为东豫州，刺史元庆和，保守不住，外城被陷。魏将陈显伯，率兵赴援，又为僧智所破。庆和无法可施，不得已投降梁军，显伯夜遁。梁军追击至十里外，斩获万计。僧智受命镇广陵，夏侯夔镇安阳。

已而梁主复遣将军陈庆之，与领军曹仲宗等，攻魏涡阳，寻阳太守韦放，亦引军往会。途次与魏将元昭等相遇，不及列营，部下皆有惧色。元昭麾下，步骑共五万人，分队夹进，声势锐甚。放系睿子，夙受家传，至此仍不慌不忙，免胄下马，自坐胡床，誓众迎战。于是士卒皆奋，踊跃直前，一当十，十当百，竟得杀退魏兵。不略韦放，仍为韦睿生色。乃徐徐收军，趋晤庆之。庆之不肯落后，也率麾下二百骑，驰往奋击，斫死魏兵前队百余人，因勒骑还营，与诸军并进。元昭分设十三垒，抵御梁军，两下相持，互有杀伤。差不多过了一年，仲宗因欲班师，庆之独杖节军门，誓死不退，遂简选锐卒，衔枚夜出，直捣魏营，魏人积劳致倦，仓猝不能抵敌，溃去四垒。庆之俘馘多名，陈列涡阳城下，指示守将王纬，纬乃乞降。魏兵尚有九垒，又由庆之移示俘馘，鼓噪进攻，吓得魏兵四散奔逃。元昭亦顾命要紧，弃垒遁去。庆之上前追蹑，杀毙无数，涡阳为尸血所积，几乎胶浅不流。自宋季被魏南侵，淮北为魏所据，齐末又由魏兵渡淮，陷入淮南，至此梁乘魏乱，攻克两淮城镇。

魏人失地颇多，无力与争，已是懊怅得很。叙入南北交涉，是按时销纳文字。再加那北方乱事，日急一日，真个是寇氛遍地，烽火连天。杜洛周寇掠蓟南，转趋范阳，屡为行台常景所破。景所恃唯一于荣，荣忽病殁，景遂失势。幽州民甘心从乱，竟开门迎纳洛周，景被掳去，幽州当然陷没了。葛荣守瀛州南趋，进逼殷州。殷州由定、相二州分出，领有四郡，刺史崔楷，甫经到任，城内无备，由楷召集兵民，谕以忠义，与贼党徒手相搏。连战半旬，终因力竭城崩，被贼杀入，楷不屈遇害。荣复转围冀州，刺史元孚，督厉将士，昼夜拒守，自春及冬，粮储告罄，外无救兵，尚且据城死战。及城已被陷，孚与兄淯俱为所擒，兄弟各自引咎，愿为国死。都督潘绍等，亦向荣叩请，愿代死以活使君，荣叹为忠臣义士，统皆赦免。强盗发善心。连叙崔楷元孚，意在教忠。

但殷、冀二州，俱为贼有，还有西道行台大都督萧宝夤，出兵累年，糜饷添兵，不知凡几，始终没有成效。特提萧宝夤，为本回前半截主脑。莫折念生，与胡琛不和，两贼自相攻杀。念生屡挫，乃输款宝夤。宝夤使行台左丞崔士和，往收秦州。不意念生复反，擒杀士和，秦州再陷。宝夤出师泾阳，亲讨念生，一场交战，全军败绩，退屯逍遥园东。汧城岐州，相继降贼，豳州刺史毕祖晖，又复战没。西道都督北海王元颢，亦被杀败，关中大扰。雍州刺史杨椿，急忙募兵拒守，得士卒七千余人，登陴力御，才获保全。魏加椿为侍中，领行台统帅，节制关西诸将。念生遣弟天生，大举攻雍州，萧宝夤令部将羊侃，往助杨椿。侃隐身堑中，伺天生近城，一箭射去，应弦而毙。椿乘势杀出，贼众大溃，斩首数千级，雍州解严。念生方进据潼关，闻天生已死，乃弃关西去。

魏主因宝夤败退，褫夺官爵，免为庶人。一面下诏西征，整备兵马。既得潼关捷音，复说将北讨葛荣。诏书中很是夸张，仿佛有銮跸亲临，灭此朝食的气象，其实统是纸上谈兵，唯日在销金帐中，与潘嫔等练习肉战，有什么行军思想。那胡太后亦纵情行乐，宫闱里面，通宵狎亵，笑语时闻，任他警报频来，且管目前肉欲，毫不加忧。死在目前，乐得纵欢。一切军事，都委城阳王徽及二三嬖臣，随便处置。

可奈贼势未靖，宿将渐凋，雍州行台杨椿，又复上书报病，请人相代。魏廷无将可遣，只得复任萧宝夤，都督淮泾等四州军事，兼领雍州刺史。椿交卸还乡，因子昱将适洛阳，特嘱昱转奏两宫，谓宝夤非不胜任，但恐有异志，须慎选心膂为辅，方可戢彼野心。昱奉命至洛，面启魏主母子，两宫已是晨昏颠倒，神志迷离，哪里肯如言施行。

会闻葛荣进围信都，乃命金紫光禄大夫源子邕，为北讨大都督，率兵赴援。子邕方发，又接相州急报，刺史乐安王元鉴，文成帝孙。据邺叛魏，通款葛荣。因再命舍人李神轨，出会子邕，并召同将军裴衍，先讨邺城。才算一举得手，入邺诛鉴，传首洛阳。神轨还都，诏除子邕为冀州刺史，使讨葛荣。裴衍亦表请同行，奉敕允议。子邕独上书自陈，谓两人不宜同往，衍行臣请留，臣行请留衍，若逼使同行，必致败衄。有诏不许，子邕不得已偕衍北进。行至漳水，突遇贼十万众，蜂拥前来。两将本不同心，号令不一，猝遭大敌，兵士骇散，子邕及衍，相继阵亡。葛荣尽锐攻相州，还亏刺史李神，悉众固守，协力致死，才得不陷。可见用兵之道，全恃一心。偏雍州行台萧宝夤，竟杀死关右大使郦道元，居然造起反来。果如杨椿所料。

宝夤西讨莫折念生，前次败绩遣谴，已不自安，后来虽得起复，终怀疑惧。莫折念生返至秦州，由州民杜粲纠众发难，击死念生，粲自掌州事。南秦州城民辛琛，亦自行州事，各遣使至萧宝夤处乞降。莫折念生亦了。宝夤表闻魏廷，魏主尽复宝夤旧封，仍爵齐王兼尚书令。

中尉郦道元，素号严猛，不避权戚。司州牧汝南王元悦，宠信小吏邱念，弄权不法。道元收念付狱，拟处重刑。悦亟白胡太后，请赦念罪。太后敕令赦念，偏道元不待赦至，先已杀念，复劾悦纵奸枉法诸罪状，太后不理。悦深恨道元，想出一法，请调道元为关右大使。关右为萧宝夤势力范围，遣使镇压，明明是悦的诡计，使他激怒宝夤，好借刀杀死道元。魏廷哪里知晓，即派道元西行。果然宝夤闻知，由疑生畏，由畏生忿，特商诸僚佐柳楷。楷答道："大王为齐明帝子，天下属望，何必定居人下！况近有谣言：鸾生十子，九子毈，音断，卵坏也。一子不毈，关中乱。乱训为治，大王当治关中，已无疑义。"宝夤乃决计叛魏，密遣部将郭子恢，潜伏阴盘驿，俟道元过境时，突出拦阻。把他刺死。佯言为贼所害，命人收殡，诡词奏闻。魏责宝夤捕凶正法，宝夤当然不理，即欲称帝关中。

行台郎中苏湛，人品端方，素为宝夤所重，时正抱病在家。宝夤使他姨弟姜俭与商，湛不待说毕，便放声大哭。奇哉！俭惊问何因？湛且泣且语道："我家百口，今将屠灭，怎得不哭！"又哭至数十声，乃徐语俭道："为我白齐王！王本似穷鸟投人，赖朝廷假王羽翼，荣宠至此，奈何无端背德！且魏德虽衰，天命未改，齐王恩信，未洽民情，乃欲率羸惰兵卒，守关问鼎，怎能有成？湛不能举家同尽，愿乞骸骨归还乡里，使得病死，下见先人。"俭返报宝夤，宝夤知湛不为己用，听令还里。

长史毛遐，与弟鸿宾，奔往马祇栅，召集氐羌，抗拒宝夤。宝夤遣将军卢祖迁击遐，一面自称齐帝，改元隆绪，置百官都督，公然被服衮冕，出祀南郊，行即位礼。伪官呼嵩未毕，忽有败报传来，祖迁败死，禁不住神色仓皇，匆匆入城。别派部将侯终德，往击毛遐兄弟，并派重兵据守潼关。

正平民薛凤贤、薛修义等，亦聚众河东，分据盐池，围攻蒲阪，东西连结，响应宝夤。魏命尚书仆射长孙稚，为行台统帅，往讨宝夤，遣都督宗正珍孙，往讨二薛。

长孙稚驰至恒农，闻宝夤围攻冯翊，尚未陷入，乃与将佐会议所向。行台左丞杨侃献计道："贼据潼关，守御已固，未易攻入，不如北取蒲坂，渡河西行，直捣心腹。贼回顾巢穴，冯翊必当解围，就是潼关守兵，亦必却顾而走，支节既解，长安自可坐取了。若以为愚计可行，愿效前驱！"长孙稚皱眉道："汝计甚善，但薛修义方围河东，薛凤贤复据安邑，近闻宗正珍孙，军至虞坂，不能前进，我军如何可往？"侃微笑道："珍孙一行阵匹夫，怎知行军？二薛党羽，统是乌合，只能欺吓珍孙，不能欺吓别人。"虏在目中。稚乃使长男子彦，随着杨侃，带领骑兵，自恒农北渡，进据石锥壁。侃扬言道："我军今且停此，暂待步军。为念沿途村民，无知受胁，情实可怜，今先告父老百姓，速送降名，各自还村，俟我军举起三烽，也当举烽相应，我军誓不相犯；若无人应烽，定系贼党，当进屠村落，夺取子女玉帛，犒赏我军。”诳贼足矣。村民闻了此言，转相告语，多递降名。一俟官军举烽，无论已降未降，皆举烽相应，火光彻数百里。薛修义等围住河东，遥见烽火齐红，不觉大骇，当即遁还，与凤贤同约来降。潼关守兵，果然返顾，相率却走，侃即飞报长孙稚。稚见潼关空虚，已率全军入关，进至河东，与侃相会。侃更长驱直进，宝夤遣将郭子恢截击，连战皆败。那往击毛遐的侯终德，竟与遐等联络，还袭宝夤。

宝夤连忙出敌，军无斗志，未战先逃，慌得宝夤驱马奔回，挈领妻孥，自后门出奔，径投万俟丑奴，丑奴为胡琛部将，琛被拔陵余党费律，诱至高平，将他杀死。胡琛了。余众并归丑奴，再据高平，翦灭拔陵余党。既得宝夤投奔，引为谋主，授官太傅，自称天子，僭置官属。适波斯国献狮至魏，被丑奴截留，作为符瑞，自称神兽元年。奴可为帝，兽足表年，扰乱时代，应该有此奇闻呢！语极冷隽。

且说魏主诩年已寖长，知识日开，胡太后帷薄不修，时怀疑忌。通直散骑常侍谷士恢，得邀上宠，日在魏主左右，胡太后恐他传闻秽事，诬以他罪，勒令自尽。尚有密多道人，能作胡语，亦尝出入殿廷，为魏主所亲信。太后又使人伺他踪迹，刺死城南，佯为悬赏购贼。此外如魏主宠臣，多被太后迁黜。魏主当然恚恨，遂致母子生嫌。

是时葛荣、杜洛周，互相吞噬，洛周被葛荣击死，杜洛周了。余党降荣。荣凶焰益盛，南趋邺城。安北将军尔朱荣，因葛荣南逼，表请自发骑兵，东援相州，并不见报。唯纳女入宫，得册为嫔。魏主诩所爱唯此。进封尔朱荣为骠骑将军，都督并、肆、汾、广、恒、云六州军事，寻复进位右光禄大夫，开府仪同三司。怀朔镇函使高欢，初与段荣、尉景、蔡隽先等，投入杜洛周，嗣见洛周不能成事，转奔葛荣，旋复亡归尔朱荣。荣见欢形容憔悴，不以为奇，但安置帐下，作为随卒。会欢从荣入马厩，厩有悍马，专喜踶啮，荣命欢修翦马鬣。欢不加羁绊，执刀徐翦，马竟不动。翦毕，语荣道：“御恶人也如是呢！”荣暗暗点首，即引欢入室，屏去左右，访问时事。欢抵掌道：“今天子闇弱，太后淫乱，嬖孽擅命，朝政不行，如公雄才大略，乘时奋发，入讨郑俨、徐纥等，廓清君侧，霸业可一举即成了。”荣大喜道：“得卿言，似梦初醒哩。”遂复与欢促膝密谈，自日中至夜半，欢才趋出。嗣后遇有军事，必与欢谋。

并州刺史元天穆，系元魏宗室，与尔朱荣很是投契，荣复与他密谋入洛，天穆亦甚赞成。帐下都督贺拔岳，又从旁怂恿，荣遂部署兵马，聚集义勇，北捍马邑，东塞井陉，将南向入都。适接到魏主密敕，召荣入除徐、郑，荣愈觉有名，即日出师，用高欢为前锋，浩浩荡荡，向南出发。此是高欢发轫之始。

行次上党，忽又有密敕颁到，止荣入都。荣不禁踌躇，欢又语荣道：“明公今日，骑虎难下，有进无退，何必多疑！”荣乃复拟进行。越日由都中发出哀诏，说是魏主暴崩，立嗣子为皇帝。又越数日，传到太后诏令，谓嗣子非男，实系皇女，今决立临洪王世子钊，入纂正统，大赦天下。这种迷离恍惚的诏书，顿时触怒尔朱荣，当即抗表道：

> 伏承大行皇帝，背弃万方，奉讳号踊，五内摧剥。仰承诏旨，实用惊惋。今海内草草，异口一言，昔云大行皇帝鸩毒致祸，臣等外听讼言，内自追测，去月二十五日，圣体康怡，隔宿即奄忽升遐，即事观望，实有所惑。且天子寝疾，侍臣不离左右，亲贵名医，瞻仰患状，面奉音旨，亲承顾托，岂容不豫初，不召医，崩弃曾无亲奉，欲使天下不为怪愕，四海不为丧气，岂可得乎？是以皇女为储两，虚行庆宥，上欺天地，下惑朝野，已乃选君于孩提之中，使奸竖专朝，贼臣乱纪，唯欲指影以行权，假形而弄诏，此何异掩眼捕雀，塞耳盗钟！今秦陇尘飞，赵魏雾合，丑奴势逼幽雍，葛荣凭陵河海，楚兵吴卒，密迩在郊，古人有言：邦之不臧，邻之福也。一旦闻此，谁不阙阙？窃唯大行皇帝，圣德驭宇，断体正君，犹边烽迭举，妖寇不灭。况今从佞臣之计，随亲戚之谈，举潘嫔之女以诳百姓，奉未言之儿而临四海，欲使海内安乂，实所未闻！伏愿留圣善之慈，回须臾之虑，鉴臣忠诚，录臣至款，听臣赴阙，参预大议，问侍臣帝崩之由，访禁卫不知之状，以徐、郑之徒，付之司败，雪同天之耻，谢远近之怨，然后更召宗亲，推其年号，声副遐迩，改承宝祚，则四海更苏，百姓幸甚！

看官听说！这魏主诩年才十九，素无疾病，如何忽然暴崩？原来郑俨、徐纥，因尔朱荣引兵南向，情甚惶急，阴与胡太后商议，谋鸩魏主。太后已与魏主有嫌，乐得依从，遂将魏主鸩死，立伪皇子为帝。先是潘嫔生女，托称皇子，庆赦并行，改元武泰。及魏主被鸩，权立皇女，后且据实声明，改立临洮王世子钊。从前京兆王愉，叛命削籍，见四十二回。胡太后却追愉为临洪王，令子宝月袭爵。魏书明帝纪作宝晖。钊即宝月子，年甫三岁，太后利他年幼，因即迎立。偏尔朱荣出来反对，抗表上闻。胡太后接览荣表，很是惊心，亟拟故主诩尊谥，称为孝明皇帝，庙号肃宗，丧葬礼仪，概从隆备。一面遣荣从弟世隆，赍敕慰荣，劝令还镇。小子有诗叹道：

淫牝怎得屡司晨，况复戕君灭大伦！
当日尔朱犹假义，出师还算魏忠臣。

究竟尔朱荣曾否依敕，且至下回再详。

萧宝夤事魏已久，封王爵，拜尚书令，魏之待宝夤也，不为不优。即一再免官，亦由宝夤之丧师致罪，非魏之过事苛求也。况旋黜旋用，宠眷不衰，彼乃妄思称尊，构兵叛魏，其视杜洛周、葛荣、万俟丑奴辈，固不可同日语矣。杜葛等未受魏恩，揭竿为乱，史笔不得谓之非贼，况宝夤乎！本回历叙战事，独提宝夤为主脑，诛其心也。胡太后以母害子，纲目直书曰弑。君主时代，尊无二上，不得以太后恕之；况其为淫乱不法，毫无母德耶！尔朱荣抗表问罪，义正词严，假使他日入洛，清宫掖，肃纪纲，则功绩岂出伊霍下？故以事迹论，则尔朱兴师之日，尚非肆逆之时。应贬则贬，应褒则褒，论史者固具有苦心乎！

第四十八回　丧君有君强臣谢罪
因敌攻敌叛王入都

却说尔朱世隆，赍着魏廷诏敕，行至晋阳，适与尔朱荣相遇。兄弟叙谈，当然有一番情话。荣览敕后，语世隆道："这事我不便依从，弟亦无须回朝。"世隆道："朝廷疑兄，故遣世隆到此，今留世隆，反使朝廷得以预防，亦属非计。"荣乃遣还世隆，自与元天穆商议，谓彭城王勰夙有忠勋，名传身后，第三子子攸，近封长乐王，亦有令望，不如将他拥立，较乎众望云云。天穆亦以为然，荣因令从子天光等，往见长乐王子攸，具述荣意。子攸便即允议。皇帝是人人喜做的。天光等返至晋阳，向荣报命，荣又不免疑惑起来。从前魏国立后，必范铜为像，像成方得册立，否则目为不祥，应即罢议。荣援例卜吉，也将显祖献文帝即魏主弘。子孙，一一铸像，多半未就。唯长乐正独成，乃即起兵发晋阳。

世隆还都后，模糊复旨，及闻荣南下，潜逃出都，径投荣军。胡太后得了军报，很觉徬徨，悉召王公大臣等入议。大众都不直太后，莫肯发言。独徐纥出对道："尔朱荣乃是小胡，擅敢称兵向阙！据现在文武宿卫，出外控制，已是有余。今但分守险要，以逸待劳，臣料彼千里远来，士马疲敝，不出数月，包管能剿灭呢。"不容你算奈何？胡太后乃授黄门侍郎李神轨为大都督，率众拒荣。另遣他将郑先护、郑季明等往守河桥，武卫将军费穆屯小平津。

荣行至河内，遣使至洛，密迎子攸。子攸即与兄彭城王劭，弟霸城公子正，潜自高清渡河，至河阳会荣。将士见子攸到来，争呼万岁，子攸即引着荣军，复济河南行，在途称帝，筑坛受朝。也未免太急。进兄劭为无上王，子正为始平王，尔朱荣为侍中，都督中外诸军事，兼尚书令领军将军，封太原王。当即传诏远近，谕令效顺。

郑先护素善子攸，与郑季明开城相迎，费穆亦奉表通诚。李神轨狼狈夜遁。徐纥闻报，料知大势已去，也不暇顾及胡太后，竟捏称诏敕，夜开殿门，取御厩中良马十四，挈领眷属，东奔兖州。郑俨也照样施行，逃回乡里。统是薄幸郎。胡太后失去二嬖，好似没有手足一般，急得不知所措。踌躇多时，想出一着无聊的方法，尽召肃宗后妃，迫令出家，自己亦执着银剪，把头上的玲珑宝髻，一刀除去。烦恼青丝，已剪得太迟了。她以为做了道姑，总可免罪，省得尔朱氏追究。哪知尔朱荣不肯放松，一面召百官出迎新主，一面派骑士入宫，掳了太后及幼主，同至河阴。百官奉召，急急的奉了玺绶，备着法驾，至河桥恭迎新主子攸。胡太后见了尔朱荣，尚带泣带语，自言为嬖幸所误，请荣鉴原。幼主钊一味啼哭，晓得什么好歹，惹得荣拂衣起座，顾令左右，立把太后幼主驱出，沉入河中。河伯如欲娶妇，倒还可以将就。

费穆入见尔朱荣，附耳密语道："公士马不出万人，今长驱向洛，兵不血刃，成功太速，威力无闻。京中文武官吏，不下数百，兵民更不可胜计，若知公虚实，必致轻视。今日非大行诛罚，更植亲党，恐公他日北还，未逾太行山，内变便要发作了。"导人好杀，怎得令终！荣一再点首，转告亲将慕容绍宗，绍宗道："胡太后荒淫失道，嬖幸弄权，淆乱四海，所以公得兴兵问罪，入清宫廷，今无故歼戮多士，不分忠佞，恐天下失望，反与公有不利，请公三思！"

荣不肯从，佯请新主子攸，就陶渚引见百官，只说是即日祭天。俟百官趋集，却下了一声军令，纵骑兜围，把百官困住垓心，然后申辞指斥。说是国家丧乱，肃宗暴崩，统由朝臣贪虐，未能匡弼，应该声罪行诛，不使稽戮云云。这语一传，王公大臣等，才知为荣所赚，各吓得魂驰魄散，面色仓皇。那尔朱荣确是厉害，即遣骑士入围捕戮，拿一个，杀一个，也不问有罪无罪，一古脑儿割下首级，自丞相高阳王雍，司空巨平公钦，仪同三司东平王略，以及广平王悌，常山王邵，北平王超，任城王彝，赵郡王敏，中山王叔仁，齐郡王温等，凡元氏宗室，在朝任职，悉数毕命。就是直声卓著的元顺，时已为左仆射，亦为所杀。不忘遗直。公卿以下，遇害至二千人，尚有朝士百余，迟到数刻，亦被胡骑围住。荣又下令道："有人能作禅位文，便即免死！"言未毕，即有侍御史赵元则，应声如响。是一个好差使，哪得不上前速应？当下释出元则，令他草诏，余多戮毙。荣复谓元氏当灭，尔朱氏当兴，嘱军士同声附和，共称万岁。乃遣将弁数十人，持刀入行宫，剁毙彭城王劭，始平王子正，迫子攸徙居河桥，锢置幕下。比董卓、朱温还要凶狠。

子攸忧愤交并，使人向荣达意道："帝王迭兴，盛衰无常。今四方瓦解，将军投袂起师，所向无前，这是天意，原非人力所能致此！我生不辰，遭际衰乱，本不敢妄觊天位，只因将军见逼，勉强承统。若天命已归将军，不妨早正位号。就使推让不居，存魏社稷，亦当更择亲贤，善为辅弼。我但求保全生命，不必多疑！"荣听了此言，再与将佐熟商。都督高欢，劝荣即日称帝。独将军贺拔岳进言道："将军首建义兵，志除奸逆，大勋未立，遽有此谋，恐未必邀福，反足速祸呢！"荣忐忑不定，自铸铜为像，四次不成。又令功曹参军刘灵助，卜筮吉凶，灵助亦言未吉。荣沉吟良久，方语灵助道："我若不吉，天穆何如？"灵助道："天穆亦不应推立，只有长乐王方应吉征。"荣素信灵助言，不由的惭惧起来，自傍晚至夜半，不食不寝。但在室中绕行，且自言自语道："尔朱尔朱，为何这般弄错？只好一死塞责，报谢朝廷！"贺拔岳乘间入言，请杀高欢谢天下。荣亦被他激动，意欲杀欢，经左右代欢解免，方才罢议。

时已四更，荣匹马出营，直诣河阳幕下，拜谒子攸，叩头请死。何前倨而后恭。子攸不得已慰勉数语，扶令起身，荣即自为前导，引子攸入宿营中。诘旦即拟奉主入都，部众以滥杀朝士，积成怨愤，将来必有报复情事，不如迁都北方，可避后患。荣至此又不免起疑。好听人言，怎能有成？武卫将军汛礼，从旁力谏，乃将迁都计议，仍复打消。于是安排仪仗，簇拥嗣主子攸，舆驾入洛阳城，下诏大赦，改元建义。

京中官吏，已十死八九，剩了几个散员末秩，也是逃避一空，不敢出头。宿卫空虚，官守废旷，只有散骑常侍山伟，诣阙谢赦，叩首山呼。尔朱荣瞧这形状，也觉凄寂得很，便上书陈请道：

臣世荷藩寄，征讨累年，奉忠王室，志存效死。直以太后淫乱，孝明暴崩，遂率义兵，扶立社稷。陛下登祚之始，人情未安，大兵交际，难可齐一。诸王朝贵，横死者众，臣今粉躯，不足塞往责以谢亡者。然追荣褒德，谓之不朽，乞降天慈，微申私责：无上王请追尊帝号，诸王刺史，乞赠三司，其位班三品，请赠令仆，五品之官，各赠方伯，六品以下，赠以镇郡。诸死者无后听继，即授封爵，均其高下，节级别科，使恩洽存亡，有慰生死，或尚足少赎臣愆，谨拜表以闻！

魏主子攸当然允议，先尊皇考彭城王勰为文穆皇帝，皇妣李氏为文穆皇后，迁神主至太庙，号为肃祖。然后尊皇兄劭为孝宣皇帝，皇嫂李氏为文恭皇后；从子韶窜匿民家，遣人访获，令还朝袭封彭城王。他如皇伯父高阳王雍，皇弟始平王子正等，悉予尊谥。其余死难诸臣，亦如荣言赐恤。荣又请遣使劳问旧臣，文官加二阶，武官加三阶，百姓复租役三年，都下吏民，始得少安。旧臣亦相继赴阙，多仍原职。荣部下诸将士，因从龙有功，普加五阶。

诸将士尚防有后患，劝荣请魏主徙都，荣复为所动，入白魏主子攸，主张北迁，都官尚书元谌，独出来反对，与荣力争。荣怒叱道："迁都事与君无关，何必争执？且河阴一役，君曾闻知否？"谌亦抗声道："天下事当与天下公论，奈何举河阴毒虐，来吓元谋！谋系国家宗室，位居常伯，生既无益，死亦何损，就使今日碎首流肠，也不足畏呢！"元氏犹有此人，好算难得。这一席话，惹得荣气冲牛斗，即欲加谌死罪。尔朱世隆在旁力劝，谌得不死。盈廷无不震慴，谌仍神色不变，徐徐引退。

过了数日，魏主子攸偕荣登高，俯视宫阙壮丽，列树成行。荣叹息道："前日愚昧，有北迁意，今见皇居壮盛，方信元尚书言，确有至理，无怪他抵死不从呢。"魏主亦好言抚谕，荣乃绝口不谈迁都。唯郑俨、徐纥、李神轨三人，在逃未获，檄令地方有司，搜捕治罪。俨遁归乡里，与从兄荥阳太守仲明，谋据郡起兵，为部下所杀。纥奔至泰山郡，投依太守羊侃，嗣闻朝廷严捕，乃与侃南奔降梁。神轨不知下落，想已是窜死了。汝南王悦，临淮王彧，北海王颢，前已避难南奔，彧因魏主定位，访求宗室，乃上书梁廷，乞求放归。梁主颇惜彧才，但不便强留，准令北还。魏主授彧尚书令，兼大司马，彧遇事敢言，颇有直声。

已而魏主欲册立皇后，尔朱荣嘱使朝臣，拟将前时纳充嫔御的孀女，改配魏主，好乘时正位中宫。看官，试想荣女曾为肃宗嫔，肃宗诩系子攸从侄，名分攸关，怎得将侄妇充做御妻？子攸不便依荣，又未敢违荣，当然是怀疑未决。黄门侍郎祖莹进议道："从前春秋时候，晋文在秦，怀嬴入侍，事贵从权。幸陛下勿疑！"却是一条正比例，但怀嬴止为晋文妾，荣女却为子攸后，是尚不能强同。子攸不得已如祖莹言。小子上文曾叙及肃宗后妃，被胡太后迫令出家，及尔朱荣入都，荣女正在瑶光寺，由荣迎回。此时祖莹为荣申请，既得魏主允准，赶即报荣。荣不禁大喜，即令孀女释服改装，打扮得与娥姮相似，乘舆入宫。魏主子攸，见她炫服华容，倒也可爱，乐得将错便错，同赴高唐。一连三宿，订定立后礼仪，御殿受册。这位尔朱嫔丰神绰约，环珮雍容，居然被服翚衣，统掌六宫事宜，好做那北朝国母了。魏加尔朱荣为北道大行台，巡方黜陟，先行后闻。

荣乃欲还镇晋阳，入阙白主，申谢河桥罪过，誓言后无贰心。魏主起座扶荣，也与他握手设誓，彼此不贰。荣很是喜慰，求酒畅饮，喝得酩酊大醉，由魏主召令左右，掖入床舆。听他鼾声大作，不由的记忆前恨，惹起杀心。当下取刀在手，拟即杀荣，左右慌忙谏阻，各说是投鼠忌器，万不可行。乃命将床舆舁入中常侍省，荣尚一睡未醒，直至夜半，方才惊寤。渐闻魏主有下刃意，心不自安，遂辞行北去。特荐元天穆为侍中，录尚书事，领京畿大都督，兼领军将军。行台郎中桑干、朱瑞为黄门侍郎，兼中书舍人，内外勾通，腹心密布，仍然与在朝无异，不肯放宽一着。魏主亦只好得过且过，付诸缓图。

会葛荣引兵围邺，众号百万，魏主将亲往讨，命大都督上党王元天穆，总众八万为前军，大将军太原王尔朱荣，带甲十万为左军，司徒杨椿，勒兵十万为右军，司空穆绍，统卒八万为后军。荣奉到诏敕，亟自率精骑七千名，倍道兼行，用侯景为前驱，东出滏口。葛荣横行河朔，所过残破，闻尔朱荣孤军前来，侈然语众道："区区一军，怎能敌我！尔等可各办长绳，来一个，缚一个，不得有误！"如此骄盈，不败何待？便令列阵数十里，西向待着。

尔朱荣潜军山谷，分骑士为数队，每队约数百骑，扬尘鼓噪，使贼众不辨虚实，自率健骑绕出葛荣阵后，预约夹攻。葛荣只管前面，不管后面，但听得哗声大至，急忙备御。等了许久，并无来军，正拟解甲休息，又觉得喊声四起，尘头滚滚。好多时不见到来，转使葛荣且惊且疑。既而自笑道："这是尔朱荣的疑兵计，毫无实力，徒乱我心，我适受彼赚，不如大众静坐，休养锐气为是！"这才中计。遂令部众静守，不必他顾。部众各散伍小憩，不意阵前阵后，胡哨迭吹，霎时突入铁骑，搅乱贼阵。葛荣仓猝上马，尚只督众向前，为抵敌计，忽背后驰到一大将，手起槊落，竟将葛荣打倒马下，一声呼喝，已由好几个健卒，跳跃而至，立把葛荣缚住。贼众见渠魁受擒，无不胆落，那大将又复传令，降者免死，于是贼众一齐投戈，匍匐乞降。大将又宣谕道："尔等都有父母妻孥，奈何从贼寻死！我但拿问首逆，不问胁从，愿留者听，愿归者亦听。"这谕传出，大众多半愿归，泥首拜谢，欢跃而去。冀、定、沧、瀛、殷五州，自是肃清。看官欲问大将为谁？无非是个尔朱荣。

荣既遣散贼众，尚有若干贼目，无家可归，亦量能录用，不使失所。可巧贼目中有一少年，虎背猿躯，与众不同，问他姓名，叫做宇文泰。乃父名肱，随鲜于修礼战死，泰转投葛荣，至此为尔朱荣所爱，擢为军将。宇文泰始此。随将葛荣槛送入洛，枭斩都市。葛荣了。魏主加荣为大丞相，都督河北畿外诸军事，并封荣诸子为王。一面撤回元天穆各军，进司徒杨椿为太保，城阳王徽为司徒。

是时梁将军曹义宗，围魏荆州，已历三年，守将王罴，百计拒守，幸得不陷。魏廷因朔方多难，不遑南顾，至是始遣中军将军费穆，都督南征各军，往援荆州。梁军久顿城下，已经疲敝，不料费穆猝至，闯入梁营，曹义宗不及措手，竟被擒去，荆州解围。梁主衍闻义宗被掳，当然不肯甘休，索性想出因敌攻敌的计策，封降王元颢为魏王，派将军陈庆之引军纳颢。颢南奔梁见上文。颢遂北行，得拔荥城，擒住魏行台统帅济阴王元晖，自称魏帝，改元孝基。

魏大都督元天穆方出略河间，往讨伪汉王邢杲，杲前为幽州主薄，也想乘乱为王，召集河北流民，占踞北海，骚扰青州。天穆奉敕东征，一军不能两顾，魏主令他熟筹缓急。他决计先灭邢杲，然后讨颢。却喜东征得手，不到数月，便将杲擒送洛阳，斩首了事。乃移军南趋，在途迭闻警耗，系是元颢导着梁军，乘虚深入，取梁国，拔荥阳。当下驱军急进，直至荥阳城下，偏被陈庆之杀将出来，急切不能阻拦，竟至败北。庆之乘势追击，复陷虎牢。虎牢为洛阳要塞，一经失守，洛都当然大震。

魏主子攸急欲避难，未知所向，因召群臣会议。或劝魏主赴长安，中书舍人高道穆进言道："关中荒残，不宜再往。颢乘虚深入，将士不多，若陛下亲率卫士，背城一战，臣等亦誓尽死力，不难破颢。倘谓胜负难料，不若暂时渡河，征召大丞相尔朱荣，与大将军天穆，犄角进讨，不出旬月，定可成功。这乃是万全之计呢！"魏主子攸，遂带领数骑，夜走河内。都中无主，便即大乱。临淮王彧，安丰王延明，倡议迎颢，遂封府库，备法驾，率百僚迎颢入城。

颢入洛阳宫，改元建武，也循例施赦，授陈庆之为侍中，领车骑大将军。元天穆收集败卒，得四万人，掩入大梁，再分兵二万，使费穆为将，往攻虎牢。颢亟遣庆之击穆，穆正力攻虎牢，闻庆之将至，已有畏心。嗣又得天穆北去消息，只剩得自己孤军，越觉彷徨失措，一俟庆之到来，即望尘迎降。庆之送穆至洛，颢责他趋奉尔朱，滥杀王公，即令推出枭首。该杀。一面命黄门侍郎祖莹，作书贻子攸道："朕泣请梁朝，誓在复耻，但欲问罪尔朱，出卿虎口，卿与我肯同心戮力，皇魏或可再兴，否则尔朱得福，卿益得祸。卿宜三复斯言，庶富贵可共保哩。"

书去后杳无复音，唯河南州郡，陆续输诚。再遣使四出，招谕官民。齐州刺史沛郡王元欣，意欲受诏，军司崔光韶抗言道："元颢受制南朝，引寇兵覆宗国，乃是乱臣贼子，人人得诛，不但大王家事，所应切齿，就是下官等亦夙受国恩，未敢仰从！"长史崔景茂等，亦齐声道："军司言是！"欣乃斩颢使，示与决绝。还有襄州刺史贾思同，广州刺史郑先护，南兖州刺史元暹，俱不受颢命。冀州刺史元孚，自葛荣受诛后，仍复原职。颢令为东道行台，封彭城郡王，孚将颢书转献魏主子攸，表明诚意。平阳王元敬先，起兵讨颢，不克而死。

颢入洛城时，适遇暴风，缓辔至阊阖门，马忽惊跃，不肯入城，当由左右代为执辔，驱策数次，才得驰入。颢颇有戒心，所以入城申谕，禁止侵掠，内自宫掖，外及民舍，统皆安堵如恒。过了一二旬，渐渐的骄怠起来，所有宾客近习，统皆宠待，自己日夕纵酒，不恤兵民。所从南兵，陵轹市里，不复加禁，因此朝野失望，公私不安。恒农人杨昙华私语亲友道："颢必无成，假充冕不过六十日。"谏议大夫元昭业，亦窃议道："从前更始即新莽时之刘玄。自洛西行，初发马惊，奔触北宫铁柱，三马皆死，后卒无成。援古证今，相去亦不远呢。”高道穆兄子儒，自洛阳出从子攸，子攸问洛中事，子儒答道：“颢败在旦夕，不足深虑！”子攸才得少安。小子有诗叹道：

休言成败属穹苍，一得生骄定不长；
阊阖门前惊坐马，区区未足验灾祥。

颢既骄恣，复欲叛梁。欲知后来情形，俟至下回再表。

尔朱荣入清君侧，本属有名，前回中已经评及。及观本回所叙之事实，乃知荣之心术，比莽、操为尤凶。胡后有罪，亦应上告宗庙，妥定刑名，幼主何辜？竟同赴洪流，惨遭溺毙。如此处置，已觉过甚，复误信费穆奸言，屠戮王公大臣，多至二千余人，长乐二弟，亦遭骈戮，是可忍，孰不可忍乎？天夺其魄，始迎新主入都，乃复有纳女为后一事。女为嫠妇，使之改适，一不可也；以侄妇而再醮叔翁，逆伦伤化，二不可也。倒行逆施，一至于此，魏岂尚有国法乎？蔼荣恶贯满盈，天然假诸荣手，非荣之果能歼贼也。彼元颢导敌覆宗，亦不足道，彭城王勰，有功枉死，其子子攸，尚为人所属望。北海王详，贪淫不法，死不足惜，颢徒借梁军以图一逞，误矣。况一得自豪，即萌骄态，此而不亡，不特无天道，并且无人道矣。贬抑之以儆效尤，所以示天下乱贼之防也。

第四十九回　设伏甲定谋除恶
纵轻骑入阙行凶

却说元颢自铚县出发，转战入洛，共取三十二城，大小四十七战，无不获胜，这都出之陈庆之的功劳。哪知他忘恩负义，潜生贰心，私与临淮王彧，安丰王延明，密谋背梁；因此待遇庆之，亦渐不如前。庆之已微察隐情，预为戒备，且入朝语颢道："我军不满万人，远来至此，幸得成功，人情尚未尽服。彼若知我虚实，调兵四合，如何抵御？不如速启南朝，更请济师。如北方有南人陷没，应敕诸州送入都中，兵多势厚，方可无虞。"颢支吾对付，转告安丰王延明。延明道："庆之兵不过七千，已是难制，今若更添兵力，怎肯再为我用？大权一去，事事仰人鼻息，恐元氏宗社，要自此颠覆了。"颢乃遣使上表梁廷，但言河北河南，同时戡定，只有尔朱荣一部，尚敢跋扈，臣与庆之自能擒讨，不烦添兵劳民云云。庆之副将马佛念，密白庆之道："将军威行河洛，声震中原，功高势重，为魏所疑，一旦变生不测，祸且及身，不如乘他无备，杀颢据洛，倒是千载一时的机会，将军幸勿错过。"为庆之计，确是良谋。庆之摇首道："此计太险，恐不可行。"

嗣来了河北急报，尔朱荣自晋阳发兵，与天穆相会，护送子攸南还，前驱已到河上了。庆之亟往见颢，颢令庆之出守北中城，自据南岸，抵遏北军。庆之引兵直前，与北军相持三月，接仗至十一次，杀伤甚众，未尝败衄。安丰王延明等，沿河固守，北军泛舟可渡，亦不能亟进。尔朱荣意欲退师，再图后举，黄门侍郎杨侃语荣道："胜负本兵家常事，裹创血战，古今屡闻，况今并未大损，怎可中道折还，自阻锐气？今四方颙颙，视公此举，遽复引归，民情失望。如虑乏舟渡河，何勿多为桴筏，参用舟楫，沿河数百里间，皆为渡势，使颢防不胜防，一或得渡，必立大功。”高道穆亦进言道：“今乘舆飘荡，主忧臣辱，大王拥百万雄兵，奉主南归，若分兵造筏，沿河散渡，指掌可克，奈何无端退却，使颢复得完聚？这所谓养虺成蛇，悔将无及了。”荣已为感动，询及刘灵助，灵助亦谓不出十日，河南必平。适伏波将军杨㯹族人，居住马渚，自言有小船数艘，愿为向导，荣乃命从子车骑将军尔朱兆，与都督贺拔胜，缚木为筏，自马渚夜渡，袭击颢军。

颢不及预备，仓猝应敌，至为北军所乘。领军将军冠受，系颢爱子，竟被擒去。颢大惊遁还，安丰王延明等亦皆溃退。陈庆之孤军失倚，忙收众结阵，匆匆引归。会值嵩高水涨，不便徒涉，那尔朱荣却自督大军，从后追来。庆之部众，急不择路，或投河溺毙，或缘河逃散，单剩得数十百骑，随着庆之。庆之急令从骑下马易服，自把须发薙去，溷充沙门，从间道逃至汝阴，始得奔归建康。

颢由轘辕南出临颍，从骑四窜，临颍县卒江丰，诱颢入室，取刀杀颢，传首洛阳。魏主子攸，早至北邙，由中军大都督杨津，洒扫宫禁，召集百僚，出迎子攸，涕泣谢罪。子攸慰劳已毕，遂入居华林园，颁诏大赦。加尔朱荣为天柱大将军，尔朱兆为车骑大将军，仪同三司，元天穆为太宰。凡北来军士，及随驾文武诸臣，各加五级，出宫人三百名，缯锦杂彩数万匹，班赐有差。临淮王彧，仍诣阙请罪，有诏不问。安丰王延明自觉无颜，挈妻子南奔梁朝，后来病死江南。

尔朱荣留都数日，仍辞归晋阳，遣都督贺拔胜，出镇中山，复使统军侯渊，讨灭葛荣余党韩楼。越年再使从子骠骑将军尔朱天光，与左都督贺拔岳，右都督侯莫陈悦，率兵往讨万俟丑奴。丑奴出没关中，屡为民患，时正往攻岐州，令党徒尉迟菩萨等，自武功南渡渭水，扑城攻栅。贺拔岳引着千骑，倍道赴援，菩萨已拔栅收兵。岳前往挑战，诱菩萨至渭南，依山设伏，俟菩萨轻骑追来，发伏齐起，得将菩萨捉住，名为菩萨，奈何毫无神力？收降贼众万余。

丑奴闻菩萨陷没，退保安定。岳与天光会师岐州，扬言夏令将至，不便行师，应俟秋凉再进。丑奴信为实言，散众归耕，据险立栅。天光遂与岳悦二都督，乘夜发兵，攻入大栅。所得俘囚，悉数纵还，诸栅闻风皆降。天光长驱直进，径达安定，丑奴无兵可守，弃城出走，贺拔岳等从后追蹑，赶至平凉，围住丑奴。裨将侯莫陈崇，单骑突入，与丑奴交手，不到三合，便把丑奴活捉了来，大呼出阵，贼皆披靡。乘胜进逼高平，萧宝夤为丑奴太傅，尚欲拒守，天光将丑奴推至城下，指示守卒，谕令速降。守卒立即应命，执住宝夤，送入大营，关中悉平。丑奴宝夤，械送都中，缚至阊阖门外，示众三日，方将宝夤赐死，丑奴处斩。丑奴了，宝夤亦了。

宇文泰曾随军讨颢，因功封宁都子，至此复从贺拔岳入关，讨平丑奴，魏主子攸，擢泰为征西将军，行原州事。泰安抚关陇，待民有恩，民皆感悦，互相告语道："早遇宇文君，我等怎肯从乱呢！"为北周开国张本。

这且慢表。且说尔朱荣迭平叛乱，勋爵愈隆，威势亦愈盛，虽居外藩，遥制朝政，宫廷内外，遍布心腹，伺察魏主动静。魏主有心振作，勤政不怠，常与吏部尚书李神儁，议清治选部，荣奏补曲阳县令，资格未合，为神儁所搁置。荣当即怒起，擅自调补，神儁惶恐辞职，荣即使从弟仆射尔朱世隆，代理吏部，欲调北人镇河南诸州，魏主未许。太宰元天穆，出镇并州，竟为荣上奏道："天柱立有大功，为国宰相，若请变易全国官吏，陛下亦不得遽违，况止调数人为州吏，如何不即允许哩。"魏主复谕道："天柱若不为人臣，朕亦须听他命令；如犹存臣节，怎得黜陟百官！"天穆转告尔朱荣，荣当然生恨。尔朱后性又妒忌，稍有不平，便忿然道："天子由我家置立，怎得自专？我父原拟自为，何不早自决计呢！"尔父若为天子，尔只能做个公主，怎能总制六宫？世隆亦谓兄不为帝，自己未得封王，阴生觖望。唯魏主外制强臣，内迫悍后，居常愀然不乐。城阳王徽妃，系魏主舅女，侍中李彧，是魏主姊婿，魏主因她戚谊相关，格外亲信。二人欲得权宠，尝恨尔朱氏牵制，所以日夕毁荣，劝主除害。侍中杨侃，胶东侯李侃晞，仆射元罗等，亦曾与谋。魏主亦时思除荣，只一时未敢猝发。荣好游猎，寒暑不辍，辄绘缚虎图进呈，谓臣不忘武功，实欲北扫汾胡，南平江淮，为天子作统一计。又称参军许周，劝臣取九锡礼，臣未立大功，怎得叨受殊荣，已将许周斥去等语。魏主见他词意骄倨，益有戒心，唯玺书褒答，申奖忠诚。无非以假应假。

会尔朱后怀妊九月，将要分娩，荣表请入朝，欲乘便视后。城阳王徽等谓荣果诣阙，正好伏兵刺毙。李侃晞独言荣必设备，恐未可图，不如先杀荣党，发兵拒荣为是。两议俱属未妥。魏主尚是未决，都下已颇泄秘谋。中书侍郎邢子才等多畏祸东去。尔朱世隆亦有所闻，自为匿名书，粘贴门上，有天子欲杀天柱一语。旋即揭纸寄荣，荣自恃盛强，不以为意。且扯书掷地道："世隆胆怯，孰敢生心！看我单骑入朝，有人能挠我毛发么？"荣妻亦劝荣不行，荣终不听。即率将士等南下，妻亦随行，直抵洛阳。

魏主本即欲杀荣，因恐天穆在并州，必为后患，乃虚与周旋，优礼相待。荣入宫侍宴，醉后奏陈，谓外人屡言陛下疑臣，意欲加诛。魏主不待说毕，便接口道："人亦有言王欲害我，谣说无凭，怎可轻信！"荣欢颜称谢。嗣是入谒，从人不过数名，又皆不持兵仗，魏主见荣尚无反意，拟取消前议，城阳王徽怂恿道："就使荣果不反，亦不可耐；况未必可保呢。"魏主乃征天穆入朝，欲一并除去。荣全未察觉。再加朝士随员，向荣献谀，或说是将加九锡，或说是将下禅文，或说是长星入中台，为除旧布新的预兆，或说是并州城上有紫气，不日当有应验，哄得尔朱荣心花怒开，扬扬自得。

荣有小女，适魏主兄子陈留王宽，荣尝指宽示人道："我终当得此婿力。"这种词态，传入宫廷，越令魏主生嫌。魏主又梦中取刀，自割十指，醒后很觉惊惧。问诸徽及杨侃，徽答道："蝮蛇螫手，壮士断腕，梦中割指，亦是此类。陛下若临机立断，可保吉征。"魏主意乃决定。

可巧天穆奉召入都，由魏主邀同尔朱荣，迎入西林园，摆酒接风。荣请令群臣校射，且面奏道："近来侍臣多不习武，陛下宜率五百骑出猎，振励武功。"魏主含糊许可，但心中愈觉动疑。越日召入中书舍人温子升，问汉杀董卓事，魏主道："王允若赦凉州人，必不致死。"良久复语子升道："如朕心理，卿亦应知，死犹欲为，况未必死呢！若戮及渠魁，曲赦余党，想不致有意外祸端！"子升唯唯应命。魏主嘱他预作赦文，指日诛恶，子升受命退去。

诘旦即召荣与天穆，入宴明光殿，令杨侃等伏甲以待。荣与天穆入座，宴饮未毕，便即起出。侃等从东阶入殿，见荣等已至中庭，不便动手，乃任他自去。既而荣诣陈留王家饮酒，大醉而归，因自称病发，连日不入。

魏主恐密谋漏泄，寝馈不安，城阳王徽入白道："事不宜迟，何不托言后生太子，召荣入朝，就此毙荣？"魏主道："后怀孕只及九月，怎得即言生子？"徽又道："妇人不及产期，便是生儿，也是常事，彼必不疑。"魏主乃再伏兵明光殿，声言皇子已生，遣徽驰告荣及天穆。荣正与天穆坐博，徽即脱去荣帽，欢舞盘旋。忽又由殿中文武，传声促入，荣信以为真，遂与天穆一同入贺。两人应该同死，所以连属。

魏主闻荣等进来，不觉失色，温子升趋入道："陛下色变，速请饮酒壮胆。"魏主因索酒连饮，渐觉心胆少豪。子升袖出赦文，正要呈览，遥见荣已登殿，料知不及再阅，便取文趋出。巧巧与荣相遇，荣问是何文书？子升只说一敕字。荣见他神色自若，也不欲取视，惘然竟入。魏主在东序下西向坐着，荣与天穆，至御榻西北入席。尚未开谈，李侃晞等持刀进来。荣料知有异，起趋御座，魏主已横刀膝下，顺手取出，向荣力斫，荣即仆地。侃晞追上一刀，呜呼毕命！天穆亦被砍死。荣长子菩提等，共三十人，随荣入宫，俱为伏兵所杀。内外欢噪，声满都城。

魏主即登阊阖门，饬温子升宣诏大赦，并遣武卫将军奚毅，前燕州刺史崔渊，率兵镇北中城。尔朱世隆，闻变夜出，奉荣妻及荣部曲，走屯河阴。荣党田怡等，欲进攻宫门，贺拔胜谓内必有备，不如出城，再图他计。怡乃随世隆出走，胜独不往。黄门侍郎朱瑞，虽为荣所委，却能委曲将事，颇得主眷。故虽从世隆出城，半途逃回。金紫光禄大夫司马子如，素为尔朱氏死党，弃家奔世隆。世隆即欲北还，子如道："兵不厌诈，今天下汹汹，唯强是视，君若北走，反示人以弱，不如分兵据守河桥，还袭京师，出其不意，或可成功。"子如实是戎首。世隆依议，即夜攻河桥，擒杀将军奚毅等人，据北中城。魏主大惧，遣前华阳太守段育慰谕，竟被世隆杀死。

先是散骑常侍高乾，与弟敖曹避难奔齐，受葛荣官爵，聚民为乱。魏主招令反正，授乾为给事黄门侍郎，敖曹为通直散骑侍郎。尔朱荣奏请黜乾兄弟，谓叛人不宜再用，乃听解职还乡。敖曹复行抄掠，由荣诱拘晋阳，荣入都时，恐他生变，独令随行，禁居驼牛署。荣已诛死，魏主释令入侍，授官直阁将军。高乾亦自冀州至洛都，魏主命为河北大使，使与敖曹偕归，召集乡曲，作为外援。乾兄弟临行时，魏主亲送出城，举酒指河道："卿兄弟本冀部豪杰，能令士卒致死；倘京都有变，可为朕至河上，耀众扬尘。"乾垂涕受谕，敖曹拔剑起舞，誓以必死，待魏主回城，始相偕引去。

世隆遣族人尔朱拂律归，率胡骑千人，白衣至郭下，索太原王尸。魏主自登大夏门眺望，且令从臣牛法尚俯语道："太原王立功不终，阴图叛逆，王法无亲，已正刑书。罪止荣身，余皆不问。”拂律归应声道：“臣等随太原王入朝，忽致冤酷，今不忍空归，愿得太原王尸，生死无恨！”言已大哭，群胡相率举哀，声震京邑。魏主亦觉怅然，便遣朱瑞赍着铁券，往赐世隆。世隆道：“太原王尚不得生，两行铁字，何足为凭！”说着，举券投地。瑞拾券还报，魏主乃募敢死士讨世隆。三日得万人，出御拂律归，究竟士系新募，未习战阵，屡战不克。会皇子诞生，下诏大赦。庆贺既毕，复议讨叛，群臣皆面面相觑，不发一言。只能放火，不能收火，此等人有何用处？独散骑常侍李苗挺身道：“小贼敢横逆如此！臣虽不武，愿率一旅出战，为陛下径毁河桥！”魏主大喜，即假平西将军职衔，率数百人出城，由马渚上流，乘船夜下，纵火焚河桥。尔朱兵顿时大乱，从南岸争桥北渡，俄而桥绝，溺毙甚众。苗还泊小渚，守待南援，哪知官兵一个不至，敌兵却陆续趋击。苗拼死力战，终因寡不敌众，部下尽歼，苗亦投水自尽。魏主闻报，很是痛惜，追封河阳侯，予谥忠烈。何不预发援兵？尔朱世隆经此一吓，却召回拂律归，向北遁去。

魏主诏行台都督源子恭出西道，杨昱出东道，各率兵万人，追讨世隆。子恭至太行丹谷，筑垒设防，控遏晋阳。时尔朱兆为汾州刺史，已发兵至晋阳城，拟即南向犯阙。适值世隆北返，两下会谈，议先奉太原太守行并州事长广王晔为主，然后进攻洛阳。晔系前中山王英从子，轻躁有力，既得尔朱氏推戴，便欣然称帝，改元建明。命世隆为尚书令，兆为大将军，皆封王爵，世隆从兄卫将军度律为太尉，天柱长史彦伯为侍中，徐州刺史仲远为车骑大将军，兼尚书左仆射，领徐州大行台。仲远遂起兵遥应，约共入洛。

骠骑大将军尔朱天光，正与贺拔岳、侯莫陈悦，西循关陇，闻荣死耗，亦下陇南行，拟向洛阳。魏主使朱瑞往抚，进天光为侍中，仪同三司，兼领雍州刺史。天光与贺拔岳谋，欲令魏主外奔，更立宗室。乃使瑞归报云：“臣无异心，但欲仰奉天颜，再申宗门罪状。”又令僚属佯为奏闻，谓天光暗蓄异图，愿思胜算以防微意。狡哉天光。魏主两得奏报，不免怀疑，只好加封天光为广宗王，曲示羁縻。那长广王晔，亦封天光为陇西王。天光隐持两端，观望成败。

尔朱兆引众向洛，先召晋州刺史高欢，愿与偕行。兆素骁勇善战，独尔朱荣未死时，谓兆非欢匹，终当为彼穿鼻。至是欢接兆书，慨然叹道：“兆狂愚如是，敢为悖逆，我不能长事尔朱了！”遂托言山蜀未平，不肯应召。

兆自督众南行，到了丹谷，与源子恭相持。尔朱仲远亦自徐州北向，陷西兖州，擒去刺史王衍。魏主亟命城阳王徽，兼大司马，录尚书事，总统内外，使车骑将军郑先护为大都督，与右卫将军贺拔胜共讨仲远。先护疑胜曾附尔朱，挥置营外，胜已心怀怨望。及行次滑台东境，与仲远相遇，交锋数次，先护并不出援，竟至败却。胜挟恨益深，遂潜奔仲远，返攻先护。先护狼狈奔走，后且投顺梁朝。南路失败，北路亦溃，源子恭部将崔伯凤阵亡，史仵龙开壁降兆。子恭慌忙奔回，还算幸全性命，洛阳大怖。

城阳王徽，毫无韬略，但惜财吝赏，失将士心。魏主与他商议，一味敷衍，谓小贼无虑不平。魏主亦以大河深广，兆等未能即来，谁知永安三年十一月间，河水浅涸，暴风扬尘，兆竟轻骑南来，渡河入都，守城将士，仓猝四溃，及兆纵骑叩宫，宿卫方才惊觉，立即骇散。魏主仓皇出走，步行至云龙门外，适遇城阳王徽，跨马急奔，连呼数声，并不见应。及徽已去远，却来了胡骑数十名，顺手把魏主牵住，往报尔朱兆去了。小子有诗叹道：

叛臣入阙始惊奔，失势何人认至尊？
天子穷途犹若此，才知处士贵争存。

未知魏主性命如何，容待下回再详。

平葛荣，灭元颢，诛万俟丑奴，擒萧宝夤，尔朱荣之功，不可谓不高。功高者本易震主，况如尔朱荣之有心篡逆，遥制朝政，而能不遭主忌耶！魏主子攸，定谋阙下，伏甲除奸，梁冀死而钟簴不惊，董卓诛而宫廷无恙，不可谓非一时快事。惜乎所用非人，满廷阘茸，城阳王徽，贪佞无能，而任为统帅；源子恭、郑先护辈，皆等诸自郐以下，不足讥焉。忠愤如李苗，挺身出战，冒险焚桥，乃不为后援，任其战死，虽欲不亡，宁可得乎？逆兆入宫，始得闻知，狼狈出走，立遭牵絷，识者有以知子攸之自取矣。

第五十回　废故主迎立广陵王
煽众兵声讨尔朱氏

却说魏主子攸，被胡骑牵去，往报尔朱兆。兆不欲与见，但令牵往永宁寺中，锁禁楼上。自入宫扑杀皇子，见有嫔御妃主，一并拘住，拣得几个美貌少妇，姿情污辱。独不提及尔朱后，想尚顾全娣妹。余皆随给将弁，任他处置，并纵兵大掠，都市为墟。司空临淮王彧，尚书左仆射范阳王诲，青州刺史李延实等，皆为乱兵所杀。

城阳王徽走至山南，抵前洛阳令寇祖仁家。祖仁一门三刺史，皆徽所引拔，总道他记念旧情，肯为留纳，哪知祖仁佯为欢迎，请徽入室。徽有金百斤，马五十匹，皆寄交祖仁，祖仁私语子弟道："今日富贵并至，不但可得徽财，且可因徽得赏呢！"徽仅留一日，祖仁即伪言官捕将至，纵令他适。徽慌忙逃避，途次被杀。这刺客便由祖仁所使。既得徽首，便传送洛阳，兆竟不加赏。

未几兆梦中见徽，叫他往祖仁家，取贮金二百斤，马百匹。鬼犹狡猾，生前可知。兆即遣人掩捕祖仁，祖仁料不可匿，据实供明。兆疑与梦中未符，硬要逼索，祖仁将私蓄黄金三十斤，马三十匹，悉数输兆。兆尚未信，怒执祖仁，悬首高树，用大石系足，搒掠至死。可怜寇祖仁贪图富贵，不顾仁义，害得这般结局！孽报难逃，可作后鉴，奉劝世人，勿昧心利己哩！苦口婆心。

尔朱世隆闻兆已成功，也即至洛。兆按剑瞋目道："叔父在朝日久，耳目应广，如何令天柱受祸！”说至此，声色俱厉，吓得世隆胆战心惊，慌忙拜谢，方得无事。仲远亦自滑台入洛阳。会河西贼帅纥豆陵步蕃，声称奉魏主密诏，讨尔朱兆，进军秀容。兆无暇居洛，亟还晋阳，并将魏主劫去，留世隆、度律、彦伯等，镇守洛都。晋州刺史高欢，率骑兵邀截魏主，已是不及，乃作书致兆，为陈祸福，谓不应加害天子，徒受恶名，兆毁掷欢书，竟拘魏主至三级佛寺中，把他缢死，年才二十四。越二年为魏主修太昌元年，始追谥为孝庄皇帝，庙号敬宗。

陈留王宽曾随魏主北行，也为兆所杀。兆自率众御步蕃，到了秀容，连战皆败，急遣使至晋州，向刺史高欢乞援。欢虽应召，沿途逗留，直至兆再三告急，方与兆会师平乐。步蕃乘胜进逼，欢约兆为后应，自当前锋。行至石鼓山，大破河西寇众，击死步蕃。兆大喜过望，即与欢约为兄弟，连宵宴饮，相得甚欢。恐要被他穿鼻了。且因葛荣余党，出没六镇，谋乱不止，特向欢问计。欢答道：“六镇叛众，不能尽歼，王何不选用心腹，使为统帅！如有叛乱，统帅连坐，叛乱自渐少了。”兆欣然道：“此计甚善！但何人可使？”旁座贺拔允接入道：“莫如高公！”道言未绝，那唇间已着了一拳，流血满口，折落一齿。看官道由何人所击？原来就是高欢。出人不料。欢既击落允齿，且厉声道：“天下事取舍在王，汝何得妄言！王宜速杀此人！”浑身是假，兆摇手道：“允言甚是，君何必作态？今日便分兵属君，统帅六镇。”正要你说出此语。欢尚饰词谦让，兆以欢为诚，越加信任，坚嘱勿辞。

酒阑席散，兆已醉枕座上，欢恐他醒后悔言，遂出谕大众，已受委统州镇兵，可集汾东受号令。乃即建牙阳曲川，部署兆军。军士素惮兆凶狠，情愿就欢，相率投效麾下。欢又请将并、肆降户，就食山东。兆信欢方深，又复依议。长史慕容绍宗道：“不可！不可！今四方纷扰，人怀异望，高公雄才盖世，若再使外握强兵，譬如蛟龙得云雨，尚肯受人约束么？”兆怫然道：“我与彼有香火重誓，何必过虑！”绍宗道：“亲兄弟尚不可信，何论一区区香火呢！”兆不禁动怒，便叱道：“你敢离间我友情么？”遂喝令左右，把绍宗牵禁狱中。全然是一卤莽汉。一面促欢就道。

欢自晋阳出滏口，正值尔朱荣妻，自洛阳行来，有良马三百匹。他即指麾军士，截夺良马，另用羸马掉换。荣妻未敢与争，只好入城报兆，兆始觉惊疑，释出慕容绍宗，再与商议。绍宗道：“欢去未远，还是掌握中物呢。”

兆乃自追欢至襄垣，适漳水暴涨，桥被冲坍，欢隔水拜语道："借马非有他意，实防山东盗贼，王乃信谗来追，欢何惜一死，但恐部众便要叛离了。"兆亦自明无他，复跃马渡水，与欢并坐帐前，拔刀授欢，引颈就斫。欢大哭道："自从天柱薨逝，贺六浑何所仰望，但愿大家千万岁，戮力同心，今奈何忽出此言！"兆乃投刀地上，复命斩白马，与欢为誓，且留宿夜饮。欢部下尉景，欲乘机执兆，欢啮臂戒谕道："今欲杀兆，彼党必并力来争，势不可敌；不若且从缓议。兆徒勇无谋，将来总为我所擒呢。"尉景乃止。

诘旦兆渡河归营，复召欢会谈。欢上马欲行，长史孙腾牵住欢衣，欢乃托词不赴。兆隔水责欢，说他负约，欢不与答语。兆亦无法，不得已驰还晋阳。

那尔朱世隆等镇守洛阳，屏除盗贼，流通商旅，恰尚能勉力维持。尔朱天光入会世隆，谈及新主元晔，未洽人望，不如更立近亲。世隆也以为然，郎中薛孝通入白天光道："何不改立广陵王？既属近支，又有令望，沉晦不言，多历年所，若奉以为主，必天人允叶了！"天光因告世隆，世隆道："广陵王数年不言，莫非真有喑疾不成？"天光道："且遣人试验真伪。"乃使尔朱彦伯往告广陵王，他竟说出"天何言哉"四字，才知他并非真瘖，实是"遵养时晦"的意思。彦伯返报世隆，世隆大喜，便决意改立广陵王。

究竟广陵王为谁？闻他单名是一恭字，就是孝文帝宏的侄儿，广陵王羽的嗣子。广陵王羽见四十二回中。从前元乂擅权，恭恐得祸，避居龙华寺，佯称瘖疾，谢绝交通。至永安年间，都下谣传，寺中有天子气，由魏主子攸遣人监束，并无异征，乃得免害。世隆等既议定废立，天光仍还雍州。同谋不同行，无非取巧。可巧长广王晔，来都定位，已至邙山南首，世隆亟遣泰山太守窦瑗，往启晔道："天意人心，俱属广陵，愿王行尧舜事，勿再迟疑。"晔不觉失色，满口支吾，瑗已怀着禅文，竟取出示晔，硬令署印。晔无法推托，只好照署，瑗即返示广陵王恭。恭尚奉表三让，及百官备驾恭迎，然后入宫即位，改建明二年为普泰元年。令黄门侍郎邢子才草撰赦文，文中叙及太原王荣枉死情状，魏主恭勃然道："永安手翦强臣，并非失德，不过因天未厌乱，所以遇着成济的遗祸呢。"成济弑曹髦见三国魏史中。因取笔自作赦文，节去尔朱荣死事。恭闭口八年，至是始言，中外推为明主，想望太平。改封长广王晔为东海王，余如乐平王尔朱世隆，颍川王尔朱兆，彭城王尔朱仲远，陇西王尔朱天光，常山王尔朱度律，各仍元晔时故封。车骑大将军高欢，及都督斛斯椿以下，各加六级。斛斯椿本为魏东徐州刺史，曾依附尔朱荣，荣受诛时，椿惧祸南奔，依附汝南王悦。悦曾奔梁见四十二回。及尔朱复盛，仍然北归，得为将军，这且待后再叙。

唯尔朱世隆等，请追赠尔朱荣，魏主恭赠荣为相国晋王，并加九锡。世隆意尚未足，再使百官议荣配飨。司直刘季明抗言道："今若配飨世宗，恪。时尚无功；配飨孝明，诩。亲害乃母；配飨先帝，子攸。为臣不终，下官谓无从配飨！"不愧司直。世隆发怒道："汝不怕死么？"季明道："下官既为议首，自当依礼直陈，不合尊意，翦戮唯命！"世隆倒被他驳倒，不敢加刑。但将荣配飨高祖即孝文帝。庙廷。又至首阳山立庙，就借周公庙旧址，重加建筑。庙貌甫成，偏被祝融氏收去。不可谓元圣无灵。世隆亦只好罢休。

尔朱兆以废晔立恭，事未预闻，将发兵攻世隆。世隆令彦伯前往调停，费了无数唇舌，才平兆怒，总算按兵不发，但已未免生嫌了。尔朱之败，已露端倪。

最可笑的是幽州刺史刘灵助，好谈术数，为尔朱荣所赏拔，得刺幽州。此时自加推算，逆料尔朱将衰。竟纠众为乱，自称燕王，声言为故主子攸复仇，且妄述图谶，谓刘氏当王。幽瀛沧冀四州愚民，多往奔投，灵助遂引众南下，进据博陵郡的安国城。

河北大使高乾兄弟，前曾奉遣至冀州，招募徒众，应前回。尔朱兆防他为变，特遣监军孙白鹞往冀州城，托言调发兵马，将掩捕高乾兄弟。乾瞧破机关，即与前河内太守封隆之等，袭据信都，击杀白鹞，奉隆之行州事，并为故主子攸举哀，缟素升坛，誓众讨尔朱氏。一面通书灵助，愿受节制。殷州刺史尔朱羽生，率兵袭击，及城中闻知，羽生兵已到城下。高敖曹不及擐甲，携槊上马，仅十余骑出城，冲入羽生军中，舞槊四刺，无人敢当。从骑亦皆死战，以一当百，顿时摧陷敌阵，纷纷窜散。高乾登城拒守，缒下五百人接应，那羽生已魂销胆落，逃回殷州去了。时人俱服敖曹骁勇，称为项籍再生。

偏高欢硬来出头，扬言将讨灭信都，信都人当然惊惶。高乾道："高晋州雄略盖世，岂肯长居人下！今日尔朱无道，弑君虐民，正是英雄立功的机会。他欲来此，必有深谋，我且前去谒他，定可无虞。"乃与封隆之子子绘，潜至滏口，迎见高欢。欢召入与语，乾乘机进言道："尔朱酷逆，痛结神人，凡有知识，莫不思奋。明公威德素著，天下归心，若兵以义动，无论如何倔强，不足敌公。敝州虽小，户口不下十万，赋税亦足济军资，愿公熟思，毋误事机！"欢见乾词气慷慨，语语动人，几乎相见恨晚，便促膝与谈，呼乾为叔，话至夜半，且引与同寝。

越宿先遣乾归，自引兵东向徐进。前驱遇着一人，乘露车，载素筝浊酒，投刺军前，自言愿谒见高公。当有军吏传报，欢略阅名刺，见是南赵郡太守李元忠数字。便道："这人是个酒鬼，见我何为？"说着，也不传见，又不拒绝。元忠待了片刻，不见复语，便下车独坐，酌酒擘脯，且饮且嚼。连饮了好几觥，乃复顾语军吏道："闻高公招延隽杰，故不惜来谒。今未见吐哺迎贤，慢士可知，请还我名刺，不劳再报！"军吏又复告欢，欢始命引入，尚是淡漠相遭。元忠再就车上取酒及筝，一面饮酒，一面弹筝，继以长歌。歌罢乃语欢道："天下事已可知，公尚欲事尔朱么？"欢答道："富贵皆因彼所致，怎敢不外彼尽节！"元忠喟然道："迂拘小谨，怎得称为英雄！"狂态嫚语，仿佛三国时之祢衡。嗣又问及高乾兄弟，曾来过否？欢诈言未来。元忠又道："公果是真语呢？还是假语呢？"欢微哂道："赵郡醉了。"因使人扶出。元忠不肯起，长史孙腾进言道："此君系天遣至此，愿公勿违。"欢乃复与问答，元忠慨陈时事，呜咽流涕。欢亦不觉动容。元忠因进策道："河北形势，莫如冀、殷，殷州城小，又无粮仗，不足济大事，最好是往就冀州，高乾兄弟必倾心事公，殷州便可赐委元忠。冀、殷既合，沧、瀛、幽、定自然弭服了。"欢闻言起座，握元忠手，亲为道歉，留诸幕下，与谈数日，方令归图殷州，自率众至信都。

隆之与乾，开门纳欢。敖曹正在外略地，未预乾议，闻乃兄迎欢入城，嗤为妇人，即遗兄布裙。欢素知敖曹勇悍，加意笼络，特遣长子澄往见敖曹，执子孙礼，敖曹乃与澄俱来。欢格外优待，敖曹方无异言。

乾与隆之，本依附刘灵助，既迎高欢为主帅，便与灵助断绝往来。魏亦使大都督侯渊，骠骑将军叱列延庆，往讨灵助。灵助尝自占道："三月末旬，必入定州。"渊至固城，用延庆计，伪言将西入关中，暗中却简选精骑，昏夜疾驰，直入灵助垒中。掩他不备，得将灵助首级取来，函入定州，正值三月末日。灵助只算得半着，平白地丧了性命。

魏廷既讨平灵助，复欲规划冀州，阳赐高欢为渤海王，征令入朝。看官，试想此时的高欢，还肯应命入都，再受尔朱氏的暗算么？尔朱世隆升授太保，专揽朝纲，尔朱兆兼督十州军事，奄有并汾，尔朱天光加位大将军，专制关右，尔朱仲远徙镇大梁，复加兖州刺史，性最贪暴，境为富室，往往诬他谋反，取男子投入河流，籍没妇女财产，悉入私家，所入租税，亦未尝解送洛阳。东南州郡，畏仲远似虎狼，恨不即日诛殛。只因尔朱势盛，未敢反抗，没奈何忍气吞声。即为尔朱灭亡张本。独高欢养士缮甲，招兵抚民，将与尔朱氏决一雌雄，蓄锐以待，所以魏廷征令入朝，当然托辞不至。魏廷亦无可如何，只好设法羁縻，授欢为大都督东道大行台，领翼州刺史。征朝不至，反授重寄，尔朱氏未亡先馁，衰兆已见，魏主恭亦安得为英主耶！

欢益起雄心，再加部将斛律金、库狄干，及妻弟娄昭，姊夫段荣，从旁怂恿，劝他速讨尔朱。欢乃诈为尔朱兆书，谓将遣六镇人刺配契胡，众皆忧惧。又伪示并州符檄，征兵讨步落稽。亦胡人之一种。因调发万人出郊，由欢亲自送行，洒泪叙别，大众号恸，声震原野。欢且泣且谕道："我与尔等均为羁客，义同一家，不意在上征发如此！今若西向，一当死；后军期，二当死；配国人，三当死。奈何奈何？"大众齐声道："只有造反一法。"逼出一个反字。欢皱眉道："造反二字，实非美名，必不得已，亦须推一人为主帅。"大众闻言，当然推欢。欢又叹道："尔等独不见葛荣么？有众百万，散漫无纪，终致败亡。今若推我为主帅，当听我号令，毋陵汉人，毋违军律！否则我不能为天下笑呢。"众皆叩首道："死生唯命。"欢乃椎牛飨士，起兵信都，但尚未敢显斥尔朱。

会李元忠起兵逼殷州，劝令高乾率众往应。乾佯言是赴救殷州，单骑入见尔朱羽生，与谋战守事宜。羽生即偕乾出御元忠，乾觑隙刺死羽生，与元忠会师，持羽生首胁降州民，遂留元忠守殷州，自携首级报欢。欢抚膺道："今日只好决计造反了！"乃令元忠为殷州刺史。随即表闻魏廷，历举尔朱氏罪状，抗辞声讨。

尔朱世隆匿表不通，但奏称高欢造反，于是尔朱兆、尔朱仲远、尔朱天光、尔朱度律等，皆受命讨欢，由世隆居中调度。狼子狼孙，一齐出来，煞是热闹。欢闻尔朱氏一齐来攻，当然要部署兵马，出御各军。

忽有一人满身衰绖，踉跄至军门，求见高欢。欢一见名刺，即命召入。

那人到了案前，匍匐地上，放声大哭。欢亦泪下，自起扶持，令他起坐。与见李元忠时又是一种写法。那人尚流涕道："一家百口，尽毙贼臣手中，闻明公起义兴师，所以奔波至此，愿效犬马，图报大仇！"欢叹息道："君家世忠孝，乃为逆贼所屠，可悲可恨，我正为此起事，天道有知，必不使逆贼漏网哩！"遂面授行台郎中，令他参议军情。

看官道此人为谁？原来是魏司空杨津子愔。津长兄名播，次兄名椿，皆仕魏有名。播性刚毅，椿津谦恭，家世孝友，缌服同爨，男女百口，人无间言。椿津位至三公，一门七郡太守，三十二州刺史。播先病逝，子侃曾为侍中，与杀尔朱荣。见前回。尔朱兆入洛，侃逃归华阴故里，尔朱天光佯言赦侃，召令出仕，侃明知有诈，但尚望保全百口，宁糜一身。乃即出应召，果为天光所杀。时杨椿亦已致仕，与子昱同返华阴。椿弟冀州刺史顺，顺子东雍州刺史辩，正平太守仲宣，皆在洛阳，就是司空津，亦留居都中。尔朱氏恨侃切齿，甚至欲屠戮全家，乃由世隆出奏，诬言杨氏谋反，请一律捕治。魏主恭不肯依议，偏经世隆固请，乃命有司检案以闻。世隆遽遣兵围津第，屠戮无遗。原来天光亦发兵至华阴，把杨氏一门老小，杀得精光。只有杨愔在外，幸得脱逃，奔至信都谒欢。尚留杨愔一人，未始非孝友之报，然亦惨矣。

愔颇有才智，为欢谋议，甚得欢心。欢因将文檄教令等件，一概委愔，但令咨议参军崔㥄，作为副手。愔下笔千言，词多慨切，一经颁布，无不传诵，于是尔朱氏罪恶，遐迩共知。尔朱兆出攻殷州，李元忠独力难支，弃城奔信都。酒鬼究属无用。尔朱仲远及尔朱度律，与将军斛斯椿、贺拔胜、贾显智等，亦进军高平，欢颇以为忧。

长史孙腾献议道："今朝廷隔绝，号令无所禀承，众将沮散，不如先立元氏宗亲，维系众志。"此策实属无谓。欢不能无疑，腾一再固请，乃奉渤海太守鲁郡王元朗为帝。朗系景穆太子晃玄孙，父为章武王融，至是迎入信都，即皇帝位，改元中兴。命高欢为侍中丞相，都督中外诸军事，高乾为侍中司空，高敖曹为骠骑大将军，领冀州刺史，孙腾为尚书左仆射，魏兰根为右仆射。欢既受命统军，指日出征，用了一条反间计，遂令尔朱氏自相猜忌，走仲远、度律，并大破兆军。小子有诗叹尔朱氏道：

人生兴废本无常，一姓争荣一姓亡；

自古强宗无不覆，祸根多半起参商。

究竟高欢计策若何，请看下面第五十一回。

本回述高氏得势之由来，即北齐开国之动机，无尔朱氏之乱魏，则高氏不得兴；无尔朱氏之举兵相委，则高氏亦不得兴。谚有之：乱世出英雄。高欢其果为乱世之英雄乎？彼尔朱子弟，皆非欢敌，尔朱荣固已逆料之矣。尔朱将佐只有一慕容绍宗，而不能用。贺拔兄弟反复无常，皆不足取。欢则蓄甲养士，疏狂如李元忠而优容之，悍戾如高敖曹而礼遇之，迹其所为，仿佛魏武，宜乎乘时崛起，而为一世雄也。然尔朱氏目无长上，置君如弈棋，倏废倏立，致当时目为乱贼，而高欢亦从而蹈之，为义不忠，以暴易暴，欢之与尔朱相去，得毋所谓不能以寸耶！

历朝通俗演义 第四部

南北史通俗演义

（下）

蔡东藩 著

中国书店

第五十一回　战韩陵破灭子弟军 入洛宫淫烝大小后

却说高欢自信都发兵，出御尔朱氏各军。因闻尔朱势盛，颇费踌躇。参军窦泰劝欢用反间计，使尔朱氏自相猜疑，然后可图。欢乃密遣说客，分途造谣，或云世隆兄弟阴谋杀兆，或云兆与欢已经通谋，将杀仲远等人。兆因世隆等擅废元晔，已有贰心，至是得着谣传，越发起疑，自率轻骑三百名，往侦仲远。仲远迎他入帐。他却手舞马鞭，左右窥望。仲远见他意态离奇，当然惊讶，彼此形色各异。兆不暇叙谈，匆匆出帐，上马竟去。确是粗莽气象。仲远遣斛斯椿、贺拔胜追往晓谕，反为所拘。仲远大惧，即与度律引兵南奔。狼怕虎，虎怕狼，结果是同归于尽。

兆既执住椿、胜，怒目叱胜道："汝有二大罪，应该处死！"胜问何罪？兆厉声道："汝杀卫可孤，罪一；卫可孤为拔陵将，与兆何与？兆乃指为胜罪，一何可笑！天柱薨逝，尔不与世隆等同来，反东击仲远，罪二；杀可孤事见四十六回，击仲远事见四十九回。我早欲杀汝，汝尚有何言？"胜抗言道："可孤乃是贼党，胜父子为国诛贼，本有大功，怎得为罪？天柱被戮，是以君诛臣，胜当时知有朝廷，不暇顾王，今强寇密迩，骨肉构隙，不能安内，怎能御外？胜不畏死，畏死不来，但恐大王未免失策啰。"兆闻胜言，恰是有理，倒也不欲下手，再经斛斯椿婉言劝解，乃释二人使归，自待高欢厮杀。

欢尚恐众寡不敌，更问段荣子韶，韶答道："尔朱氏上弑天子，中屠公卿，下虐百姓，王以顺讨逆，如汤沃雪，怕他什么！"欢又道："若无天命，终难济事！”韶申说道：“尔朱暴乱，人心已去，天从人愿，何畏何疑！”欢乃进至广阿，与兆一场鏖斗，果然兆军皆溃，兆亦遁走，俘得甲士五千余人，随即引兵攻邺。

相州刺史刘诞婴城固守，相持过年，欢掘通地道，纵火焚城，城乃陷没。刘诞受擒，欢授杨愔为行台右丞，即令愔表达新主元朗，迎入邺城。朗至邺后，进欢为柱国大将军，兼职太师，欢子澄为骠骑大将军。

尔朱世隆闻欢得邺城，当然忧惧，急忙卑辞厚礼，向兆通诚，与约会师攻邺。并请魏主恭纳兆女为后，兆乃心喜，更与天光、度律，申立誓约，复相亲睦。斛斯椿与贺拔胜，自兆处释归，仍入尔朱军。椿密语胜道：“天下皆怨恨尔朱，我辈若再为所用，恐要与他同尽了，不如倒戈为是。”胜答道：“天光与兆，各据一方，去恶不尽，必为后患，如何是好！”椿笑道：“这有何难！看我设法便了。”妙有含蓄。遂入见世隆，劝他速邀天光等，共讨高欢。世隆自然听从，立即遣人征召天光。

天光意存观望，延不发兵，斛斯椿自愿西往，兼程入关，进见天光道：“高欢作乱，非王不能平定，王难道坐视不成？高氏得志，王势必孤，唇亡齿寒，便在今日。”天光瞿然道：“我亦正思东出哩。”时贺拔岳为雍州刺史，天光召与熟商，岳献议道：“王家跨据三方，士马强盛，料非高欢所能敌。诚使戮力同心，往无不胜。今为王计，莫若自镇关中，固守根本，分遣锐卒，与众军合势，庶进可破敌，退可自全。”若用岳言，天光何致遽死？天光颇欲从岳，偏斛斯椿力请自行，乃留弟尔朱显寿守长安，自引兵赴邺城。椿即返报世隆，世隆亟檄兆与仲远两军，同会天光，又遣度律自洛往会。于是四路尔朱军，陆续到邺，众号二十万，列着洹水两岸，扎满营垒，如火如荼。返跌下文。

高欢尽起徒众，步兵不满三万人，骑兵不过二千，此时既遇大敌，只好一齐调出，往屯紫陌。时封隆之已升任吏部尚书，留使守邺，欢亲出督师。高敖曹进官都督，也率里人王桃汤等三千人从欢。欢见敖曹部曲，统系汉人，恐未足济事，欲分鲜卑兵千余人，接济敖曹。敖曹道：“兵与将贵相熟习，鲜卑兵素不相统，若羼杂旧部，适起争端，反足碍事，不如各专责成为是。”我亦云然。欢乃罢议，便在韩陵山下设一圆阵，后面用牛驴连系，自塞归路，以示必死。尔朱兆出营布阵，召欢答话，问欢何故背誓？

欢应声道：“我与汝前曾立誓，共辅帝室，今天子何在？”兆答道：“永安枉害天柱，我出兵报仇，何必多议！”欢又道：“君要臣死，不得不死！况天柱未尝不思叛君，罪亦应诛，何足言报？今日与汝义绝了！”说着，即擂鼓开战。欢自将中军，高敖曹将左军，欢从父弟岳将右军，各奋力向前，拼死决斗。兆为前驱，天光、度律为左右翼，仲远为后应，仗着兵多将众，包抄过来，恰是厉害得很，且专向中军杀入，意欲取欢。欢虽督众死战，怎奈敌势凶猛，实在招架不住，前队多被杀伤，后队未免散步。高岳、高敖曹两军，未曾吃紧，岳遂抽出五百锐骑，直冲尔朱兆，敖曹亦率健骑千人，横击尔朱左右翼。别将斛律敦收集散卒，绕出敌军后面，攻击仲远。尔朱各军，各自受敌，便皆骇奔。欢见他阵势分崩，麾众皆进，大破尔朱军，贺拔胜与徐州刺史杜德解甲降欢。兆知不可敌，对着慕容绍宗，抚膺太息道：“不用公言，乃竟至此！”说着便驱马西走。勇而寡谋，实是无用。还亏绍宗返旗鸣角，取拾溃兵，始得成军退去。仲远亦奔往东郡，度律、天光逃向洛阳。

都督斛斯椿语别将贾显度、显智道：“尔朱尽败，势难再振，今不先执尔朱氏，我辈将无噍类了。”乃夜至桑下立盟，倍道先还，入据河桥，把尔朱氏的私党，一并捕戮。度律、天光闻变，整兵往攻，适值大雨倾盆，士卒四散，两人只率数十骑，拖泥带水，向西窜去。斛斯椿遣兵追捕，捉住度律、天光，解至河桥。再由贾显智等入袭世隆，也是马到擒来。尔朱彦伯入直禁中，闻难出走，同为所执，与世隆牵至阊阖门外，枭了首级，送往高欢。就是度律、天光两人，虽尚未死，也被械送入邺，归欢处治。欢将二人暂系邺城。

魏主恭使中书舍人卢辩，赍敕劳欢。欢使见新主元朗，辩抗辞不从。欢不能夺志，遣令还洛。尔朱部将侯景，本与欢并起朔方，辗转投入尔朱军，至是仍奔邺依欢。不略侯景，为下文伏案。还有雍州刺史贺拔岳，闻天光失败，亦生变志，商诸征西将军宇文泰。泰为征西将军，见四十九回。泰劝岳径袭长安，并为岳至泰州，诱约刺史侯莫陈悦，一同会师，直抵长安城下。长安留守尔朱显寿见上。猝闻敌至，一些儿没有防备，只好弃城东走。泰等追至华阴，得将显寿擒住，送与高欢。欢令岳为关西大行台，泰为行台左丞，领府司马。嗣是泰在岳麾下，事无巨细，悉归参赞。这且待后再表。

且说高欢奉主元朗，自邺城出发，将向洛阳。行至邙山，又复变计，密与右仆射魏兰根商议，谓新主元朗，究系疏族，不如仍奉戴元恭。兰根道："且使人入洛觇视，果可奉立，再决未迟。"欢即使兰根往观。及兰根返报，主张废恭。看官道是何因？原来魏主恭丰姿英挺，兰根恐他将来难制，所以不欲奉戴。欢召集百官，问所宜立，太仆綦母儁称恭贤明，宜主社稷。黄门侍郎崔㥄作色道："必欲推立贤明，当今莫若高王！广陵本为逆胡所立，怎得尚称天子？若从儁言，是我军到此，也不得为义举了！"好一只高家狗。欢乃留朗居河阳，自率数千骑入洛都。

魏主恭出宫宣慰，由欢指示军士露刃四逼，竟将魏主恭拥入崇训寺中，把他锢住。自己仗剑入宫，拟往杀尔朱二后。

小子前曾叙过，魏主子攸，纳尔朱荣女为后，魏主恭复纳尔朱兆女为后，当时宫中有大尔朱后小尔朱后的称呼。尔朱兆入洛时，尝污辱嫔御妃主，只因大尔朱后为从妹，当然不好侵犯，仍令安居，至广陵王恭入嗣，大尔朱后尚留宫内，未曾徙出。既而兆女为后，与大尔朱后有姑侄谊，彼此素来熟识，更兼亲上加亲，格外和好，不愿相离。偏偏高欢发难，把尔朱氏扫得精光，死的死，逃的逃，单剩姑母侄女，在宫彷徨，相对唏嘘。总叙数语，贯串前后。不料魏主恭又被劫去，累得这位小尔朱后越加惊骇，忙至大尔朱后宫寝中，泣叙悲怀，不胜凄惋。大尔朱后亦触动愁肠，潸然泪下。

正在彼此呜咽的时候，忽有宫人奔入道："不好了！不好了！高王来了！"这语未毕，小尔朱后已吓做一团，面无人色。还是大尔朱后芳龄较长，究竟有些阅历，反收了泪珠儿，端坐榻上。才经片刻，果见高欢仗剑进来。大尔朱后不待开口，便正色诘问道："你莫非是贺六浑么？我父一手提拔，使汝富贵，汝奈何恩将仇报，杀死我伯叔兄弟？今又来此，难道尚欲杀我姑侄不成！"欢见她柳眉耸翠，杏靥敛红，秀丽中现出一种威厉气象，不由的可畏可慕。旁顾小尔朱后，又是颤动娇躯，别具一种可怜情状。当下把一腔怒气，化为乌有，唯对着大尔朱后道："下官怎敢忘德！当与卿等共图富贵。"不呼后而呼卿，意在言中。语毕，仍呼宫人等好生侍奉，不得违慢。随即趋出，派兵保护宫禁，不得损及一草一木，违令处死。

当下与将佐议及废立事宜，将佐等不发一言，欢独说道："孝文帝为一代贤君，怎可无后！现只有汝南王悦，尚在江南，不如遣人迎还，使承大业。”将佐等唯唯如命，乃即派使南下迎悦。舍近就远，究为何意，看官试阅下文。

斛斯椿私语贺拔胜道：“今天下事在尔我两人，若不先制人，将为人制。现在高欢初至，正好趁势下手，除绝后患。”胜劝阻道：“彼正立功当世，如欲加害，未免不祥。”椿尚未以为然。嗣与胜同宿数宵，胜再三谏止，椿乃不行。

那高欢借迎悦为名，乐得安居洛都，颐指气使，享受一两月的尊荣。就中有一段欢娱情事，也得称愿，真是心满意足，任所欲为。天未厌乱，故淫人得以逞志。原来欢本好色，前娶娄氏为妻，却是聪明伶俐，才貌双全，所以伉俪情深，事必与议，女子好时无十年，免不得华色渐衰，未餍欢欲。欢娶娄氏，见四十四回。欢又屡出从军，做了一个旷夫，见有姿色妇女，当然垂涎。不过位置未高，尚是矜持礼法，沽誉钓名。到了战败尔朱，攻入邺城，威望已经远播，遂不顾名义，渐露骄淫。相州长史游京之有女甚艳，为欢所闻，即欲纳为妾媵，京之不允，欢令军士入京之家，硬将京之女抢来，迫令侍寝。一介弱女，如何抗拒，只得委身听命，供他受用。京之活活气死。

及欢自邺入洛，本意是欲斩草除根，杀毙尔朱二后，嗣见二后容貌，统是可人，便将杀心变作淫心。每日着人问候，加意奉承，后来渐渐入彀，索性留宿宫中。大尔朱后原没甚气节，既做了肃宗诩的妃嫔，复改醮庄宗子攸，册为皇后，此时何不可转耦高欢？而且高欢见了大尔朱后，把平时雄纠纠的气象，一齐销熔，口口声声，自称下官，我我卿卿，誓不薄幸。大尔朱后随遇而安，就甘心将玉骨冰肌赠与老奴。小尔朱后也是个水性杨花，便跟了这位姑母娘娘，一淘儿追欢取乐。再经高欢是个伟男子，龙马精神，一夕能御数女，兼收并蓄，游刃有余，于是大小尔朱后，又俱做了高王爷的并头莲。尔朱氏真是出丑。高欢一箭双雕，快乐可知。

光阴似箭，倏忽兼旬，汝南王悦已自江南至洛。欢又不愿推立，说他素好男色，不礼妃妾，性情狂暴，及今未悛，不堪继承大统，乃另求孝文嫡派，奉为魏主。

是时魏宗诸王，多半逃匿，独孝文孙平阳王修，为广平王怀第三子，匿居田舍，竟被访着。欢使斛斯椿往见。椿知员外散骑侍郎王思政，为修所亲，乃特邀与同行，见修行礼，说明来意。修不禁色变，问思政道：“得毋卖我否？”思政答了一个不字。修又问道：“可保得定么？”思政又道：

“变态百端，未见得一定可保哩！”确是真言。斛斯椿在旁，却为欢表诚，谓无他意。修支吾不决，椿即返报高欢。

欢便遣四百骑迎修入都，相见帐下，涕泣陈情。修自言寡德，欢再拜固请，修亦答拜。当下进汤沐，出御服，请修装束停当，彻夜严警。诘旦命百官入谒，由斛斯椿奉表劝进。修令思政取表，瞧阅一周，顾语思政道：“今日不得不称朕了！”欢又遣人至河阳，迫元朗作禅位书，持入示修。一面筑坛东郭，出郊祭天。还御太极殿，受群臣朝贺。

礼毕升阊阖门，下诏大赦，改元太昌。命高欢为大丞相天柱大将军太师，世袭定州刺史。欢子澄加侍中开府仪同三司。从前尔朱党中的侍中司马子如，与广州刺史韩贤，与欢有旧，所以子如虽已出刺南岐州，仍由欢召回，委充大行台尚书，参军国事，韩贤任职如故。余如尔朱氏所除官爵，一概削夺。另派前御史中尉樊子鹄，兼尚书左仆射，为东南道大行台，与徐州刺史杜德，往追尔朱仲远。仲远已窜往梁境，寻即病死，乃命樊杜等移攻谯城。

谯郡曾为魏所据，梁主衍特遣降王元树，乘魏内乱，占夺谯郡。树为魏咸阳王禧第三子，因父罪奔梁，受封邺王。禧被诛事。见四十一回。此时踞住谯城，屡扰魏境，魏因遣樊杜二将往攻。元树坚守不下，樊子鹄使金紫光禄大夫张安期，入城游说，勖以无忘祖国，树乃愿弃城南还。安期返报子鹄，子鹄佯为允诺，诱令出城，杀白马为盟。誓言未毕，那杜德竟麾兵围树，把树擒送洛阳，迫令自尽。子鹄等便即班师。已而杜德忽发狂病，喧呼元树打我，至死犹不绝口，身上俱成青黑色。子鹄亦不得善终，冤冤相报，不为无因。劝人莫做亏心事。

高欢因谯郡已平，拟即还镇，但尚虑贺拔岳雄踞关中，未免为患，乃请调岳为冀州刺史。魏主修当即颁敕，敕使入关，与岳相见。岳即欲单骑入朝，右丞薛孝通问岳道：“公何故轻往洛都？”岳答道：“我不畏天子，但畏高王！”孝通道：“高王率鲜卑兵数千，破尔朱军百万，威势烜赫，原是难敌，但人心究未尽服。尔朱兆虽已败走，尚在并州，余众不下万人，高王方内抚群雄，外抗劲敌，自顾不暇，有什么工夫来争关中！公倚山为城，凭河为带，进可控山东，退可封函谷，奈何反甘为人制呢？”岳矍然起座，握孝通手道：“君言甚是！我决不南行了。”遂遣还敕使，并逊辞为启，复奏朝廷。

高欢亦无可如何，便整装还邺。先挈大小尔朱后出宫，派兵载归，并访得任城王妃冯氏，城阳王妃李氏，青年嫠居，都生得国色天姿，不同凡艳，当下遣兵劫至，不管从与不从，一并带回邺中。也好算得惠及怨女。魏主修亲自饯行，出城至乾脯山，三樽御酒，一鞭斜阳，这大丞相天柱大将军太师高王毕饮辞行，向东北去讫，魏主修也即还宫。

过了旬日，邺中解到尔朱度律及尔朱天光二犯，由魏主命即正法，骈戮市曹。于是尔朱子弟，只剩一尔朱兆，由晋阳遁至秀容，负嵎自固。高欢一再声讨，师出复正，直至次年正月，潜遣参军窦泰，带领精骑，日夜行三百里，直抵秀容，欢复率大军继进。兆正在庭中宴会，突闻欢军驰至，仓皇惊走，当被窦泰追杀一阵，众皆溃散。兆只挈数骑遁去，爬过赤洪岭，窜入穷谷，见前后统是峭壁，几乎无路可奔。兆下马长啸数声，拔剑杀死乘马，解带悬树，自缢林中。部将慕容绍宗收众降欢，欢厚待绍宗，并厚葬兆尸。并州告平，尔朱军皆尽。唯尔朱荣子文畅、文略，由欢挈归，仍给厚俸。看官，你道高欢果真不忘旧德，无非顾着大小尔朱面上，所以格外周全呢。小子有诗叹道：

甘将玉体事仇雠，国母居然愿抱裯；
虽是保家由二女，洛波难洗尔朱羞！

欢既平兆，上书告捷。魏主当然优奖，欢反表辞天柱大将军名号。是否得邀俞允，容待下回说明。

尔朱氏以二十万众夹击邺城，高欢以三万人御之。众寡悬殊，欢似有败而无胜，乃韩陵一战，胜负之数，反不如人所料，此非欢之能灭尔朱，实尔朱之自取覆亡也。天道喜谦而恶盈，如尔朱氏之所为，骄盈极矣，虽欲不败，乌得而不败！智如曹操，犹熸于赤壁，强如苻坚，犹覆于彭城，况如尔朱氏者，而能不同就败亡耶？唯欢之骄恣，不亚尔朱，尔朱立晔而复废晔，欢亦立朗而复废朗，晔朗俱无过可指，忽立忽废，其道何在？借曰疏远，则推立之始，胡不审慎若是！且入洛以后，举大小尔朱后而尽烝之，二后虽亦无耻，为尔朱家增一丑秽，然欢尝臣事二主，奈何敢宣淫宫掖耶？去一尔朱，又生一尔朱，是又关于元魏之气运，非仅在二族之兴亡已也。

第五十二回　梁太子因忧去世　贺拔岳被嫌丧身

却说魏主修接阅欢表，见他词意诚恳，坚请辞去天柱名号，料知欢借鉴尔朱，不愿有此称呼，因即优诏允许。唯魏主恭尚幽居崇训寺，朗自河阳入都，受封为安定王。嗣主修势不相容，先议除恭，次议除朗。恭在寺中赋诗云："朱门久可患，紫极非情玩，颠覆立可待，一年一易换，时运正如此，唯有修真观！"这诗一传，益触时忌。即由魏主修派遣心腹，导恭入门下外省，逼令服毒自尽，时年三十五，葬用殊礼。过了旬月，安定王朗亦被鸩死，年只二十。既而又将东海王晔，汝南王悦，一并加害。总道是嫌疑尽去，当可高枕无忧，哪知当时的大患，不在宗室，却在强藩！平白地残害同宗，究竟有什么好处？为魏主修下一定评。史家称恭为前废帝，朗为后废帝，独晔为尔朱氏所立，称帝不过三月，所以不入帝纪。至西魏摈斥高欢，连元朗亦被削去，但追谥恭为节闵帝，所以后人作北魏世系图，仅列前废帝恭，未及后废帝朗。梳栉详明。

事已叙过。且说魏主修已经定位，所有宗室诸王渐次还朝，诣阙进谒。淮阳王欣，赵郡王谋，俱系献文帝弘孙，为魏主修从叔。欣系广陵王羽子，谌系赵郡王幹子。南阳王宝炬，京兆王谕子。清河王亶，清河王怿子。俱系孝文帝宏孙，为魏主修从兄弟。魏主修授欣为太师，谌为太保，宝炬为太尉，亶为骠骑大将军，兼官司徒，侍中长孙稚为太傅。追谥魏主子攸为孝庄帝，葬宣武皇后胡氏，就是从前两次临朝的胡太后。胡太后被尔朱荣沉死，遗尸收殡双灵寺中，至此乃得安葬，仍用后礼，加谥曰灵。补叙胡太后葬谥，笔不渗漏。又追尊皇考广平王怀为武穆帝，皇太妃冯氏为武穆后，皇妣李氏为皇太妃。迎丞相欢女高氏为皇后，遣使纳币。

高欢时已徙居晋阳，特建大丞相府，坐镇西北。朝使到了晋阳，由欢迎见，彼此乃是故交，握手言欢，很是亲昵。看官道来使为谁？原来就是李元忠。见五十回。元忠曾随欢入洛，留任太常卿，此次充纳币使，正是魏主修因事择人。欢从容与宴，述及旧事，元忠连饮数巨觥，酒鬼作冰上人，恰合身分。方笑语道："昔日与王起义，却是轰轰烈烈，很有趣味，近来寂寞得很，无人过问，倒弄得郁郁寡欢了！"欢亦大笑，指示旁座道："此人逼我起兵。"元忠戏言道："若不令我为侍中，当别求起义的地方。"欢亦戏应道："起义原无止境，但虑如此老翁，不可再遇！"元忠道："正为此老翁不可多得，所以不去。"说着，起座捋欢须，大笑不已。欢亦知他意诚，殷勤款待。元忠复坐下酣饮，直至夜静更阑，方才罢席。一住数日，大宴小宴，几不胜计，乃迎欢女至洛阳，诹吉行册后礼。仪文隆备，龙凤呈祥，不消细说。

小子因魏乱迭起，梁尚太平，所以连叙魏事，几把梁朝情事，搁起不提。此处不得不将梁廷要事，约略叙入。却是要紧。

梁主衍篡齐据国，已过了三十年，改元约有数次。天监十九年，改元普通，普通八年，改元大通，大通二年，又改元为中大通。中大通元年以前，事已略见上文，就是图洛纳颢，功败垂成。陈庆之狼狈奔还，也是中大通元年事。见四十八回。陈庆之为南朝骁将，败归后不闻加谴，仍得任右卫将军。平时尝语散骑常侍朱异道："我前谓大江以北，必无异人，哪知到了洛阳，衣冠文物，几非江东可及，才知北朝实未可轻图呢？"异正以经术邀宠，入参机密，梁祸始自朱异，故特别提出。既闻庆之言论，便即转告梁主，梁主乃稍戢雄心，不复北略。

是年冬季，妖贼僧强，起乱北徐州，自称天子，土豪蔡伯龙纠众响应，竟将北徐州城占去。还亏庆之出镇北兖州，就近讨贼，擒斩僧强蔡伯龙，克日肃清。先是庆之在洛，曾与萧赞通书，劝令回国，赞即梁主次子豫章王综，见四十六回。降魏后得任职司徒，且尚魏主子攸姊寿阳公主。时方出镇齐州，故庆之致书相劝，赞复答庆之，颇愿南归。嗣因庆之奔归，遂不果行。及尔朱发难，齐州归附尔朱兆，赞走死阳平。梁人窃赞柩归南，梁主衍尚葬以子礼。不意假子去世，真子也接踵而亡。而且还是一位贤明仁孝的储君，竟致不禄，害得梁主衍晚年哭子，几乎丧明。

梁主长子名统，即位初年，便立为太子。见前文。统幼年聪叡，三岁受《孝经》《论语》，五岁能遍诵五经，十余岁尽通经义。又善评诗文，每出游宴，祖道赋诗，动辄数十韵，随口吟成，不劳思索。天监十四年，始行冠礼，梁主使省录朝政，辨析诈谬，秋毫必睹。但徐令改正，未尝纠弹一人。平断刑狱，往往全宥，士民交称为仁慈，更且宽和容众，喜怒不形，好引才俊，不蓄声伎。每遇霪雨积雪，必遣左右巡行闾巷，赈济贫寒。平居在东宫坐起，面常西向，不敢乱尊。入朝必在五鼓以前，守待殿外，毫无倦容。至普通七年，生母丁贵嫔有疾，亟入宫侍奉，夜不解带。贵嫔薨逝，水浆不入口，腰带十围，减削过半。梁主屡遣使戒谕，劝进饮食，统稍食饘粥，日止数合，不尝兼味。至葬后始进麦粥一升。唯贵嫔葬后，有一道士操堪舆术，谓将来不利长子，宜预先厌禳，乃为蜡鹅及诸物，埋藏墓侧。

宫监鲍邈之初得太子亲信，后忽见疏，进蜜白梁主，谓太子有厌祷事。梁主遣人发掘，果得鹅物，免不得惊疑交集，便欲付有司穷治。幸经右光禄大夫徐勉固谏，乃止诛道士，不问太子。道士欲为太子厌祷，何不先自禳灾，乃致轻生若此！太子虽幸得无事，但终身引为惭恨，闷闷不乐。到了中大通三年，竟生就一种绝症，病不能兴。唯尚恐乃父增忧，奉敕慰问，尚力疾书启，不假人手。既而疾笃，左右欲入白梁主，尚摇手戒止道："奈何使至尊知我如此。"是仅得谓之小孝。未几即殁，年才三十一。梁主亲幸东宫，临哭尽哀，殓用衮冕，谥曰昭明。司徒左长史王筠，奉敕为哀册文，词甚悱恻，由小子节录如下：

> 式载明两，实唯少阳，既称上嗣，且曰元良。仪天比峻，俪景腾光，奉祀延福，守器传芳。睿哲应期，旦暮斯在，外弘庄肃，内含和恺。识洞机深，量苞瀛海，立德不器，至功弗宰。宽绰居心，温恭成性，循时孝友，率由严敬。咸有种德，惠和齐圣，三善递宣，万国同庆。轩纬掩精，阴羲弛极，缠哀在疚，殷忧衔恤。孺泣无时，蔬饘不溢，禫遵逾月，哀号未毕。实唯监抚，亦嗣郊禋，问安肃肃，视膳恂恂。金华玉藻，玄驷班轮，隆家干国，主祭安民。光奉成务，万机是

理，矜慎庶狱，勤恤关市。诚存隐恻，容无愠喜，殷勤博施，绸缪恩纪，爱初敬业，离经断句。奠爵崇师，卑躬待傅，宁资导习，匪劳审谕，博约是司，时敏斯务。辩究空微，思探几赜，驰神图纬，研精爻画。沉吟典礼，优游方册，餍饫膏腴，含咀肴核。括囊流略，包举艺文，遍该湘素，殚极邱坟，卷帙充积，儒墨区分，瞻河阐训，望鲁扬芬。吟咏性灵，岂唯薄技！属词婉约，缘情绮靡。字无点窜，笔不停纸，壮思泉流，清章云委。总览时才，网罗英茂，学穷优洽，辞归繁富。或擅谈丛，或称文囿。四友推德，七子惭秀。望苑招贤，华池爱客，托乘同舟，连舆接席。摛文掞藻，飞觞汎酹，恩隆置醴，赏逾赐璧。徽风遐被，盛业日新，神器非重，德輶易遵。泽流兆庶，福降百神，四方慕义，天下归仁。云物告征，祲沴褰象，星埋恒耀，山颓朽坏。灵仪上宾，德音长往，具僚无荫，咨承安仰。呜呼哀哉！皇情悼愍，切心缠痛，胤嗣长号，跗萼增恸。慕结亲游，悲动氓众，忧若殄邦，惧同折栋。呜呼哀哉！首夏司开，麦秋纪节，容卫徒警，菁华委绝。书幌空张，谈筵罢设，虚馈馔馔，孤灯翳翳。呜呼哀哉！简辰请日，筮合龟贞，幽埏夙启，玄宫献成。式校齐列，文物增明，昔游漳滏，宾从无声，今归郊郭，徒御相惊，呜呼哀哉！背绛阙以远徂，辚青门而徐转，指驰道而讵前，望国都而不践。陵修阪之威夷，遡平原之幽缅，骥蹀足以酸嘶，挽凄怆而流泫。呜呼哀哉！混哀音于箫籁，变愁容于天日，虽夏木之森阴，返寒林之萧瑟。既将反而复疑，如有求而遂失，谓天地其无心，遽永潜于容质。呜呼哀哉！即玄宫之冥漠，安神寝之清闷，传声华于懋典，观德业于徽谥。悬忠贞于日月，播鸿名于天地，唯小臣之纪言，实含毫而无愧。呜呼哀哉！

自昭明太子薨逝，朝野惋愕，京师士女，奔走宫门，号泣满路。就是四方氓庶，亦闻讣含哀。梁朝有此贤储贰，偏不永年，这也未始非关系气数哩。太子遗有文集二十卷，古今典诰文言正序十卷，文章英华二十卷，文选三十卷，传诵后世，推为词宗。太子有数男，长男名欢，已封华容公，梁主欲立为太孙，历久未决。嗣竟立第三子晋王纲为太子，时议多以为未顺。侍郎周宏正尝为纲主簿，上笺谏纲，劝纲为宋目夷、曹子臧。俱春秋列国时人。

纲不能从。孰不乐为嗣君？无怪萧纲。已而梁主因人言未息，特进封欢为豫章王，欢弟誉为河东王，誉弟詧为岳阳王，这且待后再表。

且说魏主修既纳欢女为后，欢权势益隆，仿佛当年尔朱荣。斛斯椿在都辅政，受职侍中，本来是有意图欢，至是与南阳王宝炬，将军元毗、王思政等，屡加谗构，劝魏主预先戒备。中书舍人元士弼，又劾欢受诏不敬，魏主惩尔朱覆辙，也觉动疑，遂用斛斯椿计，添置阁内都督部曲，约数百员，统由四方骁勇，募集充选。一面密结关西大行台贺拔岳，倚为外援。又封贺拔胜为荆州刺史，佯示疏忌，实建屏藩。

时高乾已入任侍中，兼官司空，因父丧解职，不预朝政。魏主修欲引为己用，尝召乾入华林园，特别赐宴。宴罢与语道："司空累世忠良，今日复建殊勋，虽与朕名为君臣，义同兄弟，愿申立盟约，历久不渝！"乾莫明其妙，但答言道："臣以身许国，何敢有贰！"魏主修定欲与盟，乾不便固辞，共申盟约。当时亦未尝报欢。

嗣闻元士弼、王思政等往来关西，情迹可疑，乃致书晋阳，密陈时事。欢得书后，即召乾至并州，面谈一切。乾因劝欢逼魏禅位，欢用袖掩乾口道："幸勿妄言！今当令司空复为侍中便了！"欢此时尚无歹意。乾辞欢回洛，欢为乾表，请许乾复任，魏主不允。

乾知祸变将作，自愿外调，再作书告欢，乞代求徐州刺史。欢再为陈请，魏主乃授乾为骠骑将军，出刺徐州。乾尚未发，魏主闻乾漏泄机关，即传诏与欢道："乾邕即高乾子。与朕私有盟约，今乃反复两端，令人不解！"欢未闻乾谈及盟事，也疑乾暗中播弄，离间君臣，遂将乾前时密书，遣使呈入。魏主便召乾对责，乾勃然道："陛下自有异图，乃斥臣为反复，欲加臣罪，何患无辞！臣死有知，尚幸无负庄帝！"魏主竟敕令赐死，又遥敕东徐州刺史潘绍业，往杀乾弟敖曹。敖曹方镇守冀州，闻乾死耗，急遣壮士伏住要路，得将绍业拘住，搜出诏敕，遂率十余骑奔晋阳。欢抱敖曹首大哭道："天子枉害司空，可悲可叹！"汝亦未尝无功。乃留敖曹居幕下，优待如初。敖曹次兄仲密，方为光州刺史，亦由间道奔晋阳。

仲密名慎，因字著名，就是敖曹本名，也只是一昂字。高氏兄弟三人，唯仲密颇通文史。乾与敖曹素来好勇，敖曹尤为粗悍，少就外傅，便不遵师训，专事驰骋。尝言："男儿当横行天下，自取富贵；若徒端坐读书，做一个老博士，有何益处！”乃父次同道：“此儿不灭吾族，当光大吾门。”嗣与兄乾四出劫掠，骚扰闾里。乾求博陵崔圣念女为妻，崔氏因乾强暴无行，当然不许。敖曹即引乾往劫，硬将崔女牵回，置诸村外，且促乾道：“何不行礼？”乾遂胁崔女交拜，野合而归。实是强盗出身。既而乾颇改行，且系前中书令高允族侄，因得入仕。

欢自乾被戮后，才知为魏主所卖，悔恨交生，乃与魏主有隙。魏主修方信任贺拔岳，屡遣心腹入关，嘱令谋欢。岳尝使行台郎冯景往晋阳，欢与景设盟，约与岳为兄弟。景归语岳，谓欢奸诈有余，不宜轻信。府司马宇文泰，自请至晋阳侦欢。欢见泰状貌非常，欲留为己用。惺惺惜惺惺。泰固求复命，欢乃遣还。泰料欢必后悔，兼程西行，驰抵关前，后面果有急足追至。他亟纵辔入关，关内守卒如林，那追来的晋阳急骑，只好回马自去。

泰入语岳道：“高欢已欲篡魏，所惮唯公兄弟，侯莫陈悦等皆非所虑。公但先时密备，图欢不难，今费乜头代北别部，后遂为姓。骑士，不下万人，夏州刺史斛拔弥俄突，有胜兵三千余名，灵州刺史曹泥，河西流民纥豆陵伊利，各拥部众，未有所属，公若移军近陇，威爱两施，即可收辑数部，作为爪牙。又西抚氐羌，北控沙塞，还军长安，匡辅魏室，一高欢不足畏了！”岳闻言大喜，遂遣泰往诣洛阳，密陈情状。魏主面加泰为武卫将军，仍令返报如约。寻即授岳都督雍、华等二十州军事，兼雍州刺史，并割心前血赐岳。岳因西出平凉，借牧马为名，招抚各部。斛拔弥俄突、纥豆陵伊利，及费乜头、万俟受洛干、铁勒斛律沙门等，相继归附，唯曹泥不服。

众推宇文泰出镇夏州。岳沉吟道：“宇文左丞乃我左右手，怎可遣往！”继思外此乏才，乃表请用泰为夏州刺史。魏廷自然依议。泰奉敕赴夏州。

这消息传到晋阳，高欢即遣长史侯景，劝谕纥豆陵伊利，伊利不从。欢得景归报，即引兵袭击伊利，把他擒归。魏主闻信驰诏责欢道：“伊利不侵不叛，为国纯臣，王无端袭取，且未尝预报朝廷，究出何意？”欢含糊答复，唯力图贺拔岳。且恐秦州刺史侯莫陈悦，与岳连合，更觉可忧，右丞翟嵩入请道：“何不用反间计？嵩愿为王效力，管教他自相屠灭呢。”欢改忧为喜，立遣嵩赴秦州，凭着三寸利舌，一说便妥。嵩驰还晋阳，报知高欢，安坐观变。

贺拔岳因曹泥不服，正拟往讨，特使都督赵贵至夏州，商决行止。泰说道："曹泥孤城远阻，未足为忧；侯莫陈悦贪诈无信，不可不防！"哪知岳误会泰言，反邀悦会师高平，一同讨泥。悦欣然前来，与岳叙宴，两下里很似投契，实是一真一假，心志不同。悦且愿作前驱，先至河曲立营，俟岳引兵继进，便邀他入帐，坐议军事。谈论未毕，悦伪称腹痛，托辞如厕，岳毫不觉察。忽有一人趋至岳后，拔刀斫岳，那砉的一声，岳已身首分离，倒毙座下。看官欲知何人下手？乃是悦婿元洪景。

洪景既将岳杀毙，复出谕岳众，只说是奉旨诛岳，不及他人。岳众尚无异言，悦却未敢招纳，自率部众还水洛城。岳尸被悦取去，由赵贵诣悦请尸，方许收葬。岳众散走平凉，未得统帅，赵贵道："宇文夏州，英略盖世，远近归心，若迎为军帅，无不济事了！"都督杜朔周应声赞成，遂由朔周驰至夏州，请泰还统岳军。泰与将佐共议去留，大中大夫韩褒倡言道："这乃天授，何必多疑！"泰点首道："我意也是这般。悦既敢害我元帅，不乘势直据平凉，反退屯水洛，可知他无能为了。天下事难得易失，我当速往！"开口便胜悦一筹。当下与诸将共盟讨悦。察得都督元进，阴怀异谋，便叱出斩首。立率帐下轻骑，驰赴平凉，收集岳众，为岳举哀。将士悲喜交集，无不如命。小子有诗咏道：

一波未了一波生，大陆龙蛇竞战争；
优胜无非由劣败，枭雄多向乱邦鸣！

泰至平凉，便拟为岳复仇。欲知发兵情形，待至下回再表。

于魏事杂沓间，忽插入梁太子病殁事，非为时序起见，实因太子贤孝，不得不特别表明，阐扬潜德耳。录入王筠哀文，亦本此意。否则储君之殁亦多矣，作者尝随事带叙，固非皆另成片段也。高欢之恃宠怙权，固失臣道；然衅隙之生，始之者为斛斯椿，成之者实魏主修，贺拔岳之死，亦半由魏主致之。侯莫陈悦，一庸才耳，而岳且死于其手。岳不能拒悦，亦安能敌欢耶！魏主修之联岳，拒欢，亦徒促其死已耳，吾于魏主修无讥焉。

第五十三回　违君命晋阳兴甲
谒行在关右迎銮

却说宇文泰到了平凉，一经招抚，众心已定，即令杜朔周引兵据弹筝峡。朔周沿途宣抚，士民悦附，泰很加器重，令复本姓，改名为达。原来朔周旧姓赫连，曾祖库多汗避难改姓，至是乃仍得复原。高欢闻贺拔岳已死，亟令侯景往抚岳众，偏被宇文泰走了先着。行至安定，两下相遇，泰语景道："贺拔公虽死，宇文泰犹存，卿来此何为？"景失色道："我身似箭，随人所射！"泰乃遣还。及泰至平凉，欢复使劳泰，并令散骑常侍张华原，义宁太守王基偕行。泰不肯受命，且欲劫留华原。华原不屈，乃俱使还晋阳。王基归见高欢，请速出兵击泰，欢笑道："卿不见贺拔、侯莫陈悦么？我自有计除他。"太轻觑宇文了。

魏主正遣将军元毗收还贺拔岳部军，并召侯莫陈悦，悦不肯应召。泰与元毗相见，请朝廷暂留岳众，即托毗赍还表文。略谓：臣岳惨遭非命，臣泰为众所推，权掌军事；今高欢已驱众至河东，侯莫陈悦尚屯水洛，岳众多是西人，顾恋乡邑，且必欲逼令赴阙，恐欢与悦前后邀击，势且立尽，不如少赐停缓，徐令东行。巧言如簧。魏主乃命泰为大都督，使统岳兵，并遣卫将军李虎，西行佐泰。虎本在贺拔岳麾下，岳死，乃奔诣荆州，至贺拔胜处告哀；劝胜往收岳众，胜不肯行。虎还至阌乡，为高欢部将所获，解送洛阳，魏主反拜为卫将军，使往就泰。泰与虎叙谈，已知朝廷意向，乃贻侯莫陈悦书，内言：贺拔公为国立功，尝荐君为陇右行台，君背德负盟，反党附国贼，共危社稷，岂非大谬！今我与君俱受诏还阙，进退唯君是视。君若下陇东趋，我亦自北道还朝，倘或首鼠两端，我即为贺拔公复仇，指日相见云云。

悦置诸不理，泰即进拔原州，留兄子导居守，自引兵上陇，秋毫无犯，百姓大悦。出木峡关，时适春季，北道尚寒，雪深二尺。泰引军速进，为悦所闻，但留万人守水洛，自己退守略阳。泰至水洛，守兵即降。再趋略阳，悦又退保上邽，召南秦州刺史李弼，与同拒泰。弼本悦妻妹夫，曾致书与悦道："贺拔无罪，公乃加害，又不抚纳遗众。今宇文夏州前来，声言为主复仇，理直气壮，恐不可敌。公宜解兵谢过，否则难免噬脐！"悦不肯从，乃弼至上邽，料知悦必败亡，便遣人诣泰，愿为内应。谏悦不从，便即图悦，亦未免对不住姨夫。泰依约逼城，弼即开门迎泰。悦惊窜南山，欲往灵州依曹泥，偏泰将贺拔颖率军追来。悦手下不过数十骑，如何抵敌，没奈何投缳毕命。

泰入上邽，收悦府库财物，尽犒士卒，不取纤毫。左右窃一银瓮，由泰察出，立即加罪，命将银瓮剖赐将士。无非笼络人心。即命李弼镇原州，部将拔也恶蚝镇南秦州，可朱浑镇渭州，赵贵行秦州事，征幽、泾、岐、东、秦各州粟米，赡给军糈。氐酋杨绍先前已逃归武兴，仍然称王，闻泰并有关中，忙上表称藩，且送妻孥为质。高欢闻泰军甚盛，复用甘言厚币向泰结欢，泰仍然拒绝，且封欢书上达魏主，一面使雍州刺史梁御入据长安。魏主封泰为关西大都督，略阳县公，承制封拜。泰因命都督寇洛为泾州刺史，调李弼为秦州刺史，起前略阳太守张献，为南岐州刺史，练兵储粟，东向图欢。

从前欢入洛阳，曾留封隆之孙腾等在朝辅政，隆之为侍中，腾为仆射。适魏主妹平原公主丧夫守寡，颇有姿色，腾与隆之并省丧妻，争欲娶公主为继室，魏主令妹自择，平原公主愿适隆之，乃许隆之尚主。想是隆之年轻貌秀。腾且妒且忿，屡思中伤。可巧隆之有密书致欢，谓斛斯椿等擅权，必构乱祸。欢未知隆之与腾有隙，尝与腾书，述及隆之关白，请并防斛斯椿。腾正欲加害隆之，竟向椿告发，椿即转白魏主。隆之闻密书被泄，恐不免祸，逃归乡里。公主曾带去否？欢召隆之诣晋阳。嗣腾带仗入省，擅杀御史，亦惧罪奔欢。

欢使大都督邸珍，潜至徐州，胁逼守吏华山王鸷缴出管钥。魏主亦将欢党建州刺史韩贤，济州刺史蔡儁，免去官职，作为报复。又增置勋府庶子骑官各数百人，欲伐晋阳。因即下诏戒严，佯称将南下征梁。大发河南诸州兵，与斛斯椿出阅洛水，部署戎行。

越日颁诏晋阳，令欢守密，内言：宇文泰、贺拔胜等颇有异志，所以朕托辞南伐，潜为防备，王亦宜共为声援，此诏读讫，请付丙丁等语。欢亦复奏云：闻荆、雍将有逆谋，臣今潜勒兵马三万，自河东渡往，又遣恒州刺史库狄干等统兵四万，自来达津出发，领军将军娄昭等，率兵五万，南讨荆州，冀州刺史尉景将山东兵七万、突骑五万，东讨江左，现皆部勒成军，伏听处分等语。

魏主览奏，料欢已猜透秘谋，乃再行颁敕，谕止欢军。欢复上表云："臣为嬖佞所间，致动主疑，若臣果负陛下，使身受天殃，子孙殄绝。陛下能垂信赤心，愿赐酌量，亟废黜佞臣一二人！"魏主不答，但遣大都督源子恭守阳湖，汝阳王元暹守石济，又令仪同三司贾显智为济州刺史，率豫州刺史斛斯元寿等赴镇。元寿为斛斯椿弟，与贾同往，是恐他为欢所诱，特加监束的意思。偏前刺史蔡儁不肯受代，拒绝显智，显智逗留长寿津，据实奏闻。魏主愈怒，乃使中书舍人温子升撰敕赐欢，大略说是：

> 朕不劳尺寸，坐为天子，所谓生我者父母，贵我者高王，今若相安无事，则使身及子孙，宜如王誓。近虑宇文为乱，贺拔应之，故京邑戒严，并欲王遥为声援。今观其所为，尚无异迹。东南不宾，为日已久，我国乱离甫定，不堪再事穷兵。朕本暗昧，不知佞人为谁？高乾之死，岂独朕意！王忽对昂言乾枉死，且闻库狄干语王云：本欲取懦弱者为主，无庸立此长君，使其不可驾驭，今但作十五日行，自可废之。此论出自王间勋人，岂属佞人之口？且封隆之孙腾，逋逃晋阳，王若事君尽诚，何不斩送二首？王虽启云西去，而四道俱进，南渡洛阳，东临江左，闻者宁能不疑？王若举旗南指，纵无马匹只轮，犹欲奋空拳而争死，纵令还为王杀，幽辱虀粉，了无遗憾！本望君臣一体，若合符契，不图今日分疏至此，言之增怅，唯王图之！

敕书颁去，欢亦不答。一报还一报。中军将军王思政入白魏主道："高欢心术，昭然可知。洛阳非用武地，不如往就宇文泰，再复旧京，无虑不胜！”欢不可恃，岂泰果可恃乎？魏主因遣柳庆西往，与泰陈述上旨，泰愿奉迎车驾，遣庆复命。会东郡太守裴侠应征诣洛，王思政与商西巡事宜。侠答道：“宇文泰雄踞秦关，所谓已操戈矛，怎肯轻授人柄？今车驾往投，恐也似避汤入火呢？”言之有理。思政道：“如君言，今将何往？”侠皱眉道：“东出图欢，祸在眉睫，西巡依泰，患在将来；且至关右，再作良图。”暂济眉急，也是无策。思政也以为然，乃荐侠为中郎将。魏主意欲西行，尚未决议，忽闻高欢派遣骑兵，出屯建兴，并添河东及济州兵，拥诸和糴粟入邺城，将逼魏主迁邺。魏主益觉惊惶，复颁敕谕欢道：

王若厌伏人情，杜绝物议，唯有归河东之兵，罢建兴之戍，送相州之粟，追济州之军，使蔡儁受代，邸珍出徐，止戈散马，各事家业。脱须粮廪，别遣转输，则谗人结舌，疑悔不生，王可高枕太原，朕亦垂拱京洛矣。王若马首南向，问鼎轻重，朕虽不武，为宗庙社稷计，欲止不能。决在于王，非朕能定，为山止篑，甚为王惜之！

看官，试想这时候的高大丞相，已与魏主修势不两立，怎肯降心受诏，如敕施行？当下作书答复，极陈斛斯椿、宇文泰罪状，谓将代主除奸。魏主亦下敕罪欢，命宇文泰为关西大行台，且愿将爱妹妻泰，令泰遣骑奉迎。一面敕贺拔胜引兵入洛，同敌高欢。

欢已召弟定州刺史高琛守晋阳，长史崔暹为辅，自引大军南向，用高敖曹为先锋，星夜前进，声言率兵赴阙，但诛斛斯椿，不及他人。宇文泰亦传檄讨欢，自将大军屯高平，命前队出驻弘农。两虎争雄，俱由斛斯椿一人所致。独贺拔胜出屯汝水，作壁上观。此子唯狡猾一事，尚算胜人。魏主也下诏亲征，督军十万至河桥，令斛斯椿为前驱，列营北邙山。

椿请率精骑二千，乘夜渡河，掩欢不备，魏主称善，偏黄门侍郎杨宽进言道：“高欢不臣，人所共知，斛斯椿心亦难测；若渡河有功，恐灭一高欢，又生一高欢了。”魏主即命椿停行。当信不信，不当信而信，安得不败！椿叹道：“近日荧惑入南斗，天象告警，今上信左右谗间，不用我计，这真所谓天道了！”遂驰书报泰。泰亦顾语僚佐道：“高欢远道急驰，数日行八、九百里，这是兵家所忌，正当出奇掩击，主上不能渡河决战，但知沿河据守，试想黄河万里，防不胜防，一处疏虞，令彼得渡，大事去了！”说着，亟命赵贵自蒲坂渡河，直趋并州，又遣都督李贤率轻骑千名，往洛扈驾。

魏主使斛斯椿守虎牢，令行台长孙稚，大都督元斌之为副，行台长孙子彦守陕州，贾显智、斛斯元寿守滑台，总道是扼要居守，欢军不能飞渡，哪知才阅两日，滑台军司元玄驰至河桥，报称显智怯退，速请济师。魏主亟遣大都督侯几绍赴援。未几又接到警报，绍已阵亡，显智降欢，欢已从滑台渡河了。魏主当然着忙，急向群臣问计，或请奔梁，呆话。或请南依贺拔胜，也靠不住。或请西就关中，下策。或请守洛口死战，不能。纷纷聚讼，整日不决。忽见元斌之踉跄奔还，喘声报告道：“高欢来了！”吓得魏主修不知所措，匆匆还洛。但挈妃主数人，及从妹明月西奔。不及高后，隐伏下文。

南阳王宝炬，清河王亶，广阳王湛，扈跸随行，沙门惠臻，负玺持千牛刀相从。途次遣人至虎牢，飞召椿还，椿及长孙稚，方与欢将窦泰相持，闻召却归，奔至瀍西，得见魏主，方知为元斌之所卖。斌之与椿争权，潜归绐主，诡言高欢已至，以致魏主骇奔。椿益加叹息，只好随主西行。椿弟元寿，因滑台失守，已为乱军所杀。长孙稚在虎牢，独力难支，也即奔赴行在。就是长孙子彦，闻滑台、虎牢均已失败，也奔陕西走。子彦即长孙稚家男。长孙父子尚得重逢，斛斯兄弟不能再见，这也是有幸有不幸呢！百忙中有此骈句，亦可谓好整以暇。

清河王亶，广阳王湛，竟从半途逃归，仍还洛阳。唯武卫将军独孤信却单骑追及魏主，奉驾西进。魏主叹道：“将军辞父母，抛妻孥，竟来从朕。古人有言：世乱识忠臣。朕始知非虚语了！”比诸清河、广阳两王，应该优奖。嗣是西向奔驰，途次糗浆乏绝，唯饮涧水。到了湖城，有村民献上麦饭壶浆，聊解饥渴，魏主命免该村徭役十年。再行至崤西，方与泰所遣李贤相遇，奉驾同归。及入潼关，大都督毛鸿宾迎献酒食，从行各员才得一饱了。

高欢长驱入洛，使娄昭、高敖曹等，往追魏主，不及乃还。欢乃召集百官，启口诘问道：“为臣奉主，理应匡救危乱，若处不谏争，出不陪从，无事时希宠徼荣，有事时委主逃窜，臣节何在？请诸君自陈！”你好算得尽臣节么？众莫敢对，独尚书左仆射辛雄道：“主上与近臣图事，雄等不得预闻。及乘舆西幸，若即追往，恐迹同佞党，所以留待大王，今又以不从蒙责，是转使雄等进退俱无从逃罪了。”未免遁辞。欢叱道：“卿等备位大臣，理应尽忠报国，群佞用事，卿等曾有一言谏诤么？国事至此，罪将何归？”说至此，即指示左右，拿下辛雄，及仪同三司叱列延庆，兼吏部崔孝芬，都官尚书刘廞，兼度支尚书杨机，散骑常侍元士弼一并处死。曾自记前言否？推司徒清河王亶为大司马，承制决事，居尚书省。孝芬子中郎猷出避家难，间道入关。

宇文泰使赵贵、梁御，引兵二千，出迎魏主，魏主循河西上，与赵、梁二人相遇，指河示御道：“此水东流，朕乃西上，若得复见洛阳，亲谒陵庙，统是卿等的功劳哩！”言已涕下。莫非自取。泰备仪卫接驾，行至东阳驿，得见魏主，免冠伏谒道：“臣不能式遏寇虐，使乘舆播迁，实为有罪！”魏主忙亲为扶起，且慰劳道：“朕实不德，负乘致寇，今日相见，自觉厚颜！此后当以社稷委卿，愿卿勉力！”

泰山呼万岁，方才起身。将士等亦齐呼万岁。随即导魏主修入长安，即以雍州廨舍为行宫，颁诏大赦。进泰为大将军雍州刺史，兼尚书令，取决军国大事。又命行台尚书毛遐、周惠达为左右尚书，分掌机要。二尚书戮力办公，积粮储，治器械，简士马，利赖一时。魏主即将爱妹冯翊长公主，嫁泰为妻，借践旧约。公主曾适开府张欢。欢性贪残，遇主无礼，魏主将欢杀死，因把公主改嫁与泰。后来生子名觉，就是北周的孝闵帝，这且待后再表。

先是荧惑入南斗，去而复还，留止六旬，江南北有童谣云：“荧惑入南斗，天子下殿走。”梁主衍恐灾及己身，特跣足下殿，为禳灾计。及闻魏主西奔，不禁赧颜道：“北虏亦应天象么？”当时传为笑柄。不知修德禳灾，乃徒跣足下殿，岂非丑态！

自魏主入关，贺拔胜尚在汝南，未决进止。从前胜出发时，掾吏卢柔曾进三策，上策是席卷赴都，仗义讨欢，中策是拒欢联泰，观衅乃动；下策是举州归梁，苟全性命，胜俱不用。至欢已入洛，胜再与僚佐会议，意在南归，行台左丞崔士谦进议道：“今帝室颠覆，主上蒙尘，公宜倍道兼行，往朝行在，然后与宇文行台同心戮力，倡举大义，天下闻风，自当响应；若舍此遽还，恐人人懈体，一失事机，悔无及了！”胜乃使长史元颖行荆州事，居守南阳，自率部众西进。

行次淅阳，探得前途消息，高欢已攻克潼关，擒住守将毛鸿宾，进屯华阴，当下毛骨森竖，踉跄奔回。哪知欢已遣行台侯景等攻荆州，荆民邓诞，袭执元颖，送往侯景，害得胜无路可归，不得不与侯景争锋。偏偏众情涣散，各无斗志，一遇景军，便即奔甲曳兵，四处奔窜。胜无计可施，只得依了当日卢柔的下策，奔往梁朝。其名曰胜，实则善败。

侯景驰入荆州，向欢告捷。欢自晋阳至洛，由洛至华阴，连上四十启，奏达魏主，不得一答，乃拟另立新主。返至洛阳，再遣使奉表魏主云："陛下若远赐一诏，许还京洛，臣当率领文武，清宫以待；若返正无日，宗社不能无主，臣宁负陛下，不负社稷"等语。魏主仍然不报，欢乃召集百僚耆老，议立新君。

清河王亶已视帝座为己有，出入警跸。偏大众开议，由欢首倡，谓嗣主应继承明帝，不应昭穆失序，因语亶道："今欲立王，不如立王的世子，较为顺次。"语未说完，但听得在座诸人，同声赞成，亶只好俯首趋出，由愧生愤，由愤生忧，竟尔轻骑南奔。子得为帝，便是大喜，何必狂奔如此？欢遣人追还，遂于永熙三年孟冬，立清河王世子善见为帝，年才十一。改永熙三年为天平元年，于是魏分为二，高氏所立为魏主，史家称为东魏，宇文氏所奉的魏主，便叫作西魏了。小子有诗叹道：

世乱都从主暗来，江山分裂魏风颓；
北方从此无宁宇，虎斗龙争剧可哀！

魏既分裂，东西并峙，成为敌国，高欢遂定议迁都。究竟迁往何处？下回再当说明。

尔朱氏亡而高欢兴，高欢兴而宇文泰又起，一雄得势，而一雄继之，要之皆乱世之雄，欲其乃心魏室，始终不渝，是责莽懿为伊周，固世所罕有事也。但魏主修之得立为帝，实出高欢，欢虽雄鸷，而出镇晋阳，纳女为后，君臣之间，初无芥蒂，魏主修乃误信斛斯椿言，始倚贺拔岳，继依宇文泰，卒至激成欢怒，引兵向洛。斛斯椿乘夜渡河之计，又复不从，前何信椿，后何疑椿！愚而多疑，安能处变，有徒为二雄之傀儡已耳！天下本无事，庸人自扰之。此二语实可为魏主修之定评。

第五十四回　饮宫中魏主遭鸩毒
陷泽畔窦泰死战场

却说高欢还洛，另立新君善见。善见尚在冲年，当然不能亲政，一切黜陟大权，全握欢手。欢请授赵郡王谌为大司马，咸阳王坦为太尉，仪同三司高盛为司徒，高敖曹为司空，以下文武百官，各有定职，规模粗具，再议西侵。忽闻宇文泰进攻潼关，杀毙守将薛瑜，虏去戍卒七千人，欢不禁彷徨，遂把迁都的计议，重复提起，即欲实行。当下入朝申谕，谓洛阳西逼关中，南近梁境，在在可虞，不如迁邺为是。嗣主善见，有何主意？王公大臣等，势难与抗，只得依议迁都。欢只限期三日，即奉驾启程，四十万户，狼狈就道，百官无从备马，多半乘驴东行。至车驾已到邺中，留仆射司马子如、高隆之，侍中高岳、孙腾，在邺辅政，改相州刺史为司州牧，魏郡太守为魏尹，司州改作洛州，命尚书令元弼为洛州刺史，镇守洛阳，欢仍还原镇。当时有童谣云："可怜青雀子，飞去邺城里，羽翮垂欲成，化作鹦鹉子。"时人指青雀为清河王，鹦鹉为高欢，这也无庸评断了。洛阳遂为战争地。

且说魏主修在洛阳时，性颇渔色，有从妹三人，不准他适，留侍宫中。最爱宠的就是明月，本与南阳王宝炬同产，受封平原公主，次为清河王亶妹，亦封安德公主，还有一个名叫蒺藜，史家未详为何王儿女，也照例封为公主。这三公主留居宫掖，公然与魏主相奸，差不多与妃嫔相似，所以高欢女虽入宫为后，未蒙垂爱，绿衣黄裳，已成惯例。魏主修尝设内宴，使明月侍坐首席，诸宫人因羡生慕，即席赋诗，或咏鲍照乐府云："朱门九重门九闺，愿随明月入君怀！”魏主也不以为意，唯视明月如掌中珠，爱不忍离，就是弃洛西奔，把高皇后撇置宫中，独有明月不肯舍去，挈领入关。

宇文泰因魏主淫及从妹渎伦伤化，暗令元氏诸王诱出明月，置诸死地。及魏主闻报，已是玉殒香消，不得重生。看官，试想魏主所爱，只此一人，平白地为宇文泰所害，如何不悲！如何不愤！恨不得杀泰报仇！又弄错了。有时弯弓，有时推案，无非注意宇文泰。泰亦心不自安。

未几已是残腊，有高车别部阿至罗遣使入朝，魏主幸逍遥园，宴待外使，顾语侍臣道："此处仿佛华林园，使人触景生悲。"已而宴毕，命取所乘波斯骝马，驾载还宫。偏该马不受羁勒，跳跃异常，魏主命南阳王笼辔扳鞍，马亦不服，一蹶而死。魏主乃另易他马，还至宫门，马又惊跃，未肯遽进，连下鞑扑，方才驰入。近侍潘弥颇通术数，晨间曾启奏魏主，谓今日不可不慎，防有急兵。魏主记着，还宫后语潘弥道："今日幸无他事。"弥答道："须过夜半，方称大吉。"魏主似信非信。晚餐时多饮数杯，聊解忧闷，不意过了片刻，胸腹搅痛，竟不可当，连忙卧倒床上，痛益难耐，辗转呼号，神疲力尽，未几即殁，目瞪舌伸。侍臣料是遇毒，想由宇文泰主使，不敢发言。可怜魏主修在位，不满三年，年仅二十五岁。泰命将魏主棺殓，移殡草堂佛寺中，谥曰孝武，直至十年以后，方得安葬云陵。弑主事不问可知。

先时已有歌谣云："狐非狐，貉非貉，焦梨狗子啮断索。"至魏主遇弑，人方谓谣言有验。魏本索发，故称为索，焦梨狗子，就指宇文泰。泰小字叫作黑獭，籍隶武川，相传为系出炎帝。远祖葛乌兔，始为鲜卑酋长。数传至普回，得一玉玺，篆文有皇帝玺三字，惊为天授。鲜卑呼天为宇，君为文，因号宇文国，并以为氏。普回子莫那，徙居辽西，九传为前燕所灭，遗胤陵由燕奔魏，遂居武川。陵曾孙名肱，肱妻王氏生泰时，有黑气如盖，下覆儿身，所以取名黑獭，非狐非貉，便是暗寓黑獭的意义。宇文泰家世，前未叙及，故就此带过。

泰既毒死魏主修，遂率王公大臣，推立南阳王宝炬。宝炬为孝文帝孙，京兆王愉子，官拜太宰，录尚书事。宝炬循例三让，然后允诺。时已岁暮，遂于次年元旦，即位长安，大赦改年，纪元大统。追尊皇考愉为文景皇帝，皇妣杨氏为皇后。立妃乙弗氏为正宫，世子钦为太子。进宇文泰为大丞相，封安定郡公，都督中外诸军，录尚书事，斛斯椿为太保，广平王赞为司徒，广陵王欣为太傅，万俟寿乐干为司空。遣都督独孤信招抚荆州，东魏令恒农太守田八能，候途邀击，为信所败。信直抵荆州，复击破东魏刺史辛纂，纂败遁入城，门未及阖，被信前驱杨忠，追入斩纂，遂据荆州。既而东魏复遣侯景、高敖曹等攻荆州城，信因众寡不敌，复与杨忠奔梁；荆州又入东魏。

会渭州刺史可朱浑元，潜与欢通，率部众三千户，奔往晋阳。高欢始闻魏主修遇弑事，因启请素服举哀。太学博士潘崇和，谓君以无礼待臣，不必素服，商民不哭桀，周臣不服纣，便是此意。国子博士卫既隆、李同轨等，但主张高后守制，谓高后未绝永熙，应为服素，东魏主乃命依议。

高后尚在青年，不耐守寡，勉强为故主素服，暗中却另思择配。适彭城王韶为司州牧，温文尔雅，年貌翩翩，韶为彭城王劭子，见四十八回。被高后瞧入眼波，惹动情思，屡与乃父谈及。高欢爱女情深，料她有意求合，遂召入彭城王韶，愿将嫠女嫁与为妃。韶见高家势盛，乐得借此攀援，遂满口称谢。欢遂令嫠女改服盛装，配韶为妇，并将洛阳宫中的珍宝，赠作妆奁。就中有珍器二具，最称奇美，一是成对的玉钵，晶洁无瑕，雕工尤妙，用水贮入，虽经倒置，亦不渗漏，一是玛瑙榼，能容三升，凑缝中用玉嵌入，好似生成一般。相传为西域神工所制，献入魏廷，传为秘宝。余物不可胜计，韶既娶国母为妻室，复得了许多珍品，真是喜出望外，欣感莫名。那高氏女亦幸获佳偶，深慰渴念，鱼水谐欢，无容絮叙。只是伦纪上说不过去。

那高欢亦愈老愈淫，自载归尔朱两后后，左拥右抱，非常欢昵。大尔朱后生子名潋，小尔朱后生子名湝，俱为欢所钟爱。他如冯娘、李娘，即五十一回之任城、城阳二王妃。由洛阳取归，均被欢奸占为妾；还有韩娘、王娘、穆娘等，随时纳入，亦随时侍寝。王娘有子名浚、穆娘有子名淹，浚、淹未长，两母已亡。及迁都邺城，复得一广平王妃郑氏，芳名叫作大车，丰容盛鬋，妖冶绝伦，欢复据为己有，宠冠后庭。郑氏产得一男，取名为润。

东魏天平二年，欢因稽胡、刘蠡升，据云阳谷，僭称皇帝，屡为边患，乃督军出征，兼程掩击，破灭蠡升，斩首而归。到了晋阳，忽得侍婢密报，说是世子高澄，与郑大车有暧昧情事，欢因澄年才十四，未必遽敢淫烝，反斥侍婢妄言。嗣又经二婢为证，方勃然大怒，召澄入室，加杖百下，幽禁别室。澄系正妃娄氏所生，欢得发迹，半由娄氏为助，见四十四回。所以情好甚笃。娄氏连生六男二女，俱获长成，自欢广纳妾媵，把爱情移到美姬身上，不免与娄妃相疏。负心汉。偏又长子澄奸案发觉，恨子及母，竟与娄妃隔绝不通，且欲立大尔朱氏子潡为嫡嗣，将澄废黜。何不并锢郑氏？

澄很是焦急，忙向司马子如处求救，子如在邺辅政，得澄密书，即至晋阳谒欢。欢与子如向系旧交，无论国事家事，彼此从不讳言，而且妻妾俱得相见，不必趋避。此次子如到来，明明是为高澄母子说情，他却佯作不知，唯与欢谈论国事，直至无语可说，始请谒见娄妃，欢乃述及澄奸庶母，娄妃失察情状，子如微笑道："孽子消难，亦奸子如妾，家丑不宜外扬，只可代为掩饰！亏得老脸说出家丑。况娄妃是王结发妇，常把母家财物助王，王在怀朔镇时，触怒镇帅，受杖伤背，妃昼夜看护，目不交睫，后避葛贼，同走并州，沿途劳顿，日暮履穿，妃又亲燃马粪，代为制靴，此等恩义，怎可忘却！今日女嫁男婚，相安已久，更不宜为一妇人，自伤和气。况婢言亦未必可信呢！"欢答道："君言未尝无理，但事果属实，究难轻恕！"子如道："待子如鞫问情伪，再作计较。"欢即许诺。子如趋至别室，令释澄候质。澄既得见子如，尚未开口，子如便诘责道："男儿何故畏威，甘心自诬！"好一个问官。澄闻子如言，自然抵赖，且称三婢挟嫌诬告。子如召入数婢，厉声威吓，不令诉辩。三婢料不敢抗，统皆自缢。子如即报欢道："果系刁婢妄言，已情虚自尽了！"欢乃大悦，亟召娄妃母子进见，父子夫妻，相对泣下，嗣是和好如初。欢命设盛筵，款待子如，自起斟酒道："全我父子，皆出君力！"子如也避席称谢。这一席宴饮，自傍晚到了夜半，方才停撤，彼此散寝。次日子如辞行，欢赠子如黄金百三十斤，澄亦馈他良马五十匹，子如乐得叨惠，取金及马，驰还邺城。

澄自是不敢亲近郑大车，大车安然无恙，仍得欢宠眷，始终不衰。但如此重案，化作冰消，后庭侍姬，渐渐放纵起来。欢弟赵郡公琛，留居晋阳，总掌相府政事，他常出入帷闼，见小尔朱氏楚楚动人，竟引起邪心，随时挑逗。小尔朱氏也爱他弱冠年华，丰神韶秀，竟伺欢外出时，邀琛入室，私与交欢。婢媪等惩着前辙，莫敢告发，一任她送暖偷香，消受温柔滋味。但天下事若要不知，除非莫为。欢本老奸巨猾，阴为伺察，稍有所闻，即设法赚他二人，果然奸夫淫妇，中了欢计。一夕正续旧欢，偏被欢破门突入，当场捉出一对露水夫妻，当时怒极欲狂，即取过大杖，猛力击琛，接连数十百下，打得琛皮开肉烂，僵卧地上。再欲殴挞小尔朱氏，那小尔朱氏早长跪膝前，凭着那一双泪眼，两道愁眉，娇滴滴的吐着珠喉，向欢乞怜，竟把欢的铁石心肠，渐渐熔化。结果是说出数语道："你欲求生，立刻离开此地，免我动手！"小尔朱氏无可奈何，只好磕头拜谢，草草整装，听欢发落。欢将她逐出灵州，置诸不齿。琛自被曳出户，因受伤甚重，延挨了一两日，便即毕命，年只二十有三。色之害人大矣哉。欢讣告邺中，但说是暴病身亡，东魏主善见，不得不追赐官阶，即赠琛为太尉尚书令，予谥曰贞。贞字不知如何解法？后来又加给太师，进爵为王。那小尔朱氏至灵州后，寂寞无依，孤苦了一两年，遇着一个范阳人卢景璋，娶为继室，竟随他过活去了。还算幸事。

唯东西魏已经分峙，北方各镇，东投西奔，忙个不了。关内都督赵刚，举东荆州归附西魏。宇文泰命为光禄大夫。刚劝泰召还贺拔胜等，泰甚以为是，即遣刚南下请求。刚至梁州，与刺史杜怀瑶相识，因托他移书建康。梁主衍尝优待降将，得书以后，召贺拔胜等入朝，令他自陈行止。胜等俱愿北返，梁主乃亲饯南苑，厚礼遣归。贺拔胜与独孤信、杨忠三人，同时返至长安，各得就职。泰爱忠勇，且留置帐下。胜感梁主恩礼，凡鸟兽南向，概不复射，借示报答的意思。西魏主宝炬，喜胜北还，特加隆眷，累擢胜至太师，胜乃与宇文泰部勒三军，专谋东略。时斛斯椿已死，宇文泰专政，进位柱国大将军，用李虎、元欣、李弼、独孤信、赵贵、于谨、侯莫陈崇七人为辅。进行台郎中苏绰为左丞，绰博闻强记，熟谙掌故，尝与泰终夜叙谈，娓娓不倦。泰目为奇士，一切机密，辄令参预。绰始作文案程式，朱出墨入，及计帐户籍诸法，推行一时，秩然不紊。后人多遵为定制，用备钩稽，这也好算一个吏治家了。特别钧元。

那东魏大丞相高欢，令世子澄入邺辅政，副以左丞崔暹，澄年方十五，用法严峻，威震中外。澄弟名洋，亦得封太原公，貌似不飏，内独明决。欢尝令诸子治理乱丝，试察智愚。诸子多脚忙手乱，不堪纷扰，洋独抽刀断丝，顾语兄弟道："乱即当斩，何必费心！"后来狂暴，已见端倪。欢因此儿有识，宠爱逾恒。嗣是邺城有澄，晋阳有洋，欢以为内顾无忧，尽可与西魏争衡。

适梁遣镇北将军元庆和侵入东魏，乃遣高敖曹率三万人趋项城，窦泰率三万人趋城父，侯景率三万人趋彭城，控御东南。元庆和闻报退还，侯景进陷楚州，掳去刺史桓和，且乘胜至淮上，梁都督陈庆之，发兵邀击，杀败景军，景抛弃辎重，仓皇北遁。

欢方锐图西魏，不暇南顾，遂想了一条远交近攻的计策，遣使南下，与梁修和。梁主衍亦得休便休，许与通好，敕庆之班师。于是欢调回各军，自率轻骑万人，径袭西魏夏州。沿途但食干粮，不遑火食，及抵夏州城下，正值夜半，见城上无人守御，便令军士缚稍为梯，猱升而上，顿时攻破全城，擒住刺史斛拔俄弥突，带回晋阳。并将部落五千户，悉数迁归，留都督张琼镇守。会闻灵州曹泥，为西魏将士所围，因复调兵往援，拔出曹泥，也令他徙至晋阳。可巧西魏传诏，数欢二十罪，指日东征。欢不禁大怒，亦斥宇文泰、斛斯椿为逆徒，谓当分命诸将，刻日西讨。两下里互相指斥，各说得我是人非，有道有理。欢欲先发制人，因高敖曹、窦泰等，已皆北归，遂令敖曹移攻上洛，窦泰出逼潼关，自率军赴蒲坂，命筑浮桥三座，拟即渡河。

西魏大行台宇文泰督兵出拒，进次广阳，既探悉欢军行踪，便语诸将道："贼犄我三面，浮桥待渡，这无非虚张声势，牵缀我军，使窦泰得乘虚西入呢！欢计被泰喝破。窦泰尝为欢前驱，屡战屡胜，必有骄心，我不如径袭窦泰，泰军一破，欢不战自走了。"将佐齐声道："舍近袭远，恐非良图；如欲往击窦泰，何不分兵前往！"泰笑语道："欢虽作桥，未能径渡，不过五日，我已可破灭窦泰呢。"乃扬言欲保陇右，退还长安，潜行东出。

诸将犹有异议。泰有从子名深，幼即好兵，尝叠石为营，折草为旗，与群儿布列行阵，井井有条，此时为直事郎中，屡预军谋。泰因向深问计，令他先陈意见。深答道："窦泰为高欢骁将，与欢东西分出，我若至蒲坂攻欢，欢扼我前，窦泰袭我后，岂不是表里受敌么？今若简选轻锐，潜击窦泰，彼性躁急，必来决战，欢不及往援，我就可一鼓擒窦了。窦既受擒，欢势自沮，回军击欢，定可决胜。"泰欣然道："我原作这般想，汝与我同心，我计决了。"遂夤夜东发。

又行了一昼夜，已抵小关，窦泰猝闻敌至，自恃骁勇，渡河直前。宇文泰列营牧泽，用四面埋伏计，引诱窦泰。窦泰不知厉害，怒马当先，陷入重围，泽中泥淖相间，铁骑不得驰突，再加西魏各军，万弩齐发，把窦手下将士，射死了一大半。窦泰见士卒垂尽，身上亦中了数箭，料知无法脱围，便拔出佩剑，自刎而亡。窦泰为高欢姨夫，战无不从，此次由邺出发，曾有惠化尼云："窦行台，去不回！"至是果验。小子有诗叹道：

将军一去不回头，拼死前驱未肯休。

牧泽陷围溅颈血，半由好勇半无谋！

窦泰既死，被西魏军枭了首级，送往长安。高欢尚在蒲坂，闻报大恸，几乎晕倒。欲知他后来处置，但看下回自知。

魏主修猜忌高欢，以致蒙尘出走，西入关中，幸宇文泰迎入雍州，尚有容身之所，为惩前毖后计，宜勇于改过，推诚待下，则以秦关之固，宇文之力，东向而待高欢，未始不可有为。奈何身为雄狐，效禽兽行，为一女子而怨及功臣，卒被毒毙，甚矣哉魏主修之淫且愚也！夫天下之好淫者，祸不及身，必及子孙，魏主修之死，死于淫，固已。高欢淫占多人，虽若无恙；然生前有子弟之烝报，死后有子孙之荒耽，有恶因必有恶果，高氏宁能幸免乎？且弄兵不戢，忽东忽西，骁勇如窦泰，终堕黑獭计中，陷死牧泽，泰虽寡谋，要不得谓非高欢害之也。泰妻为欢妃娄氏妹，夫死妻寡，惨及一门，欢岂不可以已乎！

第五十五回　用少击众沙苑交兵　废旧迎新柔然纳女

却说高欢闻窦泰死耗，不胜悲悼，自思泰既陷没，大违初愿，遂撤去浮桥，退回晋阳。宇文泰亦还军长安。唯高敖曹尚未得闻，引军急进，直抵上洛城下。洛郡人泉岳及弟猛略，与顺阳人杜窋等，欲翻城出应敖曹。洛州刺史泉企，探悉阴谋，捕戮泉岳兄弟，独杜窋得缒城出走，奔归敖曹。敖曹猛力扑城，城上矢石交下，连中敖曹三矢。敖曹晕坠马下，良久复苏，复上马督攻。泉企固守旬余，二子元礼、仲遵，皆有勇力，随父拒敌，日夕不懈。会仲遵被流矢伤目，不能再战，城遂失陷，企与二子皆被擒。及企见敖曹，大声呼道："我系力屈，本心原不服哩！"敖曹也不去杀他，系诸幕下，即用杜窋为刺史。

休兵数日，拟进攻蓝田关。忽来了晋阳使人，传述欢令道："窦泰战殁，人心摇动，宜收军即还；万一路险贼盛，但求自脱罢了。"敖曹不忍弃众，令部曲先行，自己断后，徐徐引退。西魏军却不敢追蹑，任他自归。泉企子元礼，由敖曹带还。仲遵伤重不能行，仍使在洛州城。企在途中，私诫元礼道："我余生无几，死不足畏，汝兄弟二人，才器足以立功，须自觅生机，勿因我已东去，遂亏臣节！"此君颇似王陵母。元礼乃伺隙逃还，与仲遵阴结豪右，袭杀杜窋，西魏遂授元礼为洛州刺史，准令世袭，企竟病死邺中。

高欢欲为窦泰报仇，大阅兵马，再拟出师，适宇文泰出拔恒农，把东魏陕州刺史李徽伯掳去，欢即发兵二十万，由壶口趋蒲津，使高敖曹率兵三万出河南。时关中大饥，人自相食，宇文泰部下不满万人，留屯恒农就食，已阅五旬，探报谓欢将渡河，乃引兵入关。高敖曹进围恒农，城中有备，一时攻打不下。欢长史薛琡语欢道："西人连年饥馑，故冒死来陕州，欲取仓粟，今敖曹已围陕城，粟不得出，但宜置兵诸道，勿与野战，待他麦秋无收，民自饥死，宝炬、黑獭，无虑不降，今且不必渡河！"侯景时亦从军，也进谏道："今日举兵西来，关系极大，倘或不胜，猝难收集，不如分作二军，相继进行，前军得胜，后军方进，前军若败，后军亦可往援，这乃是万全之计。"欢不肯依议，竟从蒲津济河。

华州刺史王罴首当冲要，宇文泰致书相勉，罴答复道："卧貉子怎得轻过？"及欢至冯翊城，呼罴问道："何不早降？"罴戎服登陴，朗声传语道："此城是王罴冢，死生在此，汝等何人善战，请来一决雌雄！"欢知不可攻，乃移驻信原。

宇文泰因欢军入境，亦驰诣渭南，征调诸州兵马，急切未能召集，泰不堪久待，便欲进兵击欢，诸将以寡不敌众，请俟欢西进，再观形势。泰正色道："欢若得至长安，人情必且大震，今乘他远来，兜头迎击，彼衰我锐，何患不胜！"遂下令军中，就渭水架设浮桥，即日渡渭，直抵沙苑，与东魏军相隔，只六十里。

诸将虽不敢违令，各有惧色，独宇文深称贺，并语泰道："高欢镇抚河北，甚得众心，若据境自守，却是难图；今悬军渡河，非众所欲，彼无非为窦泰战死，挟恨前来，这就是叫作忿兵，忿兵必败。今愿假深一节，发王罴兵，截欢走路，前犄后角，使无遗类，怎得不贺？"深有此智，不愧为宇文家儿。泰乃遣颍昌公达奚武往觇欢军。武只率三骑潜往，改作东魏军装，日暮去营数百步，下马潜听，得敌军号，夜间上马历营，与巡夜相似。欢毫不备防，所有军中情状，俱被武窥悉，还营报泰。泰正思进逼欢营，忽由侦骑报到，欢兵且至，泰又召集将佐，商议对敌的方法。仪同三司李弼献策道："彼众我寡，不可平地列阵，此东十里有渭曲，请先行据守为佳。"泰亦称善，便徙至渭曲，背水列营，令李弼为右拒，赵贵为左拒，将士皆埋伏苇中，闻鼓乃起。待至日暮，欢军乃至，望见西魏营内，偃旗息鼓，毫无声响，营旁苇深土泞，不堪进逼。欢亦防有伏兵，拟纵火焚苇，偏侯景进言道："我军大举前来，应生擒黑獭，晓示百姓，若徒用火攻，就使将黑獭烧死，也是无名无望，不足示威！”他将彭乐愤愤道：“我众贼寡，百人擒一，亦尚有余，要用什么火攻计！”好好一条计策，徒被二人破坏。欢乃麾兵直进，大众争前恐后，一涌而上，无复行列。俄闻西魏营内，鼓声骤震，芦苇丛里的伏兵，执戈齐起，来杀欢军，赵贵从左冲入，李弼自右突进，把欢军裂作数截，欢军立即大乱。李弼弟檦年少胆壮，隐身鞍甲中，跃马陷阵，伺敌不防，露首出矛，左搠右刺，应手落马。欢军争噪道：“当避此小儿！”欢将彭乐使性善斗，且带着三分酒意，跃马乱闯，好象猘尤一般。既而杀得性起，把甲胄尽行卸去，裸体驰入宇文阵内，适遇西魏征虏将军耿令贵，一枪挑来，不偏不倚，刺入乐胸。乐忙用刀格开，肠已流出，鲜血狂喷，他却大吼一声，拚死再战。旁有他将驰至，接住令贵厮杀，乐方得回马出阵，纳肠裹胸。还欲返身杀人，怎奈各军俱已败还，连让步都来不及，怎能再入敌阵？那后面亦鸣金收军，只好随众退回。宇文泰也不追赶，勒兵还营，各将都上前献功。泰见了李檦，顾语左右道：“出兵打仗，全靠胆壮，不必昂藏七尺，但看他年轻身矮，亦能杀贼哩！”语未毕，又见耿令贵入帐，甲裳尽赤。泰又说道：“甲裳中有如许血迹，奋勇可知！”遂一一记功，静待犒赏。各将士散归本营，休息去讫。

那高欢奔回信原，尚欲收拾残军，再行决战，使张华原巡视各营，照簿点兵，无人出应。急忙还白道：“众已散尽，各营皆空虚了！”欢尚未肯去，阜城侯斛律金在侧，便启请道：“众心离散，不可复用，宜速还河东为是！”遂命左右牵马入帐，促欢上马。欢跨上马鞍，尚未纵辔，由金用鞭拂马，方才东驰。到了河滨，蓦闻后面人声马沸，震荡波流，料知有追兵到来，只好匆匆急渡。偏偏船离岸远，一时不能驶近，有许多将士情急逃生，跃马入河，俱被流水漂去。欢改乘橐驼就船，始得东渡。共计丧失甲士八万人，铠仗十有八万件。

宇文泰闻欢遁走，始督军追至河上，遥望欢已过河，乃停军不追。可巧征调各兵，陆续报到，都督李穆道：“高欢已经破胆，请速渡河追去，毋令漏网。”泰叹道：“穷寇莫追，兵家至言，我军已获全胜，得意不宜再往了！”乃返至战所，令每人种柳一株，留旌武功。越日凯旋渭南，奏捷论功，李弼、赵贵以下，皆进爵增邑有差。

高欢还入晋阳，忿懑异常。侯景亦愤然道：“黑獭新胜而骄，必不为备，愿得精骑二万，擒归黑獭，报复前恨！”又来说大话了。欢迟疑未决，入白娄妃，娄妃道：“果如景言，景岂尚有还理？得一黑獭，失一侯景，究有何利？”欢乃罢议。娄妃却是知人。高敖曹得欢败耗，也解恒农围，退保洛阳。

宇文泰自沙苑得胜，复欲图洛，乃遣行台王季海，与独孤信率步骑二万，径趋洛阳，又命洛州刺史李显赴三荆，贺拔胜、李弼围蒲坂。蒲坂守将，为东魏秦州刺史薛崇礼，登陴力御。别驾薛善，系崇礼族弟，密语崇礼道：“高欢有逐君大罪，善与兄忝列簪缨，世荷国恩，今大军已临，尚为高氏固守，一旦城陷，函首送长安，署为逆贼，死有余愧，不如先行归款，尚得自全！”崇礼嘿然不答，善竟与族人开城，迎纳贺李等军。崇礼仓猝出走，中途被获。宇文泰闻捷驰至，赐薛善等五等封爵。善固辞不受，崇礼为善从兄，因得宥死，不复加罪。泰遂略定汾、绛二州。

独孤信行至新安，高敖曹引兵北去，只留广阳王元湛守洛阳。湛无胆略，也弃城奔邺，信遂得据金墉城。东魏颍川长史贺若统，又执住刺史田迄，举城降西魏军。梁州、荥阳、广州，望风归附。东魏行台任祥，往攻颍川，为西魏大都督宇文贵击败，任祥奔还。阳州刺史邢椿，被州将是云宝刺死，亦奔降西魏军。西魏都督韦孝宽，复攻陷东魏豫州，河南诸州郡，多半没入西魏。

东魏大行台侯景治兵虎牢，谋复河南诸州，韦孝宽等未免胆怯，又弃城遁去。侯景出兵四略，夺还南汾、颍、豫、广四州，遂邀同高敖曹，进围金墉。高欢亦率军继进，独孤信飞报长安，请即济师。西魏主宝炬，正因洛阳得手，拟谒园陵，凑巧洛使告急，遂命尚书左仆射周惠达，辅太子钦守长安，自与宇文泰督军东行，令李弼、达奚武为前驱，直达穀城。

日暮下寨，李弼登高遥望，遥见群鸟向西北飞来，便道：“天色已晚，鸟应归栖，今尚西翔，必有贼军前来，不可不防！”遂偕达奚武移屯孝水，遣人哨探，并令军士取薪为备。约过片刻，果有探马入报，敌军来了！弼即命部众曳薪扬尘，鼓噪前进，敌骑不过千人，未测弼军多寡，当即返奔。弼麾军追上，斫毙敌将一人，一将逃免，余众尽得俘获，解送恒农。看官道敌将为谁？一将叫作莫多娄贷文，已经被杀，一将就是可朱浑元，竟得逃脱。叙笔矫变。原来侯景闻西魏军至，拟整兵待着，偏莫多娄贷文，不受景命，邀同可朱浑元，率千骑来袭西魏军，刚被李弼侦觉，一场追击，贷文丧命，元得幸还。

李弼待泰同进，共至瀍东，侯景撤围引去。泰率轻骑追至河上，景回马布阵，北据河桥，南倚邙山，与泰对仗。两军交锋，才及数合，景见泰执旗指挥，便拔箭射去，正中泰坐马。马负创惊逸，不可羁勒，泰随马窜去，约经里许，竟为所掀，坠落地上。侯景瞧着，骤马追来，泰身旁并无他人，只有都督李穆，紧紧随着。穆见侯景来追，手下约有百余骑，孤身如何抵挡，眉头一皱，计上心来，佯用马鞭扶泰背上，厉声叱道："笼东军士，笼东系披靡之意。尔主何在？乃尚留此，不急上马，更待何时？"好似曹阿瞒的急智。景听得此言，还疑自己看错，停马不追。穆即以己马授泰，与泰俱走，回入大营，调军再进。

侯景方才回营，总道泰军已去，不致复来，哪知西魏兵如潮涌至，不及列阵，竟被蹂躏。景拨马遁去，部兵四散，独高敖曹自恃勇悍，尚建着麾盖，与泰角战。泰尽锐围攻，杀得敖曹部下，七倒八歪。敖曹仗着长槊，突出重围，单骑走投河阳南城。守将高永乐为欢从子，与敖曹有宿嫌，闭门不纳。敖曹潜匿桥下，追骑趋至，见有金带浮出，竞向桥下攒射。敖曹自知不免，始奋首与语道："来！来！好给汝开国公！"说着，那头颅已被人斫去。强盗结果，应该如此。

高欢得报，如丧肝胆，召责永乐，加杖二百下。追赠敖曹太师，兼大司马太尉。一面督率大军，自往争洛。两下相遇，彼此阵势绵亘，首尾远隔，从旦至未，战至数十百合，氛雾四塞，莫能相知。西魏左右翼独孤信、赵贵等，战并不利，又未知君相所在，弄得茫无头绪，弃军奔还。此外各军，当然溃散。宇文泰尚在营中，亦觉保守不住，毁去营寨，奉主西归，留仪同三司长孙子彦，守金墉城。西魏将军王思政，尚与东魏军猛斗，举稍横击，一举辄踣敌数人。既而陷入敌阵，左右尽死，思政亦受创晕仆。他平时出战，尝着破衣敝甲，敌人疑是末弁，由他倒地，不暇枭首，还有他将蔡祐，率亲兵数十人，下马步斗，齐声大呼，击毙东魏兵甚多。东魏兵四面绕集，围至数十重，祐弯弓持满，盘旋四射，发无不中，敌不敢近。突有壮士数名，身穿厚甲，手执长刀，跃马径入，去祐骑仅三十步。祐随身只有一矢，左右劝祐速射，祐从容道："我等性命，在此一矢，怎可虚发！"道言未绝，那来兵相距不远，方把弓弦一扯，飕的一声，正中来兵头目，流血坠下，余人却退。祐乘势突出，徐徐引还，东魏兵不敢追逼，也收军回营。思政部将雷五安，失去主将，复至战场寻觅尸首，可巧思政已苏，即割衣裹创，扶他上马，驰还恒农。宇文泰已入恒农城，检阅大将，尚少王思政、蔡祐二人，正在着急，见祐引军回来。祐字承先，泰即呼道："承先得还，我无忧了！"再问及战斗情形，祐毫不言功。最难得者在此，可为孟之反第二。经部下替祐述明，泰益惊叹道："承先有功不伐，真算是难得了！"未几思政亦到，见他创痕累累，黯然泣下。笼络将士。因授思政为东道行台，留镇恒农，自奉宝炬还长安。不料长安变乱，留守周惠连，偕太子钦出奔渭北，关中大扰。这变乱的原因，是由留守兵少，前所虏东魏士卒，拥戴故将赵青雀，伺隙据城。又有雍州刁民于伏德等，亦劫咸阳太守慕容思庆，同时作乱。西魏主宝炬，留驻阌乡，由宇文泰入关讨贼。泰因士马疲敝，不愿速进，且谓青雀等乌合，不足为患，散骑常侍陆通进谏道："蜂虿有毒，不宜轻视！今军虽疲乏，精锐尚多，加以明公声威，麾军压贼，立可荡平；若养痈贻患，转非良策。"泰即依议，整军西人，父老见泰回师，且悲且喜，士女亦交相庆贺。华州刺史宇文导，系泰从子，继王罴后任，起兵袭咸阳，斩思庆，擒伏德，渡渭会泰，同攻青雀。青雀败死，泰遣使至阌乡报捷，迎驾入长安。泰出屯华州。东魏丞相高欢，进攻金墉，长孙子彦毁去城中室庐，开门潜遁，欢入城巡视，遍地已成瓦砾，索性将城砦毁去，但使洛州刺史王元轨镇辖，自返晋阳。

是年冬季，西魏复遣将军是云宝，掩入洛阳，王元轨弃城东走，广州亦为西魏将赵刚所陷，襄、广以西，复为西魏有。

是时柔然复强，头兵可汗阿那瓌，雄踞朔方。见前文。起初尚向魏称臣，及魏已分裂，遂把臣字削去，通使东西，居中取利，先向东魏求婚，东魏许将宗女兰陵公主，嫁与为妻。柔然遂帮助东魏，侵扰西魏，宇文泰方有事东方，不遑北顾，也只好设法羁縻，饵以女色。无非晦气几个宗女。乃使中书舍人库狄峙，北赴柔然，与议和亲，头兵可汗有弟塔寒，未曾婚娶，因向西魏求妇，西魏封舍人元翌女为化政公主，遣嫁了去。

但东西两魏，虽都用着美人计，笼络柔然，究竟东魏宗女，配与可汗，西魏宗女，不过一个可汗的弟妇，两边权势，相形见绌。宇文泰特劝主子宝炬，纳头兵女为妃，再向柔然议婚，偏头兵可汗，定欲纳女为后，方肯如约。泰不得已为废后计，请宝炬割爱从权。以女易女，却还值得，只难为了乙弗后。看官，试想宝炬已纳乙弗氏为后，生男育女，已有数人，就是太子钦亦乙弗后所出。后父瑗曾为兖州刺史，母为淮阳长公主，乃是孝文帝第四女，本来是阀阅名媛。更兼容德兼全，仁而且俭，此次顾全大局，不得不游居别宫，后且自愿为尼，削发参禅。乃令扶风王元孚至柔然迎女。

柔然送女南来，有车七百乘，马万匹，橐驼千头。行次黑盐池，遇着卤簿仪仗，来迎新后。孚请柔然女正位南面，柔然女答道："我未见汝主，尚是柔然女儿，汝国以南面为尊，我国却尚东面，各守国俗便了。"于是西魏仪仗，尽皆南向，柔然营幕，仍然东向。及迎入长安，即行册后礼。后号郁久闾氏，年才十四，容貌端严，颇饶才识，只有一种大病，便是一个妒字。她因废后乙弗氏尚在都中，常有违言。西魏主宝炬，取悦新后，特遣次子戊为秦州刺史，奉母乙弗氏赴镇。母子入宫辞行，与宝炬相见，并皆泣下。宝炬本无芥蒂，为势所迫，勉强出此，此时触起旧情，也泪下不止。且密嘱乙弗氏在外蓄发，再图后会。乙弗氏母子，乃拜辞而去。小子有诗叹道：

废后原来事不经，况兼妇德足仪型。
如何迎入侏儒女，诀别妻孥泣帝庭！

光阴易过，倏忽经年，那柔然竟来犯边。究竟为着何因，待小子下回再表。

沙苑之役，为东西魏第一次大战。高欢发兵二十万，渡河而西，当时已目无关中，几视黑獭如囊中物，卒之渭曲交兵，遭人暗算，曹操之败于赤壁，苻坚之败于淝水，高欢之败于沙苑，皆恃众不整，出以轻心故耳。厥后河东、河南，没入西魏，莫多娄贷文以轻战而死，高敖曹以轻敌而亡，轻躁者之不可行军，固如此哉！洛阳再战，宇文失利，一则因屡败而惧；一则因屡胜而骄，甚矣用兵之不可不慎也。若夫两国相争，结邻为助，而柔然适得博渔人之利，智如黑獭，且劝宝炬废旧迎新，纳侏俐之女，逐上国之母，毋乃悖甚！况女德无极，妇怨无终，和亲岂果足恃耶！识者于此，当亦以轻率讥之矣。

第五十六回　战邙山宇文泰败溃　幸佛寺梁主衍舍身

却说西魏立柔然女郁久闾氏为后，是大统四年间事。越年废后乙弗氏，随子戊出居秦州。又越年二月，柔然入犯，举国南来，直抵夏州。西魏主宝炬，免不得遣使诘问，究为何事兴兵？柔然主头兵可汗，谓一国不能有二后，西魏故后尚存，将来仍拟复封，我女总要被黜，所以兴师问罪云云。看官，试想柔然远居塞外，如何晓得魏宫中情事？这无非是郁久闾氏，闻知乙弗氏临别，由西魏主嘱她蓄发，所以暗中怀妒，通报柔然，叫他兴兵内逼，好把故后除去，免贻后患。西魏主宝炬，接得去使还报，踌躇了好多时，便叹息道："岂有百万番兵，为一女子大举？但朕若不肯割爱，自招寇患，亦有何面目自见诸将帅呢！"外人要你杀妻，你便将爱妻杀却，若叫你自杀，你将奈何？乃遣中常侍曹宠，赍手敕赴秦州，令乙弗氏自尽。

乙弗氏洒泪，泣语曹宠道："愿至尊享千万岁，天下康宁。我死无恨！"说着，召次子武都王戊至前，嘱他后事。且令传语皇太子，善事阿父，勿念生母，语多凄怆，惨不忍闻。左右皆垂涕失声，莫能仰视。时乙弗氏已蓄发鬑鬑，因复召僧供佛，再向佛像前落发，始入室服毒，引被自覆而殁，年三十一。

当下凿麦积崖为龛，殓棺告窆，柩将入穴，有二丛云先入龛中。一灭一出，人皆诧为异事，后来号为寂陵。曹宠还都复命，西魏主又遣人报告柔然，头兵可汗，乃引兵退去。

是年郁久闾氏怀妊将产，居瑶华殿，辄闻狗吠声，心甚不安。继而临盆坐蓐，胞久不下，医巫相继召集，或为诊治，或为祈祷，郁久闾氏唯双睁凤目，满口谵言，忽言有盛饰妇人入室，忽言妇人立在床边，用物击我，医巫皆无所见，都吓得毛骨森竖，齿牙皆震。好容易产下一儿，那郁久闾氏已两目一翻，呜呼哀哉，年只十六。当时宫禁内外，统说是故后为祟，因致产亡。容或有之。西魏主宝炬，命将遗骸安葬少陵原，不消细述。

东魏接连改元，始因南兖州获得巨象，称为祯祥。及改年元象，越年册立高欢次女为皇后，营立新宫，复改元兴和。禁民间立寺，改停年格，命百官就麟趾阁议定新制，号为麟趾格，颁敕施行。命侯景为吏部尚书，兼尚书仆射，出任河南大行台，随机防御。

适北豫州刺史高仲密，阴谋外叛。高欢遣将奚寿兴代掌军事，仲密竟执住寿兴，通款西魏，以虎牢为贽仪。原来仲密为高敖曹次兄，见前。本来是忠事东魏，官拜御史中尉，遇事敢言，颇有直声。嗣因与妻室反目，将妻休弃，遂致与妻舅崔暹有嫌。所选御史，均被暹排去，免不得怏怏失望，怨及朝廷。暹为高澄心腹，与澄同在邺中，见五十四回。澄为大丞相世子，姊入为后，又娶东魏主妹冯翊公主为妻，真是元勋贵戚，权焰熏天。崔暹倚作党援，当然是指挥如意，他妹被仲密休弃后，即由澄出为媒介，别嫁显宦，格外备仪。仲密亦娶一继妻李氏，美艳工文，澄借贺喜为名，亲往审视，果然是丰姿绰约，比众不同。嗣是暗地垂涎，伺仲密外出时，竟驰至高宅，挑诱李氏。李氏拒绝不从，澄竟用出强暴手段，硬胁李氏入室，为强奸计。当由高氏家人，飞报仲密，仲密踉跄归家，澄乃自去。李氏衣裳破裂，泣告仲密，仲密怀恨益深，遂乞请外调，出为北豫州刺史，挈眷赴镇，潜通西魏。可巧高欢激变，索性明目张胆，背东归西。仲密无故弃妻，惹出许多祸祟，这也自贻伊戚，不能尽咎他人。

高欢闻仲密叛去，事出崔暹，即召暹赴晋阳，将加死罪。如何不知子恶？暹忙向高澄乞怜，澄匿暹府中，浼人说欢，一再请免，欢乃宥暹不问。嗣闻西魏授仲密为侍中司徒，并由宇文泰督率诸军，来收虎牢，且进围河桥南城，欢因发兵十万，亲至河北，御宇文泰。泰退军瀍上，令军士驾舟，纵火上流，欲毁河桥。东魏将斛律金，使行台郎中张亮，用小艇百余艘，阻截敌船，用链横河，系以长锁，钉住两岸，敌人不得近桥，桥始获全。

欢渡河据邙山，依险立营，数日不进。泰在瀍曲留住辎重，乘夜袭欢，侦骑驰报欢营，欢笑道："贼距我四十里，夤夜前来，必患饥渴，我正好以逸待劳呢。"乃整阵待着。候至黎明，泰军果然驰到。欢将彭乐，不俟泰军列阵，便率数千精骑，冲将过去。泰军见欢有备，已是惊惶，更遇着骁勇善战的彭乐，执着一杆长刀，左右乱劈，但见头颅滚滚，飞掷空中，不由的旁观股栗，纷纷逃回。泰亦只好退走。

欢军见彭乐得胜，统上前力追，杀死泰军无数。彭乐且一马当先，追至瀍上，踹入泰营，泰弃营再遁。西魏侍中大都督临洮王元柬，蜀郡王元荣宗，江夏王元升，巨鹿王元阐，谯郡王元亮，詹事赵善等，仓猝不及遁逃，俱被掳去。泰正策马西奔，忽背后有人大呼道："黑獭休走！"泰急返顾，见一敌将威风凛凛，杀气腾腾，禁不住一身冷汗，勉强按定了神，徐声与语道："汝非大将彭乐么？从泰口中呼出彭乐，笔势好不平。一个伟男子，可惜太呆，试想今日无我，明日岂尚有汝么？何不急速还营，收取金宝！"彭乐闻言，也觉有理，遂停住不赶，泰得脱去。

乐还入泰营，得泰金带一囊，携去归营。诸将各收军还报，载归甲仗，不可胜计。欢升帐记功，已有人报乐纵泰。及乐入帐复命，且行且呼道："黑獭漏刃遁去，但已是破胆了！"欢不禁怒起，勃然离座道："汝敢来欺我吗？"乐本已心虚，慌忙伏地，欢亲捽乐头，三举三下，拔出佩剑，置诸乐颈，责他私纵黑獭，并前日沙苑一役轻战致败的罪状。乐嗫嚅道："愿乞五千骑士，再为王擒取黑獭！"欢益怒叱道："汝纵他使去，尚说好擒取么？"说至此，又取剑欲斫，将下未下，共计三次。诸将已窥透欢意，均上前乞情，黑压压的跪满座下。欢乃还座，令左右取绢三千匹，压乐背上，乐兀自负住，不闻气喘。欢又道："有力不忠，也是徒然！今日饶汝，汝应自知前愆，效力赎罪！"乐连声遵令，欢因命将绢卸下，仍赐与乐，不没前驱的功劳。好权术。乐拜谢而退。

越日复与宇文泰交战，泰自将中军，领军若干惠若干系复姓。为右军，两路夹击欢军，欢军败绩，所有步卒，悉为泰军所擒。欢落荒东走，随员只有七人，后面追兵大至，都督尉兴庆奋然道："王速去！兴庆腰佩百箭，尚足杀敌百人。"欢乃留兴庆拒战，纵辔急奔，兴庆独截追兵，矢尽而死。

泰料欢东奔不远，更召健卒三千人，令执短兵，用贺拔胜为统将，再往追欢。胜与欢本来相识，执槊当先，竟得追及。欢见胜到来，驱马急奔，胜率十三骑力赶，驰至数里，槊已及欢马尾，便大呼道："贺六浑！今日在贺拔破胡手中，誓必杀汝。"胜字破胡，故自称表字。欢吓得胆落，坠落马下。胜正挺槊刺欢，不防坐马一蹶，也将胜掀落尘埃。原来东魏将军段韶正来救欢，见欢命在须臾，忙弯弓射胜，正中胜马；因此胜亦仆地。及胜跃起，韶已驰至，扶欢上马，向东逸去。胜易马再追，复有东魏河州刺史刘洪徽，引兵拦阻，连射二矢，毙胜从骑二人。胜知不能得欢，便即长叹道："今日不执弓矢，岂非天意！"泰遇彭乐，欢遇贺拔胜，终得脱免，不可谓非天意。乃引骑西还。

唯东魏骑兵尚能再战，将军耿令贵整众复出，突入敌阵，锋刃乱下，杀伤相继。西魏将士不防有此回马兵，多半懈怠，怎禁得令贵冲入，似虎似狼，霎时间旗靡辙乱。西魏将赵贵等禁遏不住，也俱回窜。宇文泰亲自出拒，交战数合，那东魏兵陆续攒集，气势甚锐，弄得泰亦无法拦阻，没奈何策马返奔。东魏兵鼓勇追蹑，幸亏西魏将独孤信、于谨等收集散卒，从后绕出，大呼杀贼，追兵也彷徨惊顾，倒退下去，西魏各军，才得保全。若干惠且建旗鸣角，徐徐引还。

泰走入关中，屯兵渭上，欢进至陕城。泰使达奚武拒守，东魏行台郎中封子绘白欢道："混一东西，正在今日。昔魏太祖平汉中，不乘胜取巴蜀，失在迟疑，后悔无及。愿大王不以为疑！"欢点首称善，集诸将会议进止。诸将多说野无青草，人马疲瘦，不可远追。欢乃收军东归，但令侯景等收复虎牢。

时高仲密亦随泰入关，家属尚在虎牢城内。留偏将魏光居守。宇文泰遣谍赍书，送给魏光，令他固守待援。中途为侯景所获，搜得书札，改易数字，叫他速去。乃复将书发还，纵谍入城。光见书即夤夜遁走。景麾军入城，捕得仲密妻子，解送邺都。高澄得报，不禁喜出望外，忙盛服出城，往迎仲密后妻赵氏。待了半日，方见心上人儿，被军士押至，花容惨淡，云鬓蓬松，越觉可怜可爱，当即令军士释缚，载以良马，导入都中私第，召集婢媪，替赵氏沐浴梳妆。到了黄昏，饮过交杯酒，搂入合欢床，绝处逢生的赵美人，身不由主，只得任他所为。从此仲密妻变作高澄妾，又另是一番天地了。千古艰难唯一死，伤心岂独息夫人！

高欢因高乾有义勋，高敖曹死王事，家属皆免连坐。尚有仲密幼弟季式，曾行晋州事，镇守永安，至是先诣晋阳请罪，欢亦相待如初。唯高澄借父威势，得升任大将军，领中书监，移门下机事，总归中书，文武赏罚，皆由澄主张。想是肉战的功劳。侍中孙腾自恃为高澄父执，不肯敬澄。澄叱左右牵腾至阶，筑以刀环，使立门下。定州刺史库狄干，为澄姑夫，自定州入谒，立门下三日，始得相见。尚书令司马子如，太师咸阳王坦，为澄心腹崔暹所劾，说他贪黩无厌，并削官爵。高欢反与邺中诸贵书，略言儿年寝长，公等不宜撄锋，即如咸阳王司马令两人，皆我故交，同时获罪，我尚不得相救，他人更不必论了。纵容儿子，一至于此。自是公卿以下，无不惮澄。澄又授崔暹为御史中尉，宋游道为尚书左丞。二人俱系高澄鹰犬，所有弹章，无不照行，或黜或死，几难胜数。澄威权几过乃父，东魏主善见，简直是个木偶，毫无能力，徒拥虚名罢了。为北齐篡位张本。

西魏丞相宇文泰自邙山败后，方惮东略，并且太师贺拔胜悔恨致疾，又复去世，国中失一大将，愈觉灰心。胜弟岳早被杀关中，见五十二回。兄允留官洛阳，为高欢所忌，闭置一室，竟致饿死。胜诸子亦多为欢所杀。胜既悔失欢，又痛覆家，因此不得永年。临死时，自写遗书致宇文泰，书中略云："胜万里杖策，归身阙廷，每望与公扫除捕寇，不幸殒毙，微志不伸，死若有知，尚当魂飞贼庭，借报恩遇"等语。泰览书流涕，表请赠胜为太宰，录尚书事，予谥贞献。贺拔氏三弟兄从此皆亡，后来贺拔岳子纬，纳宇文泰女为妻，受封霍国公，得承宗祀，事且慢表。前段了过高仲密兄弟，此段了过贺拔胜兄弟，两人关系较大，故特表明始末。

且说梁主衍中大通七年，复改元大同，江南无事，坐享承平。虽与北方屡有交涉，但北魏正东分西裂，无暇顾及江淮，且东魏与梁修和，边境安宁，更觉得囊弓戢矢，四静烽烟。梁主衍政躬多暇，竟欲皈依佛教，为参禅计。特在都下筑一同泰寺，供设莲座，宝相巍峨，殿宇弘敞，他即亲幸寺中，设四部无遮大会，居然披服缁衣，趺坐蒲圃，扮做一个老和尚，自号三宝奴，叫做舍身为僧。尤可笑的是公卿以下，醵钱一亿，纳入寺中，替梁主赎身还宫。这种法制，好似从平康里中采来。既而又舍身同泰寺，仍然戴毘卢帽，穿黄袈裟，亲升法座，为四部众讲涅槃经，说得天花乱坠，有条有理。其实统是佛学皮毛，未得大乘真谛。就使识得真谛，亦与治道无关。讲毕以后，拟在寺中居住，不复还宫，再经群臣出钱奉赎，表请返驾。第一、二表还不肯从，三表乃许。做出什么鬼态！

南印度僧菩提达摩，得悉梁朝重佛，从海路航至广州。梁主闻有高僧到来，亟命地方有司，护送入都，召见内殿，赐他旁坐，且婉问道："朕欲多造佛寺，写经度僧，可有功德否？"达摩答道："没有什么功德，参禅不在形迹，须由静生智，由智生明，从空寂中体会出来，方有功德可言！"梁主复道："朕在华林园中，总集许多经典，高僧前来，可能为朕逐日讲解，指误觉迷否？"达摩微笑道："佛学在心不在口，一落言诠，仍非上乘，所以明心见性，自能成佛，不在区区经论呢。"确有至理。梁主被他两番驳斥，反弄得哑口无言。达摩便起身告辞，梁主亦不挽留，由他自去。他乃渡江北行，至嵩山少林寺中，面壁十年，方才入寂，是为中国禅宗第一祖。弟子慧可承受衣钵，这却是佛学真传。

那梁主衍但尊俗僧慧约为师，亲自受戒，并令太子王公以下，亦皆师事慧约，受戒至五万人。究竟佛学弘旨，无一了解，徒然开口谈经，闭口坐禅，有何益处？况且梁主是身为天子，一日万几，怎得无端佞佛，反将政事搁起？为这一误，遂使朝纲废弛，宵小弄权。贤相周舍、徐勉等，又相继逝世。侍中朱异，尚书令何敬容，表里用事。敬容还有些朴实，异才足济奸，辩能惑主，任官三十年，广纳贿赂，蒙蔽宫廷，所有园宅玩好，饮膳声色，均极华备。性又甚齐，不肯施舍，厨下珍羞腐烂，每月尝弃十余车。梁主衍却非常宠眷，言听计从，于是赏罚无章，隐生乱祸。并因梁主好佛，上行下效，士大夫争向空谈，不习武事。

丹阳处士陶弘景少年好学，有志养生，齐高帝萧道成尝召为诸王侍读，虽应命入都，仍然谢绝交游，不愿与闻朝事，旋即上表辞禄，归隐茅山。梁主衍早与相识，即位后通问不绝，大事必谈，且劝令出山。弘景颇为献替，唯终不就征，当时号为山中宰相。梁主每得复书，辄焚香虔受，遥申敬礼。太子纲未为储贰时，曾出督南徐州，想望风采，延弘景至后堂，谈论数日，才许辞去。弘景年八十，得辟穀导引诸术，尚有壮容，又越五年乃殁。弥留时尚口占一诗道："夷甫即晋王衍，任散诞，平叔善论空，平叔即晋何晏字。岂悟昭阳殿，遂作单于宫！"时人谓弘景此诗，明明是讥讽时事，且为侯景乱梁的预谶。可惜梁廷不悟，卒致大乱，梁主衍闻弘景丧讣，特赠中散大夫，谥曰贞白先生。前述达摩，此述陶弘景，畸人高士，亦必阐扬，是作者本意。

大同八年，安城郡民刘敬躬妖言惑众，逐去郡吏萧说，据郡造反。攻庐陵，陷豫章，党徒多至数万，进逼新淦、柴桑。是由梁廷佞佛，感召出来。梁主第七子湘东王绎，方出为江州刺史，亟遣中兵参军曹子郢，府司马王僧辩，引兵往讨。南方久弛兵革，甲士窳惰，幸僧辩颇有智计，刘敬躬众皆乌合，因此一鼓荡平。

交州刺史武林侯萧谘，梁主从侄。苛暴失民心，郡民李贲纠众为乱。谘不能御，由梁廷派遣高州刺史孙冏，新州刺史卢子雄，会师往援。适值春瘴方起，众皆溃归，谘诬奏冏与子雄，通贼逗留，并皆赐死。子雄弟子略，为兄复仇，举兵攻谘，谘奔广州。高要太守陈霸先，召集精甲三千，克日出讨，大破子略，子略走死。霸先因功进直阁将军。梁廷召谘还都，改任杨瞟为交州刺史，霸先署府司马，进征李贲。贲方自称越帝，创置百官，屯兵苏历江口，阻遏官军。瞟推霸先为先锋，直逼苏历江，拔去城栅，所向摧陷。贲走嘉宁城，转奔典撤湖，俱被霸先攻入。再窜入屈獠洞中，由霸先谕令缚送，屈獠斩贲以献，传首建康，交州乃平。嗣是霸先威名，震耀南方。

霸先系吴兴人，字兴国，小字法生，自云为汉太邱长陈实后裔，少有大志，不事生产，及长乃涉猎史籍，好读兵书，身长七尺五寸，日角龙颜，垂手过膝。梁主闻他状貌过人，特令图形以进，并因更造建功，除拜西江督护，兼高要太守，都督七郡军事。陈霸先、王僧辩俱为后来重要人物，唯霸先后为陈祖，故叙述处详略不同。小子有诗叹道：

盛衰倚伏本无常，佞佛容奸即兆亡；
乱世偃文只尚武，但能平贼便称强。

欲知后事如何，且看下回再叙。

沙苑败而高欢不复西行，邙山败而宇文泰不复东出，分据之势，自是遂定。要之欢、泰两人，智力相埒，故忽胜忽败，变幻靡常。唯欢性好色，纵子淫暴，邙山之战，实自高澄酿成之。其得战胜宇文，实出一时之侥幸，或者由宇文助叛，名义未正，故有此挫失，俾高氏得以幸胜耳。梁主衍安据江南，不乘两魏相争之际，修明政治，渐图混一，乃迷信释教，舍身佛寺，一任朱异擅权，紊乱朝纪，何其愦愦乃尔！夫梁主衍手造邦家，未始非一英武主，其所由误入歧途，攻乎异端者，得毋鉴沉约之死，获罪齐和，自省亦未免多疚，乃欲借佛教以图忏悔耶！然而愚甚！然而谬甚！

第五十七回　责贺琛梁廷草敕
防侯景高氏留言

却说梁主信佛，太子纲独信道教，尝在玄圃中讲论老庄。学士吴孜每入圃听讲，尚书令何敬容道："昔西晋丧乱，祸源在祖尚玄虚，今东宫复蹈此辙，恐江南亦将致寇了。"这语颇为太子所闻，很滋不悦。后来敬容妾弟费慧明，充导仓丞，夜盗官米，为禁司所执，交领军府惩办。敬容贻书领军将军，代为乞免。领军将军河东王萧誉，为太子纲犹子，见五十二回。当然与太子叙谈，太子即嘱令封书奏闻，梁主大怒，立将何敬容除名。敬容既去，朱异权势益专，更得引用私人，搅乱朝政。散骑常侍贺琛不忍缄默，因上书论事，略云：

窃闻慈父不爱无益之子，明君不畜无益之臣，臣荷拔擢之恩，曾不能效一职，献一言，此所以当食废飧，中宵叹息也。今特谨陈时事，具列于后，倘蒙听览，试加省鉴，如不允合，乞亮赣愚。其一事曰：今北边稽服，戈甲解息，正是生聚教训之时，而天下户口减落，关外弥甚。郡不堪州之控总，县不堪郡之裒削，更相呼扰，莫得治其政术，唯以应赴征敛为事。小民辗转流离，或依于大姓，或聚于屯封，盖不获已而窜亡，非乐之也。国家于关外，赋税盖微，乃至年常租课，动致逋积，而民失安居，宁非牧守之过欤？东境户口空虚，皆由使命烦数，驽困邑宰，则拱手听其渔猎，桀黠长吏，又因之而为贪残，虽年降复业之诏，屡下蠲赋之恩，而民终不得反其居也。其二事曰：天下宰守，所以皆尚贪残，罕有廉白者，实由风俗侈靡使然。夫食方丈于前，所甘一味，今之燕喜，相竞夸豪，积果如山岳，列肴同绮绣，露台之产，不周一燕之资，加以歌姬盛畜，舞女盈庭，竞尚奢淫，不问品制，凡为吏牧民者，竞事剥削，虽致资巨亿，而罢归以后，不支数年。率皆尽于燕饮之物，歌讴之具。所费等于邱山，为欢止在俄顷，乃更追恨向所取之少，今所费之多，如复傅翼，增其搏噬，一何悖哉！其余淫侈，日见滋甚，欲使人守廉隅，吏尚清白，安可得耶！今宜严为禁制，导之以节俭，贬黜雕饰，纠奏浮华，使众皆知变其耳目，改其好恶。盖论至治者必以淳素为先，正雕流之弊，莫有过于俭朴者也。其三事曰：圣躬荷负苍生以为任，弘济四海以为心，不惮胼胝之劳，不辞癯瘦之苦，岂止日昃忘饥，夜分废寝。至于百司，莫不奏事，上息责下之嫌，下无逼上之咎，斯实道迈百王，事绝千载。但斗筲之人，藻棁之子，既得伏奏帷扆，便欲诡竞求进，不论国之大体，但务吹毛求疵，运挈瓶之智，侥分外之求，以深刻为能，以绳逐为务，迹虽似于奉公，事更成其威福，长弊增奸，实由于此。所愿责其公平之效，黜其邪慝之心，则上安下谧，无侥幸之患矣！其四事曰：曩昔征伐北境，帑藏空虚，今天下无事，而犹日不暇给者，何也？去国弊则省其事而息其费，事省则民养，费息则财聚。止五年之中，尚能无事，必能使国丰民阜，若积以岁月，成效愈巨，斯乃范蠡灭吴之术，管仲霸齐之由。今应内省职掌，各简所部，或十省其五，成三除其一，至国容戎备，在昔应多，在今宜少，凡四方屯传邸治，或旧有，或无益，有所宜除除之，有所宜减减之，兴造有非急者，征求有可缓者，皆宜停省，以蓄财而息民，蓄其财者，正所以大用之也，息其民者，正所以大役之也。若扰其民而欲求生聚，耗其财而徒务赋敛，则奸诈盗窃，日出不已，何以语富强，图远大乎？伏思自普通以来，二十余年，刑役荐起，民力雕流，今魏氏和亲，疆埸无警，不于此时大息四民，使之殷阜，减省国费，使之储峙，一旦异境有虞，关河可扫，则国弊而民疲，事至方图，恐无及矣！臣心所谓危，罔知忌讳，谨昧死上闻！

梁主衍览书，不禁大怒，立召侍臣至前，口授敕书，令他照录，大旨是诘责贺琛，令他据实指陈，不得徒托空言。第一事谓牧守贪残，应指出某官某吏，以便黜逐。第二事谓风俗侈靡，不便一一严禁，自增苛扰。朕常思本身作则，绝房室三十余年，不饮酒，不好音，雕饰各物，从未入宫。宗庙牲牢，久未宰杀，朝廷会同，只备蔬菜，且未尝奏乐。朕三更即起理事，每至日昃，日常一食，昔腰十围，今裁二尺，勤俭如许，不得谓非淳素。舍本逐末，无益于事。第三事谓百司干进，谁为诡竞？谁为吹毛求疵？谁为深刻绳逐？若不令奏事，专委一人，与秦二世宠信赵高，汉元后付托王莽，亦复何异？第四事谓省事息费，究竟何事宜省？何事宜息？国容戎备，如何减省？屯传邸治，如何裁并？何处兴造非急，何处征求可缓？宜条具以闻，不得空作漫语，徒沽直名。这道敕文，颁给贺琛，琛不禁畏缩，未敢复奏，但申表谢过罢了。原来是银样镴枪头。

大同十二年三月，梁主衍又幸同泰寺，讲三慧经，差不多过了一月，方才罢讲。再设法会，大赦天下，改元中大同。是夜同泰寺竟肇火灾，毁去浮图，梁主叹道："这便佛经上叫作魔劫呢！"浮图成灾，并非魔劫，似你这般佞佛，却是要堕入魔劫了！遂令重造浮图十二层，格外崇闳，需工甚巨，经年未成。梁主衍年逾八十，虽精神尚可支持，终究是老态龙钟，不胜繁赜。再加平时览诵佛经，时思修寂，尤觉得耄期倦勤，厌闻政治。

是时储嗣虽定，诸子未免不平，因为梁主不立嫡孙，但立庶子，大家资格相等，没一个不觊觎神器，猜忌东宫。邵陵王纶，系梁主第六子，性最浮躁，喜怒无常，车服尝僭拟乘舆，游行无度。梁主屡戒不悛，曾将他锢置狱中，免官削爵，已而仍复旧封，命为扬州刺史，纵肆如故。遣人就市购物，不给价值，商民怨声载道，甚至罢市。府丞何智通具状上闻，纶竟遣人刺杀智通。梁主乃将纶召回，锁禁第舍，免为庶人。过了数月，又赐复封爵，何溺爱乃尔！授丹阳尹。纶恃宠生骄，妄思夺储，太子纲当然嫉视，请出纶为南徐州刺史，有诏依议。还有梁主第五予庐陵王续，出镇荆州，第七子湘东王绎，出镇江州，第八子武陵王纪，出镇益州，皆权侔人主，威福自专。唯次子豫章王综，已死北朝，四子南康王绩，长孙豫章王欢，俱已去世，免为东宫敌手。但太子纲终不自安，常挑选精卒，为自卫计。

梁主衍未察暗潮，反因舍嫡立庶的情由，未免内愧，所以待遇昭明太子诸男，不亚诸子。河东王誉得为湘州刺史，岳阳王詧，亦授雍州刺史。詧见梁主年老，朝多秕政，也不免隐蓄雄心，预先戒备。自思襄阳形胜，为梁业开基地，正好作为根据，遂聚财下士，招募健卒数千人，环列帐下。一面究心政事，拊循士民，辖境称治。未几庐陵王续，病殁任所，调江东王绎继任。绎喜得要地，入阁欢跃，靴履为穿。

梁主怎知诸子用意，总道是孝子贤孙，不复加忧，整日里念佛诵经，蹉跎岁月。中大同二年，又复舍身同泰寺，群臣出金奉赎，如前二次故例。满望佛光普照，天子万年，哪知祸为福倚，福为祸伏，平白地得了河南，收降了一个东魏叛臣，遂闹得翻天覆地，大好江南，要变做铜驼荆棘了。直呼下文。

且说东魏大丞相高欢，自邙山战后，按兵不动，休养了两三年。东魏主善见复改元武定。嗣闻柔然与西魏连兵，将来犯境，乃亟令高欢为备。欢仍执前策，决与柔然续行修好，遣行台郎中杜弼为使，北诣柔然，申议和亲，愿为世子澄求婚。澄已有妻有妾，还要求什么婚！头兵可汗道："高王若须自娶，愿将爱女遣嫁。"还要悖谬。杜弼归报高欢，欢年已五十，自思死多活少，不堪再偶柔然公主，因此犹豫未决。何必犹豫，将来替汝效劳，大有人在。事为娄妃所闻，遂白欢道："为国家计，不妨从权，王无庸多疑！"欢半晌才道："我娶番女，岂不要委屈贤妃？"娄妃道："国事为大，家事为轻，枉尺直寻，何惜一妾！"欢一笑而罢。已而世子澄与太傅尉景，俱劝欢迎纳柔然公主，欢乃使慕容俨为纳采使，迎女南来。

欢出迎下馆，但见柔然仆从，无论男女，统皆控骑而至，就是这位新嫁娘，亦坐下一匹红鬃马，身服行装，腰佩弓矢，落落大方，毫无羞涩态度。最后随着一位番官，也是雄赳赳的少年，与新嫁娘面庞相似。欢又惊又喜，问明慕容俨，乃知送亲的随员，便是女弟秃突佳。当下彼此接见，问讯已毕，始引还晋阳城。欢妾大尔朱氏等，也出城相迎，一拥而归。柔然公主素善骑射，在途见鸱鸟飞翔，便在佩囊中取出弓矢，一发即中，鸱随箭落。大尔朱氏亦不禁技痒，由从人手中取过了弓箭，亦斜射飞鸟，应弦而落。既有此技，何不前时射死高欢，为主复仇！欢大喜道："我得此二妇，并能击贼，岂非快事！"说着，便纵辔入城。

到了府舍，与柔然公主行结婚礼，娄妃果避出正室，令柔然公主安居。

欢感激异常，寻至别室，得见娄妃，不由的五体投地，向妻拜谢。娄妃慌忙答礼，且笑且语道：“男儿膝下有千金，奈何向妾下跪！况番国公主，有所察觉，反觉不美，王尽管自去，与新人作交颈欢，不必多来顾妾了！”欢乃起身去讫。是夕老夫少妻，共效于飞，不必絮述，唯大尔朱氏器量褊窄，未及娄妃的大度，她情愿出家为尼。欢特为建筑佛寺，俾她静修。

秃突佳传述父命，谓待见外孙，然后返国，因此留居晋阳。看官！试想这高欢年经半百，精力渐衰，况他是好酒渔色，宠妾盈庭，平时已耗尽脂膏，怎能枯杨生稊，一索得男！柔然公主望儿心急，每夕嬲欢不休，累得欢形容憔悴，疾病缠身。有时入宿射堂，暂期休养，偏秃突佳硬来逼迫，定要欢去陪伴乃姊，欢稍稍推诿，秃突佳即发恶言。可怜欢无从摆脱，没奈何往就公主，力疾从事，峨眉伐性，实觉难支。欢乃想出一法，只说要出攻西魏，督军经行。肉战不如兵战。

先是西魏并州刺史王思政居守恒农，兼镇玉璧，嗣受调为荆州刺史，举韦孝宽为代。孝宽莅任后，闻高欢率军西来，即至玉璧扼守。欢至玉璧城下，昼夜围攻，孝宽随机抵御，无懈可乘。城中无水，仰给汾河，欢堵住水道，并就城南筑起土山，拟乘高扒城。城上有二楼，孝宽缚木相接，高出土山，居上临下，使不得逞。欢愤语守兵道：“虽尔缚楼至天，我自有法取尔。”因凿地为十道，穿入城中。孝宽四面掘堑，令战士屯守堑上，见有地道穿入，便塞柴投火，用皮排吹，地道变成火窟，掘地诸人，悉数焦烂。欢又改用攻车撞城，孝宽缝布为幔，悬空遮护，车不能坏。欢命兵士各执竹竿，上缚松麻，灌油加火，一面焚布，一面烧楼，孝宽用长钩钩竿，钩上有刃，得割松麻，竿仍无用。欢再穿地为二十道，中施梁柱，纵火延烧，柱折城崩。孝宽积木以待，见有崩陷，立即竖栅，欢军仍不得入。城外攻具已穷，城内守备，却还有余。孝宽更夜出奇兵，夺据土山。

欢知不能拔，乃使参军祖珽，呼孝宽道：“君独守孤城，终难瓦全，不如早降为是！”孝宽厉声答道：“我城池严固，兵多粮足，足支数年，且孝宽是关西男子，怎肯自作降将军！”珽复语守卒道：“韦城主受彼荣禄，或当与城存亡，汝等军民，何苦随死？”守卒俱摇首不答。珽复射入赏格，谓能斩城主出降，拜太尉，封郡公，赏帛万匹。孝宽手题书背，返射城外，谓能斩高欢，准此赏格。欢苦攻至五十日，始终不能得手，士卒战死病死，约计七万人，共为一家。大众多垂头丧气，欢亦旧病复作，入夜有大星坠欢营中，营兵大哗，乃解围引还。欢悉众攻一孤城，终不能下，所谓强弩之末，势不能穿鲁缟。

当时远近讹传，谓欢已被孝宽射死。西魏又申行敕令道："劲弩一发，凶身自殒。"欢也有所闻，勉坐厅上，引见诸贵。大司马斛律金为敕勒部人，欢使作敕勒歌，歌云："敕勒川，阴山下，天似穹庐，笼罩四野。天苍苍，夜茫茫，风吹草低见牛羊。"斛律金为首倡，欢依声作和，语带呜咽，甚至泪下。死机已兆。自此病益沉重，好容易延过残冬，次年为武定五年，元旦日蚀，欢已不能起床，慨然叹道："日蚀恐应在我身，我死亦无恨了！"日蚀乃天道之常，干卿甚事！遂命次子高洋，往镇邺郡，召世子澄返晋阳。

澄入问父疾，欢嘱他后事，澄独以河南为忧。欢说道："汝非忧侯景叛乱么？"澄应声称是。欢又道："我已早为汝算定了，景在河南十四年，飞扬跋扈，只我尚能驾驭，汝等原不能制景，我死后，且秘不发丧，库狄干、斛律金，性皆遒直，终不负汝。可朱浑元、刘丰生，远来投我，当无异心。韩轨少戆，不宜苛求。彭乐轻躁，应加防护。将来能敌侯景，只有慕容绍宗一人，我未尝授彼大官，特留以待汝，汝宜厚加殊礼，委彼经略，侯景虽狡，想亦无能为了。"说至此，喉中有痰壅起，喘不成声，好一歇始觉稍平，乃复嘱澄道："段孝先即段韶字。忠亮仁厚，智勇兼全，如有军旅大事，尽可与他商议，当不致误。"是夕遂殁，年五十二。

澄遵遗命，不发丧讣，但诡为欢书，召景诣晋阳。景右足偏短，骑射非长，独多谋算，诸将如高敖曹、彭乐等，皆为景所轻视。尝向欢陈请，愿得兵三万，横行天下，要须济江缚取萧衍老公，令作太平寺主，欢因使景统兵十万，专制河南。景又尝藐视高澄，私语司马子如道："高王尚在，我未敢有异心，若高王已没，却不愿与鲜卑小儿共事。"子如忙用手掩住景口，令勿多言。景复与欢约，谓自己握兵在外，须防诈谋，此后赐书，请加微点，欢从景言，书中必加点以作暗号。高澄却未知此约，作书召景，并不加点，景遂辞不就征。且密遣人至晋阳，侦欢病状。

旋接密报，晋阳事尽归高澄主持，料知欢必不起，乃决意叛去，通书西魏，愿举河南降附。西魏授景为太傅，领河南大行台，封上谷公。景遂诱执豫州刺史高元成，襄州刺史李密，广州刺史暴显等，潜遣兵士二百人，夜袭西兖州，被刺史邢子才探悉，一律掩获，因移檄东方诸州，各令严防。高澄即派司空韩轨，督兵讨景。

景恐关、陕一路，为轨所断，不如南向投梁，较无阻碍，乃遣郎中丁和，奉表至梁。内言臣景与高澄有隙，愿举函谷以东，瑕邱以西，如豫、广、颍、荆、襄、兖、南兖、济、东豫、洛阳、北荆、北扬等十三州内附，所有青、徐数州，但须折简，即可使服。齐、宋一平，徐事燕、赵，混一天下，便在此举云云。忽降西魏，忽附南朝，景之狡猾已可想见。

梁主衍接阅景表，因召群臣廷议，尚书仆射谢举进谏道："近来与东魏通和，边境无事，若纳彼叛臣，臣窃以为未可！"梁主怫然道："机会难得，怎得胶柱鼓瑟？"群臣多赞成举议，请勿纳景。独有一人鼓掌道："天与不取，反受其咎；况陛下吉梦征祥，臣曾料是混一的预兆，今言果验，奈何勿纳！"梁主亦欣然道："诚如卿言，朕所以拟纳侯景呢。"小子有诗叹道：

竖牛入梦叔孙亡，故事曾从经传详；
尽说春秋成答问，如何迷幻自招殃！梁武曾作春秋答问，见《梁书本纪》。

究竟梁主曾梦何事，与梁主详梦，及劝纳侯景，又为何人？俟小子下回再详。

贺琛上书言事，胪陈四则，未尝无理。梁主衍护短矜长，颁敕诘责，昏髦情形，已可概见。然读其敕文，犹令琛指实具陈，琛少振即馁，仍作寒蝉，主不明，则臣不能伸其直，于琛何尤焉！唯梁主信佛过甚，教子无方，琛上书时，亦未闻提及，舍本逐末，皮相虚谈，绳以国家大体，琛固未足知此也。高欢年已五十，尚娶蠕蠕公主，老犹渔色，不死何为？玉璧之围，五旬不下，虽由韦孝宽之善守，亦由高欢之精神不济，未能振作军心。将帅疲敝，而望士卒之振奋，不可得也。及归死晋阳，犹能智料侯景，以慕容绍宗为嘱，工心计于生前，贻智谋于身后，此其所以为乱世之雄也欤！

第五十八回　悍高澄殴禁东魏主
智慕容计擒萧渊明

却说梁主衍太清元年正月，曾得一梦，梦见中原牧守，并举地来降，盈庭称庆，醒寤后尚觉得意。诘旦召入中书舍人朱异，详述梦境，且语异道："我平生少梦，若有梦必验。"异便即献谀道："这便是宇内混一的预兆哩。"至是侯景来归，群臣皆主张拒绝，就中有一人反对，援梦相证，请即纳景，便是曲意迎合的朱舍人。是梁朝祸魁。

梁主听了异言，即优待来使丁和，令居客馆俟命。越宿复召异入语道："我国家固若金瓯，无一伤缺，今忽受景地，倘自致纷纭，悔将无及！"异答道："圣明御宇，南北归仰，今侯景来降，为北方的先导，若一见拒，反绝人望，愿陛下勿再疑！"仍是揣摩迎合。梁主乃授景为大将军，封河南王，都督河南北诸军事。令丁和赍敕还报，续遣司州刺史羊鸦仁，兖州刺史桓和，仁州刺史湛海珍等，发兵三万，同趋悬瓠，接应侯景。

平西将军谘议周弘正素善占候，数年前即语人道："国家将有兵变。"及闻朝廷纳景，不禁长吁道："乱阶在此了！"

东魏高澄已派韩轨督兵讨景，复恐诸州有变，自出巡抚，乘便入邺都谒主。东魏主善见特赐盛宴，澄酒酣起舞，欢跃异常，好似乃父未死时情状。及宴毕出宫，闻韩轨调兵未齐，不能遽发，因另遣将军元柱等率兵数万，往袭侯景。哪知景已有备，设伏待柱。柱等遇伏中计，大败而还。景因梁军未至，亦退保颍川。

既而韩轨督军趋集，围颍川城，景见他兵势甚盛，阴有畏心，再遣使至西魏求救，愿割东荆、北兖、鲁阳、长社四城为赂。西魏尚书仆射于谨道："景奸诈难测，不必遣兵。"荆州刺史王思政谓不若乘机进取，乃率荆州兵万余人，出鲁阳关，向阳翟进发。宇文泰时镇华州，承制加景大将军，兼尚书令，遣太尉李弼，仪同三司赵贵，率兵万人，援颍川。韩轨闻西魏军至，引兵还邺。

景又因通款西魏，恐被梁主诘责，特遣参军柳昕，上表朝廷，只说是王师未至，不得不乞援西魏，暂救目前。一面欲诱执李弼、赵贵，讨好梁廷。赵贵正虑景有诈，不愿见景，且闻东魏退兵，乐得与弼引归。唯王思政带兵入颍川，景畏他兵盛，不敢生谋，唯托词略地，出屯悬瓠，向西魏乞师。宇文泰再调同轨戍将韦法保等，往助侯景，且令召景入朝。景待遇法保，佯表谦恭，法保长史裴宽，密白法保道："景外示隆礼，内实藏奸，宽料他必不入关，公能设伏杀景，最为上策，否则当时时防备，愿勿信他诳诱，自贻后悔！"法保遂不敢信景，亦不敢图景，竟辞别还镇。王思政亦料景多诈，分布诸军，据景州镇。景乃决意归梁，致书报宇文泰道："我耻与高澄雁行，怎能比肩大弟！"泰乃召还前后所遣各军，示与景绝，且将授景各职，移给王思政。思政固辞，经泰再四敦谕，但受都督河南军事职衔。

梁司州刺史羊鸦仁，得引兵入悬瓠城，梁主命改悬瓠为豫州，寿春为南豫州，合肥为司州，即授鸦仁为司、豫二州刺史，镇守悬瓠。西阳太守羊思达为殷州刺史，镇守项城。

已而梁廷下诏，大举伐东魏，拟选鄱阳王萧范为元帅。范即恢子，系梁主侄。朱异忌范英武，忙入阻道："鄱阳王雄豪盖世，颇得人死力，但所至残暴。恐未足吊民。"梁主踌躇良久，乃答说道："会理何如？"异对道："陛下得人了！"适贞阳侯萧渊明，亦上表请行，乃遗渊明、会理两人，分督诸将，陆续北赴。渊明系梁主兄懿子，本无将略，会理为梁主孙，即南康王绩子，袭封王爵，庸懦骄倨，在途常不礼渊明。渊明致书朱异，请调还会理，异乃申请召还。梁主溺爱儿孙，故不察智愚，一味乱用。时当盛夏，天气酷暑，军士不便就道，只好徐徐进行，所以沿途逗留，缓期出境。盛暑行军，并非赴急，这也是违悖天道。

东魏高澄自邺下还晋阳，方为父欢发丧。东魏主举哀东堂，追赠欢为相国，进爵齐王，备九锡殊礼，谥曰献武。且亲临送葬，命高澄为大丞相，都督中外诸军，录尚书事，袭爵勃海王，澄表辞大丞相职衔，有诏依议。澄弟洋为哀畿大都督，仍至邺都辅政。柔然世子秃突佳，尚在晋阳，因高欢已殁，始欲还国。澄因柔然公主适在盛年，不愿令她守寡，意欲替父效劳。好在柔然国俗，子妻后母，数见不鲜，他即援以为例，与秃突佳面商。秃突佳转告乃姊，乃姊入偶高欢，虽已逾年，历时不过数月，正在懊恨得很，蓦闻此信，倒也忧喜兼并。况澄年才逾冠，又生得仪表雄伟，弓马精通，与公主是一对佳偶，移花接木，乐得随缘，便即应允下去。秃突佳转告高澄，澄喜如所愿，便即趋入正室，与公主略迹表情，两下里同会巫山，男贪女爱，不问可知。后来产了一女，毋庸细表。这也可谓之世袭。唯秃突佳急欲北还，由澄厚赠赆仪，出城饯别，自回柔然去了。了过秃突佳，并了过蠕蠕公主。

那东魏主善见，多力善射，又好文学，时人谓有孝文风烈。高欢在日，尚敬事善见，事无大小，必先上闻，可否听命。有时入朝侍宴，亦必俯伏上寿，或随主行香，执炉步从，鞠躬屏气，承望颜色。所以群下奉主，莫敢不恭。及澄既当国，与乃父大不相同，尝使黄门侍郎崔季舒，伺察深宫动静。善见未免不平，一经季舒报告，澄顿时怒起，立驰入邺，愤愤上朝。善见看他满面怒容，料知他怀恨在胸，只好盛筵相待。澄斟着大觞，强主饮尽，善见辞不能饮，澄勃然道："臣澄劝陛下酒，陛下如何却臣？"善见忍耐不住，拂袖起座道："从古无不亡的国家，朕连饮酒都不能自主，何用求生？"澄亦怒叱道："朕、朕！狗脚朕！"随呼季舒道："可殴他三拳！"亏他说出。季舒恃澄威势，竟举拳相饷，连击三下，澄乃趋出。

越日复遣季舒入谢，善见亦只好优容，反赐季舒绢百匹。真是买打。及季舒退后，随口咏谢灵运诗道："韩亡子房奋，秦帝鲁连耻，本自江海人，忠义动君子！"侍讲荀济闻诗知意，乃与祠部郎中元瑾，华山王大器，淮南王宣洪，济北王徽等，谋诛高澄。诈称在宫中作土山，隐开地道，通至北城千秋门，达澄寓所，拟募勇士从地道刺澄。计亦太愚。

偏门吏日夕巡逻，听得地下有发掘声，忙向澄报闻。澄使人掘视，下面有地道通入宫中，越气得神色咆哮。当下勒兵入宫，见了主子善见，竟不行礼，昂然就座，怒目视主道："陛下何意欲反？"善见听了，也觉无名火高起三丈，骤声答道："从古只闻臣反君，未闻君反臣，王自欲反，奈何责我！”澄又道：“臣父子功存社稷，何负陛下！陛下想亦不欲害臣，或系左右嫔妃等从中谗构，所以致此。”善见复答道：“我不害王，王亦必害我，我身且不能顾，何惜妃嫔，必欲弑逆，迟速唯王！”口齿亦健。澄觉得语言太重，乃下座叩头，号泣谢罪。善见不得已扶他起坐，亦勉强慰谕，更设席与宴。澄借酒浇闷，饮至酣醉，夜久始出。

越日使人追究地道情事，知由荀济等所为，乃捕济等付有司。济少居江东，博学能文，与梁主衍为布衣旧交，梁主篡齐，济心不服，常语人道：“我若得志，当就盾鼻上磨墨草檄。”梁主闻言，很觉不平。嗣后上书规谏，以信佛筑寺为戒，词多激切。梁主怒不可遏，便欲斩济。舍人朱异令济逃生，济因奔往东魏。高欢颇加爱重，但虑他锋芒太露，不加大任。及高澄入邺辅政，欲用济为侍讲，欢叹道：“我欲全济，故不用济。”澄固请乃许。至此谋泄被捕，侍中杨遵彦问济道：“荀侍讲年力已衰，何苦乃尔！”济答辩道：“正因年纪衰颓，功名不立，所以上挟天子，下诛权臣！”澄颇追忆父言，欲宥济死，特亲加审讯道：“荀公，汝何为造反？”济抗声道：“奉诏诛高澄，怎得谓反！”澄当然加怒，立命就烹。有司见济老病，用鹿车载至东市，纵火焚死，余如华山王大器以下，一并被焚，遂将东魏主善见软禁含章堂，派心腹人临守，限制出入。谘议温子升方为高欢作碑文，澄疑他与济通谋，俟碑文告成，即牵往晋阳，饿毙狱中，弃尸道旁，籍没家口。澄也自归晋阳。

适值彭城急报，杂沓前来，略言梁军来攻，请速发援兵，澄乃遣大都督高岳，往救彭城。拟令金门郡公潘乐为副，行台丞陈元康道：“乐才不如慕容绍宗，况系先王遗命，何不遵行！”澄因命绍宗为东南道行台，与乐偕行。侯景在悬瓠治兵，方拟进攻谯城，闻绍宗督军南来，叩鞍有惧色，且皇然道：“谁教鲜卑儿，使绍宗来？难道高王尚未死么？”死高欢能料生侯景。遂遣人至萧渊明军，请勿轻视绍宗，如或得胜，逐北切勿过二里。

渊明在途数月，始抵彭城，梁廷复遣侍中羊侃，赍敕示渊明，令就泗水筑堰，截流灌城，俟得城后，再进军与侯景相应。渊明乃驻军寒山，距彭城约十八里，令羊侃监工筑堰，两旬告成。侃劝渊明乘水进攻，渊明正在狐疑，适接侯景来书，心下更忐忑不定。俄有探骑来报，慕容绍宗已率众十万，至橐驼岘，来援彭城了。羊侃在旁进言道：“敌军远来，不免劳乏，请急击勿失！”渊明不答。翌晨又劝渊明出战，仍然不从。侃知渊明必败，索性自率一军，出屯堰上。

又越日，绍宗率众进逼，自引前驱万人，攻梁左营。营将为潼州刺史郭凤，急忙抵御，矢如雨集，渊明正饮酒过醉，卧不能起，帐下叠报左营受敌，尚是鼾睡无闻。糊涂虫。好容易把他唤醒，他才发出军令，叫诸将出救郭凤，诸将皆不敢发，独北兖州刺史胡贵孙鼓勇出营，往扑东魏军，劲气直达，所向无前，斩首二百级。绍宗见来军轻悍，麾众使退。当有探卒报知渊明。渊明闻贵孙得胜，顿时胆大起来，便上马督军，驰往战场。望将过去，果然东魏军弃甲曳兵，向北乱窜，一时情急徼功，竟把侯景书中要语，撇诸脑后，并力追赶。约追了三五里，不意后面有敌兵杀到，冲散梁军，前面又由绍宗麾兵杀转，首尾夹攻。梁军本无斗志，不过乘兴前来，蓦见前后皆敌，统吓得东逃西窜，抱头狂奔。渊明亦叫苦不迭，策马乱撞，被东魏兵围裹拢来，你牵我扯，把他硬拖下马，活擒了去。胡贵孙也杀得力疲，身中数创，也被擒住，他将被虏，不可胜计，丧失士卒数万名。唯羊侃结阵徐退，不失一人。看官不必细问，便可知渊明各军，是陷入绍宗的诱敌计了！找足一笔。

梁主衍方昼寝殿中，由宦官张僧胤入报，谓朱异有急事启闻。梁主慌忙起床，出殿见异，异才说出寒山失律四字，惊得梁主身子发幌，几乎堕落座下。老头儿禁不起吓了。僧胤急从旁扶住，方叹息道：“我莫非再为晋家么？”异亦嘿然而退。已而复闻潼州失守，郭凤遁归，嗣见风声鹤唳，触处生惊，忽又传到东魏檄文。略云：

皇家垂统，光配彼天，唯彼吴越，独阻声教，元首怀止戈之心，上宰薄兵车之命，遂解絷南冠，谕以好睦，虽嘉谋长算，爰自我始，罢战息民，彼获甚利。侯景竖子，自生猜贰，远托关陇，凭依奸伪，逆主定君臣之分，伪相结兄弟之亲，岂曰无恩，终成难养。俄而易虑，亲寻干戈，衅暴恶盈，侧首无托，以金陵逋逃之薮，江南流寓之地，甘辞卑礼，委贽图存，诡言浮说，抑可知矣。而伪朝大小，幸灾忘义，主荒于上，臣蔽于下，连结奸恶，断绝邻好，征兵保境，纵盗侵国。盖物无定方，事无定势，或乘利而受害，或因得而更失，是以吴侵齐境，遂得勾践之师，赵纳韩地，终有长平之役。矧乃鞭挞疲民，侵轶徐部，筑垒壅川，舍舟徼利，是以援枹秉麾之将，拔巨投石之士，含怒作色，如赴私仇。彼连营拥众，依山傍水，举螳螂之斧，被蛣蜣之甲，当穷辙以待轮，坐积薪而候燎。及锋刃暂交，埃尘且接，已亡戟弃戈，土崩瓦解，掬指舟中，衿甲鼓下，同宗异姓，缧绁相望，曲直既殊，强弱不等。获一人而失一国，见黄雀而忘深阱，智者所不为，仁者所不向，诚既往之难逮，犹将来之可追。侯景以鄙俚之夫，遭风云之会，位班三事，邑启万家，揣身量分，久当止足；而周章向背，离披不已，夫岂徒然，意亦可见。彼乃授之以利器，诲之以慢藏，使其势得容奸，时堪乘便。今见南风不竞，天亡有征，老贼奸谋，将复作矣。然御坚强者难为功，摧枯朽者易为力，窃计江南军帅，虽非孙吴猛将，燕赵精兵，犹是久涉行阵，曾习军旅，岂同剽轻之师，不比危脆之众，拒此则作气不足，攻彼则为势有余。若及此不图，以恶为善，终恐尾大于身，踵粗于股，屈强不掉，很戾难驯。呼之则反速而衅小，不征则叛迟而祸大。会应遥望廷尉，不肯为臣，自据淮南，亦欲称帝，但恐楚国亡猿，祸延林木。城门失火，殃及池鱼，横使江淮士子，荆扬人物，死亡矢石之下，夭折雾露之中。彼梁主操行无闻，轻险有素，射雀论功，荡舟称力，年既老矣，耄又及之，政散民流，礼崩乐坏，加以用舍乖方，废立失所，矫情动俗，饰智惊愚，毒螫满怀，妄敦戒素，躁竞盈胸，谬治清净，灾异降于上，怨讟兴于下，人人厌苦，家家思乱。履霜有渐，坚冰且至，传险躁之风俗，任轻薄之子孙，朋党路开，兵权在外，必将祸生骨肉，衅起腹心，强弩冲城，长戈指阙。徒探雀鷇，无救府藏之虚，空请熊蹯，讵延晷刻之命？外崩中溃，今实其时，鹬蚌相持，我乘其敝。方使精骑追风，精甲辉日，四七并列，百万为群，以转石之形，为破竹之势，当使钟山渡江，青盖入洛，荆棘生于建业之宫，麋鹿游于姑苏之馆。但恐革车之所辚轹，剑骑之所蹂践，杞梓于焉倾折，竹箭以此摧残。若吴之王孙，蜀之公子，归款军门，委命下吏，当即授客卿之秩，特加骠骑之号。凡百君子，勉求多福，檄到如约，决不食言！

这篇檄文，系是东魏军司杜弼手笔，后来梁室祸败，多如弼言。怎奈梁主不悟，反因渊明被擒，愈欲倚重侯景。景遣行台左丞王伟，驰赴建康，奏称东魏主为高澄所幽，元氏子弟，多避难南朝，请择立一人为主，镇抚河北云云。梁主令太子舍人元贞为咸阳王，拨兵护送，使还北方。贞系魏咸阳王元禧孙，梁降王元树子，树被东魏擒戮，贞留梁为太子舍人，至是由梁主诏敕，许他渡江即位，称为魏主。

那东魏将慕容绍宗已乘胜进攻侯景，景退保涡阳。绍宗长驱而进，与景交锋，景令部众被短甲，执短刀，驰入绍宗阵内，但斫人胫马足，不少仰视，东魏军纷纷倒地，连绍宗坐下的马足，也被砍断，把绍宗掀落马下。亏得绍宗身材伶俐，急忙跳起，方得易马返奔。东魏仪同三司刘丰生也受伤遁去。显州刺史张遵业，为景所擒。

绍宗等奔回谯城，裨将斛律光、张恃显等因绍宗失律至败，互生讥议。绍宗道："我曾经百战，未见如侯景狡悍，汝等不服，尽可再试；看汝胜负何如！"光与恃显，乃引军再攻侯景，到了涡水，被侯景一阵乱射，恃显落马被擒，光狼狈走还。绍宗微哂道："今果如何！怎得咎我！"光惶恐谢罪。越日恃显由侯景纵还，再约与绍宗决战。绍宗下令各军，不准妄动，深沟固垒，为持久计。这一着却是抵制侯景的上计。小子有诗叹道：

善战何如用善谋，凭城固垒且深沟；
跛奴纵有兼人技，末着终还逊一筹。

侯景与绍宗相持数月，粮食将尽，不能再持，绍宗乃下令出兵，突击侯景。欲知战时情状，待至下回表明。

语有之：其父行劫，其子必且杀人。高欢逐君为逆，改立少主，而每事上闻，恪恭将事者，岂果真心出此，毋乃由缘饰虚文，掩人耳目欤？及其子高澄当国，敢殴君主，且从而幽禁之，彼直视主上如犬马，而尚有下座叩头，号泣谢罪之伪态，狡黠如父，而凶悍过于父，是非所谓父行劫，子且杀人耶！高欢能防景于身后，而梁主衍不能察景于生前。杜弼谓年既老矣，髦又及之，正不啻一梁主写照。且误用从子渊明，自覆全军，昏耄之征，一至于此，无怪其终困死台城也。

第五十九回　纵叛贼朱异误国
却强寇羊侃守城

却说慕容绍宗固守谯城，自冬经春，未尝出战。是年为梁太清二年，东魏武定六年。侯景求战不得，攻城又不克，营中粮食将尽，正在愁烦。忽报城中发出铁骑五千，由绍宗亲自督领，前来攻营。景急上马出寨，见敌骑甚是踊跃，士饱马腾，勇气百倍，不由的畏忌起来。旁顾部众，亦俱带惧容，他即想了一计，出言诳众道："汝等家属，已为高澄所杀，若要报仇，全仗此战。"部众不禁切齿，向敌大呼道："可恨高澄！歼我父母妻孥，我等当与汝拼命！"慕容绍宗听得此言，急从马上立着，遥应景军道："汝等休信跛奴诳言，现在汝等家属，并皆完好，若去逆归顺，官勋如旧！"景众尚未肯信，绍宗免冠散发，向北斗设誓。于是景众信为真情，一声呐喊，哄然散去。景将暴显等统挈领部曲，奔降绍宗。侯景自知不佳，忙招众退还，偏众情已经北向，多半掉头不顾，那绍宗又麾骑杀来。此时穷极无法，唯有向南逃走。好容易渡过涡水，手下已经散尽，只剩得心腹数人，自硖石渡淮。散卒稍集，得步骑八百人，昼夜兼行，闻后面尚有追兵，乃遣人走语绍宗道："景欲就擒，公尚有何用？"绍宗乃收军不追。这是绍宗误处，然若景得受擒，梁亦何致遽乱？景奔至寿春，监南豫州事韦黯闭城不纳。景遣寿阳人徐思玉入城说黯，黯乃开门迎景。景入据寿春，上表告败，自求贬削。梁廷闻景败耗，未知确实消息，或云景与将士尽没，上下皆以为忧。时何敬容起为太子詹事，入侍东宫，太子纲语敬容道："侯景生死未卜，近有人传说，谓景已得免。”敬容道：“量若遂死，还是朝廷幸福。”太子惊问原因？敬容道：“景反复叛臣，终当乱国。”太子尚将信将疑，嗣由梁主接得景表，喜景未死，即命景为南豫州牧，本官如故。光禄大夫萧介上书切谏道：

窃闻侯景以涡阳败绩，只马归命，陛下不悔前祸，复敕容纳。臣闻凶人之性不移，天下之恶一也。昔吕布杀丁原以事董卓，终诛董而为贼，刘牢反王恭以归晋，还背晋以构妖。何者？狼子野心，终无驯狎之性，养虎之喻，必见饥噬之祸。侯景以凶狡之才，荷高欢卵翼之遇，位忝右司，任居方伯，然而高欢坟土未干，即遭反噬，逆力不逮，乃复逃死关西，宇文不容，故复投身于我陛下。前者所以不逆细流，正欲比属国降胡以讨匈奴，冀获一战之效耳。属国汉官名，疑指汉班超事。今既亡师失地，直是境上之匹夫。陛下爱匹夫而弃与国，臣窃不取也！若国家犹待其更鸣之晨，岁暮之效，臣窃思侯景必非岁暮之臣，弃乡国如脱屣，背君亲如遗芥，岂知远慕圣德，为江淮之纯臣乎？事迹显然，无可致惑。臣老朽疾侵，不应干预朝政；但楚囊将死，有城郢之忠，卫鱼临亡，亦有尸谏之道。臣忝为宗室遗老，不敢不言，唯陛下垂察！

梁主阅书，恰也叹为忠言，但终不能用。那豫州刺史羊鸦仁，闻景军败溃，弃悬瓠城，走还义阳，殷州刺史羊思迁亦弃项城走还，河南诸州又尽入东魏。梁主衍怒责鸦仁等，鸦仁乃启申后期，屯军淮上。何不责景？

东魏大将军高澄既复河西，乃遣书梁廷，复求通好，一面优待萧渊明，和颜与语道：“先王与梁主和好，已十余年，今一朝失信，致此纷扰，料非梁主本心，当是侯景煽动所致。卿可遣人启闻。若梁主不忘旧好，我岂敢违先王遗意？所有俘虏诸人，并即遣归；就是侯景家属，亦当同遣。”言甘必苦。渊明大喜，立遣从人奉启梁廷，备述澄言。梁主衍前得澄书，尚不欲许和，及得渊明奏启，即召群臣商议。朱异首先开口道：“静寇息民，不若许和。”又是他来迎合。御史中丞张绾等亦随声附和。独司农卿傅岐道：“高澄方得胜仗，何必求和？这无非是反间计，欲令侯景自疑，景意不安，必图祸乱，他好从中取利呢！”数语喝破。偏朱异等固请宜和，梁主亦厌用兵，乃赐渊明书，令来使夏侯僧辩赍还。

僧辩还过寿阳，为侯景所遮留，索书启视，内云高大将军既待汝不薄，当别遣行人，重修睦谊云云。景不免懊怅，虽然遣去僧辩，心下很是不欢，遂上梁主书道："高澄忌贾在狄，恶会在秦，春秋晋灵公时，贾季奔狄，士会奔秦，晋人患之。求盟请和，欲除彼患，若臣死有益，万殒无辞，唯恐千载，有秽良史。"又致书朱异，并赂金三百两，托他挽回。异将金收纳，所有景上梁主书，却阻使不通。好一个贪利法门。

梁主遣使赴晋阳，吊高欢丧，并与澄申议和约。侯景又上书道："臣与高氏衅隙已深，仰凭威灵，期雪仇耻，今陛下复与高氏连和，使臣何地自处？乞申后战，宣扬皇威。"梁主复谕道："朕与公大义已定，岂有忽纳忽弃的道理？今高氏有使求和，朕亦更思偃武，所以暂与修好，公但宁静自居，不劳多虑。"景更申请战期，梁主仍把前言敷衍，叫他不必渎陈。景乃诈为邺中书，求以贞阳侯易景。梁主不知真伪，即欲答允，司农卿傅岐已升任中书舍人，朱异兼官中领军，两人入朝计事。傅岐道："侯景因穷来归，既已收纳，不必再弃；况景系百战余生，难道肯束手受缚么？"异独抗声道："景战败势蹙，但教一使传诏，便好就絷了。"谚谓得人钱财，替人消灾，异贪而且凶，令人发指！梁主竟用异言，复书有贞阳旦至，侯景夕返二语。景得复报，出书示左右道："我原知吴老公是薄心肠呢。"

从前侯景归梁，曾由行台左丞王伟献议，此次伟复进言道："今坐听亦死，举大事亦死，唯王裁察！"景始为反计，编寿春居民为兵，百姓子女，悉令配给将士，且屡向梁廷需索，并因妻孥陷没东魏，求与王、谢二家结婚。梁主复答道："王、谢门高，不便择配，可就朱、张以下，访求佳偶。"景闻言生恨道："会当使吴儿女配奴。"又表求锦万匹，为军人制袍，异但给以青布，景益愤愤。梁廷又遣建康令谢挺，散骑常侍徐陵，往聘东魏。景得知消息，反谋益甚。

咸阳王元贞见景有异志，累请还朝。景与语道："河北事虽不能成，江南在我掌握，何不忍耐一二年？"贞闻言益惧，逃回建康，据实上闻。梁主但命贞为始兴内史，并不问景。

时临贺王萧正德，履历见前文。得任左卫将军，贪暴日甚，阴聚死士，潜谋不轨。正德前曾奔魏，与侯景有一面交，且与徐思玉素有交谊。景令思玉为司马，使他往见正德，赍笺以进，略言天子年尊，奸臣乱国，大王位当储贰，中被废黜，海内俱代为不平。景虽不敏，实思自效，愿王允副苍生，鉴景诚款云云。正德大喜，立写复书，令思玉带还。景启书审视，内云朝廷事如公所言，仆亦存心多日，志与公同。今仆为内应，公作外援，何事不济？事贵从速，幸勿缓图！癞虾蟆想吃天鹅肉了。景遂部署兵马，指日发难。

鄱阳王萧范，即恢子，系梁主侄。方为合州刺史，居守合肥，已知景谋，密遣人报达梁廷。梁主也觉动疑，偏朱异谓景众皆散，必无反理。还要误人。梁主乃报范道："景孤危寄命，譬如婴儿仰人乳哺，何能为反？汝且勿忧。"范又上书道："不早翦扑，祸及君臣，朝廷若不欲发兵，臣范愿自率部众，往讨侯景。"梁主仍然不许，朱异且语范使道："鄱阳王太属多心，难道不许朝廷容纳一客么？"范得去使返报，大为愤闷。再请黜异讨景，均被异阻住，匿不上闻。

既而羊鸦仁执送景使，谓景邀臣同反，所以执使献阙，请朝廷从速预防。异反嚣然道："景手下只数百人，有何能为？"竟将景使释还。景益无忌惮，遂举兵叛梁，也公然移檄四方，但言中领军朱异，少府卿徐骥，太子右卫率陆验，制局监周石珍，蟠踞宫廷，荧惑主聪，所以兴师入朝，志清君侧云云。原来骥、验、石珍，并奸佞骄贪，为世所嫉，号为三蠹，故景托词除奸，耸动众听。当下出攻马头，执住戍将曹璆等。警报飞达梁廷，梁主反拈须笑道："景何能为？我一折箠，便足笞景了！"谈何容易！遂命合州刺史鄱阳王范为南道都督，北徐州刺史封山侯萧正表为北道都督，司州刺史柳仲礼为西道都督，散骑常侍裴之高为东道都督，特简侍中邵陵王纶为统帅，持节督军，会讨侯景。另悬赏格，谓斩景立功，得封三千户公，除授州刺史。

景闻台军已发，更向王伟问计，伟答道："邵陵若至，彼众我寡，必为所困，不如决志东向，直掩建康，临贺内应，大王外攻，天下可立定了！兵贵神速，请即进兵！"景乃留外弟王显贵守寿阳，佯称游猎，径袭谯州。助防董绍开城出降，刺史萧泰竟为所获。泰系范弟，贪虐百姓，所以人无斗志，遇寇即降。转攻历阳，太守庄铁，复举城降景，劝景速趋建康。景即命铁为前导。引兵临江，江上镇戍，连番报警。尚书羊侃，入朝献策，请急发二千人往据采石，截住贼景。一面遣邵陵王袭取寿阳，使景进退无路，方可就擒。却是要着。朱异又出阻道："景必不渡江，何必发兵！"朱异昏愦，梁主何亦如此糊涂！侃出叹道："这遭要败事了！"梁主再授临贺王正德为平北将军，都督京师诸军事，出屯丹阳郡。正德遣大船数十艘，诈称载荻，实是装运粮械，接济侯景。景大喜道："我得济事了！"遂从横江渡采石，部下不过八千人，马止数百匹，分兵袭入姑熟，直趋慈湖。

梁廷闻侯景渡江，统惊惶的了不得，太子纲戎服入觐，禀受方略。梁主支吾道："这是汝事，何必更问？今将内外军一概付汝，汝可便宜行事！"大事已去，乃一概推与儿子，真变作萧娘了。太子乃出留中书省，指挥军事，命扬州刺史宣城王大器，系太子纲子。都督城内诸军事，尚书羊侃为副，分派各将士守城，敛集各寺库公藏钱，聚置德阳堂，充作军需。何奈人情惶骇，莫肯应募，再加临贺王正德叛情，自梁主以下，无一察悉，反令他屯守朱雀门。这朱雀门是建康要户，乃使叛党把守，还有什么好处？

侯景到了板桥，尚未知都城虚实，特派徐思玉入都，求见梁主。梁主当即召见，思玉入朝俯伏，诈称背景，请间白事。梁主命左右退去，舍人高善宝在旁，大声叱道："思玉方从贼中来，情伪难测，怎可使他独在殿上？"朱异侍坐道："徐思玉岂是刺客么？"还似做梦。梁主闻善宝言，却也迟疑，善宝令思玉直陈无隐。思玉乃出景奏启，内言异等弄权，臣景愿带甲入朝，肃清君侧。梁主阅毕，递示朱异，异且览且惭，赧然不答。

梁主乃遣中书舍人贺季，主书郭宝亮，随思玉赴景营，宣敕慰抚，景还算北面受敕。季问景道："今日此举，究属何名？"景直答道："无非想作皇帝呢！"直捷得妙。王伟趋进道："朱异等乱政，所以兴师除奸，皇帝一语，尚是戏言。"景复道："萧老公可做皇帝，难道我不配做皇帝么？"说着，即将贺季拘住，但令宝亮还报。

是时梁主建国，已四十七年，境内无事，公卿士大夫罕见甲兵，宿将又俱凋谢，后进少年多在边戍，或随邵陵王军前。全仗羊侃一人，指挥军旅，威爱两施，都下还勉强支住。景率众至朱雀桁南，正德已与密通音问。东宫学士庾信，率宫中文武三千余人，立营桁北，拟开桁冲击，借挫贼锋，正德不从。俄而景众大至，信始开桁迎敌，甫出一舶，见景军俱戴铁面，不禁骇退。信方含甘蔗，突有一飞矢射来，拂过信手，将蔗撞落。信亦魂胆飞扬，弃军遁还。正德遂派游军沈子睦，开桁渡景，正德率众出迎，至张侯桥相遇。马上交揖，并辔入朱雀门。景望阙下拜，佯作唏嘘。先是童谣有云："青丝白马寿阳来。"景欲应谣，特跨白马，用青丝为辔，乘胜犯阙。

都中汹惧异常，羊侃诈称得邵陵王书，揭示大众，谓已与西昌侯萧渊藻引兵入援，众心少安。唯石头白下石头城俱戍，已皆奔散。景得进围台城，鸣鼓吹角，喧声动地，纵火毁大司马东西华诸门，羊侃亲自督守，使凿门上为窍，喷水灭火。太子纲亦自捧银鞍，赏赐将士，将士始奋，逾城洒水，火才得灭。景又令众执长柄大斧，奋斫东掖门，羊侃又令凿门为孔，用槊戳出，刺死二人，景众乃退。景党宋子仙入据东宫，掠得东宫妓数百人，分给军士。范桃棒入据同泰寺，寺中蓄积被掠一空。景复作木驴数百攻城，城上投下大石，木驴多碎。景更作尖顶木驴，石不能破。侃使作雉尾炬，灌渍膏油，且燃且掷，尖驴又被焚尽。既而景又作登城车，高约十余丈，欲临射城中，侃笑说道："车高堑虚，彼来必倒，但教安坐看他啰！"及敌车推至堑中，果然尽覆。景屡次失败，乃但筑长围，断绝内外。又射入启文：请诛朱异等人。侃亦射出赏格，购募景首。

两下里相持数日，朱异请出兵击贼，梁主召问羊侃，侃答言不可。异一再固请，总是他来作梗。竟使千余人出战，侃子鷟亦执殳从军。景麾众来争，城中兵未及交锋，已先吓退。鷟单骑断后，因被捉去，景令推鷟至城下，招侃出降。侃愤然道："我倾宗报主，犹恨不足，岂顾一子？生杀任便！"景乃将鷟牵归。越数日又复牵来，侃语鷟道："我道汝已早死，哪知汝尚在世么？"说着，即引弓注射。景忙令牵鷟回营，因乃父忠义可风，倒也不敢杀他，留住营中。

太清二年十一月，景奉正德为帝，刑白马为盟，就太极殿前，祭祀蚩尤，正德被服衮冕，在仪贤堂登位，景率众朝谒，齐呼万岁。正德也下伪诏，略言普通以来，奸邪乱政，主上久病，社稷将危，河南王景释位来朝，猥奉朕躬，绍兹宝位，可大赦改元正平，立世子见理为皇太子，授景为丞相，以女妻景。并出私家宝货，悉助军资。

景立营阙前，护卫正德，实是监守。分兵二千人攻东府，三日乃克。杀死守将南浦侯萧推，且诈言梁主已死，令官民改奉新帝正朔。都中得此讹传，也觉疑信参半，太子纲请梁主巡城，梁主亲御大司马门，城上闻警跸声，并鼓噪流涕，于是谣言始息。

南津校尉江子一，当侯景济江时，曾率舟师拒景，舟师皆溃。子一奔还，梁主面责子一，子一拜谢道："臣以身许国，常恐不得死所，今所部皆弃臣遁去，臣只一人，怎能击贼！若贼敢犯阙，臣誓当碎首报君，自赎前罪！”梁主乃赦罪不问。至是与弟左丞子四，东宫主帅子五，领百余人出城，直抵景营。景发兵围攻，子一引槊四刺，杀贼数十人，贼众攒集，斫断子一左肩，乃倒毙地上。子四中槊，洞胸而死。子五伤股驰还，方至堑上，一恸径绝。小子有诗赞道：

舍身报国赎前愆，战死疆场剧可怜！
兄弟三人同毕命，义碑好把姓名镌。

侯景围都城月余，城中日望外援，忽有临川太守陈昕夜缒入城。究竟为着何事？待至下回再叙。

劝纳侯景者为朱异，激叛侯景者亦朱异，纵容侯景者又为朱异，吾不知朱异何心，必欲覆梁，并不知梁主何心，必欲信异，景之智力，并无大过人处，渡江时众不满万，设用萧范、羊侃之言，俱足制贼。叛王正德，前已奔魏，心术之坏，不问可知，废黜不用，绝景内线，景亦不至遽敢犯阙。乃一误再误，既不逆击叛首，反且委任叛党。梁主固昏耄无知，太子纲亦一庸才耳。古人有言：小人之使为国家，菑害并至，虽有善者，亦无如何。观羊侃之纳谋不用，又复率众守城，随宜却贼，实一梁朝社稷臣，然硕果仅存，内外无继，一善士其如梁何哉！

第六十回　援建康韦粲捐躯
陷台城梁武用计

却说临川太守陈昕，前曾出戍采石，为景所擒，景囚诸帐下，令党徒范桃棒监守。昕诱劝桃棒归梁，使率所部袭杀王伟、宋子仙等，桃棒颇也动心，纵昕出囚，令他缒城入报，愿为外援。梁主大喜，敕镌银券赐桃棒，俟侯景平定，即封桃棒为河南王。独太子纲疑他有诈，不肯轻信。小心过甚，亦觉误事。昕出城还报桃棒，桃棒又使昕入启，请开城纳降。太子纲终以为疑，不肯开门。俄而桃棒事泄，为景所杀。昕尚未知桃棒遇害，仍出城赴侯景营，景把昕拘住，逼令射书城中，诈称桃棒来降，好乘势入城。昕不肯从，反痛詈侯景，也被杀死。不没昕忠。

景乃射书入城，招降罪奴。朱异家有奴仆，缒城降景，景即授他仪同三司，奴乘良马，着锦袍，往来城下，且行且诟道："朱异，朱异，汝做官至四五十年，才得一中领军，我方降侯王，便已仪同三司了。"于是群奴陆续偷出，趋降景营，共计千数。景一一厚抚，配入军伍。奴隶何知忠义？统皆感激私恩，愿为效死。

景初至建康，军令颇严，不许侵扰，及攻城不下，人心渐散，仰食石头常平诸仓，又将告罄，不得已纵兵掠民，无论金帛菽粟，并尽情劫夺。百姓流离荡析，无从得食，甚至升米万钱，多半饿死沟壑。正德太子见理镇守东府，素性贪险，夜与群盗出掠大桁，中矢竟死。

梁荆州刺史湘东王绎移檄湘州刺史河东王誉，雍州刺史岳阳王詧，江州刺史当阳公大心，大器弟。郢州刺史南平王恪，梁主侄，即萧伟子。使发兵勤王，自督兵三万人，由江陵出发，向东进行。就是邵陵王纶，前曾督师出都，行至钟离，闻侯景已渡采石，乃还军入援。渡江遇风，人马溺毙不少。纶率步骑三万，从京口西上，前谯川刺史赵伯超，在纶麾下，因即献议道："若从黄城大路进行，恐与贼遇，不如径指钟山，突据广漠门，出贼不意，围城当可立解了！"纶依伯超言，由黄城进兵，夜行失道，迂回二十余里，诘旦始立营蒋山。景正分兵至江，防遏纶军，不意纶军猝至，也觉惶骇，遂送所掠妇女玉帛，贮石头城，更分兵三路攻纶。纶击破景军，景退至覆舟山北，召集败军，倚山列营。纶进逼玄武湖，与景对垒，相持不战。

到了日暮，景收军徐退。安南侯萧骏，懿孙。疑景怯走，即率壮士追赶，不料景麾众还攻，骏不能敌，败奔纶营。赵伯超见景众杀来，望尘先遁，诸军俱相顾惊溃，纶率余兵千人，奔入天保寺。景纵火烧寺，纶复遁往朱方。时值隆冬，冰雪盈途，士卒四处窜散，多半冻毙。西丰公大春，大器弟。及前司马庄邱慧，军将霍俊，不及逃避，均为所擒，辎重亦被景夺去。邵陵一路败退。

景将大春等推至城下，胁令给城中守卒，只说邵陵王已死军中。偏霍俊不肯从景，朗声呼道："邵陵王稍稍失利，已全军还京口，城中但坚守待着，援兵即至。"说至此，景众用刀击俊背，俊辞色益厉。景尚怜他忠义，不忍加害，那伪皇帝萧正德，独不肯放松，竟将俊杀死。比强盗更凶。

是日晚间，鄱阳王范遣世子嗣与裴之高，及建安太守赵凤举，各将兵入援，驻营蔡洲。封山侯萧正表本受命为北道都督，偏与景暗中勾通，受伪封为南郡王，兼南兖州刺史，正表系正德弟，无怪他与兄同逆。统军万人，立栅欧阳，佯言将入援都城，实是阻截上流援军，一面诱广陵令刘询，使烧城为应。询转告南兖州刺史南康王会理，见五十八回。会理使询领步骑千人，夜袭正表，攻入欧阳营栅。正表败走钟离，询取得正表军粮，返就会理，再行部署，为勤王计。

侯景闻正表败还，恐援军四集，索性大举攻城，就台城东西两面，高筑土山，临城攻扑，城中亦随筑土山，与他相持。会大雨倾盆，城内土山骤崩，景乘隙登城，与守卒城上鏖斗，两边死了多人，景众不退。羊侃忙令兵士争抛火炬，乱烧景众，又在城内筑垒为防，景众乃退。侃因连日忧劳，竟至遘疾，疾且日剧，旋即告终。城中所恃唯侃，侃既谢世，人心益震。幸有材官吴景，素有巧思，善制守具，随宜抵御。右卫将军柳津，潜凿地道，出挖城外土山，景未及豫防，土山猝倒，贼众压死甚多。嗣是弃去土山，自焚攻具，另决玄武湖水，灌入台城，阙前皆为洪流，势甚岌岌。

适衡州刺史韦粲募兵五千，兼道赴援。司州刺史柳仲礼亦率步骑万余人至横江，与粲相会。裴之高亦自蔡洲渡江，接应仲礼。粲正推仲礼为大都督，偏之高自命先进，负气不服。粲单舸至之高营，当面谯让道："今两宫危迫，猾寇滔天，唯柳司州久镇边疆，名足骇贼，所以粲等奉为主帅。公为梁臣，应以灭贼为期，不宜意气用事，必欲立异，咎将归公，公亦何苦受人唾骂呢！"之高乃垂涕致谢，便决推仲礼统军，集众十万，沿淮列栅，与景争锋。景亦在淮水北岸，列栅自固，且因之高弟侄子孙俱在东府，令部众搜捕至营，驱列阵前，后面摆着刀锯鼎镬，遥呼之高道："裴公不降，即烹他弟侄子孙。"之高从容自若，反令弓弩手注射己子。再发不中，景乃撤回。

仲礼入韦粲营，部分众军择地据守，令粲往扼青塘。粲说道："青塘当石头城要冲，贼必来争，粲义无可诿，但恐所部寡弱，奈何！"仲礼道："青塘要地，非兄不可，若嫌兵少，当拨军相助。"乃使直阁将军刘叔胤助粲。时已年暮，粲不敢逗留，便即启行。太清三年元旦，大雾漫天，不辨南北，粲军迷路迂行，及到青塘，夜已过半，立栅未就，景即率锐卒掩入，刘叔胤遁去，粲将郑逸战败，自相蹴踏，全营大乱。左右牵粲避贼，粲兀立不动，叱子弟力战，究竟寡不敌众，血战未几。粲弟助警构，从弟昂及子尼，陆续殉难，粲亦身受重伤，呕血毕命。一门忠义，足表千秋。

仲礼方徙营大桁，早起就食，闻粲死耗，投箸起座，披甲上马。麾众至青塘，掩击景军。景军败退，仲礼挺槊追景，相去咫尺。忽来了贼将支伯仁，从旁面骤斫一刀，适中仲礼左肩，仲礼慌忙闪避，已是不及，马又倒退数步，陷入淖中。贼众环刺仲礼，亏得仲礼骑将郭山石，力救仲礼，杀退贼众，仲礼才得走归，经此一战，景不敢复渡南岸，仲礼亦索然气馁，不敢再言战事了。血气之勇，不足济事，仲礼各军，又复退却。

邵陵王纶，再会同东扬州刺史临城公大连等，进驻桁南，亦推仲礼为大都督，湘东王世子方，及假节总督王僧辩，并至都下。台城被困多日，内外不通，就是援军音信，也无从递入。城中官民，共诟朱异，异惭愤成疾，因即致死。大是幸事。梁主还很加痛惜，特赠异为尚书右仆射，大众益视为恨事。太子纲迁居永福省，募人献计，使达援军音问。有小吏羊车儿进策，请作纸鸢系敕，顺风遥放，冀达众军，太子恰也依议。偏纸鸢放出城外，被贼射下，仍不得达。已而鄱阳王世子嗣，募人送启入城，部吏李朗，想出一条苦肉计，先受鞭扑，佯为得罪，往降景营，因得伺隙入城，城中方知援兵四集，鼓噪一时。也欠镇定。梁主授朗为直阁将军，赐金遣还。朗乘夜出城，从钟山后绕道归营，宵行昼伏，积日乃达。于是鄱阳世子嗣，湘东世子方，征集各军，相继渡淮，攻毁东府前栅，景众少退。

各援军立营青溪，再拟进攻。可巧高州刺史李迁仕，天门太守樊文皎，引兵五千人来援。文皎骁勇善斗，与迁仕驱兵独进，所向披靡，及抵菰首桥东，景将宋子仙用埋伏计，诱文皎陷入伏中，四面围集，毕竟双手不敌四拳，任你文皎如何勇力，怎禁得悍贼环攻，战了半日，力竭身亡。迁仕逃命要紧，管不及文皎生死，便即遁回。各军闻文皎战死，又复夺气，再加柳仲礼自惩前辙，不肯再进，待遇各将，又傲慢不情。邵陵王纶每日候门，常被拒绝，坐是彼此离心，不愿再进。数路援军，并皆失势。

那侯景却也戒惧，更因士卒饥馁，无从掠食，未免加忧。王伟又献策道："今台城不可猝拔，援军日盛，我军乏食，何弗佯与求和，为缓兵计，俟他内外懈怠，一举攻入，方可得志。"景连声称善，遂遣将任约、于子悦二人，至城下跪伏，拜表求和，请赐还原镇。太子纲以城中穷困，入白梁主，劝许和议，梁主勃然道："和不如死！"此语尚有见地。太子固请道："都城久困，援军怯战，不如暂且许和，再作后图。"梁主踌躇多时，方嗫嚅道："随汝自谋，勿令取笑千载！"太子乃承制许和。景乞割江右四州地，并求宣城王大器出送，然后退兵。中领军傅岐固争道："怎有贼起兵犯阙，尚与许和？这不过欲却援军，借此给我，戎狄兽心，必不可信！且宣城王系皇室冢孙，国脉所关，岂可轻出！"诚然！诚然！梁主乃命大器弟石城公大款为侍中，出质景营，并敕诸军不得复进。敕文中有善兵不战，止戈为武两语。堕贼狡计，还想虚词粉饰。授侯景为大丞相，都督江西四州诸军事，领豫州牧，仍封河南王。设坛西华门外，遣仆射王克，吏部郎萧瑳，与景将任约、于子悦、王伟等，登坛为盟。又令右卫将军柳津，出西华门，与侯景遥遥相对，歃血为誓。一方面是专望解围，情真语挚，一方面是但知行诈，口是心非。

两下里盟誓既毕，总道景遵约撤兵，哪知他仍然围住，托词无船，不能还渡。嗣又遣大款还台，复求宣城王出送，种种刁难，无非是设词迟宕。会南康王会理等至马邛州，景复表请勒归会理。太子纲不得不从，饬会理退屯江潭苑。已而复称永安侯萧确，及直阁将军赵威方，截臣归路，请即召入以便西还。有诏授确为广州刺史，威方为盱眙太守，即日入觐。确为邵陵王纶次子，固辞不入。邵陵王纶泣语确道："围城既久，主上忧危，不得已从景所请，遣归贼众，汝宜遵敕入朝，奈何拒命？"确亦泣语道："侯景虽云欲去，仍然长围不解，情迹可知。召确入城，究属何益？"未几由朝使出城，一再征确，确尚不肯入。纶不禁怒起，喝令斩确，确乃流涕入城。

城中粮食将尽，御厨中蔬菜亦绝，梁主时常蔬食，至是乃食鸡子。纶献入鸡子数百枚，由梁主亲自检点，唏嘘不已。湘东王绎，驻兵武城，河东王誉，驻军青草湖，桂阳王慥，驻军西峡口，慥系萧懿子。皆观望不前。湘东参军萧贲屡请进兵，为绎所恨。及得梁主和诏，贲仍执前议，竟被杀死。侯景闻援师已怠，并将东府米运入石头，遂有意败盟。伪皇帝正德及左丞王伟，更从旁怂恿，景乃决计背约，胪陈梁主十失，上启梁廷。略云：

> 陛下与高氏通和，岁逾一纪，舟车往复，相望道路，必将分灾卹患，同休等戚，宁可纳臣一介之服，贪臣汝、颍之地，便绝好河北，檄詈高澄。聘使未归，陷之虎口，扬兵击鼓，侵逼彭宋，天下宁有万乘之主，见利忘义若此！其失一也！第一条即使梁主愧死。臣与高澄既有仇憾，义不同国，归身有道，陛下授以上将，任以专征。臣受命不辞，实思报效，方欲荡涤夷氛，一匡宇内，乃陛下始信终疑，欲分臣功，使臣击河北，自举徐方。遣庸懦之贞阳，任骄贪之胡赵，才见旗鼓，鸟散鱼溃，慕容绍宗，席卷涡阳，诸镇靡不弃甲，疾雷不及掩耳，散地不可固全，使臣狼狈失据，妻子为戮，斯实陛下负臣之深。其失二也。梁主任将非人，反令叛贼借口。臣退保淮南，方欲收合余烬，尅申后战，封韩山即寒山。之尸，雪涡阳之耻，陛下丧其精魄，无复守气，便信贞阳谬启，复请通和。臣屡表谏阻，终不见从，反复若此，童子犹且羞之，况在人君！其失三也。畏懦逗留，军有常法，贞阳精甲数万，不能拒抗敌国，反受囚执，以帝之犹子，而面缚虏庭，实宜绝其属籍，以衅征鼓，

陛下曾不追责，悯其苟存，欲以微臣相贸易，人君之道，可如是乎？其失四也。悬瓠大藩，古称汝颍，臣举州内附，而羊鸦仁无故弃之，弃之者不闻加罪，得之者未见加功，其失五也。臣涡阳退缩，非战之罪，实由陛下君臣，相与见误，乃还寿春，曾无悔色，祗奉朝廷。鸦仁自知弃州，内怀惭惧，遂启臣欲反；欲反当有形迹，何所征验，诬陷乃尔。陛下曾无辨究，默然信纳，岂有诬人莫大之罪，而可比肩事主者乎？其失六也。此条实含血喷人。赵伯超拔自无能，任居方伯，唯渔猎百姓，行货权幸。朱异之徒，积受金贝，遂拟胡、赵为关、张，胡指贵孙，上文胡赵同此。诬掩天听，谓为真实。韩山之役，女妓自随，才闻敌鼓，与妾俱逝，不待贞阳，故只轮莫返。论其此罪，应诛九族，而纳贿中人，还处州任。伯超无罪，臣功何论？赏罚无章，何以为国？其失七也。臣御下素严，无所侵物，关市征税，咸悉停原，寿阳之民，无不慰悦。乃裴之悌等助戍在彼，惮臣检制，无故遁归，又启臣欲反。陛下不责其违命离镇，反受其浸润之谮，处臣如此，使何地自安！其失八也。此条未见上文，借景启中补入。臣虽才愧古人，颇无遗策，及委贽陛下，罄竭忠规，每有陈奏，恒被抑遏。朱异专断军旅，周石珍总尸兵仗，陆验、徐驎，典司谷帛，皆明言求货，非赂不行。臣无贿于中，故常遭抑责。其失九也。鄱阳之镇合肥，与臣邻接，臣推以皇枝，每相祗敬。而嗣王无端疑忌，臣有使命，必加弹射，或声言臣反，或启臣纤介，招携当须以礼，忠烈何以堪此！其失十也。此条又是诬罔。其余条目，且不胜陈。臣心直辞戆，有忤龙鳞，遂发严诏，便见讨袭。昔重华纯孝，犹逃凶父之杖，赵盾忠贤，不讨杀君之贼，臣何亲何罪，而能坐受歼夷？韩信雄桀，亡项霸汉，末为女子所烹，方悔蒯通之说。臣每览书传，心窃笑之，岂容遵彼覆车，而快陛下佞臣之手哉！是以兴晋阳之甲，乱长江而并济，愿得升赤墀，践文石，口陈枉直，指划臧否，诛君侧之恶臣，清国朝之秕政，然后还守藩翰，以保臣节，实臣之至愿也。谨此启闻。

看官，你想梁主衍见了此启，怎得不惭愤交并？便于三月朔日，就太极殿前设坛，祷告天地，说是侯景背盟，不可不讨。恐天地亦不肯多管。一面举烽征军，再拟交兵。先是闭城拒贼，城中男女共十余万，士卒约二万余人，被围既久，十死八九，乘城不满四千人，类皆羸饿。蓦闻侯景负约，当然大惧，惟日望外援。柳仲礼专聚妓妾，置酒作乐，不许诸将出战，乃父即右卫将军柳津，登城呼仲礼道："汝君父日坐围城，汝尚不肯竭力，试想百岁以后，将目汝为何如人？"仲礼面色如常，毫不介意。邵陵王纶亦顿兵不战。安南侯萧骏向纶进言道："城危至此，尚坐视不救，倘有不测，殿下有何颜再立人世！今宜分军为三道，出贼不意，当可却贼！"纶终不听。

南康王会理与羊鸦仁、赵伯超等，进营东府城北，约在夜间渡军。鸦仁违约不至，景已令宋子仙攻击会理。会理营尚未就，军士惊乱，伯超先遁，会理支持不住，便即退走，战死溺死，约五千人。景聚首城下，指示守军，城中益惧。景督兵攻城，昼夜不息，邵陵世子坚，屯太阳门，终日蒱饮，不恤吏士。书佐董勋华、白昙朗等，夜引景众登城，永安侯确，力战不能却，乃排闼入宫，报知梁主道："城被陷了！"梁主衍尚安卧不动，喟然叹道："我得我失，亦复何恨！"复顾语确道："速去语汝父，勿以二宫为念！"确方欲趋出，又由梁主申命，使确慰劳外军。确奉命去讫。

俄而景左丞王伟入殿奉谒，拜呈景启，无非说是奸佞所蔽，因领众入朝，惊动圣躬，特诣阙谢罪。梁主便问道："侯景何在？汝可为我召来！"伟乃出杀报景，景竟引甲士五百人，昂然入见。既至殿前，望见仪卫森严，也不禁三分胆怯，因跪就殿阶，叩首如仪。典仪引就三公座上，梁主正容语景道："卿在军日久，曾劳苦否？"景不敢仰视，汗涔涔下。贼胆心虚。梁主又道："卿何州人？乃敢至此。妻子尚在北方么？"景仍不敢对，景将任约在侧，代景答道："臣景妻子，皆为高氏所屠，只有一身归服陛下。"梁主复道："卿既忠事我朝，应即约束军士，不得骚扰。"景应诺而出，复至永福省谒见太子，太子亦无惧容。侍卫统皆骇散，唯中庶子徐摛，通事舍人殷不害在侧。摛朗声道："侯王来，当礼谒东宫！"景乃下拜。太子与言，景亦不能答。

既而退出，自语同党道："我尝跨鞍对阵，矢刃交下，了无惧意；今见萧公，使人自慑，岂非天威难犯，我不便再见两宫了！"随即纵兵入宫，胁逐两宫侍卫，劫掠乘舆服御，及宫女若干人。又收朝士王侯，送永福省，使王伟守武德殿，于子悦屯太极殿东堂，矫诏大赦，自加大都督中外诸军，录尚书事。小子有诗叹道：

乱贼猖狂反许和，痴心还望戢干戈；
推原祸始由贪利，后悔难追可奈何！

嗣又遣石城公大款，赍着敕文，解散援军。欲知援军是否遵敕，请看官续阅下回。

台城被困，各军之入援者，大都庸懦无能，才不足而志亦不专。邵陵一败而即溃，湘东一奋而即衰，目睹君父之危难，且偷生畏死，未肯赴义，遑问他人！独韦粲战死青塘，樊文皎战死菰首桥，功虽未成，忠则过之。而韦粲之死事尤烈。柳仲礼、裴之高，皆经粲激厉而来，之高虽为国忘家，卒未闻有血战之役，仲礼鼓勇追贼，亦颇壮往，乃以左肩之受伤，遂致怯战，以视粲之视死如归，甘与子弟同殉，其相去为何如耶！若侯景之称戈犯阙，明明为一叛贼，与贼许和，敕止援军，是延贼入门，又自绝其外援也。梁主亦知和不如死，乃胸无主宰，始明终昧，卒致堕入贼计，台城陷而正容语景，果何益耶？我得我失，死复何恨，徒付诸一叹而已，而梁亡矣。

第六十一回　困梁宫君王饿死　攻湘州叔侄寻仇

却说侯景伪传敕命，解散援军，邵陵王纶等，大开军事会议，推柳仲礼主决。纶语仲礼道："今日事悉委将军，请将军酌定进止。"仲礼熟视不答，裴之高、王僧辩齐声道："将军拥众百万，坐致宫阙沦没，居心何忍！现只好竭力决战，何必多疑！"仲礼竟无一言，诸军遂陆续散归。邵陵王纶，亦奔往会稽。仲礼及羊鸦仁、王僧辩、赵伯超等，并开营降景。僧辩既已主战，奈何降贼！军士莫不愤惋。仲礼入城，先往谒景，然后入见梁主。梁主绝不与言，退省乃父，柳津不禁大恸道："汝非我子，何劳相见！"景遣仲礼归司州，僧辩归竟陵。

先是伪皇帝萧正德，与景私约，入城后不得全二宫。及景已入城，正德亦引众随至，挥刀欲入宫中，偏宫门被景军守住，不准放入。正德正要喧嚷，哪知景已传示敕书，令他为侍中大司马。他恨景负约，又平白地将皇帝革去，仍降做梁朝臣子，叫他如何不愤，如何不悔？当下易去帝服，进见梁主，且拜且泣。梁主口述古语道："啜其泣矣，何嗟及矣！"见《诗经》。正德垂涕而出，懊丧欲绝。景却格外防范，不使与闻朝事。一面嘱前临江太守董绍先，使赍敕文，往召南兖州刺史南康王会理。绍先带去兵士，不满二百人，并且连日饥疲，面有菜色。会理拥有州兵，士饱马腾，僚佐说会理道："景已陷京邑，欲先除诸藩，然后篡位，今若四方拒绝，立当溃败。王不如诛死绍先，发兵固守，倘虑兵力不足，尽可与魏连和，静观内变，奈何举全州土地，轻资贼手呢？”会理道：“诸君心事，与我不同，天子年尊，受制贼虏，今有敕召我入朝，臣子怎得违背？且远处江北，事业难成，不若身赴京都，就近图贼，成功与否，听诸天命。我志已决定了！”有兵有马，尚不能讨贼，难道赤手空拳还得成事么？遂开城迎入绍先。绍先悉收文武部曲，铠仗金帛，但遣会理单骑还都。及会理诣阙，由景授官侍中，兼中书令。会理暗思匡复，怎奈手无寸柄，如何成谋？只得过一日，算一日，徐俟机会罢了。

那湘东王绎出驻武城，始终不前。应前回。世子方等自都下驰归，才知台城失守，索性退还江陵。信州刺史桂阳王慥，自西峡口入江陵城，拟待绎回议军情，方还信州。适有雍州刺史张缵，贻绎密书，内称河东欲袭江陵，岳阳亦与同谋，不可不防。嗣又由裨将朱荣，亦遣人走报，谓桂阳留此，无非与河东岳阳，里应外合。为这种种谗构，遂使君父大仇，置诸不顾，徒惹出一场叔侄的争端来了。回应五十七回文字。雍州刺史岳阳王詧，与湘州刺史河东王誉，统是昭明太子遗胤。詧隐蓄异志，待乱图功，梁主早有所闻，特令张缵往代。缵本刺湘州，自河东王誉入湘，缵轻誉少年，迎候多疏，为誉所恨，因留缵不遣。缵轻舟夜遁，欲赴雍州，又恐詧不受代，左思右想，只有湘东王绎，尚是故交，不如径赴江陵，劝绎除灭誉詧。可巧绎出屯武城，留缵助守。当时兵马倥偬，也无暇进陈私意，及援军还镇，乐得乘隙进谗，自快宿忿。朱荣与缵同党，更欲翦除桂阳。绎向来多疑好猜，闻谗即信，便匆匆返至江陵。

桂阳王慥莫名其妙，上前相迎，片语未完，即由绎麾动左右，把慥拿下。慥问得何罪？绎责他勾通誉、詧，不容慥辩明冤诬，自拔佩剑，把他头颅砍去。死得冤苦。且遣人至汉口，说通戍将刘方贵，使袭襄阳，方贵系岳阳王詧府司马，本来受詧差遣，引兵勤王，旋因湘东各军，多半逗留，方贵亦勒兵不进。此次与绎连谋，将拟倒戈，忽由詧传令召还。方贵疑秘谋已泄，遂据住樊城，不受詧命。詧发兵往讨方贵，方贵出战被杀。樊城当然归詧。那湘东王绎尚未得信，赠缵厚资，令赴雍州。缵至大隄，始闻方贵战死情状，彼时不便折回，只好赍敕赴任。

詧已得悉侯景入都，国家无主，哪里还肯受代？暂令缵寓居城西白马寺，并令偏将杜岸给缵道：“看岳阳情势，不容使君，何勿且往西山，权时避祸。”缵信为真言，与岸结盟，自着妇人衣，乘青布舆，逃入西山。詧讨缵有名，即使岸引兵追蹑，把缵擒归。缵情愿割发为僧，改名法缵，詧含糊答应，但仍遣兵监守，不令他适。嗣是与绎有仇，专务私斗，把国家事全然不睬，反使侯景得独揽朝纲，任意横行。

梁主衍受制侯景，非常懊怅。景荐宋子仙为司空，梁主道：“调和阴阳，须有特长，此种人物，怎得轻用！”景又欲使徒党二人为便殿主帅，亦不见许。太子纲虑景衔恨，入宫泣陈，梁主叱道：“谁使汝来？若社稷有灵，终当克复；否则虽朝夕哭泣，亦属何益！”太子乃惶遽出宫。景擅使部众入直省中。或驱马佩刀，出入宫廷。梁主偶有所见，不免叱问，直阁将军周石珍，随口答道：“这是侯丞相的甲士。”梁主篠目道：“什么丞相！但叫侯景罢了。”口中倔强，亦属无益。

景备闻消息，当然挟嫌，遂遣私党监视御膳，一切饮食，格外克损。梁主有所需索，辄不令进。自思衰年结局，弄到这般地步，哪得不悲从中来，终日恹恹，郁极成病，遂至卧床不起，辗转呻吟。太子纲随时入省，无非是以泪洗面，没法可施。并因正妃王氏，甫经病殁，悼亡未毕，禁不住再遘父危。最可恨的是叛贼侯景，还不肯令御医入治，但祝梁主早崩。就是太子出入，亦尝派人侦察，不使自由。太子益生疑惧，特致湘东王绎密书，以幼子大圜相托，且自翦爪发，一并寄去。湘东王绎方与二侄为难，也不过虚与周旋，敷衍了事。太清三年五月上澣，梁主大渐，口中觉苦，索蜜不得，自呼荷荷，声嘶力竭，痰喘交作，竟尔去世，享八十六岁。统计在位四十八年，改元七次。天监、普通、大通、中大通、大同、中大同、太清。

侯景秘不发丧，迁殡昭阳殿，但迎太子入永福省，使照常入朝。且使党羽王伟、陈庆等陪伴太子，名为侍侧，实是监督。太子只吞声饮泣，不敢悲号。殿外文武，尚未知有大丧，直至五月下旬，景见内外无事，方才讣闻。把梓宫迁入太极殿中，奉太子纲即皇帝位，颁诏大赦。景屯朝堂，分兵守卫，并请嗣主覃恩，凡北人陷没南方，充作奴仆，概令释放。嗣主纲不得不从，他却从中收录，引为己用。未几有诏命传出，追谥故妃王氏为简皇后，立宣城王大器为皇太子，封诸子大心为寻阳王，大款为江陵王，大临为南海王，大连为南郡王，大春为安陆王，大成为山阳王，大封为宜都王。简文首政，即以赠妻封子为急务，其志可知。命南康王会理为司空，兼尚书令。会理懦弱，虽是有心讨贼，究竟不能制侯景。萧正德为景所卖，密诏鄱阳王范，令带兵入除首恶，偏传书人为景所获，立召正德对质，正德无言可答，被景驱入别室，将他绞死。死已晚矣。

景遣于子悦略吴郡，太守袁君正，举郡降景，唯新城戍将戴僧逷，不肯从令。景又遣来亮入宛陵，宣城太守杨白华，诱亮入城，拿下处斩。御史中丞沈浚避难东归，与吴兴太守张嵊，会同讨景。景令李贤明攻宣城，侯子鉴入吴郡。特派仪同三司宋子仙，经略东南，又授仪同三司郭元建为尚书仆射，领北道行台，总江北诸军事。

永安侯萧确见前回。材勇过人，自入都后，景爱他膂力，尝引置左右。邵陵王纶，顾念私恩，屡遣密使往召，前时何故逼令入都？确语来使道："侯景轻佻，一夫可制，我尝欲手刃此贼，但苦无闲可乘，卿为我还启家王，勿以确为念！"来使自去还报。确日伺景隙，辄思下手。可巧景召确同游钟山，确借射鸟为名，拈弓搭矢，向景射去，不料用力过猛，弓弦陡绝，那箭干抛至侯景马前，突然自落。景知确存心不善，即挥动左右，将确拿住。确怒叱道："我不能杀汝，汝即可杀我，我岂从贼为逆么？"说着，项下已着了一刀，陨首毕命。

南徐州刺史萧渊藻因入援无功，又闻景将萧邕出据京口，迫令解职，顿时气愤填胸，疾病交作。或劝他出奔江北，渊藻叹道："我位居台铉，受眷特隆，既不能诛翦逆贼，正当同死，怎可投身异类，苟延残喘呢！"嗣是累日不食，竟致丧生。确与渊藻尽忠梁室，故特别表明。

鄱阳王范闻建康失守，复拟整军入卫，僚佐进谏道："今东魏已据寿阳，若大王移足，虏骑必进窥合肥，前贼未平，后城失守，岂非失计！不如待四方兵集，再议兴师，进不失勤王，退可固根本，方算得两全了。"范闻言也觉踌躇，果然东魏遣西兖州刺史李伯穆进逼合肥，又使魏收致书与范，勸让合州。范方谋讨侯景，不得已将合州割让，又使二子勤广往质东魏，乞师图逆。自引战士二万人，出屯濡须，檄召上游各军，一同进援，偏上游无一到来，东魏亦不闻出师，害得范进退彷徨，更兼粮食告罄，没奈何泝流西上。到了枞阳，景发兵出屯姑熟，范将裴子悌率众降景，范势益孤。幸江州刺史寻阳王大心，贻书邀范，范乃趋诣江州，寓居湓城，尚向各镇通书，协图匡复。

湘东王绎因自称奉得密诏，得假黄钺，大都督中外诸军事，承制封拜，集众讨景。一面征兵湘州，遣使督促军需。明是挑衅。湘州刺史河东王誉，已与湘东王有隙，自然不肯受命。绎即遣少子方矩，往代誉任，并令世子方等发兵护送。行至麻溪，被誉率众邀击，一场鏖斗，方等败死。方矩慌忙逃还，侥幸得了性命。

绎闻方等败没，毫无戚容。看官道是何因？原来方等生母徐妃，与绎不睦，绎眇一目，妃尝为半面妆，居室俟绎，绎瞧见妃容，知她有意嘲笑，盛怒而出，所以累年不入妃房。妃妒而且淫，见有无宠的妾媵，始与接坐。或察知有娠，往往手刃致毙。平居无事，辄往寺院中焚香。荆州瑶光寺中，有一智远道人，面目伟皙，为妃所爱，竟引与私通。嗣又见湘东幕僚暨季江，才貌翩翩，丰神楚楚，遂使心腹侍婢，导他入房，密与交欢。一对露水夫妻，比伉俪还要狎昵。季江尝自叹道："柏直狗，虽老犹能猎，萧溧阳马，虽老犹骏，徐娘虽老，犹尚多情。"那徐妃得了季江，起初原是我我卿卿，欢好无间，连智远道人的旧情，也撇置脑后。后来复得见僚佐贺徽，面庞儿还要俊俏，又不免惹动情魔，想与同梦，煞是情敌。屡次遣婢勾引，徽却尚知顾忌，不肯应命。徐妃想出一法，自往普贤尼寺，设词召徽，徽只好前往。甫入禅林，即有二、三侍女，引入密室，妃已卸妆相待。一见徽面，好似珍宝一般，相偎相倚，并入欢帏。待至云收雨散，起床整衣，特书白角枕为诗，互相倡和。诗中所述，无非是中冓私情，言之可丑，小子也不愿录述了。绎闻妃淫行，怒不可遏，便将她生平秽史，膀示大阁，且因此与方等有嫌。徒扬家丑。

方等战死，绎毫不介意，置诸度外。会绎宠妃王氏生子，产后病逝，绎疑为徐妃下毒，逼令自尽，妃投井溺死。绎令将尸舁还徐氏，呼为出妻，稾葬江陵瓦官寺侧，才算泄恨。又遣竟陵太守王僧辩，与信州刺史鲍泉，出兵攻誉，限令即日就道。僧辩请略宽期限，绎召僧辩入问，声色俱厉。且拔剑斫伤僧辩，牵系狱中，但令鲍泉往攻。

泉至湘州，誉出兵迎战，为泉所败，乃退保长沙，并向雍州乞援。岳阳王督，即留参军蔡大宝守襄阳，自率骑卒二万，径攻江陵，遥救湘州。湘东王绎，很是惊慌，急召僚佐会议，大众俱不知所答。适僧辩母为子谢罪，自陈无训，绎乃给他良药，疗治僧辩，且遣左右至狱中问计。僧辩侃侃直陈，有条有理，经绎闻知，忙释令出狱，面加慰劳，使为城中都督。急时抱佛脚。

詧至江陵，设十三营，环攻江陵城。偏天公不肯做美，连宵大雨，平地水深四尺，累得詧军拖泥带水，锐气尽衰。新兴太守杜﨣，随詧攻城，绎与﨣素有交谊，招使归降，﨣遂与兄岌岸弟幼安及兄子龛，入城降绎。岸愿率五百骑袭襄阳，得绎允诺，遂昼夜兼行，距襄阳才三十里，城中始觉。蔡大宝亟奉詧母龚氏，登城拒守，一面遣人报詧，詧慌忙退回，抛弃粮械金帛，不可胜计。张缵病足，詧常加监束，载缵从军，及仓猝奔还，恐为追兵所夺，把缵杀死，弃尸江中。杜岸闻詧还援，亦奔往广平，依兄南阳太守杜巘。詧使将军薛晖，追岸至广平城下，乘势围攻。巘不能守，弃城遁走，岸为晖所获，送往襄阳。詧见了杜岸，好似杀父大仇，先用乱鞭击面，使无完肤，再把他舌头拔去，支解四体，烹诸鼎镬。又斸发杜氏祖墓，焚骨扬灰，用头颅为漆椀。杜岸叛詧，不为无罪，但如此处置，抑何残忍！

湘东王绎既欲攻誉，又欲攻詧，特使王僧辩赴长沙，逮回鲍泉，因他日久无功，意欲加诛，还是僧辩替他转圜，令泉申启具谢，始得免罪。自是攻誉一路，专属僧辩，别遣司州刺史柳仲礼，出镇竟陵，为图詧计。詧恐不能自存，乃向西魏求救，愿为附庸。西魏丞相宇文泰，欲乘势经略江汉，乐得允许，即遣使至襄阳议约。詧专务防绎，也顾不得什么妻孥，即命正妃王氏，与世子嶚，入质西魏，乞即济师。宇文泰便遣开府仪同三司杨忠，都督三荆等十五州诸军事，镇守穰城。

适柳仲礼率众趋襄阳，杨忠遂与行台仆射长孙俭，同击仲礼，且分兵攻下义阳、随郡，收降义阳太守马伯符，拘住随郡太守桓和，再进军围安陵。柳仲礼引兵还援，西魏将士，统请杨忠急攻安陆，休待仲礼还师。忠笑语道："攻守势殊，未易猝拔，若旷日劳兵，表里受敌，更属非计。我闻南人多习水军，不习野战，仲礼兵马将至，我正好出他不意，用奇兵邀击，彼怠我奋，一举可克。既克仲礼，安陆不攻自下，诸城可传檄自定了。"诸将士方才拜服。忠即选精骑二千，衔枚夜进，行至漴头，择地伏着，专待仲礼到来。仲礼毫不防备，匆匆驰归，一入伏中，魏兵齐起，仲礼部下，不战已乱，最厉害的是遍设陷坑，无从顾避，但只听得跌蹋声，铙钩声，铁索声，不到数时，已将仲礼部众，一齐捆住。仲礼叫苦不迭，蓦觉马足不稳，也坠入坑中，被西魏兵手到擒来，缚住手足，似扛猪的抬将去了。早知如此，何不拼死拒景，还好挣些名节。

安陆守将马岫，闻仲礼被擒，便开门出降。竟陵守将王叔孙，也知保守不住，同做了降将军，于是汉东土地，尽入西魏。杨忠乘胜至石城，进逼江陵，湘东王绎急得不知所为。还是舍人庾恪愿往说忠，为绎解忧。绎即令驰赴敌营。恪不慌不忙，至西魏营中，进见杨忠道："湘东为叔，岳阳为侄，贵国助侄攻叔，如何能服天下？"忠答道："汝言未尝无理，但我军前来，是征讨不服，与叔侄无关。若湘东果愿投诚，我即便退去了。"恪如言回报，绎乃遣舍人王孝祀，送子方略往质，卑辞求和。忠许与通好，当由绎亲出歃血，加载盟书。略云：

魏以石城为封，梁以安陆为界，请同附庸，并送质子，贸迁有无，永敦邻谊；有渝此盟，明神殛之！

盟毕，绎仍然还城，忠亦退去。江陵解严。绎得专心攻誉，发兵助攻长沙。誉向邵陵王纶处乞师。纶颇思往救；因恐兵粮不足，未敢轻率从事，乃寄书湘东王绎，劝他休兵。大致说是：

天时地利，不及人和，况乎手足股肱，岂可相害！今社稷危耻，创巨痛深，唯应剖心尝胆，泣血枕戈，其余小忿，或宜容贯，若外难未除，家祸仍构，料今访古，未或不亡。夫征战之理，唯求克胜，至于骨肉之战，愈胜愈酷，捷则非功，败则有丧，劳兵损义，亏失多矣。侯景之军，所以未窥江外者，良为藩屏盘固，宗镇强密，弟若陷洞庭，不戢兵刃，雍州疑迫，何以自安？必引进魏军以求形援，弟若不安，家国去矣。必希解湘州之围，存社稷之计，顾全大局，毋俟踌躇！

书去后，得绎复音，申陈誉恶，罪在不赦。纶掷书地上，慷慨流涕道："天下事一败至此！湘州若亡，我亦将葬身无地了！"已而河东王誉，守不住长沙城，意欲溃围出走，偏部将慕容华引僧辩入城。誉不及奔逃，竟为僧辩所执，誉语僧辩道："勿即杀我，愿一见七官！绎为梁主衍第七子，向呼七官。指出谗贼，死且无恨！”僧辩不许，把誉处斩，函首送江陵。湘东王绎还首归葬，进僧辩为左卫将军，兼侍中镇西长史。

先是誉将败时，引镜照面，不见头颅。又夜见长人据屋，两手垂地，恍惚中被他抓住，啾脐暴痛，狂呼求救，始由左右入视，他已倒在地上，不省人事。好容易把他救醒，长人早已不知去向。未几复见白狗如驴，窜出城外，亦无下落。誉已自知不祥，至是终为僧辩所杀。小子有诗叹道：

叔侄如何不并容，兵戈构怨及同宗？

湘东推刃河东毙，首祸心肠亦太凶！

绎既攻克长沙，乃为梁主衍发丧，传檄讨景。欲知后事如何？试看下回便知。

湘东邵陵，皇子也，河东岳阳，皇孙也，子视父难，竟养寇不讨，遑问皇孙！梁主衍有此胤嗣，无或乎受制逆贼，终致饿死也。惟当时之最乏孝思者，莫若湘东。湘东初移檄入援，河东岳阳，并皆听命，乃出屯武城，逗留不进，发起者犹且如此，安能责及他人！且河东岳阳，与湘东无纤芥嫌，乃以俭人之谗构，遽致骨肉之纷争，君父之危，可以不顾，叔侄之衅，必欲相残，试问湘东何心，乃倒行逆施若是乎！邵陵始勇终怯，不为无辜；然贻书湘东，词多痛切，彼犹知为大局计，湘东视之，有愧多矣。河东杀方，衅由湘东，而河东之因是陷戮，吾且为彼呼冤；若桂阳王慥之被害，则正冤之尤冤者耳。

第六十二回　取公主侯景胁君
篡帝祚高洋窃国

却说湘东王绎为梁主衍开丧，已是隔年，时梁主梓宫，已奉葬修陵，追尊为武皇帝，庙号高祖。嗣主纲改元大宝，颁诏国中，独绎仍称太清四年，刻檀为高祖像，供设厅堂，每事必先启像前，然后施行。搗什么鬼？一面移檄远近，申讨侯景。景将侯子鉴已陷入吴兴，太守张嵊，并前御史中丞沈浚，俱被执送建康。景颇悯二人忠义，好言劝慰。嵊慨然道："我忝任专城，目睹朝廷倾危，不能匡复，还求什么生活？不如速死为幸！"景尚欲宥他一子，嵊复道："我一门已登鬼箓，不愿向尔贼乞恩！"景不禁怒起，遂并杀张嵊父子。沈浚亦不为所屈，同时殉节。

还有宋子仙受了景命，南略钱塘，新城戍将戴僧遏，战败出降，子仙引兵渡浙江，进攻会稽，邵陵王纶，奔往鄱阳。东扬州刺史南郡王大连，居守会稽城，朝夕酣饮，不恤士卒。司马留异，凶狡残暴，为众所嫉，大连却委以兵事。及子仙兵至，异毫不防守，即将城池献与子仙。大连醉卧室中，由左右舁入床舆，从后门出走，欲奔鄱阳。行至信安，被追骑掩至，把他拘去。骑将不是别人，就是司马留异！异将大连械送入都，大连还醉眼朦胧，昏头磕脑，途中过了一夜，方才惊寤。及抵建康，向景下拜，景因令释缚，授为轻车将军，行扬州事。自是三吴尽为景有。三吴即吴郡、吴兴、会稽。

独前广陵太守祖皓，从士人来嶷言，纠合勇士百余人，袭破广陵，斩景党南兖州刺史董绍先，见前回。推前太子舍人萧勔为刺史，传檄拒景。景遣郭元建攻皓，皓婴城固守，元建不能拔。景又令侯子鉴率舟师八千，从水道进攻，自督步兵一万，从陆路进攻，两军直指广陵，日夕猛扑。皓苦守三日，终为所乘，犹复巷战达旦，力竭被擒。景缚皓城头，麾众攒射，矢集如猬，然后车裂以殉。城中无论少长，概令活埋。来嶷满门屠戮，独一子逃免，后仕陈朝。萧勔降景免死，带还建康，留子鉴镇守广陵。

景凯旋入都，梁主纲特赐盛宴，饮至半酣，景离座跪请，乞赐溧阳公主为妻。溧阳公主，系梁主纲爱女，年才十四，生得娇小玲珑，动人怜爱。景瞧在眼中，早已垂涎，此时当面乞求，不由梁主不从。他即胁梁主当夕遣嫁，饮毕载归。可怜妙年帝女，失身贼手，徒供他连宵受用，淫恣不休。妒花风雨便相摧。

未几已届上巳，景请梁主纲至乐游苑，禊宴三日。及梁主还驾，复与溧阳公主送入宫中，夫妇共据御床，南面并坐，令群臣分列两旁，张乐侍宴，梁主亦无可如何。既而景复请梁主幸西州，梁主乘坐素辇，侍卫四百余人，景率铁骑数千，翊卫左右。既至行宫，无非是酒醴具陈，笙簧迭奏。梁主闻声生感，不觉泪下，因恐景见泪生疑，命他起舞。景舞了一回，谓独舞无趣，亦请梁主起座对舞。梁主勉强应允，两下舞讫。君臣对舞，成何体统？兴阑席散，梁主掖景至床，唏嘘叹道："我念丞相！"景答道："陛下如不念臣，臣何得至此！"说毕趋退，越宿乃归。

是年江南连年旱蝗，江、扬尤甚，百姓流亡，共入山谷江湖，采取草根木实，聊充饥腹，草木垂尽，饿莩满野。就是富室豪家，亦皆乏食，鸠形鹄面，坐怀金玉，俯伏床帷，奄奄待毙。千里绝烟，人迹罕见，白骨成堆，高如邱陇，景绝不轸念，反在石头城设立大碓，凡兵民犯法，辄令捣毙。又尝戒诸将道："破栅平城，立屠毋赦，使天下知我威名！"诸将得此号令，每遇战胜，专务焚掠，杀人如草芥，人或偶语，刑及外族，故百姓虽惮景威，始终不肯乐附。景却命部下将帅，悉称行台，归附诸官，悉称开府，余如亲信军吏，号为左右厢公，勇力兼人，号为库直都督。但江南一带，叛附靡常，淮南更不遑顾及，坐使敌人入境，囊括全淮。这敌人属诸何国？就是与梁通好的东魏。

东魏大将军高澄视萧渊明为奇货，嘱令通书梁廷，离间侯景，明明是使景叛梁，坐收厚利的秘计。景发难后，梁北徐州刺史萧正表，先举州降东魏，由澄收纳，东徐、北青二州，亦相继至东魏通诚，东魏不费一矢，坐得数州。澄又遣高岳及慕容绍宗、刘丰生等，往攻颍川，颍川为西魏土地，西魏令王思政扼守，无隙可乘。刘丰生乃决洧灌城，城多崩陷。王思政身当矢石，与士卒同劳苦，悬釜炊食，各无贰心。慕容绍宗，募得弓弩手数百，乘着大舰，凭城迭射，守卒多死，城几陷没，绍宗与丰生又亲至舰中，督兵登城，不料暴风大至，船被漂流。绍宗、丰生的坐船，向城撞去，城上守兵将，用长钩牵船，矢石雨下，二将皆被击毙。高岳忙收拾败军，退至十里外安营，不敢再进，但将败状报知高澄。

澄用散骑陈元康议，自往督攻，再命设堰，三成三决。顿时恼了澄意，把负土填堰的兵役，亦推入堰间，尸土相并，方得塞住。水势灌入城中，竟致暴涨，城坍坏数十丈，思政抢堵不遑，只好引众上土山，誓死固守。澄下令军中，谓能生致王大将军，应即封侯，若有损伤，立斩无赦。将士踊跃登山，思政虽竭力拦阻，究竟顾此失彼，无可奈何，因涕泣谕众道："我力屈计穷，只有一死报国！汝等去留任便。"说着，仰天大恸，复西向再拜，拔剑在手，意欲自刎。何不即死？

都督骆训道："公尝面谕训等，谓汝赍我头出降，不但可得富贵，且可保全阖城百姓。今高相既有此令，公为百姓计，何勿从权相屈，且作后图！"思政尚未肯从，训等夺下手剑，不得引决。适东魏营中，来了通直散骑赵彦深，传达澄命，延请思政，乘势握思政手，一同下山，驰入营中。澄下座相迎，邀令旁坐，不复令拜。思政感澄厚待，乃即投诚。澄改颍川为郑州，顾语左右道："我不喜得颍川，独喜得王思政。"西阁祭酒卢潜道："思政不能死节，何足重轻！"应该奚落。澄笑答道："我有卢潜，是更得一王思政了。"

自颍川没入东魏，西魏将赵贵等皆奉宇文泰军令，退兵还国。澄亦率军东归，乘便朝邺，东魏主善见，进澄为相国，封齐王，赞拜不名，入朝不趋，剑履上殿，仍都督中外诸军事。澄让封不许，乃归晋阳。看官阅过前文，当知高澄好色，胜过乃父。高欢一死，他便将柔然公主，恣意淫烝。见五十八回。嗣复令黄门侍郎崔季舒，物色娇娃，充入后房，朝欢暮乐，成为常事。

次弟太原公洋，娶妻甚美，高出长姒，澄暗加艳羡，且甚不平。洋貌为朴诚，口尝慎默，有时为妻李氏购办服玩，稍得佳件，澄即令逼取，李氏或恚不肯与，洋笑语道："此物并非难求，兄既需索，何必过吝呢！"澄闻李氏言，也不觉惶愧起来，未便径取，洋即持还，也不加谦。澄因目为痴物，常语亲属道："此人亦得富贵，相书究作何解？"从此不复忌洋。但见了弟妇，往往有调笑情事，洋亦假作不知，相安无语。

一日澄出外游猎，途次遇着一个绝色丽姝，即召她至前，问明履历，系是魏高阳王斌庶妹，名叫玉仪。斌系高阳王雍子，雍遇害河阴，家室仳离，玉仪避居民间，不肯守贞，徒然借色衒人，流为歌妓。后来斌得袭封，屏诸不齿，玉仪辗转入孙腾家，颇得见宠，偏玉仪放浪形骸，已成习惯，免不得鬼鬼祟祟，暧昧不明。孙腾又把她放逐，遂致飘萍逐梗，随处栖身。此次得遇高澄，询明巅末，便载令归第，即夕同寝，荡妇得遇淫夫，仿佛似媚猪一般，曲尽绸缪，备极狎亵，引得高澄喜出望外。诘旦起来，出厅视事，见崔季舒在侧，便顾语道："尔向来为我求色，不如我自得一姝，只恨崔暹卖直，必来谏我；我亦当设法对待，免他多言！"及暹入白事，澄故作怒容，不假词色。暹当然解意，除陈明公事外，不加一词。澄即为玉仪奏请，乞为加封，魏主封玉仪为琅琊公主。玉仪倍加感激，竭力承欢，澄亦越加爱宠。唯尚恐崔暹进规。一日暹复入白事，袖中忽堕下一纸。为澄所见，令左右拾起，乃是一张名刺，便问暹怀此何用？暹悚然道："愿得达琅琊公主。"澄大喜道："卿亦愿见公主么？"遂起握暹臂，入见玉仪。暹执礼甚恭，玉仪却从容谈笑，毫不拘束。确是一荡妇状态。澄越加欣慰。及暹辞归，为季舒所闻，不禁叹息道："暹尝在大将军前，说我谄佞，应该处死，哪知他谄佞过我呢！"看官听说！季舒本与暹同宗，季舒为叔，暹为侄，叔侄宗旨，本来不同。此次暹惧失澄意，也变态逢迎，怪不得季舒揶揄呢。

澄得暹赞成，益无顾忌。玉仪有一同产姊静仪，面貌与玉仪相似，也是放诞风流，宜瞋宜笑，曾嫁黄门郎崔括为妻，因玉仪得澄殊宠，暇辄过访，留宿府中。澄得陇望蜀，意欲勾通静仪，做成一对并头莲，好在玉仪并不妒忌，反从旁撮合，使偿澄愿，澄亦为静仪乞封公主。好称做难姊难妹。还有黄门郎崔括，贪恋利禄，情愿戴着绿头巾，纵妻宣淫，绝不过问。澄见括知情识意，时加厚赐，连崔括的父母，也得了许多布帛，许多金银。崔家幸有此佳妇，好博这般缠头费。

澄既得了两仪，朝朝暮暮，缱绻情深，兴至时辄私语道："我若得为天子，当立卿二人为左右皇后。"两仪当然拜谢。澄因欲篡位，想出一法，假国本为名，诣邺谒主，面请册立皇太子，隐探主衷。东魏主善见还道澄是好意，遂立皇子长仁为太子。哪知澄是巧为尝试，实欲善见推位让国，令己受禅，偏偏弄假成真，册了皇储，大与本意相反；遂与散骑常侍陈元康，吏部尚书杨愔，黄门侍郎崔季舒，密谋篡立事宜。

适有膳奴兰京，入请进食，澄拍案叱退，元康等问为何因？澄答道："昨夜梦此奴斫我，我便思除彼，还要他来进食么？"过了片刻，兰京复捧盘趋进，就案陈食。澄大怒道："我不愿汝造食，汝为甚事复来胡闹！"京将盘放下，从盘底抽出快刀，向澄劈将过去，且厉声道："我来杀汝！"言未已，外面复跑入数人，俱手执刀械，来助兰京。澄见不可敌，离座返走，急不择路，足被绊伤，没奈何走匿床下。京率众追入，杨愔遁去，崔季舒窜避厕中，唯陈元康独力挡贼，与贼争刃，胸中被刺，肠出血流，晕倒地上。京众去床斫澄，乱刀齐下，就使生铁铸成，也被斫碎，还有什么不死？年只二十九岁。柔然、琅琊两公主，闻之不知作何状？

看官道兰京何故杀澄？京为梁徐州刺史兰钦子，被澄擒去，令充膳奴。钦作书贻澄，愿出重资赎还，澄不肯许。京又自请乞免，澄杖京百下，且呵叱道："汝若再赎，便当杀汝。"京遂私结同党，潜谋作乱。可巧澄入邺下，寓居城北东柏堂，地甚僻静，澄约琅琊公主等，往来欢会，所以喜静恶喧。此时与心腹密议，复屏去左右，所以兰京得乘隙下手。

澄弟太原公洋，在邺城东双堂，闻变出门，调兵立集，即趋至东柏堂讨贼，捉得一个不留，醢成肉酱。复从容出语道："恶奴为逆，大将军受伤，尚无大苦，可保生命。"说着，即指麾左右，舁澄尸入床舆，用衣盖着，托言尚生，令赴私第，并扶起陈元康，也用卧舆舁入第中。元康痛绝复苏，手书别母，并口占数语，令功曹参军祖挺代书，奏陈后事，入夜乃殁。洋俱密为棺殓，秘不发丧，召大将军督护唐邕，部分将士，镇遏四方。邕支配部署，须臾毕事，洋叹为奇材，深加器重，留太尉高岳，太保高隆之，开府司马子如，尚书杨愔守邺，自率甲士入朝，辞归晋阳。

魏主善见得澄死信，方语左右道："大将军今死，似有天意，威权当复归帝室了。"言未已，洋已入谒，随从甲士，约八千人，随登殿阶，约二百余人，皆攘袂握刃，如临大敌。洋面奏道："臣有家事，须诣晋阳一行。"东魏主尚未对答，洋已再拜而起，掉头竟去。善见不觉失色，以目送洋，且垂涕自语道："此人又似不相容，朕不知死在何日了！"一蟹不如一蟹。

洋返至晋阳。晋阳旧臣宿将，素来轻洋，洋大会文武，谈论风生，英采飚发，与从前判若两人，顿令四座皆惊，不敢藐视。洋且钩考政令，见有不便推行的条件，酌量改革，不少延误，众益知洋有隐德，至此始彰。

越年，为东魏武定八年，洋见内外悦服，方为乃兄发丧。东魏主善见亦至太极殿东堂举哀，赙帛八万匹，赠齐王玺绂辒辌车，黄屋左纛，羽葆鼓吹，并备九锡礼，谥曰文襄。进高洋为丞相，都督中外诸军，录尚书事，袭封齐王。洋用渤海人高德政为记室，言无不从，金紫光禄大夫徐之才，北平太守宋景业，皆善图谶，谓太岁在午，应该革命，遂托德政为先容，劝洋受禅。洋当然心动，但一时未便承认。当时有童谣云："一束藁，两头燃，河边羖羬飞上天。"之才等依谣解释，说是藁燃两头，便成高字，河边羖羬，就是水边羊，隐寓洋名；飞上天即龙飞预兆，因力劝洋乘机禅位。童谣如此，恐即由之才等唆使。

洋入告生母娄太妃，太妃道："汝父如龙，汝兄如虎，尚且终身北面，汝有何功德，乃敢觊觎天位呢！"说得洋哑口无言，出告之才。之才道："正为未及父兄，故宜早升天位；如或迟延，人且生心。况谶文有云：'羊饮盟津，角拄天'盟津是水，羊饮水就是王名，角拄天就是即尊，证以童谣，与谶相合，请王勿疑！"又加一层附会。洋尚有疑意，铸像卜兆，一制即成，乃决计篡位，特使仪同三司段韶，往问肆州刺史斛律金，金独言未可，自至晋阳谏洋，且请谒见娄太妃。洋乃请母出厅，与诸贵再开会议，太妃面谕道："我儿懦直，必无此心，想由高德政辈，贪功乐祸，教儿为此呢。"金因劝洋谴黜德政，并说宋景业首陈符命，应置死刑。洋默然不答，金亦辞去。

洋因人心不一，复令高德政诣邺，察公卿意，自率将士东行，作为后盾。司马子如出迎辽阳，阻洋入都。长史杜弼，亦叩马谏诤，洋乃折回，居常闷闷不乐。徐之才、宋景业又多方怂恿，洋令景业筮易，得乾之鼎，亟向洋称贺道："乾为君象，鼎为五月卦，王正可仲夏受禅。"洋欣然大悦，再发晋阳，使心腹陈山提，驰驿赍书，密报杨愔。愔愿为效力，即召太常卿邢邵，撰列受禅仪注，秘书监魏收，草定九锡禅让劝进诸文，并引东魏宗室诸王，入居北宫东斋，不准外人出入。才阅二日，即迫东魏主下诏，进洋位相国，总百揆，备九锡礼。及洋入邺城，召役夫办集筑具，即日筑受禅台。太保高隆之见洋，谓用此何为？洋作色道："我自有事，何劳君问！难道不畏灭族么？"隆之惶恐申谢，便即趋出。司马子如等知洋意已决，不敢多言。毕竟是贪生畏死。于是作圜邱，备法物，建台设坛。安排停当，乃遣司空潘乐，侍中张亮，黄门郎赵彦深等，入宫启闻。

东魏主善见御昭阳殿，召见潘乐等人，张亮首先开口道："五行递运，有始有终，齐王圣德钦明，万方归仰，愿陛下远法尧舜，禅位齐王。"善见敛容道："此事推挹已久，谨当逊避。"侍中杨愔，当即趋入，袖出草诏，逼令署印。善见只好照署，且颤声道："朕居何处？"愔答道："北城别有馆宇，尽可徙居。"善见乃起身下座，步就东廊，口咏范蔚宗《后汉书·赞》云："献生不辰，身播国屯，终我四百，永作虞宾。"随即入宫与后妃诀别，阖宫皆哭。李嫔诵陈思王即魏曹植。诗云："王其爱玉体，俱享黄发期！"直阁将军赵道德，用犊车一乘，载着善见，送出云龙门。王公百僚拜辞，高隆之洒泪告别。徒效儿女子态，何益故君？善见遂徙居北城，杨愔遣彭城王元韶等，奉玺与洋，洋即于次日即位南郊，柴燎告天，登台南面，受群臣朝贺。礼毕还宫，大赦改元，称为天保元年，国号齐。史家怕与萧齐相混，特叫作北齐。小子有诗叹道：

君不君兮臣不臣，衰朝无复顾彝伦；
莫言勋戚堪长恃，篡弑多闻出帝姻。

高洋篡位以后，所有开国情事，待至下回表明。

侯景初欲择配王、谢，梁武以为未合，令求诸朱、张以下，不谓发难入都，毙梁武，立太子纲，玩二君于股掌之上，致使十四龄之溧阳公主，以身供贼，迫受淫污，谁为为之？纵贼至此！嗣主纲且抱景至床，谓我念丞相。夫与其忍辱以偷生，曷若杀贼而拼死，况不死者之未必终生乎！东魏主善见，庸弱相似，高澄淫侈，图篡未成，身死奴手。东魏谓似有天意，吾亦云然。高洋以韬晦闻，乃大权在手，悍过乃兄，逼主出宫，骤然南面。天不相澄而独相洋，令人不解！阅此回，窃不禁有骚首问天之感矣。

第六十三回　陈霸先举兵讨逆　王僧辩却贼奏功

却说高洋篡位，改国号齐，追尊祖树为文穆皇帝，祖妣韩氏为文穆皇后，父欢为献武皇帝，庙号高祖，兄澄为文襄皇帝，庙号世宗。奉母娄太妃为皇太后，降东魏诸臣封爵有差。唯效力高氏诸臣，不在此例。封宗室高岳等十人为王，功臣库狄干等七人，亦授王爵。皇弟浚为永安王，淹为平阳王，潋为彭城王，演为常山王，涣为上党王，淯为襄城王，湛为长广王，湝为任城王，湜为高阳王，济为博陵王，凝为新平王，润为冯翊王，洽为汉阳王。澄与洋本同母兄弟，就是演、湛、淯、济，亦系娄太妃所出，余九人出自他姬，不必絮述。洋降封故主善见为中山王，故后高氏为中山王妃，兼称太原长公主，免令称臣，派官监束。有时亦邀中山王入宴，或令随从出入。太原公主尝与偕行，饮食起居，随时护视，故善见尚得苟延。

洋拟立正妃李氏为后，李氏为赵郡李希宗女，高隆之、高德正两人，谓李系汉妇，不宜尊为国母，独杨愔请依汉、魏故事，不改元妃。洋从愔言，竟立李氏为后。后子殷为太子，并尊文襄王妃为文襄皇后，居静德宫。文襄王子孝琬，得受封河间王，孝琬弟孝瑜，亦受封河南王。命太师库狄干为太宰，司徒彭乐为太尉，司空潘乐为司徒，仪同三司司马子如为司空，高隆之录尚书事，弟淹为尚书令，元绍为尚书左仆射，段韶为尚书右仆射。既而段韶去职，进杨愔为右仆射。初政清明，简静宽和，任人以才，驭下以法，内外肃然，却是有些新朝气象。

西魏大丞相宇文泰闻高洋篡位，假义兴师，由恒农筑桥渡河，进军建州。高洋亲自督兵，出次东城，泰闻洋军容严盛，不禁叹息道："高欢乃有此儿，虽死犹不死了！"会天雨不止，畜产皆死，乃引军西还。嗣是洛阳、平阳诸守吏，皆降北齐，洋又南略梁境，夺去南青州及山阳郡，并淮阴、司州，两河、两淮，悉为齐有，好算是一个东方霸国了。北齐盛时，无过于此。

梁主纲受制侯景，事无大小，统须由景主张，又不敢通书藩镇，饬令勤王，只有日夕涕洟，听天由命。鄱阳王范寓居湓城，本来是有心匡复，应前回。嗣因寄身江州，无从展足，乃改变方针，欲将江州据为己有，特升晋熙县为晋州，令世子嗣为刺史，渐渐的拓权略地，所有郡县名称，多半更张。江州刺史寻阳王大心，政令所行，不出郡门，乃与范生嫌，使部将徐嗣徽率兵二千，筑垒稽亭，遏绝市籴。范众无从得食，多半饿死，范且忧且愤，疽发背上，竟致病殁。范尚有志操，可惜度量不足，徒致身死名裂。

世子嗣尚在晋州，为侯景将任约所袭，也致败亡。约进击江州，大心迎战亦败，举州降约。徐嗣徽奔往江陵，投归湘东王绎麾下，鄱阳将侯瑱，居守豫章，亦被景将于庆攻入，力屈请降。邵陵王纶自鄱阳避入郢州。是时有一乱世枭雄，崛起海南，独起兵讨贼，拥众北行。这人为谁？就是西江督护陈霸先。见五十六回。

先是广州刺史元景仲，得侯景书，密与联络，景仲遂欲起应。独霸先不从，集兵南海，击死景仲，别迎定州刺史萧勃镇广州。勃系梁武从侄，乃父便是吴平侯萧景。莅镇以后，适有前高州刺史兰裕，煽诱始兴等十郡，共攻衡州。监衡州事欧阳頠，向勃乞援，勃使霸先往救，一战即捷，擒斩兰裕，勃乃令霸先为始兴太守。霸先结交豪杰，得郡人侯安都、张偲等数千人，遂遣统将杜僧明、胡颖出屯岭上，檄讨侯景。勃反遣使劝阻，霸先慨语来使道："仆荷国恩，常图报效，前闻侯景渡江，即欲往援，适值元兰构衅，梗我中道，因不果行，今外变已靖，内讧未平，君辱臣死，怎敢受命！君侯体重宗支，任系方岳，理应泣血枕戈，偕仆就道，奈何反谕仆中止呢！"枭桀举事之初，统是名正言顺。遂遣还勃使，派人由间道至江陵，愿受湘东王绎节度，绎授霸先为交州刺史，封南野县伯。

会南康土豪蔡路养，起兵据郡，萧勃令谭世远为曲江令，与路养相结，同遏霸先。萧勃想无心肝，否则何至出此？霸先遂进讨南康，至大庾岭，杜僧明引军来会，与蔡路养交战南野。杜僧明策马先驱，横槊刺敌，路养亦持刃相迎，战至数合，敌不住僧明勇力，拖刀败走。僧明跃马追赶，不防路养妻侄萧摩诃，从斜刺里驰马出来，拦住僧明。僧明见他年尚垂髫，视为无能，即用槊猛刺过去，偏摩诃狡猾得很，把身一闪，致僧明一槊落空。僧明将槊抽回，那摩诃的长槊已至胸前，慌忙策马一跃，槊头正中马眼。马负痛掀倒，僧明亦堕落地上。幸亏霸先驰救，杀退摩诃，扶起僧明。僧明愤激得很，仍欲再战，霸先即将自己乘马，让与僧明。僧明上马复进，霸先亦易马麾兵，奋勇杀入，路养大败，脱身遁去。萧摩诃投降，霸先得收复南康，修理崎头古城，引兵居守。

高州刺史李迁仕，曾与兰裕交好，至是欲为友复仇，拟袭南康，并召高凉刺史冯宝，入州计事。冯宝为北燕遗裔，曾祖业浮海奔宋，留居新会，世为罗州刺史，及宝始徙任高凉，娶妻冼氏，智勇兼优，威服部众。宝奉召欲往，冼氏谏阻道："刺史无故，不应召太守，想是迁仕欲反，胁君同行，愿君勿往，徐观后变！"宝乃托病不赴，果然迁仕出兵，使军将杜平虏往袭南康。霸先已经探悉，使部将周文育出拒，胜负未分。冼氏闻知消息，又语冯宝道："杜平虏与官军相争，不能骤还，迁仕在州，实无能为。君可致书迁仕，谓病尚未瘳，特遣妇参见，并输军资，彼必心喜，不加戒备。妾率千人步担杂物，声言输送，一入州城，便可破迁仕了。"宝依计行事，冼氏整装随发，行至高州城下，迁仕果然无备，开城纳入。哪知担中统是甲仗，由冼氏一声暗号，大众各穿甲持械，攻入州署，迁仕仓皇窜逸，逾垣脱身，得往宁都。杜平虏亦被文育杀败，走回城下，仰见城门紧闭，上面坐着一位女将军，俯首娇呼道："平虏休来！我已驱除叛贼了。"平虏料不肯纳，绕城遁去。及文育驰至，冼氏乃开城出迎，说明情由，文育大喜。冼氏欲往谒霸先，当由文育派兵为导，到了赣石，得与霸先相见。霸先厚加慰劳，且赐金帛。冼氏不受，辞归高凉，复语冯宝道："陈都督不是常人，将来不但平贼，且必乘时立业，不可限量，君宜厚加资助，图保终身！"宝乃拨送粮械，接济霸先，霸先当然申谢。此段力写冼氏，以旌女豪。一面再遣杜僧明等往攻迁仕，迁仕拒守数月，终被僧明杀入，擒还南康，结果性命。

霸先自南康出发，进兵江州，赣石旧有二十四滩，行旅视为畏途，至此水涨数丈，巨石皆没，一任航行。霸先行次西昌，有龙出现水滨，五采鲜曜，时人目为异征。湘东王绎即授霸先为江州刺史。霸先请发兵相会，绎却无暇顾应，尚欲有事郢州。看官道是何因？原来邵陵王纶至郢州后，由刺史南平王恪，梁武侄，即萧伟子。推纶为假黄钺都督承制。纶大修铠仗，拟讨侯景，偏湘东王绎不肯相容，竟使王僧辩鲍泉率领舟师，潜往袭击，至鹦鹉洲，纶已察觉，特使人致书僧辩，略云："将军前年为人杀侄，今年复为人攻兄，借此求荣，恐为天下所不齿，请将军自思！"僧辩将原书报绎，绎仍令进军。纶闻僧辩复进，乃集众西园，挥涕与语道："我本无他，志在灭贼，湘东疑我争帝，发兵来攻，今日欲守，奈乏粮储，欲战且取笑千载，看来只好避往下流罢！"麾下壮士，争请出战，纶仍不从，即与世子瓒登舟北去。

郢州刺史南平王恪，迎僧辩入郢州城，僧辩送恪诣江陵，向绎报捷。绎遣世子方诸为郢州刺史，方诸年仅十五，因为绎宠妃王氏所生，格外钟爱，特令出镇江夏，即郢州治。用鲍泉为辅，控遏下游。邵陵王纶，北至武昌，稍收散卒，屯齐昌城，遣使向北齐乞降，齐封纶为梁王。绎固无兄，纶亦无父，背国降虏，同归于尽。纶乃移营马栅，将引齐军共攻南阳。侯景部将任约，方由江州西上，进寇西阳武昌，闻纶在马栅立营，使偏将叱罗通，带领数百精骑，潜往袭纶。纶猝不及防，溃走汝南。汝南为西魏属地，城主李素系纶故吏，开门迎纶，纶乃修城池，集士卒，将图安陆。西魏安州刺史马岫，报知宇文泰，泰遣将军杨忠攻汝南，适天寒雨雪，不便攻扑，纶与李素，乘城协守，魏兵多死。相持数旬，天气通温，杨忠督兵猛攻，李素中箭身亡，城遂被陷。纶拼命巷战，为忠所杀，投尸江岸。岳阳王詧，时已称臣西魏，受封梁王，在襄阳建台置吏，特遣人致书杨忠，愿收纶尸埋葬。忠即允诺，当由襄阳使人，取尸棺殓，面色尚如生时，因载回襄阳，择地营葬去了。梁武家儿又弱一个。

宁州刺史徐文盛，受湘东王绎命令，募兵得数万人，东下讨贼。行次贝矶，正值景将任约，据有西阳、武昌，拥着艨艟大舰，逆流前来。文盛纵兵迎战，击破约军，阵斩叱罗通等，约走西阳，侯景方自称汉王，进位相国，又加号宇宙大将军，都督六合诸军事。梁主纲毫不预闻，及见文牍上载此名号，方惊叹道："将军乃有宇宙的称呼么？"景令王克为太师，宋子仙为太保，元罗为太傅，郭元建为太尉，张化仁为司徒，任约为司空，王伟为尚书左仆射，索超世为尚书右仆射。所有军国大权，仍归侯景掌中。会因任约兵败，乃引军自出，驻扎晋熙。南康王会理，因侯景出戍，都城空虚，遂与左卫将军柳敬礼，即仲礼弟。西乡侯萧劝，东乡侯萧勔，皆萧景子。密谋起兵，诛灭景党。王伟是景第一心腹，会理等暗中规画，想把他先开头刀，不意建安侯萧贲，正德弟正立子。与始兴王萧憺孙子邕，竟将会理等密谋，通报王伟。伟先发制人，立率党羽，收捕会理，与会理弟通理、乂理，还有萧劝、萧勔、柳敬礼等，一古脑儿拘入狱中，飞使报景，乞请处置。景并不多说，只回答一个杀字，可怜会理等人，骈首就刑。那丧尽天良的萧贲、萧子邕，得景赐姓，改萧为侯，且受景封爵为王。萧氏得此坏子孙，直把那远祖萧何丞相的面目都剥光了！比正德还要弗如。

武林侯萧谘，鄱阳王范弟。姿禀文弱，不为景忌，尝得出入宫廷，侍谈主侧。自会理等谋泄被害，遂为贼党注目。谘因事至广莫门外，突然遇盗，把他杀死，这明明是景党所遣，伪为盗装，了结谘命。真也是一个斩草除根的绝计。景尝与梁主纲登重云殿，礼佛设誓道：“自今君臣，两无猜贰，臣不得负陛下，陛下亦不得负臣！”至此景疑梁主与会理通谋，所以杀谘。梁主纲亦自知不久，见舍人殷不害在侧，指殿与语道：“庞涓当死此下！”不害亦叹息而出。

唯侯景闻内变已平，遂由晋熙趋宣城。宣城守将杨白华，拒守经年，已累得粮尽力疲。偏侯景亲自到来，眼见得不能支撑，景又致书招降，许令不死，白华只好出迎。宣城虽下，三吴又义兵迭起，新吴有余孝顷，会稽有张彪，俱严辞讨景，羽檄交驰。景不得已还至建康，遣将堵御，怎奈顾东失西，图近忽远，任约屯兵西阳，屡次失利，武昌被徐文盛夺去，告急书络绎不绝。景只得再自出师，倍道至西阳，与徐文盛夹江筑垒，准备厮杀。文盛闭营不动，俟景渡江来攻，他始麾舟逆击。令旗一飐，数百号小舟，如箭驶至，攒攻侯景。景慌忙迎敌，正杀得难解难分，那文盛一箭射来，本意是欲射侯景，偏右丞库狄式和，立在前面，做了侯景的替死鬼，堕水丧命。景不禁胆寒，引舟急退，逃还营中，只晦气了若干将士。自经此一战，景知文盛难敌，拔营复退，遣宋子仙、任约等掩袭郢州。

郢州刺史萧方诸但知嬉戏，未谙军旅，行郢州事鲍泉，又是个酒囊饭袋，专供方诸戏弄，有时伏床作马，背负方诸，有时卧地作牛，口引方诸，镇日里游戏作乐，毫不设备。某日大风急雨，天色晦冥，有守卒登城遥望，隐约见有许多贼骑，卷旆前来，忙下城报泉道："贼骑来了！"泉怡然道："徐文盛方杀败贼众，何因得至？汝休得谎报！"说着又有走报如前。泉尚未信，直至探报迭至，方令闭城，那贼骑已经趋入，守卒逃避一空。泉不闻声响，还与方诸戏狎。方诸踞坐泉腹，用五色彩线，替泉辫髯，忽有一将排闼径入，持刀欲斫，方诸眼快，忙跪伏地下，叩头求免。确是一个小儿态。泉望将过去，正是贼帅宋子仙，急向床下一缩，匍匐进去。老头儿更不济事。宋子仙早已瞧着，顺手去扯泉须，泉痛不可耐，只好爬出，须与彩线，已半被拔落。当由子仙召入部众，将两人捆送景营。景闻郢州得手，竟顺风张帆，越过文盛军营，直入江夏。文盛大惊，溃归江陵。

湘东王绎已命王僧辩为大都督，率诸军至巴陵。途次闻郢州失守，乃即在巴陵驻军，飞使报绎。绎复书道："贼既乘胜，必将西下，卿不劳远击，但散守住巴邱，以逸待劳，无虑不胜！"又语僚佐道："景若率水陆两路，直指江陵，最是上策；否则据夏首，积兵粮，尚不失为中策；倘徒力攻巴陵，乃真是下策了。巴陵城小势固，僧辩自能坚守，景攻城不拔，野无所掠，待暑疫迭起，食尽兵疲，还有什么不破呢！"想是湘东应做数年皇帝，所以福至心灵。乃命罗州刺史徐嗣徽，武州刺史杜崱，各引兵往助僧辩。

侯景使丁和守夏首，任约趋江陵，自督宋子仙等攻巴陵。景颇三策并用，但注重巴陵，已落下计。僧辩乘城固守，偃旗息鼓，静若无人，景遣轻骑至城下，问城中何人主守？僧辩令守卒回答道："守将为王领军。"城下复仰问道："何不速降？"僧辩复令守卒应声道："汝军但向荆州，此城不足为碍。"骑兵返报侯景，景颇以为疑。宜州刺史王琳，从僧辩屯巴陵。乃兄王珣，前曾驻守江夏，投降景军，景乃把珣两手反翦，推至城下，使招琳降。琳厉声道："兄受命拒贼，不能死难，尚敢来哄我么？"言已，弯弓欲射。珣赧颜趋退，景即督士卒百道攻城。但听城中梆声一响，旗鼓张皇，矢石如雨点般飞下，伤死景众无数，景只好却退。僧辩又迭出奇兵，与景角斗。景身被甲胄，在城下督战；僧辩却宽袍大袖，乘舆巡城，一些儿不露惊惶，反令守卒鼓吹奏乐。景不禁叹服，屡战无功。

湘东王绎令武猛将军胡僧祐，出援僧辩，且面谕道："贼若水战，但用大舰迎击，必然大胜，若止步战，可鼓棹自往巴邱，不烦与他交锋了。"僧祐奉令至湘浦，与景将任约相遇，佯为畏约，避就他路。约驱众急追，直抵羊口，遥呼僧祐道："吴儿何不早降？走将何往？"僧祐不应，潜引兵至赤沙亭，适信州刺史陆法和，引兵来会，法和有异术，能预料吉凶，当侯景围台城时，尝语人道："景亦胜亦不胜。"至此闻任约进逼江陵，自请会击。湘东王绎乃令他接应僧祐。法和与僧祐定计，伏兵待约。约自恃屡胜，驰入穽中，那时伏兵骤起，左有僧祐，右有法和，两军围裹拢来，随你任约勇力过人，到此也似虎落陷坑，无从逞威，被法和军活擒了去；余众多死。

景在巴陵城下，众多病疫，又兼粮食告罄，正思退军，蓦闻任约被擒，且惊且俱，便即焚营夜遁，用丁和为郢州刺史，留宋子仙守郢城，别将支化仁守鲁山。法和送约至江陵，自请还镇，并语绎道："侯景将平，不必多虑，唯蜀贼将至，不可不防！"绎乃遣屯峡口，任约亦愿归诚，绎因许赦免。更命王僧辩、胡僧祐等引兵东下。僧辩先攻鲁山，擒住支化仁，进薄郢州，攻克外郛，斩首千级。宋子仙退据金城，僧辩四面筑垒，环攻不休。子仙惶急得很，情愿献还郢城，乞放开一网，俾得生还。贼党也有此时。僧辩假意允许，撤去一面围兵，给船百艘，令他载归。一面命别将杜龛，领着精兵千人，攀堞齐上，鼓噪奄进。子仙开城驾舟，与丁和飞桨遁逃。驰至白杨浦，天色将晚。子仙拟拢舟近岸，不防芦苇中闪出一军，为首一员大将，装束与天魔相似，大声喝道："逆贼休走！周铁虎等候多时了！"小子有诗为证，诗云：

悍贼横行已数年，到头毕竟有谁怜？
一声惊响心先碎，乱党从来少瓦全。

究竟宋子仙等能否逃生，且至下回再叙。

陈霸先起兵讨贼，为陈氏开基之始。彼本安居岭南，独能仗义执言，纠众兴师，当其出南海，越大庾，转战无前，所向披靡，元景仲、兰裕、蔡路养、李迁仕等，非死即遁，未闻有敢与久持者，何其锐也！冯夫人冼氏，谓非常人，诚哉其然。唯冼氏为一妇人，乃能鉴别枭雄，已非凡品，且为冯宝设谋，智赚迁仕，有此巾帼，不亚须眉，宜本回之力为旌扬，不肯苟略。王僧辩之从容拒景，智勇不在霸先下，瑜、亮并生，同辅一主，设非后日之互启猜嫌，各思攘柄，宁非亦萧氏之周召耶！故本回提出二人，作为纲领，所以表贼景之平，实由二人为首倡云。

第六十四回　弑梁主大憝行凶
窗侯贼庶支承统

却说宋子仙等行至白杨浦，兜头遇着一将，率兵拦住，叫做周铁虎。铁虎本在河东王誉麾下，誉败死后，铁虎为僧辩所擒。僧辩因他骁勇绝伦，屡摧将士，特下令就烹，铁虎大呼道："侯景未灭，奈何烹壮士！"僧辩暗暗称奇，乃许释缚，收为部将。至是特令他往截子仙，子仙已经胆怯，不得已与他交锋，战了数合，被铁虎卖个破绽，把他擒住。丁和本是无能，见子仙受擒，吓做一团，当由铁虎麾动左右，牵令下马，一同捆缚。余众或死或降。铁虎回营献俘，僧辩即解二俘往江陵。湘东王绎，亲加审讯，问明方诸、鲍泉下落。才知方诸由侯王带去，鲍泉已被丁和捶死，投尸黄鹤矶，于是绎怒不可遏，即将二俘斩首，并命王僧辩进兵江州，与陈霸先会师。

时侯景返至建康，猛将多死，自恐不能久存，因欲篡梁称帝，暂娱目前。王伟希旨进言道："从古移鼎，必须废立，既示我威，且绝彼民望，幸勿再延！"景乃使前寿光殿学士谢昊，代草诏书，略言：弟侄争立，星辰失次，皆由朕非正绪，召乱致灾，宜禅位豫章王栋云云。既要篡位，何必再立豫章？诏既草就，遂遣党徒吕季略赍入，逼梁主纲署印。一面即着卫尉卿彭隽等，带兵入宫，拥梁主至永福省，派兵监守，杀太子大器，寻阳王大心，西阳王大钧，建平王大球，义安王大昕皆梁主纲子。及宗室王侯二十余人。大器风度端嶷，未尝屈事贼党，或劝他稍贬气节，大器道："贼不杀我，抗礼无伤；若要见杀，百拜何益！"景西出时，曾挟大器俱行，为质军中。及自巴陵败归，步伍错乱，大器坐船在后，左右劝他乘隙北往，免受贼制。大器道："国家丧亡，本不图生，今若逃匿，不是避贼，乃是叛父了！"此语未免愚孝。景因他器宇深沉，防为后患，故先行下手。临死时颜色不变，且从容道："久已待死，已恨过迟。"贼党取衣带上前，大器道："此物何能即死，不如用系帐绳罢。"贼党乃将绳取下，套大器颈，一绞即已断气。后来湘东正位，追谥为哀太子，这且不必细表。

且说侯景既废去梁主纲，降封为晋安王，遣人迎立豫章王栋，栋系昭明太子长孙，父即豫章王欢，欢已去世，栋闲居第中，廪饩甚薄，方与妃张氏灌园锄葵，忽见法驾来迎，大惊失措，没奈何涕泣升舆。将入宫中，忽有回风，从地涌起，吹去华盖，飞出端门，都人已目为不祥。侯景等拥栋至武德殿，被服衮冕，即位受朝，改大宝二年为天正元年。太尉郭元建自秦郡驰还，向景进言道："主上系先帝太子，奈何见废？"景答道："王伟劝我早绝民望，所以举行。"元建道："我挟天子令诸侯，尚惧不济；况无端废立，更失人心，祸且不远了！"景犹豫未决。更有溧阳公主，顾念父恩，亦劝景迎父复位。景素爱公主，又因元建谏诤，即欲迎还故君，令新主栋为太孙。王伟闻信，亟入见景道："废立大事，难道可朝令暮改么？"景乃罢议。伟又劝景尽杀梁主纲子，景因遣使四出，一至吴郡杀南海王大临，一至姑熟杀南郡王大连，一至会稽杀安陆王大春，一至京口杀高唐王大壮。又将太子妃赐郭元建，元建道："岂有皇太子妃，为人作妾么？"还算有些天良。景亦不便强迫，乃搁过不提。

唯王伟凶恶得很，复劝景弑故主纲。景因遣彭隽、王修纂与伟同至永福省，尚说是奉觞上寿。纲笑道："寿酒么？想是要祝我归天了！"遂嘱陈肴馔，兼使鼓乐，饮得酩酊大醉，入卧床中。伟使隽携入土囊，压纲身上，再令修纂就土囊上坐，一个醉天子，当然是气绝身僵，时年四十九岁，在位只有二年。纲字世缵，被幽时题壁自序云：有梁正士兰陵萧世缵，立身行道，始终如一，风雨如晦，鸡鸣不已，弗欺暗室，何况三光！数至于此，命也如何！又作连珠二首，词极凄怆，平素著述颇多，不可殚纪。王伟见故主已殁，便撤户扉为棺，迁殡城北酒库中，然后欣然复命。想与梁主有宿世冤仇，故狠毒至此。景为故主纲拟谥，称为明皇帝，庙号高宗。越年由王僧辩等入都，奉葬庄陵，追崇为简文皇帝，庙号太宗。

新主栋即位后，尊先祖昭明太子统为昭明皇帝，先考豫章王欢为安皇帝，进东道行台刘神茂为司空，余官如故。神茂闻侯景败归，阴谋反正，至司空命下，即誓众绝景，谓系受国厚恩，理应为国讨贼等语。乃据住东阳，遥应江陵。江陵大将王僧辩，复自郢州东下，收降豫章守将侯瑱，直入湓城，与陈霸先会师屯邱，得霸先接济粮米三十万石，军势大震。再引兵拔晋熙，下寻阳，所向无前，贼众尽靡。

侯景急欲称帝，自加九锡，置丞相以下百官。嗣建天子旌旗，出警入跸。未几逼栋禅位，僭号汉帝，升坛受贺。坛前忽有兔跃起，一跃即杳，天空有白虹贯日，众皆惊讶。景还登太极前殿，改天正元年为太始元年，封萧栋为淮阴王，幽锢监省。栋弟桥樛，亦并禁密室。王伟请立七庙，景问道："什么叫做七庙？"伟答道："天子祭七世祖考，所以应立七庙。"景默然不答，伟又问七世名讳，景乃说道："前代祖名，我不复记，但记我父名标，死在朔州，去此甚远，就是阴灵未泯，怎得到此来噉血食呢？"左右不禁暗笑。我说他一生狡猾，唯此数语，尚本天真。有一侯景旧将，记得景祖名乙羽周，余皆无考。王伟捏造名号，推汉司徒侯霸为始祖，晋征士侯瑾为七世祖，祖周为大丞相，父标为元皇帝。遣赵伯超为东道行台，往戍钱塘。令中军都督李庆绪，右厢都督谢答仁，左厢都督李遵等，出击刘神茂。神茂连战皆败，部将王晕郦通出降谢答仁，神茂亦穷蹙乞降。答仁送神茂至建康，景命特制大铿碓，自足至头，寸寸铿碎。还有神茂部将元頵、李占等，临阵被擒，亦截去手足，绑示大众，辗转呼号，经日乃毙。都人恨景残忍，愈觉离心。景又深居禁中，荒耽酒色，非故旧不得进见，部将亦多怨望。

那王僧辩、陈霸先两军，受湘东王号令，于次年二月初旬，会讨侯景，舳舻数百里；两统帅至白茅湾，筑坛歃血，共读誓文。大旨在协力讨贼，永无贰心，大众闻言，统皆踊跃听命。僧辩即使侯瑱率师，袭击南陵、鹊头二戍，再战皆克，遂顺流东进。侯景已遣侯子鉴带着水兵，出屯肥水，郭元建带着陆兵，进趋小岘。子鉴正攻入合肥外城，闻西师将至，退保姑熟。景又遣将史安和、宋长贵等，往助子鉴，且自赴姑熟巡视垒栅，面谕子鉴道："西人善长水战，勿可轻与争锋，若得马步一交，定可得胜。汝但坚守待变便了。"言讫还都。子鉴依命办理，舍舟登陆，闭营不出。王僧辩等到了芜湖，探得侯子鉴立营岸上，却也不敢轻进，逗留至十余日。当有人通报侯景，谓西军将遁，急击勿失。景方下一伪诏，赦湘东王绎、王僧辩等罪状，部众笑为无益。乃令子鉴整备水战，子鉴复由陆登舟。僧辩得报，即率舟师趋姑孰。子鉴发步骑万余人，上岸挑战，另用鸼舠千艘，分载战士，为追逐计。鸼舠音鸟了，系是长船，两旁着桨，往来如飞。僧辩不与步战，且麾小船退后，但留大舰夹泊两岸。子鉴部下，疑他怯战，便各驶船前追，僧辩待他过去，然后鼓动大舰，断他归路，复扬旗指麾小船，四面截击，鼓噪大呼，杀得贼船东沉西没，无路可奔。子鉴弃甲改装，夺路逃脱。败报为侯景所闻，景不禁大惧，涕下满面，引衾蜷卧，良久方起，叹道："我误杀乃公！"当下使石头戍将张宾，用海艟緧沉淮中，堵塞淮口，再沿淮筑城，自石头城至朱雀桁，楼堞相接，亘十余里，拒遏西师。也是呆人呆想。

王僧辩督领诸将，乘潮入淮，见前面守备严整，也觉踌躇，因向陈霸先问计。霸先道："前柳仲礼拥兵数十万，隔水久驻，贼登高俯瞩，一望无余，故能覆我师徒。今欲围攻石头，须速渡北岸，诸将若不能当锋，霸先愿先去立栅，请公无虑！"僧辩大喜；霸先遂往石头西面落星山，择地筑栅。僧辩亦进军招提寺北。侯景亲出抵御，有众万余人，铁骑八百余匹，列阵西州西隅。霸先道："我众贼寡，应分贼兵势，休使他聚精蓄锐，向我致死。"乃命诸将分道置兵，张皇声势。

景意欲速战，纵骑进攻，冲入西军偏将王僧志营，僧志少却。霸先遣将军徐度，率弓弩手三千，绕出景后，更番迭射，景后队多伤，只好引退。霸先与王琳、杜龛等，麾动铁骑，突入景阵，僧辩又率大军继进，仿佛泰山压卵一般，教侯景如何抵挡？没奈何退入栅中。石头城守将卢晖，见西军势胜，景已败还，料知景必危亡，便开门出降。僧辩入据石头城，霸先尚在城外，与景相持。景尚督众死战，自率百余骑，弃槊执刀，硬行冲突，再进再却，众遂大溃。诸军逐北至西明门，景返至阙下，召王伟叱责道："尔迫我为帝，今日何如？"伟不能答。景即欲出走，伟执辔谏阻道："从古岂有叛天子！现在宫中卫士，尚足一战，去此意欲何往？"景喟然道："我从前败贺拔胜，破葛荣，扬名河北，渡江入台城，降柳仲礼如反掌，今日是天亡我了！"恶贯满盈，应该至此。乃用皮囊盛二婴儿，系在江东所生，俱属襁褓，分挂鞍后，与亲党百余骑，东走入吴。侯子鉴、王伟等奔朱方。

僧辩命杜龛、杜崱等入据台城，军士剽掠居民，不加禁止，可怜男女裸体，号泣盈途。僧辩不得善终，已兆于此。是夕军役失火，焚去太极殿及东西堂，所有宝器羽仪辇辂，一古脑儿付与祝融。僧辩命侯瑱等率精甲五千，驰追侯景，自率诸将诣阙，王克、元罗等偕台内旧臣，恭迎道旁，僧辩笑语王克道："君等服事虏主，想亦甚劳！"克等惭不能对。僧辩又问玺绶何在？克嗫嚅道："已被持去。"僧辩叹道："我王氏百世卿族，一朝坠地无遗了！"当下迎故主纲梓宫入殿，率百官哭踊如仪，然后报捷江陵，奉表劝进，且迎都建康。湘东王绎，复称缓议。不可无此做作。

从前绎遣僧辩东行，僧辩道："平贼以后，嗣君万福，究应如何行礼？"绎直答道："六门以内，自极兵威。"太觉忍心。僧辩又道："讨贼事由臣负责，若命臣为成济，见前注。臣不敢为！请另用他人！"绎乃密嘱宣猛将军朱买臣，使他便宜处置。此朱买臣非汉会稽太守之朱买臣。及西师入都，萧栋及二弟桥樛，得从密室出走，途次遇着杜崱，替他释去锁械，桥樛相语道："今日始得免横死了。"栋皱眉道："倚伏难知，我尚耽忧。"言未已，朱买臣已经趋至，呼萧栋兄弟下船，出酒劝饮，灌得三人醉如烂泥，令左右把他扛出，但听得扑通扑通好几声，俱到水晶宫挂号去了。买臣虽奉主命，手段亦觉太辣。

僧辩使陈霸先赴广陵，招降郭元建、侯子鉴等，子监恐不相容，与元建投奔北齐。独王伟与子鉴相失，俘归建康。僧辩问道："卿为贼相，不能死主，还想求活草间么？"伟答道："兴废乃是天命；若汉帝早从伟言，明公岂有今日！"僧辩冷笑数声，送往江陵，归湘东王取决。

唯侯景南走钱塘，赵伯超闭门不纳，再北趋松江，被侯瑱追及，景尚有船二百艘，众数千人，瑱麾众进击，擒住彭隽、田迁、房世贵等。景与腹心数十人，单舸飞奔，推堕二子入水，拟东航入海。瑱遣副将焦僧度追景，景手下有库直都督羊鹍，为景妾兄，曾随景东走，见景穷蹙无归，不觉心变，乘景昼寝，却令舟子转舵，驶向京口。景睡醒起望，前面已是胡豆洲，距京口不过数十里，顿时大骇，召鹍入问，鹍拔刀指景道："我等为王效力，已有数年，今王已无成，乞借头颅，博取富贵！"景未及答，刀锋已近身旁，慌忙避入船中，用佩刀抉船底，意欲凿船逃生，鹍取过一槊，用力猛刺，直穿景背。景猛叫一声，立即倒毙。景将索超世在别船，鹍诈传景命，召至船中，把他拘住，连人带尸，献与南徐州刺史徐嗣徽。嗣徽诛死超世，用盐纳景腹中，送往建康。僧辩枭景首级，传入江陵，尸身陈列市曹，士民争往脔食，并骨俱尽。溧阳公主，尚在都中，因父兄遇害，恨景亦深，也欲烹食景肉。众将景阳物割下，畀与公主，公主亦囫囵吞入，嚼尽无余。上下倒置，太要朵颐。赵伯超、谢答仁等，皆乞降瑱军，瑱一并送至建康。僧辩只斩一房世贵，余皆解往江陵。

湘东王绎得侯景首，悬市三日，用漆烫过，藏诸武库。遣南平王萧恪为扬州刺史，进王僧辩为司徒，镇卫将军，封长宁公，陈霸先为征虏将军，开府仪同三司，封长城县侯。一面审讯俘囚，十杀七八，只赦任约、谢答仁。王伟在狱中，曾上五百言诗，绎爱他文才，欲加赦宥，或谓伟前日曾作檄文，词意甚佳。此人必与伟有仇。绎即命检视，檄文中有联语云："项羽重瞳，尚有乌江之败，湘东一目，宁为赤县所归！"绎不禁大怒，命牵伟出狱，拔舌钉柱，剜腹脔肉，然后致死。侯景叛逆，皆伟主议，虽置伟极刑，不足蔽辜，但湘东为私意杀伟，转难服众。

伟既伏诛，乃下令大赦。南平王恪等统上书劝进，绎尚未遽许，但已遣人求玺。这玺绶曾由侯景带去，景嘱侍中兼平原太守赵思贤掌管，且预语道："若我死，宜沉玺入江，勿使吴儿再得此物！"玺有何用？岂吴儿不得此玺，便不能为帝吗？思贤唯唯受命。及景为羊鹍所杀，思贤持玺潜逃，从京口渡江，中途遇盗，投弃草间。奔至广陵详告郭元建，元建使人寻取，果然得玺，献与北齐行台辛术。术转献齐廷，传国玺遂为高氏所有了。

齐主高洋使散骑常侍曹文皎，南下聘问。湘东王绎亦遣散骑常侍柳晖报聘。两下方玉帛修仪，不意高洋纳郭元建言，竟令司空潘乐出兵，偕元建围梁秦郡。行台辛术，谓信使往来不绝，不宜无端动兵，高洋不从。陈霸先方出镇京口，先遣徐度、杜𬺈等陆续赴援，寻且自往秦郡，击退齐兵，斩首万余级，然后班师。王僧辩再会公卿百官，奉表江陵，请绎嗣位，绎乃准如所请，即位江陵，颁行诏书。略云：

> 夫树之以君，司牧黔首，帝尧之心，岂贵黄屋？诚弗获已而临莅之。朕皇考高祖武皇帝，明并日月，功格区宇，应天从民，唯睿作圣。太宗简文皇帝，地侔启诵。方符文景，羯寇凭陵，时难孔棘。朕大拯横流，克复宗社。群公卿士，百辟庶僚，咸以皇灵眷命，归运所及，天命不可以久淹，宸极不可以久旷，粤若前载，宪章令范，畏天之威，算

隆宝历，用集神器于予一人。昔虞、夏、商、周，年无嘉号，汉、魏、晋、宋，因循以久，朕虽云拨乱，且非创业，思得上系宗祧，下惠亿兆，可改太清六年为承圣元年。绎尚奉太清年号，见六十二回。逋租宿负，并许弘贷；孝子义孙，可悉赐爵；长徒锁士，特加原宥；禁锢夺劳，一皆旷荡。与民更始，令众周知！

即位这一日，不升正殿，但在偏殿中召集百僚，草草行礼，算是权宜办法。越数日，追尊生母阮修容为文宣太后，立王子方矩为皇太子，改名元良。方智为晋安王，方略为始安王。当时江陵以东，但以长江为限，江北地俱入北齐，江陵以西，仅至峡口，西蜀一带，有益州刺史武陵王纪据守，不服湘东命令，岭南也由萧勃自主，阳奉阴违，绎虽称帝，权力有限，不过千里以内，尊为梁主罢了。小子有诗叹道：

国难君危两不知，痴心但望嗣皇基；
江陵侥幸登君位，蜗角偷安得几时！

梁主绎即位时，湘州长史陆纳，已经起叛。欲问他出自何因，容至下回分解。

侯景之乱，成之者为王伟，败之者亦王伟。伟之恶实浮于景，不过景为渠魁，罪归于主，故后世多嫉景而略伟耳。试阅本回之弑纲废栋，及屠戮大临、大连等人，何一非伟导成之？自篡弑之恶，大暴于天下，而景之始鸣得意者，终变而为大失意，众矢集的，不亡何待！脔割之遭，虽为恶贯满盈所致，顾景非王伟，恶不至此，误杀乃公之悔，顾何及哉！湘东王绎尚欲曲宥伟罪，及见湘东一目之文，始有拔舌剜腹之罚。满腔私意，无自服人，此所以即位未几，而仍致败亡也欤！

第六十五回　杀季弟特遣猛将军　鸩故主兼及亲生女

却说湘州刺史王琳，曾偕僧辩入都平景，功居第一。他本家居会稽，以行伍起家，姊妹皆入湘东王宫，琳因侍王左右，得邀荣宠，平时常倾身下士，所得赏赐，不入私囊，尽给兵吏，麾下约有万人，多系江淮群盗，乐为彼用，自平乱有功，恃宠纵虐。僧辩不能禁，密表请诛，绎但调琳为湘州刺史。琳恐及祸，使长史陆纳率部众赴州，自诣江陵陈谢。临行时，与约相语道："我若不返，汝将何往？"纳等齐声请死，乃洒泪而行，既至江陵，一入殿中，即被卫军拿住，下吏论罪，另授皇子始安王方略，代镇湘州，用廷尉黄罗汉为长史，使与太舟卿太舟官名。张载，同至巴陵，抚驭琳军。陆纳及士卒并哭，不肯受命，载素性悍戾，又得主眷，遂厉声喝阻。不管死活。才及半语，已由纳麾动士卒，一拥而上，把载绑缚起来，并将罗汉拘住。唯方略为王琳甥，纵使归报。梁主绎续遣宦官陈旻，往谕纳众。纳反将张载牵出，刳腹抽肠，系诸马足，策马使行，肠尽气绝，及剖心焚骨，率众欢舞，唯黄罗汉向来清谨，得免惨祸。究竟悍吏不及清官。纳遂引兵据住湘州。梁主绎复令宜丰侯萧循萧谘弟。为湘州刺史，一面征王僧辩督师会讨，循至巴陵，驻节以待，忽得纳请降书，求送妻子，循微笑道："这明是诈降计，今夜必来袭我了！"因将麾下千人，分头埋伏，自己兀坐胡床，开垒待着。延至夜半，纳果用轻舸载兵，飞驰而至，遥见垒门大启，上面坐着一人，端居不动。纳未免惊诧，便令兵士鼓噪直前。将逼垒门，那上坐的仍然如故。当时疑为草人，正思用槊入刺，不防两旁突起伏兵，大刀阔斧，奋勇杀来，纳知是中计，忙勒兵倒退，已被杀伤多人，慌忙下舟南遁。最后一舰，不及开驶，眼见为循军夺去。纳垂头丧气，走保长沙，王僧辩亦至，与循相会，共逼长沙城下。纳复率众迎战，僧辩亲执旗鼓，循亦躬冒矢石，东西并进，大破纳众，纳入城拒守，由僧辩等进兵环攻，连旬不下。梁主绎特遣送王琳至长沙，令谕纳众，纳众在城上罗拜，且泣语道："朝廷若肯赦王郎，乞许彼入城，纳等情愿待罪。"僧辩尚未肯许，仍将王琳送回江陵。适武陵王纪自西蜀发兵，来窥江陵，信州刺史陆法和，屯兵峡口，与纪相持，并遣人至江陵乞援，梁主绎欲调长沙兵往助，不得已赦琳前罪，仍遣为湘州刺史。琳复至长沙，纳众迎降，湘州告平，乃更调琳拒蜀。看官欲知武陵王纪，何故与江陵为难？说来又是一种情由。纪系梁武第八子，少得父宠，大同三年，受命为益州刺史。纪因道远固辞，梁武密嘱道："天下方乱，唯益州可免，故特处汝，汝宜勉行为是。"纪乃涕泣赴镇。及侯景入都，曾得朝廷密敕，加位侍中，假黄钺都督征讨诸军事，促令入卫。纪尝令世子圆照，领兵三万，受湘东王绎节度，会兵讨景。绎命圆照屯白帝城，未许东下，至梁武饿死，纪将督兵自行，又为绎所劝阻。纪次子圆正，方任西阳太守，绎署为平南将军，诱令入谢，把他囚住，荆、益衅端，从此始开。纪颇有武略，居蜀十七年，南开宁州、越隽，西通资陵、吐谷浑，内劝农桑，外通商贾，财用丰饶，器甲殷积，因与江陵生隙，遂从长史刘孝胜言，僭号蜀中，改元天正，与萧栋同一年号。时已有人顾名思义，谓天为二人，正为一止，已各寓一年即止的预兆。这也未免牵强。司马王僧略，参军徐怦，谓不应称帝，并皆切谏，纪不但不从，且把他并置死刑。梁主绎承圣二年，纪遂率军东下，留益州刺史萧抟守成都，行次西陵，军容甚盛，唯峡口设有二城，为陆法和所增筑，取名七胜城，锁江断峡，使纪军不得飞越。但乞江陵速发援师，梁主绎很怀忧惧，特贻书西魏，书中引着左氏传文，有子纠亲也，请君讨之二语。西魏大丞相宇文泰道："取蜀制梁，在此一举。"诸将俱以为未可，唯大将军尉迟回，为宇文泰甥，力言可克，且禀泰道："蜀与中国隔绝，百有余年，自恃险远，不虞我至，若用铁骑倍道进兵，径袭成都，蜀自不战可破了。"泰乃托词援梁，即遣尉迟迥出散关，引军入蜀。进至涪水，潼州刺史杨乾运，举州请降，迥分兵守潼州，径袭成都。纪方锐意东下，接得成都急报，乃遣梁州刺史谯淹还援。偏又为尉迟迥所破。败报复至西陵，纪欲返救根本，独世子圆照，及益州长史刘孝胜，力言不可，纪乃舍西图东。诸将各有异言，纪竟下令道："敢谏者死！"自投死路，还要吓人。遂命将军侯睿，率众七千，遍筑营垒，与陆法和相拒。梁主绎释出任约，令为晋安王司马，使领禁兵，往助陆法和。继又用谢答仁为步兵校尉，遣令再往，且致书与纪，劝他还蜀，专制一方。纪不肯从，答书如家人礼，并未称臣，绎复致书道：

吾年为一日之长，属有平乱之功，膺此乐推，事归当璧，倘遣使乎？良所希也。如曰不然，于此投笔，兄肥弟瘦，无复相见之期，让枣推梨，永罢欢愉之日。心乎爱矣！书不尽言。

纪得书不答，满望旗开得胜，直指江陵，怎奈屡战无功，师老财匮。又闻西魏军围攻成都，孤危愤懑，不知所为，乃遣度支尚书乐奉业，诣江陵求和。奉业反入白梁主道："蜀军乏粮，士卒多死，危亡可立待呢。"梁主绎因拒绝和议；纪亦无法。将士多半思归，各有贰心，更因纪吝啬不情，平时尝熔金成饼，饼百为箧，箧以百计，银比金约五六倍，锦罽缯彩，不可胜数，每战但悬示将士，并未分赏。宁州刺史陈智祖，请犒军励士，纪不肯从，智祖竟至哭死。或欲向纪申请，纪又辞疾不见，因此众心益离。守财奴怎思济事！巴东民符升等，斩峡口城主公孙晃，出降王琳，谢答仁、任约，合攻侯睿，连破三垒，于是两岸十四城俱降。梁游击将军樊猛，出兵截纪归路，纪不获退兵，只好顺流再进。猛趁势追击，纪众大溃，赴水溺死，约八千余人。再由猛联舟为阵，把纪众困在垓心，一面飞章奏捷。梁主绎密敕复报道："与纪生还，不得言功！"杀害骨肉，已成惯技。猛乃督兵环攻纪船，纪在舟中绕床而走，不知所为。蓦见猛一跃过舟，挺槊来刺，自知命在须臾，急取金囊掷猛，且顾语道："此物赠卿，愿送我一见七官。"注见前。猛叱道："天子如何得见？我杀足下，金将何往？"说着，手起槊落，把纪戳倒，又加一槊，立即毙命。金钱本可买命，至此时也属无济了。

纪有幼子圆满，亦遭杀死。陆法和收捕圆照兄弟三人，送入江陵，梁主绎削纪属籍，改姓饕餮氏。刘孝胜亦被擒至，拘系狱中，嗣得释出。纪次子圆正在狱，由绎使人传语道："西军已败，汝父已不知存亡了。"这二语是逼他自裁，圆正但号呼世子，哭不绝声。绎乃使与圆照相见，圆正顾圆照道："兄奈何自残骨肉？徒使痛酷至此！"圆照唯自悔前误，付诸长叹罢了。既而两人并囚狱中，连日不得一餐，甚至啮臂啖血，历旬有二日乃死。远近统代为悲悼，咎绎不仁，那西蜀已被西魏军取去。成都守将萧㧑举州外附，尉迟回使民复业，唯收奴婢及储积，犒赏将士，不私一钱。西魏命回为益州刺史，自剑阁以南，均归回承制黜陟，回申明赏罚，互用恩威，抚辑州民，招徕异族，华夷相率翕服，安帖无哗，从此西蜀版图，归入西魏，后事容待缓表。

且说梁主绎既除季弟，便欲还都建康，将军宗懔、黄罗汉，皆系楚人，不愿东迁。领军将军胡僧㧑，御史中丞刘毂，亦与宗、黄同意，极力谏阻，绎乃召朝臣会议，多至五百人，仍然聚讼未决。绎复下令道："劝吾迁都可左袒；否则右袒。"一时左袒的人，竟至过半。武昌太守朱买臣进言道："建康旧都，山陵所在，荆镇边疆，非帝王所居地，愿陛下勿疑，免致后悔！臣家在荆州，岂不愿陛下居此？但恐是臣富贵，并非陛下富贵呢。"买臣此语，不为无见。梁主再使术士杜景豪卜易，未得迁都吉兆，因答言未吉。及趋退后，私语亲友道："此兆恐为鬼贼所留呢。"嗣是梁主因建康彫残，江陵全盛，卒从僧祐等言，但令王僧辩还镇建康，陈霸先还镇京口。会齐遣郭元建治军合肥，将袭建康，梁命南豫州刺史侯瑱，迎战东关，击退齐师。

时齐主高洋，已鸩死故主善见，并善见三子，谥为魏孝静皇帝，葬诸邺城西隅。故后高氏，已降为中山王妃，与善见情好颇笃，善见被幽，高氏随时护视。洋欲行弑，特召高氏入宴，至宴毕退还，善见已死。妃当然哀号，葬毕入宫，为洋所迫，令她转嫁杨愔，愔毫不推辞，竟礼迎而去。乐得受赐。洋复发中山王墓，把故主善见遗棺，投入漳水，并将所有元魏神主，焚毁殆尽。彭城公元韶，曾纳孝武后高氏为妃，特邀异宠。开府仪同三司美阳公元晖业，位望隆重，从齐主洋在晋阳，尝至宫门外骂韶道："汝不及汉朝老妪，负玺畀人，何不当时击碎？我出此言，自知必死，看汝能生得几时！"谓汉元后投玺缺角，韶何故奉玺入齐！果然齐主闻言，召入晖业，一刀了事。韶文弱似妇女，由齐主令剃须髯，施粉黛，着妇人衣，随从出入。尝语左右道："我用彭城为嫔御。"韶亦不以为羞，旅进旅退，委蛇过去。

齐主洋又亲征突厥，并救柔然。自柔然与高氏结婚，往来通好，连年无事。回应五十八回。高洋篡魏，柔然主头兵可汗亦遣使入贺，洋亦答使报聘。偏有突厥起自西域，为柔然患。相传突厥系平凉杂胡，姓阿史那氏，集成部落，后被邻部破灭，只剩一个十龄小儿，刖足断臂，委弃草泽中，有牝狼衔肉相饲，乃得生长，竟与牝狼交合，俨若夫妇。邻部酋长，复派兵捕杀遗儿，唯牝狼窜至高昌国西北，匿居深岩。狼已有孕，一产十男，十男渐长，分出穴中，掠民为妻，嗣是生育日蕃，得五百家，聚居金山南面，服属柔然，世为铁工。金山形似兜鍪，番俗呼兜鍪为突厥，因以为号。传至大叶护，种类渐强。既而伊利嗣世，强悍过人，募众击铁勒部，收降五万余家，遂自称土门可汗。遣人向柔然求婚，头兵可汗不允，且叱为锻奴，使人斥责。伊利怒斩来使，率众袭柔然，柔然与战不利，由伊利乘胜进击，围住柔然营帐。头兵可汗屡战屡败，愤恚自杀，有子菴罗辰，及头兵从弟登注俟利等，突围奔齐。伊利可汗亦得胜回国，柔然余众，拥立登注次子铁伐为主。铁伐为契丹所杀，齐因送还登注，入主柔然。登注也不得善终，众复推立登注子库提。适伊利弟木杆俟斤，承袭兄业，状貌奇异，面阔尺余，颜似赭石，眼若琉璃，素性刚暴多智，锐意拓地，便起兵再击柔然。柔然酋长库提，哪里是他对手，没奈何举族奔齐。齐主高洋督军北巡，迎纳柔然部众，唯废去库提，改立菴罗辰为可汗，令居马邑川，赐给廪饩缯帛。当下往御突厥，突厥主木杆可汗，闻齐天子亲自出马，前来征剿，也带着三分惧意，便致书请降。齐主洋亦得休便休，但饬令每岁朝贡，定约而还。突厥事始此。越年为齐天保五年，齐主洋复自击山胡，大破番众，男子过十三岁，一律腰斩，妇女及幼弱充赏，遂得平石楼山。山本绝险，终魏世不得制服，经齐主一鼓荡平，远近胡人，始不敢抗命。齐主洋乃志得气盈，渐成狂暴。有都督战伤将死，医治难疗，索性刳挖五脏，令九人分食，骨肉俱尽。此后视人如畜，刲割烹炙，几成为常事了。北齐事暂且按下，西魏事应当叙入。

自宇文泰当国以后，权势日盛，西魏主宝炬拱手受教，不能有为。泰初用苏绰为度支尚书，百度草创，损益咸宜。绰又尝以国家为己任，荐贤拔能，务期称职，每与公卿谈论，自昼达夜，事无巨细，若指诸掌，因此积劳成疾，遂至谢世。泰痛悼不置，当绰柩归葬时，由泰亲送出城，酹酒为奠道：“尔知我心，我知尔意，方欲共平天下，奈何舍我遽去！”说至此，举声大恸，酒卮竟堕落地上，尚未觉着，直至柩已去远，方怏怏退回。

未几又仿古时寓兵于农遗意，创作府兵，平时仍然务农，到了农隙，讲阅战阵，马畜粮械，由民自备，唯将租庸调三项，尽行蠲免。输粟为租，输帛为调，力役为庸。每府归一郎将统率，百府得百郎将，分属二十四军，每军归一开府主持，合两开府置一大将军，合两将军置一柱国，共计柱国六人，最高统帅，称为持节都督，宇文泰即手握都督重权。看官试想，国家治内控外，莫如兵力，泰既膺此重任，简直是把西魏版图，运诸掌上，那主子宝炬，还有什么权威？但教化诺允行，不违泰意，便算是明哲保身了。府兵制度，向称良法，故特别提及。

宝炬在位十七年，病终乾安殿，年四十有五。太子钦入嗣帝位，尊父为文皇帝，母乙弗氏为文皇后，合葬永陵。越年虽然改元，不立年号，册妃宇文氏为皇后，就是宇文泰女。尚书元烈，系西魏宗室，密谋诛泰，谋泄被杀。钦由是怨泰，屡思拔去眼中钉。临淮王元育，广平王元赞，统说宇文氏根深蒂固，不能动摇，否则必将及祸；钦不以为然。两王再涕泣固争，仍然不省。泰诸子皆幼，兄子章武公导，中山公护，又皆出镇，唯用诸婿为腹心。清河公李基，义成公李晖，常山公于翼，并取泰女为妇，故各为武卫将军，分掌禁兵。钦有所谋，无非与二三幸臣，日夕私议，怎得中用，且反为宇文氏所探知。泰遂将钦废去，徙置雍州，改立钦弟齐王廓，且逼廓复姓拓跋氏。魏初统国三十六，大姓九十九，后多灭绝。泰封有功诸将为三十六国，次为九十九姓，所领士卒，亦改从统将姓氏。是何意见？

过了三月，复由泰密遣心腹，赍毒酒至雍州，鸩死故主元钦，史家称为废帝。钦后宇文氏，自愿殉夫，也饮鸩而亡。后幼有风神，尝在座侧置列女图，有志效法，泰辄语人道："每见此女，良慰人意。"及嫁为钦妃，志操雅正，内助称贤，钦亦格外爱重。至钦嗣父祚，不置嫔御，仍与后伉俪甚欢。钦被废徙，后亦随往，可怜一对好夫妻，生同室，死同穴，魂魄相随，仍作地下鸳鸯去了。小子有诗叹道：

殉夫殉国两全贞，烈妇由来不惜生。
拼死愿随故主去，好教彤史永留名！

宇文泰既弑故主，复讽淮安王育上表，请如古制，降爵为公，于是西魏宗室诸王，皆降为公爵，眼见得拓跋就衰，宇文益盛，要将西魏篡取了去。欲知后事，试阅下回。

武陵王纪出镇益州，梁武谓可以免祸，其为爱子计，固至密矣。贼景入都，纪尝遣子入援，中道为湘东所阻，乃逗留不进，是其咎当归诸湘东，于武陵犹可恕也。湘东平贼，因即正位，略心原迹，尚属名正言顺。武陵本为季弟，绳以兄友弟恭之义，应当赞助湘东，光复旧物；否则据境自守，专制一方，犹不失为中计，奈何僭号称帝，扶忿兴师，一误于刘孝胜，再误于世子圆照，卒致身死峡口，地为魏有，可恨亦可悲也！或谓武陵之死，由湘东激之使然，斯亦未尝无见。但湘东当乱离之余，究竟不遑西顾，纪之冒昧东进，正不啻飞蛾扑火，自取其灾耳。宇文泰既弑孝武，复弑废帝，两弑君主，凶逆与高氏相同。独高欢二女，并为帝后，厥后长女嫁元韶，次女适杨愔，降尊就卑，不耻再醮；而宇文女乃独能为夫殉节，有光名教，乃父闻之，其亦知愧否耶！

第六十六回　陷江陵并戕梁元帝
诛僧辩再立晋安王

却说宇文泰既鸩死帝后，改立新主，朝野上下，统料他有心篡逆，不肯再守臣节。偏泰迟延未发，仍然照常办事。是曹阿瞒第二。一面窥伺东南，特遣侍中宇文仁恕，借聘问为名，觇梁虚实。仁恕至江陵，凑巧齐使亦至，梁主绎礼待仁恕，不及齐使。仁恕归国语泰，泰笑道："吴儿必有所求，所以待卿有礼呢。"既而梁果遣使报聘，请据旧日版图，重定疆界。泰问梁使道："汝主尚思拓土么？但教保得住江陵，已算万幸了。"梁使亦抗词对答，语多不逊，被泰叱使南归，且顾语左右道："古人有言：天之所废，谁能兴之？难道萧绎违天不成！"嗣是图梁益急。再加降王萧詧，按时贡献，屡请师期，好一个虎伥。乃特召荆州刺史长孙俭入朝，商议攻取方法。俭振振有词，与泰意隐相符合，乃复令还镇，使他预备刍粮，为进兵计。魏将马伯符，旧为梁臣，陷入关中，至此颇眷怀故国，密遣人赍书至梁，报知泰谋。梁主绎尚多疑少信，置诸不提。

会广州刺史萧勃，启求入朝，梁主绎特徙勃为晋州刺史，另调湘州刺史王琳代任。琳部曲强盛，又得众心，所以梁主绎阴怀猜忌，特将琳远徙岭南，琳亦知上微意，私语江陵主书李膺道："琳一小人，蒙官家拔擢至此，岂不知感？今天下未定，迁琳岭南，倘有不测，琳怎得远道奔援？窃想官家微旨，无非疑琳生变，琳毫无奢望，何至与官家争帝？为官家计，不若令琳为雍州刺史，镇守武宁，琳自放兵屯田，为国御侮，君臣一德，内外无忧，岂不是今日良策么？”膺深服琳言，但一时不敢启闻。琳乃陛辞而去。叙入此事，为后文许多伏案。

散骑郎庾季才颇识天文，特上书预谏道：“今年八月丙申，月犯心中星，今月丙申，赤气犯北斗，心为天主，丙主楚分，臣恐一建子月，江陵必有寇患，陛下宜留重臣镇江陵，整旆还都，远避祸患；就使魏虏侵蹙，止失荆湘，尚不致倾危社稷，愿陛下勿疑！”梁主绎亦略知天象，喟然叹道：“祸福在天，何从趋避？”遂不从庾言。

到了暮秋，西魏果遣柱国常山公于谨，中山公宇文护，大将军杨忠等，出发长安，南下图梁。将士共五万人，长孙俭迎入戍所，向谨启问道：“大军前往江陵，未知萧绎将出何计？”谨答道：“耀兵汉沔，席卷渡江，直据丹阳，乃为上策；移郭内居民，退保子城，深沟高垒，静待援军，尚是中策；若不先移动，但守外郭，便成为下策了。”俭又道：“如公高见，究竟绎用何策？”谨微哂道：“我料萧绎必出下策！”老成料事，如在目中。俭问何因？谨说道：“绎庸懦无谋，多疑少断，愚民又难与虑始，皆恋邑居，上下偷安，我所以料定萧绎，必出下策哩。”俭闻言拜服，且预贺成功。谨等遂统兵南下。

梁武宁太守宗均，忙向梁廷告警。梁主绎与群臣会议，领军胡僧祐，太府卿黄罗汉道：“两国通好，未生嫌隙，当不至兴兵入寇。”侍中王琛亦插入道：“日前臣奉使西魏，宇文尝温颜相待，何致忽然生变！”彼且不知有君，遑问汝国！绎乃复令琛北行，探问确音，琛奉命而去。是时梁主绎迷信道教，方在龙光殿中，召集群臣，演讲老子道德经。忽有边骑入报，谓西魏兵已至襄邓，叛王詧，亦率兵往会，指日前来，不可不防。梁主绎乃辍讲戒严。已而复由黄罗汉呈上一书，乃是王琛寄至，内云我至石梵，境上帖然，边报多是戏言，未足为凭。绎将信将疑，再至龙光殿讲论老子，百官戎服以听。父好佛，子信老，非此父不生此子。越宿又得边警，尚疑为未确。及警耗迭至，乃使主书李膺赴建康，征王僧辩为大都督，兼荆州刺史，命陈霸先徙镇扬州。僧辩、霸先两人，正与齐冀州刺史段韶，交兵境上，失利还师。一闻江陵被寇，僧辩亟遣豫州刺史侯瑱，兖州刺史杜僧明，分领程灵洗、吴明彻诸将，先后进兵。郢州刺史陆法和，亦自郢州入汉口，将诣江陵，梁主绎独遣使谕止法和，略云都兵已足御贼，卿但镇郢州，不烦前来。法和不得已退还，涂垩城门，自著衰绖，兀坐苇席，终日乃脱去。无非幻术欺人。

那西魏军已渡汉水，由于谨派令宇文护、杨忠两将，率精骑先据江津，堵截东路，建康各军，不得入援；护复攻克武宁，把太守宗均掳去。梁主闻报，夜率妃嫔等登凤凰阁，仰观天文，皱眉太息道："客星入翼轸，恐难免败亡了！"妃嫔等并皆泣下，绎相对郗歔，夜半乃还宫就寝。翌晨，出津阳门阅兵，适值朔风暴雨，当面吹扑，冷不可当，没奈何轻辇折回。又过数日，已是十一月了，绎复乘马出城，督军筑栅，周围六十余里，命领军将军胡僧祐，都督城东诸军事，尚书右仆射张绾为副，左仆射王褒，都督城西诸军事，四厢领直元景亮为副，他如王公以下，各派职守，部署已毕，始还入城中。未几已闻敌兵至黄华，距江陵仅四十里，绎亟命太子元良巡阅城楼，令居民助运木石。是夕即有敌骑进逼栅下。武昌太守朱买臣，衡阳太守谢答仁等，诘旦出战，互有杀伤，未得胜仗，仍然退还。西魏统帅于谨，令部众纵火焚栅，烈焰燎原，不可向迩，栅内居民数千家，及城楼二十五座，俱成灰烬，遂四筑长围，断绝江陵出入。绎屡次巡城，俯瞩敌军强盛，唯四顾叹息，莫展一筹。或且口占诗词，命群臣属和，算是消愁的方法。愚不可及。嗣复裂帛为书，遣人催促王僧辩，书云：我忍死待公，何不速至！这书传将出去，终被西魏军截住，无从得达。王褒、胡僧祐、朱买臣、谢答仁等，再开门出战，又皆败还。绎复令王琳为湘州刺史，征使还援。琳忙督军北上，先遣长史裴政，从间道入报江陵，行至百里州，为萧詧部下所获，詧与语道："我乃武皇帝孙，难道不可为尔主么？若从我计，贵及子孙，否则立杀勿贷。"政诡言唯命。詧锁政至城下，嘱令传语，谓王僧辩已自称帝，琳军孤弱，不能入援。政一面允诺，一面呼语守兵道："援军大至，各思自勉，我奉王将军命，前来通报，不幸被擒，当碎身报国！"詧闻言大怒，即命斩首。西中郎参军蔡大业谏阻道："这是民望，若一杀死，江陵便不能下了。"乃释缚纵还。裴政孤忠，足以风世。

西魏军百道攻城，城中守兵，负户蒙楯，由胡僧祐日夕指挥，亲当矢石，明赏罚，严军律，众皆致死，故尚得相持数日。不料僧祐中箭身亡，内外大骇，朱买臣按剑进言道："今日唯斩宗懔、黄罗汉，尚可谢天下！"梁主绎叹道："前日不愿移都，实出我意，宗黄何罪？"这语一传，众情益贰，及西魏军并力攻城，竟有人偷开西门，纳入敌兵。绎忙与太子元良，及王褒、朱买臣等，退保子城。诸将苦战终日，渐不能支，相继散去。绎入东阁竹殿，命舍人高善宝，焚去古今图书十四万卷，并欲自投火中，为左右所阻，乃用宝剑击柱，且击且叹道：“文武大道，今夜毁尽了！”死且不悟，可叹可恨！

当下使御史中丞王孝祀，草就降文，谢答仁、朱买臣进谏道：“城中兵士尚多，乘夜突围，寇必惊退；如得脱身，便可渡江求救。”绎素不便走马，摇首语道：“难成！难成！”答仁道：“陛下如不便驰骋，臣愿从旁扶掖陛下。”王褒闻言厉声道：“答仁系侯景余党，怎得相信！与其倚贼，不若出降。”答仁气愤填膺，复申请道：“臣蒙陛下厚恩，所以自愿效死，陛下如不愿夜出，内城将士，尚不下五千人，臣请背城一战，死亦甘心！”绎颇为感动，面授答仁为大都督，许配公主，即令出外部署。偏王褒固言答仁难信，且五千人怎能退敌，绎乃收回成命。及答仁再请入见，被门吏所阻，气得肝火暴升，狂喷鲜血，倒地而亡。贼中非无义士！

绎遣人出递降书，于谨征太子为质，由王褒奉绎命令，送太子元良入西魏营，谨闻褒善书，经与纸笔，褒执笔为书道：“柱国常山公家奴王褒。”偷生怕死，一至于此。谨令褒召绎出迎，绎服素衣，乘白马驰出东门，抽剑击扉，自呼表字道：“萧世诚，奈何至此！”西魏兵见绎出城，即逾堑牵住绎马，胁入营中。既见于谨，强令下拜，萧詧复在旁斥辱，绎亦无可奈何，但忍气吞声，由他发落。何不早死？詧将绎囚住乌幔下，于谨复逼使为书，传召王僧辩。绎不肯照写，魏使道：“王今岂尚得自由？”绎答道：“我既不自由，僧辩亦不由我！”或问绎何故焚书？绎凄然道：“读书万卷，犹有今日，我所以尽焚了。”读与不读无异，想是一目已眇，只能看得偏旁。于谨拟处置萧绎，尚未定议，萧詧独坚请杀绎，并遣尚书傅准监刑，遂用土囊将绎压死。詧弑叔父，罪不容诛，但绎亦好戕骨肉，故亦遭死报。詧令用布缠尸，外用蒲席为殓，藁葬津阳门外。并杀太子元良，及始安王方略，桂阳王大成等人。大成系简文帝子。总计梁主绎在位三年，享年四十七岁，生平好学能文，著述词章，多半传世，唯秉性残忍，不知仁恕，兄弟子侄，视同陌路，稍挟私忿，必尽杀乃快。至魏兵围城，狱中死囚，多至数千人，有司请一律释放，充作战士，绎尚不允，概令处死，未及施刑，城已被陷，后来弄到这般结果。江陵人士，未尝叹惜，这可见众叛亲离，终归绝灭呢！唤醒尘梦。

詧将尹德毅，向詧进言道："魏虏贪残，任情杀掠，江东人民，涂炭至此，统说由殿下主使，怨气交乘，殿下既杀人父兄，孤人子弟，人尽仇敌，谁与相助？今为殿下计，莫若佯为设宴，会请于谨等入席，暗中设伏武士，起杀虏帅，再分派诸将，掩袭虏营，大歼群丑，使无遗类，然后收抚江陵百姓，礼召王僧辩、陈霸先诸将，朝服渡江，入践皇位，不出旬日，功成业就。古人有言：天与不取，反受其咎，愿殿下恢廓远略，勿徇小谅！"此计太毒，即使有成，恐天道亦不相容。詧半晌才道："卿策未尝不善，但魏人待我甚厚，不宜背德；若骤从卿计，恐人将不食吾余了！"德毅叹息而退。魏立詧为梁主，但将荆州给詧，延袤止三百里。雍州被圈领了去，又置防兵居西城，托名助詧，实加监制。命前仪同三司王悦，留镇江陵。于谨收取府库珍宝，及宋浑天仪，梁铜晷表，及南朝遗传法物，尽俘王公以下，及百姓男女数万口，编充奴婢，分赏三军，驱归长安。老弱残疾，一并杀死，仅留存三百余家。詧送归魏军，还城四顾，已是寂寞荒凉，目不忍睹，不由的长叹道："悔不用尹德毅言！"不悔为虏作伥，反悔不听德毅，始终谬误。

越年正月，詧始称帝，改元大定。追尊昭明太子为昭明皇帝，庙号高宗，太子妃蔡氏为昭德皇后，生母龚氏为皇太后，立妻王氏为皇后，子岿为太子，刑赏制度，多从旧制。唯上表西魏，仍然称臣。用参军蔡大宝为侍中，王操为五兵尚书。大宝足智多谋，晓明政事，詧目为诸葛孔明，推心委任。操亦大宝流亚，竭诚辅詧，詧始得稍具规模，成一个荆州小朝廷，史家称为后梁，这且慢表。

且说齐主高洋，闻魏兵进围江陵，曾遣清河王岳，攻魏安陆，遥救萧梁。岳至义阳，探悉江陵被陷，乃进军临江。郢州刺史陆法和，举州降齐。有幻术者，亦不过尔尔。齐因立贞阳侯萧渊明为梁王，令上党王高涣率兵护送，使向建康进发。渊明被虏见五十八回。时萧绎第九子晋安王方智，已由江州刺史任内，东归建康，王僧辩与陈霸先定议，奉方智为梁主，即皇帝位，年才一十三岁。命僧辩守官太尉，录尚书事，领中书监，兼骠骑大将军，都督中外诸军事。陈霸先守官司空，加征西大将军职衔，追尊皇考绎为孝元皇帝，庙号世祖。

正在兴绝继废的时候，忽由北齐尚书邢子才，驰驿到来，赍书与王僧辩。当由僧辩接阅来书，但见书中写着：

贵国丧君有君，见卿忠义；但闻嗣主冲藐，未堪负荷。贞阳侯系梁武犹子，长沙之胤，以年以望，堪保金陵，故置为梁主，送纳贵国，卿宜部分舟舰，迎接今主，并心一力，善建良图。

僧辩瞧着，不胜惊疑，那邢子才又取出一书，交与僧辩，书由萧渊明署名，求僧辩派兵出迎。僧辩踌躇多时，乃向邢子才道："主位已定，不应再易，烦君复报，以口代书。"子才复加劝导，僧辩不从，但另写一书，答复渊明，托子才带回。书云：

嗣主体自宸极，受于文祖，明公倘能入朝，同奖王室，伊吕之任，佥曰仰归；若意在主盟，不敢闻命！

子才持书自去，还报齐主。齐主高洋怎肯罢休？仍饬高涣等进行。涣与渊明行至东关，更遣人致书僧辩。僧辩亟遣散骑裴之横等，率兵往阻。之横到了东关，与齐兵交锋，不幸败殁，只剩得溃卒数百人，走报僧辩。僧辩大惧，出屯姑熟，乃拟迎纳渊明。陈霸先方留镇京口，忙遣使劝阻僧辩，毋纳渊明。僧辩不敢拒齐，只好与霸先异议，奉启渊明，定君臣礼，且请许晋安王为太子，渊明准如所请，遂由采石渡江，直指建康。僧辩备齐龙舟法驾，往迎江滨，齐高涣驻兵江北，但遣侍中裴英起，护卫渊明，趋至建康郊外，与僧辩相会。僧辩见过英起，即礼谒渊明。渊明涕泣慰谕，由朱雀门入都，越宿即位，改元天成，降晋安王方智为皇太子，命僧辩为大司马，霸先为侍中。齐师闻渊明得立，当然北归。渊明再表请齐廷，乞还郢州。郢州自陆法和降齐，齐遣仪同三司慕容俨镇守，僧辩亦尝令江州刺史侯瑱往攻。俨坚守数月，城中食尽，至煮草木根叶及靴皮带角为食，守卒尚无异心。及齐得渊明乞请，乃召俨归国，举州还梁，且因梁已称藩，所有前时虏归的梁民，一律放还。渊明复申表陈谢，哪知历时未几，京口发难，侥幸窃位的萧渊明，坐不住这凤阁鸾台，于是新旧交替，又要那冲年天子，入纂皇基。这事起自陈霸先，待小子说明情由。

霸先与僧辩共灭侯景，情好甚笃，僧辩又为子頠聘霸先女，正要成婚；适值僧辩丧母，乃将婚礼展期。頠兄顗屡在父前，极言霸先难信，僧辩不以为然。及僧辩迎纳渊明，霸先力争不得，因与僧辩生嫌。霸先尝叹道："武帝子孙甚多，唯孝元能复仇雪耻，嗣子何罪，乃遭废黜？况我与王公同处托孤地位，王公独一旦改图，外依戎狄，援立失次，究不知是何意？我为大义计，也顾不得私情了。"语虽近是，意未尽然。乃谋进击建康。可巧僧辩记室江旰，前来京口，说是齐将入寇，应该预防。霸先趁势定谋，留旰不遣，竟发兵往袭僧辩，留从子著作郎昙朗，居守京口，自督马步军启行。使部将徐度、侯安都，率水军趋石头城。

石头城北接冈阜，不甚危峻，安都舍舟登岸，潜至城下，被厚甲，带长刀，令军士以肩承足，迭接而上，自己作为首导，逾城直入，众亦随进，击死南门守卒，开城纳霸先军。僧辩方升厅视事，有人报称兵至，忙自厅内驰出，与子頠同至门外，随从约数十人。侯安都已到门前，持刀四劈，僧辩亦上前迎战，不到数合，安都部众，一拥而进，霸先亦率众接应，眼见是孤寡难支，当下夺路奔窜，走登南门楼。霸先麾众围攻，急得僧辩仓皇失措，只好拜请求哀。霸先毫不怜惜，反令部众搬集薪刍，势将纵火，僧辩无法，挈子下楼，为众所执。霸先问僧辩道："我有何罪，公乃欲引齐兵讨我？且何为无备至此？"僧辩道："委公北门，何谓无备？"霸先不答，竟命将僧辩父子牵系，绞死狱中。怕死者，反至速死。

前青州刺史程灵洗，率部曲救僧辩，与霸先军鏖战多时，灵洗败退。霸先遣使招谕，许为兰陵太守，灵洗乃降。霸先遂传檄中外，具列僧辩罪状，且云罪止僧辩父子兄弟，余皆不问。萧渊明闻僧辩被杀，自知帝位难居，便逊国就邸。还算见机。霸先仍奉晋安王方智正位，颁诏大赦，改元绍泰。内外文武百官，各赐位一等，授渊明为司徒，封建安郡公，霸先为尚书令，都督中外诸军事，兼扬、徐二州刺史，仍官司空。小子有诗叹道：

到底枭雄不让人，乘机掩入杀王臣。
大权攫得心才快，宁顾当时儿女亲！

霸先复立晋安王，都城粗安，忽由吴兴传到警信，乃是三叛连盟，反抗霸先。欲知三叛为谁，待至下回声明。

萧绎偷安江陵，不愿迁都，已自速败亡之兆。及魏兵南下，尚无志渡江，甘出下策，其致亡也必矣。夫绎性成残忍，无父无兄无子侄，伐柯寻斧，自戕枝叶，颠蹶致毙，非不幸也，宜也！独萧詧甘心召寇，主议杀叔，罪且浮于萧绎，即其后江陵存祚，传位二君，而昭明有知，亦岂肯遽往歆祀耶！萧渊明身为敌虏，宁足承祧？王僧辩以齐师之逼，迎立为主，宜为陈霸先所讥。但霸先之袭杀僧辩，亦非真心为梁。利害切身，亲友可以不顾，朝婚媾而暮寇仇，军阀固如是乎！读此回，窃不禁有居今思古之感云。

第六十七回　擒敌将梁军大捷
逞淫威齐主横行

却说吴兴太守杜龛，系是王僧辩女夫，僧辩尝改称吴兴为震州，即进杜龛为刺史。龛闻妇翁被害，当即据城拒命，还有僧辩弟僧智，为吴郡太守，亦起应杜龛，义兴太守韦载，本是僧辩心腹，也与连盟，反抗霸先。霸先兄子陈蒨，助守吴兴，已得霸先密书，令还长城故里，立栅备龛。蒨至长城，收兵才数百人，龛遣部将杜泰，率精兵五千人，掩至栅下，蒨众相顾失色，独蒨谈笑自若，毫不张皇，众心乃定。泰攻扑数旬，不克乃还。霸先使周文育，往攻义兴，韦载募集弓弩手，射退文育，便在城外据水立栅，用兵扼守。霸先自督兵接应文育，留高州刺史侯安都，石州刺史杜棱，宿卫台省。

谯、秦二州徐嗣徽，有从弟名叫嗣先，系僧辩外甥，僧辩被杀，嗣先怂恿嗣徽，举州降齐。及闻霸先东攻义兴，遂密结南豫州刺史任约，乘虚袭建康，掩入石头。游骑至台城下，侯安都闭门静守，且下令军中道："登陴窥贼者斩！"嗣徽莫名其妙，不敢进逼，暂收兵还石头。诘旦，又进攻台城，忽见城门大启，冲出壮士数百名，踊跃直前，锐不可当。嗣徽抵敌不住，仍奔还石头城。太不济事。

霸先到了义兴，攻入水栅，使韦载族人韦翙，赍书招载，载因情穷势绌，不能坚持，没奈何偕翙出城，投降霸先。霸先好言慰抚，引置左右，特命翙监义兴郡事，乃卷甲还建康。移周文育兵救长城，更遣宁远将军裴忌，轻骑倍道，直趋吴郡。夜至城下，鼓噪登城，王僧智从睡中惊起，疑是大军到来，忙从后门逃出，轻舟奔吴兴。忌遂入据吴郡，奉霸先命留为太守。

霸先拟急攻石头，蓦闻齐兵来援徐嗣徽，并运粮三十万石，马千匹，已至湖墅。霸先未免耽忧，亟向韦载问计，载答道："齐兵若分据三吴，略地东境，岂不可虑？今急宜至淮南筑城，保护东方粮道，再分兵绝彼输运，使他进无所资，不出旬日，齐将头颅，定可悬阙下了！"霸先依议，即使侯安都夜袭湖墅，放起一把无名火来，把齐船千余艘粮米，一炬成空。仁威将军周铁虎，得擒住齐北徐州刺史侯领州，械送建康。韦载复至淮南筑垒，使杜棱驻守，借通饷道，建康各军，才得无虞。霸先能善用叛人，因有此效。齐兵就仓门水南，设立二栅，与梁军相拒。侯安都出袭秦郡，攻破城栅，俘数百人，得徐嗣徽家琵琶及鹰，因遣人送还嗣徽，且传语道："昨至老弟处得此，军前不需此物，因特送还。"调侃得妙。嗣徽大惊，急向齐营乞援。齐淮州刺史柳达摩，渡淮列阵，霸先督众猛斗，纵火烧栅，齐兵大败，溺死甚众。嗣徽与任约再引齐兵，屯驻江宁浦口，侯安都又带领水军，袭破齐兵，嗣徽等单舸脱走，柳达摩尚不肯去，留守石头城，霸先召集水陆各军，围攻石头，城中无水，达摩无法可施，乃遣使求和，唯要求质子。霸先与百官会议，大众以建康虚弱，粮运不继，不若易战为和。霸先乃令从子昙朗，及永嘉王萧庄，出质齐营，与达摩会盟城外。霸先此着，未免太弱。达摩始引兵自去。徐嗣徽、任约偕出奔齐。齐主高洋，闻达摩擅与梁和，且丧亡粮械马匹，不可胜计，遂归罪达摩，将他诛死，再令仪同三司萧轨，调集大军，克期南下。时已残冬，雨雪盈途，急切里不便行军，暂命展缓。

那震州刺史杜龛，尚据住吴兴，未曾除去。梁将周文育与霸先兄子蒨，屡攻杜龛，龛固守不下，相持逾年。文育暗结龛将杜泰，作为内应，一面诱龛出战。龛与杜泰出城，两下交锋。泰按兵不动，害得龛独力难支，奔回城中。泰亦随入，劝龛出降。龛迟疑未决，商诸妻室王氏，王氏道："我与霸先，仇隙甚深，何可求和？"倒还是个烈女。因取奁中金银首饰，及所藏布帛等类，悉数犒军，与决一战。军士得了重赏，统是感激得很，情愿效死，开城出斗，一当十，十当百，果将梁军杀败，退至十里外下寨。

龛素嗜酒，每饮辄醉，此时幸得胜仗，便放心畅饮，整日里醉意醺醺，几忘朝晚。哪知杜泰已勾引梁军，开门纳入。龛尚高卧床中，沉醉未醒，妻王氏屡唤不应，也顾不得结发深情，当下将万缕青丝，付诸并剪，变了一个秃头妇人，混出府舍，往做尼姑去了。王僧智尚在吴兴，忙与弟僧愔，从后门出走，奔投北齐。陈蒨等杀入府中，搜捕杜龛，龛鼾声直达，还在黑甜乡中，做那痴梦，当由梁军把他舁出，扛至项王寺前，一刀了事。不在刘伶祠，而在项王寺，未免杀错地方。

东扬州刺史张彪，向为王僧辩党羽，不附霸先，霸先更遣陈蒨、周文育往袭会稽。即东扬州。彪迎战大败，走入若耶山中，被蒨将章昭达追及，枭首报功。南方已平，只北方警信日亟。徐嗣徽、任约进袭采石，执去明州张怀钧，霸先闻报，急遣帐内荡主主勇士，以荡突敌人，故称荡主。黄丛率兵往堵。适齐大都督萧轨，引兵南下，与徐嗣徽、任约合军，众至十万，趋向梁山。黄丛仗着锐气，迎头痛击，杀死齐兵前队数百人，齐兵不觉惊骇，退至芜湖。十万大军，不敌黄丛，其后日之覆亡已可想见。当下致书霸先，但言奉齐主命，来召建安公萧渊明，并非与南朝争胜。霸先乃具舟送渊明，偏渊明背上生疽，病不能兴，未几竟死。齐兵待渊明不出，即从芜湖出发，入丹阳，至秣陵。霸先亟遣周文育出屯方山，徐度出屯马牧，杜棱出屯大航，抵御齐军。齐人跨淮筑桥，立栅渡兵，自方山直进倪塘，游骑竟至都下，建康大震。

霸先忙召周文育等还援，自督军出屯白城。周文育亦率兵来会，与齐军对垒列阵。两下相交，正值西风大起，扑入梁营。霸先拟收军以待，独文育请战，霸先道："用兵最忌逆风，奈何出战？"文育道："事已急了，何用古法？"遂抽槊上马，鼓勇先进。众军一齐随上，风亦转势，得俘斩齐兵数百人。徐嗣徽分扰耕坛，由梁将侯安都截住。安都麾下只十二骑，左冲右突，无人敢当，齐将乞伏无劳，独拨马来截安都，战不三合，即被安都运动猿臂，活擒了去。无劳要想有劳，当然败事。嗣徽骇退，齐兵亦敛迹回营。

已而复潜至幕府山，霸先早已防着，密遣别将钱明，带领水师，绕出齐军后面，截击齐人粮船，劫得数十艘，齐军乏食，至宰食驴马充饥。未几又入逾钟山，霸先与众军分屯乐游苑东，及覆舟山北，断敌冲要。齐兵复转趋玄武湖，将据北郊坛，梁军也从覆舟山移驻坛北，与齐兵相持。可巧连日大雨，平地水深丈余，齐人昼夜立泥淖中，足指腐烂，悬釜以炊。唯梁军居处高原，尚得无虞。不过因霪雨连绵，粮运不继，未便枵腹从戎。会由陈蒨馈运米三千斛，鸭千头，到了梁营，霸先亟命炊米煮鸭，各令用荷叶裹饭，夹入鸭肉数脔，分给将士。大众饱餐一日，遂于翌日黎明，麾众出幕府山。

侯安都为先锋，语部将萧摩诃道："卿骁勇有名，千闻不如一见。"摩诃答道："今日当令公亲见便了！"萧摩诃见六十三回。说着，即偕安都杀入敌阵。齐兵见他来势凶猛，急命军士迭射，安都不肯少却，冒矢向前，身上受了数箭，尚非致命要穴，却还熬受得住，偏马眼中着了一矢，马竟狂跃，将安都掀落地上。齐人见安都坠马，争来擒捉，猛听得一声大呼，突入一位少年将军，用槊四拨，把齐人纷纷杀退，救起安都。这少年不必细问，便可知是萧摩诃。安都易马再战，齐军披靡，霸先令部将吴明彻、沈泰等，首尾齐举，纵兵大战。安都引兵横出，冲散齐军，齐人大溃。徐嗣徽及弟嗣宗，先被梁军擒住，斩首示众，复鼓众力追，直至临沂，沿途屡有擒获，连齐大都督萧轨，也逃走不及，由梁将活捉了来。只任约、王僧愔跑得较快，幸免性命，余众无舟渡江，各缚荻筏北渡，中流沉溺，不计其数，流尸塞岸，弃械盈途。

梁军凯旋还都，由霸先下令，把齐帅萧轨以下，凡将吏四十六人，悉数处斩，然后请旨大赦，内外解严。霸先得进位司徒，加中书监，封长城公，余官如故，他将各封赏有差。霸先以侯安都为首功，愿将徐州刺史兼职，让授安都。梁主方智当然依议，寻且加授霸先为丞相，录尚书事，兼镇卫大将军扬州牧，封义兴公。霸先乃踌躇满志，要想帝制自为了。

独广州刺史王琳，前曾北援江陵，行次长沙，闻元帝殉难，自己家属，亦被西魏军掳去，不禁涕泪交并；遂为元帝发丧，三军缟素，且遣别将侯平，率舟师攻后梁。侯平连破后梁军，兵威颇振，遂不受王琳命令。琳遣将讨平，平走依江州刺史侯瑱。琳所有精锐，本已尽给侯平，平已叛去，军势遂衰，不得已奉表降齐。又因妻子皆为魏虏，复献款长安，乞请取赎。魏太师宇文泰，许还妻子，琳又请归元帝及太子元良棺木，亦邀宇文泰允许。琳迎葬元帝父子，报闻梁廷，仍然称臣，自是王琳一人，变做了三国臣仆，这好算是狡兔三窟呢。太觉聪明。

且说齐主高洋，闻齐师覆败，萧轨等被梁擒斩，当然大怒，亦命将质子陈昙朗，置诸极刑。唯永嘉王萧庄，非陈氏子，准令免死。本拟兴兵报怨，适值大修宫殿，无暇再举，乃将兵事搁起，专务佚游。原来高洋自荡平山胡，致生骄侈，应五十九回。渐渐的荒耽酒色，肆行淫暴。或躬自歌舞，尽日通宵，或散发胡服，杂衣锦彩，或袒露形体，涂傅粉黛，或乘牛驴橐驼白象，不施鞍勒，或盛暑炎热，赤膊游行，或隆冬严寒，去衣驰走，从吏俱不堪苦虐，洋独习以为常。有时觉得疲倦，令崔季舒、刘桃枝扶掖而行，勋戚私第，朝夕临幸，闲街曲市，常见足迹。既而淫恣益甚，遍召娼妓，褫去衣裳，令从官相嬲为乐，自己淫兴勃发，即使娼妓杂卧榻上，任意奸淫。甚至行及宫中，凡元氏、高氏两族妇女，悉数征集，亦视如娼妓一般，先择几人上前，逼令卸装露体，供他淫污，稍或违拗，即拔刀杀死。除与己交欢外，把妇女分给左右，概使当面肆淫。左右乐得从命，可怜这班妇女，为了一条性命，只好不顾羞耻，任他所为！父兄好淫，子弟必从而加甚。

高澄妻元氏，由洋尊为文襄皇后，居静德宫。洋忽猛忆道："我兄昔戏我妇，我今须报。"遂将元氏移居高阳宅中，自入元氏卧室，用刀相迫。元氏不敢逆意，没奈何宽衣解带，唯命是从。娄太后闻洋昏狂，召洋诃责，且举杖击洋道："当效汝父，当效汝兄！"洋不肯认错，受杖数下，即起身奔出，回指太后道："当嫁此老母与胡人！"娄太后大怒，遂不复言笑。洋颇知自悔，屡向太后前谢罪，娄太后怒气未平，终不正视。洋自觉乏趣，唯饮酒解闷，醉后益触起旧感，复趋至太后宫中，匍匐地上，自陈悔意。娄太后仍然不睬，洋不由的懊恼起来，把太后的坐榻，用手掀起。太后未尝预防，突然倒地，经侍女从旁扶起，面上已有伤痕，当时怒上加怒，立将洋撵出宫外。未几洋已酒醒，大为悔恨，又至太后宫请安。娄太后拒不肯见，洋使左右积柴炽火，欲投身自焚。当有人报知太后，太后究系女流，免不得转恨为怜，乃召洋入见，强为笑语道："汝前酒醉，因致无礼，后当切戒为是！"洋乃命设地席，且召平秦王高归彦入宫，归彦系高欢从祖弟。令执杖施罚。自跪地上，袒背受杖，并语归彦道："杖不出血，当即斩汝！"娄太后亲起扶持，免令加杖。洋流涕苦请，乃使归彦笞脚五十，然后衣冠拜谢，呜咽而出。因是戒酒数日，过了旬余，又复如初，甚且加剧。

归彦幼孤，寄养清河王高岳家，岳为高欢从父弟，见前文。岳待遇甚薄，及归彦长成，辄怀隐恨。岳尝将兵立功，颇有威望，起第城南，很是华朊。归彦向洋进谗，说岳僭拟宫禁，洋由是忌岳。岳性爱酒色，曾召入邺下歌妓薛氏姊妹，侑酒为欢。后来薛氏妹得入后宫，邀洋宠爱，洋遂往来薛氏家。薛氏姊为父乞司徒，洋勃然怒道："司徒大官，岂可求得？"薛氏姊亦出言不逊，竟被洋饬人锯死。且因薛氏妹尝侑岳酒，疑岳通奸，便召岳入问。岳答道："臣本欲纳此女，因嫌她轻薄，所以不取，并未与她有奸。"洋终未释嫌。及岳辞归，即令归彦赍鸩赐岳。岳自言无罪，归彦道："饮此尚得全家。"岳乃服鸩而亡。洋仍葬赠如礼，唯令改岳宅为庄严寺。薛氏妹尚是得宠，册为嫔御。嗣忽忆她与岳通奸，亲斲薛首，藏诸怀中，自赴东山游宴，肴核方陈，群臣列席，洋探怀出薛氏头，投诸盘上，一座大惊。又命左右取薛氏尸，把她支解，以髀骨为琵琶，且击且饮，且饮且泣，喃喃自语道："佳人难再得。"乃载尸以归，被发步行，哭泣相随，待亲视殓葬，然后还宫。实是丧心病狂。

已而嫌宫室卑陋，乃发工匠三十余万，修广三台宫殿。殿高二十七丈，两栋相距二百余尺，工匠危怯，皆系绳防蹶，洋登脊疾走，毫不畏怖。旁人代为寒心，他却身作舞势，折旋中节，好多时方才下来。

平时出游，好作武夫装，兵器不离手中，尝在途中见一妇人，面目伶俐，便召问道："你道今日的天子行为如何？"妇人未曾相识，猝然答道："癫癫痴痴，成何天子！"语未毕，已被洋一刀两段。

洋乘便入李后母家，后母崔氏出迎，不防洋突射一矢，正中面颊。崔氏惊问何因？洋怒叱道："我醉时尚不识太后，老婢问我何为？"遂复用马鞭乱击，至百余下，打得崔氏面目青肿，方才驰去。转入第五弟彭城王浟家，浟母即大尔朱氏，当然出见。洋瞧将过去，觉得尔朱氏虽值中年，尚饶丰韵，不觉欲火上炎，竟牵住尔朱氏，欲与交欢。尔朱氏难以为情，未肯照允，惹得洋易喜为怒，立即拔刀砍去，尔朱氏无从闪避，头破身亡。前时已经失节，此时偏要顾名，死不值得！

洋既杀死尔朱氏，复别往魏安乐王元昂家，昂妻李氏，即李后之姊，颇有姿色，巧值元昂外出，由李氏出迓车驾，洋入室后，便将李氏拥住，李氏惮他淫威，无法摆脱，勉承主欢。嗣是洋屡次往幸，并欲纳为昭仪，恐昂不肯舍，先召昂入便殿，使他匍匐，自引弓射昂百余箭，凝血满地，乃使舁归家中，即夕毕命。洋反自往吊丧，就丧次逼拥昂妻，与他续欢。一面命从官脱衣助襚，号为信物。李后终日哭泣，不愿进食，但乞让位与姊。娄太后俟洋入宫，面加训导，方不纳昂妻为昭仪。

洋又作大镬长锯锉碓等类，陈列殿庭，每醉辄杀人为戏，刲解屠炙，成为常事。左丞卢斐、李庶，及都督韩哲，俱无罪遭戮，唯宰相杨愔，始终倚任，但亦视若奴隶，使进厕筹，或用鞭笞愔背，流血盈袍。有时令愔露腹，欲执小刀劙皮，还是崔季舒托为诽言，从旁笑语道："老小公子恶戏。"因把刀掣去，才免劈腹。愔因洋嗜杀人，尝简邺下死囚，置诸仗内，号为供御囚，三月不杀，方才赦宥。开府参军裴谒之，上书极谏，洋语愔道："谒之愚人，怎敢如此！"愔答道："彼欲陛下加刑，使得传名后世。"谲谏语。洋笑道："我不杀他，怎得成名！"正要你说此言。一日，泣语群臣道："黑獭不受我命，奈何！"都督刘桃枝道："臣愿得三千壮士，西入关中，牵絷以来。"洋闻言大喜，赐帛千疋。侍臣赵道德进言道："东西两国，势均力敌，我可擒彼，彼亦可擒我；桃枝妄言应诛，陛下奈何滥赏！"洋幡然道："道德言是！"乃收回桃枝赐绢，转赏道德。会洋使道德从游，至漳水旁，欲跃马驰下峻岸，道德揽辔劝阻，洋恨他逆旨，拟拔刀刺道德，道德从容道："臣死不恨，当至地下启奏先帝，谓此儿淫凶颠狂，不可教训！"滑稽得妙。洋亦为默然，回马径归。

典御丞李集面谏，比洋为桀、纣，洋当即怒起，令缚置水中，好多时才命引出。复问道："我究竟与桀、纣相同否？"集正色道："恐尚不及桀、纣！"却是真话。洋又令入水，三沉三问，集对答如初。洋大笑道："天下有如此痴人，方知龙逄、比干，未是俊物！"乃挥集使去。嗣复被引入见，又欲进言，洋窥知集意，竟令左右驱出腰斩，一道忠魂，趋入地府，往寻那龙逄、比干，证引同调去了。小子有诗叹道：

为臣原贵格君非，君太狂昏要见几；
强谏徒然罹一死，何如先事学鸿飞！

洋淫恶未悛，还亏杨愔主持政务，百度修饬，才得粗安。那西魏及南朝，篡弑相寻，真是泯泯棼棼，不可纪极了。看官欲知详情，待小子逐节叙明。

陈霸先战败齐兵，为后来篡梁预兆。齐、魏为南朝劲敌，齐或胜梁，霸先犹有惧心，乃全军覆没，令霸先得以逞志，其不肯受制于萧家小儿，已可知矣。然齐主高洋，方淫昏失德，所任将帅，如萧轨等类皆庸阘，亦安能制胜疆场耶！齐兵败覆，高洋乃不遑报怨，但沉湎酒色，兴役土木，任意淫烝，逞情杀戮，僎以桀、纣，诚有过之无不及者。李集虽忠，徒死无益，本回结束一诗，最得李集定评。“事君数，斯疏矣，”况其为暴君乎！古训之不可不遵也如此。

第六十八回　宇文护挟权肆逆　陈霸先盗国称尊

却说宇文泰废立嗣君，专权如故，尝欲仿行古制，依周礼改定六官，至是决意施行。泰自为太师大冢宰，李弼为太傅大司徒，赵贵为太保大宗伯，独孤信为大司马，于谨为大司寇，侯莫陈崇为大司空，余官皆仿周礼，不消细述。泰前尚魏孝武妹冯翊公主，生子名觉，泰封安定公，觉亦得封略阳公。妾姚氏，生子名毓，又受封宁都公。毓年较觉为长，曾娶大司马独孤信女，泰欲立嗣，苦未能决，因语诸公卿道："我欲立子以嫡，但恐大司马见疑，如何是好？"尚书左仆射李远道："立子以嫡不以长，这是古来的常道，若虑信有异言，远愿为公斩信！"说着，拔剑遽起。也是一个莽夫。泰忙起身拦住道："何至如此！"信闻远言，亦入内自陈，主张立嫡，于是大众并从远议。远出外谢信道："临大事不得不尔，请公莫怪！"信亦谢远道："今日赖公决此大议。"乃一笑而散。泰遂立觉为世子。

西魏主廓三年八月，泰北巡渡河，还至牵屯山，忽然遇病，病且沉重，急发使驰驿，往召中山公护。护至泾州，入省泰疾，泰语护道："我诸子皆幼，外寇方强，天下事仗汝主持，汝宜努力，勉成我志！"护当然受命。史称泰知人善任，奈何反不知犹子？奉泰舆至云阳，泰气促身亡，年五十二，途中不便传讣，及舁还长安，方才发丧，由魏主赐谥曰文。

世子觉嗣位太师大冢宰，袭封安定公。觉时年十五，尚乏谋断，国家大事，应由护一人办理，护名位素卑，虽经泰托命，未惬舆情，名公巨卿，多半不服。护未免加忧，商诸大司寇于谨，谨答道："谨蒙令先公知遇，情同骨肉，今日事当效死力争；若对众定策，公亦不宜推辞。"谨亦不能知护。护易忧为喜，欣然受教。次日与公卿会议，谨首先开口道："从前帝室倾危，非安定公不得今日，今安定公一旦去世，嗣子虽幼，中山公亲为兄子，兼受顾托，军国重事，理应归中山公主决，何必多疑！"说至此，余音震响，面带威棱。公卿等不寒而栗，莫敢发言。护徐说道："此乃家事，护虽庸昧，亦何敢遽辞！"谨即起立道："中山公统理军国，使谨等有所依归，应当拜命！"遂向护再拜，公卿等亦不敢不拜。护一一答礼，众议乃定。护欲笼络众心，抚循文武，整肃纪纲，俱属有条不紊，朝右益无异言。

魏主廓复将岵阳土田，赐宇文觉，进封周公。护因觉幼弱，意欲导觉篡魏，自居首功，遂遣人入讽魏主，逼他禅位。魏主廓本无权力，好似傀儡一般，此时为护所迫，眼见得不能反抗，只好推位让国，拱手求生。乃使大宗伯赵贵，奉册周公，自愿逊位。宇文觉尚上表鸣谦，辞不敢受，再由济北公拓跋迪，赍交玺绶，公卿等相率劝进，觉乃受命。遂于次年正月朔，即位称天王，燔柴告天，朝见百官，国号周。史家称为北周。追尊皇考文公泰为文王，庙号太祖，皇妣元氏为文后，降魏主廓为宋公，进大司徒李弼为太师，大宗伯赵贵为太傅，大司马独孤信为太保，从兄中山公护为大司马，庶兄宁都公毓为大将军。余皆封拜有差。已而复封弼为赵国公，贵为楚国公，独孤信为卫国公，于谨为燕国公，侯莫陈崇为梁国公，大司马护为晋国公，各食邑万户，使作屏藩。魏主廓早已出宫，寄居大司马府，护拟斩草除根，索性把他鸩死，托言遇疾暴亡，加谥为魏恭帝。魏自道武帝拓跋珪建元，传至孝武帝修入关，共历九世，得十一主，计一百四十九年，东魏一主，凡十七年，西魏三主，凡二十三年。总束北魏，万不可少。

宇文护自恃功高，不免专恣。赵贵、独孤信等，本皆与宇文泰毗肩，不愿事护，只因为于谨所胁，勉强推让，至此见护揽权不法，遂密谋诛护。贵欲速发，信尚迟疑，开府仪同三司宇文盛，诇悉阴谋，即向护报闻。护乘贵入朝，潜伏甲士，将贵拿下，立即处斩；并免独孤信官，胁令自尽。护得进任大冢宰，势力益横，仪同三司齐轨，语御正大夫薛善道："军国大权，应归天子，奈何尚在权门！"善将轨语告护，护便命处死，授善为中外府司马。周主觉见护专横，一切刑赏，统是独断独行，未尝豫白，心中也隐觉不平。

司会李植，军司马孙恒，本系先朝佐命，久参国政，因恐护不相容，乃与宫伯乙弗凤、贺拔提等，秘密往来，欲清君侧。植与恒先入白道："护擅戮朝贵，威权日甚，谋臣宿将，争往依附，事无大小，绝不启闻，臣料护包藏祸心，未肯终守臣节，还望陛下早日图谋，无待噬脐！"周主觉唏嘘不答。凤与提从旁插嘴道："如先王明圣，犹委植、恒等参议朝政；今若将国事委托二人，何患不成！臣闻护常自比周公，周公摄政七年，然后还政，试问护能如周公的贤圣么？就使七年以内，护无异图，恐陛下事事受制，亦怎能忍待七年？"周主觉颇以为然，因屡引武士至后园，演习技艺，为除奸计。宫伯张光洛，系护心腹，他却佯言嫉护，交欢植等。植等未识真假，引与同谋，光洛即背地告护。护遂出植为梁州刺史，恒为潼州刺史。还算不用辣手。

周主觉怀念植等，每欲召还，护入内泣谏道："天下至亲，莫如兄弟，兄弟尚或相疑，此外何人可信？太祖以陛下春秋未盛，嘱臣后事，臣情兼家国，愿竭股肱，若陛下亲览万几，威加四海，臣虽死犹生；但恐臣一除去，奸邪得志，非但不利陛下，亦将倾覆社稷，臣至地下，何面目再见先王！且臣为天子兄，位至宰相，尚复何求？愿陛下勿信谗言，疏弃骨肉！"巧言如簧。试问后日弑主将作何说？觉乃罢议，但心终疑护。凤等益惧，密谋益亟，拟召公卿入宴，即席执护。张光洛又向护报闻，护召柱国贺兰祥，领军尉迟纲等，共谋废立。纲即入殿中，佯召凤等议事，待凤等趋入，麾兵拿下，送交护第。周主觉方册后元氏，在宫叙情。后系魏文帝宝炬第五女，姿容秀雅，觉为略阳公时，已纳为夫人，情好颇笃。此时大礼告成，格外欢昵，蓦闻外廷有变，料知情事不佳，急令宫人执兵自守。偏贺兰祥带兵入宫，逼主逊位，区区宫人，哪里敌得过赳赳武夫，不由的四散奔窜。周主觉束手无策，只得挈了元后，出居旧第。数月天王，不如不为！

护更召公卿会议，仍废觉为略阳公，迎立岐州刺史宁都公毓。大众齐声道："这是大冢宰家事，敢不唯命是听！"乃驱出凤等，一一枭斩。复召还潼州刺史孙恒，梁州刺史李植。植父柱国大将军李远，正出镇弘农，亦被召还朝。远防有变祸，沉吟多时，乃慨然道："大丈夫宁为忠义鬼，怎可作叛逆臣！"遂就征诣长安。孙恒先至，当即被杀。植与远依次入都。护因远名望素隆，尚欲保全，特引与握手道："公儿忽有异谋，不但屠戮护身，且欲倾危宗社，叛臣贼子，理应同嫉，请公自行处置！”说着，即令执植付远，远素爱植，植又巧言抵赖，远不忍加诛。诘旦复率植谒护，护总道远必杀植，及闻父子俱来，因盛气传入，呼远同坐。且召略阳公觉与植对质，植无可讳言，乃抗声语觉道：“本为此谋，欲利至尊，今日至此，有死罢了，何劳多言！”远听了此语，不禁起身投地，且愤愤道：“果有此事，合该万死！”护即命左右牵植出外，斩首返报，并逼远自杀。植弟叔诣、叔谦、叔让皆处死，余子以幼冲得免。

过了月余，宁都公毓自岐州至长安，护即害死略阳公觉，早知不免一死，亦不必诿罪李植。并黜元后为尼，然后迎毓入宫，嗣天王位，大赦天下，就延寿殿朝见群臣。太师赵国公李弼，朝罢归第，便即婴疾，未几谢世。宇文护晋位太师，授皇弟邕为柱国，进封鲁国公。邕系宇文泰第四子，幼有器量，泰尝语人道：“欲成吾志，必待此儿。”年十二，已得封公爵，至是官拜柱国，出镇蒲州，容后再表。毓妻独孤氏，得册为后。独孤氏悼父非命，屡思为父复仇，怎奈仇人在前，不得加刃，渐渐的抑郁成病，竟致不起，距立后期才及三月，已是玉殒香消，往地下去省乃父了。周主毓虽然悼亡，但亦没法图护，只好蹉跎过去。毓不能为妇翁复仇，又不能为妇泄忿，如此懦弱，怎得不同归于尽！

古人说得好，铜山西崩，洛钟东应，北周屡遭篡弑，南朝亦猝生变祸，画一个依样葫芦。自陈霸先进为丞相，手握重权，已把梁主方智，视若赘瘤。本拟即日篡梁，可巧南方起了兵祸，不得不遣将往讨，暂将受禅事搁过一边。晋州刺史萧勃，因王琳还援江陵，复徙居始兴，应六十六回。始兴郡已改称东衡州，即令欧阳頠为刺史。已而复调頠刺郢州，勃留頠不遣，且遣兵袭頠，攻入城中，尽取资财马仗，把頠拘回。勃又命释頠囚，甘言抚慰，頠也只好得过且过，俯首听命。勃乃使归原任，联为指臂。及梁主方智嗣位，进勃为太尉，勃虽遣使入贺，仍然阳奉阴违。越年，梁又改绍泰二年为太平元年，国家多事，也无暇顾及南方。又越年为太平二年，陈霸先逆迹渐萌，勃却假名讨逆，发难广州。前阻霸先北援，此时反欲为梁讨逆，谁其信之！遣欧阳頠为前锋，从子萧孜部将傅泰为副，复檄南江州刺史余孝顷，引兵相会。頠出南康，屯苦竹滩，泰据蹠口城，孝顷出豫章，踞石头津。渚名，非建康之石头城。

梁廷闻警，急遣平西将军周文育，调集各军，往讨萧勃。巴山太守熊昙朗，伪称应頠，约与共袭高州，暗中却已通知高州刺史黄法䣰。頠不防有诈，出会昙朗，共赴高州城下。法䣰出兵逆战，昙朗与战数合，便麾兵倒退，冲頠后军。法䣰乘势杀来，頠始知中计，慌忙弃去军械，引兵遁去。昙朗却得收拾马仗，饱载而归。周文育统军前进，正苦乏船，探得余孝顷有船在上牢，潜遣军将焦僧度袭取，得船数百艘，乃溯江至豫章，立栅屯兵。适军中食尽，粮运不至，诸将俱欲还师，独文育不许，使人从间道至衡州，向刺史周迪乞粮，约为兄弟。迪得书甚喜，遂输粮济军。文育既得粮饷，并不进军，反遣老弱各兵，乘船东下，自毁营栅，作遁去状。孝顷闻梁军东返，总道他粮尽回师，毫不设备，哪知文育却绕出上流，潜据芊韶，筑城飨士，营垒一新。

芊韶左近，为欧阳頠、萧孜营，右近为傅泰、余孝顷营，文育据住中间，惹得頠、孜等仓皇大骇，急欲移营。頠先退还泥溪，不料梁将周铁虎，引兵追及，槊及頠马。頠不得已回马与战，不到十合，但听铁虎猛喝一声，頠已落马，被梁军活擒了去，送入文育大寨。頠见文育，自言为勃所迫，并非真心事勃，文育乃亲释頠缚，与他乘舟同饮，张兵至蹠口城下。傅泰出战败走，由梁将丁法洪，驱马追上，手到擒来。统是没用的家伙。萧孜、余孝顷见两将被擒，吓得魂飞天外，统一溜烟似的逃走了去。德州刺史陈法武，前衡州刺史谭世远，正接萧勃檄文，率兵往助，猝闻勃军败衄，乐得倒戈从事，一哄而入，杀死萧勃。勃将兰敳不服，又袭杀世远，偏别将夏侯明彻，又将敳杀毙，持勃首出降梁军。

文育传首建康，并槛送欧阳頠、傅泰等人。霸先本与頠有旧，见六十三回。当然宥罪，且因他声著岭南，仍令为衡州刺史，使他招抚。一面遣平南将军侯安都，往助文育，剿平余孽。萧孜、余孝顷尚分据石头津，夹水列营，多设舟舰。安都趋至，潜师夜袭，借着祝融氏的威焰，顺风纵火，把石头津左右的军船，烧得精光。再由文育督众夹攻，萧孜惶急乞降，孝顷窜去。文育等乃奏凯班师。欧阳頠到了岭南，诸郡皆望风归顺，广州亦平。

霸先闻孝顷往依王琳，特征琳为司空。琳不肯就征，乃命周文育、侯安都等，率舟师至武昌，进击王琳，一面安排篡梁，自为相国，总百揆，胁梁主进封陈公，加九锡礼。未几即进爵陈王，建天子旌旗；又未几即迫梁主禅位，颁发策命。词云：

咨尔陈王：唯昔上古，厥初生民，骊连、栗陆之前，容成、大庭之世，杳冥荒忽，故靡得而议焉。自羲农、轩昊之君，陶唐、有虞之主，或垂衣而御四海，或无为而子万民，居之如驭朽索，去之如脱敝屣，裁遇许由，便能舍帝，暂逢善卷，即以让王。故知玄扈璇玑，非关尊贵，金根玉辂，示表君临，及南观河渚，东沉刻璧，菁华既竭，耄勤已倦，则抗首而笑，唯贤是与，谤然作歌，简能斯授，遗风余烈，昭晰图书。汉魏因循，是为故实，宋齐授受，又弘斯义。我高祖应期抚运，握枢御宇，三后重光，祖宗齐圣。及时属阳九，封豕荐食，西都失驭，夷狄交侵，惵惵黔首，若崩厥角，徽徽皇极，将甚缀旒。唯王乃神乃圣，钦明文思，二仪并运，四时合序，天锡智勇，人挺雄健，珠庭日角，龙行虎步，爰初投袂，仗义勤王，电扫番禺，云撤彭蠡，翦其元恶，定我京畿。及王贺帝弘，贸兹冠履，既行伊霍，用保冲人，震泽稽涂，并怀畔逆，獯羯丑虏，三乱皇都，才命偏师，二邦自殄，薄伐猃狁，六戎尽殪，岭南叛涣，湘郢连结，贼帅既擒，凶渠传首；用能百揆时叙，四门允穆。无思不服，无远弗届，上达穹昊，下漏渊泉，蛟鱼并见，讴歌攸属。况乎长彗横天，已征布新之兆，璧日斯既，实标更姓之符。七百无常期，皇王非一族，昔木德既穷，而传祚于我有梁，天之历数，允集明哲。式遵前典，广询群议，敬从人祇之愿，授帝位于尔躬。四海困穷，天禄永终，王其允执厥中，轨仪前式，以副普天之望，禋郊祀帝，时膺大礼，永固洪业，岂不盛欤！

策命既颁，再由尚书左仆射兼太保王通，司徒左长史兼太尉王玚，赍奉玺绶，交给霸先。霸先不得不三揖三让，装出许多伪态，经百官一体劝进，乃允议受禅，遂使中书舍人刘师知，往引将军沈恪，勒兵入殿，逼梁主方智出宫，恪不愿偕行，独排闼入见霸先，叩头泣谢道：“恪曾服事萧氏，今日不忍见此，情愿受死，不敢奉命！”还算是庸中佼佼。霸先倒也默然，改派荡主王僧志，胁梁主迁居别宫。梁自武帝萧衍篡齐，共传四主，计五十六年而亡。

霸先即位南郊，国号陈，改元永定。废梁主方智为江阴王。追尊皇考文赞为景皇帝，皇妣董氏为安皇后，前夫人钱氏为昭皇后，世子克为孝怀太子。立夫人章氏为皇后。霸先少娶同郡钱仲方女，早年去世，因纳章氏为继室。章氏吴兴人，原姓钮氏，过养章家，乃改姓为章，善书计，能诵诗及楚辞。相传章母苏氏，尝遇道士，赠一小龟，光采五色，且语以三年有征。后来及期生女，紫光照室，独龟却不知去向。这恐是史家附会，未足为凭。少子亦不过有闻必录罢了。

霸先长子名克，也已夭折。次子名昌，与从子顼前居江陵，并为西魏所虏，霸先遥封昌为衡阳王，顼为始兴王。他如在都从子蒨封临川王，昙朗封南康王，蒨与顼为霸先兄道谭子，道谭曾仕梁为散骑常侍，昙朗为霸先弟休先子，休先亦仕梁为骠骑将军。兄弟俱已逝世，由霸先追赠为王，即令从子袭爵。一人为帝，举族荣封，这也是应有的常例。唯梁主方智，废徙逾年，终为陈主霸先所害。可怜他在位三年，年才十六，终落得非命而亡，总算得了一个嘉谥，号为梁敬帝，小子有诗叹道：

伤心世变等沧桑，半壁江山又速亡；
宗社沉沦君被弑，祖宗造孽子孙当。

陈主即位未几，忽闻武昌舟师，败绩郢州，各将均被掳去，不禁惊骇异常。究竟如何覆师，且看下回再叙。

宇文氏之篡魏，非觉为之，护实使之然也，故觉可恕，护不可恕。护既导觉为恶，复弑魏主，彼犹得曰吾为宗族计，吾为昆弟计，不得不尔。即如杀赵贵，逼死独孤信等，俱尚有词可辩，觉负何罪，乃遽废之，且并弑之？然则护之凶逆，一试再试，固不问为何氏子也。宇文泰为乱世英雄，奈何误信逆侄，得毋由天夺其魄，特假手于乃侄，以戕害其子嗣乎？陈霸先袭杀王僧辩，攫得重权，废萧渊明而仍立萧方智，彼固玩孤儿于股掌之上，可以随我舍取也。萧勃讨逆，不得谓其有名，但霸先犹有所忌，至勃死而余不足惮矣。一介幼主，捽而去之，易如反手，未几即为所害，阅史者为方智惜，实则不足惜也。萧衍尝手刃同宗，能保子孙之不为人戮乎！

第六十九回　讨王琳屡次交兵
谏高洋连番受责

却说周文育、侯安都等带领舟师一万人，往击王琳，师至武昌，武昌守将樊猛，已归附王琳，至此弃城遁去。安都正欲进兵，接得陈主受禅的诏敕，不禁叹息道："我今必败，师出无名了。"时安都为西道都督，文育为南道都督，两将不相统摄，号令不一，部众彼此歧视，每有争端。军至郢州，琳将潘纯陀先已据守，用着强弓硬箭，遥射梁军。安都前队的步兵，多为所伤。安都怒起，督兵围攻，数日未下，那王琳已出屯弇口，来截梁军。安都不得已撤郢州围，移兵往趋沌口，留沈泰一军守汉曲。途次适遇逆风，不得前进，文育亦引兵来会，与王琳隔江相持，琳据东岸，梁军据西岸。两下里按兵数日，乃整舰交锋，偏偏东风大起，骇浪西奔，梁军各舰，帆樯俱折，舵且把持不定，怎能与琳军对敌？琳军却顺风猛击，跳跃如飞，文育、安都不及奔避，俱被琳军擒去，还有偏将周铁虎、徐敬成、程灵洗等，亦皆成擒。唯沈泰留军汉曲，闻败急退，尚得旋师。霸先即位，便致偏师败覆，这也是天道恶逆，故有此警。

琳见文育诸将，责他不当助逆，文育等统垂首无言。独周铁虎词色不挠，反唇相稽，顿时触动琳怒，把铁虎推出斩首。徒勇者多不得其死。所有文育、安都等，用一长链拘系，锁置后舱，令宦寺王子晋看管，进军湓城。行至白水浦，文育、安都，用甘言谄子晋，许给重赂。子晋竟为所动，伪用小船垂钓，夜载文育、安都等，渡至岸上，纵使脱逃。琳已睡着，毫不觉察。

文育、安都等，从深草中潜行而出，东走还都。

陈主霸先闻得全军覆没，正在惊惶，未几得文育、安都等奏启，自言从贼中逃还，入都待罪，又不禁易惊为喜，下诏赦宥，并召入陛见，令他立功自赎，各复原官。王子晋随入建康，特酬重赏。王琳失去梁将，又不见子晋，料知为子晋所纵，懊悔不已，乃移湘州军府至郢城。更因江州刺史侯瑱还都，特遣樊猛袭据江州。陈主霸先再拟讨琳，但恐西南一带，各郡豪帅，反复无常，不得不先行招抚，免生他变，因遣侍郎萧乾，持节慰谕。乾系齐豫章王萧嶷孙，遣令宣慰，亦无非借用故臣，俾便笼络的意思。当时巴山太守熊昙朗在南昌，衡州刺史周迪在临川，尚有东阳太守留异，晋安太守陈宝应，均起自草泽，雄踞一方。南中土豪多立寨自保，不服朝命。萧乾到处慰抚，晓示祸福，总算是各无异言，奉表投诚。陈主即令乾为建安太守，镇抚远近。

会王琳东至湓城，招兵买马，为东侵计，特与北江州刺史鲁悉达交欢，使为镇北将军。陈主亦颁诏至北江州，授悉达为征西将军，两造各送鼓吹女乐。悉达狡猾得很，做一个骑墙将军，所得赠品，老实收受，西不拒琳，东不却陈，其实是安坐观望，两无所就。倒是一个好法门。陈主使安西将军沈泰袭击，他却严兵防守，无隙可乘。王琳欲引军东下，也被他截住中流，不能前进。琳乃使记室宗虢向齐乞援，且请纳永嘉王庄，续承梁祀。庄系梁元帝萧绎孙，方等所出，江陵陷没，庄才七岁，避匿女尼法慕家，得辗转至建康，嗣因入质北齐，尚留邺下。见六十七回。齐从琳请，发兵护送萧庄至郢州，并册封琳为梁丞相，都督中外诸军，录尚书事。琳乃奉庄即皇帝位，改元天启，追谥建安公渊明为闵皇帝。不尊方等而尊渊明，却也可怪。琳自为侍中大将军，中书监，余依北齐册命，当下传檄伐陈。

陈主霸先命司空侯瑱，领军将军徐度，率舟师为前军，溯江讨琳。因恐复蹈覆辙，先遣吏部尚书谢哲，谕琳利害。琳愿归湘州，乃召还诸军，使屯大雷。衡州刺史周迪，闻王琳引兵东下，欲自据南川，召集所部八郡守吏，结一盟约，托言将入卫建康。事为陈主所闻，也防他借名图变，特遣人谕止，并加厚抚，迪乃按兵不动。独余孝顷进语王琳道："周迪等皆依附金陵，阴窥间隙，大军若下，必为后患，不如先定南川，然后东行。孝顷愿召集旧部，随效驱驰。"琳乃复遣部将樊猛、李孝钦、刘广德等出兵临川，使孝顷总督三将，威吓周迪。孝顷先向迪征粮，迪惶急请和，愿送粮饷。孝顷得步进步，还未肯退军，樊猛不愿进战，与孝顷龃龉，遂致军心涣散。

那周迪因孝顷未退，乞援邻郡，高州刺史黄法氍，吴兴太守沈恪，宁州刺史周敷，合兵救迪。敷分兵扼截江口，刘广德顺流先下，被敷擒住。孝顷、李孝钦，与迪等交战，也遭败衄，弃舟步走。迪麾众追击，悉数擒归，独樊猛坐视不救，奔回湘州。余孝顷等解至建康，席藁待罪，得蒙赦宥。唯孝顷弟孝励，及子公飏，尚据临川营栅，相拒未下。周迪表请济师，陈主命周文育统率将士，前往会迪。巴山太守熊昙朗，亦引兵来会，众五万人。文育出次金口，余公飏诣营请降，文育见他词色支离，料他有诈，喝令左右把他缚住，囚送建康。孝励忙向王琳告急，琳使部将曹庆率兵赴援。庆令偏将常众爱，往拒文育，自督众袭击周迪。迪仓猝逆战，遂致败绩。文育方进屯三陂，与常众爱列营相拒，未分胜负，适值迪败报传来，乃退屯金口。

熊昙朗忽生异心，竟想联络众爱，戕害文育。文育监军孙白象，探悉昙朗阴谋，即向文育报知，并谓宜先除昙朗，免滋后患。文育尚半信半疑，且更欲推诚相待，俾安反侧，坐是因循姑息，不先下手。是谓当断不断，反受其乱。可巧有迪书到来，乞分兵援助，文育拟拨昙朗往救，乃亲至昙朗营中，面与商议。昙朗谋杀文育，正苦无隙可乘，偏文育自来送死，不禁喜出望外，遂命壮士伏住帐后，自己出营相迎。待文育入营坐定，但叙数语，即传了一个暗号，使壮士一齐杀出，攒刃文育座前。文育无从奔避，眼见是身首两分了。昙朗既杀死文育，复威胁文育部曲，令他从顺，进据新淦城，转袭周敷。敷已侦悉情事，严阵以待，一俟昙朗趋至，便纵兵痛击，昙朗抵敌不住，更兼文育部众，统是乘势倒戈，弄得昙朗走投无路，好容易杀出圈外，只剩得一人一骑，奔还巴山，旋为村民所杀。

陈主霸先尚未知文育死耗，特遣侯安都率兵接应。安都将至豫章，始知文育被戕，因引师退还。途遇王琳将周炅、周协南归，顺便邀击，得将二周擒住。凑巧孝励弟孝猷，率部下四千家，往投王琳，也被安都截断，不得已投降安都。安都得此胜仗，便放胆进攻常众爱，众爱败奔庐山，曹庆亦遁。庐山民杀死众爱，送首至营，安都即传首建康，引还南皖。临川王陈蒨，方奉命在南皖筑城，安都当然进谒。正在会叙的时候，忽有急足从建康驰至，报称主上宴驾，请临川王速即还都。蒨惊愕异常，便引安都偕行入都。都中骤遇大丧，内无嫡嗣，外有强敌，老成宿将，又多在外边镇戍，只有中领军杜棱，典宿卫兵，与中书侍郎蔡景历，入宫定议，拟立临川王蒨，遣使征还。

蒨入居中书省，由杜棱等启请嗣位，蒨辞不敢当。安都入白道："今日继承大统，舍王为谁？王当顾全大局，不宜拘守小节！"蒨含糊答应。安都趋出，立即登殿，召集百官，请章皇后下令，立临川王蒨为嗣君，百官面面相觑，不敢发言。看官道是何因？原来陈主霸先，在位三年，因嗣子昌被虏西去，屡请北周放归，虽尚未得请，总望他后日生还，所以东宫虚位，未曾立储。到了临崩时候，口不能言，竟未定何人入嗣。一代枭雄，连嗣主未曾嘱定，何贪传子孙乃尔！中领军杜棱等，当时面谒章皇后，请立临川王，章皇后也只得允从。无如妇人见识，少断多疑，后来又记念嗣子，更因蒨自甘推让，乃复踌躇起来。公卿大臣，已探悉皇后意旨，也不敢决议。当下恼动了侯安都，正色厉声道："今四方未定，何暇远迎？临川王有功天下，应该嗣立，如有异议，请污吾刀！"说至此，拔剑出鞘，迫众承认。百官统有惧色，始齐声赞成。安都即入见章皇后，请后出玺，后只好将玺绶持授，再令中书舍人代草后令，立即颁发。令曰：

> 昊天不吊，上玄降祸，大行皇帝奄捐万国，率土哀号，普天如丧，穷酷烦冤，无所逮及。诸孤藐尔，返国无期，须立长君，以宁寓县。侍中安东将军临川王蒨，体自景皇，属唯犹子，建殊功于牧野，敷盛业于戡黎，纳麓时叙之辰，负扆乘机之日，并佐时庸，是同草创；祧祐所系，遐迩宅心，宜奉大宗，嗣膺宝箓，使七庙有奉，兆民宁晏。未亡人假延余息，婴此百罹，寻绎缠绵，兴言感绝。特此令闻！

临川王蒨既接章皇后令，尚再三推辞。百官等又复固请，乃入御太极前殿，即皇帝位，颁诏大赦。追尊大行皇帝为武皇帝，庙号高祖，奉章氏为皇太后，立妃沈氏为皇后。进司空侯瑱为太尉，侯安都为司空，杜棱为领军将军，内外文武百官，俱进秩有差。越二月，葬高祖武皇帝于万安陵。陈主霸先颇有智谋，临敌制胜，多由独断。及即位后，政尚宽大，性独俭约，常膳不过数品，私飨曲宴，常用瓦器蚌盘，后宫衣不重采，饰无金翠，歌钟女乐，禁令入宫，当时号为明主。但躬蹈篡弑，不脱前代恶习，故历世传祚，亦不得灵长，本身亦不过做了三年皇帝，土宇比宋、齐、梁为尤狭。殁时年已五十七，竟不得一子送终。可见有智不如有德，有勇不如有仁，有仁有德，乃足永世，单靠着一时智勇，取人家国，终究是不能享呢。至理名言。这且不必絮述。

且说齐主高洋淫暴日甚，既广筑宫殿，复增造三台，并发工役，修造长城，东西凡三千余里。适大河南北，飞蝗蔽天，伤及禾稼，洋问魏郡丞崔叔瓒道："何故致蝗？"叔瓒答道："五行志有云：土功不时，蝗虫为灾。今外筑长城，内兴三台，适如五行志所言。"洋不待说毕，勃然怒起，即使左右殴击，且把他倒浸厕中，使尝粪味，然后曳足以出，释使归家。叔瓒无可奈何，只好自认晦气罢了。粪味如何？

先是齐有术士，谓亡高者黑衣，洋因问左右，何物最黑？左右答言是漆。洋想入非非，默思兄弟辈中，唯上党王涣，排行第七，莫非应在此人，遂使库直都督破六韩伯升，驰驿召涣。涣偕伯升至紫陌桥，料知此行不佳，竟杀死伯升，渡河南逸。行至济州，为人所执，送至邺下，系入狱中。

永安王浚，系洋第三弟，洋少不好饰，尝与浚同见兄澄，涕垂鼻下，浚责洋左右道："何不替二兄拭鼻！"洋因此挟嫌。及洋即位，浚为青州刺史，颇有政声，闻洋酗酒失性，尝语亲近道："二兄嗜酒败德，朝臣无敢直言，我当入朝面谏，未知肯用我言否？"话虽如此，尚未启行，已有人密为传闻。洋更加忿恨。及浚入都，从洋游东山，洋袒裼裸裎，纵酒为乐。浚进谏道："这非人主所宜。"洋益不悦。浚又密召杨愔，责他将顺主恶，愔当面虽曾道歉，心中却不以为然。更因洋尝有命令，不准大臣交通诸王，为此两种嫌忌，即将浚言转奏。洋大怒道："小人情性，令人难忍！"遂罢酒还宫。浚辞别还州，复上书切谏。多话无益，徒取杀身。洋严旨召浚，浚也防不测，托疾不赴。

未几即有缇骑驰至，促浚就道，吏民多感浚恩惠，老幼泣送，至数千人。及至邺中，洋令与上党王涣，并纳入铁笼，置诸北城地牢中。饮食溲秽，共在一处。后来洋巡北城，往视地牢，临穴讴歌，令浚、涣属和。浚、涣且悲且怖，音颤声嘶，洋亦不禁泣下。意欲释放，长广王湛，系洋第九弟，与浚有隙，独上前进谗道："猛虎岂可出穴？"悍过高洋。洋乃默然。浚闻湛言，呼湛小字道："步落稽，天不容汝！"此时已无天道。湛又在旁笑骂，挑动洋怒。洋即取槊刺浚，被浚拉断，引得洋忿火益炽，命壮士刘桃枝，就笼乱刺。浚与涣随接随拉，呼号声震彻远近。洋并命投入薪火，烧杀二人，加填土石。后来掘土起尸，皮发皆尽，遗骸如炭，旁观多为痛愤，洋却不以为意。

既而三台告成，亲往游宴，酒酣兴至，戏用槊刺都督尉子辉，应手毙命。常山王演，为洋第六弟，时适侍侧，见洋无故杀人，不由的惨然变色。洋已窥觉，顾演与语道："但令汝在，我为何不纵乐！"演未便直谏，但拜伏涕泣。洋不觉发现天良，取杯掷地道："汝大约嫌我多饮，今后敢进酒者斩！"演且拜且贺。洋面命演录尚书事，不到三日，洋酗狂如故。演自草谏牍，将要进陈，演友王晞，力为劝阻，演不肯从，竟递将进去。果然触动洋忿，召演至前，令御史纠弹演过。御史一无所言，演才得免。

演妃元氏系魏朝宗室，洋欲令演离婚，许为演广求淑媛。演虽承旨纳妾，与元氏情好依然。洋复赐给宫人，由演领去。嗣因酒后失记，谓演擅取宫人，召演入责，自取刀环，乱殴演胁，几至晕绝，乃令左右舁演还第。演气愤填胸，情愿绝粒待毙。演与洋、湛等，俱为娄太后所出，太后恐演不测，亦日夕涕泣，洋酒醒亦颇知悔，并闻太后悲泣情状，急得不知所为，每日往视演疾，且劝慰道："努力强食，当将王晞还汝。"原来晞为演友，洋疑演谏奏，出自晞笔，已将晞髡配出去，至是面约还晞，因即将晞释归，使往劝演。演见晞至，强起抱晞道："我气息奄奄，恐不得再见！"晞流涕道："天道神明，岂令殿下遂毙此舍！至尊亲为人兄，尊为人主，怎好与他计较？唯殿下不食，太后亦不食。殿下纵不自惜，难道不念太后么？"演乃强坐进饭，渐得告痊。

过了数月，演又欲进谏，令晞草奏。晞条陈十余事，因复语演道："今朝廷所恃，唯一殿下，乃欲学匹夫耿介，轻视生命，一旦祸至，误国政，负慈恩，岂不是两失么？"演唏嘘道："祸乃至此么？"因将谏草对晞毁去。嗣复忍耐不住，再行进谏，洋使力士将演反绑，自拔刀架演颈，且叱责道："小人何知！究竟是何人教汝？"演答道："天下噤口，除臣外何人敢言？"洋又令左右杖演数十下，自己醉倦入寝，演乃得出。

太子殷礼士好学，颇得令名，洋常嫌殷得汉家性质，不类自己，意欲废立。会登览金凤台，三台之一。召殷随侍，喝令手刃囚犯。殷恻然有难色，再三不肯下刃。洋用马鞭捶殷，吓得殷神经错乱，竟至气悸语吃，状似痴迷。洋屡言太子性懦，终当传位常山王，太子少傅魏收语杨愔道："太子关系国本，不应动摇，至尊每言传位常山，如果属实，即当决行，天子怎可戏言？"彼常视国事如儿戏，难道汝尚未知吗？愔乃将收言白洋，洋始罢议。

已而酗暴更甚，杀死胶州刺史杜弼，及尚书仆射高德政，无非为了强谏致忿，置诸死刑。尚书右仆射崔暹，屡有谏诤，洋念他故旧大臣，格外容忍。未几暹殁，洋亲往吊丧，问暹妻李氏道："汝可思故夫么？"李氏随口答道："怎得不思！"洋笑道："汝果思暹，何不自往省视？"说至此，拔刀一挥，李氏头落，即取掷墙外。

时已为天保十年，即陈主霸先临殁之年。彗星出现，太史奏请除旧布新。洋特问彭城公元韶道："汉光武何故中兴？"韶猝然答道："为诛诸刘不尽。"不诋王莽，反启杀心，真是该死的狗奴。洋因下令，捕戮始平公元世哲等二十五家，拘禁元韶等十九家。韶幽住地牢，数日不得一餐，甚至衣袖啮尽，活活饿死。应该如此，但未知伊妻高氏果从死否？洋索性尽诛诸元，男子无论少长，一律斩首，共杀三千人，弃尸漳水。水中鱼吃食尸骸，百姓取鱼剖腹，得人爪甲，遂相戒不食，好几月不往网鱼。鱼却得多活数月。唯常山王妃父元蛮，本支近族，得保存数家。自经这次惨戮，洋乃恶贯满盈，即成暴疾，喉间似有物哽住，不能下食。好容易拖延两三日，自知不能久存，乃召李后及常山王演至榻前，谆嘱后事。小子有诗叹道：

夏桀商辛并暴君，如斯淫虐尚无闻；
榻前一诀安然逝，乱世似无善恶分。

欲知洋所说何事，俟至下回续表。

王琳事梁，似不可谓为非忠，梁元帝陷死江陵，琳赴援不及，缟素举哀，复因陈主篡梁，传檄东讨。侯安都谓师出无名，果遭败殁，师直为壮曲为老，诚哉是言也。然忽降齐，忽降魏，主持不定，未免多私。既已奉庄为主，又听从陈使谢哲，愿还湘州，大忠者固如是乎！江右之乱，出援无功，天已未免厌琳矣。陈霸先病殁之年，齐高洋亦即病死。齐陈相较，高洋之恶，远过霸先。但霸先以篡弑得国，敢犯大不韪之名，虽有小善，殊不足道。高洋之恶，古今罕有，浚与涣皆遭惨毙，独演再三进谏，濒死者数矣，而卒得不死，岂其后应登帝箓，乃幸邀天助耶！然洋恶如此，而尚得令终，翘首天阍，几令人无从索解云。

第七十回　戮勋戚皇叔篡位　溺懿亲悍将逞谋

却说高洋病剧，召李后至榻前，握手与语道："人生必有死，死何足惜！但恐嗣子尚幼，未能保全君位呢！"继复召演入语道："汝欲夺位，亦只好听汝；但慎勿杀我嗣子！"汝杀人子多矣，还想保全己子耶？演惊谢而出。嗣复召入尚书令杨愔，大将军平秦王高归彦，侍中燕子献，黄门侍郎郑颐等，均令夹辅太子，言讫即逝，年三十一岁。当下棺殓发丧，群臣虽然号哭，统是有声无泪，唯杨愔涕泗滂沱。想是蒙赐太原公主的恩情。常山王演居禁中护丧，娄太后欲立演为主，偏杨愔等不肯依议，乃奉太子殷即位，尊皇太后娄氏为太皇太后，皇后李氏为皇太后，进常山王演为太傅，长广王湛为司徒，平阳王淹高欢第四子。为司空，高阳王湜为尚书左仆射，河间王孝琬高澄第三子。为司州牧，异姓官员，自咸阳王斛律金以下，俱进秩有差。所有从前营造诸工，一切停罢。追谥父洋为文宣皇帝，庙号显祖，奉葬武宁陵。越年改元乾明。高阳王湜素以便佞得宠，执杖挞诸王，太皇太后娄氏，引为深恨。大约演受杖时，曾由湜下手。湜导引文宣梓宫，尝自吹笛，又击胡鼓为乐，娄氏责他居丧不哀，杖至百余，打得皮开肉烂，舁回私第，未几竟死。演奉丧毕事，就居东馆，取决朝政。杨愔等以演、湛二王，位居亲近，恐不利嗣君，遂密白李太后，使演归第，自是诏敕，多不关白。中山太守杨休之，诣演白事，演拒绝不见。休之语演友王晞道："昔周公旦朝读百篇书，夕见七十士，尚恐不足，王有何嫌疑，乃竟拒绝宾客？"晞知他来意，便笑答道："我已知君隐衷，自当代达，请君返驾便了！"及休之去后，晞遂入语演道："今上春秋未盛，骤览万几，殿下宜朝夕侍从，亲承意旨，奈何骤出归第，使他人出纳王命！就使殿下欲退处藩服，试思功高遭忌，能保无意外情事么？"演半晌方答道："君将如何教我？"晞说道："周公摄政七年，然后复子明辟，请殿下自思！"演又道："我怎敢上比周公！"晞正色道："殿下今日地望，欲不为周公，岂可得么！"演默然不答，晞乃趋退。未几有诏敕传出，令晞为并州长史。晞与演诀别，握手嘱咐道："努力自慎！"晞会意乃去。

先是领军将军可朱浑天和，曾尚高欢少女东平公主，尝谓朝廷若不去二王，少主终未必保全。侍中燕子献，已进任右仆射，拟将太皇太后娄氏，徙居北宫，使归政李太后。杨愔又因爵赏多滥，尽加澄汰，自是失职诸徒，都趋附二王。平秦王归彦，初与杨燕同心，后因杨愔擅调禁军，未曾关白归彦，归彦总掌禁卫，免不得怨他越俎，亦转与演湛二王联络。侍中宋钦道，向侍东宫，屡次进奏，谓二叔威权太重，非亟除不可。齐主殷不答。杨愔等乃议出二王为刺史，特通启李太后，具述安危。宫人李昌仪系齐宗室高仲密妻，李太后引为同宗，素相昵爱，遂出启示昌仪，昌仪竟密白太皇太后。愔等稍有所闻，复变通前议，但奏请出湛镇晋阳，用演录尚书事。当由齐主殷准议。

诏书既下，二王应当拜职，演先受职，至尚书省，大会百僚。杨愔便拟赴会，侍郎郑颐劝止道："事未可料，不宜轻往！"愔慨然道："我等至诚体国，难道常山受职，可不赴会么？"要去送死了，但不往亦未必终生。遂径至尚书省中。演、湛二王，已命设宴相待，勋贵贺拔仁、斛律金，亦俱在座，愔与子献、天和、钦道等，依次入席，湛起座行酒，至愔面前，斟着双杯，且笑语道："公系两朝勋戚，为国立功，礼应多敬一觞。"愔避座起辞，湛连语道："何不执酒？"道言未绝，厅后趋出悍役数十人，似虎似狼先将杨愔拿住，次及天和、钦道。子献多力，排众出走，才经出门，被斛律金子光，追出门外，用力牵还，亦即受缚。杨愔抗声道："诸王叛逆，欲杀忠臣么？我等尊主削藩，赤心奉国，有什么大罪呢！"逐主妻后，怎说无罪！演自觉情虚，意欲缓刑，湛独不可，即与贺拔仁、斛律金等，拥愔等入云龙门，由平秦王归彦为导。禁军本由归彦统率，不敢出阻，一任大众拥进。

演至昭阳殿，击鼓启事。太皇太后娄氏出殿升座，李太后为齐主殷，随侍左右。演跪下叩首道："臣与陛下骨肉至亲，杨愔等欲独擅朝权，陷害懿戚；若不早除，必危宗社。臣与湛等共执罪人，未敢刑戮，自知专擅，合当万死！"时庭中及两庑卫士二千余人，皆被甲待诏。武卫将军娥永乐，武力绝伦，素蒙高洋厚待，特叩刀示主，欲杀演、湛二王。偏是齐主口吃，仓猝不能发言。太皇太后娄氏，叱令却仗，永乐尚未肯退。娄氏复厉声道："奴辈不听我令，即使头落！"永乐乃涕泣退去。娄氏又怆然道："杨郎欲何所为，令我不解？"转顾嗣主殷道："此等逆臣，欲杀我二子，次将及我，汝何为纵使至此？"殷尚说不出一词，娄氏且悲且愤道："岂可使我母子，受汉老妪斟酌！"总是溺爱亲子。李太后慌忙拜谢，演尚叩头不止。娄氏复语嗣主殷道："何不安慰尔叔！"殷以口作态，好一歇才说出数语道："天子亦不敢为叔惜，况属此等汉人，但得保全儿命，儿自下殿去，此辈任叔父处分罢！"乃父凶恶非常，奈何生此庸儿！演闻言即起，便传言诛死愔等。湛在朱华门外候命，一得演言，立将愔等枭首。侍郎郑颐，亦被拿至，湛与颐有隙，先拔颐舌，截颐手，然后取他首级。演复令归彦引兵至华林园，擒斩娥永乐。

太皇太后娄氏亲临愔丧，见愔一目被剜，不禁号哭道："杨郎，杨郎，忠乃获罪，岂不可悲！"乃用御金制眼，亲纳愔眶，抚尸语道："聊表我意！"既纵子杀愔，何必如此假惺惺，想是见了寡女，又惹起哭婿的心肠，这真是妇人见识。演亦觉自悔，乃请旨赦愔等家属，湛独说是太宽，定要连坐五家。再经王晞上书力谏，乃各没一房。孩幼尽死，兄弟皆除名。命中书令赵彦深，代杨愔总掌机务。演自为大丞相，都督中外诸军录尚书事，出镇晋阳。湛为太傅，兼京畿大都督。

演至晋阳，奏调赵郡王高睿高欢从子。为左长史，王晞为司马，晞尝由演召入密室，屏人与语道："近来王侯诸贵，每见敦迫，说我违天不祥，恐将来或致变起，我当先用法相绳，君意以为何如？"晞答道："殿下近日所为，有背臣道，芒刺在背，上下相疑，如何能久持过去？殿下虽欲谦退，敝屣神器，窃恐上违天意，下拂人心，就是先帝的基业，也要从此废坠了。"演作色道："卿何敢出此言？难道不怕王法么！"其词若有憾焉，其实乃深喜之。晞又道；"天时人事，皆无异谋，用敢冒犯斧钺，直言无隐！"演叹息道："拯难匡时，应俟圣哲，我怎敢私议，幸勿多言！”晞乃趋出，遇着从事中郎陆杳，握手与语，令晞劝进。晞笑说道：“待我缓日再陈。”越数日，又将杳言告演，演良久方道：“若内外都有此意，赵彦深时常相见，何故并无一言？”晞答道：“待晞往问便了。”遂出赴彦深私第，密询彦深。彦深道：“我近亦得此传闻，每欲转陈，不免口噤心悸，弟既发端，兄亦当昧死相告。”乃偕晞谒演，无非是劝演正位，应天顺人的套话，演遂入启太皇太后。太皇太后娄氏，问诸侍中赵道德，道德道：“相王不效周公辅政，乃欲骨肉相夺，难道不畏后世清议么！”道德一言，却是有些道德。太皇太后乃不从演请。

既而演又密启，说是人心未定，恐防变起，非早定名位，不足安天下。太皇太后娄氏，本已有心立演，即下令废齐主殷为济南王，出居别宫，命演入纂大统。不过另有戒语，嘱演勿害济南王。演接奉母后敕令，喜如所愿，便即位晋阳，改元皇建。乃称太皇太后娄氏为皇太后，改号李太后为文宣皇后，迁居昭信宫。封功臣，礼耆老，延访直言，褒赏死事，追赠名德，大革天保时旧弊。唯事无大小，必加考察，未免苛细贻讥。中书舍人裴泽，尝劝演恢宏度量，毋过苛求。演笑语道：“此时嫌朕苛刻，他日恐又议朕疏漏呢。”未几欲进王晞为侍郎，晞苦辞不受。或疑晞不近人情，晞慨然道：“我阅人不为不多，每见少年得志，无不颠覆，可见得人主私恩，未必终保。万一失宠，求退无地。我岂不欲做好官，但已想得烂熟，不如守我本分罢！”语似可听，唯问他何故教猱升木？

演进弟湛为右丞相，淹为太傅，湝为大司马。湝即尔朱氏所生，为高欢第五子。立妃元氏为皇后，世子百年为太子。百年时才五岁。看官听着！这长广王湛，助演诛仇篡位，无非望为皇太弟，演亦口头应许，此时忽背了前言，把五岁的小儿立做储君，你想长广王湛，怎肯心平气降，毫无变动呢？这且慢表。

且说梁丞相王琳，闻陈廷新遭大丧，嗣主初立，国事未定，料知他不遑外顾，遂令少府卿孙玚为郢州刺史，留总庶务，自奉梁主庄出屯濡须口，并致书齐扬州行台慕容俨，请他救应。俨因率众出驻临江，遥为声援，琳遂进逼大雷。陈将侯瑱、侯安都、徐度等，调集戍兵，严加防御。安州刺史吴明彻，素称骁勇，夤夜袭湓城，哪知王琳早已料着，预遣巴陵太守任忠，伏兵要路，击破明彻。明彻单骑奔回，琳即引兵东下，进至栅口。陈将侯瑱等出屯芜湖，相持历百余日，水势渐涨。琳引合肥、巢湖各守卒，依次前进，瑱亦进军虎槛州。正拟决一大战，琳忽接到孙玚急报，乃是周荆州刺史史宁，乘虚袭攻郢州，城中虽然严守，终恐未能久持等语。此时琳进退两难，又恐众心摇动，或至溃散，不得已将玚书匿住，但领舟师东下，直薄陈军。齐仪同三司刘伯球，亦率水兵万余人，助琳水战，再加齐将慕容子会，带领铁骑二千，进驻芜湖西岸，助张声势。可巧西南风急，琳自夸天助，引兵直指建康。那陈将侯瑱，佯避琳锋，听他急进。待琳船已过，徐出芜湖，截住琳后，西南风反为瑱用。琳见瑱船在后尾击，使水军乱掷火炬，欲毁瑱船，偏偏火为风遏，竟被吹转，反致自毁船只。瑱麾众猛击琳舰，并用牛皮蒙冒小艇，顺流撞击，又熔铁乱浇琳船，琳军大败。各舰多遭毁没，军士溺死甚众，余或弃舟登岸，亦被陈军截杀垂尽。齐将刘伯球被擒。慕容子会屯兵西岸，望见琳军战败，麾兵返奔，自相践踏，并陷入芦荻泥淖中，骑士皆弃马脱走。不意陈军追至，奋勇杀来，齐兵越加惶急，四散窜去，剩下子会一人一骑，也被陈军捉归。独王琳乘着舴舰，突围出走，得至湓城。众旨散尽，只挈妻妾及左右十余人，北向奔齐。梁侍中袁泌，御史中丞刘仲威，曾留卫永嘉王庄，闻琳已败北，用轻舟送庄入齐，仲威随去，泌南来降陈。琳将樊猛与兄毅亦趋降陈营。陈军复进指郢州，郢州城下的周兵，探得陈军将至，撤围自去。守吏孙玚，举州出降陈军。好几年经营的王琳，弄得寸土俱无，枉费气刀。三窟几已失尽。

齐主演方在篡位，倒也没工夫计较，唯周大司马宇文护，听得陈军如此威武，颇为寒心，独想出一法，遣归陈衡阳王昌，使他自相攻害。昌致书陈主，语多不逊，也是自寻死路。陈主蒨召入侯安都，凄然与语道：“太子将至，我当别求一藩，为归老地。”安都道：“主位已定，怎得再移！从古岂有被代天子，臣愚不敢奉诏！”陈主蒨道：“将来如何处置衡阳？”安都道：“令他仍就藩封便了。彼若不服，臣愿往迎，自然有法处置。”杀昌意已在言下。陈主蒨即命安都赍敕迎昌，授昌为骠骑大将军，扬州牧，仍封衡阳王。昌奉命渡江，与安都同坐一舟，安都诱昌至船头，托言观览景色。昌出与安都并立，不防安都用手一推，站足不住，便堕入江中，随波漂没。安都假意着忙，急令水手捞取，捞了半日有余，才得了一个尸骸，乃返报陈主。陈主命依王礼埋葬，封安都为清远公。安都得封，可知陈主本心。

侍郎毛喜曾陷没长安，与昌俱还。他尚似睡在梦里，上言宜通好北周，与他和亲，陈主乃使侍中周弘正西行，与周修好。那陈将侯瑱等，已乘胜进攻湘州，周遣军司马贺若敦，率步兵赴援，再遣将军独孤盛，领水军俱进。会秋水泛滥，粮输不继，敦恐瑱探知虚实，乃在营内多设土囤，上覆以米。瑱使人侦探，果然被赚，不敢进逼。敦又增修营垒，与瑱相持，瑱亦无可如何。正拟退归，忽闻周主毓中毒暴亡，另立新主，料他内外必有变动，乐得留兵湘州，伺隙进取。

究竟周主如何遇毒？原来就是宇文护嗾使出来。周主毓明敏有识，为护所惮。护佯请归政，竟邀允许，但令护为太师雍州牧。当下改元武成，由周主亲览万机。护弄假成真，欲巧反拙，遂密谋不轨，又起了一片杀心。好容易过了一年，护使膳部中大夫，置毒糖饼中，进充御食，周主毓食了数枚，不禁腹痛，自知不幸中毒，口授遗诏五百余言，并召语群臣道："朕子年幼，未能当国，鲁公邕系朕介弟，宽仁大度，海内共闻，将来弘我周家，必需此人，卿等宜同心夹辅，勿负朕言！"言讫遂殂，年仅二十七岁。鲁公邕已入为大司空，不烦远迎，便奉遗诏即皇帝位，追尊兄毓为明皇帝，庙号世宗。越年改元保定，进宇文护为大冢宰，都督中外诸军事。那时郢州援将独孤盛，已被陈军袭破杨叶洲，率众遁还。巴陵降陈，贺若敦亦支持不住，拔军北归，湘州亦下。巴湘入周数年，至此乃复为南朝所有了。

周主邕甫经践阼，不欲再行兴兵，更兼陈使周私正前来修好，待命已久，乃拟与南朝讲和，索还俘虏，且许归始兴王顼，使司会上士杜杲，偕弘正南下报聘。时陈主蒨已立长子伯宗为太子，次子伯茂为始兴王，奉皇伯考昭烈王道谭宗祀，改封顼为安成王。昭烈二字系始兴王道谭谥法，顼尚在周，无故徙封，乃以次子过继，陈主之心术益见。既由周使来聘，不得不召入与议，互订和约。杜杲素长词辩，除索还俘虏外，更请相当酬报。陈主蒨许让黔中地及鲁山郡，杲乃称谢而去。

陈主蒨本纪元天嘉，与周议和，系天嘉二年间事，至天嘉三年，安成王顼，始由周使杜杲，护送南归。陈主授顼侍中中书监，亲中卫将军，得置佐史。并引见杜杲，温颜与语道："家弟今蒙礼遣，受惠良多，但鲁山不返，亦恐未能及此。"杲从容答道："安成王在长安，不过一个布衣，若送归南都，乃是陛下介弟，价值甚重，非一城可比。唯我朝敦睦九族，推己及人，上遵太祖遗训，下思睦邻通义，所以遣使南还。若云以寻常土地，易骨肉至亲，这却非使臣所敢闻呢！”陈主闻言，不禁怀惭，赧然语杲道：“前言聊以为戏，幸勿介意。”一言已出，驷马难追，即欲掩饰，恐已被外臣窃笑。因厚礼待杲，复遣侍郎毛喜，与杲同诣长安，乞归安成王顼妻子。所有芜湖擒归诸周将，一体放还，周亦送归顼妃柳氏，及顼子叔宝，于是陈周言归于好。小子有诗讥陈主蒨道：

伯氏吹壎仲氏篪，鸰原急难要扶持；
如何只为儿孙计，福不重邀祸已随。

陈主蒨既与周和，复欲与齐通好，毕竟有无头绪，且至下回再详。

杨愔负魏不负齐，而独为高演所杀，论者咸为愔呼冤，愔何冤哉？如愔不诛，是真无天道矣。彼本东魏故臣，助洋篡国，胁逐故主，又敢妻母后，蔑绝人伦，一死尚有余辜，安得为冤？即以事齐论之，高洋狂暴，未闻出言谏诤，且简囚供御，身进厕筹，无耻若此，忠果安在？其所以谋除二王者，亦无非为固位计耳。演杀愔，并杀愔党，愔党或为愔所累，或至含冤，愔固不足惜也。若夫演之篡国，何莫非高洋之自取，洋得令终亦幸矣，其能保全子嗣乎！陈主蒨乘机嗣立，授意安都，挤死衡阳王昌，甚至本生兄弟，亦且加忌，始兴一脉，遽令次子继承，视生弟如死弟，何其无骨肉情！及顼得生还，幸而免死，冥冥中似若有相之者。高洋杀浚、涣而不能杀演、湛，陈主蒨害昌而不能害顼，卒至后患相寻，南北一辙，此王道之所以贵亲亲也。

第七十一回　遇强暴故后被污
违忠谏逆臣致败

却说齐主高演，入嗣帝位，尚有意治安，唯对待南朝，未肯息怨罢兵，当遣降将王琳为扬州刺史，出镇寿阳，伺隙图南。陈主蒨颇思修和，因仇人在前，无从游说，不得已姑从缓议。会齐主演听高归彦言，召入济南王殷，把他害死，冤气盈廷，不免为厉，累得演精神恍惚，说鬼连篇。皇建二年孟冬，出外游猎，突有狡兔向马前驰过，演弯弓欲射，忽见兔跳跃起来，留神一瞧，好似一个被发戟手的夜叉鬼，不由的身体颤动，坠落马下。左右慌忙扶起，肋骨已经跌断，痛得不可名状。仿佛齐襄之见公子彭生。好容易掖回宫中，镇日里卧床呼号，医治罔效。娄太后亲往视疾，问及济南王殷，演无言可答，接连三问，仍是默然。娄太后愤愤道："济南已被汝杀死么？不用我言，应该速死！"遂掉头径去。嗣是演病益剧，痛到无可奈何的时候，往往神志昏迷，满口谵语。有时说着，文宣父子来了，又有时说着，杨令公、愔。燕仆射子献。等俱来了。当下模糊答辩，继又扶服推枕，叩首乞哀，结果是大数难逃，终难延命。高洋凶恶，远过高演，洋死时，史中第称暴殂，演死时却详叙冤厉，是由高演所为，自觉过甚，未免愧悔，故作此状，洋则异是。可见鬼由心造，非真凭身为祟也。临终时，曾留下遗书，贻弟高湛，召他入纂大统，书末有嘱语云："宜将吾妻子置一好处，勿学前人。"问汝何故杀殷？当下痛极毕命，年仅二十七岁。

先是高湛守邺，奉演密命，令派兵送济南王殷至晋阳。湛也不自安，向散骑高元海问计，元海道："愚见却有三策，一请殿下驰入晋阳，谒见太后主上，愿释兵权，不干朝政，自居闲散，安如泰山，是为上策。上策不行，或表称威权太盛，恐滋众谤，请徙为青、齐二州刺史，退居僻远，免招物议，尚为中策。"说至此，偏将第三策咽住不谈。湛问道："下策如何？"元海道："发言即恐族诛，不如不言。"湛说道："但说不妨，我为卿严守秘密，怕他什么？"元海道："济南世嫡，为主上所夺，众情未必悦服，今若召集文武，拥立济南，枭斩来使高归彦等，号令天下，以顺讨逆，这乃万世一时的机会；虽是下策，却比上策更佳。"湛不觉跃起，欣然说道："上策，上策，诚如卿言！"元海乃退。湛又召术士郑道谦等，卜定吉凶，道谦等占验封爻，劝湛宜静不宜动，自得大庆，湛乃令数百骑送入济南王。闻济南被害，益加危惧，哪知福为祸倚，祸为福伏，那晋阳竟传到遗诏，促令即刻就道，入承帝箓。这是湛梦想不到的喜事；他尚恐有诈，遣人探视，果系实情，乃立跨骏马，驰向晋阳。甫入城闉，已由文武百官，伏道迎谒，欢呼万岁。当下入临梓宫，不过哭了两三声，便被服兖冕，升殿即位，循例大赦，即改皇建二年为大宁元年。高湛登基，已在十一月中，两月光阴，竟不能待，便改元大宁，可见心目中早已无兄。进平秦王归彦为太傅，赵郡王叡为太保，平阳王淹为太宰，彭城王浟为太师，太尉尉粲为太保，尚书令段韶为大司马，丰州刺史娄叡为司空。冢弟任城王谐，高欢第十子。为尚书左仆射，并州刺史斛律先，为尚书右仆射，其余内外百官，并皆晋级，不消细说。既而追尊兄演为孝昭皇帝，称元后为孝昭皇后，降封前太子百年为乐陵王。

过了一月，令送孝昭柩至邺都，葬文静陵。元皇后送葬至邺，湛闻她带有奇药，使人索取，不得应命。湛竟怒起，再令阉人就车叱辱，元皇后不便反唇，只忍气含羞，包着两眶珠泪，待至文静陵旁，恸哭多时，方才入宫。湛尚余恨未消，令她在顺成宫内，孤身独处，寂寞无聊，此情此景，怎不伤心？唯自悲命薄罢了。比诸文宣皇后尚胜一筹。

越年正月，湛自晋阳启行，到了邺都，南郊祭天，续享太庙，立妃胡氏为皇后。后为安定人胡延之女，初生时有鸮鸟鸣产帐上，时人目为不祥，及笄后，选为长广王妃，姿貌不过中人，性情却极淫荡。湛本是个酒色中人，得此媚猪，当然是谑浪笑敖，倍极欢昵，所以祀天祭祖，大礼告成，即令胡氏正位中宫。册后这一日，所有故主后妃，及内外命妇，俱来庆贺，珠围翠绕，乐叶音谐，不但胡氏非常欣慰，就是齐主湛亦格外欢愉。晚间在后宫庆宴，众皆列席，高湛方在外殿中，畅饮数十觥，已有七、八分酒意，便闯入后宫，自来劝酒，惊动了一班妇女，统避席迎谒。湛狞笑道："此处合叙家人礼，尽可脱略形迹，休得迂拘。"众闻湛言，始称谢归座。湛展开一双醉眼，东张西望，蓦见上座有一位半老佳人，尚是丰姿绰约，秀色可餐，不由的魄荡魂驰。仔细审视，却是一位皇嫂李皇后，恨不得上前亲近，但因大众在座，未便失体，只得权时忍耐。说了几句劝饮的套话，转身自去。

是夕酒阑席散，各皆归寝，湛虽怀念嫂氏，也只好与新皇后敷衍一宵。到了次日的黄昏，竟不带左右，独自一人，步入昭信宫。见前回。当有宫女报知李后，李后不禁起疑，没奈何起身相迎。湛入宫坐定，并无一言，但将双目注视娇颜。李后且惊且羞，乃开口启问道："陛下到此，有何见谕？"湛笑语道："朕因夜间无事，特来陪伴皇嫂。"李后道："陛下新册正宫，并多嫔御，何不前去叙情，乃独顾及贱妾？"湛又道："未及皇嫂娇姿，所以乘暇来此。"李后见湛有意调戏，很是惊惶，便抽身欲退。湛即起座揽住后裾，李后大骇道："陛下身为天子，难道好不顾名义么？"说着，顺手一推，湛不防此着，竟至倒退数步，方得站住。顿时恼羞成怒，瞋目与语道："若不从我，当杀汝儿！"李后听了，急得玉容惨淡，粉面浸淫。宫女们见此情形，统已避了出去，那高湛见左右无人，竟仗着壮年膂力，把李氏轻轻举起，直入内寝，阖住双扉，好一歇不见动静。宫女等至寝门外，侧耳细听，但只闻有窸窣声，颤动声，想已是阴阳会合，兴雨布云了。高洋盗嫂，报及己妻。

俗语说得好，寂寞更长，欢娱夜短，高湛把李氏淫烝一宵，转瞬间即已天明，不得不起床出宫，升殿视朝，嗣是常出入昭信宫，来续旧欢。李氏已经失节，也乐得随缘度日。春风几度，暗结珠胎。独胡后不耐岑寂，每当湛往昭信宫，却另寻一个主顾，入替高湛。看官道是何人？乃是给事和士开。士开善握槊，工弹琵琶，面庞儿亦生得俊雅。当湛为长广王时，已入侍左右，辟为开府参军。及湛即位，升任给事，胡后尝与相见，暗地生心。此时乘湛盗嫂，便贿通宫女，引入士开，赏给禁脔。士开得此奇遇，哪有不极力奉承，多方欢狎，引得胡后心花怒放，竟与他誓山盟海，愿做一对长久夫妻。这是高湛眼前孽报。

高湛毫无所闻，反恐胡后责他盗嫂，曲意弥缝。胡后乘间，屡说士开好处，湛竟擢士开为黄门侍郎。胡后生子名纬，便立为皇太子。平秦王归彦位兼将相，恃势骄盈。侍中高元海，及中丞毕义云，黄门郎高乾和，尝入白御前，谓归彦专权骄恣，必生祸乱，乃出归彦为冀州刺史。元海等并欲弹劾和士开。看官试想，这和士开外邀主宠，内结后援，官爵未尊，地位甚固，岂是高元海辈所得摇动么？果然元海等未上弹章，士开却先已下石，但言元海诸人，交结朋党，欲擅威福，轻轻的说了数语，已足挑动主心。元海乾和，渐渐被疏；义云连忙纳赂，得为兖州刺史。独归彦心怀怨望，意欲俟湛往晋阳，乘虚入邺，偏值娄太后逝世，宫中治丧，好几月不闻驾出，也只有蹉跎度日，暂作缓图。

娄太后自春间寝疾，衣忽自举，用巫媪言，改姓石氏，延至初夏，竟尔病终，年六十二。太后生六男二女，皆感梦孕，孕高澄时，梦见断龙；孕高洋时，梦见龙首；孕高演时，梦见龙伏地上；孕高湛时，梦见龙浴海中；孕二女俱梦月入怀，唯孕襄城王清，博陵王济，但梦鼠入下衣。清早去世，济见下文，亦不得令终，唯澄、洋、演、湛，皆得称尊。一母生四帝，也是奇事。

太后未殁时，邺下有童谣云：“九龙母死不守孝。”至是湛居母丧，竟不改服，仍著绯袍。未几且登临三台，置酒作乐。宫人进白袍，由湛怒掷台下，和士开在侧，请暂辍乐，亦为湛所殴击。士开也算错一着。湛排行第九，适应童谣，不过追谥太后为武明皇后，合葬义平陵，总算依例办事罢了。

高归彦所谋未遂，屡使人探刺都中情事，偏被郎中令吕思礼告发，湛乃令大司马段韶，与司空娄叡，发兵往讨。归彦登城拒守，及兵逼城下，便大呼道：“孝昭皇帝初崩，六军百万，悉归臣手，臣至邺迎立陛下。当时不及，今日岂尚有异图？但恨高元海、毕义云、高乾和三人，诳惑主上，嫉忌忠良，如得杀此三人，臣愿临城自到，死也甘心！”段韶等当然不睬，唯督令兵众攻城。内长史宇文仲鸾，司马李祖挹，别驾陈季琚等，与归彦不协，俱为所杀。兵民因此不服，各有贰心。归彦见不可守，弃城北走，到了交津，只剩得一人一骑，那段韶遣将追来，立刻擒住归彦，械送邺都。当下议定死罪，命都督刘桃枝牵入市曹，击鼓徇众，然后行刑。归彦子孙十五人，一并诛死。

湛既诛归彦，益加淫暴。所烝皇嫂李氏，怀孕将产，适太原王绍德入见，为李氏所拒，绍德系高洋次子，生母就是李氏，闻李氏匿不见面，顿时懊闷道：“儿也晓得了姊姊腹大，故不见儿。”家丑且不宜外扬，奈何取笑生母？原来齐俗呼母为姑姑，亦称姊姊。这李氏听得此语，禁不住惭愤交并，过了数日，生下一女，竟令抛弃。湛闻产女不举，怒不可遏，手持佩刀，驰入昭信宫。怒叱李氏道：“尔敢杀我女么？我便当杀尔儿。”说着，即麾左右往召绍德，绍德不得已应召，湛俟绍德至前，便用刀环击去。绍德忍不住痛，只好长跪乞哀。湛大怒道：“尔父打我时，尔何不出言相救，今日乃想求活么？”语未说完，再用力猛击数下，打得绍德血流满面，晕倒地上，须臾气尽。

李氏见此惨状，未免有情，便极口哀号。湛越加咆哮，迫令宫女褫李氏衣，使她袒胸露背，然后取鞭自挞，大约有数十下，雪肤上面，都变红云，李氏号天不止。与其受辱至此，何若从前死节？湛亦觉自己手力有些酸麻，再命将李氏盛入绢囊，投诸宫沟，好多时才令捞起，启囊出视，但见流血淋漓，狼藉得不成样子。湛怒已少平，乃呼宫女道：“她若已死，不必说了；如若不死，可撵她往妙胜寺中做尼姑去。”言讫自行。宫女并皆不忍，侍湛已去远，便即施救。李氏偃卧地上，气息奄奄，只有胸前尚热，经宫女各用手术，并灌姜汤，方得起死回生，眉目渐动。宫女将她舁上床榻，小心侍奉，挨过了两昼夜，才能起立，乃用牛车载送入妙胜寺，削发修行去了。一年假夫妻，至此结局，岂不可叹！

是年由青州上表，报称河、济俱清。明是贡谀。湛改大宁二年为河清元年。齐扬州刺史王琳，屡请出师南侵，湛欲允议发兵，独尚书卢潜，一再谏阻，且得陈主贻书，请罢兵息民。湛乃请散骑常侍崔赡，通好南朝，陈主亦遣使报聘。独王琳尚有违言，湛调琳回邺，即用卢潜，为扬州刺史，领行台尚书，自是玉帛修仪，岁使不绝，江南江北，总算平静了七八年。

陈主蒨因周齐连和，北顾无虞，乃遣司空南徐州刺史侯安都，出略西南。从前东阳太守留异，蟠踞一隅，屡怀反侧，陈武帝特将蒨女丰安公主，下嫁异子贞臣为妻，且征异为南徐州刺史，异迁延不就，及蒨既嗣位，复命异为缙州刺史，领东阳太守，异仍阴怀两端，并严戍边境。陈廷容忍数年，乃乘暇出讨；一面召江州刺史周迪，豫章太守周敷，闽州刺史陈宝应，一同入朝。周敷奉命先至，得加封安西将军，赐给女妓金帛，遣还豫章。周迪不肯受诏，密与留异相结，且发兵袭敷，为敷所觉，吃了一个败仗，狼狈奔还。宝应为留异婿，虽陈主格外羁縻，许入宗籍，究竟翁婿情深，君臣谊浅，所以始终联异，也未肯入朝。

陈中庶子虞荔弟寄，流寓闽中，荔请诸陈主，召弟入都。宝应颇爱寄才，留住不遣。寄屡谏宝应，宝应不听，乃避居东山寺中，佯称足疾，杜门谢客。会留异为侯安都击破，妻孥多被掳去，仅与子贞臣走依宝应。周迪在临川，亦被陈安右将军吴明彻，高州刺史黄法氍，豫章太守周敷等，夹攻致败，溃奔闽州。宝应已失两援，尚自恃险僻，与陈抗衡。虞寄复上书极谏，条陈十事，略云：

东山虞寄，致书于陈将军使君节下：寄流离世故，漂寓贵乡，将军待以上宾之礼，申以国士之眷，意气所感，何日忘之？而寄沉痼弥留，愒阴将尽，常恐猝填沟壑，涓尘莫报，是以敢布腹心，冒陈丹款，愿将军留须臾之虑，少思察之，则瞑目之日，所怀毕矣。自天厌梁德，多难荐臻，寰宇分崩，英雄互起，不可胜纪，人人自以为得之，然夷凶剪乱，四海乐推，揖让而居南面者，陈氏也。岂非历数有在，唯天所授乎？一也。以王琳之强，侯瑱之力，进足以摇荡中原，争衡天下，退足以倔强江外，雄长偏隅，然或命一旅之师，或资一士之说，琳则瓦解冰泮，投身异域，瑱则厥角稽颡，委命阙廷，斯又天假之威而除其患，二也。今将军以藩戚之重，东南之众，尽忠奉上，戮力勤王，岂不勋高窦融，宠过吴芮？析珪判野，南面称孤，国恩所眷，不宜辜负，三也。圣朝弃瑕忘过，宽厚得人，如余孝顷、李孝钦、欧阳頠等，悉委以心腹，任以爪牙，胸中豁然，曾无纤介，况将军衅非张绣，罪异毕谌，何虑于危亡，何失于富贵？四也。方今周齐邻睦，境外无虞，并兵一向，匪伊朝夕，非刘项竞逐之机，楚赵连纵之势，何得雍容高拱，坐论西伯？五也。且留将军狼顾一隅，亟经摧衄，声实亏丧，胆气衰沮，其将帅首鼠两端，唯利是视，孰能披坚执锐，长驱深入，系马埋轮，奋不顾命，以先士卒者乎？六也。将军之强，孰如侯景，将军之众，孰如王琳，武皇灭侯景于前，今上摧王琳于后，此乃天时，非复人力；且兵革以后，民皆厌乱，其孰肯弃坟墓，捐妻子，出万死不顾之计，从将军于白刃之间乎？七也。天命可畏，山川难恃，将军欲以数郡之地，当天下之兵，以诸侯之资，拒天子之命，强弱逆顺，可得侔乎？八也。夫非我族类，其心必异，不爱其亲，岂能及物？留将军自縻国爵，子尚王姬，犹弃天属而不顾，背明君而孤立，危急之日，岂能同忧共患，不背将军者乎？九也。北军万里远斗，锋不可当，将军自战其地，人多顾后，众寡不敌，将帅不侔，师以无名而出，事以无机而动，以此称兵，未知其利，十也。为将军计，莫如绝亲留氏，遣子入质，释甲偃兵，一遵诏旨，方今藩维尚少，皇子幼冲，凡预宗支，皆蒙宠树，况以将军之地，将军之才，将军之名，将军之势，而能克修藩服，北面称臣，岂不身与山河等安，名与金石同寿乎？感恩怀德，不觉狂言，斧钺之诛，甘之如荠，伏维将军鉴之！

宝应览书，不禁大怒，幸左右进语宝应，谓虞公病势渐笃，词多错谬，请勿介意。宝应意乃少释，且因寄为民望，权示优容，唯分兵接济周迪。迪复越东兴岭为寇，陈令护军章昭达出讨，大破周迪。迪窜匿山谷，无从搜捕，昭达遂入闽。迪召集余众，再出东兴，东兴守吏钱肃举城降迪，迪众复振，豫章太守周敷已升任南豫州刺史，出屯定州，与迪对垒。迪作书给敷道："我昔与弟戮力同心，岂期相害？今愿伏罪还朝，乞弟披露肺腑，挺身同盟。"敷信为真言，只率从骑数人，出与迪盟，甫经登坛，被迪麾动部众，将敷杀死。

陈廷有诏赙恤，另遣都督程灵洗讨迪，并促章昭达速攻闽州。陈宝应令水陆设栅，严御昭达，昭达与战不利，顿兵上流，但令军士伐木为筏，待雨出发。会值大雨江涨，亟放筏进攻，连拔宝应水栅，凑巧陈将余孝顷，也奉陈主调遣，由海道驰至，两军会合，并力攻击，宝应连战连败，遁往莆田。顾语子弟等道："我悔不从虞公言，致有今日！"迟了！迟了！小子有诗叹道：

如何螳斧想当车？一失毫厘千里差。

祸已临头才自悔，忠言不用亦徒嗟！

陈军追捕宝应，未知宝应再得脱走否？容至下回表明。

北齐宫闱，淫烝成习，唯高演尚乏色欲，故其妻元氏，虽被高湛斥辱，终得免污，若李氏为高洋妇，洋烝澄妻，湛即烝洋妻，何报应之若是其速也！但李氏不忍其子之死，含垢蒙羞，而其后子仍惨毙，身亦濒危，最为不值。自来义夫烈妇，其所由蹈死如饴者，诚有见夫名节为重，身家为轻，不应作一幸想，冀图苟活耳。否则，鲜有不蹈李氏之覆辙者也。陈宝应溺情闺阃，济恶妇翁，虞寄谏以十事，言甚明切，终不能挽宝应之迷，是误宝应者为留异，实则出之留异之女。天下之误己误人者，多半自妇女致之，非冶容诲淫，即昧几致祸，宝应亦一前鉴耳。如留异之凶狡，周迪之反复，更不足责也。

第七十二回　遭主嫌侯安都受戮　却敌军段孝先建功

却说陈宝应逃至莆田，被陈军从后追及，日暮途穷，如何支持，眼见是束手受擒。就是宝应妇翁留异，也与宝应同逃，无从漏网，翁婿妻孥，一并就缚。还有宝应宗族，及幕下僚佐，俱捉得一个不留，悉数械送建康。叛徒头脑，怎得免死，就是子弟党羽，亦难逃国法，骈戮市曹。唯异子贞臣，曾尚帝女，特别恩赦。这是得妻房好处。并命昭达礼送虞寄，乘驿入都。陈主蒨当即召见，温言奖谕道："管宁汉末隐士。尚幸无恙。"寄拜谢而出。既而陈主自下手敕，命寄为衡阳王掌书记。衡阳王系武帝嗣子昌封爵，昌被侯安都溺毙，见七十回。陈主讳莫如深，只托言失足溺水，追谥为献。昌无子嗣，即令皇七子伯信过继，并授伯信为丹阳尹，得置佐吏。此次因虞寄经明行淑，特遣令往辅。寄奉敕入谢，陈主面谕道："今遣卿为衡阳记室，不但欲烦劳文翰，实因七儿年少，须卿教导，令作师资，卿毋以委屈见辞！"寄当然谦退，奉敕即行。未几复迁拜国子博士，寄表求解职，乞许归田。陈主优诏报答，许还会稽，仍令为东扬州别驾，寄又以疾辞。时寄兄虞荔，已经病殁，亦引柩还乡，陈主追赠侍中，赐谥曰德。并亲出都门送丧，时人称为难兄难弟。荔子世基世南，并少有文名，寄后来屡征不起，尝以知足不辱为言。诸王或出为州将，必奉朝命问候，致敬尽礼。有时寄出游近寺，闾里互相传语，老幼罗列，望拜道左。乡有争讼，经寄一言，无不立解；人有誓约，但指寄名，均不敢欺。扰乱时代，得此高士，真好算作第一流人物了。极笔褒扬，足以风世。至陈主顼太建十一年，始病终故里，这且不必细表。

且说留异、陈宝应二人，已经伏辜，只有漏网余生的周迪，尚在东兴一带，出没为患。陈都督程灵洗，自鄱阳别道出击，应前回。出迪不意，大破敌众，迪复与麾下十余人，窜伏山谷中。过了数月，遣人至临川郡市，购办鱼虾，为临川太守骆牙所执，谕令取迪自效，随即使腹心勇士，跟入山中，诱迪出猎，把他捕诛，传首建康，悬示朱雀观三日。三凶尽歼，西南廓清，唯后梁主萧詧据守江陵，得周保护。陈主蒨未敢进攻，詧亦因封地狭小，邑居残毁，不能东出报怨，郁郁无聊，疽发背上，竟致逝世。太子萧岿嗣立，追谥詧为宣帝，庙号中宗，改元大保，这也是残喘仅存，有名无实。他如永嘉王萧庄，亦奔齐病死，萧氏已不能复振了。随笔带过萧詧、萧庄。

陈司空侯安都，自略定西南后，归镇京口，加封征北大将军，封邑增至五千户。安都自恃功高，渐生骄态，幕中多罗集文武，一宴辄至千人。部下将帅，往往不遵法度，朝旨检问，辄奔归安都，倚作护符。陈主蒨性好严察，闻安都庇护罪人，不免生恨，安都毫不觉察，骄横如故。就是入宫侍宴，亦不守臣礼。酒酣时箕踞倾倚，目无君上，尝陪乐游园禊饮，语陈主道："陛下今日，比做临川王时，趣味何如？"言下甚有德色，陈主默然无言。安都一再问及，陈主始淡淡的答道："这虽出自天命，也未始非明公功劳！"安都喜甚，便乞借供帐水饰。陈主勉强允诺，心中很是不悦，怏怏还宫。到了次日，安都挈妻妾至乐游园，自升御座，令宾佐居群臣位，称觞上寿。居然想学做皇帝。陈主使人侦察，得悉安都情状，越加猜嫌，待安都还镇，屡遣台使按问安都部下，检括叛亡。安都才知上意，亦遣别驾周弘实，密结舍人蔡景历，探刺朝廷情事。景历具状奏闻，且言安都有谋反状。无非希旨。陈主乃调安都都督江、吴二州，领江州刺史。这一番调动，明明是诱他入阙，设法除患。安都果自京口还都，部伍入石头城，陈主引安都入宴嘉德殿，并令他部下将帅，会集尚书省听令。暗中却已密布禁军，乘安都入宴时，先把他拘系西省，然后收逮诸将帅，勒令缴出马仗，才许释放。因出舍人蔡景历表状，榜示朝堂，随即下诏论罪道：

昔汉厚功臣，韩韩信。彭彭越。肇乱；晋倚藩牧，敦王敦。约祖约。称兵，托六尺于庞萌，野心窃发，寄股肱于霍禹，凶谋潜构。追维往代，挺逆一揆，永言自古，患难同规。侯安都素乏远图，本惭令德，幸属兴运，预奉经纶，拔迹行间，假之毛羽，推于偏帅，委以驰逐，位极三槐，任居四岳，名器隆赫，礼数莫俦，而志唯矜己，气在陵上，招聚逋逃，穷极轻狡，无赖无行，不畏不恭，受脉专征，剽掠一逞，推毂所镇，裒敛无厌。朕以爰初缔构，颇著功绩，飞骖代邸，预定嘉谋，所以掩抑有司，每怀遵养，杜绝百辟，日望自新，款襟期于话言，推丹赤于造次，策马甲第，羽林息警，置酒高堂，陛戟无卫，何尝内隐片嫌，去柏人而勿宿，外协猜防，入成皋而不留。而彼乃悖逆不悛，骄暴滋甚，招诱文武，密怀异图，近得中书舍人蔡景历启闻，报称安都曾遣别驾周弘实前来探刺，具陈反计，朕犹加隐忍，待之如初，爰自北门迁授南服，受命径停，奸谋益露。今者欲因初镇，将行不轨，此而可忍，孰不可容！赖社稷之灵，近侍诚悫，丑情彰暴，逆节显闻。可详按旧典，速正刑典，罪止同谋，余无可问。

这诏颁出，越宿即赐安都自尽，旋复有诏赦免家属，葬用士礼，丧事所需，仍由公款发给。从前武帝在日，尝命诸将侍宴，杜僧明、周文育、侯安都三人，各自称功，武帝喟然道："卿等原统是良将，但各有短处，杜公志大识阇，狎下陵上；周侯交不择人，推心过差；侯郎傲慢无厌，轻佻肆志，将来恐不能自全，各宜戒慎为是！"三人怀惭而退，后来杜僧明病死江州，算是令终，唯无绩可言；文育为熊昙朗所杀，见前文。安都至是被诛，终不出武帝所料。古来明哲保身的智士，所以小心翼翼，功成身退，才能安享天年，流芳百世呢。如范蠡、张良等人。

话分两头，且说齐主高湛，信用黄门侍郎和士开，擢官侍中，并开府仪同三司，前后赏赐，不可胜纪，士开百计谄谀，揣摩迎合，无不中肯，惹得高湛格外亲信，几乎一日不能相离。你妻胡氏与他相昵，还有可说，你为何相信至此！士开每侍左右，辞不加检，备极鄙亵，尝笑语湛道："自古以来，没有不死的帝王，尧、舜、桀、纣，统成灰土，有何异同？陛下春秋鼎盛，正应及时行乐，取快一日，足抵百年，国事尽可付与大臣，无虑不办，何必自取烦恼呢！"湛闻言大喜，遂委赵彦深掌官爵，元文遥掌财用，唐邕掌外兵，白建掌骑兵，冯于琮、胡长粲掌东宫，阅三四日才一视朝，须臾即罢。

士开善持槊，胡后亦颇喜学槊，湛令士开教导胡后。后与士开情好有年，当握槊时，眉目含情，无庸细说。她却故意弄错手势，使士开牵动玉腕，与她共握。湛高坐饮酒，一些儿没有窥觉，反且喜笑颜开，自得其乐。河南王孝瑜，系文襄皇帝高澄长子，目睹情形，不禁愤懑，便入内进谏道："皇后系天下母，怎得与臣下接手？"湛好似未闻，不答一语。甘戴绿头巾，何劳多言！孝愉乃退。嗣又上言赵郡王叡，父死非命，不宜亲近。叡父即赵郡王琛，与小尔朱氏私通，被高欢杖毙，事见前文。湛亦不报。

叡与士开因此挟恨，便密谮孝瑜奢僭，谓山东只闻河南王，不闻有陛下，湛本与孝瑜同年，又是嫡亲兄子，甚相亲爱，至是不免加忌。孝瑜又行止未谨，尝与娄太后宫人尔朱摩女，暗地私通。及太子纬纳斛律光女为妃，孝瑜入宫襄事，与尔朱女喁喁私语，潜叙旧情，偏被旁人瞧着，向湛报知。湛顿触旧嫌，立召孝瑜至前，逼令饮酒三十七杯。也是奇罚。孝瑜体本肥大，强饮过醉，颓然倒地。湛命左右娄子彦，用犊车载出孝瑜，且密嘱数语。子彦领命，随车同行，途次由孝瑜索茶解渴，子彦以鸩酒代茶，孝瑜醉眼模糊，喝将下去，越觉烦躁不堪，行至西华门，蹶起索水，下车投河，竟致溺毙。子彦返报，湛假意举哀，追赠孝瑜为太尉，录尚书事，诸王虽有所闻，莫敢发言。唯孝瑜第三弟孝琬，曾封河间王，亲临兄丧，大哭而出，意欲他去，当由湛遣使追还，乃仍留邺中。蓦闻周与突厥连师，来攻晋阳，湛亦不禁着急，亲自往援。

突厥自伊利可汗击破柔然，柔然可汗阿那瓌自杀，事见前文。余众立阿那瓌叔父邓叔子为主，复为伊利子科罗所破。科罗死，弟俟斤立，号木杆可汗，木杆勇略过人，又追逐邓叔子，逼得邓叔子无路可奔，只好投入关中。是时西魏尚未被篡，宇文泰亦未谢世，木杆竟遣使至魏，索交邓叔子，泰不肯照给。木杆又西破厌哒，东逐契丹，北并结骨，威振塞外，凡东自辽海，西至青海，延袤万里，南自沙漠以北，直至北海，又五六千里，均为木杆所有。再向西魏索取邓叔子，泰畏他强盛，不敢不允，遂收邓叔子以下三千余人，尽付突厥来使。突厥使人，不胜押解，即驱邓叔子等至青门外，尽加屠戮，但携邓叔子首级归国。宇文泰视死不救，亦太残忍。自是木杆与周通好，常有使节往来。宇文觉篡位受禅，修好如故，两传至宇文邕，曾与突厥连兵侵齐，见齐境守御颇固，因即折回。邕尚未立后，由太师宇文护等定议，遣御伯大夫杨荐，及左武伯王庆，至突厥求婚。木杆已经允许，偏齐人得此消息，也遣使至突厥和亲，卑礼厚币，愿迎木杆女为后。木杆贪齐重赂，便向周悔婚，且欲将荐等执交齐使。夷狄之不可恃也如此！荐乃上帐责木杆道："我周太祖指宇文泰。与可汗结好，当时蠕蠕即柔然，见前。遗众数千来降，太祖俱执付可汗使臣，藉敦睦谊，奈何今日欲背恩忘义！就使不畏我周，难道不畏鬼神么？"木杆听到鬼神二字，触动迷信，不由的打了一个寒噤，良久方答道："君言甚是，我计决了！当与贵国共平东寇，再行送女未迟。"遂叱还齐使，礼遣荐等南归。

周廷得荐等归报，乃召公卿会议，众请发十万人击齐，独柱国杨忠，谓兵不在多，但发骑兵万人，已足敷用。周主邕乃遣杨忠为帅，率领万骑，从北道出发，又遣大将军达奚武，统兵三万，从南道进行，约会晋阳城下。杨忠连下齐二十余城，攻破陉岭要隘，兵威大震。突厥木杆可汗，又亲率十万骑来会，长驱并进。看官听说！此时齐境警报，往来如织，虽然齐主湛沉湎酒色，也不能不被他惊起，亲督内外兵士，从邺都急赴晋阳。

是时为齐河清三年十二月，即陈天嘉五年，周保定四年。连日大雪，千山一白，齐主湛冒雪前行，兼程至晋阳，尚幸城外无寇，安然入城。命司空斛律光率步骑三万人，往屯平阳，防守南路。周柱国杨忠及突厥可汗，共麾兵直逼城下，齐主湛登城遥望，见敌兵鱼贯到来，好似潮头涌入，没有止境，不觉蹙然变色道："这般大寇，如何抵御哩！"说至此，便即下城，拟挈宫人东走。赵郡王叡，河间王孝琬，叩马谏阻，方才停留。孝琬又请将六军进止，归叡节度，湛乃命叡节制诸军，并使并州刺史段韶，职掌军务。

此守彼攻，相持过年，正月朔日，叡已部分诸军，出城搦战，军容甚盛。突厥木杆可汗凭高观望，颇有惧容，顾语周人道："尔言齐乱，所以会师伐齐，今齐人眼中亦有铁，怎得轻敌！可见尔周人是好为虚言了。"周人闻木杆言，当然不服，并用步兵为前锋，向齐挑战，齐将俱欲迎击，独段韶不许，面嘱诸将道："步军势力有限，今积雪既厚，不便逆击，不如严阵待着，俟彼劳我逸，方可出战。"说着，即下令军中道："大众须听我号令，不得妄动！待中军扬旗伐鼓，才准出击，违令立斩！"韶颇知兵。各军始静守阵伍，毫无哗声。周军无从交战，渐渐的懈弛起来，突见齐兵阵内，红帜高张，接连是战鼓鼕鼕，震入耳中。正旁皇四顾，那齐兵已尽锐杀到，喊杀连天，眼见是抵敌不住，纷纷倒退。杨忠也不能禁遏，但望突厥兵上前助战，好将齐兵杀回，偏突厥木杆可汗勒马西山，并未驰下，反且把部众一齐引上，专顾自己保守，不管周军进退。周军孤军失援，顿时大溃，奔回关中。木杆可汗也从山后引遁，段韶始终持重，不敢力追，似此亦不免太怯。自晋阳西北七百余里，均遭突厥兵残掠，人畜无遗。木杆还至陉岭，山谷冻滑，铺毡度兵，胡马寒瘦，膝下毛皆脱落，及抵长城，马死垂尽，兵士多截槊挑归。周将达奚武至平阳，尚未知杨忠败还，嗣得齐将斛律光书，语带讥嘲，料知杨忠失败，乃即日引归，半途被齐兵追至，且战且走，好容易才得驰脱，已丧失了二千余人。

斛律光收兵还晋阳，齐主湛见了斛律光，抱头大哭。光不知为着何事，仓猝不能劝谏。我亦不解。任城王湝在旁，便进言道："想陛下新却大寇，喜极生悲，但亦何必至此！"湛乃止哭，颁赏有功，进赵郡王叡录尚书事，斛律光为司徒。光闻段韶不击突厥，但远远的从后追蹑，好似送他出塞一般，因向韶讥笑道："段孝先好改呼段婆，才不愧为送女客呢。"孝先系韶表字。

言未毕，邺中忽有急报传到，乃是太师彭城王浟，为盗所戕。湛惊问何因？邺使说是浟在第中，被群盗白子礼等突入，诈称敕使。劫浟为主，浟大呼不从，因即遇害。湛又惊问道："现在盗目已捕诛否？"邺使谓已经荡平，唯望陛下还驾。湛乃匆匆启行。返至邺城，即诣浟第临丧，赠浟假黄钺太师录尚书事，给辒辌车送葬，然后还宫。旋授段韶为太师。

过了数月，邺中有白虹围日，绕至再重，赤星又现。齐主湛携盆水照星，用盖覆住，作为厌禳。越宿盆无故自破，湛很是怀疑，适有博陵人贾德胄，呈入密启，启中有乐陵王百年手书，写着好几个敕字。湛不禁发怒，立使人促召百年，百年自知不免，割一带玦，与妃斛律氏诀别，自入都见湛，湛使百年再书敕字，笔迹与前字相符，顿时怒上加怒，喝使左右捶击。百年被击仆地，又使人且曳且殴，流血满地，气息将尽，乃呜咽乞命道："愿与阿叔为奴。"湛不肯许，竟命斩首，投尸入池，池水尽赤，乃捞尸藁葬后园。斛律妃闻百年惨死，持玦哀号，绝粒而死，玦犹在手，拳不可开，年尚只十四岁。妃为斛律光女，由光亲往抚视，用手解擘，始舒拳释玦。邺中人士统替她呼冤。小子亦有诗为证道：

济南死后乐陵亡，厥考贻谋太不臧。

难得贞妃年十四，犹如殉节保妻纲！

齐主湛既杀死百年，复因宫中有蜚语相传，连日钩考，查至顺成宫，得开府元蛮书信，述及百年冤死事，又不觉动起怒来。毕竟元蛮能否免祸，容待下回申叙。

陈文帝之杀侯安都，几似宋文帝之杀檀道济，然道济功多罪少，杀之适足以见宋文之失，安都功虽足称，而慢上不法，罪亦匪轻，况挤溺衡阳，害及故储，使陈文帝成不友之名，残忍性成，不死何为？纲目称杀不称诛，似犹为安都鸣冤。窃谓安都之死，实由自取，唯陈主诱令入宴，伏甲加诛，殊失人君赏罚之大经，纲目书法，所以不能无咎于陈文耳！齐主湛昏庸淫虐，几类高洋，晋阳之役，幸得一胜。然周师之所恃者为突厥，非我族类，其心必异，周之遭败，亦其宜也。湛幸胜而归，即杀兄子百年，济南受戮，乐陵亦不得生，湛之不遵兄命，原属不仁，孝昭有知，其亦悔杀济南否耶！

第七十三回　背德兴兵周师再败　揽权夺位陈主被迁

却说齐主湛检得元蛮书，立即动怒，便欲将蛮加罪。蛮急贿托幸臣，替他求免，还算罢官了事。蛮为百年母元氏父，蛮得免诛，元氏仍居顺成宫，不过伤子枉死，更增一层悲泪罢了。先是周太师宇文护母阎氏，及周主第四姑，并诸戚属等，皆寓居晋阳，自宇文泰西入关中，只命护随去，后来晋阳为高氏所有，护母阎氏等均致陷没，充入掖廷。及护为周相，相隔已三十多年，护屡遣人入齐访问，未得音信。会因晋阳一役，杨忠败归，护复欲连同突厥，大举伐齐。齐主湛得知军报，颇有戒心。特遣勋州刺史韦孝宽，致书与护，示明护母消息，且言周、齐释怨，可归护母，否则立斩勿贷。护复书愿和，乞释母西归。齐主湛先遣还周四姑，并令人为护母作书，备述护幼时情状，又寄护前所着绯袍，作为证物，书词说得非常痛切。略云：

吾年十九适汝家，今已八十矣，凡生汝辈三男二女，今日目下不睹一人，兴言及此，悲缠肌骨，赖皇齐恩恤，差安衰暮，又得汝姑嫂等相依，稍足自适，但一念及汝，百感丛生。今特寄汝小时所着锦袍一袭，汝宜检看，知吾含悲抱戚，多历年祀。禽兽草木，母子相依，吾有何罪，与汝分隔！今复何福，还望见汝！世间所有，求皆可得，母子异国，何处可求？假汝贵极王公，富过山海，有一老母八十之年，飘然千里，死亡旦夕，不得一朝同处，寒不得汝衣，饥不得汝食，汝虽穷荣极盛，光耀世间，与吾何益？吾今日之前，汝既不得申其供养，事往何论。今日以后，吾之残命，唯系于汝，汝戴天履地，中有鬼神，勿云冥昧，而可欺负！杨氏姑今虽炎暑，犹能先发。关河阻远，隔绝多年，言不尽情，汝其鉴之！

宇文护既接见四姑，复得母书，禁不住嚎啕大哭。还算有些孝思。当下取过纸笔，且泣且书，大致写着：

区宇分崩，遭遇灾祸，违离膝下，三十五年，受形禀气，皆知母子，谁知萨保护字。如此不孝，上累慈母！子为公侯，母为奴隶，暑不见母热，冬不见母寒，衣不知有无，食不知饥饱，泯如天地之外，无由暂闻，昼夜悲号，继之以血，分怀冤酷，终此一生，死若有知，冀见奉于泉下耳。不谓齐朝解网，惠以德音，摩敦周俗呼母为阿摩敦。四姑，并许矜放，初闻此旨，魄爽飞越，号天叩地，不能自胜。四姑即蒙礼送，平安入境，萨保于河东拜见，得奉颜色，崩动肝肠。但离绝多年，存亡阻隔，相见之始，口未忍言，唯叙齐朝宽弘，每存大德，云与摩敦虽处宫禁，常蒙优礼。今者来邺，恩遇弥隆，重降矜哀，听许摩敦垂谕，曲尽悲酷，伏读未周，五中似割。蒙寄萨保别时所留锦袍，年岁虽久，宛然犹识，顾视之下，愈觉疚心。今齐朝霈然之恩，既已沾洽，爱敬之旨，施及旁人，草木有心，禽鱼感泽，况在人伦而不铭戴！有国有家，信义为本，伏度来期，已应有日。一得奉见慈颜，永毕生愿，生死肉骨，岂止今恩！负山戴岳，未足胜荷。二国分隔，理无书信，主上以彼朝不绝母子之恩，亦赐许奉答，不期今日得通家问。伏纸呜咽，不尽所云！备录二书，以全伦纪。

书毕函封，乃停泪发使，赍书至齐。齐主湛尚不肯放还护母，使更与护书，邀护重报，往返再三，乃拟遣归，太师段韶上言道："周人反复无信，晋阳一役，已可概见。护外托为相，实与君主无异，既欲为母请和，何不正式遣使。若徒据移书，即送归护母，转恐示人以弱，不如阳为许诺，待至和亲坚定，遣归未迟。"段娄胡为作此语？齐主不听，即遣护母阎氏归周，护方因齐廷失信，请朝廷再为移文，忽闻慈舆已至，喜出望外，忙出都门迎入，举朝称庆。周主邕也迎阎氏入宫，率领亲戚，行家人礼，奉觞上寿。邕母叱奴氏，已尊为皇太后，至是亦略迹言情，握手叙欢，端的是母以子贵，宠荣无比呢。为下文返照。

护因慈母归来，颇感齐惠，拟与齐互结和约，偏突厥木杆可汗遣使至周，谓已调集各部精兵，如约攻齐，护不禁踌躇，意欲拒绝外使，转恐前后失信，有伤突厥感情，况母已归家，无容他虑，还是联络突厥，免滋边患。乃表请东征，召集内外兵众，共得二十万人。周主邕祃祭太庙，亲授护铁钺，许令便宜行事，且自沙苑劳军，执卮饯护，护拜命乃行。到了潼关，命柱国尉迟迥为先锋，进趋洛阳。大将军权景宣，率山南兵出豫州，少师杨檦出轵关。护连营徐进，行抵弘农，再遣雍州牧齐公宪，宇文泰第五子。同州刺史达奚武，泾州总管王雄，屯营邙山，策应前军。

杨檦恃勇轻战，既出轵关，独引兵深入，又不设备，不料齐太尉娄叡，带引轻骑，前来掩击，檦仓猝遇敌，行伍错乱，被齐兵杀得落花流水，一败涂地。檦逃生无路，没奈何解甲降齐。三路中去了一路。权景宣一路人马，却还骁劲，拔豫州，陷永州，收降两州刺史王士良、萧世怡，送往长安，另使开府郭彦守豫州，谢彻守永州。尉迟迥进围洛阳，三旬不克，周统帅宇文护，使堑断河阳要路，截齐援兵，然后同攻洛阳。诸将多轻率无谋，还道齐兵必不敢出，但遥张斥堠，虚声堵御。

齐遣兰陵王长恭，原名孝瓘，系高澄第五子。大将军斛律光，往援洛阳，两人闻周兵势盛，未敢遽进，洛阳又遣人告急齐廷。时齐太师段韶出为并州刺史，由齐主湛召入问计。韶答道：“周虽与突厥连兵，两面夹攻，但北虏狡猾，待胜后进，虽来侵边，实等疥癣，今西邻窥逼，实是腹心大病，臣愿奉诏南行，一决胜负。”知己知彼，究竟还推段婆。湛喜语道：“朕意亦是如此。”乃令韶督精骑一千，出发晋阳，自率卫兵为后应，亦从晋阳启行，韶在途五日，济河南下，适连日阴雾，周军无从探悉，韶竟与诸将上登邙阪，窥察周军形势，进至太和谷，与周军相遇，韶即令驰告高长恭、斛律光两军，会师对敌。长恭与光，立即应召，韶为左军，光为右军，长恭为中军，整甲以待。周人不意齐兵猝至，望见阵势严整，并皆惶骇。韶语周人道：“汝宇文护方得母归，何故遽来为寇？”周人无言可答，但强词夺理道：“天遣我来，何必多问！”韶又道：“天道赏善罚恶，遣汝至此，明明降罚，汝等都想来送死了！”这是理直气壮之谈。

周军前队统是步卒，遂踊跃上山，来战齐兵。韶且战且走，引至深谷，始命各军下马奋击，周军锐气已衰，霎时瓦解，或坠崖，或投溪，伤毙无数，余众俱遁。兰陵王长恭领五百骑士，突入洛阳城下围栅，仰呼守卒，城上人未识为谁，不免疑诘。迨经长恭免胄相示，乃相率鼓舞，缒下弓弩手数百名，接应长恭，周将尉延迥无心恋战，便撤围遁去，委弃营幕申仗，自邙山至谷水，沿途三十里间，累累不绝。独周、雍州牧齐公宪，及达奚武、王雄等，尚勒兵拒战。雄驰马挺槊，冲入斛律光阵中，光见他来势凶猛，回头急走，趋出阵后，落荒窜去，身边只剩一箭，随行只余一奴，那王雄却紧紧追来，相距不过数丈，光情急智生，把马一捺，略略停住，暗地里取弓搭箭，返身射去。可巧雄槊近身，不过丈许。雄大声道：“我惜尔不杀，当擒尔去见天子！”语未说完，箭已中额，深入脑中，雄不禁暴痛，伏抱马首，奔回营中。莽夫易致偾事。光幸得免害，当然不去追赶，也纵马归营。

天色已暮，两下里俱各收军。周将齐公宪部署兵士，拟至明晨再战，偏王雄负伤过重，当夜身死。军中越加恟惧，赖宪亲往巡抚，才得少安。达奚武入营语宪道：“洛阳军散，人情震恐，若非乘夜速还，明日且欲归不得了！”宪尚觉迟疑，武复说道：“武在军日久，备悉艰难，公少未更事，岂可把数营士卒，委身虎口么？”宪乃依议，潜令各营夤夜启程，向西奔还。权景宣得洛阳败报，亦将豫州弃去，驰入关中。及齐主湛至洛阳，早已狼烟净扫，洛水无尘。湛很是欣慰，进段韶为太宰。斛律光为太尉，兰陵王长恭为尚书令，余将俱照律叙功。唯尚恐突厥入塞，亟还邺都。嗣接得北方边报，谓突厥亦已退军，更觉得心安体泰，又好酗酒渔色了。

当时齐廷有一个著作郎，姓祖名珽，有才无行，尝为齐高祖功曹，因宴窃得金叵罗，酒器名。为所察觉，又坐诈盗官粟三千石，鞭配甲坊。显祖高洋爱珽才具，复召为秘书丞，珽又萌故智，坐赃当绞，洋加恩免刑，且仍令直中书省，他见湛势力日盛，有意逢迎，因赍胡桃油入献，且拱手语湛道：“殿下有非常骨相，后必大贵。”湛尚为长广王，不禁色喜道：“若果得此，亦当与兄同安乐！”珽拜谢而出，及湛入嗣位，思践前约，即擢珽为中书侍郎，旋迁任散骑常侍，与和士开朋比为奸，尝私语士开道：“如君宠幸，古今无比，但宫车若一日宴驾，试问君如何克终？”似为士开耽忧，实是为己设法。士开被他一说，惹得愁容满面，亟向珽商量计策。珽徐徐答道：“何不入启主上，但言文襄、文宣、孝昭诸子，均不得嗣立为君，今宜令皇太子早践大位，先定君臣名分，自可无虞。此计若成，中宫少主，必皆感君，君可从此安枕了！”恐他难必。士开道：“计非不善，唯主上年未逾壮，遽请他禅位太子，恐未必准议。”珽又道：“君先婉白主上，再由珽上书详论，不患不从。”士开许诺，适值彗星出现，太史谓应除旧布新，珽即乘间上言，谓陛下虽为天子，未为极贵，宜传位东宫，上应天道，且援魏主弘禅位故事，作为引证。魏主弘禅位见二十三回。湛得书未决，再经和士开从旁怂恿，方才定议，遂于河清四年孟夏，使太宰段韶，奉皇帝玺绶，禅位太子纬。纬在晋阳宫即位，改元天统。册妃斛律氏为皇后，就是斛律光的次女。王公大臣遂上湛尊号为太上皇帝，军国大事，仍然启闻。使黄门侍郎冯子琮，尚书左丞胡长粲辅导少主，专掌敷奏。子琮系胡后妹夫，故得邀宠眷，祖珽拜秘书监，加开府仪同三司，大蒙亲信，见重二宫。

看官听着！这齐主湛年方二十九岁，春秋虽盛，精力不加，平居荒耽酒色，凡故宫嫔御，稍有姿色，多半被污，旦旦伐性，遂害得神志昏迷，此次禅位，也是乐得卸肩，再想高居深宫，享那一、二十年的艳福，怎奈人有千算，天教一算，湛做了太上皇，反连年多病，就要长辞人世了。和祖二人之所以着急，想亦由此。唯湛距死期，尚有三年，那陈主蒨却寿数将终，勉强延挨了一年，竟尔去世。

先是陈安成王顼，自周还陈，受官侍中，兼中书监，寻且都督扬、南徐、东扬、南豫、北江诸军事，威权日盛，势倾朝野。御史中丞徐陵，独上书纠劾，陈主蒨免顼侍中，唯仍领扬州刺史。会值天嘉六年冬季，天旱不雨，直至次年仲春，亢阳如故，陈主亦常患不适，乃改天嘉七年为天康元年，颁诏大赦，冀迓天府。到了孟夏，彼苍却已降甘霖，御体反更加委顿，安成王顼，尚书孔奂，仆射到仲举等，入侍医药，陈主已病不能兴，默念太子伯宗柔弱，未堪为嗣，乃顾语顼道：“我欲遵周泰伯故事，汝意以为何如？”顼闻言惶遽，拜泣固辞。何必做作？陈主又语奂等道：“今三方鼎峙，四海事重，应立长君，卿等可遵朕意。”奂流涕答道：“皇太子圣德日跻，安成王足为周旦，若无故废立，臣不敢奉诏！”无非一时献谀。陈主叹道：“卿可谓古之遗直了。”遂命奂为太子詹事，且进顼为司空尚书令。

未几陈主遂殂，遗诏令太子伯宗嗣位。总计陈主蒨在位七年，改元二次，享年四十有五，史家称他明察俭约，宵旰勤劳，往往刺取外事，即夕判决，每令鸡人伺漏，传递更签，令掷阶上有声，谓借此足唤起睡梦。但谋杀衡阳王昌，骤立次子伯茂为始兴王，无非欲为子孙计。偏是私心益甚，后嗣益不能久长。看官试阅下文，便见分晓。

且说陈太子伯宗即位太极前殿，大赦天下，追谥皇考为文皇帝，庙号世祖。尊皇太后章氏为太皇太后，皇后沈氏为皇太后，立妃王氏为皇后，皇子至泽为太子。进皇叔安成王顼为司徒，录尚书事，兼督中外军务。其余文武百官，俱各进阶。越年改元光大，中书舍人刘师知，与仆射刘仲举等，同受遗诏辅政，常在禁中参决庶事。安成王顼位隆望重，入居尚书省，为师知等所忌，密与尚书左丞王暹等通谋，拟迁顼出外。东宫舍人殷不佞，素来浮躁，亦预闻师知密议，遂驰语顼道：“有敕传出，谓四方无事，王可迁居东府，经理州务。”顼闻言将出，记室毛喜入白道：“陈有天下，为日尚浅，国祸荐臻，中外危惧。太后深维至计，召王入省，共康庶绩，今日所言，必非太后本意，王可速即奏闻，毋使奸人得逞狡谋！”顼再商诸领军将军吴明彻，明彻亦赞同喜言，乃托疾不出，且伪召师知入商，留与长谈，暗中却遣毛喜入启太后。太后沈氏道：“令嗣君幼弱，政事并委二郎，毫无他意。”喜又转白嗣主伯宗，伯宗亦说道：“这是师知所为，朕未曾预闻。”喜亟出报顼，顼拘住师知，自入后廷谒见两宫，极陈师知奸诈，并自草诏敕，请嗣主盖印，持付廷尉。令将师知逮系狱中，当夜赐死。是殷不佞害他。降到仲举为光禄大夫，不佞素以孝闻，但令免官，王暹处斩，由是政无大小，悉归顼手。仲举被贬，心不自安，又与右卫将军韩子高图顼，事又被泄，仲举、子高，并下狱被诛。

湘州刺史华皎，与子高向来友善，闻子高被戮，很是不平，遂遣人西入长安，向周乞师，并自归后梁，遣子玄响为质。周太师宇文护，即遣湘州总管卫公直，宇文泰第六子。大将军田弘、权景宣、元定等，率兵助皎，后梁亦遣柱国王操等会师，长江上游，同时大震，陈遣吴明彻为湘州刺史，令率舟师三万，溯流先进，复命征南大将军淳于量，率舟师五万继应，再由冠武将军杨文通，巴山太守黄法慧，从陆路进兵，杨出茶陵，黄出醴陵，共击华皎。并饬江州刺史章昭达，郢州刺史程灵洗，亦联兵进讨。更简司空徐度，为车骑将军，总督步军趋湘州。华皎遣使诱章昭达，被昭达执送建康，又转诱程灵洗，灵洗将来使斩首，皎乃会同周军，水陆俱下，与陈将吴明彻等相持。

两下至沌口交锋，西军用舰载薪，因风纵火，不料风势一转，火转自焚，吴明彻等乘势猛击，西军多半沉溺，大败而逃。道过巴陵，见岸上已遍竖陈军旗号，不敢登岸，径奔江陵。周步军统将元定，因水师败溃，也即退还。到了巴陵，适被陈军截住。陈军统领，便是大将军徐度，度已袭破湘州，驻军巴陵，狭路相逢，怎肯放过元定。定自知不敌，向度乞路，度佯许结盟，俟定释械往就，顺手缚住。定愤恚不食，竟至饿毙。余众全为徐度所俘。后梁将军李广，还未知情由，冒冒失失的趋至巴陵，也为度军所擒。那吴明彻复乘胜攻后梁，得拔河东。程灵洗又进袭沔州，周沔州刺史裴宽极力抵御，苦守数旬，终被灵洗攻入，擒宽归报。后梁柱国王操退归江陵，忙整顿败残人马，堵御陈军。吴明彻自河东进攻，数月不下，乃收军退归。是役陈军大捷，俘获万余人，马四千余匹，都送交建康。

安成王顼，自居功首，进位太傅，领司徒，加殊礼，履剑上殿，入朝不趋。帝位已将到手了。始兴王伯茂恨顼专政，屡构蜚言。安成王顼索性夺据帝座，胁迫太皇太后章氏御殿，召集百官，废陈主伯宗为临海王，黜始兴王伯茂为温麻侯。当下颁发命令，多半是悬空架诬。略云：

> 昔梁运衰落，海内沸腾，天下苍生，殆无遗噍，高祖武皇帝拨乱反正，膺图御箓，重悬三象，还补二仪。世祖文皇帝克嗣洪基，光宣宝业，惠养中国，绥宁外荒。伯宗昔在储宫，本无令闻，及居崇极，遂骋凶淫，居处谅闇，固不哀戚，婉嫱丱角，就馆相仍，且费引金帛，令充椒闻，内府中藏，军备国储，未盈期稔，皆已空竭。太傅顼亲承顾托。镇守宫闱，遗诰绸缪，义笃垣屏，乃反遣刘师知殷不佞等，显言排斥。韩子高小竖轻佻，推心委仗，阴谋祸乱，决起萧墙，元相不忍多诛，但除君侧，何意复密诏华皎，称兵上流，国祚忧惶，几移丑类。乃至要结远近，协乱巴湘，支党纵横，寇扰黔歙，岂止罪浮于昌邑，非唯声丑于太和。但贼竖皆亡，祆徒已散，日望悛改，尤加掩抑，而悖礼忘

德，情性不悛，乐祸思乱，昏慝无已。祖宗基业，将惧覆陨，岂可复肃恭禋祀，临御兆民。式稽故实，宜在流放，今可转降为临海郡王，送还藩邸。太傅安成王固天生德，齐圣广深，二后钟心，三灵伫眷。自归国秉政以来，威惠相宜，刑礼兼设，指挥叱咤，湘郢廓清，辟地开疆，荆益风靡，若太戊之承殷历，中都之奉汉家，校以功名，曾何彷彿。况文皇知子之鉴，事过帝尧，传弟之怀，久符太伯，今可还申曩志，崇立贤君，方固宗祧，载贞辰象。中外宜依旧典，奉迎舆驾，入纂大统。始兴王伯茂，辜负严训，弥肆凶狡，嗣君丧道，职为乱阶，允宜罄彼司甸，刑斯剧人，姑念皇支，不忍稚刃，可特降为温麻侯，别遣就第。未亡人不幸，属此殷忧，不有崇替，将危社稷，何以拜祠高寝，归祇武园？揽笔潸然，兼怀悲庆！

这令下后，陈主伯宗立被徙居别第，始兴王伯茂曾为中卫将军，居住禁中，此时也单车出宫，使往婚第寓居。婚第在六门外，是诸王冠婚礼庐，向来是四达康庄，烽烟不设，谁意伯茂出了内城，竟来了一班盗众，持着凶器，把伯茂殴倒车中。小子有诗叹道：

都下何由集匪人，皇支遭击骤伤身；
六朝天子多残悍，只顾尊荣不顾亲。

欲知伯茂性命如何，且待下回说明。

齐主湛在位五年，多失德事，独送归宇文护母姑，尚有以孝治人遗意。护不知感激，反与突厥连兵侵齐，背德不祥，其败也固宜。湛凯旋国都，遽信祖珽诡计，传位太子，上皇方壮，元子南面，果何为哉？陈主蒨杀衡阳王昌，独留安成王顼，意者以兄子难信，不若母弟之可亲欤？迨病至弥留，谬言禅位，兄以伪言餂弟，弟亦以伪态对兄，彼此相示以伪，卒至嗣子失国，悍叔登基，防人者终出于所防之外，作伪果何益乎？到仲举、韩子高等，为主而死，死尚足称；刘师知亲逼梁主，不忠不义，其死盖已晚矣。

第七十四回　昵奸人淫后杀贤王
信刁媪昏君戮胞弟

却说陈始兴王伯茂，被贬出内城，突遇盗众攒击，晕倒车中，立即殒命。门吏当然报闻，由朝中颁令索捕，过了数日，不得一盗，都下才晓得是陈顼所遣了。是时已是光大二年仲冬，距来春不过月余，内外百官，俱请顼登位。顼佯为谦让，故意迟延，到了次年元旦，始就太极前殿，御座受朝，改元太建，仍复太皇太后为皇太后，皇太后为文皇后。立妃柳氏为皇后，世子叔宝为太子，次子康乐侯叔陵为始兴王，奉昭烈王前谭遗祀，三子建安侯叔英为豫章王，四子丰城王叔坚为长沙王。所有内外文武百官，当然有一番封赏，不及细表。越年皇太后章氏去世，谥为宣太后，丧葬才毕，临海王伯宗，忽然暴亡，年仅十九，在位不满二年，史家号为陈废帝。看官，试想这暴亡的原因，自有形迹可寻，毋庸小子絮述了。含蓄得妙。废帝皇后王氏，已降为临海王妃，由陈主顼下诏抚慰，令故太子至泽袭封王爵，妥为奉养。至泽年仅四龄，晓得什么孝事，不过一线未绝，还算是新主隆恩，这且待后再表。

且说陈主顼窃位年间，便是齐主湛稔恶期限，恶贯满盈，当然告终。自湛为太上皇，所有执政诸臣，如赵彦深、元文遥、和士开等，揽权如故，河间王孝琬，见时政日非，每有怨语，且用草人书奸佞姓名，弯弓屡射。当由和士开等入白上皇，谓孝琬不法，妄用草人，比拟圣躬，昼夜射箭。湛正虑多病，听到此言，不觉怒起，又因当时有童谣云："河南种谷河北生，白杨树端金鸡鸣。”士开即指河南北为河间，金鸡鸣三字，隐寓金鸡大赦意义，谓谣言当出自孝琬，摇惑人心。湛即拟召讯，可巧孝琬得着佛牙，入夜有光，孝琬用槊悬幡，置佛牙前。孝琬所为，亦多痴呆。湛立派人搜检，得槊幡数百张，目为反具，因使武卫将军赫连辅玄，召入孝琬，用鞭乱挞。孝琬呼叔饶命，湛怒叱道：“汝何人？敢呼我为叔？”孝琬道：“臣神武皇帝嫡孙，文襄皇帝嫡子，魏孝静皇帝外甥，为什么不得呼叔！”湛怒且益甚，竟用巨杖击孝琬足，扑喇一声，两胫俱断，孝琬晕死。湛命将尸骸拖出，藁葬西山。孝琬弟安德王延宗，高澄第五子。哭兄甚哀，泪眦尽赤，并为草人比湛，且鞭且问道：“何故杀我兄？”又是一个愚人。不意复为湛所闻，令左右将延宗牵入，置地加鞭，至二百下。延宗僵卧无声，湛疑他已死，乃令舁出，延宗竟得复苏，湛亦不再问。

秘书监祖珽，希望秉政，条陈赵彦深、元文遥、和士开等罪状，令好友黄门侍郎刘逖呈入。逖不敢转呈，赵彦深等已有所闻，先向上皇处自陈。湛命执珽穷诘，珽因和士开等朋党弄权，卖官鬻爵等事。前日结士开，今日攻士开，小人情性，往往如此。湛又动恼道：“尔乃诽谤我！”珽答道：“臣不敢诽谤，但惜陛下有一范增，不能信用。”湛瞋目道：“尔自比范增，便目我为项羽么？”珽复道：“羽一布衣，募众崛起，五年成霸业，陛下借父兄遗祚，才得至此，臣谓陛下尚不及项羽！”这数语益触湛怒，令左右把珽缚住，用土塞口，珽且吐且言。也想卖直，实是狂奴。湛命加鞭二百，发配甲坊。嗣复徙往光州，置地牢中，夜用芜菁子为烛，目为所薰，竟致失明。

左仆射徐之才善医，每当湛病，必召令诊治，随治随痊。和士开欲代之才位置，出之才为兖州刺史，湛果令士开为左仆射。不到一月，湛病复发，遣急足追征之才，之才未至，湛已濒危。召士开嘱咐后事，握手与语道：“幸勿负我！”替汝至胡后寝处格外效劳何如？言毕遂殂。越日之才乃至，士开伪言上皇病愈，遣还兖州。

一连三日，秘不发丧。黄门侍郎冯子琮，为胡后妹夫，入问士开意见。士开道：“神武、文襄丧事，皆秘不即发，今至尊年少，恐王公或有贰心，故必经大众议妥，然后发丧。”子琮道：“大行皇帝，传位今上，朝贵一无改易，何有异心？时异势殊，怎得与前朝相比！且公不出宫门，已经数日，升遐事道路皆知，若迟久不发，朝野惊疑，那时始不免他变了。”独不怕汝姨姊加瞋么？士开乃下令发丧，追谥上皇为武成皇帝，庙号世祖。湛在位五年，为太上皇又四年，年只三十二岁。太上皇后胡氏，至是始尊为皇太后。胡氏与和士开相奸，已见前文，此次更毫无顾忌，好与士开日夕言欢，偏被冯子琮说破，不得不举行丧葬，令士开出宫办事。

太尉赵郡王叡，与侍中元文遥等，又恐子琮倚太后援，干预朝政，因与士开会商，出子琮为郑州刺史。当时齐廷权贵，除和士开、赵彦深、元文遥外，尚有司空娄定远，开府三司唐邕，领军綦连猛、高阿那肱，度支尚书胡长粲，俱得柄政，齐人号为八贵。赵郡王叡，大司马冯翊王润，安德王延宗，润与延宗，注皆见前。与娄定远、元文遥等，并入白齐主纬，请出士开就外任。看官，试想士开系皇太后的私人，哪肯听他外调，自取寂寞？齐主纬生性昏懦，当然拗不过太后，所以众论纷纷，始终不得邀准。会胡太后出御前殿，觞宴朝贵，赵郡王叡，挺身出奏道："和士开为先帝弄臣，受纳贿赂，秽乱宫掖，臣等义难杜口，所以冒死直陈。"胡太后怫然道："先帝在时，王等何不早言？今日欲欺我孤寡么？且饮酒，勿多言！"叡词色益厉，脱冠投地，拂衣而出。娄定远、元文遥等，亦皆离座自去。

翌日叡等复至云龙门，令文遥入劾士开，三入三返，终不见从。左丞相段韶，使胡长粲传太后谕旨道："梓宫在殡，事太匆匆，欲王等三思后行！"叡等乃拜命散归。长粲复命，胡太后喜道："成全妹母子家，实出兄力！"原来长粲为胡后兄，故如是云云。何不谓成全假夫妇，实出兄力！胡太后及齐主召问士开，士开道："陛下甫经谅闇，大臣皆有觊觎；今若出臣，正是翦陛下羽翼。何不传语叡等，但说文遥与臣，并经先帝任用，可并出为州吏，待山陵事毕，然后遣行。"两宫皆以为然，如言颁敕，授士开为兖州刺史，文遥为西兖州刺史。待至奉葬已毕，叡等促士开就道，胡太后又欲留住士开，谓俟百日卒哭后，方令赴任。总之不肯舍去。叡不肯许，复入内苦争，胡太后令酌酒赐叡。叡正色道："今论国家大事，何曾为酒一卮！"言讫趋出，当下令娄定远等，监住宫门，不准士开复入。

士开窘极无聊，乃特采美女二人，珠帘一具，亲送定远。定远心喜，便问士开来意，士开道："在内久不自安，今得外调，实如本愿，但乞公等保护，长为大州，已感德不浅了！"定远信为真言，送出门外，士开复道："今当远出，愿入内辞觐二宫。"定远许诺，士开遂得入内，向二宫前跪陈道："先帝升遐，臣愧不能从死！窃看朝贵意旨，仍将行乾明故事，乾明系废帝殷年号。臣出后必有大变。臣受先帝厚恩，愧无面目相见地下！"说至此，伏地恸哭，胡太后与齐主纬，并皆泪下。一是恐失所欢，一是恐不保位。亟向士开问计，士开道："臣已得入，尚复何虑？但教数行诏书，便可了事。"胡太后忙令士开草诏，出定远为青州刺史，责赵郡王叡无人臣礼，即日颁发出去。赵郡王叡接得诏书，不由的愤闷万分，勉强过了一宵，翌晨即冠带入谏。妻子等统皆劝阻，叡勃然道："社稷事重，我宁死事先皇，不忍见朝廷颠沛呢！"遂拂袖径行。既入朝门，又有人与语道："殿下不宜入宫，恐将及祸！"叡又道："我上不负天，死亦无恨！"遂入谏胡太后，坚守前议。太后默然不答，返身入内。叡惘惘出宫，行至永巷，突被卫兵拘住，牵至华林园，被武士勒死，年才三十六。大雾三日，中外称冤。愚直之咎。

和士开仍复原任，依然出入宫禁，好与胡太后长叙幽欢。娄定远见风使帆，还归士开原赂，且加送珍玩，巴结士开。士开方不念旧恶，彼此相安。领军高阿那肱素与士开友善，又尝入侍东宫，希旨承颜，是他能手。齐主纬格外加宠，特擢为尚书令，封淮阴王，另进前东宫侍卫韩长鸾为领军。又有宫婢陆令萱，前坐本夫骆超谋叛罪名，没入掖庭，巧黠善媚，得胡后欢。想是做和士开的牵头。纬幼冲时，常使令萱保抱，呼为乾阿妳，渐渐的倚势弄权，独擅威福。至纬得受禅，竟封令萱为郡君。令萱子名提婆，随母入宫，与纬朝夕戏狎，亦得拜官受禄。母子蟠踞宫禁，势焰无比。和士开、高阿那肱俱老着脸皮，愿为陆令萱义儿。纬后斛律氏，有从婢穆黄花，生得轻盈妖艳，荡逸飘扬，纬爱她秀冶，时令入侍。穆黄花知情识意，乐得移篙近舵，卖弄风骚。纬被她勾引，哪里按捺得住，便把她引入床帏，颠鸾倒凤，备极绸缪。自经过这一番云雨，益邀宠眷，特赐她一个佳名，叫作舍利。想是视做佛上圆光。此后便收为嫔御，擅宠专房。陆令萱欲借为奥援，很与相昵，穆氏亦呼她为养母。也是惺惺惜惺惺。你称我赞，争向齐主前说项，齐主纬竟封令萱为女侍中，穆舍利为弘德夫人。令萱子提婆，与穆舍利称兄道妹，就乘此冒姓为穆，穆夫人又替他揄扬，得为开府仪同三司。还有陆令萱弟悉达，也得夤缘进身，一岁三迁，居然与提婆同官，位至开府。

前秘书监祖珽已蒙齐主纬赦出地牢，得为海州刺史，至是复思干进，因贻书悉达道："赵彦深心腹阴沉，早欲行伊霍故事，仪同姊弟，岂得平安？

何不早用智士，为自全计！”悉达转语令萱，令萱复转告和士开。士开因珽有胆略，亦欲引为谋主，乃蠲弃前嫌，借德报怨，特与令萱同白齐主道：“襄宣昭三帝，皆不能传子，今至尊独在帝位，统是祖珽一人的功劳，珽德行虽薄，谋略有余，缓急可使，且双目已被熏盲，必无反心！”齐主纬正怀念祖珽，听了此言，急颁赦敕召入，许复原官。

陇东王胡长仁，系胡太后兄，不悦士开，士开即暗中进谗，出长仁为齐州刺史。长仁怨愤，谋遣刺客杀士开。偏为士开所知，向珽计议，珽引汉文帝杀薄昭事，作为援证。当由士开转白太后，一道诏令，竟将长仁刺死州廨。宁可杀亲兄，不可死情郎。且进士开录尚书事，改封淮阳王。命兰陵王长恭为太尉，琅琊王俨为太保，赵彦深为司空，徐之才为尚书令，唐邕为左仆射，冯子琮为右仆射。子琮素依附士开，既得重任，不由的自大起来，一切录用，不向士开预商。士开未免介意，只因子琮为太后亲属，一时不便捽去，独琅琊王俨，系齐王纬胞弟，素得父母爱宠。高湛在日，尝欲废纬立俨，事不果行。俨见和士开、穆提婆二人，大修宅第，颇为不平，尝语二人道：“君等营宅，早晚可成，何为迟延若此？”二人知他语带讥讽，阴怀猜忌，且互相告语道：“琅琊王眼光奕奕，数步射人，前时偶与相对，不觉汗出，天子门奏事，尚不至此，此人若常握大权，我两人死无葬地了！”遂朝夕入谮，出俨居北宫，免太保官，只留中丞一职，限令五日一朝。

当时寡廉鲜耻的朝士，见士开扳倒亲王，愈加谄附，多拜士开为假父。士开偶患伤寒，医云须服黄龙汤。看官道黄龙汤为何物？乃是多年的粪汁。士开不愿进饮，很有难色。适有一假子省疾，见了此汤，便请先尝，一喝即尽。此等人只配吃粪屎。士开甚喜，也把粪汁取饮少许，果然渐痊。独治书侍御史王子宜，与琅琊王友善，探得士开等密谋，更欲徙俨出外，乃入北宫语俨道：“殿下被疏，统由士开谗间。近闻士开又欲移徙殿下，殿下何可轻出北宫，与百姓为伍呢？”俨左右开府高舍洛，中常侍刘辟强，亦劝俨早自为计，毋为人制。俨乃密召冯子琮入商，屏人与语道：“士开罪重，儿欲杀死此贼。”子琮已与士开有嫌，当即赞成，许为援助。俨即令子宜奏弹士开，请收禁推讯。子琮收入奏牍，并搀杂另外文书，进呈御览。齐主纬略略省视，即觉厌烦，便语子琮道：“可行便行，朕不耐阅此。”子琮巴不得有此语，便令领军库狄伏连，收系士开。伏连请再复奏，子琮道：“琅琊王入奏邀准，何须再奏！”伏连乃夜遣甲士五十人，伏住神兽门外，待士开凌晨入朝，把他拘住，送交廷尉。一面报知北宫，俨大喜过望，即遣心腹将冯永洛，往斩士开。

士开伏诛，俨党尚不肯罢手，索性欲拥俨废主，逼俨率军士三千人，屯千秋门。齐主纬始闻急变，忙命刘桃枝奉敕召俨，俨答说道：“士开谋反，臣所以矫诏除奸；尊兄若欲杀臣，不敢逃罪；如蒙赦宥，请令姊姊来迎！”姊姊指陆令萱，齐俗呼母为姊姊，见前注。俨欲诱杀令萱，故有此语。桃枝返报，令萱适侍主侧，料知俨意不佳，且惧且泣。齐主纬再使韩长鸾召俨，许令免死。俨欲应命，刘辟强牵衣谏阻道：“若不杀穆提婆母子，殿下万不可进去！”俨乃拒绝长鸾。

纬得长鸾回报，不禁惶急，便入启胡太后。太后闻士开被杀，已是悲痛交并，又见纬前来泣诉，益觉愤不可耐，便道：“逆子可恨，尔可速召斛律光，使执逆子入宫！”纬乃趋出，亟召斛律光入议。光闻俨杀死士开，抚掌大笑道：“龙子所为，原是不凡！”遂入见齐主，齐主正召集卫士四百人，发给甲械，将要出战，光面启道：“小儿辈弄兵，一与交手，反致激乱。鄙谚有言：奴见大家臣妾呼天子为大家。心死，至尊宜自至千秋门，琅琊王必不敢动。”说着，即导纬前行，至千秋门外，由光朗声呼道：“大家来！”俨党素惮光威，相率骇散。齐主纬立马桥上，遥呼俨名，俨尚趦趄不进。光抢步上前，握住俨手，且笑且语道：“天子弟杀一汉奴，何必慌张！”遂牵俨至齐主前，并为代请道：“琅琊王尚在少年，脑满肠肥，举动轻率，将来年纪长成，自知改过，愿曲为恕罪！”煞费调停。齐主乃拔俨佩刀，但用刀环击俨首数下，便即释去。收捕库狄伏连、王子宜、高舍洛、刘辟强、冯永洛等，缚住后园，由纬亲自射死，然后枭首，把尸支解，暴示都市。胡太后召俨入宫，面加叱责，俨泣答道：“是子琮教儿。”太后留俨在宫，使人绞杀子琮。独不顾亲妹么！齐主欲尽杀俨府官吏，斛律光、赵彦深力为劝阻，方论罪有差。

既而祖珽与陆令萱连谋，出赵彦深为兖州刺史，因即设法图俨。令萱密白齐主道：“琅琊王聪明雄勇，当今无比。看他相表，必不肯为人下，不若早除为妙！”纬尚未决，召珽入问。珽又引出两条故事，一是周公诛管蔡，一是季友鸩庆父。专用故事杀人，所谓才足济奸。纬乃决意诛俨，使右卫大将军赵元侃，诱俨出诛。元侃顿首道：“臣尝服事先帝，见先帝很爱琅琊王，今宁就死，不敢闻命！”纬变色道：“汝不愿行此事，可出去罢！”元侃拜谢而出。即有诏敕随下，出元侃为豫州刺史。

纬自入启太后道：“明旦欲与仁威出猎。”仁威系俨表字。太后许诺，但令纬早去早回。夜才四鼓，纬即使人召俨，俨颇动疑。陆令萱驰入道：“尊兄唤儿，奈何不往！”俨乃趋出。甫至永巷，突遇刘桃枝把俨缚住，俨大呼道：“乞见姑姑尊兄。”姑姑指胡太后，注见前。桃枝用袖塞俨口，反袍蒙头，负至大明宫，用力勒死，年仅十四。用席包尸，埋葬室内，然后复命。纬使人禀白太后，太后临哭十余声，便被左右拥入宫中。这是齐武平二年间事。齐尝改天统六年为武平元年。越年三月，始加棺殓，出葬邺西，追赠俨为楚帝，谥曰恭哀。俨妃李氏，遗腹生男，亦被幽死。唯号李氏为楚后，使入居宣则宫，借慰太后悲怀。其实胡太后也颇恨俨，害死情郎应该加恨。后因另结情人，把和士开撇过一边，始复忆及亲子。但死人不可重生，不得已勉抑悲哀，别图欢乐，又做出许多丑事来了。小子有诗叹道：

宫闱干政尚遭讥，况复淫昏不识非；
才信古人严礼教，要端阃范在防微。

欲知胡太后后来情事，试看下回便知。

赵郡王叡，与琅琊王俨，俱为和士开一人而死，叡之死，比俨更冤。俨得杀士开，尚足泄一时之愤，而叡第知强谏，竟死牝后淫人之手，设九泉之下，叔侄重逢，(叡为俨从叔。)叡毋乃自笑弗如乎！然叡与俨之所为，俱以忿率致亡。叡误于太愚，俨误于太莽，不能顾全大局，徒与一幸臣拼命，击之不中，徒自伤躯，击之幸中，亦不过除得一奸，盈廷皆妇女小人，徒除一蠹，果有何益！且屯兵逼主，尤属非是，卒之亦自杀其身而已。读此回，不禁为叡悲，尤不禁为俨惜矣。

第七十五回　斛律光遭谗受害
宇文护稔恶伏诛

却说胡太后失去和士开，又害得寂寞无聊，她是个淫妇班头，怎肯从此歇手，遂借拜佛为名，屡向寺院中拈香。适有一个淫僧昙献，身材壮伟，状貌魁梧，为胡太后所中意。昙献亦殷勤献媚，引入禅房，男贪女爱，居然谐成了欢喜缘。胡太后托词斋僧，取得国库中金银，贮积昙献席下，复将高湛生平所御的宝装胡床，亦搬入寺中，与昙献共同寝坐。嗣又因内外相隔，终嫌未便，索性召入内庭，使他唪诵经咒，超荐亡灵，朝朝设法，夜夜交欢，正所谓其乐融融了。昙献又召集许多徒众，会诵一堂，胡太后赐号昭玄统僧，僧徒却戏呼昙献为太上皇。宜呼为太上僧。就中又有两个少年僧侣，面目秀嫩，好似女子一般。胡太后复不肯放过，陆续召幸，旦夕不离。但恐为皇儿所知，索性叫他乔扮女尼，搽脂画粉，希图掩饰。齐主纬有时入省，起初尚未曾留意。后来二僧妆点愈工，姿态愈妍，惹得齐主亦觉动目，遂想出一法，给二僧至别室，迫令侍寝。二僧抵死不从，纬召婢媪等强褫僧衣，欲与行淫。哪知二僧的下体，与纬相同，纬且惊且怒，才知母后有苟且行为。当下亲加讯鞫，二僧无从抵赖，只好实供，并及昙献肆淫事。纬即收诛昙献，并命二僧一体伏法。何不留作娈童！又遣宦官邓长颙，率领众阉，徙胡太后至北宫，把她幽禁起来。

陆令萱趁这机会，竟想代做太后，密与祖珽熟商，珽又引出一条故典，说是魏太武帝焘，曾尊保母窦氏为保太后，借古证今，无不可行。亏他想出。

且出语朝士道："陆虽妇人，实是豪杰，女娲以来，得未曾有哩。"令萱亦称珽为国师，珽得进任左仆射。唯陆为太后，始终无人赞成，因此令萱枉费一番心思，徒乐得画饼充饥，倒反作成了一个祖珽。

珽势力日盛，朝野侧目，独太傅咸阳王斛律光，素来嫉珽，每见珽在朝右，辄遥骂道："阴毒小人，今日又不知作何计！"复召语诸将道："边境消息，兵马处分，从前赵令恒彦深字令恒。在朝，尝与我辈参议，今盲人入掌机密，并未会商，国家事恐终为所误哩！"诸将相率叹息。珽知光恨己，赂光从奴，密问光有无讥评，从奴答道："相王每夜抱膝闷坐，尝自叹道：'盲人入朝，国必危亡。'"珽闻得此语，当然挟嫌。开府穆提婆，求娶光庶女为妇，光又不许。齐主拟拨晋阳田，赏给提婆，光复入谏道："此田自神武以来，累年种禾饲马，为御寇计，若赐给提婆，岂非与军务有碍么！"齐主乃止。提婆从此怨光，遂与祖珽日伺光隙。

光为斛律后父，累世勋贵，一门衣锦。弟羡为幽州刺史行台尚书令，雅善治兵，士马精强，斥堠严整，突厥尝加畏惮，称为南可汗。长子武都，为开府仪同三司，领梁、兖二州刺史，尚高洋女义宁公主。光父金在日，尝语光道："我虽不读书，闻古来外戚，如汉朝梁冀等，无不倾灭。女若得宠，诸贵人必多妒忌，女若无宠，天子又多生憎。我家以忠勤致贵，断不可借女生骄，我本不欲尔女入宫，无如累辞不获，深以为忧！"炎炎者灭，隆隆者绝，斛律金颇知此义，可惜后来复蹈此辙。及金年老去世，光颇遵父训，持身节俭，事主忠诚，不好声色，不贪权势，杜绝馈遗，罕见宾客。每当朝廷会议，常独后言，言必合理，或有疏奏，使人执笔起草，自己口授，概从朴实。行军仿乃父遗法，营舍未定，终不入幕。在营不脱甲胄，临阵时辄身先士卒，士卒有罪，唯用杖挞背，未尝滥杀，众皆乐为效力。自洛阳鏖兵后，见七十三回。受官右丞相，领并州刺史，屡与段韶出兵攻周，周勋州刺史韦孝宽，也是一员良将，与光交战汾北，竟至败北。光得拓地五百里，就西境筑十三城，立马举鞭，指画基址，数日告成。段韶亦得拔周定阳，擒归汾州刺史杨敷。敷至邺都，不屈被杀。齐主纬已宠任群小，不愿用兵，召还光、韶两军。韶未及还邺，病殁军中。韶为神武皇后娄氏甥，即段荣子。将略与光相亚，然性颇好色，尝纳魏黄门侍郎元珽妻皇甫氏为妾，宠过正嫡，时论因劣韶优光。韶亦北齐名将，故随笔带叙生卒。余如先朝勋戚，百战功臣，均依次谢世。独光尚岿然独存，为齐柱石。周人不敢越境生事，亦未尝自夸功绩。

唯周勋州刺史韦孝宽，被光杀败，尝欲报恨，特构造谣言，使间谍传入邺中，有“百升飞上天，明月照长安”二语，又云：“高山不推自崩，槲木不扶自举。”祖珽知言中寓意，索性又续下二句道：“盲老公背受大斧，饶舌老母不得语。”因暗令小儿遍歌市中。穆提婆听着，入白令萱。令萱未尽得解，因召珽入询语意。珽故意想了一会，乃笑说道：“得着了！得着了！百升是一‘斛’字，明月是斛律丞相表字，盲老公是指珽，饶舌老母是指尊颜，余言可不烦索解了。”令萱惶急道：“如此说来，非但危及尔我，并且危及国家，怎可不即日启闻！”遂并将谣言入启齐主，且为齐主解释意义。齐主迟疑道：“莫非斛律丞相尚有异图么？”珽即接入道：“斛律氏累世掌兵，明月声震关西，丰乐羡字丰乐。威行突厥，女为皇后，男尚公主，今有此谣言，正足令人生畏呢！”齐主不答，俟珽等趋出，召问领军韩长鸾，长鸾却谓斛律光必无贰心，乃搁置不提。珽见宫廷中毫无举动，因复入见齐主，称有密启。齐主屏去左右，唯留幸臣何洪珍在侧。珽尚未及言，齐主纬即与语道：“前得卿启，便欲施行，韩长鸾谓必无此理，所以中止。”何洪珍不待珽言，抢先进词道：“若本无此意，可作罢论；既有此意，尚未决行，倘事机泄露，反为不妙！”珽亦加说数语，请齐主从洪珍言。齐主纬乃点首道：“洪珍言是，我知道了！”珽才趋出。

纬本怯弱，终未能决。会又接丞相府佐封士让密启，略言斛律光奉召西归，即欲引兵逼主，事不果行。今闻该家私蓄弩甲，及奴僮千数，且常遣使至丰乐武都处，阴谋往来，若不早图，变且不测云云。这也是由祖珽唆使出来。纬览此密启，因语何洪珍道：“人心原是灵敏，我常疑光欲反，不意果然！”实是呆鸟，还自夸灵敏么？说着，即命洪珍转告祖珽，并向珽问计。珽说道：“这有何难！可由皇上赐一骏马，但说明日当游幸东山，王可乘此马同行。那时光必入谢，只须二三壮士，便可捕诛此獠。”洪珍即还报齐主，齐主纬依议施行，果然光中珽计，单骑入谢，行至凉风堂，下马步趋，蓦有人从后猛扑，几至被仆。幸亏脚力尚健，兀自站住，回顾身后，但见刘桃枝怒目立着；因呵叱道：“桃枝你如何惯作此事？我实不负国家！”桃枝不答，复麾集力士三人，把光扑倒，用弓弦冒住光颈，将光扼死，颈血溅地，历久犹存。可称为碧血千秋。

于是由齐主下诏，诬光谋反，遣宿卫兵至光第，拘执光子世雄、恒伽，勒令自尽。唯少子钟年仅数龄，幸得免死。祖珽使郎官邢祖信籍没光家。祖信报珽，得弓十五，宴射箭百，刀七，赐槊二。珽厉声问道：“此外尚有何物？”祖信亦抗声道：“得枣杖二十束，闻拟处置家奴，凡奴仆犯私斗罪，杖一百。”珽不觉增惭，柔声与语道：“朝廷已加重刑，郎中何必代雪呢！”祖信怆然道：“祖信为国家惜良相！”说毕趋退。旁人咎他过直，祖信道：“贤宰相尚死，我何惜余生呢！”此人亦不可多得，故特叙入。

齐主又遣使至梁州，杀光长子斛律武都，再命中领军贺拔伏恩，乘驿捕斛律羡。伏恩至幽州，尚未入城，门吏驰入报羡道：“来使衷甲，马身有汗，恐不利将军，宜闭门不纳！”羡叱道：“敕使岂可疑拒？”遂出迎伏恩。伏恩宣诏毕，即把羡拿下，就地取决。羡临刑自叹道：“富贵至此，女为皇后，公主满家，天道恶盈，怎得不败！”遂从容受刑，五子皆死。伏恩等还都复命，除陆令萱母子及祖珽奸党外，无不称冤。独周将军韦孝宽得信大喜，自幸秘计告成，急报知周主邕。周主也喜出望外，下诏大赦，举朝庆贺，互相告慰道：“斛律受诛，齐虏在吾目中了！”为周灭齐张本。

齐主纬后斛律氏，貌本平庸，未得主宠，至是亦连坐被废，迁居别宫。胡太后自愧失德，求悦齐主，特召入兄女，炫服盛装，与齐主相见。齐主是登徒子一流人物，见有姿色女郎，差不多肢体俱酥。当下问明姓氏，乃是前陇东王胡长仁女。父已受诛，女尚未字，乐得把她留住，做一对中表鸳鸯。胡女已受太后密嘱，曲意承欢，齐主纬越加怜爱，当即册为昭仪。就中有一个情敌，就是弘德夫人穆舍利。穆舍利已生一男，取名为恒，齐主未有储嗣，特命斛律后抚养。才阅半年，即立为皇太子。此次斛律后废黜，穆夫人应该补升，偏被胡昭仪夹入，转令穆氏多一对头。胡太后复立侄女为后，料知穆氏义母陆令萱，必帮助穆氏，出来反对，不得已卑辞厚礼，结好令萱，约为姊妹。令萱至此，反觉左右为难，只因胡昭仪宠幸方隆，更由胡太后从中嘱托，乃与祖珽入白齐主，立胡昭仪为皇后。胡后深感姑恩，便提起母子大义，责备齐主，枕席私言，容易动听；况齐主纬已忘前嫌，所有北宫稽查，早命撤消，此次闻胡后语，便将太后迎还奉养。母子姑侄，团圞欢聚，自在意中。胡太后计非不佳，但可暂不可久奈何！

独这阴柔狡黠的穆夫人，平白地将后位让人，如何忍受得住？当下埋怨陆令萱，说她无母女情。令萱也觉自悔，便慰穆氏道："汝休性急，不出半年，管教汝正位中宫！"穆氏泣道："我非三岁婴孩，何必哄我！"令萱对她设誓，决计替她转圜，穆氏尚似信非信。果然过了月余，齐主纬屡至穆氏寝室，申叙旧欢。穆氏半喜半瞋，佯劝纬往就中宫，纬作色道："皇后不知惹着何病，非痴非癫，想是有些失心疯了，朕不愿见她！"穆氏亦暗暗疑讶，默料必令萱所为，但亦未识她用着何术。只因齐主已经转意，自然提起精神，笼络齐主。陆令萱又乘间启奏道："天下有男为太子，母为奴婢么？"齐主默然，令萱乃出。

已而齐主复选得二女，一姓李，一姓裴，皆是美色，号李氏为左娥英，裴氏为右娥英。这取名的原因，是本舜妃娥皇女英，并合为一。令萱不禁替穆氏着急，便为穆氏设法，别造宝帐及枕席器玩等具，俱为世所罕见，令穆氏穿着后服，满身珠翠，装束如天仙相似，静坐帐中。令萱即往白齐主道："有一圣女出世，大家何不往看！"齐主便即随行，由令萱引至穆氏坐处，揭开宝帐，即有一种兰麝奇芬，沁人心脾。约略一瞧，果见一丽姝端坐，仿佛似巫山神女，姑射仙人。齐主不觉喝采，及丽姝起身出迎，仔细端详，才认识是穆夫人。齐主笑指令萱道："陆太姬真会弄乖！"令萱亦笑答道；"似此丽质，尚不配做皇后，试问陛下将择何人？"好似玩弄小儿。齐主道："天子只有一后。"令萱便接口道："舜纳尧二女为妃，便是二后。舜为圣主，难道不可效法么？"对症用方。齐主大喜，是夕即与穆氏并宿宝帐中，竭尽欢娱。次日即立穆氏为右皇后，号胡氏为左皇后。

穆氏意尚未足，再托令萱设策，除去胡氏。令萱许诺，屡次入见胡太后。一日至太后前，佯作瞋语道："何物亲侄女，作如此语！"太后惊问何因？令萱又摇首不答。经太后一再固问，方低声说道："胡后语大家云：太后行多非法，不足为训。"这语说出，激动太后怒意，立召胡后来前，命左右剪去后发，遣回家中。落人圈套，还不自知，徒断送了一个侄女。穆氏遂得独为皇后。令萱向她道贺，穆氏亦敛衽拜谢，唯问及胡后致病事，令萱但微笑不言。看官道是何故？无非由令萱使人厌蛊，除害胡后罢了。嗣是穆提婆、高阿那肱、韩长鸾，共处钧轴，号为三贵。祖珽得总知骑兵、外兵事。宵小横行，内外蒙蔽，要把这高氏宗社，轻轻断送了。小子姑从慢表，且述周事。

自周主邕，与突厥连和，两次侵齐，俱遭败挫。见七十二、三回。太师宇文护由弘农退还，与诸将入朝请罪，周主邕一体赦免。越年春季，周改保定六年为天和元年，屡遣使至突厥迎婚。突厥木杆可汗，因齐人强盛，向齐通使，又欲与齐连姻，不愿送女适周。周使臣陈公宇文纯，宇文泰第九子。许公宇文贵，神武公窦毅，南阳公杨荐等，俱被留住，好几年不得归国。宇文纯等再四请求，终不见允。会突厥遇大风雨，兼大雷震，旬日不止，番帐汗庭，均被漂坏，木杆恐是天谴，不合向周悔婚，乃将爱女阿史那氏，遣嫁周主，与宇文纯等偕至长安。周主邕行亲迎礼，出郊迎女，入宫备册，立阿史那氏为皇后。后虽出番族，貌颇端妍，邕尝优礼相待，两无间言。会宇文护母阎氏病殁，赙恤甚优。护丁艰避位，不到数月，即令起复，入朝视事。至天和五年，且由周主邕下敕，加护殊礼。诏书有云：

> 盖闻光宅曲阜，鲁用郊天之乐。地处参墟，晋有大搜之礼。所以言时计功，昭德纪行，使持节太师都督中外诸军事柱国大将军大冢宰晋国公体道居贞，含和诞德，地居戚右，才表栋隆。国步艰难，寄深夷险，皇纲缔构，事均休戚。今文轨尚隔，方隅犹阻，典策未备，声名多阙，宜赐轩悬之乐，六佾之舞，崇奖功德，公其勿辞！

这诏书上面，连护名俱未称及，正是宠荣异数，自古罕闻。护性颇宽和，实昧大体，自恃功高，久揽政柄，所居私第，常屯兵护卫，威逾宫阙。诸子僚属，皆倚势作奸，蠹国殃民。护亦全不过问，任彼所为。周主邕深自晦匿，不加干预，一班王公大臣，也猜不透周主意旨，大都旅进旅退，虚与周旋。至天和七年三月朔，日食几尽，护乃召问稍伯大夫庾季才道："近日天象如何？"大约想篡位了。季才答道："蒙恩深厚，敢不尽言，近日天象告变，公宜归政天子，请老私门，庶几名同旦奭，寿享期颐，子子孙孙，常作屏藩；否则非季才所敢知了！"护若肯从此言，何至遽死？护沉吟多时，方微吁道："我亦作此想，但恐不得辞，所以蹉跎至今。公既为王官，可入依朝列，无须另参寡人！"季才知护介意，唯唯而去。嗣复陈书谏护，语极恳挚，护怎肯依议，反与季才有嫌。哪知宫中已密为安排，要将他一刀两段，送入冥途。

先是卫公宇文直，与护相亲，自沌口一败，直坐免官，遂至怨护。沌口战事。见七十三回。尝密白周主道："护若不诛，必为后患。"周主邕乃屡与计议。又有右宫伯中大夫宇文神举，宇文泰族子。内史下大夫王轨，右侍上士宇文孝伯，宇文深子。也与周主同谋，议定一策，对付权臣。三个缝皮匠，比个诸葛亮。适护出巡同州，还都复命，周主邕御文安殿，面加慰劳。护请入省叱奴太后，周主邕怅然道："太后春秋已高，颇好饮酒，一或过醉，喜怒乖方，近虽犯颜屡谏，未蒙垂纳，兄今入省，愿更为启请。"说至此，即从怀中取出酒诰，交与护手道："烦取此入谏太后！"护当然接受，与周主邕一同进去。既见叱奴太后，问过了安，太后命护旁坐。护因周主邕嘱托，尚立读酒诰。周主阴执玉珽，走至护后，猛力击护，护猝致倒地。周主令宦官何泉，用御刀斫下，泉不觉手颤，斫护未伤。卫公直已伏匿户侧，一跃而入，手起剑落，把护劈成两段。该死久矣！太后惊起，由周主邕婉言陈诉，谓护谋害两宫，所以诱诛。太后自然无言。邕即召入宫伯长孙览，收捕护子谭公会，莒公至崇，业公静正，平公乾嘉，及乾基、乾光、乾蔚、乾祖、乾威等，悉数伏诛，又杀护党柱国侯伏、侯龙恩，大将军侯万寿、刘勇，中外府司录尹公正、袁杰，膳部下大夫李安。

时雍州牧齐公宪，为护亲任，赏罚黜陟，多所参预。至是由周主召入，勉励数语。宪免冠拜谢，乃使诣护第收兵符及诸文籍。卫公直素来忌宪，劝周主并宪加诛，周主不许。及宪入复命，闻李安亦在诛例，便面启道："安出自皂隶，唯主庖厨，向未预闻朝政，何足加戮！"周主正色道："世宗暴崩，实安所为，弟难道全未闻知么？"宪惶恐趋出。护世子训为蒲州刺史，即夕遣越公宇文盛，乘驿召还，至同州赐死，次子昌城公深，出使突厥，亦命开府宇文德赍去玺书，诛死道中。当下颁诏罪护，除首从已正典刑外，余皆肆赦，复改天和七年为建德元年。小子有诗斥护道：

> 怙权肆逆久稽诛，一死犹嫌未蔽辜；
> 玉珽扑身奸贼倒，九京才得慰宁都！宁都见前文。

护既就诛，周主亲政，当然有一番封赏。欲知何人代护，下回再当续详。

本回叙述，足为斛律光、宇文护两人合传。斛律光为高氏懿亲，效忠王室，足慑强邻。光不死则齐不亡，乃为宵小所排，卒遭惨死，齐之不永也宜哉！但功高震主，罕得保全，斛律金平生寄慨，斛律羡临死兴嗟，满招损，盈必覆，富贵其可长保乎！备录之以风后世，为斛律光惜，固不仅为斛律光惜也。彼宇文护历弑二主，罪恶昭彰，直至周主邕嗣位十三年，始得诱诛，死已晚矣。庾季才劝护归政，护若听季才言，尚可不死，但极恶如护，若得不死，宁有天道！诛之正以见周主之能，且可见元恶大憝，鲜有不杀身亡家者也。本回前后连叙，善恶相对，隐寓微义。而齐宫琐事，即由斛律后被废而致。斛律光死而齐即衰，宇文护死而周转盛，贤奸之关系盛衰也，固如是夫！

第七十六回　选将才独任吴明彻
含妒意特进冯小怜

却说周主邕亲政以后，进太傅尉迟回为太师，柱国窦炽为太傅，大司空李穆为太保，齐公宪为大冢宰，卫公直为大司徒，赵公招宇文泰第七子。为大司空，柱国辛威为大司寇，绥德公陆通为大司马。此外如宇文神举、宇文孝伯及王轨等，亦皆进秩有差。又因庾季才一再谏护，特赐粟帛，升授大中大夫。当时老成宿将，如燕公于谨，郑公达奚武，隋公杨忠等，并皆去世。忠子名坚，曾为小宫伯，宇文护见坚非常相，屡欲引为腹心。忠密嘱道："两姑之间难为妇，汝宁勿往！"坚谨遵父训，故护伏法受诛，坚得不坐。忠于天和三年逝世，坚袭爵为隋公，后来便是篡周的隋文帝。特笔提出。

卫公直以勋旧沦亡，自己为诛护首功，益怀奢望，偏是三公名位，已被别人攫去，大冢宰又授齐公宪，大司马更授陆通，政权兵权，一些儿没有到手，心常怏怏。齐公宪曾任大司马，至是进官大冢宰，名为超擢，实夺兵权。开府裴文举为宪侍读，周主邕尝召入与语道："昔魏末不纲，太祖辅政，及周室受命，晋公护乃起执大权，积久成常，便以为法应如是，试思从古到今，有三十岁的天子，尚须懿亲摄政么？《诗经》有言：夙夜匪懈，以事一人，一人就指天子。卿虽陪侍齐公，不得徒徇小忠，只知为齐公效死。且太祖以后，尚有十儿，难道可都登帝位么？卿须规以正道，劝以义方，辑睦我君臣，协和我兄弟，勿令自致嫌疑，再蹈晋公覆辙哩！"周主邕亦煞费苦心。文举拜谢而出，便即告宪。宪指心抚几道："这是我的本心，公岂不知！但当尽忠竭节，何必多疑！”卫公直与宪有隙，宪因此格外容忍，且因直系周主母弟，每加友敬。直无从寻隙，暂得相安。

周主邕追尊略阳公觉为孝闵皇帝，立皇子鲁公赟为太子。赟系后宫李氏所出，从前于淮平江陵，掳取李氏入关，周太祖泰，因李氏容貌端好，特赐与邕，乃遂生赟。赟性嗜酒色，周主邕因他居长，所以立为储贰。平时约束甚严，尝命东宫官属，录赟言语动作，每月奏闻，赟尚有所惮，不敢妄动。但江山可改，本性难移，父在时勉循礼法，父殁后谁作箴规？周主邕择嗣不慎，铸成大错，终不免贻误宗社了。都为后文写照。这且待后再表。

且说陈主顼即位后，转眼间已两三年。应七十四回。这两三年内，还算没有大事，只广州刺史欧阳纥，于太建元年冬造反，逾年即得荡平。欧阳纥是欧阳頠子，与頠同定广州，欧阳頠事见前文。因得袭职。自华皎叛命奔周，见七十三回。陈主顼不免疑纥，征为左卫将军，纥不禁惶惧，竟举兵造反，出攻衡州。陈廷遣使谕旨，怵以周迪、陈宝应故事，见七十二回。纥仍不服，乃续命车骑将军章昭达率师往讨。昭达未至，纥却诱引阳春太守冯仆，至南海同抗陈军。仆系故高凉太守冯宝子，前见文。宝殁时仆才九岁，赖宝妻冼氏，怀集部落，安境息民，数州宴然。冼氏亦见前。陈调仆为阳春守，至是仆赴南海，遣人告母。冼夫人怅然道：“我两世忠贞，不意出此不肖儿，今怎可惜子负国呢！”深明大义。遂发兵拒境，率诸酋长迎章昭达。昭达至始兴，纥出屯洭口，立栅堵御。昭达督兵进攻，立破水栅，纥出战败绩，返奔里许，被昭达从后追擒，械送建康，斩首示众。又表上冼夫人功劳，陈主遣使持节，册封冼氏母子，冯仆得封信都侯，迁石龙太守，冼氏为石龙太夫人，特赐绣幰安车，鼓吹卤薄，如刺史仪。冼夫人应该受封，仆曾潜通叛人，不应滥赏。

章昭达得胜班师，顺道攻后梁。后梁主岿，岿嗣衆位见七十二回。与周总管陆腾，会军抵御，陆腾就峡口南岸筑城，横引大索，编苇为桥，借通饷运。昭达令军士并驾楼船，各施长戟，仰割大索，索断粮绝，遂得攻入城寨。后梁又向周告急，周使将军李迁哲往援，与昭达鏖战数次，昭达失利，方才引还。会陈太后章氏逝世，陈主居丧营葬，不复举兵，齐使人南下吊丧，独周使不至。已而章昭达病殁，陈主因新失大将，恐周伺隙来侵，乃遣使至周聘问，周始答使报聘。

好容易过了五年，仲春下浣，夜间有白气如虹，自北方贯入北斗紫宫。

陈太史占验星象，谓北齐将要乱亡。陈主顼忽动雄心，拟起兵伐齐，公卿多有异言，唯镇前将军吴明彻，决策请行。陈主顼乃语公卿道：“齐主荒乱，不久必亡，推亡固存，古有常训，朕已决计北伐，无庸疑议！但何人可作元帅？应由卿等公推。”大众都应声道：“莫如中权将军淳于量。”仆射徐陵独抗议道：“吴明彻家居淮左，谙齐风俗，且将略人才，亦无过明彻，臣愿举明彻为元帅。”尚书裴忌亦接入道：“臣意亦同徐仆射。”陵复续说道：“裴忌亦是良副，愿陛下委任！”陈主遂授吴明彻都督征讨诸军事，裴忌为副，统师十万，北向伐齐。

明彻出秦郡，另遣都督黄法氍出历阳。齐遣军援历阳城，为黄法氍所破，齐更命开府尉破胡、长孙洪略与侍郎王琳，率兵救秦州。齐主纬仍召入西兖州刺史赵彦深，拜为司空，封宜阳王，命参军机。彦深密向秘书监源文宗，咨询方略，文宗道：“朝廷精兵，必不肯多付诸将，若止有数千人，徒供吴人刀俎。尉破胡人品卑劣，谅亦王所深知，此去必败无疑。为今日计，不若专委王琳，招募淮南三四万人，风俗相通，能得死力，并命旧将出屯淮北，自可固守。况琳与陈积衅甚深，必不肯反颜事陈，若不推诚用琳，更遣他人制肘，必成速祸，军事更不可为了！”彦深叹道：“此策诚足制胜，我已力争数日，终不见从；时事至此，尚复何言！”因相顾流涕。文宗方受调为秦泾刺史，泣辞而去。彦深实亦无能。

尉破胡等出发邺都，特选长大有力的武士，充作前队，号为苍头犀角大力军。又募得西域胡人，控弩善射，箭无虚发，陈军颇加畏惮，未敢轻战。齐兵到了吕梁，直逼陈营，陈都督吴明彻，麾兵布阵，立马扬鞭，指语巴山太守萧摩诃道：“敌军所恃唯胡人，若得殪此胡，彼必夺气，君名当不让关羽了！”摩诃道：“胡人形状如何？愿为公力取此胡。”明彻乃召前时降卒，令他指示，又自酌酒饮摩诃。摩诃一饮而尽，即上马冲入齐军，专向胡人前闯去。胡人亦有头目，方挺身出阵，弯弓未发，摩诃取出小凿，遥掷过去，正中胡额，应手立仆，余胡骇散。齐军阵内的大力军，忙向前拦截摩诃，被摩诃执刀乱斫，立毙数人，大力军又复溃走。巨无霸尚不可恃，遑论大力军。王琳忙语尉破胡道：“吴兵甚锐，不可力敌，宜速收军退回，别用良策决胜。”破胡不从，尚驱部众迎战。吴明彻见摩诃摧敌，把鞭一挥，陈军大进，好似万马奔涛，无人敢敌。齐军大败，长孙洪略战死，破胡单骑驰免，王琳亦孤身走入彭城。

吴明彻分兵进攻，连下瓦梁、阳平、庐江等城，黄法氍亦攻破历阳，进拔合肥。陈军势如破竹，齐城多望风迎降，所有高唐、齐昌、瓜步、胡墅诸城垒，次第入陈。又攻克濡口、青州、山阳、广陵诸城，齐遣尚书左丞陆骞，统兵二万人救齐昌，遇陈西阳太守周炅，即与交锋。炅用疑兵挡住前面，自率精兵绕出骞后，掩击骞军。骞顾后失前，被炅杀入阵中，一番蹂躏，骞军垂尽，独骞抱头窜去。齐令王琳移守寿阳，与扬州道行台尚书卢潜，刺史王景显等，共保寿阳外郭，吴明彻料琳甫入寿阳，众心未固，亟乘夜率兵往攻，果然一鼓得手，破入外郭，王琳等退保内城。明彻攻扑不下，乃堰肥水灌城，城中多病肿泄，十死六七。齐右仆射皮景和，率众数十万救寿阳，距城三十里，顿兵不进。陈军闻报，都向明彻面请道："坚城未拔，大敌在迩，元帅将何法对待？"明彻拈须微笑道："救兵如救火，彼乃结营不进，显是不敢来战，怕他什么！我料这座寿阳城，定然旦夕可下了。"越日早起，令部兵饱餐一顿，自己亦亲擐甲胄，上马誓众，决破此城。当下出马督攻，四面攀援，鼓噪而上。守兵本来单弱，更且死亡甚众，怎能面面顾到。陈军既得登城，便即杀下，王琳、卢潜、王贵显等，巷战至暮，均力屈被擒。琳轻财爱士，得将卒心，虽尝流寓邺中，齐人多说他忠义，共加爱重。我说未必，试看前营三窟，便见一斑。及被擒后，明彻军中，尚有王琳旧属，皆相见唏嘘，莫能仰视。明彻恐在军为患，即命将琳等押送建康，嗣又防他道中遇劫，遣使追诛。远近闻琳被戮，哭声如雷。有一叟赍酒脯奠尸，哭亦尽哀，收琳血而去。

齐廷屡促皮景和进兵，景和反抛戈弃甲，逃回邺中。齐主纬颇以为忧，穆提婆、韩长鸾等语齐主道："寿阳本南人土地，何妨由他取去，就使国家尽失黄河以南，尚可作一龟兹国，龟兹音周慈，为西域国名。人生如寄，但当行乐，何用多事愁烦哩。"齐主遂转忧为喜，酣饮鼓舞。至皮景和入都，反称他全师北归，进为尚书令。糊涂可笑。

齐仆射祖珽先尝媚事权幸，及得预政柄，也思黜退小人，沽名市直，因与陆令萱母子，互有龃龉。珽暗嘱中丞丽伯律，劾主书王子冲纳赂，事连提婆，欲因此并及令萱。令萱请诸齐主，释子冲不问，更令群小相率谮珽，令萱又在齐主前，自言老婢该死，误信祖珽，乃令韩长鸾检阅旧案，得珽伪敕，受赐等十余事，此时即非作伪，亦不患无辞！请加珽死刑。齐主尝与珽设誓，终身免刑，因特从轻谴，出为北徐州刺史。适陈军下淮阴，克朐山，拔济阴，入南徐州，直向北凉州进发。城外居民，多欲叛齐应陈。珽即大启城门，但禁人不得出衢路，城中寂然。叛民疑人走城空，不复设备，蓦闻鼓噪声自城中传出，祖珽竟督领州军，出城巡逻，叛民不禁骇走。会陈军前驱，已到城下，叛民复联合陈军攻城。猛见珽跃马迎战，弯弓四射，屡发屡中。叛民先闻珽失明，料他不能行军，哪知他有此绝技，又复惊退。再加珽参军王君植，挺身善斗，所向辟易，陈军倒也胆怯，不敢遽逼。珽且战且守，相持旬余。又遣部兵夜出城北，翌晨张旗擂鼓，向城南驰来，陈军疑是援兵，无心恋战，竟撤围退还。珽实有小智，能善用之，却也可使建功。穆提婆已经恨珽，故意不发援兵，总道他城亡身死，偏珽上表奏捷，真出意外。但终不得迁调，未几即病死任所。还算幸免。

齐主纬丧师失地，毫不知愁，反阴忌兰陵王长恭，有意加害。长恭自邙山得胜，威名颇盛，见七十三回。武士相率歌谣，编成兰陵王入阵曲，传达中外。齐主纬尝语长恭道："入阵太深，究系危险，一或失利，悔将无及。"长恭答道："家事相关，不得不然。"齐主闻得家事二字，几乎失色；因令出镇定阳。长恭颇受货赂，致失民心，属尉相愿进言道："王既受朝寄，奈何如此贪财！"长恭不答，愿又道："大约因邙山大捷，恐功高遭忌，乃欲借此自秽么？"长恭才答一是字。愿叹道："朝廷忌王，必求王短，王若贪残，加罚有名，求福反恐速祸了！"是极。长恭泣下道："君将如何教我？"愿复道："王何不托疾还第，勿预时事！"上策莫逾于此。长恭颔首称善，但一时总未甘恬退，遂致蹉跎过去。至江淮鏖兵，长恭恐复为将帅，喟然太息道："我去年面肿，今何不复发呢？"自是佯称有疾，尝不视事。齐主纬察知有诈，竟遣使赐鸩，逼令自杀。长恭泣白妻郑妃道："我有何罪，乃遭鸩死？"妃亦泣答道："何不往觐天颜？"长恭道："天颜岂可再见？"遂饮鸩而死。齐主闻长恭自尽，很是喜慰，但表面上还想掩饰，追赠长恭为太尉。长恭一死，亲王中又少一勇将了。自折手臂，亡在目前。

且说陈都督吴明彻，奏凯班师，陈主顼加封明彻为车骑大将军，领豫州刺史。又召入仆射徐陵，亲赐御酒道："赏卿知人。"陵拜谢道："定策圣衷，臣有何力？"陈主大喜，勉慰有加，遂命将王琳首级，悬示都市。琳有故吏朱玚，独致书徐陵，愿埋琳首。书中略云：

窃以典午将灭，徐广为晋家遗老，当涂已谢，马孚称魏室忠臣。梁故建宁公王琳，当离乱之辰，总方伯之任，天厌梁德，尚思匡继，徒蕴包胥之志，终遘苌弘之眚，致使身殁九泉，头行千里。伏唯圣恩博厚，明诏爰发，赦王经之哭，许田横之葬。不使寿春城下，唯传报葛之人，沧洲岛上，独有悲田之客，岂不幸甚！

徐陵得书，即为启闻，奉诏将琳首给还亲属。玚遂就八公山侧，掘地殓埋。亲故会葬，多至数千人。葬毕，玚从间道奔齐，别议迎葬。旋有寿阳人茅智胜等，潜送琳柩至邺，齐赠琳开府仪同三司，录尚书事，予谥忠武，特给辒辌车送葬。究竟王琳忠梁与否，读史人自有定评，毋容小子哓哓了。言下有不满意。

齐主纬有庶兄名绰，与纬异母，俱于五月五日建生，唯绰生在辰时，纬生在午时。乃父高湛，因绰母李氏为嫔妾，不得与嫡相比，特降为次男。绰才十余岁，留守晋阳，酷爱波斯狗，开府尉破胡略加谏阻，即斫杀数狗，狼籍地上，破胡惊走，不敢复言。旋封为南阳王，领冀州刺史，每使人裸体，画为兽状，纵犬令噬，以为快乐。及左迁定州，专登楼上弹人，有妇人抱儿趋过，避入草间，绰发弹不中，不觉怒起，叱左右驰夺妇人手中儿，饲波斯犬。妇人号哭不休，绰又嗾犬使噬妇人。妇人为犬所伤，当然倒地。犬不欲食，由绰命涂上儿血，犬始争啮，顷刻而尽。齐主纬闻他残暴，锁绰入讯，绰谈笑自若，竟蒙赦宥。纬问他在定州时，何事最乐？绰答道："取蝎置器，再加粪蛆，蛆被蝎螫，蠕动不已，最是好看。"纬即夕令左右取蝎一斗，及晓，才得二三升，置诸浴盆，他却用人代蛆，迫令裸卧盆中，霎时间蝎集人身，竟体乱螫。可怜体无完肤，累得那人辗转哀号，纬与绰临盆注视，反手舞足蹈，乐不可支。不知具何心肠，大约为戾气所钟，故兄弟同一暴虐。纬顾语绰道："如此乐事，何不早驰驿奏闻！"遂进拜绰为大将军，朝夕同狎。韩长鸾嫉绰残虐，特令绰党诬告绰反，纬尚不忍加诛。长鸾奏言绰犯国法，断不可赦，纬乃使宠胡何猥萨，与绰相扑，把绰搤死。瘗诸兴圣佛寺，经四百余日，方才大殓，颜色毛发，尚如生时。俗言五月五日建生，脑可不坏，是真是假，亦无从证明。

纬盛修宫苑，穷极庄严，后宫皆锦衣玉食，竞为新巧。先尝为胡后造珠裙裤，费在巨万，为火所焚。寻复为穆后续制，并命造七宝车，真珠不足，向各处采买，不惜重价。当时童谣有云："黄花势欲落，清觞满杯酌。"穆后小名黄花，欲落是说不久，清觞满杯酌，是说齐主纬昏饮无度。其实纬与穆后，虽然宠幸，那后宫的佳丽，却逐日增添，除上文所述左右两娥英外，还有乐人曹僧奴二女，也蒙纳入。大女不善淫媚，被纬剥碎面皮，撵逐出宫。小女善弹琵琶，又能得纬欢心，册为昭仪，甚且封僧奴为日南王。僧奴死后，又封他兄弟妙达等二人为王，并为曹昭仪别筑隆基堂，极尽绮丽，整日流连堂中，竟把穆后疏淡下去。穆后含酸吃醋，密托养母陆令萱设法，除去曹氏。令萱遂诬曹氏有厌蛊术，平白地将曹氏赐死。哪知纬失了曹昭仪，复得一董昭仪，再广选杂户少女，纳入毛氏、彭氏、王氏、小王氏、二李氏等，并封为夫人，恣情淫欲，通宵达旦。穆后更弄得没法，每与从婢冯小怜，相对唏嘘。

小怜非常伶俐，貌亦可人，能弹琵琶，且工歌舞，独替穆后想出一计，情愿将身作饵，离间诸宠。也无非自己卖俏。穆后倒也赞成，就于五月五日，令小怜盛饰入侍，号曰续命。要断送高氏命脉了，还想续什么命？齐主纬见她冰肌玉骨，雾縠轻绔，不由的神魂颠倒，巫山一梦，爱不胜言，从此坐必同席，出必并马，尝自作无愁曲，谱入琵琶，与冯氏对谈，嘈嘈切切，声达宫外。时人号为无愁天子。纬深幸得此冯美人，册为淑妃，命处隆基堂。冯淑妃虽奉命迁入，但因为曹昭仪旧居，恐非吉征，特令拆梁重建，并尽将地板反换，又费了许多金银。齐主纬毫无异言，纵教冯小怜如何处置，一体依从，所有内外国政，都交与陆令萱、穆提婆、韩长鸾、高阿那肱等人，眼见得上下相蒙，渐致乱亡了。小子有诗叹道：

> 天生尤物最招殃，桀纣都因美色亡；
> 况似晚齐淫暴甚，怎能长此保金汤！

欲知齐朝乱亡的情形，再从下回申叙。

陈用吴明彻为元帅，北向攻齐，势如破竹，似乎徐陵之推荐，可号知人。然其时齐主淫昏，不问国事，皮景和出救寿阳，有众数十万，尚不敢进，是乃齐之自取其败，非吴明彻之果能败齐也。唯王琳之被陈擒戮，当时俱以琳为梁室忠臣，惜其一死。夫忠臣不事二主，宁有事齐事周事陈，尚得为忠臣乎？即以梁事论之，湘东得国，名亦未正，琳徒以姊妹后宫之宠，甘心效力，是其委身之始，固亦非深明大义者，何足尚焉！齐之追赠高官，特给辒辌车引葬，亦未免失之滥赏。然如高纬之淫荒失德，喜怒无常，尚何赏罚之足言！黄花欲落，小怜续命，而齐之不亡亦仅矣。吾于高纬无讥云。

第七十七回　韦孝宽献议用兵　齐高纬挈妃避敌

却说齐主纬淫昏日甚，委政群小，不但穆提婆母子，及韩长鸾、高阿那肱诸人，得握政权，就是宦官邓长颙、陈德信等，并参预机要。他如旧苍头刘桃枝，及内外幸臣，均授高爵。封王百余人，开府千余人，仪同三司，不可胜数；就是优伶巫觋，亦沐荣封，甚至狗马及鹰，统有仪同郡君名号，并得食禄。官由财进，狱以贿成，一戏给赏，动辄巨万。既而府库告匮，令郡县卖官取值，充作赏赐，民不聊生，国多乞人。齐主纬也在华林园旁，设立贫儿村，自着褴褛敝服，向人行乞，作为笑乐。南面王原不如乞人之乐。

这消息传入周廷，周主邕乃谋伐齐，亲临射宫，阅军讲武，且进封齐公宪，卫公直以下诸兄弟，并皆为王。正拟会议出师，忽太后叱奴氏得病，医治罔效，旋即去世。周主邕居庐守制，朝夕歠粥，只进一溢米，命太子赟总理庶政。群臣表请节哀，累旬才命进膳。及太后奉葬山陵，周主跣行至陵旁，恸哭尽哀，诏行三年丧礼，唯百僚以下，遇葬除服。卫王直入谮齐王宪，说他饮酒食肉，无异平时。周主愀然道："我与齐王同父异母，俱非正嫡，彼因我入纂正统，所以丧服从同，汝是太后亲子，与我为同母弟，但当自勉，何论他人！"直碰了一鼻子灰，怏怏趋出。周主邕崇尚儒学，尝在太学中养老乞言，遵守古礼。嗣又禁佛道二教，悉毁经像，饬僧道还俗。所有祀典未载诸淫祠，俱改作廨舍，且许诸王亦得徙居。卫王直独择一僻字，作为居第。齐王宪语直道："弟已儿女成行，居室须求宽敞，奈何择此宅舍？"

直怅然道："一身尚不能容，还管什么儿女？"宪知他有怨愤意，隐有戒心。

会周主邕幸云阳宫，留右宫正尉迟运等，辅太子赟居守，卫王直托疾不从。及车驾远去，却纠合私党，径袭肃章门；门吏多仓皇遁走，户尚未扃。运在殿中闻变，忙自往闭门，正值悍党杀来，将进未进，运手指被斫，不暇顾痛，得将宫门阖住。直党不得趋入，纵火烧门，门几被毁。运索性取宫中材木，及所有木器，助张火势，门外似火山一般，不能通道。那留守兵已相率来援，直自知不能成功，引众退去，运遂督同留守兵出击，大破直众。直出都南遁，又由运派兵追蹑，把直擒回，周主邕亦闻报还都，尚因同气相关，未忍加诛，但免直为庶人，幽锢别宫。升任尉迟运为大将军，凡直田宅、妓乐、金帛、车马等，悉数赏运。直在囚室中，尚有异图，乃下诏诛直，并及直子十人。直有应诛之罪，唯绳以罪人不孥之例，周主亦未免太甚。

内乱已平，乃复议伐齐，柱国于翼进谏道："两国相争，互有胜负，徒损兵储，无益大计，不如解严继好，使彼怠弛无备，然后乘间进兵，一举便可平敌了。"周主邕犹豫未决，更敕内外诸大臣，议决行止，勋州刺史韦孝宽，独上陈三策，大致略云：

> 臣在边积年，颇见间隙，不因际会，难以成功。是以往岁出军，徒有劳费，功绩不立，由失机会。何者？长淮之南，旧为沃土，陈氏以破亡余烬，犹能一举平之，齐人历年赴救，丧败而返，内离外叛，计尽力穷，传不云乎？雠有衅焉，不可失也。今大军若出轵关，方轨而进，兼与陈氏互为犄角，并令广州义旅，出自三鸦，又募山南骁锐，沿河而下，复遣北上稽胡，绝其并晋之路。凡此诸军，仍令各募关河之外，劲勇之士，厚其爵赏，使为前驱，岳动川移，雷骇电激，百道俱进，并趋虏廷，必当望风奔溃，所向摧殄，一戎大定，实在此机，此一策也。若国家更为后图，未即大举，宜与陈人分其兵势。三鸦以北，万春以南，广事屯田，预为储积。募其骁悍，立为部伍。彼既东南有敌，戎马相持，我出奇兵破其疆场；彼若兴师赴援，我则坚壁清野，待其去远，还复出师，常以边外之军，引其腹心之众。我无宿舂之费，彼有奔命之劳，一二年中，必自离叛。且齐氏昏暴，政出多门，鬻狱卖官，唯利是视，荒淫酒色，忌害忠良，阖境嗷然，不胜其敝，以此而观，覆亡可

待。然后乘间电扫，事等摧枯，此二策也。我周土宇，跨据关河，蓄席卷之威，持建瓴之势，南清江汉，西戡巴蜀，塞表无虞，河右底定。唯彼赵魏，独为榛梗者，正以有事三方，未遑东略，遂使漳滏游魂，更存余晷。昔勾践亡吴，尚期十载，武王取乱，犹烦再举。今若更存遵养，且复相时，臣谓宜还从邻好，申其盟约，安人和众，通商惠工，蓄锐养威，观衅而动，斯则长驾远驭，坐待兼并，亦未始非良策也。何去何从？孰先孰后？唯陛下择之。

周主览到此书，乃召入开府仪同三司伊娄谦，从容问道："朕欲用兵，当先何国？"谦答道："齐氏沉溺倡优，耽恋麴蘖，良将斛律明月已被谗人谮死，上下离心，道路侧目，这却最是易取哩。"周主笑道："朕早有此意，烦卿以聘问为名，借觇虚实。"谦受命而出，周主再遣小司寇元卫，偕谦同行。谦至齐廷，照常纳币。齐主纬昏昏愦愦，也不知谦怀别意，唯权贵等略闻周事，密为盘诘。谦当然守着秘密，唯参军高遵，稍稍吐实。齐遂留住谦等，不肯遣回。何不亟使备御，乃徒留使挑衅，安得不亡！周主邕待谦不归，乃下诏伐齐。命柱国陈王纯，荥阳公司马消难，即齐相司马子如子，高洋时，惧罪奔周。郑公达奚震，为前三军，总管越王盛，赵王招，俱周主弟。周昌公侯莫陈琼，为后三军，总管齐王宪，率众二万，趋黎阳，随公杨坚，广宁公薛迥，率舟师三万，自渭入河。梁公侯莫陈芮，率众守太行道，申公李穆，率众三万守河阳道，常山公于翼，率众二万出陈汝。周主邕亲率六军，有众六万，出发长安。将至河阳，内史上士宇文弢，古文弼字。谓不如出师汾曲，民部中大夫赵煚，音憬。又谓应从河北趋太原，遂伯下大夫赵宏，且请进兵汾潞，直掩晋阳。彼此各执一词，周主一概不依，竟从河阳趋河阴。前汾州刺史杨敷子素，愿率乃父旧部为先驱。敷死已见七十五回，素从军以此为始。周主称为壮士，许令前行。

既入齐境，即下令军中，禁止伐树践禾，违令即斩。进至河阴城下，由周主亲自督攻，数日即下。齐王宪也攻入武济，进围洛口，拔东、西二城，纵火船焚毁河桥。齐永桥大都督傅伏，夜驰入中潬城，竭力保守，周军攻至二旬，尚未能拔。周主邕又亲攻金墉，守将独孤永业，亦防御甚严，无懈可击。周主连攻经旬，不觉过劳，竟至生疾，乃按兵罢攻。时齐廷宿将，多半丧亡，连司空赵彦深，都已逝世，只好推那高阿那肱，前去拒敌。高阿那肱已为右丞相，因朝中无人督师，没奈何引兵出晋阳，进援河阳。周主闻齐军将至，自己又患不豫，不如从孝宽言，暂且退兵，再图后举，因乘夜下令班师。齐都督傅伏，语行台乞伏贵和道："周师疲敝，愿得精骑二千追击，定可得功！"也恐未必。贵和不从，一任周军退去。周齐王宪、于翼、李穆等，连下齐三十余城，闻周主旋师，亦皆弃城西归。齐右丞相高阿那肱，当然东还，还道是周军畏惮，所以退去，越觉趾高气扬，睥睨一切了。

周主邕还至长安，更命太子赟巡抚西土，顺道伐吐谷浑。见前。吐谷浑素为魏属，受魏封册，得膺王爵。至魏分东西，不暇西顾，吐谷浑王夸吕，始自称可汗，居伏俟城，据青海西，有地长三千里，阔千余里，所置官属，也仿魏制，有王公仆射尚书及郎中将军等名号。风俗与突厥相同，以畜牧为生计。尝至魏境抄掠，魏凉州刺史史宁，与突厥木杆可汗，袭击夸吕。夸吕遁去，妻子为史宁所虏，所贮珍物杂畜，亦被两军掠散。夸吕乃遣使谢罪。及宇文氏篡魏称周，夸吕复寇周境，攻凉、鄯、河三州，凉州刺史是云宝战殁。周遣贺兰祥宇文贵往讨，击退夸吕，乘胜拔洮阳、洪和二城，改置洮州，方才还师。夸吕叛服无常，周主乃命太子西略，令大将军王轨、宫正宇文孝伯从行。太子颇未谙兵略，但好戏狎，宫尹郑译、王端等，又恃太子宠幸，不服军法。好容易到了伏俟城，夸吕坚壁清野，毫无动静。王轨因敌情难测，不如全军早归，老成知几。乃请诸太子从速还军。太子赟乐得依议，便即东返。此役未见一敌，亦无从侵掠，免不得受周主诘责。王轨详述军情，面劾郑译、王端，周主怒起，杖太子赟数十下，除译等名。及周主再行东伐，太子赟复召入译等，宠任如初。

看官听着！周主初次伐齐，是在周建德四年秋间，至二次伐齐，乃在建德五年冬季，便是齐主纬武平七年。特书年月，以志齐亡。周主邕重议伐齐，召谕群臣道："朕去岁行军，适有疹疾，因不得荡平逋寇。唯前入齐境，具见敌情，看彼行兵，几同儿戏，又闻他朝政益紊，群小益横，百姓嗷嗷，朝不保夕，天与不取，反贻后悔。若复如往年出军河外，徒足拊背，未足扼喉，晋州本高氏根本地，常为重镇，我若往攻，彼必来援，我严军以待，定足胜敌，乘势杀入，直捣巢穴，灭齐不难了。"诸将尚多有难色，周主邕勃然道："机不可失，时不再来，如有阻挠我军，朕当以军法从事！"英武之主亦赖独断。乃命越王盛杞公亮、宇文泰从孙。随公杨坚，分率右三军，谯王俭、周主邕异母弟。大将军宝泰、广化公邱崇，分率左三军，齐王宪、陈王纯为前军，依次出发。周主邕留太子居守，自督各军趋晋州，或守或攻，部署停当。因自汾曲至晋州城下，围攻数日，城中窘急。齐行台左丞侯子钦及晋州刺史崔景嵩，均暗地通款，乞降周军。周大将军王轨，率同偏将段文振等，乘夜登城，城中已有内应，顿时哗溃。周军一拥而入，遂克晋州，擒住齐大行台尉相贵及甲士八千人。别遣内史王谊监领诸军，攻克平阳城。

齐主纬方挈冯淑妃，出猎天池，晋州及平阳警报，自辰至午，已到三次，右丞高阿那肱道："大家正游猎为乐，边鄙稍有战争，乃是常事，何必急急奏闻？"可笑。延至日暮，平阳报称失守，齐主纬也未免吃惊，便欲还集将卒。偏冯淑妃兴尚未尽，固请更杀一围，纬不得不从，又猎了好多时，获得几头野兽，方才还宫。越日大集各军，出拒周师，使高阿那肱率前军先进，自挈冯淑妃后行。不可一日无此妃。周主命开府大将军梁士彦统兵万人，镇守晋州，自至平阳督师。途次接着军报，谓齐军大举来援，周主因欲西还长安，暂避敌锋。开府大将军宇文忻进谏道："如陛下圣武，乘敌人荒纵，似汤沃雪，何患不克？若使齐得令主，君臣协力，就使汤武复生，亦未易荡平了。"忻系宇文贵子，与周同姓不宗。军正王韶亦进言道："齐失纪纲，已历数世，天奖周室，一战得扼住敌喉。取乱侮亡，正在今日，乃舍此遽退，臣实未解！"周主道："卿等言非不是，但朕也自有主张。"无非用韦孝宽第二策。说毕，竟麾军西还，留齐王宪为后拒。

齐主闻周已退师，亟遣骁将贺兰豹子等，追击周军。宪与宇文忻各率百骑，轮流交战，且战且行。贺兰豹子穷追勿舍，被宪等诱入绝地，麾骑四蹙，得将贺兰豹子击死，然后徐徐引归。齐主纬遂围平阳，昼夜猛扑，毁堞摧墙，势焰甚盛。周晋州刺史梁士彦入城守御，令军士血薄捍城，且慷慨语将士道："死在今日，我为尔先！"于是勇烈齐奋，呼声动地，无不以一当百。齐兵少却，士彦令军士修城，军士不足，取诸人民，人民不足，济以妇女，甚至士彦妻妾，亦夹入妇女队中，搬土运石，补葺城堞，三日告成。齐人更掘通地道，轰陷城垣十余丈，将士乘势欲入，偏被齐主纬暂入，敕令暂停。看官道为何因？相传晋州城西石上，有圣人迹，纬欲召冯淑妃同观，淑妃画眉刷鬓，抹粉搽脂，好多时方才召到。那城墙缺处，已由守兵用木为栅，堵塞坚固。齐兵失了时机，无从冲入，个个怨气吞声，暗骂冯妃。齐主纬又恐城中弩矢，射及爱妾，特抽出攻城木具，筑造远桥，俾冯妃得登桥遥视。哪知桥脚未坚，禁不起马足往来，恐由军士怀恨，故意筑此危桥。砉然一声，坍坏数尺。还幸齐主及冯妃，尚立在危墙上面，不致失足，总算免做了水底鸳鸯。还是此时溺死，或可保全齐宗。

周主先令齐王宪出屯涑川，遥为平阳声援。旋由平阳告急，日紧一日，乃敕宪率领部曲，先向平阳进发，再集诸军八万人，亲自统带，直指平阳。齐人也恐周师猝至，先在城南穿堑，依堑自守。及闻周主到来，便在堑北列陈，张皇兵势。周主命齐王宪往觇齐阵，宪复命道："齐兵虽多，均无斗志，我军尽足破敌，今日可灭此朝食了！"周主喜道："果如汝言，我无忧了。"遂命进逼齐军。堑阔数丈，无人敢逾，只在堑南鼓噪。

自旦至申，南北两军，相持未决，齐主问高阿那肱道："今日可战否？"高阿那肱道："我兵虽众，能战不满十万人，不如勿战为是，且退守高梁桥，以逸待劳。"言未已，忽闪出一员猛将道："一撮许贼人，马上刺取，掷入汾水中，便可了事。"一怯一骄，俱足败事。齐主纬瞧着，乃是武卫安吐根，正在徬徨未决，诸内参又齐声道："彼亦天子，我亦天子，彼尚能远来，我如何守堑示弱呢！"纬点首道："说得甚是！"即令军士填堑争锋。周主大喜，麾动各军，向前进击。两军方合，兵刃初交，齐主纬与冯淑妃并骑观战。但见周军来得凶猛，齐左军似难招架，向后倒退。冯淑妃遽变色道："败了！败了！"娘子军只耐肉战，不耐兵战。穆提婆忙接入道："大家快走！"齐主纬也不及辨明，竟挈冯淑妃奔高梁桥。

开府奚长谏阻道："半进半退，用兵常事，今兵众未曾伤损，陛下骤然返驾，恐马足一动，人情散乱，那才是真败了！愿速西向，镇定各军！"齐主纬不禁沉吟，俄而武卫张常山亦自追至，忙报齐主道："军已收讫，完整如故，围城兵仍然不动，至尊即宜回至军前，如若不信，乞命内参往视。"齐主闻言，勒马欲回，穆提婆引动齐主右肘道："此言未可轻信。"冯淑妃又在旁作态，柳眉锁翠，杏靥敛红，一双翦水秋瞳，几乎要垂下泪来。前日曾请杀一围，此时何胆怯乃尔？弄得齐主仓皇失措，不由的扬鞭再走。齐军失去主子，当然心乱，再经周军奋勇杀来，顿时大溃，死亡至万余人，军资器械，委弃如山，唯安德王延宗全军引还，齐主纬奔至洪洞，才得稍息，冯淑妃出镜照面，重匀脂粉，突闻后面又报寇至，纬即掖冯妃上马，再行北遁。

先是齐主因平阳将下，欲归功冯淑妃，立她为左皇后，曾遣内侍至晋阳，取得皇后服御。登途复命，可巧遇着齐主，呈上袆翟等衣，齐主即代冯妃按辔，令将后服穿上，然后奔回晋阳。时平阳城下，齐兵统已溃去，不留一人，周主邕安稳入城。梁士彦出迎周主，持须涕泣道："臣几不得见陛下！"周主亦为之流涕。因见士卒疲敝，又欲还师，士彦道："齐兵已溃，众心尽离，乘胜灭齐，正在此举！"周主执士彦手道："朕得此城，为平齐初基，若不固守，便难成事。朕既纾前忧，复滋后患，卿宜为朕守着，朕决计再进平齐。"乃复督动诸将，追击齐军。

齐主纬闻周军进逼，慌得不知所为，急向群臣问计。群臣并献议道："为今日计，急宜省赋息役，安慰民心，一面收集溃兵，背城一战，以安社稷。"齐主乃下诏大赦。旋复有急报到来，周军入汾水关，开府贺拔伏恩等降齐，高阿那肱留守高壁，又被周军击走，周军将长驱到来了。齐主纬乃令安德王延宗，广宁王孝珩，募兵守晋阳，自拟奔避北朔州，若晋阳失守，再奔突厥。延宗得此消息，一再谏阻。齐主不从，密遣心腹数人，送胡太后及太子恒往北朔州，自与冯淑妃整顿行装，亦欲乘夜出奔。诸将俱相率谏诤，不使北去。

过了数日，城外鼓声大震，周军已杀到晋阳，齐主大惊，再下赦书，改元隆化，授安德王延宗为相国，领并州刺史，且召入与语道："并州由兄自取，儿今去了！"语无伦次。延宗泣谏道："陛下为社稷勿动，臣为陛下效死力战，决可破敌！"穆提婆在旁道："至尊已经决计，王不必再行阻挠。"延宗含泪趋退，齐主纬带领冯淑妃，夜开五龙门出走。意欲奔向突厥，从官多半散去。领军梅胜郎叩马固谏，乃转趋邺都。途中相随，只有高阿那肱及广宁王孝珩、襄城王彦道等数十人。穆提婆初尚从行，约经数里，竟杳如黄鹤，不知所之。小子有诗叹道：

城狐社鼠最堪忧，搅碎河山便远投；
假使当年能幸免，人生何苦不忮求！

究竟穆提婆如何下落，待至下回再详。

韦孝宽所陈三策，原足制齐人之死命，周之伐齐，再驾而定山东，卒如孝宽所言。唯齐纬之覆国，实误于冯淑妃一人。夫妇人在军，士气不扬；就使齐主昵爱淑妃，亦不应挈入战场，使罹锋镝。况平阳已可攻入，乃偏欲使观圣迹，勒兵勿进。及两军大战，成败胜负，悬诸呼吸，乃东偏少却，遽因宠妃之一呼，仓猝北遁。兵可败，国可亡，而宠妃不可舍，试思兵已败矣，国已亡矣，宠妃尚能独存乎？昏愚至此，不死何为？即邻国无韦孝宽，但能稍知兵法，要未有不能灭齐者；矧又有穆提婆辈之益促其亡耶！

第七十八回　陷晋州转败为胜
擒齐主取乱侮亡

却说穆提婆随主北行，途次见从官四散，料知齐亡在迩，不如降敌求荣，遂暗地奔回，往投周军。周主邕令提婆为柱国，领宜州刺史，且传檄齐境，晓谕君臣，谓齐主能深达天命，衔璧牵羊，当焚榇示惠，待若列侯，将相王公以下及士民各族，有能深识事宜，建功立效，当不吝爵赏。或如我周将卒，逃逸彼朝，不问贵贱，概许自新。倘下愚不移，守迷莫改，不得不付诸执宪，明正典刑云云。这文一传，齐臣陆续奔周。齐始知穆提婆为首导，乃捕诛提婆家属。刁狡阴险的陆令萱，至此也无法自免，不待铁链套头，已是服毒自尽。究竟还是聪明，免得一刀两段。

先是齐高祖相魏，尝令唐邕典外兵，很是信任。及齐已篡位，邕以老成硕望，官至录尚书事，兼领度支。齐主纬宠任宵小，高阿那肱与邕有隙，谮诸齐主，将邕免官，另用侍中斛律孝卿代任，邕由是快快。时邕留寓晋阳，因与并州将帅，推立安德王延宗为主。延宗固辞，将帅等齐声道："王若不为天子，诸人懈体，恐不能为王效死了！"延宗没法，只好勉循众请，即皇帝位，并下玺书，略云武平孱弱，政由宦竖，斩关夜遁，不知所之，今王公卿士，猥见推逼，不得已祗承宝位。乃大赦中外，改元德昌，授唐邕为宰相，进封晋昌王，更命齐昌王莫多娄敬显，沭阳王和阿千子，右卫大将军段畅，武卫大将军相里僧伽，开府韩骨胡等为将帅，募集兵民，抵御周师。众闻新主登基，颇觉踊跃，往往不召自来。于是发府藏金帛，出后宫妇女，赐给将士，并籍没内参十余家，充作军费。延宗每见将吏，必执手称名，流涕呜咽，士皆致死。妇孺亦乘屋攘袂，投砖石拒敌。

周主督军围晋阳，劲骑四合，好似黑云一般。延宗命莫多娄敬显、韩骨胡拒城南，和阿千子、段畅拒城东，自率众拒城北。延宗素来肥壮，前如偃，后如伏，人常笑他臃肿无用，至是独开城搦战，手执大槊，驰骋行阵，往来若飞，尚书令史沮山，亦肥大多力，手握长刀，步随延宗，左斫右劈，毙敌甚多。唯武卫兰芙蓉、綦连延长战死。周主命齐王宪对敌延宗，自督将士攻东门，齐段畅和阿千子，竟开门迎纳周师。

周主乘晚进城，先纵火焚烧佛寺。周主最不信佛，故先毁去佛寺。延宗见东门失火，料知周师入城，忙令北门暂闭，自由城外绕至东门。可巧莫多娄敬显，从城内率兵东援，与延宗表里夹攻，延宗杀入，敬显杀出，把周军裹住门中。周军争门夺路，自相填压，伤亡至数千人。周主邕进退两难，忙领亲兵冲突，从大刀长槊中，寻一生路。左右为敌械所伤，纷纷倒地，还亏承御上士张寿牵住马首，贺拔伏恩执鞭后随，拼命驰走，得出城阉。齐人从昏夜中乱击一阵，竟被周主逃脱，时已四鼓，城中已无周人，延宗还道周主已死，使人就乱尸堆中，寻觅长须的尸首，终无所得。唯军士已得大捷，各入肆饮酒，醉后酣卧，延宗亦劳乏归寝。大敌未去，如何疏忽至此？

周主出城，腹中甚饥，意欲乘夜西去。诸将亦多欲退还，独宇文忻勃然进言道："陛下得克晋州，乘胜至此，今伪主奔波，关东响应，自古至今，无此神速，昨日破城，将士轻敌，稍稍失利，何足介意！大丈夫当从死中求生，败中取胜，今齐亡在迩，奈何弃此他去？"齐王宪等亦以为不宜退师，降将段畅，又说是城中空虚。周主乃驻马停辔，鸣角收兵。不到天明，散军尽集，兵势复振。诘旦还攻东门，齐人尚高卧未起。延宗从梦中惊醒，忙披甲上马，出拒周军。但见东门已被攻破，自顾手下，只有数人随着，如何抵敌得住。没奈何奔往南门。哪知南门亦已失陷，勉强上前拦阻，究竟寡不敌众。再走至城北，投入民家，周军紧紧追来，任你延宗力大无穷，到此已成孤立，撑拒多时，终为所擒。押至周主面前，周主下马，握延宗手。延宗推辞道："死人手何敢迫至尊！"周主道："两国天子，本无嫌怨，我但为救民至此。汝且勿怖，当不相害！"说着，仍给还衣冠，款待颇优。唐邕等并皆请降，唯莫多娄敬显奔赴邺都，齐主纬命为司徒。

延宗初称尊号，曾致书瀛州刺史任城王湝，系小尔朱氏所生，曾见前注。略言至尊出奔，宗庙事重，群公劝进，权主号令，战事幸平，终归叔父云云。湝正色道："我乃人臣，怎得轻受此书！"因执来使送邺，齐主纬愤愤道："我宁使周得并州，不愿为安德有！"前说由兄自取，此时又复变调。总计延宗称尊，未及两日，便即残灭。周主下令大赦，除齐苛制，并出齐宫中金银宝器，珠翠丽服，及宫女二千人，班赐将士。前使伊娄谦，被齐拘住晋阳，见前回。至此得释，由周主面加慰劳。且因参军高遵，曾将秘谋告齐，责他不忠，使谦量罪加罚。谦顿首请赦高遵，周主道："卿可聚众唾面，使他知愧。"谦答道："如遵罪状，唾面亦不足责；陛下德量宽弘，索性付诸不校罢！"齐主乃止，谦仍待遵如初。遵罪可诛，周主与谦未免两失。

周主欲进兵取邺，召问延宗，延宗道："亡国大夫，何足图存！"延宗为高澄子，与高氏休戚相关，亦不宜以李左车自比。周主再三问及，延宗道："若任城王据邺，臣不能知，但由今上自守，陛下可兵不血刃了。"此语愈谬。周主即命齐王宪先行，留陈王纯为并州总督，自率六军赴邺。邺中迭接警耗，齐主纬悬赏募军，及兵士应募，又无一物颁给，广宁王孝珩，请使任城王湝，率幽州道兵入土门，扬言趋并州，独孤永业率洛州道兵入潼关，扬言趋长安，自率京畿兵出滏口，逆击周师，如虑士气不振，亟应出宫人珍宝，作为赏赐，以便鼓励等语。齐主不从，斛律孝卿又请齐主亲劳将士，代为撰词，并谓宜慷慨流涕，感动人心。齐主纬倒也应允，及出语诸将，竟将孝卿所授，一律忘记，不由的痴笑起来，左右亦不禁失笑，将士皆含怒道："本身尚且如此，我辈何必拼死！"嗣是皆无斗志。

适北朔州行台仆射高励，护卫胡太后及太子恒，自土门道还邺，路见宦官苟子溢，强取民间鸡彘，励不觉怒起，即将子溢拘住，将要处斩。偏胡太后在旁劝阻，乃释缚使去。既送太后等入宫，或语励道："子溢等受宠两宫，言出祸随，公难道不虑后患么？"励勃然道："今西寇已据并州，达官并皆叛贰，正坐此辈浊乱朝廷；若今日得斩此辈，明日受诛，亦属无恨！"励系高岳子，此时颇具忠愤，惜乎晚节不终！当下入见齐主道："臣见朝中叛贰，皆属贵人，若士卒未尽离心，今请追五品以上家属，悉置三台，迫令出战；倘若不胜，将台焚毁，若辈顾惜妻子，必当死战。且王师屡败，寇众轻我，果能背城一决，也足吓寇示威！"此计亦属轻率。齐主纬不能用，但命一品以上各大臣，入朱华门，遍赐酒食，分给纸笔，令他各书所见，献策御敌。及大众录呈，又是人各一词，无所适从。

会有史官望气，谓国家当有变易，齐主纬遂引尚书令高元海等入议，决依天统故事，禅位太子。太子恒年才八岁，晓得什么国事，那齐主纬欲上应天象，竟想这八岁小儿，支持危局。看官，试想能不能呢！酒色昏迷，一至于此。是时已值残年，转瞬间即至元旦，齐太子恒居然即皇帝位，改元承光，下令大赦。尊齐主纬为太上皇，皇太后胡氏为太皇太后，皇后穆氏为太上皇后。命广宁王孝珩为太宰。孝珩嫉视高阿那肱，因与莫多娄敬显等同谋，使敬显伏兵千秋门，更令领军尉相愿，率禁兵为内应，拟俟高阿那肱入朝，把他捕诛。不意高阿那肱自别宅取便路入宫，计不得行。孝珩乃求拒西师，高阿那肱、韩长鸾犹防他为变，使为沧州刺史。孝珩临行，向高阿那肱道："朝廷不赐遣击贼，想是怕孝珩造反呢！孝珩若得破宇文邕，进军长安，就使造反，亦与国家无与。事至今日，危急万状，尚如此猜忌，岂不可叹！"说毕，太息自去。尉相愿拔刀斫柱道："大事已去，尚复何言！"

齐主使长乐王尉世辩，领着千骑，往探周师。行出滏口，登高西望，但见群鸟飞起，即疑周师已至，策马奔还，报称寇至。黄门侍郎颜之推、中书侍郎薛道衡、侍中陈德信等，因劝上皇往河外募兵，更为经略，事若不济，亦可南投陈国。上皇依议，遂先使太皇太后、太上皇后往趋济州，继又遣幼主东行。自己不及登程，即闻周师薄城，没奈何调兵出战。不到半时，已被周军杀败，或溃去，或奔还，齐上皇忙挈冯淑妃等，尤物断不可舍。从东门出走，使武卫大将军慕容三藏守邺宫。

周师毁门突入，齐王公以下皆降，唯三藏拒守不出。领军大将军鲜于世荣，为齐宿将，尚鸣鼓三台，与周相抗。周主遣人招降世荣，赐给玛瑙杯，被世荣击碎。周主乃令将士往执世荣，世荣独力难支，受擒后仍然不屈，致为所杀。周主复招降三藏，三藏自知不支，始出见周主。周主优礼相待，面授仪同大将军，究竟有愧世荣。独拘住莫多娄敬显，数责罪状道："汝前守晋阳，遁入邺中，携妾弃母，是为不孝；外似为齐戮力，暗中向朕通款，是为不忠，既已送款与朕，尚且阴怀两端，是为不信；有此三罪，不死何待！"遂命推出斩首。也是一番权术。一面颁敕安民。

齐国子博士熊安生博通五经，闻周主入邺，遽令扫门。家人问为何因？

安生道："周主重道尊儒，必来见我。"果然过了半日，周主亲至熊家，握手引坐，赐给安车驷马，然后别去。又礼延齐中书侍郎李道林入宫，使内史宇文昂，访问齐朝政教风俗，及人物善恶，留宿三日，方才送归。周主颇知礼士，熊、李亦颇疚心否？

邺城大定，遂遣将军尉迟勤等，东追齐主。齐上皇纬渡河入济州，又令幼主恒禅位任城王湝。且替湝作诏，尊上皇谓无上皇，幼主为宋国天王，真是儿戏。使侍中斛律孝卿，送禅文及玺绂往瀛州。孝卿竟持入邺城，献与周主，湝全不得闻。齐洛州刺史独孤永业，有甲士三万人，前闻晋州失守，表请出兵击周，并不见报。至并州又陷，长叹数声，乃遣子须达奉款周军。周主遥授永业为上柱国，加封应公。齐上皇纬穷蹙无援，更思南奔，留胡太后居济州，使高阿那肱守济州关，觇候周师，自与穆后、冯淑妃、幼主恒及韩长鸾、邓长颙等数十人，奔往青州，母可弃，妻妾子孥等不可舍。令内参田鹏鸾西出，伺敌动静。途次为周师所获，诘问齐主何在？鹏鸾但说齐主南行，想当出境。周人知系谎言，杖击鹏鸾手足，每折一肢，词色愈厉，至四肢俱折，奄然毕命，终不肯言。齐上皇至青州，即欲入陈，偏高阿那肱密召周师，愿生致齐主，作为贽仪。一面启达青州，只说周师尚远，已令部众截断桥路，定保无虞。齐上皇乃留住不行。哪知周师到济州关，高阿那肱便即迎降。周将尉迟勤，驰入济州，先将胡太后掳去，复进军青州。距城不过一二十里，齐上皇方才闻知，亟用囊贮金，系诸鞍后，与后妃幼主等十余骑，南走至南邓村。方拟小憩，忽听后面喊声大起，不瞧犹可，回头一瞧，吓得魂飞天外。原来正是士强马壮的周军。看官，试想此时齐上皇以下十数人，半系妇女，半系童仆，就使插翅也难飞去。眼见得束手受擒，被周将尉迟勤，带回邺城去了。妻妾同受磨劫，好算是休戚与共了。

周主邕住邺数日，赈贫拔困，彰善瘅恶。因故齐臣斛律光、崔季舒等，无罪遭戮，特为昭雪，并加赠谥，且令改葬。子孙各得荫叙，所有家口田宅，没入官库，概令发还。周主尝语左右道："斛律明月若尚在世，朕怎得至邺呢！"还有齐故中书监魏收，时已去世。收生前修撰魏史，意为褒贬，毫不秉公，每言何物小子，敢与魏收作色，我欲举扬，便使他上天，我欲按抑，便使他入地。及修史告成，众口喧然，号为秽史。邺城失陷，收塚被怨家发掘，暴骨道中。特志此事，为秉笔不公者戒。周公邕仍命检埋，收有从子仁表，曾为尚书膳部郎中，至是仍许为官。就是《魏书》百三十卷，亦不使铲削，迄今尚复流行。

高纬至邺，周主邕降阶相迎，待以宾礼，令与太后幼主及后妃诸王等，暂处邺宫。当下派兵监守，不烦细述。总计高纬在位，历十有二年，幼主恒受禅称帝，未及一月，延宗在晋阳称尊，只阅二日，任城王湝，未接禅位谕旨。所以北齐历数，后世相传，自高洋篡魏为始，至幼主被擒为止，凡六主二十八年；延宗与湝不得列入。湝闻邺都失守，当然悲愤，可巧广宁王孝珩，行至沧州，即作书遗湝，共谋匡复。湝遂与孝珩相会信都，彼此召募得士卒四万余人。领军尉相愿，亦带领家属，自邺奔至，湝仍令督率兵士，共抗周师。周主先令高纬致书招湝，湝拒绝使人，乃遣齐王宪，柱国杨坚等，统兵往击。途中获得信都谍骑，宪纵令还报，并委他寄书与湝。略云足下间谍，为我候骑所拘，彼此情实，应各了然。足下战非上计，守亦下策，所望幡然变计，不失知几。现已勒诸军分道并进，相会非遥，凭轼有期，不俟终日云云。湝得书不省，但出兵城南，列营待着。

过了两日，已见周军掩至。两下对阵，齐领军尉相愿，佯为出战，竟率所部降周师。湝与孝珩，忙收军入城，捕诛相愿妻子。越日复战，信都兵新经募集，毫无纪律，怎能敌得过百战周师？甫经交绥，即纷纷散去。周师或斫或缚，好似虎入羊群，无一敢当。结果是齐军全覆，连湝与孝珩，均被周师擒住。周齐王宪语湝道："任城王何苦至此！"湝叹道："下官乃神武皇帝第十子，兄弟十五人，唯湝独存，不幸宗社颠覆，湝为国捐躯，至地下得见先人，也可无遗恨了！"宪颇为赞叹，命归湝妻孥。再召孝珩入问，孝珩自陈国难，归咎高阿那肱等，说得声泪俱下。宪不禁改容，亲为洗疮敷药，礼遇甚厚。孝珩慨然道："自神武皇帝以外，我诸父兄弟，无一人年至四十，岂非命数？况嗣主不明，宰相不法，从前李穆叔谓齐氏只二十八年，竟成谶语。我恨不得入握兵符，受斧钺，展我心力，今已至此，尚有何言！"欢有子湝，澄有子孝珩，虽无救国亡，还算有些气节。宪执二王还邺，周主也温颜接见，暂留军中。

忽闻齐定州刺史范阳王绍义，高洋第二子。与灵州刺史袁洪猛，引兵南出，欲取并州，自肆州以北城戍二百余所，尽从绍义，周主急命东平公宇文神举，泰之族子。统兵北行。略定肆州，进拔显州，执刺史陆琼，又乘势攻陷诸城。绍义退保北朔州，遣部将杜明达拒敌。明达至马邑，正值周兵到来，如风扫残云一般，明达大败奔还。绍义见明达败还，且惊且叹道：“周为我仇，怎可轻降？不如北去罢！”遂拟奔突厥。部众尚有三千人，绍义下令道：“愿从者听，不愿从者亦听。”于是部下辞去大半，涕泣告别。绍义只率着千骑，往投突厥去了。自绍义北去，所有北齐行台州镇，悉为周有。唯东雍州行台傅伏、营州刺史高宝宁，尚不肯归周。

周主邕命将所得各州郡，各派官吏监守，然后启节西还。凡齐上皇高纬以下，一律带回。道出晋州，遣高阿那肱等百余人，至汾水旁，召傅伏出降。伏整军出城，隔水问道：“今至尊何在？”高阿那肱道：“已受擒了。”伏仰天大哭，率众再返，就厅前北面哀号，约阅多时，才复出城降周。同是一降，何必做作？周主见伏道：“何不早降？”伏流涕答道：“臣三世仕齐，累食齐禄。不能自死，愧见天地！”却是有愧。周主下座握手道：“为臣正当如此。”乃举所食羊肋骨赐伏道：“骨亲肉疏，所以相付。”遂引为宿卫，授上仪同大将军。及西入关中，已至长安，周主命将高纬置诸前列，齐王公大臣等随纬后行。凡齐国车舆旗帜器物，依次列陈，自备大驾，张六军，奏凯乐，献俘太庙，然后还朝御殿，受百官朝贺。高纬以下，亦不得不俯伏周廷。周主封纬为温国公，齐诸王三十余人，亦悉授封爵。纬自幸得生，深感周恩，唯失去一个活宝贝，未蒙赐还，不得不上前乞请，叩首哀求。小子有诗叹道：

无愁天子本风流，家国危亡两不忧；
只有情人难割舍，哀鸣阙下愿低头。

究竟所求何物，且看下回说明。

高延宗困守晋阳，受迫称尊，原其本意，实出于不得已，非觊觎神器者比也。东门一役，几毙周主，以危如累卵之孤城，尚能力挫强敌，亦云豪矣。及周师再振，鸣角还军，城内皆醉人，守者尚寝处，因至城破兵溃，力屈守擒，虽不可谓非疏忽之咎，然其胜也，固第出于一时之锐气，可暂而不可久。周主邕去而复还，卒拔晋阳，此乃天意之亡齐，不得尽为延宗责也。齐主纬穷蹙无策，禅位幼子，一何可笑！岂以帝位不居，便足却敌欤？彼平时之所最倚任者为穆提婆、高阿那肱。穆提婆先已降周，高阿那肱且倒戈援敌，及此不悟，尚复猜忌宗戚，信用阉人，宜其国亡身虏也。任城广宁，继安德而起，终致覆亡。厥后又有范阳，亦一战即遁，强弩之末，势不能穿鲁缟，固然无足怪耳。然如齐之世无令德，尚得四五传而亡，其犹为高氏之幸事也夫！

第七十九回　老将失谋还师被虏　昏君嗣位惨戮沉冤

却说高纬受封温公，尚向周主哀求一人，这人为谁？就是淑妃冯小怜。念兹在兹，可算情种。周主邕微哂道："朕视天下如脱屣，一妇人岂为公惜！"遂仍将冯妃给还高纬。纬拜谢而起，挈妃自出。既而周主召纬入宴，并及高氏诸王公，酒至半酣，令纬起舞，纬毫无难色，乘着三分酒意，舞了一回。差不多似虞廷之百兽。高延宗独悲不自胜，至宴罢归寓，即欲仰药，侍婢再三劝止，乃暂自偷生。到了秋尽冬来，有人诬告温公高纬，与宜州刺史穆提婆谋反。周主召还穆提婆，与纬等对簿，大众同声呼冤。唯延宗饮泣无言，用椒塞口，未几气绝。高纬父子及齐宗室诸王，并皆赐死。穆提婆亦当然伏诛，独孝珩先期病逝，得归葬山东。纬弟仁英患狂，仁雅患喑，亦均得免死，流徙蜀中。其余亲属故旧，一并流配，概死边疆。高纬虽在位十二年，死时尚只二十二岁，纬子恒只八岁而终。史称纬为齐后主，恒为齐幼主。

纬母胡氏年已四十，尚有冶容，恒母穆氏年仅二十有奇，自然更艳。两人流落无依，竟在长安市中，操着皮肉生涯，日与少年游狎。相传胡氏得陈夏姬术，陈夏姬系春秋时人，有内视法。与人欢会，常如处子，因此张帜平康，室无虚客。穆黄花妖冶善媚，亦得狎客欢心。胡氏尝语穆氏道："为后不如为娼，更饶乐趣。"无耻至此，未始非高氏好淫的果报呢！登徒子其听之。齐任城王湝与纬同死。湝妃卢氏，由周主赐与亲将斛斯征。卢氏蓬头垢面，长斋持佛，不与征同言笑，征乃听令为尼。独纬妃冯小怜，亦由周主命令，赏与代王达为妾婢。达本不好色，偏得了这个冯淑妃，竟被迷住，非常爱宠。冯尝弹琵琶，忽断一弦，因随口吟诗道："虽蒙今日宠，犹忆昔时怜！欲知心断绝，应看胶上弦。"你若果不忘旧情，何不早死，还可谢齐后主！达妃李氏，与达本伉俪相谐，自经冯小怜入门，屡致夫妻反目，大妇含酸，小妻构衅，不问可知。后来达为杨坚所杀，坚篡周祚，又将冯氏赐与李询，询即达妃李氏兄。询母为女报怨，令小怜改着布裙，逐日舂米，弱质柔姿，怎禁贱役，再加询母多方谩骂，不堪蹂躏，只好自寻死路，赴入冥途，人生总有一死，死到此时，乃弄得无名无望了。覆国亡家，都由此辈。话休叙烦。

且说齐范阳王高绍义，投入突厥，突厥木杆可汗，已早去世，弟佗钵可汗继立，很加爱重，凡在北齐人，悉归隶属。齐营州刺史高宝宁，与绍义同宗，久镇和龙，即营州治所。颇得夷夏人心。周主遣使招降，宝宁不从，竟使人至绍义前，上表劝进。突厥亦许为臂助，绍义遂进据平州，自称齐帝，改元武平。命宝宁为丞相，佗钵可汗，亦召集诸部，举众南向，声言立范阳王为齐帝，代齐报仇。周主邕正拟进讨，忽闻陈司空吴明彻等，出兵吕梁，进围彭城，乃先务南顾，亟遣大将军王轨，率兵赴援。原来陈主顼闻周人灭齐，欲争徐、兖，因命吴明彻督军北伐。行至吕梁，周徐州总管梁士彦，率众拒战，为明彻所破，斩获万计。乘胜进围彭城，月余不下，陈中书舍人蔡景历进谏道："师老将骄，不宜过穷远略，请下敕班师。"陈主顼不从景历，反说他阻惑众心，免官放归。

吴明彻在军日久，仍然无功，且年将七十，不堪久劳，没奈何力疾从事。那周大将军王轨，已出兵南下，来救彭城。明彻得周军出发消息，益锐意进攻，就清水筑起长堰，引波流至城下，环列舟舰，日夕猛扑。梁士彦多方抵御，仍不得下。适探报传入陈营，谓周将王轨，已引军入淮口，用铁锁贯住车轮数百，沉清水中，遏断陈军归路，且在两旁筑垒屯戍云云。陈军不禁恟惧。部将萧摩诃献议道："王轨始锁下流，两旁虽已筑垒，总还未就，速宜分兵往争，否则归路一断，我辈均为所虏了。"此策确是要紧。明彻掀髯微笑道："搴旗陷阵，属诸将军；长算远略，归诸老夫，老夫自有主裁，将军不必躁急！"老昏颠倒。摩诃失色而退。

蹉跎过了旬余，下流已被锁住，水路遂断。周军遂来救城，明彻正苦背疾，不能支持。萧摩诃复入请道："今求战不得，进退失据，看来只好潜军突围，方保生还，请公率领步卒，乘车徐行。摩诃领铁骑数千，驱驰前后，必能保公安达京邑。此机一失，生还无望了！”明彻怅然道：“将军所言，原是良图；但我为总督，必须亲自断后，马军宜在前列，愿将军统率前行。”摩诃因率马军先发，乘夜登程。明彻亦决堰退军，自领舟师至清口。水势渐微，舟被车轮塞住，不能前进。周将王轨正督军待着，一声胡哨，四面环击。杀得陈军无路可奔，纷纷投水自尽。明彻病不能军，连人带船，被周军掳去。将士辎重，悉数陷没，唯萧摩诃与将军任忠、周罗睺，从陆路偷过周营，全师得还。

陈主顼闻明彻被擒，始悔不用蔡景历言，即日召景历入都，令为鄱阳王，名伯山，陈世祖蒨第三子。谘议参军，才阅数日，即迁员外散骑常侍，兼御史中丞。是岁景历病终，享寿六十，赠太常卿，追谥曰敬。景历为陈高祖佐命功臣，故后来复得配享高祖庙廷。吴明彻被掳至长安，忧恚而死，年已六十七岁。一失足成千古恨。及陈后主叔宝嗣位，也得追赠为邵陵县侯，这且休表。

唯周主邕得彭城捷报，赏功有差，且下诏改元宣政。自往云阳宫，大集各军，决计北讨。不料天不假年，二竖忽侵，兵马尚未调齐，皇躬竟致不起。乃下敕暂停军事，驿召宗师宇文孝伯，到了行在，由周主握手与语道：“我已疾亟，恐无生理，后事当尽付与君。君勉辅太子，勿负我言！”孝伯垂涕受嘱，且请乘舆还都。周主面授孝伯为司卫上大夫，总宿卫兵马事，先令驰驿还京，守备非常，自用卧床载归。途次气息仅属，甫近都门，骤致痰涌，喘息数声，竟尔归天。年只三十六岁，在位计十九年。

周主邕沈毅有智，即位时深自韬晦，至宇文护受诛，始亲万机。治事甚勤，持身甚俭，平居常自服布袍，寝用布被，后宫唯置妃二人，世妇三人，御妻三人，此外一律裁损。后宫服饰，概尚朴实，凡从前宇文护所筑宫室，并嫌过丽，悉令毁撤，改为土阶数尺，不施栌栱。所有雕斲各物，并赐贫民。至若校兵阅武，步行山谷，皆不惮劳苦。每当宴会将士，又必执杯劝酒，或手付赐物。平齐时见一军士跣行，即脱靴为赐，所以士皆用命，人愿效死。独太子赟不肖乃父，性好淫僻，宇文孝伯尝入白道：“皇太子关系民社，未闻令德，臣忝列宫官，责难旁贷。今太子春秋尚少，志业未成，请妙选正人，辅导东宫，尚望迁善改过，否则后悔无及了！”周主道：“正人岂复过君！君宜为我辅导太子。”及孝伯趋退，即命尉迟运为右宫正，孝伯为左宫正，寻擢孝伯为宗师中大夫。已而复召孝伯入问道：“我儿近日渐长进否？”孝伯答道：“皇太子近惧天威，尚无过失。”周主稍有喜色。嗣由王轨侍宴，起捋周主髯道：“可爱好老公，但恨后嗣阘弱！”周主失色，竟命撤席，且责孝伯道：“君常与我云：‘太子无过。’今轨有此言，显见是君多诳语了。”孝伯拜谢道：“臣闻父子至亲，人所难言。陛下不能割情忍爱，臣亦只好结舌了！”周主沉吟良久，方徐谕道：“朕已将太子委公，愿公勉力！”孝伯乃再拜而退。孝伯不能导正东宫，何如先几引退？若周主之舐犊情深，其失愈甚。至周主疾殂，太子赟迎尸入都，一经棺殓，便由赟嗣皇帝位，尊谥故主邕为武皇帝，庙号高祖。奉嫡母阿史那氏为皇太后，本生母李氏为帝太后。立妃杨氏为皇后，杨氏小名丽华，就是柱国随公杨坚长女。周建德二年，纳为太子赟妃，此时册为皇后，杨家权势，从此益盛了。为杨坚篡周伏笔。

赟本无令行，只因父教甚严，不得不勉强矜持，涂饰耳目。既得登位，遂复萌故态，渐渐的放纵起来。当时周室勋亲，第一人要算齐王宪，赟夙加忌惮，即令武卫长孙览总兵辅政，收夺齐王宪兵权。又密令开府于智，察宪动静，智遂诬宪有异谋，请先时防范。赟已授宇文孝伯为小冢宰，因召入密嘱道：“公能为朕图齐王，当即令代齐王职使。”孝伯叩头道：“先帝遗诏，不许滥诛骨肉。齐王系陛下叔父，戚近功高，社稷重臣，栋梁所寄，陛下若妄加刑戮，微臣又阿旨曲从，是臣为不忠，陛下亦难免不孝呢！”赟默然不答，孝伯自然退出。赟自是疏远孝伯，潜与于智等设谋除宪，计划已定，仍遣宇文孝伯传命，往语宪道：“三公位置，应属亲贤，今欲授叔为太师，九叔为太傅，九叔指陈王纯。十一叔为太保，十一叔指越王盛。叔以为何如？”宪答道：“臣才轻位重，早惧满盈，三师重任，非所敢当；且太祖勋臣，宜膺此选，若专用臣兄弟，恐滋物议，还请陛下三思！”孝伯依言返报，未几复来，谓今晚召诸王入殿议事，王勿爽约。宪当然应命，孝伯自去。

转瞬天晚，宪遵召前往，行至殿门，并不见诸王到来，恰也不免惊疑，但已经趋入，只好坦然前进。不意门内伏着壮士，见宪入门，便即突出，把宪拿下。宪辞色不挠，自陈无罪，蓦见于智出殿，与宪对质，统是捕风捉影，含血喷人。宪目光似炬，口辩如河，说得于智理屈词穷，只有支吾对付。或语宪道：“如王今日事势，何用多言！”宪太息道：“我位重望尊，一旦至此，死生有命，不复图存；但老母在堂，尚留遗恨，罢罢！我也顾不得许多了。”说着将笏投地，竟被壮士缢死，年才三十五岁。

宪为周太祖泰第五子，幼即岐嶷，风采朗然。太祖泰尝赐诸子良马，任他取择，宪独取驳马。太祖问故？宪答道：“此马色类不同，或多骏逸，将来从军征伐，牧圉亦容易辨明，岂不较善？”太祖道：“此儿智识不凡，当成伟器。”后来果武略超群，累战皆捷。平时抚御士卒，甘苦同尝，平齐一役，长驱敌境，刍牧不扰，尤得民心。至是无辜被戮，远近含哀。大将军安邑公王兴，开府独孤熊、豆卢绍等，俱与宪相昵。嗣主赟诛宪无名，诬称兴等与宪谋叛，一并处死。宪母连步干氏，系柔然人，封齐国太妃。宪事母甚孝，母尝患风热，宪衣不解带，扶持左右。及宪冤死，母亦惊泣成疾，便即告终。宪长子贵早卒，余子质、賨、贡、乾禧、乾洽，并封公爵，亦连坐被戮。梓宫在殡，遽戮勋亲，周事已可知了。这一着便已致亡。

于智得晋位柱国，封齐国公，授赵王招为太师，陈王纯为太傅，越王盛为太保，代王达，滕王逌，宇文泰幼子。及卢国公尉迟运，薛国公长孙览，并为上柱国。后父杨坚亦得进任上柱国兼大司马。从前王轨尝语武帝道：“太子非社稷主，普六茹坚有反相。”周曾赐杨忠姓为普六茹氏，坚为忠子，故称普六茹坚。武帝艴然道：“若天命有在，亦无可如何！”坚闻轨言，尝自晦匿，至此得掌军政，方握重权。会幽州人卢昌期据住范阳，起应高绍义。绍义引突厥兵赴范阳城，周廷即遣宇文神举往讨。神举兼程北进，行至范阳，卢昌期前来迎战，被神举用诱敌计，一鼓围攻，得擒昌期，遂克范阳。高绍义尚在途中，得知范阳失陷，昌期被虏，因素服举哀，折回突厥。营州刺史高宝宁，亦率数万骑救范阳。中途闻变，仍然退据和龙。宇文神举奏凯班师，送昌期入长安，当然枭斩，不在话下。

周主赟以内外粗安，乐得恣情声色，任意荒淫。尝自扪杖痕，向梓宫前恨骂道：“汝死已太迟了！”因此托名居丧，毫无戚容。整日里在宫中游狎，见有姿色的宫嫔，即逼与淫乱。拜郑译为内史中大夫，委以朝政。又嫌梓宫在堂，未便改吉，便不守遗制，即令移葬山陵。约计殡灵期间，尚未逾月。一经葬毕，即易吉服，京兆郡丞乐运上疏，略言葬期既促，事讫即除，太为急急，不可训后。赟置诸不理。是年冬月，稽胡帅刘受逻千起反汾州，诏令越王盛为行军元帅，宇文神举为副，进军西河。稽胡向突厥求援，突厥遣骑赴救，为神举所侦悉，中途设伏，掩击突厥骑兵。突厥败走，稽胡帅刘受逻千，惶惧乞降。越王盛振旅还朝，神举留镇并、潞、肆、石等四州，号为并州总管。

越年正月朔日，周主赟在露门受朝，始服通天冠，绛纱袍，令群臣并服汉、魏衣冠，颁诏大赦，改元大成。初置四辅官，命越王盛为大前疑，蜀公尉迟迥为大右弼，申公李穆为大左辅，随公杨坚为大后丞，大陈鱼龙百戏，庆赏太平，好几日尚未撤去，免不得有几个直臣，上书谏阻。赟非但不从，反越加恣肆，一不做，二不休，令百戏日演殿前，夜以继昼。又广采美女，罗列声伎，增筑离宫，大兴徭役，真个是穷奢极欲，唯恐不及。想是自知速死，故不惮横行。起初即位，尚嫌高祖时刑书要制，太觉从严，特为减轻条例，时加赦宥。此次因民多犯法，吏好强谏，因欲为威虐，慑服群下，乃更定刑名，务尚苛刻，叫作刑经圣制。便在正武殿大醮告天，颁示刑法。一面令左右密伺群臣，小有过失，即加诛谴。自己独游宴沉湎，旬日不朝，群臣请事，统由宦官代奏。于是京兆郡丞乐运，舆榇入朝，陈主八失：（一）事多独断，不令宰辅参议。（二）采女实宫，仪同以上诸女，不许擅嫁。（三）至尊入宫，数日不出，所有奏闻，统归阉人出纳。（四）下诏宽刑，未及半年，更严前制。（五）高祖斲雕为朴，崩未逾年，遽违遗训，妄穷奢丽。（六）劳役下民，供奉俳优角觝。（七）上书字误，辄令治罪，杜绝言路。（八）玄象垂诫，荧惑屡现，未能谘诹善道，修布德政。结末数语，乃是八过未改，臣见周庙将不血食了！看官，试想这种直言不讳的谏草，就使遇着中主，尚且忍受不起；况周主赟庸昏淫暴，哪肯听受直言。当下勃然大怒，命运入狱，即欲加运死罪。朝臣相率惶怖，莫敢营救，独内史中大夫元岩叹道："臧洪同死，人且称愿；臧洪事见《三国志》。况同时遇着比干，岩情愿与他同毙。"遂诣阁入谏道："乐运不惜一死，实欲沽名，陛下不如好言遣归，借示圣度！"也是讽谏。赟怒乃少解，越日召运与语道："朕昨夜思卿所奏，实为忠臣。"乃赐运御食，运拜谢而出。朝臣初见周主盛怒，莫不为运寒心，及见运释归，乃为运道贺，说是虎口余生，不可多得了。

时大将军王轨，出为徐州总管，因见上昏下蔽，恐祸及己身，私语亲属道："我昔在先朝，屡言储君失德，实欲为社稷图存。今事已至此，祸变可知，本州控带淮南，近接强寇，欲为身计，易如反掌，但忠义大节，究不可亏，况素受先帝厚恩，志在效死，怎得因获罪嗣主，遽背先朝？今唯有待死罢了！千载以后，或得谅我本心。”果然不到数月，大祸临头，好好一位百战功臣，又复死于非命。原来中大夫郑译，与轨有嫌，又恨及宇文孝伯，屡思报怨。事见七十八回，吐谷浑之役。可巧周主自扪杖痕，谓是何人所致？译乘机答道：“事由王轨、宇文孝伯。”赟恨恨道：“我誓当杀彼！”译复述及王轨捋须事，见上。越激动周主怒意，遂遣内史杜虔，赍敕杀轨。中大夫元岩不肯署敕，御正中大夫颜之仪进谏不从。岩复继脱巾顿首，三拜三进，周主怒道：“汝欲党轨么？”岩答道：“臣非党轨，正恐滥诛功臣，失天下望！”周主赟叱令内侍，殴击岩面，将他逐出，即日免官。并促令杜虔就道，未几即由虔返报，轨已诛讫。

上柱国尉迟运私语孝伯道：“我等与王公同事先朝，素怀忠直，今王公枉死，我辈亦将及难，奈何奈何？”孝伯道：“今堂上有老母，地下有武帝，为臣为子，去将何往？且委贽事人，义难逃死。足下若为身计，何勿亟求外调，还可免祸。”尉迟运依计而行，得出为秦州总管。才阅数日，周主赟召问孝伯道：“公知齐王谋反，何故不言？”孝伯道：“齐王效忠社稷，实为群小所谮，因致冤戮，臣受先帝嘱托，方愧不能切谏，此外尚有何言！陛下如欲罪臣，臣有负先帝，死亦甘心了！”周主赟也觉怀惭，俯首不语，待孝伯告退，竟下敕赐死。又因宇文神举，受宠先朝，亦尝毁己，索性尽加辣手，命内史赍着鸩酒，速赴并州，逼令饮鸩自尽。尉迟运至秦州，迭闻孝伯、神举，依次毕命，不由的忧惧成疾，也即暴亡。小子有诗叹道：

> 未信仁贤国已虚，哪堪勋旧尽诛锄！
> 人亡邦瘁由来久，黑獭从兹不食余。

周主赟既滥杀勋臣，又想出一种奇事，即拟施行。欲知周主有何设施，且至下回再表。

周主邕为一英武主，平齐以后，又复败陈，虽由陈将吴明彻之昏耄失算，以致兵败受擒，然非周将王轨之锁断下流，亦不致挫失如此。败陈者王轨，用轨者周主邕，推原立论，宁非由周主之英明乎？独周主邕号称知人，而不能自知其子，昏庸如赟，安得以大统相属？就令诸子尚幼，不堪承嗣，何妨援兄终弟及之例，传位同胞！况世宗毓已为前导，邕正可步厥后尘，奈何徒为子嗣计，不思为社稷计乎？及赟嗣位后，戮勋戚，杀功臣，种种失德，史不绝书，皆周主之贻谋不臧，有以致之。然当时如齐王宪辈，不能为伊霍之行，徒拱手而受戮，忠而近愚，亦不足取，身亡而国俱亡，此任圣之所以敻绝古今也！

第八十回　宇文妇醉酒失身
尉迟公登城誓众

却说周主赟嗣位改元，即封皇子衍为鲁王，未几立衍为太子。又未几即欲传位与衍。看官听着！赟年方逾冠，太子衍甫及七龄，如何骤欲内禅？这岂非出人意外的奇事！其实他的意见，是因耽恋酒色，不愿早起视朝，所以将帝座传与幼儿。诸王大臣无敢违忤，只好请出东宫太子，扶上御座，大家排班朝贺。太子衍莫明其妙，几乎要号哭出来。当下草草成礼，仍送衍入东宫。赟令衍易名为阐，改大成元年为大象元年，号东宫为正阳宫，令置纳言御正诸卫等官。自称天元皇帝，尊皇太后为天元皇太后，所居宫殿，称为天台，冕用二十四旒，车旗章服，皆倍常制，每与皇后妃嫔等列坐宴饮，概用宗庙礼器，罇彝珪瓒，作为常品。每对臣下，自称为天，臣下朝见，必先致斋三日，清身一日，然后许入。又不准臣民有高大的称呼，高祖改称长祖，姓高改作姓姜，官名称上称大，悉改为长，并令国中车制，只用浑成木为轮，不得用辐。境内妇人，不得施粉黛，唯宫人得乘辐车，用粉黛为饰。宫室窗牖，概用玻璃，帷帐多嵌金玉，五光十色，炫耀耳目。更命修复佛道二像，与己并坐，大陈杂戏，令士民纵观。继又集百官宫人外命妇，具列妓乐，作乞寒胡戏，乞寒亦名泼寒，是西域乐名。臣下稍或忤意，便加楚挞，每一笞杖，以百二十为度，叫做天杖。就是宫人内职，甚至皇后宠妃，亦所不免。历历写来，全是儿戏。

皇后为杨坚女，已见前回。次为朱氏，芳名满月，本系吴人，因家属坐事，没入东宫，时年已二十余岁，掌赟衣服。赟年甫十余，已是好色，见朱氏貌美多姿，便引与同寝，数次欢狎，即得成孕，分娩时产下一男，就是小皇帝阐。又次为元氏，系开府元晟次女，十五岁被选入宫，容貌秀丽，比朱氏更胜一筹。且年龄较稚，正如荳蔻梢头，非常娇嫩，一经侍寝，大惬赟心，当即拜为贵妃。唯赟多多益善，得陇更思望蜀，复选得大将军陈山提第八女，轻盈袅娜，不让元妃，年龄亦不相上下。尤妙在柔情善媚，腻骨凝酥，不但朱氏无此温柔，就是元氏亦未堪仿佛，一宵受宠，立拜德妃。史官又揣摩迎合，奏称日月当蚀不蚀，乃称皇后杨氏为天元皇后，册妃朱氏为天元帝后。已而复纳司马消难女为正阳宫皇后，乃复尊帝太后李氏为天皇太后，改天元帝后朱氏为天皇后，并立妃元氏为天右皇后，陈氏为天左皇后。名位俱由独创，赟可谓大思想家。元氏父晟封翼国公，陈氏父山提封鄅国公。内史大夫郑译，本非懿戚，因执政有功，特别荣宠，亦封为沛国公。

正在天花乱坠、举国若狂的时候，忽闻突厥遣使请和，乃即令引见。突厥使乞请和亲，赟慨然允诺，特令赵王招女为千金公主，许字突厥。唯必须执送高绍义，方遣公主出嫁。突厥使唯唯而去，好几旬不见复命。赟因北方无事，欲南略示威，乃命上柱国韦孝宽为行军元帅，率同行军总管杞国公亮、赟从祖兄。郕国公梁士彦，出兵伐陈。孝宽进拔寿阳，亮拔黄城，士彦拔广陵，陈人望风退走，江北一带，陆续归周。

周主赟骄侈益甚，更命营造洛阳宫，遣使简视京兆及诸州，凡有民家美女，一律采选，充入宫中。又恐宫制狭陋，未如所望，特挈四皇后巡幸，赟亲御驿马，日驰三百里，命四皇后方驾齐驱，或有先后，便加谴责。文武侍卫，不下千人，并乘驿相随，人马劳敝，颠仆相继，赟反视为乐事。及至洛阳，宫尚未成，规模已经草创，壮丽异常。赟颇觉快意，乃但作十日游，命驾还都。都中所筑离宫，以天兴宫、道会苑为最大，赟随时行幸，晨出夜还，习以为常，侍臣皆不堪奔命。

大象二年正月朔，至道会苑受朝，命御座旁增造二扆，左绘日，右绘月，又改称诏制为天制，诏敕为天敕。过了数日，又尊皇太后阿史那氏为天元上皇太后，帝太后李氏为天元圣皇太后，立天元皇后杨氏为天元太皇后，天皇后朱氏为天太皇后，天右皇后元氏为天右太皇后，天左皇后陈氏为天左太皇后，正阳宫皇后司马氏，直称皇后。宫中大庆，所有王公大臣诸命妇，不得不联袂入朝。就中有一杞国公子妇尉迟氏，乃是蜀国公尉迟迥孙女，西阳公宇文温的妻室，生得丰容盛鬋，玉骨冰姿，当时亦入朝与宴，为赟所见，竟惹动欲念，想与她并效鸾凰。但命妇与座，不下数百，如何同她苟合？便想出一计，暗嘱宫女，迭劝尉迟氏进酒，把她灌得烂醉。待至宴毕撤席，大众散归，尉迟氏酒尚未醒，不能行动，当然扶入床帏，使她酣寝。赟见尉迟氏中计，心下大喜，便至尉迟氏卧处，把她卸去外衣，任意奸污。尉迟氏动弹不得，只好由他所为，占宿一宵。越日尚留住宫中，不肯放归，转眼间将要浃旬，始令归第。

杞国公亮已料子妇着了道儿，密嘱子温彻底盘问。尉迟氏不能自讳，据实说明，温当然悔恨，亮也觉懊怅。子妇被淫，与汝何涉？遂语长史杜士峻道："主上淫纵日甚，社稷将危，我忝列宗支，不忍坐见倾覆。今拟袭取韦公营寨，并有彼部，别推诸父为主，鼓行而前，谁敢不从？"士峻也以为然，遂夜率数百骑，往袭韦孝宽营。到了营前，遥望营内刁斗无声，只有数点星火，亮不辨好歹，麾众杀入，乃是一座空营，并无一人。当下情急胆虚，自知不妙，忙引众奔还，突听得一声呐喊，伏兵四至，把亮困住。亮拼命冲突，杀透一层，又有一层，好容易杀开血路，慌忙奔走。手下已只剩数人。约行半里，忽有大将带领人马，从斜刺里冲出，截住去路。亮望将过去，这员大将，正是上柱国郧国公韦孝宽。此时冤家路狭，无处逃生，不得已抵死力争。怎奈寡不敌众，被韦军用槭乱刺，身受重伤，坠落马下，再经一刀，结果性命。孝宽传首入报，赟即命宿卫军抄斩亮家，把亮子温明等，尽行杀死，独赦免温妻尉迟氏，令带回宫中。倾家亡国，多缘美色。

赟是得与尉迟氏连宵取乐，公然拜为长贵妃。赟又欲立她为后，召问小宗伯辛彦之。彦之答道："皇后与天子敌体，不应有五。"赟怫然不悦，转问博士何妥，妥进谀道："帝喾四妃，虞舜二妃，先代立后，并无定限。"赟始易怒为喜道："究竟是个博士，实获我心。"遂免彦之官，特添置天中太皇后位号，令天左太皇后陈氏充任。即立尉迟氏为天左太皇后。因造玉帐五具，使五后各居一帐，又用五辂相载，每有游幸，必令从行。或且令五辂为前驱，自率左右步随。寻复想入非非，募取京城少年，使乔扮作妇女装，入殿歌舞，自与五后及其他嫔御，列坐观演，恣为笑乐。不怕戴绿头巾么？

天元太皇后杨氏，性情柔婉，素来顺旨，就是四皇后与她同处，班次相亚，亦从未闻杨后有嫌，所以互相敬爱，情好甚谐。唯赟好色过度，尝饵金石，渐渐的阳竭精枯，神精瞀乱，暴喜暴怒，越令人不可测摸，朝晚施行天杖，动辄数百，连五皇后亦尝受天刑。杨后究系结发夫妻，免不得婉言规劝，顿时触动赟怒，命杖背百二十下。杨后仍从容面谏，词色如恒，赟大怒道："汝可先死，我且灭汝家！"遂命将杨后牵入别宫，逼令自杀。当由宫监报知杨后母家，后母独孤氏大惊，亟诣阁陈谢，叩头流血，方得将杨后释出，仍还原宫。

既而赟又欲杀杨坚，召他入阁，先语左右道："坚苦变色，汝等即可为我动手。"左右领命待着。及坚入见，容止端详，言貌自若，乃得免祸，安然退出。

坚少与郑译同学，译见坚龙颜凤表，额上有五柱入顶，手中又有王字纹，知非常相，因深与结交。坚虑在朝罹祸，尝密语译道："久愿出藩，公所深悉，何勿为我留意？"译答道："如公德望，天下归心，欲求多福，自当代谋。"坚喜为道谢。未几译被召入内，与商南略事宜，译请简元帅，赟便令译举荐，译即以坚对。乃授坚为扬州总管，使偕译统兵伐陈。适坚有足疾，尚未果行。

时值仲夏，天气暴热，赟备法驾往天兴宫，为避暑计，是夕即病。次日复患喉痛，匆匆还宫，便召小御正刘昉，中大夫颜之仪，同入卧室，拟嘱后事。偏偏喉咙声哑，挣不成声，竟说不出一句话来。昉等慰解数语，便即趋出。之仪自归，昉独与郑译等商议国事。译引入御饰大夫柳裘、内使大夫韦誉、御正下士皇甫绩，公同议决，请后父杨坚辅政。坚辞不敢当，昉作色道："公若肯为，便当速为；必欲固辞，昉将自为了。"坚乃允诺。昉素以狡谄得幸，至是因幼主无用，乃更媚事杨坚。可见俭人万不可用，即如内史郑译亦可类推。既与坚有定约，因引坚入宫，托词受诏，居中侍疾，赟竟尔绝命。由昉、译主持宫禁，矫诏令坚总知中外兵马事。昉等一一署名，独颜之仪抗声道："主上升遐，嗣子幼冲，阿衡重任，宜属宗英，方今赵王最长，议亲议德，合膺重寄。公等备受朝恩，当思尽忠报国。奈何欲以神器假人！之仪宁为忠义鬼，不敢诬罔先帝！"可谓朝阳鸣凤。昉等知不可屈，代为署敕，颁发出去，诸卫军遵敕行事，各听坚节制。坚乃就之仪索取符玺，之仪复正色道："符玺系天子物，自有专属，宰相何事，乃欲索此？"坚不禁动怒，令卫士将他扶出，意欲置诸死刑，转思他有关民望，乃但黜为西边郡守。于是为故主赟发丧，迎幼主阐入居天台，罢正阳宫，大赦刑人，停止洛阳宫作。尊阿史那太后为太皇太后，杨后为皇太后，朱后为帝太后，所有陈后、元后、尉迟后，勒令出宫，并皆为尼。尉迟氏最不值得。追谥赟为宣皇帝，逾月奉葬。赟在位只越一年，禅位后又越一年，总算合成三年，殁时才二十二岁。得保首领，大幸大幸。

赟有六弟，介弟名赞，封汉王，次名贽，封秦王，又次名允，封曹王，又次名充，封道王，又次名兑，封蔡王，最幼名元，封荆王。汉王赞年将及冠，姿性庸愚，杨坚推他为上柱国右大丞相，阳示尊崇，实无权柄。自己为左大丞相，兼假黄钺，秦王贽为上柱国，此外皇叔并幼，不得入居朝列。幼主阐谅闇居丧，百官总己，听命左大丞相杨坚。坚又恐藩王有变，征令入朝，赵王招、陈王纯、越王盛、代王达、滕王逌五人，时皆就国。诸王皆不在朝，怪不得杨坚逞志，但赟俱皆遣散，自翦羽翼，安得不亡！至此闻有大丧，且接受诏旨，当然联翩入关。适突厥他钵可汗遣使吊丧，并迎千金公主。坚以为遗命当遵，遂与赵王招熟商，令他嫁女出番。特遣建威侯贺若谊等送往，多赍金帛，馈赠他钵，令执送高绍义。他钵乃伪邀绍义出猎，使谊候着，掩他不备，执还长安，坚因赦文甫下，免绍义死，流徙蜀中。绍义忧郁成瘵，不久即亡。了结高齐，缴足前文。

坚擅改正阳宫为丞相府，引司武上士郑赍为卫，潜令整顿兵仗，随坚入相府中。赍又召公卿与语道："公等欲求富贵，宜即随行。"公卿相率骇愕，互谋去就，不意卫兵大至，迫众随入相府。众不敢违，相偕至正阳宫，又为门吏所阻，被赍瞋目叱去，坚乃得入。赍遂得典丞相府宿卫，郑译为丞相府长史，刘昉为司马。御正下大夫李德林，自齐入周，尝司诏诰，坚知他文艺优长，特召入与语道："朝廷赐令总文武事，经国重任，今欲与公共事，愿公勿辞！"德林答道："愿以死奉公！"坚闻言大喜，即令德林为府属。内史大夫高颎，明敏有识，习兵事，多计略，坚又引为司录，遂改革秕政，豁除苛禁，删略旧律，更作刑书要制，奏请施行。躬履节俭，政尚清简，中外被他笼络，相率归心。汉王赞常居禁中，与幼主阐同帐并坐，有所议论，当然主谋。坚尚以为忌。相府司马刘昉，为坚设法，特饰美妓数人，亲送与赞。赞少年贪色，喜得心花怒开，便视昉为好友，尝相往来。昉因说赞道：

"大王系先帝介弟，时望所归，孺子幼冲，岂堪大事！今先帝甫崩，群情尚扰，王且归第，待事宁后，入为天子，乃是万全计策呢。"赞信为真言，便出居私第，日与美妓饮酒取乐，不问朝政。

那时内外政权，都归左大丞相杨坚。坚遂欲篡周祚，夜召太史中大夫庾季才问道："我以庸才，受兹顾命，天时人事，卿以为何如？"季才已知坚意，顺口答道："天道精微，不能臆察，唯卜诸人事，符兆已定，季才纵言不可，公岂复得为巢、许么？"巢父、许由皆古隐士。坚沉思良久道："诚如君言。"坚妻独孤夫人为前卫公独孤信女，亦密语坚道："大事至此，势成骑虎，必不得下，宜勉图为要！"欲作皇后耶？抑欲报父仇耶？坚很以为然，特恐相州总管蜀国公尉迟迥，为周室勋戚，迥母为宇文泰姊。位望素重，或有异图。乃使迥子魏安公惇，赍诏至相州，饬令入都会葬，另派上柱国韦孝宽为相州总管，即日启行。

迥得诏书，料知坚谋篡逆，未肯应召，但遣都督贺兰贵，往候韦孝宽。孝宽行至朝歌，与贵相遇，晤谈多时，见贵目动言肆，察知有变，因称疾徐行，且使人至相州求取医药，阴伺动静。迥即令魏郡太守韦艺，持送药物，并促孝宽莅镇，以便交卸。艺系孝宽兄子，与迥相善，及见孝宽，但传述迥命，未肯实言。孝宽再三研诘，仍然不答，乃拔剑起座，竟欲斩艺，艺不觉大骇，始言迥有诡谋，不如勿往。孝宽即挈艺西走，每过亭驿，尽驱传马而去。且语驿司道："蜀公将至，宜速具酒食！"驿司依言照办。过了一日，果有数百骑到来，为首的并非尉迟迥，乃是奉迥所遣的将军梁子康，阳言来迎孝宽，实是追袭孝宽。驿中已无快马，只有盛馔备着，子康也是个酒肉朋友，乐得过门大嚼，聊充一饱。那孝宽叔侄，已早驰入关中去了。孝宽不谓无智，但助坚篡周，终属非是。

杨坚闻孝宽脱归，再令侯正破六韩裒，诣迥谕旨。并密贻相州长史晋昶等书，嘱令图迥。迥察泄隐情，杀裒及昶，遂召集文武官民，登城与语道："杨坚自恃后父，挟持幼主，擅作威福，逆迹昭彰，行路皆知，我与国家谊属舅甥，任兼将相，先帝命我处此，寄托安危，今欲纠合义勇，匡国庇民，君等以为何如？"大众齐声应命。迥乃自称大总管，起兵讨坚。坚即令韦孝宽为行军元帅，辅以梁士彦、元谐、宇文忻、宇文述、崔弘度、杨素、李询等七总管，大发关中士卒，往击尉迟迥。孝宽方才起行，雍州牧毕王贤，明帝毓长子。恰潜与五王同谋，五王即赵、陈、越、代、滕诸王。意欲杀坚，偏为坚所察觉，诬贤谋反，将贤捕戮，并及贤三子。只因外乱方起，未便尽杀五王，但佯作不知，且令秦王贽为大冢宰，杞公椿杞公亮弟，亮诛后，椿继任。为大司徒，暂安众心。一面调兵转饷，专力图外。

青州总管尉迟勤，系迥从子，初由迥贻书相招，勤把原书赍送长安，自明绝迥。嗣闻相、卫、黎、洺、贝、赵、冀、沧、瀛各州，俱与迥相联络，更兼荣、申、楚、潼各刺史，亦应迥发难，单剩青州一隅，孤悬海表，如何抵挡得住，乃亦答复迥书，愿同戮力。迥又遣使联结并州刺史李穆，穆子士荣，劝穆从迥。穆独不愿，锁住来使，封上迥书。坚使内史大夫柳裘，驰驿慰穆，与陈利害，又使穆子左侍浑，往布腹心。穆即遣浑还报，奉一尉斗与坚，嘱浑致词道："愿执持威柄，尉安天下！"还有十三镮金带，亦令浑带去持赠，十三镮金带，是天子服，明明是阴寓劝进的意思。专冀富贵，不顾名义。坚当然大悦，答书道谢，并令浑诣韦孝宽军前，详述穆意，免得孝宽后顾，好教他锐意前进。穆兄子崇为怀州刺史，本欲应迥，后知穆已附坚，慨然太息道："阖门富贵，至数十人，今国家有难，竟不能扶倾定危，尚何面目处天地间呢！"话虽如此，怎奈孤掌难鸣，没奈何迁延从事。迥再招东郡守于仲文，仲文不从，迥即令大将军宇文胄、宇文济，分道攻仲文。仲文不能守，弃郡奔长安，妻孥不及随奔，尽被杀毙。迥又遣大将军檀让略地河南，杨坚因命于仲文为河南道行军总管，使击檀让。另调清河公杨素，使击宇文胄、宇文济。并自为都督中外诸军事。会郧州总管荥阳公司马消难，亦因身为后父，愿保周室，亦举兵应迥。消难女为幼主阐后见前。坚乃复遣柱国王谊为行军元帅，出攻消难。军书旁午，日无暇晷，更兼天气盛暑，将士出发，亦未能兼程急进，害得杨坚欲罢不能，免不得日夕忧烦。

赵王招等入长安后，已见坚怀不轨，常欲杀坚，自毕王贤被杀，心愈不安，乃想出一法，邀坚过饮。坚亦防招下毒，特自备酒肴，令左右担至招第，方才敢往。招引坚入寝室，使坚左右留住外厢，唯坚从祖弟大将军弘，及大将军元胄，随坚入户，并坐户侧，招与坚同饮，酒至半酣，招拔佩刀刺瓜，接连啖坚。元胄瞧着，恐招乘势行刺，即挺身至座前道："相府有事，不便久留，请相公速归！"招怒目呵叱道："我方与丞相畅叙，汝欲何为？"胄亦厉声道："王欲何为？敢叱壮士！"招始佯笑道："我有什么歹意？卿乃这般猜疑。”因酌酒赐胄，胄一饮而尽，站立坚旁。仿佛鸿门会上时。招与坚续饮数觥，伪醉欲呕，将入后阁，胄恐他为变，扶令上坐，至再至三。招复自称喉渴，令胄就厨取饮，胄仍屹然不动。适滕王逌后至，坚降阶出迎，胄乃得与坚耳语道：“事势大异，可速告归！”坚答道：“彼无兵马，何足为虑！”胄又低声道：“兵马统是彼物，彼若先发，大事去了！胄不辞死，恐死无益！”坚似信非信，重复入座。胄格外留意，忽听室后有被甲声，亟扶坚下座道：“相府事繁，公何得流连至此？”一面说，一面扯坚出走，招不禁着急，亦下座追坚。胄让坚出户，呼弘保坚同行，自奋身挡住户门，不令招出。小子演述至此，随笔写成一诗道：

欲为壮士贵争名，保主何如保国诚！
当户虽然资大力，公私两字欠分明。

毕竟杨坚如何脱身，待看下回表明。

周主赟淫昏失德，并立五后，其最称丑秽者，为西阳公温妻尉迟氏。温父亮为赟从祖兄，温妻尉迟氏，赟之从祖侄妇也。尉迟氏有美色，赟乘其入朝，灌酒使醉，逼而淫之，亮因此谋叛，祸及一门，尉迟氏被迫入宫，公然为后。赟之不道，原不足责；尉迟氏不能保身，复不能保家，甘心受污，侈服翚翟，以视春秋时之怀嬴，其犹有愧辞乎？及昏君毕命，仍出为尼，嗟何及哉！尉迟迥累世贵戚，地居形胜，愤坚专擅，誓众兴师，不可谓非忠义士。司马消难，亦举兵响应，名正言顺，事若可成。然试思淫暴如赟，宁尚能泽及后嗣耶！天意亡周，人力亦乌能挽之？徒见其倏起倏败而已。然如尉迟迥之为国死义，亦足垂千古矣！

第八十一回　失郧城皇亲自刎
篡周室勋戚代兴

却说杨坚为赵王招所诱，几乎遭害，幸亏大将军元胄，将坚扶出，奋身当户，阻住赵王招，待至坚已去远，才转身趋归。赵王招见胄勇武，不敢与抗，眼见是纵虎出柙，自恨不先下手，因致迟误，徒落得弹指出血，结愤填胸。那杨坚怎肯罢休，即诬称赵王招图逆，与越王盛通谋，立刻驱策兵士，围住两王府第，屠戮全家；唯赏赐元胄，不可胜计。元胄、宇文弘，仿佛许褚、曹洪。会益州总管王谦，亦自蜀起兵，与尉迟迥、司马消难等，互相联络，尉迟迥更贻书后梁，请为声援。后梁诸将，竞劝梁主举兵，谓与迥等连盟，进可尽节周氏，退可席卷山南。梁主岿踌躇未决，岿嗣詧位，见七十二回。乃使中书舍人柳庄，入周观衅。杨坚握手与语道："孤昔开府，尝从役江陵，深蒙梁主殊眷，今主幼时艰，猥蒙顾托，与梁主共保岁寒，勿爽旧约，请君为我达意！"柳庄应命而还，具述坚言，且语梁主岿道："尉迟迥虽是旧将，昏耄已甚，消难王谦，才具庸劣，更不足道。周朝将相，多为身计，统已归附杨氏，看来迥等终当覆灭，随公必移周祚，不若保境息民，静观时变为是。"梁主岿因敛兵不动，作壁上观。

周行军元帅韦孝宽，已引军至武陟，与尉迟迥军隔一沁水，水势适涨，两下相持不战。孝宽长史李询密报杨坚，谓总管梁士彦等，并受迥金，所以逗留。坚很加忧虑，与内史郑译等，商议易将。李德林独进言道："公与诸将皆国家贵臣，未相服从，今但由公挟主示威，勉从号令，若非推诚相与，动辄猜疑，将来如何使人？况取金纳赂，事实难明，今或临敌易将，恐郧公以下，莫不自危，军心一离，大势尽去了。”坚谓然道：“今将奈何？”德林道：“依愚见，速遣一才望并优的干员，往达军前，察看情伪，诸将果有异心，亦不敢立时变动；万一变起，也是容易制驭哩。”坚大悟道：“非公言，几误大事。”乃命少内史崔仲方往监诸军。仲方以父在山东，不愿受命，改遣刘昉、郑译。昉说是未尝为将，译又以母老为辞。无非怕死而已。坚不禁着急，幸司录高颎请行，乃即命出发，倍道至军，商诸孝宽，择沁水较浅处，筑桥渡军，一决胜负。

迥子魏安公惇率众十万，列阵至二十余里，麾兵少却，拟俟孝宽军半渡，然后进击。孝宽乘势渡桥，鸣鼓齐进。惇兵上前堵截，尽被杀退。颎又命将浮桥毁去，自断归路，使将士上前死战，将士果然拚生杀去，尉迟惇不能抵挡，奔回邺城，军多散失。韦孝宽麾动各军，乘势追至邺下。惇父迥与惇弟祐，尽驱部卒出城，共十三万众，屯驻城南。迥自统万人，均戴绿巾，着锦袄，号称黄龙兵。迥弟勤又集众五万，由青州援兄，自领三千骑先至。迥素习军旅，老犹被甲临阵，麾下兵多关中人，相率力战。孝宽与战不利，只好退走。邺下士民观战，亦不下数万人。行军总管宇文忻道：“事已急了，我当用计破敌。”说着，即命兵士各拈弓搭箭，竞射观战的士民。士民当然骇走，哗声如雷。忻即大呼道：“贼败了，贼败了，我等将士，奈何不乘势立功？”众闻忻言，气势复振，再接再厉，杀入迥阵。迥众已为士民所扰，心神惶乱，怎禁得敌军大至，不由的仓皇四溃。迥无法支持，急与二子走回城中。孝宽纵兵围攻，毁城直入，邺城遂陷。迥窘迫升楼，由周将崔弘度追入，弘度妹曾嫁迥子为妻，至是见迥弯弓欲射，索性脱去兜鍪，遥语迥道：“颇相识否？今日各图国事，不得顾私，但亲谊相关，谨当禁遏乱兵，不许侵辱。事已至此，请公早自为计，不必多费踌躇了。”弘度果知为国么？迥自知难免，把弓掷下，极口骂坚十余声，拔剑自刎。弘度顾弟弘升道：“汝可取迥头。”弘升乃枭首而去，持献孝宽。勤与惇祐，俱东走青州。孝宽遣开府大将军郭衍，率兵追获，与迥首同送入长安。杨坚因勤尝呈入迥书，初意未差，特令赦罪，唯将惇祐处刑。总计尉迟迥起兵，只六十八日而败，后人说他举事颇正，驭变无才，所以有此败亡呢。论断谨严。

孝宽更分兵讨关东叛吏，依次削平。坚命徙相州治所至安阳，毁去邺城及邑居，分置相州为毛州、魏州，无非是地小力分，化险为夷的意思。时周行军总管于仲文，军至蓼堤，距梁郡约七里许，檀让引众数万，前来搦击。仲文用羸兵挑战，佯作败状，退走十里。让恃胜生骄，竟不设备，夜间被仲文还袭，霎时惊散，被俘五千余人。仲文进攻梁郡，守将刘子宽弃城遁去；再进击曹州，擒住尉迟迥所署刺史李仲康，又追檀让至成武。让再战再败，东窜数十里，终为仲文所获，槛送长安，眼见得是不能活命了。檀让又了，顾应前回。还有宇文威、宇文曹等，亦由杨素剿平，报捷复命。两宇文亦随笔了结。唯司马消难及王谦两军，尚未扑灭，坚深以为忧，促王谊进军郧州，速平消难，一面使上柱国梁睿为西征元帅，进图益州。司马消难素无才略，但因尉迟迥发难，也想乘势图利，出些风头，淫烝父妾，让你出头，战乃危事，如何轻试？一闻尉迟迥败灭，吓得魂不附身，忙遣人至建康，向陈乞援。陈军尚未出发，王谊军已将驰至，消难不待王谊攻城，便夤夜南奔，投降南朝。陈主顼命为车骑将军，兼职司空，加封随公。王谊当然告捷。坚以外患将平，功成在迩，便自为大丞相，罢去左右丞相官衔，又杀害陈王纯及纯子数人。

益州总管王谦，但望各军得胜，自出兵为后继，哪知各处军报，都化作瓦解烟消，免不得心惊肉跳，非常忧虑。隆州刺史高阿那肱，此子尚在耶？因被坚外调，怏怏失望，遂向谦献计道："公若亲率精锐，直指散关，蜀人知公仗义勤王，必肯为公效命，这是上策。出兵梁汉，占据腹地，这是中策。若坐守剑南，发兵自卫，这便成为下策了。"谦因上策太险，欲参用中、下二策，总管长史乙弗虔，益州刺史达奚惎谓："蜀道崎岖，来兵不能飞越，但当据险自固，俟衅出兵。"谦乃令两人率众十万，往堵利州。周西征元帅梁睿，调集利、凤、文、秦、成各州兵马，直向利州进发。途次与蜀兵相值，蜀兵不待交绥，便即溃散。乙弗虔、达奚惎两人，节节退走，梁睿节节进逼，两人无法可施，乃潜遣人至睿军，愿为内应，借赎前愆。睿当然允行。虔与惎遂退还成都。谦尚未知二人情伪，还道是自己心腹，令他守城，又命惎、虔子为左右军，仓猝出战。及睿军掩至，左右两翼，先已叛去，谦手下只数十骑，逃回城下，但见城门紧闭，城上立着乙弗虔、达奚惎，同声语谦道："我等已归附梁元帅，公请自便。"还算客气。谦不能入城，窜往新都。县令王宝，假意出迎，诱谦入城，把他杀毙，传首长安。梁睿驰入成都，擒得高阿那肱，械送入关。坚斩高阿那肱首，令与谦头一并示众。高阿那肱至此方死，也是出人意料。又传语梁睿谓：“惎、虔二人，本是首谋，不应贷死。”睿乃将二人斩首了事。数路大兵，统已荡平，权焰熏天的随公坚，便安安稳稳的好篡那周室江山了。

郧国公韦孝宽班师未几，便即病殁，年已七十有二。孝宽智勇深沉，世称良将，每遇勍敌，从容布置，常为人所未解。及成功以后，众才惊服。平时在军，笃意文史，有暇辄自披阅。又早丧父母，事兄嫂加谨，所得俸禄，不入私房，亲族孤贫，必加赈给，士论更翕然称颂。唯甘心为杨坚爪牙，铲灭义师，酿成杨氏篡周的祸祟，徒落得晚节不终，遗讥千古，这岂非一大可惜么？特为孝宽加评，隐寓惜才之意。杨坚很是悲悼，追赠太傅，予谥曰襄。高颎随军还朝，益得坚宠，命代刘昉为司马，且因此与郑译渐疏，虽未撤译官，独阴戒官属，不必向译白事。译渐觉自危，乞求解职。坚尚加慰勉，敷衍面子，但礼貌已是寖衰了。周室五王，已被坚害三人，只剩得代王达与滕王逌，毫无权力。坚尚不肯放过，索性也诬他通叛，均令自尽。于是胁周主阐下诏，进坚为相国，总百揆，进爵随王，以安陆等二十郡为随国。坚佯为谦让，但受十郡。已而复有敕颁下，加随王九锡礼，得建台置官，且进随王妃独孤氏为王后，世子勇为王太子。坚三让乃受。开府仪同大将军庾季才、卢贲，及太傅李穆等，俱劝坚应天受命，坚尚未肯遽允。又迁延逾年，至大象三年二月间，乃逼周主阐禅位，当有一道逊国诏书，略云：

元气肇辟，树之以君。有命不恒，所辅唯德。天心人事，选贤与能，尽四海而乐推，非一人所独有。周德将尽，妖孽递生，骨肉多虞，藩维构衅，影响同恶，过半区宇，或小或大，图帝国王，则我祖宗之业，不绝如线。相国随王，叡圣自天，英华独秀，刑法与礼仪同运，文德与武功并传。爱万物其如己，任兆庶以为忧。手运玑衡，躬命将士，芟夷奸宄，刷荡氛祲，化通冠带，威震幽遐。虞舜之大功二十，未足相比，姬发之合位三五，岂可并论？况木行已谢，火运既兴，河、洛出革命之符，星辰表代终之象，烟云改色，笙簧变音，狱讼咸归，讴歌尽至。且天地合德，日月贞明，故已称大为王，照临下土，朕虽寡昧，未达变通，幽显之情，皎然易识。今便祗顺天命，出逊别宫，禅位于随，一依唐、虞、汉、魏故事。王其恪膺帝箓，幸勿再辞！

杨坚得此诏书，当然踌躇满志，唯表面上不得不三辞三让。乃再遣兼太傅杞公宇文椿奉册，大宗伯赵熨奉玺，至随王府中劝进，册书有云：

咨尔相国随王，粤若上古之初，爰启清浊，降符授圣，为天下君，事上帝而利兆人，和百灵而利万物，非以区宇之富，未以宸极为尊。大庭、轩辕以前，骊连、赫胥之日，咸以无为无欲，不将不迎。遐哉其详不可闻已。厥有载籍，遗文可观，圣莫逾于尧，美未过于舜。尧得太尉，已作运衡之篇，舜遇司空，便叙精华之竭。彼褰裳脱屣，贰宫设飨，百辟归禹，若帝之初，斯盖上则天时，不敢不授，下祇天命，不可不受。汤代于夏，武革于殷，干戈揖让，虽复异揆，应天顺人，其道靡异。自汉迄晋，有魏至周，天历逐狱讼之归，神鼎随讴歌而去。道高者称帝，箓尽者不王，与夫父祖神宗，无以别也。周德将尽，祸难频兴，宗戚奸回，咸将窃发。顾瞻宫阙，将图宗社，藩维连率，逆乱相寻，摇荡三方，不合如砺，蛇行鸟攫，投足无所。王受天明命，睿德在躬，救颓运之艰，匡坠地之业，拯大川之溺，扑燎原之火，除群凶于城社，廓妖氛于远服，至德合于造化，神用洽于天壤，八极九野，万方四裔，圜首方足，罔不乐推。往岁长星夜扫，经天昼现，八风比夏后之作，五纬同汉帝之聚，除旧之征，昭然在上。近者赤雀降祉，玄龟效灵，钟石变音，蛟鱼出穴，布新之征，焕焉在下。九区归往，百灵协赞，人神属望，我不独知，仰祇皇灵，俯顺人愿。今敬以帝位禅于尔躬，天祚告穷，天禄永终。於戏！王宜允执厥和，仪刑典训，升圜丘而敬苍昊，御皇格而抚黔黎，副率土之心，恢无疆之祚，可不盛欤！

杨坚收受册书，及皇帝玺绶，便直任不辞。大事告成，何必再辞。庾季才谓二月甲子日，应即帝位，坚依言办理。届期早起，召集百官，乘车入宫。宫中仪卫，已备齐衮冕，奉至坚前。坚立即被服，由百官拥至临光殿，升座受朝。一班舍旧从新的官吏，当然是舞蹈山呼，齐称万岁。国号随，改元开皇，坚本袭父封，号为随公，他却以随字中箝一辵旁，辵与辶同，音绰。义训为走，作为朝名，恐有不遑安处的预兆，所以去辵作隋，想望升平。徒从字义上着想，究有何益？命有司奉册至南郊，燔燎告天，兼祀地祇。少内史崔仲方，请改周氏官仪，仍依汉、魏旧制，诏如所请。乃置三师三公，及尚书、门下、内史、秘书、内侍等五省，御史都水二台，太常等十一寺，左右卫等十二府，分司定职。又设上柱国至都督共十一等勋官，所以报功，特进至朝散大夫七等散官，所以旌贤。改称侍中为纳言，命相国司马高颎为尚书左仆射，兼纳言一职。相国司录虞庆则为内史监，兼吏部尚书。相国内郎李德林为内史令，典军元胄为左卫将军，追尊皇考忠为武元皇帝，庙号太祖。皇妣吕氏为元明皇后，立独孤氏为皇后，长子勇为皇太子。

杨氏系出弘农，相传为汉太尉杨震后裔。坚六世祖元寿，为后魏武川镇司马，遂留居武川。元寿玄孙就是杨忠，忠从周太祖举兵关西，赐姓普六茹氏，妻吕氏，生坚时，紫气充庭，有一尼来自河东，语吕氏道："此儿骨相非凡，不宜留处尘俗。"吕氏乃托尼择一别馆，移坚居养，尼亦尝往来省视。一日，吕氏抱坚在怀，忽见坚头上出角，遍体鳞起，不禁大骇，将坚置地。尼适从外趋入，忙把坚抱起道："已惊我儿，致令晚得天下。"吕氏再为复视，并无鳞角，依然形相如常。及坚既长成，尼已他去，不知下落。后来坚累迁显要，周室君臣，多加猜忌，竟得不死。至是竟篡周称帝，史家于一代崛兴，往往叙及祯祥，这也是习见之谈。降周主阐为介公，迁居别宫，食邑万户。车服礼乐，仍用周制。上书不为表，答表不称诏，似乎有永作隋宾的意义。阐后司马氏坐父消难叛周罪，已早废为庶人，独周太后杨氏，系坚长女，年不过二十有奇，从前坚入宫辅政，杨太后本未与谋，但因嗣主幼冲，恐权界他族，与已不利，既得乃父秉权，倒也喜如所愿。后来见父有异图，意颇不平，形诸词色，只是一介女流，如何抗得过当朝宰相？没奈何忍气吞声，迁延过去。既而周竟被篡，杨氏越加愤惋，屡思与父面争。坚也自觉惭愧，不令入见，唯遣独孤后好言抚慰。嗣复改封为乐平公主。且见她芳年尚盛，欲令改嫁，杨氏誓死不从，方得守志终身。尚有周太皇太后阿史那氏，经隋革命，便即病终。坚却令有司仍用后礼，祔葬周武帝陵。周太帝太后李氏，与介公阐迁居别宫，李氏不免愤懑，情愿出俗为尼，改名常悲。就是介公阐生母朱氏，亦随着李氏一同削发披缁，改名法净。周宣帝赟五后，唯杨氏留居宫中，陈、元、尉迟三后，已早为尼，见前回。与李、朱二氏，同心念佛。朱氏首先逝世，李氏继殁，尉迟氏亦即随殒。陈、元二后，直至唐贞观年间，方才告终。杨后至隋炀帝大业五年病逝，得祔葬周宣帝陵。那被废的司马皇后，却改嫁与司州刺史李丹为妻，仍去做那宦家妇了。总结一段，缴足前文。

周氏诸王，尽降为公，另封皇弟邵国公慧为滕王，同安公爽为卫王，皇子雁门公广为晋王，俊为秦王，秀为越王，谅为汉王，命并州总管申国公李穆为太师，邓国公窦炽为太傅，幽州总管任国公于翼为太尉，金城公赵煚为尚书右仆射，汉安公韦世康为礼部尚书，义宁公元晖为都官尚书，昌国公元岩为兵部尚书，上仪同长孙毗为工部尚书，杨尚希为度支尚书，族子雍州牧邗国公杨惠为左卫大将军，从祖弟永康公杨弘为右卫大将军，从子陈留公杨智积为蔡王，杨静为道王。寻又令晋王广为并州总管，上柱国元景山为安州总管，当亭公贺若弼为楚州总管，新义公韩擒虎为庐州总管，神武公窦毅为定州总管。毅为邓国公窦炽从子，曾尚周太祖第五女襄阳公主，生有一女，尚未及笄，闻隋主受禅，自投堂下抚膺太息道："恨我不为男子，救舅氏患。"毅夫妇忙掩女口道："汝休妄言！恐灭我族。"满朝官吏，不及一窦氏女儿。后来此女嫁与唐公李渊，得做唐朝的开国皇后。可见人世无论男女，总要有些志向，志向一定，将来自然有一番事业哩！唤醒庸人。话休叙烦。

且说内史监虞庆则，劝隋主坚尽灭宇文氏，断绝后患。高颎、杨惠亦附和同声，独李德林力言不可。隋主坚变色道："君系书生，不足与语大事。"遂令宿卫各军，搜捕宇文氏宗族，所有周太祖泰孙谯公乾恽、冀公绚、闵帝觉子纪公湜、明帝毓子酆公贞、宋公实、武帝邕子汉公赞、秦公贽、曹公允、蔡公兑、荆公元、宣帝赟子莱公衎、郢公术等，一古脑儿拘到狱中，勒令自杀。未几，又将介公阐害死宫中，谥曰静帝，年仅九龄，总算做了两年有零的小皇帝。统计周自闵帝觉篡魏，至静帝阐亡国，中历五主，共得二十五年。小子有诗叹道：

> 九龄幼主罪难论，惨祸临头忽灭门。
> 莫道覆宗由外戚，厉阶毕竟自天元。

隋主坚已灭尽宇文氏，安然为帝，从此疏远李德林，又另征一人为亲信侍臣。究竟此人为谁，待至下回报明。

周末起兵讨坚，以尉迟迥为首难，故本回于尉迟迥之死，叙述较详，隐寓惋惜之意。韦孝宽为北周大臣，义同休戚，乃甘心助坚，致迥败死，迥才不及孝宽，乃舍生取义，死且留名，孝宽之死，阒然而已，后世或且有鄙夷之者。本回叙孝宽行谊，似有褒词，实则褒之正所以贬之耳。杨后丽华，柔婉不忌，周旋暴君，接御妃嫔，颇有卫风硕人之德，及乃父受禅，愤惋不平，虽未能保全周祚，以视盈廷大臣之卖国求荣，相去固有间也，至若窦毅之女，年未及笄，且自恨不能救舅氏患，巾帼妇女，犹知节义，彼昂藏七尺躯，自命为须眉男子者，曾亦自觉汗颜否耶?

第八十二回　挥刀遇救逆弟败谋
酣宴联吟艳妃专宠

却说隋主坚起用一人，令为太子少保，兼纳言度支尚书。这人为谁？就是西魏度支尚书苏绰子威。先出官名，后出姓氏，笔法特变。威五岁丧父，哀毁若成人，及长颇有令名，周太祖泰代为申请，令袭爵美阳县公。嗣由大冢宰晋公宇文护，强妻以女。威见护擅权，恐自遭祸累，遁入山中，栖寺读书，后来屡征不起。至隋主坚为丞相时，因高颎荐引，召入与语，很加器重，约居月余，威闻坚将受禅，又遁归田里。颎请遣人追还，坚撚须道："彼不欲预闻我事，且从缓召至。"受禅数月，坚与李德林有嫌，乃复召威入朝，处以清要，追封绰为邳公，令威袭爵，观威后此行状，实是沽名钓誉。威遂得与高颎并参朝政，日见亲信。尝劝隋主减徭轻赋，尚俭戒奢，隋主坚很是嘉纳，除去一切苛征，所有雕饰旧物，悉命毁除。威又入白道："臣先人每戒臣云，但读《孝经》一卷，便足立身治国。"隋主坚亦深以为然。

先是周定刑律，颇从宽简，隋既建国，更命高颎、杨素等修正，上采魏、晋旧律，下至齐梁，沿革重轻，务取折衷主义，删去枭轘鞭各法，非谋反无族诛罪。始制定死刑二条，一统一斩；流刑三条，自二千里至三千里；徒刑五条，自一年至三年；杖刑五条，自六十至百下；笞刑五条，自十至五十。士大夫有罪，必先经群臣公议，然后上请。罪有可原，酌量从减，或许赎金，或罚官物。人民有罪，须用刑讯拷掠，不得过二百，枷杖大小，俱有定式。民有枉屈，县不为理，得依次诉诸州郡省。州郡省仍不为理，准令诣阙申诉。自是法律简明，恩威两济。嗣隋主坚览刑部奏狱，数犹至万，尚嫌律法太严，乃敕苏威再从减省，法益简要，疏而不漏，且仍置法律博士弟子员，研究律意，随时改订，这也未始非慎重人命的美意。心乎爱民，宜加称扬。且隋、唐以后，刑法简明，亦皆导源于此。

唯郑译解职归第，尚留上柱国官俸。译怏怏失望，阴呼道士醮章祈福。适有婢女为译所殴，计奏译为厌蛊术，隋主坚召译入问道："我不负公，公怀何意？"译不能答辩，顿首谢罪。隋主仍不忍加谴，敕令闭门思过，译遵旨自去。会宪司劾译不孝，尝与母别居。隋主乃下诏道："译嘉谟良策，寂尔无闻，鬻狱卖官，沸腾盈耳，若留诸世间，在人为不道之臣，戮诸朝市，入地为不孝之鬼。有累幽显，无可处置，宜赐以《孝经》，令彼熟读。"仍遣使与母同居。周之亡，译为首恶，隋主不忍加诛，反出此诙谐敕文，殊失政体。已而复授译为隆州刺史，译赴任未几，请还治疾，又得赐宴醴泉宫，许还官爵，这且慢表。

唯是时岐州刺史梁彦光，新丰令房恭懿，治绩称最，有诏迁彦光为相州刺史，擢恭懿为海州刺史，且饬令全国牧守，以二人为法。自是吏多称职，民物从安。寻又因宇文孤弱，遂至亡国，特使三皇子分莅方面，作为屏藩。晋王广为河北行台尚书令，蜀王秀为西南行台尚书令，秦王俊为河南行台尚书令，一面通好南朝，与民休息。边境每获陈谍，皆赐给衣马，遣令南归。独陈尚未禁侵掠，并遣将军周罗睺、萧摩诃等，侵入隋境。隋主坚乃命上柱国长孙览、元景山两人，并为行军元帅，出兵攻陈，且持简尚书左仆射高颎，节度诸军。颎奉命南行，适值陈主顼新殂，太子叔宝嗣立，调回北军，且遣人至隋军求和。颎仰承上意，因奏请礼不发丧，隋主果然依议，诏令班师。

那陈朝却为了大丧，生出内乱，好容易才得荡平，说来亦是一番事迹，不得不约略表明。陈主顼子嗣最多，共生四十二男，长子就是叔宝，已立为皇太子，次子叫作叔陵，曾封始兴王，见第七十四回。累任方镇，性情淫暴，征求役使，无有纪极。夜常不寐，专召僚佐侍坐，谈论民间琐事，作为笑谑。且多置饘䤈，昼夜啖嚼，自快朵颐，独不喜饮酒。每当入朝，却佯为修饰，车中马上，执简读书，高声朗诵，掩人耳目。陈主顼亦为所欺，迁擢至扬州刺史，都督扬、徐、东扬、南豫四军事。既而入治东府，好用私人，一经推荐，必须省阁依议，倘微有违忤，即设法中伤，使陷大辟。平时居府舍中，尝自执斧斤，为沐猴戏；又好游塚墓间，遇有著名茔表，辄令左右发掘取归，石志古器，并尸骸骨骼，持为玩物，藏诸库中；民间有少妇处子，略可悦目，即强取入府，逼为妾婢。及生母彭贵人病逝，他却请葬梅岭，就晋太傅谢安茔间，掘去谢棺，窆入母柩，又伪作哀毁形状，自称刺血写涅槃经，为母超荐，暗中即令厨子日进鲜食，且私召左右妻女，与他奸合。左右惮他淫威，不敢与校，但不免有怨言传出，为上所闻。陈主顼素来溺爱，不过召入呵责，并未加谴，因此叔陵得益加恣肆，潜蓄邪谋。

新安王伯固，系文帝蒨第五子，与叔陵为从父昆弟，形状眇小，独善为谐谑，得陈主欢。陈主顼宴集百官，往往引他入座，目为东方朔一流人物。溺爱己子，尚还不足，还要添入一侄，宜乎陈祚速亡。太子叔宝，更喜与伯固相狎，日必过从。叔陵却起了妒意，阴伺伯固过失，意欲加害。偏伯固生性聪明，做出一番柔媚手段，讨好叔陵，叔陵渐被笼络，不但变易恶念，反视伯固为腹心。叔陵好游，伯固好射，两人相从郊野，大加款昵。陈主顼怎知微意，用伯固为侍中，伯固有所闻知，必密告叔陵。太建十年，陈主命在娄湖旁筑方明坛，授叔陵为王官伯，使盟百官。又自幸娄湖誓众，分遣大使，颁诰四方。这是何意？适以阶身后之乱。叔陵既得为盟主，愈思夺嫡，只因乃父清明，未敢冒昧从事。

到了太建十四年春间，陈主顼忽然不豫，医药罔效，病且日深，太子叔宝当然入侍，叔陵与弟长沙王叔坚，陈主顼第四子。也入宫侍疾。叔坚生母何氏，本吴中酒家女，陈主顼微时，尝至酒肆沽饮，见何氏有色，密与通奸，至贵为天子，遂召何女为淑仪，生子叔坚，长有膂力，酗虐使酒。是谓遗传性。叔陵因何为贱隶，不愿与叔坚序齿，所以积不相容，常时入省，辄互相趋避。此次入侍父疾，只好一同进去。叔陵顾语典药吏道：“切药刀太钝，汝应磨砺，方好使用。”机事不密则害成，况自露意旨耶？典药吏不知何意。叔陵却扬扬踱入，在宫中厮混了两三日，忽见陈主病变，气壅痰塞，立致绝命。宫中仓猝举哀，准备丧事。那叔陵反嘱令左右，向外取剑，左右莫名其妙，取得朝服木剑，呈缴叔陵。叔陵大怒，顺手一掌，把他打出。似此粗莽，也想谋逆，一何可笑？叔坚在侧，已经瞧透隐情，留心伺变。越日昧爽，陈主小殓，太子叔宝伏地哀恸，叔陵觅得剉药刀，趋至叔宝背后，斫将下去，正中项上，叔宝猛叫一声，晕绝苫地。柳皇后惊骇异常，慌忙趋救叔宝，又被叔陵连斫数下。叔宝乳母吴氏急至叔陵后面，掣住右肘，叔坚亦抢步上前，叉住叔陵喉管，叔陵不能再行乱斫，柳皇后才得走开。叔宝晕绝复苏，仓皇扒起。看官听说！这剉药刀究竟钝锋，不利杀人，故叔宝母子，虽然受伤，未曾致命。叔陵尚牵住叔宝衣裾，叔宝情急自奋，竟得扯脱。叔坚手扼叔陵，夺去剉药刀，牵就柱间，自劈衣袖一幅，将他缚住。且呼问叔宝道："杀却呢？还是少待呢？"叔宝已随吴媪入内，未及应答。叔坚还想追问，才移数步，叔陵已扯断衣袖，脱身逃出云龙门，驰还东府，亟召左右截住青溪道，赦东城囚犯，充做战士，发库中金帛，取做赏赐。又遣人驰往新林，征集部曲，自被甲胄，着白布帽，登城西门，号召兵民及诸王将帅，竟无一应命。独新安王伯固单骑赴召，助叔陵指麾部众。叔陵部兵约千人，尽令登陴，为自守计。

叔坚见叔陵脱走，急向柳后请命，使太子舍人司马申，往召右卫将军萧摩诃。摩诃入见受敕，率马、步数百人，趋攻东府，屯城西门。叔陵不免惶急，因遣记室韦谅，送鼓吹一部与萧摩诃，且与约道："事若得捷，必使公为台辅。"摩诃笑答道："请王遣心膂节将，前来订约，方可从命。"叔陵乃复遣亲臣戴温、谭骐驎，出与订盟。摩诃把二人执送台省，立即斩首，枭示城下，城中大骇。叔陵自知不济，仓皇入内，驱妃张氏及宠妾七人，俱沉入井中，自领步、骑数百，与伯固夤夜出走，乘小舟渡江，欲自新林奔隋，行至白杨路，后面追兵大至，伯固避入小巷，叔陵亲自追还，拟与追军决一死战。锋刃未交，部下已弃甲溃奔。萧摩诃部将马容、陈智深，双刺叔陵，叔陵坠落马下，即被杀死。伯固亦为乱兵所杀，两首并传入都门，当下自宫中颁敕，所有叔陵诸子，一体赐死，伯固诸子，废为庶人。余党韦谅、彭暠、郑信、俞公喜等，并皆伏诛。于是叔宝即皇帝位，援例大赦，命叔坚为骠骑将军，领扬州刺史。萧摩诃为车骑将军，领南徐州刺史，晋封绥远公。立皇十四弟叔重为始兴王，奉昭烈王宗祀。余弟已经封王，一概照旧，未经封王，亦皆加封。尊谥大行皇帝为孝宣皇帝，庙号高宗，皇后柳氏为皇太后。总计陈主顼在位十四年，享年五十三，这十四年间，起兵数次，既得淮南，仍复失去，对齐有余，对周不足，只好算做一个中主。而且得国未正，传统未贤，偌大江东，终归覆灭，史称他德不逮文，智不及武，恰也是一时定评呢。褒贬得当。

叔宝已经嗣位，项痛未愈，病卧承香殿，不能听政，内事决诸柳太后，外事决诸长沙王叔坚。叔坚渐渐骄纵，势倾朝廷，叔宝未免加忌，只因他讨逆有功，含忍过去。寻且加官司空，仍兼将军刺史原官。立妃沈氏为皇后，皇子胤为皇太子。胤系孙姬所出。因产暴亡，沈后特别哀怜，养为己子。太建五年，已受册为嫡孙，寻封永康公，聪颖好学，常执经肄业，终日不倦；博通大义，兼善属文。既得立为储君，朝野慰望，共称得人。反射下文。越年正月，改元至德。叔宝疮疾早痊，亲自听政，都官尚书孔范，中书舍人施文庆，皆东宫旧侍，并得邀宠，遂日夕在叔宝前陈论叔坚过失。叔宝本已相猜，更兼二人从旁构煽，越加动疑，遂调回皇弟江州刺史豫章王叔英，陈主项第三子。令为中卫大将军，出叔坚为江州刺史，另用晋熙王叔文陈主项第十二子。代刺扬州。叔坚入朝辞行，又由叔宝当面慰谕，留任司空，再调叔文往江州，命始兴王叔重为扬州刺史。甫经莅政，便已朝令暮改，自相矛盾。叔坚既不得专政，又不得外调，郁郁困居，绝无聊赖，乃雕刻木偶为道人装，中设机关，能自拜跪，使在日月下，醮祷求福。真是呆想。当有人讦他咒诅，被逮下狱，由内侍传敕问罪。叔坚答道："臣本无他意，不过前亲后疏，意欲求媚，所以祈神保祐。今既犯天宪，罪当万死，但臣死以后，必见叔陵，愿陛下先传明诏，责诸泉下，方免为叔陵侮弄。"仍是呆话。这一席话，由内侍还报。叔宝也记念前勋，不思加刑，乃特下赦书，但免司空职衔，仍使还第，食亲王俸。过了数月，复起为侍中，兼镇左将军。

前太子詹事江总，素长文辞，与叔宝相昵，叔宝为太子时，总自侍东宫，为长夜饮，且养良娣陈氏为女，导太子微行。陈主项闻总不法，将他黜免。叔宝嗣位，即除授总为祠部尚书，未几又迁为吏部尚书，又未几且超拜尚书仆射。尝引总至内廷，作乐赋诗，互相唱和。侍中毛喜系累朝勋旧，叔陵谋逆，喜与叔坚并主军事，更得纪功。叔宝亦颇加优礼，或令入宴。喜因山陵初毕，丧服未除，不应如此酣饮；且见后庭陈乐，所作诗章，多淫艳语，更觉看不过去，只一时不好多言。可巧叔宝酒酣，命喜赋诗，喜即欲规诫，又恐叔宝酒后动怒，乃徐徐升阶，佯为心疾，扑仆阶下。叔宝即命左右扶起，掖出省中。及叔宝酒醒，忆喜情状，顾语江总道："我悔召毛喜，彼实无疾，不过欲阻我欢饮，托疾相欺，如此奸诈，实属可恨。"说着，即欲使人系喜，还是中书舍人傅縡，谓喜系先帝遗臣，不宜重谴，乃谪喜为永嘉内史。

自喜被外谪，言官相率箝口，无人进规，叔宝日益荒淫，不是使酒，就是渔色。沈皇后为望蔡侯沈君理女，母即高祖女会稽公主，公主早亡，后年尚幼，哀毁如成人。宣帝顼闻后孝思，所以待后及笄，纳为冢妇。已而君理逝世，后复出处别舍，日夕衔哀，叔宝目为迂愚。且因后端静寡欲，很不惬意，另纳龚、孔二女为良娣。龚氏有婢张丽华，系兵家女，家事中落，父兄以织席为业，不得已鬻女为奴。丽华得随龚入宫，年只十岁，龚、孔饶有容色，当然为叔宝所爱，张丽华生小玲珑，周旋主侧，善承意旨，早得叔宝欢心，越两三年，更出落得娉婷袅娜，妖艳风流，叔宝即欲染指禁脔，迫与淫狎。丽华半推半就，曲尽绸缪，惹得这位陈叔宝，魂魄颠倒，无梦不恬。好容易生下一男，取名为深，益令叔宝由爱生宠，视若奇珍。胡天胡帝，号称专房。就是龚、孔二氏，也俱落丽华后尘。叔宝即位，册丽华为贵妃，龚、孔二氏为贵嫔，贵妃位置，与皇后只隔一级，贵嫔又在贵妃下。沈皇后本来恬淡，竟把六宫事宜，让与贵妃主持，自己不过挂个皇后虚名，居处俭约，服无华饰，左右侍女，亦寥寥无几，但静阅图史，闲诵佛经，作为消遣。张贵妃百端献媚，与叔宝朝夕不离，叔宝卧病承香阁，屏去诸姬，独留张贵妃随侍。病痊后又采选美女，得王、李二美人，张、薛二淑媛，并袁昭仪、何婕妤、江修容等七人，轮流召幸，但不及张贵妃的宠眷。至德二年，特命在光照殿前，添筑临春、结绮、望仙三阁，各高数十丈，袤延数十间，凡窗牖壁带，悬楣栏槛，均用沉檀香木制成，炫饰金玉，杂嵌珠翠，外施珠帘，内设宝床宝帐，一切服玩，统是瑰奇珍丽，光怪陆离。每遇微风吹送，香达数里，旭日映照，光激后庭。阁下积石为山，引水为池，种奇花，植异卉，备极点染。叔宝自居临春阁，张贵妃居结绮阁，龚、孔二贵嫔居望仙阁。三阁并有复道，互便往来。

仆射江总，虽为宰辅，不亲政务，常与都管尚书孔范，散骑常侍王瑳等十余人，入阁侍宴，称为狎客。宫人袁大舍等，颇通翰墨，能作诗歌，叔宝命为女学士。每一宴会，妃嫔群集，女学士及诸狎客，两旁列坐，飞觞醉月，即夕联吟，彼唱此酬，无非是曼词艳语，靡靡动人。又选入慧女千余名，叫她学习新声，按歌度曲，分部迭进，更番传唱。歌曲有《玉树后庭花》，及《临春乐》等名目，统由狎客女学士编成。叔宝亦素工词赋，间加点窜，大略是赞美妃嫔，夸张乐事。最传诵的有二语，是“壁户夜夜满，琼树朝朝新”十字。此十字亦无甚佳妙，不过似近今吴人小调而已。且狎客名目，尤属非宜，岂叔宝特开妓馆耶？一笑。

张贵妃发长七尺，鬒黑如漆，光可照物，并且脸若朝霞，肤如白雪，目似秋水，眉比远山。偶一眄睐，光采四溢，每在阁上靓妆玉立，凭轩凝眺，飘飘乎如蓬岛仙姝，下临尘世，性尤慧黠，才辩强记。起初但执掌内事，后来干预外政。叔宝荒耽酒色，尝不视朝，所有百司启奏，统由宦官蔡脱儿、李喜度传递。叔宝将贵妃抱置膝上，共决可否。李、蔡或不能悉记，贵妃即逐条裁答，无一遗漏。又好笼络内侍，无论太监宫女，都盛称贵妃德惠，芳名鹊起，益得主欢。自是内外连结，表里为奸，后宫家属，招摇罹法，但教向贵妃乞求，无不代为洗刷。王公大臣如不从内旨，亦只由贵妃一言，便即疏斥。因此江东小朝廷，不知有陈叔宝，但知有张贵妃。妇女擅权，势必至此。

还有都官孔范，与孔贵嫔结为姊妹，阿谀迎合，善伺主意。舍人施文庆心算口占，榷算甚工，并得叔宝亲幸。文庆且荐引沈客卿、阳惠朗、徐哲、暨慧景等，概邀擢用。客卿为中书舍人，惠朗为大市令，哲为刑法监，慧景为尚书都令史，数人皆以小吏起家，不达大体，督责苛碎，聚敛无厌。叔宝方大兴土木，供亿浩繁，国用正虑不给，经数人爬罗剔抉，取供内库，当然得哄动天颜。叔宝大喜过望，重任施文庆，叹为知人。孔范又自称有文武才，举朝莫及，尝从容入白道：“外间诸将，起自行伍，统不过一匹夫敌，若望他有深见远虑，怎能及此？”叔宝信以为然，见将帅稍有过失，便黜夺兵权，把部曲分配文吏。领军将军任忠，素有战功，偶挂吏议，即夺忠部卒，交与孔范等分管。忠被徙为吴兴内史。于是文武懈体，士庶离心，覆亡即不远了。小子有诗叹道：

宵小都缘女蛊来，玄妻覆祀古同哀。
临春三阁今何在？空向江东话劫灰。

叔宝既已荒淫，又复骄侈，夜郎自大，挑衅强邻，欲知底细，容待下回再详。

叔陵之谋杀乃兄，残忍无亲，原为名教罪人，但实受教于乃父。乃父虽未尝杀兄，而兄子伯宗，因曾篡废之而贼害之也。兄子可杀，去杀兄仅一间耳。幸而药刀锋钝，手刃不殊，叔坚助顺，逆弟脱逃，卒窜死白杨道中，叔宝始得安然嗣立。厥后耽情酒色，恣意声歌，疏骨肉，宠妇寺，终致亡国败家。陈主顼欲为子孙计，而子孙仍为俘虏，谋国不仁，殃必及之，不于其身，必于其子，天道岂真无知欤？张丽华为江南尤物，与邺下之冯小怜相似，小怜亡齐，丽华亡陈，乃知尤物之贻祸国家，无古今中外一也。

第八十三回　长孙晟献谋制突厥
沙钵略稽首服隋朝

却说陈主叔宝，习成骄佚，当居丧时，隋主坚尝遣使赴吊，国书中自称姓名，并列顿首字样。叔宝疑为畏怯，答书多不逊语。隋主坚当然愤怒，出示廷臣。廷臣多献议伐陈，隋主方建筑新都，并因突厥未平，不遑南顾，乃暂从缓图。原来长安城制度狭小，宫阙亦多从简陋，隋主尝以为嫌。尚书苏威，亦劝隋主迁都，无非希旨。隋主再与高颎熟商，颎即为规画新都，夜半方休。翌晨，即由庾季才入奏道："臣仰观玄象，俯察图记，必有迁都情事。此城自两汉营建，将八百年，水皆咸卤，不甚宜人，愿陛下应天顺人，为迁徙计。"隋主愕然，顾语颎、威，诧为神奇。有何神奇，不过巧为迎合。乃诏颎等营造新都，择地龙首山麓，兴工赶筑。约近期年，新都告成，取名大兴城，涓吉移徙。一切规模，比旧都雄壮加倍。隋主坚自然惬心，遂遣将兴师，北图突厥。

突厥称雄朔漠，自伊利可汗为始，伊利传子科罗，科罗舍子摄图，独传弟俟斤。俟斤就是木杆可汗，木杆可汗临死，复舍子大逻便，立弟佗钵可汗。均见七十二回及七十九回。佗钵可汗，封兄子摄图为尔伏可汗，使统东方，弟褥但子为步离可汗，使居西方。当时北齐尚存，与北周争媚突厥，岁给缯絮锦彩，各数万匹。佗钵尝呼周、齐为两儿，谓："两儿常孝，何忧国贫？"已而齐为周灭，佗钵不及援齐，乃屡寇周边，且纳齐范阳王高绍义。周主赟与他和亲，封赵王招女为千金公主，嫁与佗钵。佗钵始执送高绍义，与周通好。才越一年，佗钵忽得暴病，自知将死，召子庵逻入嘱道：“我兄舍子立我，我今病危，死在朝夕，但兄德未忘，汝当让与大逻便，休得相争！”佗钵尚知有兄，不如诸夏之亡。庵逻涕泣遵教。及佗钵已殂，庵逻果依父命，拟迎立大逻便，偏突厥部众谓：“大逻便生母微贱，不愿相迎。”摄图亦奔丧到来，慨语国人道：“若立庵逻，我愿率兄弟服事，若立大逻便，我必据境与争，备着长刃利矛，决一雌雄。”国人闻摄图言，越加踊跃，决立庵逻为嗣。大逻便不得入立，心常怏怏，常遣人詈辱庵逻。庵逻不能制，复让与摄图，摄图年长有力，国人归心，因即迎摄图，居都斤山，自号沙钵略可汗。庵逻降居独洛水，称第二可汗。大逻便又遣人语沙钵略道：“我与尔俱可汗子，各承父后，尔今极尊，我独无位，可算得公平么？”沙钵略无词可驳，乃使为阿波可汗，使领北部。又令从父玷厥为达头可汗，管辖西方。诸可汗各统部众，分镇四面。沙钵略居中抚驭，颇得众心。突厥遗俗，父兄死后，子弟得妻后母及嫂。千金公主出塞和亲，甫及一载，便成嫠妇，年龄不过及笄，当然是华色鲜妍。沙钵略很是羡慕，便援着俗例，纳千金公主为妻。千金公主也乐得另配，好做第二次的可贺敦。可贺敦三字，便是番俗对后的称呼。番俗原是如此，华女未免无耻。

是时隋已篡周，千金公主闻宗祀覆没，未免伤心，遂日夜请求沙钵略，为周复仇。沙钵略得了佳妇，正是新婚燕尔，鱼水情深，当下召集臣属，慷慨与语道：“我是周室亲戚，今隋公无故篡周，若非代为报仇，尚何面目见可贺敦呢？”臣下相率听命，沙钵略即遣使营州，与故齐刺史高宝宁连约，合兵攻隋。隋主坚甫经受禅，不暇北伐，但遣上柱国阴寿镇幽州，京兆尹虞庆则镇并州，屯边修城，以守为战。先是千金公主入突厥，司卫上士长孙晟，亦随送出塞，为突厥所留。沙钵略弟处罗侯，号称突利设。突厥称军帅为设。爱晟善射，密与相昵，至沙钵略继立，阴忌处罗侯。处罗侯潜与晟盟，约为心腹。沙钵略稍有所闻，乃遣晟南归，晟留居突厥年余，得考察山川形势，及部众强弱。既返长安，便一一启闻。隋主坚很是嘉奖，擢为奉车都尉。及突厥入寇，晟上书计事，略云：

臣闻丧乱之极，必致升平，是故上天放其机，圣人成其务。伏维皇帝陛下，当百王之末，膺千载之期，诸夏虽安，戎虏犹梗，兴师致讨，尚非其时，弃诸度外，又来侵扰。故宜密运筹策，渐以攘之。玷厥之于摄图，兵强而位下，外名相属，内隙已彰，鼓动其情，必将自战。处罗侯为摄图之弟，奸多势弱，曲取众心，国人爱之，因为摄图所忌，其心殊不自安，迹示弥缝，实怀疑惧。阿波首鼠，介在其间，摄图受其牵率，唯强是与，未有定心。今宜远交而近攻，离强而合弱，通使玷厥，说合阿波，则摄图回兵，自防右地，又引处罗，遣连奚霫，则摄图分众，还备左方，首尾猜嫌，腹心离沮，十数年后，乘衅讨之，必可一举而空其国矣。

隋主览表，叹为至计，因召晟与语战守事宜。晟复口陈形势，手画山川，状写虚实，皆如指掌。隋主益喜，悉依晟议，乃遣太仆元晖出伊吾道，往诣达头可汗，赐给狼头纛。达头答使报谢，得隋优待，欢跃而去。又授晟为车骑将军，使出黄龙道，赍着金帛，颁赐奚霫、契丹等国。契丹愿为向导，密引晟至处罗侯所，重申前约，诱令内附。处罗侯恰也依从，晟即归报。沙钵略可汗，尚未知隋廷计划，号召五可汗部众，得四十万骑，突入长城，自兰州趋至周槃。隋行军总管达奚长儒，屯兵只二千人，与突厥兵相遇，沙钵略亲率十万骑挑战，长儒明知不敌，颜色却甚是镇定，且战且行；中途被番兵冲击，屡散屡聚，转斗三昼夜，交战十四次，刀兵皆折，士卒但徒手相搏，肉尽骨现。突厥兵损伤数千，且恐长儒诱敌，才停军不追。长儒身受五创，幸得生还，因功封上柱国，并荫一子。那沙钵略分兵四掠，击逐隋戍，且欲乘胜深入，偏达头可汗不从，引兵自去。长孙晟前策，已一次见效。

长孙晟又布散谣言，谓："铁勒已与隋联络，将袭沙钵略牙帐。"沙钵略闻谣生惧，乃收兵出塞。越年为隋开皇三年，春暖草肥，突厥复寇隋北境。隋主坚乃决计出师，命卫王爽为行军元帅，率同河间王弘，爽与弘俱见八十一回。及豆卢勣、窦荣定、高颎、虞庆则等，分八道出塞，往击突厥。爽行次朔州，探得沙钵略已至白道，距军营仅数十里。总管李充进议道："突厥骤胜而骄，必不设备，若用精兵袭击，定可破敌。"诸将闻言，多以为疑。独长史李彻，赞成充议，爽亦以为可行，即与充率精骑五千，夜袭突厥兵营。沙钵略果然无备，从睡梦中惊起，但见火炬荧荧，刀光闪闪，隋军四面冲入，几不知有若干万人，吓得心胆俱碎，见部众都已骇散，连左右都不知去向，一时仓皇失措，不及穿甲，就从帐后逃出，潜伏草中。还算有智。待隋军踏破营帐，寻不出沙钵略，方收拾驼马辎重，得胜回去。

沙钵略方敢出头，召集残众，急奔出塞，途次无粮，唯粉骨为食。又兼天热暑蒸，疫死甚众。幽州总管阴寿，闻突厥败还，乘势出卢龙塞，往攻齐营州刺史高宝宁。宝宁拒守数日，突厥不能救，势甚危急，乃弃城出奔，嗣为麾下所杀，传首军前，和龙遂平。卫王爽等多半归朝，但留窦荣定为秦州总管，并遣长孙晟辅佐荣定。荣定率步骑三万人，径出凉州，与阿波可汗相拒。阿波引众至高越原，屡战屡败，守寨自固。适前大将军史万岁，坐事褫职，流戍敦煌，至此诣荣定营，面请效力。荣定素闻万岁勇名，相见大悦，留居麾下，因遣使语阿波道："士卒何罪？久战甚苦，今但各遣一壮士，与决胜负，我若不胜，愿即退兵。"阿波许诺，即遣一骑讨战。荣定语万岁道："今日劳君一往，正效命立功的时候了。"万岁欣然应命，披甲上马，趋出营门。才阅半时，已斩得虏首，驰回报功。荣定益喜，自然叙功上闻。阿波大惊，不敢再战，遣使乞盟，引众自归。长孙晟却遣一辩士，追语阿波道："摄图南来，每战辄胜，阿波才入，便即奔败，这岂非突厥的耻事吗？且摄图、阿波，势均力敌，今摄图日胜，阿波不利，摄图必进灭阿波，为阿波计，不若与隋连和，结连达头，相合图强，才算是万全上策。"明明是反间计，但愚诱番酋，即此已足。阿波竟信晟言，遣使随晟入朝。

沙钵略已得知消息，不待阿波返帐，急引兵往袭阿波居庐，一鼓掩入，杀死阿波母妻。阿波还无所归，西奔达头。达头愿助阿波，使率部众攻沙钵略，连战皆捷，得复故地，势日强盛。沙钵略部众多叛归阿波，沙钵略因此寖衰。长孙晟前策二次见效。唯为了夫妻情谊，尚未肯与隋甘休，又复鼓动余勇，入寇幽州。幽州总管阴寿，已经去任，后任叫做李崇，崇兵只有三千，转战数旬，卒因寡不敌众，中箭身亡。隋廷闻报，厚赠李崇，特遣高颎出宁州，虞庆则出原州，控骑数万，大攻突厥，且使人传语阿波，令与达头夹攻沙钵略。阿波果转告达头，并劝达头朝隋，达头遂派人向隋乞降，决与沙钵略断绝关系，定议东攻。沙钵略三面受敌，惊慌的了不得，没奈何与可贺敦熟商，只好委曲迁就，暂救燃眉。千金公主为势所迫，勉强承认，沙钵略乃使人往隋，乞请和亲，且为千金公主代作一表，自请改姓杨氏，为隋主女。认仇为父，也属过甚。隋主因遣开府徐平和，出使突厥，册封千金公主为大义公主，许与通好。沙钵略复书隋主，尚自称天生大突厥天下贤圣天子沙钵略可汗，隋主也不与多校，但答书云："朕为沙钵略妇翁，应视沙钵略如儿子，此后当时遣大臣，出塞省女，亦省沙钵略"云云。

未几，即授虞庆则为尚书右仆射，长孙晟为车骑将军，同赴突厥。既至沙钵略庐帐，使沙钵略拜受敕书。沙钵略盛兵相见，高坐帐中，诈称有病不能起立，且狞笑道："我诸父以来，从未向人下拜。"庆则正言诘责，沙钵略仍不肯从。长孙晟接入道："突厥与隋俱大国天子，可汗不起，也不便违意，但可贺敦为隋帝女，可汗就是大隋女婿，怎得不敬礼妇翁？"沙钵略乃笑顾群下道："须拜妇翁吗？"乃起拜顿颡，跪受玺书，戴诸首上，方才起身，嘱达官款待隋使。待庆则等退往别帐，沙钵略又不禁自惭，甚至悲恸。越日，庆则又入见沙钵略，迫令称臣。沙钵略又顾左右道："臣字是什么讲解？"左右答道："隋朝称臣，就是我国称奴呢。"沙钵略道："得为大隋天子奴，统由虞仆射的功劳，不可无物相酬。"番奴究有呆气。乃馈庆则马十匹，并妻以从妹，留住数旬，方才遣归。

唯阿波可汗既与沙钵略有隙，独立北方，渐渐的拓土略地，役使诸胡，东控都斤，西越金山，所有龟兹、铁勒、伊吾诸部落，及西域各小国，相率投附，阿波遂自称西突厥。沙钵略隐惮阿波，又畏达头，复遣人向隋告急，愿率部众度漠南，寄居白道川。隋主允如所请，并命晋王广带兵往援，赍给粮食，赐以车服鼓吹。沙钵略得此资助，因西击阿波，得胜而归，乃与晋王广立约，指碛为界，且上表道："天无二日，土无二王，大隋皇帝是真皇帝，从此屈膝稽颡，永为藩附。"长孙晟之策，可算完功。当下遣子库合真入朝。库合真至隋都，隋主下诏道："沙钵略前虽通好，尚为二国，今作君臣，便成一体，华夷合德，共庆升平。"乃肃告郊庙，颁诏远近。且召库合真至内殿，赐以盛宴；又引见皇后，赏劳甚厚。库合真拜舞辞行，归报沙钵略，沙钵略大喜。嗣是岁时贡献，相续不绝。

隋主虽服役沙钵略，尚恐胡人为寇，乃更发丁夫，修筑长城。内地择要置仓，转运入关，使不乏食。又自大兴城东至潼关，凿渠引渭，借通运道，名为广通渠。尚书长孙平奏称："每年秋季，令民家各出粟麦一石，贫富为差，储诸里社，预备凶荒。"隋主亦当然依议，取名义仓，一面减徭役，弛酒盐禁，求遗书，修五礼，罢郡为州，颁甲子元历，端的是兴朝气象，国泰民安。隋朝统一，实肇于此。

西方有党项羌，闻风款关，请求内附。隋主慰谕来使，礼遣归国，独吐谷浑太子诃乞降请兵，隋主不许，原来吐谷浑王夸吕，见七十七回。在位日久，尝出兵寇掠陇西，唯不敢深入。隋初亦屡为边患，多被戍军击退。开皇六年，夸吕年已昏耄，喜怒无常，好几次废杀太子，少子嵬王诃依次为储，惩戒前辙，欲率部落万余户降隋，因上表隋廷，请兵出迎。隋主坚慨然道："吐谷浑风俗浇漓，大异中华，父既不慈，子又不孝，朕以德训人，奈何反助成恶逆呢？"乃召来使入见，正色与语道："父有过失，子当谏诤，岂可潜谋非法，自居不孝？普天下皆朕臣妾，各为善事，便副朕心，汝嵬王既欲归朕，朕但饬嵬王谨守子道，怎得远遣兵马，助他为恶呢！"隋主此诏甚是，奈何教子无方，后来自蹈此辙。来使唯唯自去。诃乃不至。

先是尉迟迥败殁，隋用梁士彦为相州刺史，未几即召还京师，置诸散秩。士彦自恃功高，甚怀怨望。宇文忻与士彦同功，封拜右领军大将军，恩眷甚隆。独高颎谓忻有异志，不可久握兵权，乃免去官职，忻亦因此怏怏。两人闲居京师，屡相往来。忻遂密语士彦道："帝王岂有定种？但得有人相扶，何不可为？公可往蒲州起事，我必从征，两阵相当，即可从中取事，天下不难手定哩。"士彦甚喜，密商诸柱国刘昉，昉极力赞成，愿推士彦为帝。看官听说！这刘昉自撤去司马，见疏隋主，本已抑郁无聊，此次推戴士彦，又别有一种用意。士彦继妻有美色，为昉所羡，因与士彦格外亲昵，交游日久，竟得把士彦妻勾搭上手，暗地通奸，士彦尚似睡在梦中，反引昉为知己。昉乃随口附和，幸得事成，当然是佐命元勋，否即归罪士彦，自己好设法摆脱，或得与士彦妻永久欢娱，亦未可知。淫恶已甚，天道难容。偏偏事出意外，三人密谋，竟被士彦甥裴通上书讦奏。隋主坚疑通挟嫌，或有诬控情事，因特授士彦为晋州刺史，且使人潜伺情伪。士彦语忻及昉道："这真是天意了。"言下很有喜色。隋主得报，待士彦入朝辞行，乃令卫士将他拿下，并饬拘忻及昉，研鞫得实，一并伏诛。士彦年已七十二，忻亦已六十四岁，唯昉尚不过半百。怪不得士彦继妻，与他通奸。老且谋逆，真是何苦！徒落得身首异处，贻臭万年，这且不必细表。

且说开皇七年，突厥沙钵略可汗，遣子入贡，且请游猎恒、代间，隋主优诏允许，更遣人驰至猎场，赐给酒食。沙钵略挈领徒众，再拜受赐。及还归营帐，得病身亡，讣达隋廷，隋主坚辍朝三日，并请太常卿吊祭，隐示怀柔。沙钵略有子雍虞闾，性质懦弱，所以沙钵略遗命，传位与弟处罗侯。处罗侯不受，且语雍虞闾道："我突厥自木杆可汗以来，尝以弟代兄，以庶夺嫡，违背祖训，不相敬畏。汝今当嗣位，我愿拜汝。"雍虞闾道："叔与我父共根连体，我乃枝叶，怎得不顾本根，屈尊就卑，况系亡父遗命，不可不遵，愿叔父勿疑！"两人逊让至五六次。处罗侯始入嗣兄位，号为莫何可汗，叔侄相让，不意复出诸番俗。遣使至隋，上表言状。隋使车骑将军长孙晟，驰节加封，并赐鼓吹旗幡，处罗侯自然拜谢，厚礼待晟，派兵送至境上。当下将所赐旗鼓，耀武扬威，西击阿波。阿波各部众，惊为隋兵相助，望风降附。处罗侯又素谙武略，竟得捣入北牙，擒住阿波，奏凯东归，上书隋朝，请处置阿波生死。隋主召群臣会议，安乐公元谐，谓宜就地枭斩，武阳公李充，谓宜生取入朝显戮，以示百姓。独长孙晟献议道："今若突厥叛命，原应正刑勅法，今彼兄弟自相残灭，并非由阿波负我国家，倘因彼穷困，便即取戮，转非招远怀携的至意，不如两存为是。"左仆射高颎亦谓："骨肉相残，不足示训，请从晟言以示宽大。"隋主乃赦免阿波，徙置荒郊，令处罗侯乘便管束，阿波愤郁而死。已而处罗侯西略诸胡，身中流矢，创重致毙。部众因拥立雍虞闾，号为都蓝可汗。千金公主，还是一个半老徐娘，尚存丰韵，雍虞闾又援引俗例，据为己妇，于是千金公主，做了第三次的可贺敦。小子有诗叹道：

夷俗原来惯聚麀，如何汉女亦相侔？
堪嗟廉耻凌夷尽，淫妇宁能报国仇？

雍虞闾嗣立以后，仍然累岁朝贡，通使不绝。隋廷既得抚定西北，遂议经略东南，欲知后事，请看官续阅下回。

以夷攻夷，为中国制夷之上策，汉班超之所以制匈奴者在此，隋长孙晟之所以制突厥者亦在此。盖夷人无亲，又无信义，诱之以利，怵之以威，未有不为人所欺，而自相残杀者。晟上书计事，不过寥寥数语，而夷虏已在目中，厥后依策施行，无不获效，乃知制夷不难，难在无制夷之策，与制夷之人耳。千金公主，不忘宗祀，尚知不共戴天之义，然始妻佗钵，继妻沙钵略，最后又妻都蓝，节且不顾，义乎何有？况反颜事仇，甘为杨氏女耶？妇女见浅识微，断不足与语大事，有如此夫！

第八十四回　设行省遣子督师
避敌兵携妃投井

却说隋主坚既平西北，便思规划东南，可巧后梁启衅，召动隋师，于是后梁被灭，陈亦随亡。后梁主岿，孝慈俭约，颇得民心，尉迟迥发难，岿用柳庄言，不与联络，及闻迥等败殁，召庄入语道："我若不从卿言，社稷已不守了。"嗣是贺隋登极，岁时致贡。隋主坚亦恩礼相加，屡给厚赐，寻且纳岿女为晋王广妃。补叙隋、梁交涉，为前后呼应文字。岿在位二十三年，至开皇五年五月病终，后梁谥为孝明帝，庙号世宗，子琮嗣位，年号广运，时人已谓运字从军从走，目为不祥。年号何关兴亡？附会之谈，不足尽信。琮在位后，遣大将军戚昕，率舟师袭陈境，不克乃还。未几有将军许世武，潜谋通陈，谋泄被诛。越年，隋主坚征琮入朝，江陵父老，送琮下舟，相率陨涕道："我君恐不复返了。"如何晓得？隋廷因琮离江陵，特遣武乡公崔弘度引兵代守，行次都州，琮叔父岩及弟𪩘等，恐弘度掩袭，遽向陈荆州刺史陈慧纪处，通使乞降。慧纪引兵至江陵，岩等遂驱文武官民一万余口，东奔陈国。隋主闻报，忙令高颎率兵往援，陈军乃退。颎留兵驻守，返报隋主。隋主不使琮南返，竟将江陵夷为郡县，派官治民，于是后梁灭亡。后梁自萧詧称帝，共历三世，合计得三十三年。琮留寓长安，受封莒国公，后幸得善终，不消细述。

先是隋主坚有意图陈，尝向高颎问计，颎答道："江北地寒，收成较晚，江南水田早熟，若乘彼收获，稍征士马，扬言掩袭，彼必屯兵守御，旷废农时。彼既聚兵，我便解甲。如此数次，彼必谓我虚声恫吓，不足为虑，我乃济师渡江，直指建康，彼怠我奋，定可取胜。又江南土薄，舍多茅竹，所有储积，皆非地窖，当密遣人因风纵火，毁彼粮储，彼兵备既弛，粮食又罄，尚能不为我灭么？”隋主一再称善，如法困陈。陈人果困，至陈纳萧岩等降人，隋主益愤，顾语高颎道：“我为民父母，岂可限一衣带水，不往拯救么？”颎因请指日代陈。隋主命大造战船，为出兵计，群臣请秘密从事，隋主道：“我将显行天诛，何必守密呢？”并使投楫江中，任他东下，且颁谕道：“若彼知惧改过，我复何求？”居然想为仁义师。那陈主叔宝，却深居高阁，整日里花天酒地，不闻外事。中书舍人傅縡直谏被杀，江总、孔范专务贡谀，反得加官进禄。至德五年元日，有人报称甘露降，灵芝生，叔宝大喜，改年应瑞，就称是年为祯明元年。诏敕方颁，即闻地震，媚臣谐子，且随口捏造，称为阳气振动，万汇昭苏的吉兆。及萧岩、萧瓛，渡江请降，陈廷又是一番庆贺，颁诏大赦，立授岩为平东将军，领东扬州刺史，瓛为安东将军，领吴州刺史，还道是布德行惠，近悦远来。太子胤未闻失德，尝在太学讲诵《孝经》，志在身体力行，尝使人入省母后，问安视暖。母后沈氏，免不得遣令左右，谕慰东宫。张贵妃宠冠后庭，密谋夺嫡，竟与孔贵嫔串同一气，谗构皇后太子，但说他往来秘密，恐有异图。孔范等又入为证人，更兼沈皇后素来无宠，遂致有道储君，无辜被废，降为吴兴王。张贵妃所生子深，竟得立为太子。已而妖异迭出，雨旸不时，郢州水黑，淮渚暴溢，有群鼠渡淮入江，无数漂没。东冶铸铁，空中忽堕下一物，隆隆如雷形，色甚赤，铁汁致飞出墙外，毁及民居，还有蔓草久塞的临平湖，无故自辟，草死波流，朝野诧为奇事，哗传一时。叔宝才有所闻，心中亦未免惊异，因卖身佛寺，良愿为奴，作为厌胜。张贵妃本来佞佛，往往托词神鬼，蛊惑叔宝，至此在宫中竞设淫祀，召集妖巫，祈福禳灾。叔宝又敕建大皇寺，内造七级浮图，工尚未竣，为火所焚。那祭天告庙的礼仪，反多阙略，好几年不见驾临。大市令章华，博学能文，因为朝臣所抑，尝郁郁不得志，至是独上书极谏，略云：

昔高祖南平百越，北诛逆虏，世祖东定吴会，西破王琳，高宗克复淮南，辟地千里，三祖之功勤亦至矣。陛下即位，于今五年，不思先帝之艰难，不知天命之可畏，溺于嬖宠，惑于酒色，祠七庙而不出，拜三妃而临轩，老臣宿将，弃之草莽，谄谀谗邪，升之朝廷。今疆场日蹙，隋军压境，陛下犹不改弦更张，臣见麋鹿复游于姑苏矣。

这书呈入，顿时大触主怒，即令斩首，且益逞荒淫。一年容易，又是春来，叔宝遣散骑常侍袁雅等聘隋，又令散骑常侍周罗睺，出屯峡口，侵隋峡州。和中寓战，叔宝亦自诩妙计耶？隋主正令散骑常侍程尚贤等报聘，忽闻峡州被侵消息，乃决计伐陈，传敕中外，敕文有云：

昔有苗不宾，唐尧薄伐，孙皓僭虐，晋武行诛。有陈窃据江表，逆天暴物，朕初受命，陈顼尚存，厚纳叛亡，侵犯城戍。勾吴闽越，肆厥残忍，于时王师大举，将一车书。陈顼返地收兵，深怀震惧，责躬请约，俄而致殒。朕矜其丧祸，特诏班师。叔宝承风，因求继好，载伫克念，共敦行李。每见珪璪入朝，辅轩出使，何尝不殷勤晓谕，戒以维新？而狼子之心，出而弥野，威侮五行，怠弃三正，诛翦骨肉，夷灭才良，据手掌之地，恣溪壑之险，劫夺闾阎，资产俱竭，驱蹙内外，劳役弗已，微责女子，擅造宫室，日增月益，止足无期，帷薄嫔嫱，几逾万数，宝衣玉食，穷奢极侈，淫声乐饮，俾昼作夜，斩直言之客，灭无罪之家。欺天造恶，祭鬼求恩，盛粉黛而执干戈，曳罗绮而呼警跸，自古昏乱，罕或可比。介士武夫，饥寒力役，筋髓罄于土木，性命俟于沟渠。君子潜逃，小人得志，天灾地孽，物怪人妖，衣冠钳口，道路以目。倾心翘足，誓告于我。日月以冀，父奏相寻。重以背德违言，摇荡疆场，巴峡之下，海澨以西，江北江南，为鬼为域，死垄穷发掘之酷，生居极攘夺之苦。抄掠人畜，断绝樵苏，市井不立，农事废寝。历阳、广陵，窥觎相继，或谋图城邑，或劫剥吏人，昼伏夜游，鼠窜狗盗。彼则羸兵敝卒。来必就擒，此则重门设险，有劳藩捍。天之所覆，无非朕臣，每关听览，有怀伤恻。有梁之国，我南藩也，其君入朝，潜相招诱，不顾朕恩。士女深迫胁之悲，城府致空虚之叹，非直朕居人上，怀此不忘，且百辟屡以为言，兆庶不堪其请，岂容对而不诛，忍而不救。近方秋始，谋欲吊民，益部楼船，尽令东骛，便有神龙数十，腾跃江流，引伐罪之师，向金陵之路，船住则龙止，船行则龙去，三日之内，三军皆睹，岂非苍昊爱人，幽明展事，降神先路，协赞军威？以上天之灵，助戡定之力，便可出师授律，应机诛殄，在斯举也，永清吴越。其将士粮仗水陆资，须期会进止，一准别敕。特此颁告天下，使众周知！

敕书既发，又令钞录三十万纸，传示江南。陈廷闻隋将大举，再遣散骑常侍许善心，诣隋修和。隋主留置客馆，不复遣归，一面贻送玺书，数陈主二十过恶，并命就寿春设淮南行省，即用晋王广为行省尚书令，告诸太庙，授钺南征。再令秦王俊及清河公杨素，俱为行军元帅，使广出六合，俊出襄阳，素出永安，并饬荆州刺史刘仁恩出江陵，蕲州刺史王世积出寿春，庐州总管韩擒虎出庐州，吴州总管贺若弼出广陵，凡总管九十人，兵五十一万八千人，统受晋王广节度，旌旗舟楫，横亘数十里。重用次子，已开逆恶之萌。授左仆射高颎为晋王元帅府长史，右仆射王韶为司马，军事皆由二人参决，相机进行。

隋主相率临江，高颎问郎中薛道衡道：“江东可攻取否？”道衡道：“此去定可成功。尝闻晋郭璞有言，江东分王三百年，复与中国统合，今此数将周，是一可取；主上恭俭勤劳，叔宝荒淫骄侈，是二可取；国家安危，寄诸将相，彼用江总为相，唯事诗酒，萧摩诃、任蛮奴即任忠小字。为大将，不过匹夫小勇，怎能当我大敌？是三可取；我有道，国势复大，彼无德，国势又小，彼甲士不过十万，西自巫峡，东至沧海，分戍即势悬力弱，合屯又守此失彼，是四可取。有此四机，席卷江东不难了，何必多疑。”颎欣然道：“得君数言，成败已可预定，素知君才，今益令人信服了。”遂驱军前进。

陈命散骑常侍周罗睺，都督巴峡沿江诸军，堵御隋师。隋秦王俊屯兵汉口，节制上流。杨素率舟师下三峡，径至流头滩，与狼尾滩相近。狼尾滩地形险峭，却有陈将戚昕，带着战舰扼守。素待至夜间，亲督黄龙舟数千艘，衔枚疾进，冲击陈舰。昕仓猝遇敌，与战失利，弃滩东走。素俘得陈人，悉数纵还，秋毫无犯，遂驱水军东下，舳舻蔽江，旌旗耀日。素容貌壮伟，坐大船中，好似金甲神一般，陈人惊为江神，沿途溃散。江滨诸戍，相继告警。施文庆、沈客卿反匿不上闻。陈江中无一战船，上流戍兵，又皆为杨素军所阻，不得入援，眼见是长江天堑，为敌所逾。陈护军将军樊毅，闻隋军逼近，忙进白仆射袁宪道："京口、采石，俱系要地，须各出锐兵五千，分载金翅舟二百艘，沿江守御，借备不虞。"宪亦以为然，乃与文武群臣共议，请如毅策。独施文庆、沈客卿以为多事，仍然迁延。宪又邀同萧摩诃，再三奏请，叔宝亦欲依议，偏文庆、客卿共启叔宝道："寇敌入境，已成常事，边城将帅，尽足堵御，何必多出兵船，自致惊扰。"叔宝再召江总熟商，总亦依违两可，未能决定。孔范独大言道："长江天堑，限制南北，今日虏军，岂能飞渡么？"叔宝遂耽乐如常，奏乐侑酒，赋诗不辍；且从容语侍臣道："金陵素钟王气，齐兵三来，周师再至，无不摧败。隋军亦何能为呢？"嗣是警报频来，悉置不问。

祯明三年正月朔，陈主叔宝朝会群臣，大雾四塞，殿中皆黑，叔宝不以为奇。退朝以后，张贵妃以下俱来庆贺，当下开筵欢饮，灌得烂醉如泥，入寝鼾睡，直至昏黄，方才醒觉。越日，由采石镇驰到急报，乃是隋将贺若弼，自广陵引兵渡江，韩擒虎亦自横江夜渡采石，沿江一带，多已失守了。虽有天堑，无人如何为守。文庆等也不便抑置，只好奏闻叔宝。叔宝才觉惊忙，召公卿入议军情，内外戒严。命骠骑将军萧摩诃、护军将军樊毅，中领军鲁广达，并为都督，司空司马消难及新除湘州刺史施文庆，并为大监军，南豫州刺史樊猛，率舟师出白下，散骑常侍皋文奏，率兵镇南豫州，重立赏格，招募兵士，僧尼道士，尽令执役。急时抱佛脚，恐已来不及了。这边方调将遣兵，陆续出发，那边已乘风破浪，踊跃前来。贺若弼攻拔京口，擒住南徐州刺史黄恪，恪部下六千人，也尽作俘囚。弼给粮慰道，各付敕书，嘱他分道宣谕，于是所至风靡。韩擒虎先下采石，继陷姑熟，入南豫州城。皋文奏弃城东奔，所有樊猛妻子，悉被虏去。猛方与左卫将军蒋元逊，游弋白下，突闻妻子被虏，当然心惊。叔宝还防他有异志，欲遣镇东大将军任忠代猛，先令萧摩诃谕意。看官！试想这樊猛，愿意不愿意呢？摩诃因猛不愿意，启闻叔宝，叔宝又不便改调，仍令猛照旧办事。如此驭将，怎得死力？

鲁广达子世真留屯新蔡，与弟世雄同降隋军，且为隋招降广达。广达将书呈奏，并自劾待罪。叔宝传敕抚慰，仍使督军如故。怎奈隋军所向无前，贺若弼从南道进兵，韩擒虎从北道进兵，势如破竹，如入无人之境。叔宝连接警耗，亟使司徒豫章王叔英屯朝堂，萧摩诃屯乐游苑，樊毅屯耆阇寺，鲁广达屯白土冈，孔范屯宝田寺。适任忠自吴兴入援，令屯朱雀门。偏贺若弼进据钟山，韩擒虎进踞新林，隋元帅晋王广，又遣总管杜彦助新林军。陈将纪瑱，驻守蕲口，复被隋蕲州总管王世积击走，陈人大骇，相率降隋。

叔宝素来淫佚，不达军事，至此已成眉急，才觉易喜为忧，昼夜啼泣，台中处分，尽任施文庆。文庆忌诸将有功，每遇将帅启请，皆搁置不行。萧摩诃屡请出战，并不见从。既而奉命入议，摩诃尚欲袭击钟山，任忠时亦在侧，独出言谏阻道："兵法有言：'客贵速战，主贵持重。'今国家足食足兵，还应固守台城，沿淮立栅，北军虽来，勿与交战，但分兵阻截江路，又给臣精兵一万，金翅舟三百艘，下江径掩六合，且扬言欲往徐州，断彼归途，彼军前不得进，后不得归，必致惊乱，不战自走。待春水既涨上江，周罗睺等得顺流来援，表里夹攻，必可破敌，这岂非是良策吗？"此策若用，陈可不亡。叔宝终未能决，踌躇了一昼夜，忽跃然出殿道："兵久相持，未分胜负，朕已厌烦得很，可呼萧郎出战。"摩诃承宣趋入。叔宝忙说道："公可为我决一胜负！"摩诃答道："出兵打仗，无非为国为身，今日出战，兼为妻子。"叔宝大喜道："公能为我却敌，愿与公家共同休戚。"摩诃拜谢而退。任忠叩首力谏，坚请勿战。叔宝不答，但宣摩诃妻子入宫，先加封号，一面颁发金帛，犒军充赏。

摩诃部署军伍，严装戎行，令妻子入宫候命，自出都门御敌。摩诃前妻已殁，娶得一个继室，却是妙年丽色，貌可倾城，当下艳妆入宫，拜谒叔宝。叔宝见色动心，乃不料摩诃有此艳妻，一经见面，又把那国家大事，置诸度外，便令设宴相待，留住宫中。摩诃子引见后，嘱令出宫候封，自与摩诃妻调情纵乐，作长夜欢。妇人多半势利，况摩诃老迈，未及叔宝风流，一时情志昏迷，竟被叔宝引入龙床，勉承雨露。亡国已在目前，还要这般淫纵，真是无心肝。摩诃哪里知晓，出与诸军组织阵势，自南至北，从白土冈起头，最南属鲁广达，次为任忠，又次为樊毅、孔范，摩诃最北，好似一字长蛇阵，但断断续续，延袤达二十里，首尾进退，不得相闻。隋将贺若弼轻骑登山，望见陈军形势，已知大略，即驰下山麓，勒阵以待。鲁广达出军与战，势颇锐悍，隋军三战三却，约死二百余人。弼令军士纵火放烟，眯住敌目，方得再整阵脚，排齐队伍，暂守勿动。

萧摩诃闻南军交战，正拟发兵夹攻，忽有家报传到，妻室被宫中留住，已有数日，料知情事不佳，暗地里骂了几声昏君，不愿尽力，遂致观望不前。鲁广达部下初战得胜，枭得隋军首级，即纷纷还都求赏。贺若弼见陈军不整，复驱军再进，自率精兵攻孔范。范素未经战，蓦与若弼相值，不禁气馁。兵士方才交锋，他已拨马返走。主帅一奔，全军皆溃，就是鲁广达、樊毅两军，也被牵动，一并哗散。任忠本不欲战，自然退去。萧摩诃心灰意懒，也拟奔回。哪知隋军四面杀到，害得孤掌难鸣，且自己年力又衰，比不得少年猛健，一时冲突不出，竟被隋将员明擒去，送至贺若弼前。若弼命推出斩首，摩诃面不改色，反令若弼称奇，乃释缚不杀，留居营中。

任忠驰回都阙，报称败状，并向叔宝道："官家好住，臣无所用力了。"叔宝着急，尚给金两縢，使募人出战。忠徐徐道："陛下但当备具舟楫，往就上流诸军，臣愿效死奉卫。"叔宝应诺，命忠出集舟师，自嘱宫人装束以待。哪知忠已变意，潜赴石子冈，往迎韩擒虎军，直入朱雀门。守军欲战，忠摇手示意道："老夫尚降，诸军何事？"虽由主听不聪，如此作为，终属不忠。大众听了，便即散走。台城内风声骤紧，文武百官，一概遁去。唯尚书仆射袁宪在殿中，尚书令江总在省中，叔宝见殿中无人，只留一宪，不禁泣语道："我向来待卿，未及他人，今日唯卿尚留，不胜追愧，朕原不德，也是江东气数，已经垂尽了。"尚不肯全然责己，还想诿诸气数。说着，匆遽入内，意欲避匿。宪正色道："北兵入都，料不相犯，事已至此，陛下去将何往？不若正衣冠，御正殿，依梁武帝见侯景故事。"叔宝不待说完，便摇首道："兵锋怎好轻试？我自有计。"言已趋入，急引张贵妃、孔贵嫔两人，至景阳殿后，三人并作一束，同投井中。

台城已无守吏，一任隋军驰入。韩擒虎既至殿中，令部众搜寻叔宝，四觅无着，及见景阳井上，有绳系着，趋近探视，见下面有人悬住，连呼不应，乃拾石投入，才闻有号痛声。原来井中水浅，不致溺毙，隋军引绳而上，势若甚重，经数人提起，始见有一男二女，男子便是陈叔宝，当然大喜，即牵送至韩擒虎处，听候发落。豫章王叔英已经出降，沈皇后居处如常，太子深年方十五，开阁静坐，至隋军排闼进去，深从容与语道："戎旅在涂，得勿劳苦么？"隋军见他颜色自若，却向他致敬，不敢相侵。鲁广达退守乐游苑，未肯降敌，贺若弼乘胜与争，广达苦斗不息，战至日暮，手下将尽，始解甲面台，再拜恸哭道："我身不能救国，负罪实深了。"乃出降隋军。

若弼闻韩擒虎已得叔宝，呼令相见。叔宝惶惧异常，向弼再拜。弼与语道：“小国君主，只当大国上卿，拜亦常礼，入朝不失作归命侯，何必多惧呢？”乃使叔宝居德教殿，用兵监守，自恨功落人后，与韩擒虎龃龉，且欲令叔宝作降笺，归己报闻。事尚未行，晋王广已使高颎入建康，料理善后事宜。颎子德弘，随后踵至，传述广命，使留张丽华。颎勃然道：“昔太公灭纣，尝蒙面斩妲己，此等妖妃，岂可留得？”说着，便令兵士取入张贵妃，斩首以徇。小子有诗叹道：

国既亡时身亦亡，临刑反为美人伤。
蛾眉螓首成虚影，地下可曾悔惹殃。

晋王广既遣德弘传命，复启节东下，来视张丽华，途次闻丽华已死，禁不住愤闷起来。欲知后事，且阅下回。

叔宝之恶，不如子业、宝卷之甚。子业屠灭宗族，宝卷渎乱天伦，而叔宝无是也。但宠艳妃，襞狎客，杀谏臣，有一于此，未或不亡，况并三者而具备耶。隋军大举，鼓棹渡江。沿江各戍，望风奔溃，叔宝尚委政宵小，恣情声色，可战不战，不可战而战，甚至敌临城下，犹奸通萧摩诃妻，如此淫肆，欲不亡得乎？景阳殿后，挈妃入井，向使毕命井中，即未足与殉社稷者比，而井底鸳鸯，冢成连理，未始非江东佳话。为叔宝计，其亦差足自慰欤？然天不从愿，出井见敌，再拜隋将，徒自贻羞，而张贵妃且难免刀头之阨，红颜白骨，作孽难逃，观于此而世之为妃妾者，可以返矣；世之为人主者，亦可以戒矣。

第八十五回　据湘州陈宗殉国
抚岭表冼氏平蛮

却说晋王广系念张丽华，驰诣建康，途中闻高颎违命，竟把丽华杀死，不由的惊愤道："古云无德不报，我必有以报高公。"言下犹恨恨不已。及既入建康，高颎等上前迎接，广虽心恨高颎，面上却不露声色，仍然照常相见，随即慰劳三军，安抚百姓，一面拿住施文庆、沈客卿、阳惠朗、徐哲、暨慧景五人，责他蔽主害民，一并斩首，即令高颎与元帅府记室裴矩，收图籍，封府库，所有金帛珍玩，广皆不取。当时军民人等，统说晋王贤德，哪知他是沽名钓誉，笼络人心呢。隐伏下文。

贺若弼先期决战，违背军令，广收付属吏，并遣使驰驿奏闻。隋主闻江南已平，很是欣慰，且传诏示广，谓："平定江表，功出韩、贺二人，不应吹求微疵，可将功抵罪，各赐帛万匹。"又别诏褒美韩、贺，并及前敌各将士。陈使许善心，尚留隋客馆中，隋主坚遣人相告，谓陈已灭亡，可归诚我朝。善心不禁大恸，改著缞服，就西阶下席草危坐，东向涕泣，三日不移。隋主复颁敕慰唁，越日又有诏至馆，命为通直散骑常侍，赐衣一袭。善心号哭尽哀，乃入房改服，出就北面，垂泪再拜，受隋敕书。既愿事仇，何必如许做作。翌晨，诣阙谢敕，伏泣殿下，悲不能兴。隋主顾左右道："我平陈国，只幸得此人，彼能怀念旧君，他日即我朝纯臣呢。"遂谕令平身，入直门下省，善心泣拜而退。从此遂低首下心，长作隋朝臣仆了。含蓄不尽。

陈水军都督周罗睺，与郢州刺史荀法尚，尚守江夏。隋秦王俊督三十六总管，及水陆十余万众，屯驻汉口，不得前进。陈荆州刺史陈慧纪，又遣内史吕忠肃进据巫峡，凿岩系链，锁住上流，堵遏隋师，且自出私财，充作军用。隋清河公杨素，麾兵奋击，与忠肃大小四十余战，忠肃踞险力争，杀死隋兵五千余人。嗣闻建康被困，士无斗志，杨素乘间猛攻，忠肃不能固守，弃栅南奔，退据荆门境内的延洲，素驶舟追击，大破忠肃，俘得甲士三千余人，忠肃孑身遁去。于是陈慧纪亦自知难守，毁去储蓄，引兵东下。巴陵以东，尽为隋有。陈晋王叔文方卸任湘州，还至巴县，慧纪欲推为盟主，号召沿江各军，入援建康，偏被隋秦王俊军阻住。叔文又率巴州刺史毕宝等，向俊请降。慧纪徒望东慨叹，无计可施。

会建康已平，晋王广命陈叔宝作书，招谕上江诸将，诸城闻风解甲。周罗睺与诸将大哭三日，放兵散马，乞降俊军。陈慧纪势孤力蹙，也只好出降，上江皆平。隋将王世积在蕲口，移书告谕江南诸郡，江州、豫章，依次降隋，隋遂撤去淮南行省，但命诸将分途略定。陈吴州刺史萧瓛，自梁投陈，料知隋不相容，独募兵抗隋。隋大将军宇文述等，引兵进击，瓛连战皆败，竟为所擒。东扬州刺史萧岩，以会稽降，述将他弟兄并入囚车，押解长安。隋主坚责他负国忘恩，立命处斩。了结岩、瓛，顾应八十三回。

独湘州刺史岳阳王陈叔慎，系高宗顼第十六子，年甫十八，方才莅任，城中将士，闻隋军已据荆门，相距不远，相率谋降。叔慎设宴厅中，召集文武僚吏，举酒相属道："君臣大义，就此扫地么？"长史谢基，投袂起座，伏地呜咽，助防遂兴侯陈正理，陈宗室。亦慨然起语道："主辱臣死，诸君独非陈臣么？今天下有难，正当见危授命，就使无成，尚见臣节，今日不宜再误，宜力图恢复，后应者斩！"众闻此言，乃齐声许诺，自是刑牲结盟，誓同生死。适隋将庞晖，奉杨素命，招抚湘州，正理与叔慎商定密计，遣人赍诈降书，往迎庞晖。晖贸然驰至，叔慎伏甲待着，一俟晖入城门，发伏执晖，斩首徇众。晖手下有数十人，也同时拘住，杀得一个不留。叔慎亲至射堂，募集兵士，数日间得五千人。衡阳太守樊通，武州刺史邬居业，皆举兵入助。隋正命薛胄为湘州刺史，道过荆州，得见杨素，已知湘州拒命，便与素部下行军总管刘仁恩，会师进攻。行至湘州城下，陈正理、樊通督兵迎战，两下相交，隋军比守军加倍，且都是惯战健卒，哪里是陈、樊二人，所能抵挡？战不多时，守兵四溃，陈、樊逃回城中，门未及阖，薛胄已加鞭追入，顺手一槊，击毙樊通。隋军一拥而上，突进城中，先擒正理，次擒叔慎。刘仁恩不欲收兵，即往击横桥。横桥为邬居业屯守地，当下拒战失利，也为所擒。三人俱被解至汉口，秦王俊诘问数语，叔慎词色不挠，即为所害。正理、居业，相继受刑。叔慎虽死，义烈可风。

湘州已下，进略岭南，高凉郡太夫人冼氏，威爱素孚，望重岭外。子石龙太守冯仆，壮年不禄，竟尔去世。回应第七十六回。仆长子魂，尚在少年，赖冼太夫人主持郡事，所有岭南数郡，畏服如初。及陈为隋灭，岭南未有所属，便奉冼太夫人为主，称为圣母，保境安民。陈豫章太守徐璒，自豫章奔据南康，意欲联结岭南，独霸一方。隋命柱国韦洸等持节安抚，为璒所拒，洸等不得进，晋王广因岭南未平，复令叔宝作书，往贻冼太夫人，谕以陈亡，使她归隋。冼太夫人，乃召集首领会议，相对恸哭，结果是慎重民命，决迎隋使，乃遣冯魂率众迎洸。洸已调动军士，击杀徐璒，凑巧冯魂来迎，遂驰至广州，慰谕诸郡，略定岭南。表冯魂为仪同三司，册封冼太夫人为宋康郡夫人。衡州司马任瓌，劝都督王勇据岭南，求陈氏子孙，立以为帝。勇不能用，率部众降隋。瓌弃官自去，于是陈地悉入隋朝，得州三十，郡一百，县四百，陈亡。总计陈自武帝篡梁，至叔宝止，共历五主，凡三十二年。且由晋元帝东渡，偏安江左，中阅东晋、宋、齐、梁、陈五朝，共得二百七十三年，始为北朝所并，中国复归统一。唐李延寿作《南北史》把隋朝列入《北史》中，无非因他起自朔方，脱胎北周，后又仅得一传，便为李唐所灭，所以因类相聚，不复另起炉灶。小子就遵循故例，随笔叙下，看官不要疑我界划不明，模糊了事呢。再顾本书卷首，并将南北纪年叙清起讫，一笔不漏。闲文少叙。

且说晋王广振旅将归，奉诏毁平建康宫阙，俾民耕垦，更就石头城增置蒋州，派吏置兵，俱已就绪，乃奏凯还朝。所有陈叔宝以下，如后妃子女、公卿大臣，一并带归。水陆相继，累累不绝，隋主坚亲至骊山，慰劳旋师诸军，并入长安，献俘太庙。陈叔宝为首列，王公将相，并乘舆服御，天文图籍等，依次继进。两旁用铁骑夹道，由晋王广、秦王俊引入庙中，献告如仪。礼毕入朝，晋授晋王广为太尉，特赐辂车乘马，衮冕圭璧。广谢恩而出。越日，由隋主坚坐广阳门观，召见陈叔宝等，使纳言宣诏抚慰，又令内史传敕，责他君昏臣佞，乃至灭亡。叔宝及王公大臣，并惶惧伏地，不敢答词。屏息良久，始下赦书。叔宝舞蹈谢恩，余众亦随着叩谢。唯陈司空司马消难，前曾得罪奔陈，此次陈、隋交战，受任大监军，一筹莫展，也为所虏。隋主坚本欲加诛，因消难尝为父执，权从末减，特免他死罪，配为乐户。甫阅二旬，又加恩释免，特别引见，消难未免增惭；年又垂老，未几即死。鲁广达自悼国亡，遇疾不医，也即病终。

隋主坚再御广阳门，赐宴将士，门外堆满布帛，直达南郭，按班赏赐，计用三百余万匹，封杨素为越国公，贺若弼为宋国公，各赐金宝。唯韩擒虎为有司所劾，说他驭下不严，士卒在建康时，尝淫污陈宫，所以不得爵赏。擒虎心甚不平，遂与若弼争功御前，若弼道："臣在蒋山死战，破陈锐卒，擒陈骁将，震扬威武，遂平陈国，韩擒虎并未剧战，怎得与臣比功？"擒虎道："本奉明旨，令臣与弼同时合势，进取伪都，弼乃先期进兵，遇贼即战，致将士伤毙甚多，臣但率轻骑五百，直捣金陵，降任蛮奴，注见前。执陈叔宝，据府库，倾巢穴，弼至夕方扣北掖门，由臣开关纳入。据此看来，弼功何在，尚得与臣比论么？"仿佛晋初浑浚。隋主坚温颜与语道："两将俱为上勋，休得相争。"乃进擒虎位上柱国，赐帛八千匹，但仍未得封公。擒虎乃退。

隋主又召入高颎，面授上柱国，进爵齐公，赐帛九千匹，且面谕道："公伐陈后，有人诬称公反，朕已将他斩讫。君臣道合，岂青蝇所得相间么？"颎再拜称谢。隋主又使与若弼论平陈事，颎答说道："贺若弼先献十策，后在蒋山苦战破贼，功劳甚大。臣乃文吏，怎敢与大将论功？"隋主大笑道："让德如公，真不可多得了。"嗣命秦王俊为扬州总管，都督四十四州军事，使镇广陵，令晋王广还镇并州。陈都官尚书孔范，散骑常侍王瑳、王仪，御史中丞沈瓘，统是误国佞臣。晋王广尚未加罪，至是由隋廷按查得实，投诸四裔，以谢吴、越。陈叔宝留寓隋都，尚蒙优待，唯宫人姊妹，多被没入掖廷，一妹进宫为嫔，就是将来的宣华夫人，一妹由隋主赐与杨素，一妹赐与贺若弼。叔宝全不在意，唯屡与监守官言，求一官号。监守官上白隋主，隋主坚微哂道："叔宝全无心肝。"说着，又问叔宝平日何事？监守官答称："叔宝常醉，少有醒时。"隋主又问他饮酒若干？监守官又答道："每日与子弟共饮，约需一石。"隋主惊诧道："一石如何使得，须要他节饮方好。"监守官应旨欲退，隋主又与语道："随他罢，否则叫他如何过日。"因即命陈氏子弟，分置边州，使给田业，作为生计。又常给叔宝衣食，且随时引见，班同三品。并授陈尚书令江总，为上开府仪同三司。陈仆射袁宪，骠骑将军萧摩诃，领军任忠，为开府仪同三司。陈吏部尚书姚察为秘书丞。袁宪素有清操，且建康被陷，百官逃散，唯宪尚留住殿中，此事已为隋主所闻，隋主以为江表称首，陈散骑常侍袁元友，屡谏叔宝，隋主嘉他忠直，亦擢拜为主爵侍郎。隋主又尝语群臣道：“平陈时候，我悔不杀任蛮奴，彼受人荣禄，兼当重寄，不能横尸徇国，乃云无所用力。古有卫弘演纳肝，见列国时代。今乃有此任蛮奴，相差真太远了。”既知任忠不忠，奈何授为开府？况任忠以外，又有误国之江总，不诛而赏，俱属谬误。及陈水军都督周罗睺，入见隋主。隋主许以富贵，罗睺垂涕答道：“臣荷陈氏厚遇，坐视沦亡，无节可纪，今得免死，已沐陛下厚赐，还想什么富贵呢？”隋主颇为嘉叹，竟授为上仪同三司。南北混一，朝野清平，乃令武夫子弟，一体学经，所有民间甲仗，悉皆除毁。

贺若弼自矜前功，备述平陈计划，称为御授平陈七策，呈入殿廷。隋主坚不愿披阅，当即发还，且语若弼道：“公欲发扬我名吗？我不求名，公可自载家传。”若弼授书，怀惭退去。左卫将军庞晃等，入谮高颎，俱被隋主叱退，并召语颎道：“独孤公可比一镜，每被磨莹，皎然益明。”看官！你道隋主何故呼颎为独孤公？原来颎父宾尝为独孤信僚佐，赐姓独孤氏，所以呼为独孤公，优礼不名。颎前为帅府长史，曾奉隋主意旨，向上仪同三司李德林问计，转授晋王广。隋主坚因德林有功，加封郡公，已经宣诏。或语高颎道：“今若归功李德林，诸将必多愤惋，且公亦虚此一行了。”颎乃入白隋主，谓德林不应重赏，乃收回成命。德林本恃才好胜，累年不得升级，已是愤懑不堪，至此又不得叙功，未免恨上加恨。当时颎与苏威，大蒙宠任，德林屡与苏威异议，颎又尝左袒苏威，排斥德林。德林遂被黜为湖州刺史，未几复转徙怀州，竟致病死。德林为三朝臣，死不足惜，但高颎亦未免营私。楚州参军李君才，上书劾颎，隋主大怒，召君才入问。君才抗辞如故，益致隋主增恼，立命捶毙。

隋主自平陈以后，免不得猜忌臣僚，往往密遣左右，觇视内外，察知微过，辄加重罪。又患令史赃污，私令人赂遗金帛，得犯立斩。每在殿中捶人，鞭挞至死，不死亦即斩首。高颎等屡谏不省，兵部侍郎冯基，亦再三切谏，方有悔意。然转恨群臣不谏，又谴责数人。柱国郑译，乘时贡谀，请修正雅乐。此子又来出头。隋主命太常卿牛弘，国子祭酒辛彦之，博士何妥等，会议音律。弘奏言中国旧音，多在江南，今既得梁、陈旧乐，请加修缉，以备雅乐。所有后魏、后周等乐声，未叶宫商，可悉令停罢。乃诏与许善心、姚察等，参酌订正。

乐尚未成，一声遥警，江南各州郡，又复大乱。越州乱首高智慧，苏州乱首沈玄侩，皆揭竿起事，自称天子，东攻西掠，陷没许多州县，所有陈国故土，大半震动，几乎前功尽隳，南北又要分疆。笔亦不测。原来江东习成奢靡，历代刑法，又多疏缓，自隋军平陈，尽反旧政，苏威复作五教，使民传诵，士民遂有怨言，并且谣诼纷纭，谓隋将尽徙南人，转入关中，于是民情益骇。至高、沈两人作乱，百姓相率依附，夺城池，戕守令，且哗然道："尚能使我诵五教么？"这消息传到隋廷，隋主当然忧虑，即遣越国公杨素，率兵南征。素即日登程，将要渡江，先使部将麦铁杖，夜乘苇筏，越江战贼，还而复往，为贼所擒。贼使三十人监守，铁杖夺取贼刀，乱斫守役，三十人多被杀伤，脱械逃归。素大加赏识，奏授仪同三司，因即麾动舟师，自扬子津逾江击贼。玄侩败走，追擒伏诛。素乘胜进攻越州，用裨将来护儿为前驱，南下浙江，但见江东岸上，贼营编列，绵亘数十里。江中贼船，亦不可胜计。护儿用轻舸数百，直登江岸，袭破贼营，复顺风纵火，烟焰蔽天。素麾众继进，大破智慧。智慧逃入海中，走保闽越。

素遣总管史万岁，率兵二千，陆行逾岭，堵截海岸，自率大舰浮海，奄至泉州，贼众皆散。智慧穷蹙无归，由贼党执送军前，当然枭首。又分兵追捕余贼，约阅数旬，悉数荡平。唯史万岁杳无音信，还道他全军陷没，因致消息不通。后由海中得一竹筩，内藏万岁书函，略言："逾岭越海，攻破溪洞无数，前后七十余战，转斗至千余里，现已肃清海贼，指日北返"等语。素大喜过望，因即班师。且上奏万岁功绩，隋主也为叹美，厚赐万岁家属。此外平南诸将，自杨素以下，俱优叙有差。

素既北归，番禺夷人王仲宣，忽然起反，纠合叛众，围攻广州。柱国韦洸，尚在广州驻节，急忙招募兵士，开城拒贼，贼势甚是凶悍。洸与战不利，退回城中，登陴督御，一面向高谅乞援。冼太夫人遣孙冯暄领兵援洸。暄至衡岭，遇着贼党陈佛智，屯兵岭上。佛智与暄素来认识，彼此通问往来，竟将战事搁起。冼夫人闻暄逗留，遣使执暄，拘系州狱，另遣孙冯盎往袭佛智。佛智未曾防备，突见盎军杀入，不及逃去，遂为所杀。时韦洸中箭身亡，副使慕容三藏，代理军事。隋廷亦遣给事郎裴矩，南行剿抚，矩至南康，发兵数千人，击斩仲宣别将，进至南海。可巧冯盎与三藏会合，击走仲宣。冼夫人又亲自接应，共至南海迎接裴矩。矩闻冼夫人到来，却也不敢生慢，更命军士排班恭待。过了片刻，前驱已至，来了一位少年军将，唇红齿白，烨烨有光，料知他就是冯盎，已足令人生羡，后面便是宋康郡冼夫人，首戴金冠，身披银铠，上张锦伞，下跨介马，前导骑士，后拥甲楯，虽已年越花龄，尚是春盈眉宇。矩不禁暗暗喝采，未与晤谈，先已下马待着。非写裴矩有礼，实为冼夫人生色。冼夫人老眼无花，忙令孙儿下骑，自己亦从容下鞍。当由慕容三藏，从后趋到，邀同冼夫人及冯盎，上前见矩。彼此行过了礼，略谈数语，便相偕回入广州。矩因冼夫人望重岭南，请她一同巡行，安抚诸州。冼夫人绝不推辞，即同矩带着兵士，出城巡抚。苍梧首领陈坦，冈州首领冯岑翁，梁化首领邓马头，藤州首领李光略，罗州首领庞靖等，皆来参谒。矩承制署为刺史县令，还镇旧部，各首领欢跃而去。

岭南复定，矩使人驰驿上闻，有诏拜盎为高州刺史，追赠盎祖宝为谯国公，冼夫人为谯国夫人，特给印章，许开幕府，置官属，得征发六州兵马，便宜行事。且赦免冯暄前罪，拜为罗州刺史。待裴矩归朝后，复降敕褒美，赐帛五千匹。皇后独孤氏，亦颁给服饰。冼夫人并收贮金箧，并将梁、陈赐物，亦各藏一库，每岁大会，皆陈列庭中，指示子孙道："汝等宜尽赤心向天子，我事三代主，唯用一好心，今赐物具存，便是忠孝的食报呢。"后来复抚定俚獠，劾诛贪污，岭南无不称颂。至仁寿初年，才报寿终，隋廷谥为诚敬夫人。小子有诗赞道：

几番平虏见奇功，岭表扬仁众口同。
《南北史》中争一席，休言巾帼不英雄。

欲知隋朝后事，待至下回再表。

隋文平陈，与晋武平吴相似，唯陈之亡，与吴不同，迹其情事，颇似蜀汉。刘禅乐不思蜀，叔宝全无心肝，其类似一也；刘禅乞降，犹有北地王谌，叔宝被虏，犹有岳阳王叔慎，其类似二也。故北地王谌死而蜀始亡，岳阳王叔慎死而陈始亡，特为标叙，正以存臣子之大节耳。冼夫人保境拒守，得叔宝书，乃召集首领，相向恸哭，妇人犹知枕戈之义，叔宝何心？乃稽颡隋阙，伈伈伣伣，为民吏羞乎？厥后为民命计，始迎隋使，及番禺之乱，发兵助讨，嗣复与裴矩巡抚诸州，易乱为治，岭南之得免兵戈，未始非冼夫人之所赐也。本回叙冼夫人处，亦特笔表明，借巾帼以励须眉，作书者固隐寓深心欤？

第八十六回　反罪为功筑宫邀赏 寓剿于抚徙虏实边

却说隋左卫大将军杨惠，佐命有功，易名为雄，初封邗国公，旋且晋封广平王，见八十一回。职掌禁旅，宠绝一时。长安人士，号为四贵中第一人。四贵除杨雄外，就是苏威、高颎、虞庆则。雄又宽容下士，甚得众心。隋主坚因此加忌，改拜雄为司空。雄知隋主夺他兵柄，虚示推崇，乃杜门谢客，不闻政事。寻改封为清漳王，未几又改封为安德王。还算明哲保身。滕王杨慧，亦见八十一回。曾尚周武帝邕妹顺阳公主，美秀而文，时人号为杨三郎。隋主命为雍州牧，且常引与同坐，呼为阿三，嗣复易名为瓒。瓒虽为隋主同母弟，但因隋主篡周，屠灭宇文氏，未免目为残忍。顺阳公主，轸念宗亲，更觉得日夕悲伤，阴生咒诅；且与独孤后素不相容，益增怅触。独孤后家世贵盛，姿禀聪明，书史无所不晓，隋主甚加宠爱。每当隋主临朝，后辄与并辇而进，至阁方止。密遣宦官伺察朝政，稍有所失，便即记忆，俟隋主退朝，同返燕寝，婉言规谏，十从八九，宫中号为二圣。又尝与隋主密誓，不得有异生子。悍妒可知。看官！试想独孤后如此专宠，怎能不恨及顺阳公主，从中构煽呢？果然隋主听信后言，劝瓒离婚。瓒昵情伉俪，不忍相离，再三乞请，始蒙隋主俞允，但从此恩礼益衰。开皇十一年，瓒从事栗园，侍宴方终，忽然腹痛异常，片刻即毙。隋主坚并未加赠，且徙出顺阳公主，除去属籍。看官不必细猜，便可知瓒被毒死了。是夕，上柱国郑译病死，却遗书吊祭，赐谥曰达。朝臣因瓒不得谥，代为申请，才勉强谥一“穆”字。

太子通事舍人苏夔，系尚书右仆射苏威子，少年能文，尤长音律，本名伯尼，因以知乐著名，威特令改名为夔。越公杨素，每加器重，尝戏语威道："杨素无儿，苏夔无父。"是时夔与国子博士何妥等，共议正乐，互有龃龉，相持不决，并使百僚会议。大众多阿附苏威，不敢黜夔。于是赞同夔议，十得八九。妥愤愤道："我席间函丈四十余年，为后生小子所屈辱么？"遂上书劾威父子，并及礼部尚书卢恺，吏部侍郎薛道衡，尚书右丞王弘，考功侍郎李同和等，说他朋比为奸，滥用私人。隋主令第四子蜀王秀，秀本封越王，见八十一回，后复改封蜀王。及上柱国虞庆则等，推按得实，乃免威官爵，令以开封就第。卢恺私受威嘱，用王孝逸为书学博士，因坐罪除名。薛道衡等但加薄谴，未曾免官，遂任杨素为右仆射，与高颎共掌朝政。素风度比颎为优，器量远不如颎，朝贵如苏威以下，多被陵蔑，遂致侧目。大将军宋国公贺若弼，尤为不服，且自思功出素右，理当为相，至此反为素所夺，越觉不平；有时入朝晋谒，语多不逊，隋主坚与语道："我用高颎、杨素为宰相，汝尝谓此二人只能啖饭，究是何意？"若弼应声道："颎与臣故交，素系臣舅子，臣素知二人材具，原有此语。"骄矜已极。隋主不禁变色。公卿等仰承风旨，遂劾若弼意存怨望，罪当处死。隋主即谕令系狱，未几又召问道："臣下守法不移，公可自思，有无生理？"若弼道："臣将八千兵擒陈叔宝，愿因此事望活。"叔宝为韩擒虎所絷，若弼仍引为己功，始终不脱一矜字。隋主道："这事已格外重赏。"若弼道："臣今还格外望活。"隋主踌躇良久，始贷免死罪，革职为民。过了年余，乃仍赐还爵位。苏威亦复爵邳公，仍为纳言。上柱国韩擒虎与若弼互争短长，也是个矜才使气的人物，幸亏享年不永，尚得善终。

相传开皇十六年十一月，擒虎在家，邻母见擒虎门前，仪卫甚盛，因不禁诧问。卫吏答道："我等特来迎王。"言讫不见。已而邻人暴疾，忽惊走入擒虎门，为门吏所阻，病人大言道："我来谒王。"门吏问为何王？病人答称阎罗王。两下里喧噪起来，为擒虎子弟所闻，出探得实，欲挞病人。擒虎亦闻声出阻，遣归病人，且语子弟道："生为上柱国，死作阎罗王，我愿亦足了。"是夕便即罹疾，未几即逝。享年五十有五。究竟擒虎是否作阎罗王，此事无从确证，但不过付诸疑案罢了。

越年二月，隋主命杨素至岐州北，督造仁寿宫。素奏举宇文恺、封德彝为土木监，恺与德彝，专知谀媚，一经委任，格外效力监工，于是夷山堙谷，创立宫殿，崇台累榭，相属不绝。可怜这班丁夫工匠，昼不得安，夜不得休，害得身疲力乏，也没有医生疗治，到了奄奄就毙，便把尸骸推入坑谷，尸上填尸，差不多似小山一般。当下充作基址，筑成平地，好容易过了两年有余，才把仁寿宫造成。端的是规模闳丽，金碧辉煌，只人数却死了万余，模模糊糊的上了一个总帐。完全是膏血涂成，怎得称为仁寿？

隋主坚令仆射高颎，前往探视，还称奢华过甚，徒伤人丁。隋主本来节俭，得颎复奏，当然恨及杨素。素颇加忧惧，急遣人密启独孤后，谓："历代帝王，统有离宫别馆，今天下太平，仅造一宫，何足言费？"独孤后即日复报，叫素不必耽忧，自然有法转圜。既而隋主坚亲往仁寿宫，巡视一周，果嫌太侈，便召素面诘道："朕叫汝督造此宫，原因汝老成勤慎，酌量丰俭，能体我意，为何造得这般绮丽，使我结怨天下？"素无言可答，不得不叩头谢罪。隋主坚全不理睬，自往便殿小憩。素忐忑不安，恐遭严谴，封德彝密语道："公勿过忧！俟皇后到来，必有恩诏。"话才说毕，已有人报称皇后驾到。素忙上前迎谒，由独孤后面加慰劳，随即入见隋主。素尚不敢随入，过了半晌，已有旨宣素入对。隋主上坐，尚未开言，独孤后便从旁婉谕道："公知我夫妇年老，无以自娱，故盛饰此宫，使我夫妇安享天年，公真可谓忠孝了。"我夫妇二字，便已见得独孤杈宠。隋主虽未加劳，面色已是温和，绝不似先前严厉。素当即拜谢。独孤后又代为申请，赐素钱百万缗，绢三千匹。素复启独孤后道："老臣无功可言，监役勤劳，要推封德彝为首。"佞人入朝，素实罪魁。独孤后点首道："德彝自当另赏，公不必让赐。"素因谢赐而退。未几，即有诏擢德彝为内史舍人。嗣是隋主尝幸仁寿宫，每出必与后同行，且拨遣宫女，使在仁寿宫中常住，充当盥馈洒扫诸役。宫中不足，随时选入，隋主坚也心为物役，渐渐的爱恋声色了。习俗移人，中主不免？

先是隋平江南，得陈叔宝屏风，颁赐突厥大义公主。即千金公主，见八十三回。大义公主已做了都蓝可汗的可贺敦，前虽改姓杨氏，终非所愿，不过暂救目前，勉强承认。及屏风赐至，复触动旧感，特借阵亡作诗，书入屏中。诗云：

盛衰等朝露，世道若浮萍。荣华实难守，池台终自平。富贵今安在？空事写丹青。杯酒恒无乐，弦歌讵有声？余本皇家子，漂流入虏庭。一朝睹成败，怀抱忽纵横。古来共如此，非我独申名。唯有昭君在，偏伤远嫁情。

这首诗传入隋廷，隋主知她诗中寓意，不免怀恨，自是礼赐寝薄。那大义公主，却也无义，既已三次改醮，复与胡人安遂迦暗地私通，适有流人杨钦，亡入突厥，谬云：“彭国公刘昶，已与妻族宇文氏联络，指日起事，请突厥发兵外应，定可灭隋”云云。大义公主以为有隙可乘，遂煽动都蓝可汗，不修职贡，潜出扰边。隋主复使车骑将军长孙晟，驰往突厥，传敕诘问。晟见大义公主，颇有微辞，公主语亦不屈。晟不与多辩，但在突厥住了旬日，侦察机密，已知都蓝叛隋，衅由杨钦及公主，且将公主私事，亦诇得大略，当即起程归朝，详报隋主。

隋主再遣晟往索杨钦，都蓝不与，但诡称无此流人。晟密赂突厥达官，访得杨钦所在，乘夜掩捕，果得获钦，遂牵示都蓝，都蓝无词可对。晟索性直言不讳，竟将公主私通安遂迦，一并说出。都蓝可汗也不禁羞惭满面，立把安遂迦拿下，交付与晟。番酋尚有耻心，不若千金公主之厚颜。晟即将二人押回，并处死刑。隋主嘉晟有功，加授开府仪同三司，仍使赍敕西行，传语都蓝，废去大义公主名号。都蓝可汗尚怜爱公主，不忍废斥，隋再赐送美妓四人，饵诱都蓝。都蓝得了四个美人儿，自然把大义公主冷淡下去。

隋内史侍郎裴矩，谓必使都蓝杀死公主，方无后患。一再传谕，都蓝不从。时处罗侯子染干，自号突利可汗，镇守北方，独遣人至隋，乞许和亲。隋主使裴矩与语道：“能杀大义公主，方可许婚。”突利闻言，便捏造谣传，谓：“公主将谋害都蓝。”一面贻都蓝书，挑动怒意。都蓝果然中计，竟将大义公主杀死。淫妇该死久矣。当下报达隋廷，更上表求婚。长孙晟已早归国，独入阙献议道：“臣观雍虞闾即都蓝可汗，见八十三回。反复无信，不过与玷厥有隙，欲依我朝，就使许结婚姻，将来必致叛去。况今使得尚主，仰托声威，玷厥、染干，力不能拒，或且受彼驱策，更为我患，计不如招抚染干，许与通婚，使他南徙入边，为我保障，雍虞闾虽有异心，料亦无能为了。”始终不外反间计。隋主依议，即遣晟慰谕染干，许尚公主。染干喜出望外，厚待长孙晟，优礼送归。唯公主尚未指定，染干也未遽来迎，又延宕了三、四年。

这三、四年间，事迹不一，未便缕述，所有内外大事，荦荦可纪：一是史万岁征服南宁蛮酋爨震，收降三十余部落，勒石铭功；二是周法尚讨平桂州俚帅李光仕，另遣令狐整为总管，镇定华夷；三是汉王谅东伐高丽，无功而还，高丽王元亦遣使谢罪。这三件是对外的军政。还有并州总管晋王广，调镇扬州，弟秦王俊调镇并州。俊性好奢，又多内宠，妃崔氏奇妒，置毒瓜中，俊食瓜致疾，征还免官，崔妃赐死。杨素进谏隋主，谓不应严谴秦王。隋主道："周公尚诛管蔡，我不及周公，怎能为子废法？"后来俊病已笃，始复拜上柱国，未几即殁。还是速死为幸。鲁公虞庆则，有爱妾与长史什柱相奸，什柱诬告庆则谋反，竟杀庆则，什柱得受封柱国。宜阳公王世积，出镇凉州，与皇甫孝谐有隙，孝谐上书告变，谓世积尝令道人相面，道人谓相法大贵，并言世积妻应作皇后，世积因此生谋，请早日惩处。隋主也不辨虚实，便召还世积，置诸死刑。左卫大将军元旻，右卫大将军元胄，及左仆射高颎，曾受世积馈遗，至是并发。两元罢官，唯颎得幸免，孝谐又得拜为上大将军。都由猜忌功臣，以致信谗戮旧。大都督崔长仁犯法当斩，隋主因崔与后有中表亲，意欲减免，后独慨请道："既犯国法，怎得顾私？"长仁遂坐死。后异母弟独孤陀，为延州刺史，有婢事猫鬼，能驱令杀人。会后与杨素妻，同时罹病，医官目为猫鬼疾，隋主疑由陀所为，令高颎等讯鞫，得了证据，有诏赐陀自尽。后三日不食，替陀请命，且泣语隋主道："陀若蛊政害民，妾不敢言。今为妾致死，妾实痛心，敢乞加恩赦宥。"乃减陀死罪一等，独孤后可谓刁狡，看官莫被瞒过！唯严禁蛊毒魇魅等邪术，有犯必惩，投御四裔，这数件是治内的刑政。略叙一斑，已见隋主晚政之多失。

到了开皇十九年，复从事西征，特命汉王谅为元帅，使率高颎、杨素、燕荣等，分讨突厥。突厥北部突利可汗，即染干。既得隋主许婚，约越三年有余，乃遣使迎女。隋主令番使居太常寺，演习六礼，又经数旬，方遣宗女安义公主，随番使出塞和亲，并令牛弘、苏威、斛律孝卿等，相继为使，厚结突利。突利亦屡次朝贡，前后不绝。隋主依长孙晟议，谕突利南徙，使仍居都斤山，作为屏藩，突利当然遵命。都蓝可汗闻突利得尚公主，自己反不得所求，气得无名火高起三丈，遂召语部众道："我乃突厥大可汗，难道反不及染干么？"部众亦为不平，遂怂恿都蓝入寇。都蓝便誓绝朝贡，侵掠隋边。突利伺知动静，辄遣使奏闻，边鄙得预先戒备，不使都蓝逞志。都蓝因大修攻具，谋入寇大同城，又由突利遣人驰报。隋主亟使左仆射高颎，率兵出朔州道，右仆射杨素，率兵出灵州道，上柱国燕荣率兵出幽州道，统归元帅汉王谅节制。谅为隋主少子，素蒙宠爱，不愿临戎，乃延期出发，贻误军情。都蓝可汗，竟与达头可汗合兵，袭击突利，突利仓猝出战，一败涂地，弃帐南奔，兄弟子侄，尽为所杀。都蓝追击突利，渡河入蔚州，突利部落散亡。巧值长孙晟出使突利，中途相值，遂与晟一同南走，手下只有五人，沿途收得番众数百骑。突利即与密谋道："今兵败入朝，不过一个降人，大隋天子，岂肯礼我？我与达头本无仇隙，不若投彼为是。"晟见他附耳密谈，料知突利已有异图，遂密遣从人往伏远镇，令速举四烽。突利远远瞧着，见有四烽齐起，不禁诧问。晟随答道："我国边防，贼少，举二烽，来多，举三烽，大逼，举四烽。今四烽俱举，定是望见贼至，多而且近哩。"突利为晟所给，不得已随晟南下，驰驿入朝。隋主厚赐突利，并迁晟为左勋卫骠骑将军。

适都蓝可汗亦遣使至隋廷，隋主令与突利辩难。突利理直气壮，乃叱退都蓝使人。都蓝弟都速六，亦不直都蓝所为，弃家奔隋。隋主发出珍玩，使突利转赠都速六，都速六亦快慰异常。于是敕书分逮，催促高颎、杨素等，进军西讨。高颎出朔州，使上柱国赵仲卿，率兵三千为先锋，至族蠡山，与都蓝军相遇，交战七日，大破都蓝军，追奔至乞伏泊。都蓝大举前来，围住仲卿，仲卿摆设方阵，四面拒战，相持至五日。高颎自率军往援，合兵夹击，复破都蓝，追奔七百余里，虏得牲畜人口，以千万计，乃收军而还。杨素出灵州，可巧遇着达头，素不设鹿角，但令诸军上马列阵。达头大喜，称为天赐，即麾精骑十余万，来突素军。上仪同三司周罗睺，随素从军，忙向素献议道："贼阵未整，速击为是。"素点首称善。罗睺遂率锐骑出战，素督大兵接应。突厥向恃骑兵，冲突无前，不意此次隋军，却也非常厉害，纵横驰骤，不可抵挡，番兵立即奔散。达头迟了一步，身上已受了数创，只好忍痛急奔。隋军追杀一阵，俘获甚多，两路番军，都窜出塞外去了。番兵实是无用。

隋主因封突利为启民可汗，使长孙晟至朔州，督建大利城，为启民宅居地。突厥散众，多归启民，男女共约万余口。安义公主虽由启民挈徙，途中迭受惊苦，竟致病殁。隋主复遣宗女义成公主，嫁与启民，且辟夏、胜二州间旷地，使得畜牧，再令上柱国赵仲卿屯兵五原，为启民代御达头。代州总管韩洪等，率步骑一万，往镇恒安，作为声援。达头复集十万骑入寇，韩洪出战败绩。唯仲卿邀击达头，得斩虏首千余级，达头驰去。隋主用长孙晟言，复将启民徙至五原，免致不测，一面再遣杨素等出击都蓝。师未出塞，都蓝已为部下所杀，达头自立为步迦可汗，突厥大乱。启民奉隋主命，遣部吏分道招慰，降附甚众。越年孟夏，达头已抚定境内，复来犯塞。有诏令晋王广为统帅，带同杨素、史万岁、长孙晟等，分途出击。晟命置毒水中，突厥人畜，取饮多死，即惊为天殃，夤夜遁去。愚如犬豕。史万岁追出塞外，至大斤山，将及达头。达头问隋将为谁？探骑说是史万岁。达头大惧，飞马急奔，余众不及遁走，被万岁督兵纵击，斩首数千，又北入沙碛数百里，见四处乏人，方才南归。既而达头复遣从子俟利伐，来攻启民，隋又发兵往救，与启民击退俟利伐。启民上表陈谢道："大隋圣人可汗，如天无不复，地无不载，染干似枯木更荣，枯骨更肉。千世万世，当为大隋典司羊马哩。"隋主又令赵仲卿增筑金河、定襄二城，保护启民，启民益感恩不置。小子有诗咏道：

区区小惠示羁縻，愚虏何知坐被欺。
只是和亲终下策，伤心远嫁感流离。

启民既诚心内属，北顾无忧，隋主调还各军帅，共享太平，究竟隋廷能否久安，容至下回续叙。

萧何筑未央宫，汉高以其壮丽而斥之，杨素筑仁寿宫，隋主亦以其壮丽而嫉之，两主初意，固甚善也。乃汉高因萧何之狡辩，易怒为喜，隋主因独孤后之回护，反罪为功，是皆为物欲所蔽，以致自相矛盾，前后不符。且隋主之猜忌功臣，亦与汉高相类，一念为民，转念即为妻孥，妻孥之念一生，于是种种猜嫌，因之而起。唯隋之历世，远不若汉之灵长者，汉之得国以正，而隋实篡窃而来，况更有屠灭周氏之大恶耶？长孙晟两谋突厥，先以反间计制沙钵略，继以反间计驭突利，番奴宗族，自相屠翦，而隋适收渔人之利，晟固有大造于隋者。然娄敬和亲，功不补患，汉之饵匈奴，隋之诱突厥，皆不得为上策。天子有道，守在四夷，岂必诈术为哉？岂必用儿女子以啗之哉？而番虏之贪利无亲，更不足道矣。

第八十七回　恨妒后御驾入山乡　谋夺嫡计臣赂朝贵

却说隋主享国，已有十八九年，内安外攘，物阜民康，好算是太平世界。古人有言："存不忘亡，安不忘危。"这正是持盈保泰的至理。无如饥寒思盗，饱煖思淫，乃是人人常态，隋主坚虽称英武，究竟不是圣主明王，自筑造仁寿宫后，渐渐的系情酒色，役志纷华，只因独孤后生性奇妒，别事或尚可通融，唯不许隋主召幸宫娥，所以宫中彩女盈丛，花一团，锦一簇，徒供那隋主双目，不能与之亲近，图一夕欢。小子却有一比，好比那哑子吃黄连，说不出的苦况。一日，独孤后稍有不适，在宫调养，隋主得了这个空隙，便自往仁寿宫，消遣愁怀。仁寿宫内，宫女已不下数百，妍媸作队，老少成行，隋主左顾右盼，却都是寻常姿色，没有十分当意。信步行来，踱入一座别苑中，适有一妙年女郎，轻卷珠帘，正与隋主打个照面，慌忙出来迎驾，上前叩头。隋主谕令起来，那宫女方遵旨起立，站住一旁。当由隋主仔细端详，但见她秋水为神，梨云为骨，乌云为发，白雪为肤，更有一种娇羞形态，令人销魂。隋主见所未见，禁不住心痒难熬，便开口问道："你姓甚名谁？何时进宫？"宫女复跪答道："贱婢乃尉迟迥女孙，坐罪入宫，拨充此间洒扫。"隋主又说是不必多礼，可导朕入苑闲游。尉迟女便即起身，冉冉前行，引隋主入苑。隋主心中，只注意女郎，所有苑中琪花瑶草，不过略略赏玩，随口与尉迟女问答。尉迟女情窦已开，料知隋主有意宠幸，乐得柔声娇语，卖弄风骚。错了错了，难道不闻有母夜叉么？隋主越加情动，竟与尉迟女趋入室中，使侍役供入酒肴，叫尉迟女在旁侍饮。尉迟女骤邀恩宠，正出意外，遂承旨饮了几杯，红霞上脸，越觉鲜妍。隋主越看越俏，连喝数觥，酒意已有五六分，索性开放情怀，与尉迟女调起情来。尉迟女若即若离，半推半就，那时隋主还记得什么皇后，什么旧盟，待至日暮，竟在苑中住宿。一宵快意，不消多说。嗣是绸缪数夕，方才还朝听政。

这独孤后病已略痊，见隋主数夕不归，早已含着醋意，密遣内侍侦探行止。还报得实，气得三尸暴炸，七窍生烟，便伺隋主临朝时候，悄悄带着宫监侍女，乘辇往仁寿宫去了。隋主视朝已毕，入宫去探皇后，哪知独孤后早已他去，旁问内侍，还是含糊对答，经隋主动了怒意，方说皇后往仁寿宫。隋主听了，竟吓得非同小可，便也跨马追去。到了仁寿宫，急诣尉迟女住室，正值独孤后高声喝骂，声达户外，向内一望，摆着一个血肉模糊的尸体，细看不是别人，正是前日相偎相倚的尉迟女。痛煞！急煞！再看独孤后坐在上面，好是母夜叉一般，双眉直竖，两目圆睁，分明瞧着隋主，却尚是满口胡言，兀坐不动。气杀！隋主本是有名的惧内，一时不敢发作，只因悲愤交并，索性转身上马，扬鞭径去。独孤后恃宠作威，正望隋主趋入，再好发泄数语，偏隋主变色自行，倒也着忙起来，便下座追出，连呼陛下快回。隋主全不理睬，只没路的乱跑，急得独孤后仓皇失措，慌忙分遣内侍，宣召高、杨二相，及高颎、杨素，闻命驰至，距着隋主去时，已过了好一歇。既问明情由，便带着内侍数名，相偕追去。究竟两人是出将入相的豪杰，走马如飞，足足赶了二三十里，方见隋主在山村间，慢骑前行。二人齐声叫道："陛下何往？"隋主闻声回顾，见高、杨二相赶来，乃勒马停住。二人忙即下马，趋至隋主马前，挽住丝韁，跪地进谏道："至尊有何急事？竟尔轻身自出，难道可不顾社稷么？"隋主不禁长叹道："说也可羞，自古帝王，莫不有三宫九嫔，朕召幸一个宫女，偏被独孤后殴死，朕想田家翁多收几斛麦，要思易妻，家有千金，也要买几个歌婢，朕贵为天子，反不得自由，何如出居民间，倒还逍遥自在呢？"高颎道："陛下错了。陛下进身劳思，得有天下，岂可为一妇人，反把天下看轻？愿陛下三思，速即还驾！"隋主沉吟不语。杨素亦从旁力谏，且言："山僻村乡，断非御驾可以留憩。"隋主也自觉为难，可巧日已西沉，仪仗舆辇，并文武百官，一齐来迎。隋主怒亦稍平，方徐徐还朝。及驰入宫阙，已近夜半，独孤后倚阁待着，心下很是不安。你也有惶急时么？及闻御驾已回，方才放下了心。隋主尚不肯入宫，再由高颎、杨素，苦劝始入。行至阁门，独孤后见了，忙下拜道："贱妾一时暴戾，触怒圣衷，死罪死罪。但念妾十四于归，至今已数十年，与陛下无纤芥嫌，今因宫人得罪，还乞陛下恩宥！"隋主方答道："朕非不念夫妇旧情，但卿亦太觉忍心。事已至此，也不必多说了。"独孤后涕泣拜谢，依旧并辇入宫。高、杨二相也即随入，由隋主赐他夜宴，自与独孤后亦开樽饮酒，饮了数杯，不免记着尉迟女，露出悲悼情态。高、杨二相，与隋主虽然异席，却是相隔不远，又各出婉言和解，隋主始破涕为欢。待至斗转更阑，才命撤席。高、杨二相辞去，隋主与独孤后返入寝室，一宵易过，无容细表。自是独孤后稍易前情，从前选入的陈叔宝妹子，方许隋主得尝禁脔，见八十五回。陈家女国色天姿，不亚尉迟女孙，李代桃僵，老怀已适，当然把尉迟女的惨死搬置脑后了。皇帝统是负心汉。

唯当时追还隋主，多亏高、杨二相，但颎有一语，传入后耳，竟致怀恨在心，看官道是何语？便是上文载着扣马力谏的数语。独孤后因他目为妇人，未免意存藐视，所以怏怏不乐，尝语心腹内侍道："我道高颎是我父执，时常敬礼，不意他藐我至此，我乃堂堂国母，怎得轻我为妇人呢？"你难道变做男子么？颎哪里知晓。一日，复应召入对，隋主与语道："有神告晋王妃，谓晋王必有天下，卿意以为如何？"颎正色答道："立储已定，怎可轻易？况长幼原有定序呢。"隋主嘿然，颎即趋出。为此一言，遂令独孤后怒上加怒，恨不得将高颎即日除去。看官听着！隋主生有五子，都是独孤后所出。隋主尝语群臣，谓："朕旁无姬侍，五子同母，可谓真兄弟，当不致有争立情事。"哪知一母所生的兄弟，也暗中相轧，并亲生母自己偏爱，酿成废立，反致正言相告的高仆射，无端牵入漩涡，坐罹谴谪，这也是出人意外的事情。大气盘旋。

太子勇小字睍地伐，系隋主坚长子，素性坦率，不尚矫情，常参决军国大事，言多见纳。唯隋主尚俭，勇独文饰蜀铠，为父所见，尝面责道："从古帝王，好奢必亡，汝为储君，当先知俭约，乃能奉承宗庙，我平时衣服，各留一袭，汝可随时取观，作为榜样。且赐汝旧刀一柄，菹酱一盒，令汝服食，汝宜默体我心。"勇虽应命趋出，但事过境迁，又复如常。会遇长至节日，百官皆往东宫贺节，勇张乐受贺，事为隋主所闻，愈滋不悦，特下诏戒谕群臣，此后不得擅贺东宫，嗣是恩宠渐衰，勇又多内嬖，昭训云氏，昭训系东宫女职。姿貌殊丽，尤得欢心，生子三人，还有高良娣王良媛成姬等，亦产下数男。

独嫡妃元氏无宠，亦不闻生育。隋主坚却不暇计及，唯皇后独孤氏，最恨人宠妾忘妻，平时闻王置妾，或妾有怀孕等事，辄劝隋主惩诫，甚至免官。干卿甚事？偏皇太子亲蹈此辙，怎得不令独孤后生愤？冤冤相凑，那太子妃元氏，遇着心疾，两日即殁，独孤后疑为云氏下毒，越觉不平，每当太子入省，尝带怒容。太子勇亦漫不加察，竟使云氏专掌内政，居然视若嫡妃，益敦情好。独孤后暗暗咒骂，并尝遣内侍侦察，俟太子另有过失，便当请诸隋主，把他废斥。

就中有个阴谋诡计的晋王广，有心夺嫡，默窥父母隐情，巧为迎合，姬妾虽有数人，他却与萧妃日夕同居，就使后庭生子，亦不使养育，但说是未曾产男。有时隋主及后，亲临广第，广只留老丑婢仆，充当役使，自与萧妃又止衣敝缯，屏帐亦改用缣素，乐器任积尘埃，毫不拂拭，隋主当然惬意，独孤后愈觉生欢。及父母回宫，另遣左右探视，广不问贵贱，必与萧妃迎候门前，待以美馔，申以厚礼，因此宫中内侍，无不称晋王仁孝。隋主坚密遣相士来和遍视诸子，和答道："晋王眉骨隆起，贵不可言。"隋主又问上仪同三司韦鼎，谓诸子谁当嗣立？鼎随口奏道："至尊皇后，最爱何人，便使嗣统，此外非臣所敢知了。"来、韦二人，恐亦得杨广好处。隋主笑道："卿尚不肯明言么？"鼎又道："事在陛下，臣何必多言。"说毕自退。

会晋王广出镇扬州，甫经半载，便表请入觐，有旨允准。广即入觐父母，语言容止，无不加谨；就是接待朝臣，亦格外谦恭。宫廷内外，有口皆碑。及辞行还镇，并入宫别母，叙谈半日，无非是远离膝下、常怀孺慕的套话。待到天色将晚，将要出宫，又故意装出欲去不去的光景，欲言不言的情状。独孤后未免动疑，便问他有甚言语？广请屏去左右，只剩得母子两人，便伏地泣诉道："臣儿愚蠢，不知忌讳，每念亲恩难报，所以上表请朝，不知东宫何意，怒及臣儿，谓臣儿觊觎名器，欲加屠陷，臣儿远到外藩，东宫日侍朝夕，倘若谗言交入，天高难辩，或赐三尺帛，或给一杯鸩，臣儿不知死所，恐未能再觐慈颜了。"好一张似簧利口。说至此，呜咽不止。独孤后且怜且恨道："睍地伐见上。真令人难耐，我为他娶元氏女，向无疾病，忽然一旦暴亡，他却与阿云等日夕淫乐，生了许多豚犬。我长媳遇毒丧生，我尚未曾穷治，他竟又想害汝，我在尚然，我死后，汝等只合配他做鱼肉了。况东宫今无嫡妃，至尊万岁千秋后，汝等兄弟，且向阿云前再拜问候，这不是更加苦痛么？”说着，亦泫然泣下。广又假意劝慰，说是：“臣儿不肖，转累慈圣伤心，更增罪戾。”云云。一擒一纵，独孤虽狡，怎能不堕入彀中？独孤后又咬牙密谕道：“汝尽管放心还镇，我自有区处，不使我儿屈死。”广闻言暗喜，面上尚带着惨容，再拜而去。

独孤后遂决意废立，屡在隋主面前，挑唆是非。隋主因令选东宫卫士，入台宿卫。朝臣无人敢谏，独高颎入奏道：“东宫宿卫，不便多调。”隋主不待说毕，便作色道：“朕有时出巡，卫士应求雄毅，太子毓德东宫，何须壮士？我熟见前朝旧事，公不必再循覆辙了。”这一席话，说得高颎面有惭色，只好退出。原来颎子表仁，曾娶太子勇女为妇，隋主言中寓意，越令高颎难以为情。既而颎妻病卒，独孤后乘间进言道：“高仆射年已将老，骤致悼亡，陛下奈何不为颎娶？”隋主因召颎入阙，面述后言。颎含泪答道：“臣今已老，退朝后唯斋居诵经，不愿再纳继室了。”隋主亦为悼叹，因即罢议。过了数月，颎亲生下一男。隋主颇为颎喜慰，唯独孤后很是不乐。隋主问为何因？后答道：“陛下尚再信高颎么？前陛下欲为颎续娶，颎心存爱妾；面欺陛下，今诈情已见，怎能再信？”看到此语，方知前时劝颎复娶，已寓阴谋。隋主亦以为然。及与颎商废立事，颎又提出长幼伦序，对答隋主，见上。于是隋主益疑颎有私，拟加遣谪。复忆及王世积一案，再加复验。有司希旨锻炼，谓颎实有通叛情事，乃即罢隋左仆射，以公爵就第。

先是汉王谅东伐高丽，尝令颎为长史，面加重托。谅年少任气，与颎言多不合意，遂致无功而归。谅入见独孤后道：“儿幸免为高颎所杀。”独孤后原记在心中，谅亦怀恨不休，常欲置颎死地。还有晋王广为张丽华事，又挟嫌伺颎，为此种种积仇，遂阴唆颎吏上书，讦颎私事，诬称颎子表仁，劝慰乃父，谓：“司马仲达，尝托疾不朝，卒有天下，父今遇此，安知非福”等语。隋主得书大怒，遂拘颎至内史省，备加讯鞫。法司按不得实，反捏报他事，谓：“沙门真觉，曾语颎云，明年国有大丧，尼令晖亦与颎言，皇帝将有大厄，十九年恐不可过。”隋主益怒，顾语群臣道：“帝王岂可力求？孔子为古来大圣人，作法垂世，岂不欲有天下？但天命未归，只好作罢了。”孔子岂肯效法篡逆么？有司请即诛颎，隋主复叹道：“去年杀虞庆则，今年斩王世积，若更诛颎，天下总道我残害功臣了。”乃褫颎爵邑，除名为民。颎有老母，尝诫颎道：“汝富贵已极，但欠一斫头呢，奈何不慎？”颎既被黜，回忆母言，尚自幸不死，倒也没有恨色。哪知生死有命，后来终难免一刀，这且慢表。

且说晋王广闻高颎免官，又少了一个对头，自思储君一席，此时不夺，更待何时？但一时也想不出妙计，默思安州总管宇文述，足智多谋，何不将他奏调过来？好与他秘密商量。当下写定一表，奏调宇文述为寿州刺史。隋主怎识秘谋，便即批准。述受调南来，顺道谒广。广殷勤款待，向述问计。述答道："皇太子失爱已久，令德仁闻，无一可及大王，将来入承正统，舍王为谁？但废立大事，实不易言，大王虽经二圣宠爱，究竟事关重大，未便遽移，必须有一亲信大臣，从中怂恿，方可成功。"广皱眉道："亲信大臣，莫如杨素，但恐他不肯助我，奈何？"述接口道："这也何难？大理少卿杨约，为杨仆射亲弟，事必与谋，述与约相识，愿入朝京师，乘便语约，为大王效劳，何如？"广大喜过望，便多出金宝，令述携带入关。

一到长安，述即往访约，彼此相别有年，欢然道故，自在意中。述即赠约珍玩数件，适合约意，当即开筵接风，备极款洽，尽兴始散。越日，述早起入朝，隋主照例召见，寥寥数语，即令退班。述回寓后，约正踵门答拜，述当然迎入，也即设宴相待，酒过数巡，席上陈设，多是南方佳玩，就是银杯象箸，亦无不雕刻玲珑。约且饮且赏，啧啧称美。述慨然道："公既见爱，便当相赠。"说着，复取出周彝商鼎等类，与约过目。约爱不释手，赞不绝口，述见他已经入彀，复语约道："述愿与公掷卢赌胜，就以此物为彩，可好么？"约趁着三分酒兴，便与述共博，述佯为不胜，把鼎彝等悉数输去。约得彩既多，也觉得难以为情，有谦让意。述附耳道："公以为此物是述所输么？述哪能有此？实是晋王所赐，令述与公交欢呢。"约愕然道："兄赐尚不敢当，若是晋王所赐，更不敢受。"述笑答道："这些须珍玩，何足稀罕？尚有一场永远大富贵，送与令昆玉。"约愈觉失惊。述从容道："如公兄弟，功名盖世，当涂用事，已历多年，朝臣为公家所屈辱，岂止一二人？且储君因所欲不行，往往切齿执政，一旦得志，至亲有云定兴等，定兴即昭训父。宫僚有唐令则等，试问公家兄弟，尚能长保富贵吗？"约不禁失色道："如此奈何？"述又道："今皇太子失爱慈圣，主上已有废黜的微意，想公家兄弟，谅亦窥悉，若请立晋王，但教贤兄一语，便可做到，诚使因时立功，晋王必感念不忘，这岂非避危就安，是一场永远大富贵吗？"娓娓动人。约点首道："君言甚是，待商诸家兄，再行报命。"说着，又畅饮数杯，方才告别。述将所赠珍玩，遣人送往杨家，自不消说。

约即往告素，素大喜道：“我尚想不到此，赖汝有此计策，我便照行便了。”约复道：“今皇后所言，上无不用，兄须看着机会，早自结托，庶可长保富贵，若再迟疑，一旦有变，令太子用事，祸至无日了。”素掀须道：“这个自然。”约见素已允，便悄悄的报知宇文述。述当然返报晋王广，不在话下。唯杨素怀着鬼胎，日思进言，可巧隋主召令侍宴，独孤后亦在座中。素即称赞晋王孝悌恭俭，酷肖至尊。隋主尚未开口，独孤后已顾素道：“公亦看重我次儿么？我儿大孝，每值内史往问，他知为我夫妇所遣，必迎接境上，言及违离，未尝不泣，且新妇萧氏，亦很觉可怜，我使婢去，必与她共寝同食，岂若睍地伐宠恋阿云，猜忌骨肉，全不像个储君体统？我所以益爱阿麽，常恐他被人暗害呢。”说至此，不禁泣下。看官道阿阇为谁？就是晋王广的小名。广将生时，独孤后梦见金龙入室，红光缭绕，后来忽堕落地上，跌断龙尾，变成一只老鼠模样，形大如牛。后猛然惊醒，随即产广。广生得丰颐广额，头角峥嵘，后甚是喜欢。及三日取名，后与隋主述及梦境，隋主半喜半惊，仔细忖量，似乎凶多吉少，但后事茫茫，究难预料，因他眉开额阔，便取名为广，小字阿麽。俗本易麽为摩，大误。所以独孤后向素答言，随口呼及晋王广的小名。素揣知后意，索性把东宫过失，直陈了一大篇，惹得隋主愈加懊恼，感叹了好几回。待素辞退后，独孤后又暗遣内侍，赍金赐素，素乐得拜受。小子有诗叹道：

漫言五子属同胞，偏爱偏憎已混淆。
更有权奸承内旨，几多谗口共謷謷。

这事传入太子勇耳中，勇自然忧惧，要想设法保全，毕竟有无良策，容至下回再详。

古人有言：“哲妇倾城。”又云：“谋及妇人，宜其死也。”夫古今来非无才智之妇人，但明通者少，悍妒者多。试观尉迟女之一经召幸，即被独孤后殴死，妒悍如此，尚能知大体乎？隋主坚不自类推，反以为五子同母，少长咸序，可无后患，讵知势均位敌，虽属同产至亲，不能无倾夺之害，况妇人最多偏爱，孽子又肆阴谋，浸润之谮，肤受之愬，非洞烛其奸，几何不为所蒙蔽也。高颎重臣，忠而见斥，杨素贪恋富贵，致为宇文述所饵，嬖子匹嫡，外宠贰政，而废立之衅成，而弑逆之祸，亦自此兆矣。

第八十八回　太子勇遭谗被废
庶人秀幽锢蒙冤

却说太子勇安居东宫，喜近声色，免不得有三五媚臣，导为淫佚。就是云昭训父定兴，亦出入无节，尝献入奇服异器，求悦太子。左庶子裴政，屡谏不从。政因语定兴道："公所为不合法度。且元妃暴薨，人言藉藉，公宜亟自引退，方可免祸。"定兴不以为然，并将政语转告太子。太子勇便即疏政，出襄州总管，改用唐令则为左庶子。令则素擅音乐，勇使他教导宫人，弦歌不辍。右庶子刘行本，尝责令则道："庶子当以正道佐储君，奈何取媚房帷，自干罪戾？"令则闻言，也觉赧然，但欲讨好东宫，仍然不改。会太子召集宫僚，开筵夜饮，令则手弹琵琶，歌妩媚娘，太子大悦。当时恼动了一位直臣，便起座进规道："令则身为宫僚，职当调护，今乃广座前，自比倡优，进淫声，秽视听，事若上闻，令则罪在不测，殿下宁能免累么？"太子勇怫然道："我欲行乐，君勿多事！"说至此，那直臣知话不投机，也即趋出。这人为谁？就是太子洗马李纲。叙法侧重李纲，为下文伏线。勇由他自去，并不追问，仍使令则弹唱终席，方才遣散。嗣复与左卫率夏侯福手搏为戏，笑声外达。刘行本待福出来，召福面数道："殿下宽容，赐汝颜色，汝何物小人，敢如此恣肆无礼呢？"因将福执付法吏。勇反替福请免，乃得释出。还有典膳监元淹，太子家令邹文腾，前礼部侍郎萧子宝，前主玺下士何竦等，俱专务谐媚，导勇非法。

勇内多姬媵，外多幸臣，整日里歌宴陶情，不顾后患。至废立消息，传到东宫，勇才觉着忙，闻新丰人王辅贤，素善占候，因召问吉凶。辅贤道："近来太白袭月，白虹贯东宫门，均与太子有碍，不可不防。"勇越加惶急，遂与邹文腾、元淹熟商，引入巫觋，作种种厌胜术，又在后园内设庶人才，屋宇卑陋。勇常往寝处，布衣草褥，为厌禳计。全是愚夫、愚妇的作为。隋主坚颇有所闻，遂使杨素诇视虚实。素至东宫，已经递入名刺，却故意徘徊不进。勇束带正冠，伫待多时，方见素徐徐进来。勇不觉懊恼，语多唐突。素即还报太子怨望，恐有他变。隋主尚将信将疑，再经独孤后遣人伺勇，每得小过，无不上闻，甚且架词诬陷，构成勇罪，说得隋主不能不信，乃自玄武门达至德门，分置候人，窥察东宫动静，所有东宫宿卫，及侍官以上名籍，悉令移交诸卫府。宫廷内外，俱知废立在迩，乐得顺风敲锣，投窂下石，至如晋王广盼望佳音，更觉迫不及待，密嘱督王府军事段达，贿通东宫幸臣姬威，使伺太子过失，密告杨素。于是内外喧谤，说得这个太子勇无恶不作，自古罕闻。

会隋主幸仁寿宫，将要回銮，段达往胁姬威道："东宫罪恶，皇上尽知，已奉密诏，定当废立，君能和盘托出，大富贵就在目前了。"威满口应承。未几，隋主还朝，才阅一宵，已听得许多蜚语，越宿御大兴殿，即宣召东宫官属，怒目与语道："仁寿宫去此不远，乃令我每还京师，严备仗卫，好似身入敌国一般。我近患下痢，寝不解衣，昨夜至后房登厕，恐有警急，又还就前殿，岂非尔辈欲坏我家国么？"说至此，即叱令左右，拿下左庶子唐令则等数人，付法司讯鞫，一面命杨素陈述东宫事状，宣告群臣。素竟随口编造，说出太子许多骄倨，且有密谋不轨等情。隋主喟然道："此儿过恶久闻，皇后每劝我废去，我因此儿居长，且是布素时所生，格外容忍，望他渐改，不料他怙恶不悛，反敢私怨阿孃，不与一好妇女；且指皇后侍儿，谓将来终是我物；新妇元氏，性质柔淑，忽然暴亡，我疑他别有隐情，召他入问，他便抗辞道：'会当杀元孝矩。'试想孝矩为元氏父，现为庐州刺史，相隔甚远，何罪当杀？他无非意欲害我，借此迁怒呢。皇长孙俨，为云氏所出，朕与皇后老年得孙，抱养宫中，他偏不放心，遣人屡索，由今思昔，云氏系定兴女，与不肖儿在外私合，安知不是异种？昔晋太子取屠家女，生儿即好屠割，今若非类，便乱宗社。又闻不肖儿引入曹妙达，与定兴女同宴，妙达在外扬言，我今得劝妃酒，如此乖谬，想是因诸子庶出，恐人不服，特故意纵妾，欲收时望，我虽德惭尧、舜，怎可将社稷人民，付与这不肖子呢？”多是妇女琐亵之谈，奈何出诸帝口？语尚未毕，左卫大将军五原公元旻，听不入耳，竟出班面奏道：“废立大事，天子无二言，诏旨若行，后悔无及。谗言罔极，请陛下三思！”隋主全然不理。

旻尚欲再言，偏姬威入朝抗表，迭称太子失德，隋主览表已毕，复传威入见，谕令尽言。看官！你想威有什么好话？无非说太子好奢好淫，好杀好忌，又把那厌蛊诸术，尽情说出，最后一语，谓太子尝令师姥卜吉凶，转语臣道：“至尊忌在十八年，今已过期，好令人快意了。”隋主听到此言，气得老泪潸潸，且泣且叹道：“谁非父母所生？乃竟至此。朕近览齐书，见高欢纵子为恶，不胜忿懑，我怎可效尤哩？”说着，即传敕禁勇诸子，及勇党羽，令杨素讯谳，自下御座退朝。素与弟约深文巧诋，锻炼成狱，有司更希承素意，奏称：“元旻尝曲意事勇，当御驾在仁寿宫时，勇尝遣心腹裴弘，致书与旻，外面写着，毋令人知。”既云密书，又云外面有此数字，明明是诬蔑之言，构陷元旻。隋主看了，便失声道：“朕在仁寿宫，事无巨细，东宫即已闻知，比驿马还要迅速，朕尝称为怪事，哪知有此辈引线呢。”遂遣武士拘旻下狱，并裴弘亦被拘入。右卫大将军元胄，尝入值帝前，时当退班，尚留连不去，至此始面奏道：“臣向不退值，正为陛下防着元旻呢。”可恶之极。隋主被胄所欺，面加褒奖，胄欢跃而出。开皇二十年十月，隋主决意废太子勇，使人召勇入见。勇见朝使失色道：“莫非欲杀我不成？”使臣支吾对付。勇只好硬着头皮，随使入武德殿。但见殿阶上下，兵甲森列，殿内东立百官，西立诸王，御座中坐着一位甲胄耀煌，威灵赫濯的大皇帝，不由的心胆俱碎，匍伏阶前。内史侍郎薛道衡，在阶上站着，朗声宣诏道：

太子之位，实为国本，苟非其人，不可虚立。自古储副，或有不才，长恶不悛，仍令守器，皆由情溺宠爱，失于至理，致使宗社沦亡，苍生涂地。由此言之，天下安危，系乎上嗣。大业传世，岂不重哉？皇太子勇，地则居长，情所钟爱，初登大位，即建春宫，方冀德业日新，隆兹负荷，而乃性识庸闇，仁孝无闻，昵近小人，委任奸佞，前后愆戾，难以具纪。但百姓者天之百姓，朕恭膺天命，属当安育，虽欲爱子，实负上灵，岂敢以不肖之子而乱天下？勇及其男女为王公主者，并废为庶人，顾维兆庶，事不获已，兴言及此，良深愧叹！

诏书读毕，当有卫士引勇诸子，趋入殿庭，褫去冠带，并由道衡传谕及勇道："如尔罪恶，人神共弃，欲求免废，尚可得么？"勇即免冠再拜道："臣合尸都市，为将来鉴，幸蒙哀怜，得全性命。"说着，泪如雨下，良久始舞蹈而去。盈廷诸臣，莫不感悯，但也不便多言。勇有十子，亦一并牵出。长子俨曾封长宁王，尚表乞宿卫，情词恳切。隋主览表心动，意欲留俨，杨素进言道："伏愿圣心同诸螫手，不宜再事矜怜。"素实可杀。隋主乃怏怏入内。越日，又下诏书，斩元旻、唐令则、邹文腾、夏侯福、元淹、萧子宝、何竦七人，妻妾子孙并没入官庭。还有车骑将军阎毗，东郡公崔君绰，游骑尉沈福宝、术士章仇太翼，各杖百下，身及妻子为奴，资财田宅充公。副将作大匠高龙乂，率更令晋文建，通直散骑郎元衡，并赐自尽。

太平公史万岁，与将士等共列朝堂，见太子被废，暗暗称冤，不辞而退。隋主记忆起来，召问杨素道："万岁为何遽退？"素答道："想是去谒东宫了。"隋主即召万岁入问，万岁为素所诬，当然不服，且言："前征突厥，被杨素抑功不赏，将士多半怨素，素实老奸巨猾，不可轻信。"隋主此时，正深信杨素，便极口驳斥，万岁仍然反抗，词色益厉，顿时恼动上意，遽命左右推出朝门，把他击毙。已而不禁自悔，复令追还，那万岁的魂灵，已入枉死城，哪里还追得转呢。当下赐杨素帛三千段，元胄、杨约各千段。文林郎杨孝政进谏道："皇太子为小人所误，宜加训诲，不宜废黜。"隋主又怒，喝令挞孝政胸，至数十下。孝政只得自认晦气，忍痛而出。隋主复召东宫官属，责他辅导无方，众皆惶惧，莫敢答言。独太子洗马李纲道："废立大事，满朝文武大臣，皆知事不可行，但莫敢发言，臣何惜一死，不为陛下直陈。太子性本中人，可与为善，亦可与为恶。向使陛下选择正人，辅导太子，非不可嗣守鸿业，乃用唐令则为左庶子，邹文腾为家令，二人唯知谄媚取容，怎得不败？这乃陛下自误，不得尽归罪太子。"说至此，伏地呜咽。隋主亦不觉惨然，唏嘘良久道："李纲责我，不为无理，但徒知其一，未知其二，我本择汝为宫僚，勇不肯亲信，虽有正人，究属何益？"纲又答道："臣所以不见亲信，实由奸人在侧，蒙蔽东宫，若陛下早斩令则、文腾，更选贤才辅佐太子，臣何致终被疏弃哩？从古来国家废立冢嫡，每至倾危，愿陛下深留圣恩，无贻后悔。”胆愈壮则词愈达。隋主听了，勃然变色，抽身入内。左右皆为纲寒心，纲却从容退归。已而有诏传出，移置废太子勇至内史省，恩给五品料食，又擢李纲为尚书右丞。朝臣始服纲胆识，交口称颂了。

过了数日，即立晋王广为太子，全国地震。广还要讨好父前，表请减杀章服，所用官僚，不向东宫称臣。隋主坚嘉他礼让，优诏允从。广即调用宇文述为左卫率，又因洪州总管郭衍，亦曾与谋夺嫡，召为左监门率。隋主又移废太子勇至东宫，锢置幽室，令广管束。勇自思罪不当废，屡请见父申冤。广不肯允，勇升树号呼，期达上闻。广商诸杨素，素即上言：“勇志日昏，想为癫鬼所祟，不可复收。”隋主乃令广从严锢勇。勇遂如罪犯一般，不许自由。从此九重远隔，永不得见天日了。

先是隋主克陈，天下多想望太平，监察御史房彦谦，私语亲友道：“主上忌刻苛酷，太子卑弱，诸王擅权，天下虽得暂安，不久必生祸乱。”彦谦子玄龄，亦密白乃父道：“主上本无功德，徒用诈术取天下，诸子又皆骄奢不仁，将来必自相诛夷，危亡即不远了。”会新乐告成，协律郎祖孝孙及乐工万宝常，按律谱音，皆不见用，但创出一种繁闹的乐音，奉敕施行。宝常泫然道：“淫厉而哀，天下不久便乱了。”自是辞去役使，情愿槁饿，并取乐谱毁去，且自叹道：“用此何为？”未几竟绝粒而死。回应八十六回中订乐事，笔法不漏，且以见隋代之将亡。

隋主还道是立储得人，可无后忧。太史令袁充，当废立东宫时，曾进言天象告变，应该废立，至此又表称：“隋兴以后，昼日渐长，兆庆升平。”隋主大喜，即改开皇二十一年为仁寿元年，大赦天下。地球绕日，自有常度，乌有无故增长之理？进杨素为左仆射，苏威为右仆射，文武百官，加秩有差。唯因日影增长，令百工作役，概加程课。丁匠等不免叫苦，隋主怎得与闻。散骑侍郎王劭，乘势献谀，谓自大隋受命，符瑞甚多，特辑成《皇隋灵感志》三十卷，进呈御览。隋主取阅全书，内容多系采集歌谣，旁及谶纬，并且掇拾佛书，意为注释，虽未免牵强附会，但自思得国未正，士民或有异议，正好借此宣示四方，表明应天顺人的征验。当下将劭书颁行天下，并赏劭金帛千匹，且亲祀南郊，答谢天庥。

才阅一年，岐、雍二州地震，毁坏民庐，不可胜计。到了孟秋，独孤后受凉感疾，饮食无味，寝卧不安。御医逐日诊治，毫不见效，反且沉重起来。天文似亦预兆灾眚，八月初旬，月晕四重，又越五日，太白犯轩辕，是夜独孤后病殁永安宫，年正五十。隋主感伤数次，乃命礼官治办丧仪，殡灵白虎殿下。太子广至灵柩前，哀号擗踊，若不胜情，至退处私室，饮食言笑，仍如平时。又每朝令进二溢米，暗中却嘱取肥肉脯鲊，置竹筩中，用蜡封口，裹着衣襆，悄悄纳入，外人无从得知，反盛称太子孝思，誉不绝口。转眼间已过了三月，奉柩出葬泰陵，追谥文献。这泰陵地域，是由上仪同三司萧吉所择，奏云："卜年三千，卜世二百。"隋主说道："吉凶由人，不关墓兆。"话虽如此，意中实喜得嘉地，竟从吉言。言不由衷，无怪生儿更诈。吉密语知友道："前太子尝遣宇文左率，嘱我善择山陵，令太子早日得立，必当厚报。我答言地已择就，不出四年，太子必御天下。实告诸君，太子嗣位，隋必致亡。我所云三千年，乃系三十，二百世乃系二传。诸君记着！看我言果有验否？"吉为梁长沙王萧懿孙，既有此技，何前此无救国亡？吉友闻言，也似信非信，搁过一边。

且说隋主第四子蜀王秀，容貌壮伟，很有胆力，年未及壮，即多须髯，常为朝臣所侧目。隋主尝语独孤后道："秀将来恐不令终，我在尚可无虑，至兄弟时必反无疑。"独孤后以秀无他过，置诸不理。隋主乃命秀镇蜀，秀莅治益州，奢侈逾制，车马衣服，僭拟天子。隋主稍有所闻，即语群臣道："坏我家法，必在子孙。"因遣使赍敕谴责，秀终未肯改。及太子勇遭谗被废，晋王广得为太子，秀意甚不平。广亦防秀有变，阴令杨素进谗，构成罪状。隋主乃召秀还朝，秀入都进谒，但见隋主满面怒容，不与一言。秀再拜而出，隋主乃使朝臣责秀，秀答谢道："臣忝荷国恩，出临藩岳，不能奉法，罪当万死。"太子广闻秀被责，很是欣慰，外面装出爱弟形状，邀同诸王入宫，替秀解免。隋主反加怒道："从前秦王縻费，我以父道相责，今秀蠹害生民，我当以君道相绳。汝等不必多言，我自有法处治呢。"说着，即令将秀付诸法司。开府仪同三司庆整进谏道："庶人勇既废，秦王已薨，秦王俊病殁，见八十六回。陛下儿子无多，奈何屡加严谴？且蜀王性甚耿介，今被重责，或且不愿生全，也是可虑。"隋主大怒道："你敢来多嘴么，我且断你舌根。"随即顾群臣道："当斩秀市中，以谢百姓。"群臣俱跪伏殿庭，代为乞免，乃令杨素、苏威、牛弘、柳述等，再加按治。太子广阴作木偶，缚手钉心，上书隋主及汉王姓名，下署数语云："请西岳慈父圣母，速遣神兵，收系杨坚、杨谅神魂。”令人埋诸华山下。一面使杨素发掘，作为罪证。又云：“秀妄造图谶，迭言京师妖异，捏称蜀地祯祥。”并有檄文草稿，略云：“逆臣贼子，专弄威福，当盛甲陈兵，指期问罪”等语。罪证已具，一并上奏。隋主见了，拍案盛怒道：“天下有这等不肖子么？”便令废秀为庶人，幽锢内侍省，不得与妻孥相见，但给獠婢二人，充当役使。且缘秀连坐，计百余人。又中了逆子奸相的诡计。秀上表称谢，表文中有云：“伏愿慈恩，垂赐矜悯。今兹残息未尽，愿与瓜子相见，请赐一穴，令骸骨有归。”“瓜子”二字，是指自己的爱子言。隋主反下诏数秀十罪，略云：

汝地居臣子，情兼家国。庸蜀重要，委以镇之。汝乃干纪乱常，怀恶乐祸，睥睨二宫，伫望灾衅，我有不和，汝便觇候，望我不起，便有异心。皇太子汝兄也，次当建立，汝假托妖言，乃云不终其位。自言骨相非人臣，德业堪承重器，诈称益州龙现，托言吉兆，重述木易之姓，更治成都之宫。妄说禾乃之名，以当八千之运，横生京师妖异，以证父兄之灾，妄造蜀地祯祥，以符己身之箓。鸠集左道，符书厌镇。汉王于汝，亲则弟也，乃画其形像，书其姓名。缚手钉心，妄云请西岳华山慈父圣母，收杨谅魂神。我之于汝，亲则父也，又画我形像，缚首撮头，仍云请西岳神兵，收杨坚魂神，如此悖谬，我不知杨坚、杨谅，果是汝何亲也。包藏凶慝，图谋不轨，逆臣之迹也。希父之灾，以为身幸，贼子之心也。怀非分之望，肆毒心于兄，悖弟之行也。嫉妒于弟，无恶不为，无孔怀之情也。违犯制度，坏乱之极也。多杀不辜，豺狼之暴也。剥削民庶，酷虐之甚也。唯求财货，市井之业也。专事妖邪，顽嚣之性也。弗克负荷，不材之器也。凡此十者，灭天理，逆人伦，汝皆为之，不祥之甚也。欲免祸患，长守富贵，其可得乎？

庶人秀得见此诏，吓得莫名其妙，自思诏书所言，纯是冤诬，不知被何人构造出来，锻成这般大罪。禁门深远，无从申诉，只好饮恨泣血，静坐囹圄。贝州长史裴肃独遣使上书，谓：“二庶人得罪已久，宁不革心，愿陛下弘君父之慈，顾天性之义，各封小国，再观后效，若能迁善，渐更增益，如或不悛，贬削未迟。”这书奏入，隋主顾杨素道：“裴肃忧我家事，也是一片诚心。”素默然不答。不劾裴肃，还算厚道。于是征肃入朝，面谕二庶人不能曲恕，且罢肃原官，放归田里。唯庶人秀诸子，听令同处，小子有诗叹道：

谗言蔽主益神昏，父子相夷最贼恩。
一摘已稀偏再摘，可怜皇嗣两含冤。

二庶人不得出头，太子广得步进步，更要做出逆天害理的大事来了。欲知他如何行事，请看下回便知。

太子勇非无过失，误在无正人以辅导之。如洗马李纲言，最为剀切。然有独孤后之偏爱，与晋王广之诡谋，就使勇无失德，亦必致废黜，况更有杨素之助桀为虐耶？隋主坚惩高欢覆辙，自谓不致纵子，而抑知妻儿谮愬，堕彼术中，其惑且比高欢为尤甚也。蜀王秀虽未免僭踰，而较诸废太子勇，更属无甚大罪，乃广、素相比，百端构陷，复被废为庶人。自来阴贼险狠，莫如杨广，而隋主坚屡为所欺。溺爱不明，一至于此，有子者尚其鉴诸！

第八十九回　侍病父密谋行逆 烝庶母强结同心

却说太子广诈谋百出，构陷兄弟，全亏杨素一力帮助，因得如愿。素亦威权日盛，兄弟诸父，并为尚书列卿，诸子亦多为柱国刺史。广营资产，家僮数千，妓妾亦数千，第宅华侈，制拟宫禁。朝右诸臣，莫不畏附。唯尚书右丞相李纲及大理卿梁毗，正直不阿，与素异趋。毗且上书劾素，说他："权势日隆，威焰无比，所私无忠谠，所进皆亲戚，子弟布列，兼州连县，天下无事，容息异图，四海有虞，必为祸始。陛下以素为阿衡，臣恐他心同莽懿，伏愿揆鉴古今，量为处置，使得鸿基永固，率土幸甚。"隋主览奏大怒，收毗系狱，亲加鞫问。毗毫不畏缩，且极言："素擅宠弄权，杀戮无道，太子及蜀王得罪遭废，臣僚无不震悚，独素扬眉奋肘，喜见颜色，利灾乐祸，不问可知。"隋主听到此语，不由的忆念二子，发现天性，暗暗的吞声饮泪，不愿再鞫，乃命毗还系狱中，越日传敕赦毗。嗣又诏谕杨素道："仆射系国家宰辅，不应躬亲细务，但阅三五日，一至省中，评论大事，便为尽职"等语。又出杨约为伊州刺史。素知隋主阴怀猜忌，更不自安；又见吏部尚书柳述，进参机密，得握政权，尤觉得心如芒刺，愤闷不平。好与杨广同谋弑逆了。

先是隋主第五女兰陵公主，下嫁仪同王奉孝，奉孝早世，公主年才十八，隋主欲令她改嫁，晋王广因妻弟萧玚，正在择配，拟请将公主嫁玚。偏是乃父不从，令适内史柳述。隋主最爱此女，更闻她敬事舅姑，力循妇道，益加心慰，遂累擢述至吏部尚书。广既为太子，与述未协，并见述徼宠预政，越觉生嫌，再加杨素亦常憾述，眼见是虎狼在侧，怎得相安？当时龙门人王通，具有道艺，讲学河汾间，门徒甚众，目睹朝政日非，孽子权臣，互为表里，料知祸乱不远，因诣阙上书，胪陈太平十二策。隋主不能采用，通即拟告归。杨素夙慕通名，留通至第，劝他出仕。通答道："通尚有先人敝庐，足庇风雨，薄田数亩，足供饘粥，读书谈道，尽堪自乐，愿明公正己正人，治平天下，通得为太平百姓，受赐已多，何必定要出仕呢。"素闻通言，敬礼有加，因馆待数日。有人向素进谗道："通实慢公，公何故敬通。"素亦不觉生疑，转以问通。通从容道："公若可慢，是仆得计；不可慢，是仆失人。得失在仆，与公何伤？"素一笑而罢。不必多辩，已使权奸心折。通见素终未肯改过，便即辞归，仍然居家课徒。后来唐朝开国，如房玄龄、魏征诸贤臣，皆受教通门。通至隋大业末年，大业系隋炀帝年号，见下文。在家病卒，门人私谥为文中子，毋庸多表。不略王通，足补史传之阙。

会突厥步迦可汗，即达头可汗，见八十六回。屡扰隋边，并寇掠启民可汗庐帐，杨素发兵奋击，大破步迦。步迦穷蹙遁归，部众因此离心，铁勒仆骨等十余部落，并内附启用，突厥大乱。步迦奔往吐谷浑，隋主令启民归统部众，使长孙晟送出碛口。启民益感隋恩，岁修朝贡，亦不消细说。

且说隋主坚自皇后死后，不必惧内，遂专宠陈叔宝妹子，赐号贵人。叔宝亦得时常召见，隋主命修陈氏宗祀，令叔宝岁时致祭，且因此惠及齐梁，特许齐后高仁英，梁后萧琮，修葺祖陵，逐年祭扫。叔宝因妹邀宠，早把亡国的痛苦，撇置脑后。此之谓全无心肝。一日，从隋主登邙山，奉谕侍饮。叔宝即席赋诗道："日月光天德，山河壮帝居。太平无以报，愿上东封书。"隋主亦不加可否。至陪辇回朝，叔宝又表请封禅。当下接得复敕，暂从缓议。过了旬月，复召叔宝入宴。叔宝本来好酒，见着这杯中物，胜似性命，连喝了数大觥，酒意醺醺，方才罢席，拜谢而出。隋主目视叔宝道："亡国败家，莫非嗜酒，与其作诗邀功，何如回忆危亡时事。当贺若弼入京口时，陈人密启告急，叔宝饮酒不省；及高颎入宫，犹见启在床下，岂不可笑？这是天意亡陈，所以出此不肖子孙。昔苻秦征伐各国，俘得亡国主，概赐爵禄，意欲沽名，实是违天，所以苻氏享国，亦未能长久呢。"休说别人，自己也要死亡了。仁寿四年，叔宝病死隋都，年五十二。隋廷追赠叔宝为长城县公，予谥曰炀。史家称为陈后主，或沿隋赠号，呼为长城公。但叔宝死时，在仁寿四年仲冬，隋主坚却比他早死了几个月，并且死得不明不白。照此看来，一个统领中原的主子，结果反不及一亡国奴，说来也觉得可怜可痛呢！从陈女递入叔宝，从叔宝之死，回溯隋主之殁，叙笔不漏不紊。

原来隋主坚既宠一陈贵人，领袖六宫，复在后宫选一丽姝，随时召幸。这丽姝也由陈宫没入，母家姓蔡，籍隶丹阳，姿容秀媚，与陈贵人相差不远，隋主早已钟情，只因独孤后奇妒，不便染指。后死后，乃进蔡氏为世妇，享受温柔滋味，日加宠遇。寻亦拜为贵人。两贵人并沐皇恩，轮流服侍，隋主虽然快意，究竟消耗精神；况日间要治理万几，夜间要周旋二美，六十多岁的老头儿，哪里禁受得起？起初还是勉强支撑，至敷衍了一年有余，终累得骨瘦如柴，百病层出。仁寿四年孟春，尚挈二贵人往仁寿宫，想去调养身体，一切国事，均令太子广代理。无如万几虽卸，二美未离，总不免旦旦伐性。一住三月，偶感风寒，内外交迫，即致卧床不起，葠苓罔效，芣苢无灵。两贵人原是惶急，此外随驾人员，亦无不耽忧，便报知东宫太子，及在朝王公。太子广便即驰省，余如左仆射杨素，吏部尚书兼摄兵部尚书柳述，黄门侍郎元岩等，亦皆随往问疾。大众到了大宝殿，里面就是隋主寝所，便鱼贯而进，并至榻前。隋主正含糊自念，若使皇后尚存，朕不致有此重疾了。谁叫你老且渔色？还劳记忆妒后吗？太子广已经听着，默忖一番，已寓后日诈谋。才开口启呼父皇。隋主始张目外视道："汝来了吗？我念汝已久了。"广故作愁容，详问病状，语带凄音。隋主略略相告，并由杨素等上前请安。隋主亦握手唏嘘，自言凶多吉少。素等俱出言劝慰，方得隋主颔首，面命太子广居大宝殿，俾便侍奉。杨素等出外伺候，太子广等领命退出。广与素密谈数语，素唯唯而去。看官听说！这太子广见隋主病重，料知死期在迩，心下很是喜欢，便嘱令杨素预先留意，准备登基。及素去后，又因言不尽意，常自作手书，封出问素。素条陈事状，复报太子。

偏偏冤家有孽，宫人误将杨素复书，传入御寝，隋主取来展阅，大略一瞧，已是肝气上冲，喘急异常。两贵人慌忙过侍，一捶背，一摩胸，劳动了好多时，方渐渐的平复原状，悲叹数声，始朦胧睡去。这一睡却经过半日有余，醒来已是夜半，寝室中灯烛犹明，两贵人尚是侍着。隋主不禁怜惜道："我病日剧，累汝两人侍我，劳苦得很，可惜我将不起，汝两人均尚盛年，不知将如何了局哩？”自然有人代汝效力，汝且不必耽忧。两贵人听了，连忙上前慰解，但心中各怀酸楚，虽勉强忍住珠泪，已是眼眦荧荧，隋主愈觉不忍，但又无可再言，只得命她寝息。越日传谕出去，加号陈氏为宣华夫人，蔡氏为容华夫人。两夫人得了敕旨，均加服环珮，并至榻前叩谢，隋主谕令平身。两人谢恩起立，容华夫人先出更衣，宣华夫人因隋主有所嘱咐，迟了一步，方才得出。

隋主见两夫人并去更衣，暂且闭目养神，似寐非寐，忽听得门帷一动，不同常响，急忙睁目外望，见有一人抢步进来，趋至榻前，露出一种慌张态度；再行审视，珮环依旧，钗钿已偏，不由的惊问道："你为何事着忙？"那人欲言未言，经隋主一再诘问，不禁泣下，且呜呜咽咽的说出"太子无礼"四字。隋主忽跃然起坐，用手捶床道："畜生何足付大事？独孤误我！"悔已迟了。说着，即呼内侍入室，命速召柳述、元岩，宣华亦劝阻不住。及述与岩奉召进来，隋主喘着道："快……快召我儿！"述答道："太子现往殿外，臣即去召来。"隋主又复喘着，说了勇、勇两声。述、岩应声出阁，互相商议道："废太子勇现锢东宫，须特下敕书，方可召入。"乃取觅纸笔，代为草敕。敕文颇难措词，又经两人磋磨多时，方得告就。正要着人往召，不防外面跑入许多卫士，竟将两人牵去，两人问为何因？卫士并不与言，乱推乱扯，拥至大理狱中，始见太子左卫率宇文述趋至，手执诏书，对他宣读，说他侍疾谋变，图害东宫，着即将两人拘系下狱。两人好似做梦一般，明明由隋主亲口，嘱令召勇，如何从中又有变卦？另颁出一道诏书。看官！试想这诏书究从何来？若果是真，如何有这般迅速哩？原来太子广调戏宣华，见宣华不从，当然慌乱，便密召杨素入商。素惊诧道："坏了！坏了！"广愈觉着急，求素设法，几乎要跪将下去。素用手挽住，口中还是吞吞吐吐，老贼狡猾，非极力描摹，不足示奸。急得广向天设誓，有永不负德等语。素始拈须沉吟，想了一会，方与广附耳数语。广乃易忧为喜，立召东宫卫士，驰入殿中。正值述、岩两人商议草敕，便命卫士掩入，拘去两人，随即令宇文述写起伪诏，持示述、岩，一面发出东宫兵帖，上台宿卫，门禁出入，均由宇文述、郭衍监查；再派右庶子张衡，入殿问疾，密嘱了许多话儿。

衡放步进去，正值隋主痰壅，只是睁着两眼，喉中已噎不能言。陈、蔡两夫人，脚忙手乱，在侧抚摩。衡抗声道："圣上抱疾至此，两夫人尚未宣召大臣，面受遗命，究竟怀着什么异图？”蔡夫人被他一诘，吓得哑口无言，还是陈夫人稍能辩驳，含泪答道：“妾蒙皇上深恩，恨不能以身代死，倘有不讳，敢望独生？汝休得无故罪人！”衡又作色道：“自古以来的帝王，只有顾命宰辅，从没有顾命妃嫔，况我皇上创业开国，何等英明？岂可轻落诸儿女子手中？今宰辅等俱在外伺候，两夫人速即回避，区区殉节，无关大局。且皇上两目炯炯，怎见得便要升遐，何用夫人咒诅呢。”陈夫人见拗他不过，只得与蔡夫人同出寝室，自往后宫。去不多时，即由张衡出报太子，说是皇上驾崩。太子广与杨素等，同入检视，果见隋主一命呜呼，气息全无，只是目尚开着。太子广便即哀号，杨素摇手道：“休哭！休哭！”广即停住哭声，向素问故。素说道：“此时不便发丧，须俟殿下登极，然后颁行遗诏，方出万全。”广当即依议，便遣心腹守住寝门，不准宫嫔内侍等入视。就是殿外亦屯着东宫卫士，不得放入外人，倘有王公大臣等问安，但言圣驾少安，尽可无虑。又令杨素出草遗诏，并安排即位事宜。素也即去讫。可怜这枭雄盖世的隋主坚，活了六十四岁的年纪，做了二十四年大皇帝，徒落得一朝冤死，没人送终，反将尸骸搁起龙床，无人伴灵，冷清清的过了一日一夜，究竟是命数使然呢？还是果报使然呢？数语足惊心动魄。

但外面虽秘不发丧，宫中总不免有些消息，宣华夫人陈氏自退入后宫后，很是惊疑，未几即有人传报驾崩，更觉凄惶无主，要想往视帝尸，又闻得内外有人监守，俱是东宫吏卒，越吓得玉容惨淡，坐立不安。到了夕阳将下，忽有内使到来，呈入一个小金盒，说由东宫殿下嘱令传送，宣华一想，这盒中必是鸩毒，不觉浑身发抖，且颤且泣道：“我自国亡被俘，已是拼着一生，得蒙先帝宠幸，如同再造，哪知红颜薄命，到头终是一死。罢罢！今日便从死地下，了我余生便了。”说至此，欲要取盒开视，又觉两手不能动弹，复哽咽道：“昨日为了名义关系，得罪东宫，哪知他这般无情，竟要我死。”说了复哭，内使急拟返报，便催促道：“盒中未必定是鸩毒，何弗开视，再作计较？”宣华不得已取过金盒，揭起封条，开盒一看，并不是什么鸩毒，乃是几个彩线制成的同心结。心下虽然少安，但面庞上又突然生热，手内一松，将盒子置在案上，倒退数步，坐下不语。何必做作。内使又催逼道：“既是这般喜事，应该收下。”宣华尚俯首无言，不肯起身。诸宫人便在旁相劝道：“一误不宜再误，今日太子，明日皇上，娘娘得享荣华，奈何不谢？”你一句，我一句，逼得宣华不能自主，乃勉强立起身来，取出同心结，对着金盒，拜了一拜。一拜足矣。内使见收了结子，便取着空盒，出宫自去。宣华夫人满腹踌躇，悲喜参半，宫人进陈夜膳，她也无心取食，胡乱吃了一碗，便即罢手。寻又倒身床上，长吁短叹。好一歇欲入黑甜，恍惚似身侍龙床，犹见隋主喘息模样，耳中复听到“畜生”二字，竟致惊醒。向外一望，灯光月色，映入床帷，正是一派新秋夜景。蓦闻有人传语道：“东宫太子来了。”宣华胸中，突突乱跳，几不知将如何对待。接连又走进几个宫女，拽的拽，扶的扶，竟将她搀起床中，你推我挽，出迎太子。太子广已入室门，春风满面，趋近芳颜，宣华只好敛衽上前，轻轻的呼了一声殿下。广即含笑相答道：“夫人请坐！”一面说，一面注视宣华，但见她黛眉半锁，翠鬓微松，穿一套淡素衣裳，不妆不束，别饶丰韵。越是美人，越是浅妆的好看。广又惊又爱道：“夫人何必自苦，韶华不再，好景难留，今宵月影团圞，正好及时行乐哩。”宣华斜坐一旁，似醉似痴，低头不答。广又道：“我为了夫人，倾心已久，几蹈不测，承夫人回心转意，辱收证物，所以特来践约，望夫人勿再却情！”说着，竟扬着右手，意欲来扯宣华。宣华方惊答道：“妾蒙殿下错爱，非不知感，但此身已侍先皇，义难再荐。况殿下登基在即，一经采选，岂无倾国姿容？如妾败柳残花，何足垂盼。还愿殿下尊重，勿使贻诮宫闱！”广复笑道：“夫人错了。西施、王嫱，已在目前，何必再劳采访？如为礼义起见，何以文君夜奔，反称韵事？请夫人不必拘执了。”宣华还要推却，广已欲火如焚，竟起身离座道：“千不是，万不是，都由夫人不是，如何生得这般美貌，使我寝食难忘？我情愿敝屣富贵，不愿错过佳人。”说到此处，又左右一顾，诸宫人统已识窍，纷纷避去。当即牵动宣华玉臂，曳入寝室。宣华自料难免，更且娇怯怯的身躯，如何挣扎？只好随广同入。广顺手关了寝门，拥入罗帏，于是舌吐丁香，芳舒荳蔻，国风好色，痴情适等鹑奔，巫雨迷情，非偶竟成鸳侣。蜂狂蝶采，几曾顾方寸花心？凤倒鸾颠，管什么前宵荼苦。好骈文。一夜欢娱，倏忽天晓，广因与杨素订定，当日即位，没奈何起床梳洗，衣冠出去。素已在大宝殿中，伫候多时，一见便嚷道：“殿下奈何这般宴起，须知今日是何日哩。”广微笑不答。素复道：“文武百官，已在殿外候朝，请殿下速穿法服，出升御座。”广乃趋入殿旁左厢，已有人备好裳冕，立即穿戴，由左右簇拥出殿。广心悸足弱，升座时几乎跌倒，幸杨素从旁扶住，方得坐定。当下传入王大臣，排班谒贺，素从袖中取出遗诏，付宣诏官朗读道：

嗟乎！自昔晋室播迁，天下丧乱，四海不一，以至周齐，战争相寻，生灵涂炭。上天降鉴，爰命于朕，拨乱反正，偃武修文，天下大同，声教远被。此乃天意欲宁区夏，所以昧旦临朝，不遑逸豫，一日万几，留心亲览。匪曰朕躬，盖为百姓计也。朕方欲令率土之人，永得安乐，不谓遘疾弥留，至于大渐。自思年逾六十，死不为夭，但筋力精神，一时劳竭，为国为民，所以致此。人生子孙，谁不爱念？既为天下，事须割爱。勇及秀并怀悖恶，不悍废斥，古人有言："知臣莫若君，知子莫若父。"若令勇秀得志，共治国家，必当戮辱遍于公卿，酷毒流于民庶。今恶子孙已为民屏黜，好子孙足堪负荷大业。乃父方死，到夜即烝庶母，真是个好子孙。太子广地居上嗣，仁孝著闻，内外群官，相与同心戮力，共治天下。朕虽瞑目，何所复恨？自古哲王，因人作法，前帝后帝，沿革随时。律令格式，或有不便于事者，宜依前敕修改，务当政要。列此数语，导广种种妄为。呜呼！敬之哉！无坠朕命！

群臣闻诏，哪个来分辨真假，无非是舞蹈殿墀，山呼新天子万岁罢了。就中有个伊州刺史杨约，也入贺新君，广瞧在眼里，待退朝后，复宣约兄弟入殿。彼此商议多时，又由杨素捏造遗诏，使约迅赴都中，然后令素主持丧事，颁发讣音。广既得素治丧，乐得自寻快活，踱入后宫，再与那宣华夫人调情去了。小子有诗叹道：

人禽界画判几希，礼教防嫌在慎微。
何物阿麽同兽类？居然霸占父皇妃。

欲知后宫情事，且至下回再表。

隋主坚以诈术得国，卒能平齐灭陈，混一中国，几若有逆取顺守之才，史家谓其明敏有大略，亦多谥美之词，庸讵知其天性雄猜，素无学术，徼幸于一时，安能垂贻于后世？况周族何辜，乃俱为之屠灭乎？夫绝人之后者，人亦必绝其后。而天意好奇，又故假手于其妻若孥，先令翦除骨肉，然后身遭子祸，亦一举而殉之，痛矣哉杨坚之不得其死也！宣华为杨坚宠妾，复为逆子广所烝，如宣华之贪生怕死，贻丑中冓，固不得为无咎，然谁纵逆子，以至于此？本回逐节演述，逐节描摹，禹鼎铸奸，穷形极相，尤令人不胜击节云。

第九十回　攻并州分遣兵戎
幸洛阳大兴土木

却说宣华夫人，已经被烝失节，迟明起床，自思夜间情事，未免萦羞，但木已成舟，无法挽回，不如将错便错，再博新皇恩宠。主意已定，遂复重施粉泽，再画眉山，打扮得娇娇滴滴，准备那新主退朝，好去谒贺。转念一想，中冓丑事，如何对人？倘或出迎御驾，越觉惹人讥笑。乃靓妆待着，俟至傍晚，方由宫人报称驾到。宣华便含羞相迎，俯伏门前，口称："陛下万岁，臣妾陈氏朝贺。"新皇帝当然大喜，亲手搀扶，同入寝宫，便令左右排上宴来。看官记着！这位弑父烝母的杨广，实与畜类相同，但后人沿袭旧史，统称他为隋炀帝，小子编述历史演义，凡统一中原的主子，大都以庙谥相呼，隋主坚庙谥为文，独不称为隋文帝，无非因他巧行篡夺，名为统一，仍与宋、齐、梁、陈，异辙同途，所以沿例顺叙。只隋炀帝是古今相传，如出一口，炀字本不是什么美谥，小子为看官便览起见，也只好称为炀帝，看官不要疑我变例呢。依俗道俗，应该如此。

炀帝既与宣华夫人宴叙，把酒言欢，备极温存。宣华亦放开情怀，浅挑微逗，更觉旖旎可人。况炀帝力逾壮年，春秋鼎盛，若与乃父相比，风流倜傥，胜过十倍，两下里我瞧你觑，风情毕露，且并有这红友儿助着雅兴，益觉情不自禁，更尚未起，酒即撤回，两人携手入床，再演那高唐故事，真个是男贪女爱，比昨宵的快乐，又自不同。偏晨鸡复来催逼，新天子又要视朝，免不得辜负香衾，出理国事。可巧杨约已来复命，由炀帝褒劳数语，约即拜谢而退。炀帝亦退入后庭，召语杨素道：“令弟果堪大任，我好从此释忧了。”看官道是何事？原来使约入都，便是矫诏缢杀故太子勇，且顺便谪徙柳述、元岩，不但将官职尽行削去，还要将两人充戍岭南。杨素请封勇为王，掩饰人目，炀帝依了素议，追封勇为房陵王，但仍不为置嗣。

忽由外面呈入表章，便即取阅表文，乃是兰陵公主署名，请撤免公主名称，愿与本夫柳述同徙。炀帝冷笑道：“世上有这等呆女儿，且与我宣进来！我当面为诱导。”语甫说出，即有内侍应声往召，不到半日，兰陵公主已至，行过了礼，炀帝便劝她改嫁，公主抵死不从。炀帝大怒道：“天下岂无好男子？难道必与述同徙么？我偏不令汝随述。”公主泣答道：“先帝遣妾适柳家，今述有罪，妾当从坐，不愿陛下屈法申恩。”公主前曾改醮，此时何必欲守节，但论人亦当节取，杨家有此令女，足愧阿麽。炀帝始终不允，叱令退去。兰陵公主号恸而出，自与柳述诀别。咫尺天涯，两不相见，公主竟忧郁成瘵，旋即告终。临殁时复上遗表道：“昔共姜自誓，著美前诗，息妫不言，传芳往诰。此语亦谬。妾虽负罪，窃慕古人，生既不得从夫，死乞葬诸柳氏。”炀帝览表益怒，但使瘗诸洪渎川。柳述亦不得赦还，流死岭表。这是后话不题。

且说炀帝叱退公主，天色已晚，又记起那宣华夫人，偏又来了一个美貌宫嫔，且泣且拜，自称为尼。炀帝凝神一瞧，乃是容华夫人蔡氏，颦眉泪眼，仿佛似带雨海棠，虽比宣华稍逊一筹，也觉得世间少有，姿色过人。天下好色的男子，往往得陇望蜀，既已污了宣华，何不可再污容华？当下好言劝慰，仍叫她安居后宫，决不亏待。容华始收泪退入。哪知炀帝到了晚间，竟踱入容华宫中，也与宣华处同一作用。容华胆子更小，且知宣华已为先导，何妨勉步后尘，暂图目前快乐，于是曲从意旨，也与炀帝作长夜欢。一箭双雕，真大快事。容华被烝，见《隋书》后妃列传，并非无端污蔑。又过了六七宵，始奉梓宫还京师，谥隋主坚为文皇帝，庙号高祖。再阅两月，奉葬泰陵。太史令袁充又来献谀，谓：“新皇即位，与帝尧受命，年月适合，应大开庆贺。”独礼部侍郎许善心，以为国哀未了，不宜称贺。宇文述素嫉善心，竟讽令御史交上弹章。善心降级二等，贬为给事中。

炀帝又恐汉王谅作乱，屡征入朝，第一道敕旨，还是在炀帝即位前，伪托乃父玺书，使车骑将军屈突通赍去。第二道敕旨，始由炀帝自己出名，哪知汉王谅始终拒绝，反发出大兵，惹起一场骨肉战争。先是谅出镇并州，乃父曾密谕道："若有玺书召汝，敕字旁当另加一点。又与玉麟符相合，方可前来。"玉麟符系刻玉为符，上作麟形。及屈突通赍书前去，书中与前言不符，谅知有他变，一再诘通。通终不吐实，方得遣还。至二次传敕，谅益不肯就征，即调兵发难。他尚未识弑逆阴谋，只托言杨素谋反，当入清君侧。总管司马皇甫诞泣谏不从，为谅所囚，遂遣所署大将军余公理出太谷，进趋河阳。大将军綦良出滏口，进逼黎阳，大将军刘建出井陉，进略燕赵。柱国乔钟葵出雁门，并署府兵曹裴文安为柱国，使与柱国纥单贵王聃等，直指京师。谅自简精锐数百骑，各戴幂䍦，系妇人帷帽。诈称宫人还长安，径入蒲州。城中骤乱，蒲州刺史邱和，逾城逃去。谅既得蒲州，忽变易前策，召还裴文安。文安本劝谅直捣长安，中途闻召，只好驰还，入与谅语道："兵宜从速，本欲出其不意，一鼓入京，今王既不行，文安又返，使彼得着着防备，大事去了。"谅竟不答言，但令文安为晋州刺史，王聃为蒲州刺史，并使纥单贵堵住河桥，扼守蒲州。代州总管李景，起兵拒谅，谅遣部将刘嵩袭景，为景所觉，邀斩嵩首，悬示城门。谅闻报大愤，再遣乔钟葵率兵三万，往攻代州。代州战士，不过数千，更且城垣不固，崩陷相继。景且战且筑，麾兵死斗，反得屡挫钟葵，屹然自固。

这消息传达隋廷，炀帝商诸杨素。素从容定计，自请一行。果然老将善谋，奉命就道，但率轻骑五千，夜至河滨，收得商贾船数百艘，席草载兵，悄悄的渡往蒲州。纥单贵未曾预备，天明方起，已被杨素兵登岸杀入，仓猝遇敌，如何交锋？不由的一哄而散。纥单贵匹马逃归。素进蒲州城下，王聃料知难守，便即出降。真是易得易失。素入城安民，上书报捷，有诏召素还朝，授素为并州道行军总管，兼河北道安抚大使，统着大军，再出讨谅。谅闻隋军大举，乃自往介州堵御，令府主簿豆卢毓，及总管朱涛留守。毓为谅妃兄，尝阻谅起兵，谅不能用，毓私语弟懿道："我匹马归朝，亦得免祸，但只为身计，非为国计，不若且静守待变。"及留守并州，召涛与语道："汉王构逆，败不旋踵，我辈岂可坐受夷灭，辜负国家？当与君出兵拒绝，不令叛王入城。"涛大惊道："王以大事付我二人，怎得有此异语？"因拂衣径去。毓见涛不肯相从，竟惹动杀心，立率左右追涛，把他杀死。又从狱中释出皇甫诞，协商军事，且与开府仪同三司宿勤武等，闭城拒谅。毓似有大义灭亲之志，但甘助枭獍，亦不足取。部署未定，已有人急往报谅，谅慌忙引还，西门守卒，纳谅入城，毓与诞俱被杀死。

谅将余公理，自太行下河内，正值隋行军总管史祥，出守河阴。祥语军吏道：“余公理轻率无谋，且恃众生骄，若能智取，一战就可破灭呢。”因具舟南岸，佯欲渡兵，自率精锐潜出下流，乘夜渡河。公理只防南岸渡兵，聚众抵御，哪知祥从旁面杀到，一时措手不及，即被捣乱队伍，再加对面隋军，乘机急渡，也来夹攻公理。公理逃命要紧，当即返奔，余众死了一半，逃去一半。祥东向黎阳，谅将綦良，方从滏口攻黎州，屯兵白马津，一闻公理败还，祥军掩至，便吓得魂胆飞扬，不战自溃。唯代州城尚在围中，李景与乔钟葵，相持约一月有余。朔州刺史杨义臣，奉敕往援，道出西陉，闻钟葵移兵逆击，自顾麾下兵寡，恐不能敌，乃想出一法，悉取军中牛驴，得数千头，复令数百人各持一鼓，潜匿涧谷间，然后进击乔钟葵。时已天晚，两军初交，义臣命谷中伏兵，驱着牛驴，鸣鼓疾进，顿时尘埃蔽天，喧声动地。钟葵军疑是伏兵，又兼天色将昏，无从细辨，不由的纷纷倒退。义臣复纵兵奋击，大破钟葵，钟葵落荒窜去，代州解围。杨素引兵四万，沿途招降。晋、绛、吕三州，俱向军前投诚。谅遣部将赵子开，拥众十万，栅断径路，屯踞高壁，列营延五十里。素令诸将攻栅，自引奇兵潜入霍山，攀藤援葛，穿出前谷，得绕至赵子开军后面，击鼓纵火，直捣子开各营。子开不知所为，麾众亟遁，自相蹂踏，杀伤至数万人。

谅得子开败报，很是惊惶，搜括部下兵士，尚有十万人，乃悉众出城，往堵嵩泽。会秋雨连绵，不便行军，谅欲引军退还，谘议参军王頍道：“杨素悬军深入，士马疲敝，王率锐骑往击，定可得胜。今未战先怯，挠动众心，待素军长驱到来，何人再为王效力呢？”谅不能用，竟退保清源。既不从裴文安，又不从王頍，怎得不败？王頍为梁朝王僧辩子，颇有智略，因见谅不肯依议，退回诫子道：“汉王必败，汝宜随我，免为所擒。”遂密整行装，伺机潜遁。还有陈氏旧将萧摩诃，亦随谅麾下，年已七十有三，谅倚若长城，及素军进逼，摩诃率众出战，将士俱无斗志，单靠一个老摩诃，有何用处？反被素军擒去。谅弃了清源，走保晋阳。他本来仗着王頍、萧摩诃两人，偏偏一遁一擒，害得两臂俱失，不由的焦灼异常。素军又乘胜攻城，围得铁桶相似，眼见得朝不保暮，只得登城请降。素允他免死，谅即开城迎素，素系谅送长安，再分兵搜捕余党，或降或诛，悉数荡平。王頍欲出奔突厥，路梗道绝，自知不免，因即自刎；唯嘱子勿往故人家。頍子就石窟中，瘗埋父尸，自在山谷内躲避数日，无从得食，不得已违了父训，出访故人。果然被故人擒献军前，并因此获得頍尸，一并在晋阳枭首。萧摩诃亦即伏诛，妻子籍没。不知他继妻容色，又仍依旧否？并州吏民，坐谅死徙，共二十余万家。谅虽得免刑，终废为庶人，幽锢别室，竟致瘐死。隋文五子，除炀帝广外，已死三人，唯蜀王秀废锢如初，尚未遭害，俟后再表。

且说炀帝既得平并州，又好恣意淫乐，坐享太平。唯宣华、容华两夫人，究不便明目张胆，收为嫔御，只好令之出居别宫，有时私往续欢，却被萧妃瞧透机关，冷讥热讽，说得天良发现，也觉怀惭。自思闷坐深宫，太无兴味，因欲出外巡游，可巧术士章仇太翼，伺旨希宠，上言："雍州地居西位，西是属金，与陛下木命相冲，不宜久居。且谶文有云：'修治洛阳还晋家，'陛下何不营洛应谶。"炀帝大喜，即留长子晋王昭居守长安，自率妃嫔王公等，往幸洛阳，一面发丁夫数十万，掘堑为防，自龙门直达上洛，择要置关，借资守御。又改洛阳为东京，营建宫阙。当时尚有与奢宁俭的敕文，欺人耳目，一班曲意逢迎的官吏，奉命监工，昼夜赶筑，先创造了几座大厦，作为行宫，以便驻跸。炀帝就此居住，过了残冬。

次年元旦，便在行宫受朝，改元大业，大赦天下，立萧妃为皇后，并使侍臣赍敕至长安，立晋王昭为皇太子，授宇文述为左卫大将军，郭衍为左武卫大将军，于仲文为右卫大将军，改豫州为溱州，洛州为豫州，废诸州总管府。过了两三旬，杨素自并州还朝，进谒行在，因敕有司大陈金宝器玩，锦彩车马，引素及从军有功诸将士，班列殿前，令奇章公牛弘宣诏，进素为尚书令，特给上赏。诸将依次进秩，赏赉有差。才阅片时，已将所陈各物，分给无遗，大众统叩首谢恩，欢呼万岁。炀帝亦欣然大悦，乃命素为东京总监工，盛造宫室，四处召募工役，多至二百万人，百堵皆兴，众擎易举，约阅月余，便已造成许多屋宇，统是规模闳敞，制度矞皇。炀帝因东京人少，未免萧条，乃徙洛州郭内居民，及诸州富商大贾，凡数万户，尽至宫旁居住，蔚成一个繁华胜地，富庶名区，又嫌杨素所筑宫室，虽然宽展，未尽美丽，复命将大匠宇文恺，与内史舍人封德彝，另造离宫，再求精美。恺与德彝，是隋朝著名的佞臣，一奉命令，便至洛水南滨，相度形势，辟地数十里，迤南直至皂涧，造起地盘，大兴土木，一面差人分往东南，选办奇材异石，陆路用夫，水路用舟，所有江岭以南，水陆输运，络绎不绝。还要觅取奇花佳木，珍禽异兽，不论海内海外，但教寡二少双，总要采选来作为点缀。看官！试想为了一座离宫，须费财力多少，不要说几十围的大木，三五丈的大石，搬运艰难，就是一草一木，一禽一兽，也不知糜费若干钱粮，累死若干性命，方才得到洛阳。宇文恺、封德彝两人，只顾炀帝快意，不管那民间死活，府藏空虚，好容易造就一座宫室，上表告竣，请御驾亲幸落成。炀帝即日往阅，由恺与德彝迎入，东眺西瞩，端的是金辉玉映，翠绕珠围，当下笑语二人道："从前江南的临春结绮，哪有这般富丽？似此华厦，方惬朕心。二卿功劳，诚不小了。"恺与德彝，忙即拜谢。炀帝留宫数日，一一游赏，无不合意，遂定名为显仁宫，且命皇后妃嫔等，概行迁入，索性就此安居。

萧后本后梁主萧岿女儿，才色兼优，也是个宫闱翘楚，士女班头，平时与炀帝很是恩爱，从未反目，此外有几个妃嫔，统生得绰约多姿，炀帝得了这般妻妾，也好算是人生艳福，他忽然记起宣华夫人，不觉易喜为愁，整日里眉头不展，好似有一桩绝大心事，挂在面上。萧后素来婉顺，多方迎合，总未得炀帝欢心，至再三研诘，方由炀帝吐出实情。萧后微笑道："妾还道是什么大事？原来为此。陛下既不忍割舍，妾若再来阻挠，便变一个妒妇了。好在此处不是长安，请遣使密召入宫，聊慰圣怀。"炀帝大喜称谢，即着内使飞马入都，往迎宣华。宣华正居仙都宫，虽觉寂寞寡欢，却还清闲自在，偏由内使到来，促她应召，她只得重加妆饰，出乘轻舆，兼程至洛阳显仁宫，炀帝正与萧后晚宴，得闻宣华到来，当即起座相见，不待宣华拜下，早已将她搀住，握手慰问。宣华见萧后在旁，便用目示意，请炀帝放手，然后至萧后面前，屈膝谒贺。亏她厚脸。萧后虽不惬意，但既许炀帝宣召，不如卖个人情，起身还了半礼，并令侍女扶起宣华，一同侍饮。席间有谈有笑，顿令炀帝心花怒开，宽饮了好几觥，连宣华也灌个半酣。萧后乐得做美，待至酒阑席撤，便令宫女掌灯，将炀帝、宣华两人，送入别宫。久旱逢甘，乐不胜言。自是今日赏花，明日玩月，饮酒赋诗，备极愉快。

唯显仁宫中的花木，多半从江南采来，炀帝是个贪得无厌的主子，有了这种，还想那种，自思江南山水，比洛阳还要秀丽，况且六朝金粉，传播一时，从前平陈时候，还想做些名誉，不便留恋江南，此时贵为天子，动作任情，何妨借名巡狩，一游江淮。但要去巡幸，也须铺排一番局面，方显得皇帝威风。当下传出诏旨，谓将巡历淮海，观风问俗。此诏一下，那宇文恺、封德彝等便争来献言，或说是如何通道？或说是如何登程？独有尚书右丞皇甫议谓："陆行不便，须由水路南下，方可沿途观览，不致劳苦。唯江河俱向东流，欲要南北通道，必须开通济渠，引谷洛水达河，再引河水入汴，引汴入泗，才得与淮水相通。"看官！你想如议所言，这样的开凿工程，所需几何？炀帝也不管财力，但教有水可通，便即照办。皇甫议当然监工，发丁百万，依照自己的条陈，逐段开掘；还要沟通江淮，发民十万，疏凿邗沟，直达江都，沟广四十步，旁筑御道，遍植杨柳，且自长安至江都，每隔百里，筑一行宫，总计得四十余所。更由黄门侍郎王弘等，奉遣南下，特往江南督造龙舟，及杂船数十艘。郡县当差，人民执役，已是痛苦得很；再加这般巨工，须限日告竣，朝夜督促，不得少延，可怜这班工役，不胜劳苦，往往僵毙道旁，做了许多无告冤魂。小子有诗叹道：

衰朝政令半烦苛，不似隋家役更多。
筑室开渠成惯事，可怜民血已成河。

炀帝如此劳民，却有一位老年宰相，不甚赞成，意欲入宫谏阻，可巧炀帝召他入宴，未知能否直言，且至下回再详。

汉王谅起兵晋阳，不讨杨广，独讨杨素，始谋已误。或者谓谅未识弑逆情事，不能无端罪广，似矣，然敕书不符，其由于杨之矫擅，已可概见。况太子被废，蜀王遭黜，祸皆起自杨广一人，欲加之罪，岂犹患无辞乎？裴文安劝谅直捣京师，名已不正，已非胜算，至王頍之请为孤注，更不足道，无怪其一败涂地也。炀帝未曾改元，便即幸洛，命以洛阳为东京。夫成周定鼎，曾设陪都，由后追前，非不足法，但迹若相同，心则大异，炀帝为淫侈计，岂有宅中而治之思？筑宫不足，又复开渠，极天下之财力民力，以供一人之耳目，试思民殚财尽，尚能独享繁华耶？故后世之论杨广者，或詈其狡，或病其淫，或斥其奢，而吾则蔽以一言曰："愚而已矣。"

第九十一回　促蛾眉宣华归地府
驾龙舟炀帝赴江都

却说杨素奉召入显仁宫，见过炀帝，满肚中怀着谏议，但一时未便开口，只好入座侍宴，才经数觥，即停住不饮。炀帝一再劝酒，素起座答道："老臣闻得酒荒色荒，有一必亡，不但臣宜节饮，就是陛下亦不宜耽情酒色。"炀帝听了，不免拂意，便道："卿言虽是有理，但目今天下太平，朝廷无事，把酒消遣，亦没有什么大害。况我朝勋旧，似公能有几人？今得一堂共乐，尽可畅饮数杯。"素见话不投机，便又说道："天下事都起自细微，渐成放荡，从前圣帝明王，慎微谨小，亦是为此。"杨素前营仁寿宫，继复为炀帝监造东京宫室，职为厉阶，奈何不思？炀帝默然不答。适宫人上前斟酒，素恐他再来加斟，用袖一拂，宫人不及防备，竟将手中所执的酒壶，斜倾在素身上，浇湿蟒袍。素正在恼怅，无从发泄，至此便迁怒宫人，勃然变色道："这般蠢才，如此无礼！怎敢在天子前，戏弄大臣？要朝廷法度何用？请陛下加重惩责！"炀帝仍然无语。素竟叱左右，迫令牵出宫人，且厉声道："国家政令，全被汝等妇女小人弄坏，怎得不惩？"左右见炀帝无言，又见素怒不可遏，只得把宫人拿了下去，敲责了一二十下。素方向炀帝道："不是老臣无状，但由今日惩治，使这班宦官宫妾，晓得陛下虽然仁爱，还有老臣执法相绳，当不敢如此放肆了。"炀帝已十分不悦，但自思夺嫡秘谋，全仗他一人做成，就是万分难耐，也只好含忍过去，当下强颜为笑道："公为朕执法无私，整肃宫廷，真好算是功臣了。"素即起座告辞。炀帝也不挽留，由他自去，一面退入后宫，另与后妃等调情解闷，不消细说。

素悻悻归第，顾语家人道："偌大郎君，由我一力提起，使作大家，现在酒色昏迷，不知他如何了得哩。"谁叫你提他起来？看官阅此，应知郎君二字，便是指着隋炀帝，素自恃功高，有时对着炀帝，亦直呼为郎君。炀帝终未曾驳斥，无非为了前时私约，不敢辜负的意思。还算能践前言。一日，素复入宫白事，炀帝正在池中钓鱼，待素将国事说明，便邀素坐下同钓。素也不管君臣上下，即令左右移过金交椅，与炀帝并坐垂纶。时方初夏，日光渐热，炀帝命取过御盖，罩住上面。御盖颇大，巧巧蔽住两人。素毫不避让，从容钓鱼。炀帝钓了数尾，偏素不得一鱼，炀帝顾素道："公文武兼全，也有一长未擅，如何钓了许久，尚是无着？"素本来好胜，怎禁得炀帝奚落，便应口道："陛下只得小鱼，老臣却要钓一大鱼，岂不闻大器晚成么？"炀帝闻言，不由的忿恚交乘，又见素在赭伞下，风神秀异，相貌堂堂，数绺长髯，飘动如银，恍然有帝王气象，因此愈加生忌，遂投下钓竿，托词如厕，竟向后宫进去。当由萧后接着，见炀帝面带怒容，便即问为何事？炀帝道："杨素老贼，骄肆得很，朕意拟嘱遣内侍，杀死此贼。"萧后不待说毕，忙阻住道："使不得！使不得！杨素系先朝老臣，又有功陛下，今日诱杀了他，外官如何肯服？况素又是猛将，亦非几个内侍，可以制服，一被漏脱，出外弄兵，陛下将如何对待呢？"炀帝半晌才道："投鼠原是忌器，且从缓议罢了。"乃长叹数声，仍复出外。适杨素钓了一尾金色鲤鱼，即向炀帝夸说道："有志竟成，老臣已得一鱼。"炀帝强笑不答。素已略窥炀帝微意，也即辞出。

炀帝当然退入，踱往宣华夫人住室。甫至室门，即由宫人迎驾，报称宣华有病在身，未能起迎。炀帝大惊，抢步入室，揭起床帏探视，但见双蛾敛翠，两鬓矬青，病态恹恹，似睡非睡。炀帝轻轻的问道："夫人今日为何不快？"宣华闻声，方睁眼瞧着，见炀帝亲来问疾，意欲勉强起坐，无如挣扎不住，稍稍抬头，已是晕痛难支，禁不住有娇吁模样。炀帝知情识意，忙用言温存道："夫人切勿拘礼，仍应安睡。"说至此，用手按宣华额上，很觉有些烫热，便道："夫人如此病重，奈何不速召御医？"宣华答道："妾病非药可治，看来要与陛下长辞了。"说着，腮边已流下泪来。胡不遄死？炀帝大加不忍，几乎也要泪下，徐徐说道："偶尔违和，医治即愈，奈何说此惊人语？”宣华且泣且语道：“妾……妾负大罪，无所逃命，别人病原可治，妾病实不可为。”炀帝听她话中有因，便道：“夫人有何罪过，速即明告，朕可代为设法消愆。”宣华欲言不言，如是数四。经炀帝催问数次，方从帐外四瞧。炀帝会意，即令宫人退去，始由宣华泣答道：“妾近日屡觉头痛，不过忽痛忽止，尚可支持，昨更饮食无味，夜间睡着，很是不安，恍惚入梦，头被猛击，痛得不可名状，醒来仍然不解，所以妾自知不久了。”炀帝惊讶道：“谁敢擅击夫人？”宣华道：“陛下定要问妾，妾只好实告。妾梦中实见先帝，责妾不贞，亲执沉香如意，击妾头上，且云死罪难饶，妾辩无可辩，已拚一死，但愿陛下慎自珍重，勿再念妾了！”说毕，哽咽不止。炀帝也不觉大骇，勉强支吾道：“梦幻事不足凭信，夫人不必胡思，但教安心调养，自可无虞。”宣华不再答言，唯有涕泣。炀帝又劝慰了数语，且语宣华道：“我即去宣召御医，夫人万勿过虑为是。”宣华只答了一个“是”字。炀帝匆匆退出，传旨召医官诊治宣华，医官不敢迟挨，当即入诊。未几有复奏呈入，说是：“病入膏肓，不可救药”等语，急得炀帝心如辘轳，正在没法摆布，忽有宫人入报道：“宣华夫人危急了。”炀帝三脚两步，驰往宣华寝宫。宣华气已上逆，见了炀帝，还错疑是文帝，硬挣着娇喉道：“罢罢！事由太子，妾甘认罪，愿随陛下同去罢！”说毕，两眼一番，呜呼哀哉！迟死一年，贻臭千载。年才二十九岁，炀帝不禁大恸。比父死时何如？可巧萧后亦来视疾，入见宣华已逝，也洒了数点珠泪。这是假哭。随即劝慰炀帝，挽出寝室，一面命有司厚办衣殓，择吉安葬。

只炀帝悲念宣华，连日不已，甚至好几天不能视朝。王公大臣，统入宫问安，杨素亦当然进去，甫至殿门，忽遇着一阵阴风，扑面吹来，不由的毛发森竖，定睛一瞧，见有一人首戴冕旒，身穿衮服，手中拿着一把金钺斧，下殿出来，这位威灵显赫的大皇帝，并不是炀帝杨广，乃是文帝杨坚。素不禁着忙，转身急走，耳边只听得厉声道：“此贼休走！我欲立勇，汝不从我言，反与逆子广同来谋我，我死得不明不白，今日特来杀汝。”素越觉惶骇，脚下好似有物绊住，欲前反却，后面已象被他追着，扑的一声，头脑上着了一下，痛不可耐，便即晕倒，口吐鲜血不止。殿上本有卫士，一见杨素跌倒，忙来搀扶，素尚不省人事，当由卫士舁入卧舆，送归私第。家人忙即延医，用药灌治，半响才得醒来，开目顾视家人，凄声叹息道：“我不得久活了，汝等可备办后事罢。”贼胆心虚。家人虽然应命，总还望他再生，四处访请名医，朝夕诊治。炀帝也遣御医往视，及御医返报，素一时虽不致死，但也不过苟延时日，难望痊愈。炀帝却很是喜欢，唯忆及宣华，总不免短叹长吁，萧后尝在旁劝慰道：“人死不能复生，何必过悲？”炀帝道：“佳人难再得，教朕如何忘怀？”萧后微笑道：“天下甚大，难道除宣华外，就没有佳丽么？”这一语提醒炀帝，便命内监许廷辅等，出外采选，无论官宦士庶各家，视有绝色女子，速即选取入宫。

廷辅等奉差四出，格外巴结，不到月余，已各缮册入报，多约数十名，少约十余名，统共有好几十处，由炀帝通盘筹算，不下一二千人，便自忖道：“天下难道有许多美女么？大约连嫫母、无盐，都采取了来。”继又转念道：“既已选集许多女子，总有几个可合朕意，且宫中充备洒扫，愈多愈妙，只显仁宫虽然浩大，究竟是个宫殿体裁，须要另辟一所大花园，方好安插许多女子。”计划已定，便召入一班佞臣，与他商议，就中有个内史侍郎虞世基，所议条陈，最为称旨，当即命他督造苑囿。世基就在洛阳西偏，辟地二百里，内为海，外为湖，湖分五处，暗寓天下五湖的意思。每湖周围十里，四面砌成长堤，尽种奇花异草，且百步一亭，五十步一榭，亭榭两旁，无非栽植红桃绿柳，湖内有青雀舫，翠凤舸，并有龙舟一艘，准备御驾乘坐。这五湖流水，均与内海相通，海周四十里，中筑三座大山，一名蓬莱，一名方丈，一名瀛洲，好似海外三神山一般，山上添造楼台殿阁，备极工巧，山顶高出百丈，西可回眺长安，南可远望江淮，湖海交界，造了一所正殿，轮奂崇闳，自不消说。海北一带，委委曲曲，筑成一道长渠，引接海中活水，纡回潆带，傍渠胜处，便置一院。院计十有六处，可以安顿宫人，在内供奉。天下无难事，总教现银子，世基监工才及数月，已是规模粗具，楚楚可观。适许廷辅等送入选女，炀帝便令往新苑中，候旨定夺，自挈萧后及妃嫔，乘舆至新苑游幸。虞世基当然接驾，由炀帝命为前导，逐段看来，无非钩心斗角，竞巧争新；更兼那海水澄青，湖光漾碧，三神山葱茏佳气，十六院点缀风流，桃成蹊，李列径，芙蕖满沼，松竹盈途，白鹤成行，锦鸡作对，金猿共啸，仙鹿交游，仿佛是缥缈云天，嫏嬛福地。炀帝非常愉快，便问世基道：“五湖十六苑，可曾有名？”世基道：“臣怎敢自专？还乞陛下圣裁！”炀帝道：“这苑造在西偏，就可取名西苑。”世基才答一“是”字。

炀帝又道："苑中万汇毕呈，无香不备，亦可称为芳华苑。"实可名为腥血苑。世基极口称扬，炀帝徐徐的行入正殿，下舆小憩，用过茶点，便令世基取过纸笔，酌取五湖十六苑名号。炀帝本是个风流皇帝，颇有才思，世基又是个风流狎客，夙长文笔。一君一臣，你倡我和，费了两三小时，已将各名号裁定，由世基一一录出。小子亦照述如下：

五湖名称：东湖名为翠光湖，西湖名为金光湖，南湖名为迎阳湖，北湖名为洁水湖，中湖名为广明湖。

十六院名称：（一）景明院。（二）迎晖院。（三）栖鸾院。（四）晨光院。（五）明霞院。（六）翠华院。（七）文安院。（八）积珍院。（九）影纹院。（十）仪凤院。（十一）仁智院。（十二）清修院。（十三）宝林院。（十四）和明院。（十五）绮阴院。（十六）降阳院。

名称既定，已近昏黄，四面八方，悬灯爇烛，几似万点明光，绕成霞彩。炀帝格外动兴，乐不忘疲，便命内侍整办御肴，自与萧后等退入后殿。不消半时，酒肴等已依次陈上，炀帝就座取饮，后妃等列坐相陪，酒过数巡，炀帝顾语萧后道："十六院已将造就，只不过少缺装潢。虞内侍煞是能干，眼见得指日告成，朕意各院中不可无主，须选择佳丽谨厚的淑媛，作为每院的主持，卿以为何如？"萧后乐得凑机，便含笑答道："妾闻许廷辅等，已选入若干美人，何不就此挑选，充作十六院的夫人？"炀帝大喜道："似卿雅量宽洪，周后妃不能专美了。"不妒却是妇人好处，然亦有坏处，试看萧后便知。当下乘着酒兴，宣召许廷辅入苑，命将所选采女，一起起的带引进来。廷辅等便即领命，逐名点入。炀帝且饮且瞧，真是柳媚花娇，目不胜接；况且灯光半焰，醉眼微蒙，急切里也辨不出什么妍媸，但只见得一簇娇娃，眩人心目。还是萧后替他品评，这一个是肉不胜骨，那一个是骨不胜肉，这一个是瑜不掩瑕，那一个是瑕不掩瑜，好容易选定了十六人，好算得姿容窈窕，体态幽娴。炀帝便亲自面谕，各封四品夫人，分管十六院事。又命虞世基监制玉印，上面镌着院名及某夫人姓氏，制就后便即分给，又选得三百二十名，充作美人，每院分二十名，叫她们学习吹弹歌舞，以备侍宴。此外或十名，或二十名，分拨各处楼台亭榭，充当职役。千余名选女，拜谢皇恩，陆续散去，又好似风卷残云，浪逐桃花，俱去得无影无踪了。忽聚忽散，此中已可悟幻景。时已更阑，酒兴亦衰，炀帝方命撤席，与萧后还入显仁宫。

越日，命太监马忠为西苑令，专管出入启闭，且命虞世基逐处加饰，并诏天下境内，所有嘉木异卉，珍禽奇兽，一古脑儿运至西苑，点缀胜景。于是二百里的灵囿灵沼，倏变作锦绣河山，繁华世界。就是十六院中的四品夫人，都打扮得齐齐整整，袅袅婷婷，一心思想，盼望君王宠幸。那炀帝往来无时，或至这院，或至那院。运气的得博一欢，晦气的未邀一盼。

炀帝尚嫌不足，还想南下赏花，凑巧皇甫议等奏请河渠已通，龙舟亦成，喜得炀帝游兴勃发，便下了一道诏书，安排仪卫，出幸江都。宫廷内外，接读这道诏书，都要筹备起来，且知炀帝素来性急，一经出口，便要照行，势不能少许延挨，接连备办了十余日，忙碌得什么相似，方才有点眉目，上表请期，好几日不见批答。看官道是何因？原来滕王瓒暴死栗园，见前文。嗣王纶曾拜邵州刺史，镇王爽亦已去世，嗣王集留居京师，未闻外调。纶与集俱系炀帝从弟，历见炀帝摧残骨肉，未免加忧。炀帝也只恐同族为变，虽是留恋洛阳，作宫作苑，但暗中却密遣心腹，伺察诸王，此次又要南幸，更宜格外加防。纶、集二人，常虑得罪，时呼术士入室，访问吉凶，并使巫祝章醮求福，有了这种动作，便被侦探得了隙头，立即报闻。炀帝趁这机会，想除二人，便将两人怨望咒诅的罪名，令公卿议定谳案。公卿统是希旨承颜，复称两人厌蛊恶逆，罪在不赦。炀帝假作慈悲，只说是："谊关宗族，不忍加诛，特减罪宥死，除名为民，坐徙边郡。"两王已经迁谪，炀帝方安然无忌，始将南行的日期，批定仲秋出发，令左武卫大将军郭衍为前军统领，右武卫大将军李景为后军统领，扈驾南巡。文武官五品以上，赐坐楼船，九品以上，赐坐黄篾，并令黄门侍郎王弘，监督龙舟，奉迎车驾。

转眼间已是届期，炀帝与萧后龙章凤藻，打扮得非常华丽，并坐着一乘金围玉盖的逍遥辇，率领显仁宫、芳华苑内三千粉黛，出发东京，前后左右，统是宝马香车，簇拥徐行。扈从人员，又都穿服蟒衣玉带，跨马随着，前导的是左卫大将军郭衍，后护的是右卫大将军李景，各带着千军万马，迤逦至通济渠。王弘早拢舟伺候，这通济渠虽经开凿，还嫌浅狭，非龙舟所能出入，只好另用小航，渡出洛口，方得驾御龙舟。炀帝乃与萧后下辇，共入小朱航，此外男女人等，统有便舟乘载，鱼贯而下。一出洛口，方见有巨舟二艘，泊住中流，最大一艘，便是龙舟，内容分四重，高四十五尺，长二百尺，上重有正殿内殿东西朝堂，中二重有百二十号房间，俱用金玉饰成，下重体制较铩，乃是内侍所居。这舟为炀帝所乘，不消细说。比龙舟稍小的一艘，叫作翔螭舟，制度略卑，装饰无异，系是萧后坐船。另外有浮景九艘，中隔三重，充作水殿，又有漾彩、朱鸟、苍螭、白虎、玄武、飞翔、青凫、陵江、楼船、板舱、黄篾等数千艘，分坐诸王百官，妃嫔公主，及载内外百司供奉物品。最奇怪的是有五楼、道场、玄坛等数十艘，为僧尼道士蕃客所乘，统共用挽船士八万余人，内有九千余名，系挽龙舟翔螭舟，各用锦彩为袍。卫兵所乘，又分平乘、青龙、艨艟、艚艭、八櫂、艇舸等数千艘，挽船不用人夫，须由兵士自引。龙旂舞彩，画舫联镳，相接至二百余里。岸上又有骑兵数队，夹河卫行，所过州县五百里内，概令献食，往往一州供至数百车，穷极水陆珍馐。炀帝、萧后，及后宫诸妃嫔，反视同草具，饮食有余，辄抛置河中。自来帝王巡幸天下，哪里有这般奢侈，这般骄淫？小子有诗叹道：

帝王多半好风流，欲比隋炀问孰侔？
南北舆图方混一，可怜只博两番游。

欲知炀帝南巡后事，下回再行表明。

写宣华夫人之死，及杨素之遇鬼，似属冤仇相报，跃然纸上，虽未必实有其事，而疑心生鬼，亦人情所常有。且以见人生之不可亏心，心苟一亏，魂魄不摇而自悸，有不致死地不止者，此作者警世之苦心也。炀帝穷奢极欲，为古今所罕闻，极力摹写，愈见其蹧蹋妇女，荼毒生灵，天下宁有若是淫昏之主，而能长享太平，任所欲为耶？况事本韩偓《海山记》，并非无稽，而江都之游，又为大业元年间事，此系炀帝南巡第一次，趁年仍返东京，俗小说中却谓其一去不回，竟似炀帝十年外事。夫炀帝固尝死于江都，然事在后起，并非一次即了，隋史中自有年月可证，得此编以序明之，而史事乃有条不紊，非杂乱无章之俗小说，所得同日语也。

第九十二回　巡塞北厚抚启民汗
幸河西穷讨吐谷浑

却说炀帝南幸江都，在途约历数旬，所有四十余所的杂宫，统是赶紧筑造，大致粗就，炀帝到一处，留一二日，尚嫌它未尽完善，所以不愿稽延，便扬帆直下，竟达江都。江都为南中胜地，山水文秀，扬名海内，炀帝与后妃人等，朝赏夕宴，不暇细表，好容易又阅残年，便是大业二年元旦。炀帝在江都升殿，受文武百官朝贺，越日，得东京将作大匠宇文恺奏报，内称洛阳宫苑，一体告成，当即进授文恺为开府仪同三司。过了正月，又诏吏部尚书牛弘，内史侍郎虞世基等，议定舆服仪卫，始备辇路，及五时副车，命开府仪同三司何稠为太府少卿，使他监造车服，由东京送达江都。稠智思精巧，参酌古今，衮冕统绣日月星辰，皮弁用漆纱制成，又作黄麾三万六千人仪仗，此外如皇后卤簿，及百官仪服，无非极意求华，仰称上意。尝责州县官采办羽毛，州县官使民弋捕大鸟，四处网罗，几无遗类。乌程有一大树，高逾百尺，上有鹤巢，卵育已久，百姓奉令取求，因高不可攀，特用刀刈根，为倒树计。鹤似解人意，恐雏为所杀，亟自拔氅毛，抛掷地上，时人反称为瑞兆，彼此谣传道："天子造羽仪，鸟自献毛羽。"州县官乐得谀媚，遂将民间歌谣，充作贺表中文料，炀帝格外欣慰，待羽仪汇集，四面翼卫，每出游幸，卫士各执麾羽，填街塞路，绵亘约二十余里。不愧为大畜类。

再过了两月有余，江南春暮，桃柳将残，炀帝方欲返东京，下诏北归。月杪自江都出发，一切仪制，比南下时更加华丽。四月下澣，行抵伊阙，陈列法驾，备具千乘万骑，驰入东京。炀帝自御端门，颁达赦书，豁免本年全国租赋，凡五品以上文官得乘车，在朝弁服佩玉，武官得跨马加珂，戴帻服袴褶，衣冠文物，盛极一时。太子昭本留守长安，闻炀帝已回东京，乃上表请觐，有旨准奏。昭即至洛阳，父子相见，免不得有一番恩谊。但炀帝是酒色迷心，把父子有亲的古训，当然忘记。既已无父，何知有子。昭入见时，不过淡淡的问了数语，便令退出，嗣是不复召见。昭一住数旬，再请入省，炀帝虽未曾拒绝，唯面谕他速回长安。昭叩请少留，以便定省，反被炀帝叱责出去，惹得懊怅成疾；更兼形体素肥，天又盛暑，内外交迫，竟致绝命。炀帝闻耗，只哭了数声，便即止哀，草草丧葬，予谥元德。昭有三子，长名倓，次名侗，又次名侑，总算俱封王爵。倓为燕王，侗为越王，侑为代王，又立秦孝王俊子浩为秦王。俊为炀帝弟，见前文。可巧楚公杨素，亦同时病死。素本受封越公，太史尝言隋分野当有大丧，炀帝南幸时，特徙封素为楚公，因隋与楚，同一分野，意欲移祸与素。素老病居家，未尝从游，至将死时，弟约尚觅名医调治。素张目道："我岂尚想求活么？"炀帝得素死信，喜语左右道："使素不死，当灭他九族。"但表面上不好不敷衍过去，追赠素光禄大夫太尉公，赐谥景武，特给辒车班剑四十人，前后部羽葆鼓吹，粟麦五千石，赙帛五千段，命鸿胪卿监护丧事，也好算是生荣死哀，福寿全归了。句中有刺。

先是废太子勇生有十男，长男名俨，为云昭训所出，曾受封长宁郡王。勇被废后，俨亦坐斥。俨弟平原王裕，安城王筠，安平王嶷，襄城王恪，高阳王该，建安王韶，颍川王煚，均褫爵削籍。云昭训父云定兴，因纵勇为非，坐罪夺官，与妻子俱没为官奴。炀帝嗣位，闻定兴具有巧思，召至东京，襄办营造。定兴见宇文述得宠，曲意谀媚，特购集珍珠，络成宝帐，奉献与述。述喜出望外，兄事定兴，荐使督造兵器，且与语道："兄所作器仗，悉合上意。唯始终不得好官，无非为长宁兄弟，尚未处死哩。"定兴愤然道："此等俱无用物，何不劝上一体就诛。"忍哉定兴！述遂奏请处置俨等，炀帝当即依议，命鸩杀故长宁王俨，并将俨弟七人，充戍极边。襄城王恪妃柳氏，姿容端丽，四德俱全，恪前被废黜，柳氏毫无怨言，事夫益谨。及恪奉诏徙边，与妻诀别，柳氏泣语道："君若不讳，妾誓不独生。"恪亦呜咽不能成词，彼此大哭一场，怆颜别去。行至中途，复有诏使到来，勒令自尽。

恪与兄弟七人，同时骈死。至恪柩发还，柳氏语朝使道：“妾誓与杨氏同穴，若身死后，得免别埋，就是朝廷的恩惠了。”说罢，抚棺一恸，自缢身亡，里人均为下泪。特叙入以彰女贞。勇十男已去其八，只幼子孝实、孝范，后来也不见史传，想是贬为庶人，终身不得出头，小子也只好搁过不提。

且说突厥启民可汗，自徙居碛口，尽有达头遗众，尝感隋室旧恩，岁遣朝贡。大业二年冬季，复上表自请入朝。炀帝欲张皇威德，夸示番俗，因命太常少卿裴蕴，征集天下前世乐家子弟，充作乐户，就是庶民百姓，能谱音乐，俱令入肆太常，于是四方散乐，大集东京。不但八音六律，吹拍成腔，并演习各种鱼龙山车等杂戏，务为淫巧，悦人耳目。俟演习成熟，便在西苑中精翠池侧，依次奏技。炀帝亲挈后妃诸人往阅，但见有一舍利兽，先来跳跃，激水满衢，继而鼋鼍鱼鳖，俱从水中浮出，丛集两岸，又有鲸鱼喷雾翳日，倏忽化成黄龙，长七八尺。未几复见二人戴笠，笠上各登一人，体轻善舞，欻然腾过，左右易处。最可怪的是神鳌负山，幻人喷火，千变万化，备极神妙。炀帝非常称赏，饬京兆、河南两尹，为伎人赶制锦衣，两京彩缎，搜括一空。甚且御制艳篇，令乐正白明达凑造新声，按曲度腔，声极哀艳。一面特建进士科，视有诗歌纤冶，即令入选。

故相高颎闲居有年，不知炀帝寓着何意，偏召令为太常卿。想是颎命中应该斫头。颎独不赞成散乐，奏言：“弃本逐末，有碍盛治。”炀帝哪里肯依？反把从前的积恨，记忆起来。并见前文。颎又私语太常丞李懿道：“从前周天元好乐致亡，殷鉴不远，怎可效尤？”汝奈何不记母言？这数语又被炀帝闻知，越加生嫌，唯一时未便发作，姑从缓图。大业三年，启民可汗，来贺元日，炀帝命大陈文物，内外鼓吹。启民入朝拜谒，由炀帝赐他旁坐。启民东张西望，颇艳羡汉官威仪，急切未敢陈请。至退入客馆，方修表请袭冠带。炀帝初尚未许，及表文再上，乃准令易服。且语尚书牛弘道：“目今衣冠大备，使单于亦为解辫，岂不是古今盛治么？”弘极口称贺。炀帝又道：“这也未始非卿等功劳。”说至此，令侍臣出帛百匹，赐与牛弘。弘谢恩而退。启民可汗一住数日，宴赐甚厚。辞行时请车驾北巡，正合炀帝意旨，便即俞允，启民乃去。待至初夏，天气清和，炀帝借安抚河北为名，下诏首途，发河北十余郡丁男，凿穿太行山，北达并州，使通驰道，一面启行至赤岸泽。启民遣兄子毗黎伽特勒，入朝行在，且附表请入塞迎驾。炀帝不允，遣归毗黎伽特勒。令启民在帐守候。又过二月有余，山路始通，方再从赤岸泽出发，北至榆林郡，意欲出塞耀兵，道出突厥部落，进指涿郡，恐启民不免惊惶，特先遣武卫将军长孙晟，往谕帝意。启民奉旨，召集属部各酋长，约数十人，与晟相见。晟见牙帐中芜秽拉杂，欲令启民亲自芟薙，为诸部倡，乃佯指帐前青草道："此草留植帐前，大约根必甚香。"启民未悟，拔草嗅鼻，毫无香气，遂答言不香。晟微哂道："天子巡幸，诸侯王宜躬自扫除，表明敬意。今牙内芜秽，我还道是留种香草，哪知却是寻常植物呢。"启民至此，始知晟有意嘲讽，慌忙谢罪道："这是奴不经意的过失。奴辈骨肉，皆天子所赐，得效筋力，岂敢惮劳？不过因僻居塞外，未知大法，今幸将军教奴，使奴得达诚驾前，受惠正不少哩。"说着，即拔佩刀自芟庭草。帐下贵人达官，及诸部酋长，亦相率仿效，才阅数刻，已将庭草除尽。他如帐外杂草，亦遣番役随处扫除，长孙晟辞回榆林，报明炀帝。晟用伪言，说动启民，亦非待人以诚之道。炀帝便发榆林北境，东达蓟州。沿途建筑御道，长三千里，广且百步。启民可汗带同义成公主，来朝行宫，还有吐谷浑、高昌两国，亦遣使入贡。炀帝大悦，盛宴启民夫妇，与两国使臣，越宿复亲御北楼，望河观渔，并赐百僚会宴。启民可汗又献名马至三千匹，炀帝赐帛至一万三千匹，启民复上表道：

窃念圣人先帝怜臣，赐臣安义公主，种种无乏，臣兄弟嫉妒，共欲杀臣，臣当是时，走无所适，仰视唯天，俯视唯地，奉身委命，依归先帝。先帝怜臣且死，养而生之，以臣为大可汗，还抚突厥之民，至尊今御天下，仍如先帝养生，臣及突厥之民，种种无乏。臣荷戴圣恩，言不能尽，臣今非昔日之突厥可汗，乃是至尊臣民，愿率部落，变改衣服，一如华夏，仰乞天慈，不违所请，谨此上闻！

炀帝览表，未以为然，因令群臣集议，群臣多请依启民言。炀帝始终不从，乃下诏答启民道：

先王建国，夷夏殊风，君子教民，不求变俗，断发文身，咸安其性，旃裘卉服，各尚所宜。因而利之，其道弘矣，何必拘拘削衽，縻以长缨，岂遂性之至理，非包含之远度。衣服不同，既辨要荒之叙，庶类区别，弥见天地之情。况碛北未静，犹须征战，峨冠博带，更属非宜，但使好心恭顺，固无庸变服为也。特此复谕！

这谕既下，又令宇文恺特设大帐，帐中可容数千人。炀帝亲御大帐，南向高坐，两旁备设仪卫，下作散乐。启民率酋长三千五百人，入帐朝谒，由炀帝尽赐盛宴，笙醴杂陈。诸胡骇悦，争献牛羊驼马数千万蹄。炀帝亦命发帛二十万段，作为答赐，并赏启民辂车乘马，鼓吹幡旗，赞拜不名，位在诸侯王上。寻又发丁男百余万人增筑长城，西距榆林，东至紫河。尚书左仆射苏威，力谏不听，太常卿高颎，礼部尚书宇文弢，音注见前。光禄大夫贺若弼，互有私议，大略谓："待遇启民，未免过厚。"偏有媚臣谄子，奏劾三人怨谤，炀帝最恨直言，既有所闻，也不暇辨明是非，况与高颎本有宿忿，贺若弼又为颎所荐引，宇文阐也与颎友善，索性一律加罪，并置死刑。诏敕一颁，可怜三大臣俱无辜遭戮，骈首行辕。苏威亦连坐罢官。还有内史令萧琮，系是萧皇后兄弟，素邀恩眷，受爵莒国公，他与贺若弼往来莫逆，弼既被杀，复有童谣云："萧萧亦复起。"炀帝因疑及萧琮，亦令罢官还家。嗣又出巡云中，溯金河而上，甲士前呼后拥，共达五十余万，旌旗辎重，千里不绝。令宇文恺等造观风行殿，内容数百人，可离可合，下施轮轴，倏忽推移，并筑置行城，周二千步，用布为干，上蔽以布。涂饰丹青，楼橹悉备，胡人俱惊为神奇。每在御营十里外，屈膝稽颡，无敢乘马。启民还至牙帐，饰庐清道，恭候乘舆。越旬余始见驾至，由启民跪迎入帐，奉觞上寿。王侯以下，均袒割帐前，莫或仰视。炀帝万分快活，即事赋诗道：

鹿塞鸿旗驻，龙庭翠辇回。毡帷望风举，穹庐向日开。呼韩顿颡至，屠耆接踵来。呼韩、屠耆皆汉时单于名。索辫擎膻肉，韦鞲献酒杯。何如汉天子，空上单于台。

启民奉觞既毕，面奏有高丽使臣来聘，不敢隐讳。炀帝即传高丽使臣入见，使臣惶恐顿首，乃使牛弘宣旨，谕高丽使臣道："朕因启民诚心奉国，所以亲至彼帐，明年当诣涿郡，汝可还语汝王，宜早来朝，勿生疑惧。朕一视同仁，待遇亦如启民，若敢违朕命，必与启民同巡汝土，休得后悔！”为后文东征张本。高丽使唯唯而去。炀帝留宿启民牙帐，约有数日，萧后亦幸义成公主帐中。炀帝赐启民夫妇，金瓮各一，他如衣服被褥锦彩等，不可胜计。番酋以下，各赏赉有差。时已仲秋，启銮南归，使启民扈从入塞，行至定襄，乃令归藩。车驾返至太原，更营晋阳宫，为李渊据宫伏案。遂上太行山，开直道九十里，南通济源。幸御史大夫张衡宅中，留宴三日，才回东京。会西域诸胡，多至张掖交市，有诏使吏部侍郎裴矩，掌管市易事宜。矩访诸商胡，得悉西域山川风俗，特撰西域图记三卷，入朝奏闻。且别绘道里，分为三路。北路入伊吾，中路入高昌，南路入鄯善，总汇处在敦煌。略言：“国家威德及远，欲西度昆仑，易如反掌，只因突厥吐谷浑，分领羌胡，遏绝道途，所以未通朝贡。今得商胡密送诚款，愿为臣妾，但使一介行人，往抚诸番，自然帖服，无烦兵革”云云。炀帝大喜，赐帛五百匹，每日引矩至御座前，问西域事。矩复盛称胡地多产珍宝，吐谷浑容易吞灭，惹得炀帝野心勃勃，也想似秦皇、汉武一般，侥功外域。于是任矩为黄门侍郎，使至张掖，引致诸胡。胡人本无意服隋，由矩用利相啖，诱令入朝，西域诸国，贪利东来，络绎不绝，所经郡县，动需送迎，糜费以亿万计，这也是中国疲敝的一大原因。

炀帝意尚未餍，至大业四年春季，复发河北诸军百余万众，穿永济渠引沁水南达黄河，北通涿郡，丁壮不敷差遣，竟至役及妇女。一面再筑长城，自榆谷东迤，又数百里，劳民伤财，不问可知。炀帝复游幸五原，顺道巡阅长城，仪卫繁盛，不亚前时。更有一种极大坏处，为炀帝杀身亡国的祸根，他生平喜新厌故，无论子女玉帛，宫室苑囿，一经享受，便觉生厌，暇时辄搜罗各处舆图，一一亲览，遇有胜地名区，常令建设行宫，所以晋阳宫尚未告竣，汾阳宫又复兴工，视民命如草芥，看金钱如粪土。又遣谒者崔君肃，赍诏往谕西突厥，征使朝贡。

自大逻便据突厥西境，号阿波可汗，突厥遂分东西二部，阿波旋为处罗侯所执，事见前文。国人另拥立泥利可汗。泥利传子达漫，称泥撅处罗可汗。处罗可汗母向氏，本中国人，因泥利病死，不耐寡居，转嫁泥利弟婆实特勒。开皇末年，向氏夫妇入朝，适值达头为乱，不敢西归，乃留居长安。及达头逃亡，西路少通。处罗可汗颇忆念生母，遣使入塞，访母所在。可巧裴矩出屯敦煌，得知此信，遂奏请招抚处罗。崔君肃奉诏西行，驰入西突厥牙帐，处罗踞坐胡床，不肯起迎，君肃正色与语道：“突厥中分为二，每岁交兵，经数十年，莫能相灭。今启民举部内附，借兵天朝，共灭可汗，天子已经俯允，师出有期，只因可汗母向夫人，留住京师，日夕守阙，吁请停兵，愿嘱可汗内属。天子格外加怜，故遣我到此，传达谕旨。今可汗乃如此倨慢，是向夫人有欺君大罪，必将伏尸都市，传首虏庭。且发大隋将士，合东国部众，左提右挈，来击可汗，试问可汗能自保否？奈何争小节，昧大局，违君弃母，自取灭亡？”说到“亡”字，那处罗已矍然起座，流涕再拜，跪受诏书。君肃又说处罗道：“启民内属，受赐甚厚，所以国富兵强。今可汗后附，欲与启民争宠，必须深结天子，方得如愿。”处罗闻言，忙向君肃问计。君肃道：“吐谷浑为启民妇家，今天子以义成公主嫁启民，启民畏天子威灵，与吐谷浑断绝亲交，吐谷浑亦因此怀恨，不修职贡，可汗若请讨吐谷浑，会同上国兵马，出境夹攻，定可破虏，然后躬自入朝，既邀主眷，复谒母颜，岂非一举两得么？”娓娓动听，才辩颇类长孙晟。处罗大喜，厚待君肃，寻即遣使随行，贡汗血马。并表请会讨吐谷浑。炀帝面谕来使，以隔岁为期，来使奉命去讫。

流光如驶，一瞬经年，已是大业五年。春光明媚，冰泮雪融。炀帝乃整顿行装，出巡河右，时裴矩已诱令铁勒部，袭破吐谷浑，吐谷浑可汗伏允，夸吕次子。东走西平境，遣人入塞，乞请援师。炀帝正欲击吐谷浑，乘机发兵，即遣安德王杨雄出浇河。许公宇文述出西平，托词迎允，实嘱使袭取虏帐。伏允却也狡猾，探知隋兵势盛，不敢迎降，复率众奔雪山。宇文述引兵追住，连拔曼头、赤水二城，斩首三千余级，获王公以下二百人，虏男女四千口而还。所有吐谷浑故地，东西亘四千里，南北阔二千里，皆为隋有。分置郡县镇守，徙天下轻罪实边。炀帝又欲亲自耀威，出临平关，越黄河，入西平，陈兵阅武，将穷讨吐谷浑，特命内史元寿南逼金山，兵部尚书段文振北逼雪山，太仆卿杨义臣东屯琵琶峡，将军张寿西屯泥岭，四面围聚，为掩取伏允计。伏允率数十骑潜遁，嘱部酋诈为伏允，保守车我真山。隋右屯卫大将军张定和，恃勇无谋，自请往捕，身不被甲，即入山搜寻，不料山谷里面，伏兵四布，任你如何能耐，终是双手不敌四拳，白白的丧失性命。只有裨将柳武建，步步为营，得免险难。且斩俘吐谷浑兵数百人，左光禄大夫梁默等，追讨伏允，也被伏允诱斩。卫尉卿刘权出伊吾道，总算虏得千余口，回来报功。炀帝亲至燕支山，高昌王麴伯雅，伊吾吐屯没，官名，系突厥之监守伊吾者。及西域二十七国使臣，俱伏谒道旁。炀帝预嘱河西士女，盛饰纵观，夸耀富有，如有车服未鲜，令郡县督率改制，因此骑乘炫目，绵亘通衢。吐屯没请献地数千里，炀帝当然喜慰，分置西海、河源、鄯善、且末等郡，令刘权居守河源，大开屯田，扞御吐谷浑，通道西域。并因裴矩绥远有功，进授银青光禄大夫。小子有诗叹道：

有道明王守四夷，何劳玉帛示羁縻？
凿空博望犹遭议，况复隋臣好尚欺。

欲知炀帝西巡余事，待至下回再详。

本回述炀帝之好大喜功，北巡西讨，可谓隋朝极盛时代。突厥内附，启民可汗恭顺无违，炀帝亲幸庐帐，索辫擎肉，韦剧献酒，何其盛也？及西巡河右，出临平关，穷追吐谷浑，虽张定和、梁默等，均陷没敌中，然观燕支山之受谒诸羌，道旁罗拜，亦曷尝不足诧人？奢淫如炀帝，有此幸遇，岂非意外尊荣？然炎炎者灭，隆隆者绝，以炀帝之无功无德，乃有此羌胡之归命，是正所谓天夺之鉴而益其疾也。况外人并非心悦诚服，无非贪利而来，我之利有穷时，彼之贪无穷境，利尽而彼即掉头去矣，彼去而我益困。外患未来，内讧先起，瓦解土崩，有必然者，此裴矩之所以难辞祸首也。

第九十三回　端门街陈戏示番夷
观澜亭献诗逢鬼魅

却说高昌王曲伯雅，及伊吾吐屯没等来朝行在，由炀帝特设观风行殿，召入赐宴；此外如蛮夷使臣，陪列阶庭，差不多有一二千人。炀帝命奏九部乐，并及鱼龙杂戏，备极喧阗。宴罢散席，复搬出许多绢帛，遍赐夷人，不过博得几声万岁的欢呼，又耗去若干资财。至车驾东还时，行过大斗拔谷，山路仄狭，仅容一人一骑，鱼贯而行；又值天气寒冷，风雪晦冥，前后不能相顾，累得断断续续，劳乏不堪；驴马十死八九，吏卒亦多致僵毙，后宫妃主，或狼狈相失，与军士杂宿山间，徒落得男女无别，一塌糊涂。跟畜生同行，还要辨什么雌雄？

炀帝顺便入西京，住了两三个月，因长安无可游玩，很不耐烦，仍转赴东京。时已改称东京为东都，视为乐国，不愿再入长安。从此朝朝暮暮，酒地花天，再加四面八方，按时进贡，有献明珠异宝，有献虎豹犀象，有献名马，有献美女，一古脑儿收入西苑，留供宸赏。独道州献入一个矮民，姓王名义，生得眉浓目秀，舌巧心灵。炀帝召入，见他身材短小，举止玲珑，也觉奇异得很，却故意的诘问道："汝有什么技能，敢来自献？"王义从容答道："陛下怀柔远人，不弃刍荛，所以南楚小民，也来观化。虽无奇能绝技，却有一片愚忱，仰乞圣恩收录！"炀帝笑道："朕有无数文臣猛将，没一个不竭诚事朕，要汝何用？"义又道："圣恩宽大，惠及困穷，小臣系远方废民，无处求生，只好自投阙下，冀沐生成。"炀帝最喜谀言，听得王义数语，如漆投胶，不熔自化，便命他留侍左右，就便驱策。好在王义知情识意，一经差遣，俱能曲体上心，无孔不入，因此炀帝逐渐宠爱，几乎顷刻不能相离。

一日辍朝入宫，回头见王义随着，不禁皱眉道："汝事朕多时，深合朕意，可惜非宫中物，不能随入宫中。"说着，又叹了几声，竟自入宫。义不好随入，但在宫门外痴然立着。凑巧有个老太监张成，自宫中出来，瞧着王义情状，问为何事踌躇？义便将炀帝谕言，重述一遍，且欲张成设法，为入宫计。张成微哂道："如欲入宫，除非净身不可。"义尚未知净身二字的意义？及张成再与说明，义竟不管死活，托张成替他买药，忍心自宫，接连病了数日。炀帝不免问及，经张成代为报明，益使炀帝感动，叹为忠义。及王义疮痕既愈，便令出入宫寝，有时使睡御榻下面，视作宫女一般。割势以媚君，殊非人情。

至大业六年正月，有盗数十人，素冠练衣，焚香持花，自称弥勒佛，竟潜入建国门，劫夺卫士甲仗，共谋作乱。亏得炀帝次子齐王暕，率兵出御，得将群盗诛死。暕有此功绩，并因元德太子早世，位次当立，但暕生平渔色，尝私纳柳氏女为妾，并与妃姊韦氏相奸。韦氏已为元氏妇，无端为齐王所占，当然不服，虽未敢上书诉讼，怨谤已传达都中。暕毫不顾忌，反召相士，遍视后庭。相士谓韦氏当为皇后，暕益自喜，且恐炀帝册立嫡孙，阴嘱巫觋为厌蛊术，事皆被泄。府僚如长史柳謇之以下，多半得罪，韦氏亦坐是赐死。大约是阎罗王请去为后了。暕爵位未削，已失宠爱，故始终不得立储。唯都中有盗，也是一种骇闻，炀帝不以为意，仍然照常行乐。

会值诸番入朝，酋长毕集东都，炀帝又要夸张富丽，暗暗传旨，不论城内城外，所有酒馆饭肆，如遇番人饮食，俱要将上等酒肴款待，不得索钱；再命有司在端门街上，搭设许多锦棚，排列许多绣帐，就是丛林杂树中，也都缠着缯帛，一面传集乐户，或歌或舞，有几处放烟火，有几处打秋千，有几处耍长竿，有几处蹴圆球，百戏杂陈，哗闹得不可名状。即如吹箫品竹的伶工，且多至万八千人。自昏达旦，连日不休，外人看了，相率惊异道："中国如此繁华，真不愧为天朝哩。"于是成群结队，纷纷游赏，或到酒肆中饮酒，或到饭店中吃饭，壶中无非佳酿，盘中悉是珍馐；及醉饱以后，取钱给值，偏肆主俱摇手道："不要不要，我中国富饶得很，区区酒肴，算什么钱哩？”外人越觉称奇，便来来往往，饮过了酒，又去重饮，吃过了饭，又去重吃，乐得屠门大嚼，快我朵颐。有几个狡黠的胡奴，穿街逐巷，偶见穷民褴褛得很，体无完褐，不禁笑问市人道：“中国亦有贫家，何不将树上缯帛，给与了他，免得悬鹑百结哩？”市人惭不能答。炀帝哪里得知？一任外人游宴兼旬，方才遣归；且盛称裴矩才能，顾语群臣道：“裴矩大识朕意，凡所奏陈，统是朕欲行未行，倘非奉国尽心，怎能得此？”群臣无敢异议，也不过随声附和罢了。

是时炀帝幸臣，除裴矩外，尚有大将军宇文述，内史侍郎虞世基，御史大夫裴蕴，光禄大夫郭衍，工部尚书宇文恺等，皆以谄媚得宠。衍尝劝炀帝五日一视朝，炀帝嗫嚅道：“恐违先例。”衍又说道：“陛下御宇，与高祖不同，高祖手定天下，应该宵衣旰食，今四海承平，府库充实，何必效法先人，自取勤苦呢？”炀帝乃心喜道：“郭衍与朕同心，才不愧是忠臣。”以佞为忠，怎能长治？独司隶大夫薛道衡，上高祖颂，炀帝怅然道：“这乃是《鱼藻》的寓意哩。”看官听着！《鱼藻》是《小雅》篇名，诗序谓刺周幽王。炀帝以道衡隐寓讥刺，将加罪谴，会议行新令，历久未决。道衡语人道：“向使高颎不死，裁决已多时了。”裴蕴与道衡未协，因劾道衡负才怨望，目无君上。炀帝即收系道衡，处以绞罪，妻子俱流徙且末，天下称冤。御史大夫张衡已出为榆林太守，寻复调督江都宫役。衡恃有旧功，颇自骄贵，唯闻薛道衡被戮，也为不平。适礼部尚书杨玄感，即杨素子。奉使至江都，与衡相见。衡他无所言，但说薛道衡枉死，至再至三。玄感即据言上报，又有江都丞王世充，奏称衡克减顿具，两人共劾一衡，不由炀帝不信，立发缇骑械衡，即欲加诛，转思大宝殿事，全出衡力，见九十回。不得不暂从宽典，免官贷死，放归田里。吏部尚书牛弘，学博量宏，素安沉默，得进位上大将军，改授右光禄大夫，至是病死，赙赠甚厚，追封文安侯，赐谥曰宪。隋朝文武官吏，唯弘富贵终身，不遭悔吝。史称他事上尽礼，待下尽仁，所以无好无恶，安然没世。弘弟名弼，好酒使性，尝射杀弘驾车牛，弘自公退食，妻迎语道：“叔射杀牛。”弘怡然道：“便可作脯。”至弘既坐定，妻又与语道：“叔忽射杀牛，大是异事。”弘但言已知，仍然无言。宽和如此，故终得免难。看官以为如弘行止，究竟可取不可取？想列位自有定评，无庸小子哓哓了。同流合污，为德之贼。

且说炀帝安处东都，与萧后及十六院夫人，整日行乐。显仁宫及芳华苑，两处交通，中为复道，夹植长松高柳，御驾往来无常时，侍卫多夹道值宿，后庭佳丽，日多一日，今夕到这院留宿，明日到那院盘桓，或私自勾挑，或暗中牵合，不但十六院夫人，多被宠幸，就是三百二十名美女，有时凑着机缘，也得幸沾雨露。最邀宠的有几个芳名，什么朱贵儿，什么袁宝儿，什么韩俊娥，还有雅娘、杳娘、妥娘等美人，几不辨什么姓氏，但教容貌生得俊媚，身材生得袅娜，都蒙皇恩下逮，命抱衾裯。甚至僧尼道士，亦召入同游，叫作四道场。或在苑中盛陈酒馔，不分男女，随派入座。从前高祖嫔御，往往令与皇孙燕王倓，梁公萧巨，千牛官名。左右宇文晶，同列一席；僧尼道士，令与女官同列一席；自与后妃宠姬，同列一席。履舄交错，巾钗厮混，简直是不拘形迹，杂乱无章。甚至杨氏妇女，擅有姿色，亦公然留髡。就是妃嫔公主，亦免不得与幸臣交欢。女官尼觋，勾通僧道。炀帝也置诸不问，算是盛世宏恩。诙谐得妙。又尝泛舟五湖，御制《望江南》八阕，分咏湖上八景，小子叙录如下：

（一）湖上月，偏照列仙家；水浸寒光铺枕簟，浪摇晴影走金蛇，偏欲泛灵槎。光景好，轻彩望中斜。清露冷侵银兔影，西风吹落桂枝花，开宴思无涯。

（二）湖上柳，烟里不胜摧；宿雾洗开明媚眼，东风摇动好腰肢，烟雨更相宜。环曲岸，阴伏画桥低。线佛行人春晚后，絮飞晴雪暖风时，幽意更依依。

（三）湖上雪，风急堕还多；轻片有时敲竹户，素华无韵入澄波，望外玉相磨。湖水远，天地色相和。仰面莫思梁苑赋，朝来且听玉人歌，不醉拟如何？

（四）湖上草，碧翠浪通津；修带不为歌舞缓，浓铺堪作醉人茵，无意衬香衾。晴霁后，颜色一般新。游子不归生满地，佳人远意寄青春，留咏卒难伸。

（五）湖上花，天水浸灵芽；浅蕊水边勾玉粉，浓苞天外剪明霞，只在列仙家。开烂漫，插鬓若相遮。水殿春寒幽冷艳，玉轩晴照暖添华，清赏思何赊？

（六）湖上女，精选正轻盈；犹恨乍离金殿侣，相将尽是采莲人，清唱漫频频。轩内好，嬉戏下龙津。玉管朱弦闻尽夜，踏青斗草事青春，玉辇从群真。

（七）湖上酒，终日助清欢；檀板轻声银甲缓，醅浮香米玉蛆寒，醉眼暗相看。春殿晚，仙艳奉杯盘。湖上风光真可爱，醉乡天地就中宽，帝主正清安。

（八）湖上水，流绕禁园中；斜日缓摇清翠动，落花香暖众纹红，蘋末起清风。闲纵目，鱼跃小莲东。泛泛轻摇兰棹稳，沉沉寒影上仙宫，远意更重重。

这八阕词句，令宫女演习歌唱，每当月夜泛湖，歌声四起，一派脆生生的娇喉，真个似黄莺百啭，悦耳动人。就中有几个通文侍女，更将原阕分成波折，抑扬顿挫，愈觉旖旎风光，足动炀帝游兴。

一夕，炀帝泛舟北海，与内侍十数人同登海山，忽月光被薄云遮住，夜色迷濛，当然是不便上登，就在海旁观澜亭中小憩。炀帝正带着三分酒意，醉眼模糊，凭栏四望，恍惚有一扁舟过来，舟中似有数人，还疑是十六院中的美人儿，前来迎驾。霎时间驶在亭前，有一人首先登岸，报称陈后主谒驾。炀帝忘他已死，且前与陈后主时常会晤，颇觉气味相投，至此即令传见，才阅片时，果见陈后主款段前来，所着服饰，仿佛似做长城公形状。炀帝忙起身相迎，陈后主屈身再拜。炀帝忙用手搀住道："朕与卿本是故交，何必拘此大礼。"说着，便令他旁坐。彼此已经坐定，陈后主开口道："忆昔与陛下交游，情爱与骨肉相同，今日陛下贵为天子，富有四海，尚记得陈叔宝否？"炀帝惊问道："卿别来已久，今在何处？"陈后主道："亡国主子，何处寄身？无非往来飘泊，做一个异乡孤客罢了。"炀帝又道："卿如何知朕在此，前来一会？"陈后主道："闻陛下得登大宝，安享承平，心甚钦服，但初意总道陛下勤政爱民，得臻至治，哪知陛下亦纵乐忘返，取快目前，无甚美政。今又凿通洪渠，东游维扬，自觉一时技痒，特来献诗数章。"说罢，便从怀中取出一纸，捧呈炀帝。炀帝闻陈后主言，已是不悦，勉强接阅诗词，巧值月色渐明，乃凝神细视，但见纸上写着：

隋室开兹水，初心谋大赊。一千里力役，百万民吁嗟。水殿不复返，龙舟成小瑕。溢流随陡岸，浊浪喷黄沙。两人迎客至，三月柳飞花。日脚沉云外，榆梢噪冥鸦。如今游子俗，异日便天家。且乐人间景，休寻海上槎。人喧舟番岸，风细锦帆斜。莫言无后利，千古壮京华。

炀帝阅罢，似解非解，但诗意总带着讥讽，不由的愤怒起来，便携衣起坐道："死生有命，兴亡有数，尔怎知我开河通渠，徒利后人？"陈后主亦起身道："看汝豪气，能得几日，恐将来结果，还不及我哩。"一面说，一面走。炀帝亦从后追逐，又听陈后主揶揄道："且去且去！后日吴公台下，少不得与汝相见。"炀帝也不辨语意，尚用力追去。那陈后主已是下舟，舟中有一绝世美人，花容玉貌，倾国倾城，可惜月光半明半灭，急切里看不清楚，正思回呼左右，拘留此舟，不料海面上卷起一阵阴风，吹得毛骨森竖，待至风过浪平，连扁舟俱已不见，还有什么丽姝。观此可以悟道。炀帝到了此时，方猛然惊悟，自思叔宝早死，舟中美人，大约便是张丽华，两人都是鬼魂，如何与我相见？当下吓了一身冷汗，便把双眼睁开，仔细一望，仍然坐在亭中，便问左右道："你等曾看见什么？"左右道："不曾看见什么，但见万岁爷默然无言，恍似假寐，所以不敢惊动。"炀帝越加惊疑，忙出乘原舟，返入西苑，就近至迎晖院来。院妃王夫人接着，炀帝便与谈及陈后主相见事，王夫人也觉称奇，独朱贵儿入传道："日有所思，夜有所梦，莫非陛下回忆张丽华，所以幻出这般奇梦。且怎知非花月精魂，晓得万岁在海中寂寞，故来与陛下相戏，此等幻梦，何足介意！"实是被鬼揶揄。炀帝听了，方才释疑。是夕便在迎晖院留宿，不劳絮叙。

既而夏气喧烦，苑中草木虽多，遮不住天空炎日，昼间未便冶游，到了日沉月上，清风拂暑，院落迎凉，炀帝但带着矮民王义，悄悄的入栖鸾院，院妃李庆儿方仰卧帘下，沉睡未醒，可巧月光映面，炀帝见她柳眉半蹙，檀口微张，杏靥上现出一种慌张情态，好似欲言难言，炀帝指语王义道："她莫非梦魇不成，快与我叫她醒来！"义走到榻前，连叫数声李娘娘。庆儿方得醒寤，已挣得满身珠汗，弱不胜娇。炀帝亲自将她扶起，坐了半晌，方才明白，起身下拜道："妾适在梦寐，未知驾临，有失迎候。"炀帝道："且住！卿梦中有何急事，露出这般慌张。"庆儿道："妾正在梦魇，亏得陛下着人唤醒，但梦中情节支离，是吉是凶，妾不敢直说。"炀帝道："但说何妨。"

庆儿道："妾梦见陛下如平时一般，携了妾臂，往游各院，到了第十院中，李花盛开，陛下入院高坐，开宴赏花，妾仍侍侧，哪知一阵风起，花光变作火光，烈腾腾的烧将过来，妾避火急奔，回视陛下尚在烈焰中，急忙呼人救驾，偏偏四面无人，妾正急杀，却得陛下唤醒，这梦不知主何吉凶。"炀帝沉吟半晌，方强解道："梦兆往往相反，梦死正是得生，火势威烈，朕坐火中，正是得威得势，有何不吉？"庆儿乃喜。炀帝复令摆酒压惊，饮到夜静更阑，方共作阳台好梦。

晓起已迟，出过明霞院，正与院妃杨夫人相值。杨夫人且笑且语道："陛下来得正好，妾正要前来报喜。"炀帝问有什么喜事？杨夫人道："酸枣县所献玉李，竟尔暴兴，荫达数亩。"炀帝淡淡的答道："玉李何故忽盛？"杨夫人道："昨夕院中各人，闻空中有人聚语道：'李木当茂'，今晓往视，果然茂盛无比。"炀帝正因庆儿梦见李花，今又闻玉李忽盛，料知不是吉兆，便顾语王义道："你去传语院役，还将玉李伐去。"义答道，"木德来助，正是瑞应，即使不祥，亦望陛下修德禳灾，伐树何益？"语颇有理。炀帝乃止，就在明霞院中勾留一日。越宿，往幸晨光院，院妃周夫人迎报道："院中杨梅，今已繁盛。"炀帝喜问道，"杨梅茂盛，能如玉李否？"旁有宫女答道："尚不及玉李的浓荫。"炀帝不答，掉头径去。后来梅李同时结实，院妃采实进献。炀帝问二果孰佳？院妃道："杨梅虽好，味带清酸，终不若玉李甘美。"炀帝叹道："恶梅好李，岂是人情？莫非此中寓有天意么？"小子叙述至此，因作诗评驳道：

汤孙修德靥祥桑，玉李何能为国殃？
怪底昏君终不悟，徒将气运诿穹苍。

未几夏尽秋来，草木皆凋，炀帝又欲往幸江都，后妃等多不愿行，设法阻止。究竟能否阻住炀帝，且至下回续叙。

陈百戏于端门，全是一种张皇气象。不知外夷之向背，非在中国之富贫。且糜费愈甚，财力益枵，国赋所出，全在民力，民力已尽，试问将何以御外人？甚矣哉炀帝之愚也！且外人谓中国亦有贫民，何不将树上缯帛与之？其于中国之情势，已了如指掌；德不足怀，威不足畏，徒为外人所嘲讽，果奚补乎？海山见陈后主一节，正史不详，唯韩偓《海山记》，却有此说。运衰遇鬼，炀帝之气焰，已将尽矣。后文如庆儿之梦魇，玉李之忽茂，俱自韩偓记中采取而来。近如坊间之《隋唐演义》、《隋炀艳史》，亦尝采入，但彼多附会，此从简明，终非穿凿者所得比也。

第九十四回　征高丽劳兵动众
溃萨水折将丧师

却说大业六年，炀帝又欲南幸江都，因为洛阳宫苑，草木俱凋，无可留玩，偶然忆及江都富丽，且有琼花一株，非常鲜艳，前次曾经看过，此时不知如何景色，所以更欲一观。唯萧后以下，不耐跋涉，好好的婉言劝阻，偏炀帝执意不从，且对后妃等说道："卿等俱到过江都，应亦领略风景，与此处不同，不要说山川秀美，就是一花一木，也比此地格外鲜妍。并有琼花一株，是绝无仅有的珍品，今虽草木零落，当不似此间寂寞，所以朕更欲一游，聊抒愁闷。"说至此，有一美人接入道："陛下要不致寂寞，亦没有难事，限妾三日，管教这芳华苑中，百花开放。"炀帝瞧着，乃是清修院内的秦夫人，不禁冷笑道："卿有什么神术，能使万象回春？"秦夫人嫣然道："妾怎敢在天子前，谬作诳言？待三日后，自见分晓。"炀帝将信将疑，好容易过了三日，便至苑中探验真伪，一入苑门，果然花木盛开，芳菲斗艳，就是池沼中荷芰菱芡等类，亦皆翠叶纷披，澄鲜可爱。当下惊喜得很，极口称奇。那十六院夫人，已带了许多宫女，出来迎驾。秦夫人先笑问道："苑中花木，比江都何如？"炀帝迟疑道："朕且问卿这般幻术，从何处学来？否则现在天气，哪里有这样繁盛？"众夫人听了此语，不禁哑然失笑，惹得炀帝越觉动疑。再三穷诘，方由大众奏明，乃是翦彩为花，制锦作叶，费了三日三夜的工夫，才布置得簇簇新新。炀帝仔细审视，方能辨明赝鼎，确是一个糊涂虫。又向秦夫人说道："似卿这么慧想，也好算巧夺天工了。"遂与众夫人到处游玩，但见红一团，绿一簇，仿佛与春间无二。待至游兴已阑，便往清修院中，小作勾留。秦夫人早已备好肴馔，请炀帝上坐，自与众夫人递相劝酬，把炀帝灌得烂醉，便在院中倦卧。到了酒消醉醒，已是昏黄，众夫人俱已散去，但有秦夫人侍坐榻前，瞧见炀帝醒来，当然递过香茗，畀他解渴。炀帝见秦夫人晚妆如画，别饶丰韵，不由的引起欲火，索性叫她卸衣侍寝。秦夫人乐得承恩，先替炀帝脱去龙袍，然后自己亦解衣入帏，云雨巫山，销魂真个，这也是数见不鲜，不容描摹了。

且说秦夫人翦彩为花，制锦作叶，又把炀帝留住游赏，安居一二旬，但假花假叶，色易黯敝，虽经宫人时常掉换，终究是鱼目混珠，艳而不芳。炀帝复觉生厌，仍决计往江都一行。后妃等不好拦阻，听他启銮，唯萧后未曾随往，十六院夫人，也不过去了一小半。外如宫娥彩女，随意拣选数百名，随着炀帝，仍坐龙舟南驶。沿途自有卫士拥护，不过比第一次南下时，已觉得轻车减从，许多简便，途中观山览水，随意消遣，不多日已抵江都。江都宫监王世充，已将宫室赶筑，大致告成，并选得若干美女，入宫执役，一闻驾到，便出郊迎谒，导引炀帝入城。炀帝至宫中巡视，凡一切布置，尽皆合意，又见诸宫女统来叩谒，无一非仪容俊雅，眉目轻盈。炀帝顾着世充，很是嘉奖。世充口才，本来便佞，又经炀帝奖赏，更觉极口献谀，炀帝便将所携金帛，赏给若干，世充当然拜谢。且知炀帝嗜好，唯酒与色，便即呈上美酒盛馔，并令在宫女役，各携乐器，弹唱歌舞。那吴女一副歌喉，乃是天生成的娇脆，不比那北里胭脂，细中带粗，炀帝听了，只觉得靡靡动人，沁及心脾。唯所歌的多是本乡小调，不甚合宜，乃命世充录述《清夜游》曲，指导宫女，这《清夜游》曲系炀帝自撰，东都宫女，都能口诵，经世充录示诸女，到底吴中丽质，聪慧过人，有一半粗通文墨，用心默记，便能一一背诵，随口成腔；于是一半儿唱歌，一半儿鼓乐，炀帝且饮且听，但闻清声摇曳，歌云：

洛阳城里清夜矣，见碧云散尽，凉天如水，须臾山川生色，河汉无声，一轮金镜飞起，照琼楼玉宇，银殿瑶台，清虚澄澈真无比。良夜情不已，数千万乘骑，纵游西苑，天街御道平如砥，马上乐竹媚丝姣，舆中宴金甘玉旨。试凭三吊五，能几人不愧圣德穷华靡，须记取隋家潇洒王妃，风流天子。这是补录《清夜游》曲，故借此叙入，看官莫被瞒过！

炀帝见吴女绣口锦心，乐不可支，等到酒阑歌罢，便就吴女中拣选数名，留之旁侍。世充已知炀帝微意，即请炀帝安寝，拜辞出宫。炀帝挈领数名侍女，退入寝室，大约是轮流供御，从心所欲便了。但琼花已是凋谢，须待明春再开，炀帝就羁留江都，且思东游会稽，便命凿通江南河，自京口直达余杭，共计八百余里，使得通行龙舟。怎奈一时不能告成，只好耐心待着。

会接虎贲郎将陈棱捷报，乃是发兵航海，袭破琉球，击毙国王遏剌兜，虏归男女数千人，因此报功。原来琉球为东海岛国，风俗略似倭人，倭人即日本国，比琉球为大，大业四年，倭王阿每多利思北孤，日史称推古帝。曾贻隋书，有云："日出处天子致书日没处天子无恙。"炀帝览书不悦，传旨鸿胪卿，谓蛮夷书如或无礼，勿再上闻。越年，乃遣文林郎裴清使倭国，倭王却优礼相待，并遣使人随贡方物。炀帝面问倭使，方知倭国东南，尚有琉球，因遣羽骑尉朱宽入海，赍诏宣抚。偏琉球国王不肯奉诏，宽当即还报，始令陈棱袭击。棱既得破灭琉球，炀帝更欲从事高丽，征高丽王高元入朝。看官阅过上文，应知炀帝在突厥时，已谕令高丽使臣，饬令朝贡。见九十二回。此时已越两年，高丽王并未应命，再行遣使征召，仍然不至。炀帝不禁动怒，拟即发兵亲征，课令天下富民，买马给役，每匹贵至十万钱，并饬戍官镇将，简阅器仗，务求精新，如或滥恶，立诛无贷。为这一役，又不免骚动中原。天下本无事，庸人自扰之。

到了大业七年的仲春，炀帝自江都出发，带了许多宫女，仍驾龙舟，经过永济渠，北向涿郡，途次颁诏四方，不论远近将士，概令会齐涿郡，东讨高丽。又敕幽州总管元弘嗣，速往东莱海口，造船三百艘。弘嗣不敢违慢，带同属吏，昼夜督造，工役日立水中，未尝少休，自腰以下，均皆生蛆，几乎十死三四。炀帝轻视民命，又发江、淮以南水手万人，弩手三万人，岭南排镩手三万人，并饬河南、淮南、江南三处，造戎车五万乘，送至高阳，供载衣甲幔幕，令兵士自挽赴军，再调两河民夫，供给军需。嗣又拨派江、淮民船，输运黎阳及洛口诸仓米，并至涿郡。舳舻千里，往返常数十万人，日夕不停，死亡相继。炀帝行抵涿郡，驻驾临朔宫，所有文武从官，俱令给宅安居，自在宫中迷恋酒色，不减平时。唯朝征粮，暮征兵，三令五申，不管兵民死活。可奈道途多阻，转运维艰，一时不能会集，没奈何捱延过去。自大业七年初夏开始，直至次年孟春，天下兵民，方趋集涿郡。

炀帝召入合水令庾质，当面询问道："高丽兵民，不能当我一郡，今朕悉众往讨，卿以为必克否？"庾质答道："以众临寡，何患不克？但不愿陛下亲行。"炀帝变色道："朕统兵至此，怎可未战先退，自挫锐气？"质又说道："胜负乃兵家常事，战若未克，反损威灵，不如车驾留此，但命猛将劲卒，指授方略，倍道兼行，出敌不意，方可必克。兵贵神速，迁缓便恐无功了。"炀帝不从，反叱责道："汝既惮行，尽可留此。"遂诏分全军为左右两翼，左十二军出镂方、乐浪等道，右十二军出粘蝉、襄平等道，络绎登程，总集平壤，共得一百十三万三千八百人，号称二百万，馈运饷糈，人数加倍。炀帝祃纛启行，亲授节度，每军置大将亚将各一人，骑兵四十队，队各百人，十队为团，步兵八十队，分作四团，团各有偏将一人，铠胄缨拂旗旛，每团异色，辎重散兵等，亦为四团，令步兵夹进，进止立营，各有次序。前军先行，后军继进，相距约四十里。御营六军，最后出发。历四十日，方才尽出涿城，首尾衔接。鼓角相闻，旌旗绵亘九百六十里，直是近古以来，少见少闻的军仪。不是行军，实同儿戏。途次，复令段文振为左候卫大将军，出南苏道，文振在道中婴疾，上表行在，略云：

> 窃见辽东小丑，未服严刑，远降六师，亲劳万乘。但夷狄多诈，须随时加防，即日陈降款，亦不宜遽受。唯虑水潦方降，毋或淹迟，伏愿严勒诸军，星驰速发，水陆俱前，出其不意，则平壤孤城，势可拔也。若倾其本根，余城自克。如不及早裁定，待遇秋霖，必多艰阻，兵粮既竭，强敌在前，靺鞨出后，迟疑不决，非上策也。臣不幸遘疾，命在须臾，恐不能效力戎行，为国杀贼，自知罪戾，有辜圣恩，所望陛下扫除小丑，指日凯旋，则臣虽死，亦瞑目矣。谨此上闻！

炀帝览表，尚未以为然，未几，即接到文振死耗，炀帝虽然痛惜，但如文振表中所言，仍是疑信参半，好几日始至辽水，众军总会，临水为阵。高丽兵阻水拒守，隋军不得前济。右屯卫大将军麦铁杖语人道："丈夫性命，自有定数，怎能卧死儿女子手中呢？”乃自请为前锋，并语三子道：“我受国厚恩，今当死战。我若战死，汝等得长保富贵了。”为儿孙作马牛，亦属何苦。会工部尚书宇文恺，奉敕造浮桥三道，夤夜告成，引桥架辽水上面，自西至东，桥短丈余，不能相通，高丽兵大至，隋兵赴水接战，溺死甚众。麦铁杖一跃登岸，闯入高丽阵内，虎贲郎将钱世雄、孟乂，亦跃过中流，与麦铁杖先后杀入，十荡十决，差不多与猛虎一般，高丽兵亦被杀无数。怎奈后队不能跃上，徒令三人奋身死斗，毕竟势孤力竭，相继捐躯。隋军不得已敛兵引桥，复就西岸。

炀帝闻铁杖战死，追赠为宿郡公，使长子孟才袭爵，次子仲才、季才，并拜正议大夫。更命少府监何稠，督工接桥，二日乃成，再架水上。诸军依次奋进，得渡辽水，大战东岸，杀得高丽兵七零八落，死了万人，余众都遁入辽东城。隋军乘势进攻，把辽东城团团围住。炀帝亦渡辽东进，命尚书卫文升招抚辽左人民，免役十年，且下诏戒谕诸将道：“朕此次东征，吊民伐罪，并非为功名起见，诸将或不识朕意，轻兵袭击，孤军独斗，徒思为己立功，冀邀爵赏，实非大军行法本旨。卿等进军，但当分为三道，有所攻击，必须三道相知，毋得轻进，猝致丧亡。并且军事进止，概宜预先奏闻，静待复报，如有专擅，就使有功，亦必加罪。”还想沽名，比宋襄犹且不如。诸将接到这道谕旨，莫敢先动。

高丽兵守御辽东城，日久未下。炀帝又觉焦急，亲阅城池形势，但见城不甚高，濠亦不甚广，偏如此旷日无功，想是将士疲玩所致，因复召诸将诘责道：“尔等竟视朕为木偶么？朕欲东征，尔等多不愿朕来，今朕既到此，正欲观尔等所为，果然尔等畏死，不肯尽力，难道朕不能加刑，乃敢这般玩法么？”说至此，声色俱厉。自相矛盾，叫人如何措手？诸将相率惊惶，并皆谢罪。于是右翊卫大将军来护儿，决计进攻平壤，自率江、淮水军，浮海先进，渡入浿水，去平壤约六十里，与高丽兵遇，乘锐邀击，大破敌兵，便麾兵进攻平壤城。副总管周法尚，从旁谏阻，谓宜俟各军偕至，然后进攻。护儿不听，即简精甲四万，直逼城下。高丽兵出来搦战，护儿督兵交锋，未及数合，高丽兵便即退回。护儿驱军入城，城门却也未闭，一任隋军掩入。明是诈计。隋军一入城闉，就分头四掠，无复步伍，哪知城闉左右的空寺中，都有高丽兵伏着，一声胡哨，两旁杀出，好似斫瓜切菜一般。护儿见不是路，忙鸣金收军，军士半在城内，半在城外，内外不复相顾，死的死，逃的逃。护儿狼狈逃回，高丽兵在后追逐，还亏周法尚整军接战，方将高丽兵击退。护儿收拾残众，还屯海浦，不敢再进。其进锐者其退速。

左翊卫大将军宇文述，出扶余道，右翊卫大将军于仲文，出乐浪道，左骁卫大将军荆元恒，出辽东道，右翊卫将军薛世雄，出沃沮道，右屯卫将军辛世雄，出玄菟道，右御卫将军张瑾，出襄平道，右武候将军赵孝才，出碣石道，涿郡太守左武卫将军崔弘升，出遂城道，右御卫虎贲郎将卫文升，出增地道，这九军同时出发，约至鸭绿水西岸会齐。人马皆赍百日粮，又给排甲枪槊，并衣资戎具营帐等类，每人须负重三石，力不能胜。宇文述下令军中，如有遗弃粮仗，立斩无赦。士卒不堪负担，悄悄的掘了坑堑，埋窖粟米，才至中道，粮已将尽。高丽遣大臣乙支文德，诣营诈降。于仲文拟拘住文德，偏尚书右丞刘士龙为慰抚使，谓不应遽执来使，失外人心。仲文乃遣归文德，嗣复自悔，遣人往追，但说是尚有余议，诱令复来，那文德掉头不顾，渡江自去。仲文既失文德，甚是懊怅，及与宇文述相会，述因粮尽欲归，仲文还说是亟追文德，可以报功，述不愿再行。仲文悻然道："将军统十万众，不能击破小丑，何面目回见主上？且仲文此行，早知无功，试想将多士众，人不一心，如何胜敌？"述不得已与诸将渡过鸭绿水，力追文德。

高丽将士见隋军已有饥色，料知不能久持，佯用羸兵诱敌，每战辄走。自朝至暮，述七战七捷，恃胜骤骄，遂东渡萨水，距平壤城三十里，因山为营。文德复遣人诈降，向述传语道："公若旋师，当奉高元来朝行在。"述见士卒疲敝，不可复战，又见平壤城险固难下，权时允许，引军西还。令部众结一方阵，防备不虞。果然高丽兵四面抄击，没奈何且战且行。及回渡萨水，各军半济，高丽兵从后掩击，隋将军辛世雄阵亡。隋军已无斗志，又见世雄战死，顿时惊溃，不可禁止。一日一夜，奔还鸭绿水，行至四百五十里。来护儿闻述等败归，亦自海浦奔回，唯卫文升一军独全。

先是九军渡辽，共三十万五千人，及返至辽东城，止二千七百人，资储器械，丧失殆尽。炀帝大怒，锁系宇文述等，收军驰还，留民部尚书樊子盖，居守涿郡，自驾龙舟还东都。宇文述素得上宠，子士及又尚帝女南阳公主，故炀帝不忍加诛，独斩刘士龙以谢天下，夺于仲文等官爵，进卫文升为金紫光禄大夫。诸将皆委罪仲文，所以诸将得释，唯仲文不赦。仲文忧恚成疾，方得出狱，但已是病重身危，未几即死。得保首领，还是幸事。前御史大夫张衡，已经放黜，炀帝恐他怨谤，尝令人伺察，至从辽东还驾，忽由衡妾上书告变，讦衡怨望谤讪。衡不知有君，无怪衡妾不知有衡。有诏赐令自尽，遣使监视。衡临死大言道："我为人作何等事，还敢望久活么？"监刑官自塞两耳，促令搤毙。

未几，又是大业九年，炀帝复欲再征高丽，征集天下兵至涿郡，且募民为骁果，因命代王侑留守西京，授卫文升为刑部尚书，使辅代王。越王侗留守东都，民部尚书樊子盖为辅，再议东击高丽，并诏复宇文述官爵，谓前时兵粮不继，致丧王师，这是由军吏供应不周，并非述罪，可仍令以原官统军，寻又加开府仪同三司。孟夏四月，复启跸东征，遣宇文述为前驱，与上大将军杨义臣，同趋平壤。左光禄大夫王仁恭，出扶余道，仁恭进军至新城，高丽兵数万拒战，仁恭率劲骑千人，首先突阵，击破高丽兵。高丽兵入城固守，炀帝自统大军攻辽东城，守兵随机守御，兼旬不拔，炀帝遍征攻具，四面扑城，仰攻用楼梯，俯攻用锹凿，终不见效。乃又饬造布囊百余万件，满贮土石，堆积城下，高与城齐，令战士上登攒击。又制八轮楼车，高出城墙，车上乘了弩手数百人，弯弓竞射。城中防不胜防，危蹙万状，正要一鼓攻入，不料内讧迭起，警报频来，遂令这位荒淫骄纵的隋炀帝，只好引军折回。小子有诗叹道：

无端劳动四方兵，功未成时祸已成。
试看黎阳生巨变，乱阶毕竟始东征。

欲知内乱详情，请看官续阅下回。

炀帝之征高丽，聚天下兵顿于一城，彼不过夸耀兵威而已，安知兵法？夫曹操赤壁，苻坚淝水，皆以兵多致败，岂有劳师万里，水陆淹留，尚可痴望成功耶？庾质、段文振，相继进谏，言皆可行，乃听之藐藐，反戒诸军轻进，坐误因循，及辽东城相持不下，乃责诸军疲玩，以致来护儿、宇文述等，躁进丧师。至于督兵再举，不惩前辙，是即无内讧之猝起，恐亦不败不止耳。王者耀德不观兵，德无可言，徒欲以兵力屈人，试鉴诸隋炀而已然矣。

第九十五回　杨玄感兵败死穷途　斛斯政拘回遭惨戮

却说高丽事起，征兵索粮，骚动天下，百姓不堪供亿，铤而走险，相聚为盗。邹平民王薄，据长白山，此系山东之长白山。自称知世郎。平原民刘霸道，据豆子䴚，号为阿舅贼。蓚人高士达，聚众清河，鄃人张金称，聚众河曲，还有漳南人窦建德，也与同县孙安祖，戕官起事，攻陷高鸡泊，做起草头大王来了。既而济阴孟海公，齐郡孟让，北海郭方预，平原郝孝德，河间格谦，渤海孙宣雅，接踵为乱。暴客饥民，相率趋集，多或至十余万人，少亦数万，所在剽掠，村邑为墟。是时承平日久，人不习兵，地方官吏，与贼接战，往往败却。唯齐郡丞张须陁，骁勇果决，连败王薄、郭方预等，须陁部下有罗士信，年方十四，持槊当先，贼不敢进，每次交锋，必与须陁并进，贼众无不辟易，所以战无不克。但群盗如毛，山东麋烂，单靠张须陁一军，也只能保护一方，不能四面兼顾，坐是彼出此没，无术荡平。炀帝虽有所闻，尚说是幺么小贼，不足为虑，所以再出东征。偏有一个勋臣后裔，也乘势揭竿，起兵黎阳，遂令炀帝心中惶急，不得不搁起外事，还戢内忧。

看官道黎阳起事，究是何人？原来就是楚国公杨素子玄感。本回以玄感为主，故上文群盗，只用简笔略过。玄感体貌雄伟，膂力强盛，善骑射，好宾客。蒲山郡公李密，世为北周将领，父宽为隋初柱国，密得袭父爵，官左亲侍，与玄感为刎颈交。密有智术，尝语玄感道："临阵决胜，密不如公，居内运筹，公不如密。"玄感深服密言，故往来莫逆。会玄感迁任礼部尚书，奉炀帝诏敕，至黎阳督运，因闻山东盗起，乱事已发，料知天下从此多事，且乃父死时，炀帝尝谓素若不死，终当族灭，因此引以为忧。虎贲郎将王仲伯，汲郡赞治赵怀义，并为玄感腹心。玄感密与计议，欲令东征各军，乏粮致变，特使粮船故意逗留，可以伺隙起兵。玄感弟武贲郎将玄纵，及鹰扬郎将万硕，均从征辽东，由玄感密书招还。又令人至京师召出李密，令与季弟玄挺，同抵黎阳。适将军来护儿，调集舟师，从东莱入海，将趋平壤。玄感即欲发难，暗遣家奴绕道东方，伪充驿使入城，托言护儿愆期谋反，煽惑人心，遂径入黎阳城，大索男夫。并移书旁郡，以讨护儿为名，令各发兵，会集仓所。既欲发难，何妨声明昏主过恶？乃徒诬及来护儿，欺诱军吏，是与汉王谅起兵时同一谬误。即用赵怀义为卫州刺史，东光县尉元务本为黎州刺史，河内主簿唐祎为怀州刺史。唐祎不肯受令，暗地逃回。

御史游元，与玄感共同督运，亦有违言。玄感与语道："独夫肆虐，陷身绝域，正是天使灭亡，我今大举义师，往诛无道，君意以为何如？"元正色道："尊公荷国宠荣，近古无比，公门皆拖青纡紫，正应竭诚尽节，上答鸿恩，奈何坟土未干，即图反噬？仆但知以死报君，不敢闻命。"玄感怒起，把他囚住，元始终不屈，竟为玄感所杀。乃就运夫中选集丁壮，得五千余人，舟子三千余人，刑牲誓众，当面宣谕道："主上无道，不念民生，天下骚扰，从征辽东的兵民，死了无数，今与君等起兵，往救百姓，岂不甚善？"大众踊跃听命。玄感大喜，遂勒兵分部。可巧李密与玄挺偕来，玄感倒屣迎入，向密问计。密答说道："天子远在辽东，公能出其不意，长驱入蓟，扼住咽喉，高丽闻有内变，必从后蹑击。不出旬日，征东各军，资粮皆尽，就使不降，亦必溃散，这乃是今日的上计。"玄感道："中策若何？"密又道："关中为都城所在，今若率众西行，经城勿攻，直取长安，天子虽还，根本已失。公据险临敌，进可战，退可守，尚不失为中计。"玄感又道："此外便为下策吗？"密复道："公若随近逐便，直向东都，一鼓突入，亦足号令四方，但恐唐祎往告，先已固守，引兵攻战，必延岁月。百日不克，天下兵四面兜聚，大势一去，恐无能为了。"李密三策，剀切详明。玄感笑道："今百官家口，俱在东都，我若得取，先声夺人，从征官吏，不寒而栗，如公下计，实是上策。若冒险入蓟，恐成孤注，改图关中，又嫌迂远。且经城勿攻，如何示威？我却不愿出此哩。"遂不从密言，竟引众向洛阳，遣弟玄挺率骁勇千人，充作前锋，先取河内。唐祎已入城拒守，一面飞报东都贸守越王侗。侗急与樊子盖等，勒兵为备，修武县兵民，亦相率守临清关。玄感不能度，乃至汲郡南渡河，亡命诸徒，相从如市。不到数日，有众数万，乃使弟积善，率兵三千，自偃师南沿洛水，向西进取，玄挺自白司马坡逾邙山，向南进行，玄感自领三千余人，从后接应。

东都留守越王侗，遣河南令达奚善意，统兵五千人，出拒积善，将作监河南赞治裴弘策，统兵八千人，出拒玄挺。善意至洛南，立营汉王寺，及积善兵到，未战即溃，铠仗皆为积善所取。弘策行至白司马坡，一战败走，退三四里，复收集散兵，列阵待着。玄挺徐至，连战至四五次，弘策皆败，奔还东都，玄挺直抵大阳门，玄感亦从后继至，屯上春门，尝对众宣誓道："我身为上柱国，家累巨万金，还要求什么富贵？今起兵来此，不顾灭族，无非欲解百姓倒悬，不得不尔，请大众原谅？"众闻言皆悦，父老争献牛酒，子弟亦诣军门自效，每日不下千数。内史舍人韦福嗣，出敌玄感，兵败被擒。玄感优礼相待，使掌文翰，令贻樊子盖书，直数炀帝罪恶，谓欲废昏立明，请勿拘小礼，自贻伊戚。子盖不答，复使裴弘策出战，弘策失利而还。子盖部署败军，再使弘策出击，弘策不肯行，被子盖叱出斩首，由是将吏震肃，令行禁止。玄感尽锐攻城，子盖随方拒守，一守一攻，杀伤相当。

西京留守代王侑，闻东都被围，忙遣副守卫文升督兵往援。文升至华阴，掘杨素冢，暴骨扬灰。遂鼓行出崤渑，直趋东都，率二万骑挑战。玄感用羸兵诱敌，精兵后伏，引卫文升兵追来，一声鼓号，四面伏发，杀死文升兵无数。文升慌忙逃回，前驱已经尽毙，无一得生。越三日再行交兵，两军初合，玄感诈使人大呼道："官军已获得玄感了。"文升兵莫名其妙，东张西望，心不一致，那玄感却带领精骑数千，突入文升阵内。文升麾下，统被吓退，就是文升亦似入梦中，只好随众并走。玄感趁势斩获，一场蹂躏，把文升部曲三四万人，杀死了一大半，单剩了八千人，保护文升，狼狈退去。玄感却是能兵，可惜初计不善。玄感兵威大震，趋附益众，多至十万人。

右武候大将军李子雄，曾坐事除名，诏令从来护儿东征，图功赎罪。自玄感变起，炀帝防他潜应玄感，令锁子雄达行在，子雄竟杀死诏使，逃奔洛阳，投入玄感军中，劝玄感速称尊号。玄感转问李密，密答道："秦陈胜自欲称王，张耳进谏被斥，魏武帝将求九锡，荀彧劝阻见诛，今密欲正言相规，还恐追踪二子，若阿谀顺意，又与密本意相违，试想公自黎阳起兵，虽得战胜数次，究竟未定一郡，未服一县，至若东都守御，坚固难拔，天下救兵，指日将至，公不速挺身力战，早定关中，乃急欲自尊，未免示人不广，请公三思！”玄感狞笑无言，暂将称尊事缓议，但心中不免芥蒂，渐与密疏，专任元福嗣为心膂。福嗣每与划策，首鼠两端，密复谏玄感道：“福嗣本非同盟，实怀观望，明公初起大事，乃令奸人在侧，为所摇惑，他日必误军机，不如先诛为是。”玄感摇首道：“君所言太过，福嗣亦何至如此。”密退语所亲道：“杨公不信忠言，反昵匪类，恐我辈将一同为虏了。”何不速去？

已而炀帝返至涿郡，发兵四逼，使武贲郎将陈棱攻黎阳，武卫将军屈突通诣河阳，左翊卫大将军宇文述继进，右骁卫大将军来护儿，又从东莱还援，就是两战两败的卫文升，亦收拾余烬，进屯邙山南面，来决死战，与玄感一日数斗。玄感弟玄挺，伤重而死，余众少却。玄感方才知惧，又闻屈突通引兵将到，忙与李子雄商量对敌。子雄道：“屈突通晓习兵事，一得渡河，胜负难料，宜速分兵往拒，休使越河前来。”玄感依议，便欲遣兵拒通，偏樊子盖瞧破机关，屡出兵来扰玄感军营。玄感无暇分兵，眼见得屈突通军，长驱直至，于是东有屈突通，西有卫文升，更兼樊子盖自出夹攻，三路动手，任尔杨玄感如何骁勇，也是招架不住，三战三北，无法支持。玄感再向李子雄请计，子雄道：“东都援军四集，我师屡败，怎可久留？不如直入关中，据有府库，东向争天下，尚不失为霸王事业哩。”迟了。玄感乃释洛阳围，引众西行，至弘农宫。父老遮说玄感道：“宫城空虚，又多积粟，何不急攻？”玄感遂留兵攻扑，李密以为未可，促令急行，玄感仍然不从。督攻三日，终不能拔。还贪近利，不亡何时？那屈突通、宇文述等，陆续追至，玄感又不得不走，与追军且战且行。路过董杜原，为追军所困，玄感大败，仅率十余骑溃围出走，窜林木间，辗转至葭芦戍，饥渴交迫。玄感自知不免，返顾后面，只弟积善随着，乃泣叹道：“一败至此，尚有何言？我不能受人戮辱，汝可杀我。”积善情尚未忍，忽见后面尘头大起，料有官军追来，因抽刀斫死玄感，继即自刺，手颤刀落，已有追兵驰至，拘住积善，并玄感首俱送行在。积善伏诛，玄感首悬示行宫，并命将遗尸磔陈东都市。越三日，脔割付火，尽成灰烬。玄感弟玄纵万硕，自辽东潜逃，万硕至高阳，为监军许华所执，送斩涿郡。玄纵至黎阳，探得玄感败亡，微服私奔，不知下落。

尚有义阳太守玄奖，朝请大夫仁行，皆玄感弟，一在义阳受诛，一在长安被磔，余党悉平，独李密逃去。为后文伏案。

炀帝尚欲穷治党羽，命大理卿郑善果至东都，从严推勘。善果奋然道："玄感一呼，相从至十万人，可见天下不欲人多，多即为盗，不尽加诛，如何惩后？"遂派兵四捕，不分首从，一概枭首，所杀至三万余人。兵部侍郎斛斯政从驾东征，曾与玄感暗地通谋，至是恐株连坐罪，亡入高丽。政与弘化留守元弘嗣有婚媾谊，炀帝因政逃亡，遂疑及弘嗣，立遣卫尉少卿李渊，驰至弘化，把弘嗣拘入狱中，即令渊为留守。看官听说！这卫尉少卿李渊，系陇西郡成纪人，表字叔德，生得仪表雄伟，日角龙庭，若要追溯李氏世系，就是西凉武昭王暠七世孙，祖名虎，佐周代魏，赐姓大野氏。虎殁时得加封唐公，子昞袭爵。渊即昞子，复袭荣封，官拜卫尉少卿。至是留守弘化，便是唐朝发轫的初基。唐室始祖，应该详叙。炀帝怎能预料，总道他事君不贰，简放出去。那时李渊也确是效忠，依诏奉行。

炀帝自涿郡西还，安安稳稳的到了长安，但各处盗贼，仍所在蜂起。余杭人刘元进，手长尺余，臂垂过膝，自谓相表非常，阴蓄异志，当玄感起兵时，亦召集徒党，臂应玄感。玄感败死，元进气焰未衰，反得众数万人。吴郡人朱燮，晋陵人管崇，且纠合亡命，攻破吴郡，迎入刘元进，奉为天子。燮与崇为左右尚书仆射，署置百官。毗陵、会稽、建安诸郡民，多半响应。炀帝闻报，亟遣将军吐万绪，光禄大夫鱼俱罗，率兵南讨，击斩管崇。元进与燮结栅拒绪，屡败屡战，终不少息。绪因士卒疲敝，奏称天气骤寒，请待来春进讨。俱罗亦上言贼难骤平，且因诸子在洛，潜遣家仆往迎，偏为炀帝所闻，敕诛俱罗，召绪还京，另遣江都丞王世充讨元进，绪在道忧死。世充调兵渡江，连战皆捷，毙朱燮，枭刘元进，余贼四散。世充佯为下令，投降免死。散贼多闻风来降，共约三万余人，被世充引至黄亭涧，悉数坑死。尚有未降诸贼，自知不能逃生，索性再聚为盗，出没江淮。章邱、杜伏威，年仅十六，勇冠贼中，共推为主。临济辅公祏，下邳苗海潮，亦勾通伏威，横行淮南。就是山东诸盗，亦迭起不已。唯唐县出了一个妖人宋子贤，自称弥勒佛出世，不到数月，总算伏法。哪知东边的弥勒佛，方才扑灭，西方的弥勒佛，又复出现。扶风僧徒向海明，也自号弥勒佛，哄动愚夫愚妇，居然造反，旋且僭称皇帝，改元白乌。还是隋廷用了太仆卿杨义臣，出讨海明，才得将这位弥勒皇帝，赶往西方。弥勒佛想做皇帝，无怪他不能济事。偏又贼帅唐弼，拥立李弘芝为主，有众十万，号称唐主。东反西乱，此仆彼兴，已闹得不可开交。独炀帝念念不忘高丽，反以为刁民作乱，不足计较，仍征天下兵东征，群臣莫敢进谏。

大业十年仲春，炀帝复往涿郡，士卒在途，逃亡相继，好容易到了怀远镇，已是夏尽秋来，将军来护儿为前锋，引兵至卑沙城，高丽发兵迎战，阵亡甚众，败奔平壤。护儿当然追逼，途中接得高丽来使，奉书乞降，且愿送还斛斯政。护儿飞报行在，炀帝大喜，命执斛斯政班师。护儿奉诏，报知高丽。高丽即将斛斯政交出，令护儿带归行在。炀帝命将士奏凯入关，即将高丽使臣，与罪犯斛斯政，献告太庙。出什么风头？大将军宇文述进奏道："斛斯政有大罪，天地不容，人神同忿，若徒照国法处死，怎得惩戒乱贼？请变例处置！"炀帝允议，乃把政牵出金光门，缚诸柱上，令公卿百僚，更番迭射，以政为的。至矢集如猬，再将政尸支解，用镬烹炙，分食百官。百官多暗地抛去，唯几个佞臣媚吏，执肉大嚼，食至果腹，方才罢休。肉味如何？高丽使臣，赦免不诛，令他归语高元，速即入朝。高丽使去了多日，高元终不就征。炀帝再敕将帅整顿兵马，更图后举，但也是有名无实，行不顾言罢了。

未几，又有离石胡刘苗王造反，自称天子。汲郡人王德仁，亦起兵据林虑山，炀帝仍不以为意，又从西京出幸东都，太史令庾质谏阻道："近年三次伐辽，民实劳敝，陛下宜镇抚关内，使百姓尽力农桑，阅三、五年，四海人民，稍得丰实，然后出巡东都，方为合宜。"炀帝不悦，决计东幸。质辞疾不从，竟至激怒炀帝，系质下狱，质旋即瘐死。炀帝径往东都，犹幸宫苑依然，后妃无恙，彼此重谈旧事，叙及东都被围情状，统是唏嘘泣下。炀帝在石榴裙下，最能体心着意，好好的温存一番，能使人破涕为笑，于是红灯绿酒，檀板金樽，重复陈设，三千粉黛，又各使出狐媚手段，挑逗炀帝。炀帝恣情拥抱，捱次交欢，又不知有撩乱事。

温柔乡里，再过一年，是大业十一年。外面有军书报到，王世充大破齐郡贼孟让，还有余贼左孝文，也由齐郡丞张须陁讨平。炀帝很是喜慰，进世充为江都通守，须陁为河南讨捕大使。会涿郡人卢明月作乱，有众十余万，驻扎祝阿。须陁发兵邀击，相持十余日，粮尽将退，顾语将士道："贼见我退，必悉众来追，若率千人掩袭贼营，定可大捷，但不知何人敢往？"大众统面面相觑，不敢应令。独罗士信上前道："小将愿往。"言未已，又有一裨将应声道："琼亦愿往！"须陁大悦，便命两人悄悄出马，带着精兵千名，从旁道趋去。看官道琼是何人？原来就是历城人秦琼，表字叔宝，后来佐唐受命，绘像凌烟阁上，正是一位著名的健将。为了此人，方不略须陁之战。须陁弃营伪遁，果然贼渠卢明月，驱众力追，那罗、秦两将，探得贼众大出，便衔枚疾进，趋至贼栅。栅门已闭，两将猱升而入，杀死守贼数人，大开栅门，纳入外兵，随即放起一把无名火来，把贼寨三十余栅，一齐毁去。明月正追赶须陁，偶然回顾，遥见有一片火光，冲起霄汉，已是心惊，忽又来了一个贼目，报称营寨被焚，不得不还救根本，当下收众退回。须陁得趁势返击，大破贼众，明月只率数百骑遁去，后来转掠河南，为王世充所杀，当时谓须陁破贼，实是秦、罗二将，力破贼栅，因得立功。小子有诗叹道：

捣巢杀贼姓名标，列栅全归一炬烧。
可惜隋家王气尽，要图立绩在新朝。

须陁虽得破明月，但余贼四出，始终未能肃清，反且日甚一日。欲知后事，试看下回说明。

杨玄感发难黎阳，乘炀帝东征高丽，突然起兵，不可谓非良好之机会。但李密三策，以上策为最善。自来枭雄起事，非冒险不易成功。若中策则难得关中，安见隋军之不能四集？转斗于蜗角之中，坐自困敝，吾知其难也。或谓李渊得关中，终足兴唐，但彼一时，此一时，时势不同，安得相比？至下策则更不足道矣。玄感急进图功，至中策且不能用，兵败族夷，亦何足怪？但乃父杨素，实为弑君之首贼；首贼后嗣，苟能建功立业，天道何存？迫之反而绝其后，乃正所以见天道之昭昭也。斛斯政阴通玄感，亡入高丽，寻被高丽执送行在，惨死长安，政固自取其惑。而炀帝之酷虐不仁，亦可概见。况用兵三次，仅得一逃犯而归。乃尚告诸太庙，置诸极刑，彼以为刑一儆百，足以威民，讵知民不畏死，奈何以死惧之？此盗贼之所以迭兴，而隋之所以终亡也。

第九十六回　犯乘舆围攻紫寨
造迷楼望断红颜

却说涿郡贼卢明月，虽然败死，上谷贼王须拔，复自称漫天王，据地称燕国，更有贼渠魏刀儿，自称历山飞，彼此各拥众十万，北连突厥，南掠燕赵。炀帝闻盗贼蜂起，户口逃亡，乃诏百姓各徙入城，就近给田。郡县驿亭村坞，概令增筑城垒，随时加防。适有方士安伽陀，上言李氏当为天子，劝炀帝尽诛李姓。炀帝正怀隐忌，又记起乃父在日，尝梦洪水淹没都城，因迁都大兴。此时有郕公李浑，为隋初太师李穆第十子，世受崇封，宗族强盛。且既是李姓，浑字右旁又是从水，并浑从子将作监李敏，小名洪儿，有此种种疑案，不能不先发制人，因召李敏入内，说他小名不佳，适应谶语。敏愿即改名，哪知炀帝是叫他自杀，免受明刑，唯一时不便出口。敏惶惧得很，及退归后，便告知从叔李浑，两下里设法求生，免不得日夕私议密图良策。偏有人传将出去，竟被宇文述闻知，这宇文述正是李浑冤家，前此李穆病殁，嫡孙筠应该袭爵，浑将筠谋死，且向述乞援，愿将采邑所出，一半酬劳，述因代为吹嘘，使浑得袭父封。后来浑竟背了前约，毫不酬述，述大生忿恨，日思报怨，可巧炀帝有疑浑意，遂暗嘱郎将裴仁基等，劾浑与敏背人私议，潜图不轨。述固贪狠，浑亦自取。炀帝遂收浑叔侄，饬问刑官从严鞫治，始终不得确证。述恐案狱平反，又使人诈诱浑妻，教她急速自首，免累家族。浑妻但求活命，竟依述言。述代为作表，诬供浑久蓄反意，前曾因车驾征辽，谋立敏为天子，事虽不果，心终未忘。这道表文，迫浑妻签名上呈，眼见是将无作有，浑与敏死有余辜了。浑欲袭封而图侄，其妻欲活命而诬夫，天道好还，安得不畏。当下颁敕诛浑，并及侄敏。浑妻总道得生，偏又被述遣人鸩死。就是李浑宗族，也一古脑儿坐罪遭刑，一班冤死鬼，共入冥府，这真叫做死不瞑目呢。都人统为浑、敏呼冤，偏亲卫校尉高德儒，奏称鸾集朝堂，显符瑞应。炀帝召问百官，是否属实？百官明知德儒捣鬼，只好说是也曾目睹，俯伏称贺。炀帝色喜，擢德儒为朝散大夫，赐帛百端。及百僚退班，互问真伪，有几个说是孔雀二头，由西苑飞集朝中，转睛间即已翔去，大家始付诸一笑，散归私第去了。这与指鹿为马，相去不远。

是时突厥启民可汗已死，子咄吉世嗣立，亦受隋廷册封，赐号始毕可汗。始毕因义成公主，尚在盛年，未免暗中生羡，即欲据为已妻，好在公主随缘乐助，也肯降尊就卑，竟与始毕成为夫妇。始毕遂援着胡俗，表请尚主，炀帝推己及人，并不加驳，反说是从俗从宜，应该准奏。始毕喜出望外，亲至东都朝谒，炀帝照章优待，慰劳有加，好几日方才辞去。始毕颇有勇略，招兵养马，部落渐盛，隋黄门侍郎裴矩，因始毕日强，恐为后患，奏请封始毕弟咄吉设为南面可汗，分减突厥势力。炀帝却也依议，便遣使册封咄吉设，怎奈咄吉设素性懦弱，不敢受诏，隋使徒劳跋涉，捧诏还朝。始毕闻报，明知隋廷是有意播弄，暗生怨怼。裴矩因初计不成，复探得突厥达官史蜀胡，为始毕谋主，遂用甘言厚币，诱他入边，暗中却设着埋伏，把史蜀胡杀死。始毕失了谋臣，越觉怀恨，从此与隋有仇。无故开衅，裴矩可杀。

会因汾阳宫告成，炀帝挈领妃嫔多名，并第三子赵王杲往幸汾阳，且恐途中遇盗，特调李渊为山西、河东抚慰大使，先往清道。渊亦姓李，名旁从水。奈何屡次重任，岂真王者不死耶？果然有贼目母端儿，及敬盘陀等，往来龙门左右。渊发河东兵剿捕，击破母端儿，收降敬盘陀，道途肃清。炀帝乃得安抵汾阳宫，宫由新建，当然华丽异常，但为地所限，不甚闳敞。百官士卒，不能入居宫城，没奈何布散山谷，结草为营，暂时栖止。时为大业十一年初夏，天气渐暖，炀帝欲在宫中避暑，竟留住了百余日，待至秋高气爽，本好启跸南归，偏他欲顺道北巡，复从汾阳出发，竟往塞外。既出长城，忽由突厥来了密使，乃是奉义成公主差遣，前来上书。炀帝取书披览，略瞧数行，便失色道："不好了！不好了！始毕欲来袭我了！"说着，即命将来使留住，一面即饬扈从人等，速即回马，驰入雁门。大众闻有急变，仓猝回头，才将车驾拥返长城，把雁门关闭住。蓦闻胡哨声，号炮声，人马声，杂沓前来，当下登城北望，遥见胡骑漫山遍野，一齐驱至，前队统是弓弩手，未到关下，已是弯弓搭矢，似雨点般射来，飕的一声，把炀帝御盖穿通。炀帝把头一摸，侥幸脑上未被射着，那五尺有余的一支硬箭，从炀帝袍袖下拂落。炀帝吓得一身冷汗，忙趋还城下，与赵王杲相持涕泣，哭得双目皆肿，悔不可追。将士等前来请旨，报称始毕兵马，约有数十万人，倘若开关搦战，恐众寡不敌，不如拒守为是。炀帝踌躇多时，强勉镇定心神，令将士出外听宣，自己上马亲巡，传谕大众道："可恨始毕，无端掩袭，尔等当努力拒贼，苟能保全，无患不富贵，向有官职，依次进阶，向无官职，便除六品。"将士等闻言踊跃，齐呼万岁，就是寻常兵民，也想乘此邀功，无一不摩拳擦掌，据关拒战。始毕麾众猛扑，守卒亦抵死不退，足足坚持了一二旬。

炀帝又诏令天下募兵，邻近守吏，各来勤王，屯卫将军云定兴，亦募集壮丁，遣令赴急，就中有一个少年豪杰，前来应募，定兴见他器宇非凡，便召问籍贯，那人答称姓李，名叫世民，乃是现任抚慰大使李渊次子。唐太宗出现。定兴喜道："将门生将，古语不虚，但看汝尚属青年，恐未能为国效力。"世民朗声道："世民年已十六，怎见得不能效劳？况将在谋不在勇，岂必临阵杀敌，方可为将么？"定兴不禁称奇，延令旁坐，问及救驾计策。世民道："始毕骤举大兵，来围天子，必谓我仓猝不能赴援，故敢如此猖獗，此处兵少，应募诸徒，又皆乌合，不堪临敌，计唯有虚张声势，作为疑兵，日间引动旌旗，绵布数十里，夜间钲鼓相应，喧声四达，虏谓我救兵大至，不得逞志，自然望风遁去了。"一鸣惊人。定兴鼓掌称善，依计施行。始毕果然疑惧，不敢急攻雁门关。

炀帝又特遣密使，令突厥来使为导，相偕出关，从间道绕至突厥牙帐，请义成公主设法解围。义成公主乃致书始毕，伪称北方有急，促始毕还军。始毕不能前进，更致后顾，只得撤兵解围，嗒然引去。炀帝因始毕退还，又放大了胆，遣骑兵追蹑。始毕已经去远，只后面剩着老弱残兵，约有一二千人，被官军掳掠归来，复命报功。炀帝多命枭首，悬示关门，终不脱虚骄故智。然后启程南返。行次太原，宇文述等请仍还东都，忽有一老臣进谏道："近来盗贼不息，士马疲敝，愿陛下亟还西京，深根固本，为社稷计。"炀帝瞧着，乃是光禄大夫苏威，便怃然道："卿言甚是，朕当依卿。"威乃趋出。原来苏威自阻筑长城，忤旨被黜，未几复起任纳言，寻且进位光禄大夫，加封房公，此次亦从幸雁门，因有此请。炀帝见威已退出，复召宇文述入议。述答道："从官妻子多在东都，就使欲还西京，亦何妨先到洛阳，勾留数日，再从潼关入京，也不为迟。"炀帝本意，原欲赴洛，述希旨承颜，巧为迎合，当然语语投机，无不中听，遂不往关中，竟自太原南下，直达东都。炀帝顾视街衢，面语侍臣道："尚大有人在，不可不防。"侍臣多未明语意，唯唯而罢。嗣经慧黠诸徒，从旁窥测，才知炀帝此言，还以为前平玄感，杀人未多，余党或混迹都中，故不能无虑。其实是人民反侧，全仗君相善为慰抚，岂是一味嗜杀，所能治平？并且炀帝喜杀靳赏，性多刻薄，从前平玄感时，赏不副功，此番将士固守雁门，共计万七千人，事后录勋，只千五百人得进官阶，与在雁门时所颁谕旨，全不相符。将士以王言似戏，互有怨言，樊子盖为众上请，亦谓不宜失信。炀帝变色道："公欲收揽人心么？"子盖碰了一个钉子，哪里还敢复言。自是将士解体，各启贰心。

那炀帝益流连忘返，始终不愿入关中，整日里沉迷酒色，喝黄汤，偎红颜，尤雨殢云，不顾性命。一日，顾语近侍道："人主享天下富贵，应该竭天下欢乐，今宫苑建筑有年，虽是壮丽闳敞，足示尊荣，但可惜没有曲房小室，幽轩短槛，悄悄的寻乐追欢，若使今日有此良工，为朕造一精巧室宇，朕生平愿足，决计从此终老了。"得了大厦，还想小屋，真是欲望无穷。言未已，有近侍高昌奏陈道："臣有一友，姓项名升，系浙江人氏，尝自言能造精巧宫室，请陛下召他入问，定能别出心裁，曲中圣意。"炀帝道："既有此人，汝快去与我召来！"高昌领旨，飞马往召项升，才阅旬余，已将项升引至，入见炀帝。炀帝道："高昌荐汝能造宫室，朕嫌此处宫殿，统是阔大，没有逶迤曲折的妙趣，所以令汝另造。"升答道："小臣虽粗谙制造，只恐未当圣意，容先绘就图样，进候圣裁，然后开工。"炀帝道："汝说得甚是，但不可延挨。"升应旨出去，赶紧画图，费了好几日工夫，方将图样画就，面呈进去。炀帝展开细看，见上面绘一大楼，却有无数房间，无数门户，左一转，右一折，离离奇奇，竟看不明白。经项升在旁指示，方觉得有些头绪，便怡然道："图中有这般曲折，造将起来，当然精巧玲珑，得遂朕意。"说着，即令内侍取出彩帛百端，赏给项升，并面命即日兴工，升拜谢而出。炀帝复连下二诏，一是饬四方输运材木，一是催各郡征纳钱粮，并令舍人封德彝监督催办，如有迟延，指名参劾，不得徇私。于是募工调匠，陆续趋集，就在芳华苑东偏，拣了一块幽雅地方，依图赶筑。看官试想！天下能有多少财力，怎禁得穷奢极欲的隋炀帝，今日造宫，明日辟苑？东京才成，西苑又作，长城未了，河工又兴。还要南巡北狩，东征西略，把金钱浪掷虚化，一些儿不知节俭。就是隋文帝二十多年的积蓄，千辛万苦，省下来的民脂民膏，也被这位无道嗣君，挥霍垂尽。古人谓大俭以后，必生奢男，想是隋文帝俭啬太甚，所以有此果报呢。好大议论。

且说项升奉命筑楼，日夕构造，端的是人多事举，巧夺天工，才阅半年有余，已是十成八九，但教随处装璜，便可竣工。炀帝眼巴巴的专望楼成，一闻工将告竣，便亲往游幸，令项升引导进去，先从外面远望，楼阁参差，轩窗掩映，或斜露出几曲朱栏，或微窥见一带绣幕，珠光玉色，与日影相斗生辉，已觉得光怪陆离，异样精彩。及趋入门内，逐层游览，当中一座正殿，画栋雕甍，不胜靡丽，还是不在话下。到了楼上，只见幽房密室，错杂相间，令人接应不暇，好在万折千回，前遮后映，步步引入胜境，处处匪夷所思。玉栏朱楯，互相连属，重门复户，巧合回环，明明是在前轩，几个转湾，竟在后院；明明是在外廊，约略环绕，已在内房。这边是金虬绕栋，那边是玉兽卫门；这里是锁窗衔月，那里是珠牖迎风。炀帝东探西望，左顾右盼，累得目眩神迷，几不知身在何处，因向项升说道："汝有这般巧思，真是难得。朕虽未到过神仙洞府，想亦不过如是了。"升笑答道："还有幽秘房室，陛下尚未曾遍游。"炀帝又令项升导入，左一穿，右一折，果有许多幽奇去处。至行到绝底，已是水穷山尽，不知怎么一曲，露出一条狭路，从狭路走将过去，豁然开朗，又有好几间琼室瑶阶，仿佛是别有洞天，不可思议。炀帝大喜道："此楼曲折迷离，不但世人到此，沉冥不知，就使真仙来游，亦为所迷，今可特赐嘉名，叫作迷楼。"愈迷愈昏，至死不悟。随即面授项升五品官阶。升俯伏谢恩。炀帝不愿再还西苑，却叫中使许廷辅，速至宫苑中，选召若干美人，俱至迷楼。一面搬运细软物件，到楼使用，就便腾出上等细缎千匹，赏与项升。一面加选良家童女三千名，入迷楼充作宫女，又在楼上四阁中，铺设大帐四处，逐帐赐名，第一帐叫做散春愁，第二帐叫做醉忘归，第三帐叫做夜酣香，第四帐叫做延秋月。每帐中约容数十宫女，更番轮值。炀帝除游宴外，没一日不在四帐中，干那风流勾当，所以军国大事，撇置脑后；甚至经旬匝月，不览奏牍，一任那三五幸臣，舞文弄法，搅乱朝纲。

少府监何稠又费尽巧思，造出一乘御女车，献与炀帝。什么叫做御女车呢？原来车制窄小，只容一人，唯车下备有各种机关，随意上下，可使男女交欢，不劳费力，自能控送。更有一种妙处，无论什么女子，一经上车，手足俱被钩住，不能动弹，只好躺着身子，供人摆弄。炀帝好幸童女，每嫌她娇怯推避，不能任意宣淫，既得此车，便挑选一个体态轻盈的处女，叫她上车仰卧。那处女怎知就里，即奉命登车，甫经睡倒，机关一动，立被钩住四肢，正要用力挣扎，不意龙体已压在身上，褫衣强合，无从躲闪，霎时间落红殷褥，痛痒交并，既不敢啼，又不敢骂，并且不能自主，磬控纵送，欲罢不能，没奈何咬定牙关，任他所为。炀帝此时，是快活极了，好容易过了一二时，云收雨散，方才下车。又将那女解脱身体，听她自去。破题儿第一遭，一个是半瞋半喜，一个是似醉似痴，彼此各要休养半天。毋容细叙。越日，赏赐何稠千金，稠入内叩谢，退与同僚谈及，自夸巧制。旁有一人冷笑道："一车只容一人，尚不能算作佳器，况天子日居迷楼，正嫌楼中不能乘辇，到处须要步行，君何不续造一车，既便御女，又便登高，才算是心灵手敏呢。"稠被他一说，默然归家，日夜构思，又制了一乘转关车，几经拆造，始得告成。天下无难事，总教有心人，这乘车儿，下面架着双轮，左右暗藏枢纽，可上可下，登楼入阁，如行平地，尤妙在车中御女，仍与前车相似，自能摇动，曲尽所欢。稠既造成此车，复献将进去。炀帝当即面试，一经推动，果然是转弯抹角，上下如飞。炀帝喜不自禁，便向稠说道："朕正苦足力难胜，今得此车，可快意逍遥，卿功甚大，但未知此车何名？"稠答道："臣任意造成，未有定名，还求御赐名号。"炀帝道："卿任意成车，朕任意行乐，就名为任意车罢。"一面说，一面又命取金帛，作为赏赐，且加稠为金紫光禄大夫。稠再拜而退。

嗣是炀帝在迷楼中，逐日乘着任意车，往来取乐，又命画工精绘春意图数十幅，分挂阁中，引动宫女情欲，使她人人望幸，可以竭尽欢娱。凑巧有外官卸职来朝，献入乌铜屏数十面，高五尺，阔三尺，系是磨铜为镜，光可照人。炀帝即命取入寝宫，环列榻前，每夕御女，各种情态，俱映入铜镜中，丝毫毕露。炀帝大喜道："绘画统是虚像，唯此方得真容，胜过绘像万倍了。"魑魅魍魉，莫能遁形。遂厚赏外官，调赴美缺。只是一人的精力有限，哪能把数千美女一一召幸？就中进御的原是不少，不得进御的也是甚多。一日，由内侍呈上锦囊，内贮诗笺，不可胜计。炀帝随意抽阅数首，书法原是秀丽，诗意又极哀感，便轻轻的吟诵起来。第一纸为自感三首，诗云：

庭绝玉辇迹，芳草渐成窠。隐隐闻箫鼓，君恩何处多？欲泣不成泪，悲来强自歌。庭花方烂漫，无计奈春何？春阴正无际，独步意如何？不及闲花草，翻承雨露多。

炀帝读罢，不禁大惊道：“这明明是怨及朕躬，但既有此诗才，必具美貌，如何朕竟失记？”再阅第二纸，乃是看梅二首，诗云：

砌雪无消日，卷帘时自颦。庭梅对我有怜意，先露枝头一点春。香清寒艳好，谁惜是天真？玉梅谢后和阳至，散与群芳自在春。

再阅第三纸，有妆成一首，自伤一首，更依次看下。妆成诗云：

妆成多自惜，梦好却成悲，不及杨花意，春来到处飞。

自伤诗云：

初入承明殿，深深报未央。长门七八载，无复见君王。春寒侵入骨，独卧愁空房。飒履步庭下，幽怀空感伤。平日新爱惜，自待聊非常。色美反成弃，命薄何可量？君恩实疏远，妾意待彷徨。家岂无骨肉？偏亲老北堂。此方无双翼，何计出高墙？性命诚所重，弃割良可伤。悬帛朱梁上，肝肠如沸汤。引颈又自惜，有若丝牵肠。毅然就死地，从此归冥乡。

炀帝看到此首，越觉失惊道：“阿哟！敢是已死了么？”随即问内侍道：“此囊究是何人所遗？”内侍答道：“是宫女侯氏遗下的，现在她已缢死了。”炀帝泫然泪下，手中正取过第四纸，上有遗意一首云：

秘洞扃仙卉，幽窗锁玉人。毛君真可戮，不肯写昭君。

炀帝阅到此诗，转悲为怒道："原来是这厮误事。左右快与我拿来。"左右问是何人？炀帝说是许廷辅。待左右去讫，复问内侍道："侯女死在何处？"内侍答在显仁宫。炀帝忙驾着任意车，驰往宫中。内侍引入侯氏寝室，但见侯女已经小殓，尚是颦眉瞋目，含着愁容，两腮上的红晕，好似一朵带露娇花，未曾敛艳。炀帝顿足道："此已死颜色，犹美如桃花，可痛！可惜！"小子叙述至此，也不禁恻然，随笔写下一诗道：

深宫寂寞有谁怜，拼死宁将丽质捐。
我为佳人犹一慰，尚完贞体返重泉。

炀帝见侯女死状，也不顾什么秽恶，便抚尸泣语，异常悲切。欲知他如何说法，下回自当表明。

雁门之围，为炀帝一大打击，若为中知以上之君，当痛加猛省，乐不可极，欲不可穷，诚使脱围返都，改过不吝，励精图治，天下事尚可为也。乃不从苏威之言，仍至东都淫乐，项升作迷楼，何稠献御女车及任意车，竭天下之财力，供一人之荒淫，虽欲不亡，讵可得乎？唯迷楼一事，未见正史，而韩偓撰《迷楼记》，当必有所本，至若侯夫人缢死，亦在《迷楼记》中叙及，本编所采，皆出自文献所遗，非徒录坊间小说者，所得借口也。

第九十七回　御苑赏花巧演古剧
隋堤种柳快意南游

却说炀帝抚侯女遗骸，且泣且语道："朕本爱才好色，不意宫帏里面，有卿才貌，偏不相逢，朕虽未免负卿，但卿亦命薄，朕又缘悭，此去泉台，幸勿怨朕。"说罢又哭，哭罢又说，絮絮叨叨，好似潘岳悼亡，感念不休。忽有侍卫入报道："许廷辅拿到了。"炀帝乃出宫御殿，见了廷辅，恨不得将他一脚踢死，当下厉声诘责，问他选召宫人，何故失却侯女？就中定有隐情，速即供明。廷辅极口抵赖，炀帝即把他叱出，付与刑官严讯。及刑官承旨拷问，方知侯女不得入选，实是廷辅索赂不遂，把她埋没。刑官当即复陈，炀帝怒不可遏，立将廷辅赐死，一面自制祭文，令内侍备好香果，至侯女柩前，亲奠三樽，并朗诵祭文道：

> 呜呼妃子！痛哉苍天！天生妃子，貌丽色妍，奈何无禄？不享以年。十五入宫，二十归泉。长门掩采，冷月寒烟。既不遇朕，谁为妃怜？呜呼痛哉！一旦自捐，览诗追悼，已无及焉。岂无雨露？痛不妃沾，虽妃之命，实朕之愆。悲抚残生，犹似花鲜。不知色笑，何如嫣然？泪下几行，心伤如煎。纵有美酒，食不下咽。非无丝竹，耳若充填。妃不遇朕，长夜孤眠，朕不遇妃，遗恨九原。朕伤死后，妃苦生前。死生虽隔，情则不迁。千秋万岁，愿化双鸳。念妃香洁，酬妃兰荃。妃其有灵，来享兹筵。呜呼哀哉，痛不可言！

读罢，复泪下如丝，呜咽不止。经内侍在旁劝解，方才收泪，命照夫人礼厚葬，又敕郡县官厚恤侯夫人父母。侯氏虽生前不得受用，死后倒也备极荣华。侯女之死，还算值得。唯炀帝犹怀伤感，无从排遣，没情没趣的乘着原车，回到迷楼。众美人都已得报，联翩前来，替炀帝设法解闷，就是萧皇后也登楼劝慰，炀帝终有几分不快。凡家人到死过以后，往往令人追忆，把从前歹事撇去，专记起他的好处。况侯夫人入宫多年，并未与炀帝相会，此番见她如许清才，如许美色，怎得不悲悔交乘？体会入微。钟情深处，容易成痴，几视迷楼中许多佳丽，没一个得及侯夫人，因此闲居索兴，游玩无心。芳草尽成无意绿，夕阳都作可怜红，正是炀帝当日情景。

萧后本逢场作戏，顺风敲锣，目睹炀帝如此凄切，便乘间进言道："侯女既死，想她何益？况天下甚大，岂无第二个侯夫人？但教留意采选，包管有绝色到来。"炀帝听了，不觉又触起往事，又想到那江都风景，便对萧后道："朕前观壁上广陵图，忆及江东春色，贤卿劝我一游，果得饱尝风味，那年再往游览，为了东征高丽，不得久留，今日欲选择美女，除非是六朝金粉，或有遗留，若长在关洛，恐今生不能相遇了。"从炀帝口中，追叙观图一事，是为补笔。萧后自觉失言，忙转机道："陛下何必多劳跋涉，只简放官吏数人，令往江东物色，便易办到。"炀帝道："俗语说得好：'眼见是真。'朕看内外官吏，多半是靠不住的，倘都是许廷辅一流人物，岂不是一误再误么？"说着，即命左右往整龙舟，克日南巡。萧后知不可阻，只好听他自由。炀帝又令妃嫔侍御等整顿行装，满望即日就道，偏经内使返报："龙舟遭劫，统被杨玄感乱党，焚毁无遗，现在只好另造了。"炀帝闻报，立即颁敕，命江都再造龙舟。江都通守王世充，素来是奉君为恶，一经奉旨，便即督工赶造，但终非咄嗟可办，总须经过若干时日，方能有成。炀帝虽然性急，也只好勉强忍耐。

那四面八方的盗贼，又复竞起。东海出了剧盗李子通，与章邱杜伏威相合，嗣复分作两路，自据海陵。城父县内的朱粲，本是一个县佐，亡命为盗，自称迦楼逻王，众至十余万。淮北贼左才相，又复四出骚扰，残忍好杀，可怜人民涂炭，家室仳离，炀帝但在迷楼中，终日沉湎，不闻世事。至大业十二年元旦，御殿受朝，有二十余郡的守吏，未尝遣使表贺，才知寇盗未靖，道梗不通，乃分遣朝使赴十二道，发兵讨捕盗贼，一面诏毗陵通守路道德，在郡东南筑造宫苑，候驾巡幸。转眼间又是上巳，天和日暖，草绿花红，西苑中湖海风光，格外明媚。炀帝召集群臣，至西苑水上会宴，命学士杜宝撰水师图经，采古水事七十二种，使朝散大夫黄衮，督率伎士，演剧水中，作傀儡戏。人物俱能自动，击鼓敲钟，不烦人力，能成节奏。又遣妓航酒船，往来穿梭，画桨齐飞，绿波似织，端的是赏心悦耳，游目骋怀。待至夕阳西下，灯火齐明，才命停罢，尽兴而归。

又越一月，西苑忽然失火，炀帝正在苑中，疑是有盗入苑，急忙避匿草间，亏得苑中人多，七手八脚，环绕拢来，你挑水，我扑火，方将祝融氏驱回。炀帝经此一吓，遂成了心悸病，每夕在睡梦中，辄呼有贼，必由数妇人在旁摇抚，乃得少眠。未几又是夏天，腐草为萤，纷飞不绝。炀帝想入非非，令宫苑内侍，齐捉萤火，收贮纱囊，得数百斛。遂乘着五月朔日，夜游海山，把纱囊中的萤火，一齐放出，光遍岩谷。都人远远望见，还道苑中又复失火，哪晓得是一片萤光呢。总算会寻快乐。

炀帝喜极归寝，酣睡一宵，越宿接到急报，乃是魏刀儿部贼甄翟儿，率众十万寇太原，将军潘长文战死。炀帝因太原要地，有此贼焰，也觉心惊，亟调山西、河东慰抚大使李渊，往讨甄翟儿。嗣是连得军警，左翊卫大将军宇文述，恐炀帝不乐，往往匿不上陈，炀帝稍有所闻，一日临朝，顾问群臣道："近来盗贼如何？"宇文述出班奏道："近已渐少。"光禄大夫苏威，独引身隐柱。炀帝召威过问，威答道："臣未主军旅，不知盗贼多少，但虑盗贼渐近。"炀帝问为何因？威说道："前日贼据长白山，今近在汜水，且往日租赋丁役，今皆无着，岂不是尽化为盗么？"炀帝道："区区小贼，尚不足虑。唯高丽王高元，至今未见来朝，实属可恨！"威复答道："高丽在外，盗贼在内，臣谓外不足恨，内实可忧。况陛下在雁门时，许罢东征，今复欲征发，民不聊生，怎能不相率为盗呢？"炀帝勃然变色，拂袖退朝。到了端午节，百僚竞献珍玩，威独献入《尚书》一部，有人从旁谮威道："《尚书》有五子之歌，威欲借此谤上。"炀帝正未明威意，听到此言，当然愈怒。既而复议伐高丽，廷臣莫敢进谏，独威入内奏请道："欲讨高丽，何必发兵，但赦免各处盗贼，便可得数百万人，饬令东征，必能立功赎罪，高丽不难平服了。"炀帝不答，面有愠色，威当即趋出，御史大夫裴蕴进奏道："威大不逊，天下何处有许多盗贼。"炀帝恨恨道："老革犹言多兵。多奸，虚张贼势，意欲胁朕，朕拟令人批颊，因念他是多年耆旧，所以忍耐一二。”蕴亦辞退，另唆人上章劾威，说他前时典选，滥授人官。炀帝即夺去威官，除名为民。过了月余，又有人讦威私通突厥。裴蕴奏诏推按，证成威罪，请即处死。还是炀帝不忍加诛，许贷一死，唯并威子孙三世除名。

时光易过，又是秋来，江都新造龙舟，报称完工，制度比前日宏丽。炀帝甚喜，即拟南幸，江都留越王侗居守。右候卫大将军赵才进谏道：“今百姓疲劳，府藏空竭，盗贼蜂起，禁令不行，愿陛下亟还西京，安抚兆庶，奈何反欲南巡呢？”炀帝大怒，命将才拘系狱中。建节尉任宗，奉信郎崔民象及王爱仁，先后谏阻，均为所杀。他人乃莫敢进言。这番南巡，自后妃以下，尽行带去，外如仪仗一切，比第一次还要繁盛。甫出西苑，见有一人俯伏在地，口称小臣送驾，语带呜咽。炀帝从辇中俯视，乃是西苑令马守忠，便道：“汝在此看守西苑，不劳送行。”守忠道：“銮舆已经出发，料难挽回，只望陛下早日还驾，小臣愿整顿西苑，敬候乘舆。”说罢，泪如雨下。炀帝亦不觉怅然，半晌又说道：“朕偶然游幸，自当早回，何必这般过悲。”守忠道：“陛下造这西苑，不知费了多少财力，始得有此五湖四海三神山十六院的风景，陛下岂不爱恋？乃舍此远游，致小臣对景伤心，故不禁下泪。”炀帝黯然道：“朕难道永离此苑？但教汝好生看守，毋使园林零落，殿宇萧条。”说至此，因口占一诗道：“我慕江都好，征辽亦偶然。但存颜色在，离别只今年。”吟罢，命从吏录出，递与守忠，留别宫人。守忠乃起，让过銮驾。左右见守忠奏请，炀帝答言，均寓悲感，统有些诧异起来，死机已兆。但也只好隐忍过去，拥了御驾，行至河滨。炀帝下辇登舟，望见新造船只，多半有云龙装饰，灿烂夺目，当然欣慰，便与萧后分坐最大的龙舟。十六院夫人，亦各坐龙舟一艘，规模略小。此外美人，也都一一分派，各有坐船。文武百官，或在船中居住，或在岸上夹护，鱼贯前进，连绵不绝。非奉停泊号令，就是夜间，亦要进行。起程这一夕，秋高气爽，水面上的凉飔阵阵，拂除那日间余暑，炀帝却不能安睡，起开舰窗，眺望夜景，但听得一片歌声，顺风刮来。歌云：

我兄征辽东，饿死青山下；今我挽龙舟，又困隋堤道。方今天下饥，路粮无些小，前去千万里，此身安可保？暴骨枕荒沙，幽魂泣烟草；悲损门内妻，望断吾家老。安得义男儿？焚此无主尸；引其孤魂回，负其白骨归。

炀帝听罢，禁不住心中气愤，便令左右缉捕歌夫。左右奉命往捕，闹了半夜，并无踪迹，炀帝亦傍徨不寐，等到天晓，经左右复报，但说是没人唱歌，所以无从缉捕。炀帝虽然惊疑，却也只好略过一边，仍命启行。越日，天气忽然暴热，竟致秋行夏令，好似盛暑一般。龙舟虽然宽敞，尚觉得天气困人。岸上牵缆诸役夫，统是挥汗如雨，不胜劳惫。炀帝亦为怜悯，用翰林学士虞世基言，令就汴渠两堤，移裡柳枝。且诏谕地方人民，献柳一株，即赏一缣。是时柳尚未凋，百姓都掘柳来献，炀帝从舟中登岸，自种一株，作为首倡，百官亦各种一株，然后令百姓分种，照柳给赏。百姓非常踊跃，越种越多，且随口编出几句歌谣道："栽柳树，大家来，好遮阴又好当柴。天子自栽，然后百姓栽。"炀帝听着，满心欢喜，又取钱散给百姓，并亲书金牌，悬挂最高的柳树上，赐柳姓杨，因此后人呼柳为杨柳。说本韩偓《开河记》，但古时杨柳并称，训诂家谓杨枝上挺，柳枝下垂，今混称杨柳，是否起于隋时，待考。

嗣是柳荫满堤，迷天一碧，自大梁迤逦南下，到处都种柳树，顿时化热为凉，无风亦韵。江都通守王世充，又献上吴越女子五百名，在半途供应役使。炀帝也不暇细阅，但使彼充作殿脚女，在岸上同牵船缆。每船用殿脚女十人，嫩羊十口，相间而行。于是蛾眉成队，粉黛分行，彩袖勍空，一路上绮罗荡漾，香风蹴地，两岸边兰麝氤氲。炀帝看了，喜不自胜，蓦见一个女子，生得非常俊俏，也夹在殿脚女中，好似鹤立鸡群，不同凡艳。炀帝不觉失声道："如此妙女，怎得使充贱役？"遂令左右宣召进来。既到面前，果然是明眸皓齿，玉貌花肤，更有两道黛眉，状如新月，格外动怜。炀帝笑孜孜的问道："汝是何处人？姓甚名谁？"那女子跪答道："贱婢乃姑苏人氏，姓吴名绛仙。"炀帝赞叹道："好一个绛仙眉黛，可留此侍朕，不劳牵缆。"当下传将出去，着派他女另补，就叫绛仙在旁侍酒。到了夜间，便挽绛仙入帏，演了一出水上鸳鸯，不消细说。又是一好女儿晦气。绛仙既得宠幸，便珠膏玉沐，愈觉鲜妍，那黛眉更画得精工，就是文君再世，亦恐要输她一筹，又妙在知书识字，颇善诗歌。炀帝似遇洛妃，如逢神女，覆雨翻云，一些儿不嫌寂寞。

及行过雍邱，渐达宁陵地界，忽由虎贲郎将护缆使鲜于俱入奏道：“前面水势湍急，阻碍龙舟，急切里驶不上去。”炀帝道：“朕尝两幸江都，并没有什么搁浅，为何今日有此阻碍？”说着，便召宇文述等同入御舟，问个明白。宇文述道：“从前占天监耿纯臣上言，睢阳有王气环绕，此处地近睢阳，想是地脉灵长，所以浅深忽变。”炀帝道：“就是地脉变迁，也没有这般迅速。”当下检查当日凿河人员，所有宁陵至睢阳一路，乃是总管麻叔谋监工，可巧麻叔谋亦扈驾同行，一召便至。炀帝当即盘问，叔谋道：“臣前时监工凿河，测量甚准，并没有什么浅深。今日忽然淤浅，连臣也不知何因。”炀帝道：“想是开河工役，偷工躲懒，不曾挖得妥当，遂致今日搁浅，这却如何区处？”叔谋道：“容臣再去开挖，将功赎罪。”炀帝道：“若只一处搁浅，还易为力，只怕前途还有浅处，须要探视才是。”护缆使鲜于俱道：“臣看水势湍急，人不能下去，篙又打不到底，怎能探试明白？”翰林学士虞世基接入道：“这却不难，请为铁脚木鹅，长一丈二尺，上流放下，如木鹅拦住，便是浅处。”炀帝依议，亟令右翊卫将军刘岑，制造木鹅，往验浅深。及刘岑返报，自雍邱至灌口，共有一百二十九处淤浅。炀帝大怒道：“这明明是从前工役，不肯尽心开掘，致误国家大事，若非严法处死，如何震压天下？”遂令刘岑往淤浅处，查究役夫姓名，悉行捕住，把他倒埋岸下，教他生作开河夫，死作抱沙鬼，可怜这一百二十九处地方，共捕得五万余人，照敕处置，活埋了事。令人发指。

麻叔谋见坑杀了许多丁夫，也觉寒心，连夜催督兵民，掘通淤道，请龙舟逐段过去。炀帝得了吴绛仙，日日纵欢，也不十分催促。每日或行三十里，或行二十里，或行十里，并未计较，因此麻叔谋得有工夫，逐节疏通，得至睢阳。炀帝猛记得宇文述语，睢阳留有王气，应该掘断龙脉，方可免患。当即召入麻叔谋，正色问道：“睢阳地方，曾掘去多少坊市？”叔谋道：“睢阳地灵，不好触犯，臣所以未敢开掘。”炀帝勃然道：“朕为天子，百灵均当效命，有什么不好触犯，显见汝挟有隐情。”叔谋无可回答，只得饰词答辩道：“陛下以爱民为心，臣见坊市复杂，好罢手便即罢手，况改道开河，相去不远，何必定就道睢阳。”炀帝听说，尚属有理，即命刘岑查探河道，究竟有无远近。哪知刘岑却是叔谋的对头，一经查勘，迂远至二十里左右，便据实报明。炀帝遂将叔谋拿下，囚系狱中。

究竟叔谋何故剩出睢阳，小子查阅稗史，却是别有原因。叔谋本是个贪暴人物，从前奉旨开河，管什么民居多少。当督工开掘时，在上源驿旁，发得一口绝大棺木，叔谋疑棺内必有宝藏，揭盖启视，一尸容貌如生，发从前覆，长过胸腹，此外别无珍宝，只搜得一石铭，上有古篆，多不能识。只有一下邳人能读，篆文中云："我是大金仙，死来一千年；数满一千年，背下有流泉。得逢麻叔谋，葬我在高原，发长至泥丸；更候一千年，方登兜率天。"叔谋听着，乃自备棺椁，安葬城北隅。偷鸡勿着蚀把米。及掘至陈留，可巧有朝使到来，用少牢礼，并白璧一双，祭留侯张良庙中，向神假道。祭毕风起，失去白璧，后来有一中牟丁夫，在途中遇一贵人，峨冠博带，跨马前来。前后有人呵护，召夫至前，取白璧相授道："与我报尔十二郎，还尔白璧一双，尔当宾诸天。"中牟夫莫明其妙，跪拜受讫，不见贵人，当时非常惊愕，料知此璧，定有来历，不敢隐匿，即奉献叔谋，并述神语。叔谋细忖一番，也想不出语中寓意，但见白璧很是莹洁，便充入私囊，且杀死中牟夫，为灭口计。天下事若要不知，除非莫为，当然有人传说。后来炀帝缢死江都，在位虽有十三年，扣足只有十二年，才知十二郎三字，便是指着炀帝。叔谋贪匿白璧，复监工至雍邱，适有一祠宇当道，叔谋问为何祠？村人答道："古老相传，内有隐士墓，甚有灵兆。"叔谋道："何物隐士？敢当此冲。"遂命丁夫入祠掘墓，才经数尺，忽听得一声怪响，下露一洞，里面灯火荧荧，无人敢入。独有武平郎将狄去邪，愿往一窥，叔谋喜道："狄郎将胆量过人，真好算荆轲。聂政。一流哩。"去邪扎束停当，用绳系腰，命役夫执住绳端，缒将下去。小子有诗咏道：

奋身下穴入幽城，聂政荆卿足并名。
若使逡巡甘却步，何来仙引得长生？

毕竟狄去邪所见何物，且待下回再表。

纲目于大业十二年三月，大书特书曰："宴群臣于西苑。"夫自西苑告成以后，宁独此次召宴群臣？其所以大书特书者，志其末也。盖是年七月，炀帝幸江都，自是不得复返，而西苑之设宴演剧，为东都淫乐之结局，越月而西苑遂火，天之儆炀帝也，亦可谓至矣。昏主不悟，犹决意南游，除苏威名，连杀谏官任宗、崔民象、王爱仁，言莫予违，写尽昏淫气象。至隋堤种柳，令种柳一株，赏帛一缣，虽有利民生，而无故费财，要不得谓仁恩之下逮。及宁陵搁浅，枉杀丁役至五万人，彼岂尚有爱民之心欤？正史中于麻叔谋一事，未曾叙及，而韩偓《开河记》言之甚详，是与上回迷楼相类，想不至全出虚诬也。

第九十八回　麻叔谋罪发受金刀 李玄邃谋成建帅府

却说狄去邪缒入深穴，约数十丈，脚方及地。去邪见有路可通，竟将腰中绳索解去，鼓勇前进，约行百余步，入一石室，东北各有四石柱，铁索二条，系一巨兽，形状似牛，仔细一瞧，乃是一个人间罕有的巨鼠，不由的骇了一惊。蓦闻石室西面，砉然一声，慌忙回顾，门已洞开，有一道童模样，出问去邪道："汝非狄去邪么？"去邪答声称"是。"道童道："皇甫君待汝已久，汝可速入。"去邪乃随他进去，见里面有一大堂，颇也宽敞，堂上坐着一位方面长髯的神君，服朱衣，戴云冠，也不知为何神，只好倒身下拜。那神君端坐不动，亦不发言，旁立一绿衣吏，待去邪拜讫，令他起身，引出西阶上立着。约过片时，里面有声传出道："快取阿麽来！"阶下即有人应声而去。须臾，即见武夫数人，牵入一物，就是柱上系着的大鼠。去邪本知炀帝小字，叫作阿麽，此时也无从访问，只得屏气待着，但听堂上神责鼠道："我遣尔暂脱皮毛，为中国主，如何虐民害物，不遵天道？"大鼠本不能言，但点头摇尾，作冥顽状。堂上神益怒，命武士挝击鼠脑，鼠即大吼，声似雷鸣。武士再拟击下，俄一童子捧天符下来，堂上神起座降陛，俯伏听旨。童子宣言道："阿麽数本一纪，今尚未满，俟限期既届，当用练巾系颈而死，今尚不必动刑。"说罢自去，堂上神仍然复位，令将巨鼠仍系原处，并召语去邪道："为我告麻叔谋，谢他掘我茔域，来年当赠他二金刀，勿嫌我轻酧哩。"说罢，即令绿衣吏引了去邪，自他门趋出，经过一林，径回路仄，蹑石扳籐，方得过去。回顾已失绿衣吏，去邪只好踽踽独行。又约三里许，见有茅舍，一老叟坐土塌上，去邪上前问讯，老叟道："此地为嵩阳少室山下，汝从何处来此？"去邪具述所由。老叟道："汝已亲见各状，想亦能悟通玄机，汝能辞官，便能脱身虎口了。"想是去邪人品循良，故得种种指引。去邪称谢而行。回视茅屋，又无影迹，自知身入仙境，已蒙指迷，唯不能不复报麻叔谋。乃趋往宁阳，得与叔谋相见，约略叙明。先是去邪入墓，墓忽崩陷。叔谋谓去邪已死，今日却来，目为狂人。去邪将错便错，即佯狂自去，隐居终南山。闻炀帝正患脑痛，月余不愈，益信冥中挝击，果然不虚。嗣是修道辟谷，竟得无疾而终。此身原是有道骨。

那叔谋既至宁陵，适患风逆，起坐不安。医生谓用羊羔蒸熟，糁药同食，方可疗治。叔谋如法泡制，果得全愈。嗣是蒸食羊羔，习以为常。宁陵人陶榔儿，家中巨富，性甚凶悖，恐先茔逼近河道，或为所掘，乃盗他人婴儿，割去头足，蒸献叔谋。叔谋咀嚼甚美，远胜羊羔，因召榔儿穷诘。榔儿初尚讳言，叔谋使人劝酒，把他灌醉，才得榔儿实告。叔谋不以为忍，反赏金十两，令工役保护榔儿先茔，一面专窃他人婴孩，宰割供食。宁陵、睢阳境内，失去婴孩数百，哀声四达。左屯卫将军令狐达，曾为开渠副使，上书弹劾，被中门使段达遏住，不使上闻。段达尝受叔谋巨贿，所以代为蒙蔽。叔谋法外逍遥，凿河至睢阳城。睢阳坊市豪民，都恐宅墓被掘，醵金三千两，将献叔谋，尚苦无人介绍。适叔谋监掘古塚，穿通石室，室中漆灯棺木等，遇风化灰，唯得一石铭云："睢阳土地高，竹木可为壕；若也不回避，奉赠二金刀。"叔谋不解，转问土人。答言故老传闻，谓是宋司马华元墓。叔谋奋然道："小国陪臣，怕他什么？"

到了夜睡朦胧，忽有一人宣召，即随与同行，约经里许，恍惚见有宫殿，由来使导入，上面坐着一王，着绛绡衣，戴进贤冠。叔谋向他再拜，王亦起座答拜，且与语道："寡人便是宋襄公，奉上帝命，镇守此地，将二千年，今将军来此掘河，幸回护此城，勿使人民失所。"叔谋不答。王又说道："此地五百年后，当有兴王崛起，上帝命寡人保护，岂可为了暴主逸游，掘伤王气？"暗指宋太祖事。叔谋仍然不答。忽殿外有人入报道："大司马华元来了。"未几，即有一紫衣官趋入，拜观王前，王与言保护睢阳事，未得叔谋允许，紫衣官怒视叔谋道："上帝有命，保护此城，何物顽奴，既毁我墓，又欲把此城毁掘。”便向王进议道：“顽奴倔强，应用严刑。”是极。王说道：“何刑最酷？”紫衣官道：“熔铜灌口，烂腐肠胃，此为最酷。”王点首称善。紫衣官叱令左右，把叔谋曳至铁柱前，褫去衣冠，缚诸柱上，复有一人持过铜汁，盂中犹沸，欲灌入叔谋口中。叔谋吓得魂不附体，连声大呼道：“愿依尊命，回护此城。”读至此，我为一快。当由殿中传令解缚，给还衣冠，入殿拜谢。紫衣官微笑道：“上帝赐叔谋金三千两，令取诸民间。”说毕，挥手令人引出叔谋。叔谋闻有金可赐，因私问冥使道：“上帝如何赐金？”冥使道：“阴注阳受，自有睢阳百姓献汝，汝放心去罢。”一面说，一面推仆叔谋。叔谋出一大惊，便即醒寤，方知乃是一梦。越日，果有家奴持入黄金三千两，说是睢阳坊市所献，请免掘城市。叔谋回忆梦中情状，老实收受，令役夫绕道西偏，委屈东回，竟将睢阳城腾出。

掘至彭城，路经大林，中有徐偃王墓，令人开掘，掘至数尺，里面坚不可发，乃是生铁熔成，旁竖石门，键鐍甚严。叔谋用鄫人杨民计议，用巨石撞开墓门，叔谋自往探望，有二童子在门内迎接，且语叔谋道：“我王久望将军，请速进来！”叔谋亦不知不觉，随他进去。内有宫殿，差不多与前梦相似。殿上亦坐着一王，冠服雍容，叔谋下拜，王起身答礼，和颜与语道：“寡人茔域，适当河道，今请将军保护，愿奉玉宝为酬。”言讫，取出玉印，给与叔谋。叔谋瞧着，乃是历代帝王受命符玺，不觉又惊又喜，但闻王又续说道：“将军须保重此宝，这是刀刀的预兆哩。”叔谋茫乎若迷，谢别出墓，传令役夫将墓盖好，仍复原状。时炀帝正失去国宝，四处搜觅，并无下落，只好秘密不宣。那叔谋得了国宝，还道是神灵相助，将来可身登九五，非常快乐，就把国宝好好藏着，不令外人知道。

至拘入睢阳狱中，正在惶急得很，偏经令狐达再上弹章，历述：“叔谋盗食人子，义贼陶榔儿，私受睢阳民金三千两，擅易河道”等情。炀帝问他何不早奏？令狐达谓臣早经奏报，想被段达扼定，不得进呈。炀帝即命查抄叔谋私产，得黄金若干，尚辨不出是睢阳贿赂。这留侯所还白璧，及一颗受命符宝，搜将出来，却是字纹明显，一见便知。炀帝大惊道：“金与璧尚是微物，不必说起，只朕的国宝，如何被他取来？”便召令狐达入问。令狐达道：“闻叔谋尝令陶榔儿窃取人子，莫非国宝亦被盗不成？”炀帝失色道：“叔谋今日盗我宝，明日将盗我头，这还了得！”你的首级，却是不甚牢固。便令法司严鞫叔谋，且捕得陶榔儿，一并审问。叔谋据实招供，问官尚说是凭空捏造，便指榔儿为巨窃。榔儿只供称窃儿是实，不敢窃宝。问官如何肯信？再四拷逼，竟将榔儿毙诸杖下，且定了谳案，请置叔谋极刑。炀帝道：“叔谋原有大罪，姑念他开河有功，赦免子孙，但将叔谋腰斩结案。”先一夕，叔谋在狱，梦一童子从天降语道：“宋襄公与大司马华元，特遣我来，感念将军护城厚意，因将去年所许二金刀，命我奉赠。”叔谋尚不知金刀为何物，向他索取。童子厉声道：“死且不悟，明晨自见分晓了。”叔谋惊觉，细思梦境，才悟不祥，喟然叹道：“我腰领恐难保了。”还想食婴孩否？越日辰牌，已有敕文传至，将叔谋如法捆绑，驱至河滨，斩为三段，家产籍没。中门使段达，助守东都，未曾扈驾，由炀帝遥传诏敕，加恩贷死，贬为洛阳监门令。睢阳、宁陵一带的百胜，闻叔谋被诛，相率称快，男男女女，都到河边来看叔谋死尸，你一砖，我一石，掷成肉酱，方才散去，这且不必细表。

且说炀帝小住睢阳，约过数天，复启程南下，沿途无甚阻碍，唯大将军许公宇文述，在道病亡，述子化及、智及，统皆无赖，前次尝从幸榆林，两人干犯禁令，与突厥互市。炀帝本欲骈诛，因念述有旧勋，特从宽免。述死，厚加赙恤，予谥曰恭。且授化及为右屯卫将军，智及为将作少监，仍令从行。智及弟士及，尚炀帝长女南阳公主，还称循谨，一对青年夫妇，亦随幸江都，后文自有表见。

唯一方面銮驾畅游，一方面寇盗益炽，前此在逃未获的李密，往投王薄、郝孝德，均见九十五回。皆不见礼，乃走匿淮阳村舍，变姓名为刘智远，聚徒教授，郡县长官，颇以为疑，遣吏往捕，又被遁去。适东都法曹翟让，坐事当斩，狱吏黄君汉，惜他骁勇，破械出狱，令自逃生。让拜谢而去，潜往瓦岗寨为盗。同郡人单雄信，善用马槊，雄长乡里，也纠合少年，入寨助让。还有离狐人徐世勣，年少多才，亦至让处献议道：“东郡于公，与世勣谊属同乡，人多相识，不宜侵掠。荥阳、梁郡，系是汴水通流，商旅不绝，若剽掠商舟，便足自给了。”世勣即徐懋功，初次献议，即导让剽掠商舟，无怪子孙被夷。让即依议，令徒党入二郡间，掠夺商舟财货，充作用费。当时人心思乱，辗转引附，不多时便至万余人。此外有外黄盗王当仁，济阳盗王伯当，韦城盗周文举，雍邱盗李公逸，与翟让各据一方，不相通问。

李密既得漏网，往来诸贼帅间，劝他乘乱崛兴，规取中原。各贼帅初尚未信，经密说得天花乱坠，也觉动心，推为谋主。密互为联络，差不多如苏秦约纵一般，大家互相告语道："今人皆云杨氏当灭，李氏将兴，此人得一再脱险，莫非就是古人所言，王者不死么？"因相率敬密。会王伯当与翟让交通，互相往来，密即由伯当介绍，往见翟让，为让划策，并替他说降诸小盗。让遂与亲爱，尝同计事。密因说让道："刘、项皆起自布衣，得为帝王，今主德日昏，民生日困，大乱已起，正是刘、项奋起的机会，如足下雄才大略，拥众万余，若席卷二京，诛除暴虐，怎见得不如刘、项呢？"让谢不敢当。会东都有李玄英亡命，径访李密，倾心相事，他人问为何因？玄英道："近来民间歌谣，有桃李章云：'桃李子，皇后绕扬州，宛转花园里，勿浪语，谁道许？'这数语隐寓预谶。桃李子，谓李子逃亡，皇后宛转扬州，是天子将在扬州毕命，勿浪语，谁道许，是隐隐藏一密字，他日身为真主，所以特来投诚。"既而宋城尉房彦藻等，亦来依密，共处瓦岗寨中。密又与瓦岗军师于雄结交，令说让出图中原。雄因说让道："公若自立，恐未必成事，若立蒲山公，事无不济。"蒲山公见前。让笑道："蒲山公果得为王，何必依我？"雄答道："将军姓翟，翟义为泽，蒲非泽不生，所以来依将军。"亏他附会。让信为真言，遂依密前议，发兵攻取荥阳诸县。

荥阳通守郇王庆，懦弱无能，急向行在求援。炀帝特调张须陁为荥阳通守，使讨翟让。须荳系百战骁将，到了荥阳，屡破让众。让勒兵欲遁，密坦然道："须陁有勇无谋，兵又骤胜，既骄且狠，再战必败，公且列阵待着，密自有计破他，万勿加忧。"让不得已麾众再战。须陁已经轻让，直前搏击，让众已似惊弓之鸟，哪里支撑得住？纷纷却退。须陁驱兵追赶，约十余里，过一大林，林内一声号炮，杀出两支生力军，左为王伯当，右为徐世勣，合裹拢来，围住须陁。须陁冲突出围，见左右不能尽出，再跃马突入，欲救余众，李密在高阜望见，急命弓弩手四面注射，箭如飞蝗，可怜一员隋朝勇将，竟堕入李密狡计，中箭身亡。部兵除被杀外，狼狈遁去，号泣不止。河南郡县，统皆丧气。有诏令光禄大夫裴仁基，为河南道讨捕大使，徙镇虎牢。

翟让经此大胜，喜出望外，乃分兵与密，别建一营，号为蒲山营。让获得辎重甲仗，便欲还向瓦岗。实无大志。密苦劝不从，竟与密别去。密独率麾下西行，沿路招降诸城，大获资储。让闻报甚悔，因复引众从密。密遂拟进击东都，忽闻太仆杨义臣，击毙张金称、高士达，逐走窦建德，兵势甚盛。

密恐他还援东都，未敢骤进。后来又探得义臣罢归，窦建德复取饶阳，乃再议进行。这位隋太仆杨义臣，本是一个庸中佼佼的好官，自出兵河北，迭破群盗，辄列状上闻。内史虞世基，专事谄谀，谓义臣虚张贼势，居心叵测，不如撤归为是，炀帝深信世基，竟追还义臣，且遣散他麾下士卒，于是贼势复张。鄱阳复出一个剧盗，姓林名士弘，有众数万，攻杀隋御史刘子翊，居然自称楚帝，建元太平，据有九江、临川、南康、宜春等郡，猖獗南方。涿郡虎贲郎将罗艺，亦称兵造反，自称幽州总管，骚扰北境。唯伪燕王格谦，见四十五回。总算由王世充击死，但谦党高开道，收集败众，又复出掠燕地，气焰复张。光禄大夫陈棱，往讨杜伏威，又为所败，再加鲁郡起了徐圆朗，马邑起了刘武周，朔方起了梁师都，真是一波未平，一波又起，直使四方官吏，无可措手，只好得过且过，任盗所为。随笔插叙，省却无数笔墨。

李密闻天下大乱，亟欲进取东都，据有腹地，号召四方，乃屡语翟让道："今东都空虚，越王年幼，留守诸官，皆非将军敌手，若将军能用仆计，天下可指麾即定哩。"让犹怀疑惧，因遣党人裴叔方，往觇东都虚实。留守诸官，方才察觉，缮城为备，且驰表告急行在。时已为大业十三年，翟让得叔方还报，谓东都有备，又生疑阻。密语让道："事已如此，不得不发。密闻洛口仓储粟甚多，若引众袭取，赈给贫乏，远近孰不趋附？百万众亦可立集。然后檄召四方，引贤豪，选骁悍，智勇俱备，得天下如反掌了。"让答道："这是英雄计略，非仆所能，但任君指麾，尽力从事，请君先发，仆为后殿。"密乃选三千人为前驱，让率四千人继进，出阳城，北逾方山，直抵洛口仓。仓中守卒，寥寥无几，顿时骇散。密攻破仓门，让亦踵至，开仓发粟，任民恣取，穷民大悦。前朝议大夫时德叡，举尉氏县应密，故宿城令祖君彦，亦自昌平来附。君彦素有才名，密引为记室，令掌书牍。

东都留守越王侗，遣虎贲郎将刘长恭，光禄少卿房崱，率步骑万五千人，来援洛口，又使河南讨捕使裴仁基，自汜水西进，从后夹攻。密已探知信息，分部众为十队，四队伏横岭下，截住仁基，六队列阵石子河，静待长恭等军。长恭鼓锐前来，势甚汹涌。让出当敌冲，接战不利，且战且走。长恭未曾朝食，忍饥追逐。中途被李密率兵冲出，截为两橛，军士已皆枵腹，不耐久战。更因遇伏心慌，统吓得弃甲曳兵，仓皇逃散。长恭见不可支，也解衣潜窜，遁归东都。隋兵十死五六，资械荡尽无余。密与让威名大振，让乃推密为主，号为魏公，自称元年。密登坛置吏，拜让为上柱国，兼司徒东郡公。单雄信、徐世勣，为左右大将军，此外各封拜有差。凡赵魏以北，江淮以南，许多贼帅，多闻风响应，愿受节制。密悉给官爵，仍使统领原部，自就洛口城扩地为垣，周围四十里，作为根据地，特设行军元帅府，分兵四出，迭取河南郡县，并授齐郡盗孟让为总管，使他夤夜往袭东都。让至洛阳城下，城上不及防备，竟被让众扒入，焚掠外郭，还亏内城急忙抵御，才得保全。让手下只二千人，恐一经天晓，内城发兵来攻，不能抵挡，乃鼓啸而去。

河南讨捕使裴仁基，遇事迁延，洛口一战，愆期不至，又恐得罪朝廷，进退维谷。李密知他狼狈，使人诱降。仁基竟举虎牢降密，密封他为上柱国，使与翟让同袭回洛东仓，应手而下，遂烧天津桥，纵兵大掠。适东都出兵堵击，仁基等与战败绩，相率退还。李密督众自往回洛仓，大修营垒，进逼东都。还有秦叔宝、罗士信等，本在张须陁部下，须陁战死，秦、罗失了主帅，无处可依，也来投密。更有程咬金、赵仁基诸人，亦率众归密，密皆署为总管，分统部卒，遂令记室祖君彦，草就檄文，堂堂正正的声讨炀帝，数他十罪，恰是有理。略云：

宛公大元帅李密，谨以大义布告天下！隋帝以诈谋入承大统，罪恶滔天，不可胜数。紊乱天伦，谋夺太子，罪之一也；弑父自立，罪之二也；伪诏杀弟，罪之三也；迫奸父妃，罪之四也；诛戮先朝大臣，罪之五也；听信奸佞，罪之六也；开市扰民，征辽黩武，罪之七也；大兴宫室，开掘河道，土木之工遍天下，虐民无已，罪之八也；荒淫无度，巡游忘返，不理政事，罪之九也；政烦赋重，民不聊生，毫不知恤，罪之十也。有此十罪，何以君临天下？可谓罄南山之竹，书罪无穷，决东海之波，流恶难尽。密今不敢自专，愿择有德以为天下君，仗义讨贼，望兴仁义之师，共安天下，拯救生灵之苦。檄文到日，速为奉行！

檄语煌煌，钲鼓渊渊，乱世枭雄李玄邃，是密表字。得机得势，风靡海内，似乎兴王盛业，要属此人，哪知后来的真命天子，不是此李，却是别有一李。小子有诗咏道：

历代兴亡几变迁，半由人事半由天。
刘歆应谶翻遭戮，谁识玄机在事先？

究竟李密以外，尚有何处李姓，得成帝业，容待下回叙明。

麻叔谋腰斩一事，亦见韩偓《开河记》，正史中略而不详，意者以事同微渺，不可尽信欤？然既有文献之足征，不得谓竟无其事。况韩偓作记，年月并详，当非寓言可比。本编依记演述，存其真也。瓦岗寨始于翟让，而李密因之，密之自号魏公，已在洛口城中，并不在瓦岗寨，且秦叔宝、罗士信、程咬金等之依附，均在密称魏公之后，所与翟让共起寨中者，第单雄信、徐世勣二人已耳。《隋唐演义》，混叙不明，且以瓦岗寨为绝大根据地，此于正史杂记中，向无所见，故绝不混述，可采者从之，不可采者舍之，下笔时固自有斟酌也。

第九十九回　迫起兵李氏入关中
嘱献书矮奴死阙下

却说李密传檄四方，余盗响应，总道是唾手中原，可以应谶，偏偏天命所归，不属李密，却付诸太原留守李渊。渊奉炀帝敕旨，调兵击破甄翟儿，遂在太原镇守。会晋阳令刘文静，与李密素有婚谊，坐罪除名，囚系狱中。渊子世民，已随父至太原，与文静素来友善，屡往探视，且代为叹惜。文静怅然道："近来天下大乱，性命原轻似鸿毛，除非汉高祖、光武帝复生，或能重见天日。"世民道："君怎知今世无人？我来相省，正欲与君共议大事，难道效儿女子哭泣么？"文静乃与世民密谈，想出一种下手方法，请世民父子掩取关中。世民颇费踌躇，再经文静附耳授计，始喜跃而去。

原来晋阳宫监裴寂，为渊旧友，文静知世民不便劝父，特嘱他结好裴寂，作为导线。寂尝使酒好博，世民投寂所好，尝引与宴昵，且故意输钱。寂遂日夕过从，彼此甚是欢洽。世民因举密谋相告，寂徐徐答道："恐尊公不从奈何？"世民一再相恳，寂想了片时，方道："有了有了，他日报命。"过了一两天，寂引渊入晋阳宫，盛宴相待，饮至半醉，却走出两个美人儿，前来侑觞。渊已酒醉糊涂，也不问明底细，还道是歌伎一流，乐得借色陶情，畅饮遣怀，不多时颓倒玉山，沉沉欲睡。酒色两字，最足迷人，古来多少英雄，往往逃不过此关。两美人扶他入寝，伴宿一宵。及天已黎明，渊才醒来，开眼一瞧，竟有两美人侍着，不禁咄咄称奇；连忙问及来历，乃是晋阳宫中的尹、张二妃。渊大惊而起，慌忙趋出，召问裴寂。寂答称不妨。渊失色道："这宫是天子的行宫，尹、张二美人，是天子留住行宫的嫔御，如何叫她侍寝？若被天子闻知，我还想保全性命吗？"谁叫你着了道儿？寂笑道："唐公！为何这般胆小？不要说起几个宫人，就是隋室江山，也可唾手取来。"渊只是顿足，连呼："误我。"忽有一人走报，突厥兵进寇马邑。渊只好匆匆出宫，亟遣副留守高君雅，率兵出援。

君雅去了数日，即有败报到来，渊很是不安。世民乘间进言，请渊速图大事。渊叱他妄言，嘱令缄口。越日，世民再向渊密陈利害，渊始觉心动，喟然叹道："今日破家亡躯，由汝一人，化家为国，亦由汝一人了。"话虽如此，但因眷属尚在河东，一时不敢发难，忽由江都传到消息，乃是炀帝疑忌李渊，说他不能御寇，将遣使执诣江都，渊益加惊惧。世民复约同裴寂，共劝渊及早定计。渊为保身起见，也只好依他所议，勒兵待发。会江都又传到赦诏，仍令渊照旧供职，渊稍稍放心，暂且按兵不动。那世民却急不暇待，已暗地差遣心腹，赴河东去接家眷，一俟眷属至太原，便拟兴师。看官听着！这李渊的妻室，便是北周上柱国窦毅的女儿。毅曾尚周武帝姊襄阳公主，隋受周禅，窦女曾自恨我非男子，不能救舅家，见八十一回。毅已目为奇女。后来画屏射雀，因渊得中目，招为女夫。生子四，女一，长名建成，次即世民，又次名玄霸、元吉，一女适临汾人柴绍。是时窦氏已殁，可惜不得见隋灭唐兴。玄霸亦早世，建成、元吉，接到世民密书，便邀同柴绍，同赴太原。那刘文静已与世民密谋起事，怂恿裴寂速即劝渊。寂正恐宫人侍寝，事泄被罪，屡次催渊起兵。渊乃释出文静，令他诈为敕书，发太原、西河、雁门、马邑人民，使讨高丽。百姓怎知诈谋，急得魂梦不安，日夕思乱。

偏马邑乱首刘武周，闯入汾阳宫，掠得宫中妇女，往献突厥，请他为助。突厥竟立武周为定杨可汗，僭号称元。又有流人郭子和起兵榆林，金城校尉薛举，起兵陇西，西北一带，几无宁宇。武周又逼近太原，闹得李渊无法图存，不得已冒险起事。可巧高君雅回城乞援，渊佯与议事，还有副留守王威，也在座中。刘文静引入司马刘政会，讦告威与君雅，潜召突厥入寇。两人怎肯诬认，正在辩论，世民已引兵趋入，立将两人拿下，送入狱中。才阅两日，突厥兵数万人，果入寇晋阳，即太原。渊命裴寂等埋伏城闉，竟将城门洞开。突厥兵不敢驰入，回头径去。渊遂诬称威与君雅，实召外寇，斩首以徇。兵民信为实事，哪个为两人呼冤。

建成、元吉，与柴绍同至太原，渊因家眷已至，便好安心发兵。刘文静恐突厥牵制，劝渊自作手书，通好突厥，啗以厚利。突厥始毕可汗，唯利是图，当然应允。且云唐公当自为天子，方出兵马相助。渊不敢骤然称尊，用裴寂计，尊隋帝为太上皇，立代王侑为帝，移檄郡县，改易旗帜，阳示突厥有更新意；并与突厥订约，共定京师，有土地归唐公，子女玉帛归突厥等语。突厥遂馈马千匹，作为军资。渊即遣建成、世民，往攻西河郡，一鼓即下，擒住郡丞高德儒。世民面责德儒道："汝指野鸟为鸾，欺惑人主，见九十六回。我故特兴义师，前来诛汝。"说至此，即令将德儒推出斩首，此外不戮一人，令百姓各安旧业，远近称颂。建成、世民，引还晋阳，往返只越九日。渊大喜过望，遂自称大将军，开府置官，发仓赈民。裴寂为大将军府长史，遂将晋阳宫中子女玉帛，俱移送将军府中。于是尹、张二妃，由渊老实受用，左拥右抱，趣味可知。已开后世宫闱之祸。

待至新秋，渊自督兵西行，留季子元吉居守晋阳，传檄示众，无非说是发兵入关，拥立代王。代王侑却遣郎将宋老生屯霍邑，大将军屈突通屯河东，两路拒渊。渊途中遇雨，不能急进。会接李密来书，自恃兵强，欲为盟主。渊姑与周旋，复书推密，令他塞住河洛，牵缀隋兵。好几日才得天晴，用建成、元吉为前驱，进攻霍邑，阵斩宋老生，乘胜下临汾、绛郡，招降韩城。刘文静出使突厥，也引突厥兵五百人，马二千匹，前来相会。关中积盗孙华，望风投顺，愿为向导，遂引渊渡河。另在河东留住偏师，围攻屈突通。关中士民，陆续趋附。冯翊太守萧造，亦输款投诚。渊再命建成、刘文静等屯永丰仓，守住潼关，控制河东。世民、刘弘基等，往略渭北，自寓长春宫，居中调度。忽来了一队娘子军，为首的女英雄，就是李渊女儿，柴绍妻室。她本熟谙武略，因与从叔神通，募集丁壮，起应父兄，夫妻相聚，骨肉重逢，自有一番欢愉气象。世民进屯泾阳，收降关中群盗，有众九万人。柴绍夫妇，各置幕府，亦随世民同进。代王侑急命将军阴世师，郡丞骨仪，保守关中，登城备御。那世民复自泾阳出发，一路秋毫无犯，经过延安、上郡、雕阴诸境，无不叩马迎降，因向长春宫报捷，请渊督兵会攻。渊乃启节西行，往会世民。世民已先抵长安城下，至渊来会师，合兵二十余万，先遣使传谕守吏，愿拥立代王。守将阴世师不服，叱回去使。渊乃下令攻城，并约将士入城后，不得犯隋七庙，及代王宗室。将士奉令攻扑，前仆后继，连日不退。军头雷永吉，首先登城，余众随上，杀散城头守卒，逾城开门，迎纳渊军。阴世师、骨仪，战败被擒。代王侑年只十三，有什么能力，逃匿东宫，抖做一团。渊率军搜寻，得见代王，当下将他拥出，徙居大兴殿后厅，自寓长乐宫，与民约法十二条，悉除从前苛禁，杀阴世师、骨仪等十数人，余皆不问。越日即拥立代王侑为皇帝，遥尊炀帝为太上皇，改元义宁。此举毋乃多事。渊自为大丞相，都督内外军事，晋封唐王。命建成为世子，世民为秦公，元吉为齐公。

嗣接刘文静军报，已擒住屈突通，械送长安。原来河东各隋军，闻长安失守，家属被虏，当然恟惧。屈突通留部将桑显和，镇守潼关，自率众趋洛阳。显和举关降刘文静，并与文静偏将窦琮，合兵追通。两下相见，显和大呼道："今京城已陷，汝等皆关中人，去将何往？"通众闻言，即释仗愿降，且将通执住，送至文静营中。文静乃转解长安。渊见了屈突通，忙令释缚，好言劝慰。通无法反抗，只得唯命是从。渊命通为兵部尚书，兼封蒋公，遣往河东城下，招谕通守尧君素。君素却是一个硬头子，但知为隋效死，不肯屈节，且举正言责通，说得通羞惭满面，还报李渊。渊暂将河东搁置，专探听东都消息。

自李密进逼东都，越王侗一再遣使，向江都告急，虞世基尚谓越王少不更事，太属慌张，炀帝也以为然。至警报迭来，始命将军庞玉等，往援东都。越王侗亦使段达出兵，夜会庞玉，夹攻李密。密将柴孝和，劝密速袭长安，密不肯从，但在东都城下搏战。偏被庞段两军掩击，竟致大败。密身中流矢，奔回洛口。既而复部署散卒，再向东都，杀败隋军，又遣徐世勣袭取黎阳仓。泰山道士徐洪客，向密上书，谓："宜沿流东指，直向江都，执取独夫，号令天下。"此计最佳，比柴孝和之策，尤见优胜。密也为称善，作书招致洪客，竟不知去向。适王世充等奉炀帝命，带领江淮劲卒，来击李密。密不能东行，只好与世充对垒。又值军中有变，正要设法除患，遂令徐洪客一条好计，徒作虚言。

先是密为翟让所推，得为主帅，让却虚心乐戴，偏让兄翟弘，心下不服，尝语让道："汝不欲为天子，尽可与我，何必与人。"让司马王儒信，亦劝让自为冢宰，让置诸不答。偏密得此信息，不免怀疑。左司马郑颋，更劝密除让，密因与颋等计议，竟诱让入宴，把他杀死，并捕戮翟弘、王儒信。

部众以密忍心负友，多半不平，经密历加慰抚，方才少定。王世充私料李、翟二人，必不相容，拟乘他自乱，乘间进击。及闻让死，顿觉失望；且与密数次交锋，败多胜少，徘徊洛水，不得进救东都。这消息传入长安，李渊特命建成为抚宁大将军，世民为副，渡河南下，声言为东都援应，实是牵制李密，与他争鹿中原。

忽由江都传到急报，炀帝被弑，宇文化及另立秦王浩为帝，渊不禁恸哭道："我北面事人，不能救主，怎得不哀恸呢？"恐是喜极成泪。看官听说！自炀帝到了江都，荒淫益甚，宫中设百余房舍，各盛供张，每房居一美人，轮流作东道主。炀帝自作上客，东游西宴，天天的酒色昏迷。时炀帝年将半百，怎能禁此朝朝红友，夜夜新郎？更兼平时屡服春药，为纵欢计，当时原是百战不疲，一夕能御数女，后来力尽精枯，诸病杂起，并因天下危乱，也觉不安，尝戴幅巾，着短衣，策杖步游，遍历宫院，汲汲顾影；或夜与后妃至高台中，一面饮酒，一面观星，顾着萧后，效为吴语道："外间大有人图侬，侬虽失天下，当不失为长城公，卿亦不失为沈后，且暂管眼前行乐罢！"萧后素来柔顺，但知随声附和，因循过去。妇人过柔，亦有坏处。又越数日，晨起揽镜，复语萧后道："好头颅谁当斫我？"也自知不得为长城公么？萧后惊问何因？炀帝道："贵贱苦乐，循环相寻，有什么可惊哩？"已而江都粮尽，扈驾兵多关中人，久客思归，炀帝见中原已乱，无志北还，且欲徙都丹阳，士卒多半不愿。郎将窦贤，竟不别而行，率部西去。炀帝急遣卫士追杀窦贤，无如人不畏死，仍然悄悄逃走。虎贲郎将司马德戡，与直阁将军裴虔通等，也密议西归，辗转勾引，有一宫人闻知，报知萧后道："外间已人人欲反了。"萧后道："汝可奏达上闻。"宫人因申奏炀帝，炀帝怒道："汝晓得什么国事，乃来妄言？"随叱令左右牵出宫人，把她处死。自是无人敢言。

虎牙郎将赵元枢，已由司马德戡、裴虔通等，串同一气，约期西遁，他本与将作少监宇文智及，为莫逆交，因将密谋转告。智及微哂道："主上虽然淫虐，威令尚行，君等亡去，亦恐蹈窦贤覆辙，自取死亡了。"元枢皱眉道："如此奈何？"智及道："今天已丧隋，英雄并起，同心谋叛，眼前且不下数万人，若因此举事，小为王，大且为帝呢。"元枢半晌才答道："欲行大事，必推主帅，看来唯公兄弟，足当此任。"智及道："这却须与我兄熟商。"元枢乃出，告知同党，德戡等亦皆赞成。又复约同智及，相偕至化及居处，推他为帅。化及胆怯，蓦闻此谋，不由的大惊失色。嗣经党人怂恿，再由智及力劝，方勉强允诺。德戡出召骁果军吏，晓示密谋，大众齐声道："唯将军命！"于是摩厉以须，戒期行事。炀帝未尝不防，并因微识星象，往往夜起观天，望见天象不佳，即召问太史令袁充。充伏地垂涕道："星文大恶，贼星逼帝座甚急，恐祸生旦夕，非修德无以禳灾。"炀帝愀然不乐，起入便殿，俯首唏嘘。回顾见王义在侧，乃与语道："汝知天下将乱么？汝何故不言？"义泣对道："天下大乱，由来已久，小臣服役深宫，不敢预政，如或越俎早言，恐臣骨已早朽了。"炀帝炫然道："卿今为我直陈，令我知晓。"迟了迟了。义答道："待小子具牍奏明。"说毕趋退。越宿即面呈一书，究竟是否出自义手，亦不得而知。但书中指陈前弊，却是深切著明，书云：

臣本南楚卑薄之民，逢圣明为治之时，不爱此身，愿从入贡，出入左右，积有岁华，浓被恩私，皆逾素望，臣虽至鄙，颇好穷经，略知善恶之本源，少识兴亡之所以，深蒙顾问，方敢敷陈。自陛下嗣守元符，体临大器，圣神独断，谏议莫从。独发睿谋，不容人献。大兴西苑，两至辽东，龙舟逾于万艘，宫阙遍于天下，兵甲常役百万，士民穷乎山谷。征辽者百不存十，没葬者十未有一。帑藏全虚，谷粟涌贵，乘舆竟往，行幸无时，遂令四方失望，天下为墟。方今有家之村，存者可数，子弟死兵役，老弱困蓬蒿，饿莩盈郊，尸骸如岳，膏血草野，狐犬尽肥。阴风无人之墟，鬼哭寒草之下。目断平野，千里无烟，万民剥落，莫保朝昏。父遗幼子，妻号故夫，孤若何多？饥荒尤甚，乱离方始，生死孰知？人主爱人，一何如此？陛下恒性毅然，孰敢上谏，或有鲠言，又令赐死。臣下相顾，箝结自全。龙逄复生，安敢议奏？左右近臣，阿谀顺旨，迎合帝意，造作拒谏，皆出此途，乃蒙富贵。陛下过恶，从何得闻。方今又败辽师，再幸东土，社稷危于春雪，干戈遍于四方，生民已入涂炭，官吏犹未敢言。陛下自维，若何为计？陛下欲幸永嘉，坐延岁月，神武威严，一何销铄？陛下欲兴师，则兵吏不顺，欲行幸则侍卫莫从，适当此时，如何自处？陛下虽欲发愤修德，加意爱民，然大势已去，时不再来。巨厦之倾，一木不能支，洪河已决，掬壤不能救。臣本远人，不知忌讳，事已至此，安敢不言。臣今不死，后必死兵。敢献此书，延颈待尽，窃不胜惶切待命之至。

炀帝看罢，不禁太息道："从古以来，哪有不亡的国家，不死的主子？"义跪伏涕泣道："陛下到了今日，尚自饰己过，臣闻陛下尝言，朕当跨三皇，超五帝，俯视商周，为万世不可及的圣主。今日时势至此，连乘舆都不能回京，岂非大悖前言么？"炀帝也不能自辩，只泣下沾襟道："汝真忠臣，朕悔已无及了。"义又泣道："臣昔不言，尚是贪生，今既具奏，愿一死报谢圣恩，请陛下自爱！"说至此，即叩头辞去。炀帝方再阅义书，有一人入报道："王义自刎了。"却也难得，可惜徒死无益，未当国殇。炀帝惊叹道："有这等事吗？可悲可痛！"遂命有司具礼厚葬。是日又接到几处警报，武威司马李轨，占据河西，自称凉王。罗川令萧铣，占据巴陵，自称梁王。还有金城乱首薛举，前僭号西秦霸王，今且移据天水，居然自称秦帝了。两路新发，一路已见上文。炀帝急得没法，只有自嗟自叹。好容易又阅数宵，正与后妃等饮酒排遣，忽见东南角上，火光冲天，且有一片喧噪声，慌忙召入直阁将车，问为何因？那直阁将军不是别人，正是密谋作乱的裴虔通。虔通入对炀帝道："不过草坊中失火，外面兵民扑救，所以有此哗声，愿陛下勿虑！"炀帝遂放了心，但令虔通出外严守，自己酣饮至醉，挈了萧后、朱贵儿，安然同寝去了。只有此宵。

未几，鸡声报晓，天色微明，那叛兵已拥入玄武门，大刀阔斧，杀入宫来。玄武门前，本有宫奴数百人，统皆强壮，由炀帝特别简选，给他重饷，常令把守，是夕由司宫魏氏，得了叛党的贿嘱，矫诏放出，令得休息。司马德勘先驱进宫，如入无人之境，再加裴虔通作为内应，将宫门一律闭住，只开了东门，驱出宿卫，容纳叛党。唯右屯卫将车独孤盛，与千牛备身独孤开远，尚未与叛党勾通，眼见得情势不佳，即出来诘问虔通。虔通道："事已至此，与将军无干，将军不必动手，同保富贵。"独孤盛怒骂道："老贼说出什么话来？"遂拔刀与虔通奋斗，战约数合，司马德戡已率叛众直入，来助虔通，独孤盛手下，只有数人，哪能敌得住许多的叛党，霎时间盛被刺死，左右逃散，独孤开远忙驰叩阁门，请炀帝亲自督战。途中集卫兵数百名，至阁门外大呼大叫，并没有一人答应，叛党已经驰到。开远回马接战，也是寡不敌众，被他刺中马首，掀落地上，为乱兵牵扯去了。阁内无人守住，由叛党斩门突入，趋至寝殿，来寻炀帝。小子有诗叹道：

群雄逐鹿几经秋，锦绣河山已半休。
到此昏君犹不悟，萧墙怎得免戈矛？

欲知炀帝曾否起床，且看后文结末的一回。

李渊之起兵，实不及李密之光明。狎宫妃，事突厥，铤而走险，不过为身家计。初无吊民伐罪之心，其所由得入关中者，全仗世民一人。世民才智，远过乃父，而李密无此佳儿，此其所以终落人后也。且李密曾劝杨玄感入关，及其自为元帅，反顿兵东都，利令智昏，不败不止，徒恃一祖君彦之文笔，究何益乎？炀帝至濒亡之际，戎虏伏于帷墙，尚自荒淫不悟，王义一书，痛快淋漓，读之令人酸鼻，而正史不录其事，岂因义为宫掖小人，本不足道，且一死谢君，固不过如匹夫匹妇之为谅乎？韩偓《海山记》，独表而出之，故本编亦不肯苟略云。

第一百回　弑昏君隋家数尽
鸩少主杨氏凶终

却说裴虔通、司马德戡等入寻炀帝，趋至正寝，空帏寂寂，不见一人，当即退出，另向各处搜寻。行至永巷，撞着了一个宫人，挟了细软物件，拟往别处逃生。适被裴虔通一把拿住，便问主上现在何处？宫人尚推说不知。虔通举刀相逼，只得手指西阁，向他明示。虔通乃放去宫人，领着乱党，闯入西阁，校尉令狐行达，拔刀先进。炀帝正与萧后、朱贵儿，闻变急起，自正寝逃匿西阁，猛闻阁下人声喧杂，亟开窗俯瞩，正值行达耀武扬威，恶狠狠的持刀过来，便惊问道："汝欲来杀我么？"行达道："臣不敢为逆，但欲奉陛下西还哩。"说着，即突入阁门，登楼逼下炀帝。虔通亦入，炀帝与语道："汝非我故人么？何为叛我？"虔通道："臣不敢反，只因将士思归，即奉陛下还京。"炀帝道："朕非不思归，正为上江米船未至，是以迟迟，今便与汝等同归罢！"虔通乃出，但令行达等把守阁门，不准外人出入。一面遣同党孟秉，往迎化及。化及驰入朝堂，由司马德戡迎谒。化及犹俯首据鞍，自称罪过。实是无用。德戡等扶他下马，拥入殿中，推为丞相，宣召百僚。

裴虔通复入语炀帝道："百官统在朝堂，俟陛下亲出慰谕。"炀帝尚不欲出阁，由虔通迫令上马，挟出宫门。萧后、朱贵儿俱未及晓妆，蓬头披发，随在马后，将欲出殿，被化及瞧着，忙向虔通摇手道："何用持此物来！"虔通乃引炀帝至寝殿，自与德戡持刃夹侍。炀帝问世基何在？下面立着叛党马文举，厉声答应道："已枭首了。"炀帝叹道："我何罪至此？"文举道："陛下违弃宗庙，巡游不息，外勤征讨，内极奢淫，丁壮毙锋刃，老弱转沟壑，四民丧业，专任佞谀，拒谏饰非，怎得说是无罪？"炀帝道："朕负百姓，不负汝等。汝等荣禄兼至，奈何负朕？今日事孰为戎首？"德戡应声道："普天同怨，何止一人？"言未已，忽有一女子振着娇喉，挺身出骂道："何等狂奴？胆大妄言。试想天子至尊，就使小有过失，亦望汝等好生辅导，怎得无礼至此？况三日以前，曾有诏令宫人各制絮袍，分赐汝等，天子方很加体恤，奈何汝等负恩，反敢迫胁乘舆？"德戡怒目注视，乃是炀帝幸姬朱贵儿，便反唇道："天子不德，都是汝等淫婢，巧为蛊惑，以致如此。今日反来多言吗？"朱贵儿尚大骂逆贼不止，惹得德戡性起，顺手一刀，把贵儿砍死，一道芳魂，已先入鬼门关，静候炀帝去了。《海山记》载及此事，故特录及以表节烈。德戡复语炀帝道："臣等原负陛下，但今天下俱乱，两京已为贼据，陛下欲归无路，臣等亦求生无门，且自思已亏臣节，不能中止，愿借陛下首以谢天下。"炀帝听了，吓得魂飞天外，哑口无言。蓦见舍人封德彝趋入，还道他是心腹忠臣，必来救护，哪知德彝亦满口胡言，历数炀帝罪恶，促令自裁。炀帝不禁动怒道："武夫不知名分，还可说得，汝乃士人，读书明礼，也来助贼欺君。汝且自想！该不该呢？"德彝也不觉自惭，赧颜退出。可为信佞者作一榜样。赵王杲系炀帝幼子，年仅十二，见炀帝如此被逼，竟上牵父衣，号啕大哭。虔通听得讨厌，索性也赠他一刀，杲当然倒毙，血溅御袍，便欲顺手行弑。炀帝道："天子死自有法，怎得横加锋刃？快去取鸩酒来。"叛党不许。令狐行达复上前逼帝自决，炀帝乃自解练巾，授与行达。行达便将巾套帝颈上，用力一绞，一个淫昏无道的主子，气决归天。总计炀帝在位十三年，享年五十。

叛党既弑了炀帝，便出报宇文化及，化及语众道："昏主已死，宜立新帝，前蜀王秀尚被囚禁，近亦随至东都，不如迎立为主罢。"大众喧嚷道："斩草须要除根，奈何再立蜀王？"遂不待化及命令，分头搜戮，杀死蜀王秀，齐王暕，燕王倓，并及杨氏宗戚，无论少长，一律斩首。唯皇侄秦王浩，系炀帝弟秦王俊子，炀帝曾令他袭封，平素与智及往来，智及一力保护，幸得免死。又杀内史侍郎虞世基，御史大夫裴蕴，左翊卫大将军来护儿，太史令袁充，右翊卫将军宇文协，千牛宇文晶，梁公萧钜等十数大臣。黄门侍郎裴矩，向来是炀帝幸臣，因他扈驾东都，曾替将士献议，搜括寡妇处女，分配将士，颇得众欢；且当化及入宫时，迎拜马首，所以得免。前光禄大夫苏威，亦往贺化及，化及优礼相待，推为耆硕。百官闻威亦入贺，相率趋集。实是怕死。独给事郎许善心不至，化及恨他反对，即遣骑士就善心家，把他擒至朝堂，问他何故不贺？善心道："公为隋臣，善心亦食隋禄，难道天子被戕，尚有心称贺么？"化及无言可驳，乃令释缚。善心拂衣趋出，绝不道谢。化及又不禁动怒道："此人负气太甚，决不可留。"因复遣党人擒回，把他斩首，发尸还葬。善心母范氏，已九十二岁，抚柩不哭，但向尸叹息道："能死国难，不愧我子。"说着，扶杖还卧，绝粒数日而终。母子同心，足愧佞臣。

化及自称大丞相，总掌百揆，令弟智及为左仆射，士及为内史令，裴矩为右仆射，司马德戡、裴虔通等，各有封赏。时已天暮，乱党统喜跃而归。化及闲着，便带着亲丁数名，入视宫寝，行至正宫，但见一班妇女，围住萧皇后，在那里啼哭。化及朗声道："汝等在此哭什么？"萧后前见朱贵儿被杀，吓得魂胆飞扬，逃入后宫，抖个不住，此时听得化及一声，又道他前来加刃，不由的起身离座，向后躲避。化及见她玉容乱颤，翠袖斜欹，已觉可怜得很，再从左右顾盼，无一非钗鬟半亸，眉目含颦，当下且怜且语道："主上无道，故遭横祸，与汝等本无干涉，不必过慌。"一班美人儿，你觑我，我觑你，莫敢发言。还是萧后接着道："将军请坐，我等命在须臾，幸乞将军保全！"叫你献出禁脔，自然保全。化及再注视萧后，更暗暗称奇。原来萧后虽已四十许人，望去却与盛年无二，依然是丰容盛鬋，秀色可餐，便趋近一步道："皇后不必过悲，倘不见嫌，愿共保富贵。"说着，复回顾亲丁道："快到御厨中往取酒肴，与后妃等压惊。"亲丁奉令自去。化及复顾语萧后道："十六院夫人，俱在此处否？"萧后道："多半在此。"化及道："快去召齐，到此饮酒。"萧后乃遣宫女分头往召，不一时俱已到来。好在酒肴亦俱搬入，化及分定宾主，自坐客席。萧后以下，列坐主席。起初尚觉有些羞耻，及饮了几杯，彼此忘怀，居然有说有笑，好似化及是个炀帝转身，一些儿不分同异。唯萧后婉语道："将军既有此义举，何不立杨氏后人，自明无私？"化及道："我亦做这般想。现唯秦王浩尚存，明日立他为帝便了。"萧后称谢。到了酒酣饭罢，席撤更阑，化及醉意醺醺，令众美人散归本室，自己搂住萧皇后，同入欢帏。萧后贪生怕死，也顾不得什么名义，屈节受污。

嗣是化及占据六宫，把十六院夫人，挨次淫乱，就是吴绛仙、袁宝儿一班美人，也难幸免。一班畜生。看官听着！这隋炀帝烝淫无忌，纵欲无度，已受了白练套头的惨报，凡从前所有的预兆，一一应验，并且子孙被人诛，妻妾被人淫，好一座锦绣江山，平空断送，可见得衣冠禽兽，总要遭殃，就是贵为天子，也难逃此重谴哩。如闻响钟。

且说宇文化及占住后妃，方依萧后所请，托奉皇后命令，立秦王浩为帝，草草把炀帝棺殓，殡诸西院流珠堂。此外被杀各人，俱命藁葬。秦王浩唯一坐正殿，朝见百官，嗣后迁居尚书省，用卫士十余人监守，差不多与罪犯一般。国家大事，均归化及兄弟专断，但遣令史至尚书省，迫浩画敕。百官亦不得见浩。化及自奉，一如炀帝生前，纵恣月余，始从众议，欲还长安，命左武卫将军陈棱，为江都太守，领留后事。

当下出令戒行，皇后六宫，仍依旧式为御营，营前立帐。化及居中视事，仪卫队伍，概拟乘舆。凡少帝浩以下，并令登程，夺江都人民舟楫，取道彭城水路，向西进行。到了显福宫，虎贲郎将麦孟才，虎牙郎钱杰，与折冲郎将沈光，拟乘夜袭杀化及，为炀帝报仇，不幸事泄，被司马德戡引兵围住，一律斗死。及行抵彭城，水路不通，夺得民间牛车二千辆，并载宫人珍宝。此外器仗，悉令兵士背负，道远力疲，俱有怨言，就是司马德戡、赵行枢等，亦皆生悔意，谋杀化及。偏又为化及所闻，遣士及诱他入谒，一并擒斩，该死的坏党。复带领部众，向巩洛进发。途次为李密所阻，不得西进，乃暂入东郡，借图休息，再与李密交兵。

唐王李渊，本欲掩取东都，才拟称帝，适建成世民，自东都引归，劝渊称尊，号召天下，渊乃自为相国，职总百揆。过了数日，群僚再三劝进，因迫隋帝侑禅位，唐王渊公然称帝，即位受朝，改义宁二年为武德元年，废帝侑为酅国公，追谥太上皇为炀帝，但选录杨氏宗室，量才授职，总算与前朝篡国的主子，稍稍异趋，若要正名立论，恐终难免一篡字呢。月旦公评。李氏自起兵至即位，俱用简文，详见《唐史演义》。

那东都留守各官，既闻炀帝凶耗，又接关中警信，遂推越王侗嗣皇帝位，改元皇泰，进用段达、王世充为纳言，元文都为内史令，共掌朝政。会闻宇文化及率众西来，东都人民，相率恟惧。有士人盖琮上书，请招谕李密，合拒化及，元文都等颇以为然，即授琮为通直散骑常侍，赍敕赐密。密与东都，相持多日，又恐世充化及，左右夹攻，也乐得将计就计，复书乞降，愿讨化及以赎罪。皇泰主册拜密为太尉，兼魏国公，令先平化及，然后入朝辅政。密乃与世充息争，专拒化及。世充引众入东都，正值元文都等，张饮上东门，设乐侑觞。世充忿然道："汝等谓李密可恃么？"密恐陷入围中，假意求降，宁有真心？况朝廷官爵，轻授贼人，试问诸君意欲何为？乃反置酒作乐，自鸣得意么？"文都虽不与多辩，心下很是不平，遂与世充有隙。嗣接李密连番捷报，已将化及杀退。东都官僚，互相称贺，独世充扬言道："文都等皆刀笔吏，未知贼情，将来必为李密所擒。况我军屡与密战，杀伤不可胜计，密若入都辅政，必图报复，我等将无噍类了。"这一席话，明明是挑动部曲，反抗朝议。文都情急，忙与段达密议，欲乘世充入朝，伏甲除患。偏段达转告世充，世充遂勒兵夜袭含嘉门，斩关直入。文都闻变，亟奉皇泰主御乾阳殿，派兵出拒世充。世充逐节杀入，无人敢当，进攻紫微宫门，皇泰主使人登紫微观，问世充何故兴兵？世充下马谢过，且言："文都私通外寇，请先杀文都，然后杀臣。"皇泰主得报，迟疑未决。可巧段达趋进，顾视将军黄桃树，把文都拿下。文都语皇秦主道："臣今朝死，恐陛下也不能保暮了。"说虽甚是，但也失之过激。皇泰主无法调停，只得垂泪相送，一经文都出门，便被世充麾下，乱刀斫死。世充趋入殿门，谒见皇泰主，皇泰主愀然道："未曾闻奏，擅相诛戮，臣道岂应如此？公自逞强力，莫非又欲及我么？"世充拜伏流涕道："文都包藏祸心，欲召李密，共危社稷，臣不得已称兵加诛。臣受先帝殊恩，誓不敢负陛下，若有异心，天日在上，使臣族灭无遗。"仿佛猪八戒罚咒。皇泰主信为真言，乃引令升殿，命世充为左仆射，总督内外诸军事。世充又收杀文都党羽，令兄弟典兵，独揽大权，势倾内外，皇泰主但拱手画诺罢了。

李密追击宇文化及，直至魏县，乃引兵趋还东都，到了温县，闻东都有变，始还屯金墉城。适东都大饥，流民出都觅食，密开洛口仓赈济难民，收降甚众。王世充伪与密和，愿以布易米。密军多米乏衣，许与交易，东都得食，遂无人往降。密方知堕世充狡计，绝不与交。哪知世充已挑选精锐，前来攻密。密留王伯当守金墉，邴元真守洛口，自引众出偃师北境，抵御世充。世充夜遣轻骑，潜入北山，伏溪谷中。更命军士秣马蓐食，待晓即发，掩击密军。密藐视世充，不设壁垒，被世充麾兵杀入，行伍大乱。再由北山伏兵，乘高驰下，锐不可当。密众大溃，遁回洛口。邴元真已愿降世充，闭门不纳。密东奔虎牢，王伯当亦弃金墉城，来与密会议行止。诸将多半解体。密乃决计入关，往降唐朝。当时随密同行，只一王伯当，他将多投入世充。唐授密为光禄卿，赐爵邢国公，密意尚未足，后来又与王伯当叛唐，终为唐行军总管盛彦卿所杀。王伯当亦死。唯徐世勣曾为密所遣，居守黎阳，寻即受唐招谕，赐姓李氏。

李渊因河东未下，尝遣刺史韦义节往攻，不利，再命华州刺史赵慈景，与工部尚书独孤怀恩，率兵往攻。怀恩行至蒲坂，未曾设备，被河东守将尧君素发兵掩袭，怀恩败走，赵慈景挺身断后，力屈被擒，枭首城外。慈景曾尚李渊女桂阳公主，听得女夫战死，当然悲悼，桂阳公主，更哭得似泪人儿一般，力请为夫复仇。渊劝她返家守丧，更促怀恩进攻，且查得君素妻室，尚在长安，特遣人执住，送至河东城下，使招君素。君素怒道："天下名义，岂妇女所能知晓？"说至此，即弯弓发矢，将妻射倒。又复誓众死守，决计不降。后来粮食告罄，守兵惶急，君素部下薛宗，竟刺杀君素，持首出降。偏别将王行本，又登陴拒守，趁着怀恩无备，鼓众出击，杀退怀恩，复得向别处运粮，接济城中士卒。唐廷责备怀恩，怀恩心怀怨望，反与行本联络，谋附刘武周。嗣经唐廷察觉，方将怀恩调回治罪，另遣将军秦武通往代，方得攻下河东，擒斩行本，但已是二年有余了。

这二年内，四方扰攘，迭起不已，吴兴太守沈法兴，独树一帜，据有江表十余郡，自称江南道大总管。东南亦不能安枕，就是前时剧盗，称帝称王，亦屡有所闻。此外小盗，忽起忽灭，不可胜数。那宇文化及退至魏县，兵势日衰，因怨智及无故发难，徒负弑君恶名。智及不服，彼此交哄，众益离叛。化及叹道："人生总有一死，但得能一日为帝，死也甘心。"皇帝滋味，果如是甘美么？遂鸩杀秦王浩，僭称许帝。才阅半年，为唐淮南王李神通所破，逃往聊城。可巧窦建德驱众杀来，化及等不能抵挡，生生被他擒住。唯建德对着萧后，却拱手称臣，不敢亵慢。恐淫妇未必见情。复立炀帝神位，素服发哀，把宇文智及等，枭斩致祭。独化及尚囚住槛车，载归乐寿，斩首示众。建德素不好色，因将隋家妃妾，悉数遣归，只萧后无从安顿，令她安居别室。嗣经突厥可敦义成公主，遣使来迎，方送她出塞。还有炀帝幼孙杨政道，系齐王暕遗腹子，未曾遭害，也随萧后同赴突厥。突厥立政道为隋主，令与萧后同居定襄，萧后方安心住下了。姑作一束，详见《唐史演义》。

东都既归王世充掌握，渐渐的骄恣不法，俄而自封太尉尚书令，俄而自称郑王加九锡，又俄而背了前言，竟将皇泰主废去，自做皇帝，国号郑。皇泰主降为潞公，不到一月，遣人致鸩皇泰主。皇泰主布席礼佛道："愿自今以后，不复生帝王家。"乃取鸩饮下，一时尚未绝气，竟被来使用帛勒死。尤可怪的是东死一侗，西死一侑，两兄弟不约而同，好似冥冥中注有定数，要他一年间同见阎王。于是杨家称帝的子孙，覆亡净尽。唐谥侑为恭帝，王世充亦谥侗为恭帝，两恭帝在位，又同是二年。《隋书》帝纪，但录恭帝侑，不及恭帝侗，这是唐臣书法，不免徇私，其实是侑已被废，侗才嗣立，就隋论隋，未始非一线所存，应该称为隋朝皇帝。总计隋自文帝篡周，共历四主，凡三十一年。隋史自此告终，南北史也即收场，欲要问及群雄的结果，请看小子所编的《唐史通俗演义》，本书恕不缕述了。划然而止，余音绕梁。看官不要遽尔掉头，尚有俚句二首，作为全书的锻尾声。

南北纷争二百年，隋家崛起始安全。
如何骤出淫昏主？破碎江山又荡然。
六朝金粉尽成空，殿血模糊尚带红。
漫道帝王真个贵，谁家全始得全终？

炀帝恶贯满盈，到头应有此劫，三千粉黛，殉主只一朱贵儿，而正史不载，非《海山记》之特为表彰，几何不同流合污，泯没无闻耶？化及立秦王浩，浩不能讨贼，且仍为贼所弑，原不足道。代王侑为李氏所立，越王侗为东都所立，虽其后同归废死，然李渊、王世充等，究与化及有间，侑废而唐兴，侗死而隋乃亡，稽古者固不得徒据隋书，存侑而略侗也。观隋家之如此收场，益见主德之不可不明，过眼繁华，皆泡影耳。人能悟此，庶乎近道矣。

历朝通俗演义　第五部

唐史通俗演义

（上）

蔡东藩　著

中国书店

图书在版编目（CIP）数据

唐史通俗演义 / 蔡东藩著；—北京：中国书店，2012.6（2019.10重印）
（历朝通俗演义）
ISBN 978-7-5149-0386-7

Ⅰ. ①唐… Ⅱ. ①蔡… Ⅲ. ①章回小说－中国－现代
Ⅳ. ①I246.4

中国版本图书馆 CIP 数据核字（2012）第 108406 号

责任编辑　辛　迪
策 划 人　张凌文
装帧设计　肖晋兴
制作统筹　陈　辉

唐史通俗演义
蔡东藩 著

出　　版　中国书店
地　　址　北京市西城区琉璃厂东街115号
邮　　编　100050
发　　行　全国新华书店经销
印　　刷　天津东辰丰彩印刷有限公司
开　　本　680毫米×980毫米 1/16
印　　张　47.75
字　　数　756,000
版　　次　2012年8月第1版
印　　次　2019年10月第11次印刷
书　　号　ISBN 978-7-5149-0386-7
定　　价　598.00元（全十一部，共二十一册）

出版说明

蔡东藩先生从 1915 年开始创作《清史通俗演义》。此后历经十年，先后完成《元史通俗演义》、《明史通俗演义》、《民国通俗演义》、《宋史通俗演义》、《唐史通俗演义》、《五代史通俗演义》、《南北史通俗演义》、《两晋通俗演义》、《前汉通俗演义》、《后汉通俗演义》。

蔡先生的小说除极具故事性、趣味性之外，还极其重视史料的真实性。不但可以作为一般的休闲读物，也可以作为历史爱好者的参考书。

本套书由上海会文堂新记书局陆续出版，至 1926 年 9 月全部出齐。初版 11 部全部是有光纸石印线装本。1935 年 5 月，会文堂进行改版，全部改为铅印，分装 44 册，增加了许廑父续写的《民国通俗演义》后 40 回。全套书书名为《历朝通俗演义》，共 11 部，600 余万字。

此次出版，是以会文堂 1935 年的铅印本为底本，将繁体竖排改为简体横排。在编辑过程中，尽量保持原书风貌，仅对个别的错字、标点等做了调整和修改。原书的一大特色，蔡东藩自己批注的注释、夹批和后批，全部按原文保留。

希望能带给读者原汁原味的阅读感受。

自序

昔石晋刘昫暨史官张昭远等，纂成唐史二百卷，历述唐朝二百九十年事，后人少之，谓其纪次无法，事实零落，于是宋仁宗庆历年间，复出新编，都二百二十五卷，计十有七年而始成，主其事者为欧阳修、宋祁。夫欧、宋为北宋名儒，视刘昫张昭远辈，文名较盛，又经十余载之征文考献，凡五代时之未曾刊行者，至此已尽流传，据以参证，应得精详。况草创者难为力，润色者易为功，得新掩旧，可不待言。然议者犹讥其用字奇涩，未免不文，刊削诏令，不无太略，甚矣作史之难也！

顾作史固难，读史亦难。《旧唐书》凡二百卷，《新唐书》且多至二百二十五卷，畴能一一尽窥，阅读无遗？外此如孙甫之《唐史记》，赵瞻之《唐春秋》，陈彭年之《唐纪》，袁枢之《唐史纪事本末》，或百卷数十卷不等，即终日埋案披览不辍，恐亦未能悉诵也。后生小子，学识有限，欲取唐史而尽读之，匪唯不暇，抑病未能，乃转而采诸坊间诸旧小说，如所谓《隋唐演义》《说唐全传》《薛家将》《征东》《征西》《罗通扫北》以及《西游记》《长生殿》《镜花缘》《绿牡丹》诸书，日夕展览，目为实迹，庸讵知其语出无稽，事多伪造，增人智识则不足，乱人心术且有余耶？

鄙人不敏，曾举宋元明清诸史事，编为通俗演义，陆续印行，海内大雅，不讥弇陋，且谓可得通俗教育之助，爰再逆流而上，就唐事以为演述，共成百回，以正史为经，务求确凿，以轶闻为纬，不尚虚诬。徐懋功未作军师，李药师何来仙术？罗艺叛死，乌有子孙，叔宝扬名，未及儿女。唐玄奘取经西竺，宁惹妖魔？薛仁贵立绩天山，岂借子妇？则天淫秽，不闻私产生男，玉环伏诛，怎得皈真圆耦？种种谬妄，琐亵之谈，辞而辟之，破世俗之迷信者在此，附史家之羽翼者亦在此。子虚乌有诸先生，谅无从窃笑于旁也。唯书成仓猝，未经重订，亥豕鲁鱼，在所不免，匡我未逮，是所望于海内诸史学家！

中华民国十有一年，岁次壬戌夏正重九之辰，古越蔡东帆自序于临江书舍。

唐朝世系图

唐二十一帝历十四世共二百八十九年

❶高祖渊[在位九年 618—626] —— ❷太宗世民[在位二十三年 627—649] —— ❸高宗治[在位三十四年 650—683] ——
- ❹中宗哲[在位二十七年，中经武曌革唐号周二十一年 684年；705—709]
- ❺睿宗旦[在位二年 710—711] —— ❻玄宗隆基[在位四十四年 712—755] ——

❼肃宗亨[在位六年 756—762] —— ❽代宗豫[在位十七年 763—779] —— ❾德宗适[在位二十六年 780—804] —— ❿顺宗诵[不逾年] —— ⓫宪宗纯[在位十五年 806—820] —— ⓰宣宗忱[在位十三年 947—859]

⓬穆宗恒[在位四年 821—824] ——
- ⓭敬宗湛[在位二年 825—826]
- ⓮文宗昂[在位十四年 807—840]
- ⓯武宗炎[在位六年 841—846]

⓱懿宗漼[在位十四年 860—873] ——
- ⓲僖宗俨[在位十五年 874—888]
- ⓳昭宗杰[在位十六年 889—904] —— ⓴昭宣帝柷[在位三年 905—907]

目　录

第一回　溯龙兴开编谈将种
选蛾眉侍宴赚唐公

桑麻无恙，鸡犬不惊，村夫野老，散坐瓜棚豆架旁，笑谈大唐遗事，什么晋阳宫，什么凤凰山，什么摩天岭，什么薛仁贵征东，什么罗通扫北，什么巴骆和，什么宏碧缘，最出奇动人的，是盖苏文兴妖作怪，樊梨花倒海移山，唐三藏八十一难，孙悟空七十二变，说得天花乱坠，神怪迷离；其实是半真半假，若有若无。咳！我想这班村夫野老，能识得几个字？能读过几句书？无非借神社戏剧、茶肆盲词，灌输了一些见闻，就借那闲着时候，说长论短，谈古说今，自称为大唐人，戏述那大唐事，究竟唐朝有若干皇帝？多少版图？一古脑儿莫明其妙。甚且把神功妖法、子虚乌有等谈，信为真有，看似与国无害，与家无损，哪知恰有绝大关系。二十年前的义和团、红灯照，不曾说有齐天大圣附身、黄连圣母下世么？京津一带愚夫妇，脑中记着唐乱话、西狗屁，遂以为古今一律，仙人间出，迷信得什么相似，终弄到联军入境，京邑为墟。看官试想！有益呢？无益呢？有损呢？无损呢？谈仙说怪诸书，多借唐事影射，故本编缘起，格外痛斥。

小子就史论史，即唐叙唐，单把那一十四世的唐祚，二百九十年的唐史，兴亡衰废，约略演述，已不下数十万言，看官恐已怕烦，要说甚神仙？谈甚鬼怪？本回是一个开场白，理应将唐朝本末，总揭一段，譬如振衣提领、张网握纲一般。有了大关节目，然后按次叙下，有条有绪，自己觉得不是瞎说，旁人也识得不是乱言。说部之须有楔子，即本此意。曾记前人留一笑谈云：“汉经学，晋清谈，唐乌龟，宋鼻涕，清邋遢。”汉晋宋清诸朝，自有专书交代，不必向本编声明，只“唐乌龟”三字，究作什么解？相传龟与蛇交，非偶相从，因此世间做丈夫的，纵妻外淫，往往被人唤做乌龟。唐朝开国的时候，曾把晋阳宫内的妃嫔，取作侍姬，恐隋主不甘负着龟名，要来问罪，没奈何拼死兴兵，议行大事，一番大侥幸，竟得隋江山，好容易登了大宝，刬尽群雄，收拾海内二百九十三州，作为李氏私产。所有东夷南蛮，西戎北狄，统是年年进贡，岁岁来朝，九天阊阖开宫殿，万国衣冠拜冕旒，这真是唐朝实事，并不是唐人虚谈，就是大唐人的名目，从此传闻海外，我中国人常以此自夸，相沿到今，不过天道好还，报应不爽，你要人家去做乌龟，人家亦要你的子孙去做乌龟。太宗高宗的时候，是唐朝极盛时代，宫闱里面，已是不明不白。太宗奸污弟妇，是皇弟去做乌龟了。高宗皇后武则天，简直是生性好淫，广置面首，伟岸如怀义，俊美如昌宗，陆续召将进去，充作幸臣，是皇帝去做乌龟了。嗣是韦后恃宠，中宗点筹，玉环洗儿，禄山抓乳，绿头巾成为家法，元绪公竟作秘传，乌龟乌龟，数见不鲜。嗣是乃有倚势的宦官，嗣是乃有挟权的藩镇，内外交讧，就把那李氏的国脉，一日一日的斫丧下来。看官以为宦官藩镇的祸祟，与女宠无与，谁知是因果相连，源流有自，不宠寿王妃，何来高力士？唐室宦官专政，自高力士始。不近大腹儿，何有三节度？安禄山兼领三镇，为唐室藩镇之所由始。龟奴龟子，玩弄朝纲，执掌兵政，于是此行彼效，你争我赛，乐得依样画葫芦，去挟制那乌龟皇帝。历久相沿，积重难返，阉宦可以弑主，将弁可以逐帅，十军阿父，势焰薰天，指田令孜。三镇大臣，兵戈犯阙。王行瑜，李茂贞，韩建。黄巢杀人八百万，季述数君数十罪，南面称尊的天子，逐朝与傀儡相似，今日被人幽，明日被人劫，又明日被人废死。甚至大家夫妇，委身国贼，好一座锦绣江山，竟被那砀山无赖朱阿三，轻轻的移夺了去，说将起来，煞是可怜。但总由列祖列宗，贻谋未善，所以子子孙孙，累得吃苦，连乌龟都无暇做得，岂不是自作自受，近报在自身，远报在儿孙么？看官记着！这一部唐朝演义，好做了三段立论：第一段是女祸，第二段是阉祸，第三段是藩镇祸，依次产出，终至灭亡。若从根本问题上解决起来，实自宫闱淫乱，造成种种的恶果。所以评断唐史，用了最简单的三字，叫做唐乌龟，这真所谓一言以蔽之呢。斩钉截铁，扫除枝叶。

宗旨既明，请看正传！话说唐朝开国的始祖，姓李名渊，字叔德，系陇西成纪人氏，为西凉武昭王李暠七世孙。东晋时暠据秦凉，自称为王，传子李歆，为北凉所灭。歆生重耳，重耳生熙，熙生天锡，天锡生虎。虎仕西魏有功，赐姓大野氏，官至太尉。嗣与李弼等八人，佐周伐魏，号为八柱国，殁封唐国公。子昞仕隋，袭封唐公。昞妻独孤氏，与隋文帝的独孤皇后，是同胞姊妹，因此文帝与昞，名为君臣，实关姻亚。昞生子渊，体具三乳，日角龙庭，文帝尝称为不凡子，格外垂爱，独孤姊妹俱贵，且各产皇帝，确是难得。命复姓李。昞殁，令渊袭爵，历授谯陇二州刺史。炀帝嗣位，升任太守，又召为殿前少监卫尉少卿。及炀帝征辽东，遣渊督运兵粮，接济军士。会楚公杨玄感，即隋故相杨素子，起兵作乱，围攻东都。渊飞书奏闻，炀帝慌忙引还，命渊为弘化留守，备御玄感。既而玄感败死，渊留守如故，御下宽简，颇得众心。

先是隋政荒暴，谣诼日繁，起初是喧传市巷，后来竟传入宫庭，连炀帝也常有所闻。看官道是何等谣言？一说是："桃李子，有天下。"一说是："杨氏将灭，李氏将兴。"蒲山公李宽子密，即李弼曾孙。曾因余荫入朝，授官左亲侍，炀帝见密额锐角方，目分黑白，遂说他顾眄非常，即令罢职。玄感发难，密实与谋，兵败后亡入瓦岗，往投翟让，也想援据谶语，称孤道寡，哪知真命天子，别有一李，不是他的李姓。也是汉刘歆之类。炀帝既逐去李密，复疑到郕公李浑身上，诬他谋反，杀身夷族。真是冤枉。一面添造龙舟，东巡西幸。旋闻李渊得将士心，因又疑忌起来，遣使至弘化，传召李渊。渊因李浑被族，正怀着兔死狐悲的观念，陡然奉召，料知炀帝不怀好意，不如托词称疾，装着一副病容，接见来使，且把许多黄白物，作了程仪，浼他委婉复命，但说是待病少痊，即当往朝行在。来使得了金银，乐得做个人情，便唯唯如命的告别而去。钱可通灵。到了行在，当然将李渊病重，复旨了事。炀帝正恣意淫乐，也无心顾及李渊，便搁置了好几月。

会有渊甥王氏，在后宫充役，为炀帝所见，不由的记起前事，突问王氏道："尔舅为什么事情，好几月不来见朕？"王氏忙答道："恐怕是病尚未愈，所以迟延。"炀帝微笑道："索性死了，倒也好了。"说毕自去。王氏怀舅心切，免不得写了密书，寄与李渊。渊展书后，不瞧犹可，瞧毕数行，顿惹得惊魂不定，左思右想，无法脱祸，只好再仗那阿堵物，输送炀帝幸臣，托他斡旋，自己纵酒韬晦，免人伺察。毕竟金钱可以买命，富贵又来逼人，李渊方怀忧虑，偏有诏命下来，加授山西河东慰抚大使，令讨捕群盗。渊拜命乃发，进次龙门。适贼帅母端儿，率众数千，来薄城下，经渊麾下数十骑，控弦出击，连射皆中，贼前驱多仆，余众骇散。渊乘胜搜剿，连破余贼敬盘陀柴保昌等，收降数万人，威声愈震。出手便已胜人。捷书驰报行宫，炀帝大悦，乃改拟北巡，启跸出雁门。冤冤相凑，来了一大队突厥兵，头目叫作始毕可汗，可汗，系突厥主子称呼。竟欲拦途掩击，劫夺乘舆。炀帝闻报，忙驰回雁门，据关自守。始毕可汗，竟调集番兵数十万，把雁门关围住，日夕攻扑，害得炀帝惶急万分，传檄天下，遍令勤王。

屯卫将军云定兴，应诏募兵，指日赴援，可巧有一将门种子，济世英雄，竟到定兴军营，报名入伍，看官道是何人？便是抚慰大使李渊的次子李世民。唐室江山，全赖李世民造成，故先行提出。世民母窦氏，本是一个女中豪杰，他父名毅，曾仕周为上柱国，尚武帝姊襄阳长公主。窦女生时，发垂过颈，三岁发与身齐，授读《女诫》《列女传》等书，过目不忘。及隋高祖杨坚篡周，女自投床下，慨然道："恨我非男子，不能救舅家。"毅忙掩女口，命勿妄言，暗地里却很自惊异，尝语公主道："此女有奇相，且智识不凡，宜为她小心择婿。"乃就屏间画二孔雀，遇人求婚，先令试射，阴约中目，方将女许字。那时贵胄王孙，争来角射，几乎门限为穿。偏偏张弓发矢，都不能达到目的，只好败兴而去。独李渊后至，连发二箭，一中左目，一中右目，因得成就了一段良缘。嗣生四男一女，长名建成，次子就是世民，又次名玄霸，又次名元吉，一女适临汾人柴绍，详情俱见后文。世民生时，有二龙戏跃门外，三日方去，途人相率称奇，母亦料为异征，特加怜爱。越四年，有书生自称善相，进谒李渊，甫见面，即语渊道："公当大贵，且必有贵子。"渊乃召四子出见，书生独指世民道："龙凤呈姿，天日露表，将来必居民上。公试记着！此儿年近二十，就能济世安民，愿公勿轻视哩。"渊闻言甚喜，书生即辞去。嗣由渊转了一念，恐书生泄语他人，反致不妙，当即遣人追蹑，不意四处找寻，并无下落，遂惊以为神。乃采济世安民一语，作为次子的定名。世民才阅十余龄，已将古今兵法，揣摩纯熟，复生成一副胆力，到处交游，轻财仗义，端的是天纵英姿，不同凡品。至炀帝被围雁门时，他年已十六岁了。叙入世民，即插入窦后一段故事，并将兄弟姊妹，亦随手带过，是绝好的销纳文字。

云定兴见了世民，问过履历，已知他是名家子，更因他相貌魁奇，格外加敬。世民即献计道：“始毕倾国前来，围攻天子，必谓我仓猝不能赴援，因敢猖獗至此。为我军计，应大张军容，布设旌旗数十里，连续不绝，就使到了夜间，亦必鸣钲击鼓，互相哗应。始毕闻我大举。必疑是援兵齐集，望风遁去了。”定兴点首道：“这是一条疑兵计，今日正用得着哩。”就定兴口中，叙出计名。当下依计行事，逐队进行。果然始毕可汗堕入计中，即解围自去。炀帝得安返东都。世民居定兴营中，约有年余，并不见有什么赏典，但听得都下传闻，车驾又南幸江都，杀死了好几多谏官，遂不禁自叹道：“主昏若此，我在此何为？”遂辞别定兴，仍然归里。会草泽英雄，乘着炀帝南幸，又复四起。李渊受诏为太原留守，世民即随父至任。有贼帅甄翟儿，自号历山飞，率悍目来攻太原。渊麾兵出击，深入贼阵，为贼所围，世民提弓跃马，只领着健骑数十，突围而入。贼众前来拦阻，均被世民射退，阵势渐乱。渊乘机杀出，复召集步兵，与世民夹击贼众，杀得尸横遍野，血流盈渠。甄翟儿仓皇遁去，太原复安。

转瞬间又过一年，炀帝尚留驻江都，沉湎声色，那四面八方的草头王，陆续起来，竟把这浩荡中原，变成了四分五裂的世界。自炀帝七年间起，至十三年止，各路揭竿起事，差不多有数十起，除杨玄感已见前文外，由小子胪述如左：

梁武周起马邑。　林士弘起豫章。　刘元进起晋安。　以上均自称帝。　朱粲起南阳。自号楚帝。　李子通起海陵。自号楚王。　邵江海起岐州。自号新平王。　薛举起金城。　自号西秦霸王。　郭子和起榆林。自号永乐王。　窦建德起河间。　自号长乐王。　王须拔起恒定。自号漫天王。　汪华起新安。杜伏威起淮南。以上均自号吴王。　李密起巩。自号魏公。　王德仁起邺。自号太公。　左才相起齐郡。自号博山公。　罗艺起幽州。　左难当起泾。　冯盎起高罗。以上均自号总管。　梁师都起朔方。自号大丞相。　孟海公起曹州。自号录事。　周文举起淮阳。自号柳叶军。　高开道起北平。　张长凭起五原。　周洮起上洛。　杨士林起山南。　徐圆朗起豫州。　张善相起伊汝。　王要汉起汴州。　时德叡起尉氏。

李义满起平陵。　綦公顺起青莱。　淳于难起文登。　徐师顺起任城。蒋弘度起东海。王薄起齐郡。蒋善合起郓州。田留安起章邱。张青持起济北。臧君相起海州。殷恭邃起舒州。周法明起永安。苗海潮起永嘉。梅知岩起宣城。邓文进起广州。杨世略起循潮。冉安昌起巴东。宁长真起郁林。李轨起河西。自号凉王。萧铣起巴陵。自号梁王。

这数十起草头王，统是史册上留有名目，可以录述。此外尚有许多么么小丑，东劫西掠，骚扰民间，实属纪不胜纪，史家总称为群盗，小子也不敢捏造姓名。实事求是。那久驻江都的隋炀帝，还日坐迷楼，采集吴娃，镇日里花天酒地，醉死梦生。一班献媚贡谀的杨家奴，又把各处的警报，匿不上闻，眼见得杨氏基业，是朝不保夕了。

太原留守李渊，目击时艰，时常愁叹，独世民别具志趣，只管倾身下士，结识几个眼前英雄，密图大举。晋阳令刘文静，及宫监裴寂，尝与世民往来。文静器重世民，深自结纳，寂尚不以为然。会寂与文静同宿城楼，遥见境外烽火连天，不禁长叹道："身为穷官，复遭乱离，如何图存？"文静反微笑道："时事可知，我两人果属同心，怕什么贫穷呢？"寂即转诘道："刘大令有什么高见？幸乞指教！"文静道："乱世出英雄，你不见李公子世民么？"寂摇首道："他虽有些才识，究竟是个少年，能成得什么大事？"文静道："此子虽属少年，却是个命世奇才，你休得看错哩！"文静眼力过人。寂仍似信非信。越宿，有江都使持诏到来，宣示李渊，略称："李密叛乱，刘文静与密通婚，应该连坐，着即革职下狱"云云。渊不敢违慢，即将文静拘入狱中。李世民闻文静下狱，急往探望，狱吏见是李公子，当然放入，两下相见，世民代为叹惜。文静道："今天下大乱，还有什么正当的赏罚？除非有汉高祖光武帝等，崛起世间，拨乱反正，或尚得善恶分明，没有冤死的好人。"世民勃然道："君亦未免失言，难道今世必无异才，只恐肉眼未识真人呢？我来此探君，正欲与君共图大事，岂似寻常儿女子，看着亲友下狱，束手无策，但知向他哭泣么？"文静鼓掌道："好！好！我的眼力，究属不弱。公子果具命世才，我当代筹良策。今天下大乱，群盗如毛，有真主出，正好收为己用，号令天下。即如太原百姓，俱避盗入城，一旦收集，可得十万人，尊公麾下，复有数万兵士，就此乘虚入关，传檄四方，不出半年，就可成帝业了。”世民闻言，沉吟半晌，徐徐的答道：“君言确是良策，但恐家父不从，奈何？”文静道：“这也不难。”说至此，即与世民附耳密谈，寥寥数语，世民已经了解，便告别出狱，自去邀裴寂宴饮。寂颇使酒好博，世民既盛筵相待，复出私钱数万缗，与寂作樗蒲戏，故意的输钱与寂。寂因此兴高采烈，日夕过从。自是两情款洽，世民因以密谋相告，寂踌躇道：“尊公与我，原系旧友，但明言相劝，恐反见拒，看来只好暗度陈仓哩。”世民道：“全仗大力。”寂答道：“现且不必明言，缓日自当报命。”文静嘱世民语，已用虚写，及裴寂替世民划策，亦仍此法，好在用笔不同。世民喜谢，寂即辞出。

隔了一日，设席晋阳宫，请李渊入宴。原来隋高祖初都长安，继在长安城东，营一新城，名曰大兴。炀帝更营都洛阳，号为东都。后来四处游幸，各置行宫。晋阳宫就是行宫之一，宫中设有外监，正副各一人。解释处，万不可少，且隋都隋宫，亦俱得连类表明。李渊留守太原，兼领晋阳宫监，裴寂为副。此次寂请李渊入宴，渊以为责居监守，不妨赴席。寂殷勤迎接，入席坐定，当有美酒佳肴，依次献奉。两人对酌，欢然道故。渊即开怀畅饮，连尽数大觥，已含有五六分酒意。忽听得门帘一动，环珮声来，由渊定睛一瞧，竟走进两个美人儿，都生得十分佳丽，仿佛如姊妹花一般。俗语说得好：“酒不醉人人自醉，色不迷人人自迷。”那两美人婷婷袅袅，趋近席前，向渊参见。渊慌忙答礼，寂即指引两美人，左右分坐，重行劝酒。渊已酒醉糊涂，也不问明来历，一味儿的乱喝，喝到酩酊大醉，即由两美人扶掖去睡，虽不及颠鸾倒凤，已居然偎玉倚香。小子有诗叹道：

开樽幸接旧相知，更遇名花索笑时。
莫怪隋家浪天子，真人到此也迷离。

究竟李渊醒后，如何处置这两美人，且看下回续表。

首段总揭唐事，以女祸为第一条件，已将全唐二百九十年的大纲，笼括在内。入后叙李家父子，作两段分写，不致直捷无味。插叙四方乱事，出以简括。眉目甚清，一览了然。结末即接入晋阳宫事，标明女祸之开端。观此一回，已见得妙手经营，自成杼柚。虽曰小说，恰具大文，阅者勿视为寻常笔墨也。

第二回　定秘计诱杀副留守
联外助自号大将军

却说李渊醉卧晋阳宫，由两美人侍寝，渊此时已入梦境，还晓得什么犯法。待酣睡多时，才觉有些醒悟，鼻中闻着一股异香，似兰非兰，似麝非麝，不由的奇异起来。当下揉开双眼，左右一瞧，竟有两美人陪着，禁不住咄咄称怪。是否开肉弄堂？还是一对解语花，低声柔气，与他说明道："唐公休怪！这是裴副监的主张。"渊又问她姓氏，一美人自称姓尹，一美人自称姓张。渊又问她里居，她两人并称是宫眷。渊即披衣跃起道："宫闱贵人，哪得同枕共寝？这是我该死的了。"二美人忙劝慰道："主上失德，南幸不回，各处已乱离得很，妾等非公保护，免不得遭人污戮，所以裴副监特嘱妾等，早日托身，借保生命。"屠戮虽或幸免，污辱是已够了。渊频频摇首道："这……这事岂可行得！"一面说，一面趋出寝门，复行数武，恰巧遇着裴寂，渊将寂一把扯住，复呼寂表字道："玄真玄真！你莫非要害死我吗？"寂笑道："唐公！你为什么这般胆小？收纳一两个宫人，很是小事，就是那隋室江山，亦可唾手取得。"渊忙答道："你我都是杨氏臣子，奈何口出叛言，自惹灭门大祸。"寂复道："识时务者为俊杰，今隋主无道，百姓穷困，四方已经逐鹿，连晋阳城外，差不多要作战场。明公手握重兵，令郎阴储士马，何不乘时起义，吊民伐罪，经营帝业哩。"渊嗫嚅道："我世受国恩，不敢变志。"寂尚欲再言，忽有一卒入报道："突厥兵到马邑了，请留守大人，速回署发兵，截击外寇！"渊闻报，匆匆走回。但见副留守王威高君雅等，已经待着，当由渊与两人共议，决遣高君雅领兵万人，出援马邑，高君雅领命去讫。

渊回忆晋阳宫事，好几日寝食不安，旋接马邑军报，太守王仁恭，出战不利，高君雅与战亦败，渊愈加着急，退入内室，独呆呆的坐着。突有一少年驰入，开口白渊道："大人不亟筹良策，尚待何时？"渊连忙审视，并非别人，乃是次子世民，便回问道："你有何计？"世民悄语道："天下大乱，朝不保暮，大人若再守小节，下有寇盗，上有严刑，祸至无日了。不若顺民心，兴义师，还可转祸为福呢。"渊怂然道："你怎得胡言！我当拿你自首，先告县官，免得牵累。"世民道："儿观天时人事，已到这个地步，所以敢发此议。大人必欲将儿拿送，儿亦不敢辞死。"渊叹道："我岂真没有父子情，忍心告发，置你死地，但你慎勿轻言！"心已动了。世民乃趋出。越日，因寇警益急，世民复入室劝父道："今盗贼日繁，几遍天下，大人受诏讨贼，试思贼可尽灭么？贼不能尽，终难免罪。况世人盛传李氏当兴，致遭上忌，郕公李浑，并无罪孽，身诛族夷，大人果尽灭贼，恐功高不赏，益促危亡。儿辗转筹思，只有昨日的计议，尚可救祸，愿大人勿疑！"渊从容语道："我昨夜细思，你言亦颇有理。今日破家亡躯，由你一人，化家为国，亦由你一人，我也不能自主了。但家属尚在河东，此事不应速发，还当从缓为是。"世民道："大人既已决定，家属即着妥人去接便了。"渊点首示意。世民出室，自去着叠妥人，驰赴河东。

正在悄悄地安排的时候，那江都复有消息传来，吓得李渊魂不附体。看官道是何因？原来炀帝因渊不能御寇，特遣使至太原，逮渊问罪。渊此时不胜危急，乃召副宫监裴寂，及次子世民入商。寂即进言道："我前日劝导明公，正防此祸，目下事已急迫，何待踌躇，古人有言：'先发制人，后发被人所制'请明公三思！"寂说到此句，世民便接口道："今主昏国乱，尽忠无益，试想偏裨失律，遽罪主帅，这种国法，何时制定？上既乱法，下亦何必守法。"渊喟然道："倘或弄巧反拙，为之奈何？"寂又应声道："这可无虑！晋阳士马精强，公又蓄积巨万，借此举事，何患不成？就是代王侑留守关中，代王侑系隋炀帝之孙。年龄尚是幼冲，关陇豪杰，正思择主而事，公若鼓行而西，抚有群豪，取关中正如拾芥，奈何甘受拘囚，自去就死呢？"渊尚迟疑未决，寂复逼进一层道："前寂令宫人侍公，二公子已恐事觉并诛，时常戒备，今又为了寇警，拘公问罪。倘两罪并发，寂死不足惜，公不要全族诛夷么？”这一席话，说得李渊死心塌地，决计发难。俄闻钦使已到，他即推说重病，不能起床，只着属官邀使入廨，暂且居住。俟病稍瘥，开读诏旨。来使因李渊手握兵权，不便违拗，只好忍气待着。渊与世民等密行部署，意欲杀使祭旗，指日出发，适江都又传到赦诏，仍令渊照旧供职，带罪图功。渊乃出接诏书，并款待前后使臣，厚贶去讫。前使不知为谁？总算幸保性命。渊稍稍放心，因复延宕了好几日。李渊实在无用。

裴寂及世民，随时催促，乃复提议大事。世民保举刘文静，谓可参赞兵谋，因潜召文静出狱。文静见了李渊，献上一计，乃是诈为制敕，令太原西河雁门马邑人民，凡年二十以上，均应当兵，东征高丽。这道矫诏，发将下去，民心怨苦异常，恨不得隋朝皇帝，即日猝去，才消痛恨。既而刘武周进据汾阳宫，世民又入语渊道：“大人身为留守，乃令盗贼窃据离宫，不亟起事，大祸就要临身了。”渊接口道：“正为家属未到，尚在迟疑。”世民道：“家眷闻已启程，想是即日可到。目下事在燃眉，须赶紧布置方好哩。”渊皱眉道：“恐怕兵力未足，一时不能起事。”世民乃走近一步，与渊附耳数语。渊随口称善，计划已定，即召集将佐议事。王威以下，统行到来。渊升帐宣词道：“刘武周僭据汾阳宫，我辈不能往讨，罪当族灭，如何是好？”王威等均再拜道：“唯留守命。”渊复道：“朝廷用兵，例须禀白节度，今贼在数百里内，江都在三千里外，远不济急，进退两难，所以我也不能决议。”威等齐声道：“公位兼亲贤，应与国同休戚，若必俟奏报，恐误事机，目前总以讨贼为要策，一切举措，何妨自专。但教贼焰能平，主上亦不致加罪。是要你等说此语。渊佯作沉吟，半晌方答道：“众论一致，我也顾不得专擅了。但突厥未退，武周又来，兵分力少，应即添募为是。”威等复齐声道：“这是今日第一要策。”渊又道：“刘文静作令有年，应知此间豪士，我想今日募兵，非他不可，须暂时将他释狱，令充此任，可好么？”众齐声称善。渊即饬人召入刘文静，嘱令开局募兵，随令王威等暂退，静待后命。

威等退去，渊复命池阳人刘弘基，及洛阳人长孙顺德，协同文静募兵。王威等闻了此令，不免疑议起来，看官听着！这刘弘基曾做过右勋侍，长孙顺德也做过右勋卫，他二人本在炀帝左右，只因炀帝出征辽东，二人不愿随行，竟亡命晋阳，暂作寓客。就中还有一段嫌疑，李世民的妻室，是故骁卫将军长孙晟女儿，顺德便是晟的族弟，此次令帮同募兵，显有形迹可疑。世民妻长孙氏亦就此带叙。且陆续募入的兵士，即归他二人统带，并不见派属他将，王威越加疑忌，遂去问那行军司铠武士彟。士彟系文水人，本是李渊心腹，曾劝渊兴兵举义。威偏问及了他，士彟当然代辩。威复道："他事不必论，唯顺德弘基，是朝廷逃犯，奈何令他统兵？我意欲把他按治。"士彟道："两人皆唐公门下客，若把他按治，唐公必出来反对，岂不是自寻烦恼么？"威闻言色沮，乃不敢生异。适高君雅回城乞援，威与君雅相见，密谈疑窦。君雅亦谓事有可疑，应相机讨渊。会晋阳遇旱，渊拟至晋祠祷雨，先数日下令斋戒。威以为时机已至，遂与君雅定计除渊，只因兵士多辖渊麾下，不能由彼驱遣，没奈何嘱令晋阳乡长刘世龙，召集乡兵，埋伏祠中，为刺渊计。世龙佯为依从，暗中恰先告李渊。渊召世民入议，世民道："这两人死期至了，儿正要除此两人，他却自来寻死，真正凑巧。"遂与渊定下密议，翌晨由渊至莅事堂，邀同王威高君雅，共坐视事。忽有开阳府司马刘政会，驰入告密，渊以目示王威，令取状审视。威即命政会呈状，政会抗声道："所告系副留守事，唯唐公可以取阅。"渊佯作惊讶道："有这等事么？"乃顾政会取状。但见状上写着，乃是："副留守王威高君雅，潜引突厥入寇"等语。渊即递示王威，恶极。威不待阅毕，便攘袂大诟道："何等叛徒，敢来构陷我两人？"渊冷笑道："叛徒不叛徒，问你两人便知。"威与君雅知事不妙，即联袂下堂；才经出门，外面已环绕兵士，有一束发金冠的少年，戎服跨马，指挥三吏，立将他二人拿下，送入狱中。看官道少年为谁？便是李世民。三吏为谁？便是刘文静刘弘基长孙顺德。好象缚鸡的容易。

又越两日，突厥兵数万人，果入寇晋阳。渊令裴寂等分头埋伏，竟大开四面城门，洞澈内外。又是个计中计。突厥兵驰入外郭，见内城也是大启，不由的相顾错愕，哗噪了好多时，竟出郭而去。渊于是将王威高君雅，缚至市曹，号令军民道："召寇攻城，即此两人，尔等以为当斩否？"军民信为实事，哪个不说是该斩。一声号炮，两个血淋淋的首级，堕落地上。想是命中注定，应该枭首，不然，政会告密原是李氏主使，胡后来竟弄假成真耶？已而突厥兵复来攻城，渊遣部将王康达等，率千余骑出战，全军尽覆，城中恟惧。世民想了一计，夜遣将士潜行出城，待至天晓，却张旗鸣鼓，喊呐前来。突厥兵疑为援兵，竟尔退走，城外居民，或被掠取，城内却不损分毫，军民相率欢慰，就是李氏父子，也自觉放下忧怀。

还有一种可喜的事情，李氏家眷，统从河东到来。时窦夫人已殁，所有渊妾万氏以下，及子建成元吉等，一并进谒；连女夫柴绍，也随同入见。一堂聚首，相对言欢。只三子玄霸，在籍病夭，又有渊妾万氏子智云，途中失散，存亡未卜，欢聚中尚带三分悲悼。渊问柴绍如何同至？绍答道："小婿寄寓长安，备官千牛，刀名。隋东宫官佩刀，侍卫太子。因得二舅兄密书，促婿至此，婿所以奉召前来。途次适遇岳家眷属，幸得随行。"渊不待说毕，忙接问道："我女可同来否？"绍答言未至，渊乃顾世民道："你既召你姊夫，为何不邀你姊同来？"绍从旁代答道："令媛谓不便同行，自有妙计脱祸。"柴绍平生履历，及舍妻来晋之故，均由此叙明。渊又道："这也罢了。但我子智云，年仅十余，此次失去，不知如何下落。"绍劝慰道："吉人自有天相。"世民即进议道："家眷已至，大事待行，须速议出兵，掩人不备，迟恐有变。"渊乃召集刘文静裴寂等，共议出兵方法。文静道："出兵不难，所虑突厥时来牵掣，今日要策，莫若先通好突厥，然后举兵。"世民接入道："这也是权宜办法。"乃由文静撰一草启，略言："目下欲举义兵，远迎主上，复与贵国和亲，如文帝时故例。详见下文。大汗肯发兵相应，助我南行，幸勿侵暴百姓。若但欲和亲，坐受金帛，亦唯大汗是命"等语。草启既成，复由渊亲自录写，即遣文静为使，驰赴突厥。文静去尚未还，渊不便仓猝发兵，只好整军以待。暇时即忆念智云，屡遣人往河东，探听下落。嗣接使人返报，智云被官吏执送长安，为留守阴世师所害。渊不禁大恸，裴寂等统来劝解。渊含泪道："玄霸幼慧，阅年十六，一病告终，这尚是命中注定，无可挽回。智云颇善骑射，兼能书奕，年比玄霸尚小二岁，不意为吏所捕，惨遭杀戮，我志未遂，我儿先死，岂非一大痛事？"言下又垂泪不止。俗小说中谓玄霸为第一条好汉，后来抛锤击雷，锤还击顶，因致毙命，不知是说何所依据？无非随笔捏造，不值一噱。独于智云略而不谈，经此编黜虚崇实，方成信史。寂等也为唏嘘。

忽报刘文静自突厥归来，当即召入，问明情形。文静道："突厥主始毕可汗，谓请唐公自为天子，方出兵马相助。"寂跃起道："突厥且愿唐公为帝，大事成了。"渊亦转悲为喜。但口中却再三推托，不敢自尊。寂复言："时不可失，机宜亟乘。"文静亦道："今义兵虽集，戎马尚少，胡兵非我急需，胡马却要待用，若稽延不报，恐突厥一有悔意，便失臂助。"渊又道：

“诸君且更求次策。”寂复道：“必不得已，不若尊今上为太上皇，别立代王为帝，安定隋室，一面移檄郡县，改易旗帜。阳示突厥有更新意，免他滋疑。”渊微哂道：“这乃所谓掩耳盗铃呢。但事已至此，也顾不得许多了。”乃再令文静往报，约与突厥共定京师，土地归唐公。子女玉帛归突厥。始毕可汗大喜，即先遣使至晋阳，馈马千匹。渊很是欣慰，嗣后贻书突厥，竟至自称外臣，虽是暂时卑屈，终不免一种国耻。大声发聩。这且慢表。

且说李渊既连结突厥，遂传檄各处，自号义兵。西河郡丞高德儒，拒命不受，渊乃命建成世民率兵攻西河。世民与士卒同甘苦，所过令秋毫无犯，沿途菜果，非买不食，民皆感悦。至西河城下，高德儒闭门拒守，经世民督众猛攻，自为前驱，冒险登城。建成继进，即将全城攻陷，拿住高德儒，斩首示众，外此不戮一人，令百姓各安旧业，远迩称颂。建成世民遂引兵还晋阳，往返只阅九日。渊大悦道：“如此行兵，虽横行天下，亦不难了。”因决意入关，再行募兵，复开仓赈济贫民，老弱领粮，丁壮入伍。裴寂等上渊尊号，称为大将军，开府置官，命寂为长史，刘文静为司马，唐俭温大雅为记室。大雅且与弟大有，共掌机密，武士彟为铠曹，刘政会及崔善张道源为户曹，姜谟为司功参军，殷开山为府掾，长孙顺德刘弘基窦琮，及王长谐姜宝谊阳屯为左右统军。此外文武各属，量才授任。授世子建成为陇西公，兼左领军大都督，世民为敦煌公，兼右领军大都督，均得辟置官属。柴绍为右领军府长史咨议，刘瞻领西河守。部署粗定，各有专司。长史裴寂，把晋阳宫内的积粟，移送大将军府，得九百万斛。又有杂彩五百匹，铠鍪四十万副，也一并移交。且将尹张两美人以下，所有宫女五百名，尽遣至军府内服役。从此唐公李渊，才得将如花似玉的两丽姝，实地受用。讽刺语，且为后文伏笔。是年为隋炀帝大业十三年新秋，天气初凉，金风拂暑，百忙中叙入时景，看似闲文，实关史要。李渊亲率甲士三万，出发太原，留子元吉守晋阳宫。建成世民等皆从行，誓众移檄，统说是尊立代王，所以兴师。行至中途，由前队探卒来报。隋郎将宋老生，及将军屈突通，奉代王侑命，分兵抗拒。屈突通留驻河东。宋老生已领兵到霍邑了。李渊要尊立代王，代王反遣将拒渊，真是两不兜头。李渊道：“且进兵霍邑，再作计较！”于是各军奉令，扬镳再进。小子有诗咏道：

汉祖突兴丰沛甲，唐公奋起晋阳戈。

只因近邑兼臣虏，不及刘家天子多。

欲知后来情形，容待下回再详。

李渊发兵，非出本心，世民请之，裴寂劫之，强而后应，经作者依史叙述，叠用曲笔，写出当时情事，益觉波澜层出，趣味横生。王威高君雅，本庸碌徒，诱而杀之，固属易事。叙笔先虚后实，情迹离奇。刘文静使突厥，外略内详，繁简得当。盖小说之足动人目，全赖用笔曲折，不涉芜衍，否则依事补叙，味同嚼蜡，亦何若返观正史之为得乎？若文笔不足醒目，反凭虚臆造，假为勇力乱神之说以惑世，是尤为荒谬无稽，有乖正义，明眼人固不值一盼也。

第三回　攻霍邑阵斩宋老生
入长安拥立代王侑

却说晋阳兵士，奉命再进，行至贾胡堡，距霍邑约五十余里，适值大雨滂沱，不便行军，只得就贾胡堡驻扎。偏偏一雨数日，浸淫不止，眼见得大家坐食，无法进行。李渊恐军粮食尽，特遣府佐沈叔安，还赴太原，再运一月粮济师，叔安领命前去。渊日夜望晴，未见天霁，心中很是焦烦。忽由军校呈入檄文，急忙取阅，但见文中首二句，是："魏公李密，谨以大义布告天下。"不由的失声道："李密也来起义么？"再瞧将下去，是历数炀帝十罪，后文有"罄南山之竹，书罪无穷，决东海之波，流恶难尽。愿择有德以为天下君，仗义讨贼，共安天下"等语。第述檄文中首尾等语，独将炀帝十罪略去。因炀帝罪恶，应见《隋史》，本编不暇再述，故特从删节，免致阅者眩目。再看文末署年月日，乃是永平元年五月日。复自语道："好大的胆量！"语未毕，见世民趋入，乃将檄文递示。世民览毕，置檄案上，随即禀白道："儿闻李密略取河洛，由瓦岗寨盗翟让等，奉他为主，自称魏公，现在有众数十万，声势颇盛，为我军计，不如暂与联络，免得东顾。"渊点首称善，便令温大雅作书约密，联为同盟。书成后，遣使持去。未几，即由去使赍还复书，渊立即披览，略云：

与兄派流虽异，根系本同。自维虚薄，为四海英雄，共推盟主，所望左提右挈，戮力同心。执子婴于咸阳，殪商辛于牧野，岂不盛哉？

渊阅至此，不禁微笑道：“狂妄极了！”又看将下去，乃是：

兄果不弃，俯如所请，望即率步骑数千，亲临河内，面结盟约，共事征诛，则不胜幸甚！

阅毕，复召世民入商，且与语道：“密妄自矜大，非折简可以定约，我方有事关中，若遽与绝交，反至更生一敌，不如卑词推奖，令他志骄气盈，为我塞住河洛，牵缀隋兵，我得专意西征，俟关中平定，据险养威，看他鹬蚌相争，坐收渔翁厚利，也不为迟呢？”世民喜道：“大人此计甚妙，就照此致复罢！”我亦谓是妙计，但李渊前日，并未闻出一策，此次得此良法，想是福至心灵。乃再令温大雅复书道：

渊虽庸劣，幸承余绪，出为八使，入典六屯，颠而不扶，通贤所责，所以大会义兵，和亲北狄，共匡天下，志在尊隋，天生烝民，必有司牧，当今为牧，非子而谁？老夫年逾知命，愿不及此。欣戴大弟，攀鳞附翼。唯弟早膺图箓，以宁兆民，宗盟之长，属籍见容，复封于唐，斯荣足矣。殪商辛于牧野，所不忍言。执子婴于咸阳，未敢闻命。汾晋左右，尚须安辑，盟津之会，未暇卜期。谨此致覆！

大雅写好复书，由渊与世民阅读一周，共称好不置，因复遣人持去。世民且道：“此书一去，李密必专意图隋，我可无东顾忧了。”嗣得去使返报，果然李密得书，夸示将佐，渊愈觉放心。不意探骑突来急报，说是刘武周约同突厥，将乘虚袭击晋阳。又是一波。渊忍不住长叹道：“看来时尚未至，只好赶紧北还。”乃与裴寂等商定行止。寂亦谓隋兵尚强，未易猝下，李密奸谋难测，刘武周唯利是图，不如还救根本，再图后举。渊即议定翌日还军。时世民正出外巡逻，忽闻有还军消息，即返营问明，果有此事，忙入内问渊道：“大人何故还军？”渊略述缘由，且言：“粮食将尽，势难逗留。”世民劝阻道：“今禾菽遍野，何患乏粮？隋将宋老生，素性轻躁，一鼓可擒。李密顾恋洛口，无暇远略。刘武周外附突厥，内实相猜，渠虽远利太原，怎能近忘马邑？况突厥新与我和，亦未必即日败盟。此种传闻，不应轻信。大人创兴大义，有志救民，理应先入咸阳，号令天下，今遇小敌，即欲班师，恐从义诸徒，一朝懈体，大事从此去了。”是极。渊摇首道：“倘晋阳有失，岂不是无家可归？我决意回去罢！”遂促令整装。世民出见建成，拟邀同谏阻，建成道：“我意亦不欲速归，但父亲已有归志，看来是不能中阻了。”世民见建成语带支吾，料是无心入谏，复转商诸裴寂等人。又皆谓不如归去，惹得世民恼恨万分，连夜餐亦不能下咽。辗转图维，拟再进谏，大踏步趋入后营，为李渊亲卒阻住，只说大将军已就寝了。世民悲愤填胸，忍不住痛哭起来。渊闻有哭声，才召世民入问。世民呜咽道：“兵以义动，有进无退，进即生，退即死，怎得不哭。”渊复问何为致死？世民道：“大人试想！行军全仗锐气，一旦退还，锐气消灭，大家溃散，敌人得乘我后路，追击过来，我已瓦解土崩，如何对仗？岂不是束手待毙么？”理解甚明。渊自是亦颇悔悟，复叹道：“左军已发，奈何？”世民道：“左军虽去，想尚不远，儿愿往追回。”渊乃笑道：“成败由汝，汝便去追回罢。”世民欣然趋出，即与建成带领轻骑，夤夜追回左军。

越两日，沈叔安运粮亦至，老天有意做人美，渐渐的雾散云消，展开了一道日光，渊命军士曝甲整械，就山麓绕行，避去泥潦，迳趋霍邑。宋老生固守不出，建成世民，先引数十骑至城下，扬鞭指麾后军，作围城状；且令军士辱骂老生。明是挑战。老生忍耐不住，即驱兵三万人，开城出战。渊率百骑驰至，见老生出来对仗，亟令殷开山催召后军。后军如召而至，渊欲令军士先食后战。世民道：“敌军已经出城，亟应掩击过去。且灭此再食罢！”渊乃与建成列阵城东，世民列阵城南，城内隋兵，自东门驰出，渊率建成迎头拦杀，隋兵恰也不弱，一拥而上，反将渊军逼退数步。亏得柴绍跃出阵中，挥众力战，才得支持。宋老生又从南门出来，迳趋向城东，夹击渊军。世民正在南原观战，亟与军头段志玄，从高原驰下，冲击老生背后，老生只好回马交锋，世民手握两刀，争先杀敌，左砍右劈，连毙数十人，漂血满袖，两刀皆缺；再洒袖易刀，跃马向前。段志玄等紧随马后，拼命奋斗，一当十，十当百，杀得隋军旗靡辙乱，人仰马翻。世民复令军士传呼道：“宋老生已擒住了！隋军何不速降？”此时城东的隋军，正与渊军相持，未分胜负。猛闻主将被获，忙即退兵回城。渊趁势进逼。那隋兵似风卷残云，收入城中，竟将城阖住，单剩宋老生一支孤军，进退无路，欲回入南门，被世民截住，欲转入东门，被渊与建成截着。两下里围裹拢来，老生自知穷蹙，下马投濠，寻一死路。可巧刘弘基驰到，把刀一挥，将老生剁作两段。老生部下，也都作了刀头鬼，伏尸数里。一场战事，写得淋漓痛快。渊命军士草草就食，食毕攻城，时已昏暮，大众肉薄齐登，立即攻入，下令降者免死。城中兵吏，皆匍匐乞降，当下揭榜安民，并引见故吏，去留听便。已降的兵弁，欲回关中，概授五品散官，即日遣归。裴寂等谓授官太滥，渊笑道："隋氏吝惜爵赏，因失人心，我奈何效尤哩？"这是欺人之言，看官莫被瞒过。

过了两天，渊即引军趋临汾，守吏开门迎降，慰抚如霍邑故例，复进攻绛郡。郡守陈叔达，系陈高宗子，素有才学，至是闭门拒守。渊一面扑城，一面招降。叔达先拒后从，迎渊入城，渊优礼相待，用为幕宾，再出兵抵龙门。适刘文静引突厥兵五百人，马二千匹，进谒军营。渊慰劳有加，且语文静道："突厥兵少马多，正慰我愿，君可谓不辱使命呢。"文静称谢。正拟督军进河东，往击突厥通，忽有河东户曹任瓌求见，渊即传入，任瓌行过了礼，即向渊进言道："关中豪杰，均翘首瞻望义兵，瓌在冯翊多年，所有豪士，多半知晓，若奉命往谕，必望风投诚，公可从梁山济河，指韩城，逼郃阳，冯翊太守萧造，系一文吏，当然畏服。就是关中积盗孙华等，亦必远迎义师。然后鼓行直进，直据永丰仓，规取长安，关中可坐定了。"渊闻言大喜，即任瓌为银青光禄大夫，令作书招致孙华，自督军转赴壶口。河滨人民，各献舟待济，渊指日渡河。巧值孙华过河见渊，渊握手与语，令他就坐，面授左光禄大夫武乡县公，兼领冯翊太守。徒党亦以次授官，赏赐甚厚。华愿为先驱，引军渡河。渊遣偏师先济，又命任瓌为招慰大使，劝抚河西郡邑。瓌本能言善辩，掉着三寸舌，下韩城，收冯翊，太守萧造，果然奉表请降。将佐等复推渊领太尉，增置官属，渊如言照行。

随即招众会议，酌定所向，裴寂道："屈突通拥着大兵，凭恃坚城，我若舍他西去，进攻长安，万一不胜，退为河东所阻，腹背受敌，岂非危道？计不若先克河东，然后西上。长安恃通为援，通一失败，长安闻风胆落，有什么难破呢？"此说亦颇有理。道言未绝，即由李世民驳斥道："裴公说错了！兵贵神速，我今日乘胜西行，正是出人不意的上计。长安人士，智不及谋，勇不及断，我即可唾手取来。若围攻河东，久留城下，长安得缮城固垒，以逸待劳，我虚縻时日，自沮军心，乃是所谓危道呢。况关中豪杰蜂起，未有所属，不亟招徕，转失众望，将来四面皆敌，虽悔何追。”也是一策。渊捻髯与语道：“两说均有可取，我意拟分作两军，偏军攻河东，正军趋长安便了。”乃留兵围河东，自率诸军渡河西进。朝邑法曹靳孝谟，以蒲津中潬二城来降。华阴令李孝常，以永丰仓来归。京兆诸县，亦多遣人纳款。渊乃命长子建成，司马刘文静，率王长谐等屯永丰仓，守潼关以控河东。尉抚使窦轨以下，概受节制。次子世民，率刘弘基等徇渭北，尉抚使殷开山以下，概受节制。两军分头行事。

渊自寓长春宫，冠氏长于志宁，安养尉颜师古，及世民妇兄长孙无忌，均来求见。渊一一接待，用志宁为记室，师古为朝散大夫，无忌为渭北行军典签。会由鄠县使人入谒，呈上文书，由渊展览一周便召柴绍入宫。笑语道：“吾女可谓智且勇了。”说着。即将文书递阅。绍览毕，亦欢慰非常。渊复道：“你可带领骑士，前去迎她。”绍忙将文书邀还，三脚两步的跑了出去。摹写尽致。看官！你道为了什么事情？原来绍赴太原时，曾语妻李氏道：“尊公举兵，招我前去，我欲与卿同行，途中恐多不便，若留卿在此，不免及祸，此事将如何办法？”李氏从容道：“君但速行！我一妇人，容易避祸。且我亦自有别计，请君勿悬念！”成竹在胸，不同常女。绍遂自往太原，李氏潜归鄠县别墅，散家赀，聚徒众，适李渊从弟神通，也亡入鄠县山中，与长安大侠史万宝等，起兵应渊。李氏即与神通合兵，攻下鄠县，又令家奴马三宝，招致关中群盗，如何潘仁李仲文向善志等，皆联络一气，略取盩厔武功始平诸县，有众七万。左亲卫段纶，曾娶渊妾生女，亦聚徒蓝田，得万余人，与李氏结为声援。会闻渊已渡河，即由李氏致书禀渊，历叙神通合兵，及群盗归降始末。渊喜出望外，因嘱柴绍往迎。绍正忆念得很，骤得这种喜报，不觉神情飞舞，当下一跃出门，招呼数百骑兵，欢迎佳偶去了。

绍去后，神通及段纶，俱遣使迎渊，就是一班降盗，也都驰表输诚。渊命神通为光禄大夫，段纶为金紫光禄大夫，又作书慰劳群盗，各授官阶，令仍照旧居，听敦煌公世民调遣。世民趋军西进，沿途群盗趋附，几不胜数。及至泾阳，连营数里，约得九万人。隰城尉房玄龄，走谒军门，世民一见如故，署官记室参军，引为谋主。两人互谈军事，娓娓忘倦，几乎相知恨晚。可巧柴绍夫妻，亦引军到来，世民欣然出迎。但见那姊氏首戴雉尾，身环兽甲，腰佩七星宝剑，足踏三寸蛮靴，端的是将门女子，巾帼英雄。极力夸奖。

后面随着柴绍，及兵士万余人，望将过去，统是纠纠武夫，无一羸弱，此时也不禁惊喜交集，眉宇生春，随即向姊拱手道："阿姊辛苦了！"李氏笑答道："特来帮助兄弟！"世民称谢。又与柴绍握叙数语，乃令来兵左右驻扎，自引二人入帐，详叙多时，二人复出驻本营。绍居左，李氏居右，各置幕府。当时号李氏营为娘子军。

世民复进兵阿城，军律严明，队伍不乱。一面遣使禀渊，请会师同赴长安。渊已自长春宫出发，至永丰仓，发粟饷军，进屯冯翊，命刘弘基殷开山等，分兵西略扶风。城中出兵迎战，为弘基击败，向渊告捷。渊喜得捷音，又接到世民军报，乃复启节西行。所过离宫园苑，概令撤消；遣归宫女，各还亲属。想无尹张二人的美色。及抵长安，世民早已驻军待着，两下会师，共得二十余万。渊命各依壁垒，毋得侵掠民居，并遣使至城下，传谕守吏，愿拥立代王。代王侑系炀帝孙，故太子昭季子，太子早卒，遗子三人，长子倓封燕王，侗封越王，侑封代王。越王侗留守东都，代王侑留守西京，西京便是长安，由京兆内史卫文升等，辅侑守城。文升年已衰老，闻渊军抵城下，忧悸成疾，不能视事。独左翊卫将军阴世师，郡丞骨仪，调兵守御。渊遣人谕意，被他斥回，乃督诸军攻城，并约将士入城后，毋得犯隋氏七庙及代王宗室，有敢违令，夷及三族！将士奉令攻扑，城上矢石交下。孙华冒险越濠，摇旗欲登，被流矢射中要害，竟致陨命。于是渊军益愤，努力进攻，前仆后继，连日不退。军头雷永吉，左执刀，右持盾，首先登城，余众随上，杀散城头守卒，逾城开门，迎纳渊军。阴世师骨仪等，尚率众巷战，先后为渊军所擒。卫文升闻城已被陷，立即骇死。代王侑在东宫，当然是吓做一团，左右逃命要紧，四处奔散。唯侍读姚思廉，保护代王，从容侍侧。渊军鼓噪入殿，思廉厉声呵止道："唐公举义兵到此，系为匡辅帝室起见，尔等何得无礼？"此人颇有胆气。众闻言，颇为愕然，还立庭下。渊下马趋入，仍执臣礼见代王，并请代王迁居大兴殿后厅。代王年仅十三，能有什么主意，且见他兵刃环庭，只是抖个不住。思廉到此，也属没法，乃扶代王至阁下，泣拜而去。渊退寓长乐宫，与民约法十二条，悉除隋苛禁，然后牵出阴世师骨仪等十余人，责他贪婪苛酷，兼拒义兵，喝令斩首。可为妾子智云复仇。所有囚犯，多令释放。

唯马邑郡丞李靖，也在狱中，由渊问他犯罪情由。靖笑道："我未尝犯罪，闻公举事，无从告变，所以自入囚车，令长官传送江都，以便密告天子。不料到了长安，偏值公来围城，城守未知我计，因将我暂行羁住。”渊听这数语，便勃然大怒道：“你敢告发我么？左右与我推出正法。”靖大呼道：“公兴义兵，欲平天下暴乱，乃竟以私怨杀壮士么？”豪爽。渊不答，左右即上前拥出李靖，至外行刑，忽有一人入阻道：“杀不得！杀不得！”正是：

他日应登名将录，此时特遣救星来。

毕竟何人来救李靖，下回再行报明。

李氏之旗开得胜，在霍邑一战，李氏之马到成功，在长安一役。渊军初至贾胡堡，天雨连绵，久留不进，老生不能出城掩击，其无勇可知。一战而败，陨首城濠，固其宜也。然李氏得此一胜，而军心始坚，故本回叙霍邑战事，有声有色，较为夺目。长安为李唐根据地，据关中以定天下，势如建瓴，非经李世民之定计长驱，则屯兵河东，成否尚未可必。故长安一役，为隋唐兴亡之大关键，叙述自应从详。中间插入娘子军一段，格外摹神。盖巾帼英雄，为历史中仅见之事，不如此摹写，未足以显平阳公主之威名。渊有侠妻，有奇儿，有智女，此其所以终成帝业也。

第四回　记艳闻李郎遇侠
禅帝位唐祚开基

却说李靖被军士推出，将要行刑，忽有一人入阻，此人非别，就是敦煌公李世民。世民与靖，曾有一面交，素知他才勇兼全，所以急忙阻住。当即入内白渊道："大人不记得韩擒虎遗言么？擒虎曾谓靖可谈将略，若收为我用，必能立功。请大人不念旧恶，赦罪授官！"渊半晌才说道："我看他状貌魁奇，将来恐不易驾驭。"世民道："儿自有驾驭的法儿，请大人勿虑！"渊乃允诺。世民即出与解缚，好言抚慰。靖入谢后，由世民引置幕府，待若上宾。靖本京兆人氏，表字药师，系隋初总管韩擒虎外甥，擒虎与谈兵事，靖无不通晓，因此擒虎目为将才。

还有一段意外艳事，小子得自传闻，也正好就此叙明。隋炀帝初年，南幸江都，命司空杨素守西京。靖素负豪气，昂然进谒，与素谈论时事，英采逼人。适有美妓执着红拂，侍立素侧，屡以目顾靖。及靖退出，红拂妓竟暗嘱门吏，问靖住址，靖据实以告。及晚宿旅舍，夜半闻叩门声，靖起床开户，一少年持囊竟入，促靖闭门，解紫衣，脱皂帽，竟变成一个初及笄的丽人，靖大为惊异。那丽人答道："公可识妾否？"靖审视良久，但说了"杨家"二字。丽人嫣然道："妾果是杨家的执拂妓。"言已下拜。靖慌忙答礼，且问明来意。丽人道："妾侍杨司空有年，阅人不少，今得见公，姿表绝伦，丝萝不能独生，愿托乔木，是以来奔。"靖答道："杨司空权重京师，倘被闻知，岂不惹祸？"丽人道："他已是尸居余气，有何足畏？现侍儿等多半散去，他亦无心追逐，妾所以放胆前来，愿公勿惧！”靖问及姓氏，答言姓张，排行居长。乃邀与俱坐，续谈衷曲。吐属俊雅，眉黛风流，遂令靖不忍舍割，留作伉俪。仿佛卓文君夜奔相如。

嗣恐杨素追捕，同赴太原，投宿灵石旅邸。黎明即起，靖刷马，张梳髻，突有一虬髯客，乘驴来前，至旅邸下驴，取枕攲卧，看张梳头，靖不禁怒起，即欲呵斥。张氏忙摇手阻靖，匆匆梳竟，敛衽向前，问客姓名。客自称张姓，张氏答道："妾亦姓张。"客喜道："今日幸逢一妹。"言已，跃然而起。张氏呼靖相见，彼此行过了礼，当由靖购取酒肉，环坐共饮。虬髯客道："我观李郎现在穷途，如何得此佳丽？"靖答道："他人不便与言，如兄磊落光明，不妨实告。"遂具陈始末。虬髯客道："今将何往？"靖答言将避地太原。客略略点头，随手取出一囊，笑顾靖道："我也有下酒物，李郎能同食否？"靖谦言不敢。哪知囊内是一个人头，一副心肝，由客取置杯前，用匕首切好薄片，大嚼而尽，且语靖道："这是天下负心人，我已衔恨十年，今始被我杀死，可消宿恨。"全是侠客行迳。靖只唯唯连声，不敢细诘。虬髯客又道："看李郎仪容器宇，不愧丈夫，吾妹可谓得偶，但未知太原一带，尚有异人否？"靖答道："有一人与靖同姓，年方弱冠，龙表凤姿，愚看他是个真主。此外不过与靖相伯仲了。"虬髯客道："此人现作何事？"靖答言是将门子。客点首道："是了是了。李郎可俾我一见否？"靖答道："有友人刘文静，与他友善，靖当托文静作一介绍，但兄何故定要一见？"虬髯客道："太原现有奇气，想当应在此人身上，我所以定要一见。唯现在尚有琐事，不便偕行，待至太原再会，李郎当候我汾阳桥，幸勿误约！"靖愿如客言。客驾驴迳去，疾行如飞，转眼间便不知去向了。

靖知是侠士，即与张氏启行入太原，至汾阳桥待客。客果如约而来，相见甚喜，即同往刘文静家。虬髯客自称善相，愿见李公子。文静本赏识世民，闻客善相术，正欲证明确否，遂遣人迓世民过谈。世民不衫不履，裼裘而来，神气扬扬，貌与常异。虬髯客不觉变色，招靖密语道："果是真天子，我已料定十分的八九，尚有道兄一人，令他见面，能料到十成，百无一失了。"靖转告文静，文静允订后会期，因即告别。届期，虬髯客引一道士，与靖相见，复同谒文静。文静方弈棋，即邀道士入局对弈，又飞书邀世民观棋。俄而世民到来，长揖就坐，顾盼不群。道士怅然，敛棋入匣道："此局全输，不必再弈了。”话中有话。遂罢弈请去。既出，语虬髯道：“此处已有人在，君不必强图，可别谋他处罢。”言讫，飘然自去。虬髯客留语靖道：“李郎信人，妹尚栖身无所！我当为筹一安宅，今日便偕返西京，何如？”靖有难色。虬髯客道：“你怕杨素么？他已死了。况有我同行，你怕什么？”靖乃挈同张氏，与虬髯再返京中，果然素已早死，另派代王侑留守，便放心驰入京城。虬髯客复语靖道：“今日暂别，明日可与妹同诣某坊小宅，我当伫候。”语毕，掉臂迳去。

翌旦，靖与张氏同至某坊，果见一小板门，才叩一二声，即有人出迎，延入重门，豁然开朗。室宇宏丽异常，奴婢数十人，导靖夫妇入东厅，厅内陈设，穷极珍奇。至虬髯出见，纱帽紫衫，迥殊前饰。后面随一少妇，华服雍容，亦端庄，亦秀丽。靖料是虬髯妻室，即与张氏上前相见。虬髯客格外殷勤，导靖夫妇入中堂。四人甫经对坐，即有侍役搬入盛肴，开筵相待；并出女乐侑酒，列奏庭中，乐止酒酣，虬髯令苍头舁出宝箱，约二十具，分陈左右。因指告靖道：“此皆我历年所积，今特赠君夫妇。我本欲在此建业，今既遇有真人，不应再留。太原李氏，真是英主，三五年内，当致太平。李郎具有长才，得辅真人，将来必位极人臣，妹独具慧眼，得配君子，将来夫荣妻贵，亦足为儿女子生色。非妹不能识李郎，非李郎不能遇妹，虎啸风生，龙腾云合，原非偶然的际遇。李郎将我所赠，安心佐命，施功立业，努力前途，后此十数年，东南数千里外，传有异闻，便是我得意时候。妹与李郎，可沥酒相贺。”说至此，即将文簿匙钥等，一并交出，并命家僮拜靖夫妇，且嘱道：“两人即你等主人，不得违慢！”靖与张氏，逡巡欲辞。那虬髯客已挈妻入内，须臾即戎装出来，拱手告别，出门乘马，也不多带行囊，只有一奴随着，扬鞭东去。奇极怪极！阅至此当浮一大白。靖夫妇送客出门，倏忽不见，乃惘然返室，检点箱栊，价值不赀。复遗有兵书数箧，内详风角鸟占云祲孤虚等术。靖乘暇揣摩，更有所得，因此料事如神。后至唐太宗贞观年间，东南蛮奏称海外番目，入扶余国，杀主自立，国已大定。靖知虬髯成功，入告张氏，共沥酒向东南拜贺，藉践前约，世人称为风尘三侠，便指李靖夫妇，及虬髯客三人。事有所本，不得谓为虚诬。这且不必絮表。

单说李靖既得巨赀，格外豪放，到处交游，官吏交相荐誉，遂得显名仕籍，入朝为殿内直长，旋出任马邑郡丞。闻李渊已起兵太原，料他必进攻长安，因借告变为名，自入槛车，解送长安，先行待着。果然长安被破，不出所料，至见了李渊，自知命未该死，乐得当面唐突，不愿乞怜。世民曾与靖会面，且尝闻韩擒虎遗言，自然有意怜才，竭力营救。嗣是靖留居世民幕中，遇事勛襄，无不效力。渊安民已毕，不再加戮，乃奉代王侑为皇帝，即位大兴殿，改元义宁。遥尊炀帝为太上皇，渊自为大丞相，都督内外军事，晋封唐王，以武德殿为丞相府，设官治事。仍用裴寂为长史，刘文静为司马，召前尚书左丞李纲为相府司录，专掌选事，前考功郎中窦威为司录参军，使定礼仪，一面追谥祖父虎为景王，父昞为元王，夫人窦氏为穆妃，又命长子建成为世子，次子世民为京兆尹秦公，四子元吉为齐公。

布置已定，忽报西秦霸王薛举僭称秦帝，遣子仁杲入寇扶风，且谋取长安。世民自请出击，渊因令率部众前行，到了扶风境内，遇着仁杲，即大刀阔斧的杀将过去。仁杲抵挡不住，纷纷逃走。扶风太守窦琎，及河池太守萧瑀，均迎谒世民。世民接见如礼，引二人还见乃父。渊命琎为工部尚书燕国公，瑀为礼部尚书宋国公，复遣使慰谕河东，招降屈突通。通正与刘文静等，相持月余，尝遣牙将桑显和，袭文静营。文静与段志玄等，尽力痛击，斩馘无算。显和只带数骑逃回。通势日蹙，留显和遏潼关，自引兵东趋洛阳。显和即率众降文静，文静遣窦琮等，与显和合军追通，通结阵自固。琮遣通子寿劝父归降，通见寿至阵前，大骂道："此贼何来？前与汝为父子，今与汝作仇雠。"随命左右用箭射寿，寿狼狈奔还。显和出呼通众道："今京城已陷，汝等皆关中人，去将何往？不若赶紧投降，尚可归见家属。"通众俱释械愿降。通自知不免，下马东向，再拜痛哭道："臣力屈至此，非敢负国，天地神祇，实所共鉴。"究欠一死。部众也不与多言，竟拥通至文静营。文静送通至长安，渊再三慰谕，命为兵部尚书，赐爵蒋公，且遣至河东城下，招谕尧君素。君素登城见通，唏嘘泣下。通亦垂泪沾襟，因呼君素道："我军已败，义兵所指，莫不响应。事势至此，君应早降！"君素正色道："公为国大臣，主上以关中委公。代王以社稷托公，奈何负国降敌，且为他人作说客呢？"通叹道！"君素！我因力屈乃降。"君素道："我力尚未屈，何用多言！"说至此，竟自下城。通也觉怀惭，返报李渊。渊因君素家属，寓居长安，即命人将他家眷拘住，令君素妻致书劝降。君素仍然不答。渊调虞州刺史韦义节等，逼攻河东，令刘文静东略弘农各郡，又遣从子孝恭等，抚慰山南山东。云阳令詹俊等，往徇巴蜀，各地陆续投诚。

至义宁二年，渊命建成为抚宁大将军，世民为副，统兵七万，出徇东都。元吉为镇北将军，都督太原十五郡军事。三子受命渡河，东南分趋，忽由江都传到急报，炀帝为宇文化及所弑，另立秦王浩为帝了。渊不禁恸哭道："我北面事人，不能往救故主，敢忘哀痛么？"未免做作。原来炀帝久驻江都，荒淫日甚。从幸诸臣，无论文武，俱有归志。将作少监宇文智及，与郎将司马德勘、直阁裴虔通等，推兄许公化及为主，谋弑炀帝，乃乘夜纵火，引兵入玄武门，直至东阁，把炀帝牵出，历数过恶，将帝缢死。所有炀帝弟蜀王秀、子齐王暕、赵王杲，及长孙燕王倓以下，无论宗室外戚，一并枭首。又杀大臣虞世基裴蕴来护儿萧巨许善心等十余人。唯炀帝侄秦王浩，素与智及交好，智及乃转告化及，立浩为帝，令居别宫，只许发诏画敕，不得与闻政事。化及自为大丞相，总百揆，拥众十余万，据有六宫妃嫔，连炀帝后萧氏，也公然被他奸宿，宣淫无忌，一如炀帝。炀帝遇弑，详见《隋史演义》，故此处特从简笔。令弟智及为左仆射，士及为内史令，裴矩为右仆射，特录士及裴矩两人，为后文降隋张本。留左卫将军陈稜守江都，自劫萧后秦王浩等，出发江东，拟还长安。沿途仪卫甲仗，悉拟乘舆。夺江都人舟楫，取道彭城水路，陆续启行。虎贲郎将麦孟才，虎牙郎钱杰，与折冲郎将沈光，谋诛化及，事泄被杀，既至彭城，水道不通，复夺百姓牛车，得二千辆，并载宫人珍宝，所有戈甲戎器，无车可载，统令军士背负登途。道远军疲，相率嗟叹。司马德勘复联络郎将赵行枢等，议杀化及，且遣人诣曹州，密结孟海公为外助。孟海公见首回。哪知化及恶贯，尚未满盈。孟海公覆报未来，德勘等机谋已泄。化及佯拟出猎，召德勘等同行，帐下藏着伏兵，竟将德勘等拿下，一并处死。德勘有应死之罪，不得与麦孟才同例。

那时魏公李密，屯兵巩洛，阻住化及。吴兴太守沈法兴，又起据江表十余郡，声讨化及。梁王萧铣，因炀帝被弑，居然称帝，徙都江陵。李渊连得外报，也跃跃欲动，召还建成世民，胁代王侑禅让帝位。渊受隋禅，明是逼迫而来，故本编书法，概不为讳。看官！你想代王侑是一个庸雏，性命都悬诸渊手，无论渊什么说，只好唯唯从命。一班攀龙附凤的臣僚，当然代为拟诏，今日加唐王九锡，明日许唐王戴十二冕旒，建天子旌旗，出警入跸。至五月戊午日，宣告禅位，其词云：

天祸隋国，大行太上皇遇盗江都，酷甚望夷，衅深骊北，悯予小子，奄造丕愆，哀号永感，心情糜溃。仰维荼毒，雠复靡申，形影相吊，罔知启处。相国唐王，膺期命世，扶危拯溺，自北徂南，东征西怨，致九合于诸侯，决百胜于千里。纠率夷夏，大庇甿黎，保乂朕躬，繄王是赖。德侔造化，功极苍旻，兆庶归心，历数斯在。屈为人臣，载违天命。在昔虞夏。揖让相推，苟非重华，谁堪命禹？勉强附会。今九服崩离，三灵改卜，大运去矣，请避贤路。予本代王，及予而代，天之所废，岂其如是？庶凭稽古之圣，以诛四凶，幸值维新之恩，预充三恪。雪冤耻于皇祖，守禋祀为孝孙，朝闻夕陨，及泉无恨。今遵故事，逊于旧邸，庶官群辟。改事唐朝，宜依前典，趣上尊号。若释重负，感泰兼怀。假手真人，俾除丑逆。济济多士，明知朕意！

禅位诏下，即遣刑部尚晕兼太保萧造，司农少卿兼太尉裴之隐，奉皇帝玺绶，至唐王邸中。渊三揖三让，才行受命，吾谁欺，欺天乎？乃改大兴殿为太极殿，择于甲子日登基。是日辰刻，先遣萧造祭告南郊，然后即位。渊年逾五十，须眉斑白，因推五运为土德，服色尚黄，戴黄冕，着黄袍，由侍卫等拥登帝座。宗室贵戚及大臣，趋跄入殿，列班朝贺，跪伏三呼，历史上称为唐高祖皇帝。乃颁诏改义宁二年为唐武德元年，大赦天下。官吏各赐爵一级。义兵过处，给复三年。罢郡置州，改太守为刺史。退朝后赐百官宴，赏赉金帛有差。越日，授世民为尚书令，从子瑗为刑部侍郎，裴寂为右仆射，刘文静为纳言，萧瑀窦威为内史令，李纲为礼部尚书，窦琎户部尚书，屈突通为兵部尚书，独孤怀恩为工部尚书。殷开山以下，各晋授官秩。废隋大业律令，另颁新格，即就都城立四亲庙。追尊高祖熙为宣简公，曾祖天锡为懿王，祖虎为景皇帝，庙号太祖。父昞为元皇帝，庙号世祖。祖妣及母皆称后。追谥妃窦氏为太穆皇后，追封皇子玄霸为卫王。立世子建成为太子，封世民为秦王，元吉为齐王，又推恩宗室，凡从弟蜀公孝基以下，封王约得十人。独降故隋帝侑为酅国公，给宅京师，追谥隋太上皇为炀皇帝。江都太守陈稜，因备天子仪卫，改葬炀帝于江都宫西吴公台下。被杀王公，俱列瘗炀帝墓侧，隋朝自此了结。唯东都留守官段达王世充元文都等，得炀帝凶问，奉越王侗为皇帝，改元皇泰，与唐为敌。此外各据一方的草头王，互相吞并，最强悍的数部，尚角逐中原，扰攘了好几年。小子有诗叹道：

历年龙战血玄黄，大统终教属李唐！
成即帝王败即贼，繇来天道是无常。

欲知各处战争情形，请看官续阅下回。

红拂夜奔，虬髯让室，事见张说所著《虬髯客传》，而正史不录，论者以为近诬。窃谓张说仕唐，距李靖不过数年，说以能文著名，讵屑以荒唐不经之语，留贻后世。且后世若以说为虚谈，亦将置诸敝簏，何至流传至今，播为艳闻？是可知红拂虬髯，必有其人。曾见《隋唐演义》中，演述是事，且全载二人姓名。红拂妓名出尘，虬髯客名仲坚，而说传无之。张说犹未知其名，宁编《隋唐演义》者，顾独能知之乎？故本编详姓略名，存说传之真也。炀帝被弑，化及骄淫，麦孟才司马德勘等，先后败事，而于孟才则书谋诛，于德勘则书谋杀，一字不苟，书法直追紫阳。及李氏受禅，名之曰胁，代王封公，名之曰降，书法谨严，尤足与纲目并传，是固足以补正史之未逮，而不得徒目为小说也。

第五回　李密败绩入关中
秦王出奇平陇右

却说越王侗既称帝东都，命段达王世充为纳言，元文都为内史令，共掌朝政。会闻宇文化及率众西来，上下震惧，有士人盖琮上书，请招谕李密，合拒化及。元文都等赞成琮议，即用琮为通直散骑常侍，赍敕赐密。先是密亡命入瓦岗，适东都法曹翟让，逃狱至瓦岗寨，纠众为盗。有单雄信徐世勣王当仁王伯当周文举李公逸等，群起响应。密遂劝让举义，让自谢不能。凑巧东都来一李玄英，入伙访密，自述民间歌谣，有桃李章，共计五语。语云："桃李子，皇后绕扬州，宛转花园里。勿浪语，谁道许。"玄英下一解释，桃逃同音，李指李氏子，释为李氏子逃亡。皇与后统言君主，宛转花园，谓隋主在扬州，终无还日，将宛转自毙园中。莫浪语谁道许两语，暗藏一个密字，因此闻李密名，遂来寻访。既与密遇，即将歌谶告密。密益觉自负，意欲借让起事。让有军师贾雄，素为让所亲信，密遂与雄相结，嘱令说让。雄乃语让道："李密系蒲山公后裔，将来必成大事。"让谓密能自立，何必从我。雄复道："将军姓翟，翟有泽义，蒲非泽不生，故须倚赖将军。"玄英所解已是附会，雄说更觉穿凿。让信以为真，与密情好日笃。密遂劝让攻下荥阳诸县，齐郡丞张须陁，骁勇善战，奉调守荥阳，引兵击让。让欲奔回瓦岗，密竭力劝阻，且为让划策，用埋伏计掩击须陁。须陁败死，让大喜，令密自立一营，号蒲山公营。密又与让袭据兴洛仓，连败东都援兵。让于是推密为主，号为魏公，改元永平，置长史以下官属。让为上柱国司徒东郡公，亦得置吏。单雄信徐世勣等，俱任大将军，各领所部。祖君彦为记室，传檄讨隋。略取河南诸郡，与唐通书结好，就在此时。第三回第见大略，故本回再行补叙。凡赵魏以南，江淮以北，所有揭竿诸徒，多半归附。

让奉密命，为行军总管，夜率步骑袭东都，焚掠外郛。东都居民，悉数迁入宫城，由王世充等登陴固守。让乃退去。巩县长柴孝和，监察御史郑颋，及虎牢守将裴仁基，次第降密，密各授官职。又得秦叔宝名琼以字著世。程咬金罗士信赵仁基等，均令统兵，声势大振。嗣是与东都将士，屡相攻击，胜败不一。武阳郡丞元宝藏，又举郡降密，密封宝藏为上柱国武阳公。宝藏令门客魏征作启谢密，征系巨鹿人，少贫好读书，始为道士，由宝藏召为书记。密爱他文辞惬当，特召为参军，兼掌记室。征后为太平宰相，故此处叙明履历。宝藏更会同徐世勣军，袭破黎阳仓，发粟赈民，选丁壮为兵。不到十日，得兵三十万名。永安义阳弋阳齐郡，闻风趋附。连窦建德朱粲等，亦遣使附密。

会王世充调兵十万，来攻洛口，与密夹水列阵。密渡洛与战，为世充所败，奔还洛南，柴孝和等溺死。世充涉洛追击，恰被密回军击退，败窜石子河，再战又败，世充西走，于是密威益振。所有降附诸徒，且奉表劝进。密以东都未平，暂从缓议。偏翟让兄弘，竟语让道："天子汝当自为，奈何与人？汝若不为，不妨与我。"让司马王儒信，亦劝让自为冢宰，夺密大权。让迟疑未决。总管崔世枢，左长史房彦藻，受让责侮，潜以所闻告密，且劝密除让。密尚未肯从。左司马郑颋道："毒蛇螫手，壮士断腕，公奈何顾恋私义，自误大局？"导密卖友，不足为训。密乃与数人定计。置酒召让。让与兄弘，及兄子摩侯，司马王儒信，践约入席，俱为所杀，密乃声明让罪，慰抚各营。让本残忍，身死后没人衔哀。但因密忍心负友，也未免心怀顾忌，渐渐的疑贰起来。

密进攻东都，复与王世充相持，越王侗且募兵益世充。偏世充屡战不利，密得据金墉城，东都大震。唐抚宁大将军李建成，副将军世民，又率兵至东都，名为援师，实是略地。城中越加惶急。密军乘势攻城，建成麾兵阻密，密乃引退。既而建成等还归长安，密再拟进攻，适值宇文化及，引兵至黎阳，密将徐世勣扼守仓城，忙遣人向密告急。密回驻清淇，与化及隔水遥语。密朗声道："汝本匈奴皂隶，投入中国，父兄子弟，世受隋恩，累世富贵，举朝无比。主上失德，不能死谏，反行弑逆，不学诸葛瞻的忠诚，反效汉霍瑀的悖恶，天地不容，汝将何往？若速来归我，还可饶汝性命。”化及瞪视良久道：“今日只可言战，说什么书语？”密顾语左右道：“化及庸愚至此，还想自作帝王，一何可笑！虽折杖亦可驱他了。”乃深沟高垒，不与化及争锋，且寄语世勣，亦令他掘堑固守，俟化及粮尽退师，再击未迟。化及大修攻具，进攻仓城，苦为城堑所阻，不能得手。世勣从堑下穿通地道，潜师出击。纵火焚化及营。化及大败，攻具多被毁去，唯尚未肯退兵。

密正恐东都夹击，巧值盖琮赍书到来。以上俱是补叙前事。密乃将计就计，自草降表，愿灭化及以赎罪。当下遣使赍表，与盖琮同报越王。越王侗时已称帝，再回顾一语以醒眉目。即册拜密为太尉，兼封魏公，俟荡平化及，入朝辅政。册使既去，元文都等以密肯来降，天下可定，遂就上东门置酒作乐。未免太早。王世充独正色道：“朝廷官爵，轻授贼人，敢问意欲何为？”文都闻言，很是不平，因说世充私通化及，不可不防。由是两人有隙。既而化及粮尽退师，北趋魏县，密追蹑得胜，报捷东都。文都等相率称贺，世充偏扬言道：“文都等系刀笔吏，看不透盗贼心肠，将来必为李密所擒。且我军屡与密战，杀他部下兵士，前后不可胜计，若密来执政，部众必图报复，我辈将无噍类了。”文都得知此语，转告段达，欲乘世充入朝，伏甲除患。不料段达反通报世充，世充遂乘夜袭含嘉门。文都闻变，即奉隋主侗御乾阳殿，闭门拒守。世充进攻太阳门，斩关直入，令段达进执文都，乱刀处死，即遣部将代为宿卫，然后入见隋主，拜伏谢罪。隋主本无权力，怎好加责，只得引与共语。世充更披发为誓，词泪俱下，说得隋主易疑为信，竟命世充为右仆射，总督内外诸军事。嗣是大权尽属世充，兄弟子侄，各掌重兵，隋主似傀儡一般，一切不能自主，只有南面拱手罢了。

李密已逐去化及，拟入朝东都，闻变乃还，令开洛口仓。即上文兴洛仓。赈民，不设限制，随意取给。群盗竞来就食，不下百万口。东都兵民，亦多因丐食来降，粒米狼戾，随散道旁。密喜语贾润甫道：“这乃所谓足食呢。”润甫道：“国以民为本，民以食为天，今百姓襁负而来，无非为就食计，乃有司毫不爱惜，一任取携，待至米尽民散，何人与公成大业呢？”言之有理。密乃令润甫判司仓，参军事。王世充揽权东都，阴图取密，佯遣使与密讲和，愿以布易米。密军多米乏衣，许与交易。东都兵民得食，遂无人出降。密方知堕世充计，绝不与交。哪知世充已挑选精兵，饱饲战马，张着永通字号的旗帜，悉锐来攻。密留王伯当守金墉，邴元真守洛口，自引兵出偃师北境，迎击世充。裴仁基献策道："世充悉众前来，东都必虚，此处可分兵扼守要路，不与他战，另遣精兵三万，绕道河西，径袭东都，世充若去还援，我好前后夹攻，不患不胜了。"的是好计。密颇以为善。偏单雄信陈智略樊文超等，主张速战，遂致密亦有战意。仁基苦劝不从，顿足叹道："公将来必自悔呢！"魏征亦以为言，郑颋目为迂论。密遂主张速战。世充夜遣轻骑潜入北山，伏溪谷中，命兵士皆秣马蓐食，待晓即发，突击密军。密新破宇文化及，士卒已疲，又藐视世充，毫不预防。至敌兵已至军前，仓猝列阵，已是不及。那世充手下的士卒，统是江淮悍旅，拼死冲来，锐不可当。密军尚勉强招架，忽伏兵乘高而下，驰压密营，竟将密众冲作数截。世充又索得一人，状貌类密，把他两手反绑，牵过阵前，佯呼道："李密已擒住了！"军士大呼万岁。密军已将败退，怎禁得这番哗乱，不由的误认为真，顿时大溃。单雄信陈智略等，皆降世充。裴仁基郑颋祖君彦等，统被世充手下擒去。

密狼狈奔回洛口，谁知守将邴元真，已潜遣人迎世充，反为世充图密。密自知力不能支，东奔虎牢。王伯当亦弃去金墉城，退保河阳。当下集众会议，密尚欲南阻河北，北守太行，东连黎阳，再图进取。诸将道："兵新失利，众心危惧，若更逗留，恐人尽叛亡，如何能进取呢？"密长叹道："孤所恃唯众，众既不愿，孤也没法了。"已经一败涂地，还要称孤道寡，岂非增丑？说至此，欲拔剑自刎。伯当忙将密抱住，夺去密剑，且劝且泣。众无不泪下。密乃语众道："诸君如不相弃，当共归关中，密身虽无功，诸君必保富贵。"众皆应命。密又语伯当道："将军室家重大，不应与密同行。"伯当道："昔萧何尽率子弟，随从汉王，伯当岂因公失利，遂敢叛去。生愿同行，死愿同殉。"卒成死谶。左右统为感泣，从密入关，共二万人。所有密遗下将帅，与据住州县，多降东都。就是程咬金秦叔宝等，亦投入世充麾下。唯徐世勣尚守住黎阳，不愿叛密。密既入关，语徒众道："我拥众百万，解甲归唐，山东连城数百，知我在此，亦当同附，比诸汉时窦融，功亦不小，唐主念我有功，谅应以台司见处呢？"不脱骄态。伯当道："诚如尊论。"及至长安，入谒唐主，但授密为光禄卿，赐爵邢国公，密大失所望。廷臣又多轻密，因此密复怀异心，这且待后再表。

且说唐高祖李渊，既定都长安，便欲平定陇西。陇西为薛举所据，有众十数万，声势颇盛。举本陇西土豪，为金城府校尉。金城令郝瑗，命举剿盗，举反囚瑗僭号，初称西秦霸王，继且称帝，立子仁杲为太子。仁杲善骑射，绰号万人敌，所至皆捷，尽有陇西。唯扶风一战，为世民所败。应第四回。及武德元年六月，薛举寇泾州，诏遣世民率八总管兵，出都拒战。师至豳岐，世民患疟，令长史纳言刘文静，及司马殷开山，代掌兵事，且嘱勿妄战。开山与文静，违世民诫，竟耀兵高墌，被举潜师袭击，大败亏输。总管慕容罗睺李安远等皆战殁，士卒十亡五六。世民也只得引还。文静等坐是罢官。越二月，举复遣仁杲围宁州，为刺史胡演击退。未几，举即病死，仁杲嗣立。唐秦州总管窦轨，奉命征仁杲，败绩而还。仁杲复进围泾州。骠骑将军刘感，出城遇伏，为敌所擒，射死城下。长平王李叔良，率兵往援，入城固守，仅得自全。以上是补叙文字。高祖闻警。乃再授世民为西讨元帅，出击仁杲。兵至高墌，仁杲使骁将宗罗睺，率众抵御。罗睺自恃勇悍，迳至世民营前，耀武扬威，指名搦战。世民佯若不闻，但命将士坚壁自守，不得妄动，违令立斩。仍然是一条老法子。偏罗睺日来挑战，且加嫚骂，惹得唐军性起，个个摩拳擦掌，欲与死战。只是军令难违，不得不入帐请令。世民宣谕道："我军新败，士气沮丧，贼正恃胜而骄，轻视我军，我宜闭垒自固，养足锐气，彼骄我奋，乃可克敌了。诸君若违我军令，休得后悔！"诸将半信半疑，只因权在他手，不好与他争论，便耐着性子，退出帐外。今日不战，明日又不战，直至五六十日，仍然不战，将士都愤闷得很。

忽由敌营来了一将，带着数百骑，诣营乞降。世民召入，问他姓名，叫作梁胡郎，自言营中乏食，不免就擒，所以率部来降。诸将虑他有诈，复入帐谏阻。世民叱道："梁将军是见机君子，休得多疑！"遂用好言劝慰，令居后营。一面遣行军总管梁实，移营浅水原，诱敌来攻。反去挑敌，妙极。罗睺大喜，尽锐攻梁实营。实据险不出。营中乏水，人马数日不饮。罗睺却围攻甚急。世民乃召语诸将道："今日可出战了。"右武侯大将军庞玉，奋然愿往。世民道："庞将军可出阵浅水原南，倘贼兵并力来攻，应与奋斗，不得怯退！我自当引兵援应。"庞玉奉命带领部众，至浅水原南，择地布阵。阵方列就，那罗睺已移兵来攻，仗着人多马众，包围庞玉部军，四面环击。庞玉抖擞精神，督军酣战，怎奈敌众层层进逼，恁你如何奋勇，总是杀他不退，反将部兵伤害若干名。庞玉大呼道："元帅料敌如神，定有精兵来援，大众幸勿畏缩，须要拚死杀敌！我也不愿求生了。"部众闻言，再接再厉，真个是血肉相搏，天地为愁。忽见罗睺阵中，纷纷散窜，一大帅手持长矛，当先突入，后面随着健将数人，奋勇进来，援应庞玉。玉见来帅不是别人，正是西讨元帅秦王世民，不禁踊跃异常。军士无不感奋，便与世民等合击敌众，外面又有唐军接应，表里夹攻，喊杀连天。罗睺部卒已疲，禁不起这支生力军；更兼前后受敌，眼见得抵挡不住，四散奔逃。世民麾军追击，斩首数千级，复提出健卒二千骑，亲自带领，一直穷追。

窦轨系世民从舅，叩马苦谏道："仁杲尚据坚城。我军虽破罗睺，未可轻进。且收军暂憩，再定进止！"世民道："我已熟筹过了，今日战势，已如破竹，不可再失了。舅勿复言！"兵法所谓静若处女，出若狡兔，便是此道。遂进攻仁杲所居的折摭城。仁杲列兵城外，与世民夹着泾水。两阵相对，未及交锋。仁杲骁将浑干等数人，已渡水降世民军。那时仁杲知不能战，亟引兵退入城中。日已向暮，大军继至，合力围城，到了夜半，守将多缒城投降，仁杲计穷力竭。没奈何奉表投诚，开城纳世民军。世民入城后，收得精兵万余人，男女五万口。诸将皆入贺世民，且问世民道："大王一战而胜，遽舍步兵，又无攻具，直趋城下。众皆谓城未可取，乃不日即平，偏为大王所料。敢问大王凭何测度，得此奇功。"世民道："罗睺部下，统是陇外悍卒，我出其不意，将他击破。他四处散溃，伤毙不多，我若缓追，他俱入城，再为仁杲收抚，复成劲旅，据城固守，势必难图。唯乘胜急攻，溃卒无城可归，当然散归陇外。折摭虚弱，仁杲破胆，无暇为谋，不降何待？我所以得告成功哩。"于是诸将皆罗拜道："大王胜算，诚不易及。"世民道："我用谋，诸将用力，均为国家建功，何分彼此？"众益悦服。

世民乃押送仁杲还长安，入朝献俘。高祖谕世民道："薛举父子，多杀我士卒，必尽诛薛氏私党，方可阴慰冤魂。"世民正欲奏阻，早有李密出班奏道："薛举残杀无辜，所以致亡。陛下一视同仁，除仁杲外，既已降服，不可不抚。"密欲笼络薛党，故有是请，不应视为仁人之言。高祖乃命斩仁杲于市，并首谋数十人，余皆赦罪不问。总计薛氏父子据陇西，五年而亡。仁杲已死，有部将旁佡地，已降复叛。佡地羌人，举父子倚若长城，他自商洛出汉川，有众数千，四处剽掠。大将庞玉往剿，反为所败。佡地至始州，掳得王氏女，逼令野合。女有智谋，须佡地屏去部众，方肯从命。至部众去远，复欲与佡地行合卺礼。佡地为色所迷，取酒同饮。女佯作媚态，劝佡地连饮数十觥，佡地顿时醉倒。女拔佡地佩刀，用力刺佡地喉，佡地立毙，乃枭首潜奔，送首梁州。梁州刺史以闻，诏封王氏女为崇义夫人。小子有诗咏道：

悍盗翻为弱女诛，诰封应降大唐都。

看她仗剑刺喉日，巾帼居然过丈夫。

薛举已平，忽报宇文化及弑秦王浩，自称许帝，朱粲也自称楚帝，取唐邓州，杀死刺史吕子臧，及抚慰使马元规。窦建德复改国号夏，纪元五凤，免不得又有一番征讨事情，容至下回依次叙明。

本回叙李密及薛举父子事，前后划清，两不相混，看似寻常叙述，而详略处颇费苦心。且隋唐之交，群雄并起，几不胜举，非经犀利之笔，依次表明，则梳栉不清，易眩人目。尤难在事不同时，兴亡夹出，总叙则失之混淆，分叙则失之间断，此岂率尔操觚，所得成章乎，若论夫李密之败，咎在骄盈，薛仁杲之亡，未始非骄盈所致。古人有言：“骄必败。”密以才智称，尚蹈此失，遑论仁杲耶？故必忍其乃有济，使骄即不足观，谓予不信，盍观是编！

第六回　盛彦师设伏毙叛徒
窦建德兴兵诛逆贼

却说宇文化及，及朱粲窦建德等，僭号称尊，气焰日盛。唐高祖欲依次往讨，忽有一青年妇人，浑身缟素，踉跄趋入，号啕大哭。高祖见了此妇，也不禁老泪潸潸。下笔奇突。看官道此妇是谁？原来是高祖第五女桂阳公主，自高祖受禅后，所有各女，无论嫡出庶出，俱封以公主名号。柴绍妻系是嫡出，特封平阳公主。此女佐父有功，且窦后所生，只此一女，故本文叙桂阳公主处，又附笔带入。此外庶出各女，唯桂阳公主聪颖工诗，亦为高祖所爱，下嫁华州刺史赵慈景。慈景美丰姿，且有膂力，高祖因河东未下，刺史韦义节屡战不利，乃命他为行军总管，与工部尚书独孤怀恩，再率兵往攻。怀恩兵至蒲坂，不设壁垒，骤为隋将尧君素所袭，仓猝败走。独赵慈景挺刃力战，陷入敌阵，卒因力尽援绝，为君素所擒，枭首城外。警耗传达长安，高祖方遣使持诏，诘责怀恩。那桂阳公主，已自闻知，遂易装入见高祖，泣请添兵派将，往报大仇。高祖情关儿女，未免怆怀，不得已劝谕再三，令返家守丧。一面命秦王世民为陕东大行台，所有蒲州及河北兵马，并受节制。世民促独孤怀恩进兵围蒲州，君素百计备御，终不能下。高祖屡遣降将招谕，且允赐铁券，准令免死。君素始终不从。再令君素妻至城下，呼君素道："隋室已亡，君何自苦？"君素道："天下名义，岂是妇女所能知晓？"两语说出，接连是飕的一声，那妻已被射倒，急由唐兵救回，已是半死半活了。世民闻君素不降，再调兵助攻。君素以死自誓，每语及国家，无不唏嘘泣下。尝语将士道：“我为国家大义，不得不死。若天已绝隋！别有他属，我当自行断首，付与君等，持取富贵。今城池尚固，仓储甚丰，胜败尚未可知，诸君幸勿怀异呢！”将士等一律感激，且因他平日驭下，严而有恩，因此遵嘱静守。既而仓粟告罄，人自相食，君素部下薛宗，竟刺杀君素，持首出降。隋室忠臣，只有君素一人。怀恩正欲进城，不料城门复闭，他将王行本，复约束兵民，乘城拒守。怀恩不能入，只得把君素首级，函解京师，再行攻扑。偏行本骁悍得很，竟招募死士，出捣怀恩。怀恩不及防备，竟被击退。城内粮道复通，守备益固。这消息报入唐廷，当然下诏切责。怀恩为独孤太后从子，自恃懿戚，负气不下，因遂怀怨望，反与王行本连和，谋附刘武周，及武周为世民所败，始悉怀恩奸状，给令入觐，缚置诸法。另遣将军秦武通攻蒲州，一鼓即下。行本出降，亦枭首以徇。这事已在武德三年，小子因事迹相连，所以一气叙下。唯桂阳公主寂寂寡欢，时增怅触，高祖恐她忧郁成疾，索性劝她再醮，更嫁杨师道，竟得寿终，李唐家法，可见一斑。这且搁下不提。

且说李密出降后，因未得台司，心甚不乐。高祖格外羁縻，常呼他为弟，并把舅女独孤氏，给作妻室。无如狼子野心，不论什么恩礼，总难满他欲壑。王伯当任左武卫将军，亦未如愿，因此两人时设秘谋，常有叛志。适遇大朝会，密列职光禄，应该进食。他却甚以为辱，退语伯当。伯当遂劝密他去，密乃向高祖献策道：“臣虚蒙恩宠，毫无报效，回忆山东人士，皆臣旧部，臣愿自往收抚，去讨东都，仰托陛下洪威，取世充当如拾芥呢。”高祖便道：“朕闻东都将士，多叛世充，本欲弟乘隙往讨，弟却自愿效力，还有何言！”密复请与旧部王伯当贾闰甫同行，高祖悉从所请，且引密同升御榻，酹酒与誓。密再拜受命，即偕王贾二人启行。群臣多进谏道：“李密狡滑好叛，今遣使东往，譬如投鱼赴水，纵虎归山，必一去不返了。”高祖笑道：“帝王自有天命，非小子所能取，就使叛去，也不足畏。今且令他二贼交斗，我得坐收彼弊，亦未始非目前良策。”此语亦不免自夸。群臣乃默然俱退。密等既出关，长史张宝德独上封章，言密必叛。高祖意乃中变，谕密单骑还阙，与商大计。密得谕，语闰甫道：“既遣我去，复召我还，想必朝中有人播弄。我若诣阙，恐无生理，不若袭破桃林，劫取兵粮，渡河而东，直达黎阳，然后可图大事。君意以为何如？”闰甫道：“主上待公甚厚，不宜背德，况国家姓名，适应图谶，天下终当一统，公既已委贽称臣，复生异图，就使得破桃林，急切亦无从集兵，一称叛逆，何人相容？今为公计，不若且应朝命，示无贰心。主上见公恭顺，必更遣往山东，此后再作计较便了。”金玉良言。密忿然道：“唐令我与绛灌同列，我如何受命？且彼姓李，我亦姓李，彼若应谶，我亦应谶，彼得关中，我得山东，天与不取，后且受殃。君系我故友，奈何不与我同意？”闰甫又泣谏道：“公姓虽云应谶，但近观天时人事，相去甚远。自翟让被杀后，人人都说公弃恩忘本，今日何人再肯助公？大福不再，请公三思！”实是苦口。密听到此处，不由的怒气上冲，竟拔出腰刀，欲杀闰甫。亏得伯当上前劝阻，才觉罢手。伯当亦婉谏道：“贾君所言，未始无见，请公审慎为是！”密瞋目道：“你亦来说此语么？”伯当道：“义士为友尽忠，不以存亡易志。公必不见从，伯当愿与公同死，但恐徒死无益呢？”伯当既知无益，何不自去？密竟杀朝廷使人，撕毁来诏。闰甫恐随行惹祸，竟奔熊州。

密也无暇追回，竟至桃林县署，语县吏道：“奉诏暂还京师，随来家属，请暂寄县舍。”县令自然允诺。迟至日暮，密挈妇女数十名，送入县舍。县令复出迎密，不意那当先健妇，竟拔出利刃，砉然一刀，将县令头颅劈碎，倒毙地上。更可怪的，是妇女卸除裙饰，个个变成了赳赳武夫。当下焚库劫仓，掠取粮械，并驱掠徒众，直趋南山，乘险东行，遣人驰赴襄城，通告刺史张善相。善相系密旧将，因令发兵来迎，外面却扬言赴洛。右翊卫将军史万宝，适镇熊州，由贾闰甫报知变端，遂语行军总管盛彦师道：“密系骁贼，又有王伯当相助，必为大患。”彦师笑道：“但用兵数千人，即可枭二贼首级。”万宝道：“计将安出？”彦师道：“兵法尚诈，此时不便与公明言，俟彦师杀贼回来，再与公说明未迟。”胸有智珠。言已，即率兵五千人，逾熊耳山，南据要道，高处伏弓弩手，低处伏刀斧手，且下令道：“俟贼半度，同时并发。”有偏将问彦师道：“密欲向洛，公乃入山，是何用意？”彦师道：“密素狡诈，向洛乃是伪言，他实欲去走襄城，依张善相，我料他必经此道。若纵令入谷，山路崎岖，但教一人断后，我便不能为力，今我先得入谷，贼必为我擒了。”好诈者卒以诈败。于是静伏以待。果然密与伯当等，逾山而南，彦师早已瞧着，待他半度，麾伏出击。密部下不过千人，更因首尾两分，不能相救。上面箭似飞蝗，下面刀似削草，恁他如何刁狡，逃不出这张罗网。才经数刻，即将密众杀尽。密与伯当，同时授首。彦师奏凯而回，即将两人首级，函送长安。总计密自起兵至此，六年乃灭。彦师得授爵葛国公，拜武卫将军，仍镇熊州。

时徐世勣尚据黎阳，未有所属，高祖曾遣降臣魏征，征本随李密入关，故云降臣。招世勣降。世勣仍将版籍献密，令他自呈。及密既受戮，高祖复传首相示，世勣北面号恸，表请收葬。有诏许归密尸。世勣举军缟素，葬密于黎阳山南。高祖因他不负故主，称为纯臣，特授黎州总管，封莱国公，赐姓李氏。他本籍隶曹州，以字成名，后人呼他为徐楙功，便是他的表字。俗小说中过誉楙功，说他算无遗策，实则未足取信。故本文倒戟而出，特别点明。高祖既除去李密，乃拟出师东征。忽由幽州递到降表，乃是罗艺举州来降。当下阅罢表文，立即颁诏，授为幽州总管。艺将薛万彻万均，各授官爵。还有黄门侍郎温大雅弟大临，曾在艺处为司马，亦召入长安，命为中书侍郎。看官道罗艺是何等人物？艺本襄阳人，曾仕隋为虎贲郎，随征辽东，留屯涿郡，剿盗屡有功。但素性好刚，为诸将所忌。艺因激动众愤，捕杀郡丞，库储赐战士，仓粟给穷人，境内大悦。柳城怀远诸城，次第归附，遂自称幽州总管，雄长一隅。及宇文化及至山东，遣使招艺，艺慨然道："我本隋臣，如何降贼？"因即将来使斩首，为炀帝发丧三日。既而窦建德高开道等，亦遣人招艺，艺谓属将道："建德等皆剧贼，不足与共功名，唯唐公起义关中，民望所归，王业必成，我不如归附唐公罢？"温大临极力赞成，艺便命大临草表，赍送长安。至接受诏敕后，突闻窦建德率众十万，自冀州来寇幽州。艺欲出城逆战，薛万均献议道："敌众我寡，出战必败，不若使羸兵背城，阻水列阵，一面由万均带颇健骑，埋伏城旁，待他渡水来攻，将值半济，出兵掩击，定可得胜。"艺依计而行。建德果引兵渡水，甫至中流，伏兵猝发。万均持槊跃马，领着健骑数百人，截击建德。建德知是中计，急忙退还，已是伤亡无数。再分兵旁掠近邑，又被艺遣将击退，建德乃返乐寿城。乐寿系建德根据地，号为金城宫，他本漳南农人，投入军伍，以骁勇得充队长，后因庇匿罪犯，为郡县所侧目。适张金称聚众河曲，高士达聚众清河，四处剽掠，独不入建德里门。郡县益疑建德通盗，捕戮建德家人。建德独奔赴士达，士达奇建德才，委以兵权。隋涿郡太守张绚，出师往讨，被建德用计击毙，威名益着。会隋太仆杨义臣讨平张金称，乘胜击高士达，建德劝士达暂避兵锋，士达不从，一战毕命。建德独率百骑亡去，俟义臣退军，复还为士达发丧，召集旧部，势复大振，自称长乐王，据乐寿为都城，备置百官。寻有大鸟五头，集建德宫。群鸟数万相从，经日始去，建德以为祥瑞，改元五凤。又得玄圭一方，目为天锡。竟以夏禹自拟，复改国号为夏。嗣是破隋将军薛世雄，杀伪魏帝魏身儿，略取冀易定等州，有胜兵十余万人。唯与罗艺对仗，竟至败还。随笔叙出建德履历，好为后文开局。

建德懊怅异常，再欲简选精兵，往攻幽州。可巧宇文化及到了魏县，檄招建德，建德召群下会议，且与语道："我本隋民，隋系我君，今宇文化及，敢行弑逆，就是我的大仇，我欲为天下诛逆，可好么？"此语却是有理。纳言宋正本答道："大王奋布衣，起漳南，所有隋室列城，陆续趋附，大都是慕义前来。化及本隋室姻戚，乃敢弑君篡国，真是仇不共天，大王应即日发兵，声罪致讨，方不愧为义师呢？"建德大喜，亲自督兵，往攻化及。是时唐淮南王李神通，也奉高祖诏命，进击魏县。化及不能抵御，东走聊城，魏县为神通所拔，且追逼化及，化及自知势孤，就将隋宫中所劫的珍宝，贻送海曲贼帅王薄，乞他援助。王薄贪了贿赂，遂带领徒众，来到聊城，与化及合力拒守，支撑了好多日。突闻窦建德亦督兵来攻，城中很是恐慌，更因粮食将尽，多有怨言。化及不得已投书唐营，情愿出降。神通怒骂道："弑君逆贼，尚想屈膝求生么？"安抚副使崔世乾入谏道："他愿降，不妨允许。"神通复叱道："我军暴露已久，无非为诛逆起见，现逆贼已食尽计穷。旦夕可克，我当入城诛逆，藉示国威，且好取他玉帛，赏给战士，若今日受降，试问师出何名？且将何物作赏哩？"神通未免太愚，岂降贼不应再诛，贼物不应再取耶？世乾又道："今建德方至，化及未平，内外受敌，我军必败。目前功已垂成，不战可下，奈何贪他玉帛，拒降不受呢？"神通大怒，竟将世乾囚住军中。既而宇文士及从济北运粮入城，化及军又得食，遂复拒战。贝州刺史赵君德，在神通麾下，奋勇登城。神通反鸣金收军。君德孤掌难鸣，只好退下，回诘神通何故收军？神通道："建德兵已将到，不便攻城。"君德向东遥望，尚未见有兵卒到来，料知神通忌功，只好付诸一叹。过了一宵，才闻钲鼓喧天，窦建德督众驰至，神通见他势盛，便引军退去。名曰神通，实是不通。

化及因唐军已退，单敌建德，便放胆出兵，与建德交战。不到数合，被建德杀得七零八落，纷纷败回。化及先策马入城，败军一拥而人，复闭门拒守。建德纵兵围攻，由王薄等登陴防御，相持至晚，幸还没有疏虞。是夕，攻城益急，王薄自恐有失，忙遣人往请化及，同来捍守。至去使返报，化及已安寝了。想是自知必死，乐得与隋室后妃尽欢一宵。王薄愤愤道："今夕何夕，还好安寝？想这等酒色狂徒，总难成事，我还顾他做什么？"言已，即令部下大开城门，迎纳夏军。建德麾兵入城，搜捕化及，化及正与萧后酣睡，独斥萧后，笔法严刻。猛闻外面喊杀连天，方才披衣起床，走出寝门，向外乱闯。刚值建德兵到，一把抓住，捆缚起来。还有宇文智及杨士览武元达许弘仁孟景等，或策马狂奔，或持兵死斗，结果是路穷力绝，均为所擒。建德既扫尽化及余众，即请萧后出见。萧后无可躲避，没奈何觋颜出来。建德对着萧后，却恭恭敬敬的行了臣礼，对着淫妇，行什么臣礼？建德见理不明，故终无结果。复立炀帝神位。素服发哀，然后把宇文智及杨士览武元达许弘仁孟景五人，推到神主前，枭斩致祭。唯化及尚囚住槛车，并二子承基承趾，统行拘着。一面收集传国御玺，及卤簿仪仗，并萧后以下等人，下令回国。既至乐寿，方将化及父子，一律磔死。

建德性不渔色，妻曹氏不衣纨绮，婢妾只十余人，得隋宫人数千，悉数遣归，唯萧后无从安顿，独从宫中辟一别室，令她安居。萧后华色未衰，不愿寂处，怎奈建德性格，迥异化及，徒对着春花秋月，闷坐怆怀。凑巧隋义成公主，自突厥来迎萧后。建德问萧后愿否出塞，萧后满口应承，乃遣人送萧后前行。还有炀帝幼孙政道，系齐王暕遗腹子。未曾遭难，向来随着萧后，也令他一同前去。到了突厥，由义成公主接着，当然欢迎。突厥主处罗可汗，系始毕可汗弟，承袭兄位，颇也礼待萧后，且立政道为隋主，令居定襄，萧后方耐心住下。可与处罗作连床梦否？

看官！你道隋朝的义成公主，如何出居突厥？我亦要问。说来又是话长，由小子约略叙明：突厥本匈奴别种，向居漠北，后魏末年，部酋土门，自称伊利可汗，号妻室为可敦，拥众数万，势日强盛。传子俟斤，号木杆可汗。复并吞邻国，威行塞外。北齐北周，分后魏地，互相攻击，各与突厥连姻，倚为外援。及隋文帝篡周自立，俟斤侄沙钵略可汗，欲为周复仇，屡次寇隋，反为隋军所败。隋又行反间计，令俟斤子阿波可汗，与沙钵略相攻，夺沙钵略地，自立为国，称西突厥。沙钵略大恐，乃向隋乞和，岁修朝贡。沙钵略死，传弟莫何可汗，莫何又传沙钵略子都蓝可汗，嗣因莫何子染乾，向隋求婚，文帝以宗女安义公主，嫁与为妻，礼赐特厚。都蓝因猜忌染乾，举兵袭击。染乾败走归隋，隋封为启民可汗，赐居夏胜二州间。安义公主病殁，复将宗女义成公主，给为继室，启民感激非常。寻闻突厥内乱，都蓝被杀，启民乃北归，得主突厥，事隋益恭。启民死，子始毕可汗立。胡俗，子可妻母，复以义成公主为可敦，始毕甚强，隋末群盗，多半臣附，就是唐高祖亦向他称臣。始毕死后，传弟处罗可汗，义成公主复与他配做夫妻。总算随缘。因闻隋室已亡，萧后等寄寓夏国，乃遣使来迎，这也算是钟情骨肉，不忘母家呢。补叙处万不可少。

唯窦建德既遣送萧后，复奉表东都，报明诛逆情形，隋主侗封建德为夏主，建德北面拜受，不意过了两三月，那隋主侗竟被鸩身亡，小子叙述至此，不禁感喟起来，因随记一绝句道：

纷纷乱贼走中原，谁顾三纲及五常？
追溯祸源非旦夕，祖宗造孽子孙当。

欲知隋主侗被鸩缘由，容至下回再叙。

叙事文中，亦有借宾定主法。看本回叙事文，可分四截。前半回先述尧君素事，次述李密事，君素，隋之忠臣也。有君素之忠，以衬李密之诈，君素死且不朽，李密死且贻讥，故君素足为文中之宾，而李密可为文中之主。后半回因罗艺事，折入窦建德事，盖罗艺事少，而建德事多，就时事之相因，连类叙及，是艺为宾而建德为主，宗旨与前半回不同，而文法则同。标目曰击毙叛徒，又曰捕诛逆贼，特举其大者言之。密既投唐，又欲作乱，是明明叛徒也。化及弑君，人人得诛，建德虽一剧盗，亦以诛逆之名畀之，作此书者固寓有史法乎？

第七回　啖人肉烹食段钦使
讨乱酋击走刘武周

却说隋主侗称帝东都，本是一个现成傀儡，毫无权力，王世充专掌朝政，起初尚佯作谦恭，后来擅杀元文都，及战胜李密，侈然自大，渐露逆谋，到了皇泰隋主侗年号，已见上文。二年三月，竟自称郑王，加九锡。越月，竟将隋主幽禁殿中，自备法驾入宫，居然称帝，改元开明，废隋主为潞国公，立子玄应为太子，玄恕为汉王，余如兄弟宗族等十九人皆为王。世充图逆时，尝使人献印剑，又捏称河清，且罗取杂鸟，书帛系颈，自言符命，纵鸟令去，为野人捕献，各给厚赏，僚属多知他虚诞，啧有烦言。程咬金已改名知节，自李密败后，与秦叔宝同降世充，至是语叔宝道："王公器量浅狭，好作妄语，此种行为，仿佛似老巫妪，难道好作拨乱主么？我等须亟图变计。"颇有识见。叔宝亦以为然，可巧唐骠骑将军张孝珉等，来攻世充，世充率知节叔宝等，赴九曲城，迎战唐兵。尚未交锋，知节叔宝竟率数十骑西驰百步，复下马遥拜世充道："蒙公厚待，极思报效，只因公猜忌信谗，仆等不便托足，留恐有祸，因此告辞。"态度雍容，不同凡众。世充望见，即饬人追还，哪知两人早已上马，扬鞭驰去，竟入唐营。害得世充瞠目结舌，转恐部将效尤，不若返登大位，颁给赏爵，或可维系军心，乃收兵不战，竟返东都，逼隋主侗下禅位诏，隋主不肯，因把隋主软禁，外面仍托名受禅，也有三表陈让，及敕书敦劝等情，其实统是他一手做成，隋主毫不与闻。

裴仁基及子行俨，本李密部将，因为世充所擒，投降东都。仁基为尚书，行俨为大将军，颇有威名。世充未免怀忌，二人亦心不自安，密与左丞宇文儒童等，谋杀世充，复立隋主，偏有人报知世充，立将二人杀毙，并夷三族，复想出了斩草除根的法儿，竟遣兄子仁则，及家奴梁百年，携了毒酒，去鸩隋主。隋主侗幽禁含凉殿，不能自由行动，惟每日祷佛祈福。呆鸟。及为仁则等所逼，复布席礼佛道："自今以后，愿不复再生帝王家。"也属可怜。乃硬着头皮，饮了鸩酒，一时尚未绝命，被仁则用帛勒死。最可怪的是铜山西崩，洛钟东应，潞国公侗被郑所弑，酅国公侑病殁唐都，两边都追谥恭帝，不谋而合，岂非奇闻？了代王侑，暗寓刺唐之意。

唐高祖因群雄未靖，剿抚兼施，忽淮安土豪杨士林，聚众万人，袭击伪楚，自称楚帝的朱粲，残虐不仁，大失众望，骤闻外兵攻入，部下多半骇散。粲引亲卒赴淮源，与士林战不多时，又复大溃，慌得粲连忙返奔，直至菊潭，手下已不过百骑，眼见得不能为帝，只好遣人入关，向唐乞降。唐命粲为显州道行台，加封楚王，并遣散骑常侍段确，持节慰问。确至菊潭，与粲相见，粲置酒款待，颇极殷勤。这位段钦使素来嗜酒，对着这种杯中物，好似蚂蚁遇膻，一杯未了，又是一杯，接连喝了数十杯，不觉喜极欲狂，随口乱语，当下笑对朱粲道："闻足下喜吃人肉，究竟人肉有甚滋味？"粲听了此语，明知他有意嘲笑，也忍不住忿怒起来。原来粲前时剽掠淮汉，专掳妇女婴孩，或烹或蒸，作为食品，尝语徒众道："世间美味，无过人肉，但使他国有人，何忧饥馁。"想是老虎变的。因此每破州县，不惜仓粟，往往焚去，至是闻段确相诘，遂勃然道："人肉最美，吃醉人肉，越加适口，好似吃糟猪呢。"确怒骂道："狂贼狂贼！你今日归朝，不过一个唐家奴，你还想吃醉人肉么？"粲此时亦含有酒意，便瞋目道："吃你何妨！"说至此，即指麾左右，就座上拿确，确随员只有数人，哪里招架得住？都被他陆续捆住，一刀一个，尽行杀死，吩咐军士洗刷烹调，供大家饱餐一顿，乘着果腹时候，索性将菊潭人民，屠戮垂尽，迳往东都投降王世充。世充令署龙骧大将军。

唐高祖闻段确被烹，顿时大愤，亟欲发兵讨粲，旋接外廷军报，粲已奔投王世充去了。高祖乃召群臣商议，群臣以世充方强，非旦夕可能剿灭，应先储粮积粟，秣马厉兵，俟军实已足，然后出师，可期必胜。于是制定租庸调法，法以人丁为本，田有租，身有庸，户有调，酌量定额，支配悉均，又编置十二军，分屯关内诸府，皆取天星为名。每军将副各一人，无事督耕，有事出战，渐渐的兵精粮足，所向无前。兴邦之本，故特表明。是时宇文士及，尚在济北，伊妹曾入唐为昭仪，颇得高祖欢心，高祖又素善士及，遂召为上仪同。还有故隋臣封德彝，与士及同时入朝，高祖因他谄诈不忠，罢遣就舍，德彝揣摩迎合，挟策干进，也得入拜内史舍人，寻且迁官侍郎。独民部尚书刘文静，初因佐命有功，甚邀主眷，至泾州一役，违令致败，坐罪夺职。见第五回。后来陇西告平，仍复爵邑，列职尚书，文静自恃材能，意尚未足，且因裴寂任右仆射，位在己上，功出己下，更觉愤愤不平。平时与寂论事，屡有龃龉，遂生嫌隙，会家中屡见怪物，文静弟文起，召巫禳灾，披发衔刀，诵咒镇符。有文静妾失宠衔怨，竟令兄上书告变，诬文静兄弟为巫蛊事。高祖遂令裴寂问状，冤家碰着对头，当然锻炼成狱，定了死刑。秦王世民固请道："前在晋阳，文静曾首建大计，乃告寂知。及入关以后，恩宠悬殊。文静怨望，不可谓无，谋反事断不致有，宜赐恩赦罪，矜全首功。"高祖尚是踌躇，偏裴寂又入奏道："文静才略过人，性实阴险，今天下未定，若留此人，必为后患。"睚眦之怨，一至于此。高祖点首称善，即令拿下文静兄弟，推出斩首。文静临刑长叹道："高鸟尽，良弓藏，此语果不谬呢！"何不早学范大夫？用佞戮功，类志之，以见高祖之谬。文静既死，裴寂益得上宠，忽由晋阳递到急报，乃是刘武周屡攻并州，乞即济师。高祖乃命寂为晋阳道行军总管，助太原都督齐王元吉，拒守并州，寂奉命出都，适有一队人马，押着一个草头王，入都献俘。城闉内外，一出一入，正是戈铤蔽日，旗纛摩空，说不尽威武气象。看官道囚解进京的俘虏，究是何方草寇？小子于第一回中，叙及四方枭雄，曾有李轨起河西一语，轨系凉州豪民，喜赒人急，为乡里所悦服，寻为武威司马。自薛举据有金城，轨亦欲乘势称雄，遂结豪民及诸胡，攻克内苑城，自称凉王，薛举遣将击轨，反为轨兵所败，轨因连拔张掖敦煌西平枹罕诸郡，尽有河西地。唐欲西讨薛举，曾遣使赍给玺书，称为从弟，令他助征陇右，轨颇自喜，遣弟懋入朝，懋得受命为大将军，与唐使张俟德还河西，册轨为凉王，兼凉州总管。哪知轨已僭号称帝，改元安乐，及俟德到来，居然南面召见，俟德面折廷争，乃稍加礼貌，且私与群下会议道："李氏已有天下，历数所归，我不如削去帝号，东向受封为是。"轨若抱定此旨，也不致悬首藁街。尚书右仆射曹珍道："大凉奄有河右，已为帝国，奈何再受人册封？必欲以小事大，请援萧詧事魏故例，对梁称帝，对魏称臣。”轨点首道：“此策甚善。”因作表谢唐，遣左丞邓晓，偕张俟德入朝奉表，高祖展览表文，首二句是：“皇从弟大凉皇帝臣轨，奉表兄大唐皇帝陛下。”不由的气忿道：“轨称朕为兄，明明是不守臣礼呢！”当下拘晓入狱，贻书吐谷浑，吐读如突，谷读如欲。令起兵击轨。吐谷浑为鲜卑支族，建牙西域，随时叛服靡常，炀帝尝遣将出征，部酋伏允，败奔党项，有子顺曾入质隋朝，留居长安，隋末大乱，伏允收还故地，唐高祖与他连和，遣归质子，伏允甚喜，愿奉朝贡。至得高祖书，即发兵进逼河西，轨不得不出兵防御，国内未免空虚。轨有属将安修仁，受轨命为户部尚书，与吏部尚书梁硕有隙，轨子仲琰，亦因硕傲不为礼，与修仁朋比谮硕，轨竟将硕鸩死。硕尝助轨有功，自被鸩死后，群下多怀疑惧，阴生贰心。修仁兄安兴贵，却在唐为官，尝与修仁通书，得知河西虚实，于是上书唐廷，愿诣凉州招轨。高祖召问兴贵道：“轨据有河西，僭称皇帝。岂汝口舌所能下？”兴贵道：“臣家居凉州，颇有宿望，为民夷所附，弟修仁现在轨下，得轨信任，轨若听臣，不必说了，否则臣伺隙以图，亦无不济。”高祖乃遣令西行，不数日已到凉州，由修仁替他先容，得进任左右卫大将军。修仁因说轨道：“凉州偏僻，财力凋敝，虽有胜兵十万，无险可扼，终难成事。且西北与戎狄为邻，非我族类，必为我患。今唐室席据京师，略定中原，战必胜，攻必取，混一区宇，便在目前，若举河西地归唐，唐必世予封爵，就是汉朝窦融，也未足比拟了。”轨迟疑半晌，方奋然道：“唐为东帝，我岂不得为西帝？汝今从东来，莫非为唐做说客么？”兴贵忙谢道：“古人有言，‘富贵不归故乡，如衣锦夜行。’今同宗均蒙委任，何敢生异？不过愚见所及，略表区区，可行与否，仍候钧裁！”轨乃无言。兴贵退出，即与修仁暗结诸胡，里应外合，踏破大凉城。轨战败被擒，由兴贵兄弟，囚轨入都。高祖责他倔强，命斩西市，授兴贵兄弟为左右武侯大将军，各赐田宅及金帛，河西遂平，总计李轨兴亡，只隔三年。邓晓释出狱中，入朝谢恩，舞蹈称庆。高祖正色道：“汝非凉国使臣么？国亡不戚，主死不悲，乃反欲取悦朕心，奸佞可知！汝事轨不忠，尚肯尽心事朕么？”言毕，将晓斥退，可见马屁亦不易拍。晓赧颜自去。

高祖已无西顾忧，乐得锐图东略，偏沈法兴僭号毗陵，自称梁王，李子通僭号江都，自称吴帝，真个是一波才平，一波又起。刘武周又猖獗得很，屡寇并州，齐王元吉，力不能拒，添了一个行军总管裴寂，总道他老成练达，决胜无疑，谁知他一败涂地，反把那晋州以北的城镇，尽行失去。那齐王元吉，闻败惊心，夜携妻妾奔还长安，好好一座太原城，平白地让与刘武周，险些儿将河东一带，拱手畀人，这岂非出人意外么？看官欲知唐军败状，且先说明刘武周来历。折入刘武周，也不肯使一直笔。武周祖籍瀛州，随父匡徙居马邑，少善骑射，喜交豪杰，兄山伯尝詈辱道："汝择交不慎，必覆吾宗。"武周竟赴洛阳，投入隋太仆杨义臣帐下，后随炀帝征辽，得补校尉。未几返至马邑，太守王仁恭爱他骁勇，令统帐下亲卒，随侍左右，日久相狎，与仁恭侍儿有染，情好日深，他恐事发被诛，索性先下手为强，密结里中恶少年，入杀仁恭，持首出徇郡中，无人敢动。奸淫好杀，怎得有好结果。当下开仓赈穷，收得徒众万余人，自称太守，雁门丞陈孝意，虎贲郎将王智辩，合兵往攻，被他击败，乘胜入汾阳宫，掠得宫人，献与突厥。突厥报以良马，并赠狼头纛一面，立他为定扬可汗，他遂僭称皇帝，改元天兴。适易州贼帅宋金刚，有众万余，与魏刀儿连结。刀儿为窦建德所灭，金刚往援，也为所败，乃率残众投奔武周，武周大喜，封为宋王，委以兵事。金刚亦喜得知遇，愿效驰驱。武周有妹及笄，尚未适人，此时正在择婿，金刚独出去故妻，做了自荐的毛遂，武周方有意笼络，允把妹子嫁给了他。盗贼心肠，不谋而合。他遂劝武周进图晋阳，南向争天下。武周命为西南道大行台，统兵三万入寇，破榆次，拔介州，进攻并州及太原。唐左武卫大将军姜宝谊，及行军总管李仲文，出师往剿，俱为所掳。宝谊被杀，仲文逃归。齐王元吉一再告急，高祖乃遣裴寂往征。寂引军至介休，驻营度索原，汲饮涧水。金刚遏住上流，寂军无水可饮，移营他就。仓猝间为敌所乘，竟至全营溃乱，散亡略尽。寂一日一夜，奔回晋州。元吉大惧，召司马刘德威入议，德威也无法可施，勉强说了一个"守"字。元吉佯嘱德威道："汝率老幼守城，我领强兵出战。"德威唯唯而出。谁意元吉托词出兵，夜间挈着妻妾，一溜烟的逃归长安。补叙已完，下段是承接文字。于是宋金刚攻入晋州，刘武周攻入并州及太原。总管裴寂，日日退兵。寇锋直逼绛州，陷入龙门，未几又陷入浍州。浍州附近，为虞泰二州，当然吃紧。寂并不往防，但络绎发使，促州吏收民入城，焚民积聚。民惊扰愁怨，群思为乱。夏县民吕崇茂，乘势聚众，起应武周，自称魏王，四出劫掠。寂连得警报，只好往剿崇茂，偏部下都不耐战，一经对垒，便有退志。崇茂鼓众杀来，眼见得寂军倒退，纷纷溃散，寂也飞马逃回，没奈何拜本乞援。高祖令永安王李孝基，与陕州总管于筠，内史侍郎唐俭等，助剿崇茂，一面发出手敕，饬关中守将，严行堵御，所有河东一带，暂行弃置。

这敕一下，恼动了秦王世民，即奋然上表道："太原为王业所基，乃是国家根本，河东殷实，京邑全仗资助，若因兵势稍挫，遽尔轻弃，恐河东不保，必及关西，愿假臣精兵三万，出讨武周，定能殄平剧贼，克复汾晋。"唐室只赖此人。高祖乃尽发关中将士。归世民节制，令击武周。世民即于武德二年十一月，引兵至龙门，巧值河冰方坚，扬鞭急渡，到了柏壁，前面驻有敌营，敌帅就是宋金刚，世民择险驻军，坚壁不战，唯传檄各郡，令他接济军需，各郡吏正相观望，骤闻世民为帅，争来趋附，陆续输运粮食，解到军前。是谓声望服人。世民休兵秣马，但命偏裨抄掠敌营，敌出即退，敌退复进，惹得金刚性起，率众来攻。世民仍按兵不动，只用硬弓强矢，接连射去，一骁将应弦而倒，金刚乃退，世民照旧办事。蓦接夏县败报，永安王孝基等，全军覆没，连孝基以下，均被掳去，不由的大愤道："贼势有这般厉害吗？待我自去督剿罢！"言未已，有二将军入帐道："此处不便移军，但由末将等前去，即可破敌。"世民视之，乃是兵部尚书殷开山及行军总管秦叔宝，便大喜道："二将军既愿同往，胜似我行。唯贼已得胜，必然还军，最好是中途邀击，攻他无备，定可得胜。"二将领命前行，途次探得消息，系是武周部将尉迟恭字敬德。寻相，往助崇茂，夹攻唐军，因致败没；现已掳得李孝基等，还相浍州，将至美良川了。叙明孝基被掳情由。当下兼程前进，驰至美良川，正值尉迟恭等率军半渡，两将麾军急击，任你尉迟恭如何骁勇，已是不能成军。唐兵东劈西斫，前刺后戳，斩得敌首二千余级，方才收军。唯尉迟恭等遁去，孝基等亦不能夺回。两将恐穷追有失，驰还大营。世民录两将功，仍然不战。诸将屡请出捣敌营，世民道："金刚悬军深入，兵精将猛，利在速战，我闭营养锐，静挫寇锋，待他粮尽，自当遁走，那时自可追击哩。"自是两军相持，竟至逾年。已是武德三年。

刘武周寇潞州，被唐将王行敏击退，转寇浩州，又被唐将李仲文张纶等击走，接连丧师失律，军威大挫。宋金刚锐气亦衰，粮运不继，只好回军北走。世民督兵追逐，一昼夜行二百余里，至高壁岭，只有少许敌军，不值唐兵一扫。将士请驻军待粮，世民不从，忍饥疾驰，一直至雀鼠谷，始追及敌军。金刚且战且行，交锋至八次，俱被世民杀败，俘斩达数万人，金刚落荒遁去。世民已三日不解甲，二日不进食，军中止有一羊，乃命烹食，分给将士，稍稍疗饥，复引兵趋介休。金刚已入介休城，尚有余众二万，开门出战，背城列阵，世民令前军应敌，自率后军绕出敌后，夹击金刚。金刚大败，轻骑复遁。世民追击数十里，斩首三千级。尉迟恭寻相等，尚守介休，世民遣使招谕，两人遂降。尉迟恭部下计八千人，世民令参入各营，且命恭为右府统军。屈突通虑恭为变，屡谏世民。世民道："我方喜得良将，请君勿言！"旋由陕州总管于筠，自敌营逃归，报称刘武周在并州，现已势穷，有北遁意。世民即驱军薄并州。到了城下，城门已是大开，刘武周早出城遁去了。世民平河东，与陇西相似，而笔下无复语，亦见苦心。小子有诗赞世民道：

披襟独具大王风，谋定应成百战功。
薛氏已亡刘亦灭，威名从此振西东。

毕竟刘武周遁往何处？容至下回表明。

朱粲也，李轨也，刘武周也，皆据有一隅，悍然称尊。粲势最弱，性最不仁，禽兽犹不食其类，粲乃以人食人，何其残忍乃尔？段确奉命慰谕，竟为所烹，虽确亦有自取之咎，而粲之恶益著矣。李轨喜赒人急，乃为乡里所推，乘乱称雄，较诸朱粲，毋乃霄壤，然小加大，疏间亲，塞明蔽聪，不亡何待？武周逆乱背德，虐不若粲，而不义亦甚，所恃者一宋金刚，而金刚甘负糟糠，忍心害理，犹之一武周也。唯连陷汾晋，厥锋甚锐，元吉遁，裴寂逃，孝基等且被擒，微秦王世民，其何自克复乎？本回依次叙述，俱有声采，其间插入立法用人一段，亦关紧要，不得视为闲笔，妙在随势曲折，穿插无痕，于另笔提入处，亦有钩心斗角之工。首段承接前回，因越王侗事，遂连及代王侑，按诸唐史岁月，毫不紊乱，非熟读史事，及笔性聪明，乌能有此巧构也？

第八回　河朔修和还旧俘
郑兵战败保孤城

却说武周闻金刚败还，料唐军必攻并州，即开城遁往突厥。世民入并州城，不戮一人，再进军攻晋阳，守将杨伏念举城迎降。侍郎唐俭，前与永安王孝基，同被擒禁，俭至此得释，唯孝基已为武周所杀。孝基为世民从叔，尸骸暴露，由世民收尸殓葬，一面分兵收服余郡，于是武周所得州县，悉数归唐。宋金刚收集残众，意欲回兵再战，奈部众闻一战字，统是胆战心惊，又复散去。金刚也只得北走突厥，已而自突厥走上谷，为突厥所追获，腰斩以徇。武周居突厥数月，亦欲亡归马邑，偏被突厥闻知，也将他杀死。先是武周南寇，谋臣苑君璋进谏道："唐以一州兵取三辅，三辅指关中言。所向披靡，此乃天命，非人力所可与争。太原南多险阻，今悬军深入，后无援应，一或失败，尽隳前功，不如北结突厥，南结唐朝，南面称孤，最为上策。"武周不听，及败奔突厥，方泣语君璋道："不用公言，竟至如此。"嗟何及矣。君璋随武周奔突厥，武周被杀，突厥命君璋为大行台，统领武周部曲，后来引突厥攻代州，为刺史王孝德击退，唐屡遣人招降，一再抗命，且进扰马邑及太原，至突厥渐衰，方率所部降唐，得拜安州都督，兼芮国公，竟得贵显终身，这且搁过不提。

且说世民既平定太原，上书报捷，静待后命。高祖命李仲文为并州总管，唐俭为并州道安抚大使，留镇晋阳，促世民班师回朝。世民奉诏还都，饮至受赏，不消细表。高祖召宴群臣，酒酣与语道："今薛刘二寇，已皆剿灭，此外如王薄郭子和蒋弘度徐师顺李义满綦公顺等，均次第来降，借高祖口中，叙入群盗，以省笔墨。唯窦建德王世充，负固恃强，屡寇边境，建德且虏朕从弟淮安王及朕妹同安公主，朕决不与甘休，现拟先讨建德，后讨世充。”世民独进言道：“世充残虐，神人共愤，臣意拟先行往讨，一面与建德暂行议和，令归我皇叔皇姑。俟世充平后，移军北指，建德如肯投诚，不必说了，否则再剿未迟。”先讨世充，名正言顺。高祖道：“建德若肯归我弟妹，自当先讨世充了。”及宴饮已毕，乃派使赴洺州，与建德修好，索还淮安王神通及同安长公主。

原来神通曾为山东安抚大使，防御建德。建德竟连陷邢沧洺相等州，神通不能拒，往依黎阳李世勣，且令慰抚使张道源镇守赵州。建德进薄赵州城下，道源与总管张志昂，登城拒守，禁不住敌军猛扑，竟被攻入。两张巷战不支，一并成擒。建德叱令斩首，国子祭酒凌敬道：“人臣各为其主，彼坚守不下，实是忠臣。大王若将他杀死，奈何策励臣下？”建德乃将二人释缚，留居军中，再引兵趋卫州，前队过黎阳三十里，李世勣遣骑将邱孝刚，率二百骑侦探敌踪，途中与建德相遇，孝刚素善马槊，自恃骁勇，即突击建德，建德败走，后军进援建德，孝刚寡不敌众，竟至战死，建德迁怒黎阳，引兵还攻，城中不及预防，突被攻陷。淮安王神通，竟被掳去，同安公主为高祖胞妹，本嫁隋刺史王裕，寓居黎阳，也为所掳。还有秘书丞魏征，曾奉高祖命招降世勣，羁留未返，事见第六回。至此亦作了俘囚，世勣仓猝走脱，连家属都不及携奔。建德拿住世勣父盖，迫令招降，世勣得了父书，默想多时，方还见建德。建德令世勣为左骁卫将军，仍守黎阳，唯留盖为质，授魏征起居舍人，馆待神通及公主，复自督兵攻滑州。滑州刺史王轨，正拟守城，蓦为怨奴刺死，携首献建德军前。建德问明原委，大怒道：“奴敢杀主，悖逆极了。”即令左右缚奴处斩，仍返轨首至滑州，嘱令合尸以葬。建德颇知仁义。吏民感悦，即日请降。嗣是附近州县，统望风输款，并豫州盗徐圆朗，亦致书投诚。

建德乃还都洺州。世勣仍欲归唐，恐祸及乃父，谋诸故人郭孝恪。孝恪道：“君新附窦氏，动必见疑，计唯先为立功，俾他信任，然后可图反正呢。”世勣乃袭破嘉县，进击新乡，掳世充将刘黑闼，押献建德。建德大喜，署黑闼为将军，且嘉奖世勣。世勣复请取孟海公所据曹戴二州，建德遂遣妻兄曹旦，率众五万，往会世勣，并言将亲自策应。世勣闻曹旦传言，拟俟建德至营，掩杀了他，乘势夺还父盖，及建德土地归唐，哪知待了数日，并不见建德到来。曹旦又侵掠河南，人民交怨，世勣忍耐不住，率部众袭曹旦营，偏曹旦预先防备，无隙可乘。自思不便再留，即与郭孝恪等数十骑奔唐。建德闻世勣西去，不过长叹数声，群下请速诛李盖，建德道："世勣唐臣，为我所虏，不忘本朝，也是忠臣的素志，我何忍罪及乃父呢？"竟释盖不诛。

唯与罗艺一再交兵，始终不克。大将军王伏宝，勇冠军中，免不得侮弄诸将，诸将因此挟仇，诬称他有叛志。建德信为真情，遽令处死。伏宝大呼道："陛下奈何听信谗言，自斩左右手呢？"建德仍以为诳语，竟把他枭首示众。这是建德第一错着。嗣是失一骁将，战数不利。可巧唐使到来，贻书通好，建德恰也情愿，许将淮安王神通及同安公主，偕唐使同归，一面起兵二十万，复攻幽州，仗着兵多将勇，四处缘梯，鼓噪登城，不意背后忽突入敌军，悍鸷绝伦，锐不可当。建德部下，立脚不住，当然倒退。城内复杀出罗艺，自率精兵来攻建德，建德仓皇失措，不及收军，慌忙返走；那踊跃登城的将士，也下城窜去，脚生得长的，还幸逃性命，稍迟一步，便做了无头鬼，横尸城下。看官道建德背后的敌军，从何而来？其实就是城中二薛。薛万均兄弟，因见建德大举前来，自恐不能坚守，乃募敢死士百人，凿通地道，潜行而出，掩至建德后面，一阵痛杀。又得罗艺出来夹攻，便将建德击退，罗艺乘胜薄建德营，建德已召集全军，填堑出战，麾众奋斗，究竟艺兵寡力单，杀不过建德，只好败回城中。建德复进兵围城，艺与万彻万均等，勉力捍御，且遣使告急渔阳，求发援兵。渔阳为高开道所据，自称燕王，他本沧州人氏，世业煎盐，隋末朔方盗起，也纠众作乱，始据北平，继陷渔阳。适怀戎僧人高昙晟，戕官据县，自号大乘皇帝，以尼静宣为后，建元法纶，和尚配尼姑，确是相当。遣使与开道约为兄弟，开道引众往从，留居三月，竟掩杀昙晟，并有怀戎部曲，尼姑皇后，如何发落？可惜史中不载。也居然改易正朔，署置百官。既接罗艺来书，乐得发兵扬威，自率二千骑驰救幽州。建德见援兵到来，恐再蹈覆辙，也即退还。罗艺出迎开道，入城宴叙，席间劝开道归唐，开道也即照允，遂因艺遣使进表，愿作唐藩。唐封艺为燕郡王，开道为北平郡王，均赐姓李氏，艺与开道，各受册封，辖境如故。

是时唐高祖因东和建德，弟妹来归，即遣秦王世民，督诸军讨王世充。世充曾屡寇唐境，多不能下，反失去爱将罗士信。李君羡田留安，依次投唐。唐以士信骁勇，命为陕西道行军总管，随世民东征。世民即用为先锋，进围慈涧，王世充闻唐军东下，派兄弟子侄等，防守各城，且恐群下叛亡，特立厉禁，一人失踪，全家俱戮。即此一法，已足致亡。自将战兵三万，援慈涧城。世民亲率轻骑，往侦世充，途中猝与相遇，众寡不敌，竟为所围，乃左右驰射，箭无虚发，射毙世充部下数十人。世充骁将燕琪，跃马来刺世民，相去数步，但听箭簇一响，已是应声而倒，立被唐军擒住。世充知不可取，引兵退去。世民驰还营中，翌日率步骑五万，直抵慈涧，援应士信，守兵骇散，弃城归洛。世民驱军入城，因派遣诸将，分道进兵。行军总管史万宝，自宜阳南入龙门，将军刘德威，自太行东围河内，上谷公王君廓，自洛口断敌饷道，怀州总管黄君汉，自河阴攻回洛城，四路偏师，奉令而去。世民自督大军，连营北邙，步步进逼，且传檄各郡，劝令速降。洧州长史张公谨与刺史崔枢，举城归附，邓州土豪，也执世充所署刺史，献俘军前。总管黄君汉一军，用舟师袭破回洛城，连下二十余堡，世充子玄应，趋攻回洛，连日不克，于是世充自统锐卒，列阵青城宫，来敌世民。世民隔水置阵，与他相对。世充遥语世民道："隋室倾覆，唐帝关中，郑帝河南，世充未尝西侵，王独举兵东来，是何用意？"世民令宇文士及应声道："四海以内，皆奉大唐正朔，独公执迷不悟，为此前来问罪。"何不责他杀逆事，想是投鼠忌器，所以讳言。世充又道："天下扰乱，已历数年，长安洛阳，各有分地，若相与罢兵讲好，岂不甚善？"世民又使士及回应道："我只奉诏取东都，不闻令我讲好，公若解甲归降，当可保全富贵，否则决一胜负，不必多言！"世充乃默不复语。相持至暮，各自退归。既而显州总管田瓒，举所部二十五州降唐。瓒系杨士林长史，士林击败朱粲，奉表唐廷，献汉东四郡版籍，唐命为显州道行台。世林阳受唐封，暗中却南通萧铣，北结世充。唐正欲遣将往讨，士林已为瓒所杀，竟向世充处请降。世充令为显州总管。至是瓒闻唐军大举，屡败世充，乃复举属地归唐。自是襄汉声闻，与世充绝不相通。唐总管史万宝，进攻甘泉宫，王君廓又进拔辗辕，河南大恐，各州县相率来降。

世民在军，每夕必检查将士，忽不见降将寻相，并前时河东降卒，亦多亡去。寻相与尉迟恭曾同时归降世民，至寻相一逃，尉迟恭当然遭嫌。屈突通殷开山等，竟将尉迟恭拿下，入帐白世民道："敬德注见前。骁勇绝伦，恐滋后患，不如趁早杀却，借杜祸根。现已拿至帐下，听候处决！"世民瞿然道："二君以寻相叛去，遂疑及敬德么？要知敬德若叛，必不落寻相后。今敬德尚存，显见得无叛志呢。"说至此，即趋出帐外，亲与释缚，又引入卧室内，取金相赠道："丈夫意气相期，勿以小嫌介意，必欲他去，此金可作路资，聊表袍泽谊，我怎肯因谗害正呢？"尉迟恭闻言下拜，不禁涕泣道："大王如此相待，恭非木石，宁不知感，誓为大王效死，厚赠实不敢受。"世民扶他起身道："将军果肯屈留，金不妨受。"尉迟恭仍然固辞，世民乃道："留此以作后赏。"恭拜谢而退。世民真善于驭将。

隔了一宿，世民率五百骑巡行战地，猝遇王世充掩至，步骑不下万余，为首的乃是单雄信，手持长槊，来刺世民。世民忙拔刀招架，怎奈短不敌长，几乎手忙脚乱，突来了一员大将，从刺斜里横戳雄信，雄信坠马，由他部下救去。那来将护住世民，驰出战线；再率骑兵还战，出入世充阵中，左挑右拨，横厉无前。屈突通复引大兵继至，来援那将，一番酣斗，斩首至千余级。世充丧胆窜去，留冠军大将军陈智略断后，那将追赶过去，趁手一槊，立将智略击落马下，由唐军活捉而来，乃收兵回寨，进谒世民。世民起座迎劳道："众将疑公必叛，我谓公无他意，相报竟这般速么？"遂赐他金银一箧，那将方才拜受。究竟那将是谁？看官不必多猜，便可知是尉迟敬德。当下检验俘虏，除陈智略外，获得排矟兵六十名，俱称愿降。世民安插已毕，复来了敌将张镇周，亦入营投诚，均由世民推恩录用。嗣是远近闻风，争相趋附。杜才干以濮州降，杨庆以管州降，魏陆以荥州降，王雄以阳城降，王要汉以汴州降，徐毅以随州降，接连是许亳十一州，都来请降。

转眼间已是武德四年，梁州总管程嘉会，亦率部众来降。世民复招抚淮南杜伏威，助剿世充。伏威本齐州人，与同里辅公祐，亡命为盗，出没江淮，据有历阳，自号吴王。及得世民招谕，乃输款唐廷，受唐封册，即遣部将陈正通徐绍宗率精兵二千，来助世民，攻下大梁。世民复挑选精骑十余骑，均着皂衣玄甲，分为左右队，令秦叔宝程知节尉迟恭翟长孙为偏帅，自为统帅，每战即作为冲锋，无坚不破。屈突通窦轨等，按视行营，为世充所袭，几至败衄。世民闻警，急率玄甲兵往救，驰入敌阵，好似苍龙搅海，骇浪奔腾，杀得世充弃甲曳兵，逃归洛阳。世充子玄应，因攻回洛城不下，移戍虎牢，至是闻世充败归，亦收运储粟，拼命还洛。简直是同去就死了。世民乃使宇文士及，驰还长安，奏请进围东都。高祖准奏，并语士及道："返语尔王，如得洛阳，乘舆法物，图籍器械等，可收取来朝。子女玉帛，悉赐将士。"士及受命，还白世民。世民仍移军青城宫，壁垒未立，王世充已率健卒二万，出临谷水，负险列阵，唐将皆有畏心。世民驻营北邙，登高遥望，下语诸将道："贼势穷了，悉众前来。侥幸一战，我今日若得破他，他自然不敢再出了。"此语寓激励意，所以释诸将之疑虑。遂召屈突通入帐，令率步卒五千，渡水挑战，临行时授以要语道："如已交锋，速即纵烟，我当亲来接应。"通唯唯而去。

世民令将士裹甲以待，自己专了望烟起，俄见隔岸有青烟一缕，飞入云霄，因即一跃上马，当先驰去。将士等鱼贯而进，踊跃渡河，与通合军力战。世民欲知敌阵厚薄，独率数十骑冒险突入，从阵前杀到阵后，众皆披靡。蓦见前面有长堤阻住，只好退转，仍从敌阵中杀回。那时人自为战，不能相顾，世民与从骑相失，随身只一邱行恭，世充部下，有数骑来追，且用强箭射世民。世民身上，好似有神祇护卫，箭不能入，偏马竟中箭欲踣，险些儿将世民掀翻，亏得世民先已跳下，才免倾跌，马竟倒毙。世民专喜冒险，若非神助，恐亦难免。行恭忙回马接箭，箭一到手，发无不中，接连射毙数人，追骑不敢迳前，乃下马授世民辔，请他上马，自在马前步行，手执长刀，距跃大呼，砍死敌人复数名，始得突阵而出，返入大军，再行督战。世充亦麾众死斗，两下里鼓声大震，又混战了三四个时辰，忽散忽合，屡荡屡决，世充才不能支持，引兵退去。世民乘胜追杀，直抵东都，事有凑巧，罗士信已屠灭千金堡，王君廓亦袭据虎牢城，各有捷报到来。世民喜道："世充失去二险，差不多似瓮中鳖、釜底鱼了，洛阳虽坚，怕不为我所取么？"遂四面围攻，昼夜不息，城中守御甚严，大炮飞石，足重五十斤，掷至二百步，强弩似车辐，硬簇似巨斧，射远且至五百步。唐军受着矢石，无不立倒，世民射书谕降，守将屡欲内应，均被世充察出，一律杀死。还有世充所署的御史郑颋，自愿削发被缁，亦为世充所疑，斩首市曹。世民屡攻不下，又贻世充书，晓谕祸福，亦不见报。唐将士多疲敝思归，总管刘弘基请班师，世民摇首道："目今大举前来，无非为一劳永逸起见，东方诸州，已望风款服，唯洛阳孤城，尚未能下，我料他亦不能久持，功在垂成，奈何弃去？"言之甚是。乃下令军中道："洛阳一日不破，大军一日不还，敢言班师者斩！"诸将乃不敢复言。嗣接高祖密敕，亦令世民退军，世民遣封德彝入朝，嘱他面奏道："世充只有一城，智尽力穷，旦暮可克，今若还师，贼势复振，更相连结，将来转势大难图了。"德彝受教而去，忽接到东方警报：窦建德起兵十万众，来援洛阳，管州被陷，刺史郭士安遭害，荥阳阳翟等县，亦多失守；建德部众，水陆并进，不日将到此地了。唐将士均相顾失色，连世民亦颇费踌躇，正疑虑间，有巡官入报道："夏主窦建德遣使致书，现来使静候营外。"世民道："引他进来。"巡官去后，即引来使入见世民，正是：

目击危城如累卵，笑看外使枉投辕。

欲知来使如何致词？且看下回叙明。

隋末群雄，郑夏最强，然窦建德非王世充比也，建德起自漳南，投入戎伍，位不过百人长耳，与世充之居高官，食厚禄者，本不相同。及奉表皇泰，擒诛化及，为隋讨逆，师出有名。且虏淮南王神通，暨同安公主，仍以宾礼相待，毫不侮辱。他如诛王轨奴，不杀李世勣父，其识量毋亦过人乎？唐与通和，即还旧俘，假令安居河朔，长此修睦，唐亦无隙可乘，何至遽灭？惜乎其志不坚定也。世充大逆不道，敢鸩嗣君，罪不亚于化及，秦王世民，决议东征，而夹水一语，未尝声讨，得毋以掩耳盗铃，内省不能无疚耶？但大兵一至，河内瓦解，不仁者宁能得国？其得苟延数年，犹幸事也。故本回叙述建德，不掩其长。所以原建德之犹善。至叙述世充，极言其败，所以嫉世充之不仁。

第九回　擒渠歼敌耀武东都　奏凯还朝献俘太庙

却说秦王世民，见了来使，问明姓名，叫作李大师，曾在建德处充任礼部侍郎，当由他呈上一函，经世民拆阅毕，不禁微笑道："来书欲我退军潼关，返郑侵地，试想我军到此，已将一载，费去了若干粮饷，丧亡了若干军士，才得这数十郡县，今洛阳旦夕可下，反劝我退兵还地，能有这般容易么？"大师道："贵国既有志安民，不应穷兵黩武，还是得休便休，罢战修和，一来可休息兵民，二来免伤动和气。"世民听到末语，激动三分怒意，便瞋目道："郑夏本系敌国，我灭世充，与尔国何干？今尔国前来劝阻，究是何意？"大师道："敝国为休兵息民起见，所以遣大师前来致书，代郑请和，殿下若不肯俯从，敝国现已发兵，不便收回了。"世民更怒道："尔国出兵，我亦何怕？"说至此，即喝令左右，将大师牵至帐后，羁住军中，一面召僚佐会议，诸将多面面相觑。统是饭桶。郭孝恪独进言道："世充穷蹙，势将出降，今建德远来相救，这是天意欲亡他两国，我军可据住武牢，伺间而动，必能破敌。"言未已，又有一人接口道："世充保守东都，府库充实，部下皆江淮精锐，很是耐战，只因缺了粮饷，所以困守孤城，坐以待毙。若建德来与合兵，输粮相济，恐贼势益强，战争不了，今请分兵困住洛阳，深沟高垒，休与争锋，大王亲率骁锐，先据成皋，以逸待劳，决可破灭建德，建德既破，世充自下，不出两旬，两虏酋俱就缚了。"确是妙算。世民视之，乃是记室薛收，便答道："君言甚善，我意亦作此想，即当照行。"萧瑀屈突通等，闻世民言，且上前劝阻："请退保新安，依险自固。"世民驳斥道："建德新破孟海公，将骄卒惰，不足一战。我出据武牢，扼他咽喉，他果冒险来争，我自有法抵御。若逡巡不进，不出旬月，世充必溃，城破兵强，气势自倍，一举两克，即在此行，否则贼入武牢，诸城新附，必不能守，两贼并力，与我相争，我军尚能自固么？"萧瑀等乃默然而退。世民召回屈突通，令佐齐王元吉，围住东都，不得浪战，自率李世勣程知节秦叔宝尉迟敬德等，共三千五百骑，东趋武牢去了。

看官！你道窦建德何故救郑？原来世充屡战屡败，早遣兄子代王琬及长孙安世，往河朔乞援，建德本与世充有嫌，互相侵伐，至是亦不愿赴援，偏中书侍郎刘彬进劝建德道："天下大乱，唐得关西，郑得河南，夏得河北，鼎足三分，互相牵制。今唐举兵临郑，自秋涉冬，唐兵日增，郑地日蹙，唐强郑弱，势必不支，郑亡必将及复，我亦不能自保了。不如解仇除忿，发兵援郑，夹击唐军，唐若败退，郑可袭取，合两国兵士，乘唐疲敝，攻入关中，天下亦不难统一呢！"良心太狠，反足致亡。这一席话，说得建德鼓掌称善，便召入郑使，允发援兵。唯因孟海公占据周桥，恐他乘虚来袭，俟剿平孟海公，然后出师。琬与安世，拜谢而去。建德遂出兵赴周桥，击孟海公。海公系济阴人，好弄拳棒，不喜文字，隋末群盗纷起，他也聚众为盗，占据曹州的周桥，自称录事。因地居偏辟，无人注目，被他安住了六七年，及建德兵到，海公不识好歹，就率众与他对仗。建德兵经过百战，海公兵统是乌合，一经交战，胜负立分。海公逃回周桥，被建德一鼓攻入，把他活捉了去，立刻杀死，余众皆降。建德留降将戍周桥，遂率众西趋，陷管州，拔荥阳阳翟等县。兵遵陆行，粮从水运，途次遇着郑将郭士衡，系是王世充弟世辩差来，有兵数千，迎接建德。建德进至成皋东原，筑宫板渚，作为行辕，一面遣报世充，一面致书唐营，不亟进兵，便是失着。尚眼巴巴的专待李大师归报。痴心妄想。哪知唐秦王世民，已带着骁骑，历北邙，过河阳，径入武牢来了。

建德待使未至，遣侦骑出营探望，甫经三里，见前面有骑士四人，为首的执弓，随后的执槊，威风凛凛，控马前来，侦骑还疑是巡卒，正要动问，忽听得一声大喝道："我是秦王，你等看箭！"语音未了，箭声已到，一骑便撞落马下，余骑慌忙逃回。原来世民既入武牢，即率五百骑来探敌营，沿途设伏，留李世勣程知节秦叔宝等，分头伏着。单领尉迟敬德，及从骑二人前进。至射死敌骑一名，两从骑请世民回马道：“敌骑还报，必有大军来攻。不如速返！”世民顾敬德道：“我执弓矢，公执槊，虽有百万敌骑，亦怕他什么？”此言亦未免太夸。正说着，前面尘头大起，有五六千骑，驰逐而来。两从骑不觉失色，世民从容道：“汝两人不必惊慌，尽管返行，我自与敬德断后。”于是勒马以待，看敌骑将至，即引弓注射，每发一箭，必毙一敌，敌三却三进，世民复射毙数人。敬德舞槊前迎，也刺杀敌骑十余人，敌骑不敢进逼。世民反佯作怯状，逡巡退却，那敌骑不知是计，一拥追来，才经里许，伏兵猝发，世勣等上前奋击，斩首三百余级，擒住敌将殷秋石瓒，余众窜去。世民乃收兵回营，作书报建德道：

赵魏之地，久为我有，今为足下所侵夺，不情孰甚？但以淮安见礼，公主得归，故相与坦怀释怨，世充前与足下修好，已尝反复，今亡在朝夕，更饰词相诱，足下乃以三军之众，仰哺于人，千金之资，坐供外费，甚非策也。今前茅相遇，已遽崩摧，郊劳未通，能无怀愧。故抑止锋锐，冀闻择善，若不获命，恐后悔且难追矣，幸足下垂察焉！

书成后，遣人赍递建德，建德不答。嗣是两人相持，屡有战事，建德毫无便宜，反失去许多人马，唐将王君廓又率轻骑千余，截击建德饷道，把建德大将张青特，擒了回去，建德方有惧意。祭酒凌敬献议道：“唐兵现据武牢，势难前进，为大王计，不如统兵渡河，攻取怀州河阳，戍以重兵，然后张旗鸣鼓，逾太行，入上党，徇汾晋，趋蒲津，据河东以窥关西，最为上策。”建德道：“我若往取河东，洛阳还能不亡么？”凌敬道：“依臣言，却有三利：唐兵俱在洛阳，我得乘虚入境，师出万全，这便是第一利；拓地可以得众，形势益强，兵不疲敝，这便是第二利；我军既入唐境，唐兵必还救关中，郑围自然得解，这便是第三利。失此机会，旷日持久，恐洛阳必亡，我军亦将坐困了。”此计若行，唐军且疲于奔命，郑夏何至偕亡！建德沉吟良久道：“卿言亦是。”方说此语，那郑使代王琬及长孙安世，又来乞援，一入帐前，即拜倒地上，泣请速进。仿佛是催命符。弄得建德忐忑不定，只好应允进兵。琬与安世，方才起身，留住建德营内，一日三催，且暗把金帛馈送诸将，托他敦促建德。诸将俱入白建德道："凌敬书生，何知战事？大王宜急速进兵，无庸迟疑！"建德乃下令进攻武牢，凌敬忙入谏道："大王奈何不用臣言？"建德道："众议皆主张进兵，这是天助成功，定期大捷，卿言不便相从。"敬叹道："不用臣言，大王休得后悔！"建德怒起，竟令左右将敬扶出，自己踱入宫中。

建德妻曹氏，也随军到此，上前相迎，见建德面有愠色，便问明情由。建德略述数语，曹氏道："祭酒所言甚善。今大王乘虚入河东，不患不克，若再连结突厥，西抄关中，唐必还师，郑围自解。若在此屯留，老师费财，何日可成？望大王详察！"建德道："这非妇女所能知，你若听信妇女，何至于死。我为救郑而来，郑正危急得很，我乃舍此就彼，岂非失信？且将士亦疑我畏敌了。"遂不从曹氏语，即于次日调齐兵马，自板渚出牛口，列阵达二十里，鼓行而进。唐将士见建德势盛，恰也有些胆怯。世民带领尉迟敬德等，登一高邱，立马遥望，半晌才道："贼起山东，未尝遇着劲敌，今虽结成大阵，我看他部伍不整，纪律不严，徒然靠着人多，有何益处？我且按兵不出，待他锐气已衰，阵久兵饥，势且自退，乘此追击，无不获胜。今与诸公预约，过了日中，必能破敌了。"敬德等皆唯唯如命。

那窦建德轻视唐军，遣三百骑渡过汜水，直薄唐营，且大呼道："唐营中如有勇士，请出来决斗！"叫了数声，但见唐营开处，走出一员大将，领了二百长槊兵，前来搏战，旗帜上面写着一个斗大的"王"字，才知他是王君廓。君廓与夏兵交锋，约有几十个回合，不分胜负，各自引还。不意尉迟敬德跃马出营，随身只有二骑，一是高甑生，一是梁建方，竟追蹑夏兵背后，径抵建德阵前。可巧郑使代王琬，骑着隋炀帝所乘的青骢马，昂然立着，他正看夏兵归营，毫不防备，猛听得一声道："哪里走？"余音未毕，那身子不知不觉，被别人抓了过去，剩下坐骑，也有人牵住，此时急呼救命，由夏阵内驰出数骑，闻声赴援，偏见了铁骑铁甲的唐将，正是持槊的尉迟敬德，不由的倒退数步。敬德擒住王琬，高甑生牵住琬马，竟安安稳稳的驰还大营。原来世民望见建德阵前，立着王琬，骑着一匹良马。遂指示敬德，说了好马二字。敬德即自请往取，世民禁他不住，他竟与高梁二将，控马过去，连人带马都擒夺过来。世民恐敬德有失，亟令宇文士及，领着三百骑接应敬德，且与语道："若敬德已归，汝可绕出敌阵，由东驰归，敌若坚壁不动，速即驰还，毋轻惹祸。”仍是一个诱敌计。士及领计前行，途次接着敬德，见他立功而归，当然欣慰，就趁势往绕敌阵。敌兵争来拦截，士及不与鏖斗，但夺路东去。世民早已瞧入眼中，且见夏兵多向河饮水，或散坐阵前，便指麾众将道：“贼势已懈，急击勿迟！”世民败敌，专用此策。李世勣程知节秦叔宝等，一闻将令，便即出马先驱，世民也不愿落后，挺身前往，余军依次随着，渡过汜水，直捣夏阵。

建德因日已过午，军不得食，正召集将士，商议行止，忽闻唐军到来，不及整列，忙令骑兵出战，自率步兵退后，依踞东坡。世民瞧着，命窦抗领兵绕击建德，自与尉迟敬德等拦杀骑兵，一阵捣乱，把敌骑杀得零零落落，尽行散去，再乘胜前进。适值窦抗被建德击退，势将不支。世民大呼突阵，敌皆披靡，还有淮阳王李道玄，系高祖从兄子。挺身陷敌，直上南坂，穿过敌阵，复自敌阵杀还，中矢如猬，勇气不衰。唯马负重伤，不能再用，世民给他副马，令勿再入敌中，一面督军大战，尘氛滚滚，天日皆昏。程知节秦叔宝及西突厥人史大奈等，卷旆齐进，冲出敌后，复张起大唐旗号，飘扬天空。夏兵相顾错愕，顿时大溃。唐军追奔三十里，斩首三千余级，建德为槊所伤，窜匿牛口渚中，唐车骑将军白士让杨武威两人，已是瞧着，骤马赶来，吓得建德浑身乱抖，连马上都坐不安稳，正要向芦林中躲避，已被士让追及，一槊刺中马股，马负痛一蹶，立将建德掀下。士让再用槊刺建德，建德忙摇手道：“休要杀我，我便是夏王，若能相救，富贵与共。”呆话。士让本不认识建德，因见他金甲灿烂，料非常人，所以穷追不舍，偏建德自行供认，喜得心花怒放，一跃下马，把建德捆住，带回营中。这番厮杀，夏国十数万雄兵，死的死，逃的逃，尚有五万人作了俘虏，就是世充长孙安世，及世辩将郭士衡，统被擒住。

世民收军升帐，检点敌囚，那白士让杨武威上帐献功，报称拿住窦建德。世民大喜，即令将建德推入，建德立而不跪，世民冷笑道：“我自讨王世充，干你甚事？你却越境前来，犯我兵锋，今日何如？”乐得嘲笑。建德对答不出，反说两句趣语道：“今不自来，恐烦远取。”既已被捉，还想乞怜，建德何无英雄气？世民复笑了一笑，令把建德置入囚车，然后将所有俘虏，悉数遣还乡里，再派将士往视板渚，只有虚设的一座行宫，里面已寂无一人了。将士返报后，世民遂押着建德，回抵洛阳城下，用鞭指建德囚车，仰呼城上道："王世充！你看囚车里面，是什么人？便是来救你的窦建德。"世充正在城楼，向下一瞧，果见一人闷坐囚车。便问道："囚车内是否夏王？"建德道："不必说了，我来救你，先作囚奴，你真害得我好苦呢。"言毕泣下。世充也不禁垂泪，正欲出言相答，那唐营内复牵出囚车三乘，被囚的便是兄子琬、长孙安世，及郭士衡，一时愁上加愁，痛上加痛，险些儿立脚不住，堕下城来。世民复指示世充道："你若不降，我即要将他斩首。"世充呜咽道："且慢！我当出降，大王肯许我免死么？"世民道："准你免死！"世充乃下城，召诸将集议，有说是不如出走，有说是不如死战，弄得世充又复怀疑。凑巧长孙安世，由唐军放他入城，力劝出降，世充乃改着素服，率领太子群臣，共二千余人，开城迎降。见了世民，俯伏流汗，顿首谢罪。一蟹不如一蟹，但不杀世充，得毋由是。世民却以礼相待，命他引入城中，当令萧瑀等封好府库，籍收金帛，颁赐将士，又复查核降将罪恶，得段达王隆崔洪丹薛德音杨汪孟孝义单雄信杨公卿郭什柱郭士衡董睿张童儿王德仁朱粲郭善才等十余人，罪迹较著，俱缚至洛水上，一一处斩。人民独仇恨朱粲，争拾瓦砾，投击粲尸，须臾如冢。何不将他尸寸斩，喂饲猪狗？世民观隋宫殿，不禁长叹道："逞侈心，穷人欲，怎得不亡？"乃命撤端门楼，焚乾阳殿，毁则天门阙，废诸道场，再传檄大河南北，谕令速降。除州行台王世辩，系世充弟，闻世充降唐，并接到檄文，遂举徐宋十三州，至河南道安抚大使任环处请降。建德妻曹氏，与左仆射齐善行等，遁还洺州，余众议立建德养子为主，再图规复。善行谓不如降唐，乃出金帛尽赏兵士，悉数遣归，自奉建德妻曹氏，及右仆射裴矩，行台曹旦等，赍着传国八玺，并破宇文化及时所得珍宝，乞降唐廷。他如魏征等人，早已入关，仍作唐臣。淮安王神通，乘势慰抚山东。徇下三十余州，于是郑夏两国的土地，尽为唐有。

世民奏凯还朝，共率铁骑万匹，甲士三万人，分作前后两队，沿途鼓吹，返入长安，诏令献俘太庙，然后将建德世充牵至殿阶，候高祖发落。高祖御殿，先召入世充，世充跪下，三呼万岁，复磕了好几个响头。高祖叱道："汝残虐不仁，朕已早闻，最可恨的是杀我降臣李公逸张善相，非将汝正法，无以慰冤魂。"世充又叩首道："臣罪原应伏诛，但秦王已许臣不死了。"是时秦王世民在侧，高祖顾语道："有是语否？"世民应声道："却有是说。"高祖又道："朕非必欲诛世充，但杞州总管李公逸，越境来朝，被世充逻捕杀死，伊州总管张善相，自李密伏诛，即举州来归，为朕竭力守城，世充屡次往攻，朕无暇发兵往援，致遭陷害。善相不负朕，朕负善相，至今回思二臣，很是悼惜。今既获住世充，不诛何待？”借高祖口中，补叙李公逸张善相事，但不责其篡弑之罪，究属非当。数语说毕，把那世充的灵魂，已吓得不知去向，只是抖个不住。世民也觉不忍，竟替他代请道：“仁主网开三面，还乞明察！”世民不免多事。高祖乃令将世充暂禁，再召建德入殿，建德虽然下跪，却不似世充的哀求，高祖责他背盟败约，他竟俯首无言，于是也将建德囚住。越二日，竟下了一道诏命，窦建德斩首东市，王世充赦为庶人，挈族徙蜀。臣下便依诏奉行，总计建德起兵至灭，凡六年，世充篡位至灭，凡三年。后人讥高祖不诛世充，独斩建德，未免失刑。小子也有诗咏道：

罪同罚异本非宜，乱贼当诛更有辞。
怪底唐廷成倒置，误刑误赦启人疑。

世充将行，偏有一将出报父仇，把他杀死，自首请罪，究竟此人为谁，且待下回叙明。

窦建德之援王世充，不当援而援者也。建德尝称臣皇泰，皇泰主为世充所弑，是建德与世充，应有不共戴天之仇。奈何大举往援乎？况与唐修和，口血未干，遽尔背好与恶，不信孰甚？乃惑于刘彬之说，竟欲学卞庄刺虎之技，自以为智，实则甚愚。迨凌敬献议而复不从，曹氏进言而又不悟，外有良臣，内有贤妻，反至以身殉仇，诛死东市，谓之不愚得乎？建德被擒，世充自蹙，素服出降，势有必至，故本回详于建德，而略于世充，唯建德可赦而不赦，世充当诛而不诛，唐高祖之贻讥后世也宜哉。

第十回　下江东梁萧铣亡国　战洛南刘黑闼丧师

却说王世充奉诏徙蜀，出居雍州廨舍，正要启程，忽有数骑持敕而入，令世充出外跪读。世充即与兄世恽趋出，刚要下跪。突有数人下马，拔出腰刀，将他兄弟杀死。看官道是何人？原来是定州刺史独孤修德，带领兄弟来报父仇。他父名机，尝事越王侗，越王被弑，机欲诛逆归唐，为世充闻知，屠戮全家，幸修德弟兄寓居长安，才得免害。修德仕唐，得为定州刺史，既闻世充被擒，只望高祖将他正法，偏偏有诏特赦，顿令他无从泄冤，当下想出一法，诈传上命，往杀世充。既已得手，遂上书自首，情愿受罪。其迹可诛，其情可悯。高祖因他父忠子孝，特别减轻，但饬令免官罢了。还算明白。世充子玄应，及兄世伟，相率就道，行至中途，密图叛亡，被监吏察觉，飞奏唐廷，诏令一体就戮，于是全族诛夷。篡弑之报。这且不必细表。

且说河朔已平，窦氏余众，散归乡里，就中骁桀诸徒，仍然敢不畏死，纠众横行。地方官吏，免不得遣役往捕，加以捶挞，因此益生异心，官吏恐他肇祸，当即奏闻。有诏召窦氏故将入京，范愿董康买曹湛高雅贤等，名均在列。大家私相聚议，范愿先开口道："王世充举洛降唐，大臣如段达单雄信等，均就诛夷，我辈若入长安，想亦同彼一辙，试思我辈自十年以来，身经百战，九死一生，今何惜余年，不再起事？且夏王得淮安王，待以客礼，释归唐阙，唐得夏王，立即杀死，我等均受夏王恩厚，今不替他报仇，既无以对夏王，复无以见天下士，自问岂不惶愧么？"高雅贤接入道："诚如君论，我因官役时来侦察，欲将家属他徙，偏这班狐群狗党，先已闻风，把我家眷捕去数人，亏我不在家中，才得脱身，今又来给我入京，明明是置我死地。同是一死，何不他图？”董康买曹湛等都齐声赞成。当下谋举主帅，议久未决，问诸卜筮，谓当以刘氏为主。雅贤道：“漳南刘雅，非夏主旧将么？我等便去请他出来便了。”遂偕往漳南，同见刘雅。雅问为何事？大众以密谋相告。雅摇首道：“天下方才安定，我但求耕田种桑，做个老百姓罢了，不愿再谈兵事。”语却有理。雅贤等变色道：“这般说，是不愿出去么？”雅亦奋然道：“这是由我自便。”雅贤等又逼一句道：“你不愿去，是没有故人情谊了，我等亦将与你无情。”雅即起立道：“你等与我无情，亦属何妨。”说至此，不防范愿竟拔出腰刀，向雅乱斫，余众亦趁此动手，雅只赤手空拳，如何对敌？眼见得是不能活了。大众既杀了刘雅，一哄而回。范愿复提议道：“前汉东公刘黑闼，勇略冠群，性又仁善，我尝闻刘氏当王，今欲收夏王亡众，共举大事，非此人不可。”乃再往见黑闼。黑闼亦漳南人，初属李密，继归王世充，复降窦建德。见第八回。建德用为将军，封汉东郡公。及建德败死，回里务农，适在园中锄菜，蓦见范愿等携手前来，便即迎入室中，问明来意。范愿略述秘谋，黑闼稍稍逊让，经高雅贤再行敦促，因即乐从。当下宰杀耕牛，与同饮食，定计聚众得百人，便袭据漳南县城，戕官发粟，招徕旧党，不到数日，有众数千。又进攻鄠县，贝州刺史戴元祥，魏州刺史权威，合兵往援，黑闼用埋伏计，诱入槛阱，两刺史同时败死，兵械俱为所虏，黑闼遂设坛漳南，立建德神主，率众祭告，大意是“起兵复仇”四字。乃自称大将军，出兵东向，攻陷历亭，杀守将王行敏。饶阳盗崔元逊，袭据深州，杀刺史裴晞，响应黑闼，兖州盗徐圆朗，自洛阳平定后，已拜表降唐，授爵鲁国公，兼兖州总管，至是也与黑闼连和，自称鲁王。兖郓陈杞伊雒曹戴诸州土豪，陆续趋附，山东大震。

是时唐廷方欲南下江陵，命夔州总管李孝恭，高祖从侄。大造战舰，练习水军，指日待发。偏值山东警报，络绎前来，乃令淮安王神通为山东道行台右仆射，宣抚各郡。将军秦武通，定州总管李玄通，会同幽州总管李艺。即罗艺。共讨黑闼，东师已发，乃下南军。南征萧铣，较黑闼为迟，而平定恰先于黑闼，故从此间插入。南军为讨萧铣而发，铣系梁宣帝萧詧曾孙，见首回。为隋萧后亲属，炀帝任为罗川令，隋末为巴陵校尉董景珍等所推，尊为梁王，改元鸣凤，服色旗帜，皆如梁旧。起兵五日，远近归附，已达数万人。未几又自称皇帝，徙都江陵，封董景珍以下功臣七人为王，召邓州人岑文本为中书侍郎，委曲机密，遣鲁王张绣出徇岭南。郡县多降，再令部将苏胡儿取豫章，杨道生取南郡，威振一方。凡南自交趾，北距汉水，西至三峡，东达九江，俱为所有，胜兵达四十万，武德二年，杨道生进寇峡州，为唐刺史许绍击退。铣又遣将陈普环，率舟师入峡，复经许绍邀击西陵，据险破敌，擒住普环。铣心终不死，尚屯兵安蜀城，窥视巴蜀。高祖命李靖经略夔州，因为铣兵所阻，久不得进，诏令许绍责靖逗留，处以死罪，绍代为奏解，靖才得免。既而董景珍弟谋乱，事泄被诛。景珍已出守长沙，惧罪降唐。铣令张绣攻景珍，珍登城语绣道："功成者死，君岂不闻？为怎么相攻呢？"绣不肯听，竟麾众围城，城内食尽，景珍欲突围出走，为部下所杀。铣以绣为尚书令，绣未免骄恣，又为铣所杀。自是功臣诸将，渐渐离心，兵势日弱一日。败亡之象。

唐峡州刺史许绍，复拔梁荆门镇，黔州刺史田世康，又下梁五州四镇。李靖遂献取梁十策，上达唐廷。高祖即命赵郡王李孝恭为夔州总管，整练舟师，李靖为行军总管，兼孝恭属下长史，委以军事。武德四年秋八月，孝恭阅兵夔州，巧值秋汛暴涨，江水泛滥，靖劝孝恭速即进兵，诸将多以为非。靖勃然道："用兵全尚神速，今我军初集，铣尚未知，若乘着江涨，顺流东下，掩他不备，我料铣不及施防，定为我所擒了。"观李靖言，才知前日阻兵，并非有意逗留。孝恭大为赞赏，便奏请出师日期，自率战舰二千余艘，与李靖等即日东下，越荆门宜都二镇，直抵彝陵。铣将林士弘，驻兵清江，毫不设备，被舟师一鼓捣入，获住战舰三百艘。士弘踉跄走脱，由唐军追奔至百里洲，再与士弘接战，又得大胜，长驱入北江。江州总管盖彦举，以五州来降。铣方罢兵营农，闻唐师猝至，仓猝征兵，一时未能遽集，只好调齐宿卫兵士，前来拒战。孝恭将与交锋，靖力言不可，偏诸将一齐请战，靖说道："铣为救败计，悉锐来拒，此锋殆不可当。不若泊舟南岸，坚持不动，待他锐气已衰，或分兵归守，那时出去奋击，庶可得志。"秦王世民善用此策，李靖所言亦然，英雄所见，大略相同。孝恭不从，留靖守营，自率锐师出战，果然败走，退保南岸。铣众散驶江心，收掠军资，靖见他舰队散乱，独请往攻，孝恭方悔不用靖言，至此自然照行，遂令靖督兵出击。铣兵正四散掠取，不意唐军杀来，大家逃命要紧，还有何心恋战？靖纵兵追逐，杀敌无算，乘胜直抵江陵，冲入外郛，分兵拔水城，大获战舰，尽令散掷江中。诸将又动起疑来，共来语靖道："所得敌舰，正足利用，奈何弃掷江流，反为敌有？"靖笑道："诸君有所未知，今萧铣属地，南出岭表，东距洞庭，我悬军深入，若攻城未破，援兵四集，我且表里受敌，进退两难，虽有舟楫，亦无用处。今将敌舟散掷，令沿江而下，彼远来援兵，必疑是江陵已破，未敢轻进，往来探伺，动淹旬日，待彼察悉，我已早拔此城了。"的是妙计。遂下令围城。铣在城中，日望援兵到来，哪知援兵已中靖计，望见沿流舟楫，果然怀疑不进，交州总管邱和，长史高士廉，司马杜之松等，来朝江陵，因见全城被围，吓得倒退，竟诣孝恭处请降。铣内外阻绝，惶急万分，商诸岑文本，文本劝铣出降。铣乃语群下道："天不祚梁，势难再支，若必待力屈乃降，恐满城生灵，必遭涂炭，奈何为我一人，贻害百姓？罢罢！不如早日出降便了。"群下都相顾无言。铣乃以太牢入告太庙，然后下令出降，守陴皆哭。铣率群臣缌縗布帻，至唐营谒见孝恭，惨然道："有罪唯铣一人，百姓无罪，请免杀掠！"妇人之仁。孝恭满口答应，及入城，诸将竟欲大掠，孝恭亦模棱两可，岑文本入白孝恭道："江南人民，遭隋虐政，更兼群雄相争，受苦不堪，日夜延踵跂颈，仰望真主，今王师到此，所以萧氏君臣，决计归命，为民息肩，今若纵兵俘掠，士民失望，恐从此以南，处处阻碍，无复向化了。"孝恭称善，乃严申军令，禁止杀掠。诸将又言："敌将拒斗，死有余辜，应籍没家资，赏给军士。"李靖亟劝阻道："王师入境，应使义声载道，彼为主而死，实是忠臣，奈何与叛逆同科呢？"恭孝亦依言申禁，城中安堵，鸡犬不惊，南方州县，闻风款附。援兵来了十数万，亦皆解甲归降。孝恭乃送铣至长安，高祖面加诘责，铣长叹道："隋朝失鹿，群雄共逐，铣无天命，因致失算，若以为罪，也无所逃死了。"比王窦二人，恰高出一筹。高祖竟命斩都市。总计铣建国号梁，五年而亡。孝恭受命为荆州总管，靖得封永康县公，兼上柱国，招抚岭南。铣部将刘泊李砻志等，皆举城率众，乞降靖前，连南方酋领冯盎等，亦多令子弟入谒，南方悉平。

杜伏威归唐后，助世民平王世充，见第八回。唐授伏威为东南道行台尚书令，兼江淮安抚大使，仍封吴王。闻唐又平定南方，更欲借公济私，屡出兵击李子通。子通沂州人，素业渔猎，有膂力，先依长白山盗左才相，得部众万人，才相败死，了过左才相。子通南奔，渡淮依杜伏威，嗣与伏威有嫌，自往海陵，潜兵袭伏威营。伏威败走，子通复移众攻江都，逐去太守陈棱，自称皇帝，建元明政。伏威记念前仇，尝遣辅公祐攻子通，陷丹阳，进屯溧水，子通率众迎战，一再失利，并因粮食已尽，遂弃了江都，走保京口，嗣复转入太湖，收集散卒二万人，往袭沈法兴。法兴曾为吴兴郡守，因隋乱起事，纠众掩入毗陵，再下江表十余州，自署江南道总管。武德二年，僭号梁王，改元延康。平时横行杀戮，将士离心，突闻子通兵至，相率哗散。法兴不得已，退奔吴郡。贼帅闻人遂安，遣部将叶孝辩往迎，法兴随孝辩趋会稽，忽萌悔意，竟欲袭杀孝辩，孝辩偏已觉着，麾众围住法兴，法兴无法可施，投江溺死。自法兴起兵至此，仅历三年。李子通得据有法兴属地，余威复振。伏威又遣王雄诞往击。雄诞为伏威养子，素有勇名，与子通交战苏州，子通走保独松岭，雄诞命偏将陈当世，乘高据险，多张旗帜，夜间缚炬林中，照彻山谷，吓得子通昼夜不安，毁营南走，退入余杭，雄诞进薄城下，四面猛扑，子通料不可守，开城出降，被雄诞执送伏威，伏威转献唐廷，高祖赦子通罪，赐宅给田，令居京师，后来子通谋叛，亡命蓝田，为关吏擒获，才致伏法。子通僭号七年而亡。了结沈法兴李子通，回应第七回。新安贼帅汪华，据有黟歙等县，已有数年，至是也为雄诞击败，窘蹙请降。就是闻人遂安，进据昆山，又由雄诞单骑招降。于是淮安江东，尽属伏威。

独高开道本已降唐，受封北平郡王，因闻刘黑闼势盛，复密与连结，自称燕王，一面通使突厥，为自固计。此时唐廷已出征黑闼，无暇顾及高开道。黑闼势日猖獗，唐淮安王神通，及李艺等合兵往击，均为所败。黑闼复进陷瀛州，杀刺史卢士睿，再陷定州，执总管李玄通。玄通引刀自刺，溃腹而死。又陷冀州，杀刺史麹棱。赵魏境内，所有窦氏故将，争杀唐吏，响应黑闼，黎州总管李世勣，屯戍宗城，闻黑闼率众来攻，自恐力不能敌，急往洺州，途次被黑闼追及，所率步卒五千人，不值黑闼一扫，还亏世勣命不该绝，才得孑身奔走，那时顾命要紧，还有何心顾及洺州？眼见得全城失守了。黑闼到了城下，筑坛东南，先告天地，次祭建德，然后入城，嗣是下相州，取黎州，入卫州，才阅半年，已将建德旧境，一律收复。又遣使北连突厥，作为外援。唐将军秦武通，洺州刺史陈君宾，永年令程名振，俱自河北遁归长安，高祖也觉着急，只好再令秦王世民，及齐王元吉，共赴山东，再讨黑闼。时已为唐武德五年。黑闼自称汉东王，改元天造，定都洺州，用范愿为左仆射，董康买为兵部尚书，高雅贤为左领军，凡窦建德故将，悉复旧位，一切行政，均遵故制。

适值秦王世民，鼓勇而东，先将相州夺还，再进军肥乡，列营洺水南岸，逐层进逼。幽州总管李艺，也率兵数万，来会世民。黑闼留范愿守洺州，自领精兵拒艺，暮宿沙河，世民遣程名振夜运大鼓，共六十具，至城西二里堤上，一齐槌击，顿时鼓声大震，响彻远近，连城中都摇动起来。好一条疑兵计。范愿大惊，遣人驰告黑闼，黑闼慌忙还城，但遣弟十善，与行台张君立，率兵万人进战，到了徐河，与艺兵一场角斗，大败而逃。洺水人李玄感，举城降唐，世民使王君廓入城，与玄感共守，黑闼还攻洺水，因城在水上，不便进攻，就从东北两隅，筑二甬道，济兵薄城。世民引兵往援，直至三次，均被黑闼击回，乃召诸将问计。李世勣已在军营，便进言道："贼筑甬道，已将告成。若达城下，城必不守，不如令君廓突围出来，再作计较。"言未已，有一少年自请道："末将愿往守城。"世民见是罗士信，便道："将军虽勇，奈城已垂危，恐不能守。"士信道："城存与存，城亡与亡。"死计决了。世民乃登城南高冢，张旗招君廓回营，且遣士信接应，士信率二百骑前往，正值君廓杀出，由士信助了一阵，君廓得还，士信驰入，黑闼又复围攻，夜以继日，接连至八昼夜，士信衣不解甲，目不交睫，专在城上督守，才免攻陷。偏老天降下大雪，全城皆白，目为之眩，黑闼乘机攻入，士信尚挺着长矛，刺死敌目数人，敌众都为辟易，奈身上已迭受重创，不能再战，策马返奔。因大雪迷漫，急不择路，竟陷入泥淖中，敌众四面竞集，无从脱身，被他掳去。黑闼爱他骁勇，劝令归降。士信大骂道："黑贼！罗将军肯降你么？"遂被杀死，年才二十余岁。士信齐州人，初归李密，既降王世充，至奔唐后，竟为唐尽忠，这也所谓士死知己呢。俗小说中，有罗成一人，想是罗士信误传。世民因为雪所阻，不得往救，及闻士信殉难，很是悼惜，乃购尸殓葬，追谥曰勇。

黑闼又进兵挑战，世民与李艺合营，坚壁不动，寻探得敌将高雅贤，在营中置酒高会，乃潜遣李世勣出兵袭击，杀入雅贤营内。雅贤时已酣醉，乘马出战，为世勣部将潘毛所刺，坠落马下，正要枭他首级，被雅贤部下救去，但已是气息奄奄，顷刻毙命。世民又遣程名振断敌粮道，凿沉黑闼粮船，焚去黑闼粮车，黑闼尚不肯退，两下相持，直达六十余日。世民料黑闼粮尽，必来决战，乃潜使人堰洺水上流，令他监守，且谆嘱道：“待我与贼战，然后决水，勿误勿忘！”黑闼果然渡水南来，进压唐营，世民自统精骑，破他前军，复捣入后队，与黑闼相遇，黑闼督兵死战，自午至暮，斗至数十百合，渐渐的支撑不住。黑闼部将王小胡，语黑闼道：“智力尽了，不如早还。”黑闼遂与小胡先遁，余众尚未闻知，勉力格斗，不防洺水大至，泛滥两岸，竟把黑闼部众，漂去了数千人。还有一半留着的，不及逃奔，被唐兵立刻杀尽，黑闼渡过洺水，手下只有二百骑，自知不足敌唐，竟北奔突厥去了。正是：

胡儿惯纳逃亡客，帝子又成伟大功。

世民竟击走黑闼，山东复平，乃移军讨徐圆朗，欲知战事如何，请看下回便知。

讨萧铣者为李孝恭李靖，而李靖之功为大，孝恭不过因人成事而已。讨刘黑闼者为秦王世民，齐王元吉，而功实出自世民一人，于元吉殊无与焉。是回于江东一役，详述靖谋，而孝恭特连类及之，功有攸归，不相掩也。洺南一役，独述世民，不及元吉，功有专属，不容混也。彼如李子通沈法兴高开道等，乘便插入，本属依时叙事之法，但亦俱有线索可寻，互相连系，是非读书得间，安能穿插无痕乎？阅者试静心观之，当知著书人之苦心矣。

第十一回　唐太子发兵平山左
李大使乘胜下丹阳

却说秦王李世民，移军讨徐圆朗，圆朗大惧，不知所措，河间人刘复礼，语圆朗道："彭城有刘世彻，才略不凡，且有异相。可作帝王，将军若欲自立，恐终无成，不若迎他为主，指挥天下，定可成功。"圆朗颇以为然。即遣使赴浚仪，礼迎世彻，不料又有人谏阻圆朗，引李密杀翟让事，作为证据，惹得圆朗又疑惑起来。为圆朗计，迎刘世彻，原是不合。至世彻率众驰至，留待城外，满望圆朗出迎，不意圆朗却召他入谒，他知圆朗变计，意欲亡去，更恐圆朗出兵追击，反为不妙，没奈何入城进见。圆朗令为司马，将他部众留住，但命亲卒数百人，同他东往，招抚谯杞二州。东人闻世彻名，无不归附，事为圆朗所闻，益加猜忌，竟将他召还，刺死了事。

唐秦王世民，正欲进击兖州，忽有朝使到来，促令入朝，乃将兵事属齐王元吉，自己驰驿入都，及谒见高祖，具陈圆朗可取状，高祖因复遣诣黎阳，会大军趋济阴，连拔十余城，声振淮泗，不料诏命又下，复令班师。已伏后事。世民不敢违慢，只得令淮安王神通，及行军总管李世勣任瓌进攻兖州。哪知刘黑闼借到突厥兵士，又复长驱南下，来攻山东，于是淮安王神通，不得不移兵防御，就是幽州总管李艺，也奉诏助攻黑闼。偏黑闼进兵甚猛，就是旧属曹湛董康买等人，亡命鲜虞，也聚众来会，先攻定州，继陷瀛州，刺史马君武被杀。神通自知不支，急请济师，有诏令淮阳王道玄为河北道行军总管，与行台民部尚书史万宝，协同讨贼，再命齐王元吉，作为后应。道玄年才十九，负勇使气，引兵三万，直抵下博，一面约万宝继进。万宝含糊答应，密语部将道："我奉手敕，曾云淮阳小儿，恐致偾事，军务俱委老夫。今王轻躁妄进，若与他同出，必致尽陷，不如以王饵敌，王若失利，贼必争进，我坚阵待着，乃可破敌。"言已，遂约束军士，不准轻出。陷死淮阳，咎有专归。道玄总道他来援，大胆前驱，适有泥淖在前，传令三刻逾沟，自把马缰一扯，两足一夹，便一跃过去。部兵不敢落后，也陆续逾沟；才越半数，那刘黑闼竟带领大众，漫山遍野而来。道玄不及整列，未免着忙，但已碰着大敌，也只可拼出性命，上前抵敌。说时迟，那时快，黑闼鼓众直前，立把道玄围住。道玄仗着勇力，左冲右突，大呼杀贼，可奈敌众越来越多，冲开一层，又有一层，冲开两层，又有四五层，看看手下将尽，自身也受了数创，索性从敌众最多处，闯将进去，格毙了数十人，大吼一声，喷血而亡。写道玄之战死，懔懔有神。部众失了主帅，当然大溃，一大半为贼所杀。这时候的史万宝，方整军出来，但见前面溃兵，纷纷窜回，随后便是刘黑闼大众，大约有四五万，统是雄赳赳的大汉，亮晃晃的利械，不由的害怕起来。万宝方下令进战，偏军士不依号令，反向后倒退，害得万宝也没有主见，只好策马返奔。敌众乘势追上，好似泰山压顶一般，唐军不及逃走的，都冤冤枉枉的送了性命。万宝不死，尚无天道。秦王世民，闻到败耗，不禁唏嘘道："道玄尝从我征伐，见我尝深入贼阵，也不顾利害，冒险轻试，谁料也竟因此毕命呢。"一面说，一面流涕。高祖也为悲悼，追赠左骁卫大将军，谥曰壮。何不加罪史万宝？

自道玄败死，山东震骇，洺州总管庐江王瑗弃城西走，州县又降附黑闼，不到半月，黑闼已尽复故地，仍据洺州，作为都城。齐王元吉，及淮南王神通，都逡巡畏缩，不敢向前，高祖欲再遣世民出征，只心中却有些迟疑，一日一日的延宕下去，可巧太子建成，自请东征，顿时喜溢龙颜，立授他为山东道行军元帅，所有河南河北诸州，并受建成节制，建成奉旨，自欢欢喜喜的启程去了。就中却有一段别情，待小子略行表明：原来秦王世民，屡建奇功，受封天策上将，位居王公上，开府置属。世民延揽文豪，共得一十八人，俱号为文学馆学士。所有十八人姓名籍贯，列表如后：

杜如晦杜陵人。房玄龄临淄人。虞世南余姚人。褚亮钱塘人。姚思廉万年人。李元道陇西人。蔡允恭江陵人。薛收汾阴人。薛元敬收从子。颜相时万年人。苏勖武功人。于志宁高陵人。苏世长武功人。李守素赵州人。陆德明苏州人。孔颖达衡水人。盖文达信都人。许敬宗新城人。

这十八个学士分为三番，轮流值馆。世民暇时，常至馆中讨论文籍，彻夜不倦，且令阎立本图像，褚亮作赞，时人称为十八学士登瀛洲，便是这处的出典。特别表明。太子建成，及齐王元吉，阴忌世民，且因高祖起兵时，曾与世民面约，立为太子，及受禅即位，将佐复以为请，经世民一再固辞，方立建成为太子。建成性鸩酒色，又好游猎，元吉酷肖乃兄，并且加甚，高祖屡加训斥，且有易储的意思。建成惶惧得很，遂与元吉协谋，共倾世民。高祖晚年，又多内宠，妃嫔生子，不下二十人，内有张尹二妃，便是晋阳宫内入侍的二姝，妖柔善媚，尤得高祖欢心。是两个开国功臣，理应加宠。尹德妃生子元亨，封酆王，张婕妤生子元方，封周王。建成元吉，谄事妃嫔，各有馈遗不绝，至对着尹张二妃，更为曲意奉承，甚至略迹言情，无微不至。一语够了。独世民不屑内交，就是遇着二妃，亦不过一揖了结，所以宫禁里面，统称赞建成元吉，未尝说及世民。

至世民平洛，高祖遣妃嫔数人，赴洛阳选阅宫女，并收检府库珍物，妃嫔等有私求，世民一律拒绝。淮阳王神通有功，世民拨给公田数十顷，偏张婕妤的父亲，也羡此田，令婕妤转求高祖。高祖未悉前情，竟下敕指给。神通因世民已有教令，占先不占后，毅然不与。张婕妤遂入诉道："奉敕赐妾父田，秦王偏夺给神通，未知何意？"高祖遂怒责世民道："我的诏敕，难道尚不及汝的教令么？"世民料有谗言，但亦不欲遽辩，含糊谢罪。高祖余恨未平，复语左仆射裴寂道："此儿久握兵权，为书生辈所教坏，不似前日的恭顺了。"尹德妃父阿鼠，倚势作威，秦王府属杜如晦，行经阿鼠家门，被豪奴拖落马下，殴折一指，且詈道："汝系何人？敢过门不下马么？"如晦狼狈回府，方诉知秦王。那宫监已传秦王入宫，既见高祖，即遭呵责道："我妃嫔家，尚为汝左右所陵侮，况下民呢？"世民据实陈明，高祖终未肯信，将他叱退。开国之主，尚且如此。无怪夏桀商辛。张尹二妃，因谗间得行，越发装娇撒痴，说得世民一钱不值。且白高祖道："皇太子仁孝，陛下应把妾母子，托付与他，必能全保。"何如赐为太子妃？高祖信为真言。嗣因世民入宫侍宴，见诸妃嫔环列座前，未免忆念生母，背地下泪。尹张等复交谮道："海内无事，陛下春秋已高，宜寻宴乐，独秦王侍宴下泪，料他深意，定是憎嫌妾等，陛下万岁后，妾等母子，必不为秦王所容，所以妾等前日，曾愿陛下嘱托太子哩。"高祖劝慰数语，遂日亲建成元吉，渐与世民相疏，就是世民东讨圆朗，忽召忽遣，忽遣忽召，无非是怀疑的见端。

还有太子中允王珪，及洗马魏征，也恐世民功高，将夺储位，因劝建成道："秦王功盖天下，中外归心，殿下但因名分居长，得就东宫，此时不立大功，恐未能镇服海内。今刘黑闼亡命余生，复据东土，胁从无多，人心未定，殿下可自请出征，讨平残孽，借取功名，且结识山东英俊，作为指臂，庶几储位得安了。"建成依计请行，魏征等一同随往。途次接得相州桓州的警电，接连被陷，倒也惊心。嗣得魏州总管田留安捷报，说已击破黑闼，擒住莘州刺史孟柱，收降敌卒六千人，于是放心前行，会同齐王元吉，直向魏州进发。是时山东州县，多应黑闼，上下相猜，人心离怨，唯田留安待遇吏民，坦然不疑，尝语吏民道："我与尔曹，均为国御贼，应该同心协力，必欲弃顺从逆，可斩我首，自去求取富贵。"吏民闻言，皆涕泣誓死。内有黑闼旧党苑竹林，阴怀异志，由留安察悉情伪，反引置左右，好言慰谕，委以管钥。竹林竟因此感激，愿为所用。黑闼连攻数次，均被击走。不没田氏。

至建成元吉，行至昌乐，黑闼即引兵来争，两次列阵，均未交锋。魏征语建成道："前破黑闼，所有贼将，都挂名处死，妻子系虏，所以余众尚存，统为尽力。今宜悉释俘囚，一律慰遣，彼等既得生机，何必自投死路？此离彼散，黑闼自无能为了。"釜底抽薪，莫善于此。建成立即照行，果然黑闼部下，逐日散去；更兼粮食已尽，不能再持，遂乘夜遁走，至馆陶永济桥，桥尚未成，不得径渡。建成元吉，率大军从后追赶，将至桥旁，为黑闼所见，令王小胡背水为阵，自督兵火速造桥。桥已粗成，即策马奔过桥西，众遂大溃，多半弃仗降唐。唐军渡桥追黑闼，才过千人，桥忽崩坏，黑闼得率数百骑遁去。建成收军回营，遣骑将刘弘基，率万人穷追黑闼。黑闼日夜奔走，不得休息。及至饶阳，从骑只百余人，俱有饥色。饶州刺史葛德威，开城出迎，黑闼不欲入城，由德威再三固请，乃随入城中，暂憩市间。当有官役持送酒食，黑闼狼吞虎咽，大喝大嚼，正在兴高采烈的时候，蓦见德威引兵到来，一声吆喝，便把黑闼等围住，拿得一个不留。黑闼弟十善，也同时获住，送诣大营。建成恐中途被劫，遂将黑闼兄弟等，枭首洺州，黑闼临刑叹道："我本在家锄菜，为高雅贤辈所误，竟致此祸，悔无及了。"黑闼既平，圆朗大惧，淮安王神通，与李世勣合兵，又进攻圆朗，圆朗硬着头皮出城，屡战屡败，结果是弃城夜奔，走至中途，为野人所杀，了结残生。唐军方移攻高开道，巧值开道部将张金树，枭开道首，投营输诚。有诏授金树为北燕州都督，于是东北一带，均已荡平。总计刘黑闼先后僭号凡三年，徐圆朗僭号亦三年，高开道僭号共六年，爝火微光，终归消灭。再作一束，了过三盗始末。

李艺杜伏威，阴惮唐威，先后入朝称贺。高祖封艺为左翊卫大将军，伏威为太子少保，兼行台尚书令，均暂留京师，伏威素与辅公祏友善，亲若昆弟，军中亦称公祏为伯父，畏敬与伏威相等。唐封伏威为吴王，公祏亦得受封为舒国公，既而伏威令养子阚稜为左将军，王雄诞为右将军，推公祏为仆射，表面上是尊重公祏，暗中实夺他兵柄，令二养子监制左右。公祏知伏威意，也托言学道辟谷，借端自晦。以假应假，也是好看。及伏威入朝，留公祏守丹阳，令雄诞握兵为副，且密嘱雄诞道："我至长安，如不失职，毋令公祏为变。"雄诞允诺。哪知伏威一去，公祏即欲举事，可巧雄诞有疾，遂诈为伏威书，嘱代掌兵，一面遣私党西门君仪，嗾使雄诞助己为逆。雄诞闻兵权被夺，正疑伏威食言，及与君仪会谈，才知公祏诈计。竟从床上跃起道："天下方定，吴王又在京师，大唐所向无敌，奈何无端为逆，自求灭族呢？雄诞今若从公，不过诞生百日。大丈夫怎可偷生惜死，自陷不义？为语辅公，不敢从命。"君仪返报公祏，公祏即发兵至雄诞寓中，将他拿下，用帛勒死。雄诞虽忠，可惜无才。公祏又诈称伏威不得南还，贻书令起兵北向，遂大修铠仗，厚积粮储，居然自称宋帝，遣部将徐绍宗侵海州，陈正通寇寿阳，用故人左游仙为兵部尚书，兼越州总管，处置军务。

唐廷闻报，即命赵郡王孝恭，率舟师趋江州，岭南道大使李靖，率交广泉桂步兵趋宣州，怀州总管黄君汉出谯亳，齐州总管李世勣出淮泗，四路会齐，同讨公祏。孝恭将发，与诸将宴集，命吏取水，忽变为血，诸将皆相顾失色。孝恭谈笑自如，且语诸将道："这是公祏授首的预兆，令人喜慰，何有他虑？”孝恭此言，颇有大将材。遂调集战舰，即日起行。途次闻黄州总管周法明，为洪州总管张善安所杀，不禁失声道：“善安也从贼么？盗心未改，恰是可忧。”嗣复接到捷音，乃是安抚使李大亮，已诱执善安，送往长安，又喜语诸将道：“公祏已失去右臂，可保无虞了。”看官道张善安是何人？他本是个兖州贼帅，兖州平后，降唐为洪州总管，至公祏叛命，阴与联络，据住夏口。周法明出兵黄州，进屯荆口镇，夜在战舰中饮酒，善安恰令军士扮作渔人，潜上周船，将法明刺死。李大亮闻法明被刺，即领兵往攻洪州，与善安隔水遥语，谕以祸福。善安道：“善安初无反意，只为将士所误，逼我至此，今若再降，恐终不免祸，奈何？”大亮道：“张总管既有降心，便与我同是一家了。”因单骑渡水，径至善安军前，与善安携手共语，示无猜嫌。善安大喜，情愿悔过投诚。大亮与约而归，善安也率数十骑诣大亮营，大亮禁从骑入门，只引善安入谈。善安语毕欲辞，忽大亮背后，闪出武士数人，竟将善安拿住。从骑仓皇遁回，召集全营，来攻大亮。大亮令人示谕道：“我未尝羁留张总管，张总管恐回营以后，将士或有异心，因自愿留住，君等何故恨我？”绝妙好辞。善安部众听了此言，俱痛骂张善安，说他卖众媚人，遂陆续散去。大亮即遣人押送善安，径往长安去了。

孝恭闻报后，兼程疾进，连破公祏守兵，拔鹊头镇，复下梁山等三镇，公祏遣部将冯慧亮陈当世等，领舟师三万，屯守博望山，陈正通徐绍宗率步骑三万，屯守青林山，再就梁山下面的江路，连接铁锁，阻住来船，并在两岸筑城结垒，屹成巨障。孝恭与李靖进次舒州，李世勣引步卒逾淮，拔寿阳，次硖石，慧亮等坚壁不战，孝恭遣奇兵断他粮道，敌营遂虑乏食，夜出袭孝恭营，孝恭早已预备，也还他一碗闭门羹，敌无从逞技，只好引还。越日，孝恭集诸将议事，诸将皆前请道：“慧亮等拥兵据险，急切未易攻下，不若直指丹阳，捣他巢穴。丹阳一破，慧亮等不降何待？”孝恭颇欲依议，李靖独出阻道：“公祏精兵，虽多在此地，但手下健卒，料尚不少，今博望诸栅，尚不能拔，公祏保据石头，难道反容易攻取么？若我军进攻丹阳，旬日不下，慧亮等蹑我后尘，腹背受敌，岂非危道？靖看慧亮正通，皆百战余贼，本意非不欲战，但因公祏立计，令他持重，意欲老我师徒，乘懈来击，我今先用羸卒诱他出来，然后驱精兵压贼，一举便可荡平了。”说至此，正值伏威部将阚稜到来，孝恭即差人迎入。原来阚稜随伏威入朝，受命为越州都督，伏威病殁京师，高祖令他抚绥部曲，及助讨公祏，所以奉命南下，来见孝恭。孝恭大喜，当下命羸兵先攻贼垒，自勒精兵结阵，在后待着。果然正通等出兵来追，才经里许，即遇孝恭大军，那时明知中计，也只得挺身接仗，忽见唐军中突出阚稜，免胄语敌众道：“汝等不识我么？敢与我战。”敌众多阚稜旧部，自然倒退，或且下拜。唐军趁势杀出，奋力向前，正通等尚想拦截，奈部众已无斗志，纷纷逃走，随你正通如何骁悍，到此也败退下去。孝恭与靖穷追数十里，毙敌无数。博望青林两戍卒，统皆溃散。李靖遂进薄丹阳，吓得公祏胆战心惊，无心固守，竟潜出后门，带了家属，及从骑数千人，飞风般的遁去了。正是：

诈力两穷唯出走，兴亡各判在须臾。

究竟公祏能否逃生，待至下回续叙。

刘黑闼之乱，谁激之？唐高祖激之也。建德旧将，既不能杀之，又不能用之，故黑闼一起，而啸聚至数万人，迨既奔突厥，死灰复燃，不数月间，又得规复故地，李道玄轻进丧身，史万宝甫战即败，庐江王瑗弃城远遁，齐王元吉逗兵不进，建成才智，不秦王若，而独得平贼者，赖有魏征一策以解散贼心耳。辅公祏挟诈起兵，一王雄诞且不能屈，徒伪托杜伏威之贻书，号令部曲，其不足维系众心，已可想见。阚稜免胄相示，贼即解散，吾犹怪唐廷当日，伏威尚未病殁，何不令其作书谕众，借杜祸萌。必待四路并进，乃得幸克，毋乃晚欤。然尚赖有李孝恭之镇定，与李靖之智谋，才能破敌，类叙之以见二寇之易灭，及高祖之尚属失算云。

第十二回　诛文干传首长安　却颉利修和突厥

却说辅公祏弃城出走，意欲南奔越州，因左游仙已出任越州总管，所以有心往依。偏唐将李靖入丹阳，李世勣不肯放松，连夜追来。公祏奔至句容，从骑只五百人，到了天暮，投宿常州，闻部将吴骚等，拟执己献唐，连忙斩关逃去，随身妻子，一并弃去，只有心腹数十人，走至武康，为野人所攻，西门君仪战死，公祏被擒，送至丹阳，立即枭斩，传首长安。又出兵分捕余党，凡自左游仙以下，多半捕诛，约计公祏僭号，仅阅六月，即就歼灭。江南皆平，高祖闻捷，大喜道："靖系萧辅的膏肓呢。萧辅指萧铣及辅公祏。虽古韩白卫霍，无以过此。"遂授孝恭为东南道行台右仆射，靖为行台兵部尚书。既而行台罢撤，孝恭改任扬州大都督，靖为都督府长史，唯张善安解入京都，廷讯时委罪诸将，自称无辜，高祖却也赦宥，嗣由丹阳搜得逆书，由孝恭尽行赍献，善安明与公祏通书，无可抵赖，方才伏诛。只公祏伪造伏威的诈书，也由高祖检视，疑为实事，即追除伏威名籍，籍没家资。阚稜恃功不逊，为孝恭所憎，也把他所有田产，一并籍没。阚稜不服，竟与孝恭争论，惹得孝恭怒起，竟诬他与公祏通谋，杀死了事。伏威受枉，阚稜尤觉含冤。孝恭之罪，百口难辞。秦王世民，颇知伏威等含冤，及即位初年，始为昭雪，发还家产，这且慢表。

且说唐高祖武德七年，中国大势，已归统一，所有从前盗名窃字，割据州县诸草寇，尽行消灭，只有梁师都尚据朔方，未曾削平。高祖暂息兵争，整顿内治，于是正官阶，定学制，修刑法，官阶分作数级，以太尉司徒司空为三公，次尚书、门下、中书、秘书、殿中、内侍、为六省，又次为御史台，又次为太常、光禄、卫尉、宗正、太仆、大理、鸿胪、司农、太府，共九等，又次为将作监，又次为国子学，又次为天策上将府属，又次为左右卫至左右领卫为十四卫，东宫置三师即太师，太傅，太保。三少即少师，少傅，少保。詹事，王公置府佐国官，公主置职司，并为京职事官，州县镇戍，为外执事官。文散官自从一品起，至从九品，分二十八阶，武散官自从一品起，至从九品，分三十一阶，大致是参照隋制，互有损益，学制有国子学、三品以上之子孙入之。太学、四五品以上之子孙入之。四门学、六七品之子孙及庶人之俊造者入之。律学、八品九品之子孙及庶人之习法令者入之。书学、习文字者入之。算学习计数者入之。六种，均隶属国子监，唯崇文馆弘文馆等，为宗亲及功臣子弟入学，不归国子监统辖。此外如各州县乡，一律置学，限年毕业，按次递升，与选举法并行，学校以习经为主要科，选举以命策为主要科，各有进阶，不相混杂。刑法多从隋旧，十恶不赦，谋反、谋大逆、谋叛、恶逆、不道、大不敬、不孝、不睦、不义、内乱。五刑，笞、杖、徒、流、死。八议，议亲、议故、议贤、议能、议功、议贵、议勤、议宾。俱依隋律。另订十二律，名例、卫禁、职制、户婚、厩库、擅兴、贼盗、斗讼、诈伪、杂律、捕亡、断狱。与隋制互有异同，此三条为立国大纲，故特别叙明。就是租、庸、调三法，亦重行订定，人民十六岁以上为丁，每丁给田一顷。岁入租粟二石，便叫作租。丁男随乡所出，输纳绫绢絁绵布麻等，立有定限，便叫作庸。人民每岁应充公役二十日，如不欲充役，当酌出庸值，以日为计，每日出绢三尺，二十日须出绢六丈，便叫作调。倘或有事征发，阅十五日，将调免去，三十日租调俱免，遭小灾免租，遇中灾免调，遇大灾租庸调俱免。士大夫既经食禄，不得与民争利，征取有制，海内称便。唐立租庸调法，已见第七回中，此处再行叙及，因相传为唐室美制故耳。

正在整纲饬纪的时候，忽由庆州出一骇闻，乃是都督杨文干造反，全州俱被占领了。原来杨文干尝宿卫东宫，与建成最相亲昵，建成与世民有隙，常与文干密谋，欲害世民，元吉亦尝参议，且语建成道："欲杀世民，但教弟一举手，便足了事，何必多设谋划呢。"谈何容易。文干很是赞成。一日，世民从高祖幸元吉第，元吉令护军宇文宝等，埋伏室内，因潜告建成，欲践前言。建成摇手劝止，元吉艴然道："我不过为兄设法，与我何关得失呢？"建成道："弟不闻投鼠忌器么？父皇已老，倘或受惊，岂非增罪。"建成尚知有父。元吉乃止。建成私募壮士二千余人，为东宫卫士，更调入幽州健骑三百名，分置东宫诸坊，一面荐文干为庆州总管，暗令募选骁壮，送入长安。高祖幸仁智宫，建成居守，世民元吉皆随行，建成语元吉道："秦王此行，且遍见诸妃，渠多金宝，必一律赂遗，诸妃得了厚赂，总替秦王帮忙，我怎得箕踞受祸？安危大计，决诸今日。"元吉笑道："兄前日若依弟言，此人已早除去了。"建成道："今日父皇出行，可以举事。"元吉问计将安出？建成附耳道："如此如此。"元吉道："此计甚妙。"遂与建成别去，建成即阴令郎将尔朱焕，校尉桥公山，潜运甲仗，往遗文干，令他即速起兵，表里相应。焕等行至中途，自恐事泄被祸，径向高祖前告变。高祖大怒，立遣司农卿宇文颖，驰召文干，元吉闻知，捏着一把冷汗，忙嘱颖传语文干，令毋入京。文干既得颖言，便道："一不做，二不休，我不如造反罢！"遂引兵趋宁州，高祖又亲书手诏，促召建成，建成大惧，不敢径行。詹事主簿赵弘智，劝建成贬损车服，轻骑谢罪。建成左思右想，也无别法，不得已轻车减从，往抵行宫，入谒高祖，便投身委地，接连磕头。高祖痛责一番，令左右拘住建成，监禁幕下。那宁州警报，已似雪片般到来，初说被围，继说被陷。高祖忙召世民问计。又要请教令郎。世民答道："文干竖子，有何足畏？地方有司，如不能剿灭，但遣一将往讨，自可立平。"高祖道："事连建成，恐多响应，不如由汝亲行，待平贼回来，当立汝为太子，黜建成为蜀王。蜀兵脆弱，不足为变，若再跋扈，汝亦容易扫平呢。"此语亦属失当。世民奉命即行。元吉亟贿托妃嫔，为建成缓颊，复浼封德彝劝回上意。德彝本隋室佞臣，此时竟邀高祖宠眷，往往三言两语，得快天颜，内浸外润，不怕高祖不为所迷，仍命建成还守京师，但责他兄弟不睦，后当痛改前非，一面归罪王珪韦挺，及天策参军杜淹，说他搆掇是非，并流嶲州。三人真是晦气。世民引军西向，才至宁州附近，文干部众，已是惊惧万分，因即刺杀文干，携手迎降。宇文颖也被擒住，押送长安，讯明正法。至世民还军，高祖已经还朝，并不提及易储事。世民料知中变，付诸一笑罢了。天子无戏言，况易储问题，关系重大，奈何轻许，又奈何轻忘？

且说东突厥主处罗可汗，既迎纳萧后，及炀帝幼孙杨政道，见第六回。

便欲为隋报仇，有意南侵。更兼梁师都据有朔方，屡遣人至突厥乞师，且愿为向导。处罗乃遣将分出，自拟督兵取并州，安插杨政道，群臣多半劝阻，处罗道："我父失国，赖隋得立，此恩如何可忘？"事详第六回。遂不听群谋，决计亲行。命驾将发，忽然生起病来，二竖为灾，数日殒命。处罗有子奥射设，面丑身弱，隋义成公主，将他废锢，另立处罗弟颉利可汗，自己又嫁与颉利，作为可敦。原来为此。堂堂帝女，四嫁胡主，太不怕羞。公主从弟善经，与王世充使臣王文素，均留居突厥，乃共白颉利道："从前启民可汗，为兄弟所逼，脱身奔隋，幸亏文帝救护，得还故土。今唐天子非文帝子孙，可汗应奉杨政道，南伐唐室，借报前恩。"颉利正席父兄遗业，士马强盛，屡图南略，一闻此言，当然乐从，遂屡次入寇。高祖以中国未宁，不欲与突厥相争，常遣使赍书修好。偏颉利请求无厌，屡将唐使拘住，且与梁师都再四加兵，自武德四年至七年，争战不休，互有胜败。唐并州总管府长史窦静，请就太原广置屯田，即耕即战，秦王世民也以为请，乃依议举行，岁收谷得数千斛，少纾边困。但颉利总出没无定，防不胜防，或劝高祖道："突厥屡寇关中，无非因长安繁丽，意欲入境大掠，得偿欲壑，若陛下弃此不都，把长安化作一炬，那时胡人失望，自不愿再来了。"真是呆话。高祖竟信为良策，即遣宇文士及，赴襄邓间择都，以便南徙。太子建成，齐王元吉，又竭力怂恿，愈早愈妙。愚不可及。独世民进谏道："戎狄为患，自古皆然，陛下以圣武龙兴，奄有中夏，精兵百万，所向无敌，奈何因胡虏扰边，遽欲迁都他避，这不但贻羞四海，并且遗笑千秋。愿假臣儿数万兵士，宽限岁月，保可系颉利颈，生致阙下，万一不能，迁都未迟。"快人快语。高祖也不禁勃然道："此言深合朕意。"当召还士及，取消此议。世民乃退。不意建成复连结妃嫔，共谮世民道："突厥犯边，得赂即退。秦王托词御寇，实欲总握兵权，为篡夺计，陛下奈何不察？"为此数语，又把高祖的心肠，似小辘轳的乱撞起来。名为开国之主，实是一个糊涂人物。

越宿，出猎城南，令建成世民元吉驰射角胜。建成有胡马肥壮，独喜蹶跃，遂持辔授世民道："此马甚骏，能超过数丈深涧，弟素善骑，试一乘何如？"世民即一跃上马，往逐一鹿，鹿将追及，马忽仆倒。世民不待马蹶，已跳出圈外，待马仆而复起，复跃上马身，三仆三跃，毫不受伤，因旁顾左右道："死生有命，岂是暗算所能致死么？"建成闻言，不觉失色。

至校猎已毕，又去贿托尹张二妃，尹张二妃，复向高祖哓舌，谓："秦王自言天命所归，将为真主，断不致有浪死的情理。"高祖顿时大怒，先召建成元吉侍侧，然后召世民面斥道："天子自有天命，不是智力可求，汝为什么专想此位哩？"世民忙免冠顿首，请下法司案验。高祖怒尚未解，忽有一内监入报道："突厥大举入寇，前锋已到豳州了。"恰是世民的救星。高祖被他一惊，才将怒意打消，改容慰勉世民，令他仍然冠带，与商战守事宜。世民道："火来水淹，兵来将挡，臣儿愿出去一战。"高祖喜慰道："元吉可随同前去，可战乃战，可和便和。"世民元吉，同声应命，当即出调将士，隔宿启行。高祖亲至兰池饯别，赐世民美酒三杯，元吉一杯。世民并非小孩子，何高祖待之若婴儿。两人饮毕谢恩，炮声一响，大军启行，高祖还跸，世民元吉，均驾马驰去。

将至豳州，闻突厥连营百里，气焰甚盛，元吉已有惧意，世民令侦骑再行探明，俟得返报，说是："颉利突利二可汗，举国入寇，兵士确有数十万人。"世民从容道："两酋同来，我自有法破他，不必多虑。"已有成算。遂驱军再进，迳抵豳州，依城下寨。是时关中久雨，粮运阻绝，士卒又久苦征役，疲敝不堪。朝廷及军中，均以为忧。独世民不动声色，措置自如。到了次日，颉利率铁骑万余，奄至城西，列阵五陇坂，昂然待战。世民顾元吉道："今虏骑凭陵，断不可示他怯弱，理应出营与战。弟能与我同往否？"元吉嗫嚅道："虏……虏势这般强盛，勿……勿宜轻出与争。倘或失利，悔……悔不可追。"世民答道："颉利突利，名为叔侄，实具猜嫌，突利乃始毕子，始毕传弟处罗，处罗复传弟颉利，兄弟相及，因致突利失位，应亦不平。颉利恐突利生嫌，因令镇守东方，也封他为可汗。今日连兵来此，我正可就中取事。别人怕他，我却不怕，汝不敢往，我当独往。"知己知彼，百战百胜。突利履历，即借世民口中叙过。言毕，即带领百骑，驰诣颉利阵前，大声呼语道："我朝与可汗和亲，为什么负了前约，深入我地？我便是秦王李世民，可汗能斗，快出与我斗，若率众来战，我亦不怕，我手下只有百骑，足当汝等万人。"子龙一身都是胆，此语可移赠秦王。颉利闻言，还疑世民是诱敌计，笑而不答。已堕世民计中。世民见突利自为一队，与颉利隔一沟水，遥对作斜角状，因复遣骑将往告突利道："尔前日与我同盟，有约在前，缓急相救，今乃引兵攻我，奈何没有香火情？"别人用反间计，都从秘密处下手，世民却故意明言，令他启疑，用计尤妙。突利亦寂然不应。突利也堕入计中。世民又故意驰至沟旁，牵缰欲涉，颉利乃遣人来止世民道："王不必渡沟，我来并无他意，不过欲与王更申盟约呢。"世民乃勒马道："可汗既欲申盟，但遣一介使臣，即足了事，何必用大兵前来？欲战即来，欲和即退。"再逼数语，妙不可阶。颉利乃麾兵少却，会值大雨滂沱，乃各引兵还营，世民语诸将道："胡虏所恃，唯有弓箭，今积雨连旬，箭胶俱解，弓不可用，他似飞鸟折翼，无从高飞，我却刀槊快利，以长制短。及此不乘，尚待何时？"于是令军士饱餐一顿，冒雨复进。且遣人往谕突利，极陈利害，突利欣然应命。颉利因世民骤出，正在惊疑，亟召突利入商，意欲出战，突利道："天雨未霁，运饷艰难，我军又深入无继，就使战胜，亦不能深入长安，一或败衄，祸将不测。况秦王素号能军。未见得定是我胜，不若与他讲和为是。"颉利默然，乃遣突利与部帅阿史那思摩，往见世民，申请和亲。世民坦怀相待，突利甚喜，愿与世民结为兄弟，彼此很是款洽，遂定盟而去。

世民收军回朝，突厥复遣阿史那思摩入觐，高祖引升御榻，慰劳再三，并封他为和顺王。思摩拜谢欲归，诏令左仆射裴寂，偕思摩至突厥答聘，许他互市，裴寂也修好而还。无如戎狄无信，性好反复，讲和未几，又遣将寇边。高祖不觉动怒，顾语侍臣道："突厥如此狡诈，朕将督大军亲征，往时通使突厥，以敌国礼相待。所以通用国书，今当改书为敕，问他何故屡扰我境，卿等可替朕草诏便了。"侍臣承旨拟敕。敕文拟定，由高祖阅过，即遣使赍递。看官！你想颉利可汗，本是个骄矜自大的人物，骤然接到诏敕，怎肯顺受？当下将唐使拘住，即发兵分寇灵相潞沁韩朔诸州。代州都督蔺謩，与突厥兵交战新城，失利而还，乃令行军总管张瑾屯石岭，李高迁趋大谷，分御突厥。一面向唐廷告急，高祖命秦王世民出屯蒲州，调李靖为安州大都督，出屯潞州，任瓌为行军总管，出屯太行，李靖甫至潞州，见张瑾单身逃来，报称全军覆没，连长史温彦博，都被擒去。靖留住张瑾，行文至秦王世民，及总管任瓌，约他三路齐进，并力夹攻。世民正拟出发，忽由颉利遣使请和，愿将温彦博放还，仍敦旧好。世民正言诘责，命他速归彦博，才准罢兵。来使唯唯而去。原来彦博被执，颉利因他职掌机要，问及唐廷兵粮虚实，彦博默不一答，竟被徙往阴山，复纵兵进逼灵州。灵州都督王道宗，兜头痛击，杀死虏兵数千人，颉利乃退，嗣闻秦王世民等，将会师前来，又觉惶急异常，乃遣使卑辞乞和，经世民与他定约，慌忙追还温彦博，送归唐营。两下里又算息兵，世民仍入都复旨，自是威名益著，遭忌益深。建成元吉，佯与为欢，邀世民夜宴，置毒酒中。世民哪里晓得？及饮毕归府，猝然心痛，喉中亦非常作痒，竟至咯血数升，卧不能起。百密未免一疏。不死还是大幸。淮安王神通，报知高祖，高祖亲往问疾，由世民呜咽陈词，粗述情由。高祖长叹数声，乃语世民道："我起自晋阳，得平中原，多出汝力，本拟立汝为太子，汝乃固辞，因立汝兄建成。现在储位久定，不忍再易，但看汝兄弟终不相容，同处京师，暗斗日烈，计唯遣汝出居洛阳，自陕以东，由汝作主，可建天子旌旗，如汉梁孝王故事。"大都耦国，尚为乱本，况一国中有两天子耶？唐天子所嘱诸语，俱属谬误。世民涕泣道："这非臣儿所愿，臣儿岂可远离膝下。"高祖道："这是权宜的计策，汝宜顺我意计，免得相残。"世民勉强受命。待高祖回宫，又休养了数日，病势渐愈，乃召集僚属，整顿行装，专待明诏一下，即行陛辞。不料俟至兼旬，并没有明诏下颁，眼见得是又信谗言了。小子有诗叹道：

人心最忌是怀私，一寓私心即被欺。
况是堂堂天子贵，胡为投杼屡生疑？

究竟世民能否赴洛，且至下回表明。

建成元吉，智勇远不逮世民，乃得此贤兄弟以为助。正应式好无尤，联作指臂，而乃两不相容，私结妃嫔，阴募壮士，且嗾使杨文干之叛命，欲为表里相应之举，是诚何心哉？岂除去世民，即能安然为嗣皇帝，俨然作皇太弟乎？况文干一发而即诛，势若发蒙振落。至于出拒突厥，元吉畏缩不前，独世民从容谈笑，卒却强胡，为建成元吉计，亦当自愧弗如，收拾邪念，乃复下毒酒中，唯恐世民不早死，骨肉成仇，一至于此，是真李氏之大不幸也。然推原祸始，实皆由高祖酿成之，立储不慎，已为一误，欲易储而复不易，又为一误。迨命世民居洛阳，又复中悔，卒至喋血宫门，手刃同气，可胜慨欤！读是回，可为世之父子兄弟，作一龟鉴焉。

第十三回　玄武门同胞受刃
庐江王谋反被诛

却说建成元吉，闻世民将往洛阳，又私自相谋道："秦王若至洛阳，大权在手，势更难制，不如留住长安，尚是一个匹夫，还可设法除他呢。"乃密令心腹数人，迭上封事，只说是"秦王左右，得赴洛阳消息，无不喜跃；此去恐不复来"云云。那时老昏颠倒的唐高祖，又为他所惑，竟将秦王镇洛的嘱言，撇置脑后。世民以高祖一再信谗，也自觉孤危起来。可见玄武门之祸，全是高祖激成。元吉且想出一法，欲招诱秦府骁将，使为己用。他平时所最畏惧的，是秦府中的尉迟敬德，敬德善用槊，又善避敌槊，每当出战，轻骑入敌阵中，敌虽聚槊攒刺，终不致受伤，且往往夺取敌槊，还刺敌人，各将无不畏服。元吉亦常习槊，欲与敬德角艺，敬德请元吉加刃，自己独把刃除去，一往一来，角逐多时，元吉恨不得将敬德一槊刺死，偏敬德似生龙活虎一般，左跳右跃，无从下手，嗣经元吉觑出破绽，兜心一槊，总道他已受创，哪知敬德是卖弄手段，故意直立，令他刺来，待至槊已接近，竟用手接住，奋力一扯，把槊夺去，元吉反剩了一双空手。敬德复将槊给还元吉，令他再刺，元吉再刺再失，三刺三失，方不敢与敬德交手，赧颜而退。史称敬德善槊，一再提及，俗小说中反说他用铁鞭，不知何据。但心中却很是畏忌，密劝建成与他结交，私赠金银器一车。敬德拜辞道："敬德出身微贱，值天下丧乱。久陷逆地，幸亏秦王提拔，得事圣朝，现欲酬报知遇，尚愧未遇，至于殿下前更无功效，何敢当赐？若私许殿下，便怀二心，徇利弃忠，恐殿下亦所不取呢。”建成无词可答，只得收回送礼。敬德转语世民，世民道：“公心如山岳，虽积金至斗，公亦不移。但恐非自安计，还应思患预防。”敬德受教而出。隔了数日，果有刺客在门外探望，敬德竟把门大开，安卧不动，刺客逡巡自去。建成元吉，复入诉高祖，诬言敬德有谋反意，高祖竟欲杀敬德，赖世民入朝固请，乃得免罪。元吉又谮程知节，有诏出知节为康州刺史。知节语世民道：“大王股肱羽翼，若尽被摧折，身何能久？知节誓死不去，幸早决计。”世民尚是踌躇，忽又接到诏敕，勒令房玄龄杜如晦两人，出秦王府，于是秦府僚佐，类皆自危。长孙无忌，系世民妻舅，与房玄龄为莫逆交，玄龄私语无忌道：“今嫌隙已成，祸机将发，不早为谋，祸及社稷。公与秦王谊关至戚，不若劝王为周公事，保全家国。存亡安危，正在今日。”无忌告知世民，世民又召问杜如晦，如晦亦劝世民从玄龄言。他如秦府门客，无不怂恿世民，速定大计。只李靖李世勣两人，不发一言。

会突厥兵又来犯边。建成荐元吉将兵北讨，高祖遂将兵事属元吉。元吉请调尉迟敬德为先锋，且悉简秦府精卒，同讨突厥，敬德亟与长孙无忌，入白世民道：“大王尚不早决，祸在目前了。”世民道：“同气相关，怎忍下手？”敬德道：“人情无不畏死，大众愿以死奉王，这是所谓天授了。天与不取，反且受殃，王奈何沾沾小仁，不顾大局？”世民默然不答。忽有率更丞唐府官名。王晊驰入，似欲有言，因见长孙尉迟两人在侧，一时又未敢遽发。世民早已觉着，便起与王晊密谈。晊说了数语，便即退出。世民因告无忌道：“适由王晊来报，谓齐王与太子定计，欲我与太子至昆明池，饯齐王北行，即就席前伏着勇士，置我死地，太子可入求内禅，齐王当立为太弟。”无忌不待说毕，便道：“先发制人，后发为人制，两语可决了。”世民叹道：“骨肉相残，古今大恶，我诚知祸在旦夕，但欲待他先发，然后仗义出讨，方为有名。”观此言，可知世民亦处心积虑。敬德在旁接入道：“大王若再不听敬德，敬德不能留居大王左右，束手就戮，请从此辞。”无忌复道：“王不从敬德言，无忌亦当相随同去。”一推一扯，不怕秦王不上此台。世民乃再召府僚集议，大众齐声道：“大王以舜为何如人？”世民笑道：“舜是古圣人，何消问得。”众复道：“假使舜徇父命，浚井不出，必为涂泥，完廪不下，必为灰烬，怎能泽被天下，法施后世？大王既知舜为圣人，何不权宜行事？”世民道：“且问诸龟卜，再决行止。”众乃取龟为卜，突有一人进来，投龟弃地道："卜以决疑，不疑何卜，今日箭在弦上，不得不发，难道问卜不吉，便好罢手么？"爽快之至。世民视之，乃是幕僚张公谨，便道："如公言，事果可行么？"公谨道："非但可行，且应速行。"世民乃决。遂令长孙无忌，密召房杜二人定计。玄龄如晦，均谢无忌道："敕旨令我二人，不得事王，今若私谒，必坐死罪，不敢奉教。"无忌还报世民，世民不觉动怒，竟拔出佩刀，持给敬德道："玄龄如晦，怎敢叛我，公试持刀往观，若彼二人果无来意，可用我刀杀死了他，持首回来。"前缓后急，是前情亦寓做作。敬德遂与无忌同行，见了房杜二人，即与语道："王已决计，公等宜速入！"玄龄道："我等四人同去，恐惹人注目，宜各归各行，且我与杜公，亦须改装方可。"于是玄龄与如晦，皆改服方士装，令无忌先行，两人陆续前往，敬德独绕道回秦府。世民即与房杜等定下密谋，越宿照行。

是夕，太白经天，太史令傅奕，密奏太白星现秦野，秦王当有天下，高祖阅奏毕，正值世民入朝，因举原奏示世民，世民请屏去左右，密陈建成元吉，淫乱后宫。高祖大惊道："有这般事么？"世民又道："臣儿自问，无丝毫辜负兄弟，偏他二人时欲加害，谓替世充建德复仇，臣儿若果枉死，永违君亲，已是可痛，且魂归地下，亦愧见诸贼，还乞陛下恩宥！"说罢，竟呜呜咽咽的哭将起来。慧儿也会撒娇。高祖益愕然道："明日即当审问，汝宜早参。"世民应声趋退，即于夜半调兵，命长孙无忌等带领，往伏玄武门。未几天晓，建成元吉，已由张婕妤密遣内侍，走报世民密奏情形。元吉即语建成道："今日入朝，恐防有变，不如托疾为是。"建成道："内有妃嫔，外有宫甲，秦王虽强，恐亦无法可施，我等不如往参，自探消息。"乃俱乘马入玄武门。进至临湖殿，闻高祖已召集裴寂萧瑀陈叔达封德彝宇文士及窦诞等人，临朝会审，仿佛一出六部大审。料知情势不佳，立即返奔，将出玄武门，忽闻背后有人叫道："太子齐王，何故不入朝？"元吉回头一顾，并非别人，就是积世冤家李世民。他也不遑答应，便从弓袋中取出弓箭，接连三射，均被世民闪过。似此没用，焉能济事？最后一箭，经世民接住，也取弓搭着，向建成射去。建成总道是他还射元吉，毫不备防，飕的一声，竟倒撞马下，呜呼哀哉！元吉不暇顾建成，三脚两步的逃至门首，兜头碰着尉迟敬德，又复返走。世民正追元吉，不防元吉回马撞着，两人都坠落马下。元吉先起，夺世民弓，敬德驰救世民，吓退元吉，即扶世民至别室暂憩，又出室去追元吉。元吉欲入武德殿，面奏高祖，偏后面弓弦一响，转身却顾，已是不及，恰巧箭入咽喉，立时晕倒。敬德抢步上前，拔刀下斫，枭取首级，复回至建成尸旁，也将他首级枭下，蓦闻玄武门外，人声马沸，料知外面已有战事，因即携了两首，跨上了马，跑至门前。见张公瑾闭关拒守，便问道："外势如何？"公谨道："东宫将冯翊冯立，齐府将薛万彻等，领着好几千人，来攻此门，我故将门掩住，免他闯入。"敬德道："长孙公所领伏兵，曾否出击？"公谨道："区区百骑，怎能退敌？现云麾将军敬君弘，在此宿卫，已领兵杀出去了。"敬德道："待我出兵观战。"公谨乃放他出门。敬德一马驰出，正值守兵败回，报称："敬将军陷入敌中，已经殉难。还有中郎将吕世衡，也经战死，东宫齐府两军，移攻秦府去了。"敬德大怒，策马径进；驰至秦府门首，为东宫齐府两军所阻，不由的瞋目怒叱道："咄！你等试看这两个首级，系是何人？"说着，即将两首级悬在槊上，擎示两军，且复大声道："奉诏诛此两人，如尔等抗违上命，罪与两人相类，尔等亦何苦寻死呢。快快解散，免同受刑！"东宫齐府两军，见血淋淋的两颗首级，确是建成元吉，且听敬德说着奉诏二字，越觉心虚胆怯，便一哄而散。薛万彻禁遏不住，即带了数十骑，亡奔终南山。冯翊冯立，也各自逃去。

高祖因三子俱未朝参，还疑他是彼此避面，乐得模糊过去，再作计较，匆匆辍朝，留裴寂萧瑀陈叔达等待命朝堂，自挈妃嫔至海池中，泛舟为乐。外面打架，甚是热闹，他尚全未闻知，挈眷游湖，也可谓莫愁天子。忽见岸上有一个铁甲铁鍪的大将，持着长槊，匆匆奔来，便遥叱道："来者何人？"那将即下马置槊，倒身下拜道："臣便是尉迟恭。"高祖道："卿来做什么？"敬德答道："秦王以太子齐王作乱，起兵诛逆，恐惊动陛下，特遣臣来宿卫。"高祖惊诧道："卿且起来！太子齐王现在哪里？"敬德起答道："已俱授首了。"高祖不觉失色，连侍侧的妃嫔，也都玉容惨淡，战栗异常。高祖亟命内侍，往召裴寂萧瑀陈叔达等人，内侍慌忙驰去；小子乘这来往的空隙，且把尉迟敬德至海池事，略行表明。急忙补叙，不肯渗漏一笔。敬德既吓退宫府两军，复入玄武门回报世民，世民问明情由，便道："事已至此，我只好入宫谢罪。"敬德道："且慢！上意尚未可测，容敬德先去探明。"便将两首级交给世民，自己驰入朝堂，晤着裴寂等人，便与他说明原委。裴寂道："此事如何上闻？"敬德道："待敬德闯入宫去，宁死敬德，毋死秦王。"言毕，即大踏步跑入里面，禁兵拦他不住，竟被他闯至宫前。有内侍出阻道："圣上幸海池泛舟。"敬德不待说完，便转向海池跑去。既已谒见高祖，据实陈明，便即拱手立着，过了片刻，裴寂萧瑀陈叔达等人，均随内侍到来。高祖已命拢舟泊岸，便问裴寂等道："不图今日竟见此事，后事将如何处置？"萧瑀陈叔达齐声道："太子齐王，自起义以来，未尝预谋。反一立储贰，一封王爵，又不闻有什么功德，徒然离间骨肉，肇祸萧墙。唯秦王功盖天下，内外归心，为陛下计，正当乘这事变，立为太子，委以军国重务。陛下便可垂拱而治了。"乐得推重秦王。高祖方转惊为喜道："这本是朕的素愿哩。"敬德在旁，即乘机入奏道："陛下既愿立秦王，现在外事尚未平靖，请速降手敕，令诸军并受秦王节制。"高祖即顾宇文士及道："卿速去拟诏，待朕回朝发落。"士及闻命即去。高祖仍带着妃嫔，乘辇入宫，敬德及裴寂等，还至朝堂候旨，既而高祖临朝，由宇文士及呈上草诏，高祖即命士及出东上阁门，宣布诏敕，安定众心。复遣黄门侍郎裴矩，赴东宫晓谕将士，一律罢归。随即语敬德道："卿去召秦王来！"敬德似飞的去了。高祖仍复还宫，时为武德九年六月庚申日，看似闲笔，恰为承上起下，点醒眉目之文，万不可少。适当盛暑，高祖开襟纳凉，忽见世民趋入，伏地请罪，高祖慰抚道："近日以来，种种怀疑，几似曾母投杼，不能自解。今建成元吉，胆敢作乱，死有余辜，不过事关骨肉，出此变端，可恨亦可悲呢。"谁叫你酿成此祸。世民仰首，见高祖露着两乳，便用口吮他乳头，眼眶中却簌簌下泪，淋湿高祖胸前。高祖也忍泪不住，世民益复大号。恐是假情。父子正在对泣，那宇文士及及裴矩等，入宫复旨，当然劝慰一番，世民乃告别出外，回入秦府。秦府中人，复白世民道："斩草不除根，终贻后患，建成元吉，各有子嗣数人，应一并捕诛，方可无虞。"世民也不禁止，一听僚佐所为。于是建成子安陆王承道，河东王承德，武安王承训，汝南王承明，巨鹿王承义，元吉子梁郡王承业，渔阳王承鸾，普安王承奖，江夏王承裕，义阳王承度，统行捕到，一并处死，罪人不孥，况属犹子，谓非世民之忍，其谁信之？秦府僚佐，尚欲搜捕东宫余党，列名计百余人，世民也不加禁，还是尉迟敬德，极力谏阻道："为罪只有二人，今已诛死，不宜再及支党。若辗转牵连，恐反激成祸乱，何以求安？"世民乃请旨大赦。高祖因颁发赦文，大致谓："凶逆大罪，止建成元吉二人，其余党与，一无所问。"又诏立世民为皇太子，国家庶事，皆由皇太子处分。自此诏一下，世民虽未受禅，已不啻一嗣皇帝了。句中有刺。

太子洗马魏征，曾劝建成早除世民，至是为世民所知，即召征入见，征长揖不拜，世民益怒，遂呵责道："汝何故离间我兄弟？"征坦然道："先太子若听征言，何至今日受诛？从前管仲为子纠臣，曾射齐桓中钩，人各为主，何必讳言？"世民听了，转易怒为喜道："公可谓抗直了。"遂引为詹事主簿。又召还王珪韦挺杜淹，命珪与征同为谏议大夫。嗣又查得庐江王瑗，曾与建成密通书牍，谋害世民，乃令通事舍人崔敦礼，驰驿召瑗，令他入京对簿，敦礼至幽州，见瑗时，只说是促令入朝，尚未明言对簿事。瑗已自觉心虚，亟召将军王君廓入商。看官听着，庐江王瑗，系太祖孙，高祖从弟，例封王爵，曾与赵郡王孝恭，合讨萧铣，无功可述，移调洺州总管，又因刘黑闼入犯，弃城西走。高祖顾念本支，不忍加罪，改任瑗为幽州都督，且恐他才不胜任，特令右领军将军王君廓辅行。任官务求称职，不应私及亲旧，高祖此举，也是失策。君廓前本为盗，悍勇绝伦，降唐后积有战功，瑗欲倚为心腹，许与结婚，联成亲属，每有所谋，辄为商议，所以奉召入朝，亦邀他入决行止。哪知君廓却自有肺肠，偏视瑗为奇货，欲借他一个头颅，讨好新太子，图些后来的功业。当下眉头一皱，计上心来，便语瑗道："事变未可逆料，大王为国家懿亲，受命守边，拥兵十万，难道一介使来，便从他入京么？况太子齐王，为皇上亲子，尚受巨祸，大王入京，恐未必能自保呢。"说着，即佯作涕泣状。瑗奋然道："公诚爱我，我计决了。"死了死了。遂拘禁敦礼，征兵发难，并召北燕州刺史王诜，参谋军事。兵曹参军王利涉进言道："王今未奉诏敕，擅发大兵，明明是造反了。若诸刺史不遵王令，王将如何起事？"瑗闻言，又不禁忧惧起来，便搓手道："这……这且奈何？"实是没用。利涉又道："山东豪杰，尝为窦建德所用，今皆失职为民，不无怨望，大王若发使驰语，许他悉复旧职，他必愿效驰驱，然后遣王诜外连突厥，由太原南趋蒲绛，大王自整兵入关，两下合势，不过旬月，可得中原了。"瑗大喜，转告君廓。君廓道："利涉所言，未免迂远。试思大王已拘住朝使，朝廷必发兵东来，大王尚能需缓时日，慢慢的招徕豪俊，联结强胡么？现乘朝廷尚未征发，即日西出，攻他不备，当可成功。君廓不才，蒙王厚待，愿作前驱。"这一席话，又把瑗哄动过去，便道："我今以性命托公，内外各兵，都付公调度便了。"君廓索了印信，立即趋出。利涉得知此信，慌忙入白道："君廓性情反复，万不可靠，王宜以兵属诜。幸勿委任君廓。"瑗又生起疑来，正在犹豫未决，似此庸柔，还想造反，一何可笑。忽报君廓调动大军，诱去王诜，将诜杀死了。瑗惊惶失措，接连又有人入报道："朝使敦礼，已由君廓放出狱中，现正晓示大众，说明大王造反，将来攻杀大王呢。"瑗愈觉惊惶。回顾利涉，已是不知去向，转思君廓已与己结婚，或者所报失实，就是语语是真，也可亲往诘问，奈何叛我至此？遂披甲上马，带领左右数百人，疾驰而出。巧值君廓过来，即欲开口质问，偏君廓已叫着道："李瑗与王诜谋反，拘敕使擅征兵，诜已伏诛，尔等奈何尚从逆瑗，自取夷戮？快快回头，助我诛逆，可保富贵。"说罢数语，瑗手下俱奔散，单剩瑗一人一骑，哪里还能脱逃？当由君廓指挥众士，将瑗拖落马下，反绑了去。瑗骂君廓道："小人卖我，后将自及。"君廓也不与多辩，竟将他绞死，传首京师，有诏废瑗为庶人，升君廓为幽州都督。小子有诗叹庐江王道：

绝无才智敢称戈，事事狐疑可奈何？
白刃临头还未悟，徒言卖我是由他。

幽州既平，太子世民，令魏征宣慰山东。欲知魏征宣慰情状，且看下回分解。

尉迟敬德之杀齐王，与王君廓之杀庐江王，两相映照，仿佛一回对偶文字。敬德虽为秦府宿将，然总不得谓非高祖臣，观其跃马禁中，擅杀元吉，绳以《春秋》大义，无君之罪，固已显然。但世民敢杀太子，敬德亦何不可杀齐王？晋赵穿弑灵公，《春秋》且归狱赵盾，况如世民之手刃同胞，夷戮诸子乎？于敬德何尤焉？王君廓之计杀庐江王，为国除逆，较诸敬德之只知秦王，不知高祖，情状迥殊。但庐江王既愿与为婚，倚为心腹，则先当忠告善道，格其非心。吾料瑗性懦弱，当必畏而相从，万一不然，乃声罪致讨，公私两尽，瑗亦尚有何辞耶？狡哉君廓，陷瑗于法，借此图功，《春秋》之律在诛心，盖视敬德为尤忍者。敬德小忠，不能无讥，君廓之忠似大矣，而实则大奸。大奸似忠。亶其然乎？

第十四回　纳弟妇东宫渎伦
盟胡虏便桥申约

却说谏议大夫魏征，自宫府平定后，屡劝世民坦示大公，借安反侧；及幽州诛逆，复白世民道："人心未靖，不再抚慰，祸恐难解。"世民乃遣征宣慰山东，许他便宜行事。征受命东行，途遇太子千牛李志安，齐王护军李思行，由地方官吏押送京师，征慨然道："前东宫齐府左右，已有诏赦宥，不复按问，今复因解二李入京，是赦文转同虚下了，天下尚肯信从诏敕么？"当下将二人释归，然后上闻。世民喜他有识，传语奖勉，一面下令宣布，凡事连东宫齐王，及庐江王瑗，均不准讦告，违令反坐。自是无人告密，内外咸安。就是冯翊冯立薛万彻等，亦均令归里，概不加罪。应该如此。

唯有一种特别加恩的事件，说将起来，乃是当时东宫的趣闻，便是后来唐朝的秽史。元吉身死时，年只二十四岁，留下妃子杨氏，与元吉年貌相当，生得体态风流，性情柔媚，面如出水芙蓉，腰似迎风杨柳。唐室王妃中，要算这个杨氏妇，最为美艳。平时与秦王妃长孙氏，颇称莫逆，往来款洽，两下无猜。元吉谋害世民，她尝暗中谏阻，请勿与世民为仇，偏元吉不肯听从，终落得身亡家破，子姓同诛。杨氏年才花信，怎禁得孤帷寂寞，举目无亲，幸亏长孙氏念娣姒情，尝邀她过来叙旧，好言劝慰，俾解愁烦。一日，正当娣姒坐谈，忽见世民趋入，杨氏即起座相迎，经世民坐定，她忽屈膝下跪，对着世民，竟自请死，反弄得世民语默两难，无从摆布。长孙氏在侧，慌忙劝解，偏杨氏娇啼宛转，楚楚可怜，这是杨氏献媚处，并非记念齐王。

那世民虽是绝世英雄，到了此时，也不禁牵动情肠，代为凄楚，况看她淡装浅抹，秀色可餐，一种哀艳态度，真是有笔难描，令人魂销魄荡；急切无可答词，只好离开了座，连称请起。长孙氏忙来搀扶，好容易把杨氏掖起，杨氏还是哭个不住，方由世民婉告道："王妃休得过悲！齐王谋乱，应该伏法，与王妃无干。我在世一日，总当保护王妃一日，休戚与共，忧乐同尝，幸勿过虑！若嫌在府寂寞，不如徙居我处，好在你娣姒两人，素无嫌隙，彼此相安度日，我也好免得耽忧了。"言为心声，听言已可知意。言至此，复嘱长孙氏好意相待，乃扬长而去。

长孙氏素性温和，事翁尽孝，相夫无违。两语括尽妇德。一经世民谆嘱，总道没有歹心，且与杨氏情好无间，乐得劝她徙居东宫，得以朝夕相亲，互敦睦谊。杨氏本是个随高逐低的人物，当然唯命是从，即日迁居。哪知这位新太子，已看上这娇娇滴滴、袅袅婷婷的弟妇，特地收拾净室，令得安居，凡室中一切布置，均是亲手安排，又密拨心腹侍女数人，作为杨氏室中的服役。好教去做红娘。杨氏也觉心喜，世民平日无事，尝往她室中叙谈，渐渐的不避嫌疑，引得耳鬓厮磨，两情入彀，还有侍侧的宫娥，统是知情识意，就彼此眉来眼去时，凑趣几语，益觉春山脉脉、秋水依依。一夕，夜漏将半，杨氏已经就寝，忽有侍女入报道："太子驾到。"杨氏慌忙起床，略整衣裳，便即出迎。深夜迎客，其情可知。世民趋入，与杨氏行过了礼，杨氏即启问道："殿下为何深夜到此？"世民答道："父皇召我侍宴，多饮了几杯御酒，且参议内禅事宜，至此才得脱身，是以觉得过迟了。"杨氏道："何日行内禅礼？"世民道："大约正在本月内。我劝父皇再过数年，奈父皇自称倦勤，定要禅位与我，这也是没法推辞了。"杨氏即跪伏称贺，世民趁着数分酒意，竟用手搀起杨氏，一面说道："我尚未受禅，怎好受贺？"杨氏轻轻推开世民的手，才半嗔半喜的立将起来。半嗔半喜，四字妙极。此时正值仲秋天气，皓月将圆，清辉入户，更兼银烛高烧，明同白昼。世民就在灯月下面，定睛瞧着杨氏，但见她云鬟半卷，星眼微饧，穿一套缟素罗裳，不妆不束，更显出花容明媚，玉骨轻柔。越是浅妆的美女，越觉好看；越是睡起的美女，越觉好看；越是从灯光月下看美女，越觉好看。杨氏见世民注着双瞳，也不禁还他一笑。世民却转眼顾明月道："中秋将届，玉兔在辉，想嫦娥在广寒宫，应亦跂望团圆哩。"杨氏却凄然道："天上也留缺陷，令嫦娥长此寡居。"是凄寂语，是勾引语。世民微笑道："嫦娥又要得时了。我因步月至此，王妃可偕我赏月否？"杨氏尚未及答，那侍女已凑趣道："厨下尚有酒肴，待使女们搬了出来，就可赏月了。"世民道："好极好极。"侍女等连忙出去，不到片时，竟将酒肴携至，且笑语道："赏月须要登楼。"好几个牵头。世民道："这个自然，就请主人导引。"杨氏迟疑半晌，经侍女等搀扶了去，不得不移步上楼。还要做什么身分？世民即龙行虎步的，趋上扶梯，那时西轩早启，晚宴初陈，世民邀杨氏入席，杨氏尚有难色，侍女又从旁怂恿，谓有宾不可无主，乃相对而坐，由侍女斟上酒来。古人说得好："酒为色媒，色为酒媒。"杨氏入席时，尚不免有三分腼腆，及至酒过数巡，渐把那一种羞涩态度，撇在脑后，且抬头看那风流倜傥的储君，毕竟生得不凡，英姿洒落，眉宇清扬，巫峡襄王，未必有此仪表，洛川魏胄，几曾得此丰神，回忆那齐王元吉，与世民生本同胞，偏面庞儿一妍一丑，大不相同，想到这里，禁不住意马心猿，竟把平生的七情六欲，一古脑儿堆集拢来。尽情描摹。世民几次温存，她似不见不闻，仿佛痴聋一般，惹得席旁侍女，都吃吃暗笑，杨氏方才觉着，不由的两颊愈红，低头弄带。世民便道："夜已深了，再尽一杯，便好撤席。"杨氏唯唯遵命，遂各斟一满杯，彼此一饮而尽。好作两人的交杯酒。侍女等撤去残肴，次第出外，单剩两人坐着，好一歇才行进去，那两人都不知去向，寻至里面的卧室，已是朱扉双掩，绣幕四垂，料知他一对璧人，已同去演龙凤配了。虚写得妙。侍女等方各归寝。翌晨，世民乃去。

隔了数日，果然内禅诏下，高祖自称太上皇，传位太子，择吉于八月甲子日即皇帝位。是日黎明，太子世民，先朝见高祖，接受御宝，乃返至东宫显德殿中，南面升座，受文武百官朝贺，遣左仆射裴寂祭告南郊，大赦天下，赐文武官勋爵，蠲关内及蒲芮虞泰陕鼎六州租赋二年，免全国庸调一年，民八十以上赐粟帛，百岁倍赐，各种恩诏，次第颁发，然后退朝还宫，历史上称为唐太宗即位，小子也沿例称为太宗。越十日，放宫女三千余人，又越二日，册立长孙氏为皇后。后系洛阳人氏，其先为魏拓跋氏后，曾为宗室长，因号长孙。父晟仕隋为左骁卫将军，已见首文。后少好读书，循尚礼法，及为皇后，务崇节俭，一切服御，不尚繁华。太宗嗣位后，尝与论及新政，后默不一答。再三问及，后温颜对道："陛下岂不闻古语么？牝鸡司晨，唯家之累，妾系妇人，只知治宫中事。外政怎敢预闻？”不没贤后。太宗益加敬重。唯元吉妃杨氏居然纳为妃嫔，日加宠眷。后悔未预防，致成大错，但木已成舟，无法谏止，只好将错便错的模糊过去，就是待遇杨氏，依然和好，不过换了称呼。杨氏初觉自惭，后来成为习惯，也不以为意了。杨花性质，宜乎姓杨。太宗嬖宠杨氏，不得不推恩元吉，欲为元吉加封，又不得不类及建成，乃追封建成为息王，谥曰隐太子，元吉为海陵郡王，谥法乃一剌字，均以礼改葬，后来复改封元吉为巢王，因号为巢剌王，这且慢表。

且说突厥主颉利可汗，与唐廷屡有交涉，忽和忽战，反复无常。伪梁帝梁师都，又屡次怂恿突厥，侵扰唐境。颉利意尚未决，师都竟亲自往朝，面为划策，劝令进兵。于是颉利突利二可汗，复合兵十余万骑，入寇泾州，进次武功。太宗下诏戒严，亟命尉迟敬德为泾州道行军总管，统兵出御。敬德到了泾阳，适与突厥兵相遇，即乘着锐气，杀将过去，突厥兵抵挡不住，被他横冲直撞，斫毙了千余人，一边得胜，一面当然败走，待敬德收军，颉利可汗独从间道趋渭水，驻兵便桥，先遣心腹将执失思力，入都进谒，窥视虚实。太宗召见执失思力，问他何故加兵？思力道：“上国给发金币，岁无定额，或作或辍，不加诚意，所以敝国两可汗，特统兵百万，前来请命。”太宗毫不畏惧，且怒叱道：“朕与汝可汗面约和亲，赠遗金帛，前后无算，今汝可汗自负盟约，引兵入寇，汝曲我直，我有何愧？朕想汝虽居戎狄，应有人心，怎得全忘大恩，自夸强盛，应先将汝斩首，然后与汝可汗交战，看汝可汗能胜我军否？”理直词严，足使外人气折。思力听了数语，嗒然若丧，没奈何叩首谢罪。萧瑀封德彝入奏道：“两国相争，不斩来使，还乞陛下遣还思力，借示宽容。”太宗道：“朕若遣还虏使，反令他越加藐视，益肆凭陵，这岂可轻事纵容么？”又顾语思力道：“权且寄汝首级，看朕督兵亲征，究竟谁胜谁负？”思力不能还答，只好跪着磕头。太宗又指令左右，将思力拘住门下省，左右奉旨，把思力拖起，出殿去了。

太宗即召集禁军，出拒突厥，自己亲擐甲胄，跨上御马，带着高士廉房玄龄等六骑，出玄武门，迳诣渭水。颉利可汗方在营中坐着，专待执失思力归报，忽由军校入报道：“唐天子来了！”颉利便上马出营，隔水遥望，但见对面立着六骑，当先的盔甲辉煌，果然是前为秦王，今主中夏的唐天子，正在惊疑未定，那唐天子已朗声道：“颉利可汗！朕与汝定约豳州，汝曾设有盟誓，不再相犯，近年汝屡次负约，朕正要兴师问罪，汝却引兵深入，莫非前来送死么？”说至此，又扬鞭指着空中道：“天日在上，我国并不负可汗，可汗独负我国，负我就是负天，试问可汗果禁得起否？”颉利听到此语，越觉惊心。那随身带着的兵士，素信神鬼，又看唐天子威风凛凛，诰命煌煌，不由的魂胆飞扬，相率下马罗拜。俄而鼓声动地，旌旗蔽天，似虎似貔的唐军，陆续踵至，摆成一字长蛇阵，烜赫的了不得。颉利吓得面色如土，竟回马入营，闭门静守。

太宗尚驻马待着，萧瑀恐太宗轻敌，叩马固谏，坚请还朝。太宗密谕道：“朕筹思已熟，非卿所知。突厥敢倾国前来，直抵郊甸，总道我国内有难，朕新即位，不遑与他争锋，我若示以怯弱，闭城自固，他必纵兵大掠，不可复制，朕为此轻骑独出，示以从容，又特地张皇六师，作必战状。虏既慑我气，复震我威，且因深入我地，隐有戒心，然后与战必克，与和自固。制服突厥，在此一举，卿但看着，虏已无能为了。”瑀乃趋退，果然待了片刻，即有突厥使臣，渡水而来，向太宗前乞和。太宗复诘责数语，来使俯首听命，乃许定和议，限期次日订盟，遣还来使，才返驾回宫，越日又亲幸城西，与颉利相会，就在便桥上面，用白马为牲，歃血立约，颉利欣然领命。盟约既定，彼此麾兵退还，太宗始将执失思力放归。萧瑀复入请太宗道：“前未与突厥修和，诸军争请出战，独陛下未许，臣等颇以为疑，既而虏骑自退，究竟陛下凭何神算，得如所料。”也是一个笨伯。太宗道：“朕看突厥部众，虽多不整，君臣上下，唯贿是求。当他请和时，可汗独在水西，达官多来谒朕，朕若诱令宴会，乘醉缚住，一面发兵袭击，势如摧枯，再遣长孙无忌李靖伏兵豳州，截他归路，虏若奔还，伏兵前发，大军后追，管教他全军俱覆，片甲不回。不过因朕初即位，国家未安，百姓未富，一与虏战，结怨必多，他若由怨生惧，勤修武备，就令一时不敢入边，他日必来报怨，为患转日甚了。朕所以卷甲韬戈，啗以金帛，彼得所欲，退归本国，志骄气盈，不复设备，然后养威俟衅，一举可以灭虏了。将欲取之，必姑与之，就是这种计策。卿难道未晓么？”计算固胜人一筹。瑀乃再拜道：“陛下胜算，原非愚臣所可及呢。”

既而颉利可汗，献入马三千匹，羊万口，太宗不受，但敕归所掠中国人口，且引诸卫将士，习射殿廷，当面晓谕道：“戎狄侵陵，无代不有，患在边境少安，人主便佚游忘战，所以寇警猝发，无人敢御，今朕不令汝等穿池筑苑，但愿专习弓矢，居闲无事，朕可为汝等教师。突厥入寇，朕即为汝等统帅，庶几我国人民，可得少安了。”将士相率拜服。嗣是每日朝毕，必教射殿庭，太宗亲自考校，严定赏罚。或谓：“朝廷定律，兵刃至御前，例当处绞，今命将卒习射殿庭，万一狂夫窃发，为害甚大。”想又是萧瑀封德彝等所言。太宗微笑道：“帝王视四海为一家，全国人民，均朕赤子，朕一一推心置腹，何患不服？奈何把禁中宿卫，先加猜忌呢？”将士等得了此谕，益自感奋，不到数年，尽成精锐。

太宗以改元将届，订旧制，创新仪，定勋臣爵邑，降宗室郡王为县公，立子承乾为皇太子，召张元素为侍御史，擢张蕴古为大理丞，虚衷纳谏，励精图治，转眼间已是残腊，诏定次年为贞观元年。到了元旦，太宗率百官先朝太上皇，然后御殿受朝。嗣是成为常例，不消细述。越日，大宴群臣，命奏：秦王破阵乐，太宗语群臣道：“朕昔受命专征，民间遂有此曲，虽未足以言文德，但为功业所由成，未敢遽忘，朕所以命奏此乐呢。”封德彝起立进言道：“陛下以神武平海内，文德何足比拟呢。”不脱佞臣口吻。太宗道：“戡乱以武，守成以文，文武两途，当随时互用，卿谓文不及武，未免失言。难道以马上得天下，便可以马上治天下么？”封德彝碰了一鼻子灰，自觉赧颜，勉强坐下，再饮了几杯，方各散席，谢过了宴，鱼贯而出。小子有诗咏道：

隋家都为佞臣亡，遗孽留贻到盛唐。
我怪文皇原有识，如何尚使列朝堂。

又越数日，接得泾州警报，燕郡王李艺，竟造反了。那时免不得有调兵遣将等情，容至下回续叙。

好色为英雄所不讳，但既为弟妇，就是艳丽动人，亦岂可纳为嫔御，此在普通人民，犹知不可，况身为储贰，不日将登大宝乎？唐太宗为一代贤君，顾渎伦伤化如此，宜唐室之女祸为独炽也。但杨氏之对于太宗，有杀夫之仇，既不能死，复委身事之，男无行，女无耻，等一秽恶耳。本回连类并诛，描出当时情事，非以导淫，实以儆恶。其有关于风化者，亦岂少哉？若夫突厥入寇，直抵便桥，太宗从容却敌，片语定盟，盖其玩突厥于股掌之上，故能操纵如意，控驭有方，彼萧瑀封德彝辈，亦安足语此？大抵叙述古人，当贬则贬，当褒则褒，绝无私意存于其间，方成信史，观此回益知褒贬之固有真也。

第十五回　偃武修文君臣论治　易和为战将帅扬镳

却说李艺自受封燕王，从征窦建德刘黑闼二寇，积有战功，入朝授左翊卫大将军，甚邀宠眷。见第十一回。艺渐渐骄倨，把朝廷上面的王公大臣，统已看不上眼，凡秦府中的僚佐，与他相遇，他更冷嘲热讽，窘辱多端。高祖恐他在京滋事，且因突厥犯边，意欲借他威名，作为镇压，特命兼领天节军将，出镇泾州。及太宗即位，进艺开府仪同三司，艺因前时得罪秦府中人，心下很是不安，遂有意谋反，借着阅武为名，调集兵士，又伪称奉密诏入朝，竟带着大众，直趋豳州。豳州刺史赵慈皓，出城迎谒，他领兵入城，便与慈皓商议，背叛朝廷，把豳州据为己有。慈皓佯为赞成，暗中却着人飞奏，一面与统军杨岌，密谋诛艺，太宗闻报，即命长孙无忌尉迟敬德两人，统兵往讨。王师方发，已为艺所闻，暗地调查，知是慈皓奏请发兵，因将他拘系狱中。时杨岌已召集州军，出艺不意，攻入城中，艺仓皇拒战，竟至败绩，遂弃了妻孥，只带了亲卒数百骑，投奔突厥，行至宁州，骑卒次第溃散，单剩了数十人，料知艺不能再振，乐得将艺刺死，枭取首级，献送京师。正是死得不值。艺妻孟氏，由杨岌饬兵拿下，并放出赵慈皓，严行鞫治。孟氏自言为女巫所误，原来济阴有李氏女，自言能通鬼神，善疗人疾，辗转流入京都，适值艺挈眷留京，孟氏素好迷信，召女巫入见，问明未来祸福。李氏女见了孟氏，遽倒身下拜，极言孟氏具大贵相，他日必为天下母。孟氏信以为真，又令女视艺，女复信口乱言；谓妃贵即由王贵，现已红光露面，指日当有异征，于是艺遂有叛志。孟氏更从旁怂恿，仓猝一举，便即夷灭。看官！你想巫觋邪言，可信不可信呢？为迷信邪言者作一棒喝。无忌及敬德，驰至豳州，已是光天化日，浩荡升平。当下将艺眷属，押还长安，一古脑儿枭首市曹，不留一人。俗小说中捏造罗成姓名，谓系艺子，殊属可笑。还有幽州都督王君廓，因长史李玄道，尝用法裁制，错疑是朝廷授意，私下猜嫌。太宗亦闻他不守法度，召他入京。他启行至渭南，驿吏稍稍不恭，竟将驿吏杀死，也向突厥奔去，中途为野人所杀，函首入都。太宗顾念前功，特令将遗尸收还，连首埋葬，且加恤妻孥，后经御史大臣温彦博，奏称君廓叛臣，不宜沿食封邑，乃废为庶人。就便带过王君廓，免得另起炉灶。这且按下不提。

且说太宗知人善任，从谏如流，凡中书门下，及三品以上，入阁议事，必令谏官随着，有失辄谏，又命京官五品以上，更宿中书内省，每当延见，必问民疾苦，及政事得失，且尝诏廷臣举贤，各长官均有荐引，独封德彝一无所举。太宗问及情由，德彝答道：“臣非不尽心，但今日未有奇才，因此不敢妄举。”太宗怫然道：“君子用人如器，各随所长。自古人君致治，难道能借才异代么？患在自己不能访求，奈何轻量当世？”德彝无言可答，怀惭而出。先是仆射萧瑀，与德彝善，尝荐为中书令，至太宗践阼，瑀与德彝论事廷前，德彝未尝创议。及瑀已议决，方吹毛索瘢，淡淡的指摘数语，或且待瑀趋退，然后极言驳斥，连太宗也堕入彀中，往往变更前议，不令瑀闻。是谓之奸险。房玄龄杜如晦长孙无忌尉迟敬德等，以佐命首功，得列爵封邑，德彝对着数人，格外巴结，所以房杜诸贤，也亲近德彝，疏忌萧瑀。瑀积愤不平，上书弹劾德彝，反忤上旨。会瑀及陈叔达忿争上前，皆坐不敬罪免官，德彝竟得为仆射，偏偏天不阼年，竟畀他生了一场大病，呜呼毕命，侍御史唐临，才摭拾德彝奸状，说他尝佐导隐太子，及海陵刺王，谋害陛下，因是太宗动怒，追削德彝官爵，改谥为缪，仍用瑀为左仆射。瑀与德彝，相去亦不能以寸。且尝引魏征入卧内，谘询军国重事，令他直陈无隐。想是防封德彝覆辙。征亦感怀知遇，知无不言，言无不尽，太宗迁征为尚书右丞。或讦征与亲戚有私，奉诏遣御史大夫温彦博案验，查无实据，彦博入白太宗道：“征不顾形迹，自避嫌疑，心虽无私，亦当预戒。”太宗乃令彦博谕征，征越宿入朝，面奏道：“臣闻君臣同体，应相与尽诚，若上下俱存形迹，恐国家兴衰，尚未敢知，臣却不敢奉诏。”太宗瞿然道：“卿言亦是。”征又再拜道："臣幸得奉事陛下，愿使臣为良臣，勿使臣为忠臣。"太宗道："忠臣良臣，有什么区别？"征答道："稷契皋陶，君臣同心，安享尊荣，便是良臣。龙逢比干，面折廷争，身死国亡，便是忠臣。"太宗甚喜。赐绢五百匹。

一日，太宗召集群臣，从容坐论，征亦在侧。太宗道："朕闻西域贾胡，贾胡，是胡人之为商贾者。购得美珠，恐为人窃，特剖身藏着，此事可得闻否？"众臣道："诚有此说。"太宗道："如贾胡所为，人皆笑他爱珠亡身，若官吏受赃，与帝王好利，卒致身家两败，岂不是与贾胡相等么？"征随口答道："昔鲁哀公与孔子言，谓人有徙宅忘妻，孔子答称桀纣且忘自身，比忘妻还加一等，这与贾胡事亦觉相类。"太宗道："诚如卿论。朕与卿等须自知保身，同心一德，方免为人所笑哩。"征等俱齐声遵旨，太宗又问征道："人主如何为明，如何为暗？"征对道："兼听即明，偏听即暗。昔尧清问下民，所以有苗罪恶，得以上闻。舜明四目，达四聪，所以共鲧驩兜，不能蒙蔽。秦二世偏信赵高，被弑望夷；梁武帝偏信朱异，饿死台城；隋炀帝偏信虞世基，也变起彭城阁中，惨遭缢死。可见得人君偏听，非危即亡，必须兼听广纳，近臣乃不得壅蔽，下情无不上达了。"千古名言。太宗点首称善。复问道："齐后主周天元，均重敛百姓，厚自奉养，力竭致亡。譬如馋人自啖己肉，肉尽必毙，这真所谓愚人哩。但二主究孰优孰劣？"征对道："齐后主懦弱，政出多门。周天元骄暴，威福在己，虽同是亡国，齐后主要算是尤劣了。"归重主权，未免过于专制。太宗亦叹为知言。征容貌不过中人，独有胆略，常犯颜苦谏，就使逢着上怒，亦必再三剖辩，卒能启迪主聪。太宗尝得佳鹞，置诸臂上，与鹞为戏，忽见征入内奏事，忙将鹞藏匿怀中。征佯作不见，故意絮陈，历久乃退。太宗始探怀取鹞，鹞竟匿死。会令征谒告上冢，征事毕复命，且启奏道："闻陛下欲幸南山，严装已就，何故迟迟不行？"太宗微笑道："前日原有此意，恐卿或来劝阻，是以中止。"征乃下拜道："征怎敢胁制陛下？不过职司补衮，容当尽言，陛下能爱惜物力，遏绝私欲，天下不足虑了。"

太宗又令戴胄为大理少卿，谳狱无冤。孙伏伽为谏议大夫，秉公无隐。李乾祐为侍御史，执法不阿。祖孝孙定雅乐，正音不乱。又进王珪为侍中，珪奉诏入谢，适有一美人侍立御前，由珪瞧将过去，似曾相识，便故作窥视状。太宗指语珪道："这是庐江王瑗的侍姬呢。瑗闻她有色，杀死她夫，强行占纳。如此行为，怎得不亡？"珪答道："陛下以庐江为是呢，为不是呢？”以子之矛，制子之盾。太宗道：“杀人取妻，还要说什么是非？”太宗亦自忘其身。珪又道：“臣闻齐桓公至郭，问父老云，郭何故至亡？父老谓他善善恶恶，是以至亡。桓公益加疑问，父老谓郭君善善不能用，恶恶不能去，所以至亡。今陛下既知庐江王过失，复纳庐江王侍姬，臣以为圣心必赞成庐江，否则何故自蹈覆辙呢？”太宗不禁爽然道：“非卿言，朕几怙过了。”待珪趋出，即将侍姬放归母家。太宗尝令祖孝孙教宫女乐，偶不称旨，为太宗所责。珪邀温彦博入谏道：“孝孙雅士，今乃令教宫人，更加谴责，毋乃非宜。”太宗怒道：“卿等当竭忠事朕，奈何为孝孙作说客呢？”彦博免冠拜谢。珪独不拜，且复道：“陛下以忠勖臣，今臣所言，便是忠直，难道心存私曲么？”太宗默然不答。珪竟趋退，彦博亦去。次日，太宗临朝，语房玄龄道：“从古帝王纳谏，原是难事。朕昨责二卿，今已自悔，卿等勿为此不尽言呢！”既而用房玄龄杜如晦为仆射，魏征守秘书监，参预朝政。玄龄善谋，如晦善断，太宗每与玄龄谋事，必召如晦决定可否。及如晦到来，往往请如玄龄言。二人同心辅国，谋定后行，又能引拔士类，常如不及，因此唐室贤相，必推房杜。魏征直言敢谏，每事纳忠，自贞观元年至四年，唐室大治，岁断死囚止二十九人，几至刑措。斗米价只三钱，东至海，南至五岭，皆外户不闭，行旅不赍粮，取给道旁。史所谓海宇乂安，中外恬谧，却是话不虚传，并非粉饰太平呢。极力赞扬。

太宗复因民少吏多。定议裁并，分中国为十道，列表如后文：

关内道，领雍华同商岐邠陇泾原宁庆鄜坊丹延灵会盐夏绥银丰胜等州。河南道，领洛汝陕虢郑滑许颍陈豫汴宋亳徐泗濠郓齐曹濮淄青莱棣兖海沂密等州。河东道，领蒲晋绛汾隰并汾箕沁岚石忻代朔蔚泽潞等州。河北道，领怀魏博相卫贝邢洺桓冀深赵沧德易定幽瀛燕北燕檀营平等州。山南道，领荆峡归夔澧朗忠涪万襄唐随邓均房郢复金梁洋利凤兴成扶文集壁巴蓬通开隆果渠等州。陇右道，领秦渭河鄯兰武洮岷廓叠宕凉瓜沙甘肃等州。淮南道，领扬楚滁和寿庐舒光蕲黄安申等州。江南道，领润常苏湖杭睦越衢婺括台福建泉宣歙池洪江鄂岳饶信虔吉袁抚潭衡永道郴邵黔辰夷思南等州。剑南道，领益嘉眉印简资嶲雅黎茂翼维松姚戎梓遂绵始合龙普渝陵荣沪等州。岭南道，领广韶循潮康泷端新封潘春罗南石高东合崖振邕南方简浔钦尹象藤桂梧贺连昆静乐南恭融容牢绣郁越南义交陆峰爱驩等州。

十道既定，分疆设守，唯朔方尚为梁师都所据，未曾告平，乃遣右卫大将军柴绍，往讨梁师都，薛万均兄弟为副。师都势已日蹙，又为夏州长史刘旻，及司马刘兰成，屡出轻骑，蹂躏禾稼，且多纵反间，诱降师都部将李正宝等，以致师都益危，大有朝不保暮的形景。刘旻等复入据朔方东城，进逼师都。师都忙向突厥告急。颉利可汗发兵驰援，会同师都，直薄城下，时已日暮，但见城上并无旗鼓，亦无守卒，好象一座空城。师都不免动疑，遂与突厥兵分地扎营，拟待明晨合攻，不意到了夜半，城内突闻鼓声，一彪军开城杀出，统将正是刘兰成。师都先自惊惶，弃营亟走。突厥兵也支撑不住，相继遁去，被兰成追击一阵，伤毙甚多。颉利闻部众败还，大发兵救师都，可巧柴绍等领军驰至，前驱薛万均万彻，与突厥兵相遇，奋力横击，杀死突厥骁将。突厥兵又复惊溃，遂进围师都。朔方天寒，暮春犹雪，羊马多冻死，突厥兵竟引还本国，师都孤立无助，当然危急万分。唐军围攻数日，因城郭坚固，尚不能拔，大众请班师回朝，万均道："诸君不见城头黑气，及城上凄音么？破亡有兆，何患不下？"未几城中食尽，果由师都从弟洛仁，刺杀师都，举城降唐。师都自起兵至灭亡，历十二年，凡隋末群雄中，要算他历年最久，至是同归于尽，于是中国全境，才得统一。唐廷接得捷音，号朔方为夏州，进柴绍为左卫大将军，万均为左屯卫将军，万彻为右屯卫将军，是时绍妻平阳公主已早逝世，追谥为昭。补叙平阳公主之殁，不没娘子军威名。绍还朝后，复出为华州刺史，加镇东大将军，徙封谯国公；既而亦殁，追谥为襄。夫妇俱以功名终身，好算是妻荣夫贵，全唐无比了。这且不必细表。

且说突厥强盛时，统领朔漠诸部落，威振塞外，至突厥分为东西，各部落逐渐分离，或属东突厥，或属西突厥，小子查得当时部落，计一十有五，特为录述如下：

薛延陀　回纥　都播　骨利干　多滥葛　同罗　仆骨

拔野古　思结　浑斛薛　奚结　阿跌　契苾　白霫　颉利

这十五部皆居碛北，自颉利政衰，薛延陀回纥等皆叛颉利。唐鸿胪卿郑元璹，奉太宗命，往觇虚实，及还都复旨，进白太宗道："突厥将亡国了。不但各部分散，均有贰心，就是年岁洊饥，民馁畜瘦，也是必亡的预兆，臣料他不出二三年呢。”太宗频频点首。侍臣等闻元璹言，多劝太宗乘间往击，太宗道：“朕与突厥新盟，口血未干，背盟不信，利灾不仁，乘危不武，就使他种落尽叛，六畜无遗，朕也不欲进击，必待他自来寻衅，然后往讨，那时师出有名，当可一鼓成功了。”侍臣等乃无言而退。偏太宗尚是延挨，颉利竟自速祸，他因薛延陀回纥诸部，陆续叛去，特令突利可汗，率众往击。突利连战连败，甚至所辖诸地，亦多失去，乃轻骑奔还。颉利召突利入帐，厉声诘责，加以鞭挞，幽禁至十余日，才行释放。突利自是生怨，欲叛颉利，颉利且向突利征兵，突利不答，遣使驰入唐都，表请入朝。太宗语侍臣道：“曩时突厥甚强，控弦百万，凭陵中夏，无人敢当，因此骄恣无道，自失民心。今困穷至此，自请入朝，朕不能不喜，又不能不惧。诸卿试想！突厥衰微，无暇入寇，边境从此得安，岂不是可喜么？但朕或失道，他日亦与突厥相似，岂不更可惧么？卿等宜随时纳谏，辅朕不逮，庶不致蹈彼覆辙呢。”能知此道，何患不兴。群臣皆翕然受命。

会颉利闻突利降唐，特发兵往攻，突利又遣使至长安，乞请援师。太宗又召群臣入议，先示谕道：“朕与突利为兄弟，有急不可不救，但与颉利也是同盟。转觉进退两难，卿等以为何如？”杜如晦即应声道：“臣意以为当伐颉利，戎狄有何信义？终当负约，今有机可乘，坐弃不取，后悔将无及了。古人有言：‘取乱侮亡’，愿陛下出自英断，即速发兵。”太宗虽然称善，意中却主张从缓，但命整备军需，观衅乃动。不意颉利竟来犯边，廷臣请修筑古长城，发民戍堡，阻遏寇锋。太宗微哂道：“突厥灾异相仍，颉利不惧，反增暴虐，甚且骨肉相攻，自取败亡，朕方欲与公等扫清沙漠，难道还要劳动人民，远修堡塞么？”于是遣使至薛延陀，册封酋长夷男为真珠昆伽可汗，赐以鼓纛，令他南图颉利，夷男方为诸部所推戴，欲正汗位，忽接大唐来使，非常欢迎，优礼相待，当下遣弟统特勒，随唐使入贡。太宗赐他宝刀及宝鞭，并面谕道：“归语尔兄！所部中或有大罪，用此刀处斩，小罪用此鞭作笞，幸勿宽纵为要！”统特勒谢赐而还。返报夷男，欣喜不置，遂在郁督军山下，建牙设帐，号令近部，凡回纥拔野古阿跌同罗仆骨白霫诸部，统皆归附，且拟进军突厥，为唐效力。颉利闻这消息，方才惶恐，始向唐遣使称臣，愿尚公主，修婿礼。已是迟了。太宗语来使道：“汝主颉利，与朕同盟，朕好意待遇，始终如一。前援我叛寇梁师都，已是背盟，嗣闻引兵退去，朕还道汝主自悔，愿守前盟，所以朕亦不再加兵，今突利可汗，表请入朝，他是有心效顺，与汝何干？汝主反去攻他，且无端犯我边境。汝主自思！应该不应该呢？朕正要兴师问罪，汝主还妄想和亲，真是可笑！汝去转报汝主，欲要保全性命，不如自缚来降。”来使不敢多言，叩别自去。

可巧代州都督张公谨，也表陈六议，备言突厥可取状，乃于贞观三年十一月，命兵部尚书李靖为行军总管，统兵北征，即以张公谨为副，再令李世勣薛万彻等，为诸道总管，分路进兵。共计兵士十余万，均受李靖节度，大军方发，突利已驰驿来朝，由太宗温颜接见。突利拜舞毕，问答数语，令入使馆听命，随语侍臣道：“从前太上皇仗义起兵，不惜称臣突厥，朕尝引为疚心。今单于稽颡，北狄将平，庶几可雪前耻了。”既而蛮酋谢元深等，依次朝贡。中书侍郎颜师古，请作王会图，留示后世，有诏准奏。贞观三年冬季，户部钩考人口，列为表册，计中国人自塞外归国，及四夷前后降附，共得男女一百二十余万口，太宗览表，亦颇喜慰。至贞观四年仲春，接到北征军捷报，乃是李靖率骁骑三千，自马邑进兵，袭破定襄，颉利仓猝遁去，番目康苏密迎降，献出隋萧后及杨政道二人，为这两人俘献，又惹出太宗一段情史来了，正是：

故后偷生重作俘，英君好色又生心。

欲知萧后及杨政道，究竟如何发落，且至下回叙明。

唐太宗为一代贤君，当即位初年，犹觉励精图治，如恐不逮，故本回不欲从略，特就君臣相儆之词，凡关系重要者，撮要录述，明致治之由来，为后世之模仿，其寓意固甚深也。然于封德彝之好佞善谗，亦不肯略过，萋斐贝锦，职为乱阶，明如太宗，犹且为佞臣所蒙，况不如太宗者乎？唯太宗既勤内治，复善外攘，国未靖则姑与突厥言和，敛锋以避之，国已靖则始与突厥言战，声罪以讨之，且册夷男，纳突利，以夷攻夷，卒雪前耻而告成功，驭外之道，莫善于此，太宗其可与言文治，抑可与言武略者乎？

第十六回　获渠魁扫平东突厥
统雄师深入吐谷浑

却说太宗接着捷音，即降敕一道，颁给李靖，令送萧后及杨政道入都，靖当然遵旨，遣使送二人至长安。太宗坐着便殿，召二人入见。杨政道年尚幼稚，拜伏殿前，身子却颤个不住，连话语都说不清楚。独萧后是见多识广的人，毫不惊慌，从容走近案前，方屈膝下拜道："臣妾萧氏见驾，愿陛下万岁！"一见太宗，即自居妾媵，可谓不知廉耻。这两语才说出口，几似那呖呖莺声，宛转可爱。太宗垂目下视，但见她髻鸦高拥，鬟凤低垂，领如蝤蛴，腰似杨柳，还有一双莲钩儿，从裙下微微露出，差不多只二三寸，〔编者按：唐人天足，此处系虚构。〕不禁暗暗想道："萧后虽有美名，但至今也好有四十多岁了，为何尚这般袅娜，莫非假冒不成？"便柔声启问道："你果是隋后萧氏么？"萧氏答声称是。太宗又道："既是隋朝皇后，请即起来！"萧后称谢，才袅袅婷婷的立将起来，站在一边。太宗再行端详，徐娘半老，丰韵具存，眉不画而翠，面不粉而白，唇不涂而朱，眼似秋水，鼻似琼瑶，差不多是褒姒重生，夏姬再世。上文是萧后跪着，故但叙其形声，不及面目，此时已是立着，故独叙面目，不及形声。太宗又自忖道："这真是天生丽姝，与我巢刺王妃杨氏，好似一对姊妹花哩。"褒姒夏姬天然比例，复添一个巢刺王妃，更是现成对偶。遂命赐宅京师，令左右引出萧后及杨政道，就宅居住。太宗还宫后，心下尚想念萧后，甫越二日，即召她入宫，问及隋室故事。萧后一一应对，并述炀帝奢侈过度，所以致亡。太宗又问在突厥时情形，宇文化及据住六宫，萧后亦曾被淫，何不问及？也经萧后详叙一番，且泣请道："臣妾迭遭惨变，奔走流离，此后余生，全仰恩赐，唯死后得给葬江都，得与故主同穴，臣妾尤衔感不尽了。"老淫妇何不早死？太宗见她楚楚可怜，益加悯惜，遂对她好语温存。萧后本是个尤物，不晓得什么节烈，但教有人爱她，无不乐从。况太宗正在盛年，生得恣表绝伦，不比那故主炀帝，昏头磕脑，毫无威仪，此时既已入宫，乐得攀龙附凤，再享几年欢乐，于是拿出生平伎俩，浅挑微逗，眉去眼来，那太宗渔色性成，连弟妇且充作妃妾，何论一个亡国故后，彼此情意相同，自然如漆投胶，熔作一片，趁着闲暇的时候，便同去上阳台梦了，这且慢表。

且说突厥主颉利可汗，被李靖袭破营帐，奔往碛石，正思营垒自固，不料唐并州都督李世勣，又自云中杀来，颉利忙遣兵防御白道，偏又为世勣所破，料知碛石亦不能守，复窜入铁山，一面令执失思力，赴唐都谢罪，情愿举国内附。太宗乃遣鸿胪卿唐俭，将军安修仁，同往抚慰，又诏令李靖率兵往迎。靖既接诏，语副将张公谨道："颉利虽败，部众尚盛，若走度碛北，后且难图。为今日计，宜乘诏使到虏，发兵掩击，虏以为有诏往抚，必不相防，我军一至，不及趋避，必为我所擒了。"公谨道："诏书许降，行人已往，若我发兵袭击，虽可必胜，但行人得毋被害么？"靖复道："机不可失，韩信破齐，就用此策，唐俭等何足惜呢？"顾己不顾人，未免太忍。遂勒兵夜发。适值世勣亦率军来会，两下叙谈，意见从同，于是靖为先驱，世勣为后应，沿途遇着突厥逻卒，一律擒获，令作向导。颉利可汗，方接着诏使，闻已许降，心下甚慰，正在设宴款待，忽有亲卒入报道："唐兵已到，去此不过十里了。"颉利大惊，瞠目视唐使道："这……这是何故？大唐天子，既许我归附，复出兵到此袭击，难道也这般无信么？"唐俭等忙起座道："可汗不必惊疑，我两人从都中来此，未曾到过李总管军前，想是李总管尚未接洽，所以率军前来，若由我两人出去拦阻，定可令他回军，愿可汗勿虑！"说毕，即携手出帐，跨马加鞭，竟自驰去。亏得有此一着，才保生还。颉利听唐俭言，也信为实情，待俭等去后，尚以为不必设防，眼巴巴的望他退军。哪知帐外警报，络绎驰至，有说是唐军只相距七里，有说唐军只相距五里，于是出营遥望，果然唐军浩浩荡荡，疾驰而来，自知不及整兵，慌忙跨上千里马，轻身逃去，部众相继四窜。唐军闯入大营，如入无人之境，东斫西砍，杀死多人，复踹入帐后，见有一个盛装妇人，及一个少年男子，抖做一团，也不去问明谁氏，一抓便走。还有帐内外许多番男番女，未及奔逃，都由唐军用索捆缚，一串一串的扯牵了去。霎时间番营荡平，由李靖李世勣择地安营，检点俘虏，不下数万。唯查得盛装妇人，乃是颉利的可敦，便是四次嫁人的义成公主。靖责她无耻，推出斩首。杀得好。再鞫问少年男子，系是颉利子叠罗支，便令囚入槛车，解送京师。

先是颉利可汗，尝命启民母弟苏尼失为沙钵罗设，突厥官名。督部落五万家，建牙灵州西北。及颉利势衰，诸部携贰，独苏尼失尚无违心。颉利走依苏尼失，欲与他同奔吐谷浑。苏尼失迟疑未决，会李靖奏凯还师，但檄令灵州总管任城王李道宗，太宗族弟。出兵追捕颉利。道宗即贻书苏尼失，令执送颉利来献，一面遣副总管张宝相，率军进逼，颉利闻了消息，走匿荒谷。苏尼失闻唐军将到，无法抵御，只好驰追颉利，到处搜寻，才将颉利拘住，返归营帐，巧值唐军掩至，遂把颉利作了贽仪，举众出降，漠南自是无虏廷了。颉利被执至长安，由太宗御顺天楼，盛陈仪仗，召见颉利。颉利俯伏请罪，太宗朗声诘责道："汝籍父兄遗业，淫虐人民，自取灭亡，这是汝第一大罪。与我屡盟，复向我屡叛，这是汝第二大罪。恃强好战，暴骨如莽，这是汝第三大罪。蹂我稼穑，掠我子女，这是汝第四大罪。我欲宥汝，遣使招抚，汝尚迁延不来，这是汝第五大罪。但念汝自便桥以后，总算不甚入寇，尚有一半顾忌，我便待汝不死，汝休要再不知感哩！"颉利闻言，且泣且谢。太宗乃命太仆寺引去颉利，好意管待，给以廪饩。加封李靖李世勣为光禄大夫，各给绢帛，颁诏大赦，赐民五日酺。上皇正徙居大安宫，闻颉利成擒，不禁喜慰道："汉高祖困白登，终不能报，今我子能灭突厥，付托得人了，尚有何忧？"太宗进谒上皇，即奉上皇至凌烟阁，召集诸王妃主，及贵戚近臣十余人，置酒列宴，饮至半酣，上皇自弹琵琶，太宗起舞，诸王等更迭奉觞，为上皇寿。太宗兴高采烈，流连忘倦，直饮到夜静漏迟，方才散席。太宗仍奉上皇还大安宫，余众散归，不必细述。

唯东突厥既已灭亡，余众或西奔西突厥，或北附薛延陀，尚有十万口降唐，拟筹安插，太宗乃诏令群臣妥议方法。当时魏公裴寂，坐罪免官，旋即病殁，蔡公杜如晦，亦抱病谢世，二人为佐命功臣，故就此插叙，作一了结。唐廷上面的大臣，要算仆射梁国公房玄龄。玄龄奉到诏敕，不申己见，专采集众议以闻。中书侍郎颜师古，请就河北安置降众，分立酋长，管领部落，方保无虞。礼部侍郎李百药，竟与师古略同，但请在定襄置都护府，作为统驭，才是安边长策，独温彦博请仿汉建武故事，会降众齐居塞下，因宜适性，令为中国捍蔽，既足全彼生齿，复足实我边疆，好算是一举两得的良法。太宗汇览各议，意欲从彦博所言，遂召彦博入商。秘书监魏征，也入朝参议，便勃然奏阻道："突厥世为寇盗，与中国寻仇不已，今幸得破亡，陛下因他降附，不忍尽诛，自宜纵归故土，断不可留居中国，从来戎狄无信，人面兽心，弱即请服，强即叛乱。今降众不下十万，数年以后，蕃息倍多，必为心腹大患。试想西晋初年，诸胡与民杂居内地，郭钦江统，皆劝武帝驱出塞外，借杜乱源，武帝不从，沿至二十年后，伊洛一带，遂至陆沉，往事可为明鉴，奈何不戒？"魏征此言，较诸颜李两仪，尤为痛切。彦博偏答辩道："王者无外，待遇万物，好似天无不覆，地无不载，今突厥穷来归我，奈何拒却不受？孔子有言：'有教无类。'若拯彼死亡，授他生计，教以礼义，数年后尽为吾国赤子。又复简选酋长，令入宿卫，彼等畏威怀德，趋承恐后，有什么后患呢？"太宗点首称善。无非好大喜功。征见太宗已偏向彦博，料难挽回，乃默然趋出，彦博亦退。

太宗即敕令突厥降众，处置塞下，东自幽州，西至灵州，皆为降众居地。又分突利故地为四州，颉利故地为六州，左置定襄都督府，右置云中都督府，分统降众，封突利为右卫大将军北平郡王，兼顺州都督，突利受命辞行，太宗面谕道："尔祖启民，避难奔隋，隋立为大可汗，奄有北荒。尔父始毕，反为隋患，天道不容，乃使尔乱亡至此。我本想立尔为可汗，因念启民故事，可为寒心，是以幡然变计。今命尔都督顺州，尔应善守中国法律，毋得侵掠，不但使中国久安，亦使尔宗族永保呢。"突利拜谢而去。太宗再命颉利为右卫大将军，留住京中，苏尼失擒酋有功，特封为怀德郡王，寻授宁州都督。还有阿史那思摩，系随颉利入京，未尝请降，太宗因他忠事故主，特别加抚，授右武侯大将军。嗣复晋封怀化郡王，兼化州都督，使统颉利旧众。此外降附的番目，如执失思力以下，皆授官有差。计五品以上凡百余人，几与朝臣相半，因此番臣入居长安，约近万家。太宗亦未免滥赏。唯颉利留京日久，郁郁不乐，渐渐的形容憔悴，面色衰羸。太宗有时相见，颇为怜悯，乃与语道："卿形枯骨瘦，大约在京不便，故至如此。朕闻虢州地多麋鹿，可以游畋，卿若愿往，朕不妨命为刺史，卿得借此消遣，庶几安享天年。”颉利下拜道：“臣系待罪余生，仰蒙陛下洪恩，得陪辇毂，此后得保全骸骨，已是万幸，所有特诏，不敢拜赐了。”太宗乃止。

至贞观七年冬季，太宗从上皇置酒未央宫，颉利等亦奉召入宴，酒过数巡，上皇命颉利起舞，及南蛮酋长冯智戴咏诗。颉利没法推辞，不得已起身下阶，作蛮夷舞。上皇喜语太宗道：“胡越一家，为从古所未有呢。”太宗捧觞上寿道：“今四夷入臣，皆陛下教诲所及，臣儿智力，未能及此。昔汉高祖亦尝从太公置酒此宫，妄自矜夸，愚见窃所不取哩。”上皇益喜，殿上齐呼万岁。既而退席，颉利愈增惭赧，自是恹恹成病，不到两月，竟尔死了。太宗命从突厥旧俗，焚尸乃葬。追赠归义王，谥曰荒。颉利子叠罗支，自被俘入京，太宗仍令他侍奉颉利，他独具有至性，事父尽孝，父死，哭泣甚哀。事为太宗所闻，不觉叹息道：“天禀仁孝，不闲华夷，莫谓胡虏无人呢。”遂厚赐金帛，令袭职终身。录此以风世。苏尼失闻颉利死，悲不自胜，也至毕命。突利居顺州数年，奉召入朝，暴死并州道中。太宗令中书侍郎岑文本，撰文为记，刻勒两汗墓碑中，东突厥事，自是了结。唯西突厥据境如故，后文自有表见，容且再表。

且说东突厥既平，四夷君长，多诣阙入朝，推太宗为天可汗。太宗道：“朕为大唐天子，又下行可汗事么？”四夷君长，齐称万岁，且言：“外俗以可汗为尊，不识‘天子’二字的名义。今称陛下为天可汗，令外俗知可汗以上，又有天可汗，自然益加畏服了。”太宗暗思夷酋所言，恰也有理，遂当面应允，各夷酋舞蹈退朝。嗣是颁给玺书，敕赐西北君长，皆钤盖天可汗三字。其实未当。贞观四年。高昌王麹文泰入朝，越年，林邑新罗入贡，康国也求内附，太宗以康国僻居西域，缓急不便往援，特却使不受。群臣以太宗威振中外，屡请封禅。太宗初意不从，怎禁奏牍连登，再四乞请，也不由的惹动雄心。独魏征入朝谏阻，太宗道：“卿不欲朕封禅，莫非因功未高，德未厚，中国未安，四夷未服，年谷未登，符瑞未至么？”征慨然答道：“陛下所说六事，虽似面面俱到，但户口未复，仓廪尚虚，若车驾再行东巡，必多增一分劳费。况自伊洛以东，灌莽满目，所有远夷君长，皆当扈跸相从，引入腹地，自示虚弱，适启戎心。并且赏赉不资，难餍所欲，为了一个虚名，担受若干实害，陛下亦何苦出此？”确是至言。太宗经他一谏，方才省悟。会闻河南北数州大水，更将此事搁过一边，一面再行修政，慎刑辟，除鞭背刑，禁奴仆告主，敕百官选举县令，如有诏敕未便遵行，概令复奏。非大瑞不得表闻。畿内有蝗，捕食数枚，为民祷祝道："宁食我肺肠，毋食民禾稼。"此事太属矫情。又录死囚三百九十人，纵令还家诀别，限期来秋，再来就死。囚犯果如期皆至，因嘉他有信，一律赦宥。欧阳氏尝论纵囚之误，不为无识。郑仁基有女，貌美多才，太宗特聘为充华。唐女官名。魏征闻她已许字陆爽，即上表切谏，有诏即停止典册。会修筑洛阳宫，将作大匠窦琎，凿池筑山，雕饰华靡，为谏官所劾。太宗即令毁去，且免琎官，中牟丞皇甫德参上言："修洛阳宫，劳役增赋。俗好高髻，系是宫中所化。"太宗未免动怒，语侍臣道："德参欲国家不役一人，不收斗租，宫人皆无发，然后得如他意么？"魏征忙解劝道："言不激切，怎能回天？陛下当谅他忠直，勿事苛求。"太宗意乃渐解，徐徐答道："朕若加罪德参，何人再敢尽言？"说着，即命赐绢二十匹，寻复拜为监察御史，种种良法美意，不可胜记。唯杀瀛州卢祖尚，及大理寺丞张蕴古，未免滥刑。卢祖尚廉平公直，太宗拟遣他镇抚交阯，祖尚已经表谢，寻复自悔，托疾固辞。及一再谕往，终不受命。太宗怒他违旨，竟将他处斩。祖尚亦未尝无咎，但处以死刑，不免过甚。张蕴古尝献大宝箴，为太宗所嘉奖，特擢为大理丞。嗣因河内人李好德，素有疯疾，妄作妖言，有司将他捕治，经蕴古复讯，谓好德实系病狂，不应坐罪。偏由侍御史权万纪诬奏，略言："好德兄厚德，任相州刺史，蕴古系相州人，所以阿私所好，故意纵罪。"太宗不复查察，竟将蕴古斩决。全是冤枉。事后俱怀悔意，但已死不能复生，悔也无及了。魏征何不营救？

贞观八年冬季，吐谷浑入寇凉州，诏令李靖为西海道行军大总管，统辖诸军，往讨吐谷浑。又另简五人为行军总管，分道并进：一个是兵部尚书侯君集，为碛石道总管；一个是刑部尚书任城王道宗，为鄯善道总管；一个是凉州都督李大亮，为且末道总管；一个是岷州都督李道彦，淮安王神通子。为赤水道总管；一个是利州刺史高甑生，为盐泽道总管。五道均归李靖调度，再令蕃将执失思力，契苾何力等，带领本部遗众，随军出征。看官阅过上文，应把吐谷浑三字，早已了过，且吐谷浑可汗伏允，与唐高祖通好，入贡互市，前文亦约略表明。到了贞观年间，伏允已老，权臣天柱王用事，屡劝伏允入寇唐边。伏允昏悖糊涂，遂兴兵内犯，且拘执意使赵德楷，太宗屡遣使招谕，始终无效，乃遣左骁卫将军段志玄等，率众往击，虽然迭得胜仗，究未曾深入虏境。伏允未经大创，仍然乘隙入寇，于是太宗决意大举，李靖已进任仆射，慨然请行。太宗因他不惮年老，肯为国家效力，格外嘉许。靖与五道总管，陆续进发，任城王道宗，年壮气盛，驱军先进，直至库山，击破吐谷浑步卒，伏允可汗，想出了坚壁清野的计策，命把野草尽行烧去，独率轻兵走入碛中。道宗追了一程，不见一敌，但见火光遍野，赤地千里，自恐进军有失，方择险安营，静待后军。未几各军俱到，李靖亦至，大众聚议进行事宜。李大亮等均谓野草被烧，马无刍可食，必致疲乏，不如见机退师，侯君集独起座道："虏已败遁，鼠逃鸟散，君臣携离，父子相失，果能协力进取，易如拾芥，此时不乘，更待何时？"道宗亦赞成侯议，李靖遂依计照行，分诸军为两道。靖与李大亮等由北道入，君集与道宗由南道入。北道大军，行至牛心堆，遇着吐谷浑戍兵，一鼓击退，进至赤水源，又击走戍卒。靖部将薛孤儿，分兵进拔曼头山，斩吐谷浑名王，大获杂畜，接济军食，再会大军北进。那时南道一军，也引兵深入，昼行夜宿，直趋二千余里。四无人迹，进至逻直谷，山深径险，居然盛夏降霜。将士越进越冷，且无水可汲，无草可依，人龁冰，马啖雪，君集道宗，不生退志，好容易到了乌海，才见虏帐，当下麾兵杀入，踹破虏营。伏允仓皇遁去，番众也无心接仗，各自逃生，偏是越想逃走，越至速死，一半被唐军截脰割耳，变做了塞外冤魂。伏允狂奔至突伦川，留天柱王在赤海，天柱王拥着精锐，扼险自固。李靖偏将薛万均兄弟，冒险轻进，陷入敌中。天柱王指挥番兵，把二薛困住垓心，二薛分头冲突，不能脱围，甚至中枪失马，徒步奋斗。从骑十死六七，亏得左领军将军契苾何力，率数百骑往援，大呼突入，所向披靡。万均万彻，乘势杀出重围，与何力并军奋击，天柱王乃败北奔逃。至何力等收兵下营，李靖也领军驰到。南北军错杂写来，笔不重复。才休息了一天，靖下令拔营再进，道经碛石山河源，直穷吐谷浑西境，方探得伏允在突伦川。契苾何力愿为先锋，誓擒伏允，薛万均自惩前败，固言不可。何力道："虏无城郭，但随水草迁徙，他现在聚居一处，若非乘胜袭击，待他云散，尚得倾他巢穴么？"说毕，即自选骁骑千余，竟趋突伦川，万均乃引军后随，途次乏水，将士刺马血为饮。行至突伦川附近，天色已暮，伏允居住帐中，正想安寝，蓦闻喊声大起，鼓角齐鸣，四面八方的唐军，杀入帐中来了。正是：

将军飞骑从天降，虏酋余威扫地时。

毕竟伏允能否脱身，待至下回再详。

唐君名将，推李靖为第一人。靖入东突厥，颉利受擒，及征吐谷浑，伏允走死，战功卓著，彪炳旗常，虽未始无将佐之赞襄，而调度有方，终归统帅，卫公固人杰矣哉！俗传靖多异术，而正史无闻，故本书亦不妄阑入，但就史演述而已。至叙入萧后一节，意在暴太宗之过，虽未见正史，而稗乘所传，不为无因，直揭其事，所以惩淫也。间及太宗内治，及误杀卢张两贤，功过不相掩，所以彰善而戒失也。本回总旨，在述突厥吐谷浑两战事，而夹叙及此。乃因事迹错杂，不便从略，特作数行销纳文字，阅者幸勿视为芜琐也。

第十七回　长孙后临终箴主阙　武媚娘奉召沐皇恩

却说伏允可汗，闻唐军又复杀到，慌忙从帐后逃出，跨马疾奔，所有妻妾子女，一齐丢下。契苾何力舞刀直入，还管什么生命不生命，见一个，杀一个，见一双，杀一双，从骑紧紧随上，各仗着快利兵器，试那番众头颅。番众在昏夜中，仓猝莫辨，还疑唐军有数十百万到来，吓得没命乱跑，但教保住头皮，总算是万分侥幸，霎时间逃得精光，单剩伏允的妻妾子女，聚做一团，在帐后乱抖。何力当然不与客气，指顾军士，一一捆住。尚有杂畜二十余万，搬不胜搬，可巧万均等驰至，遂帮同移取，一古脑儿送至大军，听候李靖发落。靖闻先驱得胜，自然欣慰。适值侯君集等，也进逾星宿川，进至柏海，与靖合军。各路将帅，统行趋集，只有高甑生未至。靖待了两日，方见甑生到来，免不得责备数语。甑生怀恨在心，及靖再拟穷追，他却暗中运动诸将，意图逗挠，凑巧吐谷浑遣使至军，举国请降，表文上乃是慕容顺出名，靖询明来历，乃知伏允穷蹙，已自经死。从李靖传文，不从《通鉴》。伏允子顺为大宁王，不在军中。至伏允死后，乃驰往奔丧。番国因兵败主亡，统由天柱王一人所致，遂戴顺为主，杀了天柱王，奉表唐师，情愿投诚。靖即令飞驿驰奏，有诏封慕容顺为西平郡王，仍得统辖旧部。且命李大亮驻兵数千，暂作声援。外如李靖以下，一律还朝。靖与侯君集等，入朝复旨，太宗一一慰劳，犒赏有差。忽高甑生讦靖谋反，并阴嗾广州刺史唐举义，作为干证。太宗令有司案验，毫无实据，乃坐甑生等诬告律，减死徙边。实有可杀之罪。

既而西平郡王慕容顺，懦弱无刚，竟为国人所戕。顺子诺曷钵尚在少年，避匿得免。大臣争权，国中大乱，李大亮拟往弹压，因恐兵力不足，表请济师。太宗令侯君集引兵往援，君集星夜前进，到了吐谷浑，与大亮同入番帐。番众相率慑伏，不敢违命。君集大亮，查得乱首数人，捕获正法，余众免究，今迎诺曷钵为主，诺曷钵才放心出来，做了可汗，自是感念唐恩，遣使入朝，请颁历书，愿奉正朔，并遣子弟入侍，太宗一一允诺，且封他为河源郡王。至贞观十三年，诺曷钵驰驿入朝，太宗嘉他恭顺，特把宗女弘化公主赐给为妻。诺曷钵非常感谢，挈了公主，仍归本国去了。暂结吐谷浑事。

当李靖出征吐谷浑时，唐室忽遭大丧，太上皇一病不起，竟在垂拱殿中，宴驾归天，享寿七十一岁。太宗因居丧守制，不便临朝，特令皇太子承乾，暂行听政。过了五月，葬上皇于献陵，庙号高祖，谥曰大武。先是筑陵制度，拟仿汉长陵故事，长陵系汉高祖陵。培高九丈。秘书监虞世南上疏，略言："陛下圣德，度越唐虞，今乃以秦汉为法，似属非宜，应如《白虎通》所云，坟高三仞，以昭俭德。"疏入不报。世南复奏，太宗乃召群臣会议。房玄龄等谓汉长陵高九丈，原陵光武陵。高六丈，今九丈太崇，三仞太卑，不如仿原陵制度，以六丈为定例。太宗依议而行。葬后逾年，乃御殿如初，不意过了半载，长孙皇后又复抱病，逐日增剧，太宗心不自安，命太子承乾，日夕侍母侧。承乾欲请大赦，且延方士入宫禳灾。后呵禁道："死生有命，非人力可以挽回，若修福果可延年，我生平并未为恶，倘行善无效，我尚何求？况赦令系国家重典，佛老为远方异教，俱皇上所不愿为，怎得因我乱天下法？汝不宜妄奏！"太子乃不敢奏请，唯转告房玄龄。玄龄却入白太宗，太宗叹美不止。群臣遂请特颁赦诏，太宗已有允意，偏为皇后所闻，固请停赦，诏乃不发。会玄龄偶有小谴，令归就第，后时已大渐，与太宗诀别，呜咽陈请道："玄龄久事陛下，小心慎密，不愧忠良，若非大故，幸勿轻弃。妾家本支，因缘懿戚，得列显阶，无德苟禄，最易取祸，幸勿再委政权，但得以外戚奉朝请，已出隆恩。妾生无益于时，死不可以厚葬，愿因山为垅，毋起坟茔，毋用棺椁，器用瓦木，约费送终，庶不致增妾罪戾，愿陛下勿忘！"语语可为天下法。说至此，喉中痰已作壅，喘息了好一歇，复握太宗手道："此后陛下为政，能亲君子，远小人，纳忠谏，屏谗慝，省劳役，止游畋，妾虽死无恨了。”太宗不能无过，长孙后实是完人。太宗听到此处，不禁泪下，只是向后点头，反答不出什么言语。应有此情。后恐太宗伤心，也不欲再谈。又延了一日有余，竟瞑目而逝，年只三十六岁。如此贤后偏不永年，天道诚令人难测。

后天性仁厚，抚视庶子，几过所生，妃嫔以下，无不爱戴，训诫诸子，常以谦俭为先。胞兄无忌，本与太宗为布衣交，太宗因他为佐命元功，得出入卧内，且欲引他辅政。后固言不可，举汉吕霍事以为证。太宗不从，竟命无忌为尚书仆射，后反怏怏不悦，密令无忌辞职。无忌乃一再固辞，太宗才行准奏。后喜动颜色，方无戚容。太子承乾乳媪，请增东宫什物，后怫然道：“太子所虑，无德与名，奈何请增什物呢？”后女长乐公主，下嫁长孙冲，太宗以公主为嫡后所出，敕有司资送，视长公主加倍。唐制皇姑为大长公主，皇姊妹为长公主，皇女为公主。魏征进谏道：“昔汉明帝欲封皇子，谓我子不得与先帝子比，今陛下资送公主，反视长公主加倍，臣意窃为未解。”太宗不悦，入告后知，后叹道：“妾尝闻陛下推重魏征，不识何因，今闻征言，乃引礼义导陛下，这真是社稷臣呢。”太宗乃改令减损资奁，并赐征帛四十匹，钱四十万，后亦遣中使赍帛赐征，且传语道：“闻公正直，今才得实，愿公常守此志，勿少变更呢！”征自是不惮极言。太宗一日罢朝，退语后道：“我总要杀此田舍翁。”后问田舍翁为谁？太宗道：“便是魏征，他屡来絮聒，且尝廷辱朕躬，所以必杀死了他，才得泄恨。”观此言，可知太宗纳谏，非出真诚。后闻言退出，添着朝服，复入内拜贺道：“妾闻主明臣直，今朝有直臣魏征，就是陛下的圣明呢。”太宗乃转怒为喜，待遇魏征，优礼如初。后生平最喜观书，虽容栉不少辍，尝采古妇女得失事，为女则三十卷，及崩后，始由宫司奏闻，太宗随阅随泣，览毕举示近臣道：“皇后此书，实足垂范百世，朕非不知天命，为无益的悲恸，但入宫不闻规诫，失一良佐，是以可哀。”乃追谥为文德皇后，就葬昭陵，太宗自著表序，刊镌陵左。又在苑中作一层观，屡望昭陵。一日，引魏征同登，语征道：“卿见陵墓否？”征熟视良久，方道：“臣昏眊不能见。”太宗乃指陵示征，征答道：“臣以为陛下望献陵，若昭陵原是早见哩。”是谓谲谏。太宗为之泣下，乃令毁去层观。唯房玄龄已早令复位，总算依后所托，不负遗言。

后生三子，一是太子承乾，一是魏王泰，一是晋王治，就是后来的高宗皇帝，太宗怀念故后，因遂钟爱三子。魏王泰折节下士，又善属文，太宗宠之，为后文易储张本。即令就府中置文学馆，使自引学士。谏臣等稍有异言，乃令王珪为魏王泰师，且谕泰道："汝事珪，当如事我。"泰承上旨。每见珪必先拜。珪亦以师道自居，不稍贬损。泰尝问珪以忠孝二义，珪语道："王以皇上为君，事思尽忠，王以皇上为父，事思尽孝。忠孝可以立身，可以成名。"泰复道："忠孝二字，既已受教，敢问从何处学起？"珪又道："汉东平王苍，尝称为善最乐，愿王谨记勿忘！"泰乃不复言。太宗闻珪教泰，很是喜慰，语侍臣道："吾儿可从此无过了。"却也难必。珪子敬直，尚南平公主，太宗第三女。珪以帝女下嫁，素多挟贵，蔑视舅姑，至此独喟然道："主上每事循法，我当受公主谒见，为国家成一美名。"于是与夫人并坐堂上，令公主执笄盥馈，然后退入。此礼一行，凡公主下降，始行妇礼。特志之以示妇道。珪于贞观十三年病殁，年六十九，赠吏部尚书，追谥为懿。带过王珪。

太宗又令诸子吴王恪、齐王祐、蜀王愔、蒋王恽、越王贞、纪王慎等，分任各州都督，或为刺史。恪督安州，屡出游猎，侵扰居民，侍御史柳范，上书弹劾，恪乃免官。后来谏议大夫褚遂良，奏称："皇子稚年，未知从政，不应令掌州事，现不若留居京师，待教养有成，乃可遣往治民。"太宗虽以为然，但不过召还一二人罢了。贞观十一年七月，大雨兼旬，谷洛水溢，流入洛阳宫，毁坏官寺民居，溺死约六千余人。有诏令所毁宫室，略加修缮，不得过费；撤废明德宫内的玄圃院，把院中材料，赐给受灾各民家；且命内外百官，各上封事，极言过失。大臣等应诏陈言，多切时弊。魏征上十思疏，尤为剀切。略云：

> 人君善始者实繁，克终者盖寡，岂取之易守之难乎？盖在殷忧，必竭诚以待下，既得志，则纵情以傲物。竭诚则胡越为一体，傲物则骨肉为行路。虽董之以严刑，振之以威怒，终苟免而不怀仁，貌恭而不心服。怨不在大，所畏唯人。载舟覆舟，所宜审慎。诚能见可欲。则思知足以自戒，将有作，则思知止以安人，念高危，则思谦冲而自牧，惧满盈，则思江海下百川。乐盘游，则思三驱以为度，忧懈怠，则思慎始而敬终，虑壅蔽，则思虚心以纳下，惧谗邪，则思正身以黜恶，恩所加，则思无因喜以谬赏，罚所及，则思无以怒而滥刑。总此十思，宏兹九

得，简能而任之，择善而从之，则文武并用，可垂拱而治矣。

越年又复大旱，魏征更上十渐疏云：

臣奉侍帏幄十余年，陛下许臣以仁义之道，守而不失，俭约朴素，终始弗渝，德音在耳，不敢忘也。顷年以来，浸不克终，谨用条陈，聊裨万一。陛下在贞观初，清洁寡欲，化被荒外，今万里遣使，市索骏马，并访怪珍，昔汉文帝却千里马，晋武帝焚雉头裘，陛下居常论议，远希尧舜，今所为反欲处汉文晋武下乎？此不克终一渐也。陛下在贞观初，护民之劳，煦之如子，不轻营为，顷既奢肆，思用人力，乃曰百姓无事则易骄，劳役则易使，自古未有百姓逸乐而致倾败者，何有逆畏其骄而为劳役哉？此不克终二渐也。陛下在贞观初，役已以利物，出来纵欲以劳人，虽忧人之言，不绝于口，而乐人之事，实切于心，四语最中太宗病源。此不克终三渐也。陛下在贞观初，亲君子，斥小人，比来轻亵小人，礼重君子，重君子也，恭而远之，轻小人也，狎而近之，近之莫见其非，远之莫见其是。莫见其是，则不待间而疏，莫见其非，则有时而昵，昵小人，疏君子，而欲致治，非所闻也。此不克终四渐也。陛下在贞观初，不作无益，而令难得之货，杂然并进，玩好之作，无时而息。上奢靡而望下朴素，力役广而冀农业兴，不可得已，此不克终五渐也。陛下在贞观初，求士若渴，贤者所举，即信而任之，取其所长，常恐不及，比来由心好恶，以众贤举而用，以一人毁而弃，虽积年任而信，或一朝疑而斥。夫行有素履，事有成迹，一人之毁，未必可信，积年之行，不应顿亏，陛下不察其原以为臧否，使谗佞得行，守道疏间，此不克终六渐也。陛下在贞观初，高居深拱，无田猎毕弋之好，数年之后，志不克固，鹰犬之贡，远及四夷，晨出夕返，驰骋为乐，变起不测，其及救乎？此不克终七渐也。陛下在贞观初，遇下有礼，群情上达，今外官奏事，颜色不结，间因所短，诘其细故，虽有忠款而不得伸，此不克终八渐也。陛下在贞观初，孜孜治道，常若不足，比恃功业之大，负圣智之明，长傲纵欲，无事兴兵，问罪远裔，亲狎者阿旨不肯谏，疏远者畏威不敢言，积而不已，所损非细，此不克终九渐也。陛下在贞观初，频年霜旱，畿内户口，并就关外，携老扶幼，来往数年。卒无一户亡去，此由陛下矜育抚宁，故死不携贰也。比者疲于徭役，关中之人，劳敝尤甚，市物襁属于廛，递子背望于道，脱有一谷不收，百姓之心，恐不能如前日之帖泰，此不克终十渐也。夫祸福无门，唯人所召，人无衅焉，妖不妄作。今旱熯之灾，远被邻国，凶丑之孽，起于毂下，此上天示戒，乃陛下恐惧忧勤之日也。千载休期，时难再得，明主可为而不为，臣所以郁结长叹者也。

太宗看到两疏，总算优诏褒答，并给特赐。唯这位魏玄成公，征字玄成。虽然事君以忠，有犯无隐，所说十思十渐，统是抉出太宗的心病，对症发药，但尚有一种大弊，未闻规谏，这也不免是魏公的罅漏。小子依史论叙，反不得不责备贤人了。得《春秋》大义。看官道是什么大弊？原来太宗素性好色，见有美貌钗裙，往往不肯放过，所以弟妇杨氏，及隋后萧氏，一古脑儿收入后宫，充作妾媵。此外妃嫱嫔御，也不可胜数。史传上载着徐贤妃，说她五月能言，四岁通《论语》《诗经》，八岁能属文，至十余岁后，秀外慧中，才名卓著，太宗召为才人，累迁至贤妃，始终宠眷不衰。还有吴王恪母，是隋炀帝女儿，隋亡后辗转入宫，也得恩宠。齐王祐母阴妃、蒋王恽母王妃、越王贞母燕妃、纪王慎母韦妃，都是太宗的佳眷。太宗意尚未足，尚想采选几个美人儿，作为后半世的娱乐。天意似亦恨他渔色，特地产出一个绝世娇姝，教她来搅乱唐宫，闯出一场大祸，酿成千古未有的骇闻。这人为谁？就是人人晓得的武则天。特笔点清。武氏系并州文水人，父名士彟，系高祖故交。高祖留守太原，曾引为行军司铠参军，见第二回。及既受隋禅，士彟得进封光禄大夫，兼义原郡公，累迁至工部尚书，加封应国公，历利州荆州都督，得终天年。他元配为相里氏，生下二子，长名元庆，次名元爽。继娶杨氏，生下三女，长女嫁贺兰氏，青年守寡，次女就是武则天。则天非武氏名，后来武氏篡唐号周，自称为则天皇帝，乳名失传，史册上说她叫作武曌，相传古无曌字，由武氏杜撰出来，以日月悬空自拟，因名为曌。生年十四，已经艳名远播，传入宫廷。太宗正留意物色，既闻有此美人，便遣使征召。武母杨氏，骤然接敕，不禁大恸，握手诀别，且嘱且泣，武氏独谈笑自若，且劝母道：“女得往见天子，安知非福？奈何先自悲泣呢？”已是不凡。母乃收泪，送她上车。及到京师，入宫谒见太宗，一些儿不露慌张，盈盈下拜，自陈姓氏，三呼万岁，无不合体。太宗命她起来，举目一瞧，正是芙蓉颜面，豆蔻年华。问她芳龄，不过二七，身子恰已颀长，仿佛有十七八岁形景。太宗略问数语，武氏均应对称旨，最动人的，是一双俏眼，百啭娇喉，恁你铁石心肠，也要被她情牵意转。何况太宗是个色魔，哪有不称心如意？当下命入后宫，待到黄昏时候，便召她侍寝。娇小娃儿，已解风月，太宗尚恐她禁受不起，偏她纵体入怀，毫不怯避，春风一度，啼笑皆妍，更有一种柔媚情形，令人不醉自醉，不迷自迷，太宗虽有许多妃嫔，却未曾经过这般滋味。到了巫峡梦阑，扶桑日上，太宗勉起视朝，看那被底娇娃，尚在朦胧半醒，酥胸露透，眉黛春浓，太宗越瞧越爱，便赐她一个芳名，叫作媚娘，轻轻的呼了几声，武氏才觉惺忪，急欲起床谢恩，那太宗已自走了。视朝以后，便即下诏，册武媚娘为才人，武媚娘当然谢赏。太宗令居福绥宫，且把那老年宫娥彩女等，尽行放出。连从前高祖所宠的尹张二妃，均令出宫归家。可报前帐。就是新近邀宠的萧后，也不复召幸，一心一意的爱恋这武媚娘了。小子有诗叹道：

商纣丧邦本狐媚，周幽失国兆龙漦。
试看唐室留遗祸，也是蛾眉得宠时。

太宗正在欢娱，忽由西域递来警报，又要扰动兵戈了。欲知详情，且看下回。

叙长孙皇后之崩，不厌从详，所以彰皇后之贤，而惜其不永天年，为唐宫志悼也。叙武媚娘之入宫，亦不肯从略，所以揭太宗之过，而嫉其至老渔色，为唐室志乱也。中录十思十渐两疏，有褒中寓讥意。何言之？唐代谏臣，莫如魏征，唐代奏议，亦莫若魏征之十思十渐两疏。但长孙皇后之遗言，征应亦闻之，何不再行提及？武媚娘之召为才人，亦何不力加奏阻？徒就普通君德，陈入千百言，吾犹惜其未中主弊也。且太宗遥望昭陵，征独以献陵为请，未尝劝太宗回忆后言，看似为主劝孝，实则父子之亲，不及夫妇，后德可忘，而武氏即进，乱端生矣。著书人连类并叙，不特为太宗惜，抑且为魏征惜也。

第十八回　灭高昌献俘观德殿
逐真珠击败薛延陀

却说高昌王麴文泰，曾于贞观四年入朝，见十六回。高昌东邻吐谷浑，本在西域境内，定都交河。当时西域诸国，闻文泰入朝，各浼他介绍唐廷，愿通朝贡，太宗许令自便。越二年，焉耆王突骑支遣使入贡，道出高昌，使臣到了唐廷，请遵汉时故道开通碛路，以便往来。原来汉时与焉耆通使，另有碛路可行，不必假道高昌。至隋末碛路梗塞，绕道多迂，且恐受高昌牵制，许多不便，因此使臣乞请唐廷。太宗当然允许，偏高昌王麴文泰，以为焉耆通唐，由自己替作先容，今乃请开碛路，自由往来，明明是背本营私，当即遣兵潜袭焉耆，大掠而归。嗣因西域使人，欲往唐廷，必须先请命高昌，否则概不许通。西域有伊吾国，先属西突厥，旋愿内附。文泰与西突厥，连兵攻伊吾，伊吾向唐廷乞援，太宗颁诏高昌，严词诘责，且召他大臣阿史那矩，入都议事。文泰不肯遣发，但令长史麴雍，入唐谢罪，太宗面谕麴雍，促令文泰入朝，麴雍听命而去，偏偏待了半年，毫无音信，但闻文泰复结西突厥，击破焉耆，且号令薛延陀等部落，迫他臣事高昌。于是再遣虞部郎中李道裕，往问罪状，文泰傲不为礼，且自语道："鹰飞天上，雉伏蒿中，猫游堂奥，鼠伏穴间，尚且各自得所。我为一国主，难道不如鸟兽么？"夜郎自大。道裕知不可理喻，还报太宗。太宗即遣使问薛延陀，愿否同击高昌？薛延陀真珠可汗，答词恭顺，且请发兵为导。乃再遣民部尚书唐俭，右领军大将军执失思力，赍缯帛赐真珠，与商进取事宜。两下约定，唐俭等还朝，遂命交河行军大总管吏部尚书侯君集、副总管兼左屯卫大将军薛万均等，率师征高昌。

文泰闻唐师西来，尚侈然语国人道："唐朝去我七千里，有二千里统是沙碛，毫无水草，寒风如刀，热风似烧，怎能骤然到此？前时我往见唐廷，眼见秦陇一带，城邑萧条，大非隋比。今来伐我，发兵过多，粮必不济，若止三万以下，我力尚足抵御，以逸待劳，坐乘敌敝，他若屯兵城下，不过二旬，食尽必走，我乃从后蹑击，定可得志。"计非不佳，奈不能久待何？遂安心待着，不加戒备。过了一二月，才有侦骑来报，唐兵已临碛石了。文泰尚未着忙，但问有若干人马？侦骑答称有十万人。文泰始觉心惊，便颤着道："十万大兵，竟得深入么？这却如何是好？"何不再用前策？侦骑道："有薛延陀兵为向导，是以来得迅速。"文泰益惧，急得不知所措，即日惹起大病，忽寒忽热，似醒非醒。这叫作寒风如刀，热风似烧。睡着帐中，说了一二日呓语，水米不沾，竟至气绝。子名智盛，平时本没有什么才干，至此既要治丧，又要御敌，越弄得无法可施，那时也管不得什么存亡，只好料理丧事，再作计较。唐师进次柳谷，闻文泰已死，国中正在发丧，诸将请诸君集，拟乘丧袭击，君集道："天子因高昌无礼，特遣我辈西征，若袭人墟墓，转觉师出无名，我军此时进去，正要堂堂正正，声罪致讨，才不愧为王师哩！"遂令将士伐鼓行军，进拔田城，掳男妇七千余口，又命中郎将辛獠儿为前锋，夤夜再进，击破高昌防兵，直抵都下。君集督军继至，把高昌都城围住。城中缒出虏使，入谒君集，并赍呈文书，君集启视，见上面写着：

> 得罪于天子者先王也，天罚所加，身已物故。智盛袭位未几，唯尚书怜察！

君集阅毕，便语来使道："汝嗣主若能悔过，当束手出降，待他不死。"来使奉命出营，仍缒上城去。君集静待一日，未见智盛出降，乃令军士囊土填堑，越堑猛攻。城上矢石雨下，伤毙唐军数百人。君集特造巢车，高约十余丈，比城头还超过数尺，得以俯瞰城中，还击矢石，城内守卒，恟惧得很。智盛还望西突厥来援，西突厥本与高昌协约，有急相助，至此曾发兵相救，因闻唐军大至，中道折回，害得智盛孤军无援，没奈何开了城门，出降军前，君集拘住智盛，复分兵略地，连下二十二城，收降八千四十六户，一万七千七百口，得地东西八百里，南北五百里。先是高昌曾有童谣云："高昌兵，如霜雪，唐家兵，如日月。日月照霜雪，几何自殄灭。"至智盛出降，谣言始验。

捷书传达长安，太宗欲分土设官，列置州县，魏征入谏道："陛下即位，文泰就来朝谒，近因骄倨不臣，抗阻西域贡献，乃兴师往讨。文泰身死，天罚已申，为陛下计，应抚他人民，存他社稷，立他子嗣，威德互施，方足柔远。今若以高昌土地，视为己利，改作州县，此后须千余人镇守，数千余人往来，每年供办衣资，远离亲戚，不出十年，陇右且空，陛下终不得高昌撮粟尺帛，佐助中国，有损无益，臣窃为陛下不取哩。"当时未知殖民政策，故魏征之言如此。太宗不从，诏改高昌为西州，更在交河城内，建设安西都护府，留兵镇戍，召侯君集等还朝。君集虏高昌王智盛，及智盛弟智湛等，奏凯旋师。于是唐地东至海，西至焉耆，南尽林邑，北抵大漠，皆为州县。凡东西九千五百一十里，南北一万九百一十八里。君集等班师入都，献俘观德殿，行饮至礼，大酺三日。智盛兄弟，进谒太宗，跪伏请罪。太宗加恩赦宥，封智盛为左武卫将军，兼金城郡公，智湛为右武卫中郎将，兼天山郡公，总管侯君集以下，赏赍有差。

忽有弹章上陈，劾奏君集私取珍宝，配没妇女，并未上闻；将士等亦有盗窃罪，君集不自谨饬，所以不能禁制等语。太宗乃令君集诣狱对簿。中书侍郎岑文本谏道："高昌昏迷不道，陛下命君集等往讨，得指日荡平，凯旋以后，所有将帅以下，悉蒙重赏，乃未逾旬日，便至属吏，虽君集等自罹国法，咎有所归，但恐海内人民，疑陛下录过遗功，转致懈体。臣闻命将出师，果能克敌，贪亦应赏；若至败绩，廉亦应诛。所以汉李广利陈汤，晋王浚及隋韩擒虎，均负罪名，人主因他有功，统加封赏。臣又闻兵志有言，使智使勇，使贪使愚，诚因古今将帅，不能无疵，全赖人君善为器使，方得利用。陛下今日，亦应舍瑕录长，原功宥罪，令君集等再升朝列，复备驱驰，是陛下能屈法加恩，君集等亦当知过益奋了。"太宗乃谢君集罪，释置不问。为下文君集怨望张本。既而又有人讦告万均，说他私奸高昌妇女，万均不服，有诏令万均与高昌妇女对质。魏征复入谏道："臣闻君使臣以礼，臣事君以忠。今命大将军与亡国妇女对辩，未免有亵国体，如事果属实，原足蒙羞，语出子虚，亦足贻笑。昔秦穆饮盗马士，楚庄赦绝缨罪，陛下道高尧舜，顾反不若两君么？”太宗感悟，乃将万均事搁置，不复提及。

行军总管阿史那社尒，即尔字。从军西征，秋毫不取，及论功行赏，只受老弱敝旧，不及珍异，太宗嘉他廉慎，特赐以高昌所得宝刀，及杂彩千段。他本东突厥处罗可汗次子，率众内附，受封左骁卫大将军，得尚衡阳长公主，高祖第十三女，为驸马都尉，掌卫屯兵，至是复积功封毕国公。高昌既平，吐蕃赞普弃宗弄赞，赞普系吐蕃王号。慕唐威德，遣使入贡，且请和亲。吐蕃在吐谷浑西南，就是现今的西藏地方，源出西羌，或云为三苗遗裔，风俗与中国绝殊，自弃宗弄赞为吐蕃主，颇有智勇，威服四邻。太宗因他入贡，乃遣行人冯德遐，抚慰吐蕃。弄赞见了德遐，谓突厥吐谷浑，皆得尚中国公主，独吐蕃素来向隅，因请中国许婚，情愿多献金宝，德遐答称须归奏天子，候旨裁夺。弄赞乃更遣使臣，赍了表文，及许多珍玩，随德遐入朝。太宗阅过表文，见他意在求婚，亦不加可否。适值吐谷浑王诺曷钵，亦入觐唐廷，太宗与语吐蕃事。诺曷钵以吐蕃僻处，未识王化为词。太宗乃不许吐蕃和亲，遣还使人，使人返报弄赞，谓由吐谷浑王从中谗间，因罢婚议。弄赞大怒，即发兵击吐谷浑。诺曷钵正自唐归国，闻吐蕃大举来侵，自知力不能支，竟遁入青海北隅，民畜多为吐蕃所掠，吐蕃兵进破党项白兰诸羌，率众二十余万，进逼松州西境，击破唐都督韩威。太宗乃复遣侯君集为行军大总管。带同将军执失思力、牛进达刘简等，督步骑五万人，往讨吐蕃。吐蕃主弄赞，正围攻松州城，约有十余日，不意唐军大至，前锋为牛进达，持着一柄偃月刀，盘旋飞舞，杀入阵中，弄赞亟拟对仗，后面复来了执失思力，横槊直入，左挑右刺，没人敢当。松州都督韩威，复从城中杀出，吓得弄赞脚忙手乱，招呼徒众，冲开一条血路，飞奔而去。唐军追击数里，斩首数千级，方才收兵。寥寥数语，写得如火如荼。弄赞经此一败，乃惶恐谢罪，再遣使至唐廷，表明悔过。只和亲问题，始终不肯恝置。太宗也不欲黩武，许彼结婚。弄赞得使臣归报，心下大喜，特遣大论禄东赞，吐蕃称宰相为大论，献金五千两，及珍宝数百件，来唐聘妇。太宗乃命将宗女文成公主，遣嫁吐蕃，且因禄东赞奏对称旨，授右卫大将军，并令江夏王道宗，即任城王李道宗。持节送文成公主入吐蕃。弄赞率众郊迎，见了道宗，询明为公主从叔，执子婿礼甚恭。且见中国衣服仪卫，远过羌俗，未免相形见绌，遂为公主别筑一城，创设宫室，留居公主。自己也满身纨绮，与公主成婚。吐蕃国人好用赭涂面，为公主所嫉视，弄赞下令禁止，且尽褫毡罽，常服华装。并遣诸豪酋子弟，入中国学习诗书，吐蕃也算竭诚归唐了。暂作结束。

一波方平，一波又起，薛延陀真珠可汗，又与怀化郡王阿史那思摩相争，更劳动中国兵戈，惹起一场战祸。说来又是话长，待小子撮要叙明。先是突利自顺州入朝，道死并州，见十六回。太宗命嗣子贺逻鹘袭位。会太宗幸九成宫，突利弟结社率，曾入充宿卫，阴结旧部落四十余人，谋犯御帐，乘便劫贺逻鹘北归，偏偏夜入御营，为折冲将孙武开等击退，他却转入御厩，盗马二十余匹，北走渡渭，途次为戍兵所擒，枭首示众。只贺逻鹘得免死罪，流窜岭外。朝右大臣，遂交章上奏，争说："突厥遗众，不便内居。"太宗亦有悔意，事后方知，已是迟了。乃赐阿史那思摩国姓，立为泥孰俟利苾可汗，给他鼓纛，令率种落还旧部。思摩等颇惮薛延陀，不敢出塞，太宗再给薛延陀玺书，谕令各守疆土，不得侵犯。真珠可汗迎接诏使，顿首听命。待诏使还归，太宗乃饯思摩行，思摩拜谢，誓言子孙世事唐廷，于是赵郡王孝恭，鸿胪卿刘善，偕思摩同至河上，筑坛受册，礼成乃返。思摩因得建牙河北，有众十万，胜兵四万人，仍辖东突厥故土。偏薛延陀真珠可汗，阳奉唐命，阴具狡谋。竟命嗣子大度设，调发同罗仆骨回纥白霫各部兵，得二十余万，进击思摩。看官！你想思摩初出塞外，诸事草创，所有城郭堡寨，都未曾修缮整齐，部众又没有训练，怎能敌得住薛延陀的大军？全部未战先慌，退入长城，保守朔州，飞章向唐廷告急。太宗不得不遣将往援，乃命营州都督张俭，率所部精兵，及边境降番，出驻东境。兵部尚书李世勣，为朔州道行军总管，统兵六万，骑士千二百人，出镇朔方。右卫大将军李大亮，为灵州道行军总管，统兵四万，骑兵五千，出屯灵武。右屯卫大将军张士贵，率兵一万七千，为庆州道行军总管，出发云中，凉州都督李袭举，为凉州道行军总管，即率凉州戍兵，出遏西方。诸将陛辞请训，太宗面谕道："薛延陀自恃强盛，逾漠南行，道经数千里，马已疲瘦，见利不能速进，不利又不能速退，朕已饬思摩烧薙秋草，毋为寇资。待他刍粮日尽，野无所获，必当退去。卿等可与思摩互为犄角，待寇已欲退，协力出击，定足破敌，朕可静听捷音了。"诸将听命而行。

薛延陀骑兵三万，由大度设带领，作为前驱，进逼长城，正在登高南望，辱骂思摩。不意尘氛滚滚，枪戟森森，那朔州道行军总管李世勣，带着唐军，遮道前来。大度设不觉惊惶，竟向赤柯泺北走。世勣选麾下骁悍万人，及突厥精骑六千，出长城，逾白道川，追蹑寇后。大度设奔走累日，至诺真水，为唐军追及，乃勒众还战，列阵亘十里。世勣令突厥骑兵，先行出战，为大度设所败，相率退还。大度设乘胜来追，适遇唐军掩至，恐不能力敌，但令部众弯弓注射，万矢俱发。唐军中马多受伤，陆续倒毙。世勣命士卒下马，各执长槊，向前直进，任他箭如飞蝗，竟冒险冲入敌阵，敌众专力射箭，不防唐军杀入，手中剩了空拳，如何招架得住？没奈何倒退下去。向来薛延陀教兵步战，五人为伍，一人执马，四人前战，战胜乃授马追奔。唐副总管薛万彻，率数千骑入敌阵中，专夺敌马，敌众见马俱失去，越加骇惧，顿时溃散。唐军趁势奋击，斩首三千余级，捕虏五万余人。大度设拼命逃脱，万彻力追不及，才命回军。

世勣既得胜仗，乃率众军还至定襄，驰书告捷。太宗拟饬世勣等，进捣薛延陀巢穴，忽闻左领军将军契苾何力，被薛延陀拘去，转不免迟疑起来。又作一波。原来何力母姑臧夫人，及弟贺兰州都督沙门，均在凉州，何力请旨省亲，且乘便招抚部落，谁料到了凉州，知母与弟俱往降薛延陀，就是契苾诸部落，亦多欲向薛延陀投诚。何力大惊道："主上厚恩，奈何遽负？"契苾诸部众道："夫人都督，统已往降，我等不去，尚将何往？"何力道："沙门尽孝，我尽忠，断不降薛延陀。"契苾部众，竟将何力执住，解至真珠可汗帐前。何力箕踞坐地，真珠胁何力降，何力起身东向，拔刀大呼道："何力是大唐烈士，怎肯屈辱虏廷？天地日月，愿鉴愚诚！"说至此，竟把刀向左耳一横，割下鲜血淋漓的一只耳朵，向真珠掷去，且瞋目视真珠道："请视此耳，我决不降。"蕃将中有是忠诚，想见太宗待遇之优。真珠欲杀何力，独真珠妻，怜他孤忠，从旁谏阻，乃把何力羁禁帐中。这消息传入唐廷，太宗语侍臣道："何力必不负朕。"侍臣道："戎狄气类相亲，何力往薛延陀，如鱼趋水，哪里还肯顾念隆恩？"太宗道："何力心如铁石，你等不信何力，朕却可独保呢。"正说着，薛延陀遣使到来，当由太宗召见，来使乃是真珠可汗的叔父，名叫沙钵罗泥熟。太宗先诘责薛延陀叛状，继复问及何力情形，沙钵罗约略认罪，并极称何力忠诚，说得太宗也为凄恻，顾语侍臣道："何力果属何如？"侍臣等才服太宗先见，一同俯首。沙钵罗复呈上贡单，内列貂皮三千张，马三万匹，玛瑙镜一架；愿此后罢战修和，并乞许婚。太宗道：“汝主果悔罪投诚，朕亦何惜一女？但须先送归何力，方准和亲。”沙钵罗请使同往，太宗乃命兵部侍郎崔敦礼，偕沙钵罗同往，迎归何力，许真珠得尚公主。真珠喜如所愿，放归何力，且与崔敦礼订定婚期。敦礼与何力同归，陛见太宗，太宗见他左耳已亡，疮痕未愈，不禁为之泣下。何力恰慨然道：“臣受陛下厚恩，杀身亦所不惜，何惜一左耳呢？”太宗乃厚赐金帛，并升授右骁卫大将军。

既而真珠可汗，令侄突利设来唐纳币，献马五万匹，牛及橐驼万头，羊十万口。太宗赐宴殿中，殷勤款待，且许把新兴公主太宗第十五女。嫁薛延陀。何力独密奏太宗，劝阻婚约。太宗道：“天子无戏言，朕已允许，如何反汗？”何力道：“臣闻礼重亲迎，最好是令夷男即真珠可汗名，见十五回。自迎公主，或至京师，或至灵武，臣料夷男必不敢来。夷男不至，何妨绝婚？况夷男性情暴戾，必因婚议不成，激成郁愤，上怒下疑，不出二三年，夷男必忧死，他日二子争立，内乱外离，不战自灭了。”何力料事颇明。太宗点头称善，即遣归突利设，嘱他转告真珠，来迎公主，并言当亲送公主至灵州，与真珠面会。真珠得报大喜，愿诣灵州，臣下交相谏阻，真珠不从，更搜括马羊，充作聘礼。薛延陀本无库厩，所需杂畜，应向各部调索，急切里无从办齐，且往返万里，道涉沙碛，畜口不得水草，耗死过半，因是失期不至。太宗本有意悔婚，遂责真珠愆期，与他绝婚，灵州也不复临幸了。小子有诗叹道：

帝女胡甘作虏妻，汉为无策语堪稽。
唐宗失信虽贻议，到底迷途不再迷。

毕竟真珠曾否抗命，待至下回续详。

塞外各国，侈然自大，皆由中国失道，无威无德，乃敢窃据一隅，负嵎称强耳。若果有堂堂之阵，正正之旗，与彼角逐，未有不因而披靡者，试观高昌之灭，与薛延陀之败，并未经过数十百战，一遇唐师，非降即奔。智盛兄弟，被俘入唐，何其弱也？薛延陀真珠可汗，雄长铁勒诸部，亦一蹶不振，入贡请罪，可见驭夷非难，在外攘之得其道耳。独唐太宗与吐蕃和亲，乃至薛延陀既许而复悔，出尔反尔，未免失信。夫和亲原为下策，但既以宗女嫁吐蕃，何妨以宗女嫁薛延陀？否则一律拒绝，自存国体可也。太宗不察，失策于前，食言于后，且待遇夷狄，隐分厚薄，绳以一视同仁之义，太宗其更有愧乎？叙吐蕃事于薛延陀之前，虽系按年列叙，实足为太宗存一比例，表明其驭外之不公，作者固具有苦心，明眼人方能见到也。

第十九回　强胡内乱列部纷争　逆迹上闻储君被废

却说真珠可汗，闻唐廷下诏绝婚，只好自悔失期，不敢再索，实由自惩前败，只好如此。仍与唐廷修和。太宗益自欣慰，竟将新兴公主嫁与长孙曦。薛延陀事，至后再表，小子要叙及西突厥了。西突厥自阿波可汗，与东突厥屡有战争，后来阿波可汗，为东突厥沙钵略可汗所擒，国人立他族子泥利可汗。泥利亦败死，子达漫立，叫作泥撅处罗可汗。隋炀帝时尝从征高丽，赐号曷萨那可汗。曷萨那一作曷娑那。唐初曷萨那入贡大珠，高祖面谕曷萨那道："朕重王赤心，不爱宝珠。"因将珠给还，特封他为归义王。唯曷萨那朝唐，部众皆不服，竟潜令人刺杀曷萨那，别立射匮可汗。木杆弟，步迦可汗孙。木杆见前文。射匮建牙三弥山，驱策西域诸国，势颇强盛。及病死后，弟统叶护可汗嗣立，具有勇略，广拓属土，尝遣使入贡唐廷，且请许婚。高祖欲从所请，因为东突厥所梗，乃致中阻。统叶护恃强而骄，残虐群下，终弄得众叛亲离，为叔父莫贺咄所戕。莫贺咄自称屈利俟毗可汗，部众又恨他弑主自立，各怀贰心，于是另推泥孰莫贺设突厥称掌兵官为设。为可汗。泥孰不受，闻统叶护子咥力特勒，避难奔康居，特遣人迎立，推为乙毗钵罗肆叶护可汗，且助他复仇，往攻莫贺咄。莫贺咄败奔金山，泥孰率众追击，竟将莫贺咄杀死。肆叶护乃得统辖西突厥全部，偏是肆叶护量小难容，泥孰又功高遭忌，谗言交构，两下怀嫌。肆叶护谋杀泥孰，泥孰乘机脱逃，亡奔焉耆。未几肆叶护为臣下所逐，走死康居，泥孰因国人推戴，迎立为咄陆可汗。咄陆父莫贺设，前曾由统叶护可汗遣入唐廷，通贡修好，太宗时尚未立，与莫贺设约为兄弟，至是闻咄陆嗣位，乃诏鸿胪少卿刘善因持节授册，封为吞阿娄拔利邲咄陆可汗，兼赐鼓纛缎彩万匹。咄陆遣使入谢，盛献方物。既而咄陆去世，弟同俄设立，号沙钵罗咥利失可汗，分全国为十部，各置部长一人，每人授一箭，称为十设，亦号十箭。怎奈部落太多，尾大不掉，是即封藩通病。部长统吐屯拥有劲旅，袭击咥利失。咥利失与战不胜，遁走焉耆。纯吐屯复为他部所杀，全国无主，乃由西方诸部，别迎东突厥始毕可汗子欲谷设为主，叫作乙毗咄陆可汗，咥利失又自焉耆出来，召集余众，再图恢复，所有西突厥东部，复逐渐收服。只西部与他抗衡，彼此互哄，兵连祸结，杀伤不可胜计。后来易战为和，分地自王，约以伊列水为界，水东属咥利失，水西属乙毗咄陆，自是西突厥全部，复分为东西两国，乙毗咄陆势渐强盛，勾通东部大臣俟列发，阴图咥利失。俟列发竟纠众作乱，咥利失没法抵制，奔窜而死。他部不服俟列发，出平乱事，再迎咥列失子，为乙屈利失乙毗可汗。未几又死，从弟乙毗沙钵罗叶护可汗入嗣，通使唐廷，太宗特遣左领军将军张大师持册加封，移牙水北，时称沙钵罗叶护为南庭，乙毗咄陆为北庭。叙次甚明。咄陆又与沙钵罗叶护构兵，屡战不休，且同时入诉唐廷，分争曲直。太宗令他罢兵息战，咄陆不肯听命，竟增兵南攻，击杀沙钵罗叶护可汗，并有南部，复入寇伊州。唐安西都护郭孝恪，率轻骑二千，从间道掩击，杀败乙毗咄陆，乙毗咄陆转攻天山，复由孝恪移师击走，斩首数千级。但乙毗咄陆心终未死，东略失利，再图西略，他欲进攻康居，道过米国，即将他残破，尽掠人畜，毫不给赏臣下。部将泥孰啜，因此不平，自行夺取。乙毗咄陆恨他专擅，立斩以徇，泥孰啜裨将胡禄屋，替泥孰啜报仇，袭击乙毗咄陆，乙毗咄陆率众与战，未及对垒，麾下统已溃散，就使乙毗咄陆勇艺过人，也是无术支持，不得已走保白水胡城，全国大乱，扰扰经年。部长屋利啜等，有心求治，乃遣使请命唐廷，愿废乙毗咄陆可汗，另行择贤嗣位。太宗即命通事舍人温无隐赍诏西行，与屋利啜等商定嗣君，立莫贺咄遗子为乙毗射匮可汗，乙毗咄陆尚思规复，招徕旧部，大众都反唇道："使我千人战死，教他一人独存，我等还要从他么？"利己损人，必致众叛亲离，无论中外，莫不如是。乙毗咄陆得闻此语，料知众怒难犯，转奔吐火罗，西突厥才算统一，由乙毗射匮主持。他因入贡皮币，并且请昏，太宗令割龟兹读若慈。于阒疏勒朱俱波葱岭五部，作为聘礼。太宗亦欲卖女耶？乙毗射匮，也觉承认不下，两下里延宕过去。

小子为按时叙事起见，只好将西突厥事，暂行搁置，演述那唐廷内政，免得叙次混淆。自皇子承乾，得立为太子后，承接第十七回。起初因年尚幼稚，没甚过失，及渐渐长成，辄游猎废学。左庶子于志宁、右庶子孔颖达、张玄素等，屡加规谏，均不见从，反且遭嫉。志宁丁母忧，闻太子修治宫室，妨害农功，又好郑卫音乐，以及宠昵宦官、亲近女色等情，遂上书极谏，至再至三，惹得太子怨恨填胸，几与志宁势不两立，暗遣刺客张师政纥干承基两人，往刺志宁，二人入志宁家，见他素服麻衣，寝处苫块，也不禁良心发现，不忍下手，当即返报太子，但说是不便行刺，只好缓图。颇有晋鉏麑风。太子乃暂从搁置，但淫纵益甚。魏王泰有意夺嫡，趁着太子失德的时候，格外召集文士，撰述各书，且搜考古今地理，著成一册括地志，呈献太宗。太宗见他考证详明，很是喜慰，便优畀月给，制逾太子。谏议大夫褚遂良，上书谏阻，太宗反致误会，还道是太子月给过轻，下了一道诏谕，令太子出用库物，有司勿为限制。看官听着！这岂非溺爱不明，酿成祸患么？有子者其听之！太子得了此诏，喜出望外，当然取用无度。时张玄素已调任右庶子，遂上书切谏太子，略云：

> 昔周武帝平定山东，隋文帝混一江南，勤俭爱民，皆为令主，有子不肖，卒亡宗祀。圣上以殿下亲则父子，事兼家国，所应用物，不为限制，恩旨未逾六旬，用物已过七万，骄奢之极，孰有过此？况宫臣正士，未闻在侧，群邪淫巧，昵近深宫，在外瞻仰，已有此失，居中隐密，宁可胜计，苦药利病，苦言利行，伏唯居安思危，日慎一日，节糜费以成俭德，则不胜幸甚！

玄素既上谏书，只望太子回心改过，不负此言，哪知隔日早朝，行过东宫门外，忽有一人短衣便帽，走近玄素面前，突然抽出一条大马箠，向玄素脑门击下。玄素急忙一闪，下箠少偏，已打得皮破血流，大叫一声，晕仆地上。朝臣闻声趋救，好容易叫他醒来，才得复苏，缉拿凶犯，早已飏去。看官试想！禁门内外，有什么暴客？就使有暴客伏着，一经发觉，也是无从脱逃，偏此次被他溜去，眼见得是东宫所遣，容易匿迹了。专事暗杀，成什么太子？玄素不能上朝，由侍役舁回宅中，医治数日，渐得痊可，自知为一书惹祸，但也没处呼冤，只好自认晦气，便算了结。

是时魏征已老，常患疾病，太宗犹时给手诏，令他封状进言。征不忘忠谏，仍应诏直陈。既而褚遂良奏言太子诸王，应有定分，请亟从整核，太宗乃语遂良道："方今群臣忠直，无过魏征，我遣令傅太子，弼成潜德，以副众望。"遂诏令征为太子太师。征称疾固辞，太宗手诏慰勉道："周幽晋献，废嫡立庶，危国亡家，汉高祖几废太子，幸得四皓相助，然后得安，卿即四皓中的一人，愿勿固辞！就使卿疾未愈，亦可卧护青宫，少释朕忧。"这数语很是恳切，累得征无词解免，勉强受职。无如年迈力衰，死期已迫，渐渐的卧床不起，竟至垂危。太宗屡赐药膳，并遣中郎将留宿征宅，日奏起居，至闻征疾加笃，亲自问疾数次，且尚与谈国事，或带着太子承乾，教他亲承师诲，最后一次，且挈了季女衡山公主，同至征榻前，指公主语征道："此女当嫁与卿子叔玉，卿能起视新妇否？"征已不能强起，流涕答谢，太宗亦为泣下。待挈女回宫，夜卧成梦，恍惚见征入朝，作陛辞状。醒来觉此梦未佳，待至天晓，即有人入报，征已谢世，当下匆匆盥洗，即命驾临丧，亲视大殓，抚棺诀别，不觉失声悲号。哭罢还朝，令太子举哀西华堂，且诏内外百官，尽行赴丧，又赐给羽葆鼓吹，陪葬昭陵。征妻裴氏道："征素俭约，今葬用羽仪，恐非征志。"悉辞不受，但用布车载柩而葬。有此贤妇，可谓无独有偶。太宗赐谥文贞，追赠司空兼相州都督，临葬时登苑西楼，望哭尽哀。既而自制碑文，并为书石，尝语侍臣道："以铜为镜，可正衣冠，以古为镜，可见兴替，以人为镜，可知得失。征殁，朕亡一镜了。"征貌不过中人，独有胆识，每犯颜进谏，虽遇太宗盛怒，颜色不变，太宗亦为霁威。尝谓征似疏慢，唯朕独见征妩媚，所以言多见从。征殁后尚感念不已，寻命在凌烟阁中绘功臣像，共得二十四人，征列第四。小子综述如下：

长孙无忌　赵郡王孝恭　杜如晦　魏征　房玄龄　高士廉　尉迟敬德
李靖　萧瑀　段志玄　刘弘基　屈突通　殷开山　柴绍　长孙顺德张亮
侯君集　张公谨　程知节　虞世南　刘政会　唐俭　李世勣　秦叔宝

这二十四人中，如杜如晦魏征段志玄屈突通殷开山柴绍长孙顺德张公谨虞世南刘政会秦叔宝十一人，已经去世，余尚生存。唯君集因破灭高昌，反致下吏，虽然释置不问，心中尝是怏怏。应前回。会郧国公张亮，出任洛州都督。君集先日饯行，座无他人，饮至半酣，佯作醉状，瞋目语亮道："公为何排我？"亮笑答道："我何尝排公？莫非公排我不成？"君集愤愤道："我荡平一国，反触天子嗔怒，如何还能排公？"说着，复攘袂起座道："公与我交好有年，既与我气谊相投，不愿排我，我何妨实意相告。古人有言：'狡兔死，走狗烹，敌国破，谋臣亡。'今我等具有战功，也郁郁不能自活，眼见得是兔死狗烹了。公试想来！应用何策求生？"亮知他已蓄异志，便用言啖他道："亮本不才，还仗我公指教！"君集道："公能助我，莫若起兵。公在外，我在内，内应外合，便可成功。"亮微笑道："公言甚善，待我到了洛州，再行报命。"君集大喜，畅饮尽兴，方才告别。亮即夤夜入宫，密陈君集所言。太宗道："卿与君集皆功臣，今君集与卿相语，旁人不闻，若骤执君集，他必不服，朕随时注意便了。卿且勿言！"这是英主作用。亮即辞行赴任，仰承上意，暂守秘密。偏太子承乾，已窥知君集怨望，私引君集婿贺兰楚石为千牛，官名。嘱他邀入君集，密谈衷曲。君集道："魏王甚得上宠，若殿下不早为备，恐殿下将为隋杨勇了。"杨勇系隋文帝太子，为弟杨广所谮，遂致废死，事见《隋史演义》。太子道："正为此事召公，欲公为我设法，免蹈杨勇覆辙哩。"你若不要他设法？尚不致与杨勇一般。君集道："君集愿为殿下效死。"说至此，又举手语太子道："有此好手，亦当为殿下指挥呢。"恐你亦不怀好意。太子喜甚，厚赠君集。

君集即与太子密图魏王，偏偏天不助逆，疾病缠身，太子本有躄疾，至是加剧，竟致步履维艰，一时不便发难。会东宫有一侍女，名叫俳儿，恣首甚佳，且善歌唱，不愧芳名。为太子所宠昵，日夕不离。足疾由此而生，亦未可知。太宗闻知此事，即召入俳儿，责她蛊惑太子，即加杖百下，俳儿竟因是殒命，太子非常悼惜，且疑由魏王告发，致触父怒，一念恨着魏王，一念记着俳儿，私为俳儿起冢苑中，朝夕祭奠，每至冢旁，辄徘徊泣下。嗣是怨怼日深，按日里托疾不朝，但在宫中聚奴为戏，聊解愁闷。间或令宫奴盗窃民间马牛，亲临烹炙，与一班嬖僮宠婢，同坐而食，侑酒传杯，备极谐媟。有时酒后兴酣，自愿服作突厥衣饰，效突厥语言，命左右亦着胡服，以五人为一小部落，布毡为幄，分戟为阵，外竖五狼头纛，内设穹庐帐舍，高坐堂皇，一呼百诺，命左右烹羔以进，自拔佩刀割肉，与众共啖。啖毕，语左右道："我已做过可汗，譬如今朝死了，汝等可为我行丧礼。"说至此，突然倒地，僵卧不动。左右一齐痛哭，跨马环走，剺面作居丧状。太子忽然起坐，笑语左右道："我一朝有天下，当率数万骑往猎金城，乘便投思摩帐下，解发作一胡官，谅不落突厥后，尔等以为可喜么？"左右当然谀媚，极力称善。至太子入内，方共目为怪物。并非怪物，实是童騃。

会太宗庶弟汉王元昌，所为多不法，屡遭太宗谴责，他遂与太子相亲，时与游戏，尝分左右为二队，由两人戏作统帅，各被毡甲，操竹槊，号令队伍，互相刺击，有不用命，披树为挝，任情殴打，虽死不顾。太子且笑语道："使我今日做天子，明日在苑中置万人营，与汉王分将，两相角逐，一决胜负，岂非是一种快事？"元昌应声道："太子做了皇帝，恐一经失道，谏书纷至，不能似今日的快活了。"太子笑道："这有什么难事？一人来谏，杀死一人，十人来谏，杀死十人，到杀死了几百个，哪个还敢多嘴？我与汉王好尽情玩耍呢。"元昌道："恐不令你为皇帝，你将奈何？"太子道："只有一个魏王泰，我明日便教他死，叔父试看着便了。"是夕即想了一法，遣人诈为魏王记室，密上封事，历言魏王罪恶，有诏捕治上书人，卒不得获，太子又遣张师政纥干承基等往刺魏王，魏王亦阴自戒备，无从下手。可巧东宫娈童称心，及方士秦英韦灵符等，均被太宗收入狱中，一并处死，且传召太子入朝，由太宗严责数十言，太子忍气吞声，返入东宫，即召私党元昌侯君集李安俨赵节杜荷等，密商起事方法，且语众人道："我与贼弟泰誓不共存，他前既谗杀我俳儿，今又谗杀我称心等人，若不亟除了他，就将及我了。"君集不待说毕，便投袂起立道："何不引兵入西宫，杀死此人？"元昌道："此人一死，太子就好入阙为帝，还管什么避忌？直教他弑父弑君。只事成以后，我要向太子索赐一物，太子定要允我。"太子问是何物？元昌道："我前入谒内廷，见御座旁有一美人儿，齐整得很，我后来细底调查，这美人儿且善弹琵琶，有声有色，真正好极了。若太子得做皇帝，此美人儿应当赠我，幸勿自私！"痴心妄想。太子笑道："这算什么，大事得成，我与叔父且同享富贵，何惜一个美人儿？"杜荷道："事不宜迟，速行为是。愚谓不必往杀魏王，但由殿下自称疾笃，主上必来亲视，那时就好动手了。"太子喜道："甚好甚好，就照这样办罢。"当下与元昌等人，割臂为盟，用帛拭血，烧灰和酒，彼此传饮，誓同生死。不像太子行为，全似江湖强盗，故叙述时，叠书太子，非以美之，实以愧之。

看官听着！元昌侯君集，履历已详见上文。李安俨本事隐太子，很为出力，及隐太子败死，太宗以安俨为忠，召为中郎将，偏他仍为桀犬，依然吠尧。赵节系慈景子，为高祖女长广公主所生，曾任洋州刺史。杜荷系如晦子，尚太宗第十六女城阳公主，本皆皇室懿亲，不知何故勾连逆子，阴图篡弑。想是活得不耐烦，所以自寻死路呢。补出三人履历，也不可少。盟誓既定，拟把侯杜两人的秘谋，次第进行，事尚未发，忽内廷传出急诏，令兵部尚书李世勣，发便道兵速往齐州平乱，太子语纥干承基道："齐王祐也想造反么？他欲造反，何不与我连谋？我宫西墙去大内，不过二十步，朝夕可以发作，岂比齐州路远，多费若干经营呢？"正说着，又有缇骑到来，大踏步趋至太子面前，顾见承基在侧，便将他一把抓住，反翦了去。太子惊问何事，缇骑答言奉诏捕承基，余无别言，竟一哄而去了。仿佛天外奇峰。太子到了此时，还道是自己密谋，已经发泄，几吓得魂不附体。旋经李安俨入报，谓因齐王祐事，干连承基，与太子无涉，太子稍觉心安。但因京师戒严，也只好把自己秘谋，略缓数日。不到几天，齐王祐被执至京，有诏废祐为庶人，赐令自尽。祐本太宗第七子，受封齐王，兼领齐州都督，生性轻躁，素好游猎。长史权万纪，屡谏不从，恐并得罪，乃陈祐过失，请旨裁夺。太宗手诏切责，祐不胜忿恨，且益暴戾。万纪从旁管束，不听祐出国门，把鹰犬尽行纵去，且劾祐左右数十人。太宗令刑部尚书刘德威，往按得实，召祐与万纪入朝。祐遂与狎客燕弘亮等，商定逆谋，射杀万纪，磔尸泄愤，一面招募壮丁，充当兵役，传檄各州县，以入清君侧为名。李世勣奉诏往讨，尚未至齐州，齐府兵曹杜行敏等，已执祐送京师。太宗也顾不得父子私恩，只好将他处死，徒党连坐数十人。太子承乾，存了兔死狐悲的观念，复有些惶惧起来，凑巧逆谋被泄，一道诏下，废太子承乾为庶人，把他拘禁起来。小子有诗叹道：

前人行事后人看，作子非难作父难。
才识贻谋宜审慎，如何骨肉屡相残。

欲知承乾被废情由，试看下回便知。

三纲五常，为治平之大要，纲常不正，则内乱必生，乌乎治国？乌乎平天下？胡俗烝报相寻，篡逆亦成为常事，故虽有强悍之主，以力服人，而倏兴倏衰，未闻有数十年不变者。观本回之叙西突厥事，已可概见矣。若中国素崇礼义，号为文物之邦，唐太宗为三代下仅见之君，尤称英敏。乃玄武门自戕骨肉，巢王妃可作嫔嫱，敢自渎伦，竟尔作俑，卒至承乾无父，元昌无兄，齐王祐恶逾太子，赵节杜荷等不顾懿亲，内外谋逆，几成大祸。幸天尚佑唐，得以早日扑灭，不致蔓延，然父子兄弟之间，遗憾已多。太宗岂能辞咎乎？夫戎狄之国，犹不能舍纲常而谋治安，况在中华？故本回属事比辞，借往事以箴后世，善鉴古人者，可以知所戒矣。

第二十回　易东宫亲授御训
征高丽连破敌锋

却说承乾被废的原因，实缘有人讦告逆谋，遂致败露，这人为谁？就是被系的纥干承基。承基系狱论死，意欲求生，乃将承乾种种逆谋，密陈刑部，请转奏太宗。太宗闻变，即敕长孙无忌、房玄龄、萧瑀、李世勣四人，与大理中书门下等官，公同查讯，果得实情。太宗乃召入承乾，当面呵责。承乾顿首道："臣为太子，尚何所求？但为泰所图，心实不甘，因与廷臣等谋及自安。廷臣等导臣不轨，臣一时狂惑，未免受迷，今愿自坐死罪，唯臣被废死，泰若得立为太子，臣死且衔恨呢。"太宗听到此语，怒上加怒，遂顾语侍臣道："承乾罪大，应该如何处置？"群臣皆面面相觑，莫敢发言。通事舍人来济隋将来护儿子。进言道："愿陛下不失为慈父，太子得终享天年，便是情法兼尽了。"还是他有点胆识，可谓护儿有儿。太宗乃废承乾为庶人，幽禁右领军府中。当下搜捕党与，把元昌、侯君集、李安俨、赵节、杜荷等，一并拘至，依次鞫讯。元昌无可抵赖，先自伏罪。太宗不忍加诛，拟令减罪免死。高士廉李世勣等，谓不应因亲废法，争论至再，乃赐令自尽。侯君集初讯不服，太宗召他女夫贺兰楚石，证成罪状，君集才俯首无词。太宗语群臣道："君集有功国家，可否贷他一死？"群臣齐声道："君集大逆不道，如何赦宥？"太宗乃谓君集道："今日为国守法，要与卿永诀了。此后徒见卿遗像，怎不痛心？"言已泣下，君集亦伏地大恸。刑官不便徇情，即将他牵出市曹。临刑时，君集语监吏道："我本不欲反，因蹉跎至此，但为皇上破灭二国，不无微劳，请转奏陛下，乞矜全一子，聊奉祭祀。”监吏允诺，刑毕复命，并述君集言。太宗乃赦他妻子，流徙岭南。李安俨赵节杜荷三人，既已讯实，当即斩决。左庶子张玄素，右庶子赵弘智令狐德棻等，均因不善规谏，坐罪除名。唯于志宁以屡谏见褒，毫不加罪。纥干承基释出狱中，命为祐川府折冲都尉，爵平棘县公。承基得封，未免滥赏，但不忍刺死于志宁，尚有仁心，应该食报。自承乾得罪被废，魏王泰日夕入侍，格外尽孝。太宗嘉他恭顺，面许立为太子。中书侍郎岑文本，及侍中刘洎等，亦皆劝帝立泰。独长孙无忌请立晋王治，太宗嘿然不答。及无忌退后，语侍臣道：“昨日青雀泰小字。投朕怀中，谓臣今日始得为陛下子，臣止一儿，臣死时当将子杀死，传位晋王，这数语甚属可怜，所以朕不忍别立。”言未已，褚遂良应声奏道：“陛下以为可怜，臣实以为可虑，试想陛下万岁后，魏王据有天下，尚肯自杀爱子，传位晋王么？陛下前日正因嫡庶相争，酿成内变，今必欲立魏王，愿先将晋王安插，方保无虞。”太宗迟疑半晌，竟泫然流涕道：“这事恐办不到呢。”遂起座入宫。一念萦私，便致憧扰，家庭之难处也如此。魏王泰恐晋王得立，因往餂晋王道：“汝与元昌亲善，今元昌败死，汝得毋连及么？”晋王听了此言，不觉忧容满面，偶为太宗所窥，问他何故怀忧？晋王据实奏闻，太宗不觉省悟道：“他却有此深心，朕今始知道了。”还算聪明。因出御两仪殿，令晋王相随，召长孙无忌房玄龄李世勣褚遂良等到来，与述泰言，且蹙眉道：“我三子一弟，所为如此，我还有怎么生趣？”说至此，竟挺身跃起，自投床上，且从腰间拔出佩刀，竟欲自刎。无忌等忙上前相阻，褚遂良把刀夺去，授与晋王。无忌又请道：“立储事大，陛下属意何人，不妨径立，免得滋疑。”太宗道：“我已欲立晋王。”无忌接口道：“谨遵诏旨。”太宗乃使晋王拜谢无忌道：“汝母舅已许汝了。”此语亦失。无忌趋避一旁，太宗又语四人道：“公等已与朕意相同，未知外议何如？”房玄龄等齐声道：“晋王仁孝，天下归心，请陛下召问百官，谅亦不致异议。”太宗乃转御太极殿，召群臣入谕道：“承乾悖逆，泰亦凶险，皆不可立，朕欲就诸子择立一人，卿等以为何人当立？”大众皆欢呼道：“莫如晋王。晋王仁孝，当为储嗣。”太宗乃喜。适魏王泰率百余骑，至永安门探听消息，门官入奏太宗，太宗即令卫士辟泰从骑，引泰入肃华门，也禁锢北苑中。次日御承天门楼，颁诏立晋王治为皇太子，大赦天下，赐酺三日。太宗又语侍臣道：“我若立泰，是储位可以谋取了。自今以后，太子失道，藩王窥伺，须一并废置，传诸子孙，永为后法，卿等以为善否？”侍臣等当然赞成。太宗复道：“今若立泰，承乾与治，均不得生全，治立为嗣，泰与承乾，俱可无恙了。”遂命长孙无忌为太子太师，房玄龄为太傅，萧瑀为太保，李世勣为詹事，李大亮于志宁马周苏勖高季辅张行成褚遂良等，均为东宫僚属。

右庶子杜正伦，辅故太子承乾，密受太宗嘱托，屡谏不从，乃以上语相告。承乾以闻，太宗召问正伦，责他泄言。正伦叩首道：“臣欲太子迁善，所以敢述密谕，俾知儆戒呢。”太宗乃不加罪，及承乾事败，正伦左迁交州都督，魏征在日，尝荐杜正伦侯君集有宰相才，至此君集伏诛，正伦坐谪，遂疑征朋比为奸，命仆墓前碑石，罢征子叔玉尚主，一面徙承乾至黔州，泰至均州，承乾越二年病死，葬用国公礼。泰降封东莱郡王，嗣复改封顺阳，后乃晋封濮王，至高宗三年，病逝郧乡，这是后话。唯太子治年只十六，太宗令日侍起居，遇事训导，每食辄语道：“汝知稼穑艰难，方得常食此饭。”有时见他乘马，又与语道：“汝须知马劳苦，毋竭马力，方得常乘此马。”及太子乘舟，又与语道：“水能载舟，亦能覆舟，民犹水，君犹舟，不可不慎。”太子或栖息树下，又尝举“木从绳则正，后从谏则圣”二语，作为箴励。太子但唯唯听命，未尝发言。吴王恪太宗第三子已见十七回中。善骑射，有文武才，英武颇类太宗，太宗见太子柔弱，又移爱及恪，拟改立恪为太子，密语长孙无忌道：“雉奴太子小字。柔懦，恐不能主社稷，我意欲改立吴王。”无忌力言不可，太宗冷笑道：“公以恪非亲甥，因不欲改立么？”私心又起。无忌叩首道：“太子仁厚，将来必为守文良主，愿陛下勿疑！譬如举棋不定，尚且失败，况储贰至重，怎可屡易呢？”太宗乃止。嗣命太子知左右屯营兵马事，每日视朝，饬令随侍，观决庶政，这也好算是随时教导，煞费苦心呢。暗为下文反喝。

且说贞观十七年秋季，新罗国遣使乞师，东伐高丽。高丽居中国东方，就在现今的朝鲜半岛，岛中分列三国，东北为高句丽，简文叫作高丽，南为百济，百济东南为新罗。高丽最强，与百济同盟，谋分新罗国，又率众侵辽西，屡与隋军相争，隋文帝父子，连讨数次，均不能克。高丽益横行无忌，连侵新罗。嗣闻唐室开基，兵势强盛，乃遣使入贡，高祖册封高丽国王高建武为辽东郡王。百济新罗，也相继贡献方物，唐廷又册封百济王扶余璋为带方郡王，新罗王真平为乐浪郡王。三国共受唐封，仍相攻击。新罗王真平忧死，只遗一女善德，由国人拥立为王，勉支危局。会高丽东部大人泉盖苏文，泉为姓，盖苏文为名，大人即部酋之称。凶暴不法，高丽王建武，与群下谋诛盖苏文，偏盖苏文侦悉王谋，竟勒兵入宫，手刃建武，剁作数段。且尽杀预议诸大臣，立建武兄子高藏为王，自为莫离支，官名，如中国吏部兼兵部尚书之类。专擅国事，且与百济和亲，再击新罗。新罗女王善德，惶急的了不得，忙遣人乞救唐廷。太宗发使持诏，往谕高丽罢兵。盖苏文拒绝唐使，太宗乃诏集群臣，会议出师。褚遂良奏阻道："今中原清宴，四夷畏服，陛下威望日著，震铄古今，今若远渡辽海往讨小夷，果能指日奏功，原是幸事，万一蹉跌，伤威损望，再兴忿兵，安危更不可测了。"太宗道："盖苏文有弑君大罪，今又违朕诏命，侵暴邻国，奈何不讨？"李世勣接入道："前日薛延陀入寇，陛下欲发兵穷追，因用魏征言，坐失机会，否则薛延陀已无遗类了。"是敲顺风锣。太宗点首道："诚如卿言，此次朕拟亲征，定当扫清东夷。"乃敕将作大匠阎立德等，赴洪饶江三州，造船四百艘，载运军粮。且遣营州都督张俭等，发幽营二州兵，及契丹奚鞣鞨各部众，先击辽东，借觇虚实。

既而鸿胪卿奏陈高丽贡献白金，褚遂良入谏道："这是《春秋传》中的郜鼎呢，陛下不应受纳。"太宗乃召入高丽使臣面诘道："汝非由莫离支遣来么？"使臣答声称是。太宗怒道："汝等均事高建武，居官食禄，盖苏文弑逆不道，汝等不能复仇，反替他奔走游说，欺我上国，汝等自思，有罪呢？无罪呢？"这数句话，说得来使无词可答。当由太宗指示左右，拘他下狱，当即下诏亲征。褚遂良再疏谏阻，说是："欲征高丽，但须遣一二猛将，数万雄兵，便足了事，不必由御驾亲行。"太宗不从。群臣相继进谏，皆不见听。遂命房玄龄居守，李大亮为副，竟带同太子，南往洛阳，适值薛延陀遣使入贡，太宗与语道："归语尔主，今我父子将东征高丽，汝能为寇，可趁此速来。"来使返语真珠可汗，真珠惶恐，复令原使入谢，情愿发兵助军。太宗复语道："我军已足，不烦尔主费心，尔主果能竭诚事朕，此外尚有何求？"已足吓退真珠。来使听命自去。太宗查得前刺史郑元璹，曾从隋炀帝东征，料他熟悉情形，便自原籍召至行在，问及兵事。元璹答道："辽东路远，粮运迂回，东夷又善守城，不易攻入，还请陛下三思！"太宗怫然道："今日比不得隋朝，公试看朕破虏哩。"元璹托辞老病，谢别归去。太宗即授刑部尚书张亮，为平壤道行军大总管，率江淮岭硖兵四万，长安雒阳壮士三千，战舰五百艘，自莱州泛海，径趋平壤。又命太子詹事李世勣为辽东道行军大总管，率步骑兵六万，及兰河二州降胡，径趋辽东，太宗亲下手诏，声讨盖苏文，诏旨中有以大击小，以顺讨逆，以治乘乱，以逸敌劳，以悦当怨五大义，说得理直气壮，慷慨动人。远近勇士，逐日应募，并献纳攻城器械，不可胜数。太宗因复拟自洛启行，忽由京师遣来急足，报称副留守李大亮病故，并递上遗表，乃是谏阻东征。太宗不觉惊悼，追赠兵部尚书秦州都督，赐谥曰懿，陪葬昭陵。唯遗表上的语言，终未肯信，乃自率诸军发洛阳，直至定州。诏令太子监国，留住定州城，命太傅高士廉，詹事张行成，庶子高季辅，及侍中刘洎，中书令马周，同掌机务。

是时尉迟敬德，已经致仕，独趋至行在，面阻太宗道："陛下亲征辽东，太子又在定州，长安洛阳，腹地空虚，倘有急变，如何抵制？且边僻小夷，何足劳动万乘，不若另遣偏师，指日平夷为是。"太宗道："朕已留房玄龄守长安，萧瑀守洛阳，可无他虞。卿若尚可从军，且随朕东征便了。"敬德不便违命，乃扈跸同行。太宗亲佩弓箭，并在鞍后自结雨衣，兼程前进，径诣幽州，当下授计世勣，阳若出师柳城，虚张声势，暗中渡过辽水，直捣盖平。世勣遵旨即行，安抵盖平城下。高丽兵未曾防备，蓦闻唐军到来，慌张得很，当被世勣一鼓攻入，俘得二万余人，获粮十余万石，既而张亮亦率舟师渡海，袭击卑沙城，城濒海岸，四面悬绝，唯西门可上，右骁卫将军程名振，及副总管王大度，夜登西门，砍死守卒数十人，余众溃散，由唐军入城兜拿，拘住男女八千口，两路至幽州报捷。太宗乃欲亲往督师，中书待郎岑文本，专掌军中粮械，握算持筹，几无暇夕，累得精神枯耗，筋力消磨，倏忽间竟暴卒幽州。太宗临视流涕，追赠侍中，赐谥曰宪，令兵役舁棺归葬，然后启驾东行。途次接世勣军报，已进围辽东城，高丽遣四万人来援，亦被江夏王道宗击走。太宗放心前进，行次辽泽，前面有泥淖二百余里，当由军士畚土填淖，至泥淖最深处，筑桥以渡。及兵已渡过，撤桥以坚士心，至马首山，江夏王道宗率众来迎，太宗慰劳有加。越日，自收数百骑，抵辽东城下，见士卒负土填濠，也下马亲负土石，从官等相率负土，湮塞城濠，遂与世勣合兵，围城至数十匝，喊声动地。会值南风大起，太宗命锐卒缘登冲竿，纵火焚毁城楼，将士乘势登城，守兵抵敌不住，只好退去。世勣督兵杀人，斩馘万余人，获男女四万口，改号辽东城为辽州，遂进攻白岩城。城上矢石交下，右卫大将军李思摩，面中流矢，血渍满颐，太宗亲为吮血，于是将士益奋。高丽乌骨城主，遣兵万余人，来援白岩，将军契苾何力，率劲骑八百名，陷入敌中，为敌所围，尚辇奉御薛万备，单骑往救，敌众前来拦阻，由万备大喝一声，几如雷震，吓得敌众纷纷倒退。万备即杀入核心，见何力腰受槊伤，便教他随着后面，自己当先开路，持着长枪，左挑右拨，杀散敌众，与何力一同回营。何力虽然受创，勇气未衰，复用布束腰，召集从骑，再往击敌。太宗复遣兵策应，杀死乌骨城卒无算，追奔数十里，斩首千余级，看看天色将暮，才收军而回。白岩城主孙代音，闻援兵败退，自知兵力不支，乃遣人请降，太宗临水设幄，亲受降虏，改称白岩城为岩州，仍令孙代音为刺史，契苾何力创重，太宗亲为傅药，且搜获何力被刺的仇人，叫作高突勃，令何力自己下刃，借泄前恨。何力入奏道："彼此各为其主，高突勃冒刃刺臣，忠勇可嘉，臣与他本不相识，并无仇仇，不应将他处死。"可谓知义。太宗一再称善，乃将高突勃赦宥，再进攻安市城。

高丽北部耨萨高丽官名。高延寿高惠真，率兵十五万，来救安市。太宗语将士道："延寿若引兵直前，连城为垒，据险储粟，掠我牛马，坐困我军，乃为上策。上策不行，把安市城内的兵民，一律迁去，乘夜潜遁，尚不失为中策，若不自度德量力，漫欲与我军相搏，这乃所谓下策哩。朕料他必出下策，卿等看着！延寿等必为我所擒了。"知己知彼，百战百胜。言未已，果有探马来报，延寿等引众前来，距安市城只四十里了。太宗喜道："朕意原料他如此，但恐他中道逗留，不肯就来送死，应设法诱他速来，方可就歼呢。"遂召左卫大将军阿史那社尔入账，令带突厥兵千骑，前往诱敌，只准败，不准胜。阿史那社尔领命即去，行了三十余里，见敌众奋勇前来，当下拦住马头，与他交锋，战不数合，便拖械而走。延寿笑语惠真道："人人说唐军强盛，哪知他这般没用，这真是有名无实哩。"遂驱军大进，直至安市城东南八里，依山布阵。太宗正带着数百骑，登高望敌，遥见高丽兵到来，便返入大营，命李世勣率步骑万五千人，列阵西岭。长孙无忌率精兵万一千人，从山北出狭谷，冲击敌后。自率步骑四千，挟鼓角，偃旗帜，潜登北山，且预约诸军齐进，一闻鼓角声，当尽行趋击。诸军陆续进行，专听北山鼓号，准备厮杀。太宗已至北山，望见李世勣军，已在西岭列阵，正与敌众两阵对圆，两下里跃跃欲动，势将接仗。忽敌阵后面，隐隐有尘沙飞起，料知无忌军已抄至敌后，即命随骑鸣鼓吹角，高张唐帜，诸军鼓噪并进，齐捣敌阵。延寿惠真，仗着人多势旺，尚未着忙，拟分军抵御。突有一白袍将军，大呼陷阵，手中持着一支方天戟，盘旋飞舞，只见戟，不见人，从那一片白光中，戮倒高丽兵无数，未叙姓名，先写忠勇，是用笔不平处。唐军又纷纷随入，眼见高丽兵东倒西歪，阵势大乱，不消一二时，已逃得无影无踪，只剩作一片战场了。连用数见字，是从太宗目中写出。太宗大喜，回营升座，诸将各来报功，共斩虏首二万余级，检验既毕，便问诸将道："朕适见一白袍将军，当先突阵，锐厉无前，尔等快去将他召来！"诸将闻旨，即去查问此人，当有一雄赳赳的英雄，挺身出认，入见太宗。太宗问他姓名，那人伏地自陈，由太宗嘉奖数语，面授为游击将军，并赐金帛及骏马，正是：

试看战阵建功日，便是英雄遇主时。

欲知此人为谁？待至下回表明。

魏王泰潜谋夺嫡，至承乾败后，太宗果欲立泰为储贰，幸长孙无忌褚遂良等，一再谏阻，方改立晋王治，司马温公谓唐太宗不私所爱，以杜祸乱之源，可谓知所远谋者，诚非虚语。或以为魏王得立，当无武氏之祸，此语似是而实非。武氏娇小倾城，能蛊晋王治，宁独不能惑魏王泰乎？且魏王狡险，苟得立为太子，入承大统，势必加刃骨肉，尽杀弟昆，恐不待武氏临朝，始见唐宗之尽覆也。若太宗东征高丽，当时议之，后世非之。夫盖苏文有弑主之恶，用王师以讨其罪，谁曰不宜？所失者，在御跸亲征，致多烦费耳。然如太宗之勇略过人，出奇制胜，实不可没，而其后卒不能平高丽，或亦有天意存乎其间，非尽战之罪也，故本回叙述二事，虽不加褒，亦不加贬，所以昭公论而存直道云。

第二十一回　东略无功全军归国
北荒尽服群酋入朝

却说唐军与高丽交战，当先冲锋的白袍将校，为太宗所宠遇，优给赏赐。这人为谁？便是大名鼎鼎的薛仁贵。凡遇著名人物，俱用特笔点醒。他本世居龙门，家业耕种，小名是一礼字，因后来建功立业，四海名扬，人人叫他薛仁贵，所以转将小名搁起，但把表字流传，也与尉迟敬德秦叔宝一般。幼时贫贱，好容易茹苦含辛，娶了一个妻室柳氏，正史上不载妻名，小说中说是柳金花，因恐无据，未敢加入。两口儿勤俭度日，渐渐积下微资。仁贵欲改葬父母，柳氏道："妾观夫君膂力过人，武艺出众，既具绝世英姿，应该待时发迹，今天子将征辽东，招求猛将，这是千载一时的机会，君何勿往图功名，自求显达？待至富贵还乡，葬亲也不为迟呢。"此妇却是不凡。仁贵武力，亦借口叙过。仁贵依了妻言，遂往投军营，谒见将军张士贵，士贵令出戍安地。适郎将刘君邛，出剿土匪，为贼所围，仁贵单骑驰救，阵斩贼首，系首马鞍，贼皆慑伏，弃械乞降，乃偕君邛归镇，自是仁贵方有勇名，至高丽安市城一役，亲受主知，威名益著。

高丽将延寿惠真，收集余众，依山自固，太宗命诸军围攻，又令长孙无忌，尽撤桥梁，断他归路。延寿惠真，进退两难，不得已率众请降，亲诣军门，来谒太宗，匍匐请命，太宗笑语道："东夷少年，跳梁海曲，哪知坚持决胜，未及老成？此后尚敢与天子战么？"延寿等伏地不能对。太宗乃简选耨萨注见前。以下酋长三千五百人，各授武职，迁居内地，余皆纵还平壤。

高丽各城，余众闻风遁去，唯安市城固守如故。太宗改名北山为驻跸山，刻石纪功。且手书报太子及高士廉道："朕为将如此，汝等以为何如？"高丽未平，何必出此满语。越数日，移营安市城南，指挥诸将，再行攻城。安市守卒，望见太宗麾盖，辄乘城鼓噪，加以嫚骂。太宗怒不可遏，李世勣入请道："斗大孤城，不患不下，待攻克此城后，所有男子，一并屠戮，陛下当可泄恨了。"太宗道："朕意拟攻建安城，建安得克，安市在我掌握，这是兵法所谓舍坚攻瑕哩。"世勣道："建安在南，安市在北，我军粮饷，均在辽东，今若越安市，攻建安，倘贼众断我粮道，如何是好？臣意总在先攻安市，安市一下，鼓行而进，方无后忧。"太宗踌躇半晌，方道："朕命卿为将帅，自当信用公计，但愿勿误朕事哩。"言未已，有两人趋入，跪奏道："奴等既委身大国，不敢不竭诚献悃，愿天子早立大功，使奴等得与妻子相见。安市城坚兵勇，人自为战，未易猝拔，今奴等带着高丽兵十余万，望旗沮溃，国人闻奴等败降，正在心惊胆落，乌骨城耨萨，老耄无用，若王师朝临，城可夕下。此外当道小城，不战可克，然后因粮进兵，长驱入捣，平壤必不可守了。"为唐划策，却是甚善，所惜返戈授敌，未免无爱国心。太宗闻言瞧着，乃是降将高延寿高惠真。延寿已受命为鸿胪卿，惠真也为司农卿，两人既做了唐官，意欲立功报主，所以并献此策，太宗也颇称善。偏长孙无忌又奏阻道："天子亲征，与别将不同，总须计出万全，不宜行险侥幸。今建安安市两城，虏众不下十万，若我军进攻乌骨城，后路为虏众所截，终恐不妙，不若先取安市建安，再行进兵为是。"太宗乃止。此时唐兵约数十万，何不分军深入，留太宗在后策应？乃俱顿兵坚城之下，以致老师无功，岂太宗亦聪明一世，懵懂一时耶？诸军仍围攻安市城，李世勣攻城西南，用冲车炮石，击毁城堞。城中竖起木栅，塞住缺口，唐兵仍不能入。江夏王道宗，攻城东南，督众筑土山，高与城等。城主亦培土增陴，更番防御。内外兵士，一攻一守，日必数战，连夜间亦接斗数次。道宗足受矢伤，几不能行，令裨将傅伏爱屯兵山顶，防敌出袭。伏爱私离所部，凑巧土山崩颓，斜压城上，城坍陷数丈，唐军因未得将令，不敢乘隙进薄，反被高丽兵从城缺出来，一阵乱击，将唐军驱散，把土山占夺了去。那时道宗睡卧营中，闻这消息，急忙跃起，跣足至大营请罪。太宗正因土山失守，惹动懊恼，见道宗进来，便瞋目道："汝实犯死罪，但汉武杀王恢，不若秦穆用孟明，且念汝有战胜辽东的功劳，朕姑赦汝，此后汝应小心，一误不得再误哩。”道宗顿首拜谢。太宗传入伏爱，责他失律致败，推出斩首。嗣是又攻扑了好几日，始终不能得手，转眼间已是初冬天气，辽左天寒，草枯水冻，士马不便久留，粮食亦且垂尽。太宗乃收拾雄心，潜令班师，先拔辽盖二城户口，渡辽内徙，自在安市城下，耀兵扬武，且召语城主道：“朕因天寒思归，待来春再行亲征，汝等能出兵追蹑，最好是今日的机会了。”故意教他来追。城主发城拜辞，太宗复在马上扬鞭道：“汝能固守此城，直至两月有余，可谓忠勇。朕特赐汝良缣百匹，汝可领受！”言至此，命侍臣检出百匹素缣，委置城下，一声号炮，全军启程。太宗率禁卫军先行，诸军陆续随还，着末是大总管李世勣及江夏王道宗两军，压队断后，徐徐退去。城中守兵，屏迹不出，降至唐军去远，方出城收缣，不消细说。

太宗渡辽西归，适辽泽泥潦，车马不通，乃命长孙无忌，率兵万人，先行治道，翦草填涂，用车作梁，然后逐队进发，好容易到了蒲沟，泥淤尤甚，太宗立马沟旁，督军填淖，及行渡渤海，天降大雪，加以暴风，全军都带水拖泥，不堪困惫，有许多该死的兵士，就在途中宛转毕命。总计太宗亲征高丽，共破十城，徙辽盖岩三城户口入中国，共七万人，前后三大战，斩首四万余级，战士也死了二千人，战马十亡八九。太宗才有悔意，在途中叹道：“魏征若在，必不令朕有此行。”乃遣使驰驿，令至征墓前致祭，赐用少牢，复立所制碑铭，并召征妻子诣行在，亲加慰赐。只衡山公主始终不肯嫁给，总是失信。及抵营州，诏命将辽东战亡士卒，悉数舁至柳城东南，祭以太牢，由太宗亲制祭文，临奠尽哀，从臣亦多泣下。游击将军薛仁贵，随侍驾前，太宗回顾与语道：“朕旧将统已衰老，正思得一骁勇士，付以阃外重权，今幸得卿，朕心甚慰。此次东征大功未成，还亏遇一骁将，才算是不虚此行呢。”俗小说中有《征东全传》，谓薛礼如何被厄，如何救驾，说得天花乱坠，谁知多是虚诬，故本编全不阑入。仁贵当然谢奖。俄由定州来了使人，说是奉太子所遣，报称在临榆关内，恭迎御驾。太宗乃亟率三千人，驰入临榆关，与太子会面，太子即进奉御袍，侍太宗更衣毕，谈了一回已往的事情，方随跸西行。原来太宗出征时，曾指身上褐袍，语太子道：“俟回来见汝，再易此袍。”及既至辽左，过了夏秋两季，袍已敝旧，太宗仍然不易。左右请改服新衣，太宗道：“军士衣多破烂，朕独忍换新衣么？”这是笼络人心语。至是易衣至幽州，也即命州吏发出布帛，分赐将士，且将钱布散给高丽降民，欢呼声三日不绝。

再西行至定州，太宗感冒风寒，免不得有些悴容，好几日不思饮食，身上亦乍寒乍热，觉得不爽，未几，又生了几个疮痈，痛苦异常。侍中刘洎，私语同僚道："上体患病，殊属可忧。"哪知此语出口，已有人密报太宗，且加添几句坏话，说得太宗忿怒起来，竟命将刘洎褫职，赐令自尽。先是太宗将东行，令洎兼左庶子，检校民部尚书，辅太子监国，并召谕道："朕今远征，尔佐太子，安危所寄，宜深体朕意。"洎仓猝答道："臣在此，愿陛下勿忧。就使大臣有罪，臣亦当执法加诛。"太宗听到此语，不觉变色，但因他生平忠实，不加驳斥，唯婉戒了几句。此次有人进谗，说他欲行伊霍故事，顿时触起前嫌，骤然赐死。足为言语不谨者戒。看官道是何人谮洎？相传是谏议大夫褚遂良。遂良与洎有宿嫌，因此把他谮死。中书令马周，进谏不从，平白地冤死了刘侍中。既而太宗病势少痊，还归京师，又杀刑部尚书张亮。亮颇好左道，交通巫觋，术家程公颖谓亮卧状若龙，后当大贵，亮颇信为真言。陕人常德发，上书告变，谓亮养假子五百，阴具反谋。太宗命马周案治，亮自言被诬，且历溯佐命旧功，应乞鉴原。马周依言复命，太宗道："亮养假子五百，意欲何为？无非为造反计呢。"乃再令百官复议。群臣阿附上意，多言亮有反意，应该伏诛，独将作少监李道裕，谓："亮叛迹未明，不应遽坐死罪。"太宗不从，竟令斩首。后来太宗亦颇自悔，擢道裕为刑部侍郎，且语左右道："日前李道裕曾议张亮一案，朕虽不从，至今自觉过甚，所以朕命为典刑，当不致误人入罪了。"

过了数月，已是贞观二十年仲夏，高丽王高藏，及莫离支盖苏文，遣使谢罪，并献上二美女。太宗笑道："他道朕是吴王夫差，乃欲以美女饵朕么？"遂却还贡献，复议遣将往讨。适值薛延陀一再入寇，乃将高丽事暂行搁起，先图北征。看官阅过前回，曾载着真珠可汗，奉表输诚，为什么此时入寇哩？原来太宗东征未归，真珠可汗因病亡故，他本令庶长子曳莽为突利失可汗，居东方统辖杂种，嫡子拔灼为肆叶护可汗，居西方统辖薛延陀，曳莽性躁，拔灼量窄，两人素不相容。及真珠既殁，曳莽奔丧，恐拔灼图己，先还所部。拔灼果疑他有异志，发兵追蹑，杀死曳莽，自立为颉利俱利薛沙多弥可汗。且闻太宗东征未归，竟乘虚来袭河南，为右领军大将军执失思力所破，败奔碛北，未几，又转寇夏州，太宗已经西归，遣江夏王道宗等，会集执失思力，调集西北数州兵士，出镇西陲。多弥可汗知中国有备，不敢轻进。执失思力会同夏州都督乔师望，出兵掩击多弥。多弥轻骑遁去，余众多为唐军所获，奏凯而归。

回纥诸部，闻多弥败还，也出兵攻薛延陀。多弥与战又败，国内骚然。偏多弥尚不肯改过，废弃旧臣，亲信私人，还想窥伺中国，屡遣游骑侦边。自速其死。太宗乃命江夏王道宗，及左卫大将军阿史那社尔，为瀚海安抚大使。又令右领军大将军执失思力，统领突厥兵，右骁卫大将军契苾何力，统领凉州及胡兵，代州都督薛万彻，营州都督张俭，各率所部兵，分道进击薛延陀。薛延陀部众，已是离心离德，闻唐军大举入境，惊慌的了不得，相率骇走道："天兵到了！"多弥见人心已散，料不可守，即引数千骑西奔，偏遇回纥兵到来，一些儿不肯容情，竟将多弥手下的骑卒，一古脑儿扫得精光。多弥还有何幸，眼见得是身首两分了。回纥酋长吐迷度，且乘势入据薛延陀。薛延陀尚有余众七万口，西走避难，嗣拥立真珠兄子咄摩支，为伊特勿失可汗，还收故土。一面遣使奉表唐廷，自去可汗名号，求居郁督军山北麓。太宗遣兵部尚书崔敦礼，西往招抚，偏是回纥诸部，恐咄摩支卷土重来，将为己患，也遣使至唐，只说咄摩支意怀叵测，将来必遗患碛北。太宗因复命李世勣统兵西行，相机行事，剿抚兼施，并敕李道宗薛万彻等一并进军。世勣至郁督军山，檄谕薛延陀君臣，劝他速降。咄摩支恐不能容，南奔荒谷，世勣再遣通事舍人萧嗣业，招慰咄摩支。咄摩支乃自出乞降。偏部众首鼠两端，未肯投诚，当由世勣纵兵追击，前后斩五千余级，虏男女三万余人，并押送咄摩支至京师，候旨发落。太宗召见咄摩支，因他未尝入寇，拜为右武卫大将军，且拟亲幸灵州，招谕铁勒诸部。铁勒有十五部，已见前文。

是时江夏王道宗，已率兵逾碛北，遇薛延陀遗众拒战，奋力进击，斩首千余级，追奔二百里，乃与薛万彻传檄回纥诸部，令他归附唐廷。回纥等俱愿听命。及太宗启驾至泾阳，回纥拔野古同罗仆骨多滥葛思结阿跌契苾奚结浑斛薛等十一姓，各贡献方物。表文有云："薛延陀不事大国，暴虐无道，不能为奴等主，自取败亡，部落鸟散。奴等各有分地，不从薛延陀去，愿归命天子，乞赐哀怜，悉置官司，以便奴等有所禀承。"太宗览表大喜，即赐番使宴乐，分赍拜官，并遣右领军中郎将安永寿，偕各使同往，颁给各部长酋长玺书。至车驾已抵灵州，铁勒诸部使臣，陆续踵至，差不多有几千人，相继入谒，共白太宗道："愿得天至尊为奴等天可汗，子子孙孙，常为天至尊，奴等死无所恨。"太宗喜出望外，因作诗叙述盛事，有"雪耻酬百王，除凶传千古"二语，载入史乘。群臣复请勒石铭功，太宗自然照请，盘桓了好几天，方才回京。

既而回纥仆骨多滥葛拔野古同罗思结浑斛薛奚结阿跌契苾白霫等酋长，俱入都来朝。太宗赐宴芳兰殿，命有司厚加给待，每五日一会。旋下诏改各部名称，以回纥部为瀚海府，仆骨为金微府，多滥葛为燕然府，拔野古为幽陵府，同罗为龟林府，思结为卢山府，浑为皋兰州，斛薛为高丽州，奚结为鸡鹿州，阿跌为鸡田州，契苾为榆溪州，思结别部为蹛林州，白霫为寘颜州，各归原有酋长管辖，赐给各酋长都督刺史名号，分赏金银缯帛及锦袍。各酋长大喜，欢呼万岁，舞蹈扬休。及各酋长辞行，太宗亲御天成殿，再赐宴饯，并令乐官递奏十部乐，作为侑觞，真个是华夷共乐，胡越同堂。宴毕，各酋长醉酒饱德，离座拜谢，且奏称："臣等既为唐民，往来天至尊处，如回纥以南，突厥以北，应开一大道，称为参天可汗道，途次置六十八驿，各有马及酒肉，以供过使，愿岁贡貂皮，充作此项用费，并请天朝派遣文人，使为各部表疏。"太宗一一允许，各酋长始欢跃而去，于是北荒悉平。

嗣复设立燕然都护府，统辖瀚海等六府、皋兰等七州，特遣扬州都督李素立为燕然都护。素立莅任，抚以恩信，各部落很表欢迎，共献牛马。素立一概却还，只受他薄酒一杯，夷人益加爱慕，遐迩归心。铁勒北部骨利干，也遣使入贡，还有西域结骨部酋，叫作失钵屈阿栈，也重驿来朝，且请太宗授给一官，诏命为坚昆都督。因结骨为古时坚昆国，所以令仍古名，这好算是唐朝全盛的时代，四夷君长，联翩到来，每当元旦朝贺，夷落常数百千人，入殿趋跄，嵩呼华祝。太宗喜语侍臣道："汉武帝穷兵三十余年，所获无几，怎能似我朝用德绥怀，反得使异俗遐方，同归王化呢。"以德服人，尚恐有愧。侍臣等希旨承颜，乐得称颂功德，说了许多赞美词。那时太宗雄心复炽，又要往征高丽了。小子有诗叹道：

先王耀德不穷兵，何事文皇好战争？
纵使东隅甘听命，春秋朝贡亦虚名。

毕竟太宗曾否再征高丽，且至下回表明。

太宗一英武主，累战皆捷，独东征高丽，顿兵安市城下，岂强弩之末，不能穿鲁缟欤？毋乃所谓暮气已深，不复如前此之冒险进取欤？或谓由李世勣长孙无忌辈，一再劝阻，以致师老无功，靡然退还；不知天子亲征，事权统一，欲进则进，何待踌躇？彼世勣无忌得以劝阻者，无非阴窥上意，乘隙进言耳。不然，世勣等往攻薛延陀，何以直度碛北，不少逗留，扫番众，降夷酋，收服铁勒诸部，不数月间，即荡平北荒，威行穷海乎？故亲征，美名也，而弊多利少，万乘之主，不堪一挫，诸将又皆怀顾忌，谁敢以乘舆作孤注？此亲征之所以少战功也。至插叙刘张被戮事，尤见太宗之喜怒失恒，已失主宰云。

第二十二回　使天竺调兵擒叛酋
征龟兹入穴虏名王

却说太宗因北荒听命，复欲东征高丽，廷臣会议军情，统说高丽依山为城，不易攻入，前时御驾亲征，高丽人民，不得耕种，势必乏食，今不若屡遣偏师，更迭侵扰，令他东奔西走，无暇农事。不出数年，满野萧条，人心自散，鸭绿江北，可不战自定了，太宗以为良策，乃命左武卫大将军牛进达为青邱道行军大总管，右武侯将军李海岸办副，率兵万人，乘着楼船，由莱州泛海入高丽，再遣太子詹事李世勣，为辽东道行军大总管，右武卫将军孙贰朗为副，率兵三千人，益以营州都督府兵，自新城道入高丽，两路水陆并进。世勣渡过辽河，至南苏城，高丽兵背城拒战，为世勣所破，纵火焚城郭，外郛被毁，内城由守兵扑救，尚得保全。世勣扑攻数日，不能得手，即率军退还。牛进达李海岸入高丽境，累战皆胜，攻克石城，再进至积利城下，高丽兵出城迎战，海岸麾军猛击，斩首至二千级，高丽兵退回城中，合力死守。牛进达料难速下，也航海回来。两军依次复旨。太宗拟发第二次东征令，先敕宋州刺史王波利等，募江南十二州工人，造大船数百艘，预作战备。越年为贞观二十二年，新罗女王金善德逝世，妹真德嗣，太宗遣使册封真德，复令右武卫将军薛万彻，及右卫将军裴行方，率兵三万余人，驾了楼船战舰，再自莱州入击高丽。

东师方发，又拟向西用兵。西域有龟兹国，距唐都约七千里，当高祖受禅时，国王苏代勃驶，曾遣使入朝，及贞观四年，苏代勃驶子苏代叠，复进贡名马，后来称臣西突厥，不修朝贡。苏代叠死，弟诃黎失布毕立，因闻西突厥归命唐廷，也不敢不修朝贡礼。补前此所未详。偏太宗恨他多年失仪，斥还来使，欲命大将往讨，廷臣不敢进谏，当时却有一位巾帼贤媛，宫闱才女，独系念民瘼，忧心国是，草就了一篇奏疏，呈入太宗。足丑须眉。略云：

臣妾徐惠上言，妾闻以力服人，不如以德服人。盖以德服人者，逸而顺，以力服人者，劳且逆也。今陛下既东征高丽，复欲西讨龟兹，捐有尽之农功，填无穷之巨浪，图未获之他众，丧已成之我军，妾窃疑之。昔秦皇并吞六国，反速危亡之基，晋武奄有三方，反成覆败之业，岂非矜功恃大，弃德轻邦，图利忘危，肆情纵欲之所致乎？是故地广者，非常安之术也，人劳者，乃易乱之源也。妾充役后宫，何敢与闻外政？但心所谓危，不敢不告，宁贻越俎之诛，勿蹈噬脐之悔。伏愿陛下俯察迩言，息事宁人，以安天下，则不胜幸甚！

这疏上后，太宗览毕，不禁赞叹道："徐充容有此奏牍，朕不得不暂事弭兵了。"原来徐惠入宫后，始为才人，再迁充容，小子前曾略述徐氏履历，想看官应尚记着。太宗颇爱她才艺，所以闻言见从，暂将西征事搁起。嗣接薛万彻军报，渡过鸭绿水，击破高丽戍兵，得斩敌目数人，太宗亦飞诏召还，咸令休息。既而又遣右卫长史王玄策，出使天竺，天竺即今印度国，在葱岭南，分东西南北中五大区，向尚佛教。唐初中天竺王尸罗逸多，具有武略，转战无前，象不弛鞍，士不释甲，因得征服四天竺，至贞观年间，唐僧玄奘，本姓陈，偃师人。往天竺求佛经，得见尸罗逸多，尸罗逸多与语道："汝国有圣人出世，尝作秦王破阵乐，汝能为我说明圣迹否？"玄奘乃略述太宗神武，平定祸乱，宾服四夷的情状，尸罗逸多惊喜道："据汝说来，我当东面朝见汝王。"遂优待玄奘，任令游历。玄奘得采集经论六百五十余部，赍还中国。尸罗逸多特派使人，偕玄奘东来，入谒太宗，表文上自称摩迦陀王。中天竺有摩伽陀城，亦作摩揭它。太宗览表，文字多不可解，诘问来使，语言又未易晓。幸亏玄奘同时入见，颇能翻译番语，得达天聪。太宗因命云骑梁怀儆，持节往抚。尸罗逸多召问国人道："从古到今，曾有摩诃震旦使人，得来我国否？"国人皆答言无有。尸罗逸多道："中国就是摩诃震旦。

今有使到此，理应出迎。”乃出郊恭迓唐使，膜拜受诏，戴诸顶上。复遣使随怀儆入朝，献入火珠郁金菩提树等物。太宗亦厚赏来使，遣令西归。且命玄奘翻译佛经，玄奘有徒数十人，日夕同译，成七十五部，得千三百三十八卷。后人作《西游记》，即借玄奘事，以作寓言，看官幸勿为所迷。到了贞观二十二年，尸罗逸多已是去世，国内大乱，遗臣阿罗那顺，自立为主。唐廷未曾闻知，但因天竺不通闻问，已是数年，乃遣王玄策西行，蒋师仁为副。甫入天竺境内，那阿罗那顺，竟发兵来击唐使。玄策从骑，不过数十名，怎能抵挡得住？还算从骑奋力接仗，才令玄策师仁两人，得脱身走吐蕃。从骑尽行战死，片甲不留。吐蕃赞普弄赞，已与唐室和亲。事见前文。闻唐使为天竺所逐，遂遣兵千人出援。玄策又檄召邻部，共讨天竺。泥婆罗国，亦发兵七千骑来会，当由玄策及师仁，部勒成行，兼程南下，直抵茶镈和罗城，猛攻三月，血薄上登。守兵开城溃散，被玄策等督众追击，杀死了三千人，还有一大半溺死江中。玄策等乘胜入中天竺，阿罗那顺弃国东奔，向东天竺乞援，再收集散卒，来攻玄策。玄策令师仁为先锋，自为后应，与阿罗那顺对垒争锋。阿罗那顺不知兵法，一味蛮斗，师仁遂用了一条埋伏计，诱他入伏，伏军齐发，把阿罗那顺团团围住。阿罗那顺上天无路，入地无门，只好束手受缚。余众除被杀外，多半乞降，阿罗那顺妻子，寓居乾陀卫，尚拥着部众万人，阻险自守。师仁率众进攻，守兵又复大溃，擞下阿罗那顺的妻孥，均被师仁拘系而来。于是远近城邑，望风输款，共得五百八十余所。东天竺王尸鸠摩，也惶恐得很，忙送牛马三万头犒师，此外尚有弓刀缨络等物。玄策师仁，方才回军，执送阿罗那顺等，献俘阙下。太宗大喜，授玄策朝散大夫，召入阿罗那顺，责他拒绝天使，罪应加诛。因思推广皇恩，特开法网，待以不死。

唯阿罗那顺身旁，却有一人随着，庞眉皓首，鹤发童颜，居然有三分道骨。太宗问他名字，他跪伏阶下，自言叫作那逻迩娑婆寐，年已二百余岁。太宗不觉惊异，便问道：“尔有什么法术，得长寿至此？”那逻迩娑婆寐道：“奴素奉道教，得教祖老子真传，炼丹服饵，所以长生。”恐是说谎。太宗闻得老子二字，益加礼遇，竟令他改居宾馆，治丹内奉。先是高祖开国，曾有晋州人吉善行，上言在羊角山见白衣老父，嘱令转达唐天子，勿忘祖宗。高祖疑老父为老子，因命在羊角山立老子庙，尊老子为远祖，春秋致祭。老子虽亦姓李，恐怕同姓不宗，硬行拉入。此次太宗有所感触，因为番奴所迷，也想服些长生不老丹，可以永久在世。况且太宗晚年，益好声色，常自恨精神不济，未能遍御嫔嫱，可巧碰着这个方士，真是意外天缘，不期而遇。俗语说得好："做了皇帝想登仙，"古时秦皇汉武，都想活过千年，做个彭祖第二，所以朝进方士，暮采仙药，闹得一塌糊涂，终究是没有效验，反致速毙。太宗是个聪明绝顶的君主，不料也着了这种魔障。嗣是日服丹铅，居然精神陡长，一夕能御数女，忽幸翠微宫，忽如玉华宫，托名休养，暗地荒淫。

只是不如意事，杂沓而来，巢剌王妃，及隋炀帝后萧氏，次第丧亡。这两人是太宗的老姘头，巢剌王妃，生下一子名明，太宗本欲立为继后，因为魏征所谏，谓不宜以辰嬴晋文公夫人。自累，方才中止。旋封明为曹王，令出继元吉，又把庶子福出继建成。至巢剌王妃一死，免不得悲从中来，接连是萧后病逝，又增一番感悼，诏令仍复后号，给谥曰愍，使三品护葬江都。总算践信，但恐萧后无颜见隋炀帝。悼亡未终，天象告变，太白星屡次昼现，由太史占验，谓女主当昌。民间又传秘记云："唐三世后，女主武王，代有天下。"这数语传到太宗耳中，很是怫意。默想武卫将军李君羡，小字五娘，君羡是个男子，如何自取女名？且他是个武安人，又封武连县公，处处带着武字，莫非应在此人身上。遂调他出外，任为华州刺史，寻由御史劾他谋为不轨，遂下了一道诏谕，把他活活处死。御史劾奏，恐也是隐受上意，以便借口加刑。太宗意尚未释，又密问太史李淳风道："秘记所言，是真是假？"淳风答道："臣仰观天象，俯察历数，这人已在宫中，自今日始，不出三十年，当王天下。陛下子孙，恐不免为她所害了。"太宗大惊道："果有此事，朕当遍查宫中，无论是与不是，但教有迹可疑，一律杀死，庶不致留后患了。"淳风道："天数已定，人不能违，古人有言，王者不死，徒然多杀，反增戾气。且此后历三十年，是人已老，或者存些慈心，为祸尚浅，今日无论不能杀她，就使将她杀死，天复生一强壮的人物，益肆怨毒，那时陛下子孙，真要没有遗种了。"太宗嗟叹数声，方把此事搁起。其实娇娇滴滴的武媚娘，日夕侍侧，难道不晓得她是姓武，反一些儿没有嫌疑么？这是太宗为色所迷，明知故犯，就使教他下手，他也是不忍割舍的了。

话休叙烦，且说太宗平了天竺，又想东伐高丽，今日造战舰，明日备兵粮，拟发三十万大兵，一举荡平。计划未定，驾幸玉华宫，留房玄龄守居京师。玄龄年已七十一，衰迈多病，太宗令他卧治。既而患疾益甚，由太宗召赴玉华宫。许肩舆入殿，相对流涕。随命留住宫中，使尚医临候，尚食供膳。且命他妻妾子妇，随时入侍。玄龄语诸子道："我受皇上厚恩，无可为报，今天下无事，唯东征不已，群臣无一敢谏，我若知而不言，是死有余责了。"乃口占表文，令诸子缮写进呈，文云：

臣闻老氏有言："知足不辱，知止不殆。"想是太宗推重老子，故特采用此语。今陛下威名功烈，既云足矣，拓地开疆，亦可止矣。边夷丑种，不足待以仁义。责以重礼，古者以禽鱼畜之，必绝其类，恐兽穷则攫，鸟穷则啄，甚非计也。且陛下每决一重囚，必令三复五奏，进蔬食，停音乐者，以人命之重为感动也，今士无一罪，驱之行阵之间，委之锋镝之下，使肝脑涂地，独不足愍乎？向使高丽违失臣节，诛之可也；侵扰百姓，灭之可也；他日能为中国患，除之可也。今无是三者，而坐敝中国，徒欲为旧王雪耻，为新罗报仇，非所存者小，所损者大乎？臣愿下沛然之诏，许高丽自新，焚凌波之船，罢应募之众，自然华夷庆赖，远肃迩安。臣旦夕入地，倘蒙录此哀鸣，死且不朽矣！谨表。

太宗览表，未免感叹。玄龄次子遗爱，尚帝女高阳公主，太宗第十八女。会值公主入省，太宗顾语道："尔翁病势如此，尚能忧我国家，可谓忠悃过人了。"即亲自临视，握手与诀，悲不自胜。且诏太子就省，擢玄龄子遗爱为右卫中郎将，遗则为朝议大夫，令得及身亲见。越宿，玄龄去世，追赠太尉，予谥文昭，陪葬昭陵。唯玄龄虽有遗言，终未能挽回主意。东征事不肯罢撤，又遣番将阿史那社尔，为昆邱道行军大总管，契苾何力为副，带同安西都护郭孝恪，司农卿杨弘礼，左武卫将军李海岸，发铁勒十三部番兵，共得十万人，西讨龟兹。社尔引兵出焉耆，进趋龟兹北境。焉耆国王阿那支，本与龟兹联盟，闻唐军入境，仓皇失措，竟弃城走龟兹。社尔分五路兜剿，逼得阿那支无路可奔，终被唐军擒住，斩首示威。龟兹大恐，各城酋长，先后遁去，唐军长驱直进，如入无人之境。行次碛石，距龟兹王城三百里，社尔遣伊州刺史韩威先行，右骑卫将军曹继叔继进，各率兵数千骑，进抵多褐，龟兹王诃黎布失毕，带着大将羯猎颠，有众五万，前来迎战。威手下不过千骑，恐众寡不敌，便用一条诱敌计，未战即走。布失毕藐视唐军，麾众急进，追赶数里，听见连珠炮响，杀出一支人马，当路截住。看官不必细问，便可知是唐将曹继叔，布失毕见有援军，才知中了诱敌计，起初看唐军甚少，放胆进军，及遇着继叔一军，又疑他有许多埋伏，急欲退避，轻躁者往往如此。当下策马返奔，部众随溃。唐将韩曹两人，合军追击，竟达八十余里，杀获无算。布失毕败回城中，唐军即踵至城下，大总管阿史那社尔，又率众继至，吓得布失毕魂胆飞扬，左思右想，无可为计，只得带了国相那利，大将羯猎颠，突出西门，走保拨换城，社尔留郭孝恪居守，自率大军追蹑布失毕，到了拨换城下，督兵围攻。那利羯猎颠，屡次出城突围，均被唐军击退。

一日，那利夜出，来袭唐营，社尔还算有备，麾军杀出，那利慌忙退去，乘着月黑无光，竟向西奔去，不复回城。城中失去那利，势益孤危，社尔乘势攻入，布失毕与羯猎颠，不及逃奔，同被擒住。军中方庆贺大捷，喜气重重，不料来了郭孝恪急报。说是那利引着西突厥兵，及余众万人，前来攻城，危急万分，恳速济师。社尔即派韩威曹继叔两军，还救孝恪。及韩曹两军到了都城，城已被陷，郭孝恪阵亡，只有仓部郎中崔义起，还率领守兵，在城内巷战，韩威先驱杀入，曹继叔亦随着进击，两军似虎似龙，把番兵扫了一阵。那利见不是路，出城逃走。曹继叔眼捷手快，忙指挥军士，紧紧的追着那利。那利没命的乱跑，所有手下残众，被唐军随路乱斫，已经十亡七八，他也无暇顾及，专向大山深谷中，跑将进去。继叔大呼道："番贼休走，你道是计策高妙，绕道袭我守军，偏偏碰着我曹将军手里，随你上天落地，我总要擒了你去。"那利计策，借口叙过，以省笔墨。说至此，从弓袋中取出弓箭，射将过去，飕的一声，正中那利后项。那利痛不可忍，跌了一个倒栽葱。部众逃命要紧，也不敢往救，唐军抢前数步，手到擒来。继叔得胜回城，社尔也即还军，招降远近小城七百余。西突厥安西等国，望风震慑，输饷犒军。社尔立布失毕弟叶护为龟兹王，勒石纪功而还。

太宗受俘紫宸殿，由社尔献入布失毕及那利羯猎巅，三人匍匐谢罪。有诏特赦，改馆鸿胪寺，拜布失毕为左武卫中郎将。布失毕等谢恩而出。太宗顾语侍臣道："龟兹已平，只突厥残酋车鼻，屡征不至，还须遣将往讨方好哩。"群臣道："现在已值暮冬，北方天寒，不便行军，且俟来春出兵未迟。"

太宗允诺。转眼间已是贞观二十三年，东风解冻，春光荧荧，太宗乃遣右骁卫郎将高侃，征发回纥仆骨各部番众，往讨突厥车鼻可汗去了。正是：

雄主喜功专黩武，大廷颁诏屡征兵。

欲知车鼻可汗，是何等支派，得罪唐朝，且至下回续叙。

徐惠，贤妃也，房玄龄，贤相也，内外交谏，不能抑太宗之雄心，甚矣哉，太宗之好大喜功也。即如王玄策之使天竺，阿史那社尔之伐龟兹，亦属可已而不已之举，然玄策为天竺所拒，走入吐蕃，能用以夷制夷之妙算，破名城，絷叛酋，耀武西南，献俘阙下，而不闻劳一唐兵，调一唐将，玄策诚人杰矣哉！然尚未得破格擢用，仅授一朝散大夫而止，顾于阿史那社尔，及契苾何力诸蕃将，独任以专阃，授钺西征，虽得擒渠获丑，平定西域，而安西都护郭孝恪，竟因是战死，外此将士之毙命沙场者，当尚不可胜数，一将功成万骨枯，我为西征军叹矣！本回叙入两疏，前后相映，所以刺太宗也。因天竺方士之得宠，又销纳宫闱中一段文字，不特加刺，且并加嫉。文法之中，书法寓焉。岂特随事补叙，不少渗漏已哉。

第二十三回　出娇娃英主升遐
逞奸情帝女谋变

却说突厥车鼻可汗，原名斛勒，本与突厥同族，世为小可汗。颉利败后，突厥余众，欲奉他为大可汗，适因薛延陀盛强，车鼻不敢称尊，率众投薛延陀。薛延陀以车鼻本出贵种，且有勇略，为众所附，将来恐为己患，不如先行下手，杀死了他，免留遗祸，不意为车鼻所侦悉，潜行逃去。薛延陀发兵追捕，反为车鼻所败，奔回国中。车鼻乃就金山北麓，建牙设帐，自称乙注车鼻可汗，招兵养马，得三万骑，常出掠薛延陀境内。薛延陀被唐破灭，车鼻声势益张，遣子沙钵罗特勒，入贡唐廷，太宗遣还沙钵罗，令将军郭广敬北往，征车鼻入朝。车鼻颇加礼待，与广敬约期入觐。待广敬还朝复命，车鼻竟愆期不至。太宗又贻书诘问，他仍置诸不理。于是特遣高侃为行军总管，调集铁勒各部番兵，往击车鼻可汗，侃陛辞而去。

太宗退朝入内，忽觉身体未适，似乎头晕目眩，有些支持不住，无非色欲过度。便即卧到龙床，休养精神。哪知到了晚间愈加不安，连忙呼入御医，拟方进药。一时不见效验，至次日不能起床，只好传出诏旨，命皇太子听政金液门。太子听政已毕，免不得入内请安床。可巧这位武媚娘，侍立榻旁，见太子进来，便轻移玉步，向太子行礼。太子留神一瞧，见她眉含秋水，脸若朝霞，宝髻高蟠，光可鉴影，瓠齿微露，笑足倾城，身材儿非常袅娜，模样儿很觉轻柔，口中但呼出“殿下”二字，已是催魂的氤氲使，险些儿把太子魂灵，勾引了去。及媚娘礼毕回身，方勉强按定心神，暗地里自忖道：“我前时曾见她数次，尚没有这般丰采，现今越出落得妖艳了。我父皇年过半百，尚陪着这等尤物，怪不得要害起病来。”一面想，一面走，到了太宗榻前，方低声问疾。太宗道：“我为服天竺方士丹药，自幸康健如恒，偏是后来没效，方士亦去，渐渐筋力衰颓，看来是不能久存了。”借太宗口中，了过天竺方士。说至此，未免带着三分凄楚，太子道：“陛下稍稍违和，但教服药数剂，自可复原，何必过虑？”太宗道：“我自弱冠典兵，大小经过数百战，才造成这个基业，目今四海承平，群夷詟服，我的志愿，也已满足了，死亦何恨。只可惜一班佐命功臣，多半丧亡，就是活着的，也老朽无用，现在只有一李世勣了，我却为你担忧呢。”太子道：“世勣忠诚有余，可惜年亦老了。”太宗道：“世勣虽老，尚称强健，但此人才智，与众不同，我向来另眼相待，当不负我。汝与他无恩，恐未必为汝所用呢。”太子默然不答。太宗说了数语，太子即退，甫出寝行，又与那武媚娘打一个照面，冤家合当有孽。自此日起，太子心目中，时时记着这武媚娘，命耶数耶。可巧太宗一病两月，太子借省视为名，按日入侍，时常与媚娘相晤，媚娘也知情识趣，仗着两道柳眉，一双凤目，去勾挑那东宫殿下，害得太子心神忐忑，支撑不住。本来是彼此有情，早好上手，只因太宗平日，很是精细，虽然有病在身，并不是什么糊涂，太子素来优柔，媚娘也属虚怯，所以巫山咫尺，尚隔层云。后来太宗病体，过一天，好一天，越发不敢妄为，只好暂行歇手，留待将来。故作一飏。

太宗既幸病愈，又往那翠微宫，玩赏数日，明知病后不宜近色，但有时牵住情魔，又未免略略染指。古人说得好：“蛾眉是伐性的斧头。”多病衰躯，不堪再伐，因此车驾自往翠微宫后，复有些神枯骨瘦的样子。太宗自知不妙，遂将太子詹事李世勣，出调为叠州都督，毕竟世勣老成练达，智烛几先，一经受诏，便即拜辞，也不及回家，竟草草带着行装，出都西去。当时盈廷人士，都道太宗优待世勣，世勣有病，太宗尝剪发和药，世勣宴醉，太宗亲解衣覆身，种种恩遇，远出人上，所以世勣受诏即行。哪知世勣是窥破上意，料得此次外调，寓有深意，故立刻就道，不少逗留，果然世勣去后，太宗召语太子道：“我今外黜世勣，就是为你打算。他若徘徊观望，我当责他违诏，置他死刑。他今受诏即行，忠荩可嘉，我死后，汝可召用为仆射，必能为汝尽力，汝休忘怀！”全是权诈待人。不知反堕世勣智料，后来世勣贻误高宗，究有何益。太子唯唯遵教。

不意一李外调，还有一李竟要谢世，看官道是何人？便是卫国公李靖。靖自征服吐谷浑后，因被高甑生唐奉仪诬讦，自恐功高遭忌，遂杜门谢客，不问国事。应第十六回。太宗优给俸禄，进授开府仪同三司，靖妻殁时，诏令坟制如汉卫霍故事，筑阙像铁山积石山，旌表靖功。想就是红拂妓，生荣死哀，不枉生平慧眼。及太宗东征，召靖入议，意欲用为统帅，因见他老态龙钟，是以改任世勣，至是靖年已七十九岁，遇病甚剧，由太宗亲往临视，流涕与语道："卿系朕生平故人，为国宣劳，朕尝不忘。今病势如此，为之奈何？"靖答道："老臣衰朽无状，生亦何为？不过有负圣恩，尚觉抱愧，但愿圣躬善自保重，安国定家方好哩。"太宗点首而出。还宫未几，即有遗表上陈，报称病逝。太宗震悼辍朝，追赠司徒，予谥景武。

自靖殁后，太宗仍到翠微宫，忽然间患着痢疾，腹痛如绞，欲泻未泻，困苦异常。这番病势，很是危重，不比当日的内弱症，还可用着参苓，调养元气，补救目前。太子治入宫侍疾，昼夜不离，还有那久承主宠的武媚娘，也随侍行宫，捧茶递药，日夕在侧。两人眉来眼去，调笑得非常亲热。这日应该有事，太宗困惫得很，竟昏昏的睡去了，榻前只剩太子及媚娘两人，灯花剔焰，你我相看，媚娘见太子头上，竟有白发数茎，不禁蹙然道："殿下年方逾冠，为何发即变白呢？"太子惊诧道："果有白发么？敢是老了不成？"媚娘微笑道："想是日夕过劳，因致如此。殿下可谓孝思维则了。"太子道："也并非全然为此，汝可知我意否？"媚娘瞅了一眼，正要回答，见有侍女等进来，便掉头顾侍女道："圣上酣卧，你等不要声张，我去去就来，"说着竟抽动腰肢，向外出去。太子趁这机会，也溜出寝门，潜蹑媚娘，竟到她卧室中。媚娘故意含嗔道："殿下如何轻亵贵体，随妾至此？"太子道："为卿故，发几白了，卿也应怜我呢。"史称太子侍疾，发几变白，谁知却是为此。媚娘至此，乐得乘风使舵，博个后半生的快活，一任太子闭户调情，展衾行乐。小子曾阅隋史，览到炀帝烝宣华夫人事，尝说他不顾名分，太要风流，谁知隋亡唐兴，只传了两代皇帝，便即依样描摹，演出这段情场秽史呢。谐而不亵。

话休叙烦，单说太子与媚娘，已结了云雨缘，当然是海誓山盟，非常恩爱，绸缪了两三日，见太宗已是垂危，媚娘暗觉心欢。独指媚娘，是史家书法。一日，与太子同侍太宗，忽由太宗顾语媚娘道："朕自患痢以来，医药无效，反且加重，看来是将不起了。你侍朕有年，朕却不忍撇你，你试自思，朕死后，你该如何自处？”媚娘到底心灵，便跪下道：“妾蒙圣上隆恩，本该一死报德，但圣躬未必不痊，妾亦不敢遽死，情愿削发披缁，长斋拜佛，为圣上拜祝长生，聊报恩宠。”太宗道：“好！好！你既有此意，今日即可出宫，省得朕为你劳心了。”媚娘拜谢而去，自去料理行装，独太子在旁瞧着，好似天空中起一霹雳，出人意外，正在没法摆布，但听太宗自言自语道：“武氏应着图谶，我欲将她赐死，实是不忍。好在她自愿为尼，天下没有尼姑做皇帝，我死也得安心了。”谁知偏不如所料。说着，复顾太子道：“你出去宣旨传召长孙无忌褚遂良进来。”太子闻言，三脚两步的跑了出去，即令宫监往召无忌遂良，自己忙至媚娘卧室，见媚娘正在检点什物，忙个不了，便对她呜咽道：“卿竟甘心撇我么？”媚娘道：“主命难违，只好去了。”说到“了”字，已泪下如雨，语不成声。太子亦含泪道：“你如何自愿为尼？”媚娘道：“不照这般说，恐妾身要死别了。”太子暗暗点头。媚娘又接着道：“殿下果肯念妾，妾愿留身以待，所以甘作比丘。但恐殿下登基后，嫔嫱妃妾，美不胜收，未必再顾及妾了。”说至此，又扑簌簌的流下泪来。太子用手指天日道：“我若负卿，有如白日。”媚娘忙用言截住道：“殿下厚情，妾已领略了。但求一物为表记。”太子即从腰间解下一个九龙玉佩，递与媚娘。媚娘方在接受，忽有宫女趋入道：“万岁爷传宣殿下，请殿下快去应旨！”太子听了，也不暇与媚娘诀别，但说了“后会有期，务宜保重”二语，便急趋往御寝，甫至寝门，闻里面咭咭哝哝，料是长孙无忌褚遂良两人，与太宗谈话，隐隐有太宗声音道：“太子仁孝，愿卿等善为辅导。勿负朕言！”父之所爱亦爱之，应该称为仁孝。接着是两人同声遵旨。他即匆匆趋入，与两人行过了礼，站立一旁。但见太宗顾语道：“无忌遂良二卿，可以辅汝，汝不必忧。”又语遂良道：“无忌为朕尽忠，朕有天下，多出彼力，朕死后，勿令谗人从中媒孽，致害良臣。”语下为之黯然。随又传入宫监道：“武才人已出去么，你去传旨，叫她急速出宫，不必再来见朕。”宫监领旨自去。太宗又觉腹痛，呼号一会，眼中模模糊糊，仿佛有建成元吉等，前来索命，不禁叫了“啊哟”两字，竟晕厥过去，好容易叫他苏醒，遂令遂良草写遗诏，一面传入妃嫔等人，及太子妃王氏，同至榻前送终。遂良草就遗诏，呈上太宗过目。太宗略略一瞧，便交给无忌，并握太子手，且指太子妃，顾语无忌遂良道：

"今佳儿佳妇，悉以付卿，"再欲续说，已是痰喘交壅，不复成语，少顷即撒手而逝，魂归地府去了。一代英雄，而今安在。享寿五十有三岁。

大众统欲举哀，无忌摇手道："且慢且慢！"太子问为何事？无忌道："这是行宫所在，不便治丧，请殿下速即还朝，召集百官奉迎先帝，方保无虞。"遂良也是赞成。太子乃出翠微宫，由卫士拥还大内。无忌遂良，把太宗遗骸，驾舆继返，当由太子率百官迎入，然后发丧，宣示遗诏，罢辽东兵备，与土木诸役，夷人入仕唐廷，及来京朝贡诸使臣，约数百人，俱闻丧恸哭，剪发剺面，二十三年的太宗皇帝，好算是秦汉以后，一个威德兼施的英主了。太子治即皇帝位，大赦天下，赐文武官各转一阶。史家因他后来庙号，叫作高宗，所以称为高宗皇帝。高宗进长孙无忌为太尉，召李世勣入京，为开府仪同三司。未几，即加授左仆射，晋封司空，谨从太宗遗命，太宗名叫世民，崩后两字俱讳。世勣遂将世字除去，单名为勣。交代清楚。太宗于贞观二十三年五月驾崩，八月安葬昭陵。番将阿史那社尔契苾何力，因受太宗恩遇，自请殉葬，高宗不许。这且甚是。唯蛮夷君长，历被先朝擒服，自颉利以下，共十四人，俱琢石为像，陪列陵旁。

越年改元永徽，立妃王氏为皇后。后系并州祁县人，便是同安长公主的侄孙女。同安长公主，即高祖妹，见第六回。长公主因王女婉淑，入白太宗，太宗乃聘为子妇。父名仁祐，因女致贵，受职陈州刺史。高宗即位，王氏当然为皇后。仁祐得晋封魏国公，母柳氏为魏国夫人。叙述特详，为后文废后伏案。坤闱正位，乾德当阳，加封褚遂良为河南郡公，令与长孙无忌左右辅政。进礼部尚书于志宁为侍中，太子少詹事张行成兼侍中，右庶子高季辅兼中书令。且每日引刺史十人入阁，问明百姓疾苦，商议兴革事宜，所以永徽初政，民俗阜安，颇有贞观遗风，到了秋季，又接右骁卫郎将高侃捷书，擒住突厥车鼻可汗，回应前文。盈廷庆贺。原来高侃受命出征，到了阿息山，车鼻可汗征召各部兵士，抵敌唐师，偏各部兵无一到来。车鼻孤掌难鸣，只好带了数百骑，仓皇遁去。高侃麾兵深入，至金山追及车鼻，车鼻从骑，大都骇散，单剩车鼻一人，由唐军活捉回来，当下奏凯还朝，献俘庙社及昭陵。高宗也想效法乃父，谢车鼻罪，拜为左武卫将军，且命突厥遗众，仍处郁督山下，特设狼山都督府，统辖蕃部，即命侃为卫将军，置单于瀚海二都护府。单于设三都督，分领十四州，瀚海设七都督，分领八州，各以原有部酋为都督刺史。于是东突厥诸部，尽为内臣。

唯西突厥已降复叛，又要劳动兵戈，先是西突厥乙毗射匮可汗，遣使请婚，事不果成。见第十九回。射匮亦无可奈何，仍然照常通使，唐廷也不复过问。既而叶护突厥官名。阿史那贺鲁，与射匮有嫌，率部归唐。太宗封为左卫将军，令居庭州莫贺城。嗣又设瑶池都督府，即以贺鲁为都督。贺鲁召集散亡，庐帐渐盛。至太宗驾崩，他竟阴蓄异图，欲袭取四庭二州。庭州刺史骆弘义，侦悉秘谋，急忙奏闻。高宗遣通事舍人乔宝明驰往慰抚，贺鲁因即变计，礼待宝明。俟宝明别归，竟袭击射匮可汗。射匮未曾预备，仓猝走死。贺鲁遂建牙千泉，自号沙钵罗可汗，并有射匮属部，且与前可汗乙毗咄陆连兵，势益强盛。西突厥别部数月处密，及西域诸国，亦多归附。贺鲁竟仗着兵力，进寇庭州，攻陷金岭城及蒲类县，杀掠数千人，高宗闻警，乃遣左武侯大将军梁建方，右骁卫大将军契苾何力，为弓月道行军总管，右骁卫将军高德逸，右武侯将军萨孤吴仁为副，发秦成岐雍府兵三万人，及回纥兵五万骑，共讨贺鲁。兵至牢山，见前面有番兵扎住，总道是由贺鲁遣来，嗣由侦骑探悉，乃是处月部酋朱邪孤注。建方何力等，本拟慰抚处月等部，令贺鲁势孤易下，偏朱邪孤注先来出头，遂与他连战数次，孤注不能抵敌，夤夜遁走。建方亟令高德逸轻骑穷追，直达五百余里，方将孤注生擒了来，当由建方审问得实，立命斩首。正要乘胜进攻，忽由唐廷颁到诏旨，令建方等速即还朝，建方不敢逆命，只好班师。

看官道是何因？原来房玄龄次子遗爱，及妻室高阳公主，谋叛朝廷，竟闯出一场逆案来。遗爱及高阳公主，已见前回。高阳公主素为太宗所钟爱，自遗爱尚主后，亦得随邀宠眷，与他婿不同。无如儿女常态，往往恃宠成骄，积骄生悍，渐渐的纵欲败度，做出那不法的事情。玄龄嫡子遗直，早拜银青光禄大夫。遗直以遗爱尚主，愿将官职让与遗爱，太宗不许。玄龄殁后，公主唆使遗爱，与遗直分居，且反至太宗前谮诉遗直。遗直自去诉辩，太宗不直公主，竟召他入宫，痛骂一番，公主乃怏怏不乐。既而遗爱偕公主出猎，入憩佛庐，僧人辩机，貌颇伟晰，尤善逢迎，请公主在庐留宿。公主竟舍身布施，与辩机结成欢喜缘，这是唐朝家法，不足为怪，但遗爱同往出游，何故甘带绿头巾？另购二女陪侍遗爱，遗爱得了二妾，左抱右拥，其乐陶陶，还管什么公主？舍一得二，原是便宜。公主乐得与辩机肆淫，出入无忌，公然与夫妇一般，且赐辩机金宝神枕。辩机神昏颠倒，不知珍藏，竟被窃去，后来窃贼破案，搜出金宝神枕。当由问官讯鞫窃贼，供称向辩机处窃来。及传问辩机，辩机无从抵赖，实言为公主所赐。这事由御史纠劾，太宗自觉怀惭，也不欲问明案情，竟令将辩机处死，并密召公主身旁的奴婢，责之导主为非，杀毙了十余人。奴婢何辜，曷不自诛其女？公主不自知罪，反怨太宗多管闲帐，拆散露水鸳鸯。及太宗崩逝，虽然临丧送葬，毫无戚容，且从此益无忌惮，日夕图欢，浮屠智勖惠弘，方士李晃，均借谈仙说鬼为名，出入主第，还有高医托词诊脉，也得亲近芗泽，作了公主的面首，秽德彰闻，宫廷俱晓。也是一不做，二不休的意思。他恐事发受祸，暗嘱掖庭令陈元运侦察宫省机祥，伺机谋变，一面劝遗爱联结薛万彻柴令武等人，拟奉荆王元景为帝，废去高宗。万彻曾尚高祖女丹阳公主，高祖第十五女。令武即柴绍子，也尚太宗女巴陵公主。太宗第七女。两人都拜驸马都尉，因与高宗不甚相协，所以愿与遗爱同谋。荆王元景，是高祖第七子，闻有帝位可居，也就随声附和。只遗直自恐受累，暗中通报无忌，无忌密报高宗，高宗即命无忌审查此案。高阳公主闻这消息，忙遣人诬告遗直，说他有谋反情事，待至无忌彻底查清，水落石出，遗直未尝谋反，遗爱及公主与薛万彻柴令武等，实有异图，于是密谋已泄，大狱遽兴，好几个要伏法受诛了。小子有诗叹道：

堂堂帝女竟无良，敢肆猖狂欲覆唐。
他日太平安乐事，祸阶都启自高阳。太平公主，安乐公主事，均见后文。

毕竟几人受诛，且看下回续表。

太子可以烝父妾，公主亦何不可私僧人？故祖宗贻谋，一或不善，子孙必尤而效之，且加甚焉。本回依史演述，事非虚诬，唯叙太子犯奸事，则以武媚娘为主体，媚娘不先勾引，则太子亦何敢下手？士之耽兮，犹可说也，女之耽兮，不可说也。叙公主犯奸事，则以房遗爱为主体，遗爱若善防闲，则公主亦何敢肆淫？纵妻犯奸，罪及乃夫，古今律意，有同然也。著书人推原祸始，于武媚娘房遗爱两人，隐加讥刺，非恕太子及公主，所以明女之为蛊，夫之不纲，皆亡国败家之尤耳。读此书者顾可不知所惩哉！

第二十四回　武昭仪还宫夺宠
褚遂良伏阙陈忠

却说房遗爱及公主，反状确凿，当由长孙无忌报知高宗，高宗也顾不得手足私情，即令捕遗爱下狱，再令无忌等复讯。遗爱略有武力，毫无智谋，一经刑驱势迫，便把那串同谋反等人，和盘说出。偏无忌冷笑道：“我想与你同谋，恐尚不止此数人呢！”遗爱答言“没有。”无忌道：“荆王元景，地位疏远，尚想为帝，难道吴王恪等，独置身事外么？我劝你老实供招，如果有人主使，你罪可减轻，何苦随别人同死呢！”遗爱听了此言，还道无忌替他帮忙，教他牵入吴王恪，便好免死，因此随口承认，竟把吴王恪诬扳在内，谁知适中了无忌的诡计。原来太宗在日，因承乾被废，初欲立魏王泰，继欲立吴王恪均被无忌所阻，因此高宗得以嗣位。事见前文。魏王泰出徙均州，至贞观季年，始晋封濮王。高宗即位，诏令泰开府置官，未几，泰即病歿。幸亏早死。了过魏王泰。吴王恪有文武才，素孚众望，高宗任他为司空，且兼梁州都督。无忌恐恪得势，不免报复前嫌，遂思因事构陷，置恪死地，省得时刻豫防。可巧遗爱事泄，正好借刀杀人，把吴王恪牵连进去。当下锻炼成狱，呈上谳词，如房遗爱薛万彻柴令武及荆王元景吴王恪等，皆坐罪当斩，高阳公主巴陵公主亦当赐死。唯丹阳公主已经身歿，无容议及。高宗览到此案。顾语群臣道：“遗爱等应坐死罪，俱可依谳，唯吾叔及兄，似应贷他一死。”兵部侍郎崔敦礼抗奏道：“陛下虽欲申恩，究竟不可枉法，如或谋反不诛，如何惩后？”想是无忌私党。高宗长叹数声，即照原谳下诏，遗爱令武万彻皆枭斩，元景恪及高阳巴陵两公主，均赐自尽。恪临死，大呼道：“长孙无忌，窃弄威权，构害忠良，宗社有灵，应当族灭，勿谓福可长享呢！”为后文伏笔。无忌等还不肯罢休，且穷究余党，把江夏王道宗、执失思力宇文节等，均牵入遗爱案内，流戍岭表。罢房玄龄配享，玄龄嫡子遗直，贬为铜陵尉，还是纪念先勋，才得免死。是年睦州女子陈硕真，也想学高阳公主等人，造起反来，经婺州刺史崔义玄往讨，立即荡平，毋庸细表。何唐室女乱之多耶？

且说高宗嗣位三年，因王皇后未曾生男，无嫡嗣可立，未免踌躇。王皇后母舅柳奭，替后设法，因后宫刘氏生子名忠，刘氏微贱，子若得立，必能亲后，乃遂与褚遂良韩瑗长孙无忌于志宁等，次第商量，请立忠为皇太子。高宗因敕行立储礼，并令忠归后抚育。后颇为惬意，唯尚有一事未安，后宫有一萧良娣，饶有姿色，为高宗所匿爱，册为淑妃，生子素节，因母得宠，受封雍王。王皇后妒上加妒，屡向高宗面前，谗间萧淑妃母子。萧淑妃有所闻知，怎肯忍受？免不得反唇相讥。高宗既不便袒后，又不便袒萧淑妃，真是左右为难。索性将两人言语，尽行撇开，自去访那心上人，寻欢作乐。时已三年服满，适当太宗忌日，高宗便亲往佛寺行香，他并非迷信佛法，为亲超荐，实在是去访那武媚娘，欲践当年宿约。为这一着，遂令绝大魔障，又进来扰乱宫闱。郑重言之。

武氏自出宫后，薙去万缕情丝，颇欲一心念佛，无如春花秋月，处处恼人，良夜孤衾，时时惹恨，她哪里禁受得起？只好寻些野味，聊作充饥。凑巧白马寺中有一僧徒冯小宝，生得面目清秀，阳道伟岸，武氏遂与他勾搭上了，偷情送暖，又凑成一对秃头鸳鸯，所有前时宫中滋味，倒也置诸脑后。一日，闻御驾到来，不觉触着旧情，料知高宗此来，必非无因，遂打扮的簇簇新新，出门迎驾。史传中不载寺名，俗小说中或说是感业寺，或说是兴龙寺，因无甚根据，故特从略。高宗下了銮舆，趋入寺中，但见桃花如旧，人面依然，不过少了一头凤髻，两鬓鸦鬟，此外的丰姿态度，一些儿没有减损，不由的悲喜交集，情不自胜，勉强对着三尊大佛，行过了香，遂令侍卫等在外候驾，自携武氏趋入云房。武氏叩头涕泣道：“陛下位登九五，竟忘了九龙玉环的旧约么？”高宗忙用手相搀，替她拭泪，且慰谕道：“朕何尝忘卿？只因丧服未满，不便传召，今特亲身到此，无非为卿起见，卿可即日蓄发，待朕召卿便了。”武氏才收泪道：“陛下果不弃葑菲，尚有何言？”说毕，即轻轻的坐在高宗膝上，追叙三年间的苦况。说一句，滴一粒珠泪，惹得高宗亦呜咽起来。武氏见高宗伤感，又换了一副面目，放出一种柔媚态度，险些儿把高宗的身体，都熔化在武媚娘身上，若非青天白日，几乎便兴雨布云。高宗又温存数语，硬着头皮，趋出云房，乃传呼侍卫等人，上舆而去。临行时尚回顾武氏数次，武氏也俏眼相对，待至两下远隔，方各归休。

高宗返入宫中，随时记着武氏，几乎有忘餐废寝的样子。王皇后从旁瞧着，料知高宗定有他意，遂婉言盘问，高宗不能隐讳，即与后说出实情，后毫不阻止，反一力撺掇高宗，速召武氏入宫。看官试想！高宗宠一萧淑妃，王皇后尚终日吃醋，难道与武氏有宿世缘，所以亟愿召入么？原来王皇后的意思，以为武氏一入，萧淑妃必然失宠，仇人多一敌手，自己增一臂助，也是一条离间计，因此故意怂恿，极表欢迎。错了错了。高宗大喜，时常令内侍往探武氏，蓄发能否少长？说也奇怪，武氏蓄发未几，即复双鬟委绿，两鬓曳青，少许添些假髢，盘成云髻，居然与在宫时候，仿佛无二。当下别了情僧冯小宝，与他订后会期。又伏下文。乃随着内侍入宫，拜见高宗。高宗见她丰容盛鬋，愈觉心喜，便引她往见王皇后。皇后竟含笑相迎，武氏忙即跪下，接连磕头，慌得皇后答礼不迭，口中说了许多谦词。武氏也恭维了好几语。两人都是做作，好看煞人。皇后就命在正宫左侧居住，且拨了若干宫婢，伺候朝夕，到了傍晚，且为高宗贺喜，武氏接风。高宗上坐，武氏下坐，皇后旁坐相陪，殷勤笑语，脱略形骸。武氏却佯作恭谨，一些儿不敢放肆，等到酒阑席散，皇后归宫，高宗即拥武氏入帏，这一夜的凤倒鸾颠，比那当年偷奸时，情形迥不相同。前时是喜中带惧，此时是乐极无忧。况兼这武氏性等媚猪，就使英明如太宗，也要受她蛊惑，还要论什么高宗呢？高宗既纳武氏，越瞧越爱，越爱越怜。不知将如何待她，方算安心。还有王皇后在旁说项，日日赞美这武媚娘，称她如何殷勤，如何温恭，更令高宗喜欢不置，即进封武氏为昭仪。只萧淑妃增一劲敌，免不得恨中增恨，愁上加愁，武氏一味巴结皇后，看萧淑妃不在眼中，萧淑妃忿极上诉，高宗全然不睬，且把她冷淡下去。武氏既挤倒一个萧淑妃，便想进一层下手，这进一层做法，就是要扳倒皇后了。

王皇后待遇宫人，不甚有恩。母柳氏出入宫中，自以身为后母，不必多拘礼节，因此尚宫女官名。以下，往往退后有言。武氏即乘间设法，先将尚宫等人，加意笼络，每得赏赐，悉数分遗，宫人当然感激，甘为武氏爪牙，武氏遂令她伺察皇后，后有举动，无不得闻。构陷萧淑妃，用上交策。构陷王皇后，用下交策。武氏之狡狯极矣。怎奈皇后所为，没甚逾法，一时无可借口，不得已静心待着，永徽五年闰四月，高宗幸九成宫，夜间大雨如注，连宵不绝。到了黎明，山水骤下，冲入宫门，卫士统皆骇走，郎将薛仁贵道："天子有急，敢怕死么？"即登门上横木，大呼水至，传警宫内。高宗闻声趋出，忙升高避水。俄而水势愈涨，泛滥寝殿中，漂溺至三千余人。既而恒州又报大水，因滹沱河溢，亦漂溺至五千余家。史称洪水泛滥，为武氏入宫预警，故连类书之。高宗已耽情声色，不暇顾及天变，长孙无忌褚遂良等，也未闻奏请修省，所以大水为灾，只晦气了若干臣民，宫廷里面，简直如没事一般。会武昭仪身怀六甲，满望生一麟儿，不意竟产下一女，重阴固冱，宜乎生女。武氏大失所望，继思生女无用，索性在女婴身上，想出那构陷皇后的法儿来。一日，在宫闲坐，忽报皇后驾到。武氏急叫过宫女，密嘱数语，自己竟闪入侧室躲了。王皇后趋入西宫，众宫女相率跪迎，王皇后问及武氏，宫女答言往御园采花，想是就来。后乃随便就坐，蓦听床上有呱呱声，又复起身近床，抱起武氏所生的女儿，抚弄一回。从来自己无子的人，最喜欢是婴孩，一经怀抱，比自己所生的还要怜爱，那女孩得她摩弄，改哭为笑，好一歇，又复沉沉睡去。王皇后因仍将她放下，用被盖好，见武氏尚未到来，不及等待，乃出宫自去。

武氏闻皇后已回，就从侧室出来，悄悄的到了床前，启被瞧着，那女孩正睡得很熟，她竟狠了心肠，咬定牙齿，提起两手，扼住女喉，可怜这女孩被扼，连声音都叫不出来，四肢一抖，便即气绝。忍哉武氏。武氏仍用被盖上，专待高宗驾到。高宗每日退朝，必至武氏处谈情，不到半刻，即见驾临。武氏拈着花朵，迎高宗入宫。高宗笑语武氏道："美人爱花，约有同性，唯以花比卿，花似尚有惭色哩。"武氏亦微哂道："天语温褒，妾何敢当？不过妾素有癖爱，所以正从御园采花，恭候御驾。"高宗便不复答言，随目注床内道："女儿尚熟睡么？"武氏道："熟睡已多时，此时谅好醒了。"便令侍女去抱女孩，侍女启被一瞧，吓得半晌不能出声。武氏催着道："莫非还是睡着，如何不把她抱来？"侍女才说了一个"不"字。武氏佯作不解，自往床前去抱女孩，手甫及尸，口已先号，惹得高宗也为惊疑，近床细瞧，那婴儿已变作死孩，忍不住几点痛泪。武氏哭问侍女道：“我往御园采花，不过隔了片刻，好好一个女婴儿，为何竟致闷死？莫非你等与我有仇，谋死我女么？”众侍女慌忙跪下，齐称不敢。武氏又道：“你等若都是好人，难道是有鬼么？”众侍女道：“只有正宫娘娘到此一行，曾见她坐床抚摩，过一歇便去了。”武氏便顿足大哭，带泣带语，声声怨着王皇后。高宗却沉着脸道：“皇后未必下此辣手，卿休怀疑！”武后听了此言，命宫女退出户外，呜呜咽咽的诉说后过，一番蜚语诬蔑，煽动高宗怒容，不由的大声道：“如此悍妇，天理难容，若非卿言，朕尚似做梦一般，朕决意将她废去便了。”武氏又故作惧色，忙向高宗摇手，且说道：“废后是何等大事，陛下不应为了妾言，孟浪举事。且盈廷大臣，没人晓得内情，岂有不出来谏阻？还请陛下三思，宁可逐妾，不可废后。”一步逼进一步，语语刻毒。高宗道：“只有长孙太尉，是朕母舅，且亲受先考顾命，朕当向彼一商，便可解决了。”武氏看高宗已是决意，便欲随高宗同往。迫不及待。高宗当然应允，即于是夕黄昏，挈武氏乘着便辇，偕至太尉长孙无忌第中。

无忌闻高宗猝至，不知为着什么事情，一时无从推测，只好亟正衣冠，出门恭迎。高宗携武氏下辇，同趋入门。无忌随步而入，因有武氏随驾，只好呼令妻妾，出厅相陪。彼此闲谈多时，高宗并无归意。无忌满腹狐疑，又不便令他虚坐，当下设宴款待，由高宗特旨，令男女合席欢饮，无忌不好违慢，便遵旨列坐。酒过数杯，武氏问及无忌嗣子。无忌即出令拜见，长子名冲，已任秘书监，此外尚有庶子三人，俱是无忌宠姬所出，最大的年未逾冠，余不过十余龄，均未列官。武氏即旁启高宗道：“元舅为国家元勋，理应全家受荫，愿陛下推恩加赐，遍及舅门，方是酬庸盛典呢。”高宗闻言，即面授无忌三庶子，均为朝散大夫。无忌固辞，高宗不允，乃令三庶子拜谢鸿恩。既而高宗酒酣，略言皇后无子，且有妒悍情迹。无忌才有些会意，一味儿装呆作痴，不答一言，或且用他语支吾。高宗未免不悦，即令撤席，意欲回宫。武氏还谈笑如常，与无忌妻妾等，握手叮咛，才随高宗别去。笑里藏刀。

次日，又由宫监押载金宝缯珠十车，送给无忌，无忌冷笑数声，酌受数物，一大半令他璧还，到了晚间，忽由礼部尚书许敬宗进谒，与无忌密谈上意，劝他勉从。无忌正色道："这事我不敢与闻。"敬宗说至再三，转令无忌动恼，责他逢君为恶，罪无可辞，敬宗乃快快自去，又越数日，高宗欲进武氏为宸妃，侍中韩瑗，及中书令来济，俱上言本朝宫制，只有贵妃淑妃德妃贤妃等称，并无宸妃名号，不应由陛下特增。于是高宗又不便下诏，暂行罢议。那时阴柔凶险的武昭仪，日夕营谋，想夺后位，偏被各方面打消，自己又无词可挟，没奈何忍耐一时，偏老天有意祸唐，竟令武氏二次怀妊，十月满足，竟得生男，高宗非常得意，取名为弘。武氏既得生儿，多了一重希望，便想出一条最凶最毒的法儿，构害正宫。看官道是何法？她与尚宫以下等人，已经买通一气，因即嘱令备一木偶，上写高宗御名，及生年月日，用钉戳住，悄地里埋在王后床下，然后密白高宗，令高宗自去验视。高宗竟入后宫，命内侍发掘床下，果得证物，不由的怒气冲天，指问王后道："朕与你何仇？忍用此物魇朕。"王后莫明其妙，只吓得浑身乱抖，且跪语道："妾实不知此事，乞陛下彻底查究！"高宗怒道："明明在你的床下，还想抵赖么？"王后又泣道："妾事陛下多年，陛下亦应知妾，难道无缘无故，谋害陛下么？"高宗置诸不理，持着木人，竟复至武氏宫内。武氏瞧那木人儿，装出许多懊怅，几乎要咬碎银牙。及看高宗怒不可遏，反且好言解劝，请高宗息怒保身。一擒一纵，愚柔如高宗，哪得不堕其术中。是晚，就服侍高宗安寝，一枕喁喁，语至夜半，方才息声。就中包括无数情事。

翌日早起，高宗出外视朝，长孙无忌褚遂良等，率百官入殿，朝见已毕，高宗顾语无忌遂良及李勣于志宁道："朕有要事待商，卿等且暂留朝堂，待朕召见！"语毕，即返身入内，无忌等退入朝房，当有宫监出来与语，谓："今日废后，事在必行，幸勿违旨。"想是武氏所使。无忌叱令退去。俄有内诏传出，贬吏部尚书柳奭为荣州刺史，擢中书舍人李义府为中书侍郎。无忌览诏后，语李勣道："奭系皇后母舅，无端被谪，义府很是阴险，与许敬宗狼狈为奸，我已奏请外谪，今反有诏擢用，上意已可知了。此次乃是不得不争，还幸诸公助我！"李勣不答。已起坏心。遂良接口道："太尉系是元舅，指无忌。司空又是功臣，指勣。倘或进言忤旨，反使皇上弃亲忘旧，多受恶名。唯遂良起自草茅，无汗马功，忝居重位，得奉遗诏，今日若不死争，如何下见先帝？"言未已，已有旨传召四人，四人趋入内殿，高宗即面谕道："皇后敢行巫蛊术，谋害朕躬，朕决意将她废弃了。"遂良即跪谏道："皇后出自名家，四德俱娴，当不致有此情事。”高宗便袖出木人，且述及发掘情状。遂良又道：“安知不是他人构陷，买通宫中侍女，暗藏床下？陛下若悉心查究，自然水落石出了。”高宗又道：“就使此事非真，皇后无子，亦犯六出之条，现在武昭仪德性温柔，且已生有子嗣，正好代主六宫，朕已决计如此了。”遂良朗声道：“陛下独不记先帝遗命么？先帝弥留时，曾执陛下手，顾语臣等道：‘佳儿佳妇，今以付卿。’陛下言犹在耳，奈何忘怀？应前回。皇后并无大过，不应遽废。”高宗忿然作色，当由无忌接入道：“遂良言是，望陛下三思！”高宗乃道：“卿等且退，明日再议。”无忌等乃退出。

长安令裴行俭，闻了此事，往谒无忌，凑巧中丞袁公瑜，亦在座间，行俭忍耐不住，便问道：“皇上将废去皇后，改立武昭仪，这事可真么？”无忌道：“确有此议。”行俭道：“武昭仪若立为后，必为国家大祸，太尉不可不争。”无忌叹道：“非不欲争，但恐争亦无效，奈何？”行俭又激劝数语，便即别去。公瑜亦起身告辞，一出无忌门，即去通报昭仪母杨氏，杨氏夤夜入告，次日即行颁诏，贬行俭为西州长史，无忌遂良等，凌晨入朝，正值诏书下来，无忌顾语遂良道：“又一个被谪了，我等如何自处？”遂良道：“愿如昨约。”无忌左右一顾，百官俱在，只不见李勣，便道：“李司空奈何不来？”正说话间，景阳钟响，天子临朝，无忌等鱼贯而入。高宗待群臣鹄立，便更说及易后事。遂良即跪奏道：“陛下必欲易后，亦当择选令族。武昭仪昔事先帝，大众共知，今若复立为后，岂不贻讥后世？臣今忤陛下意，罪当万死。”遂呈上朝笏，且叩头流血道：“还陛下笏，乞放归田里。”高宗老羞成怒，即命左右引退遂良。遂良正起身欲出，忽幄后发出娇声道：“何不扑杀此獠？”无忌听着，料是武氏所言，便出班奏道：“遂良系顾命大臣，就使有罪，不应加刑。”韩瑗来济等亦涕泣极谏，高宗乃听令遂良退朝，自己亦罢朝入内。是晚，特召李勣入内，勣本自称有疾，不与早朝，武氏知他有意袒护，便劝高宗密召入宫，与商易后事宜。勣从容答道：“这是陛下家事，何必更问外人。”高宗点首道：“卿言甚是，朕意已早决了。”小子有诗讥李勣道：

身家念重竟忘忠，一语丧邦塞主聪。
待到子孙图反正，阖门授首总成空。指后文徐敬业事。

李勣出宫，又有许敬宗一番扬言，遂迫成一大错事。看官欲知后文，请阅下回便知。

本回纯写武氏，尽情描摹，一笔不肯闲下，一语不能放松，盖古今以来之妇女，未有如武氏之阴柔险狠者，表而出之，所以示炯戒也。唯王皇后不能预防于事前，反引而进之，欲以间萧淑妃之宠，讵知武氏之为毒，有什伯千倍于萧淑妃乎？因妒致祸，不死何待？长孙无忌褚遂良，不能进谏于入宫之时，徒欲劝阻于废后之际，先几已昧，后悔曷追？有共入死地已耳，此大易所以有履霜坚冰之戒也。

第二十五回　下辣手害死王皇后 遣大军擒归沙钵罗

却说许敬宗系杭州新城人，就是隋忠臣许善心子。善心为宇文化及所杀，敬宗辗转入唐，因少具文名，得署文学馆学士，累迁至礼部尚书。唐书奸臣传，首列许敬宗，故本编特详叙履历。武昭仪得宠，敬宗乘势贡谀，甘作武氏心腹。武氏谋夺后位，势已垂成，遂在朝扬言道："田舍翁多收十斛麦，尚欲易妻，天子富有四海，废一后，立一后，也是常情，有什么大惊小怪，议论纷纷呢？"李义府等随声附和，翕然同声。义府巧言令色，对人辄笑，城府却很是阴沉，人尝呼他为笑中刀。他本是东宫食客，及高宗践阼，遂得为中书舍人。长孙无忌恨他奸佞，上章劾奏，请贬为壁州司马，义府侦得消息，不觉着忙，忙向许敬宗求救，敬宗甥王德俭，素有小智，便教他夤夜叩阍，表请易后。高宗览奏，很是喜慰，立命赐珠一斗，擢任中书侍郎。补前文所未详。两人左推右挽，遂把一个武昭仪抬升正宫，更兼李勣进陈二语，促成易后大事，于是先贬褚遂良为潭州都督，示儆群臣。侍中韩瑗，上疏讼遂良冤，说他体国忘家，损身徇物，实是社稷重臣，不应骤加斥逐。高宗不从，瑗接连上疏，以妲己褒姒比武昭仪，以微子张华比褚遂良，说得非常痛切，却只是留中不报。永徽六年十月，竟下诏废皇后王氏为庶人，立武昭仪为皇后，武氏既已得志，索性再下一着，把萧淑妃也驱入阱中，淑妃因也得罪，与王后一同被废，移置冷宫。

李勣于志宁，奉诏为册后礼使，恭恭敬敬的奉了玺绶，献呈武昭仪，应该挖苦。武氏遂服袆衣，佩翟章，金冠珠履，装束似天神模样，更衬着一副杏脸桃腮，柳眉樱口，越觉得整整齐齐，袅袅婷婷。只是良心太黑。当由众侍女簇拥登殿，行过了受册礼，高宗心花怒开，复为这妖后开一特例，令她也乘重翟车，直抵肃仪门。一面命文武百官，及四夷酋长，均在门下朝谒新后。俟武氏下车登楼，开轩俯瞩，但见门下无数官长，齐来参谒，黑压压的跪了一地，不由的神情飞舞，笑貌扬辉。待至谒见礼毕，下楼还宫，所有内外命妇，又奉诏入谒，忙碌得什么相似。非但唐朝立后，从来没有此盛举，就是皇帝登台，亦未闻这般热闹。当下宫庭内外，一律赐宴，大众开怀痛饮，直乱到鼍更三跃，才得尽兴归休。是夕，高宗住宿正宫，由武氏格外献媚，枕席风光，不可尽述。总算报德。越宿起床，武氏面白高宗，请加授许敬宗李义府官阶，高宗自然允诺。武氏又冷笑道："陛下前以妾为宸妃，韩瑗来济，尝面折廷争，两人可谓忠臣，不可不赏。"高宗明知武氏语中有刺，也只还她一笑罢了。随即出宫视朝，令敬宗待诏武德殿西闼，擢义府参知政事，只韩来两人，一时不便亟贬，暂从搁置。

嗣是内外政事，多与武氏参决，武氏未为后时，一意揣摩上旨，多方迎合，就使有意进谗，都是旁挑曲引，慢慢儿的浸润，从未尝有遽色，有疾言。至后位已经到手，又欲与高宗争权，免不得威福自擅，渐渐的骄恣起来。是谓女德无极。高宗也少觉介意，转忆及王皇后萧淑妃的好处，但因武氏防闲甚密，不便亲往探问，反致得罪床帏。已露畏意。一日，武氏归谒家庙，高宗得乘隙往视，行至冷宫门前，只见双扉紧闭，用一大锁钳住兽环，毫不通风，旁开一窦，借通饮食，也是狭小得很，不由的恻然神伤，几乎泪下。半晌才呼道："王后良娣，得无恙否？朕在此看你两人。"语方说完，但听有二人凄声道："妾等有罪被废，怎得尚有尊称？"高宗又道："你等虽已被废，朕却尚是忆着。"说至此，复有呜咽声传出道："陛下若念旧情，令妾等死而复生，重见日月，乞署此处为回心院，方见圣恩。"高宗乃回答道："朕自有处置，你等不必过悲。"言毕乃返，心下未免踌躇。

不意武氏回来，已有人密行报知，气得武氏双眉倒竖，即向高宗诘问。高宗反自抵赖，不敢实言。武氏心凶手辣，竟下一道矫诏，令杖二人百下，且把她们手足截去，投入酒瓮中。可怜二人宛转哀号，历数日方才毕命。萧淑妃临死时，恨骂武氏道："阿武妖猾，害我至此，愿后世我生为猫，阿武为鼠，时时扼阿武喉，方泄我恨。”两人陆续死去。武氏又问左右道：“二妪贱骨，曾碎死么？”左右报称已死，且把萧妃语相告，武氏尤加忿恚，再命枭二人尸，并戒宫中蓄猫，一面胁高宗下诏，令将故后母兄，及萧良娣家族，充戍极边，后母柳氏，时已削籍，至此又被流岭外。许敬宗仰承内旨，更奏称：“王庶人父仁祐，本无他功，徒因女贵致显，得列台阶，今庶人谋乱宗社，罪宜夷宗，仁祐宜劈棺枭尸。陛下不惩已死，且贷余生，尚为失刑”等语。高宗看到此奏，意欲搁置不理，怎禁得武氏在旁，冷讥热讽，逼得高宗不能罢手，只好再下手谕，追夺仁祐官爵；唯斫棺枭尸一节，总算免行。武氏且改王后姓为蟒，萧淑妃姓为枭，因王与蟒音相近，萧与枭音相符，所以有此改称。骄妒可笑。且怂恿高宗改元，易永徽为显庆。

许敬宗又承旨生风，上言：“太子忠本出寒微，前因无嫡可立，暂代储位，今国家已有正嫡，必不自安，应乘此正名定分，共图保全”云云。太子忠闻敬宗言，自知储位不保，没奈何入宫辞位。高宗因降封忠为梁王，立武氏子弘为太子，追赠武氏父士彟为司徒，赐爵周国公，谥忠孝，配食高祖庙，母杨氏晋封代国夫人。是时褚遂良已往潭州，甫行莅任，即奉诏调迁桂州，及到桂州任内，又被谪为爱州刺史。还有侍中韩瑗，中书令来济，一同遭贬。瑗谪为振州刺史，济谪为台州刺史，这都是许敬宗李义府两人进谗，诬他同谋不轨，所以一律降官。武氏意尚未餍，又授意许李两人，定欲将长孙无忌以下，尽行贬死，才好把胸中宿忿，悉数消除。世间最毒妇人心。许李当然遵嘱，只因无忌是高宗母舅，且有佐命大功，一时扳他不倒，不得不静心待时。义府又贪财渔色，为了洛州一案，几乎犯法遭谴，亏得内有奥援，才免动摇。看官道是何案？原来洛州妇人淳于氏，犯了奸罪，系大理狱中，义府闻她色美，暗嘱大理丞毕正义，枉法释放，纳为己妾。正卿段宝玄很是不平，密状奏闻。高宗命给事中刘仁轨，侍御史张伦，复讯此案。义府恐正义实供，竟逼令自缢，希图灭口。高宗也明知义府所为，再欲穷治，偏经武氏硬为拦阻。只好因正义已死，作为宕案，不再加究。

当时恼了侍御史王义方，即欲上章纠弹，只因家有老母，未免迟疑，因入室禀母道：“儿官居御史，坐视奸臣坏法，不加弹劾，便是不忠，若弹劾无效，反危己身，忧及我母，又是不孝，这正令人难处呢。”母正色道：“我闻汉王陵母，杀身以成子名，汝能为国尽忠，虽死何恨？”王母引用王陵故事，可谓善于绳祖，且书中不肯从略，亦是不没母德之意。义方乃坦然入朝，当面奏请道："义府擅杀六品寺丞，应否坐罪？"高宗未及出言，义府已出班辩斥。义方道："事已确凿有据，义府如欲自辩，尽可向大理对簿，不应再立朝端。"义府仍不肯退下，经义方三次叱退，方怏怏趋出。义方乃朗读弹文，读至终篇，方引出高宗一语，说了"毁辱大臣"四字，便引身入内。未几有旨传出，贬义方为莱州司户，义府仍得逍遥法外，嗣且进授中书令，兼检校御史大夫，令与长孙无忌许敬宗等，修订礼仪，威赫如旧。

小子因显庆元二三年，有西征事夹入在内，不得不将内政暂行搁起，插叙一段西征情形。按时演述，应该如此。先是行军总管梁建方，奉诏班师，西突厥尚未平定，回应二十三回。会乙毗咄陆可汗身死，有子颉苾达度设，自号真珠叶护，与贺鲁有嫌，互相攻击。真珠遣使入唐，愿讨贺鲁自效，且乞济师。唐廷撤消瑶池都督府，命右屯卫大将军程知节，为葱山道行军大总管，率诸将西讨贺鲁，并遣丰州都督元礼臣，册封真珠叶护为可汗。礼臣至碎叶城，为贺鲁所遮，不得前达，仍持册还朝。程知节入西突厥境，遇歌逻禄处月二部番众，前来迎战。由知节驱军掩击，大破番兵，斩首千余级，再进军至鹰沙川。又见西突厥二万骑兵，及别部番众亦二万余人，横列道旁，阻住去路。唐前军总管苏定方，素有勇名，但率精骑五百名，冲入敌阵，十荡十决，杀得番众大败奔逃，抛弃甲杖牛马，不可胜数，定方得胜收兵，报知程知节，知节赞不绝口。偏副总管王文度，阴怀妒忌，反向知节进谗，谓："冒险进兵，只可侥幸一时，不可恃为常道，嗣后须常结方阵，内置辎重，俟贼至复击，方保万全"云云。知节似信非信，文度看他有疑，又诈言接到密敕，令自己监制各军，不得躁进。知节乃信为真言，听他调度。文度即收军结营，终日按兵不动，士气日衰，马多瘦死。定方忧愤填胸，入白知节道："奉命出师，无非为讨贼计，今乃坐守不进，自致困敝，若遇贼至，如何对仗？且皇上既命公为大将，岂反令副总管暗中牵制？这事恐防有假，不可过信。为公计，不如拘住文度，飞表上闻，看朝廷如何下旨？"知节摇首道："诏敕岂可妄传？我若违诏行事，难道不干天谴么？"定方知不可谏，闷闷而出。

各军屯驻月余，始进至怛笃城，番目出城迎降。文度语知节道："此辈伺我旋师，还复为贼，不如尽加屠戮，取货而归。"定方又入谏道："杀降非仁，取财非义，自己先已作贼，怎得称为伐叛呢？”文度不从，纵兵屠城，分劫货财。知节不能禁止，由他为虐。大众饱载南归，唯定方不取一物，及还入长安，文度阴谋发觉，坐矫诏罪当死，他乃遍赂当道，代为缓颊，始得减罪除名。何苦忌功？何苦夺财？知节亦连坐免官。独定方有功无过，得授伊丽道行军总管，再率燕然都护任雅相，副都护萧嗣业，发回纥各部番兵，自北道讨西突厥。另遣先朝降酋阿史那弥射，及阿史那步真，两人皆西突厥属部酋长，太宗朝，曾率众来降，分任左右屯卫大将军。为流沙道安抚大使，自南道召集西突厥部众，一剿一抚，分道并出。贺鲁也倾国前来，拥众十万，列营曳咥河西岸，绵亘十里。苏定方自为前驱，但率步兵万人，及回纥骑兵万名，与敌对垒，令步兵据南原，攒槊外向，遇敌方击，不准擅离，自将骑兵据北原，严阵待着。贺鲁见唐军不多，鼓噪进兵，先冲步营，三战三却。定方见他气馁，即引骑兵出击，人人奋勇，个个争先，番众虽多至数倍，大半乌合，禁不住铁骑蹂躏，顿时大溃。定方追奔三十里，斩获数万人，到晚收军。翌晨再进，西突厥部众多降。贺鲁带着残骑，向西窜去。可巧天下大雪，平地积雪二尺，诸军请待晴后行。定方道：“虏恃雪深，谓我军必不敢进，不妨就近休息，我若冒雪追上，掩他不备，定可成擒，否则彼已远窜，无从追获了。”乃踏雪继进，沿途收降番众。至双河堡，来了一支人马，为首大将，便是南道大使阿史那步真。步真自南道进兵，所过皆降，不烦血刃，因此长驱直入，得与北道军相会。定方益喜，两军昼夜兼行，直入穷谷，登高遥望，见前面有一猎场，番众驰逐野兽，趾高气扬，首领不是别人，正是沙钵罗可汗贺鲁。定方大悦道：“此番定要擒住他了。”便麾兵逾岭，喊杀过去。贺鲁已似漏网鱼，惊弓鸟，闻着唐军喊声，便策马飞奔。番众也即溃乱，被唐军东劈西斫，做了无数枉死鬼。唐军夺得鼓纛，只寻不着贺鲁，定方不觉叹息道：“那厮又复脱逃，恐不能再擒他了。”前喜后叹，都是文中顿挫之笔。旁边闪出一将道：“待末将上前穷追，无论好歹，总要将逆虏擒住，大总管不妨回师。”定方见是萧嗣业，便道：“副都护既愿效劳，还有何说？”当下拨兵万人，随他前行，自己从容班师，令降众各归本部。沿路悉心稽察，筹办善后，通道路，置驿站。掩骸骨，问疾苦，划疆界，复生业，访得各部人畜，前被贺鲁所掠，一律给还。西突厥向有十姓，叫作五咄陆，五弩失毕，至是一体归附，悉表欢忱。

正在惨淡经营的时候，接得萧嗣业捷报，已将贺鲁捕获，定方当然欣慰。原来贺鲁遁至石国西北苏咄城，已是人困马乏，狼狈不堪，乃遣部下赍珍宝入城，乞粮借马，城主伊涅达干，佯备酒食出迎，诱贺鲁入城，指挥众士，将他拘住，解送石国。萧嗣业探得消息，即向石国索交贺鲁，石国闻唐军入境，颇加畏惧，便将贺鲁送达军前。嗣业飞报定方，随将贺鲁押还。定方乃请分西突厥，置濛池昆陵二都护府，即以阿史那弥射为兴昔亡可汗，管领五咄陆部落，阿史那步真为继往绝可汗，管领五弩失毕部落。唐廷俱如所请，派光禄卿卢承庆持节册命，仍命弥射步真选择降众，量能授职，令为刺史以下等官。边徼已定，大功告成，定方奏凯还朝，献俘阙下。贺鲁在槛车中，曾语萧嗣业道："我本亡虏，我先帝所存，先帝待我良厚，我乃负先帝恩，宜遭天怒，悔已无及。我闻中国刑人，必在市曹，我负先帝，应该在先帝灵前伏法，幸乞代奏！"嗣业既至京师，当即依言奏陈。高宗以为可怜，但命献俘昭陵，贷他一死。结发夫妇，如何不怜？乃听悍妃谋毙。既而贺鲁病殁，藁葬颉利墓侧。唯真珠叶护，未得册封，不免怨望，旋由兴昔亡可汗率兵进击，与真珠叶护鏖战双河，真珠叶护败死，于是西域皆平。

独龟兹国自征服后，国王布失毕等，被俘入京，留官京师。应二十二回。高宗初年，龟兹国乱，酋长争立，各向唐廷求封。廷议以龟兹失主，不如遣还布失毕，仍使为王，免得纷争。高宗准奏，乃复封布失毕为龟兹王，令与故相那利，宿将羯猎颠，同时还国，抚定部众。显庆改元，布失毕入都朝贺，那利竟与布失毕妻，结成露水缘。也算代庖。及布失毕西归，那利尚私自出入，不肯断情。布失毕渐渐闻知，常欲杀死那利，怎奈那利树党窃权，急切不便下手，只好密遣心腹，上诉唐廷。那利也使人报唐，互争曲直，一边说是布失毕谋叛，一边说是那利谋乱，两下各执一词，转把那中冓丑声，隐瞒下去。高宗并召两人，入朝对质，布失毕不便再讳，只好据实陈明。那利虽然狡辩，究竟情虚词屈，唐廷因将他囚住，另遣左领军郎将雷文成，送布失毕回国，甫至东境泥师城，不意宿将羯猎颠，竟率众堵住，不令布失毕归还。得毋也作那利第二耶？布失毕入城拒守，飞向唐廷乞援，高宗再命左屯卫大将军杨胄，发兵西行。及抵泥师城，布失毕已忧愤而亡，胄遂纵兵击羯猎颠。羯猎颠屡战屡败，终被唐军擒住，枭首以徇。乘胜入龟兹国都，穷治那利羯猎颠余党，一并加诛。且就地设龟兹都督府，立布失毕子素稽为王。兼都督事，布失毕妻不知如何处置？可惜史中未曾载明。然后班师复命。高宗又命徙安西都护府至龟兹，安西都护府，本设在高昌境内交河城，事见十八回中。即令安西都护麹智湛驻扎龟兹，加封左骁卫大将军，统辖龟兹于阗碎叶疏勒四镇，及吐火罗呎哒罽宾波斯等十六国，置府州至八十余，小子有诗叹道：

王师西讨莫能当，史策铺张美盛唐。
岂是高宗能攘外？余威尚是绍文皇。

外患告平，内讧复起，本回已就此结束，待至下回再详。

王后萧淑妃，互相妒忌，本有致死之征，武氏得乘隙而入，所谓木朽蛀生，夫复谁尤？但武氏计夺后位，如愿以偿，似亦可以止矣，乃必将后妃锢入别宫，严加监押，已属狠心辣手，甚且断其手足，投入瓮中，试问其具何心肠，乃至于此？禽兽尚不自戕同类，武氏直禽兽之不若。故读此回而不发指者，非人也。彼许敬宗李义府辈，更不足诛矣。高宗为色所迷，昏庸已甚，贬勋旧，斥忠良，而独能任一苏定方，付以专阃，岂西陲乱事，天必假手唐廷以荡平之耶？定方以外，又有杨胄，亦良将之足称者，能攘外不能安内，高宗其无以自解乎？

第二十六回　许敬宗构陷三家　刘仁轨荡平百济

却说褚遂良被谪爱州，自恐罹谗被祸，无术生全，因上表自陈道：

往者濮王即魏王泰见二十四回。承乾交争之际，臣不顾死亡，归心陛下，是时岑文本刘洎，奏称承乾恶迹已彰，身在别所，其于东宫不可少时虚旷，请且遣濮王往居东宫，臣又抗言固争，皆陛下所见。卒与无忌等四人，共定大策。及先帝大渐，独臣与无忌同受遗诏，陛下在草土之辰，不胜哀痛，臣与无忌区处众事，咸无废阙，数日之间，内外宁谧，力小任重，动罹愆过，蝼蚁余齿，乞陛下哀怜，谨此表闻！

这道奏章，明明是自述前功，怕死乞怜的意思。前勇后怯，太无丈夫气，然自己怕死，如何谮杀刘洎。但此时的高宗，已被武氏制伏，任他口吐莲花，也是无益，因此留中不报。遂良忧郁成疾，旋即去世。可为刘洎泄冤。武氏闻遂良病终，尚因他不及加诛，隐留遗憾，遂擢许敬宗为中书令，教他速行罗织，构陷长孙无忌等人。敬宗多方伺隙，苦不得间。会洛阳人李奉节，上告太子洗马韦季方，及监察御史李巢，朋比为奸，应加重谴等语，有诏令敬宗讯问。敬宗刑驱势迫，硬要季方扳连无忌。季方愤不欲生，自刺不殊，奄然待毙。敬宗遂诬奏季方勾通无忌，意欲谋叛，今因事泄，所以情急求死。高宗愕然道："哪有此事？舅为小人构隙，稍生疑沮，或尚未免，怎至谋反呢？"

敬宗道："臣反复推究，叛迹已彰，陛下尚以为疑，恐非国家幸福。"高宗不觉泪下道："我家不幸，亲戚间屡有异图，往年高阳公主，与房遗爱谋反，今元舅又有此事，如果属实，如何处置？"敬宗又道："遗爱乳臭小儿，与一女子谋反，怎能成事？无忌与先帝同取天下，天下共服彼智，身为宰相三十年，天下共惮彼威，若一旦窃发，攘袂一呼，同恶云集，陛下将遣何人抵制呢？今幸皇天疾恶，宗庙有灵，为了区区小案，得发大奸，尚可先事防患哩！"高宗徐徐道："且待审讯确实，再行定夺。"敬宗乃退。

是夕并未复讯。到了次日入朝，即妄奏道："昨夜已讯过季方，供与无忌谋反是实，臣却加诘道：'无忌是皇室至亲，累朝宠任，为何嫌而谋反？'季方答言：'无忌曾劝立梁王为太子，韩瑗褚遂良等，一并与议，今韩褚等俱已得罪，梁王又复见废，无忌内不自安，所以与季方谋反。'事出有因，并未诬扳，请陛下收捕正法，幸勿迟疑。"高宗又泣道："舅若果有此意，朕亦不忍加诛。"敬宗又道："薄昭系汉文帝母舅，文帝从代邸入立，昭亦有功，后来止坐杀人罪，文帝遣百官往哭，令他自裁，后世仍称文帝为贤主。今无忌负国大恩，谋移社稷，罪加薄昭数倍，幸亏奸状自发，逆徒引服，陛下尚有何疑，不早处决？古人有言：'当断不断，反受其乱。'臣恐陛下迁延时日，将来变生肘腋，悔无及了。"谗人罔极，欺庸主足矣。高宗不觉点首，也不再问无忌，竟下诏夺无忌官封，出为扬州都督，安置黔州。韦季方处斩。敬宗又奏言："无忌谋逆，由褚遂良韩瑗柳奭等构成，于志宁亦与同党，乞一并加罪。"于是追褫遂良官爵，除奭瑗名，免志宁官。看官道志宁如何连坐？原来前时易后，志宁虽未谏阻，亦未赞成，因此亦为武氏所恨，嘱敬宗一同陷害。中立派本最取巧，不意亦遭诬陷。

既而又穷究罪案，命御史追捕韩瑗柳奭，械送京师。且诏李勣许敬宗等，复按无忌反谋，敬宗遣中书舍人袁公瑜，飞诣黔州，逼令无忌自缢，自己捏造供状，还奏高宗。供状中牵连多人，引得高宗不能不怒，把无忌兄弟子侄，无论亲疏，一并处死。适应吴王恪言。只无忌长子冲，尚太宗女长乐公主，太宗第五女。总算加恩免死，谪戍岭表。流遂良子彦甫彦冲至爱州，途次被杀。再敕将柳奭韩瑗二人，所至斩决。瑗已身死，发棺验尸。柳奭已累谪至象州，由朝使宣旨受刑。所有三家财产，一并籍没，就是远宗近戚，俱充发岭南，降为奴婢。连高士廉子高履行，本任益州刺史，亦指他党同无忌，贬为永州刺史，于志宁亦座贬为荣州刺史，所有武氏平日未见趋承的人物，一网打尽。此外老成宿望，曾列名凌烟阁上，只有李勣一人，阿附武氏，任官如旧。他如尉迟敬德程知节等，还亏先后殂谢，不入漩涡。唐室元气已经凋亡，子孙安得不沦胥以尽耶？梁王忠不能无嫌，坐徙房州刺史。忠栗栗危惧，常恐被人暗算，甚至着妇人衣服，防备刺客；夜间梦寐不安，屡次浼人占梦，自卜吉凶。许敬宗等捕风捉影，又诬言忠有逆谋，再加武氏在旁撺掇，也把他废为庶人。徙置黔州，锢禁承乾废居时旧宅。可见祖宗贻谋不善，以致后人借口。

后来武氏尝梦见故后及萧妃，虑它为祟，密令道士郭行真，出入禁中，为魇禳事。宦官王伏胜，报知高宗，高宗正因武氏专恣，心下不平，遂召侍郎上官仪，暗地与商。仪言皇后骄横，天下共怨，应废黜以安中外。高宗即令仪草就制敕，仪甫退出，武氏已匆匆趋至，见了草诏，竟与高宗不肯甘休。高宗闻着狮吼，几乎魂悸魄丧，忙把废后意见，统推到上官仪身上。怕妻至此，煞是可叹！仪与伏胜，俱曾服事废太子忠，武氏与高宗斗了一回嘴，便出嘱许敬宗上一奏章，诬言仪与伏胜，串同废太子，隐谋为逆。高宗此时已无主意，但恐得罪武氏，不管什么父子恩情，一道旨意，将忠赐死。仪及宦官伏胜，还有甚生望？随即下狱论斩。可怜仪子庭芝，也随父处死，又复株连了好几十人。嗣是军国大权，全归武氏掌握，高宗视朝，阿武在后垂帘，生杀予夺，任所欲为，一班蝇营狗苟的朝臣，无论言语文字，统称她为二圣，这真叫作阴阳反背，太阿倒持了。此段文字，系是麟德元年时事，但因相隔不远，故连类并书，以便阅者。

且说苏定方自讨平西突厥后，复于显庆四年，出征思结。思结系铁勒别部，曾由唐改号蹛林州。见二十一回。酋长都曼，叛服无常，当遣定方为安抚大使，兼程前进，掩击都曼营账。都曼败遁，追至马保城，四面围攻。都曼计穷出降，由定方缚献殿廷，得贷死罪。不略思结战事，所以表定方擒渠之功。越年三月，新罗王金春秋上表乞援，春秋系女主真德弟，真德于永徽五年病殂，唐廷册封春秋为新罗王。应二十二回。唯高丽百济，与新罗仍不相和，尝联兵攻新罗境，夺去三十三城。新罗王春秋，曾上表求救，高宗遣营州都督程名振，及右领军中郎将薛仁贵，往讨高丽，屡有斩获。高丽兵败退，唐兵亦还。唯百济未尝受创，伺着唐兵西归，复进扰新罗，新罗复遣使求援，乃再命苏定方为神邱道行军大总管，与左骁卫将军刘伯英等，率兵十万人，水陆齐进。且授金春秋为嵎夷道行军总管，令简新罗锐卒，会同苏定方大军，同讨百济。定方自成山渡海，至熊津江口，正值百济兵前来防堵，便不待整列，即掩击过去，杀死百济兵数千人，有一半拼命遁还，唐军从后追蹑。将至百济国都，百济王义慈即扶余璋子。倾国出战，被唐军一阵捣入，杀得天昏地暗，红日无光。百济兵纷纷溃散，义慈也只好逃回。不意外城甫入，唐军已追踪而至，连城门都不及关闭，由唐军骤马进去。还亏太子隆及次子泰，自内城领兵出救，才得将义慈保入内城，阖门拒守。定方督军攻扑，义慈大惧，与太子隆缒城夜走，遁匿北境，留次子泰守城，泰竟自立为王。隆子名文，尚留城中，私语左右道："王与太子皆在，叔父竟拥兵自王，就使能却唐兵，我父子也不能自存了。"遂率左右逾城出降，人民亦陆续缒出，多来投顺唐军。定方乘胜猛攻，督将士登城立帜，泰窘迫无计，没奈何开城听命。义慈及隆闻国都失守，又思他遁，适唐军前来搜捕，无路可奔，也只好面缚乞降。百济旧有五部，分统三十七郡二百城，至是悉数归唐。改置熊津马韩东明金涟德安五都督府，选擢原有酋长为都督刺史。唯都城为全国总枢，特留郎将刘仁愿居守，熊津地居险要，亦特派左卫中郎将王文度，作为都督，抚治百济遗众。定方遂押住义慈父子，还献唐廷。定方至是，已三擒外国酋长矣。有诏赦罪不诛。再迁定方为辽东道行军大总管，刘伯英为平壤道行军大总管，程名振为镂方道总管，分道往击高丽。还有左骁卫大将军契苾何力，亦受命为浿江道行军大总管，接应定方。青州刺史刘仁轨督运东征军粮饷，航海东行，不料遇着飓风，粮船多覆，因致得罪褫职，白衣从军。

先是百济王义慈，与日本通好，倚为外援，当遣子扶余丰，往质日本。及百济亡国，遗将僧道琛及福信，收集余众，据住周留城，迎立故王子丰为王，出图恢复，围住旧都。刘仁愿兵少力单，勉强守御，又因熊津都督王文度，莅任即殁，更觉没人援助，不得已飞章告急。唐廷亟起用刘仁轨，命为检校带方州刺史，节制王文度旧众，便道发新罗兵，往救仁愿。仁轨慨然勇往，且在州司中请得唐历及庙讳，随带军前，并语麾下道："我此去将荡平东夷，颁行大唐正朔，众位须协力助我，不患不建功立业哩。"前时粮覆致罪，也未免枉屈，此公原是大有为者。遂申定军律，格外严明，沿途转斗直前，无战不克。福信分军堵熊津江口，竖立两栅，很是坚固，仁轨与新罗兵纵击，把两栅一并毁去，敌众或被杀，或遭溺，不计其数。道琛闻福信败退，也将都城撤围，退保任存城，新罗兵粮尽引还，仁轨与仁愿合军，休息士卒，暂且按兵不动。道琛遂自称领军将军，福信也自称霜岑将军，两人势不相下，自行攻击。道琛为福信所杀，福信遂专掌兵事，抵制唐军。仁愿仁轨，因百济都城，全恃熊津口为保障，熊津一失，国都万不可守，乃均移驻熊津城。唐廷亦令仁愿为熊津都督，饬俟高丽得胜，再行进兵。一面召回刘伯英程名振，改遣任雅相为浿江道行军总管，转调契苾何力为辽东道行军总管，苏定方为平壤道行军总管，征集三十五军，及番部各兵，速攻高丽。

高宗改元龙朔，欲亲自出征，为武氏谏阻而止，但诏促各路进军。苏定方先进浿江，连战皆捷，遂进围平壤城。高丽莫离支盖苏文，遣子男生率兵数万，守鸭绿江，堵住任雅相一军，雅相不敢就进。可巧契苾何力到来，主张进行，适值天寒冰冱，何力引众乘冰，鼓噪而济。高丽兵措手不及，立即溃走，被何力追奔逐北，斩首至三万级。男生策马急驰，还算保全性命。何力再欲进攻，不料任雅相病殁军中，只好暂时逗留，候旨裁夺。高宗以雅相新亡，行军不利，亦诏何力班师。苏定方久围平壤，屡攻不下，反阵亡沃沮道总管庞孝泰，并因年暮残雪，兵士疲乏，亦解围西归。新罗王金春秋，又复病殂，子法敏嗣，势不能援助唐军。高宗乃颁敕二刘，大旨说是："平壤军还，熊津势孤，一城不能自固，不如移就新罗。若金法敏留卿镇守，可暂停彼处，否则泛海归来便了。"仁愿不觉踌躇，仁轨独奋然道："大臣为国家计，有死无二，怎得贪生避害？试想主上欲灭高丽，所以先讨百济，留兵守堵，制他心腹，诚使厉兵秣马，击他无备，理无不克，得捷以后，士卒心安，然后分兵据险，开展势力，飞表上闻，再求益兵，朝廷知我有成，必更遣将出师，声援既厚，凶丑自歼，非但不弃前功，且足永清海表。今平壤既已退师，熊津又复弃去，眼见百济余众，不日鸱张，高丽逋寇，无时可灭，数年血战，徒劳无益，况且熊津孤城，居敌中央，我若动足，适为敌乘，就使得至新罗，亦不过作一寓客，万一有变，仍恐难免，虽悔亦无及了。愚料福信凶悖，君臣相猜，将来必行屠戮，我军正应坚守观变，乘衅而动，不患不胜。古人有言：'将在外，君命不受。'还请总管详察！"理直气壮。仁愿道："刺史说得甚是。"众将也均赞成，遂严申守备，待机乃发。

忽由百济王丰，遣人来前，由仁愿召入，问明来意。来使道："大使等何时西还？我主当派兵护送。"仁愿尚未及答。仁轨即从旁答言道："我军归期在迩，难得尔主好意，尔可为我归谢，不劳护送！”来使应声自去。仁轨道：“狡虏欺我太甚，目下虏使方归，我正可衔枚疾进，攻他不备了。”仁愿大喜，当即督兵袭支罗城，一战即下，进拔岘城大山沙井等栅，杀获甚众。福信闻警，才遣兵添守岘城，仁轨佯令缓攻，夜令军士督草填濠，霎时间草与城齐，各将士攀草而上，一齐登城。守卒闻知，已经不及抵御，只得开城遁走。仁轨方安安稳稳的据了岘城，得与新罗通接粮道，有恃无恐。仁愿遂奏请添兵，有诏发淄青莱海兵七千人，速赴熊津，再遣右威卫将军孙仁师，为熊津道行军总管，统军继进。百济王丰，正与福信争权，率亲卒击杀福信，骤闻唐军大至，急遣使向日本乞师。日本齐明天皇，名天丰。亲赴筑紫，调兵救百济，途次遇病，至筑紫即殁。皇太子天智，奉丧听政，遣部将阿昙比逻夫阿部比逻夫等，帅舟师百艘，援百济王，更派兵三万人继进，作为后应。

是时孙仁师已至熊津，与二刘合军，声势甚盛。诸将欲出攻加林城，仁轨道：“加林当水陆要冲，地形险固，我若急攻，反伤士卒，缓攻必旷日持久，亦致老师。不若直捣周留城，周留城为狡虏巢穴，群凶所聚，除恶务本，正在此举，周留得拔，余城不战自下了。”不入虎穴，焉得虎子？于是分道进兵，仁师仁愿，邀同新罗王金法敏，从陆路进，仁轨与别将杜爽扶余隆，率水军及粮船，自熊津入白江，拟与陆师相会。甫至白江口，那百济王丰，与日本兵驾船前来，帆樯相望。仁轨用火攻计，乘风纵火，猛烧敌船，顿时烟焰熏天，海水尽赤。日本将阿昙比逻夫等，还想冒火来战，怎禁得祝融肆威，封姨助虐，徒落得焦头烂额，一步儿不能上前。岸上战鼓声喧，唐将仁师仁愿等，又复驱军杀到，那时还有何心恋战，慌忙转柁遁去。中国有史以来，日本兵为我军所败，唯此一仗，最为吃亏。百济王丰，亦脱身奔高丽。唐军遂进薄周留城，扶余丰子忠胜忠志等，率众出降，百济又亡。唯百济将迟受信据守任存城，未肯归命，仁轨令百济降将常之，及沙吒相如为前驱，自率兵后随，奋勇进攻。迟受信料不能守，也挈妻子奔高丽去了。

捷书报达唐廷，高宗召仁师仁愿还朝，留仁轨镇守百济。仁轨籍户口，瘗骸骨，辑村聚，置官长，通道途，立桥梁，补堤堰，修陂塘，课耕桑，赈贫乏，赡孤老，立唐社稷，颁正朔及庙讳，百济大悦，阖境又安。及刘仁愿到京，高宗亲加慰劳，仁愿道：“这统是刘仁轨的功绩，非臣所能及哩。”仁愿推贤让功，亦有足取。高宗乃加仁轨六阶，正任带方州刺史，且替他筑第都中，安顿妻孥，厚给赏赐。小子有诗赞仁轨道：

有勇还须仗有谋，东夷余焰一时休。
若非良将纡筹策，安得功名盖远州？

百济已平，正欲进图高丽，偏铁勒部又复叛唐，屡来寇边，乃遣将往讨铁勒，暂将高丽搁下。欲知铁勒部战事，且待下回表明。

长孙无忌，高宗之母舅也，而构陷之者，始自武氏，成于许敬宗。武氏之欲杀无忌也，因无忌谏阻易后，致有此嫌。敬宗与无忌何雠？与褚遂良韩瑗等又何怨？其所以必加陷害者，无非受武氏之嘱托耳。夫唐廷以上，臣僚甚众，宁必为武氏爪牙，方得居官食禄，况无忌等未尝有罪，而乃任意扳诬，恶同虵蝎，吾不意忠良之后，而竟生此奸贼也。故武氏之恶固大矣，而敬宗之恶为尤大，揭而出之，恶其何自遁乎？高宗时之良将，苏定方外，应推刘仁轨，高丽未捷而还师，百济复燃而未靖，微仁轨之临机决胜，则刘仁愿必且还军，即幸不为敌所乘，而新罗介居两国间，又遭大丧以后，其能免为蚕食乎？故仁愿之从谏如流，虽有足称，而平定百济，虽出仁轨之功，表而出之，功其庶不没乎？本回隐具此旨，且为标明巨目，嫉恶表功，书法固不苟也。

第二十七回　发三箭薛礼定天山
统六师李勣灭高丽

却说铁勒诸部归唐后，相安无事，约有数年，至龙朔纪元，回纥部酋比粟，始纠合仆骨同罗两部众，前来犯边。高宗命左武卫大将军郑仁泰，为铁勒道行军大总管，左武卫将军薛仁贵，及燕然都护刘审礼为副，鸿胪卿萧嗣业，为仙萼道行军总管，右屯卫将军孙仁师为副，各率兵万人，往讨回纥。回纥遂号召铁勒九姓，药罗葛，胡咄葛，啒罗勿，貊歌息纥，阿勿嘀，葛萨斛温，索药勿葛，溪野勿。合众十数万，拒击唐军。薛仁贵带着数十骑，当先开路，正与番众相遇。番众见他兵少，也挑选健骑数十人，前来挑战。仁贵大呼道："来骑慢来！看本将军的箭法。"道言未绝，那仁贵早拈弓在手，搭上一箭，飕的射去，正中来骑第一人，撞倒马下，呜呼毕命。仁贵又呼道："来骑防着！看本将军的第二箭！"来骑因前驱已死，正在着忙，不料第二箭又至，复将第二骑射死。仁贵复道："看本将军的第三箭！"这语才出，敌骑格外小心，圆着眼瞧那放箭，只恐被他射着，偏仁贵虚把弓弦一扯，箭尚在手，已把敌骑吓得心惊，左闪右避。仁贵笑着道："似你等没用人物，来经什么战阵？本将军箭尚未发，不必这般慌忙，我要拣你一个多须的人，赏给一箭。"敌骑中巧有一个胡子，听了此言，回马就跑，不意箭已射至，从背项穿出前面，连痛声都呼不出，便坠马而亡。三箭射毕，唐军胡陆续大至，敌骑俱欲返奔，仁贵复大呼道："你等如欲免死，快快降顺！否则我军将一概放箭，看你能活得一个否？"敌骑料是难逃，只好一齐下马，匍匐请降。仁贵乘势进击，收降了二万人，余众都从碛北逸去。仁贵恐降众难恃，佯令随军越山，到了山巅，传了一个军令，把降众一齐驱下堑谷。看官！你想天山两旁，统是峭壁危岩，一经坠下，统是粉骨碎身，还有什么生理？仁贵太属残忍。及唐军越过碛北，追及败众，又是一番蹂躏，擒得叶护兄弟三人，方收军回营。军士编成两语，作为凯歌道：“将军三箭定天山，壮士长歌入汉关。”少时阅《征东传》曾有三箭定天山一回，说是征辽时事，天山在西，乌得在东，岂亦如樊梨花之有移山法乎？可发一笑！铁勒九姓，经此大挫，哪里还敢再来。只思结多滥葛等部众，留堵天山附近，闻九姓皆败，唐军乘势深入，自知不能堵御，乐得见机迎降，不料郑仁泰悍然不纳，反纵兵击掠两部子女，赏赐军士。两部番众，相率遁去，别将杨志追击，反为所败，有侦骑禀报仁泰，谓番部辎重人畜，尚在近地，可以掩取。仁泰遂选轻骑万四千名，倍道前驱，经过大漠，至仙萼河，不见一虏，粮尽乃还。会连天风雪，士卒饥冻，杀马为食，马尽食人。及入塞，余兵仅八百人，司宪大夫杨德裔劾奏：“仁泰不纳降众，任情劫掠，遂致虏众散匿，将士丧亡，应付法司推鞫。又因仁贵掠取番女为妾，多纳赇遗，亦应加罪”云云。高宗格外开恩，但令他将功赎罪，悉置不问，另遣右骁卫大将军契苾何力为铁勒道安抚使，安辑余众。何力只选精骑五百名，驰入铁勒九姓中，番众大惊。何力与语道：“国家知汝等皆系胁从，特令我宣诏赦罪，汝等但教捕住罪魁，交给了我，我概不复问了。”九姓部众，乃执住叶护及设特勒等二百余人，叶护注见前，设特勒亦番官名。缴与何力。何力责他叛逆，均令正法，余不再究，九姓乃定。越年，再令郑仁泰讨平铁勒余众，乃移燕然都护府至回纥，更名瀚海都护。燕然都护见二十一回。旧设在郁督军山南麓，至此始移至回纥。徙瀚海都护至云中古城，改名云中都护，以碛为境。碛北属瀚海，碛南属云中。继复改称瀚海都护为安北都护府，这且不必絮叙。

且说兴昔亡可汗阿史那弥射，与继往绝可汗阿史那步真，分治西突厥，本来是划境自守，彼此相安。既而忽生嫌隙，积不能容。阿史那步真竟至飓海道总管苏海政处进谗，谓弥射有谋反意。海政惊愕，召集军吏与商道：“我军留此，不过数千人，若弥射果反，来攻我军，我辈将无噍类，不如先发制人为妙。”乃矫诏发帛万匹，召弥射与各部酋长，前来受赐。弥射不知是计，竟率酋长来会海政，海政设伏待着，诱他入营，即令伏兵掩捕，悉数擒住，尽行杀死。弥射属部鼠尼施拔塞干等，叛走西南，由海政邀同步真，率众追讨，方得平服，军还至疏勒，弓月部又引吐蕃兵，来攻唐军。海政恐师劳力竭，不堪再战，没奈何纳赂吐蕃，约和而还。嗣是西突厥各部落，均因弥射无过被诛，阴怀怨贰。可巧步真复死，十姓无主，有阿史那都支及李遮匐两人，诱致余众，归附吐蕃。

吐蕃自与唐和亲后，朝贡不绝，高宗即位，赞普弄赞病亡，应二十二回。因嫡子早死，立幼孙为赞普，以国相禄东赞摄政。禄东赞招兵养马，寖至盛强，又复得十姓归附，声势益炽，遂欲并吞吐谷浑。适吐谷浑大臣素和贵，得罪奔吐蕃，且言吐谷浑虚实，禄东赞即率兵往攻，吐谷浑可汗诺曷钵，拒战失利，乃挈弘化公主走依凉州。应十六回。唐左武卫将军郑仁泰，正调任凉州都督，因迎纳诺曷钵，替他奏闻，诏命仁泰为青海道行军大总管，节度诸军，分屯凉鄯二州，防御吐蕃。一面遣苏定方为安集大使，统军作吐谷浑声援，且调停两国战事。吐蕃禄东赞，出驻青海，遣论仲琮仲琮为名，论系吐蕃相臣之称。入朝，面陈吐谷浑罪状，且请与吐谷浑和亲，高宗不许，命左卫郎将刘文祥，偕仲琮至吐蕃，传诏诘责。吐蕃再遣使伴文祥还国，仍请与吐谷浑修和，唯求赤水地牧马。高宗仍然不从，却还来使。于是吐蕃不服，倔强如故。唐世吐蕃之祸始此。唐廷拟招抚西突厥，令与吐蕃绝好，乃授阿史那都支为左骁卫将军，兼匐延都督，以示羁縻。诏尚未至，阿史那都支已派兵寇庭州。刺史来济正调任是缺，遂顾语左右道：“我久已当死，幸蒙存全，以至今日。现在强寇凭陵，我唯一死报国便了。”遂不服甲胄，只带领数十骑，赴敌尽忠。事闻于朝，高宗虽也怜念，但因济为武氏所嫉，不敢加旌，但许他灵柩还乡，所有封授都支诏命，亦未尝追还。都支接着诏敕，阳为受命，暗中仍与吐蕃连和，慢慢儿的侵边罢了。为后文伏笔。

高宗于龙朔四年正月，再改号为麟德元年，敕众臣制定封禅礼仪，是时李义府恃势卖官，怨声载道，且与许敬宗纂定新礼，改订官名，并参修国史及氏族志，无非党同伐异，揽权营私，甚至子姓女夫，亦横行不法。高宗尝有所闻，面加儆戒。义府却勃然变色道：“谁告陛下？”高宗道：“何待问朕？”义府也不谢罪，昂头自去。高宗因是不悦，会义府与术士杜元纪，微服出城，候望气色，又有人密白高宗，高宗防有异图，即诏李勣按讯，审出许多罪状，乃将他革职除名，流戍嶲州，朝野称庆。高宗能逐义府，岂不能抑制阿武？可见武氏专横，全是为色所迷。唯许敬宗仍然怙宠，势焰熏天，所有封禅礼仪，多经敬宗手定，又令李淳风作麟德历，虽为推步精详起见，也无非除旧布新，扬扢承平的意思。

麟德二年，由武氏表称封禅，请率内外命府奠献，自己想出风头。高宗自然依从，即令敬宗订定奠献仪制。皇上初献，皇后亚献，越国太妃燕氏为终献。燕氏系太宗妃，即越王贞母。废稿秸陶匏，用茵褥罍爵。文舞用功成庆善乐，武舞用神功破阵乐。仪制已定，遂下诏东禅，定洛阳宫为东都，先偕太妃皇后等赴洛阳，再休息了数天，方由东都启跸，所有卤簿仪卫，延长至数百里。自十月出行，直至十二月间，方到泰山。车驾过寿张县，闻张公艺九世同居，累朝都有旌表，因也屈尊过访，公艺当然恭迎。高宗问他累世同居的缘由，公艺即书百"忍"字以进。高宗一再称善，赐以缣帛百端，不没公艺。治家宜忍，治国不专在忍，王船山曾加论辩，可为当世定评。乃进抵社首山下，为泰山山脉之一峰。驻驾过年。到了元旦这一日，遂在泰山南麓，恭祀昊天上帝。次日祭泰山，又次日禅社首，祭皇地祇。每一祭献，由高宗初献毕，执事等尽行趋下，然后令宦官执帷，拥护武氏登坛亚献。帷帟纯用锦绣制成，端的是辉煌灿烂，冠冕堂皇。可惜拥着一个淫妇。至太妃终献，又换过一种帷帟，便没有武氏登坛的威风。各处祭毕，悉将祭文封入玉牒，藏诸石礠，音感，石箧也。于是大赦天下，改元乾封。又要改元，真是无谓。文武官各晋爵加阶，赐民酺七日，返经曲阜，谒孔子家祠，祀用少牢，赠官太师。孔圣有灵，亦不愿加封太师名号。再至亳州，谒老君庙，即老子。尊老君为太上元元皇帝。老子恐亦不愿受此名称。好容易到了初夏，方还京师。

适值高丽遣使献诚，入都请师。高宗正因东封竣事，拟耀威东方，平服高丽，凑巧有外使到来，正是机不可失，怎得不遣将兴师？看官阅过上文，高丽本与唐为敌，如何反来乞师呢？原来乾封元年，高丽泉盖苏文已死，长子男生代为莫离支，自出巡城，留弟男建男产居守。男建自为莫离支，发兵拒兄，男生无家可归，走保别城，因遣子献诚诣阙求救。高宗即命契苾何力为安抚使，左金武卫将军庞同善，营州都督高侃，同为行军总管，东征高丽。即命献诚为向导，授官右武卫将军。庞同善偕献诚先行，入高丽境，遇着防兵，一鼓击走。男生遂率众来会，诏授男生为辽东大都督，兼平壤道安抚大使，封玄菟郡公。又命李勣为辽东道行军大总管，兼安抚大使，带领左武卫将军薛仁贵等，水陆并进，援应何力同善等军。且敕何力同善等，悉受李勣节制。勣渡过辽水，道出新城。召语诸将道："新城为高丽西鄙，不先攻下，余城未易图了。"乃督军占据西南山，俯瞰城中，环矢迭射。城中恟惧，遂缚城主出降。李勣使契苾何力入守，庞同善高侃为犄角，留薛仁贵往来游弋，策应各军，自率大兵进击，连拔一十六城。男建果然潜兵西出，来袭高侃营寨，被薛仁贵中途邀击，大败遁归。侃遂进军金山，金山地据要害，戍卒如林，见侃军到来，奋力出斗，侃与战不支，逐步退还。高丽兵哪里肯舍，相率赶来，可巧碰着了薛仁贵，横冲而入，把高丽兵截作两段，侃亦麾军返攻，两下合击，杀死高丽兵五万余人，乘胜逐北，捣破南苏木底苍岩三城，声威大振。仁贵尚不肯罢手，竟自引部下三千骑，进攻扶余城，诸将虑他兵少，劝令休进。仁贵笑道："兵不在多，但看使用合宜，虽少何害？"随即毅然前往，直抵扶余城下。守兵出城接仗，怎禁得仁贵一支大戟，前挑后拨，纷纷落马。仁贵部下，又都是百战雄兵，无人可敌，眼见得守兵败衄，弃城而逃，一座好城池，又被仁贵据住了。极写薛仁贵。扶余附近四十余城，均惮仁贵威名，望风请降。

李勣闻扶余城得下，很是喜慰，即遣侍御史贾言忠，还报高宗。高宗问及军事，言忠答道："高丽必平。"高宗道："卿从何处看来？"言忠道："昔隋炀帝东征，因人心离怨，所以不克，及先帝东征，因高丽无衅可乘，所以不克。俗语有云：'军无媒，中道回。'今男生兄弟，自相斗阋，男生倾心内附，为我向导，彼国虚实，我已尽知，将帅成谋，士卒效力，哪有不克之理？且闻高丽秘记，曾有谶语，谓不及九百年，当有八十大将，倾灭高丽。高氏自汉立国，至今已九百年，李勣年已八十，正应彼谶，更兼高丽连年饥馑，妖异迭兴，人心惊惶得很，还有什么不亡哩？"高宗又问辽东诸将，何人最贤？言忠道："薛仁贵勇冠三军。庞同善虽不善斗，持军却也严整。高侃勤俭自处，忠果有谋。契苾何力沈毅能断，性少忌刻，却不失为统御才。这数人统是当代良将，若讲到夙夜小心，忘身忧国，总要推大总管李勣哩。"言忠评论诸将，尤属有识，唯推重李勣，说他忘身忧国，未免阿私所好。高宗怡然道："卿可谓观人有识了。"当下仍遣令东行，慰问将士。及言忠至军，李勣已亲至扶余城，援应薛仁贵，杀退男建部众。进拔大行城，复会合诸军，攻破鸭绿水坚垒，直捣平壤城了。

言忠奉诏慰谕，士气益奋，契苾何力引军先至平壤城下，勣军继进，围攻至月余，高丽王高藏，势穷力蹙，乃遣泉男产率首领九十八人，持着白幡，出降军前。唯男建尚闭门拒守，且屡遣兵夜袭唐营，均被唐军击退，男建尝以军事委僧信诚，信诚输款唐营，愿为内应。越五日，开城纳唐军。勣即纵兵登城，鼓噪而入。男建方欲自刎，正值唐军齐进，七手八脚，将他捆住。又把百济故主扶余丰，也一并拿下，余众悉降。当由勣传檄高丽全境，令他归顺，所有高丽五大部，凡百七十六城，余已由唐军攻克外，没一处敢行抗命。高丽遂平。

勣乃振旅还朝，途次接到诏敕，将高藏等先献昭陵，次献太庙，待一一遵行后，然后奏请受俘。高宗亲御含光殿，传见高藏以下诸人，高藏等匍匐殿阶，由高宗而颁诏敕，赦高藏泉男生等罪，各授官爵。唯泉男建扶余丰两人，罪大难宥，一流黔州，一流岭南。分高丽为九都督府，四十二州百县，特就平壤设安东都护府，统辖高丽，即令薛仁贵检校安东都护。总兵二万人镇抚。唯扶余丰子扶余隆，早已出降，有诏令为熊津都尉，招辑余众，且替他颁敕新罗，劝释前嫌，互修新好。新罗王金法敏，不敢不从，遂与隆同盟熊津城。刘仁轨代作盟词，俾敦睦谊，然后带着守兵，航海西还。高宗亲祀南郊，告平高丽，进封李勣为太子太师，令他襄祀，充亚献官。

是年又改元总章，且欲亲幸凉州。大理少卿来法敏，上言陇右凋敝，不宜巡幸，乃不果行。总章二年冬季，李勣寝疾，弟弼由晋州刺史任内，奉旨召还，命为司卫卿，使视兄疾。勣见弼少觉心喜，便道："我疾稍愈，可置酒同宴。"于是设席奏乐，兄弟会食，子孙侍列，欢饮将毕，勣语弼道："我见房杜二人，平生勤苦，撑立门户，后因诸子不肖，荡覆无余。房遗爱事见前，杜子名荷，曾尚太宗第十六女城阳公主，因坐承乾事，被诛，兄构亦贬死岭表。我有子孙数人，今悉托汝，汝应为我慎察，如有言行乖异，妄交非类，请先行挞杀，然后上闻，勿令他人笑我似房杜一般。我死后殓用常衣，外加朝服，倘死后有知，可着此服往朝先帝，慎勿过侈。众妾愿留居养子，不妨听他，否则任令他去。如不从我言，我虽死恐将戮尸哩。"虑患虽深，奈天不从汝何？言已不禁泪下，弼唯唯受教。嗣是病日加剧，高宗及皇太子赐药，每至即服。家人欲呼医审视，勣慨然道："我本山东农夫，从龙佐命，位至三公，年逾八十，还有什么不知足哩？生死由天，非关医药，不过上承恩贶，不敢不服，外此原不必就医了。”未几遂死。勣素友爱，尝遇姊病，亲为煮粥，风回爇须，姊顾语道：“仆妾颇多，何太自苦？”勣答道：“姊弟年皆垂老，虽欲常为姊煮粥，恐也不得几次了。”一长必录。又尝自言：“十二三岁时，即作无赖贼，逢人即杀，十四五岁，为难当贼，择人后杀，十七八岁为佳贼，临阵乃杀人，二十岁为大将，用兵救人死。”每出战必先定谋，战胜必归功将士，所得金帛，一律分散，所以人皆死战。高宗闻勣死耗，泣语众臣道：“勣奉上忠，事亲孝，历仕三朝，未尝有过，可称作社稷臣。且朕闻他操行廉谨，不治产业，今已身殁，恐无赢资，须厚加赙恤，乃可酬忠。”遂令有司多贻金帛，追赠勣为太尉，谥曰贞武。子震嗣爵，终桂州刺史。震子敬业敬犹，具见后文，小子有诗咏李勣道：

攀龙附凤列三台，百战功成柱石才。
可惜生平差一着，依违阿武祸成胎。

李勣死后，又改元咸亨。西陲又有变乱情形，待至下回续叙。

薛仁贵，将材也，李勣，将将材也，仁贵三箭定天山，遂以成名，实则勇敢二字，足以尽之。及从征高丽，破男生，救高侃，进拔扶余城，以少胜多，有战必克，贾言忠所谓勇冠三军，良非虚语。但亦由李勣之为统帅，知人善任，始则留为巡徼，继则任其进攻，终则自行应援，不掣肘，不碁能，然后仁贵得以建立巨功，扬名千古，乃知李勣固一将材也。否则如郑仁泰之为大总管，出征铁勒，虽有仁贵之迅定天山，而其后卒丧功而还，同遭弹劾，统帅非人，将勇亦不足恃耳。唯勣营私畏祸，导高宗之易后，卒致唐宗几歼，家族亦诛夷殆尽，临终之嘱，果奚益哉？史以不通学术讥之，有以夫！

第二十八回　伐西羌连番败绩
易东宫两次蒙冤

却说吐蕃国相禄东赞，悉心秉政，驯至盛强。禄东赞死，有子四人，长名钦陵，材智不亚乃父，续掌国事。钦陵弟赞婆悉多于勃论，亦均有武略，出外典兵，因与唐室有嫌，遂连陷西域十八州，又合于阗兵袭击龟兹，陷入拨换城。这消息传入唐都，有诏撤消龟兹于阗焉耆疏勒四镇，令右卫大将军薛仁贵，为逻婆道行军大总管，左卫员外大将军阿史那道真，及左卫将军郭待封为副，往讨吐蕃。仁贵等奉命西行，军至大非川，将趋乌海，仁贵语道真待封道："乌海险远，且多瘴疠，我军如若深入，实是一条死路，但既奉命来前，怎可贪生怕死？不过死中亦应求生，急进当可图功，缓进必且致败。今大非岭地尚平坦，可置二栅，藏纳辎重，留万人为守，我率轻骑前往，倍道兼行，掩他不备，定可破敌了。"待封自愿留守，仁贵又嘱道："我若已到乌海，当遣骑兵来运辎重，请君保护同来，否则慎勿妄动。"待封应声允诺，仁贵遂率所部前行，令道真为后继，兼程疾进，甫至河口，遇吐蕃兵数万人，据险守着。当由仁贵自作冲锋，仗着一杆大戟，刺入敌垒，敌皆披靡。唐军一并拥上，杀掠甚多，夺得牛羊万余头，鼓行而西，直薄乌海城，乃派弁目带领千骑，往大非川接运辎重。哪知留守大非岭的郭待封，早已将辎重若干，送与敌人了。

看官道是何因？原来郭待封尝为鄯城镇守，与仁贵名位相同，至是耻居下列，不愿受仁贵节度，竟领辎重徐进。行军岂可儿戏，待封实是可杀。到了半途，吐蕃发兵二十万，前来邀击，待封趋避不及，只好接战，一场角斗，被吐蕃兵杀得大败，慌忙逃命，把辎重数百车，尽行失去。仁贵尚在乌海城下，眼巴巴的望着待封，偏只来了道真一军，并不见待封到来，嗣由骑兵返报，待封已将辎重失去，不禁大惊道："辎重一失，我等怎能久留？只好飞速回军罢。"当下立命退军，从间道趋回大非川。待封亦正带着败兵，在大非岭驻扎。两军甫行会晤，不意胡哨四起，虏马长驱，吐蕃国相钦陵，带着大军四十万，鼓勇而来。仁贵正要布阵，与他接仗，偏待封部下，已先溃遁，待封亦策马奔去，一军失律，余军亦相顾错愕，咸无斗志。那钦陵麾下，又都是久经训练的劲旅，恁你薛仁贵如何能耐，究竟一枝铁戟，敌不住四十万蕃兵，两下交绥，唐军逃的逃，死的死，仁贵知不可敌，忙与道真杀开一条血路，且战且行。待至红日衔山，钦陵收军不追，方得休息，检点残兵，十成中已伤亡七八成了。深惜薛仁贵，故虽经大败，笔下尚有含蓄意。仁贵叹道："今岁次庚午，即咸亨元年。星在降娄，不应有事西方。邓艾死蜀，亦蹈此失，我原恐有此败哩。"乃与道真熟商，只好遣使约和。钦陵也不欲穷逼，但复称唐军不入吐谷浑，便当允议。仁贵没法，乃权词应允，自率败军东归。高宗闻报，命大司宪乐彦玮，到军中按问败状，逮捕三人至京师，一并除名，免为庶人。待封不诛，未免姑息。

吐蕃遂并吞吐谷浑故地，诏徙吐谷浑余众居灵州。既而吐蕃遣大臣仲琮入贡，仲琮少游太学，颇知文事，高宗召见时，问及吐蕃风俗。仲琮答道："吐蕃地薄气寒，风俗朴鲁，何足比拟中国，但法令严整，上下一心，所以能历久强盛呢。"外域之强，大都由此。高宗又问道："吐谷浑与吐蕃，向系亲邻，吐蕃乃纳叛弃和，据有吐谷浑土地，朕遣薛仁贵等，往定吐谷浑，吐蕃又发兵邀击，这是何理？难道我国果敌不过吐蕃么？"琮顿首道："臣奉使入贡，他事非所敢闻。"高宗以为知言，厚礼遣还；再拟命将西征，苦无统帅，且因高丽余众，出没东方，屡有乱事，新罗王金法敏，容纳叛人，串使为乱，乃暂停西略，先事东征。初遣高侃为东川道行军总管，发兵讨高丽叛众，屡次告捷，终无成功。再遣刘仁轨为鸡林道大总管，及卫尉卿李弼，燕山总管李谨行等，同讨新罗叛王，斩获颇众。仁轨遽奉召还朝，唯李谨行屡建奇功，妻刘氏居守伐奴城，环甲率兵，击退贼虏，受封燕国夫人。不没勇妇。谨行进任东安镇抚大使，进逼新罗，三战皆捷。新罗王乃遣使谢罪，且贡方物，高宗乃赦罪不问。嗣复遣高藏扶余隆归国，令各抚故土人民。藏得封为朝鲜王，隆得封为带方王。偏藏至辽东谋叛，乃仍召还，徙邛州而死，隆畏新罗势盛，始终观望，不敢入故都，寻且退归内地，于是高丽百济，几尽并入新罗。此段为销纳文字。

是时刘仁轨已官尚书右仆射，出任洮河镇守使，防御吐蕃，东方乏一熟手，只可舍东顾西。借仁轨事作穿插，以便东西连贯。会许敬宗因病致仕，未几即死。敬宗构害忠良，骄奢无度，在京师广营第舍，僭造连楼，召诸妓走马楼上，纵酒奏乐，自娱晚年。又纳美婢为继室，婢竟与敬宗子昂私通，敬宗奏斥昂至岭外，久乃表还，复以女嫁蛮酋冯盎子，多得私赂。及死后，高宗为之举哀，追赠开府仪同三司，令陪葬昭陵。太宗有知，恐不容他在侧。又令大臣拟谥，太常博士袁思古，谓："敬宗弃子荒徼，嫁女蛮落，只可谥一缪字。"高宗以为未妥。且经敬宗孙彦伯，诉称思古挟嫌，毁及乃祖，因更令群臣续议，改谥为恭。敬宗死事，亦随笔带过。敬宗已死，朝右去一权蠹，乃仍复官名，改修国史，用戴至德为左仆射，张文瓘为侍中，郝处俊为中书令，李敬玄同三品，右仆射本属刘仁轨，因他出镇洮河，虚位以待。偏李敬玄与仁轨有嫌，每遇仁轨奏事，辄从中阻挠，仁轨很是不平。可巧吐蕃屡来寇边，遂奏称："敬玄才识，非臣所及，请令他镇守河西，免臣误事。"高宗不知仁轨隐情，总道他荐贤自代，定必得人，乃命敬玄往代仁轨。敬玄一再固辞，自言非将帅才。既已自知不才，何苦与仁轨龃龉。高宗不觉惹厌，竟艴然道："仁轨若要朕亲往，朕也只好一行，卿何故屡次奏辞呢？"敬玄才不敢言，惶恐受命，乃拜他为洮河道大总管，令率工部尚书检校左卫大将军刘审礼等，统兵十八万，往代仁轨镇守。

敬玄全不知兵，胆又怯弱，审礼却是一个勇莽人员，但顾前，不顾后，既入吐蕃境内，敬玄是沿途逗留，审礼乃倍道急进，前后相隔已远，致审礼陷入敌中，吐蕃国相钦陵，竟率兵十万人，把审礼围住，审礼只望敬玄来救，偏偏敬玄不至，一时冲突不出，身中数矢，被吐蕃兵擒去。钦陵既擒住审礼，便进兵来击敬玄。敬玄闻审礼被擒，慌忙退走，奔至承风岭，敌骑已漫山遍野，蜂拥而来，承风岭下有大沟，敬玄急阻沟自固，钦陵却屯兵对面高山，陵逼唐营，声势锐甚，吓得敬玄愁眉紧锁，不知所为。左领军员外将军黑齿常之，即百济降将，见二十六回。颇有胆略，乘着天昏月黑的时候，但率敢死士五百人，潜劫敌寨。钦陵按兵自守，不为所动，怎奈右营部将跋地设，引兵遽遁，害得钦陵也不能坚持，只好退去。常之从容回军，敬玄才得拔营徐退，返入鄯州。

审礼子易从等，闻父陷虏，自缚诣阙，愿入吐蕃赎父。高宗乃饬令省亲，及至吐蕃，审礼已受创身亡，易从昼夜哀号，吐蕃亦加怜悯，许还遗尸，易从徒步负归。高宗赠审礼工部尚书，赐谥曰僖，并给子旌表，阐扬忠孝。不略易从事，亦表扬孝子之意。且擢黑齿常之为左武卫将军，充河源军副使，召敬玄还朝，贬为衡州刺史。监察御史娄师德，曾应猛士诏从军，及敬玄败绩，赖师德收集散亡，军乃少振。高宗命他宣谕吐蕃，吐蕃将赞婆，盛兵来迎，经师德一番开导，与陈祸福利害，说得赞婆心悦诚服，情愿修和。嗣是吐蕃兵不入唐境，约有数年。

自薛仁贵退败，以至李敬玄败还，时间已经过八九年，改元两次，咸亨四年，改为上元，上元二年，改为仪凤。仁贵事在咸亨元年，敬玄事在仪凤三年，这八九年间，外事除吐蕃外，只有东方交涉，已经略详，内事虽没甚变动，恰也不止一许敬宗病死，因改任左右仆射等情，小子不得不再行补叙，撮要表明。眉目分明。当武氏擅权后，高宗尝患风眩，不能视朝，所有百官奏事，多令武氏裁决，武氏智足饰非，才能屈众，无论亲疏贵贱，但教顺彼即生，逆彼即死。高宗不敢过问，一听所为。先是武氏父士彟身死，前妻相里氏生下二子，长名元庆，次名元爽，后妻杨氏生下三女，长女早寡，季女已亡，中女便是武氏。回应第十七回。元庆元爽，及从兄惟良怀运，待遇杨氏，向多失礼。武氏未入宫时，亦尝遭他白眼，因此武氏母女，引为深恨。及武氏得宠，一跃为后，杨氏得封荣国夫人，后姊亦得封韩国夫人，元庆为中正少卿，元爽为少府少监，惟良为司卫少卿，怀运为淄州刺史，一门富贵，烜赫无论。荣国夫人语惟良道："汝等尚记前日事否？今果何如？"惟良道："我等因功臣子侄，得备一官，今为戚属增荣，反恐位高益危哩。"不肯逢迎荣国却是一个硬头子。夫人衔怨益甚，遂劝武氏佯作退让，上了一道陈情表，乞把私亲外徙，以示大公。口是心非。高宗乃出惟良为始州刺史，元庆为龙州刺史，元爽为濠州刺史。元庆忧死，元爽坐事流扬州，亦即殒命。独韩国夫人出入禁中，与高宗不相避忌，高宗爱她性情柔媚，与妹相似，索性一视同仁，也与她结成鸾凤缘。韩国有女，又是一个天生国色，娇小风流，高宗是色中魔鬼，见一个，要一个，那女子又素秉家传，不管什么老小，但蒙君王爱宠，也乐得移花接木，抱衾承恩。讽刺得妙。母女依次被幸，只瞒着一个妒后。无如天下事若要不知，除非莫为，况武氏非常乖巧，哪有不窥出情景，瞧破机关？她却佯作不知，仍与韩国夫人，往来如旧，且更增几分欢昵，时常与宴，暗地里放下毒药，竟将韩国鸩死。高宗哪里知晓，总道她是暴病身亡，偷下几点情泪，又加封韩国女为魏国夫人，算是报答韩国的情谊。这魏国夫人感激万分，更欲以身报德，惹得高宗越加怜爱，几乎要册作妃嫔，只因碍着武氏面目，不便启口。武氏也已瞧透，仍复不动声色，伺隙逞谋，可巧惟良怀运，同时入朝，献上食物，武氏得此机会，计上心来，又密在食物中，加入许多鸩毒，却故意召进魏国夫人，令她先食。魏国未曾防着，到口便吞，霎时间心腹暴痛，跌倒地上，少顷便七窍流血，一缕芳魂，投入枉死城。武氏忙令内侍去请高宗。及高宗到来，佯作悲号，一口咬煞惟良怀运。高宗看那魏国夫人，死得甚惨，不由的泪下潸潸，比那韩国身死时，尤加凄切。母女相继暴死，全是你一人害之。武氏带哭带语，说是惟良怀运，意图鸩主，适值魏国遭晦，前来替死，应一面厚赐赙恤，一面追究罪名。高宗惜玉情深，闻了此言，恨不把惟良怀运，亲自手刃，才得泄恨，于是不察情伪，竟写了手谕，颁发大理，立将惟良怀运处斩，可怜惟良怀运，有口难分，平白地被他掷缚，枭首市曹。一计杀三人，忍哉武氏。

武氏改二人姓为蝮氏，令韩国夫人子贺兰敏之，奉士彟祀。外孙继外祖，也是特创。魏国发丧，敏之入吊，高宗倚棺大恸，敏之也哀哀痛哭，一无劝词。武氏又暗忖道："是儿不良，恐不免疑我呢。"越数月，又将敏之出谪，窜死贬所。既而杨氏病殁，追封鲁国夫人，予谥忠烈，寻又加赠武士彟为太原王，进鲁国夫人杨氏为王妃。上元元年，高宗自称天皇，号武氏为天后。武氏内怀阴毒，外托宽仁，居然条陈十二事，请高宗施行！（一）劝农桑，薄赋徭。（二）给复。（三）息兵。（四）禁浮巧。（五）省力役。（六）广言路。（七）杜谗口。（八）王公以降，皆习老子，以尊圣绪。（九）父在为母服齐衰三年。（十）上元以前勋官，已给告身，不必追核。（十一）京官八品以上，增给廪饩。（十二）百官久任，应量才进阶，疏通迟滞。这十二条纲目，多半与舆情相合，一经颁出，都下人士，各称皇后贤明。传颂一时，高宗当然照行，且加褒美。武氏复亲祀先蚕，躬莅蚕事，且大集诸儒，撰定

《列六传》、《臣轨》、《百僚新诫》、《乐书》等千余篇，自行裁定，差不多是熙朝政典，当代女宗。吾谁欺，欺天乎。

太子弘仁孝谦谨，颇不似武氏狡狯，每见武氏专擅，略加讥谏，遂忤母意。萧淑妃生有二女，一为义阳公主，一为宣城公主，因母得罪，被幽掖庭，年龄逾三十外，尚未遣嫁。弘代为悱恻，申请下降。武氏大为怫意，即将二公主分配卫士。高宗取裴居道女为太子妃，裴女颇尽妇道，武氏不悦，太子也把裴女白眼相待，上元二年初夏，太子弘从高宗幸合璧宫，由武氏亲赐酒食，弘以谊关母子，当无他意，当即醉酒饱德，临行时尚不觉痛苦，及随驾入宫，才觉腹中膨胀，服药无效，呻吟了好几日，竟尔死了，年只二十四岁。亲生子尚且毒死，遑论别人？高宗本异常钟爱，陡遭此变，几乎痛不欲生，经侍臣多方劝慰，才行止哀。所有丧葬制度，竟许用天子礼，谥为孝敬皇帝。太子死谥皇帝，也是从古未有。御制睿德纪，刻石陵侧。太子妃裴氏，痛失所天，更因武氏常加虐待，免不得悲惧兼并。自古有道"忧能致疾，"妇女更且加甚。弘死后才及年余，这裴氏已恹恹成病，变成了一个痨损症，拖延床褥，好几月也入鬼门。还是死得清脱。高宗复命以后礼治丧，谥她为哀皇后。太子弘有弟三人，一名贤，一名哲，一名旦，皆武氏所出。贤容止端重，恣性聪敏，少时读书，过目不忘，曾受封为雍王，高宗亦颇爱宠，因弘已病故，乃令贤继立。

甫经二年，高宗又下诏改元，易仪凤为调露，偕武氏巡幸东都，命太子贤监国。原来武氏害死后妃，虽得一时快志，心下也觉不安，往往梦寐时间，见二人被发沥血，状甚可怖，后来疑上加疑，明明醒着，也觉二人站立身旁，因此情虚思避，特在京都东北隅，另造一座蓬莱宫，建筑很是华丽，比旧宫宏壮数倍，武氏就此迁居，连高宗也移仗过去，称故宫为西内，新宫为东内，在武氏的意见，总道迁地为良，免得冤鬼日来缠扰，哪知这二鬼仍然随着，不肯相离，这是疑心生暗鬼，并非二鬼有灵。没奈何召入巫祝，多方禳解，正谏大夫明崇俨，素尚左道，劝武氏别幸东都，定免鬼祟，武氏遂怂恿高宗东幸，高宗怎敢不依？及至东都，果然心神恬适，厉鬼不侵。一住数月，闻太子贤居守长安，处事明审，为世所称，高宗却也安心。偏明崇俨密白武氏，谓："太子福薄，不堪继体，唯英王哲貌类太宗，相王旦貌当大贵，两子中择立一人，方可无虞。"武氏正信任崇俨，遂以为贤不当立，阴生悔意，只因贤无过可指，勉强容忍，但自撰《孝子传》《少阳政范》等书，陆续赐贤，书中暗寓训斥的意思。贤本是个聪明人物，窥出奥妙，也疑母后别有用心，于是母子间复生嫌隙。越年复改元永隆，高宗与武氏尚在东都，明崇俨有事西归，途次为盗所杀，左道何故没用？武氏疑由贤主使，大索盗犯，数月不得。贤时怀惴惧，也起了一片醇酒妇人的思想，征逐声歌，狎昵厮养。尝赐户奴赵道生金帛，由司仪郎韦承庆谏阻，非但不从，反且见斥。承庆遂报知武氏，武氏召太子贤至东都，且遣薛元超裴炎高智周三人，往搜东宫，授以密嘱。三人承颜希旨，竟至东宫检查。得皂甲数百具，即作为反证，且诱令道生讦告太子，硬把明崇俨杀死事，加在太子贤身上，说由太子所使，一番冤冤枉枉的锻炼，竟当做确确凿凿的狱词，武氏遂提出大义灭亲四字，拟把贤置诸死地。还是高宗代子乞情，但废贤为庶人，贷他一死，幽锢别室。未几又流徙巴州，贬左庶子张大安为普州刺史，窜太子洗马刘讷言至振州，赵道生等伏诛。小子有诗叹道：

群生谁不顾天伦？况复情兼母子亲。
一谪已稀偏再谪，世间无此忍心人。

贤已废锢，英王哲得立为太子，颁诏大赦，且改次年为开耀元年，唯是时尚有一段外事，不宜从略，容至下回叙明。

观薛仁贵之败于吐蕃，其不得为统帅才，更可知矣。若李敬玄则等诸自郐以下，更不足讥。刘仁轨以私嫌故，特登荐牍，令其偾事而后快，然则仁轨亦固非纯臣欤？要之唐当高宗之季，已为由盛趋衰之时代，乾纲不振，阴柔日长，如武氏之加害同宗，种种构陷，已足令人发指，甚且举二子而残贼之，天下有忍于其子者，尚足与言人道乎？易牙杀子媚君，管仲谓其不近人情，武氏之忍，过于易牙，而高宗且为所牵制，不敢少违，吾不知武氏何术，竟玩高宗于股掌之上也。外有强虏，内伏女戎，唐室宁尚有豸乎？故知本回文字，实为唐室盛衰之一大枢纽也。

第二十九回　裴总管出师屡捷
唐高宗得病告终

却说西突厥阿史那都支，阳受唐朝封命，暗中乃与吐蕃连和，侵逼安西。应二十七回。廷议欲发兵往讨，尚未裁决。是时裴行俭又经起用，行俭遭贬，见二十四回。累擢至吏部侍郎，独奋然献议道："现在吐蕃方强，李敬玄失律，刘审礼殉难，怎得更为西方生事？今波斯王已死，嗣子泥涅斯，入质京师，何不遣使送归，道出西突厥，乘便取虏，或可不劳而定呢？"高宗准议，即令行俭册送波斯王，兼安抚大食使。原来波斯国在突厥西南，汉晋时本称强国，至南北朝时，势已浸衰。突厥勃兴，尝蹂躏波斯，波斯益困。西方又有一大食国，陈宣帝时，出了一个摩诃末，一译作谟罕默德。新创一教，自为教主，就是世俗所称的回回教祖。教徒甚众，以传播宗教为名，侵略邻近，波斯适当冲途，遂不免受他凭陵，贞观初年，摩诃末死，后嗣仍遵旧旨，屡侵波斯西境。波斯东忧突厥，西逼大食，几乎不能自存，幸亏突厥为唐所灭，东顾少纾，只西境仍时虞侵扰，乃遣使入贡唐廷，求唐保护。唐廷因鞭长莫及，虚与委蛇。

既而波斯王伊嗣俟，被大食击逐，窜死吐火罗。有子卑路斯，随父避难，由吐火罗发兵送归。大食兵虽暂时解围，始终不肯罢手。卑路斯无法可施，只得再向唐廷乞援。高宗正遣使臣出赴西域，分置州县，乃以疾陵城为波斯都督府，即拜卑路斯为都督，卑路斯遣子泥涅斯入侍。调露元年，卑路斯死，泥涅斯应还国袭位，于是裴行俭拟乘着便通，往袭西突厥。既已奉旨准行，又奏调肃州刺史王方翼为副。行经西州，正值盛暑，扬言俟秋凉再进。阿史那都支，也恐唐军袭击，遣人侦探，及闻他待凉方行，乐得寻些快活，消遣光阴。正中裴公之计。行俭却号召四镇即安西四镇见二十六回及二十八回。酋长，假意与语道：“我生平最喜畋猎，今正好趁着空闲，往猎一周，敢问何人愿随我去？”番众以游猎为生，听了此言，所有酋长子弟，无不喜跃愿从。行俭又道：“尔等既愿同行，应该受我约束。”大众又齐声应诺。行俭遂简选万人，勒成部伍，令他兼程前行，不得回顾。行近都支帐下，只隔十余里，便遣人问都支安否？都支突接唐使，不觉大骇，嗣见来使所言，很是和平，并未加责，总道是不与为难，遂率子弟五百余人，往谒行俭。行俭佯表欢迎，暗中却设伏待着。至都支入营，一声号令，伏兵齐起，竟将都支拿住，五百人统体被拘，竟一个儿不曾溜脱。只都支有别帅遮匐，尚戍守西境，行俭复自率轻骑，掩杀过去。遮匐猝不及防，也只好束手出降。行俭执住二酋，大功告成，便令泥涅斯自还国中，留王方翼驻安西，修筑碎叶城，刻石铭功，自押二酋还京师，入朝献俘。

高宗赐行俭宴，且面奖道：“卿提孤军，深入万里，兵不血刃，擒夷叛党，真所谓文武兼备了。”遂授他礼部尚书，兼检校右卫大将军。阿史那都支等，锢死狱中。寻又遣行俭为定襄道大总管，往讨东突厥，随笔递入。先是东突厥破灭，曾遣残众三百帐至云中城，由阿史德氏为首领后来生齿渐蕃，特徙瀚海都护至云中，改名云中都护。见二十七回。阿史德氏诣阙面陈，请援照番俗，立亲王为可汗，统辖部民。高宗道：“今称可汗，就是古时的单于，可改称云中府为单于大都护府，令皇子殷王旭轮遥领便了。”阿史德氏欢跃而去，自是数年无寇警。后来殷王旭轮，累徙封相王，易名为旦。就是前回的相王旦。所有单于大都护的兼职，也即撤消。

当裴行俭出使波斯时，单于府忽生叛乱，阿史德氏温傅奉职二部，擅立阿史那泥熟匐为可汗，反抗唐廷。塞北二十四州酋长，一并响应，北方大震。高宗命单于府长史萧嗣业，及右领军卫将军苑大智，右千牛卫将军李景嘉等，统兵往征。嗣业等屡战屡捷，恃胜而骄。会值雨雪连绵，沙漠无行人，因闭营夜宴，毫不设备，谁料突厥兵竟倾寨前来，突入唐营。嗣业仓猝先奔，众遂大乱，丧亡无算。还是大智景嘉，引兵断后，且战且行，方得驰入都护府中。高宗接得败报，下诏严谴，流嗣业至桂州，免大智景嘉官，特令裴行俭为行军大总管，与丰州都督程务挺，幽州都督李文暕，总兵三十余万，杀奔朔方。到了朔州，行俭语部将道："抚士贵诚，制敌尚诈，前时萧嗣业有勇无谋，所以致败，我岂可再蹈覆辙呢？"好谋而成，是行军要着。乃诈设粮车三百乘，每车选壮士五人，各持短刀强弩，蜷伏在内，外用羸卒数百人护着，徐徐前行，别用精军数千名，抄出旁路，择险伏着，接应这假粮车。突厥骑兵，登高遥望，见有粮车到来，飞步上前，就势攻夺。羸卒弃车散走，一任虏骑运去。虏骑驱就水草，解鞍牧马，拟向车中取粮，不意壮士突出，一阵乱斫，杀毙虏骑多人，虏骑惊走，复为伏兵所邀，杀获几尽。嗣是粮车往来，虏莫敢近。

及抵单于府北，日暮下营，掘堑已周，行俭左右巡视，忙令将士移就高冈。诸将皆言士卒已安，不宜再动，行俭道："你等到了明日，自能分晓，快快移营为妙。"将士不敢违慢，方才迁移，是夜风雨暴至，几似山崩地塌一般，黎明俯视，见前所营地，水深丈余，乃相率惊服，各入账问明缘由。行俭笑道："自今但从我命，不必问所由知。"诸将皆默然而退。此非行俭独具神智，无非随时小心，视有致雨之兆，所以移军。及雨止水涸，行俭急命进军。到了黑山，泥熟匐奉职两人，领着番骑前来接战。行俭固垒不动，听番骑前来突阵，只准守，不准攻，待敌气已馁，方传出一声军令，命程李二将为左右翼，自为中军，开营驰击，包抄过去，好似天罗地网，罩住番军。奉职中矢受擒，泥熟匐还想脱逃，由行俭大呼道："活擒泥熟匐，赏万金！杀死泥熟匐，赏千金！无论我军与敌军一例给赏。"番兵正苦不得脱身，蓦闻得这般军令，便倒戈而入，立将泥熟匐刺死，持首乞降。行俭并不失信，即将千金散给，用降兵为前导，进捣敌巢。阿史德温傅，留守巢穴，闻泥熟匐等全军覆没，吓得魂胆飞扬，似飞的逃入狼山去了。

唐廷遣户部尚书崔知悌，驰往定襄，宣慰将士，且处置余寇，行俭乃引军东归。到了开耀元年，温傅又整缮兵甲，迎立颉利子阿史那伏念为可汗，再寇原庆二州，乃仍敕行俭往征，副以左武卫将军曹怀舜，及幽州都督李文暕。怀舜率步兵先行，遇伏念军，伏念用诈降计给怀舜，怀舜不加防备，被伏念乘隙袭击，弃军而走，返至长城口，敌兵尚滚滚杀来。怀舜只好括聚金帛，贲赂伏念，与他约和，伏念乃北去。行俭至陉口，接得怀舜败耗，按兵自固，但遣使与伏念申盟，劝攻温傅，一面复向温傅致书，令拒伏念。两人一行一守，未曾面洽，遂堕入反间计，害得惶惑不定，行俭又探得伏念辎重。留在金牙山，遂密令轻骑掩击，竟得将辎重劫来，连伏念妻子，也一并拘到。伏念惊惶失措，走保细沙。行俭又使副将刘敬同程务挺等，昼夜追蹑，逼得伏念情急势穷，乃遣使至军前，情愿执献温傅，自赎前愆。刘敬同等限期执献，果然伏念遵限，把那温傅缚献军前，且偕敬同等诣行俭营，面行投诚。行俭命随同入朝，许他不死，伏念没法，只得与温傅同作俘虏，趋诣阙廷。你用诈降计，无怪他人用诱降计。行俭入阙献俘，面请赦免伏念，高宗已是允许，不意侍中裴炎，嫉行俭功，奏称伏念为程务挺等所逼，穷蹙乞降，并非本心，不如正法以免后患。高宗被他煽惑，竟命将伏念温傅，上同斩首。且因伏念受擒，功出程务挺等，止封行俭为闻喜县公。同是姓裴，还要遭忌，遑问他人。行俭叹道："浑浚争功，系晋初灭吴事。古今所耻，我亦何敢言功哩？但恐朝廷杀降人，外人望风生畏，将不复来，这却可虑。"因此称疾不出。

高宗以突厥告平，又因太子生男，名为重照，两喜交集，复改元永淳，才经月余，西突厥遗裔阿史那车薄，复率十姓造反，那时又要用着裴行俭，再令为大总管，指日出师。师尚未发，行俭得病而终，年六十四，赠幽州都督，赐谥曰献。行俭闻喜人，少工书法，草隶尤佳，与褚遂良虞世南齐名。及长，练习战阵，通阴阳历术，每战辄预知胜负，且雅善知人。其时华阴人王勃杨炯，范阳人卢照邻，义乌人骆宾王，均以文艺著名，传扬海内。李敬玄尤加器重，引示行俭，行俭私语敬玄道："士当先器识，后文艺，勃等虽有才华，终嫌浮露，怎得安享禄位？我恐他未必令终。唯杨子较为沉静，可得令长，当不致有他患哩。"敬玄尚未肯信。后来勃渡海堕水，惊悸致死。勃尝陈《祥道表》，撰《斗鸡檄》，作《滕王阁序》，垂名文苑。照邻遇恶疾，愤不欲生，自沉颍水。曾著有《五悲文》。骆宾王为徐敬业府僚，及敬业败死，宾王不知所终，详见下文。只有杨炯以盈川令终身，均如行俭所言。王杨卢骆亦就此带过。行俭所引偏裨，亦多为名将，破都支时，曾得一玛瑙盘，广二尺许，文采灿然。出示将士，军吏捧盘升阶，误跌致碎，吓得心胆俱裂，叩头不止。行俭笑道："尔非故意跌碎，何必如此恐慌呢？"言下毫无吝色。至战胜回朝，所得赏赐，悉颁给部下，以此行俭病殁，军士咸哀。有此名将，应该详叙。

唯西征少一统帅，急切不能出师，亏得安西都护王方翼，逆战伊丽水上，击破虏众，斩首千余级。十姓酋长，纠众再至，方翼又出兵热海，与他对仗，流矢贯入臂中，他却用佩刀截去，仍复督战，卒破劲敌，擒住番目三百余。车薄远遁，西突厥复平。方翼系裴行俭裨将，写方翼处，尚是写行俭处。那东突厥余党阿史那骨笃禄，阿史德元珍等，忽召集溃亡，据住了黑沙城，复寇并州，及单于府北境，杀岚州刺史王德茂，分兵四掠。唐廷又起薛仁贵为右领军卫将军，兼检校代州都督。仁贵率兵至云州，截击元珍。元珍见唐军阵内，现出薛字旗号，不由的惊异起来，便出马大呼道："唐将何人，敢来与我战么？"仁贵在阵后应声道："大唐将军薛仁贵，岂怕你这等毛贼？"元珍又道："休来诳我！薛将军已是坐罪被流，早经身死，哪得复有第二个薛仁贵呢？"言未已，唐阵中突出一员大将，手提方天戟，身骑红鬃马，长髯丰额，矍铄精神，瞋目顾元珍道："本帅薛仁贵，奉天子命，特来剿灭汝等毛贼。汝知本帅厉害，应该自缚来降，奈何反说我已死？汝且仔细一认！本帅是否诳汝？"说着，又脱去兜鍪，令他认明。元珍不觉失色，策马返奔，番众下马罗拜，且拜且退。仁贵乘势进击，杀得他东逃西窜，似风卷残云一般，霎时间扫得精光了。仁贵大捷而还，至代州得病，旋即逝世。高宗闻讣，追赠左骁卫大将军，令有司供给丧轝，护丧归里。子讷亦有勇名，后文再表。仁贵为当时骁将，故详记始末，俗小说中谓子名丁山，得妇窦仙童樊梨花等，俱有神术，事皆虚诞，故连及仁贵子讷以辨明之。此时吐蕃亦入寇河源，唐侍御史娄师德，出任河源军经略副使，与吐蕃兵角逐白水涧旁，八战八克，虏为夺气，相率引去。高宗擢师德为比部员外郎，兼左骁骑郎将，师德表辞兼职，有诏说他材兼文武，不得固辞。师德系郑州原武人，以进士出身，转历武阶，度量弘远，智勇深深沉。自裴行俭去世后，能文能武的唐臣，要推这娄师德了。总计唐室御夷攘狄，除太宗手自芟夷外，全赖这班武臣猛将，佐定天下。高宗虽然庸弱，还有好几个宿将留遗，出平外乱，所以太宗高宗时代，大唐声威，遍及四隅。当时依次置都护府，镇抚东南西北，都护府下有都督，有刺史，都督辖府，刺史辖州，都护统由唐廷派遣，都督刺史，往往就他选任，凡番部酋长，多充是职。小子前已逐回分叙，兹并总揭一表，开列六都护府如下：

（一）安东都护府。初治朝鲜之平壤城，后移至辽河沿岸之辽东城。

（二）安北都护府。初治郁督军山之南麓狼山府，后移阴山之麓中受降城。

（三）单于都护府。治山西之大同府，西北之云中城。

（四）北庭都护府。治天山北路之庭州。

（五）安西都护府。治天山南路之焉耆。

（六）安南都护府。治岭南之交州。

这东西南北四隅，唯南方用兵最少，不战自服。诸小国陆续入朝，如占婆真腊扶南阇婆室利佛逝等国，俱通使唐廷，唐朝威力，可算得古今少有了。就是海外诸国，亦多因海陆交通，通商传教，教派又有数种，汇录如下：

（一）祆教。系西洋人曾吕亚斯太所创，素尚拜火，故又称拜火教，波斯人多宗之，后来改宗回教。

（二）摩尼教。系波斯人摩尼所创，源出拜火教，回纥人多宗之。

（三）景教。即耶稣教之一派。唐贞观年间，波斯人阿罗本，赍其经典来长安，太宗亦颇崇信。为建景教寺于京师，高宗时更命各州设景教寺，后改称大秦寺。

（四）回教。即摩诃末教，盛行于大食国，见本回文首。

（五）佛教。汉时已入中国，唐玄奘求经天竺，赍归长安，佛教益兴。日本僧道昭最澄空海等，亦入唐传佛法，互证玄理。

“九天阊阖开宫殿，万国衣冠拜冕旒。”这是唐人所咏的诗句。当太宗高宗时，确有这种景象，并非虚夸。高宗常往来两都，外族亦随地入觐，晚年武氏专政，也尝御光顺门，令四夷觐见，已与皇帝相似。嗣后成为常例。武氏且撺掇高宗，遍封五岳，乃命在嵩山南麓特筑奉天宫。监察御史里行李善感入谏道：“陛下前封泰山，告太平，致群瑞，已足与三皇五帝比隆，近来年谷不登，饿莩载道，四夷交侵，兵车屡出，还请陛下恭默思道，修德禳灾，若再广营宫室。劳役不休。恐天下失望，反为不美呢。”高宗虽也有三分明白，但内为武氏所制，不能自主，只好置诸不理。唯自褚遂良韩瑗死后，中外均莫敢进言，差不多有二十年，至善感始陈谠论，时人称为凤鸣朝阳。不没谏臣。但言不见从，终归无益。

武氏外好铺张，内肆毒虐，贬置杞王上金，及邹王素节，又逼死曹王明，镇日里行凶逞威，暗无天日。杞王上金，系高宗妃杨氏所生，武氏有己无人，恨母及子，因把他削夺封邑，安置澧州。素节为萧淑妃所生，淑妃冤死，出素节为申州刺史，素节著《忠孝论》，表明己意，仓曹参军张柬之，密封上闻，欲高宗保全素节，偏为武氏所见，益加怒意，阴嗾廷臣诬他受赃，徙置袁州。曹王明乃太宗少子，母为巢剌王妃，曾见前文。永隆中，曾坐太子贤事，降封零陵王，谪居黔州。都督谢佑，阴承武氏意旨，逼令自杀。还有英王哲妃赵氏，为高祖女常乐公主所出，高宗待公主颇厚，武氏又加猜忌，迁怒英王妃，把她幽闭，不给火食，活活的饿死禁中。亲子可杀，何况子妇。且逐妃父赵瓌，出为括州刺史，令公主随夫至官，不准入朝，另纳韦玄贞女为英王继妃。

武氏生四子一女，女封太平公主，独能得母欢。仪凤中，吐蕃请公主下嫁，武氏不欲爱女远行，乞为道士，以拒和亲，既而公主服紫袍，系玉带，首戴巾帻，入侍亲前，且歌且舞。武氏大笑道："儿非武官，何为着此服饰，莫非疯了不成？"公主答道，"何妨转赐驸马。"急欲出嫁，故有后文许多秽闻。高宗听了女言，已知微意，遂择薛瓘子绍为婿，令公主下嫁。绍母即太宗女城阳公主，本适杜荷，见二十七回小注中。荷坐承乾事被诛，乃改嫁薛瓘。瓘有三子，长名顗，次名绪，绍为最幼，生得面如冠玉，不让潘安，所以高宗特为选入，假万年县为婚馆，门隘不能容翟车，有司毁垣以入。设燎遍途，道樾为枯。公主貌亦绝伦，一对璧人，当然恩爱，不消细说。唯武氏闻顗妻萧氏，绪妻成氏，均非贵族，意欲令二瑀人易妻，顾语内侍道："我女贵人，岂可与田舍女作妯娌么？"势利至此。语未毕，即有一人接口道："萧氏系萧侄孙女，也是国家的勋旧呢。"武氏听了，才算把意见蠲除，不生异议。萧成二女幸免离婚，但看到后文事，我说还不如早离呢。

到了高宗末年，又改元弘道，拟出封嵩山，驾幸奉天宫，忽然间头眩目迷，几不能视。色欲大过，宜成此疾。侍医张文仲秦鸣鹤道："肝风上逆，须急用针砭，方可疗疾。"武氏本伴驾同行，至此亦在帝侧，便发怒道："二人可斩，龙体岂可针刺么？"张秦二人，碰了几个钉子，慌忙伏地磕头。高宗道："医官为疗疾起见，何足言罪？我头眩愈甚，快与我针治好了。"两人才敢起身，一再加刺，应手奏效。高宗喜道："我目已明，难得有此妙手呢。"武氏闻言，即起身拜天道："这都是上天所赐，怎敢不敬谨拜谢？"拜毕，又转身向内，自负彩段百匹，赐给二医。秦张谢恩而出，既而旧疾复作，仍苦迷眩，又欲召二医针治。武氏道："可一不可再，针治究非良策呢。"乃请高宗还东都。看官！你道武氏种种言动，是真心爱高宗么？高宗年已半百，精力已衰，武氏年龄，比高宗尚大三四岁，偏她生得丰采异常，望去尚是半老佳人，并不象五六十岁的形状。就是枕席风光，不减情兴，她因高宗没用，已看作眼中钉，表面上是祷祝高宗速瘥，背地里恰咒诅高宗速死，老天有意从人愿，竟令高宗的头眩病，日甚一日，至返东都后，且卧床不起，自觉甚危，遂诏太子哲监国，命裴炎刘景先郭正一三人，兼东宫平章事，又越数日，疾已大渐，夜召裴炎等，入受遗诏，当即归天，享寿五十六岁，在位三十四年。改元至十有四次。永徽显庆龙朔麟德乾封总章咸亨上元仪凤调露永隆开耀永淳弘道。小子有诗叹高宗道：

男子主刚女主柔，如何权力竟相侔？
纲常倒置危机伏，祸始原来是聚麀。

高宗已崩，太子哲即位，就是《唐史》上所称的中宗皇帝。看官欲知中宗时事，待至下回再详。

前半回文字，两叙裴行俭征虏，而王方翼薛仁贵娄师德事，即顺次带叙，盖以裴为主，王薛娄三人为宾，属辞比事，独分详略，所以别当日之武功，说本回之文法，固非率尔操觚者比也。中叙六都护一段，为前数回作一总束，俾阅者于目不暇接、脑不遑忆之时，得此揭橥，自觉了然，故看似闲笔，实为万不可少之文字。下半回申述武氏之残毒，简而能赅，盖将述高宗之崩逝，故特就弘道先后年间，关于武氏之处置亲属，一概叙清，省得后文另起炉灶，且于时事亦不致错杂，而高宗之崩，乃可依次叙下，语在此而意在彼，此亦一文中宾主法也。

第三十回　被废立庐陵王坐徙
违良策徐敬业败亡

却说中宗为高宗第七子，原名为显，初封周王，改封英王，易名为哲，兄贤被废，哲乃入立为太子。高宗驾崩，遗诏令太子嗣位，遇有军国大事，应兼取天后进止。中宗质本庸柔，素为悍母所制，怎能自奋皇纲？当下尊天后武氏为皇太后，一切政事，均归太后裁决。武氏即临朝称制，自武氏为后后，本书只称武氏，隐寓《春秋》书法。加授韩王元嘉为太尉，霍王元轨为司徒，舒王元名为司空，滕王元婴为开府仪同三司，鲁王灵夔为太子太师，五人皆高祖庶子。越王贞为太子太傅，纪王慎为太子太保。二人皆太宗庶子。这数王同时受封，无非因他地尊望重、隐加笼络的意思。又进刘仁轨为尚书左仆射，岑长倩为兵部尚书，魏玄同为黄门侍郎，裴炎为中书令，刘景先为侍中，大赦天下，即以中宗元年正月朔日，称为嗣圣元年。过了元日，册妃韦氏为皇后，擢后父玄贞为豫州刺史。中宗素爱韦后，至欲进后父为侍中，裴炎以玄贞无功，不宜遽跻高位，因入朝谏阻，中宗不从，炎再三力争，惹得中宗怒起，厉声叱道："我把天下给韦玄贞，也无不可，何况区区一侍中呢？"甫经嗣位，就如此糊涂，怪不得后来死在后手。炎不禁惶惧，转白太后武氏。武氏忽忆起前情，遂想出一种废立的计策来了。

先是西蜀人袁天纲，曾官并州令，素精相术。唐初天策府功臣，多经天纲相视，言无不验。武士彟闻他善相，亦邀至家中，令遍视家属。天纲见武氏母杨氏，便道："夫人当生贵子。"及见二子元庆元爽，又道："将来官至三品，但不得贵显终身。”嗣见武氏姊韩国夫人，便叹息道：“此女也是贵相，可惜不利藁砧。”武氏尚幼，经保姆抱她入堂，给以男孩，天纲注目细视，不禁惊异道：“这果是男孩么？若换作女子，乃是不可限量了。”士彟笑道：“果是女子，将来有何结果？”天纲道：“龙瞳凤颈，相当极贵。”士彟道：“想是好作皇后了。”天纲道：“贵为皇后，还是意中事。我看来尚不止此。”士彟道：“莫非做女皇帝不成？”天纲道：“女子如有此相，当真要做女皇帝。”语见《唐书·袁天纲传》，并非捏造，且天纲以技术著名，前文未曾载及，借此补叙，亦足弥阙。士彟亦似信非信，至武氏长大起来，兄姊等常以女皇帝三字，作为戏言。武氏少读书史，晓得历朝以来，从没有女皇帝出现，所以天纲遗言，也当他是笑谈，不足凭信，谁意时来运凑，福至心灵，由才人进为昭仪，由昭仪进为皇后，由皇后进为太后，步步春风，事事如意，于是得陇望蜀，想实验那天纲所言，居然欲做女皇帝了。术士多贻误国家，观此益信。可巧中宗枉法，裴炎进谗，乐得乘间废立，自作天子。当下与裴炎定谋，乃密召中书侍郎刘祎之、羽林将军程务挺张虔勋等，勒兵入宫，即于二月五日，集百官于乾元殿，太后武氏，赫然临朝。中宗随了出来，欲就御座，忽由裴炎宣太后敕，废中宗为庐陵王，令程务挺等扶他下殿。中宗愕然道：“我有何罪？”武氏叱道：“汝欲以天下畀韦玄贞，尚得云无罪么？”中宗无词可答，只得由他牵去，锢入别室。武氏又问群臣道：“嗣王失德，已经废立，此后帝位应属何人？”裴炎即应声道：“应立豫王。”大众都极口赞成。看官道豫王为谁？原来就是相王旦。他本名旭轮，曾封殷王，见前回。徙封豫王，改双名为单名，去一旭字，未几即改封相王，易名为旦。高宗末又还封豫王，这是高宗少子，与中宗为同母弟兄。高宗本有八子，长名忠，刘氏所出，已经赐死。见二十六回。次名孝，郑氏所出，早岁即殁。三名上金，杨氏所出，四名素节，萧淑妃所出，均已被谪。见前回。还有弘贤哲旦四子，均是武氏所出。弘被鸩，贤被废，见二十八回。中宗哲又复废去，只剩豫王旦一人，申说处最足醒目。裴炎等当然推戴，何烦拟议，只武氏心中，恰想自己做女皇帝，偏经裴炎等推立豫王，众口一辞，那时又不便独伸己意，没奈何允诺退朝。越日立豫王旦为皇帝，改元文明；豫王妃刘氏为皇后，子成器为太子；废中宗子重照为庶人，流韦玄贞至钦州。武氏仍临朝称制，令嗣皇帝居住别殿，所有国政，不得预闻。还是立个傀儡，较为有名。

是时长安无主，乃命刘仁轨为西京留守。仁轨以衰老辞，且举汉吕后事以作规诫。武氏手书慰勉，仁轨乃奉命而去。未几病殁，诏令百官赴哭，追赠开府仪同三司。因高宗安葬乾陵，即以仁轨灵榇陪葬。仁轨不失为忠，故叙笔亦较详。武氏又恐废太子贤，出居巴州，或有谋变等情，会贤作《黄台瓜词》云："种瓜黄台下，瓜熟子离离，一摘使瓜好，再摘使瓜稀，三摘犹为可，四摘抱蔓归。"武氏越疑他怨望，密嘱将军邱神勣，驰赴巴州，逼令自杀，佯贬神勣为叠州刺史，自至显福门举哀，追复他雍王旧爵。贤封雍王，见二十八回。复寻召神勣为金吾将军，宫廷始知武氏杀贤事。贤既杀死，复猜忌庐陵王哲，令出居房州，再徙至均州。进兄子武承嗣元爽子。为太常卿，同中书门下三品。承嗣请追尊祖考，创立七庙，裴炎入谏道："太后母临天下，当示至公，不应自私所亲，汉吕氏崇封产禄，因以致败，太后难道未闻么？"武氏怫然道："吕氏滥封母族，原足致亡，我是追崇亡亲，有何妨碍？"裴炎又道："凡事当防微杜渐，不应自开端绪，还乞太后明鉴！"武氏始终不从，且有恨裴炎意。嵩阳令樊文揣摩迎合，献呈文石。武氏命列置朝堂，作为瑞征。尚书右丞冯元常奏言："樊文迹涉谄诈，不可诬罔天下。"说了数语，被黜为陇州刺史。嗣是内外臣僚，侈言符瑞，武氏即下敕改元，称为光宅，旗帜俱从金色。称东都为神都，大易官名，尚书省改称文昌台，仆射改称左右相，六部为天地四时六官，门下省为鸾台，中书省为凤阁，侍中为纳言，中书令为内史，御史台分为左右肃政台。此外大小官制，亦一律变更。遂尊五代祖武克己为鲁国公，妣为夫人，高祖居常为北平郡王，曾祖俭为金城郡王，祖华为太原郡王，父士彟为魏王，妣皆为妃。在洛阳建立五庙，岁时致祭。进武三思为右卫将军，三思系元庆子，即承嗣从弟。还有武攸暨武攸宁武攸归武攸望等，俱靠着太后家族，连类升官。武氏前曾贬死二兄，此时胡竟变计？想由承嗣等善谀而来。诸武用事，内官多受排挤，外官又多遭贬斥。李勣孙敬业，袭爵英国公，本任眉州刺史，被贬为柳州司马。弟敬猷为盩厔令，亦致免官。给事中唐之奇，贬为括苍令，詹事府司直杜求仁，贬为黟令，长安主簿骆宾王，贬为临海丞，御史魏思温贬为盩厔尉。数人俱作客扬州，同病相怜，遂协谋起兵，借匡复庐陵王为名，推敬业为统帅，思温为谋主，悄悄的举起事来。武氏原是应讨，但因失职举事，未免有私，故叙笔亦含贬意。思温想了一法，先令私党监察御史薛璋，一作仲璋。求使江都，既得此差，又令雍州人韦超，讦告扬州长史陈敬之谋反。璋立收敬之系狱，敬业矫称扬州司马，是说奉旨谳狱，提出敬之，把他杀死。当即开府库，赦囚徒，复称嗣圣元年，立起幕府三所，一名匡复府，一名英公府，一名扬州大都督府。敬业自称匡复府上将，领扬州大都督事。令唐之奇杜求仁为左右长史，参军李宗臣及薛璋为左右司马，魏思温为军师，骆宾王为记室，且求得一人貌类废太子贤，置诸军中，诡说贤尚未死，逃难至此，令他起兵。理直气壮之事，何必作此鬼祟。州民颇闻风响应，旬日间得众十余万，乃令骆宾王，草起檄文，移传各州县，东南大震，武氏闻警，正拟遣将往讨，忽接到檄文一纸，即随手展开，但见上面写着：

伪临朝武氏者，性非和顺，地实寒微，昔充太宗下陈，曾以更衣入侍，洎乎晚节，秽乱春宫，潜隐先帝之私，阴图后房之嬖。入宫见嫉，蛾眉不肯让人，掩袖工谗，狐媚偏能惑主。践元后于翚翟，陷吾君于聚麀。加以虺蜴为心，豺狼成性，近狎邪僻，残害忠良，杀姊屠兄，弑君鸩母。

武氏看到“弑君鸩母”句，微笑道：“我何曾有此事？含血喷人，有哪个相信呢？”檄文中唯此语近诬，故特借武氏口以辩驳之。又览将下去，便是：

人神之所同嫉，天地之所不容，犹复包藏祸心，窥窃神器，君之爱子，幽之于别宫，贼之宗盟委之以重任。呜呼！霍子孟之不作，朱虚侯之已亡，燕啄皇孙，知汉祚之将尽，龙漦帝后，识夏廷之遽衰。

武氏又自言自语道：“话虽未确，对仗却很是工整哩。”再看下去：

敬业皇唐旧臣，公侯冢子，奉先君之成业，荷本朝之厚恩，宋微子之兴悲，良有以也，袁君山之流涕，岂徒然哉？是用气愤风云，志安社稷，因天下之失望，顺宇内之推心，爰举义旗，以清妖孽。南连百越，北尽山河，铁骑成群，玉轴相接。海陵红粟，仓储之积靡穷，江浦黄旗，匡复之功何远？班声动而北风起，剑气冲而南斗平，喑呜则山岳崩颓，叱咤则风云变色。以此制敌，何敌不摧？以此图功，何功不克？公等或居汉地，或协周亲，或膺重寄于话言，或受顾命于宣室，言犹在耳，忠岂忘心？一抔之土未干，六尺之孤谁托？

武氏又道："好笔仗！"转顾左右道："这篇檄文，不知是何人所作？"有一人接口道："闻是骆宾王手笔。"武氏叹道："有此文才，反令他流落不偶，这岂非宰相的过失么？"檄文痛斥武氏，她却未尝动怒，反说是宰相之过，可见武氏虽是女流，奸雄不亚曹操。再看下去，就是末段文字，辞云：

倘能转祸为福，送往事居，共立勤王之勋，无废大君之命，凡诸爵赏，同指山河。若其眷恋穷城，徘徊歧路，坐昧先几之兆，必贻后至之诛。请看今日之域中，究是谁家之天下！

阅毕，武氏又道："奇才奇才！但有文事还要有武备，宾王原是能文，敬业未必能武呢。"料事亦明。乃敕令左玉钤卫大将军李孝逸，统兵三十万，往讨敬业，追削他祖考官爵，发冢斫棺，复姓徐氏，李勣在时，若力争武氏之不应为后，当不致有此祸。一面召裴炎入商军情。炎甥就是薛璋，因他帮助敬业，所以主张缓征，入见时便进言道："皇帝年长，不亲政事，叛党得援以为辞，若太后指日归政，叛众自不战可平了。"武氏心滋不悦，令炎退去，再召承嗣入议。承嗣道："叛众多系乌合，一遇大兵，自然荡平了。"武氏道："裴炎却劝我归政呢！"承嗣道："炎甥薛璋，附入叛党，应该有此说法。适晤及监察御史崔察，且云炎亦与同谋呢。"武氏遂宣崔察入见，察所对如承嗣旨，并言炎若不反，何故请太后归政？乃即收炎下狱，命左肃政大夫骞味道，侍御史鱼承晔鞫讯，炎语不少屈。或劝炎逊词求免，炎答道："宰相下狱，还有生理么？"谁教你先谋废立。骞鱼两人，竟锻炼成狱，拟处炎死罪。侍中刘景先，及凤阁侍郎胡元范，均为炎营解，百官亦多谓炎无反意，独凤阁舍人李景谌，证炎必反。于是刘景先胡元范，亦被逮下狱，进骞味道检校内史，同凤阁鸾台三品，李景谌同凤阁鸾台平章事。既而炎被斩都亭，景先贬普州刺史，元范流琼州而死。炎从子伷先，为太仆寺丞，年方十七，独上封事求见。武氏召问道："汝伯父谋反，汝尚何言？"伷先奋然道："臣只欲为太后划计，何敢诉冤？太后为李氏妇，专揽朝政，变易嗣子，疏斥李氏，封崇诸武，臣伯父为国尽忠，反诬以罪，戮及子孙，臣恐人心一变，不可复救了！为太后计，亟宜复子明辟，方保万全。”可谓大胆。武氏怒道：“小子敢乱言么？”喝令逐出，伷先且反顾道：“今用臣言，尚是不迟，他日悔将无及呢。”武氏益怒，竟命在朝堂加杖百下，长流瀼州。

是时徐敬业已出兵渡江，敬业已经复姓，故称徐敬业。会议所向，魏思温进议道：“明公以匡复为名，宜率大众鼓行而进，直指洛阳，天下义士，知公有志勤王，自然云集回应了。”薛璋在旁接入道：“金陵有王气，且长江天险，足以自固，不若先取常润二州，倚为根据，然后北向以图中原，进无不利，退有所归，乃为良策。”思温道：“不可！山东豪杰，都因武氏专制，愤闷不平，闻公举义，皆蒸麦为粮，伸锄为兵，以待公至，不乘此锐意北图，乃徒自营巢穴，远近闻此消息，哪个不解体呢？”敬业终从璋言，不用思温计，良言不用，安得不败？遂令唐之奇守江都，自率众攻陷润州，执住刺史李思文。思文本敬业叔父，闻敬业兵起，曾遣使上闻，且拒守兼旬，城才陷没，被执后，思温请斩首示众，敬业不许，但令改姓为武，因系狱中。思温叹道：“不顾大义，专徇私图，恐败亡即在目前，我辈无死所了。”何不自去。敬业既得润州，闻孝逸军已逼临淮，乃回军抵御，屯驻高邮境内的下阿溪，使弟敬猷守淮阴，别将韦超尉迟昭守都梁山。孝逸遣偏将雷仁智，攻敬业营，为敬业所败，不敢再进。监军侍御史魏元忠，语孝逸道：“天下安危，在此一举，今大军逗留不进，远近失望，倘朝廷更命他将来代将军，将军将何辞自免呢？”孝逸尚在迟疑，忽闻左鹰扬大将军黑齿常之，由东都遣发，令为江南道大总管，来援孝逸。元忠又进语孝逸道：“黑齿来援，朝廷已有疑心，为将军计宜率轻骑往击淮阴，或都梁山，除他犄角，敬业自无能为了。”诸将尚有异言，谓往击淮阴都梁，敬业必且赴援，两面受敌，如何自全？”元忠道：“避坚攻瑕，是兵家至计。敬业精锐，尽在下阿溪，利在速战，我若一败，大事去了。唯敬猷出自博徒，韦超等亦非宿将，兵又单弱，易为我克，敬业虽欲往援，势必不及，我得乘胜前进，虽有韩信白起，也恐不能抵挡了。”孝逸乃引兵击都梁山，阵斩尉迟昭，韦超夜遁，再进军击淮阴，敬猷也脱身遁还。于是孝逸遂直攻敬业。

敬业扼溪列阵，拥众自固。孝逸偏将苏孝祥，夜率五千人，用小舟渡溪进攻。渡方及半，已被敬业闻知，纵兵奋击，孝祥不及整军，只好挺刃血战，究竟势孤力涣，不克支持，徒落得浑身受创，堕水而亡，余众亦溺死过半。孝逸率诸军继退，战又不利，拟退守石梁。探报敬业营上，有乌鸟噪集。魏元忠与行军管记刘知柔，同语孝逸道："这是贼势将败的预兆。乌鸟集幕，势必空营。今敬业未退，鸟已先集，岂不是将覆灭么？今有一策可以破贼。"孝逸问是何策？元忠道："风顺荻干，利在火攻，将军何不纵火焚敌呢？"叠观元忠所言，无不中棨，可惜为武氏爪牙，徒号智囊而已。孝逸极口称善，遂命军士各持火具，越溪再战。敬业正整军截击，不意对面敌兵，都用火弓火箭，接连射来，溪边芦苇甚多，正值冬天燥烈，朔风猛厉，一霎时四面延烧，卷入阵中，各军都立足不住，纷纷倒退。敬业尚欲防御，指挥部下，令骁壮居前，老弱居后，弄得阵势益乱，被孝逸督军疾进，一场乱捣，杀得溪流皆赤，岸草齐红。敬业等逃入江都，料知不能再守，乃焚图籍，挈妻孥，奔往润州。到了蒜山附近，见有追兵到来，忙乘舟入江，意欲顺流出海，东奔高丽。航行至海陵界，为风所阻，哪知部将王那相，竟生变志，哄动兵士，杀死敬业敬猷，及敬业妻子等，共枭得二十五首，持降孝逸军前。余党唐之奇魏思温韦超薛璋诸人，一并被孝逸捕住，传首东都。只骆宾王遁去，不知所终。依《唐书本传》，不从《纪事本末》。至黑齿常之到江南，已是乱党肃清，不劳动手了。补笔不漏。武氏令尽杀徐氏宗族，只有思文得释出狱，免致连坐，召拜司仆少卿，且面谕道："敬业改卿姓武，卿可便姓武罢。"思文拜谢而退，寻且加授春官尚书。或言思文本与敬业同谋，乃免官复姓，可怜李勣百战功劳，只剩了思文一线，留遗曹州，系徐氏本籍。存奉宗祀。小子有诗叹道：

欲为儿孙作马牛，谁知宗族竟全休？
重泉有鬼应增恫，匡复无功逆案留。

敬业败殁，又有人入谮程务挺，说他与敬业通谋，免不得也要枉死了，下回再行申叙，请看官续阅自知。

中宗欲以天下与韦玄贞，无非是一恨语，不得作为实谈，裴炎果忠于事君，何妨委曲调护，今日不从，期诸他日，讵必急白太后，密谋废立耶？炎只知有武氏，不知有中宗，而其后卒为诸武所倾，枭首都亭，是何若强谏中宗，誓死廷前之为愈也。徐敬业起兵扬州，苟能用魏思温之策，直指河洛，锐图匡复，即至兵败身亡，犹不失为唐室忠臣，乃始以失职生谋，继以营巢致覆，死不足惜，例以翟义袁粲诸人，且有愧焉。要之私心一起，身名两败，裴炎徐敬业，皆以一私字误之，故本回叙二人事，皆有贬词，至若李景谌李孝逸辈，佐武忘李，则更不足道云。

第三十一回　敕告密滥用严刑　谋臣复构成大祸

却说羽林将军程务挺，自预谋废立后，出任单于道安抚大使，防御突厥，因阿史那骨笃禄及阿史那元珍等，尚出没塞外，所以有此调遣。接应第二十九回。当裴炎下狱时，务挺尝密表申理，武氏为之不欢。至敬业败死，或上言务挺与敬业通谋，武氏也不加详审，遽令左鹰扬将军裴绍业，驰往务挺军中，宣敕处斩。务挺夙有勇名，为突厥所畏惮，及闻他正法，宴饮相庆。还有夏州都督王方翼，由安西都护调任，亦应二十九回。与务挺职务相关，且系废后王氏近亲，亦逮捕下狱，流徙崖州，辗转毙命。

越年，武氏以敬业早平，复改元垂拱，仍迁庐陵王哲至房州。武氏年已周甲，华色未衰，脂粉钗环，未尝少撤。自从高宗晚年，屡患风眩，不能与武氏常亲枕席，武氏已郁郁寡欢，好容易待到驾崩，临朝秉政，大权在握，一子废黜，一子居住别殿，也似禁锢一般，文武百官，要杀便杀，没一个敢行抗命，正是雌威大盛的时候，无如宫中少几个面首，终究是玉漏沉沉，绣帏寂寂，蓦然想起当年的冯小宝，下体过人，不亚嫪毒，与秦庄襄后私通。乐得叫他再入禁中，重图欢会。应二十四回。史称冯小宝卖药洛阳，因千金公主以进。稗乘上谓武氏为尼时，已与有染，今从之。小宝当然应召，两下儿都翻雨覆云，不减当年情味，武氏遂想出一法，令他为白马寺主，好借那超度祖宗的名目，往来宫掖，掩饰过去。且因他家世寒微，特命改姓为薛，与驸马薛绍同族，令绍呼他为季父，何不直呼丈翁？又赐名怀义，宠赉甚优。身且不惜，遑问他物。

宫廷内外，明知他是武氏的情夫，只因武氏凶焰滔天，怎敢非议？有几个不顾廉耻的狗官，反极意趋承，向怀义乞怜。怀义起初尚稍知顾忌，后来渐渐骄恣，出入竟乘御马，由宦官数人拥护，呵道扬镳，威赫无比。居然是个天子。士民不及走避，便被铁爪挝首，流血仆地。遇道士即令髡发，见朝贵即令下拜，甚至武承嗣武三思等，皆奔走马前，执僮仆礼。就是对待姑夫，亦不过执子侄礼，何必降为厮仆。右台御史冯思勖，用法相绳，偶遇诸途，被怀义喝令侍役，殴击几死。独温国公苏良嗣，继刘仁轨后任，留守西京，武氏特召为左相，受职入朝。凑巧碰着薛怀义，勉强与他施礼，怀义竟不答拜，昂若无人。良嗣怒道："何物秃奴，敢这般傲慢？"怀义骄肆已惯，怎肯忍耐，即与良嗣斗起嘴来。良嗣竟命左右拖出怀义，并把他掌颊数十下，快哉快哉！气得怀义火星透顶，急忙驰报武氏。偏武氏向他嬉笑道："阿师只宜出入北门，若南衙系宰相往来，怎得相犯哩？"武氏毕竟聪明。这数句话，好似向怀义的秃头上，浇了一碗冷水，淋得气焰全消，只好自认晦气，没处报冤。武氏恐他再去闯祸，便托言怀义有巧思，使入宫营造，不得常出。补阙王求礼，未明武氏用意，反表请阉了怀义，免乱宫闱。看官！你想武氏肯从不肯从？含蓄得妙。

又越年，武氏佯说归政豫王，豫王倒也聪明，奉表固让。武氏仍然临朝，自思内行不正，恐宗室大臣，怨望不服，或致谋变，于是设立铜匦，令置都门，无论何人，统得告密，即将密奏投入匦中，饬心腹随时取陈。如有远方告密，且命地方有司，给马供食，使诣东都，如密奏确凿，即给官阶，否则亦不问罪。看官试想！这种法制，创造出来，不特挟有私嫌的人，可以乘机报怨，就使与人无嫌，也乐得捕风捉影，借此博个好官儿。胡人索元礼，因告密被召，面对称旨，立擢为游击将军，令他按问罪犯。元礼性最残忍，推审一人，必诱罪犯扳引数十百人，辗转牵连，积成冤狱。武氏反说他明干，屡加赏赐。自己本是残忍，所以同声相应。尚书都事周兴来俊臣等，纷起效尤，竞尚罗织，兴累迁至秋官侍郎，俊臣累迁至御史中丞，两人皆养无赖数百名，专令告密，意中欲构陷一人，辄使数处俱告，辞状相同，立即捕逮，严刑拷讯，无不诬服。又撰罗织经数千言，作为秘本，所用刑具，也是特别制造，有定百脉，突地吼，死猪愁，求破家，反是实等名号，或用机捩转狱犯手足，叫作凤凰晒翅，或用物绊狱犯腰，引枷向前，叫作驴狗拔橛，或使犯人跪捧大枷，上置累甓，叫作仙人献果，或使立高木上面，引枷尾向后，叫作玉女登梯，或悬石捶犯人首，或烧醋灌犯人鼻，或用铁圈梏头，外加木楔，甚至脑裂髓出，种种酷刑，不可胜举，每讯囚犯，一声梆响，械具毕陈，犯人不待上身，已经魂飞天外，始终是一条死路，还是随口诬供，反得速死，省得熬受严刑。所以内外官民，视此三人，比虎狼还加厉害，大家重足屏息，不敢妄发一言。麟台正字陈子昂，目击心伤，乃上疏谏阻，略云：

> 今执事者疾徐敬业首乱倡祸，将息奸源，穷其党与，遂使陛下大开诏狱，重设严刑，有迹涉嫌疑，辞相逮引，莫不穷捕考察，至有奸人荧惑，乘险相诬，纠告疑似，希图爵赏，恐非伐罪吊人之意也。臣窃观当今天下，百姓思安久矣，故扬州构逆，殆有五旬，而海内晏然，纤尘不动。陛下不务玄默以救敝人，而反任威刑以失民望，臣愚暗昧，窃有大惑。伏见诸方告密，囚累百千辈，及其穷竟，百无一实。陛下仁恕，又屈法容之，遂使奸恶之党，快意相仇，睚眦之嫌，即称有密。一人被讼，百人满狱。使者推捕，冠盖如市。或谓陛下爱一人而害百人，天下喁喁，莫知宁所。 臣闻隋之末代，天下犹平，杨玄感作乱，不逾月而败。天下之弊，未至土崩。蒸民之心，犹望乐业。炀帝不悟，专行屠戮，大穷党与，海内豪士，无不罹殃。遂至杀人如麻，流血成泽，天下靡然始思为乱，于是雄桀并起，而隋族亡矣。夫大狱一起，不能无滥，冤人吁嗟，感伤和气，群生疠疫，水旱随之。人既失业，则祸乱之心，怵然而生矣。古者明王重慎刑罚，盖惧此也。昔汉武帝时，巫蛊狱起，使太子奔走，兵交宫阙，无辜被害者，以千万数，宗庙几覆，赖武帝得壶关三老书，廓然感悟，夷江充三族，余狱不论，天下以安。古人云："前事之不忘，后事之师也"，伏愿陛下念之！此奏亦鸣凤朝阳，故特录之。

疏入不省。同三品刘祎之，见武氏所为不合，私语舍人贾大隐道："太后既废昏立明，何必再临朝称制，不如指日归政，借安人心。"大隐阳为赞同，背地里密白武氏。也是告密。武氏当然怀恨，嗣复有人诬告祎之受赃，又与许敬宗妾有私，遂命刺史王本立推鞫。本立宣敕示祎之，祎之道："不经凤阁鸾台，何名为敕？”武氏闻知此语，怒上加怒，竟令处死。祎之临刑沐浴，自草谢表，立成数纸，仍然慷慨激昂，无一乞怜语。麟阁侍郎郭翰，太子文学周思钧，见祎之表文，互相赞叹，不料又为武氏所闻，贬翰为巫州司马，思钧为播州司仓。将军李孝逸，平乱有功，声望日重，免不得语中失检，武承嗣等诬他怨望，被黜为施州刺史。承嗣尚以为法未蔽辜，又捏造出数语来，谓孝逸自言名中有兔，兔系月中灵物，当为天下仰望，说得武氏又是滋疑。本拟将他诛死，还是记念前功，特令减死除名，流配儋州。孝逸竟病死贬所。太子舍人郝象贤，系故中书侍郎郝处俊孙，高宗时，处俊曾谏阻武氏摄政，忤武氏意，至是处俊已死，有人诬告象贤，说他私谋不轨，遂令周兴推治。这位罗织深文的周侍郎，是个好杀人的魔星，遂任情妄谳，遽说象贤谋反属实，应予族诛。象贤家人，当然惶急得很，争向监察御史任玄殖处呼冤。玄殖替他剖辩，反为武氏所斥，先行免官，然后将象贤处斩。象贤临刑，极口诋骂武氏，把她宫中的淫秽情状，一古脑儿扬说出来，且夺市人薪柴，殴击刑官。总是一死，乐得做个爽快。金吾兵上前拦阻，遂将象贤格死，武氏命支解遗骸，发象贤祖父坟茔，毁棺焚尸，家属骈戮无遗。随即定了一例，凡法官刑人，先用木丸塞住罪犯口中，免得胡言。

武承嗣又使人凿石为文，镌就“圣母临人，永昌帝业”八字，涂以赤色，令雍州人唐同泰赍献，只说是得诸洛水。武氏大喜，亲祀南郊，告谢昊天，且下敕当拜洛受瑞，称石为天授圣图，名洛水为永昌水，封洛水神为显圣侯。自己先御明堂，朝百官，加号圣母神皇。封唐同泰为游击将军，唐同泰名字，恐亦由当时特取。命诸州都督刺史及宗室外戚等，于拜洛前十日，会集神都扈驾受图。当时传出一种谣言，谓：“武氏将谋革命，借了洛水受图的名目，召集宗室，为屠戮计。”于是绛州刺史韩王元嘉，青州刺史霍王元轨，邢州刺史鲁王灵夔，豫州刺史越王贞，注见前。及元嘉子通州刺史黄公撰，元轨子全州刺史江都王绪，灵夔子范阳王蔼，贞子博州刺史琅琊王冲，虢王凤高祖庶子。子东莞公融等，俱心不自安，未敢遽行。黄公撰意欲先发，遂捏造庐陵王敕书，贻琅琊王冲，内云：“朕遭幽禁，诸王应各发兵救我！”冲亦诈传庐陵王密命，分告诸王，谓“神皇将移李氏社稷，转授武氏。”一面募兵五千人，拟渡河取济州，先击武水。武水县令郭务悌，忙遣人至邻邑求援，莘县令马玄素，率兵千七百人，初欲中道邀冲，继恐力不能敌，驰入武水，与务悌协力拒守。冲进兵至武水城下，用草车塞城南门，纵火焚烧，拟乘火突入城中。不意火方发作，风反回扑，转致火烧自身，只好麾兵急退。部将董玄寂私语兵士道："王与国家交战，迹同叛逆，所以不得天佑，反致逆风哩。"大众听了，越觉气沮。及冲知玄寂有异志，将他斩首，众心益离，纷纷溃去。只剩冲家僮数十人，尚随左右，冲料不可成，还走博州，叩城欲入。门吏见他狼狈遁回，放入城阈，把他杀死。正欲传首报功，适左金吾大将军邱神勣，奉敕为清平道行军总管，前来讨乱。行至博州，官吏一律出迎，且持冲首以献，哪知神勣起了歹心，拔出佩刀，尽将官吏斫毙，且入城屠掠千余家。看官道他是何意？原来是得了冲首，便欲争功，索性将官吏杀尽，便好说他同行助逆，由自己剿平，好向武氏前报绩去了。正是好计。

越王贞闻冲起兵，父子相关，自然响应，也发兵出陷上蔡。武氏命左豹韬大将军麴崇裕为中军总管，内史岑长倩为后军总管，张光辅为诸军节度，统师十万，往击越王贞，未免小题大做。削贞父子属籍，更姓虺氏。贞闻冲败，惶恐的了不得，驰使告寿州刺史赵瓌，与商行止。瓌不敢发言，独瓌妻常乐长公主，语来使道："为我转语越王，从前隋杨氏将篡周室，尉迟回系是周甥，尚举兵勤王，功虽不成，名留海内，今诸王皆先帝子，奈何不为社稷效忠？李氏已危若朝露，汝诸王不舍生取义，意将何待？大丈夫宁为忠义鬼，徒死亦何益呢！"语颇豪壮。来使还报越王贞，贞乃尚欲进兵，可巧新察令傅延庆，也募得勇士二千余人，与贞相会。贞乃向众宣言道："琅琊虽败，魏相数州，有兵二十万，朝夕可至，汝等不必忧虑！"遂发属县兵，共得五千，分为五营，令汝南县丞裴守德为将，作为统辖，署九品以上官五百余人。其实皆出自胁迫，没有斗志。唯守德与他同心，他因将爱女嫁给为妻，署官大将军，每事与商。一面使道士及浮屠诵经，祷祝成功。左右及战士，均给避兵符，谓有神效。愚若村媪，如何成事？忽报麴崇裕等将到豫州，距城只四十里了。他已吓得面如土色，没奈何遣爱婿裴守德，及少子规，领兵出战，不到半日，两人杀得大败而回，兵士死亡过半。贞益大惧，闭阁自守，猛听得鼓声震天，料知外军进逼，越急得形色仓皇，不知所措。守德等统束手无策。左右语贞道："王岂可坐待戮辱？还请自行设法。"贞寻思无计，只得自去觅死，规亦自尽。守德及妻，一同随死。子女及婿，同入鬼门关，黄泉路上，幸不寂寞了。城中无主，不战自破。崇裕等入城后，检得贞等尸骸，一并枭首，持报东都。

武氏遂欲尽杀韩鲁诸王，命监察御史苏珦往查，有无通谋情事。珦查无实据，秉公复命。武氏一再诘问，珦抗言道："太后承先朝付托，应以仁恕为心，诸王并未通同谋叛，如何强入逆案呢？"武氏被他一驳，倒也不便加责，只得温颜与语道："卿系大雅士，我当别有任使，此狱原不必用卿呢。"乃改令周兴等覆验。兴即把"反是实"三字，复奏上去，遂收捕韩王元嘉、鲁王灵夔、黄公譔及常乐长公主等，统至东都，迫令自杀。就是霍王元轨、江都王绪、东莞公融，亦坐与越王通谋，次第逮捕。绪与融骈首市曹。元轨防御突厥，积有战功，减死流黔州，载以槛车，行至陈仓，也竟暴卒。纪王慎素来胆怯，当琅琊起兵时，檄告诸王，他独拒绝。周兴亦罗织入内，说他未曾告发，竟坐徙巴州，就道而死。济州刺史薛顗，及弟薛绪，绪弟驸马都尉薛绍，也坐与琅琊王冲通谋，顗绪被诛。绍尚太平公主，贷他死罪，受杖百下，囚羁狱中，偏他禁不住痛楚，便即毙命。

又遣右丞狄仁杰，出为豫州刺史，办理乱后事宜。这位狄公仁杰，是唐朝有名的好官，他字怀英，系太原人氏，少时博通经籍，曾入京应试明经科，中途投宿逆旅，有孀妇乘夜私奔，坚拒不纳，未晓即去。此事不载史传，唯稗乘中有之。且记仁杰诗句云："美色人间至乐春，我淫人妇妇淫人，色心若起思亡妇，遍体蛆钻灭色心。"语太近俚，故不录入，唯录此事以示前型。既举明经，迭任内外官职，皆有政声，嗣为江南巡抚大使，焚毁淫祠一千七百余所，独留夏禹吴太伯季札伍员四祠，吴楚巫风，几从此廓清。至入任文昌右丞，因豫州乱平，乃奉诏出为刺史。狄梁公为唐室砥柱，故叙述从详。仁杰到了豫州，查问越王余党，统已由张光辅拘住，差不多有二三千人，不禁恻然道："人命至重，怎可这般滥捕呢。"乃概令释械，飞使密陈。大旨说是："罪囚甚众，实多诖误，臣欲有所陈请，似为逆人申理，若缄默不言，又违陛下钦恤至意，所以拜表渎陈，仰乞矜鉴"云云。旋接复旨，俱减死戍边。先是仁杰曾任宁州刺史，留有德政碑，至流犯道出宁州，父老俱迎劳道："我狄使君活汝么？"相携至德政碑下，且拜且哭，三日乃行，到流所亦为立碑。循吏榜样。时张光辅尚驻豫州，部将多恃功强索，仁杰不应。光辅入部将谗言，诘责仁杰道："刺史如何轻视元帅？"仁杰道："作乱河南，只一越王贞，今一贞已死，难道万贞复生么？"光辅不解所谓，又复穷诘。仁杰道："公率将士十万，前来平乱，乱已平靖，渠魁受戮，公乃纵兵暴掠，欲杀降人为己功，岂非是一贞已死，万贞复生？仁杰奉命来此，为民除害，恨不得上方斩马剑，加置公颈，有什么怕死哩？”光辅张目不能答，及还东都，奏言仁杰不逊，因迁仁杰为复州刺史，转徙洛州司马。至光辅得罪，乃复擢为地官侍郎，事见后文。

再说武氏因平定诸王，安然出巡，践着拜洛受图的旧约，嗣皇帝豫王旦，及太子成器等，一律随行。内外文武百官，及四夷酋长，也都扈驾。沿途鸾卫仪仗，及各种雅乐，与所有珍宝，一古脑儿陈列出来，慢慢儿的逐队进行。到了洛水岸上，已由当差的官吏，设起祭坛，备就黄幄，恭待那妖淫凶险的武太后，亲临主祭。鸾舆既至坛前，有无数宫娥彩女，簇拥武氏下舆，但见她首戴冕旒，身服衮袍，居然是从来未有的女皇帝，徐步登坛。豫王旦与太子成器，随行而上，廷臣夷酋等，左右分立坛下，香花缭绕，仙乐悠扬，当由武氏柔腰轻折，拜了三拜，随后令豫王及太子，依次拜讫，再命宣祝官读过祝文，乃将案前所供的瑞石，饬游击将军唐同泰，敬谨捧下，移置受图亭内，舁还都中。武氏亦上舆而归。这番巡幸，自唐兴以来，算做第一次热闹。武氏又令薛怀义监造明堂，高二百九十四尺，方三百尺，共列三层，下层象四时方色，中层象十二辰，上为圆盖，捧以九龙。上层象二十四气，也设圆盖，上施铁凤，高一丈，用黄金为饰，号为万象神宫。又在明堂北面，筑起天堂五级，中供夹纻大像。注见后文。大约登第三级，便已可俯瞰明堂了。工既竣，加封怀义为右威卫大将军，兼梁国公。何不封他比翼王？越年正月朔日，大飨万象神宫。武氏搢大珪，执镇珪为初献。嗣皇帝豫王旦亚献，太子成器终献。礼毕，由武氏高坐明堂，受百官四夷朝贺，即以垂拱五年，改为永昌元年，即中宗嗣圣六年。大赦天下，赐酺七日。小子有诗叹道：

> 雌龙得势竟猖狂，衮服居然御庙堂。
> 独怪男儿躯七尺，如何裙下效趋跄？

武氏经过这种举动，便想篡唐，免不得又要杀人了。欲知后事，且看下回。

武氏之淫刑以逞，虽曰人事，岂非天命？周厉以监谤而亡，嬴秦有偶语弃市之刑，亦不数年而即灭，而武氏之令人告密，则尤过之。况内行不修，私幸怀义，外吏不择，宠用索元礼周兴来俊臣，如此淫恶，乃任其横行无忌，天乎人乎？越王贞父子，一举即亡，连坐者数十家，株累者数千人，而武氏则拜洛受图，筑堂受贺，倾万民之财力，张一己之淫威，人力或不足以胜之，而天道岂果无知耶？吾阅此回，不禁为之慨然曰：“是果唐祖若宗渔色之报也，岂非天哉？岂非天哉？”

第三十二回　武则天革命称尊
狄仁杰奉制出狱

却说武氏自拜洛受图后，遂想篡夺唐室，自称皇帝，武承嗣怂恿尤力，于是诸武相继揽权。直臣如苏良嗣等，已经罢去，索元礼周兴来俊臣，及其余酷吏，统依附诸武，专伺宗室及大臣，遇有嫌疑可指，即诬他谋反，次第捕戮。总计武氏改元永昌，至次年改元天授，相距不过年余，所杀唐宗及唐臣，几乎不可胜纪，最著名的表述如下：

唐宗以被杀之先后为次。

汝南郡王玮　鄱阳郡公諲　广汉郡公谧　汶山郡公蓁　零陵郡王俊　东平王续　广都郡公琦　嗣恒山郡王厥　嗣郑王璥　嗣滕王修琦父即元婴，已殁。　豫章郡王亶父即舒王元名亦坐流致死。　泽王上金　许王素节及子瑛，余子瑛琪琬瓒玚瑗琛七人，为天授纪元后所杀。南安郡王颖　鄅国公昭以上皆高祖太宗支派。宗室李直　李敞　李然　李勋　李策　李越　李黯　李玄　李英　李志业　李知言　李玄贞

唐臣次序同前。

御史大夫骞味道　天官侍郎邓玄挺　内史张光辅　洛州司马弓嗣业　洛阳令张嗣明　陕州刺史郭正一　相州刺史弓志元　蒲州刺史弓彭祖　尚方监王令基　同平章事魏玄同　夏官侍郎崔詧　彭州长史刘易从　梁州都督李光谊　陕州刺史刘延景　右武卫大将军黑齿常之　右鹰扬将军

赵怀节　辰州刺史刘景先　地官尚书王本立　春官尚书范履冰　胜州都督王安仁　汴州刺史柳明肃　太常丞苏践言　曾江县令白令言　太子少保纳言裴居道　将军阿思那惠　尚书右丞张行廉　泰州刺史杜儒童　秋官尚书张楚金　麟台郎裴望及弟司膳丞琏。

以上被杀诸人，所有家属，俱流徙极边。且因周书有《武成》一篇，与自己武姓相合，目为符谶，乃令遵用周正，特改永昌元年十一月为正月，十二月为腊月，夏历正月为一月，称年为载，改元载初，牵合无理。封周汉后为二王，虞夏殷后为三恪，撤除唐宗室属籍，召用宗秦客为凤阁侍郎。秦客系武氏从姊子，具有小智，受职后日侍宫中，与武氏同改造十二字，由小子录述出来。

照为曌，亦作曌。天为丙，地为埊，日为囝，月为团，星为〇，君为凨，臣为𢘑，人为𤯔，载为𡕀，年为𠡦，正为𠙺。毫无道理，适同儿戏。

武氏自名为曌，或亦作曌，改诏书为制书，晋授薛怀义辅国大将军，封鄂国公。怀义多聚无赖少年，度为僧徒，横行都中，人莫敢言。有僧法明，杜撰《大云经》四卷，奏达阙下，内言武氏乃弥勒佛下生，应代唐为阎浮提主。释氏以人世为阎浮提。武氏甚喜，颁行天下，旋敕两京诸州，建寺珍藏。侍御史傅游艺，竟率关中百姓九百余人，诣阙上表，请武氏自为皇帝，改国号周，赐嗣皇帝武姓。武氏佯为不许，却擢游艺为给事中。既而百官宗戚，远近百姓，四夷酋长，沙门道士，合六万余人，联名上表，愿如游艺所请。不知如何卖嘱出来？嗣皇帝豫王旦，亦自乞赐姓武氏。为求生计，不得不尔。群臣复上言凤皇来仪，自明堂飞入上阳宫，还集左台桐树，良久方去；又有赤雀数万集朝堂，仿佛捣鬼。应请太后即日为帝，以应符命等语。武氏乃下制许可，易唐为周，旗帜尚赤，亲御则天楼，大赦天下，改元天授。即嗣圣七年。当由群臣加上尊号，称为神圣皇帝。降嗣皇帝旦为皇嗣，赐姓武氏，皇太子成器为皇太孙。比新莽之篡汉，还要容易。一座唐室江山，竟轻轻的移入老淫妇手中，巾帼竟夺须眉，钗环变成弁冕，这真是中国有史以来，第一次的大变。就是汉朝的吕雉，晋朝的贾南风，也都应退避三舍哩。大笔淋漓。

过了五日，立武氏七庙于神都，追尊周文王为始祖文皇帝，妣姒氏为文定皇后，文王后妃，也想不到有此远代孝女。四十代祖平王少子武，为睿祖康皇帝，妣姜氏为康惠皇后，鲁国公武克已，已追赠太原靖王，至是尊为成皇帝，号称严祖，妣为成庄皇后，北平郡王武居常，已追赠赵肃恭王，至是尊为章敬皇帝，号称肃祖，妣为章敬皇后，金城郡王武俭，已追赠魏义康王，至是尊为昭安皇帝，号称烈祖，妣为昭安皇后，太原郡王武华，已追赠周安成王，至是尊为文穆皇帝，号称显祖，妣为文穆皇后，魏王武士覆，已追赠忠孝太皇，至是尊为孝明高皇帝，号称太祖，妣为孝明高皇后，罢唐宗庙为享德庙，只祀高祖以下三室，余俱废享。冬至祀上帝于万象神宫，以始祖及考妣配飨，百神从祀，封武承嗣为魏王，武三思为梁王，武攸宁为建昌王，武士彟兄孙攸归重规载德攸暨懿宗嗣宗攸宜攸望攸绪攸止，皆为郡王，诸姑姊为长公主。改并州文水县为武兴县，比汉丰沛，百姓世世免役。

武氏以亲族乡邻，均得沾恩，独受女太平公主，尚属向隅，未免缺典，遂加封食邑三千户。公主并无喜色，亦未表谢，武氏料她新亡驸马，怏怏失望，薛绍囚死见前回。乃拟另为择偶，俾得新欢，凑巧武承嗣丧妻，因欲嫁公主为继室，已有成议，偏是公主不愿，仍无欢容。武氏不得已令她自择，公主竟靦然道："欲儿改适武氏，除非武攸暨不可。"想是承嗣面貌，不及攸暨。武氏道："攸暨自有妻室，难道儿愿作妾么？"公主微笑道："陛下为天下主，儿为陛下女，奈何与人作妾？但富贵易妻，也是常事，只教陛下一言，就玉成了。"武氏点头应允，便召入武攸暨，与商易妻事。偏攸暨素惮阃威，一时不敢承认，惹得武氏懊恨起来，竟尔放出辣手，潜令人毒死攸暨妻室。那时攸暨放心安胆，好娶这太平公主。公主也欢欢喜喜的，嫁与攸暨，婚仪不减当年，璧人依然好合，无怨无旷，各得其所了。攸暨得此宠女，阃威必且加倍，我为彼惧。武氏又令司宾卿史务滋为纳言，凤阁侍郎宗秦客为检校内史，给事中傅游艺为鸾台侍郎平章事，秦客潜劝武氏革命，所以得任内史。游艺入朝才期年，历衣青绿朱紫，时人称他为四时官宦。且与内史岑长倩，左玉钤卫大将军张虔勖，左金吾大将军邱神勣，侍御史来子珣等，并得赐姓为武。既而宗秦客以受赃被黜，邱神勣史务滋张虔勖傅游艺，皆陆续得罪，依次受诛。周兴已进任文昌右丞，被人告密，说他与神勣同谋，武氏即命来俊臣鞫治。俊臣方与兴对食，接阅制敕，便语兴道："朝廷命我鞫一罪犯，只恐罪犯未肯实供，如何是好？”兴答道：“这有什么难处？若取一大瓮，四周用炭烧着，令罪犯坐入瓮中，不怕他不供认哩。”俊臣乃索大瓮，焙炭如兴言，然后起座告兴道：“有内状鞫君，请君入瓮！”说着即将制敕付示周兴，兴不待阅毕，便已惶恐服罪。武氏加外俯原，但流兴至岭南，途中为仇家所杀。索元礼残酷，比兴尤甚，旋亦伏诛。也有此日。

是时唐朝宗室，诛黜殆尽，连故太子贤遗下三子，如义丰王光顺，及弟守礼守义，俱幽禁宫中，就是豫王诸子，除太子成器外，亦只准在宫内居住，不得外出。表面上却赐他武姓，算作亲昵的样子，暗中实防他为变，实行监守。凤阁舍人张嘉福，竟图讨好，阴嗾洛阳人王庆之等数百人，上表请立武承嗣为皇太子。内史岑长倩，已升任右相，极端排斥，谓皇嗣现在东宫，不应再有此议，因表请下制切责。武氏迟疑未决，召问地官尚书同平章事格辅元。辅元所对，与长倩同。武承嗣久伺储位，闻两人不肯赞成，大为拂意，遂嘱令纳言欧阳通，诬劾两人逆状。欧阳通不肯诬奏，他又使私人告密，自己入宫进谗。于是岑格两人，被逮下狱。问官便是来俊臣，把长倩子也拘捕了来，诱他引入欧阳通。通明知不从承嗣，致有此累，对簿时侃侃辩论，毫不少屈。俊臣倚势作威，施以酷刑，五毒备至，通始终不肯诬服。俊臣竟捏造供词，说与长倩辅元，共同谋反，冤冤枉枉的杀死三人。武氏又召王庆之入问道：“皇嗣我子，奈何废置？”庆之答道：“古人有云：‘神不歆非类，民不祀非族’，今陛下既登大宝，尚以李氏为嗣，臣实未解。”武氏道：“汝且退去，待朕细思！”庆之伏地哀请，不肯即去。武氏乃赐给印纸，并面嘱道：“汝欲见朕，可将此纸作为门证，门吏自不敢阻难了。”庆之乃叩首而出。承嗣因未得如愿，屡嗾庆之入请，庆之也愿为走狗，日日入宫求见。武氏未免惹厌，且默思易嗣一层，事关重大，究竟不宜速行，因复召凤阁侍郎李昭德入商。昭德笑道：“天皇为陛下夫，皇嗣为陛下子，陛下身有天下，当传与子孙，为万世业，奈何以侄为嗣？从古以来，可有侄为天子，为姑立庙么？且陛下受天皇顾托，若以天下与承嗣，天皇便无从血食了。”这一席话，将武氏揭破迷团，遂令昭德出阻庆之，不许入见，且赐给昭德一杖，令他撵逐。昭德持杖出来，正值庆之昂然而入，自来寻死。当被昭德一把抓住，拖出门外，扬言语朝士道：“此贼欲废我皇嗣，立武承嗣，我已奉敕给杖，扑杀此贼。”言已，即将杖交给朝士，令殴庆之。朝士正恨他滋闹，乐得摆布，立刻将庆之拖倒，先择他不致命处，殴了数百下，待他耳目中都已出血，乃再加数下，了结性命。受人嗾使者其听之！

武氏命武攸宁为纳言，起狄仁杰为地官侍郎同平章事。仁杰正色立朝，不肯谄事诸武，还有鸾台侍郎同平章事乐思晦，及右卫将军李安静，也与仁杰一般刚正，同为诸武所嫉视。诸武又嗾令来俊臣，暗地构陷，俊臣因仁杰方得向用，一时扳他不倒，独安静当武氏革命时，未肯联名劝进，乃即上书讦他谋反，并言思晦与安静友善，未免同谋，武氏最恨这谋反二字，便令俊臣严讯。安静朗声道："我乃唐室老臣，欲杀就杀，若问谋反，实无可对。"思晦也抗词不挠，当由俊臣指为实证，一道制敕，又将两人送入冥途。武氏反自谓如意，竟于天授二年冬季，改次年为如意元年。嗣又因二齿重生，复改如意为长寿。即嗣皇九年。

先是武氏尝遣使存抚四方，留意选举，至此因改元加恩，引见存抚使所举人物，无论贤愚，悉加擢用。上等试用凤阁舍人及给事中，次等试用员外郎侍御史，及补阙拾遗校书郎，时人作诗嘲笑道："补阙连车载，拾遗平斗量。欋读若瞿，杷也。推侍御史，碗脱校书郎。"有举人沈全交复续二语道："曲心存抚使，眯目圣神皇。"御史纪先知闻全交续诗，遂劾他诽谤朝政，请杖示朝堂。好算先知。武氏笑道："但使卿等未尝滥选，何恤人言？"武氏所忌，只有反案，余固不论。竟释置不问。未几，有制敕颁下，授郭霸为监察御史，当时又传出一种笑柄，叫做四其御史，或竟叫他吃屎御史。看官道是何因？霸前为宁陵丞，闻徐敬业起兵，自请往军前效力，有誓抽其筋，食其肉，饮其血，绝其髓等语，因此称为四其御史，中丞魏元忠遇疾，霸前往探问，私尝元忠粪，佯作喜色道："病人粪甘可忧，今系苦味，可保无虞。"元忠虽未面责，心中尝恨他不情，病愈后，辄举以告人，因此又叫做吃屎御史。《唐书》作弘霸，《通鉴》作霸。霸系同安人，如何有越勾践遗风。武氏但喜他善谀，不管什么卑鄙行为，所以他也得加官进禄了。

话休叙烦，且说来俊臣承诸武命，一意的谗构良臣。既已害死乐李两人，遂想连及狄仁杰，平白地兴起波澜，将仁杰拦入逆案，并将同平章事任知古裴行本，司农卿裴宣礼，左丞卢献，中丞魏元忠，潞州刺史李嗣真，一并罗织进去，狠狠的上了一疏，且请武氏降敕，有一问即承，罪得减死等语。武氏本深信俊臣，当然准奏，遂拘仁杰等下狱，由俊臣审讯。先诘仁杰谋反状，仁杰从容道："大周革命，万物维新，唐室旧臣，甘从诛戮，反是实。"妙语。俊臣不禁微笑道："好一个硬头官，实言不讳，免得动刑。"至问及任知古等，知古等也自知必死，答语与仁杰相符。唯魏元忠辨了数语，俊臣不复加讯，概令还系狱中。判官王德寿，入狱探视仁杰，劝他引入平章事杨执柔，当可免死。想是与执柔有隙。仁杰厉声道："皇天后土，可表忠忱，奈何使仁杰扳诬好人呢？"说至此，即用首触柱，血流被面，慌得德寿连忙摇手，再三婉谢，并嘱狱吏好生看待，方转身出去。你也只有此胆么？仁杰因守吏少宽，乃裂衣啮指，血书冤状，置入棉衣中。次日，德寿又来看视，仁杰语德寿道："天时方热，我有棉衣一袭，请饬属吏转授家人，撤去棉絮。"德寿允诺，即令狱卒持付仁杰家，仁杰子光远，撤棉得帛书，遂叩阍告变，因得召见。武氏得了帛书，乃召问俊臣。俊臣给武氏道："仁杰等下狱，臣未尝褫他巾带，寝处很是安适，如果问心无愧，怎肯自供谋反哩？"武氏道："全案人犯，已俱供认吗？"俊臣道："只有魏元忠尚未实供。"武氏道："须再令问官审明，免得枉屈。"俊臣唯唯而退。

当下令侍御史侯思止复讯，他人不问，单问魏元忠。元忠仍然力辩，思止命将元忠倒挂起来。元忠道："我生得薄命，譬如骑驴遭坠，足絓蹬上，为驴所曳哩。"思止益怒，欲改用酷刑。元忠道："侯思止你若要魏元忠头，尽管截取，若要元忠自供谋反，任你什么拷打，我元忠却不便承认呢。"正说着，忽由通事舍人周綝到来，说是奉制勘视犯人。思止乃停止刑讯，忙遣心腹报知俊臣。俊臣急给仁杰等冠带，令见钦使。待周綝到了狱中，略略顾视，不发一言。俊臣即诈造仁杰等谢死表，令綝持还报命。

适值乐思晦子没入掖廷，年才九龄，生得眉目清秀，姿性聪明，偶为武氏所见，召问姓名。他却从容跪奏道："臣父乐思晦，得罪受诛，臣家已破，可惜陛下英明，国家大法，为来俊臣等所欺弄，陛下不信臣言，乞择朝右忠臣，素经陛下信任，但令俊臣推讯起来，没一个不是叛党了。"想是狄仁杰等命不该死，所以有此慧童。武氏道："偌大的孩儿，倒也识得来俊臣么？"乃命他暂退，一面饬内侍至制狱中，宣入仁杰等人。仁杰等入谒武氏，行过臣礼，一齐呼冤。武氏道："卿等果有冤诬，为何前时自供反状？"仁杰慨然道："若非自承反状，早被搒死，哪得重见天日呢？"武氏又问道："为何复作谢死表？"仁杰等齐声道："臣等并无此事。"武氏令左右取表给示，经仁杰等审视，便道："这似判官王德寿手笔，臣等笔迹，无一相同，可见得是捏造了。"武氏不觉点首，便放他七人还家。七人谢恩退归，为武承嗣所见，忙入白武氏道："七人已有反意，陛下何故释放？"武氏道："得饶人处且饶人，况叛迹未露，何必滥杀大臣。"承嗣尚欲请武氏穷治，武氏道："王言无反汗，你可知道吗？"承嗣不能固争，乃怏怏趋出，密嘱台官等联名上奏，请诛仁杰等七人。台官不敢不依，草就了一篇模棱两可的文字，呈将进去，独侍御史霍可献，系裴宣礼的外甥，竟伏阙面陈道："陛下不杀裴宣礼，臣情愿效死阶前。"说着，竟首触殿阶，流血沾地，为了区区爵禄，竟甘心杀舅，且撞头出血，置父母遗体于不顾，富贵之惑人，一至于此。俊臣又奏称行本罪重，不可不诛。秋官郎中徐有功，看不过去，独挺身出奏道："陛下有好生大德，俊臣等不能顺美，反欲劝陛下为暴主，究是何意？请陛下明察！"武氏乃宣谕道："卿等不必廷争，朕自有折衷办法呢。"言毕退朝，大众散归。是夕颁制，贬狄仁杰为彭泽令，任知古为江夏令，裴宣礼为彝陵令，魏元忠为涪陵令，卢献为西乡令，流裴行本李嗣真至岭南。小子有诗叹道：

罗织经成可奈何，冤沉制狱罪囚多。
仅留七族更生庆，尚谪遐方受劫磨。

七人遭黜，诸武稍稍泄忿，不意过了数日，武承嗣竟奉命罢相，这真是出人意表了。究竟承嗣为何罢相，且看下回表明。

欲篡唐室，不得不杀人，此武氏之本意，故杀人最多，几乎不可殚述。本回列作二表，省却无数笔墨，此即执要驭烦之旨，而于武氏革命时之举动，却详载无遗，嫉其篡夺之恶也。欲安诸武，又不得不杀人，此非全出武氏本意，而武承嗣实为主动，故杀人虽多，究不若前时之甚。本回特归罪承嗣，所有被杀诸人，亦备述其冤诬之由来，可详则详，不必从略，至若狄仁杰等一案，尤加意演述，幸其得免于死，为唐室少留一脉也。作者于下笔时，俱有斟酌，正非随手掇拾者所得比尔。

第三十三回　安金藏剖心明信
僧怀义稔恶受诛

却说武承嗣是武氏爱侄，受封魏王，职任左相，端的是一人之下，万人之上，那唐朝宗室，及内外文武百官，好几多人为他所害，他还想捽去豫王，入为太子，不料反接到制敕，竟把他的左相重任，撤消了去。他也不识何因，及探问武氏左右，方知是由侍郎李昭德撺掇出来，不由的大怒道："昭德昭德！你敢在虎头上搔痒么？我总要你死无葬地。"伏下文昭德被杀事。正恨语间，忽又闻昭德已升授同平章事，越觉忍耐不住，竟出门上马，跑进宫中去了。原来昭德籍隶长安，素性刚毅，自入拜侍郎，杖死王庆之后，见前回。颇得武氏信任，屡与商议国政。昭德乘间密陈道："魏王承嗣，权势太重，应加裁制为是。"武氏道："承嗣是朕侄儿，所以特加重任。"昭德道："姑侄虽亲，究竟不及父子，子尚有弑父等情，况姑侄呢？今承嗣位居亲王，又兼首相，权等人主，恐陛下未必久安天位了。"武氏不觉瞿然道："朕未曾虑及此著，卿言也有可采哩。"遂亲下手谕，罢承嗣左相职，接连就令昭德同平章事。承嗣忿忿的跑至宫门，下马入宫，求见武氏。武氏传入，问他来意。承嗣道："陛下命臣免相，使臣得卸仔肩，臣不胜感幸。但昭德党同伐异，好肆排击，此人若参政柄，定致变乱，陛下应亟行贬黜，免得贻忧。"武氏正色道："我任昭德，才得安眠，他能为我代劳，奈何劝我贬黜呢？"承嗣再欲有言，武氏又摇首道："汝不必多说，我自有主见。"说罢，拂袖径入。承嗣碰了一鼻子灰，只好闷闷而回。势不可恃，若乘此急流勇退，亦可免异日赤族之祸。昭德入秉政权，裁抑酷吏，不遗余力，且禁吏民妄言祥瑞。或献入白石一方，中有赤文，昭德问道："此石有何异征，敢来妄献？"来人答道："因此石具有赤心，与他石不同，故此上呈。"昭德怒道："此石赤心，他石都要造反么？"驳得好。说得左右僚吏，一齐解颐，昭德即举石掷出，并叱逐来人。未几，又有襄州人胡庆，用丹漆写着龟腹，有"天子万万年"五字，亦赍陈阙下。足为乌龟皇帝之兆。昭德冷笑道："又来欺我么？"遂取龟过来，用刀一刮，灭尽字迹，因奏请将胡庆加罪。武氏道："小民无知，心实不恶，可饶他去罢！"自己也是心虚。补阙朱敬则，及侍御史周矩，趁着昭德参政的时候，均上书奏请缓刑，武氏也颇嘉纳。监察御史严善思，正直敢言，尝因告密风盛，引为深恨，亦上疏规谏。武氏遂命他按问，他秉公讯鞫，所有告密事件，多是虚诬，共查出八百五十余人，悉令抵罪。罗织经从此失效，罗织党也从此少衰。来俊臣恨他破法，阴与侍御史侯思止王弘义等，构陷善思，坐流骦州。李昭德代为营解，武氏亦知善思受冤，乃复召为浑仪监丞。旋有制禁人间藏锦，侯思止违禁私藏，被昭德察觉，杖死朝堂。思止目不识丁，由告密得官，本授为游击将军，他独面白武氏，求为御史，武氏语思止道："卿不识字，奈何作御史？"思止答道："獬豸何尝识字，不过能触邪呢。"武氏心喜，乃令官侍御史。受职后与来俊臣等，共同罗织，贻害吏民，及被昭德杖毙，远近称快。唯俊臣等失一爪牙，恨不得扑杀昭德，借报私仇，奈一时不能遑愿，只好勉强含忍。

武承嗣更怏怏失望，日夜谋去皇嗣，密嘱武氏宠婢团儿，入谮豫王妃刘氏，及德妃窦氏，即玄宗隆基生母。私挟巫蛊，咒诅乘舆。武氏信此为真，俟二妃入朝，竟一律杀死，连尸骨都没有着落。可怜豫王旦只背地拭泪，一句儿不敢多言。尚方监裴匪躬，及内常侍范云仙，私谒豫王，又有人告知武氏，俱被腰斩。自是公卿以下，皆不得见豫王。武承嗣又嘱团儿诸人，密告豫王隐蓄异图，武氏即命来俊臣推治，把豫王平日侍役，都拿至法庭。俊臣堂皇高坐，备列刑具，才拍一声惊堂木，已令人毛发森竖，不寒而栗。起初尚齐跪案前，均替豫王辩冤，怎禁得俊臣虎威，刑杖交加，或被笞，或被扑，或被夹，或被搒，不消半个时辰，已害得满庭人犯，血肉横飞，奄奄一息。俊臣尚再三迫胁，喝令供认，大众已不胜楚毒，没奈何自称愿供，案上即有数纸掷下，给大众拾写。突有一人闯入法庭，大呼道："三木之下，何求不得？皇嗣未尝谋反，奈何硬说他反哩。我是一个乐工，本不敢与闻此事，但事关社稷，怎能不辩？我愿剖心出示，替皇嗣表明真迹。”说至此，即解衣露胸，取出亮晃晃的小刀，向胸前纵横一划，顿时鲜血直喷，晕倒地上，不省人事。赖有此人。俊臣望将出去，见他血渍满庭，僵卧不动，也未免心惊起来，慌忙下座出视，已是洞胸露腑，五脏皆见。即令左右抚他口鼻，尚有微微呼吸，似觉一息尚存，正思把他处治，已有宫监到来，传武氏命，令饬役舁他入宫。俊臣不敢违慢，便命二人舁着，随宫监同去，自己亦退堂停讯。暂将全案人犯，暂羁狱中，武氏因案情重大，预着人探察法堂，及闻有人剖心明冤，立命舁入，亲自验视，果然奏报不虚，乃急传御医入治。御医沈南璆等，悉心诊视，谓尚可施救，不致伤生。当下移入静室，由数医官运动妙手，先将五脏安置原处，然后用桑皮线缝好裂痕，外敷良药，令得生肌长肉，好容易调治竟夕，待至次日黎明，方见他口眼活动，渐渐有些苏醒转来，再灌以参汤，进以大剂，才觉一条性命，侥幸保全。御医复奏武氏，谓已无妨。武氏复亲身临视，因他身子尚不能动弹，概令免礼，但问他姓氏籍贯。他已少有知觉，硬撑了一声道：“臣是太常乐工长安人安金藏，”如闻其声，如见其人，一语抵人千百。言已泣下。武氏也不觉黯然道：“我有子不能自明，累汝至此，汝真是一个忠臣了。”乃令他静养，并派役服侍，返入内殿，嘱内侍传谕俊臣，将豫王左右侍役，尽行释放。一场大狱，才算冰消。

越年为长寿三年，武承嗣召集二万六千余人，上武氏尊号，称为越古金轮圣神皇帝。武氏最喜人谀，自然准请。又御则天楼受尊号，改元延载，免不得大飨宗庙，遍宴群臣，忙乱了好几日。武氏尚饶余兴，带同承嗣三思，及太平公主等，往游后苑，此时尚值初春，余寒未退，各种花木，虽已生有枝叶，或已含蕊，尚未开放，没有什么艳景。武氏道：“这数日天气晴和，为什么花尚未开哩？”承嗣道：“时尚未至。”说到“至”字，三思即凑入道：“想尚未接御敕，不敢遽开，若陛下降制催花，花神也应听命哩。”承嗣道：“恐怕未必。”武氏也为默然。偏太平公主敢作敢言，更上前婉奏道：“圣德覃敷，百神效顺，怎见得不能骤开？但请陛下降了慈谕，总有几株开放哩。”武氏经此一说，也不觉生了奇想，便命侍从取过纸笔，自题一诗云：“明早游上苑，火速报春知。花须连夜发，莫待晓风吹。”这四句就作为制敕，递与太平公主。公主拣那花蕊最多的向阳树上，令侍从移取高梯，赍敕上登，悬挂树梢，然后随了武氏，又玩赏一回，方才回宫。越宿起来，公主即遣侍女探视，返报上苑群花，果已开放。喜得公主心花怒开，匆匆梳洗，即往报武氏。武氏也欣然道："果有此事么？"当下传令免朝，饬王公大臣，侍宴后苑。待至午牌已近，乃启驾临幸，到了苑中，百官俱已鹄候，排班庆贺。武氏格外心欢，四面一瞧，果有好几处花枝，向日吐葩，红白相间，也自以为花神效命，万汇含芳，更兼武三思太平公主，及王公大臣等，争献谀词，引得这位老淫妪，眉飞色舞，笑逐颜开，此事不见正史，唯稗史中偶载及此，但初春天气，风日晴和，也应有数树开花，笔下演述，亦极得分寸，不涉张皇。当下开筵欢饮，列坐传觞，酒至半酣，命内侍查明花名，一一报闻，约报至数十种，武氏忽问道："牡丹花开未？"这一句问将过去，转令查报花名的内侍，噎住了喉，不敢发声。武氏又问道："尚未开么？"内侍只好应了一声"是"字。武氏竟转喜为怒道："此花不中抬举，快与朕劚移苑外，贬谪洛阳。"内侍奉谕，传旨园官，园官即将园中所植牡丹，悉数移出，散种野外。嗣是牡丹花改称洛阳花。语见《事物纪原》。

武氏宴毕还宫，心下还带着三分不足，不似开宴时的满面喜容。三思却又想出一法，召集四夷酋长，请铸铜铁为天枢，铭刻武氏功德，竖立端门外面。武氏准奏，即令姚琦为督作使，大聚铜铁，铸冶起来。诸胡集钱至百万亿，购办铜铁，尚嫌不敷，乃更采敛民间农器，凑成二百万斤，方得敷用。天枢形状似柱，高一百五尺，径十二尺，共有八面，环以铜龙，负以铜兽，柱巅制一云盖，盖上有四蛟，捧一大珠，这番工作，越年始成。三思作文，大旨在黜唐颂周，武氏自署名号，叫作大周万国颂德天枢，一并镌刻柱上。又将群臣蕃酋的名氏，亦附入下面，这也是千古未有的特色呢。以有用之铜铁，作无用之柱脚，实是呆鸟。

是年八月，梨花盛开，免不得有人称瑞。武氏也以为瑞征，御殿时笼在袖中，取示廷臣。大众又是称贺。独同平章事杜景佺伏奏道："目下已值仲秋，草木黄落，不意此花独荣，阴阳失序，咎在臣等。"满廷都是佞臣，独景佺有此正论，恐亦与梨花相同。武氏闻言，未免愕然，半晌才道："卿算有宰相才。"语毕退朝。会李昭德奏劾王弘义，坐流琼州，弘义行至中途，诈称奉敕追还，返道汉北，为昭德所闻，忙令侍御史胡元礼往验，察出诈谋，立刻杖毙。来俊臣亦坐贪淫罪，贬为同州参军，急得诸武不知所措，忙运动凤阁鸾台，你一疏，我一奏，说得昭德非常专恣，不由武氏不动起疑来。可巧突厥寇边，遂调昭德为行军长史，随着朔方道大总管，率领契苾明曹仁师沙吒忠义等十八将军，往御突厥。

突厥阿史那骨禄等，常侵边境，前由程务挺黑齿常之两人，相继防御，始终不敢深入，至两人被戮，防边无人，骨笃禄出入无忌，只因年老多疾，所以一出即归。延载元年，骨笃禄病死，弟默啜颇有勇略，即自立为可汗，率众寇灵州。武氏却用了一个匪夷所思的人物，出为行军大总管，初令辖新平道，继令辖代北道，旋复令辖朔方道。看官道是何人？原来是辅国大将军鄂国公薛怀义。真是奇极。备述官衔，越觉挖苦。怀义是个秃奴，晓得什么兵法？只因与武氏是老姘头，乃得仰沐荣封。且武氏非彼不欢，如何调他统军？肉战则可，兵战其可乎？说来又有一段隐情，表明后方可知晓。怀义受封鄂国公，越发骄横，所有平时用费，概得向库中支取，不加限制。竟有唯王不会之遗规。他却想出一种巧思，每月开一无遮会，召集善男信女，大会寺中，见有恣色的妇人，就留住禅房，任情取乐。妇女信佛者其听之！都人统畏他势焰，就是妻女被淫，也只好忍气吞声，不敢过问。他又募度壮僧数千人，作为帮手，这种壮僧，也不安本分，无非是采花问柳，倚翠偎红，所以洛阳女儿，已不知被他蹧跶若干。怀义日在寺中，与僧众肉身说法，还有何心入宫应卯？武氏传召，时常托词不赴，十次中不过应酬三四次，累得武氏欲火难熬，别寻一个主顾，便是御医沈南璆。南璆房术，不让怀义，武氏恰也欢慰，但恐怀义在外闯祸，且闻他僧徒多系力士，索性借御寇为名，令他率众北征，若得战胜，原不愧为知人，否则令他师徒毙敌，也好杜绝后患。揭出武氏心计，发前人所未发。偏是怀义交运，一经出师，胡虏便退。此次武氏疑忌李昭德，令他为行军长史，又命一个同平章事苏味道，做了行军司马，陪着昭德，掩饰人目，一面令怀义格外得意，连朝廷宰相，都受他节制，或肯不顾存亡，前去效死。怎奈天下事往往出人所料，怀义未到朔方，突厥兵又复退去。那时怀义自然折回，沿途与昭德议事，屡有龃龉，还都后也奏称昭德恣肆，竟贬昭德为南宾尉。嗣又因杜景佺等，附会昭德，不能匡正，也将他贬徙远州。无非由梨花一奏所致，可见前时称为相才，实是一句讥讽语。怀义曾造夹纻大像，留供天堂，像高九百尺，鼻如千斛船，小指中容数十人并坐。夹纻漆成，异常精采。应二十一回。至是为风所摧，由武氏令怀义重修。怀义又支取库银数百万两，督工赶筑，忙碌了两三月，才得修复原状，因入宫复旨。武氏只淡淡的答了“知道”二字。怀义见武氏没甚兴采，也即退出，默思从前何等亲昵，今自班师以后，修造大像，已历十旬左右，从未经过召幸，此中定是有人庖代，所以这般疏淡；乃私下访问宫人，宫人都受武氏密嘱，未敢通风，因此也探听不出。左思右想，得了一策，特请在朝堂开设无遮会，经武氏批准，即潜在朝堂下面，掘地为坑，深约数丈，埋着许多纸糊殿阁，泥塑佛像，至开会时，乃从坑中引上，对着大众，但说从地中涌出，预兆祯祥。又密取牛血，画一大像头颅，高二百尺，但捏称是刺诸膝上，得血绘成。以己比牛，也没甚荣耀。一时哄动都市，士女云集。怀义出钱数十车，望空散掷，令他争拾，甚至互相践踏，伤毙老弱多人。次日，复在天津桥南，张像设斋，预邀宫廷大小官吏，届时诣席，官吏惮怀义威焰，不敢不来，只有武氏高居深宫，连日不闻足音，怀义越加怀疑，就从散席以后，留住二三知己，盘问宫中情状。当时有个快嘴人物，说是御医沈南璆，日夕入侍，那怀义不禁大愤道：“反了反了。”武氏所防唯反，是对着臣僚，怀义所防唯反，是对着武氏，写来极有趣味。随即送别好友，等到一更以后，竟悄悄的到了天堂，放起火来。

这天堂在明堂北面，占居高巅，天堂被火，明堂自然延烧，更兼风势猛烈，越烧越旺。照耀都中，几同白昼，一班禁卫军，合力灌救，毫不见效，延及天明，方得扑灭。一座金碧辉煌的明堂，已变做乌焦巴弓，无一完木。最可叹的是夹纻大像，裂作数百段，漆血气布满都城。都是民脂民膏。武氏正加号慈氏，命设酺宴，忽闻明堂大火，未免惊惶。拾遗刘承庆，请辍朝停酺，上答天谴，武氏颇有允意。独纳言姚琦，谓明堂是治政地，非宗庙比，不应自加贬损，乃仍然视朝，赐酺百官。左史张鼎，且上言火流王屋，适显周家祥瑞。通事舍人逢敏，复奏称弥勒显道，有天魔烧宫，焚坏七宝台等情，这是意中恒事，无伤圣德。刘承庆谓是天谴，已涉无稽，张鼎逢敏等语，更不值一噱。武氏微笑不答，但说：“由内外工徒，不知戒火，因有此变。”当下仍令怀义更造天堂明堂，又铸铜为九州鼎，及十二神，各高一丈，分置四方。

怀义因纵火无罪，越加骄蹇，且斥武氏负情忘义，别图所欢，当下一传十，十传百，免不得传到武氏耳中。武氏大为懊怅，因恐投鼠忌器，不便下手，忍耐了好多日，已是残冬，又改元为天册万岁，未几又改元证圣。累届朝贺，怀义多不与列，且更说出许多秽语，直把那武氏淫亵情状，一古脑儿都宣扬出来，武氏时有所闻，遂召入太平公主与她熟商。公主本武氏爱女，所有宫中情事，无一不知，便对武氏道："臣女早欲奏闻陛下，只因陛下不言，臣女亦何敢先言？试思陛下系何等圣佛，托生人间，欲选三五侍臣，自应就公卿贵阀中，看他姿禀秾粹，方准入选，奈何令怀义秃奴，得侍左右呢？"武氏道："我亦有悔意，但欲除此人，颇费周折。"公主道："这有何难？"武氏又接入道："他手下有许多力士，若略一通风，必将谋变，就使指日剿平，已被他许多毁谤，岂不是大损名誉么？"你亦自顾名誉么？公主笑道："这事委臣女往办，管教他身首两分，毫无他虑。"武氏喜道："我就叫你便宜行事。你须小心！"公主应声趋出，即召驸马从兄武攸宁，密嘱数语，再选十数健妇，嘱令如此如此。大家唯命是从，分头往办，待到黄昏时候，公主即遣一武氏心腹，召怀义入宫。怀义闻召，未免一喜一疑，喜的是又蒙召幸，疑的是何故复召，乃带着力士数名，策马驰入，行至宫门，见宫中没甚动静，方敢下马趋进，大踏步上了殿阶。阶前只有数妇，阻住力士，不准随入。怀义见殿阶上下，止立妇人数名，料想没有他变，放心入殿。不意背后突遭一击，痛得眼花缭乱，跌倒殿中，才呻吟了一声，已被众妇人揿住，用着最粗的铁链，捆缚起来，再把木丸塞入怀义口中，令不得言。怀义尚望徒众入救，杀猪似的狂喊，谁知武攸宁已指麾健卒，拥出阶前，一阵乱斫，将怀义的随身护符，杀得精光，乘势入诛怀义，刀光一闪，了结性命。当将尸骸拖出，掷入火堆，剩得几根烬余残骨，送入白马寺，压置塔下。小子有诗叹道：

淫僧敢自乱宫闱，况复骄横肆毒威。
粉骨非真能蔽罪，徒留秽史付人讥。

怀义既诛，太平公主遂荐引一个妙年郎君，入为武氏的男妃。欲知此人为谁，容至下回再表。

本回以安金藏薛怀义为主脑，而外此各事，随笔穿插，无断续痕，此由阅史时独具眼光，见得当时事实，俱属相因，因甲得乙，因乙得丙，因丙得丁，彼此关连，自然绾合耳。其所以用安金藏僧怀义为主脑者，表金藏之忠，暴怀义之恶也。武承嗣欲夺储位，累谮豫王，盈廷大臣，不闻代白，安金藏一乐工耳，独能剖心明信，为豫王辨白冤诬，此其忠为何如乎？怀义秽乱宫闱，横行不法，虽由武氏之溺情床闼，纵令骄淫，而怀义恃势作威，肆无忌惮，开无遮会以污妇女，火明堂以泄私仇，此其恶为何如乎？表之暴之，为后世示劝惩，此正维持风教之苦心也。余事多见细评，不必赘述云。

第三十四回　累次发兵才平叛酋
借端详梦迭献忠忱

却说太平公主，引入少年，陪伴武氏，这人姓张名昌宗，系故太子少傅张行成族孙。昌宗有兄易之，曾袭荫居官，累迁尚乘奉御，兄弟皆丰姿秀美，通晓音律。昌宗年仅及冠，更生得眉目清扬，身材俊雅，太平公主先为说项，引得武氏动情，然后召入昌宗，衣以轻绡，傅以朱粉，浴兰芳，含鸡舌，送入武氏宫中。武氏瞧入眼中，早已十分中意，一经侍寝，说不尽的旖旎，描不完的缠绵，薛怀义无此风情，沈南璆亦惭形秽。武氏生平，从未经过这般酣艳，此番天缘相凑，幸得这个妙人儿，遂不禁百体皆酥，五中俱快，绸缪竟夕，尚觉是欢娱夜短，恋恋情深。艳语不涉猥亵。昌宗暗想，这个老淫妪，真是天下尤物，居然能通宵达旦，极乐不疲，自己还恐招架不住，遂把乃兄易之，亦推荐上去。武氏谓恐一时无两，昌宗道："臣兄材力过臣，且善炼药石，陛下若召来一试，便觉臣言非虚哩。"棣萼多情，却也难得。武氏允诺，次日即召幸易之，果然枕席工夫，比乃弟尤为进步，不过柔情媚骨，似觉稍逊一筹，武氏各有取材，也与他彻夜交欢，越宿起床视朝，即封昌宗为云麾将军，武氏专封情夫为将军。岂因他肉战胜人吗？易之为司卫少卿，特赐甲第，并给奴婢橐驼牛马等物，外加美锦五百匹。嗣是二张轮流进御，大得武氏欢心，宠遇无比。晋授昌宗为银青光禄大夫，追赠二张父希爽为襄州刺史，母韦氏臧氏，并封太夫人。臧氏系昌宗生母，年逾四十，姿色未衰，有是子应有是母。平时尝有外遇，尚书李迥秀与她有私，武氏竟许为情夫，准他来往。推己及人，好算是特别仁恩。二张权力日增，不到一旬，已是门无隙地，威震京都。诸武兄弟及宗楚客等，争谒门墙，伺候颜色，甚至亲与执鞭，非常羡慕，号易之为五郎，昌宗为六郎。

唯自怀义死后，天堂明堂，仍然派人督造，越年乃成，规模比前时稍狭，华丽不减当初，易名为通天宫，又改元为万寿通天。即嗣圣十三年。武氏方铺张扬厉，粉饰太平，祀南郊，封中岳，去越古慈氏诸号，改称天册金轮大圣皇帝，赐酺十日，举国若狂，不料东北警报，陆续前来，转令武氏无暇行乐，只好遣将调兵，出御朔方。原来营州北境，向有东胡种落，作为窟穴，渐渐的生齿日蕃，分设奚及契丹二部。突厥勃兴，契丹臣附突厥，奚亦间通贡使。至唐武德年间，突厥渐衰，契丹酋长孙敖曹，乃叩关入朝。太宗时威振四夷，契丹别帅窟哥，及奚帅可度者，并率部众，内附唐廷，就契丹部置松漠府，即授窟哥为都督。奚地置饶乐府，即授可度者为都督，均赐姓李氏。太宗伐高丽，尝发奚契丹兵从军。高宗显庆时，窟哥可度者皆死，奚与契丹连叛，由定襄都督阿史德枢宾等，次第讨平，仍然臣服。至万岁通天元年，营州都督赵文翙，残酷不仁，虐待契丹部众，于是松漠都督李尽忠，及归诚州刺史孙万荣，共举兵攻陷营州，杀死文翙，尽忠即窟哥孙，自称无上可汗，万荣即敖曹孙，为尽忠先锋，纵兵四掠，所向残破。武氏闻警，亟遣左鹰扬卫大将军曹仁师，右金吾卫大将军张玄遇，左威卫大将军李多祚，司农少卿麻仁节等，率兵往讨，并命梁王武三思为榆关道安抚大使，纳言姚琦为副，陆续出都。改李尽忠名为李尽灭，孙万荣名为孙万斩。武氏专改他人姓名，不脱妇人咒诅习气。

曹仁师等行至幽州，遇有唐兵自营州逃回，报称前为虏寇，被絷地牢，今闻王师大至，寇已乏食，所以放还。契丹果真乏食，何妨杀死俘囚。乃无故释还，显是有诈。张玄遇麻仁节两人，急欲争功，带领部兵，兼程前进，驰至黄獐谷，又有许多老弱番兵，前来迎降，面目都含饥色。又是一个诈降计。两将益以为寇兵乏粮，正好一鼓荡平，便驱兵深入。但见沿途一带，羸牛瘦马，或立或卧，越觉贪功心炽，一口气跑至西硖石谷，这西硖石的地方，最称险阻，两旁山峦层叠，林箐纵横，真个是行军绝路，未便轻进。两将也不管利害，见路即行，适值夕阳西下，天气阴沉，仄径羊肠，苍茫莫辨，还是不肯住脚，闯将进去。忽听得号炮一声，胡哨四起，大众才有些慌忙，免不得东张西望，哪知番众突出，四面杀来，急切里无从退回，已觉叫苦不迭。偏契丹兵逐队拥上，统是骁悍的步卒，前队是长枪兵，专戮面部，后队系挠索兵，专绊马足。唐军都是骑士，上下不能两顾，顿时人仰马翻，不是被杀，就是被擒。玄遇仁节两将，措手不及，也被绊马索绊倒，一并擒去。契丹将孙万荣，搜得两将兵印，即诈为文牒，遣报曹仁师各军，说是官军大胜，仁师部将燕匪石宗怀昌等，乐得前去分功，因兼程疾进，不遑寝食，正走得人困马乏，又被契丹伏兵，左右邀击，害得全军覆没，无一生还。明明自去寻死。

败报驰达东都，武氏再遣同州刺史建安王武攸宜，为清边道大总管，出讨契丹，且募全国系囚，及士庶家奴，有力从军，悉令调发。攸宜未曾出境，万荣已进兵崇州，凉州都督许钦明兄钦寂，为龙山军讨击副使，逆战失利，致为所擒，万荣移兵围安东，令钦寂招降安东都护裴玄珪，钦寂佯为应诺。及至城下，呼玄珪与语道："狂贼不道，必遭天殃，灭亡便在目前，公宜厉兵坚守，毋失忠节。"万荣大怒，将他杀毙，即督兵攻城。城上矢石如雨，才行退去。钦寂弟钦明，也为突厥所虏，后亦殉难，时人称为二忠。既而突厥默啜可汗，表请和亲，愿率部众助讨契丹。亦非善意。武氏遂遣豹韬卫大将军阎知微，左卫郎将署司宾卿田归道，赍册授默啜为迁善可汗，兼左卫大将军。默啜出袭松漠，适值尽忠惊死，万荣外出，被默啜乘隙掩入，把尽忠万荣的妻子，及所有辎重，尽行掳去。万荣无家可归，索性专寇唐境，攻陷冀州，杀刺史陆宝积，屠吏民数千人，再驱众攻瀛州，河北震动。魏州刺史独孤思庄，胆小如鼷，悉驱城外居民，入城守卫，一面飞表乞援。武氏知他怯懦，乃起彭泽令狄仁杰，往代思庄。仁杰遭贬，见三十二回。仁杰抵任，遣民归农，且与语道："距寇尚远，何必仓皇。万一寇至，我也自能支持，不劳百姓。"大众拜谢，欢跃而去。

唐廷再命夏官尚书王孝杰，羽林卫将军苏宏晖，统师十七万，往击孙万荣。行至东峡石谷，正遇契丹前锋，立即与战。契丹兵略略交锋，便即引去。又是诈计。孝杰纵兵追击，宏晖继进，途中七高八下，崎岖难行，前面适有一大岭，两旁峭壁悬绝。孝杰策马先登，不防契丹兵回扑转来，势如猛虎，所当辄靡。岭上喊声连天，宏晖尚在岭下，竟不管孝杰死活，马上返奔，剩得孝杰孤军，也是立足不住，纷纷散乱。孝杰被番众一挤，堕崖身死，余众亦多半伤亡，逃脱的没有几人。唐军又败。武攸宜方至渔阳，闻孝杰败死，吓得魂魄飞扬，不敢前进。万荣遂进屠幽州，分兵陷瀛州属县，大掠而南。孝杰记室张说，飞马回奏，武氏也觉惶急起来，更用右金吾卫大将军武懿宗为行军大总管，与右豹韬卫将军何迦密，出师援应。诸武只能残害朝臣，不能击走胡虏，武氏专信母族，安得不败。接连又命御史大夫同平章事娄师德，为清边道大总管，右武威卫大将军沙咤忠义，为清边中道前军总管，统兵二十万，即日北行。懿宗军至赵州，闻契丹兵将到冀州，便欲南遁，将士请坚壁清野，为疲贼计。懿宗不从，遽退还相州，沿途抛弃军械，不可胜计。万荣复进掠冀州，入屠赵州。

先是万荣破王孝杰时，曾在柳城西北四百里，依险筑城，留住老弱妇女，及器械辎重，留妹夫乙冤羽居守。突厥默啜可汗，探悉情形，又发兵潜往，突入新城，掳住乙冤羽，便把全城蓄积，悉数取归。嗣复故意将乙冤羽纵去，令报万荣。万荣已狡，默啜尤狡。万荣方招诱奚部，夹攻唐军，气焰很是鸱张。偏由乙冤羽驰报，新城失守，害得神色沮丧，寝食不安，那部众的眷属，都在新城，一闻陷没，个个恟惧，皆无斗志。奚部兵士，见他这般情状，料知不能胜唐，也有变心。唐神兵道总兵杨宏基，及清边道前军副总管张九节，侦知底细，便与奚人结了密约，夹击万荣，里应外合，前犄后角，立将万荣军捣破，杀得血肉模糊，万荣只率轻骑数千名，夺了一条血路，落荒东走。张九节从间道驰出，截击万荣去路，万荣进退两难，回马斜奔，趋至洛水东岸，手下已是散尽，止剩家奴数人，乃下马憩息，凄然长叹道："今欲归唐，罪大难容，归突厥亦死，归新罗亦死，奈何奈何？"言未已，那头颅已应声坠下。看官欲问何人下手？当然是他的家奴。奴持首献唐军。还有万荣骁将李楷固何务整，亦至幽州求降。时狄仁杰已升任幽州都督，好言抚慰，送往东都，并安抚河北百姓，不妄戮一人。独武懿宗所至残酷，遇有难民自拔来归，多指为贼党，刳心剖胆，穷极惨状；及班师还朝，且奏言河北从贼诸民，应悉数夷族。左拾遗王求礼在侧，奋然出奏道："小民素无武备，力不胜贼，只好暂时屈从，本意何尝欲反。懿宗拥强兵数十万，望风退走，以至贼徒滋蔓。今贼幸告平，反欲移罪草野，尽加屠戮，试思自己不忠，怎能责人？臣请先斩懿宗，以谢河北百姓！"快哉快哉！我应浮一大白。懿宗无词可辩。

武氏乃下制大赦，改万岁通天二年为神功元年，且因默啜有功，复令阎知微田归道同使突厥，册默啜为特进颉跌利施大单于，立功报国可汗。知微见了默啜，舞蹈三呼，似对着武氏一般，甚至吮他靴鼻，归道独长揖不拜。一佞一直，相去何如。默啜以归道无礼，拘住不遣，但令知微南归，求允婚约，并乞给还六州降户，及单于都护地。此外尚有谷种彩帛农器铁等件，亦在要素项中。知微唯唯从命，返见武氏，请允所求。武氏道："前时突厥降众，曾分居丰胜灵夏朔代六州，目前户口蕃息，差不多有数千帐了。单于都护府地，由先朝百战得来，奈何轻许？就是谷帛等物，亦应酌量赐给，不宜多与。"凤阁侍郎李峤，从容接口道："陛下圣见甚明，突厥所求，断难轻许。臣思戎狄无亲，贪利寡信，若骤允所请，便所谓借寇兵，赍盗粮了，不如严兵阨守，以绝狡谋。"说至此，又有两人进言道："欲取姑予，也是对外的良策，况默啜为国立功，正应羁縻勿绝。归道又被他留质，若一律拒斥，彼必戕我天使，发兵寇边，契丹余党，均为所用，恐边境又无宁日了。"武氏视之，乃是纳言姚琦，及鸾台侍郎杨再思，当下沉吟半晌，方徐徐答道："二卿所言亦是，朕当酌给便了。"越宿下制，竟拨还六州降户数千帐，并给谷种四万斛，杂彩五万段，农器三千具，铁四万斤。且指令默啜女为亲王妃，约期亲迎。唯单于都护府地，未曾提及，此制颁到突厥，默啜乃遣还归道。归道入朝，与阎知微争论廷前，知微谓和亲可恃，归道谓和亲不可恃。武氏有左袒知微意，归道叹息而出。武承嗣子淮阳王延秀，年少翩翩，尚未娶妻，武氏令娶默啜女为妃，约于来岁行亲迎礼。预备金帛亿万，作为聘仪，届期乃发。

承嗣老且渔色，罗致美女，充入后房。右司郎中乔知之，有妾名碧玉，秀艳绝伦，通文字，善歌舞，知之非常宠爱，视若奇珍，偏被承嗣闻知，竟令女媪至知之宅，佯言由姬妾所遣，邀碧玉往教妆梳。知之不好拒绝，只得令碧玉赴承嗣第。一去数日，未见回来。知之一再探问，均被门吏所阻，且加以讥笑，气得知之无法可施，归作《绿珠怨》一首，令女仆辗转投递，方得缴与碧玉。碧玉正为承嗣所逼，勉强羁留，既得知之来笺，立即展览，词云：

石家金谷重新声，明珠十斛买娉婷。此日可怜偏如许，此时歌舞得人情。君家闺阁不曾观，好将歌舞借人看。意气雄豪非分理，骄矜势力横相干。辞君去君终不忍，徒劳掩袂伤铅粉。百代离恨在高楼，一代红颜为君尽。

碧玉览毕，暗暗泣下，明知诗中寓意，叫她自尽，遂将诗系裙带间，拼了一命，往投井中。不愧绿珠。及承嗣令人抢救，已是无及，徒捞得一个芳骸，不能复活，唯裙带间诗迹尚留，由承嗣检视，知是知之所贻，遂讽酷吏罗告知之，把他下狱处死，籍没全家。不意石崇之后，复有乔知之。自时李昭德来俊臣两人，均已起用，昭德入为监察御史，俊臣入为司仆少卿，两人俱不改旧性，一个是锋芒未敛，一个是暴纵自如。明堂尉吉项，闻箕州刺史刘思礼，与洛州录事参军綦连耀，阴结朝士，谋为不轨，遂入白俊臣。俊臣令上书告变，武氏即使武懿宗穷治，辗转牵连，杀死同平章事李元素孙元亨等三十六人，亲旧连坐，或贬或窜，多至千余家。俊臣欲专为己功，复罗告吉项，亏得吉项入诉武氏，自陈心迹，才得免祸。俊臣又复得宠，也百计钩致美姝，甚至矫敕夺人妻女，诸武本与他有旧，任他所为，此外无人敢捋虎须。独李昭德素来嫉视，拟罗列俊臣罪恶，痛奏一本。奏尚未上，俊臣已诬他谋反，先被下狱。自是俊臣愈加恣肆，自言才比石勒，阴蓄异图，意欲将皇嗣庐陵王太平公主，及武承嗣三思以下诸王，一古脑儿列入反案，统行捽去，好教他独揽朝纲。古人说得好，“众怒难犯，专欲难成。”俊臣想把满朝权贵，一并陷死，难道别人果没有知觉，受他侮弄么！当下由诸武及太平公主，共发俊臣罪状，也将他拘系狱中。刑官严讯得实，请立处极刑。奏上三日不报。吉项已升任中丞，从武氏游苑中，代为执辔，武氏问及外事，项答道：“外人唯怪陛下不杀来俊臣。”武氏道：“俊臣有功国家，朕不忍遽置死地。”项又答道：“俊臣诬杀忠良，罪恶如山，乃是国家的大蠹，若处他死刑，外人必称陛下圣明，陛下奈何尚惜此贼哩。”武氏点首，及回宫后，竟批令昭德俊臣，一并弃市，时人都为昭德呼冤，为俊臣称快。俊臣受诛，仇家皆抉目摘肝，剖心割肉，顷刻即尽。道旁争相贺道：“从今以后，夜间始得安眠了。”世人亦何苦为酷吏。

武氏自俊臣死后，也悔从前听信蜚言，杀人过甚，乃进徐有功为殿中侍御史，擢姚元崇为夏官侍郎，召魏元忠为肃政中丞，并征狄仁杰为鸾台侍郎，同平章事，愁霾阴气，渐渐销融。

唯武承嗣三思等，尚谋夺储位，屡次营求，狄仁杰尝以为忧，苦未得言。越年，复改元圣潜，即嗣圣十五年，是年中宗还宫。武氏为三思所惑，欲立他为太子，乘着酺宴期内，召问相臣。众莫敢对，独仁杰从容奏陈道："从前太宗皇帝，栉风沐雨，手定天下，传诸子孙，先帝以二子托陛下，陛下今乃欲移归他族，恐先灵未惬，反启危机。且姑侄与母子，孰亲孰疏？陛下立子，千秋万岁后，配食太庙，倘或立侄，臣未闻有祔姑宗庙呢。"武氏道："这是朕的家事，卿不必预闻。"你也学李勣语么？仁杰道："天子以四海为家，四海以内，何一非陛下家事？况元首股肱，义同一体，臣备位宰相，怎得不预闻呢？"武氏道："据卿说来，仍立豫王为是。"仁杰复道："弟不可先兄，庐陵王并无大过，应该召还庐陵，待庐陵百年后，兄终弟及，未始不可。"武氏稍稍感悟，总还踌躇未决。是夕，梦见鹦鹉飞入，自折两翼，醒来甚觉奇异。曾与二张同梦否？翌晨临朝，顾语仁杰道："朕昨梦大鹦鹉，两翼皆折，这是何兆？"仁杰道："陛下姓武，鹦鹉就是寓音，两翼便是两子，陛下将二子保全，两翼自然复振了。"借梦讽谏，可谓善言。武氏不觉称善，乃把册立诸武意，搁起不提。

二张兄弟，与吉顼友善，常相过从，顼从容进言道："公兄弟贵宠逾恒，天下侧目，不立大功，恐难自全。"二人惶恐问计，顼遂答道："天下未忘唐德，都想迎立庐陵王，主上春秋日高，大统总须付托。武氏诸王，非所属意，公等何不劝立庐陵？既慰众望，且建巨勋，不但可以免祸，并且可长保富贵了。"二张齐声道："敬受明教！"嗣是入宫值班，与武氏喁喁私语时，即以顼言为请。床头语容易动人，遂令武氏幡然变计，决拟召还庐陵王。小子有诗咏道：

敢将嗣主锢房州，十四年来久被幽。
幸有良臣图反正，从容数语脱羁囚。

究竟庐陵王是否还都，容待下回说明。

契丹入寇，武氏三次出师，迭用诸武为统帅，武三思偷安榆关，武攸宜逗留渔阳，武懿宗退保相州，无一有用材。卒至塞外丧师，至再至三，乃徒改万荣为万斩，尽忠为尽灭，犬鸡之谊，何当挞伐。彼尽忠之死，万荣之诛，亦赖天心之不欲绝唐，而因出一默啜以牵制之耳。岂武氏之威灵乎哉？武氏知诸武之无用，固未敢易嗣，而来俊臣之恶贯满盈，自速其死，酷吏去而贤臣进，然后唐室方有转机，鹦鹉入梦，讽谏有人，狄公以外，复有吉顼，天之有意扶唐，于此益见。故本回事迹，乃反周为唐之一大关键也。

第三十五回　默啜汗悔婚入寇
狄梁公尽职归天

却说武氏用二张言，乃遣职方员外郎徐彦伯等，召庐陵王哲至东都。庐陵王与韦妃诸子，一并诣阙，入朝武氏。武氏留居宫中，佯称为他疗疾。狄仁杰因事涉诡秘，尚觉怀忧，进入宫求见，武氏与语庐陵王事。仁杰道："陛下既召还庐陵王，何故未得一见？"武氏道："卿尚疑朕么？"随即呼庐陵王出幄。仁杰审视果确，才下拜顿首道："王已还宫，人未曾晓，怪不得议论纷纷，还疑是假了。"武氏乃令庐陵王出舍龙门，备礼迎还，中外大悦。武承嗣以计划失败，郁郁不乐，竟至成疾。次子延秀，因武氏指婚胡女，亲迎届期，不得不遣往突厥。武氏复令阎知微署春官尚书，与署司宾卿杨齐庄，赍金万两，帛万匹，偕延秀同行。凤阁舍人张柬之入谏道："自古到今，未有中国亲王，娶夷狄女，还请陛下详察！"武氏不省，且出柬之为合州刺史。至延秀到突厥南庭，承嗣已一命呜呼，长子延基袭爵，本应称为嗣魏王，武氏因犯承嗣讳，特改号继魏王。二名不偏讳，武氏改嗣为继，全然是宦官宫妾丑态。承嗣早死数年，还算幸事。突厥可汗默啜，闻延秀到来，先召入阎知微。知微即将礼单奉呈，由默啜验收毕。默啜竟变色道："我女应配李氏，奈何来一武家儿？我突厥世受李氏恩，闻李氏尽被屠灭，只有两子尚在，我将发兵辅立，俟得正位，送女未迟。"金帛已收，女却不嫁，还要说出绝大道理，令人拍案叫绝。这一席话，说得知微面色如土，不由的跪下叩头，吁请如约。你说和亲可恃，究竟靠得住否？默啜笑道："汝何必多虑，尽管留居我国，我便许汝为南面可汗，可好么？”知微听得“可汗”二字，又不觉喜出望外，拜谢而起。默啜叱令左右，将延秀拘住，不准入见，且写了一封责问书，遣杨齐庄折还。武氏正静待和亲消息，忽由齐庄返谒，报称突厥悔婚状，且呈上来书。武氏一瞧，不禁大怒，看官道他书中写着何语？乃是数武氏五大罪，列述如下：

（一）是前时所给谷种，俱系蒸熟，布种不生。（二）是金银器多系伪劣，并非真物。（三）是突厥可汗，曾赏给中使等绯紫，俱被武氏剥夺。（四）是彩帛统系疏恶。（五）是突厥可汗贵女，当嫁天子儿，武氏小姓，门户不敌，休得妄想结婚。

最后结语，乃是进取河北，南下勤王，将反周为唐等情。气得武氏这张粉脸，青一块，红一块，几乎象个黑煞红神。当下派司属卿武重规为天兵中道大总管，又是一个武家儿。右武卫将军沙咤忠义为天兵西道总管，幽州都督张仁亶为天兵东道总管，统军三十万，出征突厥。再遣左羽林大将军阎敬容李多祚，为天兵西道后军总管，将兵十五万为后援。各军依次出发，渡河北进。

默啜已自率十万骑，南向击静难平狄清夷等军。静难军使慕容玄崱，迎降默啜。默啜遂入围妫檀等州，又分兵攻陷定州，杀刺史孙彦高，及吏民数千人，再进兵赵州。刺史高睿与妻秦氏，募集吏民，及所有家奴，执械守城。默啜见刀兵森列，旗帜严明，倒也不敢轻攻，乃令阎知微至城下招降。知微一面招谕守吏，一面与番众交手蹋歌，示欢乐状。守将陈令英登城俯语道：“尚书位任非轻，乃供虏役使，且与虏蹋歌，得勿知愧否？”知微道：“人生但求行乐，何必拘拘名节。我教你等出降，便是此意。”全无心肝。高睿也在城楼，即用箭射知微，知微慌忙引退，回报默啜。默啜即引兵围城，高睿夫妇，日夕巡守，不敢少懈。偏长史唐波若，潜为敌应，引入虏兵。也想去蹋虏歌么？虏众纷纷登城，睿与秦氏，知不可守，仰药待死。经虏众舁见默啜，默啜示以紫袍金狮子带，且与语道：“降我赐汝官，否即就死。”睿还顾秦氏。秦氏道：“酬报国恩，正在今日。”说了两语，便即闭目待死，睿亦不发一词，越宿俱为虏所杀。夫妇尽忠，完名全节，后来朝廷赐谥曰节，追赠睿为冬官尚书。不没忠臣不没烈妇。

赵州被陷，吏民非死即降。默啜又入攻相州，寇势益炽。武氏改号默啜为斩啜，不忘故智。悬赏购斩啜头，许封王爵。调任沙吒忠义为河北道前军总管，李多祚为后军总管，往援相州。一面立庐陵王为皇太子，复名为显，赐姓武氏，命为河北道元帅，出御突厥。改封豫王旦为相王，领太子右卫率。先是突厥启衅，大兵迭发，都城因募民为兵，月余不满千人。及太子为元帅，应募日众，不到三五日，即数满五万人。太子乃自请出师，武氏不许，但命狄仁杰为副元帅，令代行元帅事，率军北征。武氏亲饯都门，仁杰拜命而去。途次迭接军报，乃是默啜大掠赵定二州，得男女八九万口，悉数坑死，取金帛北归。仁杰忙檄各道兵追剿，自己也督领十万骑，倍道疾趋，到了赵州境外，不见一虏，就是各道人马，也没有一兵一卒到来，乃长叹数声，回驻赵州。

未几，奉制为河北道安抚大使。仁杰疏请曲赦河北诸州，一无所问。幸得武氏批准，乃招抚百姓，凡经突厥驱掠等人，悉令递还原籍。散粮施赈，修驿通师，自食蔬粝，严禁部兵侵扰百姓，河北复安。阎知微由突厥纵还，武氏命磔死天津桥，夷他三族。蹋歌之乐何如？乃制令各道班师，并召还仁杰，改授内史。武氏复得改忧为喜，行乐深宫。事有凑巧，那吐蕃将赞婆弓仁，俱率部众来降。武氏大喜，忙令羽林军飞骑往迎。原来吐蕃自钦陵为相，威行四方，钦陵居中秉政，子弟出握兵权，内外相维，强盛了二十余年。回应二十八回。武氏临朝，曾屡次发兵往讨，迄无成功。惟长寿元年，由西州都督唐休璟，及左武卫大将军阿史那忠节等，破吐蕃兵，夺还龟兹于阗疏勒碎叶四镇，仍置安西都护府，发兵驻守。钦陵又常入寇，与守兵相争，互有胜负。万岁通天元年，又遣使求和，请罢安西四镇戍兵，并乞分突厥十姓地。当由武氏派通泉尉郭元振，与议和约。元振索还吐谷浑诸部，及青海故地，方得与突厥五姓相易。钦陵不从，彼此相持不决，几成悬案。会吐蕃赞普器弩悉弄，年已寖长，因患钦陵擅权，密与大臣论岩等，谋除钦陵。可巧钦陵外出，器弩悉弄托词游猎，号召兵士，掩捕钦陵亲党，得二千余人，一并杀死。又遣使召还钦陵兄弟，钦陵闻变，抗命不受。器弩悉弄自引兵往讨，钦陵兵溃自杀。钦陵弟赞婆，素守东方，钦陵子弓仁，曾统辖吐谷浑七千余帐，至是同来款塞，情愿投诚。既得中使礼迎，遂欢天喜地的入朝晋谒。武氏面授赞婆为辅国大将军，兼归德郡王，弓仁为左羽林大将军，兼安国公，皆赐铁券。赞婆愿为中国戍边，乃更授右卫大将军，令即率部众戍河源谷。才经年余，赞婆病死，追赠安西大都护，另遣御史大夫魏元忠，为陇右诸军大总管，率同陇右大使唐休璟，严备吐蕃。适值吐蕃将麹莽布支，入寇凉州，休璟邀击洪源谷，披甲陷阵，六战皆克，斩首二千级，莽布支遁去，休璟凯旋。

还有一种可喜的事情，也是同时奏报。先是契丹降将李楷固骆务整，由狄仁杰解送东都，廷臣以连番出兵，将士多为二人所伤，拟处置极刑，以慰冤魂。武氏却也踌躇，命将二人系狱待决。应前回。会召仁杰还朝，问及二人处置。仁杰奏道："楷固务整，骁勇绝伦，他能为契丹尽力，也必能为我效忠，但请加恩抚驭，不患不转为我用。"武氏乃命将二人赦罪。仁杰复请给官阶，因再加楷固为左玉钤卫大将军，务整为右武威卫大将军，令出剿契丹余党。二将同往朔漠，捕得余党多人，还都献俘。武氏受俘含枢殿，改元久视，擢两人为大将军，且封楷固为燕国公，赐姓武氏。大集群臣，入殿赐宴。武氏亲举觞赐仁杰道："事出卿力，卿可尽此一觞。"仁杰受饮毕，且奏道："这是陛下威灵，将帅尽力，臣有何功可言？"武氏嘉他谦让，欲加厚赐，仁杰固辞，才算罢议。吐蕃契丹事，皆随突厥事带叙，此即属辞比事之法。

但是仁杰入相，也非全出武氏明鉴，追溯由来，实是纳言娄师德所荐引，仁杰未曾知晓。自与师德同列朝班，尝挤令出外，因此师德出讨契丹，事平归来，见前回。即外调为陇右诸军大使，管领屯田事宜，继复调任并州长史，兼天兵道大总管。仁杰有时入商政务，武氏颇称师德知人，仁杰独奏道："臣尝与他同僚，未尝闻他知人呢。"贤如狄梁公，尚不能无私意。武氏微笑道："朕得用卿，实由师德推荐。师德能荐卿，难道不得为知人么？"仁杰不觉怀惭，及退，语同列道："娄公盛德，我为所容，今日才得知觉，未免愧对娄公呢。"嗣是仁杰记在心中，仍欲引与共事。偏师德年已七十，竟病殁会州。师德字宗仁，郑州原武人。身长八尺，方口博唇，生平与人无争，遇事辄让。尝因弟出守代州，教他耐事，弟谓："遇人唾面，由自己舐干，总好算是忍耐。"师德道："唾面须待自干，若必欲拭净，尚是违拂人意呢。"时人闻言，皆服他器量。师德自高宗上元初年间，入任监察御史，至武氏圣历二年乃殁，相距几三十年，这三十年间，大狱屡兴，罗织不绝，独师德与世无忤，从未殃及。出为将，入为相，以功名终身，这就是他器宇深沉的好处。唾面自干之言，正适用于当日，否则亦未免有误。相传袁天纲子客师，传习父业，相术亦多奇中。尝与友渡江，登舟后，偏视舟中诸人，鼻下皆有黑气，拟挈友返岸，忽见一伟丈夫神色高朗，负担前来，便即登船，因私语同伴道："贵人在此，我辈可无忧了。"及舟至中流，风涛迭起，终得达岸。客师问伟丈夫姓名，答称"娄师德"三字。这时候的娄师德，尚未贵显，客师已目为贵人，照此看来，人生安危，关系命相，亦未可知。述及轶闻，无非因师德为当时贤相，故不惮烦词。师德死后，得追赠幽州都督，予谥曰贞，这且按下。

且说武氏愈老愈淫，逐日召幸二张，尚嫌未足，乃更广选美少年，入内供奉，创设控鹤监丞主簿等官，位置私人，另择才人学士，作为陪选，掩人耳目。于是用司卫卿张易之为控鹤监，银青光禄大夫张昌宗，左台中丞吉顼，殿中监田归道，夏官尚书李迥秀，凤阁舍人薛稷，正谏大夫员半千，均为控鹤监内供奉。半千奏言："古无此官，且所聚多轻薄士，不如撤消。"看官！你想这武氏正爱他轻薄，肯信他的说话么？当下将他调出，令为水部郎中。武氏除视朝听政外，日夕与这班供奉官，饮博为乐。易之昌宗，更仗着武氏宠幸，谑浪笑敖，无所不至。太平公主及驸马武攸暨，亦混作一淘儿，混情嬉戏。武氏且召入太子相王，也教他脱略形迹，相聚为欢。嗣又替他想出一法，令太子相王太平公主，与武攸暨张易之昌宗等，订一盟约，誓不相负，并祭告天地明堂，把誓文镌入铁券，留藏史馆。嗣是彼此莫逆，越闹得一塌糊涂。还有一个上官婉儿，系故西台侍郎上官仪孙女，仪被诬死，家族籍没。见前文。婉儿生未及期，与母郑氏同没入掖庭。及年至二七，妖冶艳丽，独出冠时，更且天生聪秀，过目成诵，所作文艺，下笔千言，好似平日构成，不假思索，因此才名大噪。唐宫中何多尤物？武氏召她入见，当面命题试文。婉儿一挥即就，呈将上去。经武氏瞧了一周，果然是珠圆玉润，调叶声和，尤喜那书法秀媚，格仿簪花，不由的极口称许，因即留住左右，命掌诏命。自万岁通天以后，所下制诰，多出婉儿手笔。武氏倚为心腹，甚至与昌宗交欢，世不避忌。婉儿情窦初开，免不得被他引动，更兼昌宗姿容秀美，尤觉得欲火难熬，一日，与昌宗私相调谑，被武氏瞧着，竟拔取金刀，插入婉儿前髻，伤及左额，且怒目道："汝敢近我禁脔，罪当处死。"亏得昌宗替她跪求，才得赦免。婉儿传中，只载婉儿忤旨，控鹤监，秘记中详叙其事，唯语太秽亵，特节录之。婉儿因额有伤痕，常戴花钿，益形娇媚，嗣是不敢亲近昌宗。唯深宫曲宴，仍未尝一日相离。可笑那腐气腾腾的王及善，由刺史进任内史，竟劾奏二张侍宴，失人臣礼，当由武氏调文昌左相，名为优待，实是疏忌。中丞吉顼，尝嫉视武懿宗，说他退走相州，毫无胆力。懿宗忍耐不住，与顼相争，武氏出为调解，顼尚断断不休，惹得武氏动怒起来，勃然道："顼在朕前，尚轻视我宗，他日还当了得么？从前太宗皇帝，有马名狮子骢，性暴难驯，朕尚为宫女，从旁进言道：'妾能制服此马，唯须用三物，一铁鞭，二铁挝，三匕首。'太宗尝称朕胆壮，今日倔强如汝，亦岂欲污朕匕首么？"妇道尚柔，武氏犹自鸣得意，亦思太宗若明妇道，宁令汝横行至此？顼听了此言，不觉汗下，拜伏求生。武氏方才色霁，叱令退出。诸武遂谮顼弟倚势冒官，顼竟坐贬为固安尉。陛辞时得蒙召见，顼顿首道："臣永辞阙廷，愿陈一言。"武氏问他何语？顼答道："合水土为泥，有无冲突。"武氏道："有什么冲突。"项又道："分半为佛，半为天尊，有冲突否？"武氏道："这却难免。"项复道："宗室外戚，各有阶级，庶内外咸安，今太子已立，外戚尚封王如旧，他日能勿冲突么？"武氏道："朕亦想念及此，但木已成舟，只好慢慢留意罢。"项乃拜辞道："但愿陛下留意，天下幸甚。"言已自去。左监门卫长史侯祥，因吉顼撤差，丐求补缺，百计钻营，尚未见效。武氏又改控鹤监为奉宸府，更增选美少年供差。右补阙朱敬则上疏奏阻，略云：

> 陛下内宠，有张易之昌宗足矣。近闻长史侯祥等，明自媒衒，丑慢不耻，求为奉宸府供奉，无礼无义，溢于朝听，臣职司谏诤，不敢不奏。

这奏上后，同官都替他捏一把冷汗，偏武氏嘉他直言，竟赐彩缎百端。意欲笼络敬则，所以加赐。唯宫中追欢取乐，仍然如故。武三思且奏言昌宗系王子晋后身，乃由武氏令著羽衣，吹风笙，骑一木鹤，往来庭中。文武都作诗赞美，恬不知羞。昌宗兄张同休，得入为司礼少卿，弟昌仪得为洛阳令，均倚势作威，势倾朝右。鸾台侍郎杨再思，谄事张氏，得入为内史，越觉献媚贡谀。当时竞誉昌宗，谓六郎面似莲花，再思独指为谬谈。昌宗问故，再思道："语实倒置，六郎岂似莲花？乃莲花似六郎呢。"昌宗也为解颐。

武氏年近古稀，也恐死期将近，乐得任情纵欲，再博几年欢娱，所有一切朝政，都委任这同平章事狄仁杰。独任狄公，是武氏聪明处。仁杰以复唐自任，对着武氏却婉言讽谏，屡把那切情切理的言语，徐徐引导，所以武氏也被感悟，目为忠诚。武氏尝谓仁杰道："朕欲得一佳士，秉枢机，究竟何人可用。"仁杰对道："文学如苏味道李峤等，皆一时选。但佐治有余，致治不足，必欲取卓荦奇才，莫若荆州长史张柬之。"武氏乃擢柬之为洛州司马。越数日，又问仁杰，仁杰道："前荐张柬之，尚未擢用。"武氏道："已迁任洛州了。"仁杰道："柬之有宰相才，不止一司马呢。"乃复擢为秋官侍郎。仁杰又尝荐夏官侍郎姚元崇，监察御史桓彦范，泰州刺史敬晖等数十人，后来皆为名臣。或语仁杰道："天下桃李，尽在公门。"仁杰道："荐贤为国，并非为私呢。"仁杰长子名光嗣，圣历初为司府丞，武氏令宰相各举尚书郎一人，仁杰竟以光嗣荐，乃晋拜地官员外郎，材足称职。武氏尝语仁杰道："晋祁奚内举得人，卿亦不愧祁奚了。"唯仁杰有卢氏堂姨，居桥南别墅，一子已长，未尝入都城。仁杰常有馈遗，每值休沐，必亲往问候，适见表弟挟着弓矢，携了雉兔，来归进膳，见仁杰在座，一揖即退，意甚轻简。仁杰因白姨母道："仁杰现已入相，表弟所愿何官，当为尽力。"姨笑道："宰相原是富贵，但我止生一子，不愿他服事女主呢。"高操出仁杰上，故特为表明。仁杰赧颜而退。久视元年九月，狄仁杰卒，年七十一。大书特书。武氏闻讣，不禁泣下道："朝堂自此无人，天夺我国老，未免太速呢。"乃追赠文昌右相，谥曰文惠。中宗复位，晋赚司空，睿宗朝又加封梁国公。小子有诗咏狄梁公道：

唐室垂亡赖转旋，满朝谁似狄公贤？
休言事女污臣节，名士原来贵达权。

仁杰殁后，应另有一番黜陟，待小子下回叙明。

武氏之威，只能行于朝廷，不能行于蛮夷，故契丹方平，突厥又炽，武氏欲和亲以羁縻之，而默啜谓我女须嫁李氏，安用武氏儿，反若名正言顺，无可指驳。

夷狄且有君，不如诸夏之亡，吾为唐室愧矣。当日者嬖幸擅权，盈廷芜秽，无一非武氏家奴，唯娄狄二公，以功名终，颇有重名，然娄师德只务圆融，不知大体，所差强人意者，唯狄仁杰一人。纲目于仁杰之殁，不系周字，明其始终为唐，未可以周臣视之。硕果仅遗，所关者大，本编于仁杰亦无贬词，宜哉！

第三十六回　证冤狱张说辨诬
诛淫竖中宗复位

却说狄仁杰已殁，他相如苏味道李峤陈元方等，均不逮仁杰。味道尝言人生处事，当模棱两可，不必过明，时人号他为苏模棱。峤徒有文名，当时上瑞石颂，称为皇符，贻讥人口。元方较为清谨，唯因细事不奏，忤武氏意，已经罢职。武氏乃悉心选择，另用数人，韦安石为同平章事，崔玄暐为天官侍郎，张嘉贞为监察御史，三人均有清操，为世所重。又都御史苏颋，覆按宿狱，平反多人，都下始乏冤囚。久视二年，仍用正月为岁首，改元大足，寻复改为长安。三月间雨雪数寸，苏味道称为瑞雪，率百官入贺，侍御史王求礼出阻道："三月雪为瑞雪，腊月雷可称瑞雷么？"一语驳倒。味道不从，及武氏视朝，即相率拜贺。求礼独昂然道："今阳和布令，草木发荣，天乃下雪为灾，怎得诬称瑞雪？臣见味道等阿谀取悦，均不值一辩呢。"武氏为之不欢，辍朝竟入。越数日，又有人献三足牛，味道又欲入贺。求礼扬言道："物反常为妖，牛本四足，如何缺一？这乃政教不行的现象呢。"味道乃止。

肃政中丞魏元忠，奉宸监丞郭元振，相继外调，控御突厥吐蕃。元忠出为萧关道大总管，转徙灵武道，驭军持重，寇不敢逼。元振出任凉州都督，择险加防，南境硖石置和戎城，北境碛石置白亭军，拓境千五百里，且命甘州刺史李汉通，开置屯田，兵食俱足，转饷无烦。突厥默啜可汗，无隙可乘，乃遣属吏莫贺干入朝，愿以女妻太子儿。武氏意在羁縻，归使许婚。默啜始释武延秀南还，边境少宁。魏元忠还任旧职，兼检校洛州长史，治事严明。洛阳令张昌仪，仗二兄势力，素不守法，每入长史衙听值，出入自由，至元忠莅任，屡加训斥。张易之家奴，暴乱都市，又由元忠逮捕，立毙杖下。二张挟恨遂深，武氏却进元忠同平章事，因此二张愈加侧目。岐州刺史张昌期，系易之弟，奉召为雍州刺史，复被元忠奏阻。元忠且面奏武氏谓："承乏宰相，不能尽忠死节，反令小人在侧，罪该万死。"看官试想！小人二字，明明是指斥二张，二张听了，哪有不贼胆心虚，恨上加恨。会武氏有疾，二张遂欲构陷元忠，司礼监高戬，尝侍太平公主，往来宫中，二张隐含醋意，乃诬称元忠与戬私议，谓："武氏年老，不若倚附太子，为永久计。"是语传达武氏，武氏大怒，竟命将元忠及戬，下狱待质。据此看来，二张与太平公主亦未免有暧昧情事。一面召太子相王，及诸宰相，使元忠与昌宗参对，两下争论未决。武氏疾已少愈，拟亲加面讯。昌宗欲引一证人，为必胜计，自思与凤阁舍人张说，颇为亲密，遂暗中嘱令作证，当以好官相酬。说当面允诺，不料为同僚宋璟所知，竟于临讯这一日，预待朝房。昌宗与元忠，两人入诉武氏前，又复辩论不休，昌宗谓："可问张说，彼亦闻元忠言。"武氏即召说入朝，将至朝门，兜头碰着宋璟。璟便与语道："名义至重，鬼神难欺，不可党邪陷正，自求苟免。就使得罪被窜，亦播荣名，万一不测，璟当叩阁力争，与君同死。万代瞻仰，在此一举。"元忠不死，赖有此言。侍御史张廷珪、左史刘知几两人，俱在璟侧，廷珪援朝闻道夕死可矣两语，勉励张说。知几亦加勉道："毋污青史，为子孙累。"说点头而入。

元忠见说进来，恐他证成冤狱，便呼道："张说欲与昌宗，共罗织魏元忠么？"说叱道："元忠为宰相，何乃效里巷小儿语？"说毕，便谒见武氏。武氏问及狱证，说尚未对，昌宗向说道："何不亟行奏明？"说奏道："陛下试看昌宗，在陛下前，尚逼臣如此，况在外面？臣实不闻元忠有是言。"阅至此，我为一快。昌宗遽厉声道："张说与魏元忠同反。"武氏顾昌宗道："你亦太信口诬人了。"昌宗道："臣不敢诬说，说尝称元忠为伊周。伊尹放太甲，周公摄王位，难道不是欲反么？"说正色道："易之兄弟，统是小人，徒闻伊周名，未识伊周法。日前元忠入相，自谓无功受宠，不胜惭惧。臣实语元忠道：'公居伊周职任，正可效忠。'伊尹周公，是千古忠臣，历代瞻仰，陛下用宰相，不使学伊周，将学何人？臣亦明知今日附昌宗，立取台衡，附元忠，反遭族灭，但鬼神难欺，名义至重，臣不敢诬证元忠，自取冤累。”我阅此，又为一快。武氏不便再问，半晌才语道：“张说反复小人，宜一并系治。”语毕，下座入内。说乃与元忠一同系狱。越日，独召说入问，说奏对如前。武氏再命宰相及武懿宗复讯，说仍执前言，矢口不移，正谏大夫朱敬则等，先后上疏，为元忠讼冤，武氏竟贬元忠为高要尉，说与戬皆流窜岭南。

元忠出狱辞行，伏殿奏陈道：“臣年已老，今向岭南，九死一生，但料陛下他日，必思臣言。”武氏问道：“将来有什么祸祟？”元忠抬头见二张侍侧，便指示道：“这两小儿必为乱阶。”二张忙下殿叩首，极口称冤。武氏叱元忠退去，自引二张入宫，不再下制。侍御史王晙，又奏称元忠无罪，亦不见报。元忠襆被出都，太子仆崔贞慎等，设饯郊外，被易之闻知，又欲重兴大狱，捏状告密，谓贞慎等与元忠谋反，署名系柴明二字。武氏复使监察御史马怀素鞫问，怀素集讯数次，并无实据，故意延案不复，内使督促再三，怀素乃入殿自陈，请传柴明对质。武氏道：“朕不知柴明住处，但教照案鞫治，何用原告？”怀素道：“事无证据，奈何诬人？”武氏怒道：“卿欲纵容叛臣么？”怀素从容道：“臣何敢纵容叛臣？但元忠以宰相被谪，贞慎等以亲故饯行，若即诬他谋反，臣实不敢附和。从前汉朝栾布，奏事彭越头下，汉祖且不以为罪，况元忠罪状，不如彭越，陛下乃欲诛及送行，岂非过甚？陛下操生杀权，如欲加人以罪，不妨取决，圣衷若必委臣讯鞫，臣何敢妄断？只好据实奏闻。”理直气壮。武氏听他侃侃直陈，倒也觉得有理，怒气亦为之渐平，便道：“卿且退！朕已知道了。”怀素退后，此案遂搁置不提，贞慎等乃得免罪。宋璟尝自叹道：“我不能为魏公伸冤，不但负魏公，并且负朝廷，抱愧恐无已时了。”

璟系邢州南和人，耿介不阿，举进士第，累官至凤阁舍人。武氏因璟有才，颇加器重，尝召入赐宴，与二张同席。二张同居卿列，位居三品，璟系六品官阶，当然入就下座。易之因武氏重璟，也欢颜相待，虚位与揖道：“公系第一名流，何故下座？”璟答道：“才劣位卑，张卿以为第一，窃所未解。”天官侍郎郑果，时亦在座，便插入道：“宋公奈何称五郎为卿？”璟奋然道：“就官职言，正当以卿相呼，足下非张卿家奴，乃欲称卿为郎么？”说得郑果哑口无言，不由的面颊发赤；就是与座诸官，也不禁感愧起来。到了终席，璟不同二张通语，二张自是怨璟，有时经武氏召幸，未免加入谗言。偏武氏知他忠直，不欲轻信。武氏明哲处，却非常人可及，但若无此智，何能临朝至二三十年耶？唯二张势力，总日盛一日，无论宫廷内外，稍忤二张意旨，即遭严谴。旧皇孙重照，系中宗长子，中宗被废，重照亦贬为庶人。见三十回。至中宗复召入东都，立为太子，乃封重照为邵王，且因照字与曌字相通，犯武氏讳，改为重润。重润妹永泰郡主，嫁与武承嗣子延基，兄妹相见，不免道及二张丑事，二张偶有所闻，即入诉武氏，且请武氏，不复召幸，免滋谤语。这武氏爱二张如活宝，一日不能相离，骤然听得此语，不禁老羞成怒，立召重润兄妹入宫，责他无故谤议，不容分辩，即命内侍加杖。可怜那两人是金枝玉叶，哪里受得起杖刑，更兼内侍讨好二张，手下格外加重，竟把两人打得皮开肉烂，及舁回住处，已是气息毫无，魂归冥漠。武氏怒尚未息，索性将继魏王武延基，也同日赐死。自己侄孙，也不暇顾，淫毒至此，可胜浩叹。

同平章事韦安石，见二张凶横益甚，举发他各种罪状，有制令安石与右庶子唐休璟，审问二张。安石等方欲传讯，哪知内敕复到，竟出安石为扬州长史，休璟为幽营二州都督。休璟知二张从中媒孽，临行时密语太子道："二张恃宠不臣，必且作乱，殿下应预先防备，免得遭殃。"太子允诺，休璟自去。武氏因安石外调，拟选人补缺，意尚未决，可巧突厥别部酋长叱列元崇，纠众寇边，当遣夏官尚书姚元崇，出任灵武道安抚大使，控制叛番，召见时令以字为名，免与叛寇相同。武氏专就是等处着想。元崇表字元之，陕州硖石人，自是遂以字行。武氏且令荐举相才，元之对道："张柬之沉厚有谋，能断大事，现年已八十，请陛下速用为是。"武氏应诺，待元之去后，即用柬之为同平章事。柬之先任合州刺史，见前回。寻与荆州长史杨元琰对调，两人同泛江至中流，谈及武氏革命事。元琰慷慨太息，竟至泣下。柬之与语道："他日你我得志，当彼此相助，同图匡复。"元琰答称如约。至是柬之入相，遂荐元琰为右羽林将军，且与语道："江上旧约，尚相忆否？"元琰道："谨记勿忘。"柬之又结司刑少卿桓彦范，右台中丞敬晖，及右散骑侍郎李湛等，同谋复唐，待时乃发。

长安四年秋季，武氏又复寝疾，累月不见辅臣，唯二张侍侧不离。凤阁侍郎崔玄玮上疏道："太子相王，孝友仁明，足侍汤药，宫禁所关甚重，幸无令异姓出入。"疏上数日，适武氏病得少瘥，乃批答出来，系是"感卿厚意”四字。二张见此批答，恐致见疏，且虑武氏病笃，必将及祸，因阴结党援，为预备计。不料外面已屡有揭帖，说是二张谋反。二张日夕弥缝，就是武氏得知，也置诸不问。偏是谣言日甚，不得不令二张加忧，密引术士李弘泰，占问吉凶。弘泰谓：“昌宗有天子相，劝他至定州造佛寺，可以祈福。”昌宗方暗自欣幸，奈被许州人杨元嗣闻悉，即行告发。即以其人之道，还治其人之身。武氏命平章事韦承庆，及司刑卿崔神庆，御史中丞宋璟等，审问二张。昌宗慌忙入白武氏，叩首流涕，自称：“弘泰虽有妄言，臣等实无异心。”武氏乃令内侍传语问官，嘱他援自首律，减昌宗罪。承庆神庆复奏云：“昌宗准法首原，弘泰首恶当诛。”独宋璟与大理丞封全祯，上疏辩驳道：“昌宗屡承宠眷，复召术士占相，意欲何为？且果以弘泰为妖妄，何不即执付有司？虽云据实奏闻，终是包藏祸心，法当处斩，不得少贷。”疏入不省。璟复见武氏，坚请收系二张，武氏仍然不许，但云：“且检详文状，再行定夺。”璟退出后，竟有制令璟安抚陇蜀，璟不肯行，上言：“本朝故事，中丞非军国大事，不当出使，今陇蜀无变，臣不敢奉制。”武氏乃改令璟往幽州，推按都督屈突仲翔赃污。璟又谓：“外臣有罪，须由侍御或监察御史往审，臣不敢越俎代行。”司刑少卿桓彦范，及凤阁侍郎崔玄暐，又接连入奏，固请武氏加罪昌宗。武氏乃令法司议罪。司刑卿韦升，系玄暐弟，复奏应处大辟，武氏不从。璟复入请穷治，武氏道：“昌宗已向朕自首，理应减罪。”璟答道：“昌宗为飞书所逼，穷蹙首陈，本非初意，且谋反大逆，罪难首原，若昌宗不伏大刑，何用国法？”武氏温言劝解，璟厉声道：“昌宗分外承恩，臣知言出祸随，只因义愤所激，宁死不恨。”武氏不觉变色。内史杨再思在侧，恐璟忤旨，遂宣敕令出。璟又道：“圣主在此，臣面聆德音，不烦内史擅宣敕命。”真是硬头子。武氏无言可驳，只好饬令复讯，遣昌宗至御史台对簿。璟乃趋出，即诣台立按昌宗。才经数语，忽由内使持敕特赦，引昌宗自去。璟不便追还，只长叹道：“不先击小子脑袋，悔无及了。”用全力搏兔，仍被脱去，应呼负负。既而武氏令昌宗谢璟，璟不令见，且传语道：“公事公言，若私见便是违法，王法怎得有私哩？”昌宗格外惭恨。会璟为子授室，竟谋遣刺客杀璟，幸有人先为通报，璟乃潜宿他舍，才得免祸。

越年正月，即嗣圣二十二年，是年改元神龙。武氏疾甚，二张仍居中用事，暗蓄异谋。于是同平章事张柬之，以为时机已至，不应再缓，乃密邀右羽林大将军李多祚至第，与语道："将军今日富贵，从何得来？"多祚泣下道："统是先帝所赐。"柬之道："今先帝二子，为二竖所危，将军独不思报先帝大德么？"多祚道："苟利国家，唯相公驱使，多祚不敢自爱身家。"柬之道："可真么？"多祚指天为誓道，"如有虚言，应受天诛。"柬之大喜，即与同谋匡复事宜，复令桓彦范敬晖李湛等，俱为羽林将军，令掌禁兵。又恐二张先自启疑，特参入一个武攸宜，使与彦范等同列。二张果无异言。俄而姚元之自灵武至都，柬之语彦范道："元之到来，吾事济了。"遂招元之入室，商定大计，且转告彦范等人。彦范归白母前，母与语道："忠孝不两全，先国后家，庶不失为忠臣。"亦是贤母。于是彦范遂与张柬之崔玄暐敬晖李湛杨元琰李多祚等，约同起义，并邀同司刑少卿袁恕己，左羽林卫将军薛思行赵承恩，职方郎中崔泰之，库部员外郎朱敬则，司刑评事冀仲甫，检校司农少卿翟世言，内直郎王同皎，率左右羽林兵五百余人，入玄武门。同皎曾尚太子次女新宁郡主，先与李多祚李湛，驰入东宫，奉迎太子。太子未免疑惧，不敢出来。同皎道："先帝以神器付殿下，殿下横遭幽废，神人同愤，迄今已二十二年。今天心悔祸，北门南牙，同心协力，共讨凶竖，恢复大唐社稷，请陛下速至玄武门，亲抚大众，即刻入宫诛逆。"太子支吾道："凶竖诚当诛灭，但太后患病未痊，恐致惊胆，愿诸公再作后图。"庸主实是无用。李湛忙接入道，"诸将相不顾家族，再造社稷，殿下奈何欲纳诸鼎镬呢？请陛下自往面谕，决定进止。"太子欲前又却，同皎道："事不宜迟，迟即有变，殿下亦恐难逃祸呢。"太子乃行。既出门外，同皎即扶抱太子上马，代为执辔，驰至玄武门前。大众欢跃相迎，不待太子开口，便将他拥至内殿，斩关而入。二张闻变，慌忙趋至殿庑，探听消息，正值羽林军进来，由张柬之等指挥，一齐趋上，刀光闪处，便将两个貌美心凶的淫夫，劈作数段。再进至武氏所寝的长生殿，见殿前侍卫环立，由柬之等叱退，直叩寝门。武氏闻人声杂沓，料知有变，即力疾起床，厉声问道："何人胆敢作乱？"柬之等拥太子入室，且齐声道："张易之昌宗谋反，臣等奉太子令，入诛二逆，恐致漏泄，故不敢预闻。臣等自知称兵宫禁，罪应万死。"武氏为唐室罪人，此时正应直数其罪，贬入别宫。奈何反自坐罪乎？武氏怒目视太子道："汝敢为此么？但二子既诛，可还东宫。"彦范进言道："太子怎得再返东宫？昔天皇以爱子托陛下，今年齿已长，天意人心，久归太子，臣等不忘太宗天皇厚恩，故奉太子诛贼，愿陛下传位太子，上顺天心，下副民望。”武氏不欲允行，因见人情汹汹，又未便严词拒绝，正在踌躇顾虑，蓦见李湛亦立门前，便顾语道：“汝亦为诛易之将军么？我待汝父子不薄，不意乃有今日。”湛系李义府子，听了此言，竟俯首无词。武氏又见崔玄時，也与语道：“他人多因人荐用，唯卿由朕特拔，今亦与彼等同来么？”玄時道：“这便是报陛下大德呢。”武氏不禁顿足道：“罢罢！”说了两个“罢”字，仍返床躺下。

柬之仍拥太子出殿，即令羽林军收捕张同休昌期昌仪，三人捉住双半，遂请太子令，枭首天津桥南，且饬拘二张余党，逮韦承庆崔神庆房融等下狱。一面派袁恕己辅相王旦，统南牙兵，防备不测。一面召太平公主，令入白武氏，请制传位。公主因二张谮死高戬，与有夙嫌，此次二张受诛，乐得充这美差，入劝武氏，不到半日，遂请出一道太子监国的制敕。越宿又颁制传位，复辟功成，大赦天下，改元神龙。神龙现首不现尾，故其后为韦氏所弑。唯二张党与不赦。百官登殿朝贺，当由中宗颁敕赏功。相王加号安国相王，拜为太尉。太平公主，加号镇国太平公主。授张柬之夏官尚书，同凤阁鸾台三品，崔玄時为内史，袁恕己为凤阁侍郎同平章事，敬晖桓彦范为纳言，并赐爵郡公。李多祚赐爵辽阳郡王，王同皎为驸马都尉，兼右千牛卫将军，爵琅琊郡公。李湛为右羽林大将军赵国公，余皆进秩有差。越日，徙武氏居上阳宫。又越日，由中宗率同百官，诣上阳宫，加武氏尊号，称为则天大圣皇帝。不复武氏后号，仍称她为皇帝，柬之等殊不晓事。还朝后，敕令武氏宗族，概守旧官。皇族子孙，曾遭配没，尽准归复属籍，且量叙官属。从前周兴来俊臣等冤诬诸人，咸令昭雪，子女俱免配没，一律遣归。复国号为唐，凡郊庙社稷陵寝，官制旗帜服色文字，皆如永淳以前故事。永淳系高宗年号，见前文。复以神都为东都，迁武氏七庙至西京，仍命避讳。贬韦承庆为高要尉，流崔神庆至钦州，房融至房州。调杨再思留守西京，出姚元之为亳州刺史。小子有诗咏中宗复辟道：

帝子登台复大唐，山河再造庆重光。
如何诸武仍留孽，又使余凶乱政纲。

看官听着，这姚元之系定策功臣，为何谪出亳州？这种情由，待小子下回再说。

上回叙二张入幸，不过秽乱深宫，罪尚未甚。至本回方及二张凶恶，冤诬魏元忠，几至于死，非宋璟之规正张说，及张说之指斥张昌宗，则冤狱构成，大刑立至，元忠尚能襆被出都乎？重润兄妹，系出华胄，又被谗死，甚至私引术士，密谋不轨，凶恶至此，死有余辜。天道福善而祸淫，未闻有淫人致福者，况益以凶恶乎？张柬之等，举兵讨逆，名正言顺，二张之诛，正天之假手柬之，为淫恶者示之报也。唯淫后尚存，且加尊号，余孽未殄，仍守旧宫，柬之等但知惩前，不务毖后，固为失策，昭昭者天，岂尚未厌祸，再欲乱唐耶？读此回为之一快，又为之一叹。

第三十七回　通三思正宫纵欲
窜五王内使行凶

却说姚元之为定策功臣，当中宗复位时，曾加封梁县侯，食邑二百户，至武氏迁居上阳宫，元之曾随驾过省，见了武氏，竟呜咽流涕。及还，张柬之桓彦范与语道："今日何日？岂公涕泣时么！"元之答道："前日助讨凶逆，是不废大义，今日痛别旧君，是不忘私恩，就使因此得罪，亦所甘心。"元之以敏达称，斯语实为避祸计，厥后五王遭害，元之独免赖有此尔。柬之入白中宗，乃即出为亳州刺史。中宗复立韦氏为皇后，追赠后父玄贞为上洛王，母崔氏为王妃。左拾遗贾虚已上疏道："异姓不王，古今通制，今中兴伊始，万姓仰观，乃先封后族为王，殊非广德施仁的美意。况先朝曾赠后族为太原王，可为殷鉴。"指武士彟封王事。中宗不报。原来中宗在房州时，与韦氏同遭幽禁，备尝艰苦，情爱甚笃。每闻敕使到来，中宗不胜惶惧，即欲自尽，韦氏尝劝阻道："祸福无常，未必定是赐死，何用这般慌张呢？"既而延入内使，果没有意外祸事。中宗遂深信韦氏，倍加情好，且与她私誓道："他时若再见天日，当唯卿所欲，不加禁止。"同居患难，应敦情好，何唯卿所欲之语，如何使得？及中宗复位，再立为后。韦氏遂依践旧约，居然欲仿行武氏故事，干预朝政，且干出那无法无天的事情来了。

先是二张伏诛，诸武尚存，洛州长史薛季昶，入语张柬之敬晖道："二凶虽诛，产禄犹在，吕产吕禄系汉吕后从子。去草不除根，终恐复生。"柬之敬晖道："大事已定，尚有何虑？我看若辈如几上肉哩。"未免大意。季昶出叹道："我辈恐无死所了。"朝邑尉刘幽求亦语桓彦范敬晖道："三思尚存，公等终无葬地，若不早图，噬脐无及。"彦晖二人，仍付诸一笑，全然不睬。哪知这位武三思，常出入禁掖，勾通六宫，比那武氏专政时，还要进一层威风。看官听我道来。便已知他淫威渐炽，不可收拾了。中宗生有八女，第七女安乐公主，乃是中宗被废时，挈韦氏赴房州，途次分娩，解衣作褓，特取名为裹儿。及年至十余龄，姿性聪慧，容貌丽都，竟是一个闺中翘楚，中宗与韦氏，甚加宠爱。至中宗仍还东宫，眷属一并随归。武氏见了此女，也爱她秀外慧中，遂命嫁与武三思子崇训。临嫁时备极张皇，令崇训行亲迎礼，贵戚显宦，无不往贺。宰相李峤苏味道，及郎官沈佺期宋之问等文士，且献入诗文，满纸称颂，连上官婉儿，也随同贺喜，赍奉篇章。中宗见婉儿诗意清新，容色秀丽，已自称赏不置，到了复位以后，大权在握，便把婉儿召幸，合成一个鸾凤交，册为婕妤，封婉儿母郑氏，为沛国夫人。其实婉儿早已破瓜，并非处子，她自与六郎相谑，被武氏斥退后，已知不得近禁脔，只好降格相求，另寻主顾。应三十五回。可巧武三思是个色中饿鬼，常倚武氏势力，值宿宫中，因得与婉儿眉去眼来，钩搭成欢。婉儿与三思，年龄虽不相当，犹幸三思生得颀晰，枕席上的工夫，又具有特长，便也乐得将就，聊解情怀。后经中宗召幸，自叹命不由人，更嫁老夫，所有床笫风光，远逊三思数倍，不过因皇恩加宠，没法推辞，只得敷衍成事，暂过目前。偏韦氏也是个好淫妇人，平时虽与中宗亲爱，心中恰很有不足意，婉儿素性机警，相处数日，便已猜透八九，更放出一种柔媚手段，取悦韦氏，引得韦氏不胜喜欢，竟视婉儿是个知己，暇时辄与她谈心，无论什么衷曲，无不传宣，甚且连中冓私情，也竟说出。尝语婉儿道："你经皇上宠幸，滋味如何？我看似食哀家梨，未曾削皮，何能知味？"语出《控鹤监秘记》，看官欲知韦氏语意，请视原书。婉儿乘势迎合道："皇后与皇上同经患难，理应同享安乐，试思皇上自复位后，今日册妃，明日选嫔，何人敢说声不是？难道皇上可以行乐，皇后独不能行乐么？"这数语正中韦氏心坎，却故作嗔语道："你是个坏人！我等备位宫闱，尚可似村俗妇人，去偷男子汉么？"婉儿又道："则天大圣皇帝，皇后以为何如？"韦氏不禁一笑。婉儿索性走近数步，与韦氏附耳数语，韦氏恰装着一种半嗔半喜的样儿，婉儿知已认可，遂出去引导可人儿，夤夜入宫。是夕正值中宗留宿别寝，趁着韦氏闲暇，即把情人送入，一宵欢乐，美不胜言。看官道是何人？原来就是武三思。婉儿自己不贞，还要教坏韦后，看官阅过此等历史，则女子无才是德之言，非真迂论。嗣是三思得一箭双雕，只瞒着中宗一副耳目。这顶绿头巾，实出婉儿之赐。韦氏与婉儿，且向中宗面前，屡说三思才具优长，中宗竟拜三思为司空，同中书门下三品，渠肯为后妃效劳，理应加封。并进婉儿为昭容，令她专掌诏命。三思子崇训，与崇训妻李裹儿，当然封为驸马公主，不消细说。既而复封散骑常侍武攸暨为定王，兼职司徒，诸武声势复振。

张柬之等始觉着急，乃入朝面奏，请中宗削诸武权。看官试想！此时的中宗，还肯听他奏请么？三思入宫，与韦氏掷双陆，中宗且自为点筹，至三思归第，间或一二日不至，中宗即微服往访，差不多似鱼得水，似漆投胶。你的妻妾，得了他的滋味，宜乎加爱，试问你有什么好处。监察御史崔皎进谏道："国命初复，则天皇帝尚在西宫，人心未靖，旧党犹存，陛下奈何微行，不防危祸哩？"中宗非但不从，反把崔皎所言，转告三思。昏愚至此，安得不死。三思引为大恨，遂与婉儿密议，造出一种墨敕，只说由中宗手谕，不必经过中书门下，便好直接施行，这明明是欲夺宰相政权，归入宫中，好令三思等任情舞弊。又况诏敕都归婉儿职掌，中宗又是个糊涂虫，所颁墨敕，统是婉儿代笔，是假是真，外人无从辨明。于是中宗庶子谯王重福，为韦氏所谮，说他妻室是二张甥女，显见是党同二张，一道墨敕，将他贬为均州刺史，令州司从旁管束。还有术士郑普思，尚衣奉御叶静能，好谈妖妄，献媚中宫。韦氏替两人说项，又是一道墨敕，授普思为秘书监，静能为国子祭酒。桓彦范敬晖等竭力奏阻，拾遗李邕亦上疏谏诤，均不见从，唯高宗废后王氏，及萧淑妃两人，由武氏易姓为蟒为枭，总算经宰相奏请，仍复旧姓。又召还魏元忠为兵部尚书，擢用宋璟为黄门侍郎，任使得人，尚孚众望。余皆为韦氏婉儿三思等所把持，多半营私坏法。韦氏竟援武氏故例，当中宗视朝时，也在御座左侧，隔幔坐着。桓彦范奏称："牝鸡司晨，有害无利，请皇后专居中宫，勿预外事。"中宗并不理睬。胡僧慧范，挟术结韦氏欢，韦氏竟称他平乱预谋，特授银青光禄大夫。张柬之桓彦范等，见中宗所施诸政，愈出愈非，意欲先诛诸武，再清余孽，迟了迟了。乃率群臣上表，略云：

臣等闻五运迭兴，事不两大，天授革命之际，宗室诛窜殆尽，岂得与诸武并封。今天命维新，而诸武封建如旧。并居京师，开辟以来，未有斯理。愿陛下为社稷计，顺遐迩心，降其王爵以安内外，则不胜幸甚！

看官试想！武三思是韦氏上官氏的淫夫，武攸暨是太平公主的驸马，岂是一本弹章，便摇得动么？柬之等没法，却去引用一个崔湜，作为耳目，湜任考功员外郎，少年新进，颇有口才，他是个见风使帆的朋友，对着武三思等，常谄谀求悦，对着张柬之等，却词辩生风，敬晖看他敏达，竟令他密伺诸武动静。他反将晖等计谋，转告三思，三思引为中书舍人，反做了武家走狗。可巧宣州司士参军郑愔，坐赃被发，逃入东都，私下求谒三思，三思立命延入。原来愔本做过殿中侍御史，因坐二张党与，乃致累贬。三思素与愔善，延见后稍叙寒暄，愔竟大哭起来。哭毕，复大笑不止，惹得三思惊疑不定，免不得诘问情由。我亦要问。愔答道："愔初见大王不得不哭，恐大王将被夷戮，后乃大笑，幸大王尚得遇愔，可以转祸为福呢。"竟有战国士人游说之风。三思又问道："何祸何福？"愔答道："大王虽得主宠，但张柬之等五人，出将入相，去太后尚如反掌，大王自视势力，与太后孰重？彼五人日夜切齿，谋食大王肉，思灭大王族，大王不去此五人，危如朝露，尚安然以为无恐，愔所以为大王寒心呢。"三思被他一说，几乎身子都颤动起来，便引他登楼，密问转祸为福的计策。愔微笑道："何不封五人为王？阳示遵崇，阴夺政柄，待他手无大权，慢慢儿的摆布，不怕他不束手就毙了。"三思大喜道："好计好计！"遂把他赃罪尽行洗释，且荐为中书舍人，一面暗告韦氏等，向中宗前日夕进谗，只说张柬之等五人，恃功专宠，将不利社稷。中宗不得不信，便与三思商议此事。三思即将愔策上陈，遂由中宗手敕，封张柬之为汉阳王，桓彦范为扶阳王，敬晖为平阳王，袁恕己为南阳王，崔玄暐为博陵王，罢知政事，令他朔望入朝。改用唐休璟豆卢钦望为左右仆射，韦安石为中书令，魏元忠为侍中。本来唐朝首相，叫作尚书令，左右二仆射，乃是宰相副手。自唐太宗尝为尚书令此，后臣下不敢居职，遂将尚书令撤消，即以二仆射为二宰相。太宗后除拜仆射，必兼中书门下二省，所以叫作同三品。午前决朝政，午后决省事。豆卢钦望，希承诸武意旨，自言不敢预政事，因此专任仆射，不兼相职，后遂成为常例。借豆卢钦望事，叙及官制沿革，可谓面面顾到。

羽林将军杨元琰，以功封弘农郡公，至是见三思用事，五人罢政，自知遗祸未已，表请祝发为僧，悉还官封，中宗不许。元琰多须，状类胡人，敬晖尚戏语道："何不先与我言？我若早知，必劝皇上允准，髡去胡头，岂非快事？"元琰道："功成者退，不退必危，元琰自请为僧，原是真意，省得再蹈危机呢。"晖知他语中有意，也为矍然，每与柬之等谈及，或抚床叹愤，或弹指出血，毕竟是无法可施，徒呼负负罢了。机上肉何不一割。元琰再行固请，仍不见允，但调任为卫尉卿。柬之也恐祸及，奏请致仕，归家养疾。他本是襄州人，因令为襄州刺史。柬之至州，持下以法，亲旧无所纵贷。会河南北十七州大水，泛滥所及，远至荆襄，汉水亦涨啮城郭。柬之因垒为堤，防遏湍流，邑人赖以无害，称颂不衰。右卫参军宋务光，因河洛水溢，上书言事道："水为阴类，兆象臣妾，臣恐后庭干预外政，乃致洪水为灾，宜上惩天警，杜绝祸萌。太子国本，应早建立，外戚太盛，应早裁抑"云云。中宗乃降武三思为德静王，武攸暨为乐寿王，武懿宗等十二人，皆黜王封公，表面上算是抑制，其实军国重权，已尽归三思掌握，不过涂饰人目罢了。三思且暗嘱百官，上皇帝尊号曰应天皇帝，皇后曰顺天皇后。妻被人淫，身被人污，难道天意叫他如此么？中宗大喜，即与韦氏谒谢太庙，大赦天下。居然仿高宗武氏故事。相王旦及太平公主，俱加封万户，文武百官，各增爵秩，赐民酺三日。

三日以后，又挈韦氏及妃主等人，往看泼寒胡戏。看官道什么叫作泼寒胡戏呢？原来东都城内，尝有番胡杂居，此时正当十一月间，天气严寒，胡人素来耐冷，虽经风霜凛冽，尚能裸身挥水，舞蹈自如，因此中宗饬令诸胡，演此把戏，作为娱目骋怀的消遣。清源尉吕元泰上疏谏阻，掷还不省，竟与后妃等登洛城南门，赏玩了一天。是夕还宫，有上阳宫人入报，太后病重，恐防不测，乃于隔宿往省。武氏见了中宗，免不得叮咛嘱咐，教他保全诸武，且涕泣与语道："我年已活到八十二岁了，别人做不到的事情，我都亲身做过，尚有何恨？但回思往事，如同梦境，此后不必称我为帝，仍以太后相称便了。"说至此，禁不住喘急起来，呼吸多时，方觉稍平。乃复顾中宗道："你且去！明日再说。"中宗乃出。到了夜半，中宗已欲就寝，又有宫人来报导："太后昏晕过去了。"中宗忙召同韦氏婉儿等，趋入上阳宫，到了武氏寝室，见相王及太平公主诸人，已是挤满床前，但听武氏口中所述，一派儿都是鬼话，经太平公主等，齐声呼唤，又把姜汤徐徐灌入，才有些清醒起来。大众方避立左右，让过中宗韦氏。临榻婉问，武氏双目直视，复呓语道："呵哟！你等都来了么？要我老命，奈何？"说毕，又复昏去。无非痛恨武氏，所以增词演写。中宗也不觉发怔，复经大众七手八脚，合力施治，好容易救活残生。武氏顾见中宗，瞧了半晌，乃撑着病喉道："病入膏肓，不可救药，我今日方信二竖为灾呢。王后萧妃二族，我前日待他过甚，你应赦免他的亲属。就是褚遂良韩瑗柳奭等遗嗣，俱宜释归，这是至嘱！"又顾太平公主道："你是我的爱女儿，聪明类我，幸勿为聪明所误。"转眼瞧及韦氏及婉儿等，只是摇头，不复再言。为后文伏案。大众也不敢再问，武氏却呼呼的睡去了。嗣是轮流陪侍，又越二宵，武氏乃死。中宗传武氏遗制，除去帝号，赦王萧二族，及褚韩柳数姓家属，尊谥武氏为则天大圣皇后，命中书令魏元忠，暂摄冢宰。三思伪托武氏遗命，慰谕元忠，赐封邑百户。元忠捧读伪制，感激涕零，有人见他下涕，从容私议道："大事去了。"独不记临朝对簿时么？中宗居丧甫三日，即由元忠归政，诏令预备太后祔葬事宜。给事中严善思入奏道："鬼神主静，不应轻亵，今欲祔葬太后，恐开启陵墓，反致惊黩。况合葬并非古制，不如在陵旁更择吉地，较为慎重。"善思寓有深意。中宗不从，竟将武氏合葬乾陵。系高宗墓，见前文。

越年为神龙二年，武三思因桓彦范等尚在京师，时怀猜忌，遂请中宗出桓彦范为洺州刺史，敬晖为滑州刺史，袁恕已为豫州刺史，崔玄暐为梁州刺史。晋加僧慧范等五品官阶，赐爵郡县公，叶静能加授金紫光禄大夫。驸马都尉王同皎，目击时事，心甚不平，尝与亲友谈及国政，指斥三思，并及韦后。前少府监丞宋之问，及弟之逊，因坐二张党案，流戍岭南。二人却逃回东都，因素与同皎往来，潜匿同皎宅内。二宋既已犯决，同皎不应为私废公，乃竟许留匿，安得不死？同皎平时议论，俱为之逊所闻，之逊密令子昙，及甥校书郎李悛，转告三思。三思即令昙悛告变，谓同皎与洛阳人张仲之祖延庆，及武当丞周憬等，潜结壮士，谋杀三思，且废皇后。中宗乃命御史大夫李承嘉，监察御史姚绍之，按问同皎等。狱尚未决，再命杨再思韦巨源参验。再思本出为西京留守，见上回。因谄附三思，仍召还为侍中，巨源是三思爪牙，得任刑部尚书，这两人参入问刑，无罪也变成有罪。张仲之朗声道："武三

思淫污宫掖，何人不知？公等独无耳目么？”巨源大怒，命反�送狱。仲之尚且反顾，屡语不已，经绍之叱令役隶，击断仲之左臂。仲之大呼道：“苍天在上，我死且当讼汝，看汝等能长享富贵么？”已而再思等拟成谳案，请将同皎等处置极刑。同皎仲之延庆皆坐斩。独周憬未曾被捕，逃入比干庙，比干，纣叔父。闻同皎枉死，不由的悲愤起来，竟至神座前大言道：“比干古时忠臣，应知我心，武三思与韦后淫乱，为害国家，将来总当枭首都市，但恨我未及亲见啰。”遂引刃自刭。之问之逊，及昙悛并除京官，加朝散大夫。韦氏以新宁公主，无夫守寡，公主为同皎妻见前回。不忍她寂寞空帏，特令改嫁从祖弟韦濯。母舅变成夫婿，也可谓唐朝新闻了。真是一塌糊涂。

三思既除去同皎，遂诬称桓彦范敬晖等，与同皎通谋，乃左迁彦范为亳州刺史，晖为朗州刺史，恕己为郢州刺史，玄晖为均州刺史，就是同时立功的大臣，如赵承恩薛思行等，一并外调。处士韦月将，独上书请诛武三思，中宗览书，立命拿斩。黄门侍郎宋璟入奏道：“外人纷纷议论，谓三思私通中宫，陛下亦应澈底查究，不宜滥杀吏民。”中宗不许，璟抗声道：“必欲斩月将，请先斩臣。”宋公又来出头了。大理卿尹思贞，时亦在侧，也奏称：“时当夏令，不应戮人。”中宗乃命加杖百下，流戍岭南。三思竟函嘱广州都督周仁轨，杀死月将，且出思贞为青州刺史，璟为检校贝州刺史，一面复令中书舍人郑愔，再告敬晖等谋变，辞连张柬之，因再贬晖为崖州司马，彦范为陇州司马，柬之为新州司马，恕己为窦州司马，玄晖为白州司马。三思意尚未餍，定欲害死五人，方快心愿，乃密令人至天津桥畔，揭示皇后秽行，请加废黜，又故意令中宗闻知，中宗大怒，即命李承嘉穷究。承嘉受三思密嘱，奏称由敬晖等五人所为，遂更流晖至琼州，彦范至瀼州，柬之至泷州，恕己至环州，玄玮至古州。五家子弟，年至十六以上，悉流岭南。中书舍人崔湜，且代为三思划策，令外兄大理正周利用，本名利贞，因避韦氏父讳，改贞为用。赍了一道伪造的墨敕，往杀五人。利用前为五人所嫉，贬为嘉州司马，由三思召为刑官，至是命摄右台侍御史，出使岭外。利用立即启行，兼程逾岭。适值柬之玄晖，已经道殁，只缚住敬晖桓彦范袁恕己三人。晖被剐死，彦范杖毙，恕己饮野葛汁不死，也被捶死。薛季昶累贬至儋州司马，闻五人遇害，自知不能免祸，也具棺沐浴，饮毒而终。小子有诗叹五王道：

邪正从来不两容，周诛管蔡舜除凶。

自经大错铸成后，岭表徒留冤血浓。

利用还都，得擢拜御史中丞，还有一班三思走狗，尽得升官，待小子下回再叙。

武氏以后，又有韦氏，并有上官婉儿，及太平公主安乐公主等人，何淫妇之多也。夫冶容诲淫古有明训，但好淫者未必尽是冶容，冶容者亦未必尽是好淫，误在宗法未善，愈沿愈坏耳。韦氏淫而且贱，仇若三思，甘为所污，忠若五王，反恐不死。有武氏之淫纵，无武氏之材能，其鄙秽固不足道。独怪中宗以十余年之幽囚，几经危难，备尝艰苦，尚不能炼达有识，甚至纵妇宣淫，引奸入室，臣民明论暗议，彼且甘作元绪公，杀人唯恐不及，或所谓下愚不移者非耶？武氏本一智妇，乃独生此愚儿，殊为不解。至若五王之死，已见前评，去草不除根，终当复生，薛季昶料祸于前，随死于后，尤为可悲。乃知姚元之杨元琰辈之不愧明哲也。

第三十八回　诛首恶太子兴兵
狎文臣上官侍宠

却说武三思既杀五王，权倾中外，当时为三思羽翼，约有数人，最著名的叫做五狗：一个就是御史中丞周利用，还有侍御史冉祖雍，太仆丞李俊，光禄丞宋之逊，监察御史姚绍之。终日伺候门墙，一经三思呼唤，无不奉命惟谨，所以时人号为五狗。宗秦客坐赃被黜，见三十二回。客死岭表，有弟楚客及晋卿，由三思举荐入官，累次超迁，楚客竟得任兵部尚书，晋卿亦得为将作大匠。纪处讷系三思姨夫，三思姨颇有姿色，为三思所羡，处讷慷慨得很，纵妻与三思通奸，三思即引为太府卿，廉耻道丧。都下称为宗纪，相率侧耳。三思又擢任郑愔为侍御史，崔湜为兵部侍郎，湜系故御史崔仁师孙，父名挹，因湜得宠，也得任礼部侍郎。父子同时为侍郎，系唐朝所罕有。湜因感恩不尽，愈为三思效力。三思尝语人道："我不知此间何人为善？何人为恶？但教与我善便是善人，与我恶便是恶人。"一班趋炎附势的官儿，得闻此语，越发巴结三思，愿为走狗。由此五狗以外，又辗转钩引，聚成无数狗奴。

会中宗还驻长安，相王旦请速立太子，借固邦本。太平公主亦以为言。中宗遂不与韦氏三思等熟商，竟立卫王重俊为太子。重俊系后宫所生，非韦氏嫡出，韦氏追谏无及，心甚怏怏。三思亦因建储大事，绝不与闻，故隐怀忮忌。又有一个宫中宠女，自恃恩眷，尝欲以女统男，谋窃神器，骤闻储位已定，更不禁着急起来。此人为谁？就是安乐公主李裹儿。原来韦氏只生一子，重润受封邵王，前被武氏杖毙。见三十六回。安乐公主以嫡后无儿，竟痴心妄想，求为皇太女，中宗颇有允意，召问魏元忠。元忠答道："公主为皇太女，驸马都尉当作何称？"中宗也一笑而罢。公主闻元忠言，大恚道："元忠山东木强，晓得什么礼法？阿母子尚为天子，天子女独不可作天子么？"看官道"阿母子"三字作何解？因宫中尝称武氏为阿母子，所以公主有此愤言。中宗劝谕百端，且令她得开府置官，公主方才息恨。至重俊立为太子，公主瞧他不起，与驸马都尉武崇训，呼他为奴。太子怨不能平，默思盈廷大臣，多系诸武党羽，唯魏元忠李多祚两人，较为正直，乃即与他密商。多祚极端赞成，只元忠尚有异议。元忠自起用后，遇事模棱，不似在武氏朝，侃侃持正，誉望已经减损。想是虑患太深，遂把豪情减去。此次太子为讨逆计，元忠恐事机不成，必罹巨祸，所以不愿与谋。可巧酸枣尉袁楚客，贻书元忠，谓朝廷有十失，勖他规正，略云：

今皇帝新服厥德，当进君子，退小人，以兴大化，正天下，君侯安得徒事循默哉？苟利国家，专之可也。夫安天下者先正其本，本正则天下固，国之兴亡系焉。太子天下本，古立太子，必慎选师保，教以君人之道，蕴崇其德，所以固根本也。今嫡嗣虽定，师保未端，有本无枝，本将曷恃？此朝廷一失也。女有内则，男有外傅，岂相混哉？幕府者丈夫之职，今公主得开府置吏，以女处男职，所以长阴抑阳也。而望阴阳不愆，风雨时若得乎？此朝廷二失也。缁衣羽流，不务本业，专以重宝附权门。私卖度钱，自肥私囊，国家多一僧道，即多一游手，此朝廷三失也。唯名与器，不可假，人今倡优之，辈因耳目之，好遂授以官，非轻朝廷，乱正法？耶此朝廷四失也。有司选士，非贿即势，上失天心，下违人望，非为官择吏，乃为人择官，葛洪有言："举秀才，不知书，察孝廉，浊如泥，高第贤良杂如蛙，此朝廷五失也。阉竖第给宫掖，供扫除，古以奴隶畜之，后世不察，委以事权，竖刁乱齐，伊戾败宋，后汉用十常侍以乱天下，可谓明戒。今中兴以后，阉宦得坐升班秩，率授员外，乃盈千人，此朝廷六失也。古者茅茨土阶，以俭约贻子孙，所以爱力也，今外戚公主，所赏倾府库，所造皆官供，高台崇榭，夸奢斗靡，民力耗敝，徒使人主受谤于天下，此朝廷七失也。官以安人，非以害人，今天下困穷，州牧县宰，非以选进，割剥自私，民不聊生，乃更员外置官，十羊九牧，有害无利，此朝廷八失也。政出多门，大乱之渐，近封数夫人，皆先朝宫嫔，出入无禁，交通请谒，此朝廷九失也。不以道事其君者，所以危天下也，危天下之臣，不可不逐。今有引鬼神执左道以惑众者，荧惑主听，窃盗禄位。传曰："国将兴，听于人，将亡，听于神。"今几听于神乎？此朝廷十失也。凡兹十失，均足召亡，君侯不正，谁与正之？愿君侯留意焉！

元忠得书，自觉怀惭，于是太子讨逆，也不加劝阻，唯推李多祚出头，自己作壁上观，静待成败。仍然狡滑。多祚向来意气自雄，自谓前次讨平二张，反手即定，此次三思淫恶，与二张无异，天怒人怨，但教稍稍举手，便可立除，骄必败。因此邀同将军李思冲李承况独孤祎之沙咤忠义等，矫制发羽林兵三百余人，拥着太子重俊，杀入武三思私第。三思正在家夜饮，与一班娇妻美妾，团坐叙欢，连崇训也在旁陪宴，只有安乐公主入宫未归，不在座间，猛然听得人声马嘶，免不得惊疑起来，方呼侍役等出门探视，不防羽林兵一拥而入，见一个，杀一个，三思父子，无从脱逃，被多祚等次第拿下，推至太子马前。太子斥他淫凶万恶，自拔佩剑，剁死两人，一面饬军士搜杀全家，无论男的女的，老的少的，俏的丑的，一古脑儿拖将出来，乱刀劈死。快哉快哉！太子乃命左金吾大将军成王千里，太宗孙。及千里子天水王禧，分兵守宫城诸门，自与多祚等，入肃章门，直指宫禁。

中宗与韦氏婉儿，及安乐公主等，夜宴才罢，忽由右羽林大将军刘景仁，踉跄进来，报称太子谋反，已领兵入肃章门了。中宗不觉发颤道："这……这还了得！"还是婉儿有些主见，便道："养兵千日，用兵一时，刘将军所掌何事，乃听叛兵犯阙么？"景仁碰了一个钉子，连话儿都答不出来。安乐公主接口道："你快去调兵入卫，守住玄武门，再报知兵部宗楚客等，速来保护！"景仁听了，飞步趋出。婉儿又献议道："玄武门楼坚固可守，请皇上皇后等，快往登楼，一来可暂避凶锋，二来可俯宣急诏。"安乐公主也以为然，遂相偕趋玄武门楼。适遇刘景仁带兵百骑，转来保驾，中宗即令他屯兵楼下，自与韦氏等上楼。宫闱令杨思勖，亦随步同上，既而宗楚客纪处讷，及中书令李峤，侍中杨再思苏瓌等，均前来请安，数人约率兵二千余名，由中宗敕令驻太极殿，闭门固守。说时迟，那时快，李多祚等已至玄武楼下，哗声不绝。中宗据楼俯视，语多祚道：“朕待卿不薄，何故谋反？”多祚道：“三思等淫乱宫壶，陛下岂无所闻？臣等奉太子令，已诛三思父子，唯宫闱尚未肃清，愿将党同三思的首恶，请制伏诛，臣等当立刻退兵，自请处罪，虽死不恨。”中宗闻三思父子，已经被杀，不由的吃了一惊。还有韦氏婉儿安乐公主，都忍不住泣涕涟涟，牵住中宗衣襟，愿报仇雪愤。安乐公主或念结发之情，应该如此，韦氏婉儿何亦如之？中宗尚看不出破绽，真是笨伯。急得中宗越加惶急，不知所为。又听得多祚大呼道：“上官昭容，钩引三思入宫，乃是第一个的罪犯。陛下若不忍割爱，请速将她交出，由臣等自行处置。”此语未免专擅。中宗待他说毕，回顾婉儿，但见婉儿两颊发赤，红泪下流，突向前跪下道：“妾并无勾引三思情事，谅经陛下洞鉴，妾死不足惜，但恐叛臣先索婉儿，次索皇后，再次要及陛下。”好一个激将法。中宗道：“朕在宫中，岂真不见不闻？怎忍将卿交与叛逆。卿且起来！商决讨逆方法。”婉儿方才起立。杨思勖在旁进言道：“李多祚挟持太子，称兵犯阙，这等叛臣逆贼，人人得诛。臣虽不才，愿率同禁兵，出门击贼。”中宗被他一说，稍觉胆壮起来，便道：“卿愿效力，尚有何言？但此去须要小心！”思勖领谕，当即下楼，驰至太极殿内，传谕宗楚客等。楚客即拨兵千人，归他带领，他便披甲上马，领兵出来。多祚因中宗未曾答复，尚在楼下待着，按兵不动。也是呆鸟。太子接应多祚，道遇魏元忠子太仆少卿升，也胁令同来，因见多祚尚未动手，也在后面扎住。多祚婿野呼利，曾任羽林中郎将，至是执戈前驱，意欲夺门升楼，为将军刘景仁所拒，再进再却，忽见门已大启，忙驰马欲入，兜头碰着杨思勖，一刀砍来，急切里闪避不及，被思勖劈落马下，再是一刀，了结性命。思勖杀死野呼利，麾兵齐出，与多祚接战。多祚手下，不过二三百人，且见野呼利被杀，越觉气沮，便纷纷倒退。中宗在楼上观战，见思勖已是得胜，不禁改忧为喜，遂高声传呼道：“叛军听着！汝等皆朕宿卫士，何故从多祚造反？若能立刻反正，共诛多祚，朕不但赦汝前愆，还当特别加赏，勿患不富贵呢。”羽林兵听到此谕，已知多祚无成，大家顾命要紧，索性遵敕倒戈，杀死多祚。思冲承况祎之忠义等，前后受逼，都战死乱军中，连魏升亦为所杀，只有太子策马走脱。

成王千里父子，闻多祚等已经接仗，也进攻右延明门。宗楚客纪处讷等，引兵抵敌，千里等寡不敌众，同时伤亡。楚客再遣果毅军将赵思慎追捕太子，太子率百骑走终南山，逃至鄠西，随身只有数人，暂憩林下，被左右刺死，将首级献与思慎。思慎携太子首，归报中宗。中宗毫不痛惜，把太子首献入太庙，并祭三思及崇训柩，然后悬示朝堂。东宫官属，无敢近太子尸，唯永和县丞宁嘉勖，解衣裹太子首，号哭多时，后来被贬为兴平丞。成王千里父子，及多祚等家属，悉数诛夷，且改千里姓为蝮氏。

韦氏婉儿，逼中宗穷治余党，连肃章门内外诸守吏，并请尽诛。中宗乃更命法司推断，大理卿郑惟忠道："大狱始决，人心未定，若再加推治，恐更多反侧了。"中宗乃止。但坐各门吏流罪，颁制大赦，改元景龙，加授杨思勖为银青光禄大夫，杨再思为中书令，纪处讷为侍中，追赠武三思太尉梁宣王，淫慝如三思，还要追封，无怪淫夫愈多，妻女越受糟蹋了。武崇训开府仪同三司鲁忠王。先是中宗复位，追念重润兄妹，含冤未白，特赠重润为皇太子，赐谥懿德，永泰郡主为公主，以礼改葬，号墓为陵。安乐公主亦请用永泰公主故事，称崇训墓为陵。给事中卢粲，上书驳斥，以为永泰事本出特恩，鲁王系是驸马，不得为比。中宗手谕道："安乐与永泰无异，鲁王同穴，不妨援例。"粲又驳奏道："陛下钟爱公主，施及女夫，未始非推恩至意。但驸马究系人臣，岂可使上下无辨，君臣一贯呢？中宗乃将此议搁起。公主恨粲多言，擅拟制敕，令帝署印，出粲为陈州刺史。当时宫廷内外，还道公主情深伉俪，所以有此奏请，或将来为同穴起见，特借武崇训事，同表显荣，亦未可知。哪知崇训在日，承嗣子延秀，与崇训为同族兄弟，随时往来，叔嫂不避。延秀在突厥数年，颇通番语，兼娴胡舞，姿度闲冶，丰采丽都。延秀被拘突厥及其后放还，见三十五六回，安乐公主，早已另眼相看，曲意款待，只恨崇训在旁，没法儿与他偷情，此次崇训死了，乐得召入延秀，共叙幽欢，名目上是帮助治丧，背地里是陪侍枕席。延秀又是个知情识趣的人物，骤得公主委身，自然格外尽力，温柔乡里，趣味独饶，风月梦中，欢娱倍甚，太宗可纳弟妇，延秀应该盗嫂。渐渐的明目张胆，公然与夫妇一般。最可笑的是中宗闻知，竟令延秀尚主，授太常卿，兼右卫将军，封温国公。延秀入朝谢恩，并谒韦氏，韦氏见他翩翩少年，也很羡慕。且因三思已死，无可续欢，看到这个爱婿，顿不禁惹起欲火，后来竟迫令侍寝，居然母女同欢。丈母逼奸女婿，越是怪事。

宗楚客等且表上帝后尊号，称中宗为应天神龙皇帝，韦氏为顺天翊圣皇后，改玄武门为神武门，楼为制胜楼。安乐公主，复阴结宗楚客等，谋谮相王及太平公主，嗾令御史冉祖雍，诬奏二人与重俊通谋，请收付制狱。中宗竟召吏部侍郎，兼御史中丞萧至忠，命他鞫治。至忠泣谏道："陛下富有四海，不能容一弟一妹，乃令人罗织成狱么？相王昔为皇嗣，尝向则天皇后前，以神器让陛下，累日不食，这是海内所共闻，奈何因祖雍一言，遂滋疑窦么？"中宗素来友爱，因即罢议。宗楚客等复讦奏魏元忠，说他纵子助逆，明明是重俊党援，应夷灭三族，中宗不许。这却尚有见地。元忠却自叹道："元恶已诛，鼎镬亦所愿受，可惜太子陨没，不得重生呢。"乃表请辞官。有制令以齐公致仕，仍朝朔望。楚客再引右卫郎将姚廷筠，为御史中丞，令他申劾元忠，援侯君集房遗爱等旧案，作为比例，因贬元忠为渠州司马。冉祖雍复上言元忠谋逆，不应出佐渠州，杨再思等亦以为言，那时中宗亦动起脑来，驳斥再思等道："元忠久供驱使，有功可录，所以朕特矜全，现在制命已行，岂容屡改？朝廷黜陟，应由朕出，卿等屡奏，殊违朕意。"有此刚决，却是难得。再思等始惶恐拜谢。楚客心终不死，再使袁守一弹劾元忠，谓："重俊位列东宫，犹加大法，元忠非勋非戚，如何独漏严刑？"中宗不得已，再贬元忠为务州尉。元忠行至涪陵，得病而终，年已七十余。他本宋州宋城人，以刚直闻，晚年再入朝秉政，自损丰裁，声望顿减。但终为奸党所谮，仍至贬死。至景龙四年，睿宗即位，乃追赠尚书左仆射齐国公，玄宗开元六年，追谥曰贞，这且慢表。

且说重俊事败，韦氏婉儿安乐公主等，声焰益盛，再加宗楚客纪处讷等，趋承奔走，事事效劳，因此宫禁变作朝廷，床闼几同都市。景龙二年，宫中忽传出一种新闻，说是皇后衣笥裙上，有五色云凝聚，非常祥瑞。恐是秽迹。中宗昏头磕脑，竟令宫监绘成图样，携示百官。侍中韦巨源，安石从子。也是宗纪一流人物，即顿首称贺，且请布示天下。中宗准奏，因大赦天下，赐五品以上母妻封号，无妻授女，妇人八十以上，俱准授郡县乡君。太史迦叶复姓音迦涉。志忠入奏道："昔神尧皇帝未受命，天下歌桃李子，文皇未受命，天下歌秦王破阵乐，天皇未受命，天下歌堂堂，则天皇后未受命，天下歌武媚娘，应天皇帝未受命，天下歌英王石州，顺天皇后未受命，天下歌桑条韦。臣思顺天皇后，既为国母，应主持蚕桑，供给宗庙衣服，所以臣谨拟桑条韦歌，共十二篇，上呈睿鉴，请编入乐府，俟皇后祀先蚕时，奏此篇章，也是鼓吹休明，上继周南化雅哩。”说罢，即将歌词双手捧上。经中宗览毕，喜动眉宇，即赐志忠美绢七百段。太常少卿郑愔，又逐篇引伸，说得韦氏德容美备，居然是西陵黄帝元妃嫘祖，系西陵氏。复出，太姒周文王妃。重生。谁知是一个淫妇。右补阙赵延禧，且上言：“周唐一统，符命同归。昔高宗封陛下为周王，则天时，唐同泰献洛水图，孔子有言：‘继周而王，百世可知。’陛下继则天皇帝，因周为唐，可百世王天下。”亏他附会。中宗大喜，立擢延禧为谏议大夫。上官婉儿，本与武三思私通，所拟诏书，多半崇周抑唐，至是因三思被杀，意中少一个知心人，免不得又要另觅，她想文人学士中，总有几个风流佳客，可供青眼，遂怂恿中宗开馆修文，增设学士员，选择能文的公卿，入修文馆，摛藻扬华，有时令学士等陪侍游宴，君臣赓和，韦氏安乐公主等，俱不避嫌疑，与诸文士结诗酒欢，连流竟夕，醉不思归。中宗韦氏，本不工诗，即由婉儿代为捉刀，各文臣亦明知非帝后亲笔，但当面只好认她自制，格外称扬，这一个说是臣百不逮，那一个说是臣万不及，喜得中宗韦氏，似吃雪的爽快，遂把那婉儿宠上加宠，所有乞请，无一不从。才足济奸，男子尤且可憎，况在妇女。婉儿趁此机会，拣得一个兵部侍郎崔湜，引作面首。湜年少多才，与婉儿真是一对佳耦，此番结成露水缘，婉儿才得如愿以偿，但尚有一种不满意处，崔湜在外，婉儿在内，宫闱虽然弛禁，究竟有个孱主儿，摆着上面，始终不甚方便。婉儿又想出一法，请营外第，以便游赏。中宗当即面许，拨给官费营造，于是穿池为沼，叠石为岩，先布置得非常幽胜，然后构成亭台阁宇，园榭廊庑，风雅为洛阳第一家，一任婉儿崔湜，栖迟偃息，日日演那鸳鸯戏浴图。中宗还莫明其妙，常引文臣往游，开宴赋诗，令婉儿评定甲乙，核示赏罚。相传婉儿将生时，母郑氏梦见巨人，付与一秤道：“持此称量天下士。”及婉儿生已逾月，郑氏辄戏语道：“汝能称量天下士么？”婉儿即哑然相应，至是果验。可惜有才无德，好淫不贞，此八字是婉儿定评。徒落得贻秽千秋，垂讥百世。小子有诗叹婉儿道：

儒林文字任评量，梦兆何曾寓不祥？
独怪有才偏乏德，问天何不畀贞良？

婉儿既得营外第，安乐公主等援例辟居，顿时争奢斗靡，各造出若干华屋来了。欲知详情，请看下回。

淫恶如武三思，骄慢如武崇训，谁不曰可杀？太子杀之，宜也。但父在子不得自专，太子虽锐意诛逆，究犯专权之罪，况称兵犯阙，索交后妃，为人子者，顾可如是胁父乎？窃谓三思父子，既已受诛，太子即当敛兵请罪，听父取决，虽终难免一死，究之与入犯君父者，顺逆不同，死于阙下，人犹谅之，死于山间，毋乃所谓死有余辜乎？况韦氏婉儿等，益张威焰，愈逞淫凶，母女可以通欢，文臣可以私侍，深宫浊乱，无出其右，盖未始非出于太子之一激，而因增此反动力也，小不忍则乱大谋，观本回事实，益信古圣贤之不我欺云。

第三十九回　规夜宴特献回波辞
进毒饼枉死神龙殿

却说安乐公主，是中宗第一个爱女，中宗曾许她开府置官，此次见婉儿得营外第，也乘此大营华屋，竞尚侈奢。公主尝请昆明池为私沼，中宗以池为公产，乃百姓蒲鱼所产，不便轻许。公主不悦，自夺民田，开凿一沼，取名为定昆池，隐隐有赛过昆明的意思。池广数里，累石象华山，引水象天津，形景酷肖昆明，由司农卿赵履温替她督治，不知费了若干民财，若干民力，才得凿成此池。池上造了许多亭台，很是华丽。安乐公主有七姊妹，长姊封新都公主，下嫁武延晖，次姊封宜城公主，下嫁裴巽，三姊即新宁公主，本嫁王同皎。同皎死，转嫁韦濯。见三十七回。四姊封长宁公主，下嫁杨慎交，五姊封永寿公主，下嫁韦鐬，及笄即亡。六姊即永泰公主，为武后所杀。见前。一妹封成安公主，下嫁韦捷。这七八姊妹中，唯长宁安乐两公主，系韦氏所生。安乐才艳动人，倍蒙宠眷，此外要算长宁。自安乐公主开府置属，长宁亦得踵行，且亦由东都使杨务廉，代营总第，凿山浚池，造台筑观，几与安乐私第相似。中宗素好击球，杨慎交特辟球场，洒油润地，光滑可爱，以此中宗时常临幸，与慎交击球取乐。看官！你想这中宗年逾半百，还是任意寻欢，哪里能治国治家，坐享天禄呢？无非儿戏。此外如韦氏胞妹两人，一封郕国夫人，一封崇国夫人。及婉儿母沛国夫人郑氏，尚宫柴氏贺娄氏，女巫受封陇西夫人赵英儿，俱依势用事，请谒受赃。就使屠沽臧获，但教奉钱三十万，即别降墨敕，授给官阶，外面用着斜封，交付中书省，中书省不敢不依，时人叫他为斜封官。或出钱三万，得度为僧尼。僧尼势力，不亚官吏，自韦氏以下，竞营佛寺，广设醮坛。左拾遣辛替否上书谏阻，有“沙弥不可操干戈，寺塔不足禳饥馑”等语，中宗不省。嗣是狎客满后庭，俘屠盈朝市。

起居舍人武平一，系武士彟从曾孙，入任修文馆直学士，他却与诸武性格不同，独请抑损外戚，愿从己家为始。中宗但优制慰答，未肯允准，又有武惟良子攸绪，士彟从侄孙，见前文。武氏时曾受封安平王，恬澹寡欲，情愿弃官居隐，遂往处嵩山，优游泉壑。所有武氏赐与服器，概置不用，自出私资买田，课奴耕种，无异平民。中宗慕他志节，一再征召，方才入朝。谒见时仍黄冠布服，自称山人。中宗赐坐殿旁，攸绪固辞，再拜即退。亲贵谒候，除寒暄数语外，不交一言。及陛辞归山，蒙赐金帛，一并却还，飘然径去。后来武韦尽灭，惟攸绪免祸，隐逸终身，这真可谓孤芳自赏，不染尘埃了。应该称扬。

当时这班王公大臣，还道他是迂拙不通，一味儿卑躬屈节，求媚宫廷，中宗也以为安享承平，可无他虑，镇日里与谐臣媚子，沉宴酣歌。景龙二年残腊，且敕召中书门下，与诸王驸马学士等，统入阁守岁，遍设庭燎，置酒作乐。待至饮酣兴至，中宗张目四顾，见御史大夫窦从一在座，便笑问道：“闻卿丧偶有年，今夕朕为卿作伐，特赐佳人，与卿成礼，可好么？”从一本名怀贞，因避韦氏父讳，特舍名用字，此时听得中宗面谕，总道有一个似花如玉的佳人，给为继室，不由的喜出望外，离座拜谢。中宗即嘱令左右，入内礼迎，不消半刻，即见内侍提着宫灯，从屏后出来，随后就是两个宫娥，各执宝翣，拥出一位新嫁娘，身着翟衣，首戴花钗，缓步趋近座前。中宗即令与从一交拜，对坐行合卺礼，交杯饮罢，宫女乃揭去面巾，中宗先大笑起来，侍臣等亦相率哄堂，看官道是何因？原来这位新嫁娘，已是白发萧毵，皱纹满面的老妪，她从前本是个蛮婢，因是韦氏幼时乳媪，随驾入宫，年约五六十岁，中宗特令嫁与从一，从一变喜为惊，心中甚觉懊恼，转念皇后乳母，势力不小，自己做了她的夫婿，年貌虽不甚相当，禄位却借此永保。也未可必。乐得将错便错，模糊过去。当下与老乳母一同谢恩，叩首御前。中宗面封老乳母为莒国夫人，呼令左右备舆，送新郎新娘归第。调侃从一，却也有趣，但不是人君所为。从一既去，中宗亦退入宫中，侍臣等守过残宵，至次日元旦，朝贺礼毕，才各散归。

窦从一得了老妻，每谒见奏请，自称为翊圣皇后阿爹，阿爹二字，作什么解？洛阳人呼乳母夫婿为阿爹，所以从一沿着俗例，举以自称。同僚或嘲他为国爹，他亦随声相应，毫无惭色。他的意中，总叫得皇后欢心，也不管什么讪笑了。过了十余日，便是上元节届，都城内外，庆贺元宵，当然有一番热闹。中宗想了一个行乐的法儿，放出宫女数千人，命设市肆，由公卿大夫为商旅，与宫女交易。一班少年士夫，承恩幸进，正好趁这机会，亲近芳泽，东来西往，左顾右盼，遇有姿色的宫女，便借贸易为名，上前调戏。宫女等也恬不知羞，互相戏谑，形状媟亵，词语鄙秽，中宗带着后妃公主等，亲往游行，就使耳闻目见，也不以为怪。设市三日，复命宫女为拔河戏，宫女等遂各备麻绳巨竹，以竹系绳，往至河边，掷竹水中，牵绳腕上，将竹拽起，一拽一掷，再掷再拽，以速为佳，但宫女都没有什么气力，全仗人多党众，同拽巨竹，方能胜任，因此分队为戏，每队约数十人，彼此互赛，都弄得淋头洗面，红粉涔涔。中宗挈领宫眷，登玄武门，观看拔河，以迟速为赏罚。宫女们越想斗胜，越觉用力，有失足跌伤的，有挫腰呼痛的，中宗等引为乐事，笑声不止。有什么好看？有什么好笑？等到夕阳西下，众力尽疲，方命将拔河戏停止，命驾回宫。

越宿大开筵宴，内外一概赐酺，中宗命侍宴诸臣，各呈技艺，或投壶，或弹鸟，或操琴，或蹴踘，独有国子监司业郭山恽，起向中宗陈请道："臣无他技，只能歌诗侑酒。"中宗道："卿且歌来！"山恽乃正容歌诗，但听他抑扬抗坠，不疾不徐，共计有二十多句，由在座诸人听声细辨，系是《小雅》中鹿鸣三章。歌罢，又复续歌二十多句，乃是《国风》中蟋蟀三章。中宗点首道："卿可谓善歌诗了。朕知卿意，应赐一觞。"随命左右斟酒，给与山恽。山恽跪饮立尽，谢赐乃起，退还原座。至诸臣已尽献技，中宗更召入优人，共作回波舞，舞毕后，又由中宗语群臣道："有回波舞，不可无回波词，卿等能各作一词否？"群臣闻了此语，不得不搜索枯肠，勉应上命。有一人先起座朗吟道：

回波尔如佺期，流向岭外生归。

身名幸蒙啮录，袍笏未列牙绯。

这首回波词，是沈佺期所作。佺期曾任考功员外郎，因与二张同党，坐流驩州。上官婉儿得宠，招致文士，乃复入为起居郎，兼修文馆学士。此次借词自嘲，明明是乞还牙绯的意思。婉儿即从旁面请道："沈学士才思翩翩，牙笏绯袍，亦属无愧。"中宗闻言，即语佺期道："朕当还卿牙绯便了。"佺期忙顿首拜谢。忽有优人臧奉，趋近御座前，叩头自陈道："臣奴亦有俚语，但辞近谐谑，恐渎至尊，乞陛下赦臣万死，方敢奏闻！"韦氏即接入道："恕你无罪，你且说来！"臧奉曼声徐吟道：

回波尔如栲栳，怕婆却也大好。

外头只有裴谈，内面无过李老。

韦氏听了，不禁大噱。中宗也微微含笑，并不介怀。自认怕妻。群臣有一大半识得故事，私相告语道："两方比例，却也确切，勿轻看这优人呢。"看官道是谁人故事？原来当时有个御史大夫裴谈，性最怕妻，尝谓妻有三可怕，少时如活菩萨，一可怕；儿女满前时如九子魔星，二可怕；及妻年渐老，薄施脂粉，或青或黑，状如鸠盘茶，三可怕。此言传闻都下，时人都目为裴怕婆。中宗畏惮韦氏，正与裴谈相同，臧奉敢进此词，实为韦氏张威，不怕中宗加罪。果然不出所料，由韦氏令他起来，越日领赏。上文恕罪，此次领赏，俱出韦氏口中，好似中宗不在一般。臧奉谢恩而退。谏议大夫李景伯，恐群臣愈歌愈纵，大亵国体，即上前奏道："臣也有俚词，请陛下俯睬刍荛。"说着，即朗歌道：

回波尔持酒卮，微臣职在箴规。

侍宴不过三爵，欢哗或恐非仪。

中宗闻至此语，反致不悦，面上竟露出怒容。御史中丞萧至忠，暗暗瞧着，恐景伯得罪，遂伏奏道："这真是好谏官呢。"中宗才不加责，即传命罢宴，回宫就寝。是夕无话，至次日，韦氏竟遣内侍赍帛百端，赐与臧奉，臧奉非常愉快。

既而宫中传出墨敕，授韦巨源杨再思为左右仆射，同中书门下三品，宗楚客为中书令，萧至忠为侍中，韦嗣立同三品，崔湜赵彦昭同平章事。于是宰相以下，唯萧至忠稍稍守正，此外都是狐群狗党，奴膝婢颜，而且滥官充溢，政出多门，宰相御史员外官，都是额外增添，挤满一堂，人以为三无坐处。监察御史崔琬，独劾奏："宗楚客纪处讷两人，潜通戎狄，私受贿赂，致生边患，乞即按罪"云云。查唐朝旧例，大臣被弹，应伛偻趋出朝堂，静立待罪。楚客并不遵例，反忿怒作色，自陈忠鲠，为琬所诬。中宗并不穷问，反命琬与楚客，结为异姓兄弟，作为和解，遂又有和事天子的传闻。看官！你道崔琬所奏，究竟是假呢？是真呢？小子考据唐史，实是真情，看官请听我道来。自武氏许突厥婚，默啜不复寇边，未几，武氏病死，婚议又复中变，遂致默啜生怨，拘杀唐使。鸿胪卿臧守言，进寇沙灵，中宗命左屯卫大将军张仁亶为朔方道大总管，往御突厥。突厥兵颇惮仁亶，闻风即退，被仁亶追出境外，斩首千级，才收军回镇。会西突厥别部突骑施，崛起碎叶川，酋长乌质勒，抚下有威，帐落寖盛。中宗初年，曾遣使入朝，受封为怀德郡王。乌质勒旋死，子沙葛嗣袭封爵，默啜南下无功，转图西略，亲督众往攻突骑施。张仁亶乘他远侵，潜兵入突厥境，取得拂云祠一带地方。拂云祠在河北，突厥每入寇，必先诣祠祈祷，然后度河南行。仁亶既袭取此地，即创筑三受降城。中城就在拂云祠，东西两城，距祠各二百里，首尾相应，控制突厥。兴工阅六十日，三城皆成。及默啜归国，仁亶已布置严密，无隙可乘。那时默啜只好自己懊悔，不敢南牧了。唯娑葛可汗，统有父众，与别将斗啜忠节，屡有违言，辄相攻击。忠节势弱，不能久持。金山道行军总管郭元振，奏令忠节入朝宿卫，中宗乃命右威卫将军周以悌为经略使，招抚忠节。以悌系宗纪二人党羽，到了播仙城，与忠节相遇，却导他纳赂宗纪，不必入朝。且愿发安西兵，兼引吐蕃为援，同击娑葛。忠节大喜，遂出千金为赂，浼以悌转报宗纪楚客遂请遣将军牛师奖，为安西副都护，发甘凉兵，兼征吐蕃部众，往助忠节，一面遣御史中丞冯嘉宾，往与忠节面洽。可巧娑葛遣使娑腊，入京贡马，探得楚客等秘谋，即还报娑葛。娑葛暗地出兵，邀截计舒河口，果然忠节嘉宾，两下相会，一声胡哨，麾动番众，杀入嘉宾幄内，嘉宾不及备防？立致剁毙，忠节也被擒去。是谓人财两失。娑葛遂大发兵攻安西，与牛师奖交战火烧城，师奖败没，安西失守，娑葛复遣使上表，求楚客头，以头颅偿千金，为楚客计，还算值得。且贻郭元振书，略谓："与唐无嫌，只仇阙啜。宗尚书受阙啜金，欲加兵灭我，所以惧死奋斗，乞将详情上闻。”元振曾上书奏阻，至是复将娑葛原书，飞使驰奏。楚客诬言元振隐蓄异志，立请召还，即命周以悌代元振职。元振亟遣子鸿入朝，伏阙面陈底细。中宗乃坐罪以悌，流窜白州，仍令元振留任，赦娑葛罪，册为钦化可汗，赐名守忠。唯楚客等受赃隐情，概置勿问。所以御史崔琬，忍无可忍，面劾楚客。哪知和事天子，反教他释嫌结好，岂不可笑？

更有郑愔崔湜，并掌铨衡，卖官鬻爵，选法大坏。御史靳桓李尚隐，查出许多赃证，入朝面弹，两人无可抵赖，下狱坐戍，愔谪吉州，湜贬江州。惟湜系婉儿私夫，忽闻有敕远窜，教她如何割舍？免不得设法转圜，代湜申理。会值景龙三年冬至，中宗将有事南郊，婉儿即为湜陈请，召还都中，令襄大礼。连郑愔也一并召归。祭天时，中宗初献，皇后韦氏亚献，宰相女各助执笾豆，号为斋娘。也是旷古奇闻。礼成加赏，所有斋娘夫婿，俱得迁官，总算是浩荡皇恩，无微不至。语中有刺。

越年元宵节，六街三市，大张花灯，笙歌遍地，金鼓喧天。韦氏忽发狂念，与婉儿及诸公主，邀请中宗微服游行。中宗含笑相从，遂各换衣妆，打扮如平民模样，出游街市，并令宫女数千人，一同随往。但见人山人海，击毂摩肩，男女混杂，贵贱不分。韦氏婉儿，且专拣热闹处玩赏，与一班看灯的男妇，挨挨挤挤，毫不避忌，直至斗转参横，灯残烛灺，方联翩还宫。查点宫女，十成中却少了五六成，想是乘机私奔去了。中宗因不便追缉，只好付诸不究，糊涂了事。也是皇恩。

过了数日，复亲幸梨园，命三品以上抛球拔河。韦巨源唐休璟，年力衰迈，随绳仆地，一时扒不起来，害得手脚乱爬，好似乌龟一般，中宗及韦氏婉儿等，都吃吃大笑，视为至乐。既而又游定昆池，命从官赋诗，黄门侍郎李日知，呈诗一首，中有两语云：“所愿暂思居者逸，勿使时称作者劳。”中宗瞧着，笑顾日知道：“卿亦效郭山恽的诗谏么？”日知道：“是在陛下圣鉴。”中宗乃起驾回宫，有好几月不出游幸。到了孟夏时候，又出幸隆庆池。池在长安城东隅，民家井隘，浸成大池数十顷，朝廷目为祯祥，因赐名隆庆。隆庆池北有隆庆坊，相王旦五子，筑第住居，号为五王子宅。五王子详见后文。当时有术士传言，谓：“五王子宅中，郁郁有帝王气。”中宗意欲魇禳，特命在池旁结起采楼，率侍臣等诣楼开宴，且泛舟为戏，足足欢娱了一日一夜。还宫以后，复宴近臣。国子祭酒祝钦明，自请为八风舞，摇头转目，胁肩谄笑，装出许多丑态，引得韦氏以下，无不鼓掌。吏部侍郎卢藏用，私语同座道："祝公以儒学著名，今乃如此出丑，五经已扫地尽了。"散骑常侍马秦客，光禄少卿杨均，亦在座列饮。韦氏见他年轻貌秀，未免动欲，及至散宴，阴令心腹内侍，通意两人。秦客颇通医术，均却善烹调，两人却借此为名，得入宫掖。韦氏毫不知羞，趁着中宗另幸别宫，即令两人轮流侍寝，作竟夕欢。

约过了一两月，忽有定州人郎岌，叩阍告变，奏称韦氏与宗楚客等，将谋大逆。中宗正览奏起疑，偏被韦氏闻知，定要中宗立毙郎岌，中宗乃敕令将岌杖死。许州参军燕钦融，又上言："皇后淫乱，干预国政，安乐公主武延秀及宗楚客等，朋比为奸，谋危社稷，应亟加严惩，以防不测。"中宗得了此疏，面召钦融诘责。钦融顿首抗言，词色不挠，当由中宗叱令退去。谁知他甫出朝门，竟由宗楚客擅令骑士，把他拿回，掷置殿庭石上，折颈毙命。中宗未免动怒，查问骑士，系出楚客指使，不禁恨恨道："你等只知有宗楚客，不知有朕么？"你一人久无权力，岂自今始？楚客乃惧，即入告韦氏婉儿等，谓皇上已有变志。韦氏正因新幸马杨，也恐事泄，遂与马杨密谋弑主。马秦客道："臣去合一种末药，置入饼中，便可了结主子。"韦氏道："事不宜迟，速即办来！"秦客领命即出。越日，即将末药呈入，便由韦氏亲自制饼，把末药放入馅中。及饼已蒸熟，闻中宗在神龙殿查阅奏章，便令宫女携饼献去。中宗最喜食饼，取了便吃，一连吃了八九枚，尚说是饼味很佳，不意过了片时，腹中大痛，坐立不安，倒在榻上乱滚。当有内侍往报韦氏，韦氏徐徐入殿，假意惊问。中宗已说不出话，但用手指口，呜呜不已。又延捱了数刻，身子不能动弹，两眼一翻，双足一伸，竟呜呼哀哉了。享年五十五岁。总计中宗嗣位，纪元嗣圣，才经一月，即被废黜。幽禁了十四年，方还东都，又为皇太子六年，才得复辟。在位六年，改元两次，竟被毒死。小子有诗叹道：

昔日点筹烦圣虑，今番进毒报君恩。
从知女德终无极，地下有谁代雪冤？

中宗既崩，韦氏召入私人，当然有一番举动，待小子下回说明。

古称诗三百篇，皆贤圣发愤之所作，故讽刺多而颂扬少。即间有所颂，亦隐寓规劝之意，故诗之关系，实非浅鲜，孔子以学诗勖门人，良有以也。唐自武后临朝，诗赋大兴，至中宗而益盛，宜若可以兴国矣。但诗有定体，亦有定义，非徒谐声叶律，遂足称诗；至若贡谀献媚，导奸鬻淫，更不足道。观本回所录回波词三则，唯李景伯以诗作谏，尚有古风，沈佺期借词干进，已无可取，臧奉乃更为怕婆词，大廷之上，不啻村俗，是岂尚存古道乎？夫身修而后家齐，家齐而后国治，圣训流传，万古不易。中宗不能修身，安能齐家，不能齐家，安能治国？狎客满后庭，浮屠盈都市，如此而不亡国败家者，吾未信也，一饼杀身，几至覆宗，微临淄之兴师，唐其尚有幸乎？

第四十回　讨韦氏扫清宿秽　平谯王骈戮叛徒

却说韦氏既毒死中宗，秘不发丧，但召诸宰相入禁中，征诸府兵五万人，屯守京城，使驸马都尉韦捷韦濯，卫尉卿韦璿，左千牛中郎将韦锜，长安令韦播等，分领府兵。中书舍人韦元徼，巡行六街。适从何来？遽集于此。左监门大将军兼内侍薛思简等，率兵五百人，往戍均州，防御谯王重福。命刑部尚书裴谈，工部尚书张锡，并同中书门下三品，兼充东都留守。吏部尚书张嘉福、中书侍郎岑羲、吏部侍郎崔湜，并同平章事，一面与太平公主，及上官婉儿，谋草遗诏，立温王重茂为皇太子。重茂系中宗幼儿，后宫所出，时方十六岁，由皇后韦氏训政，相王旦参谋政事。草制既颁，然后举哀。宗楚客隐忌相王，入语韦氏道："皇后与相王，乃是嫂叔，古礼嫂叔不通问，将来临朝听政，何以为礼？"韦氏道："遗制已下，奈何？"楚客道："皇后放心，臣自有计较。"越日，即会同百官，奏请皇后临朝，罢相王参政。韦氏即批令相王旦为太子太师，自己临朝摄政，改元唐隆，大赦天下，命韦温总掌内外兵马。温系韦氏从兄，所以韦氏倚为心腹。又越三日，始令太子重茂即位，尊皇后韦氏为皇太后，立妃陆氏为皇后。宗楚客与武延秀赵履温叶静能等，及韦族诸人，共劝韦氏遵武后故事，使韦氏子弟领南北军。楚客更援引图谶，密言韦氏宜革唐命，怂恿韦氏谋害嗣皇，且深忌相王及太平公主，日与韦温安乐公主商议，欲去两人。哪知天意难容，人心未死，大唐天下，不该移入韦氏手中，遂令天演嫡派，兴师讨逆，把韦武两族，及内外淫恶诸男妇，一律诛死，才觉宫廷复靖，日月重光。看官道是何人？乃是相王旦第三子隆基。此是唐室一大转捩，应该大书特书。

相王旦生有六子，长子即成器，从前曾立太子，相王复封，成器亦降王寿春，次子名成义，封衡阳王，四子名隆范，封巴陵王，五子名隆业，封彭城王，季子名隆悌，封汝南王，已经蚤死。隆基排行第三，系相王妾窦氏所生，性英武，善骑射，通音律历象诸学，初封楚王，改封临淄，出任潞州别驾。景龙四年入朝，留京不遣。他知韦武用事，必为国患，乃阴结豪杰，借图匡复。从前太宗时代，尝选官户及蕃口骁勇，充做羽林军，著虎文衣，跨豹文鞯，共得百人，叫作百骑，武氏时增为千骑，中宗时又添至万骑。隆基密与联络，隐作干城。兵部侍郎崔日用，素与宗楚客往来，颇知楚客秘谋，因恐自己被祸，乃转告隆基。隆基即与太平公主，及公主子薛宗暕，系薛绍子。内苑总监钟绍京，尚衣奉御王崇晔，前朝邑尉刘幽求，折冲麻嗣宗等，为先发制人起见，定议讨逆。适值长安令韦播，虐待万骑，屡加搒掠，万骑皆怨。果毅校尉葛福顺陈元礼，往诉隆基，隆基复与谋讨逆事宜，大众踊跃愿效。福顺且语隆基道："贤王举事，当先禀达相王。"隆基道："我辈举兵讨逆，无非为社稷计，事成庶归福父王，不成便以身殉，免得父王受累。且今日先行禀达，倘父王不从，反致败事，不如不说为妥。"乃改换服饰，潜率刘幽求等，径入苑中。

时已黄昏，忽见天星纷落，几与雨点相似。幽求道："天意如此，时不可失了。"陨星岂关系讨逆？且星亦未必致陨，不过幽求借此励众，幸勿信为真言。葛福顺即拔刀先驱，直入羽林营，韦璿韦播猝不及防，被福顺率众捣入，左右乱劈，即将两人砍死，且枭首示众道："韦氏酖杀先帝，谋危社稷，今夕当共诛诸韦，别立相王以安天下。如有阴怀两端，甘心助逆等情，罪及三族，慎勿后悔！"羽林军本归心隆基，当然听命，乃将韦璿等首级，命部众赍送隆基。隆基取火验视，果然不谬，乃与幽求等出南苑门。总监钟绍京，聚集丁匠二百余人，各执斧锯，随众同行。福顺率左万骑攻玄德门，另派羽林将李仙凫，率右万骑攻白兽门，约会凌烟阁前。隆基勒兵玄武门外，静听消息。三鼓后闻里面噪声，即与绍京等斩关直入，驰至太极殿，殿中正停置中宗梓宫，有卫兵守着，一闻外面喧声，也被甲出应。韦氏正留宿殿中，蓦然惊起，止穿得小衣单衫，奔出后门。适遇杨均马秦客，由韦氏急呼救援，二人左右搀扶，走入飞骑营，望他保护。不意营中将卒，突出门前，先将杨马两人，一刀一个，劈死地上。韦氏吓得乱抖，不由的泪下盈腮，哀求容纳。你也有此日么？大众共嚷道：“弑君淫妇，人人共愤，今日还想活着么？”说着，即有人手起刀落，把韦氏剁作两段，将首级献与隆基。与杨马同时做鬼，也算风流。隆基闻韦氏已诛，便传令肃清宫掖，于是驸马武延秀，尚宫贺娄氏，均被搜获，一并斩首。时已黎明，刘幽求等驰入宫中，安乐公主深居别院，尚未知外面事变，方早起新沐，对镜画眉，突听得后面一响，正要回顾，那头上忽觉暴痛，只叫得一声阿哟，已是头破脑裂，死于非命。幽求已诛死安乐公主，再去搜捕上官婉儿。婉儿本是个聪明人物，竟带着宫人，秉烛出迎。既与幽求会晤，即将前日相王参政的草制，从袖中取出，示与幽求，且托他婉告隆基，期免一死。幽求见她娇喉宛转，楚楚可怜，便满口答应出来。凑巧隆基入宫，就将草制呈上，替婉儿代为申辩。隆基道：“此婢妖淫，渎乱宫闱，怎可轻恕？今日不诛，后悔无及了。”却是刚断，可惜晚年不符。即命左右去取婉儿首级。不消半刻时辰，已将一个红颜绿鬓的头颅，携至隆基面前。可为才女轻薄者鉴。隆基验讫，更捕索诸韦，及监守宫门素来归附韦氏的吏役，尽行枭首。

内外既定，隆基乃往见相王，自言不先禀白的原因，叩首请罪。相王抱头泣语道：“社稷宗庙，赖汝不坠，还有何罪呢？”隆基即迎相王入宫，掩住宫门及京城门，分遣万骑，收捕诸韦亲党，先将韦温拿斩。中书令宗楚客，身服斩衰，乘青驴逃出，方至通化门，被门卒拦住，笑呼道：“你是宗尚书，为何至此？”揶揄得妙。一面说，一面已将楚客拖落驴下，抓去布帽，一刀砍死。那冒冒失失的宗晋卿，也随后跑来，同做了刀头面。兄弟同死，也是亲昵。相王奉少帝重茂，御安福门，慰谕百姓。司农卿赵履温，向在安乐公主门下，奔走趋奉，至是急驰诣安福楼下，舞蹈呼万岁；声尚未绝，已由相王遣人出来，把他脑袋取去，剩下没头的尸骸，倒弃地上，人民争集，拔刀割肉，片刻即尽。韦巨源正欲入朝，有家人报称变起，劝他逃匿。巨源道：“我位列枢轴，岂可闻难不赴？”说着即行；才至都市，为乱兵所杀。他如韦捷韦濯韦元徼，及纪处讷叶静能张嘉福等，一古脑儿捕到安福门前，一刀一个，两刀一双，统变作无头鬼。秘书监王邕，系韦后妹崇国夫人夫婿，他恐因亲党株连，杀妻自首。最可笑的是皇后阿奢窦从一，也将这老妻莒国夫人，枭首以献，我为从一心喜，省得老妇当夕。两人总算免死。废韦后为庶人，陈尸市曹。所有韦氏宗族，俱由崔日用领兵搜诛，连襁褓小儿，统杀得一个不留。武氏宗属，重罪诛死，轻罪流窜。何苦争权？乃下制大赦，封成器为宋王，隆基为平王，统辖左右厢万骑。薛崇暕晋封立节王，钟绍京为中书侍郎，刘幽求为中书舍人，并参知机务，麻嗣宗为左金吾卫中郎将，其余功臣，赏赉有加。隆基二奴王毛仲李守德，亦得超拜得军。未免太滥。

既而太平公主传少帝命，愿让位相王，相王固辞。刘幽求入语宋王成器，与平王隆基道："从前相王已居宸极，众望所归，今人心未靖，国难初纾，相王岂得尚守小节？请早即位以镇天下。"隆基道："父王性安恬淡，未尝有心登极，虽有天下，犹且让人。况少帝为亲兄子，怎肯将他移去？"幽求道："众心不可违，相王虽欲高居独善，恐亦未能如愿，况社稷为重，君为轻，二王亦应几谏为是。"成器隆基，乃入见相王，极言人心归向，国事攸关，不如早正大位云云。相王尚不肯从，复经二人力谏，方才允许。是夕有制颁出，命宋王成器为左卫大将军，衡阳王成义为右卫大将军，巴陵王隆范为左羽林大将军，彭城王隆业为右羽林大将军。进平王隆基为殿中监，同中书门下三品，中书侍郎钟绍京，黄门侍郎李日知，并同中书门下三品。太平公主子薛崇训，薛绍次子。为右千牛卫。贬窦从一为濠州司马，王邕为沁州刺史，杨慎交为巴州刺史，萧至忠为许州刺史，韦嗣立为宋州刺史，赵彦昭为绛州刺史，崔湜为华州刺史，郑愔为汴州刺史。崔郑二人，何故未诛？布置既定，即于次日入太极殿，处置易位事宜。这位茫无所知的少帝重茂，贸然出殿，径至东隅，西向而坐，相王亦登殿至梓宫旁，太平公主早在殿中，待众大臣一齐趋入，方对众朗言道："嗣皇欲将帝位让与叔父，诸公以为可否？"幽求即跪答道："国家多难，应立长君，皇上仁孝，追踪尧舜，诚合至公。相王代他任重，慈爱尤厚，此事正宜速行。"说至此，大众齐声赞成，太平公主即趋至少帝座前，高声与语道："人心已尽归相王，此处已非儿座，可即趋下。"少帝尚呆坐不动，被太平公主一把拖落，只好含着眼泪，趋立下首。当由相王徐步进行，至少帝坐过的位置，昂然坐定。群臣都伏称万岁。拜贺既毕，复拥相王出殿，御承天门，大赦天下，是为睿宗皇帝。仍封重茂为温王，进钟绍京为中书令，赐内外官爵有差，加太平公主实封万户。唯立储一事，累经睿宗筹思，因立长立功两问题，横亘胸中，终不能决。宋王成器，窥知父意，乃入白睿宗道："国家安宜先嫡长，国家危宜先有功，若失所宜，必违众望。臣儿宁死，不敢居平王上。"睿宗尚有疑义，召问群臣。刘幽求进言道："能除天下大祸，应享天下大福。平王尊安社稷，救护君亲，功固最大，德亦最贤。况宋王已有让词，自应立平王为太子，请陛下勿疑！"群臣亦多如幽求言，储议乃定。事贵达权，睿宗颇胜高祖一筹。越数日，即立平王隆基为太子。隆基复表让成器，睿宗不许。隆基乃入居东宫，令宋王成器为雍州牧，兼太子太师。追削武三思武崇训爵谥，斫棺暴尸，刬平坟墓，流越州长史宋之问。饶州长史冉祖雍至岭南，革则天大圣皇后名号，仍称天后。天字亦不宜称。追谥雍王贤为章怀太子，封贤子守礼为豳王，复故太子重俊位号，予谥节愍。赠还张柬之等五人王爵，所有得罪韦武，被诛被窜死诸官吏，俱还给官阶。召许州刺史姚元之为兵部尚书，洛州长史宋璟为吏部尚书，俱同中书门下三品。加封成义为申王，隆范为岐王，隆业为薛王，改元景云，再行大赦。所有韦氏余党，未曾察出加罪，概从豁免，此后不究。

且遣使宣慰谯王重福，调任集州刺史。重福整装将行，适有洛阳人张灵均，贻书重福道："大王地居嫡长，当为天子，相王虽然有功，不应继统。东都士民，都望大王到来，王若潜入洛阳，发左右屯营兵，袭杀留守。取东都几如反掌，再西略陕州，东徇大河南北，天下即指挥可定了。"重福信为奇谋，复书如约。可巧郑愔被谪汴州，道出洛阳，灵均遮道请留，与语秘计。愔正怨望朝廷，遇着这个机会，乐得顺风敲锣，为泄恨计，否则何致速死。当下与灵均结谋聚徒党数十人，预替重福草制，立重福为帝，改元为中元克复，尊睿宗为皇季叔，重茂为皇太弟，愔为左丞相，知内外文事，灵均为右丞相，兼天柱大将军，知武事，右散骑常侍严善思为礼部尚书，知吏部事。毫无头绪，即预为草制，仿佛痴人说梦。一面令灵均往迎重福。愔留住洛阳，借驸马都尉裴巽故第，潜备供张，专待重福到来。

洛阳县官，稍得风闻，侦查了好几日，益觉事出有因，遂率役隶数十人，径诣裴宅按问。甫至门首，兜头正碰着重福，与灵均带着数健夫，鱼贯前来。县官急忙退还，走白留守。群吏闻变，相率逃匿，只洛州长史崔日知，投袂而起，号召兵士，拟即往讨。留台侍御史李邕，在天津桥遇着重福，料他必有秘谋，也急驰入屯营，语大众道："谯王得罪先帝，今无故入东都，必将为乱，君等正可乘此立功，博取富贵。"营兵同声应命。又告皇城使速闭诸门，慎防不测。重福趋至左右屯营，营兵张弓迭射，箭如飞蝗，吓得重福连忙回头，转至左掖门，欲劫夺留守部众，偏偏门已重闭，不由的懊恼起来，即命手下纵火焚门。火尚未燃，那左右屯营兵，两路杀至，教重福如何抵挡？没奈何策马奔逃，投入山谷。留守兵四出搜捕，掩入谷中，重福无路可走，跃入漕渠，立刻溺毙。又捕得张灵均，押至狱中，只有郑愔查无下落。旋经崔日知亲自督捕，到处盘查，突见有一小车，车中载一妇人，露着高髻，面上却用巾遮住，由车夫急推前行，种种形迹可疑，当由日知指令军士，追诘此车，并将妇人的面巾揭去，一经露面，却是于思于思的丑男子。看官不必细问，便可知是逃犯郑愔，愔貌丑多须，一时无从脱逃，乃改作女装，梳髻作妇人服，想借此混出外城。计策亦妙，可惜无易容术。可奈天网恢恢，疏而不漏，竟被日知瞧破，捆缚而归，随即就狱中牵出灵均，一同鞫问。愔浑身发抖，似不能言。灵均独神色自如，直供不讳，且瞋目顾托道："我与此人同谋，怪不得要失败哩。"于是两人牵出都市，同时伏诛。愔先附来俊臣，继附张易之，又附韦氏，至此复附谯王重福，终归诛死。专事逢迎者其听之！严善思亦坐流静州。旋葬中宗于定陵，廷议以韦庶人有罪，不应祔葬，乃追谥故英王妃赵氏为和思顺圣皇后，求尸无着，见前文。乃用袆衣招魂，祔葬定陵。贬李峤为怀州刺史，裴谈为蒲州刺史，祝钦明郭山恽等，俱为远州长史。罢斜封官，易墨敕制，姚宋当国，请托不行，纲纪修举，赏罚严明，中外翕然，共称为有贞观永徽遗风。

只是太平公主，自恃功高，睿宗亦很加爱重，尝与她商议国政。每入奏事，坐语移时，有数日不来朝谒，即令宰相就第咨询。至若宰相陈请，睿宗辄问与太平议否？又问与三郎议否？三郎就是太子隆基，因他排列第三，故呼为三郎。太平公主，初见太子年少，不以为意，既而惮他英武，遂造出一种谣言，说是太子非长，不当册立，将来必有后忧。睿宗不为所动，到了景云二年正月，太平公主奏请立后，睿宗道："故妃刘氏及德妃窦氏，同死非命，尸骨无存，朕何忍再立继后呢？"公主道："刘妃系陛下正配，且曾生宋王，应该追封。窦氏非刘妃比，应有嫡庶的分辨，不容一律。"明明寓有深意。睿宗默然。待公主退出，竟追册刘氏窦氏，并为皇后。公主不免忿恨，更阴嘱私党，散布蜚言，大致谓："宫廷内外，倾心东宫，姚元之宋璟，左右赞襄，不日必有内变。"一面令女夫唐晙，往邀韦安石。安石方入任侍中，不肯赴召，事为睿宗所闻，密召安石入问道："朝廷皆倾心太子，卿可为朕访察，有无异图？"安石答道："陛下何为信此讹言？这是太平私谋，欲危太子，试思太子有功社稷，仁明孝友，天下共闻，如何宫中独有蜚语？显见奸人播弄，幸勿轻信。"睿宗矍然道："朕已知道了，卿勿复言！"公主因计划不成，亲乘辇至光范门，召集宰相，示意易储，众皆失色。宋璟抗言道："东宫拨乱反正，建立大功，真宗庙社稷主，奈何忽有此议？"公主怏怏不悦，拂袖竟归。璟乃邀同姚元之，入白睿宗道："宋王为陛下元子，豳王乃高宗长孙，公主从中交构，将使东宫不安，不如令宋王豳王，皆出为刺史，并罢岐薛二王左右羽林，就是太平公主及武攸暨，亦皆安置东都，庶不致有内变了。"睿宗道："朕唯一妹，怎可远置东都？诸王惟卿所处。"睿宗亦不免优柔。姚宋两人，本意在遣废太平，因见睿宗不从，只好退出。越数日，睿宗又语侍臣道："近日有术士言，五日内当有急兵入宫，卿等须加意预防。时张说已入为中书侍郎同平章事，闻睿宗言，便进谏道："奸人欲离间东宫，乃有是说，若陛下使太子监国，流言自当永息了。"姚元之复接口道："张说所言，系社稷至计，愿陛下即日施行。"睿宗准奏，即命太子监国，出宋王成器为同州刺史，豳王守礼为幽州刺史，太平公主及武攸暨，安置蒲州。小子有诗咏道：

百端构陷总无成，到此应知自戒盈。
若使当时能悔祸，太平原是享承平。

制敕既下，太平公主愤不可遏，更想出一条别法来了。究竟用何计策，且看下回便知。

女子与小人，断不可使之立功，功出彼手，乱必因之，观本回所叙之太平公主，实亦一韦武流亚，其于韦氏受诛时，并未见若何预议，不过其子薛宗暕，稍稍效力，而成此功者，固非临淄莫属也。韦武既灭，朝廷易主，而太平乃首出建议，捽去少帝，此特一手一足之劳耳。人心已尽归相王，太平安能标异乎？然彼则自恃有功，睿宗亦以有功视之，卒至谗间东宫，谋生内变，牝鸡之不可司晨，固如此哉！然则太平固有罪矣，而睿宗之纵令为恶，亦未尝无咎焉。

第四十一回　应星变睿宗禅位
泄逆谋公主杀身

却说太平公主，接到蒲州安置的制敕，不由的懊怅万分，当即召太子入内，厉声问道："我为汝父子打算，也算尽力，今反以怨报德，将我贬居蒲州，我想汝父仁厚，当不出此，想是汝从中播弄，因有此敕命呢。"当头一棒。太子惶恐拜谢道："侄何敢如此？闻系姚宋二人，奏请父皇，乃下此敕。"公主冷笑道："姚宋所奏，也无非为汝起见，他恐我等在都，于汝不便，所以特地请命，要我等即日远离。试想我捽去重茂，改立汝父，也是为汝承袭计，从前安乐想作皇太女，难道我想作皇太妹么？"描摹利口，唯妙唯肖。太子道："侄儿当奏闻父皇，加罪姚宋二人便了。"言毕趋出，即表劾姚宋离间姑兄，请从重典惩办。睿宗乃贬元之为申州刺史，璟为楚州刺史，宋豳二王，仍留居京都，唯太平公主夫妇，依然遣往蒲州，不复收回成命。公主怏怏而去，临行时由太子饯送，尚是埋怨不休。太子答道："今日暂别，他日总当由侄儿申请，包管姑母重归。"公主始强开笑颜，与武攸暨登车去讫。

既而睿宗召群臣入宴，且与语道："朕素怀澹泊，不以万乘为贵，前为皇嗣，及为皇太弟，均为时势所迫，并非由朕本意。今朕年已半百，不欲亲揽朝纲，意欲传位太子，卿等以为何如？"群臣闻言，俱面面相觑，莫敢先对。独殿中侍御史和逢尧，系是太平私党，偏起座进言道："陛下春秋未高，方为四海景仰，怎得遽行内禅呢？"睿宗听了，踌躇半晌，方道："朕自有区处。"越宿下制，凡一切政事，皆听太子处分，所有军旅死刑，及五品以下除授，与太子议定后闻。太子奉制固辞，且请让与宋王成器，睿宗不许。嗣复请召太平公主还京，得邀允准，颁敕至蒲州。太平公主当然欢慰，立即启行还朝，往返不过四月，至是入见睿宗。睿宗性本友爱，自然欢颜相待，和好如初。

可巧攸暨病逝，公主又变作嫠妇，虽然年逾四十，尚是萦情肉欲，不耐孤栖，酷肖乃母。蓦然记起当年的崔湜，才貌风流，不愧佳客，当下密召入都，待他进谒，即引与欢狎，做个婉儿第二。又想招揽几个旧官，自张羽翼，濠州司马窦从一，已复名怀贞，在朝时曾谄附太平，至是亦由太平召还，与崔湜同作私人，并向睿宗前极力保荐。睿宗乃复用湜为太子詹事，怀贞为御史大夫。还有奸僧慧范，与公主乳媪通奸，也往来公主第中，常参密议。又如岑羲萧至忠薛稷等，前皆坐罪遭贬，太平公主一并引为爪牙，奏复原官，于是声势复盛。窦怀贞每日退朝，必至太平处请安。唐臣多无丈夫气，不必怪窦怀贞。适睿宗女西城公主，及崇昌公主，愿作女道士，自请出家，却也别具肺肠。睿宗欲修筑金仙玉真二观，分居二女。怀贞即乞请太平，求为营观使。太平公主因替他进言，一说便成。怀贞格外效力，亲自督役，才经月余，已造就两座华刹，前殿后宇，金碧辉煌。西城崇昌两公主，到了观中，都觉得称心满意，当然至睿宗前，赞美怀贞，又经太平公主随时揄扬，不由睿宗不信，竟进授怀贞为侍中，同中书门下三品。怀贞喜出望外，忽有相士与语道："公居相位，必遭刑厄。"说得怀贞又转喜为忧，自请解官，有制听便。不到数日，又复令为尚书左仆射。崔湜因怀贞得志，免不得在旁艳羡，有时与太平欢会，叙及怀贞。太平公主道："这有何难？汝欲入相，但教我进去数语，便可如愿了。"湜感激涕零，甚至五体投地。但教你在枕席上格外效劳，便足报德，何必作此丑态。一面复语太平道："同僚中有陆象先，亦望公主代为援引。"太平公主道："象先与我何涉？我何必替他帮忙。"湜又道："象先言高行洁，推重同僚，此人入相，必慰众望。湜与同升，也是附骥名彰的微意呢。"太平公主方才点首。次日入见睿宗，即将象先与湜举荐上去。睿宗道："象先素负众望，不愧相才。湜太龌龊，难副众望。"太平公主仍然固请，睿宗只是摇首。及见公主两颊绯红，几乎要堕下泪来，方勉强承认下去。时已任韦安石李日知为相，朝政未免紊乱，乃趁着公主入请，出安石留守东都，迁日知吏部尚书，命陆象先同平章事，崔湜为中书侍郎，同中书门下三品。又进吏部尚书刘幽求为侍中，右散骑常侍魏知古为左散骑常侍，俱同三品。越年改元太极，未几又改元延和。

萧至忠自依附太平，由许州进任刑部尚书，遂出入太平私第，日夕伺候，偶与宋璟相遇，璟讽语道："萧君！汝亦在此，非璟所料。"至忠笑答道："宋生规我，足见好意。"说到"意"字，已是策马驰去。至忠有妹，适华州长史蒋钦绪，亦进谏至忠道："如君高才，何患不达？幸勿非分妄求。"至忠默然不答。钦绪退出，不禁长叹道："九代卿族，一举尽灭，并不是可哀么？"熏心利禄者，可引此为戒。原来至忠世代簪缨，祖名德言，曾任唐为秘书少监，所以钦绪有此悲叹，哪知至忠竟步步春风，更入为中书令了。太平既得至忠为助，又引侍中岑羲，尚书右丞卢藏用，太子少保薛稷，右散骑常侍贾膺福，雍州长史李晋，羽林大将军常元楷，知羽林军李慈等，同为心腹。鸿胪卿唐晙，本是太平女夫，当然通同一气，每事与商。会值秋高气爽，星月倍明，西方的太微垣旁，现出了一个彗星，光芒数丈。太平公主即密使术士进白睿宗，谓："彗星出现，当是除旧布新的变象，且帝座及心前星，心有三星，旧说前星主太子。亦有变动，大约太子当入承帝统，请陛下传位为是。"看官！你想此说是明明激动睿宗，引他恨及太子，可以从中进谗，不意睿宗竟信为真言，便毅然道："朕早思传位，今天象又复如此，尚有何疑？传德避灾，朕志决了。"术士不便再言，慌忙返报太平公主。公主大惊道："欲巧反拙，弄假成真，这还当了得么？"这叫做庸人自扰。随即召入党羽，共议挽回。大家想了多时，没有什么良策，只好奏阻内禅，再作计较。于是彼上一奏，此陈一疏，接连呈入章牍数本，并没有批答出来，急得太平公主，自往面阻。偏是睿宗决意传位，任你舌吐莲花，也是不依。公主没法，退归私第，再遣人往劝太子，教他固辞。太子乃驰入宫中，拜谒睿宗，叩头固请道："臣儿仅立微功，得为皇嗣，已是例外蒙恩，恐难负荷。今陛下且遽欲传位，究是何意？"睿宗道："社稷再安，与我得天下，皆出汝力。今帝座有灾，故特授汝。转祸为福，愿汝勿疑！"太子又叩头固辞，睿宗作色道："汝欲为孝子，应该听从我言，岂必待柩前即位，方得为孝么？"太子无词可对，只好流涕趋出。

翌晨由睿宗手谕，传位太子。太子再上表力辞，睿宗不许。太平公主自悔无及，没奈何入语睿宗道："内禅虽决，总宜自总大政，太子少不更事，恐未能施行尽当呢。”睿宗乃召嘱太子道：“汝因天下事重，想我兼理么？古时虞舜禅禹，尚亲巡狩，朕虽传位，岂忘家国？所有军国大事，我自当兼省，汝何必多虑呢。”太子乃勉强应命。过了数日，内禅期届，太子隆基即位，尊睿宗为太上皇。上皇仍自称朕，诏命曰诰，五日一受朝太极殿。皇帝自称为予，命曰制敕，每日受朝武德殿。凡三品以上除授，及重刑要政，俱奏闻上皇，然后决行，余事皆受成皇帝，改行正朔，颁制大赦，是谓玄宗先天元年，立妃王氏为皇后。

后系同州下邽人，父名仁皎，由玄宗为临淄王时，聘为王妃，玄宗入清宫禁，妃亦预谋，因此玄宗登基，即册为后。为后文废后张本。玄宗又授王琚为中书侍郎，时与商议国事。琚籍隶河内，少有才略，通天文象纬学，从前驸马都尉王同皎，尝器重琚才，引为密友。同皎事败，见前文。琚遁至江都，为富商佣书。商家知非庸才，妻以爱女，且厚给妆奁，琚赖以存活。及睿宗嗣位，乃与妇翁说明原委，得资还都。玄宗时为太子，出外游猎，途次遇着王琚见他儒服雍容，因即召询。琚口才本是敏捷，至此更有心干进，益逞词锋，且邀太子到寓，娓娓续陈，说得太子非常投契。琚又杀牛进酒，厚飨太子，太子愈加感动，愿为荐引。别后返谒睿宗，即说王琚如何有才，乞加录用。睿宗因他是个白衣秀士，但令补诸暨县主簿。太子默然退归。会琚闻得一末秩，过谢东宫，到了廷中，却故意徐行，左眺右瞩。东宫侍卫呵止道：“殿下在帘内，怎得自由行动？”琚微笑道：“今日有什么殿下，但知有太平公主呢。”显是策士口吻。道言未绝，太子已经趋出，亲自迎入。琚表明谢意，即促膝进陈道：“韦庶人敢行弑逆，人心不服，所以殿下一呼皆应，立诛首恶。今太平公主自恃有功，凶猾无比，左右大臣，多为所用，天子又因兄妹关系，格外容忍，琚窃为陛下隐忧哩。”太子遽起，引与同榻，对坐与语道：“主上同气，止有太平，若有伤残，恐亏孝道。”琚答道：“小孝不足言，殿下当思大孝。”太子道：“大孝如何？”琚复道：“安宗庙，定社稷，乃为大孝。试想太子立有大功，理应承统，今公主乃敢妄图，营私植党，有废立意，一旦变起，岂不是累及宗庙社稷么？宗庙社稷不安，殿下即思尽孝，恐亦不及待了。”太子搓手道：“如此奈何？”琚答道：“琚闻内外大臣，唯张说刘幽求郭元振等，不为太平所用，殿下若与商议，当可纾忧。”太子乃喜，叫他不必赴任，留居詹事府中。既而太子受命监国，五品以下官吏，得由太子黜陟，乃即迁琚为太子舍人。及太子受禅，特超擢中书侍郎。琚遂与刘幽求等，谋去太平。幽求使羽林将军张玮，入白玄宗道："窦怀贞崔湜岑羲，皆因公主得进，日夜谋逆，若不早图，恐即日发难，连太上皇都不能自安，臣已与幽求等定计，但俟陛下颁敕，便可施行。"玄宗点首至再，徐谕道："卿等少缓，朕当留意。"

玮趋出后，适遇侍御史邓光宾，邀他入室，盘问底细，玮以实言相告。光宾俟玮别后，竟往报窦怀贞崔湜。窦崔两人，忙转告太平公主，公主即入白睿宗，一口咬煞玄宗，说是要无端加害。睿宗便召问玄宗，训责数语，害得玄宗无法自解，只好推到刘幽求崔玮身上。玄宗专推别人，也太柔弱。于是睿宗令他惩办。玄宗不得已，将幽求及玮，拘置狱中。窦怀贞崔湜等，讽令台官，奏称幽求等离间骨肉，当处死刑。睿宗又欲准奏，还是玄宗极力解说，谓幽求曾预大功，应当减死，乃流幽求至封州，张玮至峰州。封州地在岭表，崔湜又飞函至广州，嘱广州都督周利贞，即利用复名。杀死幽求，偏经桂州都督王晙，与幽求有旧交，将他留住，才得免害。

越年，又改为开元元年，元宵节届，灯市极盛，长安城中，光耀如同白昼，无论大家小户，统是悬灯结彩，点缀升平。玄宗奉着上皇，御门观灯，大酺合乐，宴赏了好几日，余兴未衰。又令都中延长灯期，直至二月中旬，尚未停辍。太平公主私第中，越觉热闹，供张声伎，高出皇家，所陈珍宝，光怪陆离，所制彩仗，靡丽淫巧，满朝朱紫，无不联翩踵贺，端的是繁华出众，烜赫绝伦。炎炎者灭，隆隆者绝。左拾遗严挺之，及晋陵尉杨相如，先后上疏，俱戒玄宗节欲去奢，乃将灯市停止，但月余糜费，已是不可胜计了。此为玄宗将来淫佚之兆。太平公主自经幽求等贬黜，声焰益张，意见越深，镇日里与情人私党，密谋废立，又勾结宫人元氏，令在赤箭粉中，置毒以进。什么叫作赤箭粉呢？赤箭系是药名，研粉为饵，可以延年。玄宗时常服食，所以公主嗾令元氏，乘间下毒。元氏尚未下手，已为王琚所闻，入见玄宗道："祸机已迫，不可不速发呢。"玄宗意尚踌躇，适左丞张说，代韦安石出守东都，他却遣人进呈佩刀一柄，意欲借刀示意，使玄宗断绝疑虑。荆州长史崔日用，入朝奏事，更密白玄宗道："太平公主，谋逆有日，陛下昔在东宫，尚为臣子，若欲讨逆，须用谋力，今陛下已登帝祚，但教下一制书，谁敢不从？倘令奸宄得志，后悔无及了。"玄宗沉吟道："朕亦尝作此想，只恐惊动上皇，诸多未便。”日用道：“天子以安四海为孝，不在区区小节，万一奸人得志，社稷为墟，那时孝在何处？若恐惊动上皇，请先定北军，后收逆党，自不致有意外变端了。”玄宗道：“卿且留京，为朕作一臂助，朕总当设法除患呢。”日用乃出。越日，受敕为吏部侍郎。

太平因玄宗进用王崔等人，也知玄宗有意加防，更兼元氏下毒的法儿，一时竟无隙可入，免不得另图别计。乃更召集私人，重开密议。崔湜献策道：“常将军元楷，李将军慈，本统领羽林兵，若麾众直入武德殿，迫上退位，不得不依。再由窦仆射萧中书等，号召南牙兵，作为援应，不消半日，便可成功了。”同平章事陆象先，因由公主保荐，亦曾与召，独起身抗言道：“不可，不可。”公主听到“不可”两字，便应声道：“废长立少，已是不顺，况又失德，奈何不可废立呢？”象先道：“既以功立，必以罪废，嗣皇即位，天下归心，并无实在罪恶，如何废立？这事恐多危险，象先不敢与闻。”怀贞从旁接入道：“陆公真是迂儒，不足与议大事。且试问平章高位，从何而来？今日公主谋行大事，反出来劝阻，令人不解。”象先道：“我正为公主计，所以直言谏阻，否则也不来多口了。”大众尚讥刺象先，象先拂袖径出。当由太平公主与众人续议，决如湜言，约于七月四日举行。正要散座，忽有一少年趋入道：“此事断不可行，还请三思为是。”公主正恨象先异议，偏又有人前来作梗，顿时竖起双眉，瞋目瞧将过去，原来不是别人，乃是自己的亲生儿崇简，不由的大怒道：“你也敢来阻挠我么？”子且不服，遑问别人。崇简跪谏道：“母亲席丰履厚，养尊处优，也应好知足了。为什么还要起衅？难道富贵至此，尚未满意么？”应该质问。公主怒叱道：“你晓得什么？休得多言！”崇简复道：“事成不足增荣，事败不徒致辱，恐全家都要屠灭哩。”公主听到此语，竟从座旁觅得一杖，连头夹脑的敲将过去。崇简连忙抱头，已经着了数下，血流满面。窦怀贞等急上前劝解，公主尚不肯休，说要打死逆子，才足泄恨。崇简泣道：“儿非逆母，母实逆君。”又指斥崔湜为奸贼，说得湜满面羞惭，几乎无地自容。彼岂尚知羞耻么？公主怒上加怒，恨不将崇简一杖击死，嗣由大众扯开崇简，一半劝母，一半劝子，方得罢手。崇简由众拥出，公主怒气稍平，专待到期行事。

不意风声已经外泄，左散骑常侍魏知古，探听得明明白白，急报玄宗。玄宗此时，也管不得许多了，当下召入岐王范，薛王业，即玄宗弟隆范隆业，因避玄宗名，减去隆字。兵部尚书郭元振，龙武将军王毛仲，殿中少监姜皎，太仆少卿李令问，尚乘奉御王守一，内给事高力士，果毅将李守德等，咨商大计。还有王琚崔日用魏知古诸人，当然在座。大家商定方法，即于次日施行。越日为七月三日，玄宗命王毛仲率兵三百人，自武德殿入虔化门，先行伏着，乃召常元楷李慈入见。两人尚未觉着，放胆入门，王毛仲麾兵齐出，先将两人拿下，一并斩首。两将既诛，再拘萧至忠岑羲贾膺福等文臣，自然不费兵力，手到擒来。玄宗也不细问，尽令处斩。独窦怀贞投入沟中，自缢而死，有制戮尸，改姓为毒。不脱武后故智。上皇闻变，登承天门楼，问明情事。郭元振奏称窦怀贞等，联结太平公主，谋为不轨，所以奉皇帝制敕，一并捕诛，余无他事。上皇乃叹息还宫。次日下诰，自今军国政刑，一听皇帝处分，朕愿徙居百福殿，颐养天年。玄宗得了此诰，方命王毛仲高力士等，往拘太平公主。毛仲等驰至公主第中，只有仆役尚在，并没有公主下落，急忙出门四觅，找了三日，方侦得公主在南山寺中，带兵搜捕，所有公主全眷，一个儿不曾漏脱，连僧慧范及李晋唐晙等，也与公主同匿，一古脑儿押了回来，有制令公主自尽，僧慧范等伏诛。小子有诗叹道：

易记家人利女贞，诗言哲妇实倾城。
试看唐室开元日，杀死太平方太平。

太平伏法，余党除已诛死外，究竟如何发落，待至下回表明。

本回专叙太平公主事，公主为天子元妹，宰相多出门庭，六军供其指挥，似亦可以止矣，而必猜忌玄宗，阴谋废立者何哉？妇女不必有才，尤不可使有功，才高功大，则往往藐视一切，一意横行，况有母后武氏之作为先导，亦安肯低首下心，不自求胜耶？卒之天授玄宗，心劳日拙，欲借口于星变，而反迫成睿宗之内禅，欲定期以起事，而又促成玄宗之讨逆，身名两败，不获考终，嗟何及哉？彼萧至忠窦怀贞等，识见且出太平下，富贵未几，身首两分，反不若崔湜之累尝禁脔，犹得自命为风流鬼也。吾得援俚语以嘲之曰：“太不值得，何苦乃尔？”

第四十二回　赠美人张说得厚报
破强虏王晙立奇功

却说玄宗既诛死太平公主，复将公主诸子，亦赐死数人，唯崇简得免，仍给原官，赐姓李氏。所有公主私产，悉行籍没，财物山积，几同御府，厩牧牛马，田园息钱，好几年取用不竭。僧慧范私资，亦多至数十万缗，一并抄没充公。李晋系太祖玄孙，本袭封新兴郡王，至是连坐被诛，临刑时不禁流涕道："此谋本崔湜所倡，今我死湜生，冤不冤呢？"刑官转奏玄宗，玄宗已流湜至窦州，不欲加诛。会有司鞫问宫人元氏，元氏供由湜主谋，嗾使进毒，乃遣使传敕，赐死荆州，薛稷赐死万年狱。稷子伯阳，曾尚睿宗女荆山公主，得免死窜岭南。伯阳自杀。独卢藏用流戍泷州，后因御边有功，迁住黔州长史，病殁任所。玄宗乃亲御承天门楼，大赦天下，赏功臣郭元振等官爵，且召陆象先入语道："闻卿尝谏阻太平，可谓岁寒知松柏呢。"象先拜谢而出。旋因象先尝辩护党人，致遭弹劾，乃罢为益州长史，召还张说刘幽求，令说为中书令，幽求为左仆射，进高力士为右监门将军，管领内侍省。从前太宗定制，内侍省不置三品官，但黄衣廪食，守门传命。中宗时，七品以上已有千余人，至玄宗超擢力士为将军，竟列三品以上，于是宦官逐渐增多，且逐渐显赫，这也是玄宗一大弊政呢。特笔揭橥，为后来宦官祸国伏笔。

是年冬季，车驾巡幸骊山，大阅军操，征兵至二十万。兵部尚书郭元振，督操忤旨，拘坐纛下，几欲宣敕处斩。刘幽求张说，忙叩马进谏道："元振有讨逆大功，就使得罪，亦当格外加恩，原功免死。"玄宗准奏，乃褫元振职，远流新州，独杀给事中知礼仪事唐绍。诸军见二大臣受谴，不禁仓皇失次，唯薛讷解琬二军，毫不为动。玄宗见他秩序整齐，立遣轻骑召见，谁知他号令森严，不准骑士入阵。及玄宗亲给手敕，方才进见。玄宗面加奖勉，且予厚赍。看官阅过前文，应知薛讷是仁贵长子，夙秉家传，武后曾因讷为世将，令摄左威卫将军，兼安东道经略使，嗣迁幽州都督，安东都护，且调任并州长史，检校左卫大将军。俗小说中，有称薛丁山者，想即由薛讷误传。解琬系元城人，熟习边事，累任御史中丞，兼北庭都护，西域安抚使，寻复为朔方大总管，改右武卫大将军，检校晋州刺史。两人均为当时名将，所以行军严整，步武安详。玄宗令各回原任，自率禁军返猎渭滨，偶记起前兵部尚书姚元之，遂遣人至同州，召诣行在。元之自坐贬申州后，见前回。转徙同州，至此奉召踵谒，正值玄宗行猎，行过了叩见礼，玄宗即问道："卿知猎否？"元之答道："这是臣所素习，臣年二十，尝呼鹰逐兽，嗣由友人张憬藏，谓臣当位居王佐，所以折节读书，得待罪将相。唯故技尚娴，虽老未忘，今日愿随陛下同猎。"这也是迎合语。玄宗甚喜，即与元之同驰。元之控纵自如，连发数矢，迭中数兽，当由玄宗再三夸奖。至骋猎已毕，返入行宫，便与元之纵谈天下事。元之知玄宗英武，有意求治，特将古今治道，畅说一番。玄宗听了多时，语语称旨，竟至忘倦。俟元之奏罢，便面谕道："朕早知卿才，卿可相朕。"元之却故意推辞，玄宗问他何故？元之跪答道："臣有十事请愿，恐陛下未必准行，因此不敢奉命。"玄宗道："卿且说来？"元之乃剀切详陈，逐条说出，看官道是什么条件？由小子录述如下：

(一)愿先仁恕。(二)愿不幸边功。(三)愿法行自近。(四)愿宦竖不与政事。(五)愿绝租赋外贡献。(六)愿戚属不任台省。(七)愿接臣下以礼。(八)愿群臣皆得直谏。(九)愿绝佛道营造。(十)愿禁外戚预政。此十事，恰确中时弊。

玄宗听他说完十事，竟怡然道："朕均能照行，卿可勿虑。"恐怕未必。元之乃顿首拜谢，翌日即仍授元之兵部尚书，同中书门下三品，封梁国公。中外颇庆得人。唯中书令张说，素与元之不协，阴使御史大夫赵彦昭，上言元之不应入相。玄宗不纳。嗣复使殿中监姜皎入陈道："陛下尝欲择河东总管，苦乏全才，臣今日幸得一人了。”玄宗问为何人？皎答道：“无如姚元之。”玄宗怫然道：“这是张说的意思，汝怎得当面欺朕！”皎惶恐叩谢。玄宗即启跸还宫，群臣上玄宗尊号，称为开元神武皇帝，并改易官名，号仆射为丞相，中书为紫微省，门下为黄门省，侍中为监，雍州为京兆府，洛州为河南府，长史为尹，司马为少尹，即命元之为紫微令。元之因避开元尊号，复名为崇。

崇既入相，进贤黜佞，每事进陈，无不批准，朝政焕然一新，独急坏了一个张说，他恐姚崇乘间报复，将来必难保禄位，因此心虚畏罪，日夕彷徨；默思王公大臣中，只有岐王范功成佐命，甚得上欢，范又好学重儒，乐得借着自己的文才，与相联络，托他庇护，于是退朝余暇，辄乘车至岐王第中，侍坐言欢。偏经姚崇闻知，得了这个机会，正好籍端排挤，黜去张说。一日，崇入对便殿，行步微蹇。玄宗即问道：“卿有足疾么？”崇答道：“臣非足疾，疾在腹心。”崇专使刁，殊不足取。玄宗知他语出有因，便屏去左右，私问底细。崇遂奏道：“岐王系陛下爱弟，张说身为辅臣，常乘车出入王家，臣不知他何意，倘岐王为他所惑，后患非浅。臣忝居相列，怎得不忧劳成疾呢？”轻轻数语，已足挤倒张说。玄宗愕然道：“有这等情事么？朕不能不究。”崇乃趋退。是夕，即有制颁下，密饬御史中丞等，究诘张说情弊。

说全然不闻，尚安坐私宅中，忽由门役传进二帖，乃是窦全虚名刺，不由的恼怅道：“他来见我作什么？”门役答道：“他说有紧急事，关系相公全家，特来求见，报知相公。”说乃令门役延入，人面重逢，倍增感触。原来说有美妾宁怀棠，一貌如花，且长文字，说甚是宠爱，令司文牍。相传怀棠生时，她母梦神人授海棠一枝，因而得孕，分娩后养至五六龄，已是姿态秀媚，娇小可怜，家人尝以海棠睡足为戏。她母独笑语道：“名花宜醒不宜睡”，因更取一表字，叫作醒花。这醒花既归张说，淑女得配才人，恰也愿抱衾裯，没甚怨恨。偏来一个贾全虚，系说故人子，应试入都，踵门请谒，说见他年少多才，留为记室，渐渐的熟不避嫌，得与醒花觌面。俗语说得好：“月里嫦娥爱少年”，这醒花见了全虚，顿惹起一段情魔，时常惦念，免不得流露笔墨，挑逗全虚。全虚是个风流少年，怎有不贪爱美人的道理？你一唱，我一酬，一缄书做了鸳盟，两下儿已通蝶使。凑巧张说因公入值，醒花竟为情忘节，悄悄的偷出内庭，去会那可意郎君。全虚正玩月书斋，蓦然得着天仙下降，不觉惊喜交集，倒屣欢迎，彼此只谈了数语，便拥入帐中，宽衣解带，曲尽绸缪。欢会已毕，彼此商量终身大计，无非用了三十六着的上着。两人起床，草草收拾行装，竟于越日黎明，一溜烟似的走了。名公巨卿家，往往有此，也不足怪。待张说退值回家，竟不见了宁醒花，又不见了贾全虚，料他必因奸逃走，即遣人四处缉捕，两人走不多远，顿被捉归。说召责全虚，遂欲置诸死地。全虚朗声道："贪色爱才，人人通病，男子汉死何足惜？但明公何惜一女子，竟欲杀死国士，难道明公长此贵显，不必缓急倚人么？从前楚庄不究绝缨，杨素不追红拂，度量过人，古今称羡，公奈何器小至此？"乐得放胆一说。说被全虚数语，却也回转心意，便与语道："你不该盗我爱妾，目下木已成舟，我亦自悔失防，就把她赏了你罢。"说毕，仍令醒花随他同往，且并厚给奁赀。禁脔已失，还是慷慨为佳。全虚也不推却，竟挈艳出门，住京多日，竟得了一条门路，至内廷机要处佣书，所有大臣密奏，往往先人闻知，因此即飞报张说。说接见后，由全虚备述姚崇奏语，及玄宗密敕究治等情，急得张说不知所措，连唤奈何。全虚道："全虚蒙公厚恩，特来图报，敢不替公设法，但请公不惜重宝，交与全虚，代通关节，必可缓颊。就使难免外调，断不致意外问罪呢。"说乃取出珍玩，托他转旋。全虚受命而去。果然珍宝有灵，重罪轻办，究治事就此搁置，但出说为相州长史。全虚事，不见史传，本编从稗乘采来，为施德获报之证。说奉敕出都，不消细述。

既而有人讦告太子少保刘幽求，及詹事钟绍京，说他有怨望语，当由玄宗下敕按问。两人不肯服罪，势将下狱。姚崇上书营救，谓："幽求等均有大功，但得闲职，未免沮丧，若使下狱，恐足惊动远听，反失人心。"乃不复穷治，只贬幽求为睦州刺史，绍京为果州刺史。侍郎王琚，亦坐贬泽州。御史中丞姜晦，及监察御史郭震，又弹劾韦安石韦嗣立赵彦昭李峤诸人，阿附取容，素来不能匡正，因俱黜为诸州别驾。又将广州都督周利贞等，放归田里，终身不齿。幽求安石，愤恚即亡，余人依次寿终。温王重茂，徙封襄王，出居房州，开元二年病殁，谥为殇帝。玄宗励精图治，专任姚崇，汰僧尼，放宫人，罢两京织锦坊，焚珠玉锦绣于殿前。宋王成器等，请献兴庆坊宅为离宫。兴庆坊就是隆庆坊，自玄宗入为太子，改名兴庆，玄宗尝制大衾长枕，与兄弟同眠，及即位后，与宋岐诸王相见，仍行家人礼，至此因宋王入请，改旧邸为兴庆宫，仍为诸王筑第，环列宫侧。且就宫西南置楼，西楼署“花萼相辉”四字，南楼署“勤政务本”四字。玄宗随时登搂，闻诸王作乐，必召令同升，对榻坐谈，不异前时。或幸诸王第中，亦略迹言情，饮酒赋诗，屡赐金帛。诸王每日由侧门进见，归后即具乐纵饮，击球斗鸡，驰逐鹰犬，成为常事。玄宗毫不加禁，竟有安乐与共的意思。时有鹡鸰千数，翔集麟德殿廷，浃旬始去。长史魏光乘上颂揄扬，谓为天子友悌，方得此祥。玄宗亦自为作颂，且尝赐宋王等书，有云：

> 昔魏文帝诗云：“西山一何高？高高殊无极。上有两仙童，不饮亦不食。赐我一丸药，光耀有五色。服之四五日，四体生羽翼。”朕每言服药而求羽翼，宁如天生兄弟之羽翼乎？陈思王之才，足以经国，绝其朝谒，卒使忧死，魏祚未终，司马氏夺之，岂神丸效耶？虞舜至圣，舍象傲以亲九族，九族既睦，平章百姓，今数千载，天下归善焉，此朕废寝忘食所慕叹也。顷因余暇，选仙录得神方云，饵之必寿，今持此药，愿与兄弟共之，偕至长龄，永永无极也。

玄宗兄弟四人，宋王成器，最称谨畏，成器以外，要算申王成义。两人因避母昭成皇后尊谥，一改名宪，一改名抝。岐王范与诛太平，恃功稍骄，玄宗尝戒诸王与群臣交游，范不甚遵戒。驸马都尉裴虚己，曾尚睿宗幼女霍国公主，后来与岐王游宴，私挟谶纬，坐流新州。唯玄宗待范，仍然如故，且语左右道：“兄弟天性，怎可失欢？不过由奔竞诸徒，妄思依附，朕终不因此生疑哩。”左右当然谀颂数语。但人主待遇兄弟，往往多刻薄，少惠爱，似玄宗这般友悌，也可谓古今罕有了。极力褒扬，风示后世之有兄弟者。这且慢表。

且说营州被契丹陷没，未曾收复，见三十四回。所有营州都督一职，寄治幽州。玄宗先天元年，幽州大都督孙佺，欲复营州，与左骁卫将军李楷洛，左威卫将军周以悌，发兵二万余人，往袭奚契丹。到了冷陉，被奚酋李大酺截击，全军覆没。佺与以悌，均为所擒，唯楷洛逃归。大酺恐唐师报怨，特将俘虏献与突厥，统为默啜可汗所杀。默啜遂与奚契丹连和，屡次扰边，唐廷拟羁縻突厥，通使修好。默啜可汗乃遣子杨我支入朝，且请许婚。玄宗允将蜀王女南河县主，往嫁突厥，唯须待期方遣。太宗子愔封蜀王。默啜可汗屡请婚期，久未邀准，乃于开元二年春月，复使子同俄特勒，及妹夫火拔颉利发石失毕，统兵围北庭都护府，都护郭虔瓘设伏城外。俟同俄到来，伏兵突起，立将同俄刺死城下。火拔惊骇，顿时大奔，又被虔瓘追击一程，虏兵多半败死。默啜严责火拔，火拔惧不敢归，竟携妻子奔唐。唐封火拔为燕山郡王，号火拔妻为金山公主，赏赐从优。

并州长史薛讷，闻突厥败退，拟乘势讨奚契丹，复仇雪耻。时方七月，暑气未衰，姚崇等以乘暑用兵，多害少利，因极力谏阻。讷独上言道："盛夏草肥，羔犊孳息，因敌资粮，正是绝好的机会，一举便可灭虏了。"玄宗方以冷陉一役，引为深恨，遂视讷语为奇计，授讷同紫微黄门三品，令与左监门卫将军杜宾客，定州刺史崔宣道等，率兵二万，出击契丹。讷率步卒先至滦河，不意契丹兵四面伏着，一齐发作，将讷困在垓心。崔宣道等俱逗留不前，遂致讷孤军陷敌，十死八九，讷只率数十骑突围，身被数创，才得脱走，返至幽州，报称败状，归罪宣道及胡将李思敬等八人，有制尽斩首徇众，且褫讷官爵。唯杜宾客曾上言不宜出师，独得免议。

已而吐蕃入寇，乃复起讷摄羽林将军，兼陇右防御使，与太仆少卿王晙，同击吐蕃。吐蕃自赞婆等入降，见三十四回。赞普器弩悉弄，阴有戒心，亦不敢深入为寇，且屡遣使求和。唐廷方内乱迭起，勉从和议。未几，吐蕃南部皆叛，器弩悉弄自往讨伐，病死军中，国内无主，诸王争立，赖有遗臣数人，削平乱事，拥立器弩悉弄子弃隶缩赞为赞普，年仅七龄，遣使至唐廷告丧，且乞申盟。此时正值中宗复位，国事粗定，无暇顾及外事，但不过虚与周旋，没有什么约言。后来吐蕃又遣大臣悉熏热入贡，顺便求婚，中宗命将雍王守礼女金城公主，许配吐蕃赞普。守礼自雍徙豳，已在睿宗初年，故睿宗前应称雍王。待赞普弃隶缩赞成年，方准迎女。转瞬间已是睿宗景云元年，吐蕃来逆公主，乃命左骁卫大将军杨矩，持节送往。公主到了吐蕃，赞普特筑城与居，并乞河西九曲地，为公主汤沐邑。矩代为申请，竟得俞允。哪知九曲地素来肥饶，水甘草良，最宜畜牧，吐蕃得了此地，恃为根据，因复乘虚窥边。戎狄之不可恃也如此。

开元二年八月，虏相坌达延驱众十万，入寇临洮，进攻兰渭。杨矩正留任鄯州都督，悔惧自尽。玄宗令薛讷王晙，并力夹击，复调兵十余万人，马四万匹，拟亲自督行，作为后应。晙姿表奇伟，智勇深沉，时人称他有熊虎相。既受命西征，即率部兵二千名，自陇右出发。途中接到探报，知虏相屯驻大来谷，连营数里。晙语部众道："虏兵甚众，我兵甚寡，只应智取，不宜力敌。"乃选壮士七百人，令各易胡服，乘夜袭虏，且授计道："汝等往劫虏营，不必杀人，但教四面大呼，俟虏等散乱时，趁便擒斩，就算功劳。我自有兵策应。"各壮士领计去讫。晙率军随进，约去大来谷五里，闻前面有呼噪声，料知各壮士已逼敌寨，便令部兵齐鸣鼓角，与呼噪声遥相应和。山空谷窈，浪声越高，那时虏相坌达延，从梦中闻声惊起，亟命番众出帐迎敌。番众尚睡眼昏花，到了营外，被唐军四面拦杀，但见他所穿服饰，与自己相等，还疑是本营变乱，一时无从分辨，只好持刀乱砍，模模糊糊的杀了一夜。等到天色熹微，唐军统已退去，那番营左近的尸骸，统是吐蕃兵卒，无一唐军。坌达延检验尸首，数以万计，方觉叫苦不迭，但已是无及了。

王晙得着胜仗，结垒自固，嗣闻薛讷已到武街，中为虏营所阻，乃复募得勇士，往约薛讷，出兵夜袭。坌达延惩着前败，遽令退师。不意此番却来鏖战，王晙从左杀入，薛讷从右杀入，两路夹攻，杀得尸横满野，洮水为之不流，坌达延抱头窜去。唐军斩得虏首万余级，获牲畜二十万头，于是唐将军王晙威名，远达塞外。唐代文武兼才，自李靖郭元振唐休璟张仁愿外，仁愿即仁亶因避睿宗嫌，名改亶为愿。要算是王晙了。玄宗闻捷，乃罢亲征议，拜讷为右羽林大将军，兼平阳郡公，晙为银青光禄大夫，加清源县男爵，兼原州都督。小将有诗咏王晙道：

折衝御侮仗元戎，熊虎呈奇气象雄。
十万虏兵齐败北，才知奇计得奇功。

吐蕃既已败退，玄宗特置幽州节度经略大使，统领幽易平妫亶燕六州，控御朔方，专谋北略。节度使之名称，自此始。欲知后事，且看下回再详。

唐室贤相，前称房杜，后称姚宋，窃谓姚宋之才识有余，而度量不足，观其排挤张说，牵及岐王，假令因此穷治，辗转株连，岂非一场大狱？幸而张说惠及贾生，慨赠美人，施德于前，食报于后，卒使巨案消灭，说止外调，是不特说之幸，抑亦唐之幸也。（赠美人事，已见细评）唯玄宗天性友爱，无间骨肉，花萼相辉，足传千古。本回连类叙明，深得善善从长之义。至若下半回之载及吐蕃，所以表明戎狄之无信，非我族类，其心必异，岂和亲之策，所得而羁縻之者？微王畯之智足破敌，吐蕃其肯敛迹乎？世之视同胞如仇敌，引外人为亲友者，不必远稽古训，但以本回为借鉴，而安危得失之故，固已可深长思也。

第四十三回　任良相美政纪开元
阅边防文臣平叛虏

却说玄宗既设置幽州节度，控御北边，可巧突厥默啜可汗，复遣使求婚，自称乾和永清大驸马，突厥圣天骨咄禄可汗。玄宗仍远约婚期，延宕过去。默啜年已衰老，昏虐愈甚，还想大唐公主，真似癞虾蟆想吃天鹅肉。部众多半不服，葛逻禄胡禄屋鼠尼施等部落，先后降唐，共约万余帐，有制令入处河南地，再调薛讷为凉州大总管，出镇凉州。郭虔瓘为朔川大总管，移镇并州，专伺突厥衅隙，以便北讨，默啜正恨各部离散，发兵击葛逻禄胡禄屋鼠尼施等部，玄宗饬北庭都护汤嘉惠，左散骑常侍解琬等发兵往援，又命薛讷为朔方道行军大总管，与太仆卿吕延祚，灵州刺史杜宾客等，共讨突厥。默啜方移兵北向，往击拔曳固部，大捷独乐水，令部众唱着胡歌，怛然南归，不复设备，哪知拔曳固散卒颉质略，正在柳林边待着，俟突厥大军经过，后面只有默啜可汗，随行不过数十人，他却率众突出，狙击默啜，斩首亟遁，献与唐军裨将郝灵荃。灵荃传首唐都，盈廷称庆，时值太上皇睿宗驾崩，玄宗因猝遭大故，无暇治戎，乃令薛讷等还镇，专备居丧事宜。睿宗在位仅二年，为太上皇约四年，崩年五十有五，谥为天圣真皇帝，安葬桥陵。

玄宗自任姚崇，抑制贵戚近幸，朝无弊政，请谒不行。黄门监卢怀慎，名为副相，自以才不及崇，每事推让，因此时人号为伴食宰相。崇尝因子丧，乞假十余日，政事委积，怀慎不能决，惶恐入谢。玄宗慰谕道："朕以天下事委姚崇，卿但坐镇雅俗，便足称职了。"怀慎乃从容退朝。及崇已假满，出决庶政，须臾了毕。崇颇有得色，顾谓紫微舍人齐浣道："我为相可比何人？"浣未及答。崇又道："可比得管晏否？"浣徐答道："恐未及管晏，管晏立法，虽未能传后，及身总不再变更；公所为法，或作或辍，浣所以谓公不及呢。"可谓诤友。崇又道："我虽不及管晏，究竟何如？"浣复道："好算一救时良相。"崇投笔起言道："救时良相，亦非易得，我果能此，愿亦足了。"既而山东大蝗，百姓多焚香设祭，不敢捕杀，崇独奏遣御史督饬州县，赶紧捕除。卢怀慎谓杀蝗太盛，恐伤和气，崇辩驳道："从前楚庄吞蛭，病且能瘳，孙叔杀蛇，后反致福，奈何不忍杀蝗，反忍人民饥死呢？若使杀蝗有祸，尽归崇身，可好么？"是极，是极。汴州刺史倪若水，上言："蝗为天灾，非人力可以除尽，昔刘聪时尝令民除蝗，害反益甚，今请修德禳灾，方足上回天意。"因拒御史檄谕，不肯受命。与卢怀慎一样迂腐。崇移牒若水道："刘聪伪主，德不胜妖，今日圣朝，妖不胜德。古时良守治民，蝗不入境，如谓修德可免，彼岂无德致此么？今若坐视食苗，忍心不救，将来秋收无着，恐刺史亦未能免咎呢。"若水乃惧，谕民捕蝗，共得十四万石，蝗害少息。崇复饬御史察视捕蝗勤惰，作为黜陟，蝗乃尽净，是年竟得免饥。

黄门监卢怀慎，寻即病殁，遗表举荐宋璟李杰李朝隐卢从愿四人，玄宗颇为嘉纳，且深惋悼。原来怀慎为人，才具虽然有限，操守却是甚廉，平居不营资产，俸赐多给亲旧，往往妻号寒，儿啼饥，所居不蔽风雨，随便将就。及疾亟，宋璟卢从愿等往候，但见敝箦单席，门不施箔。相见时，怀慎执二人手，唏嘘与语道："皇上求治，不为不殷，但享国日久，浸至倦勤，将来必有俭人乘间幸进，愿二公留意为幸。"殁后家无余储，唯有一老苍头，请自鬻以办丧事。四门博士张晏，为白情状，玄宗乃赐缣帛百匹，米粟二百斛，因得治丧。追赠荆州大都督，谥曰文成。述此以表俭德。乃进尚书左丞源乾曜为黄门侍郎，同平章事。

乾曜既相，崇适病痁，复请假养疴，遇有军国大事，玄宗必令乾曜咨崇。乾曜奏对称旨，玄宗必问道："卿想从姚相处得来么？"否则又谕令问崇。崇居宅僻陋，玄宗令徙寓四方馆，崇言馆屋华大，不敢徙居。玄宗手谕道："恨禁中不便居卿，馆中亦何必谦辞。"崇乃奉谕徙入。每日由中使问候，尚医尚食，络绎不绝。崇有三子，长名彝，次名异，又次名弈。彝异颇受赂遗，紫微史赵诲，系崇所亲信，借势受赃，事发当死，经崇上表营救，未免忤旨，杖诲流岭南。崇知宠遇渐衰，自请避位，特荐广州都督宋璟自代。玄宗乃罢崇执政，遣内侍杨思勖迎璟。

璟风度凝远，应召登途，虽与思勖同行，绝不与思勖交言。颇有子舆氏风。思勖素得宠幸，返白玄宗。玄宗闻言，嗟叹再三，格外器重，遂授璟为黄门监，并罢源乾曜辅政，令苏颋同平章事。颋系故相苏瓌子，幼即颖悟，一览成诵，及为童子时，尝与李峤子同入禁中，得蒙召对。颋进“木从绳则正，后从谏则圣”二语，峤子独对道：“斫朝涉之胫，剖贤人之心。”当时已有“李峤无子，苏瓌有儿”的定评。至是与璟同心辅弼，璟素持正，犯颜敢谏，有时玄宗不纳，颋必申璟语意，更为奏请，必至从谏乃已，因此两人甚是投契。璟尝语人道：“我与苏氏父子，同居相府，仆射指苏瓌，瓌在中宗初年，累拜尚书右仆射。长厚，自是国器，若献可替否，公不顾私，还要推重今日的平章，这正所谓跨灶哩。”也是确评。璟继崇当国，志操不同。崇善应变，璟善守法，但整纲饬纪，量能授官，宽赋敛，省刑罚，中外承平，百姓富庶，却是两相同辙，所以姚宋并称，佐成开元初政，得与贞观同风。璟又欲复贞观旧治，请仍用旧官名称，此等语，看是闲笔，实关重要，阅者勿轻滑过，才知官名沿革，一览了然。并令史官随宰相入侍。群臣均对仗奏陈，玄宗当然准奏，堂廉壅蔽，因得尽除。

太常卿姜皎，与玄宗系是故交，太平受殛，皎与有功。自是宠遇特厚，尝出入宫禁，得与后妃连榻宴饮。璟劝玄宗保全功臣，毋过宠狎，玄宗乃下制道：“西汉诸将，以权贵不全，南阳故人，以优闲自保，皎宜放归田园，勋封如故。”玄宗又尝命璟与苏颋，更定皇子名称，与公主封号，应酌求优美，或择佳邑，定差等。璟上言：“七子均养，诗人所称，今若同等别封，或母宠子爱，恐失鸤鸠均平美意，臣不敢奉命！”玄宗益叹重璟贤。皇后父王仁皎病殁，子守一为驸马都尉，曾尚睿宗女薛国公主，因请仿玄宗外祖窦孝谌故事，筑坟高五丈一尺。璟又上书固争，谓：“官居一品，坟只高一丈九尺，陪陵功臣，高亦不过三丈许。从前窦太尉坟，已属非制。韦庶人追崇父墓，擅作酆陵，终至速祸，怎可再蹈前辙？臣意欲守朝廷成制，成中宫美德，所以不惮烦言，倘中宫情不可夺，请准一品陪陵，最高不逾四丈，方为合宜。”玄宗乃批答道：“朕每欲正身率下，况在妻子，怎敢有私？卿能固守典礼，垂法将来，诚所深幸哩。”这批词颁发出去，又遣使赍赏彩绢四百匹。璟辅政时，所谏不止此数，特述三事暗为下文伏线。璟居相位四年，与姚崇为相，年数适符。

开元八年，璟严禁恶钱，先出太府钱二万缗，通用民间，又饬府县各出粜粟十万石，收敛恶钱，送少府销毁改铸，恶钱渐少。唯江淮间尚未销除，璟使监察御史萧隐之清查，限期尽毁。隐之严急烦扰，怨咨盈路。璟又嫉恶过严，且已经负罪的官吏，或妄诉不已，概付御史台严治，以此招怨益多。会天时过旱，优人戏作旱魃状，入舞上前。玄宗性好看戏，曾置左右教坊，演习戏曲，又选乐工宫女数百人，躬自教演，称为皇帝黎园弟子。至此优人入戏，故作问答。一优问伪魃道："汝何为出现？"伪魃答称奉相公处分。一优复故意问道："相公要汝何用？"伪魃道："相公严刑峻法，狱中负冤至三百余人，所以我不得不出来了。"玄宗听这数语，不免疑璟，遂罢璟及苏颋，并贬萧隐之官，罢弛钱禁，改用源乾曜张嘉贞同平章事。嘉贞曾任监察御史，出为朔方节度，仪容秀伟，词旨安详，玄宗因召为副相。唯嘉贞吏事有余，相度不足，尝引进苗延嗣吕太一员嘉静崔训四人，作为心腹，四人不免招权揽势，时人有谣言云："令公四俊，苗吕崔员。"乾曜性虽谨重，但通变不及姚崇，抗直不及宋璟，所以开元中年，一切政治，已逐渐废弛下去。

未几崇即病逝，年七十二。崇生平不信佛老，遗命诸子，不准沿袭俗例，延请僧道，追荐冥福。临终时，并语诸子道："我为相数年，所言所行，颇有可述，死后墓铭，非文家不办。当今文章宗匠，首推张说，他与我素来不睦，若往求著述，必然推却，我传下一计，可在我灵座前，陈设珍玩等物，俟说来吊奠，若见此珍玩，不顾而去，是他记念前仇，很是可忧，汝等可速归乡里！倘他逐件玩弄，有爱慕意，汝等可传我遗命，悉数奉送。即求他作一碑铭，以速为妙！待他碑文做就，随即勒石，并须进呈御览。我料说性贪珍物，足令智昏，若非照此办法，他必追悔。汝等切记勿违！果能如我所料，碑文中已具赞扬，后欲寻仇报复，不免自相矛盾，无从置词了。"言已，瞑目而逝。崇子彝异等，治丧遍讣，设幕受吊。说正累任边防，入朝奏事，闻姚崇已殁，乘便往吊。彝异等依着父言，早将珍玩摆列。说入吊后，见着珍玩，顿触所好，不禁上前摩挲。彝即语说道："先父曾有遗言，谓同僚中肯作碑文，当即将遗珍慨赠，公系当代文家，倘不吝珠玉，不肖等应衔结图报，微物更不足道呢。”说欣然允诺，彝等再拜称谢，且请从速。说应声而去，即日属稿，做就一篇歌功颂德的碑文。甫经草就，姚家已将珍玩送到。说即将碑文交付来人，彝等连夜雇着石工，镌刻碑上，一面将稿底呈入大廷。玄宗看了，也极口称赏，且谓：“似此贤相，不可无此文称扬。”独张说事后省悟，暗想自己与崇有嫌，如何反替他褒美？连忙遣人索还原稿，只托言前文草率，应加改窜，不料去使回报，谓已刊刻成碑，且并上呈御览。说不禁顿足道：“这皆是姚崇遗策，我一个活张说，反被死姚崇所算了。”谁叫你利令智昏？崇殁谥文献，追赠太子太保。三子彝异弈，皆位至卿刺史，这且休表。

且说张说入觐后，升任兵部尚书，同中书门下三品，越年，出任朔方节度大使，亲督各州兵马。原来说曾任并州长史，抚慰突厥降部，立有功劳，所以文臣转迁武职，出为节度。先是突厥默啜可汗，被拔曳固散卒杀死，献首唐军，拔曳固及回纥同罗霫仆骨五部，均款塞输诚。唯默啜兄子阙特勒，立兄默棘连为毗伽可汗，自为右贤王，专掌兵事，免不得召集流亡，诱降部落。仆骨都督勺磨，与突厥往来通使，为朔方大使王晙所闻，恐他连结突厥，为中国患，因给令会议，把他杀死。拔曳固同罗诸部，俱闻风疑惧。说自并州率二十轻骑，往抚各部落，副使李宪，谓戎狄多诈，贻书劝阻。说复书云：“我肉非黄羊，必不畏食，血非野马，必不畏刺，士当见危致命，我此去正欲效死，利害原不暇计了。”此语颇有胆识。于是径入各部，好言宣慰，且寝宿番帐，鼾睡有声。诸部相率感动，因无异心。独突厥毗伽可汗，用妇翁暾欲谷为谋主，暾欲谷年老多智，素为国人所尊畏，所有前时归降唐朝的部众，至此为暾欲谷所招徕，陆续还国。诏令薛讷王晙追讨，晙乃西发拔悉密部众，东发奚契丹降兵，凡蕃汉士三十万，掩击毗伽可汗。拔悉密姓阿史那氏，降唐居北庭，轻率好利，先驱出兵，被暾欲谷设计邀击，悉数虏去。暾欲谷转掠凉州，河西节度使杨敬述，遣裨将卢公利等截击，又复大败。突厥气焰复盛，兰池都督康待宾，又攻陷六胡州，有众七万，骚扰西陲。兰池僻处陇西，向有胡人出没，自酋长康待宾，率众内附，乃置兰池都督府，即以康待宾充任。兰池附近，有鲁丽含塞依契等六州，分处突厥降户，号为六胡州。康待宾闻突厥盛强，遥与联络，叛唐为寇，把六胡州一并夺去。王晙即移兵往讨，康待宾知不能御，就近向党项乞援。党项遂进攻银城连谷，经张说出兵掩击，大破党项。党项情急乞和，愿助唐师共讨叛胡。康待宾势孤援绝，遂由王晙一鼓擒住，枭首了事。嗣是张说以知兵闻，入朝得长兵部，复出为朔方节度，领单于都护府及夏盐银麟丰胜等六州，定远丰安二军，并张仁愿所置的三受降城。任大责重，时出巡边。可巧康待宾余党康愿子又叛，自称可汗，四出寇掠，涉河入塞，当由说督兵进征，连败康愿子，追至木槃山。康愿子逃入山谷，终被说军搜获，当然正法。且捕得叛胡三千人，分别诛赦，乃徙残胡五万余口，入居许汝唐邓仙豫等州，空河南朔方地。且奏罢边兵二十余万，尽使还农。玄宗以旧时成制，边戍常六十万人，若裁去三分之一，未免边备空虚，因手敕诘问。说复上奏道："臣久在疆场，具悉边情，将帅第拥兵自卫，役使营私，并非真能制敌。臣闻兵贵精不贵多，何必多养冗卒，虚糜兵粮，兼妨农务？"玄宗乃从说言，如数撤归。豢兵害农，确是弊政。张说此请，不为无见。唐初兵制，分天下为十道，置府六百三十四，上府置兵额千二百人，中府千人，下府八百人，无事为农，有事为兵，各设折冲都尉，每岁至季冬教练，更番宿卫京师。后来海内承平，久不用兵，府兵不复教战，甚至逃亡略尽，说乃请召募壮士，入充宿卫。玄宗因命尚书左丞萧嵩，与京兆蒲同岐华各州长官，选府兵十二万，充作长从宿卫，一年两番，州县毋得役使。继又改称长从为彍骑。彍音廓。字从弓，是各令习射，一律张弓的意思。嗣是府兵制废，兵农始分。府兵创自魏宇文泰，后世称为良法开元中，为张说所废，虽是因时制宜，但良法自此尽湮，亦足深惜。且改十道为十五道，分关内置京畿道，分河南置都畿道，分山南为东西二道，分江南为江南东西黔中三道，每道各置采访使，检察非法。两畿置中丞，余置刺史，边镇增设节度使。自开元至天宝初年，共增至十大镇，分述如下：

（一）朔方节度使，治灵州，安北单于二都护府属之，捍御突厥。

（二）河西节度使，治凉州，断塞吐蕃突厥往来冲道。

（三）河东节度使，治太原与朔方为犄角，备御突厥及回纥。

（四）陇右节度使，治鄯州，控遏吐蕃。

（五）安西节度使，治安西都护府，统辖西域诸国。

（六）北庭节度使，治北庭都护府，防御突厥余部。

（七）范阳节度使，治幽州，控制奚契丹。

（八）平卢节度使，治营州，安东都护府属之，镇抚室韦靺鞨诸部。

（九）剑南节度使，治益州，西抗吐蕃，南抚蛮獠。

（十）岭南节度使，治广州，安南都护府属之，绥服南海诸国。

这十镇节度使，各统数州，得握兵马大权，经略四方。突厥吐蕃奚契丹等，虽屡次扰边，终究不敢深入，且常被节度使击退，唐室兵威，复远震塞外。但方镇渐强，国势偏重，终成尾大不掉的弊害，玄宗不知预防，反以为四夷震聋，天下太平，乐得恣情声色，自博欢娱，为此一念，遂令内嬖迭起，废后守嫡的变端，一件一件的发生出来。正是：

忧勤方致兴平兆，逸豫终为祸乱媒。

开元十二年，废皇后王氏，这是玄宗第一次失德。究竟王后何故被废，待小子下回表明。

本回历叙开元初年诸相绩，姚有为，宋有守，固皆良相也。然姚以救时自喜，才具非不可观，而机械迭出，终非正道，即如病殁之后，犹计赚张说，史传上虽未明载，而姚崇神道碑，明明为说所作，稗乘未尝无据，生张说不及死姚崇，泉下有知，崇且自夸得计，然亦何若生前之推诚相与，使人愧服之为愈也。故论相体者终当以宋璟为正，次为苏颋，次为源乾曜张说。说以宰相巡边，有文事兼有武略，不可谓非一时杰士，开元初政，彬彬可观，何尝非三数良相，奔奏御侮之效乎？乃知“为政在人”之非虚语也。

第四十四回　信妾言皇后被废
从敌怨节使遭戕

却说王皇后受册以后，始终未产一男。玄宗生性渔色，与王皇后不甚恩爱，不过因她是患难夫妻，预平内乱，所以强示优崇，俾正后位。应四十一回。当时后宫有一赵丽妃，本潞州娼家女，容止妖冶，歌舞俱娴。玄宗为诸王时，曾至潞州，纳入此女，大加宠爱，即位后册为丽妃。父元礼，兄常奴，皆因妃干进，得任美官。妃生子嗣谦时，后宫刘华妃已生子嗣直，长嗣谦一两岁，论起理来，无嫡可立，应该立长，玄宗宠爱丽妃，竟于开元二年，立嗣谦为皇太子，这已是根本上的错误。论断明允。赵丽妃外，尚有皇甫德仪，刘才人等，也因姿色选入，颇邀上宠。皇甫德仪生子嗣初，刘才人生子琚，子以母贵，幼即封王，嗣初系玄宗第五子，受封鄂王，琚系玄宗第八子，得封光王。还有陕王嗣升，母妃杨氏，排行第三，就是将来的肃宗皇帝。郐王嗣真，钱妃所出，排行第四，第六子名叫嗣玄，封郢王，第七子早殇。这八子生日，均在玄宗未即位时。到即位后，选入武攸止女，武女生得聪明秀媚，杏脸桃腮，差不多与武则天相似，武氏常生尤物，莫非关系风水不成？入宫时仅十余龄，偏已了解风月，善承意旨，引得这位玄宗皇帝，特别爱怜，居然与她朝欢暮乐，形影相依，所有赵丽妃皇甫德仪刘才人等，统觉相形见绌，渐渐失宠。玄宗册封武氏为惠妃，惠妃恃宠生骄，不但轻视赵丽妃等，就是入谒正宫，也是勉强周旋，动多失礼。王皇后看不过去，免不得当面呵斥，她遂隐怀忿恨，尝在玄宗面前，撒娇弄痴，泣诉王后如何妒悍，如何泼辣。玄宗正爱恋惠妃怎肯令他人得罪娇姿？当下激动怒气，趋入正宫，便大声痛骂王后，且说要即日废去。王后泣下道："妾不过得罪宠妃，并未尝得罪陛下。就使陛下不念结发旧情，独不记妾父阿忠，即仁皎小名。脱紫半臂易斗面，为陛下作生日汤饼么？"语见《王后本传》想是睿宗被幽时候。玄宗听到此言，也不禁良心发现，把怒气销了一半，因把废后问题，又搁置了好几年。

唯惠妃日思夺嫡，满望产一麟儿，当可上觊后位，镇日里祈祷神佛，果然雨露有灵，红潮不至，十月满足，生下一儿，面目很是韶秀，酷肖乃母，不但惠妃喜出望外，就是玄宗也得意极了。三朝命名，叫作嗣一。名中寓意，已作长儿。哪知鞠育年余，竟尔夭逝，玄宗非常悲痛，追封悼王。接连又值惠妃怀娠，格外注意，参苓补品，几不知服了多少，待至分娩，又得一男，貌秀而丰，仿佛图画中婴儿，玄宗命名曰敏，总道他丰颐广额，定可延年，不意甫及周岁，又染了绝症，无药可医，呜呼哀哉，乃复追封为怀哀王。既而惠妃又生一女，貌亦甚丽，数月即殇，追号上仙公主。三次生而不育，造化小儿亦恶作剧。至四次成孕，复幸生子，取名为清，那时玄宗及惠妃，喜中带忧，只恐生而不育，复蹈覆辙，凑巧宋王妃元氏入宫贺喜，见玄宗面带愁容，问明情由，玄宗即以实告，元氏遂替他设法，请出居藩邸，愿代抚养，且自己甫生婴孩，可以哺乳。玄宗大喜，惠妃也很赞成。时宋王宪即成器改名，见四十二回。虽徙封宁王，藩邸仍旧，乃将乳儿送至宁邸，由元妃亲为乳哺，视若己生，后来竟得长成，受封寿王。嗣惠妃又生一男二女，男名为琦，女号咸宜公主，太华公主，亦皆成年。后文自有交代。惠妃既得生男，越加骄恣，与王皇后更不相容，时常在玄宗前，搬弄是非，诬成后罪。玄宗已着了色迷，禁不住惠妃絮聒，郁愤交并，又欲废后，偶然记起故人姜皎，可与密谋，因复召入京师，令为秘书监，与商废后事情。皎以后无大过，必欲废立，只好将她无子一事，作为话柄，尚可塞谤。玄宗亦以为然。及皎退出，竟与同僚谈及秘谋，顿时辗转相传，都下共知。玄宗闻他漏泄机关，不觉大怒，严词谴责。张嘉贞迎合上意，劾皎妄谈休咎，构成罪状，乃请制惩皎，杖配钦州。皎且悔且恨，行至半途，得病身亡。皎未能谏正君失，不死何为？王皇后得此消息，愈不自安，只因平日抚下有恩，除武惠妃外，却无一人谈及后短，所以玄宗尚在踌躇，又悬宕了两年。

后兄守一，常欲为后划策，补救事前，因思前时姜皎传言，只为无子一事，倘或幸产一男，便可免废，于是今日祈神，明日祷佛，也作儿女子态，应该速死。寺僧明悟，乘机迎合，谓皇后应祭南北斗，取霹雳木刻天地文，及皇上名字，合佩身上，便可得子，将来并可追步则天皇帝。守一喜得秘诀，急忙入告皇后。皇后也不明好歹，当即照行。偏有人通知武惠妃，惠妃便禀明玄宗，无非将巫蛊厌胜等罪，加在皇后身上。玄宗即骤入中宫，把皇后身上一搜，果有证物，害得皇后有口难分，没奈何说出守一转告，是为求子起见。玄宗早欲废后，苦无罪案可援，此次得了证据，还管什么真伪，便手敕颁发有司，大致说是："皇后王氏，天命不祐，华而不实，且有无将之心，不可以承宗庙，母仪天下，其废为庶人。"又将守一赐死。可怜王后弄巧成拙，贬入冷宫，恹恹成病，不久亦亡。后宫思慕后德，多半哀恸。玄宗亦觉自悔，乃以一品礼敛葬。

武惠妃既陷死皇后，遂想继立，玄宗恰亦有意，令群臣集议。御史潘好礼独上书谏阻，略云：

> 臣闻诸礼，父母仇不共天，春秋子不复仇，不子也。陛下欲以武惠妃为后，何以见天下士？妃再从叔非他，三思也，从父非他，延秀也；二人皆干纪乱常，天下共嫉。夫恶木垂荫，志士不息，盗泉飞溢，廉夫不饮；匹夫匹妇尚相择，况天子乎？愿慎选华族，以称神祇之心。春秋宋人夏父之会。"无以妾为夫人"，齐桓公誓葵丘曰："无以妾为妻。"此圣人明嫡庶之分也。分定则窥竞之心见矣。今太子非惠妃所生，而妃固有子，若一俪宸极，则储位将不安，古人所为谏其渐者，良有以也，愿陛下详察之！

玄宗此时，尚非全然昏昧，且朝中宰相，亦多说武惠妃不当为后，所以惠妃痴心妄想，仍归无效。

唯玄宗侈心已生，喜功好大，张说自朔方还朝，适张嘉贞坐弟赃罪，左迁幽州刺史。说代秉大政，迎合上意，建议封禅。又恐突厥乘间入寇，特用兵部郎中裴光庭计议，遣中书直省袁振，慰谕突厥毗伽可汗，征召番臣，从驾东封。毗伽可汗与阙特勒暾欲谷环坐帐下，置酒宴振，且与语道："吐蕃狗种，奚契丹本突厥奴，犹得尚主，独我国求婚，屡不见赐，究是何意？”振许为奏请，乃遣大臣阿史德颉利发入贡，阿史德系突厥姓，颉利发，乃突厥官名。扈驾东巡。玄宗先幸东都，备齐法驾，于开元十三年仲冬启跸，百官四夷从行，有司辇载供具，数百里不绝。及驾至泰山，亲祀昊天上帝于山上，令相臣祀五帝百神于山下。次日，祭皇地祇于社首，又次日御幄受朝，大赦天下，封泰山神为天齐王。张说多引亲近属吏，办理供张，礼毕加赍，往往超入五品，但不及百官。中书舍人张九龄，劝谏不纳，而且扈从士卒，仅得纪勋，毫无赐物，因此多有怨言。如此乏财，何必张皇。玄宗还朝，也知国用匮乏。进计臣宇文融为户部侍郎，从事搜括，不顾民生，岁入得增缗钱数百万。玄宗目融为奇才，大加宠信。独张说阴加裁制，遇融建白，往往沮抑不行。融遂勾通御史中丞李林甫，共劾说引用术士，徇私纳贿，应亟加罢斥云云。玄宗敕源乾曜诣御史台，澈底查讯。乾曜尝奏阻封禅，与说不合，更因说不自检束，迹有可疑，遂加重复奏。玄宗再令高力士视说，说正惶惧得很，见力士到来，故意的蓬头垢面，席稿待罪，且乞力士代为缓颊，悄悄的赠他珍物。俗语说得好：“得人钱财，替人销灾。”力士既得好处，乐得卖些人情，复旨时极陈张说苦状，并言说为功臣，不宜重谴，玄宗乃止罢说相职。令为集贤院学士，专修国史。

先是左史刘知几，领国史几三十年，著有《史通》四十九篇，评论今古，尝言作史须兼三长，一曰才，二曰学，三曰识，时人推为名论。著作郎吴兢，襄辑史事，《则天实录》，实出兢手。及说修国史，知几坐子太乐令贶罪，贬为安州别驾，抑郁而终。说追览《则天实录》，中有宋璟激动张说，使辩证魏元忠事。说不禁愤叹道：“刘五太不肯相借”。原来刘有兄弟五人，刘最幼，因叫他刘五，吴兢时适在座，起身答道：“这是兢所编成，史草具在，不可使明公枉怨故人。”说遂求兢改易数字，兢正色道：“若徇公请，是史非直笔，何足取信后世？况明公肯受善言，犯颜敢谏，直声已足传播，何必掠美沽名呢？”夹叙此事，所以传吴兢，并及刘知几。说乃罢议，令仍旧草。玄宗虽已罢说政事，仍然器重，遇有大事，往往遣人咨问。适吐蕃使臣至都，呈入国书，用敌国礼，玄宗恨他不臣，意欲发兵进讨，左丞相源乾曜，素来是唯唯诺诺，没甚主见，新任同平章事李元纮杜暹，但知清洁自守，也不甚熟悉边情，玄宗乃召张说入议。说面奏道：“吐蕃无礼，原宜讨伐，但近与吐蕃连兵十年，甘凉河鄯诸州，不胜疲敝，他果悔过求和，请陛下大度包荒，姑听款服，俟边困少纾，养精蓄锐，再图挞伐未迟。”玄宗听了，意殊未怿，淡淡的答了一语，只说待与王君㚟熟商，再定进止。说不便申谏，叩首而出，殿外遇着源乾曜，便与语道：“君㚟有勇无谋，贪功心急，若入议边事，必主用兵，我言定不见用，但恐边衅一开，师劳财匮，君㚟能发不能收，不但君㚟自误，且从此误国呢。”张说智料，原是足取。乾曜不加可否，唯含糊答应，算作了事。圆滑得很，也是投时利器。

看官道君㚟是何等人物？他是个瓜州人氏，投入右骁卫将军郭知运麾下，知运与他同籍，倚为心膂，此处叙入君㚟籍贯，并非别寓褒贬，实为下文㚟父被虏张本。累功至右卫副将。知运尝屯兵河陇，以勇略闻名，颇为戎夷所惮。开元九年，病殁军中，君㚟即起代知运，得为河西陇右节度使，判凉州都督事。玄宗因欲讨吐蕃，特召他入朝，果然不出张说所料，一经入议，便请发兵，玄宗即将西征全权，委与君㚟，君㚟即日还镇，调集边旅，定期出征。吐蕃闻唐军大集，出发有期，先遣部酋悉诺逻，入寇大斗拔谷，转攻甘州，焚掠乡聚。君㚟独勒兵不战，暂避寇锋。可巧天下大雪，寒冰四冱，吐蕃兵不堪皲冻，逾积石山，取道西归，君㚟乃发兵追袭，令秦州都督张景顺为先锋，自为中军。妻室夏氏，亦有勇力，环甲持兵，作为后应，道出青海，履冰西渡，望见前面有驼车数十乘，载有辎重，料知为虏兵后队，当即一鼓齐上，掩击过去。吐蕃辎重兵，多半老弱，怎能抵敌？霎时间如鸟兽散，所有驼车，尽被唐军夺去。唐军再行前进，那虏兵已逾大非山，飞奔而去，眼见得不便穷追，奏凯而回。当下张皇报绩，由玄宗加授君㚟为大将军，兼封晋昌县伯，以君㚟父寿为少府监，听令居家食俸，不必莅事。就是君㚟妻夏氏，也得封为武威郡夫人，一面召君㚟夫妇入觐，亲加慰劳，赐宴广达楼，厚加金帛。待君㚟谢恩还镇，吐蕃酋悉诺逻等，又攻陷瓜州，毁坏城墙，掳去刺史田元献，及君㚟父寿，分兵攻玉门军及常乐。常乐令贾师顺，登城固守，吐蕃将莽布支招降不听，屡用强弩射死虏目，莽布支乃撤围退去。君㚟闻警，亟率众援玉门，悉诺逻纵俘还报，传语君㚟道：“将军尝以忠勇许国，何不一战？”君㚟因父寿被虏，不敢纵击，只好登城西望，涕泗滂沱。贪功之报。悉诺逻因出兵多日，粮食将尽，也即退归。

是时西突厥别部突骑施，突骑施部曾为默啜所灭，见前文。有一头目苏禄，善事拊循，颇得众心，因闻默啜已死，遂纠众得三十万，复雄西域，自为可汗，开元中遣使入朝，玄宗曾授苏禄为右武卫大将军，进封顺国公，寻且加号忠顺可汗。且以蕃将阿史那怀道女，许嫁苏禄，号为交河公主。苏禄鬻马安西，传公主教，赍给都护杜暹，暹怒叱道："阿史那女，敢宣教么？"喝左右笞责来使，把他逐出。苏禄引为大辱，遂阴结吐蕃，诱令入寇。于是吐蕃赞普，复与苏禄合兵，入攻安西。都护杜暹，已入为同平章事，副都护赵颐贞，摄行大都护事，开城出走，击却虏兵。苏禄以行军失利，且闻暹已入相，无可报怨，随即退还。吐蕃赞普也收兵自归。王君㚟欲报父仇，亟率精骑数千人，驰赴肃州，邀击赞普，哪知赞普早已远去，空费了一番跋涉，免不得神丧气沮，怏怏而回。还次甘州南巩笔驿，总道是太平无忌，毫不设备，偏来了瀚海州司马护输等，突入驿馆，来杀君㚟，君㚟猝不及防，竟被刺死，舁尸而去。及部众闻变往追，才将遗尸夺还，看官道君㚟何故被刺？原来凉州附近，有回纥契苾思结浑四部番民，杂居成族。回纥部长承宗，受职瀚海都督，契苾部长承明，受职贺兰都督，思结部长归国，受职卢山都督，浑部长大得，受职臬兰都督。至君㚟为河陇节度，四都督耻受节制，屡与君㚟龃龉。君㚟竟奏白玄宗，说他共蓄叛谋。玄宗方信任君㚟，立命将四都督流徙岭南。瀚海司马护输等，本是承宗旧部，因欲为承宗复怨，乃刺死君㚟。玄宗闻报，很是痛惜，特赠荆州大都督，饬地方官护丧还葬，且诏令张说撰墓志铭，御书镌碑。说曾料他有勇无谋，未知碑文上如何说法？可惜此文失考，我未曾见。再命右金吾卫大将军信安王祎，系太宗子，吴王恪孙。为朔方节度使，另调朔方节度使萧嵩，为河西节度副大使，互相援应，共备吐蕃。嵩引刑部员外郎裴宽为判官，与君㚟判官牛仙客，同掌军政。又奏调建康军使张守珪为瓜州刺史，修筑故城。板干甫立，吐蕃兵猝至，城中相顾失色，莫有斗志。守珪故示镇定，竟在城上置酒作乐，谈笑自如。虏疑有他计，立刻引退。那时守珪恰纵兵奋击，斩虏首至数百级，余众俱抱头窜去。守珪遂修复城市，招抚流离，瓜州复成巨镇，有制以瓜州为都督府，即授守珪为都督。萧嵩复纵反间计，伪说与吐蕃将悉诺逻通谋，吐蕃赞普弃隶缩赞，信为实情，诱杀悉诺逻。悉诺逻为吐蕃名将，被杀后军士懈体，吐蕃因此渐衰。后来嵩任河西节度使，与陇右节度使张忠亮大破吐蕃兵于渴波谷，进拔大莫门城。左金吾将军杜宾客，又在祈连城下，击败吐蕃兵，擒住虏将。瓜州都督张守珪，暨沙州刺史贾师顺，复破吐蕃大同军。信安王祎，亦乘势克复石堡城，城当河右要冲，四面悬崖，非常险固，前为吐蕃陷没，留兵据守，屡扰河西，经祎出兵规复，分屯要害，拓地千里，令虏不得前，河陇遂安。玄宗闻捷大喜，改称石堡城为振武军。吐蕃屡败生畏，乃奉表谢罪，乞累世和亲。玄宗意尚未许，适陕王嗣升，改名为浚，徙封忠王，嗣升即肃宗见上文。兼河北道行军元帅，开府置官。僚属皇甫惟明，入白他事，因奏言与吐蕃和亲，足息边患，玄宗乃命惟明与内侍张元方，出使吐蕃，并赐书金城公主，谕令倾城内附。弃隶缩赞厚待唐使，且遣使悉腊，随惟明等入朝，奉上誓表，且贡方物。金城公主又请给《毛诗》《春秋》《礼记》正字，玄宗亦准令颁给，并与吐蕃划境定界，以赤岭为两国分域，立碑证信。时已在开元二十一年了。小子有诗叹道：

自古外交无善策，议和议战两无成。
许婚虽是羁縻术，何竟华夷作舅甥？

吐蕃款附，又发兵讨奚契丹，欲知行军详情，俟至下回续叙。

武则天后，又有武惠妃，则天害死王皇后，惠妃亦谮死王皇后，吾不知王武何仇，累遭残噬若此？玄宗亲见武后遗毒，且手定宫阙，诛死诸武，乃独恋恋于一武攸止遗女，听信谗言，甘忘结发，色之害人大矣哉！抑有可怪者，高宗好色而喜功，玄宗以孙绳祖，殆亦与高宗相似，河陇连兵，日久不已，虏既有心求和，正可因势利导，罢兵息民。张说进谏，可从不从，王君㚟贪功希宠，反误信之，君㚟自误而杀身，玄宗被误而妨国。厥后赖有二三良将，屡次却虏，而虏众始不敢前，然劳师费饷，已不知凡几矣。况虏终未灭，仍与修和，是何若早从说言之为愈乎？至若高宗初政有永徽，玄宗初政有开元，高宗信许敬宗言而封泰山，玄宗亦信张说言而封泰山，两两相对，祖孙从同，无惑乎其有初鲜终也。史家尝称玄宗为英武，其然岂其然乎？

第四十五回　张守珪诱番得虏首
李林甫毒计害储君

却说忠王浚为河北道行军元帅，原是为征讨奚契丹起见，契丹本联络突厥，常来扰边，自默啜既死，乃叩关内附。贝州刺史宋庆礼，复建筑营州城，开屯田八十余所，招安流散，市邑繁。回应四十二回。契丹酋长李失活，传弟娑固，娑固传从父弟郁干，郁干复传弟吐干，吐干与牙将可突干不合，为可突干所逐，奔入辽阳，唐廷封他为辽阳郡王，吐干遂久处不归。可突干立失活从弟李邵固为主，仍修朝贡。计自开元四年至十三年，这十年间，契丹主已五易，都算与唐通好，岁贡不绝。玄宗一意羁縻，当将宗室所出女儿外嫁契丹各主，就是奚部长李大酺，与失活同时入附，也得妻唐室宗女。大酺传弟鲁苏，与李邵固并得袭封，且乞许婚。玄宗以从甥女陈氏为东华公主，出嫁邵固，加封他为广化王。又以成安公主女韦氏。成安公主系中宗幼女，曾嫁韦捷。出嫁鲁苏，加封他为奉诚王。两主当然感恩，不敢怀贰。开元十五年，邵固遣可突干入贡，同平章事李元纮，待以非礼，可突干怏怏而去。张说语人道："可突干久专国政，众心归附，今不以礼貌相待，失望而回，恐从此生怨，不肯再来了。"果然隔了两年，可突干欲叛中国，为邵固所阻，竟将邵固弑死，另立屈烈为王，且胁同奚众，降附突厥，背叛唐室。邵固妻陈氏，及奚王李鲁苏夫妇，相继奔唐，玄宗乃令幽州长史，知范阳节度使赵含章，发兵往讨，又命中书舍人裴宽，给事中薛侃，就关内河东河南北分道，广募勇士，充当兵弁。旋有制拜忠王浚为河北大元帅，以御史大夫李朝隐，京兆尹裴先为副，统领十八总管，出击奚契丹。浚与百官相见光顺门。张说退语同僚道："我看忠王姿貌，绝类太宗图像。这却是社稷幸福呢。"张说料事颇明，可惜尚是小智。既而浚竟不行，但命朔方节度使信安王祎，为河北道行军副元帅，与赵含章出塞讨虏，击破可突干，收降奚众，班师献俘。

可突干收合余烬，复来寇边，幽州长史薛楚玉，系薛讷弟。遣副总管郭英杰吴克勤等，率兵万骑，及所降奚众，与可突干交战都山下。奚众首鼠两端，先行散走，唐军为敌所乘，英杰克勤败死。玄宗闻败，调张守珪为幽州节度使，令讨契丹。守珪素娴将略，既至幽州，整练士卒，壁垒一新。可突干数次入寇，俱被击退，因遣使诈降。守珪使管记王悔，持节往抚。悔至可突干营账，见他目动言肆，料无诚意，遂以假应假，敷衍一番。可巧契丹牙官李过折，与可突干阴生嫌隙，竟邀悔密谈衷曲，且言可突干已通使突厥，将引兵杀悔。悔本具口才，密劝过折转图可突干，功成后当代请册封，包管有王爵相酬。过折喜甚，乘夜勒兵，入斩可突干，及屈烈王，杀死可突干党羽数十人，自率余众入降。当由王悔还报守珪，守珪亲至紫蒙州，慰抚过折。过折呈上可突干屈烈首级，经守珪验收，即飞使持首，驰报唐廷。玄宗封过折为北平郡王，兼松漠州都督，过折奉表申谢。过了数月，可突干余党涅礼，为可突干复仇，击杀过折，屠害全家。只一子剌干，脱身走安东。唐封剌干为左骁卫将军，且遣使诘责涅礼。涅礼上言："过折残虐，众情不安，所以致戕，并非由自己主使，此后仍当敬事天朝。"玄宗明知涅礼诡言，但也未免厌兵，不得已将错便错，仍令涅礼为松漠都督。涅礼戕杀过折，理应声讨，乃仍令代任，上国声威，不宜如此。观此可见玄宗有初鲜终之失。彼此暂从安息，静过了两三年。

时源乾曜杜暹李元纮等，均已罢相，改任户部侍郎宇文融，及兵部侍郎裴光庭，同平章事，召河西节度萧嵩为中书令，遥领河西。宇文融以理财邀宠，广置诸使，竞为聚敛，百姓怨苦不堪，融反矜功恃能，既登相位，即语人道："我若居此数月，可保海内无事，国库充盈了。"嗣是借权怙势，妒功忌能，横行了两三月，已是怨声载道，朝野侧目。信安王祎积有军功，得蒙上宠，融暗加忌嫉，乘祎入朝，嗾使御史李寅劾祎，弹章未上，偏泄风声，祎亟入白玄宗，先陈融嗾使状。玄宗还将信将疑，到了次日，寅奏果入，免不得龙颜动怒，立降天威，遂贬融为汝州刺史，褫寅官阶。已而国用不足，又复思融，意欲再行召入，会有飞状告融，贪赃纳贿，隐没官钱，乃再流岩州，病死途中。

还有将军王毛仲，讨逆有功，累擢显职。见四十回。加封至霍国公，兼开府仪同三司。这开府仪同三司一职，自开元后，唯王仁皎姚崇宋璟得兼此缺，毛仲系官奴出身，也居然得此美官，怎能不趾高气扬，睥睨一切？小舟不堪重载。玄宗尝赐给宫女为室，他自己亦娶了一妻，统是国色天姿，不同凡艳，生下一女，及笄而嫁。吉期将届，玄宗召问毛仲有何需给？毛仲顿首道："臣万事已备，但少贵客。"玄宗微哂道："朕知道了。卿所不能延致，只有宋璟一人，朕当为汝召客。"届期令宰相以下诸达官，尽往毛仲家与宴。璟方起任礼部尚书，不便违命，迟迟到了日中，才往贺喜，堂中已开盛筵，满座称觞。毛仲见璟到来，极表欢迎，并恭恭敬敬的奉上酒卮，璟接卮后，西向拜谢，甫饮半杯，遽称腹痛，告别而出。刚操可敬，但亦唯如宋璟资格，方可免祸，否则不免为汉灌夫了。毛仲挽留不住，只好由他回去。但因此愈加骄恣，尝求为兵部尚书，未蒙上允，遂有怨言。内侍高力士杨思勖，出入宫禁，方得贵幸，毛仲盛气相陵，视若无睹。力士等因愤愤不平，屡加媒蘖。会毛仲妻产子三日，玄宗命力士赍给赐物，且授儿五品官。毛仲抱儿示力士道："是儿岂不可作三品官么？"力士还白玄宗，并添了几句坏话。玄宗怒道："此贼非经朕抬举，怎得富贵？况前时讨逆，他亦非真心相助，今乃为区区婴儿，敢怨朕么？"力士复接奏道："北门奴官，统是毛仲私党，若不早除，必生大患。"玄宗立即书敕，贬毛仲为瀼州别驾，四子一律夺官，贬置恶地。毛仲惘惘出都，到了零陵，又有敕使到来，迫令自缢。只是两妻可惜。嗣是宦官势盛，力士思勖，权倾内外，免不得积久成毒了。隐伏下文。

玄宗既诛死毛仲，益重视宋璟，再进为尚书右丞相，用张说为左丞相，源乾曜为太子太傅，御赋三杰诗，分赐三人。乾曜未足称杰，张说亦有愧焉。同平章事裴光庭病逝，玄宗问中书令萧嵩，令举荐正士。嵩引进尚书右丞韩休，乃拜休黄门侍郎，同平章事。休京兆人，为人峭直，不慕荣利。嵩见他平居慎默，总道是恬静易制，所以荐引上去，哪知他既登相位，刚正敢言，不但萧嵩有过，常为折正，就是玄宗有失，亦必力争。嵩未免悔恨，玄宗颇嘉他忠直，每事优容。有时游猎苑中，或大张宴乐，稍稍流连，必顾左右道："韩休知否？"已而谏疏即至，果是韩休署名，玄宗即为停罢宴猎。既而揽镜自照，默然不乐。左右乘间入请道："自韩休入相，陛下多戚少欢，近且天颜日瘦，难道堂堂天子，反为相臣所制，何不即日逐他呢？"宵小惯入闲言。玄宗叹道："我貌虽瘦，天下必肥，我用休为相，为社稷计，非为一身计哩。"宋璟闻休善谏，尝窃叹道："我不意韩休入相，竟能如是，这真可谓仁且勇了。"璟为开元十年致仕，退居东都，越五年寿终，年七十五，追赠太尉，予谥文贞。璟本邢州南和人，耿介有大节，出仕以后，从未阿附权贵。及入相玄宗，朝野倚为元老。玄宗待遇宋璟，与姚崇相同。姚宋出入殿中，玄宗必起座迎送。至姚宋后，无论如何宠遇，总没有这般敬礼，所以唐朝三百年间，前称房杜，后称姚宋，总算是君臣一德呢。宋璟籍贯，于此处补叙，再将房杜姚宋互述，重贤之意自明。

张说源乾曜，先后病殁，韩休与萧嵩，因屡有争议，一并罢去，亦相继告终，玄宗乃用京兆尹裴耀卿为侍中，知制诰兼工部侍郎张九龄为中书令，吏部侍郎李林甫为礼部尚书，同中书门下三品。耀卿与九龄友善，同秉国政，独李林甫阴柔奸狡，与二人志趣不同，因此积不兼容，遂生出许多阴谋诡计，搅乱唐朝。林甫系长平肃王叔良曾孙，叔良即太祖第六子，祎长子。小字哥奴，素性狡狯，为舅氏姜皎所爱。皎与源乾曜通姻，乾曜子絜，为林甫求司门郎中，乾曜摇首道："郎官应得才望，哥奴岂堪任郎中么？"林甫多方运动，得任国子司业。宇文融为御史中丞，引与同列，因累任刑吏二部侍郎。侍中裴光庭妻，系武三思女，林甫尝与有私。高力士也尝往来裴宅，及光庭去世，裴妻武氏，索性明目张胆，与林甫结成不解缘，事见《林甫本传》，并非诬渎。乃托力士代他吹嘘，荐林甫为相。力士因相位重大，不易荐引，特替他想出一法，打通内线，期得如愿。看官阅过上文，应早知后宫专宠，是武惠妃，惠妃图后不成，乃改谋易储，寿王清系妃所出，年已渐长，宠逾诸子，渐渐有夺储的现象，力士趁这机会，进白惠妃，但说林甫愿保护寿王，但乞妃为内援，令登相位，必可尽力。惠妃正欲得一外助，遂竭力撺掇玄宗，进相林甫。玄宗唯言是从，竟擢林甫为黄门侍郎，同中书门下三品。林甫乃极力助妃，阴伺太子及诸王过失，以便进谗。

会寿王纳妃杨氏，寿王妹咸宜公主，下嫁杨洄，玄宗令诸子一律更名。太子嗣谦，改名为瑛，长子嗣直，改名为琮，三子嗣升，前改名为浚，至是又改名为玙，四子嗣真，改名为琰，五子嗣初，改名为瑶，六子嗣玄，改名为琬，八子滉，改名为琚，寿王清，亦改名为瑁，此外尚有十余子，如璲琦璬璘玢环瑝玭珪珙瑱璿等，偏旁初皆从水，至是尽易新名。太子瑛及弟鄂王瑶，光王琚，均因生母失宠，有怨望语。林甫偶有所闻，遂告驸马都尉杨洄，令入白惠妃。惠妃乘玄宗入宫，即向前跪下，乞请退居闲室。玄宗惊问何故？惠妃未曾出言，先已泪下，呜咽许久，才断断续续的说道："太子阴结党羽，将害妾母子，且指斥陛下。妾想太子久已正位，关系国本，若使太子不安，宁可将妾废置，陛下也免得受谤哩。"以退为进，确是狡妇口。

玄宗听到此言，忍不住拍案道："岂有此理？他本非嫡出，明日便当废去。"惠妃又进言道："鄂王光王，也与太子同党，若太子一动，二王亦将生变，不如俯从妾言为是。"再激动玄宗数语，并牵及二王，刁极恶极。玄宗益怒道："瑶琚也这般不肖，当一并废去。"惠妃见玄宗已经中计，反带哭带劝，请玄宗息怒保身。看官！你想这溺爱不明的玄宗皇帝，尚能逃得出艳妃掌中么？当下扶起惠妃，替她拭泪，也好言慰解一番。是夕，便与惠妃同寝。一宵无话，次日视朝，即面谕宰相，拟废太子及鄂光二王。张九龄抗奏道："陛下践祚将三十年，太子诸王，不离深宫，日受圣训，天下皆庆陛下享国长久，子孙蕃昌，今三子皆已成人，不闻大过，陛下奈何轻信蜚言，遂欲废黜呢？从前晋献公听信骊姬，杀太子申生，三世大乱。汉武帝信江充言，罪戾太子，京城流血。晋惠帝用贾后谗，废愍怀太子，中原涂炭。隋文帝纳独孤后语，黜太子勇，改立炀帝，遂失天下。古人有言：'前车覆，后车鉴。'陛下必欲出此，臣不敢奉诏。"言亦痛切。玄宗默然无语，面有愠色。九龄却毫不改容，徐徐引退。及散朝后，惠妃密使宫奴牛贵儿，走白九龄道："有废必有兴，公若肯援助，相位可长处了。"九龄怒叱道："宫闱怎得与外事？休再向我饶舌！"及牛贵儿别去，九龄即详达玄宗，玄宗乃暂置前议。

武惠妃深恨九龄，遂与李林甫串同一气，内外排击。玄宗本因九龄文雅，大加赏识，至此为宠妃奸相，日夕浸润，也不免冷淡起来。会平卢讨击使安禄山，为张守珪所遣，讨奚契丹叛党。禄山恃勇轻进，为虏所败，守珪奏请正法，禄山临刑大呼道："公欲灭奚契丹，奈何杀壮士？"守珪听了，暗暗称奇，乃更执送京师，听候发落。欲诛竟诛，稍一因循，便留大患，守珪不为无咎。九龄览到移文，即援笔批答道："昔穰苴诛庄贾，孙武斩宫嫔，军法如山，何容瞻徇！守珪军令若行，禄山不宜免死。”及玄宗亲自按囚，见禄山状貌魁梧，不忍加诛，且于九龄有不足意，竟下诏特赦。九龄固争道：“失律丧师，不可不诛，且禄山貌有反相，不杀必为后患。”玄宗冷笑道：“卿勿以王夷简识石勒，事见《晋史》。枉害忠良。”九龄知不可争，方才退出。既而上《千秋金鉴录》，累述前代兴废源流，共书五卷。玄宗虽赐书褒美，也不过表面敷衍罢了。原来玄宗生日，号作千秋节，群臣统献宝镜。九龄谓取镜自照，徒见形容，取人作鉴，乃见吉凶，因此有《金鉴录》的撰述。玄宗已渐渐入迷，哪里还知借古证今呢？

朔方节度牛仙客，自判官累次递升，李林甫欲引为臂助，屡向玄宗前说项。玄宗拟召为尚书，张九龄又谏阻道：“尚书系古时纳言，不宜轻授，仙客恐难当此任。”林甫面驳道：“仙客具宰相才，何止尚书。”玄宗遂加封仙客陇西县公，将加大用。林甫又引萧炅为户部侍郎，萧本无学术，尝读伏腊为伏猎，中书侍郎严挺之，语九龄道：“何来伏猎侍郎，混杂省中？”九龄因劾炅不学，出为岐州刺史。林甫怨九龄兼怨挺之。会挺之妻被出，转嫁蔚州刺史王元琰，元琰坐赃犯罪，下三司按鞫，挺之却替他营救。林甫谓挺之私袒元琰，应使连坐。玄宗转问九龄，九龄道：“元琰纳挺之出妻，还有什么情谊？想是赃罪未实，所以秉公辨诬。”玄宗微哂道：“世间恐无此好人，朕闻挺之虽然离婚，近复与前妻有私，因此出来帮忙。”想是林甫捏造出来，但挺之不自远嫌，亦应使人动疑。九龄不便再言，只好转浼裴耀卿，代救挺之。耀卿乃代为申请，林甫乃上言：“耀卿九龄，俱系朋党。”于是耀卿调任左丞相。九龄调任右丞相，并罢政事，贬挺之为洺州刺史，流王元琰至岭南，升任林甫兼中书令，召入牛仙客为工部尚书，同中书门下三品。制敕既颁，林甫顾语僚吏道：“九龄尚得为右丞相么？”又语诸谏官道：“今明主在上，群臣乐得将顺，何苦多言。且诸君不见立仗马么？食三品料，一鸣即斥去，追悔何及？”台官乃相戒勿言。补阙杜进，独上书言事，被黜为下邽令，自是言路闭塞。仙客由林甫引进，当然唯唯诺诺，不敢发言。

监察御史周子谅，本九龄引进，因见林甫专政，仙客阿私，遂觉愤愤不平，当即呈上弹文，明劾仙客，暗斥林甫，说得异常激烈，且引谶书为证。玄宗大怒，召入子谅，搒掠殿下，绝而复苏。再命加杖朝堂，流戍瀼州。可怜子谅杖创累累，途次又受监吏虐待，勉强行至蓝田，不胜痛楚，宛转毕命。林甫又构陷九龄，说他所举非才，且或有主使等情，乃更贬九龄为荆州长史。九龄籍隶曲江，夙长文事，态度风雅，品行端方，既以直道见斥，仍然随遇而安，无戚戚容。晚年以文史自娱，不谈朝政，卒年六十八，追赠荆州大都督，谥曰文献。玄宗虽信任林甫，疏斥九龄，但心中犹尝忆及，每用人进士，必问左右道："风度可似九龄否？"后因安禄山叛乱，玄宗奔蜀，乃悔不用九龄言，为之泣下，并遣使致祭曲江。开元后，世人都称九龄为曲江公。九龄弟九皋，官至岭南节度使，子拯亦仕至太子赞善大夫，均有令名，这且慢表。

且说李林甫既排去九龄，遂与驸马都尉杨洄密商，乘势易储。洄因入谮太子及鄂王光王，与太子妃兄驸马薛锈，阴构异谋，势将起事。玄宗查无证据，几不复问。洄不禁情急，忙向林甫问计。林甫授他密谋，令转告惠妃。惠妃大喜，即遣人召太子二王，诡称宫中有贼，请即衷甲入防。太子二王，不知是诈，竟依言进去。惠妃亟白玄宗，只说他串同谋反，衷甲入宫。玄宗遣内侍往探情状，果如妃言，恼得不可名状，立召林甫入商。林甫淡淡的答道："这系陛下家事，非臣所宜豫闻。"想是从许敬宗处学来。玄宗乃立书手谕，废瑛瑶琚并为庶人，流薛锈至瀼州，寻且赐三子自尽。锈本尚玄宗女唐昌公主，诀别至蓝田，亦由中使传敕，勒令自杀。瑛琚好学有才识，无罪致死，远近呼冤。瑛舅家赵氏，妃家薛氏，瑶舅家皇甫氏，连坐谴谪，共数十人。唯瑶妃家韦氏，因妃贤得免。小子有诗叹道：

父子由来冠五伦，如何一日杀三人？
可怜龙种遭残戮，不及民家骨肉亲。

太子瑛既死，武惠妃与李林甫遂谋之寿王瑁为太子，究竟瑁得立与否，容至下回说明。

契丹屡易酋长，国是未安，可突干秉权揽政，且敢弑其主李邵固，堂堂上国，声罪致讨，宜也。忠王浚奉制不行，偏师出击，转胜为败，至张守珪遣使招虏，以夷攻夷，渠魁虽得受诛，而例诸堂堂正正之师，已相去远矣，且守珪后遣安禄山，轻进失律，可诛不诛，致诒后患。张九龄力谏玄宗，请杀禄山，而玄宗正信任李林甫，疏斥张九龄，豢狼子以启他日之忧，用贼臣以速目前之祸，内外勾结，骨肉自戕，天下事之可长太息者，孰有过于此乎？本回逐节叙明，而标目先揭明之曰："张守珪诱番，李林甫毒计。"书法之严，上绍麟经，固不可徒以小说家目之也。

第四十六回　却隆恩张果老归山
开盛宴江梅妃献技

却说李林甫连结武惠妃，谮死太子瑛及瑶琚二王，遂谋立寿王瑁为太子。林甫一再劝立寿王，玄宗意尚未决，看官道是何因？原来玄宗本非昏主，不过为色所迷，内惑宠妃，外信奸相，凭着一时怒气，竟将三子同时赐死，究竟父子骨肉，天性相关，事后追思，未免生悔。可巧武惠妃染成大病，差不多与发狂相似。满口谵语，无非是三庶人索命，三庶人就是瑛瑶琚，当时曾有此号。玄宗也有所闻，不敢径立寿王，且召巫祝代为祈禳，改葬三庶人。烦扰多日，始终无效，甚至白日见鬼，所有宫娥彩女，统是大惊小怪，进退徬徨。好容易自秋经冬，惠妃病势，忽轻忽重，忽呆忽痴，诊过了多少名医，服过了若干药饵，徒落得花容惨淡，玉骨支离。到了残冬，死期已至，呻吟了好几夜，一阵阴风，四肢挺直，貌美心凶的妃子，至此已魂销躯壳，随了三庶人的冤魂，到森罗殿前对簿去了。事见《唐书·太子瑛传》，并非随手捏造。玄宗非常悲悼，用皇后礼殓葬惠妃，谥为贞顺皇后。

越年已是开元二十六年，虽是照常朝贺，玄宗总少乐多忧，几乎食不甘味，寝不安席。高力士日夕侍侧，探问情由。玄宗叹道："汝系我家老奴，难道尚未识我意？"力士道："莫非因储君未定，致此忧劳。"玄宗道："这也是一桩系心的条件。"尚不止此，暗伏后文纳杨妃事。力士道："圣上何必如此劳心，但教推长而立，何人敢有争言。"惠妃已死，乐得巴结别人。玄宗道："甚是甚是，朕意决了。"次日颁制，立忠王玙为皇太子，改名为绍，嗣又改名为亨。

储嗣已定，内廷总算平靖，边塞又启纷争。突骑施可汗苏禄，自得妻交河公主后，吐蕃突厥也俱给女为妻。苏禄得三国女，并立为可敦，生下数子，俱为叶护，用度日繁，不免苛敛，渐致诸部离心，旋且病疯瘫症，半身不遂，未便治事。这是色欲所致。部下大首领莫贺达干都摩支，竟夜攻苏禄，把他杀死。都摩支立苏禄子吐火仙为可汗，达干不服，复与吐火仙相攻，且遣使告唐节度使盖嘉运，请协击吐火仙。盖嘉运出兵掩击，将吐火仙擒住，并取交河公主而还。玄宗命立交河公主弟昕为西突厥十姓可汗。达干闻报，大怒道："平苏禄系是我功，怎得另立阿史那昕，阿史那本突厥昕。乃诱诸部落叛唐。有制令嘉运再行招谕，且封达干为突骑施可汗。达汗阳奉阴违，至昕到塞外，竟遣人杀昕，自为十姓可汗。后为安西节度使夫蒙灵察，讨诛达干，西突厥乃亡，突骑施部亦寖衰。

唯吐蕃自赤岭定界，和好数年，与上文突骑施事，俱回应四十四回。彼此尽撤边戍。吐蕃畜牧遍野，边将孙诲，妄觊边功，奏称虏可袭取。玄宗令内侍赵惠琮往探虚实，惠琮至凉州，与诲同谋，矫诏令河西节度崔希逸，袭夺吐蕃牲畜。吐蕃乃大发兵寇河西，幸由希逸预备，因得击退。玄宗闻得矫诏，逮还赵惠琮孙诲，诲即伏诛，惠琮病毙，希逸调任河南尹，亦怅悒而终。吐蕃复屡寇安戎城，进陷石堡城。剑南节度使王昱，拒战败绩，贬死高要，再调盖嘉运为陇右节度经略吐蕃，亦不能却敌，改任皇甫惟明，方得胜仗。唯攻石堡城，仍不能克。吐蕃转寇安戎城，赖有监察御史许远坚守，无隙可乘，方引兵退去。安戎改名平戎，会金城公主病殁吐蕃，唐廷有制发哀，吐蕃亦遣使请和，玄宗未许，因此尚相持不下。

是时尚有幽州将赵堪及白真陀罗，伪传节度使张守珪命，使平卢节度使乌知义，邀击叛奚余党。知义不从，白真陀罗竟矫称制敕，迫令出兵，累得知义没法，不得已发兵往击，先胜后败。守珪袒庇知义，讳败为功。及中使牛仙童，奉命往勘，守珪重贻仙童，归罪白真陀罗，逼令自缢。仙童返报，当然替守珪掩饰，哪知众宦官闻他得贿，无从分肥，竟把隐情告发。玄宗杖毙仙童，贬守珪为括州刺史。守珪疽发背上，亦即殒命。乌知义夺官，竟擢安禄山为平卢军使，兼营州都督。未几，又升任平卢节度使。禄山本营州杂胡，旧姓康，母阿史德氏，曾为女巫，居突厥中，至轧荦山祷子，山上有战斗神，祷后果即怀娠，及产，光照穹庐，野兽尽鸣，母以为得自神佑，遂取名轧荦山，一作阿荦山，戾气所钟，亦呈异兆。远近传为瑞兆。范阳节度使张仁愿，曾遣人搜他庐帐，被匿不获。荦山父未几身死，母再嫁番目安延偃。荦山随母至安家，因冒姓为安，改名禄山。嗣因部落离散，乃与安氏子思顺逃至幽州，投入张守珪麾下。叙禄山履历，补前回所未及。守珪应诛不诛，解送京师，玄宗特加赦宥，仍令归守珪调遣。应前回。禄山感守珪恩，格外效力。珪因令为养子，且擢为副将，嗣是荐为平卢兵马使。至守珪被贬，御史中丞张利贞，采访河北，禄山百计谀媚，兼多馈赂，利贞还朝，遂盛称禄山材能，玄宗乃累次加擢，竟拜方面。李林甫素无学术，猜忌儒将，因劝玄宗信任禄山。禄山亦阴结林甫，自固兵权。玄宗内倚林甫，外倚禄山，自以为天下无患，益启幸心。

先是汾晋间有一方士，须发垂白，神气清癯，常踯躅道旁，能数日不食。自言姓张名果，生唐尧时，曾为侍中，尧时无侍中位号，显见有诈。嗣后隐居中条山上，约阅数千年。相州刺史韦济，闻张果名，探验属实，因上表奏闻。玄宗令通事舍人裴晤往征，至恒山得见张果，促令入都。果仆地竟死，死后复苏，再仆再起。晤乃不敢催逼，还白玄宗。玄宗更遣中书舍人徐峤，赍奉玺书，优礼往迎，乃偕至都中，乘肩舆入宫。玄宗问神仙术，果答语多半诡秘，大旨在“息心养气”四字，乃令留居集贤院，累日辟谷，进以美酒，饮酣乃寝，鼾睡数昼夜。时有术士邢和璞师夜光二人，一能知人殀寿，一能伺鬼起居。玄宗令和璞推算张果，茫然莫辨。再令果密坐，令夜光视察踪迹，竟不见果所在。玄宗益以为奇，密语高力士道：“朕闻饮堇无苦，方为奇士。”乃召果入见，令力士取堇漉酒，持饮张果。果饮了三大杯，颓然道：“这非佳酒。”语毕即卧。顷见果齿皆燋缩，又复瞋目回顾，令左右取过铁如意，将齿击堕，收藏囊中，又从囊内取药敷龂，不到一时，齿竟重生，粲然骈洁。玄宗惊叹不置，意欲以玉真公主嫁果，尚未明言，玉真公主即四十一回中之崇昌公主，系睿宗女，因赐居玉真观，故改号玉真。果退宿集贤院，与秘书少监王回质，太常少卿萧莘道：“俗语有言，娶妇得公主，平地升公府，人以为可喜，我以为可畏呢。”两人听他语出不伦，正在暗笑，忽由中使到院，传达御敕道：“朕妹玉真公主，愿适先生，幸先生勿却！”果不禁大噱道：“皇上以果为仙，果实非仙，若视果为尘俗中人，也可不必。果从此辞，请为转奏！”中使还报，玄宗尚欲挽留，果一再恳辞还山，乃命图形集贤院，授银青光禄大夫，号通玄先生，赐帛三百匹，给扶侍二人，送至恒山蒲吾县，未几遂殁，相传以为尸解，后世称为张果老，列入八仙，这也不必细表。张果也可谓奇人。

单说玄宗自遣归张果，遂未免迷信神仙，且云梦见玄元皇帝，即老子，高宗时尊老子为太上玄元皇帝。谓："遗像在京城西南百余里。"因遣使求访，至盩厔楼观山间，果得遗像，迎至兴庆宫。嗣由参军田同秀上言，亦说："玄元皇帝梦示，曾在尹喜故宅，藏置灵符。"玄宗又遣使往求。看官试想！这尹喜系周朝人，曾为函谷关令，老子骑青牛过函谷关，虽有此事，究竟留符与否，史册上未曾载及。况且年湮代远，即有符，亦早毁灭，哪里还肯留着？这可见是同秀行诈，明明是假置灵符箓，欺君罔上。至朝使得符还都，李林甫以下诸臣，遂以灵符呈瑞，表上尊号。玄宗因下诏改元，称开元三十年为天宝元年，受尊号为开元天宝圣神文武皇帝，且建玄元皇帝新庙，亲自祭飨。又享太庙，祀天地，大赦天下，赐文武官阶爵秩，改称侍中为左相，中书令为右相，左右丞相改为仆射，东都北都，皆称为京，州称为郡，刺史称为太守。

长安令韦坚，系太子妃兄，颇工心计，尝与监察御史杨慎矜，户部员外郎王𫓧，善治租赋，称为理财好手，玄宗因命为陕郡太守，领江淮租庸转运使。坚遂大兴土工，凿通蓝田县北的浐水，引入后苑望春楼下，汇成一潭。又南达漕渠，铲去淤塞，所有民间邱墓，一律毁掘。自京城至江淮，水道无阻，导入运船数百艘，齐集望春楼下。玄宗亲御望春楼，遍览运船，但见连樯数里，相续不绝。各舟都张锦为帆，遍榜郡名，各陈珍宝，已觉得光怪陆离，斑斓夺目。更有一艘最大的运船，作为前导，船头坐着陕尉崔成甫，头包红抹额，身着锦半臂，领着美妇百人，统是丽饰华装，丰容盛鬋，口中随着成甫唱歌，依声相和，一片娇喉宛转，清脆可听。歌词却很俚俗，取名为得宝歌，歌云：

得离弘宝野，弘农得宝邪。潭表舟船闹，扬州铜器多。三郎当殿坐，听唱得宝歌。

玄宗也不甚细辨，但觉得耳鼓悠扬，眼帘热闹，不由的心花怒开，非常愉快。再由韦坚进谒，跪奉许多珍品，没一件不是精致，愈觉称心；遂留坚侍宴，并召群臣畅饮竟日，至夜才罢。次日，即加坚左散骑常侍，所有僚属吏卒，褒赏有差，赐新潭名为广运潭。可巧突厥内乱，朔方节度使王忠嗣，乘乱攻克左厢诸部，又兼回纥葛逻禄二部，攻入右厢，扫灭突厥。两下里又传捷报，正是喜上加喜，内外胪欢。

原来突厥毗伽可汗，自遣阿史德入贡，随驾东巡后，应四十四回。阿史德得了厚赐，仍然归国。嗣是屡遣使求婚，唐廷惯用敷衍手段，羁縻突厥，忽毗伽为大臣梅录啜毒死，国人共立毗伽子伊然可汗。伊然嗣立未几，又复病死，弟骨咄立，遣使入朝，玄宗册为登利可汗。登利尚幼，母婆匐预政，与小臣饫斯达干私通，滥杀大臣。登利叔父判阙特勒，入攻婆匐，婆匐遁去，登利被戕，另立登利季弟，寻又为骨咄叶护所杀，叶护，系突厥官名，见前。骨咄叶护自为可汗。回纥拔悉密葛逻禄三部，并起兵攻杀叶护，推拔悉密酋长为颉跌伊施可汗。回纥葛逻禄酋长，自为左右叶护。突厥余众，独立判阙特勒子为乌苏米施可汗。唐廷传谕招降乌苏，乌苏不从，于是唐节度使王忠嗣，受命往讨，并约同拔悉密回纥葛逻禄三部，左右进攻。乌苏不能抵敌，穷蹙走死，弟白眉特勒继立，号为白眉可汗。忠嗣进击白眉，连破突厥右厢十一部，会拔悉密颉跌伊施可汗，与回纥葛逻禄三部，互有违言。回纥酋长骨力裴罗，与葛逻禄部众，击毙颉跌伊施，乘胜攻杀白眉，传首唐廷。玄宗册封裴罗为怀仁可汗，怀仁遂南据突厥故地，在乌德鞬山下，设牙建帐，渐渐的强大起来。嗣且吞并拔悉密葛逻禄等部，统有十一部落，各置都督，威振朔方。回纥之强自此始。唯突厥自后魏开国，至是灭亡，所有乌苏子葛腊多，默啜孙勃德支，伊然小妻登利遗女，及毗伽可敦婆匐，先后率众降唐。了结突厥，简而不漏。玄宗亲御花萼楼，传见降众于楼下，封婆匐为宾国夫人，葛腊哆为怀恩王，勃德支等各有岁给。一面宴集群臣，赋诗记盛，尽兴而散。

向来花萼楼中，本为玄宗叙会兄弟处，至开元季年，申岐诸王，相继谢世，宁王宪享年六十余，玄宗格外厚待，每遇宁王生日，必亲至宁邸，奉觞称寿，或且留宿邸中，叙谈竟夕。平居无事，辄有馈遗，四方所献美酪异馔，无不分饷。宪有所献替，亦必委曲上陈，屡邀听用。至天宝前一年，病殁邸中，玄宗失声号恸，停乐辍朝，且语群臣道："朕兄让德，世所罕闻，吴太伯后，能有几人？非特加大号，不足褒美。”乃追谥为让皇帝。长子琎已受封汝阳王，固辞不许，宁王妃元氏，已先逝世，追赠为恭皇后，葬桥陵旁，桥陵即睿宗墓，见前。号为惠陵。从花萼楼庆宴，补叙宁王殁世，无非表扬让德。寿王瑁由元氏乳养，因得成人，两次发丧，均令守制以报私恩。玄宗慨手足凋零，两年不登花萼楼，至突厥已亡，残众入降。乃复御花萼楼庆宴，易悲为乐，才辍哀思。迭应前事，以终玄宗友爱之笃。并令朔方节度使王忠嗣，兼河东节度使，忠嗣修城筑堡，买马屯兵，塞外数千里，得以无患。边民谓：“张仁愿后，安边将帅，要算这王忠嗣了。”不没良将。

玄宗自遣归张果，又召入方士李浑上元翼等，研究长生术，尝遣使至太白山，向金星洞中采玉版石，宝仙洞中求妙宝真符，其实统是虚伪，毫不足信。玄宗也捣起鬼来，只说空中闻着神语，有“圣寿延长”四字，并在宫中筑坛，炼药置坛上，及夜欲收，复闻神语，谓：“药不须收，自有神明守护。”云云。李林甫等遂上表祝贺，且自请舍宅为观，上下相欺，无一诚意。就是术士所进丹药，无非是金石水银，试服下去，不但未能延年，反把那一腔欲火，引导起来，遂鼓动生平淫兴，想物色几个娇娃，寻欢纵乐。历代方士，多借此以诱人主。当下命高力士出使江南，搜访美女。力士沿途考察，少有当意，辗转至闽中莆田县，方得了一个丽姝，急忙选归。这丽姝叫作江采苹，父名仲逊，家世业医，采苹生年九岁，能诵《二南》，且语父道：“我虽女子，当以此诗为志。”及年将及笄，更出落得丰神楚楚，秀骨姗姗；更兼文艺优长，能诗善赋，一经选入，大见宠幸，凡长安大内大明兴庆三宫，及东都大内上阳两宫，所蓄佳丽，不下数千，均不及采苹秀媚。采苹常自比谢女，不喜铅华，淡装雅服，自饶风韵，素性喜梅，所居阑槛，悉值数株。玄宗署名梅亭，梅开赋赏，至夜分尚徘徊花下，不忍舍去。玄宗因她所好，戏称她为梅妃。妃尝撰萧、兰、梨园、梅花、风笛、玻盂、剪刀、绮窗八赋，无不工妙。

一日，玄宗召集诸王，设宴梅亭。梅妃亦侍坐上侧，饮至数巡，玄宗令妃吹白玉笛，抑扬宛转，不疾不徐。诸王齐声叹美。吹毕，又命起作惊鸿舞，轻盈弱质，往复回环，仿佛是越国西施，依稀是汉宫飞燕。诸王目眩神迷，赞不绝口。至妃已舞罢，翠鬓绿鬟，一丝不乱，唯面上稍带微红，粉白相间，绝似一枝迎岁早梅，娇艳可爱。玄宗笑语诸王道：“朕妃子乃是梅精，吹白玉笛，作惊鸿舞，岂不是满座生辉吗？”随命梅妃破橙醒酒，且令她遍赐诸王。妃一一取给，轮至汉邸，是回叙梅妃事，本据曹邺《梅妃传》，所称汉邸，考诸唐宗室诸王传中，当时无封汉王者，或谓即广汉王褕，未知孰是。汉王已有醉意，起身接橙，不觉一脚踢着了梅妃绣鞋。想是爱她双弓。梅妃大怒，顿时回宫。玄宗未知情由，待久不至，命内侍连番宣召，报称鞋珠脱缀，缀就当来。待至酒阑席散，始终不至。玄宗亲往视妃，妃正睡着，闻御驾还视，急忙起床，拽衣相迎，只托言胸腹作痛，因此违命，玄宗也就此罢了。唯汉王因梅妃退回，料知惹怒，恐她转白玄宗，必至加谴，当下与驸马杨洄商量，求他设法。洄授以密计，汉王甚喜，次日即入宫请罪，直供不讳，但只说是酒后失检，实出无心。玄宗始悟梅妃怀诈，反慰谕汉王，表明大度。待汉王谢恩出去，杨洄即入见玄宗，玄宗与语梅妃事，言下有不足意。梅妃虽然动怒，却未说出汉邸无礼，尚是厚道。洄见玄宗烦恼，乘机劝幸温泉宫，自己伴驾出游，沿途凑趣，荐引一个美人儿，由高力士奉旨密召，这一番有分教，

　　赢得娥眉争旧宠，从教燕婉刺新台。

欲知所召美人，究竟是谁，待至下回再详。

好大喜功之主，往往信神仙，近声色，汉武帝尝先行之，唐玄宗殆有甚焉。吐蕃退而张果来，突厥亡而江妃进，两不相因之事，而遍若相因，盖安则思佚，不得不慕长生，骄则思淫，不得不求少艾。古人有言：“出则无敌国外患者，国恒亡。”夫无敌国外患，而尚有亡国之痛者，非由淫佚致之耶？但张果虽为畸士，而独拒公主之下降，慨然还山，奇诡而不失之正，江妃虽为嬖妾，而独恨汉王之蹑履，愤然还宫，褊急而尚知守贞。以视汉之文成五利，及飞燕合德等，盖较胜一筹矣。至杨妃进而自紊帷墙，并滋浊秽，内乱起而外乱乘之，此鼙鼓之所以动地而来也。故本回叙张果江妃两事，尚无贬词，以存当时之实迹云。

第四十七回　梅悴杨荣撒娇絮阁
罗钳吉网党恶滥刑

却说高力士奉玄宗命，往召美人，这人为谁？乃是寿王瑁的妃子杨氏。杨氏小字玉环，弘农华阴人，徙居蒲州永乐县的独头村。父名玄琰，曾为蜀州司户。玉环生自任所，幼即丧父，寄养叔父玄珪家，玄珪曾为河南府士曹。开元二十二年十一月，嫁与寿王瑁为妃。正名定分，系是玄宗子妇。高力士到了寿邸，传旨宣召杨妃入宫。寿王瑁不知何因，只因父命难违，没奈何召出妻室，令随力士进谒。杨妃也已瞧透三分，半忧半喜，忧的是惨别夫婿，喜的是得觐天颜，当下与寿王叙别，乘车至温泉宫。力士先驱导入，杨妃下车后随。玄宗正待得心焦，适遇力士复旨，即传杨妃进见。杨妃轻移莲步，趋至座前，款款深深的拜将下去，口称臣妾杨氏见驾。玄宗赐她平身，即令宫婢将妃搀起，此时已是黄昏，宫中烛影摇红，阶下月光映采，玄宗就在灯月下，定睛瞧着杨妃，但见肌态丰艳，骨肉停匀，眉不描而黛，发不漆而黑，颊不脂而红，唇不涂而朱，果然倾国倾城，正是胡天胡帝。当下设席接风，令她侍宴。杨妃不敢违慢，谢过了恩，侍坐右侧。玄宗婉问杨妃技艺，妃答言粗晓音律，遂命高力士取过玉笛，命妃吹着。清音曼艳，逸韵铿锵，似觉梅妃所吹，尚不及她纯熟。玄宗击节称赏，且手书霓裳羽衣曲，教她度入新声。这曲系玄宗登女儿山，遥望仙乡，有感而作，本是按腔引谱，调宫叶商，经杨妃阅过此曲，立刻心领神会，依曲度腔，字字清楚，声声宛转，喜得玄宗不可名状，亲斟美酒三杯，赐给杨妃。杨妃逐杯接饮，连饮连干，脸上越现出桃花，愈加媚艳。玄宗又亲授金钗钿合，作为定情赐物，杨妃含羞拜受。宴毕，各乘酒兴，携手入内，续成一套鱼水同欢的艳曲。实是一出扒灰记。玉肌相触，柔若无骨，龙体原已酥麻，妇人家也存势利，竟不管什么名分，居然翁媳联床，同作好梦。一宵欢会，迟至日上三竿，方才起身。杨妃对镜理妆，由玄宗取出金步摇，系是镇库宝物，代为插鬓，曲予恩荣；一面嘱杨妃自作表文，乞为女道士，赐号太真，随驾还入大内，令处南宫中，即称南宫为太真宫。名为修道，实是纵欢。旋即另册左卫郎将韦昭训女，为寿王瑁妃。寿王瑁亦无可奈何。

杨妃性情聪颖，善迎上意，玄宗遂加宠爱，待遇如惠妃例。尝语宫人道："朕得杨妃，如得至宝，这是朕生平第一快意呢。"遂特制新曲，名为得宝子。梅妃见玄宗新得宠妃，未免介意，玄宗亦渐渐的疏淡梅妃。看官试想！天下有两美同居，能不争宠的道理么？况且杨妃以媳侍翁，本来是希宠起见，连夫婿尚且不顾，怎肯容一梅妃？于是你嘲梅瘦，我诮环肥，起初还是姿色上的批评，后来竟互相谗谤，甚至避路而行，毕竟梅妃柔缓，杨妃狡黠，两人互争胜负，结果是梅输杨赢。杨妃得册为贵妃，梅妃竟被迁入上阳东宫。玄宗初意，尚恐廷臣奏驳，嗣见宰相李林甫以下，统做了立仗马，噤口无声，乃竟加封杨妃为贵妃。仪制与册后相同。册妃这一日，追赠妃父玄琰为兵部尚书，母李氏为陇西郡夫人，叔父玄珪擢登光禄卿，从兄铦超拜殿中少监，从弟锜为驸马都尉，尚帝女太华公主，公主为武惠妃所出，母素得宠，所以公主下嫁，奁资巨万，赐第与宫禁相连。尚有再从兄钊，本系张易之子，易之伏诛，妻即改适杨家，钊随母过去，遂为杨氏子，及年长，不学无术，为宗党所轻视。钊乃赴蜀从军，得官新都尉，杨玄琰在蜀病故，钊就近往来，托名照顾，暗中竟与玄琰中女通奸。玄琰有数女，长适崔氏，次适裴氏，又次适柳氏，玉环最幼，姊妹皆有姿色，唯中女已寡，所以与钊私通。自玉环骤得宠幸，怀念三姊，因请命玄宗迎入京师，各赐居第。唯钊与玉环，已是疏族，且兼钊产自张氏，本非杨家血统，因把他搁置不提。

钊已任满，贫不能归，赖剑南采访支使鲜于仲通，常给用费，并向剑南节度使章仇兼琼处，章仇复姓，名为兼琼。替他吹嘘。兼琼正虑林甫专国，难保禄位，意欲内结杨氏，作一奥援，可巧仲通将钊荐入，遂辟为推官，令献春彩至京师，厚给蜀货，作为赆仪。钊大喜过望，昼夜兼行。既至长安，即将所携蜀货，分遗诸妹，说是章仇公所赠。至玄琰的中女家，馈遗更厚，就便下榻，重叙旧欢。诸杨乃共誉兼琼，并上言钊善樗蒱，得蒙玄宗召见。樗蒱为牧猪奴戏，奈何得遇主知？钊仪容秀伟，言辞敏捷，奏对时颇称上意，因命供役春官，出入禁中，嗣复改任金吾兵曹参军。章仇兼琼立蒙召入，授任户部尚书。兼琼入掌户部，每遇杨氏取给，无不立应，就是中外所献的器服珍玩，均呈入贵妃，先令择用。岭南经略使张九章，广陵长史王翼，因所献精美，得贵妃欢心。遂加九章官三品，翼为户部侍郎。

一日，玄宗至翠华西阁，偶见梅枝憔悴，不禁感念梅妃，便命高力士带着戏马，至上阳宫宣召梅妃。妃乘马随至，到了阁前，乃下马入见。玄宗见她面庞清瘦，腰围减损，早已动了惜玉怜香的念头，待至梅妃下拜，忙亲自扶住，意欲好言温存，偏一时无从说起。还是梅妃先开口道："贱妾负罪，将谓永捐，不期今日又得睹天颜。"玄宗方说道："朕未尝不纪念爱卿。只爱卿近日略觉花容有些消瘦了。"梅妃含泪道："好景难追，怎得不瘦？"玄宗道："虽是消瘦，却越见得清雅了。"梅妃道："总是肥的较好哩。"中含醋意。玄宗微笑道："各有好处。"随命宫女进酒，与梅妃同饮。两下里追叙旧情，不知不觉的已是入夜。酒意已酣，加餐少许，便同梅妃进房，重整鸾凤。俗语说得好："寂寞更长，欢娱夜短"，况两情隔阂，几已一年，此次离而复合，更觉蜜意浓情，加添一倍，喁喁到了残更，方各睡熟。正在酣寝的时候，忽闻兽环声响，惊醒睡魔，玄宗即怒问道："何人敢来胡闹？"道言未绝，外面已娇声答道："天光早明，皇上为何尚未视朝？"玄宗听是杨妃声音，不由的转怒为惊，披衣急起。见梅妃亦已醒寤，忙替她披上霞裳，和衣抱入夹幕内。暂令躲避。胆怯至此，如何治国。一面开了阁门，放入贵妃。贵妃趋进，见玄宗坐在床上，便盛气诘问道："陛下恋着何人，至此时尚未临朝？"玄宗道："朕……朕稍有不适，未能御殿，特在此静睡养神。"贵妃冷笑道："陛下何必戏妾，妾已知陛下爱恋梅精，因此日高未起。"玄宗道："她……她若为朕所爱恋，何至废置楼东。"贵妃道："藕断丝连，人情皆是，如陛下未曾同梦，妾请今日召至，与妾同浴温泉。"玄宗道："此女久已放弃，怎容复召？"贵妃又道："这也何妨！快请饬内侍传来。"玄宗但顾着左右，无词可答。贵妃从床下一望，见有凤舄一双，越发动怒，便指示玄宗道："这是何物？"玄宗瞧着，也觉着忙，侧身一动，又从怀中掉下翠钿一朵，被贵妃拾起，取示玄宗道："这又是何物？"玄宗越难答辩，不觉两颊发赤。贵妃竖着柳眉，振起珠喉道："凤舄翠钿，明是妇人遗物，不知陛下如何欢娱，遂致神疲忘晓，妾料满朝大臣，待朝已久，到了红日高升，尚未见陛下出朝，总道为妾所迷，妾实担当不起。"提出光明正大的名目，挟制玄宗，若非出自妒口，几不啻一周姜后了。玄宗无法支吾，索性倒身复睡，闭目无言。贵妃催逼愈甚，玄宗亦动恼道："今日有疾，不能视朝，难道贵妃尚未闻知么？"这数语越激动贵妃怒意，索性把手中翠钿，掷付玄宗，转身出阁去了。玄宗见贵妃已去，又欲呼出梅妃，再叙情愫，不意屡呼不应，起身至夹幕中亲视，已悄无一人，慌忙顾问左右，左右亦懵然莫解。正在着急的时候，忽有一小黄门入内，报称已送回梅妃，玄宗问道："何人叫你送去？"小黄门道："杨娘娘在此争闹，奴婢恐万岁为难，所以从阁后破壁，悄地里将梅娘娘送还。"玄宗竟大怒道："朕不教你送去，你为何擅敢主张？"说至此，竟拔出壁上宝剑，把小黄门剁死。冤哉枉也。随即穿戴冕服，出去视朝。

可巧陇右节度使皇甫惟明，入朝献捷，由玄宗慰劳数语，暗伏下文。余无他事，就此退朝。玄宗入内，又往杨贵妃宫中，贵妃竟不出迎，直待玄宗踱入，才算起身行礼，且冷语道："陛下何不向上阳宫去？"玄宗不待说毕，便截住道："卿休再说此事！"贵妃撒娇道："妾情愿退出宫外，让梅精在此专宠，免受臣僚讥评。"玄宗又再三劝慰，哪知贵妃越唠唠叨叨，带哭带语，闹个不休，当下触怒天颜，竟遣出贵妃，令高力士送还少监杨铦宅中。铦正自朝退食，蓦闻贵妃回来，顿吃了一大惊，没奈何迎入贵妃高力士，问明缘由。力士述及大略，铦蹙眉道："妹子生性娇痴，竟遭谪谴，此后将怎么区处？"高力士微笑道："离合亦人生常事，但教有人出力，自可回天。"明是卖能。铦知他言中寓意，遂托他转圜，哀求至再，几乎要跪将下去，力士忙应允道："我看圣上很宠贵妃，此刻不过一时生恼，叫我送回，一二日后，心回意转，由我从中进言，管教破镜重圆，幸请勿虑！"铦喜道："全仗！全仗！"至力士别去，终觉心下未安。杨锜杨钊等，闻这消息，统捏了一把冷汗，前来探问。至杨铦与他说明，都想埋怨贵妃，偏贵妃已哭得似泪人儿一般，不便再进怨词，只好相对哭着。就是贵妃三姊，也一齐趋至，见着大众凄惶，不暇细问，就扑簌簌的坠下泪来。众人惧祸聚哭，还有何心下餐？午膳时各胡乱吃了一碗半碗，贵妃竟一粒不沾，便即撤席。待至日昃，忽由内监颁到御膳，并衣物米面百余车，说是由皇上特赐。铦拜受毕，由内监与他密语道："这是高公奏请，因有此赐。"铦非常感谢，至送别内监，便入语众人，料知玄宗尚未忘情，彼此少慰。夜餐期届，列席团坐，已不同午席情景，把酒言欢，有说有笑。贵妃亦饮酒数杯，至起更后，大家方才散归。

这一夜的杨贵妃，原是悔恨交并，无心安睡。那玄宗闷坐宫中，比贵妃还要懊怅，举止失常，饮食无味。内侍从旁供奉，并未有失，偏事事不合上意，动受鞭笞。到了夜静更阑，还是东叱西骂，呼叫不休。力士已出言尝试，经玄宗许给特赐，早瞧透玄宗心情，待至鼍鼓频催，鸡声已唱，玄宗尚不愿就寝。力士侍立在旁，因乘间请召还贵妃。玄宗遂令力士开安兴坊，越过太华公主家，用轻车往迎贵妃还宫。贵妃原是慰望，杨铦益觉心喜，当下拜谢力士，嘱贵妃整装随去。时已天晓，力士引贵妃入内殿，玄宗已眼巴巴的瞧着，一见贵妃进来，正似一日不见，如隔三秋，心下非常快慰。贵妃裣衽下拜，涕泣谢罪，玄宗亦自认错误，扶掖入宫。午后即召梨园弟子，共入演戏，并传贵妃三姊，一并列座。玄宗呼三姊为姨，仔细端详，均与贵妃相差不多。次姨不施脂粉，自然美艳，更觉出人头地。演戏至晚，才命停止，留三姨入宫赐宴。玄宗上坐，三姨与贵妃，分坐两旁。五人开怀畅饮，酒过数巡，统有些放肆起来。玄宗目不转睛的瞧着次姨，次姨亦秋波含媚，故卖风骚，而且语不加检，言多近谑。玄宗恨不得抱她入怀，一亲芗泽，只因列坐数人，勉强抑制。好容易饮至更深，三姨方拜谢而去。玄宗挈贵妃入寝，是夕恩爱，更倍曩时。越宿下诏，封大姨为韩国夫人，次姨为虢国夫人，又次为秦国夫人。三夫人并承恩泽。出入宫掖，势倾朝野。铦锜亦日邀隆遇，时人号为五杨。

五杨宅中，四方赂遗，日夕不绝。官吏有所请求，但得五杨援引，无不如志。五家并峙宣阳里中，甲第洞开，僭拟宫掖。每筑一堂，费辄巨万。虢国尤为豪荡，另辟新居，所造中堂，召工圬墁，约钱二百万缗。圬工尚求厚赏，虢国给绛罗五百匹。尚嫌不足，且嗤以鼻道："请取蝼蚁蜥蜴，散置堂中，一一记数，若失一物，不敢受值。"据此数语，已可见她的豪费了。越觉骄盈，越易败亡。杨钊善承意旨，入判度支，一岁领十五使，宠眷日隆。且屡奏帑藏充牣，古今罕比。玄宗率群臣往观，果然财帛山积，便赐钊紫衣金鱼。钊复请雪张易之兄弟罪案，有制谓："易之兄弟，迎庐陵王有功，应复官爵，子孙袭荫。”钊可谓不忘其本。钊以图谶有金刀二字，乞请改名，乃赐名国忠，并加授御史大夫，权京兆尹，富贵与铦锜相埒。五杨中又添入一杨，当时都中有歌谣道：“生男勿喜女勿悲，生女也可壮门楣。”这正为诸杨写照呢。

且说陇右节度使皇甫惟明，入朝献捷，看官道这胜仗从何处得来？原来唐廷与吐蕃失和，吐蕃又屡次入寇，回应四十六回。皇甫惟明，调任陇右，屡破吐蕃将莽布支军，先后斩俘数万级，乃献捷京师。惟明入谒数次，密劾李林甫弄权误国，亟应罢黜。哪知玄宗正信任林甫，无论什么弹劾，全然不信。权阉高力士，尝劝玄宗裁抑林甫，毋畀大权，险些儿遭了重谴，还是力士叩头认罪，方得获免，何况如皇甫惟明，疏而不亲呢？君子不以人废言，如高力士之劾李林甫，亦必叙入，不肯少漏。

时牛仙客已死，刑部尚书李适之，进任左相，兼领兵部尚书，驸马张洎，系张说次子，曾尚玄宗女宁亲公主，入任兵部侍郎。林甫因二人升官，不由己荐，未免加忌。二人自结主知，也不愿巴结林甫，积久成隙，几同仇敌。林甫使人讦发兵部铨曹罪案，收逮六十余人，令法曹吉温罗希奭等，锻炼成狱，悉加重典，当时号为罗钳吉网，无一幸免。但李适之自经此狱，面上很觉削色，越与林甫不和。租庸转运使韦坚，进补刑部尚书，御史中丞杨慎矜，兼代租庸转运使。坚为适之党，慎矜为林甫党，皇甫惟明本系太子故友，当然与坚相往来，林甫就此设谋，暗嘱慎矜上书告变，竟说惟明与坚，谋立太子。玄宗信以为真，即令林甫委吏鞫治。林甫仍遣慎矜等作为问官。看官试想！此时的韦坚及皇甫惟明，尚能辩明冤枉吗？慎矜诬假作真，妄定谳案，还亏玄宗顾及太子，不欲显布罪状，但贬坚为缙云太守。皇甫惟明为播州太守，亲党连坐，约数十人。太子因坚为妃兄，未免惶惧，表请与妃离婚。玄宗搁过不提，太子妃才得保全。李适之虽未株连，自知相位不固，乐得上书辞职，有制罢适之为太子少保，不令预政。既而将作少匠韦兰，兵部员外郎韦芝，均为兄坚讼冤。李林甫入白玄宗，挑动上怒，竟谪兰芝两人至岭南，再贬坚为江夏别驾，寻且流徙临封。适之亦坐党谪守宜春。

一波未平，一波又起。左骁卫兵曹柳勣，诬告赞善大夫杜有邻，妄称图谶，交构东宫，指斥乘舆。于是权相李林甫，复奉玄宗诏敕，指令京兆法曹吉温，来鞫是狱。危哉太子！一干人犯，齐集法庭，讯将起来。柳勣是杜有邻女夫，有邻长女嫁柳勣，次女为太子良娣。勣性疏狂，喜结交名士，尝与淄川太守裴敦复友善，敦复转荐诸北海太守李邕，邕遂与定交。勣因妇翁得官赞善，乃入都探亲，有邻素嫉勣狂诞，白眼相待，以致勣怀恨在心，无端诬告，吉温是个杀人不眨眼的人物，索性把翁婿二人，一古脑儿坐罪，杖毙狱中，妻子流远方。有邻枉死，可为择婿不慎者鉴。唯勣亦杖死，诬告何益？太子亦出良娣为庶人。林甫再牵藤摘瓜，复遣罗希奭往按李邕，及裴敦复。李裴怎肯自诬？偏经这助桀为虐的罗希奭，不分白，擅加刑讯，又将二人先后杖毙，当遣人密报林甫，已经了结李裴，林甫更凶恶得很，当即奏请分遣御史，赐皇甫惟明韦坚等自尽，且令希奭顺道往宜春，按视李适之。适之料知难免，仰药自杀。连玄宗旧臣王琚，因与李邕向来交往，也平白地牵连进去，由邺郡太守任内，贬为江华司马，活活的被希奭逼死。林甫又恐王忠嗣入相，复设法陷害，先说他沮挠军计，继且说他密谋兴兵，拥立太子。昏愦糊涂的唐玄宗，竟召忠嗣入都，令三法司审讯。忠嗣部将哥舒翰，随至都中，登殿鸣冤，情愿将自己官爵，赎忠嗣罪。玄宗尚未肯信，欲起入禁中，急得翰连忙磕头，声泪俱下。玄宗也被感悟，乃诏三法司道：“吾儿向处深宫，怎得与外人通谋？这定是蜚语构陷，朕岂肯遽信么？”三司又奏言：“拥兵入阙，或出谣传，沮挠军心，确有实据，仍请依法论罪。”玄宗终为所惑，贬忠嗣为汉阳太守。最可怪的是杨慎矜，倚附林甫，害死韦坚等人，得转任户部侍郎，后来渐为林甫所嫉，竟嗾使中丞王鉷。密奏一本，谓：“慎矜系隋炀后裔，与术士史敬忠交通，妄谈谶纬，谋复祖业。”一个大逆不道的罪名，加置慎矜身上，不怕慎矜不死，兄弟同罪，妻子长流。慎矜自贻伊戚，原不足惜，但小人凶终隙末，更堪愤叹。玄宗尚目林甫为大忠臣，且将天下的岁贡，尽作赏赐。林甫越加专恣，内引杨国忠，外进安禄山，定要将唐室江山，葬送他二人手中。小子有诗叹道：

不是奸臣不引奸，爪牙遍布庙堂间。
罗钳吉网凶残甚，冤狱谁怜积血斑。

欲知林甫何故引用二人，容待下回申叙。

天宝以后，玄宗之昏瞀甚矣，以子妇而册为贵妃，名分何在？以贼臣而拜为首相，刑赏必乖。天下无不妒之妇人，况如淫悍之杨玉环乎？天下更无不奸之国贼，况如阴狡之李林甫乎？絮阁一段，是极写玉环之妒，兴狱一段，是极写林甫之奸。而且玉环进，则五杨俱贵，赌博无行之杨国忠，亦庆弹冠。林甫专，则群小同升，残虐好杀之吉温罗希奭，亦得逞志。女子小人，有一于此，且致乱亡，兼而有之，尚能不乱且亡耶？君子以是知玄宗之不终。

第四十八回　洗禄儿中莆贻羞
写幽怨长门拟赋

却说李林甫专权用事，引进杨国忠安禄山，一是因杨妃得宠，不得不引为党援，一是因禄山善谀，不能不替他扬誉。禄山既任平庐节度使，复兼范阳节度使，权力日盛，且欲邀功固宠，屡出兵侵掠奚契丹。契丹酋已换了李怀秀，奚酋亦换了李延宠，两酋均归附唐廷，未尝入寇。玄宗授怀秀为松漠都督，封崇顺王，且以外孙独孤氏为静乐公主，出嫁怀秀。就是延宠亦得封怀信王，兼饶乐都督，尚玄宗甥女宜芳公主。自被安禄山侵掠，激成怨怒，各将公主杀死，背叛朝廷。禄山乃发兵数万，分讨奚契丹，侥幸得了胜仗，逐去二李，露布告捷。当由玄宗改封别酋楷洛为恭仁王，代松漠都督，婆固为晤信王，代饶乐都督。奚契丹总算告平。

禄山遂启节入朝，玄宗召见，慰劳有加。禄山奏道："臣生长蕃戎，仰蒙皇上恩典，得极宠荣，自愧愚蠢，不足胜任，只有以身许国，聊报皇恩。"玄宗喜道："卿能委身报国，还有何言？"时太子侍玄宗侧，玄宗令与禄山相见，禄山却故意不拜，殿前侍监等，即喝问道："禄山见了殿下，何故不拜？"禄山复佯惊道："殿下何称？"玄宗微哂道："殿下就是皇太子。"禄山复道："臣不识朝廷礼仪，皇太子究是何官？"所谓大奸若愚。玄宗道："朕百年后，当将帝位付托，所以叫作太子。"禄山方谢道："愚臣只知有陛下，不知有皇太子，罪该万死。"说毕，乃向太子拜了数拜。玄宗以为朴诚，反加赞美。至禄山退出，即下敕令暂留都中，兼官御史大夫。禄山见玄宗已入毂中，便不待召命，随时进见。玄宗从未相拒。每见必多方询问。禄山但装出一种戆直态度，有几句令人可爱，有几句令人可笑。

既而复献入鹦鹉一架，玄宗问从何来？禄山扯个谎道："臣前征奚契丹，道出北平，梦见先臣李靖李勣，向臣求食，臣因为他设祭，皇太子尚且未知，如何晓得二李？此鸟忽从空中飞至，臣以为祥，取养有年，今已驯扰，方敢上献。"玄宗道："宫中亦有鹦鹉，但不及此鸟修洁。"鹦鹉也善迎意旨，竟学作人言道："谢万岁恩奖。"玄宗大喜，便顾左右道："贵妃素爱鹦鹉，可宣她出来，一同玩赏。"左右领旨即去。俄顷有环佩声自内传出，那鹦鹉复叫道："贵妃娘娘到了。"禄山举目一瞧。但见许多宫女，簇拥一个绝世丽姝，冉冉而来，又故意退了数步，似欲作趋避状。玄宗命他留着，乃拱立阶下。杨贵妃见了玄宗，行过了礼，玄宗即指示鹦鹉道："此鸟系安卿所献，爱妃以为何如？"贵妃仔细一瞧，便答道："鹦鹉并非少有，只白鹦鹉却不易得，况又是熟习人言呢？"玄宗道："爱妃既喜此鹦鹉，可收蓄宫中。"贵妃大悦，即命宫女念奴，收去养着，一面问安卿何在？玄宗乃命禄山谒见贵妃，禄山才趋前再拜，偷眼瞧那杨贵妃，镂雪为肤，揉酥作骨，丰艳中带着数分秀雅，禁不住目眙神迷。贵妃亦顾视禄山，腹垂过膝，腰大成围，看似痴肥，恰甚强壮，也不由的称许道："好一个奇男子。"以肥对肥，宜乎相契。玄宗道："他在边疆，屡立战功，近日入朝，朕爱他忠诚，特命他留侍数月。"贵妃便接入道："妾闻边境粗平，将帅无事，何妨留侍一二年。"你的乳头，想已发痒了。玄宗点首，即命左右设宴勤政殿，召集诸杨，及亲信大臣侍宴。

已而群臣毕集，筵席早陈，玄宗挈贵妃手，诣登勤政楼。禄山在后随着，香风阵阵，触鼻而来，几乎未饮先醉。及至楼上，玄宗但命杨铦杨锜登楼，令百官列坐楼下。禄山不闻禁阻，乐得随着贵妃履迹，徐步上楼。玄宗一面传召三姨，一面令在御座东间，特设金鸡幛，中置一榻，备陈酒肴。禄山暗思此席特设，定为三姨留下位置。未几三姨俱至，却与玄宗合坐一席，自己正患无坐处，忽由玄宗面谕，赐坐金鸡幛内，相对侍饮。当下喜出望外，便谢恩趋座。更幸珠帘高卷，仍得觑视群芳，于是带饮带赏，暗地品评，这一个是双眉含翠，那一个是两鬓拖青；这一个是秋水横波，那一个是桃花晕颊，就中妖冶丰盈，总要算那贵妃玉环。正在出神的时候，蓦闻声乐杂奏，音韵迭谐，按声细瞧，便是贵妃及三姨，各执管笛琵琶等器，或吹或弹，集成雅乐，自己也不觉技痒起来，便起身离座，步至御席前启奏道："臣愚不知音律，但觉洋洋盈耳，真是盛世元音，唯有乐不可无舞，臣系胡人，胡旋舞略有所长，今愿献丑。"也是卖技。玄宗道："卿体甚肥，也能作胡旋舞么？"禄山闻言，即离席丈许，盘旋起来。起初尚觉有些笨滞，到了后来，回行甚疾，好似走马灯一般，须眉都不可辨，只见一个大肚皮，辘轳圆转，毫不迂缓。约旋至百余次，方才站定，面不改容。玄宗连声赞好，且指他大腹道："腹中有什么东西，如此庞大？"禄山随口答道："只有赤心。"玄宗益喜，命与杨铦杨锜，结为异姓兄弟。铦与锜当然应命，各起座与禄山相揖，叙及年齿，禄山最小，便呼二杨为兄。虢国夫人却搀入道："男称兄弟，女即姊妹，我等亦当行一新礼。"韩国秦国，恰也都是赞成，便俱与禄山叙齿，以姊弟兄妹相呼。禄山很是得意。及散席后，百官谢宴归去，诸杨亦皆散归，独禄山尚留侍玄宗，相随入宫。玄宗爱到极处，至呼禄山为禄儿。禄山乘势凑趣，先趋至贵妃面前，屈膝下拜道："臣儿愿母妃千岁！"石榴裙下，应该拜倒。玄宗笑道："禄儿！你的礼教错了。天下岂有先母后父的道理？"禄山慌忙转拜玄宗道："胡俗不知礼义，向来先母后父，臣但依习惯，遂忘却天朝礼仪了。"浑身是假。玄宗不以为怪，反顾视贵妃道："即此可见他诚朴。"贵妃也熟视禄山，微笑不答。已有意了。禄山见她梨涡微晕，星眼斜溜，险些儿把自己魂灵，被她摄去，勉强按定了神，拜谢出宫。

嗣是蒙赐铁券，嗣是进爵东平郡王，将帅封王，自禄山始。禄山屡入宫谢恩，满望与贵妃亲近，好替玄宗效劳，偏偏接了一道诏敕，令兼河北道采访处置使，出外巡边，那时没法推辞，离都还镇。他却想出一法，佯招奚契丹各部酋长，同来宴叙，暗地里用着莨菪酒，把他灌醉，阬杀数十人，斩首进献，复请入朝报绩。玄宗只道他诚实不欺，准如所请，且命有司预为筑第，但务壮丽，不计财力。至禄山到了戏水，杨氏兄弟姊妹均往迎接，冠盖蔽野。玄宗亦自幸望春宫，等着禄山。及禄山入谒，再四褒奖，并赐旁坐。禄山献入奚俘千人，悉予赦宥，令充禄山差役，且令杨氏弟兄，导禄山入居新第，所有器具什物，无不毕具，大都是上等材料制成，金银器几占了一半，且尝戒有司道："胡人眼光颇大，勿令笑我。"禄山既入新第中，置酒宴客，乞降墨敕请宰相至第。玄宗即具手诏，谕令李林甫以下，尽行赴宴。林甫正手握大权，群臣无敢抗礼，独禄山既邀盛宠，得与林甫为平等交。林甫佯与联欢，有时冷嘲热讽，如见禄山肺肠，禄山很是惊讶。不敢向林甫自夸，所以林甫入宴，格外敬待。林甫也自恃多才，无所畏忌，所以未尝构陷禄山。同流合污。玄宗又每日遣令诸杨，与他选胜游宴，侑以梨园教坊诸乐，禄山尚不甚惬望。他此次入朝，无非为了杨贵妃一人，所以于贵妃前私进珍物，百端求媚。贵妃亦辄有厚赐。两情相洽，似漆投胶，前此称为假母子，后来竟成为真夫妻。

一日，为禄山生辰，玄宗及杨贵妃，赏赉甚厚。过了三日，贵妃召禄山入禁中，用锦绣为大襁褓，裹着禄儿，令宫人十六人，用舆抬着，游行宫中。宫人且抬且笑，余人亦相率诙谐。玄宗初未知情，至闻后宫喧笑声，才询原委，左右以贵妃洗儿对。玄宗始亲自往观，果然大腹胡儿，裹着绣褓，坐着大舆，在宫禁中盘绕转来，玄宗也不觉好笑，即赐贵妃洗儿金银钱，且厚赏禄山。至晚小宴，玄宗与贵妃并坐，竟令禄山侍饮左侧，尽欢而罢。自此禄山出入宫掖，毫无禁忌，或与贵妃对食，或与贵妃联榻，通宵不出，丑声遍达，独玄宗并未过问。看官至此，恐不能不作一疑问：玄宗自宠信贵妃，几乎寝食不离，如影随形，难道贵妃与禄山通奸，他却熟视无睹么？原来此中也有一段隐情。玄宗本看上虢国夫人，尝欲召幸，只因贵妃防范甚严，一时无从下手，此番禄山入朝，贵妃镇日里玩弄禄儿，无暇检察，便乘隙召进虢国夫人，与她作长夜欢。虢国水性杨花，乐得仰承雨露，当时杜工部曾咏此事云："虢国夫人承主恩，平明骑马入宫门。却嫌脂粉污颜色，淡扫蛾眉朝至尊。"这数语虽有含蓄，已露端倪。其实是我淫人妻，人淫我妻，天道好还，丝毫不爽哩。仿佛暮鼓晨钟。

禄山与贵妃，鬼混了一年有余，甚至将贵妃胸乳抓伤。贵妃未免暗泣，因恐玄宗瞧破，遂作出一个诃子来，笼罩胸前。宫中未悉深情，反以为未肯露乳，多半仿效。禄山却暗中怀惧，不敢时常入宫。户部郎中吉温，本因李林甫得进，因见杨国忠安禄山两人，相继贵幸，遂转附国忠，计逐林甫心腹御史中丞宋浑，并与禄山约为兄弟，尝私语禄山道："李丞相虽似亲近三兄，但总不肯荐兄为相，兄若荐温上达，温当奏兄才堪大任。俟隙排去林甫，尚怕相位不入兄手么？"禄山闻言甚喜，遂互相标榜，期达志愿。玄宗也欲进相禄山，只因禄山是个武夫，不便入相，但命他再兼河东节度使。禄山遂荐温为副使，并大理司直张通儒为判官，一同赴任。既至任所，以吉温张通儒为腹心。委以军事，尚有部将孙孝哲，系是契丹部人，素业缝工，为禄山仆役，禄山身躯庞大，非孝哲缝衣，不合身裁。并因孝哲母有姿色，尝为禄山所爱，入侍胡床，供他肉欲。孝哲竟呼禄山为父，尤能先事取情，得禄山欢心。禄山遂大加宠昵，拔为副将。他如史思明安守忠李归仁蔡希德牛廷玠向润容李廷望崔乾祐尹子奇何千年武令珣能元皓能音耐，能氏系出长广。田承嗣田乾真阿史那承庆等，统是禄山部下将校，以骁悍闻。孔目官严庄，掌书记高尚，稍有材学，投入戎幕，做了禄山参谋，因此文武俱备，阴蓄异图。庄与尚且援引图谶，怂恿禄山作乱。禄山乃挑选同罗奚契丹降众，得壮士八千余人，作为亲军。胡人向称壮士为曳落河，一可当百，蹻健绝伦。禄山故态复萌，又欲出攻奚契丹，立威朔漠，然后南向。当下调集三镇兵士，共得六万，用奚骑二千为向导，竟出平卢。不意途中遇雨，弓弩筋胶，俱已脱黏。那奚骑背地叛去，暗与契丹兵联合，来袭禄山。禄山猝不及防，被杀得七零八落，只率麾下二十骑，走入师州，才得保全性命。当时若即身死，何至有后文乱事。

既而收集散众，再行出塞，誓雪前耻。且奏调朔方节度副使李献忠，同击奚契丹。献忠系突厥人，原名阿布思，突厥灭亡，叩关请降。玄宗优礼相待，赐姓名李献忠，累迁至朔方节度副使。献忠颇有权略，不肯出禄山下。禄山调他北征，明是借公报私，献忠亦恐为禄山所图，仍复名阿布思，叛归漠北。禄山乃按兵不进，嗣闻阿布思为回纥所破，乃复诱降阿布思余众，兵力益强。阿布思遁入葛逻禄部，由葛逻禄叶护，执送京师，当然伏诛。玄宗反归功禄山，颁敕奖叙。禄山尚念主恩，不忍遽叛，且因李林甫狡猾逾恒，非己所及，更不敢轻事发难。可巧林甫与杨国忠有隙，骤致失宠，竟尔忧忿成疾，卧床不起，于是朝局一变，遂激成禄山的叛乱来了。兔起鹘落。

林甫本善遇国忠，只因户部侍郎京兆尹王铁，骄恣陵人，与国忠未协。铁为林甫所荐，国忠怨铁，免不得并怨林甫。天宝十一载，天宝三年，改年为载。铁弟户部郎中銲，与友人邢縡，密谋作乱。高力士带领禁军，捕縡伏诛。国忠遂入白玄宗，请并惩王铁兄弟。玄宗尚不欲罪铁，林甫亦替他解辩，经国忠一再力争，复浼左相陈希烈，严行奏参。乃有制令希烈国忠，一同鞫治。两人罗列铁銲罪状，复奏玄宗。玄宗瞧着，亦不禁动怒，立赐铁死，且毙銲杖下，令国忠兼京兆尹，寻即擢为御史大夫，兼京畿采访使。林甫因不能救铁，衔恨国忠。适南诏王阁罗凤，陷入云南郡，剑南节度使鲜于仲通，屡讨屡败。国忠纪念前恩，替他回护。应前回。林甫乘间入奏，请遣国忠出镇剑南。这南诏本乌蛮别种，地居姚州西偏，蛮语称王为诏。失时曾有六诏，一名蒙隽，二名越析，三名浪穹，四名邆赕，五名施浪，六名蒙舍，蒙舍在南，所以称作南诏。南诏最强，并合五诏，曾遣使入朝。唐廷赐名归义，封为云南王。鲜于仲通素性褊急，失蛮夷心，阁罗凤乃称臣吐蕃。吐蕃号为东帝，与他合兵，入寇唐边。国忠所长，只有赌博，若要他去出兵打仗，全然没有经验，忽接奉一道诏敕，叫他出去防边，看官！你想他怕不怕，忧不忧呢？延宕了好几日，没奈何硬着头皮，入朝辞行，面奏玄宗道："臣此次出使，闻由宰相林甫奏请，林甫意欲害臣，所以将臣外调，此后欲见陛下，未卜何年。"说至此，竟从眼眶中流下泪来。想是从妹子处学来。玄宗也为黯然，即面慰道："卿暂行赴蜀，处置军事，稍有头绪，即当召卿还朝，令为宰辅。"国忠乃叩谢而去。林甫时已得疾，闻知此语，益加烦闷，遂逐日加剧。玄宗遣中官往问起居，返报病已垂危，乃亟召国忠还都。国忠甫行入蜀，得了诏命，星夜回来，及入都中，即诣林甫家问疾，谒拜床下。林甫流涕道："林甫今将死了，公必继起为相，愿以后事托公。"国忠谢不敢当，汗流覆面。别后数日，林甫即死。

自林甫在相位十九年，固宠市权，妒贤忌能，诛逐贵臣，杜绝言路，口似蜜，腹似剑，玄宗反倚为股肱，自己深居禁中，耽恋声色，政事俱委诸林甫，所有从前姚宋以后诸将相，从没有这般专宠。但姚崇尚通，宋璟尚法，张嘉贞尚吏，张说尚文，李元纮杜暹尚俭，韩休张九龄尚直，各有所长，均堪节取。到了林甫专国，尚刻尚诈，尚私尚威，养成天下大乱。继任又是杨国忠。才具不及林甫，骄横与林甫相似，凡林甫所引用的人士，统行换去，且阴嗾安禄山，令阿布思部落降众，诣阙诬告林甫，说是林甫生前，曾与阿布思串同谋反，经玄宗饬吏按问，林甫婿谏议大夫杨齐宣，惧为所累，证成是狱，乃削林甫官爵，剖棺出尸，抉含珠，褫金紫，改用小棺殓葬，如庶人礼。子孙皆流岭南黔中，亲近及党与坐戍，共五十余人。虽是国忠恣行报复，然奸狡如林甫，也应受此罚。嗣是国忠威焰日盛，颐指气使，公卿以下，莫不震慑。

又改称吏部为文部，兵部为武部，刑部为宪部，国忠以右相兼任文部尚书，选人无论贤不肖，各依资递补，与自己亲昵的人，必调任美缺，与自己疏远的人，辄委置闲曹。官吏趋附，门庭如市。或劝陕郡进士张彖道："君何不谒见杨右相，自取富贵？"彖哂然道："君等倚杨右相如泰山，我看去实一冰山呢。若皎日一出，冰山立倒，恐君等必将失恃了。"遂出都赴嵩山，隐居终身。

国忠调入鲜于仲通，令为京兆尹，仲通为国忠撰颂，镌立省门。玄宗改定数位，仲通别用金填补，说得国忠功德巍巍，世莫与伦。那时玄宗又以为得一贤相，仍不问朝政，专在宫中拥着贵妃姊妹，调笑度日，贵妃自禄山出镇，用志不纷，一心一意的媚事玄宗，惹得玄宗愈加恩爱。贵妃要什么，玄宗便依她什么，贵妃喜啖生荔枝，荔枝产出岭南，去长安约数千里，玄宗特命飞驿驰送，数日得达，色味不变。唯梅妃自西阁一幸，好几年不见玄宗，南宫独处，郁郁不欢，忽闻岭南驰到驿使，还疑是赍送梅花，旋经询问宫人，是进生荔枝与杨妃，越觉心神懊怅，镇日唏嘘，默思宫中侍监，只有高力士权势最大，诸王公俱呼他为翁，驸马等直称他为爷，就是东宫储君，亦与他兄弟相称，此时已升任骠骑大将军，很得玄宗亲信，若欲再邀主宠，除非此人先容，不能得力，乃命宫人邀入高力士，仔细问道："将军尝侍奉皇上，可知皇上意中，尚记得有江采苹么？"力士道："皇上非不记念南宫，只因碍着贵妃，不便宣召。"梅妃道："我记得汉武帝时，陈皇后被废，曾出千金赂司马相如，作《长门赋》上献，今日岂无才人？还乞将军代为嘱托，替我拟《长门赋》一篇，入达主聪，或能挽回天意，亦未可知。"力士恐得罪杨妃，不敢应承，只推说无人解赋。且答言娘娘大才，何妨自撰。梅妃长叹数声，乃援笔蘸墨，立写数行，折成方胜，并从箧中凑集千金，赠与力士，托他进呈。力士不便推却，只好持去，悄悄的呈与玄宗。玄宗展开一看，题目乃是《楼东赋》。赋云：

> 玉槛尘生，凤奁香殄。懒蝉鬓之巧梳，闲缕衣之轻缘，苦寂寞于蕙宫，但凝思乎兰殿。信漂落之梅花，隔长门而不见。况乃花心飏恨，柳眼弄愁，煖风习习，春鸟啾啾，楼上黄昏兮，听凤吹而回首，碧云日暮兮，对素月而凝眸。温泉不到，忆拾翠之旧游；长门深闭，嗟青鸾之信修。忆太液清波，水光荡浮，笙歌赏宴，陪从宸旒，奏舞鸾之

妙曲，乘画鹢之仙舟。君情缱绻，深叙绸缪，誓山海而常在，似日月而无休。奈何嫉色庸庸，妒气冲冲，夺我之爱幸，斥我乎幽宫。思旧欢之莫得，想梦著乎朦胧。度花朝与月夕，羞懒对乎春风。欲相如之奏赋，奈世才之不工；属愁吟之未尽，已响动乎疏钟。空长叹而掩袂，踌躇步于楼东。

玄宗瞧罢，想起旧情，也觉怃然，遂取出珍珠一斛，令力士密赐梅妃。梅妃不受，又写了七绝一首，托力士带回，再呈玄宗。玄宗又复展览，但见上面写着：

柳叶双眉久不描，残妆和泪污红销，
长门自是无梳洗，何必珍珠慰寂寥。

玄宗正在吟玩，忽有一人进来，见了诗句，竟从玄宗手中夺去，究竟何人有此大胆，且看下回便知。

安禄山一大腹胡耳，无潘安貌，乏陈思才，独以大诈似愚之技俩，欺惑玄宗，玄宗耽情声色，聪明已蔽，应为所迷，而杨贵妃亦从而爱幸之，何也？盖妒妇必淫，淫妇必妒，以年垂耆老之玄宗，忽据一玉貌花容之子妇，即令爱宠逾恒，能保其能相安乎？饥则思攫，宁必择人？洗儿赐钱，丑遗千载，而玄宗尚习不加察，日处宫中，为淫乐事，外政尽决于李林甫，林甫死而杨国忠又入继之。一人乱天下不足，更加一人，李杨乱于外，梅杨讧于内，梅李去而杨氏盛，虽荣必落，杨氏杨氏，亦何必争宠耶？梅妃较贞，不脱争春习态，吾尚为之深惜云。

第四十九回　恋爱妃密誓长生殿
宠胡儿亲饯望春亭

却说玄宗方吟玩诗句，有人进来，从手中夺去，玄宗急忙顾视，原来乃是杨贵妃。别人怎敢？贵妃瞧毕，掷还玄宗，又见案上有一薛涛笺，笺上写着《楼东赋》一篇，从头至尾，览了一周，不禁大愤道："梅精庸贱，乃敢作此怨词，毁妾尚可，谤讪圣上，该当何罪？应即赐死！"玄宗默然不答。贵妃再三要求，玄宗道："她无聊作赋，情迹可原，卿不必与她计较。"贵妃瞋目道："陛下若不忘旧情，何不再召入西阁，与她私会？"玄宗见贵妃提及旧事，又惭又恼，但因宠爱已惯，没奈何耐着性子，任她絮聒一番。贵妃虽无可奈何，心下却好生不悦，嗣是朝夕侍奉，动多谯诃。玄宗也不去睬她，好似痴聋一般。做阿翁的，原应痴聋，做夫主恰不宜出此。

一日，复在便殿宴集诸王，各奏音乐，嗣宁王琎，即宁王宪子，见前回。颇善吹笛，特取过紫玉笛儿，吹了一套凌波曲。曲亦由玄宗自制。杨贵妃正在侍宴，听他依声度律，宛转缠绵，不由的情牵意动，待至罢宴撤席，诸王别去，玄宗暂起更衣，贵妃独坐，见宁王琎所吹的紫玉笛儿，搁置席旁，便轻轻取过，把玩许久，也按着原调，吹弄起来。玄宗闻贵妃吹笛，即出来听着。眼中瞧见紫玉笛，又转惹恼，便语贵妃道："此笛由嗣宁王吹过，口泽尚存，汝何得便吹？"贵妃恰毫不在意，直待吹完原曲，方慢慢的把笛放下，《杨太真外传》中，说是吹宁王紫玉笛，按此时宁王宪早薨，应属嗣宁王琎，琎年轻，故贵妃为之移情，玄宗为之介意。起座冷笑道："玉笛非凤舄可比，凤舄上被人勾蹑，陛下尚搁置不问，奈何恕人责妾呢？”玄宗听了，乘着酒后余性，便勃然道：“汝连日蹇傲，出言不逊，难道朕不能撵汝么？”贵妃怎肯受责，也抗声道：“尽管撵逐，尽管撵逐。”逼得玄宗无可转词，遂着内侍张韬光，送贵妃至杨国忠第中。

国忠不觉着忙，没法摆布，适值吉温入报军务，国忠遂与他商量。温愿乘间进言，当下趋入便殿，奏罢边事，又从容说道：“闻陛下新斥贵妃，臣愚以为未合。贵妃系一妇人，原无识见，有忤圣意，罪合当死，但既蒙爱宠，应该就死宫中，陛下何惜宫中一席，畀她就戮，乃必令她外辱呢。”玄宗不禁点首。及退朝回宫，左右进膳，即撤御前肴馔，使张韬光赍赐贵妃。贵妃对使涕泣道：“妾罪该当万死，蒙圣上隆恩，从宽遣放，未遽就戮，自思一再忤旨，不合再生，今当即死，无以谢上，妾除肤发外，皆上所赐，今愿截发一缕！聊报皇恩。”语至此，遂引刀自翦青丝一绺，付与韬光，且泣语道：“为我归语圣上，呈此作永诀物。”后来平康里中，求媚恩客，往往翦发为赠，想即从贵妃处学来。韬光领诺，随即回宫复旨。

玄宗正苦岑寂，欲再召梅妃入侍，适值梅妃有疾，不能进奉，因此抑郁异常。及韬光返报，将妃发搭在肩上，跪述妃言。玄宗瞧着一绺青丝，黑光可鉴，更不禁牵动旧情，乃即令高力士召入贵妃。贵妃毁妆入宫，拜伏认罪，并无一言，只有呜咽涕泣。玄宗大为不忍，亲手扶起，立唤侍女，替她梳妆更衣，重整夜宴，格外亲爱。

自后益加嬖幸，且屡与贵妃幸华清宫，赐浴温泉。温泉在骊山下，向筑宫室，环山建造，有集灵台、朝元阁、及飞霜、九龙、长生、明珠等殿，统是规模宏敞，气象辉煌。杨国忠杨铦杨锜，及三国夫人，一并从幸。车马仆从，充溢数坊，锦绣珠玉，鲜华夺目。而且杨氏五家，各自为队，队各异饰，分为一色，合为五色，仿佛似云锦粲霞，山林成绣，沿途遗钿堕舄，不可胜数，香达数十里。既至华清宫，辄张盛宴，到了酒酣面热，大家散坐。贵妃肌体丰硕，常觉香汗淋漓，玄宗因命往浴。宫中有池，叫作华清池，系温泉汇聚的区处，每当贵妃浴毕，临风小立，露胸取凉，别人原是回避，独有玄宗是见惯司空，不必禁忌，往往用手扪贵妃乳，且随口赞道：“软温新剥鸡头肉”，贵妃似羞非羞，似嗔非嗔，更现出一种妩媚态度。看官！你想玄宗到了此时，尚有不堕入情网么？贵妃又乘着初浴，特舞霓裳羽衣曲，罗衣散绮，锦縠生香。玄宗大悦，时适盛夏，遂留华清宫避暑。

转瞬间已是七夕，秦俗多于是夜乞巧，在庭中陈列瓜果，焚香祷告。贵妃亦趁势固宠，特请玄宗至长生殿，仿行乞巧故事。玄宗当然喜允，待至月上更敲，天高夜静，遂令宫女捧了香盒瓶花等类，导着前行，一主一妃，相偕徐步，悄悄的到了殿庭，已有内侍张着锦幄，摆好香案，分站东西厢，肃容待着。玄宗饬宫女添上香盒瓶花，焚龙涎，爇莲炬，烟篆氤氲，烛光灿烂，眼见得秋生银汉，艳映玉阶。点染浓艳。贵妃斜亸香肩，倚着玄宗，低声语道："今日牛女双星，渡河相会，真是一番韵事。"玄宗道："双星相会，一年一度，不及朕与妃子，得时时欢聚哩。"言下瞧着贵妃，反眼眶一红，扑簌簌的吊下泪来，全是做作。顿时大为惊讶，问她何事感伤。贵妃答道："妾想牛女双星，虽然一年一会，却是地久天长，只恐妾与陛下，不能似他长久哩。"玄宗道："朕与卿生则同衾，死则同穴，有什么不长不久？"贵妃拭着泪道："长门孤寂，秋扇抛残，妾每阅前史，很是痛心。"玄宗又道："朕不致如此薄幸，卿若不信，愿对双星设誓。"正要你说此语。贵妃听着，亟向左右四顾，玄宗已觉会意，便令宫女内监，暂行回避，一面携贵妃手，同至香案前，拱手作揖道："双星在上，我李隆基与杨玉环，情重恩深，愿生生世世，长为夫妇。"贵妃亦敛衽道："愿如皇言，有渝此盟，双星作证，不得令终。"要挟之至。复侧身拜谢玄宗道："妾感陛下厚恩，今夕密誓，死生不负。"说一死字，也是预谶。玄宗道："彼此同心，还有何虑？"贵妃乃改愁为喜，即呼宫女等入内，撤去香花，随驾返入离宫，这一夜间的枕席绸缪，自在意中，不消细说。

玄宗本擅词才，乘着避暑余闲，迭制歌曲，令贵妃度入新腔，无不工妙，既而暑气已消，还入大内，按日里酣歌淫舞，沉醉太平，好容易由秋及春，园吏入报沉香亭畔，木芍药盛开，引得玄宗笑容满面，又要邀同爱妃，去赏名花。原来禁中向有牡丹，呼为木芍药，玄宗择得数种，移植兴庆池东沉香亭前，距大内约二三里。玄宗乘马，贵妃乘辇，同至沉香亭中，诏选梨园弟子，诣亭前奏乐。乐工李龟年善歌，手捧檀板，押众乐进奉，拟奏乐歌。玄宗谕龟年道："今日对妃子赏名花，怎可复用旧乐？快去召学士李白来。"龟年领旨，忙去传召李白，哪知四处找寻，毫无踪迹。急得龟年东奔西跑，专向酒肆中寻访。看官可知道李白的出身么？他本是唐朝宗室，表字太白，远祖曾出仕隋朝，坐罪徙西域，至唐时还寓巴西。白生时，母梦见长庚星，因命名为太白。十岁即通诗书，既长隐岷山，不愿入仕，嗣复与孔巢父韩准裴政张叔明陶沔五人，东居徂徕山，号为竹溪六逸，且与南阳隐士吴筠，亦为诗酒交。筠被召入都，白亦从行。礼部侍郎兼集贤学士贺知章，见白文字，叹为谪仙中人，乃进白玄宗。玄宗召见金銮殿，与谈世事，白呈入奏颂一篇，大惬上意，立命赐食，亲为调羹，即命留居翰苑，随时供奉。白以酒为命，终日沉醉，每至酒肆，即入内痛饮，龟年寻了多时，方遇着这位李学士，急忙传宣诏旨，促他应召。白已吃得酩酊大醉，手中尚持杯不放，并向龟年说道："我醉欲眠君且去。"说毕，竟凭几欲卧。恰是高品。龟年再呼不应，只好用那强迫手段，令随身二役，将李白拥出肆外，搀上了马，驰至沉香亭来。及已至亭畔，始将他从马上扶下，左推右挽，入见玄宗。玄宗已与贵妃畅饮多时，才见李白入谒，且看他两眼朦胧，醉态可掬，料知不能行礼，索性豁免仪文，即命旁坐。白尚昏沉未醒，作支颐状，乃命内侍用水噀面，喷了数次，方将白的醉梦，惊醒了一小半，渐渐的睁开双目。顾见帝妃上坐，乃离座下拜，口称死罪。玄宗道："醉后失仪，何足计较？朕召卿至此，特欲借重佳章，一写佳兴，卿且起来，不必多礼。"白始谢恩而起。玄宗仍命坐着，且述明情意，饬龟年送过金花笺，磨墨蘸毫，递笔令书。白不假思索。即援笔写道：

云想衣裳花想容，春风拂槛露华浓。若非群玉山头见，会向瑶台月下逢。

玄宗瞧着这一首，已赞不绝口，便命李龟年传集乐工，弹的弹，敲的敲，吹的吹，唱的唱，一齐倡和起来，果然好听得很。那时白又续成两首，但见是：

一枝红艳露凝香，云雨巫山枉断肠。借问汉宫谁得似？可怜飞燕倚新妆。此诗固寓有深意。

名花倾国两相欢，常得君王带笑看。解释春风无限恨，沉香亭北倚栏杆。

玄宗喜道："人面花容，一并写到，更妙不胜言了。"随即顾贵妃道："有此妙诗，朕与妃子，亦当依声属和。"遂令龟年歌此三诗，自己吹笛，贵妃弹琵琶，一唱再鼓，饶有余音。又令龟年将三诗按入丝竹，重歌一转，为妃子侑酒。乃自调玉笛谐曲，每曲一换，故作曼声，拖长余韵。贵妃持玻璃七宝杯，酌西凉州葡萄酒，连饮三次，笑领歌意。曲既终，贵妃起谢玄宗，敛衽再拜。玄宗笑道："不必谢朕，可谢李学士。"贵妃乃亲自斟酒，递给李白。白起座跪饮，顿首拜赐。玄宗道："卿系仙才，此三诗可名为何调？"白答道："臣意可称为清平调。"玄宗喜道："好好，就照称为清平调便了。"随饬内侍用玉花骢马，送白归集贤院，自己亦挈妃还宫。自是白才名益著，玄宗亦时常召入，令他侍宴。

适渤海呈入番书，满朝大臣，均不能识。独白一目了然，宣诵如流。玄宗大悦，即命白亦用番字，草一副诏。白欲奚落杨国忠高力士两人，乞请国忠磨墨，力士脱靴。玄宗笑诺，遂传入国忠力士，一与磨墨，一与脱靴。看官试想！这国忠是当时首相，力士是大内将军，怎肯受此窘辱？只因玄宗有旨，不便违慢，没奈何忍气吞声，遵旨而行。白非常欣慰，遂草就答书，遣归番使。玄宗赐白金帛，白却还不受，但乞在长安市中，随处痛饮，不加禁止。玄宗乃下诏光禄寺，日给美酒数罂，不拘职业，听他到处游览，饮酒赋诗，唯国忠力士，始终衔恨。力士乘间语贵妃，劝他废去清平调。贵妃道："太白清才，当代无二，奈何将他诗废去？"力士冷笑道："他把飞燕比拟娘娘，试想飞燕当日，所为何事？乃敢援引比附，究是何意？"贵妃被他一诘，反觉不好意思，沉脸不答。力士耻脱靴事，具见《李白列传》，唯渤海番书，正史未详，此处从稗乘采入。原来玄宗曾闻飞燕外传，至七宝避风台事，尝戏语贵妃道："似汝便不畏风，任吹多少，也属无妨。"贵妃知玄宗有意讥嘲，未免介意。至李白以飞燕相比，正惬私怀，偏此次为力士说破，暗思飞燕私通燕赤凤事，正与自己私通安禄山相似，遂疑李白有意讥刺，不由的变喜为怒。自此入侍玄宗，屡说李白纵酒狂歌，失人臣礼。玄宗虽极爱李白，奈为贵妃所厌，也只好与他疏远，不复召入。李白亦自知为小人所谗，恳求还里。玄宗赐金放还。白遂浪迹四方，随意游览去了。暂作一束。

且说杨国忠揽权得势，骄侈无比，所有杨氏僮仆，亦皆倚势为虐，叱逐都中。会当元夕夜游，帝女广宁公主，与驸马都尉程昌裔，并马观灯。杨家奴亦策骑游行，至西市门，人多如鲫，拥挤不堪，公主前导，吆喝而过，行人都让开一路，由他驰驱。独杨家奴当先拦着，不肯少退。两下里争执起来，杨奴竟挥鞭乱扑，几及公主面颊。公主向旁一闪，坐不住鞍，竟至坠下。程昌裔慌忙下马，扶起公主，那杨氏奴不管好歹，也将昌裔击了数鞭。两人俱觉受伤，即由公主入内泣诉。玄宗虽令杨氏杖杀家奴，但也责昌裔不合夜游，把他免官，不听朝谒。玄宗也算是两面调停。杨氏仍自恃显赫，毫不敛迹。国忠尝语僚友道："我本寒家子，一旦缘椒房贵戚，受宠至此，诚未知如何结果。但我生恐难致令名，不如乘时行乐，且过目前哩。"人生第一误事，便是此意。虢国夫人，素与国忠有私，至是居第相连，昼夜往来，淫纵无度。每当夜间入谒，兄妹必联辔同行，仆从侍女，前呼后拥，约得百余骑，炬密如昼，或有时兄妹偕游，同车并坐，不施障幕，时人目为雄狐。国忠子暄举明经，学业荒陋，不能及格，礼部侍郎达奚珣，畏国忠势盛，先遣子抚伺国忠入朝，叩马禀明。国忠怒道："我子何患不富贵，乃令鼠辈相卖么？"遂策马径驰，不顾而去。抚忙报父珣，珣惶惧得很，竟置暄上等，未几，即擢为户部侍郎。

会关中迭遭水旱，百姓大饥，玄宗因霪雨连绵，恐伤禾稼。国忠却令人取得嘉禾入献玄宗，谓天虽久雨，与稼无害。玄宗信以为真，偏扶风太守房管，上报灾状，国忠即遣御史推勘，复称管实诬奏，有旨谴责。于是相率箝口，不敢言灾。高力士尝侍上侧，玄宗顾语道："霪雨不已，莫非政事有失么？卿亦何妨尽言。"力士怅然道："陛下以权假宰相，赏罚无章，阴阳失度，怎能不上致天灾，但言出即恐遇祸，臣亦何敢渎陈？"台臣不敢言，而阉人反进谠论，虽似持正，实属反常。玄宗也为愕然，但始终为了贵妃，不敢罢国忠相职，国忠以是益骄。

唯安禄山出兼三镇，蔑视国忠，国忠遂与他有隙，亦言禄山威权太盛，必为国患。玄宗不从。陇右节度使哥舒翰，先时同禄山入朝，禄山胡人，翰系突厥人，互有违言，致生意见。适翰出击获胜，收还九曲部落，九曲见四十二回。杨国忠遂奏叙翰功，请旨封翰为西平郡王，兼河西节度使。看官不必细猜，便可知国忠的用心，是欲与翰联络，共排这大腹胡哩。国忠既恃翰为助，又屡言禄山必反，玄宗仍然未信。国忠道："陛下若不信臣言，试遣使征召禄山，看他果即来朝否？"玄宗乃召禄山入都。禄山奉命即至，竟出国忠意外，于是玄宗愈不信国忠。禄山至长安，正值玄宗至华清宫，乃转赴行宫朝谒，且泣诉玄宗道："臣是胡人，不识文字，陛下不次超迁，致为右相国忠所嫉，臣恐死无日了。"玄宗慰谕道："有朕作主，卿可无虞。"待禄山趋退，意欲授他同平章事，令太常卿张洎草制。国忠闻信，忙入阻道："禄山目不知书，虽有军功，岂即可升为宰相？此制若下，臣恐四夷将轻视朝廷呢。"玄宗乃命洎改草，止授禄山为尚书左仆射，赐实封千户。禄山不得入相，闻为国忠所阻，益滋怨恨，因自请还镇，且求兼领闲厩群牧等使，并吉温为副。玄宗一一允从。禄山得步进步，并奏言所部将士，前时出征奚契丹，功效甚多，应不拘常格，超资加赏。乃除拜将军五百余人，中郎将二千余人。所求既遂，即辞回范阳。玄宗亲御望春亭，设宴饯行，特赠御酒三杯，赐给禄山。禄山跪饮毕，叩首道谢。玄宗道："西北二虏，委卿镇驭，卿无负朕望！"禄山答道："臣蒙皇上厚恩，愧无可报，一日在边，一日誓死，决不令二虏入侵，有烦圣虑。"寇尚可御，似你却不易防，奈何？玄宗大喜，自解御衣，代披禄山身上。禄山又喜又惊，慌忙谢恩而去，疾驱出关，舍陆乘舟，沿河直下。万夫挽纤相助，昼夜兼行数百里，数日抵镇，方语诸将道："我此次入都，非常危险，今得脱险归来，可为万幸。但笑那国忠日欲杀我，终不能损我毫发，我命在天，国忠亦何能为呢？"俨然王莽口吻。部将一律称贺，因置酒大会，犒壮士，选良马，日夕经营，不遗余力。那深居九重的玄宗皇帝，总道他赤心可恃，毫不见疑。

禄山且遣副将何千年入奏，请以蕃将三十二人，代易汉将，玄宗仍欲照行。同平章事韦见素，方为国忠所荐，得参政务，因亟至国忠第中，语国忠道："禄山久有异志，今又有此请，明明是要谋反了。"国忠顿足道："我早料此贼必反，怎奈主子不听我言，屡说无益？日前东宫进言。也一些儿没有成效，奈何奈何？"见素道："且再行进谏何如？"国忠点首，约于次日入朝，同时谏诤，见素乃归。翌晨与国忠进见，甫经开口，玄宗即问道："卿等疑禄山么？"见素因极言禄山逆迹，明白显露，所请万不可从。玄宗全然不理。国忠料不能阻，缄口无言。及退朝，顾语见素道："我原说是无益的事情。"见素想了一番，便道："有了有了。禄山出都时，高力士曾奉命送行，返白皇上，说禄山为命相中止，心甚怏怏。据愚见想来，与其令禄山在外，得专戎事，不若召禄山入内，给以虚荣，一面令贾循镇河东，吕知诲镇平卢，杨光翙镇河东，势分力减，狡胡便不足忧了。”国忠鼓掌称善。且语见素道。“我前此为了此事，曾奏黜张洎兄弟，我想命相改草，他人无一预闻，为何禄山得知？这定是张洎兄弟，暗中转告。可惜均出守建安，洎出守卢溪，尚是罪重罚轻呢。”借两人口中，补述前时情事。见素道：“亡羊补牢，尚为未晚，请公即日奏行。”国忠遂与见素联名上疏，当蒙玄宗批准，即令草制。哪知制已草就，留中不发，但遣中使辅璆琳，赍珍果往赐禄山，嘱令觇变。璆琳得禄山厚赂，还言禄山竭忠奉国，毫无二心。玄宗遂召语国忠道：“朕知禄山不反，所以推诚相与，卿等乃以为忧，自今日始，禄山由朕自保，免致卿等愁烦了。”国忠逡巡谢退，随将韦见素的秘计，搁置不行。小子有诗叹道：

狼子由来具野心，如何反望效忠忱？
主昏不悟嗟何及，大错轻成祸日深。

玄宗既信任禄山，自谓高枕无忧，越发纵情声色。看官欲知宫中后事，待下回再行说明。

语曰：“当断不断，反受其乱，”如玄宗之待杨贵妃及安禄山，正中此弊。贵妃一再忤旨，再遭黜逐，设从此不复召还，则一刀割绝，祸水不留，岂非一大快事？何至有内蛊之患乎，唯其当断不断。故卒贻后日之忧，禄山应召入朝，尚无叛迹，设从此不再专阃，则三镇易人，兵权立撤，亦为一大善谋，何至有外乱之偪乎？唯其当断不断，故卒成他日之变。且有杨妃之专宠，而国忠因得入相，有国忠之专权，而禄山因此速乱，追原祸始，皆自玄宗恋色之一端误之。天下事之最难割爱者，莫如色，为色所迷，虽有善断之主，亦归无断，甚矣哉色之为害也！

第五十回　勤政楼童子陈箴
范阳镇逆胡构乱

却说杨贵妃蛊惑玄宗，经长生殿密誓后，愈得宠幸，就是三国夫人，也连同邀宠，每届赏赐，不可胜计。韩国夫人得照夜玑，虢国夫人得镍子帐，秦国夫人得七叶冠，均是希世奇珍，得未曾有。又赐贵妃虹霓屏，贵妃转赠国忠，屏系隋朝遗物，雕刻前代美人形像，各长三寸许，面目如生，所有服玩衣饰，都用众宝嵌成，水晶为底，非常精致，巧夺天工。国忠得此异宝，安放内厅楼上，尝与亲旧眷属等玩赏，无不啧啧称羡。

一日，国忠独坐楼上，看着屏上众美人，不觉神志痴迷，昏昏欲睡。才经就枕，忽见屏上诸美人，都走下屏来，各述名号，或说是裂缯人，或说是步莲人，或说是浣纱人，或说是当垆人，或说是解佩人，或说是拾翠人，或说是许飞琼，或说是薛夜来，或说是赵飞燕，或说是桃源仙子，或说是巫山神女，如此等类，不胜枚举。国忠似历历亲见，只是身不能转动，口不能发声。诸美女各用物列坐，少顷有纤腰美女十余人，亦从屏上走下，自称楚章华宫踏摇娘，联袂作歌，声极清脆。但听歌中有二语云："三朵芙蓉是我流，大杨造得小杨收。"歌罢，有一女指国忠道。"床上庸奴，行将就毙，尚敢妄想我么？"言已，俱趋回屏上。这都是国忠幻梦，休作真看。国忠方似梦初醒，吓得冷汗遍体，急奔下楼，令家人将屏掩藏，封锁楼门，不敢再登，复转告贵妃。贵妃亦不欲再见，听令藏着。

已而国忠进位司空，长子暄得尚延和郡主，拜银青光禄大夫太常卿兼户部侍郎，季子朏得尚玄宗女万春公主，贵妃堂弟秘书少监鉴，得尚承荣郡主，杨氏一门，共计一贵妃，二公主，三郡主，三夫人，真是贵盛无比，震古铄今。又加赠杨玄琰为太尉齐国公，玄琰妻李氏为梁国夫人，都中特建杨氏家庙，由玄宗亲制碑文，御书勒石。玄珪进拜工部尚书，韩国夫人外孙女崔氏，为太子长男豫妃，虢国夫人子裴徽，尚太子女延光公主，徽妹为让帝宪季子妻，秦国夫人子柳潭，尚太子女和政公主，潭兄澄子尚长清县主，崔裴柳三家，俱与帝室联为甥舅，真个是乔松施荫，萝茑皆荣。

会秦国夫人病殁，杨铦亦死，国忠为诸杨翘楚，无论军国大事，均听国忠裁决，玄宗绝不过问，惟日与杨贵妃及韩虢二夫人，征歌逐舞，连日不休。一日，正与杨妃偕宴，适蓬莱宫中的园吏，献入柑子一百五十余枚，内有一颗，乃是联合生成，玄宗见了，很是惊喜，便语贵妃道："这柑子的原种，是从江陵进来，味颇甘美，朕特命留种，在蓬莱宫中栽植，生成了好几株，一向只有花无实，就使结了几颗，也甚寥寥，今秋却得了若干，并有这个合欢实，岂非奇事？"说着，即将合欢实取了，递与贵妃，便道："此果可好么？"贵妃正接果玩赏。玄宗又说道："草木也知人意，朕与妃子同心一体，所以结此合欢实，应该二人同食，并应祯祥。"随命左右取过小刀，亲自剖开，半给贵妃，一半自食。玄宗以为祯祥，我谓剖分而食，便是合而复离之兆。此外一百余枚，遍赐宰臣。国忠即上表称贺，玄宗益喜，更命画工写合欢柑橘图，传示后世，徒自增丑。一面赐民大酺。玄宗亲御勤政楼，大集妃嫔及诸王，并宰相以下诸大臣，张杂乐，设百戏，任民纵观，侈然有与民同乐的意思。

当时教坊中有王大娘，善戴百尺竿，竿上加一木山，状如瀛州方丈，使一小儿手持绛节，出入自如，信口作歌。王大娘舞竿不已，却正与小儿的歌声节奏，两两相应。玄宗拍手称赏，随命左右宣刘晏登楼。晏字士安，曹州人氏，幼甚颖慧，八岁即献颂行在，玄宗目为神童，授秘书省正字，至是尚止十龄，也在楼下看戏，一闻召命，立即上楼。玄宗命他即事题诗，贵妃插入道："不如令咏王大娘戴竿。"晏即应声道："楼前百戏竞争新，唯有长竿妙入神。谁谓绮罗翻有力，犹自嫌轻更着人。"此诗也不过尔尔。贵妃笑道："出口成章，不愧神童。"遂将晏抱置膝上，亲为理发。玄宗也握手问道："朕命汝为正字，汝究竟正得几字？"晏即答道："别字都正，只有一朋字未正。”籍端讽谏，颇寓特识。玄宗称善。待发已理讫，即命赐牙笏锦袍，且面奖道：“汝他年必能自立，勿自傍人门户呢。”晏叩首拜谢。

玄宗又传李供奉吹笛，李供奉就是李谟，他本是吹笛能手，因闻玄宗善制新曲，尝在华清宫外，窃听曲声，得将新曲尽行领会，唯妙唯肖。玄宗偶与高力士微服外游，适值李谟吹笛，腔调与宫中相同，不由的惊诧起来。原来玄宗洞晓音律，所谱新曲，往往托为神女相传，得诸梦境，除上文所述霓裳羽衣，及凌波各曲外，尚有紫云回，尚有春光好，尚有荔支香，种种曲调，都是玄宗自制，称为秘曲。此次闻李谟所吹，无非是自制新声，遂令力士挨户查访。既知李谟下落，即召他入见，命为宫内供俸。谟悉心研究，益尽所长，所以玄宗命他登楼奏技，一经吹出，回环转变，响遏行云。嗣又进马方期，鼓方响，李龟年吹觱栗，张野狐拍箜篌，雷海青弄铁拨，贺怀智敲檀板，俱是乐工中的名角，擅胜一时。杨贵妃也兴高采烈，击磬节音。玄宗更敲了数通羯鼓，算做收场。大众散去，玄宗当即还宫。

此后除宴赏外，往往寻出消遣的法儿，或弈棋斗胜，或掷骰赌采，一日，与诸王弈棋，玄宗稍不经心，误下棋子数枚，势将败北。贵妃正在观弈，手中抱着一只白猫，叫作雪猧儿，看着玄宗着急，即纵猫入枰，霎时将棋子爬乱。玄宗不觉大喜，暗地里深感贵妃。越日与贵妃掷骰，贵妃已占胜色，玄宗将要输了，唯掷得重四，尚可转败为胜，一面掷，一面连呼重四，那骰子辗转良久，方才摆定，玄宗一瞧，果然两个四点，便大笑道：“似朕的呼卢，技术如何？”贵妃自然奉承数语。玄宗又回顾高力士道：“此重四殊合人意，可赐以绯。”力士领旨，便将骰子第四色，都用胭脂点染，如今骰子上四色成红，便从此始。玄宗虽尚风雅，但不配为天下主。

当玄宗掷成重四时，架上的白鹦鹉，也连声喝采，待至呼卢已毕，玄宗因事外出，贵妃忽向鹦鹉道：“雪衣女！你也晓得凑趣吗？”原来这白鹦鹉本产自广南，为安禄山所得，转献宫中，应四十八回，申释明白。贵妃爱他如宝，呼为雪衣女。自此鸟入宫后，经贵妃随时教导，洞晓言词，益解人意，因闻贵妃与语，似赞非赞，随即答道：“雪衣女得承恩宠，已是有年，今日尚能侍奉，他日恐不能再侍了。”贵妃惊问何故？他却自说梦得恶兆，为鸷鸟所搏。贵妃道：“梦兆不足凭信，你若心怀不安，我便教你多心经，可以转祸为福。”鹦鹉答道：“谢娘娘厚恩！”贵妃乃令侍女添香，庄诵多心经。

鹦鹉随听随学，经贵妃念了十多遍，鹦鹉也居然上口，自能念诵了。贵妃每日早起，命鹦鹉念经，稍有错误，即与教正。鹦鹉念得纯熟非常，约过了两三月，玄宗与贵妃闲游别殿，令鹦鹉随辇同行。鹦鹉兀立辇竿上面，突有飞鹰下掠，搏击鹦鹉，鹦鹉连呼救命，侍从慌忙救护，鹰虽飞去，鹦鹉已经受伤，迟至半日，竟尔死了。贵妃很是痛悼，好似丧女一般，玄宗也为叹惜，命将鹦鹉瘗后苑中，呼为鹦鹉冢。可见多心经原是无用，村媪俗妇，奈何不悟？自后贵妃闲着，尝追念鹦鹉，暗中堕泪，两颊生红，愈觉娇艳可爱。宫婢侍女，却故意摹效，用红粉搽抹两颊，号为泪妆。

贵妃有肺渴疾，常含着玉鱼儿，取凉润津。一日，偶患齿痛，玉鱼儿也含不得，闷闷的倚坐窗前。玄宗见她颦眉泪眼，愈增怜爱，每语贵妃道："朕恨不能为妃子分痛呢。"后人传杨妃韵事，除醉酒出浴泪妆外，尚有病齿图留贻世间，曾有名士题眉云："华清宫，一齿痛；马嵬坡，一身痛；渔阳鼙鼓动地来，天下痛。"这真是说得沉痛呢。

天宝十四载六月，玄宗与贵妃幸华清宫避暑，至秋还宫，适安禄山表请献马，共三千匹，每匹执鞚夫二人，且遣蕃将二十二人部送。玄宗意欲准请，忽又接到河南尹达奚珣密奏，说："禄山包藏祸心，不可不防。"乃遣中使冯神威，赍着手诏，往谕禄山，略言："献马宜俟冬令，官自给夫，无烦本军。十月间卿可自来，朕在华清宫特凿汤池，与卿洗尘。"云云。禄山接到手诏，竟踞坐胡床，并不下拜，但问道："圣上安否？"神威答一"安"字。禄山又道："马不许献，亦属无妨，十月内我自当来京，何必召我。"说至此，即令左右引神威至馆舍，竟不复见。越数日即行遣还，亦无复表，神威返见玄宗道："臣几不得见大家。"大家二字，就是宫中对着皇上的通称。玄宗还似信非信。看官阅过上文，应知禄山早蓄反意，不过禄山还有一些天良，自思皇恩不薄，拟俟宫车晏驾后，再行起事，怎奈右相杨国忠，屡次激动禄山反谋，先翦禄山羽翼，竟将前日互相往来的吉温，也视同仇家，贬为澧阳长史，又令京兆尹，围捕禄山故友李超等，送诣御史台狱，一并处死。禄山子庆宗，尚宗女荣义郡主，留传京师，每遇国忠举动，必密报禄山。禄山忍无可忍，遂于天宝十四载十一月中，潜与严庄高尚阿史那承庆等密谋，佯称奉到密敕，令入朝讨杨国忠。诸将无敢异言，遂大阅兵马，调集本部及奚契丹兵，共十五万人，鼓行而南。

这时玄宗全不预防，还亲至华清宫，督令凿池，待禄山到来，与他洗尘，贵妃当然随往。会当梅花开放，泄漏春光，玄宗挈贵妃赏梅，引动清兴，先令贵妃吹了一套玉笛，然后亲击羯鼓一通，统用着春光好的音调。先是玄宗在内殿庭中，击鼓催花，桃杏齐放，所以此次赏梅，也照样击鼓，欲催梅花盛开，以便留玩。鼓声已止，正与贵妃小饮，忽见一人踉跄趋入道："安禄山反了！请陛下火速遣兵，北讨反贼。"玄宗惊道："有此事么？恐系谣言。"国忠道："河北郡县，统已降贼，北京留守杨光翙，已被他赚去，还好说是不反么？"玄宗尚沉吟不答。贵妃在旁插嘴道："陛下待禄山甚厚，几似家人父子一般，他若恃宠生骄，习成狂肆，或未可知。至如造反一事，妾想他未必敢然。他子庆宗，尚主留京，他若造反，难道连儿子都不管么？"三人所言，各有私意。原来贵妃尝纪念禄山，每当外国贡献方物，遇有奇珍，必遣密使私赠，因此禄山造反，尚欲出言回护。玄宗随答道："我也疑是谣传，或因有人加忌，诬架禄山呢。"国忠见他一倡一和，气得面色发青。玄宗令他出外探明，方才趋出。

过了一日，太原守吏，详报禄山反状，东受降城，亦报禄山已反。国忠又从内侍辅璆琳处，搜得禄山逆书，约为内应，报知玄宗。玄宗方知禄山真反，便与国忠商议讨逆。国忠反有矜色，且夸口道："臣早知他必反，但谋反只一禄山，将士未必心愿，臣料他不出旬日，便传首入都了。"谈何容易？玄宗转忧为喜，遂命国忠拘住辅璆琳，讯实杖毙，一面派使至东京河东，招募勇士。是时承平日久，人民不识兵革，猝闻范阳叛乱，远近震骇。禄山引兵渡河，到处瓦解，警报连达行宫，玄宗又未免忧烦。可巧安西节度使封常清入朝，即由玄宗传见，询及讨贼方略。常清大言道："今太平已久，所以人不知兵，望风怕贼。唯事有顺逆，势有奇变，臣愿走马东京，开府库，募骁勇，拨马渡河，决取逆胡首级，归献阙下。"又是一个狂人。玄宗大喜，即授常清为平阳平卢节度使，募兵东征。常清即日辞行，乘驿至东京，募得兵六万名，堵截河阳桥，控制叛军。

禄山至博陵，部将何千年，正诱执杨光翙，往见禄山。禄山将光翙杀死，令田承嗣安忠志张孝忠为前锋，直指藁城。常山太守颜杲卿，力不能拒，乃与长史袁履谦，出城往迎，禄山赐杲卿金紫，令仍守常山。杲卿阳受伪命，暗中却秣兵厉马，为讨贼计，且遣使告知从弟真卿，连兵相应。真卿系颜师古五世从孙，与杲卿为同五世兄，时任平原太守，既接兄书，又修城浚濠，招丁壮，实仓廪，锐志讨贼。那禄山总道他是白面书生，不足深虑，但檄真卿募兵防江津。真卿遣司兵李平，遶出间道，持着伪檄，入奏玄宗。玄宗闻河北郡县，统已附贼，尝长叹道："二十四郡，乃无一义士么？"何人为君，乃令至此？至李平入奏，乃大喜道："朕不识颜真卿作何状？独能为国效忠呢？"遂慰遣李平，令归报真卿，讨贼立功，定当厚赏，自挈贵妃还朝，斩禄山子庆宗，赐荣义郡主自尽。郡主却是枉死。召朔方节度使安思顺为户部尚书，进朔方右厢兵马使兼九原太守郭子仪为朔方节度使，授右羽林大将军王承业为太原尹，特置河南节度使，领陈留等十三郡，即以卫尉卿张介然充任，命程千里为潞州长史，凡郡县当贼冲道，悉置防御使。更特简第六子荣王琬为元帅，左金吾大将军高仙芝为副，统诸军东征，出内府钱帛，就京师募兵十一万，旬日毕集，号为天武军。其实统是市井乌合，不堪一战。高仙芝带领五万人，出发京师，玄宗偏令宦官边令诚监军，往屯陕州。宦官监军自此始。

安禄山渡河南行，攻陷灵昌郡，进逼陈留郡。河南节度使张介然，甫至陈留，禄山已率兵到来，太守郭纳，竟开城出降。剩下一个赤手空拳的张介然，如何抵敌？眼见得束手被擒，完结性命。禄山才闻庆宗被杀，不禁恸哭道："我何罪？乃杀我子。"背主造反？尚说无罪，一何可笑？遂将陈留降卒，尽行屠戮，聊泄怨恨，更引兵向荥阳。太守崔无诐麾众拒守，众闻鼓声，自坠如雨，被禄山乘势陷入，杀死无诐，再驱铁骑至武牢，与封常清对垒。常清手下，统是新近招募，未经训练，怎禁得蕃朔健奴，怒马入阵？顿时纷纷败下，奔回东京。叛骑追至城下，四面鼓噪，常清出战又败，退守城内，又被叛骑突入，巷战又败，只好坏墙西走。连用三又字，见得常卿毫不中用。河南尹达奚珣迎降禄山，留守李憕及御史中丞卢弈，采访判官蒋清，均为所执。弈责禄山忘恩负义，且顾语贼党道："为人当知顺逆，我死不失节，尚有何恨，看汝等能横行几时？"禄山怒喝左右，将弈剁死，并杀李憕蒋清，枭三人首，令部将段子光，持首谕河北诸郡，复进兵逼陕。封常清已奔陕会高仙芝，语仙芝道："贼势甚盛，锐不可当，常清连日血战，均被杀败，看来此处亦不可保，不如退据潼关，屯兵固守，尚可保全长安哩。"仙芝从常清言，遽趋还潼关，缮完守备。禄山令部将崔乾祐入陕，自己还驻东京，拟僭称帝号，且遣党羽张通晤为睢阳太守，向东略地。郡县官多望风降走，唯嗣吴王祇即信安王祎弟。方守东平，与济南太守李随，励众拒贼。单父尉贾贲，奉吴王祇令，募集吏民，诱斩通晤，山东少安。

玄宗以祇为灵昌太守，兼河南都知兵马使。又授第十三子颍王璬为剑南节度使，第十六子永王璘为山南节度使。二王暂不出阁，但令江陵长史源洧副璘，蜀郡长史崔圆副璬，代行职权。唐廷常命诸王出镇，往往奉诏不行，有名无实。这也是当时一大误处。一面且下诏亲征，令太子监国。偏杨国忠吃一大惊，忙与韩虢二夫人商议道："太子素嫉我家，若一旦监国，我等兄妹，都危在旦夕了，奈何奈何？"虢国夫人道："不如入白贵妃，留住御驾，不令亲征，方保万全。"看你等果能万全否？国忠道："快去快去！"虢国夫人遂邀同韩国夫人，入宫告知贵妃。贵妃乃脱去簪珥，口衔黄土，匍匐至玄宗前，叩首哀泣。玄宗惊问何事？贵妃流泪道："兵凶战危，陛下奈何自冒不测？妾受恩深重，怎忍远离左右？自思身为妇女，不能随驾出征，情愿碎首阶前，仰酬圣眷。"说罢又伏地大哭。看官！你想此时的玄宗，尚能不为所迷么？小子有诗叹道：

无端衔土阻亲征，身命关怀社稷轻。
试问翠华西幸日，可曾随驾保残生？

究竟玄宗果否亲征，且至下回分解。

前半回历叙唐宫乐事，见得玄宗情恋爱妃，凡骄侈淫佚诸事，无乎不备，而祸乱即因是乘之。盈廷大臣，不闻一言匡正，独得一垂髫童子，以"朋"字未正为戒，玄宗非不知赞赏，而卒未悟杨氏之萦私结党，是毋乃所谓天夺之魄、自速祸乱者欤？杨国忠与安禄山，皆小人之尤，气类相求，宜欢好无间，乃始则亲近之，继则构害之，中以危法，冀其速败，彼狼子野心，宁肯伈伈伣伣，拱手就戮，始信君子能用君子，小人必不能容小人也。河北河南，相继沦没，玄宗下命亲征，令太子监国，委靡之余，忽能奋发，未始非阴阳消长之机，而国忠复商令贵妃，衔土哀阻，卒致寝事。呜呼玄宗！身为人主，乃受制于一妇人之手，其欲不致危乱也得乎？危而犹存，乱而不亡，吾犹为玄宗幸矣。

历朝通俗演义　第五部

唐史通俗演义

（下）

蔡东藩　著

中国书店

第五十一回　失潼关哥舒翰丧师　驻马嵬杨贵妃陨命

却说玄宗因贵妃哀请，竟为所动，遂将亲征命令，停止不行。适监军宦官边令诚，自潼关回来，奏称封常清虚张贼势，摇动军心，高仙芝弃陕地数百里，且偷减军士粮赐，顿时恼动玄宗，即命令诚赍敕驰往，就军中立斩封高二人。看官阅过前回，应知常清仙芝，原非良将，但令诚所奏却是多半虚诬，先是常清战败，屡遣使表陈贼势，猖獗可畏，幸勿轻视，玄宗已疑他情虚畏罪，故事张皇，及常清与令诚相见，毫无馈遗，令诚引为恨事；又尝向仙芝前，有所干请，仙芝亦未肯照行，为此种种情由，遂轻身诣阙，诬害两人。至赍敕驰往潼关，先令常清出关听敕，宣读未终，即将他一刀杀死；再进关会晤仙芝。仙芝正欲问及朝事，令诚即开口道："大夫亦有恩命。"仙芝乃下阶跪伏，听宣诏敕。令诚朗声读毕，仙芝道："我遇贼即退，罪固当死，但谓我偷减粮赐，我何尝有这等事情。上有天，下有地，究竟是冤诬我呢！"令诚瞋目道："你敢违旨么？"仙芝道："我原说是应死，不过死也要死得明白，冤枉事究须声明。"令诚道："既已愿死，何必多言。"遂将仙芝出，斩首了事。纲目书杀不书诛，正因他死非其罪。将士相率呼冤，只因敕命煌煌，不敢反抗，没奈何含忍过去。

令诚使将军李承光，暂摄军纛，过了数日，前陇右兼河西节度使哥舒翰，受命为兵马副元帅，统兵六万，来到潼关。翰本因疾入朝，留养京师，玄宗欲借他威名，且闻他与禄山未协，因迫令统军出征。授御史中丞田良邱为行军司马，起居郎萧昕为判官，蕃将火拔归仁等，各率部落随行。翰抱病未痊，不能治事，悉把军务委任良邱。良邱又不敢专决，使李承光管辖步兵，王思礼管辖骑兵。二人争长，兵权不一，再经翰用法严苛，待下少恩，于是潼关二十万官军，统皆灰心懈体了。为下文失关张本。

是时安禄山尚留据东京，僭称大燕皇帝，改元圣武，用达奚珣为侍中，张通儒为中书令，高尚严庄为中书侍郎，分兵四出，威胁大河南北等郡。平阳太守颜真卿，已捕诛禄山部将段子光，收李憕卢奕蒋清首级，编蒲为身，棺殓埋葬，发丧受吊，厉兵讨贼。段子光为禄山所遣，事见前回。景城河间博平诸郡县，俱杀死伪官，响应真卿。常山太守颜杲卿，与真卿遥为犄角，彼此通书商议，拟连兵断贼归路，牵制禄山，免致西轶。贼将高邈何千年至常山，被杲卿擒住，河北十七郡，同时归附。唯范阳北平密云渔阳汲邺六郡，尚属禄山。杲卿又密使人入渔阳，招降贼将范循，循迟疑未决。郏城人马燧，潜劝范循道："禄山负恩悖逆，终当破灭，君若举范阳归国，覆他巢穴，这是最大的功劳，此机不宜坐失哩。"循意亦少动。不料为别将牛润容所闻，遽报禄山，禄山召循至东京，把他枭首，循若有意归国，何必赴召，这真叫作该死。遂令骁将史思明蔡希德等，率大兵往攻常山。杲卿正缮城凿濠，为守备计，猝遇贼兵到来，未免着忙，急发使诣太原，乞请援师。太原尹王承业拥兵不救，累得杲卿势孤援绝，拒战数昼夜，终被贼兵攻入。杲卿及长史袁履谦，巷战力尽，相继被执，由思明解送洛阳。禄山怒责杲卿道："汝前为范阳功曹，我荐汝为判官，不到几年，超至太守，何事负汝，乃敢造反？"杲卿亦张目骂道："汝本营州牧羊奴，天子擢汝为三道节度使，恩幸无比，何事负汝，乃敢造反？我世为唐臣，禄位皆为唐有，岂因汝奏荐，便从汝反么？今日为国讨贼，不幸被执，恨不能生啖汝肉，怎得谓反？臊羯狗，要杀便杀，毋庸多言。"义声卓著。禄山大怒，命将杲卿履谦等，缚住柱上，一并磔死。二人骂不绝口，舌被割，胫被截，到死方休。颜氏一门，死义共三十余人。

思明既克常山，复引兵进击诸郡，诸郡均不能守，复为贼有。独饶阳太守卢全诚，始终不受伪命，登陴固守，为思明所围。朔方节度使郭子仪，方收云中，拔马邑，开东陉关，出讨逆贼。唐廷命进取东京，子仪表荐兵马使李光弼，具有将才，可当方面，乃有诏授光弼为河东节度使。子仪分朔方兵万人，给与光弼，光弼遂领兵出井陉，进攻常山。常山为史思明所陷，留部将安思义居守，思义闻光弼到来，召集团练兵三千人，及部下番兵，登城守御。光弼射书谕降，为团练兵所得，竟将思义执住，送交光弼军前。光弼问思义道："汝自知当死否？"思义不答。光弼又道："汝久历行阵，看我此次出兵，能破思明否？汝为我计，应该如何？汝策可取，当不杀汝。"思义道："大夫远来疲敝，猝遇大敌，恐未易抵挡，不如按兵入守，量胜后进，窃料胡骑虽锐，未能持重，一不得利，气沮心离，那时方可与战，不患不胜了。"光弼甚喜，亲与解缚，即移军入城。思义复进言道："思明今在饶阳，去此不过二百里，昨晚羽书已去，料他必前来相援，公当速行筹备，毋致仓皇。"光弼乃安排弩矢，分弓弩手为二队，千人乘城，千人在城下待命，自与将士环甲以待，入夜更番守着，天尚未晓，外边已有鼓角声，继而喊声震地，史思明带着健骑二万人，直抵城下，光弼遣步卒五千，开东门出战，贼锋锐甚，鏖战不退。城上一声鼓响，千矢齐发，射毙贼兵多名，贼势稍却。光弼复令城下待命的弓弩手，分作四队，从东门驱出，接连发矢，与飞蝗相似，思明虽然凶悍，到此也未免惊慌，敛兵退去。未几有村民告知光弼，谓有贼兵五千，自饶阳来至九门，光弼即遣步骑各二千人，偃旗息鼓，掩击过去，把贼兵杀得一个不留。思明退入九门，分兵截常山粮道，郭子仪亲援光弼，合兵攻思明。思明开城搦战，大败亏输，贼众齐溃。贼将李立节，中箭毙命，蔡希德遁去。思明自知难支，奔至赵郡去了。

子仪光弼，纵兵追击，直抵赵郡，思明立脚不住，又转趋博陵。博陵城坚濠广，思明集众固守，子仪光弼，进攻不克，收兵退回。贼将蔡希德又还救思明，范阳贼将牛廷玠，也率万余人助思明，思明乃驱兵复出，蹑击唐军。子仪等方至恒阳，固垒不战，思明顿兵已久，俱有倦志，乃退至嘉山。哪知子仪光弼，分左右翼杀来，一时堵截不住，纷纷溃走，唐军大杀一阵，斩首四万级，捕获千余人，连思明都中矢落马，散发跣足，匆匆走脱，还守博陵。唐军大振，河北十余郡，均杀贼守将，奉款乞降。中兴名臣，应推郭李，故起兵讨贼，备详战事。是时真源令张巡，方克复雍邱，击退贼守令狐潮，平原太守颜真卿，时任河北采访使，进拔魏郡，击败贼守袁知泰。北海太守贺兰进明，与真卿合兵，受职河北招讨使，攻克信郡。颖川太守来瑱，前后破贼甚众，贼呼为来嚼铁。河南节度使，改任高祖孙嗣虢王巨，亦引兵解南阳围。平卢贼将刘客奴等通书颜真卿，愿取范阳自赎。真卿遣判官贾载，助给衣粮，并遣子为质，一面请命朝廷，特授客奴为平卢节度使，赐名正臣。总括一段，简而不漏。禄山闻各处警信，惊惶的了不得，便召高尚严庄入詈道："汝等教我造反，以为计出万全，今前阻潼关，兵不得进，北路一带，尽成敌国，又不得退，尚好说是万全么？"高严两人，无词可答，怀惭而退，好几日不敢复见。可巧田乾真自潼关退还，入劝禄山道："自古帝王创业，均有胜负，怎能一举即成？尚庄皆佐命元勋，一旦严谴，诸将谁不懈体？那时进退两难，真正失计呢。"禄山乃悟，复召入尚庄，置酒款待，和好如初。因复令崔乾佑自陕进兵，又遣孙孝哲安神威等继进，待再攻潼关不下，才归范阳。计议已定，仍在洛阳待着。

潼关元帅哥舒翰，曾两却贼兵，副使王思礼密语翰道："禄山造反，以诛杨国忠为名，若公留兵三万人守关，自率精锐还长安，入清君侧，这也是汉挫七国的秘计呢。"指汉诛晁错事。翰摇首道："若照汝言，是翰造反，并不是禄山造反呢。"此说还是有理。时户部尚书安思顺，与禄山同宗，前曾奏言禄山必反，所以免坐。翰独与他有隙，伪为贼书，献诸阙下。书中系结思顺为内应，不由玄宗不惧，且因翰疏陈思顺七罪，即令赐死。国忠欲营救思顺，正苦无法，又闻王思礼密谋，益加惝惧，遂募万人屯灞上，令亲信杜乾运为将，托名御贼，实是防翰。翰知国忠私意，表请灞上军拨隶潼关，并诱乾运议事，枭首以徇。于是国忠愈加怨恨，遂日促翰出关讨贼。翰上言："禄山为逆，未得人心，应持重相待，不出数月，贼势瓦解，一鼓可擒"云云。玄宗颇以为然。偏国忠日进谗言，但说翰逗留不进，坐误军机，玄宗乃遣使四出，诇敌虚实，俄有中使返报，贼将崔乾佑，在陕兵不满四千人，又皆羸弱无备，应急击勿失。想是国忠授意。于是玄宗遂疑及翰，促他出兵。翰上书道："禄山用兵已久，岂肯无备？臣料他是羸师诱我，我若往击，正堕贼计。况贼兵远来，利在速战，官军据险，利在坚守，总教灭贼有期，何必遽求速效？现在诸道征兵，尚多未集，不如少安毋躁，待贼有变，再行出兵。"这书达到唐廷，又有郭子仪李光弼联名奏陈，亦请自率部军，北取范阳，捣贼巢穴，令贼内溃，潼关大军，但应固守敝贼，不宜轻出等语。郭李所见更是妥当。玄宗迭览两疏，意存犹豫。国忠独进言道："翰拥兵二十万，不谓不众，就使不能复洛，亦当复陕，难道四五千贼兵，都畏如蛇蝎么？若今日不出，明日不战，老师费财，坐待贼敝，臣恐贼势反将日盛，官军且将自敝呢。”这一席话，又把玄宗哄动，一日三使，催翰出关。国忠不忌翰，不致速死，玄宗不促翰，不致出奔。翰窘迫无计，只好引军东出，临行时抚膺恸哭，害得全军丧胆，未战先慌。这便是败亡预兆。行至灵宝西原，望见前面已扎贼军，南倚山，北控河，据险待着。翰令王思礼率兵五万，充作前锋。别将庞忠等，引兵十万接应，自率亲兵三万，登河北高阜，扬旗擂鼓，算做助威。那贼将崔乾佑，带着羸卒万人，前来挑战，东一簇，西一群，三三五五，散如列星，忽合忽离，忽前忽却，官军见他行伍不齐，全无军法，都不禁冷笑起来。先哭后笑，都是无谓。当下麾军齐进，甫及贼阵，乾佑即偃旗退去。思礼督军力追，庞忠继进，渐渐的走入隘道，两旁都是峭壁，不由的胆战心惊，正观望间，只听连珠炮响，左右山下，统竖起贼旗，木头石块，一齐抛下，官军多头破血流，相率伤亡。思礼亟令倒退，偏庞忠的后军，陆续进来，一退一进，顿致前后相挤，变成了一团糟。崔乾佑煞是厉害，又从山南绕至河北，来击哥舒翰军。翰在山阜遥望，见思礼庞忠两军，未曾退归，那贼兵又鼓噪而至，料知前军失手，忙用毡车数十乘，作为前驱，自率军从高阜杀下，拦截乾佑来路。乾佑见翰军前拥毡车，不宜发矢，竟用草车相抵，乘风纵火。看官试想！毡是引火的物件，一经燃着，哪里还能扑灭？并且贼军据着上风，翰军碰着逆风，风猛火烈，烟焰飞腾，霎时间天黑如晦，翰军目被烟迷，自相斗杀，及至惊悟，又被贼军捣入，阵势大乱，尸血模糊。一半弃甲入山，一半抛戈投河。翰率麾下百余骑，西奔入关，关外本有三堑，阔二丈，深一丈，专防贼兵冲突，自官军陆续奔回，时已昏夜，黑暗中不辨高低，多半陷入堑中，须臾填满，后来的败兵，践尸而过，几似平地。翰检点兵士，只剩得八千多人，不禁大恸，忽由火拔归仁入报道：“贼兵将到关下了。”翰惶急道：“现在兵败势孤，不堪再战，我只有到关西驿，收集散卒，再来保关，君且留此御贼，待我重来协守。”言毕即行。归仁留居关上，竟通使乾佑，愿执翰出降。乾佑乃进屯关下，专待归仁出来。归仁竟率百余骑，至关西驿，入语翰道：“贼兵到了，请公上马！”翰上马出驿，归仁率众叩头道：“公率二十万众出征，一战尽覆，尚何面目再见天子？且公不闻高仙芝封常清故事么？今为公计，只有东行一策，还可自全？”翰叹道：“我身为大帅，岂可降贼？”说至此，便欲下马。归仁喝令随骑，竟将翰足系住马腹，策鞭拥去。余众不肯从降，亦被缚住，驱出关外，往降乾佑。适值贼将田乾真，来接应乾佑军，即囚翰等送洛阳。禄山召翰入见，狞笑道："汝常轻我，今果何如？"翰匍匐道："臣肉眼不识圣人。"一念贪生，天良尽丧。禄山大喜，命翰为司空，及见火拔归仁，却怒叱道："汝敢叛主，不忠不义，留汝何用？"立命左右将他推出，一刀两段。禄山此举，颇快人意，但自问果无愧否？遂令崔乾佑留据潼关，促孙孝哲安神威等，西功长安。

玄宗闻潼关紧急，方拟遣将往援，蓦闻潼关败卒，驰走阙下，报称哥舒翰败没状，不由的魂飞天外，忙召宰相杨国忠等商议。有说宜调兵亲征，有说宜征兵勤王，独国忠提出幸蜀两字，称为上策。原是三十六策的上策。议至日暮，尚未决定，忽又有候吏入报道："今日平安火不至，莫非有急变不成？"玄宗益觉惊惶。看官道平安火是何物？原来唐朝制度，每三十里设一烽堠，日晓日暮，各放烟一次，叫作平安火。此火不燔，显见得是不平安呢。玄宗再问国忠，国忠道："臣尝兼职剑南节度使，早令副使崔图，练兵储粮，防备不测，目下远水难救近火，且由车驾暂幸西蜀，有恃无恐，然后征集各道将帅，四面蹙贼，管保能转危为安呢。"狡兔原善营窟，可惜猎犬不容。玄宗踌躇半晌，方道："且至明日再议！"国忠等依次散归。

韩虢两夫人，闻知消息不佳，已在国忠第中，等待国忠还商，国忠慌慌张张的回来，见了两妹，便连声道："走！走！走！"两夫人问为何事？国忠道："潼关失守，贼兵将要入都，此时不走，还待何时！"两夫人急着道："走到哪里去？"国忠道："我已劝皇上幸蜀，蜀中是我故乡，饶有家产，且有险可守，不怕贼兵飞至，我等仍然不失富贵，怎奈皇上尚依违两可，未肯照行。"虢国夫人应声道："赴蜀原是上策，皇上不从，何弗令贵妃劝导？"这一句话，把国忠提醒，便要两夫人乘夜入宫。约至夜半，两夫人回来，报称皇上已应允赴蜀，定于明日晚间起程，但事关秘密，嘱勿漏泄风声。国忠道："这个自然，今夜已迟，彼此安寝，明晨各摒挡行李罢！"两夫人唯唯而去。

国忠睡了半夜，一闻鸡声，即已起，命仆役整顿行装，自己草草盥洗，便即入朝。到了朝堂，寂无一人，待至许久，方有几个官吏到来，问及军谋，国忠佯作不知。既而内监出来，召国忠入内殿，国忠奉召进去，密谈多时。玄宗乃出御勤政楼，下亲征诏，命京兆尹魏方进为御史大夫，兼置顿使。少尹崔光远为京兆尹，充西京留守。内官边令诚掌宫闱管钥。又命剑南道预备储峙，只说新授节度使颍王璬，将启节至镇。一班王公大臣，见了这等诏敕，统私自疑议，未识玄妙。及玄宗还宫，移仗北内，傍晚又有密诏传出，独给龙武大将军陈玄礼，令他整缮六军，厚赐钱帛，选闲厩马九百余匹，夜半待用。外人都莫明其妙。到了翌晨，尚有大臣入朝，至宫门前，漏声依然，卫仗亦照常陈列。俄而宫门大启，宫人一拥出来，多半是乱头粗服，备极仓皇，及问明情由，都说皇上贵妃等不知去向，于是内外抢攘，立时大乱。原来是日黎明，玄宗已率同贵妃，及皇子妃主皇孙，并杨国忠兄妹，同平章事韦见素，御史大夫魏方进，龙武大将军陈玄礼，宫监将军高力士等，潜出延秋门，向西径去。

行过左藏，国忠请将库藏焚去，免为贼有。玄宗愀然道："贼若入都，无库可掳，必屠掠百姓，不如留此给贼，毋重困吾赤子。"及出都行过便桥，国忠又命将桥焚毁，玄宗又道："士民各避贼求生，奈何绝他去路？"乃回顾高力士道："你且留此，带着数人，扑灭余火，再行赶来。"玄宗尚有仁心，所以得保首领。力士领旨，把火扑灭，仍将桥梁留着，然后西行扈跸。玄宗行至咸阳望贤宫，令中使驰召县令，促令供食，哪知县令早已逃去，没人肯来供应。日已过午，玄宗以下，均未得食，国忠自购胡饼，献与玄宗。玄宗乃命人民献饭，立给价值，人民乃争进粗粝，杂以麦豆。皇子皇孙等用手掬食，须臾即尽。当由玄宗量给价钱，好言抚慰，大众皆哭，玄宗亦挥泪不止。有一白发老翁，曳杖前来，走至御前，伏地陈词道："小民郭从谨，敢献刍言，未知陛下肯容纳否？"玄宗道："汝且说来！"从谨道："禄山包藏祸心，已非一日，从前陛下误宠，致有今日，小民尚记得宋璟为相，屡进直言，天下赖以安平，近年朝无良相，谀臣幸进，阙门以外，陛下皆无从得知，小民伏居草野，早知祸在旦夕，所恨区区愚诚，无从得达，今日才得睹天颜，一陈鄙悃，但已自觉无及了。"玄宗太息道："朕也自悔不明，已追悔无及哩。"随命从谨起来，遣令归家。从行军士，尚未得食，乃令散诣村落，自去求食。待至日昃，军士复集，乃得再进。夜半始达金城馆驿，驿丞早逃，暗无灯火，大众疲倦得很，席地就寝，也不管什么尊卑上下了。玄宗本不知尊卑上下，应该有此结局。

次日早起，适王思礼自潼关奔回，报明哥舒翰降贼，玄宗即授思礼为陇右河西节度使，指日赴镇，收合散卒，徐图东讨。思礼退见陈玄礼，密与语道："杨氏误国致乱，奈何尚在君侧？我早劝哥舒翰表诛国忠，渠不见从，遂致受擒，将军何不为国除奸呢？"玄礼点首。思礼遂辞玄宗，仍然东去。玄宗启行至马嵬驿，正挈贵妃入驿休息，但听得驿门外面，喊杀连天，吓得玄宗面色如土，贵妃更银牙乱战，粉脸成青，亟命高力士往外查明。至力士还报，才知杨国忠父子，与韩国夫人，已被禁军杀死。玄宗大惊道："玄礼何在？"御史大夫魏方进在侧，便道："由臣出探，究为何事？"言毕趋出，见外面禁军，已将国忠首级，悬示驿门，并把肢体脔割，不由的愤愤道："汝等如何擅杀宰相？"道言未绝，那军士一拥而上，又将方进砍成数段，同平章事韦见素，出视方进，也为乱军所殴，血流满地。旋闻有数人出阻道："勿伤韦相公！"见素方得退入驿中，报知玄宗，玄宗正没法摆布，那外面仍然喧扰不休。高力士请玄宗自出慰谕，玄宗乃硬着头皮，扶杖出门，慰劳军士，令各收队。军士仍围住驿门，毫不遵旨，惹得玄宗焦躁起来，令力士出问玄礼。玄礼答道："国忠既诛，贵妃不宜供奉，请皇上割恩正法。"力士道："这恐不便入请。"军士听了，都哗然道："不杀贵妃，誓不扈驾。"一面说，一面有殴力士意。力士慌忙退还，向玄宗陈述。玄宗失色道："贵妃常居深宫，不闻外事，何罪当诛？"力士道："贵妃原是无罪，但将士已杀国忠，贵妃尚侍左右，终未能安众心。愿陛下俯从所请，将士安，陛下亦安了。"玄宗沉吟不语，返入驿门，倚杖立着。京兆司录韦谔，系韦见素子，亦扈驾在侧，即趋前跪奏道："众怒难犯，安危只在须臾，愿陛下速行处决。"玄宗尚在迟疑，外面哗声益甚，几乎要拥进门来。韦谔尚跪在地上，叩头力请，甚至流血。玄宗顿足道："罢了！罢了！"道言未绝，力士踉跄趋入道："军士已闯进来了，陛下若不速决，他们要自来杀贵妃了。"一层紧一层，我为玄宗急杀。玄宗不禁泪下，半晌才道："我也顾不得贵妃了。你替朕传旨，赐妃自尽罢！"力士乃起身入内，引贵妃往佛堂自缢。韦谔亦起身出外，传谕禁军道："皇上已赐贵妃自尽了。"大众乃齐呼万岁。小子曾记白乐天《长恨歌》中有四语道：

翠华摇摇行复止，西出都门百余里。
六军不发无奈何，宛转蛾眉马前死。

欲知贵妃死时情状，待至下回叙明。

哥舒翰之所为，不谓无罪，但守关不战，待贼自敝，未始非老成慎重之见，况有郭李诸将，规复河朔，固足毁贼之老巢，而制贼之死命者乎。国忠忌翰，促令陷贼，潼关不守，亟议幸蜀，陷翰犹可，陷天子可乎？唯国忠之意，以为都可弃，君可辱，而私怨不可不复，身命不可不保，兄弟姊妹，不可不安。自秦赴蜀，犹归故乡，庸讵知王思礼等之窃议其旁，陈玄礼等之加刃其后耶？杨玉环不顾廉耻，竞尚骄奢，看似无关治乱，而实为乱阶，蛊君误国，不死何待？历叙之以昭大戒，笔法固犹是紫阳也。

第五十二回　唐肃宗称尊灵武
雷海青殉节洛阳

却说杨贵妃迭闻凶耗，心似刀割，已洒了无数泪痕；及高力士传旨赐死，突然倒地，险些儿晕将过去，好容易按定了神，才呜咽道："全家俱覆，留我何为？但亦容我辞别皇上。"力士乃引贵妃至玄宗前，玄宗不忍相看，掩面流涕。贵妃带哭带语道："愿大家保重！妾诚负国恩，死无所恨，唯乞容礼佛而死。"玄宗勉强答道："愿妃子善地受生。"说到"生"字，已是不能成语。力士即牵贵妃至佛堂，贵妃向佛再拜道："佛爷佛爷！我杨玉环在宫时，哪里防到有这个结局？想是造孽深重，因遭此谴，今日死了，还仗佛力，超度阴魂。"说至此，伏地大恸，披发委地。力士闻外面哗声未息，恐生不测，忙将贵妃牵至梨树下，解了罗巾，系住树枝。贵妃自知无救，北向拜道："妾与圣上永诀了。"阅至此，也令人下泪。拜毕，即用头套入巾中，两脚悬空，霎时气绝，年三十有八，系天宝十五载六月间事。力士见贵妃已死，遂将尸首移置驿庭，令玄礼等入视。玄礼举半首示众人，众乃欢声道："是了是了。"玄礼遂率军士免胄解甲，顿首谢罪，三呼万岁，趋出敛兵。玄宗出抚贵妃尸，悲恸一场，即命高力士速行殓葬，草草不及备棺，即用紫褥裹尸，瘗诸马嵬坡下。适值南方贡使，驰献鲜荔枝，玄宗睹物怀人，又泪下不止，且命将荔枝陈祭贵妃，然后启行。先是术士李遐周有诗云："燕市人旨去，函关马不归。若逢山下鬼，环上系罗衣。"第一句是指禄山造反，第二句是指哥舒翰失关，第三句是指马嵬驿，第四句是指玉环自缢，至此语语俱验。国忠妻裴柔，与虢国夫人母子，潜奔陈仓，匿官店中，被县令薛景仙搜捕，一并诛死，这且不必絮述。

且说玄宗自马嵬启跸，将要西行，命韦谔为御史中丞，充置顿使，甫出驿门，前驱又逗留不进。玄宗复吃一大惊，遣韦谔问明情由，将士齐声道："国忠部下，多在蜀中，我等岂可前往，自投死路？"韦谔道："汝等不愿往蜀，将到何处？"将士等议论不一，或云往河陇，或云往灵武，或云往太原，或竟说是还都。谔还白玄宗，玄宗踌躇不答。谔进言道："若要还京，当有御贼的兵马，目今兵马稀少，如何东归？不如且至扶风，再定行止。"玄宗点首。谔因传谕众人，颇得多数赞成，乃扈驾前进。不意一波才平，一波又起，沿途人民，东凑西集，都遮道请留，提出"宫殿陵寝"四大字，责备玄宗。玄宗且劝且行，偏百姓来得越多，一簇儿拥住玄宗，一簇儿拦住太子，且哗然道："至尊既不肯留，小民等愿率子弟，从殿下东行破贼，若殿下与至尊，一同西去，试问偌大中原，何人作主？"玄宗乃传谕太子，令暂留宣慰，自己策马径行。保全老命要紧，连爱子也不及顾了。众百姓见太子留着，乃放玄宗自去。

太子尚欲上前随驾，语百姓道："至尊远冒险阻，我怎忍远离左右？且我尚未面辞，亦当往白至尊，面禀去留。"众百姓仍拦住马头，不肯放行。太子拟纵马前驱，冲出圈外，忽后面有两人过来，竟将太子马韁挽住。且同生道："逆胡犯阙，四海分崩，不顺人情，如何恢复？今殿下从至尊西行，若贼兵烧绝栈道，中原必拱手授贼了。人心一离，不可复合，他日欲再至此地，尚可得么？不如召集西北边兵，召入郭子仪李光弼诸将，并力讨贼，庶或能克复二京，削平四海，社稷危而复安，宗庙毁而复存，扫除宫禁，迎还至尊，才得为孝，何必拘拘定省，徒作儿女子态度呢。"唐室不亡，幸有此议。太子闻言瞧着，一个是第三子建宁王倓，一个是东宫侍卫李辅国，正欲出言回答，又有一人叩马谏道："倓等所议甚是，愿殿下勿违良策，勿拂众情。"太子又复注视，乃是长子广平王俶，乃语俶道："你等既欲我留着，亦须禀明至尊，你可前去奏闻。"俶应声前行，驰白玄宗。玄宗叹道："人心如此，就是天意。"遂命将后军二千人，及飞龙厩马，分与太子，且宣谕道："太子仁孝，可奉宗庙，汝等善事太子便了。"又语俶道："汝去返报太子，社稷为重，不必念我。我前待西北诸胡，多惠少怨，将来必定得用，我亦当有旨传位呢。”俶叩谢而退，归语太子。太子即宣慰百姓，留图规复，百姓欢然散去。

看看天色将暮，广平王俶道：“日薄西山，此地怎可久驻？应择定去向，方可依居。”建宁王倓道：“殿下尝为朔方节度大使，将来按时致启，倓尚略记姓名，今河陇兵民，多半降贼，未便轻往，不若朔方路近，士马全盛，河西行军司马裴冕，曾在该处，他是衣冠名族，必无二心，若前去依他，徐图大举，方为上策。”大众统以为然，遂向北进行。途次遇着潼关败卒，误认为贼，竟与他交战起来，及彼此说明，两下已死伤了若干。乃收集残卒，策马渡过渭水，连夜驰三百余里。士卒器械，亡失过半。道出新平安定，守吏统已遁去，不便休息。及驰至彭原，太守李遵开城出迎，献上衣服及糗粮，拨助兵士数百人。太子不欲入城，复北行至平凉，阅监牧马，得数百匹。又募兵得五百余名，众心少定，乃发使往候玄宗。

玄宗已至扶风，士卒饥怨，语多不逊，陈玄礼不能制。玄礼曾教猱升木，无怪其不能制驭？适成都贡入春彩十余万匹，到了扶风。玄宗命陈列庭中，召将士入谕道：“朕近年衰老，任相非人，以致逆胡作乱，势甚猖狂，不得已远避贼锋，卿等仓猝从行，不及别父母妻孥，跋涉至此，不胜劳苦，这皆为朕所累，朕亦自觉无颜。今将西行入蜀，道阻且长，未免更困，朕多失德，应受艰辛，今愿与眷属中官，自行西往，祸福安危，听诸天命，卿等不必随朕，尽可东归。现有蜀地贡彩，聊助行资，归见父母及长安父老，为朕致意，幸好自爱，无烦相念！”语至此，那龙目内的泪珠，已不知流落多少。将士均不禁感泣，且齐声道：“臣等誓从陛下，不敢有贰。”玄宗哽咽良久，方道：“去留听卿！”乃起身入内，命玄礼将所陈贡彩，悉数分给将士。将士乃相率效死，各无异言。虽是玄宗权术，但亦可见人心向背之由来。

玄宗即于次日动身，离了扶风，向蜀进发。行至散关，使颍王璬先行，寿王瑁继进。辗转到了河池，剑南节度副使兼蜀郡长史崔圆，奉迎车驾。且陈蜀土丰稔，兵马强壮等状。玄宗大喜，面授崔圆同平章事，相偕入蜀。到了普安，才接到平凉来使，由玄宗问明情形，即面谕道：“朕早欲传位太子，一切举措，但教择当而行，朕自不为遥制。且朕在蜀平安，你可归报太子，勿劳纪念！”来使领旨自去。忽由侍郎房琯，驰入谒见，伏地泣奏道：“京城已被陷没了。”玄宗长叹数声，又问陷没后情形。琯对道：“自陛下出都，京内无主，非常扰乱，臣与崔光远边令诚等，日夜弹压，秩序少定。过了十日，贼兵入都，臣等赤手空拳，如何对敌？本拟一死报恩，但念陛下入蜀，未知安否，所以奔赴行在，来见陛下一面，死也甘心。”都城情事，略借房琯口中叙过。玄宗道：“如何卿只自来？”琯又道：“崔光远边令诚等，闻有通贼消息，余人亦首鼠两端，无志远行。”玄宗道：“张均兄弟，奈何不来？”琯答道：“臣曾邀与俱来，他也心存观望，不愿来此。”玄宗见力士在侧，便顾语道：“汝说验否？”力士不禁惭赧，俯首无言。原来玄宗出奔，朝臣多未与闻，当奔至咸阳时，玄宗与力士测议，何人当来？何人不来？力士道：“张均张垍，世受厚恩，且连戚里，料必先来。垍尚玄宗女宁亲公主，已见前文。房琯为禄山所荐，且素系物望，陛下不令入相，未免怏怏，恐未必肯来呢。”玄宗摇首不语。至房琯驰谒，所以顾语力士，驳他前说，嗣复语力士道：“汝只知其一，不知其二。从前陈希烈罢相，朕尝有相垍意，嗣由国忠荐入韦见素，乃令垍仍原职，朕已料他阴怀怨望，无意前来了。”力士愧谢。玄宗即进房琯同平章事。

琯请玄宗下诏讨贼，玄宗乃令太子为天下兵马元帅，领朔方河北河东平卢节度使，规复东西二京。永王璘充山南东道岭南黔中江南西道节度都使，盛王琦充广陵大都督，领江南东路，及淮南河南等路节度都使。丰王珙充武威都督，领河西陇右安西北庭等处节度都使。琦珙皆玄宗子，后皆不行，唯永王璘出镇江陵，招兵买马，侈然自豪。暗伏下文。那太子亨太子凡四易名。且不待命至，竟先做起皇帝来了。语中有刺。太子至平凉后，朔方留后杜鸿渐，六城水陆运使魏少游，节度判官崔漪，支度判官卢简金，盐池判官李涵，相与谋议道：“平凉散地，不足屯兵，唯灵武兵食完富，可以有为，若迎请太子到此，北收诸城兵，西发河陇劲骑，南向收复中原，确是万世一时的机会呢。”谋议既定，乃使涵奉笺太子，并将朔方士马兵粮总数，列籍以献。河西司马裴冕，驰抵平凉，正值李涵到来，遂同见太子，共劝他移节朔方。太子大喜，留冕为御史中丞，令涵转报杜鸿渐等，率兵来迎。鸿渐得报，遂留少游葺治行辕，自与崔漪率兵千人，驰抵平凉，进见太子，面陈机要，请太子即日启节。太子乃与裴冕鸿渐等，同至灵武，但见宫室帷帐，俱仿禁中，膳食服御，备极富丽。太子慨然道：“祖宗陵寝，悉被蹂躏，皇上又奔波川峡，我何忍安居耽乐呢？”遂命左右撤除重帷，所进饮食，概从减省。即此一念，已足致兴。军吏等盛称俭德，相率悦服。既而裴冕杜鸿渐等，复联名上笺，请太子遵马嵬命，即皇帝位，玄宗在马嵬时，虽有传位之言，并非正式下诏，裴冕等贪佐命功，因有此请，不足为训。太子不许。冕等一再上笺，尚不见允，乃同谒太子道："将士皆关中人，岂不日夜思归？今不惮崎岖，从殿下远涉沙塞，无非攀龙附凤，图建微功。若殿下只知守经，不知达权，将来人心失望，不可复合，前途反觉日危了。乞殿下勉徇众请，毋拘小节！"语虽近是，究竟勉强。太子乃即于七月甲子日，就灵武城南楼，即位称尊。群臣舞蹈楼前，齐呼万岁，是谓肃宗皇帝。遥尊玄宗为上皇天帝，大赦天下，即改本年为至德元年，即日改元，何其急急。命裴冕为中书侍郎，同平章事。杜鸿渐崔漪，并知中书舍人事，改关内采访使为节度使，徙治安化，令前蒲关防御使吕崇贲充任，陈仓令薛景仙，升授扶风太守，兼防御使，陇右节度使郭英乂，调任天水太守，兼防御使。朝局草创，诸事简率，廷臣不满三十人，武夫却骄慢异常，大将管崇嗣入朝，背阙踞坐，谈笑自若。监察御史李勉，上章弹劾，始将崇嗣系治，肃宗特旨宥免，且语左右道："我有李勉，朝廷始见尊重了。"

越数日，方接玄宗制敕，令充天下兵马元帅，肃宗不便遵行，乃遣使赍表入蜀，奏陈即位情形。至此才行奏闻，毋乃太迟。灵武距蜀千里，往返需时，肃宗既已称尊，也不管玄宗允否，当然亲裁大政，且特召故人李泌，入备咨询。泌字长源，世居京兆，幼时即以才敏著名，及长，上书言事，洞中时弊。玄宗欲授泌官职，泌固辞不受，乃令与太子游，联为布衣交。太子常称为先生，不呼泌名，偏杨国忠专相，恨他书词激切，奏徙蕲春，历久得归，隐居颍阳。此次肃宗北行，已发使敦请，泌义无可辞，乃应征就道，到了灵武，肃宗已是即位了。泌入见时，只好称臣，肃宗欢颜相待，令他旁坐，彼此问答多时，即欲任为右相。泌又固辞道："陛下屈尊待臣，视如宾友，比宰相更贵显得多了，臣有所知，无不上达，何必定要受职呢。"肃宗乃待以客礼，一如为太子时，出与联辔，寝与对榻，每事必咨，所言皆从，仿佛与刘备遇孔明，苻坚遇王猛相类。特叙此以志得人。泌遂替肃宗拟草，颁诏四方，说得非常痛切。

河西节度副使李嗣业，发兵五千。安西行军司马李栖筠，发兵七千，陆续驰达灵武。郭子仪李光弼颜真卿等，前闻潼关失守，俱引兵退还。平卢节度使王元臣败死，常山赵郡，又复失守，贼将令狐潮再图雍邱，还亏张巡控御有方，才得却敌。颜真卿闻肃宗新立，用蜡丸藏表，从间道遣达灵武。肃宗授真卿工部尚书，兼御史大夫，仍领河北采访使，亦用蜡丸传达，附以赦书。真卿颁下诸郡，又遍传河南江淮，诸道方知肃宗嗣位，渐有固志。郭子仪率兵五万入卫肃宗，留李光弼居守井陉，肃宗见了子仪，喜出望外，立授子仪为灵武长史，同平章事。又命李光弼留守北都，亦加同平章事官衔。灵武威声，自是渐振。到了九月初旬，韦见素房琯崔涣等，自蜀中奉传国宝，及传位诏册，来至灵武，由肃宗出城恭迎。原来玄宗自颁诏讨贼后，即由普安赴巴西，太守崔涣迎谒，奏对称旨，立命为同平章事。继由巴西赴成都，正值灵武使至，玄宗问明使人，欣然喜道："我儿应天顺人，我复何忧？"当下令改制敕为诰，所有臣僚章奏，俱称太上皇。军国重事，先取皇帝进止，然后上闻。俟克复两京，当不预政。随命韦见素房琯崔涣三相，为禅位奉诏使。三相见了肃宗，宣敕传位，且奉上宝册。肃宗辞谢道："近因中原未靖，权总百官，岂敢趁着患难，即思承袭帝统？"诸臣固请领受，乃将册宝奉置别殿，朝夕拜谒，如定省礼。未免虚文。留韦见素等辅政，待遇房琯，格外从厚。琯词气激昂，好似有绝大才识，肃宗视为奇才，竟欲把收复两京的责任，尽委琯身。这也所谓以言取人，未免多失呢。也为后文伏笔。

且说贼将孙孝哲等，奉安禄山伪命，由潼关进陷长安，崔光远边令诚等，开门纳贼，孝哲入都，收捕妃主皇孙数十人，及百官内侍宫女数百人，悉数囚系，乃遣人驰报禄山。禄山大喜，遣张通儒为西京留守，仍命崔光远为京兆尹，使安忠顺率兵屯苑中，归孝哲节制，并特授孝哲二札，一是唐室大臣，若肯归降，当酌量授官；二是查明杨贵妃兄妹下落，若得收捕，立送洛阳。这二札去后，隔日即得复报，唐故相陈希烈，及张均张垍等，一律投诚。杨氏家眷，自贵妃国忠以下，统在马嵬驿伏诛，禄山听了，不禁悲愤交集道："杨国忠是该死的，但如何害我阿环姊妹？我此来夺了长安，满拟将她姊妹数人，尽行充入后房，俾我得畅意取乐，不意将她屠戮，此恨何时得消呢？"又忽忆着爱子庆宗，前被赐死，益发愤怒，遂传命孝哲，除陈希烈张均兄弟已经投降，应即令来洛授官外，所有在京皇亲国戚，无论皇子皇孙，郡主县主，及驸马郡马等，悉行处斩，致祭爱子，庆宗。孝哲本是一个杀星，既接禄山命令，遂把拘住的妃主皇孙，并搜得驸马郡马数人，统牵至崇仁坊，设起安庆宗灵位，将妃主等人，一一剖心致祭，惨无人道。再把杨国忠高力士余党，捉一个，杀一个，还有王公将相，扈驾出奔，留有家眷在京，尽行捕戮，连褓褓婴儿，也杀得一个不留。这场惨劫，统是杨氏一门酿成。一面掠取左藏，得了许多金帛，大为满意，因日夕纵酒，不愿西出。禄山命陈希烈张均张垍，并为同平章事，自己也无心西进，乐得居住东京，恣情声色，图个眼前快活，所以玄宗父子，一西一北，安然过去，并没有什么追兵。大是幸事。

禄山且想着那梨园子弟，教坊乐工，及驯象舞马等物，前时曾供奉玄宗，此刻正好取至洛阳，自备玩赏，因即遣使至长安，令孝哲等如数取到。禄山遂在凝碧池旁，大张筵饮，宴集百官。凝碧池在洛阳苑中，也是一个名胜地，时当仲秋，金风拂地，玉露横天，池水不波，碧漪如画。禄山兴高采烈，居然服了衮冕，由文武官员，拥至席间，高踞上坐。庆绪庆恩两子，侍坐两旁，各官员左右分席，依次坐下。先命乐工大吹大鼓，奏过一番军乐，然后肴醴上陈，飞觞痛饮。禄山连尽数大觥，乃令各乐工各自奏技，于是凤箫龙笛、象管鸾笙、金钟玉磬、羯鼓琵琶、箜篌方响、手拍等一齐发声，或吹或弹，或敲或击，真个是繁音缛节，悦耳动人。禄山用箸击案道："奏得好！奏得好！"恐怕是对牛弹琴。各官员趁势贡谀，起座说道："臣等想天宝皇帝，不知费着多少心力，教成此曲，今日却留与主上受用，这真是洪福齐天呢。"反衬雷海青之骂。禄山掀髯笑道："我当年入宫侍宴，也曾听过好几次雅乐，只是前番尚受拘束，不比今日这般快意，可惜李三郎有美人儿陪着，我却还不及他哩。"各官员又道："主上要选美人儿，很是容易，况且段娘娘德容兼备，也是一个贤内助，比那杨家姊妹，更好得多了。"禄山摇首道："未必未必。"看官听着！禄山嬖妾段氏，颇有姿色，为禄山所宠爱，少子庆恩，便是段氏所出，因此各伪官乐得奉承。插此数语，无非为下文伏线。禄山语虽如此，心中却是甚喜，便要梨园子弟，及舞马驯象等，相继歌舞。蓦听得一片泣声，传入耳中，不由的惊讶道："何处来的哭声？"言未已，竟有一人大哭起来。禄山怒甚，便令卫军当场查明。卫军查得乐工中人，多半带着泪痕，有一人执着琵琶，却俯首大恸，便将他抓至席前，听禄山发落。禄山张目道："朕在此开太平盛宴，你这乐工，敢无故啼哭，真正可恶！"那乐工竟抗声道："安禄山！你本是失机边将，罪应斩首，幸蒙圣恩赦宥，拜将封王，你不思报效朝廷，反敢称兵作乱，屠戮神京，逼迁圣驾，眼见得恶贯满盈，不日就遭天戮了。还说什么太平筵宴？”说罢，将手中的琵琶，掷将过去。当被禄山亲军一格，砰然落地。那乐工向西再哭，已被那卫军缚住，用刀乱砍，霎时间血肉模糊，肢体解散，把一个大唐忠魂，送入地府中去了。看官道此人何名？原来就是雷海青。画龙点睛。小子记得古诗云：

昔年只见安金藏，此日还看雷海青；
一样乐工同气烈，满朝愧此两优伶。

雷海青既被杀死，禄山尚怒气未息，竟愤然起座，大踏步走出去了。各伪官扫兴而散。当时感动了一个文士，也赋诗志悼云：

万古伤心生野烟，百官何日再朝天？
秋槐叶落空宫里，凝碧池头奏管弦。

欲知此诗为何人所作，试看下回便知。

肃宗未奉父命，遽尔即位，后来宋儒多严词驳斥，谓其乘危篡位，以子叛父，语虽未免太过，但肃宗亦未免太急。灵武之与剑南往返不过两月，何勿因裴冕杜鸿渐等之劝进，遣使请命，待册嗣位？况玄宗出发马嵬，已有传位之言，不过因途次仓猝，未曾决定，彼时若禀命而行，当然允准，岂一二月间之时期，竟不及待耶？况古来嗣君承统，大都越岁改元，肃宗草率即位，即改称至德元年，而入蜀之使，迟迟后发，是其居心之僭窃，不问可知。纲目直书即位，本回且特书称尊，示无父也。雷海青一乐工耳，长安之陷，不闻有一烈士，独海青奋不顾身，甘心殉国，忠肝义胆，自足千古，宁得以乐工少之耶？《唐书·忠义传》，置诸不录，实为一大阙文，得此篇以彰之，其庶足扬名而示后欤？阅者于此等处着眼，方不负著书人苦心。

第五十三回　结君心欢暱张良娣
受逆报刺死安禄山

却说唐朝一代，专用诗赋取士，所以诗人辈出，代有盛名。玄宗年间，第一个有名诗人，要算李太白。见前文。李白以下，就是杜甫及王维。甫字子美，系襄阳人，著作郎杜审言孙，曾献《郊天》《飨庙》及《祭太清宫赋》三篇，玄宗叹为奇才，命为参军。至禄山造反，避走三川，肃宗继立，羸服奔行在，为贼所得，同时与太原人王维，并陷贼中。杜甫乘隙先逃，走往凤翔，维服药下痢，佯作喑疾，不受伪命。禄山重他才名，硬迫为给事中，他仍寓居古寺中，托词养疴。既闻雷海青尽忠，很是悼痛，所以作诗记感，后来贼乱荡平，维隶名贼籍，几不免死，亏得这一首诗，传达肃宗，肃宗说他不忘故主，情有可原，更兼维弟王缙，已受职侍郎，情愿舍官赎兄，乃将维赦罪授职，累迁至尚书右丞，这真是仗诗救命哩。不没王维，并插入杜甫，即善善从长之意。

闲文少表。且说肃宗既正名定位，做了大唐天子，便定计讨贼，拟授建宁王倓为元帅。李泌入谏道："建宁王素称英毅，不愧将才，但广平是兄，建宁是弟，若建宁功成，难道使广平为吴太伯么？"肃宗道："广平原是冢嗣，名义自在，岂必以元帅为重？"泌答道："广平未正位东宫，今天下艰难，众心所属，都在元帅。若建宁大功得成，陛下虽欲不为储贰，那时帮辅建宁的功臣，尚肯袖手旁观么？太宗上皇，已有明证，请陛下三思？"肃宗点头道："先生言是，朕当变计。"及李泌退出，建宁王倓迎谢道："先生所奏，正合我心。”泌却步道：“泌只知为国，不知植党，王不必疑泌，亦不必谢泌，但能始终孝友，便是国家的幸福了。”言已自去。越日有诏传出，令广平王俶为天下兵马元帅，统率诸将东征。俶既受命，表请简选谋臣，肃宗属意李泌，因恐泌不肯受，踌躇了好多时，乃召泌入语道：“先生白衣事朕，志节高超，朕亦深佩，唯日前与先生同出视军，曾闻军士窃议，黄衣为圣人，白衣为山人，朕方待先生决谋定策，岂可令军士滋疑？还请先生暂服紫袍，藉杜众惑。”泌不得已受命。肃宗即亲赐金紫，由泌接受而出，肃宗复取过纸笔，写了数语，盖上国宝，藏入袖中，俟泌服紫入谢，不禁微笑道：“既已服此，岂可无名？”遂从袖中取出手敕，递与李泌。泌接敕审视，乃是授职侍谋军国元帅府行军长史，当即拜辞道：“臣不敢任职，请陛下另委！”肃宗道：“朕本不敢相屈，但时艰方亟，全仗大才匡济，待乱事平定，任行高志便了。”泌乃拜受。嗣是肃宗呼泌为卿，有时仍呼为先生，以示优宠，肃宗任用李泌，也可谓煞费苦心。遂就禁中置元帅府。俶入侍，泌留府中。泌入侍，俶留府中。军书旁午，毫不积压。泌又入请道：“诸将畏惮天威，在陛下前敷陈军事，或不能畅达意见，万一小差，为害甚大，自后诸将奏请，乞先令与臣及广平熟议，然后上闻，免致错误。”肃宗准奏，遇有文牍关系军情，悉令送府。泌随到随阅，看系急报，虽夜间禁门已闭，亦必隔门通进，稍缓乃待天明，禁门钥契，统委俶与泌掌管，宫府联络，政令一新。

肃宗命豳王守礼子承寀为敦煌王，与蕃将仆固怀恩，出使回纥，借兵入援。又悬赏招徕朔方番夷，令从官军讨逆。泌乃劝肃宗转幸彭原，预待西北援师。肃宗依言移跸，既至彭原，廨舍狭隘，里面作为行宫，外面即作为元帅府。当时肃宗有一侍妾，母家姓张，系睿宗皇后胞妹的孙女，肃宗为太子时，纳为良娣，因韦坚一案，与韦妃绝婚，见前文。张良娣遂得专宠。玄宗西奔，肃宗挈良娣随行，辗转到了灵武，良娣日侍左右，夜寝必居前室。肃宗与语道：“暮夜可虞，汝宜在后，不宜在前。”良娣道：“近方多事，倘有不测，妾愿委身当寇，殿下可从帐后避难，宁可祸妾，不可及殿下。”未几产生一男，才阅三日，即起缝战士衣。肃宗以产后节劳为戒，良娣道：“今日不应自养，殿下当为国家计，毋专为妾忧。”看似忠义过人，及阅到后文，才知她小忠小信，都为固宠乞怜起见，妇人之可畏如此。看官试想！似张良娣之灵心慧舌，哪得不动人爱怜？况且良娣姿色，也是一时无两，更兼与肃宗患难相依，事事能先承旨意，无怪肃宗格外钟情，恩爱得了不得呢。又是一个祸根。及玄宗遣使传位，并赐张良娣七宝鞍，良娣大喜，偏李泌入见肃宗，乘间进谏道："今四海分崩，当以俭约示人，良娣不应乘此，请撤除鞍上珠玉，付库吏收藏，留赏有功？"肃宗正倚重李泌，没奈何依着泌言。蓦闻廊下有哭泣声，当即惊问何人？但见建宁王倓，趋至座前，叩首答道："祸乱未已，臣方引为深忧，今陛下从谏如流，眼见承平有日，陛下可迎还上皇，同入长安，臣不禁喜极而悲呢。"事亲有隐无犯，倓未免太露锋芒。肃宗不答。倓与泌先后趋出，只张良娣好生不乐，对着肃宗，未免怏怏。肃宗瞧破良娣心思，再三慰谕，并与良娣饮博为欢，替她解恨，此后饮博两事，几成惯习，至移跸彭原，往往日夕纵博，声达户外。所有四方奏报，多致停壅。泌在元帅府中，与行宫只隔一墙，当然闻知，免不得入宫切谏。肃宗虽然面允，却恐良娣失欢，潜令干树鸡为子，树鸡即木菌，亦名木纵，南楚人，谓鸡为枞，故转语称枞为鸡。不令有声。既而肃宗语泌道："良娣祖母，就是朕祖母昭成太后的妹子，上皇亦颇爱良娣，朕欲使她正位中宫，卿意以为可否？"泌对道："陛下在灵武时，因群臣公同劝进，不忍违反众情，乃践登天位，并非为一身一家计。若册后事宜，应俟上皇迎归，亲承大命，方为合礼。"肃宗乃止。张良娣竭力侍奉，满望肃宗指日册封，得正后位，偏偏李泌常来唐突，恨不得力加撵逐，拔去那眼前钉，平时侍居帷闼，辄有微言冷语，讥评李泌，还幸肃宗信泌尚深，君臣得无嫌隙，相好如初。

李泌以外，要算房琯最得主眷。会北海太守贺兰进明，遣参军第五琦入蜀白事，琦主张理财济饷，由玄宗特旨拔擢，命为江淮租庸使，创榷盐法，充作军用，且至彭原面奏肃宗，请将江淮租赋，购易轻货，溯江沿汉，运给军需，肃宗很是奖勉。独房琯劾琦聚敛，不应重任。肃宗怫然道："军需方急，无财必散，卿欲黜琦，财从何出？"说得房琯无词可对。贺兰进明，也从北海入觐，肃宗命为岭南节度使，兼御史大夫。琯独加一摄字，进明探悉情形，并闻第五琦为琯所劾，未免恨上加恨，遂乘入谢肃宗时，力斥琯大言无当，非宰相才，一或误用，必蹈晋王衍覆辙。肃宗颇以为是，渐与房琯相疏。琯本意气自豪，怎肯受人奚落？当下拜表陈词，慷慨愿效，请自将兵收复两京。肃宗览到琯疏，也觉得眉飞色舞，即日批准，特加琯招讨西京，兼防御蒲潼两关兵马节度使，一切参佐，准他自选。琯用户部侍郎李楫为司马，给事中刘秩为参谋，克日起行。棿与秩皆白面书生，未娴军旅，琯独视为奇才，尝语人道："贼军里面，虽有许多曳落河，见五十回。我有一个刘秩，已足抵敌，况更有李棿呢？"想两人亦素好大言，所以与琯投契。于是分部兵为三军，使裨将杨希文将南军，从宜寿进发，刘贵哲将中军，从武功进发，李光进将北军，从奉天进发。琯居中军，兼程前进，到了便桥，憩宿一宵。北军亦倍道趋至，两军同进陈涛斜，与贼将安守忠相值，两阵对圆，琯用牛车二千乘，作为前驱，两旁用步骑夹着，往突敌阵，总道是无坚不破，无锐不摧，哪知贼军中却拥出许多劲卒，手中统执着火具，顺风抛来，霎时间尘焰蔽天，咫尺莫辨，各牛未经战阵，骤睹此状，不禁大骇，纷纷倒退。步马各兵，禁遏不住，反被牛车蹴踏，陆续倾跌，眼见得人畜大乱，未战先奔，贼兵趁势杀入，官军或死或伤，共四万余人。琯收集败兵，不满万人，悔愤的了不得。可巧南军到来，遂欲督军再战，聊报前败。南军统将杨希文，见两军败绩，已先夺气，部下兵弁，亦相率惊心。琯全未觉察，反严申军令，有进无退，违令立斩。前愚后愤，怎得成功。杨希文与刘贵哲，面面相觑，暗生异心，等到两军对仗，不上数合，已相率披靡。贼兵一拥而进，顿将房琯困在垓心，琯麾军冲突，都被杀退。李棿刘秩，到此都无谋无勇，只是据鞍发颤，束手待毙。琯自己也是文人，但能挥动令旗，不能运动刀斧，一着错误，四面楚歌，也只好拼死了事。正在危急万分，突有一将跨马杀入，带着若干残军，来救房琯，琯改忧为喜，乃招呼部众，随着来将，杀出重围。看官道来将为谁？原来就是北军统将李光进。光进保护房琯，且战且行，奔走了好几十里，方得脱离险地，后面才不见贼兵。房琯检点残卒，只北军尚有数千人，南军中军，多已不知去向，便惊问光进道："杨刘二将，到哪里去了？"光进冷笑道："他两人已解甲降贼，还要说他做甚？"叫房琯如何对答？琯懊丧异常，没奈何率同光进等，回至彭原，此时也管不得肃宗诘责，只好趑趄入见，肉袒请罪。

肃宗接到败报，本已愤怒得很，还是李泌先为缓颊，才算格外包容，特加恩宥。临行时问了数语，嘱令召集散兵，再图进取。琯意外得免，始谢恩出去。言不顾行，实不副名，曾自觉汗颜否？肃宗正要退朝，忽由吴郡太守兼采访使李希言，遣吏呈入军报，乃是永王璘起兵江淮，公然造反了。肃宗叹道："璘为朕弟，自幼失母，母为郭顺仪，早殁。经朕抚养成人，奈何背朕造反呢？”乃一面表奏上皇，一面敕璘归蜀，觐见上皇。看官！你想璘已决计造反，还肯敛兵赴蜀么？璘出镇江陵时，谏议大夫高适，曾谏阻玄宗，玄宗不从。及璘至江陵，见租赋山积，顿蓄异图。有子名偒，曾受封襄成王，好刚使气，劝父潜据江南，如东晋故事。璘遂引私党薛镠等为谋主，季广琛等为将军，潜募勇士数万人，分袭吴郡及广陵。吴郡太守李希言，侦知消息，立遣使驰报彭原，自率军出屯丹阳，防璘袭击，璘接到还蜀诏敕，掷置地上道：“我兄未奉上命，僭号河北，我难道不好称帝江东么？”演述璘语，见得肃宗即位，兄弟尚且不服，何况天下？遂领兵进击丹阳。李希言闻警，忙遣副将元景曜等，前往拦截。景曜与战失利，反去降璘，江淮大震。希言再向彭原告急，肃宗即召高适计议，命为淮南节度使，且调前颍川太守来瑱，为淮南西道节度使，令与江东节度使韦陟，合军讨璘。江南事甫经调将，河北诸郡，又报陷没。贼将尹子奇史思明，先后攻陷河间景城。河间太守李奂被杀，景城太守李時，投水自尽。颜真卿遣将往援，复遭陷没。贼将康没野波，且进攻平原，真卿力不能支，也弃郡南走。乐安清河博平诸郡，均为贼有。唯饶阳太守李系，及裨将张兴，死守孤城，贼不能克，思明召集各郡兵士，并力合攻。张兴力举千钧，尚迭抛巨石，压毙贼兵数百，恼得思明督众猛扑，接连数昼夜，尚自守住，及至粮尽援穷，太守李系，窘迫自焚，城中无主乃乱，始被攻入。张兴力屈被擒，思明劝他归降，兴慨然道：“我是大唐忠臣，万无降理，但为汝等计，亦应去逆效顺。试思主上待遇禄山，恩如父子，何人可及？禄山不知报德，反且兴兵指阙，涂炭生民，大丈夫不能翦除凶逆，乃北面为叛贼臣，自居何等？譬如燕巢幕上，怎能久安？若能乘间取贼，转祸为福，长享富贵，岂非上策？”思明哪里肯从？反叱兴不明顺逆。兴始痛詈思明，思明大怒，把兴锯死，不略张兴，具见阐扬。因还踞博陵。

尹子奇率五千马贼，渡河略北海，意欲南取江淮，适敦煌王承寀，到了回纥，得回纥优待，并妻以可敦女妹，令与仆固怀恩，先行反报，愿为援助。回应本回前文。随即遣部将葛逻支，领二千骑兵，奄至范阳城下。尹子奇乃引兵北返，还救范阳。这时候的安禄山，也发兵攻入颍水，执住太守薛愿，长史庞坚，送至洛阳，不屈遇害。肃宗迭闻警耗，很是忧惧，便召问李泌道：“贼势如此，何时可定？”泌从容答道：“臣观贼势虽强，并无大志，依臣所料，不过二年，便可削平。”肃宗惊喜道：“有这般容易么？”泌又答道："贼中骁将，不过史思明安守忠田乾真张忠志阿史那承庆数人，今陛下若令李光弼出井陉，郭子仪入河东，臣料思明忠志二贼，不敢离范阳常山，守忠干真二贼，不敢离长安，我用两帅，足絷四贼，禄山潜据洛阳，随身只有承庆，若陛下出军扶风，与子仪光弼，互出击贼，贼救首，我击贼尾，贼救尾，我击贼首，使贼往来奔命，自致劳顿，我常以逸待劳，贼至暂避，贼去尾追，不攻城，不遏路，待至来春天暖，命建宁王为范阳节度，与光弼南北犄角，直取范阳，覆贼巢穴，贼退无所归，留不得安，然后大军四面蹙贼，禄山虽狡，恐亦必为我所擒了。"确是妙算，不比房琯大言。肃宗大喜，即命建宁王倓职掌禁兵，李辅国为司马，预备北征，用一李辅国助倓，倓其死乎？令郭子仪李光弼分道行事，自己在彭原过年，拟于来春即往扶风，且改称扶风为凤翔郡。

时光易过，腊尽春回，至德二载元日，肃宗在行宫中，向西遥觐上皇，然后亲御行幄，草草受贺。过了数日，正拟启驾南行，忽接了一个极大的好音，安禄山被李猪儿刺死了。禄山自盘踞洛阳，纵情酒色，累得两目昏眊，不能视事，身又病疽，因致烦躁异常。左右使令，稍不如意，即加鞭挞。阉竖李猪儿，被挞尤多，几乎不保性命。嬖妾段氏见禄山多病，恐有不测，意欲趁禄山在日，立亲生子庆恩为太子，将来可以专政，免受嫡子庆绪压制，愁眉泪眼，容易动人，禄山竟为所惑，竟有废嫡立庶的意思。禄山负恩忘义，宜有杀身之祸，但祸源亦起自内嬖，可见小星专宠，必致危亡。庆绪颇有所闻，很觉危惧，便与严庄密商，求一救死的良策。庄却故意说道："君要臣死，不得不死，父要子亡，不得不亡，叫我如何相救？"庆绪越发着忙，便道："我是嫡子，应该承立，难道庆恩夺我储位，我便束手就死么？"严庄冷笑道："从古以来，废一子，立一子，那被废的能有几个保全性命，这也是没奈何的事情。"庆绪急得泪下，又道："如兄说来，竟是没法了。"庄又道："死中求生，亦并非一定没法。"庆绪道："兄快教我！"庄遂与附耳道："束手就死，死是定了，若要不死，这手是万不可束的。试思主子与唐朝皇帝。名是君臣，实同父子，为何兴动干戈，以臣逐君，以子攻父？可见天下到了万不得已的事情，总须行那万不得已的计策，时不可失，幸勿再自束手了。"即将禄山行为，引作一证，这便叫作眼前报。庆绪听着，低头一想，便道："兄为我计，敢不敬从！"庄又道："不行便罢，欲行还须从速。机会一失，便是死期。”庆绪迟疑道：“可惜一时觅不到能手。”庄复道：“欲要行事，何勿召李猪儿？”庆绪喜甚，便密召猪儿入室，自与严庄同问道：“汝受过鞭挞，约有几次？”猪儿泣道：“前后受挞，记不胜记了。”庄又逼入一步道：“似你说来，不死还是侥幸的。”猪儿道：“怕不是吗？”庄遂召猪儿入耳厢，与他私语多时，猪儿竟满口承允，便出来别过庆绪，一溜烟似的走了。

是夕就去行事，也是禄山该死，因为心中烦躁，屏退左右，兀自一人睡着。猪儿怀着利刃，奋然径入，寝门外虽尚有人守住，都已坐着打盹，况猪儿是禄山贴身侍监，向来自由进出，就是模糊看见，也不必盘诘。猪儿挨开了门，悄步进去，可巧外面更鼓冬冬，他即趁声揭帐，先将禄山枕畔的宝刀，抽了出来。禄山忽觉惊醒，将被揭开，口中喝问何人？猪儿心下一急，转念他双目已盲，何如立刻下手，便取出亮晃晃的匕首，直刺他大腹中。禄山忍痛不住，亟伸手去摸枕畔宝刀，已无着落，遂摇动帐竿道：“这定是家贼谋逆呢。”国贼为家贼所杀，是应该的。道言未绝，那肚肠已经流出，血渍满，就在床上滚了几转，大叫一声，顿时气绝。猪儿已经得手，刚要趋出，门外的侍役，已闻声进来，双手不敌四拳，正捏了一把冷汗。忽见严庄与庆绪，带兵直入，来救猪儿，猪儿喜甚，便语侍役道：“诸位欲共享富贵，快快迎谒储君，休得妄动！”大众乃垂手站立，严庄命手下抬开卧榻，就在榻下掘地数尺，用毡裹禄山尸，暂埋穴中，且戒大众不得声张。“一朝权在手，便把令来行，”捏称主子病笃，立庆绪为太子，择日传位，一面密迫段氏母子，一同自尽。越日又传出伪谕，太子即位，尊禄山为太上皇，重赏内外诸将官，大小各贼，怎知严庄等诡计，总道是事出真情。庆绪嗣位，在洛的伪官，统来朝贺，各处亦争上贺表。又越日方说禄山已死，下令发丧。那时从下掘出尸身，早已腐烂，草草成殓，丧葬了事。相传禄山是猪龙转世，从前侍宴唐宫，醉后现出猪身龙首，玄宗虽是惊诧，但以为猪龙无用，无杀害意，终致酿成一番大乱，几乎亡国。禄山僭称伪号，一年有余，也徒落得腹破肠流，毙于非命。小子有诗叹道：

> 天公假手李猪儿，刳刃胸前血肉糜；
> 臣敢逐君子弑父，谁云冥漠本无知？

禄山死信，传达彭原，肃宗以下，还道天下可即日太平，遂无意北征，竟演出一出杀子戏来了。欲知详情，请阅下回。

杨贵妃之后，复有张良娣，唐室女祸，何迭起而未有已也。顾杨妃以骄妒闻，一再忤旨，而仍得专宠，王之不明，人所共知。若张良娣则寝前御寇，产后缝衣，几与汉之冯婕妤、明之马皇后相类，此在中知以上之主，犹或堕其彀中，况肃宗且非中知乎？爱之怜之，因致纵之，阴柔狡黠之妇寺，往往出人所不及防，否则杨妃祸国，覆辙不远，肃宗虽愚，亦不应复为良娣所惑也。安禄山惑于内嬖，猝致屠肠，虽由逆报之相寻，亦因妇言而启衅。传有之曰："谋及妇人，宜其死也。"观唐事而益信矣。

第五十四回　统三军广平奏绩
复两京李泌辞归

却说肃宗既宠张良娣，又因良娣在灵武时，产下一儿，取名为佋，即封兴王，子以母贵，也得肃宗钟爱，与他子不同。张良娣恃宠生骄，竟欲把两三岁的小儿，作为将来的储贰，第一着欲陷害广平王，第二着欲陷害建宁王。府司马李辅国，本是飞龙厩中的阉奴，以狡猾得幸，及见良娣专宠，复曲意奉承，讨好良娣。良娣正好引为帮手，构陷二王。建宁王倓，素性任侠，看不上良娣等人，尝私语李泌道："先生举倓掌兵，俾尽臣子微忱，倓很是感激。但君侧有一大害，不可不除。"泌问为谁？倓说是张良娣。泌摇首道："此非人子所宜言，愿王忍耐为是。"倓不以为然，有时入见肃宗，必劝肃宗勿信内言，并请速立太子。别人可请，倓不宜请。肃宗听过了好几次，乃乘李泌入见，便垂问道："广平为元帅逾年，今欲命建宁专征，又未免名分相等，朕欲即立广平为太子，卿意以为何如？"泌答道："军事倥偬，应即区处，若陛下家事，总须禀命上皇，否则陛下即位的苦心，何从分说呢？"肃宗道："卿言亦是，容朕三思后行。"泌退回元帅府中，转告广平王俶。俶即入谒，凑便陈请道："陛下尚未奉晨昏，臣何敢入当储贰？"肃宗慰谕数语，乃将建储事暂行搁起。李泌奏阻建储，或谓储位未定，因启张李狡谋，然试问从前已立之太子，亦如何废死？以此咎泌，殊非正论。

至禄山已死，肃宗以首逆既殄，大乱可平，索性把建宁专征的问题，也搁着不提。倓有志靖乱，一再进谏，且直陈道："陛下若听信妇寺，恐两京无从收复，上皇无从迎还了。”语太激烈，适致杀身。看官！你想这数句言论，叫肃宗如何忍受得住？还有张良娣李辅国二人，得闻此言，怎能不恨到极点，互肆毒谋？当下由良娣先入，辅国继进，一倡一和，只说倓时有怨言，尝恨不得为元帅，谋害广平。此时的肃宗，正将倓叱退，余怒未息，怎禁得火上添油？凭着一腔怒气，立下手谕，把倓赐死。倓是个傲气的人，要死就死，竟仰药自尽。至李泌得知此事，意欲入谏，已是无及，可惜一个贤王，死得不明不白，含冤地下。广平王俶，怀了兔死狐悲的观念，密与李泌商量，欲去辅国及良娣，泌劝阻道："王不惩建宁的覆辙么？能尽孝道，自足致福。良娣妇人，不足深虑，但教委曲承顺，包管前途无碍了。”始终劝人以孝，李长源不愧正人。俶闻言乃止。

只肃宗信谗杀子，尚未觉悟，忽由太原递到贼警，史思明自博陵，蔡希德自太行，高秀岩自大同，牛廷玠自范阳，共引贼十万名，入寇太原，肃宗才惊讶道："我道禄山已死，可无后患，哪知贼势越发猖獗哩。”说罢，急召泌入议。泌奏道："太原有李光弼，才足拒贼，请陛下勿忧！但陛下宜速幸凤翔，示意进取，方能振作士气，驯致中兴。”肃宗点首道："朕当择日起程了。”言未已，又接睢阳警报，伪河南节度使尹子奇，受安庆绪命，率妫檀二州贼兵，及同罗奚众，共十三万人，进逼睢阳，肃宗又惊慌起来，泌又道："睢阳太守许远，忠义过人，当能死守。且张巡方移守宁陵，巡远亲如兄弟，宁陵睢阳，相隔不远，互相援应，谅可支持，俟郭子仪收复河东，再去援他未迟。”肃宗道："两处无虞，朕即当往幸凤翔，劳卿整顿军装，待朕下令启行。”泌乃退出。越数日，报称军装已备，请即启跸，肃宗逐日延宕，专候两路消息，藉决行止。

已而太原驰入捷书，李光弼用诈降计，令贼缓攻，暗中窟地道至贼营，出贼不意，内外攻击，俘斩万余人，思明退去，余贼可无虑了。肃宗方决幸凤翔，启行诏下，又接睢阳捷报，张巡自宁陵援睢阳，与许远合兵，共得六千八百人，远守巡战，连擒贼将六十余，杀贼二万，贼将尹子奇夜遁，睢阳已解围了。本回宗旨，在收复两京，此外战事，只可用虚写法，否则宾主不分，如何醒目？肃宗大喜，遂启驾至凤翔。陇右河西西城安西各兵士，依次来会。江淮租赋，也陆续解到。原来永王璘叛乱后，经广陵太守李成式，招降叛将季广琛，叛党解散。永王璘溃走鄱阳，为江西采访使皇甫侁擒住，诛死了事。

了过永王璘。江淮复安，运道无阻。

李泌遂请如前策，北攻范阳。肃宗道："大兵已集，正应捣贼腹心，卿反欲迂道西北，往攻范阳，岂非忽近图远么？"泌答道："现时所集各兵，统是西北戍卒，及诸胡部落，性多耐寒畏暑，若用他锐气，克复两京，原是易事，但贼率余众，遁归巢穴，关东地热，春气已深，各军必困倦思归，贼却得体兵秣马，静俟各军去后，再行南来，岂不可虑？所以臣请先行北伐，用兵寒乡，扫除贼穴，永绝祸根，贼进退失据，一鼓聚歼，不但两京可取，天下也从此太平了。"彼时肃宗若用泌言，不致有思明之乱。肃宗道："朕非不从卿计，唯朕定省久虚，急欲先复西京，迎还上皇，聊申子道，不能再待北伐，幸卿原谅！"泌乃趋出。

适郭子仪遣使奏捷，逐去贼将崔乾佑，平定河东。肃宗遂进子仪为司空，兼天下兵马副元帅，出攻西京。子仪即遣子郭旰，及兵马使李韶光，大将军王祚济河，进破潼关贼兵，斩首五百级，正拟乘胜入关，忽由安庆绪遣到援兵数万，截击郭旰。旰与战大败，死亡万余人。李韶光王祚先后战死，蕃将仆固怀恩，保旰渡渭，退守河东。天下不如意事，重迭而来，节度使王思礼，调镇关内，贼将安守忠等入寇，思礼遣将出战，为贼所败，退保扶风。守忠追蹑至太和关，去凤翔仅五十里，凤翔大骇，飞诏郭子仪入援。子仪星夜奔赴，中途遇着贼将李归仁，奋力杀退，至西渭桥，与王思礼合军，进屯潏西。贼将安守忠李归仁，也联兵驻清渠，彼此相隔里许，相持七日。子仪等持重不战，守忠想了一个诱敌计，假意退兵，那时子仪亦堕贼计中，督兵追击，约行数里，才见贼骑倚山背水，摆成一字长蛇阵，子仪令攻贼中坚，不意贼兵首尾，分作两翼，夹击官军，官军不能相顾，四散奔逃。子仪亟率仆固怀恩等，断住后路，让败军先走，自己随战随退，还保武功。为子仪留身分，故不肯大书败状。随即单身诣阙，乞请自贬，乃降为左仆射。

是时山南东道节度使鲁炅，困守南阳，屡为贼将田承嗣等所围，粮尽援绝，突围走襄阳。河东节度副使，兼上党长史程千里，出击贼将蔡希德，马蹶被擒。灵昌太守许叔冀，为贼困住，拔众走彭城，睢阳数次却贼，数次受围，贼将尹子奇誓破此城，城中兵少食尽，势亦垂危。再作总括语，均见笔法。肃宗屡闻败警，焦灼的了不得，且因贼兵逼近，无暇他顾，只好委任郭子仪，决计再攻西京，当下大飨将士，一一慰勉。且特语子仪道："功成与否，在此一举，愿卿竭忠尽智，无负朕望。”子仪道：“此行不捷，臣必捐生。但有两大要事，请陛下施行。”肃宗问是何事？子仪一一说出，一是请元帅广平王俶，亲自督师，一是请征兵回纥，同往击贼。肃宗准如所请，遂令广平王调集朔方西域等军，大举出征，一面驰使回纥，乞即发兵入援。

回纥怀仁可汗子磨延啜，嗣父登位，号葛勒可汗，有意和唐，立遣太子叶护等，率精兵四千余人，驰至凤翔。当由肃宗引见，厚礼款待。且令广平王俶，与叶护相见，约为兄弟。叶护大喜，称俶为兄，于是共得兵十五万人，号称二十万，出指长安。到了城西香积寺旁，连营为阵。李嗣业统前军，王思礼统后军，郭子仪统中军，长安贼亦倾寨出战，共约十万人，与官军南北对垒。贼将李归仁拨马舞刀，出来挑战，前军各奋力接仗，战不多时，那归仁故态复萌，佯作败退状，驰回本阵。官军乘胜追上，直薄贼垒，谁料归仁翻身出来，把刀一麾，贼阵中有名悍卒，统持着大刀阔斧，恶狠狠的截杀官军。官军猝为所乘，自相惊乱。李嗣业在后督战，见部下逐渐溃退，不禁大愤道：“今日不委身饵贼，我军尚有生望么？”说着，即将铁甲卸去，持了一柄纯钢铸的长刀，纵马向前，大呼奋击，刀光过处，贼头纷纷落地。归仁舞刀来迎，嗣业刀长手快，乱劈过去，喝一声着，已将归仁头盔劈落。归仁披发逃回，贼亦随却。嗣业再接再厉，身先士卒，杀入贼阵。回纥叶护，也率众随上，趁势捣贼，贼众遂乱。力写嗣业。郭子仪知贼多诈，令仆固怀恩带领锐卒，防护辎重，果然贼后军抄至官军阵后，前来掩袭。怀恩驱军杀出，一阵横扫，好似风卷残云，立将贼兵驱尽。子仪思礼两军，一齐出击，那嗣业带着前军，与回纥健卒，已洞穿贼垒，从前面杀到后面，会集全师，再行夹攻。自午至酉，斩首六万级，安守忠李归仁等，到此也不能再战，弃甲曳兵，逃回城中。入夜尚嚣声不止。广平王俶，见全师大胜，鸣金收军。仆固怀恩叩马进言道：“贼今夜必弃城出走，请元帅下令穷追。”俶摇首道：“军力已疲，不宜轻进。”怀恩又道：“战尚神速，可进即进，大帅如虑各军劳苦，怀恩愿率三百骑，追缚贼首，归献麾下。”余勇可贾。俶复道：“将军战了一日，也未免吃力，且回营休息，明日再议！”怀恩不便再争，怏怏而退。

各军俱归宿营中，到了次日，俶正升帐发令，已有侦骑来报，贼将安守忠李归仁，与张通儒田乾真等，均已弃城遁去。俶乃整军入城，百姓扶老携幼，争来迎接，夹道欢呼，喜极而泣。至俶入城安民，回纥叶护，向俶请求，欲如前约。原来肃宗召见叶护时，曾与面约，谓克复西京，土地人民归唐，金帛子女归回纥。回纥援兵只有四千，何足平贼，况欲借外力以平内乱，后患亦多，肃宗遽以是为约，何其愦愦？叶护见京城已复，当然如约要求，俶无法推辞，只好向叶护下拜道："今始得京师，若遽行俘掠，东京必望风生怖，为贼固守，不可复取了。愿至东京后，始遵前约。"说亦谬误。叶护下马答拜道："当为殿下径往东京。"言已，复上马出城，驻营待命。俶留京抚阅三日，军民胡羌，罗拜道旁，相率叹美道："广平王真华夷共主呢。"亦属过誉。

捷报到了凤翔，肃宗大喜，百官入贺，即日遣中使啖庭瑶入蜀，奏白上皇，表请东归。一面命左仆射裴冕入西京，祭告郊庙，宣慰百姓。且调嗣虢王因留守西京，令广平王俶东出平洛，唯行军长史李泌，召还行在，不必东行。泌驰还凤翔，入谒肃宗，肃宗慰劳数语，即接说道："朕已表请上皇东归，朕当退居东宫，仍循子职。"泌忙答道："上皇未必东来了。"肃宗惊问何因？泌答道："陛下正位改元，已经二载，今忽奉此表，转使上皇心疑，怎肯即归？"肃宗爽然道："朕知误了，今且奈何？"泌从容道："陛下放心，臣当另草大臣贺表，请上皇东归便了。"肃宗即命左右取过纸笔，嘱泌草表。泌不假思索，一挥即就，捧呈肃宗过目。肃宗瞧着，系是群臣署名，略说："自马嵬请留，灵武劝进，及今收复京师，皇上无日不思定省，请上皇即日回銮，以就孝养"云云。结末数语，尤说得情词迫切，悱恻动人。肃宗不觉泣下，立命中使奉表入蜀，且留泌宴饮，同榻寝宿。泌乘间乞归道："臣已略报圣恩，今请许作闲人。"肃宗道："朕与先生同忧，应与先生同乐，奈何思去？"泌答道："臣有五不可留，愿陛下听臣归去，赐臣余生。"肃宗问道："何谓五不可留？"泌答道："臣遇陛下太早，陛下任臣太重，宠臣太深，臣功太高，迹亦太奇，有此五虑，所以不可复留。"这也是知彼知己之论。肃宗笑道："夜已深了，先生且睡，缓日再议。"泌又道："陛下与臣同榻，臣且尚不得请，况异日在御案前呢。陛下若不许臣去，便是要杀臣了。"语足惊人，然确是阅历有得之言。肃宗惊诧道："先生何疑朕至此？朕非病狂，何至妄杀先生？"泌凄然道："陛下不欲杀臣，臣尚得求去，否则臣何敢再言？且臣恐杀身，并非疑及陛下，就是这五不可呢。臣思陛下待臣甚厚，臣且未得尽言，他日天下既安，臣未必常邀圣眷，那时还好尽言么？"

肃宗道："朕知道了。先生屡欲北伐，朕不肯从，所以介意。"泌答道："非为此事，乃是建宁一事哩。"肃宗道："建宁过听小人，谋害乃兄，欲夺储位，朕不得已赐死，先生岂尚未闻么？"泌又道："建宁若有此心，广平王当必怀怨，今广平每与臣言，痛弟含冤，一再泪下，且陛下前日，欲用建宁为元帅，臣请改任广平王，建宁果欲夺嫡，应恨臣切齿，为什么视臣为忠，益加亲善呢？"肃宗听到此语，也忍不住泪，且泣且语道："先生言是，朕亦知悔了。但事成既往，朕不愿再闻。"泌又道："臣非咎既往，乃欲陛下警戒将来。从前天后错杀太子弘，次子贤内怀忧惧，作《黄台瓜》词，中有二语云：'一摘使瓜好，再摘使瓜稀，'陛下已经过一摘了，幸勿再摘！"肃宗愕然道："朕不致再有此事。先生良言，朕当书绅。"泌又说道："陛下能时常留意，何必多存形迹，此事已蒙俞允，臣愿毕了，只请陛下准臣还山。"肃宗道："且待东京收复，朕还都再议。"泌乃无言。看官听着！这番密陈，虽是泌明哲保身，但也为广平王起见，他恐张李再行构难，诬害广平，所以殷勤陈情，启沃主心，这真是苦心调停，保全不少哩。应该赞扬。

转眼间由秋经冬，睢阳急报，似雪片相似。肃宗促邻郡速援，且特饬同平章事张镐，出任河南节度使，驰援睢阳。幸喜平洛大军，沿途顺手，屡献捷音，华阻弘农，次第平复，并献入俘囚百余人，肃宗命一律斩首。监察御史李勉入谏道："今元恶未除，海内枭桀，多半为贼所胁污，闻陛下龙兴，方思革面洗心，沐浴圣化，若概从骈戮，恐反驱令从贼，诛不胜诛了，愿陛下三思！"肃宗乃下诏特赦，远近闻风归附。贼将张通儒等，败奔至陕，安庆绪悉发洛阳兵众，令严庄为统帅，往援通儒，步骑合计十五万，共拒官军。郭子仪等长驱直进，到了新店，前面正遇着大队贼兵，依山列营，气势颇盛。子仪颇以为忧，即与回纥叶护商议，令率回纥兵绕出山后，袭击贼背。叶护依计而行，子仪乃麾兵攻贼，贼仗着锐气，由高趋下，猛扑官军。官军前队多伤，逐步倒退。蓦闻得山上鼓响，有数十支硬箭，射入贼中。贼众回首惊顾道："回纥兵到了！"随即骇走，子仪与回纥叶护，先后夹攻，杀得贼兵东倒西歪，尸骸遍野。严庄张通儒等，落荒东走，连陕城也不及顾了。子仪遂请广平王俶，乘胜入陕城，再命仆固怀恩等，分道追贼，如入无人之境。严庄奔入洛阳，狼狈得很，庆绪本视酒如命，每日深居简出，狂饮不休，一切军务，全靠严庄主持。庄既败还，庆绪当然惊惶，急与庄商议对敌。庄已垂头丧气，想不出什么法儿，好多时献上一策，乃是一个“走”字。庆绪依计而行，遂聚集党羽，夤夜出奔，唐将哥舒翰程千里等，从前陷入贼中，至此一并杀死，便匆匆出后苑门，逃向河北去了。

捷书到陕，广平王俶，率大军驰入东京，回纥兵争先拥进，肆行劫掠，可怜洛阳城内的百姓，前次已遭贼蹂躏，此番复遇夷掠夺，儿啼女散，家尽财空，骚扰了两昼夜。回纥兵心尚未足，纵掠如故，郭子仪看不过去，请命广平王，召入父老，募集罗锦万匹，酬谢回纥，才算休兵。这皆是肃宗父子贻害百姓，可叹！肃宗日夜望捷，既得好音，便拟启跸回京。李泌又固请还山，肃宗不许。适值啖庭瑶自蜀驰归，呈上上皇手诰，竟欲终老剑南，不愿东归，肃宗未免忧虑。越数日，赍奉群臣贺表的使臣，亦自成都遣还，报称上皇览表，甚是喜慰，命食作乐，下诰定行期。肃宗遂召语李泌道：“使我父子重见，全出先生大力，曷胜感慰！”泌下拜道：“两京收复，上皇归来，臣报德已毕了。但望陛下加恩，赐臣骸骨！”肃宗尚欲挽留，经泌伏地力请，乃怆然道：“先生请起！朕暂允先生归山。”泌乃起身趋出，草草整装，便即陛辞。肃宗亲送出城，洒泪而别。一肩行李，两袖清风，飘然南行去了。到了衡山，地方官已经奉敕为泌筑室山中，并送给三品俸禄，泌乃山居自乐，不问世事。小子有诗叹道：

范蠡沼吴甘隐去，张良兴汉托仙游。
功成身退斯为智，唐室更逢李邺侯。

李泌去后，肃宗即遣韦见素入蜀，奉迎上皇，一面启跸还都。临行时接得张镐急报，又未免触动悲怀，究竟为着何事？且至下回说明。

本回事实，最为杂沓，若一一分叙，便如断烂朝报相等，毫无趣味。著书人以广平出征，及李泌归隐为纲，而此外各事，俱随笔销纳，既不病繁，亦不嫌略。盖广平出征，两京始得收复，此为最大要件，不得不格外从详。李泌之出，关系甚大，不特收复两京，出自泌之参赞，即如迎还上皇，保全广平，何一非泌之力乎？外有郭子仪，内有李泌，而肃宗始得中兴，故叙述武事，处处注重郭子仪，叙述文谟，处处注重李泌，握其要而众具毕张，阅此可以知行文之法焉。

第五十五回　与城俱亡双忠死义
从贼堕节六等定刑

却说河南节度使张镐，曾奉敕往援睢阳，因调集各军，不免稍需时日。当时尝飞檄谯郡太守闾邱晓等，星夜往援，哪知闾邱晓等，均不奉命，坐听睢阳失守，张巡许远，先后殉义，及镐率军至睢阳城下，城已被陷三日了。镐召闾邱晓至军，严词诘责，捶毙杖下，当即遣使飞报凤翔。肃宗未免痛悼，因登程还京，一切赠恤，俟到京后再议，但遥敕镐查明张许家属，速即奏报。看官欲知张许殉义情事，待小子本末叙明。阐扬忠义，应从详叙。张巡南阳人，夙谙武略，登进士第，出为县令。禄山乱起，陷入河南，谯郡太守杨万石降贼，胁巡为长史，使西迎贼军。巡至真源，率吏哭玄元皇帝庙中，起兵讨逆，得壮士千人，西诣雍邱。适雍邱令令狐潮出迎贼众，遂入城拒守。令狐潮引贼兵四万，来夺雍邱，巡孤军出战，杀退贼兵。潮与巡有旧交，屡诱巡降，巡以大义相责，始终不从。潮连番进攻，城中矢尽，巡缚草为人，被服黑衣，夜缒城下，共计千余。潮因暮夜昏皇，不便出战，但令射箭，巡将草人扯起，得矢十余万，得复射贼。嗣令壮士缒城出袭，服饰如草人，贼笑不设备，竟被壮士突入，大破贼寨。潮屡退屡进，巡使郎将雷万春，登陴守御，贼用飞弩迭射，连中雷颊，共计六箭。雷直立不动，贼疑为木人，哗然噪动，但听城上大声道："黠贼，认得我雷将军否？"仿佛《三国演义》中之张翼德。贼大惊骇。巡乘势杀出，擒贼将十四人，斩首百余级，潮乃遁去。

既而河南节度使嗣虢王巨，出驻彭城，命巡为先锋使。巡闻宁陵围急，移军往援，始与睢阳太守许远相见。远系许敬宗曾孙，天性忠厚，晓明吏治。颇能为乃祖干蛊。既见巡，恍如旧识，互叙年齿，乃同年所生，远长数月，巡因呼远为兄，誓相援应。还有城父令姚訚，亦与联合，贼将杨朝宗率马步二万，袭击宁陵，巡远合军与战，杀贼万余人，投尸汴水，河为不流。有诏擢巡为河南节度副使。至德二载，禄山刺死，庆绪遣将尹子奇，带领蕃胡各骑兵，猛扑睢阳。巡率军援远，血战二十余日，锐气不衰。远以材不及巡，专治军粮战具，一切攻守事宜，均归巡主张。巡连败子奇，所获车马牛羊，悉分给兵士，秋毫不入私囊，诏拜巡为御史中丞，远为侍御史，訚为吏部郎中。子奇三战三北，益兵进攻，巡不依古法，临危应变，奇出不穷，尝欲射死子奇，苦不能识，乃削蒿为矢，射入贼营。贼以为城中矢尽，喜白子奇，子奇遂亲自督攻，巡将南霁云，觑定子奇，抽矢搭弓，射将下去，正中子奇左目。子奇痛不可忍，伏鞍而逃。巡自城中杀出，杀贼无算，余贼保护子奇，又复遁去。

巡因将士有功，遣使白嗣虢王巨，请给赏物。巨只给空白告身三十纸，还统是营中末职，经巡遗书责巨，巨全然不保，且命将睢阳积谷，运去三万斛，转给濮阳济阴。远遣使固争，终不见从，反说远不受节制，静候严参。远拗他不过，只好眼睁睁的由他运去。济阴得粮即叛，接应子奇，子奇目创已愈，遂征兵远近，得悍贼数万，再攻睢阳。此次来报前恨，百方攻扑，迭用云梯钩车木驴等物，俱为巡破毁，毫不见效。子奇乃不敢复攻，但穿壕立栅，困住孤城。城中守兵，本来只数千人，自经子奇迭攻，或死或伤，减去十成之八，只有六百人尚能防御。更因积粮被巨运去，无食可依，起初每人每日，给米一勺，后来米已食尽，但食茶纸树皮，不得已遣南霁云等，突围出去，或飞报行在，或告急邻郡，时许叔冀在谯郡，尚衡在彭城，俱不肯出援。霁云乞师不应，愤投临淮，御史大夫贺兰进明，正代任河南节度使，在临淮驻着，霁云入见，备述睢阳苦况，请速济师。进明道："今日睢阳已不知存亡，兵去何益？"霁云道："睢阳若陷，霁云当以死谢大夫，且睢阳既拔，即及临淮，唇齿相依，怎得不救？"进明道："事从缓商，君远来疲乏，姑且留宴。"霁云尚望进明出师，忍气待着。少顷，堂上陈筵，堂下奏乐，进明延霁云入座，霁云不禁流涕道："睢阳兵士，不食月余，霁云何忍独食？食亦何能下咽？大夫坐拥强兵，不愿分兵救患，忠义何存？愿大夫熟察！”说至此，竟将指插入口中，忍痛啮下，呈示进明道：“霁云奉命乞援，不能代伸主将苦衷，抱歉何似？愿留一指示信，方可归报。”旁座见霁云忠愤，也为泣下。独进明麻木不仁，奈何？进明道：“我亦知君忠勇，但往救睢阳，势已无及，不如留在我处，徐图立功。”霁云道：“霁云若忍负张公，便是不忠不义，大夫留我何益。”言毕，竟酹酒地上，向各座拱手，抢步下堂，上马径去。路过佛寺，见浮屠矗立，浮屠即塔。抽矢射中上层砖瓦，且指誓道：“我若破贼，必灭贺兰，这矢就是记恨哩。”还至宁陵，与城使廉坦，同率步骑三千人，冒围入城。贼因霁云突围外出，日夜防有援兵，至是悉众阻截，由霁云拼死冲突，杀开一条血路，驰入睢阳，回顾手下，已仅得千人。巡见霁云，知进明等俱不肯发兵，也未免惶急，将吏无不痛哭，且议突围东奔。巡语许远道：“睢阳为江淮保障，若弃城他去，贼必乘胜南下，是江淮将尽为贼有了。况我众饥羸，未能远走，在城固死，出城亦死，我想行在虽远，去使谅可达到，将来总有复音，不如坚守待命。”远亦赞成巡议，可奈满城无粮，嗷嗷待哺，米尽食茶纸，茶纸尽食马，马尽食雀鼠，雀鼠又尽，至煮铠弩皮以食。巡妾霍氏，情愿杀身饷士，巡听令自刎，烹尸出陈，指语大众道：“诸君累月乏食，忠愤曾不少衰，我恨不割肉啖众，怎肯顾惜一妾，坐视士饥？”将士等相向泪下，巡强令噉食，远亦杀奴僮哺卒，区区数人，不足一饱，以连日饿殍枕藉，所余只四百人，亦皆饿病不支，巡西向再拜道：“臣力竭了，生不能报陛下，死当为厉鬼杀贼。”贼众见城守寥寥，即四面登城，陷入城内，巡远及姚訚南霁云雷万春等，陆续受擒，各被推至子奇面前。子奇问巡道：“君每战必眦裂齿碎，究为何意？”巡愤然道：“我志吞逆贼，怎得不裂眦碎齿？”子奇怒道：“你存齿几何？”遂用刀抉视巡齿，只存三四枚，也不觉失声道：“可敬可敬！君能从我，当共图富贵。”巡骂道：“我为君父而死，死何足恨？尔等甘心附贼，贼彘不如，宁能长存人世么？”子奇尚欲存巡，用刀置巡项，迫令快降，巡终不屈。又胁降南霁云，霁云未应。巡呼道：“南八霁云小字。男儿，一死罢了，岂可为贼屈？”霁云笑道：“我不欲遽死，思有所为，公素知我，我敢不死么？”乃与姚訚雷万春等三十六人，同时遇害。许远被解送洛阳，洛阳已为唐军所破，转送偃师，亦以不屈见杀。睢阳称为双忠，建祠尸祝，号为双忠庙，至今尚存。大节千秋！

肃宗闻进明等，不肯出援，乃改任张镐，兼江南节度使，闾邱晓为谯郡太守，卒以道远不及，且为闾邱晓所误，终致双忠毕命，徒自流芳，这也是可悲可叹呢。

肃宗自凤翔入西京，百姓欢跃，争呼万岁。御史中丞崔器，令前时从贼诸官，均免冠徒跣，至含元殿前，顿首请罪，就是东京降贼诸官吏，如陈希烈张均张垍达奚珣等，亦均由广平王收送西京，俱至朝堂听候惩处，肃宗命改系狱中。唯汲郡人甄济，武功人苏源明，屡经禄山胁迫，始终不受伪命，有诏特擢济为秘书郎，源明为考功郎中，兼知制诰。回纥太子叶护，自东京还师，入觐宣政殿，面陈军中马少，愿留兵沙苑，自归取马。再来助讨范阳，扫清余孽。肃宗大喜，即封他为忠义王，所有回纥部兵，各赐锦绣缯器，并愿岁给绢二万匹，使就朔方军领受，叶护拜辞而去。已而广平王俶郭子仪皆还西京，肃宗封子仪为代国公，食邑千户，且面加慰谕道："国家再造，皆由卿力。"子仪顿首拜谢，诏令再往东都，经略北讨。张镐与鲁炅来瑱嗣吴王祗李嗣业李奂五节度，出略河东河南各郡县，大半平定。贼将严庄，料知无成，背了安庆绪，潜行来降。肃宗命为司农卿。尹子奇为张镐所败，败走陈留，陈留人袭杀子奇，举城降官军。肃宗很是喜慰，乃修复宗庙，整缮宫殿，专待上皇还都。

至十二月间，上皇已到咸阳，由肃宗备齐法驾，带同百官，往望贤宫迎接上皇。上皇在宫南楼，开轩俯瞩，肃宗改服紫袍，下马趋进，拜舞楼下。上皇降楼抚慰，父子相对泣下，因见肃宗服紫，即向索黄袍，亲披肃宗身上。肃宗顿首固辞，何必做作。上皇道："天数人心，已皆归汝，使朕得保养余年，就是汝的孝思了，何必多辞。"肃宗乃受，请上皇登殿，受百官朝贺毕，命尚食进膳，尝而后进。是夕侍宿行宫，翌晨奉上皇启驾，肃宗亲自执鞚，前行数步，经上皇谕止，方乘马前导，不敢自当驰道。上皇顾左右道："我为天子五十年，不足言贵，今为天子父，才算是真贵了。"慢着！尚有张氏在内。既至西京，御含元殿慰抚官民，寻诣长乐殿九庙神主，恸哭多时，恐是哭杨贵妃。乃往幸兴庆宫，就此居住。肃宗再请避位，退居东宫，还要如此，多令人笑。上皇不许，出传国玺授与肃宗。肃宗涕泣受宝，始出御丹凤楼，颁诏大赦。唯与禄山同反，及李林甫王铁杨国忠子孙，不在免例。立广平王俶为楚王，加郭子仪司徒，李光弼司空，其余扈驾立功诸臣，俱进阶赐爵有差。追赠死节诸臣，如李憕卢弈蒋清张介然颜杲卿袁履谦张巡许远姚訚南霁云雷万春等，各依原官增阶，子孙赐荫。郡县来年租庸，三分减一。近时所改郡名官名，一律复旧。以蜀郡为南京，凤翔为西京，西京为中京，册封张良娣为淑妃，皇子南阳王系以下，肃宗有十四子，次子名系。各令迁封。拜李辅国为殿中监，晋封成国公。时韦见素裴冕房琯等，均已罢相，改用苗晋卿为侍中，王屿为中书侍郎，李麟同中书门下三品，内外腾骧，翕然同声。唯张巡得追封扬州大都督，许远亦追封荆州大都督。巡子亚夫，远子玫，一并授官。当时颇多异议，有说巡死守睢阳，杀身无补，有说巡忍残人命，与其食人，宁可全人。不责奸臣，但责忠臣，是何居心？巡友李翰，乃为巡作传，且附表上呈，略云：

> 巡以寡击众，以弱制强，保江淮以待陛下之师，师至而巡死，巡之功大矣。而议者或罪巡以食人，愚巡以守死，善遏恶扬，录瑕弃功，臣窃痛之！巡所以固守者，待诸军之救，救兵不至而食尽，食既尽而及人，乖其素志，设使巡守城之初，已有食人之计，捐数百生命以全天下，臣犹曰功过相掩，况非其素志乎？今巡死大难，不睹休明，唯有令名，是以荣禄。若不时纪录，恐远而不传，使巡生死不遇，可悲孰甚？臣敬撰《巡传》一卷献上，乞遍列史官，以昭忠烈而存实迹，则不胜幸甚！

此外尚有张澹李纾董南史张建封樊晃朱巨川等，亦皆为巡辩白，群议始息。既又訾及许远，谓远不与巡同死，有幸生意。巡季子去疾，亦为所惑，后来上书斥远，谓："远有异心，使父巡功业隳败，负憾九泉，臣与远不共戴天，请追夺远官以刷冤耻"等语。亏得尚书省据理申驳，略言："远后巡死，即目为从贼，他人死在巡前，独不可目巡为叛么？且贼人屠城，尝以生擒守吏为功，远为睢阳守吏，贼不遽杀，便是为此，有何可疑？彼时去疾尚幼，事未详知，乃有此议，其实两人忠烈，皎若日星，不得妄评优劣。"议乃得寝。前叙两人详迹，此更述及当时正论，无非阐表双忠。这且搁下不提。

且说御史中丞崔器，既令两京从贼诸官，请罪系狱，又与礼部尚书李岘，兵部侍郎吕諲，奉制按问。器与諲俱主张严办，上言从贼诸臣，皆应处死。独李岘用侍御史李栖筠为详理判官，拟酌量轻重，分等治罪。三人争议累日，请旨定夺。肃宗从李岘议，乃定罪名为六等，最重处斩，次赐自尽，次杖一百，次三等流贬。张均张垍列在处死条内。肃宗意欲宥此二人，转奏上皇，拟降敕特赦。上皇道："均垍世受国恩，乃甘心从贼，且为贼尽力，毁我家事，怎可不诛？"肃宗叩头再拜道："臣非张说父子，哪有今日，若不能保全均垍，倘他日死而有知，何面目再见张说？"语至此，俯伏流涕。上皇命左右扶起肃宗，复与语道："我看汝面，饶了张垍死罪，流戍岭外。张均逆奴，无君无父，定不可赦，汝不必申请了。"肃宗乃涕泣受命。看官道肃宗何故要赦此二人？肃宗系杨良媛所出，当杨氏初孕时，正值太平公主用事，专与玄宗为仇，时张说正官侍读，得出入东宫，玄宗密语说道："良媛有孕，恐太平公主闻知，又要当做一桩话柄，说我内多嬖宠，在父皇前搬弄是非，不如用药堕胎，免得他来借口。"张说道："龙种岂可轻堕？"玄宗道："欲全一子，转害自身，实属不值，我意已决，幸为我觅一堕胎药，勿泄勿忘。"说乃趋出，自思此事实为难得很，堕了胎有损母子，不堕胎有碍储君，现只好取药二剂，一安胎，一堕胎，送将进去，由他取用，听凭天数罢了。便是他狡猾处。计划已定，遂挟药二剂以入，但说统是堕胎药。玄宗接药后，趁那夜静无人的时候，在密室亲自取煎，给杨氏服了下去，腹中毫无动静，反安安稳稳的睡了一宵，次日也不见什么变动，原来所服的是那剂安胎药了。玄宗哪里晓得，只道是一剂无效，须进二剂，因再照昨夜办法，仍在夜间密煎。他因连夜辛苦，就隐几假寐，朦胧睡去，忽见有一金甲神，就药炉前环绕一周，用戈拨倒药炉，不由的突然惊寤，急起身看时，药炉果已倾翻，炭火亦已浇灭，益觉惊异不置。次日又密告张说，说拜贺道："这便是天神呵护哩！臣原说龙种不宜轻堕，只恐有妨尊命，因特呈进二药，取决天命，不瞒殿下说，一剂是安胎药，一剂是堕胎药，想前日所服的是安胎药了。昨夜所煎的是堕胎药，天意不使堕胎，乃遣神明拨倾此药。殿下能顺天而行，不特免祸，且足获福呢。"玄宗乃止。果然肃宗生后，太平公主以谋逆赐死，玄宗即得受禅。杨良媛进位贵嫔，复生一女，即宁亲公主。及年已长成，下嫁说子张垍，这便是肃宗母子，暗中报德的意思。

肃宗生平所最恨的是李林甫，所最亲的是张说父子，即位后尝欲发林甫墓，焚骨扬灰，还是李泌极谏，谓恐上皇疑及韦妃绝婚，特地修怨，反滋不安，肃宗方才罢议。补叙张说父子关系，因插入李林甫事，笔法聪明。独想念均垍兄弟，尝欲拔出贼中，仍令复官，且追痛生母已殁，只遗自己及女弟二人，女弟宁亲公主，既嫁与张垍，越应该设法保全，俾得夫妇完聚，可巧玄宗在蜀，已称上皇，并令百官共议杨贵嫔尊称，得追册为元献皇后。肃宗生母，得册为后，亦就此补叙。肃宗因上皇顾念生母，势必兼及张氏一家，所以均垍拟辟，特向上皇前从宽，偏是上皇不许，但只赦张垍一人，仍然长流，那时爱莫能助，只好付诸一叹罢了。后来垍死流所，宁亲公主竟改嫁裴颍，唐朝家法，原是不管名节，毋庸细表。单说当时从贼诸官，罪名已定，斩达奚珣等十八人，赐陈希烈等七人自尽，张均列入在内。此外或杖或流贬，分别处分，一班寡廉鲜耻的官吏，至此才知懊悔，但已是无及了。嗣有人从贼中自拔来降，谓安庆绪奔邺郡，尚有唐室故吏随着，初闻陈希烈等遇赦，统自恨失身贼庭，及闻希烈等被诛，乃决计从贼，不敢归唐。肃宗听说，悔叹不已。后儒以为背主事贼，行同枭獍，不杀何待？有什么可悔呢？小子有诗叹道：

犬马犹存报主恩，胡为人面反无知？
大廷赏罚应持正，怎得拘拘顾尔私。

肃宗既核定赏罚，再拟调兵讨贼，忽报贼将史思明高秀岩等，遣使奉表，情愿挈众投诚，究竟是否真降？容小子下回续叙。

张巡许远，为唐室一代忠臣，不得不详叙事实，为后世之为人臣者劝。南霁云雷万春等，皆忠义士，一经演述，须眉活现，所谓附骥尾而名益显者欤？张均张垍，丧心附逆，死有余辜，此而不诛，何以对死事诸臣于地下乎？玄宗不许末减，尚知彰善瘅恶之义，而肃宗乃以张说私恩，必欲保全均垍，为私废公，殊不足取。况均垍为唐室叛臣，即不啻为张说逆子，说不忠唐则已，说而忠唐，即起地下而问之，亦以为必杀无赦。信赏必罚，乃可图功，为国者可以知所鉴矣。

第五十六回　九节度受制鱼朝恩
两叛将投降李光弼

却说史思明自围攻太原，被李光弼击退后，还守范阳，应五十四回。庆绪封他为妫川王，兼范阳节度使。范阳本安氏巢穴，凡禄山所得两京珍宝，多半运往，堆积如山。思明恃富生骄，便欲取范阳为已有，不服庆绪节制。庆绪又失去洛阳，走保邺郡，李归仁等有众数万，溃归范阳，沿途剽掠，人物无遗。思明乘势招徕，并将他所掠各物，一一截住，势益富强。庆绪在邺，四面征兵，蔡希德田承嗣武令珣等，先后趋集，复得六万人，独思明不发一卒，亦不通一使，庆绪知他怀贰，特遣阿史那承庆安守忠李立节三人，率五千骑诣范阳，借征兵为名，嘱令侦袭。思明闻两人入境，已料他不怀好意，即与部下密商。一个乖似一个。判官狄仁智道："大夫为安氏臣，无非惮他凶威，勉承奔走，今安氏失势，唐室中兴，大夫何不率众归唐，自求多福呢？"裨将乌承玭亦道："庆绪似叶上露，不久必亡，大夫奈何与他同尽？不如归款唐廷为是。"思明也以为然，遂设伏帐外，自率众数万出迎。既见承庆守忠，即下马行礼，握手道故，备极殷勤。承庆等如何下手，只好随入城中。思明即引承庆等入厅，张乐设宴，饮至半酣，掷杯为号，伏兵突入，竟将承庆等三人拿下，一面收截来骑甲兵，给赀遣散。乃令部将窦子昂奉表唐廷，愿将所部十三郡，及兵十三万人归降。并令伪河东节度使高秀岩，亦拜表投诚。肃宗大喜，召见子昂，慰抚交至，即敕封思明为归义王，仍兼范阳节度使，子七人皆除显官。封赏太急。授秀岩云中太守，诸子亦得列职。且遣内侍李思敬，与前信都太守乌承恩，驰往宣慰，使率部众讨庆绪。思明受了册封，立斩安守忠李立节两人，表明诚意。只阿史那承庆与有旧交，释置不问。承恩遍历河北，宣布诏旨。沧瀛安深德棣等州皆降，唯相州尚属安氏，河北大势，也统算平复了。

未几为至德三载，上皇加肃宗尊号，称为光天文武大圣孝感皇帝。肃宗也加奉上皇尊号，称为圣皇天帝。父子天性相关，何必虚名施报。大赦改元，仍以载为年，称至德三载为乾元元年。立淑妃张氏为皇后，命李辅国兼太仆卿，两人内外勾结，势倾朝野，且屡引子以母贵的成语，讽示肃宗。肃宗以兴王佋虽为后出，究竟年幼序卑，不便立储，尝语考功郎中李揆道："朕意欲立俶为太子，卿意何如？"揆再拜称贺道："这是社稷幸福，臣不胜大庆呢。"肃宗乃改封楚王俶为成王，越数日即立为太子，更名为豫。

同平章事张镐，素性简澹，不事中要，后与辅国，皆不喜镐，尝有谗言。会镐上言："史思明因乱窃位，人面兽心，万不可恃。新任滑州刺史许叔冀，狡猾多诈，临难必变。"肃宗以为过虑，不切事机，遂罢为荆州防御使，所有兼任河南节度使一缺，易委崔光远接任。崔曾将西京献贼，奈何不诛？反加重任？不到半年，史思明逆迹昭著，竟复叛唐自主，且称起大圣燕王来了。自张镐罢去后，接连是李光弼奏请，谓："思明凶狡，必将叛乱，应令乌承恩就便预防。"肃宗还是未信。光弼又上第二次密奏，劝肃宗用承恩为范阳副使，且赐阿史那承庆铁券，令图思明。肃宗乃依计照行。看官！你道光弼何故要重用承恩？原来承恩父名知义，曾任平卢节度使，思明尝居知义麾下，感他厚待，因此承恩守信都，城为思明所陷，承恩陷入贼中，思明待以客礼，纵令南还。及承恩奉敕宣慰，思明格外恭敬，视若上宾。承恩有所陈请，思明多曲意相从。光弼侦知情事，因欲就承恩身上，诱取思明。肃宗从光弼言，授承恩为范阳节度副使，且令转赐阿史那承庆铁券。

承恩秘而未发，但出私财联络部曲，且数着妇人衣，诣诸将营，劝令效忠唐室。诸将或转告思明，思明当然生疑，遂延承恩入宴，留宿府中，阴令心腹二人，伏住床下，一面命承恩少子，夜入省父，承恩私语少子道："我受命除此逆胡，当授我为节度使。"语尚未毕，那床下即冲出两人，大呼而去，承恩自知谋泄，慌得脚忙手乱，门外已有胡兵拥入，立将承恩父子拿下，并搜承恩行囊，得铁券及光弼文牒，一并献与思明。思明责承恩道：

“我有何负汝？乃欲害我！”承恩无词可答，只好说是李光弼主谋。思明乃集将佐吏民，西向大哭道：“臣率十三万众归降朝廷，何事负陛下，乃欲杀臣？”随即喝令左右，榜杀承恩父子，并索得承恩党与二百余人，尽行杀死。独承恩弟承玼，为思明部下裨将，得脱身走太原，思明遂囚住中使李思敬，且令狄仁智张不矜草表，请诛光弼。表既草就，不矜持示思明，及将入函，复由仁智削去。不料事又被泄，由思明召入二人，诘问罪状，且顾语仁智道：“我用汝垂三十年，今日罪当斩首，乃汝负我，非我负汝。”仁智厉声道：“人生总有一死，得尽忠义，死也值得。若从大夫造反，不过虚延岁月，将来死且遗臭，何如速死为愈呢？”久居贼中，不染贼习，却是个好男儿。思明怒起，喝令侍从将仁智捶死，不矜亦随毙杖下，另遣他人草表，传达唐廷。肃宗乃颁敕慰谕，统推在承恩一人身上，谓非朝廷与光弼意。看官！你道史思明是个小儿，肯听唐朝皇帝的诳言吗？益使悍贼轻视？更可笑的，是命九节度出讨安庆绪，反差一个宦官鱼朝恩，去做观军容使，监制这九节度，这真是越弄越错了。一折便下，笔如潮流。

九节度使为谁？就是朔方节度郭子仪，河东节度李光弼，泽潞节度王思礼，淮西节度鲁炅，兴平节度李奂，滑濮节度许叔冀，镇西兼北庭节度李嗣业，郑蔡节度季光琛，河南节度崔光远，这九节度麾下的马兵步兵，合将拢来，差不多有五六十万。肃宗本拟令子仪为统帅，只因光弼与子仪，功业相等，难相统属，所以不置元帅，特刱一个观军容使的名目，令宦官鱼朝恩充职。朝恩晓得什么兵法，不知他如何运动，得此美差，赫赫威灵的九节度使，竟要这阉奴前来监督，叫他们如何服气呢？评论得当。子仪先引兵至河东，至获嘉县，破贼将安太清，太清走保卫州，安庆绪尽发邺中部众，亲自带领，往救太清。子仪用埋伏计，诱贼近垒，呼起伏兵，一阵攒射，顿将庆绪击走，遂拔卫州。庆绪奔还邺城，子仪乃会集九节度兵马，陆续围邺，庆绪大惧，急向思明处求援，情愿把位置让与思明。思明遂自称大圣燕王，出兵陷魏郡，留驻观变。光弼在军中倡议道：“思明既得魏郡，尚按兵不进，明明是待我懈弛，恰好来掩我不备呢。为今日计，且由我军与朔方军，同逼魏城，与他一战，我料他鉴嘉山覆辙，必不敢轻出。嘉山事见五十一回。这边尚有七路大军，足下邺城，邺城拔，庆绪死，再合全师攻思明，思明虽狡，也无能为了。”确是万全计策。偏鱼朝恩硬来作梗，定要他同攻邺城，说是兵多易下，再击思明不迟。各节度又多模棱两可，没一个出来作主，徒落得你推我诿，势若散沙。自乾元元年十月围邺，直至二年正月，尚未得手。镇西节度李嗣业，忍不住一腔烦恼，遂亲自扑城，城上箭如雨下，突将嗣业臂上，射中一箭。嗣业不以为意，把箭拔去，哪知箭镞有毒，侵入肌骨，霎时间暴肿起来，痛不可忍，乃收兵回营，越宿竟致谢世。

兵马使荔非元礼，代统士卒，仍然留军围城，郭子仪等筑垒再重，穿堑三重，且决漳水灌入城中，城中井泉皆溢。贼兵多迁居高处，更因粮食已尽，一鼠且值钱四千，并淘马矢以食马，急得庆绪不知所措，但日望思明进援。思明煞是厉害，闻邺城危急万分，乃引兵趋救，却又一时不到城下，但遣轻骑挑战，官军出击，便即散归，官军回营，又复趋集，闹得官军日夜不安。思明更选壮士数队，扮作官军模样，四处拦截官军粮运，每见舟车运至，即上前焚掠，官军防不胜防，遂致各营乏食，均有归志。实是号令不专之弊。思明乃引众直抵城下，与官军决战。李光弼王思礼许叔冀鲁炅四路兵马，先出交锋，鏖战了两三时，杀伤相当。鲁炅中流矢退还，子仪等乃出兵继进，甫经布阵，忽觉大风卷至，拔木扬沙，霎时天昏地暗，咫尺不辨，两军互相惊诧，彼此骇散，贼兵北溃，官军南奔，甲仗辎重，抛弃无算。子仪走回河阳，忙将桥梁拆断，保住东京，哪知东京留守崔圆，河南尹苏震等，已经遁去。士民骇奔山谷，途中如织，那诸节度的溃兵，反乘势剽掠，吏不能止，唯李光弼王思礼整军退归，沿途无犯，但百姓已吃苦得够了。子仪入东京，已剩了一座空城，幸诸将继至，得数万人，大众以东京空虚，必不可守，不如退保蒲陕。独都虞侯张用济道："蒲陕荐饥，不若守河阳，河阳得守，东京自无虞了。"子仪乃使都游奕使韩游环，率五百骑趋河阳，用济以步卒五千继进，协同守御，果然思明遣伪行军司马周挚，来夺河阳，被用济率兵杀退。更筑南北两城，分兵戍守，贼兵始不敢进窥了。九节度上表请罪，肃宗一律赦免，唯削夺崔圆苏震官阶，且令子仪为东畿山东河东诸道元帅，权知东京留守，主持战守事宜。

子仪因新遭败衄，未敢急进，那史思明得收整士卒，驻扎邺南，安庆绪因官军溃去，遣将出搜官军各营，得余粟六七万石，遂与孙孝哲崔乾佑等，谋拒思明。偏张通儒等以庆绪负义，各有违言。思明复遣使责庆绪，庆绪窘蹙，只好向思明乞和，甚至上表称臣。思明封还表文，愿各略去君臣礼节，改称兄弟。庆绪大悦，因请歃血同盟。思明狡黠得很，阳为允许，即邀庆绪至营设誓。庆绪便冒冒失失的带着四弟，及骑兵三百，出城诣思明营。思明盛张军备，高踞胡床，传庆绪入见。庆绪才知有变，奈已不能退回，只好低首趋入，屈膝下拜道："臣不能负荷先业，弃两都，陷重围，幸蒙大王忆念上皇，远垂救援，使臣应死复生，臣虽摩顶至踵，尚难报德。"说至此，蓦听案上猛拍一声，且厉叱道："失去两都，还是小事，尔为人子，敢杀父夺位，神人共愤，天地不容，我为太上皇讨贼，岂受尔谄媚么？"强盗也讲正理么？但禄山之死，假手于子，庆绪之死，假手于臣，逆报昭彰，千古不爽。庆绪听着，魂已出彀，又闻思明一声呼叱，即有数壮士走近身前，把自己抓了出去。俄见四个阿弟，也被他陆续牵至，还有孙孝哲崔乾佑高尚诸人，一古脑儿绑缚起来，正是懊悔不及。忽又有人传出号令，庆绪兄弟赐死，孙孝哲崔乾佑高尚处斩，当由似虎似狼的兵役，应声动手，一面用绳勒项，一面开刀枭首，不到一刻，那庆绪以下的逆魂凶魄，仍做了同帮，向森罗殿上对簿去了。全力写照，为大逆不道者戒。统计禄山父子僭位，三年而灭。

思明即勒兵入邺城，授张通儒等官阶，收降安氏遗众，留子朝义统兵居守，自率众还至范阳，僭称大燕皇帝，建元顺天，立妻辛氏为皇后，子朝义为怀王，周挚为相，李归仁为将，改范阳为燕京，称州为郡。郊天遇暴风，不得成礼，铸顺天通宝钱，仅得一文，余皆无成。思明不肯罢休，复分军四出，渡河南下。这时候的唐肃宗，方宠暱张皇后，信任李辅国，辅国入司符宝，出掌禁兵，所有制敕，必经辅国押署，然后施行。宰相百司，有事陈请，必须先白辅国，后达肃宗。辅国骄横专恣，无人敢违。苗晋卿王玙李麟等，皆不合辅国意，相继罢去，改用京兆尹李岘，中书舍人李揆，户部侍郎第五琦，同平章事。揆见辅国，执子弟礼，尊为五父。辅国排行第五。唯李岘入白肃宗谓制敕应由中书颁行，且劾辅国专权乱政，须加裁抑。肃宗疑信参半，但令制敕归中书掌管，已是得罪辅国。岘入相才经匝月，即被辅国诬害，贬为蜀州刺史。鱼朝恩与李辅国，本是同党，自邺还京，屡谮郭子仪，辅国也从旁怂恿，不由肃宗不信，因将子仪召还，改任李光弼为朔方节度使兵马元帅。子仪待下，宽而有恩，光弼却务从严整，接任后整肃军纪，壁垒一新。宽严各有利弊，但不能用宽，毋宁尚严。当下持节出巡，遍阅河上诸营，尚未告毕，接到河北贼警，史思明留子朝清守范阳，自率众从濮阳入寇，思明子朝义，出白皋伪相周挚出胡良，贼将令狐彰出黎阳，四路渡河，拟会集汴州。光弼急驰至汴，语节度使许叔冀道：“大夫守住此城，以十五日为期，我当调兵急救，幸勿有误。”叔冀许诺，光弼即去。

及思明进攻汴州，叔冀与战不利，竟竖起降旗，投顺思明。也不出张镐所料。思明乘胜西进，直抵郑州。光弼正在东京调兵，迭接警耗，便与留守韦陟商议。陟请暂弃东京，退守潼关。光弼道：“贼乘胜前来，势必甚锐，东京原不易守，但无故弃地五百里，贼势不益张么？不若移军河阳，北连泽潞，可进可退，表里相应，使贼不敢西侵，这便是猿臂的形势哩。公好辨礼，我好谈兵，今日为拒贼计，公却逊我一筹，直言莫怪。”陟不能答，乃令陟率东京官属，西行入关，牒河南尹李若幽，使率吏民出城，至陕避贼，自领军士运油铁诸物，径诣河阳。道经石桥，天已昏暮，望见前面已有贼骑游弋，光弼步步为营，秉炬前进，贼骑不敢驰突，便即引去。夜半入河阳城，有众二万，刍粟仅支十日，经光弼按阅守备，部分士卒，才及天晓，均已办就。即此已见长才。思明陷郑州逾滑州，径抵东京城，城内虚无一人，遂引兵攻河阳，令骁将刘龙仙，至城下挑战。光弼登城俯视，见龙仙坐在马上，举足加鬣，满口嫚骂，乃旁顾诸将道：“何人敢取此贼？”仆固怀恩挺身请行，光弼道：“公系大将，近且受封大宁郡王，区区草寇，何必劳公。”怀恩新近加封，即借此叙过。言未已，有裨将白孝德应声道：“末将愿往！”光弼问须带兵若干？孝德道：“何必带兵，看孝德一人一骑，即可往取贼首。”光弼道：“来贼虽是轻躁，却颇勇悍，总须用兵为助。”孝德道：“多兵转不易取了。待孝德先出，大帅选精骑五十名为后应，且在城上鼓噪助威，管教贼首取献。”已有成算。光弼大喜，抚孝德背道：“好壮士！好壮士！”孝德抢步下城，跃马径出，两手持着两矛，越濠而前。龙仙见只一人一骑，毫不在意，俟孝德将近，方欲动手，孝德即摇手相示，龙仙疑非与敌，乃持刀不动，嫚骂如故。孝德复驰上数步，与龙仙相距，不过十步左右，便即停住，瞋目问道：“来将可识我么？”龙仙问是何人？孝德道：“我乃大唐将官白孝德。”龙仙道：“是何狗彘？”道言未绝，孝德已跃马突进，口中大呼杀贼，手中双矛并举，向龙仙脑前刺入。龙仙急忙闪避，胁下已经受创，忍痛返奔。城上鼓声骤起，城下五十骑，亦渡濠继进，龙仙越觉着忙，环走堤上，被孝德骤马追上，用矛猛刺，贯入龙仙胸中。龙仙堕落马下，孝德即下马枭取首级，复腾身上马，举首示贼道："何人再来受死！"贼众辟易。孝德却从容揽辔，与五十骑返入城中，献上首级。光弼慰劳有加，记上首功。

思明既失了龙仙，一时不敢攻城，但出良马千余匹，每日在河渚洗澡，循环不休。光弼却命索军中牝马，得五百匹，纵浴河旁，贼马为牝马所引，渡河而来，被官军尽驱入城。思明又失了千余匹良马，叫苦不迭。乃另生一计，移军河清县，断截光弼粮道。光弼也出军至野水渡，抵制思明，相持一日，光弼夜还河阳，留兵千人，使部将雍希颢守栅，且嘱道："贼将高庭晖李日越，皆万人敌，今夜必来劫营，汝只守着，不必与战，他若请降，汝可与俱来。"语真奇突。言毕即行。希颢莫明其妙，只好遵令固守。往至天晓，果见一贼将纵马前来，带着数百骑驰近栅前。希颢顾语左右道："来将不是高庭晖，必是李日越，我等应奉元帅令，从容待着，看他如何？"于是裹甲息兵，吟笑相视。来将到了栅下，瞧着官军非常整暇，不禁奇异起来，便喝问官军道："司空在否？"希颢答道："昨夜已回城了。"来将又问道："留兵若干？统将何人？"希颢道："留兵千人，统将是我雍希颢。"来将沉吟不答。希颢却问道："汝系姓李，还是姓高？"来将答言李姓。希颢笑道："想是李日越将军了。司空有命，知将军夙抱忠心，不过暂为贼迫，今特令我待着，迎接将军。"来将踌躇半晌，顾语左右道："今失李光弼，得雍希颢，我若回去，必死无疑，不如归顺唐朝罢。"从骑均无异言。来将便即请降，希颢开栅相见，问明名号，正是李日越，当下引见光弼。光弼喜甚，特别优待，任以心腹。日越甚是感激，愿作书招降高庭晖。光弼道："不必不必，他自然会来投诚的。"又是奇语。诸将闻言，越觉惊疑。连日越亦暗暗称奇，不知他葫芦里卖什么药。哪知过了数日，高庭晖果率部众来降，光弼待遇甚优，与日越相同，俱为奏给官阶。诸将见光弼收降二人，概如所料，还道他与有密约，遂入帐问明光弼，欲释所疑。光弼道："我与高李素不相识，何来密契？不过揆情度理，容易招降。我闻思明尝嘱部下，谓我只能凭城，不能野战，今我出野水渡，以为我已失计，必遣日越等袭我。日越不得与我战，势不敢归，自然请降。庭晖才勇，出日越上，闻日越得我宠任，也必前来投诚，谋占一席，今果如我所料，也算是侥幸成功哩。"说来似无甚奇异，但非知彼知己，乌能得此？诸将统是拜服。及问明高李二人，所言适符，自是诸将益敬服光弼，唯命是从。将帅能服众心，全仗才智。

思明愤激得很，复进攻河阳。光弼令郑陈节度使李抱玉守南城，自屯中潬。伪相周挚攻南城，被抱玉用诱敌计，出奇兵击退，改攻中潬。光弼令镇西行营节度使荔非元礼，用劲卒拒战，元礼出守栅中，坐视贼众填堑，按兵不动。光弼瞧着，即驰问元礼道："贼兵已近，奈何坐视？"元礼道："司空欲战呢，还是欲守呢？"光弼道："自然欲战。"元礼道："如果欲战，贼已为我填濠，何必出去拦阻呢？"光弼不觉省悟道："甚善甚善，我一时见不到此，愿公努力！"为将者能独出己意，又能善用人谋，方为良将。言讫自去。元礼俟堑已填就，即开栅纵兵，鼓噪奋击，杀贼无数。周挚见不可敌，复改趋北城，思明又派兵益挚，自攻南城，遥为声援。光弼登城遥望，见贼众如墙前进，旁顾左右道："贼兵多而不整，不足畏虑，待至日中，保为诸君破贼哩。"乃命诸将出战，两下里搏击多时，看日色已将亭午，尚是胜负不分。光弼召问诸将道："贼阵何方最坚？"诸将答称西北隅。光弼即令骁将郝廷玉往击，又问次为何方？诸将答称西南隅。光弼又令蕃将论廷贞往击。两将奉命前去，光弼亲出督阵，下令军中道："视我令旗进军，我飐旗若缓，任尔择利。否则有进无退，违者立斩。又用短刀置靴中，语诸将道："战是危事，我为国三公，不可死诸贼手，万一不利，诸君死敌，我亦自刭，不令诸君独死哩。"于是摇旗指麾，再出搏战。忽见廷玉奔还，即命左右往取廷玉首级，廷玉语使人道："马适中箭，非敢擅退。"使人返报，光弼即命易马再进。有顷，复见仆固怀恩父子，倒退下来。复饬使人往取首级，怀恩见使人提刀驰来，乃与子玚硬着头皮，大呼向前。光弼把手中令旗，连飐不休，诸将拼命齐进，再接再厉，十荡十决。这一场鏖战，有分教：

上将功成歌虎拜，贼军胆落效狼奔。

贼众大溃，周挚遁去。官军斩得贼首千余级，俘虏五百人，驱示南城，思明亦仓皇窜走。光弼再进攻怀州，究竟怀州能否得手，请看官再阅下回。

禄山思明，狡黠相等，禄山且负唐廷，何论思明？叛而来归，万不足恃，为肃宗计，亟宜召他入朝，诱离巢穴，思明来则姑留京以羁縻之，否则责其抗命，仍加挞伐可也，九节度中，郭李最为忠智，若令郭功邺城，李攻范阳，余七节度分隶两人，则号令既专，责成有自，安庆绪似釜底游鱼，不亡何待？史思明虽较强盛，以光弼制之，亦觉有余，何致有相州之溃耶？乃内宠李辅国，外任鱼朝恩，舆尸失律，理有固然。藉非然者，河阳一役，光弼仅有众二万人，粮食亦第支十日，卒之击退贼军，大获胜仗，是可知分听生乱，专任有成，何肃宗之始终不悟也？本回叙九节度之溃，及史思明之败，两两相对，余蕴曲包，而安庆绪之见杀于思明，尤为形容尽致，贼党相残，逆报不爽，作者之寓意，固深且远矣。

第五十七回　迁上皇阉寺擅权
宠少子逆胡速祸

却说怀州守将，便是安庆绪部下的安太清。庆绪被思明杀毙，他乃投降思明，思明令为河南节度使。光弼督兵攻怀州，途次接得诏敕，进光弼为太尉，兼中书令，光弼受诏，遣还中使，仍进薄怀州城下，太清出战败退，告急思明。思明率众来援，由光弼留兵围城，自率兵逆击，至沁水旁，与思明相遇，麾军奋斗，杀贼三千余人。思明遁去，转袭河阳城，又为光弼侦知，还兵截杀，斩贼首千五百余级。思明复遭一挫，只好退回洛阳。光弼乃得专攻怀州。安太清系百战余生，颇有能耐，拒守至三月有余，尚是无懈可击。光弼决丹水灌城，仍不能拔，再命郝廷玉潜挖地道，穿入城中，内应外合，方将怀州攻破，生擒太清，献俘阙下。肃宗祭告太庙，改乾元三年为上元元年，大赦天下。增光弼实封千五百户，前敌各官，进秩有差。一面奉上皇至大明宫，称觞上寿，且邀上皇妹玉真公主，及上皇旧嫔如仙媛，一并侍宴，并召梨园旧徒，奏乐承欢。哪知上皇反触景生悲，暗暗堕泪，勉强饮了数杯，便即托词不适，返驾兴庆宫。为这一事，遂令宫中又生出许多纠葛来了。文似看山不喜平。

先是上皇奔蜀，时常悼念杨妃，乐工张野狐随驾同行，辄进言劝解。上皇泪眼相顾道："剑门一带，鸟啼花落，水绿山青，无非助朕悲悼，叫朕如何排解呢？"及行斜谷口，适霖雨兼旬，车上铃声，隔山相应，留神细听，仿佛是三郎郎当，郎当郎当的声音，玄宗特采仿哀声，作了一出《雨霖铃曲》，聊寄悲思。后来自蜀东归，道过马嵬，至杨妃瘗葬处，亲自祭奠，流泪不止。既还居兴庆宫，即命肃宗下敕改葬，偏李辅国从中阻挠，说是亡国妇人，幸免戮尸，何足赐葬，乃遣李揆入奏上皇，但托称龙武将士，深恨杨氏，今若改葬故妃，恐反令将士反侧不安。上皇乃止，唯密遣高力士往马嵬坡，具棺改葬。力士就原坎觅尸，肌肤俱已消尽，只剩了一副骷髅，两语足唤醒世人痴梦。独胸前所佩的锦香囊，尚属完好，乃将囊取留，拾骨置棺，另埋别所。又因当时有一驿卒，曾拾杨妃遗袜一只，归付老母，老母尝出袜示人，借此索钱，已赚得好几千缗。力士闻知，也向她赎出，携袜与囊，一并归献。上皇得此两物，越加唏嘘，特命画工绘杨妃肖像。悬置寝室，朝夕相对，终日咨嗟。嗣又忆及梅妃江采苹，饬内外一体访查，且特悬赏格，如觅得梅妃，授官三秩，赐钱百万，不意亦竟无下落。有内侍进梅妃肖像，上皇即题诗像上：忆昔娇妃在紫宸，铅华不御得天真。霜绡虽似当时态，争奈娇波不顾人。题毕，命模像刊石。嗣因暑月昼寝，仿佛见梅妃到来，含涕语道："昔陛下蒙尘，妾死乱军中，有人哀妾惨死，埋骨池东梅株旁。"语尚未毕，突被外面一阵风声，惊醒梦魇，便起床往太液池边，令高力士等检寻尸骨，终无所得。继思梅亭外面，曾有汤池，莫非瘗在此处，乃移驾过视，尚存梅花十余株，命中使启视，果然得尸，裹以锦裀，盛以酒糟，附土三尺许，尸骨胁下，刀痕尚在。上皇忍不住大恸，左右亦莫能仰视，当下命以妃礼易葬，由上皇自制诔文，哭奠一番，方才回宫。美人薄命，江杨同辙，事俱依曹邺《梅妃传》中，尝见《隋唐演义》，谓梅妃复会上皇，意欲为美人泄忿，反至荒谬不经。

嗣是上皇闲居宫中，不是追悼梅妃，就是追念杨妃，肃宗颇曲体亲心，时往省视，凡从前扈从诸人，仍令随侍，就是歌场散吏，曲部遗伶，也一律召还，供奉上皇，俾娱老境。怎奈上皇只是不乐。即如大明宫中的庆宴，一场喜事，变作愁城，肃宗亦未免介意。张皇后与李辅国，平素不为上皇所喜，遂乘此互进蜚言，谓上皇别有隐衷，不可不防，惹得肃宗亦将信将疑。会张后子兴王佋病殁，后因悲生怨，反归咎上皇，说他老而不死，无故哀泣，遂致殃及我儿，仿佛村妇口角，亏作者摹仿出来。如是与辅国日夜筹商，尝欲设法泄恨。可巧上皇御长庆楼，父老经过楼下，仰见上皇，都拜伏呼万岁，上皇命赐酒食，且召将军郭英乂等，上楼赐宴。李辅国借端发难，遂入白肃宗道："上皇居兴庆宫，日与外人交通，陈玄礼高力士等，谋不利陛下，今六军将士，皆灵武功臣，均因是生疑，臣多方晓谕，彼皆未释，不敢不据实奏闻。”肃宗沉吟良久，方道：“上皇慈仁，不应有此。”辅国又道：“上皇原无此意，恐群小蒙蔽上皇，或致生事，陛下为天下主，当思为社稷计，防患未萌，岂可徒徇匹夫愚孝？且兴庆宫逼近民居，垣墙浅露，亦非至尊所宜安养，不若大内深严，奉居上皇，既可远避尘嚣，尤足杜绝小人，荧惑圣听。”自己是小人，反说人家是小人，想是以己之腹，度人之心。肃宗不禁泪下，且徐徐道：“上皇爱居兴庆宫，奈何遽请迁居？”言未已，突见张后出来，即从旁接口道：“妾为陛下计，亦是奏迁上皇，可免后虑，愿陛下采纳良言！”肃宗仍然摇首。尚有父子情，但不能正言折服，终太优柔。张后忿然道：“今日不听良言，他日不要后悔。”泼悍之至。说罢，即返身入内，肃宗依然未决。辅国退出，遍嗾六军将士，令他伏阙吁请，乞迎上皇居西内。肃宗只是下泪，不答一词。堂堂天子，反效儿女子态，专知哭泣，是何意思。辅国反出语将士道：“圣上自知从众，汝等且退。”将士等乃起身散去。

肃宗为了此事，乃忧闷成疾。辅国竟诈传诏敕，把兴庆宫的厩马三百匹，取了二百九十匹，只剩十匹，然后令铁骑五百人，待着睿武门外，自趋入兴庆宫，矫称上语，迎上皇游西内。上皇驰马出宫，高力士后随，至睿武门，忽见铁骑满布，露刃而立，上皇惊问何事？那骑士却应声道：“皇上以兴庆宫湫隘，特迎上皇迁居西内。”上皇尚未及答，辅国即走近上皇驾前，来持御马。惹得上皇大骇，险些儿坠下马来。高力士赶前一步，向辅国摇手道：“今日即有他变，亦须顾全礼义，怎得惊动上皇？”辅国回叱道：“老翁太不解事。”力士不禁大怒道：“李辅国休得无礼！五十年太平天子，辅国意欲何为？”这三语驳斥辅国，那辅国才觉禁受不起，慢慢儿的走开。力士又代上皇宣诰道：“太上皇劳问将士，无事且退，不必护驾。”各骑士见辅国气馁，也不敢倔强，便各纳刃下拜，三呼万岁而退。力士复叱辅国道：“辅国可为太上皇引马！”辅国只好上前，与力士相对执辔，导上皇入西内，居甘露殿中，辅国乃退。殿中萧瑟得很，但剩老太监数人，器具食物，都不甚完备，尘封户牖，草满庭除。比华清宫何如？上皇不觉唏嘘，执力士手道：“今日若非将军，朕且为兵死鬼了。”力士从旁劝慰，上皇复道：“我儿为辅国所惑，恐不得终全孝道，但兴庆宫是我王地，我本欲让与皇帝，皇帝不受，我乃暂住，今日徙居，还是我初志呢。”无聊语，聊以自慰。待至午餐，膳人进食，多是冷蔵残羹，不堪下箸。上皇命膳人撤肉，且嘱："自今日始，不必进肉食，我当茹素终身。"愤极。草草食罢，直至酉刻，始有老宫婢数人，拨来侍奉，且将上皇随身衣物，搬取了来，既见上皇，相向号泣。上皇亦流涕道："不必如此，我闻皇帝有疾，想此事非他主使哩。"嗣是与高力士闲步庭中，看侍婢扫除尘秽，芟薙草木，粗粗整理，才得少安。

辅国因矫旨移徙上皇，也恐肃宗见责，先托张后奏闻，再率六军将士，趋入内殿，素服请罪。肃宗被他挟迫，反用好言抚慰道："卿等为社稷计，防微杜渐，亦何必疑惧。"上皇处尚可任权阉矫制，对诸他人将如何？辅国等欢跃而出。时颜真卿已入任刑部尚书，却不忍坐视无言，遂率百僚上表，请问上皇起居。辅国竟诬为朋党，奏贬为蓬州长史，且把高力士陈玄礼等，一齐劾奏，说他潜谋叛逆，私引凶徒。里面又有张皇后浸润，竟勒令陈玄礼致仕，流力士至巫州，遣如仙媛至归州安置，迫玉真公主出居玉真观，另选后宫百余人，侍奉西内，令万安咸宜二公主，皆上皇女。入视服膳。看官！你想上皇至此，安心不安心呢？肃宗为张后辅国所制，竟不向西内问安，但遣人侍候上皇起居，只传言上疾未愈，就是对外事件，本令郭子仪出统诸道兵马，北攻范阳，又被鱼朝恩阻挠，事不果行。

到了仲冬时候，淮西节度副使刘展，竟造起反来，大扰江淮。江淮一带，虽经永王璘变乱，不久即平，尚无大害。乾元二年，襄州将康楚元张嘉延，及张维瑾曹玠等先后作乱，影响延及江淮，但也迭起迭亡，无碍大局。至刘展一反，竟横行江淮间，所过残破，蹂躏数州。溯源竟委。展初为宋州刺史，与御史中丞王铣，同领淮西节度副使。铣贪暴不法，展刚愎自用，节度使王仲昇，奏铣不法，将他诛死，并使监军邢延恩入陈展罪，亦请捕诛。延恩以展有威名，恐不受命，特向肃宗献策，请除展江淮都统，俟他释兵赴镇，中道逮捕云云。肃宗乃命延恩赍敕授展，哪知展已瞧破机关，谓须先得印节，然后启程。延恩没法，驰至江淮都统李峘处，说明原委，令峘暂交印信，转给与展。展乃上表谢恩，即带宋州兵七千，驰赴广陵。延恩无从下手，计划全然失败，天子无戏言，怎得为欺人计？延恩固误，肃宗尤误。急忙奔回广陵，联络李峘，并约淮东节度使邓景山，发兵拒展。展说峘反，峘说展反，彼此移檄州县，弄得大众疑惑，无所适从。但江淮都统的符节，已入展手，反似展奉敕赴任，理直气壮。兵民多不直李峘，未曾与展接仗，先已奔。岵奔宣城，延恩奔寿州，展长驱入广陵，遣将攻邓景山。景山复败，部兵亦溃。展乃连陷升润苏湖濠楚等州，江淮几无乾净土。景山与延恩，惶急得很，一面奏请调平卢兵援淮南，一面遣使促平卢节度田神功，愿以淮南子女玉帛，作为酬劳。神功正屯兵任城，立选精骑南下，到了彭城，才接诏敕，令他讨展，他却名正言顺，与展开仗。展连战皆败，弃城东走，神功得入广陵及楚州，纵兵大掠，复遣将分道追展，且约景山延恩等三面夹攻。展穷蹙至金山，为神功部将贾隐林追及，一箭中目，趁手杀死。三路兵搜剿余党，依次荡平。只平卢军沿途掳掠，计十余日，饱载而归。兵亦与强盗相等，苦哉南人！当时北方糜烂，南方本尚宁谧，至此百姓始受荼毒，前遭刘展，后遇神功，两次掠劫，当然十室九空了。刘展乱事，贻害不小，故叙述特详。还有阴忮贪贼的鱼朝恩，与李辅国狼狈为奸，镇日里蛊惑肃宗，范阳当攻不攻，是为朝廷所误，东京尚不可攻，偏朝恩定要肃宗下敕，催李光弼即速进兵。光弼上言贼锋尚锐，未可轻进，偏鱼朝恩责他逗挠，日遣中使督促。光弼不得已，会集朝恩等攻东京，择险列营。仆固怀恩自恃功高，因光弼屡加裁抑，有不满意，独引部下出阵平原，光弼使语怀恩道："依险列阵，可进可退，若列阵平原，败且立尽，思明未可轻视哩。"怀恩不从，正龃龉间，史思明骤马出城，悉众来犯，怀恩立足不住，便即退后。顿时牵动后军，连光弼也支持不住，只好返奔。思明乘势进击，杀死官军数千人，军资器械，多被夺去。光弼渡河，走保闻喜，河阳怀州，复为贼陷，唐廷闻得败状，上下震惊，忙增兵屯陕。神策节度使卫伯玉，自东京败还，到了陕城，急收集溃卒，与新军力固守，不到数日，即有贼兵进攻，统将就是史朝义。伯玉引军出击，大破贼兵，朝义再却再进，伯玉三战三胜。思明闻朝义屡败，不禁愤愤道："竖子何足成大事？不如令他速死！"当下命朝义筑三角城，欲贮军粮，限一日告毕。到了傍晚，思明亲往按视，见城虽筑就，尚未泥垩，更痛詈朝义，叱他延缓，并令工役立刻加泥，须臾竣事，思明乃返，还是怒气勃勃，且行且语道："俟克陕州，定斩此贼。"看官！你道思明欲杀朝义，果止为攻陕一事么？说来也有一段隐情，差不多与禄山相似。

思明除夕生，禄山元日生，两人生年，只隔一日，又是同种同乡，同投军伍。禄山渐贵，思明尚未显达，土豪有女辛氏，尚未字人，偶见思明面目魁梧，暗生羡慕，便请诸父母，愿嫁思明。不去私奔，还算贞女。父母以思明微贱，不欲相攸，偏该女拚生觅死，硬欲嫁他，也只得听女自便。思明既娶得辛女，当然欢爱，唯前时已有私遇，怀妊未产，未几即生一子，取名朝义。思明得禄山荐举，积功至将军，辛氏亦生子朝清，思明因自负道："自我得辛氏为妻，官得累擢，又庆添丁，想是我妻福命过人，所以有此幸遇哩。"嗣是益宠辛氏，并爱朝清，渐渐的嫉视朝义。只朝义素性循谨，待士有恩，朝清淫酗好杀，士卒多乐附朝义，怨恨朝清，所以思明僭称帝号，已立辛氏为后，独至建储一事，始终未决。及朝义攻陕屡败，遂决议除去朝义，立朝清为太子。三角城竣，即于次日下令，再命朝义攻陕，阅日未克，便当斩首，并在鹿桥驿待报，这令一下，朝义原是自危，就是朝义部下，亦皆恐惧。部将骆悦蔡文景，密白朝义道："陕城岂一日可下？悦等与王，明日就要骈首了。"朝义道："奈何奈何？"悦复道："主子欲废长立幼，所以借此害王，今日只好强请主子，收回成命，或可求生。"朝义俯首不答。悦与文景齐声道："王若不忍，我等将降唐去了。"好似严庄之说庆绪，唯口却是不同。朝义急得没法，不得已语二人道："君等须好好入请，毋惊我父！"

悦等遂率部兵三百，待夜入驿，托言有要事禀报，径入思明寝所，四顾不见思明，便叱问寝前卫士。卫士已缩做一团，不敢遽答。悦与文景，立杀数人，才有人说他如厕，指示路径。悦等驰入厕所，仍然不见思明，忽闻墙后有马铃声，亟登墙瞭望，见有一人牵马出厩，正在跨鞍。悦部下周子俊，弯弓发矢，正中那人左臂，堕落马下。子俊即逾垣出视，悦等亦相继跃出，到了马前，仔细一瞧，正是思明。当将他两手反剪，捆起来。随笔叙来，确是夜景。思明受伤未死，便问由何人倡逆。悦大声道："奉怀王命！"思明道："我早晨失言，应有此事，但为子岂可弑父？为臣岂可弑君？尔等难道未知么？"悦复道："安氏子为何人所杀？况足下杀人甚多，岂无报应？"答语妙甚。思明太息道："怀王怀王，乃敢杀我么？但可惜太早，使我不得至长安。"悦不与多言，竟牵思明至柳泉驿，令部兵守着，自还报朝义道："大事成了。"朝义道："惊动我父否？"悦答言未曾，遂令许季常往告后军。季常即许叔冀子，叔冀正与周挚驻军福昌，一闻季常入报，叔冀却不以为意，既可叛唐，何妨叛思明。挚惊仆地上，也是个没用家伙。季常驰还，悦即劝朝义道："一不做，二不休，大义灭亲，自古有的。"弑父也足称大义吗？朝义已不知所为，支吾对答，悦遂至柳泉驿，缢杀思明，借毡裹尸，用橐驼载还东京。

路过福昌，托思明命，召周挚出见，挚还疑思明未死，贸然出迎，甫至悦军中，即由悦指麾部兵，把他拿下，一刀两段。当下遣使奉迎朝义，共至东京。朝义即日称帝，改元显圣，令部将向贡阿史那玉，率数百骑往范阳，令图朝清。朝清尚未知思明死耗，既见贡玉，便问及思明安否？贡伪说道："闻主上将立王为太子，特令贡等促王入侍，请王即日启行！"朝清大喜，即命治装。贡与玉退出后，密令步骑入牙城，专俟朝清出来，便好动手。偏朝清得微察密谋，竟擐甲登城楼，召贡诘问。贡潜伏隐处，但遣玉陈兵楼下，与相辩答。朝清怒起，拈弓在手，射毙玉军数人，玉返马佯奔，那朝清不识好歹，下楼出追，才经百余步，贡在朝清背后，骤马发箭，立将朝清射倒。玉还马再战，杀退朝清左右，便将朝清擒住，复与贡突入城中，揭示朝义檄文，一面搜获朝清母辛氏，与朝清一并杀讫。辛氏愿嫁思明得为皇后，当时似具慧眼，哪知却如是收场。朝清本不得志，见了朝义榜示，及贡玉各军，或俯首迎降，或袖手避去。独张通儒闻变，召集部下，前来拒战，终因士卒离心，为乱军所杀，范阳乃定。朝义遣部将李怀仙为幽州节度使，留守燕京。但朝义所部节度使，多系禄山旧将，思明僭号时，已多是阳奉阴违，此次朝义嗣立，更不愿受命，眼见得势处孤危，不久将灭了。

肃宗仍令各道节度使，进攻朝义，且加李辅国为兵部尚书，执掌全国军务。看官！你想国家军政，何等重大？岂可为阉奴所玩弄吗？那肃宗还是昏愦糊涂，在大明宫建设道场，讽经祷福，号宫人为佛菩萨，北门武士为金刚神王，召大臣膜拜围绕，一面去尊号及年号，以建子月为岁首，子月朔日，受百官朝贺，如元日仪。会张后生一婴女，肃宗非常钟爱，暇辄怀抱。山人李唐入见，肃宗正抱弄幼女，顾语唐道："朕颇爱此女，愿卿勿怪！"唐答道："太上皇思见陛下，想亦似陛下垂爱公主呢。"因机讽谏，唐颇怀忠。肃宗不觉泣下，但尚惮着张后，不敢诣西内，直至残腊相近，方往朝一次。越年，河东军乱，杀死节度使邓景山，自推兵马使辛云京为节度使。未几，绛州行营又乱，前锋将王元振，又杀死都统李国贞。镇西北庭行营兵，复杀死节度使荔非元礼，自推裨将白孝德为统帅。警报络绎不绝，肃宗乃封郭子仪为汾阳王，知诸道节度行营，兼兴平定国等副元帅。子仪奉命至绛州，召入王元振，数罪正法。辛云京闻风生畏，也查出乱首数十人，一并按诛，河东诸镇始皆奉法。肃宗得子仪奏报，心下稍慰，但为张后李辅国所使，反害得无权无柄，一切举动，不得自由，免不得抑郁寡欢，时患不豫。上皇寂居西内，种种怅触，尤觉得少乐多忧，凄然欲尽。曾记上皇尝自吟道：

刻木牵丝作老翁，鸡皮鹤发与真同。
须臾舞罢寂无事，还似人生一世中。

是时上皇已七十八岁了，年力衰迈，禁不住忧病相侵。忽有一方士从西方来，自言能觅杨太真，欲知他如何觅法，且至下回再表。

先圣有言，身修而后家齐，家齐而后国治，国治而后天下平，此实千古不易之至论，试证诸本回而益恍然矣。玄宗纳子妇为妃，便生出许多祸乱，后来且受制于子妇，不能修身齐家者，宁能治国平天下乎？肃宗嬖悍妻，任权阉，为子不孝，为夫不义，为君不明，是亦一不能修齐，即不能平治之明证也。即如安史之亡，虽由逆报昭彰，万不能避，然安禄山之死，死于妇人，史思明之死，亦未始不死于妇人。废长立幼之议起，而椹胸击颈之祸作。身不修，家不齐，必至杀身覆家而后止，遑问治国平天下耶？

第五十八回　弑张后代宗即位
平史贼蕃将立功

却说西蜀来一方士，入见上皇，自言姓杨名通幽，法号鸿都道士，有李少君术，李少君系汉武时人。能致亡灵来会。上皇大喜，即命在宫中设坛，焚符发檄，步罡诵咒，忙乱了好几日，杳无影响。通幽入禀上皇道："贵妃想是仙侣，不入地府，待臣神游驭气，穷幽索渺，务要寻取仙踪，才行返报。"上皇自然照允。通幽乃命坛下侍役，不得妄动，亦不得喧哗，自己俯伏坛前，运出元神，往觅芳魂，约阅一日，并不见他醒悟，仍然伏着，又阅一日，还是照旧，直至三日有余，方霍然起身，自觉精力尚疲，又盘坐了一歇，始从袖中摸了一摸，然后趋至坛下，入谒上皇。上皇即问他有无觅着？通幽道："臣已见过贵妃了，取有信物，可以作证。"说至此，即从袖中取出两物，乃是金钗半支，钿盒半具，呈与上皇。上皇接过一瞧，乃是初召杨妃时，作为定情的赐物，但不过缺了一半，便问从何处取来？通幽道："说来话长，待臣详奏。"从通幽口中，叙出情事，方有来历，不然，有谁见通幽四觅耶？上皇赐他旁坐，通幽谢座毕，乃坐谈道："臣运出元神，游行霄汉，遍觅上界仙府，并无贵妃踪迹，转入地府中，又四觅无着，再旁求四虚上下，东极大海，逾蓬壶岛，才见仙山缥缈，仙阙迷离，下有洞户东向，双扉阖住，门上恰署有'玉妃太真院'五字。臣因贵妃生时，曾号太真，正好叩门入见，当有双鬟启户出视，问明由来，再行入报。俄有碧衣侍女，出导臣入，再诘所从。臣答言为太上皇传命，碧衣女却说是：'玉妃方寝，令臣少待。'言已自去。是时云海沉沉，洞天日晚，琼户重阖，悄然无声。臣静候多时，才由碧衣女传宣，命臣入谒。但见侍女七八人，拥一仙子登堂，冠金莲，披紫绡，佩红玉，曳凤舄，云鬟半亸，睡态犹存，臣料她定是贵妃，便上前致命。贵妃亦向臣答揖，且问上皇安否？次问及天宝十四载后时事，臣一一答讫，贵妃叹息数声，令碧衣女取出金钗钿盒，折半授臣，且语臣道：'为谢太上皇，谨献是物，聊寻旧好。'臣接受钗钿，复问贵妃在日，与太上皇有无密词？贵妃乃徐徐道：'天宝十载，侍驾避暑，曾于七夕夜间，在长生殿中乞巧，与上皇对天密誓，有"世世愿为夫妇"一语，此语只有上皇知晓，可作凭信。'"上皇听到此言，不禁泫然道："确有此事，此外尚有他语否？"通幽复道："贵妃又说为此一念，恐再堕下界，重结后缘。唯上皇为孔升真人后身，不久即当重聚，好合如初。幸为转达圣躬，毋徒自苦。"上皇流涕道："我情愿速死，如贵妃言，且得重聚，真是早死一日好一日了。"通幽起拜道："臣恐蹈新垣平覆辙，新垣平亦汉武时人。故不避嫌疑，依言详述。"上皇道："这有何妨，不过卿为朕劳苦了。"遂命左右取出金帛，赐给通幽。通幽谢赏而退，仍还西蜀去了。

究竟此事是真是假，也无从辨明。恐未必全真。唯上皇自迁居西内，久不茹荤，及经通幽奏陈后，更辟谷服气，累日不食。看官试想！一个肉骨凡胎，哪能时常绝粒？辟谷不过美名，祈死实是真相。况且老病缠绵，悲怀莫诉，形同槁木，心如死灰，眼见得是要与世长辞了。临崩前一日，尚吹紫玉笛数声，调极悲咽，相传有双鹤下庭，徘徊而去。次日已气息奄奄，召语侍儿宫爱道："我本孔升真人，降生尘世，今将重皈仙班，当与妃子相见，亦复何恨。"又指示紫玉笛道："此笛非尔所宝，可转给大收，系代宗豫小字。尔可为我具汤沐浴，俟我就枕，慎勿惊我。"宫爱乃奉上香汤，侍上皇沐浴更衣，安卧榻上，方才退出。是夕宫爱闻上皇有笑语声，尚不敢入视，黎明进见，上皇双目紧闭，四肢俱僵，已呜呼哀哉了。统计玄宗在位四十三年，居蜀二年有余，还居大内又五年，寿七十八岁而崩，后来尊谥为大圣大明皇帝，所以后世沿称为唐明皇。补语断不可少。

肃宗已好几月不朝上皇，蓦闻上皇升遐，不免悲悔交集，号恸不食，病且转剧，乃只在内殿举哀，令群臣临太极殿，奉梓宫至殿中治丧。蕃官追怀上皇遗德，剺面割耳，多至四百余人，越日，命苗晋卿摄行冢宰，且诏太子豫监国。适楚州献上宝玉十三枚，群臣表贺，且上言太子曾封楚王，今楚州降宝，宜应瑞改元，乃改上元三年为宝应元年，仍以建寅为正月，下诏特赦，放还流人。高力士自巫州遇赦，还至朗州，闻上皇已崩，悲不自胜，甚至呕血数升，不久即殁。享年亦七十九岁。力士虽是宦官，还算瑕瑜互见，特书死以表其忠。肃宗病笃，宫中又发生内乱，原来张后辅国，本是内外勾结，互相为援。后来辅国专权，连张后也受他挟制，以此积不能容，致成嫌隙。女子小人，往往如是。后见肃宗疾亟，召太子入语道："李辅国久典禁兵，制敕皆从彼出，且擅事逼迁上皇，为罪尤大。自己本与同谋，至此反欲抵赖。他心中所忌，只有我与太子，今主上弥留。辅国连结程元振等，阴谋作乱，不可不诛。"太子流涕道："皇上抱病甚剧，不便入告。若骤诛辅国，必致震惊，此事只好缓议罢。"后乃答道："太子且归！待后再商。"太子趋出，后更召越王系入议，且与语道："太子仁弱，不能诛贼臣，汝可能行否？"系是肃宗次子，初封南阳，后徙封越，曾见五十五回。本来是痛恨辅国，至是听着后言，竟满口承认下去。乃即命内监段恒俊，就阉寺中挑选精壮，得二百人，授甲殿后。欲以阉奴除阉奴，已是失策。

不料为程元振所闻，竟告知辅国。元振曾为飞龙厩副使，与辅国同类相关，联为指臂，当下号召党徒，至凌霄门探听消息。适值太子到来，意欲入门，辅国元振，即上前拦住道："宫中有变，殿下断不可轻入。"太子道："有什么变端？现有中使奉敕召我，说是皇上大渐，我难道就畏死不入吗？"元振道："社稷事大，殿下还应慎重。"说着，即指麾党羽，拥太子入飞龙殿，环兵守着。自与辅国诈传太子命令，号召禁兵，闯入宫中，搜捕越王系段恒俊等，将他系狱。张后闻变，忙奔至肃宗寝室内，冀避兵锋。不意辅国胆大妄为，竟带兵数十人，突入帝寝，逼后出室。后哪里肯行？哀乞肃宗救命。肃宗已死多活少，经此一急，顿时气壅，喘吁吁的说不出话。可恨辅国目无君上，遽将张后两手扯住，拖出寝门，比曹阿瞒，还要厉害。一面捕张后左右，共数十人，同牵至冷宫中，分别拘禁，内侍宫妾，相率骇散。肃宗第六子兖王僩，闻乱入宫，巧巧碰着李辅国，问为何事起变？辅国诬言皇后谋逆。僩止驳斥数语，又被辅国麾兵执住。更可怜那在位七年，改元四次。享寿五十二岁的肃宗皇帝，独自卧在上，又惊又骇，又悲又恼，喘急多时，无人顾问，竟就此了结残生。宠任妇寺，应该如此。辅国自往探视，见肃宗已是死去，遂出来嘱托党徒，分头行事，勒毙张皇后，杀死张后左右数十人。外如越王系兖王僩段恒俊等，一古脑儿牵出开刀，不留一人，张后尚有一子，年仅三龄，取名为侗，已封定王，辅国欲斩草除根，复亲往搜捕，哪知这身在襁褓的小儿，因无人照管，已是骇死，不劳顾问了。全尸而死，还算幸事。

辅国乃与元振同入飞龙殿，请太子素服，出九仙门，与宰相等相见，述及肃宗晏驾事。摄冢宰苗晋卿，年逾七十，素来胆小，不能有为。新任同平章事元载，由度支郎中升任，专知刻剥百姓，趋媚权要，当然不敢发言。彼此唯唯诺诺，一听辅国处分。于是至两仪殿，发肃宗丧，奉太子即位柩前。越四日始御内殿听政，是为代宗。辅国竟自命为定策功臣，越加专恣，且语代宗道："大家注见前。但居禁中，外事自有老奴处分。"代宗听了，也觉心下不平，但因他手握兵权，不便指斥，只好阳示尊礼，呼为尚父，事无大小，俱就咨询，就是群臣出入，亦必先诣辅国处所。辅国侈然自大，呼叱任情，未几且加职司空，兼中书令。程元振亦升任左监门卫将军。追尊生母吴氏为皇后，加谥章敬。吴氏幼入掖庭，得侍肃宗，当代宗怀妊时，曾梦金甲神用剑决胁，醒后顾视胁下，尚隐隐有痕。后生代宗，玄宗因得生嫡皇孙，亲视洗澡，保姆因儿体孪弱，另取他宫儿以进。玄宗谛视，有不悦状，保姆乃叩头实陈。玄宗道："快取本儿来！"及见嫡孙，欣然道："你等以为体弱，我看他福过乃父哩。"遂召入肃宗，一同欢宴，且顾语高力士道："一日见三天子，也可为乐事了。"唯吴氏有德无寿，殁时年止十八，至此始追册为后，且追复玄宗废后王氏位号，并玄宗子瑛瑶琚三人，皆复故封。废肃宗后张氏，及越王系兖王僩皆为庶人，封长子适为鲁王，次子邈为郑王，三子回为韩王。适为代宗侍女沈氏所出，自安禄山陷入长安，沈氏不及出奔，被掳至东京。及东京克复，得与肃宗相见，仍留居行宫，未及西归。至史思明再入东京，沈氏竟不知去向。代宗遣使四访，仍无下落，乃将后位虚悬，但册韩王回母独孤氏为贵妃，所有肃宗旧侍，如知内省事朱光辉，内常侍啖庭瑶，及山人李唐等三十余人，均远流黔中。李辅国素恨礼部尚书萧华，因贬华为峡州司马。程元振暗忌左仆射裴冕，因出冕为施州刺史。唐廷只知有李程，不知有代宗。

既而李程两人，亦互争权势，程元振密白代宗，请裁制辅国，乃解辅国行军司马，及兵部尚书兼职，且把他迁居外第。辅国始有戒心，上表逊位，有诏罢辅国兼中书令，进爵博陆王。宦官封王，旷古未闻。辅国入谢，愤咽陈词道："老奴死罪，事郎君不了，愿从地下事先帝。"竟称代宗为郎君，彼心目中岂尚有天子耶！代宗虽听不下去，表面上尚虚与周旋，好言慰谕。辅国乃悻悻出去。后来与元振商得一策，密遣牙门将杜济，入辅国第，刺杀辅国，截去右臂，并枭首掷坑厕中。杜济返报，代宗令他潜避，佯下敕令有司捕盗，一面刻木代首，合尸以葬，赠官太傅，唯谥法却是一个"丑"字。看官听说！代宗本来嫉视辅国，只因张后生前，常有易太子意，代宗时怀恐惧，及辅国擅杀张后，为代宗除一障碍，代宗反感念辅国，所以不欲明诛，但加暗杀，这无非是私心自用呢。代宗不明诛辅国，显然失刑，况去一辅国，存一元振，亦何分优劣乎？元振再超任骠骑大将军，独揽政权，且召郭子仪入朝，意图构害。子仪闻命即至，请自撤副元帅及节度使职衔，有旨准奏。徙封鲁王适为雍王，特授天下兵马元帅，令统军讨史朝义。且遣中使刘清潭，至回纥征兵。先是回纥太子叶护，归国取马，拟再来助讨范阳，应五十五回。偏葛勒可汗，不肯再发兵马，反上言请婚。肃宗方倚重回纥，即将幼女宁国公主，许嫁葛勒可汗，且亲送女至咸阳，慰勉再三。公主泣道："国家多难，以女和蕃，死且不恨。"语毕即行。既至回纥，尊为可敦，并献马五百匹，及貂裘白毡等，作为谢仪。有诏册封葛勒为英武威远毗伽可汗，葛勒拜受，唯太子叶护，因与肃宗立有旧约，愿自领兵助攻范阳。葛勒可汗仍然不从，父子间致启违言，惹得葛勒动怒，竟将叶护逼死，后来颇也自悔，遣王子骨啜特勒，宰相帝德等，率骑兵三千，与九节度等同攻相州。即邺城。九节度败溃，骨啜等亦奔还京师，由肃宗厚赐遣还。葛勒可汗，复为少子移地健乞婚，肃宗乃取仆固怀恩女，遣嫁移地健。俄而葛勒可汗病终，宁国公主，以无子得还，移地健嗣立，号牟羽可汗，以怀恩女为可敦，使大臣莫贺达干等入朝，并问公主起居。

及代宗即位，远敕未颁，史朝义计诱回纥，诈称唐室两遇大丧，中原无主，请回纥入收府库，可得巨赀。牟羽可汗信为真言，即引兵南行，途次正与刘清潭相值。牟羽即问清潭道："唐室已亡，怎得有使？"清潭答道："先帝虽弃天下，今嗣皇即广平王，曾与可汗兄叶护，共收两京，且曾岁给贵国缯绢，难道已忘怀么？"牟羽无言可驳，乃偕清潭入塞，沿途见州县空虚，烽障无守，复有轻唐意，免不得嘲笑清潭。清潭密报唐庭，代宗乃遣怀恩往抚，再命雍王适统兵至陕，迎劳回纥可汗。雍王适到了陕州，回纥兵亦至，列营河北，适与御史中丞药子昂，兵马使魏琚，元帅府判官韦少华，行军司马李进，共诣回纥营，与牟羽可汗相见。牟羽踞坐胡床，令适拜舞。药子昂趋进道："雍王系嫡皇孙，两宫在殡，礼不当拜舞。"此语亦未免失辞。回纥将车鼻，在旁诘问道："唐天子与可汗，曾约为兄弟，雍王见我可汗，当视如叔父，怎得不拜舞哩？"子昂固拒道："雍王为大唐太子，将来即为中国主，岂可向外国可汗拜舞么？"车鼻不应，竟麾令军士，拥子昂等四人至帐后，各鞭百下，乃令随适回营。少华与琚，不堪痛苦，是夕竟殁。也是国耻。

诸道节度使，陆续会集，闻雍王为回纥所辱，拟袭击回纥，为雪耻计。雍王以贼尚未灭，不应轻启衅端，乃含忍而止。回纥见官军大集，气亦少夺，乃愿同讨贼。于是仆固怀恩，引回纥兵为前驱，郭英乂鱼朝恩为后殿，出发陕州。雍王适在陕居守，遥作声援。各军向东京进发，泽潞节度使李抱玉，与河南等道副元帅，俱率兵来会，直抵东京北郊，遂分军拔怀州，合阵横水。贼众数万，立栅固守。怀恩遣骁骑及回纥兵，绕道南山，出栅东北，与大军前后夹击，得将贼栅冲破，毙贼甚多。史朝义自领精兵十万，出城援应，列阵昭觉寺旁，官军连击不动。镇西节度使马璘道："事已急了，不出死力，如何破贼？"说着，即一马当先，奋突贼阵。贼前队多盾牌手，由璘用长槊拨去两牌，骤马径入。官军随势拥进，贼众披靡，奔至石榴园老君庙，方拟小憩，又被官军赶到，大杀一阵。贼无心再战，自相践踏，尸满山谷。官军斩首六万级，捕掳二万人。朝义领轻骑数百，东走郑州，怀恩进克东京，乘胜夺河阳城，留回纥可汗屯河阳，令子右厢兵马使玚，及朔方兵马使高辅成，率步骑万余，追击朝义，至郑州再战再捷。朝义又东走汴州，伪陈留节度使张献诚，闭门不纳，朝义转趋濮州，渡河北奔。是时官军依次北向，东京乏人居守，回纥兵自河阳入东京，肆行杀掠，纵火连旬，可怜东京居民，三次遭劫，徒落得庐黔垣赭，家尽人空。乱世人民，真是没趣。怀恩也不遑顾及，闻前军得胜，也亲往追贼。朝义且战且奔，滑州卫州，均被怀恩克复。伪睢阳节度使田承嗣等，来援朝义，与怀恩子玚鏖战半日，又复败退，偕朝义同走莫州。官军争传露布，且遍檄两河，令贼党自拔来降。伪邺州节度使薛嵩，向李抱玉处投诚，举相卫洺邢四州来降。伪恒阳节度使张忠志，向辛云京处投诚，举恒赵深定易五州来降。承嗣与朝义居莫州城，勉强支过残年。越年，唐廷已改元广德，且饬各军进讨，加怀恩为河北副元帅。怀恩乃令兵马使薛兼训郝廷玉等，会同田神功辛云京两节度，进围莫州。史朝义屡出拒战，无一胜仗。官军锐气未衰，淄青节度使侯希逸，又复踵至，眼见得斗大孤城，不日可下，田承嗣自知不支，劝朝义亲往幽州，发兵还救。朝义乃率锐骑五千，自北门突围夜走。承嗣即投款官军，把朝义母妻子女，作为贽敬，一古脑儿献至军前。官军收得俘虏，也不及入城，再向前追蹑朝义。

朝义踉跄北走，一口气跑至范阳城下，但见城门紧闭，城上已竖起大唐旗帜，这一吓非同小可，险些儿跌下马来。嗣见城楼上立着一将，却是面熟得很，仔细一想，记得是范阳兵马使李抱忠，便呼抱忠与语道："汝等为何叛我？须知食我禄，当为我尽忠，我因莫州被围，特率轻骑到此，发兵往援，汝等若尚知君臣大义，应即洗心悔过，共支大局。"言未已，那抱忠已应声道："天不祚燕，唐室复兴，今我等已经归唐，岂得再为反复？大丈夫耻以诡计相图，愿早择去就，自保生全。"朝义闻言，半晌才说道："我今日尚未得食，可能饷我一饱否？"抱忠应诺，令人馈食城东。朝义与部骑食讫，远远听有喊杀声，恐是唐军追至，急急的奔往广阳。广阳亦闭门不纳，谋投奚契丹。部骑已陆续散去，范阳留守李怀仙，遣兵追还。朝义料难保全，遂缢死医巫闾祠下。怀仙取朝义首，赍献长安。总计史氏父子，僭号凡四年而亡。比安氏较多一年。李怀仙薛嵩田承嗣张忠志，次第至怀恩军营，请随军效力。怀恩恐贼平宠衰，仍奏留四人复职。代宗已是厌兵，竟如所请。薛嵩为相卫邢洺贝磁六州节度使，田承嗣为魏博德沧瀛五州节度使，李怀仙仍守故地，为卢龙节度使。张忠志本是奚人，特赐姓名为李宝臣，仍统恒赵深定易五州，且称他部军为成德军，令为成德军节度使。一面下诏大赦，凡东京及两河伪官，既已反正，不究既往。于是叛臣许叔冀以下，均得以意外免死，侥幸全生。遗祸无穷。小子有诗叹道：

姑息由来足养奸，况经事虏畔天颜。
未明功罪徒施惠，贼子何堪帝宠颁。

还有回纥部众，所过抄掠，尚未肯敛兵归国，后来如何处置，且至下回再详。

张后有可杀之罪，辅国非杀张后之人，此二语实为确评。况张后之谮杀建宁，谋迁上皇，无一非辅国与谋，设当时无辅国其人，吾料张后孤掌难鸣，亦未必果能遂恶也。纲目书杀不书弑，汪克宽尝驳斥之，张天如亦谓张后谋诛辅国，事虽不成，英武却非帝所及。然后辅国之逼死张后，当乎否乎？宦官而可杀后也，是赵盾之于晋君，公子归生之于郑伯，《春秋》何必书弑乎？宜清高宗之斥纲目为失当也。代宗不能诛贼，反感其有杀后之功，拜相封王，宠赉无比，厥后入程元振言，乃遣人刺死之；功罪不明，已可概见。至若史朝义僭踞东京，已成弩末，既不必借兵回纥，亦无庸特任亲王，但令郭李为帅，已足荡平河朔，一误不足，且于贼将之乞降，仍令握兵任重，所有伪官，悉置不问，天下亦何惮而不再反也？呜呼代宗！呜呼唐室！

第五十九回　避寇乱天子蒙尘
耀军徽令公却敌

却说回纥可汗纵兵四掠，人民骇散，市落为墟。泽潞节度李抱玉，方受命兼辖陈郑，拟遣官属劝阻，无人敢往。独赵城尉马燧请行，燧闻回纥兵入境，先遣人纳赂渠帅，约无暴虐。渠帅因贻一令旗，与燧面约道："如有犯令，请君自加捕戮，决无异言。"燧取旗弹压，回纥兵相顾失色，愿遵约束。会唐廷论功行赏，特册回纥可汗为英义建功毗伽可汗，可敦为毗伽可敦，且自可汗至宰相，共赐实封二万户，以下亦封赏有差。回纥可汗，始满意而去。代宗乃大赉群臣，如正副元帅，及各道节度，悉赠官阶。唯山南东道节度使来瑱，本已召入为兵部尚书，兼同平章事，偏程元振与瑱未协，说他与贼通谋，竟坐流播州，旋且赐死。瑱旧时部曲，大为不平，特推兵马使梁崇义为统帅，唐廷却不能讨，乃命崇义为山南东道节度留后。留后之名自此始。崇义为瑱讼冤，乞为改葬，有诏许改葬事，瑱始得还正首邱。

代宗因乱事粗平，始封玄宗于泰陵，肃宗于乔陵，嗣分河北诸州为五部，各专责成。幽莫妫檀平蓟六州，归幽州管辖；恒定赵深易五州，归成德军管辖；相贝邢洺四州，归相州管辖；魏博德三州，归魏州管辖；沧棣冀瀛四州，归淄青管辖；怀卫二州及河阳，归泽潞管辖，各设节度使。历叙疆域，为后文各节度争乱伏案。余节度使各仍旧境。仆固怀恩以功进尚书左仆射，兼中书令，坐镇朔方，令护送回纥可汗归国，道出太原。河东节度使辛云京，恐怀恩与回纥连谋，以致见袭，因闭关自守，不敢犒师。怀恩恨他不情，上表白状，代宗不报。怀恩遂调朔方兵数万，屯驻汾州，令子玚屯兵榆次，裨将李光逸屯兵祁县，李怀光屯兵晋州，张维岳屯兵沁州。明是胁制云京。云京见环境皆敌，益滋危惧，适中使骆奉仙至太原，云京厚与结欢，令还报怀恩反状，怀恩亦奏请诛云京奉仙，代宗两不加罪，但优诏调停。皇帝出做和事老，国事可知。怀恩以功大遭谗，愤激的了不得，乃上书自讼道：

臣世本夷人，少蒙上皇驱策，禄山之乱，臣以偏裨决死靖难，仗天威神，克灭强胡。思明继逆，先帝委臣以兵，誓雪国仇，攻城野战，身先士卒。兄弟殁于阵，子姓殁于军，九族之内，十不一在，而存者疮痍满身。陛下龙潜时，亲总师旅，臣事麾下，悉臣之愚，是时数以微功，已为李辅国谗间，几至毁家。陛下即位，知臣负谤，遂开独见之明，杜众多之口，拔臣于洴陇，任臣以朔方，游魂反干，朽骨再肉。前日回纥入塞，士人未晓，京辅震惊。陛下诏臣至太原劳问，许臣一切处置，因得与可汗计议，分道用兵，收复东都，扫荡燕蓟。时可汗在洛，为鱼朝恩猜阻，已失欢心，及臣护送回纥，辛云京闭城不出，潜使攘窃，蕃夷怨怒，弥缝百端，乃得返国。臣还汾州，休息士马，云京畏臣劾奏，故构为飞谤，以起异端。陛下不垂明察，欲使忠直之臣，陷谗邪之口，臣所为拊心泣血者也。臣静而思之，负罪有六：昔同罗叛乱，骚扰河曲，臣不顾老母，为先帝扫清叛寇，臣罪一也；臣男玢为同罗所虏，得间亡归，臣斩之以令众士，臣罪二也；臣女远嫁外夷，为国和亲，荡平寇敌，臣罪三也；臣与子玚躬履行阵，不顾死亡，为国效命，臣罪四也；河北新附诸镇，皆握强兵，臣抚绥以安反侧，臣罪五也；臣说谕回纥，使赴急难，戡定中原，二陵复土，使陛下勤孝两全，臣罪六也。臣既负六罪，诚合万诛，唯当吞恨九泉，衔冤千古，复何诉哉？臣受恩至重，夙夜思奉天颜，但以来瑱受诛，朝廷不示其罪，诸道节度，谁不疑惧？且臣前后所奏骆奉仙，情词非不摭实，陛下竟无处置，宠任弥深，是皆由同类比周，蒙蔽圣听。窃闻四方遣人奏事，陛下皆云骠骑议之，可否不出宰相，远近益加疑沮。如臣朔方将士，功效最高，为先帝中兴主人，陛下不加优奖，反信谗言。子仪先已被猜，臣今又遭诋毁，弓藏鸟尽，信非虚言。倘不纳愚恳，且务因循，臣实不敢保家，陛下岂能安国？唯陛下图之！

代宗得怀恩书，遣同平章事裴遵庆赍敕至汾州，宣慰怀恩，怀恩跪听诏敕。待遵庆读毕，抱住遵庆两足，且泣且诉。遵庆忙扶起怀恩，极言圣眷方隆，可无他虑，因劝令入朝。怀恩以惧死为词，竟不肯入京。遵庆乃返报代宗，代宗尚得过且过，不以为意。忽由邠州传入急报，乃是吐蕃入寇，带同吐谷浑党项氐羌二十万众，鼓行而东，前锋已到邠州了。代宗大骇道："虏众入境，如何有这般迅速？莫非边境各吏，统死了不成。"不是边吏俱死，实是你已经死了半个。当下召入群臣，亟筹控御。群臣统面面相觑，不敢发言。看官听着！邠州距离长安，不过数百里，吐蕃如此深入，应该早有边警，为何至此才闻呢？说来又有原因，正好就此补叙。自唐廷与吐蕃划界，立碑赤岭，总算和好了几年。及金城公主病殁后，金城公主遣嫁吐蕃主弃隶蹜赞，俱见前文。吐蕃与唐失和，屡次窥边，经河陇诸节度使王忠嗣哥舒翰高仙芝等，先后守御，终不得逞。至安史迭乱，所有河陇戍兵，俱征召入援，边备乃虚。肃宗初年，吐蕃主娑悉笼猎赞，弃隶蹜赞孙。乘唐内讧，迭陷威武河源等军，并取廓霸岷诸州。代宗即位，复陷临洮，朝廷使御史大夫李之芳等，往修旧好，反被羁住。至广德元年，郭子仪以吐蕃留使，不可不防，代宗不省。到了秋季，吐蕃引兵入大震关，连陷兰廓河鄯洮岷秦成渭等州，尽取河西陇右地。边吏陆续告急，俱被程元振阻匿，不使上闻。虏众长驱直入，泾州刺史高晖，开城迎降，反导虏众深入邠州，代宗才得闻知。宰相以下，均无方法，只好再请出郭子仪，令为副元帅，出镇咸阳。正元帅就用了雍王适。适不过是个皇子，名位虽尊，究竟无拳无勇，子仪闲废已久，所有部曲，多已离散，至是仓猝召募，只得二十骑，便即起行。及抵咸阳，吐蕃兵已逾奉天武功，渡渭而来。子仪亟使判官王延昌入奏，请速添兵，偏又为程元振所阻，不得入见。渭北行营兵马使吕月将，部下有锐卒二千，出破吐蕃前锋，后因寡不敌众，战败被擒。吐蕃兵径渡便桥，入攻京师。代宗惊惶失措，挈领妃嫔数人，与雍王适出奔陕州。适为元帅，如何不去拒敌？百官遁匿，六军逃散。

子仪闻京城危急，忙自咸阳驰还，一入京城，既无主子，又无兵马，徒觉得气象流离，不堪入目，正在没法摆布，蓦见将军王献忠，带着骑士五百，拥了丰王珙等，珙系玄宗子，曾见前文。拟出开远门，往迎吐蕃。子仪叱问何往？献忠下马语子仪道："今主上东迁，社稷无主，公为元帅，何妨丧君立君，勉副民望。"子仪尚未及答，丰王珙已界面道："公奈何不言？"子仪道："怎有是理？"判官王延昌，正立在子仪左侧，便闪出道："上虽蒙尘，未有失德，王为藩翰，奈何出此狂悖语？"子仪又叱献忠道："你敢迎降虏众么？快护送诸王至陕，免受重谴。"献忠颇畏惮子仪，不敢违慢，乃偕丰王珙等东行。若非郭令公，恐已遭毒手了。子仪因京内无备，也随出城外，另行募兵。吐蕃兵遂得入京。高晖首先驰入，与吐蕃大将马重英等，纵兵焚掠。长安中萧然一空，遂劫广武王承宏为帝，承宏系邠王守礼孙。及前翰林学士于可封为相，且遣人持舆入苗晋卿家，胁令为官。晋卿闭口不言，虏众倒也舍去。晋卿有此坚操，却也难得。子仪引三十骑，仍往咸阳，至御宿川，语王延昌道："六军逃溃，多在商州，汝快往招抚。且发武关防兵，北出蓝田，驰向长安，吐蕃兵必遁归了。"延昌奉命入商州，传子仪令，招谕溃军。各军向服子仪，皆拱手听命，乃同延昌至咸阳。子仪泣谕将士，规复京城，大众皆感激涕零，愿遵约束。会凤翔节度使高升，及元帅都虞侯臧希让，各率数百骑到来，武关防兵，亦到千名，统共约有四千人，军势稍振，乃往报行在。代宗恐吐蕃兵出潼关，召子仪至陕扈跸，子仪遣人奉表，略言："臣不收京城，无以见陛下，若出兵蓝田，虏必不敢东向，请陛下勿忧！"代宗乃听令子仪便宜行事。

会鄜坊节度判官段秀实，劝节度使白孝德发兵勤王，孝德即日大举，南趋京畿，与蒲陕商华合势，进击虏兵。子仪也遣左羽林大将军长孙全绪，率二百骑出蓝田，授以密计，并令第五琦摄京兆尹，与全绪同行；且调宝应军使张知节，率兵千人，作为后应，全绪至韩公堆，昼击鼓，夜燃火，作为疑兵。光禄卿殷仲卿，又募得兵士千人，来保蓝田，与全绪联络，选锐骑二百人，渡过浐水，游奕长安。吐蕃兵已经饱掠，正拟满载而归，突闻城中百姓，互相惊呼道："郭令公从商州调集大军，来攻长安了。"既而吐蕃侦骑，亦陆续入城，报称韩公堆齐集官军，即日进薄城下。吐蕃统将马重英，不由的惶恐起来，是夜朱雀街中，复有鼓声骤起，接连是大众喧哗声，声浪模糊，约略是郭令公三字。郭令公就是郭子仪，前封代国公，后封汾阳王，因此人人叫他为郭令公，连外夷亦以令公相呼。有此令名，方能安内攘外。高晖闻郭令公到来，先已魂驰魄丧，黄夜东走。马重英亦站立不定，即于次日黎明，悉众北遁。其实郭子仪尚在咸阳，但由全绪遣将王甫，潜入城中，阴结少年数百人，乘夜鼓噪，吐蕃一二十万将士，竟被这郭令公三字，驱逐开去，好似一道退兵符。这都是子仪密授全绪的妙计。

全绪遂与第五琦入京，遣使向子仪报捷，子仪转奏行在，请代宗回銮。代宗正巡阅潼关，先由丰王珙等入谒，倒也不去责他，至退入幕中，珙语多不逊，为群臣奏闻，才命赐死。高晖到了潼关，为守将李日越所执，奏请正法。及子仪奏至，即命子仪为西京留守，第五琦为京兆尹，元载为元帅府行军司马。子仪即奉诏入京，令白孝德高升等，分屯畿县，再表请代宗返驾。程元振素嫉子仪，尚劝代宗往都洛阳。看官试想！这次吐蕃入寇，代宗东走，统是程元振一人从中壅蔽，遂致酿成此祸，就是代宗奔陕后，屡发诏征诸道兵，各节度使都痛恨元振，无一应召，连李光弼也勒兵不赴。郭李优劣，至此分途。当时扈驾诸臣，尚莫敢弹劾，独太常博士柳伉上疏，略云：

犬戎犯关度陇，不血刃而入京师，刽宫阙，焚陵寝，武士无一力战者，此将帅叛陛下也。陛下疏元功，委近习，日引月长，以成大祸，群臣在庭，无一人犯颜回虑者，此公卿叛陛下也。陛下始出都，百姓填然夺府库，相杀戮，此三辅叛陛下也。自十月朔召诸道兵，尽四十日无只轮入关，此四方叛陛下也。陛下必欲存宗庙，定社稷，独斩程元振首，驰告天下，悉出内使隶诸州，持神策兵付大臣，然后削尊号，下诏引咎，如此而兵不至，人不感，天下不服，臣愿阖门寸斩，以谢陛下。

这疏上去，代宗始为感动。但终因元振有保护功，止削夺官爵，放归田里。一面下诏回銮，自陕州启行。左丞颜真卿，请代宗先谒陵庙，然后还宫。元载不从，真卿厉声道："朝廷岂堪令相公再坏么？"载乃默然，唯由是衔恨真卿。为下文伏笔。郭子仪带领百官，至浐水东迎驾，伏地待罪。代宗面加慰劳道："用卿不早，致有此难。今日朕得重归，皆出卿力，功同再造，何罪可言？"子仪拜谢。代宗入城谒庙，方才回宫。越日封赏功臣，赐子仪铁券，图形凌烟阁，以下进秩升阶，不消细述。唯广武王承宏，逃匿草野，代宗特赦不诛，但放至华州，未几，病死。也是失刑。代宗罢苗晋卿裴遵庆相职，再任李岘为同平章事，进鱼朝恩为天下观军容宣慰处置使，使总禁兵，令骆奉仙为鄠县筑城使，即令统鄠县屯军。元振方黜，又重用鱼骆，代宗真愚不可及。先是代宗在陕，颜真卿驰往扈驾，请召仆固怀恩勤王，代宗不许，至还京后，逾年正月，特命真卿宣慰朔方行营，谕怀恩入朝。恐是由元载所请。真卿入谏道："陛下在陕，臣若奉诏往抚，责以大义，彼或为徼功计，尚肯南来，今陛下还宫，彼已无功可图，岂还肯应诏么？陛下不若令郭子仪代怀恩，子仪曾为怀恩主将，且素得朔方士心，令他往代，可不战自服了。"代宗尚迟疑未决。会节度使李抱玉从弟抱真，曾为汾州别驾，独脱身归京师，报明怀恩已有反志，请速调子仪往镇朔方。代宗若果行此议，何致有朔方之乱。代宗方不遣真卿，只调遣子仪的诏敕，一时未下，且因立雍王适为皇太子，授册行礼，宫廷庆贺，也无暇顾及怀恩。蹉跎了好几日，接到河东节度辛云京急报，说是："怀恩已反，令子玚来寇太原，已由臣将他击退，现向榆次县去了，请即发兵征讨！"代宗览到此奏，即召谕子仪道："怀恩父子，负我实深，闻朔方将士思公，几如大旱望雨，公为朕往抚河东，汾上各军，当不致一体从逆呢。"遂面授子仪为关内河东副元帅，兼河中节度等使。

子仪拜命即行，甫至河中，闻仆固玚为下所杀，怀恩北走灵州，河东已得解严了。看官道怀恩父子，为何一蹶至此？原来玚素刚暴，自太原败后，转围榆次，又是旬日不下，他令裨将焦晖白玉，往发祁县兵。晖与玉调兵趋至，玚责他迟慢，几欲加罪，两人虑有不测，即于夜间率众攻玚，把玚杀死。怀恩在汾州闻警，不免悲恸，忽由老母出帐，怒责怀恩道："我语汝勿反，国家待汝不薄，汝不听我言，遂有此变。我年已老，恐且因此受祸，问汝将如何处置？"怀恩无言可答，匆匆趋出。母提刀出逐道："我为国家杀此贼，取贼心以谢三军。"贼子却有贤母。怀恩急走得免。嗣闻麾下将士，因子仪出镇河中，都窃窃私语，谓无面目见汾阳王，自思众叛亲离，决难持久，乃竟将老母弃去，自率亲兵三百骑，渡河走灵州，杀死朔方军节度留后浑释之，据州自固。沁州戍将张维岳，闻怀恩北走，即驰驿至汾州，抚定怀恩余众，并杀焦晖白玉，只说由自己诛玚，赍首献郭子仪。子仪传首阙下，群臣入贺，唯代宗惨然道："朕信不及人，乃致功臣颠越，朕方自愧，何足称贺呢。"汝亦自知有失耶？随命辇送怀恩母至京，优给廪饩，阅月及殁，仍许礼葬。及子仪驰往汾州，怀恩遗众，争来迎谒，涕泣鼓舞，誓不再贰，河东乃安。有诏进子仪为太尉，兼朔方节度使。子仪辞太尉不拜，且入朝谢恩。适泾原遣急足驰奏，怀恩诱回纥吐蕃两夷，同来入寇，有众十万。代宗又惶急得很，还下诏慰谕怀恩，说他有功皇室，不必怀疑，但当诣阙自陈，仍应重任云云。这时候的仆固怀恩，已与朝廷势不两立，那里还肯敛甲归朝？当下引虏南趋，得步进步，警报迭达都城，代宗乃召入子仪，咨询方略。子仪答道："怀恩有勇少恩，士心不附，麾下皆臣部曲，必不忍以锋刃相向，臣料他是无能为哩。"代宗乃命子仪出镇奉天，子仪令子殿中监郭晞，与节度使白孝德防守邠州，自率军至奉天，按甲以待。虏锋将要近城，诸将俱踊跃请战，子仪摇首道："虏众远来，利在速战，我且坚壁待着，俟寇骑凭城，我自有计却虏，敢言战者斩。"乃命守兵掩旗息鼓，待令后动。

不到一日，怀恩已引吐蕃兵至城下，见城上并无守兵，不禁疑虑起来，踌躇多时，见天色将昏，乃退军五里下寨。是夕也未敢进攻。到了黎明，始鸣鼓进兵，遥听得一声号炮，响震川谷，连忙登高瞭望，那奉天城外的乾陵南面，已有许多官军，摆成一字阵式，非常严整，当中竖着一张帅旗，随风飘舞，旗上大书一个"郭"字，怀恩不觉惊愕道："郭令公已到此么？"虏众闻着郭令公大名，也都大骇，纷纷退走。怀恩独带着部众，转趋邠州，遥见城上插着大旗，又是一个"郭"字，怀恩又惊愕道："难道郭公又复来此，莫非能飞行不成？"言未已，城门忽启，有一大将持矛跃马，领军出来，大呼道："我奉郭大帅命令，只取反贼怀恩首级，余众无罪，不必交锋。"怀恩望将过去，乃是节度使白孝德，河阳余勇，尚属可贵。正欲上前接仗，偏部众已先退走，单剩一人一骑，如何对敌？又只好返辔驰去。白孝德驱兵追击，郭晞又出来接应，逼得怀恩抱头鼠窜，渡泾而逃。既逾泾水，部下已散亡大半，忍不住涕泣道："前都为我致死，今反为人向我致死，岂不可痛？"谁叫你不忠不孝。乃仍向灵州去讫。

吐蕃兵既陷凉州，南陷维松保三州，经剑南节度使严武拒击西山，复虏兵八万众，方才不敢窥边。郭子仪既计却大敌，也不穷追，即入朝复命，代宗慰劳再三，加封尚书令，子仪面辞道："从前太宗皇帝，尝为此官，所以后朝不复封拜，近唯皇太子为雍王时，平定关东，乃兼此职，臣何敢受此崇封，致隳国典？且用兵以来，诸多僭赏，冒进无耻，轻亵名器，今凶丑略平，正宜详核赏罚，作法审官，请自臣始。"让德可风。代宗乃收回成命，另加优赍。随命都统河南道节度行营，还镇河中。是年李光弼病殁徐州，年五十七，追赠太保，赐恤武穆。光弼本营州柳城人，父名楷洛，本契丹酋长，武后时叩关入朝，留官都中，受封蓟郡公，赐谥忠烈。光弼母有须数十，长五寸许，生子二人，即光弼光进，光弼累握军符，战功卓著，安史平定，进拜太尉兼侍中，知河南淮南东西山南东荆南五道节度行营事，驻节泗州。寻复讨平浙东贼袁晁，晋封临淮王，赐给铁券，图形凌烟阁。唯自程元振鱼朝恩用事，妒功忌能，为诸镇所切齿，代宗奔陕，召光弼入援，光弼亦迁延不赴。及代宗还京，又命光弼为东都留守，光弼竟托词收赋，转往徐州。诸将田神功等，见光弼不受朝命，也不复禀畏，光弼愧恨成疾，郁郁而终。光弼母留居河中，曾封韩国太夫人，代宗令子仪辇送入京，殁葬长安南原。看官听说！郭李本是齐名，因李晚节不终，遂致李不及郭，可见人生当慎终如始哩。当头棒喝。小子有诗叹道：

立功尚易立名难，千古功名有几完。
只为臣心输一着，汗青留玷任传看。

光弼殁后，用黄门侍郎王缙，继光弼后任。缙本代李岘为相，岘于是年罢相。至是改令出镇，才名远不及光弼了。欲知后事，且看下回。

外寇之来，必自内讧始。有程元振鱼朝恩等之弄权，而后有仆固怀恩之乱，有仆固怀恩之谋反，而后有吐蕃回纥之寇。木朽而虫乃生，墙坏而蠹始入，势有必至，无足怪也。当日者，幸郭令公尚在耳。假令无郭令公，则诸镇皆痛恨权阉，谁与复西京，定河东？试思李光弼为唐室名臣，尚且观望不前，遑论他人乎？故本回实传写郭子仪，而代宗之迭致祸乱，亦因此而揭橥之，代宗之愚益甚，子仪之功益彰，纲目称子仪为千古传人，岂其然乎？

第六十回　入番营单骑盟虏
忤帝女绑子入朝

却说王缙出镇后，江淮一带，幸尚无事，怀恩亦蜷伏一隅，暂不出兵。代宗遂改广德三年为永泰元年，命仆射裴冕郭英乂等，在集贤殿待制，居然欲效贞观遗制，有坐朝问道的意思。左拾遗独孤及上疏道：

陛下召冕等以备询问，此盛德也。然恐陛下虽容其直，而不录其言，有容下之名，而无听谏之实，则臣之所耻也。今师兴不息十年矣，人之生产，空于杼轴，拥兵者得馆亘街陌，奴婢厌酒肉，而贫人羸饿就役，剥肤及髓，长安城中，白昼椎剽，吏不敢禁，民不敢诉，有司不敢以闻，茹毒饮痛，穷而无告，陛下不思所以救之，臣实惧焉。今天下唯朔方陇西，有仆固吐蕃之忧，邠泾凤翔之兵，足以当之矣。东南泊海，西尽巴蜀，无鼠窃之盗，而兵不为解，倾天下之货，竭天下之谷，以给无用之兵，臣实不知其何因。假令居安思危，自可扼要害之地，俾置屯御，悉休其余，以粮储扉屦之资，充疲人贡赋，岁可减国租之半，陛下岂可迟疑于改作，使率土之患，日甚一日乎？休兵息民，庶可保元气而维国脉，幸陛下采纳焉。此疏足杜军阀之弊，故录述之。

当时元载第五琦等，专尚掊克，凡苗一亩，税钱十五，不待秋收，即应征税，号为青苗钱。适畿内麦稔，十亩取一，谓即古时什一税法，亦请旨施行。其实都是额外加征，拨给军用。独刘晏竞榷度支盐铁，及疏河运漕，接济关中，还算是公私交利，上下咸安。所以独孤及请裁军减租，少苏民困。代宗优柔寡断，就使心下赞成，也是不能速行。更可笑的是迷信佛教，命百官至光顺门，迎浮屠像，像系中使扮演，仿佛似戏中神鬼，或面涂杂色，或脸戴假具，并用着音乐卤簿，作为护卫，后面有二宝舆，中置仁王经，是由大内颁出，移往资圣西明寺，令胡僧不空等，踞着高坐，讲经说法，百官朝服以听，看官道是何因，说来是不值一辩。原来鱼朝恩元载王缙等，统是好佛，还有兵部侍郎杜鸿渐，新任同平章事，也以为佛法无边，虔心皈依，定能逢凶化吉，遇难成祥，于是寺中添设讲座，多至百余，当时称为百高座。代宗也尝入寺听经，仿佛梁武帝。正在讲得热闹，忽由奉天同州盩厔的守吏，各遣使呈入急报，内称怀恩复诱杂虏来寇，已将入境了。代宗此时，不似前次的慌忙，反慢腾腾的说道："怀恩当不致再反，或是边境谣传哩。"此番有佛法可恃，所以不慌不忙。道言未绝，又由河中遣到行军司马赵复，赍呈郭子仪奏章，略言："叛贼怀恩，嗾使回纥吐蕃吐谷浑党项奴剌吐谷浑别种。等虏，分道入寇。吐蕃自北道趋奉天，党项自东道趋同州，吐谷浑奴剌，自西道趋盩厔。回纥为吐蕃后应，怀恩率朔方兵，又为杂虏后应，铁骑如飞，约有数十万众，不宜轻视，请速令凤翔滑濮邠宁镇西河南淮西诸节度，各出兵扼守冲要，阻截寇锋。"代宗乃由寺还朝，颁敕各镇，敕使方发，幸接得一大喜报，谓怀恩途中遇疾，还至鸣沙，已经暴死。鱼朝恩元载等，相率入贺，且言佛法有灵，殛死反贼，代宗亦很喜慰。偏只隔了一二日，风声又紧，怀恩部众，由叛将范志诚接领，仍进攻泾阳，吐蕃兵已薄奉天，乃始罢百高座讲经，召郭子仪屯泾阳，命将军白元光浑日进屯奉天，一面调陈郑泽潞节度使李抱玉，使镇凤翔；渭北节度使李光进，移守云阳；镇西节度使马璘，河南节度使郝廷玉，并驻便桥；淮西节度使李忠臣，转扼东渭桥，同华节度使周智光屯同州，鄜坊节度使杜冕屯坊州，内侍骆奉仙，将军李日越，屯盩厔；布置已定，代宗亲将六军，驻扎苑中，下制亲征。恐是银样镴枪头，试看下文便知。鱼朝恩趁势搜括，大索士民私马，且令城中男子，各着皂衣，充作禁兵，城门塞二开一，阖京大骇，多半逾墙凿窦，逃匿郊外。

一日，百官入朝，立班已久，阁门好半日不开，蓦闻兽镮激响，朝恩率禁军十余人，挺刃而出，顾语群臣道："吐蕃入犯郊畿，车驾欲幸河中，敢问诸公，以为何如？”公卿错愕，不知所对。有刘给事独出班抗声道：“敕使欲造反么？今大军云集，不戮力御寇，乃欲胁天子蒙尘，弃宗庙社稷而去，非反而何？”也是朝阳鸣凤。朝恩被他一驳，也不觉靡然退去。代宗乃始视朝，与群臣商议军情，可巧奉天传入捷音，朔方兵马使浑瑊，入援奉天，袭击虏营，擒一虏将斩首千余级。代宗大喜，立命中使奖谕，随即退朝。会大雨连旬，寇不能进，吐蕃将尚结悉赞摩马重英等，大掠而去，庐舍田里，焚劫殆尽。代宗闻吐蕃退兵，益信是佛光普护，仍令寺僧讲经，哪知吐蕃兵退至邠州，遇着回纥兵到，又联军进围泾阳。郭子仪在泾阳城，命诸将严行守御，相持不战，二虏见城守谨严，退屯北原，越宿复至城下。子仪令牙将李光瓒赴回纥营，责他弃盟背好，自失信用。今怀恩已遭天殛，郭公在此屯军，欲和请共击吐蕃，欲战可预约时日。回纥都督药葛罗惊问光瓒道：“郭公在此，可得见么？恐怕是由汝给我。”光瓒道：“郭公遣我来营，怎得说是不在？”药葛罗道：“令公果在，请来面议！”光瓒乃还报子仪，子仪道：“寇众我寡，难以力胜，我朝待回纥不薄，不若挺身往谕，免动兵戈。”言已欲行。诸将请选铁骑五百随行，子仪道：“五百骑怎敌十万众？非徒无益，反足为害呢。”说得甚是。遂一跃上马，扬鞭出营。子仪第三子晞，正随父在军，急叩马谏道：“大人为国家元帅，奈何以身饵虏？”子仪道：“今若与战，父子俱死，国家亦危，若往示至诚，幸得修和，不但利国，并且利家。就使虏众不从，我为国殉难，也自问无愧了。”说至此，即用鞭击手道：“去！”满腔忠义，在此一字。当下开门驰出，背后只随着数骑，将至回纥营前，令随骑先行传呼道：“郭令公来！”四字贤于十万师。回纥兵皆大惊。药葛罗正执弓注矢，立马营前，子仪瞧着，竟免胄释甲，投枪而进。药葛罗回顾部酋道：“果是郭令公。”说着，即翻身下马，掷去弓矢，敛手下拜。回纥将士，皆下马罗拜，子仪亦下马答礼，且执药葛罗手，正言相责道：“汝回纥为唐立功，唐朝报汝，也是不薄，奈何自负前约，深入我地，弃前功，结后怨，背恩德，助叛逆呢？况怀恩叛君弃母，宁知感汝？今且殛死，我特前来劝勉。从我，汝即退兵，不从我，听汝杀死，我被汝杀；我将士必向汝致死，恐汝等也未必生还哩。”药葛罗答道：“怀恩谓天可汗晏驾，令公亦捐馆，中国无主，我故前来，今见令公，已知怀恩欺我，且怀恩已受天诛，我辈岂肯与令公战么？”子仪因进说道：“吐蕃无道，乘我国有乱，不顾舅甥旧谊，入寇京畿，所掠财帛，不可胜载，马牛杂畜，弥漫百里，这都是上天赐汝呢。今日全师修好，破敌致富，为汝国计，无逾此着了。”药葛罗喜道：“我为怀恩所误，负公诚深，今请为公力击吐蕃，自赎前愆。唯怀恩子系可敦兄弟，愿恕罪勿诛！”子仪许诺。郭晞放心不下，引兵出观，回纥兵分着左右两翼，稍稍前进。郭晞亦引兵向前，子仪挥晞使退，唯令麾下取酒，酒已取至，与药葛罗宣誓。药葛罗请子仪宣言，子仪取酒酹地道：“大唐天子万岁，回纥可汗亦万岁，两国将相亦万岁，如有负约，身殒阵前，家族灭绝。”誓毕，斟酒递与药葛罗。药葛罗亦接酒酹地道：“如令公誓。”子仪再令部将，与回纥部酋相见。回纥将士大喜道：“此次出军，曾有二巫预言，前行安稳，见一大人而还，今果然应验了。”子仪乃从容与别，率军还城。

药葛罗即遣部酋石野那等，入觐代宗，一面与奉天守将白元光，合击吐蕃。吐蕃已经夜遁，两军兼程追击，至灵台西原，遇吐蕃后哨兵，鼓噪杀入。吐蕃兵统已思归，还有什么斗志？一时奔避不及，徒丧失了许多生命，抛弃了许多辎重。白元光将夺回财帛，给与回纥，拔还士女四千人，带还奉天。药葛罗亦收兵归国。吐谷浑党项奴剌等众，当然遁去。怀恩从子名臣，以灵州降。子仪因灵武初复，百姓凋敝，特保荐朔方军粮使路嗣恭，为朔方节度使留后。嗣恭奉诏莅任，披荆棘，立军府，威令大行。子仪还镇河中，自耕百亩，将校以是为差。嗣是野无旷土，军有余粮，正不啻一腹地长城了。唐得此人，正社稷之福。唯自虏兵退去，京师解严，朔方告平，君臣交庆。鱼朝恩元载，在内揽权，河北节度使，如李宝臣田承嗣薛嵩李怀僊四人，在外擅命，大局尚岌岌可危。代宗尚自恃承平，安然无虑，甚至平卢兵马使李怀玉，逐节度使李希逸，有诏召希逸还京，即令怀玉为节度留后，赐名正己，又有汉州刺史崔旰，因剑南节度使严武病殁，请令大将王崇俊继任，代宗另简郭英乂为西川节度使，竟被崔旰击逐，英乂奔简州，竟为普州刺史韩澄所杀，代宗不加声讨，但令杜鸿渐为剑南东西川副元帅，鸿渐至任，得旰重贿，反说旰可大任，竟请旨命旰为西川节度使，赐名为宁。鸿渐仍入朝辅政，毫无建树，不久即死。仆射裴冕继任，亦即病终。独元载入相有年，权势日盛，因恐被人讦发阴私，特请百官论事，先白宰相，然后奏闻。刑部尚书颜真卿，上疏驳斥，载说他诽谤朝廷，竟坐贬为峡州别驾。既而复任鱼朝恩判国子监事，朝恩居然入内讲经，上踞师座，手执《周易》一卷，择得鼎折足覆公餗两语，反复解释，讥笑时相。阉宦讲经，斯文扫地。是时王缙已入任黄门侍郎，同平章事，与元载相将入座。缙听讲后，面有怒容，载独怡然。朝恩出语人道："怒是常情，笑实不可测呢。"你既知元载难测，胡为后来仍堕彼计？

永泰二年十一月，代宗生日，诸道节度使上寿，献入金帛珍玩，值钱二十四万缗，中书舍人常衮。上言："各节度敛财求媚，剥民逢君，应却还为是。"代宗不从。未几又改易年号，竟称永泰二年为大历元年，宫廷内外，方因改元庆贺，忽接到郭子仪奏牍，报称同华节度使周智光，擅杀无辜，目无君上，请遣将讨罪。代宗不敢准请，反令中使余元仙，特敕拜智光为尚书左仆射。看官！你想应诛反赏，岂不是越弄越错么？智光自出驻同州，邀击党项奴刺寇众，夺得驼马军械，约以万计，复逐北至鄜州，遥望寇已遁去，不便穷追，他竟往报私仇，驰入鄜城，杀死刺史张麟，并将鄜坊节度杜冕家口，一齐屠戮，焚民居三千间，方才还镇。又与陕州刺史皇甫温有隙，温遣监军张志斌，入朝奏事，道出同华，被智光邀留入馆，两语不合，即将志斌斩为肉泥，与众烹食。想是朱粲转世。子仪迭闻消息，乃据实奏闻。代宗遣使加封，明明是刑赏倒置。但代宗却也有些微意，以为封拜内官，当可使他入朝，削夺兵权。也是呆想。哪知智光接了诏敕，反踞坐嫚骂道："智光为国家建了大功，不得入相，只授仆射，且同华地狭，不足展足，最少须加我陕虢商鄜坊五州，我子元耀元干，能弯弓二百斤，称万人敌，今日欲挟天子，令诸侯，除智光外，尚有何人？天子若弃功录瑕，我智光也顾不得什么了。"说毕，掀髯大笑。与发狂无二。元仙战栗不敢言。智光乃令左右取出百缣，赠与元仙，遣令归朝。元仙返报代宗，代宗乃于大历二年，密诏郭子仪讨周智光。子仪即遣部将浑瑊李怀光等，出兵渭上，智光麾下，闻风惊怖。同州守将李汉惠，便举州来降。子仪奏报唐廷，代宗方才放胆，贬智光为澧州刺史。已而华州牙将姚怀李延俊，刺杀智光及二子。枭首入献，乃悬示皇城南街，声明罪状。

子仪因同华已平，入朝报绩，适值子妇升平公主，与子仪子暧，互相反目，公主竟驾车入都，往诉父母。事为子仪所闻，遂将暧置囚车，随身带着，径诣阙下。原来暧为子仪第六子，曾任太常主簿，代宗因子仪功高，特把第四女嫁暧，女封升平公主，暧拜驸马都尉。唐制公主下嫁，当由舅姑拜主，主得拱手不答，升平公主嫁暧时，也照此例，暧已看不过去，只因旧例如此，不得不勉强忍耐。后来同居室中，公主未免挟贵自尊，暧忍无可忍，屡有违言，且叱公主道：“汝倚乃父为天子么？我父不屑为天子，所以不为。”快人快语，足为须眉生色。说至此，竟欲上前掌颊，亏得侍婢从旁劝阻，那公主颊上，不过稍惹着一点拳风，戏剧中有《打金枝》一出，即因此事演出。但已梨涡变色，柳眼生波，趁着一腔怒气，遽尔入宫哭诉，述暧所言。代宗道：“汝实有所未知，彼果欲为天子，天下岂还是汝家所有么？汝须敬事翁姑，礼让驸马，切勿再自骄贵，常启争端。”嘱女数语，却还明白。公主尚涕泣不休。代宗又拟出言劝导，适有殿中监入报道：“汾阳王郭子仪，子入朝，求见陛下。”代宗乃出御内殿，召子仪父子入见。子仪叩头陈言道：“老臣教子不严，所以特来请罪。”暧亦跪在一旁，代宗令左右扶起子仪，赐令旁坐，且笑语道：“俗语有言，‘不痴不聋，不作姑翁’，儿女子闺房琐语，何足计较呢？”子仪称谢。又请代宗从重惩暧，代宗亦令起身，入谒公主母崔贵妃，自与子仪谈了一番军政，俟子仪退后，乃回至崔贵妃宫中，劝慰一对小夫妻。崔妃已调停有绪，再经代宗劝解，暧与公主，不敢不依，乃遣令同归。子仪已在私第中待着，见暧回来，自正家法，令家仆杖暧数十，暧无法求免，只好自认晦气。但代宗为了此事，欲改定公主见舅姑礼，迁延了好几年，直至德宗嗣位，方将礼节改定。公主须拜见舅姑，舅姑坐受中堂，诸父兄妹立受东序，如家人礼，尊卑始有定限了。这且慢表。

再说郭子仪入朝后，仍然还镇，越二年复行入朝，鱼朝恩邀游章敬寺。这章敬寺本是庄舍，旧赐朝恩，朝恩改庄为寺，只说替帝母吴太后祷祝冥福，特别装修，穷极华丽，又因屋宇不足，请将曲江华清两离宫，拨入寺中，一并改造。卫州进士高郢上书谏阻，谓不宜穷工糜费，避实就虚，代宗也为所动，即召元载等入问道：“佛言报应，说果真么？”元载道：“国家运祚灵长，全仗冥中福报，福报已定，虽有小灾，不足为害。试想安史皆遭子祸，怀恩道死，回纥吐蕃二寇，不战自退，这都非人力所能及，怎得谓无报应呢？”代宗乃不从郢奏，悉从朝恩所请。至寺已落成，代宗亲往拈香，度僧尼至千人，赐胡僧不空法号，叫作大辩正广智三藏和尚，给食公卿俸。不空谄附朝恩，有时得见代宗，常说朝恩是佛徒化身，朝恩因此益横，气陵卿相。元载本与朝恩连结，旋因朝恩好加嘲笑，渐渐生嫌。至朝恩招子仪入寺，载密使人告子仪道：“朝恩将加害公身。”子仪不听，随骑请衷甲以从，子仪道：“我为国家大臣，彼无天子命，怎敢害我？”遂屏去驺从，独率家僮一人前往。能单骑见回纥，遑论朝恩。朝恩见子仪不带随骑，未免惊问。子仪即自述所闻，且言知公诚意，特减从而来。朝恩抚膺流涕道：“非公长者，能不生疑？”自是相与为欢，把从前嫉忌子仪的心思，都付诸汪洋大海了。舜之格象，亦本此道。元载因子仪不堕彼计，又想出一个方法，上言：“吐蕃连年入寇，邠宁节度使马璘力不能拒，不如调子仪镇守邠州，徙璘为泾原节度使。”代宗即日批准，子仪拜命即行，毫无异言。小子有诗赞子仪道：

大唐又见费无极，盛德偏逢郭令公。
任尔刁奸施百计，含沙伎俩总徒工。

子仪往镇邠州，元载更谋去朝恩，欲知朝恩是否被除，且看下回再叙。

郭令公生平行事，忠恕二字，足以尽之。唯忠恕故，故单骑见虏，而虏不敢动，杯酒定约，从容还军，所谓蛮貊可行者，令公有焉。唯忠恕故，故奉诏讨周智光，军方启行，而叛众已倒戈相向，同华归诚，逆贼授首，所谓豚鱼可格者，令公有焉。唯忠恕故，故子暧与公主反目，囚子入朝，代宗不以为罪，反从而慰谕之，劝解之，所谓功高而主不疑者，令公有焉。唯忠恕故，故鱼朝恩不敢害公，元载不敢欺公，周旋宵小之间，安如磐石，所谓气充而邪不侵者，令公有焉。历书其事，以见令公之功德过人，浅见者第称令公为福盛，亦安知令公之福，固自有载与俱来耶？彼鱼朝恩元载周智光辈，固不值令公一盼云。

第六十一回　定秘谋元舅除凶
窃主柄强藩抗命

却说宦官鱼朝恩，专掌禁兵，势倾朝野，每有章奏，期在必允，朝廷政事，无不预议，偶有一事，不得与闻，即悻悻道："天下事可不由我主张么？"自大如此，都是代宗一人酿成。养子令徽，为内给使，官小年轻，止得衣绿，尝与同列忿争，归告朝恩。朝恩即带着令徽，入见代宗道："臣儿令徽，官职太卑，屡受人侮，幸乞陛下赐给紫衣！"代宗尚未及答，偏内监已捧着紫衣，站立一旁。朝恩不待上命，即随手取来，递与令徽，嘱他穿着，才行拜谢。看官试想！似这种自尊自大的行为，无论什么主子，也有些耐不下去。代宗却强颜作笑道："儿服紫衣，想可称心了。"朝恩父子，昂然退去。自是代宗隐忌朝恩，元载窥知上意，乘间入奏，请除朝恩。代宗嘱令暗中设法，毋得泄机。除一阉宦，须嘱宰相暗地设谋，真是枉做皇帝。元载遂贿托卫士周皓，及陕州节度使皇甫温，令图朝恩。这两人本是朝恩心腹，因见了黄白物，不由不贪利动心，遂与元载串同一气！载又徙温为凤翔节度使，温入朝陛见，载留他居京数日，悄悄的布定密谋，入白代宗。代宗称善，但嘱他小心行事，勿反惹祸。畏葸之至。载应诺而出。会值寒食节届，代宗在内殿置酒，宴集亲贵。朝恩亦得列坐，宴毕散席，朝恩亦谢恩欲出。忽元载领着周皓皇甫温等，踉跄趋入，七手八脚，将朝恩一把抓住，捆缚起来。朝恩自呼何罪，当由代宗历数罪状，朝恩尚哗词答辩，毫不服罪。代宗谕令自尽，即由周皓等牵出朝恩，将他勒死，乃下敕罢朝恩观军容等使，出尸还家，诈说他受敕自缢，特赐钱六百万缗，作为葬费。神策军都虞侯刘希暹都知兵马使王驾鹤，向系朝恩羽翼，至是俱加授御史中丞，俾安反侧。后来希暹有不逊语，反由驾鹤奏闻，勒令自尽。所有朝恩余党，从此不敢生心。

唯元载既诛朝恩，得宠益隆，载恃宠生骄，自矜有文武才，古今莫及，于是弄权舞智，约贿贪赃。吏部侍郎杨绾，典选平允，性又介直，不肯附载，岭南节度使徐浩，搜括南方珍宝，运送载家，载即擅徙绾为国子祭酒，召浩为吏部侍郎。代宗素器重李泌，特令中使敦请出山。泌应召至京，复赐金紫，命他入相。经泌一再固辞，乃在蓬莱殿侧，筑一书院，使泌居住，遇有军国重事，无不咨商。泌素无妻，且不食肉，代宗强令肉食，且为娶前朔方留后李暐甥女，赐第安福里，生子名繁。长源亦堕尘劫耶？偏元载阴怀妒忌，屡欲调泌出外，免受牵掣，适江西观察使魏少游，请简僚佐，载谓泌有吏才，请即简任。代宗亦知载有意调泌，特密语泌道：“元载不肯容卿，朕今令卿往江西，暂时安处。俟朕除载后，当有信报卿，卿可束装来京。”泌唯唯受命。何不仍归衡山，想是一入尘迷，便难洒脱。乃出泌为江西判官，且遥饬少游好生看待，毋得简慢！

泌已南下，载益专横，同平章事王缙，朋比为奸，贪风大炽。载有丈人从宣州来，向载求官，载遣往河北，但给一书。丈人不悦，行至幽州，发书展视，并无一言，只署着元载两字，丈人进退两难，不得已试谒判官。哪知判官接阅载书，很是起敬，立白节度使延为上客，留宴数日，赠绢千匹，丈人已得了一注小财，乐得满载而归。这还因丈人不足任事，所以载如此处置，若稍有才能，一经载代为援引，无不立跻显宦。王缙威势，亦几与相同。载妻子及缙弟妹，皆倚势纳赂。载有主书卓英倩，性尤贪狡，得载欢心，所以干禄求荣的士子，往往买嘱英倩，求他引进。英倩竟得坐拥巨资，称富家翁。成都司录李少良，上书诋载，载即讽令台官奏劾少良，召入杖毙，连少良友人韦颂，及殿中侍御史陆珽，一并坐罪处死。代宗被他胁制，很是懊怅，乃独下手敕，召浙西观察使李栖筠入朝，命为御史大夫。栖筠刚正不阿，受职后，即纠弹吏部侍郎徐浩薛邕，及京兆尹杜济虚，欺君罔上，黩货卖官。代宗令礼部侍郎于劭复按，劭颇加袒护，复奏时多涉模糊，复经栖筠劾他同党，遂贬浩为明州别驾，邕为歙州刺史，济虚为杭州刺史，劭为桂州长史。这四人统是元载党羽，一旦黜退，不少瞻徇，明明是抑夺载权。载尚未知改悔，且深恨栖筠，常欲将他陷害。栖筠虽特邀主知，得肃风宪，但见代宗依违少断，元载凶狡多端，免不得忧愤交并，酿成重疾，居台未几，便即谢世。他原籍本是赵人，迁居汲郡，有王佐才，性喜奖善，又好闻过，历任东南守吏，政绩卓著，朝廷曾封为赞皇县子，所以身后多称为赞皇公。代宗屡欲召为宰辅，惮载辄止，至入任御史，不久即殁，代宗方加倚畀，偏偏天不假年，因此天颜震悼，特追赠吏部尚书，予谥文献。子吉甫后相宪宗，下文自有表见。

单说代宗因栖筠去世，失一臂助，急切里无从除载，只好再行含忍。中经幽州不靖，魏博发难，汴宋军又复作乱。迭经弥缝挽救，稍稍就绪。因欲叙元载始末，故将各镇事，浑括数语，待后再详。不幸贵妃独孤氏，得病身亡。妃以色见幸，居常专夜，至此香销玉殒，教代宗如何不悲？当下在内殿殡灵，按时营奠，追封皇后，谥为贞懿。好容易过了一二年，方觉悲怀渐减，专心国事。元载王缙，已骄横的了不得，代宗实忍耐不住，四顾左右，无可与谋，只有左金吾大将军吴凑，系代宗生母章敬皇后胞弟，谊关懿戚，尚可密谈。凑得操兵柄，力任除奸，乃与代宗谋定后行。大历十二年间三月，有人密告载缙夜醮，谋为不轨，当由代宗御延英殿，命吴凑率领禁兵，收捕载缙，囚系政事堂，且拘逮亲吏诸子下狱。随令吏部尚书刘晏，御史大夫李涵，散骑常侍萧听，礼部侍郎常衮等，公同讯鞫，所有问案，多出禁中。载与缙无可抵赖，悉数供认。左卫将军知内侍省事董秀，得载平日厚赂，素作内援，到此才被发觉，即日杖毙，赐载自尽，令刑官监视。载顾语刑官，愿求速死。刑官冷笑道："相公入秉国钧，差不多要二十年，威福也算行尽了，今日天网恢恢，亲受报应，若少许受些污辱，亦属何妨。"读此令人一快。乃脱下秽袜，塞住载口，然后慢慢的将他搤死。载妻王氏，系前河西节度王忠嗣女，骄侈悍戾，子伯和仲武季能，无一贤能，伯和官参军，仲武官员外郎，季能官校书郎，怙势作恶，贪冒肆淫，都中辟南北二第，广罗妓妾，盛蓄倡优，声色玩好，无乎不备。及载既伏诛，妻子等一并正法，家产籍没，财帛万计。即如胡椒一物，且多至八百石，俱分赐中书门下台省各官。贪财何益。

王缙本应赐死，刘晏谓法有首从，宜别等差，乃止贬为括州刺史。吏部侍郎杨炎，谏议大夫韩洄包佶，起居舍人韩会等，俱坐载党贬官。唯卓英倩等搒死杖下，英倩弟英璘，家居金州，横行乡里，闻乃兄受诛，纠众作乱。金州刺史孙道平，调兵征讨，一鼓擒灭。代宗余恨未平，复遣中使发元载祖坟，祖父以下，皆斲棺弃尸，毁家庙，焚木主，才算罢休。这也未免过甚。乃令国子监祭酒杨绾，及礼部侍郎常衮，同平章事。绾入相不过旬月，即染痼疾，上疏辞职。代宗不许，命就中书省疗治，召对时饬人扶持，所有时弊，概付厘剔，可惜享年不永，赍志以终。代宗很是痛悼，且语群臣道："天不欲朕致太平，乃速夺我杨绾么？"既知绾贤，何不早用。遂诏赠司徒，赙绢千匹，赐谥文简。绾华阴人，居家孝谨，立身廉俭，当敕令入相时，朝野称庆。御史中丞崔宽，方筑华堂大厦，遽令拆毁，京兆尹黎干，裁减驺从，就是汾阳王郭子仪，在署宴客，亦减去声乐五分之四。外此靡然从风，不可胜纪。时人比诸汉朝杨震，及晋朝山涛谢安，这真好算是救时良相了。善善从长。常衮虽与绾并相，才识远不及绾，代宗召还李泌，意欲令他辅政，偏为衮所龂龁，仍出泌为澧州刺史，唯与绾荐引颜真卿，仍复原官，还与众望相孚，这且慢表。

且说代宗季年，方镇寖盛，河北四镇，统系安史旧将，据有遗众，逐渐鸱张。河北四镇，见五十八回。卢龙节度使李怀仙，性情暴戾，为幽州兵马使朱希彩所杀，自称留后，代宗专务羁縻，仍任希彩为节度使。希彩部下，又是不服，复将希彩杀死，改推经略副使朱泚为帅。代宗又把节度使的重任，授给朱泚。应上幽州不靖句。相卫节度使薛嵩病死，子名平，年甫十二，将士推他袭职。平让与叔萼，夜奉父丧奔归乡里，童子却是不凡。萼遂自称留后。代宗亦听他自为，且加任命。独魏博节度使田承嗣，跋扈得很，公然为安史父子立祠，号为四圣，并上表求为宰相。代宗遣使慰谕，讽令毁祠，竟授他同平章事。既而复遣爱女永乐公主，下嫁承嗣子华，承嗣益加骄恣，密诱相卫兵马使裴志清，逐去留后薛萼，率众归承嗣，承嗣即引兵袭取相州。代宗下敕禁止，承嗣拒命不受，反进陷洺卫二州，成德节度使李宝臣，平卢节度使李正己，素为承嗣所轻，遂各上表请讨承嗣，适卢龙节度使朱泚入朝，留弟滔镇守，请命为留后，即由滔助讨魏博，代宗一一准请，诏贬承嗣为永州刺史，命诸道兵四路进征，于是李宝臣朱滔，与河东节度使薛兼训，攻承嗣北方，李正己与淮西节度使李忠臣，攻承嗣南方，承嗣虽然强悍，究竟寡不敌众，部下各怀疑惧，渐生异心，裨将霍荣国，与降将裴志清，先后叛去。从子田悦，出攻陈留，大败而还，骁将卢子期，出攻磁州，被李宝臣等擒送京师，枭首毙命。承嗣惶急万状，乃想出一条反间计，差一辩士，赍了魏博的册籍，往说李正己道："承嗣年逾八十，死期将至，诸子不肖，侄悦亦是庸才，今日所有，无非为公代守，何足辱公师旅呢，敢乞明察。"正己闻言大喜，乃按兵不进。一个中计了。李宝臣擒得卢子期，献俘京师，代宗令中使马承倩，赍敕褒功。宝臣只遗承倩百缣，承倩掷出道中，诟詈而去。阉人可杀。宝臣未免惭忿，兵马使王武俊遂进言道："今公方立功，奄竖辈尚敢如此，他日寇平，召公入阙，恐为匹夫且不可得，不如释去承嗣，尚品使朝廷倚重，免为人奴。"宝臣听了，也引兵渐退，承嗣计上加计，特遣人至范阳境内，密埋一石，石文上镌有二语云："二帝同功势万全，将田为侣入幽燕。"石已埋好，又嘱术士往说宝臣，言范阳有天子气。范阳本宝臣乡里，骤闻此语，当然心喜，即引术士赴范阳，觇气所在。术士至宝臣里中，掘出瘗石，取示宝臣。宝臣见了石文，若难索解，可巧承嗣贻书，约与宝臣连和，共取范阳。宝臣以为适合符谶，复称如约，利令智昏。遂先率兵趋范阳。范阳系朱滔属境，滔因两路退兵，也还军瓦桥，不防宝臣掩杀过来，仓猝接仗，竟致败绩，微服走脱，忙令雄武军使刘坪，往守范阳。宝臣闻范阳有备，不敢径进，但促承嗣合兵往攻。承嗣却还书道："河内有警，不暇从公，石上谶文，实由我与公为戏，幸勿加责。"又是一个中计，复书更是厉害。看官试想！宝臣得了此书，能不惭恨交并么？当下令部将张孝忠为易州刺史，屯兵七千，防备承嗣，自己收兵还镇。承嗣却上表谢罪，自请入朝，李正已也为代请，代宗乐得从宽，颁诏特赦，准与家属入觐。

偏汴宋军都虞侯李灵曜，勾通承嗣，擅杀兵马使孟鉴，诏令灵曜为濮州刺史，灵曜不受，又由中使持敕宣慰，擢为汴宋留后。他才算对使拜命，但从此藐视朝廷，所有境内八州守吏，一律撤换，悉用私人。代宗至此，方命淮西节度使李忠臣，永平节度使李勉，河阳三城使马燧，淮南节度使陈少游，平卢节度使李正己，同讨灵曜。李忠臣马燧，军至郑州，灵曜率兵掩至，李忠臣不及防备，麾下骇奔，忠臣亦走，马燧独力难支，也即退军。忠臣检点军士，十亡五六，便欲还镇。燧极力劝阻，决计再进。忠臣乃招还散卒，数日皆集，军容复振。陈少游前军亦到，彼此会合，与灵曜大战汴州。灵曜败入城中，登陴固守。忠臣等乃就势围住，田承嗣遣从子悦援汴，杀败永平成德军，直薄汴州，就在城北立营。李忠臣夜遣裨将李重倩，带着锐骑数百，突入悦垒，纵横冲荡，斩敌数十人。悦猝不及防，正拟纠众兜围，不意鼓声大震，燧与忠臣，两路杀到，悦料不能敌，麾众急走。此时夜深月黑，马倦人疲，大众逃命不暇，害得自相践踏，枕籍道旁。再经河阳淮西两军，一阵驱杀，十成中丧了七八成，剩得几个命不该死的士卒，随悦遁去。燧与忠臣再行围城，灵曜开门夜遁，汴州告平。永平将杜如江，追及韦城，擒住灵曜，献与李勉，勉即将灵曜械送京师，正法了事。唯承嗣并未入朝，且助灵曜，怙恶日甚，不容不讨。代宗又下敕调兵，那承嗣复表陈悔罪，这位柔弱无刚的代宗，竟遵着既往不咎的古训，一体赦免，且赐还承嗣官爵，令他不必入朝。看官！你想可叹不可叹呢？纵容如此，怎能致治。

李忠臣李宝臣李正己等，见承嗣悖逆不臣，尚且遇赦，何况为国立功，理应坐享富贵。凡从前李灵曜所辖属地，多由各镇分派，据为己有，李正己得地最多，占得曹濮徐兖郓五州，自己徙治郓城，留子纳守青州。代宗事事依从，即授纳为青州刺史。李宝臣就是张忠志，赐姓为李，见前文。至是仍请复姓为张，亦邀俞允。田承嗣反复无常，自两次赦罪，总算平静了两年，到代宗末年，即大历十四年。正月，老病侵寻，因致毙命。他有子十一人，皆不及悦，承嗣临危时，特令悦知军事，诸子为副。悦奏述详情，代宗即命悦为留后，且追赠承嗣为太保。教猱升木。李忠臣讨平灵曜，自恃功高，贪暴恣肆，更有一种极端的坏处，他见将士妻女，稍有姿色，必诱令入内，逼受淫污。妹夫张惠光由忠臣授为副使，更加暴横，惠光子亦得为裨贰，父子狼狈为奸，大失士心。忠臣族子李希烈，从战河北，所向有功，平时又略行小惠，笼络士卒，士卒遂相率悦服。牙将丁暠贾子华等，乘隙发难，杀死惠光父子，又欲并害忠臣。希烈本与同谋，因顾念族谊，乞全忠臣性命。忠臣得单骑走脱，奔入京都。暠与子华，遂拥戴希烈，上表请命。代宗尚宠遇忠臣，命他留京，授为检校司空，同平章事，一面任希烈为留后。总计唐室藩镇，日盛一日，祸端统起自肃代二宗。平卢节度使侯希逸，由军士拥立，肃宗未能讨伐，反从所请，作了第一次的规例。已见前回，此处更为提明，呼醒不少。代宗不知幹蛊，复将乃父做错的事情，奉为衣钵，所以错上加错，酿成大乱。就中唯泾原节度使马璘，凤翔秦陇泽潞节度使李抱玉，滑亳节度使令狐彰，彰本史思明旧将，自拔归朝，得拜方镇。昭义节度使李承昭，治军有法，奉命唯谨，可惜先后病逝，徒贻令名。外此如久镇永平的李勉，继镇泾原的段秀实，留镇泽潞的李抱真，抱玉弟。及后来调镇河东的马燧，耿耿孤忠，可任大事，下文当依次表明。最有才德的莫如郭子仪，但他已都统河南道节度行营，资望勋业，迥异寻常，恭顺却比人加倍，这乃唐朝第一名臣，原是绝无仅有呢。再括数语，涵盖一切。大历十四年五月，代宗不豫，诏令太子适监国，是夕代宗即崩，享年五十三岁。统计代宗在位十七年，改元三次，遗诏召郭子仪入京，摄行冢宰事。太子适即位太极殿，是为德宗。小子有诗咏代宗道：

国柄何堪屡下移，屏藩一溃失纲维；
从知王道无偏倚，敷政刚柔贵合宜。

欲知德宗初政，且看下回分解。

李辅国也，程元振也，鱼朝恩也，三人皆宫掖阉奴，恃宠横行，原为小人常态，不足深责。元载以言官入相，乃亦专权怙恶，任所欲为，书所谓位不期骄，禄不期侈者，于载见之矣。但观其受捕之时，不过费一元舅吴凑之力，而即帖然就戮，毫无变端，是载固无拳无勇之流，捽而去之，易如反手，代宗胡必迁延畏沮，历久始发乎？夫不能除一元载，更何论河北诸帅。田承嗣再叛再服，几视代宗如婴儿，而代宗卒纵容之。李宝臣李忠臣李正己等，因之跋扈，而藩镇之祸，坐是酿成，迭衰迭盛，以底于亡，可胜慨哉！本回但依次叙述，而代宗优柔不振之弊，已跃然纸上。

第六十二回　贬忠州刘晏冤死
守临洺张伾得援

却说德宗即位，黜陟一新，尊郭子仪为尚父，加职太尉，兼中书令，封朱泚为遂宁王，兼同平章事。两人位兼将相，实皆不预朝政。独常衮居政事堂，每遇奏请，往往代二人署名，中书舍人崔佑甫，与衮屡有争言，从前朱泚献猫鼠同乳，称为瑞征，衮即率百官入贺，佑甫独力驳道："物反常为妖，猫本捕鼠，与鼠同乳，确是反常，应目为妖，何得称贺？"衮引为惭愤，有排崔意。及德宗嗣统，会议丧服，佑甫谓宜遵遗诏，臣民三日释服。衮以为民可三日，群臣应服二十七日乃除。两下争论多时，衮遂奏佑甫率情变礼，请加贬斥，署名连及郭朱二人。德宗乃黜佑甫为河南少尹。既而子仪与泚，表称佑甫无罪，德宗怪他自相矛盾，召问隐情。二人俱说前奏未曾列名，乃是常衮私署。德宗因疑衮为欺罔，贬为潮州刺史，便令佑甫代相，格外专任，真个是言听计从，视作良弼。且诏罢四方贡献，所有梨园旧徒，概隶入太常，不必另外供奉，天下毋得奏祥瑞；纵驯象，出宫女，民有冤滞，得挝登闻鼓，及诣请三司使复讯，中外大悦，喁喁望治。诏敕颁到淄青，军士都投戈顾语道："明天子出了，我辈尚敢自大么？"李正己兼辖淄青，也不由不畏惧起来，愿献钱三十万缗。德宗因辞受两难，颇费踌躇，特与崔佑甫商议处置方法。佑甫请遣使宣慰淄青将士，就把这三十万钱，作为赏赐。此计固佳，但中知者即能计及，而德宗尚未能想到，其才可知。德宗满口称善，即令照行。果然正己接诏，格外愧服。至德宗生日，四方贡献，一概却还，正己复献缣三万匹，田悦也照正己办法，缣数从同。德宗归入度支，充作租赋，凡度支出纳事宜，命吏部尚书刘晏兼辖，且授晏为左仆射。

晏本与户部侍郎韩滉，分掌全国财赋，滉太苛刻，为时论所不容，德宗乃徙滉为晋州刺史，专任晏司度支事。晏有材力，多机智，变通有无，曲尽微妙，历任转运盐铁租庸等使，上不妨国，下不病民，尝谓理财以养民为先，户口滋多，赋税自广，所以诸道各置知院官，每历旬日，必令详报雨雪丰歉各状，丰即贵籴，歉乃贱粜。或将贮谷易货，供给官用。如遇大歉，不待州县申请，即奏请蠲租赈饥，由是户口蕃息，庚癸无呼。又尝作常平盐法，撤除界限，裁省冗官，但就产盐区置官收盐，令商购运，一税以外，不问所之，有几处地僻乏盐，由官输运，有几时盐绝商贵，亦由官接济，官得余利，民不乏盐。榷盐法莫善于此，后世奈何不行？最关紧要的是革去胥吏，专用士人，他以为胥吏好利，士人好名，无论琐细事件，必委士人办理，因此厘清宿弊，涓滴归公。近来士人，亦专蒙利，恐刘晏良法，亦无如何。唐自安史乱起，连岁用兵，饷糈浩繁，人民耗敝，亏得朝廷用了刘晏，得以酌盈剂虚，不虑困乏。晏又自奉节俭，室无媵婢，平居办事甚勤，遇有大小案牍，立即裁决，绝不稽留，后世推为治事能臣，理财妙手。名不虚传。唯任职既久，权倾宰相，要官华使，多出晏门，免不得媢怨交乘，毁谤并至。

崔佑甫又荐引杨炎为相，炎与晏本不相能，元载伏诛，炎尝坐贬，当时曾由晏定谳。见前回。及炎入任同平章事，挟嫌怀恨，日思报复，他见晏以理财得宠，遂就财政上想出两大计划，入试德宗。第一着是请将天下财帛，悉贮左藏，这事本是唐朝旧例，肃宗初年，第五琦为度支使，因京师豪将，取求无度，琦不胜供应，乃奏请贮入内库，免得自己为难。天子何暇守财？当然委任内监，内监有几个清廉，当然做了蠹虫，乘机中饱。阉宦据为利薮，户部无从详查。炎仍请移出外库，扫清年来的积弊，不但中外视作嘉谟，就是德宗亦叹为至计。第二着是请创行两税法，唐初国赋，分租庸调三项，有田乃有租，有身乃有庸，有户乃有调。玄宗末年，版籍寖坏，诸多失实，炎请量出制入，酌定赋额，户无主客，以现居为簿，人无丁中，十六为中，十二为丁。以贫富为差，行商税三十之一，居民照章纳税，两次分收，夏不得过六月，秋不得过十一月，所有租庸杂傜，悉数裁并，但就上年垦田成数，均亩收税，于是民皆土著，确实不虚，这便叫作两税法。两税之法，利弊参半，陆宣公尝痛论之，但后世尝奉为成制，无非以简易可行耳。德宗依次施行，第一法是叱嗟可办，就在大历十四年冬季移交，第二法须劳费手续，特在德宗纪元建中，郑重颁诏，且预戒官吏，不得逾额妄索，多取一钱，便是枉法，民间颇称便利，情愿遵行。杨炎既得主心，遂复进一步用计，上言："尚书省为国政大本，任职宜专，不应兼及诸使。"于是把刘晏所兼各使职权，尽行撤消。炎以为步步得手，索性单刀直入，径攻刘晏。当德宗为太子时，代宗尝宠独孤妃，妃生子迥，曾封韩王，宦官刘清潭等，密请立妃为后，且屡言迥有异征，为摇动东宫计。事尚未成，独孤已逝，乃将此议搁置，但德宗已吃了一大虚惊。炎欲扳倒刘晏，竟入内殿密谒德宗，叩首流涕道："陛下赖宗社神灵，得免贼臣谗间，否则内侍早有奸谋，刘晏实为主使，今陛下已经正位，晏尚侈然立朝，臣不能不指出正凶，乞请严究。"德宗本已忘怀，突被杨炎提及，不觉忿气填胸，立欲逮晏下狱，还是崔佑甫从旁劝解，谓："事涉暧昧，不应轻信，且朝廷已经施赦，更无追究既往。"朱泚等亦上表营解，德宗始终不怿，竟坐晏他罪，贬为忠州刺史。哪知杨炎尚未肯罢休，定欲置晏死地，特擢私党庾准为荆南节度使，嘱令除晏。准即奏晏怨望，并附晏与朱泚书，作为证据。炎又请德宗速正明刑，时首相崔佑甫已歿，营救无人，德宗竟不问虚实，密遣中使驰至忠州，将晏缢死，然后下诏赐令自尽，家属悉徙岭表，连坐至数十人，中外交口称冤。唯炎得心满意足，不留余恨了。

晏未死以前，尚有泾州别驾刘文喜，据州作乱，也是杨炎一人酿成。炎奉元载为祖师，载生前欲城原州，控御吐蕃，事不果行，炎拟行载遗策，先牒泾原节度使段秀实，筹备工作。秀实答炎书道："安边却敌，应从缓计，况农事方作，尤不可遽兴土功。"炎得书甚怒，召秀实为司农卿，遣河中尹李怀光，督造新城。怀光素来严刻，泾原军士，闻名生畏，各有异言。别驾刘文喜，趁势纠众，反抗朝廷，先上了一道表文，只说是请还原官，万一段难再来，应简朱泚为帅。至德宗用朱代李，文喜又不受诏，欲效河北诸镇故例，自为节度使，乃下诏令朱泚李怀光，发兵讨文喜，文喜向吐蕃乞援，吐蕃不肯发兵，一城斗大，禁不起两军围攻，困守了好几旬，城中内乱，泾州副将刘海宾，杀毙文喜，献首乞降，泾原始平。但原州城终因此罢工。德宗既得文喜首，悬示京师，适李正己遣参佐入朝，由德宗令视逆首，有示戒意。参佐归白正己，正己很是不安。嗣闻刘晏被杀，乃上表问晏罪状，语带讥讪。德宗不报，独杨炎不免心虚，密遣私人分诣诸镇，自为辩白，只说杀晏由主上独裁，于己无与。此次恰弄巧成拙了。正己乃复上表，竟指斥德宗不明，有"诛晏太暴，不咨宰辅"二语。德宗览表起疑，也令中使往问正己。正己说是由炎传言。中使返报德宗，德宗因不悦炎，别选了一个著名奸臣，来与共相。这人为谁？就是卢弈子卢杞，卢弈为安禄山所害，大节炳然。见前文。子杞貌丑，面色如蓝，居常恶衣菲食，似有乃祖卢怀慎遗风，其实是钓名沽誉，不近人情。起初以父荫得官，累任至虢州刺史，尝奏称州中有官豕三千，足为民患。德宗令转徙沙苑，杞复上言："沙苑地在同州，也是陛下子民，何分彼此，不如宰食为便。"德宗赞美道："杞守虢州，忧及他方，真宰相才哩。"已受欺了。遂以豕赐贫民，召杞为御史中丞。寻因与炎有嫌，竟擢为门下侍郎，同平章事。炎谓杞不学，羞与同列。你亦何尝有学？杞亦知上意嫉炎，乐得投阱下石，从此炎趋入危境，也要身命不保了。天道好还。

忽有一老妇自称太后，由中使迎入上阳宫，奉养起来。突接入伪太后事，笔法从盲左脱胎。老妇实高力士养女，并非真正帝母，她年轻时，曾入侍宫掖，与德宗生母沈氏，时常会面，年貌亦颇相似。沈氏时尝削脯哺帝，致伤左指，高女亦尝剖瓜伤指，因此两人形迹，几乎相同。沈氏陷没东都，久无下落。前文亦曾叙及。德宗即位，遥上尊号，奉册唏嘘，中书舍人高彦，谓帝母存亡未卜，今既册为太后，应再四处访求。德宗乃令胞弟睦王述代宗第三子。为奉迎使，工部尚书乔琳为副，诸沈四人为判官，分行天下，访求太后。高力士养女，正嫠居东京，能详述宫禁中事，时人疑即沈太后，报知朝使。朝使不能确认，特请派宦官宫女，同往验视。女官李真一，夙居宫中，尝随沈太后左右，至是奉派至东京，见了高女，酷肖太后，也不禁以假为真，当下逐节盘问，高女缕述无讹，唯诘她是否太后，她却言语支吾，未曾认实。宦官等贪功希宠，竟强迎至上阳宫，令她居住，一面报达德宗，竟欲指鹿为马。德宗即发宫女赍奉御物，入宫供奉，这时候的高氏女，也有些心动起来，竟俨以太后自认。张冠李戴，哄传都下，德宗大喜，百官联翩入贺，独力士养子承悦，洞悉本原，恐将来一经察觉，祸及全家，乃入陈情实，请加复核。德宗乃命力士养孙樊景超，再往验视。景超与高女相见，当然认识，便语高女道："太后岂可冒充？姑母乃胆敢出此，诚不可解，莫非自求速死，乃置身俎上么？"高女尚踟蹰不答。景超即大声道："有诏下来！高女伪充太后，令即解京问罪。"高女听到此语，方觉股栗，战声答道："我为人所强，原非出自本意。"是何情事？乃可听人作主，女流无识，可叹可悯。景超即日返京，据实陈明，并请处罪。德宗语左右道："朕宁受百欺，求得一真，倘因高氏女得罪，无人敢言，岂不是大违初意么？"乃只命将高女放还，不再究罪。既而太后终无音耗，乃追谥为睿真皇后，奉袆衣祔葬元陵。元陵是代宗坟茔，距代宗崩时，七月即葬，追赠太后高祖琳为司徒，曾祖士衡为太保，祖介福为太傅，父易直为太师，易直弟易良为司空，易直子震为太尉，特立五庙，虔奉祭祀。立长子诵为太子，册诵母王氏为淑妃。

德宗素不信阴阳鬼神，所以送死养生，多循礼法。独术士桑道茂，以占验得幸，待诏翰苑。德宗召入，与论将来祸福，道茂答道："此后三年，都中恐有大变，陛下难免虚惊。臣望奉天有天子气，请陛下亟饬夫役修缮，增高垣堞，以防不测。"德宗乃敕京兆尹严郢，发众数千，并神策兵千人，往筑奉天城。时方盛夏，骤兴大工，群臣都莫明其妙。神策都将李晟，系洮州名将，身长六尺，力敌万人，历从王忠嗣李抱玉马璘麾下，御夷有功，因召入主神策军，德宗初立，吐蕃南诏入寇剑南，适西川节度使崔宁入朝，留京未还。晟奉命出征，斩虏首万级，虏皆遁去，乃奏凯还朝。晟为唐室功臣，故开手叙及，亦较从详重。复命后，奉敕调军筑城，也暗暗惊异。巧值桑道茂入谒，因邀令坐谈，道茂叙及奉天筑城事，且言："祸变不远，为皇上计，不得不尔。"晟似信非信。道茂忽离座下跪，向晟再拜，晟慌忙答礼，扶他起来。道茂坚不肯起，泣诚晟道："公将来建功立业，贵盛无比，唯道茂微命，悬在公手，只得求公开恩，预示赦宥。"晟闻言大惊，还疑道茂有什么异图，便答道："足下并无罪戾，就使有罪，晟亦何能援手？"道茂道："今日无罪，罪在他日。"说至此，即从怀中取出一纸，自署姓名，右文写着"为贼逼胁"四字，求晟加判。晟阅毕，茫无头绪，即笑问道："欲我如何判法？"道茂道："请公判入'赦罪免死'一语，便不啻再生父母了。”晟见道茂跪求，又向来未见逆迹，似不妨勉从所请，乃提笔照书，交还道茂。道茂又出缣丈许，愿易晟衣，晟越觉惊讶，诘问缘由。道茂道：“公虽下判，但事无左证，仍涉空虚，敢请公许易一衣，并赐题襟上。书明‘他日为信’四字，方可始终作证，匄免微命。”愈出愈奇。晟至此，更不禁踌躇起来。道茂又道：“此事与公无损，于道茂却大有益处。道茂粗识未来，因敢乞请，愿公勿疑！”晟乃取衣题襟，给与道茂。道茂拜谢毕，方才起身，告别而去。事出《道茂本传》，确凿有据。看官欲知道茂所言，究竟有无实验？说来很是话长，须要从头至尾，一一叙明。

建中二年，成德节度使李宝臣病死，宝臣本已复姓为张，嗣惮德宗威名，又愿赐姓为李。有子惟岳，性暗质弱，宝臣为世袭计，恐群下不服惟岳，杀死骁将辛忠义等二十余人，后且求长生术，误饮毒液，即致病喑，三日遂死。孔目官胡震，家僮王他奴，劝惟岳匿丧，诈为宝臣表文，请令惟岳袭位，德宗不许。惟岳自称留后，为父发丧，又使将佐联名上奏，推戴自己，德宗又不许。魏博节度使田悦，与宝臣友善，悦得继袭，宝臣曾为申请，至是悦念前恩，也为惟岳代请袭爵，偏德宗仍然不许。悦遂邀同李正己，为惟岳援，共谋勒兵拒命。为了三不许，激出三镇叛乱来了。魏博节度副使田庭玠，与悦同宗，劝悦谨事朝廷，自保家族，悦不以为然。庭玠忧死，成德判官邵真，泣谏惟岳。请执魏青二镇使人，解送京师，自请讨逆。且谓照此办法，朝廷庶嘉奖忠诚，必授旌节。惟岳颇为所动，令真草表，偏为胡震等所阻，事不果行。惟岳母舅谷从政，前为定州刺史，颇有胆识，因为宝臣所忌，杜门不出。及闻惟岳谋叛，独入劝惟岳，反复指陈。怎奈惟岳已误信俭言，先入为主，任你如何开导，只是不信，且反加忌。从政知难挽回，快快还家，忽来了王他奴，监督起居，他不觉忧愤交迫，服毒自尽。临危时，语他奴道：“我岂怕死。惜张氏从此族灭了。”于是惟岳敦促魏青二镇，即日发兵。李正己出万人屯曹州，田悦令兵马使康愔率兵八千人围邢州，自率兵数万围临洺，又联结梁崇义，约为援应。崇义为山南东道节度留后，势力不及河北诸镇，平时奉事朝廷，礼数最恭。代宗晚年，已升任节度使，德宗复加授同平章事，赐他铁券，封荫妻孥。哪知崇义为友忘君，竟听信田悦，一同发难。该死得很。淮西军已改名淮宁，任李希烈为节度使，德宗闻崇义逆命，即命希烈就近进讨，别命永平节度使李勉，都统汴宋滑亳河阳各道行营，防御田悦李正己等叛军。同平章事杨炎进谏道："希烈系忠臣族子，狠戾无亲，无功时尚倔强不法，倘得平崇义，将来如何控制呢？"德宗不听，且加封希烈为南平郡王，兼汉南汉北兵马招讨使。希烈慷慨誓师，得众三万，用荆南牙将梁崇义为先锋，出发淮西，途次延宕不进。德宗曾闻他踊跃出兵，乃至中途逗挠，似属前勇后怯，令人生疑。卢杞乘间进言道："希烈迁延不进，恐为杨炎一人所致，炎曾奏阻希烈，料必为希烈所闻，陛下何爱一炎，致隳大功，臣意不若暂罢炎相，俟乱平后，再任为相，亦属何妨。"好言最易动听。德宗乃徙炎为左仆射，罢知政事。其实希烈停留，无非为天雨泥泞，不便进行，并非单为着杨炎一人呢。及天已开霁，希烈督军复进，德宗还以为幸用杞言，因得希烈效力，眼巴巴的望他成功，不意江淮未报捷音，邢洺连番告急。泽潞留后李抱真，也上书请速救邢洺，德宗即授抱真为昭义节度使，令与河东节度使马燧，统兵往援。再遣神策都将李晟，率师出都，会同两镇兵马，共讨田悦。悦围攻临洺，累月未拔，城中粮食且尽，士卒多死，守将张伾，饰爱女出见将士，且令下拜，一面宣谕道："诸军战守甚苦。伾家无他物，请鬻此女，为将士一日费用。"说至此，语带呜咽，众且感且泣道："愿尽死力，不敢言赏。"伾乃令女入内，率军抵御，昼夜不懈，把一座粮竭兵虚的危城，兀自守住。可巧马燧李抱真，合兵八万，东下壶关，击破田悦支军。悦遣将杨朝光率五千骑立栅邯郸，阻住马李两军，再令李惟岳出兵五千。帮助朝光，马燧率军攻栅，纵火延烧，栅用木穿成，遇火立燃，朝光扑救不及，还恶狠狠的与燧军搏战，结果是烟昏目暗，一个失手，好头颅被人斫去，麾下五千骑，非死即伤。李惟岳军，也多毙命，只剩得几个焦头烂额，逃了回去。燧乘胜至临洺，抱真继进，李晟亦到，三路大军，夹击田悦，悦悉众力战，奋斗至百余合，终被燧等杀得大败，狼狈奔回。邢州兵亦解围遁去。悦即遣使分讨救兵，适值李正己病死，子纳擅领军务，乃发淄青兵援悦。李惟岳亦发成德军为援，悦收合散卒得二万人，驻扎洹水。淄青兵在东，成德兵在西，首尾相应，气焰复振。燧等进屯邺郡，恐兵力不足，奏调河阳军自助，诏令新任河阳节度使李艽，率兵往会，与田悦等相持，胜负尚未判定，那李希烈已大破崇义，进拔襄阳了。

自希烈沿汉进行，调集各道兵马，到了蛮水，遇着崇义裨将翟晖杜少诚，一战即胜，追至疏口。翟杜两将，计穷力蹙，解甲请降。希烈即令二将驰入襄阳，慰谕军民，自率大军随进。崇义尚欲闭城拒守，可奈军心已变，开门争出，不可禁止，眼见得希烈各军，纷纷入城，崇义无法可施，只得挈了妻孥，投井同尽。至希烈入城，捞出尸身，枭了首级，解送京师，希烈遂据住襄阳，德宗闻襄阳已平，加希烈同平章事，另遣河中尹李承为山南东道节度使。承单骑赴镇，希烈令居外馆，胁迫百端。承誓死不屈，希烈乃大掠而去。小子有诗叹道：

犬羊已蹶虎狼来，去祸翻教长祸胎。
为看前辕方覆辙，后车不戒令人哀。

希烈返镇，卢杞又要构害杨炎了。究竟杨炎性命如何，容至下回再表。

杨炎入相，请移财赋贮左藏，又创作两税法。两税之创，尚有遗议，而财赋悉归左藏出纳，实为当时除弊要策，无隙可訾。乃经著书人揭出炎意，谓炎陈此二议，即为害刘晏计，此固言人所未言，而直穷小人之隐者也。自玄宗以迄肃代，若宇文融王铁韦坚杨慎矜等，皆掊克臣，利国不足，病民有余，唯刘晏能变通有无，交利上下，炎挟私恨，乃欲捽而去之，去之不易，乃先议财政以动主心，继进谗言以快宿愤，贬晏死晏，计划甚巧，不图卢杞之复来其后也。杞乘梁崇义之叛，借刀杀炎，用计尤毒，德宗一再不悟，且宠任李希烈，以堕入杞之奸谋！曾亦思三镇叛乱，多自乃父宠纵而成，岂尚可举狼戾无亲之李希烈，而封王拜相耶？临洺之役，守将幸有张伾，战将幸有马燧诸人，而田悦始大败而去，不然，奉天之奔，宁待朱泚哉？

第六十三回　三镇连兵张家覆祀　四王僭号朱氏主盟

却说杨炎罢相，用右仆射侯希逸为司空，前永平军节度使张镒为中书侍郎，同平章事，希逸即死，亏得早死，否则亦朱泚流亚。镒性迂缓，徒知修饰边幅，无宰相才。卢杞独揽政权，决计诛炎，谓："炎所立家庙，地临曲江，开元时，萧嵩欲立私祠，玄宗不许，此地实有王气，炎有异志，因敢违背先训，取以立庙。"这数语陈将上去，顿令德宗怒不可遏，立黜炎为崖州司马，且遣中使押送，途中把炎缢死，并杀炎党河南尹赵惠伯，许刘晏归葬。报应何速？杞入相时，朝右称为得人，唯郭子仪窃叹道："此人得志，吾子孙恐无遗类了。"建中二年六月，子仪疾亟，廷臣多往探视，杞亦往问疾。子仪每见宾客，姬妾多不离侧，唯见杞至，悉令避去，有人问为何因？子仪道："杞貌陋心险，若为妇人所见，必致窃笑，杞或闻知，多留一恨，我正恐子孙被害，奈何反自寻隙呢？"德宗闻子仪病笃，遣从子舒王谟，传旨省问，子仪已不能兴，但在床上叩头谢恩，未几即薨，年八十五。德宗震悼辍朝，诏令群臣往吊，丧费皆由官支给，追赠太师，予谥忠武，配飨代宗庙廷。

子仪身为上将，屡拥强兵，程元振鱼朝恩等，谗谤百端，诏书一纸往征，无不就道，所以谗谤不行。鱼朝恩尝阴子劚仪父墓，子仪入朝，中外虑有变故，代宗亦慰唁再三，子仪独涕泣道："臣统兵日久，兵士或侵及人墓，不无失察，今先冢被毁，恐是天谴，不得专咎他人呢。"由是群疑俱释，且深服子仪雅量。子仪尝使人至魏州，田承嗣向西下拜，并语去使道："我不向人屈膝，已好多年了，今当为汾阳王下拜。”及李灵曜据汴州，不问公私各物，一概截留，独子仪物不敢近，且遣兵护送出境，所以子仪一身，关系天下安危，约二十年。校中书令考二十四次，家人多至三千人，八子七婿，均为显官，诸孙数十，朝夕问安，子仪不能尽辨，但略略点颔罢了。相传子仪自华州原籍，从军塞外，因入京催趱军饷，返至银州，时正七夕，风砂徙暗，日暮无光，子仪不得前行，就道旁空屋中，席地留宿，正在蒙眬欲睡，忽见左右皆现赤光，惊起仰视，天空中有一云軿，冉冉而下，内坐美女，端庄华丽，迥与凡人不同。子仪即拜祝道：“今天为七月七日，想是织女降临，愿赐长寿富贵。”女輾然道：“大富贵亦寿考。”言讫，霞光复起，云軿徐升，女尚俯视子仪，笑容可掬，直至高低远隔，方才烟雾迷离，不可复见，果然后来俱验，一如女言。史官称他权倾天下，朝不加忌，功盖一世，主不加疑，侈穷人欲，议不加贬，真是福德兼全，哀荣终始呢。故部将佐，多为名臣，子孙亦多半显扬。这更是郭氏特色，史所罕闻。旌扬盛德，正裨兼收。子仪从子郭昕，曾为安西四镇留后，自吐蕃陷入河陇，四镇隔绝不通，昕与北庭节度使曹令忠，屡遣使奉表朝廷，终不得达。伊州刺史袁光庭，且累被吐蕃围困，粮尽援穷，自焚死节，唐廷毫无所闻。至子仪殁后，仅隔一月，昕使从回纥绕道入朝，方得四镇二庭消息。德宗封昕为武威郡王，曹令忠为宁塞郡王，赐令忠国姓，改名元忠，追赠袁光庭为工部尚书，这且不必细表。

且说田悦李纳李惟岳，联兵拒命，与马燧等相持未下。李纳更遣将王温等，会同魏博兵众，共攻徐州。徐州刺史李洧，本是李纳从伯父，向与纳父子通同一气。彭城令白季庚，劝洧服从朝廷，乃举州归国，纳因此生嫌，出兵攻洧。洧遣牙将王智兴告急，智兴善走，五日入都，德宗令朔方大将唐朝臣，与宣武节度使刘洽，神策兵马使曲环，滑州刺史李澄，共救徐州。唐朝臣奉诏即行，军装不及置办，所有旗服，统是敝恶，宣武军瞧着，不禁嘲笑道：“乞子也能破贼么？”朝臣闻言，转谕将士道：“我等出兵讨逆，宜恃智勇，不恃服饰，但能先破贼营，何愁资械不足？诸君努力向前，共博功名，休使汴宋人笑我哩。”原来汴宋自灵曜乱后，添置节度使，改称宣武，所以朝臣仍称他为汴宋军。朝臣既已下令，即麾众前驱，巧值纳将石隐金，率众万人，来援王温，至七里沟与朝臣相遇。朝臣用马军使杨朝晟计，遣朝晟带着骑兵，潜伏山曲，自率部兵倚山列阵，静待纳军。王温闻援兵到来，即与魏博将崇庆，率兵往会，为夹攻计。哪知到了山西，被朝晟驱兵杀出，冲作两橛，朝臣亦麾众驰突，杀得温等有退无进，有死无生。石隐金拟来援应，适宣武军乘势杀到，立将隐金击退。温与崇义，狼狈欲返，仓猝逾沟，又为朝臣等掩杀，溺毙过半。余众四散遁去，徐州解围。朔方军尽得敌械，旗服焕然一新，便语宣武军道："汝军功劳，能及得乞人否？"虽是快语，却亦未免自满。宣武军不胜惭赧，无词可答。刘洽亦颇愤激，径移师往攻濮州去了。

马燧等屯驻漳滨，河阳节度使李艽亦至，燧命诸军持十日粮，进屯仓口，与田悦夹水列营。抱真与艽问燧道："粮饷不多，遽行深入，究是何因？"燧答道："我无非为速战起见，试想魏博三镇，连兵不动，意欲坐老我师，可以不战屈人，我若分军击其左右，悦必往救，我反腹背受敌，战必不利，今特进军攻悦，捣他中坚，这就是攻其必救的兵法。悦若出战，保为诸公破敌哩。"乃命军士就水造桥，成了三座，每日分兵逾桥，前往挑战。悦只坚壁不出，燧令诸军夜半起食，潜出营门，循洹水上流，直趋魏州，只留百骑在营击鼓，且预戒道："贼若渡桥前来，汝等可暂时他避，俟贼已毕渡，追蹑我师，汝等速毁桥梁，切切勿误。"言已即去。待至天明，留骑怀藏火种，出营四匿，营中鼓角无声，寂无一人。果然田悦探得消息，亟率淄青成德军四万余人，渡桥踹营。但见营门虚掩，料已他去，连忙督众前追，且乘风纵火，鼓噪而进。燧已至十里所，令军士除去草莽，列阵待着，至悦兵追到，火熄气衰，燧令昭义河阳军为左翼，神策军为右翼，自率河东兵为中军，与悦众接仗，悦亦分军迎敌，战了数十合，神策昭义河阳军小却，独燧指挥河东军，冒死突入悦阵，十荡十决，无人敢当。李抱真李艽等，见燧勇往直前，也下令还斗，拼命杀入。悦众抵挡不住，相率败走，奔至三桥，桥已毁去。那燧等又追杀过来，此时欲逃无路，只好扑通扑通的俱投水中。有一半不善泅水的，都由河伯收去。还有后队未及渡水，统被燧等杀尽。功归马燧，举一赅三。悦收败卒千余人，还走魏州，夜走南郭，守将李长春闭城不纳，拟俟官军追至，献城出降。偏偏待到天明，官军不至，乃开门迎悦。悦怒杀长春，集兵拒守，怎奈城中士卒，不满数千，阵亡将士诸家属，号哭盈街。悦不免惶惧，乘马佩刀，兀立府门，召军民泣谕道："悦自知不肖，蒙淄青成德两父执保荐，嗣守伯父遗业，今两父执去世，有子不得承袭，悦怀父执旧恩，不自量力，抗拒朝命，以致丧败至此，悦再不死，何以谢我城中父老？不过悦有老母，不能自杀，愿诸君持我佩刀，断我首级，持降官军，免得与悦同死哩。”言毕，解刀掷地，自从马上投下。好一条苦肉计。将士争前扶掖，各愿与悦同死。悦乃与将士断发为誓，约为兄弟，与同休戚，一面悉发府库，乃征敛富家，得财百余万，犒赏士卒。并召贝州刺史邢曹俊，令整部伍，缮守备，镇定众心，士气复振。

时李纳为刘洽所逼，还守濮州，又向田悦处征兵。悦遣军使符璘，率三百骑送归淄青军。璘父令奇诫璘道：“我已老了，历观安史等相继叛乱，终归夷灭，田氏效尤，不久必亡，汝能去逆效顺，使汝父扬名后世，我死亦甘心哩。”遂与啮臂而别。璘出城，即与副使李瑶，奔降马燧，悦收灭璘家，令奇嫚骂而死。李瑶父再春，举博州降官军。悦从兄田昂，也举洺州降官军。马燧拟进攻魏州，向抱真营中，求取攻具。抱真因前时临洺一役，所获军粮，多为燧有，心下本已不平，至此又欲取他军械，因即拒绝，且愿独当一面，与燧分军，迁延不进。燧与抱真各有所失。河阳等军，亦因此观望。至燧促与同行，到了魏州城下，悦已缮兵固守，不能遽拔了。

范阳节度使朱滔，奉德宗诏敕，出讨李惟岳，先遣判官蔡雄，往说易州刺史张孝忠，劝他举州归唐，共图惟岳。孝忠本由正已遣往，令防田氏。见六十一回。此次见田氏日危，乐得依了蔡雄，奉表唐廷。滔又代为保荐，得授检校工部尚书，兼成德节度使。孝忠遂娶滔女为子妇，深相结纳，连兵围束鹿。束鹿守将孟佑，急向惟岳处求救，惟岳令兵马使王武俊为先锋，自督军为后应，往救束鹿。武俊本为惟岳所嫌，因惜他才勇，不忍遽除，至此派为前驱，武俊暗自忖道：“我若往破朱滔，惟岳军势大振，我归必被杀无疑，我何苦自寻死路呢？”及既至束鹿，与朱滔对垒，未战先退。惟岳后至接战，为朱滔张孝忠所乘，杀毙将士甚多，没奈何毁营遁还。孟佑守不住束鹿，亦开门夜遁。滔等乘胜围深州，惟岳忧惧，判官邵真，又劝惟岳束身归朝，事为孟佑所闻，密报田悦。悦遣衙官扈岌，诘责惟岳，逼他杀死邵真，仍敦前好，否则从此绝交。惟岳素来恇怯，更由判官毕华等，从旁怂恿，力请斩真以谢魏博，乃即引真出来，对着扈岌，把真枭首，扈岌乃去。惟岳以武俊不肯效力，意欲并诛，会赵州守将康日知，又举城降唐，于是益疑武俊，武俊甚惧。有为武俊入白惟岳道：“先相公委武俊为腹心，诚因他勇冠三军，可济缓急，今危难交迫，尚加猜阻，将使何人却敌呢？”惟岳乃使步军卫常宁，与武俊同击赵州，又使武俊子士真，值宿府中，统兵自卫。既已纵虎出柙，还要引狼守门，怎得不死？武俊出至恒州，语常宁道：“武俊今日，幸脱虎口，不复再返了。当北归张尚书。”指孝忠。常宁道：“惟岳暗弱，将来总不免覆灭，今天子有诏，得惟岳首，即授旌节，公为众所服，若倒戈效顺，取逆首如反掌，何必先归张尚书呢？”武俊喜甚，即与常宁还袭惟岳。士真开门纳入，武俊即突入府门，府兵上前拦阻，被杀十余人，当由武俊宣言道：“大夫叛逆，将士归顺，敢有异心，身诛族灭。”大众闻言，均不敢动。惟岳缩做一团，被武俊等牵出府厅，用帛勒毙，并收捕胡震毕华王他奴诸人，尽行斩首，然后将惟岳首级，传送京师。自李宝臣据成德军，凡二世，共十九年而亡。深州刺史杨荣国，定州刺史杨正义，陆续归降，河北略定，只有魏州未下。唐廷论功加赏，三分成德地，命张孝忠为易定沧州节度使，武俊为恒冀都团练观察使，康日知为深赵都团练观察使。尚有德棣二州，划隶朱滔，令滔还镇。

滔求深州未得，因致失望，且仍在深州驻兵，武俊以手诛惟岳，功出张孝忠康日知上，乃仅与日知同官，并失去赵定二州，意亦不悦。田悦乘间诱朱滔，滔又乘间诱武俊，彼此定了密约，互相联络，反抗朝廷。前四镇未曾荡平，后三镇又复连结。李纳为刘洽所围，外城被破，惊慌的了不得，乃登城见洽，泣求自新。李勉亦遣人劝降，纳乃使判官房说，入朝请命。偏中使宋凤朝，谓纳势穷蹙，必不可舍，德宗竟为所惑，将说囚住，纳乃突围出走，奔归郓州，后与田悦相合。会唐廷遣中使北往，征发卢龙恒冀易定等军，往讨田悦。王武俊邀执中使，送往朱滔。滔即语众道：“将士为国立功，我尝为奏请官阶，均不见报，今欲与诸君共趋魏州，击破马燧，可好么？”众皆不答。滔问至再三，大众却请暂保目前，不愿蹈安史覆辙。滔默然罢议，一面加抚士卒，一面查出反对的将士，杀死了数十人。康日知侦知滔谋，密报马燧，燧转报德宗，德宗以魏州未下，王武俊又叛，势不能再讨朱滔，乃加滔检校司徒，进爵通义郡王，冀安反侧。总不脱乃父呆气。偏滔逆谋愈甚，竟进营赵州，威吓日知。武俊亦遣子士真，往攻赵州。涿州刺史刘怦，与滔为姑表亲，滔使知幽州留后，怦即遗书谏滔道：“司徒能自矢忠顺，事无不济，若务大乐战，不计成败，安史前车，可为殷鉴。”滔将来书撕碎，付诸不答，且使蔡雄往说张孝忠，愿与连盟。孝忠道：“从前司徒发幽州时，曾劝孝忠归国尽忠，孝忠性直，已从司徒教诲，不敢再生贰心。司徒今为王武俊所惑，武俊与孝忠同出夷落，素知他反复无常，还请司徒详察，勿为所蒙。”雄尚再四进言，惹得孝忠怒起，欲将他执送京师，雄乃逃回。滔决计叛命，即率步骑二万五千人，出发深州。甫至束鹿，士卒忽哗噪道：“天子令司徒归幽州，奈何反南救田悦。”滔惧匿后帐。蔡雄与兵马使宗项出语士卒道：“司徒血战取深州，无非欲多得丝纩，借宽汝曹租赋，不意国家无信，把深州给康日知，又闻朝廷有敕赐汝等每人绢十匹，乃复为河东军夺去，所以司徒南行，为汝等索还赐物呢。”一派谎言。大众齐声道：“果有此事，朝命不可不遵，不如奉诏归镇。”雄说不下去，只好佯允道：“汝等既知奉诏，亦须各归部伍，从容归镇，尊司徒，便是尊朝廷呢。”众乃无语，越宿，滔即引兵还深州，密访首谋，得二百余人，悉数处斩，余众股栗，乃复引兵南行，如此残暴，安望成功。进取宁晋，留待王武俊。武俊率步骑万五千名，陷入元氏，再行北趋，与滔相会，同援田悦。

悦闻援军将至，令康愔督兵出城，至御河旁，与马燧战了一仗，大败奔还。德宗授李怀光为朔方节度使，令率朔方军讨悦，兼拒朱滔，一面进燧同平章事，爵北平郡王，且大括长安富商，接济军费。判度支杜佑，横加敲迫，民不胜苦，甚至缢死。又遍查都民积粟，硬借四分之一，先后所得，才值二百万缗，都城嚣然，如被寇盗。越年改任赵赞判度支，复创行苛例两条，一是间架税，每屋两架为间，上屋税钱二千，中税千文，下税五百。一是除陌钱，公私给与及买卖产物，每缗须交官税五十钱。两法颁行，饬民不得逃税，如有隐匿等情，杖责以外，还要加罚。可怜百姓连声叫苦，九重无从得闻，但把那民膏民血，运至军前，期平叛逆，偏是逆焰日炽，诸军又不肯同心，你推我诿，历久无功。夹叙苛税，为下文京城失守写照。马燧李抱真，构怨不休，朝廷遣中使和解，终不见效。王武俊逼赵州，抱真分麾下二千人，往戍邢州。燧闻信大怒道：“叛贼未除，乃遽分兵自守，难道叫我独战么？”随即令军士整顿归装，意欲西还。忠智如燧，尚难免私忿。李晟得悉情形，忙向燧劝阻道：“李尚书因邢赵连壤，所以分兵往守，今公为此一事，即引兵自去，不但前功尽弃，转恐招受恶名。况公有志平贼，正应推诚相与，释小怨，急公仇，奈何作丈夫态，悻悻求逞呢？”燧被晟数语提醒，不觉起座道：“公责我甚当，我愿自见李尚书，剖明心迹便了。”遂单骑出营，径诣李抱真营。抱真与燧，已多日不见，骤闻燧孑身到来，也即开营出迎，彼此各自谢过，复归和好，乃同誓灭贼，尽欢而别。

适洺州刺史田昂入朝，燧奏以洺州隶抱真，李晟军先隶抱真，又请兼隶马燧，以示协和，有制一一准请。燧乃搜卒补乘，再攻魏州。会值朱滔王武俊，合军救魏，列营惬山。李怀光军亦来援燧，燧盛军出迎。滔闻燧出军，还道是前往袭击，也出兵布阵，怀光有勇无谋，即欲掩杀过去，燧劝怀光且暂休息，俟衅乃动。怀光道："贼阵尚未列就，正好乘机杀去，此时不可失了。"遂麾兵杀入滔阵，杀死敌军千余人。滔军奔退。怀光部众争入滔营，搬取粮械，不防王武俊带着劲骑，横冲过来，把怀光军裂作数段，怀光不及收军，仓皇走还。滔又转身杀来，与王武俊并力合击，怀光大败，马燧部兵，被他牵动，禁遏不住，也只好还军保垒。是夜燧与怀光，恐朱滔等复来劫营，恰也严加防备。到了夜半，忽有大水淹至，灌及全营，大众惊惶得很，东拦西阻，勉强支持到天明，曙光一启，出营四望，但见周围一带，已成泽国，营门内外，水深三尺许，燧至此也觉着急，暗思全营将士，带水拖泥，已是不便，更且粮道被阻，归路截断，将来都作了瓮中鱼鳖，如何不忧？当下救命要紧，只好卑词厚币，向滔乞情，乃遣一辩士赍投滔营，滔正决永济渠，淹入燧营，教他自毙，忽接到燧书，内称河北事托公处置，燧愿率兵还朝，幸开一面，后不相犯等语。滔阅毕，不禁掀髯狞笑道："马北平，才晓得老夫厉害么？"马使趁势贡谀，说得朱滔心悦诚服，立命将渠水放还，遣归来使。及使人回至燧营，营中已是干燥了。燧与诸军涉水西行，退保魏县。王武俊见滔道："公奈何纵虎出柙，堕人诡计？"滔不以为然。嗣经武俊讽劝兼至，乃与武俊进兵魏县，与马燧等隔水相持。滔复遣兵马使承庆等往救李纳，击却刘洽。洽亦退守濮阳，于是田悦倡议，愿奉朱滔为主。滔辞谢道："惬山一胜，全仗王大夫力，滔何敢独居尊位？"乃由幽州判官李子千，桓冀判官郑濡等，公同会议，仿春秋列国故例，仍奉唐朝正朔，唯各加王号。滔自称冀王，悦称魏王，武俊称赵王，且推李纳为齐王，列成四国。当下筑坛告天，歃血为盟。滔作盟主，对众称孤，悦纳武俊称寡人，妻曰妃，长子曰世子，各以所治州为府，自置官属。唐廷又令淮宁节度使李希烈，兼平卢淄青节度使，专讨李纳。河东节度使马燧，兼魏博澶相节度使，朔方节度使李怀光，加授同平章事，专拒田悦朱滔等军，李晟已进授御史大夫，兼神策行营招讨使。当愜山未战前，已自魏州北趋赵州，击走王士真，与张孝忠合兵，北图范阳。更谋取涿莫二州，截断幽魏孔道，这也是釜底抽薪的计策。正是：

诸镇连兵方肆逆，良臣冒险每图功。

欲知各军能否平逆，且从下回再详。

卢杞相，子仪殁，内外乏人，而藩镇之祸乃烈。幸尚有马燧李晟诸将，战胜田说，而王武俊乃出而倒戈，杀李惟岳，传首京师，李纳乞降，田悦孤危，河北只魏州未下，澄清之象，似可立致矣。乃王武俊朱滔，有平惟岳功，而处置失宜，致生怨望。李纳遣使入朝，及从而拘禁之，代宗之误，误于姑息，德宗之误，误于好猜，四国联盟，祸逾三镇，唐乱宁有已时乎？观此回而知诸镇之迭乱，实由庙谟之失算云。

第六十四回　叱逆使颜真卿抗节 击叛帅段秀实尽忠

却说李希烈籍隶辽西，性极凶狡，本来是没甚功业，自平梁崇义后，恃功益骄，德宗反说他忠勇可恃，封王拜相，兼数镇节度使，令讨李纳。希烈率部众徙镇许州，屯兵不进，反遣心腹李苴，阴约李纳，结为唇齿，共图汴州，佯向河南都统李勉处假道。勉知他不怀好意，阳具供帐，阴饬戒备。希烈探悉情形，竟不至汴。纳却屡遣游兵，渡汴往迎，且绝汴饷路。勉乃改治蔡渠，凿通运道，以便接济。希烈又密与朱滔等通问，滔等与官军相拒，累月未决，一切军需，全仗田悦筹给。悦不胜供应，支绌万分，闻希烈兵势甚盛，乃共谋乞援，愿尊希烈为帝。希烈遂自号建兴王，天下都元帅。五贼株连，凶焰益盛。希烈遂遣将李克诚，袭陷汝州，执住别驾李元平。元平眇小无须，素来大言不惭，中书侍郎关播，说他有将相才，荐任汝州别驾，兼知州事，哪知他被捕至许，见了希烈，吓得浑身乱抖，尿屎直流。希烈且笑且骂道："盲宰相用你当我，何太看轻我哩？似你岂足污我刃？饶了你罢！"元平连忙叩谢，首如捣蒜。希烈拂袖返入，他才爬起，由军士替他解缚，退出帐外去了。可为惯说大话者作一榜样。

希烈再遣将董待名等，四出抄掠，取尉氏，围郑州东都大震。德宗召卢杞入商，杞答道："四镇不臣，又加希烈，几乎讨不胜讨，不如令儒雅重臣，往宣上德，为陈顺逆祸福，或可不战而胜哩。"德宗问何人可遣，杞应声道："莫如颜真卿。"乃命真卿宣慰希烈。诏敕一下，举朝失色。原来卢杞入相，专好挤排，杨炎既被他贬死，继起为相的张镒，本来是没甚峭厉，偏杞又排他出外，令兼凤翔节度使。故相李揆，老成望重，又为杞所忌，遣使吐蕃，病死道中。颜真卿入掌刑部，刚正敢言，杞独奏改太子太师，且欲调任外职。真卿尝语杞道："先中丞传首至平原，指卢奕。真卿曾舌舐面血，今相公乃忍不相容么？"杞矍然起拜，心中却衔恨愈深。至是假公济私，令他出抚希烈。真卿拜命即行，驰至东都，留守郑叔则道："此去恐必不免，不如留待后命。"真卿慨然道："君命难违，怎得避死？"随即写了家书，寄与颙硕两儿，但嘱他上奉家庙，下抚诸孤，此外不及他语。书已寄出，即向许州进发。李勉闻真卿赴许，亟表言失一元老，为国家羞，请速追召还朝，一面使人邀留道中。偏真卿已经过去，不及追还，只好付诸一叹。

真卿既抵许州，才与希烈相见，忽有众少年持刀直入，环绕真卿左右，口中呶呶辱骂，手中以刀相示，几乎欲将真卿醢食了事。真卿毫不改容，顾语希烈道："若辈何为？"希烈乃麾众令退，且谢真卿道："儿辈无礼，请休介意！"真卿问明众少年，才知皆希烈养子，当下朗声宣敕，希烈听毕，便道："我岂欲反？只因朝廷不谅，奈何？"乃导真卿入客馆中，逼使代白己冤，真卿不从。希烈再遣李元平往劝，真卿呵叱道："汝受国家委任，不能致命，我恨无力戮汝，反敢来劝诱我么？"元平怀惭而退，返报希烈。希烈意欲遣归，元平却劝令拘留。越是小人，越会巴结。会朱滔王武俊田悦李纳四人，复各遣使至许州，上表称臣，腼颜劝进。腼颜两字甚妙。希烈召真卿入示道："今四王遣使推戴，不约而同，太师看此情势，岂独我为朝廷所忌么？"真卿奋然道："这是四凶，怎得称作四王？相公不自保功业，为唐忠臣，乃反把乱臣贼子，引作同侣，难道是甘心同尽吗？"希烈不悦，令人扶出。越日与四使同宴，又召真卿入座，四使语真卿道："太师德望，中外同钦，今都统将称大号，太师适至，都统欲得宰相，舍太师尚有何人？这乃所谓天赐良相哩。"真卿怒目相视道："汝等亦知有颜杲卿么？杲卿就是我兄，曾骂贼死节，我年八十，但知守节死义，汝等休得胡言！"四使乃不敢复语，真卿乃起身还馆。希烈使甲士十人，环守真卿馆舍，且在庭中掘坎，扬言将坑死真卿。真卿怡然见希烈道："死生有定，亟以一剑授我，便好了公心事，何必多方恫吓，我若怕死，也不来了。"希烈乃婉词道歉。

既而左龙武大将军哥舒曜，奉命为东都汝州节度使，击破希烈前锋将陈利贞，进拔汝州，擒住守将周晃。湖南观察使曹王皋，系曹王明玄孙。调任江西节度使，击斩希烈将韩霜露，连下黄蕲各州。希烈部下都虞侯周曾等，本由希烈差遣，往攻哥舒曜，他却通款李勉，还击希烈，拟奉颜真卿为节度使，不料为希烈所闻，潜令别将李克诚，率兵掩至。曾等却未预防，统被杀死，只同党韦清，奔投刘洽，幸得逃生。董待名等曾围郑州，闻各处失利，相率遁还。希烈气焰少衰，乃自许州归蔡州，颜真卿仍被拥去，置居龙兴寺，用兵守着。会荆南节度使张伯仪，与希烈兵交战安州，伯仪大败，连持节俱被夺去。希烈得节示真卿，真卿号恸投地，绝而复苏，自是不复与人言。希烈遣使上表，归咎周曾等人，表面上好似恭顺，暗中却通使朱滔，待他来援。滔正自顾归路，还救清苑，与李晟相持。晟适患病，不能督师，被滔乘隙袭击，败走易州。滔自瀛州休息数天，王武俊遣宋端见滔，促他速还魏桥，滔尚拟从缓，偏端出言不逊，顿时惹动滔怒，斥端使还，且语道："滔以救魏博故，叛君弃兄，几如脱屣，现遇热疾，暂未南来，二兄指王武俊。必欲相疑，听他自便。"端回报武俊，武俊因滔纵马燧，已是不平，至此越觉介意，勉强遣人报谢。不获于上，安能信友？李抱真驻营魏县，侦得消息，乃遣参谋贾林，诈降武俊，林至武俊营，武俊问他来意，林正色答道："林奉诏来此，并非来降。"武俊不禁色动。林又接口道："天子闻大夫登坛时，自言忠而见疑，激成此举，诸将亦共表大夫忠诚，今天子密谕诸将，谓：'朕前事诚误，追悔无及，朋友失欢，尚可谢过，朕为四海主，岂君臣情谊，转不及朋友么？'林特来传命，请大夫自行裁夺。"令他自酌，不劝之劝，尤妙于劝。武俊徐答道："仆系胡人，入受旌节，尚知爱及百姓，岂天子反好杀人么？仆不惮归国，但已与诸镇结盟，不便食言，若天子下诏，赦诸镇罪，仆当首倡归化，诸镇再或不从，愿奉辞伐罪，上足报君，下可对友，不出五旬，河朔可大定了。"林乃道："公言甚善，林当返报李公，如言请旨。"武俊喜甚，厚礼送归。嗣因抱真尝通使武俊，阴相联结，魏博一路，兵祸少纾。唯李希烈复出寇襄城，哥舒曜入城拒守，竟为所围。河南都统李勉，遣宣武将唐汉臣赴援，德宗亦令神策将刘德信，募兵三千人往助，且命神策军使白志贞，添招兵士。志贞勒令节使子弟，自备资装从军，但给他五品官衔，于是怨言益盛，人心动摇。翰林学士陆贽，表字敬舆，系嘉兴人氏，夙擅才名，以进士中博学宏词科，历任外尉，及监察御史。德宗召居翰苑，屡问政事得失。贽因兵民两困，防生内变，特剀切上疏道：

臣闻王者蓄威以昭德，偏废则危。居重以驭轻，倒持则悖。王畿者，四方之本也。京邑者，王畿之本也。昔太宗列置府兵，八百余所，而关中五百，举天下不敌关中，则居重驭轻之意明矣。承平渐久，武备寖微，虽府卫具存，而卒乘罕习，故禄山窃倒持之柄，乘外重之资，一举滔天，两京不守，尚赖西边有兵，诸厩备马，每州有粮，而肃宗乃得中兴。乾元以后，复有外虞，悉师东讨，边备既弛，禁旅亦空，吐蕃乘虚深入，先帝莫与为御，是又失驭轻之权也。既自陕还，惩艾前事，稍益禁卫，故关中有朔方泾原陇右之兵以捍西戎，河东有太原之兵以制北虏。今朔方太原之众，远屯山东，神策六军，悉戍关外，将不能尽敌，则请济师，陛下为之辍边军，缺环卫，竭内厩之马，武库之兵，召将家子以益师，赋私蓄以增骑，又告乏财，则为算室庐，贷商人，设诸榷之科，日日以甚。倘有贼臣啗寇，黠虏觑边，伺隙乘虚，窃犯畿甸，未审陛下何以御之？往岁为天下所患，咸谓除之则可致升平者，李正已李宝臣梁崇义田悦是也。往岁为国家所信，咸谓任之则可除祸乱者，朱滔李希烈是也。既而正已死，李纳继之；宝臣死，惟岳继之；崇义诛，希烈叛，惟岳戮，朱滔携，然则往岁之所患者，四去其三矣，而患竟不衰。往岁之所信者，今则自叛矣，而余又难保。是知立国之安危在势，任事之济否在人；势苟安，则异类皆同心也，势苟危，则舟中亦敌国也；陛下岂可不追鉴往事，维新令图，修偏废之柄以靖人，复倒持之权以固国，而乃孜孜汲汲，极思劳神，徇无已之求，望难必之效乎？陛下幸听臣言，凡所遣神策六军，如李晟等及节将子弟，悉令还朝，明敕泾陇邠宁，但令严备封守，仍云更不征发，使知各保安居，再使李芃还军援洛，李怀光还军救襄城，希烈一走，梁宋自安，余可不劳而定也。又下降德音，罢京城及畿县间架等杂税，与一切贷商征兵诸苛令，俾已输者弭怨，现处者获宁，则人心不摇，邦本自固，尚何叛乱之足虑乎？语关至计，务乞陛下酌量施行。

看官听着！德宗当日，若果信用贽言，何至京城失守，蒙尘西行？偏是德宗目为迂谈，一心想荡平叛逆，把魏县各军，未曾调回一个，反屡促李勉刘德信等，急救襄城，勉闻希烈精兵，统在襄阳，料想许州空虚，特嘱刘德信唐汉臣两将，移袭许州。这也是一条好计。两将奉令即行，哪知中使到来，责他违诏，立刻追还二将，二将狼狈走还，被希烈部将李克诚，追击过来，杀伤大半。汉臣奔大梁，德信奔汝州。希烈游兵，剽掠至伊关，李勉亟遣裨将李坚率四千人，助守东都，又被希烈将截住后路，东都亦震，襄城益危。德宗再命舒王谟见前。为荆襄等道行营都元帅。改名为谊，徙封普王，户部尚书萧复为元帅府长史，右庶子孔巢父为左司马，谏议大夫樊泽为右司马，调入泾原将士，令带同东行。

泾原节度使姚令言，率兵五千至京师，时当十月，途次冒雨前来，冻馁交迫，既至京师，满望得着厚赐，遗归家属，不意京兆尹王翃，奉敕犒师，但给他粝饭菜羹，此外并无赏物。大众不禁动愤，尽把菜饭拨掷地上，蹴作一团，且扬言道："我辈将冒死赴敌，乃一饭且不使饱，尚能以微命相搏么？今琼林大盈二库，金帛充溢，朝廷靳不一与，我辈何妨自取呢。"乃环甲张旗，直趋京城。令言正入朝辞行，蓦听得兵变消息，忙趋出城外，呼众与语道："诸军今日，东征立功，何患不富贵？乃无端生变，莫非要族灭不成？"军士不从，反将令言拥住，鼓噪至通化门。但见有中使奉诏出抚，每人给帛一匹，众益忿诟道："我等岂为此区区束帛么？"遂将中使射毙，一哄入城，百姓骇走，乱军大呼道："汝等勿恐，我辈前来抚汝，此后不夺汝商货僦质，也不税汝间架陌钱了。"苛敛病民，正使军士借口。德宗闻乱军入城，即令普王谊及翰林学士姜公辅，同往慰谕。偏乱军列阵丹凤门，持弓以待，无可理喻，没奈何返身入报。德宗又号召禁兵，令御乱军，不料白志贞所募禁旅，统是虚名列籍，兵饷悉入贪囊，到了危急待用，竟无一人前来，此时德宗张皇失措，急忙挈同王贵妃韦淑妃，及太子诸王公主，自后苑北门出奔，连御玺都不及取，还是王贵妃忙中记着，取系衣中。宦官窦文场霍仙鸣，率左右百人随行，普王谊为前驱，太子为后殿，司农卿郭曙，右龙武军使令狐建，在道接驾，各率部曲扈从，于是始得五六百人。姜公辅叩马进言道："朱泚尝为泾原军帅，因弟滔为逆，废处京师，心常怏怏，今乱兵入京，若奉他为主，势必难制，不如召使从行。"德宗不暇后顾，便摇首道："现在赶程要紧，已是无及了。"遂西向驰去。

是时乱军已斩关入内，登含元殿，大掠府库，居民亦乘势入宫，窃取库物，喧哗的了不得。姚令言以大众无主，乱不能止，特与乱军商议，拟推朱泚为主帅。泚讨平刘文喜后，曾留镇泾原，加官太尉。回应六十二回。及滔谋逆，蜡书贻泚，劝他同叛，使人为马燧所获，送至京师。德宗乃召泚入朝，出示滔书，泚惶恐请死，德宗以兄弟远隔，本非同谋，特温言慰勉，赐第留京。令言提议戴泚，大众乐从，乃至泚第迎泚，泚佯为谦让，经乱军一再往迎，乃乘夜半入阙，前呼后拥，列炬满街，既至含元殿，约束乱兵，自称权知六军，泚乘乱入阙，约束乱兵，不足言罪，误在后此称尊耳。次日徙居北华殿，出榜张示。略云：

泾原将士，远来赴难，不习朝章，驰入宫阙，以致惊动乘与，西出巡幸，现由太尉权总六军，一应神策等军士及文武百官，凡有禄食者，悉诣行在，不能往者，即诣本司，若出三日检勘，彼此无名者杀无赦。为此榜示，俾众周知。

京城官吏，见此榜文，才知德宗已经西出，首相卢杞，及新任同平章事关播，已在夜间逾中书省垣，微服出城。神策军使白志贞，京兆尹王翃，御史大夫于颀，中丞刘从一，户部侍郎赵赞，翰林学士陆贽吴通微等，亦陆续西往，驰至咸阳，方与车驾相会。德宗忆及桑道茂言，决赴奉天。奉天守吏，闻车驾猝至，不知何因，意欲逃匿山谷，主簿苏弁道："天子西来，理应迎谒，奈何反逃避呢？"乃相偕迎车驾入城。京城百官，稍稍踵至，及左金吾大将军浑瑊到来，报称朱泚为乱兵拥立，后患方长，不可不备。德宗即授瑊为行在都虞侯，兼京畿渭北节度使，且征诸道兵入援。卢杞悻悻进言道："朱泚忠贞，群臣莫及，奈何说他从乱？臣请百口保他不反。"德宗也以为然，反日望朱泚迎舆，哪知泚已密谋僭逆，竟欲做起皇帝来了。

先是光禄卿源休，出使回纥，还朝不得重赏，颇怀怨望，见朱泚自总六军，遂入阙密谈，妄引符命，劝他称尊，泚喜出望外，立署京兆尹，检校司空李忠臣，太仆卿张光晟，工部侍郎蒋镇，员外郎彭偃，太常卿敬釭，皆为泚所诱，愿为泚用。泚又以段秀实久失兵柄，必肯相从，即令骑士往召。秀实闭门不纳，骑士逾垣入见，硬迫秀实同行。秀实乃与子弟诀别，往见朱泚。泚喜道："司农卿来，吾事成了。"秀实为司农卿，见六十二回。秀实因语泚道："将士东征，犒赐不丰，这是有司的过失，天子何从与闻？公以忠义闻天下，何勿开谕将士，晓示祸福，扫宫禁，迎乘与，自尽臣职，申立大功呢。"泚默然不答。秀实乃阳与周旋，阴结将军刘海宾，及泾原将吏何明礼岐灵岳，谋诛朱泚。适金吾将军吴溆，奉德宗命，来京宣慰。泚佯为受命，留溆居客省中，一面遣泾原兵马使韩旻，率锐骑三千，往袭奉天，外面却托称迎銮。秀实侦悉狡谋，便语灵岳道："事已急了，只可以诈应诈。"召旻且还，乃嘱灵岳窃姚令言符，作为凭信。灵岳去了半日，空手驰回，报称符难窃取。秀实倒用司农卿印为记，写入数语，募急足持往追旻。旻得符即还。奉天不被袭破，亏得此计。秀实又语灵岳道："旻若回来，我等将无噍类了。我当直搏逆泚，不成即死，免累诸公。"灵岳道："公具大才，应策万全，现在事迫燃眉，且由灵岳暂当此任，他日能完全诛逆，灵岳虽死，也瞑目了。"忠烈不亚秀实。计议已定，俟旻兵一到，果然出泚意外，严诘追还原因。灵岳独挺身趋入，指泚与语道："天子蒙尘，须赶紧迎回，奈何反遣兵往袭？灵岳食君禄，急君难，怎忍袖手？所以着人追还。"泚听言未毕，已是怒不可遏，叱令左右，将灵岳拿下，枭首以徇。灵岳痛詈至死，毫不扳连别人。秀实又嘱刘海宾何明礼，阴结部曲，为下手计，偏泚急欲称帝，召源休李忠臣姚令言等进议，连秀实亦同入商。源休执笏入殿，居然与臣子朝君一般，秀实瞧着，激起一腔忠愤，恨不得将这班贼臣，立时杀死。等到朱泚开口，说了数语，不由的奋身跃起，夺了休笏，向泚掷去，随即厉声道："狂贼！应磔万段，我岂从汝反么？"泚慌忙举臂捍笏，笏仅及额，流血污面，返身急走。秀实再趋前搏泚，被李忠臣等出来拦阻，且呼卫士动手，拿住秀实。秀实知事不成，便向着大众道："士可杀不可辱，我不从汝反，要杀便杀，岂容汝屈辱么？"说至此，大众争前乱斫，立把秀实砍倒。泚一手掩额，一手向众摇示道："这是义士，不可妄杀。"至大众停手，秀实早已毕命，一道忠魂，投入地府去了。小子有诗赞道：

拚生一击报君恩，死后千秋大节存。
试览《唐书》二百卷，段颜同传表忠魂。

秀实既死，刘海宾缞服遁去。泚命以三品礼葬秀实，且遣兵往捕海宾，究竟海宾曾否被捕，待至下回说明。

颜真卿奉敕宣慰，不受李希烈胁迫，且累叱四国使臣，直声义问，足传千古。至朱泚窃据京城，复有段秀实之密谋诛逆，奋身击笏，事虽不成，忠鲜与比。唐室不谓无人，误在德宗之信用奸佞，疏斥忠良耳。夫希烈之骄倨不臣，已非朝夕，岂口舌足以平戎？此时为德宗计，莫如从陆敬舆言，为急则治标之策，而乃听卢杞之奸言，陷老成于危地，真卿固不幸，而唐室亦岂有利乎？陆氏之计不行，复发泾原兵以救襄城，卒致援兵五千，呼噪京阙，令言非贼而成贼，朱泚不乱而致乱，奉天之袭，微段秀实之诈符召还，恐德宗之奔命，亦不及矣。秀实有志除奸，而力不从心，为国死义，德宗不德，徒令忠臣义士，刎颈捐躯，可胜叹乎！故本回可称为颜段合传，其余皆主中宾也。

第六十五回　僭帝号大兴逆师
解贼围下诏罪己

却说刘海宾缞服出奔，行至百里以外，仍被追兵捕获，还京遇害，亦不扳引何明礼，及明礼从泚攻奉天，复谋杀泚，不克而死，当时号为四忠。德宗闻秀实死节，悔不重用，流涕不置，追赠太尉，予谥忠烈。及还銮后，遣使祭墓，亲为铭碑，且至姑臧原籍，旌闾褒忠，这且不必细表。且说德宗因朱泚逆命，恐奉天迫隘，不足固守，意欲转往凤翔。户部尚书萧复道："凤翔将卒，多系朱泚宿部，臣正忧张镒往镇，不能久驭，陛下岂可躬蹈不测么？"德宗道："朕已决往凤翔，且为卿暂留一日。"越宿正拟启行，忽有二将踉跄奔至，报称凤翔节度使张镒，为营将李楚琳所杀，楚琳自为节度使，且率众降朱泚了。德宗瞧着，乃是凤翔行军司马齐映齐抗，乃复详问情形。二人答道："臣等早恐楚琳作乱，请调屯陇州，不料琳即作乱，擅杀统帅，臣等因走报陛下，自请处分。"德宗叹息道："果不出萧复所料。二卿何罪，且在此扈驾！"随即面授映为御史中丞，抗为侍御史。二人拜谢。

寻又接到长安急报，朱泚已僭称皇帝，杀死唐宗室多人，德宗又很是痛悼。原来泚既害死段刘诸人，前后左右，统是一班蔑片朋友，日夕劝进。泚遂僭居宣政殿，自称大秦皇帝，改元应天，逼太常卿樊系撰册。册文既就，系仰药自尽。既已拚死，何必撰册。大理卿蒋沇，谋诣行在，出京才行数里，被泚饬人追转，硬授官职，沇绝食称病，潜窜得免。姚令言为侍中，李忠臣为司空，源休为中书侍郎，蒋镇为门下侍郎，并同平章事，蒋炼为御史中丞，敬钉为御史大夫，彭偃为中书舍人，余如张光晟等，皆署节度使。立兄子遂为太子，弟滔为冀王太尉尚书令，号皇太弟。源休劝泚翦唐宗室，杀郡王王子王孙，共七十七人。更请将窜匿各朝士，一概捕戮。还是蒋镇从旁劝解，才得全活多人。泚且传檄奉天，招诱扈驾诸臣，并说当亲统大军，来收奉天，他日玉石俱焚，后悔无及云云。德宗甚是焦急，又闻襄城为李希烈所陷，哥舒曜退保东都，不如意事，杂沓而来。适右龙武将军李观，率卫兵千余人，驰抵行在，乃急令他募兵为备。数日得五千余人，布列通衢，旗鼓严整，人心少安。泾原兵马使冯河清，知泾州事姚况，闻德宗出驻奉天，大骂姚令言负国不忠，独召集将士，涕泣宣谕，誓保唐室，遂筹得甲兵器械百余车，运往奉天。奉天方苦无械，得此益觉气壮，大众磨拳擦掌，专待逆兵到来。德宗进河清为泾原节度使，况为司马，又因右仆射崔宁趋至，格外欢慰，劳问有加。宁退语诸将道："主上英武，从善如流，可惜为卢杞所误，致有今日。"诸将或转告卢杞，杞即与王翃密谋，构陷崔宁。翃诈为宁遗泚书，入献德宗，德宗览毕，未免变色。卢杞在侧，趁势进谗道："臣本邀宁同来，宁至今才至，已有可疑，况又与泚通书，显见是与泚联谋，约为内应，愿陛下先事预防，勿堕狡谋。"德宗遂召宁入帐，托称传示密旨，却阴嘱二力士随后暗算，抱扼宁颈，把他扼死。宁为杞害，原是含冤，但后至奉天，与出言未慎，亦莫非致死之征。遂命邠宁留后韩游环，庆州刺史论惟明，监军翟文秀，率兵三千，往守便桥。行至中途，正值朱泚先锋姚令言，与副将张光晟，驱军杀来。游环语文秀道："彼众我寡，战必不利，不若返趋奉天，卫驾要紧。"文秀尚拟留军，游环不从，竟引兵还奉天。泚军随至，游环与浑瑊，督兵出战，禁不住逆兵锐气，纷纷退还。逆兵争门欲入，瑊亟令都虞侯高固，曳草车塞门，纵火御贼，火盛势烈，烟焰外扑，官军乘火杀出，统用长刀乱砍，杀贼多人，贼兵乃退。泚亲自驰至，列营城东，张火布满原野，击柝声驰百里。游环在城上遥望，但见贼众夜毁西明寺，很是忙碌。游环顾语左右道："贼兵黉夜毁寺，无非欲借着寺材，作为梯冲，须知寺材统是干柴，一或遇火，毫不中用，我军但多备火具，便足破他了。"次日，泚督众扑城，一攻一守，未曾交锋。又越日，泚督兵运到云梯等件，鼓众登城。城中早备火具，接连抛下，火猛梯焦，贼多坠死，泚只好收兵回营。嗣是日来攻城，经浑瑊韩游环两将，多方捍御，或用强弩射贼，或出奇兵挠贼，贼兵屡却，但总是相持不下。

德宗募使四出，告急外军。魏县行营奉诏感动，李怀光首先踊跃，誓众勤王。马燧李芃，引兵还镇，李抱真退屯临洺，仍防东路。还有李晟自定州接诏，即率四千骑西行。张孝忠倚晟为重，不欲晟往，晟语众道：“天子播越，人臣当即日赴难，奈何作壁上观？”遂令子往质孝忠营，愿与孝忠结婚，并以良马为赠。孝忠乃拨精兵六百人，随晟同行。录晟言行，表明忠悃。两军行道需时，急切不能至奉天。泚得幽州散骑，及普润戍卒，合成数万人，攻城尤急。左龙武大将军吕希倩，开城搦战，中箭身亡。将军高重捷，与希倩友善，悲愤交迫，誓报友仇。翌日，带同健儿数十人，怒马出战，突入贼阵。贼将李日月，素称骁勇，挺枪出斗，与重捷大战数十合，不分胜负。浑瑊出兵接应，日月未免慌忙，手法一松，几被重捷刺落马下，亏得马性灵捷，跳出圈外，才得脱走。重捷不肯舍去，乘胜逐北，追至梁山，日月转身再战，又约一二十合，仍然拖枪败去。这才是诱敌了。重捷当先再进，不防山前伏着贼兵，用着铙钩铁索，将重捷马绊倒。重捷随仆地上，贼兵正上前擒拿，那重捷麾下十数人，冒死抢夺，好容易夺回重捷，已变做无头将军。日月尚转身驱杀，正值官军赶到，才得将抢尸各人，接应回去。德宗见重捷尸首，抚哭尽哀，结蒲为首，厚礼殓葬，追赠司空。日月持重捷首，献进朱泚，泚亦下泪，叹为忠臣，也束蒲为身，用棺埋讫。

重捷亲卒，禀命浑瑊，誓再与日月拼命。浑瑊用兵护着，授他密计，各上马出城，驰至日月营前，交口辱骂。日月持枪跃出，各健士略与交锋，四散遁还。日月赶了一程，正思停步，那健士又复凑合，仍然痛骂。待日月追来，又复走散，一追一逃，惹得日月怒起，卸了甲胄，拼命赶来。官军一齐突出，把日月围住，日月尚不惊忙，左挑右拨，无人敢近，怎奈箭如飞蝗，避不胜避，至贼军突围来救，日月已是中箭，呕血毕命。一报还一报。贼军舁尸出围，走报朱泚，泚令归葬长安。日月母竟不恸哭，且对尸骂道：“奚奴，国家何事负汝？乃从逆贼造反，死已迟了。”原来日月本是奚人，所以母有此说。及泚败死，叛党尽诛，惟日月母免罪不坐，这也算是忠奸有报呢。奚人也有此贤母，莫谓夷族无义。

自日月战死，贼军夺气，泚遣苏玉至陇州，授陇右留后韦皋为中丞，令发兵相助。玉至汧阳，遇陇州戍将牛云光，率五百人来投朱泚，两下晤谈，云光谓皋不肯降，本拟设法诛皋，不幸谋泄，所以率众来奔。玉答语道：“韦皋书生，不知兵事，君不如与我俱往陇州，皋若受命，不必说了。否则君麾兵诛皋，如取孤豚相似，怕他什么？”云光欣然道：“这也使得。”去寻死了。遂偕行至陇州。已闭城守备，由苏玉大呼开城，令接诏书。皋登城问明情由，先放苏玉进去，受了伪命，然后再登城语云光道：“君去而复来，愿从新命否？”云光道：“正为公有新命，所以复来，愿托腹心。”皋又道：“彼此果是同心，请悉纳甲兵，使城中勿疑。”云光以皋为易与，随口允诺。皋即出城验收兵械，邀同入城。当下开庭设宴，请玉与云光入座。酒过数巡，突有壮士数十人，趋入庭中，将两人杀死一双。皋因筑坛誓众，愿讨凤翔伪节度使李楚琳，一面遣兄平弇诣奉天，奏报德宗。德宗改陇州为秦义军，擢皋为节度使。唯朱泚闻玉被杀，越加愤闷，复驱兵攻城，恨不得顷刻踏平。亏得浑瑊韩游环昼夜血战，还算守住，只粮道早被截断，城中无粮可食，害得人人枵腹，就是供奉御食，亦只粝米二斛。德宗召谕公卿将吏道：“朕实不德，应取败亡。卿等无罪，不若出降，自保身家。”群臣皆顿首流涕，愿尽死力。浑瑊因城中食尽，每伺贼军休息，乘夜缒人出城，采芜青根还城，聊充饥肠。且每日泣谕将士，晓以大义，众虽饥寒交迫，尚无变志。忽见贼军中拥出一座云梯，高广数丈，下架巨轮，上容壮士五百人，前来攻城，浑瑊急令军士暗凿地道，通出城外，储薪蓄火，专待云梯到来。神武军使韩澄，视城东北隅最广，足容云梯，因亟饬部军搬运引火各物，如膏油松脂薪苇等，储积城上。泚盛兵攻南城，韩游环瞧着道：“这是声东击西的诡计，快严备东北隅。”韩澄已在东北隅守着，再经游环分军相助，兵力已足，果然贼众运到云梯，向东北隅爬城。经官军燃着火具，一齐掷去，贼不敢近，才行退去。越日北风甚劲，云梯又至，用湿毡为顶，且悬水囊，上下俱载兵士，上面持械扑城，下面抱薪填堑，矢石火炬，俱不能伤。浑瑊等拼死抵敌，怎奈贼众亦拼死前来，矢石如雨，守卒多被死伤，瑊亦身中流矢，裹创力战，尚是禁遏不住。他见形势危急，忙返身往报德宗。德宗无法可施，只有呜咽流涕，侍从诸臣，也都没法，大家仰首问天，哀声祷祝。好似一班妇女，济什么事。瑊亦不禁泣下，转思兵来将挡，除死战外无别法，遂请德宗速给告身，即任官凭证。再募死士。德宗就取出无名告身千余通，授瑊领受，且把案上的御笔，亦递给与瑊，随口嘱道：“由卿自去填发。倘告身不足，就将功绩写在身上，朕总依卿办理。”瑊接笔后，又对着德宗道：“万一围城被陷，臣总以死报陛下。陛下关系宗社，须速筹良策。”德宗听了，不觉起座，握住瑊手，与他诀别。蓦闻外面一声异响，好似城墙坍陷一般，他急辞别德宗，飞马驰出，遥见城上已有贼兵，正与官军苦斗，外面烟焰冲天，并有一股臭气，扑鼻难闻，他亦不识何因，登陴一望，云梯已成灰烬，贼众统乌焦巴弓了。当下改愁为喜，督饬军士，立将登城的贼兵，尽行杀死。莫非皇天保佑？

看官道这云梯如何被焚？原来东北角上，本有地道凿通，云梯随处往来，未尝留意地道，突然间一轮偏陷，不能行动，火从地中冒出，凑巧遇着大风，梯不及移，人不及逃，顿时化为灰烬，贼众乃退。瑊又返报德宗，请乘势出战。德宗饬太子督军，分兵三队，从三门出发，奋击过去。贼众不及防备，被官军驱击一阵，杀死数千人。余众入垒固守，官军乃鸣金还城。是夜泚复来攻城，德宗亲巡城上，鼓励士卒，贼众望见御盖，特用强弩射来，矢及御前，相去不过尺许，经卫士用枪拨落，才免龙体受伤。但德宗已吃一大惊，正欲下城退避，忽城下有人大叫道：“我是朔方使人，快引我上城。”守卒忙掷绳下去，将来使引上，来使身中，已受了数十矢，血满衣襟，见了德宗，匆匆行礼，便解衣出表，取呈御览。德宗览毕，不禁大喜，忙令兵士将他舁住，绕城一周，说是朔方兵来援，大众欢声如雷。原来李怀光已至醴泉，遣兵马使张韶，用蜡丸藏表，先报行在。韶微服至城下，适值贼众攻城，随同逾堑，因得呼令缒上，朱泚闻怀光到来，亟分兵还截怀光，哪知去了两日，即有败报到来，接连是警信迭至，神策兵马使尚可孤，自襄阳入援，军至蓝田，镇国军副使骆元光，自潼关入援，军至华州，河东节度使北平郡王马燧，亦遣行军司马王权，及子彙率兵五千，自太原入援，军至中渭桥。四面勤王兵，陆续趋集，任你逆泚如何凶悍，也吓得魂胆飞扬，连夜收兵，遁回长安去了。一场空高兴。

奉天解围，从臣皆贺。卢杞白忠贞赵赞等，自命有扈驾功，扬扬得意，偏有谣言传到，李怀光带兵来谒，有入清君侧的意思。杞未免心虚，急进白德宗道：“叛众还据长安，必无守志。李怀光千里来援，锐气正盛，何不令他亟攻长安，乘胜平贼呢？”你说朱泚不反，何故要怀光急攻。德宗又相信起来，遂遣中使赴怀光军，教他不必进见，速引军收复长安。怀光不觉懊怅道：

"我远来赴难，咫尺不得见天子，可见是贼臣卢杞等，从中排挤了。"乃遣还中使，引众趋咸阳。李晟亦至东渭桥，遣人奏闻。德宗也禁他入见，令与怀光同攻长安。怀光到了咸阳，顿兵不进，上表指斥卢杞白志贞赵赞三人。德宗尚宠眷杞等，不忍加斥。怀光一奏不已，至再至三，德宗仍然不从。是谓昏愚。会李晟奏称怀光逗留咸阳，以除奸为名，乞陛下速行裁夺等语，就是扈驾诸臣，亦归咎杞等，啧有烦言，乃贬杞为新州司马，白志贞为恩州司马，赵赞为播州司马，一面慰谕怀光，怀光复申斥宦官翟文秀，恃宠不法，应加诛戮。德宗不得已诛了文秀，因促怀光进兵，偏怀光另易一词，只说须伺衅后进，仍然坚壁不出。德宗也无可奈何。适河南都统李勉，报称汴滑二州，为李希烈所陷，自请惩处。德宗叹道："朕尚失守宗庙，勉且自安，力图恢复便了。"遂遣使驰慰，待遇如初。转瞬间又是冬季，在奉天过了残年，德宗进陆贽为考功郎中，贽极陈时弊，差不多有数万言，且请德宗下诏罪己，德宗乃于建中五年元日，改称兴元元年，颁诏大赦道：

致理兴化，必在推诚，忘己济人，不吝改过。朕嗣服丕构，君临万邦，失守宗祧，越在草莽，不念率德，诚莫追于已往，永言思咎。期有复于将来。明征其义，以示天下。小子惧德不嗣，罔敢怠荒，然以长于深宫之中，昧于经国之务，积习易溺，居安思危，不知稼穑之艰难，不恤征戍之劳苦。泽靡下究，情未上通，事既壅隔，人怀疑阻。犹昧省己，遂用兴戎。征师四方，转饷千里。赋居籍马，远近骚然。行赍居送，众庶劳止。或一日屡交锋刃，或连年不解甲胄，祀奠乏主，室家靡依，死生流离，怨气凝结。力役不息，田莱多荒，暴令峻于诛求。疲甿古氓字。空于杼轴，转死沟壑，离去乡间，邑里邱墟，人烟断绝。天谴于上而朕不悟，人怨于下而朕不知，驯至乱阶，变兴都邑，万品失序，九庙震惊，上累祖宗，下负蒸庶，痛心靦貌，罪实在予。永言愧悼，若坠泉谷。自今中外所上书奏，不得更言神圣文武之号，李希烈田悦王武俊李纳等，咸已勋旧，各守藩维，朕抚驭乖方，致其疑惧，皆由上失其道，而下罹其灾，朕实不君，人则何罪？宜并所管将吏等，一切待之如初。朱滔虽缘朱泚连坐，路远必不同谋，念其旧勋，务在弘贷，如能效顺，亦与维新。朱泚反易天常，盗窃名器，暴犯陵寝，所不忍言，获罪祖宗，朕不敢赦，其胁从将吏百姓等，在官军未到京城以前，去逆效顺，并散归本道本军者，并从赦例。诸军诸道，应赴奉天，及进收京城将士，并赐名奉天定难功臣。其所加垫陌钱税间架竹木茶漆榷铁之类，悉宜停罢，以示朕悔过自新，与民更始之意。

这道赦书，颁发出来，人心大悦。王武俊田悦李纳皆去王号，上表谢罪。唯李希烈自恃兵强，谋即称帝，遣人向颜真卿问仪。真卿道："老夫尝为礼官，只有诸侯朝天子礼，尚是记着，此外非所敢闻呢。"希烈竟称大楚皇帝，改元武成，建置百官，用私党郑贲孙广李缓等为相，以汴州为大梁府，分境内为四节度。希烈遣部将辛景臻语真卿道："不能屈节，何不自焚？"遂在庭中积薪灌油，作威吓状。真卿即令纵火，奋身欲入。景臻慌忙阻住，返报希烈。希烈惊叹不置，一面遣将杨峰，赍着伪敕，往谕淮南节度使陈少游，及寿州刺史张建封。少游已通好希烈，当然受命，独建封拘住杨峰，腰斩以徇，且奏称少游附贼状。德宗授建封为濠寿庐三州都团练使。希烈欲取寿州，为建封所扼，兵不得过，再南寇蕲黄及鄂州，为曹王皋及鄂州刺史李兼所败，希烈乃不敢进窥江淮。德宗贬卢杞，罢关播，令姜公辅萧复同平章事。萧复请德宗屏逐奸邪，抑制阉寺，说得非常悚切。德宗反疑他陵侮，出复为江淮等道宣慰安抚使。究竟不明。又因田悦王武俊李纳三人，曾上表谢罪，尽复官爵，更遣秘书监崔汉衡，往吐蕃征兵。吐蕃大相尚结赞，愿遣大将论莽罗，率兵二万入助，但说要主兵大臣署敕，方可前进。汉衡问须何人署名，尚结赞指名李怀光。于是汉衡归报，德宗乃命陆贽往谕怀光，命他署敕。怀光已蓄异图，不肯遵署，且说出三大害来。正是

陈害无非生异议，设词顿已改初心。

究竟怀光所说三害，是何理由，容至下回详叙。

朱泚之叛，谁使之乎？莫不曰德宗使之。朱滔逆命，泚入朝待罪，不亟远斥，一误也。车驾出奔，姜公辅叩马进谏，德宗不召令同行，二误也。泚既自总六军，尚信卢杞奸言，日望迎舆，不亟戒备，三误也。有此三误，至于叛兵犯顺，围攻

行在，倘非浑瑊等之血战，及李怀光等之赴援，奉天尚能苦守乎？怀光至而泚围乃解，正应令之入朝，面加慰劳，厚恩以抚之，推诚以与之，则怀光初无叛谋，何至激成变乱？而乃复信谗言，致生怨望，是朱泚之乱尚不足，且欲进李怀光以益之，何愚暗至此乎？罪己一诏，史称为人心大悦，是盖由唐初遗泽，尚在人心，加以乱极思治，感动较速耳。岂真区区文诰，即能使遐迩悦服乎哉？阅者悉心浏览，自知当日之趋势矣。

第六十六回　趋大梁德宗奔命
战贝州朱滔败还

却说李怀光见了陆贽，力陈三害，第一害是得克京城，吐蕃纵兵大掠；第二害是吐蕃建功，必求厚赏，京城已遭寇掠，国库如洗，何从筹给；第三害是吐蕃兵至，必先观望，我军胜，彼来分功，我军败，彼且生变，戎狄多诈，不宜轻信。这三大害处，好似语语有理，转令陆贽无从指驳，贽只好说是奉命来前，如不署敕，未便复命。怀光却瞋目道："何不教卢杞等署名？却来迫我，就是汝等日侍君侧，不能除一内奸，有什么用处？"贽扼了一鼻子灰，没奈何告别回来。怀光竟阴与朱泚通谋，阳请与李晟合军，晟恐为所并，情愿独当一面，有诏允晟所请，晟乃自咸阳还军东渭桥，唯鄜坊节度使李建徽，神策行营节度使杨惠元，尚与怀光联营。陆贽自咸阳还奏道："李晟幸已分军，李杨两使，与怀光联合，必不两全，应托言李晟兵少，恐被逆泚邀击，须由两使策应，既免怀光生疑，且使两军免祸，解斗息争，无逾此策了。"德宗徐徐道："卿所料甚是。但李晟移军，怀光已不免怅望，若更使建徽惠光东行，恐怀光因此生辞，转难调息，且再缓数日，乃行卿计。"你欲从缓，而人家不肯延挨，奈何？适李晟又上密奏，谓："怀光逆迹已露，须急务严防，分戍蜀汉，毋令遏壅。"德宗意尚未决，拟亲总禁兵，东趋咸阳，促怀光等进讨朱泚。有人探闻消息，往报怀光道："这便是汉高游云梦的遗策呢。"怀光大惧，反谋益甚，表文越加跋扈。德宗还疑是谗人离间，因有此变，乃诏加怀光太尉，颁赐铁券。怀光对着中使，把券掷地道："怀光不反，今赐铁券，是促我反了。”中使惊惧奔还。朔方左兵马使张名振，当军门大呼道：“太尉视贼不击，待天使不敬，果欲反么？”怀光召语道：“我并不欲反，不过因贼势方强，蓄锐待时，尔何故遽出讹言？且天子所居，必有城隍，须赶紧筑城，方可迎驾。”随即命名振出令军士，即日筑城。城已竣工，怀光却移军居住。名振入问道：“太尉说是不反，为何移军到此？今不攻长安，杀朱泚，建立大功，乃徙据此城，究是何意？”怀光无词可答，反觉老羞成怒，但说他是病狂，叱令左右，把名振牵出拉死。

右兵马使石演芬，本西域胡人，怀光爱他智勇，养为己子，他却把怀光密谋，使门客部成义潜告行在。怀光有子名璀，曾由怀光遣令扈跸，德宗授璀为监察御史。成义到了奉天，与璀相会，说明底细，璀作书贻父，劝父勿为逆谋，但不合将演芬情事，也叙述在内。怀光得书，立召演芬呵责道：“我以尔为子，尔奈何欲破我家。”演芬道：“天子以太尉为股肱，太尉以演芬为心腹，太尉既负天子，演芬怎能不负太尉？且演芬胡人，性本简直，既食天子俸禄，应为天子效忠，若今日事君，明日事贼，演芬宁死，不愿受此恶名。”好演芬。怀光大怒，命左右脔食演芬。左右目为义士，不忍下手，演芬引颈就刃，方用刀断喉，叹息而去。璀闻演芬被杀，懊悔不迭，乃进白德宗道：“臣父必负陛下，愿早为防备。臣闻君父一体，恩义相同，唯臣父今日负陛下，陛下未能诛臣父，臣故不忍不言。”德宗瞿然道：“卿系大臣爱子，何弗为朕委曲弥缝？”璀答道：“臣父非不爱臣，臣亦非不爱父，但臣已力竭，无术挽回，只好为君舍父。”德宗道：“卿父负罪，卿将何法自免？”璀又答道：“臣父若败，臣当与父俱死，此外尚有何策？假使臣卖父求生，陛下亦何所用处？”璀既舍生取义，何不尸谏乃父，必待与父同尽耶？言已泣下。德宗亦洒泪抚慰，待璀趋出，乃申严门禁，暗嘱从臣整装待着，拟转往梁州。

忽由咸阳传到急报，杨惠元被怀光杀死，李建徽走脱，怀光已拥兵谋变了。正如赞言。未几，又由韩游环入见，呈上怀光密书，系约游环同反。德宗道：“似卿忠义，岂为怀光所诱？但欲除怀光，应用何策？”游环道：“怀光总诸道兵，因敢恃众作乱，今邠宁有张昕，灵武有宁景璿，河中有吕鸣岳，振武有杜从政，潼关有唐朝臣，渭北有窦觎，皆受陛下诏命，分地居守，陛下若举众相授，各受本府指麾，一面削怀光兵权，但给高爵，那时怀光势孤，自不足虑了。”德宗又道：“怀光既罢兵权，将来委何人往讨朱泚。”此语又是近呆。游环道：“重赏之下，必有勇夫，邠府兵以万计，若使臣为将，便足诛泚，况诸道将士，必有仗义来前，逆泚何足惧呢？”德宗虽然点首，心下尚是狐疑。游环乃退。到了傍晚，浑瑊趋入报道：“怀光遣赵升鸾到此，嘱为内应。昇鸾前来自首，恐怀光即将进攻，此处已经被寇，不堪再受蹂躏，陛下既决幸梁州，不如即日启行。”德宗被他一说，又不觉慌忙起来，便命瑊速出部署。瑊出整队伍，尚未毕事，德宗已挈着妃嫔，径出城西，留刺史戴休颜居守。朝臣将士，狼狈扈从，浑瑊率兵断后，向梁州进发。

到了骆谷，忽闻怀光遣将追来，大众惊惶得很，浑瑊亟列阵待战，俟车驾及扈从诸臣，统已逾谷，未见追兵到来，方放胆前进。原来怀光闻德宗奔梁，曾遣骁将孟保惠静寿孙福达等，邀劫车驾，行至盩厔，遇着诸军粮料使张增，便问天子何在？增还诘道：“汝等是来护驾么？”三将不觉愧悟道：“彼使我为逆，我以追不及还报，不过被黜罢了。但军士未曾得食，奈何？”增佯向东指道：“去此数里有佛祠，我储有粮饷，由汝等往取罢！”三将皆喜，引兵自去。及到了佛寺，并无粮储，方知受绐，就从民间剽掠一番，才行返报。怀光怒他无功，一并罢黜，拟督众自追德宗，唯恐李晟袭击后路，意欲先发制人，遂下令军中，命袭李晟。大众面面相觑，不发一言。怀光再三晓谕，众仍不应，且窃窃私语道：“若击朱泚，唯力是视，今乃教我造反，我等虽死不从。”人孰无良，于此可见。怀光闻知，不免加忧，因向僚佐王景略问计。景略答道：“为公计，莫如取长安，诛朱泚，散军还诸道，单骑诣行在，庶臣节未亏，功名还可长保哩。”怀光倒也心动，景略复顿首恳请，甚至流涕。偏是都虞侯阎晏等，入劝怀光，谓宜东保河中，徐图去就。怀光乃语景略道：“我本欲依汝计议，怎奈军心不从，汝宜速去，毋自罹害！”景略知不可谏，便趋出军门，回顾军士道：“不意此军竟陷入非义。”说至此，泪随声下，恸哭移时，方驰归良乡原籍去了。

怀光遂召众与语道：“今与尔等相约，且至邠州迎接家属，共往河中。俟春装既办，再攻长安，也不为迟。况东方诸县，多半殷实，我不禁尔掳掠，尔等可愿否？”大众乃齐声应诺。见利忘义，可为一叹。因遣使往邠州，令留后张昕，悉发所留兵万余人，及行营将士家属，共至泾阳。怀光本兼镇邠宁，张昕实仗他提拔，至是奉命维谨，饬军士摒挡行李，指日起行。凑巧韩游环自奉天驰还，来防邠州，麾下尚有八百人，遂入语张昕道：“李太尉甘弃前功，自蹈祸机，公今可自取富贵，如不与逆贼同污，我有旧部八百骑，愿为公前驱。”昕不待说毕，便接入道：“昕本微贱，赖太尉提拔至此，不忍相负。况太尉曾有檄文，署公为本州刺史，公亦朔方旧将，何至遽负太尉哩。”游环暗忖道：“我来劝他，他反欲诱我，徒争无益，不如用计除他罢。”遂辞别回寓，托病不出，暗中却与诸将高固杨怀宾等相结，拟举兵杀昕。昕亦谋杀游环，两造尚未动手，适崔汉衡率吐蕃兵至，驻扎城南，游环潜告汉衡，请率吐蕃兵逼近邠城，昕惧不敢动，游环即与高固等，突入军府，将昕杀毙，即遣杨怀宾表奏行在，一面迎汉衡入城。汉衡伪传诏旨，命游环知军府事，军中大悦。怀光子玫在邠，由游环遣去，或问他何不杀玫？游环道：“杀玫必致怒敌，不如令他往报，俾泾军知家属无恙，自分德怨为是。”果然玫至泾阳，怀光恐军心变动，拟走蒲州，且贻书朱泚，商决进止。

泚正征吏募兵，自增声焰，太子少师乔琳，本随德宗西行，他却托词老病，潜应泚召，受伪命为吏部尚书，且引入失职诸吏，分掌伪职。泚改国号汉，骄态复萌，既得怀光来书，遂召他进京辅政，公然自称为朕，称怀光为卿，摆出那皇帝的架子来了。怀光接到复文，且惭且愤，掷弃地上。原来朱泚初结怀光，愿以兄事，约分帝关中，永为邻国，不意此次忽然变卦，哪得不令他气沮？于是毁营复走，大掠泾阳等十二县，人民四散，鸡犬一空。河中守将吕鸣岳，因兵少难支，不得已迎纳怀光，怀光复分攻同坊各州，坊州已为所据，由渭北守将窦觎夺还。同州刺史李纾，奔诣行在，幕僚裴向，权摄州事，亲诣敌将赵贵先营，晓示大义。贵先感悟，反与裴向入城协守，同州亦得保全。德宗乃授李晟为河中节度使，兼京畿渭北鄜坊商华兵马副元帅。浑瑊为朔方节度使，兼朔方邠宁振武永平奉天行营兵马副元帅，俱命同平章事，规复长安。又授韩游环为邠宁节度使，令屯邠州，戴休颜为行营节度使，令屯奉天，骆元光屯昭应，尚可孤出蓝田，各归两帅节制，便宜调遣。李晟涕泣受命，号召将士，指日进行。左右或言：“晟家百口，及神策军家属，俱在长安，一或进攻，恐遭毒手。”晟太息道：“天子何在，敢顾及家室么？”会洪使晟吏王无忌婿，趋谒军门，报称晟家无恙，晟怒叱道：“尔为贼作间，罪当死。”遂喝令左右，推出斩首。军士未授春衣，盛夏尚着裘褐，经晟日夕鼓励，终无叛志。逻骑捕得长安谍使，晟命释缚与食，好言慰问，知系姚令言差来，即纵令回去，且嘱道："为我谢令言等，善为贼守，毋再事贼不忠。"冷隽有味。乃率众径叩都门，贼闭门不出。晟仍还东渭桥，筹备攻具，再行大举。

浑瑊率诸军出斜谷，进至郊州，崔汉衡率吐蕃兵往会，韩游环亦遣部将曹子达等，与瑊合师。凤翔伪节度使李楚琳，见官军势盛，也入贡梁州，并拨兵助瑊。瑊进拔武功，朱泚遣将韩旻等往攻，不值一扫，孑身遁还。瑊遂引兵屯奉天，与李晟东西相应，共逼长安。长安城内，日必数惊，不由朱泚不惧，遂募能言善辩的使人，赍着金帛，往赂各军。泾原节度使冯河清，屡杀泚使，偏偏牙将田希鉴，被泚买通，刺杀河清，愿为泚属。泚即命为节度使，并令他转赂吐蕃。吐蕃得了厚贿，也收兵回国。黄白物究属有灵。泚又召弟滔趋洛阳，滔遣使至回纥乞师，回纥许发骑兵三千人，入塞助滔。看官阅过前文，应知回纥与郭子仪联盟，已经两国结好，为何此时转助朱滔呢？原来德宗初年，回纥可汗移地健，唐曾封为英义建功可汗。为从兄顿莫贺所弑，自立为合骨咄禄毗伽可汗，遣使朝唐。德宗曾册顿莫贺为武义成功可汗。可汗有女嫁奚王，奚王被乱众刺死，女得脱归，道出平卢，滔盛设供帐，锦绣夹道，待回纥女到来，殷勤款待，且微露求婚意。女见他礼意周到，状貌伟岸，遂愿委身相事，随滔入府，成为夫妇。嗣是滔通使回纥，修子婚礼。回纥甚喜，报以名马重宝。及滔欲入洛，因向回纥乞师，翁婿相关，求无不应。滔又遣约同田悦，共取河洛。悦方与王武俊等，上表谢罪，仍受唐封，当然不肯从行。滔遂与回纥兵攻掠悦境，夺去馆陶平恩诸县，置束而去。悦闭城自守，不敢出兵。会德宗遣孔巢父为魏博宣慰使，巢父至魏州，为众申陈利害，悦及将士皆喜。田承嗣子绪，任魏博兵马使，素性凶险，尝遭杖责，免不得与悦有嫌。悦宴巢父，夜醉归寝，绪与左右密穿后垣，入室杀悦，并悦母妻等十余人，当下假传悦命，召行军司马扈萼，判官许士则，都虞侯蒋济议事。济与士则，不知有变，闻召即入，统被砍死。绪率左右出门，遇悦亲将刘忠信，领众巡逻，绪即大呼道："刘忠信与扈萼谋反，刺杀主帅！"众不禁大哗，忠信方欲自辩，已是饮刀而毙。扈萼闻乱，方招谕将士，共谋杀绪。绪登城呼众道："绪系先相公子，诸君受先相公恩，若能立绪，赏二千缗，大将减半，士卒百缗，限五日取办。"将士贪利侥功，竟杀了扈萼，统愿归绪。军府已定，乃至客馆语孔巢父，巢父不假细问，便命绪权知军事，自还梁州。直至过了数日，魏博将士，方知绪实杀兄，但木已成舟，也只好将错便错，领取赏银，暂顾目前富贵罢了。误人毕竟是金钱。

滔闻悦死，喜为天假，自率兵攻贝州，遣部将马寔等攻魏州，一面使人诱绪，许为本道节度使。绪正踌躇莫决，适李抱真王武俊等，也遣使白绪，愿如前约，有急相援。绪乃上表行在，守城待命。至德宗授绪为魏博节度使，绪遂壹意拒滔，并向李抱真王武俊处乞援。抱真因再遣贾林，往说武俊道："朱滔志吞贝魏，倘不往救，魏博必为滔有了。魏博一下，张孝忠必转为滔属，滔率三道兵进临常山，益以回纥兵士，明公尚能保全宗族么？不若乘魏博未下，与昭义军连合往援，戮力破滔，滔既破亡，朱泚势孤，必为王师所灭，銮舆反正，天下太平，首功当专归明公了。"贾林两次说下武俊，功名不亚鲁仲连。武俊甚喜，即使贾林返报抱真，约会南宫。抱真得报，即自临洺往会武俊，武俊已至南宫东南，与抱真相距十里。两军尚有疑意，抱真欲径诣破俊营，宾佐相率劝阻，抱真不从，且嘱行军司马卢俊卿道："今日一行，关系天下安危，若不得还，领军事以听朝命，唯汝是望，励将士以雪仇耻，亦唯汝是望。"俊卿奋然允诺。抱真遂率数骑径行，至武俊营，武俊盛军出迎。抱真下马，握武俊手，慨然与语道："朱泚李希烈，僭窃帝号，滔又进攻贝魏，反抗朝廷，足下明达，难道舍九叶天子，不愿臣事，反向叛徒屈膝么？况国家祸难，天子播越，公食唐禄，宁忍安心？"说至此，泪下交颐。武俊亦不禁感泣，左右相率泪下，莫能仰视。武俊邀抱真入帐，开筵相待，抱真即与武俊约为兄弟，誓同灭贼。武俊称抱真为十兄，且泫然道："十兄名高四海，前蒙开谕，令武俊弃逆效顺，得免死罪，已是感激万分。今又不嫌武俊为胡人，辱为兄弟，武俊将何以为报呢？唯十兄为国效忠，武俊愿执戈前驱，力破逆贼，报国家便是报十兄了。"抱真见武俊意诚，很是欣慰，畅饮了数巨觥，饶有醉意，便入武俊帐后，酣寝多时。并非真醉。武俊越加感激，至抱真醒悟，出来相见，款待益恭，且指心对天道："此身已许十兄死了。"不枉十兄一行。抱真告别回营，两下里拔营同进，共救贝州。

朱滔闻两军将至，急令马寔解魏州围，合兵抵敌。寔兼程至贝州，人马劳顿，请休息三日，然后出战。滔迟疑未决。会回纥部酋达干，引兵到来，入帐与滔语道："回纥与邻国战，尝用五百骑破敌数千骑，与风扫落叶相似，今受大王金帛牛酒，前后无算，愿为大王立效，明日请大王立马高邱，看回纥兵翦灭敌骑，务使他匹马不返哩。"番酋亦喜说大话耶？滔部下有常侍杨布，及将军蔡雄亦在旁进言道："大王武略盖世，亲率燕蓟全军，锐然南向，势将扫河洛，入关中，今见小敌，尚不急击，如何能定霸中原？况内外合力，将士同心，难道尚不能破敌么？"又是两个性急鬼。滔被他激动，决计出战，翌日晨刻，鼓角一鸣，全军齐出。回纥骤马先进，直扑武俊抱真军营，武俊抱真，已列阵待着，武俊军在前，抱真军在后。回纥部酋达干，毫不在意，驱着番兵，杀入武俊阵内。武俊并不拦阻，反麾兵分趋两旁，让他过来。回纥兵喜跃而前，穿过武俊垒中，迫抱真军。抱真却坚壁不动，回纥兵正拟冲突，不防武俊军又复趋合，左右夹击，杀死回纥兵无算。回纥酋达干，料不可支，只好勒兵退还。武俊把他驱出阵外，停马不追。回纥兵放心回去，趋过桑林，猛听得鼓声一响，又是一彪军杀出，将回纥兵冲作两截。看官道这支伏兵，从何而来？原来是王武俊预先布置，遣兵马使赵琳，率五百骑伏着，此次乘势横击，掩他不备，好杀得一个爽快。回纥兵马大乱，滔正率军趋救，那武俊抱真两军，却相继杀来，势如泰山压卵，所当辄碎。更被那回纥乱兵，没命窜入，遂致队伍错乱，自相践踏，慌忙收军还营。奈一时无从部勒，一半战死，一半逃散，只剩了数千人，入营坚守。会日暮天昏，阴雾四塞，武俊抱真不便再战，就在滔营附近，择地下寨，守至夜半，忽见滔营中火光熊熊，照彻远近，料知他是毁营遁去了。小子有诗咏道：

两将连镳逐寇氛，十兄义略冠三军。
贝州一战枭雄遁，好挈河山报大君。

滔既北遁，两军曾否追击，且看下文便知。

李怀光未战即奔，朱滔一战即败，此皆唐室中叶，人心未去，故怀光与滔，终不能大逞所欲耳。怀光欲反，赞助乏人，石演芬，怀光之养子也，璀且为怀光之亲子，骨肉尚不相从，遑论将士？河中之奔，已知其无能为矣。滔为四国盟主，又有兄泚，僭号长安，势力较怀光为盛，然田悦李纳王武俊归国，而外援失，李晟浑瑊进讨朱泚，而内援又失，贝州一役，虽由李抱真之善结武俊，得以破滔，然非由滔之势已孤危，武俊岂敢反颜相向乎？故德宗之不亡，赖有人心，而诸将之功次之，于德宗实无与焉。

第六十七回　朱泚败死彭原城
李晟诱诛田希鉴

却说王武俊李抱真两军，闻朱泚遁还，本拟出兵追击，因为夜雾四翳，恐穷追有失，乃按兵不进，但把朱滔所弃的粮械，收取无遗，即行返镇。滔懊怅异常，归咎杨布蔡雄，斩首泄忿，连夜驰回幽州。又恐范阳留守刘怦，因败图己，未免徬徨，幸刘怦搜兵缮铠，出城二十里迎谒，才敢返入范阳。两下会叙，悲喜交集，还想整顿兵马，出报前耻，谁料乃兄朱泚，亦被李晟逐出长安，败遁泾州去了。李晟与浑瑊，东西并进，瑊檄韩游环戴休颜等，西攻咸阳，晟檄骆元光尚可孤等，东略长安，分道进军，各专责成。于是晟召集诸将，商议进取方法，诸将请先取外城，占据坊市，然后北攻宫阙。晟独定计道："坊市狭隘，贼若伏兵格斗，不特扰害居民，亦与我军有碍，不若自苑北进兵，直捣中坚，腹心一溃，贼必奔亡，那时宫阙不残，坊市无扰，才不失为上计。"诸将齐声称善。晟遂引兵至光泰门外，督众筑垒，垒尚未就，突见贼将张庭芝李希倩等，率众前来，晟顾诸将道："我只恐贼潜匿不出，坐老我师，今乃自来送死，这真是天赞我了。"数语是安定众心，并非真欲速战。遂命兵马使吴诜等，纵马奋击，两下鏖斗，统拼个你死我活，不肯少让。晟自率锐骑前往，立将贼骑冲散，追入光泰门，贼众也来策应，再战又却，统向白华门退入，闭关拒守。晟因天色已晚，不便再攻，乃敛军还营。翌日，又下令出兵，诸将请待西师到来，方可夹攻。晟正色道："贼已战败，不乘机扑灭，还欲守待西军，令他缮备，岂非一大失策么？"遂复麾兵至光泰门，贼众又来出战，仍然败退。是夕尚可孤骆元光依次驰至，晟令休息一宵，到了天明，晟升帐调军，遍嘱诸将道："今日定当破贼，不得却顾，违令立斩。"诸将齐称得令，乃命牙前将李演，及牙前兵马使王佖，带着骑兵，牙前将史万顷，带着步兵，并 作为冲锋队，自督大军齐进，杀入光泰门，直抵苑北神麢村，扑毁苑墙二百余步。贼竖起木栅，堵塞缺口，且自栅中刺射官军，前队多被死伤，稍稍退步，晟一声呵叱，万众复振。史万顷左手持盾，右手执刀，劈断木栅数排，步兵继进，冒死攻栅，好容易把栅拔去。王佖李演，引骑兵随入，纵横驰骤，所向无前。贼将段诚谏，尚欲拦截官军，被王佖等斫伤右臂，倒地成擒。诸军分道并入，姚令言张庭芝李希倩等，尚拼命力斗，晟命决胜军唐良臣等，步骑四蹙，且战且进，冲荡至好几十合，贼不能支，方才大溃。官军突入白华门，如潮涌入，晟亦趋进，忽有贼众数千骑，在门右伏着，出击官军背后。晟率百余骑还御，令左右大呼道："相公来！"三字甫经出口，贼众都已惊散。声威夺人，不必力战。泚闻全城被破，吓得魂不附体，张光晟劝泚出走，乃与姚令言等，率残众西走，尚近万人。光晟送泚出城，还降晟军。

晟令兵马使田子奇，用骑兵追泚，再督兵搜捕余孽，擒住李希倩敬钉彭偃等数十人，遂至含元殿前，号令诸军道："晟赖将士功力，得清宫禁，顾念长安士庶，久陷贼庭，若再去骚扰，甚非吊民伐罪的本意。晟与公等室家，相见非晚，五日内不得通家信，违令有刑！"遂出示严申军律，慰谕民居。别将高明曜，私取贼妓一人，尚可孤偏将司马伷，私取贼马一匹，俱由晟察觉，斩首示众，全军股栗，秋毫无犯。不愧义师。乃使京西兵马使孟涉屯白华门，尚可孤屯望仙门，骆元光屯章敬寺，再派牙前兵三千人，屯安国寺，分镇京城。当下将逆徒李希倩等，共缚旗下，批验正法。忽有一刑犯呈入衣衫，及判文一纸，由晟仔细检视，不禁惊异。原来是当年给与桑道茂的判词，及与他掉换的衣衫，题痕宛在，字迹不磨。直接六十二回，至此才作一结束。因即召刑犯进来，当面审视，果是桑术士，便问道："你既知未来的事情，为何同流合污？"道茂道："命数注定，自知难逃，所以前恳相公，预求赦宥。"晟半晌才道："晟为国除逆，不便顾私，但念汝虽列伪官，终究是为贼胁从，情有可原，待奏闻皇上，请旨发落便了。"乃将道茂暂系狱中，余犯悉数正法。遂使掌书记于公异，撰一露布，飞报行在，并附入表忠诛逆，及胁从减罪的详文，呈上御览。德宗见露布中，有云："臣已肃清宫禁，祇谒陵园，钟虡不移，庙貌如故。"不由的潸然下泪道："天生李晟，实为社稷，并非为朕呢。"似你这般昏昧，原不该有此忠臣。及览至详表，如表忠请旌一条，第一人乃是吴溆，说是被贼羁留，不屈遇害，德宗且泣且语道："金吾将军吴溆，系章敬皇后兄弟，与吴凑同为懿亲，有功王室，朕在奉天时，拟宣慰朱泚，左右无人敢往，溆独犯难请行，不料竟为所害，痛悼何如？"回应六十四回及六十一回。再看下去，第二人乃是刘迺。迺曾为给事中，权知兵部侍郎，京城失守，迺不及随行，泚屡加胁诱，他却佯作喑疾，始终不答一词，及闻德宗转奔梁州，搏膺呼天，绝食而死。叙吴溆事，从德宗口中演述，叙刘迺事，由作者说明，此系笔法变换处。晟表中载明原委，德宗复为洒泪。此外便如蒋沇等人，或已死，或尚存，当由德宗按官褒录，追赠溆为太子太保，赐谥为忠，迺为礼部尚书，赐谥为贞。此外各有封恤，不必细表。至如诛逆各条，悉如晟拟，所有胁从诸人，多半赦免。桑道茂亦得免罪。

长安捷报，已经察办，咸阳捷报，也即到来。浑瑊与戴休颜韩游环等，已克复咸阳，由浑瑊一一奏明，免不得叙功论赏，非常忙碌。隔了几日，又接到两处好者，一道是田希鉴所奏，谓已诛死朱泚，一道是李楚琳所奏，谓已诛死泚党源休李子平，德宗更加喜慰。原来朱泚自长安败走，奔往泾州，沿途部众尽散，只剩得骑士数百人，既至泾州城下，城门尽闭，泚令骑士大呼开门，但见一将登城与语道："我已为唐天子守城，不愿再见伪皇帝。"泚仰首一望，乃是节度使田希鉴，便与语道："我曾授汝旌节，奈何临危相负？"你欲责人，何不先自责己？希鉴道："汝何故负唐天子？"还语得妙。泚闻言怒甚，便命骑士纵火焚门。希鉴取节投下火中，且道："还汝节！汝再不退，休怪无情。"泚众皆哭。希鉴又语泚众道："汝等多系泾原故卒，为何跟着姚令言，自寻死路？现唐天子不追既往，悉予自新，汝等能去逆效顺，便可起死回生了。"泾卒应声愿降。姚令言尚在泚侧，忙上前喝阻，被泾卒拔刀乱砍，立即倒毙。泚恐被累及，亟与范阳亲卒，及宗族宾客，北向驰去。泾卒遂留降希鉴，任泚自往。泚走至驿马关，为宁州刺史夏侯英所拒，不得前进，转趋彭原，随身不过数十人。泚将梁庭芬，起了歹心，与韩旻密谋诛泚，庭芬在泚背后，暗发一箭，正中泚项，泚坠落马下，滚入坑中。旻上前斩泚，枭取首级，偕庭芬同诣泾州，投降希鉴。源休李子平，转奔凤翔，为李楚琳所杀，先后奏报德宗，且一并传首梁州。

德宗乃命楚琳为凤翔节度使，希鉴为泾原节度使，把他前通朱泚的罪状，概置不问。楚琳希鉴，反复无常，实不应赏他旌节。进封李晟为司徒中书令，浑瑊为侍中，骆元光尚可孤韩游环戴休颜等，各迁官有差，一面下诏回銮，改梁州为兴元府，即自梁州启行。到了凤翔，巧值泚党李忠臣捕获，献至御前，立命斩首。李晟复捕获乔琳蒋镇张光晟诸人，并奏称光晟虽为贼臣，但灭贼时亦颇有力，应贷他一死。德宗不许，令将三人一律正法。乃再从凤翔动身，直抵长安。浑瑊韩游环戴休颜，自咸阳迎谒，扈从至京。李晟骆元光尚可孤，出京十里，恭迓御驾，步骑十余万，旌旗数十里，晟先贺平贼，继谢收复过迟，匍匐请罪。德宗停銮慰抚，为之掩涕，即命左右扶晟上马，入城还宫。每隔日宴飨功臣，李晟居首，浑瑊居次，将相等又递次列座，仍然是壶中日月，袖里乾坤。语中有刺。

唯当时尚有两大叛臣，一个就是李怀光，一个乃是李希烈。希烈既入据汴州，僭称帝号，遂分兵略陈州境，抄掠项城县，县令李侃，不知所为，拟弃城逃生。侃妻杨氏道："寇至当守，不能守当死，奈何逃去？"斩钉截铁之言，不意出自巾帼。侃皱眉道："兵少财乏，如何可守？"杨氏道："此城如不能守，地为贼有，仓廪为贼粮，府库为贼利，百姓为贼民，国家尚得携去么？今发财粟募死士，共守此城，或当有济。"乃召吏民入庭中，由杨氏出庭与语道："县令为一邑主，应保汝吏民，但岁满即迁，与汝等不同。汝等生长此土，田庐在是，坟墓在是，当共同死守，岂忍失身事贼么？"大众凄声许诺。杨氏复下令道："取瓦石击贼，赏千钱！持刀矢杀贼，赏万钱！"众皆踊跃。遂由侃率众登城，杨氏亲为炊爨，遍饷吏民，俄有一贼将鼓噪而至，杨氏即登陴语贼道："项城父老，共知大义，誓守此城，汝等得此城，不足示威，不如他去，免得多费心力。"贼众见是妇人，又听她言语近迂，忍不住大笑起来，待杨氏下城，便即攻扑。侃率众抵御，仓猝间中一流矢，忍痛不住，返身下城，正与杨氏相遇。杨氏道："君奈何下城？试想吏民无主，何人耐守？就使战死城上，也得千古留名，比死在床中，荣耀得多了。"勉夫取义，乃有此语，并非祈夫速死。侃乃裹创登陴，麾众竞射。贼将架上云梯，首先跃上，突被守卒射中面颊，坠死城下，贼众夺气，相率散去，项城得全。刺史列功上闻，诏迁侃为太平令。史称唐武后时，契丹寇平州，刺史邹保英妻高氏，率家僮女丁守城，默啜攻飞狐，县令古玄应妻高氏，亦助夫守城，均得却敌。及史思明叛乱，卫州女子侯氏，滑州女子唐氏，青州女子王氏，歃血立盟，共赴行营讨贼，数妇女皆得受封，但慷慨知义，尚不及杨烈妇，独封赏只及乃夫，不及杨氏，这还是朝廷失赏哩。事见《唐书·杨烈妇传》，本编不肯从略，实为女史扬芬。

希烈因项城小邑，无暇顾及，别遣将翟崇晖围攻陈州，但也相持不下。嗣闻李希倩伏法，怒不可遏，看官道是何因？希倩是希烈亲弟，他为此动怒，遂遣使至蔡州，令杀颜真卿以泄忿。真卿见了使人，问为何事？使人道："有敕赐死。"真卿道："老臣无状，罪固当死，但不知贵使何日发长安？"使人道："我从大梁至此。"真卿界面道："照你说来，乃是贼使，怎得称为敕使呢？"使人遂将他缢死，年七十六。曹王皋驻守江淮，正遣将拔安州，擒斩希烈甥刘戒虚，且进军厉乡，击走希烈将康叔夜，及闻真卿死难，不禁大恸，全军皆泣，乃表陈真卿大节，请速旌扬。德宗因追赠真卿为司徒，加谥文忠。希烈自督兵攻宁陵，为刘洽将高彦昭所破，遁还汴梁，但日望崇晖攻下陈州，因遣人督促，且派兵帮助崇晖。刘洽遣都虞侯刘昌，与陇右节度使曲环等，率兵三万，往救陈州。曲环用埋伏计，与刘昌夹击崇晖，斩首至三万五千级，连崇晖都擒了回来，于是兵威大振，远近惊心。伪节度使李澄，焚去希烈所授旌节，举郑滑二州归唐，会同刘洽各军，进攻汴州。希烈恐不能守，留大将田怀珍居守，自奔蔡州，田怀珍开门迎纳官军，汴州平复。诏授李澄为汴滑节度使，召河南都统李勉入朝。李勉至长安，素服待罪，时李泌复应召入都，受职左散骑常侍，日直西省，专备咨询。德宗因李勉失守大梁，拟加贬黜，泌独进言道："李勉公忠雅正，不过未娴战略，试看大梁不守，将士愿弃妻孥，从勉至睢阳，约有二万余人，可见他平时抚驭，尚得众心。且刘洽实出勉麾下，今洽克复大梁，亦足为勉补过，还乞陛下鉴原！"德宗乃只罢勉都统，仍令同平章事。

浙江东西节度使韩滉，效顺唐廷，贡献不绝，或谮他聚兵修城，阴蓄异志，德宗又未免起疑，密问李泌。泌愿百口保滉，且言滉性忠直，不附权贵，因致毁谤交加，幸乞详察！德宗尚未肯信，经泌再三剖解，力祛主惑，最后复献议道："滉子韩皋，现为考功员外郎，今因乃父被谤，几至不敢归省，现在关中饥荒，斗米千钱，唯江东尚称丰稔，若陛下遣皋归省，令滉速运粮储，接济关中，这是朝廷大计，幸陛下俯听臣言，决不误事！”德宗乃赐皋绯衣，遣皋南归，且谕皋道：“卿父近遭疑谤，朕皆不信，唯关中乏粮，须由卿父赶紧筹给，幸勿延误。”皋欢跃而去，及与父相见，备述上语，滉感激涕零，即日发米百万斛，运送关中。皋但留五日，亦即遣他还朝。陈少游闻滉发粮，也贡米二十万斛，偏刘洽攻克汴州，得李希烈起居注云：“某月某日，陈少游上表归顺。”这事一传十，十传百，少游也有所闻，免不得羞惭无地，郁郁病死。犹有耻心，还算天良未曾丧尽。德宗尚追赠太尉，赙赠如仪。于韩滉则疑之，于少游则赠之，主德可知。淮南大将王韶，欲自为留后，滉遣使与语道：“汝敢为乱，我即日全师渡江，来诛汝了。”韶惧不敢动。德宗闻知，喜语李泌道：“滉不但镇定江东，且并能镇定淮南，真不愧为大臣。但非如卿知人，朕几误疑及滉了。”至此才晓得么？又加滉同平章事，兼江淮转运使。滉运江淮粟帛，西入关中，几无虚月，朝廷始安。越年，复改易年号，称为贞元元年，颁诏大赦。

新州司马卢杞，遇赦得还，转任吉州长史，欣然告人道：“我必再得重用。”果然历时无几，德宗令给事中袁高草制，拟任杞为饶州刺史。高不肯下笔，奏称：“杞反易无常，卒致乘与播迁，海内疮痍，奈何复用？”德宗不从，顾令别官草制，补阙陈京赵需裴佶宇文炫卢景亮等，联名上疏，极言杞罪。袁尚又申词劾奏，德宗乃语李勉道：“廷臣多不直卢杞，朕意拟授他小州，何如？”勉答道：“陛下君临四海，如欲用杞，就使畀他大州，亦无不可。只惜天下失望，终累圣明呢。”乃只授杞为澧州别驾。杞病死澧州，李泌入见德宗道：“外人或议陛下为桓灵，今观陛下贬死卢杞，恐尧舜亦有所未及呢。”德宗甚喜，继又皱着眉头道：“河中未靖，朕遣孔巢父宣慰，反被李怀光杀死，这却是一件大患哩。”泌答道：“当今可患的事件，不止一端。若怀光擅据河中，虐杀使臣，为天下所共弃，将来必被大军枭灭，臣窃谓不足忧呢。”德宗复道：“吐蕃助讨朱泚，朕曾许畀安西北庭等地，今吐蕃求如前约，朕不便食言，看来只好割畀了。”泌谏阻道：“安西北庭，民性骁悍，足以控制西域，捍卫边疆，奈何拱手让人？况吐蕃曾受逆赂，勒兵观望，大掠而去，何足言功？陛下决不宜割地。”孔巢父被杀，及吐蕃求地，俱借德宗口中叙过，以省笔墨。德宗乃拒绝番使，遣李晟为凤翔陇右节度使，进爵西平王，令屯田储粟，控制吐蕃，再命浑瑊骆元光等，往讨怀光。

晟奉命将行，适李楚琳入朝，即请与同往凤翔，乘便处死，为叛逆戒。德宗以京都新复，反侧宜安，不肯遽许，但留楚琳在京，任为金吾大将军。晟虽未便违敕，心下总不以为然。及驰至凤翔，查出谋杀张镒的将士，共十余人，首恶叫作王斌，剖心祭镒，余俱斩首，众皆股栗。会吐蕃借索地为名，入寇泾州，节度使田希鉴，贻书李晟，乞请济师。晟语亲将史万岁道："李楚琳幸得逃生，田希鉴尚在泾原，我决不使漏网了。"遂命万岁率精兵三千，作为先行，自率五千骑继进。虏兵素惮晟威名，闻他到来，陆续退去。及晟至泾州，已是烽烟静息，塞漠安恬。希鉴出城迎谒，晟与他寒暄数语，并辔入城，下马登堂，开樽话旧，两下里很是投机，并不露一些形迹。希鉴妻李氏，与晟虽是疏族，究系同宗，当由希鉴令她出见，排叙辈分，应呼晟为叔父，晟亦视若侄女，改称希鉴为田郎。嗣是朝夕过从，屡与欢宴。盘桓了好几日，晟拟还师，因语希鉴道："我留此已久，日承款待，未免疚心，今欲归镇，亦应具一杯酒，聊报田郎。且诸将多系故人，俱请邀至敝营，举觞话别。"希鉴唯唯从命。晟营本在城外，返营后暗嘱史万岁，专待明日行事。翌日巳牌，营中已整备酒席，候希鉴等到来，希鉴与诸将鼓兴出城，趋入晟营。晟迎他入座，且语泾原诸将道："诸君到此，请自通姓名爵里，以便序座。"诸将一一报明，依晟派定座席，鞠躬坐下。忽有一将报毕，晟忽勃然道："汝实有罪，不应列座。"遂呼史万岁入帐，指麾军士，将他推出斩首。军士持首还报，希鉴不觉心惊，勉强坐在晟侧。晟笑语希鉴道："田郎！汝亦不得无罪。"希鉴正思答辩，已被史万岁上前拖出，令军士缚住希鉴。晟复正色道："天子蒙尘，汝乃擅杀节度使，受贼伪命，今日尚有面目来见我么？"说得希鉴魂飞天外，不能对答一词。小子有诗咏道：

叛臣竟复握兵符，不死何由伏贼辜。
杯酒邀来伸国法，泾原才识有天诛。

未知希鉴性命如何，且至下回说明。

朱泚攻奉天累月，卒不能下，及退还长安，得李怀光之相与连结，复不能分兵四出，略夺唐土，李晟一举，长安即破，辗转奔至彭原，仍为部将所杀。泚之无能，可以想见。然亦由去顺效逆，自速其祸，人心去而身首即随之耳。李希烈李怀光等，逆同朱泚，若乘收复京城以后，即命李晟浑瑊等，分军进讨，当可立平，乃回都盛宴，苟且偷安，犹且遣使宣慰，令陷死地，颜真卿效节于前，孔巢父遇害于后，人谓德宗好猜，德宗岂徒蹈好猜之失者？盖亦犹是祖若考之庸柔，而未克自振也。李楚琳田希鉴等，反复无常，可讨不讨，李晟欲诛楚琳，复不见许，唯希鉴为晟所诛，聊快人意，有靖国之忠臣，无靖国之英主，惜哉！

第六十八回　窦桂娘密谋除逆
尚结赞狡计劫盟

却说田希鉴既被拿住，无可辩罪，即由史万岁牵入帐后，将他勒死，诸将相顾失色，还有何心饮酒。李晟顾语诸将道：“我奉天子命，来此诛逆，诸君无罪，何妨痛饮数杯。”诸将按定了神，勉尽两三觥，便即起座告别。晟即同入城，揭示希鉴罪状，并言除希鉴外，不复过问，将士帖然。乃令右龙武将军李观，代为节度，使嘱希鉴妻李氏扶榇回籍，然后从容还镇，表达朝廷。未免难为侄女。会闻浑瑊等进讨怀光，屡战不利，朝臣议赦怀光罪，遣宦官尹元贞谕慰河中，惹得李晟忠愤填膺，力劾元贞，请即治罪，并自愿率兵讨怀光。德宗因吐蕃屡扰，不便易帅，乃别命马燧为河东行营副元帅，援应浑瑊。燧以晋慈隰三州，为河中咽喉，即遣辩士说他反正。于是晋州守将要廷珍，慈州守将郑抗，隰州守将毛朝扬，皆举地归降。有旨令燧兼镇三州，燧曾举荐康日知为晋慈隰节度使，因地失无着，未曾莅任，至是仍让与日知。德宗乃令日知镇守，燧乃拔绛州入宝鼎，与怀光部将徐伯文相值，掩杀一场，射死伯文，斩首万余级，复分兵会合浑瑊，且逼长春宫，连败逆众，进围宫城。怀光诸将，相继出降。吕鸣岳也通款马燧，密约内应，不料为怀光所闻，杀死鸣岳。燧乃与诸将谋道：“长春宫不下，怀光必不可获。但长春宫守备甚严，亦非旦夕可拔，我当亲自往谕，令他来降便了。”遂径造城下，呼守将答话。

守将乃是徐庭光，曾与燧相识，登城见燧，便率将士罗拜城上。燧料他意屈，便仰语道："我自朝廷来此，可西向受命。"庭光等复向西下拜。燧复宣谕道："公等皆朔方将士，自禄山以来，为国立功，已四十余年，何忍为灭族计，若肯从我言，非止免祸，富贵也可立致呢。"庭光尚未及答，燧又道："尔等以我为谎语么？尔若不信我言，何妨射我！"遂披襟袒胸，待他射来。与李抱真释憾，也用此计。庭光感泣，守卒无不流涕。燧复语道："怀光负国，于尔等无与，尔等但坚守勿出便了。"庭光等应声许诺，燧乃回营。次日与浑瑊韩游环进捣河中，留骆元光屯兵城下，行至焦篱堡，守将尉珪，即率七百人迎降，余戍望风遁去。燧正欲渡河，忽得元光急报，说是："徐庭光尚然不服，屡加诟詈。"燧乃再返长春宫，问明原委，系庭光只服马燧，不服骆元光，因复带着数骑，呼庭光开城。庭光开门迎入，由燧慰抚大众，众皆欢呼道："我辈复为王人了。"燧即表荐庭光，有诏令试殿中监，兼御史大夫。浑瑊顾语僚佐道："我始谓马公用兵，与我相等，今乃知胜我多了。"浑瑊却也虚心。燧既降服庭光，遂率全军济河。怀光闻官军大集，举烽召兵，无人肯至，就是部下将士，也自相惊扰，忽喧声道："西城擐甲了。"又忽哗噪道："东城捉队了。"又过了半刻，将士都改易章饰，自署太平字样。怀光不知所措，遂自经死。朔方将牛石俊，断怀光首级出降。燧麾众入城，捕杀怀光亲将阎晏等七人，余俱不问。独骆元光为庭光所辱，怀怒未释，竟把他一刀杀死，乃入城见燧，顿首请罪。燧大怒道："庭光已降，汝敢擅杀，还要用什么统帅？"说至此，即顾视左右，欲将他推出斩首。韩游环忙趋入道："元光杀一降将，欲将他处死，公杀一节度使，难道天子不要发怒吗？"燧乃叱退元光，不复加罪。河中兵尚有万六千人，尽归浑瑊统辖，即令浑瑊镇守河中，自是朔方军分守邠蒲，不再北返了。

先是怀光子璀，曾云随父俱尽，德宗很是怜惜，不欲令死，应六十六回。且命他再赴河中，劝父归顺。璀往劝不从，未便复命。适陕虢兵马使达奚抱晖，鸩杀节度使张劝，自掌军务，邀求旌节。德宗召泌入商，泌自请赴陕，相机办理，乃授泌为都防御水陆运使，经理陕事。泌辞行时，德宗与语道："卿至陕州，试为朕招谕李璀，毋使彼死。"泌答道："璀若果贤，必与父俱死，假使畏死偷生，也不足责了。"及泌既至陕，河中平复，怀光已经缢死，璀亦手刃二弟，自刎身亡。事为德宗所闻，很加悲悯，且念怀光旧功，不应无后，特查得怀光外孙燕氏，赐姓为李，名曰承绪，令为左卫率府胄曹参军，继怀光后，并归怀光身首，命怀光妻王氏收葬，赐钱百万，置田墓侧，用备祭享。加马燧兼侍中，浑瑊检校司空，余将卒各有赏赉。就是进讨淮西的将士，亦调还本镇，各守圻疆，算做与民休息，不再用兵的意思。

是时李泌已邀同马燧，偕赴陕州，陕军不待抱晖命令，出城远迎，抱晖料不能抗，亦只好出来迎谒。泌偕燧入城，毫不问罪，但索簿书，治粮储。有人谒泌告密，泌皆不见，军中镇静如常，乃召抱晖与语道："汝擅杀朝使，罪应加诛，唯今天子以德怀人，泌亦不愿执法相绳，汝且赍着币帛，虔祭前使，此后慎无入关，自择安处，潜来接取家属，我总可保汝无虞了。"抱晖不禁涕泣，唯唯而去，陕州遂定。泌复凿山开渠，自集津至三门，辟一运道，以便转漕，数月告成。会关中仓禀告竭，禁军脱巾索饷，喧扰不休，亏得韩滉运米三万斛，解至陕州，由泌令从新运道转给关中。德宗大喜，语太子诵道："我父子得生了。"随即遣中使遍给神策六军，军士皆呼万岁。若非信任韩滉，乌能得此。时关中连岁旱荒，兵民多有菜色，及粮既运至，麦又继熟，市中始见有醉人，相率称瑞，这也可谓剥极才复呢。

朱滔闻河陕皆平，非常恐惧，上表待罪，嗣即忧死。将士奉刘怦知军事，怦奏达朝廷，词极恭逊，乃命怦为幽州节度使。已而怦又病逝，诏令怦子济知节度事，且调曹王皋为荆南节度使，韦皋为西川节席使，曲环为陈许节度使，招抚流亡，安辑四境。唯李希烈尚负固称雄，倔强不服，贞元二年正月，遣将杜文朝寇襄州，为山南东道节度使樊泽所擒，三月复发兵袭郑州，复为义成节度使李澄所破，希烈兵势日衰，到此也积忧成疾，奄卧床中。他有一个宠妾，本姓窦氏，小字桂娘，系汴州户曹参军窦良女儿，貌美能文。希烈入汴，闻桂娘艳名，即遣将士至良家，强劫桂娘以去。桂娘语乃父道："阿父无戚，儿此去必能灭贼，使大人得邀富贵。"也是一个奇女子。及见了希烈，却也并不峻拒，竟任希烈搂入帏中，曲尽所欢。希烈日夕相依，爱逾珍宝，即册桂娘为伪妃。桂娘以色相媚，以才相炫，复以小忠小信，笼络希烈，因此希烈有事，无论大小机密，均为桂娘所知。及希烈奔归蔡州，桂娘语希烈道："妾观诸将中非无忠勇，但皆不及陈光奇，闻光奇妻窦氏，甚得光奇欢心，若妾与联络，将来缓急有恃，可保万全。"希烈称善，遂令桂娘结纳窦氏，互相往来。桂娘小窦氏数岁，因呼窦氏为姊，日久情暱，肺腑毕宣。桂娘因乘间语窦氏道："蔡州一隅，怎敌全国？迟晚总不免败亡，姊应早自为计，毋致绝种。”窦氏颇以为然，转告光奇。光奇乃谋诛希烈，常欲伺隙下手。凑巧希烈有疾，遂密嘱医士陈山甫，投毒入药。希烈服药下去，毒性发作，顷刻暴亡。十载枭雄，一女子即足了之。希烈子秘不发丧，欲尽诛故将，代以新弁，计尚未决，适有人献入含桃，桂娘复进白道：“请先遗光奇妻，且足免人疑虑。”希烈子依她所嘱，即由桂娘遣一女使，赍赠窦氏。窦氏见含桃内，有一格形色相似，却是一颗蜡丸，外涂朱色，心知有异，俟遣还女使后，与光奇剖丸验视，中藏一纸，有细小蝇楷云：“前日已死，殡在后堂，欲诛大臣，请自为计。”光奇即转告僚将薛育，薛育道：“怪不得希烈牙前，乐曲杂发，昼夜不绝，试想希烈病剧，哪有这般闲暇？这明是有谋未定，佯作此状，倘不先发难，必遭毒手了。”光奇即与育各率部兵，闯入牙门，请见希烈。希烈子仓皇出拜道：“愿去帝号，一如李纳故事。”光奇厉声道：“尔父悖逆，天子有命，令我诛贼。”遂将希烈子杀死，并及希烈妻，且枭希烈尸首，共得头颅七颗，献入都中，只留桂娘不杀。德宗以光奇诛逆有功，即命为淮西节度使。偏希烈旧将吴少诚，佯与光奇同意，暗中却欲为希烈报仇，不到两月，竟纠众杀死光奇，连两个窦家少妇。一古脑儿迫入冥途。桂娘已诛希烈，宿愿已偿，可以远去，乃留死蔡州，未免智而不智。德宗又授少诚为留后，这真是导人椎刃，贻祸无穷了。伏笔不尽，直注到宪宗时淮蔡之役。

义成节度使李澄病死，子克宁也秘不发丧，墨缞视事，增兵守城。宣武节度使刘玄佐，就是刘洽改名，他却出师境上，使人告谕克宁道：“汝敢不待朝命，擅做节度，我当即日进讨了。”克宁乃不敢袭位，静待诏敕。德宗命工部尚书贾耽，继任义成节度使，出镇郑滑，郑滑自李澄反正后，改称义成军，耽既到任，克宁乃去。玄佐归镇，适韩滉过境，约为兄弟，联袂入朝，曲环亦凑便同行。及至都中，正值西寇告警，李晟受谤，朝右讹言四起，又似有变乱情形。看官道为何因？原来吐蕃因索地不与，屡次寇边，德宗令浑瑊骆元光移屯咸阳，接应李晟。晟遣部将王佖，率骁勇三千人，往伏汧城，授以密计道：“虏过城下，勿遽出击，俟见有五方旗，虎豹衣，必是虏兵中坚，若突起掩杀，必获大胜。”佖领计而去。果然吐蕃统帅尚结赞，盛气前来，麾下亲兵旗饰，一如晟言。佖杀将出去，尚结赞惊走，猝死千余人，退屯数十里。尚结赞语部将道：“唐朝良将，只李晟马燧浑瑊三人，我当用计除他，方可得志。”乃转入凤翔境，禁止掳掠。至直凤翔城下，大呼道："李令公召我来，何不出来犒师？"这明是反间计，若非张延赏在内，也是容易瞧破。守将当然不答，他却经宿退去。晟复遣蕃落使野诗良辅，与王佖合兵追击，又破吐蕃部众，攻入摧沙堡，毁去吐蕃蓄积，然后班师。邠宁节度使韩游环，又邀击虏兵，夺还所掠货物。

尚结赞西窜归国，嗣乘天气严寒，复入陷盐夏银麟四州，尚说是李晟召他进来。晟有两婿：一为工部侍郎张彧，一为幕僚崔枢。彧自恃通显，看枢不在眼中，偏晟却格外优待，彧未免介意。给事中郑云逵，尝为晟行军司马，被晟诃责，亦挟有夙嫌。最与晟有宿怨的，乃是左仆射张延赏。延赏系故相嘉贞子，曾因父荫任参军，累官至西川节度使。德宗初年，吐蕃寇剑南，晟率神策军往征，击退虏兵，班师还朝。见六十二回。延赏正往镇西川，见晟挈一蜀妓随行，竟嘱吏夺还，李晟亦曾渔色耶？晟因是挟恨。至德宗出奔奉天，延赏贡献不绝，转趋梁州，仍然如故，乃召延赏为中书侍郎，同平章事。晟未免不平，竟奏劾延赏，说他不足为相。德宗不得已，罢为尚书左仆射。延赏才度原不足为相，但晟以私意奏劾，究属非是。延赏怀怨益深，偶闻吐蕃闲言，乐得投阱下石，诬毁李晟。再经张彧郑云逵等，作为证据，说得这位李西平王，差不多与李希烈李怀光相似，德宗也自然动起疑来。晟得知消息，昼夜悲愤，哭得双目尽肿，乃悉遣子弟入都，表请为僧。有诏不许，复称疾入朝，面请辞职，又不见允。韩滉素与晟善，趁着入朝时候，探知启衅情由，遂面白德宗，愿为调人。德宗亦颇乐允，滉乃与刘玄佐左右劝解，令晟与延赏聚饮释嫌，约为弟昆。晟因复荐延赏为相，前劾后荐，俱可不必。德宗仍拜延赏同平章事，且令两人同宴禁中，各赐彩锦一端，以示和解。晟有少子未娶，愿与延赏女为婚，延赏竟严词谢绝，晟懊怅道："武人性直，既已杯酒释怨，即不复介怀，哪知文士难犯，外虽和解，内仍蓄憾，可不惧么？"

滉陛辞还镇，临行时荐兵部侍郎柳浑入相，德宗即令浑同平章事。浑秉性刚正，夙负重名，时论称为得人，唯与延赏未合。及滉既还镇，未几谢世，德宗欲起用白志贞为浙西观察使，浑谓："志贞俭人，不可复用。"偏延赏逢迎上意，竟怂恿德宗，授志贞官。又密奏李晟权重，不应再令典兵，乃留晟在京，册拜太尉，兼中书令。延赏荐郑云逵出镇凤翔，还是德宗记晟前功，令他择贤自代。晟举都虞侯邢君牙，因授君牙为凤翔尹，别命陈许兵马使韩全义，率步骑万二千人，会邠宁军趋盐州。又命马燧领河东军击吐蕃，收降河曲六胡州。吐蕃大相尚结赞，退屯鸣沙，闻马燧浑瑊等，大举出击，未免惊惶，更因云南王异牟，即阁罗凤孙。为西川节度使韦皋招抚，自己失一臂助，乃遣使至唐廷乞和。德宗尚未允许，尚结赞又卑辞厚礼，通好马燧。燧乃留屯石州，上表陈请。李晟入谏道："戎狄无信，不宜许和。"张延赏独与晟反对，主张和议。德宗遂遣左庶子崔澣，出使吐蕃。澣与尚结赞相见，责他败盟，尚结赞道："我国助讨朱泚，未得厚赏，所以东来质问，乃诸州不肯兼容，以致用兵。今公前来修好，实所深愿。但浑侍中忠信过人，名闻远近，应请他前来主盟，互昭信实。"澣返报德宗，德宗召浑瑊入朝，命为会盟正使，兵部尚书崔汉衡为副使，都监郑叔矩为判官。两下共议会盟地点，约在平凉。瑊出发长安，李晟语瑊道："此行甚险，一切戒备，不可不严。"张延赏得闻晟言，即入白德宗道："晟不欲两国联盟，故戒瑊严备，须知我疑人，人亦疑我，盟何由成？"德宗因复召瑊入内，嘱他推诚待虏，勿自猜贰，致阻虏情。瑊遵嘱而去。

既而遣使入报，谓已订定盟期，决于五月辛未日。延赏召集百官，执瑊表示众道："李太尉谓吐蕃难信，必不易和，今浑侍中有表到来，说是盟期已定，谅浑侍中总不欺上呢。"说罢，甚有得色。休欢喜！晟亦在侧，忍不住泪下道："臣生长西陲，备悉虏情，虽已会盟有日，怎保他不临时变卦？窃恐朝廷不戒，终不免为大戎所侮呢。"德宗始命骆元光屯潘原，韩游环屯洛口，遥作瑊援。元光亟往见瑊道："潘原距盟地约七十里，公若有急，元光何从得闻，请与公同行为妥。"瑊答道："皇上嘱我推诚，若用兵自卫，便是违诏了。"元光道："事贵预备，一或遇险，后悔无及，他日论罪，宁坐元光。"遂派千骑至瑊营西面，暗地埋伏，又约韩游环派兵五百骑，相连伏着，且嘱语道："倘或生变，汝等西趋柏泉，作为疑兵，可分虏势。"韩军依计而行。瑊之不死，幸有此耳。

尚结赞使人至瑊营，约各遣甲士三千人，列坛东西，四百人穿着常服，得随至坛下，瑊一一许诺。辛未日辰刻，尚结赞又请各遣游骑数十名，互相觇察，瑊复应允。瑊为名将，奈何全不知防？哪知吐蕃在大营左右，伏兵至数万人。唐游骑往觇虏营，悉数被掳，一个儿没有放还。虏骑却梭织唐营，往来无禁。瑊与崔宋两人，全不知黠虏诡计，反从容趋至盟坛，入幕易服，准备行礼。蓦听得一声鼓响，万马声嘶，仿佛似广陵怒潮，震动幕外。宋奉朝方欲出视，不防虏骑突入，先把他拿来开刀。崔汉衡慌忙失措，急欲觅路逃生，已被虏众追上，把他揿倒，似缚猪般的捆了出去。独浑瑊从幕后逸出，幸得一马，即纵身跃上，扯住马鬣，向前飞驰，背后虏众追赶，箭镞从背上擦过，亏得身伏马上，才免受伤，及奔近营前，望将过去，已剩得一座空营，那追骑尚紧紧不舍，不由的着急道："天亡我了！"道言未绝，营西有一大将呼道："侍中快来！我等在此。"瑊侧身西顾，见有一簇官军，整队列着，才觉得绝处逢生。小子有诗咏浑瑊道：

百密如何致一疏，虎臣竟被困群狙。
若非良将先筹备，受击宁徒丧副车。

欲知何人来救浑瑊，待至下回再表。

前半回连叙数事，而标目独及窦桂娘，为巾帼中标一异采，不得不略彼言此，补前史之所未详。盖桂娘以一女子身，为李希烈所劫，大加宠信，女子最易移情，畴肯始终如一，勉践前言？柔忍如桂娘，殆亦不可多得之女子，宜乎杜牧之为彼立传也。况怀光困死，而希烈独存，若无桂娘，几似乱臣贼子，可以安享天年，无逆报矣。然则桂娘之密谋诛逆，乌得不大书特书耶？若夫李晟浑瑊马燧，为唐德宗时三大名将，晟知吐蕃之难信，不宜与和，而瑊与燧皆未曾料及，是晟之智烛几先，固非二人所可逮者。但以一蜀妓故，怨及延赏，互相报复，误国政，堕虏计，晟亦安得为无咎乎？夫以忠智如李晟，尚为色所误，况如李希烈之骄侈灭义，其能不为桂娘所制哉？

第六十九回　格君心储君免祸　释主怨公主和番

却说浑瑊奔回故营，营中将士，已皆遁去，幸营西尚列有严阵，迎接浑瑊，统将非别，就是骆元光。元光迎瑊入营，即令军士持械待虏，且促邠宁向西进行，俟虏骑追至，骤见官军阵势严肃，已是惊心，更瞧着西边一带，有官军驰去，恐他绕出背后，阻截归路，乃即收军却还。瑊与元光召集散卒，检点伤亡，已不下二千余人，只好付诸一叹，怏怏而还。还是天幸。是日德宗视朝，语宰辅道："今日和戎息兵，好算国家幸福。"柳浑接口道："戎狄豺狼，恐非盟誓可结，今日事实足深忧。"李晟亦插入道："诚如浑言。"德宗变色道："柳浑书生，不知边计，大臣亦作此言么？"晟与浑皆顿首谢罪，德宗拂袖退朝。到了傍晚，由韩游环急奏，报称狡虏劫盟，入寇近镇。德宗大惊，即召浑等入议道："卿本书生，乃能料敌如此，朕适才失言了。但虏入近镇，都城可虞，究应如何处置？"浑尚未答。李晟趋进道："臣愿出屯奉天，防御虏兵。"德宗沉吟未决。仍然不忘延赏语。适浑瑊奏报亦至，备详一切，因命瑊屯兵奉天，留晟不遣。

看官听着！那尚结赞的狡计，第一着是离间李晟，已经逞志，第二着是佯和马燧，谋执浑瑊，欲将两人一并致罪，因纵兵直犯长安。这策但行了一半，未得成功，尚结赞还是失望，退至故原州，查得擒住将校，最大的是崔汉衡，次为马燧侄弇，及中使俱文珍。他又想了一策，释三人缚，引他入座道："我欲执浑侍中，不意误致公等，未免抱歉。"又指马弇道："君是马侍中侄儿，前日马侍中至石州，若渡河掩击，我军必覆，幸蒙侍中许和，因得全师而返，侍中为我造福，我怎得拘他子侄？今特遣君归国，请烦转谢侍中。”说罢，便纵马弇俱文珍东还，仍将崔汉衡等拘留。

弇还见燧，述及尚结赞语，燧尚不知是计。及文珍入语德宗，德宗竟信为真言，撤燧副元帅节度使职权，只命为司徒兼侍中。张延赏恰也惭惧，尝托病不朝。德宗乃召李泌同平章事。泌入都受职，与李晟马燧等，一同进见。德宗语泌道：“朕今与卿约，卿慎勿报仇。如他人有德及卿，朕当为卿代报。”泌答道：“臣素奉道教，不愿与人为仇，从前李辅国元载，均欲害臣，今已皆死去了。就是臣的故友，或早显达，或已沦亡，臣亦无德可报，唯臣今日亦愿与陛下立约，未知陛下肯否俯从？”乘便还他一语，长源毕竟慧人。德宗道：“有何不可？”泌即道：“愿陛下勿害功臣！即如李晟马燧，功高遭忌，若陛下过信谗言，一或加害，恐藩臣卫士，无不愤惋，变乱即从此再生了。陛下诚坦然相待，合保无虞。有事使专征伐，无事入朝奉请，岂不是君臣至乐么？二臣亦不可自恃有功，恪尽臣道，天下可长保太平，臣等均得受庇呢。”德宗道：“朕始听卿言，自觉惊疑，及闻卿剖决，实是社稷至计。朕谨当书绅，与二大臣共保安全。”晟与燧俱伏地泣谢。德宗又语泌道：“从今日始，军旅储粮事，一概委卿，吏礼委张延赏，刑法委柳浑。”泌答道：“陛下录臣菲才，使待罪宰相，宰相职兼内外，天下事咸共平章，若各有所主，便成为有司，不得称为宰相了。”语语中肯。德宗笑道：“朕知误了，卿言原不错呢。”嗣是待泌益厚，加封邺侯。泌又请复吏职，汰冗官，停番使廪给，分隶禁军，调边境戍卒，屯田京师，与番贾互市，鬻缯易牛，募边人输粟，救荒济乏，经德宗一一施行，俱足挽救时弊。

德宗喜文雅，恨质直，泌语多文采，尤得主心。唯柳浑素性朴直，常发俚言，为德宗所不悦，且与张延赏屡有龃龉。延赏尝使人通意道：“公能寡言，相位可久保了。”浑正色道：“为我致谢张公，浑头可断，舌不可禁呢。”确是个硬头子。已而浑竟罢为左散骑常侍，相传为延赏排挤，乃致免相。延赏又与禁卫将军李叔明有隙，且欲设法构害，并连及东宫。叔明本鲜于仲通弟，赐姓为李，有子名昇，与郭子仪子曙，令狐彰子建，同为卫士。德宗西奔时，三人皆扈驾有功，及还銮后，俱得任禁卫将军，甚邀上宠。昇尝出入郜国长公主第，致有蜚言。公主系肃宗幼女，夙具姿首，初嫁裴徽，继适萧升，升殁役，又与彭州司马李万通奸，还有蜀州别驾萧鼎，澧阳令韦恽，亦尝私相往来。李昇不知自检，也去问津，半老徐娘，素饶风韵，恰也无所不容。可谓多多益善。公主女为太子妃，延赏欲构成大狱，先将李昇等私侍公主，入白德宗。德宗命李泌探察虚实，泌徐答道："臣想此事关系，必有人摇动东宫，来诉陛下，别人无此能力，大约唯张延赏一人。"德宗道："卿从何处料得？"泌又道："延赏与父昇有嫌，昇现承恩眷，一时无从中伤，部国长公主，系太子妃生母，从此入手，就可兴一巨案了。"不愧智囊？德宗不禁点首道："卿料事甚明，一说便着。"泌复道："昇入居宿卫，既已被嫌，应该罢斥，免得延赏再来生波。"德宗依言罢昇，且渐疏延赏。延赏弄巧反拙，郁郁而死。昇因延赏去世，少了一个冤家对头，乐得与长公主朝夕言欢，亲近芗泽。德宗本欲罢昇示戒，不意脱离禁掖，反做了无拘无束的淫夫，镇日里在长公主第中。或告长公主淫乱如故，且敢为厌祷事，德宗大怒，把长公主幽锢禁中，流昇岭表，杖毙李万，谪戍萧鼎韦恽，并召入太子训责一番。太子恐惧，情愿与妃萧氏离婚。

德宗怒尚未息，即召李泌入商，且语道："舒王近已成立，孝友温仁，足主大器。"泌答道："陛下已经立储，今反欲废子立侄，臣实不解。"德宗道："舒王幼时，朕已取为己子，有何分别？"泌又道："侄终不可为子，陛下原有嫡嗣，反致生疑，难道侄可必信么？且舒王今日尽孝，倘闻有易储情事，恐转未必能孝了。"德宗勃然道："卿强违朕意，难道不顾家族么？"訑訑拒人。泌毫不惊惧，反逼进一层道："臣唯欲顾全家族，所以今日尽言，若畏惮天威，曲意阿顺，恐太子废黜，他日陛下生悔，必怨臣道：'我任泌为相，不谏我过，害我嫡子，我亦杀泌子泄恨。'臣唯一子，既遭冤死，即致绝嗣，虽有侄辈，恐臣不便血食了。"说至此，呜咽流涕。悱恻语不可多得。德宗不禁动容。泌又道："从古到今，父子相疑，多生惨祸，远事不必论，建宁事非尚在目前么？"德宗道："建宁叔实冤死，所以皇考嗣祚，曾追谥为承天皇帝，至今回忆，我祖考肃宗皇帝，也太觉性急了。"建宁王倓事，见前文，唯代宗追谥建宁，借此补明。泌答道："臣曾为此事，所以辞归，誓不近天子左右，不幸今日待罪宰相，又睹此事。且当时代宗皇帝，尝怀畏惧，臣向肃宗辞行时，因诵章怀太子贤《黄台瓜辞》，肃宗亦悔悟泣下，还愿陛下不蹈前愆！"德宗又道："贞观开元，俱易太子，何故不生危乱？"泌答辩道：

"承乾谋反，事被察觉，由亲舅长孙无忌，及大臣数十人，讯问确实，因命废斥，但言官尚入奏太宗，请太宗不失为慈父，承乾得终享天年。太宗依议，并废魏王泰。今太子无过可指，怎得以承乾为比？况陛下既知建宁蒙冤，肃宗性急，更宜详细审慎，力戒前失。万一太子有过，犹愿陛下依贞观故事，并废舒王，另立皇孙，庶百代以后，仍然是陛下子孙。至若武惠妃谮死太子瑛兄弟，海内冤愤，可为痛戒，何足效尤？愿陛下勿信谗言！即有手书如晋愍怀，衷甲如太子瑛，尚当辨明真伪，难道妻母不法，女夫也宜坐罪么？臣敢以百口保太子。设使臣如杨素许敬宗李林甫辈，得承此旨，早已私结舒王，密谋佐命了。"详哉言之！德宗道："这乃是朕家事，于卿何与？必欲如此力争。"又是呆话。泌答道："天子以四海为家，臣今得任宰相，四海以内，一物失所，臣当负责。况坐视太子冤枉，不为力解，臣罪且愈大了。"德宗道："容朕细思，明日再议！"泌又叩首泣谏道："陛下果信臣言，父子必慈孝如初，但陛下还宫，当默自审思，勿露微意，倘与左右言及，恐有金壬宵小，乘隙生风，竞为舒王效力，太子从此危了。"这一着更是要紧。德宗点首道："具晓卿意。"泌乃退归。

太子密遣人谢泌道："若必不可救，当先自仰药。"泌语来使道："为我好语太子，必无此虑。但愿太子起敬起孝，勿存形迹，若泌身不存，此事或未可知呢。"勉太子以孝，尤是正理。来使自去。隔了一日，德宗御延英殿，独召泌入见，流涕与语道："非卿切谏，朕今日就要自悔了。太子仁孝，实无他过，从今以后，所有军国重务，及朕家事，均当与卿熟商了。"泌乃拜贺，且辞职道："臣报国已毕，惊悸余魂，不可复用，乞赐骸骨归里。"德宗极力慰谕，不准辞官。会吐蕃相尚结赞，遣使送还崔汉衡，及同时被虏的孟日华刘延邕诸人，到了泾原，与节度使李观相见，再请求和。李观恐有诈谋，受汉衡等拒绝和议。尚结赞因再集羌浑部落，大举入寇，进趋陇州及汧阳间，连营数十里，关中震动，连京城都受影响。所有西陲屯将，多闭壁自守，不敢出战。陇右民居，尽被掳掠，丁壮妇女，悉作俘囚。见有老弱，辄断手凿目，抛弃道旁。邠宁节度使韩游环，及陇州刺史韩清沔，神策副将苏太平等，先后遣发奇兵，击败虏众，尚结赞乃大掠而去。李泌欲结回纥大食云南天竺，共图吐蕃，因恐德宗记念陕州故事，怀恨回纥，故未敢遽请。陕州故事，见五十八回。会回纥合骨咄禄可汗，见六十六回。遣使贡献方物，并乞和亲。

德宗不许，且召泌与商道："和亲事待诸子孙，朕若在位，不愿与回纥结婚。"泌即进言道："陛下不愿和亲，莫非为陕州遗憾么？"德宗道："诚如卿言。朕因天下多难，未能雪耻，怎得议和？"泌又道："辱韦少华等，乃牟羽可汗，后复入寇，为今可汗所杀，今可汗实有功陛下，奈何怨他呢？"德宗摇首不答。泌乃趋退。会边将报称乏马，德宗又与泌商议，泌答道："臣有愚策，可使马贱十倍。"德宗喜道："卿有此妙策，何勿亟言？"泌又道："请陛下屈己从人，为社稷计，臣方敢言。"德宗道："果有良策，朕亦不惜屈己，卿且说来！"泌即答道："愿陛下北和回纥，南通云南，西结大食天竺，不但马可易致，就是吐蕃亦为我所困了。"德宗道："除回纥外，可依卿计。"泌答道："臣知陛下怀恨回纥，所以未敢早言，但为今日计，回纥最大，应先与连和，三国却尚可从缓呢。"德宗道："照卿说来，应先和回纥，但朕与回纥连和，便是负少华诸人了。"泌又道："臣谓陛下不负少华，少华实负陛下。"德宗惊问何故？泌答道："从前回纥叶护，率兵助国，臣正为行军司马，受命邀宴，未尝轻入彼营，及大军将发，先帝始与相见，这正为戎狄豺狼，不得不预防一着呢。陛下持节赴陕，春秋未壮，乃渡河轻入番营，身蹈不测，岂非危甚？少华等若不负陛下，应当与回纥可汗，先定会见礼仪，然后相见，奈何贸然轻赴？陛下试想当日危险情形，是少华负陛下，还是陛下负少华呢？且从前叶护入京，助讨逆贼，意欲纵兵大掠，先帝曾亲拜叶护马前，保全京城，当时道旁列观，约十万余人，统称广平王真华夷主。应五十四回。先帝枉尺直寻，且使中外称许，况牟羽身为可汗，举国来援，陛下未曾下拜，实足伸威，倘使牟羽留住陛下，不必论意外事，就使与陛下欢饮十日，天下已共为寒心。幸而天助威神，豺狼驯服，仍送陛下回营，陛下尚只感少华，怨牟羽，臣窃以为未可呢。"这是达权之论。德宗听着，旁顾左右，见李晟马燧，亦适在侧，便与语道："朕素怨回纥，今闻泌言，亦自觉少理，卿等以为何如？"晟与燧同声道："泌言甚是，请陛下采纳！"泌又接说道："臣以为回纥不足怨，向来宰相处事未善，才觉可怨哩。回纥再复京城，今可汗又杀牟羽，尚有何罪？吐蕃陷我河陇数千里，又入京城，使先帝蒙尘陕州，这是百代必报的仇耻，陛下奈何当怨不怨，不当怨反怨哩？"德宗又道："朕与回纥久已结怨，今往与修和，恐反为夷狄所笑，或且拒我，这却如何处置？"泌答道："臣愿作书相遣，约用开元故事，如突厥可汗奉表称臣，来使不得过二百人，市马不得过千匹，不得携中国人，及商胡出塞，这五事若皆如约，请陛下即许和亲，他日威震北荒，旁慑吐蕃，必能如陛下所愿了。”德宗称善，乃由泌遗书回纥。回纥即遣使上表，一一如命。德宗大喜，乃命将第八女咸安公主，遣嫁回纥可汗，先遣中使赍着公主画图，往至回纥，回纥可汗遣使报谢，约定次年礼迎。

德宗复召入李泌，问及招致云南大食天竺的计策。泌答道：“回纥称臣，吐蕃已不敢入犯了。云南苦吐蕃赋役，前已经韦皋招抚，有意内附。大食在西域为最强，与天竺皆久慕中国，且代与吐蕃为仇，若遣使往抚，当无不输诚听命。”德宗乃分选使臣，前往三国，及得还报，果皆如泌所料，各无异言。

会有妖僧李软奴，私结殿前射生韩钦绪等，潜谋作乱，事发被捕，德宗命内侍省鞫治，李晟闻知此事，大惊倒地，好容易扒将起来，尚流涕不绝道：“此次恐要族灭了。”亟命家人往邀李泌。及泌至晟第，晟无暇寒暄，即仓皇与语道：“晟新罹谤毁，中外有家人千余，此次妖僧谋逆，倘有家人误入党中，必致全家受累，奈何奈何？”泌劝慰道：“不妨！不妨！有泌在朝，断不使公受祸哩。”晟慌忙拜谢。泌即归第，密上一疏，略言：“大狱一起，牵引必多，国家甫值承平，不应辗转扳引，致失人情，请将李软奴一案，出付台官鞫治。”德宗当然俯允，即命把全案移交台省，至审讯结果，但罪及李软奴韩钦绪两人。钦绪系韩游环子，逃至邠州，由游环械送京师，与软奴一并腰斩。游环且入朝待罪，德宗仍令还镇，一场巨案，止死二人，朝臣无一连及，这都是李邺侯暗中挽回，所以迅速了案，争颂清阴。不略此事，无难记邺侯功德。

吐蕃闻唐和回纥，却也知惧，敛兵不进。诏令浑瑊回屯河中，赐骆元光姓名为李元谅，回屯华州。兵马使刘昌，分众五千归汴州，此外防秋兵，都退守凤翔京兆间。未几为贞元四年，泾原节度使李观入朝，留官京师，任少府监检校工部尚书。李观病逝，改授刘昌为泾原节度使，李元谅为陇右节度使，两将皆督兵屯田，军食渐足，泾陇少安。到了秋季，韩游环因疾卸职，德宗令张献甫往代，献甫尚未莅任，戍卒裴满等作乱，奏请改任前都虞侯范希朝。希朝素得众心，因为游环所忌，奔至凤翔。德宗召领神策军，至此得裴满等奏请，颇欲改授希朝。希朝面辞道：“臣避游环而来，今往代任，转似臣与逆卒通谋，臣怎敢受职？”希朝颇知大义。德宗乃授希朝为宁州刺史，令副献甫。及两人到任，戍卒裴满等，已为都虞侯杨朝晟，勒兵诛死，余众大定，不必细表。

且说回纥可汗，因婚期已届，遣妹骨咄禄毗伽公主，及大臣妻五十人，并兵众千人来迎公主。德宗御延喜门，接见番使。番使奉上表章，内云："昔为兄弟，今为子婿，陛下若患西戎，子愿以兵除患，且请改号回鹘，取捷鸷如鹘的意义。"德宗许诺。嗣欲飨骨咄禄公主，召李泌入问礼仪。泌奏道："从前敦煌王承寀，尝妻回纥女，见前文。嗣至彭原谒见肃宗，肃宗与敦煌王，系从祖兄弟，乃呼回纥公主为妇，不称为嫂。公主亦拜谒庭下，彼时国势艰难，借彼为助，尚不失君臣大节，况今日呢。"于是引骨咄禄公主入银台门，由长公主三人延入，谒见德宗，下拜如仪，转入宴所，乃由贤妃降阶相迎。俟骨咄禄公主先拜，然后贤妃答礼。妃与公主邀坐席间，遇帝赐必降拜，非帝赐亦避席才拜，俱由译史传导，免至失礼。盛宴两次，方命设咸安公主官属，制视王府。授嗣滕王湛然为昏礼正使，右仆射关播护送，偕骨咄禄公主等，一同西行。且命湛然赍给册书，封合骨咄禄为长寿天亲可汗，咸安公主为长寿孝顺可敦。公主到了回鹘，合骨咄禄可汗，盛礼恭迎，老夫得了少妻，番酋幸谐帝女，格外欢昵，自不必言。湛然等礼毕东归，俱得厚赆。可惜长寿不长，老夫竟老，不到一年，天亲可汗，竟至病逝，子多逻斯袭位。讣闻朝廷，德宗又命鸿胪卿郭锋，持节册封多逻斯为忠贞可汗，且谕慰咸安公主。哪知胡俗通例，得妻庶母，公主方值盛年，多逻斯亦当壮岁，两人从宜从俗，居然你贪我爱，变做了一对好夫妻了。可为咸安公主贺喜。小子有诗叹道：

胡族原来是聚麀，胡为帝女屡相攸？
和亲自古称非策，只为华夷俗不侔。

回鹘既已和亲，李泌自陈衰老，上表辞官。究竟德宗是否允准，容至下回续叙。

本回全为李泌演述，泌历事三朝，功业卓著，而其最足多者，莫如调护骨肉，善格君心。自玄武门喋血以来，贻谋未善，故太宗高宗玄宗三朝，无不易储，睿宗时幸有宋王之克让，肃宗时且有建宁之蒙冤，代宗为张良娣所忌，幸李泌咏《黄台瓜辞》，隐回上意，顺宗为郜国长公主所累，又幸得泌之一再力谏，始得保全，泌可谓清源正本，不愧为社稷臣矣。唯与回纥和亲一事，虽若为当时至计，然可与言和，不必订婚帝女，咸安遣嫁，历配四汗，隋有义成，唐有咸安，非皆足为中国羞乎？著书人隐示抑扬，而褒贬之义，自可于言外得之。

第七十回　陆敬舆斥奸忤旨
韩全义掩败为功

却说李泌自陈衰老，上表辞职，德宗不肯照准，泌又入朝面请，乞更除授一相。德宗道："朕亦知卿劳苦，但恨未得贤能，为卿代劳。"泌即说道："天下不患无才，但教陛下留意枚卜，自庆得人。"德宗道："卢杞忠清强介，人多说他奸邪，朕至今尚未觉悟，究竟奸在何处？邪在何处？"便是真愚。泌答道："如使陛下知杞奸邪，杞便不成为奸邪了。陛下如能早时觉悟，何至有建中的祸乱呢？杞因私隙杀杨炎，遣李揆害颜真卿，激叛李怀光，幸亏陛下后来窜逐，得慰人心，天亦悔祸，否则祸乱且迭出不穷了。"德宗道："建中祸乱，非尽关人事，卿亦闻桑道茂语否？"泌复道："陛下以为是命数注定么？须知命数二字，只可常人说得，君相却不便挂口，因为君相有造命的职务，与常人不同，若君相言命，是礼乐政刑，统可不用了。古来暴君莫如桀纣，桀尝谓我生不有命在天，武王数纣罪恶，亦云谓己有天命，人君以命自解，恐便同桀纣了。"德宗点首，嗣复说道："卢杞佐治不足，小心有余，他相朕数年，每遇朕言，无不恭顺。"原来为此，所以时常系念。泌答道："言莫予违，孔子所谓一言丧邦，据此一端，便可见卢杞的奸邪了。"德宗道："卿原与杞不同，朕言合理，卿尝有喜色，朕言不合理，卿尝有忧色，虽有时卿言逆耳，却也气色和顺，并没有傲慢态度，能使朕为卿所化，自然屈服，不能不从，朕所以深喜得卿哩。"泌乃荐户部侍郎窦参，说他材具通敏，可兼度支盐铁使；尚书左丞董晋，人品方正，可处门下侍郎。德宗虽然面允，意中却不以为然。既而命泌兼集贤殿崇文馆大学士，纂修国史。泌辞去大字，但以学士知院事。是年八月，月蚀东壁，泌自叹道："东壁图书府，今遭月蚀，大臣中未免当灾，我位居宰相，兼学士衔，恐此灾即加在我身上。从前燕国公张说，亦因此逝世，我位置与他相等，应亦难免此祸了。"果然隔了一年，一病不起，竟尔告终。

泌有智略，七岁时即受知玄宗，当召见时，玄宗正与张说观奕，因使说面试泌才，说令赋方圆动静。泌即问及要旨，说随口道："方若棋局，圆若棋子，动若棋生，静若棋死。"泌亦信口答道："方若行义，圆若用智，动若骋材，静若得意。"说也叹服，贺得奇童。张九龄与结为小友，后来历事三朝，数立奇功，唯好谈神仙，颇尚诡诞，未免为世所讥，但也好算是一位贤相了。持论平允。泌卒年六十八，得赠太子太傅，未得美谥，德宗亦不免少恩。遗疏仍荐窦参董晋二人可用，德宗乃用二人同平章事，并命参兼度支盐铁等使。参为人峭刻，少学术，多权数，每值入朝，诸相皆出，参独居后，但说是详核度支，暗中却曲事逢迎，希邀主宠。又往往援引亲党，分置要地，使为耳目。董晋只备员充位，随声附和，不过硁硁自守，慎重自持，比那窦参的营私挟诈，自然较胜一筹，但总不得为宰相器，未识这位足智多谋的李邺侯，何故荐此二人？这也是令人难解呢。当时朝臣中莫如陆贽，泌独不为荐引，大约是聪明一世，蒙懂一时。

是时前邠宁节度使韩游环，与横海节度使程日华，义武节度使张孝忠，宣武节度使刘玄佐，平卢节度使李纳，先后病殁。邠宁早由张献甫接任，余镇均由子承袭。日华子名怀直，孝忠子名升云，玄佐子名士宁，纳子名师古，皆由军士推戴，奏请留后。德宗也得过且过，无不准行；就是回鹘忠贞可汗，为弟与少可敦鸩死，回鹘国俗，可汗妃妾，号为少可敦。国人攻杀乃弟，拥立忠贞子阿啜为可汗，遣将军梅录告丧，听候朝命，德宗也未尝详问，即遣鸿胪少卿庾铤，往册阿啜为奉诚可汗。最可怪的是咸安公主，既配忠贞，复配奉诚，祖父孙同享禁脔，德宗亦听她所为，但视为胡俗常例，不足深怪。及吐蕃转寇北庭，回鹘大相颉干迦斯，为唐往援，与战不利，率兵奔还，北庭陷没，安西遂绝音问，不知存亡。唯西州尚为唐守，德宗也无暇顾及，置诸度外罢了。慷慨得很。

光阴似箭，寒暑迭更，已是贞元七年，窦参为相，约已三载，权势日盛，翰林学士陆贽，屡有弹劾，参视若眼中钉，只因贽尚见宠，急切不能捽去，乃奏调为兵部侍郎，解去内职，省得他多来絮聒。德宗尚未察阴谋，会参奏称福建观察使吴凑，病风不能治事，应即另选，当由德宗召凑入京，见他体健神清，并没有什么疾病，才知参是挟嫌诬奏，有意排挤，随即任凑为陕虢观察使，把原任官李翼解职。翼是参党，一经掉换，中外称快。参仍怙恶不改，引族子申为给事中，招权受赂，绰号喜鹊。德宗颇有所闻，乃召参入诫道："卿族子申，所为不法，将来难免累卿，不如黜之为是。"参恳请道："臣子族无多，申虽疏属，尚无他恶，乞陛下鉴原！"德宗道："朕非不欲为卿保全，奈人言藉藉，不可不防。"参仍然固请，德宗方才罢议。参又恐陆贽进用，阴与谏议大夫吴通元兄弟，造作谤书，构得贽罪。偏被德宗察觉，赐通元死，逐申为道州司马，参亦坐贬为郴州别驾，乃进贽为中书侍郎，与尚书左丞赵憬，同平章事。所有管理度支等事，委户部尚书班宏代理，宏未几亦殁。贽请召用湖南观察使李巽，入判度支。德宗已经允许，忽又变卦，拟用司农少卿裴延龄。贽上言道："度支司须准平万货，吝即生患，宽又容奸，延龄诞妄小人，倘或误用，适伤圣鉴。"德宗不从，竟任延龄为户部侍郎，判度支事。又是一个奸臣进来了。

至贞元九年，湖南观察使李巽，奏称宣武留后刘士宁，私遗参绢五千匹，德宗大怒，即欲诛参。贽入谏道："刘晏冤死，罪不明白，至使叛臣借口有词。参性贪纵，天下共知，但必说他私交藩镇，潜蓄异图，未免太甚。若骤加重辟，转骇人情。"以直报怨，不愧君子。乃再贬参为驩州司马，没入家赀。内侍尚毁参不已，竟赐参自尽，杖杀窦申，诸窦一并谪戍。董晋因与参同事有年，见参得罪，亦自觉不安，乃请免职。有诏罢晋为礼部尚书，召义成节度使贾耽，为尚书右仆射，与尚书右丞卢迈，同平章事。德宗恐相权过重，仍蹈前辙，乃命四人辅政，分权任事。哪知权任不专，遇事推诿，每值有司关白，辄面面相觑，不肯署判。陆贽乃奏请依至德故事，至德系肃宗年号见前文。宰相更迭秉笔，旬日一易，德宗准如所请。寻复逐日一易，虽案牍不致沉滞，终未免互相顾忌，无所责成。贽先后奏陈治道，不下数十万言，至论边防六失，尤中时弊。大略谓："措置乖方，课责亏度，兵众致财匮，将多致力分，怨起自不均，机失于遥制，须酌量裁并，慎简统帅，督垦闲田，自筹兵食"等语。德宗尝优诏褒答，终究不能施行。

会回鹘击破吐蕃于灵州，遣使献俘，云南王异牟，袭击吐蕃，取十六城，擒名王五人，亦遣使献捷，且献地图方物，及吐蕃所给金印，请复号南诏。德宗遣郎中袁滋等，往册异牟为南诏王，赐银窠金印。异牟至大和城受册，很是恭顺，优待唐使。滋等尽欢而还，详报德宗。德宗欣慰得很，遂拟大修神龙寺，报答神庥。户部侍郎裴延龄，奏称："同州谷中，有大木数十株，高约八十丈，可供寺材。"德宗惊喜道："开元天宝年间，在近畿搜求美材，百不得一，今怎得有此嘉木？"延龄即献谀道："天生珍材，必待圣君乃出，开元天宝，何从得此。"德宗甚喜。对子孙诋毁祖宗，德宗尚视为可喜，非愚而何？嗣又由延龄上疏，谓："在粪土中得银十三两，缎匹杂货，百万有余，这皆是左藏羡余，应移入杂库，供别敕支用。"太府少卿韦少华，与死陕州之韦少华姓名相同，别是一人。劾论："延龄欺君罔上，请令三司查核左藏，何来此粪土中物，无非延龄移正为羡，恣为诡谲等情。"德宗既不罪延龄，亦不罪少华。延龄所奏，不能欺三尺童子，德宗昏耄已甚，所以麻木不仁。盐铁转运使张滂，司农卿李铦，京兆尹李充，俱因职任相关，常斥延龄谬妄。陆贽更志切除奸，极陈延龄罪恶，略云：

延龄以聚敛为长策，以诡妄为嘉谋，以掊克敛怨为匪躬，以靖谮服谗为尽节，可谓尧代之共工，鲁邦之少卯，迹其奸蠹，日长月滋，移东就西，便为课绩，取此适彼，遂号羡余。昔赵高指鹿为马，臣谓鹿之与马，物类犹同，岂若延龄掩有为无，指无为有？臣以卑鄙，任当台衡，情激于衷，欲罢难默，务乞陛下明目达聪，亟除奸慝，毋受欺蒙，则不胜幸甚！

这疏上后，德宗非但不罪延龄，反待延龄加厚。贽复约宰相赵憬，面奏延龄奸邪，德宗恨贽多言，面有怒色。憬却一语不发，退朝后反密告延龄，延龄恨贽益深。或谓贽嫉恶太严，恐遭谗害，贽慨然道："我上不负天子，下不负所学，此外非所敢计了。"果然不到数日，有敕颁下，罢贽为太子宾客。越年为贞元十一年，初夏天旱，延龄诬贽怨望，并李充张滂李铦，乘旱造谣，摇动众心。德宗竟贬贽为忠州别驾，充为涪州长史，滂为汀州长史，铦为邵州长史。

先是定州人阳城，隐居中条山，以学行著名，李泌荐为谏议大夫，城拜官不辞，未至京师，都人已想望丰采，料他必尽言敢死。及城入衰后，独与二弟及客，日夜痛饮，并无谏章。河南人进士韩愈，作《争臣论》讥城，他人亦啧有烦言，城仍不介意，但以杯中物消遣，恍若无闻。至贽等坐贬，主怒未解，中外惴恐，莫敢营救，城独奋然道："不可令天子信用奸臣，杀无罪人。"乃公也酒醒了。遂与拾遗王仲舒，补阙熊执易崔邠等，伏阙上书，极陈延龄奸佞，贽等无罪。德宗大怒，欲罪城等，幸太子在旁劝解，乃命宰相出谕，令他退去。金吾将军张万福，大声称贺道："朝廷有直臣，天下从此太平了。"因遍拜城等，已而连呼太平万岁，太平万岁。万福武人，年八十余，自万福称贺后，城乃得重名。会闻德宗欲进相延龄，城泣语廷臣道："果欲用延龄为相，当取白麻撕坏，免他误国。"白麻系宣诏用纸。随即续草奏稿，尽列延龄罪状，使李泌子繁缮写。繁本不端品，城因他是故人子，嘱令缮正，哪知他竟私告延龄。延龄亟入见德宗，一一自解。及城疏呈入，德宗遂视为诬妄，搁置不理，虎父生犬子，可为邺侯一叹。且改城为国子司业，进延龄为户部尚书。延龄年已衰老，尚自恨不得相位，居常牢骚郁愤，嫚骂近臣，至遇疾卧第，擅载度支官物至家，人无敢言。越岁竟死，年六十九，中外相贺。唯德宗悼惜不置，追赠太子太傅。延龄尝荐谏议大夫崔损，才可大用，适赵憬病殁，卢迈老疾，中书省虚位十日，德宗即令损同平章事。损委鄙无能，入相后毫无建白，母殡不葬，女兄为尼，殁不临丧。德宗恰喜他唯唯诺诺，倚任了好几年。

是时太尉中书令西平王李晟，司徒侍中北平王马燧，相继去世，晟谥忠武，燧谥庄武。昭义节度使李抱真，也已病终，都虞侯王延贵，奉诏继任，赐名虔休。魏博节度使田绪，曾在贞元元年，尚德宗妹嘉诚公主，代宗第十女。有庶子三人，幼名季安，公主抚为己子。绪于贞元十二年殁世，左右推季安为留后，德宗即命为节度使。为后文魏博归朝张本。由南东道节度使曹王皋，亦已病逝，赐谥为成，接任为陕虢观察使于頔，各镇粗报平安。唯宣武军迭经变乱，宣武节度使刘士宁，淫乱残忍，为兵马使李万荣所逐，奔归京师，万荣得受制为留后，用子迺为兵马使，牙将刘沐为行军司马。不到一年，宣武军又复作乱，都虞侯邓惟恭，因万荣寝疾，执迺送京师，并杀万荣亲将数人。这次还算德宗有些主意，特授董晋为宣武节度使，令即赴镇。又恐晋太宽柔，未能镇定，更命汝州刺史陆长源为行军司马，随晋东行。既用董晋，不必用陆长源，仍是种一祸苗。晋兼程至宣武军，万荣已经病死，惟恭代领军事，仓猝不及抗命，只好出迎朝使。晋不用兵卫，接见惟恭，辞气甚和，且仍委以军政，暗中却加意防备。等到惟恭谋乱，已是布置绵密，先将乱党捕诛，然后把惟恭拿住，械送京师。陆长源性刚且刻，最喜更张旧事，经晋从容裁抑，军中乃安。不意董先生却有此经济。后来过了两年，晋病殁任所。长源知留后，扬言道："将士弛慢已久，我当振饬法纪，方可扫清宿弊。"军士听了此言。不禁恟惧。或劝长源散财劳军，长源道："我岂效河北贼，用钱买将士心么？"未几变起，长源被杀。监军俱文珍，急召宋州刺史刘逸准靖难，逸准曾为宣武将，颇得众心，闻文珍召，引兵入汴州，抚定大众，请命朝廷。诏授逸准为节度使，赐名全谅，不到数旬，全谅复殁，军中推玄佐甥韩弘为留后。韩弘曾为兵马使，至是因宣武军屡次作乱，特查出乱首，及党与三百人，历数罪状，斩首以徇。一面恭请朝命，受敕为节度使，乃整肃号令，抚循军士，汴中才无后忧。

偏淮西节度使吴少诚，密谋抗命，遣人阴约韩弘，为弘所杀。少诚知逆谋已泄，索性举兵发难，掠寿州，袭唐州，杀死镇遏使谢详张嘉瑜。会陈许节度使曲环身故，陈州刺史上官涚，继为留后，少诚乘隙进击，涚遣将往阻，不幸败殁，反致寇逼城下。涚方接奉朝旨，进任节度使，蓦闻寇至近郊，不禁仓皇欲走。营田副使刘昌裔入阻道："朝廷方授公节钺，奈何弃此他去？况城中不乏将士，固守有余，昌裔不才，愿为城守。"涚乃委以军事，集众登陴。兵马使安国宁，谋为内应，被昌裔察出，诱入诛死，然后誓众拒敌。少诚围攻累日，昌裔伺他懈怠，凿城出击，大破敌兵。又经刘弘发兵三千，来援许州，少诚遁去，许城得全。

德宗闻少诚叛乱，褫夺官爵，令诸道会师进讨，于是山南东道节度使于頔，安黄节度使伊慎，知寿州事王宗，与上官涚韩弘联兵，进讨淮西。起初颇称得利，于頔前驱进行，迭拔吴房朗山，嗣因军无统帅，号令不一，各军至小溵水，自相惊骇，纷纷溃散，委弃器械资粮，均为少诚所有，少诚气势益强。西川节度使韦皋，闻诸军失利，表请授浑瑊贾耽为元帅，统辖诸军，若不愿烦劳元老，臣愿选精锐万人，下巴峡，出荆楚，翦除凶逆，否则谕少诚悔罪，加恩赦宥，罢免两河诸军，休息兵民，尚不失为次策。如少诚罪恶贯盈，为麾下所杀，仍举爵位授他麾下，是去一少诚，复生一少诚，祸且无穷云云。末数语，最中时弊。德宗接奏，方在踌躇，忽报中书令咸宁王浑瑊，因病致亡，不由的嗟叹道："国家又失一大将了。"遂予谥忠武，另拟择将讨吴少诚，时宦官窦文玚霍仙鸣，正得上宠，进任护军中尉，势倾朝野，内外官吏，多出门下。夏绥节度使韩全义，尤为文玚厚爱，特地荐引，令为蔡州招讨使，统率十七道兵马，出征少诚。全义素无勇略，唯贿托权阉，得邀超擢。既为大帅，即用阉寺数十人，充作监军。每议军事，阉寺高坐帐中，争论哗然，无一成议。并且天时溽暑，士卒病殁，全义亦不加抚慰，以致人人离心。行至溵南，淮西将吴秀吴少阳等，驱军前来，两下未及交锋，诸道军已经溃退。吴秀等乘势掩杀，全义连忙回走，返保五楼。嗣是三战三北，，逐节退还，直至陈州各道兵多半还镇，唯陈许将孟元阳，神策将苏光荣，尚留军溵水，并力杀退追兵。少诚乃引军还蔡州，全义尚归昭义将夏侯仲宣，义成将时昂，河阳将权文变，河中将郭湘等，诱至帐中，设伏捕戮，夸示权威，军心愈觉不服。幸少诚未悉详情，遣使赍献书币，求监军代为昭雪。监军乐得代奏，有诏赦少诚罪，仍复官爵，召全义班师。全义至长安，文玚力为袒护，掩饰败迹。德宗仍然厚待全义。全义托言足疾，但遣司马崔放入对，放为全义引咎，自谢无功。德宗道："全义为招讨使，能招徕少诚，也是功劳，何必定要杀人呢？"全义乃谢归夏州。小子有诗叹道：

元戎失律咎难辞，谁料庸君反受欺？
功罪不明纲纪隳，晚唐刑赏早违宜。

吴少诚外，还有余镇节度使，互有更替，容至下回再表。

古来计臣，多工心术，裴延龄虚妄无能，尚不足与计臣同列，德宗独深信之，意者其殆由天性好猜，隐相契合欤？不然，得韦少华之讦发，与陆贽等之极陈，宁有不为之感悟耶？阳城之名，实延龄玉成之，延龄死而中外相贺，德宗独追惜不置，好人所恶，恶人所好，其不亡也亦幸矣。夫不能斥裴延龄，无怪其用韩全义，溵南之败，全义实尸其咎，乃复任阉竖播弄，掩败为功，德宗之德，固若是耶？读此回不禁为之三叹焉。

第七十一回　王叔文得君怙宠 韦执谊坐党贬官

却说成德节度使王武俊，于贞元十七年殁世，子士贞受命为留后，此外如滑亳许节度使，即义成节度使。迭经李复姚南仲卢群李元素等，先后交替，幸无变故。徐泗濠节度使张建封病卒，军士推建封子愔为留后，德宗命淮南节度使杜佑兼任，偏经军士抗拒，只好收回成命，令愔为节度使，改名武宁军。大权已经旁落。改名何益？朔方节度使杨朝晟殁后，由兵马使高固接任，军心尚安。昭义节度使，改用卢从史，也是由军士拥立。总之德宗时代，藩镇坐大，已成了上陵下替的局面。德宗又专务姑息，过一日，算一日，但教目前无恙，便自以为天下太平。如见肺肝。就是朝中宰辅，亦多用那庸庸碌碌的人物，崔损为裴延龄所荐，入相九年，无一嘉谟，反始终倚畀，直至一病不起，方进太常卿高郢为中书侍郎，吏部侍郎郑珣瑜为门下侍郎，同平章事，其实这两人也没甚用处。还有辅政多年的贾耽，见前回。出将入相，颇负重望，但也遇事模棱，苟全禄位。宰相如此，他官可知。太学生薛约，上书言事，坐徙连州。国子司业阳城，与约有师生谊，出送郊外，被德宗闻知，说他党庇罪人，亦贬为道州刺史，且饬观察使随时考课。城自署道："抚字心劳，催科政绌。"考下下，观察使遣判官督收赋税，城自系狱中，判官惊退。又遣他判官往验，他判官载妻孥同行，中道逸去，城名益盛。独朝廷视为废吏，置诸不问。京兆尹李实，为政暴戾，遇旱不准免租，监察御史韩愈，请收征从缓，被黜为山阳令，朝政昏愦，已可见一斑了。

太子诵操心虑患，颇称练达，平居有侍臣二人，最为莫逆，一个是杭州人王伾，一个是山阴人王叔文，俱官翰林待诏，出入东宫。叔文诡谲多谋，自言读书明理，能通治道，太子尝与诸侍读坐谈，论及宫市中事，大众刺刺不休，独叔文在侧，不发一词。及侍臣齐退，太子乃留住叔文，问他何故无言？叔文道："殿下身为太子，但当视膳问安，不宜谈及外事。且皇上享国日久，如疑殿下收揽人心，试问将何以自解？"太子不禁感泣道："非先生言，寡人实尚未晓，今始得受教了。"遂大加爱幸，与王伾相依附。伾善书，叔文善棊，两人娱侍太子，日夕不离，免不得有所陈议。或说是某可为相，或说是某可为将，既言太子不宜论外事，奈何复引荐将相。看官听说！他所谈述的将相才，并不是因公论公，其实统是他的死友，无非望太子登台，牵连同进，结成一气，可以长久不败呢。当时翰林学士韦执谊，左司郎中陆淳，左拾遗吕温，进士及第李景俭，侍御史陈谏，监察御史柳宗元刘禹锡程异，司封郎中韩晔，户部郎中韩泰，翰林学士凌准等，皆与叔文王伾，结为死友，尝同游处，踪迹诡秘，莫能推测。左补阙张正一上书言事，得蒙召见，叔文恐他上达阴谋，即嗾韦执谊参劾正一，说他与吏部侍郎王仲舒，主客员外郎刘伯刍等，私结朋党，游宴无度，以致正一坐贬，仲舒伯刍，亦皆远谪，于是朝右侧目。就是各道藩臣，亦或阴进资币，与为交通。不料太子忽染风疾，甚至瘖不能言，贞元二十一年元日，德宗御殿受朝，王公大臣等，循例入贺，独太子不能进谒。德宗悲感交乘，且叹且泣，退朝后便即不豫，日甚一日。过了二十多天，并没有视朝消息，太子也未闻病愈，中外不通，宫廷疑惧。

一夕，由内廷宣召，传入翰林学士郑絪卫次公，令草遗诏。两学士才知德宗弥留，握笔匆匆，立即定稿。忽有一内侍出语道："禁中方议及嗣君，尚未定夺。"次公即接口道："太子虽然有疾，地居冢嫡，中外属心，必不得已，也应立广陵王，见后。否则必致大乱。敢问何人能担当此责？"赖有此人。郑絪亦应声道："此言甚是。"内侍方才入报。宦官李忠言等，料难违众，方传言德宗驾崩，立太子诵为嗣皇帝。郑絪卫次公，缮就制书，即刻颁发。太子知人心忧疑，力疾出九仙门，召见诸军使，京师粗安，次日即位太极殿。卫士尚有疑议，及入谒，引颈相望道："果真太子呢。"大众喜甚，反至泣下。即位礼成，九重有主，是谓顺宗，尊谥德宗为神武皇帝。德宗在位二十六年，享寿六十四岁，改元三次。后来奉葬崇陵，以德宗后王氏袝葬。

后本顺宗生母，德宗贞元三年，由淑妃进册为后，素来多疾，册礼方讫，即报崩逝。德宗不再册后，只有贤妃韦氏，总摄六宫，性敏行淑，言动有法，为德宗所爱重，至是自请出奉园陵。及德宗既葬，遂在崇陵旁居住，守制终身，这才是不愧贤妃了。历叙德宗后妃，补前文所未及，至称颂韦贤妃处，尤关名节。

顺宗失音未痊，不能躬亲庶务，每当百官奏事，辄在内殿施帷，由帷中裁决可否，令内侍传宣出来。百官在帷外窥视，常隐隐见顺宗左右，陪着两人，一是顺宗亲信的宦官，就是李忠言，一是顺宗宠爱的妃子，就是牛昭容。外面翰林院中，职掌草诏，主裁是王叔文。出纳帝命，便是王伾。叔文有所奏白，往往令伾入告忠言，忠言转告牛昭容，昭容代达顺宗，往往言听计从，无不照行，因此翰苑大权，几高出中书门下二省。叔文复荐引韦执谊为相，得邀允准，遂进执谊为尚书左丞，同平章事；伾与叔文，同进为翰林学士。韩泰柳宗元刘禹锡等，竞相标榜，不曰伊周复出，即曰管葛重生，所有进退百官，悉凭党人评骘，可即进，不可即退。又恐众心不服，也提出几种合法的条件，请旨施行，一是命杜佑摄行冢宰，兼掌度支等使；一是罢进奉宫市五坊小儿；一是追召陆贽阳城；一是贬京兆尹李实为通州长史，数道诏命，蝉联而下，大众争颂新主圣明。唯陆贽阳城，未及接诏，已皆病殁贬所，有诏赠贽为兵部尚书，追谥曰宣，城为左散骑常侍，各令地方有司，派吏护丧归葬，中外俱惋惜不置。唯王叔文党与，共庆弹冠，或为御史，或为中丞。侍御史窦群，素来刚直，独语叔文道："天下事未可逆料，公亦宜稍自引嫌。"叔文惊问何故？群答道："李实尝怙恩挟贵，睥睨一世，当时公逡巡路旁，尚只江南一吏，今李实遭贬，公为后起，怎保路旁无与公相等呢？"恰是忠告。叔文全然不睬。群即退草弹文，劾奏刘禹锡等挟邪乱政，不宜在朝。不明斥叔文，想是尚留情谊。次日呈将进去，禹锡等当然得知，忙与叔文商议，设法逐群。叔文转告韦执谊，执谊道："群以直声闻天下，倘骤加斥逐，我辈必负恶名，还请暂时容忍，待后再议！"叔文面有愠色。执谊终执前说，不欲罢群，群因仍在位。御史中丞武元衡，兼山陵仪仗使，禹锡向元衡前，求为判官，元衡不许。叔文以元衡职操风宪，密遣人诱啖权利，讽使附己，元衡又不从。由是互进谗言，左迁元衡为左庶子。一班干禄市宠诸徒，见他大权见握，不得不昏暮乞怜。叔文与伾，及党人数十家，都是门庭似市，日夜不绝，且往往不得遽见，多就邻近寓宿，凡饼肆酒垆中，尽寄宦迹，每夕须出旅资千钱，方准容膝。那热心做官的人，还管什么小费，就使要许多贿赂，也不惜东掇西凑，供奉党人。王伾最号贪婪，按官取贿，毫无忌惮，所得金帛，用一大柜收藏，伾夫妇共卧柜上，以防盗窃，好算是爱财如命了。何不喝荸荠汤？

顺宗久疾不愈，大臣等罕见颜色，拟请立储备变。独伾与叔文等，欲专大权，多方阻挠。宦官俱文珍刘光锜薛盈珍等，阴忌党人，密启顺宗，速建太子。顺宗召入翰林学士郑絪等，商议立储事宜，絪并不多言，但书“立嫡以长”四字，进呈御览。顺宗点首示意。絪遂承制草诏，立广陵王淳为太子，改名为纯。原来顺宗有二十七子，长子纯，系王良娣所出，年已二十有八，夙号英明，德宗时已受封为广陵郡王，至是立为太子，全由郑絪一人主持，就中唯俱文珍等几个近侍，算是预闻，此外没人参议，连牛昭容都不得知晓。一经诏下，内外惊为特举，相率称贺。付畀得人，不可谓顺宗非贤，但刱议出自阉宦，终贻后患。唯叔文面带愁容，独吟杜甫题诸葛祠诗道：“出师未捷身先死，长使英雄泪满襟。”二语吟毕，旁人多半窃笑，他益加疑惧，日召党人谋议，且常至中书省，与韦执谊密谈。

一日已值午牌，独乘车往见执谊，门吏出阻道：“相公方食，不便见客。”叔文怒叱道：“你敢不容我进去么？”门吏婉言道：“这是向来旧例。”叔文不待说毕，便厉声道：“有什么例不例？”门吏乃入白执谊，执谊只好出迎，与叔文同往阁中。杜佑高郢郑珣瑜三人，本与执谊会食，见执谊入内，彼此停箸以待，良久方有人出报道：“韦相公已与王学士同食阁中，诸相公不必再待了。”佑与郢方敢续食。珣瑜草草食罢，退语左右道：“我岂可复居此位，长做一伴食中书么？”遂跨马径归，称疾不出。还有资格最老的贾耽，已有好多时不到省中，一再上表辞职，乞许骸骨归里，唯未见诏书下来。执谊妻父杜黄裳，曾任侍御史，为裴延龄所忌，留滞台阁，十年不迁。及执谊入相，始迁太常卿，因劝执谊率领群臣，请太子监国。执谊惊讶道：“丈人甫得一官，奈何即开口议禁中事？”黄裳勃然道：“我受恩三朝，怎得因一官相属，遂卖却本来面目？”说罢，拂衣趋出。执谊因受叔文嘱托，特荐陆质为侍读使，潜伺太子意，并得乘间进言。陆质即陆淳，因避太子原名，改名为质。质入讲经义，免不得兼及外事，太子变色道：“皇上令先生来此，无非为寡人讲经，奈何旁及他务？寡人实不愿与闻！”质碰了一个钉子，赧颜而退。

叔文又虑宦官作梗，复引右金吾大将军范希朝，为神策京西行营节度使，即用韩泰为行军司马。泰有筹划，为叔文等所倚重。叔文推荐希朝，明明是借他出面，暗中实恃泰为主，令泰号召西北诸军，与为联络，抑制宦官。宦官俱文珍等，窥透机谋，亟遣人密告诸镇，慎勿以兵属人。及希朝与泰，到了奉天，檄令诸镇将入会，诸镇将托词迁延，始终不至，任你韩泰足智多谋，至此也束手无策，只好怏怏回都。叔文得泰还报，正在懊怅，不意制书又下，调他为户部侍郎，仍充度支盐铁转运等副使，这一惊非同小可，便语诸学士道："我逐日来翰院中，商量公事，今把我院职撤消，将来如何到此呢？"说至此，几乎泣下。王伾代为疏请，乃许三五日一入翰院，叔文方解去一半愁肠。

宣化巡官羊士谔，因事入京，公言叔文罪恶。叔文大怒，即商诸韦执谊，欲请旨处斩。执谊不答。叔文道："就使免斩，亦当杖死。"执谊仍然摇首。叔文悻悻出去，执谊乃贬士谔为宁化尉。适剑南度支副使刘辟入京，求领剑南三川，且假韦皋名目，语叔文道："太尉使辟，向公道达诚意，若与辟三川，当效死相助，否则亦当怨公。"叔文怒道："节使岂可自请？韦太尉也太觉糊涂了。"遂将辟拒退。又与执谊面议，欲斩刘辟，韦执谊仍然不允。辟实可杀。叔文忍无可忍，当面诟责，备极揶揄，执谊无词可对，及叔文已归，乃使人谢叔文道："非敢负约，实欲曲成兄事，不得不然。"叔文总说他忘恩负义，与为仇隙。未几叔文母病，将要谢世，叔文却盛设酒馔，邀请诸学士，及宦官李忠言俱文珍刘光锜等，一同入座。酒行数巡，叔文语众道："叔文母病，因身任国事，不得亲侍医药，未免子道有亏，今拟乞假归侍。自念在朝数年，任劳任怨，无非为报国计，不避危疑，一旦归去，谤必随至，在座诸公，若肯谅我愚诚，代为洗刷，叔文即不胜衔感了。"如此胆怯，何必植党营私。满座俱未及答，独俱文珍冷笑道："礼义不愆，何恤人言？王公亦未免多心呢。"大众应声附和，说得叔文无可措辞，可见宦官势盛，但斟酒相劝，各尽数杯而散。

越日，叔文母殁，丁忧去位。韦执谊本迫持公议，与叔文常有异同，至此更乏人牵掣，乐得任所欲为，就使叔文密函相托，他亦置诸不理，叔文因此益愤，日谋起复，拟得任原官后，先杀执谊，然后将反对诸人，一律除尽。王伾代为帮忙，常至各宦官处疏通，且与杜佑商议，请起叔文为相，兼总北军，偏偏没人答应，再请起叔文为威远军使，也是不得奥援。他只得自己出名，接连上了三疏，说得叔文如何通文，如何达武，满纸中天花乱坠，始终不见纶音。伾知不能济事，在翰院中卧至夜半，忽失声自叫道："王伾中风了！"遂乘车竟归，不敢再出。

西川节度使韦皋，上表请太子监国，略言："陛下哀毁成疾，请权令太子亲监庶政，俟皇躬痊愈，太子可复归东宫。"又上太子笺云："圣上谅阴不言，委政臣下，王叔文王伾李忠言等，谬当重任，树党乱纪，恐误国家，愿殿下即日奏闻，斥逐群小，令政出人主，治安天下"等语。荆南节度使裴均，河东节度使严绶，笺表继至，语与皋同。再经俱文珍等，从中怂恿，不由顺宗不从，遂许令太子监国，即日颁敕。太子纯既揽重权，遂命太常卿杜黄裳为门下侍郎，左金吾大将军袁滋为中书侍郎，并同平章事，罢郑珣瑜为吏部尚书，高郢为刑部尚书。太子出莅东朝堂，引见百官，百官入朝拜贺，太子逡巡避席，掩袖拭泪。大众知太子忧父，交相称颂。过了半月，由顺宗禅位太子，自称太上皇，制敕称诰，改元永贞，循例大赦。越五日，太子纯即位太极殿，是为宪宗，奉太上皇居兴庆宫，尊生母王氏为太上皇后，贬王伾为开州司马，王叔文为渝州司户。升平公主即郭暧妻。入贺，并献入女伎数人，宪宗道："太上皇尚不受献，朕何敢违例？"遂将女伎却还。荆南表献毛龟，宪宗又下诏道："朕所宝唯贤，嘉禾神芝，统是虚美，不足为宝。所以春秋不书祥瑞，从今日始，勿再以瑞兆上闻，所有珍禽奇兽，亦毋得进献！"于是天下向治，共仰清明。

剑南西川节度使韦皋，镇蜀已二十一年，服南诏，摧吐蕃，威德及民，功勋无比，累加官阶，至检校太尉，爵南康郡王。宪宗即位，因他表请监国，有定策功，当然再沛恩纶，厚加宠遇，不意恩诏尚未到蜀，太尉率尔归天，生荣死哀，全蜀悲悼，到处绘像立祠，享祭不绝。皋本是京兆人氏，气宇轩昂，性度豁达，张延赏为女择婚，苦无当意，延赏妻苗氏，系故相苗晋卿女，夙善风鉴，既见韦皋，即语延赏道："此人后必大贵，可选作东床。"延赏尚未允许，经苗氏再三怂恿，乃赘皋为婿。皋时尚微贱，随延赏出镇剑南，倜傥不羁，傲睨一切。延赏渐加白眼，连婢仆也瞧他不起，他也不以为意，唯苗氏待遇如常。张女泣语皋道："韦郎！韦郎！七尺好男儿，学兼文武，乃常沉滞儿家，贻人笑骂么？”勖夫上达，却也是个奇女。皋投袂而起，即向延赏处辞行。张女摒挡妆奁，尽作赆仪。延赏喜皋他往，亦赠以七驮物。皋出门东去，每过一驿，即遣还一驮，行经七驿，七驮物悉数璧还，唯挈妻所赠，及布囊书策，径至京师，投入帅府幕中；辗转推荐，得擢监察御史，出知陇州行营留事。德宗奔奉天，皋斩牛云光，诛朱泚使，遣使上闻，因超迁奉义节度，镇守西陲。见六十五回。贞元初年，加任金吾大将军，持节西行，往代张延赏职。他却改易姓名，以韦皋作韩，以皋作翱，疾驰至天回驿，去西川城仅三十里。延赏闻韩翱到来，正因他素不相识，未免滋疑，忽有属吏入报道："今日来代相公，系是韦皋将军，并不是韩翱呢。"苗夫人在旁道："若是韦皋，必系韦郎。"延赏笑道："天下岂没有同姓同名的官吏？似韦生不通音问，已越数年，我料他早填沟壑，怎得来代我位呢？可笑你妇人家，太没见识，致误女儿。"苗夫人道："韦郎前虽贫贱，妾观他气凌霄汉，每与相公接谈，从未尝一言献媚，因致见尤，今日立功任重，舍彼为谁？相公莫笑妾无目哩。"延赏仍然不信，到了次日，新使入府，果然是张门快婿韦皋，延赏无颜出迎，但自叹道："我不识人。"遂从西门窃出，扬长自去。皋入谒外姑苗夫人，下拜甚恭，与张女相见，欢然道故，自不消说。唯见了张家婢仆，免不得惹起前嫌，立即提出数人，痛加杖责，有一两个暴死杖下，竟将遗尸投弃蜀江。小人何足深责，皋后来亦致暴死，恐是冤魂为厉。乃大开盛宴，替苗夫人饯行，随派兵吏护送出境。自是抚御将士，整饬边防，迭破吐蕃骁帅，威震西南；南诏称臣，群蛮内附。年六十一暴卒，由宪宗追赠太师，予谥忠武。

支度副使刘辟，竟自称西川剑南留后，表求旌节。宪宗派袁滋为安抚大使，考察全蜀情形，另任尚书左丞郑余庆同平章事。既而贾耽复殁，再进中书舍人郑絪同平章事。一面追究王叔文余党，连贬韩泰韩晔柳宗元刘禹锡等为远州刺史，嗣又因议罚太轻，再贬韩泰为虔州司马，韩晔为饶州司马，柳宗元为永州司马，刘禹锡为朗州司马，陈谏为台州司马，凌准为连州司马，程异为郴州司马。唯陆质已死，李景俭适居母丧，得免严谴。着末一诏，乃是将同平章事韦执谊，迭降了好几级，黜为崖州司马；越年且赐王叔文自尽。王伾韦执谊凌准，相继忧死。小子有诗叹道：

漫夸管葛与伊周，朝值槐堂暮远流。
试看八人同坐贬，才知富贵等云浮。

叔文余党，贬黜无遗，天时已值残冬，朝廷又要改元了。欲知宪宗元年时事，容待下回表明。

王叔文非真无赖子，观其引进诸人，多一时知名士，虽非将相才，要皆文学选也。王伾与叔文比肩，较为贪鄙，招权纳贿，容或有之，乱政误国，尚未敢为，观其贬李实，召陆贽阳城，罢进奉宫市五坊小儿，举前朝之弊政，次第廓清，是亦足慰人望，即欲夺宦官之柄，委诸大臣，亦未始非当时要着，阉寺祸唐，已成积习，果能一举扫除，宁非大幸？误在材力未足，夸诞有余，宦官早已预防，彼尚自鸣得意，及叔文请宴自陈，王伾卧床长叹，徒令若辈增笑，不待宪宗即位，已早知其无能为矣。韦执谊始附叔文，终摈叔文，卒之同归于尽。八司马相继贬窜，数腐竖益长权威，加以韦皋裴均严绶等，上表请诛伾文，复开外重内轻之祸，自是宦官方镇，迭争权力，相合相离，以迄于亡，可胜慨哉！故史称顺宪二宗，俱英明主，读此回而未敢尽信云。

第七十二回　擒刘辟戡定西川
执李锜荡平镇海

却说顺宗改元永贞，因关系一代正朔，所以就贞元二十一年间，即已改行。至宪宗禅位，应复改元，当下将永贞二年，改为元和元年。正月朔日，宪宗带领百官，至兴庆宫朝贺顺宗，奉上尊号，称为应乾圣寿太上皇，礼毕还朝，方受群臣庆贺。过了数日，太上皇病体增剧，医药罔效，竟尔升遐，享年四十六岁，在位仅阅半年，总算作为一年。宪宗侍疾治丧，连日无暇，偏刘辟不肯用命，居然造起反来。辟欲继韦皋后任，因宪宗不许，特阻兵自守。宪宗已遣袁滋为安抚使，寻又命充西川节度使，征辟为给事中。辟仍不肯奉诏，滋畏辟不进，为宪宗所闻，贬滋为吉州刺史，本拟发兵讨辟，但念履位方新，力未能讨，只好再事羁縻，授辟为西川节度副使，知节度事。右谏议大夫韦丹上疏，谓："释辟不诛，外此无不效尤，恐将来朝廷命令，不能出两京以外。"宪宗颇以为然，因命丹为东川节度使，防制西川。哪知辟气焰益骄，又表请兼领三川。宪宗不允，辟竟发兵攻梓州。推官林蕴极力谏阻，惹动辟怒，将蕴械系起来，且屡嘱军士持刀威吓，刃拟蕴颈，已非一次。蕴怒叱道："竖子！要斩便斩，我颈岂汝砺石么？"辟不禁旁顾道："此人真忠烈士，饶他去罢！"公道自在人心，即叛贼犹知忠义。乃黜为唐昌尉，复益兵东向，将梓州围住。

东川节度使韦丹，尚未到任，前节度使李康，督众拒守，一面飞章告急。宪宗召集群臣，会议讨逆事宜，大众谓蜀地险固，不易进兵。独杜黄裳奋然道："辟一狂妄书生，得良将往取，譬如拾芥，有什么难事？"原来辟曾举进士，参入戎幕，累经韦皋信任，厚自储藏，因潜谋不轨，致遭此变。韦皋亦大不识人。黄裳知辟无能，决计主讨，特荐神策军使高崇文，勇略可用，并请宪宗勿置监军，以专责成。翰林学士李吉甫，亦劝宪宗从黄裳言，宪宗乃命高崇文，率步骑五千，作为前军，神策行营兵马使李元奕，率步骑二千，作为次军，并会同山南西道节度使严砺，同讨刘辟。当时宿将尚多，各自命为征蜀统帅。哪知诏命一下，偏用了一个高崇文，顿令他惊异不置。崇文方屯长武城，练兵五千，常如寇至，一经受诏，即日启行，器械糗粮，均无所阙，在途严申军律，秋毫无犯。有一兵士就食逆旅，折人已箸，被崇文察觉，立斩以徇。将吏相率股栗，奉命惟谨。崇文出斜谷，李元奕出骆谷，同趋梓州，途次接得警报，梓州已经失守，李康被擒，崇文引兵亟进，从阆中入剑门，正值辟将邢泚，乘胜前来，崇文也不与答话，立即擂鼓，驱军猛击。邢泚慌忙对仗，战不数合，已杀得旗靡辙乱，无力抵敌，没奈何返奔梓州。崇文追至城下，悬赏攻城，自己亲冒矢石，限期登陴。泚已经过第一次厉害，自知非崇文敌手，不如趁早逃生，遂引众夜出后门，一溜烟的去了。崇文入屯梓州，休息一日，拟再行进兵，可巧辟送归李康，为辟代求昭雪。崇文叱道："汝败军失守，已负死罪，尚敢替逆贼求免么？"康尚欲乞情，怎奈崇文铁面无私，立命左右推出，把康斩首。嗣接严砺军报，也已攻克剑州，斩贼吏文德昭，当下覆告严砺，联名奏捷，宪宗得报甚喜。又接韦丹自汉中递奏，请命崇文知蜀中事，乃即以崇文为东川节度副使。

不意西川尚未告靖，夏绥又复称戈，几乎有铜山西崩，洛钟东应的状态。亏得河东节度使严绶，表请讨贼，不待朝廷发兵，已遣牙将阿跌光进，阿跌系复姓。及弟光颜，率兵戡乱。两将勇冠河东，联镳并进，足令逆军丧胆。夏州兵马使张承金，斩了首逆，传首京师，夏绥复安。究竟首逆为谁？原来是韩全义甥杨惠琳。倒戟而出，笔墨一新。全义自溵水败还，不朝而去，见七十回。宪宗时在藩邸，即斥他不尽臣节，至宪宗嗣位，全义颇自戒惧，拜表入朝。杜黄裳勒令致仕，全义只好归休，独全义甥杨惠琳，乘全义入朝，权知留后。宪宗简将军李演为夏绥节度使，反为惠琳所拒，因此严绶遣将往讨，不匝月而乱平。高崇文闻光颜名，调令至蜀，自督兵攻鹿头关，关距成都百五十里，倚山带川，非常雄险。辟连筑八栅，分兵屯守，严拒官军，辟将仇良辅，与辟子方叔，婿苏强，统领屯兵，出战崇文，大败而还。崇文督兵攻栅，也不能下，复因天雨连绵，未便猛扑，他却想了一计，令骁将高霞寓，专攻关左的万胜堆。堆在鹿头山上，高出关城数仞，原有贼将驻守，霞寓招募死士，扳缘而上，任他矢石如雨，只管冒死上去，前队仆，后队继，且纵火焚栅，烟焰熏天，贼众无处逃遁，不是焚死，就是杀死。既夺得万胜堆，俯瞰鹿头关，一一可数，了如指掌。屯兵先后出战，官军无不预晓，八战八捷，贼心始摇。崇文复分兵破贼于德阳，又败贼于汉州，严砺亦遣将严泰，进拔绵州石牌谷，会河东将阿跌光颜，与崇文约期会师，途中为天雨所阻，迟了一日。光颜闻崇文军律，很是严厉，自恐误期得罪，乃深入鹿头关西面，断贼粮道，贼众大惧。鹿头守将仇良辅，与绵江栅将李文悦，依次请降。崇文遂收鹿头关，擒住辟子与婿，长驱指成都，所向崩溃，军不留行。辟恃鹿头关为屏蔽，蓦闻关城失守，吓得魂不附身，即与亲将卢文若，率数十骑西走，拟奔吐蕃。崇文令高霞寓领兵追捕，到了羊灌田，见前面踯躅西行，正是刘文若等人，便鼓噪直进。辟仓猝投江，尚未得死，霞寓偏将郦定进，亟下马泅水，把辟擒住。文若先杀妻子，自系石缒入江心，徒落得葬身鱼腹，尸骨无存，霞寓囚辟还报，崇文即槛辟送京师，自入成都安民，市肆不扰，鸡犬无惊，所有投降诸将，一律优待。唯辟将邢泚，馆驿巡官沈衍，已降复贰，乃饬令枭首。军府事无巨细，命一遵韦南康故事，韦南康即韦皋。从容指挥，全境皆平。

辟有二妾，皆具国色，监军请献入朝廷，崇文道："天子命我讨平凶竖，安抚百姓，并未嘱我采访妇女，我怎得献女求媚呢？"遂查得军中鳏夫，给为配偶。不知哪两个鳏夫，得消受此艳福。知邛州崔从，曾贻书谏辟，辟发兵往攻，从婴城固守，卒全邛州。崇文上表推荐，并及唐昌尉林蕴，还有韦皋旧吏，房式韦乾度独孤密符载郗士美段文昌等，陷入城中，俱素服麻屦，衔土请罪，经崇文一律释免，优礼相待，且具录入荐书，唯语段文昌道："君他日必为将相，未敢奉荐。"乃特具厚贶，遣送京师。刘辟被俘至都，尚冀不死，途次饮食如常。及既近都门，神策兵出系辟首，牵曳而入。辟始惊惧道："奈何至此？"呆鸟。宪宗御兴安楼受俘，诘问反状。辟答辩道："臣不敢反，五院子弟作乱，不能制服，因此被逼为非。"宪宗又诘他："遣使赐诏，如何不受？"辟不能答。乃献诸庙社，徇诸市曹，诛死城西南独柳树下，子婿等一并伏诛。卢文若族党，亦皆夷灭。韦皋子行式，尝娶文若女弟，按例当没入掖庭，宪宗以皋有大功，悉命赦宥，随即叙功论赏，宰相以下入贺。宪宗瞧着黄裳道："这统是卿的功劳呢。"遂进高崇文为西川节度使，严砺为东川节度使，另授将作监柳晟，为山南西道节度使。晟至汉中，适府兵平蜀还镇，有诏仍遣戍梓州，军士怨怒，共谋作乱。晟疾驱入城，好言抚慰，并问道："汝辈为何事得功？"军士答道："为诛反贼刘辟，因得成功。"晟接入道："辟不受诏命，因致汝辈立功，岂可复令他人诛汝，转为彼功呢？"众皆拜谢，愿奉诏共诣戍所，军府遂定。

杜佑以年老乞休，先举李巽为度支盐铁转运等使，自解兼任各职，然后表辞相位。宪宗因佑年高望重，拜为司徒，封岐国公，令他每月一再入朝，三五日入中书省，商议大政。佑不得已应命，后来复上表固辞，乃准令致仕，仍饬入朝朔望，累遣中人顾问，锡予甚隆。佑京兆人，生平好学，虽贵犹读书不辍，尝搜补刘秩政典，参益新礼，成二百篇，号为通典，奏行于世。为人平易逊顺，与物无忤，人皆乐与亲近，故得以功名终身。至元和七年乃殁，年七十八，追赠太傅，予谥安简。佑虽无甚功绩，然学术甚优，故详叙始末。杜黄裳与佑同里，具有经济大略，平蜀定夏，实出彼力，但不修小节，未能久安相位。元和二年，即出为河中节度使，封邠国公，越年病殁任所，年七十岁，追赠司徒，谥曰宣献。

宪宗特擢武元衡为门下侍郎，李吉甫为中书侍郎，同平章事。吉甫即赞皇公李栖筠子，曾为太常博士，故相陆贽，疑他有党，出为明州长史，及贽贬忠州，裴延龄与贽有嫌，独起吉甫为忠州刺史，令得报复。吉甫却与贽结欢，毫不提及前事，人已服他雅量，特揭此事，以风世人。及宪宗召为翰林学士，参议平蜀，因得邀结主知，升任宰辅。

先是浙西观察使李锜，厚赂权幸，得领盐铁转运等使，吉甫尝入谏道："韦皋蓄财甚多，刘辟因是构乱，李锜已有叛萌，若再得征榷盐铁，凭倚长江，岂不是促令速反么？"宪宗乃调锜为镇海节度使，撤去盐铁转运等差委，令归李巽统辖。锜虽失利权，尚得节钺，所以逆谋未发。嗣因夏蜀迭平，藩镇多畏威入朝，李锜亦内不自安，表请入觐。宪宗授锜左仆射，即遣使至京口慰抚，讯问行期。锜佯署判官王澹为留后，表示行状，但只是逐日延挨，今日不行，明日又不行，拖延了好几日，仍然不行。澹与敕使再三催促，他反动起怒来，托词有疾，请至岁暮入朝。相臣武元衡入白宪宗道："锜求朝得朝，求止得止，可否在锜，如何号令四海？"宪宗乃征锜入朝。锜无词可说，即欲兴兵造反，且因王澹通同敕使，制置军务，心下很是不平，乃遣心腹将五人，分镇部属五州。苏州属姚志安，常州属李深，湖州属赵惟忠，杭州属邱自昌，睦州属高肃，伺察刺史动静，作为预备，一面选练兵士，募集丁壮，有力善射的士卒，叫作挽强，胡奚杂类，叫作藩落，给赐十倍他卒，留充帐下亲兵。

会岁晚天寒，例须给发衣服，锜与亲兵定就密计，高坐帐中，森列甲仗。王澹与敕使入谒，锜尚作欢语状，及澹等出帐，忽有军士数百名，露刃大哗道："王澹何人？擅主军务。"澹尚未及答，已由军士砍翻，脔割而食。牙将赵琦，未与密谋，尚冒冒失失的出去谕止，又被军士脔食，且用刀拟敕使颈，谩骂不休。锜佯作惊惶，自出救解，乃将敕使囚系室中，于是令李钧主挽强兵，薛颉主蕃落兵，再派公孙玠韩运等，分统各军，出戍险要，并密饬五州镇将，各杀刺史，反抗朝廷，表面上还想掩饰，奏称兵变启衅，致杀留后大将。一味欺饰，难道常瞒得过去？哪知常州刺史颜防，早瞧破机关，用门下客李云计，矫制称招讨副使，诱斩李深，且传檄苏杭湖睦，请同进讨。湖州刺史辛秘，也潜募民兵数百人，夜袭赵惟忠营，将惟忠拖出杀死，严守州境。唯苏州刺史李素，为姚志安所执，械送李锜，锜把素悬系船舷，示众声威。当下派兵马使张子良李奉仙田少卿等，率精兵三千，往袭宣州。

是时诏命已下，因李锜为宗室子孙，削去属籍及官爵，遣淮南节度使王锷为招讨处置使，统率诸道行营兵马，征调宣武义宁武昌淮南宣歙及浙东西各军，由宣杭信三州进讨。宣州向称富饶，锜欲先行占据，因特遣张子良等袭击。偏子良等知锜必败，潜与牙将裴行立商议，谋执锜送京师。行立本系锜甥，锜有谋划，无不预闻，此次见官军四逼，也欲为免祸计，乃与子良等订定密约，里应外合，讨逆图功。子良等领兵出发，才至数十里外，即召士卒宣谕道："仆射造反，官军四集，常湖二镇将，已悬首通衢，大势日蹙，必至败亡，今乃使我辈远取宣城，我辈何为随他族灭？计不如去逆效顺，还可转祸为福，汝等以为何如？"大众应声道："愿听将令。"子良便命大众乘夜趋还，潜至城下。裴行立已在城上探望，见子良等领兵回来，即举火为应，内外合噪，响震全城。行立且引兵攻牙门，锜从睡梦中惊醒，骇问左右。左右据实通报，锜复问道："城外兵马，是何人统带？左右答是张中丞。锜又问门外兵马，是何人主使？左右答是裴侍御。锜惊堕床下，并抚膺大恸道："行立尚且叛我，我还有何望呢？"汝要叛君，何怪甥儿叛汝！遂跣足而起，走匿楼下。亲将李钧，引挽强兵三百名，趋出庭院，与行立格斗。行立伏兵邀击，俟李钧出来，四面兜截，把钧手下三百人，冲得七零八落。钧不及遮拦，被行立一槊刺倒，枭了首级，传示城下。锜举家皆哭。子良晓谕城中，说明顺逆祸福，且呼锜束身归朝。兵士遂趋入执锜，用幕裹住，缒出城外，系送京都。

神策兵自长乐驿接着，押送至阙，宪宗仍御兴安门问罪。锜答道："臣初无反意，张子良等教臣为此。"至此还想诬赖，可恨可笑！宪宗道："汝为元帅，子良等谋反，何不将他斩首，然后入朝？"锜理屈词穷，遂并锜子师回，腰斩伏罪。群臣联翩入贺，宪宗愀然道："朕实不德，以致海内多事，叛乱迭起，自问不免怀惭，何足言贺？"数语颇得大体。宰相武元衡等，议诛锜大功以上亲族，兵部郎中蒋乂道："锜大功以上宗亲，均系淮安靖王后裔，淮安靖王名神通，见前文。锜系神通六世孙。淮安王曾有佐命功，陪陵享庙，怎得因末孙为恶，累及同宗？"宰相等又欲诛锜兄弟。乂又道："锜兄弟皆故都统国贞子，国贞殉难绛州，忠烈卓著，亦不应令他绝祀。"事见前肃宗时代。乃一律贷死，但将锜从弟宋州刺史李铦等，贬谪有差。有司籍锜家产，输送京师。翰林学士裴洎李绛，上言："李锜僭侈，剥削六州人民，敛财致富，陛下痛民无告，所以兴师问罪，申明国法，今乃辇取金帛，输入京中，恐远近失望，转滋疑议，臣请将逆人资财，分赐浙西百姓，俾代今年租赋，庶几圣德及人，万民悦服。"云云。宪宗览疏嘉叹，依言施行。擢张子良为左金吾将军，封南阳郡王，赐名奉国，田少卿为左羽林将军，封代国公，李奉仙为右羽林将军，封邠国公，裴行立为泌州刺史，追赠王澹给事中，赵锜和州刺史，李素从贼中救出，仍还原官。镇海军帖然就范，无庸琐叙。

唯高崇文镇蜀期年，屡次上表，谓："西川为宰相回翔地，臣未敢自安，且川中安逸，无所陈力，情愿移戍边陲，报恩效死"等语。宪宗乃出武元衡为西川节度使，调崇文为邠宁节度使。崇文寻卒，予谥威武。宪宗有意求才，策试制举，得元稹独孤郁白居易萧俛沈传师等人，各授拾遗校书郎等职。居易字乐天，尤有才名，尝作乐府百余篇，规讽时事，流传禁中，宪宗特擢为翰林学士。寻又策试贤良方正，直言极谏举人，牛僧孺皇甫湜李宗闵等，直陈时政得失，毫不避讳。考官杨于陵韦贯之署为上第，独李吉甫恨他切直，泣诉宪宗，并言："湜为翰林学士王涯甥，涯与学士裴垍，覆阅策文，不自引嫌，实属有心舞弊"云云。宪宗不得已罢垍，贬涯为虢州司马，于陵为岭南节度使，贯之为巴州刺史。既而吉甫遇疾，留医士夜宿诊治，御史中丞窦群，劾吉甫交通术士，宪宗查讯不确，贬窦群官。吉甫亦上书求免，乃出吉甫为淮南节度使，再起裴垍同平章事。垍绛州人，器局严峻，人不敢以私相干。尝有故人自远方来，与垍相见，垍款待甚优，及故人求为京兆判官，垍恰正色道："公才不称此官，垍何敢因私害公，他日有盲相当道，若肯怜公，公或可得此任。今垍在相位，愿公勿言！"故人才赧然别去。人人如垍，何至情弊百出。嗣是内外僚吏，益自戒慎。宪宗尝问垍治要，垍举大学先正其心一语，引为箴规。凡谏官敢言阙政，尤为垍所称赏。给事中李藩，抗正不阿，垍入白宪宗，谓藩有宰相器。宪宗正因郑絪太尚循默，有易相意，郑絪前颇敢言，岂阅官已久，亦学作琉璃蛋耶？既闻垍言，因即罢絪相藩。元和四年春季大旱，李绛白居易上陈数事，第一条是减轻租税，第二条是简放宫人，第三条禁诸道横敛，免他进奉，第四条是饬南方各道，不得掠卖良人，充作奴婢。垍与藩极力赞成。宪宗乃一一准行。制敕甫下，即日大雨。会因成德节度使王士贞病死，子承宗自为留后，承宗叔父士则，与幕客李栖楚，恐延祸及己，均归京师。宪宗令士则为神策大将军，另拟简人往代，若承宗抗命，当兴师往讨，好把河北诸镇世袭的积弊，乘此廓清。偏同平章事裴垍，及翰林学士李绛，先后奏阻。右军中尉吐突承璀，独自请将兵往讨承宗，两下里各执一说，免不得龃龉起来。正是：

老成持重谋休战，腐竖怀私欲弄兵。

究竟如何处置承宗，且看下回续叙。

肃代以后，节度使由军士擅立，已成积弊，至刘辟李锜，自恃多财，相继生变，微杜黄裳之定策于先，武元衡之赞谋于后，则狂妄书生，尚思构逆，贪婪计吏，且得称戈，彼拥强兵，娴武略者，几何而不欲坐明堂，朝诸侯乎？高崇文一出而刘辟丧胆，虽有鹿头之险，不能阻堂堂正正之师，弃城投水，卒就擒诛。取戆书生如拾芥，黄裳之言验矣。李锜无能，视辟尤甚，张子良等倒戈相向，如缚犬豕，此而欲盗弄潢池，何其不知自量欤？杨惠琳一起即灭，更不足道，本回依次叙述，有详有略，笔下固自斟酌也。

第七十三回　讨成德中使无功
策魏博名相定议

却说王承宗自为留后，无非是积习相沿，看人榜样。最近的就是平卢节度使李师道，师道即李纳庶子，李纳死，长子师古袭职，师古死，判官高沐等，奉师古异母弟师道为节度副使，杜黄裳时尚为相，请设官分治，免致后虑。宪宗因夏蜀迭乱，不宜再激他变，乃命师道为节度使。至是承宗擅立，宪宗反欲进讨，裴垍乃面奏道："师道父李纳，跋扈不恭，承宗祖王武俊，有功国家，陛下前许师道，今夺承宗，教他如何心服？不如待衅而动为是。"宪宗又转问李绛，绛答道："河北不遵声教，莫不愤叹，但欲今日削平，恐尚未能。成德军自武俊以来，父子相承，已四十余年，今承宗又总军务，军士看成习惯，不以为非，今若遣人往代，恐彼未必奉诏。况范阳魏博易定淄青，人地相传，与成德同例，成德摇动，诸镇寒心，势必结连拒命，朝廷不能坐视，须遣将调兵，四面攻讨，彼将吏各给官爵，士卒各给衣粮，按兵玩敌，坐观胜负，国家转因此劳敝了。且关中旱荒未靖，江淮又报大水，公私交困，兵事不应轻试，且待他日。"按情度势，言之甚明，并非姑息之谈。宪宗颇也心许。偏左军中尉吐突承璀，由宦官入为黄门，尝侍宪宗潜邸，以机警得幸，至此欲阴夺相权，力请统兵往讨。宪宗又未免狐疑。还有昭义军节度使卢从史，因父丧守制军中，未曾起复，他却附会承璀，愿率本军讨承宗。有诏起复从史为金吾大将军，统兵如故。承宗闻朝廷有意加讨，恰也惊惧，因累表自诉，格外恭顺。宪宗乃遣京兆尹裴武，诣真定宣慰。承宗下拜庭前，跪接诏命，起语裴武道："承宗何敢擅为留后？只因三军见迫，不暇恭俟朝命，今愿献德棣二州，聊表微诚。"说罢，即盛宴裴武，挽他善达宪宗。裴武一力担承，欢宴数日，才辞归复命。宪宗乃命承宗为成德节度使，兼恒冀深赵州观察使，即授德州刺史薛昌朝为保信军节度使，兼德棣二州观察使。

昌朝为故节度使薛嵩子，又系王氏门婿，与承宗亲戚相关，所以特加任命。哪知魏博节度使田季安，独遣人语承宗道："昌朝阴结朝廷，故得骤受节钺，足下奈何不察！"承宗被他一激，立遣数百骑驰入德州，把昌朝拘至真定，囚系狱中。反复若此，却也应讨。宪宗以裴武欺罔，欲加严谴，亏得李绛替他救解，方得免罪。乃再遣中使往谕承宗，令释昌朝还镇。承宗不肯受命，于是宪宗削夺承宗官爵，命吐突承璀为神策河中东道行营兵马使，兼诸军招讨处置等使，北伐承宗。翰林学士白居易上疏极谏，略云：

> 国家征伐，当责成将帅，近岁始以中使为监军，自古及今，未有征天下之兵，专令中使统领者也。今神策军既不置行营节度使，则承璀乃制将也，又充诸道招讨处置使，则承璀为都统也。臣恐四方闻之，必轻朝廷，四夷闻之，必笑中国，陛下忍令后代相传，谓以中官为制将都统，自陛下始乎？臣恐刘济即卢龙节度使。张茂昭张孝忠子，任易定节度使，亦称义武军节度使。范希朝时调任河东节度使。卢从史等，以及诸道将校，皆耻受承璀指挥。心既不齐，功何由立？此是资承宗之计；而挫诸将之势也。陛下念承璀勤劳，贵之可也；怜其忠诚，富之可也。至于军国权柄，动关理乱，朝廷制度，出自祖宗，陛下宁忍徇下之情，而自隳法制，从人之欲，而自损圣明，何不审慎于一时之间，而取笑于万代之后乎？臣愿陛下另简良将，毋任近臣，申国威，肃军纪，则立法无阙，而成效可期矣。

疏入不省。度支使李元素，盐铁使李鄘，京兆尹许孟容，御史中丞李夷简，谏议大夫孟简，给事中吕元膺孟质，右补阙独孤郁等，更伏阙奏对，大旨如居易言。宪宗不得已改承璀为宣慰使，削去诸道兵马使职权，仍令会同诸镇，即日进讨。

承璀才出都门，田季安先已闻知，便聚众计议道："王师不越大河，已是二十五年，今一旦越魏伐赵，赵若受擒，魏亦被虏，如何是好？”有一将超伍出言道：“愿假骑兵五千，为公除忧？”季安大呼道：“壮哉勇士！愿如所言。”忽旁座又闪出一人道：“不可不可。”季安正欲叱责，因见他是幽州来使谭忠，只好暂时耐气，问明情由。谭忠说道：“王师伐赵，公出兵相阻，是先为赵受祸，恐赵未被兵，魏已糜烂了。忠有一计，令彼为鹬蚌，公为渔人。”季安问是何计？忠抵掌道：“往年王师讨平蜀吴，算不一失，是皆相臣谋划，与天子无关。今天子专任中使，不用老臣宿将，是明明欲夸服臣下，自显威武，倘一入魏境，即遭挫衄，且必任智士，划长策，仗猛将，练精兵，毕力再举，与魏从事，公不是为赵受祸么？为今日计，王师入境，公且厚给犒赏，整顿甲兵，阳称伐赵，一面阴遗赵书，但说伐赵是卖友，不伐赵是叛君，两名都不愿受，执事若能贻魏一城，俾魏有词奏捷，不必再入赵境，庶西得对君，北得对友，如此说法，赵若果不拒我，是魏得两利，并可借此图霸了。”仿佛战国策士。季安不禁大喜道：“好计好计！先生此来，实是天助魏博哩。”遂一面欢迎承璀，一面致书承宗。承宗覆书照允，竟将当阳县赠魏。谭忠以魏策已成，乃辞行还镇，季安厚赠而别。

及忠还幽州，正值刘济会议军情，济宣言道：“天子命我伐赵，赵亦必防我往伐，究竟伐赵好呢？不伐赵好呢？”忠入内应声道：“天子未必使公伐赵，赵亦未必防公往伐，忠谓公可缓日出师。”济怒道：“我岂可与承宗同反么？”遂不待忠再说，便将忠下狱系住。已而使人探视赵境，果不增防，唐廷有诏旨到来，亦止令济护北边，毋庸伐赵。济不觉惊讶，遂释忠出狱，问他何故先知？忠答道：“卢从史外虽亲我，内实联赵，他必为赵划策，故意弛防，一示赵不欲抗我，二使我获疑天子，暗中必遣告朝廷，只说是燕赵相联，忠所以知赵不备燕，天子亦不愿燕伐赵呢。”料事如神。济复问道：“前事被君料着，我究应若何处置？”忠又道：“天子伐赵，君据全燕地，拥兵坐粮，若一人未渡易水，适堕从史诡计，公怀忠受谤，天子以为不忠，赵人又不见德，徒落得恶声嘈杂，请公自思便了。”遣将不如激将，忠两次进言，统用此术。济奋袂起座道：“我知道了！”遂下令军中道：“五日毕出，落后者斩！”乃自统兵七万，出攻赵境，连拔饶阳束鹿。

各道兵会集定州，承璀亦至行营，军无统帅，号令不专，只有张茂昭一军，还算纪律严明。卢从史虽派兵与会，暗地里恰与承宗通谋，因此人各一心，威令不振。左神策大将军郦定进，颇称骁勇，率部兵轻进，被承宗设伏截击，竟致败死，全军夺气，大家观望不前。会淮西节度使吴少诚，宠任大将吴少阳，呼为从弟，出入如至亲。少诚有疾，少阳杀死少诚子元庆，竟将少诚软禁起来。少诚忧病交迫，遂致死去，少阳自为留后。宪宗方用兵河北，不能顾及淮西，没奈何加以任命，且待河北平定，再作计较。怎奈河北败多胜少，日久无功。白居易又复疏请罢兵，谏陈利害，宪宗仍然不许。适卢从史遣牙将王翊元入都奏事，宰相裴垍与言君臣大义，激动翊元。翊元遂将从史阴谋，一一告知，并言有计可取，当为国除患。垍乃嘱使还镇，联络将士，俟谋定后，再来京师。翊元往而复返，报称兵马使乌重胤等，均愿归诚，但教王师一到，即可下手。裴垍乃入白宪宗道："从史必将为乱，今闻他与承璀对营，视承璀似婴儿，毫不设备，幸有乌重胤王翊元等，愿归朝廷，失今不取，后虽兴师动众，恐非岁月可平呢。"恰是机会。宪宗熟思良久，方才允行，亟遣使密告承璀。承璀与行营兵马使李听定议，先日邀从史过宴，盛陈珍玩，问他所欲，立即移赠。从史大喜，常相往来。一日，复由承璀邀与同博，俟从史入帐，掷局为号，有数十壮士突出，把从史擒住，牵至帐后，打入囚车，飞送京师。从史营中，士卒争出，欲与承璀拼命。乌重胤挡住军门，拔刀指叱道："天子有诏，命承璀执送从史，我已早闻密旨，从命有赏，不从命有诛。"士卒方敛兵归伍，不敢逆命。及从史解到京师，入谒宪宗，惶恐谢罪，宪宗从轻发落，贬为欢州司马，且因重胤有功，拟即令为昭义节度使。承璀亦驰奏入都，谓已牒知重胤，使权充留后。独翰林学士李绛抗疏道：

昭义五州，据山东要害，向为从史所据，使朝廷旰食，今幸而得之，承璀复以与重胤，臣闻之实为惊心。昨国家诱执从史，虽为长策，已失大体，今承璀又擅移文牒令为留后，并敢代求旌节，无君之心，孰甚于此？陛下昨日得昭义，人神同庆，威令再立，今日忽以授本军牙将，物情顿沮，纲纪大紊。校计利害，更不若从史为之。何则？从史虽蓄奸谋，已是朝廷牧伯，重胤出于列校，以承璀一牒代之，窃恐河南北诸侯闻之，无不愤怒，耻与为伍。且谓承璀诱重胤，使逐从史而代其位，彼人人麾下，各有将校，能毋自危乎？倘刘济张茂昭田季安韩弘李师道等，继有章表，陈其情状，并指承璀专命之罪，不知陛下何以处之？若皆不服，则众怨益甚，若为之改除，则朝廷之威重去矣。臣意谓重胤有功，可移镇河阳，即令河阳节度使孟元阳，调镇昭义，如此则任人之权，仍在朝廷，重胤得镇河阳，已为望外之福，岂敢更为抗拒？况重胤所以能执从史，本以仗顺成功，一旦自逆诏命，安知同列不袭其迹而动乎？重胤军中，等夷甚多，必不愿重胤独为主帅，移之他镇，乃惬众心，何忧其致乱乎？幸陛下采择焉！

宪宗览奏，不觉称善，乃调孟元阳为昭义节度使，乌重胤为河阳节度使。唯王承宗失一臂助，不免焦急，更因范希朝张茂昭两军，进逼木刀沟，累战失利，不得不上表谢罪，把从前过失，都推到卢从史身上。但说是误信间言，今始觉悟，乞许自新等语。李师道又代为申请，宪宗亦因师久无功，决计罢兵，仍令承宗为成德节度使，给还德棣二州，令诸道兵各归原镇，分赐布帛二十八万匹，加刘济为中书令。济有数子，长子绲为副大使，次子总为瀛州刺史，济出军瀛州，适患重疾，不能遽归，总与判官张玘等，密谋弑父，伪使人从京师来，入白济道："朝廷责相公逗留无功，已除副大使为节度使了。"济已有怒意。次日，又使人报济道："使节已至太原了。"旋又使人走呼道："副大使已过代了。"全军皆惊，即欲溃归。济愤不可遏，竟杀主兵大将数十人，且召绲诣行营，令玘兄皋代领军事。济自朝至日昃，未得饮食，乃召总使吏唐弘实入室，向索酏浆。弘实阴受总嘱，置毒浆中，济一饮而尽，毒发暴死。及绲至涿州，总矫传济命，逼绲自尽。可怜刘济父子，统死得不明不白，那弑父杀兄的刘总，为父发丧，但说是有病身亡，表奏朝廷。宪宗不知是诈，即命他承袭父职，寻且加封楚国公。弑父杀兄之逆贼，反得加官封爵，朝廷岂尚有纪纲耶？

吐突承璀自行营还朝，有旨仍令为左卫上将军，充左军中尉。裴垍入谏道："承璀首倡用兵，疲敝天下，卒无成功，陛下即顾念旧恩，不加显戮，怎得全不贬黜以谢天下？"给事中段平仲吕元膺，且请诛承璀。李绛亦奏言："不责承璀，他日将帅失律，如何处置？"宪宗撤去承璀中尉，令充军器使，中外始相率称贺。张茂昭奉诏班师，得加官检校太尉，兼太子太傅。茂昭愿举族还朝，乞另简后任，表至数上，乃诏从所请，令左庶子任迪简为行军司马，乘驿往代。茂昭悉举簿书管钥，授与迪简，立挈妻子就道，且嘱语道："人人贪恋旌节，试看节使子孙，有几家能保全过去？我使汝等还朝，正不欲子孙习染污俗，同归沦亡。汝等毋谓我迂拘呢。"见几而作，不俟终日者，君子之谓乎？都虞侯杨伯玉张佐元，相继作乱，为将士所诛，共奉迪简主持军务。迪简与士卒同尝甘苦，军心感附，易定皆安。宪宗命颁绫绢十万匹，犒赐二州将士，即授迪简为节度使。至茂昭入觐，面加慰谕，晋拜中书令，复授河中节度使。茂昭奉命往镇，越年首上生疽，竟至暴殁，年止五十，册赠太师，谥曰献武。茂昭公忠卓著，乃享年不永，反致病疽暴亡，天道岂真无知么？茂昭弟茂宗，曾尚德宗女义章公主，茂宗出任兖海节度使，官至左龙武统军，茂和亦仕至诸卫将军，茂昭子克勤，后亦官左武卫大将军，子弟世贻令名，如茂昭言。

河东节度使范希朝，出屯河北，宪宗命王锷为河东节度使，锷有吏才，颇善完聚，进奉甚优，且尝纳赂中官，求加相衔，中人竞为揄扬，宪宗亦颇心动，密诏中书门下道："锷可兼宰相。"同平章事李藩，遽取笔濡墨，抹去宰相二字，再从左方写着不可二字，呈还宪宗。时太常卿权德舆，正入任同平章事，见藩所为，不禁失色道："诏书如不可行，亦当另疏谏阻，奈何用笔涂诏呢？"藩从容道："势已迫了，一出今日，便不可止，我不能不破例上陈。"德舆因亦入奏道："向来方镇得兼相职，必有大忠大功，否则为羁縻计，不得已权给兼衔。今锷无忠勋，朝廷又非不得已，何为遽假此名？"宪宗乃止。裴垍适患风痹，乞假养痾，三月不愈，乃罢为兵部尚书，再召李吉甫为相。吉甫自淮南入都，常欲修怨，因裴垍与史官蒋武等，上德宗实录，遂上言垍已引疾，不宜冒奏，乃徙垍为太子宾客，罢蒋武等史官。垍竟病殁，不得追赠。给事中刘伯刍，表称垍忠，始追封太子太保。李藩由垍引进，吉甫既已倾垍，复欲去藩，密白宪宗道："臣还都时，道逢中使，持印节与吴少阳，臣窃为陛下深恨哩。"宪宗不觉变色，退朝自忖：少阳前为留后，今加任节度使，藩曾赞议，彼不容王锷，独请任少阳，恐未免有私弊等情，遂竟下手诏，罢藩为太子詹事。吉甫可谓善谮。

李绛尝面奏吐突承璀专横，语极恳切，宪宗尚未肯信，已而弓箭库使刘希光，受羽林大将军孙琦钱二万缗，为求方镇，事觉赐死。承璀亦与有干连，出为淮南监军。承璀坐贪赃重案，仅出为监军，宪宗之宠幸寺宦，于此可见。因进李绛同平章事。京兆尹元义方，为承璀心腹，李吉甫欲自托承璀，因擢为京兆尹。吉甫初次入相，德望已损，及再相时，更倒行逆施，令人不解。绛入相，奏请外谪义方，宪宗但调义方为鄜防观察使，吉甫已是不悦。绛又素与吉甫争论殿前，益为吉甫所忌。幸宪宗尚有微明，尝语左右道："吉甫专为谀悦，不及李绛忠直，如绛才算真宰相呢。"既已辨明直枉，何不罢去吉甫？吉甫乃稍稍敛束。会魏博事起，吉甫与绛，又有一番争议，吉甫主讨，绛独奏阻，究竟孰是孰非，待小子叙述出来，魏博节度使田季安，袭父遗职，差不多将二十年。他尝娶洺州刺史元谊女，生子怀谏，为节度副使，用族人田兴为兵马使。兴父庭玠，当田悦抗命时，曾为节度副使，劝悦谨守臣节，悦不肯从，庭玠忧死。事见前文。兴幼通兵法，夙娴骑射，承嗣尝目为奇童，语庭玠道："他日必兴吾宗。"因名为兴。及为兵马使，操行循谨，与人无争。季安淫虐好杀，兴屡次进规，季安非但不从，反疑他笼络众心，出为临清镇守，意欲伺罪加戮。兴佯为风痹，灼艾满身，卧家不出，才得免祸。未几，季安病死，怀谏年只十一，母元氏，以兴得众心，召还旧职。唐廷闻季安已殁，欲乘势收取魏博，特遣左龙武大将军薛平，为郑滑节度使，伺察动静。李吉甫请即兴兵往讨，李绛独谓魏博不必用兵，自能归顺朝廷。两下里争执多时，尚未决议。过了数日，吉甫又极言用兵利便，且谓刍粮金帛，均已有备，宪宗乃复问绛。绛答道："兵不可轻动，他事不必论，即如上年北讨承宗，四面发兵，近二十万，又发左右神策军，自京师出发，天下骚动，费用约七百余万缗，迄无成功，徒为人笑。今疮痍未复，人皆惮战，田怀谏一乳臭小儿，何能统军？将来必有别将崛起，代为主帅，那时妥为处置，自可不战屈人。今即欲以诏敕驱迫，恐非徒无功，反生他变，愿陛下勿疑。"宪宗至此方悟，便奋身抚案道："朕决计不用兵了。"绛又道："陛下虽有是言，恐退朝后，尚未免有淆乱圣听，幸陛下勿再为所惑？"宪宗正色道："朕志已决，谁敢惑朕？"绛乃拜贺道："这乃是社稷幸福呢。"于是按兵不发，专候魏博消息。过了月余，即得魏博监军奏报，魏博军士，推田兴为留后，把怀谏徙出牙门，兴坐待诏命，听候处置，果然不出李绛所料。小子有诗赞绛道：

谈兵容易用兵难，功效虚悬兵力单。
幸有宰臣能料事，顿教内外尽熙安。

宪宗接了此奏，又召宰相等入商，欲知后来如何解决，俟至下回表明。

宪宗之待藩镇，忽宽忽严，忽抚忽讨，毫无定见，殊为可笑。李师道之自为留后，与王承宗相等，绳以祖父功罪，则师道可以先讨，而承宗次之，乃师道加封，承宗受讨，已非情理之正，又任中官为统帅，徒劳动数十万众，无功而还，威令果安在乎？卢从史之执，功出裴垍，与承璀无与，且诱而执之，亦失大体。李绛之论，实为明允，何宪宗之漠不加察，始终为奄人所荧惑也？吴少阳逼死主帅，擅杀元庆，其罪已甚，刘总弑父杀兄，其罪尤大，不声罪而致讨，反概加任命，且进总公爵，非特劝人不臣，抑且教人不孝不友，而于魏博田氏，独欲从李吉甫言，兴师致讨，匪李绛之一再辩白，几何而不蹈承璀之覆辙也。文中陆续叙述，而宪宗之喜怒无常，显然若揭，褒贬不在多言，善读者自能体会得之。

第七十四回　贤公主出闺循妇道
良宰辅免祸见阴功

却说宪宗得魏博消息，即召李吉甫李绛等，入商大计，且顾李绛道："卿料魏博事，若合符契，可谓先见，但此事将如何办法？"说至此，便将原奏递示二李。二李瞧罢，才悉魏博详情。原来田怀谏幼弱，军政皆委家僮蒋士则主持。士则不问贤否，但凭私爱私憎，调易诸将，众皆愤怒，朝命又久未颁到，愈觉人心不安。田兴凌晨入府，将士数千人，环拜兴前，请为留后。兴惊惶仆地，徐起语众道："汝等能勿犯副大使，谨守朝廷法令，申版籍，清官吏，然后可暂任军务。"大众唯唯听命。兴乃率军士驰入牙门，诛蒋士则等十余人，迁怀谏母子，出外安居，即托监军表闻，静候朝命。吉甫请遣中使宣慰，再行观变。绛力言不可，且白宪宗道："田兴奉土地，辑兵众，坐待诏命，不乘此时推心招抚，结以大恩，必待魏博将士，表请节钺，然后给与，是恩出自下，非出自上，将士为重，朝廷为轻，恐他未必诚心感戴呢。"宪宗意尚未决，转问枢密使梁守谦。守谦本吉甫旧交，当然如吉甫言。且谓中使宣劳，乃是故例，今不能无故翻新。宪宗遂遣中使张忠顺，为魏博宣慰使。忠顺已行，绛复入谏宪宗道："朝廷恩威得失，在此一举，奈何自失机会？臣计忠顺行期，今日才得过陕，乞明旦即除白麻，除兴为节度使，尚或可及哩。"宪宗且欲命为留后，绛复道："兴恭顺如此，非恩出不次，无以示感，愿陛下勿再迟疑！"宪宗乃复遣使持节，授兴为魏博节度使。忠顺未还，制命已至魏州，兴感激涕零，士众无不鼓舞。至中使还报情状，绛又上言：“魏博五十余年，不沾皇化，一旦举六州版籍，守听朝命，不有重赏，如何能慰服人心，使邻镇劝慕？请发内帑钱百五十万缗，赐给魏博将士。”宪宗亦将从绛，偏中官以为赏给过多，后难为继，于是宪宗复欲酌减。绛因申谏道：“田兴不贪地利，不顾邻患，即毅然归命圣朝，陛下奈何爱小费，失大计，俾彼觖望？试想钱财用尽，他日再来，机会一失，不能复追。设如国家发十五万众，往取六州，逾年始克，宁止费百五十万缗？”宪宗点首道：“卿言甚是。朕平时恶衣菲食，蓄聚货财，正为平定四方起见，否则徒贮库中，亦有何用？”既知此道，何尚为宦官所蔽？乃遣司封郎中知制诰裴度，持钱百五十万缗，宣慰魏博，颁赏军士，六州百姓，免赋一年。军士受赐，欢声如雷。适有成德兖郓各使，均在魏州，见将士均得厚赏，也相顾惊叹道：“倔强无益，究不如恭顺为宜哩。”裴度为兴陈君臣大义，兴久听不倦，并请度遍行所部，宣布朝命。又奏所部缺官九十员，请有司简任；奉法令，输赋税，旧有正寝，僭侈无度，避不敢居，另就采访使厅署治事。河北各镇，屡遣游客多方间说，兴终不为动。李师道传语宣武节度韩弘道：“我世与田氏约，互相保援，今兴非田氏本支，又首变两河旧约，想亦公所恶闻，我当与成德合军往攻，公肯出援一臂否？”弘复答道：“我不知利害，但知奉诏行事，若汝军朝出渡河，我当暮取曹州。”师道乃不敢动，魏博大定。田兴既葬田季安，送怀谏至京师，宪宗命怀谏为右监门卫将军，进兴检校工部尚书，兼魏博节度使，赐名弘正。

转瞬间已是元和八年，宪宗以权德舆简默不言，有亏相职，出德舆为东都留守，召西川节度使武元衡还朝，入知政事。既而李绛因疾辞相，罢为礼部尚书，别用河中节度使张弘靖同平章事。弘靖系故相张延赏子，少有令名，至是入相。张氏自嘉贞延赏弘靖，三世秉政，当时称他里第，为三相张家。但自李绛罢职，此后无论何人，都不及李绛忠直。独叹宪宗既已知绛，乃仍令罢相，不能久用，且相绛时曾出吐突承璀，绛罢相，即召承璀为神策中尉，这可见宪宗任相，反不如待遇宦官，较为信用，怪不得奄人横肆，好好一代大皇帝，后来反死在阉寺手中呢！直注下文。

翰林学士独孤郁，为权德舆女婿，貌秀才长，宪宗长叹道：“德舆选婿得人，难道朕反不及么？”原来宪宗颇多子女，长子名宁，为纪美人所出，曾封邓王，元和四年，由李绛奏请立储，因立宁为皇太子，越二年病殁，继立三子遂王恒为太子。恒母为郭贵妃，贵妃是郭子仪孙女，父暧尚升平公主，有女慧美，因纳入宪宗潜邸。宪宗嗣位，册为贵妃，群臣请立为后，并不见报。当时后宫多宠，美不胜收。宪宗恐妃得尊位，致受钳掣，所以终不立后。后主阴教，如何不立？这也是一大误。借选婿事，补叙帝眷，是行文连缀法。郭贵妃颇循礼法，也未尝觊觎中宫，他既生太子恒，后生岐阳公主，公主秉性贤淑，女道淑娴，母女皆贤，不愧郭氏家风。宪宗乃历命宰相，拣择公卿子弟，视有才貌清秀，即选为快婿。诸家多不合式，或得了一二人，恰恐帝女非耦，不愿尚主，但托疾告辞，唯太子司议郎杜悰应选。悰祖杜佑，以门荫得官，宪宗召见麟德殿，视悰彬彬有文，遂许尚岐阳公主，择吉成婚。届期这一日，宪宗亲御正殿，遣主下嫁，由西朝堂出发，再由宪宗御延喜门，顾送主舆，大赐宾从金钱，开第昌化里，疏凿龙首池为沼，且命辟公主外祖家，就尚父大通里亭，作为别馆。杜氏向系贵阀，复遇尚主隆仪，当然竭力张皇，备极丰腆。独公主不挟尊贵，一入杜门，毫无骄倨状态，孝事舅姑，敬事尊长，杜家老少长幼，不下数百人，公主俱以礼相待，肃雍和顺。人无闲言，成婚才数日，即语悰道："主上所赐奴婢，恐未肯从命，倘有偃蹇，转难驾驭，不如奏请纳还，另市寒贱，入供驱使，较为易制。"悰依计而行。自是闺门静寂，喧噪无闻。悰升任殿中少监驸马都尉，旋出为澧州刺史，公主随悰莅任，仆从止十余人，奴婢悉令乘驴，不准肉食。州县所具供张，悉拒不受。悰亦廉洁自持，未敢骄侈。既而悰母寝疾，公主日夕侍奉，夜不解衣，所有药糜，非亲尝不进。及遇舅姑丧，哭泣尽哀。总计在杜家二十余年，无一事不循法度，无一人不乐称扬，唐朝宫壶，生此贤女，真足令彤史生光，得未曾有呢。大书特书，垂作女箴。这且按下慢表。

且说淮西节度使吴少阳，驻节蔡州，尝阴聚亡命，牧养马骡，又随时抄掠寿州茶山，劫夺商旅，以济军需。子名元济，摄蔡州刺史，元和九年，少阳病死，元济秘不发丧，自领军务。少诚有婿董重质，勇悍知兵，为元济所倚重，重质代为筹划，劝元济乘间兴兵，联李师道，逐严绶，规取中原。元济尚费踌躇，独判官苏兆杨元卿，大将侯惟清，素主效顺。元济杀兆，囚惟清，幸元卿先时入都，奏事未归，才得免祸。至是闻元济抗命，遂将淮西虚实，及平蔡计策，详告宰相李吉甫。吉甫乃奏调河阳节度使乌重胤，徙治汝州，兼充怀汝节度使，阴防元济。宁州刺史曹华，为重胤副，且入白宪宗道："淮西跋扈多年，久失臣节，国家常屯数十万大兵，控御淮西，劳费已不可胜计，今日有机可图，正应声罪致讨，一举荡平，过此恐无好机会呢。"刱议平蔡，实由吉甫，故笔下不没其功。同平章事张弘靖，谓不如遣使吊赠，乘便伺察，果有逆迹，然后加兵。宪宗因遣工部员外郎李君何吊祭，赠少阳为右仆射，元济不迎敕使，反驱兵四出，屠舞阳，焚叶县，掠鲁山襄城，关东震骇。君何不得入蔡州，驰还京师。李吉甫正详绘淮西地图，预备进讨，适遇疾暴卒，未及献图。宪宗敕吉甫子呈览，追赠吉甫为司空，赐谥忠懿，进授韦贯之同平章事。贯之自巴州召还，应七十二回。入为中书舍人，迁授礼部侍郎，取士务先实行，不尚浮华，寻进尚书右丞，至此复得入相，亦请讨伐淮西，乃任李光颜为忠武军节度使，严绶兼申光蔡等州招抚使，会集诸道兵马，讨吴元济。

魏博节度使田弘正，遣子布率兵三千，隶严绶军，宣武节度使韩弘，亦遣子率兵三万，隶李光颜军。严绶进至蔡州西鄙，稍得胜仗，夜不设备，为淮西兵所袭，溃败磁邱，退还五十余里，保守唐州。寿州刺史令狐通，方受任防御使，出与淮西兵接仗，亦被杀败，还保州城。境上诸栅，一概失陷。有诏贬通为昭州司户，令左金吾大将军李文通代任，并饬鄂岳观察使柳公绰，发兵五千，授安州刺史李听，使讨元济。公绰奋然道："朝廷以我为白面书生，不知军旅么？"遂自请督兵效力，复旨准行。公绰驰至安州，署李听为都知兵马使，选卒六千，归听节制，且嘱部校道："行营事尽属都将，尔等休得违令！"听感恩畏威，如出麾下。公绰号令严肃，威爱兼施，所乘马忽踶杀圉人，他竟杀马以祭，不少宽假。因此人人自奋，每战皆捷。李光颜即阿跌光颜，见七十二回。因积功赐姓，得授节钺，部下将士，无不精炼，到了临颍，一鼓即克，再战南颍，又败蔡军。元济颇惮光颜，因遣使向恒郓告急。恒州为王承宗所驻，郓州乃李师道所居，两人见了蔡使，愿为营救，各上表请赦元济。宪宗不从，且促诸道兵会攻蔡州。师道发兵二千人，往屯寿春，阳言协助官军，暗实援应元济，且收养刺客奸人，商就狡计，遣攻河阴转运院，毁去钱帛三十余万，谷二万余斛。河阴为接济官军要区，骤遭此劫，遂致人情惶惶，不胜恟惧。当下在廷诸臣，多请罢兵。宪宗不从，但遣御史中丞裴度，宣慰淮西行营，并察用兵形势。度往返甚速，极言淮西可取，且陈李光颜有勇知义，为诸将冠，必能立功。果然不到数日，光颜捷书到来，大破蔡军。原来光颜进军溵水，列营时曲，淮西兵凌晨压阵，光颜毁栅突出，自率数骑冲入敌中，往来数次，身上集矢如蝟，有子揽辔劝阻，被光颜举刃叱去。部将见主帅效死，自然争奋，杀死叛众数千人，余皆遁去。光颜乃派使报捷，宪宗览表，称度知人，遂大有用度意。

度字中立，籍隶闻喜，形体眇小，不入贵格，少年时每屈名场。洛中相士，说他形神独异，恐致饿死，度亦坦然不校。一日，出游香山寺，见一素衣妇人，拜佛甚虔，匆匆出去，遗落包裹一件。度初时不甚留意，及拾得包裹，知为妇人遗失，自料追付不及，乃留待来取，日暮不至，方才携归。翌晨复往寺守候，寺门甫辟，即有妇人踉跄奔来，且寻且泣。度问为何事？妇人道："老父无罪被系，昨向贵人处假得玉带二条，犀带一条，值千余缗，往赂要津，替父求免，不幸到此祷佛，竟致遗忘，可怜我父亲从此难免了。"此妇人太不小心，但非入寺祷佛，当不致遗失，可见迷信神佛，多损少益。说至此，泪下如雨，痛不欲生。度出包裹启视，果如妇言，乃悉数缴还。妇人拜谢，愿留一赠度，度笑道："我若贪此，何容今日再来守候呢？"妇人再拜而去。后来相士复见度面，大惊道："君必有阴德及人，所以神色迥殊，前程万里，不可限量了。"度因将前事略告，相士叹道："修心可以补相，此语果不诬呢。"度即于是年登进士，累官显要。百忙中叙入此事，劝醒世人不少。及淮蔡事起，遂邀大用。

同平章事武元衡，由宪宗嘱使专握兵权，师道门客定计道："天子锐意讨蔡，想是元衡一力赞成，若刺死元衡，他相不敢主张，必争劝天子罢兵，是即救蔡的良策呢。"师道因给发厚资，遣令入都。适平卢牙将尹少卿，奉王承宗密命，为元济游说都中，入见武元衡，辞多不逊，被元衡叱出，返报承宗。承宗又上书诋元衡，朝廷不答。会当盛暑，元衡格外早朝，出所居靖安坊东门，天色未明，不能远视，忽有一箭射来，正中元衡颊上，元衡忍不住痛，正在惊呼，突遇数盗扑至，击灭火炬，持刀乱砍，仆从奔散，元衡无处躲避，竟被杀死，取一颅骨而去。裴度家住通化坊，亦于是时入朝，被贼击伤头颅，坠入沟中。侍从王义，抱贼大呼，贼刃断义臂，尚欲上前杀度，忽度首上现出金光，似有金甲神护着，方才惊遁。度虽受伤，幸帽中裹毡，不致损脑，得免大害。非有阴佑，恐亦难免。京城大骇，宪宗命金吾将军及京兆尹以下，严索凶犯，一面诏宰相出入，各加卫士，张弦露刃，作为护从，所过坊门，呵索甚严。朝士未经天晓，不敢出门。那金吾署中及府县各处，都经刺客遗纸，内书二语，有“毋急捕我，我先杀汝”二语，所以有司不敢急捕。兵部侍郎许孟客，面奏宪宗道：“从古以来，未有宰相横尸道旁，尚不能获一盗，这是朝廷大辱，应该若何加严？”宪宗点首。孟客复诣中书省，请亟进裴中丞为相，大索贼党，乃诏内外搜捕，悬赏获盗，如有庇匿，罪至族诛。有司不敢玩旨，随处搜索。查有复壁重垣，无不入寻，就使阀阅名家，亦不得免。神策将军王士则等，捕得恒州张晏等数人，由京兆尹裴武，监察御史陈中师，严刑鞫问，未得正凶。诏令出王承宗前后三表，颁示百寮，证明张晏等入京，定由承宗主使，于是裴陈二人，阴承意旨，奏称：“张晏等已经具服，应按律伏诛。”张弘靖疑非真犯，劝宪宗慎刑，宪宗不以为然，批令置诸重辟，一时李代桃僵，竟将晏等十数人，一并杀死，不留一个，那刺客实已遁去。应为张晏等呼冤。

裴度病创，卧养兼旬，宪宗命卫兵值宿裴第，且屡遣中使讯问安否。或请罢度官以安恒郓，宪宗怒道：“若罢度官，正中奸计，朝廷还有什么纲纪？我用度一人，足破二贼。”遂授度同平章事。度力疾入朝，面奏宪宗道：“淮西如腹心大病，不得不除。况朝廷已经命讨，怎得中止？两河诸镇，视淮西为从违，一或因循，各镇均要离心了。”宪宗道：“诚如卿言，此后军事，委卿调度，朕誓平此贼，方准班师。”度奉命而出，即传旨促诸道进兵。李师道闻元衡虽死，命讨愈急，乃变计进袭东都。他尝在东都置留后院，兵役往来不绝，吏不敢诘，及淮西兵犯东畿，防兵悉屯伊阙，守御益疏。师道潜遣贼众数百，混入东都院中，为焚掠计。留守吕元膺，尚未察悉，幸有一小卒驰入告变，元膺亟追还伊阙屯兵，围攻留后院，贼众突出，向长夏门遁去。东都人士，相率惶骇，经元膺坐镇皇城门，从容指使，不露声色，民赖以安。都城西南，统是高山深林，民不耕种，专以射猎为业，彼此团聚，叫作山棚。元膺特出赏格，购令捕贼，山棚民鬻鹿遇盗，致为所夺，乃急召侪类，并引官军共同追捕，获住数人。盗魁是一个老僧，尝住持中狱寺，名叫圆净，年已八十有余，从前本是史思明部将，史氏败灭，亡命为僧，至是复为师道罗致，阳治佛光寺，结党定谋，拟入城为乱，此次由兵民围捕，刺击多时，方得擒获，尚恐他中途脱走，用锤击胫，竟不能折。圆净睁目叱道："汝等鼠子，欲断人胫，尚且不能，还敢自称健儿么？"汝虽是健，难逃一死，亦岂遂足称健儿？乃置胫石上，教使击断。至由元膺审验，立命处斩，圆净却自叹道："误我大事，不能使洛城流血，真是可惜。"百姓与汝何仇？元膺复穷治盗党，共得数千人，连自己部下防御二将，及驿卒八人，亦已受师道伪职，阴作耳目，迭经捕讯，才知刺死武元衡，实师道门下的暗杀党，并不是承宗所为，乃把二部将槛送京师，且拜表请讨师道，外此俱就地正法，无一漏网，东都才得平安。小子有诗叹道：

罪人已得伏奸谋，才悉当时误录囚。
看到郓州函首日，误人自误向谁尤。

欲知宪宗曾否东征，且至下回叙明。

本回叙魏博淮西事一顺一逆，前后相对，就中插入岐阳下嫁，及裴度还物二条，本是随笔带叙，无关大体，而标目偏以此命题，似觉略大计小，不知个人私德，实为公德之造端，唐室之公主多矣，问如岐阳之循妇道者有几人乎？唐朝之宰辅亦多矣，问如裴度之着阴功者有几人乎？是书为通俗教育起见，故于史事之足以风世者，特别表明，垂为榜样，即以本回之大端论之，魏博事是承上回，淮西事是启下回，本为过脉文字，不必定成片段，非真略大计小也。

第七十五回　却美妓渡水薄郾城
用降将冒雪擒元济

却说吕元膺表请东征，宪宗亦欲加讨，但当时已将元衡被刺，列入王承宗罪案中，严诏谴责，拒绝恒州朝贡，此次既不便改词，且因讨元济，绝承宗，南北并营，不暇东顾，乃将师道事暂行搁置。裴度以淮西各军，日久无功，屡上书归咎严绶，乃特命宣武节度使韩弘，为淮西诸军都统，兼同平章事职衔，俾专责成。不料弘竟变易初志，亦欲倚贼自重，不愿淮西速平。李光颜勇冠一时，威震淮蔡，弘欲结他欢心，特向大梁城中，觅一美妓，遣使赠送，使人先致书光颜。光颜开筵宴使，并大飨将士，置酒高会，正欢饮间，那美妓已轻移莲步，姗姗而来，先至光颜前屈膝叩见，再向各座中道了万福，阖座都刮目相看，恍疑是西施复出，洛女重生，而且珠围翠绕，玉质金相，除美人价值不计外，就是满身妆饰，也值数百万缗。来使复令她歌舞，继进丝竹管弦，无一不中腔合拍，应节入神，座中多目眩神迷，啧啧称羡。光颜独顾语来使道："相公悯光颜羁旅，赐以美妓，感德诚深。但战士数万，俱弃家远来，冒犯白刃，光颜忝为统将，宁忍自娱声色么？"说至此，涕泪满颐，四座不禁骇服，也忍不住流下泪来。推诚动人，竟忘色相。光颜即命左右取出金帛，厚赠来使，且命将美妓带还，俟来使谢别，复申嘱道："为光颜致谢相公，光颜以身许国，誓不与逆贼同戴日月，虽死无贰心了。"好德胜于好色，不意于光颜得之。韩弘接使人还报，也颇起敬，表请增兵益械，合攻淮西。

宪宗再命户部侍郎李逊为襄复郢均房节度使，右羽林大将军高霞寓为随邓节度使。霞寓专任攻讨，逊专任饷输。会田弘正为王承宗所攻，屡战不胜，累表请讨承宗。宪宗乃命出军贝州，兼发振武义武各军，会同助击。承宗尚纵兵四掠，幽沧定三镇，均为所苦，亦各请出征，宪宗拟从所请。张弘靖谓："两役并兴，恐国力不支，请先平淮西，后征恒冀。"宪宗不从。弘靖乃自请免相，出为河东节度使。越年正月，幽州节度使刘总，奏称攻克武强，俘斩成德兵数千。宪宗遂削承宗官爵，命河东幽州义武横海魏博昭义六道进讨。韦贯之进谏道："陛下不闻建中遗事么？初不过讨魏及齐，乃蔡燕赵发兵抗命，卒致朱泚内乱，糜烂都城，前鉴不远，愿陛下勿求速效，毋事兼营。"宪宗仍然不省，但促六道进兵。昭义节度使郗士美，义武节度使浑镐，横海节度使程执恭，与田弘正刘总等，陆续出师，虽屡此告捷，总未免夸张声势，所报多虚。还有淮西各军，也是遇胜张皇，遇败掩饰，迁延到了六月，高霞寓到了铁城，为淮西兵所乘，全军尽覆，仅以身免，一时无从掩盖，只好据实奏闻，但仍推在李逊身上，说他应接不至，因致大溃。宪宗贬霞寓为归州刺史，逊亦坐谪，另调荆南节度使袁滋，为申光蔡唐随邓观察使，驻节唐州。滋抵镇后，比高霞寓还要懦弱，反将斥候撤去，禁兵入淮西境。元济分众围新兴栅，滋卑辞厚币，求他缓攻，元济因不以为意。唯李光颜与乌重胤，屡败淮西兵士，力拔溵水西南的陵云栅，这栅据陈蔡要道，元济恃为险阻，屯置重兵，此次被光颜重胤，两次夹攻，好容易占据了来，淮西兵大为夺气，李师道也闻风丧胆，表请输款。宪宗因力未能讨，暂事笼络，特加师道检校司空。师道阳为拜命，其实仍通好淮西，作壁上观。上下都是姑息，师道亦非真枭雄。

时诸军进讨淮西，数近九万，只柳公绰入为京兆尹，他将俱在军前，旷日持久，未见成功，乃再命中使梁守谦监军，授给空名告身五百通，并金帛数万，劝励将士。始终不离中官。更置淮颍水运使，饷馈各军，贬袁滋为抚州刺史，改任太子詹事李愬，为左散骑常侍，出任唐随邓节度使。愬系西平王李晟子，即安州刺史李听兄，表字元直，少有孝行，晟殁时，庐墓终丧，服阕入官，历任晋坊二州刺史，治绩课最，加官金紫光禄大夫，进任太子詹事。淮西事未有起色，愬疏请自效，宪宗尚未识愬才，不敢轻用。会韦贯之请罢北讨，隐忤上旨，致左迁吏部侍郎。知贡举李逢吉，晋授同平章事。逢吉知愬具将略，特为保荐，乃授他旌节，出讨淮西。愬至唐州，闻士卒惮战，因下令军中道：“天子知愬柔弱，故使愬拊循尔曹，若战胜攻取，非愬所能，但教尔曹静守疆场，愬也便足报命了。”将士等以为真言，安心听令。愬巡阅士卒，厚加抚恤，不尚严威。或以军政未肃为戒，愬微笑道：“袁尚书专以恩惠怀贼，贼不复注意，今闻我来代任，必然戒备，我守袁公故辙，令他仍不加防，然后可出奇制胜了。”元济果轻视李愬，依然弛防。愬却推诚待士，日勤搜练，并暗察淮西地势，尽知虚实。贼或来降，问有父母妻孥，辄给与粟帛，遣使还省，面加慰谕道：“汝亦皇帝子民，毋弃亲戚！”降众闻言，亦皆感泣。

居镇半年，知士卒可用，遂于元和十二年仲春，谋袭蔡州，表请益兵。诏益河中鄜坊兵二千骑，乃缮铠厉兵，出攻淮西，步步进逼。贼将丁士良前来侦探，被愬将马少良，设伏擒住，押至军门。营将都大喜道：“士良系元济骁将，屡扰我境，今为我擒，好剖心泄忿了。请节帅俯顺众心。”愬点首许诺。及见了士良，诘责数语。士良毫无惧色，愬不禁叹道：“好一个大丈夫，可惜汝不明顺逆，死且污名，汝若肯诚心归降，为国立功，不但可盖前愆，并足流芳千古。”士良乃跪伏请降，自言“贞元中为安州属将，被吴氏擒去，释置不杀，反得重用，因为吴氏父子效力。今复受擒，又沐重生，愿尽死报德。”愬即命释缚，给他衣服器械，署为帐下亲将。自古名将克敌，必先使敌为我用，然后可以制胜，愬素得家传，故独能用敌。愬欲进攻文城栅，士良入帐献计道：“文城栅为贼左臂，贼将吴秀琳拥兵三千，据栅自固，秀琳才具寻常，全仗陈光洽为谋主，光洽轻佻好战，士良当为公先擒此贼。秀琳失助，不降何待？”愬闻言大喜，便拨锐骑千人，令士良率领，往攻文城栅，自己静坐以待。不到半日，士良果将光洽擒归，献诸帐下。愬亦不加诛，劝光洽降。光洽愿致书秀琳，邀令投诚。秀琳复报如约，愬即遣唐州刺史李进诚，率甲士八千，至文城栅下，径召秀琳。不意守兵迭发矢石，把官军前队，伤毙了好几十名。进诚忙即退回，报称秀琳诈降。愬怡然道：“彼待我招抚，我至自降。”遂盛气前行。将到栅前，秀琳果率众出迎，匍匐马下。愬下马扶起秀琳，好言抚慰，即由秀琳导愬入城。愬检阅守兵，三千兵不少一个，仍令留守文城，但将兵士妻女，迁居唐州，嗣见秀琳副将李宪，具有材勇，独赐名忠义，令隶麾下。于是士气复振，各有斗志。变弱为强，确是名将作用。

会各道官军，陆续渡过溵水，进逼郾城。李光颜率部军先进，遇贼将张伯良，驱杀过去。伯良不能抵敌，大败而逃。郾城令董昌龄，系蔡州人，由元济令守郾城。留他母杨氏为质，杨氏曾嘱昌龄道："从逆得生，不如从顺致死，汝肯去逆效顺，我亦虽死无恨，否则生何足恋呢？"不愧贤母。昌龄受教而出。至光颜围攻郾城，李愬又进捣青陵，截断郾城后路。守将邓怀金谋诸昌龄，昌龄劝他归国，怀金乃通使光颜道："城中将士，俱已愿降，但父母妻子，统在蔡州，计唯请公攻城，由城中举烽求救，蔡兵来援，由公兜头痛击，俾他败去，然后举城归降，庶父母妻子，或可保全了。"光颜允诺。待蔡兵到来，早已布置妥当，杀得蔡兵纷纷败北。昌龄怀金乃出降光颜，光颜仍命昌龄为郾城令，昌龄母幸得不死，后来受封北平郡太君。有善心者有善报。李愬亦得拔青陵城，又分派部将破西平，袭朗山，据青喜城，乃谋取蔡州。吴秀琳语愬道："公欲取蔡，非得李祐不可。"愬答道："李祐守兴桥栅，我亦闻他骁悍，当设计擒他便了。"忽有侦骑入报，贼兵至张柴村割麦。愬问贼首为谁？侦骑说是李祐。愬大喜道："我正要擒他，他却自来上钩么？"遂召厢虞侯史用诚入帐，嘱他如此如此。用诚依计出发，先就村旁丛林中，伏骑兵三百，乃摇旗入村，径击贼众。贼众已将麦割完，正要捆载而归，突见官军到来，即由李祐当先跃出，持刀相迎。用诚略与交锋，佯作力怯，曳兵而走。佑拨马追来，渐渐的到了林间，见前面林荫蓊蔚，也疑有伏，竟停住不追。恰也乖刁。用诚恐他瞧破兵谋，却故意的回马叫道："李祐狡贼！我有精兵数千，伏住林中，汝敢来么？"激之使来，用计尤妙。佑素轻官军，又被他一激，索性策马复追，才入林中，已被绊马索绊倒。部众急来相救，已是不及，早由官军捆缚了去。用诚回杀一阵，贼众四逸，因将佑执送军营，推至愬前。愬佯叱用诚道："我教汝往请李将军，如何把他拘来？快替他解缚罢！"全是智谋。用诚不好违慢，将佑松去了绑，便延佑上座，待以客礼。佑感愬厚意，也竭诚愿效。愬遂用为谋士，与李忠义同作幕宾，时常召入密商，甚至夜半方休。他人不得预闻，往往恐佑为变，屡次谏愬。愬待佑益厚，将士越加疑忌，毁谤甚多，甚至别军亦移牒至愬，谓不应用佑。愬恐谤语上闻，反受朝廷诘责，因握佑手泣语道："天岂不欲平淮蔡么？何为我二人相知甚深，独不能掩众口呢？"乃与佑附耳数语，然后出语大众道："汝等既以佑为疑，请令归死朝廷。"因出佑械送京师，先遣使密奏，谓杀佑不能成功。宪宗时方向愬，释令归还。愬遂置佑为散兵马使，令佩刀巡警，出入帐中。有时留佑同宿，密语不寐，帐外有人窃听，但闻佑感泣声。诸将渐释嫌疑，乃遵令如初。

愬派将再攻朗山，淮西兵数万来援，击退官军。败将奔回请罪，愬独欣然道："我亦知朗山难下哩。胜负兵家常事，何足介意？"语语有意。大众闻败，统觉怅恨，偏见愬谈笑自若，又不知他有什么高见。他唯募敢死士三千人，亲自教练，号为突将，一时娴习未熟，更因天雨连绵，到处积水，暂且按兵不动。吴元济闻兵势日蹙，未免焦灼，乃上表谢罪，情愿束身归朝。宪宗命中使赐诏，待他不死。元济便欲入觐，怎奈左右相率劝阻，大将董重质愿出守洄曲，力任捍护，决保无虞。元济乃悉发亲兵，及守城锐卒，尽归重质带去。重质夙负勇名，官军颇带三分畏怯，相戒不敢近前。

总计自元和九年冬季，饬诸道兵进讨淮西，到了十二年秋月，尚无成效，馈运疲敝，兵民困苦。宪宗宵旰焦劳，亦颇厌兵，乃召问宰辅诸臣。李逢吉等俱言师老力竭，不如罢兵为是。独裴度不发一言，宪宗因向度问计。度答道："臣知进不知退，若虑诸军无功，臣愿自往督战。"成算在胸。宪宗道："卿肯为朕一行，足见忠忱，但淮西究能平定否？"度又道："臣近观元济表文，势实穷蹙，只因军心不一，未肯并力进攻，所以至今乏效。若臣自诣行营，诸将恐臣分功，必争往破贼了。"宪宗大悦，遂命度以平章事兼节度使，仍充淮西宣慰处置招讨使。度因韩弘已为都统，不愿更为招讨，面辞招讨二字，奏调刑部侍朗马总为宣慰副使，韩愈为行军司马，指日启程。临行时，陛见宪宗，慨然道："臣若灭贼，庶朝天有期，否则归阙无日，臣誓不与此贼俱生。"宪宗不禁流涕，亲御通化门送行。度既出发，进授户部侍郎崔群同平章事，出李逢吉为东川节度使，专意用度，督促进兵。

度至郾城，适李愬进攻吴房，斩淮西骁将孙献忠，是日据阴阳家言，乃是往亡日，诸将劝愬勿出。愬笑道："正因今日为往亡日，彼不备我，我乃往击，彼亡我不亡，何必多虑？"遂乘锐攻克吴房外城，即日收军折回。孙献忠率骁将五百，奋勇追来，当由愬返旆力战，枭献忠首，仍徐徐还营。诸将请乘胜取城，愬却以为城未可取，不从众言。又伏一层疑团。到了冬季，愬决计袭蔡，遣书记郑澥至郾城，密白裴度。度语澥道："兵非出奇不胜，常侍良谋，度很赞成，请常侍便宜行事！"澥辞归报愬，愬与李祐李忠义二人，又密商了好几次。一日，天气甚寒，阴霾四合，愬独升帐调兵，命李祐李忠义率突骑三千为前驱，自与监军率三千人为中军，李进诚即唐州刺史。率三千人断后，留都虞侯史旻等守文城，既出城门，乃下令东向，疾行约六十里，至张柴村。村中有淮西兵居守，统因天寒入帐，毫不备防，被突骑杀将进去，好似切瓜削菜一般。有几个逃出帐外，外面又似天罗地网，围得水泄不通，没奈何只好自尽。连守住烽堠的贼吏，也杀得干干净净，一个不留。

愬据住村栅，命士卒少休，食干粮，整辔鞍，留五百人屯守，截住朗山来兵，复派兵堵塞洄曲，及诸道桥梁。布置已毕，时已天晚，风声猎猎，雪片飘飘，四面都是寒气笼住，大众瑟缩得很，偏帐内传出号令，乘夜进兵，诸将入请所向。愬正色道："入蔡州去擒吴元济。"大众面面相觑，但又不敢违令，只好硬着头皮，持械起行。监军泣下道："果堕李祐奸计，奈何奈何？"愬又传令衔枚疾走，不得声张，可怜各军冒寒前进，两旁被雪所蒙，融成一片白光，途次不辨高低，就是手中火炬，也为冷风所吹，十有九灭。军中旗帜，亦多吹裂，人马偶然失足，便致僵仆。夜半风雪愈大，吃了无数苦楚，才走得六七十里，远远的望见岩城。愬又下令道："蔡州城就在前面，须格外寂静，喧噪者斩！"军士相率箝口，只满肚中怀着怨苦。又行里许，见有一个方池，中伏鹅鸭。愬远远望见，恰令军士用槊搅击，那鸦鸦喋喋的声音，顿时纷起，大众又不免惊惶。处处为下文返照。城内守卒，统畏寒睡着，拥絮熟寐，就是有几个更夫，微闻声浪，也以为鹅鸭苦冷，因此喧扰，哪个愿巡城瞭望，到了四鼓，愬军尽集城下，李祐李忠义，令突骑凿墙为坎，逐节攀援，猱升而上，直达城楼。守兵兀自睡着，被官军一一杀死，但把更夫留着，仍命照旧击柝，遂下城开门，招纳众军。到了内城，也是这般做法，两城俱拔。

愬入居元济外宅，元济尚高卧未起。美哉睡乎！有人入告元济道："官军到了。"元济蒙眬开眼，不禁大笑道："何事慌张，大约是俘囚为盗啰，天明当尽杀了罢。"不到一刻，又有人入报道："官军已入内城了。"元济披衣方起，呵叱道："城外不到官兵，已三十多年，哪能无端飞至？想是洄曲子弟，向我求寒衣呢。"仿佛做梦。乃徐徐出室，但听外面传官军口号，一呼百应，接续不休，方惊问左右，探知是李常侍号令，始大骇道："何等常侍？能神速至此？"乃率左右登牙城拒战。时已天晓，俯视城下，已由官军围住，忍不住觳觫起来，唯尚望董重质来援，勉力拒守。愬督攻半日，城上矢石如雨，急切不能得手，因按兵罢攻，召语众将道："董重质家属何在？快去查明，好好抚慰。"将士领命而去，一查便获，且将重质子传道，带了前来。传道入见，向愬下拜，愬面谕道："汝父也是好汉，汝去传报，教他不得再误，速即投诚，我决不亏待，否则幸勿后悔。"语至此，即给与手书，令往谕重质。传道去不多时，即与重质同至，入帐乞降。愬欢颜相待，遂令重质招降元济。元济见重质已降，半晌说不出话，只有泪下似丝，唯尚不肯遽降。愬因令李进诚等再攻牙城，接连射箭，矢集城垣，几似猬毛。复纵火焚南门，百姓争负薪刍，帮助官军，霎时间火势炎炎，南门已经焦灼，任你吴元济猖狂跋扈，到此也智术两穷，不得不束手成擒了。小子有诗赞李愬道：

兵法留言攻不备，将臣制胜在多谋。
试看雪夜行军日，大好岩城一旦休。

毕竟元济如何被擒，容至下回说明。

是回以李愬为主，李光颜为辅。光颜却还美妓，为将帅中所仅见，观其对韩弘使语，寥寥数言，能令四座感泣。人孰无情，有良将以激厉之，自能收有勇知方之效，见色不动，见利不趋，此其所以可用也。郾城一役，董昌龄举城请降，虽平时得诸母教，然亦安知非闻风畏慕，始稽首投诚乎？若李愬之忠勇，不亚光颜，而智术尤过之。当其笼络降将，驾驭将士，处处不脱智谋，至雪夜往取蔡州，尤能为人所不能为。出奇方能制胜，但非平日拊循有道，纪律素严，则当风雪交下，宵深奇冷之时，孰肯冒死急进？恐文城未出，乱几已先发矣。智者沈机观变，养之有素，故能好谋而成，非侈谈谋略者，所可同日语也。

第七十六回　谏佛骨韩愈遭贬
缚逆首刘悟倒戈

却说吴元济见南门被毁，吓得心胆俱裂，慌忙跪在城上，向官军叩头请罪。威风扫尽。李进诚令军士布梯，呼他下来。元济不得已下城，由进诚押见李愬。愬将元济羁入囚车，槛送京师，一面遣使驰告裴度。愬率军入城，守兵俱伏地迎降，不戮一人，就是元济所置官吏，及帐下厨厩厮役，概令仍旧，使他不疑；乃屯兵鞠场，静待裴度。是日申光二州，及诸镇兵二万余人，一律请降。李光颜亦驰入洄曲，所有董重质遗下部众，均归光颜接收。裴度接愬捷报，先遣副使马总，驰入蔡州，然后建旄杖节，趋至城下。李愬具櫜鞬出迎，拜谒道旁。度揽辔欲避，愬急说道："蔡人顽悖，不识尊卑上下，已有好几十年，愿公本身作则，使知朝廷尊严，不敢玩视。"度乃直受不辞。愬引度入城，交卸蔡事，仍还至文城驻守。诸将始向愬请教道："公前败朗山，并未加忧，战胜吴房，仍令退兵。遇大风雪，偏欲进行，孤军深入，毫不畏惧，后来终得成功；事后追思，还是莫明其妙，敢请指教！"愬微笑道："朗山失利，贼恃胜而骄，不甚加防了。吴房本容易攻取，但我取吴房，贼众必奔往蔡州，并力固守，如何可下？风雪阴霾，贼必不备，孤军深入，人皆死战，我岂欲诸军毕命？但视远不能顾近，虑大不能计细，所以终得成功。若小胜即喜，小败即忧，自己且不能镇定，还想什么功劳呢？"前回逐层疑团，至此始一一揭出。诸将乃相率敬服。愬自奉甚俭，待士独丰，知贤不疑，见可即进，卒能荡平淮蔡，称为功首。裴度在蔡州城，亦推诚待下，且用蔡卒为亲兵。或劝度不应轻信，度輾然道："元恶既擒，胁从罔治。蔡人莫非王臣，疑他什么？"蔡人听了，感泣交并。先是吴氏父子，苛禁甚严，蔡人不准偶语，夜间又不准燃烛，遇有酒食馈遗，以军法论。度一并除去，唯盗贼斗死抵法，蔡人始知有生人乐趣。

元济由官军押解京师，宪宗御兴安门受俘，命将元济献诸庙社，枭首市曹，妻沈氏没入掖庭，二弟三男，流戍江陵，寻皆骈诛。又封尚方剑二口，赐给监军梁守谦，令悉诛贼将。度最恨中官，从前诸镇兵由中官统辖，牵制甚多，经度上表奏罢，使诸将专制号令，因得平贼。至是守谦复奉诏到蔡，拟依旨骈戮贼将。度坚持不可，但诛元济亲将刘协庶赵晔王仁清等十余人，余悉上书申解，多庆更生。乃奏留副使马总为留后，自己启节还朝。宪宗进度为金紫光禄大夫，赐爵晋国公，复知政事。李愬为山南东道节度使，赐爵凉国公，加韩弘兼侍中，李光颜乌重胤等，悉行还镇，赏赉有差。李祐以功授神武将军，唯董重质虽已归降，宪宗因他为元济谋主，决欲加诛。李愬已许重质不死，竭力疏救，乃贬为春州司户，即命韩愈撰《淮西碑》文，表扬战功。宪宗已有侈心。愈承制撰辞略云：

唐承天命，遂臣万方，孰居近土？袭盗以狂。往在玄宗，崇极而圮，河北悍骄，河南附起，四圣不宥，屡兴师征。有不能克，益戍以兵。夫耕不食，妇织不裳，输之以车，为卒赐粮，外多失朝，旷不岳狩，百隶怠官，事亡其旧。帝时继位，顾瞻咨嗟，唯汝文武，孰恤予家？既斩吴蜀，旋取山东。魏将首义，六州降从。淮蔡不顺，自以为疆，提兵叫欢，欲事故常。始命讨之，遂连奸邻。阴遣刺客，来贼相臣，方战未利，内惊京师。群公上言，莫若惠来，帝为不闻，与神为谋，及相同德，以讫天诛。及敕颜李光颜。胤，乌重胤。愬李愬武韩弘子公武古李道古即曹王皋子，时代柳公绰为鄂岳观察使。通，寿州刺史李文通。咸统于弘，韩弘。各奏汝功。三方分攻，五万其师。大兵北乘，厥数倍之。尝兵时曲，军士蠢蠢。既翦凌云，蔡卒大窘。胜之邵陵，郾城来降。自夏及秋，复屯相望。兵顿不利，告功不时。帝哀征夫，命相往厘。士饱而歌，马腾于槽。试之新城，贼遇败逃。尽抽其有，聚以防我。西师跃入，道无留者。额额蔡城，其疆千里，既入而有，莫不顺俟。帝有恩言，相度来宣。诛止其魁，释其下人。蔡之卒夫，投甲呼舞，蔡之妇女，迎门笑语。蔡人告饥，船粟往哺，蔡人告寒，赐以缯布。始时蔡人，禁不往来，今相从戏，里门夜开。始时蔡人，进战退戮，今眠而起，左飡右粥，为之择人。以收余惫，选吏赐牛，教而不税。蔡人有言，始迷不知，今乃大觉，羞前之为。蔡人有言，天子明圣，不顺族诛，顺保性命。汝不吾信，视此蔡方。孰为不顺？往斧其吭。凡叛有数，声势相倚，吾强不支，汝弱奚恃？其告而长，而父而兄，奔走偕来，同我太平！淮蔡为乱，天子伐之，既伐而饥，天子活之。始议伐蔡，卿士莫随，既伐四年，小大并疑。不赦不疑，由天子明，凡此蔡功，唯断乃成。四语扼要。既定淮蔡，四夷毕来，遂开明堂，坐以治之。原文有一序，因限于篇幅，故从略。

碑文大意，是归功君相，少述将功。李愬以功居第一，未免不惬。愬妻系唐安公主女，唐安公主系德宗长女。出入禁中，为诉愈文不实。宪宗将愈文磨去，更命段文昌另撰。文昌已入都为翰林学士，隐承上意，归美李愬，愬乃无言。有功不伐，原是难能。当裴度在淮西时，布衣柏耆，入谒韩愈，谓："元济就擒，王承宗定然胆落，愿得丞相书，劝令悔过投诚。"愈转达裴度，度作书给耆，遣谕承宗。承宗颇有惧意，乃向田弘正乞怜，请送二子入质，及献德棣二州。弘正代为奏请，宪宗尚未肯许，继思六道兵马，往讨成德，迄无功效，更因义武节度使浑镐，吃一败仗，丧失无算。昭义横海两军，亦多退归，刘总又屯兵不进，应前回。眼见得不易讨平，乃从弘正言，赦承宗罪。承宗送子知感知信，及德棣二州图印至京师，于是复承宗官爵，仍令镇成德军。

李师道闻淮西告平，也觉惊心。判官李公度，牙将李英昙等，劝师道遣子入侍，献沂密海三州以自赎。师道勉强允诺，依言上表。宪宗因遣左散骑常侍李逊，至郓州宣慰，不意师道竟盛兵相见，语多倨傲。逊正辞驳诘，愿得要言奏天子。师道含糊相答，口中虽说是遵约，实不过敷衍目前，并无诚意。逊返奏宪宗，宪宗调李光颜为义成节度使，会同武宁节度使李愿，宣武节度使韩弘，魏博节度使田弘正，横海节度使程权，同讨师道。程权即程执恭，赐名为权，权不欲再膺节钺，表请举族入朝。宪宗乃命华州刺史郑权代任。程权卸职入都，诏授检校司空，嗣复出为邠宁节度使，卒得考终。宪宗自淮西平后，侈心渐起，修麟德殿，浚龙首池，筑承晖殿，大兴土木。判度支皇甫镈，盐铁使程异，迎合上意，屡进羡余。宪宗很是宠幸，竟令两人同平章事，诏敕传宣，中外骇愕。裴度崔群，连疏进谏，终不见从。皇甫镈用李道古言，荐入方士柳泌，浮屠大通，谓能合长生药。宪宗召泌入见，泌奏称天台山多灵草，可以采服延年。宪宗即命泌权知台州刺史。言官纷纷进谏，略言："历代君主，或喜用方士，从未有使他临民。"宪宗不悦，且面谕谏臣道："只烦一州民力，能令人主致长生，臣子亦何爱呢？"群臣知无可挽回，乐得闭口不宣，虚糜禄位。至元和十四年正月，凤翔法门寺塔，谣传有佛指骨留存，宪宗遣僧徒往迎佛骨，奉入禁中，供养三日，乃送入佛寺。王公大臣，瞻仰布施，唯恐不及。韩愈已迁任刑部侍郎，独慨切上谏道：

佛者夷狄之一法耳，自后汉时始入中国，上古未尝有也。昔黄帝在位百年，年百一十岁，少皞在位八十年，年百岁，颛顼在位七十九年，年九十岁，帝喾在位七十年，年百五岁，尧在位九十八年，年百一十八岁，帝舜及禹，年皆百岁，其后汤亦年百岁，汤孙太戊在位七十五年，武丁在位五十年，史不言其寿，推其年数，当不减百岁。周文王年九十七，武王年九十三，穆王在位百年，当其时佛法未至中国，非因事佛使然也。汉明帝时，始有佛法，明帝在位才十八年，其后乱亡相继，运祚不长。宋齐梁陈元魏以下，事佛渐谨，年代尤促。唯梁武帝在位四十八年，前后三舍身施佛，宗庙祭不用牲牢，尽日一食，止于菜果，后为侯景所逼，饿死台城，国亦浸灭。事佛求福，乃更得祸，由此观之，佛不足信，亦可知矣。高祖始受隋禅，则议除之，当时群臣识见不远，不能深究先王之道，古今之宜，推阐圣明，以救斯弊，其事遂止，臣常恨焉。今陛下令群僧迎佛骨于凤翔，御楼以观，舁入大内，又令诸寺递加供养，臣虽至愚，必知陛下不惑于佛，作此崇奉以祈福祥也。但以丰年之乐，徇人之心，为京都士庶设诡异之观，戏玩之具耳，安有圣明如陛下，而肯信此等事哉？然百姓愚冥，易惑难晓，苟见陛下如此，将谓真心信佛，皆云天子大圣，犹一心信向，百姓微贱，岂宜更惜身命？遂至灼顶燔指，十百为群，解衣散钱，自朝至暮，转相仿效，唯恐后时，老幼奔波，弃其生业，若不即加禁遏，更历诸寺，必有断臂脔身，以为供养者。伤风败俗，传笑四方，非细事也。佛本夷狄，与中国言语不通，衣服殊制，口不道先王之法言，身不服先王之法服，不知君臣之义，父子之情，假使其身尚在，来朝京师，陛下容而接之，不过宣政一见，礼宾一设，赐衣一袭，卫而出之于境，不令惑众也。况其身死已久，枯朽之骨，岂宜以入宫禁？乞付有司，投诸水火，断天下之疑，绝前代之惑，使天下之人，知大圣人之所作为，固出于寻常万万也。佛如有灵，能作祸祟，凡有殃咎，悉加臣身，上天鉴临，臣不怨悔。

宪宗览到此奏，不禁大怒，持示宰相，欲加愈死罪。裴度崔群竝上言道："愈语虽近狂，心实忠恳，宜宽容以开言路。"宪宗道："愈言我奉佛太过，尚或可容，至谓东汉以后诸天子，年皆夭促，这岂非妄加谤刺么？愈为人臣，如此狂妄，罪实难恕。"群与度又再三乞免，乃贬愈为潮州刺史。愈至潮州，问民疾苦，皆言恶溪有鳄鱼，屡食畜产，大为民害。愈即往巡视，且命屡吏秦济，用一羊一豚，投入溪水，自撰祭文数百言，向溪宣读，备极感慨，限期督徙。果然夜间疾风震电，起自溪中，溪水逐渐干涸，鳄竟西徙，潮州遂无鳄鱼患。信及豚鱼，奈不能感格君心，殊为可叹。愈又上表吁诚，宪宗颇自感悔，意欲召还。皇甫镈素忌愈直，奏言愈终疏狂，只可酌量内移，因命愈改刺袁州。袁人多质押男女，过期不赎，便没为奴仆，愈令计佣赎身，得归还七百余人，且与立禁约，此后不准鬻良为贱。袁人歌颂不衰，不没政绩。后文再表。

且说李师道本欲归命，遣子入质，因为妻魏氏所阻，遂有悔意。魏氏更连接婢妾蒲氏袁氏，家奴胡惟堪杨自温，及孔目官王再升，进语师道，略谓："先司徒抚有十二州，如何无端割献？现计境内兵士，约数十万，不献三州，不过以兵相加，若力战不胜，献地未迟。"力战不胜，恐要汝等首级，岂献地所能免么？师道遂决计抗命。至朝旨已调兵进讨，他尚推在军士身上。谓众情不愿纳质割地，臣亦不便专主等语。宪宗越觉气忿，下诏宣布师道罪状。又以李愿多病，郑权新任，未便战阵，特调李愬为武宁节度使。愿系愬兄，召入为刑部尚书，再徙乌重胤为横海节度使，令郑权移镇邠宁。愬既代兄任，与魏博节度使田弘正，进逼平卢，累战皆捷，获得平卢兵马使李澄等四十七人，悉送入都。宪宗概令免诛，各发遣行营，效力赎罪。且遥命行营诸将道："所遣诸徒，如家有父母，意欲归省，仅可给赀遣回，朕唯诛师道，余皆不问。"此诏一下，平卢士卒，相继来降。

师道素信判官李文会及孔目官林英，所有旧吏高沐郭旴李存等，俱为文会等所谮，沐被杀，昈存被囚。又有幕僚贾直言，冒刃谏师道二次，舆榇谏师道一次，并绘槛车囚系妻孥图上献，也被师道囚住，连前时劝他归命的李公度，并羁入狱中。牙将李英昙，且遭勒毙。及官军四临平卢，兵势日蹙，将士哗然。师道不得已释放囚犯，令还幕府，出李文会摄登州刺史。但势已无及，屡战屡败。李愬进拔金乡，韩弘进克考城，楚州刺史李听，又由淮南节度使李夷简差遣，趋海州，下沭阳朐山，进戍东海；田弘正进战东阿阳谷，连破戍卒；李光颜攻濮阳，进收斗门杜庄二屯，仿佛四面楚歌，同时趋集，吓得师道脚忙手乱，忧悸成疾。至李愬破鱼台，入丞县，郓州益危。师道募民夫修治城堑，整缮守备，男子不足，役及妇人，郓城恟恟，怨言起。都知兵马使刘悟，曾由师道遣守阳谷，拒田弘正。悟务为宽惠，颇得上心，军中号为刘父，但与魏博军接仗，往往败绩。有人入白师道，谓："悟不修军法，专收众心，后必为患，亟应除去。"师道乃潜遣二使，赍帖授行营副使张暹，令乘便杀悟。暹与悟善，怀帖相示，悟即使人潜执二使，立刻杀死。悟召诸将与语道："悟与公等不顾死亡，出抗官军，自思原不负司空，今司空过信谗言，来取悟首，悟死，诸公恐亦不免了。今官军奉天子命，只诛司空一人，我辈何为随他族灭？不若卷旗束甲，同还郓城，奉行朝命，铲除逆首，非但可免危亡，富贵且可立致呢。"兵马副使赵垂棘，当先立着，半晌才答道："事果济否？"悟应声叱道："汝与司空合谋为逆么？"便即拔出佩刀，将赵剁毙，且复宣言道："今当赴郓，违令立斩！"将士尚未敢遽应，又被悟杀死三十余人。余众股栗，乃皆战声道："唯都头命！"军中称都将为都头。悟又下令道："入郓城后，每人赏钱百缗，唯不得擅取军帑，逆党与仇家，任令掠取。"军皆允诺，遂令士卒饱食执兵，夜半即行。人衔枚，马缚口，悄悄的进薄郓城。及至城下，天尚未明，先遣十人叩门，但说刘都头接奉密帖，连夜驰归，门吏尚未知有变，开城出见，请俟入报师道，然后迎入。十人拔刀相向，门吏窜去。悟引军趋至，直入外城，内城守卒，亦开门纳悟，只有牙城还是键闭，不肯遽启。悟督军纵火，劈开城门，牙兵不满五百，起初尚发矢相拒，嗣见悟军如潮涌至，料知不支，俱执弓投地，一哄而散。悟勒兵升厅，使捕索师道，师道方才起，惊悉巨变，忙入白师古妻裴氏道："嫂！……刘悟已反，奈何奈何？"何不求教床头人，乃与嫂言何益？裴氏是个女流，有什么方法，但以泪珠儿相报。师道越加惶急，即退出嫂室，闻外面已汹汹搜捕，急觅得二子弘方，走匿厕所。不意厕旁有隙，竟被悟兵瞧着，大踏步走了进来，七手八脚，把师道父子抓去，牵至厅前。悟不欲见师道，但使人传语道："悟奉密诏，送司空归阙，但司空尚有何颜，往见天子？"师道尚流涕乞怜。弘方二子，却慨然道："事已至此，速死为幸。"虽是与父同尽，却还有些气节。当下由悟传令，推出师道父子，至牙门外隙地，一并斩首。悟再命两都虞侯巡行城市，禁止掳掠，自卯至午，全城安定。又经悟大集兵民，亲自慰谕，但将逆党二十余人，按罪伏诛，余皆令照旧办事。文武将吏，且惧且喜，联翩入贺。悟见李公度贾直言两人，下座与语，握手唏嘘，遂引入幕府，令为参佐。一面函师道父子三首，遣使送魏博军田弘正营，一面搜得师道妻魏氏，及奴妾蒲氏袁氏等，一一审讯。魏氏本有三分姿色，更兼伶牙俐齿，宛转动人，就是蒲袁二氏，也是郓城尤物，已经牵到案前，匍匐乞哀，个个是颦眉泪眼，楚楚可怜，那倒戈逞志的刘悟，本也是个屠狗英雄，偏遇了这几个长舌妇人，不由的易威为爱，化刚成柔。小子有诗叹道：

到底蛾眉善蛊人，未经洞口已迷津。
任他铁石心肠似，不及红颜一笑颦。

欲知刘悟如何处置，且至下回分解。

韩退之一生学术，以《谏佛骨》一疏，为最著名之条件，其次莫如《淮西碑》文。《淮西碑》归美君相，并非虚谀，乃以妇人一诉，遂令刬灭，宪宗已不能无失，佛骨何物？不必论其真伪，试问其有何用处，乃欲虔诚奉迎乎？疏中结末一段，最为剀切，而宪宗不悟，反欲置诸死地，是何蒙昧，一至于此？其能平淮西，下淄青，实属一时之幸事，宪宗固非真中兴主也。吴元济本非枭雄，李师道尤为懦怯，良言不用，反受教于妻妾臧获，谋及妇人，宜其死也，何足怪乎？刘悟一入而全州瓦解，父子授首，左右之芒刃，严于朝廷之斧钺，徒致身亡家没，贻秽千秋。师道之愚，固较元济为尤甚欤？然宪宗亦志满意骄，因是速死矣。

第七十七回　平叛逆因骄致祸 好盘游拒谏饰非

却说刘悟见魏氏等楚楚可怜，不忍加诛，仍令返入内室，复遣妻李氏入慰。原来悟是前平卢节度使刘正臣孙，正臣为国殉难，叔父全谅，节度宣武，置悟为牙将，悟得罪他去，辗转奔徙，仍入平卢。李师古见悟状貌，尝语左右道："此人必贵，但恐败坏吾家。"既有此识，何故重用？乃令统领后军，并妻以从妹，欲令他诚心归附，谁知他倒戈入郓，果如师古所料。悟遣妻抚慰魏氏，姑嫂间自然欢洽。至夜间悟入休息，魏氏复来道谢，悟很是怜爱，竟与魏氏小宴叙情，还有蒲袁二氏，一同旁侍。蒲氏向称蒲大姊，袁氏向号袁七娘，两人本为李家婢，师道见姿色可人，遂与有私，列为小星，至是入侍刘悟，做了魏氏的红娘，从旁兜揽，竟劝魏氏伴悟同榻。魏氏也没有什么廉耻，乐得撑篙近舵，与悟成了好事。蒲大姊袁七娘，也沾染余润，挨次轮流，女三成粲，悟乐可知。不怕李氏吃醋么？且因朝廷初下诏令，曾有赏格，谓能杀师道，率众来降，即畀师道官爵，悟以为坐得十二州，遂补署文武将佐，更易州县长吏，且面语僚属道："军府政事，一切仍旧，我但与诸君抱子弄孙，尚复何忧？"想是得了三美，遂思多育子孙。

过了三日，魏博行营，遣使修好，悟接待来使，开庭设宴，席间命壮士手搏，娱骋心目。悟本多力，也摇肩攘臂，离座助势，且顾语来使，自夸勇武。来使面谀数语，引得悟心花怒开，连尽数大觥。宴毕，来使辞行，乃厚贶遣归。看官道魏博使人，果当真修好么？他是受了田弘正密命，来觇刘悟举动。弘正自得师道父子首级，即露布告捷，因恐师道首级非真，特召夏侯澄辨认。澄系师道麾下，受擒后归弘正差遣，至是见师道首，长号晕绝，良久方苏，复抱首舐面，恸哭不置。弘正也为改容，目为义士。但已见得逆首非虚，立遣人传送京师。宪宗大喜，命户部侍郎杨于陵为淄青宣抚使，分十二州为三道，郓曹濮为一道，淄青齐登莱为一道，兖海沂密为一道。自李正已据有淄青，历李纳及师古师道，凡四世，共计五十四年，名为唐属，实是独霸一方，自除官吏，不供贡赋。即如淮西成德各军，亦皆与平卢相似，经宪宗依次略定，河南北三十余州，乃尽遵唐廷约束，不再跋扈了。这是宪宗得人之效。

宪宗惩前毖后，欲徙刘悟至他镇，因恐悟不受代，复须用兵，乃密诏田弘正侦察。弘正遂阳称修好，阴使窥伺。及得使人还报，不禁冷笑道："匹夫小勇，有何能为？若闻改徙，必行无疑。"一语道破。当即密报宪宗。宪宗遂徙悟为义成节度使，且令弘正带兵入郓，迫令交代。刘悟正耽情酒色，乐以忘忧，忽接到移镇诏敕，顿吃了一大惊，又闻田弘正引兵到来，更急得形神沮丧，手脚慌忙，夜间草草整装，也不及与魏氏等欢叙，俟到天明，已有人入报道："魏博军无数到来，距此只数里了。"悟仓皇出迎，李公度贾直言郭旷李存等随着，离城二里，即与田弘正遇着，客亭相见，寒暄数语，弘正便欲入城。悟尚拟同入，想总为了三妇。弘正道："天子命不可违。郓城事由弘正料理，倘如公以下，尚有眷属等人，未曾挈领，自当护送前来，请勿多虑！"悟懊怅自去。唯郭旷李存谋除李文会，先已遣使至登州，诈传悟命，召他入郓，途次将他刺死，及携首回来，旷存等已随往滑州，无从复命，只好报知田弘正。弘正以文会助逆，理当处死，不必再议。此外悉除苛禁，听民安居，所有赴滑诸将吏家属，统遣吏护送入境。唯师道家属，照例应当连坐，特表请诏敕施行。旋得诏旨下来，师道妻魏氏以下，应没入掖庭，师古子明安，令为郎州司户参军，明安母裴氏，得随子赴任，其余宗属，流徙远方。看官道宪宗此诏，何故重罪轻罚？这也是刘悟有情魏氏，特地上表陈请，诈称魏氏是魏征后裔，应该援议贤议功两例，免她死罪。明安母子，与师道本不同谋，理难连坐等语，悟为明安母子营救，当是受教妻室。所以宪宗从轻处置。弘正依诏办理，复查得师道簿书，有赏王士元等十六人，系为刺杀武元衡案件，遂按名索捕，尽行搜获，解送京师，讯实正法。其实王士元等，尚非真正凶手，他是冒功受赏，被捕后亦知难免，索性供认了案。京兆尹崔元略，颇探知隐情，宪宗以为罪恶从同，也无暇辨正了。

田弘正得加授检校司徒，兼同平章事，仍令还镇；调义成节度使薛平，为平卢节度使，兼淄青齐登莱等州观察使；任淄青行营供军使王遂，为沂海兖密等州观察使；徙淮西留后马总，为郓曹濮等州节度使，分镇而治，总道是力弱易制，永远相安，哪知王遂残酷不仁，激成怨讟，不到半年，便被役卒王弁等拘住，责他盛暑兴工，用刑刻暴等罪，乱刀砍死，弁自称留后。嗣经棣州刺史曹华，受命赴沂，拘送王弁，腰斩东市，余党尽歼。华继任沂海兖密观察使，祸乱才算敉平。宰相裴度，曾为宪宗讨平元济，至师道授首，亦由度在朝密议，始得成功。度又极言中官专恣，祸甚藩镇，并与皇甫镈程异不协。镈异遂潜引中人，百端构度，度竟被出为河东节度使，不过同平章事职衔，尚未撤消。既而程异病死，镈荐河阳节度使令狐楚入相，楚与镈为同年进士，所以引入。河东节度使张弘靖，卸职还朝，适宣武节度使韩弘入朝，请留京师，乃命弘靖往代，进韩弘为司徒，兼中书令。魏博节度使田弘正，也入都朝觐，情愿留京，三表不许，命他兼职侍中，优诏遣归。弘正虽奉命还镇，但兄弟子侄，多留官京中，宪宗皆擢居显列，朱紫满朝，人以为荣。

唯宪宗以两河平定，群藩帖服，愈觉得太平无忌，功德巍巍。皇甫镈等献媚贡谀，奉宪宗尊号，称为元和圣文神武法天应道皇帝，一班度支盐铁等使，随时进奉，多多益善。从前藩镇未平时，进奉的名目，叫作助军，及藩镇已平，易助军为助赏，至进上尊号，又改称为贺礼，就是左右军中尉，亦各献钱万缗。无非导君以侈。看官试想！天下有几个毁家纾难的大忠臣，所有进奉诸官吏，哪个不是刻剥百姓，吸了民间的膏血，移作媚上的资本？库部员外郎李渤，出使陈许，还言："渭南诸县，民多流亡，弊由计臣聚敛，剥下媚上，以致如此。"皇甫镈等恨他多言，伺隙图渤。渤却见机谢病，辞职告归，他本号为少室山人，前因朝廷迭召，无奈就征，此次见忌当道，他当然不应恋栈，一官敝屣，还我本来，才不愧为高士呢。阐表清操。

台州刺史柳泌，奉旨莅任，日驱吏民采药，岁余不得一仙草，自恐得罪，逃匿山中。浙东观察使捕泌送京，皇甫镈李道古等，代为庇护，泌竟免罪，反得待诏翰林。又令他合药进供，宪宗取服以后，日加燥渴。起居舍人裴璘上言："药止疗疾，不应常服。况金石酷热有毒，益以火气，更非脏腑所能胜受。古语有云：'君饮药，臣先尝。'请令泌先饵一年，试验利害，然后再服不迟。"宪宗不但不从，反贬璘为江陵令。

同平章事崔群，为皇甫镈所排挤，出为湖南观察使。知制诰武儒衡，系故相元衡从弟，抗直敢言，又为令狐楚所嫉忌，特想出一法，荐用狄兼谟为左拾遗。兼谟为狄仁杰族曾孙，尝登进士第，辟襄阳府使，刚正有祖风，举为言官，本是材足称职，但观令狐楚荐牍，内言："天后窃位，诸武专横，赖狄仁杰保佑中宗，克复明辟，兼谟为功臣后裔，更且才行优长，亟宜录用"云云。看他文字，似与武儒衡没甚关系，其实指斥武氏，便是影射儒衡。儒衡知他言外有意，忙泣诉宪宗道："臣祖平一，当天后朝，遁迹嵩山，并未在位……"宪宗不待说完，便点首道："朕知道了。"武平一不见前文，便是高隐之故。儒衡乃退。未几，迁中书舍人，左军中尉。

吐突承璀自淮南还都后，仍然得宠，辗转援引，党类甚繁。后来党派分裂，内侍王守澄陈弘志等，与承璀势力相当，互为倾轧，萧墙里面，早已隐伏戈矛。宪宗误服金石，致多暴躁，左右宦官，往往获罪致死，因此人人自危，时虞不测。承璀尝与宪宗次子澧王恽友善，从前太子宁病殁时，劝宪宗立恽为储，宪宗因恽母微贱，特立遂王恒为太子，至是宪宗有疾，承璀复谋立恽，太子恒得知消息，密遣人问诸司农卿郭钊，钊系太子母舅，嘱使传语道："殿下但应孝谨，静俟天命，幸勿他谋。"郭氏子弟，始终尽礼。太子才耐心静待。到了元和十五年元日，宪宗因寝疾罢朝，群臣惶恐，会义成节度使刘悟来朝，赐对麟德殿，及悟趋出，语群臣道："主体平安，保毋他虑。"群臣听了悟言，总道是易危为安，放心归第，不料过了一宵，宫中竟传出骇闻，说是圣驾宾天，宰相以下，仓猝入临，趋至中和殿，就是御寝所在，但见殿门外面，已由中尉梁守谦，带兵环卫，里面寝室，为王守澄陈弘志及诸宦官马进潭刘承韦元素等把守，不准群臣趋进龙床。陈弘志且扬言道："皇上误服金丹，毒发暴崩，真是出人意料，幸留有遗诏，命太子嗣位，授司空兼中书令韩弘，摄行冢宰，太子现在寝室，应即日正位，然后治丧便了。"别人不言，独让陈弘志出头，明明是贼胆心虚，自欲洗清逆案。皇甫镈令狐楚等，本来是没甚气节，且见寝殿内外，已被一班阉竖，占了先着，盘踞牢固，料知不便抗争，只好唯唯从命。陈弘志手段甚辣，密遣心腹伺诸道旁，俟吐突承璀及澧王恽奔丧，竟出其不意，将他杀死，外人亦不知为谁氏所遣，宫廷中且未悉两人死耗，专办太子即位礼仪，及料理丧具等事。太子恒即位太极殿东序，是谓穆宗，赐左右神策军钱，每人五十缗。

皇甫镈已毕朝贺，退回私第，翌晨复拟入朝，忽由中使颁到诏敕，数责罪状，谪窜崖州，令为司户参军。镈不觉泪下，待中使出去，与家人叙别，免不得相对凄惶，继且自叹道："王守澄陈弘志等谋逆，我身为宰相，不能讨叛，罪固当死，若说我荐引方士，药死皇上，这却未免冤枉哩。"自知颇明，然已迟了。乃出都南行，后来竟死崖州，中外称贺。左金吾将军李道古，亦坐贬循州司马，杖死方士柳泌，及浮屠大通。中尉梁守谦以下，都进官有差。弑君逆党，反得蒙赏，唐事可知。进任御史中丞萧俛，及翰林学士段文昌同平章事，尊生母郭贵妃为皇太后，追赠太后父暧为太尉，母为齐国大长公主，兄钊晋授刑部尚书，锹为金吾大将军。太后移居兴庆宫，朔望三朝，穆宗每率百官诣宫门上寿，或岁时庆问燕飨，后宫戚里，暨内外命妇，联袂入宫，车骑杂沓，环佩铿锵，豪华烜赫，备极一时。迭应七十四回。

穆宗务为奢侈，尤好嬉游，即位未几，御丹凤门，宣诏大赦，召入教坊倡优，令演杂戏，纵观恣乐。越数日，又至左神策军，观角牴戏，即手搏戏。监察御史杨虞卿等，上疏谏阻，穆宗阳为优答，仍然未改。柳公绰弟公权，书法遒劲，得邀主赏，召入为翰林侍书学士。穆宗尝问道："卿书何这般佳妙？"公权答道："用笔在心，心正笔自正。"穆宗亦悚然动容，知他借笔作谏；但江山可改，本性难移，更兼左右宵小，逢君为恶，日加怂恿，单靠着两三直臣，几句正话，哪能挽回主听，骤改前非？一薛居州其如宋王何？江陵士曹元稹，具有文才，善作歌曲，尝与监军崔潭峻交游。潭峻录稹旧作，归白宫中，宫人多喜歌诵，婉转悠扬，曲尽妙趣。穆宗问为何人所制？当由潭峻报明姓氏，并盛称稹才可用，遂召他入都，命为知制诰。中书舍人武儒衡，瞧他不起，会当溽暑，与同僚食瓜阁下，稹亦在座，儒衡见瓜上有蝇，用扇挥去，且语道："适从何来？遽集于此。"同僚大半失色，儒衡意气自如，稹怀惭而退。稹字微之，宪宗时曾为左拾遗，奏议颇多，寻为监察御史，辄出外按狱。少年喜事，日遭诟病，遂被当道参劾，贬为江陵士曹参军。武儒衡因他交通中官，复得干进，所以格外奚落。若论他文才诗思，与白居易实相伯仲，所传歌词，天下称颂，时号为《元和体》，往往播诸乐府，宫中呼为元才子。不过出处未慎，身名两败，可见才德两字，是缺一不可呢。为有才者作一棒喝。

是年六月，葬宪宗于景陵，宪宗在位十四年，享年四十二岁，史称宪宗志平僭叛，所向有功，好算一中兴主，可惜晚节不终，致为宦官王守澄陈弘志等所弑，这正是一代公评。唯穆宗既葬宪宗，益事游畋，趁着秋凉天气，带了后宫佳丽，游鱼澡宫，浚池竞渡，赐与无节。且欲开重阳大宴，拾遗李珏，与同僚上疏道："元朔未改，山陵尚新，虽陛下俯从人欲，以月易年，究竟三年心丧，礼不可紊，合宴内廷，究应从缓为宜。"穆宗不听。到了九月九日，宴集百官，格外丰腆，足足畅饮了一天，既而群臣入阁，谏议大夫郑覃崔郾等五人进言，略谓："陛下宴乐过多，游幸无度，日夕与近习倡优，互相狎昵，究非正理。就是一切赏赐，亦当从节。金帛皆百姓膏血，非有功不可与，虽然内藏有余，总望陛下爱惜，留备急需！"穆宗自践位后，久不闻阁中论事，此次忽闻阁议，便问宰相道："此辈何人？"宰相等答是谏官。穆宗乃令宰相传语道："当如卿言。"宰相传谕毕，相率称贺。哪知穆宗口是心非，不过表面敷衍，何曾肯实心改过？尝语给事中丁公着道："闻外间人多宴乐，想是民和年丰，所以得此佳象，良慰朕怀。"公著道："这非佳事，恐渐劳圣虑。"穆宗惊问何因？公著道："自天宝以来，公卿大夫，竞为游宴，沉酣昼夜，猱杂子女，照此过去，百职皆废，陛下能无忧劳么？愿少加禁止，庶足为朝廷致福。"穆宗似信非信，迁延了事。

未几，已是仲冬，又拟出幸华清宫，此时韩弘已罢，令狐楚亦因掊克免相，累贬至衡州刺史，另用御史中丞崔植同平章事。植与萧俛段文昌，率两省供奉官，诣延英门，三上表切谏，且言御驾出巡，臣等应设扈从，乞赐面对。穆宗并不御殿，也无复音。谏官等又俯伏门下，自午至暮，仍然没有音响，不得已陆续散归，约俟翌晨再谏。不料次日进谒，探得宫中消息，车驾已从复道出城，往华清宫，只公主驸马及中尉神策六军使，率禁兵千余人，扈从而去，群臣统皆叹息。好容易待到日暮，方闻车驾已经还宫，大众才安心退回。小子有诗叹道：

为臣不易为君难，勤政从虞国未安。
宁有庙堂新嗣统，遨游终日乐盘桓？

内政丛脞，外事亦不免相因，欲悉详情，请看下回续叙。

古人有言："外宁必有内忧。"夫外既宁矣，内忧胡自而至？盖自来好大喜功之主，当其从事外攘，非不刚且果也，一经得志，骄侈必萌，背臣媚子，毕集宫廷，近则不逊远之则怨，未有不酿成祸乱者。如宪宗之信方士，任宦官，好进奉，都自削平外患而来，卒之身陷大祸，死于非命，史官犹第书暴崩，不明言遭弑，本编依史演述，虽未直书弑逆，而首恶有归，情事已跃然纸上，岂必待显揭乎哉？况穆宗为宦官所立，已为晚唐开一大弊，即位后又不讨贼，专事嬉游，甚且举乱臣贼子而封赏之，然则弑父与君穆宗应为首逆，许世子不尝药，《春秋》犹书弑君，况如穆宗之狎暱乱贼乎？故王守澄陈弘志之弑君，可书而不书，穆宗之无父无君，虽不书与直书等，皮里阳秋，明眼人自能瞧破，此即所谓微而显也。

第七十八回　河朔再乱节使遭戕
深州撤围侍郎申命

却说成德节度使王承宗，自遣质献地后，还算安分守己，至元和十五年十月病殁。子知感知信，尚留质京师，秘不发丧。军中推立承宗弟承元，承元年方二十，语军士道："诸公未忘先德，不因承元年少，欲令暂摄军务；承元愿尽节天子，勉成忠烈王遗志，诸公肯相从否？"忠烈王即王武俊。大众许诺。承元乃视事旁厅，不称留后，密表请朝廷除帅。朝廷始知承宗已殁，特调魏博节度使田弘正，为成德节度使，徙承元为义成节度使，且遣谏议大夫郑覃宣慰成德军，赉钱百万缗，分赏将士。将士闻承元移镇义成，俱涕泣挽留。承元亦涕泣与语道："诸公厚爱，不欲承元他去，盛情可感，但使承元违诏，适增承元罪戾。从前李师道未败时，朝廷尝下诏赦罪，召他入朝，师道欲行，诸将攀辕固留，后来杀死师道，就是这等将士，愿诸公勿使承元为师道，便是承元的幸事了。"言毕，且遍拜将士，将士统已无言，独大将李寂等十余人，尚然强谏，不肯令往。承元忍不住变色道："承元不敢违诏，你却敢抗命么？"呼左右缚住李寂等，推出斩首。有胆有识，不意于少年得之。军心乃定，承元遂移赴滑州去了。成德自李宝臣始，至王承元终，共易二姓，传五世，凡五十九年。

越年改元长庆，卢龙节度使刘总，奏请弃官为僧，乞另简大员继任。看官阅过上文，应知刘总弑父杀兄，窃据节钺，为何此次不愿做官，反愿为僧呢？原来总虽得位，心中未免危惧，当夜深人静时，屡见父兄在旁，怒目相视，他不得已延僧忏醮，朝诵经，夕礼佛，几乎无日空闲，偏是佛法无灵，冤魂屡扰，甚至青天白日，也觉父兄随着，因此越加惊惶。天下事最怕心虚，心越虚，胆越小，自悔前事做错，将来难免受祸，不如趁早出山，省得吃苦。又见河南北皆已归他，遂决计弃官为僧，奏分所属为三道，幽涿营为一道，平蓟妫檀为一道，请除张弘靖薛平为节度使；瀛莫为一道，请除卢士玫为观察使。并又择麾下宿将，如朱克融即朱滔孙。等送京师，乞量才内用，为燕人劝。并献征马万五千匹，然后削发待命。好几日不见诏下，他将印节交代留后张玘，静悄悄的遁去。倒也清脱。

穆宗接刘总表文，尚不在意，专务酣宴冶游。过了数日，方令宰臣等会议，时萧俛段文昌相继罢职，改用户部侍郎杜元颖同平章事。元颖为杜如晦五世孙，与崔植先后入相，植尚有操守，未达世务，元颖实庸碌无能，较植尤为暗昧。两人拟定办法，乃是许总为僧，唯分道一说，不尽相从，但调河东节度使张弘靖继任，就原镇内止割瀛莫二州，归卢士玫管领。士玫曾权知京兆尹，为总妻族亲戚，总特别举荐，却有些假公济私的意思。两相不便却情，曲从所请，所有兵马使朱克融等，留京待选。穆宗当然准奏，只待遇刘总，恰有两条敕旨，一是准他为僧，赐给僧服，一是晋任侍中，移镇天平军。即前回郓曹濮三州，赐号天平军。两事令他自择，即遣中使赍诏赴镇。哪知到了幽州，刘总早已他去，当由留后张玘，四处找寻，及寻至定州境内，才见刘总遗骸，暴露山下。岂真放下屠刀，立地成佛耶？乃购棺具殓，通报刘氏子弟，扶榇归里。刘氏建节幽州，自怦至总凡三世，共三十六年。

先是河北诸帅，皆亲冒寒暑，与士卒同甘苦，及张弘靖移镇，雍容骄贵，深居简出，政事多委诸幕僚，所用判官韦雍等，又皆年少浮躁，专尚豪纵，出入传呼甚盛，或朝出夜归，烛炬满街，燕人惊为罕见。朝廷赏给卢龙军百万缗，由弘靖截留二十万，充军府杂用。韦雍等复克扣军士衣粮，且屡诟军士道：“今天下太平，汝等能挽两石弓，不若识一丁字。”军中闻诟，各有怨言。祸在此矣。会朱克融等被当道勒还，仍令归本镇驱使。克融求官不遂，恰耗了许多旅资，及回见弘靖，弘靖亦没甚礼貌，不过淡漠相遭。克融积忿不平，暗生异志，可巧韦雍出游，遇小校纵辔前来，冲撞马头，雍命导役把小校曳下，即欲在街中杖责，小校不服。雍将小校带回，入白弘靖，弘靖命拘系定罪。是夕即生变乱，士卒呼噪入府，扭住弘靖，劫掠货财妇女，杀死幕僚韦雍张宗元崔仲卿郑埙，及都虞侯刘操、押牙张抱元。唯判官张彻，素性长厚，大众不忍加刃，与他商议后事。彻骂道："汝等如何造反？将来恐要族灭哩。"道言未绝，已被士卒杀毙。士卒拥弘靖至蓟门馆，将他囚禁，另议推立留后，商量一夜，未曾就绪。次日众有悔心，统至蓟门馆谢罪，请改心服事弘靖。待至半日，未见弘靖回答。真是饭桶。大众乃相语道："相公不发一言，是不肯赦宥我等，我等不应待死，只好另立镇帅罢。"遂往迎旧将朱洄为留后。洄即克融父，时方因废疾卧家，自辞老病，愿举子自代。亦欲效晋祈奚么？众乃奉朱克融为留后。穆宗闻变，贬弘靖为吉州刺史，调昭义节度使刘悟为卢龙节度使。悟不愿移节，表称克融方强，不如且授节钺，待作后图，乃仍令悟镇昭义军，另议对付克融，不欲遽授旌节。

偏偏一波未平，一波又起，成德兵马使王庭凑，竟勾结牙兵。戕杀节度使田弘正，自称留后，累得唐廷应接不暇，愈觉惊惶。原来田弘正徙镇成德，自思前时与镇军交战，积有宿嫌，恐军士尚思报复，特带魏博兵二千人，留作自卫，且表请度支使另给粮赐。户部侍郎判度支崔倰，刚褊无远虑，不肯照给，弘正四上表不报，没奈何遣魏博兵归镇。果然不到半年，都知兵马使王庭凑，纠众作乱，攻入府署，杀死弘正，并家属二百余人。所有弘正僚属，亦多遭害。庭凑竟自称留后。是时李愬正调镇魏博，闻弘正遇害，特素服令将士道："魏人所以得通圣化，至今富乐安宁，究系何人所赐？"大众齐声道："幸有田公弘正。"愬又道："诸君既受田公厚惠，今田公为成德军所害，将若何报怨？"众又道："愿从公令。"愬又搜阅兵马，自请往讨成德，一面出宝剑玉带，遣使持赠深州刺史牛元翼，且传语道："昔我先人用此剑立功，我又奉此剑平蔡州，今特赠公，请努力剪除庭凑，"元翼本成德良将，深州属成德管辖，至是感愬知遇，即捧剑执带，晓示军中，且令魏使返报李愬，誓尽死力。愬遂表荐元翼忠诚可用，有诏授元翼为深冀节度使。元翼受命，作书谢愬，并约愬为援，即日发兵。愬整军将发，忽尔染疾，卧不能起，乃亟诸简贤代任。廷议以魏人素服弘正，拟起复弘正子布，继任魏博，当无后虑。穆宗准议，拜布检校工部尚书，兼魏博节度使，召愬归东都养疴。布曾任河阳节度使，转徙泾原，因弘正遇害，丁忧解职，至是奉诏起复，固辞不获，始涕泣受命，且与妻子及宾客诀别道："我此行恐不能生还了。"隐伏死谶。遂屏去旌节，襆被即行。距魏州三十里，披发徒跣，号哭而入。李愬见布已莅镇，即日交卸，还至东都，不久即殁。年四十九，朝廷追赠太尉，予谥曰武。愬当服官之年，即行病逝，殊足深惜；否则将才如愬，必能平定成德，何至河朔再失耶？

布虽受任，身居垩室，月俸千缗，一无所取，且卖去旧产，得钱十余万缗，尽给将士，誓众复仇。那时朱克融却日益猖獗，诱降莫州都虞侯张良佐，逐去刺史吴晖，再煽动瀛州军士，执住观察使卢士玫，送至幽州，囚住客馆。一面又与王庭凑联络，合攻深州。诏令殿中侍御史温造为起居舍人，充镇州即恒州，属成德军。四面诸军宣慰使，遍历泽潞河东魏博横海深冀易定等道，预戒军期。各道多观望不前，再调裴度为镇州四面行营都招讨使。度受命即发，偏翰林学士元稹，与知枢密魏弘简，潜相勾结，求为宰相，恐度为先达重望，一或有功，必当大用，有碍自己进取，因此从中阻挠，凡遇度所陈军事，多不使行。元才子之丧名败节，莫此为甚。度乃上疏极谏，略云：

> 陛下欲扫荡幽镇，先宜肃清朝廷，河朔逆贼，只乱山东，禁闱奸臣，必乱天下。是则河朔患小，禁闱患大。小者臣与诸将必能剪灭，大者非陛下觉悟制断，无自驱除。臣自兵兴以来，所陈章疏，事皆切要，所奉诏书，多有参差，蒙陛下委付之意不轻。遭奸臣抑损之事不少。臣素与佞幸，无甚仇隙，不过恐臣或有成功，曲加阻抑，进退皆受羁牵，意见悉遭蔽塞，但欲令臣失所，使臣无成，则天下理乱，山东胜负，悉不顾矣。为臣事君，一至于此。若朝中奸臣尽去，则河朔逆贼，不讨自平，若朝中奸臣尚存，则逆贼虽平无益。陛下倘未信臣言，乞出臣表，使百官集议，彼不受责，臣当伏辜。臣不胜翘首待命之至！

疏入不省。接连又是两疏，明斥魏弘简元稹，乃罢弘简为弓箭库使，稹为工部侍郎，暗中仍宠遇如故。横海节度使乌重胤，率全军往救深州，独当幽镇东南诸军，倚以为重。重胤老成持重，见贼势方盛，未易剿除，因深沟高垒，按兵观衅。左领军大将军杜叔良，以善事权幸得宠，中官遂交口称扬，谓重胤逗留误事，不若令叔良往代。穆宗信为真言，遂徙重胤为山南西道节度使，令叔良代统横海军，兼深州行营节度使。叔良驰至深州，与成德军接仗，屡战屡败，至博野一战，丧亡七千余人。叔良狼狈奔还，连旌节都至失去。穆宗始知误用，另调凤翔节度使李光颜为忠武军节度使，德宗时称陈许为忠武军。兼深州行营节度使，代杜叔良。已是迟了。自宪宗征讨四方，国用已空，穆宗即位，侈奢无度，府藏尤匮。更兼幽镇用兵，日需军饷，左支右绌，拮据异常，宰臣为节费起见，特上呈奏议，大略谓："庭凑杀弘正，克融囚弘靖，罪有轻重，不应同讨，请赦克融罪，专讨庭凑。"无非姑息。穆宗乃命克融为平卢节度使，克融虽得旌节，仍然遣兵四出，陷弓高，围下博。前翰林学士白居易，素有直声，屡遭时忌，累贬至江州司马，唐时有浔阳曲，便为此时所作。寻迁忠州刺史，长庆初复入任中书舍人，目击时艰，忍无可忍，乃复上书言事道：

自幽镇逆命，朝廷讨诸道兵计十七八万，四面攻围，已逾半年。王师无功，贼势犹盛。弓高既陷，粮道不通，下博深州，饥穷日蹙。盖由节将太众，其心不齐，朝廷赏罚，又复误用，未立功者或已拜官，已败衄者不闻得罪，既无惩劝，以至迁延，若不改张，必无所望。请令李光颜将诸道劲兵，约三四万人，从东速进。开弓高粮路，令下博诸军解深州重围，与元翼合势，令裴度将太原全军，兼招讨旧职，四面压境，观衅而动，若乘虚得便，即令同力剪除，若战胜贼穷，亦许受降纳款，如此则夹攻以分其势，招谕以动其心，必未及诛夷，自生变故，仍诏光颜选留诸道精兵，余悉遣归本道，自守土疆。盖兵多而不精，岂唯虚费资粮？兼恐挠败军陈故也。诸道监军，请皆停罢，众齐令一，必有成功。又朝廷本用田布令报父仇，令领全师出界，供给度支，数月以来，都不进讨，非田布固欲如此，实由魏博一军，累经优赏，兵骄将富，莫肯为用。况其军一月之费，约需钱二十八万缗，若更迁延，将何供给？此尤宜早令退军者也。若两道止共留兵六万，所费无多，既易支持，自然丰足。否则兵数不抽，军费不减，食既不足，众何以安？不安之中，何事不有？况有司迫于供军，百端搜括，不许则用度交缺，尽许则人心无餍，自古安危，皆系于此，伏乞圣虑察而念之！

穆宗得奏，毫不在意。崔植杜元颖，也逐日延宕，未尝过问，还有西川节度使王播，以赂结宦官进幸，入为盐铁使，寻且为相，专事逢迎，不谈政治。至长庆二年，魏博又复作乱，遂致河朔三镇，相继沦胥。魏博节度使田布，素与牙将史宪诚相善，及出师复仇，命为先锋兵马使，军中精锐，悉归调度。宪诚前驱出发，布为继进，出至南宫，适值大雪缤纷，军不得进，度支馈运，又复不至。布令发六州租赋，供给军糈，将士不悦，入白布道："我军出境，向例由朝廷供给，今尚书刮六州膏血以奉军，虽尚书瘠己肥国，六州人民，究系何罪？"布默然不答。将士退出，转语宪诚。宪诚已蓄异图，非但不加劝慰，并且从旁煽动，于是军心益离。会有诏分魏博军与李光颜，使救深州，布军遂溃，多归宪诚。布独与中军八千人归魏，复召诸将会议，再行出兵。诸将益哗噪道："尚书能行河朔旧事，指田承嗣。愿与共死生，若使复战，恐无能为力了。"布再欲与语，诸将尽拂袖而出。布不禁泪下道："功不成了。"便自作遗表，具陈情状。略谓："臣观众意，终负国恩。臣既无功，敢忘即死，伏愿陛下速救光颜元翼，勿使义士忠臣，尽为河朔屠害，臣虽死亦瞑目了。"表既写就，号哭下拜，当将表文授与幕僚李石，乃入启父灵，抽刀自言道："上以谢君父，下以示三军。"言毕，刺心自尽，年止三十八岁。徒死无补，亦愚忠愚孝之流。宪诚闻布已死，即宣告大众，仍遵河北故事。众皆欢跃，愿拥宪诚为留后，乃将布死状奏闻，但说布愤功难成，因致短见，且叙及众情归向，愿拥宪诚等事。唐廷亦不遑细察，但赠布右仆射，予谥曰孝，竟授宪诚节度使。

宪诚阳奉朝廷，阴实与幽镇连结，于是王庭凑气焰尤盛。幽镇军围攻深州，官军三面往援，均因衣粮缺乏，冻馁兴嗟，还有何心恋战？就是庸中佼佼的李光颜，亦只能闭壁自守。招讨使裴度，贻书幽镇，以大义相责，朱克融撤围退去，王庭凑虽引兵少退，尚有余兵留着。度拟专讨庭凑，怎奈朝内有一个元才子，是裴晋公的对头，始终忌他成功，屡劝穆宗赦庭凑罪，罢兵息民，穆宗竟命度入朝，加拜司空，令为东都留守。一面授克融庭凑检校工部尚书，各兼节度使。克融释出张弘靖卢士玫，上表称谢。庭凑虽然受命，镇军尚留深州城下。诏令兵部侍郎韩愈，宣慰庭凑，盈廷大臣，均为愈危，诏中亦有"可行则行，可止则止"二语。愈喟然道："君止仁，臣死义，怎得不往？"韩公大名，在此数语。遂持敕启行，直抵镇州。庭凑令军士拔刃张弓，迎愈入馆。愈见甲仗罗列，毫无惧容。庭凑乃语愈道："频年不解兵事，实皆军士所为，庭凑本心，不愿出此。"愈厉声道："天子以尚书有将帅才，故特赐节钺，难道尚书不能与健儿语么？”庭凑语塞。甲士却向前道：“先太师指王武俊。为国击走朱滔，血衣犹在，我军何负朝廷，乃视同盗贼呢？”愈答语道：“汝等尚能记先太师，甚善甚善。试想从前叛逆，自禄山思明，以及元济师道，所遗子孙，今尚有在朝为官么？田令公以魏博归朝廷，子孙孩提，日为美官，王承元以此军归朝廷，弱冠为节度使，刘悟李祐，今皆为节度使，汝等曾亦闻知否？”气盛言宜，胜读昌黎文集。大众皆不能对。庭凑恐众心摇动，麾众令出，徐语愈道：“侍郎来此，欲使庭凑何为？”愈说道：“神策六军诸将，如牛元翼才具，却也不少，但朝廷顾全大体，不忍弃置，敢问尚书既受朝命，如何围攻不退？”庭凑道：“我便当放他出去了。”随即设宴待愈，厚礼遣归，深州围解。牛元翼率十骑出城，奔往襄阳，家属尚陷没城中。为下文伏线。深州守将臧平等，举众出降。庭凑责他坚守不下，杀平等百八十余人，自是成德军六州，恒定易赵深冀。卢龙军九州，幽蓟营平涿莫檀妫瀛。魏博军六州，贝博魏相卫洺。皆跋扈不臣，不奉朝命，河朔复非唐有了。后人推原祸始，无非因君相昏庸，坐致此失。小子有诗叹道：

强藩方幸免喧呶，谁料前功一旦抛。
主既淫荒臣亦昧，野心狼子复咆哮。

三镇已失，昭义军又复不靖，欲知如何启衅，且待下回说明。

王承元徙镇而成德安，刘总弃官而卢龙安，合以魏博田弘正，谨守朝旨，河朔之乱，庶乎息矣，唐廷乃激之使变，果胡为耶？田弘正与成德有隙，不应轻徙，张弘靖有文无武，更不应轻调，一变骤起，一变复乘，至起复田布，再令遘祸，既害其父，又害其子，弘正与布，虽未尝无失，要之皆唐廷处置失宜之弊也。当时相臣如裴度，将臣如李光颜，皆一时名流，乃为奸臣腐竖所牵制，不能成功，集天下之兵，不能讨平二贼，反以节钺委之，乱臣贼子，岂尚知有天子耶？韩愈宣慰庭凑，理直词壮，稍折贼焰，然仅救一牛元翼，不得大伸国权，愈固忠矣，其如国威之已替何也。唐至此盖已陵夷衰微矣。

第七十九回　裂制书郭太后叱奸　信卜士张工头构乱

却说昭义节度使刘悟，因不肯移节，仍守原镇。监军刘承偕，在宫时得宠太后，视为养子，既为昭义监军，恃恩傲物，尝在大众前窘辱刘悟，且阴与磁州刺史张汶，谋缚悟送阙下。悟窥破阴谋，讽军士杀汶，并执住承偕，举刀拟颈。幕僚贾直言责悟道："公欲为李司空么？安知军中无人如公。"名足副实。悟乃不杀承偕，拘系以闻。时裴度正奉诏入朝，穆宗问处置昭义，应如何办法？度顿首道："臣现充外藩，不敢与闻内政。"穆宗道："卿职兼内外，何妨直陈所见。"度答道："臣素知承偕怙宠，悟不能堪，尝贻书诉臣，谓曾托中人赵弘亮，奏闻陛下，陛下可亦闻知否？"穆宗道："朕未及闻知，但承偕为恶，悟何不早日奏闻？"度又道："臣入觐天颜，相距咫尺，有所陈请，陛下尚未肯俯从，况千里单言，能遽邀圣听么？"穆宗道："前事且不必再提，但论今处置方法。"度答道："必欲使帅臣归心，为陛下效力，应该敕使至昭义军，把承偕枭示。"度素嫉监军故有此请。穆宗道："朕亦何爱承偕，但太后曾视如养子，当更思及次。"度请投诸荒裔，穆宗许可，乃诏流承偕至远州。悟遂释出承偕，上表谢恩。

既而武宁副使王智兴，复逐去节度使崔群，朝廷以力未能讨，即命智兴继任节度使。当时崔植、杜元颖，又陆续免相。元稹得入任同平章事，劝穆宗远调裴度，令他出镇淮南，制敕一下，言路大哗，交章请留度辅政。穆宗乃留度为相，命王播代镇淮南，兼盐铁转运使。度与稹同居相位，当然似冰炭难容。稹屡欲害度，但苦无隙，宦寺多与度未协，特讽穆宗召用李逢吉。逢吉曾为东宫侍读，出任山南东道节度使，阴谲多谋，密结近幸，至是荐入为兵部尚书，明明是挤排裴度。哪知逢吉心肠尤狠，甫经受职，便欲将裴度、元稹，一并猝去，自己好夺取钧席。凑巧有一个善讲谣言的李赏，为逢吉所赏识，即令他至左神策军营，讦告元稹阴谋，说他与裴度有嫌，密结私党于方，募客刺度。神策中尉入奏穆宗，穆宗即命尚书左仆射韩皋，给事中郑覃，与逢吉会同鞫讯，并无实证，当即复奏上去，大约是："查无实据，事出有因。裴、元二相，同职不同心，所以群疑纷起，有此谣言，请求圣明察夺。"看官试想！这数句奏语，真是妙不可阶，既好把二相同时坐免，复好把李赏轻轻脱罪，一举三得，若非李尚书足智多谋，怎能有此巧计？冷隽有味。果然穆宗览奏，堕入彀中，罢度为尚书右仆射，出稹为同州刺史。有几个謇謇谔谔的言官，未免代抱不平，上疏言："裴度无罪，不宜免相，稹蓄邪谋，虽未成事，不为无因，应从重谴罚。"穆宗不得已，再贬稹为长春宫使，唯不复相度，竟令李逢吉同平章事。相位到手，究竟长厚者吃亏，刁狡者生色。但读李逢吉死后无子，冥冥中卒有报应，诈谋亦何益乎？

时李愿出任宣武节度使，宠任妻弟窦瑗，骄贪不法，贻怨军中。牙将李臣则作乱，杀瑗逐愿，推押牙李岕为留后。监军据实奏闻，有诏令宰相及三省官会议，或谓当如河北故事，授岕节钺。逢吉力驳道："河北事出自无奈，今若并汴州弃置。恐江淮以南，均非国家有了。"此语确是。适宋亳颍州，亦各奏请命帅，逢吉入白穆宗，请征岕入朝，令韩弘弟韩充出镇宣武。穆宗从逢吉言，遣使召岕，岕不受命，诏令忠武节度使李光颜，兖海节度使曹华，出兵讨岕，屡败岕军。韩充入汴境，又败岕兵于郭桥。岕尝与兵马使李质友善，质屡次劝谏，岕不肯从。会岕因郁愤，疽发卧家质乘间突入，斩岕示众，众皆骇服，遂出城迎充。充既视事，人心粗定，乃密籍军中党恶千余人，尽行逐出，且下令道："敢少留境内者斩！"于是军政大治。李质得加授金吾大将军。

穆宗因南北粗平，内外无事，奉郭太后游幸华清宫，自率神策军围猎骊山，车马仪仗，夹道如林。及返入宫中，屡与内侍击球，忽有一人坠马，马奔御前，险些儿撞倒穆宗，幸经左右揽住马辔，用力扯转，穆宗方得免伤，但已惊成风疾，两足抽搐，不能履地，好几日不见临朝。李逢吉等屡乞入见，终不见答。裴度三上疏请立太子，且屡入内殿求见，穆宗不得已御紫宸殿，度请速下诏立储，副天下望。逢吉亦请立景王湛为太子。原来穆宗在位二年，尚未立后，有子五人，长名湛，封景王，系后宫王氏所出，逢吉所请，却是立嫡以长的正理。穆宗意尚未决，复经中书门下两省，及翰林学士等，接连陈请，乃立景王湛为太子，册湛母王氏为妃，既而疾瘳。

越年仲春，进户部侍郎牛僧孺同平章事。御史中丞李德裕，即故相李吉甫子，声望本高出僧孺，不意僧孺为相，自己反被黜为浙西观察使，料知李逢吉私袒僧孺，特为僧孺报复私仇，将己排出，牛僧孺等对策不讳，为李吉甫所恨，事见七十二回。因此怏怏失望。牛李党隙，实始于此。逢吉又密结中官王守澄，倾轧裴度，出为山南西道节度使，削去同平章事职衔。韩愈转任吏部侍郎，复徙为京兆尹，六军不敢犯法，尝私相语道："是人欲烧佛骨，怎得冒犯呢？"偏逢吉亦忌他刚直，又想出一箭双雕的法儿，既倾韩愈，复陷御史中丞李绅。绅尝排沮王守澄，守澄托逢吉图绅，逢吉遂声东击西，就韩愈身上设法。故例京兆新除，必诣台参，逢吉请加愈兼御史大夫，可免行台参故例。穆宗准奏，绅不知逢吉诈谋，竟与愈相争，往来辞气，各执一是。逢吉即奏二人不协，徙愈为兵部侍郎，绅为江西观察使。及二人入谢，穆宗令各自叙明，方知为逢吉所播弄，乃仍令愈为吏部侍郎，绅为户部侍郎，再拟易人为相。不意三年将满，病根复发，过了残腊，竟尔卧床不起，连元旦都不能受贺。看官听着！穆宗甫及壮年，如何一再抱病？他是效尤乃父，专饵金石，以致燥烈不解，灼损真阴。处士张皋，尝上谏穆宗，毋循宪宗覆辙，穆宗亦颇称善，奈始终饵药，不肯少辍，得毋为壮阳计乎？真阴日涸，元气益枵，遂成了一个不起的症候。当下命太子湛监国，湛时年止十六，内侍请郭太后临朝，太后怒叱道："尔等欲我效武氏么？武氏称制，几倾社稷，我家世代忠贞，岂屑与武氏比例？就使太子年少，亦可选贤相为辅，尔等勿预朝政，国家自致太平。试想从古到今，女子为天下主，果能治国安邦么？"说至此，即将内侍所上制书，随手撕裂，掷置败字簏中。足为汾阳增色。太后兄郭钊正任太常卿，闻宫中有临朝密议，即向太后上笺道："母后临朝，系历代弊政，若太后果循众请，臣愿先率诸子纳还官爵，辞归田里。"太后泣道："祖考遗德，钟毓吾兄，我虽女流，亦岂肯自背祖训？"乃手书复钊，决不预闻外事。是夕，穆宗崩逝，年三十岁，在位只四年。太子湛即位太极殿东序，是谓敬宗。令李逢吉摄冢宰事，尊郭太后为太皇太后，母妃王氏为皇太后，次弟涵仍江王，三弟凑仍漳王，四弟溶仍安王，幼弟瀍仍颍王，涵母萧氏以下，皆尊为妃。为后回文武二宗伏笔。还有尚宫宋若昭，素有才望，为穆宗所敬爱，宫中呼为先生，相率师事。

若昭贝州人，父廷芬，以文学著名，子多愚蠢，不可教训，女有五人，长名若莘，次即若昭，又次为若伦、若宪、若荀，若莘、若昭，才艺尤优，性皆高洁，屏除铅华炫饰，且不愿适人，欲以学问名家。若莘尝着《女论语》十篇，以汉朝韦宣文君代孔子，曹大家等代颜冉，推明妇道，羽翼壶教。若昭又为传申释，阐发余义。贞元中，昭义节度使李抱真，表扬五女才能，德宗悉召入禁中，面试文章，并问经史大义，应对如流，无不称旨。德宗很为褒美，均留侍宫中，号为女学士，凡秘禁图籍，统命若莘总领。宪宗时宠遇如旧。元和末年，若莘病逝，赠河内郡君。穆宗即位，拜若昭为尚宫，嗣若莘职。及敬宗改元，若昭亦殁，赠梁国夫人，若伦、若荀，亦皆早世，若宪代若昭主宫中秘书，文宗时被诬赐死，后文再表。叙宋若昭事，不没贤女。

且说敬宗嗣位，童心未化，才阅数日，即率领内侍，往中和殿击球。越日，又至飞龙院蹴踘。又越日，召集乐工，令在踘场奏乐。嗣是习以为常，比乃父更进一层，无怪后来不得其死。赏赐宦官乐人，不可胜计，往往今日赐绿，明日赐绯，昼与内侍戏游，夜与后宫宴狎。第一个专宠的嫔嫱，乃是右威卫将军郭义的女儿，敬宗为太子时，以姿容选入东宫，及将即位，得生一男，取名为普，敬宗越加宠幸。此外复选了好几个美人，充作媵侍。春宵苦短，日高未兴，百官每日入朝，辄在紫宸门外，鹄立待着，少约一二时，多约三四时，年老龙钟的官吏，足力不胜，几至僵踣。一日，视朝愈晚，群臣望眼将穿，均至金吾仗待罪。好容易才见敬宗升殿，方联翩入朝，朝毕欲退，左拾遗刘栖楚进谏道："陛下春秋方盛，今当嗣位，应该宵旰求治，为何嗜寝恋色，日宴方起？梓宫在殡，鼓吹日喧，令闻未彰，恶声已布，臣恐如此过去，福祚未必灵长，愿碎首玉阶，聊报陛下知遇。"说至此，用额叩地，见血未已。敬宗闻言，顾视李逢吉，意欲令他谕止。逢吉乃宣言道："刘栖楚不必叩头，静俟进止！"栖楚乃捧首而起，复论及宦官情事，才说数语，敬宗双手乱挥，令他出去。确是狂童情状。栖楚道："不用臣言，愿继以死。"栖楚何人，亦欲效朱云折槛么？牛僧孺恐敬宗动怒，亦代为宣言道："所奏已知，可至门外静俟。”栖楚乃出，待罪金吾仗。逢吉、僧孺俱称栖楚忠直，敬宗乃命中使宣谕令归，自己退朝入内，仍旧寻欢纵乐去了。翌日下诏，擢栖楚为起居舍人，栖楚辞疾不拜。看官阅到此文，总道刘栖楚直声义胆，冠绝一时，哪知他是李逢吉心腹，有恃无恐。特借此讪上沽直，立言可采，居心殆不可问呢。揭破隐情。

逢吉内结中官，外联党与，当时有八关十六子的传闻，八关是张又新、李续、张权舆、李虞、李仲言、姜洽、程昔范等，连刘栖楚在内，共计八人。又有八人从旁附会，所以叫作八关十六子。中外有所陈请，必先贿通关子，后达逢吉，然后可得如愿，逢吉素恨李绅，密嘱李虞、李仲言，伺求绅短。虞系逢吉族子，仲言乃逢吉侄儿，两人寻不出李绅短处，乘着敬宗即位，便与逢吉密商，贿托权阉王守澄，令他入白敬宗，诬称：“李绅等欲立深王悰，即穆宗弟。亏得逢吉力为挽回，陛下始得践阼。”敬宗虽然童昏，听到此言，恰也未曾深信。逢吉又自进谗言，请即黜李绅，乃贬绅为端州司马。张又新为补阙官，讨好逢吉，复上言：“贬绅太轻，非正法不足伏罪。”敬宗几为所惑，幸翰林侍读学士韦处厚，极力营救，为绅辨诬，方得少沃君心。奸党心尚未餍，日上谤书，敬宗查阅遗牍，得裴度、杜元颖等，请立自己为储贰一疏，李绅名亦列在内，于是绅冤得白，把所有诬绅奏章，一并毁去，仍如迁擢，后文再见。何不加罪诬告？乃仅以一毁了事，敬宗终属不明。

韩愈亦为逢吉所忌，他到敬宗嗣统，已经抱病，数月而殁，还算死得其时，蒙赠礼部尚书，赐谥曰文。愈字退之，南阳昌黎人氏，父仲卿曾为武昌令，政绩卓著，仕至秘书郎。愈三岁丧父，随兄会贬官岭表，会病殁贬所，赖嫂郑氏鞠养成人，童年颖悟，能日记数千百言，及长，尽通六经百家学，下笔有奇气，以进士知名。既登显要，所得俸给，尝赡恤亲朋。居嫂郑氏丧，服期报德；立朝抗直有声，及门弟子甚众，如李翱、皇甫湜、贾岛、刘乂等，皆以诗文见称。愈尝言历代文章，自汉司马相如太史公迁刘向杨雄后，久失真传，因特为探本钩元，吐弃一切，卓然自成一家言。同时与愈齐名，莫若柳宗元。宗元坐王叔文党，被贬永州，寻迁柳州刺史，终死任所。生平流离抑郁，多借文词抒写，顿挫沈雄，人不易及，世号柳柳州。韩愈尝谓柳子厚文，子厚即宗元字。雄深雅健似司马子长，所以也加器重。柳子厚墓志铭，实出韩愈手笔，韩柳文名，几不相让。惜柳党叔文，贻讥身后，不及韩愈闻望，后世且封愈为昌黎伯。韩文公扬名后世，故特为详叙，且随笔补述柳宗元事，回应七十一回，一褒一惜，寓有深情。这且休表。

单说敬宗游戏无恒，少理朝事，内由王守澄梁守谦等揽权，外由李逢吉牛僧孺专政，堂廉睽隔，上下不通，遂致变起萧墙，出人意料。这肇祸的魁首，说将起来，尤属可笑，一个是卖卜术士苏玄明，一个是染坊工人张韶，两个不伦不类的人物，也想做起皇帝来了。确是奇怪。玄明与韶，素相往来，韶问终身祸福，玄明替他占课，掷过金钱，沉吟半晌，忽离座揖韶道："可喜可贺，日内得升坐御殿，南面称孤，我恰亦得伴食，这真是意外洪福呢。"韶不禁大噱道："你是卜人，我是染工，如何走得入朝门，坐得上龙廷，真正梦话，可发一笑！"玄明反正色道："我的卜课，很是灵验，你不闻姜子牙钓鱼，汉沛公斩蛇，后来拜相称帝，名闻古今，难道我等定不及古人么？"援引古人，宛肖术士口吻。韶尚大笑不止。玄明又道："目下正是发迹的日子，你想皇帝昼夜游猎，时常不在宫中，不乘此图谋大事，尚待何时？"韶被他激说，却也有些心热起来，便道："宫禁森严，岂凭空可得飞入？"玄明道："我自有妙计，包管你得升御座，你若不信，也随你罢了，只错过这等好机缘，实是可惜。"韶问有什么妙计，玄明即与他附耳数语，顿令一个染坊工匠，眉飞色舞，喜极欲狂，便语玄明道："我做皇帝你拜相，一刻也是好的。"癞虾蟆想吃天鹅肉。于是两人联作一气，密结染工无赖百余人，匿入柴草车内，混进银台门。韶与玄明充做车夫，门役见车载过重，前来盘诘，被韶抽刀杀死，遂令徒党下车，彼此易服，持刀大呼，直趋殿廷。敬宗方在清思殿击球，诸宦官同侍上侧，突闻殿外有喧噪声，急出外探望，正值乱党持刀奔来，慌忙返殿闭门，走白敬宗。敬宗也觉着急，仓猝欲逃。便语内侍道："快……快往右神策军营！"内侍道："右军距此太远，不若亟幸左军，较为近便。"敬宗本宠任右神策中尉梁守谦，所以欲奔右军，至闻内侍奏请，不得已向左角门逃出，径诣左军。左神策中尉马存亮，猝闻敬宗到来，急出迎驾，捧足涕泣，自负敬宗入营，立遣大将康艺全，带领骑卒，入宫讨贼。敬宗语存亮道："两宫隔绝，未知安否，如何是好？"存亮复令兵马使尚国忠，率五百骑往迎太皇、太后，及太后同入营中，再令尚国忠往助艺全。时张韶等已斩关直入，升清思殿，径登御榻，与苏玄明同食道："果如汝言。汝的卜课，真正灵验，我已做过皇帝，汝亦做过宰相，我等好同出去了。”还算知足，但既容你入，恐不容你出去。玄明惊道：“事止此么，奈何出去？”韶起座道：“这宝位岂可长据？倘禁兵到来，如何对敌？”言未已，康艺全已领军杀入，韶与玄明等忙出来抵挡，夺路奔逃。哪经得禁军甚多，杀透一层，又是一层，手下百余人，已倒毙了一大半。更兼尚国忠前来拦阻，眼见得有死无生，乱刀齐下，韶与玄明，同时就戮。尚有几个余党，逃匿苑中，搜查了一昼夜，悉数擒斩，宫禁乃定。是夕，宫门皆闭，敬宗留宿左军，中外不知所在，人情惶骇。翌日，敬宗还宫，宰相李逢吉等入贺，尚不过数十人，当下查问守门宦官，纵盗进来，共得三十五人，法当处死。敬宗只令杖责，仍供旧职，且厚赏两军立功将士。小子有诗叹道：

里闬犹应管镝严，况居帝后隔堂廉。
如何纵贼斩关入，尚事姑容未尽歼。

敬宗惊魂已定，仍然游宴，当由内外直臣，一再讽谏，欲知如何说法，且待下回再叙。

穆敬二朝，藩镇之乱未消，朋党之祸又起。内外交讧，唐室益危。加以穆宗荒耽，敬宗尤甚，万几丛脞，唐之不亡亦仅矣。郭太后怒叱中宫，不愿预政，惩武韦之覆辙，守祖考之遗规，为唐室宫闱中呈一异彩，未始非挽回国脉之一端。惜乎敬宗童昏，游畋无度，宰相李逢吉，复树党擅权，不知匡正，以百余人之无赖工匠，乃能斩关升殿，如入无人之境，朝廷岂尚有君相耶？若张韶、苏玄明之愚妄，何足道焉？

第八十回　蛊敬宗逆阉肆逆　屈刘蕡名士埋名

却说翰林学士韦处厚，素抱公忠，见敬宗仍不知戒，乃入朝面奏道："先帝耽恋酒色，致疾损寿，臣当时未曾死谏，只因陛下年已十五，主器有归，今皇上才及周年，臣怎敢怕死不谏呢？"敬宗颇加奖许，赐他锦彩百匹，银器四具。未几，送穆宗归葬光陵。是时吏部侍郎李程，户部侍郎窦易直，均入为同平章事。两人任职月余，适成德节度使王庭凑，因牛元翼病死襄阳，竟将他留寓深州的家族，尽行屠戮。敬宗闻耗，自叹任相非才，使凶贼纵暴至此。韦处厚乃力荐裴度，说他勋高中夏，声播外夷，不应处诸闲地。李程亦劝敬宗礼待裴度，敬宗乃加度同平章事，仍未召还。既而中官李文德，潜谋作乱，事泄伏诛，敬宗尚宠信宦寺，不以为意。一再示儆，仍然不悟，怎得令终？

越年，改元宝历，敬宗亲祀南郊，还御丹凤楼，大赦天下。唐制，遇着赦令，必由卫尉建置金鸡，使囚犯立金鸡下，然后击鼓宣诏，释放诸囚。是日正在击鼓，忽有中官数十人，执梃而出，乱捶一囚，竟将囚犯殴伤，僵毙数刻，方得复苏。看官道囚犯为谁？原来是鄠令崔发。先是发为邑令，闻五坊人殴辱百姓，命役捕入曳入庭中，细诘姓氏，乃是中使，发已知惹祸，慰遣使去。次日即由台官接奉御敕，收发下狱，一系数旬，得逢恩赦。发亦随各犯立金鸡下，仰望鸿恩，哪知中人正恐他赦宥，所以出来乱殴，御驾当前，胆敢出此，若使敬宗稍有刚德，应该立惩中人，偏敬宗倒行逆施，只赦各犯，不赦崔发，仍令还系狱中。呆极昏极。谏议大夫张仲方等，上书规谏，均不见从。李逢吉从容入白道："崔发敢曳中使，诚大不敬，但发母年垂八十，自发下狱，积忧成疾，陛下方以孝治天下，还望格外矜全？"敬宗乃愍然道："谏官但言发冤，未尝说他不敬，亦不叙及老母，果如卿言，朕奈何不赦哩？"即命中使释发送归，并慰劳发母。母对中使，杖发四十，中使欢颜辞去。究竟崔发有罪，还是中官有罪，请看官自行辨明。牛僧孺看不过去，又畏罪不敢进言，但累表求出，乃升鄂岳为武昌军，出僧孺为节度使。

浙西观察使李德裕，闻敬宗昵比群小，屡不视朝，特献丹扆六箴，一曰宵衣，二曰正服，三曰罢献，四曰纳诲，五曰辨邪，六曰防微，语皆切直可诵。敬宗虽优诏相待，终不能用，荒淫如故。到了五月五日，往鱼藻宫观竞渡船，因嫌龙舟太少，特命盐铁转运使王播，督造龙舟二十艘，预估价值，约需半年转运费。张仲方等力谏，乃始减半。裴度出任山南西道节度使，已阅二年，言官屡称度忠，敬宗亦尝遣使慰问。度因敬宗失政，自求入觐，拟面伸忠悃。李逢吉百计阻挠，私党张权舆特造伪谣云："绯衣小儿坦其腹，天上有口被驱逐。"绯衣寓裴字，坦腹寓度字，天上有口寓吴字，指吴元济被擒事。又因都城西南，横亘六冈，堪舆家谓应乾象六数，度宅正居第五冈，权舆遂借此诬度，说他名应图谶，宅占冈原，无故求朝，隐情可见。十六字很是厉害。敬宗似信非信，又经韦处厚从旁力辩，奸计卒不得行。

会昭义节度使刘悟病终，子从谏匿丧不发，捏造刘悟遗表，求知留后。司马贾直言诃责道："尔父提十二州地，归献朝廷，功劳不小，只因张汶煽祸，自谓不洁淋头，竟至羞死，尔孺子何敢如此？况父死不哭，如何为人？"从谏方才丧发，唯遗表已经入都。宰相李程等，均说是不应轻许，独李逢吉与王守澄，谓不如径从所请，竟令从谏为留后，寻且命为节度使。程与逢吉，因是不协。程族人水部郎中仍叔，与袁王绅顺宗子。长史武昭往来，尝同小饮，当酒酣耳热时，昭语带牢骚，仍叔应声道："我族中相公，也欲畀君显阶，奈为李逢吉所持，不能如愿。"昭不禁攘臂道："我前随裴相公麾下，往讨淮西，裴相遣我谕示吴元济，元济用兵胁我，我誓死不挠，及还营后，复随大军平贼，裴相因我有功，累表举荐，始终不得大用，想都是这班狐群狗党，从中阻挠，似我尚不足惜，试想忠勋如裴相公，尚被他排挤出去，国家有此奸蠹，怎得治安？我当为国家扑杀此贼！"借昭口中，自述履历。

言毕，愤愤欲出。仍叔恐他闯祸，连忙挽住，偏禁不住武昭勇力，脱手便去。昭行至途中，遇着金吾兵曹茅汇，复与谈及逢吉事，汇听他语不加检，料知酒醉，急忙挽至别室，婉言劝解。昭亦酒意渐醒，辞归寓中。不意侦密多人，属垣有耳，那昭汇叙谈的一席话儿，已有人通报张权舆，权舆即转告逢吉，逢吉笑道："两大鱼当入我网中了。"故态复萌。遂嘱人告发，捕昭汇入狱。李仲言且传语告汇道："汝但说李程主使武昭，便可无罪，否则且死。"汇慨然道："诬人求免，汇不敢为。"及对簿时，汇竟将仲言嘱语，和盘说出，于是仲言亦难免罪，狱成定谳。昭杖死，汇流崖州，仍叔流道州，仲言亦流至象州。诬人自坐，何苦乃尔？李逢吉一番巧计，此次却全成画饼。裴度李程，丝毫无损。

适前尚书李绛，奉召为左仆射，绛素有直声，眼见得是不肯缄默，逢吉又多了一个对头，一时没法摆布，只好虚与周旋。时当仲冬，敬宗欲幸骊山，至温泉洗澡，李绛即率同张仲方等，伏阙谏阻，不见俞允。张权舆为左拾遗，也想借端买直，至紫宸殿下，叩首上陈道："昔周幽王幸骊山，为犬戎所杀，秦始皇幸骊山，即至亡国，玄宗作宫骊山，安禄山作乱，先帝亦尝幸骊山，享年不长，陛下不应再蹈覆辙。"敬宗道："骊山有这般凶险么？朕越要一往，试看有应验否？"翌日，即启跸至骊山，就浴温汤，日暮乃返，顾语左右道："若辈叩头进言，有何应验？可见是不足信哩。"骊山亦未必果凶，但好事游幸，不亡亦危，后来敬宗遇弑，实是狎游之咎。李绛闻言叹息，又遇着足疾，遂自请免职。敬宗令为太子少师，出守东都。李逢吉稍稍放怀，偏偏李绛方去，裴度又来，正是防不胜防，暗暗叫苦。

度入朝时，已是残冬。越年仲春，复有诏进度为司空，兼同平章事，急得逢吉心慌意乱，连日与八关十六子，构造蜚言，诬蔑裴老。怎奈上意倾向裴公，反将逢吉渐渐疏淡，逢吉智尽能竭，徒唤奈何。也有此日。一日，度在中书省饮酒，左右忽报称失印，满座失色，度宴饮自若，少顷，复有人入报，印已觅着了，度亦不应。或问度何若是从容？度答道："此必由吏人窃去，偶印书券，若急欲搜查，彼且投诸水火，灭迹图免，不若从容镇定，自然复还故处。"确是相度，但亦安知非由奸党播弄。时人俱服他识量。会敬宗欲幸东都，谏牍日有数起，并不见报。度入奏道："国家本设两都，预备巡幸，但自国家多难，东都宫廨，半多荒圮，陛下果欲行幸，应命有司徐加修葺，然后可往。”敬宗道：“百官多说不当往，如卿所言，不往亦可。”乃暂罢东幸，只遣使按修宫阙。卢龙节度使朱克融，执住赐衣使者杨文端，诡言文端无礼，且所赐滥恶，愿假美锦三十万匹饷军，如果得赐，当遣工五千，助治东都，静候车驾东巡。敬宗恨他跋扈，欲遣重臣宣慰。度献议道：“克融多行不义，必且自毙，陛下何庸另派重使？但颁一诏书，说是中使倨骄，可还我自责，春服不谨，已诘有司，东都宫阙，营缮将竣，不烦远路劳工，朝廷未尝靳惜布帛，唯独与范阳，即幽州未免厚汝薄人。如此说法，狡谋自阻了。”敬宗依言下诏，果然克融送归文端。既而幽州军乱，杀死克融及长子延龄，拥立少子延嗣为留后。延嗣暴虐，又为都知兵马使李载义所屠，载义自称恒山王承乾后裔，拜表陈朱氏父子罪。敬宗不遑查究，即授载义为节度使。嗣是待度益厚，遣李程出镇河东，令李逢吉出镇山南东道，统皆免相。

度屡劝敬宗早朝，且节劳少游，敬宗临朝较早，游戏如故，素嗜击球手搏诸戏，宦官乏力角逐，往往断臂碎首，于是出钱万缗，招募力士，禁军及诸道多彩力士上献。敬宗俱令侍侧，尝引与游畋，又好深夜自捕狐狸，叫做夜打猎。力士或恃恩不逊，辄配流籍没。宦寺小有过失，动遭棰挞，流血方休。因此侍从诸人，且怨且惧。十二月辛丑日，敬宗夜猎还宫，与宦官刘克明、田务澄、许文端，及击球军将苏佐明、王嘉宪、石从宽、王惟直等，共二十八人饮酒。酒已将酣，敬宗入室更衣，忽然殿上烛灭，大众毫不惊哗，唯闻室中一声狂呼，确是敬宗声音，刘克明方命左右爇烛，烛方半明，苏佐明从室内出来，语克明道：“大事已了，速筹善后方法。”弑敬宗事，用虚写笔法，高人一层。克明道：“不若迎立降王罢。”遂作传诏敕，宣翰林学士路隋入内，与语主上暴崩，留有遗命，令绛王悟权领军国事，路隋知他有异，不敢穷诘，只好遵草遗制，一面由田务澄、苏佐明等，迎绛王悟入宫。

绛王悟系宪宗子，乃敬宗叔祖行，他见中使来迎，好似喜从天降，冒冒失失的趋入宫中。天已黎明，宰相以下皆入朝，但见刘克明、苏佐明等，先宣遗诏，继拥绛王悟出紫宸殿，就外庑引见百官，百官俱面面相觑，不发一言，独裴度怡然道：“度等只知遵奉诏旨，皇上猝崩，遗言犹在，应该遵行。”克明插入道：“裴公已三朝元老，一切政策，全仗主裁。”度又道：“度已衰朽，但凭公等裁酌，可行即行便了。”裴公可与言权。同平章事窦易直，本来是没有人格，当然随声附和。度即退归私第，决意讨逆，百忙中想不出什么良法，可巧中尉梁守谦来见，度即延入，便语道："我正要来邀中尉，今日事情，中尉以为何如？"守谦道："弑君逆贼，可杀可恨。"度又道："度等在外，君等在内，究竟弑逆与否，亦当查明。"守谦道："何必多查，闻逆贼刘克明且要将我辈驱逐，我所以来见司空，同靖大难。"度即道："中尉手握禁兵，一呼百诺，何勿速入讨贼！稍纵即逝了。"守谦道："果得除贼，绛王亦不应继立。"度答道："这个自然，名不正，言不顺。"守谦道："是否立皇子普。"度半晌才道："皇子年幼，不如立江王涵。"守谦即行，遂与枢密使王守澄、杨从和，右神策中尉魏从简，时马存亮已出监淮南军。用牙兵迎江王涵入宫，发左右神策飞龙兵，进讨贼党，一体骈诛。连绛王悟亦死乱军中。忠勇如裴晋公，犹必借宦官诛逆，国事可知。

守澄等欲号令中外，苦无成例可援，特商诸翰林学士韦处厚。处厚道："正名讨逆，何嫌何疑？"守澄又问江王如何践阼？处厚道："先用王教布告中外，说是内难已平。然后有群臣三表劝进，即以太皇太后令，册命即位，便无可指摘了。"守澄等统皆欢洽，也不暇再问有司，凡百仪制，都付处厚裁决。当令裴度摄冢宰，率百官谒见江王。江王素服出见，涕泣陈辞。度与百官奉笺劝进，继以太皇太后命令，遂即位宣政殿，改名为昂，是为文宗。乃为敬宗发丧，奉葬庄陵。可怜十八岁的嗣皇帝，在位仅及两年，只因淫荒过度，乐极生悲，徒落得烛残身殒，授命家奴，甚至遗骸暴露，好几日才得棺殓，这岂非咎由自取么？评断精严。

文宗年才十七，颇知孝谨，尊生母萧氏为皇太后，奉居大内，太皇太后郭氏居兴庆宫，称王太后为宝历太后，居义安殿，当时号为三宫太后。文宗每五日问安，凡羞果鲜珍，及四方供奉，必先荐宗庙，次奉三宫，然后进御。就是敬宗妃郭氏，已封贵妃，敬宗子普，已封晋王，文宗一体优待，礼嫂抚侄，始终不衰。并且去佞幸，出宫人，放鹰犬，裁冗官，省教坊乐工，停贡纂组雕镂，及金筐宝床等类，去奢从俭，励精图治，擢韦处厚为同平章事，每遇奇日视朝。奇读如期。对宰相群臣，延访政事，历久方罢。待制官旧虽设置，未尝召对，文宗独屡加延问，中外想望太平，翕然称庆。无非善善从长之意。但也有一大弊处，军国重事，不能果决，往往与宰相等已经定议，后辄中变，所以宽柔有余，明强不足。众善不胜一弊。

越年，改元太和，韦处厚因文宗过柔，乞请避位。文宗再三慰劳，不令辞职。淮南节度使兼盐铁转运使王播，力求复相，所献银器以千计，绫绢以十万计，经权幸再四揄扬，乃召他入朝，仍命同平章事。于是小人复进，正士日疏。横海、魏博、成德诸镇，且有不靖消息，免不得又动兵戈。事见后文。勉强过了一年，至太和二年三月，诏举贤良方正，及直言极谏诸士，由文宗临轩亲策，命题发问，大旨在如何端化，如何明教，如何察吏，如何阜财等条目。昌平进士刘蕡，独痛心阉祸，条陈万言，小子录不胜录，但摘要叙述如下：

臣闻不宜忧而忧者国必衰，宜忧而不忧者国必危。陛下不以国家存亡，社稷安危之策，降于清问，岂以布衣之臣，不足与定大计耶？或万几之勤有所未至也。臣以为陛下所先忧者，宫闱将变，社稷将危，天下将倾，四海将乱，此四者国家已然之兆，故臣谓圣虑宜先及之。夫帝业不易成，亦不易守，本朝开国二百余年，其间圣明相因，未有不用贤士近正人而能兴者。伏愿陛下思开国之艰，杜篡弑之渐，居正位，近正人，远刀锯之残，亲骨鲠之直，辅相得以专其任，庶寮得以守其官，则朝政自理。奈何以亵近五六人，总揽国务，臣恐祸稔萧墙，奸生帷幄，曹节侯览，汉中常侍。复生于今日，此宫闱将变也。伏后来甘露之变。臣按春秋定公元年春王不言正月者，以先君不得正其终，则后君不得正其始，故曰定无正也。今忠贤无腹心之寄，阍寺专废立之权，陷先帝不得正其终，致陛下不得正其始，况太子未立，郊祀未修，将相之职未归，名器之宜不定，此社稷将危也。天之所授者命，君之所存者令，操其令而失之者，是不君也，侵其命而专之者，是不臣也。君不君，臣不臣，此天下所以将倾也。晋赵鞅以晋阳之兵叛，入于晋，书其归者，能逐君侧之恶以安其君，故春秋善之。今威柄陵夷，藩镇跋扈，有不达人臣大节而首乱者。将以安君为名，不究春秋之微而称兵者，且以逐恶为义，政刑不由于天子，征伐必出自诸侯，此海内之将乱也。眼光直注唐末。今公卿大臣，非不欲为陛下言之，虑陛下不能用也。臣下既言而不行，言泄而祸且随之，是以欲尽其言，则有失身之惧，欲尽其意，则有害成之忧，徘徊郁塞以须陛下感悟，然后得尽其启沃，陛下何不于听朝之余，时御便殿，召当时贤相老臣，访持变扶危之谋，求定倾救乱之术，塞阴邪之路，屏狎亵之臣，制侵陵迫胁之心，复门户扫除之役，戒其所宜戒，忧其所宜忧，既不得治其前，当治其后，既不能正其始，当正其终，则可以虔奉典谟，克成丕构矣。昔秦之亡也，失于强暴，汉之亡也，失于微弱，强暴则奸臣畏死而害上，微弱则强臣窃权而震主，伏见敬宗不虞亡秦之祸，不翦其萌，还愿陛下深轸亡汉之忧，以杜其渐，诚能揭国柄以归于相，持兵柄以归于将，去贪臣聚敛之政，除奸吏因缘之害，唯忠贤是进，唯正直是用，内宠便僻，无所听焉，如此而有不万国欢康，兆庶苏息者，臣不信也。夫制度立则财用省，财用省则赋敛轻，赋敛轻，则人富矣。教化修则争竞息，争竞息则刑罚清，刑罚清则人安矣。尤有进者，古时因井田以制军赋，闲农事以修武备，提封约卒乘之数，命将在公卿之列，故兵农一致，而文武同方，用以保乂邦家，式遏乱略。太宗置府兵台省军卫，文武参掌，闲岁则櫜弓力穑，有事则释耒荷戈，所以修复古制，不废旧物，今则不然。夏官不知兵籍，止于奉朝请，六军不主武事，止于养阶勋，军容合中官之政，戎律附内臣之职，首一戴武弁，疾文吏如仇雠，足一蹈军门，视农夫如草芥，谋不足以翦除奸凶，而诈足以抑扬威福，勇不足以镇卫社稷，而暴足以侵害闾里，羁绁藩臣，干陵宰辅，隳裂王度，汩乱朝经，张武夫之威，上以制君父，假天子之命，下以御英豪，有藏奸观衅之心，无伏节死难之谊，岂先王经文纬武之旨耶？昔龙逄死而启商，比干死而启周，韩非死而启韩，陈蕃死而启魏，今岂之来也，有司或不敢荐臣之言，陛下又无察臣之心，退必戮于权臣之手，臣幸得从四子游于地下，固臣之愿也，岂忍姑息时忌，窃陛下一命之宠乎哉？

是时考官左散骑常侍冯宿，太常少卿贾悚等，阅读蕡策，相率叹服。只因王守澄、梁守谦等，盘踞官禁，势焰逼人，一或取录，必且遭祸，不得已将他割爱。当时有二十二人中第，统皆除官。道州人李郃，亦在选列，得除河南府参军。他独奋然道："刘蕡下第，我辈登科，能勿厚颜么？"遂邀集同科裴休、杜牧、崔慎由等，联名上疏，愿将自己科名，让与刘蕡，以旌蕡直。文宗也怕中官为难，不好批答，但将原疏搁置不提。后来蕡终不得仕，仅由牛僧孺等，召为幕僚，后来且为阉宦所诬，贬为柳州司户参军，抑郁以终。小子有诗叹道：

制举由来待有才，如何名士屈尘埃？
雷鸣瓦釜黄钟毁，无怪灵均泽畔哀。

刘蕡被斥，朝廷又失了一位贤相，看官道是何人，且至下回表明。

敬宗在位二年，未尝行一虐政，且于裴度、李绛、韦处厚诸臣，亦知其忠直可用，非直淫昏无道者比，而卒为逆阉所弑者，好游宴，暱佞幸故也，裴度系三朝元老，不能亲自讨贼，乃委权于王守澄、梁守谦等人，何唐室季年，阉人权力，一至于此？文宗有心图治，终受制于家奴，有一刘蕡而不敢用，黜直言之士，增中官之焰，是而欲治安也得乎？读刘蕡疏，令人三叹不置云。

第八十一回　诛叛帅朝使争功
诬相臣天潢坐罪

却说同平章事韦处厚，表字德载，原籍京兆，以进士第入官，素性介直，穆宗时入为翰林学士，文宗绥靖内难，擢居宰辅。太和二年冬季，因横海留后李同捷叛命，屡入朝会议军情，不意早起遇寒，入殿白事，竟晕仆案前。文宗亟命中人掖出登舆，送归私第，越宿即殁，追赠司空。窦易直同时罢职，改任兵部侍郎翰林学士路隋同平章事。看官欲知李同捷如何叛命，待小子约略叙明。横海军属州有四，便是沧、景、德、棣四州，从前是乌重胤任职，最号恭顺。重胤徙镇山南西道，由杜叔良接任，叔良免职，用德州刺史王日简为横海节度使，参见七十八回。赐姓名为李全略。已而授李光颜兼镇横海军，另授全略为德棣节度使。光颜任事未几，仍乞还镇忠武军。敬宗末年，光颜病卒，追赠太尉，予谥曰忠。随笔带叙李光颜，不没功臣。忠武军由王沛高瑀，依次递任，不劳细叙。唯李全略与李光颜同逝，子同捷擅领留后，敬宗毫不过问。至文宗元年，仍命乌重胤复任，调李同捷为兖海节度使。同捷不愿移镇，托言为将士所留，拒命不纳。一面出珍玩女妓，遍赂河北诸镇，要结党援。卢龙节度使李载义，见前回。执住同捷来使，及所有馈遗，并献朝廷。魏博节度使史宪诚，与李同捷世为婚姻，潜助同捷，当时韦处厚尚未去世，颇疑宪诚，裴度独谓宪诚无二心。裴度公料事颇明，至此几失之宪诚，可见知人之难。可巧宪诚遣亲吏入朝，隐侦朝事，处厚与语道："晋公百口保汝主帅，我却不以为然。若使汝主帅暗助同捷，国法具在，怎得轻恕？只晋公未免为难，汝去归语主帅，负朝廷不可，负晋公愈不可呢。”裴度封晋国公，见七十六回。宪诚亲吏，如言归报，宪诚颇有惧意，不敢与同捷往来。成德节度使王庭凑，替宪诚代求节钺，文宗不许，遂发兵械盐粮，接济同捷。

武宁节度使王智兴，愿率本军三万人，自备五阅月粮饷，讨同捷罪。平卢节度使康志睦，康日知子。继薛平后任，薛平移镇平卢，见七十七回。亦愿先驱往讨。奏章陆续入都，文宗乃命乌重胤、康志睦、李载义、史宪诚四帅，会同义成节度使李听，义武节度使张璠，各率本镇军，进讨同捷。重胤素得士心，受命即行，屡战皆捷，偏是天不假年，中道谢世。文宗因他累积忠勋，赙遗加厚，追赠太尉，予谥懿穆。重胤字保君，系河东将乌承玼子，屡任重镇，始终守礼，幕僚如温造石洪，皆知名士，入为谏官。至重胤殁时，门下士二十余人，刲股以祭，可见他惠爱及人，所以有此食报呢。旌扬美德。王智兴奏荐保义节度使李寰，可继重胤，有诏允准。李寰自晋州赴军，所过残暴，部下多无纪律，既至行营，拥兵不进，但坐索饷糈。唯智兴还算出力，拔棣州，破无棣，康志睦亦下蒲台，相继奏捷。史宪诚首鼠两端，阴怀观望，独长子副大使唐，泣谏宪诚，自督军二万五千趋德州，得拔平原，余军多徘徊不进。

王庭凑出助同捷，屯兵境上，牵制史唐，一面往赂沙陀酋长朱邪执宜，拟与连兵。沙陀本西突厥别部，自唐太宗时入修朝贡，累代不绝，至德宗贞元年间，中国多故，北庭不通，沙陀酋长尽忠，乃降附吐蕃。既而回鹘取吐蕃凉州，吐蕃疑尽忠为导，命徙河外。尽忠惶惧，因与子执宜率三万人，仍来归唐，途次为吐蕃兵追袭，尽忠战死，执宜领残众至灵州，叩关请降。节度使范希朝据实奏闻，诏令就盐州置阴山府，令执宜为府兵马使，率众居住。为后文李国昌父子张本。至是拒绝王庭凑，遣归使人，却还原赂。庭凑没法，又嗾使魏博兵马使元志绍，引部兵还逼魏州。史宪诚上表告急，唐廷派金吾大将军李祐，为横海节度使，专讨庭凑。又令义成节度使李听，调沧州行营诸军，往救魏博。李听与史唐合兵击败志绍，志绍走降昭义军，安置洺州，既而缢死。于是李祐会同李载义各军，攻克德州，进薄沧州，直入外城。

沧州为李同捷住所，见外城被破，当然惶急，乃致书李祐，悔罪乞降。祐遣部将万洪入城抚众，趁便留守，并将详情奏闻，静候朝旨。文宗遣谏议大夫柏耆，驰往宣慰。耆至祐营，大言不逊，威协诸将，诸将已愤懑不平。耆又疑同捷有诈，自率数百骑入沧州城，诱令同捷入朝，并使挈同眷属，即日启行。万洪谓宜转告李祐，耆怒叱道："我奉天子命来取同捷，就是汝主帅李祐，也不能违命，汝有什么权力，敢来拦阻？"万洪不肯伏气，便抗声道："同捷叛命，已是三年，幸我主帅努力破贼，才得使叛臣畏服，献地归朝，否则公虽远来，三寸舌能说降一贼么？奈何借天子威，藐视功臣，不一告知呢。"道言未已，那柏耆已拔刀砍去，洪不及防备，竟被斫倒，接连又是一刀，结果性命。洪语虽未免唐突，但亦非尽无理，奈何擅加残戮？当下即押同捷等出城，也不再入祐营，即取道将陵，向西进发。途次闻王庭凑发兵将至，来劫同捷，因将同捷枭首，传入京师。看官试想！诸道劳师三载，好容易得平同捷，偏经一无拳无勇的柏耆，篡取渠魁，前去献功，几把诸道将帅，一概抹煞，那诸将帅肯甘心忍受么？自是彼上一表，此陈一疏，均言柏耆载宝而归，恐同捷面陈阙下，因把他杀死灭口。文宗不得已，贬耆为循州司户参军，贪人之功，以为己力，终究不妙。流同捷母妻子弟等至湖南。

李祐因柏耆返京，乃整军入城。是时祐已抱病，入城后闻万洪惨死，愈觉悲忿，病遂加剧，乃驰奏乞代，并述耆擅杀万洪，有功被戮，愧无以对将士等语。文宗得奏，不禁愤慨道："祐前平淮蔡，今平沧景，为国立功，不为不巨。今为柏耆加疾，脱或致死，岂非是柏耆杀他么？"谁叫你遣使非人。遂再流耆至爱州。既而祐讣又至，复赐耆死；特简卫卿殷侑，为横海节度使。侑至沧州，招辑流亡，劝民农桑，与士卒同甘苦，百姓大悦，文宗更拨齐州隶横海军，一年足兵，二年足食，三年后户口蕃殖，仓廪充盈，又是一东海雄镇了。

史宪诚闻沧景告平，令子唐奉表请朝，情愿纳地听命。唐附表改名孝章，有诏进宪诚兼官侍中，调任河中节度使，命李听兼镇魏博，分相、卫、澶三州，归史孝章管辖，即授为节度使。李听屯兵馆陶，迁延未进，宪诚搜括府库，整治行装。将士忿怒，私相告语道："主帅无故求代，卖地邀恩，今又欲席卷以去，难道我等军人，应该饿死么？"嗣是辗转煽乱，激成变衅，遂乘夜闯入军府，杀死宪诚，并监军史良佐，另推都知兵马使何进滔为留后。进滔下令道："诸君既迫我上台，须听我号令，方可任事。"大众唯唯从命。进滔遂查捕乱首，责他擅杀军使及监军，斩首示众，乃为宪诚发丧，自己素服临哭，将吏统令入吊，一面拜表奏陈详情。李听闻魏州有变，方才趋往，已是迟了。进滔率领魏博将士，出阻李听。听尚未戒备，被进滔杀入营中，一阵冲突，顿时骇散，慌得听昼夜逃奔，到了浅口，人马丧亡过半，辎重器械，尽行抛弃。还亏昭义军出来救听，才将追兵截回。听还至滑台，报称败状，御史中丞温造，劾听奉诏逗留，致有魏博乱事，奏请论罪如律。文宗好事优容，但召听入朝，令为太子太师，又因河北用兵日久，饷运不继，未能再讨进滔，乃授进滔为魏博节度使。史孝章自请守制，因将相、卫、澶三州，仍归进滔管领。进滔抚治兵民，颇有权术，人皆听命，他却安枕无忧了。王庭凑始助同捷，已有诏削夺官爵，令邻镇严兵防守，休与往来。庭凑因同捷伏辜，不免忧惧，因上表谢罪，愿纳景州自赎。文宗得过且过，返还景州，赐复官爵，于是河朔一带，勉强弭兵。写尽文宗优柔。

裴度因年高多疾，屡乞辞职，文宗不许。度又荐称李德裕才可大用，乃召入为兵部侍郎，欲令为相。偏吏部侍郎李宗闵，与德裕有隙，暗地里贿托宦官，求为援助。王守澄等内揽大权，力荐宗闵为相，文宗恐他内逼，没奈何擢居相位。宗闵喜出望外，遂设法排挤德裕。适值李听入朝，因奏派德裕出镇义成军，又引入牛僧孺为兵部尚书，做一帮手。牛僧孺出为武昌军节度使，见前文。可巧王播病死，王播为相，亦见前文。僧孺坐继相职，与宗闵交嫉德裕。回应七十二回与七十九回，德裕甫抵滑州，接受义成军节度使旌节，朝旨又复颁下，令他调镇西川，防御南诏。南诏由韦皋收服后，本无贰心，韦皋事见七十一回。自国王异牟寻病殁，再传至劝龙晟。为藩酋嵯巅所弑，拥立劝龙晟弟劝利，劝利隐感嵯巅，赐姓蒙氏，号为大容，蛮人称兄为容，表明尊敬的意思。劝利传弟丰祐，丰祐勇敢过人，具有大志，会故相杜元颖，出任西川节度使，元颖本没甚材具，自诩文雅，玩视军人，往往减扣衣粮，西南戍卒，转至蛮境劫掠，丰祐与嵯巅，趁势引诱戍卒，给他衣食，令为向导，即由嵯巅率众随入，袭陷巂、戎二州。元颖发兵与战，大败而还。嵯颠覆进据邛州，并逼成都。文宗贬元颖为邵州刺史，另调东川节度使郭钊为西川节度使，兼权东川节度事。又令右领军大将军董重质，发太原凤翔各道兵，往救西川。钊贻书嵯巅，责他无故败盟，嵯颠覆书道："杜元颖侵扰我境，所以兴兵报怨，今既易帅，自当退兵修好。"钊复遣使与订和约，嵯巅遂大掠子女玉帛，引众南去。嗣复遣使上表，谓："蛮人近修职贡，怎敢犯边？只因杜元颖不知恤下，以致军士怨苦，竟为向导，求我转诛虐帅。今元颖尚未受诛，如何安慰蜀士？愿陛下速奋天威，惩罪安民，勿负众望！”文宗乃再贬元颖为循州司马，令董重质及诸道兵士，一概引还。

郭钊至成都，因疾求代，牛、李两相，遂又请将德裕远调。文宗未悉私衷，即诏令德裕西行。德裕至镇，作筹边楼，每日登楼眺览，窥察山川形势，又日召老吏走卒，咨问道路远近，地方险易，一一绘图立说，详尽无遗。自是南至南诏，西至吐蕃，所有城郭堡寨，无不周知。乃练士卒，葺堡鄣，置斥堠，积粮储，慎固边防，全蜀大定。确是有才。唯南诏寇成都时，曾调东都留守李绛为山南西道节度使，令募兵进援成都，绛招兵千人赴援，及南诏修和，罢兵还镇。既而绛接奉朝旨，遣散新军，每人各给廪麦数斗，新军多怏怏失望。监军杨叔元，因绛莅镇后，绝无馈遗，暗暗怀恨，遂激动新军，说是恩饷太薄，众情已是不平。更经监军煽惑，索性鼓噪起来，入掠库储，狂奔使署。绛方与僚佐宴饮，闻变登城。或劝绛缒城逃走，绛慨然道：“我为统帅，怎得逃去？尔等只管听便。”僚佐多半散去。只牙将王景延，及推官赵存约在侧，绛亦麾手令去。景延下城与战，为乱军所杀。存约尚随绛未行，绛急语道：“乱军将至，何不速行？”存约道：“存约受明公知遇，要死同死，何可苟免。”言甫毕，乱兵已一拥上城，可怜绛与存约，先后遇害。绛一生忠直，不意竟遭此难。杨叔元奏报军变，尚诬称绛克扣新军募值，因致肇乱。谏官崔戎等，共论绛冤，及叔元激怒乱军罪状。文宗乃赠绛司徒，予谥曰贞，立派御史中丞温造，继任山南西道节度使，往平乱事。

造行至褒城，正值兴元都将卫志忠，征蛮归来，两下相遇，密与定谋，即分志忠兵八百人为牙队，五百人为前军，趋入兴元，守住府门。造声色不动，但说是飨犒士卒，那乱军靠着杨叔元势力，仍然入受犒赏，不意驰入府门，已由志忠指麾牙兵，把他围住。见一个，杀一个，诛死了八百名，单剩百余名逸去。叔元正与造叙谈，造得志忠复报，便语叔元道：“监军是朝廷命官，奈何嗾使乱军，戕杀主帅？”叔元无可抵赖，跪伏造前，捧着造靴，哀求饶命。造乃答道：“待我表闻朝廷，恐朝廷未必赦汝哩。”当下命将叔元系狱，奏请朝命发落。嗣接文宗诏书，流叔元至康州，乃将叔元释去。绛在地下，恐难瞑目。

越年为太和五年，卢刘副兵马使杨志诚，煽动徒众，逐去节度使李载义，又杀死莫州刺史张庆初，事闻于朝。时元老裴度，屡次乞休，文宗尚不忍令去，加官司徒，限三五日一入中书，平章军国重事。继由牛李两人，妒功忌能，再进谗言，度亦申请辞职，乃出为山南东道节度使，擢任尚书右丞宋申锡同平章事。当下由李宗闵、牛僧孺、路隋、宋申锡四相，同至殿前，会议卢龙善后事宜。牛僧孺进议道："范阳自安史以来，久非国有，刘总暂献土地，朝廷费钱八十万缗，丝毫无获，今日为志诚所得，与前日载义无异，若就此抚慰，使捍北狄，也是一策，不必计较顺逆了。"真是好计。李宗闵本是牛党，路隋系好好先生，申锡乃是新进，当然不加异议。文宗乃命志诚为留后，召载义入京，拜为太保。载义自易州至京师，不到数旬，受诏为山南西道节度使，调温造镇河阳，进志诚为卢龙节度使。唯宋申锡由文宗特擢，因他沉厚忠谨，不附中官，所以拔充宰辅，时常召入内廷，谋除阉党。申锡引用吏部侍郎王璠为京兆尹，谕以密旨，璠竟转告郑注，看官道郑注是何等人物？他本是翼城人，形体眇小，两目短视，尝挟医术游江湖间，元和末至襄阳，为节度使李愬疗疾，愬署为推官，从愬至徐州，渐参军政，妄作威福，军士多半侧目。中官王守澄，方为监军，密将众情白愬，请即逐注。愬笑道："注虽不逊，却是奇才，将军试为叙谈，果无可取，斥逐未迟。"守澄默然退去，愬即令注往谒守澄，守澄颇有难色，不得已与注相见，坐谈数语，机辩横生，守澄惊喜交集，延入中堂，促膝与语，说得守澄非常佩服，相见恨晚。次日即语愬道："郑生才具，确如公言。"守澄不足道，李愬未免失人。及守澄入典枢密。注亦随行，日夜为守澄计事，益见宠任，所有关通纳贿等情，多由注一手经营。守澄更为注营宅西邻，达官贵人，陆续趋往，门前如市。王璠与注，素通声气，闻得这番机密，便去通报郑注。看官！你想注为王守澄心腹，怎得不闻风相告呢？守澄忙与计议，当由注想出一法，只说宋申锡谋立漳王，嗾令神策都虞侯豆卢著，先行讦发，然后由守澄密白文宗。漳王凑为文宗弟，向有令望，文宗得守澄言，免不得疑惧交并，立命守澄查讯。文宗既引申锡为心腹，谋除中官，奈何复信守澄。守澄即召集党羽，拟遣二百骑屠申锡家。飞龙厩使马存亮，虽也是个宦竖，倒也有些天良，便挺身出争道："宋相罪状未明，遽加屠戮，岂不要激成众怒？万一京中生乱，如何抵制？不如召问他相，再定进止。"守澄乃遣中使悉召宰相，至中书省东门，牛、李等鱼贯而入，独申锡为中使所阻，且与语道："奉命传召，无宋公名。”申锡自知得罪，望着延英门持笏叩头而退。牛、李诸相，入延英殿，文宗与语申锡阴谋，牛、李等相顾惊愕，良久方同答道：“请确实讯明，方可定罪。”文宗乃命王守澄往捕漳王内史晏敬则朱训，及申锡亲吏王师文等，鞫问虚实。师文逸去，敬则与训，系神策狱，叠经搒掠，屈打成招。谳词既定，一王二相，几蹈不测。还亏左常侍崔玄亮，给事中李固言，谏议大夫王质，补阙卢钧舒元褒蒋系裴休韦温等，伏阙力谏，请将全案人犯，移交外廷复讯。文宗道：“朕已与大臣议定了。”玄亮叩头流涕道：“杀一匹夫，尚应慎重，况宰相呢！”文宗乃复召相臣入商，牛僧孺谏道：“人臣极品，不过宰相，今申锡已为相臣，尚有何求？臣料申锡不致出此。”文宗略略点首。郑注恐复讯有变，劝守澄入奏文宗，止加贬黜，乃贬漳王凑为巢县公，宋申锡为开州司马，晏敬则朱训坐死。马存亮倍加愤惋，即日乞休，挂冠而去。莫谓中官无人。申锡竟病殁贬所，漳王凑亦未几告终。及王守澄郑注，相继伏法，乃追复申锡官爵，封漳王凑为齐王。小子有诗叹道：

甘将心腹作仇雠，庸主何堪与密谋？
更有贤王冤莫白，无端受贬死遐陬。

申锡案已经了结，维州事争案又起，欲知详情，请看官且阅下回。

河朔三镇，叛服靡常，不谓又增一横海军。李同捷袭父遗业，竟尔抗命，成德魏博，又从而阴助之，微李祐之努力进讨，不亦如王庭凑史宪诚等，逍遥法外，坐拥旌节耶？柏耆奉使至沧州，擅杀万洪，并诛同捷，诛同捷犹可，杀万洪实属不情。苟李祐稍有变志，恐横海亦非唐有矣。甚矣哉，文宗之所使非人也！此后如成德卢龙，以乱易乱，无一非姑息养奸，兴元兵变，祸起监军，杨叔元死有余辜，犹得幸生，不特李绛沉冤，即被诛之新军八百人，恐亦未能瞑目，是何凶竖？独沐天恩，无怪王守澄等之久踞宫禁，势倾朝野也。宋申锡不密害成，咎尚自取，漳王何辜？乃亦遭贬。况文宗固欲除阉人，而反信阉人之诬构，庸昧至此，可胜慨哉！周赧汉献，原不是过矣。

第八十二回　嫉强藩杜牧作罪言
除逆阉李训施诡计

却说维州在西川边境，地当岷山西北，一面倚山，三面濒江，本是唐朝故壤，为吐蕃所夺，号为无忧城，遣将悉怛谋居守。悉怛谋闻蜀帅得人，有志内附，即率众投奔成都。西川节度使李德裕，喜得悉怛谋，欣然迎纳，即遣兵据维州城，奏称："维州为西川保障，自维州陷没，川境随在可虞，今幸故土重归，内足屏藩全蜀，外足抵制吐蕃，就使吐蕃来争，维州可战可守，亦足控御"云云。文宗览奏，即召百官集议，大众皆请从德裕言，独牛僧孺发言道："吐蕃全境，四面各万里，失一维州，亦无大损，近来与我修好，约罢戍兵，我国对待外夷，总以守信为上，若纳彼叛人，彼必责我失信，驱马蔚茹川，直上平凉阪，万骑遥来，怒气直达，不三日可到咸阳桥，京城且守备不暇。就令得百维州，亦远在西南数千里外，有何用处？"文宗本来懦弱，被僧孺说得如此危险，禁不住胆怯起来，便应声道："如卿言，不如遣还悉怛谋罢！"僧孺道："陛下圣明，臣很敬佩。"维州一案，后儒聚讼甚多，实则僧孺欲倾轧德裕，是非且不必计，居心已不可问。文宗乃饬德裕归还维州，并执悉怛谋畀吐蕃。德裕大为不忍，因恐僧孺再加谗构，没奈何依旨施行。吐蕃得悉怛谋，立刻诛夷，备极惨酷，事为德裕所闻，不胜叹息。西川监军王践言，亦谓朝廷失计，代为扼腕。可巧践言奉召入京，令知枢密，乘便与文宗谈及，谓缚送悉怛谋，既快虏心，尤绝外望。文宗闻言知悔，亦咎僧孺失策。僧孺内不自安，累表请罢，乃出为淮南节度使，另征德裕入朝，授同平章事。

德裕一人，李宗闵与他有隙，当然不安。工部侍郎郑覃，与德裕亲厚，素为牛、李所忌，德裕引为御史大夫，从中宣诏。宗闵语枢密使崔潭峻道："黜陟俱由内旨，何用中书？"潭峻微哂道："八年天子，听令自行，亦属何妨。"宗闵愀然而止。给事中杨虞卿等，均由牛、李进阶，德裕复请出为刺史。文宗尝与德裕、宗闵等，论朋党通弊，宗闵道："臣素恨朋党，所以杨虞卿等具有美才，臣不给他美官。"德裕笑语道："给事中尚不算美官吗？"宗闵不禁失色，自请卸职，遂罢为山南西道节度使。调李载义移镇河东，另任盐铁转运使王涯，兼同平章事。卢龙节度使杨志诚，既逐去李载义，骄恣不法，屡遣使求兼仆射，朝廷但授吏部尚书兼衔。志诚愤怒，竟留住朝使魏宝义。文宗不得已命为右仆射，别遣使臣慰谕。殿中侍御史杜牧，见朝廷专事姑息，慨然论河朔大势，名为罪言，略云：

> 天宝末，燕盗起，出入成皋函潼间，若涉无人地。郭李辈兵五十万，不能过邺，人望之若回鹘吐蕃，无敢窥者。国家因之，畦河修障，戍塞其街蹊。齐鲁梁蔡，传染余风，因以为寇。以里拓表，以表撑里，浑沌回转，颠倒横邪，天子因之，幸陕幸汉中，焦焦然七十余年。宪宗皇帝浣衣一肉，不畋不乐，自卑冗中拔取将相，凡十三年，乃能尽得河南山西地。唯山东未服。今天子圣明，超出古昔，志于平治，若欲悉使生人无事，应先去兵。不得山东，兵不可去，窃谓上策莫如自治，何者！当贞元时，山东有燕赵魏叛，河南有齐蔡叛，梁徐陈汝白马津盟津襄邓安黄寿春，皆戍厚兵十余所，才足自护，不能他顾，遂使我力解势弛，熟视不轨者无可如何，因此蜀亦叛，吴亦叛，其他未叛者，迎时上下，不可保信。自元和初，至今二十九年间，得蜀得吴，得蔡得齐，收郡县二百余城，所未能得者，唯山东百城耳。土地人户，财物甲兵，较之往年，岂不绰绰乎？亦足自以为治也。法令制度，品式条章，果自治乎，贤才奸恶，搜选置舍，果自治乎？障戍镇守，干戈车马，果自治乎？井间阡陌，仓廪财赋，果自治乎？如不果自治，是助虏为虏，环土三千里，植根七十年，复有天下阴为之助，则安可以取？故曰上策莫如自治。中策莫如取魏，魏于山东最重，于河南亦最重。魏在山东，以其

能遮赵也，既不可越魏以取赵。尤不可越赵以取燕，是燕赵常取重于魏。魏常操燕赵之命，故魏在山东最重。黎阳距白马津三十里，新郑距盟津一百五十里，陴垒相望，朝驾暮战，是二津虏能皋一，则驰入成皋，不数日间耳。故魏于河南亦最重。元和中举天下兵诛蔡诛齐，顿之五年，无山东忧者，以能得魏也。昨日诛沧，顿之三年，无山东忧，亦以能得魏也。长庆初诛赵，一日五诸侯兵，四出溃解，以失魏也。昨日诛赵，罢敝如长庆时，亦以失魏也。故河南山东之轻重在魏，非魏强大，地形使然也。故曰取魏为中策。最下策为浪战，不计形势，不审攻守是也。兵多粟多，驱人使战者便于守，兵少粟少，人不驱自战者便于战，故我尝失于战，虏常困于守。自十余年来，凡三收赵，食尽且下，郗士美败，赵复振，杜叔良败，赵复振，李听败，赵复振，故曰不计地势，不审攻守，为浪战，最下策也。

此外如伤府兵废坏，作原十六卫，更作战论守论，亦颇中肯綮。李德裕素奇牧才，很为赏鉴，牧因得累迁左补阙，及史馆修撰，并改膳部员外郎，唯素性好游，更兼渔色。牛僧孺出镇淮南时，牧尝随为书记，供职以外，专以游宴为事。扬州为烟花渊薮，六朝金粉，传播古今，十里歌楼，名娼似鲫，牧出入往来，殆无虚夕，留诗裙带，成为常事。及入居台省，议论风生，压倒四座，所陈利病，切实不虚。嗣复出守外郡，历任黄州池州睦州湖州各刺史，豪游畅咏，不减少年，时人以材同杜甫，号为小杜。后仕至中书舍人，感怀迟暮，不获大用，竟抑郁而终。其实是才不胜德，非必果胜大任，晚唐诗才，除元稹白居易外，如孟浩然卢纶李益司空曙，韩翃钱起李端李商隐等，均负盛名。宗人李贺，字长吉，七岁能诗，韩愈皇甫湜疑为讹传，亲往贺家，面加试验，果然援笔立就，一鸣惊人，愈与湜叹为奇才。后著乐府数十篇，被入管纮，音韵悉合，因入为协律郎，年二十七岁，自言见绯衣使者，召他作《白玉楼记》，因即去世。总之才气有余，德量未足，或自悲落魄，致促天年，或不顾细行，终累大德，这也是文人缺憾，可叹可叹。总括一段，得将晚唐文人，约略叙过。

唯白居易自入谏穆宗，不见信用，见第七十八回。求出为杭州刺史，每当公暇，辄至西湖游赏，因筑堤湖中，蓄水溉田，可润千顷，世称白堤。又复浚李泌所开六井，民得汲饮，均沾惠泽。旋受命为左庶子，分司东都，更调为苏州刺史。文宗即位，召为刑部侍郎，封晋阳县男。嗣见二李党争，不愿留京，乞病仍还东都，除太子宾客分司。自思随俗浮沉，忽进忽退，所蕴终不能施，乃与弟行简，及从祖弟敏中，流连诗酒，乐叙天伦，且就东都所居，疏沼种树，凿八节滩，傍香山麓构一石楼，暇辄游览，自号醉吟先生，亦称香山居士。尝与胡杲吉旼郑据刘真卢真张浑狄兼谟卢贞宴集，年皆七十左右，时称香山九老，至绘图传真，播为韵事。却是一朝特色。居易初生，才七月，即识'之无'两字，九岁能识声律，善属文，尤工诗歌。初与元稹酬咏，故号元白，继与刘禹锡齐名，又号刘白，每出一诗，时人争诵。鸡林朝鲜地名。行贾，录居易诗售与国相，每篇得一金，国相尚以未窥全豹，引为深恨。至开成初年，开成亦文宗年号，见后文。起为同州刺史，固辞不拜，乃改授太子太傅，进冯翊县侯。武宗初年乃殁，年七十五，得谥曰文。刘禹锡亦于是时病终，禹锡自贬所起复，迭任诸州刺史，进为集贤殿学士，寻加检校礼部尚书，凡连坐王叔文党案，还算禹锡得全晚节，但也因阅历已多，诗酒韬晦，所以得终享天年。刘、白生平，借此毕叙，亦寓爱才深意。

话休烦叙，且说卢龙节度使杨志诚，既得右仆射兼衔，踌躇满志，密制天子衮冕，被服皆拟乘与，居然有帝制自为的思想，渐渐的骄侈淫暴，酿成众怒，致为军士所逐，另推部将朱元忠主持军务。元忠将志诚僭物，悉数取献，乃由朝廷遣使按治，授元忠为留后，并传旨再逐志诚，令戍岭南。志诚带领家属，及亲卒数十人，狼狈奔太原。李载义正镇守河东，出兵报怨，把志诚妻子，及从行士卒，尽行捕戮，及欲并杀志诚，幕僚因未奉朝旨，劝令释放，志诚乃得脱去，孑身至商州，又是一道正法的诏令，传与商州刺史，送他归阴。拥兵者其鉴之！进史元忠为卢龙节度使。成德节度使王庭凑，凶横专恣，幸得善终，军士愿拥庭凑次子元逵为留后。元逵却循守礼法，岁时贡献如仪。文宗嘉他恭顺，特遣绛王悟女寿安公主，下嫁元逵。元逵遣人纳币，备具六礼，迎主而归，自是益加逊慎。

外患幸得少纾，内讧又复继起。王守澄与郑注，狼狈为奸，经侍御史李款，连章弹劾，得旨查究，守澄匿注不出，令潜伏右军中。左军中尉韦元素，枢密使杨承和王践言，亦颇恨注，左军将李弘楚，因密白元素道："郑注奸滑无双，卵毂不除，使成羽翼，必为国患。今因御史劾奏，伏匿军中，请中尉诈称有疾，召注诊治，弘楚愿侍中尉左右，俟中尉举目，擒出杖毙，然后中尉向上请罪，陈注奸伪，窃料杨王诸使，定必替中尉解说，中尉决可无祸，不必迟疑。”元素允诺。当由弘楚召注，注见元素毫无疾病，自知有变，他却从容跪伏，叩首贡谀，但说了几句媚词，已把元素一片杀心，销化净尽。当下亲自扶起，延他入座，殷勤导问，听言忘倦。弘楚屡顾元素，元素却目不转瞬，一意与郑注接谈。语已终席，注即起辞，元素又厚赠金帛，遣还右军。贡谀献媚，足以起死回生，无怪拍马风气，终古不改。弘楚不便下手，郁怒非常，便辞职自去。未几，疽发背上，便即毕命。此人亦太气急。

王守澄入白文宗，言注无罪，且荐为侍御史，充神策判官。文宗内惮守澄，只好允诺，诏敕一下，朝野惊叹。既而文宗忽得风疾，瘖不能言，守澄遂引入郑注，为上疗治。文宗饵服下去，果然灵验，渐能出声，欢颜谢注。注自是更得上宠。会值李仲言遇赦还家，见李逢吉，仲言被流，见第八十回。逢吉正调守东都，意欲复相，即遣仲言入赂郑注，令作内助。仲言素与注相识，旧雨重逢，握手道故，便由注引见守澄，仲言口才，不亚郑注，既说动守澄欢心，复得守澄推荐，入谒文宗。文宗见他仪状秀伟，应对敏捷，也道是个旷世英才，面许内用。越日视朝，李德裕入谏道：“仲言前事，谅陛下应亦闻悉，奈何引居近侍？”文宗道：“人孰无过？但教改过便好了。”德裕道：“仲言心术已坏，怎能改过？”文宗道：“就使仲言不能内用，亦当别除一官。”德裕又道：“不可不可。”文宗回目右顾，见宰相王涯，亦适在旁，便问道：“卿意以为何如？”涯正欲奏答，忽见德裕向他摇手，未免词色支吾。文宗察知有异，转从左顾，见德裕手尚高举，已是瞧透隐情，便即怏怏退朝；寻命仲言为四门助教。仲言及注，皆嫉德裕，仍引李宗闵入相，请出德裕镇兴元军。文宗已心疑德裕，依言下诏。德裕入见文宗，愿仍留阙下，因复拜兵部尚书，但免相职。至宗闵入相，谓德裕已奉节钺，奈何中止？乃更命德裕出镇浙西。尚书左丞王璠，曾泄宋申锡密谋，赞成漳王冤狱。见第八十回。至是复与郑注等进谗，谓德裕尝阴结漳王，谋为不轨。文宗大怒，召王涯路隋等入商，将下严谴。路隋道：“德裕身为大臣，不宜有此，果如所言，臣亦应得罪。”六七年宰相，未闻进一嘉谟，至此始为德裕辨诬。大约是相运已满了。文宗意虽少解，但不免迁怒路隋，竟令他代德裕职任，罢德裕为宾客分司，擢李仲言为翰林侍讲学士。仲言改名为训，隐然有训诲的寓意。太觉厚颜。御史贾悚，褊躁轻急，与李宗闵郑注友善，夤缘为相，得继路隋后任。悚喜出望外，忽夜梦见亡友沈传师，瞋目与语道：“君可休了！奈何尚贪恋相位？”说着，复兜胸一掌，将悚击醒，吓得悚浑身冷汗，起坐待旦，特备肴私祭传师。亡友好意示梦，岂为渠一餐耶？越数日，复梦见传师道：“君尚不悟，祸至无悔。”一面说，一面摇手自去。悚尚欲追问，被传师一推而寤，默思亡友垂诫，少吉多凶，意欲辞职归里，晨起与妻妾等谈及梦兆，女流有何见识，都贪恋目前富贵，争说梦兆无凭，何足深信？悚亦辗转寻思，自以为有恃无恐，不致罹祸，遂安心任职。居高官，食厚禄，拥着娇妻美妾，坐享太平。怎晓得祸福无常，一念因循，竟至后来灭族呢？凡身婴夷戮诸徒，往往为贪心所误。

忽京城大起谣言，谓郑注供奉金丹，是由小儿心肝，采合成药，慌得全城士庶，统将小儿藏匿家中，不令外出。注也觉奇异，拟将此事架陷仇人杨虞卿，奏称由虞卿家人，捏造出来。虞卿正为京兆尹，凭空受诬，被逮下狱。李宗闵亟为救解，由文宗当面叱退。注与李训，又交谮宗闵，竟贬宗闵为明州刺史，虞卿亦受谪为虔州司马。训欲自取相位，因恐廷臣不服，先引御史李固言，同平章事。郑注亦得受命为翰林侍读学士。注与训更迭入侍，均为文宗规划太平，首除宦官，次复河湟，又次平河北，开陈方略，如指诸掌。语非不是，奈不能力行何？文宗本隐嫉宦官，只因无力驱逐，不得已含忍过去。又尝虑二李朋党，互相倾轧，每与左右谈及，去河北贼易，去朝中朋党难，至是得训注两人，奏对称旨，又非二李党羽，遂大加宠任，倚为腹心。训注无仇不报，凡有纤芥微嫌，不是说他贿通中官，就是说他党同二李，非贬即逐，殆无虚日。又恐王守澄权焰熏天，一时摇他不动，特设一以毒攻毒的计策，劝文宗引用五坊使仇士良，令为神策中尉，隐分守澄权势。引虎逐狼，祸且益甚。士良本与守澄有隙，乃与训注合谋，提出一个大题目来，削除凶孽。看官阅过前文，应知宪宗崩逝，实是不明不白，宫廷内外，已俱疑是王守澄陈弘志等所为，一经仇士良证实，便拟追究前凶，借伸义愤。题目恰是正大。陈弘志方出为兴元监军，当由李训计嘱士良，令他潜遣心腹，诱令入京，且特授封杖，叫他半途了结弘志。好几日得去使返报，已引弘志至青泥驿，杖毙了事。李训大善，再与郑注入劝文宗，授王守澄为左右神策军观容使，出就外第。阳示尊礼，阴撤内权。更劾二李阴赂宦官韦元素王践言等，求再执政，就是宫人宋若宪，亦曾得贿，于是贬德裕为袁州长史，宗闵为处州长史，韦元素王践言等俱流岭南，连宋若宪亦遣归赐死。应七十九回。权阉已去了一半，乃即遣守澄鸩酒，逼令自尽，表面上却不明宣逆案，但说他暴病身亡，追赠扬州大都督，更将元和逆党梁守谦杨承和等，诛斥略尽。极大义举，反以隐秘出之，便见邪奸伎俩，好为鬼祟。文宗以李训有功，擢任同平章事。注亦欲入相，偏李训又阴怀忮忌，托称除阉未尽，须由内外协势，方可成功。注遂愿出镇凤翔。同平章事李固言，未知李训计划，独入争殿前，谓注不宜出镇。文宗以固言不能顺旨，免他相职，派为山南西道节度使，令镇兴元军，即授注为凤翔节度使，命即赴镇。训复荐御史中丞舒元与，入为同平章事，引王涯兼榷茶使，又欲羁縻人望，请加裴度兼中书令，令狐楚郑覃加左右仆射，并密结河东节度使李载义。昭义节度使刘从谏，拟尽诛宦官，独揽朝纲，当时王涯贾悚舒元与三相，俱承顺风指，不敢有违。他如中尉枢密禁卫诸将，亦皆趋承颜色，迎拜马前。看官！你想李训是一个流人，幸得赦还，因郑注王守澄等，辗转推荐，骤得致身通显，乃始杀守澄，继并忌注，已是以怨报德，公义上或尚可原，私德上实说不过去。而且排去数相，屡斥廷臣，刁狡的了不得，似此行为，难道能富贵寿考么？小子有诗叹道：

天道喜谦且恶盈，倾人还使自家倾。
半年宰相骄横甚，专欲由来事不成。

果然历时未几，竟闯出一场大祸祟来了。欲知如何闯祸，待至下回再说。

杜牧作罪言，以自治为上策，诚哉其为上策也！但未知其所谓自治者，究指何事？观牧之不谨小节，沉湎酒色，十年一觉扬州梦，赢得青楼薄幸名，是牧且未能自治，遑问国家之自治乎？假使一时得志，骤登台辅，恐亦似训注一流人物，训起自流人，注起自方伎，不数年间，秉钧轴，侍讲筵，诛积年未除之逆党，进累朝久屈之耆臣，谁得谓其非是？然异己者必排去之，厚己者亦芟锄之，暴横太甚，识者早料其不终。乃知君子可大受不可小知，小人可小知不可大受，圣言固不我欺也。杜牧不得逞志，自怨沉沦，吾则犹为牧幸，否则不为训注者，亦几希矣。

第八十三回　甘露败谋党人流血
钧垣坐镇都市弭兵

却说李训欲尽除宦官，起初本与郑注定议，俟注至镇后，选壮士数百为亲兵，奏请入护王守澄丧葬，俟内臣送丧，乘便由壮士下手，一并杀毙，使无噍类。彼此订下密约，注乃启行往凤翔。不料训又变计，因恐事成后注得大功，自己反落注后，乃与舒元舆等密谋，另遣大理卿郭行余为邠宁节度使，户部尚书王璠为河东节度使，令多募壮士，作为部曲；又命刑部郎中李孝本，为御史中丞，京兆少尹罗立言，权知府事，进京兆尹李石为户部侍郎，太府卿韩约为左金吾卫大将军。数人除李石外，统是李训私党，分置要地，指日起事，一俟大功告成，不但尽杀宦官，就是始终合谋的郑注，也拟一并捽去。用心太险，无怪不成。元和九年十一月间，文宗御紫宸殿视朝，百官鱼贯而入，依班序立。韩约匆匆入奏，谓："左金吾厅事后，石榴上夜有甘露，为上天降祥征兆，非圣明感格，不能得此。"说罢，即蹈舞再拜。李训舒元舆，亦率百官拜贺，且请文宗亲自往视，仰承天庥。天降甘露，岂独在金吾厅后？这已足令人滋疑，怎得称为善策？文宗许诺，乃乘舆出紫宸门，升含元殿。先命李训等往视，良久乃还，报称甘露非真，未可遽行宣布。文宗道："有这般事么？"遂顾左右中尉仇士良鱼弘志等，率宦官再往复验。士良等已去，训即召郭行余王璠两人，入殿受敕。璠战栗不敢前，独行余拜受殿下。时两人所募部曲，已有数百，皆持刀立丹凤门外，训亦召令受敕。河东兵陆续进来，邠宁兵却观望不至。济什么事？仇士良等至金吾厅，遇着韩约，见他行色仓皇，额有微汗，又是一个没用家伙。士良不觉惊讶道："将军何为如是？"道言未绝，忽见风吹幕起，里面伏着兵甲，慌忙返奔，走还含元殿，报称祸事。既伏兵甲，何不突出追击，也好杀死数人。

训见士良等还殿，亟呼金吾卫士道："快上殿保护乘舆，每人赏钱百缗。"金吾兵将要登殿，那士良眼明手快，先已指麾阉党，扶文宗上了软舆，从殿后毁簖突出。训上前攀舆道："臣奏事未毕，陛下不可入宫。"士良瞋目呼道："李训反了！"文宗尚说训未敢反，士良不听，竟来殴训，为训所仆。训从鞾中拔刃，拟诛士良，不意为阉党救去，于是罗立言率京兆逻卒三百余名，自东趋至，李孝本率御史台从人二百余名，自西奔来，并会同金吾卫士，登殿纵击宦官，杀伤十余人。士良令群阉挡住外面，自导乘舆北进，迤逦至宣政门，训尚追蹑舆后，攀呼益急。天子已被人挟去，追呼何益？宦官郗志荣，颇有勇力，奋拳殴训，训竟仆地，乘与便驰入门内，将门阖着。至训从地上扒起，已是双镮重闭，无隙可钻，但听门内一派喧呼，统是万岁二字，自思所谋不遂，只好觅一脱身的方法，急忙脱从吏绿衫，穿在身上，乘马跃出，口中却扬言道："我有何罪？乃被窜谪。"且呼且走，竟得逸出。郭行余王璠两人，早已奔退，罗立言李孝本等，见训已远逸，料已无成，也即窜去。含元殿中，寂静无人，那时李家的天下，又变成了阉宦的天下。

宰相王涯贾竦，本不与谋，见殿中忽起变端，究不知为着何事？仓猝间驰还中书省，静候消息。舒元与也即趋至，也佯作不知，语王涯贾竦道："究竟是何人谋变？想皇上总要开延英门，召我等议事。"两省官即中书门下两省。入问三相，俱说我等尚未查明，请诸公自便。少顷，已近午餐，将要会食，忽有吏人入报道："左神策军副使刘泰伦，右神策军副使魏仲卿，带领禁兵千余人，从阁门杀出来了。"舒元舆闻报先逃，毕竟心虚。王涯贾竦，也狼狈步走，两省及金吾吏卒千余人，填门争出，甫及半数，那禁兵已经杀到，好似刈草割麦一般，砍死了六百余人。士良等又分兵掩闭宫门，横加屠戮，所有诸司吏卒，及贩卖小民，都冤冤枉枉的饮了白刃，血流狼籍，满地朱红。又遣骑兵千余，追捕逃人，舒元与易服单骑，出安化门，被禁兵追至，擒捉而去。王涯徒步至永昌里茶肆，也被禁兵擒入左军，各加桎梏，兼施箠楚。涯年已七十有余，哪里忍受得起？只好依言诬服，自书供状，谓与李训谋行大逆，尊立郑注。王璠归长兴坊私第，闭门自固，用兵防卫，神策将到了门前，叩门不应，却佯呼道："王涯等谋反，主上拟召尚书入相，我等奉鱼护军令，请尚书立即入阁，快快出来，幸勿自误！"璠信以为真，忙开门出见，神策将尚是道贺，请他上马速行，及与左军相近，才将他一把抓下，加上铁链，牵入左军。璠始知受绐，涕泣而入，见王涯等局居一旁，便与语道："王公自反，何为见引？"涯答道："老弟前为京兆尹，不向王守澄漏言，何至有今日呢？"驳诘得妙。璠乃俯首无词。又搜捕罗立言郭行余，及涯等亲属奴婢，均至两军中系住，户部员外郎李元皋，系李训再从弟，训与他未协，亦遭捕戮。王涯有再从弟沐，年老且贫，闻涯为相，跨驴入都，留居岁余，方得一见。涯白眼相待，经沐嘱托涯家嬖奴，求他关说，涯始许一微官，自是日造涯门，专候涯命，偏小官尚未到手，大祸先已临头，无辜株连，同时毕命。前岭南节度使胡证，家称巨富，禁兵利他多财，托言搜捕贾悚，闯入胡家，任情掠夺。证子溵忍耐不住，免不得反抗数语，那禁兵仗势行凶，用刀砍去，可怜溵立时倒毙，无从诉冤。又转入左常侍罗让，詹事浑鐬，翰林学士黎植等家，劫掠货财，扫地无遗。坊中恶少年，乘势讹扰，伪托禁兵，杀人越货，互相攻劫，尘埃蔽天。

攘乱了一昼夜，百官入朝，日出始开建福门，禁兵露刃夹道，只准各官随着一人。各官屏息徐行，至宣政门，尚未启户，四顾无宰相御史，亦无押班官长，乱次站立，无复秩序，好容易待至启扉，才得进去。文宗已御紫宸殿，顾问宰相王涯等，如何不来？仇士良应声道："王涯等谋反，已收系狱中。"说至此，即将涯供状呈上。文宗略略一览，即命召左仆射令狐楚，及右仆射郑覃等入殿，将供状递示，并泪眦荧荧道："这是王涯手笔么？"楚覃同答道："笔迹果是王涯，涯果谋反，罪不容诛。"文宗乃留他两人值宿中书，参决机务，并使楚草制，宣告中外。楚叙李训王涯谋反事，语涉模棱。总是怕死。仇士良尚然不悦，因不欲楚为相，只命覃同平章事。已而添任户部侍郎李石，与覃并相。内事略定，外面恶少年，还剽掠不止，神策将杨镇靳遂良等，各率五百人，分屯通衢，击鼓警众，不准再扰，且杀死恶少年十余人，余众方才骇散，吏民粗安。已吃苦得够了。

贾悚易服逃匿，避居民间，住宿一夜，探闻各处都有禁兵把守，料不能逃，乃素服乘驴，诣兴安门，途中适遇禁兵，便自言道："我宰相贾悚，也不幸为奸人所污，可送我诣左右两军。禁兵遂将他执送右军。李孝本改服绿衣，用帽障面，单骑奔凤翔，至成阳西境，为追骑所擒，也解送京师。李训自殿中逸出，直往终南山，投奔寺僧宗密处，宗密素与训相善，欲将他剃度为僧，以便藏匿，偏徒侣谓私藏罪犯，祸且不测，乃纵令出山。训转奔凤翔，为盩厔镇遏使所擒，械送京师；至昆明池，训自分一死，因恐至都中多受酷辱，便语解差道："得我可致富贵，但汝等不过数人，一入都城，必为禁兵所夺，不若取我首去。"到死尚且逞刁，但始终不免一死，刁狡何益？解差遂枭了训首，携送入都。仇士良即命左神策军三百人，持李训首，并王涯王璠罗立言郭行余四人，绑缚出来。右神策军三百人，也绑住贾𫗧舒元与李孝本，依次献入庙社，兼徇市曹，且饬百官临视，推各犯至独柳树下，一一斩首，悬示兴安门外。各犯亲属，不论亲疏，悉数处死，孩稚无遗。或有妻女免死，亦均没为官婢。冤血模糊，惨不忍睹。唯王涯因榷茶苛刻，暗丛众怨，百姓见他处刑，无不称快，死后尚被人乱投瓦砾，且掷且詈，聊雪宿愤。

复有诏授令狐楚为盐铁转运使，左散骑常侍张仲方，权知京兆尹，且使人赍密敕至凤翔，令监军张仲清，速斩郑注。注本率亲兵五百人，出至扶风。途次闻李训事败，折回凤翔。仲清用押牙李叔和计，邀注过饮。注自恃兵卫，贸然赴约。想是死期已到，所以转智为愚。仲清迎注入厅，格外殷勤。叔和又引注护兵，出外就宴，再藏刀入厅，见注正与仲清茗谈，便抢步近注，出刀猛挥，飕的一声，注首落地。妙语。厅后突出伏兵，用着大刀阔斧，跑出厅外，专杀随注兵士。门吏又将外门关住，立将郑注护兵，杀得一个不留，再开门收捕副使钱可复，节度判官卢简能，观察判官萧杰，掌书记卢弘茂等，一并处斩。可复有女，年止十四，抱父求免，仲清不从，但令免女。女凄然道："我父被杀，我尚何面目求生？"遂亦被杀。不没孝女。余如郑注及钱可复等家属，屠戮净尽。唯弘茂妻萧氏，临刑时带哭带骂道："我系太后妹子，奴辈敢来杀我，尽管从便。"此语一出，兵皆敛手，才得免死。唐廷尚未接诛注消息，有诏褫注官爵，改任神策大将军陈君奕为凤翔节度使。君奕尚未出都，仲清已遣李叔和传送注首，又悬示兴安门。还有一个韩约，走避了好几日，夜半潜出崇义坊，被神策军瞧见，一把抓住，当即拥至左军中，眼见得是束手就戮了。于是全案人犯，一网打尽，仇士良鱼弘志以下，各进阶迁官有差。

总计自甘露变后，生杀除拜，皆由两中尉主持，文宗已是木偶一般，得能保全生命，还是大幸，哪敢再与阉党呕气？枉为人主，可怜可叹。仇士良鱼弘志等，气焰益盛，上胁天子，下陵宰相，每至延英殿议事，士良傲然自若。郑覃李石，有所陈请，往往被士良面斥，或引李训郑注事折驳。覃与石齐声道："训注原为乱首，但不知训注因何人得进，闹出这般大祸。"解铃仍须系铃人。士良听到此言，也觉怀惭，嗒然退去。唯宦官深怨训注等人，牵藤摘蔓，诛贬不休，朝吏尚日夕不安。一日，文宗视朝，问宰辅道："坊市已平安否？"李石道："坊市渐安，但近日天气甚寒，恐由刑杀太过所致。"郑覃亦接入道："罪人亲属，前已皆死，余人可不必问了。"文宗点首退朝。接连过了数日，并不见有赦文，忽京城谣言又起，宣传寇至，士民骇走，尘埃四起，两省诸司，也没命的乱跑，甚至不及束带，乘马便奔。突如其来，笔法不测。郑覃李石，正在中书省中，旁顾吏卒，已逃去一半。覃亦不觉惊惶，顾语李石道："耳目颇异，不如出避为是。"石怡然道："宰相位尊望重，人心所属，不宜轻动。况事情虚实，尚未可知，全仗我等镇定，或可弭患，若宰相一走，中外都大乱了。且使果有大乱，避将何往？"覃始勉强坐着。石坐阅文案，安静如常。嗣又有敕使传呼，令闭皇城及诸司各门，左金吾大将军陈君赏，率众立望仙门下，语敕使道："门外未见有贼，就使贼至，闭门未迟，请少安毋躁，待衅乃动，不宜预先示弱。"敕使乃退。坊市恶少年，俱着皂衣，执弓刀，眼巴巴的望着皇城，但俟皇城闭门，即思动手掳掠，幸内有李石，外有陈君赏，从容坐镇，才得无虞。到了日暮，毫无变动，人心方才平定，统还家安枕去了。天下本无事，庸人自扰之。

看官听说！谣言虽不足准，未必无因而起。究竟当日惊扰，为着何事？原来王守澄未死时，曾与宦官田全操等未协，训注乘间献计，遣他分巡盐灵等州，密饬边帅就地捕诛，总计遣发六人，分巡六道。会守澄已死，训注又诛，六道镇帅，不敢下手。仇士良等既得权势，便将六人召还。全操等余恨未息，在途中扬言道："我等还都，见有儒冠儒服，不论贵贱，均当杀死。"这语传达都下，遂致人人惊恐，以讹传讹，好似有强寇来攻的情状。及全操等乘驿入城，究竟人少势孤，未便惹祸，更兼仇士良等杀死多人，也恐激成众怒，乐得下台休息，暂享荣华，所以乱事不致再起。赦书亦即下颁，凡罪人亲党，除前已就戮，及指名收捕外，概置不问。诸司官吏，惧罪避匿，亦勿复追捕，各听自归本司。自此诏一下，天日少开，阴霾渐散，唯禁军仍然横暴，京兆尹张仲方，素来懦弱，不敢过问。李石因他才不胜任，奏出为华州刺史，改派司农卿薛元赏继任。元赏刚正不阿，饶有气节，偶至李石第中，闻石方坐厅事，与一神策军将，争辩甚喧，遂大踏步趋入厅中，正色语石道："相公辅佐天子，纲纪四海，今近不能制一军将，使他无礼至此，哪里还能制服四夷呢？"说毕，即呼侍从入厅，擒住军将，令至下马桥候审。侍从拥军将先行，元赏上马趋出，至下马桥，那军将已被褫军衣，长跪道旁，元赏即命动刑，忽有一宦官前来，说是奉仇中尉命，请大尹过谈。元赏道："适有公事，一了即来。"当下杖杀军将，始改服白衣，往见士良。士良冷笑道："痴书生乃具大胆，敢杖杀禁军大将么？"元赏道："中尉是国家大臣，宰相亦国家大臣，宰相属吏，若失礼中尉，中尉将若何处置？中尉属将，今失礼宰相，难道可轻恕么？中尉与国同体，当为国惜法，元赏已囚服而来，任凭中尉裁断，生死唯命！"士良见他理直气壮，反温颜道谢，呼酒与饮，尽欢乃散。不怕死者偏不致死。

越年元旦，文宗御宣政殿，受百官朝贺，大赦天下，改元开成。昭义节度使刘从谏，独上表诘问王涯等罪名，中有"内臣擅领甲兵，妄杀非辜，流血千门，僵尸万计，臣当缮由练兵，入清君侧"云云。仇士良等得知此奏，也颇畏沮，因劝文宗加从谏官，进爵司徒，从谏复申表辞让，有"死未申冤，生难荷禄"语。且直陈仇士良等罪恶，请正典刑。士良虽说从谏借端谋逆，心下恰很是惊惶，因此稍稍敛迹。郑覃李石，还好略伸意见。就是文宗也借此活命，苟延岁月。令狐楚乃得奏称王涯等身死族灭，遗骸暴露，请有司收瘗，上顺阳和天气。文宗也惨然欲泣，因命京兆尹收葬涯等十一人，各赐衣一袭。仇士良尚存余恨，私令人发掘瘗坟，弃骨渭水。小子有诗叹道：

阉竖穷凶极恶时，杀人未足且漂尸。
堂堂天子昏庸甚，国柄甘心付倒持。

文宗再召李固言入相，又擢左拾遗魏谟为补阙，谟为魏征五世孙，欲知他蒙擢情由，待看下回便知。

李训郑注，皆小人耳，小人安能成大事？观本回甘露之变，训注志在诛阉，似属名正言顺，但须先肃纲纪，正赏罚，调护维持，俾天子得操威令，然后执元恶以伸国法，一举可成，训注非其比也。注欲兴甲于送葬之日，已非上计，然天子未尝临丧，内官无从挟胁，尚无投鼠忌器之忧，成固万幸，不成亦不致起大狱。何物李训？萦私变计，蛮触穴中，危及乘舆，譬诸持刀刺人，反先授人以柄，亦曷怪其自致夷灭也。王涯贾餗舒元舆辈，不知进退，徒蹈危机，死何足惜？但亲属连坐，老幼悉诛，毋乃惨甚。郑覃令狐楚，不能为涯餗辨冤，但知依阿取容，状亦可鄙。至于讹言再起，覃且欲趋而避之，幸李石从容坐镇，始得无事，铁中铮铮，唯石一人，其次则为薛元赏，正人寥落，邪焰熏迷，唐之为唐，已可知矣。

第八十四回　奉皇弟权阉矫旨　迎公主猛将建功

却说前御史中丞李孝本，本来是唐朝疏远的宗室，孝本被杀，家属籍没，有二女刺配右军，统是豆蔻年华，芙蓉脸面，文宗闻她有色，召令入宫。自己方得幸生，又想拥抱美人，非昏庸而何？拾遗魏谟上书谏阻，略言："数月以来，教坊选女，不下百数，又召入李孝本女，不避宗姓，大兴物议，臣窃为陛下痛惜"云云。文宗乃遣出二女，且擢谟为补阙。谟入谢时，由文宗面谕道："朕采选女子，无非欲分赐诸王，因怜孝本女孤露无依，所以收育宫中，卿遇事敢言，虽与朕意尚有隔膜，究竟为爱朕起见，可谓无忝厥祖了。"谟拜谢而出。嗣复进谟为起居舍人，文宗向取《注记》，谟对道："《注记》兼书善恶，所以儆戒人君，陛下但力行善政，何必取阅。若必经御览，史官有所避讳，如何取信后世？"文宗乃止。又尝命谟献祖遗笏，宰相郑覃道："在人不在笏。"文宗道："笏虽无益，也是甘棠遗爱哩。赞魏征处，便是赞魏谟处。既而在便殿召见群臣，文宗举衫袖相示道："此衣已三浣了。"群臣俱称扬俭德。独中书舍人柳公权谏道："陛下贵为天子，富有四海，当进贤退不肖，纳谏诤，明赏罚，方可渐致雍熙。徒服浣衣，尚是末节哩。"文宗温颜道："卿却是个诤臣，唯为中书舍人，似属未当，不若改任谏议大夫罢。"公权便即受命。看似文宗虚心纳谏，然未能刚断，终患庸柔。无如内讧未已，朋党复兴，李固言入相未几，又出为西川节度使，别任工部侍郎陈夷行，同平章事。到了开成三年正月，李石入朝议事，忽闻前面有箭镞声，石连忙闪避，已受微伤。左右奔散，马惊驰归第，又有一人邀击坊门，亏得石伏住马上，那马疾驰而过，尾被剁断，石尚无恙。乃上表奏闻文宗，文宗急命神策六军，遣兵防卫，且饬中外索捕暴客，竟无所获。石自思忘身徇国，反遭此变，辗转寻思，定是阉人主使，倘再或恋栈，必为所戕！不若趁早辞职，免得受祸，于是累表称疾，固辞相位。文宗亦知石忠诚，实因不便强留，只好令他仍挂相衔，出充荆南节度使。另简户部尚书杨嗣复，及户部侍郎李珏，同平章事。嗣复与珏，又与郑覃陈夷行未珏，屡有龃龉，文宗尝面谕道："朕读圣贤书，也不愿为庸主，怎奈势不得行，无可奈何，愿卿等和衷共济，朕只能醇酒求醉，聊写殷忧。"但知求人，不知末己，如何自治？四宰相虽然应命，但彼此私见，总难消融。嗣复与珏，且力排郑覃，更欲召李宗闵入相，先浼宦官进言。文宗转语宰相，覃即进言道："陛下若怜宗闵，只可酌量移调，若召入内用，臣愿避位。"夷行亦言："宗闵贪鄙，前尝聚党乱政，如何再行？"嗣复强与争辩，珏亦旁助嗣复，断断力争。还是文宗代作调人，徙宗闵为杭州刺史，总算暂时解决，得免争端。越年，郑覃陈夷行，终为杨嗣复李珏所排，辞职退位，又丧了一位四朝元老，讣达朝廷。元老为谁？就是司徒中书令晋公裴度。

太和末年，李逢吉因病致仕，旋即身死。度移守东都，目击时艰，自悲衰老，不愿再问国事，就是朝廷令兼中书令，表辞不获，亦只一笺报谢，未曾入朝。至甘露变后，更以文酒自娱，葛冠野服，徜徉终身。不意开成二年，又奉诏令移镇河东，且由吏部郎中传达旨意，令他卧护北门，不得已启行赴镇。适易定节度张璠病死，子元益欲自为留后，经度遣使晓谕祸福，乃束身归朝。莅镇一年，因老病乞还东都，越年去世，寿七十六岁。文宗震悼辍朝，追赠太傅，予谥文忠，时人比诸郭汾阳。度身后无遗表，由文宗遣使往问，寻得半稿，以储嗣未定为忧，语不及私。去使赍表归献，文宗益加叹惜。了过裴晋公，引起下文事实。原来唐自宪宗以降，历穆宗敬宗文宗三朝，均不立后。文宗生有二子，长子名永，为后宫王德妃所出，次子名宗俭，十岁即殇，永初封鲁王，廷臣多请立为太子。文宗欲立敬宗子普，因迁延未定，太和二年，普竟夭逝，文宗很是悲恻，追赠普为悼怀太子，余痛未忘。复将储嗣问题，搁起了好几年。至太和六年，始立永为皇太子。太子永母王德妃，姿貌不过中人，素来失宠，更兼后宫有个杨贤妃，生得花容玉貌，俐齿伶牙，文宗爱若掌珍，唯言是用，王德妃意被谮死。永年及成童，颇好游宴，狎近小人，杨贤妃又日夕进谗，屡言永短。杨贤妃未闻产子，何为屡谮储君？可见妇人阴险，妒母及子，无非为斩草除根起见，独怪唐室宫闱，遇有宠妃姓杨，往往生事，岂杨李果不相容耶？文宗逐渐入耳，免不得怒气积胸。开成三年九月，召见群臣，谓："太子行多过失，不堪承统，应废立为是。"群臣俱顿首谏道："太子年少，近虽有过，将来自能知改。且储君关系国本，不可轻动，还望陛下矜全！"中丞狄兼谟伏阙固争，甚至流涕，给事中韦温道："陛下只有一子，不善教导，乃至陷入狎邪，这岂尽太子的过失吗？"文宗才不便决议，怏怏退朝。群臣又连章论救，因召太子还少阳院，敕侍读窦宗直周敬复二人，诣院授经，申明大义。太子终未能尽改前非，那杨贤妃又密嘱坊工刘楚才等，及禁中女优十人，诋毁太子。文宗每有所闻，辄召太子面责，唯废立事始终不行。过了月余，太子留居院中，未尝得疾，不料夜间猝毙，甚至五官流血，四肢发青，文宗亲自验视，见他死状甚惨，也不觉悲从中来，默思暴毙原因，好似中毒，但无从觅证，只好殓葬了事，谥曰庄恪。写尽庸柔。

又越一年，群臣请立东宫，屡陈章奏。杨贤妃又乘间进言，请立穆宗子安王溶为皇太弟。杀子立弟，究为何意。文宗商诸宰相，李珏谓立弟不如立侄，较为合宜。乃立敬宗少子陈王成美为皇太子，饬有司谨具册仪。越日车驾幸会宁殿，召入徘优，演剧作乐，有童子缘竿而上，一中年男子，在下走视，状甚惊惶。文宗怪问左右，左右答是童子的父亲。文宗忽增怅触，泫然流涕道："朕贵为天子，尚不能保全一儿，岂不可叹？"谁叫你宠爱杨妃？遂命驾返宫，即召刘楚材等四人，及女优张十十等数人，面加叱责道："构害太子，统出尔曹，今太子已死，须尔曹偿命！"刘楚材等伏地乞免。文宗不许，命左右执付京兆尹，即日杖毙。恕首犯而毙从犯，毕竟不公。嗣是感伤成疾，寝馈不安，卧床数日，勉起至赐政殿，召当直学士周墀入问道："朕可比前代何主？"墀答道："陛下系当代贤君，可比古时尧舜。"文宗道："朕岂敢上比尧舜？但拟诸周赧汉献，究属何如？"墀惊对道："彼乃亡国主子，怎得上拟圣德？"文宗道："周赧汉献，不过受制强藩，今朕却为家奴所制，恐尚不如赧献呢。"墀伏地流涕。文宗亦潸潸泪下，俟墀告退，复还宫睡下。自是御膳日减，瘠弱不支，到了开成五年元日，病不能起，饬百官免行朝贺礼。越宿，命枢密使刘弘逸薛季棱，引杨嗣复李珏至禁中，嘱奉太子监国。中尉仇士良鱼弘志得知消息，即闯入御寝，并谓：“太子年幼，且尝有疾，须另议所立。”李珏道：“储位已定，怎得中变？”士良弘志，愤愤而出。嗣复与珏，也知他不好轻惹，只好敷衍数语，退了出去。不意到了夜间，竟由士良弘志，颁发伪诏，立穆宗第五子颍王瀍为皇太弟，权勾当军国事。且言：“太子成美，年尚冲幼，未便入嗣，仍复封为陈王。”翌晨，百官入朝思政殿，那颍王瀍已伫立殿庑，与百官相见。杨嗣复李珏等，料知由权阉矫旨，只是不敢发言，彼此虚与周旋，便即散去。越二日，文宗驾崩，年只三十二岁，共计享国十四年，改元二次。颍王瀍即位柩前，是为武宗皇帝，命杨嗣复摄冢宰事。

士良即劝武宗除去杨贤妃，及安王溶陈王成美三人，武宗也乐得应允，一道诏命，赐三人自尽，可怜安陈二王，平白地死于非命，就是这个倾国倾城的杨贤妃，无术求生，没奈何仰药自尽，渺渺芳魂，同归地下，仍陪伴文宗去了。杨氏该死。士良等尚追怨文宗，凡从前得邀亲幸的内臣，尽加诛逐。他人不敢多口，唯谏议大夫裴夷直，上疏谏阻，也似石沉大海一般，济什么事？武宗改名为炎，追尊生母韦氏为皇太后，徙萧太后居积庆殿，号积庆太后。即文宗生母。尚有太皇太后郭氏，宝历太后王氏，居处照旧。过了数月，罢杨嗣复授刑部尚书，崔珙同平章事。又过数月，罢李珏，召入李德裕，令他同平章事。葬文宗于章陵，别号生母韦太后葬园为福陵。魏博节度使何进滔病殁，子重顺自称留后，上表请授诏命。武宗以履位方新，不欲遽加声讨，乃令袭节度使遗缺，赐名弘敬。为后文饬讨泽潞事伏案。越年改元会昌，枢密使刘弘逸薛季棱，谋举兵攻杀仇士良，事泄被捕，下诏赐死，并出杨嗣复为湖南观察使，李珏为桂管观察使。士良又屡进邪谋，谓：“杨李二人，不愿陛下登基，今既外调，恐有异图，应早除为是。”武宗性颇残忍，闻士良言，即遣中官往诛杨李二使。户部尚书杜悰，亟奔马往见德裕，入门也不及寒暄，便扬声道：“天子新即位，便欲杀二故相，此事不可不谏，幸勿手滑。”时太常卿崔郸，及御史大夫陈夷行，先后入相，德裕即邀同崔珙崔郸陈夷行，联袂入奏，请开延英殿赐对。待至日晡，始开门召入，德裕等涕泣极言，请赦杨李二人，免致后悔。武宗连说“不悔”二字，一面却令四相旁坐。德裕道：“臣等愿陛下免二人死罪，勿使已死难生，徒贻冤恨。今未奉圣旨，臣等何敢侍坐？”语至此，又叩首请命。武宗方徐徐道：“朕为卿等免此二人。”德裕等起身下阶，舞蹈颂德。武宗复召令升座，喟然长叹道：“朕嗣位时，宰相等何尝心服？李珏季棱，志在陈王，嗣复弘逸，志在安王，陈王尚是文宗遗意，安王专附杨妃，觊觎神器，且嗣复与杨妃同宗，曾致妃书，谓姑何不效则天临朝。倘使安王得志，朕何得有今日？全是私意，即如嗣复致杨妃书，亦安知非阉人捏造？德裕道：“兹事暧昧，虚实难知。”武宗道：“杨妃尝有疾，文宗令妃弟玄思入侍月余，因此得通意旨。朕细询内人，确系实迹，但免死二字，已出朕口，朕不食言，卿等可退听后命。”四人乃出。武宗即令追还二使，更贬嗣复为潮州刺史，李珏为昭州刺史。

会回鹘可汗兄弟嗢没斯，与宰相赤心那颉啜，各率众抵天德城外，求买粮食，且乞内附。天德军使田牟，田布弟。欲出兵迎击，借端邀功，当时表闻朝廷，谓：“回鹘叛将嗢没斯等，侵逼塞下，愿督兵驱逐，安静边境”等语。武宗览表踌躇，免不得召集群臣，会议可否。小子于回鹘事，久未叙及，正应乘此补叙，方好前后贯通。看官听着！自咸安公主和番后，见七十八回。回鹘主天亲可汗，当即病死，天亲子多逻斯嗣立，受唐封为忠贞可汗，才阅一年，为弟所弑。国人复杀忠贞弟，立忠贞子阿啜，得受册为奉诚可汗。在位五年，即遭病殁，无子可传，当由国人拥立宰相骨咄禄为主。骨咄禄也得唐封册，号为怀信可汗，阅十年去世。怀信子亦得受封，称腾里可汗。宪宗初年，腾里可汗屡遣使入朝，始与摩尼偕来。摩尼系回鹘僧名，立有戒法，每至日晏乃食，不问荤素，唯不食湩酪。回鹘使归，摩尼留居中国。从前唐廷借援回鹘，回鹘人多入内地，尝请在京城内外，建摩尼寺，至摩尼入国，复就河南太原各处，分置摩尼寺。摩尼往来都市，未免为奸，后来遣归回鹘，唯咸安公主，居回鹘几二十一年，历配天亲忠贞怀信腾里四可汗，至元和三年始死，由回鹘遣人告丧。未几，腾里可汗亦殁，嗣主为保义可汗，保义求婚，宪宗不许。保义死后，崇德可汗继立，复表请和亲，是时唐廷已立穆宗，乃遣宪宗女太和长公主，下嫁回鹘。至敬宗即位，崇德可汗又死，弟曷萨特勒嗣封，号昭礼可汗。文宗六年，昭礼为下所杀，从子胡特勒入嗣，受封彰信可汗。至文宗末年，国相掘罗勿发难，引沙陀共攻彰信，彰信自杀，国人立盍驳特勒为可汗。盍驳特勒方遣使请封，不意部将勾录莫贺，潜结邻部黠戛斯，合兵十万，掩击回鹘。盍驳特勒仓猝迎敌，竟为所杀。掘罗勿亦战死，余众溃散。自天亲可汗后，多是一班短命鬼，安得不衰？

嗢没斯赤心那颉啜等，穷无所归，乃来款塞。廷臣多请如田牟言，独李德裕进议道："穷鸟入怀，尚思庇护，况回鹘屡建大功，今为邻国所破，远依天子，奈何欲乘他困敝，发兵出击呢？臣意应遣使慰抚，赐给粮食，令他感恩知报，愿为我用。从前汉宣帝收服呼韩邪，便是此法，愿陛下勿疑！"武宗道："太和公主，不知生死何如？"德裕道："这正好发使赍诏，问明嗢没斯等，借知公主下落。"武宗乃遣使至天德城，告戒田牟，毋得操切生事，且令牟乘便探问公主。

朝使方行，忽由太和公主遣人入朝，报称回鹘牙部十三姓，已立乌介特勒为可汗，请朝廷即赐册命。看官道太和公主，如何替乌介求封？原来回鹘被破，公主亦为黠戛斯所虏，黠戛斯系汉李陵后裔，自谓与唐同宗，因令使臣达干，奉主归唐，乘势结好。那时回鹘余部，推立乌介，引兵邀击达干，把他杀死，遂劫公主南下，进窥天德城。振武军节度使刘沔，出兵屯云伽关，严行拒守，乌介知不可犯，因胁公主上表请封，嗣又由乌介通使，乞借振武一城，寓居公主及可汗，来使叫作颉干伽斯，当由武宗宣令入见，问他何故推立乌介。颉干伽斯道："乌介可汗，系昭礼可汗亲弟，所以众情爱戴。"武宗道："城不便借，朕当颁给粮米，令汝汗规复旧疆便了。"乃即派右金吾大将军王会，赍着宣慰敕书，偕颉干伽斯北往。书中大略，谕："乌介率领部众，渐复旧疆，借城向无此例，如欲别迁善地，求上国声援，亦只应暂驻漠南，朕当俟公主入觐，亲问事宜。倘须接应，亦无所吝"云云。复令王会发边粟二万斛，赐给乌介部众。哪知乌介可汗，阳受朝命，待王会南归，仍然屯兵边境，不肯退归，且反纵兵四扰。非我族类，其心必异。还有赤心那颉啜等，亦潜谋犯塞，经嗢没斯先告田牟，因诱赤心至帐下，设伏击毙。那颉啜收集赤心遗众，东走大同，联结室韦黑沙诸番众，南窥幽州。卢龙节度使史元忠，时已为牙将陈行泰所杀，行泰又为张绛所诛，雄武军使张仲武，起兵逐绛，平定幽州。由武宗特授旌节，命为卢龙留后。仲武闻那颉啜入境，突出痛击，杀得那颉啜孤身穷奔，往投乌介，乌介把他杀死，复入云朔，剽横水，屠掠甚众，有众十万，驻牙大同，抗表求粮食牛羊，并索交嗢没斯。

武宗已授嗢没斯为金吾大将军，爵怀化郡王，即以所部军为归义军，拜他为归义军使，赐姓为李，赐名思忠，当下责令乌介北迁，不得无理要索。

乌介不肯奉诏，武宗因调刘沔为河东节度使，兼招抚回鹘使，张仲武为东面招抚回鹘使，李思忠为回鹘西南面招讨使，会军太原，共讨乌介。沔有武略，出营雁门关，与乌介相持。起初与乌介接仗，未见得利，乃按兵不动，故示羸弱，令李思忠张仲武两军，先戢乌介羽翼。乌介见沔军不出，总道他是畏怯无能，不以为意，便移军侵逼振武，营帐如林。沔遣麟州刺史石雄，及都知兵马使王逢，带领沙陀朱邪赤心部众，袭击乌介牙帐，沔自率大军接应。石雄到了振武，登城望回鹘营账，见毡车数十乘，侍从多着朱碧，状类华人，遂使侦骑探问，返报是太和公主牙帐。雄复使侦骑往告道："公主至此，应求归路，今将出兵掩击可汗，请公主潜与侍从相保，驻车勿动，静候来迎。"公主允诺，侦骑复还报石雄，雄凿城为十余穴，引兵夜出，直攻介乌可汗牙帐。乌介本未预防，突闻官军杀入，吓得手足失措，忙从帐后逸出，连辎重尽行弃去。雄追乌介至杀虎山，大破乌介部众，乌介身受数创，与数百骑北遁。雄斩首万级，降番众二万余人，遂回迎太和公主，送还京师。正是：

逐寇功臣逢大捷，和番帝女幸重归。

欲知公主还京后事，待至下回分解。

唐至文宗之世，威柄已为宦官所握，文宗叹息流涕，自恨受制家奴，不如周赧汉献，情殊可悯，但亦未免自贻伊戚耳。一误于宋申锡，再误于李训郑注，用人不明，已司其咎，乃复暱幸宠妃，不善教子，骨肉且未能保全，遑问他事？至于权阉矫诏，擅立颍王，不能正始者，复不能正终，何莫非优柔寡断之所致也？回鹘雄长北方，虽屡扰唐室，而一再败盟，数犯边境，为唐患者亦非浅鲜。帝女和亲，甘出下策，唐之不能驭夷，亦可见矣。迨回鹘残破，嗢没斯诚心内附，而乌介复劫主横行，忽服忽叛，幸李德裕建以夷攻夷之策，于是强虏退，帝女归，朔方仍得安定，乃知为政在人之固非虚语也。文宗有一德裕而不能用，此其所以赍恨终身欤。

第八十五回　兴大军老成定议
堕狡计逆竖丧元

却说太和公主，还至京师，有诏令宰相等出迎章敬寺前，又命神策军四百名，备具卤薄，迎主入都。群臣当然奉命，肃班出迎。公主进谒宪穆二庙，唏嘘呜咽，退诣光顺门，去盛服，脱簪珥，自陈和亲无状，有负国恩。武宗遣中使慰问，仍令服饰如恒，乃入谒太皇太后。母女重逢，悲喜交集。越日进封为安定大长公主，使居兴庆宫左近，得叙母子欢情。一面令太仆卿赵蕃，为安抚黠戛斯使，黠戛斯为古坚昆国，唐初号为结骨，地在西突厥西面，贞观年间，曾修朝贡，历太宗高宗中宗玄宗四朝，通使不绝，至回鹘强盛，始被隔绝，不得往来。酋长号为阿热，屡受回鹘侵掠，回鹘渐衰，阿热乃自称可汗，与回鹘构兵不解，约二十年，卒破回鹘，送太和公主归唐。会闻乌介杀死国使，料知诚意未达，因复遣注吾合素东来，再申情状。注吾系是夷姓，夷人称猛为合，左为素，合素是猛力左射的意义，就是所称黠戛斯，也就是结骨的转音，注吾合素，在途历一两年，始达唐廷，献上名马二匹，并上书请求册命。补叙数语，尤见详明。武宗乃命赵蕃往慰，并使李德裕手草敕书。德裕谓须俟黠戛斯称臣，且叙同姓执子孙礼，乃行册命。武宗亦以为然，德裕遂草制道：

考贞观二十一年，黠戛斯先君，身自入朝，授左屯卫将军兼坚昆都督，迄于天宝，朝贡不绝。比为回鹘所隔，回鹘陵虐诸蕃，可汗能复仇雪耻，茂功壮节，近古无俦。今回鹘残兵不满千人，散投山谷，可汗既与为怨，须尽歼夷，倘留余烬，必生后患。又闻可汗受氏之原，与我同族，国家承北京太守即汉李广。之后，可汗乃都尉指李陵。苗裔，以此合族，尊卑可知。今欲册命可汗，特加美号，缘未知可汗之意，姑遣太仆卿赵蕃喻意，待赵蕃回日，当别命使展礼，以慰可汗之望。先此谕知，毋负朕意！

是时武宗方专任德裕，凡与回鹘黠戛斯交涉事件，必与德裕熟商，所有诏敕，亦多命德裕属草。德裕请委诸翰林学士，武宗道："学士不能尽如人意，劳卿属稿，方免贻误。"因此慰谕黠戛斯敕书，亦由德裕下笔。赵蕃赍敕与注吾合素偕行，到了黠戛斯，黠戛斯可汗，愿为藩属，再遣将军温仵合，随藩入贡，且上言："得乌介可汗，走保黑车子族，应会同王师，合力进讨。"武宗谕以速平回鹘黑车子，乃遣使册封，温仵合应命而去。既而黠戛斯又遣使入贡，请示师期，武宗遂饬幽州太原振武天德四镇，出兵会同黠戛斯，兜剿乌介，且令给事中刘濛为巡边使，拟复河湟四镇十八州。河湟自安史乱后，陷没吐蕃，已历多年，至是因回鹘已衰，吐蕃复有内乱，乃倡此议。刘濛系刘宴孙，武宗悯宴冤死，特擢濛出巡，令预备器械糗粮，俟回鹘告平，进图吐蕃。

会值昭义军节度使刘从谏病死，子稹秘不发丧，胁监军崔士康，奏称从谏病剧，请命稹为留后。武宗览奏即召李德裕崔珙等入议，还有新任宰相二人，一是淮南节度使李绅，是代崔郸后任，一是尚书右丞李让夷，是代陈夷行后任。夷行已出镇河中，郸出镇西川，所以改相二李。与德裕合成三李。绅与让夷，均上言："回鹘余烬，未尽扑灭，边鄙尚须警备。若再讨泽潞，昭义军统辖泽潞邢洺滋五州。恐国力不支，不如令刘稹权知军事。"李德裕独献议道："泽潞事体，与河朔三镇不同，河朔习乱已久，人心难化，所以累朝置诸度外。泽潞近处腹心，一军素称忠义，如李抱真成立此军，德宗且不许承袭，敬宗不恤国务，相臣又无远略，刘悟死后，遂授从谏，今从谏垂死，复欲将兵权私付竖子，若又令他承袭，诸镇将群起效尤，那时天子尚有威令么？"说得甚是。武宗道："朕意亦作是想。"乃遣供奉官薛士幹，往谕从谏，使就东都疗疾，且遣稹入朝，另加官爵。士幹行至潞州，稹已为从谏发丧，抗不受诏，因亟还朝报命。武宗也怒从心起，便召德裕入问道：“卿前谓刘氏跋扈，不宜承袭，今刘稹公然抗命，朕欲声讨，拟用何法？”德裕道：“稹心中所恃，不过河朔三镇，但得镇魏两处，不相援助，稹便无能为了。今请速遣重臣，往谕王元逵何弘敬，令他助讨刘稹，委以山东三州，邢洺䃙。成功以后，将士并加厚赏，果使两镇听命，不复沮挠官军，刘稹竖子，还有什么难擒呢？”武宗大喜，立命德裕草诏，颁赐成德节度使王元逵，魏博节度使何弘敬，中有数语云：“泽潞一镇，与卿事体不同，勿为子孙之谋，欲存辅车之势，但能显立后效，自然福及后昆。”武宗览此数语，大加称许，且语德裕道：“应该如此直告，省得他疑议呢。”当下遣发两使，分头去讫。又赐卢龙节度使张仲武诏书，令他专御回鹘，并调忠武节度使王茂元，为河阳节度使，邠宁节度使王宰，为忠武节度使，专待镇魏两处报命，便即出兵。

未几，得两镇奏报，并皆听命，于是削夺从谏及稹官爵，授王元逵为泽潞北面招讨使，何弘敬为泽潞南面招讨使，与河东节度使刘沔，河中节度使陈夷行，河阳节度使王茂元，合力攻讨，再调武宁节度使李彦佐，为晋绛行营招讨使，会合诸军，五道齐进。王元逵既受朝旨，即日出屯赵州，进次临洺，渐逼尧山。刘沔守昂车关，分兵屯榆社，何弘敬立栅肥乡，进略平恩，陈夷行驻营冀城，入侵冀氏。王茂元出驻万善，别遣兵马使马继等至天井关，营科斗寨。唯李彦佐自徐州启行，很是迁缓，又表请休兵绛州，兼求济师。李德裕入白武宗道：“彦佐逗留观望，无讨贼意，所请皆不可许，宜下诏切责，令即进军冀城。”武宗依言颁诏，德裕又荐天德军防御使石雄，为彦佐副，因调雄为晋绛行营节度副使，复令王元逵取邢州，何弘敬取铭州，王茂元取泽州，李彦佐刘沔取潞州，各专责成，毋得取县，这也是德裕所献的计议。武宗得平潞泽，全是德裕一人主持，故处处归功德裕。

先是刘从谏未殁时，累表言仇士良罪恶，士良亦言从谏窥伺朝廷，至刘稹逆命，士良益借口有资，每扬言宫中，自诩不出所料。武宗以士良有拥立功，曾命为观军容使，外示尊宠，内实疑忌，故命讨泽潞，全然不用禁军。士良又阴嫉德裕，多方进谗。偏武宗委任甚专，毫不见信，同平章事崔珙，伴食无能，武宗将他罢去，特召学士韦琮入内草制，擢中书舍人崔铉入相，内外官吏，全未与闻。仇士良自知失权，乃告老致仕，得旨允准，因出居私第。阉党统送他出宫，士良密嘱道：“天子不可令闲，须常举奢靡华丽，取悦心志，令他日积月累，无暇顾及他事，然后我辈可以得志。若使读书礼士，得知前代兴亡，他必心存忧惕，疏斥我辈，这是事上要诀，幸勿忘怀。”阉党谢教而去。士良以为要诀，实是愚谋，须知人主蛊惑心志，必致危亡，难道若辈尚得安荣么？且此策亦只能惑庸主，不能欺英辟，试问士良何故告退呢？士良既去，李德裕少一牵制，越好殚精竭虑，与武宗规划平贼。

王元逵拔宣务栅，进击尧山，击败刘稹救兵，上书奏捷。德裕请加元逵同平章事，激厉他镇。至元逵前锋，早入邢州境内，何弘敬尚未出师。元逵密表弘敬阴怀两端，德裕上言：“忠武军累有战功，声威颇震，王宰年力方壮，谋略可称，请诏宰率忠武全军，取道魏博，直抵磁州，以分贼势，弘敬必惧，这便是攻心伐谋的良策。”武宗即命王宰悉选步骑精兵，自相魏趋磁州。果然弘敬闻知，恐忠武军一入魏境，或致兵变，急督军进渡漳水，先赴磁州。独河阳兵马使马继等，驻兵科斗寨，为刘稹牙将薛茂卿所袭，全军溃散，马继被擒。王茂元忧惧成疾，奏达败状，于是朝议又复纷起，争说：“刘悟有功，不应绝他后嗣。且从谏练兵十万，储粟十年，甚不易取，何如趁早班师。”武宗听了群议，也不免心动起来，复召问李德裕。德裕道：“小小胜负，兵家常事，愿陛下勿听外议，定可成功。”武宗乃语群臣道：“此后如有朝士沮挠军情，朕必将他驱入贼境，斩首示众。”自是异议乃止。唯断乃成。

德裕复乞调王宰全军，移援河阳，即以宰兼行营攻讨使，武宗也悉从所请。会何弘敬奏拔肥乡平恩，杀贼甚众，武宗因召语相臣道：“弘敬已拔两县，可释前疑，既有杀伤，虽欲阴持两端，也无可如何了。”乃加弘敬检校左仆射。嗣闻王茂元病殁军中，复诏擢河南尹敬昕为河阳节度使，专主饷运，接济行营，把战事悉付王宰。宰治军严整，颇为昭义军所惮。昭义军将薛茂卿，因科斗寨一役，独建奇功，未获重赏，心下很是怏怏，闻王宰屯兵万善，遂密使通问，愿为内应。宰遂引兵趋天井关，茂卿略略接仗，便即退走，把关相让。宰得据关隘，进毁大小箕村。茂卿更召宰攻泽州，宰疑不敢进，竟至失期。刘稹探知茂卿隐情，诱至潞州，将他杀死，屠及家族，如此残忍，宜其速亡。改用兵马使刘公直，来拒王宰。宰攻泽州，不利而退。公直复乘胜据天井关，嗣经宰整兵再进，大破公直，得拔陵川。刘沔亦攻克石会关，唯卢龙节度使张仲武，因刘沔破回鹘时，独得太和公主归朝，功为所夺，不免怨沔。朝廷恐他挟嫌掣肘，徙沔为义成节度使，另起前荆南节度使李石，驻节河东。

河东兵多派守要隘，所有府库余蓄，又被汚运往义成军。至李石莅镇，兵少饷绌，已是万分为难。河东行营兵马使王逢，且请添兵至榆社，以资战守，石不得已调回横水戍卒千五百人，令都将杨弁带领，驰诣行营。向来军士出征，每人给绢二疋，石因军用缺乏，益以自己绢帛，尚止人得一疋。时已为会昌三年残腊，军士请过了岁朝，方才登程。偏监军吕义忠，定要他年内就道，军士俱有怨言。杨弁趁势煽动，拟除夕倡乱，佯于是日启行，到了晚间，仍混入城中，夜漏方阑，哗声忽起，兵众随处剽掠，横行城市。都头梁季叶出来弹压，被乱军持刀砍死。李石正起床整衣，遥谒北阙，庆贺岁旦，不意府门外面，人喊马嘶，巡吏即入报兵变。石左右并无将士，如何出御？只好挈领亲属数人，从后门出奔，还幸城尚未阖，一溜烟似的奔往汾州。杨弁入据军府，居然自称留后，且遣从子至潞州，愿与刘稹约为兄弟。刘稹大喜，报书如约。监军吕义忠亦逃出城外，遣人飞奏河东乱状，朝议复为之大哗。或说应招抚杨弁，令讨刘稹，或说两地俱应罢兵，唯坚强不屈的李文饶文饶系德裕字。独上言："太原人心，太原即河东。素来忠顺，不过因赏犒未足，乃致变乱，并非别怀觊觎，况乱兵止千五百人，亦何能为？应令李石吕义忠还赴河东行营，召兵讨乱，一面令王逢留太原兵守榆社，另调易定汴兖兵，共讨杨弁。"武宗一一照允。更遣中使马元实，往太原晓谕乱军，并觇强弱。杨弁欢迎元实，盛筵相待，酣饮三日，且厚贿送归。元实还都复命，极言军心附弁，不如议抚。金钱之效力如此。武宗令与宰相商议，元实乃往见德裕，开口便道："相公今日，须早授杨弁旌节。"德裕问为何因？元实道："自牙门至柳子营，约十五里，遍地统是光明甲仗，如何可取？"德裕道："李相李石为相，见前。正因太原无兵，乃发横水兵赴榆社，此外库中留甲，尽给行营，弁何从得此甲士？"元实道："太原民俗强悍，经弁召募，即可成军。"德裕道："召募须有赀财，李相止欠军士一疋绢，因致此乱，弁岂能点石成金，立集巨款，可以广募徒众么？"元实语塞，不能再对。德裕道："就使他有十五里光明甲，亦必须杀此贼。"诚然诚然。遂叱退元实，自草数语奏陈，略言："杨弁微贼，决不可恕！如虑国力不及，宁舍刘稹。"过了两旬，吕义忠捷报已至，擒杨弁，诛乱兵，平定太原。看官！你道吕义忠能讨平乱贼么？原来榆社戍兵，闻朝廷令客军取太原，恐妻孥亦遭屠戮，乃情愿还兵平乱。可巧吕义忠奔至行营，遂拥回太原，攻入军府，立将杨弁擒住，所有乱卒，悉数诛夷。弁被槛送京师，当然处斩。

河东既定，召还李石，降为太子少傅分司，河中节度使陈夷行，已因疾乞休，改任崔元式继任，至此复调元式镇河东，令石雄为河中节度使。雄与王宰有宿嫌，宰忌雄立功，故意缓攻，令刘稹得专力御雄。李德裕侦得隐情，即入奏武宗道："行军全仗锐气，不经激发，难望成功。陛下命王宰趋磁州，何弘敬乃先出师，遣客军讨太原，戍卒乃先取杨弁，今王宰久不进军，请徙刘沔镇河阳，仍令率义成军二千，直抵万善，蹑宰后尘，宰恐沔前来争功，必不愿逗留。宰果进军，沔为后应，亦未始非一大声援呢。"武宗乃令刘沔为河阳节度使，令出军万善。宰果如德裕所料，进攻泽州，刘稹拒战经年，军心渐怠，更兼都神牙郭谊王协，宅内兵马使李士贵等，揽权用事，专知聚财，见功不赏，将士愈觉离心。刘从谏妻裴氏，系故相裴冕孙女，有弟裴问，典守邢州，裴氏素劝从谏归命，至从谏死后，又虑稹叛命致亡，令他召归裴问，执掌军政。李士贵恐问到来，大权被夺，亟语稹道："山东三州，唯恃五舅，若五舅召还，将靠何人守住山东三州呢？"稹年少寡识，信为真言，遂不愿召问。问尝募兵五百，号为夜飞，就中多富商子弟，王协令军将刘溪，往邢州征税，大肆婪索，往往拘禁富商。夜飞军闻父兄被拘，当然向问呼吁。问转白刘溪，溪复语不逊，激成众忿。问即与刺史崔嘏，杀溪归唐，举州投顺王元逵。洺州守将郭钊，磁州守将安玉，闻邢州降唐，亦并降何弘敬，山东三州，均已效顺，当由王何二镇帅奏闻。德裕请即令给事中卢弘止为三州留后，且敕山南东道节度使卢钧，调任昭义节度使，乘驿赴镇。武宗尚在踌躇，德裕道："今不另简镇帅，若王何二人，欲占三州，朝廷将如何对付呢？"一语破的。武宗大悟，立即下诏。德裕又道："昭义根本，尽在山东，三州既降，潞州必将生变了。"武宗道："朕料郭谊等人，必诛稹自赎。"德裕道："诚如圣料，不日即有好音。"已而得王宰军报，刘稹已诛，郭谊乞降。原来谊本为刘稹心腹，稹阻兵抗命，皆谊主谋，至山东三州，一并失去，谊不免惶急，遂与王协密谋，拟杀稹赎罪，乃令私党董可武说稹道："山东叛去，事由五舅，城中人莫敢相保，敢问留后如何主张？"稹答道："今城中尚有五万人，且当闭门自守，再图良策。"可武道："五万人何足久持？为留后计，不如束身归朝，令郭谊为留后，自奉太夫人及室家金帛，归还东都，这还是保身良策呢。"稹又道："谊果不负我么？"可武道："可武已与谊定约，誓不相负。"

稹乃引谊入室，再与面约，复入告从谏妻裴氏。裴氏道：“归朝诚为佳事，可惜已晚。我有弟尚不能保，怎能保郭谊？汝自去酌夺便了。”裴氏非无见识，患在太懦。稹沉吟半晌，自思余无善策，没奈何素服出门，以母命署谊都知兵马使。谊谢稹毕，出见诸将。稹治装内厅，李士贵闻得此事，知稹为谊所赚，率后院兵数千攻谊。谊叱众道：“何不自取赏物，乃欲与士贵同死么？”军士遂退，共杀士贵。谊易置将吏，部署士卒，一夕俱定。次日，使董可武入邀刘稹，出议公事。稹随可武出牙门，至北宅，与谊等相见，置酒作乐。饮至半酣，可武遽前执稹手，别将崔玄度自后杀稹，刀光一闪，垂首座前，遂乘势收稹宗族，及亲属故旧，无论老幼，骈戮无遗，只留裴氏不杀，囚诸别室。当下函稹首献与王宰，并奉降表。宰露布奏闻，唐廷称贺。小子有诗叹道：

竖子无知欲逞雄，三州坐失智谋穷。
须知授首归朝日，早在良臣擘划中。

究竟唐廷如何处置郭谊，待至下回再详。

观武宗之讨泽潞，全由李德裕主谋，故本回于德裕规划，叙述较详，当时前敌诸将，非真公忠无二，经德裕操纵有方，能令悍夫怯将，并效驰驱，决机庙堂之上，转移俄顷之间，中使不得关说，武人乐为尽死，即裴度杜黄裳诸相臣，恐亦未之逮也。山东三州，相继归朝，郭谊王协等，即定谋杀稹，始则导稹为乱，继则杀稹求封，而无知狂竖，适堕狡谋，徒唯是身死族灭已耳，天下本无事，庸人自扰之，于稹乎何惜；于郭谊王协等何诛？

第八十六回　信方士药死唐武宗
立太叔窜斥李首相

却说武宗闻泽潞已降，刘稹授首，即与李德裕等，商酌善后事宜。德裕面奏道："泽潞已平，邢洺磁三州，无须再置留后，但遣卢弘止宣慰三州，及成德魏博两镇，便可了事。"武宗道："郭谊应若何处置？"德裕道："刘稹竖子，胆敢拒命，统由郭谊等主谋，到了势孤力竭，又卖稹求赏，如此不诛，何以惩恶？"武宗点首道："卿言甚是。朕当令石雄入潞，藉应谣言便了。"原来潞州曾有妄男子，在市喧叫道："石雄七千人到了。"是时刘从谏尚在，目为妖言，把他捕戮。及刘稹逆命，德裕曾将此事奏闻，且言欲破潞州，必用石雄，所以武宗特遣石雄入潞，令带七千人随行。郭谊既献入刘稹首级，满望朝廷封赏，即授旌节，好几日不见命下，乃语部众道："大约朝廷将徙我别镇，所以这般迟滞。"遂阅鞍马，治行装，专待朝使到来，约定行止。你亦想作刘悟么？奈福命不及何？忽由巡卒入报道："河中节度使石雄，带兵来了。"谊颇有惧色，但此时不能再拒，只好率众出迎。

雄与敕使张仲清，联辔入城，谊参贺已毕，张仲清宣言道："郭都知告身，来日当至，此外将吏告身，俱已带到，请晚间来牙交代。"谊等唯唯而出。雄即命河中七千人，环集毬场，至晚召谊等受命，一一唱名引入。谊先进去，即由雄喝声动手，将他拿下。余如王协董可武安全庆李道德李佐尧刘武德等，一并拘住，悉送京师。还有刘稹部将刘公直，已将泽州降与王宰，亦由宰槛送入京。唐廷已得稹首，悬示都门，复令石雄发从谏尸，暴露潞州市三日。雄剖棺验视，面色如生，一目尚开，经雄手刃三次，血流如沛。想是命数中应该斩首。陈尸三日，仇人各用刀剔骨，几无遗骸。文士张谷张沿陈扬庭，尝屡言古今成败，规戒从谏。雄颇闻文名，饬吏查访，已被郭谊杀死，未免嗟悼。张谷尝纳邯郸女为侍妾，名叫新声，曾劝谷挈族西去，且语谷道："天子以从谏为节度，并非有攻城野战的功劳，足以褒录，不过因乃父挈齐十二州，归还朝廷，方不忍夺他嗣袭。自从谏据有泽潞，未尝具一缕一蹄，为天子寿，左右又皆无赖徒，试想宪宗朝数镇颠覆，大都雄才杰器，尚不能固天子恩，况从谏擢自儿女手中，以不法始，必以不法终。大丈夫当见机而作，毋得顾一饭恩，以骨肉畀健儿啖食呢。"言讫，悲泣呜咽，几不自胜。谷终不能决，迁延至三月有余，反恐新声语泄，竟将她用帛缢死。有此慧女子，却不得令终，所遇非人，特志之以存感慨。后来谷竟遭难，家属骈诛。宜哉。从谏妻裴氏，由雄送入都中，候旨发落。武宗因裴氏系出名门，弟裴问首先效顺，不忍诛及裴氏，拟下诏免死。偏刑部侍郎刘三复，固言不可，乃将裴氏赐死，以尸还问，令他殓葬。所有郭谊王协董可武等，尽行正法。加李德裕太尉，爵卫国公。德裕入朝固辞，武宗道："朕只恨无官赏卿，卿若不应得此，朕也不愿授卿了。"德裕乃拜谢而退。昭义节度使卢钧，驰入潞州，慰抚兵民。钧素宽厚爱人，当镇守襄阳时，已是众志咸孚，一入天井关，昭义散卒，闻风趋附，俱蒙厚待。至入潞城后，人情悉洽，昭义遂安。武宗从德裕议，割泽州归隶河阳，减铩昭义军势力，免生后乱；且饬各道兵一律归镇，封赏有差。

德裕复追论维州悉怛谋事，归咎牛僧孺。武宗但赠悉怛谋为右卫将军，不加僧孺罪责。德裕乃申奏道："刘从谏据泽潞十年，太和中入朝，牛僧孺李宗闵执政，不留从谏在京，纵令还镇，致酿成今日大祸。且闻昭义孔目官郑庆，曾言从谏每得二人书牍，皆自焚毁，可见二人阴庇从谏，实为乱阶，今幸陛下威灵，得平叛逆。唯欲清源正本，还应谴及牛李二人。"报复太甚，私憾何深？武宗徐徐道："且俟再议？"德裕意终未释。过了数日，复呈入河南少尹李述书，略言：僧孺闻刘稹败死，有失声叹恨等情。安知非德裕架诬？当下恼动武宗，再贬僧孺为循州长史，流宗闵至封州。德裕因率同百官，请上尊号，称武宗为仁圣文武章天成功神德明道大孝皇帝，武宗不受。经德裕等固请，表至五上，方才允准。于是郊天祭庙，下诏大赦，赐文武官阶勋爵，遍宴群臣，庆贺了好几日。皇太后王氏即敬宗母。得病身亡，变喜为哀，易贺为吊，免不得又有一番忙碌。礼官上太后尊谥，乃是“恭僖”二字，祔葬光陵东园。光陵即穆宗陵。

是时同平章事李绅，以足疾辞职，复出为淮南节度使，召淮南节度使杜悰入朝，拜右仆射，兼同平章事。悰本岐阳公主夫婿，见七十四回。文宗季年，公主已殁，悰由澧州刺史，升任凤翔节度使，复自凤翔徙镇淮南。武宗尝闻扬州倡女，善为酒令，因饬淮南监军，选贡数人。监军转告杜悰，请他同选，悰摇首道：“我不奉诏，怎得妄进倡女？”监军即奏悰不肯选旨，武宗叹道：“杜悰得大臣体，朕知愧了。”遂召悰入相。悰既受职，独好宴饮，不甚理事，乃复出为西川节度使。既而李绅病殁任所，悰移镇淮南。唯杜悰罢相时，崔铉亦同时免职，改任户部侍郎李回同平章事。回系唐室宗族，颇有胆识，泽潞事起，曾奉诏宣慰河北三镇，并促进师，三镇无不畏服，以此为武宗所器重，特加拔擢。但军国重事，仍专任李德裕评议。李回李让夷，不过奉令承教，署名画诺，便算尽职。

德裕以西域军事，尚未告竣，因上言：“回鹘衰微，乌介穷蹙，应乘此荡平回鹘，规复河湟，望遣使赐张仲武诏书，谕以镇魏两镇，已平昭义，只回鹘未灭，仲武尚兼北面招讨使，应早思立功，毋落人后。”武宗依言颁诏，促仲武进逼乌介，仲武出兵数次，收降回鹘散卒，约数万人。巡边使刘濛，亦报称吐蕃内乱，可乘机收复河湟。武宗拟大举平西，偏偏志未毕偿，病已缠体，遂令一位英明果断的主子，渐渐的形神瘦弱，力不从心。看官可知武宗即位时，年只二十七龄，改元后仅历五年，还只三十二岁，春秋方盛，大可有为，如何疾病加身，害得支撑不住？虚设问答，较便梳栉。小子查考唐史，才知有一大病源，不得不从头叙来。

唐自高祖立老子庙，尊为太上玄元皇帝，后世子孙，奉为成例，待遇方士，无不加厚，所以道教尝盛行一时。此外又有佛教、祆教、摩尼教、景教、回教五种，佛教自汉迄唐，愈沿愈盛，唐太宗时，僧玄奘至西域取经，携归佛典六百五十余部，译成华文，辗转流传，徒侣日众。武宗以前，全国佛寺，多至四万余所，僧尼达四十万人。祆教由波斯国传入，敬火以表天神，亦称拜火教，唐初已盛行中国，朝廷为立祆正祓祝等官，管辖教徒。摩尼教就从祆教脱胎，参入佛教景教等旨，别成一派，相传为波斯人摩尼所创。其实摩尼二字，就是中国高僧的意义，由波斯传入回纥，更由回纥传入唐朝，京都内外，多建摩尼寺，凡回纥人留居中国，常借寺中栖宿。景教实耶稣教的一派，唐太宗时，波斯人阿罗本，赍经至长安，自称为景教徒，取教旨光华的意义。太宗为建波斯寺，至玄宗时，波斯为大食国所并，因改波斯寺为大秦寺，大秦即罗马国的变称，景教实发源罗马，所以易名存实。德宗时，长安大秦寺僧京静，曾建大秦景教流行中国碑，穷溯原委，颇称详明。至回教为摩罕默德创行，摩罕默德系阿剌比亚人，阿剌比亚即今之阿剌伯。参酌耶稣教及犹太教等，别成一教，广集教徒，征服异域，创成一大食国。大食即阿剌比亚，波斯人有此称呼，所以唐廷亦呼为大食。莫非因他蚕食四方么？大食人来华互市，请诸唐廷，得在广东一带，建造会堂，广传教旨。这四种宗教，统是西洋输入，唐廷准他传布，不加禁止。元元本本，殚见洽闻。独武宗专信道教，不准异教流行，凡国中所有大秦寺摩尼寺，一并撤毁，斥逐回纥教徒，多半道死。京城女摩尼七十人，无从栖身，统皆自尽。景僧祆僧二千余人，并放还俗。又令京都及东都，只准留佛寺二所，每寺留僧三十人，各道只留一寺，余皆毁去。僧尼勒令归俗，田产归官，寺材改葺公廨驿舍，铜像钟磬，熔作制钱，共计毁寺四千六百余区，及招提有常住之寺。兰若佛徒静室。四万余间，还俗僧尼二十六万五百人，收良田数千万顷，奴婢十五万人。阅至此，应为称快。

古来帝王排佛，共有三人，魏太武帝周武帝及唐武宗，释家称为三武之祸。武宗排斥异教，不遗余力，专心致志的迷信道教。即位初年，即召入方士赵归真，向受法箓，称归真为道门教授先生，即至禁中筑一望仙观，令他居住。政躬稍暇，常至观中听讲法典，信奉甚虔。归真引入徒侣，为武宗修合金丹，说是长生不老的仙药，武宗服药下去，自觉精神陡长，阳兴甚酣，一夜能御数女，畅快无比，哪知情欲日浓，元气日耗，各种兴阳的药饵，多半是催命的毒物。武宗年甫逾壮，日服此药，渐渐的容颜憔悴，形色枯羸。当时专宠的嫔御，第一位要算王才人，才人系邯郸人氏，家世失传，穆宗时选入宫中，年仅十三，已善歌舞，后来赐与颍邸，一及笄年，性情儿很是机警，模样儿愈觉苗条，亭亭似玉，袅袅如花。武宗本是颀晰，王女亦颇纤长，一对璧人，天作之合，当然情投意合，我我卿卿。及武宗即位，封王氏为才人，宠擅专房，武宗每畋苑中，王才人必跨马相随，袍服雍容，几与武宗相似。道旁人士，远远窥视，还疑有两位至尊，相与出入。有时也能握轻弓，发一二矢，射倒几个小禽小兽，色艺俱工，确是难得。武宗越加宠爱，拟立她为皇后。偏李德裕谓才人无子，家世又未曾通显，恐贻天下讥议，武宗乃止。但因后宫佳丽，无过王才人，宁将正宫位置，虚悬以待，不愿滥竽充数。自宪宗以降，已五代不立皇后。及武宗有疾，王才人每谏武宗道："陛下日服丹药，无非希望长生，妾见陛下近日肤泽枯槁，深抱杞忧，还望陛下审慎，少服丹药。"武宗尚说无妨，且言赵归真说是换骨，应该瘦损，所以愈服愈病，愈病愈服。又召入衡山道士刘玄静，令为崇玄馆学士，还是玄静有些见识，固辞还山。好算明哲保身。武宗尚是未悟，阴精日铄，性加躁急，往往喜怒无常，尝问德裕道："近来外事如何？"德裕道："陛下威断不测，外人颇加惊惧，现在四境承平，愿陛下宽待吏民，务使为善不惊，得罪无怨，然后中外咸安？"武宗默然不答，返入内寝。德裕自退。原来德裕专政有年，才高量浅，所有恩怨，无不报复。方士赵归真得宠，德裕再三指斥，引为深恨。泽潞一役，又由德裕奏明武宗，不准宦官预事。内如中尉枢密，外如各道监军，无从掣肘，因得成功。但内外阉竖，视德裕如眼中钉，常欲把他撵逐，因此勾结方士，日夕进谗。武宗也滋不悦，唯表面上仍敷衍过去。德裕虽上疏乞休，也不见许。给事中韦弘质，上言宰相权重，为德裕所驳斥，贬令出外。德裕又尝言省事不如省官，省官不如省吏，因请罢郡县吏约二千余员。在德裕的意思，原是为国除弊，顾不得什么仇怨，无如内外怨声，已是丛集，只因主眷未衰，一时动弹他不得。至会昌五年残腊，武宗抱病已剧，诏罢来年正旦朝会，到了六年正月，并不见武宗视朝，德裕除叩阍问安外，专理朝廷政务，无暇顾及宫禁。哪知左神策中尉马元贽等，已密布心腹，定策禁中，竟传出一道诏旨，立光王怡为皇太叔，权勾当军国政事。皇太弟后，又出一位皇太叔，正是闻所未闻。

先是李锜伏诛，家属没入掖廷，见七十二回。有妾郑氏，生有美色，为宪宗所爱幸，纳入后宫，几度春风，得产一子，取名为怡，排行在第十三。宪宗有子二十人。幼时即寡言笑，宫中统目为痴儿。少长，受封光王，益自韬晦，虽群居游处，未尝出言。至武宗疾笃，旬日不颁一谕，马元贽等乘此生心，拟择嗣统，好做一班佐命功臣。武宗本有五子，长名峻，封杞王，次名岘，封益王，三名岐，封兖王，四名峄，封德王，五名嵯，封昌王。不过年皆幼弱，未识大政，宫内一班宦竖，更以为子承父统，乃是寻常旧例，就是拥立起来，也没甚功绩可言，不若迎戴光王，较为得计。如见肺肝。于是遂擅传诏命，但说皇子年幼，令皇太叔处分国事。李德裕等未知诡谋，总道是武宗亲命，不敢对驳。哪知武宗已死多活少，连人事尚且不省，还顾什么传统不传统呢？会昌六年六月甲子日，武宗疾已大渐，王才人侍立榻旁，武宗瞪视良久，好容易说出一语道：“我要与汝长别了。”王才人忍着泪道：“陛下大福未艾，怎得出此不祥语？”武宗再想发言，偏喉中已是痰塞，不能再语，只好用手指口，两目却注视不瞬。王才人已揣透意旨，便道：“陛下万岁后，妾愿以身殉。”武宗方略有欢容，模模糊糊的说了一个“好”字，嗣是遂不复言。承统问题，全不提及，徒望王才人殉节，恋恋私情，何足道哉？未几驾崩，在位六年，止三十三岁。王才人悉取贮遗，分给左右，遂哭拜榻前道：“陛下英灵，契妾同去，妾谨遵前约了。”遂解带自尽榻下。不愧烈妇。马元贽等奉光王怡即位，改名为忱，是为宣宗，命李德裕摄行冢宰事，奉上册宝。宣宗朝见百官，哀戚满容，及裁决庶务，独操刚断，宫廷内外，才知他有隐德，并不是全然愚柔。即位礼成，宣宗顾左右道：“适才奉册的大臣，就是李太尉么？他每顾我，使我毛发洒淅，不寒而栗呢。”德裕贬死，伏此数语。当下尊生母郑氏为皇太后，追赠王才人为贤妃。阅数月，安葬武宗，告窆端陵，并将王贤妃附葬陵旁。妃生前得专房宠，后宫嫔媛，多怀顾忌，至殉节捐躯，大义凛然，宫人都为感动，把旧怨一齐蠲释，相率送葬，同声一哭，这可见公道犹存，无德不报哩。一再称扬，无非风世。

宣宗既阴忌德裕，践阼才经数日，即罢德裕为检校司徒，出任荆南节度使。迅雷不及掩耳，非但德裕所不料，就是中外吏民，亦觉是意外奇闻。接连又将李让夷罢相，改任翰林学士白敏中，及兵部侍郎卢商，同平章事，且命牛僧孺李宗闵崔珙杨嗣复李珏五人，一并内迁。唯宗闵未及启行，病死封州。赵归真诛死，仍度僧尼，京中增置八寺，嗣且令各处寺址，尽行修复。尽改旧政，太觉无谓。唯闻刘玄静道术高深，前曾辞归衡山，不与俗伍，应非赵归真可比，乃复征聘入都，由宣宗亲受三洞法箓。更可不必。既而腊鼓催残，改元期届，元旦，朝献太清宫。越日，朝享太庙。又越日，至南郊祭天，改称大中元年，受百官朝贺，大赦天下。会值天旱，自正月至二月不雨，宣宗避殿减膳，理京师囚，罢太常教坊习乐，出宫女五百人，放五坊鹰犬，停飞龙厩马粟，果然甘霖下降，沛泽如膏，朝野都称颂皇恩。同平章事白敏中，本由李德裕引入翰苑，至德裕失势，敏中入相，独希承上旨，令党与颂德裕罪，遂贬德裕为太子少保，分司东都。过了半年，廷臣尚交构德裕，册贬为端州司马。越年，又贬为崖州司户参军，德裕竟病死贬所，年六十三，怨家多半称快。唯右补阙丁柔立，前遭德裕摈斥，至是独上疏讼德裕冤，又被谪为南阳尉。宣宗尝问白敏中道："朕昔送宪宗安葬，道遇风雨，百官皆散，唯山陵使身长多髯，攀住灵舆，冒雨不避，这是何人？"敏中答是令狐楚，现已去世了。宣宗问有无子嗣？敏中谓："有子名绹，颇有才能。"宣宗即召令狐绹入见，问及元和政事。绹奏对甚详，遂得擢为知制诰，寻升授翰林学士。绹夜梦见德裕，与语道："公幸哀我，使得归葬。"绹梦中允诺。翌晨起床，长子滈入问起居，绹即与语梦中情形，滈惶然道："执政皆蓄憾李公，如何发言？"绹亦犹豫未决。不意是夕又复入梦，那前任太尉后贬司户的李文饶，目光炯炯，竟来责他负约。绹正无词可对，突闻鸡声一叫，才得惊醒，早起复语子滈道："卫公精爽，确是可畏，我若不言，祸将及我。"乃冠带入朝，请许德裕归葬。宣宗方向用令狐绹，勉允所请。后至懿宗即位，用左拾遗刘郕言，追复德裕太子少保卫国公官爵，赐尚书左仆射。叙及后事，寓善善从长之意。小子有诗咏李德裕道：

汉代乘骖霍子孟，唐廷奉册李文饶。
假使功成身早退，祸机宁致及身招。

大中元年，文宗母萧太后崩，追谥贞献。越年太皇太后郭氏暴崩，外人颇有异言，欲知隐情，试至下回再阅。

宪宗服丹药而崩，穆宗亦然，武宗岂未闻及，乃亦误信赵归真，饵服金丹，以致速死。俗语有言："做了皇帝想登仙"，岂非愚甚？且弥留之际，专为爱妃顾虑，而于后嗣问题，全未提及，何其恋私情而忘大局耶？王才人以身殉主，节义可风，但于武宗实多惭德，褒王才人，实隐刺武宗，书法固微而显欤。太叔承统，古今罕闻；李德裕以一代功臣，骤遭贬死，虽德裕未得为完人，究无窜殛之罪，直书窜死，所以甚宣宗之失也。德裕死而托梦令狐绹，冤魂其果未泯乎？

第八十七回　复河陇边民入觐
立郓夔内竖争权

却说太皇太后郭氏，入居兴庆宫，颐养多年，历穆宗敬宗文宗武宗四朝，俱得嗣君敬礼，侍奉不衰。独宣宗即位，与太皇太后，乃是母子称呼，本应格外亲近，偏宣宗不甚孝敬，礼意寖薄，推究原因，却由生母郑氏而起。郑氏为李锜妾，前回已曾道及，当郑氏及笄，相士谓郑氏当生天子，因此锜纳为侍人，后来没入宫掖，适为太皇太后的侍儿。太皇太后尚为贵妃，宪宗出入往来，见郑氏秀色可餐，遂召入别室，演了一出龙凤配。妇人家容易怀妒，况郑氏是个犯妇，骤得宠幸，哪得不令旁观气愤？唯宪宗前不便诋斥，一腔郁闷，不能不从郑氏身上发泄。郑氏受骂熬打，料非一次，此番郑氏得为太后，母以子贵，当然欲报复宿嫌。统是一片小肚肠。宣宗也思为母吐气，所以对着这位太皇太后，未免失礼。郑氏又说宪宗暴崩，太皇太后亦曾预谋，惹得宣宗越加悲恨，几视太皇太后，如仇人一般。妇女含血喷人，尚是惯技，宣宗信为真事，也太糊涂。太皇太后年力已衰，忽遭此变，怎能禁受得起？悲感交集，郁郁无聊。一日，登勤政楼，眺望一回，几欲效坠楼的绿珠，跳出窗外，还亏身后有个侍儿，将她抱住，才免陨命。宣宗闻到此事，很是不悦，免不得背后讥弹。不料到了夜间，太皇太后竟尔暴崩，宫中谣诼纷纭，多说是服毒自尽。宣宗余怒未息，反不欲她祔葬宪宗，有司请葬景陵外园。景陵即宪宗陵，见七十七回。太常官王皞，且奏乞合葬祔庙，宣宗大怒，令宰相白敏中，责问王皞。皞抗声道："太皇太后系汾阳王孙女，宪宗在东宫时的元妃，事宪宗为妇，身历五朝，母仪天下，怎得以暧昧情事，遽废正嫡大礼呢？”理直气壮。敏中闻言，怒形于色，皞辞气益厉，斥责敏中逢君为恶。敏中正要入奏，可巧走过一位新任宰相，举手加额道：“主圣臣直，古有是言，今幸得见直臣了。”看官道此人为谁？乃是姓周名墀，曾为兵部侍郎，此时因卢商罢相，与刑部侍郎马植，并入拜同平章事。墀颇忠谠，乃有是言。敏中闻墀誉王皞，也不免顾忌三分，复奏时较为和平。但宣宗意终未惬，竟贬皞为句容令。至懿宗咸通年间，皞复入为礼官，再伸前议，乃始以郭氏配飨宪宗，这且慢表。

唯宣宗既贬去王皞，遂也不悦周墀，会值河湟议起，墀谏阻开边，愈拂上意，遂罢为东川节度使。这规复河湟的计策，在武宗时早有此议，小子于前两回中，亦曾略叙，因看官尚未明白，不得不再行声明。河湟陷没吐蕃，唐廷无暇规复，一则由国家多故，二则由吐蕃尚强，到了武宗时候，正值吐蕃内乱，若要规复河湟，却也是个绝大的机会。原来吐蕃自尚结赞后，君相多半庸弱，赞普乞立赞死，传子足之煎，足之煎再传之可黎可足，久病不能视事，委任臣下，纪纲日紊。至弟达磨赞普嗣位，淫虐益甚，国人不附，灾异相继。勉强拖延了三四载，到了武宗会昌二年，达磨死去，无子承袭，有妃綝氏，素为达磨所宠，至是与一佞相连络，立兄尚延力子乞离胡为赞普，年仅三岁，妃与佞相共执国政。首相结都那不肯入拜，愤然道：“先赞普宗族尚多，奈何立綝氏子为嗣？老夫无权无勇，不能拨乱反正，报先赞普大德，计唯一死自明便了。”遂拔刀剺面，恸哭而出。忠有余而智不足。佞相嗾动党羽，追杀结都那，且把他家族尽加屠戮。番俗虽然野蛮，也有一派公论，你怨我谤，交相訾议。洛门川讨击使论恐热，悍狡多谋，乃号召徒众道：“贼舍国族，擅立綝氏，屠害忠良，又未受大唐册命，怎得称为赞普？我当与汝等共举义旗，入诛妖妃及贼臣。天道助顺，功无不成。”也想出些风头。遂与青海节度使同盟起兵，自称国相，进兵渭州，连破防兵。转战至松州，所过残灭，伏尸枕藉。鄯州节度使尚婢婢，本姓没卢，名叫赞心，表字号为婢婢，宽厚沉勇，颇有谋略。论恐热假名仗义，实图篡国，恐婢婢袭他后路，因移兵往击。婢婢佯与结欢，遣使犒师，既啗重币，又饵甘言。恐热以为懦怯，即退营大夏川，哪知婢婢用埋伏计，来诱恐热，恐热追陷伏众，被他杀得七零八落，大败而逃。嗣又连战数次，尽为婢婢所败。婢婢因传檄河湟，历数恐热罪状，且语道：“汝等本是唐人，吐蕃无主，宁可归唐，休被恐热猎取，自同狐鼠呢。”时唐朝巡边使刘濛，得知此事，立即遣使报闻，且乘机收复河湟。且因回鹘乌介可汗，为卢龙节度使张仲武，及黠戛斯阿热，两路夹攻，已是亲离众散，不堪衰敝。武宗末年，诏遣陕虢观察使李拭，出使黠戛斯，册阿热为宗英雄武诚明可汗。拭尚未行，武宗已崩，乃暂将此事搁起。宣宗即位，国是粗安，可巧回鹘乌介可汗，为下所杀，另立弟遏捻为可汗，遏捻兵食两穷，仰给奚部。张仲武出破奚人，遏捻立足不住，转投室韦。唐廷改派鸿卢卿李业，充黠戛斯册封使，令他剿除遏捻。黠戛斯可汗，遂遣相臣阿播，率诸番兵往破室韦，悉收回鹘余众。遏捻率妻子等九骑遁去，后来不知下落，大约是窜死穷荒了。唯回鹘别部龙勒，尚居甘州总碛西诸城，自称可汗，保存一线，后文再行表见。补应八十回余文。

宣宗因回鹘已平，改图吐蕃，适吐蕃秦原安乐三州，及石门等七关来降，诏令太仆卿陆耽为宣谕使，再遣泾原节度使康季乐，收取原州及石门驿藏石峡木峡六盘制胜六关，灵武节度使朱叔明，收取安乐州，邠宁节度使张君绪，收取萧关，凤翔节度使李玭，收取秦州。各州收复后，独改安乐州为威州，且令送河陇老幼千余人，诣阙朝天。宣宗亲御延熹门楼，俯受朝谒，河陇诸民，欢呼舞跃，解胡服，着冠带，伏呼万岁。诏许给资遣还，令垦辟三州七关土田，五年不收租税，就是土著人民，未曾入朝，亦准援例垦荒，将吏若能营田，令给耕牛及种粮，戍卒倍给衣食，三年一代。此外尚未收复诸州县，命各道量力规复。西川节度使杜悰，取得维州，亦即报闻。宰相白敏中等，因克复河湟，盛颂宣宗功德，请上尊号。宣宗道：“宪宗尝志复河湟，未遂即崩，今幸得成先志，应议加顺宪二庙尊号，藉昭先烈，朕却未敢当此。”归功先人，算是孝思。乃加谥顺宗为至德弘道大圣大安孝皇帝，宪宗为昭文章武大圣至神孝皇帝。

越年四月，因同平章事马植，与中尉马元贽交通，坐贬常州刺史，另任御史大夫崔铉，及户部侍郎魏扶，同平章事。魏扶受职即殁，又令户部尚书崔龟从，及兵部侍郎令狐绹入相，出白敏中充招讨党项都统制置使。党项屡为边患，宣宗颇不愿用兵，崔铉谓应遣大臣镇抚，乃令敏中出任制置。敏中使边将史元，破党项九千余帐，党项大恐，情愿修和，不敢再犯。敏中上表奏闻，宣宗允党项归顺，命敏中与他定约，办理告竣，移充兖邠宁节度使，不必返朝。唯吐蕃论恐热与婢婢交哄，婢婢虽然得胜，食尽引还，恐热大掠河西诸州，所过捕戮，待下残暴，部众竞起怨言。恐热乃扬言道："我今入朝唐室，当借唐兵五十万，平定婢婢。"于是入唐都求见宣宗。宣宗遣左丞李景让延入宾馆，且问所欲。恐热词色骄倨，求为河渭节度使，景让复白宣宗，宣宗不许，召对三殿，亦大略问答数语，没甚慰抚。恐热告辞，但照寻常胡客例遣归。恐热还居落门川，召集旧众，欲为边患，会天雨乏食，部众散去，才有三百余人，奔往廓州。沙州首领张义潮，奉瓜伊西甘肃兰鄯河岷廓十州地图，献入唐廷。自是河湟尽行归唐，诏任义潮为沙州防御使。嗣就沙州置归义州，即命义潮镇守，拜为节度。宣宗既尽复河湟，一意休息，唐室好几年无事，内只宰相换易数人。崔龟从罢职，改任户部侍郎魏謩，及礼部尚书裴休，既而崔铉出调外任，裴休依次去职，复另任工部尚书郑朗，户部侍郎崔慎由，同平章事。未几，魏謩郑朗崔慎由，又陆续罢去。兵部侍郎萧邺，户部侍郎刘瑑，诸道盐铁转运使夏侯孜，相继入相。刘瑑病逝，继任为兵部侍郎蒋伸。一班相臣，更番进退，幸值国家粗安，大家旅进旅退，倒也无优劣可言。实是一班庸碌徒，不过福命较优。

外如卢龙节度使张仲武卒，子直方为留后，直方荒淫暴虐，为军士所逐，别推牙将周琳为留后。越年琳死，军人复立张允伸为留后，宣宗未尝过问，听他自乱自止。就是成德节度使王元逵逝世，军中立元逵子绍鼎为留后。绍鼎嗣立二年，亦即病终，弟绍懿代立，均得受唐廷封爵，唯武宁军乱了二次，先逐节度使李廓，由卢弘止往代，后逐节度使康季荣，由田牟往代，这是由朝廷特任，不归军人拥立。岭南都将王令寰作乱，囚节度使杨发，为后任节度使李承勋讨平，湖南都将石载顺，逐观察使韩琮，为山南东道节度使徐商讨平。江西都将毛鹤，逐观察使郑宪，为观察使韦宙讨平。宣州都将康全泰，逐观察使郑熏，为淮南节度使崔铉讨平。以上数种乱事，统是倏起倏灭，无甚可述。

宣宗得享太平岁月，垂裳坐治，就中有几种可称的美政。宣宗事太后郑氏，颇为孝敬，孝生母而逼死嫡母，难免缺憾。郑太后弟光，出镇河中，入朝奏对，语多鄙浅，宣宗留为右羽林统军，不再令他治民。太后屡言光贫，亦不过厚赐金帛，始终不给好官。还有宣宗长女万寿公主，下嫁起居郎郑颢，向例用银饰车，宣宗命易银为铜，以俭约示天下，且尝诏公主谨守妇道，毋得轻夫族，预时事。颢弟颉偶得危疾，宣宗遣中使探视，还询公主何在？中使答言在慈恩寺观戏，宣宗怒道："我每怪士大夫家，不欲与我家为婚，至今才得情由了。"乃亟召公主面责道："小郎有病，怎得自去观戏，不往省视哩？"公主谢罪而出。从此贵戚皆谨守礼法，不敢骄肆。次女永福公主，本拟下嫁于琮，公主与宣宗同食，稍不适意，即把匕箸折断，宣宗艴然道："这般性情，尚可为士大夫妻么？"乃改命四女广德公主，嫁为琮妻，且下诏谓："国家教化，原始夫妇，凡公主县主有子，已寡不得复嫁。"这数种政教，恰是有关道德，可谓一朝模范，史官称他明察沉断，用法无私，从谏如流，重惜官赏，恭谨节俭，惠爱民物，大中政治，媲美贞观，所以号为小太宗。看官试阅上文编叙各节，究竟宣宗得媲美太宗呢？还是未及太宗呢？小子不暇评议，想看官自应理会，闲文少表。不断之断，尤妙于断。

且说宣宗在位十三年，寿数已满五十，因为年力渐衰，不得不借需药物。偏又误信术士李元伯，用了许多金石燥烈等药，供奉宣宗，初服时有效验，到了大中十三年秋季，药性猝发，背上生疽，好几日不见大臣。又蹈覆辙。宣宗有十一子，长子名温，曾封郓王，但未得宣宗欢心。宣宗独爱第三子夔王滋，拟立为嗣，因恐乱次建储，必至臣下谏驳，所以逐年延宕。从前裴休入相时，曾请早建太子，宣宗变色道："朕尚未老，若亟建太子，是置朕为闲人了。"休乃不敢复言。至宣宗不豫，密嘱枢密使王归长等三人，拟立夔王滋为太子，唯右军中尉王宗实，素不同心，为王归长等所忌，归长等恐他作梗，先调他为淮南监军，擅颁诏敕。宗实受敕将出，左军副使元实，语宗实道："圣上不豫，已经逾月，今出公往淮南，是假是真，尚不可辨，中尉何不一见圣上，然后就道呢？"宗实顿时大悟，便入寝殿谒见宣宗。哪知寝门里面，正起哭声，宣宗已经归天，正位东首。王归长及马公儒王居方，三人姓名，一并点明。方在寝殿中安排后事，将拥立夔王滋即位。宗实叱道："御驾已崩，奈何不先告中外？乃一般鬼祟，背地设谋，意欲何为？"说至此，即从袖中取出敕旨，掷示归长等三人道："皇上大渐，如何尚有此敕？显见是汝等捣鬼。汝等自思，假传圣诏，敢当何罪？"归长等只有内柄，并无外权，忽见宗实进来，已有三分惧怕，况又被他三言两语，抉透隐情，益觉情虚畏罪，吓得面如土色，当下接连跪地，捧足乞命。实是没用。宗实道："立嫡以长，古今同然，汝等既已知罪，速即起来，往迎郓王，还可稍图自赎呢。"二人忙扒将起来，去迎郓王温，不到一时，郓王已到，至御榻前痛哭一场。宗实亦召进元实，即刻草诏，立郓王温为皇太子，改名为漼。次日宣宗大殓，停柩殿中。太子漼即位柩前，召见百官，晋封令狐绹为司空。待百官退班，即传出一道诏旨，拿下王归长马公儒王居方，说他矫诏不法，当日处斩。全是宣宗害他。尊皇太后郑氏为太皇太后，追尊母氏为皇太后。鼂氏为宣宗侍儿，宣宗即位，封为美人，越数年病逝，晋赠昭容。至是加谥元昭，袝主宣宗庙。越年，葬宣宗于贞陵，称鼂氏墓为庆陵。总计宣宗在位十三年，寿五十岁。

太子漼即位后，史号懿宗，罢同平章事萧邺，及首相令狐绹，复召荆南节度使白敏中入相，兼官司徒，再授兵部侍郎杜审权，同平章事。会敕使自南诏还都，报称："南诏酋长丰祐，适经去世，嗣子酋龙，礼遇甚薄"云云。原来宣宗崩逝，唐廷仍照旧例，讣告外夷。南诏自韦皋抚服后，朝贡唯谨，贡使利得厚赐，傔从甚多。及杜悰为西川节度使，奏请节减傔从数目，南诏乃有怨言。酋长丰祐，已生变志，酋龙袭位，接得唐使丧讣，不觉动怒道："我国亦有大丧，不闻唐廷遣吊，且诏书系赐故王，与我无涉，何必礼待来使呢？"遂居使外馆，不愿接见。唐使等候数日，怒别而归，因将情状奏闻。朝议以酋龙名字，与玄宗名讳相近，隆龙两字，音近字异，若以此为嫌，何不读韩退之讳辩文。且未曾遣使报告嗣位，显系有意抗命，遂不行册礼，搁过一边。偏酋龙自称皇帝，国号大礼，竟发兵寇陷播州。懿宗方预备改元，行庆贺礼，一时无从过问。次年元旦，改元咸通，行赏施赦，做过了一套旧文章，正思剿抚南诏，忽由浙东观察使郑祗德，飞表告急，系是土贼裘甫造反，连败官军数次，攻陷象山，并破郯县，亟请朝廷派将南征。正是：

蛮服叛王方僭号，潢池小丑又跳梁。

欲知裘甫作乱情形，容至下回表明。

观宣宗之复河陇，未始非一时机会，遣将四出，不血刃而得地千里，天子御延喜楼，亲受河陇人民朝谒，反夷为夏，易左衽而为冠裳，岂不足雪累朝之耻，副万民之望？时人号为小太宗，良有以也。然版籍徒隶强藩，田税未归司计，有克复之名，无克复之实，终非尽善尽美之举。即如大中政治，亦不过粉饰承平，瑜不掩瑕，功难补过，甚至以立储之大经，不先决定，及驾崩以后，竟为宦竖握权，视神器为垄断之物，英明者果若是乎？夫懿宗本为冢嗣，大中已乏权阉，乃无端委任中官，再令其佣立嗣君，无惑乎唐室之天下，与阉人共为存亡也。世有贾生，岂徒痛哭流涕已哉？

第八十八回　平浙东王式用智
失安南蔡袭尽忠

却说浙东贼裘甫，本是一个土匪，纠合无赖子弟，横行乡里，适因两浙久安，人不习战，甲兵朽钝，备御空虚，他即乘势揭竿，攻入象山，观察使郑祗德遣兵往讨，反被扫得干干净净，非逃即死。甫遂进陷鄞县，开府库，募壮士，聚众至数千人。郑祗德再派讨击副使刘勍，副将范居植，率兵迎击，至桐柏观前，一场决斗，贼势很是厉害，居植阵亡，勍连忙遁回，侥幸得生。祗德大惧，更令牙将范君纵，副将张公署，望海镇将李珪，召集新卒五百人，驰至剡西，见前面列着贼垒，便杀将过去。贼略战即走，越溪北奔，三将也渡溪追贼，甫经半涉，不料溪水大涨，甲兵漂没，三将急挈残兵，向后退归，偏后面钻出许多悍贼，恶狠狠的拦住岸边，此时三将才识中计，前不得进，后不能退，没奈何投入水窟，同赴幽冥去了。原来贼党中有个刘暀，颇有谋略，他想了一计，设伏溪南，壅溪上流，诱令官军徒涉，待官军半济，决去壅水，使他沉没，再发伏兵邀截，杀个净尽。果然官军堕入计中，竟尔尽覆。小丑中也有小智，故古人谓蜂虿有毒。裘甫连战皆捷，威风大震，山海诸盗，皆遥通书币，愿属麾下。还有各处亡命叛徒，陆续奔集，众至三万，分为三十二队，裘甫自称天下都知兵马使，居然改易正朔，纪元罗平，铸成国玺，镌文天平，用刘暀为谋主，刘庆刘从简为偏帅，造兵械，储资粮，大有并吞两浙的气焰。郑祗德无法可施，累表告急，且向邻道乞援。浙西遣牙将凌茂贞率四百人，宣歙遣牙将白琮率三百人，同赴浙东。两将畏贼众势盛，不敢进击，但远远驻着，作壁上观。

朝廷知祇德懦弱，援兵无用，乃用宰相夏侯孜言，特任前安南都护王式，为浙东观察使，召入祇德为太子宾客。式受命入朝，懿宗问以讨贼方法，式对道："但得兵多，贼必可破。"懿宗尚未及言，旁有中官插嘴道："发兵若多，所费必巨。"式应声道："兵多即足破贼，看似多费，实是省费。若兵少不能胜贼，延长岁月，贼势益张，恐江淮群盗，辗转勾连，一旦运道不通，上自九庙，下及十军，羽林、龙武、神武、神威、神策各分左右，为北门十军。皆无从取给，所费何可胜计呢。"懿宗方顾中官道："式言甚是，应该多发兵士。"不与宰相商议，乃与宦官定谋，国政可知。乃下诏发忠武义成淮南诸军，合平浙乱，并尽归王式节制，式拜命即行。

裘甫方分兵寇衢婺台明各州，自率万余人掠上虞，入余姚，转破慈溪，陷奉化，据宁海，置酒高会，开怀畅饮。忽有探贼入报，朝廷已派王中丞式，统各道兵马前来了。裘甫不觉失色，用箸击案道："奈何奈何？"刘晊在侧侍饮，相顾太息道："火来水掩，将来兵挡。我兵数万，不谓不众，难道未战先怯么？今王中丞统兵前来，闻他智勇无敌，不出四十日，必到此地，兵马使宜急引兵取越州，凭城郭，据府库，遣锐卒五千守西陵，沿浙江一带，筑垒拒守，并大集舟舰，进取浙西，幸而得克，乘胜过大江，掠取扬州财货，作为军饷，还修石头城为国都。窃料宣歙江淮必有人闻风响应，再派刘从简率万人循海南行，袭取福建，照此办法，唐廷贡赋要道，已为我据，但恐子孙不能长守，若我身始终，保可无忧。"却是独霸一方的良策。甫沉吟道："今日已醉，明日再议。"晊见甫迟疑不决，未免动怒，也以酒醉为辞，悻悻趋出。

裘甫想了一夜，未得主意，暗思王式虽有盛名，究竟虚实未明，不如遣人请降，窥伺动静。乃即于次日派一党弁，奉书官军。王式正至西陵，接着贼使，便顾左右道："这是来窥我虚实，且欲使我骄怠呢。"一口道破。乃传见使人，取阅来书，便即正色道："裘甫果降，当面缚来前，许以不死，否则彼能造反，尽可来战，缓兵计休得欺我。"贼使闻言，咋舌而去。式即驰入越州，由郑祇德交卸军政，隔宿饯行，与祇德欢饮而别；乃蒐戎行，申军令，振衰起懦，饬纪整纲，才越三日，已是规模大变，耳目一新。

先是贼谍入越，军吏多与贼通谋，与约城破以后，保全身家，或诈引贼将来降，潜窥虚实，所有城中动静，均为贼知。式详察情伪，一一捕诛，并严申门禁，如无门照，不准出入，夜间分段巡逻，格外周密，贼计乃无所施。贼将洪师简许会能，率众来降。式与语道："汝等能去逆效顺，尚有何言？但必须立效奏功，方得迁官。"遂使率徒众为先锋，部将为后应，往与贼战，得擒斩数百人，始给一阶。又命诸县开发仓廪，分赈贫乏，有人谓军食方急，如何散赈？式说道："此非汝等所知，我自有主张。"或请在远郊分设烽燧，诇贼远近多寡，式又微笑不答，良将沉几，大都如此。且故意挑选懦卒，令乘健马，少给甲兵，使为候骑。大众暗暗惊讶，但只不敢入问。式复巡阅诸营，选得士卒及土团子弟，共四千人，命导各军分路讨贼，临行下令道："毋争险易，毋焚舍庐！毋杀平民！歼渠魁，宥胁从，得贼金帛，官无所问。"嗣是捕得贼党，多系越人，不但尽行释放，并量给父母妻孥。受捕诸徒，皆泣拜欢呼，情愿效死。贼众闻风反正，陆续归降，遂分部军为东南两大路，节节进剿。南路军转战至唐兴，大破贼将刘睢毛应天，应天败死，刘睢遁去。东路军至宁海，亦连拔贼寨。

式尚嫌兵少，再奏调忠武义成昭义各军，共至越州，乃遣忠武将张茵率三百人屯唐兴，截贼南出，义成将高罗锐率三百人，益以台州土匪，径趋宁海，攻贼巢穴，昭义将跌跌戣率四百人益东路军，断贼入湖州路。贼无从远窜，尽锐出海游镇，与官军角一胜负，偏又为南路官军所败，窜入甬溪洞中。官军围住洞口，贼出洞再战，又遭杀退。此外如各处贼寨，亦多为官军捣破。义成将高罗锐，进拔宁海，收集散民，得七千余人。王式屡得捷报，便道："贼窘且饥，必逃入海，海澨辽远，非岁月间可以擒贼，应亟阻海兜拿，方免他远窜呢。"遂命罗锐军速趋海口，拦截逃贼。又令望海镇将云思益，浙西将王克容，率水军巡行海澨，防贼四窜。贼将刘从简，正从宁海东奔，航船下海，不防水军大至，急弃船登陆，遁匿山谷中，各船尽被官军毁去，报知王式。式喜道："贼计已穷，无从逃遁了。"现只有黄罕岭一路，尚可入剡，恨一时无兵可守，但亦必为我所擒了。料事几如指掌。果然裘甫带领残贼，从黄罕岭窜去，各路军四面兜缉，不知盗魁下落。至义成将张茵，捕得贼将一人，坚讯裘甫所在，贼将不肯实供，经张茵加以严刑，方吐实道："裘甫已经入剡，如肯舍我，我请为将军向导，往追裘甫。"茵乃释贼将缚，使为前驱。到了剡县东南，果见贼众已入城中，当即飞使入越，乞速调兵会剿。越人闻贼又至剡，都有惧色，式独笑道："贼来就擒呢。"遂檄东南两路军，倍道进击。

贼登城固守，累攻不能下。诸将议壅遏溪水入城，令贼无从觅饮。贼众也防此着，更番出战，计三日间，战至八十三次，贼虽屡败，官军亦疲。裘甫缒使请降，诸将向式请命。式微哂道："贼尚非真降，不过欲稍图休息呢。诸将应乘此急攻，擒渠获丑，在此一举。既而贼果复出，三战皆败。裘甫刘晍刘庆，率百余人出降，离城数十步，遥与诸将问答。官军疾趋前进，绕出裘甫等后面，前后合围，立将裘甫等擒住，解至越州。式命枭斩晍庆等二十余人，械甫送京师。唯剡城尚为贼将刘从简所守，官军因渠魁已获，略一疏防，被从简带领五百骑，突围出走，奔往大兰山。诸将连忙追蹑，好容易攻克山寨，复被从简遁去。

台州刺史李师望，募贼相捕，悬赏示励，当有降贼数百人，携从简首级，前来献功。师望转报王式。式因贼众荡平，召诸将还越，置酒犒军。诸将乘着酒兴，争问王式道："末将等生长军中，久历行阵，今年得从公破贼，有好几事未识公意，敢问公始至时，军食方急，奈何遽散贫乏呢？"式答道："这事最易知晓。贼方聚谷，诱动饥民，我先给以食，饥民得安，谁愿从盗？且诸县尚无守兵，贼或入城，仓谷适为贼资，何若先行赈饥为妙？"诸将又问道："何故不置烽燧？"式又道："烽燧所以促救兵，我兵已尽集城中，无兵为继，徒举烽以惊士民，是反自溃乱了。"诸将又问使懦卒为候骑，少给甲兵，究是何意？式复道："候骑苟用锐卒，遇敌即斗，斗死将何人通报呢。"于是诸将皆下拜道："如公智谋，非末将等可及，敢不拜服。"王式所言，实皆情理中事，但诸将未曾深思耳。当下尽欢而散。未几诏命已下，加王式官右散骑常侍，诸将各赏赉有差。唯此次成功，外由王式，内由夏侯孜，孜既荐举王式，且与式书道："公但期擒住贼魁，所需军费，有我在朝，定当不误。"式赖此行军，所奏军情，求无不允，因此不到数月，即已平贼。裘甫解到京师，当然是做了刀头面，不消细说了。

浙乱既平，乃图南诏。时安南都护李鄠，已克复播州，拟向南诏进兵，偏安南土蛮，因前时鄠至安南，曾杀死蛮酋杜守澄，各图报怨，乃潜引南诏兵众，乘虚攻陷交趾。鄠猝不及防，只好逃奔武州，告急唐廷。廷议发邕管及邻道兵，往救安南，另诏盐州防御使王宽为安南经略使，贬鄠为儋州司户。鄠尚未接诏，方收集土兵，击破群蛮，再取安南，正思将功抵罪，不意王宽到来，传到诏书，已经遭贬；再经宽举发鄠杀守澄罪状，更流鄠至崖州。朝廷以杜氏强盛，暂事羁縻，特赠守澄父存诚为金吾将军，并为守澄申冤。其实蛮人未尝感德，南诏益复横行。咸通二年，南诏复攻陷邕州，经略使李弘源，弃城奔峦州。嗣因南诏兵引去，始复还城。前邕管经略使段文楚，已入为殿中监，此时再受命复任，贬弘源为建州司户。懿宗方免白敏中相职，进左仆射杜悰代相，悰上言："南诏强盛，西川兵食单寡，未便与争，不若遣使吊祭，谕以新王名号，适犯庙讳，所以未行册命，待他改名谢恩，然后遣使，庶全大体"云云。乃是掩耳盗铃之计。懿宗乃遣左司郎中孟穆为吊祭使。穆尚未发，闻南诏又入寇嶲州，转攻邛崃关，穆遂不行。

转瞬间又是一年，安南经略使王宽，屡上紧急奏章。说是南诏屡寇安南，懿宗特授前湖南观察使蔡袭，代任安南经略，且调发许滑徐汴荆襄潭鄂诸道兵马，归袭派遣。兵势既盛，寇乃引退。岭南旧分五营，广桂邕容安南，皆隶岭南节度使，左庶子蔡京，性多贪诈，时相独说他有吏才，奏遣京制置岭南。京奏请分岭南为二道，以广州为东道，邕州为西道。朝廷依议，即命岭南节度使韦宙为东道节度使，蔡京为西道节度使。蔡袭率诸道军，镇守安南。京恐他立功，特奏称："南蛮远遁，边徼无虞，多留戍兵，徒费无益，不如各遣归本道。"有诏依议，令袭遣还戍兵。袭奏言："群蛮伺隙，不可无备，乞留戍兵五千人！"朝廷不省。袭又以蛮寇必至，交趾兵食皆缺，势且谋力两穷，乃作十必死状申告中书。怎奈一班行尸走肉的宰辅，专顾目前，不知后患，任他如何说得要紧，仍然搁置不提。可恨可叹。

会当徐州兵变，逐去节度使温璋，徐州曾号武宁军，自王智兴镇守后，募勇士三千人自卫，有银刀雕旗门枪挟马等名，骄横不法，为历任镇帅所畏惮。一夫猝呼，千人响应，节度使辄为所逐，所以宣宗时叠经两乱，经田牟莅镇后，饮酒犒赐，日以万计，乃得少安。回应前文。牟殁璋继，银刀军闻璋素严饬，阴怀猜忌。璋虽开诚慰抚，始终未惬众望，仍为所逐。有诏调王式移镇徐州，令带许滑两军随行。许军即忠武军，滑军即义成军，前从式平浙东，尚未归镇，至此由式奉命启程，即率两军自随。既至徐州，银刀军怕他势盛，不敢不出城迎谒，式不动声色，好言劝慰，入城三日，宴飨两镇兵士，但说是饯他归镇。银刀军暗地生欢，总道好拔去眼中钉，乐得醉酒食肉，高枕而卧。不料到了夜间，有无数兵士杀入，才伸了头，已被割去，或先伸出手足，也被剁断，内有几个眼捷手快，脚长身俏的人物，溜将出去，那外面却已围得密密层层，无隙可钻，结果是仍然一死。至杀到天明，把银刀雕旗门枪挟马等骄兵，一古脑儿杀尽。看官道兵从何来？就是那许滑两镇兵士，暗受王式指挥，来歼这种骄卒。可怜数千人性命，悉数了完。虽是咎由自取，王式亦太觉辣手。式先斩后奏，廷议以为办理妥协。且敕改武宁为徐州团练使，隶属兖海，划徐州归淮南，更置宿泗观察使，留二千人守徐州，余皆分隶兖宿，令式分配将士，赴诸道讫，然后将许滑两军，遣归本镇，并召式还京，任左金吾大将军。式系王播从子，父名起，曾入翰林，为侍讲学士，出任东都留守，进官尚书左仆射，封魏国公，平生饱学，书无不窥，殁谥文懿。起以文学显，式以武功称，父子扬名，富贵终身，这也好算是贤桥梓呢。《旧唐书》谓式系播子，今从《新唐书》。

且说岭南西道节度使蔡京，行政苛刻，尝设炮烙刑毒虐兵民，终为军士所逐，出奔藤州。事闻于朝，诏贬为崖州司户，京不肯南行，还至零陵，受敕赐死，改用桂管观察使郑愚，接受岭南西道节度使旌节。唯安南自遣还戍兵后，边备空虚，南诏遂号召群蛮，有众五万人入寇。经略使蔡袭，上表告急，诏发京南湖南兵二千，桂管义征子弟三千，往诣邕州，受郑愚节制，遣援安南。俗语说得好："远水难救近火。"援兵虽出发，哪能飞至安南？那南诏兵已经围攻交趾，蔡袭婴城固守，一面又飞书乞援，懿宗虽复下敕，调山南东道弓弩手千人，续往救急，偏一时未能到达。交趾危急万分，好容易守过残冬，到了咸通四年正月间，城中兵粮皆尽，竟被蛮兵陷入。袭巷战半日，左右无遗，只剩孤身一人，徒步力斗，身中十矢，没奈何大吼一声，杀开一条血路，趋往海滨。安南亦有监军，他已先时出城，下船逃命，至袭仓皇赶到，船早离岸，后面蛮兵又至，忍不住仰天下泪道："袭一死报国了。"遂跃海而死。忠义可嘉。适荆南将士四百余人，本在交趾助守，至是因城陷出奔，走至城东水际，四顾无船，荆南将元惟德等语众道："我辈无船可渡，入水必死，不若还与蛮斗，我等以一身易二蛮，也还值得。"众士应声许诺，遂还入东罗门，乱砍乱剁，杀毙蛮兵二千余名。以一身易四五蛮，愈觉值得。蛮将杨思缙领众来攻，惟德等力尽身亡，四百人同时毕命。南诏两陷交趾，掳杀至十五万人，留兵二万，令杨思缙据守。所有溪峒夷獠，尽行降附。

急报驰达唐都，有诏召还诸道兵，分保岭南东西道。蛮兵复进寇东西江，寖逼邕州，岭南西道节度使郑愚，恐慌的了不得，忙表请辞职，但说自己是个儒臣，素无将略，乞速任武臣，镇遏蛮方。懿宗乃调义武节度使康承训，出镇岭南西道，发荆襄洪鄂四道兵马，给他调遣。又任右监门将军宋戎，为安南经略使，发山东兵万人，随往控御。各道兵络绎奔赴，饷运甚艰。润州人陈磻石，请造千斛大舟，自福建运达广州，稍得接济军食。但大舟入海，有时遇着飓风，不免漂没。有司辄系住舟人，令他偿还。或竟夺商舟载米，把他原有货物，委弃岸上。舟子商人，欲诉无门，多半蹈海自尽。小子有诗叹道：

保全王室仗屏藩，外域何堪撤戍屯。
良将捐躯强寇炽，徒劳士马效星奔。

究竟康承训等能否收复安南，且至下回续表。

裘甫一无赖子，揭竿而起，骚扰浙东，得良将以荡平之，本非难事，郑祇德非其伦也，王式受命讨贼，严申军令，制敌有方，以之平贼，绰有余裕，然非夏侯孜主持于内，则专阃虽得良才，举动必多掣肘，恐亦难望成功；即幸成矣，要未必若是神速也。孜为相无他长，独专任王式，不让晋公，至若安南之遇寇，不闻孜发一策，献一议，岂能任王式，偏不能任蔡袭耶？袭请留戍卒，不得邀允，卒至蹈海以殉，可悲可惜。盖将相不和，断未有能成事者。式之成功也以幸，袭之致死也以不幸，观于此而知行军之道矣。

第八十九回　易猛将进克交趾城　得义友夹攻徐州贼

却说岭南西道节度使康承训，本来是没甚将略，到了邕州，正值蛮寇大炽，他无法摆布，只是接连上奏，屡请添兵。诏发许滑青汴兖郓宣润八道兵往援。各兵陆续趋集，他又自恃兵众，毫不防备，远郊也不设斥堠，好似没事一般。那南诏带领群蛮，入邕州境，承训才接到警报，遣六道兵约万人，出拒寇锋。六道兵统是新到，路径不熟，用獠为导。獠人与群蛮私通，竟引各军至绝地，一声暗号，蛮兵四集，将各军冲作数橛，各军没处逃避，一万死了八千，唯天平军二千名，尚在后面，所以转身逃还。承训闻报，吓得手足无措。节度副使李行素，率众修治濠栅，甫经毕工，蛮兵即至，围住邕城，大治攻具。诸将请乘夜往劫蛮营，承训不许，有天平小校再三力争，方才允准。小校即召集勇士三百人，夜缒而出，潜抵蛮寨，或呐喊，或纵火，并力闯将进去，一阵乱斫，得蛮首五百余级。蛮众大惊，解围径去。承训乃遣数千人驰追，已是无及，但杀死溪獠二三百人，都是由蛮众胁从，无一渠酋。承训却腾奏告捷，说是大破蛮贼，朝廷信以为真，相率称贺，承训讳败报胜，殊不足责，唐廷不察虚实，遽尔称贺，亦觉可丑。且加承训为检校右仆射。此外奏功受赏，无一非承训子弟亲旧，至若烧营小校，一级没有超迁。嗣是军中失望，怨声盈路。独岭南东道韦宙，具知承训所为，上白宰相。承训亦自疑惧，累表称疾，乃罢承训为右武卫大将军分司，调容管经略使张茵，代镇岭南。茵胆小如鼷，不敢进军，于是同平章事夏侯孜，特荐骁卫将军高骈，出为安南都护，兼本管经略招讨使。

骈系高崇文孙，家传武略，好读兵书，尤能折节为文，与诸儒共谈治道。神策两军，交相称美。骈尝见二雕并飞，抽矢默祝道："我若得贵，当射中一雕。"祝毕，发矢射去，见二雕并落，很是欣慰。后为右神策军都虞候，时人号为落雕侍御。骈有叛志，自是初萌。此次骈受命南下，先至海门治兵，屯留至一年有余，监军李维周，与骈不协，屡促骈进军，骈乃率五千人先济，约维周发兵接应。维周当面许可，及骈既启行，偏拥众不进。骈却鼓行而南，进至南定峰州，正值蛮众获田，便掩杀过去。蛮众猝不及防，顿时骇散，所有收获诸稻，均由骈军捆载而归，充作饷糈。捷奏至海门，李维周匿住不报，数月不通音问。懿宗不免动疑，传诏诘问维周。维周反奏骈驻军峰州，玩寇不进。是时朝中已迭易数相，蒋坤杜审权杜悰夏侯孜，先后外调，还有礼部尚书毕諴，兵部侍郎杨收曹确路岩高璩徐商等，递次接任，始终不得一贤相。当下懿宗召问诸臣，出示维周奏牍，彼此都认是真确，奏请另易统帅。懿宗乃遣左武卫将军王晏权，代骈镇安南，因即召骈诣阙，拟加重谴。骈尚未得闻，但乘胜进逼交趾，杀获甚众，遂将交趾城围住，安南蛮帅杨思缙，已经归国，换了一个段酋迁，据守交趾。他出城冲突数次，均为骈军所败，城中孤危，旦夕可下。骈遣偏校王惠赞曾衮二人，驾着快船，入报胜状；驶至海中，遥见前面有大船数艘，悬着旌旗，鼓棹而来，两人不胜惊异。巧值海中另有游船，便去探问大船来历。游船中有人答道："想是新经略使及监军呢。"两人越加惊疑，互相商议道："高经略屡得胜仗，如何朝廷换用别人！莫非监军李维周，妒功不报，我等若被瞧着，必夺我表文，将我羁住，不如觅地暂匿，待他过去，方可北行。两校却也细心。计议已定，便摇船入海岛间，俟大舟过去，乃兼程驰赴京师。懿宗大喜，即加骈检校工部尚书，仍镇安南，立遣二校归报。

骈已得王晏权牒文，料知监军舞弊，把军事交与副将韦仲宰，只率麾下百人北归。行至海门，方由二校赍到诏敕，乃再还攻交趾城。王晏权素来懦弱，李维周专知贪诈，虽然到了军前，诸将皆不乐为用，他二人也自觉扫兴，至高骈复到，朝旨亦即随下，召他二人还阙，二人只好奉旨回去。骈复督兵攻城，亲冒矢石，一鼓不克，再鼓乃下。段酋迁尚裸身死斗，被韦仲宰抢将过去，拦腰一刀，劈作两段。土蛮朱道古，系诱南诏入寇的头目，也做了无头死尸。骈军四处搜杀，共毙三万余人，再攻破蛮峒二区，尽诛酋长，蛮人始不敢抗命，率众归附，共得万七千人。捷书既达唐廷，懿宗用宰相议，就安南置静海军，即以高骈为节度使，一面大赦天下，饬安南邕州及西川诸军，召保疆域，不必进攻南诏。且令西川节度使刘潼，晓谕南诏王酋龙，如能更修旧好，一切不问。加岭南东道节度使韦宙同平章事，其余出力诸将，亦赏赉有差。凑巧吐蕃将拓跋怀光，亦杀毙论恐热，传首京师，乞离胡君臣，也不知所终。唐廷以南诏败退，吐蕃衰绝，西南边境，可保无事，遂庆贺了好几日，仿佛有国泰民安的幸事。为下文返照。

懿宗素好宴游，并耽音乐，供奉乐工，常近五百人，每月必大宴十余次，水陆佳肴，无不搜集。偶一行幸，扈从多至十余万人，耗费不可胜计。乐工李可及，善为新声，竟得擢为左威卫将军。左拾遗刘蜕，一再进谏，反被黜为华阴令。同平章事曹确，上言李可及不应为将军，亦不见从。至咸通九年，桂州戍卒作乱，杀都将王仲甫，推粮料判官庞勋为主，劫库兵北还，所过剽掠，州县不能御，接连递入警报，几与雪片相似。唐廷君臣，才脚忙手乱起来，会议了一两次，想出了将就的方法，遣中使高品张敬思，赦他前罪，令勒众安归徐州。原来前时南诏入寇，徐州奉诏募兵，计八百人往援，就中有都虞侯许佶，及军校赵可立姚周张行实等，本是徐州群盗，投入戎伍，当下出戍桂州，初约三年一代，至六年尚不得归，戍卒各有怨言。许佶等遂煽众作乱，杀毙都将，奉勋北还；既得中使慰抚，乃暂止剽掠。到了湖南，监军设法招诱，令悉输甲兵。山东南道节度使崔铉，派兵扼守要害，戍卒始不敢入境，泛舟东下。许佶等计议道："我辈罪大，比银刀军为尤甚，朝廷颁敕赦罪，无非暂时牢笼，若到徐州，必致菹醢了。"遂各出私财，购造甲兵旗帜，过浙西，入淮南。

淮南节度使令狐绹，着人慰劳，并给刍米。都押牙李湘谏绹道："徐卒擅归，势必为乱，虽无敕令诛讨，藩镇大臣，亦当临时制宜。高邮岸峻，水狭且深，请焚荻舟塞住前面，用劲兵截住后路，然后可以尽歼。若纵令出淮，必成大患。"养痈成患，原不若去火抽薪。获素懦怯，且因无诏不便擅行，乃对李湘道："彼在淮南，未曾为暴，随他过去便了。"勋等过了淮南，适徐泗观察使崔彦曾，奉敕抚循，遣使喻以敕意，令他不必惊疑。勋尚自申状，辞礼甚恭。及行至徐城，勋与许佶等，复宣告大众道："我等擅归，无非欲还见妻孥，今闻已有密敕，颁下本省，俟我等到后，即须屠灭，与其自投罗网，何若戮力同心，共赴汤火，不但可以免祸，富贵亦或可图，尔等以为何如？”大众踊跃称善。勋复递申状，略言：“将士等自知罪戾，各怀忧疑，今已及符离，尚未释甲，实因军将尹勘杜璋徐行俭等，狡诈多疑，必生衅隙，乞即将三人罢职，借安众心，仍乞戍还将士，别置二营，共设一将，如肯俯允，不胜感德”云云。全是要索。彦曾览到申状，因召诸将与谋，众皆泣语道：“近因银刀凶悍，使一军皆蒙恶名，歼夷流窜，不无枉滥。今冤痛未消，复来桂州戍卒，猖狂至此，若纵使入城，必为逆乱，恐全境将从此糜烂了，不若乘他远来疲敝，发兵往讨，彼劳我逸，料无不胜。”彦曾尚未能决。团练判官温庭皓，复谓：“讨乱有三难，不讨乱有五害，利弊相较，还是进讨为宜。”彦曾乃检阅师徒，得兵四千三百人，命都虞侯元密为将，援兵三千人讨勋。一面声明勋罪，檄令宿泗二州，也出军邀击。

元密出至任山，逗留不进，但遣侦卒变服负薪，往探贼踪，拟俟贼众到来，设伏掩击。不意侦卒为贼所执，搒讯得实，遂诡道转趋符离。宿州戍卒五百人，出御濉水，望风奔溃，贼众得进攻宿州。观察副使焦潞，方摄行州事，城中无兵可守，只好弃城逃命。勋即率众入城，自称兵马留后，发财散粟，名为赈给穷民，实是选募徒众，如或不愿，立即杀死，仅一日间，已得数千人，乘城分守。元密闻勋陷宿州城，始引兵进攻，驻营城外。贼用火箭射城外茅舍，延及官军营帐。官军正在扑救，不防贼众出城突击，慌忙抵敌，伤亡了三百人。贼众还入城中，夜使妇人持更，大掠城河船只，备载资粮，顺流而下，拟入江湖为盗。到了天明，已是走尽，官军才得察觉，乘晓追去，约行二三十里，始见贼舣舟堤下，岸上亦有数队贼兵，三三五五，卻走林间。密望将过去，还道临阵畏缩，便驱兵进击。军士尚未早餐，各有饥色，因不敢违拗将令，忍着饥追赶上前；将及贼舟，舟中忽起啸声，突出许多悍徒，前来拦截。官军奋力搏战，哪知岸上的贼兵，却从林间绕出，竟至官军后面，拊背突入，官军顿时大乱。密料不可敌，且战且行，仓猝中不辨路径，竟陷入荷泽中。贼众追至，四面攒射，密与麾下约死千人，尚有残众数百，一齐降贼，没一人得还徐州。勋探问降卒，得知彭城空虚，即引众北渡濉水，逾山进攻。

彦曾尚未悉元密败状，及贼已入境，才有人报闻，急募城中丁壮，登障守御。怎奈阖城震惧，已无固志。或劝彦曾速奔兖州，彦曾怒道：“我为元帅，与城存亡，是我本职，怎得说好逃走呢？”说毕，拔出佩刀，将他杀死。忠而寡谋，死亦无补。过了两日，贼至城下，有众六七千人，鼓噪动地。城外居民，由勋好言抚慰，毫不侵扰。自是人民争附，相助攻城，或纵火焚门，或悬梯攀堞，守卒无心抵御，一哄而逃，坐见城池被陷。彦曾高坐堂上，由贼众将他扯下，牵禁馆中。尹勘杜璋徐行俭三人，无从趋避，俱为贼掳，枭首刳腹，备极惨毒，且将他三家屠灭。勋盛陈兵卫，召见文武将吏，自己高踞厅座，点名传入。将吏等都惶恐伏谒，不敢仰视。统是贪生怕死。勋又召判官温庭皓，令作草表，求请节钺。庭皓道：“此事甚大，非顷刻可成，容我还家徐草，方免朝廷驳斥。”勋乃许诺。翌晨，勋着人取稿，庭皓随入见勋，从容答道：“昨日未曾拒命，不过欲一见妻子，面诀死生，今已与妻子诀别，特来就死。”勋注视良久，不禁狞笑道：“书生独不怕死么？我庞勋能取徐州，何患无人草表，汝不肯为，权寄头颅，改日再与汝算账。”庭皓趋出，勋另延文生周重为上客，属令草表，重援笔写道：

臣庞勋上言：臣军居汉室兴王之地，顷因节度刻削军府，刑赏失中，遂致迫逐。陛下夺其节制，剪灭一军，或死或流，冤横无数。今闻本道复欲诛夷将士，不胜痛愤，推臣权兵马留后，弹压十万之师，抚有四州之地。臣闻见利乘时，帝王之资也。臣见利不失，遇时不疑，伏乞圣慈，复赐旌节！不然，挥戈曳戟，诣阙非迟，谨擐甲待命！语气狂甚。

勋览表甚喜，即遣押牙张管赍诣京师，令许佶为都虞侯，赵可立为都游奕使，党羽各补牙职。连日募兵，分屯要害。泗州刺史杜慆，系杜悰弟，闻庞勋已据徐州，亟完城缮甲，整顿守备。勋党李圆，为勋所遣，率二千人略泗州，先使精卒百名，入城招降。慆封贮府库，佯为投顺，开城迎入贼兵，一俟百人趋入，即阖住城门，杀得一个不留。越日，李圆进攻，城上早已防备，矢石如注，射死贼兵数百名。圆退屯城西，求勋添兵。勋再遣众万人，往助李圆。广陵人辛谠，辛云京孙。素性任侠，隐居不仕，尝与杜慆交游，至是因泗州被寇，入城见慆，劝慆挈家远避。慆答道：“平安时坐享禄位，危难时即弃城池，负君负国，我不敢为，誓与将士共死此城。”说慨然道：“公能如是，仆亦愿与公同死，当回家一诀便了。”为君为友，情义兼至，却是一个侠士。遂辞还广陵，与家属诀别，再往泗州。途次遇着避乱的泗民，扶老携幼，络绎逃来，就中有几个认识辛谠，即与言贼众大至，城已被围，幸毋轻进取死。谠微笑不答，径趋城下，果见贼众环攻，只有水西门留出。他只身棹着小舟，驶进水西门，侥幸得入。慆相见大喜，立署他为团练判官。都押衙李雅，饶有勇略，为慆严设守备，觑贼懈怠，出奇击贼。贼众败退，还屯徐城，众心少安。

已而朝廷降旨讨贼，令右金吾大将军康承训，为义成节度使，兼徐州行营都招讨使，神武大将军王宴权，为徐州北面行营招讨使，羽林将军戴可师，为徐州南面行营招讨使，大发诸道兵，分属三帅。承训复奏乞调发沙陀三部落，使朱邪赤心率众随行，有旨允他所请。且因泗州方急，敕淮南监军郭厚本，领兵往援，厚本至洪泽湖，闻庞勋部下吴迥，又率众数万，再围泗州，他未免胆怯，逗留不前。杜慆日夕望援，待久不至。辛谠夜乘小舟，潜出水西门，径至洪泽湖，谒见厚本，敦促进师。厚本佯与约期，至谠返泗城，仍然按兵不发。那贼众攻城益急，并将水西门围住，负草填濠，为火攻计。城中惶急万分，谠复请求救。慆说道：“前往徒劳，今往何益。”谠忿然道：“此行得兵乃来，否则死别。”两语足抵《易水歌》。遂复乘小舟，负着户门，抵挡矢石，好容易突出围城，往见厚本，极陈利害，继以涕泣。厚本颇为感动，意欲发兵。淮南都将袁公弁进言道：“贼势至此，自顾且不暇，怎能救人？”谠瞋目呵叱道：“贼猛扑泗城，危在旦夕，公受诏赴援，乃逗留不进，岂非有负国恩？若泗州不守，淮南必为寇场，难道公能独存么？我当杀公谢国，然后自杀谢公。”说至此，拔剑遽起，欲击公弁。厚本急将谠抱住，公弁才得走脱。谠回望泗州，痛哭不休。淮南军士，亦皆流涕。厚本乃许分五百人，随谠还援。谠对五百人下拜，乃率同渡淮，遥望贼众耀武扬威，势甚披猖，有一军士失声道：“贼势似已入城，我辈不若归去。”谠不觉大怒，一手扯住该兵，一手拔剑拟颈。淮南军连忙劝阻，谠叱道：“临敌妄言，律应斩首。”大众见不可争，向前抢救。谠素多力，便将该兵提起，挡住大众，众无力可施，没奈何哀求乞免。谠答道：“诸君但驶舟前行，我舍此人。”众亟鼓棹而进，谠乃将该兵放下，驱至淮北，登岸击贼，喊杀连天。

慆在城上瞧着，也出兵接应，内外夹攻，贼乃败走，追逐至十里外，至晡乃还。小子有诗赞辛说道：

平生好爵敢虚縻，临难奋身独不辞。
为语古今诸侠士，忘躯为国是男儿。

贼众既退，泗州果能免兵否，容至下回说明。

高骈复交趾时，原是一员猛将，不得因后时变节，遽没前功。若尽如李维周之忮刻，王晏权之庸懦，安南岂尚为唐室有耶？庞勋之乱，不过因戍卒怨望，激而一决，原其本意，固非有胜广之志也。唐廷专务姑息，酿成骄焰，令狐绹出镇淮南，当勋等东下时，不从李湘之言，纵使出柙，星星之火，遂至燎原，绹罪可胜诛乎？泗州当江淮之冲，杜慆誓众固守，已越寻常，然城存与存，城亡与亡，典守者固不得辞其责。辛谠隐居不仕，独趋见杜慆，愿与同死，突围请救，一再不已，卒能乞师而来，与慆夹攻，得退劲贼，上不负君，下不负友，彼游侠如朱家郭解，宁足望其项背？诚哉一忠义士也！读是回，足令薄夫敦，懦夫有立志云。

第九十回　斩庞勋始清叛孽
葬同昌备极奢华

却说庞勋闻吴迥败退，再派许佶率众数千，助攻泗州。濠州贼将刘行及，拘杀刺史卢望回，据有濠城，亦遣党羽王弘立，引兵趋会。杜慆闻贼众又至，告急邻道。镇海节度使杜审权，遣都头翟行约，率四千人救泗州，将抵城下，被贼迎头邀击，行约战死，全部覆没。淮南节度使令狐绹，亦遣押牙李湘率兵往援，至洪泽湖，会同郭厚本袁公弁，进屯都梁城，与泗州隔淮相望。贼众既破翟行约，遂渡淮围住都梁城，李湘挥兵出战，为贼所败，退入城中，门不及闭，骤被贼众捣入，把湘擒住。李湘前劝令狐绹，恰有先见，谁知他毫不耐战？郭厚本亦被拿获，只袁公弁走脱，究竟是他脚长。许佶将郭李二人，械送徐州，庞勋大喜，进据淮口，分派党羽丁从实等，南寇舒庐，北侵沂海，破沭阳下蔡乌江巢县，攻陷滁州，杀刺史高锡望，又转寇和州。刺史崔雍，引贼入城，登楼共饮，贼乘着酒兴，大掠城中，屠害兵民八百余人。都招讨使康承训，闻贼势甚盛，由新兴退还宋州，于是泗州孤立无援，粮又垂尽，每人每日，仅得食薄粥数碗。义士辛谠，复愿至淮浙求救，夜率敢死士十人，执长柯斧，乘小舟潜出水门，斫入贼水寨中。贼不意官兵猝至，纷纷自乱，谠得夺路而去。诘旦，贼始知谠仅十人，乃水陆分追。谠舟轻行速，急驶至三十里外，方才得脱。至扬州见令狐绹，又至润州见杜审权，审权乃遣押牙赵翼，率甲士二千人，与淮南输米五千斛，盐五百斤，往救泗州。谠又转趋浙西，借给兵粮去了。

徐州南面招讨使戴可师，恃勇轻进，率麾下三万人，渡淮而南，迭破淮滨诸贼垒，直薄都梁城。城中贼少，登城再拜道："方与都头议出降，请王师少退，当即投诚！"可师乃退五里下寨。及次日往探，已只剩一空城，守贼不知去向，他还道是贼众畏己，恃胜生骄，毫不设备。是日天适大雾，不防濠州贼将王弘立，引众数万，疾趋而至，纵击官军。官军不能成列，遂致大败。将士伤毙兵刃，及溺死淮水，约二万余名。器械资粮车马，丧失殆尽。可师亦为贼将所杀，传首彭城。庞勋自谓天下无敌，纵情淫乐，掠得美妇数十人，日事荒耽。贼幕周重进谏道："骄满奢逸，断难成事，就使得亦必失，成亦必败，况未得未成，怎宜出此？"周重既知此理，奈何附贼？勋仍不省，安乐过冬。

次年为咸通十年，唐廷授右威卫大将军马举，继任徐州南面招讨使，又因王宴权畏敌不进，将他撤回，改任泰宁节度使曹翔，代任徐州北面招讨使。一面诏令河北诸镇，发兵助剿。魏博节度使何弘敬，时已去世，子全皞嗣为留后，奉诏出师，遣部将薛尤，率兵万三千人，进驻丰萧，与曹翔驻滕沛军，相为犄角。康承训召集诸道兵马，得七万余人，自宋州出屯柳子镇，连营三十余里。勋党分戍四境，徐城中不及数千人，勋始恟惧，日夕募民为兵，百姓不愿应募，多半穴地潜处，冀免迫胁。勋不胜焦灼，调回各处戍卒，保守徐州。那时魏博军已战胜丰县，贼将王敬文败走，阴蓄异谋，被勋诱归杀死。海州寿州各路贼寇，亦多为官军杀败。辛谠又借得浙西军，到了楚州，贼众尚水陆布兵，锁断淮流，谠选敢死士数十人，作为前驱，先用米船三艘，盐船一艘，乘风直进，冒死奋斗，任他矢石如雨，只是有进无退。谠督敢死士用着大斧，砍断铁锁，方得越淮抵城。城上守卒，已拼一死，忽见辛谠到来，好似绝处逢生，欢呼动地。杜慆带领将佐，出城相迎，握手涕泣，及入城后，登陴南望，遥见舟师张帆东来，旗上标明浙西军号，为贼所拒，帆止不进，谠挺身再出，复率敢死士出城，驾船猛进，冲透贼阵。贼见他来势猛锐，恰也畏避，谠得自由出入，迎浙西军同入城中。既而谠复率骁勇四百，往润州乞粮，贼夹岸攻击，经谠转战而前，力斗百余里，得至广陵，过家不入，径向润州乞得盐米二万石，钱万三千缗，还至斗山。贼将密布战舰，截击中途，两下鏖战，自卯至未，不分胜败。谠令勇士改乘小舟，分趋贼舰两旁，用枪揭草，爇火乱投。贼舰为火所燃，不战自乱，谠得乘机杀出，安抵泗城。勇哉辛谠！

泗州既得军粮，当然巩固。庞勋以泗州地扼江淮，锐意进取，屡次益兵助攻，偏偏不能如愿。徐州又为康承训所逼，累与交锋，不得一利。承训本是个庸帅，没甚能耐，只朱邪赤心部下三千骑，冲锋陷阵，无坚不摧，所以贼兵屡败。贼将王弘立，自淮口驰回，愿率部众破承训。恐无第二个戴可师。庞勋喜甚，即令他出渡濉水，往捣鹿头寨。弘立黄夜进袭，潜至寨边，一声呼啸，将寨围住。寨中固守不动，天已黎明，弘立督众猛扑，满拟灭此朝食，谁知寨门一开，突出沙陀铁骑，纵横驰骤，无人敢当，贼众披靡。寨中诸军，又争出奋击，杀得贼尸满地，流血成渠。弘立单骑走免。官军复追至濉水，溺贼无算，共毙贼二万余人。足报可师之败，只恨失一弘立。庞勋以弘立骄惰致败，意欲处斩，周重代为劝解，始令他立功赎罪。弘立收集散卒，才得数百人，请取泗州自赎。勋乃添兵遣往，一面再括民兵，敛取富家财帛，商旅货贿，作为军饷。民不聊生，始皆怨恨。

康承训既破弘立，进薄柳子寨，与贼将姚周，大小数十战，周支援不住，弃寨遁宿州。宿州守将梁丕，与周有隙，开城赚入，将周杀死。勋闻报大惊，欲自将出战，周重献计道："柳子寨地要兵精，姚周亦勇敢有谋，今一旦覆没，危如累卵，不如速建大号，悉兵四出，决死力战。且崔彦曾等久禁城中，亦非良策，请一律处决，藉绝人望。"绝计何益？许佶等亦均赞成，遂杀崔彦曾及温庭皓，并截郭厚本李湘手足，贲示康承训军。乃命城中男子，尽集球场，如匿居不出，罪至灭族。百姓无奈趋集，由勋选得壮丁三万名，更造旗帜，自称为天册将军，授庞举直为大司马，与许佶等留守徐州。举直系是勋父，勋以父子至亲，不便行礼，或说勋道："将军方耀兵威，不能顾及私谊。"乃令举直趋拜庭前。勋据案直受，既已无君，自然无父。待举直受了印信，即麾众出城，夜趋丰县，击败魏博军，更引兵西击康承训，直趋柳子寨。可巧有淮南败卒，自贼中奔诣承训，报明贼踪，承训秣马整众，设伏待着。勋令前队先趋柳子，陷入伏中，四面齐起，把他击退。至勋率后队到来，正遇前队败还，惊惶不知所措，哪禁得承训带着诸将，乘胜追击，步骑踊跃，四蹙贼兵，勋部下皆系乌合，只恨爹娘生得脚短，不及急走，顿时自相践踏，僵尸数十里。勋即脱去甲胄，改服布襦，仓皇遁归彭城。甫得喘息，那围攻泗州的吴迥，也狼狈奔来，报称为招讨使马举所败，王弘立阵亡，自己独力难支，只好解泗州围，退保徐城。勋叫苦不迭，忽又接濠州急报，马举由泗州围濠，数寨被焚，请速济师。勋急命吴迥往救濠州，迥出城自去。

康承训既击走庞勋，逐路进军，迎刃即解。及抵宿州，环攻不克。宿州守将梁丕，因擅杀姚周，为勋所易，改任张玄稔据守。玄稔与党人张儒、张实等，分遣城中兵数万，出城列寨，倚水自固，似虎负隅。张实且贻书徐州，为勋设计道："今国兵尽在城下，西方必虚，将军可出略宋亳，攻他后路，他必解围西顾，将军设伏要害，兜头迎击，实等出城中兵，追蹑后尘，前后夹攻，定可破敌。"勋正虑承训进逼，更兼曹翔部将朱玫，拔丰县，克下邳，紧报日至，急得不知所措，镇日间祷神饭僧，妄期冥祐。及既得实书，乃仍使庞举直许佶留守，自引兵出城西行，并复书返报张实。实与张儒日御官军，官军纵火焚寨，儒实两人，没法抵御，退保外城。承训督军攻扑，城上箭如飞蝗，射死官军数千人，承训暂退，但遣辩士至城下，劝令降顺。儒实等哪里肯从？唯张玄稔系徐州旧将，陷没贼中，心常忧愤，夜召亲党数十人，密谋归国，得众赞成，乃令心腹张皋，出白承训，约期杀贼，愿为内应。承训大喜，厚待张皋，令返报如约。玄稔即使部将董厚等，埋伏柳溪亭，然后邀两张入亭宴饮。酒未及半，掷杯为号，董厚等持刀抢入，手起刀落，将两张挥作四段，并搜杀两张私党，城中大扰。玄稔出谕兵民，示以逆顺利害，众心才定。越宿开门出降，膝行至承训前，涕泣谢罪。承训下座慰劳，亲自扶起，即宣敕拜为御史中丞，馈赐甚厚。玄稔乃复进策道："今举城归国，四远未知，请诈为城陷，引众趋符离及徐州，贼党不疑，定可悉数擒获了。"承训允诺。承训本无将才，唯收降玄稔，颇得推诚相与之术。玄稔还入城中，夜令部下负薪数千束，掷积城下，一俟天明，燃火焚薪。九城陷伏，便率众出趋符离，佯称败军。符离守将，开城纳入，被玄稔一刀杀毙，号令兵民，劝谕归国，众皆听命。玄稔收得兵士万人，亟趋徐州。庞举直许佶，已有所闻，登陴拒守。玄稔引兵围城，先谕守卒道："朝廷但诛逆党，不杀良民，汝等奈何为贼守城？若尚狐疑，恐尽成鱼肉了。"守卒闻言，或弃甲，或投兵，下城遁去。崔彦曾故吏路审中，开门纳官军，庞举直许佶，自北门出走。玄稔亟遣兵往追，得斩举直与佶。周重等赴水自尽，所有前戍桂州的叛卒，一一按名收捕，无论亲属，一概诛夷，骈死至数千人，徐州乃平。

庞勋将兵二万，自石山西出，沿途焚掠，鸡犬不留。康承训引步骑八万，西向往击，使朱邪赤心为先锋，追勋至亳州。勋正大掠宋亳，猝遇沙陀骑兵，不战而溃，遁至蕲水，官军大集，纵击贼众，贼多溺死，勋亦毙命。越数日始得勋尸，枭首传示，远近贼寨，皆自杀守将，次第请降。唯吴迥守住濠州，不肯归命，马举屡攻未下，自夏及冬，城中食尽，甚至杀人充食，吴迥乃突围夜出，由举勒兵追剿，杀获殆尽。迥窜死昭义，一番叛乱，自是荡平。朝廷颁诏赏功，进康承训同平章事，兼河东节度使，杜慆为义成节度使，张玄稔为右骁卫大将军，辛谠为亳州刺史，朱邪赤心特别召见，赐姓名为李国昌，授左金吾上将军，即就云州置大同军，赐以旌节，并处置徐州后事，乃在徐州设观察使，统徐濠宿三州。唯泗州置团练使，划隶淮南，未几复令在徐州置感化军，特设节度使，以资弹压。康承训为廷臣所劾，说他讨庞勋时，一再逗挠，虚报功绩，竟迭贬至恩州司马，这也未免罪轻罚重了。语淡旨永。

且说懿宗在位十年，也未立后，独宠幸淑妃郭氏，氏生一女，数年不能言，忽张口说道："今日始得活了。"懿宗大为惊异，及年已长成，姿貌不过中人，独得懿宗钟爱，封为同昌公主。右拾遗韦保衡，美秀而文，为郭淑妃所赏识，遂与懿宗熟商，愿将同昌公主，嫁与为妻。临嫁时，尽出宫中珍玩，作为奁资，并在皇宫附近，赐宅一区，窗户俱用杂宝为饰，器皿一切，非金即银，甚至井栏药臼，亦由金银制成，耗费约五百万缗，所行婚仪，备极奢华，就是从前太平安乐两公主，与她相较，也几乎稍逊一筹。韦保衡得此贵妇，当然奉若天神，不敢少忤，除入朝办事外，时常居处内宅，与公主敦伉俪欢。郭淑妃爱女情深，随时探问，或且留宴主第，深夜不归，宫禁里面，免不得生出一种谣诼，说是丈母女婿，也有暧昧情事，这恐是捕风捉影，不足为凭，小子不敢妄断，不过援据史传，有闻必录。不肯讽蔑郭氏，便是下笔忠厚。当时懿宗爱妃及女，一任出入自由，毫不过问。韦保衡得迁授翰林学士，咸通十一年间，曹确罢相。韦氏快婿，竟得与兵部侍郎于悰，户部侍郎刘瞻，同时入相，并握枢机。故相高璩早卒，徐商亦已罢去，杨收坐罪窜死，只路岩尚在相位。岩因保衡是皇亲国戚，格外交欢，遂与他串同一气，表里为奸。一班蝇营狗苟的臣僚，乐得趋承伺候，希沐余光，遇有反对人物，群起弹击，时人目他为牛头阿旁，无非说他阴恶可畏，与鬼相同。

但天下祸福无常，祸为福倚，福为祸伏，保衡尚主，仅及年余，偏公主得了一种绝症，卧床不起，医官二十余人，同时诊治，想不出什么起死回生的方法，勉强拟进一两张药方，配服全不济事，奄奄数日，玉殒香消。郭淑妃陡失爱女，当然痛悼，就是懿宗亦悲念不休，自制挽歌，饬群臣毕和，又令宰相以下，尽往吊祭。追封公主为卫国公主，予谥文懿。一面捕获医官二十余人，说他用药错误，冤死公主，竟不令分辩，一并处斩。且将医官亲族三百余人，悉数系狱。胡乱得很。宰相刘瞻，召集言官，嘱令劝阻，言官以天威难测，各为保全身家起见，不敢进陈。瞻乃自草奏牍，即日进呈，略云：

> 修短之期，人之定分，昨公主有疾，医官非不尽心，而祸福难移，竟成蹉跌。械系老幼，物议沸腾，奈何以达理知命之君，涉肆暴不明之谤。

懿宗览奏不悦，搁置不报。瞻又与京兆尹温璋等力谏，顿触懿宗怒意，将他叱出，旋即出瞻为荆南节度使；贬璋为振州司马。璋叹道："生不遇时，死何足惜？"竟仰药自杀。此人亦未免过激。韦保衡又与路岩，共谮刘瞻，谓与医官通谋，进投毒药，遂再贬瞻为康州刺史。岩意尚未惬，阅十道图，见驩州去都最远，因复窜瞻为驩州司户。次年正月，葬同昌公主，懿宗与郭淑妃，坐延兴门，目送灵轝，恸哭尽哀。护丧仪仗，达数十里，冶金为俑，怪宝千计，此外服玩，多至百二十舆，锦绣珠玉，辉煌蔽日。乐工李可及作叹百年曲，率数百人为地衣舞，用杂宝为首饰，絁八百匹，舞罢珠玑散地，任民拾取，所有服玩等件，悉置墓中。这岂非暴殄天物，溺爱不明么？

韦保衡座师王铎，是王播从子，前在礼部校文，擢保衡进士及第。保衡因荐他入相，继刘瞻后任。铎却轻视保衡，议政时常有龃龉。路岩本与保衡联络，嗣因彼此争权，凶终隙末，遂被保衡进谗，出岩为西川节度使。岩出城时，路人争以瓦砾相投，忍不住动起忿来。适值权京兆尹薛能，前来送行，他不禁冷笑道："京兆百姓，劳君抚治，今日我奉命西行，百姓却以瓦石相饯，可谓治绩昭彰了。"薛能答道："宰相出镇，不一而足，府司从未发人防护，人民亦从无瓦砾相加，奈何今日公行，演此恶剧？这还当由公自问，究竟为何取怨人民？"以子之矛，攻子之盾，薛能可谓善言。岩被他一诘，反觉满面怀惭，踉跄而去。及行抵任所，幸值南诏退兵，阖境粗安，还得侥幸无事。先是南诏主酋龙，因安南败退，转寇成都，陷入嘉黎雅三州，成都戒严，亏得西川节度使卢耽，与东川节度使颜庆复，联兵战守，击败蛮兵，将军宋威，复奉诏往援，杀死蛮兵无算，残众夜烧攻具，遁出境外。成都旧无濠堑，颜庆复始筑瓮门，掘长濠，植鹿角，设营寨，守备既固，蛮人始不敢进窥。朝廷欲处置路岩，因将卢耽他调，令岩接任。岩好游宴，耽声色，一切政务，俱委任亲吏边咸郭筹。两人相倚为奸，先行后申。岩至都场阅操，边郭侍侧，有所建白，辄默书相示，阅毕焚去，军中相率惊疑，恂恂不安。事为朝廷所闻，乃徙岩改镇荆南。自岩出镇，由礼部尚书刘邺继任，既而于悰复为韦保衡所谮，贬为韶州刺史。悰妻广德公主，系懿宗亲妹，至是随悰赴韶，行必肩舆相并，坐即执住悰带，悰才得保全。悰去后，改用刑部侍郎赵隐为相，上下因循，一年挨过一年，到了咸通十四年正月，懿宗遣敕使诣法门寺，奉迎佛骨，言官多半谏阻，甚且谓宪宗迎入佛骨，遂至宴驾。懿宗道："朕得见佛骨，死亦何恨？"呆极。自春至夏，佛骨始迎至京师，懿宗膜拜甚虔，宰相以下，竞施金帛，乃将佛骨入禁供养，颁诏大赦。过了两月，懿宗竟至患病，服药无效，数日大渐，乃立皇储。未几驾崩，享寿四十一岁，共计在位十四年。小子有诗叹道：

奢淫适启败亡忧，况复流连未肯休。
十四年来浑一梦，令终还是迓天庥。

欲知何人嗣统，试看下回便知。

庞勋以戍卒八百人猝起为乱，徐淮一带，多遭屠毒，迭经唐廷发兵，先后不下十万人，始得荡平叛逆，再见廓清，虽曰成功，唐威已所余无几矣。康承训之将略，原无足称，但奏调朱邪赤心自随，战胜逆寇，不可谓非明于知人。复能招用张玄稔，以盗攻盗，不可谓非善于因敌。徐乱之平，承训之功居多，乃路岩韦保衡，妒功进谗，贬窜恩州，亦曷怪志士灰心，功臣懈体乎？韦保衡本乏相才，徒以尚主隆恩，骤登揆席，懿宗之溺爱不明，已可概见。至同昌一死，惨戮诸医，株连亲族，当时相臣刘瞻，尚为庸中佼佼，乃因一再进谏，致为所诬，流戍万里，冤乎不冤？及葬同昌时，糜费无算，朽骨无知，饰终何监？而宠幸保衡，犹然未衰，妹倩可贬，女夫不可黜，甚至死期将至，犹迎佛骨入都，何其昏愚若是也？史称懿宗在位十四年，无一善可纪，诚哉是言！

第九十一回　曾元裕击斩王仙芝
李克用叛戮段文楚

却说懿宗生有八子，长为魏王佾，次为凉王侹，蜀王佶，威王偘，普王俨，吉王保，寿王杰，最幼为睦王倚，这八子统是后宫所出，不分嫡庶。但据无嫡立长的故例，论将起来，魏王佾应该嗣立，偏是左神策中尉刘行深，右神策中尉韩文约，利立幼君，竟将懿宗第五子普王俨，立为皇太子。俨系王氏所生，年仅十二，母族微贱，全仗那两个典兵的阉竖，佐命定策。阉官立君，成为常例，唐廷实是无人。懿宗已是弥留，还晓得什么后事。刘韩即矫称遗诏，传位普王。宰相如韦保衡刘邺赵隐三人，但知居官食禄，不管什么继统问题。王铎已经罢职，越觉袖手旁观。至懿宗入殓，普王俨即位柩前，是为僖宗，僖宗母王氏已殁，追尊为皇太后，加谥惠安。进韦保衡为司徒，不到两月，保衡为言官所劾，坐罪免职，贬为贺州刺史。嗣又被人讦发，谓与郭淑妃有暧昧情事，再贬为澄迈令，寻且赐死。路岩罪同时并发，降为新州刺史，就道后又下敕削官，长流儋州，越年亦赐令自尽。炎炎者灭，隆隆者绝。边咸郭筹，亦皆伏诛，另任兵部尚书萧仿同平章事。

过了残腊，改元乾符，关东水旱相寻，民不聊生，翰林学士卢携，请敕令遇荒州县，概停征税，并发义仓赈济贫民。僖宗如言下敕，但不过一纸虚文，有司竟未实行。已而罢同平章事赵隐，进华州刺史裴坦为相，未几坦卒，召还故相刘瞻，令复原职。瞻字几之，祖籍彭城，后徒桂阳，平生清介自持，所得俸禄，悉赡贫乏，家无留储；至被窜驩州，无论远近，莫不称冤。幽州节度使张允伸病殁，由平州刺史张公素接任，公素慕瞻忠直，上疏申枉，乃得移徙康虢二州刺史。僖宗召为刑部尚书，即复任同平章事。长安两市，闻瞻得还都，醵钱雇演百戏，藉表欢迎。瞻特为改期，另由他道入都，受任三月，去烦除弊，政简刑清。同僚刘邺，前曾在韦保衡路岩前，痛词诋瞻，至是恐瞻闻声报复，不免心虚，因邀瞻共饮，尽兴而别。哪知瞻醉后归寓，竟一病不起，遽尔谢世，时人共谓邺有意酖瞻，不为无据。宣宗以降，朝无贤相，仅得刘瞻一人，清直可风，又为奸党播弄至死，特揭录之，以志余慨。兵部侍郎崔彦昭，继瞻后任，彦昭颇有令名，与萧仿和衷办事，执要不烦，且因刘邺毒死刘瞻，情迹可疑，特上章弹劾，出邺为淮南节度使。翰林学士卢携，与吏部侍郎郑畋，相继入相。四相才略，似非全不足用，怎奈僖宗年少，未化童心，暇时辄与嬖僮宠竖，征逐游戏。遇有大臣奏议，往往搁置不理，或且委枢密田令孜处决。令孜是一个小马坊使，读书识字，很有巧思，僖宗在普邸时，已与令孜朝夕相亲，呼为阿父，及即位后，即擢置枢密，倚若股肱。令孜专哄动僖宗欢心，所有僖宗爱嗜的果食，尝自去购办，携陈御榻，与僖宗对坐畅饮，且引入内园小儿，侍奉僖宗，击鞠抛球，赏赐万计。僖宗虑府藏空虚，令孜代为划策，劝籍两市商货，悉输内库，遇有陈诉，辄付京兆尹杖毙。僖宗未识民艰，但教库中取用不穷，便好任情挥霍，且从此益宠令孜，加官中尉。小儿最易受骗，况遇阴柔之小人，自然水乳俱融。令孜揽权纳贿，量赂除官，一切黜陟，多不关白。宰相以下，也不敢过问。唐室江山，要在他手中断送了。看官！你想少主童昏，权阉骄恣，人怨沸腾，天变交作，东荒西瘠，饿殍载道，朝廷不加赈，有司不知恤，哪里还能太平呢？

当时西陲不靖，南诏为患，唐廷特调高骈往镇西川，制置蛮事，发兵退敌，擒住蛮酋数十人，修复邛崃关大渡河诸城栅，择要置戍，还算有备无患，全蜀粗安。蜀事用简文带过，与前回笔意相同。只是边境少宁，内乱迭起，盗贼到处横行，官军不能控御，就中有两大盗魁，最号猖獗：一个是濮州盗王仙芝，一个是冤句盗黄巢。仙芝向贩私盐，出没江湖。巢善骑射，喜任侠，麄读书传，屡试进士科，不得一第，乃与仙芝往来，同做这种贩私行业。仙芝于乾符元年，聚众数千人，揭竿长垣，次年即胁从数万，攻陷濮州曹州，天平军节度使薛崇，出兵往剿，反为所败。巢闻仙芝得利，也纠众起应，剽掠州县，与仙芝同扰山东。此外各处盗贼，都遥与联合，四处侵轶。自山东至淮南，几无宁宇。有诏令淮南忠武宣武义成天平五军节度使，分别御盗，剿抚兼施。同平章事萧仿，目击时艰，屡劝僖宗勤政求治。偏为田令孜等所忌，迭加驳斥。萧仿抑郁病终，用吏部尚书李蔚代任。右补阙董禹，谏阻僖宗游畋击球，颇蒙褒赐，嗣因邠宁节度使李侃，为宦官义子，特为假父请赠官阶，禹上疏指驳，语侵宦官。枢密使杨复恭，入宫谗诉，竟贬禹为柳州司马。自是上下壅蔽，内外隔阂。仙芝等寇焰浸炽，进逼沂州，平卢节度使宋威，表请率兵讨贼，乃降敕命威为诸道行营招讨使，凡各镇所遣讨贼将士，均归威节制调遣。威俟诸道兵至，出击仙芝，大杀一阵，毙贼甚多，仙芝遁去。遥传仙芝已死，威即奏称贼渠已歼，尽可无虞，诸道兵悉数遣归，自还青州。百官闻捷，入朝称贺，不意过了三日，仙芝又复出现，转掠阳翟郏城，地方官飞章奏闻。御寇几如儿戏，如何平寇？乃诏忠武节度使崔安潜，发兵往剿；再令昭义义成两镇，各发步骑，保护东都宫室；授左散骑常侍曾元裕为招讨副使，出守东都；又敕山南东道节度使李福，选步骑三千，守汝邓要路；邠宁节度使李侃，凤翔节度使令狐绹，选步兵一千，骑兵五百，守陕州潼关。各道将士，本由宋威遣归，欣然就道，偏途次复令赴敌，免不得忿怨交乘，各怀观望。仙芝得由齐入豫，攻陷汝州，执住刺史王镣。镣系王铎从弟，铎正由郑畋推荐，复入为相。罢崔彦昭为太子太傅，一闻王镣被掳，他人没甚惊慌，独王铎非常着急，乃倡议抚盗，赦仙芝罪，且给官阶。仙芝转陷郢复二州，大掠申光舒寿庐通一带，并与黄巢西攻蕲州。王镣尚在贼中，劝仙芝归国拜官，且因蕲州刺史裴渥，为王铎知贡举时所擢进士，彼此交谊相关，特为仙芝致书，浼渥奏保仙芝。无非为免死计。渥敛兵不战，报称如约，即开城迎入仙芝及黄巢等三十余人入城，置酒款待，并赠厚贿，一面拜表奏闻。仙芝与巢，恰也心喜，便谢别出城，驻营待命。未几有敕使到来，授仙芝为左神策军押牙。渥与镣皆向仙芝道贺，仙芝也笑逐颜开。偏黄巢不得一官，勃然大怒，指仙芝道："我与君共立大誓，横行天下，今君独取官而去，试问五千余众，何处安身？"说至此，提起老拳，殴击仙芝。仙芝闪避不及，左额上已遭一击，色青且红。贼众亦附和巢语，群起喧哗。唐廷既欲抚盗，应该为众盗设法，徒官仙芝，不及黄巢等人，糜烂地方，失策孰甚？仙芝为众所逼，只好不受朝命，仍然为盗，大掠蕲州，毁民庐舍。裴渥奔鄂州，敕使奔襄州，王镣仍为贼所拘。贼众三千人归仙芝，二千人归巢，分道驰去。

乾符四年，仙芝陷鄂州，黄巢陷郓州沂州，再合众并攻宋州。宋威督兵往援，反为所围，幸左威卫上将军张自勉，率忠武军七千名，往救宋州，杀贼二千余人，贼乃解围遁去。宰相王铎卢携，欲令张自勉归宋威节制，独郑畋谓自勉必不服威，多使疑忌，必致相争，因不肯署奏。铎与携乃自请免职，畋亦请归浐州养疴，僖宗皆不肯许。铎携两相，复议罢归张自勉，改令张贯为将，令率忠武军七千，隶属宋威。畋又与力争，辩论大廷，一口不能胜两口，乃还草奏牍，再行呈请。略言："王仙芝倡乱，忠武节度使崔安潜，尝请会师力剿，至今贼党不敢入境。又以本道兵授张自勉，解宋州围，使江淮漕运流通，不入贼手，今遽罢归自勉，易将统兵，使隶宋威，臣见威忌功讳败，所奏多非实迹，崔宏潜以兵授人，良将空还，若勍寇忽至，如何支持？臣请分四千人归威，三千人仍令自勉统率，还守本道，庶几战守两全，不分厚薄"云云。卢携仍不以为然。必袒宋威，是何用意。畋又劾威欺罔朝廷，屡致败衄，应早行罢黜，亦不见从。宋威有恃无恐，专务欺上冒功。会值招讨副都监杨复光，遣人招谕仙芝，仙芝遣悍党尚君长等请降，威邀击道中，执住君长等，献入京师，但说是临阵生擒。复光奏系来降，非威所获，诏令侍御史归仁绍等讯问，始终不能审明。结果是将君长等牵至狗脊岭，一刀一个，枭首了事。仙芝闻朝廷诱降逞暴，越加咆哮，令黄巢寇掠蕲黄，自趋荆南。黄巢为曾元裕所破，回遁濮州。仙芝至荆南城下，正值乾符五年元旦，荆南节度使杨知温，粗擅文学，素不知兵，元日大雪，犹受僚属谒贺，忽闻城外喊杀连天，才知寇众大至，急忙召集将佐，调兵守堵，外城已被捣入，将佐亟围住内城，请知温出督士卒，登陴御贼。知温尚纱帽皂裘，从容赋诗，且夸示群僚。迂腐可笑。将佐知他无用，忙发使至山南东道告急。山南东道节度使李福，悉众赴援。巧有沙陀兵五百骑，留寓襄阳，遂引与俱行。到了荆门，与贼相遇，由沙陀兵纵骑奋击，大破贼党。仙芝闻风生惧，焚掠江陵而去，转至申州，被曾元裕大杀一阵，击毙万人，招降六万人。仙芝自蕲州出掠，沿途胁从，众至七八万，此次丧失二万名，仓皇远窜，荆南解严。

元裕一再报捷，朝廷乃把招讨使的职务，付诸元裕，饬宋威还驻青州，并令张自勉为副使，贬杨知温为郴州司马。又添些远戍诗料。元裕既握全权，遂与自勉互逐贼众，追至黄梅，四面兜剿，杀毙贼党五万余名。仙芝穷窜无路，被诸军追及，乱刀砍死，斩首以归。尚有党目尚让，为尚君长弟，召集残众，往归黄巢。巢方攻亳州未下，见让到来，当然迎纳。让因推巢为冲天大将军，改元王霸，设官署吏，再陷沂州濮州，分众陷朗州岳州。有诏令曾元裕移屯荆襄，张自勉充东南面行营招讨使，再发河南兵千人赴东都，与宣武昭义军二千人，共卫行宫。遣左神武大将军刘景仁，为东都应援防遏使，管辖三镇军士。河阳节度使郑延休，领兵三千，屯驻河阴，为东都后援。巢窜突中州，均为所遏，乃遣书天平军，情愿降顺。天平节度使张裼，上书奏闻，诏授巢为右卫将军，令就郓州解甲。哪知巢是个缓兵计，伺官军少懈，即引众渡江，连陷虔吉饶信等州，顺道入浙。朝议调高骈为镇海节度使，专力防巢，并拟与南诏和亲，暂免西顾忧。

自南诏主酋龙，屡寇西陲，为患几十余年，唐廷屡遣使招抚，终不奉命。至高骈徙镇西川，筑城守堡，稍遏寇氛。骈又因南诏迷信释教，特遣浮屠景仙，南行游说，劝酋龙归附中国，愿与和亲。酋龙颇欲允议，会酋龙病死，子法嗣立，遣使段瑳宝等，往诣岭南，面议和约。亳州刺史辛谠，正调升岭南西道节度使，接见段瑳宝后，即奏称诸道兵共戍邕州，兵饷浩繁，不如与南诏修和，得使边境息肩。朝廷正因内乱蔓延，欲调回戍兵，剿平群盗，乃即从谠议，许和南诏，令将戍兵遣归，但留荆南宣歙数军。已而南诏遣使赵宗政入都，乞请和亲，所赍国书，但给中书省，称弟不称臣。礼部侍郎崔澹等，言南诏骄僭无礼，高骈不达大体，徒遣一僧呫嗫，卑辞诱和，若果从所请，必致贻笑后世。语非不是，但按诸当日情势，安内为先，不应再开外衅。僖宗不能遽决，再令高骈妥议。骈上表与澹等驳辩，有诏委曲谕解，进骈检校司徒，封燕国公，一面遣宰臣再议。卢携主张和亲，郑畋力言不可。携不觉大怒，拂衣起座，袂适触砚，堕地有声。僖宗闻知此事，喟然叹道："大臣相诟，如何仪型四方？"乃将卢、郑两相，一并罢职，改命户部侍郎豆卢瑑，吏部侍郎崔沆，同平章事。宣诏时大风拔木，隐兆不祥，时人已知新任二相，未能令终。伏后文。且南诏事终未定议，但遣赵宗政归国，不加答复，付诸缓图便了。

谁料偷安不安，防乱生乱，大同军又起变端，竟杀死防御使段文楚，推李克用为留后。克用系李国昌子，国昌即朱邪赤心，事见前回。为沙陀副兵马使，出戍蔚州。国昌由大同调镇振武军，会代北荐饥，漕运不继，防御使段文楚减扣军士衣粮，用法亦不免苛峻，以致军士怨谤。沙陀兵马使李尽忠，与牙将康君立薛志勤程怀信李存璋等私议道："今天下大乱，朝廷号令，不能远行，此正英雄立功建业的时期。段使苛暴，不足与议大计，李振武功大官高，名闻天下，子克用勇冠诸军，若经我等推戴，代北唾手可定，我等可共取富贵，岂不甚善？"康君立等同声赞成。乃由君立潜诣蔚州，劝克用起事，立除文楚。克用道："我父现在振武，俟我禀明，举事未迟。"君立道："事在速行，缓即生变，尚何暇千里禀命呢？"克用许诺，遂募得士卒万人，直趋云州。李尽忠闻克用将到，即夜率牙兵，攻入牙城，执住段文楚及判官柳汉璋等，械系狱中，并遣人送交克用，请为防御留后。克用率众至斗鸡台下，台在城东，设帐屯兵，尽忠即将文楚等，驱至克用营前，克用命军士剐死文楚，并用骑践骸，究竟是狼子野心。乃入城视事，嘱将士表求敕命。朝廷不许，正思诘问李国昌，国昌已表请速除大同防御使，若克用逆命，臣当率本道兵往讨，决不溺爱一子，致负国家。初意却是不错。僖宗以命太仆卿卢简方为大同防御使。克用拒命不纳，乃由朝廷改诏，命卢简方调任振武，李国昌复镇大同。哪知国昌忽然变计，竟撕去制书，杀死监军，与克用合谋为逆，派兵攻宁武及岢岚军。真是出人意表。

是时幽州节度使张公素，为部将李茂勋所逐，代主军务，闻大同军乱，上表荐子可举，具有武略，愿讨大同，且请授可举旌节，自乞息肩。僖宗本欲令他出平代乱，授为幽州节度使，及见他上表陈情，遂悉从所请，令可举代父统军，与昭义节度使李钧，合兵讨国昌父子。可举复约吐谷浑酋长赫连铎白义诚，沙陀酋长安庆，萨葛酋长米海万，联兵夹攻。赫连铎饶有勇力，兼程急进，直趋振武。国昌猝不及防，被铎攻入，慌忙挈骑兵五百，遁往云州。云州闭城不纳，乃转奔蔚州。铎取得振武军资械，追国昌至云州，乘势入城，复闻克用屯兵新城，即引兵万人往击，三日不能下。国昌自蔚州往援，铎乃引退，朝廷再命河东宣慰使崔季康为河东节度使，兼代北行营招讨使，与李可举赫连铎部众，共讨沙陀。可举与铎，会兵攻蔚州。李国昌率众抵敌，相持未下。克用却独领一队，趋遮虏城，拒击李钧。钧方与崔季康军，共至洪谷，天适大雪，士卒相继冻仆，不防克用杀到，冲入官军队里，沙陀铁骑，本是勇悍，更兼生长沙漠，素性耐寒，任他大雪飘飘，越发精神健旺，那河东昭义两镇兵士，又冻又馁，如何招架得住？拼命乱逃。季康押着后队，还得侥幸逃生，钧在前驱，竟战死乱军中。小子有诗叹道：

国乱纷纷太不平，强藩逐鹿擅行兵。
可怜大将无才略，枉向沙场把命倾。

两镇兵败，沙陀兵气焰益盛，遂长驱入雁门关。欲知后事，且阅下回。

读此回而已知唐之将亡，亡唐者非他，一田令孜足以尽之，内而宰相，外而寇盗，犹不足责也。僖宗年少嗣统，非得老成夹辅，不足致治，乃独宠任田令孜，导之游狎，厚赋敛，贪货贿，天怒于上而不之知，人怨于下而不之问，王黄二盗，乘势揭竿，朝廷议剿议抚，茫无定见，一二贤相，复被佞幸摧抑至死，国家宁尚有豸乎？宋威老而贪功，欺君罔上，不加斥逐，卒至寇势日炽，迨改任曾元裕，始得击斩仙芝，一盗虽殄，一盗犹存，祸本固尚未芟也。李国昌父子，复起代北，叛命不臣，南顾多忧，何堪再遇北寇？中原抢攘无虚日，而皇纲从此扫地，故观于此而已可知唐之将亡。

第九十二回　镇淮南高骈纵寇
入关中黄巢称尊

却说李克用乘胜长驱，入雁门关，进寇忻代二州，时已为僖宗七年，新改元为广明元年，忻代刺史，乘城拒守，幸免陷没。克用转逼晋阳，攻入太谷，诏遣汝州防御使诸葛爽，率东都防御兵往救河东，再命太仆卿李琢为蔚朔等州招讨都统。琢系前西平王李晟孙，治军严整，奉诏启行，率兵万人至代州，与幽州节度使李可举，吐谷浑都督赫连铎，共讨克用，克用遣部将高文集守朔州，自率众拒李可举。铎遣辩士入朔州城，劝文集归国。文集被他感动，遂执克用将傅文达，与沙陀酋长李友金，同降李琢，开城延纳官军。克用闻文集降唐，顿时大忿，即引兵还击可举，遣行军司马韩玄绍，邀击药儿岭。岭路很是崎岖，玄绍三伏以待，克用乘怒前来，到了岭旁，天色将晚，将士请择险驻营，休息一宵。克用怒道："我恨不得今夜踏平朔州，哪里还有闲工夫，在此休息。"忿兵必败。将士不好违令，只好策马前进。沿途七高八低，昏黑莫辨，蓦听得一声号炮，有一彪人马突杀出来，冲动沙陀兵。克用尚自恃骁勇，持着一支长槊，当先开路，左挑右拨，把官军驱开两旁，麾兵急进。官兵也不紧追，但慢慢儿随着后面。克用不暇后顾，一味前闯，天色越昏，岭路越仄，号炮声接连又震，岭上岭下，均有官军杀到，口口声声，要捉克用。克用到此，也不禁慌乱起来，自思逃命要紧，只好易骑为步，尽把所有健马，塞住两旁，单剩一条血路，狂奔而去。至官军挑开战马，来杀克用，他已走得甚远，但把他部将李尽忠程怀信等，一阵剁死，并杀毙沙陀兵万余人。收拾悍骑，最好在狭路中。克用虽逃得性命，人马均已丧尽，狼狈奔至蔚州，正值李琢赫连铎，合军杀败国昌，父子相见，好似哑子吃黄连，说不出的苦楚。自知蔚州难守，索性弃城北走，遁往鞑靼去了。

李琢李可举等，连章告捷，有诏加可举兼侍中，徙琢镇河阳，授铎云州刺史，兼大同军防御使，白义诚为蔚州刺史，米海万为朔州刺史。铎闻国昌父子，遁往鞑靼，特派人入鞑靼部，啗以金帛，索交逃犯。鞑靼系靺鞨别部，素居阴山，专以游猎为生，克用入鞑靼后，尝与番酋游畋，就木叶中置着马鞭，或悬针为的，射无不中，番酋统惊为神技。又尝置酒共饮，饮至半酣，克用拊髀叹道："我得罪天子，无从效忠，今黄巢扰攘中原，必为大患，若天子肯赦我罪，得与公等南向，杀贼立功，岂非一大快事？人生几何，怎可老死沙碛，没世无称呢？"此子亦有悔意么？鞑靼颇服他豪爽，且知无留意，乃谢绝铎使，仍令他父子寓居。事有凑巧，那大盗黄巢，由北而南，复由南而北，杀人如麻，占夺两都，于是亡命外域的李克用，复得遇赦归国，为唐立功。说来又是话长，待小子演述出来。

先是黄巢渡江南下，窜入浙东，中原稍舒盗患。平卢节度使宋威病死，由曾元裕接任，东都亦已解严，只东南各道，渐渐吃紧。镇海节度使高骈，令部将张璘梁缵，分道讨巢，连败巢众，收降贼将秦彦毕师铎李罕之等；还有仙芝余党曹师雄，寇掠两浙州县，杭州募兵使都将董昌等，随处抵御，昌部下有临安人钱镠，勇敢著名，屡摧贼党，积功至兵马使，钱镠事始此。两浙少安。巢由浙赴闽，开山路七百余里，袭击福州，观察使韦岫，仓皇失措，弃城出走，眼见得一座闽城，为巢所据。巢贻浙东观察使崔镠，广州节度使李迢书，求为天平节度使，二人均为奏请，朝廷不许，僖宗以巢要索无状，深以为忧。王铎入奏道："臣久居相位，不能不分陛下忧，抱愧滋甚，愿出督诸将，剿平逆贼。"僖宗甚喜，即命铎以宰相出镇荆南，兼南面行营招讨都统。铎复奏调泰宁节度使李系为副使。系为李晟曾孙，徒具口才，实无勇略，铎因他系出将门，特请为行营副都统，兼湖南观察使，令率精兵五万，出屯潭州，截阻岭北要路。巢又自己上表，乞授广州节度使。僖宗命大臣会议，俱未能决。时于悰早已还都，受任为左仆射，独上言广州滨海，为市舶宝货所集，岂可畀贼？乃由群臣议定，只许除巢为卫率府率，卫率府率系护卫东宫，执掌兵仗羽卫，不过一个微员。看官试想！这野心勃勃的黄巢，岂肯降心下气，受此微职么？当下由朝廷颁给告身，巢掷置地上，大骂执政，且愤愤道："唐廷不给我广州，难道我不能往取么？"随即鼓众至广州，四面架梯，扒城而入；执住节度使李迢，逼使草表，令代掌节钺。迢慨然道："我世受国恩，腕可断，表不可草。"还算硬汉。巢即拔刀割迢两臂，并截迢头，且分众转掠岭南州县。岭南素多瘴疠，巢众四处侵扰，不免传染，日死数人，徒党劝巢北还，共图大事。巢乃自桂州编筏，顺道湘江，经过衡、永二州，直抵潭州。李系不敢出战，吓做一团，巢即日攻陷，大杀戍兵，独系跳身走免，奔往朗州。脚生得长，却也是一种技艺。巢党尚让，乘胜进逼江陵，众号五十万，江陵兵不满万人，王铎料知难守，托词至山东南道，往会节度使刘巨容，联兵拒巢，但留部将刘汉宏居守，竟率众趋襄阳。未见一敌，即已趋避，好一个大都统。汉宏手下，不过三千兵士，多半羸弱无用，索性弃官为盗，焚掠江陵，满载而去。一个乖似一个。士民都逃窜山谷，天适大雪，僵尸满野。过了旬日，尚让始至，据住江陵，汉宏籍隶兖州，归里后复出掠中原，为各道兵所攻，始再投诚，这且休表。

且说黄巢闻尚让得胜，王铎北遁，遂进兵趋襄阳。山南东道节度使刘巨容，与江西招讨使曹全晸同至荆门御贼，巨容伏兵林中，诱贼入伏，四起奋击，贼众大溃，十成中伤亡七八成。巢渡江东走，或劝巨容急追勿失，巨容叹道："国家专事负人，事急乃不爱官赏，稍得安宁，即弃如敝屣，或反得罪，不若纵贼远飏，还可使我辈图功哩。"负功固朝廷之咎，但既为将帅，何得纵寇殃民？巨容之言大误。遂按兵不追。全晸却不肯舍贼，渡江追击，途次接得朝命，令泰宁都将段彦模代为招讨使，于是全晸亦怏怏而还。唐廷以王铎无功，降为太子宾客分司，又进卢携同平章事。携尚荐高骈才，说他能平黄巢，骈将张璘，屡破巢众，僖宗以携为知人，所以复用，且调骈为淮南节度使，兼充盐铁转运使。内官以用度不足，奏借富户及胡商货财，骈独上言道："天下盗贼蜂起，皆为饥寒所迫，只有富户胡商，尚未至此，不宜再令饥寒，驱使为盗。"僖宗乃止。

原来僖宗游戏无度，赏赐无节，左拾遗侯昌业，尝上疏极谏，且斥田令孜导上为非，将危社稷。一番危言笃论，反惹得僖宗怒起，竟召昌业至内侍省，赐令自尽。嗣是越加游荡，凡骑射剑槊法算，以及音律蒱博，皆加意研习，务求精妙。最喜蹴踘斗鸡，且与诸王赌鹅，鹅一头至值五十缗；尤善击球，尝语优人石野猪道："朕若应试击球进士，必得状元。"野猪答道："若遇尧舜做礼部侍郎，恐陛下亦不免驳放。"石优颇知谲谏。僖宗一笑而罢。唯是本性难移，始终不改，更可笑的是击球赌彩，得胜即选，简放几个边疆大臣出来。中尉田令孜，本姓陈氏，冒宦官姓为田，有兄陈敬暄，尝业饼师，自令孜得宠，敬暄连类升官，得封神策将军。令孜见关东群盗，势日鸱张，阴为幸蜀计，特荐敬暄及私党杨师立、王勖、罗元杲三人，出镇蜀中。僖宗令四人击球赌胜，敬暄得第一筹，即授西川节度使；次为师立，命镇东川；又次为勖，命镇兴元；元杲最劣，不得迁擢。这种制度，旷古无闻。这等擅长击球的人物，叫他如何治民？眼见得川陕百姓，活遭晦气。唯任郑从谠为河东节度使，尚算得人。先是河东军乱，戕杀节度使崔季康，僖宗令宰相李蔚，出镇河东，即用吏部尚书郑从谠，代蔚为相。蔚戡定河东乱事，整缮军行，朝旨又将蔚罢去，改命康传圭接手。传圭阘茸无能，无术驭众，又被军士杀死，置帅如奕棋，安得不乱？乃派从谠为河东节度使。从谠外和内刚，多谋善断，遇有将士谋乱，辄能预知，先事除去。部将张彦球，亦预乱谋，从谠爱他智勇，且知他事出胁从，特召入慰谕，涕泣与谈。彦球不禁感服，愿为效死，乃委以兵柄，并奏用王调刘崇龟崇鲁赵崇为参佐。均系一时名士，时人号为小朝廷。

同平章事卢携，因河北粗安，只有江南一带，为巢蹂躏，特荐高骈为诸道行营都统。骈既接诏，乃传檄征各道兵马，且就近招募丁壮，得兵七万，威望大振。部将张璘，渡江击贼，屡破巢军，降贼将王重霸常宏。巢自饶州退保信州，被璘追至城下，督兵猛攻，巢卒多死。巢乃用金帛赂璘，且致书高骈，悔过乞降，求骈代为保奏。骈欲诱巢前来，复称如约。适昭义感化义武等军，俱至淮南，骈恐各军分功，奏称贼已穷蹙，即可平定，不烦诸道相助，尽将各军遣归。哪知巢刁滑得很，竟向骈告绝请战。骈再促璘进剿，被巢用埋伏计，将璘击死，巢势复振，分兵陷睦婺两州，再入宣州，自督众渡江北趋，围攻天长六合，气焰甚盛。淮南将毕师铎谏骈道："朝廷倚公为安危，今黄巢率数十万众，乘胜长驱，若不据险邀击，令得逾淮而东，必为大患。"骈以张璘已死，诸道兵又复遣还，自思力未能制，不敢出兵，且上表告急。有诏责骈误事，骈遂称风痹，不复出战。诏发河南诸道兵出戍溵水，并敕泰宁节度使齐克让屯兵汝州，备御黄巢。忠武节度使薛能，遣牙将秦宗权助戍蔡州，又令大将周岌，引兵赴溵水驻扎。会徐州亦派兵三千，至溵水镇守，道过许州，向能索饷，经能好言劝慰，并加厚待，方得免乱。不意周岌闻乱趋还，夜至城下，袭杀徐卒，且怨能厚待外兵，索性入城逐能，能竟死乱兵手中，岌遂自称留后，表称薛能为徐卒所戕，自率兵还城靖难，朝廷亦不暇查究，即令岌继任忠武节度使。秦宗权到了蔡州，亦将刺史逐去，自掌州事。周岌又表荐宗权为蔡州刺史，亦邀批准。周岌秦宗权同恶相济，唐廷处置愦愦，无怪乱端迭起。齐克让恐为岌所袭，引还兖州，诸道兵到了溵水，闻许州不靖，亦皆散去。黄巢遂得率众渡淮，经过颍宋徐亳一带，沿途无犯，唯略取丁壮，充作部兵，自称天补大将军，移牒各道，劝他各守城寨，勿得撄锋，本将军将入东都，顺道至京师问罪，与众无预云云。齐克让得此牒文，飞章上奏，僖宗大惊，急召宰相等入议。卢携称疾不至，豆卢瑑崔沆，请发关内兵及神策军守潼关，田令孜独倡议幸蜀，且举玄宗故事为证。别事应从祖制，此事亦应从祖制么？豆卢瑑亦附和一词，僖宗不禁泣下，徐语令孜道："卿且为朕发兵守潼关。"令孜荐左军骑将张承范，右军步将王师会，左军兵马使赵珂，材可大用。僖宗召见三人，即授承范为兵马先锋使，兼把截潼关制置使，师会为制置关塞粮料使，珂为勾当寨栅使。三人拜谢出朝，僖宗复特简令孜为左右神策军内外八镇，及诸道兵马都指挥制置招讨等使，阿父原宜重用，可惜断送祖基。以飞龙使杨复恭为副。兵尚未出，东都已陷，原来东都留守刘允章，并不拒战，一俟黄巢入境，即派人恭迎，开城出谒。巢喜溢眉宇，入城劳问，恰也假仁假义，揭榜安民，禁止部下掳掠，闾里晏然。

齐克让忙上表告急，奏称黄巢已入东都，臣收军退守潼关，乞速发资粮及援兵。僖宗亟命张承范等，挑选两神策军弓弩手，得二千八百人，率赴潼关。看官试想两神策军，多是富家子弟，厚赂宦官，隶名军籍，平时鲜衣怒马，从未经过战仗，一闻出征命令，害得父子聚泣，妻妾牵襟，没奈何取出私资，专雇坊市贫民，顶替出去。这种受雇的人夫，晓得什么战斗？只为了若干银钱，勉强充选。承范点齐兵数，入朝辞行，僖宗御章信门楼，亲自慰遣。承范进言道："黄巢拥数十万众，鼓行西来，锋不可当，齐克让只率饥卒万人，依托关下，今遣臣率二千余人，往屯关上，兵力未足，馈饷不继，臣实觉寒心，还望陛下速促诸道精兵，指日来援，或尚可勉强保守哩。"承范不足为将，但语恰甚是。僖宗道："卿等且行！朕自当促兵进援。"承范与师会出赴潼关，偕齐克让驻军数日，未见饷运到来，援兵亦无一至，很是焦急。那黄巢军却漫山遍野，疾驱而来，呼喊声达数十里。克让出军接战，倒也拼命相争，自午至酉，士卒饥甚，枵腹如何杀贼？顿时溃散。克让走入关中，关左有谷，平时禁人往来，专榷征税，叫作禁坑，官军仓猝忘守，溃兵自谷趋入，贼亦随进，夹攻潼关。承范尽散辎囊，分给士卒，令他拒守，一面飞表告急，催兵及饷，且有谏阻西巡等语。怎奈兵饷未来，贼众猛扑，勉力固守一日，箭已射尽，贼不少却。且驱民填堑，积尸堑间，由贼践尸逾越，纵火焚关，楼俱被毁。承范所率二千余人，本是不耐久战，况经此眉急，自然弃械逃生。有一日可支，还是难得。师会自杀，承范易服走还，克让早已远去。黄巢入潼关，转陷华州，留党目乔钤居守，自率众趋长安。唐廷迭接警报，非常惊惶，不得已颁下诏敕，授巢为天平节度使，令他即日莅镇。此时巢已痴心为帝，哪里还肯受命？当然拒绝。僖宗急得没法，日召宰相等议事。卢携屡次不赴，乃贬携为太子宾客分司，另授尚书左丞王徽，户部侍郎裴澈，同平章事。会承范逃回都中，报称潼关失守状，田令孜恐僖宗见责，独归咎卢携，携仰药自杀。僖宗至南郊祈天，默求神佑。何必如此，还是击球有趣。及还朝议政，忽由田令孜入报道："贼众来了，陛下不如幸蜀罢！"僖宗大惊道："有这般事么？"令孜又道："臣已召集神策兵五百人护驾，请陛下赶即启行。"僖宗被他一吓，慌忙返宫，但挈得妃嫔三人，与福穆潭寿四王，寿王即昭宗，余俱无考。踉跄趋出，当由令孜接着，指麾神策兵五百名，拥驾西行，出金光门而去。

看官道贼众入京，如何这般迅速？原来令孜召募新军，统是裘马鲜明，适有凤翔博野援兵，来至渭桥，见新军如此华丽，不禁大怒道："若辈有甚功劳？反令我辈冻馁？"遂掠夺新军衣服，出为贼众向导，亟趋京师。京中无主，军士及坊市人民，竞入府库，盗取金帛。百官始知车驾西行，有几个出城追去，余多手足失措，不知所为。到了日晡，黄巢前锋将柴存入都，金吾将军张直方，与群臣迎贼灞上，巢乘黄金舆，戎服兜鍪，昂然直入。徒党皆华帻绣袍，乘着铜舆，随在后面。骑士数十万，多半被发执兵，紧紧跟着。所有辎重，自东都至京师，千里相属，都民夹道聚观，贼众见他衣衫褴褛，便分给金帛。且由尚让晓示道："黄王起兵，本为百姓，非为李唐不爱尔曹，尔曹但安居无恐！"人民颇相率欢呼。及巢入春明门，升太极殿，有宫女数千人迎谒，拜称黄王。这是浊乱宫闱之报。巢大喜道："这真是天意了。"遂派党目守住宫廷，自己出居田令孜宅，还不过自称将军，申明军律，约束徒众。过了数日，贼党渐渐恣肆，四出骚扰，既而焚掠都市，杀人满街，见有富家贵阀，越觉逞情搜掠，任意淫戮。做官发财者其听之。巢亦不能禁止，嗣见劝进文牍，联翩递入，索性一不做，二不休，大杀唐家宗室，至无噍类。于是挈眷入宫，自称大齐皇帝，即位含元殿，画皂缯为衮衣，击战鼓数百，权代乐音，列长剑大刀为卫，大赦天下，改元金统。凡唐官三品以上，悉令罢职，四品以下守官如故。因自陈符命，谓："广明二字，隐兆瑞谶，唐去丑口，易一黄字，见得黄当代唐，明字是日月相拼，黄家日月，一览可知。"又黄为土金所生，因号金统，立妻曹氏为皇后，拜尚让赵璋崔缪杨希古为宰相，郑汉璋为御史中丞，李俦黄谔尚儒为尚书，孟楷盖洪为左右仆射，王播为京兆尹，许建米实刘塘朱温张全彭攒季逵等为诸将军。朱温砀山人，少孤且贫，与兄存昱依萧县刘崇家，崇尝加侮辱，崇母独申戒道："朱三非常人，汝等宜优待为是。"后来温入巢党，遂为巢将，朱温将篡唐为帝，故特别表明。巢命温屯东渭桥，守御唐师。又征召唐室大臣，令诣赵璋处报名，仍复原官。大臣多不敢出报，乃大索里闾。宰相豆卢瑑崔沆等，避匿张直方家，直方已为巢臣，唯友情尚笃，所以容纳公卿，藏匿复壁，不料被巢察觉，发兵攻入，搜得豆卢瑑崔沆等数人，一并枭斩，连直方亦被诛夷。谁叫他首先迎贼。将作监郑綦，库部郎中郑系，义不从贼，举家自杀。贼发卢携尸，戮诸市曹。左仆射于悰，右仆射刘邺，太子少师裴谂，御史中丞赵蒙，刑部侍郎李汤，匿居民间，都被搜斩。于悰妻广德公主，见悰被杀，执住贼刃，慨然道："我是唐室女，誓与于仆射同死。"贼不加诘问，抽刀砍去，可怜一位贤德公主，也随于驸马同逝黄泉。小子有诗赞道：

巾帼犹知不惜生，殉夫殉国两成名。
长安不少名门女，谁及当时公主贞？

巢既僭号长安，且遣尚让等寇凤翔，追赶僖宗。欲知僖宗蒙尘情状，待至下回再详。

黄巢渡江而南，中原已经解严，北方可稍纾寇患，所赖高骈一人，镇守淮南，截住寇踪。骈将张璘，勇冠一时，屡破贼众，假使巢在饶信时，骈率诸道兵，戮力攻巢，则巢易就擒，大盗可立平矣。奈何堕巢诡计，兼起私心，遣归外兵，致丧良将，后且逍遥河上，任贼长驱，故刘巨容之纵寇，已不胜诛，骈身膺都统，误国若是，罪不较巨容为尤甚乎？巢渡淮入关，如入无人之境，僖宗但恃一田令孜，而令孜尤为误国大蠹，倡议幸蜀，仓皇出走，卒致逆巢入都，僭号称尊，宗室无噍类，都市成灰烬，谁为厉阶，酿成此劫乎？故观于黄巢之乱，而益叹僖宗之不明。

第九十三回　奔成都误宠权阉
复长安追歼大盗

却说田令孜拥驾西行，日夜奔驰，不遑休息。趋至骆谷，适郑畋出镇凤翔，迎谒道左，请僖宗留跸讨贼。僖宗道："朕不欲密迩巨寇，且西幸兴元，征兵规复，卿可纠合邻道，勉立大功。"畋知僖宗不肯留跸，乃启奏道："道路梗涩，奏报难通，陛下委臣恢复，还请假臣兵权，便宜从事。"僖宗允诺，住了一宵，复启跸向兴元进发。畋送至十里外而还，乃召集将佐，会议拒贼，将佐齐声道："贼势方炽，且徐俟兵集，再图恢复。"畋勃然道："诸君欲畋臣贼么？"道言未绝，气向上冲，晕仆地上。经将佐扶救入寝，用药灌饮，好多时才得苏醒，但身子不能动弹，口亦不能出声，只是涕泣交下。忠义可敬。将佐见畋情状，不禁天良发现，愿效驱驰。畋用手点额，且麾令暂退。次日将佐等复入问疾，畋尚未能言，将佐叹息而出。忽由监军袁敬柔，召将佐会议，将佐应召而往，但见监军陪着一位贼使，盛筵相待，音乐铿锵，大家不胜惊愕。那袁敬柔恰宣言道："现在新天子颁下敕书，我等理应申谢，只因节使风痹，由我代为署名，草呈谢表。"说到表字，将佐忽发哭声，霎时间泪洒一堂。贼使惊问何故？幕宾孙储道："节使风痹，不能延客，所以大众生悲呢。"贼使亦觉扫兴，宴毕即去。当有人报知郑畋。畋跃起床上，不觉发言道："人心尚未厌唐，贼从此授首了。"前此不言，恐系做作，但借此感励将士，虽诈亦忠。遂刺指出血，写就表文，遣亲将赍诣行在，再召将佐喻以顺逆，众皆听命，复歃血与盟，然后完城堑，缮器械，训士卒，密约邻道，合兵讨贼。有声有色。

各道兵慕义向风，依次趋集。尚有禁军分镇关中，不下数万人，亦皆响应，来会凤翔。畋散财犒众，士气大振。巢相尚让，率众往攻，由畋将宋文通带领各军，一鼓杀退。让败归报巢，巢再遣部将王晖，赍书招畋。畋扯碎来书，杀死王晖，又令子凝绩报捷行在。僖宗早至兴元，诏令诸道出兵，收复京师。义成节度使王处存，涕泣入援，且遣千人从间道赴兴元，扈卫车驾。河中节度使王重荣，本已向巢通款，巢遣使征发，几无虚日。重荣语众道："我本思屈节纾患，哪知反苦我吏民，此贼不除，如何得安？"乃将巢使一并杀死，整兵拒贼。巢遣朱温进攻，经重荣慷慨誓师，大破温众，夺得粮仗四十余船，遂遣使与王处存结盟，引兵出屯渭北，一面向行在告捷。僖宗在兴元过了残年，越年元旦，改广明二年为中和元年，从官因捷书屡至，相率庆贺。僖宗欲驻驾兴元，静俟规复，偏田令孜以储峙不丰，坚劝僖宗幸蜀。西川节度使陈敬暄，亦遣步骑三千奉迎，僖宗乃转趋成都，由敬暄迎入城中，借府舍为行宫。会兵部侍郎萧遘，及太子宾客分司王铎，先后驰抵行在，僖宗俱命为同平章事。裴澈由贼中自拔来归，亦得官兵部尚书。且恐南诏乘隙入寇，遣使招抚，愿与和亲。更命高骈为东面都统，促使讨巢。还要用他。加河东节度使郑从谠兼侍中，守前行营招讨使，特任郑畋为京城四面诸军行营都统，所有蕃汉将士，赴难有功，悉听畋墨敕除官。畋奏调泾原节度使程宗楚为副都统，前朔方节度使唐弘夫为行营司马，传檄四方，征兵讨贼。

黄巢再遣尚让，率众五万，进寇凤翔，畋使唐弘夫伏兵要害，自督兵数千人，出阵高冈，多张旗帜，诱贼来攻。贼本书生视畋，料无将略，更见他据冈列阵，适犯兵忌，遂贪功竞进，鼓行而前。群贼争先恐后，无复行伍，趋至龙尾陂，被弘夫横击而出，冲断贼兵。贼众前后不及顾，彼此不相救，正觉得心慌意乱，招架为难。畋又麾兵趋下，奋呼杀贼，贼腹背受敌，且不知畋军多寡，总道有无数雄师，覆压下来，顿时东奔西窜，情急求生。哪知逃得越快，死得越多，凌藉了半日余，把头颅抛去了二万多颗。尚让仓皇走脱，遁归长安。

唐弘夫得此大胜，遂由程宗楚唐弘夫等，追贼至都，且檄河中节度使王重荣，义成节度使王处存，权知夏绥节度使拓拔思恭，并为后应。大家兴高采烈，趋集长安城下。尚让已经入城，报知黄巢，巢闻官军大至，无心固守，即率众东走。程宗楚自延秋门杀入，唐弘夫继进，王处存也率锐卒五千，鱼贯入城，坊市人民，欢呼出迎，或取瓦砾击贼，或拾箭械奉给官军，不到一夕，已是全京恢复，无一贼兵。宗楚恐诸将分功，不欲通报外军，但令军士释甲，就宿第舍。军士尚未肯安枕，掠取金帛妓妾，恣意图欢。王处存令部兵首系白巾为号，坊市无赖少年，也模仿军装，冒充名号，掠夺良民。却是自己寻死。贼众露宿灞上，诇知官军不整，且无后军相继，即引兵还袭，掩入都门。宗楚弘夫，未曾防备，蓦闻贼众又至，仓猝出战。军士方挟金帛，拥妓妾，分居取乐，一时不及调集，可怜宗楚弘夫二人，手下只有数百名士卒，不值贼众一扫，两人亦相继阵亡。贪功丧躯，可作殷鉴。王处存急召集部众，出城还营。黄巢复入长安，恨人民迎纳官军，纵兵屠杀，流血成川，他却取出一个新名目，叫作洗城。各道官军闻报，一并退去，贼势益炽，上巢尊号，称为承天应运启圣睿文宣武皇帝。

代北监军陈景思，方率沙陀酋长李友金等，入援京师，到了绛州，将要渡河，绛州刺史瞿稹，亦沙陀人，迎白景思道："贼势方盛，未可轻进，不若且还代北，募兵数万，方可进行。"景思乃与稹同还雁门，招兵勤王，逾旬得三万人，统是北方杂胡，犷悍暴横，稹与友金不能制。友金系李克用族父，欲乘此召还克用父子，即劝景思拜表奏功，请赦克用父子罪，令他入统代北军士，立功赎愆。景思依言代奏，有诏依议。友金遂率五百骑士，赍诏至鞑靼，赦还克用父子。克用甚喜，即率鞑靼诸部万人，入屯雁门。克用移牒河东，说是奉诏讨巢，令招讨使郑从谠，具给资粮，一面进兵汾东。从谠恐克用尚有异心，特闭城设备，不应所请。克用自至城下大呼，求与从谠相见。从谠乃登城与语，许给钱米，待克用退去，遣人运给钱千缗米千斛。克用意尚未足，还陷忻代二州，遂在代州留驻，按兵不发。东面都统高骈，虽出屯东塘，移檄讨贼，但也口是心非，迁延观望。郑畋自宗楚等丧师长安，声威挫失，僖宗加封司空，兼同平章事，都统如故，仍令他锐图恢复，怎奈畋有志未逮，徒唤奈何！

忠武节度使周岌，已奉表降巢，监军杨复光，颇具忠忱，与岌尝有违言，一日，岌正夜宴，邀杨预席，左右进言道："周为贼臣，恐不利监军，不如勿往！"复光摇首道："事已如此，义不苟全。"即毅然前往，入席与饮。酒至半酣，岌语及唐事。复光泣下，良久与语道：“大丈夫感恩图报，见义勇为，公自匹夫为公侯，奈何舍十八叶天子，甘心臣贼呢？”岌亦忍不住泪，徐徐答道：“我不能独力拒贼，所以阳奉阴违，今日召公，正为此事。”复光立即起座，沥酒与盟，难得有此义阉。且因巢使方去，即遣养子守亮，追往驿馆，杀毙巢使。当下出召兵士，调集三千人，亲自带领，径诣蔡州。蔡州刺史秦宗权，素来跋扈，不从岌命，复光入城，勉以大义，宗权也觉心折，遣将王淑率兵三千，随复光往击邓州。邓州正为巢将朱温所陷，所以引兵急攻，王淑虽然从行，途次一再逗挠，被复光数罪处斩，并有淑众。乃再召忠武牙将鹿晏弘晋晖王建韩建张造李师泰庞从等至军，进破朱温，攻克邓州，逐北至蓝桥，方收军还镇。王建事始此。黄巢遣党目王玫为邠宁节度使，邠州镇将朱玫起兵诛贼，推别将李重古为节度使，自率部众讨巢，出屯兴平，与巢将王播接战，失利而退，返屯奉天。为下文谋逆伏案。

僖宗寓居成都，已是半年，因各道军胜负不一，终未能规复长安，他也不免焦烦。但终信任一田令孜，令为行在都指挥处置使，又由令孜倚畀陈敬瑄，拜他为相。敬瑄奏遣西川左黄头军使李铤，往讨黄巢。还有右使郭琪，留卫成都，令孜犒赏扈驾诸军，尝从优给，独不及西川军。琪因诱众作乱，焚掠坊市，令孜奉僖宗保东城，闭门登楼，命诸军击琪。琪突围夜走，渡江奔广陵，往依高骈。令孜骄横益甚，蔑视宰相，所有军国大事，但由令孜处决，宰相不得与闻。先是宦官权重，分宫廷为南北两司，北司属内侍，南司属宰相，两权分峙，及令孜专政，北司权过南司。左拾遗孟昭图痛心阉祸，愤然上疏，略云：

> 治安之代，遐迩犹应同心；多难之时，中外尤当一体。去冬车驾西幸，不告南司，遂使宰相以下，悉为贼所屠，独北司平善。前夕黄头军作乱，陛下独与田令孜及诸内臣，闭城登楼，并不召宰相入商，翌日亦不闻宣慰朝臣，臣备位谏官，至今未知圣躬安否，况疏冗乎？夫天下者，高祖太宗之天下，非北司之天下。天子者，九州四海之天子，非北司之天子。北司未必尽可信，南司未必尽无用，岂天子与宰相，了无关涉？朝臣皆若路人，臣恐收复之期，尚劳宸虑。尸禄之士，得以宴安。臣躬被宠荣，职司补衮，虽遂事不谏，而来者可追，还愿陛下熟察！

这疏呈将进去，田令孜屏匿不奏，反矫诏贬昭图为嘉州司户。昭图去后，又遣人挤溺蟆颐津，一道忠魂，竟归水窟。足令阅者发指。自是天愈怒，人愈乱，靖陵雨血，河东霜杀禾，流星如织，或大如杯碗，陨落成都，这是天怒的见端。至若乱端蜂起，更不胜述，最关紧要的是感化军牙将时溥，逐杀节度使支祥，纳赂令孜，即颁诏令溥为留后。寿州屠夫王绪，与妹夫刘行全，聚众五百，也居然倡乱，盗据寿州，转陷光州。秦宗权反保奏他为光州刺史，固始县佐王潮及弟审邽审知，皆以材气知名，愿为绪用。屠狗果出英雄，居然高坐黄堂，驱使名士。王潮事始此。就是凤翔节度使，兼京城四面诸营的郑司空，也为行军司马李昌言所围。郑畋登城诘问，众皆下马罗拜道："相公原不负我曹，但粮馈不继，饥寒交迫，不得已出此一举。"畋叹息道："汝等愿从司马，司马若能戢兵爱民，为国灭贼，我情愿让主军务，但望司马勿负我言。"昌言许诺。畋即开城自去，奔赴行在。畋亦如此，大杀风景。诏降畋为太子少傅分司，授李昌言凤翔节度使，时溥为感化节度使，令讨黄巢，且屡促高骈进兵。

骈与镇海节度使周宝，同出神策军，相待如兄弟，及封壤相邻，屡争细故，遂与有隙。骈檄宝入援，宝知骈无真意，亦不应召，骈遂表称宝将为患，不便离镇，竟罢兵还府。首相王铎，闻骈无心讨贼，乃发愤请行，泣涕面奏。僖宗乃命铎为诸道行营都统，权知义成节度使，得便宜行事，罢高骈都统职衔，但领盐铁转运使。中和二年正月，王铎自成都启行，奏举太子少师崔安潜为副都统，忠武节度使周岌，河中节度使王重荣为左右司马，河阳节度使诸葛爽，宣武节度使康实为先锋使，感化节度使时溥，为催遣纲运租赋防遏使，右神策观军容使西门思恭，为诸道行营都监。又令义成节度使王处存，鄜延节度使李孝昌，夏绥节度使拓跋思恭，为京城东西北三面都统，授杨复光为左骁卫上将军，兼南面行营都监使，且赐号夏州军为定难军，鄜坊军为保大军，共趋关中。行在一方面，复命郑畋为司空，兼同平章事。畋等议撤去高骈盐铁转运使，但加给侍中虚衔，以示笼络。骈既失兵柄，又解利权，遂攘袂大诟，上表诋毁朝廷。僖宗令畋草诏切责，骈因与朝廷决绝，不通贡赋。

王铎会同诸道兵马，进逼黄巢。巢将朱温，方署同华防御使，屡向巢请兵，捍御河中。巢因官军四逼，粮匮兵空，急切无从调遣。温知巢势日蹙，变计归唐，遂向王重荣通款，杀死监军严实，举州归降。重荣申告王铎，铎令温署同华节度使，且替温奏乞官阶。有诏授温为河中行营招讨副使，赐名全忠。种一绝大祸根。是时各道兵皆趋集关中，唯平卢不至，平卢节度使安师儒，为牙将王敬武所逐，自称留后，奉款附巢。王铎遣判官张浚往说道："人生应先晓逆顺，次知利害，黄巢系一贩盐虏，试问公叛累代帝王，觍颜事贼，究有何利？今天下各道兵马，竞集京畿，独淄青不至，一旦贼平，天子反正，公等有何面目见天下士？"敬武竦然起谢，即发兵数千，随浚西行。唯各道军尚畏贼焰，未敢轻进。王重荣商诸都监杨复光，复光请召李克用，且言："克用观望，系与郑从谠有嫌，若以朝旨喻郑公，令与修好，料克用必肯前来，定可平贼。"铎用墨敕召李克用，并谕郑从谠。从谠不得已贻克用书，劝令释嫌报国。克用因率兵四万，进趋河中。部兵皆着黑衣，沿途疾行如飞，势甚慓悍，贼党望尘却走，私相告语道："鸦子军到了，快逃生罢！"贼运已衰，故见克用军愈觉生畏。王铎奏请授克用为雁门节度使，克用受命，格外踊跃。中和三年正月，进击沙苑，大破巢弟黄揆，直捣华州。铎再向行在请命，授克用为东北面行营都统，杨复光为东面都统监军使，陈景思为北面都统监军使。僖宗已经允议，颁诏施行，偏田令孜欲归重北司，谓："铎讨黄巢，日久无功，幸得杨复光计议，始召沙陀兵破贼，铎不胜重任，应饬令赴义成军，罢去兵柄。"僖宗奉命维谨，但教阿父如何主张，无不乐从。好一个宦官孝子。遂诏命王铎赴镇，任令孜为十军十二卫观军容使。

会魏博节度使韩简，与巢相应，寇掠郓州及河阳。牙将乐行逢诛简，还镇上表，诏令为留后，寻加节度使，赐名彦桢。成德节度使王景崇卒，景崇系元逵孙。子熔年仅十龄，嗣为留后，诏授检校工部尚书，命发粟济师。李克用得熔输粟，士饱马腾，围攻华州。黄巢遣尚让往援，克用与王重荣，同率军邀击零口，大败尚让，尚让遁去，克用遂进军渭桥。忠武将庞从，河中将白志迁等，率军继进，黄巢亦倾众出来，至渭桥拦截官军。克用跃马构槊，领沙陀兵充当头阵，无坚不摧，任他逆巢是百战悍贼，见了克用，亦吓退三舍。庞白两将，也不肯落后，奋勇杀贼，贼众三却三进，官军三战三捷，更有义成义武诸军，陆续杀到，贼党方才大奔。寥寥数语，已写尽当日大战。克用等追薄城下，猛扑一昼夜，次日由光泰门杀入。黄巢巷战又败，焚去宫阙，出都遁去，擒住巢相崔镠，余众半死半降。巢出都后，恐官军追蹑，沿途散掷珍宝，以啗官军。官军果然争取，不愿追贼，巢得远遁。杨复光遣使告捷，百官入贺，诏留忠武等军二万人，居守京师，饬将巢相崔鏐，就地处斩；加李克用朱玫，及保大军节度使夏侯逵，同平章事。升陕州为方镇，命王重盈为节度使，又建延州为保塞军，即命保大军司马李孝恭为节度使，各道镇帅中，唯克用年二十八，最号少壮，破黄巢，复长安，功居第一，兵亦最强。克用一目微眇，时人称为独眼龙。诸军入京，乘机四掠，无异贼众。长安民居，所存无几，好好一座首都，除四围城墙外，几成一片瓦砾场。回首当年，唏嘘欲绝。各军亦不愿久留，或归镇，或追贼。巢自蓝田入商山，使骁将孟楷往击蔡州，秦宗权出战不利，竟背唐降巢。陈州刺史赵犨，闻蔡州降贼，料知陈州必先被兵，亟缮城掘濠，募兵积粟，令弟昶珝及子麓林，分率兵士，出守项城要路，四面埋伏，专待贼众到来。果然贼将孟楷，移兵进攻，行至项城，恃胜无备，赵昶赵珝等一齐杀出，立斩孟楷，且将余贼扫尽无遗。

巢得败报，不禁大怒，即与秦宗权合兵，围攻陈州，掘堑五重，百道攻扑。犨慨谕兵士，誓死固守，有时觑贼少懈，即引锐卒开城出击，杀贼甚多。巢益大愤，扎营州北，为久持计。且掠人为粮，生投碓硙，并骨取食，号为舂磨寨。犨一面拒贼，一面向邻镇乞援，朱全忠方受命镇宣武军，邀同周岌时溥，引兵援陈，至鹿邑杀败贼党，嗣因巢奋力与斗，势且不支，因转向李克用告急。克用方出争昭义，一时无暇移师，至中和四年，告急书连番迭至，乃引蕃汉兵五万，往救陈州。陈州被围，几三百日，赵犨兄弟，与贼大小数百战，艰苦备尝，终不少懈。极写赵犨。至克用进援，击败贼将尚让，巢始解围趋汴。尚让且率败兵五千，转逼大梁。全忠又致书克用，请他速援。克用追贼至中牟，乘贼渡河，逆击中流，歼贼万余人。尚让穷蹙请降，巢逾汴北走，克用穷追不舍，至封邱杀贼数千，至兖州又杀贼数千，追至冤句，巢已远飏。俘巢幼子及乘与服器等物，并贼所掠男女万余名。克用因裹粮已罄，尽将男女遣散，自回汴州。命尚让再行追巢。巢手下只有千人，走保泰山。时溥又遣将陈景瑜，与尚让穷追至狼虎谷。巢屡战屡败，自知难免，顾甥林言道："我本意欲入清君侧，洗濯朝廷，事成不退，原我自误；汝可取我首献天子，保得富贵。"你亦自知悔么？言尚不忍下手，巢自刎不殊，气已垂绝。言乃把巢首砍下，并斩巢兄弟妻子，函首往献时溥，途次为博野沙陀军所夺，且将言首一并取去，送至溥军。溥复派兵搜狼虎谷，得巢姬妾数十人，并巢首赍献行在。共计巢自倡乱至败亡，共历十年，杀人无算，好算是古今一大浩劫。唐室宗社，虽幸得尚存，也已保全无几了。小子有诗叹道：

连年寇贼酿兵灾，父老相传话劫灰。
巢贼杀人八百万，至今追忆有余哀。

巢首献至行在，僖宗御楼受俘，一切详情，容后再详。

郑畋倡义于先，功将成而忽败，李克用赴援于后，兵一奋而即成，非畋之忠义，出克用下也。畋以书生掌戎政，借一时之鼓励，号召诸军，程宗楚唐弘夫等，挟锐入都，一得手而即贪功弛备，复为贼乘，两将战死，余军不振，畋虽孤忠，究系儒者，徒凭意气以为感召，安能久持不敝乎？克用以新进英雄，奉诏讨贼，才足以御众，勇足以制人，而诸军又不足以牵制之，故一举而复京都，再举而歼逆贼，事半功倍，游刃有余，盖求人者难为功，求己者易为力也。余子碌碌，因人成事，王铎两出统军，始未战而即遁，继大举而仍无功，虽无田令孜之嫉忌，亦非真有专阃才。而昏庸如僖宗，骄横如田令孜，更不值齿数焉。

第九十四回　入陷阱幸脱上源驿
劫车驾急走大散关

却说僖宗闻巨寇已平，献入巢首，即御大玄楼受俘，当命将巢首悬示都门。至黄巢姬妾等，跪在楼下，约有二三十人，僖宗望将下去，统是花容惨淡，玉貌凄惶，美人薄命，天子多情，倒也动起怜香惜玉的意思来了。当下开口宣问道："汝等皆勋贵子女，世受国恩，如何从贼？"这句话由上传下，总道必是叩首乞怜，便好借此开恩，充没掖廷，慢慢儿的召幸，谁知跪在前面第一人，举首振喉道："狂贼凶悖，国家动数十万大众，不能剿除，竟致失守宗祧，播迁巴蜀，试想陛下君临宇宙，抚有万乘，尚且不能拒贼，乃反责一女子，女子有罪当诛，满朝公卿将相，应该从何处置？"强词颇足夺理。僖宗听了，不禁变怜为嗔，易爱成怒，即传谕左右，概令处斩，自己返驾入宫。可怜那数十个美人儿，只为那一念偷生，屈身从贼，终难免刀头一死。临刑时，吏役多生悯惜，争与药酒，各犯且泣且饮，统皆昏醉，独为首的妇女，不饮不泣，毅然就刑。前后总是一死，何不决死前日。刀光闪处，螓首蛾眉，都成幻影，不必细说。色即是空。

且说李克用回军汴州，朱全忠开城出迎，固请克用入城，就上源驿作为客馆，款待甚优，馔具皆丰，音乐毕备。克用少年好酒，免不得多饮数杯，醉后忘情，言多必失。全忠更假意谦恭，克用却一味倨傲，于是全忠挟嫌生忿，遂起了一片毒心，欲将克用置诸死地。克用不无小过，全忠何竟太毒？是晚，宴犒克用兵士，统令部将劝酒，灌得他酩酊大醉。全忠返室，召部将杨彦洪入商，议定一策，密令兵士至大路间，联车竖栅，塞住不通，一面发兵围攻上源驿，呼声动地。克用醉卧方酣，毫不觉悟，帐外亲卒，只有薛志勤史思敬等十余人，已是惊醒，猛闻汴兵杀入，料知有变，亟持械出斗，独留郭景铢入内，唤醒克用。景铢叫了数声，并不见答，忙将克用掖置床下，用水沃面，才解去克用睡魔，报知祸事。克用始张目援弓，起身外出，志勤见克用出来，亟拈弓发矢，射毙汴兵数人，欲夺走路。怎奈汴兵纵起火来，烟焰四合，迷住双目，忍不住叫起苦来。老天却还保全克用，竟雷电交作，大雨倾盆，把烟焰扑灭无余，但黑沉沉的罩住驿门。克用酒意未消，尚是支撑不定，幸经志勤见机奋勇，扶住克用，招呼左右数人，逾垣突围，趁着电光隐现，觅路急走。汴兵扼桥守住，由志勤力战得脱，史思敬孤身断后，竟至战死。志勤保护克用，登尉氏门，缒城得出。监军陈景思手下三百余人，本与克用同入汴城，至此均为所害。枉死城中，却多了一班枉死鬼。朱全忠闻克用得脱！忙与杨彦洪乘马急追，彦洪语全忠道：“胡人急必乘马，节使如见有乘马胡人，便当急射，休使走脱！”全忠点首应诺，相偕出城。彦洪见前面有人走动，飞马急追。全忠落后，因天黑不能辨认，错疑彦洪是沙陀将士，一箭立殪，这是该死。那克用却早已远远飏去了。

克用妻刘氏，颇多智略，随克用驻军营。克用左右，仓皇奔归，说是汴人为变，上下尽死。刘氏声色不动，竟把还兵杀毙，隐召大将入议，令约束全军，翌日还镇。到了天明，克用走归，欲勒兵往攻全忠，为雪恨计。刘氏道：“君为国讨贼，救人急难，今汴人不道，隐谋害君，君当上诉朝廷，剖明曲直，若遽举兵相攻，反致曲直不明，彼转有所借口了。”说得甚是。克用乃引兵北返，移书责问全忠。全忠复书，托言前夕兵变，仆未预闻，朝廷自遣使臣，与杨彦洪密议，彦洪已经伏罪，请公谅察！既经归咎彦洪还要架诬朝廷，凶狡尤甚。克用明知是假，怀恨不平。及返至晋阳，即表陈：“朱全忠负义反噬，命几不保，监军陈景思以下，枉死三百余人，乞即遣使按问，发兵讨罪！”僖宗得见此表，不禁大骇，暗思黄巢伏诛，方得少息，怎可再启兵端？乃与宰相等熟商，颁诏和解。克用不肯伏气，表至八上，极言全忠包藏祸心，他日必为国患，乞朝廷削他官爵，委臣率本道兵往讨，得除祸首，才免后忧。僖宗仍然不从，但遣中使杨复恭等传谕，说是事变甫定，卿当力顾大局，暂释私嫌。克用勉强遵旨，心下总是未怿，乃大治兵甲，密图报怨。

他有养子嗣源，本系胡人，名必信烈，年方十七，克用爱他骁勇，养为己子。上源一役，嗣源跟着克用，护翼出城，身冒矢石，独无所伤，因此益得克用爱宠，委以军务。还有韩嗣昭张嗣本骆嗣恩张存信孙存进王存贤安存孝七人，俱系少年多力，愿为克用养子，冒姓李氏，当时号为义儿，分统部众。克用又奏请令弟克修镇潞州，潞州本系昭义军属境。昭义迭经兵变，屡篡主帅，自孟方立得受旌节，因潞州地险人劲，意欲迁地为良，改就邢州为治所，潞人不悦，潜向李克用处乞师。克用正战胜黄巢，因遣弟克修等攻取潞州，且争邢洺磁三州地。嗣因朱全忠等，一再乞援，乃移师至汴，补前回所未详。此次乐得奏请，朝廷不敢不允，即命克修镇潞，唯此后分昭义为二镇，泽潞为一区，邢洺磁为一区。克修管辖泽潞二州，克用又晋爵陇西郡王。中使杨复恭往返数次，劝慰克用，克用暂按兵不发。复光即复恭兄，复光自收复长安，即致病殁，军中恸哭，累日不休。唯田令孜忌他威名，闻讣甚喜，且因复恭曾司枢密，屡与龃龉，即降复恭为飞龙使。幸僖宗素宠复恭，仍然倚任，所以复恭尚得自全。

复光麾下八都将，即前回所述忠武牙将鹿晏弘等。各率步兵散去。忠武将鹿晏弘，托言西赴行在，所过残掠，到了兴元，逐去节度使王勔，自称留后。僖宗闻报，亦无可奈何。并有东川节度使杨师立，居然谋变，独移檄行在及诸道，历数陈敬暄十罪，也以入清君侧为名，造起反来。一击球镇将被逐，一击球镇将造反，确是优劣不同。这造反的原因，系为邛州牙官阡能，因公事违期，亡命为盗，聚众万人，横行邛雅。余盗罗浑擎勾胡僧罗夫子韩求等，群起响应，官军往讨，屡为所败。因恐上司见罪，往往掠取村民，充作俘虏。西川节度使陈敬暄，不问是非，捕到即斩，于是村民亦逃避一空，或反趋附盗巢，遂致盗党益盛。峡贼韩秀升屈行从等，又霸占三峡，骚扰民间。陈敬暄乃遣押牙官高仁厚，为都招讨指挥使，出讨阡能。仁厚谋勇兼优，六日即平五贼，即上文所述罗浑擎等。归报敬暄。敬暄大喜，保奏仁厚为行军司马，再令出讨峡路群贼，临行时且语仁厚道：“此去得成功回来，当为代奏，以东川旌节相酬。”仁厚谢别至峡，焚贼寨，凿贼船，贼众穷蹙，执秀升行从以降。仁厚械送二犯，献至行在，按律枭首，不劳细说。唯东川节度使杨师立，闻敬暄语，将以东川赏功，好好一个大官，怎肯甘心让人？当然起了怨谤，传入敬暄耳中。敬暄转告田令孜，令孜召师立为仆射，师立越加愤迫，竟将令孜所遣的朝使，一刀杀死，并杀东川监军，发兵进屯涪城，声讨敬暄。敬暄复荐仁厚为东川留后，令孜讨师立。仁厚至鹿头关，与师立部将郑君雄接仗，用埋伏计，杀败君雄。君雄退保梓州，仁厚进攻不下，乃作书射入城中，但言师立元恶，应加诛戮，余皆不问。君雄遂引众倒戈，返攻师立，师立惶急自杀，由君雄入枭师立，取了首级，出献仁厚。仁厚传首行在，有诏授仁厚为节度使，安镇东川。

田令孜陈敬暄二人，既得平乱，权焰益张，令孜为判官吴圆求郎官，郑畋不许，敬暄自恃有功，欲班列宰相上首。畋援例指斥，谓使相品秩虽高，向来在首相下，不得上僭。两人遂交谮郑畋，罢畋为太子少保，以兵部尚书裴澈代相。令孜敬暄，益肆行无忌，索性挟制天子，任所欲为。降贼叛唐的秦宗权，纵兵四出，侵掠汴州，朱全忠与战不利，向天平军乞援。急则求人，宽则噬人，乃是朱三惯技。天平军节度使朱瑄，本为天平牙将，署濮州刺史。节度使曹全晸，与兄子存实，当黄巢叛乱时，先后阵亡，幸瑄入守郓州，击退贼众，因功拜节度使，有众三万人，既接全忠来牍，乃遣从弟瑾赴汴救急。瑾至合乡，破宗权兵，宗权退去，汴州解严。朱全忠出城犒军，厚待朱瑾。及瑾告别，托致瑄书，与瑄约为兄弟。靠不住。宗权旁寇他镇，到处焚掠，残暴比黄巢尤甚，北至卫滑，西及关辅，东尽青齐，南出江淮，均被蹂躏，千里间不见烟火。还有鹿晏弘据住兴元，仍麾众四扰，王建韩建张造晋晖李师泰等，也率众相从，不过因晏弘好猜，众心未曾固结。田令孜遣人招诱，王建等率众数千，奔诣行在，拜令孜为义父，各得封诸卫将军，受了朝命，往攻晏弘。晏弘弃去兴元，转陷襄州。山东南道节度使刘巨容，仓皇出走，逃往成都。前在荆门破黄巢，颇有智略，唯纵寇勿追，大为失计；此次未战即溃，想是天夺其魄。巨容有炼汞成银的秘方，田令孜向求不得，竟将巨容害死，并至灭族。那晏弘得了襄阳，旁掠房邓，转寇许州。忠武节度使周岌，也弃城遁去。又是一个逃将军。晏弘引众入城，自称留后。僖宗方拟回跸，恐沿途不靖，有碍行程，不得已授晏弘为节度使，且遣使招抚秦宗权。时王铎为中书令，上言："汴许接壤，朱全忠在汴，已是骄悍难制，再加一鹿晏弘，两恶相济，必为国患，不如召还全忠，改授他官，方为釜底抽薪的良策。"僖宗恐全忠不肯应召，反致节外生枝，但命铎为义昌节度使，令他就近监制。

义昌军即沧州地，是太和中创设，与汴许相近，铎既受命，即携带眷属，指日启程。他本厚自奉养，侍妾仆从，不下百人，更有许多箱笼等件，统是惹人眼目，道出魏州，魏博节度使乐彦祯子从训，奉了父命，出迎王铎，行地主礼。从训少年好色，瞧着王铎侍妾，统是珠围翠绕，玉貌花姿，不由的垂起涎来，冶容诲淫。既已迎铎入馆，他却想了一计，令亲卒易去军服，扮了盗装，自己做了盗魁，乘夜至客馆中，明火执杖，破门直入。铎惊醒好梦，披衣出望，凑巧遇着从训，兜头一刀，首随刀落，复将仆从尽行杀死，单留着几个娇娇嫡嫡的丽姝，由从训搂住一个，怀抱而出，余皆令亲卒掠取，或抱或背，回寝取乐去了。铎老且淫，应遭此报，但侍妾等得了少夫，应该贺喜。彦桢舐犊情深，将从训事代为隐瞒，但说是王铎遇盗，表闻行在，一面殓铎入棺，送归铎家。僖宗正安排回都，还有何心查问，乐得糊涂过去。

会值南诏遣使迎女，僖宗曾许与和亲，因封宗女为安化长公主，遣嫁南诏，于是启跸还都。沿途一带，已是苍凉满目，触景生悲，及入都城，更觉得铜驼荆棘，狐兔纵横。趋至大内，只有几个老年太监，出来迎谒，所有前时宫嫔采女，都不知去向，连懿宗在日最爱的郭淑妃，也无影无踪。叙安化公主，及郭淑妃事，统是补足上文，不使遗漏。僖宗很是叹息，忽闻秦宗权僭号称尊，不奉朝命，免不得愁上添愁，勉强颁诏大赦，改元光启。唯宗权不赦，命时溥为蔡州行营都统，往讨宗权。溥尚未出兵，宗权部将孙儒，已陷入东都，逐去留守李罕之，复攻下邻道二十余州，只陈州刺史赵犨，与蔡州相距百里，日与宗权战争，始终不为所夺。有诏令犨为蔡州节度使，犨与朱全忠联络，共拒宗权，宗权乃不敢过犯。此外如光州刺史王绪，与宗权声气相通，已两三年，见前回。宗权发兵四扰，向绪催索租赋，作为饷需，绪不能给。宗权竟引众攻绪，绪弃城渡江，掠江洪虔诸州，南陷汀漳。他因道险粮少，下令军中，不得挈眷随行。唯王潮兄弟，奉母从军，绪恨他违令，欲斩潮母。潮等入请道：“天下未有无母的人物，潮等事母，如事将军，若将军欲杀潮母，不如潮等先死。”将士等亦代潮固请，绪乃舍潮母子，唯令潮不得奉母自随，潮只好唯唯而出。适有术士语绪，谓军中有王者气，绪因此疑忌，往往枉杀勇将，众皆危惧。及转趋南安，潮与前锋将商议，派壮士伏竹篁中，突出擒绪，反缚徇众。众遂奉潮为将军，拟引兵还光州，所过秋毫无犯，行及沙县，泉州人张延鲁等，因刺史廖彦若贪暴，偕耆老迎潮，愿奉潮为州将。潮乃袭击泉州，杀廖彦若，奉书与观察使陈岩，自请投诚。岩表请潮为泉州刺史。潮招携怀远，均赋缮兵，颇得吏民欢心，泉州以安。王绪被系数月，料知不能脱身，自尽了事。屠夫终无善果。

一波未平，一波又起，各藩镇互争权势，又惹动兵戈，闯出一场大祸。自僖宗返驾后，号令所及，不过河西山南剑南岭南数十州，义武节度使王处存，尚遵朝旨，且与李克用亲善，卢龙节度使李可举，与成德节度使王熔，忌克用兼忌处存，遂密约分义武地。当由可举遣将李全忠攻陷易州，熔亦遣将攻无极县，处存忙向克用处告急，克用率兵驰援，大破成德军。处存亦夜袭卢龙兵，击走李全忠，复取易州。全忠败还幽州，恐致得罪，竟掩攻可举，可举无从抵拒，阖室自焚。李全忠自为留后，朝廷随他起灭，倒也不必说了，偏田令孜招添禁军，自增权势，所虑藩镇各专租税，无复上供，一时腾不出军饷，如何赡给新军？令孜想出一法，奏请收安邑解县两池盐赋，尽作军需，且自兼两池榷盐使，哪知有人出来反对，不使令孜得专盐榷。原来两池盐税，本归盐铁使征收，充作国用，至中和年间，河中节度使王重荣，截留盐赋，但岁献盐三千车，上供朝廷。此次所得余利，复被令孜夺去，当然不肯甘休，便上章奏驳令孜。彼此罪实从同。令孜竟徙重荣为泰宁节度使，调王处存镇河中，齐克让镇义武。看官试想，重荣不肯割舍盐利，与令孜争论，难道要他舍去河中，他反俯首从命么？当下再表弹劾令孜，说他离间君臣，螯陈至十大罪。令孜尚不止十罪，唯重荣亦岂得无过？令孜乃密结邠宁节度使朱玫，凤翔节度使李昌符，抗拒重荣，更促王处存赴河中。处存谓重荣有功无罪，不应轻易，累表不省，只是颁诏促行。处存不得已引军就道，到了晋州，碰着一碗闭门羹，也无心与较，从容引还。重荣知已惹祸，也向李克用求救，克用正怨朝廷不罪朱全忠，招兵买马，将击汴州，乃复报重荣，俟先灭全忠，还扫鼠子。重荣又催促克用道："待公自关东还援，我已为所虏了。不若先清君侧，再擒全忠未迟。"克用闻朱玫李昌符，亦阴附全忠，乃上言："玫与昌符，与全忠相表里，欲共灭臣，臣不得不自救，已集蕃汉兵十五万，决定来春济河，北讨二镇，不近京城，保无惊扰，再还讨全忠，藉雪仇耻，愿陛下勿责臣专擅"云云。僖宗览表大骇，忙遣使谕解，冠盖相望，克用不应。朱玫欲朝廷声讨克用，屡遣人潜入京城，焚掠积聚，或刺杀近侍，伪言克用所为，京师大震，日起讹言。田令孜遣朱玫李昌符，及神策鄜延灵夏等军，合三万人出屯沙苑，讨王重荣。重荣又乞克用相援，克用乃率兵趋至，与重荣同至沙苑，与朱玫李昌符等对垒，且表请速诛田令孜及朱玫李昌符。僖宗只颁诏和解，克用怎肯依命？于是即日开战。玫与昌符，本非克用敌手，又有重荣一支人马，也是精悍得很，战了半日，纷纷溃散，各败归本镇。克用遂进逼京城。自食前言。

田令孜闻报大惊，亟挟僖宗出走凤翔，长安宫室，方经京兆尹王徽，修治补葺，十完一二，至是复为乱兵入毁，仍无孑遗。克用闻僖宗出走，乃还军河中，与王重荣联名上表，请上还宫，仍乞诛田令孜。僖宗再授杨复恭为枢密使，将与复恭同行还都。偏令孜请转幸兴元，僖宗不从，谁知到了夜间，令孜竟引兵入行宫，胁迫僖宗，再走宝鸡。黄门卫士，扈从止数百人，宰相等俱未及闻，独翰林学士杜让能，值宿禁中，夤夜出城，追及御驾。翌日，复有太子少保孔纬等继至，宗正奉太庙神主至鄠，中途遇盗，将神主尽行抛去。朝臣陆续追驾，也被乱兵所掠，衣装俱尽。全是盗贼世界。僖宗授孔纬为御史大夫，令还召百官。纬复至凤翔宣诏，宰相萧遘裴澈等，方嫉令孜挟兵弄权，皆辞疾不见，台吏百官等，亦皆以无袍笏为辞。纬召三院御史，涕泣与语道："布衣亲旧，有急相援，况当天子蒙尘，臣子可奉召不往么？"御史等无辞可答，只托言办装，缓日可行。纬拂衣欲走道："我妻得病将死，尚且不顾，诸君乃这般迟疑，请善自为谋，纬从此辞！"我亦愤愤。乃出诣李昌符，请骑卫送至行在。昌符颇感他忠义，即赠装遣兵，送纬至宝鸡。看官阅过上文，应知朱玫李昌符二人，本与田令孜合谋，谁料联军败后，僖宗出走，两人亦幡然变计，与令孜反抗，统是小人行径。可巧宰相萧遘，令玫追还车驾，玫即引兵五千至凤翔，又与凤翔兵同追僖宗。令孜得报，复劫僖宗西走，命神策军使王建晋晖为清道斩斫使，官名奇突。沿途多系盗贼，由建率长剑手五百人，前驱奋击，乘与乃得前进。僖宗以传国玺授建，令他负着，相偕登大散岭。适凤翔兵追至，焚去阁道丈余，势将摧折，建挟僖宗自烟焰中跃过，方得脱险，夜宿板下。僖宗枕住建膝，稍稍休息，既觉始得进食，僖宗解御袍赐建道："上有泪痕，所以赐卿，留为纪念。"都是阿父所赐，奈何不孝敬阿父？建乃拜谢。待至食毕，复启行入大散关，闭关拒邠岐兵。邠岐兵进攻不下，方才引归，途过遵涂驿，见肃宗玄孙襄王煴，病卧驿中，不能从行，朱玫即挟与同还凤翔。这一番有分教：

欲思靖乱反滋乱，未报丧君又立君。

朱玫既得襄王煴，遂欲奉煴为帝，又有一番大变动了。看官试阅下回，便知分晓。

田令孜，内贼也，各道镇帅，外贼也，内贼外贼，互相争阋，而乱日炽，而祸益迫，天下尚有不危且亡耶？唯内贼田令孜，罪不胜数，无善可言，而各镇帅中尚有彼善于此之别。李克用奉诏入援，击败黄巢，拔朱温于虎口，恩施最厚，第以醉后嫚言，即遭上源驿之围攻，贝德如温，抑何太甚？是固曲在温而不在克用也。及克用脱归，表请罪温，朝廷置诸不问，曲直不明，欲已乱而反滋乱，加以田令孜之东挑西拨，如抱薪而益火，遂致藩镇相攻，祸延畿辅，沙苑一败，令孜夺气，乃挟天子西行，闭关奔走，十军阿父，以此报君，可胜慨耶！克用请诛令孜，理直气壮，王重荣等不足以比之，故外臣中只一克用，尚知有国，尚知有君，不得尽目为贼，外此无在非贼也，贼盗满天下，唐事已不可为矣。

第九十五回　襄王煴窜死河中 杨行密盗据淮甸

却说朱玫与襄王煴俱还凤翔，即与凤翔百官萧遘等，再行会奏行在，请诛田令孜，且对遘宣言道："主上播迁六年，将士冒矢石，百姓供馈饷，或战死，或饿死，十减七八，仅得收复京城。主上但将勤王功绩，属诸敕使，委以大权，终致纲统废坠，藩镇扰乱，玫奉尊命，来迎大驾，不蒙明察，反类胁君，我辈心力已尽，怎能俯首帖耳，仰承阉人鼻息呢？李氏子孙尚多，相公何不变计，另立嗣君？"遘答道："主上无大过恶，不过因令孜专权，遂致蒙尘，近事本无行意，令孜陈兵帐前，迫上出走，为足下计，只有引兵还镇，拜表迎銮，废立重事，遘不敢闻命！"遘若能坚持到底，何致身污逆名。玫闻言变色，出即下令道："我今立李氏一王，敢有异议，即当斩首！"百官统是怕死，只好权词附和。玫遂奉襄王煴权监军国事，承制封拜百官，仍遣大臣西行迎驾。玫自兼左右神策十军使，令遘为册命襄王文。遘托言文思荒落，乃使兵部侍郎郑昌图撰册，由煴北面拜受，然后朝见百官，即授昌图同平章事，兼判度支盐铁户部各置副使；调遘为太子太保，遘托疾辞官。适遘弟蘧为永乐令，乃往与弟处，不闻朝事。玫即奉煴至京师，自加侍中，大行封拜，藩镇多半受封。淮南节席使高骈，进爵中书令，充江淮盐铁转运副使。淮南右都押牙和州刺史吕用之，升授岭南东道节度使，两人很是喜欢，奉表劝进。独凤翔节度使李昌符，本与玫谋岭立煴，煴已受册，玫自专大权。昌符毫无好处，怏怏失望，乃更通表行在，报称朱玫擅立襄王，应加声讨。有诏进昌符为检校司徒，令就近图玫。

田令孜因人心愤怒，自知不为所容，因荐枢密使杨复恭为左神策中尉，自除西川监军，往依陈敬暄。复恭斥令孜党羽，出王建为利州刺史，晋晖为集州刺史，张造为表州刺史，李师泰为忠州刺史；调他出外，亦未必无祸。一面与新任宰相孔纬杜让能等，共商还都事宜。计尚未定，忽报朱玫遣将王行瑜，率邠宁河西兵五万，进逼乘与，已经占住凤翔，各道贡赋，都被遮断，令转运长安去了。看官！你想僖宗寓居兴元，从官卫士，却也不少，此次运道不通，坐致乏食，怎得不上下惊惶哩？杜让能乃献议道："从前杨复光与王重荣，同破黄巢，甚相亲善，复恭系复光兄，若由复恭致重荣书，晓以大义，想重荣当回心归国，重荣既来，李克用应亦服从，诛逆也不难了。"僖宗乃颁敕慰谕重荣，并附以杨复恭书，遣使往河中。重荣果然听命，且表献绢十万匹，愿讨朱玫自赎。去使回报僖宗，僖宗再欲宣慰克用，可巧克用亦表诣行在，愿讨朱玫及襄王煴。原来煴亦赐书至晋阳，通知克用，谓已由藩镇推戴，受册嗣统。克用大怒，毁来书，囚来使，表请进讨。诏令扈跸都将杨守亮，率兵二万出金州，会同重荣克用，共讨朱玫。

玫将王行瑜自凤州进拔兴州，势如破竹，僖宗急命神策都将李茂贞等，出兵抵御。茂贞博野人，本姓宋，名文通，因保驾有功，得赐姓名。茂贞事始此。茂贞颇有能力，与行瑜交战数次，俱得胜仗，复取兴州，且由杨复恭移檄关中，谓能得朱玫首级，立赏静难节度使。行瑜为茂贞所败，正在惶急，忽闻檄文中赏格，不禁转忧为喜，密与部众商议道："今无功回去，也是一死，死且无益，若与汝等斩玫首，定京城，迎帝驾，取邠宁节钺，岂不是绝好的机会么？"大众欣然应诺，遂引兵还长安。玫方立煴为帝，改元建贞，揽权行事，闻行瑜擅归，即召他入问。行瑜率众直入，玫即怒目相视道："汝擅自回京，欲造反么？"行瑜亦厉声答道："我不造反，特来捕诛反贼。"说至此，即麾众向前，竟将玫擒住，立刻斩首，并杀玫党百余人，京城大乱。郑昌图裴澈，亟奉襄王煴奔河中，王重荣正欲发兵，有人入报襄王煴到来，即跃起道："他自来寻死，尚有何说？"当下麾兵出迎，诱煴等入城中，刀兵齐起，将煴杀死。昌图与澈，无从逃避，没奈何束手就缚。重荣先函煴首，赍送行在，刑部请御兴元城南门受馘，百官毕贺，独太常博士殷盈孙，上言："煴为贼胁，并非倡逆，只是未能死节，不为无罪。古礼公族加刑，君且素服不举，今煴已就诛，应废为庶人，将首级归葬，俟玫首献至，方可行受俘礼。”僖宗如言施行，随授李茂贞为武定节度使，王行瑜为静难节度使。静难军即邠宁镇，武定军驻札洋州，是新设的藩镇，且下诏夺田令孜官爵，长流端州。令孜竟依兄陈敬暄，并未往戍，后又自有表见。郑昌图裴澈，传旨并诛，连萧遘亦戮死岐山。当时朝士皆受煴伪封，法司都欲处置极刑，还是杜让能再三力争，才得十全七八，这也算是阴德及人呢。

僖宗乃还跸至凤翔，节度使李昌符，恐车驾还京，自己失宠，因托词宫室未完，固请驻跸府舍。僖宗也得过且过，将就数天，偏各道迭来警告，不是擅行承袭，就是互相攻夺。卢龙节度使李全忠死，子匡威自为留后；江西将闵勖逐荆南观察使，自主军务，勖又为淮西将黄皓所杀，皓又为衡州刺史周岳所杀，岳遂代为节度使；董昌部将钱镠，攻克越州，昌自往镇越，令镠知杭州事；天平牙将朱瑾，逐去泰宁节度使齐克让，自为节度使；镇海军将刘浩作乱，节度使周宝，出奔常州，浩迎度催勘使薛朗为留后，已而钱镠迎宝至杭州，宝即去世，镠擒杀薛朗，竟取常润二州；还有利州刺史王建，袭据阆州，逐去刺史杨茂实，自称防御使。头绪纷繁，不得不总叙数语。僖宗连番得报，也是无可奈何。

淮南都将毕师铎，曾由高骈遣戍高邮，控御秦宗权，宗权未曾入境，师铎先已倒戈，看官道是何因？原来高骈心腹，莫若吕用之，用之以邪术惑骈，得补军职，又引私党张守一诸葛殷为助，每日与骈同席，指天画地，诡辩风生，说得骈情志昏迷，非常悦服。骈初与郑畋有隙，用之语骈道：“宰相遣刺客刺公，今日来了。”骈大惊惧，急向用之问计。用之转托张守一，守一许诺，乃使骈着妇人服，匿居别室，自代骈卧寝榻中，夜掷铜器，铿然有声，又密用猪血涂洒庭宇，似格斗状。及旦，始召骈回寝道：“几落奴手。”骈见寝室中血迹，且谢且泣，竟视守一为再生恩，厚赠金宝。用之又刻青石为奇字，文为玉皇授白云先生高骈，密令左右置道院香案。骈得石甚喜，用之进贺道：“玉皇因公焚修功着，将补仙官，想鸾鹤即当下降了。”仿佛是骗小孩儿。骈亦喜慰，遂就道院庭中，刻一木鹤，且着羽服跨行，妄称仙曹。用之自云磻溪真君，谓守一即赤松子，殷即葛将军，暗中劫夺人财货，掠人妇女，荒淫骄恣，无恶不为。又虑人漏泄奸谋，劝骈屏除俗累，潜心学道。骈乃悉去姬妾，谢绝人事，宾客将吏，多不得见。用之得专行威福，毫无顾忌，将吏多归他署置，未尝白骈。平居出入，导从多至千人，侍妾百余，统由评花问柳，强夺而来。可充玉女。毕师铎有美妾，为用之所闻，必欲亲睹娇姿，聊慰渴念，偏是师铎不许。用之是色中饿鬼，伺师铎不在家中，突入彼家，逼令一见，问答时未免狎媟，及师铎回家，闻知此事，怒斥侍妾，遂与用之有隙，至出屯高邮，辄怀疑惧，心腹诸将，亦均劝师铎还诛用之。师铎遂与淮宁军使郑汉章，高邮镇遏使张神剑，割臂沥血，喝了一杯同心酒，当下推师铎为行营使，移书境内，极言："用之凶恶，与张守一诸葛殷朋比为奸，蟠据淮南，近由都中授他为岭南节度使，仍不赴任，横行无忌，应亟加诛，特奋义师，为民除恶"云云。神剑原名，本一雄字，因他善能使剑，所以叫作神剑。神剑以师铎成败，究未可料，愿留部众在高邮，接济兵粮，乃推汉章为行营副使，与师铎出兵逼广陵。城中互相惊扰，吕用之尚匿不告骈，骈登阁闻哗噪声，始问左右。左右才述变端，骈亟召用之入商。用之徐答道："师铎戍众思归，为门卫所阻，遂致惊噪，现已随宜处置，就使有变，但求玄女遣一力士，便可靖患，愿公勿忧！"玄女何处寻找，不若令侍妾摆一虚牝阵罢。骈沉着脸道："近已知君多涉虚诞了，幸勿使我作周宝第二。"你也知他虚诞么？还算聪明。说至此，不禁呜咽起来。用之退出，悬赏军中，令出城力战，稍稍杀退师铎，方得断桥塞门，为守御计。师铎初战不利，又见广陵城坚兵众，颇有惧色，忙遣属将孙约驰往宣州，向观察使秦彦处求援，预允破城以后，迎彦为帅。彦乃遣将秦稠，率三千人助师铎，日夕攻城。用之令讨击副使许戡，出劳师铎，竟为所杀。用之没法，大索城中丁壮，不论官吏书生，悉用白刃加颈，胁使登城。自朝至暮，不得休息，于是阖城怨苦，均生叛意。师铎射书入城，劝骈速诛朱吕张等三人，书为用之所得，立即毁去，且率甲士百人，入内见骈。骈骇匿寝室，良久方出语道："节度使居室无恙，为何领兵进来？莫非造反不成？"遂命左右驱出用之。用之誓与骈绝，再率壮士出御。那外城已被攻入，慌忙麾众出内城门，向北遁去。

师铎纵兵大掠，骈不得已遣人议和，愿撤兵备，与师铎相见。师铎乃入见骈，两下晤谈，如宾主礼。骈署师铎为节度副使，如左仆射，郑汉章等各迁官有差。都虞侯申及语骈道："逆党不多，诸门尚未曾把守，公须乘夜出发，募诸镇兵还取此城，还可转祸为福，若迟延过去，恐一二日后，逆党蟠固，及亦不得侍左右了。”骈犹豫不从。该死。到了次日，师铎即派兵分守城门，搜捕用之亲党，尽行处死，一面遣人促秦彦过江。或语师铎道：“仆射举兵，无非为用之奸邪，高公不能区理，所以入城除害，今用之既败，军府廓清，仆射宜仍奉高公，自为副佐，但教握住兵权，号令境内，何敢不服？用之一淮南叛将，移书所至，立可成擒，外有推奉美名，内得兼并实效，若使高公聪明，必知内愧，万一不改，也是一机上肉，奈何如此功业，转付他人呢？”师铎不以为然，但逼骈出居南第，用兵监守，并将骈亲党十余人，一概收禁，所有高氏累年蓄积，都被乱兵劫掠一空。悖入悖出。既而捕得诸葛殷，杖毙道旁，怨家争抉眼舌，且投以瓦石，顷刻成冢。何不请仙翁救命？

独吕用之自广陵逸出，手下尚有千人，闻郑汉章妻孥，留居淮口，遂率众往攻，旬日不克。郑汉章引兵趋救，用之乃奔投杨行密。行密方署州刺史，前由用之诈为骈牒，令为行军司马，促使入援，行密乃悉众东趋，并借和州兵数千人，同至天长。用之情急往投，行密不即拒绝，留居军中。张神剑向师铎求赂，不得如愿，也归行密。海陵镇遏使高霸，及曲溪人刘金，盱眙人贾令威，复率属至行密军营。行密有众万七千人，声威颇盛，张神剑输粮接济，军食更不患虚枵，遂步步进逼，趋至广陵城下。是时秦彦已入广陵，自称权知节度使事，闻行密来攻，闭城自守，但遣毕师铎及部将秦稠，领兵八千，出城西迎击行密。行密军势甚锐，师铎招架不住，先行遁还。秦稠战死，八千人只剩了一二千。秦彦再遣毕师铎郑汉章为将，悉发城中兵士，出阵城西，延袤数里，与行密相持。行密命将金帛粮米，搬集一寨，寨内只留羸卒，寨外暗伏精兵，待两阵相交，行密佯败，绕寨西走。广陵兵入空寨中，争取金帛，一声鼓响，伏兵四起，行密又复杀还，那广陵兵如何抵挡，被杀几尽。师铎汉章，单骑走还。秦彦乃不敢出师。高骈局居道院，尚是日夜祈祷，虔祝长生，怎奈秦彦毕师铎，供馈日薄，甚至左右乏食，取木像中革带，煮食疗饥。彦与师铎，因出兵屡败，且疑骈为厌胜，愈加疑忌。适有妖尼王奉仙白彦，谓扬州分野，应有灾祸，必死一大人，方无后忧。彦遂命部将刘匡时，入道院杀骈，并杀骈子弟甥侄，同埋坎中。这消息传达城外，行密命士卒尽服缟素，向城大哭三日，宣告大众，誓破此城。秦彦毕师铎，屡遣兵出战，大小数十仗，均被行密杀败。城中粮食早尽，连草根木实，亦采食无遗，甚至用堇泥为饼，取给军士。军士怎肯平白地饿死，不得不掠人为粮。彦部下更是凶横，驱缚屠割，视人似鸡犬一般，血流城市，满地朱红。吕用之部将张审威，潜率部下登城，启关纳外兵，守卒不战自溃。彦与师铎，急召妖尼王奉仙问计，奉仙道："走为上策。"骈信方士而死，秦彦毕师铎且信重妖尼，真是每况愈下。乃出开化门奔东塘。行密麾诸军入城，改葬高骈及族属，城中遗民，止数百家，统已槁饿不堪，奄奄垂尽。行密运西寨米赈给，才得生全。行密自称淮南留后，且遣兵追击秦彦毕师铎。秦毕两人，竟往投孙儒去了。

孙儒前为忠武军指挥使，出戍蔡州，部下有许人马殷，亦素称材勇，与儒同拒黄巢。及秦宗权叛命，儒等皆附属宗权，宗权令儒攻陷郑州，进取河阳，自称节度使。前东都留守李罕之，与濮州人张全义，联兵拒儒，儒乃弃去河阳，移兵东下。罕之收复河阳城，全义亦收复东都，因恐孙儒复来，共向河东求救。李克用得二人书，遂表荐罕之为河阳节度使，全义为河南令。全义明察，治民有惠政，劝农树艺，薄赋轻傜，无事横耒，有事荷戈，诸县户口，逐渐归复，野无旷土，桑麻蔚然。宣武节度使朱全忠，复纠合兖郓兵马，大破秦宗权，因此河南一带，更乏盗踪。独凤翔节度使李昌符，初意欲挟持天子，号令诸镇，嗣与杨复恭养子守立，争道相殴。僖宗命中使谕解，昌符不从，反纵火焚毁行营。守立急部勒禁军，杀败昌符，昌符退保陇州，诏命李茂贞往讨，昌符屡战屡败，穷蹙自杀。茂贞得受命为凤翔节度使，行在稍得纾忧。唯淮南迭经变乱，终未安靖，秦宗权且遣弟宗衡，领万人渡淮，与孙儒合兵攻广陵，即就城西下寨。秦彦毕师铎，也引众来会，大有并吞扬州的声势。会宗权为朱全忠所破，召宗衡等还蔡，同拒全忠，孙儒知宗权不能久持，称疾不行。宗衡屡次催促，激动儒怒，佯邀宗衡入宴，酒未及半，竟拔剑砍死宗衡，枭下首级，献与全忠。一面与秦彦毕师铎，往袭高邮。张神剑仓猝遇敌，弃城奔广陵。孙儒入高邮城，大肆屠戮。高邮残兵七百人，溃围至广陵城，杨行密虑他为变，使分隶诸将，夜间将七百人坑死，不留一人；次日复将张神剑诱至府中，也是一刀两段；又诱入海陵镇遏使高霸兄弟，亦一并杀死。想是杀星转世。吕用之初至天长，曾给行密，谓有银五万锭，埋藏居宅，俟入城后，足供麾下一醉。行密记在胸中，入城后诸事匆忙，不暇提及，至此因孙儒退兵，检阅士卒，始向用之索银。用之本是诳言，哪里取得出白镪？当然瞠目无词。用之偏遣兵搜掘，逼令同往，到了前时居宅，内外掘转，并无藏银，只中堂得一桐人，胸书高骈姓名，加钉于上，手足俱加桎梏，当由来兵携报行密。行密指责用之，用之无言可答，即被牵至阶下，腰斩以徇，家属屠割无遗。张守一亦归行密，为诸将采合仙丹，且欲干预军政，亦为行密所诛。两人却是该死。

僖宗闻淮南久乱，命朱全忠兼淮南节度使，全忠以行密势盛，表为留后。河阳节度使李罕之，与张全义甚是亲暱，嗣闻全义勤俭力穑，乃笑为田舍郎，屡向全义征求粟帛。全义勉力供应，罕之意尚未足，纵兵剽掠，且悉众攻降绛州，转略晋州。河南将佐，无不愤怒，遂怂恿全义，夜袭河阳。罕之逾垣遁去，全义尽俘罕之家属，自兼河阳节度使。及罕之奔往泽州，借李克用军来攻河阳，朱全忠发兵来救，击退河东军，命丁会为留后，仍令全义为河南尹。全义感全忠恩，尽心依附全忠，独罕之抄掠怀孟晋绛，数百里无人烟。河中牙将常行儒作乱，攻杀王重荣，重荣弟重盈，为兄复仇，捕诛行儒。僖宗令重盈承袭兄职，原是应分的处置，独魏博牙将罗弘信，擅杀乐彦桢父子，亦令他充魏博留后，这真是赏罚倒置，益长骄风，唐廷成为故事，毫不见怪。僖宗自凤翔回京，天禄已终，一病不起。小子有诗叹道：

世衰总为主昏多，丧乱相仍可若何，
十五年来无一治，虚名天子老奔波。

僖宗病剧，免不得又要立储，究竟何人嗣立，容至下回表明。

史称襄王煴素性谨柔，无过人才智，观其所为，确是一个傀儡。朱玫挟为奇货，无非欲借名窃权耳，玫败而煴罹祸，愚夫为人所愚，往往致此。郑昌图裴澈等，甘受伪命，死不足惜，萧遘拒玫不坚，同遭夷戮，无怪胡致堂之为遘叹息也。高骈系出将门，射雕擅誉，当其初操旌节，颇似有为，及移镇淮南，误信方士，身坐围城，毫无一策，是岂前勇而后怯，始明而终愚者欤？抑毋乃狂易失心，自取灭亡欤？杨行密为骈部将，兴兵援骈，不谓无名，骈死而缟素举哀，尤似理直气壮，但既得广陵，横加屠戮，杀吕用之张守一可也，杀张神剑高霸，果胡为乎？背盟不义，滥杀不仁，朱全忠之表为留后，亦盗与盗应之征耳。故识者不称行密为侠士，而当斥行密为盗臣。

第九十六回　讨河东王师败绩　走山南阉党失机

却说僖宗还都，已经抱病，勉强趋谒太庙，颁诏大赦，改称光启五年为文德元年，入宫寝卧，无力视朝，未几即致大渐。群臣因僖宗子幼，拟立皇弟吉王保为嗣君，独杨复恭请立皇弟寿王杰。杰系懿宗第七子，为懿宗后宫王氏所出，僖宗一再出奔，杰随从左右，常见倚重。至是由复恭倡议，奏白僖宗，僖宗约略点首，遂下诏立寿王杰为皇太弟，监军国事。当由中尉刘季述，率禁兵迎入寿王，居少阳院，召宰相孔纬杜让能入见。群臣见他体貌明粹，饶有英气，亦皆私庆得人。恐是以貌取人。越日，僖宗驾崩，遗诏命太弟嗣位，改名为敏，僖宗在位十五年，改元五次，乾符广明中和光启文德。年止二十七岁。寿王即位柩前，是谓昭宗，追尊母王氏为皇太氏，进宰相孔纬为司空，韦昭度为中书令。昭度初党田令孜，得宠僖宗，竟得入相，僖宗末年，且进爵太保。又授户部侍郎张浚同平章事。昭宗嗣统，各宰相依旧供职，纬与昭度，且得加封，未几出昭度为西川节度使，兼招抚制置使。

原来西川节度使陈敬暄，庇匿田令孜，诱杀高仁厚，骄横日甚，利州刺史王建，袭据阆州，与续任东川节度使顾彦朗，互相联络，潜图敬暄。敬暄商诸田令孜，令孜谓建系义子，可以招致，乃作书相召。建颇喜从命，率麾下精兵千人与从子宗鐬等，均趋鹿头关。哪知敬暄覆信参谋李乂言，遣人止建，不准入关。建不禁发怒，破关直入，迳达成都。田令孜登楼慰谕，令他退还。建率诸军罗拜道："十军阿父，既召建来，奈何复使建去。建能进不能退，只好辞别阿父，他去作贼了。”令孜也无词可答，还报敬暄。敬暄登城拒守，建向顾彦朗处乞师，得众数千，急攻成都，三日不克，退屯汉州。敬暄上表朝廷，乞发兵讨建。诏遣中使和解，敬暄不从，反断绝贡赋。王建得知消息，乐得据为口实，也上表请讨敬暄，愿效力赎罪，并求邛州为屯兵地。顾彦朗亦代为申请，昭宗方恨藩镇跋扈，欲借此伸威，遂命昭度出镇西川，召敬暄为龙武统军。敬暄拒不受诏，乃割邛蜀黎雅四州，置永平军，命建为节度使，偕昭度同讨敬暄，并宣布敬暄罪状，削夺官阶。昭度西行，与建会师进攻，一时未能得手，只好蹉跎过去。

唯朱全忠受命讨蔡，屡破秦宗权，蔡将申丛，执宗权出降，全忠将宗权械送京师，可巧昭宗改元龙纪，百官庆贺，又得把累年横行的强寇，一旦补诛，正是喜气盈廷，欢腾中外。偏宗权余党孙儒，东驰西突，骚扰不休，秦彦毕师铎郑汉章等，均为所杀，且悉锐袭入广陵。杨行密遁至庐州，收集余众，往攻宣州，宣州方为赵锽所得，不意行密猝至，急切不能抵御，又兼粮食未备，只好仓皇出奔，中途为行密部将田頵所擒，眼见得宣州一城，为行密所据。行密既入宣州，诸将争取金帛，独徐温据囷为粥，散给饥民，人已知有大志。徐温事始此。朱全忠与锽有旧，遣人索锽。行密将锽斩首，以首相遗，一面表闻朝廷，只说是为国除奸。朝廷不便细问，授他为宣歙观察使。行密转陷常州，刺史杜棱被擒毕命，留田頵居守。偏孙儒自广陵来争常州，頵覆败走，常州又为儒所得。两下转战不息，江淮间成为赤地。还有朱全忠与李克用，仇怨日深，各思占拓地盘，为并吞计。全忠攻下洺孟诸州，克用也攻下邢磁洺诸州。全忠又联结云中防御使赫连铎，与卢龙节度使李匡威，上表请讨克用，乞朝廷速简统帅。昭宗正加上尊号，改龙纪二年为大顺元年，既见三镇表章，遂召宰相等集议。杜让能等俱言未可，台官等亦多主杜议，独张浚献议道：“先帝再幸山南，统是沙陀所为，臣尝虑他与河朔相连，今得两河藩镇，共请声讨，这是千载一时的机会，万不可失，愿陛下假臣兵柄，旬月可平。”谈何容易？杨复恭出驳道：“先帝播迁，虽由藩镇跋扈，亦因在朝大臣，措置失宜，因致乘与再出。今宗庙甫安，国家粗定，如何再造兵端？”复恭虽是权阉，足为唐祸，但此语却是可取。昭宗沉吟半晌，亦启口道：“克用有兴复大功，今欲乘危往讨，未免不公。”偏孔纬亦赞成浚议，竟面奏道：“陛下所言，是一时大体，张浚所言，是万世远利，还乞陛下俯从浚议。”一时尚是难保，还能顾到万世么？昭宗因两相同意，且正忌复恭擅权，不欲依言，乃语张浚孔纬道：“此事颇关重大，朕特付卿二人，幸勿贻羞！”随即授浚为河东行营都招讨制置使，以京兆尹孙揆为副。且命朱全忠为南面招讨使，王熔为东面招讨使，李匡威为北面招讨使，副以赫连铎。

浚奉诏出师，陛辞时再白昭宗道：“俟臣先除外忧，然后为陛下除内患。”杨复恭在外窃听，料知此语，与己有关，遂至长乐陂饯浚，携酒欢饮。浚一再固辞，复恭戏语道：“相公杖钺专征，乃即欲作态么？”浚答道：“待平贼回来，作态未迟，目下尚未敢出此呢！”复恭佯笑而别。浚出都西行，檄召宣武镇国静难凤翊保大诸军，同会晋州。朱全忠且乘势进图昭义。昭义军节度使，本是克用从弟克修，克用尝巡阅潞州，因克修供具不丰，横加诟辱，克修惭病即死，弟克恭代为留后。克恭骄暴，不习军事，牙将安居受作乱，焚杀克恭，贻书全忠，自愿归附。全忠遂遣河阳留后朱崇节，率兵往潞，到了潞州，居受已为众所杀，别将冯霸拒战不利，奔往克用。崇节得入潞城，克用遣将康君立李存孝围潞。存孝系克用养子，骁悍异常，既至城下，与崇节交战两次，崇节哪里是他的对手？杀得大败亏输，还城拒守，急向全忠处求援。全忠遣骁将葛从周，率健骑千名，乘夜犯围，入潞助守，遣别将李谠等，至泽州往攻李罕之，牵制克用，且奏促孙揆速援潞州。张浚亦恐昭义为全忠所据，即请旨命揆为昭义节度使，促使赴镇。揆乃自晋州出发，建牙杖节，褒衣大盖，拥众而行。至长子西谷中，忽有一彪军突出，为首一个少年，手执铁挝，径至孙揆马前，大呼道：“孙揆哪里走！”揆急欲拔剑招架，哪知已被来将拨下，活擒而去。揆众欲趋前往救，尽被敌骑杀退，死伤甚众。看官道何人擒揆？原来就是李存孝。存孝闻揆将至潞，率三百骑伏住长子谷，掩击揆军，果然将揆擒住，解送克用。克用召揆入见，诱令降附，许为河东副使，揆奋然道：“我为天子大臣，兵败身死，分所当然，怎能复事镇使哩？”克用怒起，命用锯杀揆。锯不能入，揆骂道：“死狗奴，锯人当用夹板，奈何不知？”克用乃改用夹板锯揆，揆至死骂不绝口，好算是唐季一位忠臣。疾风知劲草，板荡识忠臣。克用再令存孝救泽州，直压汴寨。汴将邓季筠自恃勇力，引兵出战，存孝也出阵相迎，战不数合，但听存孝喝声道着，已把季筠擒去，余众窜散。李谠亦解围遁还，存孝罕之又合军追击，斩获汴军万人，及追至怀州，方收兵西归。罕之仍屯泽州，存孝复攻潞州，葛从周朱崇节等，惮存孝英勇，也弃城走还。昭义军归入克用，克用命康君立为昭义留后，存孝为汾州刺史，李匡威攻蔚州，也为克用养子李嗣源击退。嗣源慎重廉俭，口不言功，他将多自夸战绩，嗣源独徐徐道："诸将喜用口击贼，嗣源但用手击贼哩。"诸将始惭沮而退。张浚闻汴军败走，尚不肯班师，率诸军出阴地关。克用遣存孝领兵五千，出屯赵城。镇国军节度使韩建，夜率壮士三百，劫存孝营。偏存孝先已防备，用了一个空营计，诱建杀入，待建慌忙退还，存孝却麾兵横击，亏得建策马飞奔，才算侥幸逃还。静难凤翔各军，闻建袭营失利，各生惶恐，不战先走，禁军亦溃。存孝乘胜逐北，直抵晋州西门。张浚出战，又复败绩，各镇兵陆续遁去，只剩禁军及宣武军，共计万人，闭城守御，不敢再出。存孝攻城三日，城将垂克，反号令军中道："张浚宰相，俘获无益，天子禁军，亦不宜加害。"乃退五十里下寨。浚与韩建，始得开城遁归。存孝既入晋州，复取绛州，并大掠慈隰诸州，唐廷闻张浚败还，君臣震惧，独杨复恭自鸣得意。那李克用复连上二表，一再陈冤，首表尚在张浚未败时，略云：

臣父子三代，受恩四朝，破庞勋，翦黄巢，黜襄王，存易定，致陛下今日冠通天之冠，佩白玉之玺，未必非臣之力也。朝廷当阽危之时，誉臣为韩彭伊吕，既安之后，骂臣为戎羯胡夷，天下握兵立功之臣，宁不畏陛下他日之骂乎？况臣果有大罪，六师征之，自有典刑，何必幸臣之弱，而后取之耶？今张浚既已出师，则臣固难束手，已集蕃汉兵五十万，欲直抵蒲潼，与浚格斗，若其不胜，甘从削夺，不然，轻骑叫阍，顿首丹陛，诉奸回于扆座，纳制敕于庙廷，然后自投司败，恭候铁质。

第二表乃在张浚既败以后，至大顺二年正月，始达唐廷，略云：

张浚以陛下万代之业，邀自己一时之功，知臣与朱温深仇，私相连结，臣今身无官爵，名是罪人，不敢归陛下藩方，且欲于河中寄寓，进退行止，伏俟指挥！

是时昭宗已加惩张濬，将他罢职，孔纬亦连坐免官，改相兵部侍郎崔昭纬，及御史中丞徐彦若，至克用二次表至，再贬绛为均州刺史，濬为连州刺史，赐克用诏，赏还官爵，令归晋阳。未几，又加克用中书令，更贬濬为绣州司户。濬至蓝田，转奔华州，依附韩建，密向全忠求救。全忠上表，代为诉冤，昭宗不得已并听自便。纬至商州驰还，亦寓居华州，李克用既得逞志，声焰越盛，乃父国昌，已经早殁，这是补笔。沙陀兵马及代北将士，尽归克用管辖。克用转攻云州，赫连铎败走吐谷浑，嗣为克用追击杀死。克用复转攻王熔，经李匡威出兵相救，克用方大掠而还，朱全忠欲攻克用，假道魏博，罗弘信不许，全忠遂遣丁会葛从周击魏，自率大军继进，五战皆捷。弘信不得已乞和，全忠乃命止攻掠，归还俘虏，还军河上。魏博自是附汴。徐州节度使时溥，亦与全忠失和，屡相争哄，南北东西，彼此逐鹿，几不识当时天下，究竟是谁氏的天下了。藩镇之弊，一至于此。

唯韦昭度王建两军，奉诏西征，昭度毫无韬略，但知沿途逗挠，一切攻守事宜，俱听王建处置。建取得邛州，降西川将杨儒，杀刺史毛湘；复略定简资嘉定四州，进逼成都，累攻未下。韦昭度率诸道兵十余万，逗留不进，反请赦陈敬暄罪，撤归各道兵马。朝廷居然下诏，依昭度议，令王建等率兵归镇。建奉到诏书，慨然太息道："大功垂成，奈何弃去？"参谋周庠在侧，便进言道："公何不请韦公还朝，自攻成都，独成巨业？"建点首称善，即表称敬暄令孜，罪不可赦，愿毕命以图成功。一面又劝昭度道："关东藩镇，互相吞噬，这是腹心大疾，相公宜早归朝堂，与天子谋定关东，敬暄不过疥癣，但责建办理，指日可除哩。"昭度迟疑未决。建竟擒昭度亲吏骆保，脔割烹食，说他私盗军粮。昭度大惧，遂托疾东归，将印节授建。建与昭度别后，奋力攻城，环城烽堑，亘五十里。陈敬暄力不能支，田令孜登城语建道："老夫前待君甚厚，何为见逼如是？"建答道："父子至恩，建不敢忘，但朝廷命建来此，无非因陈公拒命，不得不然。若果改图，建复何求？"令孜下城商诸敬暄，敬暄无法可施，只好缴出旌节，托令孜至建营交付。建泣涕拜谢，愿为父子如初。建亦逞刁。令孜还白敬暄，敬暄开城迎建，建率军入城，自称西川留后，令敬暄出居新津，给以一县租税，且表称收复成都，由敬暄自甘退让，应令他子陶为雅州刺史。昭宗当然照准，并即授建为西川节度使。

东川节度使顾彦朗病逝，军中推顾弟彦晖知留后，彦晖据情奏闻，也即命为节度使，敕赐旌节。朝使宋道弼，赍诏出都，中途为山南西道节度使杨守亮所执，并发兵攻东川。守亮姓訾，因拜杨复恭为义父，冒姓杨氏，前为匼跸都将，后得出镇山南，全是复恭一手提拔。复恭总掌宿卫，独揽大权，诸假子统出司方镇，又养宦官子六百人，多充监军，内外勾连，威赫莫比，昭宗母舅王瓌，求为节度使，复恭不可，瓌怒诟复恭，复恭佯为谢过，奏请王瓌为黔南节度使。及瓌奉节至桔柏津，却被杨守亮阻住中流，拨翻瓌舟，瓌覆水溺死。昭宗闻耗，已疑是复恭主使，可巧天威都将李顺节，也将复恭阴谋，入白昭宗。诏宗大愤，出复恭为凤翔监军，复恭托疾不赴，自愿致仕。有昭赐官上将军，致仕归第。复恭居第近玉山营，因假子守信为玉山军使，屡往探视，且与他密谋为乱。事为昭宗所闻，亲御安喜门，命李顺节等往攻复恭居第。复恭与守信，乃挈族走兴元，往依杨守亮。守亮决计造反，所以拍住宋道弼，遣绵州刺史杨守厚，攻顾彦晖。彦晖急求王建过援，建发兵至梓州，守厚引还。守亮以讨李顺节为名，更欲自金商通道，入袭京师。幸金州防御使冯行袭邀击，大破守亮，才不得逞。守亮守厚，统是复恭假子，就是天威都将李顺节，原名叫作杨守立也系复恭义儿，昭宗恐他好勇作乱，特召居左右，赐姓名李顺节，令掌六军管钤，擢为天威都将，隐示笼络。顺节骤得贵显，遂与复恭争权，所以复恭密谋，多由顺节报达宫廷。及复恭被逐，顺节恃恩骄横，出入必用兵自随。中尉刘景宣，及西门君遂，屡为所辱，遂入奏昭宗，请除顺节，昭宗允诺。二人诱顺节入银台门，把他杀死，百官皆奉表称贺。全是丑态。昭宗亦颇喜慰，乃于大顺三年正月，改元景福。祸且日至，何福可言？

凤翔节度使李茂贞，静难节度使王行瑜，镇国节度使韩建，同州节度使王行约，秦州节度使李茂庄，相继上表，谓杨守亮容匿叛臣杨复恭，请即出兵加讨。王行瑜等并乞加茂贞为山南西道招讨使。昭宗接览各表，便令群臣集议，大众谓茂贞若得山南，不可复制，不如下诏和解为是。全靠和解，亦非政体。昭宗颁诏慰谕，五节度无一受命。茂贞行瑜，竟擅举兵击兴元，一面由茂贞上表，自求招讨使职衔，且贻杜让能及西门君遂手书，有怨谤朝廷等语。昭宗亦忍耐不住，再召群臣入商，宰相等多面面相觑，不敢发言。独给事中牛徽道：“先朝多难，茂贞有翼卫功，诸杨阻兵，亟出攻讨，未始非有心嫉恶，不过未奉诏命，太觉专擅。近闻他兵过山南，杀伤甚多，陛下倘尚靳节麾，不授他为招讨使，恐山南百姓，尽被屠灭了。”昭宗不得已授茂贞为招讨使。茂贞遂进取兴元，杨复恭及守亮等均奔往阆州，茂贞乃自请镇守兴元。朝廷特改任茂贞为山南西道节度使，将他凤翔节度使职任撤消。偏茂贞又不肯奉诏，累得昭宗无法对付，且模模糊糊的延宕过去。是时成德节度使王熔，为李克用所攻，卢龙节度使李匡威，率兵救熔，击退克用。匡威引还，谁知行至半途，乃弟匡筹，竟占据军府，自称留后，不欲匡威还镇，且用兵符追还行营兵。匡威部众，闻风离散。那时匡威归路已断，没奈何返奔镇州，这也是匡威自作自受，所以遭此剧变呢。原来匡筹妻有美色，匡威很是艳羡，只因匡筹同在军中，没法下手，望梅不能止渴，已不知滴了多少馋涎。至出救卢龙时，家人会别，阖室畅饮，匡筹夫妇，不觉多饮几杯，统皆醉倒。匡威却是有心，趁他弟妇醉卧床间，竟去做了一个采花使者，了却生平夙愿。及匡筹妻醒悟转来，才知着了道儿，悔已无及，当下泣诉匡筹。匡筹因此恨兄，乃把匡威拒绝。匡威奔往镇州，王熔事他如父，非常恭敬，偏匡威又欲图熔，镇人不服，攻杀匡威。该死久矣。匡筹闻报甚喜，遂得安据幽州。可惜绿头巾终难洗争。幽州将刘仁恭，前由匡威遣戍蔚州，过期未代，至是闻匡筹擅立，自为军帅，还攻幽州，不利而去，投奔河东，依附李克用。此外如杨行密攻杀孙儒，得封淮南节度使，朱全忠攻拔徐州，感化节度使时溥，登燕子楼，举族自焚。王建杀死陈敬暄田令孜，只说敬暄谋乱，令孜私通凤翔，当令判官冯涓草表，中有切要语云：“开柙出虎，孔宣父不责他人，当路斩蛇，孙叔敖盖非利己。专杀不行于阃外，先机恐失于彀中。”国家失刑，故得令强藩借口。昭宗也无可奈何，置诸不问。福建观察使陈岩病殁，都将范晖自称留后，晖骄侈不法，被王潮攻死。潮代任观察使，寻且进职节度使，群雄角逐，寰宇分崩，到了景福二年秋季，李茂贞抗表不逊，公然责备昭宗，与敌国相去无二。昭宗恼羞成怒，掷置来表，再拟兴师。正是：

河东覆辙方宜戒，京右来车又妄行。

欲知茂贞是否被讨，且至下回再详。

李克用功罪参半，不必讨而反欲讨之，杨复恭有罪无功，应讨而反不欲讨，此已可见昭宗之不明，其他可无论已。或谓昭宗固不欲讨克用，迫于张浚孔纬之力请，乃有招讨制置使之命，然试思君主时代，国家大事，究竟由谁主持耶？一击不胜，丧师无算，转不得不屈体调停，上替下凌，因此益甚。杨复恭已走兴元，虽有若干义儿，实皆朝秦暮楚之流，不足一试，即如杨守立杨守亮等，匹夫徒勇，亦宁足成大事？为昭宗计，正可遣师进讨，借伸主威，况有五节度使之联表上请乎？乃迟回不决，转令李茂贞等擅自兴师，一再胁迫，不得已授以兵柄，于是朝廷日加退让，而方镇即日加跋扈矣。要之无主之国，非乱即亡，唐至昭宗之季，有主与无主等，虽欲不乱，乌得而不乱？虽欲不亡，亦乌得而不亡？

第九十七回　三镇犯阙辇毂震惊　一战成功邠宁戡定

却说李茂贞恃功骄横，不受朝命，且上表讥毁昭宗，表文略云：

陛下贵为万乘，不能庇元舅之一身，指王瓌事。尊极九州岛，不能戮复恭之一竖，但观强弱，不计是非，体物锱铢，看人衡纩，军情易变，戎马难羁，唯虑甸服生灵，因兹受祸，未审乘与播越，自此何之？

昭宗览此数语，禁不住愤怒起来，便拟发兵进讨，命宰相杜让能，专司兵事。让能进谏道："陛下初登大宝，国难未平，茂贞近在国门，不宜与他构怨，万一不克，后悔难追。"昭宗叹息道："王室日卑，号令不出国门，这正志士愤痛的时候，朕不能坐视陵夷，卿但为朕调兵输饷，朕自委诸王用兵，成败与卿无干。"让能道："陛下必欲兴师，亦当商诸中外大臣，集思广益，不应专事委臣。"昭宗又道："卿居元辅，与朕义关休戚，不宜畏难避事。"让能泣道："臣岂敢畏避？但时有未可，势又未能，恐他日徒为晁错，不能弭七国兵祸，所以临事踌躇。如陛下必欲委臣，臣敢不奉诏，效死以报。"果然死了。昭宗乃喜，命让能留居中书，计划调度，月余不归。偏崔昭纬阴结邠岐，代作耳目，让能朝发一言，二镇夕即知晓。茂贞暗令党羽混入都中，纠合市民数千，俟观军容使西门君遂，及崔昭纬等出来，即遮集马前，泣诉："茂贞无罪，不宜致讨，免使百姓涂炭。"君遂谓："事关宰相，于己无与。”昭纬且说道：“此事由主上专委杜太尉，我辈不得预闻。”市人因乱投瓦石，昭纬等慌忙走避，才得脱身。昭宗闻报，命捕诛为首乱民，并一意遣将调兵，遂命覃王嗣周顺宗子经之后。为京西招讨使，讨李茂贞，神策大将军李鐬为副，出宰相徐彦若为凤翔节度使，令嗣周带着禁军三万，送徐赴镇，出驻兴平。茂贞联同王行瑜军，合兵六万，共至盩厔，抵拒禁军。禁军多系新募少年，哪里敌得过两镇雄师？一闻两镇兵至，未战先怯，至茂贞等进逼兴平，禁军多已骇散。嗣周及鐬，也只得奔还。茂贞乘胜进攻三桥，京师大震，盈廷惶惶。崔昭纬更密遣茂贞书，谓：“用兵非主上意，全出杜太尉一人。”茂贞因陈兵临皋驿，表列让能罪状，请即加诛。让能亦入白昭宗道：“臣尝料有此变，今已至此，请以臣为辞。”昭宗且泣且语道：“今与卿成诀别了。”遂下诏贬让能为梧州刺史，流观军容使西门君遂至儋州，内枢密使李周潼至崖州，段诩至驩州。茂贞等仍然未退，昭宗又御安福门，命斩君遂周潼诩三人，再贬让能为雷州司户，且遣使语茂贞道：“惑朕举兵，实出君遂等三人，非让能罪。”茂贞定欲诛死让能，方肯退兵。崔昭纬复从中怂恿，乃竟将让能赐死，连让能弟户部侍郎弘徽，亦迫令自尽。让能已是枉死，弘徽更属沉冤。再召东都留守韦昭度为司徒，御史中丞崔胤为户部侍郎，并同平章事，授茂贞为凤翔节度使，兼山南西道节度使，并官中书令。王行瑜进爵太师，加号尚父，特赐铁券。两镇兵方卷甲退归。嗣是朝廷动息，均须禀受邠岐二镇意旨，不得擅行。

景福三年，复改元乾宁，李茂贞入朝，大陈兵卫，阅数日归镇，自昭宗以下，无敢少忤。右散骑常侍郑綮，素号诙谐，多为歇后诗，讥嘲时事。昭宗还道他蕴蓄深沉，特手注班簿，命他为相。党吏争往告綮，綮微笑道：“诸君太弄错了。就使天下无人，也未必轮到郑綮。”堂吏答道：“事出圣意，的确不误。”綮又道：“果有此事，岂不令人笑话？”既而贺客趋集，綮搔首道：“歇后郑五作宰相，时事可知了。”自知颇明。当即上书固辞，有诏不许，乃勉强受职；已而复累表避位，解组竟归。却是明哲保身。昭宗复命翰林学士李谿为相，知制诰刘崇鲁，出班大恸。昭宗问为何因？崇鲁极言李谿奸邪，不胜重任，乃罢谿为太子少傅。谿上书自讼，亦丑诋崇鲁庭拜田令孜，为朱玫作劝进表，恸哭正殿，为国不祥，于是崇鲁亦即免官，内政不纲，外乱益炽。平卢节度使，任了王师范，镇海节度使，任了钱镠，柳玭为泸州刺史，刘隐为封州刺史，还算由朝廷封拜，奉命就职。他如杨行密擅取庐歙舒泗诸州，所置守吏，毫不禀承。孙儒余党刘建锋马殷，南走至洪州，召集党羽，得十万余人，攻下潭州，杀死节度使邓处讷，自称留后。王建也擅夺彭州，杀死节度使杨晟，及马步使安师建。李克用尝为养子存孝，表求为邢洺磁节度使。存孝为存信所谮，无从申诉，存信为张氏子，亦为克用义儿，已见前九十四回。竟潜结王熔及朱全忠，背叛克用。克用自引兵围攻邢州，存孝固守经年，城中食尽，乃出见克用，泥首谢罪。克用将他械住，囚归晋阳，车裂以徇。存孝骁勇绝伦，克用很加怜惜，意下令用刑时，诸将必代为请免，偏诸将嫉忌存孝，无一进言，坐致令出难回，一个昂藏勇士，分作四裂。存孝部将薛阿檀，勇悍不亚存孝，因与存孝通谋，恐致事泄，也即自杀。克用失去两人，心中好生不悦，好几日不视军事，过了半年，方因李匡筹屡侵河东，乃出师北向，拔武州，降新州，连败匡筹兵众，直捣幽州。匡筹逃往沧州，为义昌节度使卢彦威所杀。他的艳妻，不知如何下落？幽州军民，开城欢迎河东军，克用趋入府舍，命刘仁恭及养子李存审，略定各属，又表荐刘仁恭为卢龙节度使，唐廷不敢不从。

可巧护国节度使王重盈病亡，军中愿奉重荣子珂为留后，珂实重荣兄子，重荣养为己儿，重盈子王珙，曾为保义节度使，同弟晋州刺史王瑶，与珂争位。珂系李克用女夫，当然向克用告急，克用即为珂代求节钺。朝廷准珂为留后，珙与瑶未肯便休，却厚结王行瑜李茂贞韩建三帅，表称珂非王氏子，不应袭职。昭宗下敕相报，谓已先允克用所奏，不便食言。看官！你想这王行瑜李茂贞韩建三人，果肯降心相从，不复异议么？茂贞方攻拔阆州，逐走杨复恭，且献复恭致守亮书，中有："承天门为隋家旧业，汝但应积粟训兵，勿复贡献，试想我在荆榛中推立寿王，才得尊位，今废定策国老，天下有如此负心门生天子么？此恨不雪，决非丈夫。"昭宗得书甚怒，适韩建捕住复恭，及余党多人，书献阙下，枭首独柳。随笔了过杨复恭。两镇立此宏功，愈有德色。偏王珂王珙争位一案，联名上奏，竟撞了一鼻子灰，面子上很过不下去，王珙更遣使语三帅道："珂与河东联婚，将来必不利诸公，请先机加讨！"王行瑜首先发兵，令弟同州刺史王行约攻河中，自与茂贞及建，各率精骑数千人入朝。昭宗御安福门，整容以待。还算胆大。三帅到了门下，盛陈甲兵，拜伏舞蹈。昭宗俯语道："卿等不奏请俟报，便称兵驰入京城，意欲何为？若不能事朕，今日请避贤路。”行瑜茂贞，听到此言，倒也无词可答。唯韩建略述入朝情由，昭宗乃谕令入宴，三帅宴毕，又复面奏，略言：“南北司互分朋党，紊乱朝政，韦昭度前讨西川，甚为失策，李谿虽已免相，尚且蟠踞朝堂，非亟诛无以慰众心。”昭宗不愿允行，又不敢毅然拒绝，只得以“且从缓议”四字，对付三帅。偏三帅出了殿门，竟招呼甲士，捕杀韦昭度李谿，及极密使康尚弼数人。目中岂尚有天子耶？又请除王珙为河中节度使，徒王珂至同州。昭宗惧为所胁，不得已暂从所请。三帅又密谋废立，拟另戴昭宗弟吉王保为帝。忽闻李克用起兵勤王，约期入关，三帅各有戒心，乃各留兵三千人宿卫京师，匆匆的辞归本镇去了。

后来昭宗察知三帅犯阙，由崔昭纬暗中怂恿，乃决意易相，再起孔纬同平章事，张浚为诸道租庸使，李克用闻浚复任事，因抗表固争，有“浚朝为相，臣夕至阙”等语。昭宗遣使慰谕，谓未尝相浚。克用乃申表王行瑜李茂贞韩建称兵犯阙，戕害大臣，愿率蕃汉兵南下，为国讨贼，一面移檄三镇，指斥罪状，王行瑜等统皆惊惶，克用长驱至绛州，刺史王瑶闭城守御，相持十日，竟被克用攻破，斩瑶示威。复进兵河中，王珂迎谒道旁，克用也不暇入城，即趋同州，王行约弃城遁走。行约弟行实，时为左军指挥使，奏称同华已没，沙陀将至，请车驾转幸邠州。枢密使骆全瓘，却请昭宗往凤翔，昭宗道：“克用尚驻军河中，就使到来，朕自有法对付，卿等但各抚本军，勿使摇动为是。”两人怏怏退出。全瓘却去联结右军指挥使李继鹏，谋刦上趋凤翔。继鹏本姓阎名珪，因拜茂贞为假父，所以易姓改名。骆李等正在安排，事为中尉刘景宣所闻，告诸王行实。行实也欲劫上往邠州，孔纬面折景宣，谓车驾不应轻离宫阙。到了傍晚，继鹏又连请出幸，昭宗不从。哪知王行实竟召入行约，引左军攻右军，两下相杀，鼓噪震地。辇毂下如此横行，尚得谓有法纪么？昭宗闻乱，亟登奉天楼，传谕禁止，且命捧日都头李筠，率部军侍卫楼前。继鹏竟召凤翔兵攻筠，矢拂御衣，射中楼桷。左右扶昭宗下楼，继鹏复纵火焚宫门，烟焰蔽天，阖宫鼎沸。先是有盐州六都兵屯驻京师，为左右两军所惮，昭宗急令入卫，两军方才退走。昭宗至李筠营避乱，护跸都头李居实率众继至，昭宗稍稍放心。未几，复有谣言传入，说是行瑜茂贞，将入都来迎车驾。昭宗又恐他胁迫，乃命筠居实两都兵自卫，径出启夏门，道过南山，寄宿莎城镇。士民追从车驾，约数十万人，及至谷口，三成中暍死一成，夜间复遭盗劫，哭声遍野；百官多扈从不及，唯户部尚书薛王知柔先至，昭宗命权知中书事及置顿使。既而崔昭纬等皆至莎城，昭宗乃复移跸石门镇。

李克用闻昭宗出奔，遣判官王瓌趋问起居，一面督兵攻华州。韩建登城呼克用道："仆与公未尝失礼，何为见攻？"克用应声道："公为人臣，逼逐天子，公为有礼，何人为无礼呢？"说罢，即麾兵进攻。建亦极力拒守，彼此相持不下。适内侍郗延昱，赍诏至克用军，略言邠岐二镇，有劫驾消息，请即过援。克用乃释华州围，移驻渭桥。昭宗复遣供奉官张承业，诣克用营，克用留使监军，遂遣部将李存贞为先锋，又令史俨统三千骑士，诣石门扈驾，再命李存信李存审令同保大节度使李思存，即拓跋思恭弟。往梨园寨攻王行瑜，擒住敌将王令陶等，械送行在。李茂贞闻风知惧，召还李继鹏，把他斩首，传示石门，奉表谢罪，且遣使向克用求和。昭宗亦遣延王戒丕，玄宗子玢之后。往谕克用，令且赦茂贞，专讨行瑜。克用受命，遣子存勖还报行在。存勖年仅十一，状貌魁梧，昭宗叹为奇儿，用手抚顶道："儿方为国栋梁，他日宜尽忠我家。"存勖拜谢而还。昭宗即命克用为邠宁四面行营都招讨使，保大节度使李思存为北面招讨使，定难节度使李思谏为东面招讨使，彰义节度使张鐇为西面招讨使，共讨行瑜。

克用复表请还京，并愿拨骑兵三千，驻守三桥，防蔽京师。昭宗始启跸回都，到了京城，但见宫阙被焚，尚未完葺，没奈何寓居尚书省，百官随驾往来，流离颠沛，亦多半无袍笏仆马，面目憔悴，形色苍凉。乱世君臣，大率如是。宰相孔纬，在途中感冒风寒，即致病死。崔昭纬罢为右仆射，再贬为梧州司马。徐彦若本出镇凤翔，因不得莅任，还为御史大夫，仍进授同平章事；户部侍郎王抟，亦得入相；崔胤已免复起；京兆尹孙偓，也受命为户部侍郎，一同辅政。相臣四人，一个儿也不少，可惜都未能称职。王抟较孚物望，但硕果仅存，何足济事。昭宗专任克用，进命为行营都统，授昭义节度使，李罕之为检校侍中，充行营副都统，且特把后宫中的魏国夫人陈氏，赐与克用。不怕做元绪公么？陈氏才色双全，竟畀克用享受，当然感恩图报，愿尽死力，于是与邠宁兵交战数次，无不奏捷，再令李罕之李存信等，急攻梨园，堵绝粮道。城中无粮可食，自然溃散。罕之等纵兵邀击，杀获万余人，擒住行瑜子知进，及大将李元福。克用复亲往督攻，王行约行实等遁去。行瑜率精骑五千，退守龙泉寨，且飞使至凤翔告急，李茂贞发兵五千各往援，遇着沙陀将士，好似风卷残云，顷刻四散。行瑜复弃寨入邠州，克用追至城下，行瑜登城号哭，顾语克用道：“行瑜无罪，胁迫乘与，皆茂贞继鹏所为，请公移兵责问凤翔，行瑜愿束身归朝。”你是首先发难，为何诿过他人？克用答道：“王尚父何谦恭乃尔？仆受诏讨三贼臣，公实与列，若欲束身归朝，仆却不敢擅允哩。”答语颇妙。行瑜知不可免，涕泣下城，越宿，挈族出走。克用得入邠州，封府库，抚居民，禁兵四掠，邠人大悦。行瑜走至庆州境，为部下所杀，传首京师，邠宁告平。

克用还军渭北，昭宗封克用为晋王，加李罕之兼侍中，以河东大将盖寓领容管观察使，其余克用子弟及将佐，并进秩有差。克用遣书记李袭吉入朝谢恩，乘间代奏道：“近来关辅不宁，强臣跋扈，若乘此胜势，遂取凤翔，这是一劳永逸的至计。臣今屯军渭北，取候进止。”昭宗迟疑未决，特与近臣熟商。或谓：“茂贞覆灭，沙陀益盛，朝廷且听命河东，亦非良策。”昭宗乃赐克用诏书，褒他忠勇，且言：“跋扈不臣，唯一行瑜茂贞韩建，近已悔罪，职贡相继，且当休兵息民，徐观后衅。”克用奉诏乃止，但私语诏使道：“朝廷用意，似疑克用有异心，克用居心无他，特自料茂贞不除，关中恐仍无宁日哩。”诚如公言。言下很是叹息。未几，又有诏免他入觐，克用尚欲入朝，经盖寓劝止，乃表称臣总领大军，不敢径入朝觐，惊动宫廷。表至京师，上下始安。

克用引兵北归，茂贞仍骄横如故，河西州县，多为所据。还有威胜节度使董昌，历年苛敛，充作贡赋，唐廷宠命相继，他欲求为越王，未邀允准，竟居然称起越帝，自称大越罗平国，改元顺天，署城楼曰天册之楼，令群下呼为圣人。当时吴越间谣传有怪鸟，四目三足，鸣声几似人言，仿佛有“罗平天册”四字。昌指为鸑鷟，依鸟声为国号。实是妖孽。节度副使黄碣，会稽令吴镣，山阴令张逊，先后进谏，均被诛夷。又移书钱镠，详告开国情形，并授镠为两浙都指挥使。镠复书道：“与其闭门作天子，与九族百姓，俱陷涂炭，何若开门作节度使，长保富贵？”昌不见省，镠遂表称董昌僭逆，不可不诛。昭宗乃命镠为浙东招讨使，令击董昌。镠遣部将顾全武许再思等，进兵浙东，昌发兵迎战，屡次失败。余姚石城，接连失守，慌忙向淮南乞援。杨行密令宁国节度使田頵，润州团练使安仁义，往攻杭州戍军，遥应董昌，且自率兵攻苏州，拔常熟镇，虏去刺史成及。镠急召全武还军，令防行密。全武已乘胜抵越州，不愿再还，因复报镠书道："越州系贼根本，愿先取越州，再复苏州未迟。"镠依议而行。全武即猛攻越州，破入外郭，昌尚据牙城拒战，镠令降将骆团，往贻昌书，伪言已奉有诏命，令大王致仕归临安。昌乃送交牌印，出居清道坊。全武遣都监使吴璋，用舟载昌至杭州，途次把他杀死，并诛家属三百余人。镠得昌首，献入京师。罗平应改称荡平。昭宗加镠兼中书令，出王搏为威胜节度使。威胜军即浙东镇。镠却嘱两浙吏民，公同上表，请任镠兼领浙东。昭宗不得已仍留搏为相，命镠为镇海威胜两军节度使，更名威胜为镇东军。镠复令全武等克复苏州，淮南兵遁去。吴越一区，遂长为钱氏守土了。小子有诗叹道：

果然乱世出英雄，戡定东南立巨功。
为溯当年吴越事，迄今犹着大王风。

东南暂定，东北又启纷争，待小子下回续叙。

李茂贞王行瑜韩建，同为晚唐逆臣，为昭宗计，非不可讨，但讨罪须仗将士，试问当日有良将否乎？有勇士否乎？覃王嗣周，素无将略，贸贸然任为元戎，杜让能一书生耳，无裴晋公李赞皇之才略，而遽委以兵事，多见其不知量也。迨三帅犯阙，恃众横行，杜让能之贬死，冤过鼂错，韦昭度李谿之被杀，惨过武元衡，废立将成，神器不保，是非昭宗之自贻伊戚耶？幸李克用仗义兴师，吓退三帅，梨园一战，行瑜授首，假令移讨凤翔，更及华州，茂贞韩建，指日可平，关辅从此弭兵，亦未可知也。乃惑于蜚言，阻止克用，前之讨茂贞也何其急？后之赦茂贞韩建也又何其宽？自相凿枘，适召强藩之侮弄而已。至若吴越一区，更不暇问，钱镠自愿讨逆，始得平定董昌，于昭宗固无与焉。

第九十八回　占友妻张夫人进箴
挟兵威刘太监废帝

却说李克用还兵晋阳，正值朱全忠进攻兖郓，兖郓为天平军属境，节度使朱瑄兄弟，曾助全忠破秦宗权，全忠与他约为弟昆，倚若唇齿。见九十四回。及全忠兼有徐州，遂欲并吞兖郓，只苦无词可借，未便出师，蓦然想了一计，架诬朱瑄，但说他诏诱宣武军士，移书诮让。瑄怎肯受诬？自然复书抗辩。全忠即遣部将朱珍葛从周袭据曹州，并夺濮州。嗣是连年战争，互有胜负。乾宁二年，全忠大举攻兖州，朱瑄遣将贺瓌柳存薛怀宝，率兵万余人，往袭曹州，不意为全忠所闻，夤夜往追，至巨野南，生擒瓌存及怀宝，并获兖军三千余名，乃再至兖州城下，望见朱瑾巡城，便将俘虏推示，指语瑾道："卿兄已败，何不早降？"瑾因兄瑄留守郓州，未闻失陷消息，料知全忠诳言，遂将计就计，伪称愿降，出送符节。全忠大喜，即使朱琼往迎。瑾被甲出城，立马桥上，令骁将董怀进埋伏桥下，待琼一到，即呼怀进何在。当由怀进突出，擒琼入城，不到片刻，即将琼首掷出城外。全忠易喜为怒，也将柳存薛怀宝杀毙，只因贺瓌素有勇名，留为己用，自己引兵还镇，但命葛从周屯兵兖州。

朱瑄闻兖州围急，屡遣使至河东。求他出援。李克用发兵数千，令史俨李承嗣为将，假道魏州，往援兖郓。继又遣李存信率兵万骑，作为后应，再向魏州假道。魏博节使罗弘信，初意颇愿和克用，放过史俨等军，及存信将至，适接到朱全忠书，谓克用志吞河朔，休中他假途灭虢的诡计。弘信信为真言，朱三反复狙诈，难道弘信尚未闻知么？遂发兵三万，夜袭存信。存信未曾防备，哪里敌得住许多魏军？立即大溃，资粮兵械，委弃殆尽。克用见存信逃归，始知弘信依附全忠，便兴兵往攻魏博。全忠正遣大将庞师古，会同葛从周军，径攻郓州，一闻克用攻魏，亟调从周赴洹水，为魏博声援。克用引兵击从周，从周令军士多掘深坎，引河东将士追击，屡踬坎中，俘去甚众。克用性起，也策马驰救，哪知一脚落空，也入坎窨，险些儿为汴军所擒。幸克用眼捷手快，拈弓射毙一汴将，始得脱险奔还。河东兵退去，从周复还击兖郓，连破朱瑄兄弟。兖郓属境，统为汴军所据。克用再发兵赴援，辄为魏人所拒，不得前进。全忠遂命庞葛两将，并力攻郓，朱瑄兵少食尽，不复出战，但凿濠引水，聊以自固。师古等夜筑浮桥，冒险渡濠，直薄城下。瑄料不可守，弃城奔中都。葛从周麾兵追蹑，瑄为野人所执，献从周军。全忠得入郓城，命庞师古为天平留后，至从周解到朱瑄，复令从周速袭兖州。朱瑾方虑乏食，留部将唐怀贞守城，自与河东将史俨李承嗣，出掠徐境，接济军需。怀贞孤立失援，突闻汴军奄至，不觉大惊，只好开城迎降。

从周入兖州，捕得朱瑾妻孥，送往郓城。瑾妻饶有姿色，为朱全忠所见，即命侍寝，妇人家畏威怕死，没奈何含垢忍耻，供他淫污。这是妇人最坏处。全忠欢宿数宵，始引兵返汴，到了封邱，正值爱妻张氏，率众来迎。这位张夫人籍隶砀山，甚有智略，素为全忠所敬惮，无论军府大事，必经帷闼参谋，此次全忠还见妻面，不禁带着三分惭色。张夫人已瞧透机关，用言盘诘，知全忠已纳瑾妻，便笑语道："妾虽妇人，不怀妒意，何妨请来相见。"全忠乃令瑾妻入谒，瑾妻俯首下拜。亏她老脸。张夫人亦答拜，且持瑾妻手泣语道："兖郓与我同宗，约为兄弟，只因小故起嫌，遂致互动兵戈，使吾姒辱至此地，他日汴州失守，恐我亦不免似吾姒今日哩。"这一席话，说得瑾妻无地自容，泪涔涔下，连全忠亦自觉赧颜，汗流满面。晋汴举事不同，偏各得一贤妇。乃送瑾妻至佛寺为尼，斩朱瑄于汴桥。自是郓齐曹棣兖沂密徐宿陈许郑滑濮诸州，俱属全忠。唯王师范保有淄青一道，还算独立，但也与全忠通好，不敢擅行。

朱瑾闻兖郓俱失，无路可归，乃与史俨李承嗣走保海州，又恐为汴军所逼，即拥州民渡淮，投奔杨行密。行密至高邮迎劳，并表瑾为武宁节度使。淮南旧善水战，不娴骑射，及得河东兖郓兵，水陆兼备，军声大振。全忠闻行密招纳朱瑾，发兵往击，遣庞师古屯清口，葛从周屯安丰，自将中军屯宿州。行密与朱瑾统兵三万，出御汴军，瑾闻师古营地汗下，拟决淮水上流，灌入敌垒，当下向行密献计。行密欲先趋寿州，李承嗣进言道："朱公计划甚善，清口破敌，全忠夺气，何必再行劳师。"行密遂依瑾议，瑾令军校潜决淮水，自率五十骑先渡。有人报知师古，师古尚谓讹言惑众，将他杀毙。及瑾已逼营，仓猝拒战，适值淮水大至，营中几成泽国，士卒骇乱，师古方手足失措，不料行密又统军杀到，与朱瑾并力夹攻，那时汴军大败，师古竟死乱军中。葛从周闻报骇退，被行密等乘胜追击，杀溺殆尽，生还只数百人。全忠亦扫兴奔归。行密大会诸将，极称李承嗣有谋，表领镇海节度，且待史俨亦甚厚，还军后各赐第宅及姬妾，两人遂愿为行密效力，屡次立功。李克用亦遣人贻书，求还史李二人，行密留住不放，但复书修好，只说待缓日遣归，由是得保据江淮，全忠不能与他争锋了。这是借用客将之效。

梧州司马崔昭纬，沿途逗留，不肯往就贬所，且因武安军方有乱事，节度使刘建锋，私通亲卒陈赡妻，为赡所杀，军中另立马殷为留后，他便借此借口，只推说道梗难通，一面贻书朱全忠，求他挽回，全忠置诸不理。唐廷已有所闻，乃遣中使追及荆南，勒令自尽，中外称快。独李茂贞韩建两人，素与昭纬表里为奸，不忍闻他诛死，因又欲伺隙发难，可巧昭宗置殿后四军，选补码万人，使延王戒丕等统带，借资护卫。李茂贞乘间上表，诡说延王将称兵讨臣，臣今勒兵入朝请罪。昭宗览表大惊，亟向河东告急。急时抱佛脚，已属无益。偏偏远水难救近火，河东尚未接洽，凤翔兵已逼京畿。覃王嗣周，带了卫军，出阻茂贞，茂贞不待晤谈，便指挥众士，杀退嗣周，直薄长安城下。延王戒丕，入白昭宗，谓："关中藩镇，无可依托，不如由鄜州渡河，往幸太原。"昭宗因草草整装，挈着嫔妃嗣王等数十人，潜出都城，奔至渭北。连番奔波，莫非自取。韩建遣子从允奉表，请幸华州，昭宗知建不怀好意，未肯遽从，但命建为京畿都指挥，兼安抚制置，及催促诸道纲运等使，自启驾至富平。建又奉表固请，从官亦不愿远去，乃召建至行在，面议去留。

建抵富平，谒见昭宗，顿首泣陈道："方今藩镇跋扈，不止茂贞一人，陛下若去，宗庙园陵，何人居守？臣恐车驾渡河，无复还期。今华州兵力虽微，控带关辅，尚足自固，臣积聚训厉，已十三年，西距长安不远，愿陛下惠临，徐图兴复，臣愿为陛下尽力。”口是心非。昭宗因偕建至华州，就府署为行宫。建请罢崔胤相职，改授尚书左丞陆扆同平章事，王抟亦相继免相，用左谏议大夫朱朴代任。崔胤密求朱全忠，替他转圜，且教他营修东都宫阙，表迎车驾。全忠依言上表，力言崔胤忠臣，不应免职，自愿率兵迎跸。韩建不免惊慌。乃复召胤为相，遣人谕止全忠，胤再黜再进，遂排挤陆扆，诬他党同李茂贞。扆竟遭贬为硖州刺史。茂贞入长安，又放了一把无名火，将重修的宫室市肆，焚毁俱尽。昭宗闻报，命宰相孙偓，为凤翔四面行营招讨使，讨李茂贞。茂贞才上表请罪，献助修宫室钱。韩建暗中袒护茂贞，阻偓出师，且奏称睦济韶通彭韩仪陈八王，均系唐朝宗室。谋劫车驾往河中。昭宗似信非信，召建入问。建又托疾不入，昭宗不得已，令八王诣建自陈。建又拒绝不见，但再表申请勒归私第，妙选师傅，教以诗书，不准典兵预政。昭宗已陷虎口，无法推诿，乃诏令诸王所领军士，遣归田里，建又请撤去殿后四军，昭宗亦不敢不从。天子亲军，至此尽撤。捧日都头李筠，为石门扈从第一功臣，建诬他谋变，请旨处斩。筠既冤死，建心尚未足，索性大起杀心，纵兵围诸王第，拿住覃王嗣周，延王戒丕，通王滋，沂王禋，彭王惕，丹王允，及韶王陈王韩王济王睦王等十一人，韶王以下，史失其名。共牵至石堤谷，冤诬反状，可怜诸王被发徒跣，极口呼冤，随他叫破喉咙，没一个出来救护，号炮一鸣，刀光四闪，十一王首级，都垂地下。暗无天日。建竟先斩后奏，以谋反闻。看官！你想昭宗至此，果安心不安心么？建又强慰昭宗，奏请立德王裕为皇太子，裕系昭宗嗣，为淑妃何氏所出，何氏方从幸华州，建向何氏讨好，立裕为储，并请册何氏为皇后。唐自宪宗以降，好几代不立正宫，至此复行册后礼，行辕草率，粗备仪文。看官听着！这已是着末一出了。

孙偓受诏不行，撤去招讨使，并罢相位。朱朴亦免，王抟再相，也无术维持国政。李茂贞官爵，忽夺忽还，毫无定策。东川为王建所并，节度使颜彦晖自杀。威武节度使王潮逝世，弟审知知军府事，魏博节度使罗弘信死，子绍威自称留后。当时虽皆上表奏闻，昭宗还有什么辩论。不过有求必应，滥给诏书，予他旌节，便算了事。回鹘别部庞特勒后裔，及南诏嗣酋舜化，先后上书，唐廷也无暇报答，幸外夷亦多衰微，无心入寇，所以边疆尚靖，只内部分扰乱难平。李克用闻茂贞犯阙，拟再发兵进援。茂贞素惮克用，因诈称改过，累表谢罪。嗣又闻朱全忠营洛阳宫，有迎驾意，复驰表行在，愿修复宫阙，奉昭宗归长安。韩建已与茂贞串同一气，也劝昭宗还都，昭宗乃令建为修宫阙使。建与茂贞共致书河东，愿与克用修和。克用正用兵幽州，乐得应允，韩建乃奉驾还都。看官阅过前回，应知幽州节度使刘仁恭，为克用所保荐，何故互动兵戈哩？原来仁恭莅镇，克用曾派亲兵千人监守，所有租赋，除供给军需外，悉令输送晋阳。至昭宗出奔华州，克用向仁恭征兵，一同入援，仁恭不应，经克用移书责备，他反掷书嫚骂，拘住使人。克用大怒，自率兵往攻幽州，中途饮酒，被仁恭将单可及，设伏杀败，奔还晋阳。仁恭恐克用复仇，亟与朱全忠联络，全忠因会同幽州魏博两镇军士，攻拔邢洺磁三州，昭宗方还京大赦，下诏罪己，改元光化，一面命太子宾客张有孚，为河东汴州宣慰使，替他双方和解。克用颇欲奉诏，独全忠不从，泽州守将李罕之，本依附克用，平王行瑜，他本思代镇邠宁，克用谓不应恃功要君，乃怏怏还泽州。

会昭义节度使薛志勤病逝，罕之即自泽州入潞州，据有昭义军。克用遣使诘责，罕之遽输款朱全忠，乞为援助。全忠遂表荐罕之为昭义节度使。克用遣李嗣昭袭取泽州，掳得罕之家属，囚送晋阳。罕之惊惶成疾，竟致不起。全忠急使部将贺德伦代守潞州，嗣昭移军围攻，德伦夜遁，泽潞复归克用，克用表授孟迁为留后。你也上表，我也上表，其实统是盗名欺世。刘仁恭与魏州失欢，大举攻贝州，魏博节度使罗绍威，乞师汴梁，由朱全忠遣将李思安等，率兵救魏，大破幽州，斩仁恭骁将单可及。可及系仁恭妹婿，骁勇绝伦，绰号单无敌，至是堕思安计，中伏败死，幽州夺气。仁恭自督兵拒战，又被汴将葛从周杀退，丧失无算，仅与子守文狼狈遁还。从周乘胜攻河东，拔承天军，别将氏叔琮拔辽州。克用遣将周德威往破叔琮，生擒叔琮骁将陈夜叉，叔琮遁去，从周亦引还。保义军乱，杀死节度使王珙，另推都将李璠为留后。璠又为都将朱简所杀，简与全忠同姓，因作书相遗，改名友谦，愿为全忠子侄。全忠笑允来使，自是陕虢一带，亦为全忠属土。全忠又北攻镇州，成德节度使王熔乞和，献子为质，义武节度使王郜，驻守定州，也被全忠将张存敬所攻，出战大败，奔赴晋阳。兵马使王处直，出降全忠，用缯帛十万犒师，全忠乃还，仍为处直表求节钺。河北诸镇，又折入全忠肘下，全忠势力，直占有中原大半，各方镇莫与比伦了。为篡唐张本。

宰相崔胤，恃全忠为外援，屡与昭宗谋去宦官，枢密使宋道弼景务修，专权自盗，也连结岐华二镇，抵制崔胤。王抟从容入奏道："人君当明大体，不宜意存偏私，宦官擅权已数十年，何人不知弊害？但势难猝除，且俟外难渐平，再惩内蠹。"昭宗转告崔胤，胤即谓抟依附中官，万难再相。昭宗又疑胤怀私，竟将胤免职，复相陆扆。胤怎肯甘休？乃浼全忠出头，硬要昭宗贬逐王抟，及道弼务修等人。昭宗乃贬抟为崖州司户，流道弼至驩州，务修至爱州，再用崔胤为相。胤更请命昭宗，令王抟等自尽，于是胤专制朝政，势震中外，宦官相率侧目，遂复闯出一场废立的大祸祟来。当时中尉刘季述，统领左军，曾与韩建谋杀诸王，及道弼务修等贬死，不免动了兔死狐悲的念头，遂与右军中尉王仲先，继任枢密使王彦范薛齐偓等密谋道："主上轻佻多诈，不堪奉事，我辈恐终罹祸患，不若奉立太子，引岐华二镇兵入援，控制诸藩，方得免害。"仲先等同声赞成。会昭宗出猎苑中，夜宴归来，醉后模糊，手刃黄门侍女数人，内外交讧，危亡在即，尚且游宴好杀，是非速祸而何？翌晨日上三竿，尚是酣寝宫中，未曾启户。季述诣中书省，语崔胤道："宫中必有变故，我系内臣，不便坐视，愿便宜从事。"胤半晌无言，季述竟率禁军千人，破门直入，访问宫中，具得昨晚情状，乃复出白崔胤道："主上所为如此，怎堪再理天下？不如废昏立明，为社稷计，不得不然。"胤怕他凶威，含糊答应。季述即召集百官，陈兵殿廷，令胤等连名署状，请太子监国。胤等统是怕死，无奈署名。季述仲先，带领禁军，大呼入思政殿，杀死宫人多名。昭宗闻殿前鼓噪，惊堕床下，及勉强起身，见季述仲先已在面前，吓得毛发直竖。季述等掖令坐定，出百官状递示昭宗。宫人忙走报何后，后趋入拜请道："中尉勿惊动官家，有事不妨徐议。"季述道："陛下厌倦大宝，中外群情，愿太子监国，请陛下移养东宫！"昭宗支吾道："昨与卿曹乐饮，不觉过醉，今日已悔悟了。"季述瞋目道："这非臣等所为，事出南司，众怒难犯，愿陛下且往东宫，待事稍就绪，再当迎还大内，休得自误！"何后见他声色俱厉，颇有惧容，乃顾昭宗道："陛下且依中尉语。"随即从床内取出传国玺，交与季述。季述叱令群阉，扶昭宗及何后登辇，并嫔御侍从十余人，诣少阳院。季述用银挝划地，数昭宗过失道："某时汝不从我言，某事汝又不从我言，罪至数十，尚有何说？"仿佛似父训子。语毕出门，亲自加锁，熔铁锢住，复遣左军副使李师虔率兵环守，穴墙为牖，俾通饮食。昭宗求钱帛纸笔，一概不与。天适大寒，嫔御公主无衣衾，号哭声直达墙外。季述迎太子入宫，矫诏令太子即位，改名为缜，奉昭宗为太上皇，何后为皇太后，加百官爵秩，优赏将士，凡宫人左右，前为昭宗宠信，一律搒死，更欲杀司天监胡秀林，秀林正色道："中尉幽求君父，尚欲多杀无辜么？"季述倒也不敢下手，听令自去。复恐崔胤密召朱全忠，立遣养子希度至汴，许把唐室江山，作为赠品。小子有诗叹道：

拚将社稷送强臣，逆竖居然作主人。
试看唐朝阉寺祸，江山从此付沉沦。

欲知全忠是否乐从？且至下回说明。

乱世无公理，亦几无天道。朱瑾曾救朱全忠，全忠乃诬罪加兵，夺其地，辱其妻，杀其兄，张夫人虽有微言，得释瑾妻为尼，然一经玷污，毕生难涤，全忠之恶，可胜数乎？然犹得横行河朔，无战不克，非后日老贼万段之举，尚何有所谓公理？又何有所谓天道也？若昭宗之被幽，无非自取，权幸虱于内，悍帅麕于外，尚游畋酣宴，恬不知戒，鱼游釜中，蝇集刀上，不死被幽，犹为幸事。但穷凶极恶如刘季述，亦为宦官最后之终点。观其银挝划地之言，试问由何人纵容，乃至于此？而且丧心病狂，竟欲送唐社稷于朱全忠，犬马犹思报主，而晚唐乃有此近臣，不吾忍闻，吾几不欲终读此篇矣。

第九十九回　以乱易乱劫迁主驾
用毒攻毒尽杀宦官

却说刘季述遣人至汴，愿以唐社稷为赠品，崔胤亦密召全忠，令他勤王。全忠接阅两书，踌躇莫决。已有心篡唐了。副使李振进言道："王室有难，便是助公霸业，今公为唐室桓文，安危所系，季述宦竖，乃敢囚废天子，若不能讨，如何号令诸侯？况且幼主位定，天下大权，尽归宦官，岂不是倒授人柄么？"全忠大悟，即将希度囚住，遣亲吏张玄晖赴京，与崔胤共谋反正。计尚未定，巧值神策指挥使孙德昭，因季述废立，常有愤言，胤微有所闻，即令判官石戬，往说德昭道："自上皇幽闭，中外大臣，莫不切齿，今独季述仲先等数人，悖逆不臣，公诚能诛此二人，迎上皇复位，岂非功成名立，传誉千秋？若再狐疑不决，恐此功将为他人所夺呢。"德昭且泣且谢道："德昭不过一个小校，国家大事，怎敢擅行？若相公有命，德昭何敢爱死？"戬即还白崔胤，胤割衣带为书，令戬转授德昭。德昭复结右军都将董彦弼周承诲等，拟至除夕举事，伏兵安福门外，掩捕凶竖，是时已为光化二年的暮冬了。

残年已届，宫廷内外，统是团圞守岁，畅饮通宵，独德昭等部勒军士，分头潜伏。转眼间天色熹微，鸡声报晓，王仲先驰马入朝，甫至安福门外，即由德昭突出，麾动兵士，将他拿下，趁手一刀，砍作两段。名为仲先，应该先诛。德昭持首诣少阳院，叩门大呼道："逆贼已诛，请陛下出劳将士！"何后正与昭宗对泣，骤闻呼声，尚是未信，因即应声道："逆贼果诛，首级何在？”德昭亟将仲先首级，从穴中递入。何后持示昭宗，果然不谬，乃破扉直出，崔胤也已到来，奉上御长乐门楼，自率百官称贺。周承诲亦擒住刘季述王彦范，押至楼下，昭宗正欲诘责，已被各军士用梃乱击，打成了一团糟。薛齐偓投井自尽，由军士搜出枭尸，遂灭四人家族，诛逆党二十余人。宦官奉太子匿左军，献还传国玺。昭宗道：“裕尚幼弱，为凶竖所立，不足言罪，可还居东宫。”乃仍降裕为德王，仍复原名。赐德昭姓名为李继昭，承诲姓名为李继诲，彦弼亦赐姓李，继昭充静海节度使，继诲充岭南西道节度使，彦弼充宁远节度使，均兼同平章事职衔，留掌宿卫。阅十日始出还家，赏赐倾府库，时人号为三使相。进崔胤为司徒，朱全忠为东平王。李茂贞闻昭宗复位，特自凤翔入朝，诏封他为岐王。无功加封，益令跋扈。改元天复，大赉功臣子孙。

崔胤陆扆，联名上疏，谓：“国家祸乱，皆由中官典兵，乞令臣胤主左军，臣扆主右军，庶宦官无从专擅，诸侯亦不敢侵陵，王室自然渐尊了。”李茂贞闻了此言，谓崔胤等欲翦灭诸侯，大加反对。昭宗乃召李继昭李继诲李彦弼三人入商，三人同声说道：“臣等累世在军中，未闻书生可为军帅，且禁军若属南司，必多所变更，不若仍归北司为便。”于是复命枢密使韩全诲，凤翔监军张彦弘为左右军尉，祸水又成了。另用袁易简周敬容为枢密使。李茂贞辞行还镇，崔胤与茂贞商议，令留兵三千人，充作宿卫，监督宦官。茂贞允诺，令养子继筠为将，率三千人留京。谏议大夫韩偓道：“留此兵必为国患。”胤不肯从，但日思裁抑宦官，削除内柄。从前杨复恭为中尉时，尝向度支使借拨卖曲榷赋，赡养两军，此后不复归偿。胤不欲宦官专利，特令酤酒家自已造曲，月输榷钱至度支，并近镇亦照例办理。李茂贞亦失利权，表乞入朝论奏。韩余诲更代为申请，乃许茂贞入朝。茂贞至京，全诲厚与相结，约为党援，胤始戒惧，益与朱全忠交欢，抵制茂贞。昭宗方倚胤为重，事无大小，先咨后行，每日召胤坐论，至晚方休。胤惟以除绝宦官为职志，奏对时辄加怂恿，宦官越觉侧目。中书舍人令狐涣，及谏议大夫韩偓，已擢为翰林学士，闻胤欲尽诛宦官，从旁屡谏，谓相持过急，恐防他变，胤始终不省。

蹉跎蹉跎，过了半年，昭宗召偓入问道：“敕使中多半为恶，如何处置？”偓答道：“前时东宫发难，敕使统是同恶，欲加处置，应在正旦，今已错过时机了。”昭宗道：“卿在前日，何不与崔胤商决？”偓又道：“臣见诏书，谓除刘季述四家外，余人一概勿问。人主所重唯信，既下此诏，不宜食言，若复戮一人，势必人人怕死，转致恟恟不安。况此辈杂居内外，不下万计，怎能一一尽诛？陛下不若择他最恶诸人，声罪正法，然后抚谕余党，选二三忠厚长者，令侍左右，庶几劝善惩恶，激油扬清。目下至要事体，在方镇有权，朝廷无权，陛下能集权朝廷，中官亦何能有为？愿陛下熟权缓急，毋致误施。”偓语亦是非参半。昭宗颇以为然，无心诛阉。偏崔胤日夕营谋，先令宫人掌管内事，阴夺宦官权柄。韩全诲等泣语昭宗，求免摈斥，且求知书识字的美女数人，纳诸宫中，令之诇察胤谋。胤有所陈，辄为所闻，乃教禁军对上喧噪，只说胤减扣冬衣。胤方兼握三司使事，昭宗不得已撤胤盐铁使。胤知谋泄事急，不得不致书全忠，令他入清君侧。全忠正取河中晋绛等州，擒斩王珂，复攻下河东沁泽潞辽等州，威振四方，奉诏兼任宣武宣义即义成军，因全忠父名诚，改名宣义。天平护国节度使。既得胤书，遂自河中还大梁，指日发兵。韩全诲闻知消息，急与李继昭李继诲李彦弼，及李继筠等潜谋劫驾，先往凤翔。继昭独不肯允议，全诲以事在燃眉，势所必行，无论继昭允否，他却决计劫驾，便增兵分守宫禁诸门，所有出纳文书，及进退诸人，一律搜察，盘诘甚严。昭宗闻报，忙召韩偓入语道：“全忠入清君侧，大是尽忠，但须令李茂贞共同合谋，方不致两帅交争，卿可转告崔胤，速即飞书两镇，令他联络。”偓徐答道：“这事恐办不到。”昭宗道：“继诲彦弼等，骄横日甚，朕恐为他所害。”偓又道：“此事实失诸当初，前时诸人立功，但应酬以官爵田宅金帛，不宜使他出入禁中，且崔胤欲留岐兵，监制中尉，今中尉岐兵合为一气，汴兵若来，必与斗阙下，臣窃寒心，不知将如何结局哩。”昭宗但愀然忧沮，不知所措。悔之晚矣。及偓既退出，全诲竟令继诲彦弼等，勒兵登殿，请车驾西幸凤翔。昭宗支吾对付，说是待晚再商，继诲等暂退。昭宗亲书手札，遣人密赐崔胤，札中有数语云：“我为宗社大计，势须西行，卿等但东行便了。惆怅惆怅！”是夕即开延英殿，召全诲等议事。李继筠已遣兵入内库，劫掉宝货法物。全诲见了昭宗，但云“速幸凤翔”四字。昭宗不答，全诲退出，竟遣兵迫送诸王宫人，先往凤翔。适朱全忠有表到来，请昭宗幸东都，两下交逼，内外大骇。昭宗遣中使宣召百官，待久不至，唯全诲等复带兵登殿，厉声奏请道：“朱全忠欲劫天子幸洛阳，求传禅，臣等愿奉陛下幸凤翔，集兵拒守。”昭宗不许，拔剑登乞巧楼。拔剑为何？全诲等随至楼上，硬逼昭宗下楼。昭宗才行及寿春殿，李彦弼已在御院纵火，烟焰外腾。比强盗还要凶悍。昭宗不得已，与后妃诸王百余人，出殿上马，且泣且行。沿途供奉甚薄，到了田家硙，始由李茂贞来迎。昭宗下马慰谕，茂贞请昭宗上马，相偕至凤翔。

朱全忠发兵至赤水，闻昭宗已经西去，拟即还兵。左仆射致仕张濬入劝道：“韩建系茂贞私党，今正好乘便往取，否则必为后患。”全忠乃引兵至华州，建料不能拒，出城迎谒，愿献银三万两助军。全忠徙建为忠武节度使，派兵送往，令前商州刺史李存权知华州。独行独断，简直是个皇帝。会接崔胤来书，请全忠速迎车驾。全忠复书道：“进以胁君，退即负国，不敢不勉力从事。”便顺道诣长安。胤率百官出迎长乐坡，列班申敬。全忠入都，因李继昭不肯附逆，格外礼待，命为两街制置使，赏给甚厚。继昭尽献部众八千人，全忠即使判官李择裴铸，赴凤翔奏事，谓臣系接奉密诏，及得崔胤书，令臣率兵入朝。昭宗已同傀儡，统由全诲茂贞等作主，矫诏复答全忠，但言朕避灾至此，并非宦官所劫，所有从前密诏，都出自崔胤矫制，卿宜敛兵归保土字，不必西来。茂贞遣部将符道昭，屯兵武功，拒遏全忠。全忠与胤，接到矫诏，知非昭宗本意，遂由全忠派得康怀贞，领兵数千，作为前驱，全忠自统大军继进。怀贞击破符道昭，直抵凤翔城下，全忠亦至，耀武城东。茂贞登城语全忠道：“天子避灾，非由臣下无礼，公为谗人所误，不免多劳。”全忠应声道：“韩全诲劫迁天子，故我特来问罪，迎驾还宫。岐王若不与谋，何烦陈谕。”茂贞下城，逼昭宗登陴，自谕全忠，令他退兵。全忠本非实心勤王，不过经崔胤苦功，勉强前来，既由昭宗面谕退还，乐得拜命奉辞，移趋邠州。彼此都是好心肠。

邠宁节度使李继徽，本是茂贞养子，闻全忠移师来攻，没法抵御，只好出城迎降。全忠引兵入城，继徽设宴相待，且出妻奉酒。全忠见她杏靥桃颙，非常美艳，不由的四肢酥麻，心神俱醉，待宴罢还营，寝不安枕，默筹了好多时，想定一策，待至天晓，即引兵再见继徽，令复姓名为杨崇本，仍镇邠州，但须交出妻孥，徙质河中，方许留镇。继徽惮他兵威，没奈何唯唯从命，当下唤出艳妻爱子，与他们诀别。全忠不待多言，即麾兵直前，把他妻子拥去，终不脱盗贼行径。自率兵退出邠州。蓦闻河东将李嗣昭，由沁州至晋州，来援凤翔，接应茂贞，当下不得不分兵往御，自己却匆匆还至河中，安置继徽妻孥，晚间即召继徽妻入行幄，不管她愿与不愿，把她解频宽衣，自逞肉欲。淫贼。

恋色忘时，又过了天复元年的残冬。河东将李嗣昭，在平阳击退汴兵，复会同别将周德威，攻克慈隰二州，进逼晋绛。全忠接连闻警，方遣兄子友宁，及部将氏叔琮，率精兵十余万人，往击河东。河东兵少，不及汴军半数，闻汴军大至，众情恟惧。周德威出战失利，密令嗣昭率后军先退，自督兵士且战且行。叔琮友宁，长驱追击，大败河东军，擒住克用子廷鸾，克用接得败报，忙遣李存信领兵往迎，到了清源，河东军多弃甲抛戈，狼狈奔还。随后便是汴军追至，存信登高遥望，见汴兵漫山遍野，吓得魂胆飞扬，慌忙收军还晋阳。汴军取还慈隰汾三州，乘胜薄晋阳城。周德威李嗣昭，甫入城中，余众尚未尽归，克用仓猝拒守，巡城俯视，见叔琮等攻城甚急，不由的长叹道："我不该信用李茂贞，遣兵攻凤翔，此次被汴军环攻，恐是城且将不保哩。"借克用口中，补述出兵缘由。遂召诸将入议，欲北走云州。存信主张北行，李嗣昭嗣源及周德威，一齐劝阻道："儿辈在此，必能固守，王勿为此谋，摇动人心。"克用乃昼夜登城，督众力守，甚至寝食不暇，日虞危险，复欲乘夜北走。刘夫人亦谏阻道："王常笑王行瑜轻意弃城，终致身死，奈何王亦蹈彼辙。且王前奔鞑靼，几不能免，幸朝廷多事，始得复归，今一足出城，祸且不测，塞外尚可得至么？"克用乃止。阅数日，溃兵还集，军府渐安。嗣昭嗣源，又屡募死士，夜袭汴营，辄有斩获。汴军惊扰不安，复因霪雨连绵，疫疾大作，叔琮等乃引兵退还。嗣昭与周德威，出城追敌，复取慈隰汾三州，河东复振。但克用遭此虚惊，敛兵静守，不敢与汴军相争，约有数年。全忠便得篡唐了。

昭宗寓居凤翔，已经半载，但任兵部侍郎卢光启，权勾当中书事，参知机务。韩全诲请罢免崔胤，李茂贞荐给事中韦贻范为相，昭宗不得不从，一面分道征兵，命讨朱全忠。杨行密据有江淮，特旨加封吴王，兼任讨汴行营都统。王建并有两川，亦由昭宗颁诏，令出师讨汴，其实统是全诲茂贞，强迫昭宗，下此敕命。行密与建，也是阳奉阴违，各营私利，崔胤因罢相情急，奔赴河中，泣请全忠迎驾。全忠与宴，胤且亲执檀板，长歌侑酒。不知自居何等？全忠乃发兵五万，再赴凤翔。李茂贞也督军出拒，行至虢县，与汴军相遇，斗了一仗，大败奔还。全忠进军凤翔城下，朝服向城泣拜道："臣但欲迎驾还宫，不愿与岐王角胜哩。"嗣是分设五寨，环攻凤翔。茂贞出兵拒击，屡战屡败，保大节度使李茂勋，系茂贞弟，引兵救凤翔，为汴将康怀贞击败。全忠且遣部将孔勍李晖，乘虚袭取鄜坊，茂勋进退无路，只好乞降全忠，改名周彝。茂贞养子继远彦询等，又皆奔赴全忠，王建又袭据山南州镇，弄得茂贞穷蹙失援，镇日里坐守孤城，愁眉不展。汴军诟城上人为劫天子贼，城上人诟汴军为夺天子贼，彼此一攻一守，又过数旬。凤翔城中食尽，天气已值隆冬，连番雨雪，冻死饿死，不可胜计，人肉每斤值百钱，犬肉值五百钱，每日进奉御膳，就把此肉充当。昭宗令鬻御衣，及后宫诸王服饰，暂充日用，军士多缒城出降汴军，茂贞无法可施，乃密谋诛戮宦官，自赎前愆，遂贻全忠书，归罪全诲，请全忠扈跸还都。全忠复书道："仆举兵至此，无非为乘与播迁，公能协力诛逆，尚有何言？"茂贞得复，独入见昭宗，请诛韩全诲等，与全忠议和，奉驾还京。昭宗当然乐从，便遣殿中侍御史崔构，供奉官郭遵训，赍诏出慰全忠，密订和议。时又年暮，约以正月为期，尽诛阉党。全忠允约，遣崔构等还城，并饬军士缓攻，就在凤翔行营，过了残年。

天复三年正月，李茂贞收捕韩全诲，及李继筠继诲彦弼等十六人，一并斩首，改任第五可范为左军中尉，仇承坦为右军中尉，王知古杨虔朗为枢密使，当由昭宗遣后宫赵国夫人，及翰林学士韩偓，囊全诲等首级，持诣汴营，遣一妇人为使，不知何意。且传述诏语道："向来胁留车驾，不欲协和，均出若辈所为，今朕已与茂贞决议，一体诛夷，卿可将联意晓谕诸军，俾伸众愤。"全忠总算拜受诏旨，遣判官李振奉表入谢，唯兵围仍然未撤。茂贞疑崔胤从中作梗，请昭宗飞书召胤，令率百官赴行在。胤竟迟迟不至，诏书连下，至六七次，仍不见胤到来。再令全忠作书相招，全忠乃作书戏胤道："我未识天子，请公速来，辩明是非。"胤才来至凤翔，入城谒见昭宗，请即回銮。茂贞无法挽留，但请求何后女平原公主，赐为子妇。后意却是未愿，昭宗叹道："且令我得还长安，何忧尔女？"剜肉补疮，且顾眼前。于是将平原公主，下嫁茂贞子侃，当即启跸出城，幸全忠营，崔胤搜诛扈从宦官，共七十二人。全忠又密令京兆尹，捕斩致仕诸阉，及留居京中各内侍，约九十人。一面迎驾入营，素服谢罪，顿首流涕。全是做作。昭宗命韩偓扶起全忠，且语且泣道："宗庙社稷，赖卿再安，朕与宗族，赖卿再生，卿真可谓再造王室了。"恐就要砍你的脑袋。说罢，即解下玉带，赐给全忠。全忠拜谢，遂命兄子朱友伦，统兵扈驾先行，自留部兵后队，焚撤诸寨。驾至兴平，始由崔胤召集百官，迎谒昭宗。昭宗复命胤为司空，兼同平章事，仍领三司如故。

及昭宗还都，全忠亦至，与胤上殿面奏，谓宦官典兵预政，倾危社稷，此根不除，祸终未已，请悉罢内诸司使，事务悉归省寺。诸道监军，俱召还阙下。昭宗听一句，应一声，及两人奏毕，退朝出来，即由全忠麾动兵士，大索宦官，捕得左右中尉，及枢密使等以下数百人，驱至内侍省，悉数枭首，冤号声远达内外。又命远方宾客诸中使，不问有罪无罪，概由地方官长，就近捕诛，止留黄衣幼弱三十人，在宫洒扫。嗣是宣传诏命，概令宫人出入，所有两军八镇兵，悉属六军，命崔胤兼判六军十二卫事。胤益专权自恣，忌害同僚，贬陆扆王溥韩偓，逼死卢光启，且奏请令皇子为诸道兵马元帅，副以朱全忠。昭宗欲简任德王裕，胤承全忠密旨，利在幼冲，特请任昭宗第九子辉王祚。昭宗不能坚拒，悉从胤议，且加封胤为司徒兼侍中，全忠进爵梁王，赐号回天再造竭忠守正功臣。凡全忠部将敬翔朱友宁以下，各赐号有差。全忠奏留步骑万人戍京，用朱友伦为宿卫使，张廷范为宫苑使，王殷为皇城使，蒋玄晖为卫使，随即陛辞还镇。正是：

宦官扫尽权归去，悍将留屯待再来。

全忠辞归，当有一番饯别情形，且俟下回申叙。

刘季述后，又有韩全诲，以天子为傀儡，任情侮弄，崔胤之志在尽诛，宜也。但胤身居何职，就近不能诛逆阉，但借外兵以快私忿，始倚李茂贞，继恃朱全忠，亦思茂贞全忠为何如人，而可教猱升木乎？且季述既诛，不闻惩前毖后，以致全诲复起，再劫乘与，朱全忠逆迹久着，倚若长城，宦官虽歼，而唐室终覆，是亡唐者全忠，崔胤实其伥也。汉袁绍召董卓而汉亡，唐崔胤召朱全忠而唐亡，岂不哀哉？

第一百回　徒乘舆朱全忠行弑　移国祚昭宣帝亡唐

却说朱全忠辞行归镇，昭宗御延喜楼，亲自宴饯，席间赐全忠诗，全忠依章属和，又进《杨柳枝词》五首，一褒一颂，无非是纸上风光。全忠奏荐清海节度使裴枢，可任国政，且谓臣与克用，无甚大嫌，乞厚加抚慰。昭宗唯命是从，全忠即谢宴启行。百官送至长乐驿，崔胤更远送至灞桥，至夜间二鼓，始还都城。昭宗尚召胤入对，问及全忠安否，置酒奏乐，至四鼓乃罢。方得息肩，又要长夜饮，可谓至死不变。克用闻胤得宠，语僚属道："胤外倚强贼，内胁孱君，权重怨必多，势均衅必生，破国亡家，就在目前了。"又闻全忠请抚慰河东，也不觉冷笑道："此贼欲有事淄青，恐我乘虚袭汴，所以假作慈悲呢。"亿则屡中。看官道全忠何故欲攻淄青？原来平卢节度使王师范，曾接凤翔伪诏，出讨全忠，攻克兖州。及全忠还汴，师范正遣兵围齐州，全忠令朱友宁援齐，击退师范，乘胜拔博昌临淄二县，直抵青州城下。师范向淮南乞援，杨行密遣将王茂章往救，与师范共破汴军，追斩友宁，汴军伤亡几尽。全忠闻报大愤，统兵二十万，兼程东行。师范逆战，大败亏输。茂章手下，不过数千人，眼见得支援不住，收兵退归。全忠留杨师厚攻青州，令葛从周攻兖州，自率余军还汴。师厚连败师范，擒住师范弟师克，师范恐弟为所杀，不得已乞降。兖州守将刘鄩，由师范谕令归汴，亦举城降从周。全忠表鄩为保大留后，师范为河阳节度使。既而友宁妻泣请复仇，全忠乃拘杀师范，并将他族属骈戮无遗。

会山南东道节度使赵德禋病卒，子匡凝依附全忠，复得全忠荐表，得袭父职。匡凝令弟匡明并据荆南，使为留后，岁时贡献朝廷，还算是方镇中的一位忠臣。褒中寓贬。邠宁节度使杨崇本，因妻为全忠所占，免不得惭怒交并，事见前面。乃复姓名为李继徽，遣使白李茂贞道："唐室将灭，朱温猖狂，阿父何忍坐视？"为了爱妻，始记义父，也是情理倒置。茂贞遂与继徽合兵，侵逼京畿，迫昭宗加罪全忠。全忠恐他再行劫驾，特出兵屯河中。左仆射张浚，致仕居长水，当王师范举兵时，欲取浚为谋主，事不果行，全忠虑浚为患，嘱令河南尹张全义，捕杀张浚。浚次子格孑身逃脱，由荆南入蜀，投奔王建。这时建已晋封蜀王，与全忠本不相容，便留格在侧，待若子侄。全忠既出屯河中，欲乘势篡夺唐祚，辄与崔胤密书往来，隐露心迹。胤不禁良心发现，外面虽仍与全忠亲厚，暗中却徐图抵制。迟了！迟了！乃复告全忠，但说："长安密迩茂贞，不可不防，六军十二卫，徒有虚名，愿募兵补足，使公无西顾忧。"偏全忠窥破胤意，佯为应允，却密令麾下壮士，入都应募，诇察隐情。一个乖逾一个。胤全未知晓，每日与京兆尹郑元规等，缮治兵仗，兴高采烈。适宿卫使朱友伦，击球坠马，重伤身死，全忠疑胤所为，遥令张廷范王殷蒋元晖，查出友伦击球时伴侣，杀毙十余人。更遣兄子友谅，代掌宿卫，并密表崔胤专权乱国，请穷究党与，一体严惩。昭宗不得已罢免胤职，另授礼部尚书独孤损，同平章事，与裴枢分掌六军三司。更进兵部尚书崔远，翰林学士柳璨，一同辅政。胤虽罢相，但尚得为太子少傅，留居京师。不意朱友谅受全忠命，竟带领长安留军，突入胤宅，将胤砍毙，复出捕郑元规等，杀得一个不留。昭宗御延喜楼，正要召问友谅，那全忠已飞表到京，请昭宗迁都洛阳，免为邠岐所制。昭宗览表下楼，同平章事裴枢，也得全忠贻书，昂然入殿，严促百官东行。越日复驱徙士民，概令往洛。可怜都中人士，号哭满途，且泣且詈道："贼臣崔胤，召朱温来倾覆社稷，使我辈流离至此。"张廷范朱友谅等，令人监谤，任情捶击，血流满衢，昭宗尚不欲迁居，怎奈前后左右，统变作全忠心腹，不由昭宗主张，硬要他启驾东行，遂于天复四年正月下旬，挈后妃诸王等，出发长安。

车驾方出都门，张廷范已奉全忠命令，任御营使，督兵役拆毁宫阙，及官廨民宅，取得屋料，浮渭沿河而下。长安成为邱墟，洛阳却大加兴造，全忠发两河诸镇丁匠数万，令张全义治东都宫室，日夜赶造，所需材料，就是取诸长安都中，工匠却是交运。一面遣使报知昭宗。昭宗行至华州，人民夹道呼万岁，昭宗泣谕道："勿呼万岁！朕不能再为汝主了！"及就宿兴德宫，顾语侍臣道："都中曾有俚言云：'纥干山头冻杀雀，何不飞去生处乐？'朕今漂泊，不知竟落何所。"说至此，泪下沾襟。谁为之，孰令听之？左右亦莫能仰视。二月初旬，昭宗至陕，因东都宫室未成，暂作勾留。全忠自河中来朝，昭宗延他入宴，并令与何后相见。何后掩面涕泣道："自今大家夫妇，委身全忠了。"除死方休。全忠宴毕趋出，留居陕州私第。昭宗命全忠兼掌左右神策军，及六军诸卫事。全忠置酒私第中，邀上临幸，面请先赴洛阳，督修宫阙，昭宗自然面允。次日昭宗大宴群臣，并替全忠饯行，酒过数巡，众臣辞出，留全忠在座，此外更有忠武节度使韩建一人。何后自室内出来，亲捧玉卮，劝全忠饮。偏后宫晋国夫人至昭宗身旁，附耳数语，留宴强臣，亦不应使宫人耳语，这正自速其死。全忠已未免动疑。韩建又潜蹑全忠右足，全忠遂托词已醉，不饮而去。越宿全忠即赴东都，临行时，上书奏请改长安为佑国军，以韩建为佑国节度使。昭宗虽然准奏，心下很怀着鬼胎，夜间密书绢诏，遣使至西川河东淮南，分投告急。诏中大意，谓："朕被朱全忠逼迁洛阳，迹同幽闭，诏敕皆出彼手，朕意不得复通，卿等可纠合各镇，速图匡复"云云。未几就是孟夏，全忠表称洛阳宫室，已经构成，请车驾急速启行。适司天监王墀，奏言星气有变，期在今秋，不利东行。昭宗因欲延宕至冬，然后赴洛，屡迁宫人往谕全忠，说是皇后新产，不便就道，请俟十月东行，且证以医官使阎佑之诊后药方。全忠疑昭宗徘徊俟变，即遣牙官寇彦卿，带兵至陕，且嘱语道："汝速至陕，促官家发来。"彦卿到了行在，狐假虎威，迫昭宗即日登程。昭宗拗他不过，只好动身。全忠至新安迎驾，阴嗾医官许昭远，告讦阎佑之王墀及晋国夫人，谋害元帅，一并收捕处死。自崔胤被戮，六军散亡俱尽，所余击球供奉内园小儿二百余人，随驾东来。全忠设食幄中，诱令赴饮，悉数缢死，另选二百余人，大小相类，代充此役。昭宗初尚未觉，数日乃寤。已经死了半个。嗣是御驾左右，统是全忠私人，所有帝后一举一动，无不预闻。

至昭宗已至东都，御殿受朝，改元天佑，更命陕州为兴唐府，授蒋玄晖王殷为宣徽南北院使，张廷范为卫使，韦震为河南尹，兼六军诸卫副使。召朱友恭氏叔琮为左右龙武统军，并掌宿卫，擢张全义为天平节度使，进全忠为护国宣武宣义忠武四镇节度使。昭宗毫无主权，专仰诸人鼻息，事事牵制，抑郁无聊，乃封钱镠为越王，罗绍威为邺王，尚望他热心王室，报恩勤王。那李茂贞李继徽李克用刘仁恭王建杨行密等，却移檄往来，声讨全忠，均以兴复为辞。全忠方欲西攻茂贞，恐昭宗尚有英气，不免生变，拟乘势废立，以便篡夺，乃遣判官李振至洛阳，与蒋玄晖朱友恭氏叔琮等，共同谋议。数人只知全忠，不知有昭宗，索性想出绝计，做出弑君大事来了。是年仲秋，昭宗夜宿椒殿，玄晖率牙官史太等百人，夜叩宫口，托言有紧急军事，当面奏皇帝。由宫人裴贞一开门，史太等一拥而进，贞一慌张道："如有急奏，何必带兵？"道言未绝，玉颈上已着了一刃，晕倒门前。玄晖在后大呼道："至尊何在？"昭仪李渐荣披衣先起，开轩一望，只见刀芒四闪，料知不怀好意，便凄声道："宁杀我曹，勿伤大家。"昭宗亦惊起，单衣跣足，跑出寝门，正值史太持刀进来，慌忙绕柱奔走。史太追赶不舍，李渐荣抢上数步，以身蔽帝，太竟用刀刺死渐荣，昭宗越觉惊慌，用手抱头，欲窜无路，但听得砉然一声，已是不省人事，倒地归天。年止三十八岁，在位一十六年，改元六次。龙纪景福乾宁光化天复天佑。

何后披发出来，巧巧碰着玄晖，连忙向他乞哀。玄晖倒也不忍下手，释令还内，遂矫诏称李渐荣裴贞一弑逆，宜立辉王祚为皇太子，改名为柷，监军国事。越日，又矫称皇后旨意，令太子柷在柩前即位。柷为何后所生，年仅十三，何知大政，就是昭宗死后，匆匆棺殓，何后以下，也不敢高声举哀，全是草率了事。唯全忠闻已弑昭宗，佯作惊惶，自投地上道："奴辈负我，使我受万代恶名。"还想美名么？乃趋至东都，入谒梓宫，伏地恸哭。装得还象，可惜欲盖弥彰。寻即觐见嗣皇，奏称友恭叔琮不戢士卒，应加贬戮，随即贬友恭为崖州司户，叔琮为白州司户，概令自尽。友恭系全忠养子，原姓名为李彦威，临死时，向人大呼道："卖我塞天下谤，但能欺人，不能欺鬼神，似此行为，尚望有后么？"你自己甘为所使，难道得免刑诛。嗣皇帝柷御殿受朝，是谓昭宣帝，尊何后为皇太后，奉居积善宫，号为积善太后。天平节度使张全义来朝，复任河南尹，兼忠武节度使，判六军诸卫事，命全忠兼镇天平。全忠乃辞归大梁，故相徐彦若，曾出任清海军节度使，彦若病故，遗表荐封州刺史刘隐，权为留后。隐重赂全忠，得他庇护，令掌节钺。

倏忽间又是一年，昭宣帝不敢改元，仍称天佑二年。全忠已决意篡唐，特使蒋玄晖邀集昭宗诸子，共宴九曲池。那时联翩赴宴，就是德王裕、棣王祤、虔王禊、沂王禋、遂王祎、景王秘、祁王祺、雅王祯、琼王祥等九人。全忠殷勤款待，灌得诸王酩酊大醉，即命武士入内，一一扼死，投尸池中。行同蛇蝎。昭宣帝怎敢过问，但奉昭宗安葬和陵，算是人子送终的大典。同平章事柳璨举进士及第，不过四年，骤得相位，专知求媚全忠，暨蒋玄晖张廷范等一班权奴，同列裴枢崔远独孤损三人，统负朝廷宿望，看轻柳璨，璨引为深憾。张廷范以优人得宠全忠，表荐为太常卿，枢支吾道："廷范是国家功臣，方得重任，何需乐官？这事恐非元帅意旨，不便曲从。"全忠闻言，语宾佐道："我尝谓裴十四想是裴枢小字。器识真纯，不入浮党，今有此议，是本态毕露了。"璨正欲推倒裴枢等人，乐得投石下井，向全忠处添些坏话，并将损远两相，一并牵入，谓系与枢同党。全忠遂请罢三相，另荐礼部侍郎张文蔚，吏部侍郎杨涉，同平章事。

到了孟夏，彗星出西北方，光长亘天，占验家谓变应君臣，恐有诛戮大祸，璨遂将平时嫉忌诸人物，列作一表，密贻全忠，且传语道："此等皆怨望腹诽，可悉加诛戮，上应星变。"全忠尚在迟疑，判官李振进言道："大王欲图大事，非尽除此等人物，不能得志。"璨振等比全忠尤凶。全忠乃奏贬独孤损为棣州刺史，裴枢为登州刺史，崔远为莱州刺史，吏部尚书陆扆为濮州司户，工部尚书王溥为淄州司户，太子太保致仕赵崇为曹州司户，兵部侍郎王赞为潍州司户。此外或系世胄，或由科名，得入三省台阁诸臣，稍有声望，俱一律贬窜，朝右为之一空。李振尚不肯甘休，更劝全忠斩草除根。原来振屡试进士，终不中第，所以深恨搢绅，欲把他一网打尽。全忠因派兵至白马驿，截住裴枢等三十余人，尽行杀死，投尸河中。振始得泄恨，笑语全忠道："此辈清流，应投浊流。"全忠亦含笑点首，引为快事。柳璨既诛逐同僚，因恐人心未服，特召前礼部员外郎司空图诣阙，欲加重任。图本见朝事丛脞，弃官居王官谷，至是不得已入朝，佯为衰野，坠笏失仪。璨复传诏，说他匪夷匪惠，难列朝廷，可仍放还，这数语正中图意，便飘然出都，还我初服。后来全忠篡位，又征图为礼部尚书，仍然不起。昭宣帝遇弑，图不食而死，完名全节，亘古流芳。特别表扬。这且不必细表。

且说朱全忠既揽大权，复受命为诸道兵马元帅，别开幕府，因闻赵匡凝兄弟，也与杨行密等联络一气，声言匡复，乃令杨师厚带兵取襄阳，进拔江陵。匡凝奔广陵，匡明奔成都，全忠欲乘胜攻淮南，亲督大军至襄州。敬翔谏阻不从，复进次枣阳，道遇大雨，尚不肯回军，再进至光州，路险泥泞，人马疲乏，士卒多半逃亡，没奈何敛兵退归。光州刺史柴再用，引兵抄截金忠后队，斩首三千级，获辎重万计。全忠悔不用敬翔言，很是躁忿，因欲急篡唐祚，乃返大梁。杨行密却命数将终，生了一年余的大病，他的长子名渥，曾出为宣州观察使，喜击球，好饮酒，没有什么令名。行密因诸子皆幼，不得不将渥召还，嘱咐后事。且令牙将徐温张颢，共同夹辅。未几，行密即死，渥袭职为节度使。朱全忠亦无暇过问，唯密嘱蒋玄晖等，迫令昭宣帝禅位。玄晖与柳璨等计议道："自魏晋以来，大臣代有帝祚，必先封大国，加九锡殊礼，然后受禅。事当循序，不宜欲速。"柳璨亦以为然。偏宣徽副使王殷等，嫉玄晖权宠，隐思加害，遂私白全忠，谓玄晖与璨，欲延唐祚，所以从中阻挠。全忠大怒，诟责玄晖。玄晖亟至大梁，进谒全忠，全忠忿然道："汝等巧述闲事，阻我受禅，难道我不加九锡，便不能作天子么？"玄晖道："唐祚已尽，天命归王，玄晖与柳璨等，受恩深重，怎敢异议？但思晋燕岐蜀，统是劲敌，王遽受禅，恐反滋人口实，计不若曲尽义理，然后受禅，较为名正言顺呢。"无论迟速，总是篡位，从何处窃取义理？玄晖柳璨等恶贯已盈，因有此议，以自速其死耳。全忠呵叱道："奴才奴才！汝果欲叛我了。"玄晖惶遽辞归，亟与柳璨议定，封全忠为相国，总掌百揆，晋封魏王，兼加九锡。全忠愤不受命，玄晖与璨，越加惶急，即奏称："中外物望，尽归梁王，陛下宜俯顺人心，择日禅位！"看官！你想昭宣帝童年无识，朝政统由汴党主持，所有一切诏敕，名目上算是主命，其实昭宣帝何曾过目，统是一班狐群狗党，矫制擅行，一面修表呈入，一面即由柳璨承旨，出使大梁，传达禅位的意思。全忠又是拒绝，璨只好扫兴回来。卖国也这般为难，莫谓天下无难事。何太后居积善宫，得知消息，镇日里以泪洗面，且恐母子生命不保，暗遣宫人阿秋阿虔，出告玄晖，哀乞传禅以后，幸全母子两命。为此一着，又被王殷等借口，诬称玄晖柳璨张廷范，在积善宫夜宴，与太后焚香为誓，兴复唐祚。全忠不问真假，即令王殷等捕杀玄晖，揭尸都门外，焚骨扬灰。为附贼为逆者，作一榜样。王殷又说玄晖私侍太后，由宫人阿虔阿秋，作为牵头，通导往来。于是全忠密令殷等入积善宫，弑何太后，且请旨追废太后为庶人。阿秋阿虔，并皆杖死，贬柳璨为登州刺史，张廷范为莱州司户。才阅一日，复将柳璨张廷范拿下，置璨大辟，加廷范车裂刑。璨被推出上东门外，仰天呼道："负国贼柳璨，该死该死！"要他自认，始知空中应有鬼神。这消息传达各镇，凡与全忠反对的镇帅，当然多一话柄，传檄讨罪，格外激烈。全忠却一时不敢篡夺，又延挨了一年。

魏博节度使罗绍威，曾娶全忠女为子妇，平时因军士跋扈，力不能制，乃遣人密告全忠。全忠发兵屯深州，伪言将进击幽沧，暗中欲援助绍威，可巧全忠女得病身亡，全忠即选精兵千人，充作担夫，贮兵械满橐中，挑入魏州，诈云会葬，全忠率大军为后继，会同绍威夜击牙军，屠灭军将八千家，老稚无遗。绍威深感全忠，留馆客舍，供张甚盛，声乐美妓，无不采奉。全忠沉恋声色，一住半年，绍威只好勉力供给，所杀牛羊豕等，不下七千万头，资粮亦耗费无算，蓄积一空。及全忠引兵渡河，往攻沧州，绍威始得息肩，且悔且叹道："合六州四十三县铁，铸成大错，虽悔无及了。"

全忠至沧州城下，督兵围城。刘仁恭搜括兵民，得十万人，自幽州出驻瓦桥关，一面乞师河东。李克用恨他反复，未肯许援，还是存勖进谏，请克用释怨助兵，共御朱温。克用乃召幽州兵共攻潞州，牵制全忠。潞州节度使丁会，本由全忠举荐，因闻全忠弑帝及后，也觉心怀不忍，尝缟素举哀，至是闻克用进攻，竟举城请降。克用留李嗣昭为昭义节度使，令丁会诣河东，厚加待遇。全忠闻潞州失守，复返魏州，绍威情急，亟出迎全忠道："今四方称兵，与王构怨，无非以翼戴唐室为名，王不如趁早灭唐，以绝人望。"全忠乃匆匆还镇。唐廷遣御史大夫薛贻矩，往劳全忠。贻矩到了大梁，请以臣礼相见，北面拜舞，且语全忠道："大王功德在人，三灵改卜，皇帝将行舜禹故事，臣怎敢违慢？"全忠侧身避座，心下很是喜欢，当下厚礼遣还。贻矩返白昭宣帝，劝令禅位，昭宣帝因即下诏，拟于天佑四年二月，禅位大梁，全忠佯上表乞辞。唐宰相张文蔚杨涉等，复共请昭宣帝逊位，且至大梁劝进，全忠尚不肯受。何必做作？文蔚等返至东都，再请昭宣帝降札禅位，老奸巨猾的朱全忠，方应允受禅。张文蔚为册礼使，礼部尚书苏循为副，杨涉为押传国宝使，翰林学士张策为副，薛贻矩为押金宝使，尚书左丞赵光达为副，六个唐室大臣，带领百官，把唐朝二百八十九年的国祚，赠送盗魁朱全忠。全忠受了册宝，改名为晃，居然被服衮冕，做起大梁皇帝来了。唐朝自是灭亡，昭宣帝被废为济阴王，徙居曹州，由全忠派兵监守，越年将他鸩死，追谥为哀皇帝。及后唐明宗即位，始改谥为昭宣帝，昭宣帝在位止三年，年只一十七岁。

看官听着！当全忠受禅时，淮南节度使杨渥，并吞洪州，掳得镇南军留后钟匡时，卢龙节度使刘仁恭，为子守光所囚，守光自称节度使，武贞节度使雷彦恭，屡寇荆南，留后贺瓌闭门自守。朱全忠虑他怯懦，别调颍州防御使高季昌为留后，总计唐室故土，四分五裂，最大的为梁，次为晋李克用。岐李茂贞。吴杨渥。蜀，王建。共成五国，尚有吴越钱镠。湖南马殷。荆南高季昌。福建王审知。岭南。刘隐。历史上称为五大镇。此外如魏博卢龙等，也是犬牙相错，割据一隅。小子叙述唐事，至此已完，所有五国五镇，及各处未了情形，不能琐叙，只好续编《五代史演义》，再行详述。看官少安毋躁，请续阅《五代史演义》便了。小子有七言诗二绝，作为《唐史演义》的终篇：

三百年间世乱多，几经流血几成波。
追原祸始由来久，开国贻谋已半讹。
妇寺乘权藩镇继，长安荆棘遍铜驼。
百回写尽沧桑感，留与遗民话劫磨。

本回叙朱温篡唐事，一气呵成，为全书之结束，弑昭宗，弑何太后，弑昭宣帝，并滥杀大臣及诸王，凶暴残虐，至温已极，但皆由贼臣等卖国而成。前有崔胤，后有柳璨，引狼入室，后为狼噬，朱友恭氏叔琮蒋玄晖张廷范等，本为全忠爪牙，乃亦死诸全忠之手，党恶为虐者，果有何幸乎？张文蔚杨涉等，迫主传禅，手捧册宝，赠献大梁，益足令人愧死。或谓唐之得国也由受禅，其失国也亦由传禅，冥冥之中，固自有天道存焉。然则祖宗创业，其果可不慎乎哉？

历朝通俗演义 第六部

五代史通俗演义

蔡东藩 著

中国书店

图书在版编目（CIP）数据

五代史通俗演义 / 蔡东藩著；—北京：中国书店，
2012.6（2019.10重印）
（历朝通俗演义）
ISBN 978-7-5149-0386-7

Ⅰ.①五… Ⅱ.①蔡… Ⅲ.①章回小说－中国－现代
Ⅳ.①I246.4

中国版本图书馆 CIP 数据核字（2012）第 108404 号

责任编辑 辛 迪
策 划 人 张凌文
装帧设计 肖晋兴
制作统筹 陈 辉

五代史通俗演义
蔡东藩 著

出　　版 中国书店
地　　址 北京市西城区琉璃厂东街115号
邮　　编 100050
发　　行 全国新华书店经销
印　　刷 天津东辰丰彩印刷有限公司
开　　本 680毫米×980毫米 1/16
印　　张 27.5
字　　数 436,000
版　　次 2012年8月第1版
印　　次 2019年10月第11次印刷
书　　号 ISBN 978-7-5149-0386-7
定　　价 598.00元（全十一部，共二十一册）

出版说明

蔡东藩先生从1915年开始创作《清史通俗演义》。此后历经十年，先后完成《元史通俗演义》、《明史通俗演义》、《民国通俗演义》、《宋史通俗演义》、《唐史通俗演义》、《五代史通俗演义》、《南北史通俗演义》、《两晋通俗演义》、《前汉通俗演义》、《后汉通俗演义》。

蔡先生的小说除极具故事性、趣味性之外，还极其重视史料的真实性。不但可以作为一般的休闲读物，也可以作为历史爱好者的参考书。

本套书由上海会文堂新记书局陆续出版，至1926年9月全部出齐。初版11部全部是有光纸石印线装本。1935年5月，会文堂进行改版，全部改为铅印，分装44册，增加了许廑父续写的《民国通俗演义》后40回。全套书书名为《历朝通俗演义》，共11部，600余万字。

此次出版，是以会文堂1935年的铅印本为底本，将繁体竖排改为简体横排。在编辑过程中，尽量保持原书风貌，仅对个别的错字、标点等做了调整和修改。原书的一大特色，蔡东藩自己批注的注释、夹批和后批，全部按原文保留。

希望能带给读者原汁原味的阅读感受。

自序

读史至五季之世，辄为之太息曰：“甚矣哉中国之乱，未有逾于五季者也！”天地闭，贤人隐，王者不作而乱贼盈天下，其狡且黠者，挟诈力以欺凌人世，一或得志，即肆意妄行，君不君，臣不臣，父不父，子不子，铤而走险，虽夷虏犹尊亲也；急则生变，虽骨肉犹仇敌也。元首如奕棋，国家若传舍，生民膏血涂草野，骸骼暴原隰，而私斗尚无已时，天欤人欤？何世变之亟，一至于此？盖尝屈指数之，五代共五十有三年，汴洛之间，君十三，易姓者八。而南北东西之割据一隅，与五代相错者，前后凡十国，而梁唐时之岐燕，尚不与焉。辽以外裔踞朔方，猾诸夏，史家以其异族也而夷之。辽固一夷也，而如五代之无礼义，无廉耻，亦何在非夷？甚且恐不夷若也。宋薛居正撰《五代史》百五十卷，事实备矣，而书法未彰。欧阳永叔删芜存简，得七十四卷，援笔则笔，削则削之义，逐加断制，体例精严。既足声奸臣逆子之罪，复足树人心世道之防，后人或病其太略，谓不如薛史之渊博，误矣！他若王溥之《五代会要》，陶岳之《五代史补》，尹洙之《五代春秋》，袁枢之《五代纪事本末》，以及路振之《九国志》，刘恕之《十国纪年》，吴任臣之《十国春秋》等书，大都以裒辑遗闻为宗旨，而月旦之评，卒让欧阳。孔圣作《春秋》而乱贼惧，欧阳公其庶几近之乎？鄙人前编唐宋《通俗演义》，已付手民印行，而五代史则踵唐之后，开宋之先，亦不得不更为演述，以餍阅者。叙事则搜证各籍，持义则特仿庐陵，不敢拟古，亦不敢违古，将以借粗俗之芜词，显文忠之遗旨，世有大雅，当勿笑我为效颦也。抑鄙人更有进者，五代之祸烈矣，而推厥祸胎，实始于唐季之藩镇。病根不除，愈沿愈剧，因有此五代史之结果。今则距五季已阅千年，而军阀乘权，争端迭起，纵横捭阖，各戴一尊，几使全国人民，涂肝醢脑于武夫之腕下，抑何与五季相似欤？况乎纲常凌替，道德沦亡，内治不修，外侮益甚，是又与五季之世有同慨焉者。殷鉴不远，覆辙具存。告往而果能知来，则泯泯棼棼之中国，其或可转祸为福，不致如五季五十余年之扰乱也欤？书既竣，爰慨然而为之序。

中华民国十有二年夏正暮春之月，古越蔡东帆自识于临江书舍。

五代世系图

五代十三主共五十三年，按下列年数应得五十七年，惟易代时尝同年改元，故实数止五十三年。

梁 ❶太祖朱温[更名晃，在位六年 907年–912年]——❷末帝友贞[在位十一年 913年–923年]

唐 ❶庄宗李存勗[在位四年 923年–925年]

❷明宗嗣源[在位八年 926年–933年]——❸闵帝从厚[在位一年 934年]
——❹废帝从珂[在位二年 934年–936年]

晋 ❶高祖石敬瑭[在位七年 936年–942年]——❷出帝重贵[在位四年 943年–946年]

汉 ❶高祖刘知远[更名暠，在位二年 947年–948年]——❷隐帝承祐[在位二年 949年–950年]

周 ❶太祖郭威[在位三年 951年–954年]——❷世宗荣[在位六年 954年–959年]——❸恭帝宗训[在位一年 960年]

目　录

第一回　睹赤蛇老母觉异征
得艳凤枭雄偿夙愿

治久必乱，合久必分，这是我中国古人的陈言。其实是太平日久，朝野上下，不知祖宗创业的艰难，守成的辛苦，一味儿骄奢淫佚，纵欲败度，所有先人遗泽，逐渐耗尽。造化小儿，又故意弄人，今年大水，明年大旱，害得饥馑荐臻，盗贼蜂起，平民无可如何。与其饿死冻死，不如跟了强盗，同去掳掠一番，倒反得食粱肉，衣文锦，或且做个伪官，发点大财，好夺几个娇妻美妾，享那后半世的荣华。于是乱势日炽，分据一方，就中有三五枭雄，趁着国家扰乱的时候，号召徒党，张着一帜，不是僭号称帝，就是拥土称王。咳！天下有许多帝，许多王，这岂还能平靖么！绝大道理，绝大议论。

小子旷览古史，查考遗事，似这种乱世分裂的情状，实是不止一两次，东周时有列国，后汉时有三国，东晋后有南北朝。晚唐后有五代，统是东反西乱，四分五裂，南北朝五代，更闹得一塌糊涂，小子方编完《唐史演义》，凡残唐时候的乱象，及四方分割的情形，还未曾交代明白，因此不得不将五代史事，继续演述。五代先后历五十三年，换了八姓十三个皇帝，改了五次国号，叫作梁、唐、晋、汉、周。史家因梁、唐、晋、汉、周五字，前代早已称过，恐前后混乱不明，所以各加一个后字，称为后梁、后唐、后晋、后汉、后周。还有角逐中原，称王称帝，与梁、唐、晋、汉、周五朝，或合或离，不相统属的国度，共计十数，著名史乘，称作十国，就是吴、楚、闽、南唐、前蜀、后蜀、南汉、北汉及吴越、荆南。提纲挈领。

看官！听说这五代十国的时势，简直是君不君，臣不臣，父不父，子不子，篡弑相寻，烝报无已，就使有一二君主，如后唐明宗，后周世宗两人，当时号为贤明英武，但也不过彼善于此，未足致治。故每代传袭，最多不过十余年，最少只有三四年，各国亦大都如此。古人说得好，木朽虫生，墙空蚁入，似此荡荡中原，没有混一的主子，那时外夷从旁窥伺，乐得乘隙而入，喧宾夺主，海内腥膻，土地被削，子女被掳，社稷被灭，君臣被囚。中国正纷纷扰扰，无法可治，再加那鲜卑遗种，朔漠健儿，进来蹂躏一场，看官！你想中国此时，苦不苦呢？危不危呢？言之慨然。

照此看来，欲要内讧不致蔓延，除非是国家统一，欲要外人不来问鼎，亦除非是国家统一！暮鼓晨钟。若彼争此夺，上替下凌，礼教衰微，人伦灭绝，无论什么朝局，什么政体，总是支撑不住，眼见得神州板荡，四夷交侵，好好一个大中国，变做了盗贼世界，夷虏奴隶，岂不是可悲可痛么！伤心人别具怀抱。列位不信，五代史就是殷鉴！待小子从头至尾，演述出来。

且说五代史上第一朝，就是后梁，后梁第一世皇帝，就是大盗朱阿三。原名是一温字，唐廷赐名全忠，及做了皇帝，又改名为晃。他的皇帝位置，是从唐朝篡夺了来，小子前编《唐史演义》，已将他篡夺的情状，约略叙明，只是他出身履历，未曾详述，现下续演五代史，他坐了第一把龙椅，哪得不特别表明。他是宋州砀山午沟里人，父名诚，恰是个经学老先生，在本乡设帐课徒。娶妻王氏，生有三子，长子名全昱，次名存，又次名温。温排行第三，小名便叫作朱阿三。相传朱温生时，所居屋上，有红光上腾霄汉，里人相顾惊骇，同声呼号道："朱家火起了！"当下彼汲水，此挑桶都奔到朱家救火。哪知庐舍俨然，并没有什么烟焰，只有呱呱的婴孩声，喧达户外。大家越加惊异，询问朱家近邻。但说朱家新生一个孩儿，此外毫无怪异，大家喧嚷道："我等明明见有红光，为何到了此地，反无光焰。莫非此儿生后，将来大要发迹，所以有此异征哩！"说本《旧五代史·梁太祖本纪》。盗贼得为帝王，也应该有此怪象。

一世枭雄，降生僻地，闹得人家惊扰，已见得气象不凡。三五岁时候，恰也没甚奇慧，但只喜欢弄棒使棍，惯与邻儿吵闹。次兄存与温相似，也是个淘气人物，父母屡次训责，终不肯改。只有长兄全昱，生性忠厚，待人有礼，颇有乃父家风。朱诚尝语族里道："我生平熟读五经，赖此糊口。所生三儿，唯全昱尚有些相似，存与温统是不肖，不知我家将如何结局哩！”

既而三子逐渐长大。食口增多，朱五经所入修金，不敷家用，免不得抑郁成疾，竟致谢世。身后四壁萧条，连丧费都无从凑集，还亏亲族邻里，各有赙赠，才得草草藁葬。但是一母三子，坐食孤帏，叫他如何存活，不得已投往萧县，佣食富人刘崇家，母为佣媪，三子为佣工。全昱却是勤谨，不过膂力未充，存与温颇有气力，但一个是病在粗疏，一个是病在狡惰。

刘崇尝责温道："朱阿三，汝平时好说大话，无事不能，其实是一无所能呢。试想汝佣我家，何田是汝耕作，何园是汝灌溉。"温接口道："市井鄙夫，徒知耕稼，晓得怎么男儿壮志，我岂长作种田佣么？"刘崇听他出言挺撞，禁不住怒气直冲，就便取了一杖，向温击去。温不慌不忙，双手把杖夺住，折作两段。崇益怒，入内去觅大杖。适为崇母所见，惊问何因。崇谓须打死朱阿三，崇母忙阻住道："打不得，打不得，你不要轻视阿三。他将来是了不得哩。"

看官！你道崇母何故看重朱温，原来温至刘家，还不过十四五岁，夜间熟寐时，忽发响声，崇母惊起探视，见朱温睡榻上面，有赤蛇蟠住，鳞甲森森，光芒闪闪，吓得崇母毛发直竖，一声大呼，惊醒朱温，那赤蛇竟杳然不见了。事见《旧五代史》，并非捏造。嗣是崇母知温为异人。格外优待，居常与他栉发，当做儿孙一般，且尝诫家人道："朱阿三不是凡儿，汝等休得侮弄！"家人亦似信非信，或且笑崇母为老悖。崇尚知孝亲，因老母禁令责温，到也罢手。温复得安居刘家，但温始终无赖，至年已及冠，还是初性不改，时常闯祸。

一日，把崇家饭锅，窃负而去。崇忙去追回，又欲严加杖责，崇母复出来遮护，方才得免。崇母因戒朱温道："汝年已长成，不该这般撒顽，如或不愿耕作，试问汝将何为？"温答道："平生所喜，只是骑射。不若畀我弓箭，到崇山峻岭旁，猎些野味，与主人充庖，却是不致辱命。"崇母道："这也使得，但不要去射死平民！"这是最要紧的嘱咐。温拱手道："当谨遵慈教！"崇母乃去寻取旧时弓箭，给了朱温。并浼温母亦再三叮咛，切勿惹祸。

温总算听命，每日往逐野兽，趫捷绝伦，就使善走如鹿，也能徒步追取，手到擒来。刘家庖厨，逐日充牣，崇颇喜他有能。温兄存也觉技痒，愿随弟同去打猎，也向崇讨了一张弓，几枝箭，与温同去逐鹿。朝出暮归，无一空手时候，两人不以为劳，反觉得逍遥自在。

一日骋逐至宋州郊外，艳阳天气，明媚春光，正是赏心豁目的佳景。温正遥望景色，忽见有兵役数百人，拥着香车二乘，向前行去，他不觉触动痴情，亟往追赶。存亦随与俱行，曲折间绕入山麓，从绿树阴浓中，露出红墙一角，再转几弯，始得见一大禅林。那两乘香车，已经停住，由婢媪扶出二人。一个是半老妇人，举止大方，却有宦家气象；一个是青年闺秀，年龄不过十七八岁，生得仪容秀雅，骨肉停匀，眉宇间更露出一种英气，不等小家儿女，扭扭捏捏，腼腼腆腆。为张夫人占一身分。温料是母女入寺拈香，待他联步进殿，也放胆随了进去。至母女拜过如来，参过罗汉，由主客僧导入客堂，温三脚两步，走至该女面前，仔细端详，确是绝世美人，迥殊凡艳。勉强按定了神，让她过去。该女随母步入客室，稍为休息，便即唤兵役伺候，稳步出寺，连袂上车，似飞的始行去了。温随至寺外，复入寺问明主客僧，才知所见母女，年大的是宋州刺史张蕤妻，年轻的便是张蕤女儿。温惊寤道："张蕤么？他原是砀山富室，与我等正是同乡，他现在尚做宋州刺史吗？"主客僧答道："闻他也将要卸任了。"温乃偕兄存出寺。

路中语存道："二哥！你可闻阿父在日，谈过汉光武故事么？"存问何事，温答道："汉光武未做皇帝时，尝自叹道：为官当做执金吾！娶妻当得阴丽华！后来果如所愿。今日所见张氏女，恐当日的阴丽华，也不过似此罢了。你道我等配做汉光武否？"写出朱温好色。存笑道："癞虾蟆想吃天鹅肉，真是自不量力！"温奋然道："时势造英雄，想刘秀当日，有何官爵，有何财产，后来平地升天，做了皇帝，娶得阴丽华为皇后。今日安知非仆？"存复笑语道："你可谓痴极了！想你我寄人庑下，能图得终身饱暖，已算幸事，还想什么娇妻美妾！就是照你的妄想，也须要有些依靠，岂平白地能成大事么？"温直说道："不是投军，就是为盗。目今唐室已乱，兵戈四起，前闻王仙芝发难濮州，近闻黄巢复起应曹州，似你我这般勇力，若去随他为盗，抢些子女玉帛，很是容易，何必再在此厮混，埋没英雄！"志趣颇大，可惜不是正道。

这一席话，把朱存也哄动起来，便道："说得有理，我与你便跟黄巢去罢。"温又道："且回去辞别母亲，并及主人，明日便可动身。"两人计议已定，遂返至刘崇家，先去禀明老母，但说要出外谋生。朱母还放心不下，意欲劝阻。两人齐声道："儿等年已弱冠，不去谋点生业，难道要老死此间么？母亲尽管放心！"全昱闻二弟有志远出，也来问明行径。两人道："目下尚难预定，兄要去同去，否则在此陪着母亲，也是好的。"全昱是个安分守己的人物，便答道："我在此侍奉母亲，二弟尽管前去，得有生路，招我未迟。"两人应声称是。温感刘母好意，即入内陈明，刘母却也嘱咐数语，不消絮述。唯刘崇因两人在家，没甚关系，也听他自由。

两人过了一宿，越日早起，饱餐一顿，便去拜别母亲。再向刘母及崇告辞。由刘母赠给干粮制钱等，作为路费。又辞了全昱，欢跃而去。时正唐僖宗乾符四年。点醒年月，最是要笔。黄巢正据住曹州，横行山东，剽掠州县。郓州、沂州一带，也渐被巢众占夺。所有各处亡命子弟，统向投奔，巢无不收纳。朱温弟兄两人，趋往贼寨，贼目见他身材壮大，武艺刚强，当然录用。两人既入贼党，便与官军为敌，仗着全身勇力，奋往直前，官军无不披靡，遂得拔充队长。朱存乘势掠夺妇女，作为妻房。独温记念张女，几有除却巫山，不是行云的意思，因此尚独往独来，做个贼党中的光棍。

过了年余，在贼中立功尤多，居然得在黄巢左右，充做亲军头目。他遂怂恿黄巢，往攻宋州，巢便遣他领众数千，进围宋州城。醉翁之意不在酒。哪知宋州刺史张蕤，早已去任，后任守吏，恰是有些能耐，坚守不下，温已失所望，复闻援兵大至，遂率众趋归。

既而黄巢僭称冲天大将军，驱众南下，温留守山东，存随巢南行。巢众转战浙闽，趋入广南，沿途骚扰，鸡犬皆空。偏南方疫疠甚盛，贼众什死三四，更兼官军四集，险些儿陷入死路。巢乃变计北归，从桂州渡江，沿湘而下，免不得与官军相遇，大小数十战，互有杀伤，存战死。命该如此。巢由湘南出长江，渡淮而西，再召集山东留贼，并力西攻，拔东都，即洛阳，唐号为东都。入潼关，竟陷长安。即唐朝京都。唐僖宗奔往兴元，巢竟僭号称大齐皇帝，改元金统，命朱温屯兵东渭桥，防御官军。嗣复令温为东南面行营先锋，攻下南阳，再返长安，由巢亲至灞上，迎劳温军。

未几又遣温西拒邠、岐、鄜、夏各路官军，到处扬威。巢又欲东出略地，令温为同州防御使，使自攻取。温由丹州移军，攻入左冯翊，遂陷同州。这时候的唐室江山，已半归黄巢掌握，中原一带，统已糜烂不堪，所有民间村落，多成为瓦砾场。老弱填沟壑，丁壮散四方，最可怜的是青年妇女，被贼掠取，无非做了行乐的玩物，任意糟蹋，不顾生命。

朱温从贼有年，历次得伪齐皇帝拔擢，东驰西突，平时掠得美人儿，也不知几千几百，他素性好色，那里肯做了猫儿，尽管吃素？唯情人眼里爱定西施，就使拣了几个娇娃，叫他侍寝，心中总嫌未足，还道是味同嚼蜡，无甚可取，今日受用，明日舍去，总不曾正名定分，号为妻室。老天有意做人美，偏把他的心上人，也驱至同州，为他部下所掠取，献至座前，趋伏案下。温定神一瞧，正是寤寐不忘的好女郎，虽然乱头粗服，尚是倾国倾城，便不禁失声道："你是前宋州刺史的女公子么？"张女低声称是。温连声道："请起！请起！女公子是我同乡，猝遭兵祸，想是受惊不小了！"

张女方含羞称谢，起立一旁。温复问她父母亲族，女答道："父已去世，母亦失散，难女跟了一班乡民，流离至此，还幸得见将军，顾全乡谊，才得苟全。"温拊掌道："自从宋州郊外，得睹芳姿，倾心已久，近年东奔西走，时常探问府居，竟无着落。我已私下立誓，娶妇不得如卿，情愿终身鳏居，所以到了今朝，正室尚是虚位。天缘辐辏，重得卿卿。这真所谓三生有幸呢！"天意好作成强盗，却也不知何理？

张女闻言，禁不住两颊生红，俯首无言。温即召出婢仆，拥张女往居别室，选择好日子，正式成婚。到了吉期，温穿着伪齐官服，出做新郎，张氏女珠围翠绕，装束如天仙一般，与温并立红毡，行过了交拜礼，然后洞房花烛，曲尽绸缪。《欧史·张后传》，谓后为温少时所聘，案张女为富家子，温一孤贫儿，何从得耦。唯《薛史》谓温闻女美，曾有阴丽华之叹，后在同州得后于兵间，较为合理，今从之。小子有诗叹道：

居然强盗识风流，淑女也知赋好逑。
试看同州交拜日，和声竟尔配雎鸠。

朱温既得张女为妇，朝欢暮乐，正是快活极了。忽由黄巢传到伪诏，命他进攻河中，他才不得已督兵出发。欲知胜负如何，容小子下回表明。

本编踵《唐史演义》之后，虽尚为残唐时事，但唐室如何致亡，黄巢如何作乱，俱已见过《唐史》，无庸重述。唯朱温是本编第一代人物，所有出身履历，为

《唐史演义》中所未及详者，应该就此补叙。温本一无赖，故后虽幸得帝位，究不令终。温素来好色，故始虽幸得如愿，仍致荒亡。观此回逐段叙来，已把朱温一生品行，全盘托出。盖能成大事者，即不为小节所拘，而窃釜等事，终非豪杰所屑为。汉光武固有阴氏之感，然光武之不愧中兴，大端并不在此处；且岂如温之得陇望蜀，犹是纵淫无忌乎？赤蛇之征，《旧五代史》载之，而《新五代史》略之，欧阳公之不肯右温。有以夫！

第二回　报亲恩欢迎朱母
探妻病惨别张妃

却说唐僖宗西走兴元，转入蜀中，号召各镇将士，令他并力讨贼，克复长安，河中节度使王重荣，本已投顺黄巢，因巢屡遣使调发，不胜烦扰，乃决计反正，驱杀巢使，纠合四方镇帅，锐图兴复。黄巢闻知消息，即命朱温出击河中。温正新婚燕尔，不愿出师，但既为伪命所迫，没奈何备了粮草，带了人马，向河中进发。已是败象。途次与河中兵相遇，一场交战，被他杀得一败涂地，丧失粮仗四十余船，还亏自己逃走得快，侥幸保全性命。

重荣进兵渭北，与温相持。温自知力不能敌，急遣使至长安，报请济师，偏偏黄巢不允。温又接连表请，先后十上，起初是不答一词，后来且严词驳责，说他手拥强兵，不肯效力。温未免愤闷，及探明底细，才知为伪齐中尉孟楷，暗中谗间，因致如此。

可巧幕客谢瞳，入帐献议道："黄家起自草莽，乘唐衰乱，伺隙入关，并非有功德及人，足王天下，看来是易兴易亡，断不足与成大事。今唐天子在蜀，诸镇兵闻命勤王，云集景从，协谋恢复，可见唐德虽衰，人心还是未去呢。且将军在外力战，庸奴在内牵制，试问将来能成功否？章邯背秦归楚，不失为智，愿将军三思！"

温心下正恨黄巢，听了这番言语，不禁点首。复致书张氏，说明将背巢归唐，张氏也覆书赞成，遂诱入伪齐监军严实，把他一刀杀死，携首号令军前，即日归唐。一面贻书王重荣，乞他表奏僖宗，情愿悔过投诚。时僖宗正遣首相王铎，出为诸道行营都统，闻得朱温投降，喜出望外，也代为保奏。僖宗览两处奏章，非常欣慰，且语左右道："这是上天赐朕哩！"他来夺你国祚，你道是可喜么？遂下诏授温为左金吾卫大将军，充河中行营招讨副使，赐名全忠。自是温与官军联络，一同攻巢。《唐史演义》上改称全忠，本编仍名为温，诛其首恶也。

僖宗自乾符六年后，复两次改元，第一次改号广明，一年即废，第二次改号中和，总算沿用了四年。朱温降唐，是在中和二年的秋季，越年三月，又拜温为汴州刺史，兼宣武军治汴州。节度使，仍依前充河中行营招讨副使，俟收复京阙，即行赴镇。

是年四月，河东治晋阳。节度使李克用等，攻克长安，逐走黄巢，巢出奔蓝田。温乃挈领爱妻张氏，移节至宣武军，留治汴州。可见长安收复，并非温功。即遣兵役百人，带着车马，至萧县刘崇家，迎母王氏，并及崇母。

崇家素居乡僻，虽经地方变乱，还幸地非冲要，不遭焚掠，所以全家无恙。唯自朱温弟兄去后，一别五载，杳无信息。五年无家禀，温亦未免忘亲。全昱却已娶妻生子，始终不离崇家。朱母时常惦念两儿，四处托人探问，或说是往做强盗，或说是已死岭南，究竟没有的确音信。及汴使到了门前，车声辘辘，马声萧萧，吓得村中人民，都弃家遁走，还道大祸临头，不是大盗进村劫掠，就是乱兵过路骚扰，连刘崇阖家老小，也觉惊惶万分。嗣经汴使人门，谓奉汴帅差遣，来迎朱太夫人及刘太夫人。朱母心虚胆怯，误听使言，疑是两儿为盗，被官拿住，复来搜捕家属，急得魂魄飞扬，奔向灶下躲住，杀鸡似的乱抖。还是刘崇略有胆识，出去问明汴使，才知朱温已为国立功，官拜宣武军节度使，特来迎接太夫人。

当下入报朱母，四处找寻，方得觅着，即将来使所言，一一陈述，朱母尚是未信，且颤且语道："朱……朱三，落拓无行，不知他何处作贼，送掉性命！哪里能自致富贵？汴州镇帅，恐非我儿，想是来使弄错哩。"崇母在旁，却从容说道："我原说朱三不是常人，目今做了汴帅，有何不确！朱母朱母！我如今要称你太夫人了！一人有福，得挈千人，我刘氏一门，全仗太夫人照庇哩！"说至此，便向朱母敛衽称贺。朱母慌忙答礼，且道："怕不要折杀老奴！"崇母握朱母手，定要她走出厅堂，自去问明，朱母方硬了头皮，随崇母出来。崇母笑语汴使道："朱太夫人出来了！"汴使向朱母下拜，并询及崇母，知是刘太夫人，也一并行礼。且将朱温前此从贼，后此归正，如何建功，如何拜爵等情，一一详述无遗。朱母方才肯信，喜极而泣。确有此态，一经描写，便觉入神。

汴使复呈上盛服两套，请两母更衣上车，即日起程。朱母道："尚有长儿全昱，及刘氏一家，难道绝不提及吗？"汴使道："节帅俟两夫人到汴，自然更有后命。"朱母乃与刘母入内，易了服饰，复出门登车而去。萧县离汴城不远，止有一二日路程，即可到汴。距汴十里，朱温已排着全副仪仗，亲来迎接两母，既见两母到来，便下马施礼，问过了安，随即让两车先行，自己上马后随，道旁人民，都啧啧叹羡，称为盛事。及到了城中，趋入军辕，温复下马，扶二母登堂，盛筵接风。刘母坐左，朱母坐右，温唤出妻室张氏，拜过两母，方与张氏并坐下首，陪两母欢饮。

酒过数巡，朱母问及朱存。温答道："母亲既得生温，还要问他做甚？"朱母道："彼此同是骨肉，奈何忘怀！"温又道："二兄已早死岭南，闻有二儿遗下，现因道途未靖，尚未收回，母亲也不必记念了！"是好心肠。朱母转喜为悲，因见温带有酒意，却也未敢斥责，但另易一说道："汝兄全昱，尚在刘家，现虽娶妇生子，不过勉力支撑，仍旧一贫如洗。汝既发达，应该顾念兄长。况且刘家主人，也养汝好几年，刘太夫人如何待汝，汝亦当还记着。今日该如何报德呢？"温狞笑道："这也何劳母亲嘱咐，自然安乐与共了。"朱母方才无言。及饮毕撤肴，军辕中早已腾出静室，奉二母居住，且更派人送往刘家，馈刘崇金千两，赠全昱金亦千两。

既而黄巢窜死泰山，唐僖宗自蜀还都，改元光启，大封功臣，温得晋授检校司徒、同平章事，封沛郡侯。温母得贻封晋国太夫人。全昱亦得封官。就是刘崇母子，亦因温代请恩赐，俱沐荣封。温奉觞母前，上寿称庆，且语母道："朱五经一生辛苦，不得一第，今有子为节度使，晋登相位，洊膺侯爵，总算是显亲扬名，不辱先人了！"言毕，呵呵大笑。已露骄盈。

母见他意气扬扬，却有些忍耐不住，便随口答应道："汝能至此，好算为先人吐气；但汝的行谊，恐未必能及先人呢。"温惊问何故，母凄然道："他事不必论，阿二与汝同行，均随黄巢为盗，他独战死蛮岭，尸骨尚未还乡，二孤飘零异地，穷苦失依，汝幸得富贵，独未念及，试问汝心可安否？照此看来，汝尚不能无愧了！"温乃涕泣谢罪，遣使往南方取回兄榇，并挈二子至汴，取名友宁、友伦。全昱已早至汴州，见过母弟，自受封列官后，携家眷归午沟里，大起甲第，光耀门楣。他亦生有三子，长名友谅，次名友能，又次名友诲，后文自有表见。

光启二年，温且晋爵为王，自是权势日张，兀成强镇。俗语说得好，江山可改，本性难移。他生成是副盗贼心肠，专喜损人利己，遇着急难的时候，就使要他下拜，也是乐从；到了难星已过，依然趾高气扬，有我无人，甚且以怨报德，往往将救命恩公，一古脑儿迫入死地，好教他独自为王，这是朱温第一桩的黑心。特别表明。小子前编《唐史演义》，已曾详叙，此处只好约略表明。先是巢党尚让，率贼进逼汴城，河东军帅李克用，好意救他，逐去尚让，他邀克用入上源驿，佯为犒宴，夜间偏潜遣军士，围攻驿馆，幸亏克用命不该绝，得逾垣遁去，只杀了河东兵士数百人。是唐僖宗中和四年间事。后来尚让归降，又出了一个秦宗权，也是逆巢余党，据住蔡州，屡次与温争锋。温多败少胜，复向兖郓求救。兖郓为天平军驻节地，节度使朱瑄，与弟瑾先后赴援。温得借他兵势，破走秦宗权。他又故态复萌，诬称朱瑄兄弟，诱汴亡卒，发兵袭击二朱，把他管辖的曹濮二州，硬夺了来。是唐僖宗光启三年间事。一面进攻蔡州，擒住秦宗权，槛送京师，得进封东平郡王。

唐僖宗崩，弟昭宗嗣，他又阴赂唐相张濬，嗾他出征河东，濬为李克用所败，害得公私两丧，流贬远州。是昭宗大顺元年间事。他却乘间取利，故向魏博假道，要发兵助讨河东。魏博军帅罗弘信，与河东素无仇隙，当然不允，他即倾兵击魏，连战连胜。弘信敌他不过，没奈何奉贿乞和。他既得了厚贿，并不向河东进兵，又去攻略兖郓。前军为朱瑾所败，无从得志，索性迁怨徐州，由东而南。徐州节度使时溥，资望本出温上，偏权位不能如温，未免啧有烦言。会秦宗权弟宗衡，骚扰淮扬，唐廷命温兼淮南节度使，令他出剿宗衡。温遂借道徐州，溥竟不许，因为温援作话柄，移军攻徐州，连拔濠、泗二州。溥累战不利，死守彭城，温再四进攻，卒为所拔，溥举族自焚。是昭宗景福二年间事。

温兵势益张，便进图兖郓。可怜朱瑄兄弟，连年被兵，弄得师劳力竭，没法支持，不得已乞师河东。李克用恨温刁滑，到也发兵东援，偏罗弘信与温和好，在中途截住克用，不令东行。兖郓属城，陆续被温夺去，朱瑄成擒，为温所杀。瑾脱身走淮南，妻子陷入温手。温见瑾妻姿色可人，迫令侍寝，奸宿数宵，挈归汴梁。经爱妻张夫人婉言讽谏，方出瑾妻为尼。是昭宗乾宁四年间事。张夫人讽谏语见《唐史演义》中，故不重述。

先是温母在汴，尝戒温妄加淫戮。温虽未肯全听母教，尚有三分谨慎。至是温母已早归午沟里，得病身亡，温失了慈训，自然任性横行，还亏妻室张氏，贤明谨饬，动遵礼法，无论内外政事，辄加干涉。温本宠爱异常，更因张氏所料，语多奇中，每为温所未及，所以温越加敬畏，凡一举一动，多向闺门受教。有时温已督兵出行，途次接着汴使，说是奉张夫人命，召还大王，温即勒马回军。就是平时侍妾，也不过三五人，未敢贪得无餍。古人谓以柔克刚，如温妻张氏，真是得此秘诀。不知老天何故生这慧女，为强盗的贤内助呢？褒贬悉宜。

温既据有兖郓等地，兼任宣武见前。宣义治滑州。天平见前。三镇节度使，复会同魏博军，攻李克用，拔洺、邢、磁三州。唐廷威令，已不能出国门一步，哪里还敢过问，温要什么，便依他什么。昭宗光化三年，中官刘季述，竟将昭宗幽禁，另立太子裕为皇帝。宰相崔胤，召温勤王。温正进取河中，未肯遽赴，好好一场复辟大功，归了神策指挥使孙德昭。季述诛，太子废，昭宗仍旧登基，改元天复。温不得与闻，后来亦未免自悔，但河中已幸夺取，因讽吏民上表唐廷，请已为帅，昭宗亦不敢不从。

偏偏唐宫里面，又出了一个韩全诲，代刘季述做了中尉，比季述还要狡黠，潜通凤翔节度使岐王李茂贞，劫了帝驾，竟赴凤翔。那时唐相崔胤，复召温西迎天子，温出兵至凤翔城东，耀武扬威，一住数日。茂贞胁昭宗下诏，饬温还镇，他本无心迎驾，不过假托名目，为欺人计；既接昭宗诏命，便引还河中。又遣将进攻河东，取慈、隰、汾三州，直抵晋阳。围攻了好几天，被河东军杀败，方命退师，慈、隰、汾三州，仍然弃去。可巧崔胤奔诣河中，坚劝温迎还昭宗，温乃再督兵五万，进围凤翔。茂贞连战失利，乃诛死韩全诲，放出唐昭宗，与温议和。温奉驾还京，改元天祐，大杀宦官，特旨赐温号为回天再造竭忠守正大功臣，加爵梁王，兼任各道兵马副元帅。

当时唐室大权，尽归温手，温遂思篡夺唐祚，把宫廷内外的禁卫军，一概撤换，自派子侄及心腹将士，代握宫禁兵权。待部署已定，即当强迫昭宗，令他禅位，偏得了汴梁消息，张夫人抱病甚剧，势将不起，乃陛辞昭宗，回汴探妻。

既返军辕，见爱妻僵卧榻中，已是瘦骨如柴，奄奄待毙。英雄气短，儿女情长，到此也不免洒了几点悲泪。张夫人闻有泣声，顿觉惊寤转来，勉挣病目，向外瞧着，见温立在榻前，自弹老泪，便强振娇喉，凄声问道："大王已回来了么？"温答声称是。张夫人道："妾病垂危，不日将长别大王了。"温越觉悲咽，握住妻手，恻然答道："自从同州得配夫人，到今已二十多年，不但内政仗卿主持，就是外事亦赖卿参议。今已大功告成，转眼间将登大宝，满望与卿同享尊荣，再做几十年太平帝后，哪知卿病至此，如何是好！"张夫人亦流泪道："人生总有一死，死亦何恨！况妾身得列王妃，已越望外，还想什么意外富贵，就是为大王计，也算备受唐室厚恩，唐室可辅，还须帮护数年，不可骤然废夺。试想从古到今，有几个太平天子，可见皇帝是不容易做呢！"巾帼妇人，难得有此见识。温随口应道："时势逼人，不得不尔。"张夫人叹道："大王既有大志，料妾亦无能挽回，但上台容易，下台为难，大王总宜三思后行。果使天与人归，得登九五，妾尚有一言，作为遗谏，可好么？"温答道："夫人尽管说来，无不乐从。"张夫人半晌才道："大王英武过人，他事都可无虑；唯'戒杀远色'四字，乞大王随时注意！妾死也瞑目了。"药石名言，若朱温肯遵闺诫，可免刲腹之苦。说至此，不觉气向上涌，痰喘交作，延挨了一昼夜，竟尔逝世。温失声大恸。汴军亦多垂泪，原来温性残暴，每一拂性，杀人如草芥，部下将士，无人敢谏，独张夫人出为救解，但用几句婉言，能使铁石心肠，熔为柔软，所以军士赖她存活者，不可胜计，生荣死哀，也是应有的善报。言下寓劝世意。

温有嬖妾二人，一姓陈，一姓李，张夫人亦和颜相待，未尝苛害。就是温所掠归的朱瑾妻，已出为尼，亦时由张夫人赒给衣食，不使少匮。史家称她以柔婉之德，制豺虎之心，可为五代中第一贤妇。这原是真品评呢！张氏受唐封为魏国夫人，生子友贞，为温第四子。后来温篡唐室，即位改元，追封张氏为贤妃，寻复追册为元贞皇后。小子有诗咏道：

巾帼聪明胜丈夫，遗箴端的是良谟。
妇言不用终罹祸，淫恶难逃身首诛！

张氏既殁，丧葬告终，野心勃勃的朱阿三，遂日谋夺唐祚，要想帝制自为了。欲知后事，试阅下回。

本回叙朱温事，以母妻二人为关键。《唐史演义》中皆未详叙，故是回特别表明。温之迎母至汴，非真孝思也，为自示豪侈计耳。观其母之询及朱存，而温不以为念，天下有孝子而不知悌弟乎！唯既经母训，尚知涕泣谢罪，取还兄榇，召抚二孤，是大盗犹有天良，彼世之不孝不友者，视温且有愧色矣。张氏为温贤妻，临殁之言，史中虽未曾尽载，但亦不得谓全出虚诬，苏长公所谓想当然者，此类是也。汴有张氏，晋有刘氏，皆为开国内助，贤妇之关系国家，固如此其重且大者。书中述朱温拓地一段，用简笔略过，免至繁复，阅者欲览详文，固自有《唐史演义》在也。

第三回　登大宝朱梁篡位　明正义全昱进规

却说朱温急欲篡唐，逐渐布置，首先与温反对的镇帅，乃是平卢军治青州。节度使王师范。《纲目》于师范攻兖州，曾以讨贼美名归之。故本书亦郑重揭出。师范颇好学，尝以忠义自期。岐王李茂贞，自凤翔贻师范书，谓温围逼天子，包藏祸心，师范不禁愤起，即发兵讨温，遣行军司马刘鄩攻取兖州，自督兵攻齐州。温遣兄子友宁领兵救齐，击退师范，更派别将葛从周围兖州。友宁乘胜拔博昌、临淄各城，直抵青州城下，师范得淮南援兵，大破汴军，友宁马蹶被杀。送死一个侄儿。

温闻败报，亲率强兵二十万，昼夜兼行，至青州城东，与师范大战一日，师范败走。乃留部将杨师厚攻青州，自引军还汴，师厚复连败师范，擒住他胞弟师克。师范恐爱弟受戮，没奈何举城请降。刘鄩亦将兖州城献还从周。温徙师范家族至汴梁，本拟举师范为河阳节度使，寻因友宁妻泣请复仇，乃将师范杀死，并及族属二百余人。残暴不仁。独署刘鄩为元帅府都押牙，权知鄜州留后。

会闻李茂贞与养子继徽，举兵逼京畿。遂复出屯河中，请昭宗迁都洛阳。唐相崔胤，始知温有异图，拟召募六军十二卫，密为防御，且与京兆尹郑元规等，缮治兵甲，日夜不息。温正思诘问，适值兄子友伦，在京中留典禁军，因击毬坠马，竟致毙命。又断送一个侄儿。他遂借此为由，谓友伦暴死，实由崔胤、郑元规等暗中加害，表请昭宗案诛罪犯，毋使专权乱政等语。昭宗览表大惊，即将崔胤等免职。温尚恨恨不平，且遣兄子友谅，带兵入都，令为护驾都指挥使。一面胁昭宗迁洛，一面捕住崔胤、郑元规等，尽行杀毙。

昭宗已同傀儡，只好随了友谅，挈领何皇后等出都。行至陕州，温自河中入觐，由昭宗延入寝室，面赐酒器及衣物。何后泣语道："此后大家夫妇，委身全忠了。"昭宗命温兼判左右神策军，及六军诸卫事。温且将昭宗左右，如小黄门等十余人，及打毬供奉内园小儿等二百余名，也诱入行幄，一并斩首，把众尸埋瘗幕下，另选二百余人，入侍昭宗。于是昭宗名为共主，简直如犯人一般，悉受汴人管束。便好开刀。

温佯为恭顺，先赴洛整治宫阙，然后迎驾至洛，自己返入汴城。昭宗已入牢笼，自知命在旦暮，尚分颁绢诏，告难四方。晋王李克用，岐王李茂贞，蜀王王建，吴王杨行密，彼此移檄，声罪讨温。温索性一不做，二不休，竟令养子友恭，及部将氏叔琮、蒋玄晖等，弑了昭宗，改立昭宗第九子辉王祚为帝。他却假惺惺的驰至洛阳，匍匐昭宗柩前，放声大哭，恐是有声无泪。并且诿罪友恭、叔琮，牵出斩首。友恭临刑大呼道："卖我塞天下谤，人可欺，鬼神可欺么？"你也该死。温辞别还镇，辉王祚年只十三，后世号为昭宣帝。他虽身登帝座，晓得什么国事，连年号都不敢更张，何皇后受尊为皇太后，移居积善宫，本来是个女流，没甚能力，此时更如坐针毡，自料母子难保，唯以泪洗面罢了。温又令蒋玄晖诱杀唐室诸王，凡昭宗长子德王裕以下，共死九人。更奏贬唐室故相裴枢、独孤损、崔远、陆扆、王溥等官，俟他出寓白马驿，发兵围捕，一古脑儿结果性命，投尸河中。尚有唐相柳璨，一味媚温，屡替温谋禅代事。温自思逆谋已遂，因遣使传示诸镇，表明代唐意思。晋、岐、蜀、吴当然不从，山南东道治襄州。节度使赵匡凝，与弟荆南留后赵匡明，也不肯听令。温立派大将杨师厚，率大兵攻襄州，逐去匡凝，再进拔江陵，逐去匡明，荆襄俱为温有。柳璨等反谓温有南征大功，请旨进温为相国，总制百揆，兼任二十一道节度使。温篡唐心急，还要什么荣封，当下密嘱蒋玄晖，令与柳璨计议，指日迫唐帝传禅。偏玄晖与璨，谋事迂远，谓必须封过大国，加过九锡，然后禅位，方合魏、晋以来的古制。乃再晋封温为魏王，加九锡，入朝不趋，赞拜不名，兼充天下兵马元帅。温勃然怒道："这等虚名，我有何用？但教把帝位交付与我，便好了事。"遂拒还诏命，不愿受赐。宣徽副使王殷、赵殷衡平时与璨等有隙，乘间至温处进谗，谓璨等欲延唐祚，所以种种留难，静候外援。温因此益愤，欲杀柳璨、蒋玄晖。璨闻信大惧，亟奏请传禅，且往汴自解，偏受了一碗闭门羹。还至东都，正值宫人传何太后旨，乞璨代为保护，传禅后子母生全，璨含糊答应。蒋玄晖、张廷范处，亦经太后谕意，覆语如璨略同。王殷、赵殷衡又得了间隙，密报汴梁，诬称璨与玄晖、廷范，入积善宫夜宴，对太后焚香为誓，兴复唐祚。温素性暴戾，管什么虚虚实实，竟令殷等收捕玄晖，殷等且说玄晖私通太后，索性把何太后一并弑死。玄晖枭首，焚骨扬灰。又执璨至上东门，赏他一刀，璨自呼道："负国贼柳璨，该死！该死！"死有余辜。廷范亦被拿下，车裂以徇。助逆者其听之。温即欲赴洛，把帝位篡夺了来，偏魏博军帅罗绍威，有密书到汴，请温发兵代除悍将，温乃自往魏州，屠戮魏州牙军八千家。又因幽州军帅刘仁恭，屡为魏患，便顺道渡河，围攻沧州。仁恭向河东乞援，李克用遣将周德威、李嗣昭等，出兵潞州，作为声援。潞州节度使丁会，即昭义节度使。本已归顺汴梁，至是为河东兵所攻，力不能支，且嫉温弑逆不道，竟举城降河东军。温攻沧州不下，又闻潞州失守，乃引兵还魏，由魏返梁。自经这番奔波，唐祚才得苟延了一年。唐昭宣帝天祐四年三月，东都遣御史大夫薛贻矩，到了汴城，传述禅位诏旨。温盛称符瑞，自言有庆云盖护府署，继又谓家庙中生五色芝，第一室神主上，有五色衣，显是代唐的预兆。贻矩北面拜舞，实行称臣，及返至东都，请昭宣帝即日禅位。昭宣帝无可奈何，只得遣宰相张文蔚、杨涉，及薛贻矩、苏循、张策、赵光逢等一班大臣，奉玉册传国宝，及诸司仪仗法驾，驰往汴梁。温命馆待上源驿，即下令改名为晃，取日光普照的意义。四月甲子日，张文蔚等自驿馆入城，登大梁殿廷，殿名金祥也是温临时定名。温戴着通天冕，穿着衮龙袍，大摇大摆，从殿后簇拥出来，汴将早鹄立两旁，拱手伺候。张文蔚、苏循奉册以进，由文蔚朗声读册道：

咨尔天下兵马元帅相国总百揆梁王：朕每观上古之书，以尧舜为始者，盖以禅让之典，垂于无穷，故封泰山，禅梁父，略可道者七十二君；则知天下至公，非一姓独有。自古明王圣帝，焦思劳神，惴若纳隍，坐以待旦，莫不居之则兢畏，去之则逸安。且轩辕非不明，放勋非不圣，尚欲游于姑射，体彼大廷，矧乎历数寻终，期运久谢，属于孤藐，统御万方者哉？况自懿祖之后，嬖幸乱朝，祸起有阶，政渐无象，天纲幅裂，海水横流，四纪于兹，群生无庇，洎乎丧乱，谁其底绥？洎于小子，粤以冲年，继兹衰绪，岂兹冲昧，能守洪基？唯王明圣在躬，体于上哲，奋扬神武，戡定区夏，大功二十，光著册书。北越阴山，南逾粤海，东至碣石，西暨流沙，怀生之伦，罔不悦附，矧予寡昧，危而获存。今则上察天文，下观人愿，是土德终极之际，乃金行兆应之辰。十载之间，彗星三见，布新除旧，厥有明征，讴歌所归，属在睿德。今遣持节银紫光禄大夫同中书门下平章事张文蔚等，奉皇帝宝绶，敬逊于位。于戏！天之历数在尔躬，允执厥中，天禄永终，王其祗显大礼，享兹万国，以肃膺天命！

文蔚读毕，将册文交温，再由张策、杨涉、薛贻矩、赵光逢，依次递呈御宝，均由温接受。温遂俨然升座，文蔚等降至殿下，率百官舞蹈称贺。自问有愧心否？

礼毕退班，温休息半日。午后在内殿设宴，遍赐群臣。这殿叫作玄德殿，隐以虞舜自比，引用“玄德升闻”的成语。文蔚等俱蒙赐宴，侍坐两旁。温举觞与语道：“朕辅政未久，区区功德，未能遍及人民，今日得居尊位，实皆由诸公推戴，朕未免且感且惭！请诸公畅饮数杯！”何其客气！文蔚等听着此言，离席叩谢，但一时无词可答，也只有噤声不语。独苏循、薛贻矩及刑部尚书张袆，极力献谀，盛称陛下功德巍巍，正宜应天顺人，臣等毫无功力，唯深感陛下鸿恩，誓图后效云云。天良丧尽。温掀髯大笑，开怀痛饮，直至鼍鼓冬冬，方才撤席，大家谢恩而归。

越日大赦改元，国号大梁，废昭宣帝为济阴王。特下一诏令道：

王者受命于天，光宅四海，祗事上帝，宠绥万民。革故鼎新，谅历数而先定，创业垂统，知图箓以无差。神器所归，祥符合应，是以三正互用，五运相生。前朝道消，中原政散，瞻乌莫定，失鹿难追。朕经纬风雷，沐浴霜露，四征七伐，垂三十年，纠合齐盟，翼戴唐室。随山刊木，罔惮胼胝；投袂挥戈，不遑寝处。洎上穹之所赞，知唐运之不兴；莫谐辅汉之文，徒罄事殷之礼。忽比夏禹，忽拟周文，适足令人齿冷！唐主知英华易竭，算祀有终，释龟鼎以如遗，推剑绂而相授。朕惧德勿嗣，执谦允恭，避景命于南河，眷清风于颍水。吾谁欺，欺天乎。而乃列岳群后，盈廷庶官，东西南北之人，斑白缁黄之众，谓朕功盖上下，泽被幽深，宜顺天以应时，俾化家而为国。恐只有寡廉鲜耻等人，如是云云。拒彼亿兆，至于再三。史策无闻。且曰七政已齐，万几难旷：勉遵令典，爰正鸿名。告天地神祇，建宗庙社稷。顾唯凉德，曷副乐推，栗若履冰，怀如驭朽。金行启祚，玉历建元。方宏经始之规，宜布维新之令。可改唐天祐四年为开平元年，国号大梁。书载虞宾，斯为令范，《诗》称周客，盖有明文。是用先封，以礼后嗣，宜以曹州济阴之邑奉唐主，封为济阴王。凡百轨仪，并遵故实。姬庭多士，比是殷臣。楚国群材，终为晋用。历观前载，自有通规。但遵故事之文，勿替在公之效。应是唐朝中外文武旧臣，现任前资官爵，一切仍旧。凡百有位，无易厥章，陈力济时，尽瘁事朕。此诏。

嗣是升汴州为开封府，定名东都。旧有唐东都洛阳，改称西都，废京兆府，易名大安府，长安县为大安县。置佑国军节度使，即令前镇国军治华州。节度使韩建充任。授张文蔚、杨涉为门下侍郎，薛贻矩为中书侍郎，并同平章事。改枢密院为崇政院，命太府卿敬翔为院使。敬翔系梁主温第一功臣，凡一切篡唐划画，无不与商。所以梁主受禅，仍使他特掌机要。此后军国大事，必经崇政院裁定，然后宣白宰相。宰相非时奏请，皆由崇政院代陈。又特设建昌院，管领国家钱谷，即令养子朱友文知院事。友文本姓康，名勤，为梁主温所特爱，视同己出，改赐姓名，排入亲子行中。温有七子，长名友裕，次为友珪、友璋、友贞、友雍、友徽、友孜，友孜一作友敬。连友文共称八儿。友裕时已逝世，追封郴王，友珪为郢王，友璋为福王，友贞为均王，友雍为贺王，友徽为建王，友文亦受封博王；友孜尚幼，故未得王爵。追尊朱氏四代庙号，高祖黯为肃祖皇帝，妣范氏为宣僖皇后，曾祖茂琳为敬祖皇帝，妣杨氏为光孝皇后，祖信为宪祖皇帝，妣刘氏为昭懿皇后；父诚为烈祖皇帝，母王氏为文惠皇后。封长兄全昱为广王，追封次兄存为朗王。全昱子友谅为衡王，友能为惠王，友诲为邵王，存子友宁、友伦已死，亦得追封：友宁为安王，友伦为密王。

温特开家宴，召集诸王宗戚，酣饮宫中。喝到酩酊大醉，尚是余兴未消，顿时取出五色骰子，与族属戏起赌来，一掷千金，呼喝甚豪，几把那皇帝架子，丢抛净尽，依然是个砀山无赖，满口呶呶，醉骂不休。到是本色。

全昱平时，本无心富贵，尝居砀山故里，携杖逍遥。唐廷曾授他为岭南西道治桂州。节度使，他却不愿赴任，仍旧辞职家居。此次闻温受禅，不得已来至大梁，就是得封王爵，也不过随遇而安，没甚喜欢。难能可贵。及见温使酒狂赌，很觉看不过去，便斜视温面道："朱阿三，汝本砀山小民，从黄巢为盗，目无法纪。一旦反正归唐，遭逢盛遇，天子用汝为四镇节度使，位极人臣，穷享富贵，也可谓不负汝志，汝奈何起了歹心，竟灭唐家三百年社稷！似此忘恩背义，恐鬼神未必佑汝，我恐朱氏一族，将被汝覆灭了！还赌出什么来！"快人快语。说至此，顺手取过骰盆，将骰子散掷地上。

看官！你想朱温到了此时，叫他如何忍受，不由的奋袂起座，要与全昱拼命。族属慌忙劝解，令全昱退出宫外，温尚恨恨不已，乱呼乱骂，几乎把朱氏祖宗十七八代，也一并揶揄在内。写尽狂奴。经大众劝他返寝，才算免事。全昱竟飘然自去，仍回砀山故里中，芒鞋竹杖，安享清福去了。及温次日起床，细思兄言，恰也有理，便搁过一边，不再提及。全昱竟得享天年，直至贞明二年，贞明为梁主友贞年号，见后文。寿终故里。

这且休表。且说唐祚已移，正朔复改，梁廷传诏四方，不准再用前唐年号。各镇多畏梁主势力，不敢抗命，独有四镇未服，仍奉唐正朔，且移檄讨梁，兴复唐室。看官道是那四镇，就是上文所说的晋、岐、吴、蜀。小子更略述来历如下：

晋　即河东，为沙陀人李克用所据。原姓朱邪，父名赤心，以功任云州刺史，赐姓名李国昌。克用为云中守捉使，擅杀大同防御使段文楚，据住云州，败奔鞑靼。后因黄巢僭乱，入征有功，拜河东节度使，加封晋王。唐亡后不服梁命，仍称天祐四年。

岐　即凤翔，为深州人李茂贞所据。茂贞本姓宋，名文通，讨黄巢有功，改赐姓名，官凤翔节度使，累封至岐王。唐亡后亦不服梁命，仍称天祐四年。

吴　即淮南，为庐州人杨行密所据。行密少为盗，转投军伍，乘乱据庐州，平黄巢余党，得拜淮南节度使，晋封吴王。唐昭宣帝季年，行密殁，子渥嗣职，因见晋、岐不受梁命，亦仍奉唐正朔，称天祐四年。

蜀　即西川，为许州人王建所据。建以盐枭从忠武军。治许州。入关逐黄巢，得补禁军八都头之一。嗣入蜀并有两川，洊封至蜀王。唐亡后不受梁命，并因天祐为朱氏所改，不应遵名，但称为天复七年。

那时四镇变做四国，与梁分峙中原。晋最强，次为吴、蜀、岐。四国移檄讨梁，梁亦传檄讨四国，这真叫作中原逐鹿了。小子有诗叹道：

人心世道已沦亡，元恶公然作帝王。
差幸纲常存一线，尚留四镇抗强梁。

欲知四国后事，且看下回续表。

朱温于唐，无甚功绩，第因乘乱崛起，得肆其狡猾凶暴之手段，据唐祚而有之。从前王莽、曹操、司马懿、刘裕诸奸雄，其险恶犹不若温也。当时之献媚贡谀者，不一而足，温自以为一手掩尽天下耳目，庸讵知骨肉宗亲中，独有佼佼如全昱，仗义宣言，足以丧其魂而褫其魄耶！观全昱寥寥数语，使阅者浮一大白。而温敢弑昭宗，弑何太后，弑昭宣帝，独不能戕害一兄。盖义正词严，令彼无从躲闪，即令彼无从下手。而全昱复飘然归里，自适其所，卒得寿终，是亦一武攸绪之流亚欤？安得以为温兄而少之哉？

第四回　康怀贞筑垒围潞州
李存勖督兵破夹寨

却说晋王李克用，岐王李茂贞，吴王杨渥，蜀王王建，有志抗梁，移檄四方，兴复唐室。当时四方各镇，号称最大的，为吴越、湖南、荆南、福建、岭南五区。这五区见了檄文，并没有什么响应，转令晋、岐、吴、蜀四国，亦急切未敢发难。究竟这五镇军帅，是何等人物，也不得不表明如下。为后文十国伏案。

吴越　系临安人钱镠据守地。镠曾贩盐为盗，改投石镜镇将董昌麾下，以功补都知兵马使。后与昌分据杭越，昌居越州，僭号称帝，镠由杭州发兵斩昌，传首唐廷，唐封镠为越王，继又改封吴王。

湖南　系许州人马殷据守地。殷初为秦宗权党孙儒裨将，儒败死，殷与同党刘建锋走洪州。建锋据湖南，为下所杀，众推殷为帅。殷表闻唐廷，唐乃授殷为淮南节度使。

荆南　系陕州人高季昌据守地。季昌少为汴州富人李让家僮。朱温镇汴，让以入赀见温，温令为义子，易姓名为朱友让。季昌亦因让进见，温与语颇以为能，命让畜为义儿，遂亦冒姓朱氏。后随温攻凤翔有功，得拜宋州刺史，仍复高姓。及温击走赵匡凝兄弟，见前回。遂保奏季昌为荆南留后，唐廷从之。

福建　系光州人王审知据守地。审知兄潮为县史，因乱从军，略定闽邑，由福建观察使陈岩举荐，得任泉州刺史。岩卒，潮进代岩职，审知亦得官副使。及潮殁，审知继任，寻且升任节度使，加封琅琊王。

岭南　系闽人刘隐据守地。隐祖安仁经商南海，留家居此。父谦为封州刺史，兼贺江镇遏使。谦殁，隐得袭职。岭南节度使徐彦若，表荐隐为节度副使，委以军事。彦若卒，军中推隐为留后，隐表闻唐廷，且纳贿朱温，遂得实授节度使。

看官，你想这五镇中，高季昌为梁主温所拔擢，当然为温效力，刘隐也得温好处，怎肯背梁？吴越、湖南、福建与温素无恶感，乐得袖手旁观。况自温受禅后，格外笼络，加封钱镠为吴越王，马殷为楚王，王审知为闽王，高季昌实授节度使，兼同平章事职衔，刘隐加检校太尉兼侍中，旋且晋封为南平王。这五镇自然岁修朝贡，稽首称臣，那里还记得唐朝厚恩，愿附入晋、岐、吴、蜀四国，协图兴复呢？富贵误人。

此外尚有河北著名数大镇，唐季尝称雄割据，不奉朝命，至唐室衰亡，各镇非削即弱。成德军治镇州。节度使王镕，为唐累世藩臣，年龄未高，资望最著，向来与河东连和。自朱温得势，会同魏博军攻河东，取得邢、洺、磁三州，见第二回。遂作书招镕，令他绝晋归梁。镕尚犹豫未决，温率军进薄镇州城下，焚去南关，镕乃乞和，愿以子昭祚为质。温带昭祚还汴，妻以爱女，与镕结为儿女亲家，至开平元年，且封镕为赵王。时成德军已倾心归梁了。一镇属梁。

魏博军节度使罗绍威，素与梁和，长子廷规，娶温女为妇，结为婚姻。温尝替他屠灭悍卒，隐除内患。见前回。虽费了无数供亿，绍威尝有铸成大错的悔语；但德多怨少，总不肯无故背梁。温即帝位，且进贡魏州良木，为建造宫殿的材料，温赐他宝带名马，作为酬仪，彼此欢洽，不问可知。又一镇属梁。

卢龙军治幽州。节度使刘仁恭，据有幽、沧各州，与魏博不协。曾经温替魏往攻，因仁恭得河东声援，未能得利。见前回。这一镇是与晋通好，与梁为仇。哪知仁恭骄侈性成，既得击退梁兵，越觉穷奢极欲，恣情淫佚。幽州有大安山，四面悬绝，他偏在山上筑起宫室，备极华丽，采选良家妇女，令他居住，以供游幸。自恐精力不继，镇日里召集方士，共炼丹药，冀得长生，凡百姓所得制钱，勒令缴出，窖藏山中，民间买卖交易，但令用墐土代钱，各处怨声载道，他尚自称得计。平时第一爱妾，为罗氏女，生得杏脸桃腮，千娇百媚，偏为次子守光，暗中艳羡，勾搭上手，竟代父荐寝，与罗氏作云雨欢。事为仁恭所闻，立将守光笞责百下，逐出幽州。子肯代你效劳，何故黜逐？可巧梁将李思安，奉梁主命，领兵来攻幽州，仁恭尚在大安山，淫乐自如。守光从外引兵到来，击走梁军，随即遣部将李小喜、元行钦等，袭入大安山，把仁恭拘来，幽住别室，自称卢龙节度使。凡父亲罗氏以下，但见得姿色可人，一概取回城中，轮流伴宿，日夕烝淫。舍老得少，想彼时伴宿妇女，应亦赞同。乃兄守文，为义昌军治沧州。节度使，闻父被囚，召集将吏，且泣且语道："不意我家生此枭獍，我生不如死，誓与诸君往讨此贼！"将吏应诺，守文遂督众至芦台，与守光部兵对仗。战了半日，互有杀伤，两下鸣金收军。越日，守文再进战蓝田，反为守光所败，乃返兵至镇，遣使向契丹乞援。守光恐守文复至，又虑梁兵乘隙来攻，因差人至梁，赍表乞降。梁主温即颁发诏命，授守光为卢龙节度使。想是性情相同，故不暇指斥。于是幽沧一方面，也为朱梁的属镇了。又一镇属梁。此三镇叙笔与前五镇不同，盖前五镇为后文十国伏案，与此三镇互有重轻，故详略互异。

外此如义武军治定州。节度使王处直，夏州节度使李思谏，朔方节度使韩逊，匡国军治同州。节度使冯行袭等，均已臣事朱梁，不生异心。此四镇为唐室旧臣，非由朱梁特授，故亦略表。所以晋、岐、吴、蜀各檄文，传达远近，终归无效。

蜀王王建，因贻晋王李克用书，请各帝一方。克用覆书答云："此生誓不失节！"克用生平，功不掩过，唯此一语特见忠忱。王建得书，又延宕数月，毕竟皇帝心热，竟僭号称尊。国号大蜀，改元武成，用王宗佶韦庄为宰相，唐道袭为内枢密使，立子宗懿为皇太子。嗣复自上尊号，称英武睿圣皇帝。岐王李茂贞，也想照这般行为，究因地狭兵虚，未敢称帝，但开府置官，所有宫殿号令，略拟帝制罢了。

梁主温最忌晋王，篡位后即遣大将康怀贞，率兵数万，往攻潞州。晋将李嗣昭拒守，怀贞日夕猛攻，竟不能克。乃四面筑垒，成蚰蜒堑，蚰蜒虫名，取以名堑有坚耐意。分兵屯守，为久围计。嗣昭向晋告急。晋王李克用，即派周德威为行营都指挥使，率同李嗣本、史建瑭、安元信、李嗣源、安金全等，往援潞州。行至高河，遇着梁将秦武，前来拦阻，即麾兵杀去。秦武败走，康怀贞也向梁廷添兵。梁主温恨他无能，另授亳州刺史李思安为潞州行营都统，降怀贞为行营都虞侯。思安领河北兵西行，至潞州城下，更筑重城，内防城中冲突，外拒城中援军，取名叫作夹寨。且调山东人民，馈运军粮，俨然有垒高粮足，虎视眈眈的形势。晋将德威，不与力争，但日遣轻骑抄袭，彼出即归，彼归复出，为牵制梁军的计划，思安恐粮车被劫，再从东南出口，筑起甬道，与夹寨相接，免得疏漏。怎奈周德威与部下诸将，更番进攻，排墙填堑，时来骚扰，害得梁军日不得安，夜不得眠，只好坚壁不出，与晋军积久相持。李克用却命李存璋等分攻晋州、洺州，使梁军往来援应，东西奔命。梁主温也发河中陕州将士，驰赴行营，厚添兵力，两下里旗鼓相当，誓决雌雄，自梁开平元年秋季开战，直至二年正月，尚未解决。此为梁晋第一次大战争。

李克用因军务倥偬，半年不解，免不得忧劳交集，竟致疽发背中。卧床数日，疽患尤剧，无药可疗，自知病将不起，乃命弟振武军治故单于东都护府。节度使克宁，监军张承业，及大将李存璋，吴珙，掌书记吴质等，立长子存勗为嗣。存勗为克用次妻曹氏所出，小名亚子，幼娴骑射，胆力过人，克用早目为奇儿。年十一，随克用立功，献捷唐廷。唐昭宗见他异表，特赏他鸂鶒卮，翡翠盘，且抚背道："儿有奇姿，他日富贵，毋忘我家！"因此克用益加钟爱，特令袭封。并语克宁等道："此儿志气远大，必能成我遗志，愿汝等善为教导，我死无恨了！"又召存勗至卧榻前，叮咛嘱咐道："嗣昭守潞，方困重围，恨我不能亲身往援，恐与他要长别了。我死后，丧葬事了，汝速与德威等竭力救他，勿令陷没为要！"语至此，又令取过平时佩带的箭袋，拔出三矢，分交存勗，交付一支，谆嘱数语。第一矢是教他灭梁，第二矢是教他扫燕，第三矢是教他逐契丹。梁晋世仇，克用不能灭梁，原是一生大恨。燕指刘守光，守光叛晋降梁，也是克用所恨的。契丹酋长耶律阿保机，阿保机一译作按巴坚。曾与克用约为兄弟，及梁主受禅，阿保机与梁通好，自食前言，所以克用也引为恨事。存勗涕泣受命。事见欧阳氏《五代史·伶官列传》。克用复语克宁道："此后以亚子累汝，汝勿负我！"说到我字，已是忍不住痛苦，一声狂呼，竟尔毕命。享年五十三岁。

存勗号哭擗踊，非常哀恸。克宁等料理丧事，忙乱了好几天。唯克用在日，养子甚多，衣服礼秩，与存勗相等，共有六七人。存勗嗣位，彼等心怀不服，捏造谣言，意图作乱。克宁久握兵权，又为军士所倾向，因此也涉嫌疑。监军张承业，本是唐朝宦官，当朱温扈驾入京，与崔胤大杀宦官时，见第二回。曾令各镇悉诛监军。李克用与承业友善，但杀罪犯一人，充作承业，承业仍监军如故，感克用恩，格外效力，至是代为衔忧。且见存勗久居丧庐，未曾视事，乃排闼入语存勗道："大孝在不坠基业，非寻常哭泣可了。目今汴寇压境，利我凶哀，我又内势未靖，谣言百出，一或摇动，祸变立至，请嗣王墨缞听政，勉持危局，方为尽孝。"存勗才出庐莅事，闻军中私议纷纷，也觉惊心。便邀克宁入室，凄然与语道："儿年尚幼，未通庶政，恐不足上承遗命，弹压各军。叔父勋德俱高，众情推服，且请制置军府，俟儿能成立，再听叔父处分。"克宁慨语道："汝系亡兄家嗣，且有遗命，何人得生异议？"本意却是不错。遂扶存勗出堂，召集军中将士，推戴存勗为晋王，兼河东节度使。克宁首先拜贺。将士等亦不敢不从，相率下拜。唯克用养子李存颢等，托疾不至。

至克宁退归私第，存颢独乘夜入谒，用言挑拨道："兄终弟及，也是古今旧事，奈何以叔拜侄呢？"克宁正色道："这是体统所关，怎得顾全私谊？"语未毕，忽屏后有人窃笑道："叔可拜侄，将来侄要杀叔，也只好束手受刃了！"克宁闻声返顾，见有一人出来，原来是妻室孟氏。便道："你如何也来胡说！"孟氏道："天与不取，必且受殃！你道存勗是好人么？"存颢得了一个大帮手，复用着一番甜言蜜语，竭力撺掇。说得克宁也觉心动。坏了！坏了！便叹息道："名位已定，叫我如何区处？"存颢道："这有何难？但教杀死张承业、李存璋，便好成功。"克宁道："你且去与密友妥商，再作计较。"

存颢大喜，出与同党计议，决奉克宁为节度使，并执晋王存勗，及存勗母曹氏归梁，愿为梁藩。大约是丧心病狂了。都虞侯李存质，也是克用养子，时亦在座与议，唯尝与克宁有嫌，议论时不免龃龉。存颢诉知克宁，竟诬称存质罪状，把他杀毙。克宁遂求为云中节度使，且割蔚、应、朔三州为属郡。存勗已是动疑，但表面上尚含糊答应。

既而幸臣史敬镕，入见太夫人曹氏，将克宁及存颢等阴谋，详细告闻。

曹氏大骇，亟语存勗，存勗召张承业、李存璋入内，涕泣与语道："吾叔欲害我母子，太无叔侄情；但骨肉不应自相鱼肉，我当退避贤路，少抒内祸。"这是欲擒故纵之言，看官莫被瞒过。承业勃然道："臣受命先王，言犹在耳，存颢等欲举晋降贼，王从何路求生？若非大义灭亲，恐国亡无日了！"存勗乃与存璋等定谋，伏兵府署，诱克宁、存颢等入宴。才行就座，伏兵遽起，即将克宁、存颢等拿下。存勗流涕责克宁道："儿前曾让位叔父，叔父不取；今儿已定位，奈何复为此谋，竟欲将我母子执送仇雠，忍心至此，是何道理？"克宁惭伏不能对。存璋等齐呼速诛，存勗乃取出祖父神主，摆起香案，才将克宁枭首，存颢等一并伏诛，令克宁妻孟氏自尽。长舌妇有何善果！一场内乱，化作冰销。

正拟出救潞州，忽闻唐废帝暴死济阴，料知为朱温所害，遂缟素举哀，声讨朱梁。随笔了过唐昭宣帝。部众以周德威外握重兵，恐他谋变，且素与嗣昭不睦，未肯出力相援，因怂恿晋王存勗，调回德威。适梁主温自至泽州，黜退李思安，换用刘知俊，另派范君实、刘重霸为先锋，牛存节为抚遏使，驻兵长子。一面派使至潞州，谕令李嗣昭归降。嗣昭焚书斩使，厉兵死守，梁军又复猛扑。流矢中嗣昭足，嗣昭潜自拔去，毫不动容，仍然督兵力拒，因此城中虽已匮乏，兀自支撑得住。

梁主温闻潞州难下，拟即退师，诸将争献议道："李克用已死，周德威且归，潞州孤城无援，指日可下，请陛下暂留旬月，定可破灭潞城。"梁主温勉留数日，恐岐人乘虚来攻，截他后路，乃决自泽州还师，留刘知俊围攻潞州。

周德威由潞还晋，留兵城外，徒步入城，至李克用柩前，伏哭尽哀，然后退见嗣王，谨执臣礼。存勗大喜，遂与商及军情，且述先王遗命，令援潞州。德威且感且泣，固请再往。存勗乃召诸将会议，首先开言道："潞州为河东藩蔽，若无潞州，便是无河东了。从前朱温所患，只一先王，今闻我少年嗣位，必以为未习戎事，不能出师，我若简练兵甲，倍道兼行，出他不意，掩他无备，以愤卒击惰兵，何忧不胜？解围定霸，便在此一举了！"颇有英雄气象。张承业在旁应声道："王言甚是，请即起师。"诸将亦同声赞成。

存勗乃大阅士卒，命丁会为都招讨使，偕周德威等先行，自率军继进。到了三垂岗下，距潞州只十余里，天色已暮，存勗命军士少休，偃旗息鼓，衔枚伏着。待至黎明，适值大雾漫天，咫尺不辨，驱军急进，直抵夹寨。梁军毫不设备，刘知俊尚高卧未起，陡闻晋兵杀到，好似迅雷不及掩耳，慌忙披衣趿履，整甲上马，召集将士等，出寨抵御。哪知西北隅已杀入李嗣源，东北隅已杀入周德威，两路敌军，手中统执着火具，连烧连杀，吓得梁军东逃西窜，七歪八倒，知俊料不能支，领了败兵数百，拨马先逃。梁招讨使符道昭，情急狂奔，用鞭向马尾乱挥，马反惊倒，把道昭掀落地上。凑巧周德威追到，手起刀落，剁成两段，梁军大溃，将士丧亡逾万，委弃资粮兵械，几如山积。败报到了汴梁，梁主温惊叹道："生子当如李亚子，克用虽死犹生！若似我诸儿，简直与豚犬一般呢！"似你得有美媳，也足慰你老怀。小子有诗咏道：

晋阳一鼓奋雄师，夹寨摧残定霸基。
生子当如李亚子，虎儿毕竟扫豚儿。

夹寨已破，周德威至潞州城下，呼李嗣昭开门，偏嗣昭弯弓搭箭，竟欲射死德威。究竟为着何事，容小子下回说明。

唐亡以后，虽有四国反抗朱梁，实则皆纯盗虚声，非真有心兴唐。唯晋王李克用，犹为彼善于此尔，余镇皆利禄薰心，受梁笼络，更不足道。唯唐梁之交，土宇分崩，群雄割据，几如乱猬一般，经作者一一叙清，才觉头头是道，得使阅者爽目。看似容易却艰辛，幸勿轻口滑过，至四国五镇，及关系《五代史》等藩属，俱已交代明白，方折到梁晋交战事。夹寨一役，为梁晋兴亡嚆矢，故叙事从详。至若克用父子，一终一继，亦不肯少略，俱为后文处处伏案。阅者悉心浏览，自知作者苦心，非寻常小说比也。

第五回　策淮南严可求除逆　战蓟北刘守光杀兄

却说周德威至潞州城下，呼李嗣昭开门，且遥语道："先王已薨，今嗣王亲自来援，破贼夹寨，贼兵都遁去了。快开门迎接嗣王！"嗣昭闻言，竟抽矢欲射德威。左右连忙劝阻，嗣昭道："我恐他为贼所得，由贼使他来诳我呢！"左右道："他既说嗣王自来，何不求见嗣王，再作区处。"嗣昭乃答德威道："嗣王既已到此，可否一见？"德威才退告存勖。存勖亲至城下，仰呼嗣昭。嗣昭见存勖素服，不禁大恸起来，军士亦相率泣下。乃下城开门，迎存勖入城。存勖好言慰劳，并述克用遗言，与德威同来援潞。嗣昭因与德威相见，彼此释嫌，欢好如初。

德威请进攻泽州，存勖令与李存璋等偕行。适梁抚遏使牛存节，率兵接应夹寨，至天井关遇见溃兵，才知夹寨被破，且闻晋军有进攻泽州消息，便号令军前道："泽州地据要害，万不可失，虽无诏命，亦当趋救为是！"大众都有惧色，存节又道："见危不救，怎得为义？畏敌先避，怎得为勇？诸君奈何自馁呢！"你从了弑君逆贼，难道可称义勇么？遂举起马鞭，麾众前进，到了泽州城下，城中人已有变志，经存节入城拒守，众心乃定，周德威等率众到来，围攻至十余日，存节多方抵御，无懈可击。刘知俊又收集溃兵，来援存节，德威乃焚去攻具，退保高平。

晋王存勖，亦引兵归晋阳，休兵行赏。命德威为振武军节度使，更兄事张承业，升堂拜母，赐遗甚厚。一面饬州县举贤才，黜贪残，宽租税，抚孤穷，伸冤滥，禁奸盗，境内大治。复训练士卒，严定军律，信赏必罚，蔚成强国。潞州经李嗣昭抚治，劝课农桑，宽租缓刑，不到数年，军城完复，依旧变作巨镇。自是与朱梁争衡，成为劲敌了。为后唐灭梁张本。

梁主温既鸩死唐帝，复因苏循等为唐室旧臣，勒令致仕，共斥去十五人。责谀何益。张文蔚死，杨涉亦免官，改用吏部侍郎于兢，礼部侍郎张策，同平章事。且因韩建尽忠梁室，亦加他同平章事职衔。越年复迁都洛阳，改称大梁为东都。命养子博王友文留守，会岐、蜀、晋三国，联兵攻梁雍州，为梁将刘知俊所拒，不能得志。三国兵陆续引还，再拟联结淮南，共图大举，偏淮南陡起内乱，也闯出弑逆大事来了。

淮南节度使杨渥，年少袭位，性好游饮，又善击球，居父丧时，尝燃烛十围，与左右击球为乐，一烛费钱数万。或单骑出外，竟日忘归，连帐前亲卒，都不知他的去向。左牙指挥使张颢，右牙指挥使徐温，统是行密旧臣，面受遗命，辅渥袭爵。渥尝袭取洪州，掳归镇南节度使钟匡时，镇南军治洪州。兼有江西地，嗣是骄侈益甚，日夜荒淫，颢与温入内泣谏，渥怒斥道："汝两人谓我不才，何不杀我，好教汝等快心？"自己讨杀，真是奇闻。颢、温失色而出。渥恐两人为变，召入心腹将陈璠、范遇，令掌东院马军，为自卫计。哪知颢、温已窥透渥意，乘渥视事，亲率牙兵数百人，直入庭中。渥不觉惊骇道："汝等果欲杀我么？"你既怕死，何必讨杀。颢、温齐声道："这却未敢，但大王左右，多年挟权乱政，必须诛死数人，方可定国。"渥尚未及言，颢、温见陈璠、范遇侍侧，立麾军士上前，把璠、遇二人曳下，双刀并举，两首落地，颢、温始降阶认罪，还说是兵谏遗风，非敢无礼。渥亦无可奈何，只好强为含忍，豁免罪名。从此淮南军政，悉归颢、温两人掌握。渥日夜谋去两人，但苦没法。两人亦心不自安，共谋弑渥，分据淮南土地，向梁称臣。计亦太左。颢尤迫不及待，竟遣同党纪祥等，夤夜入渥帐中，拔刃刺渥。渥尚未就寝，惊问何事，纪祥直言不讳，渥且惊且语道："汝等能反杀颢、温，我当尽授刺史。"大众颇愿应允，独纪祥不从，把手中刀砍渥。渥无从闪避，饮刃倒地，尚有余气未尽，又被纪祥用绳缢颈，立刻扼死。当即出帐报颢，颢率兵驰入，从夹道及庭中堂下，令兵站着，露刃以待，然后召入将吏，厉声问道："嗣王暴薨，军府当归何人主持？"大众都不敢对，颢接连问了三次，仍无音响，不由的暴躁起来。忽有幕僚严可求，缓步上前，低声与语道："军府至大，四境多虞，非公将何人主持？但今日尚嫌太速。"颢问为何故？可求道："先王旧属，尚有刘威、陶雅、李简、李遇等人，现均在外，公欲自立，彼等肯为公下否？不若暂立幼主，宽假时日，待他一致归公，然后可成此事。"颢听了这番言语，倒也未免心慌，十分怒气，消了九分，反做了默默无言的木偶。可求料他气沮，便麾同列趋出，共至节度使大堂，鹄立以俟，大众也莫名其妙。但见可求趋入旁室，不到半刻，仍复出来，扬声呼道："太夫人有教令，请诸君静听！"说着，即从袖中取出一纸，长跪宣读，诸将亦依次下跪，但听可求朗读道：

先王创业艰难，中道薨逝。嗣王又不幸早世，次子隆演，依次当立，诸将多先王旧臣，应无负杨氏，善辅导之，予有厚望焉！

读毕乃起，大众亦齐起立道："既有太夫人教令，应该遵从，快迎新王嗣位便了。"张颢此时也已出来，闻可求所读教令，词旨明切，恰也不敢异议。乃由他主张，迎入隆演，奉为淮南留后。看官，你道果真是太夫人教令么？行密正室史氏，本来是没甚练达，不过渥为所出，并系行密元妃，例当奉为太夫人。可求乘乱行权，特从旁室中草草书就，诈称为史氏教令，诸将都被瞒过，连张颢亦疑他是真，未敢作梗。杨氏一脉，赖以不亡。可求诚杨氏功臣。

颢专权如故，默思徐温本是同谋，此次迎立隆演，温却置诸不问，转令自己孤掌难鸣。此中显有可疑情迹，计唯调他出去，免得一患。乃入白隆演，请出温为浙西观察使。可求闻知消息，即潜往说温道："颢令公出就外藩，必把弑君罪状，加入公身，祸且立至了！"温大惊问计，可求道："颢刚愎寡智，可以计诱，公能见听，自当为公设法。"温起谢可求。可求即转说颢道："公与徐温同受顾命，令调温外出，他人都说公夺温卫兵，意图加害，此事真否？"颢惊道："我无此意。"可求道："人言原是可畏，倘温亦从此疑公，号召外兵，入清君侧。公将何法对待呢？"三寸舌确是善掉。颢少断多疑，闻可求言，果将原议取消，乃劝隆演任温如旧。隆演也是个庸柔人物，一一依从。

既而行军副使李承嗣，知可求有附温意，暗中告颢。颢夜遣刺客入可求室，阴刺可求，亏得可求眼明手快，用物格刀，讯明来意，刺客谓由颢所遣，可求神色不变，即对刺客道："要死就死，但须我禀辞府主，方可受刃。"刺客允诺，执刀旁立，可求操笔为书，语语激烈，刺客颇识文字，不禁心折，便道："公系长者，我不忍杀公，但须由公略出财帛，以便覆命。"可求任他自取，刺客掠得数物，便去覆颢，但说可求已闻风遁去，但俟异日，颢亦只得静待。

可求恐颢再行加害，忙向温告变，力请先发制人，且谓左监门卫将军钟泰章，可与共事，温遂使亲将翟虔，邀泰章入室，与谋杀颢。泰章一力担承，归与壮士三十人，商定秘谋，刺臂流血，沥酒共饮。翌晨起来，装束停当，直入左牙都堂，正值颢升座视事，被泰章掷刀中脑，顿时倒毙。壮士一齐下手，杀死颢左右数十人。温率右牙兵亲来接应，左牙兵惮不敢动，当由温宣言道："张颢实行弑逆，按律当诛，今已诛死首恶，尚有余党未尽，无论左右牙兵，但能捕除逆党，一概行赏！"左牙兵得此号令，踊跃而出，捕得纪祥等到来，由温命推出市曹，处以极刑。

一面入白史太夫人，史氏惶恐失色，向温泣语道："我儿年幼，不胜重任，今祸变至此，情愿自率家口，返归庐州原籍，请公放我一条生路，也是一种大德呢。"可见她实是无能。温逡巡拜谢道："颢为大逆，不可不诛。温岂敢负先王厚恩，愿太夫人勿再疑温，尽可放心！"史氏方才收泪，温乃趋退。当时淮南人士，总道徐温是杨氏忠臣，从前弑渥实未与闻，哪知温与颢实是同谋，不过颢为傀儡，转被温所利用，强中更有强中手，就是这事的注脚呷。总断数语坐实温罪。

温既杀颢，遂得兼任左右牙都指挥使，军府事概令取决。隆演不过备位充数，毫无主意。严可求升任扬州司马，佐温治理军旅，修明纪律。支计官骆知祥，由温委任财赋，纲举目张，丝毫不紊。淮南人号为严、骆，很是悦服。温原籍海州，少随杨行密为盗，行密贵显，倚为心腹，至是得握重权，尝语严可求道："大事已定，我与公等当力行善政，使人解衣安寝，方为尽职。否则与张颢一般，如何安民！"可求当然赞成，举颢所行弊政，尽行革除，立法度，禁强暴，通冤滞，省刑罚，军民大安。不没善政。是善善从长之意。

温乃出镇广陵，大治水师，用养子知诰为楼船副使，防遏昇州。知诰系徐州人，原姓李名昪，幼年丧父，流落濠泗间，行密攻濠州，昪为所掠，年仅八岁，却生得头角峥嵘，状貌魁梧，行密取为养子，偏不为杨渥所容，乃转令拜温为义父，温命名知诰。及长，喜书善射，沈毅有谋，温尝语家人道：“此儿为人中俊杰，将来必远过我儿。”自是益加宠爱，知诰亦事温唯谨。所以温修治战舰，特任知诰为副使，知诰果然称职，经营舟师，整而且严。为南唐开国伏笔，故叙徐知诰较详。

过了三月，抚州刺史危全讽，联合抚、信、袁、吉各州将吏，进攻洪州。节度使刘威，遣使至广陵告急，自与僚佐登城宴饮，佯示从容。全讽疑威有备，不敢轻进，但屯兵象牙潭，派人至湖南乞师。楚王马殷见第四回。遣指挥使苑玫围高安，遥作声援。会广陵派将周本，率七千人援洪州，倍道疾趋，径抵象牙潭。全讽临溪营栅，绵亘数十里。本隔溪布阵，令羸卒挑战，诱全讽兵追来。全讽轻进寡谋，想打他一个下马威，便倾寨出追，不管好歹，麾众渡溪，甫至半渡，那周本却带领锐卒，前来截击。全讽始知中计，慌忙对仗，奈部众已无行列，东奔西散，只剩得亲卒数百人，保住全讽，又被周本兵围住，杀毙无数，好容易冲开一条血路，奔回溪岸，才得登陆，兜头碰着冤家，一声大呼，竟将全讽吓落马下，活活的被他捉去。真不济事。看官道是何人擒住全讽，原来就是周本，他见部兵围住全讽，便觑隙过溪，截他归路，可巧全讽奔回，掩他不备，遂得顺手擒来。复乘胜攻克袁州，获住刺史彭彦章。吉州刺史彭玕，率众奔湖南。信州刺史危仔倡，单骑奔吴越。湖南将苑玫，闻全讽被擒，撤去高安围军，正思引还，偏被淮南大将米志诚杀到，吃了一个败仗，抱头窜归。江西复平，淮南无恙，小子正好续述河北军情。

义昌节度使刘守文，因弟守光囚父不道，发兵声讨，偏偏连战不胜，不得已用着重贿，向契丹借兵，见前回。契丹酋长阿保机，发兵万人，并吐谷浑部众数千，来援守文。守文尽发沧、德两州战士，得二万余人，与契丹吐谷浑两军会合，有众四万，出屯蓟州。守光闻守文又至，也将幽州兵士，全数发出，亲自督领，与乃兄相见鸡苏，争个你死我活。阵方布定，契丹吐谷浑两路铁骑，分头突入，锐气百倍，守光部下，见他来势甚猛，料知抵敌不住，便即倒退。守光也无法禁止，只好随势退下。守文见外兵得胜，也骤马出阵，且驰且呼道：“勿伤我弟！”迂腐之至。语尚未绝，忽听得飕的一声。知是有暗箭射来，急忙勒马一跃，那来箭正不偏不倚，射中马首，马熬痛不住，当然掀翻，守文亦随马倒地，仓猝中不知谁人，把他掖起，夹入肘下，疾趋而去，又仔细辨认，才晓得是守光部将元行钦。此时暗暗叫苦，也已无及了。

守光见行钦擒住守文，胆气复豪，又麾兵杀回，沧、德军已失主帅，还有何心恋战，霎时大溃。契丹吐谷浑两路人马，也被牵动。索性各走自己的路，一哄儿都去了。守光命部将押回守文，禁居别室，围以丛棘，更督兵攻沧州。

沧州节度判官吕兖、孙鹤，推立守文子延祚为帅，登陴守御。守光连日猛攻，终不能下，乃堵住粮道，截住樵采，围得他水泄不通，相持到了百日，城中食尽，斗米值钱三万，尚无从得购，人民但食堇泥，驴马互啖骔尾。吕兖拣得羸弱男女，饲以麹面，乃烹割充食，叫作宰杀务，究竟人肉有限，不足饷军，满城枯骨累累，惨无人烟。孙鹤不得已输款守光，拥延祚出降。守光入城，命将沧州将士家属，悉数掳回幽州，连延祚亦带了回去，留子继威镇义昌军。派大将张万进、周知裕为辅，鸣鞭奏凯，得意班师。全无人心。且遣使告捷梁廷，并代父乞请致仕。梁主温准如所请，命仁恭为太师，养老幽州。封守光为燕王，兼卢龙、义昌两军节度使。义昌留守刘继威，后为张万进所杀，守光亦不能制。唯遣人刺死守文，佯为涕泣，归罪刺客，把他杀死偿命。又大杀沧州将士，族灭吕兖家，仅留孙鹤不杀。兖子琦年十五，被牵出市中，将要处斩。吕氏门客赵玉，急至法场大呼道："这是我弟赵琦，误投吕家，幸勿误诛。"监刑官乃命停刑。玉挈琦逃生，琦足痛不能行，由玉负他奔窜，变易姓名，沿途乞食，得转辗至代州。琦痛家门殄灭，刻苦勤学，始得自立。晋王存勖闻琦名，命署代州判官，并旌玉义，赐他金帛。小子有诗叹道：

> 幽父杀兄刘守光，朔方黑黯任倡狂。
> 尚余一个忠诚仆，窃负遗孤义独彰。

梁主温既得服燕，遂欲乘势并岐，遣大将刘知俊出兵，取得丹、延、鄜、坊四州，不意知俊竟起了变志，叛梁降岐。欲知他叛梁情由，容待下回声明。

淮南之乱，首恶为张颢，徐温其从犯也。颢既弑渥，而仍不得逞其志，是由严可求达权之效，迨与温定谋，结钟泰章，手刃逆颢，虽未免存右袒之心，使温得避弑君之罪，然微温不能除颢。颢岂长肯为隆演下乎？然则杨氏之犹得保存，固可求之力居多，本编归功可求，良有以也。刘守光幽父不道，守文乞师外族，幸得少胜，此时苟得捕获守光，虽诛之不为过，乃对众号呼，愿勿伤弟，以丈夫之义愤，忽变而为妇人之仁柔。一何可笑！卒之身为所絷，死逆弟手，天下之愚昧寡识者，无过守文，而守光之行同枭獍，丧尽天良，且自是益著矣。作者叙守光事，略略点染，而恶已尽露，是固有关世道之文，不得以断烂朝报目之。

第六回　刘知俊降岐挫汴将
　　　　周德威援赵破梁军

却说梁将刘知俊，曾受梁主温命令，为西路行营都招讨使，防御岐晋。梁佑国军注见第三回。节度使王重师，与知俊友善，尝偕知俊会师幕谷，大破岐兵。梁廷闻捷，更令知俊乘胜进军，连拔丹、延、鄜、坊四州。梁主温即令牛存节为保大军节度使，镇守鄜坊，高万兴为保塞军节度使，镇守丹延，唐曾置保大军于延州，统辖四州，后折为二镇。再命知俊进取邠州。邠州为岐王茂贞养子继徽所据，继徽原姓杨，名崇本，拥兵不多，尚有势力。知俊恐不能拔，托言缺粮，不肯遽进。

梁主温疑有异志，召使还朝，知俊正拟赴洛。忽闻王重师被逮，身诛族灭，另用刘捍为留后，不由的吃一大惊。原来重师镇长安数年，贡奉不时，统军刘捍，欲夺重师位置，密向梁主处进谗，但说重师暗通邠、岐，梁主遂召还重师，严刑惩罪，即以刘捍继任。看官，试想此时的刘知俊，能不动了兔死狐悲，鸟尽弓藏的念头么？接连又得弟知浣密书，教他切勿入朝，入朝必死，他越加恐惧，观望不前。知浣曾任梁廷指挥使，复在梁主前面请，愿自迎乃兄还朝。梁主温不知是假，当即允准，他竟挈领弟侄，同至知俊行营。知俊喜家属生全，遂据了同州，降附岐王茂贞，并阴赂长安诸将，令他执住刘捍，械送凤翔，自率部兵占住潼关。

梁主温再遣近臣招谕知俊，知俊不从，乃削知俊官爵，特派山南东道节度使杨师厚，率同马步军都指挥使刘鄩，往讨知俊。鄩至关东，得获知俊伏兵，令为前导，乘夜叩关，关吏未曾辨明，立即开门，鄜兵一拥而入，害得知俊措手不及，只得弃关西走，挈族奔岐。

岐王茂贞，正杀死刘捍，发兵援应知俊，不料知俊仓猝前来，不得已好言抚慰，特授中书令。命他往取灵州，俟得地后，即授封镇帅。知俊请得岐兵数千人，克日就道，径至灵州城下，把城池围困起来。梁朔方节度使韩逊，飞使告急，梁王温立遣镇国军唐镇国军治华州，梁迁置陕州改华州为感化军。节度使康怀贞，感化军唐称徐州为感化军，梁改置。节度使寇彦卿，会师往援，兼攻邠宁。

怀贞等星夜前进，连下宁、衍二州，直入泾州境内。知俊解围还援，怀贞等亦退兵三水，偏知俊已绕出前面，据险邀击，把怀贞麾下的兵士，冲作数段，怀贞仓皇失措，不知所为，亏得左龙骧军使王彦章，持着两大杆铁枪，当先开路，左挑右拨，搠死岐兵数百人，岐兵吓退两旁，剩出一条走路，放过梁军。怀贞方得走脱。偏将李德遇、许从实、王审权等，统皆失散，不知下落。狼狈奔至升平，蓦有大山当道，两面峭壁，只一狭径可通人马，怀贞正在担忧，猛闻一声胡哨，那岐兵从谷中出来，堵住山口，为首一员大将，正是刘知俊，大呼怀贞快来受死。知俊亦颇能军，后被岐用，全是好猜所致。怀贞吓得手足冰冷，顾着王彦章道："这，句。这将奈何？"彦章道："节帅只随我前进。怕他什么？"遂舞动两枪，杀入山口，一杆枪足重百斤，经他两手运动，好似篾片一般。知俊上前拦阻，怎经得彦章神力，战到三五个回合，已杀得汗流浃背，招架不住，慌忙勒马退还，彦章且战且前，怀贞紧紧随后，费了若干气力，才得杀透山谷，麾鞭遁去，手下许多军士，多被岐兵截住，不是杀死，就是受擒，一个都没有生还。独寇彦卿与怀贞分途进兵，闻怀贞败还，急急收军回来，还算不吃大亏。

知俊向岐王献捷，岐王授知俊为彰义节度，镇治泾州。梁主温因怀贞丧师，懊怅了好几日，复接了外镇许多军报，无心批驳，只好敷衍了事。一是夏州节度使李思谏病殁，子彝昌嗣职，为部将高宗益所杀，宗益又经将吏诛死，另推彝昌族叔仁福为帅，表闻梁廷，梁主即刻批准，授仁福为夏州节度使。后来即成为西夏国。一是魏博节度使罗绍威病亡，绍威长子廷规，即梁主女夫，亦早去世，次子周翰在镇，表请袭位，梁主亦批准发行。一是楚王马殷，求给赐号为天策上将军，梁主不觉自忖道："我既封他为王，还要这上将军名号，却是何用。”我亦不解。意欲批斥不准，转思笼络要紧，不如依他所请，免令反侧，乃亦许给名号，令为上将。楚王殷得报大喜，遂借天策上将军名目，开府置官，令弟赉存为左右相，居然也独霸一方了。三处皆用简笔叙过，不涉浪墨。

忽由成德军节度使赵王王镕，报称祖母寿终，乃遣使臣赍赐赙仪，兼令吊问。及使臣回来，谓晋使亦曾与吊，转令梁主温大起疑心，便欲并吞河北，省得为晋爪牙。乃遣供奉官杜廷隐、丁延徽为赵监军，且命他发魏博兵数千，分屯深、冀二州，托词助赵守御，暗中实嘱使袭赵。

赵将石公立方戍深州，急遣白王镕，愿拒绝梁使。镕不肯从，反召公立还镇州。公立出门，指城下涕道：“朱氏灭唐社稷，三尺童子，犹知他居心叵测，我王反恃为姻好，令他屯兵，这叫做开门揖盗，眼见得全城为虏了！”至公立已去，梁使杜廷隐等，率魏博兵入城，深州人民，相率惊骇，奔匿城外，廷隐即将城门关住，尽杀赵戍卒，复照样袭取冀州。

石公立返谒王镕，极言梁人无信，镕尚半信半疑。至深、冀失守消息，报入镇州，才令公立再攻深、冀，杜廷隐等已浚濠拒守，严兵以待，哪里还能攻入！看官听着，这成德军的管辖地，只有镇、赵、深、冀四州；此时失去一半，教王镕如何不慌？当下四出求援，先遣说客至定州，用了甘言厚币，卖通义武节度使王处直，与约拒梁。王处直见第四回。再派使至燕晋告急。

燕王刘守光不报，唯晋王李存勖，接见赵使，却毫不迟疑，允令出援。晋将多谏阻道：“王镕臣事朱温，已有数年，岁输重赂，并结婚姻，此次向我求救，必有诈谋，愿大王勿允彼言！”存勖摇首道：“汝等但知其一，不知其二。试想王氏在唐，尚且叛服无常，怎肯长为朱氏臣属？今朱氏出兵掩袭，王镕救死不暇，还顾及什么姻好？我若不救，正堕朱氏计中，应急速发兵，会同赵军，共破朱氏，免得他踏平河朔，侵及河东哩！”英断过人。语未毕，定州亦派使到来，谓愿联合镇州，推晋王为盟主，合兵攻梁。存勖允诺，即将两使遣归，命周德威率兵万人，往屯赵州，助镕防守。

梁主温闻晋军援赵，也命王景仁、韩勍、李思安诸将，领兵十万，进逼镇州，直至柏乡。王镕大惧，复遣使向晋乞师。存勖乃亲自出马，留蕃汉副总管李存番等守晋阳，自率大军东下。王处直亦派兵五千，前来从行。存勖至赵州，与周德威合军，进营野河，与柏乡只隔五里。梁兵坚壁不出，存勖命德威率兵挑战，仍没有一人出来接仗。德威令游骑进薄梁营，痛骂梁军，且发矢射入营帐。恼了梁军副使韩勍，开营逆战，出兵三万，怒马奔来，德威即麾军退回，勍那里肯舍，分三万人为三队，追击晋军。晋军见梁军盔甲鲜明，光耀夺目，不禁心摇气馁，各有惧容。德威瞧着，便下令道："敌军皆汴州屠贩徒，衣铠虽是鲜明，统是没用，十人不足当汝一人，汝等尽可无虑。且汝等能擒他一卒，便得小富，这是奇货可居，不应坐失哩。"军士得令，方有起色，统回头想与搏斗。德威就分兵两路，攻击梁军两头，左驰右突，出入数四，俘获得百余人。乃且战且行，回至野河，存勖出兵接应，梁兵乃退。

德威既驰入大营，上帐献议道："贼势甚锐，宜按兵持重，待他疲敝，方可进攻。"存勖道："我率孤军远来，救人急难，利在速战，奈何按兵持重呢！"德威道："镇定兵只能守城，不能野战，我兵虽能驰骋，但唯旷野间方可冲突，今压贼寨门，无从展技，并且彼众我寡，势不相敌，倘被彼知我虚实，我必危了！"是谓知彼知己。存勖愀然不答，退卧帐中。德威出语张承业道："大王骤胜而骄，不自量力，专务速战，今去贼咫尺，只有一水相隔。彼若造桥迫我，我众恐立尽了，不如退屯高邑，依城自固，一面诱贼离营，彼出我归，彼归我出，再派轻骑掠彼粮饷，不出月余，定可破敌。"仍是从前攻夹寨之计。承业点首，入帐语存勖道："这岂大王安枕时么？周德威老将知兵，言不可忽，愿大王注意！"存勖跃然起床道："我正思德威言，颇有至理。"即出帐召入德威，令拔营徐退，回屯高邑。

嗣获得梁营侦卒，果然王景仁饬兵编筏，拟多造浮桥，以便进兵。存勖始称德威先见，奖劳有加，时已为梁开平四年冬季，两军休兵不战。

过了残冬，越年正月，晋军屡出游骑，截敌刍牧，凡刈刍饲马诸梁兵，多为所掳，梁兵遂闭门不出，周德威令游骑环噪梁营。梁兵疑有埋伏，愈不敢动，唯锉屋第坐席，喂饲战马，马多饿毙。德威见梁兵连日不战，定欲诱他出来，乃与史建瑭、李嗣源两将，带着精骑三千，自往诱敌，驰至梁寨门前，令骑士辱骂梁将，并及梁主，寨门仍寂然无声。再饬骑士下马，席地坐着，信口痛詈，直把那汴梁君臣的丑史，一古脑儿宣扬出来，约骂到一两个时辰，才把寨门骂开，梁兵似潮涌出，当先为梁将李思安，挺枪跃马，引兵前来，周德威忙令骑士上马，与他接战，约略数合，便即引退，一面走，一面追，至野河旁，已有浮桥筑着，晋将李存璋带着镇定兵士，护守浮桥，让过德威等人，方上前拦住梁兵。梁兵横亘数里，竞前夺桥，镇定兵左右抵御，多被梁兵杀退，势将不支，晋王存勖方登高观战，顾语都指挥使李建及道："贼若过桥，不可复制了。"建及奋然跃出，号召长枪兵二百名，奔助存璋，一当十，十当百，努力向前，竟将梁兵杀退。梁兵稍稍休息，复来夺桥，存璋、建及等，仍然死斗，不许越雷池一步，自巳牌杀到未牌，尚是胜负未分。这是梁晋第二次恶战。

存勖语德威道："两军已合，势不相下，我军兴亡，在此一举。我愿为公等先驱，公等继进，定要杀败了他，方泄我恨！"说至此，援辔欲行。德威叩马力谏道："梁兵甚众，只可计取，不能力胜。彼去营数里，虽带着干粮，也无暇取食，俟战至日暮，饥渴两迫，兵刃外交，士卒劳倦，必有退志，我方出精骑掩击，必得大胜，此时还须静待哩！"存勖乃止。两军尚喊杀连天，奋斗不已。

既而夕阳西下，暮色横天，梁兵尚未得食，当然疲乏，渐渐的倒退下去，周德威登高大呼道："梁兵遁走了！"说着，即麾动锐骑，鼓噪而进，梁兵已无斗志，纷纷逃生。王景仁、韩勍、李思安等，也拍马飞奔，远飏而去。李存璋率兵追击，且令军士齐呼道："梁人也是吾民，但教解甲投戈，悉令免死！"梁兵闻言，统把甲兵弃去，委地如山。赵军怀着深、冀旧恨，不愿掠取，但操刀追敌，杀一个，好一个，汴梁精兵，斩馘几尽，自野河至柏乡，尸骸枕籍，败旗断戟，沿途皆是。晋军追至柏乡，梁营内已无一人，所弃辎重粮械，不可胜计。凡斩首二万级，获马三千匹，铠甲兵仗七万件，擒梁将陈思权以下二百八十五人。

晋王存勖，收军屯赵州，拟休息一宵，进攻深、冀。哪知梁使杜廷隐等，即弃城遁去，所有二州丁壮，都掳去充做奴婢，老弱坑死。及赵州军入城检视，城中只剩得坏垣碎瓦，一片荒凉了。梁人凶毒一至于此。嗣是镇、定两镇，均与梁绝，改用唐天祐年号。

晋王李存勖，因魏博军助梁为虐，决计会同镇、定两军，移节攻魏。先颁发一篇檄文，说得堂堂正正，慷慨淋漓。文云：

王室遇屯，七庙被陵夷之酷，昊天不吊，万民罹涂炭之灾。必有英主奋庸，忠臣仗顺，斩长鲸而清四海，靖祆祲以泰三灵。予位忝维城，任当分阃，念兹颠覆，讵可宴安！故仗桓文辅合之规，问羿浞凶狂之罪。逆温砀山庸隶，巢孽余凶。当僖宗奔播之初，我太祖指克用。扫平之际，束身泥首，请命牙门，包藏奸诈之心，唯示妇人之态。我太祖抚怜穷鸟，曲为开怀，特发表章，请帅梁汴，才出萑蒲之泽，便居茅社之尊，殊不感恩，遽行猜忌，我国家祚隆周汉，迹盛伊唐，二十圣之镃基，三百年之文物，外则五侯九伯，内则百辟千官，或代袭簪缨，或门传忠孝，皆遭陷害，永抱沉冤。且镇、定两藩，国家巨镇，冀安民而保族，咸屈节以称藩。逆温唯伏阴谋，专行不义，欲全吞噬，先据属州。赵州特发使车，来求援助。予情唯荡寇，义切亲仁，躬率赋舆，赴兹盟约。贼将王景仁，将兵十万，屯据柏乡，遂驱三镇之师。授以七擒之略。鹳鹅才列，枭獍大奔，易如走阪之丸，势若燎原之火。僵尸仆地，流血成川，组甲雕戈，皆投草莽。谋夫猛将，尽作俘囚。群凶既快于天诛，大憝须垂于鬼箓。今则选搜兵甲，简练车徒，乘胜长驱，翦除元恶。凡尔魏博、邢洺之众，感恩怀义之人，乃祖乃孙，为盛唐赤子，岂徇虎狼之党，遂忘覆载之恩？盖以封豕长蛇，凭陵荐食，无方逃难，遂被胁从。空尝胆以衔冤，竟无门而雪愤。既闻告捷，想所慰怀。今义旅徂征，止于招抚。昔耿纯焚庐而向顺，萧何举族以从军，皆审料兴亡，能图富贵，殊勋茂业，翼子贻孙，转祸见机，决在今日。若能诣辕门而效顺，开城堡以迎降，长官则改补官资，百姓则优加赏赐，所经诖误，更不推穷。三镇诸军，已申严令，不得焚烧庐舍，剽掠马牛，但仰所在生灵，各安耕织。予恭行天罚，罪止元凶，已外归明，一切不问。凡尔士众，咸谅予怀，檄到如律令。末数语，隐然以皇帝自命。

檄文既发，遂令周德威、史建瑭趋魏州，张承业、李存璋趋邢州，自率李嗣源等继进。魏博军师罗周翰，急向梁廷乞援，一面出兵五千，堵住石灰窑口。周德威率骑兵掩击，迫入观音门，周翰闭壁自固。晋王存勖，亦率军到了魏州，会闻梁主温亲出援魏，屯兵白马坡，遣杨师厚领兵数万，先驱至邢州，存勖拟速拔魏城，再拒梁兵。

忽由镇州王镕，递到一书，连忙启视，乃是刘守光给与王镕，由王镕转递军前。匆匆一览，禁不住冷笑起来。正是：

狡猾难逃英主鉴，聪明反被别人欺。

欲知书中所说大略，待看下回表明。

四国抗梁，岐为最弱。所据共二十州，势不足与梁敌。梁将刘知俊率军西进，即夺去丹、延、鄜、坊四州，大局盖岌岌矣。乃天厌朱氏，偏令温猜忌知俊，迫其走险，叛梁降岐。康怀贞为知俊所挫，而梁军始不敢入岐境，是岐之得以保全，知俊之力也。晋王存勖，出军援赵。幸赖周德威之善谋，方得战胜柏乡，歼除大敌。故本回特推美德威，以明其功之所由成。至录入晋王檄文，特为朱氏声明罪恶，而深许晋王之加讨，盖亦一欧阳公之遗意也。

第七回　杀谏臣燕王僭号
却强敌晋将善谋

却说燕王刘守光，前次不肯救赵，意欲令两虎相斗，自己做个卞庄子。偏晋军大破梁兵，声势甚盛，他亦未免自悔，又想出乘虚袭晋的计策，竟治兵戒严，且贻书镇、定，大略说是两镇联晋，破梁南下，燕有精兵三十万，也愿为诸公前驱，但四镇连兵，必有盟主，敢问当属何人？既欲乘虚袭晋，偏又致书二镇，求为盟主，是明明使晋预防。彼以为智，我笑其愚。王镕得书，因转递存勖。存勖冷笑数声，召语诸将道："赵人尝向燕告急，守光不能发兵相助，今闻我战胜，反自诩兵威，欲来离间三镇，岂不可笑！"诸将齐声道："云、代二州，与燕接境，他若扰我城戍，动摇人情，也是一心腹大患，不若先取守光，然后可专意南讨了。"存勖点头称善，乃下令班师，还至赵州。赵王镕迎谒晋王，大犒将士，且遣养子德明，随从晋军。德明原姓张，名文礼，狡猾过人，后来王镕且为所害，事见下文。存勖留周德威等助守赵州，自率大军返晋阳。

梁将杨师厚到了邢州，奉梁主温命令，教他留兵屯守。且遣户部尚书李振，为魏博节度副使，率兵入魏州。但托言周翰年少，未能拒寇，所以添兵防戍，其实是暗图魏博，阳窥成德。

王镕闻报大惊，又致书晋王存勖，相约会议。两王至承天军，握手叙谈，很是亲昵。存勖因镕为父执，称镕为叔。镕以梁寇为忧，面庞上似强作欢笑，不甚开怀。存勖慨然道："朱温恶贯将满，必遭天诛。虽有师厚等助他为恶，将来总要败亡。倘或前来侵犯，仆愿率众援应，请叔父勿忧。”镕始改忧为喜，自捧酒卮，为晋王寿。晋王一饮而尽，也斟酒回敬，镕亦饮毕，又令幼子昭诲，谒见存勗。昭诲年仅四五龄，随父莅会。存勗见他婉娈可爱，许妻以女，割襟为盟。彼此欢饮至暮，方各散归。晋赵交好，从此益固。

镕返至镇州，正值燕使到来，求尊守光为尚父。镕大起踌躇，只好留入馆中，飞使往报晋王。存勗怒道："是子也配称尚父么？我正要兴兵问罪，他还敢夜郎自大么？”遂拟下令出师。诸将入谏道："守光罪大恶极，诚应加讨，但目今我军新归，疮痍未复，不若佯为推尊，令他稔恶速亡，容易下手，大王以为何如？”这便是骄兵计。存勗沉吟半晌，才微笑道："这也使得。”便复报王镕，姑尊他为尚父。镕即遣归燕使，允他所请。义武节度使王处直，也依样画着葫芦，与晋赵二镇，共推守光为尚父，兼尚书令。

守光大喜，复上表梁廷，谓晋赵等一致推戴，唯臣受陛下厚恩，未敢遽受，今请陛下授臣为河北都统，臣愿为陛下扫灭镇、定、河东。两面讨好，恰也心苦。梁主温也笑他狂愚，权令任河北采访使，遣使册命。

守光命有司草定仪注，将加尚父尊号。有司取唐册太尉礼仪，呈入守光，守光瞧阅一周，便问道："这仪注中，奈何无郊天改元的礼节？”有司答道："尚父乃是人臣，未得行郊天改元礼。”守光大怒，将仪注单掷向地上，且瞋目道："方今天下四分五裂，大称帝，小称王，我拥地三千里，带甲三十万，直做河北天子，何人敢来阻我！尚父微名，我简直不要了！你等快去草定帝制，择日做大燕皇帝！”有司唯唯而退。

守光遂自服赭袍，妄作威福，部下稍稍怫意，即捕置狱中，甚且囚入铁笼，外用炭火炽热，令他煨毙，或用铁刷刷面，使无完肤。孙鹤看不过去，时常进谏，且劝守光不应为帝，略谓"河东伺西，契丹伺北，国中公私交困，如何称帝？”守光不听，将佐亦窃窃私议。守光竟命庭中陈列斧锧，悬令示众道："敢谏者斩！”梁使王瞳、史彦章到燕，竟将他拘禁起来。各道使臣，到一个，囚一个，定期八月上旬，即燕帝位。孙鹤复进谏道："沧州一役，臣自分当死，幸蒙大王矜全，得至今日，臣怎敢爱死忘恩！为大王计，目下究不宜称帝！”与禽兽谈仁义，徒自取死，不得为忠。守光怒道："汝敢违我号令么？”便令军吏捽鹤伏锧，剐肉以食，鹤大呼道："百日以外，必有急兵！”守光益怒，命用泥土塞住鹤口，寸磔以徇。

越数日即皇帝位，国号大燕，改元应天。从狱中释出梁使，胁令称臣，即用王瞳为左相，卢龙判官齐涉为右相，史彦章为御史大夫，这消息传到晋阳，晋王存勗大笑道："不出今年，我即当向他问鼎了。"张承业请遣使致贺，令他骄盈不备。存勗乃遣太原少尹李承勳赴燕，用列国聘问礼。守光命以臣礼见，承勳道："我受命唐朝，为太原少尹，燕王岂能臣我？"守光大怒，械系数日，释他出狱，悍然问道："你今愿臣我否？"承勳道："燕王能臣服我主，我方愿称臣，否则要杀就杀，何必多问！"守光怒上加怒，竟命将承勳推出斩首。晋王闻承勳被杀，乃大阅军马，筹备伐燕，外面恰托言南征。

梁主温正改开平五年为乾化元年，大赦天下，封赏功臣，又闻清海军即岭南。节度使刘隐病卒，也辍朝三日。假惺惺。令隐子岩袭爵，既而连日生病，无心治事，就是刘守光拘住梁使，自称皇帝，也只好听他胡行，不暇过问。

到了七八月间，秋阳甚烈，他闻河南尹张宗奭家，园沼甚多，遂带领侍从，竟往宗奭私第。宗奭原名全义，家世濮州，曾从黄巢为盗，充任伪齐吏部尚书。巢败死，全义与同党李罕之，分据河阳。罕之贪暴，尝向全义需索，全义积不能平，潜袭罕之。罕之奔晋，乞得晋师，围攻全义。全义大困，忙向汴梁求救。朱温遣将往援，击退罕之，晋军亦引去。全义得受封河南尹，感温厚恩，始终尽力，且素性勤俭，教民耕稼，自己亦得积资巨万。特在私第中筑造会节园，枕山引水，备极雅致，却是一个家内小桃源。朱温篡位，授职如故，全义曲意媚温，乞请改名，温赐名宗奭，屡给优赏。及温到他家避暑，自然格外巴结，殷勤侍奉，凡家中所有妻妾妇女，概令叩见。

温一住数日，病竟好了一大半，食欲大开，色欲复炽，默想全义家眷，多半姿色可人，乐得仗着皇帝威风，召她几个进来，陪伴寂寥。第一次召入全义爱妾两人，迫她同寝，第二次复改召全义女儿，第三次是轮到全义子妇，简直是猪狗不如。妇女们惮他淫威，不敢抗命，只好横陈玉体，由他玷污。甚至全义继妻储氏，已是个半老徐娘，也被他搂住求欢，演了一出高唐梦。张氏妻女何无廉耻。

全义子继祚，羞愤交并，取了一把快刀，就夜间奔入园中，往杀朱温，还是他有些志气。偏被全义看见，硬行扯回，且密语道："我前在河阳，为李罕之所围，啖木屑为食，身旁只有一马，拟宰割饲军，正是命在须臾，朝不保暮，亏得梁军到来，救我全家性命，此恩此德，如何忘怀！汝休得妄动，否则我先杀汝！”不是报恩，直是怕死。继祚乃止。

越宿，已有人传报朱温。温召集从臣，传见全义，全义恐继祚事发，吓得乱抖。妻储氏从旁笑道：“如此胆怯，做什么男儿汉？我随同入见，包管无事！”遂与全义同入，见温面带怒容，也竖起柳眉，厉声问道：“宗奭一种田叟，守河南三十年，开荒掘土，敛财聚赋，助陛下创业，今年齿衰朽，尚何能为？闻陛下信人谗言，疑及宗奭，究为何意？”恃有随身法宝，故敢如此唐突。温被她一驳，说不出什么道理，又恐储氏变脸，将日前暧昧情事，和盘托出，反致越传越丑，没奈何假作笑容，劝慰储氏道：“我无恶意，幸勿多言！”好一个箝口方法。储氏夫妇，乃谢恩趋出，朱温也未免心虚，即令侍从扈跸还都。

忽闻晋、赵将联军南来，又想出些风头，亲至兴安鞠场，传集将吏，躬自教阅，待逐队成军，乃下令亲征。出次卫州，正在就食，又有人来报道：“晋军已出井陉了。”当下匆匆食毕，即拔寨北趋，兼程至相州，始接侦骑实报，晋军尚未南来，乃停兵不进，已而移军洹水，又得边吏奏报，晋、赵兵已经出境，累得梁主温坐食不安，急引军往魏县。军中时有谣传，一日早起，不知从何处得着风声，哗言沙陀骑兵，杂沓前来，顿时全营大乱，你逃我散。梁主命严刑禁遏，尚不能止。嗣探得数十里间，并无敌骑，军心才定。

梁主温疾已经年，只因夹寨柏乡，两次失利，不得不力疾北行，勉图报复。谁知又着了晋王声东击西的诡计，徒落得奔波跋涉，冒犯风霜，还是幸免，否则军志浮嚣，宁能不败？他不禁躁忿异常，所有功臣宿将，略犯过误，不是诛戮，就是斥逐，因此众心益惧，日夕恂恂。待了一月有余，仍不见有一个敌兵，乃南还怀州。怀州刺史段明远，出城迎谒，很是恭谨。梁主入城，供馈甚盛。明远有一妹子，荳蔻年华，芙蓉脸面，蓦被梁主温瞧着，问明明远，硬索侍寝。明远无可奈何，便令妹子盛饰入谒，亲承雨露。少妇嫁老夫，恐非段妹所愿。春风一度，深惬皇心，即面封段妹为美人，挈归洛阳。怎奈年周花甲，禁不住途中辛苦，并因色欲过度，精力愈衰，还洛后旧病复发，服过了无数参茸，才得起床。可巧前使史彦章回来，替刘守光代乞援师。梁主温怒道：“汝已臣事守光，尚敢来见朕么？”彦章伏奏道：“臣怎敢负恩事燕。只因晋赵各镇，推尊守光，嗾他背叛陛下，出来当冲，他却以渔人自居，稳收厚利。臣与王瞳暂时居燕，力劝守光勿负陛下，守光因复与各镇绝交，为陛下往攻易、定。定州王处直，向晋、赵乞得援兵，夹攻幽州，幽州危急万分，若陛下坐视不救，恐河朔终非梁有了！”这一番花言巧语，又把梁主温的怒气平了下去。彦章又特随来的燕使，召入见温，呈上守光表文，中多悔过乞怜等语，惹动梁主雄心，许出援师，遂又督兵亲出。

到了白马顿，从官多不愿随行，勉强趱程，有三人剩落后面，一是左散骑常侍孙隲，一是右谏议大夫张衍，一是兵部郎中张儁，都至隔宿才到。梁主温恨他后至，一并处斩，行至怀州，段明远供张极盛，比前次还要华朊。此次变作国舅，应该比前巴结。梁主大喜，厚加赏赐，且改令明远名凝，及进次魏州，决议攻赵以纾燕难，乃命杨师厚为都招讨使，李周彝为副使，率三万人围枣强县，贺德伦为招讨接应使，袁象先为副使，也率三万人围蓨县。

两路兵马，同时发出，梁主温安居行幄，专候捷音。突有哨卒踉跄奔入，大声奏报道：“晋兵来了！”梁主温仓皇失措，忙出帐骑了御马，只带亲兵数百名，奔往杨师厚军前。看官！你道晋军有否到来？原来并不是晋军，乃是赵将符习，引数百骑逻侦消息，梁兵误作晋军，竟弃幄远飏，眼见得军心不固，便是败象哩。

杨师厚到了枣强，督兵急攻。枣强城小而坚，赵人用精兵守住，很是坚忍，任他如何攻扑，死战不退。一攻数日，城墙屡坏屡修，内外死伤，约以万计，既而城中矢石将竭，共议出降，有一卒奋然道：“贼自柏乡战败，恨我赵人切骨，今若往降，徒自取死，我愿独入虎口，杀他一二员大将，或得使他解围，也未可知。”遂乘夜缒城而下，径至梁营诈降。李周彝召他入帐，问及城中情形，赵卒答道：“城中粮械尚多，足有半月可持，但军使既收录微材，乞赐一剑，效死先登，愿取守城将首。”周彝恰还小心，不肯给剑，止令荷担从军，赵卒觑得间隙，竟举担击周彝首，周彝呼痛踣地。左右急救周彝，立将赵卒砍死。赵卒颇有忠胆，可惜史册中不留姓名。梁主温闻报大怒，限令三日取城。师厚亲冒矢石，昼夜猛攻，越二日，得陷入城中，不问老幼，一概骈戮，可怜这枣强城中，变做了一座血污城。极写梁主暴虐。

那贺德伦等进攻蓨县，蓨县为赵州属地，相距不远。赵州本由晋将周德威驻扎，后来调镇振武军，注见前。仅留李存审、史建瑭、李嗣肱等戍守，既得蓨县急报，当由存审主议，与建瑭、嗣肱熟商道：“我王方有事幽蓟，无暇到此，南方军事，委任我等数人，今蓨县告急，我等怎能坐视？况贼得蓨县，必西侵深、冀，为患益深。我当与公等别出奇谋，使贼自遁。”建瑭、嗣肱齐声道：“果有奇计，愿听指挥！”存审乃引兵趋下博桥，令建瑭、嗣肱分道巡逻，遇有梁卒刍牧，立刻擒来。自分麾下为五队。统令衔枚疾走，沿途遇着梁兵，无论为侦探，为樵采，一概捕住，带回下博桥。建瑭、嗣肱，也有一二百人捉回，存审命一一杀死，只留活数人，断去一臂，纵使还报道：“汝等为我转达朱公，晋王大军已到，叫他前来受死！”断臂兵奔回梁营，当然依言禀报。适值梁主温引杨师厚兵，自就贺德伦营，助攻蓨县，听着断臂兵报语，恰也惊心，即与德伦分驻营寨，相隔里许。德伦也很是戒备，派兵四巡，慎防不测。不意到了日暮，营门外忽然火起，烟雾冲霄，接连是噪声大作，箭镞齐来。德伦忙命亲卒把守营门，严禁各军妄动。外面却乱了一两个时辰，待至天色昏黑，方闻散去。当由德伦检查军士，又失了一二百名，或说是变起本军，究竟不知真伪。偏是梁主营前，又有断臂兵突入，大呼晋军大至，贺军使营，已陷没了。梁主温惊愕异常，立命毁去营寨，乘夜遁走。天昏不辨南北，竟至失道，委曲行二三百里，始抵贝州。如此胆小，何必夸语亲征？

德伦闻梁主遁还，也即退军。再遣侦骑探明虚实，返入梁营，报称晋军实未大出，不过令先锋游骑，先来示威。德伦听着，虽带着三分惭色，尚得谓梁主先遁，聊自解嘲。只梁主闻知，叫他如何忍受，且忧且恚，病又增剧，不得已养疾贝州，令各军陆续退归。

当时晋军计却大敌，欢声雷动，统称存审善谋。小子把存审计划，上文第叙明一半，还有一半详情，应该补叙。存审闻梁主自至，与德伦分营驻扎，已知梁主堕入计中。再将前时俘斩的梁卒，从尸身上剥下衣服，令游骑穿着，伪充梁兵，三三五五，混至德伦营前。德伦虽有巡兵四察，还道是本营士卒，不加查问。那伪充梁兵的晋军，遂就梁营前放火射箭，喊杀连天，乘间捕得几十个梁兵，依着存审密计，把他截臂纵去，令他往吓梁主。梁主被他一吓，果然远遁，连德伦也立足不住，拔营退去。经此一段说明，方知前文笔法之妙。仅仅几百个晋军，吓退了七八万梁兵，这都是李存审的妙计。小子有诗咏存审道：

疆场决胜在多谋，用力何如用智优。

任尔貔貅七八万，尚输良将幄中筹。

梁主温一病兼旬，好容易得有起色，复自贝州至魏州。博王友文，自东都过觐，请驾还都，梁主温乃启程南归。欲知后事，且阅下回。

刘守光一骁竖耳，如尚父皇帝之尊卑，尚不能辨，顾欲侈然称帝，凌压各镇，何不自量力若此！况前幽父，继杀兄，后且淫刑求逞，妄戮谏臣，天下有如此狂骇，而能不危且亡者，未之闻也。若梁主温之老奸巨猾，较守光固胜一筹；但暴虐不亚守光，淫恶比守光为尤甚。夹寨破，柏乡败，乃欲亲出报怨，两次督师，未遇敌而先怯，是正天夺之魄，阴促老奸之寿算耳。此而不悟，愈老愈虐，愈虐愈淫，几何而不受刳刃之惨也？善恶到头终有报，只争来早与来迟，斯言虽俚，亶其然乎！

第八回　父子聚麀惨遭刭刃
君臣讨逆谋定锄凶

却说梁主温还至洛阳，病体少愈，适博王友文，新创食殿，献入内宴钱三千贯，银器一千五百两，乃即就食殿开宴，召宰相及文武从官等侍宴。酒酣兴发，遽欲泛舟九曲池，池不甚深，舟又甚大，本来是没甚危险，不料荡入池心，陡遇一阵怪风，竟将御舟吹覆。梁主温堕入池中，幸亏侍从竭力捞救，方免溺死。别乘小舟抵岸，累得拖泥带水，惊悸不堪。不若此时溺死，尚免一刀之惨。

时方初夏，天气温和，急忙换了尤袍，还入大内，嗣是心疾愈甚，夜间屡不能眠，常令妃嫔宫女，通宵陪着，尚觉惊魂不定，寤寐徬徨。那燕王刘守光屡陈败报，一再乞援，梁主病不能兴，召语近臣道："我经营天下三十年，不意太原余孽，猖獗至此，我观他志不在小，必为我患，天又欲夺我余年，我若一死，诸儿均不足与敌，恐我且死无葬地了！"语至此，哽咽数声，竟至晕去。近臣急忙呼救，才得复苏。只怕晋王，谁知祸不在晋，反在萧墙之内。嗣是奄卧床褥，常不视朝，内政且病不能理，外事更无暇过问了。

是年岐、蜀失和，屡有战争。蜀主王建，曾将爱女普慈公主，许嫁岐王从子李继崇，岐王因戚谊相关，屡遣人至蜀求货币，蜀主无不照给。寻又求巴、剑二州，蜀主王建怒道："我待遇茂贞，也算情义兼尽，奈何求货不足，又来求地，我若割地畀彼，便是弃民。宁可多给货物，不能割地。"乃复发丝茶布帛七万，交来使带还。赔贴妆奁，确是不少。奈彼尚贪心未餍何？茂贞因求地不与，屡向继崇说及，有不平意。继崇本嗜酒使气，伉俪间常有违言，至是益致反目。普慈公主潜遣宦官宋光嗣，用绢书禀报蜀主，求归成都。蜀主王建，遂召公主归宁，留住不遣，且用宋光嗣为阁门南院使。

岐王大怒，即与蜀绝好，遣兵攻蜀兴元，为蜀将唐道袭击退。岐王复使彰义节度使刘知俊，及从子李继崇，发大兵攻蜀。蜀命王宗侃为北路行营都统，出兵搦战，被知俊等杀败，奔安远军。安远军为兴元城西县号，障蔽兴元。知俊等进兵围攻，经蜀主倾国来援，大破岐兵，知俊等狼狈走还，后来知俊为岐将所谗，兵权被夺，举族寓秦州。越三年，秦州为蜀所夺，知俊因妻孥被掳，又背岐投蜀去了。后文慢表。

且说梁主温连年抱病，时发时止，年龄已逾花甲，只一片好色心肠，到老不衰，自从张妃谢世，篡唐登基，始终不立皇后，昭仪陈氏，昭容李氏，起初统以美色得幸，渐渐的色衰爱弛，废置冷宫。应第二回陈氏愿度为尼，出居宋州佛寺，李氏抑郁而终，此外后宫妃嫔，随时选入，并不是没有丽容，怎奈梁主喜新厌故，今日爱这个，明日爱那个，多多益善，博采兼收，甚至儿媳有色，亦征令入侍，与她苟合，居然做个扒灰老。博王友文，颇有材艺，虽是梁主温假子，却很是怜爱，比亲儿还要优待，梁主迁洛，留友文守汴梁。见第五回历年不迁，唯友文妻王氏，生得一貌似花，为假翁所涎羡，便借着侍疾为名，召她至洛，留陪枕席，王氏并不推辞，反曲意奉承，备极缱绻，但只有一种交换条件，迫令假翁承认，看官道是何事？乃是梁室江山，将来须传位友文。还记得乃夫么？

梁主温既爱友文，复爱王氏，自然应允。偏暗中有一反对的雌儿，与王氏势不两立，竟存一个你死我活的意见。这人为谁？乃是友珪妻室张氏。张氏姿色，恰也妖艳，但略逊王氏一筹，王氏未曾入侍，她已得乃翁专宠，及王氏应召进来，乃翁爱情，一大半移至王氏身上，渐把张氏冷淡下去，张氏含酸吃醋，很是不平，因此买通宫女，专伺王氏隐情。

一日合当有事，梁主温屏去左右，专召王氏入室，与她密语道："我病已深，恐终不起，明日汝往东都，召友文来，我当嘱咐后事，免得延误。"为了肉欲起见，遂拟把帝位传与假子，扒灰老也不值得。王氏大喜，即出整行装，越日登程。这个消息，竟有人瞧透机关，报与张氏，张氏即转告友珪，且语且泣道："官家将传国宝付与王氏，怀往东都，俟彼夫妇得志，我等统要就死了！”友珪闻言，也惊得目瞪口呆，嗣见爱妻哭泣不休，不由的泪下两行。

正在没法摆布，突有一人插口道，“欲要求生，须早用计，难道相对涕泣，便好没事么？”友珪愕然惊顾，乃是仆夫冯廷谔，便把他呆视片刻，方扯他到了别室，谈了许多密语。忽由崇政院遣来诏使已入大厅，他方闻信出来接受诏旨，才知被出为莱州刺史，他愈加惊愕，勉强按定了神，送还诏使，复入语廷谔，廷谔道：“近来左迁官吏，多半被诛，事已万急，不行大事，死在目前了！”

友珪乃易服微行，潜至左龙虎军营，与统军韩勍密商，勍见功臣宿将，往往诛死，心中正不自安，便奋然道：“郴王指友裕。早薨，大王依次当立，奈何反欲传与养子？主上老悖淫昏，有此妄想，大王诚宜早图为是！”又是一个薪上添火。遂派牙兵五百人，随从友珪，杂入控鹤士中，唐已有控鹤监，系是值宿禁中。混入禁门，分头埋伏，待至夜静更深，方斩关突入，竟至梁主温寝室，哗噪起来。侍从诸人，四处逃避，单剩了一个老头儿，揭帐启视，披衣急起，怒视友珪道：“我原疑此逆贼，悔不早日杀却！逆贼逆贼！汝忍心害父，天地岂肯容汝么？”友珪亦瞋目道：“老贼当碎尸万段！”臣忍杀君，子亦何妨弑父。惜友珪凶莽，未能反唇相讥！冯廷谔即拔剑上前，直迫朱温，温绕柱而走，剑中柱三次，都被温闪过，奈温是有病在身，更兼老惫，三次绕柱，眼目昏花，一阵头晕，倒翻床上，廷谔抢步急进，刺入温腹，一声狂叫，呜呼哀哉！年六十一岁。

友珪见他肠胃皆出，血流满床，即命将裀褥裹尸，瘗诸床下。秘不发丧，立派供奉官丁昭溥，赍着伪诏，驰往东都，令东都马步军都指挥使均王友贞，速诛友文。友贞不知是假，即诱入友文，把他杀死。友文妻王氏，未曾登途，已被友珪派人捕戮，一面宣布伪诏道：

> 朕艰难创业，逾三十年，托于人上，忽焉六载，中外协力，期于小康。岂意友文阴蓄异图，将行大逆，昨二日夜间，甲士突入大内，赖郢王友珪忠孝，领兵剿戮，保全朕躬。然疾因震惊，弥致危殆。友珪克平凶逆，厥功靡伦，宜令权主军国重事，再听后命。

越二日，丁昭溥自东都驰还，报称友文已诛，喜得友珪心花怒开，弹冠登极，再下一道矫诏，托称乃父遗制，传位次子，乃将遗骸草草棺殓，准备发丧，自己即位柩前，特授韩勍为侍卫诸军使，值宿宫中，勍劝友珪多出金帛，遍赐诸军，取悦士心，诸军得了厚赉，也乐得取养妻孥，束手旁观。唯内廷被他笼络，外镇却不受羁縻。

匡国军闻知内乱，都向节度使告变，时值韩建调任镇帅，置诸不理，竟为军士所害。此匡国军为陈许军号，与唐时之同州有别。杨师厚留戍邢魏，也乘隙驰入魏州，驱出罗周翰，据位视事。友珪惧师厚势盛，只好将周翰徙镇宣义，注见第二回。特任师厚为天雄军节度使。天雄军就是魏博，唐时旧有此号，屡废屡行，梁尝称魏博为天雄军，小子因前文未详，故特别表明。护国军治河中。节度使朱友谦，少时为石壕间大盗，原名只一简字，后来归附朱温，因与温同姓，愿附子列，改名友谦，温篡位后命镇河中，加封冀王。他闻洛阳告哀，已知有异，泣对群下道："先帝勤苦数十年，得此基业，前日变起宫掖，传闻甚恶，我备位藩镇，未能入扫逆氛，岂不是一大恨事！"道言未绝，又有洛使到来，加他为侍中中书令，并征他入朝，友谦语来使道："先帝晏驾，现在何人嗣立？我正要来前问罪，还待征召么？"

来使返报友珪，友珪即遣韩勍等往击河中。友谦举河中降晋，向晋乞援。晋王李存勗统兵赴急，大破梁军，勍等走还。看官听着！这朱友珪的生母，本是亳州一个营娼，从前朱温镇守宣武，见第一回。略地宋亳，与该娼野合生男，取名友珪，排行第二，弟兄多瞧他不起。况又加刃乃父，敢行大逆，岂诿罪友文，平空诬陷，就可瞒尽耳目，长享富贵么？至理名言。

糊糊涂涂的过了半年，已是梁乾化三年元旦，友珪居然朝享太庙，返受群臣朝贺。越日祀圜丘，大赦天下，改元凤历。均王友贞，已代友文职任，做了东都留守，至是复加官检校司徒，令驸马都尉赵岩，赍敕至东都，友贞与岩私宴，密语岩道："君与我系郎舅至亲，不妨直告，先帝升遐，外间啧有烦言，君在内廷供职，见闻较确，究竟事变如何？"岩流涕道："大王不言，也当直陈。首恶实嗣君一人，内臣无力讨罪，全仗外镇为力了。"友贞道："我早有此意，但患不得臂助，奈何？"岩答道："今日拥强兵，握大权，莫如魏州杨令公，近又加任都招讨使，但能得他一言，晓谕内外军士，事可立办了。"友贞道："此计甚妙。"

待至宴毕，即遣心腹将马慎，驰至魏州，入见杨师厚，并传语道："郢王弑逆，天下共知，众望共属大梁，公若乘机起义，帮立大功，这正所谓千载一时呢！”师厚尚在迟疑，慎又述均王言，谓事成以后，当更给犒军钱五十万缗。师厚乃召集将佐，向众质问道：“方郢王弑逆时，我不能入都讨罪，今君臣名分已定，无故改图，果可行得否？”众尚未答，有一将应声道：“郢王亲弑君父，便是乱贼。均王兴兵复仇，便是忠义。奉义讨贼，怎得认为君臣？若一旦均王破贼，敢问公将如何自处哩？”这人不知谁氏，也惜姓名不传。师厚惊起道：“我几误事，幸得良言提醒，我当为讨贼先驱哩！”遂与马慎说明，令归白均王，伫候好音，自派将校王舜贤，潜诣洛阳，与龙虎统军袁象先定谋，复遣都虞候朱汉宾屯兵滑州，作为外应。舜贤至洛，可巧赵岩亦自汴梁回来，至象先处会商，岩为梁主温婿，象先为梁主温甥，当然有报仇意，妥商大计，密报梁魏。

先是怀州龙骧军系梁主温从前随军。三千，推指挥刘重霸为首，声言讨逆，据住怀州，友珪命将剿治，经年未平，汴梁戍卒，亦有龙骧军参入，友珪也召令入都。均王友贞也遣人激众道：“天子因龙骧军尝叛怀州，所以疑及尔等，一概召还，尔等一至洛下，恐将悉数坑死。均王处已有密诏，因不忍尔等骈诛，特先布闻。”戍卒闻言，统至均王府前，环跪呼吁，乞指生路。友贞已预书伪诏，令他遍阅，随即流涕与语道：“先帝与尔等经营社稷，共历三十余年，千征万战，始有今日。今先帝尚落人奸计，尔等从何处逃生呢？”说至此，引士卒入府厅，令仰视壁间悬像。大众望将过去，乃是梁主温遗容，都跪伏厅前，且拜且泣。友贞亦唏嘘道：“郢王贼害君父，违天逆地，复欲屠灭亲军，残忍已极，尔等能自趋洛阳，擒取逆竖，告谢先帝，尚可转祸为福呢！”

大众齐声应诺，唯乞给兵械，以便趋洛。友贞即令左右颁发兵器，令士卒起来，每人各给一械，大众无不踊跃，争呼友贞为万岁，各持械而去。此计想由赵岩等指授。

友贞遣使飞报赵岩等人，赵岩、袁象先夜开城门，放诸军入都，一面贿通禁卒千人，共入宫城，友珪仓猝闻变，慌忙挈妻张氏，及冯廷谔共趋北垣楼下，拟越城逃生。偏后面追兵大至，喧呼杀贼。自知不能脱走，乃令廷谔先杀妻，后杀自己。廷谔亦自刭。都中各军，乘势大掠，百官逃散。中书侍郎同平章事杜晓，侍讲学士李珽，均为乱兵所杀，门下侍郎同平章事于兢，宣政院使李振代敬翔。被伤。骚扰了一日余，至暮乃定。

袁象先取得传国宝，派赵岩持诣汴梁，迎接均王友贞。友贞道："大梁系国家创业地，何必定往洛阳。公等如果同心推戴，就在东都受册，俟乱贼尽除，往谒洛阳陵庙便了。"岩返告百官，百官都无异辞。乃由均王友贞，即位东都，削去凤历年号，仍称乾化三年，追尊父温为太祖神武元圣孝皇帝，母张氏为元贞皇太后，给还友文官爵，废友珪为庶人，颁诏四方道：

我国家赏功罚罪，必协朝章，报德伸冤，敢欺天道？苟显违于法制，虽暂滞于岁时，终振大纲，须归至理，重念太祖皇帝尝开霸府，有事四方，迨建皇朝，载迁都邑，每以主留重务，居守需才，慎择亲贤，方膺寄任，故博王友文，才兼文武，识达古今，俾分忧于在浚之郊，亦共理于兴王之地，一心无易，二纪于兹，尝施惠于士民，实有劳于家国。去岁郢王友珪，尝怀逆节，已露凶锋，将不利于君亲，欲窃窥夫神器，此际值先皇寝疾，大渐日臻，博王乃密上封章，请严宫禁。因以莱州刺史授于郢王，友珪才睹宣纶，俄行大逆，岂有自纵兵于内殿，翻诿罪于东都？伪造诏书，枉加刑戮，且夺博王封爵，又改姓名，冤耻两深，欺罔何极！伏赖上穹垂祐，宗社降灵，俾中外以叶谋，致遐迩之共怒。寻平内难，获诛元凶，既雪耻于同天，且免讥于共国，朕方期遁世，敢窃临人？遽迫推崇，爰膺缵嗣。冤愤既伸于幽显，霈泽宜及于下泉。博王宜复官爵，仍令有司择日归葬。友珪凶恶滔天，神人共弃，生前敢为大逆，死后且有余辜，例应废为庶人，以昭炯戒，特此布敕，俾远近闻知。

此诏下后，又改名为锽，进天雄军节度使杨师厚为检校太师，兼中书令，加封邺王，西京左龙虎统军袁象先为检校太保同平章事，加封开国公。这两人最为出力，所以封爵最优。余如赵岩以下，各升官晋爵有差。又遣使招抚朱友谦。友谦仍复归藩，称梁年号。唯对晋仍然未绝，算是一个骑墙派人物。梁廷至此，才得苟安。越二年始改元贞明，梁主友贞，又改名为瑱。小子有诗叹道：

多行不义必遭殃，稽古无如鉴后梁。

乃父淫凶子更恶，屠肠截脰有谁伤？

梁室粗定，晋已灭燕，欲知燕亡情形，且至下回再叙。

淫恶如朱温，宜有刳刃之祸，但为其子友珪所弑，岂彼苍故演奇剧，特假手友珪，以示恶报之巧乎！温为臣弑君，友珪为子弑父，有是父乃有是子，果报固不爽也。唯友珪弑逆不道，尚得窃位半年，杨帅厚兼雄镇，擅劲兵，未闻首先倡义，乃迫于均王之一激，部将之一言，始幡然变计，盖当时礼教衰微，几视篡弑为常事。非有大声疾呼者，唤醒其旁，几何不胥天下为禽兽也！然淫恶者终遭子祸，凶逆者卒受身诛。苍苍者天，岂真长此晦盲乎？老氏谓天地不仁，夫岂其然！

第九回　失燕土伪帝作囚奴　平宣州徐氏专政柄

却说刘守光僭称帝号，遂欲并吞邻镇，拟攻易定。参军冯道，系景城人，长乐老出身，应该略详。面谏守光，劝阻行军。守光不从，反将道拘系狱中。道素性和平，能得人欢，所以燕人闻他下狱，都代为救解，幸得释出。道料守光必亡，举家潜遁，奔入晋阳，晋王李存勗，令掌书记，且问及燕事，得知虚实。

正拟发兵攻燕，可巧王处直派使乞援，遂遣振武节度使周德威，领兵三万，往救定州。德威东出飞狐，与赵将王德明，义武即定州，见前。将程严，会师易水，同攻岐沟关。一鼓即下，进围涿州。刺史刘知温，令偏将刘守奇拒守。守奇有门客刘去非，大呼城下道："河东兵为父讨贼，干汝甚事，乃出力固守呢？"守兵被他一呼，各无斗志，多半逃去。知温料不能守，开门迎降。守奇奔梁，得任博州刺史。晋将周德威，即率众抵幽州城下，另派裨将李存晖等往攻瓦桥关。守关将吏，及莫州刺史李严皆降。守光连接败报，惊惶的了不得，卑辞厚币，向梁求援。梁主温督兵攻赵，为晋将李存审所却。见第七回。本段是回溯文字。幽州失一大援，益觉孤危，只好誓死坚守。

晋将周德威，因幽州城大且固，兵不敷用，再向晋阳济师。晋王李存勗，便调李存审援应，带领吐谷浑、契苾两部番兵，往会德威。德威已得增兵，即四面筑垒，为围攻计，守光益惧。

燕将单廷珪，素号骁勇，独请出战。守光乃拨精兵万人，令他开城逆击。廷珪披甲上马，扬鞭出城，一声狂呼，万人随进，左冲右突，恰是有些利害。晋军拦阻不住，退至龙头冈。冈峦高出云表，势颇险峻，周德威倚冈立寨，据险自固，猛见单廷珪跃马前来，势甚凶猛，即令部将排定阵势，自己登冈指挥，准备对敌。廷珪遥见德威，便顾左右道："今日必擒周阳五以献！"大言何益？阳五系德威小字。说毕，持着一枝长枪，当先突阵，枪锋所至，无人不靡。晋军三进三却，由廷珪冲过阵后，一人一骑，不管什么死活，竟上冈去捉德威。德威究是老将，没甚慌忙，但佯作胆怯状，回马急走，跑上峰峦。廷珪也跃马追上，觑着德威背后，一枪刺去，正道是洞穿胸腹，哪知德威早已防着，闪过一旁，让开枪头，右手恰掣出铁树，向廷珪马头猛击。马忍痛不住，滚了下去，冈峦本是不平，这一滚约有数丈。任你廷珪如何骁悍，也是约束不住，人仰马翻，统跌得皮开血裂，凑巧下面尚有晋军，顺手揿住廷珪，把他捆绑起来。燕兵见主将被擒，慌忙退走。被晋军驱杀一阵，斩首三千级，余众逃入城中，全城夺气。

德威斩了廷珪，又分兵攻下顺州檀州，复拔芦台军，再克居庸关。刘守光惶急异常，屡使人赴梁告急，正值梁廷内乱，不暇应命。他只得自去设法，命大将元行钦募兵山北，骑将高行珪出守武州，作为外援。晋王李存勖，即遣李嗣源往攻武州，行珪出战失利，遂降嗣源，嗣源乃退。元行钦闻武州失守，亟引兵攻行珪。行珪令弟行周往质晋军，求他援助。嗣源再进兵击行钦，八战八胜，行钦力屈乃降。嗣源爱他材勇，养为己子，令为代州刺史。

行周留事嗣源，常与嗣源养子从珂，分领牙兵，转战有功。从珂母魏氏，先为王氏妇，生子名阿三，嗣源随克用出师河北，掠得魏氏，见她秀色可餐，便纳为妾媵。阿三即拜嗣源为义父，取名从珂。及年已成立，以勇健闻。晋王存勖，尝呼他小字道："阿三与我同年，勇敢亦与我相类，恰是个不凡子。"后来叛唐篡国，就是此人，事见下文。不第叙过从珂，并带过高行周。

且说周德威围攻幽州，已是逾年。从前因幽州四近，尚有燕兵散布，须要远近兼顾，内外合筹，一时不便进副，唯连营竖栅，与燕相持。嗣闻四面犄角，均已毁灭，乃进军南门，专力攻城。守光昼夜不安，自知兵力不支，不得已致书乞怜，愿为城下盟。德威笑语来使道："大燕皇帝，尚未郊天，何故雌伏如此！我受命讨罪，不知他事，继盟修好，更非乐闻，请为我转语燕帝，休想乞和，快来一战。"揶揄得妙。遂叱退来使，不答一字。守光闻报，越加窘迫，又遣将周遵业，赍绢千匹，银千两，锦百段，献入晋营，哀求德威道："富贵成败，人生常理，录功叙过，也是霸主盛业。我王守光，不欲为朱温下，所以背梁称尊。哪知得罪大国，劳师经年，现已自知罪戾，还祈少恕！"德威道："能战即来，不能战即降，何必多言！"遵业尚欲开口，见德威起身入内，只好怏怏退还，报知守光。守光搔首挖耳，无法可施。踌躇了许多时候，突闻城外喊声大震，又来攻城，不得已硬着头皮，登陴巡守。遥见周德威跨着骏马，手执令旗，指挥战士，遂凄声遥呼道："周将军！汝系三晋贤士，奈何迫人危急，不开一网呢？"淫威扫地。德威答道："公已为俎上肉，但教责己，不必责人！"守光语塞，流涕而下。

既而平营、莫瀛诸州，均已降晋，他却情急智生，暗觑晋军少懈，自引兵夜出城中，潜抵顺州城下，假充晋军，呼开城门。守卒被他所给，又当黑夜无光，竟开城放入。城门甫启，守光麾兵大进，乱杀乱砍，伤毙许多守卒，占住城池，复乘胜转趋檀州，那时周德威已经闻知，急引兵至檀州邀击。适与守光相遇，一场混战，大破守光，守光带领残卒百余骑，逃回幽州。晋王存勖，遣张承业犒慰行营，并与德威商议军情。事为守光侦悉，又致书承业，举城乞降。承业知他狡猾，拒回来使。急得守光真正没法，再派人往契丹，吁请援兵。契丹酋长阿保机，也闻他平日无信，不肯出援。无信之害如此。守光急上加急，除出降外无别法，乃屡遣使向德威乞降，德威始终不许，守光复登城语德威道："我已力屈计穷，只求将军少宽一线，俟晋王亲至，我便开门迎谒，泥首听命！"皇帝也不愿做了。

德威乃托张承业返报晋王。晋王命承业居守，权知军府事，自诣幽州，单骑抵城下，呼守光与语道："朱温篡逆，我本欲会合河朔五镇兵马，兴复唐祚，公不肯与我同心，乃效尤逆温，居然僭号称帝，且欲并吞镇、定，是以大众愤发，至有今日。成败亦丈夫常事，必须自择所向，敢问公将何从？"守光流涕道："我今已为釜中鱼，瓮中鳖了，唯王所命！"晋王也觉动怜，即折断弓矢，向他设誓道："但出来相见，保无他虞。"守光闻言，又道他是仁柔易欺，便含糊答应道："再俟他日！"是谓无信。

晋王且笑且愤，返入德威营中，决定明日督军猛攻，誓入此城。是夕有燕将李小喜，缒城来降，报称城中力竭。看官道这小喜是何等人物？他原是守光嬖臣，教守光切勿降晋，守光被他哄动，遇着危急时候，不得不作书乞降，其实是借此缓兵，并非实心投诚，不料小喜却先走一着，竟已奔投晋营。欺人者反为人欺，可为后鉴。晋王存勖，即命五更造饭，饬各军饱餐一顿，俟至黎明，一声鼓角，全营涌出。晋王亲披甲胄，督令进攻，这边竖梯，那边攀堞，四面八方，同时动手。燕兵已经力尽，哪里还能支持，就使有心拒守，也是防不胜防，霎时间阖城鼎沸，纷纷乱窜。晋兵一齐登城，拔去燕帜，改张晋帜，趁势下城往捉守光。守光已挈妻李氏、祝氏，子继珣、继方、继祚等，逃出城外，南走沧州，只有乃父仁恭，还幽住别室，被晋军马到擒来。此外有家族三百口，逃奔不及，一齐作了俘囚。

晋王存勖入幽州城，禁杀安民，授德威卢龙节度使，兼官侍中，改命李嗣本为振武节度使，更遣别将追捕守光。可怜守光抱头南奔，途次又复失道，向荒径中走了数日，身旁未带干粮，只是枵腹逃难。到了燕乐界内，见有村落数处，乃遣妻祝氏乞食田家，可称作讨饭皇后。田家见她衣服华丽，并没有乞人形相，遂向他盘问，祝氏直言不讳。大抵想用皇后威势去吓平民。田家主人张师造，假意留她食宿，且令家人往给守光，一同到家，暗中却飞报晋军。晋军疾趋而至，将守光及二妻三子，一并捉住，械送军门。晋王存勖，方宴犒将士，见将吏擒到守光，便笑语道："王是本城主人，奈何出城避客？"守光匍匐阶下，叩首乞命。晋王命与仁恭同系馆舍，给与酒食。守光正是腹饥，乐得一饱。写尽狂愚。

越数日，晋王下令班师，令守光父子，荷校随行。守光父母，对着守光，且唾且骂道："逆贼破灭我家，竟到这般！"守光俯首无言。路过赵州，赵王镕盛帐行幄，迎犒晋军。且请晋王上坐，奉觞称寿，酒酣起请道："愿见大燕皇帝刘守光一面。"挖苦之极。晋王乃命将吏牵入仁恭父子，脱去桎梏，就席与饮。仁恭父子拜镕，镕亦答拜，又赠他衣服鞍马，守光饮食自如，毫无惭色。

及晋王辞别赵王返至晋阳，即将仁恭父子，用白链牵入太庙，自己亲往监刑，守光呼道："守光死亦无恨，但教守光不降，实出李小喜一人！"晋王召小喜入证，小喜瞋目叱守光道："囚父杀兄，上烝父妾，难道亦我教汝么？"晋王怒指小喜道："汝究竟做过燕臣，不应如此无礼！"便喝令左右，先将小喜枭首，然后命斩守光。守光又呼道："守光素善骑射，大王欲成霸业，何不开恩赦罪，令得自效！"晋王不答，二妻恰在旁叱责道："事已至此，生亦何为？我等情愿先死，即伸颈就戮！”还是二妇豪爽。守光临刑，尚哀求不已，直至刀起首落，方才寂然。独留住仁恭，不即处斩，另派节度副使卢汝弼，押仁恭至代州，剖心祭先王克用墓，然后枭首示众。所有刘氏家口，尽行处死，不消絮述。

王镕与王处直，推晋王存勖为尚书令。晋王三让乃受，始开府置行台，仿唐太宗故事，再命李嗣源会同周德威及镇州兵马，攻梁邢州。梁天雄节度使杨师厚，发兵救邢。晋军前锋失利，便即引还。

话分两头，且说淮南节度使杨隆演，既得嗣位，又由徐温遣将周本，戡定江西，内外无事。回应第五回。乃令将军万全感分诣晋、岐，报告袭位。晋、岐两国，承认他为嗣吴王，隆演自然喜慰。唯徐温辅政，权势日盛一日，镇南节度使刘威，歙州观察使陶雅，宣州观察使李遇，常州刺史李简，统是杨行密宿将，恃有旧勋，蔑视徐温。李遇尝语人道："徐温何人！我未曾与他会面，乃俨然为吴相么？"这语传入温耳，温派馆驿使徐玠，出使吴越，令他道过宣州，顺便召遇入朝。遇踟蹰未决。玠又说道："公若不即入谒，恐人将疑有反意了！"遇忿然道："君说遇反，日前与杀侍中，指杨渥，渥曾自兼侍中。还是反不是反呢？"及玠回来报温，温触着隐情，顿时动怒，便令淮南节度副使王壇，出为宣州制置使，即加遇抗命不朝的罪状，遣都指挥使柴再用，及徐知诰两人，领兵纳壇，乘势讨遇。遇怎肯听命，闭城拒守，再用等围攻月余，竟不能下。遇少子曾为淮南牙将，被温捕送军前，由再用呼遇指示道："如再抗命，当杀汝少子。"遇见少子悲号求生，心中好似刀割，乃答再用道："限我两日，当即报命！"再用乃牵遇少子还营，适值典客何荛，由温派令劝遇，即入城语遇道："公若不肯改图，荛此来亦不想求生，任凭斩首，止靠此一城，恐未能长持过去，不若随荛纳款，保全身家！"遇左思右想，实无良法，没奈何依了荛言，开门请降，哪知徐温却是利害，竟令柴再用把遇杀死，且将遇全家人口，一并诛夷。如此残虐，宜其无后。于是诸将相率畏温，不敢逆命。

知诰以功升昇州刺史，选用廉吏，修明政教，特延洪州进士宋齐邱，辟为推官，与判官王令谋，参军王翊，同主谋议，牙吏马仁裕、周宗、曹悰为腹心，隐然有笼络众心，缔造宏基的思想。唯向温通问，恪守子道，一些儿不露骄态。温尝谓诸子道："汝等事我，能如知诰否？"恐也着了道儿。从此知诰所请，无不依从。

知诰密陈刘威专恣，不可不防，温又欲兴兵往讨。

威有幕客黄讷，向威献议道："公虽遭谗谤，究竟未得确据，若轻舟见温，自然嫌疑尽释了。"威如讷言，便乘一小舟，只带侍从二三人，径诣广陵，陶雅亦至，与温相见。温馆待甚恭，以后进自居，且转达吴王隆演，优加二人官爵。威、雅很是悦服，一住经旬，方才告别。温盛筵饯行，席间备极殷勤，佯作恋恋不舍的状态，引得威、雅两人，死心塌地，誓不相负，方洒泪还镇去了。徐温颇有莽操手段。

已而温与威、雅，推吴王杨隆演为太师，温亦得升官加爵，领镇海军治润州。节度使，兼同平章事职衔。温尚在广陵，遣将陈章攻楚，取得岳州，擒归刺史苑玫。又在无锡击退吴越兵。楚与吴越，先后诉梁，梁命大将王景仁为淮南招讨使，率兵万人，进攻庐、寿二州。温与东南诸道副都统朱瑾，联兵出御，大破梁军。温遂超任马步诸军都指挥使，并两浙招讨使，兼官侍中，晋爵齐国公。乃徙镇润州，留子知训居广陵，知训已得充淮南行军副使，至是更握内政，小事悉由知训裁决，大事始遥与温商。当时淮南一大镇，只知有徐氏父子，不知有杨隆演了。

梁主友贞，闻淮南势盛，恐东南各镇，或与淮南连兵，将为梁患，正拟设法牢笼。可巧荆南节度使高季昌，见第四回。造战舰五百艘，治城堑，缮器械，招兵买马，有志称雄，梁主亟封他为渤海王，赐给衮冕剑佩，为羁縻计。季昌意气益豪，日谋拓地，探得蜀有内变，即亲率战船，攻蜀夔州。小子先将蜀中乱事，大略补述，方好叙明战事。

蜀王王建，自僭号称帝后，与岐王失和构兵，争战经年，得将岐兵击退，气焰益张。见第八回。左相王宗佶，本王建养子，与太子宗懿不协，并因枢密使唐道袭，以舞僮得宠，素常轻视，致为所谮，被建扑死。宗懿改名元膺，豭喙龋齿，好勇善射，既与道袭谮死宗佶，复好面辱大臣，最喜与道袭戏谑，尝在大庭广众中，效为舞僮模样，任意揶揄。道袭老羞成怒，引为深恨。他本是王建宠臣，每事必与熟商，遂得乘隙进谗，诬称元膺谋乱。王建初尚未信，禁不得道袭再三浸润，复由诸王大臣，加添数语，也不觉动疑起来，遂令道袭召兵入卫。也怕作刘仁恭耶！元膺闻信，惊惧交并，遂嘱大将徐瑶、常谦等，引兵猝攻道袭，道袭身中流矢，坠马而亡。那时王建得报，果道是元膺为逆，即遣王宗侃调集大军，出讨元膺。瑶与谦皆败死，元膺逃匿龙池舰中，到次日登岸乞食，为卫兵所杀。建追废元膺为庶人，改立幼子宗衍为太子。

高季昌以蜀遭内乱，有隙可乘，遂进攻夔州。夔州刺史王成先出兵逆战，季昌令军士乘风纵火，焚蜀浮桥。蜀兵颇有惧色，幸蜀将张武，举铁絙拒住敌舰。季昌仍不能进军，忽然间风势倒吹，害得季昌放火自燃，荆南兵不被焚死，也被溺死，季昌忙易小舟，狼狈奔还。小子有诗咏道：

返风扑火自当灾，数载经营一炬灰！
天意未容公灭蜀，艨艟多事溯江来。

荆蜀战罢，梁、晋又复交兵，欲知胜负如何，试看下回便知。

刘守光父子，有必亡之道，亦有应诛之罪。晋王存勖，出兵灭燕，絷归守光父子，声其罪而诛之，宜也，但必骈戮家属，毋乃过甚。李遇自恃旧勋，蔑视徐温，不过骄矜之失，无甚大恶，且既夸命出降，黜其官而赦之，可也，即不赦之，而家族何辜，宁必诛夷而后快！周文王治岐，罪人不孥，方卜世至八百年，盖不嗜杀人，方垂久远。李存勖已为过暴，而徐温尤甚。是欲垂裕后昆，其可得乎？蜀事随手叙入，亦为按时叙事起见，僭伪之徒，且不能自全骨肉，雄鸷亦何益乎？

第十回　逾黄泽刘鄩失计
袭晋阳王檀无功

却说梁任杨师厚为天雄节度使，兼封邺王。师厚晚年，拥兵自恣，几非梁主所能制，幸享年不久，遽尔去世，梁廷私相庆贺。租庸使赵岩，判官邵赞，请分天雄军为两镇，减削兵权，梁主友贞依计而行。天雄军旧辖疆土，便是魏、博、贝、相、澶、卫六州，梁主派贺德伦为天雄节度使，止领魏、博、贝三州，另在相州置昭德军，兼辖澶、卫，即以张筠为昭德节度使，二人受命赴镇。梁主又恐魏人不服，更遣开封尹刘鄩，率兵六万名，自白马顿渡河，阳言往击镇、定，实防魏人变乱，暗作后援。

德伦至魏，依着梁主命令，将魏州原有将士，分派一半，徙往相州。魏兵皆父子相承，族姻结合，不愿分徙，甚至连营聚哭，怨苦连天。德伦恐他谋变，即报知刘鄩，鄩屯兵南乐，先遣澶州刺史王彦章，率龙骧军五百骑入魏州。魏兵益惧，相率聚谋道："朝廷忌我军府强盛，所以使我分离，我六州历代世居，未尝远出河门，一旦骨肉分抛，生还不如死罢！"当即乘夜作乱，纵火大掠，围住王彦章军营。可见一动不如百静。彦章斩关出走，乱兵拥入牙城，杀死德伦亲卒五百人，劫德伦禁居楼上。德伦焦急万分，适有乱军首领张彦，禁止党人剽掠，但逼德伦表达梁廷，请仍旧制，德伦只好依他奉表。梁主得表大惊，立遣供奉官扈异，驰抚魏军，许张彦为刺史，唯不准规复旧制。彦一再固请，梁使一再往返，只是赍诏宣慰，始终不许复旧。彦怒裂诏书，散掷地上，戟手南指，诟詈梁廷，且愤然语德伦道："天子愚暗，听人穿鼻，今我兵甲虽强，究难自立，应请镇帅投款晋阳，乞一外援，方无他患。”仍要求人，何如不乱。德伦顾命要紧，又只得依他言语，向晋输诚，并乞援师。

晋王得书，即命李存审进据临清，自率大军东下，与存审会。途次复接德伦来书，说是梁将刘鄩，进次洹水，距城不远，恳速进军。晋王尚虑魏人多诈，未肯轻进。德伦遣判官司空颋往犒晋军。颋系德伦心腹，既至临清，密陈魏州起乱情由，且向晋王献言道：“除乱当除根，张彦凶狡，不可不除，大王为民定乱，幸勿纵容乱首！”

晋王乃进屯永济，召张彦至营议事，彦率党与五百人，各持兵仗，往谒晋王。晋王令军士分站驿门，自登驿楼待着，俟彦等伏谒，即喝令军士，将他拿下，并捕住党目七人。彦等大呼无罪，晋王宣谕道：“汝陵胁主帅，残虐百姓，尚得说是无罪么？我今举兵来此，但为安民起见，并非贪人土地，汝向我有功，对魏有罪，功小罪大，不得不诛汝以谢魏人。”彦无词可答。即由晋王出令处斩，并及党目七人。杀得好。余众股栗，晋王复传谕道：“罪止八人，他不复问，众皆拜伏，争呼万岁。

越日，皆命为帐前亲卒，自己轻裘缓带，令他擐甲执兵，冀马前进，众心越觉感服。贺德伦闻晋王到来，率将吏出城迎谒。晋王从容入城，由德伦奉上印信，请晋王兼领天雄军。晋王谦让道：“我闻城中涂炭，来此救民，公不垂察，即以印信见让，诚非本怀。”未免做作。德伦再拜道：“德伦不才，心腹纪纲，多遭张彦毒手，形孤势弱，怎能再统州军？况寇敌逼近，一旦有失，转负大恩，请大王勿辞！”晋王乃受了印信，调德伦为大同节度使。德伦别了晋王，行抵晋阳，为张承业所留，不令抵任，后文再表。

且说晋王存勖，既得魏城，令沁州刺史李存进，为天雄都巡按使，巡察城市。遇有无故讹言，及掠人钱物，悉诛无赦，城中因是帖然，莫敢喧哗。一面派兵袭陷德、澶二州，梁将王彦章，奔往刘鄩军营，家属犹在澶州城内，被晋军掠取，仍然优待，且遣使招置彦章。彦章置家不顾，杀毙晋使，晋军乃把彦章家属，骈戮无遗。刘鄩进次魏县，晋王出军抵御，他素好冒险，但率百余骑往探鄩营，偏为鄩所探悉，分布伏兵，待晋王驰至，鼓噪而出，围绕数匝，晋王跃马大呼，麾骑冲突，所向披靡，骑将夏鲁奇，手持利刃，翼王突围，自午至申，杀死梁兵百余名，方得跃出，夺路驰回。梁军尚不肯舍，在后急追，鲁奇请晋王先行，自率百骑断后，又手刃梁兵数十人，身上亦遍受创伤，正危急间，救星已到。李存审率军前来，击退梁兵，随王回营。晋王检点从骑，虽多受伤，阵亡只有七人，乃顾语从骑道："几为虏笑。"从骑应声道："敌人怎敢笑王，适使他见王英武哩！"晋王因鲁奇独出死力，抚赏有加，赐姓名为李绍奇。

刘鄩驰入魏县城中，数日不出，杳无声迹。晋王怀疑，便命侦骑往探鄩军，返报城中并无烟火，只有旗帜竖着，很是整齐。晋王道："我闻刘鄩用兵，一步百计，这必是有诈谋哩！"乃再命侦探，始得确报，果系缚刍为人，执旗乘驴，分立城上。晋王笑道："他道我军尽在魏州，必乘虚袭我晋阳，计策却很是利害，但他的长处在袭人，短处在决战，我料他前行不远，速往追击，不难取胜。"料事颇明。遂发骑兵万人，倍道急追，果然鄩军潜逾黄泽岭，欲袭晋阳，途次遇着霪雨，道险泥滑，部众扳藤援葛，越岭西行，害得腹疾足肿，或且失足堕死，因此不能急进。晋阳城内，也已接得军报，勒兵戒严，鄩军行至乐平，粮食且尽，又闻晋阳有备，后面又有追兵到来，免不得进退两难，惊惶交迫。大众将有变志，势且溃散，鄩泣谕道："我等去家千里，深入敌境，腹背皆有敌兵，山谷高深，去将何往？唯力战尚可得免。否则一死报君便了。"部众感他忠诚，才免异图。

晋将周德威本留镇幽州，见前回。闻刘鄩西袭晋阳，亟引千骑往援，行至土门，鄩已整众下山，自邢州绕出宗城，欲袭据临清，绝晋粮道。又复变计。德威兼程追鄩，到了南宫，捕得鄩谍数人，断腕纵还，令他还报道："周侍中已到临清了！"鄩始大惊，按兵不进，哪知中了德威诡计，直至次日迟明，始由德威军略过鄩营，驰入临清，煞是斗智。鄩始悔为德威所赚，亟引兵趋贝州。晋王连得军报，已知鄩由西返东，追兵不能得手，乃出屯博州，遥应德威。德威追鄩至堂邑，杀了一仗，互有死伤，鄩移军莘县，设堑固守，自莘及河，筑甬道以通粮饷。晋王存勖，也出屯莘县西偏，烟火相望，一日数战，未分胜负，晋王分兵攻鄩甬道，用着大刀阔斧，斩伐栅木，鄩督兵坚拒，随坏随修，晋军亦无可奈何，只捕得数十人，便即退还。刘鄩也算能军。

梁主友贞，偏责鄩老师费粮，催令速战，鄩历奏行军情形，且言晋系劲敌，不能轻战，只有训兵养锐，徐图进取云云。这报呈将进去，又接梁主手谕，问他何时决胜，鄩很是懊怅，竟覆奏道："臣今日无策，唯愿每人给千斛粮，始可破贼。”看官！试想这梁主友贞，虽然是素性优柔，见了这种奏语，也有些忍耐不住，便复下手谕道：“将军屯军积粮，究竟为疗饥呢？还是为破贼呢？”鄩接得此谕，不得已召问诸将道：“主上深居禁中，不知军旅，徒与少年新进，划画军机，急求一逞，无如敌势方强，战必不利，奈何奈何？”智囊也没法了。诸将齐声道：“胜负总须一决，旷日持久，亦非善策。”鄩不禁变色，退语亲军道：“主暗臣谀，将骄卒惰，我未知死所了！”

越日，又召集诸将，每人面前置水一器，令他饮尽，大众皆面面相觑，无人敢饮。鄩便对诸将道：“一器中水，尚难尽饮，滔滔河流，能一口吸尽么？”众始知他借水喻意，莫敢发言，偏是朝使到来，总是促战。鄩乃自选精兵万余人，开城薄镇定军营。镇定军猝不及防，到也惊乱，偏晋将李存审、李建及等，左右来援，冲断鄩军。鄩腹背受敌，慌忙收兵奔还，已丧失了千余人，乃决计坚守，不准出兵，且详报梁主友贞，请勿欲速。

梁主友贞，疑信参半，连日不安，又因宠妃张氏，忽然得病，很是沉重。妃系梁功臣张归霸女，才色兼优，梁主友贞，早欲册她为后，张妃请待帝郊天，然后受册，友贞因连年战争，无心改元，所以郊天大礼，也延宕过去。至妃病已剧，亟册她为德妃，日间行礼，夜半去世，未免有情，谁能遣此！那梁主友贞，悲悼了好几日，自觉形神俱惫，未晚即寝，到了夜间，梦寐中似有人行刺，骇极乃寤。正在彷徨时候，突闻御榻中有击刺声，越觉惊异。仔细一听，乃出自剑匣中，就开匣取剑，披衣亟起，自言自语道：“难道果有急变么？”道言未绝，寝门忽启，有一人持刀直入，竟来行凶，不防梁主持剑以待，急忙转身返奔，被梁主抢上一步，将他刺倒，结果性命。侥幸侥幸。乃急呼卫士入室，令他验视尸骸。有人识是康王友孜的门客，因即令卫士往捕友孜。友孜正待刺客返报，一闻叩门，亲来启视，被卫士顺手牵来，押入内廷。梁主面加审讯，友孜无可抵赖，俯首无词，便由梁主喝令处斩，原来友孜系梁主幼弟，双目有重瞳子，遂自谓有天子相，欲弑兄自立，不意弄巧成拙，竟至丧命。既自命有异相，何不待兄终弟及，乃遽自送命耶？

越宿梁主视朝，顾语租庸使赵岩，及张妃兄弟汉鼎、汉杰道：“几与卿等不得相见！”赵岩等尚未详悉，经梁主说明底细，方顿首称贺，且面奏道：“陛下践祚，已越三年，尚未郊天改元，致被奸人觊觎，猝生内变，若陛下早已亲郊，早已改元，当不致有此事了！”梁主友贞，乃改乾化五年为贞明元年，亲祀圜邱，颁诏大赦，即命次妃郭氏，暂摄六宫事宜。郭氏为登州刺史郭归厚女，亦以姿色见幸，无容琐述。唯自友孜伏诛，梁主遂疏忌宗室，专任赵岩及张妃兄弟，参预谋议。岩等依势弄权，卖官鬻爵，谗间故旧将相，如敬翔、李振等一班勋臣，名为秉政，所言皆不见用。大家灰心懈体，眼见得朱梁七十八州，要陆续被人占去，不能长此安享了。为朱梁灭亡断笔。

梁主改元贞明，已在乾化五年十一月中，转瞬间就是贞明二年。刘鄩仍坚守莘城，闭壁不出。晋军乃屡次挑战，终无人出来接应，城上却守得甚固，无隙可乘。晋王存勗，留李存审守营，自往贝州劳军，阳言当返归晋阳。刘鄩乃奏请袭击魏州，梁主友贞答书道："朕举全国兵赋，付托将军，社稷存亡，关系此举，愿将军勉力！"鄩因令杨师厚故将杨延直，引兵万人，往袭魏州。延直夜半至城南，总道城中未曾备防，慢慢儿的扎营，不料营未立定，突来了一彪人马，统是精壮绝伦，所当辄靡。况且夜深天黑，几不知有多少敌军，只好见机急走，其实城中止有五百名壮士，潜出劫寨，却吓退了梁兵万人。

翌日晨刻，刘鄩率兵至城东，与延直相会，正拟督兵进攻，但听城中鼓声大震，城门洞开，有一大将领军杀出，前来接仗。鄩遥认是李嗣源，也摆开阵势，与他交锋。将对将，兵对兵，正杀得难解难分，突见贝州路上，也有一军杀到，当先一员统帅，服色不等寻常，面貌很是英伟，手中执着令旗，似风驱来。鄩惊语道："来帅乃是晋王，莫非又被他赚了？"果如尊言。遂引兵却退。晋王与嗣源合兵，步步进逼，鄩且战且行，奔至故元城西，后面喊声又震，李存审驱军杀来，鄩叫苦不迭，急麾兵布成圆阵，为自固计。偏西北是晋王军，东南是存审军，两军皆布方阵，鼓噪而前，害得鄩军四面受敌，合战多时，鄩军不支，纷纷溃散，鄩急引数十骑突围出走，所有步卒七万，经晋军一阵环击，杀死了一大半，余众侥幸逃脱，又被晋军追至河上，杀溺几尽，仅剩数千人过河，跟着刘鄩退保滑州。

梁匡国军节度使王檀，密奏梁廷，请发关西兵掩袭晋阳，廷臣以为奇计，即令照行。檀发河中、陕同华诸镇兵，合三万人，出阴地关，掩至晋阳城下，果然城中未及预防，即由监军张承业，调发诸司丁匠，并市民登城拒守。檀昼夜猛攻，险些儿陷入城中，承业慌急异常。代北故将安金全，退居晋阳，入见承业道："晋阳系根本地，一或失守，大事去了！仆虽老病，忧兼家国，愿授我库甲，为公拒敌。”幸有此人。承业易忧为喜，立发库中甲械，给与金全，金全召集子弟，及退职故将，得数百人，夜出北门，袭击梁营，梁兵惊退，金全乃还。

过了一日，又由昭义军即泽潞二州。昭义军本统五州，自泽潞入晋。余如邢、洺、磁三州，尚为梁有，统称昭义军，故五代初有两昭义军。节度使李嗣昭，拨出牙将石君立，引五百骑来援。君立朝发潞州，夕至晋阳，突过汾河桥，击败梁兵，直抵城下，佯呼道：“昭义全军都来了！”承业大喜，开城迎入。君立即与安金全等，夜出各门，分劫梁营，梁兵屡有死伤，王檀料不能克，又恐援军四集，遂大掠而还。是时贺德伦尚留住晋阳，部兵多缒城逃出，往投梁军。承业恐他内应，收斩德伦，然后报达晋王，晋王也不加罪。唯晋阳解围，并非由晋王授计，晋王素好夸伐，竟不行赏，还亏张承业抚慰有方，大众始无怨言。晋室功臣，要算承业。梁主友贞，闻刘鄩败还，王檀又复无功，忍不住长叹道：“我事去了！”乃召刘鄩入朝。鄩恐战败受诛，但托言晋军未退，不便离滑。梁主权授鄩为宣义节度使，使将兵进屯黎阳。晋王使李存审往攻贝州，刺史张源德固守，屡攻不下。晋王自攻卫、磁二州，均皆得手，降卫州刺史米昭，斩磁州刺史靳绍。再派将分徇洺、相、邢三州，守吏或降或走，三州俱下。晋王命将相州仍归天雄军，唯邢州特置安国军，兼辖洺、磁，即令李嗣源为安国节度使，又进兵沧州。沧州已为梁所据，守将毛璋，至是亦降。只有贝州刺史张源德，始终拒晋，城中食尽，甚至啖人为粮，军士将源德杀死，奉款晋营，因恐久守被诛，请擐甲执兵，出城迎降。存审佯为应允，俟开城后，麾兵拥入，抚慰一番，乃令降众释甲。降众不知是计，各将甲兵卸置，不料一声号令，四面被围，见一个，杀一个，把降众三千人，杀得干干净净，一个不留。存审亦太惨毒。自是河北一带，均为晋有。唯黎阳尚由刘鄩守住，总算还是梁土。晋军往攻不克，班师而回。

晋王存勖，亟倍道驰归晋阳，原来存勖颇孝，累岁经营河北，必乘暇驰归，省视生母曹氏。此次因行军日久，所以急归。看官听着，晋祖李克用正室，本是刘氏，克用起兵代北，转战中原，尝令刘氏偕行，刘氏颇习兵机，又善骑射，尝组成宫女一队，教以武技，随从军中。克用所向有功，半出内助，及克用封王，刘氏亦受封秦国夫人。唯刘氏无子，与克用妾曹氏，相得甚欢，每与克用言及，曹氏相当生贵子，后来果生存勖，存勖嗣立，曹氏亦推为晋国夫人，母以子贵，几出刘氏右。刘氏毫不妒忌，欢爱逾恒，存勗归省曹氏，曹氏亦必令问候嫡母，不致缺仪。难得有此二贤妇。小子有诗咏道：

尹邢相让不相争，王业应由内助成。

到底贤明推大妇，周南樛木好重赓。推重刘氏，为后文易嫡为庶伏案。

晋王存勗归省后，过了残年，忽闻契丹酋长阿保机，称帝改元，竟取晋新州，入围幽州。那时又要大动干戈了。欲知契丹入寇情事，请看官续阅下回。

本回叙梁、晋交争，为梁、晋兴亡一大关键。刘鄩良将也，一步百计，可谓善谋，然晋为劲敌，非智力足以胜之。观鄩之固守莘城，坚壁不出，最为良策，司马懿之所以能拒诸葛者，即是道也。梁主不察，屡次促战，卒致鄩不能牢守成见，堕入晋王诈计，魏州一役，丧师无算，渡河奔还，而河北遂为晋有矣。王檀之袭击晋阳，智不在刘鄩下，乃顿兵城下，又复无功。河东方盛，人谋无益，梁亡晋兴，实关此举。然梁主不分天、雄二镇，尚不致有此败。兴亡之数，虽曰天命，岂非人事哉！况友孜谋逆，内变频兴，不能安内，乌能攘外，识者以是知朱梁之必亡！

第十一回　阿保机得势号天皇　胡柳陂轻战丧良将

却说中国北方，素为外夷所居，历代相沿，屡有变革。唐初突厥最大，后来突厥分裂，回鹘、奚、契丹，相继称盛。到了唐末，契丹最强，他本是鲜卑别种，散居潢河两岸，乘唐衰微，逐渐拓地，成为北方强国，国分八部。但皆利部，乙室活部，实活部，纳尾部，频没部，内会鸡部，集解部，奚嗢部。每部各有酋长，号为大人。又尝公推一大人为领袖，统辖八部，三年一任，不得争夺。居然有选举遗风。

到了唐朝季年，正值阿保机为八部统领，善骑射，饶智略，尝乘间入塞，攻陷城邑，掳得中国人民，择地使耕，辟土垦田，大兴稼穑。不到数年，居然禾麦丰收，户口蕃息。阿保机为治城郭，设廛市，立官置吏，仿中国幽州制度，称新城为汉城，汉人安居此土，不复思归。阿保机闻汉人言，谓中国君主，向来世袭，未尝交替，因此威制诸部，不肯遵行三年一任的老例，悠悠忽忽，已越九年。八部大人，各有违言，阿保机乃通告诸部道："我在任九年，所得汉人，不下数万，现皆居住汉城，我今自为一部，去做汉城首领，不再统辖各部，可好么？"各部大人，当然允诺。阿保机遂徙居汉城，练兵造械，四出略地。

党项在汉城西，他率兵往攻，欲取党项为属地，不意东方的室韦部，乘虚来袭汉城，城中闻报皆惊，偏出了一个女英雄，披甲上马，号召徒众，竟开城搦战，击破室韦部众，追逐至二十里外，斩获无数，始收众回城。这人为谁？就是阿保机妻述律氏。述律一作舒噜。述律氏名平，系回鹘遗裔，小字月理朵，一作鄂尔多。生得身长面白，有勇有谋，阿保机行兵御众，多由述律氏暗中参议，屡建奇功，此次阿保机西侵党项，留她居守，她日夕戒备，竟得从容破敌。及阿保机闻变回来，敌人早已败走，全城安然无恙了。梁兴有张妃，晋兴有刘妃，契丹之兴有述律氏，可见开国成家，必资内助。汉城在炭山西南，素产盐铁，所出食盐，往往分给诸部。述律氏为阿保机设法，拟借此召集诸部大人，为聚歼计，阿保机遂遣使语诸部道："我有盐池，为诸部所仰给，诸部得了盐利，难道不知有盐主么？何不一来犒我！"诸部大人乃各赍牛酒，亲诣汉城，与阿保机共会盐池。阿保机设筵相待，饮至酒酣，掷杯为号，两旁伏兵突发，持刀乱杀，八部大人，无一生还。阿保机即分兵往徇八部。八部已失了主子，哪个敢来抵挡，只好俯首听命，愿戴阿保机为国主，阿保机遂得雄长北方了。阿保机并吞八部，叙笔不略。

晋王李克用，闻梁将篡唐，意图声讨，因欲联络契丹，作为臂助，乃遣人往约阿保机，愿与联盟。阿保机率兵三十万，来会克用，到了云州东城，由克用迎入宴饮，约为兄弟，共举兵击梁，临别时赠遗甚厚。阿保机亦酬马千匹，不意梁既篡唐，阿保机竟背盟食言，反使袍笏梅老诣梁，袍笏系番官名。献上名马貂皮，求给封册。梁主温遣使答报，令他翦灭晋阳，方给封册，许为甥舅国。看官！你想李克用得此消息，能不引为大恨么？克用病终，曾付一箭与存勖，嘱他剿灭契丹。见前第四回。

存勖嗣立，先图河北，不便与契丹绝交，所以贻书契丹，仍称阿保机为叔父，述律氏为叔母。及存勖伐燕，燕王刘守光，使参军韩延徽往契丹乞师，阿保机不肯发兵。见前第九回。但留住延徽，令他为契丹臣。延徽不拜，惹动阿保机怒意，罚使喂牛饲马，独述律氏慧眼识人，徐劝阿保机道："延徽守节不屈，正是当今贤士，若能优礼相待，当为我用，奈何使充贱役呢！"阿保机乃召入延徽，令延旁坐，与语军国大事，应对如流。阿保机大喜，遂待若上宾，用为谋主，延徽感怀知遇，竭力赞襄，教他战阵，导他侵略，东驰西突，收服党项、室韦诸部，又制文字，定礼仪，置官号，一切法度，番汉参半，尊阿保机为契丹皇帝。阿保机自称天皇王，令妻述律氏为天王皇后，改元天赞。即以所居横帐地名为姓，叫作世里，由中国文翻译出来，便是耶律二字。别在汉城北方，营造城邑宫室，称为上京，上京四近，各筑高楼，为往来游畋，登高憩望的区处，俗尚拜日崇鬼，每月逢朔望，必东向礼日，所以阿保机莅朝视事，亦尝东向称尊。这是梁贞明二年间事。

韩延徽却潜归幽州，探视家属，乘便到了晋阳，入见晋王李存勖。存勖留居幕府，命掌书记。偏有燕将王缄，密白晋王，说他反复无常，不宜信任。反复无常四字，确是延徽定评。晋王因也动疑，延徽瞧透隐情，便借省母为名，复走契丹。阿保机失了延徽，如丧指臂，及延徽复至，几疑他从天而下，大喜过望，即令延徽为相，叫作政事令。延徽致晋王书，归咎王缄，且云延徽在此，必不使契丹南牧，唯幽州尚有老母，幸开恩赡养，誓不忘德。晋王存勖，乃令幽州长官，岁时问延徽母，不令乏食。哪知契丹竟大举南寇，自麟、胜二州攻入，直抵蔚州。晋振武军节度使李嗣本，发兵往拒，众寡不敌，嗣本被擒。又值新州防御使李存矩，骄惰不恤军民，为偏将卢文进等杀死，文进亡入契丹，引契丹兵入据新州，留部校刘殷居守，云、朔大震。

晋王李存勖，正自河北归来，接连得着警报，亟调幽州节度使周德威，发兵三万，往拒契丹。德威至新州城下，望见契丹兵士，精悍绝伦，已有退志。嗣闻契丹皇帝阿保机，率兵数十万，前来援应，料知不能抵敌，引兵退还。到了半途，突闻后面喊声大震，契丹兵已经杀到。德威回马北望，那胡骑漫山遍野，踊跃奔来，急忙下令布阵，整备对仗，阵方布定，敌骑已至，凭着一股锐气，突入阵中，德威招架不住，没奈何麾军再走。偏敌骑驰骋甚速，霎时间又被冲断，裹去了无数人马，仅得数千人保住德威，狼狈急奔，始得回入幽州。德威老将，也有此败。契丹兵乘胜进薄城下，声言有众百万人，毡车毳幕，弥漫山泽，沿途俘获兵民，统用长绳捆住，连头带足，似缚豚相似，悬诸树上。恰是好看。兵民到了夜间，往往潜自解脱，伺隙逸去，契丹主也不过问，但督兵围攻幽州。周德威一面乞援，一面固守。契丹降将卢文进，请造火车地道，仰攻俯掘，德威用铜铁镕汁，上下挥洒，敌众多被沾染，无不焦烂，因此攻势少懈。

相持至百余日，晋将李嗣源、阎宝、李存审等，奉晋王命令，率步骑七万，进援幽州，嗣源与存审商议道：“敌利野战，我利据险，不若自山中潜行，趋往幽州，倘或遇敌，亦可依险自固，免为所乘。”存审称善，遂逾大防岭东行，由嗣源与养子从珂率三千骑为先锋，衔枚疾走，距幽州六十里，与契丹兵相值，力战得进，行至山口，契丹用万骑阻住去路，嗣源仅率百余骑，至契丹阵前，免胄扬鞭，口操胡语道："汝无故背盟，犯我疆土，我王已麾众百万，直抵西楼，灭汝种族，汝等还在此做什么？"契丹兵听了此语，不免心惊，互相顾视，嗣源乘势突入，手舞铁镕，击死敌目一人，后军怒马继进，得将契丹兵冲退，径抵幽州。契丹主阿保机，攻城不下，又值大暑霖潦，班师回国，止留部将卢国用围城。说本《辽史·太祖纪》国用闻救兵到来，列阵待着，李存审命步兵伏住阵后，戒勿妄动，但令羸卒曳柴燃草，鼓噪先进，那时烟尘蔽天，弄得契丹兵莫名其妙，不得已出阵逆战，存审始令阵后伏兵，齐向前进，趁着烟雾迷离的时候，人自为战，蹂躏敌阵。契丹兵大败而逃，由晋军从后追击，俘斩万计，乃收军入幽州。前写嗣源，后写存审。德威接见诸将，握手流涕，越日始遣人告捷。

晋王闻契丹败归，又决计伐梁，调回李嗣源等将士，指日出师。会值天寒水涸，河冰四合，晋王大喜道："用兵数载，只因一水相隔，不便飞渡，今河冰自合，正是天助我了！"遂急赴魏州，调兵南下。

是时梁黎阳留守刘鄩，应召入朝，接应前回。朝议责他失守河朔，贬为亳州团练使。河北失一大将，没人抵挡晋军，晋王视河冰坚沍，即引步骑渡河。河南有杨刘城，由梁兵屯守，沿河数十里，列栅相望。晋王麾军突进，毁去各栅，竟抵杨刘城，饬步兵各负葭苇，填塞城濠，四面攻扑，即日登城，擒住守将安彦之。梁主友贞，正在洛阳谒陵，拟行西郊祀天礼，忽闻杨刘城失守，晋军将抵汜水，急得不知所措，慌忙停罢郊祀，奔还大梁。嗣探得晋王略地濮郓，大掠而还，才得略略放心，安稳过了残年。

越年为贞明四年，梁主友贞，与近臣会议，欲发兵收复杨刘。梁相敬翔上疏道："国家连年丧师，疆宇日蹙，陛下居深宫中，唯与左右近臣，商议军务，所见怎能及远？试想李亚子继位以来，攻城野战，无不身先士卒，亲冒矢石，近闻攻杨刘城，且身负束薪，为士卒先，所以一鼓登城，毁我藩篱。陛下儒雅守文，宴安自若，徒令后进将士，攘逐寇仇，恐非良策。为今日计，速宜周谘黎老，别求善谋，否则来日方长，后患正不少哩！"颇切时弊。梁主览奏，乃与赵、张诸臣商议。赵、张诸臣，反说敬翔自恃宿望，口出怨言，竟请梁主下诏谴责。还是梁主曲意优容，但将奏疏搁起，置诸不理。

过了数日，令河阳节度使谢彦章，领兵数万，攻杨刘城。晋王存勖，已还寓魏州，接到杨刘警报，亟率轻骑驰抵河上。彦章筑垒自固，决河灌水，阻住晋军。晋王泛舟测水，见水势弥漫数里，深且没枪，也觉暗暗出惊，沉吟半晌，始笑顾诸将道："我料梁军并无战意，但欲阻水为固，使我自敝，我岂堕他狡计！看我先驱渡水，攻他不备哩。"翌晨即调集将士，下令攻敌。自率魏军先涉，各军继进，褰甲横枪，整队后行，可巧水势亦落，深才及膝，大众欢跃而前。梁将谢彦章，率众数万，临水拒战，晋军冲突数次，统被击退。晋王眉头一皱，计上心来，即麾军却还。到了中流，回顾梁兵追来，复翻身杀回。军士亦皆返战，奋呼杀贼。彦章不防这着，竟被晋军冲散队伍，及奔还岸上，已是不能成列。晋王驱军大杀一阵，流血万人，河水为赤，彦章仓皇遁走，晋军遂陷入滨河四寨。极写晋王智勇。

晋王欲乘胜灭梁，四面征兵，令周德威率幽州兵三万人，李存审率沧、景兵万人，李嗣源率邢、洺兵万人，王处直遣将率易、定兵万人，及麟、胜、云、朔各镇兵马，同集魏州，还有河东、魏博各军，齐赴校场，由晋王升座大阅，慷慨誓师，各军齐声应诺，仿佛似海啸山崩，响震百里。梁兖州节度使张万进，望风股栗，遣使纳款。晋王乃带领全军，循河直上，立营麻家渡。梁命贺瓌为北面行营招讨使，率师十万，与谢彦章会兵濮州，出屯州北行台，相持不战。原是上策。

晋王屡发兵诱敌，梁营中始终不动，恼得晋王性起，自引轻骑数百人，到梁营前，踞坐辱骂。梁兵却出营追赶，险些儿刺及晋王，亏得骑将李绍荣，力战得免。众将皆谏，赵王镕及王处直，亦致书晋王道："元元命脉，系诸王身，大唐命脉，亦系诸王身，奈何自轻若此！"晋王笑语来使道："自古到今，平定天下，多由百战得来，怎可深居帷闼，自溺宴安哩！"来使既去，晋王又出营上马，亲往挑战。李存审叩马泣谏道："大王当为天下自重，先登陷阵，乃是存审等职务，并非大王所应为！"晋王尚不肯止，经存审揽住马缰，方下马还营。

越日觑存审外出，复策马驰往敌营，随身仍不过百骑，且顾语左右道："老子妨人戏，令人惹厌！"既近梁营，营外有长堤，晋王跃马先登，随登的骑将，仅及十余人，不防堤下伏有梁兵，一声呼噪，持械突发，围住晋王至数十匝，晋王拼命力战，一时冲突不出，幸后骑陆续登堤，从外面攻入，方杀开一条血路，策马飞奔，李存审也领兵来援，方将梁兵杀退，晋王方信存审忠言，待遇益加厚了。存勗之不得善终，亦未始非轻躁之失。

两军相持，转瞬百日，晋王又暴躁起来，饬令进军，距梁营十里下寨。梁招讨使贺瓌，屡欲出战，均被谢彦章阻住。一日瓌与彦章阅兵营外，对营数里，适有高地，瓌指示彦章道："此地可以立栅。"彦章不答，及晋军进逼，果在高地上竖栅屯军，瓌遂疑彦章与晋通谋，密报梁主，诬称彦章挠阻军谋，私通寇敌。一面与行营都虞侯朱珪密谋，诱杀彦章，并骑将孟审澄、侯温裕。当下再奏梁主，只说三人谋叛，已与朱珪定计，将他诛死。梁主不辨虚实，竟升珪为平卢节度使，兼行营副指挥使。

晋王闻彦章被杀，喜语诸将道："将帅不和，自相鱼肉，这正是有隙可乘！我若引军直指梁都，他岂能仍然坚壁，不来拦阻。我得与战，当无不胜了。"周德威谏阻道："梁人虽屠上将，兵甲尚是完全，若冒险轻行，恐难得利。"晋王不从，下令军中，老弱悉归魏州，所有精兵猛将，一概随行。当即毁营亟进，竟向汴梁进发。至胡柳陂，有侦骑来报道："梁将贺瓌，也率大兵追来了。"晋王道："我正要他追来，好与一战。"周德威又谏道："贼众倍道来追，未曾休息，我军步步为营，所至立栅，守备有余，兵法上所谓以逸待劳，便是此策，请王按兵勿战，但由德威等分出骑兵，往扰敌垒，使他不得安息，然后一鼓出师，可以立歼，否则梁人顾念家乡，内怀愤激，锐气方盛，暮气未生，骤然与战，恐未必得志呢。"晋王勃然道："前在河上，恨不得贼，今贼至不击，尚复何待？公何胆怯至此！"说至此，复顾李存审道："尔等令辎重兵先发，我为尔等断后，破贼即行。"勇则有余，慎则不足。德威不得已，引幽州兵从行，向子流涕道："我不知死所了。"也是命数该终，所以良谋不用。

已而梁军大至，横亘数十里，晋王自领中军，镇定军居左，幽州军居右，辎重兵留屯陈西，晋王率亲军陷入梁阵，所向无前，十荡十决，往返至十余次，梁马军都指挥使王彦章，支持不住，竟率部众西走。晋辎重兵望见梁帜，还道他来袭辎重，顿时惊溃，驰入幽州军。幽州军亦被他扰乱，反令彦章乘隙捣入，斫死许多幽州军。周德威慌忙拒战，已是不及拦阻，再经贺瓌部众，也来帮助彦章，一场蹂躏，可怜德威父子，竟战死乱军中！小子有诗叹道：

统兵百战老疆场，具有兵谋保晋王。

谁料渡河偏梗议？将军难免阵中亡。

德威已死，晋军夺气，晋王存勗，忙据住高邱，收集散兵。梁兵四面会合，贺瓌亦占了对面的土山，与晋王再决胜负。欲知再战情形，俟小子下回续叙。

契丹阿保机之强，谋略多出述律氏，彼徒执哲妇倾城之语，以律人家国者，毋乃其所见太小耶！盖唯妖媚妒悍之妇人，不误人家国不止，若果智勇深沉，好谋善断，则佐兴一国且有余，遑论一家乎！但为阿保机设法，诱入八部大人，聚而歼旃，虽从此得统一契丹，而居心未免太毒，述律氏亦悍矣哉！若夫晋之攻梁，名正言顺，不劳赘述。晋王之冒险轻进，原违临事而惧，好谋而成之诫，胡柳陂一役，宿将如周德威，亦致战死，此皆由轻率之害。但德威行军日久，奈何不预先戒备，竟为各军所乘！然则其战死也，殆亦有自取之咎乎？盖德威年已衰迈，暮气亦深，无怪其前遇契丹，即望风奔靡也。

第十二回　莽朱瑾手刃徐知训
病徐温计焚吴越军

却说梁将贺瓌，据住土山，为晋王所望见，即顾语将士道："今欲转败为胜，必须往夺此山。"说着，即引骑兵下丘，驰至对面土山前，奋勇先登，李从珂、王建及等，随后踵至，统是努力向前，一拥而上，梁兵抵敌不住，纷纷下山，改向山西列阵，尚是气焰逼人。晋军相顾失色，各将请晋王敛兵还营，诘朝复战，独阎宝进言道："王彦章骑兵，已西走濮阳，山下只有步卒，向晚必有归志，我乘高临下，定可破敌，且大王深入敌境，偏师失利，若再引退，必为敌乘，就使收众北归，河朔恐非王有，成败决诸今日，奈何退去？"晋王尚犹豫未决，此时何亦迟疑耶？李嗣昭亦进谏道："贼无营垒，日暮思归，但使精骑往扰，使彼不得晚食，待他引退，麾众追击，必得全胜。"王建及擐甲横槊，慷慨陈词道："敌兵已有倦容，不乘此时往击，更待何时？大王尽管登山，看臣为王破贼！"晋王见他声容俱壮，也奋然道："非公等言，几误大计！"便令嗣昭、建及，率领骑兵，先驱突阵，自率各军继进。

梁兵正虑枵腹，不防嗣昭、建及两大将，盛怒前来，大刀长槊，搅入阵中，刀过处头颅乱滚，槊到时血肉横飞，大众逃命要紧，立时溃散。那晋王又率大军驱到，好似泰山压卵一般，所当辄碎。贺瓌拍马返奔，部众大溃，死亡约三万人。这是梁、晋第三次鏖战。

晋王存勖，得胜还营，检点军士，到也死了不少。又闻德威父子阵亡，不禁大恸道："丧我良将，咎实在我，悔无及了！"德威尚有子光辅，为幽州中军兵马使，留守幽州，当即命为岚州刺史。唯李嗣源与从珂相失，且因军中讹传，晋王已渡河北返，也即乘冰北渡，嗣闻晋王得胜，进拔濮阳城，乃再南渡至濮阳，进谒晋王。晋王冷笑道："汝道我已死么？仓猝北渡，意欲何为？"嗣源顿首谢罪。晋王以从珂有功，不忍加谴，且罚他饮酒一大觥，聊示薄惩。自引军北还魏州，遣嗣昭权知幽州军府事。

梁主友贞，接到贺瓌败耗，已是不安，随后有王彦章败卒奔还，说是晋军将至，越加惊惶，亟驱市人登城，又欲奔往洛阳，及得行营确报，方知晋军北还，始免奔波，但已是吃惊不小了。写出友贞庸柔。

先是晋王发兵攻梁，曾遣使至吴，约他南北夹攻。吴王杨隆演，命行军副使徐知训，为淮北行营都招讨使，偕副都统朱瑾等，领兵趋宋亳，与晋相应，且移檄州县，进围颍州。梁令宣武节度袁象先，出兵救颍，吴军不战即退。看官！你道吴军何故如此怯弱呢？原来徐知训骄倨淫暴，未惬舆情，所以士无斗志，不愿接仗，知训亦乐得退军，返至广陵，自耽淫乐。但是有势不可行尽，有福不可享尽，似徐知训的生平行谊，哪里能保有富贵，安佚终身？借古警世，不啻暮鼓晨钟。说来又是话长，待小子略述知训的行为。

知训凭借父威，累任至内外都军使，兼同平章事职衔，平时酗酒好色，遇有姿色的妇女，百计营取。知抚州李德诚，有家妓数十人，为知训所闻，即贻书德诚，向他分肥。德诚覆书道："寒家虽有数妓，俱系老丑，不足侍贵人，当为公别求少艾，徐徐报命。"知训得书大怒道："他连家妓也不肯给我，我当杀死德诚，并他妻室都取了回来！看他能逃我掌中否？"德诚闻之大恐，亟购了几个娇娃，献与知训，知训方才罢休。

吴王隆演幼懦，尝被知训侮弄。一日，知训侍隆演宴饮，喝得酩酊大醉，便迫隆演下座，令与优人为戏，且使隆演扮作苍鹘，自己扮作参军。什么叫作参军苍鹘呢？向例优人演戏，一人袱头衣绿，叫作参军，一人总角敝衣，执帽跟着参军，如僮仆状，叫作苍鹘。隆演不敢违拗，只好勉强扮演，胡乱一番罢了。想入非非。又尝与隆演泛舟夜游，隆演先行登岸，知训恨他不逊，用弹抛击隆演，还幸隆演随卒，格去弹子，才免受伤，既而至禅智寺赏花，知训乘着酒意，诟骂隆演，甚至隆演泣下，尚呶呶不休。左右看不上眼，潜扶隆演登舟，飞驶而去。知训怒上加怒，急乘轻舟追赶，偏偏不及，竟持了铁楇，寻击隆演亲吏，扑死一人，余众逃去，知训酒亦略醒，归寝了事。隆演有卫将李球、马谦，意欲为主除害，俟知训入朝时，挟隆演登楼，引着卫卒出击知训，知训随身也有侍从，即与卫士交战，只因寡不敌众，且战且却，可巧朱瑾驰至，知训急忙呼救，瑾返顾一麾，外兵争进，得将李球、马谦两人杀死，卫卒皆遁。知训欲入犯隆演，为瑾所阻，始不敢行，但从此益加骄恣，不特凌蔑同僚，并且嫉忌知诰。

知诰为昇州刺史，修筑府舍，振兴城市，很有富庶气象。润州司马陈彦谦，劝徐温徙治升州，调知诰为润州团练使。知诰乘便入朝，辞行时，知训佯为宴饯，暗中伏甲，欲杀知诰。幸知训季弟知谏，素睦知诰，此时亦在座中，蹑知诰足，知诰始知诡计，佯称如厕，逾垣遁去。知训闻知诰已遁，拔剑出鞘，授亲吏刁彦能，令速追杀知诰。彦能追及中途，但以剑示知诰，纵使逃生，自己返报知训，只说是无从追寻，知训无法可施，也即罢论。

朱瑾前助知训，幸得脱难，他却不念旧德，阴怀猜忌。瑾尝遣家妓问候知训，知训将她留住，欲与奸宿。家妓知他不怀好意，乘间逸出，还语朱瑾，瑾亦愤愤不平，嗣又闻知训将他外调，出镇泗州，免不得恨上加恨，于是想出一计，请知训到家，盛筵相待，席间召出宠妓，曼歌侑酒，惹动知训一双色眼，目不转睛的瞟着歌妓。瑾暗中窃笑，佯为奉承，愿以歌妓相赠，并出名马为寿。引得知训手舞足蹈，喜极欲狂。瑾因知训仆从，多在厅外，急切未便下手，乃复延入内堂，召继妻陶氏出见。瑾妻为朱温所掳，已见前。陶氏敛衽而前，下拜知训，知训当然答礼，不防背后被瑾一击，立足不住，竟致踣地。户内伏有壮士，持刀出来，刀锋一下，那淫凶暴戾的徐知训，魂灵透出，向鬼门关挂号去了。趣语。

瑾枭下知训首级，持出大厅，知训从人，立即骇散。瑾复驰入吴王府，向杨隆演说道："仆已为大王除了一害！"说着，即将血淋淋的头颅，举示隆演。隆演吓得魂不附体，慌忙用衣障面，嗫嚅答道："这……这事我不敢与闻。"一面说，一面走入内室。实是没用。瑾不禁忿怒交集，大声呼道："竖子无知，不足与成大事！"你亦未免太粗莽了。随即将首击柱，掷置厅上，挺剑欲出，不料府门已阖，内城使翟虔等，竟勒兵拥至，争来杀瑾，瑾急奔回后垣，一跃而上，再跃坠地，竟至折足，后面追兵，也逾垣赶来，瑾自知不免，便遥语道："我为万人除害，以一身任患，也可告无罪了。"言已，把手中剑向颈一横，也即殒命。

徐温向居外镇，未知子恶，一闻知训被杀，愤怒的了不得，即日引兵渡江，径至广陵，入叩兴安门，问瑾所在。守吏报称瑾死，乃即令兵士搜捕瑾家，自瑾妻陶氏以下，一并拘至，推出斩首。陶氏临刑泣下，瑾妾恰怡然道："何必多哭，此行却好见朱公了！"陶氏闻言，遂亦收泪，伸颈就刑。一妻受污，一妻受戮，难乎其为朱瑾妻。家口尽被诛夷，并令将瑾尸陈示北门。瑾名重江淮，人民颇畏威怀德，私下窃尸埋葬。适值疫气盛行，病人取瑾墓土，用水和服，应手辄愈，更为墓上培益新土，致成高坟。徐温闻知，命属发瑾尸，投入雷公塘下。后来温竟抱病，梦见瑾挽弓欲射，不由的惊惧交并，再命渔人网得瑾骨，就塘侧立祠，始得告痊。总计朱瑾一生，尚无大恶，也应受此庙祀。温本欲穷治瑾党，为此一梦，才稍变计，又因徐知诰、严可求等，具述知训罪恶，乃幡然道："孽子死已迟了！"遂斥责知训将佐，不能匡救，一律落职，独刁彦能屡有诤言，特别加赏。恐是由知诰代陈。进知诰为淮南节度副使，兼内外马步都军副使，通判府事，命知谏权润州团练事，温仍然还镇。庶政俱决诸知诰。

知诰乃悉反知训所为，事吴王尽恭，接士大夫以谦，御众以宽，束身以俭，求贤才，纳规谏，杜请托，除奸猾，蠲逋税，士民翕然归心。就是悍夫宿将，亦无一不悦服。用宋齐邱为谋主，齐邱劝知诰兴农薄赋，江淮间方无旷土，桑柘满野，禾黍盈郊，国以富强。务本之策，原无逾此。知诰欲重用齐邱，偏是徐温不愿，但令为殿直军判官。齐邱终为知诰效力，每夕与知诰密谋，恐属垣有耳，只用铁筋画灰为字，随书随灭，所以两人秘计，无人得闻。

严可求料有大志，尝语徐温道："二郎君指知诰。非徐氏子，乃推贤下士，笼络人望，若不早除，必为后患！"温不肯从，可求又劝温令次子知询，代掌内政，温亦不许。知诰颇有所闻，竟调可求为楚州刺史。可求知已遭忌，亟往谒徐温道："唐亡已十余年，我吴尚奉唐正朔，无非以兴复为名，今朱、李争逐河上，朱氏日衰，李氏日盛，一旦李氏得有天下，难道我国向他称臣么？不若先建吴国，为自立计。"这一席话，深中徐温心坎，原来温曾劝杨隆演为帝，隆演不答，因致迁延。在温的意思中，自虑权重位卑，得使吴王称帝，自己好总掌百揆，约束各镇。独严可求却另有一种思想，自恐知诰反对，不得不推重徐温，作一靠山。既要推重徐温，不得不阳尊吴王，彼此各存私见，竟似心心相印。

温即留可求参总庶政，令他草表，推吴王为帝，吴王杨隆演，仍然却还。温再邀集将吏藩镇，一再上表，乃于唐天祐十六年，这是淮南旧称。即梁贞明五年四月，杨隆演即吴王位，大赦国中，改元武义，建宗庙社稷，置百官宫殿，文物皆用天子礼，唯不称帝号。追尊行密为太祖，谥曰孝武王，渥为烈祖，谥曰景王，母史氏为太妃。拜徐温为大丞相，都督中外军事，封东海郡王，授徐知诰为左仆射，参知政事，严可求为门下侍郎，骆知祥为中书侍郎，立弟濛为庐江郡公，溥为丹阳郡公，浔为新安郡公，澈为鄱阳郡公，子继明为庐陵郡公。濛有材气，尝叹息道："我祖创造艰难，难道可为他人有么？"温闻言，惧不能制，竟出濛为楚州团练使。吴王杨隆演本意是不愿称制，只因为徐氏所迫，勉强登台，且见徐氏父子，专权日久，无论如何懊怅，不敢形诸词色，所以居常怏怏，镇日里沉饮少食，竟致疾病缠身，屡不视朝。想是没福为王。

哪知吴、越忽来构衅。吴越王钱镠竟遣仲子传瓘，率战舰五百艘，自东洲击吴，警报与雪片相似，连达广陵。吴王隆演，病中不愿闻事，一切调兵遣将的事情，当然委任大丞相大都督了。先是吴越王钱镠，本与淮南不和，梁廷因得利用，令他牵制淮南，且加他兼职，授淮南节度使，充本道招讨制置使。钱镠亦尝奉表梁廷，极陈淮南可取状。嗣是屡侵淮南，互有胜负，及梁主友珪篡位，册钱镠为尚父，友贞诛逆嗣统，又授镠为天下兵马元帅。镠遂立元帅府，建置官属，雄据东南。至吴王隆演建国改元，梁主友贞，又颁诏吴越，令大举伐吴，因此钱镠复遣传瓘出师。

吴相徐温亟调舒州刺史彭彦章，及裨将陈汾，带领舟师，往拒吴越军。舟师顺流而下，到了狼山，正与吴越军相遇，可巧一帆风顺，不及停留，那吴越战舰，又复避开两旁，由他驰过，明明有计。吴军踊跃前进，不意后面鼓角齐鸣，吴越军帅钱传瓘，竟驱动战舰，扬帆追来，吴军只好回船与战。甫经交锋，吴越舰中，忽抛出许多石灰，乘风飞入吴船，迷住吴军双目，吴军不住的擦眼，他又用豆及沙，散掷过来，吴军已是头眼昏花，怎禁得脚下的沙豆，七高八低，立脚不住，又经吴越军乱劈乱斫，杀得鲜血淋漓，渍及沙豆，愈加圆滑，顿时彼倾此跌，全船大乱。传瓘复令军士纵火，焚毁吴船，吴军心惊胆落，四散奔逃。彭彦章还想力战，身被数十创，知穷力竭，情急自刭。陈汾却先已逃回，坐视彦章战死，并不顾救，遂致战舰四百艘，多成灰烬，偏将被掳七十人，兵士伤亡数千名。

徐温闻报，立诛陈汾，籍没家产，半给彦章妻子，赡养终身。一面出屯无锡，截住敌军，一面令右雄武统军陈璋，率水军绕出海门，断敌归路，吴越军乘胜进军，与温相值，时当孟秋，暑气未退，温适病热，不能治军，判官陈彦谦亟从军中选一弁目，面貌似温，令他充作军帅，身环甲胄，号令军士，温得少休。既而吴越军来攻中军，温疾已少闲，亲自出战，遥见秋阳暴烈，两岸间萑苇已枯，又值西北风起，正好乘势放火，烧他一个精光，便令军士挟着火具，四散纵火，火随风猛，风引火腾，吴越军立时惊溃。当由温驱兵追击，斩首万计，吴越将何逢、吴建，亦被杀死，只传瓘遁去。前曾以火攻胜吴，奈何自不及防，岂真一报还一报耶！走至香山，又被吴将陈璋，截住去路，好容易夺路逃回。十成水师，已失去七八成了。

徐温令收兵回镇，知诰请派步卒二千，假冒吴越旗帜，东袭苏州。温喟然道："汝策原是甚妙，但我只求息民，敌已远遁，何必多结仇怨！"也是有理。诸将又齐请道："吴越所恃，全在舟楫，方今天旱水涸，舟楫不便行驶，这正天亡吴越的机会，何不乘胜进兵，扫灭了他！"温又叹道："天下离乱，已是多年，百姓困苦极了，钱公亦未可轻视。若连兵不解，反为国忧，今我既得胜，彼已惧我，我且敛兵示惠，令两地人民，各安生业，君臣高枕，岂非快事！多杀果何益呢！"具有保境息民之意。遂引兵还镇。

嗣复用吴王书，通使吴越，愿归无锡俘囚。吴越王钱镠亦答书求和。两下释怨，休兵息民，彼此和好度日，却有二十年不起烽烟，这未始非徐温所赐呢。应该称美。

越年五月，吴王杨隆演，病已垂危。温自升州入朝，与廷臣商及嗣位事宜。或语温道："从前蜀先主临终时，尝语诸葛武侯，谓嗣子不才，君宜自取。"温不待词毕，即正色道："这是何言，我若有意窃位，诛张颢时即可做得，何必待至今日？杨氏已传三主，就使无男有女，亦当拥立，如有妄言，斩首不赦！"大众唯唯听命，乃传吴王命令，召丹阳公杨溥监国，徙溥兄濛为舒州团练使。未几隆演病逝，年仅二十四岁。弟溥嗣立，尊生母王氏为太妃，追尊兄隆演为高祖宣皇帝。小子有诗咏徐温道：

权兼内外总兵屯，报国犹知戴一尊。

试看入朝排众议，徐温毕竟胜朱温。

吴王溥已经嗣位，国中好几年无事，小子好别叙蜀中情形，欲知蜀事，且阅下回。

是回除首数行外，纯叙吴事，如徐知训之不道，朱瑾诛之宜也；但瑾之所为，未免卤莽，投鼠尚且忌器，岂有内为孱主，外有强镇，顾可为孤注之一掷乎？况徐温亦非真懵于事者，特未闻其子之过恶耳。为瑾计，何不致书徐温，直陈知训罪状，令他自行废置，乃诱诛知训，卒致杀身亡家，武夫之一往直前，不知审慎，往往有此大弊。幸徐温入都，心目中尚有吴王，不致篡夺，否则隆演之首，几何而不立陨也。史称温梦瑾挽射，始为改葬，瑾未必有此灵异，但亦因严可求、徐知诰之先陈子恶，未免生悔，悔则因致成梦耳。且隆演幼懦，内外军事，亦赖有徐氏主持，观吴越之大举侵吴，幸温用火攻计，转败为胜，淮南得以无恙。厥后隆演病剧，且使杨氏无男有女，亦当拥立之言，宁得以父子专政，遽谓其罪大功小哉？篇中抑扬得当，可作史评一则。

第十三回　嗣蜀主淫昏失德
唐监军谏阻称尊

却说蜀主王建，杀死太子元膺，改立幼子宗衍为太子。见前第九回。建子有十一人，为何独立这幼子呢？原来蜀主正室周氏，才貌平常，且无子嗣，虽有妾媵数人，生了数子，怎奈没有丽色。嗣得眉州刺史徐耕二女，入侍后宫，一对姊妹花，具有丽容，仿佛与江东大小乔相似。看官，你想蜀主得此二美，尚有不爱逾珍璧么？大徐女生子宗衍，小徐女生子宗鼎。宗鼎先生，排行第七，宗衍后生，排行最幼。此外尚有宗仁、宗纪、宗辂、宗智、宗特、宗杰、宗泽、宗平等，均系别媵所出。王建僭号，十一子均得封王。元膺既死，建因宗辂类己，宗杰有才，两子中拟择一为嗣。大徐女已进封贤妃，小徐女亦进封淑妃，两妃专房用事，怎肯令一把龙椅，付与别子？当下令心腹太监唐文扆，赍金百镒，送与宰相张格，嘱他号召百官，立宗衍为太子。张格既得重贿，即草得一表，令百官署名，但说是已奉密旨，决立宗衍。百官以君相定策，不便违议，乐得署名呈入。蜀主览表惊疑道："宗衍幼弱，好立做太子么？"未始无识。适值大徐妃在旁，便即进言道："宗衍已十多岁了，相士谓后当大贵；不过陛下今日，却很为难；诸王十数，后宫充斥，哪里挨得着宗衍，妾情愿挈他出宫，免遭人妒，也省得陛下为难呢！"说至此，面上的泪珠儿，已扑簌簌的坠了下来。妇人惯技。蜀主连忙慰谕道："我并非不愿立宗衍，但恐他少不更事，反误国计。"徐妃复答道："相臣以下，且一致赞成，只有陛下圣明，虑及此着，妾恐陛下并不为此，无非是左右为难，借此诳妾呢！”蜀主一再申辩，徐妃一再撒娇，弄得蜀主情急起来，便道：“罢！罢！我明日决立宗衍便了。”徐妃方含泪谢恩。翌日即立宗衍为太子。

宗衍方颐大口，垂手过膝，顾目见耳，颇知学问，童年即能属文。只是性好靡丽，酷爱郑声，尝集艳体诗二百篇，署名烟花集，传诵全蜀。但不合人主身分。既得立为储贰，开府置官，专任一班淫朋狎客，充作僚属，除倡和淫词外，斗鸡击球，镇日戏狎。蜀主尝过东宫，闻里面喧呼声很是热闹，问明底细，乃是太子与诸王蹴踘，不禁长叹道：“我百战经营，才立基业，此辈岂能守成么？”嗣是颇恨及张格，且有废立意。怎奈徐贤妃从中把持，但将一笑一颦的作态，竟制住这狡猾枭雄的蜀主王建，一成不变，无法改移。

宗杰为蜀主所爱，屡陈时政，不知为何中毒，四肢青黑，霎时身亡。明明是徐妃下毒。蜀主益加忧疑，并因年力衰迈，禁不住这般播弄，伤感成疾，无药可医，私念唯北面行营招讨使王宗弼，沉重有谋，可属大事，遂召还成都，令为马步都指挥使，当下宣入寝殿，并饬同宰相张格等，共受面嘱道：“太子仁弱，朕曲循众请，越次册立。若他未能承业，可置居别宫，幸勿加害。我子尚多，幸择贤继立。徐妃兄弟，只可优给禄位，慎勿使他掌兵预政，借示保全。”偏不由你算奈何？宗弼等唯唯而退，偏此语被徐妃闻知，转告唐文扆。文扆为内飞龙使，久握禁兵，兼参枢密，他竟派兵守住宫门，不令大臣再入。宗弼等三十余人，日夕问安，不得入见，只有慰抚的命令，逐日外颁。宗弼料文扆谋乱，正拟设法抵制，可巧皇城使潘在迎，密报宗弼，说是文扆谋害大臣。宗弼遂带领壮士，排闼入谒，极言文扆罪状。蜀主王建，病虽加剧，尚知人事，乃召太子宗衍，入宫侍疾，并令东宫掌书记崔延昌，权判六军事，贬文扆为眉州刺史。翰林学士承旨王保晦，亦坐文扆私党，褫夺官爵，流戍泸州。所有内外财赋，及中书除授诸司，与一切刑牍案狱，统委翰林学士庾凝绩承办。都城及行营军旅，统委宣徽南院使宋光嗣管领。光嗣系小太监出身，专务揣摩迎合，因得重用。本来蜀主平时，内置枢密使，专用士人。此次恐太子年少，士人不为所用，因特改任宦官，哪知这两川土宇，要被这阉人破裂了！士人不可用，宦官更不可用，王建系残唐狡将，难道未鉴唐事么？

既而蜀主弥留，令宗弼兼中书令，光嗣任内枢密使，与功臣王宗绾、王宗瑶、王宗夔等，同受遗诏。宗弼、宗绾、宗瑶、宗夔，统是王建养子，改姓王氏，辅建有功，俱得兼中书令。及建已病殁，太子宗衍嗣位，除去宗字，单名为衍。宗弼等进封为王，尊父建为高祖皇帝，嫡母周氏为昭圣皇后。周氏哀毁成病，未几去世，乃尊生母徐贤妃为皇太后，太后妹徐淑妃为皇太妃，命宋光嗣判六军诸卫事，再夺唐文扆官爵，赐他自尽。王保晦亦诛死，贬宰相张格为茂州刺史，寻又谪为潍州司户。援立宗衍，究有何益？礼部尚书杨玢，吏部侍郎许寂，户部侍郎潘峤，皆坐格党贬官。一朝天子一朝臣，同平章事的位置，授与兵部尚书庾传素。即凝绩从兄。又用内给事王廷绍、欧阳晃、李周辂、宋光葆、宋承蕴、田鲁俦为将军，各参军事。兄弟诸王，俱使他兼领军使。彭王宗鼎，独遍白兄弟道："亲王掌兵，实是祸本，况主少臣强，谗间必兴，缮甲训兵，殊非我辈应做的事情哩。"遂辞去军使兼职，自营书舍，植松竹自娱，倒也逍遥快活，无是无非。唯宗弼已封巨鹿王，复晋封齐王，总揽大权，职兼文武，凡内外迁除官吏，均出他一人掌握，他得纳贿营私，擅作威福。蜀主衍毫不过问，镇日里醉酒唱歌，靡靡忘倦。即位时，册立一位皇后，乃是前兵部尚书高知言女，端庄沉静，颇有妇德，衍独谓她朴陋少文，不甚惬意。乃更令内教坊严旭，选取良家女子二十人，入备后宫。旭强搜民家，见有姿色女子，无论他家愿与不愿，硬要他献入宫中。唯该家厚给金帛，才得免选，民间怨声载道。旭却腰橐丰盈，至二十人已经满额，入宫覆旨。蜀主见他所选各女，统是芙蓉为面，杨柳为眉，不由的喜笑颜开，极称旭办事才能，即擢为蓬州刺史。嗣是左拥右抱，备极欢娱。还有太后太妃，也最喜冶游，时常至亲贵私第，酣饮达旦。有时蜀主亦与偕行，或同游近郡名山，饮酒赋诗，耗费不可胜计。太后太妃，又各出教令，卖官鬻爵，出价最多，得官最速。礼部尚书韩昭，素无才具，但以便佞得幸，又纳赂太后太妃，得升任文思殿大学士，位出翰林承旨上。后妃卖官，古今罕闻。他尝出入宫禁，面恳蜀主，乞买数州刺史官职。得金营第，蜀主衍居然应诺，这真可谓特别加恩了。

蜀主衍改元乾德。乾德元年，改龙跃池为宣华池，就池造苑，大兴工作，越年立高祖庙于万岁桥，蜀主衍奏太后太妃，及后宫妃嫔等，入庙祭祀，参用亵味，并及郑声。华阳尉张士乔，上疏切谏，顿触衍怒，饬令处斩，还是徐太后当面谕阻，始得免诛，流窜黎州，士乔愤激得很，竟投水自尽。

未几下诏北巡，蜀主衍出发成都，披金甲，冠珠帽，执弓矢而行，旌旗兵甲，亘百余里，人民疑为灌口袄神。到了安远城，令王宗俦、王宗昱、王宗晏、王宗信等，俱王建养子。统兵伐岐，进攻陇州。岐王李茂贞出屯汧阳，遥为援应，蜀偏将陈彦威，出散关至箭筈岭，遇着岐兵，打了一回胜仗，便即引还。蜀主衍接得捷报，亲赴利州，龙舟画舸，辉映江渚，州县供张，穷奢极丽，百姓各有怨言。

及抵阆州，见州民何康女，美丽过人，即命侍从强行取来。何女已经字人，出嫁有日，经蜀主问明底细，乃赍帛百匹，赐他夫家，饬令别娶，还算是浩荡皇恩，不使向隅，那何女却占为己有，乐得受用。谁料该未婚夫闻这急变，竟致一恸而亡！想也是个情种，可惜何女未能报他。

蜀主衍既得何女，也无心再游，即日归还成都，与何女缱绻月余，又觉得味同嚼蜡，平淡无奇。会奉徐太后往省母家，瞥见一个绝代佳人，极袅娜，极娉婷，端的是玉骨仙姿，不同凡艳。王衍怎肯轻轻放过，询明太后，知是徐耕孙女，与衍为中表姊妹，当下召令出见，携带进宫。看官！你想王衍是个蜀帝，叫徐氏如何违慢，只好睁着双眼，由他携去，入宫以后，颠鸾倒凤，自在意中。那徐女不但美艳，并且曲尽柔媚，极善奉承。引得这位伪天子，非常恋爱，宠冠六宫。既有大小徐妃，复有这位徐女，何徐娘之多耶！徐太后姊妹，因侄女又得专宠，可为母族增光，也为欣慰。偏王衍不欲娶诸母族，反托言是韦昭度女孙，竟封她为韦婕妤，嗣又加封为韦元妃，六宫粉黛，当然怀妒。最难堪的是正宫高氏，平时本已失宠，自韦妃入宫，更被疏薄，免不得略有怨言。王衍竟将她废去，遣令还家。乃父高知言，时已老迈，闻着此变，顿时惊仆，好容易灌救转来，还是涕泣涟涟，不愿进食，饿了数日竟致死去。何必如此？王衍也不加赙恤，即欲立韦妃为继后，无如宫内还有一位金贵妃，姿容恰也秀媚，兼通绘事。她出世时，天大风雨，母梦见赤龙绕庭，因得分娩，所以闺名叫作飞山，乾德初选入掖庭，曾得专宠，至韦妃入幸，也逐渐见疏。但资格比韦妃为优，势不能后来居上，且有赤龙梦兆，已具瑞征，王衍踌躇多日，不得已立金妃为继后。后来又欲废立，幸亏钱贵妃代为力争，才得定位。唯名目上虽然未易，情意中不甚相亲。蜀宫内佳丽日增，镇日里酣歌恒舞，变成一个花天酒地。俗语说得好，乐极悲生，似这蜀主衍的荒淫无度，尚能不自速危亡么？为下文伏笔。

可巧梁、晋交争，晋王李存勗，出次魏州，得了一个传国宝，系是僧人传真献入，谓由唐京丧乱时所得，秘藏已四十年，于是晋臣相率称贺，接连是上表劝进，怂恿晋王为帝。蜀主衍得知消息，也遣使致书，请晋王嗣唐称尊。劝人称帝，即能自保耶？晋王出书示僚佐道：“昔王太师指王建。亦尝遗先王书，请各帝一方，先王尝语我云：‘昔唐天子幸石门，我尝发兵诛贼，当然威震天下。我若挟天子，据关中，自作九锡禅文，何人敢阻？但我家世代忠良，不忍出此，他日务当规复唐室，保全唐祚，慎勿效若辈所为！’此语犹在耳中，我怎好背弃父训呢？”言已泣下，群臣乃暂将称尊事搁起，一时不敢多言。

这时候的梁、晋两国，方在德胜两城间，穷年鏖兵。德胜是个渡名，正当河北要冲，晋王命李存审夹河筑城，分作南北二郭，亦称夹寨。梁将贺瓌，率兵往争，大小百余战，终不能克。梁河中节度使冀王朱友谦，因为子令德表求节钺，不得所请，复举河中降晋。梁又起用刘鄩为招讨使，令攻河中。鄩与友谦素有婚谊，先移书谕以祸福，然后进兵。友谦不答，但向晋王处告急，晋王遣李存审往援。及鄩待覆不至，始进逼同州，那时李存审亦已驰至，两下交绥，鄩军败走，梁副使尹皓、段凝等，密表梁主，诬鄩徇亲误国，沿途逗挠，乃有此败。梁主友贞，遂潜令西都留守张宗奭，将鄩鸩死，贺瓌又复病殁。

梁将中智推刘鄩，勇推贺瓌，相继毕命，诸军夺气。晋军连得胜仗，声威愈振。于是一班攀龙附凤的臣僚，复提出劝进文，陆续呈入，无非说是天命攸归，人心属望，宜应天顺人，亟正大位等语。各镇节度使，又各献货币数十万，充作即位经费，还有吴王杨溥，亦贻书劝进，遂令这无心称帝的李存勗，也不能抱定宗旨，居然雄心勃勃，想做起皇帝来了。皇帝趣味，究竟动人。

独有一个唐室遗臣，闻知此信，大为不然，遂自晋阳趋魏州，面加谏阻。这人为谁？就是监军张承业，承业竭诚事晋，凡晋王出征，所有军府政事，俱委承业处置。承业劝课农桑，贮积金谷，收养兵马，征租行法，不宽贵戚，因此军政肃清，馈饷不乏。刘、曹两太夫人，尝重视承业，有时承业忤存勗意，两太夫人必痛责存勗，令谢承业。存勗加授承业为左卫上将军，兼燕国公，承业皆固辞不受，但称唐官终身。至是诸臣劝进，晋王已为所动，即至魏州面谏道：“我王世忠唐室，历救患难，所以老奴事王，至今已三十余年，为王聚积财赋，召补兵马，誓灭逆贼，恢复本朝宗社，借尽臣心。今河北甫定，朱氏尚存，王乃遽即大位，实与前时征伐初意，殊不相同，天下谓王自相矛盾，必致失望，尚有不因此解体么？今为王计，最好是先灭朱氏，为列圣复仇，然后求立唐后，南取吴，西取蜀，泛扫宇内，合为一家。那时功德无比，就使高祖、太宗，再生今世，也未能高居王上，王让国愈久，即得国愈坚，老奴并无他意，不过受先王大恩，欲为王立万年基业，请王勿疑！”为唐进言，志节可嘉。李存勖徐答道：“这事原非我意，但众志从同，不便相违，奈何？”承业知不可止，忍不住恸哭道：“诸侯血战，本为唐家，今王乃自取，不特误诸侯，兼误老奴了！”遂辞归晋阳，郁郁成疾，竟不能起。

存勖闻承业得病，一时也不愿称帝。会值成德军变，王镕养子王德明，原姓名为张文礼，竟弑死主将王镕，屠灭王氏家族，且遣使向晋告乱，乞典旄节，为这一番意外情事，又惹动李家兵甲，假仁仗义，往讨镇州。正是：

乱世屡生篡夺祸，强王又逞甲兵威。

欲知张文礼何故弑主，且看下回分解。

蜀主王建，明知幼子之不能守成，乃为徐贤妃所迫，唐文扆、张格等所怂恿，卒立为太子。举两川数十载之经营，不惜为孤注之一掷，何其误甚？但溯厥祸源，实为一妇人而起，好色者终为色误，云建其明鉴也！夫其父行劫，其子必且杀人，建因好色而误国，衍即因好色而亡国。父作而子述，其祸必有甚于乃父者，故祖父贻谋，断不可不慎耳！自来国家之患，莫如女色，尤莫如宦官。但宦官中亦非无贤者，如张承业之乃心唐室，始终不渝，洵足为庸中佼佼，铁中铮铮之特色。观其谏阻晋王，沥肝披胆，无非为复唐起见。及力谏不从，恸哭而返，遂至悒悒不起，彼其悔所辅之非人乎？笃于效忠，而短于料事，承业亦不得为智。但略迹原心，固足告无愧于天下！故《纲目》于承业之殁，特书曰唐河东监军使，而本回亦特别提明，不没忠节云。

第十四回　助赵将发兵围镇州
　　　　　嗣唐统登坛即帝位

却说成德节度使赵王王镕，自与晋连和后，得一强援，因乏外患，他不免居安忘危，因佚思淫，大治府第，广选妇女，又宠信方士王若讷，在西山盛筑宫宇，炼丹制药，求长生术。居然一刘仁恭。每一往游，辄使妇人维系锦绣，牵持而上。既入离宫，连日忘归，一切政务，委任宦官李弘规、石希蒙。希蒙素善谄谀，尤见宠幸，尝与镕同卧起，会镕宿西山鹘营庄，李弘规进谏道："今天下强国莫如晋，晋王尚身自暴露，亲冒矢石，今大王搜括国帑，充作游资，开城空宫，旬月不返，倘使一夫闭门不纳，试问大王将归依何处？"镕闻言颇知戒惧，急命还驾。偏石希蒙从旁阻住，不令镕归。弘规怒起，竟遣亲事军将苏汉衡，率兵擐甲，直入庄中，露刃逼镕道："军士已劳敝了，愿从王归国！"镕尚未及答，弘规又继进道："石希蒙逢君长恶，罪在不赦，请亟诛以谢众士。"镕仍不应，弘规竟招呼甲士，捕斩希蒙，掷首镕前。镕无奈驰归，时长子昭祚，已挈梁公主归赵。回应卷前。镕遂与熟商，谋诛弘规、汉衡。昭祚转告王德明，遂将弘规、汉衡拿下，一并枭首，且骈戮二人族属。一面搜缉余党，穷究反状，亲军皆栗栗自危。

德明本来狡狯，至此有隙可乘，即煽诱亲军道："大王命我尽坑尔曹，从命实不忍，不从又获罪，应如何区处？"众皆感泣，愿听指挥，德明乃密令亲军千人，夜半逾垣，往弑王镕，适镕与道士焚香受箓，想是祈死。军士不费气力，立断镕首，携报德明。德明索性毁去宫室，大杀王氏家族，自昭祚以下，悉数毙命。唯梁女普宁公主，留下不杀，还有镕少子昭诲，年方十龄，由亲将救出，藏置穴中，幸得不死，后来潜往湖南，髡发为僧，易名崇隐。即卷前晋王许婚之昭诲。德明仍复姓名为张文礼，向晋告乱，求为留后。晋王即欲加讨，群臣谓方与梁争，不宜更树一敌，乃暂准所请。偏张文礼又密表梁主，但称王氏为乱兵所屠，幸公主无恙，请朝廷亟发精兵万人，由臣更乞契丹为助，自德隶渡河，往攻河东，晋可从此扫灭了。梁主友贞，览表未决，敬翔请乘衅规复河北，赵岩、张汉鼎、汉杰等，谓文礼首鼠两端，万不可恃，梁主乃按兵不发。文礼且一再驰书，多被晋军中途搜获。

赵将都指挥使符习，曾率兵万人，从晋王驻德胜城，文礼阴怀猜忌，召令还镇，愿以他将代任。习入谒晋王，涕泣请留。晋王与语道："我与赵王同盟讨贼，谊同骨肉，不料一旦遇祸，竟为所戕，我心很是痛悼。汝若不忘故主，能为复仇，我愿助汝兵粮，往讨逆贼！"有心讨逆，何必许为留后，此次遣习复仇，无非恨他通梁耳。习与部将三十余人，举身投地，且泣且语道："大王诚记念故主，许令复仇，习等不敢上烦府兵，情愿领本部前往，搏取凶竖，报王氏累世隆恩，虽死亦无恨了！"晋王大喜，立命习为成德留后，领本部兵先进，且遣大将阎宝、史建瑭为后应，自邢、洺北趋，直抵赵州，刺史王铤，自知不支，开城乞降。晋王仍令为刺史，即饬移军攻镇州。

文德已经病疽，闻赵州失守，便即吓死，子处瑾秘不发丧，与他将韩正时等，悉力拒晋。晋兵渡滹沱河，进薄镇州，城上矢石雨下，史建瑭中箭身亡。晋王得建瑭死耗，拟分兵自往策应，凑巧获得梁军谍卒，俯首乞降，且言梁北面招讨使戴思远，将乘虚来袭德胜城，晋王亟命李存审屯兵德胜，李嗣源伏兵戚城，先用羸骑往诱梁兵，待他入境，鼓起伏发。李嗣源先出接仗，已将梁兵冲乱，李存审又从城中杀出，晋王复自率铁骑三千，迎头痛击，斩获梁兵二万余人。

思远窜去，晋王乃拟自往镇州，忽接到定州来书，劝阻进兵，转令晋王动起疑来，暗暗自忖道："王处直从我有年，奈何阻我！"乃即取出文礼与梁蜡书，寄示处直，且传语道："文礼负我，不能不讨！"看官道处直为何劝阻晋王？原来处直闻晋讨文礼，即与左右商议道："镇、定二州，互为唇齿，镇州亡，定州不能独存，此事不可不防。"乃致书晋王，请赦文礼。偏晋王覆词拒绝，害得处直日夕耽忧。

处直有庶子名郁，素来无宠，亡奔晋阳，晋王克用，曾妻以爱女，累迁至新州防御使。此时处直贰晋，潜遣人语郁，令他重赂契丹，乞师南下，牵制晋军。郁求为继嗣，方才听命，处直不得已许诺。怎奈定州军士，都不欲召入契丹，就中又有处直养子刘云郎，改名为都，向为处直所爱，有嗣立意。至是闻郁得为嗣，眼见得定州节钺，被他取去，心下甚是不安，适有小吏和昭，劝都先行发难，都遂率新军数百人，闯入府第，挟刃大噪道："公误信孽子，私召外寇，大众无一赞成，昏谬如公，不能再理军事，请退居西宅，聊尽天年！"处直正要面驳，哪知军士一哄而上，把他拥出府中，竟往西第，又逼勒处直妻妾，同至西第中，一并锢住。所有王氏子孙，及处直心腹将士，杀戮无遗。引狼入室，宜遭此祸。都遂遣使报晋王，晋王以处直被幽，免为晋患，即令都代握兵权。都罪不亚文礼，胡为一讨一赏？都得晋王书，诣西第见处直，处直投袂奋起，捶胸大呼道："逆贼！我何负尔？"说至此，四顾无械，竟牵住都袂，张口噬鼻。都慌忙躲闪，掣袖外走，处直忧愤竟死。都复拨兵助晋，晋王即留李存审、李嗣源居守德胜，自率大军攻镇州，城中防守颇严，旬日不克。

蓦得幽州急报，契丹大举南下，涿州被陷，幽州亦在围中了。晋王拟分兵往援，偏定州亦来告急，报称契丹前锋，已入境内，那时晋王不能兼顾，只好先救定州，当下率军北进，行至新城，闻契丹兵已涉沙河，士卒皆有惧容，或潜自亡去，严刑不能止。诸将入帐请道："契丹锋盛，恐不可当，又值梁寇内侵，不如还师以救根本。"晋王却也难决，或说宜西入井陉，暂避寇锋。

正在聚议纷纭的时候，忽有一人朗声道："契丹前来，意在利人金帛，并非为镇州急难，诚意相援，大王新破梁兵，威振夷夏，若挫他前锋，他自然遁走了。"晋王瞧着，乃是中门副使郭崇韬，方欲答言，又有一人接入道："强兵在前，有进无退，怎可无故轻动，摇惑人心？"这数语出自李嗣昭，晋王挺身起座道："我意亦是如此！"遂出营上马，自麾铁骑五千，奋勇先进，诸将不敢不从。

至新城北，前面一带，统是桑林，晋军从林中分趋，逐队驰至，可巧契丹兵骤马前来，见桑林中尘埃蔽天，几不知有多少人马，当即回辔返奔。晋王分兵追击，驱契丹兵过沙河，多半溺死，契丹主阿保机子，被晋军擒还，阿保机退保望都。晋王收兵入定州，王都迎谒马前，愿以爱女妻王子继岌。继岌系晋王第五子，为宠妃刘氏所出，尝随晋王军前，晋王慨然许婚。

休息一宵，便引兵趋望都，中途遇奚酋秃馁，一作托辉。带着许多番骑，前来拦截。晋王兵少，被番骑困在垓心，晋王麾军力战，出入数四，尚不能解，幸李嗣昭率兵三百骑，上前救应，横击奚兵，奚酋乃退。晋王乘势奋击，连败奚酋，契丹主亦立足不住，北奔易州。晋王追赶不及，转入幽州，契丹兵解围遁去，会大雪经旬，平地数尺，虏兵冻毙甚多，阿保机懊怅而还。

先是契丹出兵，实由王郁乞请，郁曾语阿保机道："镇州美女如云，金帛如山，天皇即速往取，可以尽得，否则将为晋有了。"阿保机大喜，独番后述律道："我有羊马千万头，坐踞西楼，自多乐趣，为何劳师远出，乘危徼利呢？况我闻晋王用兵，天下无敌，倘一失败，后悔难追！"此非述律预能知败，实恐阿保机取得赵女，自己必致失宠，故有此谏。阿保机跃然道："张文礼有金五百万，留待皇后，我当代为取来，供给内费。"不出郭崇韬所料。遂不从述律言，悉众南下，不幸吃了几个败仗，嗒然回去，私心懊闷，无处可泄，遂将王郁絷归，锢住狱中。

晋王闻番兵远遁，巡阅番营故址，见他随地布藁，回环方正，均如编剪，虽去无一枝倒乱，不禁长叹道："用法严明，乃能至此，非我中国所可及，后患正不浅哩！"隐伏后文。道言甫毕，那德胜城递到军报，说是梁兵乘虚袭魏，现正吃紧，亟请济师。晋王忙招呼亲军，倍道南行，五日即抵魏州。梁将戴思远，烧营遁去。

晋王以南北两敌，均已击退，镇州援绝势孤，可以立拔，偏偏兵家得失，不能逆料，大将阎宝，竟为镇州兵所破，退保赵州。原来阎宝抵镇州城下，筑起长垒，连日围攻，又绝滹沱水环城，断绝内外。城中食尽，夜出五百人觅食，宝亦探知消息，故意纵使出来，拟伏兵掩捕，一鼓尽歼，谁知这五百人鼓噪而至，竟攻长围。宝见他兵少，尚不为备，俄顷有数千人继至，各用大刀阔斧，破围径出，来烧宝营。宝抵挡不住，只好弃营窜去，往守赵州。营中刍粟甚多，统被镇州兵搬去，数日不尽。

晋王闻报，急改任李嗣昭为招讨使，代宝统军。嗣昭驰至镇州，正值镇州守将张处瑾遣兵千人，出城迎粮，被嗣昭率军掩至，杀获几尽，有数人避匿墙墟间，嗣昭跃马弯弓，迭发迭中。不意城上有暗箭射来，正中嗣昭脑上。嗣昭忍痛拔箭，返射守卒。一发即殪，时已日暮，回营裹创，血流不止，竟尔晕毙。凶信传到魏州，晋王很是悲悼，好几日不食酒肉，继闻嗣昭遗言，暂将泽潞兵授判官任圜，令督诸军攻镇州，晋王依言而行，一面调李存进为招讨使，进营东垣渡，立栅未就，镇州将张处球即处瑾弟。领兵七千人，突来劫寨。存进慌忙对敌，出斗桥上，杀毙镇兵无数，自己亦战殁阵中。

镇州力竭粮尽，张处瑾等束手无策，只好遣使至魏州乞降，使人方去，晋王已遣李存审到来，挥兵猛扑，两下相持至暮。城中守将李再丰，愿为内应，乘着夜阑月黑，投缒招引晋军，晋军缘缒而上，到了黎明，全军毕登，擒住张文礼妻，及子处瑾、处球、处琪，及余党高蒙、李翥、齐俭等，拟送魏州，赵人请命军前，愿得此数人，为故主泄恨。存审报明晋王，准如所请，赵人将数人醢为肉泥，顷刻食尽，又掘发张文礼尸，寸磔市曹。且向故宫灰烬中，检出赵王王镕遗骸，以礼祭葬。授赵将符习为成德节度使，习泣辞道："故使无后，习当斩衰送葬，俟礼毕听命。"既而葬毕，仍诣魏州，赵人请晋王兼领成德军。晋王许诺，另拟割相、卫二州，置义宁军，即命习为节度使。习复辞道："魏博霸府，不应分疆，愿得河南一镇，归习自取，方不虚縻廪禄呢。"乃以习为天平节度使，兼东南面招讨使，加李存审兼侍中。

是时晋魏州刺史李存儒，原姓名为杨婆儿，以俳优得幸。既为刺史，专事剥民，州民交怨，梁将段凝、张朗等，引兵袭入，执住存儒，遂拔卫州，又与戴思远攻陷淇门、共城、新乡，于是澶州以西，相州以南，复为梁有。还有泽潞留后李继韬，竟叛晋降梁，受梁命为节度使。继韬系李嗣昭次子，嗣昭曾任泽潞节度使，及战殁镇州，长子继俦袭职。因秉性懦弱，为弟继韬所囚。晋王以用兵方殷，无暇过问，权命继韬为留后。泽潞本置昭义军，至是改称安义军。继韬虽得窃位，心中终不自安，幕僚魏琢，牙将申蒙，复语继韬道："晋朝无人，将来终为梁所并，不如先机归梁为是。"继韬弟继远亦劝兄降梁。继韬乃遣继远奉表梁廷，梁主喜甚，立授继韬节度使。

唯昭义旧将裴约，曾戍泽州，涕泣誓众道："我服事故使，已逾二纪，尝见故使分财享士，志灭仇雠，不幸一旦捐馆，柩尚未葬，乃郎君遽背君亲，甘心降贼，诚不可解？我宁死不肯相从哩！"也是符习流亚。遂据城自守，梁遣偏将董璋往攻，久不能克。继韬散财募士，尧山人郭威应募，尝杀人系狱，继韬惜他才勇，纵令逸去。郭威事始此。一面发新募各兵，往助董璋，裴约向魏州乞援，偏晋王李存勗，创行帝制，镇日间编订礼仪，竟无心顾及泽州。

看官阅过上文，应知晋臣劝进，已不止一二次，只因监军张承业，力加谏阻，又延宕了一两年。偏承业得病不起，奄卧年余，竟致逝世，晋王虽似含哀，却带着三分喜意，僚佐觑透隐情，因复上笺劝进。五台山僧人，又献入古鼎，目为祥瑞。晋王乃命有司制置百官省寺，仗卫法物，定期四月举行，派河东判官卢质为大礼使，就在魏州牙城南面，筑起坛幄，行即位礼。晋王本奉唐正朔，称为天祐二十年，至四月上旬，升坛称帝，祭告天神地祇，改元同光，国号唐。宣制大赦，授行台左丞相豆卢革为门下侍郎，右丞相卢澄为中书侍郎并同平章事，中门使郭崇韬、昭义监军使张居翰并为枢密使，判官卢质、掌书记冯道俱充翰林学士，升魏州为东京兴唐府，号太原即晋阳。为西京，镇州为北都，令魏博判官王正言为兴唐尹，都虞侯孟知祥为太原尹，充西京副留守，泽潞判官任圜为真定尹，充北京副留守，凡李存审、李嗣源等一班功臣，统加官进秩，兼任节度使如旧。追尊曾祖执宜为懿祖皇帝，祖国昌为献祖皇帝，父克用为太祖皇帝，立庙晋阳。除三代外，又奉唐高祖、太宗、懿宗、昭宗四主，分建四庙。与懿祖以下，合成七室，尊生母曹氏为皇太后，嫡母刘氏为皇太妃。刘氏毫不介意，依着故例，向太后曹氏处称谢，曹氏恰有惭色，离坐起迎，露出那跼蹐不安的状态，刘氏独怡然道："愿吾儿享国无穷，使我得终天年，随先君于地下，已是万幸！此外还计较什么？"曹氏亦相向唏嘘。嗣命宫中开宴，彼此对坐，略迹言情，尽欢而罢。后人共称刘太妃的美德。小子恰有一诗道：

并后犹防祸变随，况经嫡庶乱尊卑；
私图报德成愚孝，亚子开基礼已亏！

晋王李存勗，已改号为唐，当然称为唐主，其时尚留魏州，意欲攻梁，巧值梁郓州将卢顺密奔唐，献袭取郓州策，唐主乃召群臣会议，议决后如何进止，待至下回表明。

张文礼弑养父王镕，固有应讨之罪，晋王讨之，宜也。但文礼宜讨，而王都亦曷尝不宜讨？晋王独以私废公，授彼节钺，闻急赴援，且与之约为婚姻，所谓见利忘义者非耶！即是以观晋王之心术，已可见矣。镇州虽下，逆子骈诛，而卫州一带，复为梁取，李继韬又以潞州降梁，是固非称帝之时，乃以张承业之去世，五台山僧之献鼎，即称尊魏州，前时之假面具，一举尽撤，既食前言，兼露骄态，识者已知其不终。况于生母而尊之，于嫡母而抑之，嫡庶倒置，贻谋不臧，宁待刘后之专权乱政，始肇危机耶？阅者于文字间细心求之，褒贬固自不苟云。

第十五回　王彦章丧师失律　梁末帝陨首覆宗

却说唐主李存勖，因郓州将卢顺密来降，即欲依顺密计议，进袭郓州。当下与诸臣商定进止，郭崇韬等都说未可。唐主独召李嗣源入商，嗣源尝自悔胡柳渡河，致遭谴罚，见十二回。至是欲立功补过，即慨然进言道："我朝连年用兵，生民疲敝，若非出奇取胜，大功何日得成？臣愿独当此任，勉图报命！"唐主大悦，立遣他率兵五千，潜趋郓州，行至河滨，天色昏暮，夜雨沉阴，军士多不欲进行，前锋将高行周宣言道："这是天助我成功哩！郓人今日，必不防备，我正好出他不意，进取此城。"遂渡河东趋，直抵城下，李从珂缘梯先登，军士踊跃随上，守卒至此始觉，哪里还及抵敌，徒落得身首分离，做了数十百个刀头鬼。从珂开城迎入嗣源，再攻牙城，一鼓即下，擒住州官崔筜，判官赵凤，送入兴唐府。唐主喜甚，叹嗣源为奇才，即命为天平节度使。

梁主友贞，闻郓州失守，惊惶的了不得，斥罢北面招讨使戴思远，严促他将段凝、王彦章等，发兵进战。梁相敬翔，自知梁室将危，即入见梁主道："臣随先帝取天下，先帝录臣菲才，言无不用，今敌势益强，陛下乃弃忽臣言，臣尸位素餐，生亦何用，不如就此请死罢！"说至此，即从靴中取出一绳，套入颈中，作自经状。居常未见良谟，遇急则以死相胁，是乃儿女子态，不足与言相道。梁主急命左右救解，问所欲言。敬翔道："大局日危，事机益急，非用王彦章为大将，万难支持了！"用一王彦章，即能救亡么？梁主点首，即擢彦章为北面招讨使，段凝为副。彦章入见梁主，梁主问他破敌的期限，彦章答以三日，左右都不禁失笑。

及彦章退出，即向滑州进发，两日即至，召集将士，置酒大会，暗中却遣人至杨村具舟，夜命甲士六百人，各持巨斧，与冶工一同登舟，顺流而下，时饮尚未散，彦章佯起更衣，从营后趋出，引精兵数千，循河南岸，直趋德胜南城。德胜守将为朱守殷，唐主曾遥嘱道："王铁枪勇决过人，必来冲突德胜，汝宜严备为是。"守殷屯兵北城，总道彦章出兵，无此迅速，所以未曾预防。哪知彦章所遣的兵船，乘风前来，先由冶工炽炭，烧断河中的铁锁，再由甲士用斧砍断浮桥，南城孤立失援，王彦章麾兵驰至，急击南城，立被破入，杀毙守兵数千人，计自彦章受命出师，先后正值三日，已将德胜南城夺下。朱守殷忙用小船载兵，渡河往援，又被彦章杀退。彦章复进拔潘张、麻家口、景店诸寨，军势大振。

唐主闻报，亟遣宦官焦守宾，趋杨刘城，助镇使李周固守。且命守殷弃去德胜北城，撤屋为筏，载着兵械，俱至杨刘。王彦章亦撤南城屋材，浮河而下，作为攻具。两造各行一岸，每遇湾曲，便即交斗，飞矢雨集，一日百战，兵械往往覆没，各有损伤。彦章又偕副使段凝，率十万众进攻杨刘，好几次冲毁城堞，赖李周悉力堵御，始得保全。彦章猛攻不下，退屯城南，另用水师据守河津。

李周飞使告急，唐主自率兵赴援，至杨刘城，见梁兵堑垒复叠，无路可通，也不禁忧急起来。当下向郭崇韬问计，崇韬答道："今彦章据守津要，实欲进取东平，若我军不能南进，彼必指日东趋，郓州便不可守了。臣请在博州东岸，筑城戍兵，截住河津，既可接应东平，复可分贼兵势。但或被彦章诇知，前来薄我，使我无暇筑城，恰是一桩大患。臣愿陛下募敢死士，日往挑战，牵缀彦章，彦章十日不得东行，城已筑就，当可无虑了。"唐主一再称善。即命崇韬率兵万人，夤夜往博州，至麻家口渡河筑城，昼夜不息。

唐主在杨刘城下，与彦章日夕苦战，杀伤相当，才阅六日，彦章得知崇韬筑城，便统兵往攻。城方筑就，未具守备，且沙土疏恶，不甚坚固。崇韬亟鼓励部众，四面拒战。彦章兵约数万，且用巨舰十余艘，横亘河流，断绝援路，气势张甚。犹幸崇韬身先士卒，死战不退，尚自支持得住，一面请唐主济师，唐主自杨刘驰援，列阵新城西岸。城中望见援师，顿时增气，呼叱梁军。梁军始有惧色，断继收缆，彦章亦自知无成，解围退去。前时虽得幸胜，此次不免却退，王铁枪亦徒勇耳。郓州奏报始通，李嗣源密表唐主，请正朱守殷罪状，唐主不从。守殷系唐主旧役苍头，所以不忍加罪。为私废公，终属未当。随即引兵南下，彦章等复趋杨刘，唐骑将李绍荣，先驱至梁营，擒住梁谍数人，复纵火焚梁连舰，段凝首先怯退，彦章亦自杨刘退保杨村，唐军奋力追击，斩获梁兵万人，仍得屯德胜城，杨刘城中，已三日无食，至此始得解围，守兵乃共庆更生了。

先是彦章在军，深恨赵、张乱政，尝语左右道："待我成功还朝，当尽诛奸臣以谢天下。"机事不密则害成，可见彦章是徒勇无谋。这二语为赵、张所闻，私相告语道："我等宁受死沙陀，不可为彦章所杀！"因结党构陷彦章。段凝尝倚附赵、张，素与彦章不协，在军时动与龃龉，多方牵掣。每有捷奏，赵、张即归功段凝，至败书报入，乃归咎彦章。梁主友贞，高居深宫，怎知外事。且恐彦章成功难制，召还汴梁，把军事悉付段凝。自是将士灰心，梁室覆亡不远了。叙出梁亡之由来。

唐主闻彦章已退，乃还军兴唐府。泽州守将裴约，连章告急，唐主叹息道："我兄不幸，生此枭獍！嗣昭为克用养子，故唐主称嗣昭为兄。裴约能知顺逆，不可使陷没敌中。"乃顾指挥使李绍斌道："泽州系弹丸地，朕无所用，卿为我救裴约，叫他回来。"绍斌奉命而去，及趋至泽州，城已被陷，裴约战死，乃返报唐主，唐主悲悼不已。

嗣闻梁将段凝，继任招讨使，督军河上，且从酸枣决河，东注曹濮及郓州，隔绝唐军，不由的冷笑道："决水成渠，徒害民田，难道我不能飞渡么？"遂统军出屯朝城。可巧梁指挥使康延孝得罪梁主，引百骑来奔。唐主召入，赐他锦袍玉带，温颜问以梁事。延孝答道："梁朝地不为狭，兵不为少，但梁主暗懦不明，赵岩、张汉杰等，揽权专政，内结宫掖，外纳货赂，段凝本无智勇，徒知克剥军饷，私奉权贵，王彦章、霍彦威诸宿将，反出凝下。梁主不善择帅，并且用人不专，每一发兵，辄令近臣监制，进止可否，悉取监军处分。近又闻欲数道出兵，令董璋趋太原，霍彦威寇镇定，王彦章攻郓州，段凝当陛下，定期十月大举。臣窃观梁朝兵力，聚固不少，分即无余。陛下但养精蓄锐，待他分兵，趁着梁都空虚的时候，即率精骑五千，自郓州直抵大梁，不出旬月，天下可大定了。"策固甚善，但叛梁降唐，又为唐献议灭梁，心术殊不可问。唐主大喜，即授延孝为招讨指挥使。

果然不到数日，即闻王彦章进攻郓州。原来彦章应召还梁，入见梁主，用笏画地，历陈胜败形迹，赵岩等劾他不恭，勒归私第。旋拟分道进兵，乃再命彦章攻郓州，仅给保銮将士五百骑，及新募兵数千人，归他统领。另使张汉杰监彦章军，彦章怏怏东行。梁主又令段凝带着大兵，牵制唐主。凝屡遣游骑至澶、相二州间，抄掠不休。泽、潞二州，为梁援应。契丹因前次败还，日思报复，传闻俟草枯冰合，深入为寇。唐主至此，颇费踌躇。宣徽使李绍宏等，都说是郓州难守，不如与梁讲和，掉换卫州及黎阳，彼此划河为界，休兵息民，再图后举。唐主勃然变色道："诚如此言，我等无葬身地了！"遂叱退绍宏等人，另召郭崇韬入议，崇韬进言道："陛下不栉沐，不解甲，已十有五年，无非欲翦灭伪梁，雪我仇耻，今已正尊号。河北士庶，日望承平，方得郓州尺寸土，乃仍欲弃去，还为梁有，臣恐将士解体，将来食尽众散，就使画河为境，何人为陛下拒守哩？臣尝细问康延孝，已知伪梁虚实。梁悉举精兵授段凝，据我南鄙，又决河自固，谓我不能飞渡，可以无患。彼却使王彦章侵逼郓州，两路下手，摇动我军，计非不妙。但段凝本非将才，临机未能决策。彦章统兵不多，又为梁主所忌，亦难成事。近得敌中降卒，俱言大梁无兵，陛下若留兵守魏，固保杨刘，自率精兵与郓州合势，长驱入汴，彼城中既经空虚，势必望风瓦解，伪主授首，敌将自降。否则今年秋谷不登，军粮将尽，长此迁延，且生内变，俗语有云：筑室道旁，三年不成，愿陛下奋志独断，勿惑众议！帝王应运，必有天命，为什么畏首畏尾哩？"崇韬智勇，确是过人。唐主闻言，不禁眉飞色舞道："卿言正合朕意，大丈夫成即为王，败即为虏，我便决计进行了！"

既而得李嗣源捷报，谓已遣李从珂等，击败王彦章前锋，彦章退保中都。唐主顾语崇韬道："郓州告捷，足壮吾气，就此进兵，下必迟疑！"当下命将士遣还家属，尽入兴唐府，并将随身第三妃刘氏，及皇子继岌，也遣归兴唐，自送至离亭，唏嘘与诀道："国家成败，在此一举，事若不济，当就魏宫中聚我家属，悉数尽焚，毋污敌手！"刘氏独怡然道："陛下此去，必得成功，妾等将长托鸿庥，何致变生意外呢？"言已，从容告别。能博唐主欢心，就在此处。

唐主嘱李绍宏送归刘氏母子，且饬他与宰相豆卢革，兴唐尹王正言等，同守魏城。自率大军由杨刘渡河，直至郓州，与李嗣源会师。即命嗣源为前锋，乘夜进军，三鼓越汶河，逼梁中都。中都素无守备，虽由王彦章屯扎，怎奈兵不满万，且多是新来募兵，将卒不相习，行阵不相谙，任你百战不殆的王彦章，也是有力难使，孤掌难鸣。初得侦报，闻唐主亲自到来，忙选前锋数千人，出城十里，前往堵截，不值唐军一扫，剩得几个败卒，逃回中都。彦章焦急异常，正拟弃城奔回，城外已鼓角齐鸣，炮声大震，唐军数万人，乘胜杀到。彦章登城遥望，但见戈铤耀日，旌旗蔽空，一班似虎似罴的将士，拥着一位后唐主子李存勗，踊跃前来，禁不住仰天叹道："如此强敌，叫我如何对付呢？"当下饬军登陴，谕令固守。偏各兵士望见唐军，统已魂驰魄散，意变神摇，勉强守了半日，那唐军的强弓硬箭，接连射上，飞集城头，守兵多中箭晕仆，余卒哗走城下。彦章料不可支，没奈何开城突围，仗着两杆铁枪，挑开血路，破了一重，又有一重，破了两重，又有两重，等到重重解脱，向前急奔，身上已遍受重创，手下已不过数十骑，只因逃命要紧，不得不勉力趱路。偏后面有人叫道："王铁枪！王铁枪！"彦章不知为谁，回马相顾，那来人手起槊落，刺伤彦章马头，马即仆地，彦章当然跌下，时已重伤，无力跳免，眼见被来将捉去。徒勇者终不得其死。

看官道是何人捉住彦章？原来是唐将李绍奇。唐主麾动兵士，围捕梁将，擒住监军张汉杰，曹州刺史李知节，及裨将赵廷隐、刘嗣彬等二百余人，斩首至数千级。王彦章尝语人道："李亚子系斗鸡小儿，怕他做甚？"至是被绍奇缚送帐下，唐主笑问道："汝尝目我为小儿，今日肯服我否？"彦章不答，唐主又问道："汝系著名大将，奈何不守兖州，独退处危城？"彦章正色道："天命已去，尚复何言？"唐主惜彦章材勇，谕令降唐，且赐药敷他创痕。彦章长叹道："我本一匹夫，蒙梁朝厚恩，位至上将，与皇帝交战十五年，今兵败力竭，不死何为！就使皇帝意欲生我，我有何面目见天下士，岂可朝为梁将，暮作唐臣么？"忠壮可风。

唐主令暂居别室，再遣李嗣源往谕。嗣源小名邈佶烈，彦章倨卧自若，毅然说道："汝非邈佶烈么？休来诱我！"嗣源忿然归报。唐主大开盛筵，宴集将佐，即命嗣源列坐首席，举酒相属道："今日战功，公为首，次为郭卿崇韬。向使误听绍宏等言，大事去了。"又语诸将道："从前所患，只一王彦章，今已就擒，是天意已欲灭梁了。但段凝尚在河上，究竟我军所向，如何为善？”诸将议论不一，或言宜先徇海东，或言须转攻河上，独康延孝请亟取大梁。李嗣源起座道：“兵贵神速，今彦章就擒，段凝尚未及知，就使有人传报，他必半信半疑。如果知我所向，即发救兵，亦应由白马南渡，舟楫何能猝办？我军前往大梁，路程不远，又无山险梗阻，可以方阵横行，昼夜兼程，信宿可至，窃料段凝未离河上，友贞已为我所擒了！陛下尽可依延孝言，率大军徐进，臣愿带领千骑，为陛下前驱！”唐主遂令撤宴，即夕遣嗣源先行。

翌晨，唐主率大军继进，令王彦章随行，途次问彦章道：“我此行能保必胜否？”彦章道：“段凝有精兵六万，岂肯骤然倒戈，此行恐未必果胜呢！”唐主叱道：“汝敢摇我军心么？”遂令左右推出斩首，彦章慨然就刑，颜色不变，及处斩后，献上首级，唐主亦叹为忠臣，即命藁葬。越二日到了曹州，梁守将开城迎降。

梁主友贞，迭接警报，慌得手足无措，亟召群臣问计，大众面面相觑，不发一言。梁主泣语敬翔道：“朕自悔不用卿言！今事已万急，幸勿怨朕，为朕设一良谋！”翔亦泣拜道：“臣受先帝厚恩，已将三纪，名为宰相，不啻老奴，事陛下如事郎君。臣尝谓段凝不宜大用，陛下不从。今唐兵将至，段凝限居河北，不能入援。臣欲请陛下避狄，谅陛下必不肯从，欲请陛下出奇合战，陛下亦未必决行。今日虽良、平复出，亦难为陛下设法，请先赐臣死，聊谢先帝！臣不忍见宗社沦亡哩！”全是怨言，何济国难。梁主无词可答，只得相向恸哭。哭到无可如何，乃令张汉伦驰骑北去，追还段凝军。汉伦到了滑州，坠马伤足，又为河水所限，竟不能达。梁都待援不至，越加惶急。城中只有控鹤军数千，朱珪请率令出战，梁主不从，但召开封尹王瓒，嘱托守城。瓒无兵可调，不得已驱迫市民，登城为备。唐军尚未薄城，城内已一日数惊，朝不保夕了。

先是梁故广王全昱子友诲，为陕州节度使，颇得人心，或诬他勾众谋乱，召还都中，与友诲兄友谅、友能，并锢别第。及唐军将至，梁主恐他乘危起事，一并赐死，并将皇弟贺王友雍，建王友徽，亦勒令自尽，自登建国楼，唏嘘北望，或请西奔洛阳，或请出诣段凝军。控鹤都指挥使皇甫麟道：“凝本非将材，官由幸进，今时事万急，能望他临机制胜，转败为功么？且凝闻彦章军败，心胆已寒，恐未必能为陛下尽节呢！”赵岩亦从旁接口道：“事势至此，一下此楼，谁心可保？”既亡梁室，复死梁主，汝心果如何生着？梁主乃止，复召宰相郑珏等问计，珏答道：“愿请将陛下传国宝，赍送唐营，为缓兵计，徐待外援。”梁主道：“朕本不惜此宝，但如卿言，事果可了否？”珏俯首良久，乃出言道：“尚恐未了。”左右皆从旁匿笑，珏怀惭而退。梁主日夜涕泣，不知所为，及在卧寝间检取传国宝，已不知何时失去，想已被从臣窃出，往献唐军了。越日传到急耗，唐军将至城下，最信任的租庸使赵岩，又不别而行，潜奔许州。梁主已无生望，乃召语皇甫麟道：“李氏是我世仇，理难低头，我不俟他刀锯，卿可先断我首！”麟答道：“臣只可为陛下仗剑，效死唐军，怎敢奉行此诏？”梁主道：“卿欲卖我么？”麟急欲自刎，梁主阻手道：“当与卿俱死！”说至此，即握麟手中刃，向颈一横，鲜血直喷，倒毙楼侧，麟亦自杀。史称梁主友贞为末帝，在位十年，享年止三十六岁。梁自朱温篡位，国仅一传，共得一十六年而亡。小子有诗叹道：

登楼自尽亦堪哀，阶祸都由性好猜。
宗室骈诛黎老弃，覆宗原是理应该！

过了一日，唐前锋将李嗣源，始到大梁城下，王瓒即开城迎降。欲知后事，且至下回再阅。

梁室大将，只一王彦章，然角力有余，角智不足。观其取德胜南城，适与三日之言相符。第一时之侥幸耳。彼守德胜者为朱守殷，故为所掩袭，若易以他将，宁亦能应刃而下耶？迨晋主自援杨刘，用郭崇韬计，筑城博州东岸，而彦章即无从施技。迭次败北，及奉召还朝，用笏画地，亦无非堂陛空谈，何怪梁主之不肯信任也！若段凝更不足道！决河阻敌，反致自阻，及梁室已亡，又不能如王彦章之决死，欧阳公作死节传，首列彦章，其固因彼善于此，而特为表扬乎？梁主友贞，所任非人，敌未至而已内溃，首先陨而即亡家，愚若可悯，咎实自取，且死期已至，尚忍摧残骨肉，天下有如是忮刻者，而能长享国家乎？史称其宠信赵、张，疏弃敬、李，以至于亡，是尚未能尽梁主之失也。

第十六回　灭梁朝因骄思逸
册刘后以妾为妻

却说唐将李嗣源，到了大梁城下，王瓒开门迎降。嗣源入城，抚安军民。未几唐主亦至，嗣源率梁臣出迎。梁臣拜伏请罪，由唐主温词抚慰，令仍旧职。又举手引嗣源衣，用首相触道："我有天下，统是卿父子的功劳，此后富贵，应与卿父子同享了！"暗射下文。既入城，御元德殿受贺，梁相李振语敬翔道："新主已有诏赦罪，我辈理当入朝。"翔慨然道："我二人同为梁相，君昏不能谏，国亡不能救，新君若问及此事，将如何对答呢？"李振退出，次日竟入谒唐主。有人报告敬翔，翔叹道："李振谬为丈夫，国亡君死，有何面目入建国门呢？"遂投缳自尽。还算有志。

唐主命缉梁主友贞，有梁臣携首来献，当由唐主审视，怃然叹道："古人有言，敌惠敌怨，不在后嗣。朕与梁主十年对垒，恨不得生见他面。今已身死，遗骸应令收葬；唯首级当函献太庙，可涂漆收藏。"左右闻谕，当然依言办理。一面遣李从珂等，出师封邱，招降段凝。凝正率兵入援，遣部将杜晏球为先锋，途次接得唐主诏敕，晏球即贻书从珂，情愿投降。凝众五万，统随凝投诚。凝诣阙请罪，唐主好言抚慰，并温谕将士，仍使得所。

凝扬扬自得，毫无愧容。梁室旧臣，相见切齿，凝遂暗地进谗，极力排斥。于是贬梁相郑珏为莱州司户，萧倾为登州司户，翰林学士刘岳为均州司马，任赞为房州司马，封翘为唐州司马，李怿为怀州司马，窦梦徵为沂州司马，崇政院学士刘光素为密州司户，陆崇为安州司户，御史中丞王权，为随州司户，共计十一人，同日黜逐。段凝意尚未足，再与杜晏球联名上书，谓梁要人赵岩、张汉杰、朱珪等，窃弄威福，残害群生，不可不诛。唐主再下诏令，首罪敬翔、李振，说他党同朱氏，共倾唐祚，宜一并诛夷。朱珪助虐害良，张氏族属，涂毒生灵，一应骈戮。赵岩在逃，饬严加擒捕，归案正法。

这诏一下，除敬翔已死外，所有李振、朱珪、张汉杰、张汉伦等，均被缚至汴桥下，尽行处斩。所有妻孥人等，亦被收戮，敬翔家属，也并受诛。赵岩逃至许州，为匡国节度使温韬所杀，献首唐廷。岩家满门抄斩，自不必说。以上诸人非无应诛之罪，但由段凝媒孽，始命诛夷，唐主于凝何德？于群臣何仇耶？赐段凝姓名为李绍钦，杜晏球姓名为李绍虔。追废朱温、朱友贞为庶人，毁去梁宗庙神主，并欲发朱温墓，斫棺焚尸。河南尹张宗奭，已复名全义，自河南入朝唐主，唐主与语掘墓事，全义面陈道："朱温虽陛下世仇，但死已多年，刑无可加，乞免焚斫，借示圣恩！"不忆妻女被淫否？唐主乃止，只令铲除阙室，削去封树，便算了事。乃颁诏大赦，凡梁室文武职员将校，概置不问。令枢密使郭崇韬权行中书事，寻进封为太原郡侯，赐给铁券，并兼成德军节度使，崇韬职兼内外，竭忠无隐，唐主亦倚为心膂。豆卢革、卢程等，本没有什么材能，无非因唐室故旧，得厕相位，坐受成命罢了。

唐主命肃清宫掖，捕戮朱氏族属。所有梁主妃嫔，多半怕死，统是匍匐乞哀，涕乞求免，独贺王友雍妃石氏，兀立不拜，面色凛然。唐主见她丰容盛鬋，体态端庄，不禁爱慕起来，便谕令入侍巾栉。石氏瞋目道："我乃堂堂王妃，岂肯事你胡狗。头可斩，身不可辱！"朱氏中有此烈妇，安可不传！唐主怒起，即令斩首。继见梁末帝妃郭氏，缟裳素袂，泪眼愁眉，仿佛似带雨梨花，娇姿欲滴，便和颜问她数语，释令还宫。此外一班妃妾，或留或遣，多半免刑。是夕召郭氏侍寝，郭氏贪生畏死，没奈何解带宽衣，一任唐主戏弄。这也是朱温淫恶的孽报，该当有此出丑哩。好淫者其听之。

已而唐主第三夫人刘氏，及皇子继岌，自兴唐府至汴，当由唐主迎入，重叙欢情。刘氏家世本微，籍隶成安，乃父黄须，通医卜术，自号刘山人。唐主攻魏，裨将袁建丰掠得刘女，年不过六七龄，生得聪明伶俐，娇小风流。唐主爱她秀慧，挈入晋阳，令侍太夫人曹氏。太夫人教她吹笙，一学即能，再教以歌舞诸技，无不心领神会，曲尽微妙。转瞬间已将及笄，更觉得异样鲜妍，居然成了一代尤物。唐主随时省母，上觞称寿，自起歌舞，曹氏即命刘女吹笙为节，悠扬宛转，楚楚动人，尤妙在不疾不徐，正与歌舞相合。唐主深通音律，闻刘女按声度曲，一些儿没有舛误，已是惊喜不置，又见她千娇百媚，态度缠绵，越觉可怜可爱，只管目不转睛，向她注射。曹太夫人也已觉着，便把刘女赐与为妾。唐主大喜过望，便拜谢慈恩，挈她同至寝室，去演那龙凤配了。当时唐主正室，为卫国夫人韩氏，次为燕国夫人伊氏，自从刘女得幸，作为第三个妻房，也封为魏国夫人。刘氏生子继岌，貌颇类父，甚得唐主欢心，刘氏因益专宠。

唐主经营河北，每令刘氏母子相随。刘叟闻女已贵显，诣魏宫入谒，自称为刘氏父，唐主令袁建丰审视，建丰谓得刘氏时，曾见此黄须老人，挈着刘氏，偏刘氏不肯承认，且大怒道："妾离乡时，尚略能记忆，妾父已死乱兵中，曾由妾恸哭告别，何来这田舍翁，敢冒称妾父呢？"忍哉此妇！因命笞刘叟百下，可怜刘叟老迈龙钟，哪里禁受得起？昏晕了好几次，方得苏转，大号而去。入谒时，何不一卜，乃受此无情杖耶！看官！你想这位刘夫人，连生父尚不肯认，何况是他人呢？

既至汴宫，闻唐主召幸梁妃，自然生了醋意，便提出一番正语，与唐主大起交涉。唐主也自觉不合，乃出梁妃为尼。这位梁妃郭氏，被唐主占宿数宵，仍然不得享受荣华，只好洒泪别去。唐主慨赠金帛，并赐名誓正，作为最后的恩典。刘氏尚恐他藕断丝连，定要唐主遣发远方。唐主因命送往洛阳，为尼终身。

此事一传，内外共知刘氏权重，相率献谀。宋州节度使袁象先入朝，辇珍宝数十万，先赂刘夫人，次及唐主亲幸，遂得宫廷称誉，备邀宠赉，赐姓名为李绍安。此外如梁将霍彦威、戴思远等，亦皆纳贿宫中，阴结内援，得蒙唐主恩赐。段凝既改姓名为李绍钦，仍为滑州留后，他又因伶官景进，献宝入宫，刘夫人替他揄扬，竟升任泰宁节度使。还有河中节度朱友谦，博州刺史康延孝，相继入朝，无一不打通内线，厚沐恩施。友谦得赐姓名为李继麟，延孝得赐姓名为李绍琛，匡国节度使温韬，从前助梁肆虐，发唐山陵，此次因献赵岩首，仍居方镇，闻袁象先等俱受宠荣，也辇金入都，遍赂宫禁，即由唐主召见，再三慰劳，赐姓名为李绍冲，旬日遣还许州。郭崇韬劾他罪状，唐主不问。

既而楚遣使入贡，吴遣使入贺，岐遣使奉表称臣，引得唐主志满气盈，不是出外游畋，就是深居宴乐。刘夫人善歌舞，唐主欲取悦刘氏，尝自傅粉墨，与优人共戏庭中。优人呼为“李天下”。唐主亦以“李天下”自称。一日在庭四顾道：“李天下！李天下！”优人敬新磨，竟上前批唐主颊，唐主失色，余优大骇。新磨从容说道：“李天下只有一人，尚向谁呼呢？”唐主乃转怒为喜，厚赏新磨。

越数日出畋中牟，践害民禾，中牟令叩马前谏道：“陛下为民父母，奈何损民稼穑，令他转死沟壑呢！”唐主恨他多言，叱退中牟令，意欲置诸死刑，新磨追还该令，牵至马前，佯加诟责道：“汝为县令，独不知我天子好猎么？奈何纵民耕种，有碍吾皇驰骋哩！汝罪当死！”唐主听了此言，也不禁哑然失笑，乃赦该令罪，仍使还宰中牟。该令不失为强项，敬磨也有谲谏风。

唯伶官流品混杂，有几个能如敬新磨，并因刘夫人爱看戏剧，辄召伶人入戏，多多益善，诸伶得出入宫掖，侮弄搢绅。群臣侧目，莫敢发言，或反相依附，取媚深宫。最有权势的是伶官景进，平时常采访民间琐事，奏闻唐主。唐主亦欲探悉外情，遂恃进为耳目，进得乘间行谗，蠹民害政，连将相都怕他凶威。唐主本英武过人，乃灭梁以后，即如此糊涂，殊不可解？

宰相卢程，才不称职，已罢为左庶子。郭崇韬荐引尚书左丞赵光胤，豆卢革荐引礼部侍郎韦说，俱授为同平章事。其实光胤是轻率好夸，说亦不过谨重守常，都没有相国材略。况值此嬖幸当道，朝政昏蒙，单靠这几个庸夫，怎能斡旋大局呢？

荆南节度使高季昌，闻唐已灭梁，颇加畏惮，特避唐祖国昌庙讳，改名季兴，亲自入朝。司空梁震进谏道：“大王系梁室故臣，今唐已灭梁，必将南下，大王严兵守险，尤恐难保，奈何自投虎口，甘为鱼肉呢？”季兴不从，留二子居守，但率卫士三百人，竟至汴都。唐主果欲留住季兴，经郭崇韬婉言相劝，谓新得天下，宜示宽大，乃优礼相待，并赐盛宴。席间趁着酒兴，由唐主笑问季兴道：“朕仗着十指，得取天下，现在各镇多已称臣，唯吴、蜀二国，未肯归命，今欲为统一计，应先取吴呢？还是取蜀呢？”季兴暗思蜀道艰险，未易进攻，乃故意答说道：“吴地卑下，不如蜀土富饶，况蜀主荒淫日甚，民多怨言，若王师进攻，无患不胜。待全蜀扫平，顺流东下，取吴亦似反掌哩。”唐主称善，尽欢而散。越宿，即遣使归镇。

季兴闻命，立即陛辞，倍道南归，行至襄州，投宿驿馆，忽然心动起来，即命卫士斩关夜逸。果然襄州刺史刘训，夜得唐主飞诏，令他羁住季兴。哪知季兴已早驰去，追亦无益，只好据实覆命。原来季兴入朝，伶官阉人，屡向季兴索赂，季兴虽有馈赠，尚未偿他心愿，所以季兴辞行，便由伶宦等互劝唐主，拘住季兴。季兴幸已脱身，驰回江陵，握梁震手道："不用君言，几致不免，但新朝百战经营，才得河南，便自矜功烈，色荒禽荒，怎能久享？我可无庸多虑了！"旁观者清。乃缮城积粟，招纳梁朝散卒，日加操练，为战守计。那唐主藐视季兴，就使被他幸脱，也不甚注意。

河南尹张全义，因前时梁主至洛，将行郊礼，被唐军一鼓吓回，见十一回。剩下仪仗法物，俱未取归。此时江山易姓，乐得趋奉新主，表请唐主幸洛郊天，仪物俱备，唐主大喜，加拜全义太师尚书令，即择期仲冬吉日，挈着家属，由汴赴洛，全义竭诚迎接，匍匐道旁，怎奈年力衰迈，一经跪下，两足已觉酸痛。至唐主谕令平身，他欲伸足起来，偏偏一个脚软，复致跌倒。描写丑态。唐主亟命左右扶持，方得勉强起身，导入洛城。当下检验仪物，准备南郊，独刘夫人别具私心，但言仪物未齐，不足示尊，须再加制造，方可大祀。唐主专信妇言，遂嘱全义增办仪物，改期来年二月朔日，行郊祀礼，且见洛阳宫阙，较汴梁尤为华丽，索性就此定都，不愿还汴。仍复汴州开封府为宣武军。且改前梁永平军大安府即长安。为西京，仍置京兆尹，称晋阳为北京，仍复镇州为成德军。此外如宋州宣武军，改名归德军。华州感化军，改名镇国军。许州匡国军，复为忠武军。滑州宣义军，复为义成军。陕府镇国军，复为保义军。耀州静胜军，复为顺义军。潞州匡义军，复为安义军。郎州武顺军，复为武贞军。延州置彰武军，邓州置威胜军，晋州置建雄军，安州置安远军，所有天下官府名号，及寺观名额，曾经梁室改名，一律复旧。

安义军李继韬，前已叛唐降梁。见十四回。梁亡后，欲北走契丹。唐主召他诣阙，他尚却顾不前。唯生母杨氏，素善蓄财，积资百万，以为钱可通灵，不妨入朝，遂率子偕行。一入洛阳，遍赂伶宦，且由杨氏入宫，厚赠刘妃金宝，乞为解免。刘妃即代白唐主，极言嗣昭功臣，宜加恩贷，伶宦等亦替继韬乞哀，说他本无邪意，但为奸人所惑，因致误为，唐主乃召入继韬。继韬叩头谢罪，泣言知悔，当经唐主慨谕赦免，且屡命从畋，渐渐的宠幸起来。独唐主弟薛王存渥，不直继韬，屡加面责，继韬未免不安，复赂宦官伶人，乞请还镇。唐主不许，继韬密贻弟继远书，令佯嘱军士纵火，冀唐主遣归安抚。哪知诡谋被泄，立遭枭首，继远亦受捕伏诛。

乃兄继俦，前为继韬所囚，至此受命袭职，出来报怨，悉取继韬产物，并将他妻妾一并夺去，恣意淫污。继韬弟继达大怒道："吾兄被诛，大兄无骨肉情，毫不悲痛，反劫他货财，淫他妻妾，此等人面兽心，尚堪与同处么？"乃为继韬服缞麻，使私党入杀继俦。节度副使李继珂，又募市人攻继达，继达自刎而亡。唐主闻报，即命李继珂知潞州事，便算了案。

越年为同光二年，唐主遣皇弟存渥，及皇子继岌，同往晋阳，迎太后太妃至洛。刘太妃道："陵庙在此，若同往洛阳，岁时何人奉祀呢？"因留居晋阳，但与曹太后饯行，涕泣而别。曹太后遂诣洛阳，由唐主迎居长寿宫，还有唐主正妃韩氏，次妃伊氏，也随同到洛，分居宫中，母子团圆，妻妾欢聚，经唐主开筵接风，畅饮通宵，自不消说。独有这位貌美心凶的刘夫人，外面佯作欢容，暗中非常焦灼。她本想册为皇后，一意蛊惑唐主，求达奢愿，唐主颇有允意，只因韩、伊两夫人，位次在刘氏上，究不便越次册立，所以随时迁延，怀意未发。刘夫人屡次设谋，未见成效，前此拟行郊祀，从旁力阻，也是她借端梗议，欲令唐主立她为后，然后再行郊礼。唐主虽改定郊期，终究未定后位，此次韩、伊两夫人，又复到来，眼见得正宫位置，要被她两人夺去，当下情急智生，亟嘱使伶人宦官，运动相臣。

豆卢革素来模棱，自然乐允。唯郭崇韬位兼将相，遇事不阿，平常嫉视伶宦，未易进言。乃转令他故人子弟，往说崇韬。崇韬正虑伶宦用事，与己不利，见了故人子弟，谈及后患，故人子弟便答道："为公计，莫如请立刘氏为后。刘氏专宠，公所深知，主上早有意册立，唯恐公不肯相从。今公能先行陈请，上结主欢，内得后助，虽有千百谗人，也无从撼公了。"崇韬不禁点首，遂与豆卢革等联名上书，请立刘氏为皇后。徒中后计，无补后来。

唐主自然欣慰。因郊祀届期，崇韬复献劳军钱十万缗。二月朔日，唐主亲祀南郊，命皇子继岌为亚献，皇弟存纪为终献，礼毕退班，宰相以下，就次称贺，还御五凤楼，宣诏大赦。过了数日，即册刘氏为皇后，封皇子继岌为魏王。时洛都已建太庙，皇后刘氏既受册宝，遂乘重翟车，卤簿鼓吹，行庙见礼。她本是个脂粉班头，更兼那珠冠玉佩，象服翚衣，愈显出万种妖娆，千般婀娜。洛阳士女，夹道聚观，称美不置。可惜不合国母身分。还宫后相率朝贺，只韩、伊两夫人，很是不平，未肯往朝。唐主不得已封韩氏为淑妃，伊氏为德妃。小子有诗叹道：

漫将妾媵册中宫，禁掖甘心启女戎。
纵使英雄多好色，小星胡竟乱西东！

刘氏既得为后，益复选用伶宦，群小幸进，宫廷竟从此多事了。欲知后来如何，待至下回再表。

本回叙后唐兴亡关键，为承上启下之转捩文字。唐主李存勖，以英武闻，虽有强兵猛将，不足以制之，而独受制于一妇人之手！倘所谓以柔克刚者非耶？刘氏出身微贱，无德可称，徒以色进，而唐主乃宠爱逾恒，视如珍宝，随军数载，朝夕不离，其蛊惑唐主也，亦已久矣。灭梁以后，先至汴都，唐主自傅粉墨，与优为戏，取悦爱妾，何其惑也！且伶入宦官，由此而进，媚子谐臣，借此而荣，以视前日知人善任，披甲枕戈之唐主，几不啻判若两人，盖骄则思佚，佚则思淫，而刘氏益得乘间献媚，玩弄唐主于股掌之上。蛾眉不肯让人，狐媚偏能惑主，斯言其信然乎？甚至以妾为妻，越次册立，嫡庶倒置，内乱已生，外侮乘之而起，自在意中，独惜郭崇韬名为智士，乃不能急流勇退，反堕刘氏阴谋，代为陈请，富贵误人，一至于此，可胜叹哉！

第十七回　房帏溺爱牝鸡司晨
酒色亡家牵羊待命

却说唐主既册立刘后，嫡庶倒置，已成大错，更且听信刘氏，复用宦官为内诸司使，及诸道监军，嗣更命伶人陈俊、储德源为刺史。郭崇韬力谏不从，功臣多半愤惋，渐起怨声。再加租庸副使孔谦，得兼任盐铁转运副使，凡赦文所蠲赋税，仍旧征收。自是每有诏令，人多不信，百姓亦愁怨盈途。唐主尚自加尊号，封赏幸臣，并加封岐王李茂贞为秦王，荆南节度使高季兴为南平王，夏州节度使李仁福为朔方王，赐吴越王钱镠金印玉册，并遣客省使李严赴蜀，探察虚实。严返报唐主，谓蜀主王衍，童骇荒纵，不亲政务，斥逐故老，昵比小人，贤愚易位，刑赏失常，若大兵一临，定可成功等语。唐主乃决意攻蜀，整备兵马粮械，指日出师。

会秦王李茂贞病死，此老竟得善终，可谓万幸。遗表令长子继曮权知军府事。唐主拜继曮为凤翔节度使，赐名从曮，且征兵会同伐蜀。从曮尚未出军，那契丹已进蔚州，乃将攻蜀事暂行搁起，即授李嗣源为招讨使，出御契丹。嗣源既奉命出师，唐主又与郭崇韬商议，令嗣源镇守成德军，调崇韬兼镇汴州。崇韬兼镇成德军事，见前回。崇韬面辞道："臣富贵已极，何必更领藩方？且群臣或经百战，所得不过一州，臣无汗马功劳，得居高位，本已深抱不安，今因委任亲贤，使臣得解旄节，正出陛下圣恩，使臣免疚！况汴州冲要富繁，臣不致治所，徒令他人摄职，也与空城无二，为什么设此虚名，无补国本呢？"唐主道："卿言亦是，但卿为朕划策，保固河津，直趋大梁，成朕帝业，岂百战功所得比么？”崇韬一再固辞，乃许他解除兼职，令蕃汉总管李嗣源，出镇成德军。嗣源受命莅镇，因家在太原，表请授从珂为北京内牙指挥使，俾得顾家。唐主览表，恨他为家忘国，竟斥从珂为突骑指挥使，令率数百人戍石门镇。嗣源正击退契丹，闻从珂被黜，惶恐求朝，唐主不许，嗣源至此，更不免疑上加疑，忧上加忧了。唐主与嗣源曾有富贵与共之约，此时嗣源并无异志，乃激使起疑，岂非自寻祸祟么？且说唐主闻契丹已退，北顾无忧，又好肆志畋游，耽情声色，尝与刘后私幸大臣私第，酣饮达旦，最多往返的是张全义宅中。全义屡陈贡献，半输内府，半入中宫，刘后很是满意，自念母家微贱，未免为妃妾所嫌，不如拜全义为养父，得借余光，乃面奏唐主，自言幼失怙恃，愿父事张全义。唐主慨然允诺。刘后遂乘夜宴时，请全义上坐，行父女礼。全义怎敢遽受？刘后令随宦强他入座，竟尔亭亭下拜，惹得全义眼热耳红，急欲趋避。又被诸宦官拥住，没奈何受了全礼：唐主在旁坐着，反嘻笑颜开，叫全义不必辞让，并亲酌巨觥，为全义上寿。全义谢恩饮毕，复搬出许多贡仪，赠献刘后。大约算是妆奁。俟帝后返宫时，赍送进去。

越日，刘后命翰林学士赵凤，草书谢全义。凤入奏道：“国母拜人臣为父，从古未闻，臣不敢起草！”唐主微笑道：“卿不愧直言，但后意如此，且与国体亦没甚大损，愿卿勿辞！”凤无可奈何，只好承旨草书，缴入了事。

唐主复采访良家女子，充入后庭。有一女生有国色，为唐主所爱幸，竟得生子。刘后很怀妒意，时欲将她捽去。可巧李绍荣丧妇，唐主召他入宫，赐宴解闷，且谕行钦道：“卿新赋悼亡，自当复娶，朕愿助卿聘一美妇。”刘后即召唐主爱姬，指示唐主道：“陛下怜爱绍荣，何不将此女为赐？”唐主不便忤后，佯为允许。不意刘后即促绍荣拜谢，一面即嘱令宦官，扶掖爱姬出宫，一肩乘舆，竟抬入绍荣私第去了。绍荣何幸，得此美妇！唐主愀然不乐，好几日称疾不食，始终拗不过刘皇后，只好耐着性子，仍然与刘后交欢。

刘后素性佞佛，自思贵为国母，无非佛力保护，平时所得货赂，辄赐给僧尼，且劝唐主信奉佛教。有胡僧从于阗来，唐主率刘后及诸子，向僧膜拜。僧游五台山，因遣中使随行，供张丰备，倾动城邑。又有五台僧诚惠，自言能降伏天龙，呼风使雨，先时尝过镇州，王镕不加礼待，诚惠忿然道：“我有毒龙五百，归我驱遣，今当遣一龙揭起片石，恐州民皆成鱼鳖了！”越年镇州大水，漂坏关城，人乃共称为神僧。唐主闻他神奇，饬中使延令入宫，自率后妃下拜。诚惠居然高坐，安身不动，至唐主已经拜毕，留居别馆，他乘着闲暇，昂然出游，百官道旁相遇，莫敢不拜。独郭崇韬不肯从众，相见不过拱手，诚惠尚傲不为礼。冤冤相凑，洛阳天旱，数旬不雨。崇韬奏白唐主，请令诚惠祈雨。诚惠无可推辞，便令筑坛斋醮，每日登坛诵咒，也似念念有词，偏龙神不来听令，赤日尽管高升，遂被崇韬指摘，说他祷雨无验，拟在坛下积薪，将他焚死。不意有人报知诚惠，吓得诚惠神色仓皇，乘夜遁去。后来闻他逃回五台，只恐都中饬捕，竟致忧死。妖僧惑人，大都如此。唐主及刘后，尚自言信佛未虔，不能留住高僧，引为悔恨！刘氏不足责，唐主何昏庸至此？许州节度使温韬，闻刘后佞佛，情愿改私第为佛寺，替后荐福。奏疏一上，得旨嘉奖。还有皇后教令，亦联翩下去，优加褒美。当时太后旨意称诰令，皇后旨意称教令，与唐主诏旨并行，势力相等。内外官吏，接到后教，也奉行维谨，不敢稍违，所以中宫使命，愈沿愈多，还幸太后诰令，罕有所闻，大众尚得少顾一面，免得头绪纷繁。

同光三年，太妃刘氏，得病晋阳，曹太后亲拟往省，为唐主谏止。嗣闻太妃病逝，又欲自往送葬，再经唐主泣谏，与群臣交章请留，太后虽难怫众意，未曾启行，但哀痛异常，累日不食。过了一月，也魂归地下，往寻那位刘太妃，再续生前睦谊去了。却是难得。唐主初遭母丧，却也号恸哭泣，至绝饮食，百官连表劝慰，阅五日始进御膳，渐渐的悲怀减杀，又把那佚游故态，发作出来。

是年春夏大旱，至六月中方才下雨。一雨至七十五日，天始开霁，百川泛滥，遍地浸淫。宫中本是高地，至此亦患暑湿。唐主欲登高避暑，苦乏层楼，似乎闷闷不乐。宦官等即进言道："臣见长安全盛时，宫中楼阁，不下百数，今陛下乃无一避暑楼，亦太不适意了。"唐主道："朕富有天下，岂不能缮筑一楼？"宦官又道："郭崇韬常眉头不展，屡与租庸使孔谦，谈及国用不足，陛下虽欲营缮，恐终不可得呢。"借端诬人，利口可畏。唐主变色道："朕自用内府钱，何关国帑？"遂命宫苑使王允平，赶造清暑楼。因恐崇韬进谏，特遣中使传谕道："朕昔在河上，与梁军对垒，虽行营暑湿，被甲乘马，未尝觉疲。今居深宫，荫大厦，反不堪苦热，未识何因？"崇韬即托中使转奏道："陛下前在河上，强敌未灭，深念仇耻，虽遇盛暑，不介圣怀。今外患已除，海内宾服，虽居珍台凉馆，尚患郁蒸，这乃是艰难逸豫，为虑不同！陛下能居安思危，便觉今日暑湿，变为清凉了！”唐主闻言，默然不语。宦官又进谗道：“崇韬居第，无异皇宫，怪不得未识帝热哩。”唐主由是隐恨崇韬。崇韬闻允平营楼，日役万人，费至巨万，因复进谏道：“今河南水旱，军食不充，愿息役以俟丰年！”看官试想，唐主既偏信谗言，尚肯依他奏请么？还有河南令罗贯，人品强直，系由崇韬荐拔，伶宦有所请托，贯守正不阿，屡将请托书献示崇韬。崇韬一再奏闻，唐主亦置诸不理，伶宦等尤加切齿。张全义亦恨罗贯，密诉刘后，刘后遂谮贯不法，唐主含怒未发。会因曹太后将葬坤陵，先期往祀，适天雨道泞，桥梁亦坏，唐主问明宦官，谓系河南境内，属贯管辖，当即拘贯下狱，狱吏拷掠，几无完肤，至祀陵返驾，且传诏诛贯。崇韬进谏道：“贯不过失修道路，罪不致死。”唐主怒道：“太后灵驾将发，天子朝夕往来，桥路不修，尚得说是无罪么？”崇韬又叩首道：“陛下贵为天子，乃嫉一县令，使天下谓陛下用法不公，罪在臣等！”唐主拂袖遽起道：“卿未免与贯为党，但卿既爱贯，任卿裁决！”言已，返身入宫。崇韬也起身随入，还欲辩论。唐主竟阖门不纳，崇韬懊怅而出。贯竟被杀，暴尸府门，远近共呼为冤，独伶宦等互相道贺。崇韬尚恋栈不去，意欲何为？

既而唐主召集群臣，会议伐蜀。宣徽使李绍宏，保荐李绍钦为帅。崇韬奋然道：“段凝即绍钦，详见前回。系亡国旧将，徒知谀谄，有何材略！”群臣乃更举李嗣源。崇韬又说道：“契丹方炽，李总管，即嗣源。不应调开河朔。”唐主乃问崇韬道：“公意果属何人？”崇韬道：“魏王地当储嗣，未立殊功，请授为统帅，俾成威望。”保荐继岌亦是误处。唐主道：“继岌年幼，何能独往？当更求副帅。”崇韬尚未及答，唐主复道：“朕意属卿，烦卿一行。”崇韬不好违命，便拜称遵谕。乃命魏王继岌充西川四面行营都统，崇韬充西川北面都招讨制置等使，悉付军事。又命荆南节度使高季兴，充西川东南面行营招讨使，凤翔节度使李从曮，充供军转运应接等使，同州节度使李令德，充行营副招讨使，陕府节度使李绍琛，充蕃汉马步军都排阵斩斫使，西京留守张筠，充西川管内安抚应接使，华州节度使毛璋，充左厢马步军都虞侯，邠州节度使董璋，充右厢马步军都虞侯，客省使李严为安抚使，率兵六万，西向进发。寻又任工部尚书任圜，翰林学士李愚，并随魏王出征，参预军机。

蜀主王衍，尚南巡北幸，淫昏无度。中书令王宗俦，与王宗弼密谋废立。宗弼犹豫未决，宗俦忧愤身亡，蜀主衍仍得安位，日与狎客美人，纵情游客。自宣华苑告成后，中有重光、太清、延昌、会真等殿，清和、迎仙等宫，降真、蓬莱、丹灵等亭，又有飞鸾阁、瑞兽门、怡神院等名目，统是金碧辉煌，备极奢丽。每令后宫妇女，戴金莲冠，着女道士服，扈从至苑，列座畅饮，不问晨夕。又往往参入近臣，得与宫人并坐并饮，到了得意忘情的时候，男女媟亵，脱冠露髻，恣意喧呶，毫无禁忌。大约是与人同乐的意思。有时令宫人浓施朱粉，号为醉粧，上行下效，全国通行。会逢太后太妃，游青城山，宫人衣服，统绘云霞，飘飘如神仙中人。衍自作甘州曲，侈述仙状，往返山中，沿途歌唱。宫人依声属和，娇喉清脆，娓娓可听，确是一种赏心悦耳的形景。他又以为与唐修好，可以无虞，撤出边疆兵戍，安享太平。

宣徽北院使王承休，本是一个宦官，恰娶有妻室严氏。严氏具有绝色，由王衍屡召入宫，与她同梦。承休与严氏，本是一对假夫妇，乐得借妻求宠，仰沐恩荣。后世之纵妻为奸，冀得升官者，想都从承休处学来，可惜身非阉宦。果然夫因妻贵，得升任龙武军都指挥使，用裨将安重霸为副。重霸狡佞善媚，劝承休入求秦州节度使，且授他奏语。承休即入见王衍道："秦州多美妇人，愿为陛下采献。"王衍大悦，即授承休为秦州节度使，兼封鲁国公。承休挈妻赴镇，毁府署，作行宫，大兴力役，强取民间女子，教导歌舞，当将歌女绘成图像，并画秦州花木，赍送成都尹韩昭，托他代奏，请驾东游。

衍览图甚喜，即拟登程，群臣交章谏阻，衍皆不从。王宗弼上表力争，反被衍掷弃地上。徐太后涕泣劝止，亦不见效。前秦州判官蒲禹卿上书极谏，几二千言，韩昭语禹卿道："我收汝表，俟主上西归，当使狱吏字字问汝！"恐不及待了。禹卿退去，王衍既记念严氏，欲续旧欢，承休既借妻求宠，何不留妻在宫？又因承休所呈各图，统皆中意。无论何人规谏，也是阻他不住。当下改元咸康，颁诏东巡，令兵士数万扈跸，出发成都。

行次汉州，武兴节度使王承捷，报称唐军西来，衍尚未信，且大语道："我正欲耀武，怕他什么？"及进至梓潼，遇大风发木拔屋。随行史官占兆，谓此风为贪狼风，当有败军覆将的大患。衍亦未省，在途与狎客赋诗，毫不为意。再进抵利州城，始接到警信，威武城守将唐景思，已迎降唐将李绍琛了。衍方信承捷军报，实非谎言。越宿由威武溃军，陆续奔来，说是凤、兴、文、扶四州，已由节度使王承捷，一并献唐，那时才觉惶急，令随驾清道指挥使王宗勳、王宗俨，及待中王宗昱，并为招讨使，率兵三万，往拒唐军。

唐军倍道前进，势如破竹。李绍琛等为先驱，所过城邑，不战自破。既收降威武城，并得凤、兴、文、扶四州，遂令降将为向导，入攻兴州。兴州刺史王承鉴弃城遁去。郭崇韬命承捷摄兴州刺史，再促绍琛等进兵，拔绍州，下成州，到了三泉，与蜀三招讨使相遇，凭着一股锐气，横冲直撞，杀将过去。蜀兵连年不练，很是窳惰，怎禁得百战雄师，乘胜前来，顿时你惊我惧，彼逃此散。三招讨使本非将才，统吓得魂魄飞扬，抱头鼠窜，所领部众，被唐军杀死五千人，余皆四溃。

蜀主衍闻三泉又败，急自利州西还，留王宗弼屯戍利州，且令斩三招讨使，以振士心。唐将李绍琛，昼夜兼行，径向利州进发，西川大震。蜀武德留后宋光葆，贻郭崇韬书，请唐军不入辖境，当举巡属内附，否则当背城决战。崇韬覆书如约。光葆遂举梓、绵、剑、龙、普五州降唐。武定节度使王承肇，山南节度使王宗戚，阶州刺史王宗岳，也闻风生畏，各遣使至唐营中，奉土投诚。一班降将军，送完蜀土。秦州节度使王承休，与副使安重霸谋袭唐军，重霸道："一击不胜，大事去了；但公受国恩，闻难不可不赴，愿与公西行入援。"承休以为真情，整军出城，重霸随至城外，忽向承休下拜道："国家取得秦陇，何等竭力，若从公还朝，谁人守此？重霸愿代公留守！"说至此，竟麾亲军还城，承休无可奈何，只好西行。重霸竟举秦陇归唐。

王宗弼闻各属瓦解，正在惊惶，可巧唐使到来，投入郭崇韬书，为陈利害，勉令归降。他已怦然心动，无意守城，又值王宗勳等狼狈到来，即出示诏书，相持而泣。宗勳等流涕道："国危至此，统由主上一人，荒淫所致，公今日依诏，杀我三人，他日必轮及公身了！愿公亟图变计！"宗弼道："我正怀此意，所以出示诏书，同筹良策。"三人齐声道："不如降唐罢？"宗弼徐说道："公等先送款唐军，我且往成都一行，何如？"宗勳等当然赞成，便分头行事。

宗弼弃城西归，距蜀主衍返都时，仅隔五六日。衍至成都，百官及后宫出迎，衍驰入妃嫔中，令宫人排作回鹘队，送拥入宫。还有这般兴致。至宗弼到来，登太元门，严兵自卫。徐太后与蜀主衍，同往慰劳，宗弼竟趁势图逆，劫迁太后及蜀主，幽置西宫。所有后宫及诸王，一同锢禁，收取国宝，及内库金帛，俱入私第，自称西川兵马留后。嗣闻唐军已入鹿头关，进据汉州，当即拨出币马若干，牛酒若干，遣人迎犒唐军。且因唐安抚使李严，曾至蜀聘问，与有一面交，遂伪作蜀主书，送达李严道："公来我即降！"降将军外，又出这叛将军，西蜀可谓多人。严既得书，便欲驰往，或阻严道："公首议伐蜀，蜀人怨公，深入骨髓，奈何轻往！"严微笑不答，竟率数骑入成都，抚谕吏民，告以大军继至，悉命撤去楼橹。且入西宫见蜀主衍，衍向严恸哭。儿女子态，有何用处？严婉言劝慰，谓出降以后，必能保全家属。衍乃收泪，引严见太后，以母妻为托。一面令翰林学士李昊草降表，同平章事王锴草降书，遣兵部侍郎欧阳彬，赍奉书表，偕严同迎唐军。唐统帅继岌，郭崇韬等，闻蜀已愿降，即兼程至成都，令李严再行入城，引蜀君臣出降马前。蜀主衍白衣首绖，衔璧牵羊，蜀臣衰绖徒跣，舆榇俟命，继岌受璧，崇韬解缚焚榇，承制赦蜀君臣罪，衍率百官向东北拜谢，导唐军入成都。总计蜀自王建据守，一传即亡，共计一十九年。小子有诗叹道：

休言蜀道是崎岖，徒险终难阻万夫。
刘李以来王氏继，荒淫亡国付长吁！

蜀主出降时，尚有王宗弼一番举动，且至下回表明。

前半回承述前文，历述刘后行谊，一无可取，而唐主反事事听从，益见唐主之为色所迷，致兆危亡之渐。郭崇韬已遭主忌，尚不知引退，为唐主慨，尤为崇韬惜，寓意固深且远也。下半回叙伐蜀事，蜀主以淫昏致亡，正为唐主一大对照。唐军西入，势如破竹，仅有三泉之战，一交锋而即溃，各镇望风迎降，不待遗镞。而王宗弼且弃城走还，劫迁蜀主及太后，并后宫诸王，卒致牵羊衔璧，面缚舆榇，淫昏失德者，终局如是，非唐主之殷鉴乎？然郭崇韬以得蜀而益危，唐主以得蜀而益骄，是蜀之亡，未见唐利，反为唐害，杜牧所谓后人哀之而不鉴之，使后人复哀后人，正本回之注脚也。

第十八回　得后教椎击郭招讨
遣兵乱劫逼李令公

却说王宗弼纳款唐军，并斩内枢密使宋光嗣、景润澄，及宣徽使李周辂、欧阳晃，说他荧惑唐主，函首送唐帅继岌，又责韩昭佞谀，枭首金马坊门，又令子从班，劫得蜀主后宫，及珍奇宝玩，赍献继岌及郭崇韬，求为西川节度使。继岌笑道："这原是我家应有物，何用他献来呢？"及大军既入成都，露布告捷，当由崇韬禁止侵掠，市不改肆。自出师至此，只七十日，得方镇十，州六十四，县二百四十九，兵三万，铠仗钱粮，金银缯帛，以千万计。当时平蜀首功，要算李绍琛，独崇韬与董璋友善，每召璋入议军情，不及绍琛。绍琛位在璋上，很是不平，顾语董璋道："我有平蜀大功，公等朴樕喻小材也。相从，反向郭公前饶舌，难道我为都将，不能用军法斩公么？"璋不禁怀惭，转诉崇韬。崇韬竟表荐璋为东川节度使，绍琛益怒道："我冒白刃，越险阻，手定两川，乃反令董璋坐享么？"遂入见崇韬，极言东川重地，不应位置庸臣，现唯任尚书兼文武材，宜表为镇帅。崇韬变色道："我奉上命，节制各军，公怎得违我处置？"绍琛怏怏而退。绍琛固误，崇韬尤误。王宗弼欲镇西川，为继岌所拒，复密赂崇韬，乞令保荐。崇韬佯为允许，始终不为出奏。宗弼乃率蜀人列状，请留崇韬镇蜀。宦官李从袭，随继岌至成都，他本挟望而来，想乘此多得财帛，偏军中措置，全属崇韬，无从染指，遂入语继岌道："郭公专横，今又使蜀人请已为帅，心迹可知，王宜预防为是！"继岌道："主上倚郭公如山岳，怎肯令他出镇蛮方？且此事亦非我所应闻，姑俟班师以后，由汝等诣阙自陈便了。”原来崇韬有五子，长廷诲，次廷信，随父从军，廷诲私受货赂，蜀臣自宗弼以下，多由廷诲先容，馈遗崇韬，宝货妓乐，连日不绝。唯都统牙门，寂然无人，继岌所得，不过匹马束帛，及唾壶麈尾等件，心下亦觉不平，再加从袭在旁谗构，自然疑忿交乘，有时与崇韬晤谈，语多讥讽。崇韬不能自明，乃欲归罪宗弼，特向宗弼索犒军钱数万缗，宗弼靳不肯给。由崇韬唆动军士，纵火喧噪，一面入白继岌，召入宗弼，责他贪黩不忠，牵出斩首。该杀。并收诛宗勳、宗渥，骈戮族属，籍没家产，并将宗弼尸骸，陈诸市曹，蜀人剖肉烹食，聊泄怨恨。

先是乾德中曾传童谣云：“我有一帖药，名目叫阿魏，卖与十八子。”至是始验。原来宗弼系王建养子，原姓名为魏宏夫，自王建为假父，始改姓名。宗弼已诛，王承休亦自秦州到来，进谒崇韬。崇韬亦数责罪状，枭示军辕。也是该死，但严氏不知如何下落？因复荐孟知祥为西川节度使，知祥本留守北都，与崇韬为故交，所以荐引。屡引私人，已觉不当，且使全蜀得归孟氏，未始非崇韬贻患。知祥从北到西，一时未能莅蜀，蜀中留驻的大军，不便遽行班师，且因盗贼四起，随处须剿，特由崇韬派遣偏师，令任圜、张筠等分领，四出招讨。

唐主遣宦官向延嗣，促令大军还朝。延嗣到了成都，崇韬未尝郊迎，及入城相见，叙及班师事宜，崇韬且有违言，延嗣好生不乐。因与李从袭僚谊相关，密谈情愫，从袭得间进言道：“此间军事，统由郭公把持，伊子廷诲，复日与军中骁将，及蜀土豪杰，把酒狎饮，指天誓日，不知怀着何意？诸将皆郭氏羽党，一或有变，不特我等死无葬地，恐魏王亦不免罹祸了！”言已泣下。阉人丑态，不啻妇女。延嗣道：“俟我归报宫廷，必有后命。”

越日，即向继岌、崇韬处辞行，匆匆还洛，入诉刘后。刘后亟白唐主，请早救继岌。唐主闻蜀人请崇韬为帅，已是怀疑，及阅蜀中府库各籍，更不惬意，至此闻刘后言，即召入延嗣，问明底细。延嗣统归咎崇韬，且言蜀库货财，俱入崇韬父子私囊，惹得唐主怒气上冲，复遣宦官马彦珪，速诣成都，促崇韬归朝，且面谕道：“崇韬果奉诏班师，不必说了。若迁延跋扈，可与魏王继岌密谋，早除此患！”彦珪唯唯听命，临行时入见刘后道：“蜀中事势，忧在朝夕，如有急变，怎能在三千里外，往复禀命呢？”刘后再白唐主，唐主道：“事出传闻，未知虚实，怎得便令断决！”后不得请，因自草教令，嘱彦珪付与继岌，令杀崇韬。

崇韬方部署军事，与继岌约期还都。适彦珪至蜀，把刘后教令，出示继岌，继岌道："今大军将还，未有衅端，怎可作此负心事？"唐主父子，非无一隙之明，乃卒为所蒙，以底危亡。彦珪道："皇后已有密敕，王若不行，倘被崇韬闻知，我辈无噍类了。"继岌道："主上并无诏书，徒用皇后手教，怎能妄杀招讨使？"李从袭等在旁，相向环泣，并捕风捉影，说出许多利害关系，恐吓继岌，令继岌不敢不从。乃命从袭召崇韬议事，继岌登楼避面，嘱使心腹将李环，藏着铁椎，俟立阶下。崇韬昂然入都统府，下马升阶，那李环急步随上，出椎猛击，正中崇韬头颅，霎时间脑浆迸裂，倒毙阶前。

继岌在楼上瞧着，见李环已经得手，亟下楼宣示后教，收诛崇韬子廷诲、廷信，崇韬左右，统皆窜避，唯掌书记张砺，诣魏王府前抚崇韬尸，恸哭失声。推官李崧进语继岌道："今行军三千里外，未接皇上敕旨，擅杀大将，若军心一变，归路皆成荆棘了。大王奈何行此危事？"继岌方着急起来，自述悔意，且向李崧问计。崧乃召书吏数人，登楼去梯，伪造敕书，钤盖蜡印，再行颁示，但言罪止及崇韬父子，不及他人，于是军心略定。适任圜平盗还军，继岌令他代总军政，乃遣彦珪还报阙廷，唐主再饬继岌还都，且令王衍入觐，赐他诏书道："固当裂土而封，必不薄人于险，三辰在上，一言不欺！"衍奉诏大喜，语母及妻妾道："幸不失为安乐公！"未必。遂转告继岌，愿随入洛。继岌正要动身，凑巧孟知祥亦至，遂留部将李仁罕、潘仁嗣、赵廷隐、张业、武璋、李延厚等，佐知祥守成都。自率大军启程，押同王衍家属，向东北进发。沿途山高水长，免不得随驿逗留，那时唐主已下诏暴崇韬罪状，并杀崇韬三子，抄没家资。保大军节度使，睦王李存乂，系唐主第五弟，曾娶崇韬女为妻。宦官欲尽诛崇韬亲党，杜绝后患。乃入奏唐主道："睦王闻郭氏诛夷，攘臂称冤，语多怨望。"唐主大怒，竟发兵围存乂第，悉加诛戮。全然昏愦。伶官景进，又诬称存乂与李继麟通谋。继麟就是朱友谦，任护国军节度使，常苦伶宦索货，屡拒不与，大军征蜀，曾遣子令德从行。谗人罔极，借端株连。刚值继麟惧谗入朝，意欲自白心迹，偏唐主已先惑蜚言，待他入居馆舍，竟嘱令朱守殷，发兵至馆，驱他出徽安门外，一刀杀死，复她名为朱友谦。且传诏至继岌军前，令诛令德。继岌尚未出蜀境，才至武连，遇着敕使，即谕令董璋依敕行事，董璋将令德杀毙。

李绍琛率领后军，与继岌相隔三十里，闻令德被诛，但委董璋，不及自己，遂怒语诸将道：“国家南取大梁，西定巴蜀，定策由郭公，战胜由我侪，至若去逆效顺，与国家协力破梁，实出朱公友谦。今朱、郭皆无罪族灭，我若归朝，亦必及祸，冤哉冤哉！奈何奈何？”部将焦武等，本由河中拨隶绍琛，曾随友谦麾下，闻绍琛言，便一齐号哭道：“朱公何罪？阖门受戮！我辈归即同诛，决不复东行了。”遂同拥绍琛，由剑州西还。绍琛自称西川节度使，移檄成都，招谕蜀人，有众五万。

继岌闻变，立授任圜为副招讨使，令与董璋率兵数万，追绍琛至汉州。绍琛麾众接战，胜负未分，忽后队纷纷溃乱，另有一彪人马，长驱突入，穿过绍琛阵内，接应任圜等军。绍琛腹背受敌，哪里支持得住，当下拼命杀出，仅率十余骑奔绵竹，途中被唐军追及，一鼓围住，任你绍琛勇武绝伦，也只好束手成擒了。看官道后军何来？原来就是新任西川节度使孟知祥。知祥得绍琛檄文，料他必进窥成都，不如先行出兵，堵截绍琛。可巧绍琛与任圜等对仗，便乘机夹攻，把绍琛一阵杀败，追擒而归。

当下至汉州犒军，与任圜、董璋，置酒高会，引绍琛槛车至座中，知祥自酌大卮，递饮绍琛，且与语道：“公身立大功，何患不富贵，乃甘心觅死么？”绍琛道：“郭公为佐命第一功臣，兵不血刃，手定两川，一旦无罪族诛，如绍琛等怎能保全？因此不敢还朝。今日杀绍琛，明日恐将及公等了！”知祥却也心动，但对着大众，不便措词，伏下文王蜀事。只好令任圜等押送洛阳。绍琛被解至凤翔，由宦官向延嗣赍敕到来，诛死绍琛，复姓名为康延孝。朱友谦与康延孝，首先叛梁归唐，至此亦相继被戮，可为卖国求荣者戒。

继岌因绍琛变后，恐王衍在途脱逃，特令李从曮发凤翔军，与李严送衍入洛，得先交卸。从曮等押衍家族，及蜀臣眷属三千人，行至长安，忽接唐主敕书，止令入都。这事发生的原因，系由邺都作乱，洛阳亦未免惊慌，恐王衍入都为变，所以将他截留长安，督令西京留守，把他看管。邺都就是魏州，唐主在魏州即位，因号为邺都。

魏博指挥使杨仁晸，曾率兵戍瓦桥关，逾年受代，当然归邺。偏唐主因邺都空虚，恐还兵生变，降敕令仁晸留屯贝州。当时邺下谣传，谓郭崇韬杀死继岌，自王蜀中，因致族灭。或且说继岌被杀。刘皇后归咎唐主，已加弑逆。邺都留守兴唐尹王正言，年老怕事，急召监军史彦琼入商。彦琼本由伶人得宠，在邺专恣，藐视将佐，及与正言密议终日，便令人心惶惑，讹言益甚。

仁晟部兵皇甫晖，因人情不安，遂号召徒众，入劫仁晟道："主上抚有天下，都是我魏军百战得来，魏军甲不去体，马不解鞍，约有十余年。今天子不念旧劳，更加猜忌，远戍逾年，方喜代归，乃去家咫尺，不使相见。今闻皇后弑逆，京师已乱，将士愿与公俱归。表闻朝廷，若天子万福，兴兵致讨，似我魏、博兵力，亦足拒敌，或更得意外富贵，也未可知，请公不必迟疑！"仁晟怒道："这是何言？"晖亦厉色道："公如不允，祸在目前！"仁晟尚欲呵叱，已被晖指麾徒众，乱刀交挥，立将仁晟砍死，又欲劫一小校为帅，仍不见从，并为所杀。

效节指挥使赵在礼闻乱，衣不及带，逾垣出走。晖率众追及，曳在礼足，示以二首。在礼恐遭毒手，勉强承认。晖等遂奉他为帅，焚掠贝州，南越临清、永济、馆陶等县，所过剽掠，警报飞达邺都。都巡检使孙铎等，急白史彦琼，请授甲登城。彦琼尚疑铎有异志，谓俟贼到城，防守未迟。贼竖可杀。哪知到了黄昏，贼队已到城下，环攻北门，彦琼仓猝召兵，登北门楼拒守。蓦闻贼众大噪，便即骇散，彦琼单骑奔洛阳，贼拥在礼入邺都，孙铎等拒战不胜，也即遁去。在礼据住宫城，署皇甫晖、赵进为马步都指挥使，纵兵大掠。王正言尚莫名其妙，方据案召吏草奏，竟无一至，他遂拍案大呼。家人入禀道："贼已入城，焚掠都布，吏皆逃散，公尚呼谁人呢？"正言才惊起道："有这等事么？"不是老昏，定是重听。急命家人索马，四觅无着，踌躇良久，不得已步出府门，走谒在礼，再拜请罪。倒是个急救良方。在礼亦答拜道："士卒思归，不得不然，公勿过自卑屈，尽可无虞。"正言涕泣求归，由在礼送他出城，晖等以邺都无主，即推在礼为魏博留后。在礼出示安民，闻北京留守张宪家族，留住邺都，即着人慰问，且致书张宪，诱使入党。宪得书未曾启封，立将使人斩讫，举原书奏闻唐主。

唐主正欲派将往剿，适值史彦琼奔还洛阳，由唐主令他择将。不加彼罪，反令择将，真是糊涂！彦琼推荐李绍宏，绍宏转荐李绍钦，独刘皇后谓些须小事，但使李绍荣往办，即虽敉平。唐主乃颁敕宋州，令归德节度使李绍荣，诣邺都招抚，仍使史彦琼监绍荣军。绍荣率兵至邺都，驻扎南门，先遣人入城，持敕抚谕。赵在礼用羊酒犒师，且罗拜城上道："将士思家擅归，劳公代为奏明，如得免死，敢不自新？"遂奉敕遍谕将士，偏彦琼戟手大骂道：

"群死贼！城破万段！"可恨可杀！皇甫晖见彦琼情状，便语众道："史监军这般说法，想不得蒙恩赦了！"遂鼓噪拒守，撕坏敕书，绍荣攻城失利，退至澶州，招集兵马，再行进攻。裨将杨重霸，率数百人，奋勇登城，后面无人继上，徒落得身首分离，无一生还。

唐主闻报，欲自征邺都，适从马直军士王温等，擅杀军使，闯乱都下，虽幸得即日捕诛，终究是惊疑不安。看官听着！唐王尝选勇士为亲军，叫作从马直，亲军生变，心腹已溃，教唐主如何放心，自行出征。接连是邢州兵赵太等，结党四百人，戕官据城，居然自称留后。沧州相继生乱，由小校王景戡讨平，亦以留后自称，彼此俱自说有理，表闻洛都。唐主命东北面招讨副使李绍真，往讨赵太。绍真即霍彦威，由唐主改赐姓名。另派人抚谕王景戡。独邺都日久未下，又拟督师亲征。宰相等交章谏阻，并荐李嗣源为帅，代李绍荣。

嗣源已为唐主所忌，征令入朝。宣徽使李绍宏，与嗣源友善，力为救护。唐主密令朱守殷伺察嗣源，守殷反私语嗣源道："令公勋业震主，宜自图归藩，毋自撄祸！"嗣源道："我心诚不负天地，所遇祸福，听诸命数罢了！"及邺都乱起，嗣源尚在洛中，廷臣以绍荣无功，乃奏令赴邺。唐主道："朕惜嗣源，欲留他为宿卫，所以不便遣往。"李绍宏从旁力请，张全义亦乞命嗣源出师，唐主乃令他总率亲军，渡河北讨。

嗣源拜命即行，至邺城西南，正值李绍真荡平邢州，擒住赵太等叛徒，亦来邺会师。嗣源与绍真相见，即令绍真推出赵太等人，至城下斩首以徇，为邺都作一榜样。当即下令军中，立营休息，待诘旦攻城。不意时至夜半，从马直军士张破败，竟纠众大哗，杀都将，焚营舍，直逼中军。嗣源率亲军出营，大声呵叱道："尔等意欲何为？"乱众哗声道："将士从主上十余年，百战得天下，今贝州戍卒思归，主上不赦，从马直数卒喧闹，便欲悉众诛夷，我等本无叛志，今为时势所逼，不得不死中求生。现经大众定议，与城中合势同心，请主上帝河南，令公帝河北。全是唐主一人激使出来。嗣源不禁失色，涕泣劝导，终不见从。嗣源复道："尔等不听我言，任尔所为，我当自归京师。"乱众又道："令公去将何往？若不见机，将蹈不测了！"遂抽戈露刃，拥嗣源入城。

嗣源尚不肯行，经李绍真蹑足示意，乃越濠而入。城中不受外兵，由皇甫晖开城邀击，阵斩张破败，乱众尽溃。只剩嗣源、绍真，进退无路。恰巧赵在礼出迎，率将校罗拜嗣源，且泣谢道："将士等负令公，在礼愿从公命！"嗣源偕绍真入城，在礼设宴相待，酒酣登南楼，阅视形势，当由嗣源诡词道："此城险固，可作根据，但必须借资兵力，城中兵不敷用，应由我出招各军，才好举事。"在礼随口赞成，嗣源即与绍真出城，寄宿魏县，将佐稍集，但亦不过百人。

先是李绍荣屯兵城南，众尚逾万，嗣源为乱兵所逼，即遣牙将高行周等，密石绍荣，共攻乱卒，绍荣不应，引众径去。及嗣源出次魏县，才得百人归集，又无兵仗，幸绍真所领镇兵五千，留营以待，仍来归命。嗣源流涕道："国家患难，一至于此！我唯有归藩待罪，再图后举。"绍真道："此语不便果行。公为元帅，不幸为凶人所劫，李绍荣不战而退，必且指公为逆，公若归藩，便是据地邀君，适资谗人口实。不若亟驰诣阙，面陈天子，尚可自明。"中门使安重诲，所言略同。嗣源乃南趋相州，遇马坊使康福，给官马数千匹，始得成事。

嗣闻绍荣退至卫州，飞章奏嗣源叛逆，与贼通谋。嗣源很是惶急，忙遣使上章申辩，接连数奏，并不见有朝旨到来，益觉慌张得很，忽有一人驰入道："明公何不速筹善策！难道愿束手受戮么？"嗣源便惊问道："公意将如何办法？"那人不慌不忙，便说出一条计策出来。为这一计，有分教：

佐命功臣同叛命，平戎大将反兴戎。

欲知何人献计，容待下回表明。

郭崇韬有取死之咎，而无应诛之罪，刘后何人，敢自草教令，命继岌杀崇韬！继岌又何人，敢私奉后教，令李环击死崇韬？母子二人，轻信谗言，擅戕功臣，唐主不罪刘后，不罪继岌，且并崇韬家属而尽戮之。溺爱不明，偏听生乱，曾有如此昏愦，而尚不亡国败家乎！贝州戍兵之乱，一也；都城从马直之乱，二也；邢州赵太等之乱，三也；沧州王景戡之乱，四也。四乱俱起，或幸得立时扑灭，而邺都终未得告平。李嗣源一至邺下，即为乱兵所劫，乱愈炽而国亦愈危矣。谁生厉阶，相寻不已？阅是书者当有以知乱源之由来也。

第十九回　郭从谦突门弑主 李嗣源据国登基

却说李嗣源正在惶急，帐下有人献议，请嗣源速决大计。这人为谁？乃是左射军使石敬瑭。敬瑭沙陀人，父名臬捩鸡，从李克用转战有功，官至洺州刺史。臬捩鸡殁，子敬瑭得随嗣源麾下，所向无前，得署左射军使。敬瑭为后晋开国主，故世系较详。至是独进言道："天下事成自果决，败自犹豫，宁有上将为叛卒所劫，同入贼城，他日尚得无恙么？大梁为天下要会，愿假敬瑭三百骑，先往占据，公引军亟进，借大梁为根本地，方可自全！"突骑都指挥使康义诚亦接入道："主上无道，军民怨愤，公从众乃生，守节必死。"嗣源想了多时，除此亦无别法，乃令安重诲移檄会兵，决向大梁。

唐主先得绍荣奏报，即遣嗣源长子从审，往谕嗣源。行至卫州，为绍荣所阻，欲杀从审。从审道："公等既不谅我父，我亦不能径往父所，愿复还宿卫。"绍荣乃释令还都。从审返见唐主，泣诉绍荣阻挠，唐主恰也矜怜，赐名继璟，待他如子。嗣源前后奏辩，亦被绍荣截住，不使上达。

是时两河南北，屡患水溢，人民流徙，饿莩盈途。即阴气太盛之兆。京师财赋减收，军食不足，唐主尚挈领后妃，出猎白沙，历伊阙，宿龛涧，卫士万骑，责民供给。可怜百姓已卖妻鬻子，啼饥号寒，还有什么钱财，上应征求？辇驾所经，逃避一空。卫兵愤无所泄，甚至毁庐舍，坏什器，乐瘰西突，比强盗还要逞凶，地方有司，亦畏他如虎，亡窜山谷。至唐主还都，军士因在途枵腹，各起怨声，租庸使孔谦，且因仓储将罄，克扣军粮，各营中流言愈甚。唐主亦有所闻，反下一诏敕，预借明年夏秋租税。

看官试想，当年租赋，百姓尚无从措缴，哪里缴得出次年的租税哩？官吏奉诏苛迫，累得人民怨苦异常，激成天变，太史上奏客心犯天库，防有兵变，宜速颁内帑，散给禳灾。宰相等亦上表固请，唐主意欲准奏，偏是刘后不肯，愤语唐主道："我夫妇君临天下，虽借武功，亦由天命，命既在天，人不足畏了！"颇似桀纣口吻，不过男女不同。唐主乃停诏不下，宰相等又入陈便殿。刘后在屏后窃听，闻相臣等仍固执前议，她即令宫人取出妆具，及银盆三件，并皇幼子三人，挈至帝前，竖着两道柳眉，带嗔带笑道："四方贡献，给赐已尽，宫中只有此数，鬻财给军！"唐主不禁色变，宰相等统瞠目伸舌，陆续退去。及嗣源举事，警报频传，河南尹张全义，恐连坐嗣源，竟致急死。唐主乃令指挥使白从晖，扼守洛阳桥，且出内府金帛，给赐诸军，军士诟詈道："我等妻子，均已饿死，还要这金帛何用？"唐主闻言，悔已无及，飞诏李绍荣还洛。

绍荣至鹞店，由唐主亲出慰劳。绍荣面请道："邺都乱兵，欲渡河袭取郓、汴，愿陛下亟幸关东，招抚各军，免为所诱。"唐主点首，返入都城，调集卫士，计日出发。

伶官景进，因事生风，即入白唐主道："西南未安，王衍族党不少，闻车驾东征，未免谋变，不如早除为妥。"唐主已忘却前言，急遣向延嗣赍敕西行，敕中写着，乃是王衍一行，并从杀戮云云。枢密使张居翰，取敕覆视，亟就殿柱上揩去"行"字，改为"家"字。一字活人无数。始付延嗣赍去。延嗣到了长安，由西京留守接诏，即至秦川驿中，收捕王衍全眷，尽行处斩。衍母徐氏临刑。搏膺大呼道："我儿举国迎降，反加夷戮，信义何在？料尔唐主亦将受祸了！"徐氏母子既死，所有衍妻妾金氏、韦氏、钱氏等，一并陨首。唯幼妾刘氏，最为少艾，发似乌云，脸若朝霞，被监刑官瞧着，暗生艳羡，指令停刑。刘氏慨然道："国亡家破，义不受污，幸速杀我！"不没烈妇。刑官无可如何，乃概令受刃。此外蜀臣家属，及王衍仆役，悉数获免，不下千余人。亏得张居翰。

延嗣还都复命，唐主乃出发洛阳，遣李绍荣带着骑兵，沿河先行，自率卫兵徐进。行次汜水，凡与嗣源亲党相关，多半逃亡。独嗣源子继璟，尚然随着。唐主命他再谕嗣源。他终不肯应命，情愿请死。旋经唐主慰谕再三，强使召父，不得已奉谕登程。道遇绍荣，竟被杀死。还有嗣源家属，留居真定，经虞侯将王建立，出为保护，杀毙监军，正拟与嗣源通书告慰，凑巧嗣源养子从珂，自横水率军到来，遂与建立会合，倍道从嗣源。嗣源大喜，即分兵三百骑，归石敬瑭统带，令为前驱。李从珂为后应，向汴梁进发。又檄召齐州防御使李绍虔，即杜晏球。泰宁节度使李绍钦，即段凝。贝州刺史李绍英，原姓名为房知温，由唐主改赐姓名。北京右厢马军都指挥使安审通，约期来会。随即渡河至滑州，再召平卢节度使符习。习自天平军徙镇平卢，习镇天平，见十四回。闻梁臣多半被诛，已有惧意，一闻嗣源相召，便即过从，安审通亦引兵驰至，军势大振。

知汴州孔循，既遣使奉迎唐主，复遣使输款嗣源。好一条两头蛇。嗣源前锋石敬瑭，星夜抵汴，突入封邱门，遂据大梁，亟使人催促嗣源。嗣源从滑州急行，亦夤夜赶入大梁城。时唐主方至荥泽，命龙骧指挥使姚彦温，率三千骑为前军，且面谕道："汝等俱系汴人，我入汝境，不欲使他军前驱，恐扰汝室家，汝宜善体我意！"彦温应声即发，行抵汴城，见嗣源已经据守，便释甲入见，向嗣源进言道："京师危迫，主上为绍荣所惑，不可复事了。"嗣源冷笑道："汝自不忠，何得妄毁！"遂夺他军印，收三千骑为已属。指挥使潘环，守王村寨，有刍粟数万，亦献入大梁。

唐主进次万胜镇，接得各种军报，不由得神色沮丧，登高唏嘘道："吾事不济了！"前日英雄，而今安在？遂下令旋师。还至汜水，卫军已逃去半数，乃留秦州都指挥使张唐，驻守汜水关。李绍荣请唐主招抚关东，便是此关。自率余军西归，道过罂子谷，山路险窄，见从官执仗扈卫，辄用好言慰抚，且与语道："魏王已将入京，载回西川金银五十万，当尽给汝等，酬汝劳绩！"从官直陈道："陛下至今日慨赐，已太迟了！恐受赐各人，亦未感念圣恩哩。"唐主又恨又悔，不禁流涕，乃向内库使张容哥，索取袍带，欲赐从臣。容哥方说出颁给已尽四字。那卫士一拥直上，大声叱道："国家败坏，都出尔阉竖手中，尚敢多言么？"道言未绝，即抽刀逐容哥，还是唐主涕泣谕止，才得罢休。容哥私语同党道："皇后吝财至此，今乃归咎我等，事若不测，我等必被他碎尸，我不忍待遭此惨了！"竟投河自尽。唐主至石桥西，置酒悲涕，凄然语绍荣等道："卿等事我有年，富贵休戚，无不与共，今使我至此，难道无一策相救么？"绍荣等百余人，皆截发置地，共誓死报。无非相欺。唐主乃驰入洛都。

越宿，即闻汜水关急报，嗣源前军石敬瑭，已抵关下。李绍虔、李绍英等，皆与嗣源合军，气势益盛云云。宫廷很是惊惶，宰相枢密等，奏称魏王将率军到来，请车驾亟控汜水，收抚散兵，静俟西军接应。唐主乃自出上东门，搜阅车乘，约期诘旦启行，复赴汜水。

同光四年四月朔日，急述年月，点醒眉目。为唐主再往汜水的行期，严装将发，骑兵列宣仁门外，步兵列五凤门外，专候御驾出巡。唐主方在早餐，忽闻皇城兴教门口，喊声大震，料知有变，慌忙放下匕箸，召集近卫骑兵，亲督出御。至中左门，见乱兵已突入门内，声势汹汹，乱首乃是从马直禦指挥使郭从谦，惹得唐主躁怒异常，麾动卫骑，迎头痛击。从谦抵敌不住，率乱军退出门外，当将城门关住，再遣中使至宣仁门外，速召骑兵统将朱守殷，入剿乱党。哪知守殷并不见到，郭从谦更纠集多人，焚兴教门，且有许多乱兵，援城而入。唐主再欲抵御，四顾近臣宿将，多半逃匿，只有散员都指挥使李彦卿，军校何福进、王全斌等，尚随着唐主，挺刃血战。唐主亦冒险格斗，杀死乱兵百余人，突有一箭飞来，正中唐主面颊，唐主痛不可忍，几乎晕倒。鹰坊人善友，见唐主中箭，忙上前扶掖，还至绛霄殿庑下，拔去箭镞，流血盈身。唐主渴懑求饮，宦官承刘后命，奉进酪浆，一杯才下，遽尔殒命。年才四十二岁。

李彦卿、何福进、王全斌等，见唐主已殂，皆恸哭而去。善友敛乐器覆尸，放起一把无名火，将乐器及唐主遗骸，俱付灰烬，免得乱兵蹂躏，然后遁去。统计唐主称帝，仅及四年，先时承父遗志，灭伪燕，扫残梁，走契丹，三矢报恨，还告太庙，及家仇既雪，国祚中兴，几与夏少康、汉光武相似。偏后来妇寺擅权，优伶乱政，戮功臣，忌族戚，不恤军民，酿成祸患，就是作乱犯上的郭从谦，也是优人出身，平白地令典亲军，致为所弑。这可见女子小人，最为难养，两害相兼，断没有不危且亡哩。伏笔如椽。

刘皇后最得恩宠，闻夫主伤亡，并不出视，亟与唐主第四弟申王存渥，及行营招讨使李绍荣等，收拾金宝，贮入行囊，匆匆出宫，焚去嘉庆殿，引七百骑出狮子门，向西遁走。宫中大乱，纷纷避匿。那朱守殷至此才入，并不设法平乱，先选得宫人三十余名，各令自取乐器珍玩，带回私第，去做那李存勖第二，寻欢取乐去了。夫妻尚且不顾，遑问苍头。各军遂大掠都城，昼夜不息。

是夕李嗣源已至罂子谷，闻唐主凶耗，泣语诸将道：“主上素得士心，只为群小所惑，惨遭此变，我今将何归呢？”好去做皇帝了。诸将当然劝慰，才见收泪。越日，由朱守殷遣使到来，报告京城大乱，请即入抚。嗣源乃引军入洛，暂居私第，禁止焚掠。守殷进见，当由嗣源面语道：“公善为巡徼，静待魏王。淑妃、德妃在宫，淑妃、德妃见十六回。供给尤应丰备！我俟山林葬毕，社稷有主，仍当归藩尽职，为国家捍御北方呢！”真耶！假耶！说至此，即命守殷往收唐主遗骨，在灰烬中拾出，妥加棺殓，留殡西宫。宰相豆卢革、韦说等，即率百官奉笺劝进，嗣源召谕道：“我奉诏讨贼，不幸部曲叛散，意欲入朝自诉，偏为绍荣所遏，披猖至此，我本无他意，今为诸君所推，殊非知己，幸勿复言！”于是驰书远近，报告主丧。

魏王继岌，因蜀乱稽延，至此始至兴平，得悉洛阳变乱，恐嗣源不能相容，复引兵西行，谋保凤翔。西京推官张昭远，劝留守张宪，上劝进表，宪慨然道：“我一书生，自布衣至服金紫，均出先帝厚恩，怎可偷生怕死，背主求荣呢？”昭远感泣道：“公能如此，忠义不朽了！”先是晋阳城中，曾由唐主遣吕、郑二幸臣，监督兵赋，至是又有唐主近属李存沼，自洛阳奔至晋阳，与吕、郑二人密谋，拟害死张宪，据住晋阳。汾州刺史李彦超，得知消息，即劝宪先发制人。宪又说道：“仆受先帝厚恩，不忍出此，若为义亡身，乃是天数，怎得趋避呢！”未免近迂。彦超趋出，免不得与将士叙谈，将士不待命令，乘夜起事，杀毙存沼，及吕、郑二人。宪闻变起，出奔忻州。适值洛都使至，出嗣源书，由彦超号令士卒，城中始安。当即遣回洛使，奉表劝进。都中百官，又三次上笺，请嗣源监国。嗣源始允，入居兴圣宫，百官班见，下令称教。后宫尚存侍女千余人，宣徽使选得数百名，献诸嗣源。嗣源道：“留此何用？”宣徽使答道：“宫中使令，亦不可阙。”嗣源道：“宫中充使，宜谙故事。此辈年少无知，不能充选。”乃悉令出宫还家，无家可归，令戚党领去。另用老旧宫人，分掌各职。即用安重诲为枢密使，张延朗为副使。延朗本梁旧臣，善事权要，与重诲相结，所以引入。

嗣源又令内外有司，访求诸王。永王存霸，系唐主存勗次弟，本留守北京，李绍荣自洛阳奔出，撇去刘后，欲往依存霸，行至平陆，为野人所执，送往虢州，刺史石潭，击断绍荣足骨，置入囚车，解至洛阳。嗣源怒骂道：“我儿有何负汝，乃遭汝毒手？”绍荣道：“先皇帝有何负汝，乃叛命入都？”嗣源怒甚，即命推出斩首。还有通王存确，雅王存纪，系唐主季弟，逃匿民间，安重诲查有着落，即与李绍真密谋，遣人杀死二王，免人属目。过了月余，嗣源方才闻知，切责重诲，但已不能重生，只好付诸一叹罢了。也是一番假慈悲。

存渥与刘后奔晋阳，途次昼行夜宿，备历艰辛。刘后因绍荣他去，只恐存渥也即分离，索性相依为命，献身报德。存渥见嫂氏多姿，虽已三十余龄，风韵不减畴昔，乐得将错便错，与刘后结成露水缘。妇人之坏，无所不至。及抵晋阳，李彦超不纳存渥，存渥走至凤谷，被部下所杀。刘后无处存身，没奈何削发为尼，就把怀金取出，筑一尼庵，权作羁栖。偏监国嗣源，不肯轻恕，竟遣人至晋阳，刺死刘后。一代红颜，到此才算收场。无非恶贯满盈。

北京留守永王存霸，闻兄弟多遭杀戮，自然寒心，即弃镇奔晋阳，往依彦超，愿为山僧。彦超欲奏取进止，偏部众不肯纵容，定要置他死地。存霸骇极，即祝发披缁，潜出府门，奈被军士阻住，拔刀斫去，死于非命。薛王存礼，是唐主三弟，与唐主子继潼、继嶂、继嶒、继峣等，俱不知所终。唯唐主介弟存美，素有风疾，幸得免死。克用本有七子，只一存美仅存。存勖五子，四子未知下落。

继岌行至武功，宦官李从袭，又劝继岌驰赴京师，往定内难。继岌又复东行，到了渭河。西都留守张篯，折断浮桥，不令东渡，乃只好沿河东趋，途中随兵，陆续奔散，从袭又语继岌道："大事已去，福不可再，请王早自为计。"继岌彷徨泣下，徐语李环道："我已道尽途穷，汝可杀我。"环迟疑多时，乃语继岌乳母道："我不忍见王死，王若无路求生，当卧榻踣面，方可下手。"乳母泣白继岌，继岌面榻偃卧，环遂取帛套颈，把他缢死。从袭自往华州，也为都监李冲所杀。任圜后至，收集余众，得二万人还洛。嗣源命石敬瑭慰抚，军士皆无异言，各退还原营。

百官因继岌已死，仍累表劝进。嗣源始有动意，大行赏罚，先责租庸使孔谦奸佞苛刻，将他处斩。废去租庸使名目，悉除苛政。又罢诸道监军使，历数宦官劣迹，令所在地一概加诛。李绍真总决枢机，擅收李绍钦、李绍冲下狱。安重诲语绍真道："温、段罪恶，皆在梁朝，今监国新平内乱，冀安万国，岂专为公复仇么？"绍真意沮，乃禀明监国，复两人姓名为段凝、温韬，放归田里。召孔循为枢密使。循与绍真，皆入白监国，请改建国号。嗣源道："我年十三事献祖，即李国昌，见十四回。献祖因我关宗属，视我犹子，又事太祖、指克用，亦见十四回。先帝垂五十年，经营攻战，未尝不预。太祖基业，就是我的基业，先帝天下，就是我的天下，哪有同家异国的道理？当令执政更议！”礼部尚书李琪，承旨入对道：“若改国号，是先帝成为路人，梓宫何所依托？不但殿下不忘三世旧君，就是我辈人臣，问心也自觉不安！前代以旁支入继，不一而足，请用嗣子柩前即位礼，才算得情义两全了。”嗣源称善，群议乃定。

过了两日，嗣源自兴圣宫转赴西宫，自服斩衰，至柩前即位，百官俱服缟素，既而御衮冕受册，百官皆改着吉服，行朝贺礼，颁诏大赦。即改同光四年为天成元年。酌留后宫百人，宦官三十人，教坊百人，鹰坊二十人，御厨五十人，自余任从他适。中外毋得献鹰犬奇玩，诸司有名无实，一体裁革。分遣诸军就食近畿，减省馈运，除夏秋税省耗，各道四节供奉，不得苛敛百姓，刺史以下，不得贡奉。封赏百官，进任圜同平章事，复李绍真、李绍虔、李绍英等姓名，仍为霍彦威、房知温、杜晏球。晏球又自称为王氏子，仍复姓王。又有河阳节度使夏鲁奇，洺州刺史米君立，本由唐主李存勖，赐姓名为李绍奇、李绍能，至是俱复原姓名，听郭崇韬归葬，赐还朱友谦官爵，安葬先帝李存勖于雍陵，庙号庄宗。小子有诗叹道：

得国非难保国难，霸图才启即摧残；
沙陀派接虽犹旧，毕竟雍陵骨早寒！

朝廷易主，庶政维新。欲知后事，请看下回续叙。

唐主存勖，不死于他人，而独死于伶人郭从谦之手，天之留示后世，何其微而显也！堂堂天子，宁有与优人为戏，足以治国平天下者？其遇弑也，正天之所以加谴也！然则李嗣源果为无罪乎？曰：薄乎云尔，恶得无罪。嗣源为部众所逼，拥入邺都，尚出于不得已，及移檄会兵，进据大梁，无君之心，固已暴露，入洛以后，何不亟诛首逆，为故主复仇？且魏王在外，未尝遣使奉迎，通、雅二王，由安重诲、霍彦威等，定谋致毙。徒以一责了事，自饰逆迹，古人所谓欲盖弥彰者，可为嗣源论定矣。至若存霸之死于晋阳，继岌之死于渭南，且未闻一言痛悼，并假面具亦揭去之。百僚劝进，靦然即真，谓非篡逆得乎？读是回毕，当下一断词曰：弑庄宗者为郭从谦，令从谦得弑庄宗者实李嗣源！

第二十回　立德光番后爱次子
杀任圜权相报私仇

却说李嗣源即位以后，更张庶政，改易百官，宰相任圜，尽心佐治，朝纲渐振，军民各饱食无忧。邺都守将赵在礼，却请唐主嗣源，转幸邺都。唐主颇以为疑，徙在礼为义成节度使。在礼不肯离邺，但表称军情未协，乃改拜邺都留守兴唐尹。尚有从马直指挥使郭从谦，本是个弑君首恶，唐主嗣源入都，并未过问，仍复旧职。既而出调为景州刺史，乃遣使加诛，并令夷族。入洛时，并未声讨，直至后来诛夷，转若罚非其罪，赵在礼明是乱首，乃壹意优容，嗣源之心不大可见耶。嗣源自不知书，四方奏事，统令安重诲旁读。重诲亦不能尽通，因奏请选用文士，上供应对。乃命翰林学士冯道、赵凤，俱充端明殿学士。端明学士的职位，向无此官，至是创设。唐主因侍读得人，使重诲兼领山南东道节度使。重诲奏言襄阳重地，不可乏帅，未便兼领，因此表辞。唐主始收回成命。但重诲自恃功高，未免挟权专恣，盈廷大臣，又要从此侧目了。奈何不鉴郭崇韬！

这且慢表，且说契丹主阿保机，自沙河败退，未敢入寇。见十四回。同光年间，反遣使聘唐通好，唐亦释嫌馆使，优礼相待。阿保机南和东战，恰出击渤海，进攻扶余城。适唐廷遣使姚坤，至契丹告哀，且报明新主嗣位。阿保机尚未返西楼，由番官伴坤东行，往谒行幄。坤入帐中，但见阿保机锦袍大带，与妻述律氏对坐。俟坤行过了礼，便启问道："闻尔河南北有两天子，可真么？"坤答道："天子因魏州军乱，命总管李令公往讨，不幸变起洛阳，御驾猝崩。总管返兵河北，赴难京师，为众所推，勉副人望，现已正位有日了。”

阿保机闻言变色，突然起座，仰天大哭道：“晋王与我约为兄弟，河南天子，就是我兄弟的长儿，今果因变致亡么？我闻中国有乱，未知确实，正拟率甲马五万，来助我儿，只因渤海未除，坐此迁延，哪知我儿竟长逝了！”说毕复哭，哭毕复说道：“我儿既殁，理应遣人北来，与我商量，新天子怎得自立？”仿佛是无赖徒口吻。坤又道：“新天子统师二十年，位至大总管，所领精兵三十万，上应天时，下从人欲，哪里还好延宕呢？”阿保机尚未及言，长子突欲，一作托允。入帐指驳道：“唐使不必多渎，尔新天子究臣事故主！擅自称尊，岂不为过！”坤正色道：“应天顺人，岂徇匹夫小节，试问尔天皇王得国，究由何人授受？难道也是强取么！”突欲不能再驳，只好默然。阿保机乃和颜语坤道：“理亦应尔。”随即延坤旁坐，徐语坤道：“我闻此儿有宫婢二千人，乐官千人，放鹰走狗，嗜酒好色，任用不肖，不惜人民，应该遭祸致败。我得知消息，即举家断酒，解放鹰犬，罢散乐官，若效我儿所为，亦将同归覆没了！”外人尚知借鉴，所以渐臻强盛。坤答道：“今新天子圣明英武，剔清宿弊，庶政一新，即位才经旬月，海内慰望，亿兆咸怀。天皇王诚有心修好，令南北人民，共享太平，岂不甚善！”阿保机道：“我与汝新天子并无宿怨，不妨修好，但须割河北地归我，我从此决不南侵，与汝国长敦睦谊了！”坤又说道：“这非使臣所敢与闻！”阿保机复道：“河北不肯让我，但与我镇、定、幽州，也算了事。”说至此，从案上取过纸笔，令草让书。坤朗声道：“外臣为告哀来此，岂为割地来么？”遂缴还纸笔，不肯草写。

阿保机将他拘住，不使南归，及夺得扶余城，改名东丹国，留长子突欲镇守，号为人皇王，挈次子德光回国，号为元帅太子，途次遇病，竟致殁世。由皇后述律氏护丧返西楼，突欲亦奔丧归来。当由述律氏召集部酋，商议继统问题。述律后素爱德光，至是命二子乘马，俱立帐前，乃宣告诸部酋道：“二子皆我所爱，未知所立，还请汝等审择一人。如已审择得宜，可趋前执辔。”说至此，以目斜视德光，诸酋长素惮雌威，瞧着述律后形状，已经窥测意旨，便各趋德光马前，握住马缰。述律后喜道：“众志从同，我怎敢故违？”遂立德光为契丹嗣主。舍长立次，究属未当。令突欲仍归东丹，一面释出唐使姚坤，令他归国报丧。

坤还洛都，报明唐主嗣源，唐主以使臣得归，不便决裂，乃遣使吊问。德光尊述律氏为太后，送阿保机归葬木叶山，庙号太祖。述律太后征集各酋长夫妻，一同会葬，临葬时，问诸酋长道："汝等思先帝否？"诸酋长自然同声道："我等受先帝恩，怎得不思？"述律太后微笑道："汝等既思先帝，我当令汝相见地下。"遂指令左右，引诸酋长至墓前，杀死殉葬。各酋长妻皆失色大恸。述律太后又传谕道："汝等不得多哭，我今寡居，汝等岂可不效我么？"全没道理。各酋长妻无法违拗，只好退去。述律太后见左右桀黠，又常与语道："为我传达先帝！"说毕，即牵至阿保机墓前，杀毙了事。前后被杀，不下百数，最后轮到阿保机宠臣赵思温，独不肯行。述律太后道："汝尝亲近先帝，怎得不往？"思温答道："亲近莫如皇后；太后若行，臣自当相随！"此子可谓有胆。述律太后道："我非不欲追随先帝，侍奉地下，但因嗣子幼弱，国家无主，所以不便往殉呢。"道言未已，竟取剑截去左腕，令左右携置墓中。恰是一奇。赵思温竟得免死。

述律太后临朝谕政，大小国事，均由裁决，仍令韩延徽为政事令，见第十一回。纳侄女为德光帝后。德光性颇孝谨，每遇太后有恙，忧急异常，甚至不进饮食，太后疾愈，仍复常度。礼失求野，所以叙及。越三年始改元天显。述律太后素有智谋，德光亦勇略过人，所以雄长北方，依然如旧，并不闻有什么大变哩。唯契丹卢龙节度使卢文进，由唐主嗣源遣人游说，谓易代以后，无复嫌怨，何不归朝！文进部下皆华人，闻言思归，不由文进不从，乃率众归唐。文进降契丹亦见第十一回。唐主令为义成军节度使，寻复徙镇威胜军，加授同平章事，这真所谓特别宠荣了。

是时蜀亡岐降，吴尚照旧。岭南镇将南海王刘岩，因兄隐死后，承袭旧封。梁末建国号越，自称皇帝，改元乾亨。寻又改国号汉，更名为陟。尝与唐主存勖书，自称大汉国主。唐廷令改定国书，汉使何词不从，返报汉主。谓唐主骄淫，必不能久，汉主遂与唐绝好。南诏与汉境接壤，当时酋长蒙氏，为部下郑旻所灭，改国号为长和。旻遣使郑昭淳至汉，献上朱鬃白马，并乞和亲。汉王赐昭淳宴，赋诗属和，昭淳随口吟咏，压倒汉臣。汉主乃以兄女增城公主，遣嫁郑旻。其实旻已有后马氏，就是楚王马殷女，那增城公主到了长和，无非是备作嫔嫱罢了。既而汉南宫忽现白龙，汉王应瑞改名，易陟为龚。有胡僧呈入谶书，谓灭刘者龚，汉主乃更采飞龙在天的意义，杜造一个龑字，定音为俨，取以为名。白龙已不足信，至自造名字，更属无谓。未几与楚失和，楚人入攻封州，龑颇有惧意，筮《易》得“大有卦”，乃改元大有。遣将苏章救封州，用诱敌计，尽覆楚军。楚王马殷，乃遣使贡唐，联唐拒汉，自是楚汉相持，各按兵不动。

汉东就是福建，自王审知受梁封爵，称号闽王。同光三年，审知病殁，子延翰嗣，受唐封为节度使。至庄宗遇弑，中原多故，延翰也建国称王，表面上尚奉唐正朔。只是延翰好色，妻崔氏貌甚丑陋，却异常妒悍，延翰广选良家女，充当妾媵，被崔氏接连加害，一年中伤毙至八十四人，崔氏为冤鬼所祟，也致暴亡。延翰得拔眼中钉，很是欣幸，乐得淫纵暴虐，任所欲为。弟延钧上书极谏，反被黜为泉州刺史。延钧很是不平，便与延禀私下设谋，欲杀延翰。延禀为审知养子，本姓周氏，原名彦琛，素与延翰有隙，曾任建州刺史，此次遂合兵进袭福州。延禀先至，缘城得入。延翰为色所迷，一些儿未曾预闻，至延禀突入宫门，方惊走床后。延禀早已瞧着，令部兵牵出门外，面数罪状，将他杀死。即开城迎纳延钧，推为留后。延钧仍令延禀还守建州，一面详报唐廷。唐封延钧为闽王。但闽已立国，与汉相似，不过汉已绝唐，闽尚臣唐，所以后唐天成元年，分为四国三镇。唐、吴、汉、闽为四国，吴越、荆南、湖南为三镇，吴、汉不服唐命，此外还算称臣唐室，列作屏藩。此段是补叙文字，亦即是点醒文字，遥应前第三回，表明大势沿革。但荆南节度使南平王高季兴，与唐是阳奉阴违，当唐师伐蜀时，曾命充西川东南面行营招讨使，见十七回。他却请自取夔、忠、万、归、峡等州，唐庄宗当然允许。哪知他实作壁上观，按兵不发。嗣闻蜀已被灭，不禁大惊道：“这是老夫的过失哩！”司空梁震道：“唐主得蜀，势必益骄，骄必速亡，何足深虑！且安知不为吾福？”季兴乃放着大胆，竟遣兵士截住江中，遇有唐吏押解蜀物，送往洛阳，即就中途邀劫，夺得蜀货四十万，并杀死唐押牙官韩珙等十余人。会唐都大乱，不暇过问。至嗣源即位，遣人诘问季兴，季兴满口抵赖，只说是押官覆溺，当问水神。嗣源闻报，未免含愤，但因即位未久，不便劳师进讨。哪知季兴得步进步，且乞将夔、忠、万等州，归属荆南。唐主嗣源，还是含忍优容，勉强允许，唯刺史须由唐廷简放。偏季兴先袭踞夔州，拒绝唐官。那时唐主忍耐不住，遥饬襄州镇帅刘训为招讨使，进攻荆南。老天似暗助季兴，竟连日霪雨，不肯放晴，刘训部军，多半病疫，且因粮运不继，没奈何引兵退还。季兴遂并取忠、万、归、峡四州，已而唐将西方邺，突出奇兵，把夔、忠、万三州夺还，更欲入攻荆南，季兴才有惧意，竟举荆、归、峡三州，向吴称臣去了。同一称臣，何必舍北逐南。

唐相豆卢革、吴说，为谏议大夫萧希旨所劾，说他不忠故主，一并罢职，朝政悉令任圜主持。枢密使孔循，独荐引梁臣郑珏，得擢为相，寻又荐入太常卿崔协，任圜以协无相才，拟改用吏部尚书李琪。偏郑珏与琪不协，极力阻挠，安重诲又袒护郑珏，与任圜屡起龃龉，一日在御前争议，任圜愤然道："重诲未悉朝中人物，为人所卖，协虽出名家，识字无多，臣方愧不学，谬居相位，奈何复添入崔协，惹人笑议！"唐主嗣源道："宰相位高责重，应仔细审择。朕前在河东时，见冯书记博学多材，与人无忤，看来且可任为相呢。"语毕退朝。孔循面带愠色，拂衣先走，且行且语道："天下事统归任圜，究竟任圜有什么才能？如果崔协暴死，也不必说了；协如不死，总要入相，看任圜如何对待呢？"全是蛮话。嗣是好几日称疾不朝。唐主令重诲慰谕，方入朝莅事，重诲私语任圜道："现在朝廷乏人，姑令崔协备员，想亦无妨。"圜答道："公舍李琪，相崔协，好似弃苏合丸，取蛣蜣粪了。"重诲不答，心中很是不乐，每与孔循相结，毁琪誉协，唐主竟为所蒙，命冯道、崔协同平章事。看官！你想圜既短协，协必嫉圜，两人共掌朝纲，还能和衷共济吗？圜奈何还不辞职！

任圜自蜀入相，兼判三司，素知成都富饶，前时除犒军外，尚余钱数百万缗，乃遣太仆卿赵季良，为三川制置转运使，令送犒军余钱至京使。西川节度使孟知祥，怒不奉命，但因季良旧交，留居蜀中，不使任事。知祥妻李氏，系唐庄宗从姊，曾封琼华长公主，自与董璋分镇两川，内恃帝戚，外拥强兵，权势日盛，及季良至蜀，不得输送犒军余钱，唐廷颇加疑忌。安重诲尤欲设法除患，客省使李严，自请为西川监军，严母面谕道："汝倡谋伐蜀，侥幸成功。今日尚好再往么？"严谓食君禄，当尽君事，竟不遵母教，得请即行。得意不宜再往，此去真是送死了。既至成都，知祥盛兵出迎，入城与宴，酒至半酣，知祥勃然道："公前奉使王衍，归即请公伐蜀，庄宗信用公言，遂致两川俱亡，今公复来，蜀人能不怀惧么？况现今各镇，俱废监军，公独来监我军，究是何意？"严方欲答辩，知祥已顾部将王彦铢，令他动手。彦铢率严下座，严始惶恐乞哀。知祥道："蜀人俱欲杀公，并非出自我意，公亦知众怒难违吗？"遂不由分说，竟被彦铢推至阶下，一刀两段。遂上表唐廷，诬严他罪，且请授赵季良为节度副使。

唐主嗣源，尚欲以恩信羁縻，再遣客省使李仁矩赴蜀慰谕。并因琼华公主，及知祥子昶，尚留住都中，亦命仁矩乘便送去，知祥总算厚待仁矩，遣归洛阳，申表称谢，但心中已不免藐视唐廷了。为后文伏案。

时平卢军校王公俨作乱，幸得讨平，公俨伏诛，支使官名。韩叔嗣坐党并死。叔嗣子熙载奔吴，邺都军亦蠢然思动，留守赵在礼恐不能制，密求移镇。唐主徙在礼为横海节度使，授皇甫晖为陈州刺史，赵进为贝州刺史，遣皇次子从荣镇守邺都。卢台兵变，由副招讨使房知温，与马军指挥使安审通，合兵围击，才得荡平。

宰相任圜，与安重诲同议内外重事，多半未合，唐主因敉平外乱，多出重诲主张，所以专信重诲。向例使臣出四方，必由户部给券，重诲拟改从内出，任圜与他力争廷前，声色俱厉，唐主也看不过去，快快入内。适有宫嫔接着，见唐主含有怒意，便问道："陛下与何人议事，声彻内廷？"唐主说是宰相任圜，宫嫔道："妾在长安宫中，从未见宰相奏事，如此放肆，莫非轻视陛下不成？"想是花见羞，详见下文。唐主被她挑拨，愈滋不悦，卒从重诲言。圜因求罢，遂免他相职，令为太子少保，圜心不自安，更请致仕，也由唐主允准，退老磁州。已经迟了。

嗣因唐主出巡汴州，行至荥阳，民间讹言纷起，都说车驾将调迁镇帅。朱守殷正出镇宣武军，颇怀疑惧。判官孙晟，劝守殷先发制人，守殷遂召都指挥使马彦超，与谋叛命。彦超不从，守殷便砍死彦超，登城拒守。唐主急遣宣徽使范延光往谕，延光道："往谕何益？不如急攻。否则彼得缮备，反致城坚难下了。臣愿得五百骑速趋汴城，乘他无备，方可收功。"唐主乃拨骑兵五百，星夜前往，飞驰二百里，到了大梁城下，天尚未明，喊声动地。守殷从睡梦中惊醒，急忙号召徒众，开城搦战，两下里杀到黎明，御营使石敬瑭，又率亲军趋至，杀得汴军人仰马翻。守殷正要退回，遥见有一簇人马，拥着黄盖乘舆，呼喝前来。不由的意忙心乱，策马返奔，哪知城上已竖起降旂，守兵一齐拥出，向前迎降，眼见是禁遏不住，无路可归，没奈何拔刀自刎，血溅身亡！死有余辜。

唐主入城，搜诛余党，共死数十百人，独孙晟乘间逃脱，径奔淮南。安重诲尚恨任圜，诬称圜与守殷通谋，密遣供奉官王镐赴磁州，矫制赐任圜自尽。圜受命怡然，聚族酣饮，然后仰药自杀。圜系京兆人氏，素有政声，相业卓著，不幸抗直遭谗，无辜毕命。小子有诗叹道：

折槛留旌抗直臣，汉成庸弱尚知人。
如何五季称贤辟，坐使忠良枉杀身！

重诲既矫制杀圜，然后出奏，究竟唐主嗣源如何主张？待至下回说明。

本回多叙外事，是前后过渡文字。前数回是专叙后唐，无暇述及外情，即如灭蜀一段，亦系唐廷直接用兵，唐为主，蜀固为客也。此回叙契丹事，兼及南方各镇，是契丹为主，而各镇为客，经此一回表明，则既足顾应上文，俾阅者知所沿革，下文因事叙人，自不至无绪可寻矣。至若孟知祥之杀李严，及平卢之乱，邺都之乱，汴州之乱，俱用简笔叙过，绝不渗漏。而任圜枉死，即顺手带出，后唐贤相莫如圜，特别提明，正所以表其贤而惜其死也。

第二十一回　王德妃更衣承宠　唐明宗焚香祝天

却说唐主李嗣源，宠任枢密使安重诲，连他矫制与否，亦未尝过问。重诲冤杀任圜，才行奏闻，唐主反诏数圜罪，说他不遵礼分，潜附守殷，应该处死。唯骨肉亲戚仆役等，并皆赦罪云云。在唐主的意见，还算是格外矜全，其实已为重诲所蒙蔽，枉害忠良了。

重诲为佐命功臣，因此得宠。还有一个后宫宠妃，与重诲阴相联络，每在唐主面前，陈说重诲好处，唐主益深信不疑。原来唐主正室，系是曹氏，只生一女，封永宁公主，次为夏氏，生子从荣、从厚，妾为魏氏，就是从珂生母，由平山掳掠得来。见前文。又有一个王氏女，出自邠州饼家，为梁将刘鄩所买，作为侍儿，及年将及笄，居然生成一副绝色，眉如远山，目如秋水，鼻似琼瑶，齿似瓠犀，当时号为“花见羞”。得鄩钟爱，鄩死后，此女无家可归，流寓汴梁。适嗣源次妻夏夫人去世，另求别耦。有人至安重诲处，称扬王氏美色，重诲即转白嗣源，嗣源召入王氏，仔细端详，果然是艳冶无双，名足称实。虽王氏行谊不同刘后，但也是一朝尤物。从来好色心肠，人人所同，难道唐主嗣源，见了美色，有不格外爱怜么？况王氏身虽无主，尚带得遗金数万，至此多赍给嗣源。嗣源既得丽姝，又得黄金，自然喜上加喜，宠上加宠。即位未几，封曹氏为淑妃，王氏为德妃。

王氏尚有余金，又赠遗嗣源左右，与嗣源诸子。大家得了钱财，哪个不极口称赞，并且王氏性情和婉，应酬周到，每当嗣源早起，盥栉服御，统由她在旁侍奉，就是待遇曹淑妃，亦必恭必敬，不敢少忤。及曹淑妃将册为皇后，密语王氏道："我素多病，不耐烦劳，妹可代我正位中宫。"王氏慌忙拜辞道："后为帝匹，即天下母，妾怎敢当此尊位呢？"初意却还可取。既而六宫定位，曹氏虽总掌内权，如同虚设，一切处置，多出王氏主张。

王氏既已得志，倒也顾念恩人，如遇重诲请托，无不代为周旋。重诲有数女，经王氏代为介绍，欲令皇子从厚娶重诲女为妇，唐主恰也乐允。偏重诲入朝固辞，转令王氏一番好意，无从效用。看官阅此，几疑安重诲是个笨伯，有此内援，得与后唐天子，结作儿女亲家，尚然不愿，岂不是转惹冰上人懊怅么？哪知重诲并非不愿，却是受了孔循的愚弄。循也有一女，方运动作太子妃，一闻重诲行了先着，不禁着急起来，他本是刁猾绝顶的人，便往见重诲道："公职居近密，不应再与皇子为婚，否则转滋主忌，恐反将外调呢。"重诲是喜内恶外，又与循为莫逆交，总道是好言进谏，定无歹意，因此力辞婚议。聪明反被聪明误。循遂托宦官孟汉琼，入白王德妃，愿纳女为皇子妇。王氏因重诲辜负盛情，未免介意，此时由汉琼入请，乐得以李代桃，便乘间转告唐主，玉成好事。重诲渐有所闻，才觉大怒，即奏调孔循出外，充忠武军节度使，兼东都留守，唐主勉从所请。

可巧秦州节度使温琪入朝，愿留阙下。唐主颇喜他恭顺，授为左骁卫上将军，别给廪禄。过了多日，唐主语重诲道："温琪系是旧人，应择一重镇，俾他为帅。"重诲答道："现时并无要缺，俟日后再议。"又隔了月余，唐主复问重诲，重诲勃然道："臣奏言近日无阙，若陛下定要简放，只有枢密使可代了。"唐主亦忍耐不住，便道："这也无妨，温琪岂必不能做枢密使么？"重诲也觉说错，无词可对。谁叫你如此骄横。温琪得知此事，反暗生恐惧，好几日托疾不出。

成德节度使王建立，亦与重诲有隙，重诲说他潜结王都，阴怀异志。建立亦奏重诲专权，愿入朝面对。唐主即召令入都，建立奉诏即行，驰入朝堂，极言重诲植党营私，且说枢密副使张延朗，以女嫁重诲子，得相援引，互作威福。唐主已疑及重诲，又听得建立一番奏语，当然不乐，便召重诲入殿。重诲也含怒进来，惹得唐主愈加懊恼，便顾语重诲道："朕拟付卿一镇，暂俾休息，权令王建立代卿，张延朗亦除授外官。"重诲不待说毕，厉声答道："臣披除荆棘，随陛下已数十年，值陛下龙飞九重，承乏机密，又阅三载，天下幸得无事，一旦将臣摈弃，移徙外镇，臣罪在何处？敢乞明示！”

唐主愈怒，拂袖遽起，退入内廷。

适宣徽使朱弘昭入侍，便与语重诲无礼，弘昭婉奏道：“陛下平日待重诲如左右手，奈何因一旦小忿，遽加摈斥，臣见重诲语多拗戾，心实无他，还求陛下三思！”唐主怒为少霁，越日复召入重诲，温言抚慰。建立乃陛辞归镇，唐主道：“卿曾言入分朕忧，奈何辞去？”建立道：“臣若在朝，反累陛下动怒，不若告辞！”唐主道：“朕知道了。”会同平章事郑珏，表情致仕，有诏允准，即令建立为右仆射，兼同平章事。

既而皇子从厚纳孔循女为妃，循乘便入朝，厚赂王德妃左右，乞留内用。安重诲再三奏斥，仍促令赴镇。皇侄从璨，素性刚猛，不为人屈。从前唐主幸汴，往讨朱守殷，留他为皇城使，他召客宴会节园，酒后忘情，戏登御榻，当日并无人纠弹，蹉跎年余，反由重诲提出劾奏，贬为房州司户参军，寻且赐死。此外挟权胁主，党同伐异，尚难尽述。

义武节度使王都，在镇十余年，因与庄宗结为姻亲，曾将爱女嫁与继岌，所以累蒙宠眷，属州得自除刺史，所出租赋，皆赡本军。至庄宗已殁，继岌自杀，唐主嗣源即位，尚是曲意优容，不加征索，独安重诲屡加裁抑，且说他逼父夺位，心不可问，因之唐主亦随时预防。会契丹屡次犯塞，唐廷调兵守边，多屯驻幽、易间，免不得仰给定州，都不愿输运，遂有异图。再加心腹将和昭训，劝都为自全计，都即遣人至青、徐、歧、潞、梓五镇，赍投蜡书，约同起事。偏五镇概不答复，令都孤掌难鸣，乃复募得说客，令劝北面副招讨使王晏球。晏球不但不从，反飞表唐廷，报称都反。唐主便命晏球为招讨使，发诸道兵进攻定州。

都至此已势成骑虎，不能再下，只好纠众拒守。不反乌乎死，不死乌能泄养父遗恨！一面向奚酋秃馁处求救，啗以重赂。秃馁遂率万骑来援，突入定州。晏球见番兵气盛，不如让他一舍，退保曲阳。那秃馁即扬扬自得，与都合兵进攻。将至曲阳附近，伏兵猝发，左右夹击，把秃馁等一鼓杀退。晏球乘胜追击，拔西关城，作为行府，令祁、易、定三州土民，输税供军。都与秃馁困守孤城，呼秃馁为馁王，屈身奉事，求他设法免患。秃馁乃替他乞师契丹，契丹亦发兵相助。都遣部将郑季璘、杜弘寿等，往迎契丹军。适被晏球侦悉，潜师邀击，把季璘、弘寿一并擒回，斩首示众。

都益觉气沮，至契丹兵到，方与秃馁开城相会，合兵袭破新乐，复逼曲阳。晏球凭城遥望，见来军轻佻不整，可以力破，便召集将校，指示敌隙，方下城宣谕道："王都恃有外援，跃马前来，我看他趾高气扬，必然无备，可一战成擒哩。今日乃诸军报国的时间，宜悉去弓矢，概用短兵接战，不得回顾，违令立斩！"此令一下，全军应命，当即开城出战。骑兵先驱，步兵继进，或奋梃，或挥剑，或持斧，或挺刃，不管什么死活，一齐冲杀过去。晏球在后督战，有进无退，任你番骑精壮得很，也被杀得七零八落，死亡过半，余众北遁，都与秃馁，拼命逃还。

契丹败卒，走回本国，途中又被卢龙军截杀一阵，只剩得寥寥无几，脱归告败。契丹主耶律德光，再遣酋长惕隐一作特哩衮，系契丹官名。来救定州，又为王晏球杀败，仍然遁回。卢龙节度使赵德钧，复遣牙将武从谏，埋伏要路，截住归踪。惕隐不及防备，被从谏突出一枪，搠落马下，活捉而去；并擒得番目五十人，番兵六百人。赵德钧遣使献俘，解至洛都。廷臣请骈戮示威，唐主道："此等皆虏中骁将，若尽加诛戮，使彼绝望，不如暂行留存，借纾边患。"乃赦惕隐及番目五十人，余六百人一体处斩。

契丹两次失败，不敢再入。唐主即遣使促晏球攻城，晏球与朝使联辔并行，至定州城下，指阅形势，扬鞭密语道："此城如此高峻，就使城主听外兵登城，亦非梯冲所及，徒丧精兵，无损贼势，不若食三州租赋，爱民养兵，静俟内溃，自可不战而下了。"确是将略。朝使返报唐主，唐主乃不再催逼。好容易过了残年，直至次年即天成四年。二月，定州内乱，都指挥使马让能，开城迎纳官军，晏球麾军直入，都阖家自焚。负心人应该如此。秃馁被唐军擒住，械送大梁，就地枭首。贪小失大。晏球振旅而还，已而入朝，唐主褒劳有加。晏球口不言功，但说是久劳馈运，不免怀惭，因此益契主心，拜为天平军节度使，兼中书令，未几又徙镇平卢，寻即病逝。追赠太尉。晏球虽是两朝臣，但将略可称，故特详叙。会吴丞相徐温病殁，吴主杨溥，自称皇帝，改元乾贞，追尊行密为太祖武皇帝，渥为烈宗景皇帝，隆演为高祖宣皇帝，授徐知诰太尉兼侍中，拜温子知询为辅国大将军，兼金陵尹。因荆南高季兴称藩表贺，特封秦王。应前回。季兴侵楚，至白田击败楚师，获将吏三十四人，献入吴国。楚王马殷，遣使诉唐，且请建行台。唐封殷为楚国王，殷始升潭州为长沙府，立宫殿，置百官，命弟宾为静江军节度使，子希振为武顺军节度使，次子希声，判内外诸军事，姚彦章为左相，许德勳为右相，整兵添戍，控制边疆。

吴主杨溥，闻唐楚相结，遣使与唐修好，国书中自称皇帝。安重诲谓杨溥敢与朝廷抗礼，遣使窥视，不应延纳，遂将吴使拒绝，吴使自去。杨溥以唐既绝好，索性再发兵攻楚。到了岳州，楚人早已预备，不待吴兵列阵，便迎头痛击，擒得吴将苗璘、王彦章。尚有几个败卒，逃归报知吴主。吴主方有惧色，亟遣人赴楚求和，请放还苗、王二将。楚王殷乃将二将释归，与吴息争。

荆南节度史高季兴死，有子九人，长子从诲，向吴告哀，吴令从诲承袭父职。从诲既得嗣位，召语僚佐道："唐近吴远，务远舍近，终非良策，不如服唐为是。"乃遣使如楚，浼楚王殷代为谢罪，情愿仍修职贡，一面令押牙官刘知谦，奉表唐廷，进赎罪银三千两。唐主许令赦罪，拜从诲节度使，追封季兴为楚王。

先是季兴在日，闻楚得富强，赖有谋臣高郁，乃屡遣门客至楚，进说楚王，阴加反间。楚王殷始终不信，待郁如初。及希声用事，又向楚散布谣言，谓马氏当为高郁所夺，希声已是动疑，又经妻族杨昭遂，谋代郁任，屡向希声前谮郁，希声竟夺郁兵柄，左迁为行军司马，郁愤愤道："犬子渐大，即欲咋人，我将归老西山，免为所噬！"这数语为希声所闻，立矫父命杀郁，并及族党。数语杀身，可见语言不可不慎。是日大雾四塞，马殷深居简出，尚未知郁死耗，及瞧着大雾，方语左右道："我昔从孙儒渡淮，每杀无辜，必遭天变，难道今日有冤死的人么？"翌日始闻郁死，殷拊膺大恸道："我已老耄，政非己出，使我勳旧横罹冤酷，可悲可痛！看来我亦不能长久了。"不死何为。越年殷即病死，年已七十九。

长子希振，因弟握大权，自愿让位。遂由希声承袭父职，报达唐廷。唐以殷官爵俱高，无可追赠，唯赐谥武穆。并授希声为武安、静江等军节度使，希声嗜食鸡汁，每日必烹五十鸡，至送殷安葬，並无戚容，且食尽鸡臛数器，然后出送。礼部侍郎潘起道："从前阮籍居丧，尝食蒸豚，何代没有贤人呢！"希声尚莫名其妙，还道他是赞美词，烹鸡如故。唯去建国成制，复藩镇旧仪，尽心事唐，尚不失畏天事大的意义。且因亨国不永，二载即亡，所以保全首领，尚得善终。

此外如吴越王钱镠，当庄宗末年，也据国称尊，改元宝正。后来致安重诲书，语多倨傲，重诲奏遣供奉官乌昭遇、韩玫，出使吴越，传旨诘问。吴越王钱镠，还算照旧接待，不曾摆出帝王的架子，胁迫唐使。及唐使北返，韩玫却诬劾昭遇，说他屈节称臣，向镠拜舞，昭遇竟致枉死。重诲请削镠王爵，但令以太师致仕，所有吴越朝聘使臣，悉令所在系治。镠令子传瓘等上表讼冤，均被重诲掯阻，不得自伸。嗣是重诲身为怨府，连藩镇亦痛心疾首了。死期将至。

唯自唐主嗣源即位后，励精图治，不事畋游，不耽货利，不任宦官，不喜兵革，志在与民更始，共享承平，所以四方无事，百谷用成。唐主改名为亶，表示诚意，且与宰相等从容坐论，谈及乐岁，亦自觉有三分喜色。冯道在旁讽谏道："臣昔在先皇幕府，奉使中山，道出井陉，路甚险阻。臣自忧马蹶，牢持马缰，幸不失坠。及行入坦途，放辔自逸，竟至颠陨。可见临危时未必果危，居安时未必果安，行路尚且如此，何况治国平天下呢！"述冯道语，是不以人废言之意。唐主点首称善，又接口问道："今岁虽是丰年，百姓果家给人足否？"道又答道："凶年患饿莩，丰年伤谷贱，丰凶皆病，唯农家如是。臣尝记进士聂夷诗云：'二月卖新丝，五月粜新谷，医得眼前疮，剜却心头肉。'语虽鄙俚，却曲尽田家情状。总之民业有四农为最苦，人主最应体恤呢。"

唐主甚喜，命左右录聂夷诗，时常讽诵，差不多似座右铭，且因自己年逾花甲，料不能久，每夜在宫中沐手焚香，向天叩祝道："某本胡人，因天下扰乱，为众所推，权居此位，自惭不德，未足安民，愿天早生圣人，为生民主，俾某早得息肩，乃是四海的幸福了！"相传宋太祖赵匡胤，便是后唐天成二年，降生洛阳的夹马营内。乃父叫作赵弘殷，曾在后唐掌领禁军，至匡胤开国登基，海内才得统一。这都由唐主嗣源，一片诚心，感格上苍，方生此真命天子呢。小子有诗咏道：

敢将诚意告苍穹，一片私心愿化公。
夹马营中征诞降，果然天意与人同。

天成五年二月，唐主复改元长兴。过了二月，河中忽报兵变，逐去节度使李从珂。欲知变乱原因，容待下回分解。

史称唐明宗不迩声色，语难尽信。王德妃为梁将刘鄩侍儿，曾有“花见羞”之美名，至为唐主所得，极承宠眷，尚得谓非好色耶！况唐主纳德妃时，度其年已逾半百，此时已非少壮，尚为美色所迷，盥栉服御，悉出妃手，是其溺情床第，朝夕不离，已可想见。安重诲虽为佐命功臣，而挟权专恣，实由妃酿成之。设重诲不失妃懽，始终固结，吾知在明宗朝，未必其即遭危祸也。自王都受诛，四方无事，亦不过为一时之幸遇。至焚香祝天一事，史家播为美谈，夫既无心为帝，则何不迎立继岌，岂必知继岌之不足治民，乃起而暂代耶？第时当五季，如天成、长兴之小康，已属仅见，故史官不无溢美之词。本编叙明宗事，瑕瑜并采，毁誉存真，是固犹是董狐史笔也。

第二十二回　攻三镇悍帅生谋　失两川权臣碎首

却说唐主养子李从珂，屡立战功，就是唐主得国，亦亏他引兵先至，才得号召各军，从珂未免自恃，与安重诲势不相下。一日重诲宴饮，彼此争夸功绩，究竟从珂是武夫，数语不合，即起座用武，欲殴重诲。幸重诲自知不敌，急忙走匿，方免老拳。越宿，从珂酒醒，亦自悔卤莽，至重诲处谢过，重诲虽然接待，总不免怀恨在心。度量太窄。唐主颇有所闻，乃出从珂为河中节度使。从珂至镇，性好游猎，出入无常。重诲意欲加害，矫传密旨，谕河东牙内指挥使王彦温，令觑随逐从珂。彦温奉命，会从珂出城阅马，彦温即勒兵闭门，不容从珂入内，从珂叩门呼问道："我待汝甚厚，奈何见拒？"彦温从城上应声道："彦温未敢负恩，但受枢密院密札，请公入朝，不必还城！"从珂没法，只好退驻虞乡，遣使表闻。

唐主毫不接洽，自然召问重诲。重诲不便实陈，诈称由奸人妄言，应速加讨。唐主欲诱致彦温，面讯虚实，乃除授彦温为绛州刺史，促令入朝。看官试想，此时矫诏害人的安重诲，肯令彦温入朝面证么？当下一再请讨，始由西都留守索自通，步军都指挥使药彦稠，率兵往讨彦温。唐主却面嘱彦稠道："彦温拒绝从珂，想是有人主使，汝至河中，须生絷彦温回来，朕当面问底细。"彦稠应命而去，及驰抵河中，彦温尚未悉情由，出城相迎。不料见了彦稠，未曾发言，那刀锋已经过来，好头颅竟被斫去。恐做鬼也莫明其妙。彦稠既杀了彦温，即传首阙下，唐主怒彦稠违命，下敕严责，重诲独出为解免，竟不加罪。明是串通一气。从珂知为重诲所构，诣阙自陈，偏唐主不令详辩，责使归第。重诲再讽令冯道、赵凤等，劾奏从珂失守河中，应加罪谴。唐主道："我儿为奸党所倾，未明曲直，奈何亦出此言，岂必欲置诸死地么？朕料卿等受托而来，未必出自本意。"道与凤不禁怀惭，无言而退。

翌日由重诲独自进见，仍劾从珂罪状。唐主艴然道："朕昔为小校时，家况贫苦，赖此儿负石灰，收马粪，得钱养活，朕今日贵为天子，难道不能庇护一儿！卿必欲加他谴责，试问卿将若何处置？"愤懑已极。重诲道："陛下谊关父子，臣何敢言！唯陛下裁断！"唐主道："令他闲居私第，也算是重处了，此外何必多言！"重诲更奏保索自通为河中节度使，有诏允准。自通至镇，承重诲意旨，检点军府甲仗，列籍上陈，指为从珂私造。赖王德妃从中保护，从珂因得免罪。看官阅过前回，已知王德妃为了婚议，渐疏重诲。是时德妃已进位淑妃，取外库美锦，造作地毯。重诲上书切谏，引刘后事为戒。这却不得咎重诲。惹起美人嗔怒，始与重诲两不相容。重诲欲害从珂，王德妃偏阴护从珂，究竟枢密权威，不及帷房气焰，重诲尚未知敛抑，特徙磁州刺史康福，出镇朔方。朔方为羌胡出没地，镇帅往往罹害，福受知唐主，为重诲所忌，欲令他出当戎冲，亏得主恩隆重，特遣将军牛知柔、卫审峹等，率万人护送，沿途掩击逆羌，杀获几尽，转令福安抵塞上，大振声威。人各有命，谋害何益？

重诲计不得逞，也只好付诸缓图。偏是一波才了，一波又起，西川节度使孟知祥，雄踞成都，渐露异志，重诲又出预军谋，献上二议，一是分蜀地以铩蜀势，一是增蜀官以制蜀帅。两策不得谓非，可惜调度未善。唐主却也称善，便委重诲调度。重诲令夏鲁奇为武信军节度使，镇治遂州。又割东川中的果、阆二州，创置保宁军，授李仁矩为节度使。并命武虔裕为绵州刺史，各置戍兵。这种处置，实为防备两川起见。东川节度使董璋，首先动起疑来。原来李仁矩曾往来东川，先时因唐主祀天，持诏谕璋，令献礼钱百万缗，仁矩到了梓州，由璋设宴相待，一再催请，至日中尚然未至。璋不禁怒起，带领徒卒，持刃入驿，仁矩方拥妓酣饮，蓦闻璋至，仓皇出见。璋令他站立阶下，厉声呵斥道："公但闻西川斩李客省，难道我不能杀汝么？"仁矩始有惧意，涕泣拜请，才得乞免。璋乃遣仁矩归，但献钱五十万缗。仁矩本唐主旧将，又与安重诲友善，挟怒归来，极言璋必叛命，重诲因命他出镇阆州，使与绵州刺史武虔裕联络，控制东川。虔裕系重诲表兄，重诲益恃为心腹，密令诇璋。嗣是唐廷屡得密报，竞言璋将发难，重诲又饬武信军节度使夏鲁奇，亟治遂州城隍，严兵为备。

那时董璋很是惊惶，不得不自求生路，实行抵制。他与孟知祥素有宿嫌，未尝通问，此次因急求外援，不得不通好知祥，愿与知祥结为婚媾。知祥见梓州使至，召入问明，本意是不愿连和，只因道路谣传，朝廷将割绵、龙二州为节镇，自思祸近剥肤，与董璋同病相怜，也只好弃嫌修好。当下商诸副使赵季良，季良亦请合纵拒唐。知祥遂遣梓州使还报，愿招璋子为女夫，并令季良答聘梓州。季良归语知祥道："董公贪残好胜，志大谋短，将来必为患西川，不可不防！"后来两川交哄，由此一言。知祥始欲悔婚，但一时不好渝盟，姑与董璋虚与周旋，约他联名上表，略言"阆中建镇，绵、遂增兵，适启流言，震动全蜀，请收回成命"等语。嗣得唐廷颁敕，不过略加慰谕，毫不更张。董璋乃诱执武虔裕，幽锢府廷，发兵至剑门，筑起七寨，复在剑门北置永定关，布列烽火，一面募民入伍，剪发黥面，驱往遂、阆二州，剽掠镇军。孟知祥又表请割云安十二盐监，隶属西川，将盐值拨给宁江戍兵。于是两难并发，反令唐廷大费踌躇。

唐主嗣源，因董璋已露叛迹，不若知祥尚隐逆萌，乃许知祥所请，另派指挥使姚洪，率兵千人，从李仁矩戍阆州。董璋闻阆州又增兵戍，忍无可忍，他本有子光业，在都为宫苑使，便致书嘱子道："朝廷割我支郡，分建节镇，又屡次拨兵戍守，是明明欲杀我了。你为我转白枢要，若朝廷再发一骑入斜谷，我不得不反，当与汝永诀呢。"光业得书，取示枢密院承旨李虔徽，虔徽转告安重诲。重诲怒道："他敢阻我增兵么？我偏要增兵，看他如何区处！"既已挑动二憾，还要抱薪赴火。随即派别将荀咸乂再率千人西行。光业闻知，急语虔徽道："此兵西去，我父必反，我不敢自爱，恐烦朝廷调发，糜饷劳师，不若速止此兵，可保我父不反。"虔徽又转白重诲，重诲哪里肯依。果然咸乂未到阆州，董璋已经倡乱。

阆州镇将李仁矩，遂州镇将夏鲁奇，与利州镇将李彦琦，飞表奏闻。唐主召群臣会议军事，安重诲进言道："臣早料两川必反，但陛下含容不讨，因致如此！"若非你去逼反，虔亦未必至此。唐主道："我不负人，人既负我，不能不讨了。"遂饬利、遂、阆三州，联兵进讨。偏三镇尚未出师，两川先已入犯，反使三镇自顾不暇，还想什么联军。看官道两川兵马，如何这般迅速？原来唐廷会议发兵，适有西川进奏官苏愿，得知消息，立遣从官驰报知祥。知祥与赵季良计议。季良道："为今日计，莫若令东川先取遂、阆，然后我拨兵相助，并守剑门。彼时大军虽至，我已无内顾忧了！"知祥依议而行，遣使约董璋起兵。璋愿引兵击阆州，请知祥进攻遂州。知祥乃遣指挥使李仁罕为行营都部署，汉州刺史赵廷隐为副，简州刺史张业为先锋，率兵三万，往攻遂州，再派牙内指挥使侯弘实、孟思恭等，领兵四千，助董璋攻阆州。

阆中镇帅李仁矩，本来是个糊涂虫，一闻川兵到来，便欲出城搦战，部将皆进谏道："董璋久蓄反谋，来锋必不可当，不如固垒拒守，挫他锐气，俟大军到来，贼自然走了。"仁矩怒道："蜀兵懦弱，怎能当我精卒呢？"遂不从众言，居然出战。诸将因良谋不纳，各无斗志，未曾交锋，便即溃退，仁矩亦策马逃归。董璋乘势追击，险些儿突入城中，幸经姚洪断后，抵敌一阵，才得收兵入城，登阵拒守。璋曾为梁将，姚洪尝隶璋麾下，至是用密书招洪，诱令内应，洪投诸厕中。璋昼夜攻城，城中除姚洪外，都不肯为仁矩效力，眼见得保守乏人，坐致陷没。仁矩立被杀毙，家属尽死。姚洪巷战被执，由董璋向他面责道："我尝从行间拔汝，今日如何相负！"洪瞋目道："老贼！汝昔为李氏奴，扫除马粪，得一脔残炙，感恩无穷。今天子用汝为节度使，有何负汝，乃竟尔造反呢？汝犹负天子，我受汝何恩，反云相负！我宁为天子死，不愿与人奴并生！"璋闻言大怒，令壮士扛镬至前，刲洪肉入镬烹食，洪至死尚骂不绝声。不没忠节。

唐廷闻阆州失守，乃下诏削董璋官爵，诛璋子光业，命天雄军节度使石敬瑭为招讨使，夏鲁奇为副，右武卫上将军王思同为先锋，率兵征蜀，且令孟知祥兼供馈使。知祥已与璋同反，唐主尚欲笼络，所以有此诏命。毋乃太愚。知祥当然不受，反益兵围遂州，并促董璋速攻利州。璋向利州进发，途次遇雨，饷运不继，仍退还阆州。知祥闻报大惊道："阆中已破，正好进取利州，我闻李彦琦无甚勇略，必望风遁去，若得他仓廪，据险拒守，北军怎能西救遂州！今董公僻处阆中，远弃剑阁，必非良策，一旦剑门失陷，两川都吃紧了！"知祥谋略，远过董璋，故董璋卒为所败。遂遣人驰白董璋，愿发兵三千人，助守剑门。璋答言剑门有备，不劳遣师。知祥乃更派将下夔州，取泸州，更分道往略黔涪。

过了旬日，果得董璋急报，谓石敬瑭前军，已袭据剑门，守将齐彦温被他擒去。知祥顿足道："董公果误我了！"急召都指挥使李肇入见，令他率兵五千，倍道往据剑州。又遣人诣遂州，令赵廷隐分兵万人，会屯剑州。再派故蜀永平节度使李筠领兵四千，据守龙州要害。西川诸将，多系郭崇韬留戍，崇韬冤死，诸将多归咎朝廷，故愿为知祥效力。时适隆冬，天寒道滑，赵廷隐自遂州移军，士卒多观望不前。廷隐泣谕道："今北军势盛，若汝等不肯力战，妻孥皆为人有了！"于是众志始奋，亟向剑州进发。

先是西川牙内指挥使庞福诚，昭信指挥使谢锽，屯来苏村，闻剑门失守，互相告语道："若北军更得剑州，两蜀恐难保了。"遂引步兵千余人，从间道趋剑州，适值石敬瑭前锋王思同，与阶州刺史王弘贽，泸州刺史冯晖等，从此山驰下，望将过去，不下万余人，福诚便语谢锽道："我军只有千余名，来军总在万人以上，就使以一敌十，尚虑不足。今已天暮，待至明晨，我辈恐无遗类了。"谢锽道："不若乘着今夜，先去劫营，杀他一个下马威，免他轻视。"福诚道："我意也是如此！但敌众我寡，只好用着疑兵计，前后夹攻，令他惊退，便好保住剑州了。"锽奋然道："我挡敌前，君挡敌后，可好么？"福诚大喜，便与锽分路潜进，是夜唐军已越北山，就在山下扎营，约至黎明进攻剑州。夜色将阑，忽闻营外喊声骤起，急忙出兵对敌，不意来兵甚猛，所持皆系利刃，乱冲乱斫，好似生龙活虎一般。时当黑夜，也不知来兵若干，情急心虚，已觉遮拦不住，又听得山上吹角鸣鼓，响彻行营，不由的惊上加惊，立即弃营遁去，还保剑门，十多日不敢出军。

庞、谢二将，已将唐军吓退，安返剑州，计议用明写，次战用虚写，笔法灵活。赵廷隐、李肇两军，亦陆续到来，剑州已保无虞，再加董璋遣将王晖，也来助守，兵厚势盛，足敌官军。那庞、谢二将，仍出镇原汛去了。

石敬瑭到了剑门，才奏称知祥拒命。有诏夺知祥官爵，促敬瑭即日进讨。知祥闻剑州已固，方大喜道："我但恐唐军进据剑州，扼守险要，或分兵直趋朴州，董公必弃阆州奔还，我军失援，也只好撤遂州围。两川震动，势甚可虞，今乃顿兵剑门，连日不出，我定可济事了。"遂命赵廷隐、李肇等，整备迎敌。石敬瑭带着大军，进屯北山。赵廷隐在牙城后面，依山列阵，使李肇、王晖，出阵河桥。敬瑭引步兵进击廷隐，饬骑兵冲突河桥，两路兵马，统被蜀兵用强弩射退。到了日暮，敬瑭引退，又被廷隐等追杀一阵，丧失至千余人，仍还屯剑门。

当下飞使至洛，极言蜀道险阻，未易进兵，关右人民，转饷多劳，往往窜匿山谷，聚为盗贼，情势可忧，务乞睿断等语。敬瑭亦不免推诿。唐主接得军报，愀然语左右道："何人能办得了蜀事？看来朕当自行呢。"安重诲在旁进言道："臣职忝机密，军威不振，由臣负责，臣愿自往督战！"唐主道："卿愿西行，尚有何言！"

重诲拜命即行，日夜驰数百里，西方藩镇，闻重诲西来，无不惶骇，急将钱帛刍粮，运往利州。天寒道阻，人畜毙踣，不可胜计。凤翔节度使李从暚，已徙镇天平军，继任为朱弘昭，闻重诲过境，迎拜马前，留馆府舍，供张甚谨，连妻子也出来拜谒。重诲还道他是义重情深，与语朝事，无非说是谗言可畏，此行誓为国家宣力，杜塞谗口。弘昭尚极力称扬，及重诲既去，他即上书奏陈，说是重诲怨望，不可令至行营。小人之不可与处也如此。又贻书石敬瑭，劝他阻止重诲，免夺兵权。敬瑭正防到此着，再引兵出屯北山，与赵廷隐等交战数次，未见得利。且因遂州被陷，夏鲁奇阵亡，心下很是焦烦，一得弘昭来书，连忙拜表唐廷，但言重诲远来，转惑军心，乞即征还。

唐主早不悦重诲，别用范延光为枢密使，又因宣徽使孟汉琼，出使军前，还言两川变乱，统由重诲一人所致，再加王德妃从旁媒孽，越使唐主动疑，遂召重诲东归。重诲方到三泉，接到诏敕，不得已马首东瞻。

石敬瑭闻重诲东还，即生退志，适知祥枭夏鲁奇首，遣人持示行营。鲁奇有二子随军，共向敬瑭泣陈，愿取父首。敬瑭道："知祥长厚，必葬汝父，较诸身首异处，不更好么？"越日果由知祥传命，收还首级，备棺殓葬。敬瑭即毁去营寨，班师北归，两川兵从后追蹑，直至利州。李彦琦亦弃城奔还。自是利、遂、阆三镇，尽为蜀有。知祥复遣李仁罕等，攻夺忠、万、夔三州，声势大振。董璋乃收兵还东川。

唐主闻敬瑭奔还，并不加谴，但欲归罪重诲。重诲还，过凤翔，再想与朱弘昭谈心，弘昭已经变脸，闭门不纳。重诲怅怅还都，途中奉诏，命为河中节度使，不必入觐，方转趋河中去了。

未几由唐廷宣敕，复吴越王钱镠官爵，再起李从珂为左卫上将军，出镇凤翔。重诲愈觉不安，乃上章乞休，朝命以太子太师致仕，另简皇侄从璋为河中节度使，并遣步军药彦稠率兵同行，使防重诲变状。重诲有二子，长崇绪，次崇赞，宿卫京师，一闻制下，即日私奔至河中，省视重诲。重诲道："尔等来此，有无朝命？"二子答言未曾，重诲大惊道："未奉敕旨，怎得擅来！"说至此，不禁顿足，半晌才唏嘘道："我知道了，这事非尔等意，有人诱使尔等，陷我重罪，我以死报国罢了，余复何言！"乃将二子械送阙下。行至陕州，已有制敕传到，令就地下狱。

重诲既发遣二子，自如不妙，日夕防有后命。忽有中使到来，见了重诲，尚未开口，即向他恸哭。重诲亦流涕问故。中使道："人言公有异志，朝廷已遣药彦稠领兵来了。"重诲泫然道："我久受国恩，死不足报，尚敢另生异志，更烦国家发兵，贻主上忧么？"已而李从璋、药彦稠到来，与重诲相见，尚无恶意。重诲正要交卸，不防来了皇城使翟光邺，传着密旨，令从璋转图重诲。从璋即带兵围重诲第，自入门见重诲。甫至庭中，便即下拜。重诲惊出，降阶答礼，偏从璋手出一锤，趁着重诲俯首时，猛击过去，砉然一声，流血满庭。重诲妻张氏，三脚两步的走了出来，抱住重诲大呼道："令公就使得罪，死亦未晚，何必这般辣手！"从璋又用锤击张氏首，可怜一对夫妇，就此毕命，同归地下。享尽荣华，难免有此一日。

看官听着！翟光邺奉遣至河中，不过由唐主密嘱，谓重诲果有异志，可与从璋密商。光邺素恨重诲，即授意从璋，击死重诲夫妇，然后返报唐主，只说重诲已蓄异图。唐主即日下诏，把断绝钱镠，及离间孟知祥、董璋等事，一古脑儿归至重诲身上，并将他二子并诛，唯族属得免连坐。小子有诗叹道：

> 大臣风度贵休休，贪利终贻家国忧。
> 一奋铁锤双陨命，生前何不早回头！

唐主已诛死重诲，又命西川进奏官苏愿，东川进奉军将刘澄，各还本道，传谕安重诲专命兴兵，今已伏辜了。毕竟两川如何对待，且至下回表明。

安重诲恃宠擅权，其足以致死也，由来久矣。从珂虽唐主养子，但为唐主所垂爱，且已立有大功，语云疏不间亲，宁重诲独未之闻乎？顾因杯酒小嫌，必欲陷害从珂，计尚未遂，而君臣之疑忌，已从此生矣。王德妃为重诲内援，特以制锦铺地之谏阻，即致失欢，重诲不乘此乞休，尚欲何为？至于两川发难，必激之使变，已属乖方。且李仁矩、武虔裕等，皆非将才，乃一以私党而令镇阆州，一以私亲而使守绵州，用人失当，专顾私图，几何而不偾事也！逮夫内外交构，不死何待，彼尚自诩为一死报国。为问其所谓报国者，果属何在耶？或犹以死非其罪惜之，夫罪如重诲，死何足惜，所惜者唐主嗣源，不能明正其罪，乃徒为李从璋所击毙耳。重诲不死于国法，而死于从璋之手，宜后人之为彼呼冤也。

第二十三回　杀董璋乱兵卖主
宠从荣骄子弄兵

却说孟知祥据有西川，得进奉官苏愿归报，已知朝廷有意诏谕，且闻在京家属，均得无恙，乃遣使往告董璋，欲约他同上谢表。璋勃然道："孟公家属皆存，原可归附，我子孙已经被戮，还谢他什么？"遂将来使斥归。知祥再三遣使，往说董璋，略言主上既加礼两川，若非奉表谢罪，恐复致讨。我曲彼直，反足致败，不如早日归朝，得免后祸。璋始终不从。越年为唐主长兴元年，知祥再遣掌书记李昊诣梓州，极陈利害。璋不但不允，反将昊诟骂一番，撵出府门。昊怏怏回来，入白知祥道："璋不通谋议，且欲入窥西川，公宜预备为是。"知祥乃增戍设防，按兵以待。

果然到了孟夏，董璋率兵入境，攻破白杨林镇，把守将武弘礼擒去。当董璋出兵时，与诸将谋袭成都，诸将统皆赞成，独部将王晖道："剑南万里，成都为大，时方盛夏，师出无名，看来似未必成功哩。"璋不肯依言，遂进兵白杨林镇。

知祥闻武弘礼被擒，亟集众将会议。副使赵季良道："董璋为人，轻躁寡恩，未能拊循士卒，若据险固守，却是不易进攻，今不守巢穴，前来野战，乃是舍长用短，不难成擒了。唯董璋用兵，轻锐皆在前锋，公宜诱以羸卒，待以劲兵，始虽小衄，终必大捷。愿公勿忧！"季良善谋。知祥又问何人可为统帅，季良道："璋素有威名，今举兵突至，摇动人心，公当自出抵御，振作士气。"赵廷隐独插入道："璋有勇无谋，举兵必败，廷隐当为公往擒此贼！”知祥大喜，即命廷隐为行营马步军都部署，率三万人出拒董璋。

廷隐部署军伍，已经成队，乃入府辞行，适外面递入董璋檄文，指斥知祥悔婚败盟，又有遗季良、廷隐及李肇书，文中语气，似与三人已订密约，有里应外合的意思。知祥阅毕，递视廷隐，廷隐举书掷地道："何必污目！想总是行反间计，欲公杀副使及廷隐呢。"再拜而行，知祥目送廷隐道："众志成城，当必能济事了。"

才阅两日，又接汉州败报，守将潘仁嗣，与董璋交战赤水，大败被擒，接连又得汉州失守警耗。知祥投袂起座，命赵季良守成都，自率八千人趋汉州，行至弥牟镇，见廷隐驻营镇北，遂与他会师。次日见董璋兵至，会廷隐列阵鸡踪桥，扼住敌冲，又令都知兵马使张公铎，列阵后面，自登高阜督战。

董璋至鸡踪桥畔，望见西川兵盛，也有惧意，退驻武侯庙前，下马休息。帐下骁卒忽大噪道："日已亭午，曝我做甚？何不速战！"璋乃上马趋进，前锋甫交，东川右厢马步指挥使张守进，即弃甲投戈，奔降知祥。知祥召问军情，守进道："璋兵尽此，无复后继，请急击勿失。"知祥乃麾军逆击，两下里一场鏖斗，东川兵恰也利害，争夺鸡踪桥，廷隐部下指挥使毛重威、李瑭，相继阵亡，惹得廷隐性起，拼死力战，三进三却，总敌不住东川兵。都指挥副使侯弘实，见廷隐不能得利，也挥兵倒退。知祥立马高阜，瞧着情形，不禁捏着一把冷汗，亟用马箠指麾后阵，令张公铎上前救应。公铎部下，养足锐气，一经知祥指麾，骤马突出，大呼而进。东川兵已杀得筋疲力软，不防一支生力军，从刺斜里杀将过来，顿时旗靡辙乱，不能支持。廷隐、弘实，又乘势杀转，把东川兵一阵蹂躏，擒住东川指挥使元积、董光裕等八十余人。先败后胜，果如季良所料。董璋拊膺长叹道："亲兵已尽，我将何依？"遂率数骑遁去，余众七千人投降知祥。潘仁嗣也得逃还。知祥再引兵穷追，至五侯津，又收降东川都指挥使元瓌，长驱入汉州城。董璋早弃城东奔，西川兵入璋府第，觅璋不得，但见有刍粮甲械，遗积甚多，大众相率搬取，无心去追董璋，璋因是得脱。

唯赵廷隐带着亲卒，追至赤水，复得收降东川散卒三千人。知祥命李昊草牓，慰谕东川吏民，且草书劳问董璋，谓将至梓州，诘问负约情由，及见侵罪状，一面至赤水会廷隐军，进攻梓州。璋奔至梓州城下，肩舆入城。王晖迎问道："公全军出征，今随还不及十人，究属何因？"报复语虽然痛快，究非臣下所宜。璋无言可答，只向他流涕下泪。晖却冷笑而退。及璋入府就食，不意外面突起喧声，慌忙投箸出窥，略略一瞧，乱兵不下数百，为首有两员统领，一个正是王晖，一个乃是从子都虞侯董延浩，自知不能理喻，亟率妻子从后门逃出，登城呼指挥使潘稠，令讨乱兵。稠引十卒登城，竟把璋首取去，献与王晖。璋妻及子光嗣，统自经死。适西川军将赵廷隐，驰抵城下，晖即开城迎降。

廷隐趋入梓州，检封府库，候知祥到来发落。偏是知祥有疾，中途逗留。那李仁罕自遂州到来，由廷隐出迎板桥，仁罕并不道贺，且侮嫚廷隐。廷隐非常衔恨，强延仁罕入城。既而知祥疾瘳，方入梓州，犒赏将士，本欲令廷隐为东川留后，偏是仁罕不服，也欲留镇梓州，乃由知祥自行兼领，调廷隐为保宁军留后，仍饬仁罕还镇遂州，两人才算受命，各归镇地。

山南西道王思同，奏达唐廷，谓董璋败死，知祥已并有两川。当由唐主商诸辅臣，枢密使范延光道："知祥虽据全蜀，但士卒皆东方人，知祥恐他思归为变，亦欲借朝廷威望，镇压众心，陛下不如曲意招抚，令彼自新。"唐主道："知祥本我故人，为谗人离间至此，朕今日招抚故交，也不好算是曲意哩。"乃遣供奉官李存瓌赴蜀，宣慰知祥。知祥已还成都，闻存瓌持诏到来，即遣李昊出迎，延入府第，存瓌即开读诏词，略云：

> 董璋狐狼，自贻族灭。卿邱园亲戚，皆保安全，所宜成家世之美名，守君臣之大节。既往不咎，勉释前嫌，卿其善体朕意！

知祥跪读诏书，拜泣受命。存瓌将诏书递交知祥，然后与知祥行甥舅礼。原来存瓌系李克宁子，克宁妻孟氏，即知祥胞妹。克宁为庄宗所杀，子孙免罪。克宁被杀，见第四回。存瓌留事阙下，得为供奉官。知祥见甥儿无恙，恰也欣慰。留住数日，便遣存瓌东归，上表谢罪。且因琼华长公主，即知祥妻，见前文。已经病逝，讣告丧期，又表称将校赵季良五人，平东有功，乞授节钺。唐主再命存瓌西行，赐故长公主祭奠，赠绢三千匹，赏还知祥官爵，并赐玉带。所有赵季良等五将，候知祥择地委任，再请后命。知祥乃复请西川文武将吏，乞许权行墨制，除补始奏。唐主一一允许。知祥遂用墨制授季良等为节度使。越年且由唐廷派遣尚书卢文纪，礼部郎中吕琦，册封知祥为东西川节度使蜀王，自是知祥得步进步，隐然有帝蜀的思想了。隐伏下文。

是时吴越王钱镠，亦已老病，奄卧多日，自知病必不起，召诸将吏入寝室，流涕与语道："我子皆愚懦，恐不足任后事，我死，愿公等择贤嗣立！"诸将吏皆泣下道："大王令嗣传瓘，素从征伐，仁孝有功，大众俱愿受戴，请以为嗣！"镠乃召入传瓘，悉出印钥相授道："将士推尔，尔宜善自守成，无忝所生！"传瓘拜受印钥，起侍寝侧，镠又与语道："世世子孙，当善事中国，就使中原易姓，亦毋失事大礼，切记勿忘！"传瓘亦唯唯遵教，未几镠殁，享寿八十一岁。

相传镠生时适遇天旱，道士东方生指镠所居，谓池龙已生此家。时镠正产下，红光满室，父宽以为不祥，弃诸井旁。唯镠祖母知非常儿，抱归抚养，名为婆留，且号井为婆留井。及镠年数岁，尝在村中大木下，指示群儿，戏为队伍，颇得军法。后来骁勇绝伦，善射与槊。邑中有衣锦山，上列石镜，阔二尺七寸，镠对石自顾，身服冕旒，如封王状。虽尝隐秘不言，但因此有自负意。至受梁封为吴越王后，广杭州城，筑捍海石塘。江中怒潮急湍，版筑不就，镠采山阳劲竹，制成强弩五百，硬箭三千，选弓弩手出射潮头，潮乃退趋西陵，遂得竖桩垒石，筑成长堤。射潮事传为美谈，其实潮汐长落，本有定时，镠特借此以鼓动工役耳。且建候潮、通江等城门，并置龙山、浙江两闸，遏潮入河。嗣是钱塘富庶，冠绝东南。为民奠土，不为无功。

镠自少年从军，夜未尝寐，倦极乃就圆木小枕，或枕大铃，枕欹辄寤，名为警枕。寝室内置一粉盘，有所记忆，即书盘中，至老不倦。平时立法颇严，一夕微行，还叩北城门，门吏不肯启关，自内传语道："就使大王到来，亦不便启门！"诘旦镠乃从北门入，召入北门守吏，嘉他守法，厚给赏赐。有宠姬郑氏父，犯法当死，左右替他乞免。镠怒道："为一妇人，欲乱我法么？"并命宫人牵出郑姬，斩首以徇。纯是权术。每遇春秋荐享，必呜咽道："今日贵盛，皆祖先积善所致，但恨祖考不及见哩。"孝思可嘉。晚年礼贤下士，得知人誉。自传瓘袭职，传讣唐都，唐主赐谥武肃，命以王礼安葬，且令工部侍郎杨凝式撰作碑文。浙民代请立庙，奉诏俞允。越二年庙成供像，历代不移。浙人称为海龙王，或沿称为钱大王。补叙钱镠故事，亦不可少。

传瓘为镠第五子，《十国春秋》谓为第七子。曾任镇海、镇东两军节度使，嗣位后改名元瓘，以遗命去国仪，仍用藩镇法，除民逋赋，友于兄弟，慎择贤能，所以吴越一方，安堵如恒。

唯闽王王延钧杀兄攘位，据闽数年，会遇疾不能视事，延禀竟率子继雄自建州来袭福州。延钧忙遣楼船指挥使王仁达往御，仁达遇继雄军，为立白帜，作乞降状。继雄信为真情，过舟慰抚，被仁达一刀杀死，乘势追擒延禀，牵至延钧帐前。延钧病已少愈，面责延禀道："兄尝谓我善继先志，免兄再来，今日烦兄至此，莫非由我不能承先么？"回应前第二十回。延禀惭不能答，即由延钧喝令推出，枭首示众，复姓名为周绍琛。遣弟延政往抚建州，慰抚军民，闽地复安。

延钧渐萌骄态，上书唐廷，内称楚王马殷，吴越王钱镠，统加尚书令，今两王皆殁，请授臣尚书令。唐廷置诸不理。延钧遂不通朝贡。已而信道士陈守元言，建宝皇宫，自称皇帝，改名为鏻。守元又妄称黄龙出现，因改元龙启，国仍号闽，追尊审知为太祖，立五庙，置百官，升福州为长乐府，独霸一方。唐廷力不能讨，由他逞雄。

武安军节度使马希声病死，弟希范向唐报丧，唐主准令袭职，不烦细表。定难军治夏州。节度使李仁福，也因病去世，子彝超自称留后，唐主欲稍示国威，徙彝超镇彰武军，治延州。别简安从进为定难留后。偏彝超不肯奉命，但托词为军民所留，不得他往。唐廷令从进往讨彝超，卒因饷道不继，无功引还。彝超上表谢罪，自陈无叛唐意，不过因祖父世守，上下相习，所以迁徙为难，乞恩许留镇。廷议以夏州僻远，不若权事羁縻，省得劳师费财。唐主也得过且过，授彝超得节度使，姑息偷安罢了。将外事并作一束，无非是插叙文字。

外事粗定，内乱复萌，骨肉竟同仇敌，萧墙忽起干戈，这也是教训不良，酿成祸变，说将起来，可叹可悲！哭起一峰，笔不平直。原来唐主嗣源，生有四子，长名从璟，为元行钦所杀，元行钦即李绍荣。已见前文。次名从荣，又次名从厚，又次名从益。天成元年，从荣受命为天雄军节度使，兼同平章事。次年，授从厚同平章事，充河南尹，判六军诸卫事。从荣闻从厚位出己上，未免怏怏。又越年，徙从荣为河东节度使，兼北都留守。未几，又与从厚互易，从荣得为河南尹，判六军诸卫事。两人为一母所生，见二十一回。性情却绝不相同。从厚谨慎小心，颇有老成态度，独从荣躁率轻夸，专喜与浮薄子弟，赋诗饮酒，自命不凡。唐主屡遣人规劝，终不肯改，也只好付诸度外。教之不从，奈何置之。长兴元年，封从荣为秦王，从厚为宋王。从荣既得王爵，开府置属，益招集淫朋为僚佐，日夕酣歌，豪纵无度，一日入谒内廷，唐主问道："尔当军政余暇，所习何事？"从荣答道："暇时读书，或与诸儒讲论经义。"唐主道："我虽不知书，但喜闻经义，经义所陈，无非父子君臣的大道，足以益人智思，此外皆不足学。我见庄宗好作歌诗，毫无益处，尔系将家子，文章本非素习，必不能工，传诸人口，徒滋笑谤，愿汝勿效此浮华哩！"从荣勉强答应，心中却不以为然。唯当时安重诲尚在禁中，遇事抑制，为从荣所敬惮，故尚未敢为非。及重诲已死，王淑妃、孟汉琼居中用事，授范延光、赵延寿为枢密使。延光以疏属见用，没甚重望。延寿本姓刘，为卢龙节度使赵德钧养子，冒姓刘氏，因巧佞得幸，尚唐主女兴平公主，参入枢要。从荣都瞧不上眼，任意揶揄。石敬瑭自西蜀还朝，受任六军诸卫副使。他本娶唐主女永宁公主为妻，公主与从荣异母，素相憎嫉，敬瑭恐因妻得祸，不愿与从荣共事，屡思出补外任，免惹是非。就是延光、延寿，也与敬瑭同一思想，巴不得离开殿廷，省却无数恶气，只恨无隙可请，没奈何低首下心，虚与周旋。会契丹东丹王兀欲，怨及母弟，越海奔唐。唐赐姓名为李赞华，授怀化军治慎州。节度使。就是从前卢龙献俘的惕隐，见二十一回。也授他官职，赐姓名为狄怀忠。契丹遣使索还，唐廷不许，遂屡次入寇。唐主欲简择河东镇帅，控御契丹，延光、延寿遂荐举石敬瑭，及山南东道节度使康义诚。敬瑭幸得此隙，立即入阙，自请出镇，乃授敬瑭为河东节度使，敬瑭拜命，即日登程。既至晋阳，用部将刘知远、周瓌为都押衙，委以心腹，军事委知远，财政委瓌，静听内处消息，相机行事。后晋基业，肇始于此。唐主调回康义诚，令掌六军诸卫副使，代敬瑭职。出从珂为凤翔节度使，加封潞王。四子从益为许王，并加秦王从荣为尚书令，兼官侍中。从益乳母王氏，本宫中司衣，因见秦王势盛，欲借端依托，为日后计，乃暗嘱从益至唐主前，求见秦王。唐主以幼儿思兄，人情常事，乃遣王氏挈往秦府。王氏见了从荣，非常谄谀，甚且装出许多媚态，殷勤凑奉。从荣最喜奉承，又见王氏有三分姿色，乐得移篙近舵，索性将从益哄出，令婢媪抱见王妃刘氏，自与王氏搂入别室，做了一出鸳鸯梦。待至云收雨散，再订后期，且嘱王氏伺察宫中动静。王氏当然依嘱，仍带从益回宫。嗣是王氏常出入秦府，传递消息，所有宫中情事，从荣无不与闻。又有太仆少卿致仕何泽，乘机希宠，表请立从荣为皇太子。唐主览表泣下，私语左右道："群臣请立太子，朕当归老太原旧第了！" 六十余岁，尚恋恋尊荣耶？不得已令宰相枢密会议。从荣闻信，亟入见唐主道："近闻有奸人请立太子，臣年尚幼，愿学治军民，不愿当此名位呢。"唐主道："这是群臣的意思，朕尚未曾决定。"从荣乃退，出语延光、延寿道："执政欲立我为太子，是欲夺人兵权，幽入东宫哩。"延光等揣知上意，且惧从荣见怪，遂奏请授从荣为天下兵马大元帅，位宰相上。有诏准奏，于是从荣总揽兵权，得用禁军为牙兵。每一出入，侍卫盈途，就是入朝时候，从骑必数百人，张弓挟矢，驰骋皇衢，居然是六军领袖，八面威风。小子有诗咏道：

皇嗣何堪使帅师？春秋大义贵先知。
只因骄子操兵柄，坐使萧墙祸乱随。

从荣擅权，朝臣畏祸，最着急的莫若两人。看官道两人为谁？待小子下回再表。

读此回而知唐明宗之未足有为，不过一庸柔主耳。两川交争，正可借此进兵，坐收渔人之利，董璋出师，能间道以袭东川，易如反手，否则俟孟知祥入东川时，乘虚捣成都，亦是攻其无备之一策。璋固败死，知祥亦疲，卞庄子之所以能刺二虎者，由是道也。乃事前毫不注意，事后徒知慰谕，遂令知祥坐大，并有两川，是非失策之甚者乎？至若对待藩镇，同一柔弱，甚至不能制驭其子，酿成骄戾，卫州吁之致乱，咎在庄公，岂尽厥子罪哉！况年已老迈，尚不欲择贤为嗣，当断不断，反受其乱，识者有以窥明宗之心术矣。

第二十四回　毙秦王夫妻同受刃
号蜀帝父子迭称雄

却说唐廷大臣，见秦王从荣擅权，多恐惹祸，就中最着急的，乃是枢密使范延光、赵延寿两人。屡次辞职，俱不得唐主允许。嗣因唐主有疾，好几日不能视朝，从荣却私语亲属道："我一旦得居南面，定当族诛权幸，廓清宫廷！"如此狂言，奈何得居南面！延光、延寿得闻此语，越加惶急，复上表乞请外调。唐主正日夕忧病，见了此表，遽掷置地上道："要去便去，何用表闻！"延光、延寿急得没法。究竟延寿是唐室驸马，有公主可通内线。公主已进封齐国，颇得唐主垂爱，遂替延寿入宫陈情，但说是延寿多病，不堪机务，唐主还未肯遽允。延寿又邀同延光，入内自陈道："臣等非敢惮劳，愿与勋旧迭掌枢密，免人疑议。且亦未敢俱去，愿听一人先出，若新进不能称职，仍可召臣，臣奉诏即至便了。"唐主乃令延寿为宣武节度使，延寿懽跃而去。枢密使一缺，召入节度使朱弘昭继任。弘昭入朝固辞，唐主怒叱道："汝等皆不欲侍侧，朕养汝等做什么？"弘昭始不敢再言，悚惶受命。前日待安重诲机变得很，此次却上钩了。

范延光见延寿外调，欣羡得很，他恨无玉叶金枝，作为妻室，只好把囊中积蓄，取了出来，送奉宣徽使孟汉琼，托他恳求王淑妃，代为请求，希望外调。无非拜倒石榴裙下，不过难易有别。毕竟钱可通灵，一道诏下，授延光为成德军节度使。延光如脱重囚，即日陛辞，向镇州莅任去了。晦气了一个三司使冯赟，调补枢密使，枢密使非不可为，但惜朱冯二人，才不称职耳。外此如近要各官，亦多半求去。有蒙允准的，有不蒙允准的，允准的统是喜慰，不允准的统是忧愁。康义诚度不能脱，遣子服事秦王，为自全计，唐主还道他朴忠可恃，命为亲军都指挥使，兼同平章事，其实义诚是佯为恭顺，阴持两端，有什么朴忠可恃呢！一班狡徒，任内外事，安得不乱？

先是大理少卿康澄，目击乱萌，曾有五不足惧，六可畏一疏。奏入宫廷，当时称为名论。疏中略云：

臣闻安危得失，治乱兴亡，曾不系于天时，固非由于地利，童谣非祸福之本，妖祥岂隆替之源？故雊雉升鼎而桑谷生朝，不能止殷宗之盛；神马长嘶而玉龟告兆，不能延晋祚之长。是知国家有不足惧者五，有深可畏者六，阴阳不调不足惧，三辰失行不足惧，小人讹言不足惧，山崩川涸不足惧，蟊贼伤稼不足惧，此不足惧者五也。贤人藏匿深可畏，四民迁业深可畏，上下相徇深可畏，廉耻道消深可畏，毁誉乱真深可畏，直言蔑闻深可畏，此深可畏者六也。伏唯陛下尊临万国，奄有八纮，荡三季之浇风，振百王之旧典。设四科而罗俊彦，提二柄而御英雄。所以不轨不物之徒，咸思革面；无礼无义之辈，相率悛心。然而不足畏者，愿陛下存而勿论，深可畏者，愿陛下修而靡忒。加以崇三纲五常之教，敷六府三事之歌，则鸿基与五岳争高，盛业共磐石永固矣。谨此疏闻。

唐主览疏，虽优诏褒答，但总未能切实举行。所以六可畏事，始终失防，徒落得优柔寡断，上下蒙蔽，几乎又惹出伦常大变，贻祸宫闱。

长兴四年十一月，唐主病体少瘳，出宫赏雪，至士和亭宴玩半日，免不得受了风寒。回宫以后，当夜发然，急召医官诊视，说是伤寒所致，投药一剂，未得挽回。次日且热不可耐，竟至昏昏沉沉，不省人事。秦王从荣，与枢密使朱弘昭、冯赟，入问起居，三呼不应。王淑妃侍坐榻旁，代为传语道：“从荣在此。”唐主又不答。淑妃再说道：“弘昭等亦在此。”唐主仍然不答。从荣等无言可说，只好退出。

既至门外，闻宫中有哭泣声，还疑是唐主已崩。从荣还至府中，竟夕不寐，专俟中使迎入。哪知候到黎明，一些儿没有影响，自己却倦极思眠，便在卧室中躺下，呼呼睡去，等到醒来，已是午牌时候，起问仆从，并没有宫廷消息，不由的惊惧交并，一心思想做皇帝，可惜运气未来。当即遣人入宫，诈称遇疾，私下召集党人，定一密谋，拟用兵入侍，先制权臣。遂遣押衙马处钧，往告朱弘昭、冯赟道："我欲带兵入宫，既便侍疾，且备非常，当就何处居住？"弘昭等答道："宫中随便可居，唯王自择。"嗣又私语处钧道："皇上万福，王宜竭力忠孝，不可妄信浮言。"处钧还白从荣，从荣又遣处钧语二人道："尔等独不念家族么？怎敢拒我！"二人大惧，入告孟汉琼。汉琼转白王德妃，德妃道："主上昨已少愈，今晨食粥一器，当可无虞。从荣奈何敢蓄异图！"汉琼道："此事须要预防，一经秦王入宫，必有巨变！看来唯先召康义诚，调兵入卫，方免他虑。"德妃点首，汉琼自去。

原来唐主嗣源，昏睡了一昼夜，到了次日夜半，出了一身微汗，便觉热退神清，蹶然坐起。四顾卧室，只有一个守漏宫女，尚是坐着。便问道："夜漏几何？"宫女起答道："已是四更了。"唐主再欲续问，忽觉喉间微痒，忙向痰盂唾出数片败肉，好似肺叶一般，随又令宫女携起溺壶，撒下许多涎液，当有宫女启问道："万岁爷曾省事否？"唐主道："终日昏沉，此刻才能知晓，未知后妃等何往？"宫女道："想是各往寝室，待去通报便了。"语毕，便抢步外出，往报后妃。六宫闻信，陆续趋集，互相笑语道："大家还魂了！"汝等去做什么？因相率请安，并问唐主腹可饥否？唐主颇欲进食，乃进粥一器，由唐主食尽，仍然安睡，到了天明，神色更好了许多。

唯从荣尚未得知，还疑是宫中秘丧，将迎立他人，不得不先行下手。至孟汉琼往晤康义诚。义诚爱子情深，未免投鼠忌器，但嗫嚅对答道："仆系将校，不敢预议，凡事须由宰相处置！"汉琼见义诚首鼠两端，忙去转告朱弘昭。弘昭大惊，夜邀义诚入私室，一再详问，义诚仍执前言，未几辞去。是夕已由从荣召集牙兵千人，列阵天津桥，待至黎明，即遣马处钧至冯赟第，叩门传语道："秦王决计入侍，当居兴圣宫，公等各有宗族，办事应求详允，祸福在指顾间，幸勿自误！"赟未及答，处钧已去，转告康义诚，义诚道："王欲入宫，自当奉迎。"于是冯赟、康义诚，各怀私意，俱驰入右掖门。朱弘昭相继驰至，孟汉琼自内趋出，与弘昭等共至中兴殿门外，聚议要事。赟具述处钧传语，且顾语义诚道："如秦王言，心迹可知，公勿因儿在秦府，左右顾望，须知主上禄养吾徒，正为今日，若使秦王兵得入此门，将置主上何地！我辈尚有遗种么？”义诚尚未及答，门吏已仓皇趋入，大声呼道：“秦王已引兵至端门外了。”孟汉琼闻报，拂袖遽起道：“今日变生仓猝，危及君父，难道尚可观望么？如我贱命，有何足惜，当自率兵拒击哩！”说着，即趋入殿门，朱、冯两人，联步随入。义诚不得已，也跟在后面。汉琼入白唐主道：“从荣造反，已引兵攻端门，若纵他入宫，便成大乱了！”宫人听了此言，相向号哭，唐主亦惊语道：“从荣何苦出此！”还是溺爱。便问朱、冯两人道：“究竟有无此事？”两人齐声道：“确有此事，现已令门吏闭门了。”唐主指天泣下，且语义诚道：“烦卿处置，勿惊百姓！”还是相信。

适从珂子控鹤指挥使重吉在侧，也由唐主与语道：“我与尔父亲冒矢石，手定天下，从荣等有何功劳，今乃为人所教，敢行悖逆！我原知此等竖子，不足付大事，当呼尔父来朝，授他兵柄。汝速为我闭守宫门！”重吉应命，即召集控鹤兵，把宫门堵住。

孟汉琼披甲上马，出召入马军都指挥使朱弘实，令率五百骑讨从荣。从荣方扼住天津桥，踞坐胡床，令亲卒召康义诚。亲卒行至端门，见门已紧闭，转叩左掖门，亦没人答应，便从门隙中瞧将进去，遥见朱弘实引着骑兵，踊跃而来。慌忙走白从荣，从荣惊惶失措，忙起座擐甲，弯弓执矢。俄而骑兵大至，冒矢直进，朱弘实遥呼道：“来军何故从逆，快快回营，免得连坐！”从荣部下的牙兵，应声散去，慌得从荣狼狈奔回。走入府第，四顾无人，只有妻室刘氏，在寝室中抖做一团。正在没法摆布，又听得人声鼎沸，突入门来，刘氏先钻入床下，从荣急不暇择，也匍匐进去，与刘氏一同避匿。似此怯弱，何故作威！皇城使安从益，先驱驰入，带兵搜寻，从外至内，上下一顾，已见床下伏著两人，便即顺手拽出，一刀一个，结果性命。夫妻同死，不意安重诲后，复有从荣。再从床后搜寻，尚躲着少子一人，也即杀死，各枭首级，携归献功。

唐主闻从荣被杀，且悲且骇，险些儿堕落御榻。再绝再苏，疾乃复剧。从荣尚有一子，留养宫中，诸将请一体诛夷。唐主泣语道：“此儿何罪？”语未毕，孟汉琼入奏道：“从荣为逆，应坐妻孥，望陛下割恩正法！”唐主尚不肯遽允，偏将吏哗声遽起，无可禁止。只得命汉琼取出幼儿，毕命刀下，追废从荣为庶人。诸将方才散归。

宰相冯道率百寮入宫问安，唐主泪下如雨，呜咽与语道：“我家不幸，竟致如此，愧见卿等！”冯道等亦泣下沾襟，徐用婉言劝慰，然后退出。行至朝堂，朱弘昭等正在聚议，欲尽诛秦府官属，道即抗声道：“从荣心腹，只有高辇、刘陟、王说三人，若判官任赞任事才及半月，王居敏、司徒诩，因病告假，已过半年，岂与从荣同谋？为政宜尚宽大，不宜株连无辜！”弘昭尚不肯从，冯赟却赞同道议，与弘昭力争，乃止诛高辇一人。刘陟、王说，也得免死，长流远方。任赞、王居敏、司徒诩等，贬谪有差。

时宋王从厚，已调镇天雄军，唐主命孟汉琼驰驿往召，即令汉琼权知天雄军府事。从厚奉命还都，及至宫中，那唐主李嗣源，已先三日归天了。总计唐主嗣源在位，共得八年，寿六十有七。史称他性不猜忌，与物无竞，即位后年谷屡丰，兵革罕用，好算是五代贤君，小子也不暇评驳，请看官自加体察便了。不断之断，尤善于断。越年四月，始得安葬徽陵，庙号明宗。这且慢表。

且说宋王从厚，既至洛都，便在柩前行即位礼。阅七日始縗服朝见群臣，给赐中外将士。至群臣退后，御光政楼存问军民，无非是表示新政，安定人心。及还宫后，谒见曹后、王妃，恰也尽礼，不消细说。适朱弘实妻入宫朝贺，司衣王氏，与语秦王从荣事，唏嘘说道：“秦王为人子，不在左右侍疾，反欲引兵入卫，原是误处；但必说他敢为大逆，实是冤诬！朱公颇受王恩，奈何不为辩白呢？”语虽近是，但汝与他私通，忽出此语，转令人愈加疑心。弘实妻归告弘实。弘实大惧，亟与康义诚同白嗣皇，且言王氏曾私通从荣，尝代诇宫中情事。一番奏陈，断送王氏生命，有诏令她自尽。好去与从荣叙地下欢了。既而辗转牵连，复累及司仪康氏，也一并赐死。寻复株连王德妃，险些儿迁入至德宫，幸曹后出为洗释，才算无事，但嗣皇从厚，待遇王德妃，即因是寖薄了。

越年正月，改元应顺，大赦天下。加封冯道为司空，李愚为右仆射，刘煦为吏部尚书，并兼同平章事。进康义诚为检校太尉，兼官侍中，判六军诸卫事。朱弘实为检校太保，充侍卫马军都指挥使。且命枢密使朱弘昭、冯赟及河东节度使石敬瑭，并兼中书令。赟以超迁太过，辞不受命，乃改兼侍中，封邠国公。康义诚以下并得加封，岂因其杀兄有功耶？居心如此，安得令终！外如内外百官，俱进阶有差。就是荆南节度使高从诲，也进封南平王，湖南节度使马希范，得进封楚王，两浙节度使钱元瓘，并进封吴越王。唯加蜀王孟知祥为检校太师。知祥却不愿受命，遣归唐使，嘱使代辞。

看官听着！知祥既并有两川，野心勃勃，欲效王建故事。闻唐主已殂，从厚入嗣，遂顾语僚佐道：“宋王幼弱，执政皆胥吏小人，不久即要生乱哩。”僚佐闻言，已知他富有深意，但因岁月将阑，权且蹉跎过去。未几就是孟春，乃推赵季良为首，上表劝进，且历陈符命，什么黄龙现，什么白鹊集，都说是瑞征骈集，天与人归。知祥假意谦让道：“孤德薄不足辱天命，但得以蜀王终老，已算幸事！”季良进言道：“将士大夫，尽节效忠，无非望附翼攀鳞，长承恩宠，今王不正大统，转无从慰副人望，还乞勿辞！”季良本臣事后唐，乃赴蜀后，专媚知祥，曲为效力，可鄙可叹！知祥乃命草定帝制，择日登位。国号蜀，改元明德。

届期衮冕登坛，受百寮朝贺。偏天公不肯做美，竟尔狂风怒号，阴霾四塞，一班趋炎附势的人员，恰也有些惊异。但且享受了目前富贵，无暇顾及天心。何不亦称符瑞？当下授赵季良为司空同平章事，王处回为枢密使，李仁罕为卫圣诸军马步军指挥使，赵廷隐为左匡圣步军都指挥使，张业为右匡圣步军都指挥使，张公铎为捧圣控鹤都指挥使，李肇为奉銮肃卫都指挥使，侯弘实为副使，掌书记。毋昭裔为御史中丞，李昊为观察判官，徐光溥为翰林学士。所有季良等兼领节使，概令照旧。追册唐长公主李氏为皇后，夫人李氏为贵妃。妃系唐庄宗嫔御，赐给知祥，累从知祥出兵，备尝艰苦。一夕梦大星坠怀，起告长公主，公主即语知祥道：“此女颇有福相，当生贵子。”既而生子仁赞，就是蜀后主昶。昶系仁赞改名，详见下文。史家称王建为前蜀，孟知祥为后蜀。

知祥僭号以后，唐山南西道张虔钊，武定军节度使孙汉韶，皆奉款请降，兴州刺史刘遂清尽撤三泉、西县、金牛、桑林戍兵，退归洛阳。于是散关以南，如阶、成、文诸州，悉为蜀有。

过了数月，张虔钊等入谒知祥，知祥宴劳降将。由虔钊等奉觞上寿，知祥正欲接受，不意手臂竟酸痛起来，勉强受觞，好似九鼎一般，力不能胜，急忙取置案上，以口承饮，及虔钊等谢宴趋退，知祥强起入内，手足都不便运动，成了一个疯瘫症。延至新秋，一命告终。遗诏立子仁赞为太子，承袭帝位。

赵季良、李仁罕、赵廷隐、王处回、张公铎、侯弘实等，拥立仁赞，然后告丧。仁赞改名为昶，年才十六，暂不改元。尊知祥为高祖，生母李氏为皇太后。

知祥据蜀称尊，才阅六月，当时有一僧人，自号醋头，手携一灯檠，随走随呼道："不得灯，得灯便倒！"蜀人都目僧为痴，及知祥去世，才知灯字是借映登极。又相传知祥入蜀时，见有一老人状貌清癯，挽车趋过，所载无多。知祥问他能载几何？老人答道："尽力不过两袋。"知祥初不经意，渐亦引为忌讳，后来果传了两代，为宋所并。小子有诗咏道：

两川窃据即称尊，风日阴霾蜀道昏。
半载甫经灯便倒，才知释子不虚言。

知祥帝蜀，半年即亡。这半年内，后唐国事，却有一番绝大变动，待小子下回再详。

观从荣之引兵入卫，谓其即图杀逆，尚无确证，不过急思承祚，恐为乃弟所夺耳。孟汉琼、朱弘昭、冯赟等，遽以反告，命朱弘实、安从益率兵迎击，追入秦府，杀于床下。从荣死不足责，但罪及妻孥，毋乃太甚！唐主嗣源，始不能抑制骄儿，继不能抑制莽将，徒因悲骇增病，遽尔告终。宋王入都，已死三日，幸当时如潞王者，在外尚未闻丧计。否则阋墙之衅，早起阙下，宁待至应顺改元后耶！蜀王知祥，乘间称帝，彼既知从厚幼弱，不久必乱，奈何于亲子仁赞，转未知所防耶！观人则明，对己则昧，知祥亦徒自哓哓耳。

第二十五回　讨凤翔军帅溃归　入洛阳藩王篡位

却说唐主从厚，已改元应顺，尊嫡母曹氏为太后，庶母王氏为太妃，所有藩镇文武臣僚，更一体覃恩，俱给赏赐。独疑忌潞王从珂，听信朱、冯两枢密，出从珂子重吉为亳州团练使。重吉有妹名惠明，在洛为尼，亦召入禁中。从珂闻子被外黜，女被内召，料知新主有猜忌意，免不得瞻顾彷徨。他本为明宗所爱，夙立战功，明宗病剧，只遣夫人刘氏入省，自在凤翔观望。及明宗去世，亦谢病不来奔丧。彼时已料有内衅，坐觇成败。果然嗣皇从厚，信谗见猜，屡遣使侦察从珂。朱弘昭、冯赟，又捕风捉影，专喜生事。内侍孟汉琼，与朱、冯结为知己，朱、冯说他有功，加官至开府仪同三司，且赐号忠贞扶运保泰功臣。汉琼有何功绩，只杀从荣一事，由他首倡。此时汉琼出守天雄军，见上回。意欲邀他回都，协同办事，于是奏请召还汉琼，徙成德节度使范延光，转镇天雄军。河东节度使石敬瑭，移镇成德军。潞王从珂，却叫他改镇河东，兼北都留守。天下本无事，庸人自扰之。从厚也不知利害，俱从所请，遣使出发四镇，分头传命。

从珂镇守凤翔，距都最近，第一个接到敕使，满肚中怀着鬼胎。忽又闻洋王从璋，前来接替，更觉疑虑不安。看官阅过上文，应知从璋为明宗从子，前时简任河中，手杀安重诲。这番调至凤翔，从珂也恐他来下辣手，随即召集僚佐，商议行止。大众应声道："主上年少，未亲庶事，军国大政，统由朱、冯两枢密主持。大王威名震主，离镇是自投罗网，不如拒绝为是！”观察判官冯胤孙，独出为谏阻道：“君命召，不俟驾而行，诸君所议，恐非良图。”大众闻言，统哑然失笑，目为迂谈。从珂乃命书记李专美，草起檄文，传达邻镇，大略谓朱弘昭、冯赟等，乘先帝疾亟，杀长立少，专制朝权，疏间骨肉，动摇藩垣，从珂将整甲入朝，誓清君侧，但虑力不逮心，愿乞灵邻藩，共图报国云云。

檄文既发，又因西都留守王思同，挡住出路，不得不先与联络，特派推官郝诩，押牙朱廷乂等，相继诣长安，说以利害，饵以美妓。思同却慨然道：“我受明宗大恩，位至节镇，若与凤翔同反，就使成事，也不足为荣。一或失败，身名两丧，反致遗臭万年。这事岂可行得！”遂将郝诩、朱廷乂拘住，详报唐廷。此外各镇，接到从珂檄文，或与反对，或主中立，唯陇州防御使相里金，有心依附，即遣判官薛文遇，往来计事。

唐主从厚，既闻从珂叛命，拟遣康义诚出兵往讨。义诚不欲督师，请饬王思同为统帅，羽林都指挥使侯益为行营马步都虞侯。益知军情将变，辞疾不行，遂被黜为商州刺史，侯益尚不失为智，义诚却很是狡诈。即命王思同为西面行营马步军都部署，前静难军节度使药彦稠为副，前绛州刺史苌从简为马步都虞侯，严卫步军左厢指挥使尹晖，羽林指挥使杨思权等，皆为偏裨，出师数万，往讨从珂。又命护国节度使安彦威，为西面行营都监，会同山南、西道，及武定、彰义、静难各军帅，夹攻凤翔。一面令殿直楚昭祚，往执亳州团练使李重吉，幽锢宋州。洋王从璋，行至中途，闻从珂拒命，便即折还。

王思同等会同各道兵马，共至凤翔城下，鼙鼓喧天，兵戈耀日，当即传令攻城。城堑低浅，守备不多，由从珂勉谕部众，乘陴抵御。怎奈城外兵众势盛，防不胜防，东西两关，为全城保障，不到一日，都被攻破，守兵伤亡，不下千百，急得从珂危惧万分，寝食不遑。好容易过了一宵，才见天明，又听得城外喧声，一齐趋集，好似那霸王被困，四面楚歌。极写唐军声势，反射后文降溃。

从珂情急登城，泣语外军道：“我年未二十，即从先帝征伐，出生入死，金疮满身，才立得本朝基业，汝等都随我有年，亦应目睹，今朝廷信任谗臣，猜忌骨肉，试想我有何罪，乃劳大军痛击，必欲置我死地呢！”说至此，就在城上大哭起来。内外军士，相率泣下。忽西门外跃出一将，仰首大呼道：“大相公真是我主哩！”遂率部众解甲投戈，愿降潞王。从珂开城放入，思权用片纸呈入，内书数语云：愿王克京城日，授臣节度使，勿用作防团。从珂即下城迎劳，援笔批入纸中，写就思权为邠宁节度使七字，授与思权。思权舞蹈称谢。为彼一人，断送社稷，试问彼心何忍？且登城招诱尹晖，尹晖即遍呼各军道："城西军已入城受赏了！我等应早自为计！"说着，也将甲胄脱卸，作为先导，各军遂纷纷弃械，乞降城中。从珂复开了东门，迎纳尹晖等降军。

王思同毫不接洽，骤见乱兵入城，顿时仓皇失措，与安彦威等五节度使，统皆遁去。凤翔城下，依旧是风清日朗，雾扫云开。从珂转惊为喜，大括城中财帛，犒赏将士，甚至鼎釜等器，亦估值作为赏物。大众都得满愿，欢声如雷。长安副留守刘遂雍，闻思同败还，也生异志，闭门不纳。思同等只好转走潼关。从珂建大将旗鼓，整众东行，尚恐思同据住长安，并力拒守。及行次岐山，闻刘遂雍不纳思同，大喜过望，便即遣人慰抚。遂雍悉倾库帑，遍赏从珂前军，前军皆不入城，受赏即去。至从珂到来，由遂雍出城迎接，复搜索民财，充作供给。从珂也无暇入城，顺道东趋，径逼潼关。

唐廷尚未得败报，至西面步军都监王景从等，自军中奔还，才识各军大溃。唐主从厚，惊慌的了不得，亟召康义诚入议，凄然与语道："先帝升遐，朕在外藩，并不愿入都争位，诸公同心推戴，辅朕登基。朕既承大业，自恐年少无知，国事都委任诸公，就是朕对待兄弟，也未尝苛刻。不幸凤翔发难，诸公皆主张出师，以为区区叛乱，立可荡平，今乃失败至此，如何能转祸为福？看来只有朕亲往凤翔，迎兄入主社稷，朕仍旧归藩。就使不免罪谴，亦所甘心，省得生灵涂炭了！"徒然哀鸣，有何益处？朱弘昭、冯赟等，面面相觑，不发一言。不能收火，如何放火？

康义诚眉头一皱，计上心来，便进议道："西师惊溃，统由主将失策，今侍卫诸军尚多，臣请自往抵敌，扼住要冲，招集离散，想不至再蹈前辙，愿陛下勿为过忧！"唐主从厚道："卿果前往督军，当有把握，但恐寇敌方盛，一人不足济事，且去召入石驸马，一同进兵，可好么？"义诚道："石驸马闻徙镇命，恐亦未愿，倘有异心，转足资寇，不如由臣自行，免受牵制！"巧言如簧。从厚总道他语出至诚，毫不动疑，便召将士慰谕，亲至左藏，悉发所储金帛，分给将士。且更面嘱道："汝等若平凤翔，每人当更赏二百缗。"将士无功得赏，益加骄玩，各负所赐物，出语途人道："到凤翔后，再请给一分，不怕朝廷不允！”途人闻言，有几个见识较高，已料他贪狡难恃，康义诚独扬扬得意，调集卫军，入朝辞行。

都指挥使朱弘实，进白唐主道：“禁军若都出拒敌，洛都归何人把守？臣意以为先固洛阳，然后徐图进取，可保万全。”义诚正恨弘实主兵，击毙从荣，此时又出来阻挠，顿觉怒气上冲，厉声叱道：“弘实敢为此言，莫非图反不成？”弘实本是莽夫，怎肯退让，也厉声答道：“公自欲反，还说别人欲反么？”这二语的声音，比义诚还要激响，适值从厚登殿，听是弘实口音，心滋不悦，便召二人面讯。二人争讼殿前，弘实仍盛怒相向，义诚独佯作低声，两下各执一词。义诚便面奏道：“弘实目无君上，在御座前，尚敢这般放肆，况叛兵将至，不发兵拦阻，却听他直入都下，惊动宗社，这尚得谓非反么？”从厚不禁点首，义诚又逼紧一层道：“朝廷出此奸臣，怪不得凤翔一乱，各军惊溃，今欲整军耀武，必须将此等国蠹，先正典刑，然后将士奋振，足以平寇！”从厚被他一激，遂命将弘实绑出市曹，斩首以徇。各禁军见弘实冤死，无不惊叹，那康义诚得泄余恨，遂带着禁军，一麾出都去了。

从厚见义诚就道，还以为长城可靠，索性令楚匡祚杀死李重吉，并将重吉妹惠明，也勒令自尽，眼巴巴的专待捷音。当下宣诏军前，命康义诚为凤翔行营都招讨使，王思同为副。哪知思同奔至潼关，被从珂前军追至，活擒而去，解至从珂行辕。从珂面加诘责，思同慨然道：“思同起自行间，蒙先帝擢至节镇，常愧无功报主；非不知依附大王，立得富贵，但人生总有一死，死后何颜往见先帝？今战败就擒，愿早就死！”忠有余而才略不足，终致杀身。从珂也自觉怀惭，改容起谢道：“公且休言！”遂命羁住后帐，偏杨思权、尹晖二人，羞与相见，屡劝从珂心腹将刘延朗，谋毙思同。延朗遂乘从珂醉后，擅将思同杀死。及从珂醒后报闻，托言思同谋变，从珂徒付诸一叹罢了。

再进军入华州，前驱又执到药彦稠，命系狱中。越日进次阌乡，又越日进次灵宝，各州邑无一拒守，如入无人之境。护国节度使安彦威，与匡国节度使安重霸，望风迎降。独陕州节度使康思立，闭门登城，拟俟康义诚到来，协同守御。从珂前驱至城下，中有捧圣军五百骑，前曾出守陕西，至此为从珂所诱，令充前锋，便向城上仰呼道：“城中将吏听着！现我等禁军十万，已奉迎新帝，尔等数人，尚为谁守？徒累得一城人民，肝脑涂地，岂不可惜！”守兵应声下城，开门出迎。思立禁遏不住，也只好随了出来，迎从珂入城。

从珂入城安民，与僚佐再商行止。僚佐献议道：“今大王将及京畿，料都中人必皆丧胆，不如移书入都，慰谕文武士庶，令他趋吉避凶，定可不劳而服了。”从珂依言，即驰书都中，略言大兵入都，唯朱弘昭、冯赟两族不赦外，此外各安旧职，不必忧疑。时侍卫马军指挥使安从进，方受命为京城巡检，一得此书，即潜布心腹，专待从珂军到，好出城迎降。

唐主从厚，尚似睡在梦中，诏促康义诚进兵。义诚军至新安，部下将士，争弃甲兵，赴陕投降。及抵乾壕，十成中走去了九成半，只剩得寥寥数十人。义诚心本叵测，此次自请出兵，意欲尽举卫卒，迎降从珂，作为首功，不意卫卒已走了先着，顿失所望。可巧途次遇着从珂候骑，即与他相见，自解所佩弓剑，令携去作为信物，传语请降。心术最坏，莫如此人。警报飞达都中，可怜唐主从厚，急得不知所为，忙遣中使宣召朱弘昭。弘昭正忧心如焚，突然闻召，即惶遽出涕道：“急乃召我，是明明欲杀我谢敌呢！”当即投井自尽。安从进闻弘昭已死，竟引兵入弘昭第，枭了弘昭首级，乘便往杀冯赟，把冯家男女长幼，尽行屠戮，遂将朱、冯两颗头颅，送入陕中。

从厚得弘昭死耗，复闻冯族被屠，自知危在旦夕，不得不避难出奔。适值孟汉琼自魏州归来，便令他再往魏州，整备行辕，以便出幸。汉琼佯为应命，及趋出都门，却扬鞭西驰，投奔陕府去了。保泰功臣，所为也如是么？从厚尚未得知，自率五十骑至玄武门，顾语控鹤指挥使慕容进道：“朕且幸魏州，徐图兴复，汝可率控鹤兵从行！”进系从厚爱将，便即应声道：“生死当从陛下！请陛下先行一步，俟臣召集部众，出卫乘舆！”从厚乃驰出玄武门。一出门外，门便阖住。看官道是何人所阖？原来就是慕容进。进绐出主子，立即变卦，安安稳稳的居住都中，并没有从驾的意思。

宰相冯道等入朝，到了端门，始知朱、冯皆死，车驾出走，因怅然欲归。李愚道：“天子出幸，并未向我等与谋，今太后在宫，我等且至中书省，遣小黄门入宫请示，取太后进止，然后归第，诸公以为何如？”道摇首道：“主上失守社稷，人臣将何处禀承？若再入宫城，恐非所宜。潞王已处处张榜，不若归俟教令，再作计较。”已生变志。乃共归至天宫寺。安从进遣人与语道：“潞王倍道前来，行将入都，相公宜带领百官，至谷水奉迎。”道等乃入憩寺中，传召百官。中书舍人卢导先至，道与语道：“闻潞王将至，应具书劝进，请舍人速即起草！”便欲劝进，太无廉耻。导答道：“潞王入朝，百官只可班迎，就使有废立情事，亦当俟太后教令，怎得遽往劝进呢？”道又说道：“凡事总须务实。”导答驳道：“公等身为大臣，难道有天子出外，遽向别人劝进吗？若潞王尚守臣节，举大义相责，敢问公等具何词对答呢？为公等计，不如率百官径诣宫门，进名问安，取太后进止，再定去就，方算是情义兼尽了。”

道尚踌躇未决，那安从进复遣人催促道：“潞王来了，太后太妃，已遣中使迎劳潞王，奈何百官尚未出迎？”道慌忙出寺，李愚、刘昫等，也纷然随行。到了上阳门外，伫候了半日有余，并不见潞王到来，但只有卢导趋过。道复召与语，导对答如初。李愚喟然道：“舍人所言甚当，我等罪不胜数了。”罪止贪生，何必过谦。乃相偕还都。

是时潞王从珂，尚留陕中，康义诚至陕待罪，从珂面责道：“先帝晏驾，立嗣由诸公，今上居丧，政事出诸公，何为不能终始，陷吾弟至此？”你也口是心非。义诚大惧，叩头请死。本意想立首功，谁知当场出丑！从珂冷笑道：“你且住着，再听后命！”已露杀机。义诚不得已留住行黄，马步都虞侯苌从简，左龙武统军王景戡，均为从珂军所执，匍匐乞降。从珂俱命系狱，遂遣人上笺太后，一面由陕出发，东趋洛都。至渑池西，遇着孟汉琼，汉琼伏地大哭，欲有所陈。一哭便能保命么？从珂勃然道：“汝也不必多言，我已早知道了！”遂命左右道：“快了此阉奴！”汉琼魂不附体，连哀求语都说不出来，刀光一闪，身首分离。杀得好。

从珂复引兵至蒋桥，唐相冯道等，已排班恭迎。丑极。从珂传令，说是未谒梓宫，不便相见。道等又上笺劝进，越丑。从珂并不审视，但令左右收下，竟尔昂然入都。先进谒太后、太妃，再趋至西宫，拜伏明宗柩前，泣诉诣阙的缘由。冯道等跟了进来，俟从珂起身，列班拜谒。从珂亦答拜。冯道等又复劝进。从珂道：“我非来夺位，实出自不得已。俟皇帝归阙，园寝礼终，当还守藩服，诸公遽议及此，似未谅我的苦衷了！”吾谁欺？欺天乎！看官！你道从珂此言，果然好当真么？翌日即由太后下令，废少帝从厚为鄂王，命从珂知军国事。又翌日复传出太后教令，谓潞王从珂，应即皇帝位。从珂并不固辞，居然在柩前行即位礼，受百官朝贺了。写得从珂即位之速，返射上文伪言。

先是从珂在凤翔，有瞽者张濛，自言知术数事，尝事太白山神。神祠就是北魏崔浩庙。每遇人问休咎，由濛祷告，神即附体传语，颇有应验。从珂亲校房暠，酷信濛术，曾托濛代询潞王吉凶。濛即传神语道："三珠并一珠，驴马没人驱。岁月甲庚午，中兴戊己土。"暠茫然不解，请濛代释。濛答道："这是神语，我亦未能解释呢。"暠转白从珂，从珂亦莫明其妙，至入都受册，文中起首，便是应顺元年岁次甲午，四月庚午朔三语，从珂回视房暠道："张濛神言，果然应验了！"唯三珠两语，尚难索解，再令暠往延张濛，共相研究。濛言三珠指三帝，驴马没人驱，便是失位的意义。是耶非耶！乃授濛为将作少监同正，敕赐金紫，作为酬谢。

还有一种奇怪的应兆，凤翔人何叟，年逾七十，无疾猝死。冥中见了阴官，凭几告叟道："为我白潞王，来年三月，当为天子二十三年。"叟方闻此语，一声怪响，竟尔还阳。自思阴官所言，不便转告，仍秘匿过去。逾月又死，复见阴官，向他怒叱道："怎得违我命令，不去转达！今再放汝还阳，速即传报！"阴官必欲转白，究是何因？叟惶恐遵教，退见廊庑下簿书，便问守吏。守吏道："朝代将易，这就是升降人爵的簿籍呢。"及叟已再苏，不敢隐匿，乃转告从珂亲校刘延朗，延朗转白从珂，从珂召叟入问，叟答道："请待至来年三月，必有征信，否则戮我未迟。"从珂乃给与金帛，嘱他不再泄漏，遣令还家，及期果验。但从珂据国，先后仅及三年，何故讹作二十三年，后人仔细研求，方知从珂生日，是正月二十三日，小字二十三，诨名便叫作阿三。二十三年，就是三年，究竟此事真假，小子也无从辨明。但史乘上载有此语，不妨依言录述，聊供看官谈助。并随笔写入一诗道：

同胞兄弟尚操戈，异类何能保太和！
养子可曾如养虎，明宗以后即从珂。

从珂篡位，故主从厚，究竟往何处去了？欲知详情，试阅下回便知。

明宗既殂，从厚依次当立，名正言顺，本无可乘之隙。且即位仅及数月，无甚失德，亦何至速即危亡，所误者任用非人耳！朱弘昭、冯赟等，前时尝畏惮从荣，不敢入任枢密使。至从荣既死，从珂犹存，阿三骁勇善战，出从荣上，亟宜设法笼络，曲予羁縻。彼于从厚入都之时，不过在外观望，未尝反唇相讥，是固非觊觎神器者比。何物朱、冯，乃轻令徙镇，激之使反乎！且王思同等率领大军，围攻凤翔，东西关陷，围城岌岌，而杨思权大呼先降，尹晖随靡，遂致众军大溃，是思权之罪，且比朱、冯为尤甚。康义诚居心叵测，更过思权，从厚误信而用之，几何而不亡国杀身耶！然观当时卖国诸臣，皆属先朝遗老，是其咎尤不在从厚，而在明宗。祖父欲传国于子孙，不为之择贤而辅，虽举国家而授之，亦属无益。此贻谋之所以宜慎也。

第二十六回　卫州廨贼臣缢故主
长春宫逆子弑昏君

却说潞王从珂，入洛篡位的期间，正故主从厚，流寓卫州驿，剩得一个匹马单身，穷极无聊的时候。他自玄武门趋出，随身只五十骑兵，四顾门已阖住，料知慕容进变卦，不由的自嗟自怨，踯躅前行。到了卫州东境，忽见有一簇人马，拥着一位金盔铁甲的大员，吆喝而来。到了面前，那大员滚鞍下马，倒身下拜，仔细瞧着，乃是河东节度使石敬瑭。便即传谕免礼，令他起谈。敬瑭起问道："陛下为什么到此？"从厚道："潞王发难，气焰甚盛，京都恐不能保守，我所以匆匆出幸，拟号召各镇，勉图兴复，公来正好助我！"敬瑭道："闻康义诚出军西讨，胜负如何？"从厚道："还要说他什么，他已是叛去了！"敬瑭俯首无言，只是长叹。也生歹心。

从厚道："公系国家懿戚，事至今日，全仗公一力扶持！"敬瑭道："臣奉命徙镇，所以入朝。麾下不过一二百人，如何御敌？唯闻卫州刺史王弘贽，本系宿将，练达老成，愿与他共谋国事，再行禀命！"从厚允诺。敬瑭即驰入卫州，由弘贽出来迎见，两下叙谈。敬瑭即开口道："天子蒙尘，已入使君境内，君奈何不去迎驾？"弘贽叹息道："前代天子，亦多播越，但总有将相侍卫，并随带府库法物，使群下得所依仰。今闻车驾北来，只有五十骑相随，就使有忠臣义士，赤心报主，恐到了此时，亦无能为力了！"乐得别图富贵。

敬瑭闻言，也不加评驳，但支吾对付道："君言亦是，唯主上留驻驿馆，亦须还报，听候裁夺。”便别了弘贽，返白从厚，尽述弘贽所言。从厚不禁陨涕。旁边恼动了弓箭使沙守荣、奔洪进，奔与贲同系洪进姓。直趋敬瑭前，正辞诘责道：“公系明宗爱婿，与国家义同休戚，今日主忧臣辱，理应相恤，况天子蒙尘播越，所恃唯公，今公乃误听邪言，不代设法，直欲趋附逆贼，卖我天子呢！”说至此，守荣即拔出佩刀，欲刺敬瑭。忠义可嘉，惜太莽撞。敬瑭连忙倒退，部将陈晖，即上前救护敬瑭，拔剑与守荣交斗，约有三五个回合。敬瑭牙将指挥使刘知远，遽引兵入驿，接应陈晖。晖胆力愈奋，格去守荣手中刀，把他一剑劈死。洪进料不能支，也即自刎。知远见两人已死，索性指挥部兵，趋至从厚面前，将从厚随骑数十人，杀得一个不留。从厚已吓做一团，不敢发声，哪知远却麾兵出驿，拥了敬瑭，竟驰往洛阳去了。不杀从厚，还算是留些余地。看官！你想此时的唐主从厚，弄得形单影只，举目无亲，进不得进，退不得退，只好流落驿中，任人发落。卫州刺史王弘贽，全不过问，直至废立令下，乃遣使迎入从厚，使居州廨。明知从厚难保，因特视为奇货。一住数日，无人问候，唯磁州刺史宋令询，遣使存问起居。从厚但对使流泪，未敢多言。皇帝失势，一至于此，后人亦何苦欲做皇帝。既而洛阳遣到一使，入见弘贽，向贽下拜，这人非别，就是弘贽子峦，曾充殿前宿卫。贽问他来意，他即与贽附耳数语。贽频频点首，便备了鸩酒，引峦往见从厚。从厚识是王峦，便询都中消息。峦不发一语，即进酒劝饮。从厚顾问弘贽道：“这是何意？”弘贽道：“殿下已封鄂王，朝廷遣峦进酒，想是为殿下饯行呢。”从厚知非真言，未肯遽饮，弘贽父子，屡劝不允，峦竟性起，取过束帛，硬将从厚勒毙，年止二十一岁。

从厚妃孔氏，即孔循女。尚居宫中，生子四人，俱属幼稚。自王峦弑主还报，从珂遣人语孔妃道：“重吉等何在？汝等尚想全生么？”孔妃顾着四子，只是悲号。不到一时，复有人持刃进来，随手乱斫，可怜妃与四子，一同毕命。从厚只杀一重吉，却要六人抵命，如此凶横，宁能久存！磁州刺史宋令询，闻故主遇害，恸哭半日，自缢而亡。从厚之死，尚有宋令询死节，后来从珂自焚，无一死事忠臣，是从珂且有愧多矣。从珂即改应顺元年为清泰元年，大赦天下，唯不赦康义诚、药彦稠。义诚伏诛，并且夷族。此举差快人意。余如苌从简、王景戡等，一律释免。葬明宗于徽陵，并从荣、重吉遗棺，及故主从厚遗骸，俱埋葬徽陵域中。从厚墓土，才及数尺，不封不树，令人悲叹。至后晋石敬瑭登基，乃追谥从厚为闵帝，可见从珂残忍，且过敬瑭，怪不得他在位三年，葬身火窟哩。莫谓天道无知。

从珂下诏犒军，见府库已经空虚，乃令有司遍括民财，敲剥了好几日，也止得二万缗。从珂大怒，硬行科派，否则系狱。于是狱囚累累，贫民多赴井自尽，或投缳自经。军士却游行市肆，俱有骄色。市人从旁聚诟道：“汝等但知为主立功，反令我等鞭胸杖背，出财为赏，自问良心，能无愧天地否？”军士闻言，横加殴逐，甚至血肉纷飞，积尸道旁，人民无从呼吁。犒军费尚属不敷，再搜括内藏旧物，及诸道贡献，极至太后、太妃，亦取出器物簪珥，充作犒赏，还不过二十万缗。当从珂出发凤翔时，曾下令军中，谓入洛后当赏人百缗，至是估计，非五十万缗不可，偏仅得二十万缗，不及半数。从珂未免怀忧。

适李专美夜值禁中，遂召入与语道：“卿素有才名，独不能为我设谋，筹足军赏么？”专美拜谢道：“臣本驽劣，材不称职，但军赏不足，与臣无咎。自长兴以来，屡次行赏，反养成一班骄卒。财帛有限，欲望无穷，陛下适乘此隙，故能得国。臣愚以为国家存亡，不在厚赏，要当修法度，立纪纲，保养元气，若不改前车覆辙，恐徒困百姓，存亡尚未可知呢！今财力已尽，只得此数，即请酌量派给，何必定践前言哩！”从珂没法，只得下了制敕，凡在凤翔归命，如杨思权、尹晖等，各赐二马一驼，钱七十缗，下至军人钱二十缗，在京军士各十缗。诸军未满所望，便即造谣道：“去却生菩萨，扶起一条铁。”生菩萨指故主从厚，一条铁指新主从珂。玩他语意，已不免怀着悔心了。全为下文写照。

当下大封功臣，除冯道、李愚、刘昫三宰相，仍守旧职外，用凤翔判官韩昭胤为枢密使，刘延朗为副，房暠为宣徽北院使，随驾牙将宋审虔为皇城使，观察判官马裔孙为翰林学士，掌书记李专美为枢密院直学士。康思立调任邢州节度使，安重霸调任西京留守，杨思权升任邠州节度使，尹晖升任齐州防御使，安重进升任河阳节度使，相里金升任陕州节度使。加封天雄军节度使范延光为齐国公，宣武军节度使驸马都尉赵延寿为鲁国公，幽州节度使赵德钧，封北平王，青州节度使房知温，封东平王，天平节度使李从曮仍回镇凤翔，封西平王。唯石敬瑭自卫州入朝，虽由从珂面加慰劳，礼貌颇恭，但前此同事明宗，两人各以勇力自夸，素不相下，此时从珂为主，敬瑭为臣，不但敬瑭易勉强趋承，就是从珂亦勉强接待。相见后留居都中，未闻迁调，敬瑭很自不安，以致愁病相侵，形同骨文。亏得妻室永宁公主，出入禁中，屡与曹太后谈及，请令夫婿仍归河东。公主本曹太后所出，情关母女，自然竭力代谋。从珂入事太后、太妃，还算尽礼，因此太后较易进言。有时公主入谒，与从珂相见，亦尝面陈微意。从珂乃复令敬瑭还镇河东，加官检校太师兼中书令，封公主为魏国长公主。

凤翔旧将佐，入劝从珂，都说应留住敬瑭，不宜外任。唯韩昭胤、李专美两人，谓敬瑭与赵延寿，并皆尚主，一居汴州，一留都中，显是阴怀猜忌，未示大公，不如遣归河东为便。从珂也见他骨瘦如柴，料不足患，遂遣使还镇。敬瑭得诏即行，好似那凤出笼中，龙游海外，摆尾摇首，扬长而去。原是得意。

既而进冯道为检校太尉，相国如故。李愚、刘昫，一太苛察，一太刚褊，议论多不相合，或至彼此诟詈，失大臣体。从珂乃有意易相，问及亲信，俱说尚书左丞姚颢，太常卿卢文纪，秘书监崔居俭，均具相才，可以择用。从珂意不能决，因书三人姓名，置诸琉璃瓶中，焚香祝天，用箸挟出，得姚、卢两人。遂命姚颢、卢文纪同平章事，罢李愚为左仆射，刘昫为右仆射。寻册夫人刘氏为皇后，授次子重美为右卫上将军，兼河南尹，判六军诸卫事。嗣且命兼同平章事职衔，加封雍王。一朝规制，内外粗备，那弑君篡国的李从珂，遂高拱九重，自以为安枕无忧了。笔伐口诛，不肯放过。小子按时叙事，正好趁着笔闲，叙及闽中轶闻。回应二十三回。

闽主延钧，既僭称皇帝，封长子继鹏为福王，充宝皇宫使，尊生母黄氏为太后，册妃陈氏为皇后。先子而后及母妻，是依时事为录述，并非倒置于此，见闽主之溺爱不明，卒遭子祸。看官道陈氏是何等人物？她本是延钧父王审知侍婢，小名金凤。说起她的履历，更属卑污。他本是福清人氏，父名侯伦，年少美丰姿，曾事福建观察使陈岩。岩酷嗜南风，与侯伦常同卧起，视若男妾。偏岩妾陆氏，也心爱侯伦，眉来眼去，竟与侯伦结不解缘，只瞒了一个陈岩，未几岩死，岩妻弟范晖，自称留后。陆氏复托身范晖，产下一女，便是金凤。此女系侯伦所生，由晖留养，至王审知攻杀范晖，金凤母女，乘乱走脱，流落民间。幸由族人陈匡胜收养，方得生存。审知据闽，选良家女充入后宫，金凤幸得与选，年方十七，姿貌不过中人，却生得聪明乖巧，娇小玲珑。一入宫中，便解歌舞。审知喜她灵敏，即令贴身服事。

延钧出入问安，金凤曲意承迎，引得延钧很是欢洽，心痒难熬。唯因老父尚在，不便勾搭，没奈何迁延过去。至审知一殁，延钧嗣位，还有什么顾忌，便即召入金凤，侑酒为欢，郎有心，妾有意，彼此不必言传，等到酒酣兴至，自然拥抱入床，同作巫山好梦。这一夜的颠鸾倒凤，备极淫荡。延钧已娶过两妻，从没有这般滋味，遂不禁喜出望外，格外情浓。及僭号称帝，拟册正宫，元配刘氏早卒，继室金氏，貌美且贤，不过枕席上的工夫，很是平淡，延钧本不甚欢暱。到了金凤入幸，比金氏加欢百倍。那时闽后的位置，当然属诸金凤了。只是要做元绪公奈何！既立金凤为皇后，即追封他假父陈岩为节度使，母陆氏为夫人，族人守恩、匡胜为殿使。别筑长春宫，作藏娇窟。

延钧尝用薛文杰为国计使，文杰敛财求媚，往往诬富人罪，籍没家资，充作国用，以此得大兴土木，穷极奢华。并且广采民女，罗列长春宫中，令充侍役。每当宫中夜宴，辄燃金龙烛数百枝，环绕左右，光明如昼。所用杯盘，统是玛瑙、琥珀及金玉制成，且令宫婢数十人擎住，不设几筵。匪夷所思。饮到醉意醺醺，延钧与金凤，便将衣服尽行卸去，裸着身体，上床交欢。床四围共有数丈，枕可丈余，当两人交欢时，又令诸宫人裸体伴寝，互为笑谑。嗣复遣使至安南，特制水晶屏风一具，周围四丈二尺，运入长春宫寝室。延钧与金凤淫狎，每令诸宫女隔屏窥视，金凤常演出种种淫态，取悦延钧。或遇上巳修禊，及端午竞渡，必挈金凤偕游。后宫妇女，杂衣文锦，夹拥而行。金凤作乐游曲，令宫女同声歌唱，悠扬宛转，响遏行云。还有兰麝气，环珮声，遍传远近，令人心醉。这真可谓淫荒已极了。

延钧既贪女色，复爱娈僮。有小吏归守明，面似冠玉，肤似凝酥，他即引入宫中，与为欢狎，号为归郎。淫女尤喜狂，且顿令这水性杨花的金凤姑娘，也为颠倒梦想，愿与归郎作并头莲。归郎乐得奉承，便觑隙至金凤卧房，成了好事。金凤得自母传，不意归郎竟似侯伦。起初尚顾避延钧，后来延钧得疾，变成一个疯瘫症。于是金凤与归郎，差不多夜夜同床，时时并坐了。但宫中婢妾甚多，有几个狡黠善淫的，也想亲近归郎，乘机要挟。害得归郎无分身法，另想出一条妙计，招入百工院使李可殷，与金凤通奸。金凤多多益善，况可殷是个伟岸男子，仿佛是战国时候的嫪毒，独得秘缄，益足令金凤惬意。归郎稍稍得暇。好去应酬宫人，金凤也不去过问。唯可殷不在时，仍令归郎当差。当时延钧曾命锦工作九龙帐，掩蔽大床，国人探悉宫中情形，作一歌词道："谁谓九龙帐，只贮一归郎！"延钧哪里得知，就使有些知觉，也因疾病在身，振作不起。

天下事无独必有偶，那皇后陈金凤外，又出一个李春燕。凤后有燕，何畜生之多也！春燕为延钧侍妾，妖冶善媚，不下金凤。姿态比金凤尤妍。延钧也加爱宠，令居长春宫东偏，叫作东华宫。用珊瑚为棁榆，琉璃为檽瓦，檀楠为梁栋，缀珠为帘幕，范金为柱础，与长春宫一般无二。自延钧骤得疯瘫，不能御女，金凤得了归守明、李可殷等，作为延钧的替身，春燕未免向隅，势不免另寻主顾。凑巧延钧长子继鹏，愿替父代劳，与春燕联为比翼，私下订约，愿作长久夫妻。乃运动金凤，乞她转告延钧，令两人得为配偶。延钧本来不愿，经金凤巧言代请，方将春燕赐给继鹏，两人自然快意，不消絮述。

唯延钧素性猜忌，委任权奸内枢密使吴英，为国计使薛文杰所谮，竟致处死。英尝典兵，得军士心，军士因此嗟怨。忽闻吴人攻建州，当即发兵出御，偏军士不肯出发，请先将文杰交出，然后起程。延钧不允，经继鹏一再固请，乃将文杰捕下，给与军士，军士乱刀分剖，脔食立尽，始登途拒吴。吴人退去。

既而延钧复忌亲军将领王仁达，勒令自尽，一切政事，统归继鹏处置。皇城使李仿，与春燕同姓，冒认兄妹，遂与继鹏作郎舅亲，自恣威福。李可殷尝被狎侮，心怀不平，密与殿使陈匡胜勾结，谗构李仿及继鹏。继鹏弟继韬，又与继鹏不睦，党入可殷，密图杀兄。偏继鹏已有所闻，也尝与李仿密商，设法除患。会延钧病剧，继鹏及仿，放胆横行，竟使壮士持梃，闯入可殷宅中。正值可殷出来，当头猛击，脑裂而死。死得猝不及防。

看官试想，这李可殷是皇后情夫，骤遭惨毙，教阿凤何以为情？慌忙转白延钧，不意延钧昏卧床上，满口谵语，不是说延禀索命，就是说仁达呼冤。金凤无从进言，只好暗暗垂泪，暂行忍耐。到了次日，延钧已经清醒，即由金凤入诉，激起延钧暴怒，力疾视朝。呼入李仿，诘问可殷何罪？仿含糊对付，但言当查明复旨。踉跄趋出，急与继鹏定计，一不做，二不休，号召皇城卫士，鼓噪入宫。

延钧正退朝休息，高卧九龙帐中，蓦闻哗声大至，亟欲起身，怎奈手足疲软，无力支撑。那卫士一拥突入，就在帐外用槊乱刺，把延钧搠了几个窟窿。金凤不及奔避，也被刺死。归郎躲入门后，由卫士一把抓住，斫断头颅。李仿再出外擒捕陈守恩、匡胜两殿使，尽加杀戮。继韬闻变欲逃，奔至城门，冤家碰着对头，适与李仿相值，拔刀一挥，便即陨首。延钧在九龙帐中，尚未断气，宛转啼号，痛苦难忍，宫人因卫士已去，揭帐启视，已是血殷床褥，当由延钧嘱咐，自求速死，令宫人刺断喉管，方才毕命。小子有诗叹道：

九龙帐内闪刀光，一代昏君到此亡！
荡妇狂且同一死，人生何苦极淫荒！

延钧被弑，这大闽皇帝的宝座，便由继鹏据住，安然即位。欲知此后情形，俟小子下回说明。

唐主从厚，与闽主延钧，先后被弑，正是两两相对。唯从厚生平行事，不若延钧之淫昏，乃一则即位未几，即遭变祸，一则享国十年，才致陨命；此非天道之无知，实由人事之有别。明宗末年，乱机已伏，不发难于明宗之世，而延及于从厚之身，天或者尚因明宗之逆取顺守，尚有令名，特不忍其亲罹惨祸，乃使其子从厚当之耳。延钧嗣位，闽固无恙，初年尚不甚淫荒，至僭号为帝，立淫女为后，于是愈昏愈乱，而大祸起矣。本回叙入闽事，全从《十国春秋》中演出，并非故意媟亵，导人为淫。阅者当知淫昏之适以致亡，勿作秽语观可也。

第二十七回　嘲公主醉语启戎
援石郎番兵破敌

却说王继鹏弑父杀弟，并将仇人一并处死，喜欢的了不得，遂假传皇太后命，即日监国。到了晚间，没一人敢生异议，便登了帝座，召见群臣。群臣皆俯伏称贺。继鹏改名为昶。册李春燕为贤妃。命李仿判六军诸卫事。仿为弑君首恶，心常自疑，多养死士，作为护卫。继鹏恐他复蓄异谋，密与指挥使林延皓计议，托名犒军，大享将士，暗中布着埋伏，专候李仿进来，顺便下手。仿昂然直入，趋至内殿，猝遇伏甲突出，将他拿下，立即枭斩。当下阖住内城，严防外乱，并将仿首悬示启圣门外，揭仿弑君弑后，及擅杀继韬等罪状。仿部众不服，攻应天门，未能得手，转焚启圣门，由林延皓率兵拒守，也不得逞。但将仿首取去，东奔吴越。

继鹏闻乱兵溃去，心下大悦，当命弟继严权判六军诸卫，用六军判官叶翘为内宣徽使，追号父鏻即延钧，见前。为惠宗皇帝，发丧安葬，改元通文。尊皇太后黄氏为太皇太后，进册李春燕为皇后。继鹏本有妻李氏，自得了春燕，将妾作妻，正室反贬入冷宫。春燕好淫工媚，善伺主意，继鹏非常宠爱，坐必同席，行必同舆，别造紫微宫，专供春燕游幸，繁华奢丽，且过东华。好算跨灶。春燕所言，继鹏无不允从。内宣徽使叶翘，博学质直，本为福邸宾僚，继鹏待以师礼，多所裨益。及入为宣徽使，反致言不见用，翘固请辞职，却屡承慰留。既而为李后事，上书切谏，惹动继鹏怒意，援笔批答道："一叶随风落御沟！"是古今批语中所罕有。遂放翘归永泰原籍，翘幸得寿终。

这且慢表，且说河东节度使石敬瑭，既抵晋阳，尚恐为朝廷所忌，阴图自全，常称病不理政事。有二子重英、重裔，留仕都中，重英任右卫上将军，重裔为皇城副使，皆受敬瑭密嘱，侦探内事。两人贿托太后左右，每有所闻，即行传报。所以唐主从珂，与李专美、李崧、吕琦、薛文遇、赵廷乂等，日夕密谈，无不探悉。适契丹屡寇北边，禁军多屯戍幽州。敬瑭乃与幽州节度使赵德钧，联名上表，乞请增粮。有诏借河东菽粟，及镇州输绢五万匹，出易粮米。特派镇、冀二州车千五百乘，运粮至幽州戍所。敬瑭复自率大军，出屯忻州。

是时天旱民饥，百姓既苦乏食，又病徭役。敬瑭督促甚急，未免怨声载道。凑巧唐廷遣使到来，赐给敬瑭军夏衣，军士急呼万岁，声澈全营。敬瑭独自耽忧，幕僚段希尧进言道："将在外，君命有所不受。今军士不由将令，预先传呼万岁，是目中已无主帅了，他日如何使用？请查出首倡，明正军法！"敬瑭乃令刘知远查究，得三十六人，推出处斩，为各军戒。朝使闻此消息，返报从珂。从珂越生疑忌，即派武宁军节度使张敬达，为北面行营副总管，名目上是防御契丹，实际上是监制敬瑭。敬瑭并非笨伯，猜透从珂微意，格外加防。药线已设，总要爆裂。

好容易到了清泰三年，正月上浣，即值从珂诞辰，宫中号为千春节，置酒内廷，文武百官，联翩趋入，奉觞进贺。从珂已喝了许多巨觥，带着一片醉意，宴毕回宫，巧值魏国长公主，自晋阳来朝祝寿，便即捧上瑶觞，表达贺忱。从珂接饮毕，便笑问道："石郎近日何为？"公主答道："敬瑭多病，连政务都不愿亲理，每日唯卧床调养，需人侍奉罢了。"为夫托疾，究竟女生外向。从珂道："我忆他筋力素强，何致骤然衰弱，公主既已至京，且在宫中宽留数日，由他去罢。"公主着急道："正为他侍奉需人，所以今日入祝，明日即拟辞归。"从珂不待词毕，便作醉语道："才行到京，便想西归，莫非欲与石郎谋反么？"公主闻言，不禁俯首，默然趋退。从珂亦即安寝。

次日醒来，即有人入谏从珂，说他酒后失言。此人为谁？乃是皇后刘氏。从珂即位后，曾追尊生母鲁国夫人魏氏为太后，册正室沛国夫人刘氏为皇后。此是补叙之笔。刘氏素性强悍，颇为从珂所畏，她闻从珂醉语，一时不便进规，待至诘旦，方才入谏。从珂已经失记，至由刘后述及，方模模糊糊的记忆起来，心中亦觉自悔。当下召入魏国长公主，好言抚慰，并说昨夕过醉，语不加检，幸勿介怀。公主自然谦逊，一住数日，方敢告辞。从珂且进封她为晋国长公主，俾她悦意，且赐宴饯行。

毕竟夫妇情深，远过兄妹，公主还归晋阳，即将从珂醉语，报告敬瑭。敬瑭益加疑惧，即致书二子，嘱令将洛都存积的私财，悉数载至晋阳，只托言军需不足，取此接济。于是都下谣言，日甚一日，都说是河东将反。

唐主从珂，时有所闻，夜与近臣从容议事，因与语道："石郎是朕至亲，本无可疑，但谣言不靖，万一失欢，将如何对待呢？"群臣皆不敢对，彼此支吾半晌，便即退出。学士李崧，私语同僚吕琦道："我等受恩深厚，怎能袖手旁观？吕公智虑过人，究竟有无良策？"琦答道："河东若有异谋，必结契丹为援。契丹太后，以赞华投奔我国，屡求和亲，赞华事见二十三回。只因我拘留番将，未尽遣还，所以和议未成。今若送归番将，再饵以厚利，岁给礼币十余万缗，谅契丹必欢然从命，河东虽欲跳梁，当亦无能为了。"和亲亦非良策，不过少延岁月。崧答道："这原是目前至计，唯钱谷皆出三司，须先与张相熟商，方可奏闻。"说着，即邀吕琦同往张第。

张相乃是张延朗，明宗时曾充三司使，从珂篡位，命他为吏部尚书，兼同平章事职衔，仍掌三司。后唐称度支，盐铁，户部为三司。闻李、吕二人进谒，当即出迎。李崧代述琦计。延朗道："如吕学士言，不但足制河东，并可节省边费。若主上果行此计，国家自可少安，应纳契丹礼币，但向老夫责办，定可筹措，请两公速即奏陈。"二人大喜，辞了延朗。至次日入内密奏，从珂颇以为然，令二人密草国书，往遗契丹，静俟使命。

二人应命退出，从珂复召入枢密直学士薛文遇，与商此事。文遇道："堂堂天子，若屈身夷狄，岂不足羞！况虏性无厌，他日求尚公主，如何拒绝！汉成帝献昭君出塞，后悔无穷，后人作昭君诗云：'安危托妇人。'这事岂可行得？"从珂不禁失声道："非卿言，几乎误事！"

越日急召崧、珂入后楼，二人总道是索阅国书，怀稿入见。不料从珂在座，满面怒容，待二人行过了礼，便叱责道："卿等当力持大体，敷佐承平，奈何徒出和亲下策！朕只一女，年尚乳臭，卿等欲弃诸沙漠么？且外人并未索币，乃欲以养士财帛，输纳虏廷，试问二卿究怀何意？'二人慌忙拜伏道："臣等竭愚报国，并非敢为虏计，愿陛下熟察！"从珂怒尚未息，李崧只管磕头，吕琦拜了两拜，便即停住。从珂瞋目道："吕琦强项，尚视朕为人主么？”琦亦抗声道：“臣等为谋不臧，但请陛下治罪，若多拜即可邀赦，国法转致没用了！”尚有丈夫气。从珂被他一驳，颜才少霁，令二人起身，各赐卮酒压惊。二人跪饮，拜谢而退。

未几即降调琦为御史中丞，不令入直。朝臣窥测意旨，哪敢再言和亲。忽由河东呈入奏章，系是石敬瑭自陈羸疾，乞解兵柄，或徙他镇。从珂览奏，明知非敬瑭真意，但事出彼请，乐得依从，便拟将敬瑭移镇郓州。李崧、吕琦又上书谏阻，还有升任枢密使房暠，亦力言不可。独薛文遇奋然道：“俗语有言，道旁筑室，三年不成，此事应断自圣衷，群臣各为身谋，怎肯尽言！臣料河东移亦反，不移亦反，不若先事防维为是！”也是汉晁错流亚。从珂大喜道：“卿言正合朕意。前日有术士言，谓朕今年应得贤佐，谋定天下，想应验在卿身了！”不从彼言，何致焚身？立命学士院草制，徙敬瑭为天平节度使，特命马军都指挥使宋审虔出镇河东，且令张敬达为西北蕃汉马步都部署，促敬瑭速移郓州。

看官试想，这石敬瑭表请移镇，明明是有意尝试，哪知弄假成真，竟颁下这道诏命。慌忙召集将佐，私下与商道：“我再来河东时，主上曾许我终身在此，不更换人接替，今忽有是命，是与千春节向公主言，同一忌我，我难道便来就死么？”幕僚段希尧，及节度判官赵莹，观察判官薛融等，俱劝敬瑭暂且忍耐，姑往郓州。旁有一将闪出道：“不可不可！明公今往郓州，是所谓迁乔入谷了。试思明公在此，兵强马壮，若称兵传檄，帝业可成，奈何以一纸诏书，甘投虎口呢？”敬瑭闻言瞧着，正是都押牙刘知远，彼固不屑在人下者。方欲出言回答，又有一人接入道：“明公入朝，今上新即位，岂不知蛟龙异物，不宜纵入深渊，乃仍把河东授公，这是天意相助，非人谋所得违。况明宗遗爱在人，今上以养子入继，名不正，言不顺，公系明宗爱婿，反招今上疑忌，若不早图，后悔无及了！”敬瑭视之，是掌书记桑维翰，一推一挽，拥起此石。乃向二人拱手道：“二公所言甚明，但恐河东一镇，未能抵制朝廷？”维翰又道：“从前契丹主子，与明宗约为兄弟，今部兵出没西北，公诚能推诚屈节，服事契丹，万一有急，朝呼夕至，何患不成？”甘心事狄，沦十六州为左衽，维翰实为罪魁。敬瑭遂决意发难，特令维翰草起表文，请唐主从珂让位。略云：

臣河东节度使石敬瑭，谨顿首上言：古者帝王之治天下也，立储以长，传位以嫡，为古今不易之良法。晋献公以骊姬之故，废太子，立奚齐，晋之乱者数十年。秦始皇不早立储君，杀扶苏，立胡亥，卒至自亡其国。唐之天下，明宗之天下也。明宗皇帝，金戈铁马之所经营，麦饭豆粥之所收拾，持三尺剑，马上得天下，厥功亦非小可。近者宫车晏驾，宋王登基，陛下乃以养子入攘大统，天下忠义之士，皆为扼腕。区区臣愚，欲望陛下退处藩邸，传位许王，有以对明宗皇帝在天之灵，有以服天下忠臣义士之心。不然，同兴问罪之师，稍正篡位之罪，徒使流血污庭，生灵涂炭，彼时悔之，亦噬脐矣！冒昧上言，复候裁夺。

原来从珂篡位时，除弑死故主从厚外，所有明宗后妃，及少子许王从益，俱安居宫中，未尝冒犯。所以敬瑭此表，迫从珂传位从益。情理颇正，但问汝入洛后，何故不拥立许王？看官！你想从珂是肯依不肯依呢？表文到京，一入从珂目中，无名火引起三丈，立即撕碎，抛掷地上，令学士书诏斥责道：

卿于鄂王，固非疏远，卫州之事，卿实负之。许王之言，何人肯信？卿其速往郓州，毋得徘徊不进，致干罪戾，特此谕知。

敬瑭得诏，复与刘知远等商议，知远道："先发制人，后发为人制。今日已成骑虎，不能再下，请即传檄四方，且求救契丹，即日举义，当无不克！"敬瑭依计而行，忽报雄义都指挥使安元信，率部下六百人来降，即由敬瑭迎入，婉言慰问道："朝廷称强，河东称弱，公为何舍强归弱呢？"元信道："元信不能知星识气，但据人事而论，帝王能治天下，唯信最重。今主上与明公最亲，尚不能以信相待，况疏贱呢？无信如此，亡可立待，怎得为强！"敬瑭大悦，委以军事，命为亲军巡检使。既而振武西北巡检使安重荣，及西北先锋指挥使安审信、张万迪等，各率部兵归晋阳。敬瑭一一欣纳。

嗣闻朝旨次第颁下，削夺河东节度使官爵，这尚是意中所有的事情。未几，由探卒入报，张敬达为四面排阵使，张彦琪为马步军都指挥使，安审琦为马军都指挥使，相里金为步军都指挥使，武廷翰为壕塞使，率兵数万，杀奔太原来了。一急。又未几再得急报，张敬达为太原四面都部署，杨光远为副，高行周为太原四面招抚排阵等使，调集各道马步兵，已自怀州进行，不日要到太原了。二急。

敬瑭召语将佐道："事急了！快到契丹求救罢。"言未已，复有一凶耗传来，乃是亲弟都指挥使敬德，及从弟都指挥使敬殷，并二子重英、重裔，一并被诛，险些儿将敬瑭痛死，半晌才哭出声来。此急非同小可。一声大恸，又复将喉咙塞住，但用两手捶胸，好容易迸出声泪，且哭且语道："我受明宗皇帝厚恩，出力报国，今乃使子弟冤死，含恨九泉！若非举兵向阙，恐一门无噍类了！我非敢负明宗，实朝廷激我至此，不得不然。皇天后土，实闻此言！"各将佐等都从旁劝慰。

敬瑭亟命桑维翰草表，向契丹称臣，且愿事以父礼，乞即发兵入援。事成以后，愿割卢龙一道，及雁门关以北诸州，作为酬谢。刘知远忙出阻道："称臣已足，何必称子，厚许金币，亦足求援，何必割畀土地。今日因急相许，他日必为中国大患，悔无及了！"颇得先见，可惜敬瑭不从。敬瑭道："且管眼前要紧，顾不得日后了。"便令维翰缮讫，遣使持表赴契丹。

契丹主耶律德光，曾梦一神人从天而下，庄容与语道："石郎使人唤汝，汝宜速去！"及醒后，转告述律太后，太后以为梦兆无凭，不足注意。及敬瑭使至，览表大喜，慨然允诺。入白述律太后道："梦兆已验，天意早使我援石郎呢！"述律太后也即喜慰，因打发回书，仍令原使赍还，约言秋高马肥，当倾国入援。敬瑭得书，稍稍放怀，唯整缮兵备，固守城濠。

过了数日，张敬达率军大至，来攻晋阳。敬瑭授刘知远为马步军指挥使，所有安重荣、张万迪诸降将，悉归节制。知远用法无私，不分新旧，因此士心归附，俱乐为用。敬瑭身披重甲，亲自登城，任他城下各军，飞矢投石，一些儿没有畏缩，只是坐镇城楼。知远在旁进言道："观敬达辈无他奇策，不过深沟高垒，为持久计，愿明公分道遣使，招抚军民，免得与我为难。若守城尚是容易，知远一人，已足担当，请公勿忧！"敬瑭握知远手，且抚背道："得公如此，我自无忧了。"遂下城自去办事，一切守城计划，悉委知远。

知远日夕不懈，小心拒守，张敬达屡攻不下。那催督攻城的朝使，却一再至军，嗣又令吕琦犒师。兵马副使杨光远语琦道："愿附奏皇上，幸宽宵旰，贼若无援，旦夕当平，就使契丹兵到来，亦可一战破敌呢！"谈何容易。

琦返报唐主从珂，从珂很是欣慰。偏偏过了旬日，未见捷报，免不得再下诏谕，饬诸军速攻晋阳。敬达恰也心焦，四面围攻，适值秋雨连绵，营垒多被冲坏，长围竟不能合。晋阳城中，粮储日罄，也不免焦急起来，专望契丹入援。

契丹主耶律德光，如约出师，号令军前道："我非为石郎兴兵，乃奉天帝敕使，汝等但踊跃前进，必得天助，保无他患！"可见梦兆之言，或由德光设词欺众，并非果有此事。军士齐声应命，共得五万铁骑，浩荡南来，扬言大兵三十万，从扬武谷趋入，直达晋阳，列营汾北。德光先遣人通报敬瑭道："我今日即拟破敌，可好么？"敬瑭亟遣人驰告德光，谓南军势盛，未可轻战，不如待至明日。使人方去，遥闻鼓角齐鸣，喊声大震，料知两边已经交锋，忙令刘知远带着精兵，出城助战。

说时迟，那时快，契丹主德光，已遣轻骑三千，进薄张敬达大营。敬达早已防着，见来兵皆不被甲，纵马乱闯，还道他轻率不整，便尽出营兵搦战，一场驱逐，把契丹兵赶至汾曲，契丹兵涉水自去。唐兵尚不肯舍，沿岸追击，哪知芦苇中尽是伏兵，几声胡哨，尽行突出，将唐兵冲做数截。唐步兵已追过北岸，多为所杀，唯骑兵尚在南岸，一齐引退。敬达忙收军回营，营内忽突出一彪人马，首先一员大将，跃马横枪，大声呼道："张敬达休走，刘知远已守候多时了。"敬达不觉着忙，急率败军南遁，又被追兵掩杀一阵，伤亡约万余人。

晋阳解围，敬瑭即整备羊酒，亲出犒契丹兵士。见了契丹主德光，行过臣礼。德光用手搀扶，且语敬瑭道："会面很迟，今日是君臣父子，幸得相会，也好算是盛遇了！"敬瑭拜谢，认虏为父已出不情，况敬瑭年龄当比德光为长，奈何以父礼事之！起身复问道："皇帝远来，士马疲倦，骤与唐兵大战，竟得大胜，这是何因？"德光大笑道："闻汝带兵多年，难道尚未知兵法么？"乐得嘲笑。敬瑭怀惭，只好侧身恭听。正是：

战败适形中国弱，兵谋竟让外夷优。

毕竟德光如何说法，且看下回续叙。

有从珂之弑君篡位，必有石敬瑭之叛命兴师，以逆召逆，非特天道，人事亦如是耳。从珂，明宗之养子也。敬瑭，明宗之爱婿也。养子得之，何如爱婿得之。从珂因而忌敬瑭，敬瑭亦因之拒从珂。薛文遇谓河东移亦反，不移亦反，原是确论，但不结契丹以制河东之死命，徒激之使反，果何益乎？敬瑭急于叛命，甘臣契丹。称臣不足，继以称子，称子不足，继以割燕云十六州，刘知远谏阻不从，卒使十六州人民，沦入夷狄，敬瑭之罪，莫大于此。故其叛从珂也，情尚可原，而其引契丹入中国也，罪实难恕。敬瑭其五代时之祸首乎！

第二十八回　契丹主册立晋高祖
述律后笑骂赵大王

却说契丹主耶律德光，因石敬瑭问及兵谋，便笑答道："我出兵南来，但恐雁门诸路，为唐军所阻，扼守险要，使我不得进兵。嗣使人侦视，并无一卒，我知唐无能为，事必有成，所以长驱深入，直压唐营。我气方锐，彼气方沮，若非乘势急击，坐误事机，胜负转未可知了。这乃是临机应变，不能与劳逸常理，一般评论哩。"敬瑭很是叹服，便与德光会师，进逼唐军。

张敬达等奔至晋安寨，收集残兵，闭门固守，当被两军围住，几乎水泄不通。敬达检点兵卒，尚不下五万人，战马亦尚存万匹，怎奈士无斗志，无故自惊，敬达也自知难恃，忙遣使从间道驰出，赍表入京，详告败状，并乞济师。唐主从珂，当然惶急，更命都指挥使符言饶，率洛阳步骑兵，出屯河阳，天雄节度使范延光，卢龙节度使赵德钧，耀州防御使潘环，三路进兵，共救晋安寨。一面下敕亲征。次子雍王重美入奏道："陛下目疾未痊，不宜远涉风沙，臣儿虽然幼弱，愿代陛下北行！"从珂巴不得有人代往，既得重美奏请，即欲依议，尚书张延朗及宣徽使刘延朗等入谏道："河东联络契丹，气焰正盛，陛下若不亲征，恐士卒失望，转误大事。还请陛下三思！"从珂不得已，自洛阳出发。

途次语宰相卢文纪道："朕素闻卿有相才，所以重用，今祸难至此，卿可为朕分忧否？"文纪无言可答，唯惶恐拜谢。及进次河阳，再由从珂召集群臣，谘询方略。文纪才进言道："国家根本，实在河南，胡兵忽来忽往，怎能久留？晋安大寨甚固，况已发三路兵马，克日往援，兵厚力集，不难破敌。河阳系天下津要，车驾可留此镇抚南北，且遣近臣前往督战，就使不得解围，进亦未晚。”善承意旨，总算相才。张延朗亦插入道：“文纪所言甚是，请陛下准议便了。”

看官听着！张延朗曾劝驾亲征，为什么到了中途，骤然变计？他因忠武节度使赵延寿，随驾北行，兼掌枢务，大权为彼所握，自己未免失势。此时闻文纪请遣近臣，正好将他派往，免得争权，因此竭力赞成。到此还要倾轧，可叹可恨！从珂怎识私谋，还道两人爱己，只是点首。待延朗说毕，乃问何人可派往督战，延朗又开口道：“赵延寿父德钧，率卢龙兵赴难，陛下何不遣延寿往会，乘便督战。”从珂迟疑未答，翰林学士须昌、和凝等，一同怂恿，方命延寿率兵二万，前往潞州。延寿领命去讫。

从珂数日不接军报，因复出次怀州，遍谕文武官僚，令他设谋拒敌。各官吏多半无能，想不出什么计策，唯吏部侍郎龙敏，上书献议道：“河东叛命，全仗契丹帮助，契丹主倾国入寇，内顾必然空虚，臣意请立李赞华为契丹主，派天雄、卢龙二镇，分兵护送，自幽州直趋西楼，令他自乱。朝廷不妨露檄说明，使契丹主内顾怀忧，回兵备变，然后命行营将士，简选精锐，从后追击，不但晋安可以解围，就是寇叛亦不难扫灭，这乃是出奇捣虚的上计。”确是良策。从珂却也称妙，偏宰相卢文纪等，谓契丹太后，素善用兵，国内不致无备，反多使二镇将士，送命沙场，因是议久不决，从珂反弄得毫无主张，但酣饮悲歌，得过且过。

群臣或又劝从珂北行，从珂道：“卿等勿言石郎，使我心胆堕地！”想是天夺其魄，所以索然气馁。于是群臣箝口，相戒勿言。独赵德钧上表行在，愿调集附近兵马，自救晋安寨，从珂总道他忠心为国，优诏传奖，且命他为诸道行营都统。赵延寿为河东道南面行营招讨使，父子在潞州相见，延寿便将所部二万人，尽付德钧。天雄节度使范延光，正奉命出屯辽州，德钧欲并延光军，延光不从，德钧即逗留潞州，延挨不进。从珂一再敦促，未闻受命。又是一个变脸。乃遣吕琦赐德钧手敕，并赍金帛犒师，德钧乃引军至团柏，屯营谷口，再行观望。

契丹主耶律德光，进兵榆林，所有辎重老弱，留住虎北口，相机行事，胜即进，败即退。赵延寿欲探知消息，出兵掩击，入白德钧，德钧笑道：

“汝尚未知我来意么？我且为汝表奏行在，请授汝为成德节度使，若得旨俞允，我父子姑效忠朝廷，否则石氏称兵，欲图河南，我难道不能行此么？”延寿颇怨及延朗，也乐得依了假父，即日上表，略言臣德钧奉命远征，幽州势孤，欲使延寿往驻镇州，以便接应，请朝廷暂假旌节云云。从珂得表，面谕来使道：“延寿方往击贼，何暇移驻镇州，俟贼平后，当如所请。”来使返报德钧。德钧又复上表，坚请即日简命。从珂大怒道：“赵氏父子，必欲得一镇州，究为何意？他能击却胡寇，虽入代朕位，朕亦甘心。若徒玩寇要君，恐犬兔俱毙，难道畀一镇州，便能永远富贵么？”遂叱回来使，不允所请。

德钧闻报，即遣幕客厚赍金帛，往赂契丹。契丹主德光，问他来意，幕客便进言道：“皇帝率兵远来，非欲得中国土地，不过为石郎报怨。但石郎兵马，不及幽州，今幽州镇帅赵德钧，愿至皇帝前请命；如皇帝肯立德钧为帝，德钧兵力，自足平定洛阳，将与贵国约为兄弟，永不渝盟。石氏一面，仍令常镇河东，皇帝不必久劳士卒，尽可整甲回国，待德钧事成，再当厚礼相报。”这番言语，却把德光哄动起来。暗思自己深入唐境，晋安未下，德钧尚强，范延光出屯辽州，倘或归路被截，反致腹背受敌，陷入危途，不若姑允所请，一来可卖情德钧，二来仍保全石郎，取了金帛，安然归国，也可谓不虚此行了。便留住德钧幕客，徐与定议。

早有敬瑭探马，报知敬瑭。敬瑭大惊，忙令桑维翰谒见德光。德光传入，由维翰跪告道：“皇帝亲提义师，来救孤危，汾曲一战，唐兵瓦解，退守孤寨，食尽力穷，转眼间即可扫灭。赵氏父子，不忠不信，素蓄异图，部下皆临期召集，更不足畏，彼特惧皇帝兵威，权词为饵，皇帝怎可信他诡言，贪取微利，坐隳大功。且使晋得天下，将尽中国财力，奉献大国，岂小利所得比呢！”德光半晌答道：“尔曾见捕鼠否？不自防备，必致啮伤，况大敌呢！”维翰又道：“今大国已扼彼喉，怎能啮人！”德光道：“我非背盟，不过兵家权谋，知难乃退。况石郎仍得永镇河东，我也算是保全他了。”维翰急答道：“皇帝顾全信义，救人急难，四海人民，俱系耳目，奈何一旦变约，反使大义不终，臣窃为陛下不取哩。”德光尚未肯允，经维翰跪在帐前，自旦至暮，涕泣固争，说得德光无词可驳，只好屈志相从。便召出德钧幕客，指着帐外大石，且示且语道：“我为石郎前来，石烂乃改此心。汝去回报赵将军，他若晓事，且退兵自守，将来不失一方面，否则尽可来战！”

德钧幕客，料知不便再说，只好辞归。

德光乃使维翰返报敬瑭，敬瑭即至契丹军营，亲自拜谢。但管自己，不管子孙，真正何苦！德光喜道："我千里来援，总要成功方去。观汝气貌识量，不愧中原主，我今便立汝为天子，可好么？"敬瑭闻言，好似暖天吃雪，非常凉快。但一时不好承认，只得推辞道："敬瑭受明宗厚恩，何忍遽忘？今因潞王篡国，恃强欺人，致烦皇帝远来，救危纾难。若自立为帝，非但无以对明宗，并且无以对大国！此事未敢从命！"德光道："事贵从权，立汝为帝，方使中国有主，何必固辞！"敬瑭含糊答应，但言回营再议。

既返本营，诸将佐已知消息，当然奉书劝进。遂在晋阳城南，筑起坛位，先受契丹主册封，命为晋王。然后择吉登坛，特于唐清泰三年十一月间，行即位礼。届期这一日，契丹主德光，自解衣冠，遣使赍授，并给册命。相传册中词句，因夷夏不同，特命桑维翰主稿，册文有云：

维天显九年。天显系契丹年号，见前文。岁次丙申，十一月丙戌朔，十二日丁酉，大契丹皇帝若曰：于戏！元气肇开，树之以君，天命不恒，人辅以德。故商政衰而周道盛，秦德乱而汉图昌。人事天心，古今靡异。咨尔子晋王，神钟睿哲，天赞英雄，叶梦日以储祥，应澄河而启运。迨事数帝，历试诸艰。武略文经，乃由天纵，忠规孝节，固自生知。猥以眇躬，奄有北土，暨明宗之享国也，与我先哲王保奉明契，所期子孙顺承，患难相济，丹书未泯，白日难欺。顾予纂承，匪敢失坠，尔维近戚，实系本支，所以予视尔若子，尔待予犹父也。朕昨以独夫从珂，本非公族，窃据宝图，弃义忘恩，逆天暴物，诛翦骨肉，离间忠良，听任矫谀，威虐黎献，华夷震悚，内外崩离。知尔无辜，为彼致害，敢征众旅，来逼严城。虽并吞之志甚坚，而幽显之情何负！达于闻听，深激愤惊，乃命兴师，为尔除患。亲提万旅，远殄群雄，但赴急难，罔辞艰险。果见神祇助顺，卿士协谋，旗一麾而弃甲平山，鼓三作而僵尸遍野。虽已遂予本志，快彼群心，将期税驾金河，班师玉塞。矧今中原无主，四海未宁，茫茫生民，若坠涂炭。况万几不可以暂废，大宝不可以久虚，拯溺救焚，当在此日。尔有庇民之德，格于上下；尔有戡难之勋，光于区宇；尔有无私之行，通乎神明；尔有不言之信，彰乎兆庶。予懋乃德，嘉乃丕绩，天之历数在尔躬，是用命尔，当践皇极。仍以尔自兹并土，首建义旗，宜以国号曰晋。朕永与为父子之邦，保山河之誓。于戏！诵百王之阙礼，行兹盛典，成千载之大义，遂我初心。尔其永保兆民，勉持一德，慎乃有位，允执阙中，亦唯无疆之休，其诫之哉！中国主子，受外夷册封，史不多见，故录述全文。

敬瑭登坛，拜受册命，并接过衣冠，穿戴起来。好一个不华不夷的主子，南面就座，受部臣朝贺。礼毕乃鼓吹而归。当时附和诸臣，又盛言符谶，托为符瑞。相传朱梁开国时，壶关县庶穰乡中，有乡人伐树，树分两片，中有六字云："天十四载石进。"潞州行营使李思安，呈报梁主朱温，温令大臣考察，均不能解。乃藏诸武库。至敬瑭称帝，遂有人强为解释，谓天字两旁，取四字旁两画加入，便成丙字，四字去中间两画，加入十字，便成申字。如此牵强，无不可解。这就是应在丙申年。《周易》晋卦彖辞，有晋者进也一语，国号大晋，岂非明验。又当晋阳受困时，城中北面，有毗沙门天王祠，夤夜献灵，金甲执殳，巡行城上，既而不见，内外俱惊为神奇。牙城内有崇福坊，坊西北隅有泥神，首上忽出现烟光，如曲突状。询诸坊憎，谓唐庄宗得国时，神首上亦曾出烟。今烟又重出，当有别应。嗣是日旁多有五色云气，如莲芰状，术士多指为天瑞。敬瑭也目为祥征，因此乘势称帝，号令四方。

即位以后，又至番营拜谢德光，愿割幽、蓟、瀛、莫、涿、檀、顺、新、妫、儒、武、云、应、环、朔、蔚十六州，作为酬谢，并输契丹岁币三十万匹。何其慷慨。德光自然心喜，就在营内设宴，与敬瑭欢饮而别。

敬瑭返入晋阳，即于次日御崇元殿，降制改元，号为天福。一切法制，皆遵唐明宗故事。命赵莹为翰林学士承旨，桑维翰为翰林学士，权知枢密院事。刘知远为侍卫马军都指挥使，客将景延广为步军都指挥使。此外文武将佐，封赏有差，册立晋国长公主李氏为皇后，大赦天下。布置已定，再会契丹兵攻晋安寨。

晋安寨已被围数月，待援不至，营将高行周、符彦卿等，屡出突围，均被契丹兵杀回，寨中刍粮俱尽，张敬达决志死守，毫无叛意。杨光远、安审琦等，入劝敬达，谓不如投降契丹，保全一营性命。敬达怒叱道："我为元帅，兵败被围，已负重罪，奈何反教我降敌呢！且援兵旦暮且至，何妨再待数日。万一援绝势穷，汝等可降，我却不降，宁可刎首，俾汝等出献番虏，自求多福，我终不愿背主求荣哩！”还算忠臣。光远斜睨审琦，意欲令他下手。审琦不忍加害，转身趋出，告知高行周，行周也服敬达忠诚，常引壮骑为卫。敬达未识情由，反语人道：“行周尝随我后，意欲何为？”不识好人，终致一死。行周乃不敢相随。杨光远觑得此隙，屡召诸将密议，诸将常称敬达为张生铁，各有怨言，遂与光远合谋，决杀敬达。诘旦敬达升帐，光远佯称启事，趋至案前，拔出佩刀，竟将敬达刺死，开寨出降契丹。

契丹主德光，收纳降众，入寨检查，尚存马五千匹，铠仗五万件，悉数搬归，交与敬瑭，并将降将降卒，亦尽归敬瑭约束，且面谕道：“勉事尔主！”又因张敬达为忠死事，收尸礼葬，语部众及晋诸将道：“汝等身为人臣，当效法敬达呢！”唐马军都指挥使康思立，听了此言，且惭且愤，即致病终。思立尚有人心，足愧杨光远等。敬瑭复请命德光，会师南下。德光语敬瑭道：“桑维翰为汝尽忠，汝当用以为相。”敬瑭乃授维翰为中书侍郎，赵莹为门下侍郎，并同平章事，赐号推忠兴运致理功臣。敬瑭欲留一子守河东，亦向德光询明。德光令尽出诸子，以便审择。敬瑭当然遵命，令诸子进谒德光。德光仔细端详，见有一人貌类敬瑭，双目炯炯有光，即指示敬瑭道：“此儿目大，可任留守。”敬瑭答道：“这是臣养子重贵。”德光点首，乃令重贵留守太原，兼河东节度使。看官听说！这重贵是敬瑭兄敬儒子，敬儒早卒，敬瑭颇爱重贵，视若己儿，就是后来的出帝。

晋阳既有人把守，遂由德光下令，遣部将高谟翰为先锋，用降卒前导，迤逦进兵，自与敬瑭为后应。前锋到了团柏，赵德钧父子，未战先遁。符彦饶、张彦琪、刘延朗、刘在明各将吏，本皆由从珂遣往救应，至是亦相继溃散。士卒自相践踏，伤亡无算，再经契丹兵从后尾击，杀得唐军尸横遍野，血流成渠。及德光、敬瑭至团柏谷口，唐军早不知去向，仅剩得一片荒郊，枯骨累累了。

唐主从珂，留寓怀州，尚未得各军消息，至刘延朗、刘在明等，狼狈奔还，方知晋安失守，团柏又溃，敬瑭已自称帝，杨光远等统皆叛去，急得神色仓皇，不知所措。众议天雄军未曾交战，军府远在山东，足遏敌氛，不如驾幸魏州，再作计较。从珂也以为然。但因学士李崧，素与范延光友善，乃召崧入议。薛文遇未知情由，亦踵迹入见，从珂勃然变色。崧料知为着文遇，急蹑文遇靴尖，文遇会意，慌忙退出。从珂乃语崧道：“我见此物，几乎肉颤，恨不拔刀刺死了他！”本是贤佐，奈何欲将他刺死？崧答道：“文遇小人，浅谋误国。何劳陛下亲自动手！”从珂怒意少解，始与崧议东幸事。崧谓延光亦未必可恃，不如南还洛阳。从珂依议，遂谕令起程还都。

洛阳人民，闻北军败溃，车驾遁还，顿时谣言四起，争出逃生。门吏禀请河南尹重美，出令禁止，重美道：“国家多难，未能保护百姓，倘再欲绝他生路，愈增恶名，不如听他自便罢！”乃纵令四窜，众心少安。

从珂自怀州至河阳，闻都下有慌乱情形，也不敢遽返，且在河阳暂住，命诸将分守南北城。一面遣人招抚溃将，为兴复计。哪知人心瓦解，众叛亲离，诸道行营都统赵德钧，与招讨使赵延寿，已迎降契丹，被耶律德光拘送西楼去了。原来德钧父子，奔至潞州，敬瑭先遣降将高行周，劝令迎降，德钧到也乐从。既而敬瑭与德光同至潞州，德钧父子，即迎谒高河。德光尚好言慰谕，唯敬瑭掉头不顾，任他谒问，始终不与交言。德光知两下难容，乃将德钧父子，送解西楼。

德钧见述律太后，把所赍宝货，及田宅册籍进献。述律太后问道：“汝近日何故往太原？”德钧道：“奉唐主命。”述律太后指天道：“汝从吾儿求为天子，奈何作此妄语？”说着，又自指胸前道：“此心殊不可欺哩！”德钧俯伏在地，不敢出声。至此亦知愧悔否？述律太后又说道：“我儿将行，我曾诫我儿云：‘赵大王若伺我空虚，北向渝关，汝急宜引归，自顾要紧！太原一方的成败，管不得许多了。’汝果欲为天子，俟击退我儿，再行打算，也不为迟。汝本为人臣，既不思报主，又不能击敌，徒欲乘乱徼利，不忠不义，尚有什么面目，来此求生呢？”爽快之至，读至此应浮一大白！德钧吓得乱抖，只是叩首乞哀。述律太后又问道：“货物在此，田宅何在？”德钧道：“在幽州。”述律太后道：“幽州今属何人？”德钧道：“现属太后！”述律太后道：“既属我国，要你献什么？”德钧惭汗交流，只恨地上无隙，不能钻入。还是述律太后大发慈悲，令暂拘狱中，俟德光回来，再行发落。可怜德钧至此，又不能不磕头称谢，退至番狱待罪。及德光北归，才将他父子释出。德钧怏怏而亡，延寿却得为翰林学士。小子有诗叹道：

番妇犹知忠义名，如何华胄反偷生！
虏廷俯伏遭呵责，可有人心抱不平！

欲知耶律德光何时归国，容至下回叙明。

从珂以骁勇著名，乃石郎一反，即致心胆坠地，是非前勇而后怯也，盖未得富贵以前，冒险进取，虽死不顾，故能以百战成名。既得富贵以后，志愿既盈，其气渐衰，故转至一蹶不振。且也从珂得国，由于篡窃而来，不意石郎之起而议其后，自问心虚，益致气馁。而当时文武将佐，又属朝秦暮楚，成为习惯，四顾无一人可恃，安能不为之沮丧也。唯石敬瑭乞怜外族，恬不知羞，同一称臣，何如不反，既已为帝，奈何受封，虽为唐廷所迫，不能不倒行逆施，然名节攸关，岂宜轻隳！谋之不臧，非特贻害子孙，抑且沦陷民族，惜不令述律太后，以责赵德钧者责石敬瑭，而竟使其觍为民上也。

第二十九回　一炬成灰到头孽报
三帅叛命依次削平

却说晋王石敬瑭，既入潞州，即欲引军南向。契丹主耶律德光，意欲北归，乃置酒告别，举杯语敬瑭道："我远来赴义，幸蒙天佑，累破唐军。今大事已成，我若南向，未免惊扰中原，汝可自引汉兵南下，省得人心震动。我令先锋高谟翰，率五千骑护送，汝至河梁，尚欲谟翰相助，可一同渡河，否则亦听汝所便。我且留此数日，候汝好音，万一有急，可飞使报我，我当南来救汝！若洛阳既定，我即北返了。"敬瑭很是感激，与德光握手，依依不舍，泣下沾襟。亦知德光之为胡酋否？德光亦不禁泪下，自脱白貂裘，披住敬瑭身上。且赠敬瑭良马二十匹，战马千二百匹，并与订约道："世世子孙，幸勿相忘！"敬瑭自然应命。德光又说道："刘知远、赵莹、桑维翰，统是汝创业功臣，若无大故，不得相弃！"敬瑭亦唯唯遵教。随即拜别德光，与契丹将高谟翰，进逼河阳。

唐都指挥使符彦饶、张彦琪等，自团柏败还，密白唐主从珂道："今胡兵得势，即日南来，河水复浅，人心已离，此处断不能固守，不如退归洛都。"从珂乃命河阳节度使苌从简，与赵州刺史赵在明，协守河阳南城，自断浮桥归洛阳。遣宦官秦继旻，与皇城使李彦绅，突至李赞华第中，将他击死，聊自泄忿。哪知石敬瑭一到河阳，苌从简马上迎降，且代备舟楫，请敬瑭渡河，一面执住刺史刘在明，送入敬瑭营中。敬瑭释在明缚，令复原官，遂渡河向洛阳进发。

唐主从珂，亟命都指挥使宋审虔、符彦饶，及节度使张彦琪，宣徽使刘延朗，率千余骑至白马阪，巡行战地，准备驻守。忽见晋军渡河而来，约有五千余骑，登岸先驱，符彦饶等已相顾骇愕，共语审虔道："何地不可战？何苦在此驻营，首当敌冲！"说着，便即驰还。审虔独力难支，也即退归。从珂见四将还朝，尚是痴心妄想，与议恢复河阳，四将面面相觑，不发一言。迎新送旧，已成常态。

那警报如雪片传来，不是说敌到某处，就是说某将迎敌，最后报称是胡兵千骑，分扼渑池，截住西行要路，从珂方仰天叹道："这是绝我生机了！"既有今日，何必当初！遂返入宫中，往见曹太后、王太妃，潸然泪下。王太妃不待说出，已知不佳，便语曹太后道："事已万急，不如权时躲避，听候姑夫裁夺！"太后道："我子孙妇女，一朝至此，我还有何颜求生，妹请早自为计！"曹太后亦有呆气，何不死于从厚时，而独为养子死耶？王太妃乃抢步趋出，带了许王从益，窜往球场去了。

从珂奉着曹太后，并挈皇后刘氏，及次子雍王重美，并都指挥使宋审虔等，携传国宝，登玄武楼，积薪自焚。刘皇后回顾宫室，语从珂道："我等将葬身火窟，还留宫室何用？不如一同毁去，免入敌手！"妇人心肠，究比男子为毒。重美在旁谏阻道："新天子入都，怎肯露居！他日重劳民力，死且遗怨，亦何苦出此辣手哩！"于是后议不行，就在玄武楼下，纵起火来。一道烟焰，直冲霄汉，霎时间火烈楼崩，所有在楼诸人的灵魂，统随了祝融氏驰往南方去了。

从珂一死，都城各将吏，统开城迎降，解甲待罪。晋主石敬瑭，即率兵入都，暂居旧第。命刘知远部署京城，扑灭玄武楼余火，禁止侵掠，使各军一律还营。所有契丹将卒留馆天宫寺中，全城肃然，莫敢犯令。从前窜匿诸人民，数日皆还，悉复旧业。当由晋主下诏，促朝官入见，文武百官，俱在宫门外谢恩。车驾乃移入大内，御文明殿，受群臣朝贺，用唐礼乐，大赦天下。唯从珂旧臣张延朗、刘延浩、刘延朗三人，罪在不赦，应正典刑。延浩自缢，两延朗皆处斩。追谥鄂王从厚为闵帝，改行礼葬，闵帝妃孔氏为皇后，祔葬闵帝陵。并为明宗皇后曹氏举哀，辍朝三日，拾骨安埋。觅得王德妃及许王从益，迎还宫中。妃自请为尼，晋主不许，引居至德宫，令皇后随时省问，事妃若母。封从益为郇国公，独废故主从珂为庶人。或取从珂膂及髀骨以献，乃命用王礼瘗葬。从珂享年至五十一岁，史家称为废帝。总计后唐，自庄宗起，至废帝止，四易主，三易姓，只过了十三年。

后唐已亡，变作后晋，仍用冯道同平章事，卢文纪为吏部尚书，周瓌为大将军，充三司使。符彦饶为滑州节度使，苌从简为许州节度使，刘凝为华州节度使，张希崇为朔方节度使，皇甫遇为定州节度使，余镇多沿用旧帅。命皇子重乂为河南尹。追赠皇弟敬德、敬殷为太傅，皇子重英、重裔为太保。改兴唐府为广晋府，唐庄宗晋陵为伊陵。饯契丹将士归国，送回李赞华丧，封赠燕王。前学士李崧、吕琦，逃匿伊阙，晋主闻他多才，赦罪召还，授琦为秘书监，崧为兵部侍郎，兼判户部。寻且擢崧为相，充枢密使。桑维翰兼枢密使。

时晋主新得中原，藩镇未尽归服，就使上表称贺，也未免反侧不安。再加兵燹余生，疮痍未复，公私两困，国库空虚，契丹独征求无厌，今日索币，明日索金，几乎供不胜供，屡苦支绌。维翰劝晋主推诚弃怨，厚抚藩镇，卑辞厚礼，敬事契丹，训卒缮兵，勤修武备，劝农课桑，藉实仓廪，通商惠工，俾足财货，因此中外欢洽，国内粗安。

契丹主耶律德光，闻晋主已经得国，当即北还，道出云州，节度使沙彦珣出迎，为德光所留。城中将吏，奉判官吴峦，管领州事，闭城拒寇。德光自至城下，仰呼吴峦道："云州已让归我属，奈何拒命？"言未已，忽有一箭射下，险些儿穿通项领。幸亏闪避得快，才将来箭撇过一旁，德光大怒，立命部众攻城，城上矢石如雨，反击伤许多番兵，一连旬日，竟不能下。倒是一位硬汉子。德光急欲归国，乃留部将围攻，自已带领亲卒，奏凯而回。吴峦固守至半年，尚不稍懈，但苦城孤粮竭，不得已遣使至洛，乞即济师。晋主不便食言，一面致书契丹，请他解围，一面召还吴峦，免他作梗，契丹兵果解围引去，峦亦奉召入都，晋主令为宁武军节度使。还有应州指挥使郭崇威，亦耻臣契丹，挺身南归。十六州土地人民，悉数割与契丹。中国外患，从此迭发，差不多有三百年，这都是石晋酿成大祸呢！痛乎言之！

卢龙节度使卢文进，自思为契丹叛将，恐契丹向晋索捕，乃弃镇奔吴。文进归唐见前文。吴徐知诰方谋篡国，引为已用，当时中原多故，名士耆儒，多拔身南来。知诰预使人招迎淮上，赠给厚币。既至金陵，即縻以厚禄，客卿多乐为效用。知诰又阴察民间，遇有婚丧乏赀，辄为赒恤。盛暑不张盖操扇，尝语左右道："士众尚多暴露，我何忍用此！"士民为所笼络，相率归心。他因生时曾得异征，有一赤蛇从梨中出，走入母刘氏榻下，刘氏就此得孕，满月而产。及为杨行密所掠，令拜徐温为义父，温又梦得一黄龙，所以格外垂爱。为此种种征兆，遂靠了养父余烈，牢笼人士，日思篡吴。

吴王杨溥，尚无失德，知诰苦无隙可乘，乃阳请归老金陵，留子景通为相，暗中却嘱使右仆射宋齐邱，劝吴王溥徙都金陵。不怀好意。吴人多不愿迁都，溥亦无心移徙，仍遣齐邱往谕知诰，罢迁都议。知诰计不得逞，再令属吏周宗驰诣广陵，讽吴王传禅。齐邱独以为未可，请斩宗以谢吴人，因黜宗为池州刺史。既而节度副使李建勳，及司马徐玠等，屡陈知诰功业，应早从民望，乃复召宗为都押牙，封知诰为东海郡王，嗣复加封尚父太师大丞相天下兵马大元帅，进封齐王。

知诰复忌吴王弟临川王濛，诬他藏匿亡命，擅造兵器，竟降濛为历阳公，幽锢和州，令控鹤军使王宏监守。濛突出杀宏，奔往庐州，欲依节度使周本。本子祚将濛执住，解送金陵，为知诰所杀。知诰遂开大元帅府，自置僚属。闽越诸国，皆遣使劝进。那时吴王杨溥已成赘瘤，乐得推位让国。把乃父传下的土地人民，悉数交给，即遣江夏王璘奉册宝至金陵，禅位齐王。知诰建太庙社稷，改金陵为江宁府，即皇帝位，改吴天祚三年为升元元年，国号大齐。尊吴王溥为高尚思玄弘古让皇帝，上册自称受禅老臣。用宋齐邱、徐玠为左右丞相，周宗、周廷玉为内枢密使，追尊徐温为太祖武皇帝。温子知询，与知诰未洽，已被褫官。独知询弟知证、知谔，素与知诰亲睦，因封知证为江王，知谔为饶王。且以知字应该避嫌，不如自将知字除去，单名为诰。吴太子琏，尝娶诰女为妃，宋齐邱请与绝婚，且迁让皇溥居他州。诰遂徙让皇溥至润州丹阳宫，派兵防守，阳称护卫，阴实管束。降吴太子琏为弘农郡公，封琏妃即诰女。为永兴公主。可怜杨溥父子，抑郁成疾，父死丹阳宫，子死池州康化军。得保首领，还是大幸。就是这位皇女永兴公主，也朝夕悲切，闻宫人呼公主名，越多涕泪，渐渐的形瘵骨瘦，也致病终。

诰立宋氏为皇后，子景通为吴王，改名为璟。徐氏子知证、知谔，请诰复姓，诰佯为谦抑，只言不敢忘徐氏恩。旋经百官申请，乃复姓李氏，改名为昪。自言为唐宪宗子建王恪四世孙，因再易国号为唐，立唐高祖太宗庙，追尊四代祖恪为定宗，曾祖超为成宗，祖志为惠宗，父荣为庆宗。奉徐温为义祖。以江宁为西都。广陵为东都。庐州节度使周本，亦曾至金陵劝进，归途自叹道："我不能声讨逆臣，报杨氏德，老而无用，还有何颜事二姓呢？"返镇未几，即至去世。既知自愧，何必劝进？

自李昪改国号为唐，史家恐与唐朝相混，特标明为南唐。先是江南童谣云："东海鲤鱼飞上天"。至是南唐大臣，趁势附会，谓鲤李音通，东海系徐氏祖籍，李昪过养徐氏，乃得为帝，这便是童谣的应验。又江西有杨花一株，变成李花，临川有李树生连理枝，相传为李昪还宗预兆。江州陈氏，宗族多至七百口，仍不析居，每食必设广席，长幼依次，坐食。又畜犬百余，也共食一牢，一犬不至，诸犬不食。当时称为德政所及，因有此瑞。州县有司，采风问俗，报明孝子悌弟，不下百数，五代同居，共计七家，由李昪颁下制敕，旌表门闾，蠲免役赋。这也无非是铺张扬厉，粉饰承平罢了。抹倒一切。

事且慢表，且说天雄军节度使范延光，闻晋军入洛，自辽州退归魏州，及晋主颁敕招抚，不得已奉表请降。但事出强迫，未免阳奉阴违。他未贵显时，曾有术士张生，与谈命理，谓他日必为将相。至张言果验，格外信重。又尝梦蛇入腹，仍要张生详梦，张生谓蛇龙同种，将来可做帝王。蛇钻七窍，还有何吉。嗣是侈然自负，阴怀非望。因唐主从珂，素加厚待，一时不忍负德，所以蹉跎过去。到了石晋开国，还有什么顾恋，不过仓猝发兵，恐非晋敌，乃虚与周旋，敷衍面子，暗中致齐州防御使秘琼书，欲与为乱。琼得书不报，延光恐他密报晋主，使人伺琼，乘他因事出城，把他刺死。随即聚卒缮兵，意图作乱。

晋主闻知消息，颇以为忧。桑维翰请晋主徙都大梁，且献议道："大梁北控燕赵，南通江淮，是一个水陆都会，资用很是富足。今延光反形已露，正好乘时迁都。大梁距魏，不过十驿，彼若有变，即可发兵往讨，迅雷不及掩耳，庶可制彼死命！"晋主称善，遂托词东巡，出发洛都。留前朔方节度使张从宾为东都巡检使，辅皇子重乂居守，自挈后妃等赴汴。沿途由百官扈跸，安安稳稳，到了大梁。下诏大赦，进封凤翔节度使李从曮为岐王，平卢节度使王建立为临淄王，两人是范延光陪宾。就是将反未反的范延光，也加封临清王，权示羁縻。

延光得了王爵，也把反意一半打消。偏左都押牙孙锐，与澶州刺史冯晖合谋，屡劝延光发难。延光尚是踌躇，会有病恙，不能视事，锐竟擅上表章，诋斥朝廷。及延光得知，使人已经出发，不能追回。乃召锐面询，锐本延光心腹，久知一切底细，便伸述延光梦兆，催他乘机发难，必得成功。否则何至速死！延光又觉心热，遂依了锐计，遣兵渡河，焚劫草市。

滑州节度使符彦饶，据实奏闻。当由晋主调动兵马，令马军都指挥使白奉进，率骑兵千五百人，出屯白马津。再命东都巡检使张从宾为魏府西南面都部署，续派侍卫都军使杨光远，率步骑万人屯滑州。护圣都指挥使杜重威，率步骑五千屯卫州。哪知人情变幻，不可预料，西南面都部署张从宾，出兵讨魏，反为延光所诱，也一同造起反来。

晋主方令杨光远为魏府四面都部署，以从宾为副。忽闻此报，急调杜重威移师往讨。重威未及移兵，从宾已还陷河阳，杀死节度使皇子重信，再入洛阳，杀死东都留守皇子重乂，并进兵据汜水关，将逼汴州。有诏令都指挥使侯益，统禁兵五千，会同杜重威，往击从宾，并饬宣徽使刘处让，从黎阳分兵会讨。远水难救近火，急得汴城里面，烽火惊心，从官无不惊惧。独桑维翰指画军事，从容不迫，神色自如。晋主戎服戒严，密议奔往晋阳。夺位时非常踊跃，即位后非常胆怯，这都为富贵所误。维翰叩头苦谏道："贼烽虽盛，势不能久，请少待数日，不可轻动！"晋主乃止，但促各军分头进剿。

白奉进至滑州，与符彦饶分营驻扎。军士有乘夜掠夺，由奉进遣兵出捕，共得五人，三人系奉进部下，二人系彦饶部下，奉进尽令斩首，然后通知彦饶。彦饶以奉进不先关白，很觉不平，奉进乃率数骑至彦饶营，婉言谢过。彦饶道："军中各有部分，公奈何取滑州军士，擅加诛戮！难道不分主客么？"奉进也不禁怒起，便勃然答道："军士犯法，例当受诛，仆与公同为大臣，何分彼此！况仆已引咎谢公，公尚不肯解怒，莫非欲与延光同反么？"语亦太激。说着，拂衣竟去，彦饶并不挽留，由他自去。偏帐下甲士大噪，持刀突出，竟杀奉进。所有奉进从骑，仓皇逃脱，且走且呼。诸军各擐甲操兵，喧噪不休。左厢都指挥使马万，禁遏不住，意欲从乱。巧遇右厢都指挥使卢顺密，率兵出营，厉声语万道："符公擅杀白公，必与魏州通谋，我等家属，尽在大梁，奈何不思报国，反欲助乱，自求灭族呢？今日当共擒符公送天子，立大功，军士从命有赏，违命即诛，何必再疑！"万嘿然不答，部下且还有数人，呼跃而出，被顺密麾动亲军，捕戮数人，余众才不敢动。万亦只好依了顺密，与都虞侯方太等，共攻牙城，一鼓即拔，擒住彦饶，令方太解送大梁，诏赐自尽。即授马万为滑州节度使，卢顺密为果州团练使，方太为赵州刺史。

杨光远为滑州变乱，急自白皋至滑城，士卒欲推光远为主。光远叱道："天子岂汝等贩弄物！晋阳乞降，出自穷蹙，今又欲改图，乃真是反贼了！"士卒始不敢再言。及抵滑城，已是风平浪静，重见太平。乃奏请滑州平乱情形，归功卢顺密。

晋主因三镇迭叛，不免惊惶，遂向刘知远问计。知远道："陛下前在晋阳，粮不能支五日，尚成大业，今中原已定，内拥劲兵，外结强邻，难道尚怕这鼠辈么？愿下抚将相以恩，臣等驭士卒以威，恩威并著，京邑自安，本根深固，枝叶自不致伤残了！"确是至论。晋主转忧为喜，委知远整饬禁军。知远严申科禁，用法无私，有军士盗纸钱一幞，事发被擒，知远即令处死。左右因罪犯轻微，代求赦宥。知远道："国法论心不论迹，我诛彼情，岂计价值呢！"由是众皆畏服，全城安堵。

及得杨光远奏报，复命光远为魏府行营都招讨使，兼知行府事。调昭义节度使高行周为河南尹，兼东都留守，授杜重威昭义节度使，充侍卫马军都指挥使，命侯益为河阳节度使。且因重威方在讨逆，卢顺密平乱有功，先调顺密为昭义留后，令重威、侯益与光远进军讨贼。光远驱众至六明镇，正值魏州叛将冯晖、孙锐等，渡河前来，当即掩他不备，横击中流。晖与锐不能抵挡，大败走还，众多溺死。重威、侯益乘胜至汜水，遇张从宾众万余人，迎头痛击，俘斩殆尽。从宾慌忙西走，乘马渡河，竟致溺死。党与张延播、张继祚、娄继英等，统被擒住，送至阙下。那时还有何幸，当然身首分离，妻孥骈戮了。两镇既平，范延光知事不济，归罪孙锐，把他族诛。因贻书杨光远，乞他代奏阙廷，情愿待罪。正是：

失势复成摇尾犬，乞怜再作磕头虫。

杨光远代为奏闻，能否邀晋主允准，容待下回叙明。

俚语有云：风吹墙头草，东吹东倒，西吹西倒。观五代时之将吏，正与里谚相符。从珂得势，则归从珂，从珂失势，即降敬瑭，是而欲国家治安，百年不乱，其可得乎！但从珂弑鄂王，杀孔妃，及其四子，篡逆不道，隐干天诛，其举室自焚，宜也！非不幸也！敬瑭入洛，虽未能迎立从益，昌言仗义，但奉养王德妃，仍封从益以公爵，不忘故主，犹为可取。范延光为唐大臣，不能效死于晋阳，反欲称兵于魏博，朝降晋，夕叛晋，不忠不义，乌能成事？符彦饶、张从宾等，益等诸自郐以下，不足讥焉。然敬瑭入洛，仅阅一年，而叛者迭起，降臣之不足信也，固如是夫！

第三十回　杨光远贪利噬人
王延羲乘乱窃国

却说晋主得杨光远奏报，不欲遽允，仍敕光远进攻魏州。光远意存观望，遇有军事调度，辄与朝廷龃龉。晋主曲意含容，且令光远长子承祚，尚帝女长安公主，次子承信，亦拜美官，光远乃整军徐进。到了魏州城下，驻立大营，亦不过虚张声势，迁延时日。自天福二年秋季进兵，直至次年秋季，仍不损魏州片堞。唯招降前澶州刺史冯晖，荐请授官。晋主特擢晖为义成节度使，欲借此诱劝魏州将士，偏魏州坚守如故，杨光远旷日无功。为下文谋叛伏案。

晋主因师老民疲，没奈何再议招抚，乃遣内职朱宪，往谕延光，许以大藩，且使朱宪传谕道："汝若投降，决不杀汝，如或食言，白日在上，不得享国！"至此与设重誓，何如前日允请！延光乃顾副使李式道："主上重信，许我不死，想不致有他虑了。"遂撤去守备，厚待朱宪，遣令归报。宪覆命后，好几日不得延光降表，因复遣宣徽使刘处让往谕，申说再三，始由延光令二子入质，并派牙将奉表待罪。晋主颁赐赦书，延光素服出迎，顿首受诏。接连是恩诏迭下，改封延光为高平郡王，调任天平军节度使，仍赐铁券。所有延光将佐李式、孙汉威、薛霸等，各授防御使、团练使、刺史。牙兵皆升为侍卫亲军，就是张从宾、符彦饶余党，一并赦罪，不再株连。未免太宽。魏州步军都监使李彦珣，本为河阳行军司马，随张从宾同反。从宾败死，他得脱奔魏州，延光令为都监使，登城拒守。彦珣有母在邢州，为杨光远军捕取，推至城下，招降彦珣。彦珣拈弓搭箭，竟将老母射死。及延光复降，晋主却令彦珣为坊州刺史。近臣言彦珣杀母，恶逆已甚，不宜轻赦。晋主道："赦令已行，如何再改呢？"即许令莅任。叛君之罪尚可赦，弑母之罪乌可恕！晋主欲全小信，反失大义，故特揭之。授杨光远为天雄节度使，加官检校太师，兼中书令。光远已恃宠生骄，尝与宣徽使刘处让叙谈，多不平语。处让答言朝廷处置，均由李、桑二相主议，并非出自宸断。光远不禁动怒道："宰相得兼枢密，自前代郭崇韬后，无此重官。今闻李、桑二相，皆兼枢密，怪不得他独断独行。主上尚肯优容，我光远却忍耐不下呢！"既而处让归朝，光远即托呈密奏，极言执政过失。晋主明知他有意刁难，但因军事甫平，不得已曲从所请，乃加桑维翰兵部尚书，李崧工部尚书，撤去枢密使兼职，即令刘处让代任。光远益加专恣，随时上表，尚指斥宰辅不已。晋主见他跋扈，恐将来势大难制，密与桑维翰熟商。维翰谓天雄重镇，屡生叛乱，应析土分众，减杀势力。延光可使守洛阳，调虎离山，免为后患。晋主依议，即升汴州为东京，置开封府，改洛京为西京，雍京为晋昌军，即加杨光远为太尉，命任西京留守，兼河阳节度使。升广晋府为邺都，即魏州。设置留守，就命高行周调任。升相州为彰德军，以澶、卫二州为属郡，置节度使，由贝州防御使王延胤升任。升贝州为永清军，以博、冀二州为属郡，也置节度使，由右神武统军王周升任。自高行周以下，俱奉命莅镇，毫无异言。独杨光远怏怏失望，勉强移镇，密贻契丹货赂，诋毁晋室君臣。自养壮士千余人，作为爪牙。既而诬劾桑维翰，迁除不公，与民争利。晋主不得已出维翰镇相州，调王延胤为义武节度使，另用刘知远、杜重威同平章事。知远有佐命大功，得升宰辅，自谓应当此职。重威出讨魏州，略有微勋，怎能与知远相比，不过尚帝妹乐平公主，得列外戚，也居然与揽朝纲。知远羞与为伍，杜门托疾，不受朝命。晋主不觉怒起，召问赵莹道："知远坚拒制敕，太觉不恭，朕意拟削夺兵权，令归私第。"莹拜请道："陛下前在晋阳，兵不过五千人，为唐兵十余万所攻，危如朝露，若非知远心同金石，怎能成此大业？奈何因区区小过，便欲弃置，窃恐此语外闻，反不足示人君大度呢！"晋主意乃少解，即命学士和凝，诣知远第慰谕。知远才起床拜受。范延光自郓州入朝，面请致仕，经晋主慰留，仍行还镇。嗣复屡表乞休，乃命以太子太师致仕，留居大梁。越年，延光又请归河阳私第，奉诏允准，遂重载而行。西京留守杨光远，偏奏称延光叛臣，不居洛汴，归处里门，他日逃入敌国，适贻后患，请思患预防，禁止归里云云。晋主乃命延光寓居西京，延光到了洛阳，光远即遣子承贵，带领甲士，把他围住，逼令自杀。延光道："天子在上，赐我铁券，许我不死，尔父子怎得如此！"承贵不允，挺着白刃，驱延光上马，胁见光远。途中遇河过桥，被承贵推落桥左，连人带马，坠了下去，活活沉死。死固其宜。只不应为光远父子所杀。所有延光载归宝货，统为承贵所劫，一古脑儿搬回府署，光远大喜。无非为此。

奏闻晋廷，但说延光赴水自尽。晋主也诇破阴谋，但畏光远强盛，不敢诘责，只征令光远入朝。光远还算听命，入阙面觐，晋主与语道："围魏一役，卿左右各立功劳，未授重赏，今当各除一州，遍给恩荣，免他失望。"光远代为谢恩，晋主遂选择光远亲将数人，分授各州刺史。待他出发，却下了一道诏敕，徙光远为平卢节度使，进爵东平王。光远才识中计，惘惘出都，驰赴青州去了。

时契丹改元会同，国号大辽。公卿百官，皆仿中国制度，且参用中国人，进赵延寿为枢密使，兼政事令。一面遣人入洛，接归延寿妻燕国长公主。即兴平公主进爵燕国。夫妇同入虏廷，延寿遂一心一意，为辽效力。晋主闻契丹改辽，乃遣使上辽尊号，命宰相冯道为辽太后册礼使，左仆射刘昫为辽主册礼使，备着卤簿仪仗，直抵西楼。辽主大悦，优待二使，厚赏遣归。晋主事辽甚谨，奉表称臣，尊辽主为父皇帝，每辽使至，必至别殿拜受诏敕，岁输金帛三十万外，吉凶庆吊，岁时赠遗，相续不绝。凡辽太后、元帅、太子、诸王大臣，各有馈遗，稍不如意，即来诮让，朝廷均引为耻事，独晋主卑辞厚礼，忍辱含羞。前已铸成大错，此时不得不尔。辽主见他诚意，屡止晋主上表称臣，但令称儿皇帝，如家人礼。嗣且颁给册宝，加晋主号为英武明义皇帝。晋主受册，事辽益恭。辽主既得幽州，改名南京，用唐降将赵思温为留守。思温子延照在晋，晋主命为祁州刺史。思温密令延照代奏，谓虏情终变，愿以幽州内附，晋主不许。吐谷浑在雁门北面，本属中国，自卢龙一带，让归辽有，吐谷浑亦皆辽属。因苦辽贪虐，仍思归晋，遂挈千余帐来奔。辽主因此责晋，晋主忙派兵逐回，才得无事。

北方稍得安静，始思控驭南方。吴越王钱元瓘，楚王马希范，南平王高从诲，均向晋通好，尚守臣礼。独闽自王延钧称帝后，与中原久绝通问，嗣主继鹏，改名为昶，晋天福二年，曾遣弟继恭，入修职贡，且告嗣位。晋主以三镇方乱，不暇南顾。但礼待继恭，即日遣还。次年冬季，始命左散骑常侍卢损为册礼使，封闽主昶为闽王，赐给赭袍，闽主弟继恭为临海郡王。

使节方发，闽主昶已有所闻，即令进奏官林恩，入白晋相，谓已袭帝号，愿辞册使。晋主不追回卢损，损竟至福州，昶辞疾不见，但令弟继恭招待，不受册命。有士人林省邹，私语卢损道："我主不事君，不爱亲，不恤民，不敬神，不睦邻，不礼宾，怎能久享国家？我将僧服北逃，他日当相见上国呢！"不为国讳，亦非所宜。损遂辞归。昶仍不出面，但令继恭署名奉表，遣礼部员外郎郑元弼，随损入贡。晋主召元弼入见，谕令归国禀明，此后上表，不应再由继恭出名。元弼唯唯而去，还白闽主。闽主昶置诸不理，但与宠后李春燕，及六宫嫔御，彻夜宴饮，淫媟不休。弑父逆子，独守家法，也算难得。应二十七回。

方士陈守元、谭紫霄，以房术得幸。守元号天师，紫霄号正一先生，两人受贿入请，言无不从。通文二年建白龙寺，四年作三清殿，统是雕甍画栋，备极辉煌。白龙寺的缘起，是由谭紫霄等捏称白龙夜现，乃命建筑。三清殿是由天师怂恿，内供宝皇大帝，元始天尊，太上老君像。统用黄金铸成，约需数千斤。日焚龙脑薰陆诸香，佐以铙钹诸乐。每晨祷祝，谓可求大还丹，命巫祝林兴住持殿中。一切国政，均由兴传宝皇命，裁决施行。确是捣鬼。兴与闽主叔父延武、延望有怨，假托神语，谓二叔将生内变。闽主昶不察虚实，即令兴率壮士夜杀二叔，及他五子。判六军诸卫事建王继严，即昶弟，见二十七回。颇得士心，昶又信林兴言，罢他兵柄，令改名继裕，别命季弟继镕掌判六军，革去诸卫字样。既而兴谋发觉，尚不加诛，只流戍泉州。方士等又上言紫微宫中，恐有灾祲，乃徙居长春宫。两宫俱见十六七回。淫酗如故。有时且召入诸王，强令饮酒，伺他过失。从弟继隆，因醉失礼，即命处斩，又屡因醉后动怒，诛戮宗室。

左仆射平章事延羲，系昶叔父，佯狂避祸，由昶赏给道士服，放置武夷山中。嗣复召还，幽锢私第。国用不足，专务苛征，甚至果蓏鸡豚，无不有赋。因此天怒人怨，众叛亲离。

先是昶父在日，曾袭开国遗制，设二卫军，号为控宸、控鹤二都，昶独另募壮士二千人为腹心，号为宸卫都，禄赐比二都较厚。或言二都怨望，恐将为乱。昶因欲将他遣出，分隶漳、泉二州，二都相率惊惶。控宸军使朱文进，控鹤军使连重遇，又屡为昶所侮弄，阴怀不平。会北宫大火，求贼不得，昶令重遇率内外营兵，扫除灰烬，限日告成。又疑重遇与谋纵火，意欲加诛。内学士陈郯，私告重遇，重遇因夜入值，竟号召二都卫兵，焚毁长春宫，攻逼闽王。且使人就延羲私第，迫出延羲，令从瓦砾中直入，奉为主帅，共呼万岁。复召外营兵共逐闽主。

闽主昶仓皇出走，引着皇后李春燕，及妃妾诸王，奔至宸卫都营中，宸卫都慌忙拒战。怎奈火势燎原，不可向迩，那控宸、控鹤二都，又乘势杀来，令人无从拦阻。彼此乱杀多时，宸卫都一半伤亡，剩得残兵千余人，奉闽主昶等逃出北关。行至梧桐岭，众稍溃散。忽闻后面喊声大震，延羲兄子继业，统兵追来。昶素来善射，引弓射毙多人。俄而追兵云集，射不胜射，昶投弓语继业道："卿为人臣，臣节何在？"继业道："君无君德，臣怎得有臣节？况新君系是叔父，旧君乃是兄弟，孰亲孰疏，不问可知！"可作昏君棒喝。昶无词可答，即由继业麾动兵士，拥与俱还。行至陁庄，用酒灌昶，令他醉卧，用帛缢死。皇后李春燕，及昶诸子，并昶弟继恭，一并被杀，藁葬莲花山侧。后来冢上生树，树生异花，似鸳鸯交颈状，时人号为鸳鸯树。可谓一双同命鸟。

继业返报延羲，延羲遂自称闽王，易名为曦，改元永隆。讣闻邻国，反说是宸卫都所弑，假意改葬故主，谥昶为康宗，一面向晋称藩，遣商人间道上表。晋乃遣使至闽，授曦为检校太师中书令，福州威武军节度使，兼封闽国王。曦虽受晋命，一切措施，仍如帝制。天师陈守元等，已为重遇所杀，更命泉州刺史，诛死林兴，用太子太傅致仕李真为司空，兼同平章事，闽中粗安。

曦因宫阙俱焚，另造新宫居住，册李真女为皇后。曦性嗜酒，后性亦嗜酒，一双夫妇，统视杯中物为性命。闽主累世嗜饮，应改称为酒国。所以终日痛饮，不醉不休。一日在九龙殿宴集群臣，从子继柔在侧，向不能饮，偏曦令概酌巨觥，不得少减。继柔实饮不下去，伺曦旁顾，倾酒壶中，不意被曦瞧着，怒他违令，竟命推出斩首。群臣相顾骇愕，不知所措，勉强饮了数觥，偷看曦面，亦有醉容，便陆续逃席，退出殿外。只翰林学士周维岳，尚在席中。曦醉眼模糊，顾左右道："下面坐着，系是何人？"左右答是维岳，曦微笑道："维岳身子矮小，为何独能容酒？"左右道："酒有别肠，不在长大。"曦作色道："酒果有别肠么？可捽他下殿，剖腹验肠。"此语说出，吓得维岳魂不附身，面无人色。幸亏左右代为解免，向曦禀白道："陛下如杀维岳，何人侍陛下终饮？"曦乃免杀维岳，叱令退去。维岳忙磕头谢恩，急趋而出，三脚两步的逃回私第。

泉州刺史余廷英，尝矫曦命，掠取良家女，曦闻报大怒，即欲加诛。廷英即进买宴钱十万缗，曦尚是嫌少，便道："皇后土贡，奈何没有！"廷英乃复献皇后钱十万，因得赦罪。

曦尝嫁女，全朝士尽献贺礼，否则加笞。御史刘赞，坐不纠举，亦将笞责。谏议大夫郑元弼，入朝面诤，曦叱责道："卿何如魏郑公，乃敢来强谏么？"元弼答道："陛下似唐太宗，臣亦敢自拟魏征了！"曦乃心喜，释赞不笞。

曦又纳金吾使尚保殷女为妃，尚妃生有殊色，甚得宠幸。每当曦酣醉时，妃欲杀即杀，欲宥即宥，朝臣时虞不测。曦弟延政，出任建州刺史，屡上书规兄，曦不但不从，反复书痛詈，且遣亲吏邺翘，监建州军。

翘与延政议事，屡起龃龉，翘语延政道："公欲反么！"延政遽起，欲拔剑斩翘。翘狂奔而出，往投南镇，依监军杜汉崇。延政发兵进攻，南镇兵溃，翘与汉崇俱逃回福州。曦见二人奔归，乃遣统军使潘师逵、吴行真等，率兵四万，往击延政。兵至建州城下，分扎二营，师逵驻城西，行真驻城南，皆阻水自固，所有城外庐舍，悉数焚毁。镇日里烟雾迷蒙。延政登城四顾，未免惊心，亟遣使至吴越乞援。吴越王元瓘，命同平章事仰仁诠，都监使薛万忠，领兵救建州。兵尚未至，那延政已攻破闽军，杀退大敌。原来师逵在营，轻率寡谋，被延政探悉情形，先遣将林汉徽等，出兵挑战，诱至茶山，由城中出军接应，两路夹攻，斩首千余级。越宿复募敢死士千余人，昏暮渡水，潜劫师逵营，因风纵火，城上鼓噪助威，吓得师逵脚忙手乱，闯营出奔。凑巧碰着建州都头陈诲，一枪刺去，坠落马下，再复一枪，断送性命。余众四溃。待至黎明，整兵再攻行真寨，行真闻潘营尽覆，正想遁走，蓦闻鼓声遥震，亟弃营奔逃。建州兵追杀一阵，约死万余人。延政遂分兵进取水平、顺昌二城。

会值吴越兵至，延政出牛酒犒师，说是闽军败去，请他回军。偏仰仁诠等不肯空回，竟至城西北隅下营，想与建州为难。正是多事。建州已经过两战，人马劳乏，更因分兵出攻，愈觉空虚，不得已想出一策，延入名幕，写了一封急书，遣人诣闽求救，闽主曦本与延政为敌。得了来书，怎肯遽允，但书中说得异常恳切，引着阋墙御侮的大义，前来劝勉，乃令泉州刺史王继业为行营都统，率兵二万驰援，并遣轻兵绝吴越粮道。吴越军食尽欲归，由延政麾兵出击，大破吴越军，俘斩万计，仁诠等仓皇窜免。这叫做自讨苦吃。

延政乃遣牙将赍了誓书，女奴捧了香炉，赴闽盟曦。曦与建州牙将，同至太祖审知墓前，歃血与盟，总算是罢战息争，再敦睦谊。但宿嫌未泯，总不能贯彻始终。

未几延政添筑建州城，周围二十里，一面向闽王乞请，拟升建州为威武军，自为节度使。曦以威武军是福州定名，不应复称，但称建州为镇安军，授延政节度使，加封富沙王。延政复改镇安为镇武，不从曦议。曦因是复忌延政。

汀州刺史延喜，系是曦弟，曦疑他与延政通谋，发兵捕归。又闻延政与继业书，有勾通意，因即召继业还闽，赐死郊外。并杀继业子于泉州，别授继严为刺史。后来复疑及继严，罢归酖死，专用子亚澄同平章事，掌判六军诸卫，自称为大闽皇。已而僭号为帝，授子亚澄为威武节度使，兼中书令，封长乐王。寻且加封闽王。王延政亦自称兵马大元帅，与曦失和，再行攻击，两下互有胜负。至晋天福八年，也公然称帝。国号殷，改元天德，偌大一个闽国，生出了两个皇帝来。仿佛两头蛇。小子有诗叹道：

阋墙构衅肇兵争，宁识君臣与弟兄！
分守一隅蜗角似，如何同气不同情！

闽乱未靖，晋廷亦变故多端，俟小子下回再表。

杨光远为后唐部将，从张敬达出讨晋阳，战败以后，遽杀敬达出降，其心迹之不足恃，已可概见。及魏州一役，侥幸成功，彼即拥兵自恣，要挟多端。晋主曲为优容，愈足养成跋扈。范延光乞休归里，载宝甚多，虽象齿焚身，咎由自取，然光远安得而杀之，亦安得而夺之！身为人臣，目无法纪，彼岂尚肯为晋室臣乎？闽祖王审知，虽起自盗贼，而好礼下士，有长者风。乃子孙不贤，淫酗无度，鏻后有昶，昶后有曦。篡杀相寻，祸乱无已。要之五季之世，君不君，臣不臣，父不父，子不子，一晦盲否塞之天下也，胥中国而夷狄之，禽兽之，可悲也夫！

第三十一回　讨叛镇行宫遣将　纳叔母嗣主乱伦

却说晋成德节度使安重荣，出自行伍，恃勇轻暴，尝语部下道："现今时代，讲什么君臣，但教兵强马壮，便好做天子了。"府署立有幡竿，高数十尺，尝挟弓矢自诩道："我射中竿上龙首，必得天命。"说着，即将一箭射去，正中龙首。投弓大笑，侈然自负。嗣是召集亡命，採买战马，意欲独霸一方，每有奏请，辄多逾制，朝廷稍稍批驳，他便反唇相讥。镇帅多跋扈不臣，都是当日的主子教导出来。

晋主惩前毖后，尝有戒心，义武军节度使皇甫遇，与重荣为儿女亲家，晋主恐他就近联络，特徙遇为昭义军节度使，并命刘知远为北京留守，隐防重荣。重荣不愿事晋，尤不屑事辽，每见辽使，必箕踞嫚骂，有时且将辽使杀毙境上，辽主尝贻书诮让，晋主只好卑辞谢罪。重荣越加气愤，适遇辽使拽剌一作伊呼。过境，便派兵捕归。再遣轻骑出掠幽州人民，置诸博野。又上表晋廷，略言吐谷浑、突厥、契苾、沙陀等，各率部众归附，党项等亦纳辽牒，愿备十万众击辽。朔州节度副使赵崇，已逐去辽节度使刘山，求归中国，此外旧臣沦没虏廷，亦皆延颈企踵，专待王师，天道人心，不便违拒，兴华扫虏，正在此时。陛下臣事北虏，甘心为子，竭中国脂膏，供外夷欲壑，薄海臣民，无不惭愤。何勿勃然变计，誓师北讨，上洗国耻，下慰人望，臣愿为陛下前驱云云。晋主览奏，却也有些心动，屡召群臣会议。北京留守刘知远，尚未出发，劝晋主毋信重荣，桑维翰正调镇泰宁军，闻知消息，亦即密疏谏阻，略云：

窃谓善兵者待机乃发，不善战者彼己不量。陛下得免晋阳之难，而有天下，皆契丹之功，不可负也。今安重荣恃勇轻敌，吐谷浑假手报仇，皆非国家之利，不可听也。臣观契丹数年以来，士马精强，吞噬四邻，战必胜，攻必取。割中国之土地，收中国之器械，其君智勇过人，其臣上下辑睦，牛马蕃息，国无天灾，此未可与为敌也。且中国初定，士气雕沮，以当契丹乘胜之威，其势相去甚远。若和亲既绝，则当发兵守塞。兵少不足以待寇，兵多则馈运无以继之。我出则彼归，我归则彼至，臣恐禁卫之士，疲于奔命，镇定之地，无复遗民。今天下粗安，疮痍未复，府库虚竭，兵民疲敝，静而守之，犹惧不济，其可妄动乎？契丹与国家恩义非轻，信誓甚著，彼无间隙而自启衅端，就使克之，后患愈重。万一不克，大事去矣！议者以为岁输缯帛，谓之耗蠹，有所卑逊，谓之屈辱。殊不知兵连而不休，祸结而不解，财力将匮，耗蠹孰甚焉！用兵则武吏功臣，过求姑息，边藩远郡，得以骄矜，屈辱孰甚焉！臣愿陛下训农习战，养兵息民，俟国无内忧，民有余力，然后观衅而动，则动必有成矣。近闻邺都留守，尚未赴镇，军府乏人。以邺都之富强，为国家之藩屏，臣窃思慢藏诲盗之言，勇夫重闭之戒。乞陛下略加巡幸，以杜奸谋，是所至盼。冒昧上言，伏乞裁夺。

晋主看到此疏，方欣然道："朕今日心绪未宁，烦懑不决，得桑卿奏，似醉初醒了。"遂促刘知远速赴邺都，并兼河东节度使，且诏谕安重荣道：

尔身为大臣，家有老母，忿不思难，弃君与亲。吾因契丹得天下，尔因吾致富贵，吾不敢忘德，尔乃忘之。何耶？今吾以天下臣之，尔欲以一镇抗之，不亦难乎！宜审思之，毋取后悔！

重荣得诏，反加骄慢，指挥使贾章，一再劝谏，反诬以他罪，推出斩首。章家中只遗一女，年仅垂髫，因此得释。女慨然道："我家三十口，俱罹兵燹，独我与父尚存。今父无罪见杀，我何忍独生！愿随父俱死。"重荣也将女处斩。镇州人民，称为烈女，已料重荣不能善终。不没烈女。饶阳令刘岩，献五色水鸟，重荣妄指为凤，畜诸水潭。又使人制大铁鞭，置诸牙门，谓铁鞭有神，指人辄死，自号铁鞭郎君，每出必令军士抬鞭，作为前导。镇州城门，有抱关铁像，状似胡人，像头无故自落。重荣小字铁胡，虽知引为忌讳，但反意总未肯消融。取死之兆。

山南东道节度使安从进，与重荣同姓，恃江为险，隐蓄异谋，重荣遂阴相结托，互为表里。晋主既虑重荣，复防从进，乃遣人语从进道："青州节度使王建立来朝，愿归乡里，朕已允准。特虚青州待卿，卿若乐行，朕即降敕。"要徙就徙，必先使人探问，主权已旁落了。从进答道："移青州至汉江南，臣即赴任。"晋主闻他出言不逊，颇有怒意，但恐两难并发，权且含容。从进子弘超，为宫苑副使，留居京师，从进请遣子归省，晋主也依言遣归。弘超既至襄州，从进遂决计造反。

天福六年冬季，晋主忆桑维翰言，北巡邺都。学士和凝已升任同平章事，独入朝面请道："陛下北行，从进必反，理应预先布置。"晋主道："朕已留郑王重贵，居守大梁，卿意还有何说？"凝又奏道："兵法有言，先人乃能夺人，陛下此行，京中事恐难兼顾，愿留空名宣敕三十通，密付留守郑王，一旦闻变，便可书诸将名遣往讨逆了。"晋主称善，依议而行，遂留重贵居守，自向邺都进发。及驾入邺都，留守刘知远，已遣亲将郭威，招诱吐谷浑酋长白承福，徙入内地，翦去安重荣羽翼，专待晋主命令，听候发兵。晋主因重荣虽有反意，尚无反迹，但遣杜重威为天平节度使，马全节为安国节度使，密令调军储械，控制重荣。

重荣致书从进，教他即日起事，趁着大梁空虚，掩击过去。从进遂举兵造反，进攻邓州。郑王重贵闻报，立派西京留守高行周，为南面行营都部署，前同州节度使宋彦筠为副，宣徽南院使张从恩为监军，就从空敕填名，颁发出去，令讨从进。邓州节度使安审晖，方闭城拒守，飞促高行周赴援。行周亟命武德使焦继勳，先锋都指挥使郭金海，右厢都监陈思让等，带着精兵万人，往援邓州。从进得侦卒探报，谓邓州援师将至，不禁惊诧道："晋主未归，何人调兵派将，来得这般迅速呢？"乃退至唐州，驻扎花山，列营待战。陈思让跃马前来，挺枪突入，焦、郭二将，挥兵后应，一哄儿冲入从进阵内。从进不防他这般勇猛，吓得步步倒退。主将一动，士卒自乱，被思让等一阵扫击，万余人统行溃散。襄州指挥使安弘义，马蹶被擒，从进单骑走脱，连山南东道的印信，都致失去。如此不耐战，也想造反，真是自不量力。既返襄州，慌忙集众守御。高行周、宋彦筠、张从恩等，陆续至襄州，四面围住。从进很是危急，重荣尚未闻知，竟集境内饥民数万，南向邺都，声言将入朝行在。晋主知他诈谋，即命杜重威、马全节进讨，添派前贝州节度使王周，为马步都虞侯。重威率师西趋，至宗城西南，正与重荣相值。重荣列阵自固，由重威一再挑战，均被强弩射退。重威颇有惧色，便欲退兵。指挥使王重胤道："兵家有进无退，镇州精兵，尽在中军，请公分锐卒为二队，击他左右两翼。重胤等愿直冲中坚，彼势难兼顾，必败无疑。"重威依议，分军并进，重胤身先士卒，闯入中坚。镇军少却，重威、全节，见前军已经得势，也麾众齐进，杀死镇军无数。镇州将赵彦之，卷旗倒戈，奔降晋军。晋军见他铠甲鞍辔，俱用银饰，不由的起了贪心，也无暇问及来由，即把他乱刀分尸，掷首与敌，所有铠甲鞍辔等，当即分散。此等军士，实不中用，奈安重荣更属不济，所以败死。重荣见全军失利，已是惊心，更闻彦之降晋被杀，益觉战慄不安。遂退匿辎重中，飞奔而去。部下二万余人马，一半被杀，一半逃散。是年冬季大冷，逃兵饥寒交迫，至无孑遗，重荣仅率十余骑，奔还镇州。驱州民守城，用牛马皮为甲，闹得全城不宁。重威兵至城下，镇州牙将自西郭水碾门，引官军入城，杀守陴民二万人，城中大乱。重荣入守牙城，又被晋军攻破，没处奔逃，束手就戮，枭首送邺。晋主御楼受馘，命漆重荣首级，赍献辽主，改镇州成德军为恒州顺国军，即用杜重威为顺国节度使，令镇恒州。

先是辽主耶律德光，闻重荣擅执辽使，即遣人驰责晋廷。晋主恐他犯塞，亟遣邢州即安国军。节度使杨彦珣为使，至辽谢罪。辽主盛怒相见，彦珣却从容说道："譬如家出逆子，父母不能制伏，奈何？"辽主怒乃少解，但尚拘留彦珣，不肯放归。至重荣已反，始信罪在重荣，与晋无涉，乃释彦珣归晋。既而重荣首级，已至西楼，晋廷以为可告无罪，哪知辽使复来诘责，问晋何故招纳吐谷浑？晋主以吐谷浑酋长，阴附重荣，不得已徙入内地。偏辽使索白承福头颅，致晋主无从应命，为此忧郁盈胸，渐渐的生起重病来了。谁叫你向虏称臣，事虏为父？

是时已是天福七年，高行周攻克襄州，安从进自焚死，执住从进子弘超，及将佐四十三人，送往大梁。晋主尚在邺都，病已不起，但闻捷报不能还京受俘，徒落得唏嘘叹息，一命呜呼。统计在位七年，寿五十一岁，后来庙号高祖，安葬显陵。

晋主生有七子，四子被杀，散见上文，二子早殁，只剩幼子重睿，尚在冲龄。晋主卧疾，宰相冯道入见，由晋主呼出重睿，向道下拜，且令内侍抱置道怀，意欲托孤寄命，使道辅立幼主。及晋主病终，道与侍卫马步都虞侯景延广商议，延广谓国家多难，应立长君。道本是个模棱人物，依了延广，竟与议定拥立重贵，飞使奉迎。

重贵已晋封齐王，接得来使，星夜赴邺，哭临保昌殿，就在柩前即位，大赦天下。内外文武官吏，进爵有差。会襄州行营都部署高行周，都监张从恩等，自大梁献俘至邺。由嗣主重贵，御乾明门受俘，命将安弘超等四十余人，斩首市曹。随即就崇德殿宴集将校，行饮至受赏礼，命高行周为宋州节度使，加检校太尉，改调宋州节度使安彦威为西京留守，兼河南尹，张从恩为东京留守，兼开封尹，加检校太尉。降襄州为防御使，升邓州为威胜军，即授宋彦筠为邓州节度使，此外立功将校，并皆进阶。加景延广同平章事，兼侍卫马步军都指挥使。延广恃定策功，乘势擅权，禁人不得偶语，官吏相率侧目。从前高祖弥留，曾有遗言，命刘知远辅政。延广密劝重贵，抹煞遗旨，加知远检校太师，调任河东节度使。知远由是怏怏，失望而去。暗映下文。

冯道、景延广等，拟向辽告哀，草表时互有争议，延广谓称孙已足，不必称臣。既已称孙，何妨称臣。道不置一词。长乐老惯作此态。学士李崧，新任为左仆射，独从旁力诤道："屈身事辽，无非为社稷计，今日若不称臣，他日战衅一开，贻忧宵旰，恐已无及了！"延广犹辩驳不休。重贵正倚重延广，便依他计议，缮表告哀。晋使至辽，辽主览表大怒，遣使至邺，问何故称孙不称臣？且责重贵不先禀命，遽即帝位，亦属非是。景延广怒目道："先帝为北朝所立，所以奉表称臣。今上乃中国所立，不过为先帝盟约，卑躬称孙，这已是格外逊顺，有什么称臣的道理！况国不可一日无君，若先帝晏驾，必须禀命北朝，然后立主，恐国中已启乱端，试问北朝能负此责任么？"强词非不足夺理，奈将士乏材何？辽使倔强不服，怀忿北归，详报辽主。辽主已怒上加怒，再经政事令兼卢龙节度使赵延寿，从旁挑拨，好似火上添油。那时辽主德光，自然愤不能平，便欲兴兵问罪，入捣中原了。后来战祸，实始于此。

晋主重贵，毫不在意，反日去勾搭一位嫠居娇娘，竟得称心如愿，一淘儿行起乐来。看官道嫠妇为谁？原来是重贵叔母冯氏。冯氏为邺都副留守冯濛女，很有美色，晋高祖素与濛善，遂替季弟重胤，娶濛女为妇，得封吴国夫人。不幸红颜薄命，竟失所天，冯氏寂居寡欢，免不得双眉锁恨，两泪倾珠。重贵早已生心，只因叔侄相关，尊卑须辨，更兼晋高祖素严阃范，不敢胡行，蓝桥无路，徒唤奈何！及为汴京留守，正值元配魏国夫人张氏，得病身亡，他便想勾引这位冯叔母，要她来做继室。转思高祖出幸，总有归期，倘被闻知，必遭谴责。况且高祖膝下，单剩一个幼子重睿，自己虽是高祖侄儿，受宠不殊皇子，他日皇位继承，十成中可希望七八成，若使乱伦得罪，岂非这个现成帝座，恰为了一时淫乐，把他抛弃吗？于是捺下情肠，专心筹划军事，得平定安从进，成了大功。

到了赴邺嗣位，大权在手，正好任所欲为，求偿宿愿。可巧这位冯叔母，也与高祖后李氏，重贵母安氏等，同来奔丧，彼此在梓宫前，素服举哀。由重贵瞧将过去，但见冯氏缟衣素袂，越觉苗条。青溜溜的一簇乌云，碧澄澄的一双凤目，红隐隐的一张桃靥，娇怯怯的一搦柳肢，真是无形不俏，无态不妍，再加那一腔娇喉，啼哭起来，仿佛莺歌百啭，饶有余音。此时的重贵呆立一旁，几不知如何才好。那冯氏却已偷眼觑着，把水汪汪的眼波，与重贵打个照面，更把那重贵的神魂，摄了过去。及举哀已毕，重贵方按定了神，即命左右导入行宫，拣了一所幽雅房间，使冯氏居住。

到了晚间，重贵先至李后、安妃处，请过了安，顺便路行至冯氏房间。冯氏起身相迎，重贵便说道："我的婶娘，可辛苦了么？我特来问安！"冯氏道："不敢不敢！陛下既承大统，妾正当拜贺，哪里当得起问安二字！"开口已心许了。说至此，即向重贵裣衽，重贵忙欲搀扶，冯氏偏停住不拜，却故意说道："妾弄错了！朝贺须在正殿哩。"重贵笑道："正是，此处只可行家人礼，且坐下叙谈。"冯氏乃与重贵对坐。重贵令侍女回避，便对冯氏道："我特来与婶娘密商，我已正位，万事俱备，可惜没有皇后！"冯氏答道："元妃虽薨，难道没有嫔御？"重贵道："后房虽多，都不配为后，奈何？"冯氏嫣然道："陛下身为天子，要如何才貌佳人，尽可采选，中原甚大，宁无一人中意么？"重贵道："意中却有一人，但不知她乐允否？"冯氏道："天威咫尺，怎敢不依！"满口应承。重贵欣然起立，凑近冯氏身旁，附耳说出一语，乃是看中了婶娘。冯氏又惊又喜，偏低声答道："这却使不得，妾是残花败柳，怎堪过侍陛下！”重贵道：“我的娘！你已说过依我，今日是就要依我了。”说着，即用双手去搂冯氏。冯氏假意推开，起身趋入卧房，欲将寝门掩住。重贵抢步赶入，关住了门，凭着一副膂力，轻轻将冯氏举起，掖入罗帏。冯氏半推半就，遂与重贵成了好事。这一夜的海誓山盟，笔难尽述。

好容易欢恋数宵，大众俱已闻知。重贵竟不避嫌疑，意欲册冯氏为后，先尊高祖后李氏为皇太后，生母安氏为皇太妃，然后备着六宫仗卫，太常鼓吹，与冯氏同至西御庄，就高祖像前，行庙见礼。宰臣冯道以下，统皆入贺。重贵怡然道：“奉皇太后命，卿等不必庆贺！”道等乃退。重贵挈冯氏回宫，张乐设饮，金樽檀板，展开西子之颦，绿酒红灯，煊出南威之色。重贵固乐不可支，冯氏亦喜出望外。待至酒酣兴至，醉态横生，那冯氏凭着一身艳妆，起座歌舞，曼声度曲，宛转动人，彩袖生姿，蹁跹入画。重贵越瞧越爱，越爱越怜，蓦然间忆及梓宫，竟移酒过奠，且拜祷道：“皇太后有命，先帝不预大庆！”真是昏语。一语说出，左右都以为奇闻，忍不住掩口胡卢。重贵亦自觉说错，也不禁大笑绝倒，且顾语左右道：“我今日又做新女婿了！”冯氏闻言，嗤然一笑，左右不暇避忌，索性一笑哄堂。重贵趁势揽冯氏手，竟入寝宫，再演龙凤配去了。小子有诗咏道：

叔母何堪作继妻，雄狐牝雉太痴迷！
北廷暴恶移文日，曾否疚心悔噬脐？

转瞬间又阅一年，晋主重贵，已将高祖安葬，奉了太后、太妃，及宠后冯氏，一同还都。欲知后事，请看下回。

安从进与安重荣，材具平庸，且无功绩之足言，徒以攀龙附凤，得为镇帅，富贵已达极点，而犹不知足，敢生异志者，无非欲为石敬瑭第二，妄冀非分之尊荣耳。迨晋军分道出兵，而二憾即归殄灭，不度德，不量力，害必至此，何足怪乎！重贵以兄子继统，甫经莅事，即听景延广言，开罪契丹。外衅已开，自速其祸，而又纳叔母冯氏，渎伦伤化，败德乱常，名为人主，而行同禽兽，亦安能不危且亡也！若冯氏以叔母之尊，甘与犹子为偶，淫妇无耻，殊不足责，厥后与重贵同毙沙漠，正天道恶淫之报。此淫之所以为万恶首也！

第三十二回　悍弟杀兄僭承汉祚
逆臣弑主大乱闽都

却说晋主重贵，由邺都启行还汴，暂不改元，仍称天福八年。自幸内外无事，但与冯皇后日夕纵乐，消遣光阴。冯氏得专内宠，所有宫内女官，得邀冯氏欢心，无不封为郡夫人。又用男子李彦弼为皇后都押衙，正是特开创例，破格用人。重贵已为色所迷，也不管什么男女嫌疑，但教后意所欲，统皆从命。独不怕为元绪公么？后兄冯玉，本不知书，因是椒房懿戚，擢知制诰，拜中书舍人。同僚殷鹏，颇有才思，一切制诰，常替玉捉刀，玉得敷衍过去。寻且升为端明殿学士，又未几升任枢密使，真个是皇亲国戚，比众不同。可惜是块碱砆。

小子因专叙晋事，把别国别镇的状况，未免失记。此处乘晋室少暇，不得不将别国情形，略行叙述。南汉主刘龑，自遣何词入唐后，已知唐不足惧，并因击败楚军，越加强横。事见第二十回。龑生十九子，俱封为王。长子耀枢，次子龟图，已皆早世。三子弘度，受封秦王。四子弘熙，受封晋王，两人素性骄恣。唯五子弘昌封越王，颇能孝谨，且有智识。龑欲使为储贰，唯越次册立，心殊未安，因此蹉跎过去。且自龑僭位后，岭南无恙，全国太平，他却安安稳稳过了二十多年。年龄虽越五十，尚属体强力壮，没甚病痛，总道是寿命延长，不妨将立储问题，宽延时日。哪知六气偶侵，二竖为祟。当后晋天福七年，即南汉大有十五年，竟染了一场重症，医药罔效。当下召入左仆射王翻，密与语道："弘度、弘熙，寿算虽长，但终不能任大事，弘昌类我，我早欲立为太子，苦不能决，我子孙不肖，恐将来骨肉纷争，好似鼠入牛角，越斗越小呢。”说至此，泣下唏嘘。翻劝慰道：“陛下既属意越王，须赶紧筹备，臣意拟将秦、晋二王，调守他州，方可无虞。”龚点首称是，乃拟徙弘度守邕州，弘熙守容州。

计议已定，适崇文使萧益入问起居，龚又述明己意。益力谏道：“废长立少，必启争端，此事还求三思！”龚被他一说，又害得没有主意，蹉跎了好几日，竟尔毕命。弘度依次当立，遂即南汉皇帝位，更名为玢，改大有十五年为光天元年。命弟晋王弘熙辅政，尊龚为天皇大帝，庙号高祖。龚僭位二十六年，享年五十四岁，生平最喜杀人，创设汤镬铁床等具，有灌鼻、割舌、支解、刳剔、炮炙、烹蒸诸刑，或就水中捕集毒蛇，即将罪人投入，俾蛇吮噬，号为水狱。每决罪囚，必亲往监视，往往垂涎呀呷，不觉朵颐。想是豺狼转生。又性好奢侈，尽聚南海珍宝，作为玉堂璇宫。晚年更筑起一座南薰殿，柱皆镂金饰玉，础石间暗置香炉，朝夕燃香，有气无形，真个是穷奢极丽，不惜工资。

到了弘度即位，比乃父更觉骄奢，更添一种好色的奇癖，专喜观男女裸逐，混作一淘，外面作乐，里面饮酒，镇日间嬉戏淫媟，不亲政事。或夜间穿着墨缞，与娼女微行，出入民家，毫无顾忌。左右稍稍谏阻，立被杀死。唯越王弘昌及内常侍吴怀恩，屡次进谏，虽然言不见从，还算是顾全脸面，不加杀戮。

晋王弘熙，日进声伎，诱他荒淫。昏迷了好几月，度过残冬，已是光天二年，弘熙阴图篡位，知乃兄素好手搏，特嘱指挥使陈道庠，引力士刘思潮、谭令禋、林少强、林少良、何昌廷等五人，聚习晋府，习角抵戏。技艺有成，献入汉宫。弘度大悦，亲加验视，果然拳法精通，不同凡汉，遂留五人为侍卫，有暇辄命他角逐，评量优劣，核定赏罚。未几已届暮春，召集诸王至长春宫，宴饮为欢。侑乐以外，即令五力士演角抵戏，且饮且观。五力士抖擞精神，卖弄拳技，引得弘度心花大开，尽管把黄汤灌将下去，顿时酩酊大醉，不省人事。弘熙发出暗号，那陈道庠即指示刘思潮等，掖着弘度，就势用力，竟将弘度干骨拉断。但听得一声狂叫，遽尔暴亡。可怜这位少年昏君，只活得二十四岁，便被害死。速死为幸。

后来谥为殇帝。所有宫内侍从，都杀得一个不留，诸王乘势逸出，不敢入视。待至翌晨，始由越王弘昌，带着诸弟，哭临寝殿。因即迎弘熙嗣位，易名为晟，改光天二年为应乾元年。命弟弘昌为太尉，兼诸道兵马都元帅，少弟循王弘杲为副，并预政事。陈道庠及刘思潮等，皆赏赍有差。南汉吏民，虽不敢公然讨逆，但宫中篡弑情形，已是无人不晓，免不得街谈巷议，传作新闻。循王弘杲，请斩刘思潮等以谢中外。不能仗义讨逆，徒欲归咎从犯，安得不自取死亡！看官试想，这弑君杀兄的刘弘熙，岂肯把佐命功臣，付诸典刑么？思潮等闻弘杲言，反诬称弘杲谋反，弘熙遂嘱思潮暗伺行踪。会弘杲宴客，思潮即纠集谭令禋等，带同卫兵，持械突入。弘杲不及趋避，立被刺死。弘熙闻报，很是欣慰，且大出金帛，厚赏思潮、令禋等人。一面严刑峻法，威吓臣下，并且猜忌骨肉，比前益甚。南汉高祖十九子，除长次二子早死外，三子五子被害，第九子万王弘操，先在交州阵亡，此时尚剩十四子。弘熙欲将十三人尽行加害，陆续设法，杀一个，少一个，结果是同归于尽，这便是南汉主龑，好杀的惨报呢。大声疾呼。

小子因隔年太远，不应并叙下去，只好将汉事暂搁，另述唐事。唐主徐知诰，已复姓李氏，改名为昪。见二十九回。自命为江南强国，与晋廷不相聘问，独向辽通使，彼此互有往来。每当辽使至唐，辄给厚贿。及送至淮北，已入晋境，暗使人刺杀辽使，竟欲嫁祸晋廷，令他南北失和，自己可收渔人厚利。晋天福五年，晋安远节度使李金全，为亲吏胡汉筠所怂恿，擅杀朝使贾仁沼，为晋所讨，不得已奉表降唐。唐主昪遣鄂州屯营使李承裕、段处恭等，率兵三千，往迎金全。金全驰诣唐军，承裕遂入据安州。晋廷别简节度使马全节，兴师规复，与李承裕交战安州城南，承裕败走。晋副使安审晖领兵追击，复破唐兵，斩段处恭，擒李承裕，自唐监军杜光邺以下，尽被捕获。全节杀死承裕及浮卒千五百人，械送光邺等归大梁。

时晋主石敬瑭尚存，闻光邺等被械入都，不禁叹息道："此曹何罪！"遂各赐马匹及器服，令还江南。唐主昪严拒不纳，送还淮北，且遗晋主书，内有边校贪功，乘便据垒，军法朝章，彼此不可四语。晋主仍遣令南归，偏唐主昪派了战船，力拒光邺，光邺只好仍入大梁。晋主授光邺官，编光邺部兵为显义都，命旧将刘康统领，追赠贾仁沼官阶，算是了案。李金全到了金陵，唐主昪待他甚薄，只命为宣威统军，金全已不能归晋，没奈何觍颜受命，此段文字，补前文所未详。嗣是昪无心窥晋，唯知保守吴疆。

既而吴越大火，焚去宫室府库，所储财帛兵甲，俱付一炬。吴越王钱元瓘，骇极成狂，竟致病殁。将吏奉元瓘子弘佐为嗣，弘佐年仅十三，主少国疑，更因火灾以后，元气萧条。吴越事就便带过。南唐大臣，多劝昪进击吴越，昪摇首道："奈何利人灾殃！"这是李昪仁心，不得谓其迂腐。遂遣使厚赍金粟，吊灾唁丧，此后通好不绝。昪客冯延已好大言，尝私讥昪道："田舍翁怎能成大事？"昪虽有所闻，也并不加罪。但保境安民，韬甲敛戈，吴人赖以休息。

好容易做了七年的江南皇帝，年已五十六岁，未免精力衰颓。方士史守冲，献入丹方，照方合药，服将下去，起初似觉一振，后来渐致躁急。近臣谓不宜再服，昪却不从。忽然间背中奇痛，突发一疽，他尚不令人知，密召医官诊治，每晨仍强起视朝。无如疽患愈剧，医治无功，乃召长子齐王璟入侍，未几已近弥留，执璟手与语道："德昌宫积储兵器金帛，约七百余万，汝守成业，应善交邻国，保全社稷。我试服金石，欲求延年，不意反自速死，汝宜视此为戒！"说至此，牵璟手入口，啮指出血，才行放下，涕泣嘱咐道："他日北方当有事，勿忘我言！"为后文伏笔。

璟唯唯听命。是夕昪殂，璟秘不发丧，先下制命齐王监国，大赦中外。越数日不闻异议，方宣遗诏，即皇帝位，改元保大。太常卿韩熙载上书，谓越年改元，乃是古制，事不师古，勿可以训。璟优旨褒答，但制书已行，不便收回，就将错便错的混了过去。

璟初名景通，有四弟景迁、景遂、景达、景逷。景迁蚤卒，由璟追封为楚王。景遂由寿王进封燕王，景达由宣城王进封鄂王，景逷为昪妃种氏所出。昪既受禅，方得此子，颇加宠爱。种氏以乐妓得幸，至此亦加封郡夫人。蛾眉擅宠，便思夺嫡，尝乘间进言，谓景逷才过诸兄。昪不禁发怒，责他刁狡，竟出种氏为尼，且不加景逷封爵。及昪殁璟继，种氏恐璟报怨，且泣且语道："人彘骨醉，将复见今日了！"以小人心，度君子腹。幸璟笃爱同胞，晋封景逖为保宁王，并许种氏入宫就养。璟母宋氏，尊为皇太后，种氏亦受册为皇太妃。议定父昪庙号，称为烈祖。

寻改封景遂为齐王，兼诸道兵马元帅，燕王景达为副。璟与诸弟立盟柩前，誓兄弟世世继立，景遂等一再谦让，璟终不许。给事中萧俨疏谏，亦不见报，但封长子弘冀为南昌王，兼江都尹。虔州妖贼张遇贤作乱，派将荡平。中书令太保宋齐邱，自恃勋旧，树党擅权，由璟徙宋为镇海军节度使。

宋齐邱暗生忿怼，自请归老九华，一表即允，赐号九华先生，封青阳公。齐邱去后，引用冯延己、常梦锡为翰林学士，冯延鲁为中书舍人，陈觉为枢密使，魏岑、查文徽为副使。这六人中除梦锡外，半系齐邱旧党，且专喜倾轧，贻误国家，吴人目为五鬼。梦锡屡言五人不宜重用，璟皆不纳。

既而璟欲传位景遂，令他裁决庶政。冯延己、陈觉等，乘机设法，令中外不得擅奏，大臣非经召对，不得进见。给事中萧俨，复上疏极谏，俱留中不发。连宋齐邱在外闻知，亦上表谏阻。侍卫都虞侯贾崇，排闼入诤道："臣事先帝三十年，看他延纳忠言，孜孜不倦，尚虑下情不能上达，陛下新即位，所恃何人，遽与群臣谢绝。臣年已衰老，死期将至，恐从此不能再见天颜了！"言毕，泣下呜咽。璟亦不觉动容，引坐赐食，乃将前令撤销。表扬谏臣。

忽由闽将朱文进，弑主称王，遣使入告，唐主璟斥他不道，拘住来使，拟发兵声讨。群臣谓闽乱首祸，为王延政，应先讨伪殷，方足代除乱本。延政不过叛兄，未尝弑主，唐臣所言不免偏见。因将闽使遣归，特派查文徽为江西安抚使，令觇建州虚实，再行进兵。看官道闽中大乱，从何而起？小子在前文三十回中，已叙闽主曦酗乱情形，早见他不能久享。唐主璟即位，曾贻闽主曦及殷主延政书，责他兄弟寻戈，有乖友爱。曦复书辩驳，引周公诛管蔡，及唐太宗杀建成、元吉事，作为比附，自护所短。延政且驳斥唐主篡吴，负杨氏恩。唐主怒起，便与两国绝好，尤恨延政无礼，意图报怨。释闽攻殷，伏机于此。可巧闽拱宸都指挥使朱文进，突然发难，再弑闽主，激成祸乱，于是全闽大扰，利归南唐。

先是文进与连重遇，分统两都，重遇弑昶立曦，入任阁门使，控鹤都归魏从朗统带，从朗亦朱、连党羽，统军未久，为曦所杀。文进、重遇，未免兔死狐悲，阴生疑贰。曦又召二人侍宴，酒兴方酣，遽吟唐白居易诗云："唯有人心相对间，咫尺之情不能料！"二人知曦示讽，忙起座下拜道："臣子服事君父，怎敢再生他志？"曦微笑无言，二人佯为流涕，亦不闻慰答。宴毕趋出，文进顾语重遇道："主上忌我已深，毋遭毒手！"重遇应诺。

会曦后半氏，妒害尚妃。俱见三十回。密欲图曦，改立子亚澄为闽主，遂使人告文进、重遇道："主上将加害二公，如何是好？"夫主不可信，别人可信么？二人闻言益惧，即密谋行弑。适后父李真有疾，曦至真第问安，文进、重遇，暗嘱拱宸马步使钱达，掖曦上马，乘便拉死。

侍从奔散，文进、重遇，拥兵至朝堂，率百官会议。当由文进宣言道："太祖皇帝，光启闽国，已数十年，今子孙淫虐，荒坠厥绪，天厌王氏，应该择贤嗣立，如有异议，罪在不赦！"大众统是怕死，没一人敢发一言。重遇即接口道："功高望重，无过朱公，今日应当推立了！"大众又噤不发声。文进并不推让，居然升殿，被服衮冕，南面坐着。重遇率百官北面朝贺，再拜称臣，草草成礼。即由文进下令，悉收王氏宗族。自太祖子延熹以下，少长共五十余人，一体骈戮。就是曦后李氏，曦子亚澄，也同时被杀。李真闻变惊死，余官得过且过，乐得偷生。唯谏议大夫郑元弼，抗辞不屈，拟奔建州，为文进所害。元弼虽死犹荣，不若曦后、曦子之死有余辜。文进自称威武军留后，权知闽国事。葬闽主曦，号为景宗。用重遇总掌六军，兼礼部尚书判三司事，进枢密使鲍思润同平章事，令羽林统军使黄绍颇，为泉州刺史，左军使程文纬为漳州刺史，汀州刺史许文稹，举郡降文进，文进许为原官。部署少定，因派人四出报告，且向晋奉表称藩。晋授文进为威武节度使，知闽国事。独殷主延政，倡议讨逆，先遣统军使吴成义，率兵击闽，与战不利。再遣部将陈敬佺，领兵三千，屯尤溪及古田，卢进率兵二千屯长溪，作为援应。

泉州指挥使留从效，语同僚王忠顺、董思安、张汉思道："朱文进屠灭王氏，遣腹心分据诸州，我辈世受王氏恩，乃交臂事贼，一旦富沙王攻克福州，我辈且死有余愧了！"王、董等也以为然，从效即召部下壮士，夜饮家中，酒酣与语道："富沙王已平福州，密旨令我等讨黄绍颇，我观诸君状貌，皆非贫贱士，何不乘此讨贼？能从我言，富贵可图，否则祸且立至了！"众壮士不以为诈，踊跃效命，各出持白梃，逾垣入刺史署，擒住绍颇，剁作两段。从效入取州印，赴延政族子王继勳宅中，请主军府，自称平贼统军使，函绍颇首，遣兵马使陈洪进勳诣建州。延政立授继勳为泉州刺史，从效、洪进为都指挥使。漳州将陈谟，闻风起应，亦杀刺史程文纬，请王继成权知州事。继成也是延政族子，与继勳同居疏远，所以文进篡位，王氏亲族多死，唯二人幸全。汀州刺史许文稹，又见风驶帆，奉表降殷。

朱文进闻三州生变，慌得手足无措，忙悬重赏募兵，得二万人，令部下林守谅、李廷谔为将，往攻泉州，钲鼓声达百里。殷主延政，也遣大将军杜进，率兵二万救泉州。留从效得了援师，开城出战，与杜进夹攻闽军。闽军兵皆乌合，似鸟兽散，林守谅战死，李廷谔被擒。捷报飞达建州，延政因促吴成义，率战舰千艘，速攻福州。朱文进求救吴越，遣子弟为质，吴越尚未出师，殷军已集城下。那时唐主璟已从查文徽请，遣都虞侯边镐攻殷。吴成义吓迫闽人，反诈称唐军援己，闽人大恐。朱文进无法可施，因遣同平章事李光准诣建州，赍献国宝。

光准方行，部吏已有贰心。南廊承旨林仁翰，密语徒众道："我辈世事王氏，今受制贼臣，倘富沙王到来，有何面目相见呢？"众应声道："愿听公令！"仁翰便令众被甲，径趋连重遇第，重遇严兵自卫，由仁翰执槊直前，刺杀重遇，斩首示众道："富沙王将至，恐汝等要族灭了！现我已杀死重遇，去一逆党，汝等何不亟取文进，赎罪图功？"大众听到此言，一齐摩拳擦掌，闯入阙廷，饶你文进威焰薰天，至此变成一个独夫，立被乱军拖出，乱刀齐下，粉骨碎身！恶人终有恶报，世人何苦作恶！

当下大开城门，迎吴成义入城。成义验过二人首级，传送建州，并由闽臣附表，请殷主延政归闽。延政因唐兵方至，未暇徙都，但命从子继昌，出镇福州，改号福州为南都，且复国号为闽。发南都侍卫及左右两军甲士万五千人，同至建州，抵御唐兵。小子有诗叹道：

外侮都从内讧招，一波才了一波摇；
闽江波浪喧豗甚，春色原来已早凋。

欲知闽唐争战情形，且容下回续叙。

五季之世，虽为天地闭塞之时，然亦未尝无公理。南汉主刘龑，暴虐不仁，以杀人为快事，竟得安享国家，至二十有六年之久，且生子至十有九人，几疑天心助暴，公理尽亡。且弘熙杀兄屠弟，淫刑以逞，弘度荒耽酒色，死不足惜，诸弟无辜，亦遭毒手，冥漠岂真无凭，意者其假手弘熙，俾龑子之无噍类，以偿其杀人之罪恶乎！即如闽乱情形，成自篡弑，子可弑父，弟何不可叛兄！臣何不可戕君！朱文进、连重遇两逆，连毙二主，自以为凶横无敌，而卒归诛夷，报施不爽，公理固自在也。彼唐主昪虽得国不正，而休兵息民，终为彼善于此。嗣主璟笃爱同胞，迎养庶母，孝友可风，大节已著，即无失政，而卒免篡弑之祸。阅者于夹缝中求之，可知公理昭昭，著书人固已道破也。

第三十三回　得主援高行周脱围　迫父降杨光远伏法

却说唐闽交争的时候，正晋辽失好的期间。晋主重贵，自信任一个景延广，向辽称孙不称臣，辽主已有怒意，见三十一回。会辽回图使乔荣，来晋互市，置邸大梁。回图使系辽官名，执掌通商事宜。荣本河阳牙将，从赵延寿降辽，辽主因他熟悉华情，令充此使。偏景延广喜事生风，说荣为虎作伥，力劝晋主捕荣，拘系狱中。晋主不管好歹，唯言是从。延广既将荣下狱，复把荣邸存货，尽行夺取，再命境内所有辽商，一律捕诛，没货充公。仿佛强盗行径。晋廷大臣，恐激怒北廷，乃上言辽有大功，不应遽负。晋主重贵，难违众议，因释荣出狱，厚礼遣归。

荣过辞延广，延广张目道："归语尔主，勿再信赵延寿等诳言，轻侮中国，须知中国士马，今方盛强，翁若来战，孙有十万横磨剑，尽足相待，他日为孙所败，贻笑天下，悔无及了！"大言不惭者，其鉴之。荣正虑亡失货财，不便归报，既闻延广大言，遂乘机对答道："公语颇多，未免遗忘，敢请记诸纸墨，俾便览忆！"延广即令属吏照词笔录，付与乔荣。荣欢然别去，归至西楼，即将书纸呈上。辽主耶律德光，不瞧犹可，瞧着此纸，勃然大怒，立命将在辽诸晋使，絷住幽州，一面集兵五万，指日南侵。

是时晋连遭水旱，复遇飞蝗，国中大饥。晋廷方遣使六十余人，分行诸道，搜括民谷。一闻辽将入寇，稍有知识的官吏，自然加忧。桑维翰已入为侍中，力请卑辞谢辽，免起兵戈。独景延广以为无恐，再四阻挠。那晋主重贵，始终倚任延广，还道平辽妙策，言听计从。朝臣领袖，除延广外，要算维翰，维翰言不见用，还有何人再来多嘴。河东节度使刘知远，料定延广卤莽，必致巨寇，只因不便力争，但募兵戍边，奏置兴捷武节等十余军，为固圉计。为后文代晋张本。

平卢节度使杨光远，已蓄异谋。见三十回。从前高祖尝借给良马三百匹，景延广又特传诏命，发使索还。光远不得已取缴，密语亲吏道："这明明是疑我呢！"遂发使至单州，召子承祚使归。承祚本为单州刺史，闻召后，即托词母病，夜奔青州。晋廷遣飞龙使何超权知单州事，且颁赐光远金帛，及玉带御马，隐示羁縻。这却不必。光远视恩若仇，竟密遣心腹至辽，报称晋主负德背盟，境内大饥，公私困敝，乘此进攻，一举可灭等语。辽主已跃跃欲动，再加赵延寿从旁怂恿，便语延寿道："我已召集山后及卢龙兵五万人，令汝为将。汝此去经略中原，如果得手，当立汝为帝！"

延寿闻命，喜欢的了不得，忙伏地叩谢。谢毕起身，即统兵起程。到了幽州，适留守赵思温子延照，自祁州奔至父所。见三十回。当由延寿命为先锋，驱军南下，直逼贝州。

晋主重贵方因即位逾年，御殿受贺，庆赏上元，忽接到贝州警报，说是危急异常。重贵召群臣计议，群臣多说道："贝州系水陆要冲，关系甚大，但前此已拨给刍粟，厚为防备，大约可支持十年，为什么一旦遇寇，便这般紧急哩！"重贵道："想是知州吴峦，虚张敌焰，待朕慢慢儿的遣将援他便了！"救兵如救火，奈何迟缓！

过了数日，又有警信到来，乃是贝州失守，吴峦死节。于是晋廷君臣，才觉着忙。看官阅过前文，应知吴峦在云州时，守城半年，尚不为动，此次何故速败，与城俱亡？原来贝州升为永清军，曾由节度使王周管辖。见三十回。王周调任，改用王令温。令温因军校邵珂，凶悖不法，将他斥革。珂阴怀怨望，潜结辽军。会令温入朝执政，保举吴峦，权知州事。峦才到任，辽兵大至，城中将卒，与峦素不相习，怎能驱使得人。峦尚推诚抚士，誓众守城，将士颇为感奋，愿效死力。那居心叵测的邵珂，也居然在吴峦前，自告奋勇，情愿独当一面。峦不知有诈，优词奖勉，令他率兵守南门，自统将吏守东门。赵延寿麾众猛扑，经峦登陴督守，所有辽人攻具，多被峦用火扑毁，残缺不全。极写吴峦。既而辽主耶律德光，亲率大军至贝州城下，再行进攻，峦毫不胆怯，一面向晋廷乞援，一面督将吏死守。不意邵珂竟大开南门，迎纳辽兵。辽兵一拥而入，全城大乱。峦懊悔不及，尚率将吏巷战，待至支持不住，自赴井中，投水殉难。贝州遂陷，被杀至万人。

晋廷闻报，乃命归德节度使高行周为北面行营都部署，河阳节度使符彦卿为马军左厢排阵使，右神武统军皇甫遇为马军右厢排阵使，陕府节度使王周为步军左厢排阵使，左羽林将军潘环为步军右厢排阵使，率兵三万，往御辽兵。晋主重贵，更下诏亲征，择日启銮。可巧成德节度使杜威，即杜重威，因避晋主名讳，去一重字。遣幕僚曹光裔至青州，为杨光远陈说祸福。光远即令光裔入奏，诡言存心不二，臣子承祚私归，实由省视母病，既蒙恩宥，全族荷恩，怎敢再作他想，重贵信以为真，仍命光裔复往慰谕。其实光远何尝变计，不过为缓兵起见，权作哀词。重贵以为东顾无忧，可以安心北征，命前邠州节度使李周为东京留守，自率禁军启行。授景延广为御营使，一切方略号令，悉归延广主裁。

途次连接各道警报，河东奏称辽兵入雁门关，恒、邢、沧三州，亦俱报寇入境内，滑州又飞奏辽主至黎阳。重贵乃命河东节度使刘知远为幽州道行营招讨使，成德节度使杜威为副。再派右武卫上将军张彦泽等，赴黎阳御辽。因恐辽兵势盛，未可轻敌，更派译官孟守忠，致书辽主，乞修旧好。辽主复书道："事势已成，不可复改了！"

重贵未免心焦，硬着头皮，行至澶州。探报谓辽主屯元城，赵延寿屯南乐，又觉得与敌相近，益加愁烦。镇日里军书旁午，应接不遑。太原刘知远，奏破辽伟王于秀容，斩首三千级，余众遁去。一喜。知郓州颜衎，遣观察判官窦仪驰报，说是博州刺史周儒举城降辽，又与杨光远通使往来，引辽兵自马家口渡河，左武卫将军察行遇战败，竟为所擒。一忧。

重贵忧喜交并，只好请出这位全权大使景延广，与议军情。窦仪语延广道："虏若渡河，与光远合，河南两面受敌，势且难保了！"延广也以为然，乃派侍卫马军都指挥使李守贞，及神武统军皇甫遇，陈州防御使梁汉璋，怀州刺史薛怀让，统兵万人，沿河进御。蓦接高行周、符彦卿等急报，谓军至戚城，被辽兵围住，请即发兵相援。延广本已下令，饬诸将分地拒守，毋得相救，此次来使请师，稍与军令有违，不如观望数天，再作计较。以人命为儿戏，安能不亡国败家！

嗣是戚城军报，日紧一日，始入白重贵。重贵大惊道："这是正军，怎得不救！"延广道："各军已皆派往别处，现在只有陛下亲军，难道也派往不成！"重贵奋然道："朕自统军赴援，有何不可！"改怯为勇，想是被延广激起。遂召集卫军，整辔前行。

将至戚城附近，遥闻鼓角喧天，料知两军开战，当下麾军急进，仅越里许，已达战场。遥见敌骑甚众，纵横满野，一少年骁将，白袍白马，翼住行营都部署高行周，冲突出围，敌骑四面追来，被少将张弓迭射，左射左倒，右射右倒，敌皆披靡。重贵乘势杀上，高行周见御驾亲援，也翻身再战，救出左厢排阵使符彦卿，及先锋指挥使石公霸，杀毙辽兵甚多。辽兵遁去。

重贵登戚城古台，慰劳三将，三将齐声道："臣等早已告急，待援不至，幸蒙陛下亲临，始得重生。"重贵不禁失声道："这皆为景延广所误！延广迟报数日，所以朕来得太迟了。"三人凄然道："延广与臣等何仇，不肯遣兵救急？"说至此，相对泣下。经重贵好言抚慰，始各收泪。重贵问少将为谁？行周道："是臣儿怀德。"点出高怀德，语加郑重。重贵立即召见，赐给弓马，怀德拜谢，重贵仍还次澶州。

这边方奏凯班师，那边亦捷书驰至，李守贞等至马家口正值辽兵筑垒，步兵为役，骑兵为卫，当由守贞等冲杀过去，骑兵退走。晋军乘胜攻垒，应手即下，辽兵大溃，乘马赴河，溺死数千人，战殁亦数千人，还有驻扎河西的辽兵，见河东失败，也痛哭退还，辽人始不敢东侵了。守贞生擒敌将七十八人，及部众五百人，解送澶州，一并伏法。又有夏州节度使李彝殷，奏称合蕃、汉兵四万，从麟州渡河，攻入辽境，牵制敌势，有诏授彝殷为西南面招讨使。寻闻杨光远欲西会辽兵，即命前保义节度使石赟，分兵屯戍郓州，防御光远。且命刘知远带领部众，自土门出恒州，会同杜威各军，掩击辽兵。知远不肯受命，但移屯乐平，逗留不进。

辽主耶律德光，闻各路失利，已萌退志，又未甘遽退，特想出一计，伪弃元城，声言北归，暗在古顿、邱城旁，埋伏精骑，等候晋军。邺都留守张从恩，屡奏称虏已遁去，晋军意欲追击，为霖雨所阻，方才停止。辽兵埋伏经旬，并不见晋军追来，反弄得人马饥疲。辽主因计不得逞，唏嘘不已。赵延寿进策道："晋军畏我势盛，必不敢前，不如进薄澶州，四面合攻，得据住浮梁，便可长驱中原了！"辽主依议，即于三月朔日，自督兵十余万，进攻澶州。自城北列阵，横亘至东西两隅，端的是金戈挥日，铁骑成云。高行周等自戚城进援，前锋与辽兵对仗，自午至晡，不分胜负。辽主自领精骑，前来接应，晋主重贵，亦出阵待着。辽主望见晋军颇盛，顾语左右道："杨光远谓晋遇饥荒，兵多馁死，为何尚这般强盛呢？"遂分精骑为两队，左右夹击晋军，晋军屹立不动。等到辽兵趋近，却发出一声梆响，接连是万弩齐发，飞矢蔽空，辽兵前队，多半中箭，当然退却。又攻晋军东偏，两下里苦战至暮，互有杀伤。辽主知不能胜，引兵自去，至三十里外下营。

既而北去，有帐中小校窃马来奔，报称辽主已收兵北归，景延广疑他有诈，闭营高坐，不敢追蹑。那辽主却分军为二,一出沧德，一出深冀，安然归去。所过焚掠一空，留赵延寿为贝州留后。别将麻答陷德州，把刺史尹居璠拘去。嗣由缘河巡检梁进，募集乡社民兵，乘敌出境，复将德州取还。

晋主重贵，因辽兵已退，留高行周、王周镇守澶州，自率亲军归大梁。侍中桑维翰，劾奏景延广不救戚城，专权自恣，乃出延广为西京留守。延广郁郁无聊，唯日夕纵酒，藉以自娱。旋因朝使出括民财，河南府出缗钱二十万，延广擅增至三十七万，意欲把十七万缗，中饱私囊。判官卢亿进言道："公位兼将相，富贵已极，今国家不幸，府库空虚，不得已取诸百姓，公奈何额外求利，徒为子孙增累呢！"延广也不觉怀惭，方才罢议。尚有人心。

各道横敛民财，锁械刀杖，备极苛酷，百姓求生不得，求死不能。再加朝旨驱民为兵，号武定军，得七万余人，每七户迫出兵械，供给一卒，可怜百姓无从呼吁，统害得卖妻鬻子，荡产破家。那晋主重贵，尚下诏改元开运，连日庆贺，朝欢暮乐，晓得什么民间痛苦，草野流离。坐是速亡。

邺都留守张从恩，上言赵延寿虽据贝州，部众统久客思归，正好伺隙进击。奉诏授为贝州行营都部署，督将士规复贝州。当下麾兵往攻。及抵贝州城下，赵延寿已弃城遁去。城中烟焰迷濛，余火未息。从恩入城扑救，盘查府库，已无一钱，民居亦被劫无遗，徒剩得一座空城了。

未几滑州河决，水溢汴、曹、单、濮、郓五州，朝命发数道丁夫，堵塞决口，好容易才得堵住。晋主重贵，欲刻碑记事，中书舍人杨昭进谏，疏中有"刻石纪功，不若降哀痛之诏，染翰颂美，不若颁罪已之文"，四语最为恳切。重贵方将原议搁起。

嗣有人谓宰相冯道，依违两可，无补时艰，特出道为匡国军节度使，进任桑维翰为中书令，兼枢密使。维翰再秉国政，尽心措置，纪纲少振，颇有转机。且授刘知远为北面行营都统，晋封北平王，杜威为招讨使，督率十三节度，控御朔方。维翰在内指挥，自行营都统以下，无敢违命，时人多服他胆略。唯权位既重，四方赂遗，竞集门庭，仅阅一岁，积资钜万。并且恩怨太明，睚眦必报，又生成一张大面，耳目口鼻，无不广大。僚属按班进见，仰视声威，无不失色，所以秉政岁余，渐有谤言。磨穿铁砚之桑维翰，亦未能免俗，可叹！

杨光远素为维翰所嫉，至是维翰必欲除去光远，遂专任侍卫马步都虞侯李守贞，率步骑二万，进讨青州。光远方自棣州败还，突闻守贞兵到，慌忙领兵守城，且遣使求救辽廷。守贞奋力督攻，四面兜围，困得水泄不通。光远日望辽兵来援，哪知辽兵只来得千余人，被齐州防御使薛可言，中途击退。城中援绝势孤，粮食渐尽，兵士多半饿死。光远料不能出，自登城上，遥向北方叩首道："皇帝皇帝，误我光远了！"谁叫你叛国事虏？言已泣下，光远子承勳、承信、承祚等，劝光远出降，光远摇首道："我在代北时，尝用纸钱驼马祭天，入池沉没，人皆说我当作天子，我且死守待援，勿轻言降晋哩！"承勳等怏怏退下，回忆谋叛首领，实出判官邱涛，及亲校杜延寿、杨瞻、白承祚数人，乃俟光远回府，竟号召徒众，杀死邱、杜、杨、白四人，函首出送晋营。一面纵火大噪，劫光远出居私第，然后开城迎纳官军，派即墨县令王德柔上表谢罪。

德柔赍表入都，晋主重贵览表，踌躇未决，召桑维翰入问道："光远罪大宜诛，但伊子归命，可否为子免父？"维翰忙接口道："岂有逆状滔天，尚可轻赦？望陛下速正明刑。"重贵始终怀疑，俟维翰退后，唯传命军前，饬李守贞便宜从事。守贞已入青州，接到廷寄，乃遣客省副使何延祚，率兵入光远私第，拉死光远，便算了案。上书报闻，诡言光远病死。晋主重贵，反起复杨承勳为汝州防御使。乃父叛君，诸子劫父，不忠不孝，同一负辜，可笑那重贵赏罚不明，纵容叛逆，徒养成一班无父无君的禽兽，哪里能保有国家呢！评论精严！

先是光远叛命，中外大震，有朝士扬言道："杨光远欲谋大事么？我实不值！光远素患秃疮，伊妻又尝跛足，天下岂有秃头天子，跛脚皇后么？"为这数语，转令人心渐靖，不到一年，光远果然伏诛了！

辽主耶律德光，闻光远被诛，青州归晋，又拟大举入寇。令赵延寿引兵先进，前锋直达邢州。成德节度使杜威，飞章告急。晋主复欲亲征，会遇疾不果，乃调张从恩为天平节度使，马全节为邺都留守，会同护国军节度使安审琦，武宁军节度使赵在礼，共御辽兵。在礼屯邺都，余军皆屯邢州，两下俱按兵不战。辽主德光，复率大兵踵至，建牙元氏县，声势甚盛。各军已有惧意，再经晋廷戒他慎重，越加惶恐，顿时未战先却，沿途抛弃甲仗，无复部伍。匆匆奔至相州，勉强过了残冬。

开运二年正月，朝旨命赵在礼退屯澶州，马全节还守邺都，另遣右神武统军张彦泽，出戍黎阳，西京留守景延广，出扼胡梁渡。辽兵大掠邢、洺、磁三州，进逼邺境。张从恩、马全节、安审琦三军，同时会集，列阵相州安阳水南，为截击计。神武统军皇甫遇，方加官检校太师，出任义成军节度使，也闻难前来，与濮州刺史慕容彦超，带着数千骑兵，作为游骑，先去侦探敌势。自旦至暮，未见回来，安阳诸将，免不得惊讶起来。正是：

军情艰险原难测，兵报稽迟促暗惊。

究竟皇甫遇驰往何处，容至下回表明。

石晋之向辽称臣，原一大谬。但铸错已成，势难骤改。重贵新立，皇纲未振，乃误信一景延广，向辽挑衅，辽主入寇无功，旋即引去，此岂重贵之果能却敌，实由天夺之鉴，促其速亡耳！景延广虽被劾外调，而进任者为一桑维翰，悉心秉政，颇有转机。然贿赂公行，恩怨必报，究非大臣风度。且幽、涿十六州，沦没虏廷，创此议者为谁，而可谓无罪乎？杨光远引虏入侵，甘心叛主，实欲效石敬瑭故事，但秃疮天子，跛脚皇后，久为世笑，安能有成？唯重贵不能明正典刑，徒令李守贞之遣人拉死，反以病卒见告，叛命者可以免罪，则天下谁不思藉蛮夷力，窃皇帝位乎？故辽兵再举，而虎伥甚多。石晋不亡于内乱，而亡于外寇，有以夫！

第三十四回　战阳城辽兵败溃　失建州闽主覆亡

却说义成节度使皇甫遇，与濮州刺史慕容彦超，往探敌踪，行至邺县漳水旁，正值辽兵数万，控骑前来。遇等且战且却，至榆林店，后面尘头大起，见辽兵无数驰至，遇语彦超道："我等寡不敌众，但越逃越死，不如列阵待援。"彦超亦以为然，乃布一方阵，露刃相向。辽兵四面冲突，由遇督军力战，自午至未，约百余合，杀伤甚众。遇坐马受伤，下骑步战。仆人顾知敏，让马与遇。遇一跃上马，再行冲锋，奋斗多时，才见辽兵少却。旁觅知敏，已经失去，料知为敌所擒，便呼彦超道："知敏义士，怎可轻弃！"彦超闻言，便怒马突入辽阵，遇亦随往，从枪林箭雨中，救出知敏，跃马而还。义勇可风。

时已薄暮，辽兵又调出生力军，前来围击，遇复语彦超道："我等万不可走，只得以死报国了！"乃闭营自固，以守为战。安阳诸将，怪遇等至暮未归，各生疑虑。安审琦道："皇甫太师，寂无声问，想必为敌所困。"言未已，有一骑士驰来，报称遇等被围，危急万状。审琦即引骑兵出行。张从恩问将何往？审琦慨然道："往救皇甫太师！"如闻其声。从恩道："传言未必可信，果有此事，虏骑必多，夜色昏皇，公往何益！"审琦朗声道："成败乃是天数，万一不济，亦当共受艰难，倘使虏不南来，坐失皇甫太师，我辈何颜还见天子！"审琦亦颇忠勇。说至此，已扬鞭驰去，逾水急进，辽兵见有援师，便即解围。遇与彦超，才得偕归相州。

张从恩道："辽主倾国南来，势甚汹涌，我兵不多，城中粮又不支一旬，倘有奸人告我虚实，彼虏悉众来围，我等死无葬地了。不若引兵就黎阳仓，倚河为拒，尚保万全。"审琦等尚未从议，从恩麾军先走，各军不能坚持，相率南趋，扰乱失次，如邢州溃退时相同。从恩只留步卒五百名，守安阳桥，夜已四鼓。

知相州事符彦伦，闻各军退去，惊语将佐道："暮夜纷纭，人无固志，区区五百步卒，怎能守桥！快召他入城，登陴守御。"当下遣使召还守兵，甫经入城，天色已曙。遥望安阳水北，已是敌骑纵横。彦伦命将士乘城，扬旗鸣鼓，佯示军威。辽兵不知底细，总道是兵防严密，不敢径进。彦伦复出甲士五百，列阵城北，辽兵益惧，至午退归。

北面副招讨使马全节等，奏称虏众引还，宜乘势大举，出袭幽州。振武节度使折从远，又表称截击归寇，进攻胜朔。于是晋主重贵，复起雄心，召张从恩入都，权充东京留守，自率亲军往滑州。命安审琦屯邺都，再从滑州趋澶州，马全节部军，依次北上。刘知远在河东，得知消息，不禁叹息道："中原疲敝，自守尚恐不足，今乃横挑强胡，幸胜且有后患，况未必能胜呢！"你也未免观望。

辽主尚未知晋主亲出，但取道恒州，向北旋师。前驱用羸兵带着牛羊，趋过祁州城下，刺史沈斌，望见辽兵羸弱，以为可取，遂派兵出击。不意兵已出发，那后队的辽兵，突然掩至，竟将州兵隔断，趁势急攻。斌登城督守，赵延寿在城下指挥辽兵，仰首呼斌道："沈使君！你我本系故交，想区区孤城，如何得保！不如趋利避害，速即出降。"斌正色答道："公父子失计，陷没虏廷，忍心害理，敢率犬羊遗裔，来噬父母宗邦，试问公具有天良，奈何不自愧耻，尚有骄色。斌弓折矢尽，宁为国家死节，终不效公所为！"对牛弹琴。延寿恼羞成怒，扑攻益急，两下相持一昼夜，待至诘朝，城被攻破，斌即自杀。延寿掳掠一周，出城自归。

晋主再命杜威为北面行营都招讨使，领本道兵，会马全节等进军。杜威乃进兵定州，派供奉官萧处钧，收复祁州，权知州事。一面会同各军，进攻泰州，辽刺史晋廷谦开城出降。晋军乘胜攻满城，擒住辽将没刺，复移兵拔遂城。

辽主耶律德光，还至虎北口，迭接晋军进攻消息，又拥众南向，麾下约八万人。晋营哨卒，报知杜威，威不禁生畏，拔寨遽退，还保泰州。及辽军进逼，再退至阳城，那辽主不肯休息，鼓行而南，晋军退无可退，不得不上前厮杀。可巧遇着辽兵前锋，即兜头拦截，一阵痛击，杀败辽兵，逐北十余里，辽兵始逾白沟遁去。

越二日，晋军结队南行，才经十余里，忽遇辽兵掩住，四面环攻。晋军突围而出，至白团卫村，依险列阵，前后左右，排着鹿角，权作行寨。辽兵一齐奔集，攒聚如蚁，又把晋营围住，并用奇兵绕出营后断绝晋军粮道。是夜东北风大起，拔木扬沙，很是利害。晋营中掘井取水，方见泉源，泥辄倒入，军士用帛绞泥，得水取饮，终究不能解渴，免不得人马俱疲。挨至黎明，风势愈剧，辽主德光，踞坐胡车，大声发令道："晋军止有此数，今日须一律擒住，然后南取大梁。"遂命铁鹞军辽人称精骑为铁鹞。同时下马，来踹晋营。拔去鹿角，用短兵杀入，后队更顺风扬火，声助兵威。

晋军至此，却也愤怒起来，齐声大呼道："都招讨使！何不下令速战！难道甘束手就死么？"杜威尚是迟疑，徐徐答道："俟风少缓，再定进止。"李守贞进言道："敌众我寡，现值风扬尘起，彼尚未辨我军多少，此风正是助我，若再不出军奋击，一俟风缓，吾属无噍类了！"说至此，便向众齐呼道："速出击贼。"又回头语威道："公善守御，守贞愿率中军决死了。"马军排阵使张彦泽欲退，副使药元福力阻道："军中饥渴已甚，一经退走，必且崩溃。敌谓我不能逆风出战，我何妨出彼所料，上前痛击，这正是兵法中诡道哩！"马步军都排阵使符彦卿，亦挺身出语道："与其束手就擒，宁可拚生报国！"遂与彦泽、元福，拔关出战。皇甫遇亦麾兵跃出，纵横驰骤，锐不可当，辽兵辟易，倒退至数百步。风势越吹越大，天愈昏暗，几乎不辨南北，彦卿与守贞相遇，并马与语道："还是曳队往来呢？还是再行前进，以胜为度呢？"守贞道："兵利速进，正宜长驱取胜，怎得回马自沮！"彦卿乃呼集诸军，拥着万余骑，横击辽兵，呐喊声震动天地。辽兵大败而走，势如崩山，晋军追逐至二十余里。

辽铁鹞军已经下马，仓猝不能复上，委弃马仗，满积沙场，及奔至阳城东南水上，始稍稍成列。杜威闻胜出追，行至阳城，遥见辽兵正在布阵，乃下令道："贼已破胆，不宜更令成列！"因遣轻骑驰击，也来驶顺风船么？辽兵皆逾水遁去。耶律德光乘车北走千余里，得一橐驼，改乘急走。诸将请诸杜威，谓急追勿失。杜威独扬言道，“遇贼幸得不死，尚欲索取衣囊么？”总不肯改过本心。李守贞接入道：“两日以来，人马渴甚，今得水畅饮，必患脚肿；不如全军南归为是。”乃退保定州，嗣复自定州引还，晋主也即还都。

杜威归镇，表请入朝，晋主不许。看官道他何意？原来杜威久镇恒州，自恃贵戚，贪纵无度，往往托词备边，敛取吏民钱帛，入充私橐。富室藏有珍货，及名姝骏马，必设法夺取，甚且诬以他罪，横加杀戮，没资充公。至虏骑入境，他却畏缩异常，任他纵掠，属城多成榛莽。自思境内残敝，又适当敌冲，不如入都觐主，面请改调。晋主重贵不许，他竟不受朝命，委镇入朝。

朝廷闻报，相率惊骇。桑维翰入奏道：“威常凭恃勋亲，邀求姑息，及疆埸多事，无守御意，擅离边镇，藐视帝命。正当乘他入朝，降旨黜逐，方免后患！”晋主重贵，默然不答，面上反露出二分愠意。维翰又道：“陛下若顾全亲谊，不忍加罪，亦只宜授他近京小镇，勿复委镇雄藩。”重贵才出言道：“威与朕至亲，必无异志，但长公主欲来相见，所以入朝，愿卿勿疑！”维翰怏怏趋出。嗣是不愿再言国事，托词足疾，上表乞休。晋主总算慰留。

未几杜威入都，果挈妻同至。妻系晋主女弟，已进封宋国长公主，至是入宫私觐，替威面请，求改镇邺都。晋主重贵，立即应诺，命威为邺都留守，仍号邺都为天雄军，令兼充节度使。为了兄妹的私情，竟把宗社送掉了。调故留守马全节镇成德军。威欣然辞行，挈妻偕往。马全节调任未几，即报病殁，后任为定州节度使王周，用前易州刺史安审约充定州留后，这也无容絮述。

且说辽主连年入寇，中国原被他蹂躏，受害不堪，就是北廷人畜，亦多致亡死。述律太后语德光道：“今欲令汉人为辽主，汝以为可行否？”德光答言不可。述律太后复道：“汝不欲汉人主辽，奈何汝欲主汉？”德光答道：“石氏负我太甚，情不可容！”述律太后道：“汝今日虽得汉土，亦不能久居，万一蹉跌，后悔难追！”又顾语群下道：“汉儿怎得一向眠，自古但闻汉和蕃，不闻蕃和汉，若汉儿果能回意，我亦何惜与和。”这消息传入大梁，桑维翰含忍不住，复劝晋主向辽修和，稍纾国患。晋主重贵，乃使供奉官张晖，奉表称臣，往辽谢过。

辽主德光道：“使景延广、桑维翰自来，再割镇、定两道与我，方可言和。”张晖不敢多辩，归白晋主。晋主谓辽无和意，不再遣使。且默忆辽兵两入，均得击退，自谓可无后虞，乐得安享太平，耽恋酒色。凡四方贡献珍奇，尽归内府，选嫔御，广宫室，多造器玩，崇饰后庭。在宫中筑织锦楼，用织工数百，制成地毯，期年甫成。又往往召入优伶，夤夜歌舞，赏赐无算。寻且因各道贡赋，统用银两，遂命将银易金，取藏内库，笑语侍臣道："金质轻价昂，最便携带。”后人即指为北迁预兆。骄侈如此，即无以金易银之举，宁能免虏！桑维翰复进谏道："强邻在迩，未可偷安！曩时陛下亲御胡寇，遇有战士重伤，且不过赏帛数端。今优人一谈一笑，偶尔称旨，辄赐束帛万缗，并给锦袍银带，彼战士宁无见闻！将谓陛下待遇优伶，远过战将，势必灰心懈体，尚谁肯奋身效力，为陛下保卫社稷呢？”重贵不从。

枢密使冯玉，专事逢迎，甚得主欢，兄妹本是同情。竟升任同平章事。玉尝有微疾，乞假在家，重贵语群臣道："自刺史以上，俟冯玉病愈视事，方可迁除。”嗣是内外官吏，多趋奉冯玉，门庭如市。还有宣徽南院使李彦韬，倾邪检巧，素为高祖幸臣，至此复与冯玉联络，得充侍卫马军都指挥使，晋官检校太保。两嬖专权，朝政益坏。

先是重贵有疾，桑维翰尝遣女仆入宫，朝见太后，且问皇弟重睿，曾否读书。语为重贵所闻，未免芥蒂。至冯玉擅权，偶与谈及，玉即谓维翰有意废立，益触动重贵疑心。李彦韬是冯家走狗，当然与玉相联，排斥维翰。还有天平节度使李守贞，亦与维翰有隙，内外构陷，立将维翰捽去，罢为开封尹，进前开封尹赵莹为中书令，左仆射李崧为枢密使，司空刘昫判三司。维翰政权被夺，遂屡称足疾，谢绝宾客，不常朝谒。或语冯玉道："桑公系是元老，就使撤除枢务，亦当委任重藩，奈何令为开封尹，徒治理琐务呢！”玉半晌才道："恐他造反啰！”或又道："彼乃儒生，怎能造反？”玉复道："自己不能造反，难道不能教人造反么？”朝臣以玉党同伐异，啧有烦言。玉内恃懿戚，外结藩臣，遂把那石氏一家，轻轻的送与他人了。

小子因开运二年的秋季，闽为唐灭，不得不按时叙入，只好把晋事暂停，另述闽事。应三十二回。闽主延政，与唐相拒，不分胜负。唐安抚使查文徽，屡请益兵，唐主璟更派都虞侯何敬洙为建州行营招讨使，将军祖全恩为应援使，姚凤为都监，率兵数千攻建州，由崇安进屯赤岭。闽主延政，遣仆射杨思恭，统军使陈望，率兵万人，前往抵御。望列栅水南，旬余不战，唐人也不敢进逼。偏思恭传延政命，促望出击。望答道："江淮兵精将悍，不可轻敌，我国安危，系此一举，须谋出万全，然后可动！"思恭变色道："唐兵深入，主上寝不交睫，委命将军。今唐军不过数千，将军拥众万余，不急督兵出击，徒然老师糜饷，试问将军如何对得住主上呢？"望不得已引军涉水，与唐交仗。

唐将祖全恩见闽兵到来，只用千人对仗，佯作亏输，诱望穷追。望猛力追去，蓦听得后队大噪，急忙回顾，已被唐兵截作数段，顿时脚忙手乱，不及施救。唐将姚凤搅入中坚，先将帅旗砍翻，祖全恩又自前杀入。两唐将交逼陈望，望心胆愈裂，偶然失防，身已中槊，一个倒栽葱，跌落马下，立刻送命。望能守，不能战，故致丧身。杨思恭并不援应，一闻陈望阵亡，即慌忙逃回。延政大惧，婴城自守，且向泉州调将董思安、王忠顺，使率本州兵五千，分防建州要害。王、董二人见三十二回。

偏建州未能免兵，福州又复生变。从前福州指挥使李仁达，叛曦奔建州，延政用以为将。及朱文进叛曦，仁达复奔还福州，为文进谋取建州。文进虑他多诈，黜居福清。尚有著作郎陈继珣，亦叛延政入福州。至延政子继昌，由延政派为福州镇守，仁达、继珣，恐难免罪，意欲先发制人。继昌暗弱嗜酒，不恤将士，部下多生怨谤，延政曾防到此着，遣指挥使黄仁讽，为镇遏使，率兵保护继昌。继昌瞧不起仁讽，仁讽亦不免介意。仁达、继珣，乘间进语仁讽道："今唐兵乘胜南下，建州孤危，富沙王不能保有建州，怎能顾及福州？昔王潮兄弟，皆光山布衣，取福建尚如反掌，况我等乘此机会，自图富贵，难道不及王潮兄弟么！"仁讽也不多说，但点首示表同情。仁达、继珣退出，即密召党羽，乘夜突入府舍，杀死王继昌。吴成义闻变来援，双手不敌四拳，也为所杀。

仁达初欲自立，恐众心未服，特迎雪峰寺僧卓岩明为主，托言此僧两目重瞳，手垂过膝，真天子相。党徒同声附和，遂将秃奴拥入，代解衲衣，被服衮冕，就在南面高坐起来。大约亦是盘坐。仁达率将吏北面拜舞，年号恰遵晋正朔，称为天福十年。遣使至大梁，上表称藩。闽主延政闻报，族灭黄仁讽家，更派统军使张汉真，带领水军五千，会漳泉兵往讨岩明。

到了福州东关，船甫下碇，那城内突出一将，领着数千弓弩手，飞射来船。汉真不及备御，所带战舰，均被射得帆折樯摧。当下麾船欲遁，不防江中驶出许多小舟，舟中载着水兵，七铛八叉，来捉汉真。汉真措手不迭，被他叉落水中，活擒而去。余众或逃或死，不在话下。该统将入城报功，即将汉真砍为两段。看官道该将为谁？原来就是黄仁讽。仁讽因家族夷灭，无愤可泄，所以勇往直前，擒戮来将，聊报仇恨。亦是错想。那半僧半帝的卓岩明，毫无他能。唯在殿上噀水散豆，喃喃诵咒，谓为镇压来兵，因得胜仗。赏劳已毕，派人至莆田迎入乃父，尊为太上皇。仁达自判六军诸卫事，使黄仁讽守西门，陈继珣守北门。

仁讽事后追思，忽觉怀惭，是良心发现处。从容语继珣道："人生世上，贵有忠信仁义，我尝服事富沙王，中道背叛，忠在哪里？富沙王以从子托我，我反帮同乱党，将他杀毙，信在哪里？近日与建州兵交战，所杀多乡曲故人，仁在哪里？抛撇妻子，令为鱼肉，受人屠戮，义在哪里？身负数恶，死有余愧了！"说着，泪如雨下。继珣劝慰道："大丈夫建功立名，顾不到什么妻子，且置此事，勿自取祸！"两人密谈心曲，偏为外人所闻，往报仁达。仁达竟诬称两人谋反，猝遣兵役捕至，枭首示众。仁讽实是该死。

既而大集将士，请卓岩明亲临校阅。岩明昂然到来，甫经坐定，由仁达目视部众，众已会意，竞登阶刺杀岩明，仁达却佯作惊惶，仓皇欲走，当被大众拥住，迫居岩明坐位。仁达令杀伪太上皇，自称威武军留后，用南唐保大年号，向唐称臣，又遣人入贡晋廷。唐命仁达为威武节度使，赐名弘义，编入国籍。仁达又派使至吴越修好。

闽主延政，因国势日危，亦遣使至吴越乞援，愿为附庸。吴越尚未发兵，那唐军却锐意进攻，日夕不休。延政左右，密告福州援兵，有谋叛情状，乃收还甲仗，遣归福州。暗中却出兵埋伏，待至半途，突起围住，杀得一个不留，共得八千余尸骸，载归为脯，充作兵粮。看官试想，兔死尚且狐悲，这守兵也有天良，怎忍残食同类，因此人人痛怨，瓦解土崩。或劝董思安早择去就，思安慨然道："我世事王氏，见危即叛，天下尚有人容我么？"部众感泣，始无叛意。

唐先锋使王建封，攻城数日，侦得守兵已无固志，遂缘梯先登。唐兵随上，守卒尽遁。闽主延政，无可奈何，只好自缚请降。王忠顺战死，董思安整众奔泉州，汀州守将许文稹，泉州守将王继勳，漳州守将王继成，闻建州失守，相继降唐。闽自王审知僭据，至延政降唐，凡六主，共五十年。小子有诗叹道：

　　不经弑夺不危亡，祸乱都因政失常。
　　五十年来正氏祚，可怜一战入南唐！

延政被解至金陵，能否保全性命，待至下回再表。

兵贵鼓气，气盛则一往莫御，观此回白团卫村之战，知晋之所以能胜辽者，全在气盛而已。然杜威、张彦泽之临阵畏缩，偷生畏死，已见一斑。若非李守贞、药元福、符彦卿、皇甫遇诸人，踊跃直前，彼早觍颜降虏矣。晋主重贵，任用非人，反以威为懿亲，有功王室，违命不诛，拒谏不从，能保狼子之不反噬乎！若闽主延政，势成弩末，既无保邦却敌之材，复有好猜嗜杀之失，倒行逆施，不亡何待！彼雪峰寺僧卓岩明，是何侥幸，一跃称帝！但有非分之福，必有无妄之灾。僭位未几，父子骈戮，求再披缁而不可得，富贵其可幸致耶！览此书，可作当头棒喝。

第三十五回　拒唐师李达守危城
中辽计杜威设孤寨

却说王延政被虏至金临，入见唐主。唐主降敕赦罪，授为羽林大将军，所有建州诸臣，一概赦免。唯仆射杨思恭，暴敛横征，剥民肥己，建州人号为杨剥皮，唐主特数罪处斩，以谢建人。另简王崇文为永安节度使，令镇建州。崇文治尚宽简，建人遂安。

越年三月，唐泉州刺史王继勳，贻书福州，意在修好。李弘义即李仁达。以泉州本隶威武军，素归节制，此时平行抗礼，与前不符，免不得暗生愤怒，拒书不受。嗣且遣弟弘通，率兵万人，往攻泉州。泉州指挥使留从效，语刺史王继勳道："李弘通兵势甚盛，本州将士，因使君赏罚不明，不愿出战，使君且避位自省罢！"继勳沉吟未决，当由从效指挥部众，把继勳掖出府门，逼居私第。自称代领军府事，部署行伍，出截弘通。战至数十回合，从效用旗一麾，部兵都冒死直上，弘通招架不住，回马返奔。主将一逃，全军大乱，走得快的还算幸免，稍迟一步，便即丧生。从效追至数十里外，方才凯旋，便遣人至金陵告捷。唐主璟授从效为泉州刺史，召继勳归金陵，徙漳州刺史王继成为和州刺史，汀州许文稹为蕲州刺史，惩前毖后，为休息计。

燕王景达，用属掾谢仲宣言，面白唐主，谓宋齐邱系国家勋旧，弃诸草莱，未惬众望。宋齐邱归老九华，见三十二回。唐主乃复召齐邱为太傅，但奉朝请，不令预政。偏齐邱未肯安闲，硬要来出风头。枢密使陈觉，向与齐邱交好，遂托齐邱上疏推荐，愿往召李弘义入朝。齐邱乐得吹嘘。未奉批答，觉又自上一书，谓孑身往说弘义，不怕弘义不来。唐主乃令觉为福州宣谕使，赉赐弘义金帛，并封弘义母妻为国夫人，四弟皆迁官。

觉到了福州，满望弘义出迎，就可仗他三寸舌，劝令入觐。不意弘义高坐府署，但遣属吏导觉入见，弘义唯稍稍欠身，面上含着一种杀气，凛凛可畏。两旁更站住刀斧手，仿佛与觉为仇，有请君入瓮的情状。吓得陈觉魂胆飞扬，但传唐主赐命，不敢说及入朝二字。弘义但拱手言谢，即使属吏送觉入馆，以寻常酒饭相待。觉很觉没趣，住了一昼夜，便即辞归。可谓扫脸。

行至剑州，越想越惭，越惭越愤，便矫诏使侍卫官顾忠，再至福州，召弘义入朝。自称权领福州军府事，且擅发汀、建、抚、信各州戍卒，命建州监军使冯延鲁为将，前往福州，促弘义入朝。延鲁先致弘义书，晓谕祸福。弘义毫不畏怯，竟覆书请战，特遣楼船指挥使杨崇葆，率舟师抵拒延鲁。觉恐延鲁独力难支，续派剑州刺史陈诲，为沿江战棹指挥使，援应延鲁。一面拜表金陵，但说福州孤危，旦夕可克。

唐主璟并未接洽，接阅表文，才知觉矫制调兵，专擅的了不得，禁不住怒气勃发。学士冯延已已进任首相，与朝上一班大臣，多是陈觉党羽，慌忙上前劝解，统说是兵逼福州，不宜中止，且俟战胜后再作区处。唐主乃权时忍耐。未几接得军报，延鲁已得胜仗，击败杨崇葆。又未几复接军报，延鲁进攻福州西关，被弘义一鼓击退，士卒多死。连左神威指挥使杨匡邺，都为所擒。那时唐主不能罢手，只好将错便错的做了下去。当下命永安节度使王崇文，为东南面都招讨使，漳泉安抚使魏岑，为东面监军使，延鲁为南面监军使，会兵进攻福州。凭着人多势厚，陷入外郛。弘义收集残众，固守内城，改名弘达，奉表晋廷。晋授弘达为威武节度使，知闽国事，唯不过授他虚名，并没有什么帮助。唐兵在福州外城，攻扑以外，一再招诱。福州排阵使马捷，愿为内应，遽引唐军至善化门桥。弘达不防内变，几乎手足失措，还亏都指挥使丁彦贞，率敢死士百人，用着短兵，闯入唐兵阵内，再荡再决，才将唐兵击却，不令入门。但孤城总危急得很，弘达寝卧不安，复改名为达，遣使至吴越乞援，奉表称臣。再四改名，有何益处？适唐漳州将林赞尧作乱，杀死监军使周承义。剑州刺史陈诲，忙会同泉州刺史留从效，往平漳乱，逐去赞尧。即用故闽将董思安权知漳州事，且联名保荐思安，唐主因授思安为漳州刺史。思安以父名章，上书辞职。这也未免迂拘。唐主特改称漳州为南州，且令他与从效合兵，助攻福州。

福州已如累卵，怎禁得住唐兵合攻，只好再三派使，至吴越催促援军。吴越王弘佐，召诸将商议进止，诸将统言道路险远，不便往援，唯内都监使邱昭券，主张出师。弘佐道："唇亡齿寒，古有明戒，我世受中原命令，位居天下兵马元帅，难道邻国有难，可坐视不救么？诸君只乐饱食安坐，奈何为国！"说着，便命统军使张筠、赵承泰，调兵二万，水陆南下，往援福州。李达闻援兵到来，急开水城门迎接。吴越军自罾浦夜进，得入城中。偏唐军闻风急攻，进东武门。李达偕吴越军拼命出拒，鏖斗多时，不能得胜，只勉强保守危城。

唐主更遣信州刺史王建封，再往福州，满拟添兵益将，指日成功。偏建封素性倔强，不肯服从王崇文。陈觉、冯延鲁、魏岑、留从效等，又彼此争功，彼进此退，彼退此进，好似满盘散沙，不相团结，因此将士灰心，各无斗志。唐主召江州观察使杜昌业为吏部尚书，昌业查阅簿籍，慨然叹道："连年用兵，国帑将罄，如何能持久呢？"为下文伏笔。

且说晋主重贵，本欲发兵援闽，因北寇方深，无暇南顾，只好虚词笼络，得过且过。定州西北有狼山，土人入山筑堡，意在避寇。堡中有佛舍，由女尼孙深意住持，深意妖言惑众，远近奉若神明。中山人孙方简，及弟行友，与深意联宗。自居侄辈，敬事深意。深意病死，方简诡称深意坐化，用漆髹尸，置诸神龛中，服饰如生，香花供奉。徒党辗转依附，多至数百人。时晋、辽绝好，北方赋役繁重，寇盗充斥。方简兄弟，自言有天神相助，可庇人民。百姓奔趋如鹜，求他保护，他遂选择壮丁，勒成部伍，舍寺作寨，号为一方保障。初意却是可取。

辽兵入寇，即督众邀击，夺得甲兵牛马军资，分给徒众，众皆欢跃。乡民闻风往依，携老挈幼，络绎不绝，历久得千余家，自恐为吏所讨，归款晋廷。晋廷亦借他御寇，令署东北招收指挥使，方简遂屡入辽境抄掠，辄有杀获，渐渐的骄恣起来，尝向晋廷多方要求。晋廷怎能事事依他，他不得如愿，即叛晋降辽，愿为向导，引辽入寇。匪人之不可恃也如此！会河北大饥，饿莩载道，兖、郓、沧、贝一带，盗贼蜂起，吏不能禁。天雄军节度使杜威，遣部将刘延翰，出塞市马，竟为方简所掳，押献辽廷。途次被延翰脱逃，还奔大梁。报称方简为辽作伥，亟宜预防。晋主乃命天平节度使李守贞为北面行营都部署，义成节度使皇甫遇为副，彰德节度使张彦泽充马军都指挥使，义武节度使李殷，充步军都指挥使，并遣指挥使王彦超、白延遇等，率步兵十营戍邢州。守贞虽为统帅，但与内廷都指挥使李彦韬未协。彦韬方党附冯玉，掌握军权，应前回。往往牵制守贞。守贞佯为敬奉，暗中实怒恨不平。看官！你想内外不和，形同水火，国事尚堪再问么！呼应语不可少。

晋主恐吐谷浑等，再为辽诱，屡召白承福入朝，宴赐甚厚，白承福降晋见三十一回。令戍滑州。承福令部众仍往太原，择地畜牧。番众不知法律，尝犯河东禁令。节度使刘知远，依法惩办，不肯少贷。番目白可久，渐生怨望，率所部先亡归辽。

知远得报，密与亲将郭威计议道：“今天下多事，番部出没太原，实是腹心大病，况白可久已先叛去，能保不辗转相诱么！”威答道：“顷闻可久奔辽，辽授他云州观察使，倘被承福闻知，必望风欣羡，阴生异图。俗语说得好：‘擒贼先擒王’，承福一除，部落自衰。且承福拥资甚厚，饲马尝用银槽，我若得资饷军，雄踞河东，就使中原生变，也可独霸一方。天下事安危难测，愿公早为决计！”威亦乱世枭雄。知远称善，因密表吐谷浑反复无常，请迁居内地。晋主遂派使押还蕃众，分置诸州。

知远料承福势孤，即遣郭威召诱承福，俟承福入太原城，用兵围住，诬他谋叛，把承福亲族四百余口，杀得精光。所有承福遗资，一并籍没，事后奏达晋廷，仍然将谋叛二字，作为话柄。晋主哪里知晓，颁敕褒赏，吐谷浑从此衰微，河东却从此雄厚了。为刘氏代晋张本。

既而辽兵三万寇河东。想由白可久导入！刘知远命郭威出拒阳武谷，击破辽兵，斩首七千级，露布告捷。张彦泽亦报称泰、定二州，连败辽人，俘馘二千名。晋廷君臣，得意扬扬，还道是北虏寖衰，容易翦灭。

适幽州来了一个弁目，谓赵延寿有意归国。枢密使李崧、冯玉信为真情，遽使杜威致书延寿，具述朝旨，啗他厚利。嗣得延寿覆书，略言久处异域，思归故国，乞发大兵接应，即当自拔来归。冯玉等更怀痴望，且派使往幽州，与延寿约定师期。延寿假意承认，暗地里报知辽主。辽主将计就计，且嘱瀛州刺史刘延祚，遗乐寿监军王峦书，佯言愿举城内附。并云城中辽兵不满千人，朝廷若发兵往袭，自为内应，城可立下。今秋又值多雨，瓦桥以北，积水漫天，辽主已归牙帐，虽闻关南有变，道远水阻，如何能来？请朝廷乘势速行等语。王峦得书，飞使表闻。

冯玉、李崧，喜欢的了不得，拟先发大军，往迎延寿与延祚。杜威亦上言瀛、莫可取状。深州刺史慕容迁，且献入瀛、莫地图。玉与崧遂奏白晋主，请用杜威为都招讨使，李守贞为副。中书令赵莹，私语冯、李二人道："杜为国戚，身兼将相，尚所欲无餍，心常慊慊，此岂还可复假兵权！必欲有事朔方，不如专任守贞，尚无他虑呢！"亦非知本之言。冯、李亦不以为然，遂授杜威行营都招讨使，李守贞为兵马都监，安审琦为左右厢都指挥使，符彦卿为马军左厢都指挥使，皇甫遇为马军右厢都指挥使，他如梁汉璋、宋彦筠、王饶、薛怀让诸将，统随往北征。且下敕榜道，专发大军，往平黠虏，先收瀛、莫，安定关南，次复幽、燕，荡平塞北。能说不能行奈何？结末一行，是有能擒获虏主者，除上镇节度使，赏钱万缗，绢万匹，银万两。是敕一下，各军陆续出发。偏偏天不助美，自六月积雨，至十月末止，军行粮输，免不得拖泥带水，各生怨言。

杜威到了广晋，与李守贞会师，北向进行，且恐兵马不足，再令妻宋国公主入都，乞请添兵。晋主将禁军多半拨往，顾不得宿卫空虚，但望他克期奏捷。威带领全军，直往瀛州，遥见城门大开，寂若无人，不由的暗暗惊疑，徬徨却顾。当下驻营城外，分遣侦骑四往探听。俟得侦报，谓辽将高漠翰，已引兵潜出，刺史刘延祚不知去向，威乃令马军排阵使梁汉璋，引二千骑往追辽兵。此时应知中计，何不速退？还要令梁汉璋往追，想是汉璋该死此地了。汉璋奉令前进，行至南阳务，陷入伏中，辽兵四面齐起，把汉璋困住垓心。汉璋左冲右突，竟不能脱，徒落得全军覆没，暴骨沙场。

败报递入威营，威慌忙引还。那时辽主耶律德光，闻知晋军已退，遂大举南来，追蹑晋军。杜威素来胆小，星夜南奔，张彦泽时在恒州，引兵往会，主张拒敌。威乃与同趋恒州，使彦泽为先锋。进至中渡桥，桥据滹沱河中流，辽兵已上桥扼守，由彦泽麾众与争，三却三进，辽兵焚桥退去，与晋军夹河列营。

辽主德光，见晋军大至，争桥失利，恐晋军急渡滹沱，势不可当，正拟引众北归。嗣闻晋军沿河筑寨，为持久计，乃逗留不去。杜威筑垒自固，闭门高坐，偏裨皆节度使，无一奋进，但日相承迎，置酒作乐，罕谈军事。磁州刺史李榖献策道："今大军与恒州相距，不过咫尺，烟火相望。若多用三股木置水中，就木上积薪布土，桥可立成，更密约城中举火相应，夜募壮士，斫入虏营，表里合势，虏自惊溃了！”确是退敌之策。诸将皆以为然，独杜威不从。唯遣縠南至怀孟，督运军粮。

辽主德光，见杜威久不出兵，料知恇怯无能，遂用大兵潜压晋营，暗遣部将萧翰，与通事刘重进，领骑兵百人，及步卒数百，潜渡滹沱河上游，绕出晋军后面，断晋粮道。途中遇着晋军樵采，便即掠去。有几个脚生得长的，逃回营中，张皇虏势，说有无数辽兵，截我归路。营中得此消息，当然恟惧。辽将萧翰等驰至栾城，如入无人之境，城中戍兵千余人，猝不及防，竟被翰等闯入，没奈何狼狈乞降。翰俘得晋民，黥面为文，有奉敕不杀四字，各纵使南走。运粮诸役夫，从道旁遇着，总道是虏兵深入，不如赶紧逃生，遂把粮车弃去，四处奔溃。一时风声鹤唳，传遍中原。中国专思骗人，偏被外人骗去。李縠在怀孟闻警，忙自缮奏疏，密陈大军危急，请车驾速幸澶州，并召高行周、符彦卿扈从，急发兵守澶州、河阳，防备敌冲。这疏由军将关勳飞马走报，晋廷接到縠疏，相率惊惶。那杜威又奏请益兵，都城卫士，已遣发军前，只剩得宫禁守兵数百名，又一齐调赴，并命发河北及滑、孟、泽、潞刍粮五十万，往诣军前，追呼严急，所在鼎沸。已而杜威复遣使张祚告急，晋廷无从派兵，但遣祚归报行营，令他严守。祚还至途中，竟被辽兵掳去。嗣是内外隔绝，两不相通。

开封尹桑维翰目击危状，求见晋主，拟进陈守御计划。晋主正在苑中调鹰，只图快乐，不欲维翰入见，当遣内侍拒绝。维翰不得已入枢密院，与冯玉、李崧，谈及国事。话不投机半句多，任你桑维翰韬略弘深，议论确当，那冯、李两公，只是摇首闭目，不答一词。维翰怅然趋出，还语所亲道：“晋氏将不血食了！”

过了两三天，军报益急，晋主因欲亲自出征，都指挥使李彦韬入阻道：“陛下亲征，孰守宗社，臣闻千金之子，坐不垂堂；况陛下尊为天子，难道可屡冒矢石么？”晋主乃命高行周为北面都部署，副以符彦卿，共戍澶州，遣西京留守景延广，出屯河阳。

杜威在中渡桥，与辽兵相持多日，不展一筹，恼了指挥使王清，入帐见威道：“我军暴露河滨，无城为障，营孤食尽，势且自溃。清愿率步兵二千为先锋，夺桥开道，公率诸军继进，得入恒州，守御有资，始可无恐了！”

威踌躇半晌，方才许诺。派宋彦筠领兵千人，与清俱往。清挺身直前，逾河进战，约数十回合，杀毙辽兵百余人，虏势少却。宋彦筠胆小如鼷，一遇辽兵接仗，不到半刻，便即退缩。辽兵从后追杀，彦筠凫水逃回。独清尚带着孤军，猛力奋斗，互有杀伤。一再遣使至大营，促威进兵，威安坐营幄，竟不使一人一骑，往救王清。清力战至暮，顾语部众道："上将握兵，坐视我等围困，不肯来援，想必另有异谋。我等食君禄，当尽力君事，迟早总是一死，不如以死报国罢！"部众都为感动，死战不退。既而天色渐昏，辽主腾出新军，来围王清。可怜王清势孤力竭，与众尽死。临死时尚格毙辽兵数名。小子有诗叹道：

沙场战死显忠名，壮士原来不惜生；
只恨贼臣甘误国，前驱殉节尚无成。

王清既死，诸军夺气，辽兵乘胜逾河，环逼晋营。究竟杜威如何抵敌，容至下回再详。

倾南唐之全力，尚不能拔一孤城，可见师克在和，不和必败。彼李仁达四处乞援，仅得一吴越偏师，拒战失利，假令南唐各将，齐心协力，取孤城如反手，亦何至旷日无功耶？若杜威虽中辽计，坐失一梁汉璋，然尚无损大局。苟联合张彦泽等，逾滹沱河以杀敌，则一举可逐辽兵，抑或从王清言，并力俱进，亦得入据恒州，固守却敌。失此不行，徒致良将丧躯，强虏四逼，天下未有将帅不和，而能出师告捷者也。南唐尚不足责，如杜威者，其石氏之贼臣乎！

第三十六回　张彦泽倒戈入汴
石重贵举国降辽

却说辽兵环逼晋营，气焰甚盛，晋营中势孤援绝，粮食且尽。杜威计无所施，唯有降辽一策，或尚得保全性命。当与李守贞、宋彦筠等商议，众皆无言。独皇甫遇进言道："朝廷以公为贵戚，委付重任，今兵未战败，遽欲靦颜降虏，敢问公如何得对朝廷！"遇后来为晋殉难，故特别提出。威答道："时势如此，不能不委曲求全！"遇愤慨而出。威密遣心腹将士，驰往辽营请降，且求重赏。辽主德光道："赵延寿威望素浅，未足为中原主子；汝果降我，当令汝为帝。"仍是骗局。这语由将士还报，威大喜过望，即令书记官草好降表。越宿召集诸将，出表相示，令他依次署名。诸将虽然骇愕，但多半贪生怕死，依令画诺，唯皇甫遇未曾与列。威再遣阎门使高勳，赍奉降表，呈入辽营。辽主优诏慰纳，遣勳报威，即日受降。

威便令军士出营列阵，军士踊跃趋出，摩拳擦掌，等待厮杀。俄见威出帐宣谕道："现已食尽途穷，当与汝等共求生计，看来只有降敌了。"说着，遂命军士释甲投戈，军士惊出意外，禁不住号哭起来，霎时闻声震原野。威与守贞同时扬言道："主上失德，信用奸邪，猜忌我军，我等进退无路，不如投顺北朝，别求富贵。"杜威原是丧心，不意守贞亦复如此。

语未毕，已有一辽将带着辽骑，整辔前来，身上穿着赭袍，很是鲜明。看官道是何人？原来就是赵延寿。延寿到了军前，抚慰士卒，杜威以下，相率迎谒。延寿命随行辽兵，递上赭袍，交与杜威。威欣然披服，向北下拜，及起身向众，居然趾高气扬，隐隐以中国皇帝自命。廉耻扫地。延寿即引威等往谒辽主。辽主语威道："汝果立功中国，我当不负前言！"威率众将舞蹈谢恩。辽主面授威为太傅，李守贞为司徒。

威愿为前驱，引辽主至恒州城下，招谕守将王周，劝他出降。周即开城迎入，辽主率大军入城，派兵往袭代州，刺史王晖，亦举城迎降。辽主复遣通事耿崇美，招降易州。易州刺史郭璘，素具忠忱，每当辽兵过境，必登陴拒守，无懈可击。辽主德光，尝恐他邀截归路，屡有戒心，每过城下，必指城叹息道："我欲吞并中原，恨为此人所扼，迟早总要除他哩。"至是命崇美往抚易州，易州兵吏，闻风生畏，争先出降。璘不能禁阻。但痛詈崇美。崇美怒起，拔剑杀璘，应手而倒。不略忠臣。

易州归辽，义武军节度使李殷，安国军留后方泰，相继降辽。辽主命孙方简为义武节度使，麻答为安国节度使，另派客省副使马崇祚权知恒州事。遂引兵自邢相南行，杜威率降众随从。皇甫遇不欲降辽，偏辽主召他入帐，令先驱入大梁。遇固辞而出，泣谓左右曰："我位为将相，败不能死，尚忍倒戈图主么！"是夜引从骑数人，行至平棘，顾语从骑道："我已数日不食了，尚何面目南行！"遂扼吭而死。节尚可取。

辽主改命张彦泽先进，用通事傅住儿一译作富珠哩。为都监，偕彦泽前取大梁。彦泽引兵二千骑，倍道疾驰，星夜渡白马津，直抵滑州。晋主重贵，始闻杜威败降，接连收到辽主檄文，乃是由彦泽传驿递来，内有纳叔母于中宫，乱人伦之大典等语。想是晋臣所为。慌得重贵面色如土，急召冯玉、李崧、李彦韬三人，入内计事。三人面面相觑，最后是李崧开口道："禁军统已外出，急切无兵可调，看来只有飞诏河东，令刘知远发兵入卫呢！"重贵闻言，忙命李崧草诏，遣使西往。

过了一宵，天色微明，宫廷内外，竞起喧声。重贵惊醒起床，出问左右，才知张彦泽领着番骑，已逼城下。嗣又有内侍入报道："封邱门失守，张彦泽斩关直入，已抵明德门了！"重贵越加慌忙，急令李彦韬搜集禁兵，往阻彦泽。不意彦韬已去，宫中益乱，有两三处纵起火来。重贵自知难免，携剑巡宫，驱后妃以下十余人，将同赴火，亲军将薛超，从后赶上，抱住重贵，乞请缓图。俄递入辽主与晋太后书，语颇和平，重贵乃令亲卒扑灭烟火，自出上苑中，召入翰林学士范质，含泪与语道："杜郎背我降辽，太觉相负，从前先帝起太原时，欲择一子为留守，商诸辽主，辽主曾谓我可当此任，卿今替我草一降表，具述前事，我母子或尚可生活了。”

质依言起草，援笔写就，但见表中列着：

孙男臣重贵言：顷者唐运告终，中原失驭，数穷否极，天缺地倾。先人有田一成，有众一旅，兵连祸结，力屈势孤。翁皇帝救患摧刚，兴利除害，躬擐甲胄，深入寇场，犯露蒙霜，度雁门之险，驰风击电，行中冀之诛，黄钺一麾，天下大定，势凌宇宙，义感神明；功成不居，遂兴晋祚，则翁皇帝有大造于石氏也。旋属天降鞠凶，先君即世。臣遵承遗旨，纂绍前基。谅闇之初，荒迷失次，凡有军国重事，皆委将相大臣。至于嬗继宗祧，既非禀命，轻发文字，辄敢抗尊，自启衅端，果贻赫怒。祸至神惑，运尽天亡，十万师徒，望风束手，亿兆黎庶，延颈归心。臣负义包羞，贪生忍耻，自贻颠覆，上累祖宗，偷度朝昏，苟存视息。翁皇帝若惠顾畴昔，稍霁雷霆，未赐灵诛，不绝先祀，则百口荷更生之德，一门衔罔报之恩，虽所愿焉，非敢望也。臣与太后暨妻冯氏，及举家戚属，见于郊野，面缚待罪，所有国宝一面，金印三面，今遣长子陕府节度使延煦，次子曹州节度使延宝，管押进纳，并奉表请罪，陈谢以闻。

表文草就，呈示重贵。重贵正在瞧着，突有一老妇踉跄进来，带哭带语道：“我曾屡说冯氏兄妹，是靠不住的。汝宠信冯氏，听他妄行，目今闹到这个地步，如何保全宗社！如何对得住先人！”重贵转眼旁顾，进来的不是别人，正是皇太后李氏。当下心烦意乱，也无心行礼，只呆呆的站立一旁，李太后尚欲发言，外面又有人趋入道：“辽兵已入宽仁门，专待太后及皇帝回话！”太后乃顾问重贵道：“汝究竟怎么样办？”重贵答不出一句话儿，只好将降表奉阅，太后约略一瞧，又恸哭起来。

范质在旁劝慰道：“臣闻辽主来书，无甚恶意，或因奉表请罪，仍旧还我宗社，亦未可知。”痴呆子语。太后也想不出别法，徐徐答道：“祸及燃眉，也顾不得许多了。他既致书与我，我也只好覆答一表，卿且为我缮草罢。”质乃再草一表。其文云：

晋室皇太后新妇李氏妾言：张彦泽、傅住儿至，伏蒙阿翁皇帝降书安抚。妾伏念先皇帝顷在并汾，适逢屯难，危同累卵，急若倒悬，智勇俱穷，朝夕不保。皇帝阿翁，发自冀北，亲抵河东，跋履山川，逾越险阻，立平巨孽，遂定中原。救石氏之覆亡，立晋朝之社稷。不幸先皇帝厌代，嗣子承祧，不能继好息民，反且辜恩亏义。兵戈屡动，驷马难追，戚实自贻，咎将谁执！今穹旻震怒，中外携离，上将牵羊，六师解甲，妾举宗负衅，视景偷生。惶惑之中，抚问斯至，明宣恩旨，曲示含容，慰谕丁宁，神爽飞越，岂谓已垂之命，忽蒙更生之恩！省罪责躬，九死未报。今遣孙男延煦、延宝，奉表请罪，陈谢以闻！

太后与重贵，把表文略瞧一周，便召入延煦、延宝，令他赍着表文，往谒辽营。相传延煦、延宝，系是重贵从子，重贵养为己儿，或说由重贵亲生，未知孰是。两人素居内廷，所兼节度使职衔，乃是遥领，并未莅任。此次入奉主命，只好赍表前去。那辽通事傅住儿，已入朝来宣辽主敕命，重贵无法拒绝，勉强出见。傅住儿令重贵脱去黄袍，改服素衣，下阶再拜，听读辽敕。重贵顾命要紧，不得已唯言是从，左右皆掩面而泣。满朝皆妇人，如何守国！

待傅住儿读毕出朝，重贵垂泪入内，特遣内侍往召张彦泽，欲与商量后事。彦泽不肯应召，但使内侍覆报道："臣无面目见陛下！"重贵还道他怀羞怕责，因此不来。再遣使慰召，彦泽微笑不应，自至侍卫司中，捏称晋主命令，召开封尹桑维翰入见。维翰应命前来，行至天街，适与李崧相遇，立马与谈。才说了一二语，有军吏行近维翰马前，长揖与语道："请相公赴侍卫司。"维翰料为彦泽所欺，势难免祸，乃语李崧道："侍中当国，今日国亡，反令维翰死事，究为何因？"崧怀惭自去。

维翰既入侍卫司，望见彦泽堂皇高坐，面色骄倨，不禁愤恨交并，指斥彦泽道："去年脱公罪戾，使领大镇，继授兵权，主上待公不薄，公奈何负恩至此！"彦泽无词可答，但令置诸别室，派兵看守。

一面索捕仇人，稍有嫌隙，无不处死。复纵兵大掠，掳得珍宝，多取为已有。贫民亦乘势闯入富家，杀人越货，抢劫至两昼夜，都城一空。彦泽所居，宝货山积，自谓有功北朝，日益骄横，出入骑从，常数百人，前面导着大旗，上书赤心为主四字。道旁士民，免不得笑骂揶揄。随军闻声拿捕，有几个晦气的，被他拿至彦泽面前，彦泽不问所犯，但瞋目竖起三指，便将犯人枭首。宣徽使孟承诲，匿避私第，也被彦泽捕至，结果性命。阁门使高勳，外出未归。彦泽乘醉入高勳家，勳有叔母及弟，出来酬应，片语未合，俱被杀死，陈尸门前。都下咸有戒心，差不多似豺虎入境，寝食不安。

先是彦泽尝为彰义军节度使，擅杀掌书记张式，甚至决口剖心，截断四肢。又捕住亡将杨洪，先截手足，然后处斩。河阳节度使王周，曾奏劾彦泽不法二十六条，刑部郎中李涛等，亦交章请诛，彦泽坐贬为龙武将军。后来御辽有功，因复擢用。上文所载桑维翰语，就指此事。补叙明白。

李涛时为中书舍人，私语所亲道："我若逃匿沟渎，仍不得免，何如亲自往见，听他处置！"遂大胆前往，至彦泽处投刺直入，朗声呼道："上疏请杀太尉人李涛，谨来请死！"彦泽欣就接见。且笑语道："舍人今日，可知惧否？"涛答道："涛今日惧足下，仿佛足下前日惧涛，向使朝廷早用涛言，何致有今日事！"彦泽益发狂笑，命从吏酌酒与饮。涛取饮立尽，从容自去，旁若无人。彦泽倒也无可如何。

未几令部兵入宫，胁迁重贵家属至开封府，宫中无不痛哭。重贵与太后李氏，皇后冯氏，得乘肩舆，宫人宦官十余名，随后步行。彦泽见重贵等携有金珠，又使人前语道："北朝皇帝，就要来京，库物却不应取藏哩。"重贵没法，悉数缴出。彦泽择取奇玩，余仍还封库中，留待辽主。及重贵等已入开封府署，更派控鹤指挥使李筠率兵监守，内外不通。汉奸比外夷更凶，彦泽可见一斑。重贵姑母乌氏公主，以金帛赂守卒，始得入见重贵及太后，相持一恸，诀别而归，夜自经死。倒还是个烈妇。重贵使取内库帛数匹，库吏不肯照给，且厉声道："这岂尚是晋主所有么？"重贵又向李崧求酒，崧语使人道："非敢爱酒，恐陛下饮酒后，更致忧躁，别生不测，所以不敢奉进。"宗社已失，还要酒帛何用，这是重贵自取其辱。重贵因所求不得，再欲召见李彦韬。待久不至，正在潸然泪下，忽由彦泽差来悍吏，硬索楚国夫人丁氏。丁氏系延煦母，年逾三十，华色不衰，为彦泽所垂涎。重贵禀白太后，不欲使往，太后当然迟疑。怎奈彦泽一再强迫，连太后亦不能阻难，丁氏更身不由主，被他载去。冶容诲淫，想总不能保全名节了！不索冯皇后，还保存重贵体面。是夕彦泽竟杀死桑维翰，用带加颈，遣报辽主，诡云维翰自缢身亡。辽主怅然道："我并不欲杀维翰，奈何自尽！"遂传命厚恤家属。晋将高行周、符彦卿，都诣辽营请降。辽主传入，两人拜谒帐前，但听辽主宣言道："符彦卿！你可记得阳城战事否？"见三十四回。彦卿答道："臣当日出战，但知为晋主效力，不暇他想，今日特来请罪，死生唯命！"你既知有晋主，到此何故变节！辽主解颐笑道："也好算一个强项士，我赦你前罪罢了！"彦卿拜谢，与高行周一同退出。

适延煦、延宝，奉表入帐，并呈上传国宝等，辽主览过表文，也不多言，唯接受传国宝时，却反复摩挲，最后问延煦道："这印可真吗？"延煦答言是真，辽主沉吟道："恐怕未必！"遂从案上取过片纸，草草写了数行，递给延煦道："你去交与重贵便了。"二人趋出，即返报重贵。重贵见辽主手书，乃是模模糊糊的汉文。略云：

> 大辽皇帝付与孙石重贵知悉，孙勿忧恐，必使汝有啖饭处。唯所献传国宝，未必是真，汝既诚心归降，速将真印送来！

重贵看了前数语，心下略略放宽。及瞧到后数语，又不免焦急起来，便自言自语道："我家只有此宝，奈何说是假的！"忽又猛然省悟道："不错！不错！"旁顾左右，只有愁容惨澹的妃嫔几个，没人可代为书状。乃援笔自书道：

> 先帝入洛京时，为伪主从珂自焚，传国旧宝，不知所在，想必与之俱烬。先帝受命，旋制此宝，臣僚备知此事。臣至今日，何敢藏宝勿献！谨此状闻。

这奏状着人递去，才免辽主诘责。嗣闻辽主渡河来京，意欲与太后前往奉迎，先告知张彦泽。彦泽不欲令见辽主，特遣人奏白辽主道："天无二日，宁有两天子相见路旁？"辽主依议，不许重贵郊迎，赵延寿等语辽主道："晋主既已乞降，当使衔璧牵羊，大臣舆榇，恭迎郊外。"辽主摇首道："我遣奇兵直取大梁，并非前往受降，何必用这般古礼！唯景延广前言不逊，很是可恨，应即速捕来！"遂派兵往捕延广，自引亲军渡河南行。途次传令晋臣，一切如故，朝廷制度，仍用汉仪。晋臣请备齐法驾，迎接辽主。辽主又覆报道："我方擐甲督兵，太常仪卫，尚未暇用，尽可不必施行！"

及行至封邱，景延广自来谒见。辽主怒责道："两国失欢，皆汝一人所致，汝尚敢来见我么？十万横磨剑，今日何在！"妙甚，趣甚！延广极口抵赖。辽主召乔荣入证，那延广尚不肯承认，经乔荣取出一纸，就是当日笔录，字迹分明。见三十三回。此时证据显然，百喙难辩。荣复证成延广罪案十条，每服一事，即授一筹。筹至八数，辽主忿然道："罪不胜诛，说他做甚！"延广浑身发抖，伏地请死。由辽主喝令锁着，押往北庭，延广夜宿陈桥，俟守兵少懈，扼吭而死。得免刀头痛苦，还是幸事。

时已岁暮，到了除夕这一日，晋廷文武百官，闻辽主翌日到京，夤夜出宿封禅寺。越日为正月元旦，百官在寺内排班，遥辞晋主，改服素衣纱帽，出迎辽主。但见辽兵整队前来，前步后骑，统是雄纠纠的健儿，声蹀蹀的壮马。当中拥着一位辽皇帝，貂帽貂裘，裹着铁甲，高坐逍遥马上，英气逼人。惹得晋臣眼花撩乱，慌忙匍匐道旁，叩头请罪。辽主见路左有一高阜，纵辔上登，笑盈盈的俯视晋臣，徐令亲军传谕，叫晋臣一律起身，仍易常服。晋臣三呼万岁，响彻云霄。越写越丑。

晋左卫上将军安叔千，起身出班，趋至高阜前，再行跪下，口作胡语。辽主哂道："汝就是安没字么？汝从前镇守邢州，已累表通诚，我尝记着，至今未忘。"叔千听着，好似小儿得饼，非常喜欢，便磕了几个响头，呼跃而退。毫无羞耻。他本喜习夷言，罕识汉文，时人呼为安没字，所以辽主亦如此相呼。

晋臣已皆起立，引导辽主入封邱门。才到门前，晋主重贵，偕太后等一齐出城，来迎辽主。辽主拒不令见，但使往寓封禅寺中，自率大军径入。城内百姓，惊呼骇走。辽主上登城楼，遣通事宣谕道："我亦犹人，汝等百姓，无庸惊慌，此后当使汝等苏息！我本无意南来，汉人引我至此哩！"百姓闻谕，稍稍安静。辽主再下楼入明德门，门内就是宫禁，他却下马拜揖，然后入宫。令枢密副使刘敏权知开封尹事。到了日暮，辽主仍出屯赤冈。不欲污乱宫闱，夷狄尚知礼义。

晋閤门使高勳，上诉辽主，谓张彦泽妄杀家人；百姓亦争投牒疏，详列彦泽罪状。辽主命将彦泽系至，宣示百官，问彦泽应否处死？百官统言应斩。辽主道："彦泽应加死刑，傅住儿亦不为无罪，索性叫他同死罢。"遂令并捕傅住儿，与彦泽绑至北市，派高勳监刑。号炮一响，双首齐落。彦泽前时所杀士大夫的子孙，俱绖杖来观，且哭且詈。高勳命将彦泽尸骸，断腕剖心，祭奠枉死诸人。百姓且破脑取髓，脔肉分食，顷刻即尽。未知延煦母丁氏意中如何？

辽主又命将晋主宫眷，尽徙入封禅寺，派兵把守。会连日雨雪，外无供亿，重贵等冻馁不堪。李太后使人语寺僧道："我尝饭僧至数万金，今日独不相念么？"可为施僧者鉴。僧徒谓虏意难测，不敢进食，太后哭泣不止。重贵复密求守兵，丐得粗粝烂饭，勉强充饥。过了数日，辽主颁下诏敕，废重贵为负义侯。晋自石敬瑭僭位，只得一传，共计二主，凑成十一年而亡。小子有诗叹道：

大敌当前敢倒戈，皇纲不正叛臣多；
追原祸始非无自，成也萧何败也何！

重贵被废后，还要迁他到黄龙府。欲知底细，请看官续阅下回。

观本回杜威、张彦泽事，令人发指，但亦由石氏自取其咎耳。石敬瑭为明宗婿而灭唐，杜威为石氏婿而灭晋，报应显然，何足深怪！张彦泽反颜事仇，为虏效力，屠掠京邑，劫辱帝妃，罪较杜威为尤甚，然当日杀人负罪，廷臣交章请诛，石氏何为姑息养奸，略从贬抑，便即迁擢，仍使之典握兵权，倒戈反噬耶！况石重贵奸淫叔母，宠信佞臣，太后屡诫不知悛，谋臣献议不知纳，国危身辱，仓皇出降，不亦宜乎！故有石敬瑭之为父，必有石重贵之为子，其父暴兴，其子暴亡，因果诚不爽哉！

第三十七回　迁漠北出帝泣穷途
镇河东藩王登大位

却说辽主废去晋主重贵，且令徙往黄龙府。黄龙府本渤海扶余城，辽太祖东征渤海，还至城下，见有黄龙出现城上，因改号为黄龙府。重贵闻要徙至辽东，哪得不慌，那得不悲！就是李太后以下诸宫眷，统是相向号泣，用泪洗面。有何益处？辽主却使人传语李太后道："闻重贵不从母言，因致覆亡。汝可自便，不必与重贵偕行。"李太后泣答道："重贵事妾甚谨，不过违背先君，失和上国，所以一举败灭。今幸蒙大恩，全生保家，母不随子，将安所归？"语亦太迂。

辽主乃仍自赤岗入宫，所有内外各门，统派辽兵守卫。每门磔犬洒血，并用竿悬挂羊皮，作为厌胜。当下面谕晋臣道："从今以后，不修甲兵，不买战马，轻赋省役，好与天下共享太平了。"遂撤消东京名目，降开封府为汴州，府尹为防御使。辽主改服中国衣冠，百官起居，悉仍旧制。赵延寿荐引李崧，说他才可大用。还有辽学士张砺，从前也做过晋臣，与延寿同时降辽，亦谓崧可入相，辽主因授崧为太子太师，充枢密使。适威胜军节度使冯道，自邓州入朝，辽主亦素闻道名，即时召见。道拜谒如仪，辽主戏问道："你是何等老子？"道答道："无才无德，痴顽老子。"辽主不禁微笑，又问道："汝看天下百姓，如何救得？"道应声道："此时即一佛出世，亦恐救不得百姓；唯皇帝尚可救得呢。"无非面谀。辽主甚喜，仍令道守官太傅，充枢密顾问。随即遣使四出，颁诏各镇，诸藩争上表称臣。独彰义节度使史匡威，据住泾州，不受辽命。雄武节度使何重建，手刃辽使，举秦、成、阶三州降蜀。

杜威自降辽后，仍复名重威，率部众屯驻陈桥。辽主在河北时，恐他兵众生变，曾令缴出铠仗数百万，搬贮恒州，战马数万，驱归北庭。及辽主渡河入梁，意欲派遣胡骑，驱众入河，尽行处死。部将谓他处晋兵，闻风知惧，必皆拒命，不若权时安抚，缓图良策。辽主虽然罢议，心中总不能无疑，所以供给不时，累得陈桥戍卒，昼饿夜冻，怨骂重威。

重威不得已表达军情，辽主召赵延寿入议，仍欲尽诛晋兵。延寿道："皇帝亲冒矢石，取得晋国，是归诸己有呢？还是替他人代取呢？"辽主变色道："我倾国南征，五年不解甲，才得中原，难道甘心让人么？"延寿又道："晋国南有唐，西有蜀，皇帝可曾闻知否？"辽主道："如何不闻！"延寿复道："晋国东自沂密，西及秦凤，延袤数千里，接连吴蜀，晋尝用兵防守，连年不懈。臣想南方暑湿，非北人所能久居，他日车驾北归，无兵守边，吴蜀必乘虚入寇，恐中原仍非皇帝所有，岂不是历年辛苦，终归他人么！"辽主愕然道："我未曾料到此着，据汝所说，今将奈何？"延寿道："最好将陈桥降卒，分守南边，吴蜀便不能为患了。"辽主道："我前在潞州，一时失策，尽把唐兵授晋，晋得此兵，反与我为仇，转战数年，才得告捷。今幸入我手，若非悉数歼除，后患仍不浅哩！"延寿道："从前留住晋兵，不质妻孥，故有此患，今若将戍卒家属，徙置恒、定、云、朔间，每岁分番，使戍南边，料他必顾念妻子，不敢生变。这却是目前上策哩！"辽主方才称善，即命陈桥降卒，分遣还营。

看官！你道延寿此言，是为辽呢？是为晋呢？还是为降卒呢？小子不必评断，但看上文辽主与延寿言，许他为中国皇帝，他喜出望外，便可知他的心术，话中有话了。含蓄得妙。

且说晋主重贵，得辽主敕命，迁往黄龙府，重贵不敢不行，又不欲遽行，延挨了好几日。那辽主已派骑士三百名，迫令北迁，没奈何挈眷起行。除重贵外，如皇太后李氏，皇太妃安氏，皇后冯氏，皇弟重睿，皇子延煦、延宝，相偕随往。还有宫嫔五十人，内官三十人，东西班五十人，医官一人，控鹤官四人，御厨七人，茶酒三人，仪銮司三人，亲军二十人，一同从行。辽主又派晋相赵莹，枢密使冯玉，都指挥使李彦韬，伴送重贵。沿途所经，州郡长吏，不敢迎奉。就使有人供馈，也被辽骑攫去。可怜重贵以下诸人，得了早餐，没有晚餐，得了晚餐，又没有早餐，更且山川艰险，风雨凄清，触目皆愁，噬脐何及！回忆在大内时，与冯后等调情作乐，谑浪笑傲，恍同隔世。富贵原是幻梦。

及入磁州境内，刺史李縠，迎谒路隅，相对泣下。縠且泣且语道："臣实无状，负陛下恩！"重贵流涕不止，仿佛似有物堵喉，一语都说不出来。縠倾囊献上，由重贵接受后，方说了"与卿长别"四字！辽兵不肯容情，催縠速去，縠乃拜别重贵，自返磁州。重贵行至中渡桥，见杜重威寨址，慨然愤叹道："我家何负杜贼，乃竟被他破坏！天乎天乎！"说至此，不禁大恸。谁叫你信任此贼！左右勉强劝慰，方越河北趋。

到了幽州，阖城士庶，统来迎观。父老或牵羊持酒，愿为献纳，都为卫兵叱去，不令与重贵相见。重贵当然悲惨，州民亦无不唏嘘。至重贵入城，驻留旬余，州将承辽主命，犒赏酒肉。赵延寿母，亦具食馔来献，重贵及从行诸人，才算得了一饱。

既而自幽州启行，过蓟州、平州，东向榆关，榛莽塞路，尘沙蔽天，途中毫无供给，大众统饿得饥肠辘辘，困顿异常。夜间住宿，也没有一定馆驿，往往在山麓林间，瞌睡了事。幸喜木实野蔬，到处皆有，宫女从官，自往采食，尚得疗饥。重贵亦借此分甘，苟延残命。

又行七八日至锦州，州署中悬有辽太祖阿保机画像，辽兵迫令重贵等下拜。重贵不胜屈辱，拜后泣呼道："薛超误我！不使我死。"求死甚易，恐仍口是心非。再走了五六日，过海北州。境内有东丹王墓，特遣延煦瞻拜。嗣是渡辽水抵渤海国铁州，迤逦至黄龙府，大约又阅十余天，说不尽的苦楚，话不完的劳乏。李太后、安太妃两人，年龄已高，委顿的了不得。安太妃本有目疾，至是连日流泪，竟至失明。就是冯皇后以下诸妃嫔，均累得花容憔悴，玉骨销磨，这真所谓物极必反，数极必倾，前半生享尽荣华，免不得有此结果呢！当头棒喝。

辽主德光，已将重贵北迁，据有中原。遂号令四方，征求贡献。镇日里纵酒作乐，不顾兵民。赵延寿请给辽兵饷糈，德光笑道："我国向无此例，如各兵乏食，令他打草谷罢了。"看官道打草谷三字，作何解释？原来就是劫夺的别名，自辽主有此宣言，胡骑遂四出剽掠，凡东西两京畿，及郑、滑、曹、濮数百里间，财畜俱尽，村落一空。

辽主又尝语判三司刘昫道："辽兵应有犒赏，速宜筹办！"刘昫道："府库空虚，无从颁给，看来只有括借富民了！"辽主允诺。遂先向都城士民，括借钱帛，继复遣使数十人，分诣各州，到处括借。民不应命，即加苛罚。百姓痛苦异常，不得已倾产输纳。哪知辽主并未取作犒赏，一古脑儿贮入内库，于是内外怨愤，连辽兵亦都解体了。

杨光远子承勳，由汝州防御使，调任郑州。见三十三回。辽主因他劫父致死，召令入都，承勳不敢不至。及进谒辽主，被辽主当面呵斥，且置诸极刑，令部兵脔割分食。别用承勳弟承信为平卢节度使，使承杨氏宗祀。匡国军节度使刘继勳，曾参预绝辽政策，至是入朝辽主，亦为辽主所责，命他锁住，将解送黄龙府。宋州节度使赵在礼，闻辽将述轧、拽剌等，入据洛阳，急自宋趋洛，进谒辽将。述轧、拽剌踞坐堂上，绝不答礼，反勒令献出财帛。在礼很是愤闷，但托言入朝大梁，再行报命。侥幸脱身，转趋郑州，接得刘继勳被拘消息，自恐不免，便在马枥间缢死。死已晚矣。辽主闻在礼死耗，方将继勳释出，继勳已惊慌成疾，未几毕命。为此种种情事，遂致各镇耽忧，别思拥戴一尊，驱逐胡兵。可巧河东节度使刘知远，乘势崛起，雄长西陲，于是中原帝统，迫归刘氏身上，又算做了一代的乱世君主。特笔提出，成一片段。

刘知远镇守河东，本来是蓄势待时，审机观变，所以晋主绝辽，他亦明知非策，始终未尝入谏。及辽主入汴，亟派兵分守四境，防备不虞，且恐辽兵强盛，一时不便反抗，特遣客将王峻，赍奉三表，驰往大梁。一是贺辽主入汴，二是说河东境内，夷夏杂居，随在须防，所以未便离镇入朝，三是因辽将刘九一，驻守南川，有碍贡道，请将刘军调开，俾便入贡。辽主德光，览毕表文，很是喜欢，便令左右拟诏褒奖。诏书草定，由辽主过目，特提起笔来，将刘知远三字上，加一儿字。又取出木枴一支，作为赐物，命王峻持诏及枴，还报知远。向例辽主赏赐大臣，以木枴为最贵，大约如汉朝旧制，颁赐几杖相似。辽臣中唯皇叔伟王，才得此物。王峻负枴西行，辽兵望见，相率避路，可见得这枝木枴，是非常郑重的意思。

及峻到河东，覆报知远，呈上辽主诏书，及所赐木枴，知远略略一瞧，并没有什么稀罕，但问及大梁情形。峻答道："辽主贪残，上下离心，必不能久有中原，大王若举兵倡义，锐图兴复，海内定然响应，胡儿虽欲久居，也不可得了！”知远道：“我递去三表，原是缓兵计策，并不是甘心臣虏。借知远口中，说出贲表本意。但用兵当审察机宜，不可妄动，今辽兵新据京邑，未有他变，怎可轻与争锋，好在他专嗜财货，欲壑已盈，必将北去。况且冰雪已消，南方卑湿，虏骑断不便久留。我乘他北走，进取中原，方可保万全了。”计策固是，奈百姓何！于是按兵不发，专俟大梁动静，再定进止。

辽主未得知远谢表，疑有贰心，又派使催贡方物。知远乃遣副留守白文珂入献奇缯名马。辽主面语文珂道：“汝主帅刘知远，既不事南朝，又不事北朝，究竟怀着什么意思？”文珂权词解免。经辽主令他回报，即兼程西归，报明知远。孔目官郭威在侧，便即进言道：“虏恨已深，不可不防！”知远道：“且再探听虚实，起兵未迟。”

忽由大梁传到辽诏，上书大辽会同十年，大赦天下。知远大惊道：“辽主颁行正朔，宣布赦文，难道真要做中国皇帝么？”行军司马张彦威入劝道：“中原无主，唯大王威望日隆，理应乘此正位，号召四方，共逐胡虏。”知远笑道：“这却未便，我究竟是个晋臣，怎可背主称尊！且主上北迁，我若可半道截回，迎入太原，再谋恢复，庶几名正言顺，容易成功了。”遂下令调兵，拟从丹陉口出发，往迎晋主。特派指挥使史弘肇，部署兵马，预戒行期。

看官！你道刘知远的举动，果是真心为晋么？他探听得大梁消息，多推尊辽主为中国皇帝，不禁心中一急，因急生智，独想出一个迎主的名目，试验军情。揭出肺肠。究竟大梁城内，是何实迹？小子不得不据实叙明。

辽主德光，入据大梁，已经匝月，乃召晋百官入议，开口问道：“我看中国风俗，与我国不同，我不便在此久留，当另择一人为主，尔等意下如何？”语才说毕，即听得一片喧声，或是歌功，或是颂德，结末是说的中外人心，都愿推戴皇帝。大家都是摇尾狗。辽主狞笑道：“尔等果是同情么？”语未已，又听了几十百个是字。辽主道：“众情一致，足见天意，我便在下月朔日，升殿颁敕便了。”大众才退。

到了二月朔日，天色微明，晋百官已奔入正殿，排班候着。但见四面乐悬，依然重设，两旁仪卫，特别一新。大众已忘故主，只眼巴巴的望着辽主临朝。好容易待至辰牌，才闻钟声震响，杂乐随鸣，里面拥出一位华夷大皇帝，戴通天冠，着绛纱袍，手执大珪，昂然登座。晋百官慌忙拜谒，舞拜三呼。极写丑态。朝贺礼毕，辽主颁正朔，下赦诏，当即退朝。

晋百官陆续散归，都道是富贵犹存，毫无怅触。独有一个为虎作伥的赵延寿，回居私第，很是怏怏。他本由辽主面许，允立为帝，见三十三回。此时忽然变幻，无从称尊，一场大希望，化作水中泡，那得不郁闷异常，左思右想，才得一策，越日即进谒辽主，乞为皇太子。亏他想出。辽主勃然道："你也太误了！天子儿方可做皇太子，别人怎得羼入！"延寿连磕数头，好似哑子吃黄连，说不出的苦衷。辽主徐说道："我封你为燕王，莫非你还不足么？我当格外迁擢便了。"延寿又不好多嘴，只得称谢而出。辽主乃召入学士张励，令为赵延寿迁官。时方号恒州为辽中京，张励因奏拟延寿为中京留守，大丞相录尚书事都督中外诸军事，兼枢密使。辽主见了奏草，援笔涂去二语，单剩得中京留守兼枢密使八字，颁给延寿。延寿不敢有违，唯益怨辽主食言，越加愤愤。

谁知赵延寿未得称帝，刘知远恰自加帝号，居然与辽抗衡。河东指挥使史弘肇，奉知远命，召诸军至球场，当面传言，令他即日迎主。军士齐声道："天子已被掳去，何人作主？现在请我王先正位号，然后出师！"弘肇转白知远，知远道："虏势尚强，我军未振，宜乘此建功立业，再作计较。士卒无知，速应禁止乱言！"恐非由衷之论。遂命亲吏驰诣球场，传示禁令。军士方争呼万岁，俟闻禁令传下，方才少静，次第归营。

是夕即由行军司马张彦威等，上笺劝进，知远尚不肯允。翌日复迭上二笺，知远乃召郭威等入商。郭威尚未开言，旁有都押衙杨邠进言道："天与不取，反受其咎，王若再谦让不居，恐人心一移，反致生变了！"郭威亦接入道："杨押衙所言甚是，愿王勿疑！"知远道："我始终未忍忘晋，就使权宜正位，也不应骤改国号，另颁正朔。"郭威道："这也何妨！"知远乃诹吉称尊，择定二月辛未日，即皇帝位。

届期这一日，知远在晋阳宫内，被服衮冕，登殿受朝。将吏等联翩拜贺，三呼万岁。即由知远传制，仍称晋朝，唯略去开运年号，复称天福十二年。蹊跷得很。礼成还宫，又传谕诸道，凡为辽括借钱帛，一概加禁。且指日出迎故主，令军士部署整齐，护驾启行。已经称帝，还要迎什么故主，这明是掩耳盗铃。小子记得唐朝袁天罡与李淳风同作推背图，曾传下谶语道：

宗亲散尽尚生疑，岂识河东赤帝儿！
顽石一朝俱烂尽，后图唯有老榴皮。

自刘知远称帝后，人始能解此谶文，首句是隐斥石重贵，次句是借汉高祖的故事，比例知远，三句是本辽主石烂改盟语，见二十八回。见得辽主灭晋，石已烂尽，应该易姓，四句老榴皮，是榴刘同音，作为借映。此语未免牵强。照此看来，似乎万事都有定数呢。闲文少表，且请看官续阅下回，再叙刘知远出兵详情。

前半回叙及晋主北迁，写出无限痛苦，为后世乱政失国者，作一龟鉴。李太后以下，随往沙漠，历受艰辛，尚足令人叹息。若如冯氏之嫁侄失节，得为皇后，始若以为可幸，及北徙以后，奔波劳悴，求死不得，乃知有奇福者必有奇祸，守节者未必果死，失节者亦未必幸生也。后半回叙刘知远事，见得知远之处心积虑，无非私图。彼于《五代史》中，得国可谓较正，乃以堂堂正正之举，反作鬼鬼祟祟之为，忽臣晋，忽臣辽，忽欲自帝，心术不纯，终属可鄙，以视豁达豪爽之刘季，相去为何如耶？上下数千年，得汉高祖二人，名同迹异，优劣固自有别也。

第三十八回　闻乱惊心辽主遄返　乘丧夺位燕王受拘

却说刘知远已即位称帝，才亲督军士，出发寿阳，托词北趋，邀迎故主。是时石重贵等，早已过去，差不多要到黄龙府，哪里还能截回？知远乃分兵戍守，自率亲军还入晋阳。假惺惺何为。当下拟敛取民财，犒赏将士，将士巴不得有重赏，当然没有异言。独有一位新皇内助，闻知此事，便乘知远入宫时，直言进谏道："国家创业，虽由天意，但亦须与民同治。陛下即位，不闻惠民，先欲剥民，这岂是新天子救民的本意，妾请陛下毋取民财！"知远皱眉道："公帑不足，如何是好？"语未毕，又听得答语道："后宫颇有积蓄，何妨悉数取出，赏劳各军！就使不能厚赏，想各军亦当原谅，不生怨言。"知远不禁改容道："卿言足豁我心，敬当从命！"遂检出内库金帛，尽行颁赏，军士格外感激，愈加欢跃。看官道这位贤妇，系是何人？原来是刘夫人李氏。李氏本晋阳农女，颇有才色，知远为校卒时，牧马晋阳，偶然窥见李氏，便欲娶她为妻，先向李家求婚。偏李家不愿联姻，严词拒绝，惹得知远性起，邀同伙伴，夤夜闯入李家，把李氏劫取回来。实是强盗行为。李家素来微贱，无从申诉，只好由他劫去。李氏不得脱身，没奈何从了知远，成为夫妇，不意遇难成祥，转祸为福，知远迭升大官，进王爵，握兵权，李氏随夫贵显，亦得受封为魏国夫人。农家女得此厚福，可谓难得！此次知远为帝，事出匆匆，未及立后，李氏已乘隙进言，情愿将半生私积，一并充公。农家女有此大度，怪不得身受荣封，转眼间就为国母了。

这且慢表。且说辽主德光，闻知远称帝河东，勃然大怒，立夺知远官爵，派通事耿承美为昭义节度使，守住泽潞，高唐英为彰德节度使，守住相州，崔廷勳为河阳节度使，守住孟州。三面扼定，断绝河东来路，且好相机进攻。哪知各处人民，苦辽贪虐，又经游兵辗转招诱，相聚为盗，所在揭竿。

滏阳贼帅梁晖，集众千人，送款晋阳，愿效驱策，磁州刺史李穀，也遣人密报知远，令晖往袭相州。晖侦知相州空虚，高唐英尚未到来，急率壮士数百名，乘夜潜行，直抵相州城下。城上毫无守备，便悄悄的架起云梯，有好几十个趫捷健儿，陆续登城。城内尚未闻知，直至健儿下城启关，纳入众人，一哄儿杀将进去，守城将吏，才得惊醒。急切如何抵御，只得拼命闯出，夺路飞跑，一半送命，一半逃生。梁晖入据相州，自称留后，一面报捷晋阳。

还有陕府指挥使赵晖、侯章，及都头王晏等，杀死辽监军刘愿，悬首府门。众推赵晖为留后，侯章为副，奉表晋阳，输诚投效。

刘知远闻两处响应，即欲进取大梁。郭威道："晋代未平，不宜远出，且先攻取二州，然后规划大梁。"知远乃遣史弘肇率兵五千，往攻代州。

代州刺史王晖，背晋降辽，总道是高枕无忧，忽闻晋阳兵到，慌忙调兵守城。无如兵难猝集，敌已先登，霎时间满城皆敌，无处逃避，立被河东兵拘住，牵至史弘肇马前，一刀毕命。

代州既下，晋州亦相继归顺。原来知远登极，曾遣部吏张晏洪、辛处明等，招谕晋州。适晋州留后刘在明，往朝辽主，由副使骆从朗，权知州事，从朗拘住张、辛二使，置诸狱中。可巧辽吏赵熙，奉命驰至，括借民财。从朗格外巴结，相助为虐，民不聊生。大将药可俦，代抱不平，且闻河东势盛，有意归向，乃纠众攻杀从朗，并戮赵熙，就在狱中释出张、辛二使，推张为留后，辛为都监。张、辛便奏报晋阳，知远自然欣慰。

接连是潞州留后王守恩，亦上表输诚，又未几得澶州表章，乞请速援。澶州已为辽属，由辽将耶律郎五或作郎乌，亦作郎鄂。居守，郎五贪酷，为吏民所苦。水运什长王琼，连接盗首张乙，得千余人，袭据南城，围攻郎五。郎五一面拒守，一面求救。王琼亦恐辽兵来援，寡不敌众，忙令弟超奉表晋阳，求发援师。知远召超入见，赏赉甚厚，越日遣还，但言援兵即发。超驰回澶州，琼已败死，徒落得怅断鸰原，自寻生路罢了！连叙数事，为辽去汉兴之兆。

唯辽主迭闻变乱，未免心惊，乃遣天雄军节度使杜重威，泰宁军节度使安审琦，武宁军节度使符彦卿等，各归原镇，用汉官治汉人，冀免反抗，仍用亲吏监军。适赵延寿新赋悼亡，意欲续婚。他的妻室，即燕国公主，本是唐明宗女。尚有妹子永安公主，出居洛阳，延寿闻阿姨有姿，遂请诸辽主，愿以妹代姊。辽主当然允诺。即遣人至洛，迎永安公主入京。

这永安公主，是许王从益胞妹，素由王德妃抚养。石敬瑭篡唐即位，曾迎王德妃母子，留养宫中。且封从益为郇国公，继承唐祀。见二十九回。至重贵嗣立，动加猜忌，王德妃自请出外，挈领从益兄妹，往居洛阳。此时接得辽敕，王德妃是一女流，怎敢违慢，即与郇国公从益，送永安公主入京，亲主婚礼，顺便请谒辽主。辽主德光，亦下座答礼，且语王德妃道："明宗与我约为弟兄，尔是我嫂，怎好受拜！"胡人尚顾名分。德妃令从益入谒，辽主亦欢颜相待，令母子俱居客馆。已而婚嫁礼毕，王德妃母子，向辽主辞行。辽主面授从益为彰信军节度使。德妃以从益年少，未达政事，替他代辞。辽主乃令随母还洛，仍封从益为许王。自己尚欲留主中原，命张砺、和凝同平章事，且亲临崇元殿，易服赭袍，令晋臣行入阁礼。唐朝故事，天子正殿叫作衙，便殿叫作阁，辽主饬行入阁礼，无非随时咨问，求治弭乱的意思。

不料礼仪甫定，那宋、亳、密各州，俱有警报，并称为盗所陷。辽主长叹道："中国人如此难制，正非我所意料！"嗣是惹动归思，即拟北返，天气渐暖，春光将老，辽主越不耐烦，便召晋臣入谕道："天时向暑，我难久留，意欲暂归北庭，省问太后。此处当留一亲将，令为节度使，料亦不至生变。"晋臣齐声道："皇帝怎可北去！如因省亲不便，何妨派使奉迎。"辽主道："太后族大，好似古柏蟠根，不便移动。我意已定，无容多议了！"晋臣不敢再言，纷纷退出。已而有诏颁下，复称汴梁为宣武军，令国舅萧翰为节度使，留守汴梁。翰系述律太后的兄子，有妹为辽主后，赐姓为萧，于是辽国后族，世称萧氏。

辽主欲令晋臣一并从行，嗣恐摇动人心，乃只命文武诸司，及诸军吏卒，随往北庭，统计已达数千人，又选宦官宫女数百名，饬令随侍，所有库中金帛，悉数捆载整装起行。萧翰送辽主出城，仍然还守。辽主向北进发，见沿途一带，村落皆空，却也不免唏嘘，立命有司发榜数百纸，揭示人民，招抚流亡。偏胡骑性喜剽掠，遇有人民聚处的地方，仍往劫夺，辽主也未尝禁止。夷夏大防，万不可溃，一溃防闲，必罹此祸。昼行夜宿，到了白马津，率众渡河，顾语宣徽使高勳道："我在北庭，每日射猎，很觉适意。自入中原后，局居宫廷，毫无乐趣，今得生还，虽死无遗恨了！"死在目前。

行抵相州，正值辽将高唐英围攻州城，与梁晖相持不下。辽主纵兵助攻，顿时陷入，梁晖巷战亡身。城中所有男人，悉被屠戮，婴儿赤子，由胡骑掷向空中，举刃相接，多半刳腹流肠，或竟坠落地上，跌作肉饼。妇女杀老留少，驱使北去，留高唐英守相州。唐英检阅城中遗民，只剩得七百人，髑髅约十数万具。看官试想，惨不惨呢！

辽主闻磁州刺史李穀，密通晋阳，派兵拘至，亲加质讯。穀诘问证据，反使辽主语塞，佯从车中引手，索取文书。经穀窥破诈谋，乐得再三穷诘，声色不挠。辽主竟被瞒过，乃命释归。算是大幸。

嗣因所过城邑，满目萧条，遂遍语蕃、汉群臣道："使中国如此受殃，统是燕王一人的罪过。"又顾相臣张砺道："汝也算一个出力人员！"虎伥原是可恨，虎亦不谓无罪。砺俯首怀惭，无言可答，闷闷的随向北行，毋庸细述。

独宁国军都虞侯武行德，为辽主所遣，与辽吏督运兵仗，用舟装载，自汴入河，溯流北驶。行德麾下，有士卒千余人，驶至河阴，密语士卒道："我等为虏所制，离乡远去，人生总有一死，难道统去做外国鬼么？今虏主已归，虏势渐衰，何不变计逐虏，据守河阳，待中原有主，然后臣服，岂不是一条好计呢！"士卒一体赞成，愿归驱使，行德遂举舟中甲仗，分给士卒，一声号令，全军俱起，把辽吏砍成肉泥，乘势袭击河阳城。辽节度使崔廷勳，方派兵助耿廷美，进攻潞州，城内无备，突被行德杀入，逐去廷勳，据住河阳，令弟行友持奉蜡书，从间道驰诣晋阳，表明诚意。

那时潞州留守王守恩，已向晋阳告急，刘知远命史弘肇为指挥使，率兵援潞。弘肇用部将马诲为先锋，星夜进兵，驰诣潞州城下，寂静无声，并不见有辽兵，马诲大起疑心。及王守恩出城相迎，两下晤谈，方知辽兵闻有援师，已经退去。马诲奋然道："虏闻我军到来，便即退兵，这是古人所谓弩末呢。我当前往追击，杀敌报功！"正说着，史弘肇继至，即由马诲请令，麾兵追虏。途中遇着辽兵，大呼直前，挟刃齐进，好似风扫落叶一般，不到一时，已枭得虏首千余级，余众遁去。

马诲方奏凯回军，辽将耿崇美退保怀州，崔廷勳亦狼狈奔至。就是洛阳辽将拽剌等，亦闻风胆落，趋至怀州，与崇美、廷勳等会晤，相对咨嗟，且会衔报闻辽主。

辽主得报，大为失意，继且自叹道：“我有三失，怪不得中国叛我呢！我令诸道括钱，是第一失；纵兵打草谷，是第二失；不早遣诸节度使还镇，是第三失。如今追悔无及了！”前责人，后责己，尚非愚愎者比。看官听着！辽主德光，也是一个好大喜功的雄主，此番大举入汴，到处顺手，已经如愿以偿，但他尚思久据中原，偏偏不能满意，连得许多警耗，由愤生悔，由悔生忧，竟至恹恹成疾。到了栾城，遍体苦热，用冰沃身，且沃且啖。及抵杀狐林，病势愈剧，即日毕命。

亲吏恐尸身腐臭，特剖腹贮盐，腹大能容积盐数斗，乃载尸归国，晋人号为帝羓。辽太后述律氏，抚尸不哭，且作恨辞道：“汝违我命，谋夺中原，坐令内外不安，须俟诸部宁一，才好葬汝哩。”

原来辽主一死，形势立变，赵延寿恨主背约，首先发难。他本内任枢密，遥领中京，至是扈跸前驱，欲借中京为根据地。便引兵先入恒州，且语左右道：“我不愿再入辽京了！”哪知人有千算，天教一算，似这卖国求荣，糜烂中原的赵延寿，怎能长享富贵，得使考终！借古讽世，是著书人本意。延寿入恒州时，即有一辽国亲王，蹑迹前来，亦带兵随入。延寿不敢拒绝，只好由他进城。这辽亲王为谁？乃是耶律德光的侄儿，东丹王突欲的长子。突欲奔唐，唐赐姓名为李赞华，留居京师。赞华为李从珂所杀，事见前文。独突欲子尚留北庭，未尝随父归唐。看官欲问他名字，乃是叫作兀欲。旧作乌裕，亦作鄂约。德光因他舍父事己，目为忠诚，特封为永康王。

兀欲随主入汴，复随主归国，尝见延寿怏怏，料他蓄怨，特暗地加防。此次追踪而至，明明是夺他根据。一入城门，即令门吏缴出管钥，进至府署，复令库吏缴出簿籍，全城要件，已归掌握，辽将又多半归附，愿奉他为嗣君。兀欲登鼓角楼，与诸将商定密谋，择日推戴。那赵延寿尚似在睡梦中，全然没有知晓，反自称受辽主遗诏，权知南朝军国事，且向兀欲要求管钥簿籍，兀欲当然不许。

有人通知延寿道：“辽将与永康王聚谋，必有他变，请预备为要。今中国兵尚有万人，可借以击虏，否则事必无成！”延寿迟疑未决，后来想得一法，拟于五月朔日，受文武官谒贺。晋臣李崧入语道：“虏意不同，事情难测，愿公暂从缓议。”延寿乃止。

辽永康王兀欲，闻延寿将行谒贺礼，即与各辽将商定，届期掩击。嗣因延寿罢议，不得不另想别法。可巧兀欲妻自北庭驰至，探望兀欲，兀欲大喜道：“妙计成了，不怕燕王不入彀中。”遂折东往邀延寿，及张砺、和凝、冯道、李崧等，共至寓所饮酒。延寿如约到来，就是张砺以下，皆应召而至。兀欲欢颜迎入，请延寿入坐首席，大众依次列坐，兀欲下坐相陪。酒醴具陈，肴核维旅。彼此饮了好几觥，谈了许多客套话，兀欲方语延寿道：“内子已至，燕王欲相见么？”延寿道：“妹果来此，怎得不见！”即起身离座，与兀欲欣然入内，去了多时，未见出来，李崧颇为担忧。和凝、冯道私问张砺道：“燕王有妹适永康王么？”张砺摇首道：“并非燕王亲妹，我与燕王在辽有年，始知永康王夫人，与燕王联为异姓兄妹，所以有此称呼。”借张砺口中说明，无非倒戟而出之笔法。道言未绝，兀欲已由内出外，独不见延寿偕出。李崧正要启问，兀欲笑语道：“燕王谋反，我已将他锁住了！”这语说出，吓得数人面面相觑，不发一言。兀欲复道：“先帝在汴时，遗我一筹，许我知南朝军国事，至归途猝崩，并无遗诏。燕王怎得擅自主张，捏称先帝遗命，唯罪止燕王一人，诸公勿虑。请再饮数觥！”和凝、冯道等唯唯听命，勉强饮毕，告谢而出。

越日由兀欲下令，宣布先帝遗制，略云：“永康王为大圣皇帝嫡孙，人皇王长子，太后钟爱，群情允归，可就中京即皇帝位。”看官阅此，当知遗制为兀欲所捏造。但恐未知大圣皇帝，及人皇王为何人？小子应该补叙明白。大圣皇帝，就是辽太祖阿保机的尊谥，人皇王就是突欲。阿保机在世时，自称天皇王，号长子突欲为人皇王，因此兀欲捏造遗制，特别声明。兀欲始举哀成服，传讣四方，并遣人报知述律太后。太后怒道：“我儿平晋国，取中原，有大功业，伊子留侍我侧，应该嗣立。人皇王叛我归唐，兀欲为人皇王子，怎得僭立呢！”当下传谕兀欲，令取消成议。兀欲哪里肯从，竟在恒州即皇帝位，受蕃汉各官朝贺。寻即撤去丧服，鼓吹作乐，声彻内外。

忽闻述律太后，将发兵声讨，便恨恨道：“我不逼人，人且逼我，这尚可坐视么？”遂命亲将麻答守恒州，并晋臣文武吏卒，一概留住，自率部兵北行。选得宫女、宦官、乐工数百人，随从马后。最后复有军士数十名，押着一乘囚车，内坐一个燕王赵延寿，揶揄极了。小子走笔至此，口占一诗，随笔录出，为赵延寿写照。诗云：

失身事虏已堪羞，况复甘心作寇仇！
自古贤奸终有报，好从马后看羁囚。

兀欲北去，刘知远南来。欲知南北各事，且看下回分解。

辽主之不能久据中原，或谓由天限华夷，迫令北返，是实不然。当时廉耻道丧，官吏以送旧迎新为得计。中原人民，手无尺寸柄，畴能反抗强虏？假令辽主入汴，但以噢咻小惠，笼络臣民，中国可坐而定也。误在贪酷残虐，激成众怨，遂致枭桀四起，与辽为难。辽主怅然北归，自陈三失，亶其然乎！赵延寿叛唐降辽，又引辽灭晋，嗣复欲背辽自主，居心叵测，不可复问。辽永康王兀欲，一举而拘絷之，诚为快事。且其称帝恒州，亦非全然无理，立嫡以长，古有明训，谁令辽太后溺爱少子，舍长立幼，违大经而生巨变，正辽太后之自取也！于兀欲乎何尤！

第三十九回　故妃被逼与子同亡
御史敢言奉母出戍

却说赵延寿为兀欲所拘，带归辽京，消息传至河东，河东军将，以河中节度使赵匡赞，为延寿子，正好乘势招谕，劝他归降。刘知远依议办理，派使至河中宣抚。既而传说纷纷，言延寿已死，再由郭威献策，着人往河中吊祭。其实延寿还是活着，过了二年，始受尽折磨，瘐死狱中。只难为永安公主。

知远遂召集将佐，商议进取，诸将哗声道："欲取河南，应先定河北。为今日计，不若出师井陉，攻取镇、魏二州。镇州即恒州。二镇得下，河北已定，河南自拱手臣服了。"知远沉吟道："此议未免迂远，我意从潞州进行。"言至此，有一人抗声谏阻道："两议皆未可行。今虏主虽死，党众尚盛，各据坚城。我出河北，兵少路迂，旁无应援，倘群虏合势共击，截我前锋，断我后路，我不能进，又不能退，援绝粮尽，如何支持！这是万不可行的。若从潞州进兵，山路险窄，粟少兵残，未能供给大军，亦非良策。臣意谓应从陕、晋进发，陕、晋二镇，新近款附，引兵过境，必然欢迎，饷通路便，万无一失，不出两旬，洛、汴可俱定了。"三议相较，自以此议为善。知远点首道："卿言甚善，朕当照行。"

节度判官苏逢吉，已升任中书侍郎，独出班进言道："史弘肇屯兵潞州，群虏相继遁去，不如出师天井关，直达孟津，更为利便。"知远也以为然。嗣经司天监奏称太岁在午，不利南行，宜由晋、绛抵陕。知远乃决，准于天福十二年五月十二日，自太原启銮。告谕诸道，一面部署内政，厘定乃行。遂册魏国夫人李氏为皇后，皇弟刘崇为太原尹，从弟刘信为侍卫指挥使。皇子承训、承祐、承勳，及皇侄承赟为将军，杨邠为枢密使，郭威为副使，王章为三司使，苏逢吉、苏禹珪同平章事。凡首先归附诸镇将，如赵晖、王守恩、武行德等，皆实授节度使。

转瞬间已是启銮期限，即命太原尹刘崇留守北都，赵州刺史李存瓌为副，幕僚李骧为少尹，牙将蔚进为马步指挥使，佐崇驻守。知远挈领全眷，及部下将士三万人，由太原出发。越阴地关，道出晋、绛，意欲召还史弘肇，一同扈驾。苏逢吉、杨邠谏阻道："今陕、晋、河阳，均已向化，虏将崔廷勳、耿崇美，亦将遁去，若召还弘肇，恐河南人心动摇，虏势复盛，转足为患了。"知远尚在踌躇，使人谕意弘肇，弘肇遣还使人，附呈奏议，与苏、杨相符。乃令弘肇屯潞，规取泽州。

泽州刺史翟令奇，坚壁拒守，弘肇已派兵往攻，经旬未下，部将李万超，愿往招降，得弘肇允许，骑至城下，仰呼令奇道："今虏兵北遁，天下无主，太原刘公，兴义师，定中土，所向风靡，后服者诛；君奈何不早自计！"令奇迟疑未答，万超又道："君为汉人，奈何为虏守节？况城池一破，玉石不分，君甘为虏死，难道百姓亦愿为虏死么？"令奇被他提醒，方答称愿降，开门迎纳官军。弘肇闻报，亦驰入泽州。安民已毕，留万超权知州事，自还潞州镇守。

会辽将崔廷勳、耿崇美等，又进逼河阳，节度使武行德，与战失利，飞向潞州求援。弘肇率众南下，甫入孟州境内，廷勳等已拥众北遁。经过卫州，大掠而去。行德出迎弘肇，两下联合，分略河南。弘肇为人，沈毅寡言，御众严整，将校有过，立杀无赦，兵士所至，秋毫无犯，因此士皆用命，民亦归心。刘知远从容南下，兵不血刃，都由弘肇先驱开路，抚定人民，所以有此容易哩。反射后文。

辽将萧翰，留守汴梁，闻知远拥兵南来，崔、耿诸将，统已遁还，自知大势已去，不如北归。筹划了好几日，又恐中原无主，必且大乱，归途亦不免受祸。乃从无策中想出一策，捏传辽主诏命，令许王李从益，知南朝军国事。当即派遣部将，驰抵洛阳，礼迎从益母子。王德妃闻报大惊道："我儿年少，怎能当此大任！"说着，忙挈从益逃匿徽陵城中。徽陵即唐明宗陵，见前文。辽将蹑迹找寻，竟被觅着，强迫从益母子，出赴大梁。萧翰用兵拥护从益，即日御崇元殿。从益年才十七，胆气尚小，几乎吓下座来，勉强支撑，受蕃、汉诸臣谒贺。翰率部将拜谒殿上，令晋百官拜谒殿下，奉印纳册，由从益接受。方才毕礼，王德妃明知不妙，自在殿后立着。至从益返入，心尚未定。偏晋臣联袂入谒，德妃忙说道："休拜！休拜！"晋臣只管屈膝，黑压压的跪下一地。此时屈膝，比拜虏还算有光。德妃又连语道："快……快请起来！"等到大众尽起，不禁泣下道："我家母子，孤弱得很，乃为诸公推戴，明明非福，眼见得是祸祟了！奈何奈何！"大众支吾一番，尽行告退。翰留部将刘祚带兵千人，卫护从益，自率蕃众北去。

王德妃昼夜不安，屡派人侦探河东军，当下有人入报道："刘知远已入绛州，收降刺史李从朗，留偏将薛琼为防御使，自率大军东来了。"未几又有人走报，谓刘知远已抵陕州，又未几得知远檄文，是从洛阳传到，宣慰汴城官民。凡经辽主补署诸吏，概置勿问。晋臣接读来檄，又私自聚谋，欲迎新主，免不得伺隙窃出，趋洛投效，也想做个佐命功臣。丑极。

王德妃焦急万分，与群臣会议数次，欲召宋州节度使高行周，河阳节度使武行德，共商拒守事宜。使命迭发，并不见到，德妃乃召语群臣道："我母子为萧翰所逼，应该灭亡，诸公无罪，可早迎新主。自求多福，勿以我母子为念！"说至此，那两眶凤目中，已堕落无数珠泪。花见羞要变成花见怜了。大众也被感触，无不泣下。忽有一人启口道："河东兵迂道来此，势必劳敝，今若调集诸营，与辽将并力拒守，以逸待劳，不致坐失，能有一月相持，北救必至，当可无虑。"德妃道："我母子系亡国残余，怎敢与人争夺天下，若新主悯我苦衷，知我为辽所劫，或尚肯宥我余生。今别筹抵制，惹动敌怒，我母子死不足惜，恐全城且从此涂炭了！"是谓妇人之仁，但此外亦别无良策。大众闻言，尚交相聚论，主张坚守。三司使刘审交道："城中公私俱尽，遗民无几，若更受围一月，必无噍类。愿诸公勿复坚持，一听太妃处分！"众始无言。德妃再与群臣议定，遣使奉表洛阳，迎接刘知远。表文首署名衔，乃是臣梁王权知军国事李从益数字，从益出居私第，专候刘知远到来。

知远至洛阳后，两京文武百官，陆续迎谒。至从益表至，因命郑州防御使郭从义，领兵数千，先入大梁清宫。临行时密谕从义道："李从益母子，并非真心迎我，我闻他曾召高行周等，与我相争，行周等不肯应召，始穷蹙无法，遣使表迎。汝入大梁，可先除此二人，切切勿误！”郭从义奉命即行，到了大梁，便率兵围住从益私第，传知远命，迫令从益母子自杀。王德妃临死大呼道：“我家母子，究负何罪，何不留我儿在世，使每岁寒食节，持一盂麦饭，祭扫徽陵呢！”说毕，乃与从益伏剑自尽。

大梁城中，多为悲惋，唯从义遣人报命。刘知远独欢慰异常，未免太忍。乃启行入大梁，汴城百官，争往荥阳迎驾。辽将刘祚，无法归国，亦只好随同迎降。知远纵辔入城，御殿受贺，下诏大赦。凡辽主所除节度使，下至将吏，各安职任，不复变更。乃称汴梁为东京，国号大汉，唯尚用天福年号。顾语左右道：“我实未忍忘晋呢！”还要骗人。嗣是封赏功臣，犒劳兵士，当然有一番忙碌。小子述不胜述，姑从阙如。

当时各道镇帅，先后纳款。就是吴越、湘南、南平三镇，亦遣人表贺。大汉皇帝刘知远，得晋版图，南面垂裳，又是一新朝气象了。可惜不长。南唐主李璟，当辽主入汴时，曾派使贺辽，且请诣长安修复诸陵，即唐高祖太宗诸陵。辽主不许。会晋密州刺史皇甫晖，棣州刺史王建，皆避辽奔唐，淮北贼帅，亦多向江南请命。唐史馆修撰韩熙载上疏道：“陛下恢复祖业，正在今日。若虏主北归，中原有主，恐已落人后，必至规复无期。”唐主览书感叹，颇欲出师，怎奈福州军事，尚未成功，反且败报传来，丧师不少，自慨国威已挫，哪里还能规取中原。

福州李达，得吴越援军，与唐兵相持，小子前已叙过。见三十五回。两下里攻守逾年，未判成败。吴越复令水军统帅余安，领着战舰千艘，续援福州，行抵白虾浦，海岸泥淖，须先布竹箦，方可登岸。唐兵在城南瞧着，弯弓竞射，箦不得施。余安正没法摆布，静待多时，既而箭声已歇，便纵兵布箦，悉数登岸，进击唐兵。唐将冯延鲁，抵挡不住，弃师先走，冤冤枉枉的死了多人，并阵亡良将孟坚。原来唐兵停射，系是延鲁主见，延鲁欲纵敌登岸，尽加歼除，孟坚苦谏不从。至吴越兵登岸，大呼奋击，锐不可当。延鲁遁去，孟坚战死。唐将留从效、王建封等，亦相继披靡，城中兵又出来夹攻，大破唐兵，尸横遍野。还亏唐帅王崇文，亲督牙兵三百人，断住后路，且战且行，才得保全残众，走归江南。这番唐兵败衄，丧师二万余人，委弃军资器械，至数十万，府库一空，兵威大损。

唐主以陈觉矫诏，冯延鲁失策，咎止二人，拟正法以谢中外，余皆赦免。御史江文蔚本系中原文士，与韩熙载同具盛名，熙载奔唐，文蔚亦坐安重荣叛党，惧罪南奔。安重荣事见三十一回。唐主喜他能文，令充谏职，他见唐主诏敕只罪陈觉、冯延鲁，不及冯延已、魏岑，心下大为不平，遂对仗纠弹，上书达数千言。说得淋漓痛快，小子不忍割爱，因限于篇幅，节录如下。

臣闻赏罚者帝王所重。赏以进君子，不自私恩；罚以退小人，不自私怨。陛下践阼以来，所信重者冯延已、延鲁、魏岑、陈觉四人，皆擢自下僚，骤升高位，未尝进一贤臣，成国家之美。阴狡弄权，引用群小，在外者握兵，居中者当国。师克在和，而四凶邀利，迭为前却，使精锐者奔北，馈运者死亡，谷帛戈甲，委而资寇，取弱邻邦，贻讥海内。今陈觉、冯延鲁虽已伏辜，而冯延已、魏岑犹在，本根未殄，枝干复生。延已善柔其色，才业无闻，凭恃旧恩，遂阶任用。蔽惑天聪，敛怨归上，以致纲纪大坏，刑赏失中。风雨由是不时，阴阳以之失序。伤风败俗，蠹政害人，蚀日月之明，累乾坤之德。天生魏岑，朋合延已，蛇豕成性，专利无厌。逋逃归国，鼠奸狐媚，谗疾君子，交结小人，善事延已，遂当枢要，面欺人主，孩视亲王，侍燕喧哗，远近惊骇，进俳优以取容，作淫巧以求宠，视国用如私财，夺君恩为已惠，上下相蒙，道路以目。征讨之柄，在岑折简，帑藏取与，系岑一言。福州之役，岑为东面应援使，而自焚营壁，纵兵入城，使穷寇坚心，大军失势。军法逗留畏懦者斩，律云：主将守城，为贼所攻，不固守而弃去，及守备不设，为贼掩覆者皆斩。昨敕赦诸将，盖以军政威令，各非已出。岑与觉、延鲁更相违戾，互肆威权，号令并行，理在无赦。况天兵败衄，宇内震惊，将雪宗庙之羞，宜醢奸臣之肉。已诛二罪，未塞群情，尽去四凶，方袪众怒。今民多饥馑，政未和平。东有伺隙之邻，北有霸强之国。市里讹言，遐迩危惧。陛下宜轸虑殷忧，诛钼虺蜮。延已谋国不忠，在法难原，魏岑同罪异诛，观听疑惑，请并行典法以谢四方，则国家幸甚！

文蔚上疏时，明知词太激烈，恐触主怒，先在江中备着小舟，载送老母，立待左迁。果然唐主下敕，责他诽谤大臣，降为江州司士参军。文蔚即奉母赴江州。直臣虽去，谏草具存，江南人士，辗转传写，纸价为之一昂。究竟有名无利，宜乎谀媚日多。太傅宋齐邱，曾荐陈觉为福州宣谕使，见三十五回。至是竭力营救，竟得准请。赦免陈觉、冯延鲁死罪，但流觉至蕲州，延鲁至舒州。韩熙载亦忍耐不住，上书并劾齐邱，兼及冯延已、魏岑二人。唐主但撤延已相位，降为少傅，贬岑为太子洗马，齐邱全不加谴，宠任如故。熙载又屡言齐邱党与，必为祸乱，齐邱益与熙载为仇，劾他嗜酒猖狂，被黜为和州司士参军。是时辽主归死，辽将萧翰，亦弃汴北遁，唐主又想经略北方，用李金全为北面招讨使。哪知刘知远已捷足先得，驰入大梁，还要他费什么心，动什么兵哩！统是空思想。

吴越军将，解福州围，凯旋钱塘。吴越王弘佐，另派东南安抚使鲍修让，助戍福州。未几吴越王病殁，年仅二十，无子可承，弟弘倧依次嗣立，颁敕至福州，李达令弟通权知留后，自诣钱塘，朝贺新君。弘倧加达兼官侍中，赐名孺赟，寻且遣归。达已返福州，与鲍修让两不相下，屡有龃龉，复欲举兵降唐，杀鲍自解，偏被修让察觉。先引兵往攻府第，一场蹂躏，不但杀死李达，并将他全家老小，一并诛夷。凶狡如达，应该至此。随即传首钱塘，报明情状。吴越王弘倧，别简丞相吴程，出知威武军节度使事。

自是福州归吴越，建州归南唐，各守疆域，相安无事。那北方最强的大辽帝国，偏由兀欲继统，仇视祖母，彼此争哄。兀欲得着胜仗，竟把一位聪明伶俐的述律太后，拘至辽太祖阿保机墓旁，锢禁起来。小子有诗叹道：

虏廷挺出女中豪，佐主兴邦不惮劳。
只为立储差一着，被孙拘禁祸难逃。

欲知辽太后被幽详情，且至下回再阅。

辽将北去，刘氏南来，偏夹出一个李从益来，权知南朝军国事。从益母子，系亡国遗裔，谁乐推戴，而萧翰乃迫而出之，舍安土而入危境，不死何待！但母子茕茕，受人迫胁，原为不得已之举；且于刘知远无名分之嫌，知远又臣事唐明宗，胡为必杀之而后快，残忍若此，宜其享年不永，而传祚亦最短也。南唐为当时强国，苟任用得人，本可乘时出师，与刘知远共争中原，尚未知鹿死谁手。乃庸臣当国，呆竖弄兵，仅攻一残破之福州，犹不能下，反且丧师败北，致遭大挫，何其无英雄气象耶！直言如江文蔚，反遭罢斥，而佥壬宵小，仍得窃位，南唐之不振也亦宜哉；读江中丞弹文，可为南唐一哭。

第四十回　徙建州晋太后绝命　幸邺都汉高祖亲征

却说辽永康王兀欲，在恒州擅立为帝，便即率兵北向，归承大统。到了石桥，正遇辽太后遣来的兵士，为首的乃是降将李彦韬。彦韬随辽主北去，进谒辽太后，太后见他相貌魁梧，语言伶俐，即令他隶属麾下。以貌取人，失之彦韬。此时闻兀欲进来，便命彦韬为排阵使，出拒兀欲。兀欲前锋，就是伟王。伟王大呼道："来将莫非李彦韬么？须知新主是太祖嫡孙，理应嗣位。汝由何人差遣，前来抗拒？若下马迎降，不失富贵；否则刀下无情，何必来做杀头鬼！"彦韬见来军势盛，本已带着惧意，一闻伟王招降，乐得滚鞍下马，迎拜道旁。伟王大喜，更晓谕彦韬部众，教他一体投诚，免受屠戮。大众亦抛戈释甲，情愿归降。两军一合，倍道急进，不到一日，便达辽京。述律太后方派彦韬出战，总道他肯尽死力，不意才阅一宵，即闻伟王兵到，惊得手足失措，悲泪满颐。老婆娘亦有此日耶！

城中将吏，又素感兀欲厚恩，争先出迎。原来兀欲平日，性情豪爽，散财下士。前由德光赐绢数千匹，便悉数分散，顷刻而尽。所以将士多受笼络，相率爱戴。伟王入城，兀欲继至，述律太后束手无策，只好听他处置，当有数骑入宫，拥出太后，胁往木叶山。木叶山就是阿保机葬处，墓旁多筑矮屋，派人守护。那述律太后被迫至此，没奈何在矮屋栖身，昼听猿啼，夜闻鬼哭，任她铁石心肠，也是忍受不住，况且年力已衰，猝遭此变，自己也情愿速死，忧能致疾，未几告终。是前杀酋长之报。

兀欲易名为阮，自号天授皇帝，改元天禄。国舅萧翰驰至国城，大局已经就绪，孤掌当然难鸣，也只能得过且过，进见兀欲，行过了君臣礼，才报称张砺谋反，已与中京留守麻合，将他伏诛。兀欲也不细问，但令翰复职了事。

看官道张砺被杀，是为何因？砺随辽主德光入汴，尝劝德光任用镇帅，勿使辽人，翰因此怀恨。及自汴州还至恒州，即与麻合说明，麾骑围张砺第，牵砺出问道："汝教先帝勿用辽人为节度使，究怀何意？"砺抗声道："中国人民，非辽人所能治，先帝不用我言，所以功败垂成。我今还当转问国舅，先帝命汝守汴，汝何故不召自来呢？"理论固是，但问他何故引虏入寇，残害中原？翰无言可诘，唯益加忿恚，饬左右将砺锁住。砺又恨恨道："欲杀就杀，何必锁我！"翰置诸不理，但令左右牵他下狱。越宿由狱卒入视，砺已气绝仆地，想已是气死了。看官记着！张砺、赵延寿，同是汉奸，同是虏伥。砺拜相，延寿封王，为虏效力，结果是同死虏手。古人有言："惠迪吉，从逆凶。"这两人就是榜样呢！苦口婆心。

兀欲已经定国，乃为先君德光安葬，仍至木叶山营陵，追谥德光为嗣圣皇帝，庙号太宗。临葬时遣人至恒州召晋臣冯道、和凝等会葬，可巧恒州军乱，指挥使白再荣等，逐出麻答，并据定州。冯道等乘隙南归，仍至中原来事新主，免为异域鬼魂。这正是不幸中的大幸。唯恒州乱源，咎由麻答一人。麻答为辽主德光从弟，平生好杀，在恒州时，残酷尤甚，往往虐待汉人，或剥面抉目，或髡发断腕，令他辗转呼号，然后杀死。出入必以刑具自随，甚至寝处前后，亦悬人肝胫手足，人民不胜荼毒，所以酿成变乱。已而白再荣等，表顺汉廷，于是恒、定二镇，仍为汉有。这且无庸细表。

唯辽负义侯石重贵，自徙居黄龙府后，曾奉述律太后命令，改迁至怀密州，州距黄龙府西北千余里。重贵不敢逗留，带领全眷，跋涉长途。故后冯氏，不堪艰苦，密嘱内官搜求毒药，将与重贵同饮，做一对地下鸳鸯。可奈毒药难求，生命未绝，不得不再行趱路。行过辽阳二百里，适辽嗣皇兀欲入都，幽禁述律，特下赦文，召重贵等还居辽阳，略具供给。重贵等仍得生机，全眷少慰。越年四月，兀欲巡幸辽阳，重贵带着母妻，白衣纱帽，往谒帐前，还算蒙兀欲特恩，令易常服入见。重贵伏地悲泣，自陈过失。兀欲令人扶起，赐他旁坐。当下摆起酒席，奏起乐歌，令重贵入座与饮，分尝一脔。那帐下的伶人从官，多由大梁掳去，此时得见故主，无不伤怀。至饮毕散归，各赍衣服药饵，饷遗重贵。重贵且感且泣，自思被掳至此，才觉得苦尽甘来，倒也安心过去。想冯氏亦不愿服药了。

偏偏福无双至，祸不单行。兀欲住居旬日，因天气已近盛夏，拟上陉避暑，竟向重贵索取内官十五人，及东西班十五人，还要重贵子延煦，随他同行，重贵不敢不依，心中很是伤感，最苦恼的是膝下娇雏，也被蕃骑取去。父女惨别，怎得不悲！原来兀欲妻兄禅奴，一作绰诺锡里。见重贵身旁有一幼女，双髻绰约，娇小动人，便欲取为婢妾。面向重贵请求，重贵以年幼为辞。禅奴转白兀欲，兀欲竟遣一骑卒，硬向重贵索去，赐给禅奴。到了仲秋，凉风徐拂，暑气尽消，兀欲乃下陉至霸州。陉系北塞高凉地，夏上陉，秋下陉，乃向来辽主惯例。

重贵忆念延煦，探得兀欲下陉消息，即求李太后往谒兀欲，乘便顾视。李太后因驰至霸州，与兀欲相见，延煦在兀欲帐后，趋谒祖母，老少重逢，悲喜交集。兀欲顾李太后道："我无心害汝子孙，汝可勿忧！"李太后拜谢道："蒙皇帝特恩，宥妾子孙，没世衔感。但在此坐食，徒劳上国供给，自问亦未免怀惭，可否在汉儿城厕，赐一隙地，俾妾子孙得耕种为生？如承俯允，感德更无穷了！"向虏主求一隙地，何如速死为是。兀欲温颜道："我当令汝满意便了。"又顾延煦道："汝可从汝祖母同返辽阳，静待后命。"延煦遂与李太后一同拜辞，仍至辽阳候敕。

未几即有辽敕颁到，令南徙建州，重贵复挈全眷启行。自辽阳至建州又约千余里，途中登山越岭，备极艰辛。安太妃目早失明，禁不起历届困苦，镇日里卧着车中，饮食不进，奄奄将尽。当下与李太后等诀别，且嘱重贵道："我死后当焚骨成灰，南向飞扬，令我遗魂得返中国，庶不致为虏地鬼了！"悲惨语，不忍卒读。说着，痰喘交作，须臾即逝。重贵遵她遗命，为焚尸计，偏道旁不生草木，只有一带砂碛，极目无垠，哪里寻得出引火物！嗣经左右想出一法，折毁车轮，作为火种，乃向南焚尸。尚有余骨未尽，载至建州。

建州节度使赵延晖，已接辽敕，谕令优待，乃出城迎入，自让正寝，馆待重贵母子。一住数日，李太后商诸延晖，求一耕牧地，延晖令属吏四觅，去建州数十里外，得地五千余顷，可耕可牧。当下给发库银，交与重贵，俾得往垦隙地，筑室分耕。重贵随从尚有数百人，尽往种作，莳蔬植麦，按时收成，供养重贵母子。重贵却逍遥自在，安享天年，随身除冯后外，尚有宠姬数人，陪伴寂寥，随时消遣。

一日正与妻妾闲谈，忽来了胡骑数名，说是奉皇子命，指索赵氏、聂氏二美人。这二美人是重贵宠姬，怎肯无端割舍！偏胡骑不肯容情，硬扯二人上舆，向北驰去。看官！你想重贵此时，伤心不伤心么？重贵伏案悲号，李太后亦不胜凄惋。冯氏拔去眼中钉，想是暗地喜欢。大家哽咽多时，想不出什么法儿，可以追回，只好撒手了事。唯李太后睹此惨剧，长恨无穷，蹉跎过了一年，已是后汉乾祐三年。李太后寝疾，无药可医，尝仰天号泣，南向戟手，呼杜重威、李守贞等姓名，且斥且詈道："我死无知，倒也罢了，如或有知，地下相逢，断不饶汝等奸贼！"骂亦无益。嗣是病势日重，延至八月，已是弥留。见重贵在侧，呜咽与语道："从前安太妃病终，曾教汝焚骨扬灰，我死，汝也可照办，我的烬骨，可送往范阳佛寺，我也不愿作虏地鬼哩！"语与安太妃略同，恰另具一种口吻。是夕即殁，重贵与冯氏宫人，及宦官东西班，均被发徒跣，舁柩至赐地中，焚骨扬灰，穿地而葬。

后来重贵夫妇，不知所终。至后周显德年间，有中国人自辽逃归，说他尚在建州，唯随从吏役，多半亡故，此后遂无消息，大约总难免一死，生作异乡人，死作异乡鬼罢了。卅六鸳鸯同命鸟，一双蝴蝶可怜虫。史家因重贵北迁，号为出帝，或因他年少失国，号为少帝，究竟他何年死，何地死，无从查考。小子也不能臆造，权作阙文，愿看官勿笑我疏忽哩。叙法周密。

且说刘知远入主大梁，四方表贺，络绎不绝。河南一带，统已归顺，辽兵或降或遁，辽将高唐英驻守相州，为指挥使王继弘、楚晖所杀，传首诣阙。知远大悦，免不得有一番封赏。湖南节度使马希广，派人告哀，并报称兄终弟及，有乞请册封的意思。知远遂加希广为检校太尉，兼中书令，行天策上将军事，镇守湖南，加封楚王。

希广即希范弟，希范曾受石晋册封，岁贡不绝。生平豪侈，挥金如土，尝造会春园及嘉宴堂，费至巨万。继筑九龙殿，用沉香雕成八龙，外饰金宝，抱柱相向，自言己身亦是一龙，故称九龙。辽兵灭晋，中原大乱，湖南牙将丁思瑾，劝希范出兵荆襄，进图汴洛，成一时霸业。希范也惊为奇论，但终不能照行。思瑾意图尸谏，扼吭竟死。无如希范纵乐忘返，哪里肯发愤为雄！昼聚狎客，饮博欢呼，夜罗美女，荒淫狎亵，后宫多至数百人，尚嫌不足，甚至先王妾媵，多加无礼。又往往嘱令尼僧，潜搜良家女子，闻有容色，强迫入宫。一商人妇甚美，为希范所闻，胁令该夫送入，该夫不愿，立被杀毙，取妇而归。偏该妇颜如桃李，节若冰霜，誓志不辱，投缳自尽。足与罗敷齐名，可惜不载姓氏。希范毫不知悔，肆淫如故，尝语左右道："我闻轩辕御五百妇女，乃得升天，我亦将为轩辕氏呢？"果然贪欢成痨，一病不起。

濒危时召入学士拓跋常，常一作恒。以母弟希广相属，令他辅立。拓跋常有敢谏名，素为希范所嫉视，至是却嘱以后事，想是迴光返照，一隙生明。但希广尚有兄希萼，为朗州节度使，舍长立少，仍然非计。希范殁，希广入嗣，拓跋常虑有后患，劝希广以位让兄，独都指挥使刘彦瑫，天策学士李弘皋，定欲遵先王遗命，乃即定议。继受汉主册封，似乎名位已定，可免后忧，哪知骨肉成仇，阋墙不远。湖南北十州数千里，从此祸乱无已，将拱手让人了。插入楚事，为湖南入唐伏案。小子因楚乱在后，汉乱在先，且将楚事暂搁，再叙汉事。

天雄军节度使杜重威，天平军节度使李守贞等，前奉辽主命令，各得还镇。刘知远入汴，重威、守贞，皆奉表归命。适宋州节度使高行周入朝，朝命行周往邺都，镇天雄军，调重威镇宋州。并徙河中节度使赵匡赞镇晋昌军，调守贞镇河中，此外亦各有迁调，无非是防微杜渐，免得他深根固蒂，跋扈一方。各镇多奉命转徙，独有一反复无常的杜重威，竟抗不受命，遣子弘璲，北行乞援。时辽将麻答，尚在恒州，即拨赵延寿遗下幽州兵二千人，令指挥使张琏为将，南援重威。重威请琏助守，再求麻答济师，麻答又派部将杨衮，率辽兵千五百人，及幽州兵千人，共赴邺都。汉主刘知远，得知消息忙命高行周为招讨使，镇宁军节度使慕容彦超为副，率兵往讨重威。并诏削重威官爵，饬二将速即出师。

行周与彦超，同至邺州城下，彦超自恃骁勇，请诸行周，愿督兵攻城。行周道："邺都重镇，容易固守，况重威屯戍日久，兵甲坚利，怎能一鼓即下哩！"彦超道："行军全靠锐气，今乘锐而来，尚不速攻，将待何时？"行周道："兵贵持重，见可乃进，现尚不应急攻，且伺城内有变，进攻未迟！"彦超又道："此时不攻，留屯城下，我气日衰，彼气益盛，况闻辽兵将至，来援重威，他日内外夹攻，敢问主帅如何对付？"行周道："我为统帅，进退自有主张，休得争执！"彦超冷笑道："大丈夫当为国忘家，为公忘私，奈何顾及儿女亲家，甘误国事！”行周闻言，越觉动恼，正要发言诘责，彦超又冷笑数声，疾趋而出。原来行周有女，为重威子妇，所以彦超疑他营私，且扬言军前，谓行周爱女及贼，因此不攻。应有此嫌。行周有口难分，不得已表达汉廷。

汉主虑有他变，乃议亲征。当下召入宰臣苏逢吉、苏禹珪等，商谘亲征事宜，两人模棱未决。汉主转询吏部尚书窦贞固，贞固与知远同事石晋，素相和协，至是独赞成亲征。还有中书舍人李涛，未曾与议，却密上一疏，促御驾即日征邺，毋误时机。汉主因二人同心，并擢为相，便下诏出巡澶、魏，往劳王师。越二日即拟启行，命皇子承训为开封尹，留守大梁，凑巧晋臣李崧、和凝等，自恒州来归，报称辽将麻答，已经被逐，可绝杜重威后援。汉主甚喜，面授崧为太子太傅，凝为太子少保，令佐承训驻京。且颁诏恒州，宣抚指挥使白再荣，命为留后。见上文。复称恒州为镇州，仍原名为成德军。

号炮一振，銮驾出征，前后拥卫诸将吏，不下万人。行径匆匆，也不暇访察民情，一直趋至邺下行营。高行周首先迎谒，泣诉军情。汉主知曲在彦超，因当彦超谒见时，面责数语，且令向行周谢过。行周意乃少解，随即遣给事中陈观，往谕重威，劝他速降。重威闭城谢客，不肯放入。陈观复命，触动汉主怒意，便命攻城。彦超踊跃直前，领兵先进，行周不好违慢，也驱军接应。汉主登高遥望，但见城上的矢石，好似雨点一般，飞向城下，城下各军，冒险进攻，也是个个争先，人人努力。怎奈矢石无情，不容各军进步，自辰至午，仍然危城兀立，垣堞依然，那时只得鸣金收军，检点士卒，万余人受伤，千余人丧命。汉主始叹行周先见，就是好勇多疑的慕容彦超，至此亦索然意尽，哑口无言。

行周入帐献议道：“臣来此已久，城中闻将食尽，但兵心未变，更有辽将张琏助守，所以明持不下。请陛下招谕张琏，琏若肯降，重威也无能为力了。”汉主依议，遣人招张琏降，待他不死。偏偏琏不肯从，一再往劝，始终无效。迁延至两旬有余，围城中渐觉不支，内殿直韩训献上攻具。汉主摇首道：“守城全恃众心，众心一离，城自不保，要用什么攻具呢？”韩训怀惭而退，忽由帐外报入，有一妇人求见，汉主问明底细，才命召入。正是：

猖獗全凭强虏助，窃危要仗妇人扶。

毕竟妇人为谁，待至下回表明。

辽太后为朔漠女豪，佐夫相子，奄有北方，而受制于其孙。李太后为石氏内助，因宴传言，激成大举。而被累于其子。南北睽违，事适相合，何两智妇结果之不幸也！但辽太后幽死墓侧，得随夫于地下，李太后羁死建州，徒作鬼于虏中，两两相较，当以李太后之死为尤惨焉。杜重威身亡晋室，引虏覆邦，罪不容于死，不特李太后骂为奸贼，至死不忘，即中原人士，亦谁不思食其肉，寝其皮乎？刘氏入汴，不加显罚，仍令守官，几若多行不义之人，亦得幸免，乃移镇命下，复思抗拒，枭獍心肠，不死不止，而天意亦故欲迫诸死地，以为奸恶者戒，汉主亲征，犹然招降，虽得苟延残喘，而终不免于诛夷。李太后有知，庶或可少泄余恨也夫！

第四十一回　奉密谕王景崇入关
捏遗诏杜重威肆市

却说汉主刘知远，传见来妇，看官道妇人为谁？原来是重威妻宋国公主。公主入谒汉主，行过了礼，由汉主赐令旁坐，问及重威情形，公主道："重威因陛下肇兴，重见天日，不胜庆幸，但恐陛下追究既往，负罪难逃，所以一闻移镇，虑蹈不测，适辽将又来监守，遂致触犯天威，劳动王师，今愿开城谢罪，令臣妾前来乞恩，望陛下网开一面，曲贷余生！"汉主道："朕信重威，重威尚不信朕么？况朕已一再招降，奈何拒命！"公主道："重威非敢抗陛下，实由虏将张琏，挟制重威，不使迎降。"虽是诳言，但欲为夫解免，不得不尔，阅者尚当为公主曲原。汉主道："虏将独不怕死么？"公主道："正为怕死，所以阻挠。"汉主沉吟半晌，方微笑道："朕一视同仁，既赦重威，何不可赦张琏，烦汝入城回报，如果真心出降，不问华夷，一体赦免！"公主起身拜谢，辞别回城。

重威得公主传语，转告张琏，琏答道："公可全生，琏难幸免，愿守此城，以死为期！"倒是个硬汉。重威道："粮食早尽，兵皆枵腹，看来是不能不降了，汉主谓一体赦免，谅不欺人，请君勿虑！"琏又道："恐怕未必。"重威道："我再遣次子弘琏，前去请求，能得一朝廷赦书，大家好安心出降了。"琏方才允诺，弘琏即出往汉营。过了半日，持到汉主手谕，许琏归国。重威乃复遣判官王敏，先送谢表。旋即素服出降，拜谒汉主。汉主赐还衣冠，仍授检校太师，守官太傅，兼中书令。大军随汉主入城，城内已饿殍载道，满目萧条。辽将张琏，亦来拜见，汉主忽瞋目道："全城兵民，为汝一人，害得这般凄惨，汝可知罪否？"琏不意有此一诘，一时转无从措词。汉主便令推出斩首，复捕斩弁目数十人，天子无戏言，奈何背约！唯什长以下，放还幽州。辽众无从报怨，将出汉境，大掠而去。枢密使郭威入帐，与汉主附耳数语，汉主即令他会同王章，按录重威部下诸亲将，一并拿下，悉数处斩。又将重威私资，及僚属家产，抄没充公，分赐战士。重威似刀剜肉，无从呼吁，只好与妻孥相对，暗地流涕罢了。还是小事，请看后来。

汉主住邺数日，下令还都，留高行周为邺都留守，充天雄军节度使。行周固辞，汉主语苏逢吉道："想是为着慕容彦超了，我当命他徙镇泰宁军，卿可为我谕意。"逢吉转谕行周，行周乃受命留邺。汉主且晋封行周为临清王，即命杜重威随驾还都。既归大梁，加封重威为楚国公。重威平时出入，路人辄旁掷瓦砾，且掷且詈，亏得他脸皮素厚，还是禁受得起，但威风已尽扫地了。所有宋州一缺，不愿再任重威，但令史弘肇兼镇，毋庸细表。看似闲文，实补前回未了之文。

且说汉主刘知远原籍，本属沙陀部落，知远以自己姓刘，改国号汉，强引西汉高祖，东汉光武帝，作为远祖。当尊汉高为太祖，光武帝为世祖，立庙祭享，历世不祧。高祖湍尊为文祖，妣李氏为明贞皇后，曾祖昂为德祖，妣杨氏为恭惠皇后，祖僎为翼祖，妣李氏为昭穆皇后，父琠为显祖，母安氏为章懿皇后，共立四庙，与汉高祖光武帝并列，合成六庙。命太常卿张昭，厘定六庙乐章舞名。知远以邺都告平，入庙告祖，所有订定乐舞，概令举行，真个是和声鸣盛，肃祀明禋。

不料皇子开封尹承训，自助祭后，感冒风寒，逐日加剧。汉主因承训孝友忠厚，明达政事，格外留心看护，多方医治。怎奈区区药物，不能挽回造化，竟于天福十二年十二月中，悠然而逝，年止二十六。汉主在太平宫举哀，哭得涕泗滂沱，几致晕去。经左右极力劝慰，勉强收泪，亲视棺殓，追封魏王，送归太原安葬。此子若存，刘氏不致遽亡。嗣是常带悲容，少乐多忧，一代枭雄，又将谢世。

蹉跎过了残年，便是元旦，汉主因身躯未适，不受朝贺，自在宫中调养。转眼间已过四天，病体少痊，乃出宫视朝，改天福十三年为乾祐元年，颁诏大赦。越数日，易名为暠，晋封冯道为齐国公，兼官太师。兵部递上奏陵，报称凤翔节度使侯益，与晋昌节度使赵匡赞，叛国降蜀，蟠踞关中，请速派将往讨云云。汉主闻变，即命右卫大将军王景崇，将军齐藏珍，调集禁兵数千，往略关西。

原来蜀主孟昶，嗣知祥位，除去强臣李仁罕、张业，国内太平，十年无事。辽主灭晋，晋雄武节度使何重建，举秦、成、阶三州降蜀。见三十七回。蜀主昶遂欲吞并关中。遣山南西道节度使孙汉韶等，攻下凤州。适晋昌军节度使赵匡赞，闻杜重威得罪，恐自己亦未必保全，索性向蜀投降，别图富贵。遂派人奉表蜀主，乞遣兵援应长安，即晋昌军。兼略凤翔。蜀主甚喜，即命中书令张虔钊，为北面行营招讨安抚使，宣徽使韩保贞为都虞侯，率兵五万，道出散关。又饬何重建为副使，领部众出陇州，与张虔钊等会师，同趋凤翔。一面令都虞侯李廷珪，统兵二万出子午谷，为长安声援。

凤翔节度使侯益，接得侦报，知蜀主大举入侵，惊慌的了不得。正拟拜表告急，忽来了雄武军弁吴崇恽，递入何重建手书，并附蜀枢密使王处回招降文，内容大意，无非是晓示利害，劝益归蜀，益恐待援不及，不如依书乞降，免得惊惶。遂缴出地图兵籍，使吴崇恽带还，附表请平定关中，且贻书赵匡赞，约为犄角互相帮扶。偏赵匡赞狐疑未定，复听了判官李恕，仍然上表汉廷，自请入朝。东倒西歪，比墙头草且勿如。

这李恕本是赵延寿幕僚，延寿令佐匡赞，为晋昌军节度判官，当匡赞降蜀时，恕已出言谏阻，匡赞不从，至是复极谏道："燕王入胡，本非所愿，今汉家新得天下，方务招怀，若谢罪归朝，必能保全爵禄，入蜀恐非良策哩，蹄涔不容尺鲤，愿公三思，毋贻后悔！"匡赞听了，很觉有理，因遣恕入朝谢罪，情愿面觐汉主，听受处分。汉主问恕道："匡赞何故附蜀？"恕答道："匡赞以身受虏言，父在虏廷，恐陛下未肯俯谅，所以附蜀求生。臣一再谏诤，谓国家必应存抚，匡赞亦自知悔悟，故遣臣来祈哀！"汉主道："匡赞父子，本吾故交，不幸陷虏。今延寿方坠槛阱，我何忍再害匡赞呢？汝可返报匡赞，不必多疑，尽可来朝！"恕拜谢而去。

嗣得侯益表章，也与匡赞一般见解，谢罪请朝。时王景崇尚未启行，汉主召入卧内，密谕景崇道："赵匡赞、侯益，虽俱来请朝，未知他有无诡计，汝率兵西去，当密观动静！他若真心入朝，不必过问，倘或迁延观望，汝可便宜从事，勿堕狡谋！"景崇应声遵旨，即日启行，西赴长安。

赵匡赞恐蜀兵驰至，转难脱身，不待李恕返报，便离长安，趋入大梁。途次与李恕接着，得知汉主谕言，益放心前行。复与景崇晤谈，景崇亦让他过去，自率兵径谒长安。才入长安城中，军报已陆续到来，统说蜀兵已入秦州，就要来攻长安。景崇因随兵不多，恐未足敌蜀，忙发本道兵马，及赵匡赞牙兵千余人，同拒蜀人。又虑匡赞牙兵，或有叛亡等情，意欲黥字面中，使不得逞。当下与齐藏珍商议，藏珍尚不甚赞成，那牙兵将校赵思绾，已入请黥面，为部兵倡。景崇当然心喜。藏珍待思绾退出，私语景崇道："思绾面带杀气，恐非良将，况黥面命令，尚未发出，他即先来面请，越是谄谀，越是狡诈，此人万不可恃，速除为宜！"甚是，甚是。景崇摇首道："无罪杀人，如何服众！"遂不从藏珍计议，自督兵往堵蜀军。

蜀将张廷珪，正自子午谷出师，探得匡赞入朝音信，便欲引归。不意景崇突至，险些儿措手不及，仓猝对敌，已被景崇麾兵入阵，冲破中坚，没奈何且战且行，奔回至十里外，才免追袭。手下兵士，已伤亡至数千名，懊丧而去。侯益闻景崇得胜，廷珪败还，自然顺风使帆，决计拒蜀。蜀帅张虔钊行至宝鸡，略悉侯益反复情形，便与诸将会商。或主进，或主退，弄得虔钊无可解决，只好按兵暂住。忽闻汉将王景崇，召集凤翔、陇、邠、泾、鄜、坊各兵，纷纷前来，吓得魂不附体，急忙引兵夜遁。及景崇追到散关，蜀兵已奔入关中，只剩得后队四百人，被景崇一鼓掳归。

景崇两次告捷，朝命景崇兼凤翔巡检使，因即引兵至凤翔。侯益开门迎入，与景崇谈入朝事，语带支吾。景崇未免动疑，即派部军分守诸门，再伺侯益行止。蓦然间接到朝旨，御驾升遐，皇次子承祐即皇帝位，不由的心下一动，倒有些踌躇起来。小子且慢叙景崇意见，先将汉主临崩大略，演述出来。顺事叙入，而文法独奇。

汉主刘知远，自长子承训殁后，感伤成疾，屡患不豫。亏得参苓补品，逐日服饵，才支撑了一两月。乾祐元年正月终旬，病体加重，服药无灵，乃召宰相苏逢吉，枢密使杨邠、郭威，入受顾命。还有都指挥使史弘肇，虽命他兼镇宋州，却是在都遥制，所以亦得奉召。四大臣同入御寝，见汉主病已大渐，俱作愁容，汉主顾谕道："人生总有一死，死亦何惧。但承训已殁，承祐依次当立，朕虑他幼弱，后事一切，不得不嘱托诸卿！"四人齐声道："敢不效力！"汉主又长叹道："眼前国事，尚无甚危险，但须善防杜重威！”说到威字，喉中如有物梗住，不能出声。四人慌忙趋退，请后妃、皇子等送终。

未几即发哀声，当由苏逢吉趋入道：“且慢！且慢举哀！皇帝有要旨传下，须立刻办了，方可发丧。”后妃等未识何因，只因逢吉身任首相，且是顾命中第一个大臣，料他必有要图。当即停住了哀，令他出办。逢吉退出，见杨邠、郭威等，已拟好诏敕。即饬侍卫带领禁军，往拿杜重威及重威子弘璋、弘琏、弘璲。重威在私第中，安然坐着，毫不预防，至禁军入门，仓皇接诏，甫经下跪，那冠带已被禁军褫去。且听侍卫宣诏道：

杜重威犹贮祸心，未悛逆节，枭首不改，虺性难驯。昨朕小有不安，罢朝数日，而重威父子，潜肆凶言，怨谤大朝，煽惑小辈。今则显有陈告，备验奸期，既负深恩，须置极法。其杜重威父子，并令处斩。所有晋朝公主及外亲族，一切如常，仍与供给。特谕。

重威听罢，魂飞天外，急得带哭带辩。偏侍卫绝不留情，即令禁军缚住重威，并将他三子拿下，一并牵出，连他妻室宋国公主，都不使诀别。匆匆驱至市曹，已有监刑官待着，指麾两旁刽子手，趋至重威父子身旁，拔出光芒闪闪的刀儿，剁将过去，只听得有三四声，重威父子的头颅，皆已堕落。父子同时入冥府，未始非天伦乐事。遗骸陈设通衢，都人士在旁聚观，统激起一腔义愤，或诟骂，或蹴击，连军吏都禁遏不住。霎时间成为肉泥，几无从辨认了。该有此报，但至此始见伏法，已不免为失刑。

重威既诛，方为故主发丧。并传出遗制，封皇子承祐为周王，即日嗣位，朝见百官，然后举哀成服。先是汉主刘知远欲改年号，宰臣进拟乾和二字。御笔改为乾祐，适与嗣主名相同，当时目为预征，所以后来沿称乾祐，不复改元。太常卿张昭，拟上先帝谥法，称为睿文圣武昭肃孝皇帝，庙号高祖，嗣葬睿陵。统计刘知远称帝，未满一年，不过时已易岁，历史上算做二年，享年五十四岁。

承祐既立，尊母李氏为皇太后，颁诏大赦，号令四方。关中接得诏书，王景崇踌躇未定，便是为处置侯益的问题。侯益非常狡黠，为景崇所疑。或劝景崇杀益，景崇叹道：“先帝原许我便宜行事，但谕出机密，恐嗣皇帝未曾闻知，我若杀益，转近专擅。况赦文已下，更觉难行，我只好密奏朝廷，再作计较。”主见已定，便草密疏奏请，疏未缮发，那侯益已私离凤翔，星夜入都去了。景崇不禁大悔，甚至自诟不休。

这侯益却是机变，一入都门，便诣阙求见。嗣主承祐，问他何故引入蜀军？益并不慌忙，反从容答道：“蜀兵屡寇西陲，臣意欲诱他入境，为聚歼计。”承祐不由的嗤了一声，令益退出。似乎有些识见。益见嗣主形态，倒也自危，幸喜家资富厚，好仗那黄白物，运动相臣。金银是人人喜欢，宰相以下，得了他的好处，哪有不替他说项。你吹嘘，我称扬，究竟承祐年未弱冠，也道是前日错疑，即授益为开封尹，兼中书令。益又贿通史弘肇等，谗构景崇，说他如何专恣，如何骄横。承祐不得不信，派供奉官王益至凤翔，征赵匡赞牙兵诣阙。

赵思绾很是不安，复由景崇激他数语，越觉心慌，既随王益启行，到了半途，语同党常彦卿道：“小太尉已落人手，我等若至京师，自投死路，奈何奈何！”小太尉指赵匡赞。彦卿道：“临机应变，自有方法，愿勿再言！”

越日行抵长安，长安已改号永兴军。节度副使安友规，巡检使乔守温，出迎王益，置酒客亭。思绾入请道：“部下军士，已在城东安驻。唯将士家属，多在城中，意欲暂时入城，挈眷出宿城东。”友规不知是计，且见思绾并无铠仗，乐得做个人情，应允下去。思绾便引弁目驰入西门，适有州校坐守门侧，腰剑下悬，为思绾所注目，突然趋进，顺手夺剑，挺刃一挥，剁落州校头颅。州校真是枉死。当下顾令党羽，一齐动手，急切里无从得械。便向附近觅得白梃，左横右扫，击死门吏十余人，遂把城门阖住，自入府署劈开武库，取出甲仗，分给部众，把守各门。友规等在外闻变，惊惶失措，不待饮毕，便已溜去。朝使王益，也逃之夭夭，不知去向。思绾据住城池，募集城中少年，得四千余人，缮城隍，葺楼堞，才经十日，守具皆备。王景崇不知声讨，反讽凤翔吏民上表，请令自己知军府事。正是：

功业未成先跋扈，嫌疑才启即猖狂。

欲知汉廷如何处置，容至下回说明。

汉主刘知远，杀张琏而赦杜重威，赏罚不明，无逾于此。琏不过一虏将耳。既已请降，抚之可也，纵之亦可也。诱使降顺，实令处斩，是为不信，是为不仁。重威引虏亡晋，罪已难逃；况复叛复靡常，负恶益甚，不杀果胡为者？彼侯益、赵匡赞之忽叛忽服，亦无非藐视汉威，同儿戏耳。迨知远已殂，始由苏逢吉等捏称遗诏，捕诛重威。所颁诏文，实是无端架诬，不足为重威罪。罪可杀而杀非其道，犹之失刑也。前过宽，后过暴，何怪三叛之又复连兵乎。

第四十二回　智郭威抵掌谈兵
勇刘词从容破敌

却说王景崇暗讽吏民，代求节钺。汉主承祐，与群臣会议，都料是景崇诡计，不肯允行，别徙邠州节度使王守恩，为永兴节度使，陕州节度使赵晖，为凤翔节度使，调景崇为邠州留后，令即赴镇。景崇迁延观望，不肯遽行。那时又突出一个叛臣，竟勾通永兴、凤翔两镇，谋据中原。这人为谁？就是河中节度使李守贞。守贞为三叛之首，故特提一笔。

守贞与重威为故交，重威诛死，也未免兔死狐悲。默思汉室新造，嗣君才立，朝中执政，统是后进，没一个可与比伦，不若乘时图变，倒可转祸为福，遂潜纳亡命，暗养死士，治城堑，缮甲兵，昼夜不息。参军赵修己，颇通术数。守贞召与密议，修己谓时命不可妄动，再三劝阻。守贞半信半疑。修己辞职归田，忽有游僧总伦，入谒守贞，托言望气前来，称守贞为真主。守贞大喜，尊为国师，日思发难。一日召集将佐，置酒大会，畅饮了好几杯，起座取弓。遥指一虎舐掌图，顾语将佐道："我将来若得大福，当射中虎舌。"说着，即张弓搭箭，向图射去，飕的一声，好似箭镞生眼，不偏不倚，正在虎舌中插住。将佐同声喝采，统离座拜贺。守贞益觉自豪，与将佐入席再饮，抵掌而谈，自鸣得意。将佐乐得面谀，益令守贞手舞足蹈，乐不可支。饮至夜静更阑，方才散席。

未几有使人自长安来，递上文书。经守贞启视，乃是赵思绾的劝进表，不由的心花怒开，使人复献上御衣，光辉灿烂，藻锦氤氲。守贞到了此时，是喜欢极了，略问来使数语，令左右厚礼款待，阅数日才命归报，结作爪牙。自是反谋益决，妄言天人相应，僭号秦王。遣使册思绾为节度使，令仍称永兴军为晋昌军。

同州节度使张彦威，因与河中相近，诇知守贞所为，时常戒备，且密表请师。汉廷派滑州指挥使罗金山，率领部曲，助戍同州。因此守贞起事，同州得以无恐。守贞遣骁将王继勳，出兵据潼关。军报驰入大梁，汉主乃命澶州节度使郭从义，充永兴军行营都部署，与客省使王峻，率兵讨赵思绾，邠州节度使白文珂，为河中行营都部署，率兵讨李守贞。继复派出夔州指挥使尚洪迁，为永兴行营都虞侯，阆州防御使刘词，为河中行营都虞侯。

各军同时西行，独尚洪迁恃勇前驱，趋至长安城下。赵思绾正养足锐气，专待官军对仗，遥望洪迁前来，立即麾众杀出，与洪迁交锋。洪迁尚未列阵，思绾已经杀到，主客异形，劳逸异势，就使洪迁骁悍过人，至此亦旗靡辙乱，禁遏不住。勉强招架，终究是不能支撑，看看士卒多伤，便麾兵先退，自率亲军断后，且战且行。思绾力追不舍，恼动了洪迁血性，拼死力斗，才把思绾击退。但洪迁身上，已受了数十创，回至大营，呕血不止，过了一宵，便即捐生。写洪迁阵亡情状，又另是一种写法。

郭从义、王峻二人，因洪迁战死，未免畏缩，敛兵不进。峻与从义，又两不相容，越觉得你推我诿，延宕不前。汉廷再遣泽潞节度使常恩，领兵援应，可巧郭从义也分兵往迎，两下会师，总算克复了一座潼关，由常恩屯兵守着。河中行营都部署白文珂，逗留同州，未尝进兵。新授凤翔节度使赵晖，到了咸阳，部署兵士，一时也不能急进。汉主承祐，颇以为忧，特派枢密使郭威为西面军前招谕安抚使，所有河中、永兴、凤翔诸军，悉归郭威节制。

威奉命将行，先诣太师冯道处问策。冯道徐语道：“守贞宿将，自谓功高望重，必能约束士卒，令他归附。公去后，若勿爱官物，尽赐兵吏，势必众情倾向，无不乐从，守贞自无能为了！”威谢教即行，承制传檄，调集各道兵马，前来会师。并促令白文珂趋河中，赵晖趋凤翔。晖已探得王景崇降蜀，并通李守贞，连表奏闻，有诏命郭威兼讨景崇。威乃与诸将会议军情，熟权缓急，诸将拟先攻长安、凤翔。时华州节度使扈彦珂，亦奉调从军，独在旁献议道：“今三叛连兵，推守贞为主，守贞灭亡，两镇自然胆落，一战可下了。古人有言，擒贼先擒王，不取首逆，先攻王、赵，已属非计。况河中路近，长安、凤翔皆路远，攻远舍近，倘王、赵拒我前锋，守贞袭我后路，岂非是一危道么！”诚然！诚然！威待他说毕，连声称善，乃决分三道攻河中，白文珂及刘词自同州进，常恩自潼关进，自率部众从陕州进。沿途所经，与士卒同甘苦，小功必赏，微过不责，士卒有疾，辄亲自抚视，属吏无论贤愚，有所陈请，均和颜悦色，虚心听从。虽由冯道处得来秘诀，但亦能得法意外。因此人人喜跃，个个欢腾。

守贞初闻郭威统兵，毫不在意，且因禁军尝从麾下，曾受恩施，若一到城下，可坐待倒戈，不战自服。哪知三路汉兵，陆续趋集，统是扬旗伐鼓，耀武扬威。郭威所带的随军，尤觉得气盛无前，野心勃勃。当下已有三分惧色，凭城俯瞩，见有认识军将，便呼与叙旧。未曾发言，已听得一片哗声，统叫自己为叛贼，几乎无地自容，转思木已成舟，悔恨无益，只得提起精神，督众拒守。郭威竖栅城西，白文珂竖栅河西，常恩竖栅城南。威见恩立营不整，又见他无将领才，遣令归镇，自分兵驻扎南城。诸将竞请急攻，威摇首道：“守贞系前朝宿将，健斗好施，屡立战功，况城临大河，楼堞完固，万难急拔。且彼据高临下，势若建瓴，我军仰首攻城，非常危险，譬如驱士卒投汤火，九死一生。有何益处？从来勇有盛衰，攻有缓急。时有可否，事有后先。不若且设长围，以守为战，使他飞走路绝。我洗兵牧马，坐食转饷，温饱有余，城中乏食，公私皆竭。然后设梯冲，飞书檄，且攻且抚，我料城中将士，志在逃生，父子且不相保，况乌合之众呢！”一番大议论，确有特见。诸将道：“长安、凤翔，与守贞联结，必来相救，倘或内外夹攻，如何是好？”威微笑道：“尽可放心，思绾、景崇，徒凭血气，不识军谋，况有郭从义等在长安，赵晖往凤翔，已足牵制两人，不必再虑了！”成算在胸。乃发诸州民夫二万余人，使白文珂督领，四面掘长壕，筑连垒，列队伍，环城围住。越数日，见城上守兵，尚无变志，威又语诸将道：“守贞前畏高祖，不敢嚣张。今见我辈崛起太原，事功未著，有轻我心，故敢造反。我正宜守静示弱，慢慢儿的制伏呢。”遂命将吏偃旗息鼓，闭垒不出。但沿河遍设火铺，延长至数十里，命部兵更番巡守。又遣水军舣舟河滨，日夕防备，水陆扼住。遇有间谍，无不捕获，于是守贞计无所出，只有驱兵突围一法。偏郭威早已料着，但遇守兵出来，便命各军截击，不使一人一骑，突过长围。所以守贞兵士，屡出屡败，屡败屡还。守贞又遣使赍着蜡书，分头求救，南求唐，西求蜀，北求辽，均被汉营逻卒，掩捕而去。城中益穷蹙无计，渐渐的粮食将尽，不能久持，急得守贞日蹙愁眉，窘急万状。国师总伦，时常在侧，守贞当然加诘。总伦道："大王当为天子，人不能夺，唯现在分野有灾，须待磨灭将尽。单剩得一人一骑，方是大王鹊起的时光哩。"真是呆话。守贞尚以为然，待遇如初。利令智昏，一至于此。

王景崇据住凤翔，既与守贞勾通，受他封爵，便杀死侯益家属七十余人，只有一子仁矩，曾为天平行事司马，在外得免。仁矩子延广，尚在襁褓，乳母刘氏，易以己子，抱延广潜逃，乞食至大梁。狡如侯益，不期得此乳母。侯益大恸，哀请朝廷诛叛复仇。汉主传诏军前，促攻凤翔。

赵晖时已进攻，与景崇相持，忽闻蜀兵来援景崇，已至散关，当即派遣都监李彦从，潜师袭击，杀退蜀兵，且乘势夺取凤翔西关。景崇退守大城，晖屡用羸兵诱战，不见景崇出师。乃别设一计，暗令千余人绕出南山，伪效蜀装，张着蜀旗，从南山趋下。又命围城军士，佯作慌张，哗称蜀兵大至。景崇本已遣子德让，诣蜀乞援，眼巴巴的望着好音，一闻蜀兵到来，还辨什么真假，即派兵数千往迎。出城未及里许，蓦闻号炮声响，晖军四面攒集，把数千凤翔兵围住，凤翔兵士，方知中伏，可怜进退无路，统被晖军杀尽。晖颇能军。景崇闻报，徒落得垂头丧气，懊悔不及，自是不敢轻出。

那蜀主孟昶，果遣山南西道节度使安思谦，率兵救凤翔，另派雄武节度使韩保贞，引兵出汧阳，牵制汉军。景崇子德让，先行入报，景崇才令部将李彦舜等，出迓蜀兵。赵晖得蜀兵来信，亟分兵遏守宝鸡。蜀将申贵，为思谦前驱，用诱敌计来诱汉兵。汉兵已入宝鸡城内，见蜀兵稀少，出城追赶，遇伏败还，不意城内已被蜀兵掩入，竟将宝鸡夺去。幸赵晖先事预防，恐宝鸡戍兵，不足敌蜀，更派精兵五千人援应，途中遇着败军，两下会合，复将宝鸡夺还。思谦引军至渭水，经申贵还报，始知先胜后挫。再欲进攻，因探得宝鸡有备，料一时不能攻下，遂语大众道："敌势尚强，我军粮少，未便与他久持，不若暂退，再作后图。"实是怯懦。乃退屯凤州，寻归兴元。

王景崇闻蜀兵退归，再遣使向蜀告急，蜀臣多不愿发兵。经景崇再三表请，始由蜀主下令，仍命安思谦出援。思谦请先运粮四十万斛，方可出境，蜀主太息道："思谦未曾出兵，先来索粮，意已可知，岂肯为朕进取？朕且拨粮颁给，看他愿出兵否？"乃发兴州、兴元米数万斛，交与思谦。思谦始自兴元出凤州，再由凤州进散关，另派部将申贵、高彦俦等，击破汉箭筈、安都诸寨。宝鸡戍卒，出截玉女津，也为蜀兵所败，仍然退归。思谦进驻模壁，韩保贞也出新关，同至陇州会齐，将攻宝鸡。赵晖再欲分军接应，因怕势分力弱，反为景崇所乘，乃饬宝鸡兵吏，严守城池，不得妄动。一面移文至河中，向郭威乞师。

威正欲破灭李守贞，适值南唐起兵，来援河中，不得不分师邀击，暂缓攻城。守贞幕下，有游客二人，一是狂士舒元，一是道士杨讷。二人见守贞围困，特扮作平民，出城南向，求救唐廷。舒元易姓为朱，杨讷易姓名为李平，好容易混出重围，奔至金陵，吁请救急。唐主璟犹豫未决，谏议大夫查文徽，兵部侍郎魏岑，怂恿唐主出师。唐主因命北面行营招讨使李金全出救河中，以清淮节度使刘彦贞为副，文徽为监军使，岑为沿淮巡检使，相偕俱出，同至沂州。

金全令部众暂憩，遣探骑侦察汉营，再定行止。探骑去了多时，至午未回，营中已备好午餐，一齐会食。那探骑入帐通报道："距此地十数里外，有一长涧，涧北有汉兵驻守，不过数百人，且甚羸弱，请急击勿失！"金全不待说毕，厉声叱退，仍然安坐食饭。诸将莫名其妙，待至大众食毕，都至金全面前，请即出战。金全又厉声道："敢言出战者斩！"两层写来，事奇笔亦奇。诸将默然退出，免不得交头接耳，私谤金全。待至夕阳西下，暮色苍黄，金全又下令道："营内队伍，须要整齐，各军器械，不得抛离，大家守住营门，毋得妄动，违令立斩！"又作一层疑案。诸将越加疑心，但军令如山，不敢不遵，只好依言备办。

蓦听得鼓声大震，四面八方，有兵掩至，统到营门前呐喊，几不知有多少人马。金全营内，但守住营垒，无人出战，哪来兵喧嚷多时，恰也不闻进攻，四散而去。到了起更，已寂静无声，方奉金全命令，造饭会食。

金全问诸将道："汝等试想，午后可出战么？"诸将始齐声道："大帅料敌如神，幸免危祸，但究竟从何料着？"金全微笑道："兵法有言，知己知彼，百战不殆。汉帅系是郭威，号称能军，难道我军远来，彼尚未能侦悉么？涧北设着羸兵，明明是诱我过涧，堕他伏中。我军至暮不出，伏兵无用，当然前来鼓噪，乱我军心，待见我壁垒森严，无隙可乘，不得已知难而退，明眼人何难预料呢！"诸将方才拜服。

金全一驻数日，复探得汉垒严密，料知河中必危，便语诸将道："郭威为帅，守贞断难幸免，我等进援，有损无益，不如退师为是。"查文徽、魏岑等，前时乘兴而来，至此也兴尽欲返，即拔营退驻海州。且遣使入奏唐主，详陈一切情形，唐主复贻汉书，婉谢前失，请仍通商旅，并乞赦李守贞。

汉廷置诸不答，但闻赵晖情急，饬郭威设法往援。威计却唐兵，亲督兵往援赵晖，行抵华州，接晖来文，谓蜀兵食尽退去，因即折回。途次过了残腊，便是乾祐二年。白文珂闻郭威将至，引兵往迎，河中行营，只留都指挥使刘词，主持一切。

先是郭威西行，曾戒白文珂、刘词道："贼不能突围，迟早难逃我手，若彼突出，我等且功败垂成，成败关键，全在此举，我看贼中骁锐，尽在城西，我去必来突围。汝等须要严防，切切毋忽！"白文珂、刘词两人，依着威言，日夕注意，守兵也不敢出来。到了文珂迎威，城中已经探悉，潜遣人夜缒出城，沽酒村墅，任人赊欠。逻骑多半嗜酒，见了这杯中物，不禁垂涎，况又是不需现钱，乐得畅饮数杯。你也饮，我也饮，饮得酩酊大醉，统向营中睡熟，不复巡逻。杯中物误人甚大，故酒色财气中列为第一。刘词恰也小心，唯这一着未尝预防，险些儿堕他狡计。

一夕已经三鼓，词觉有倦意，和衣假寐，正要朦胧睡去，忽闻栅外有鼓噪声，欻然惊起，趋出寝所，向外一望，已是火势炎炎，光明如昼，部兵东张西望，不知所为。词故意镇定，绝不变色，且下令道："区区小盗，怕他什么！"遂率众堵御，冒烟而出。客省使阎晋卿道："贼甲皆黄，为火所照，容易辨认，唯众无斗志，颇觉可忧！"裨将李韬朗声道："无事食君禄，有急可不死斗么？我愿当先，诸将士快随我来！"说至此，即援矟先进，大众也趁势随上。俗语说得好，一夫拼命，万夫莫当，况经李韬一言，激动众愤，就使火势燎原，一些儿没有怕惧，只管向前奋击。河中兵相率辟易，为首骁将王继勳，勇敢善斗，至此也杀得大败，身受重伤，逃入城中，手下剩得百余骑，踉跄随回，余众皆死。

刘词方收军入栅，扑灭余火，夤夜修补，次日仍壁垒一新。待郭威到来，词出迎马首，向威请罪。威欣然道："我正愁此一着，非兄健斗，几为虏笑，今幸破贼，贼技已穷，可无他虑了。"至入栅后，厚赏刘词及李韬，将士等亦各给财帛。唯严申酒禁，非俟破城犒宴，不准私饮。爱将李审，首犯军令，饮酒少许，威察得情迹，召审入诘道：“汝为我帐下亲将，敢违我令，若非加刑，何以示众！”遂喝令左右，推审出辕，斩首示众。小子有诗赞道：

用威用爱两无私，便是诸军用命时。
莫怪将来成帝业，尧山兵法本来奇。郭威尧山人，见下。

李审就诛，全营股栗。嗣是令出必行，成功就在目前了。欲知河中克复情形，请看官续阅下回。

三叛连兵，首发难者为赵思绾，继以李守贞、王景崇，似乎思绾之罪为最大，而守贞次之，景崇又次之。实则不然，守贞背晋降虏，罪与杜重威相同，倘有明王，早已不赦。乃幸得免死，仍予旌节，复敢效重威故智，再生叛乱，罪恶至此，死有余辜。景崇受命讨叛，反自为叛，《春秋》之戮，宁能后诸！赵思绾一狂暴徒耳，若非守贞、景崇之为逆，一将平之足矣。故本回叙事，于河中为最详，次凤翔，次长安，而于郭威之首攻河中，赵晖之分攻凤翔，亦具有褒词，一褒一贬，笔下固自有阳秋也。

第四十三回　覆叛巢智全符氏女　投火窟悔拒汉家军

却说河中叛帅李守贞，被围逾年，城中粮食已尽，十死五六，眼见是把守不住。左思右想，除突围外无他策。乃出敢死士五千余人，分作五路，突攻长围的西北隅。郭威遣都监吴虔裕，引兵横击，把河中兵扫将过去，五路俱纷纷败走，多半伤亡。越数日又有守兵出来突围，陷入伏中，统将魏延朗、郑宾，俱为汉兵所擒。威不加杀戮，好言抚慰，魏、郑二人，大喜投诚，因即令他作书，射入城中，招谕副使周光逊，及骁将王继勳、聂知遇。光逊等知不可为，亦率千余人出降。嗣是城中将士，陆续出来，统向汉营归命。郭威乃下令各军，分道进攻，各军闻命，当然踊跃争先，巴不得一鼓就下。怎奈城高堑阔，一时尚攻它不进，因此一攻一守，又迁延了一两月。想是守贞命数中，尚有一两月可延。

可巧郭从义、王峻，报称赵思绾已有降意，唯此人不除，终为后患，应该如何处置，听命发落。郭威令他便宜行事。于是首先发难的赵思绾，也首先伏诛。思绾为郭从义、王峻所围，苦守经年，曾遣子怀乂，诣蜀乞援。蜀兵尚未能到河中，怎能入援长安？援绝犹可，最苦粮空。思绾本喜食人肝，尝亲自持刀，剖肝作脍，脍已食尽，人尚未死。又好取人胆作下酒物，且饮且语道："吞人胆至一千，便胆气无敌了。"至城中食尽，即掠妇女幼稚，充作军粮。糜肉饲兵，自己吞食肝胆，权代饭餐。有时且用人犒军，计数分给，如屠羊豕一般。可怜城中冤气冲天，镇日里笼着黑雾，不论晴雨，统是这般。郭从义乃使人诱降。

先是思绾少时，求为左骁卫上将军李肃仆从，肃适致仕，谢绝不纳。肃妻张氏，系梁、晋两朝元老张全义女，具有远识，特问肃何故不纳思绾？肃慨然道："是人目乱语诞，他日必为叛贼！"张氏道："妾意亦然，但君今拒绝，他必挟恨无穷，一旦逞志，必遭报复，我家恐无遗类。不若厚赠金帛，遣令图生！"肃如言召入思绾，馈赠多金，思绾拜谢而去。

后来入据长安，正值李肃闲居城中，思绾即往谒见，拜伏如故。肃惊起避席，禁不住思绾勇力，将肃捺入座中，定要肃完全受拜，且尊呼肃为恩公。肃勉强敷衍，心中委实难过，及思绾退出，急入语张夫人道："我说是人必叛，今果闯乱，复来见我，我且受污，奈何！"张氏道："何不劝他归国！"肃又道："他已势成骑虎，怎肯遽下！我若劝他，反惹他疑心，自招屠戮了。"张氏道："长安虽固，料他必不能久据。他若舍此而去，不必说了，否则官军来攻，总有危急这一日，那时容易进言，自无他患。"肃也以为然，暂且纾忧。

思绾屡遣人送奉珍馐，加以裘帛，肃不好峻拒，又不便接受，百端为难。自思将来多凶少吉，不如图个自尽，免致株连，因觅得毒药，即欲服下。亏得张氏预先觉察，将药夺去，始得免死。及长安围急，日食人肉，张氏复语肃道："今日正可入府劝降。幸勿再延！"相时知机，好一个贤智妇人。肃乃往见思绾，思绾倒履相迎，推肃上坐，便开口问道："恩公前来，想是怜念思绾，设法解围，愿乞明教！"肃答道："公本与国家无嫌，不过因惧罪起见，据城固守，今国家三道用兵，均未成功，公若乘此变计，幡然归顺，料朝廷必然喜悦，保公富贵，为二镇劝。公试自思，坐而待毙，亦何若出而全身呢！"思绾道："倘朝廷不容我归顺，岂不是欲巧反拙！"肃又道："这可无虑，包管在我手中。我虽致仕，朝廷未尝不知，若由公表明诚意，再附我一疏，为公洗释前愆，当无有不允了！"

思绾尚未能决，判官程让能，正受郭从义密书，有意出降，乘着李肃进言时，也即入劝，熟陈祸福。思绾乃即令让能起草，撰成二表，一表是由肃出名，一表是思绾出名，遣使诣阙。待过旬余，得去使返报，知朝廷已允赦宥，且调任他镇，思绾大喜。未几即有诏敕颁到行营，授思绾检校太保，调任华州留后。当由郭从义传入城中，令思绾出城受诏，思绾释甲出城，拜受朝命，遂与郭从义面约行期，指日往华州任事。从义允诺，许令还城整装，唯派兵随入，守住南门。思绾迟留未发，托言行装未整，改易行期，至再至三。从义乃与王峻商议道："狼子野心，终不可用，不如早除，杜绝后患！"王峻不甚赞成，但言须禀命郭威。便是两不相容之故。

从义因遣人至河中行营，请除思绾。既得威诺，即与王峻按辔入城，陈列步骑，直至府署。遣人召思绾出署道："太保登途，不遑出饯，请就此对饮一杯，便申别意。"思绾不得不从，一出署门，便被从义一声暗号，麾动军士，将他拿下。并入署搜捕家属，及都指挥常彦卿，一并牵至市曹，枭首示众。且籍没思绾家赀，得二十余万贯，一半入库，一半赈饥。城中丁口，旧有十余万，至是仅遗万人。从义延入李肃，请他主持赈务，肃自然出办。两日即尽，入府销差，归家与张夫人说明，一对老夫妻，才得高枕无忧，白头偕老了。应该向阃中道谢。

思绾伏法，郭威免得兼顾，日夕督兵攻城，冲入外郭。李守贞收拾余众，退保内城，诸将请乘胜急攻，威说道："鸟穷犹啄，况一军呢！今日大功将成，譬如涸水取鱼，不必性急了。"守贞知已必死，在衙署中多积薪刍，为自焚计。迁延数日，守将已开城迎降，有人报知守贞，守贞忙纵火焚薪，举家投入火中。说时迟，那时快，官军已驰入府衙，用水沃火，应手扑灭，守贞与妻及子崇勳，已经焚死，尚有数子二女，但触烟倒地，未曾毙命。官军已检出尸骸，枭守贞首，并取将死未死的子女，献至郭威马前。

威查验守贞家属，尚缺逆子崇训一人，再命军士入府搜拿。府署外厅已毁，独内室岿然仅存。军士驰入室中，但见积尸累累，也不知谁为崇训，唯堂上坐一华妆命妇，丰采自若，绝不慌张。大众疑是木偶，趋近谛视，但听该妇呵声道："休来！休来！郭公与我父旧交，汝等怎得犯我！"好大胆识。军士更不知为何人，但因她词庄色厉，未敢上前锁拿，只好退出府门，报知郭威。威亦惊诧起来，便下马入府，亲自验明。那妇见郭威进来，方下堂相迎，亭亭下拜。威略有三分认识，又一时记忆不清，当即问明姓氏。及该妇从容说出，方且惊且喜道："汝是我世侄女，如何叫汝受累呢！我当送汝回母家。"该妇反凄然道："叛臣家属，难缓一死，蒙公盛德，贷及微躯，感恩何似！但侄女误适孽门，与叛子崇训结褵有年，崇训已经自杀，可否令侄女棺殓，作为永诀！得承曲允，来生当誓为犬马，再报隆恩！"威见该妇情状可怜，不禁心折，便令指出崇训尸首，由随军代为殓埋。该妇送丧尽哀，然后向威拜谢，辞归母家。威拨兵护送，不消细叙。唯该妇究为何人？她自说与崇训结褵，明明是崇训妻室。唯她的母家，却在兖州，兖州即泰宁军节度使魏国公符彦卿，就是该妇的父亲。画龙点睛。

先是守贞有异志，尝觅术士卜问休咎。有一术士能听声推数，判断吉凶。守贞召出全眷，各令出声。术士听一个，评一个，统不与寻常套话。挨到崇训妻符氏发言，不禁瞿然道："后当大贵，必母仪天下！"术士既知吉凶，如何专推符氏，不言守贞全家之多凶。守贞果信术士言，何不转诘崇训之可否为帝。史家所载，往往类此，本编亦依史演述云尔。守贞闻言，益觉自夸道："我媳且为天下母，我取天下，当然成功，何必再加疑虑呢！"于是决计造反。

及城破后，守贞葬身火窟。崇训独不随往，先杀家人，继欲手刃符氏，符氏走匿隐处，用帷自蔽，令崇训无从寻觅。崇训惶遽自杀，符氏乃得脱身，东归兖州。符彦卿贻书谢威，且因威有再生恩，愿令女拜威为父，威也不推辞，复称如约。唯女母对此嫠雏，说她夫家灭亡，孑身仅存，无非是神明佑护，不如削发为尼，做一个禅门弟子，聊尽天年。符氏独摇首道："死生乃是天命，无故毁形祝发，真是何苦呢？"还要去做皇后，怎肯为尼。后来再嫁周世宗，果如术士所言，这且待后再表。

且说郭威攻克河中，检阅守贞文书，所有往来信札，或与朝臣勾结，或与藩镇交通，彼此统指斥朝廷，语多悖逆。威欲援为证据，一并奏闻，秘书郎王溥进谏道："魑魅乘夜争出，见日自消，愿一概付火，俾安反侧！"保全甚多。威闻言称善，乃将河中所留文牍，尽行焚去。当即驰书奏捷。召赵修己为幕宾，掌管天文。四面搜缉伪丞相靖峠、孙愿，伪枢密使刘芮，伪国师总伦等犯，与守贞子女，分入囚车，派将士押送阙下。

汉主承祐，御明德楼，受俘馘，宣露布，百官称贺。礼毕，即命将罪犯徇行都城，悬守贞首于南市，诛各犯于西市。二叛既平，但有凤翔一城，朝夕可下。朝旨令郭威还朝，留扈彦珂镇守河中，所有华州一缺，即命刘词补任。授郭从义为永安节度使，兼加同平章事职衔。此外立功将士，封赏有差。

郭威奉诏还都。入阙朝见，汉主承祐，令威升阶，面加慰劳，亲酌御酒赐威，威跪饮尽卮，叩首谢恩。汉主又命左右取出赏物，如金帛衣服玉带鞍马等类，一一备具。威复拜辞道："臣受命期年，只克一城，何功足录！且臣统兵在外，凡镇安京师，拨运军食，统由诸大臣居中调度，使臣得灭叛诛凶，臣怎敢独膺此赐？请分赏朝廷诸大臣！”汉主承祐道：“朕亦知诸大臣功勋，当有后命。此物但足赏卿，卿毋固辞！”威乃拜辞而出。翌晨威复入朝，汉主拟使威兼领方镇，威又拜辞道：“杨邠位在臣上，未受茅土，臣何敢当此！且臣尝蒙陛下厚恩，忝居枢密，帷幄参谋，不能与将帅同例。史弘肇为开国功臣，夙总武事，所以兼领藩封，臣万不敢受！”汉主乃上威检校太师，兼职侍中，且加赐史弘肇、苏逢吉、苏禹珪、窦贞固、杨邠等兼职，与威略同。唯中书侍郎李涛，已早罢相，不得与赐。汉主尚欲特别赏威，威一再叩谢道：“运筹建画，出自庙堂；发兵馈粮，出自藩镇；暴露战斗，出自将士；今功独归臣，再三加赏，反足使臣折福。愿匄余生为陛下效力，嗣有他功，再当领赏便了！”差不多似三揖三让。汉主方才罢议。

嗣因受赐诸臣，谓恩赏只及亲近，不录外藩，未免重内轻外。于是再议加恩，加天雄节度使高行周为太师，山南东道节度使安审琦为太傅，泰宁即上文兖州。节度使符彦卿为太保，河东节度使刘崇兼中书令，忠武节度使刘信，天平节度使慕容彦超，平卢节度使刘铢，并兼侍中，朔方节度使冯晖，夏州节度使李彝殷，并兼中书令，义武节度使孙方简，武宁节度使刘赟，并加同平章事。他如镇州节度使武行德，凤翔节度使赵晖等，也各加封爵，不胜殚述。

赵晖围攻凤翔，已历年余，闻河中长安，依次平定，独凤翔不下，功落人后，免不得焦急异常。遂督部众努力进攻，期在必克。王景崇困守危城，也害得智穷力竭，食尽势孤。幕客周璨，入语景崇道：“公前与河中、长安，互为表里，所以坚守至今。今二镇皆平，公将何恃？蜀儿万不可靠，不如降顺汉室，尚足全生。”景崇道：“我一时失策，累及君等，虽悔难追！君劝我出降，计亦甚是，但城破必死，出降亦未必不死，君独不闻赵思绾么？”璨知不可劝，退出署外。

越数日外攻益急。景崇登陴四望，见赵晖跨马往来，亲冒矢石，所有将士，无不效命，城北一隅，攻扑更是利害，不由的俯首长吁，猛然间得了一计，立即下城，召语亲将公孙辇、张思练道：“我看赵晖精兵，多在城北，来日五鼓，汝二人可毁城东门，诈意示降，勿令寇入。我当与周璨带领牙兵，突出北门，攻击晖军。幸而得胜，或守或去，再作良图。万一失败，也不过一死，较诸束手待毙，似更胜一筹了。”两将唯唯听命，景崇又与周璨约定，诘旦始发，是时准备停当，专待天明。

既而城楼谯鼓，已打五更，公孙辇、张思练两人，行至东门，即令随兵纵起火来，周璨也到了府署，恭候景崇出门。不意府署中忽然火起，烧得烟焰冲天，不可向迩。璨急召牙兵救火，待至扑灭，署内已毁去一半，四面壁立，独有景崇居室，一些儿没有遗留，眼见是景崇全家，随从那祝融回禄，同往南方去了。辇与思练，正派弁目来约景崇，突然见府舍成墟，大惊失色。急忙返报，急得两将没法，只好弄假成真，毁门出降。周璨早有降意，当然随降赵晖。晖引兵入城，检出景崇烬骨，折作数段。当即晓谕大众，禁止侵掠。立遣部吏报捷大梁。汉廷更有一番赏赐，无容细表，于是三叛俱亡。

当时另有一位大员，也坐罪屠戮。看官欲问他姓名，就是太子太傅李崧。李崧受祸的原因，与三叛不同。从前刘氏入汴，崧北去未归，所有都中宅舍，由刘知远赐给苏逢吉，逢吉既得崧第，凡宅中宿藏，及洛阳别业，悉数占有。至崧得还都，虽受命为太子太傅，仍不得给还家产。自知形迹孤危，不敢生怨，又因宅券尚存，出献逢吉。马屁拍错了。逢吉不好面斥，强颜接受。入语家人道：“此宅出自特赐，何用李崧献券！难道还想卖情么？”从此与崧有嫌。崧弟屿，嗜酒无识，尝与逢吉子弟往来，酒后忘情，每怨逢吉夺他居第。逢吉闻言，衔恨益深。

翰林学士陶穀，先为崧所引用，至此却阿附逢吉，时有谤言。可巧三叛连兵，都城震动，史弘肇巡逻都中，遇有罪人，不问情迹轻重，一古脑儿置入叛案，悉数加诛。李屿仆夫葛延遇，逋负失偿，被屿杖责，积成怨隙，遂与逢吉仆李澄，同谋告变，诬屿谋叛。结怨小人，祸至灭家。但陶穀文士，以怨报德，遑论一仆！逢吉得延遇诉状，正好乘隙报怨，遂将原状递交史弘肇。且遣吏召崧至第，从容语及葛延遇事，佯为叹息。崧还道是好人，愿以幼女为托。逢吉又假意允许，不使归家，即命家人送崧入狱。

崧才识逢吉刁狡，且悔且忿道：“从古以来，没有一国不亡，一人不死，我死了便休，何用这般倾陷呢！”及为吏所鞫，屿先入对簿，龂龂辩论。崧上堂闻声，顾语屿道：“任汝舌吐莲花，也是无益，当道权豪，硬要灭我家族，毋庸哓哓了！”屿乃自诬伏罪，但说与兄弟僮仆二十人，同谋作乱，又遣人结李守贞，并召辽兵。逢吉得了供词，复改二十字为五十字，有诏诛崧及屿，兼戮亲属，无论少长，悉斩东市，葛延遇、李澄，反得受赏，都人士统为崧呼冤。小子有诗叹道：

遭谗诬伏愿拼生，死等鸿毛已太轻；
同是身亡兼族灭，何如殉晋尚留名！

欲知后事如何，且至下回续叙。

永兴围城中，有一李肃妻张氏，河中叛眷内，有一李崇训妻符氏，本回特别叙明，于军马倥偬之际，独显出两个女豪，尤足使全回生色。唯张氏以智全夫，且令叛贼出降，长安得以戡定，为家为国，共得保安，七尺须眉，对之具有愧色矣。符氏胆识过人，智不在张氏下。但夫死不嫁，礼有明文，女母令削发为尼，实欲为女保全贞节。符氏乃不从母言，志在再醮。虽其后果为国母，而绳以礼律，毋乃犹有遗憾欤！若夫三叛之亡，咎皆自取，而李崧族灭，不无冤诬。然试问谁与亡晋，谁与降辽，而得长享富贵耶？故苏逢吉固不得杀崧。而崧之罪实无可逭；都下称冤，其犹为一时之偏见也夫！

第四十四回　弟兄构衅湖上操戈
将相积嫌席间用武

却说汉主承祐，因三叛已平，内外无事，自然欣慰异常，除赏赐诸臣外，复加封吴越、荆南、湖南三镇帅。吴越王弘倧，秉性刚严，统军使胡进思，骄横不法，为弘倧所嫉视，密与指挥使何承训商议，谋逐进思。承训佯为定计，出与进思说明。进思即带领亲兵，夤夜叩宫，戎服入见。弘倧惊问何事？进思以下，语多狂悖，急得弘倧骇奔，跑入义和院，闭门避祸。进思反锁院门，矫传王命，诡言猝得疯痰，不能视事，可传位王弟弘俶等语。弘俶本出镇台州，当弘倧嗣立时，召入钱塘，赐居南邸，参相府事。进思既颁发伪敕，即召集文武大吏，至南邸迎谒弘俶。弘俶愕然道："能全我兄，方敢承命。否则宁避贤路，幸勿强迫！"进思拜手道："愿遵王言！"诸官吏亦俯伏称贺。弘俶乃入元帅府南厅，受册视事，徙故王弘倧至锦衣军，遣都头薛温率兵保护。且戒温道："此后有非常处分，均非我意，汝当死拒，不得相从！"温受命而去。

进思屡劝弘俶害兄，弘俶始终不从，且严防进思。何承训希承意旨，复请弘俶速诛进思。弘俶恨他反复无常，猝命左右拿下承训，推出斩首。杀得爽快。进思闻承训卖己，却也说是该杀，唯日虑弘倧报复，又捏称弘俶命令，饬薛温毒死弘倧。温抗声道："温受命时，未闻此言，不敢妄发！"进思复夜遣私党二人，逾垣突入，持刀前进。亏得弘倧日夜戒惧，闻声大呼，温急率众趋救，捉住二贼，剁毙庭中。诘旦面报弘俶，弘俶大惊道："保全我兄，全出汝力。”乃赏温金帛，仍令加意。进思无从下手，忧惧日积，猝然间疽发背上，呼号而死。命该如此。

弘俶仍奉汉正朔，奏达弘倧传位情形。汉主承祐，授弘俶为东南面兵马都元帅，兼镇海、镇东等军节度使，封吴越国王。未几以平乱覃恩，加授尚书令，弘倧得弘俶优待，移居东府，优游二十年，安然告终，吴越号为让王。友爱家风，足矫乱世。这是后话。同时荆南节度使高从诲病殁，子保融嗣。先是汉高祖起兵太原，高从诲尝遣使劝进，一面且入贡大梁，取媚辽主。至汉已定国，从诲上表称贺，并求给郢州，未得俞允。从诲遂潜师寇郢，被刺史尹实击退。又发水军袭襄州，也为节度使安审琦所破，败归荆南。从诲两次失败，恐汉兵南讨，急向唐、蜀称臣，求他援助。时人见他东奔西走，南投北降，见利即趋，见害即避，呼他为高无赖。乾祐元年，从诲因与汉失和，北方商旅不通，境内贫乏，复上表汉廷，自陈悔过，愿修职贡。汉廷方虑三叛构兵，无暇诘责，乃派使臣宣抚荆南。既而从诲寝疾，命三子保融判内外兵马事。从诲旋殁，保融嗣知留后，告哀汉廷，汉授保融荆南节度使，同平章事。越年汉平三叛，推恩加封，命保融兼官侍中，与吴越同时颁诏。

尚有湖南节度使楚王马希广，亦得进授太尉，算是大汉隆恩。希广当然拜命，独希广兄希萼，据有朗州，也遣使至汉，表求节钺。小子于前四十回中，曾已叙明希萼为兄，希广为弟，弟承王位，兄独向隅，势不免同室操戈，想看官当已阅过。果然为时未几，即致暴裂。希广有庶弟希崇，曾为天策左司马，素性狡险，阴遗希萼书，内言指挥使刘彦瑫等，妄称遗命，废长立少。愿兄勿为所欺云云。希萼得书览毕，激动怒意，遂借奔丧为名，入探虚实。行至砆石，早被刘彦瑫闻知，请命希广遣都指挥使周廷诲，带着水军，往迎希萼。两下会着，由廷诲逼他释甲，然后导入。希萼见廷诲军容，不敢不屈意相从，卸甲改装，随廷诲入国城，成服丧次，留居碧湘宫。及丧葬礼毕，希萼求还。廷诲入白希广道：“王若能让位与兄，不必说了；否则为国割爱，毋使生还！”劝人杀兄，亦属非是。希广道：“我何忍杀兄，宁可分土与治。”乃厚赠希萼，遣归朗州。

希萼大为失望，还镇后即上诉汉廷，谓希广越次擅立，事出不经，臣位次居长，愿与希广各修职贡，置邸称藩。汉廷以希广已受册封，未便再封希萼，乃不允所请，但谕以兄弟一体，毋得失和，所有贡献，当附希广以闻。

又别赐希广诏书，亦无非劝他友爱，弭衅息争。希广原是受命，希萼偏不肯从，募乡兵，造战舰，将与希广从事，争个你死我活。

适南汉主晟，本名弘熙，见三十二回。杀死诸弟，骄奢淫佚，特遣工部郎中钟允章，赴楚求婚，哪知希广不许，谢绝允章。允章还报，晟愤愤道："马氏尚能经略南土否？"允章道："马氏方启内争，怎能害我？"晟又道："果如卿言，我正好乘隙进取了。"允章极口赞成。晟遂遣指挥使吴珣，内侍吴怀恩，率兵攻贺州。楚主希广，忙派指挥使徐知新、任廷晖，统兵往救。到了贺州城下，见城上已遍竖敌旗，惹起众愤，立刻攻城，鼓声一起，各队竞进，忽听得几声怪响，地忽裂开，前驱兵士，统坠入地下去了。令人惊讶。徐知新等忙令收军，十成中已失去四五成，且恐敌兵出击，星夜奔回，乞请济师。希广责他不肯尽力，立将徐、任二将处斩。看官听着！这徐、任二将的败衄，并非畏怯，实出卤莽。南汉统将吴珣，陷入贺州，就在城外凿一大阱，上覆竹箔，附以土泥。复从堑中穿穴达阱，设着机轴。专待禁军来攻。若徐、任等能小心查察，当可免祸，误在麾兵轻进，徒然把前驱士卒，送死阱中。罪固难贷，情尚可原。希广当日，何妨令他带罪立功，乃骤加显戮，伤将士心，如何能御敌固防呢！评断精确。南汉兵转攻昭、桂、连、宜、严、梧、蒙诸州，多半被陷，大掠而去。希萼乘势发兵，督领战舰七百艘，将攻长沙，妻苑氏进阻道："兄弟相攻，无论胜负，俱为人笑，不如勿行！"希萼不听，引兵趋潭州。即长沙。希广闻变，召入刘彦瑫等，慨然与语道："朗州是我兄镇治，不可与争，我情愿举国让兄。"言之有理，惜为群小所误。刘彦瑫固言不可，天策学士李弘皋、邓懿文，亦同声谏阻，乃命岳州刺史王赟为战棹指挥使，出拒希萼。即命刘彦瑫监军。彦瑫与赟，驶舟至仆射洲，巧值朗州战船，逆风前来。赟据住上风，麾众截击，大破朗州兵，获住战舰三百艘，复顺风追赶，将及希萼坐船，忽后面有差船到来，传希广命，说是勿伤我兄！既不能让国，还要戒以勿伤，真是妇人之仁。赟乃引还，希萼得从赤沙湖遁归。苑氏闻希萼败还，泣语家人道："祸将到了！我不忍见屠戮呢。"遂投井自尽。未免轻生。

静江军节度使马希瞻，系希广弟，闻两兄交争，屡次作书劝戒，各不见从，也病疽而殁。希萼因败益愤，招诱辰溆州及梅山蛮，共击湖南，蛮众贪利忘义，争来赴敌，与希萼同攻益阳。希广遣指挥使陈璠往援，交战淹溪，播竟败死。希萼又遣群蛮破迪田，杀死镇将张延嗣，希广再命指挥使黄处超赴剿，也致败亡。希萼连得胜仗，再向汉廷上表，请别置进奏务于京师。汉主承祐，仍优诏不许，唯劝他兄弟修和。希萼遂改道求援，臣事南唐。唐令楚州刺史何敬洙，将兵往助希萼，共攻希广。

希广到了此时，哪得不焦灼万分，慌忙遣使至汉，表称荆南、岭南、江南连兵，谋分湖南，乞速发兵屯澧州，扼住江南、荆南要路。汉廷并未颁发覆谕，急得希广寝食不安。刘彦瑫入见希广道："朗州兵不满万，马不盈千，何足深惧！愿假臣兵万余人，战舰百五十艘，径入朗州，缚取希萼，为大王解忧。"言之不怍。希广大悦，即授彦瑫为战棹指挥使，兼朗州行营都统，亲出都门饯行。

彦瑫辞别希广，航行入朗州境，父老各赍牛酒犒军。彦瑫总道是民心趋附，定可进取，战舰既过，即用竹木自断后路，表示决心。也想学项羽之破釜沉舟耶！行次湄州，望见朗州战舰百余艘，装载州兵、蛮兵各数千，即乘风纵击，且抛掷火具，焚毁敌船。敌兵惊骇，正思返奔，忽风势倒吹，火及彦瑫战船，反致自焚，彦瑫不遑扑救，只好退走，无如后路已断，追兵又至，士卒穷蹙无路，战死溺死，不下数千人。

彦瑫单舸走免，败报传入长沙，希广忧泣终日，不知所为。或劝希广发帑犒师，鼓励将士，再行拒敌。希广素来吝啬，没奈何颁发内帑，取悦士心。或又谓希崇流言惑众，反状已明，请速诛以绝内应。希广又是不忍，潸然流涕道："我杀我弟，如何见先王于地下。"迂腐之极。将士见希广迂懦，不免懈体。马军指挥使张晖，从间道击朗州，闻彦瑫败还，也退屯益阳。嗣因朗州将朱进忠来攻，诡词诳众道："我率麾下绕出贼后，汝等可留城中待我，首尾夹击，不患不胜。"说着，引部众出城，竟从竹头市逃归长沙。进忠闻城中无主，驱兵急攻，遂陷益阳。守兵九千余人，尽被杀死。

希广见张晖遁归，急上加急，不得已遣僚属孟骈，赴朗州求和。希萼令骈还报道："大义已绝，不致地下，不便相见了！"希广益惧，忽又接朗州探报，希萼自称顺天王，大举入寇。那时无法可施，只好飞使入汉，三跪九叩首的，乞请援师。汉主承祐，倒也被他感动，拟调将遣兵，往援湖南。偏值外侮猝乘，内变纷起，连自己的宗社，也要拱手让人，哪里还能顾到南方！说来又是话长，小子按年叙事，不得不依着次第，先述汉乱。界限划清，次第分明。

汉主承祐嗣位，倏经三年，起初是任用勋旧，命杨邠掌机要，郭威主征伐，史弘肇典宿卫，王章总财赋，四大臣同寅协恭，国内粗安。唯国家大事，尽在四大臣掌握，宰相苏逢吉、苏尚珪等，反若赘瘤。二苏多迁补官吏，杨邠谓虚縻国用，屡加裁抑，遂致将相生嫌，互怀猜忌。适关西乱起，纷扰不休，中书侍郎兼同平章事李涛，请调杨、郭二枢密，出任重镇，控御外侮，内政可委二苏办理。这明明是思患预防，调停将相的意思。不意杨、郭二人，误会涛意，疑他联络二苏，从旁倾轧，竟入宫泣诉太后，自请留奉山陵。李太后又疑承祐喜新厌旧，面责承祐，经承祐述及涛言，益增母怒，立命罢涛政柄，勒归私第。种种误会，构成隐患。承祐欲使母生欢，更重用杨、郭、史、王四大臣，除弘肇兼官侍中外，三大臣皆加同平章事兼衔。二苏益致失权，愈抱不平。既而郭威出讨河中，朝政归三大臣主持。邠司黜陟，重武轻文，文吏升迁，多方抑制。弘肇司巡察，怙权专杀，都人犯禁，横加诛夷。章司出纳，加税增赋，聚敛苛急，不顾民生。由是吏民交怨，恨不得将三大臣同时捽去。

及三叛告平，郭威还朝，今日赐宴，明月颁赏，仿佛是四海清夷，从此无患。承祐年已寖长，性且渐骄，除视朝听政外，辄与近侍戏狎宫中。飞龙使後匡赞，茶酒使郭允明，最善谄媚，大得主宠，往往编造廋词，杂以媟语，不顾主仆名分，乱嘈嘈的聚做一堆，互相笑谑。李太后颇有所闻，常召承祐入宫，严词督责。承祐初尚遵礼，不敢发言，后来听得厌烦，竟反唇相讥道："国事由朝廷作主，太后妇人，管什么朝事！"说至此，便抢步趋出，徒惹起太后一场烦恼，他却仍往寻乐去了。太常卿张昭，得知此事，上疏切谏，大旨在远小人，亲君子。承祐怎肯听受，置诸不理。

到了乾祐三年初夏，边报称辽兵入寇，横行河北，免不得召集大臣，共商战守。会议结果，是遣枢密使郭威出镇邺都，督率各道备辽。史弘肇复提出一议，谓威虽出镇，仍可兼领枢密。苏逢吉据例辩驳，弘肇愤然道："事贵从权，岂必定援故例，况兼领枢密，方可便宜行事，使诸军畏服。汝等文臣，怎晓得疆埸机变哩！"逢吉畏他凶威，不敢与较，但退朝语人道："用内制外，方得为顺。今反用外制内，祸变不远了！"逢吉能料大局，如何不能料自身？越日有诏颁出，授郭威为邺都留守天雄军节度使，仍兼枢密使，凡河北兵甲钱谷，见威文书，不得违误。为此一诏，汉社遂墟。

是夕宰相窦贞固，为威饯行，且邀集朝贵，列座相陪，大家各敬威一樽，才行归座。弘肇见逢吉在侧，引酒满觥，故意向威厉声道：“昨日廷议，各争异同，弟应为君尽此一杯。”说毕一饮而尽。逢吉亦忍耐不住，举觞自言道：“彼此都为国事，何足介意！”杨邠亦举觞道：“我意也是如此！”是几时孟光接了梁鸿案。遂与逢吉同饮告干。郭威恰过意不下，用言解劝。弘肇又厉声道：“安朝廷，定祸乱，须恃长枪大剑，毛锥子有何用处？”王章闻言，代为不平，也插嘴道：“没有毛锥子，饷军财赋，从何而出？史公亦未免欺人了！”真是舌战，不是饯客。弘肇方才无言。

少顷席散，各怏怏归第。威于次日入朝辞行，伏阙奏请道：“太后随先帝多年，具有经验，陛下春秋方富，有事须禀训乃行，更宜亲近忠直，屏逐奸邪，善善恶恶，最宜明审！苏逢吉、杨邠、史弘肇，皆先帝旧臣，尽忠殉国，愿陛下推心委任，遇事谘询，当无失败！至若疆场戎事，臣愿竭愚诚，不负驱策，请陛下勿忧！”承祐敛容称谢。待威既北去，仍然置诸脑后，不复记忆。那三五朝贵，却暗争日烈，好似有不共戴天的大雠。

一日由王章置酒，宴集朝贵。酒至半酣，章倡为酒令，拍手为节，节误须罚酒一樽。大家都愿遵行，独史弘肇喧嚷道：“我不惯行此手势令，幸毋苦我！”客省使阎晋卿，适坐弘肇肩下，便语弘肇道：“史公何妨从众，如不惯此令，可先行练习，事不难为，一学便能了。”说着，即拍手相示，弘肇瞧了数拍，到也有些理会，因即应声遵令。令既举行，你也拍，我也拍。轮到弘肇，偏偏生手易错，不禁忙乱，幸由晋卿从旁指导，才免罚酒。苏逢吉冷笑道：“身旁有姓阎人，自无虑罚酒了！”道言未绝，忽闻席上豁喇一声，几震得杯盘乱响。随后即闻弘肇诟骂声，大众才知席上震动，由弘肇拍案所致。好大的手势令。逢吉见弘肇变脸，慌忙闭住了口。弘肇尚不肯甘休，投袂遽起，握拳相向。逢吉忙起座出走，跨马奔归。弘肇向王章索剑，定要追击逢吉，杨邠从旁泣劝道：“苏公是宰相，公若加害，将置天子何地！愿公三思后行！”弘肇怒气未平，上马径去。邠恐他再追逢吉，也即上马追驰，与弘肇联镳并进，直送至弘肇第中，方才辞归。

看官试想，逢吉虽出言相嘲，也无非口头套话，并不是什么揶揄，为何弘肇动怒，竟致如此？原来弘肇籍隶郑州，系出农家，少时好勇斗很，专喜闯祸，唯乡里有不平事，辄能扶弱锄强。酒妓阎氏，为势家所窘，经弘肇用力解决，阎氏始得脱祸。娼妓多情，以身报德，且潜出私蓄，赠与弘肇，令他投军。阎氏颇似梁红玉，可惜弘肇不及韩蕲王。弘肇投入戎伍，得为小校，遂感阎氏恩，娶为妻室。到了夫荣妻贵，相得益欢。逢吉所言，是指阎晋卿，弘肇还道是讥及爱妻，所以怒不可遏，况已挟有宿嫌，更带着三分酒意，越觉怒气上冲。还亏逢吉逃走得快，侥幸全生。逢吉遭此不测，始欲外调免祸，继且自忖道："我若出都门，只烦仇人一处分，便成齑粉了。"乃打消初意。王章亦郁郁不乐，欲求外官。还是杨邠慰留，也致迁延过去。统是出去为妙。汉主承祐，探悉情形，特命宣徽使王峻，设席和解，仍然无效。小子有诗叹道：

> 岂真杯酒伏戈矛，攘臂都因宿忿留；
> 天子徒为和事老，不临死地不知休！

将相不和，内变已伏，尚有各种谗构情形，待小子下回再叙。

希广、希萼，阋墙构衅，与吴越适成反比例。故吴越虽有内乱，而得免破裂，湖南一启纷争，而即促危亡，甚矣兄弟之不宜相残也！希萼凶悍，希广迂懦，刘彦瑫等喜懦惧凶，故舍长立少，庸讵知迂懦者之终难成事耶！但推原祸始，实由希范，有事或可达权，无事必宜守经，否则，未有不乱且亡者也。夫兄弟不和，家必破。将相不和，国必亡。楚以兄弟不和而破家，汉以将相不和而亡国。同时肇乱，又若不相谋而适相合。著书人读书得间，合成一回，使其两相对照，标目生新，是亦一文字中之特色也。

第四十五回　伏甲士骈诛权宦
溃御营窜死孱君

却说杨邠、史弘肇等，揽权执政，势焰薰天，就是皇帝老子，亦奈何他不得。汉主近侍，及太后亲戚，夤缘得位，多被邠等撤除。太后有故人子，求补军职，弘肇不但不允，反把他斩首示众。还有太后弟李业，充武德使，夙掌内帑，适宣徽使出缺，业密白太后，乞请升补。太后转告承祐，承祐复转语执政，邠与弘肇，俱抗声说道："内使迁补，须有次第，不得超擢外戚，紊乱旧纲！"理非不正，语亦太激。承祐入禀太后，只好作为罢论。客省使阎晋卿，依次当升宣徽使，久不得补。这是何理？枢密承旨聂文进，飞龙使後匡赞，茶酒使郭允明，皆汉主幸臣，亦始终不得迁官。平卢节度使刘铢，罢职还都，守候数月，并未调任。因此各生怨恨，渐启杀机。

承祐三年服阕，除丧听乐，赐伶人锦袍玉带。伶人知弘肇骄横，不得不前去道谢，果然触怒弘肇，当面叱辱道："士卒守边苦战，尚未得此重赏，汝等何功，乃得此赐。"立命脱下，还贮官库。伶人固不应重赏，但亦须上疏谏阻，不得如此专横。承祐尝娶张彦成女为妃，不甚和协。嗣得一耿氏女，秀丽绝伦，大加宠信，便欲立她为后。商诸杨邠，邠谓立后太速，且从缓议。何不辨明嫡庶。偏偏红颜薄命，遽尔夭逝。速死实是幸事。累得承祐哀毁，如丧考妣，且欲用后礼殓葬。又被邠从旁阻挠，不得如愿。承祐已恨为所制，积不能平。有时与杨邠、史弘肇商议政事，承祐面谕道："事须审慎，勿使人有违言！"邠与弘肇齐声道："陛下但禁声，有臣等在，还怕何人！"骄恣极了。

承祐虽不敢斥责，心中却懊恨得很。退朝后与左右谈及恨事，左右趁势进言道："邠等专恣，后必为乱，陛下如欲安枕，亟宜设法除奸！"承祐尚不能决，是夕闻作坊锻声，疑有急兵，起床危坐，达旦不寐。嗣是虑祸益深，遂欲除去权臣，为自安计。

宰相苏逢吉与弘肇有隙，屡用微言挑拨李业，使诛弘肇。业即与文进、匡赞、允明，定好密计，入白承祐，承祐令转禀太后。太后道："这事何可轻发，应与宰相等熟权利害，方可定议。"业答道："先帝在日，尝谓朝廷大事，不可谋及书生，文人怯懦，容易误人。"太后终不以为然，召入承祐，嘱他慎重。承祐愤愤道："国家重事，非闺阁所知，儿自有主张。"言已，拂衣径出。业等亦退告阎晋卿，晋卿恐谋事不成，反致及祸，急诣弘肇第求见，欲述所闻。也是弘肇恶贯已盈，适有他故，不遑见客，竟命门吏谢绝晋卿。晋卿不得已驰归。

越日天明，杨邠、史弘肇、王章入朝，甫至广政殿东庑，忽有甲士数十人驰出，拔出腰刀，先向弘肇砍去，弘肇猝不及防，竟被砍倒，杨邠、王章骇极欲奔，怎禁得甲士攒集，七手八脚，立将两人砍翻，结果又是三刀，三道冤魂，同往冥府。殿外官吏，不知何因，都惊惶的了不得，忽由聂文进趋出，宣召宰相朝臣，排班崇元殿，听读诏书。宰臣等硬着头皮，入殿候旨。文进复趋入宣诏道："杨邠、史弘肇、王章，同谋叛逆，欲危宗社，故并处斩，当与卿等同庆。"大众听诏毕，退出朝房，未敢散去。嗣由汉主承祐，亲御万岁殿，召入诸军将校，面加慰谕道："杨邠、史弘肇、王章，欺朕年幼，专权擅命，使汝等常怀忧恐。朕今除此大憝，始得为汝等主，汝等总可免横祸了！"大众皆拜谢而退。又召前任节度使、刺史等升殿，晓谕如前，大众亦无异言，陆续趋退。无如宫城诸门，尚有禁军守住，不放一人，待至日旰，始放大众出宫。大众步行归第，才知杨邠、史弘肇、王章三家，尽被屠戮，家产亦籍没无遗了。可为争权夺利者鉴。

到了次日，又闻得缇骑四出，收捕杨、史、王三人戚党，并平时仆从，随到随杀。大众都恐连坐，待至日暮无事，才得安心。侍卫步军都指挥使王殷，向与弘肇友善，此时正出屯澶州，承祐闻信李业等言，遣供奉官孟业，赍着密敕，令业弟澶州节度使李洪义，乘便杀殷。又因邺都留守郭威，素与杨、史等联络一气，也遣使赍诏，密授邺都行营马军指挥使郭崇威，步军指挥使曹威，令杀郭威及监军王峻。令两威杀一威，恐还是一威利害。

是时高行周调镇天平，符彦卿调镇平卢，慕容彦超调泰宁，俱由承祐颁敕，令与永兴节度使郭从义，同州节度使薛怀让，郑州防御使吴虔裕，陈州刺史李谷，一同入朝。命宰相苏逢吉权知枢密院事，前平卢节度使刘铢，权知开封府事；侍卫马步都指挥使李洪建，权判侍卫司事；客省使阎晋卿，权充侍卫马军都指挥使。逢吉虽与弘肇有嫌，但李业等私下定谋，实是未曾预议。蓦闻此变，也觉惊心，私语同僚道："事太匆匆，倘主上有言问我，也不致这般仓皇了！"刘铢索性残忍，既任开封尹职务，便与李业合谋，为斩草除根的计划，凡郭威、王峻的家族，一律捕戮，老少无遗。李洪建本为业兄，业使他捕诛王殷家属，他却不肯逞凶，但派兵吏监守殷家，仍令照常寝食，殷家竟得平安。独殷在澶州，尚未知悉，忽有李洪义入帐，递交密诏，令殷自阅。殷览毕大惊，问从何处得来？洪义道："朝廷正遣孟业到此，嘱洪义依着密旨，加害使君，洪义与使君交好有年，怎忍下此毒手？"殷慌忙下拜道："如殷余生，尽出公赐！"又问孟业尚在否？洪义道："适与他同来，想在门外。"说至此，即出引孟业，同入见殷。殷问及朝事，略得数语，已是愤愤，便将业囚住，立派副使陈光穗，转报邺都。

郭威至邺都后，去烦除弊，严饬边将谨守疆场，不得妄动，如遇辽人寇掠，尽可坚壁清野，以逸待劳。边将相率遵令，辽人也不敢入侵，河北粗安。

一日正与宣徽使监军王峻，出城巡阅，坐论边事，忽来澶州副使陈光穗，便即延入。光穗呈上密书，由威披阅，才知京都有变，将来书藏入袖中，即引光穗回入府署。王峻尚未知底细，也即随归。威遽召入郭崇威、曹威及大小三军将校，齐集一堂，当面宣言道："我与诸公拔除荆棘，从先帝取天下，先帝升遐，亲受顾命，与杨、史诸公弹压经营，忘寝与餐，才令国家无事。今杨、史诸公，无故遭戮，又有密诏到来，取我及监军首级。我想故人皆死，亦不愿独生，汝等可奉行诏书，断我首以报天子，庶不致相累呢！"

郭崇威等听着，不禁失色，俱涕泣答言道："天子幼冲，此事必非圣意，定是左右小人，诬罔窃发；假使此辈得志，国家尚能治安么？末将等愿从公入朝，面自洗雪，荡涤鼠辈，廓清朝廷，万不可为单使所杀，徒受恶名！"威尚有难色，假意为之。枢密使魏仁浦进言道："公系国家大臣，功名素著，今握强兵，据重镇，致为群小所构，此岂辞说所能自解？时事至此，怎得坐而待毙！”翰林天文赵修己亦从旁接入道：“公徒死无益，不若顺从众请，驱兵南向，天意授公，违天是不祥呢！”威意乃决，留养子荣镇守邺都。

荣本姓柴，父名守礼，系威妻兄子，天姿沈敏，为威所爱，乃令为义儿。汉命荣为贵州刺史，荣愿随义父麾下，未尝赴任，故留居邺城，任牙内都指挥使，遥领贵州。为后文入嗣周祚，故特从详。威以留守有人，遂命郭崇威为前驱，自与王峻带领部众，向南进发。道出澶州，李洪义、王殷，出郊相见，殷对威恸哭，愿举兵属威，乃率部众从威渡河。途次获得一谍，审讯姓名，叫作鸯脱，是汉宫中的小竖，受汉主命，来探邺军进止。威喜道：“我正劳汝还奏阙廷，当下命随吏属草，缮起一疏，置鸯脱衣领中，令他返奏。疏中略云：

> 臣威言：臣发迹寒贱，遭际圣明，既富且贵，实过平生之望，唯思报国，敢有他图！今奉诏命，忽令郭崇威等杀臣，即时俟死，而诸军不肯行刑，逼臣赴阙，令臣请罪廷前，且言致有此事，必是陛下左右谮臣耳！今鸯脱至此，天假其便，得伸臣心，三五日当及阙朝。陛下若以臣有欺天之罪，臣岂敢惜死。若实有谮臣者，乞陛下缚送军前，以快三军之意，则臣虽死无恨矣！谨托鸯脱附奏以闻。

郭威既遣还鸯脱，驱众再进。到了滑州，节度使宋延渥，本尚高祖女永宁公主，自思力不能敌，开城迎威。威入城取出库物，犒赏将士，且申告道：“主上为谗邪所惑，诛戮功臣，我此来实不得已。但以臣拒君，究属非是，我日夜筹思，益增惭汗。汝等家在京师，不若奉行前诏，我死亦无恨了！”还要笼络军士。诸将应声道：“国家负公，公不负国家，请公速行毋迟！安邦雪怨，正在此时！”威乃无言，王峻却私谕军士道：“我得郭公处分，俟克京城，听汝等旬日剽掠！”观王峻言，则郭威之志在灭汉，不问可知。况剽掠何事，乃堪令经旬日耶！众闻命益奋，怂恿郭威，飞速进兵。威乃与宋延渥同出滑城，直趋大梁。

是时汉廷君臣，已闻郭威南来，拟发兵出拒。可巧慕容彦超，与吴虔裕应召入朝。汉主承祐，即与商发兵事宜，慕容彦超力请出师。前开封尹侯益，亦列朝班，独出奏道：“邺军前来，势不可遏，宜闭城坚守，挫他锐气！臣意谓邺都家属，多在京师，最好是令他母妻，登城招致，可不战自下哩！”郭威正防到此着，故前此一再谕军。彦超应声道：“这是懦夫的愚计哩！叛臣入犯，理应发兵声讨，侯益衰老，不足与言大计！”看你有何妙策。汉主承祐道：“慎重亦是好处，朕当令卿等同行便了！”乃令益与彦超，及阎晋卿、吴虔裕，并前鄜州节度使张彦超，率禁军趋澶州。

诏敕甫下，正值鸯脱回朝，报称郭威军已至河上，且取出原疏，呈上御览。承祐且阅且惧，且惧且悔，忙召宰臣等入商。窦贞固首先开口道：“日前急变，臣等实未与闻。既得幸除三逆，奈何尚连及外藩？”承祐亦叹息道：“前事原太草草，今已至此，说亦无益了。”李业在旁，抗声说道：“前事休提！目今叛兵前来，总宜截击，请倾库赐军，重赏下必有勇夫，何足深虑！”苏禹珪驳业道：“库帑一倾，国用将何从支给？臣意以为未可！”这语说出，急得李业头筋爆绽，向禹珪下拜道：“相公且顾全天子，勿惜库资！”乃开库取钱，分赐禁军，每人二十缗，下军十缗。所有邺军家属，仍加抚恤，使通家信诱降。

未几接得紧急军报，乃是威军已到封邱，封邱距都城不过百里。宫廷内外，得此消息，相率震骇。李太后在宫中闻悉，不禁泣下道：“前不用李涛言，应该受祸，悔也迟了！”我说尚不止此误。承祐也很觉不安。独慕容彦超自恃骁勇，入朝奏请道：“前因叛臣郭威，已至河上，所以陛下收回前命，留臣宿卫。臣看北军如同蠛蠓，当为陛下生擒渠魁，愿陛下勿忧！”又来说大话了。承祐慰劳一番，令出朝候旨。彦超退出，碰见聂文进，问北来兵数，及将校姓名，由文进约略说明，彦超方失色道：“似此剧贼，到也未易轻视哩！”徒恃血气，不战即馁！

俄顷有朝旨颁出，令慕容彦超为前锋，左神武统军袁𫆸，前邓州节度使刘重进，与侯益为后应，出拒郭威。彦超即领军出都，至七里店驻营，掘堑自守，令坊市出酒色饷军。袁𫆸、刘重进、侯益，也出都驻扎赤岗，两军待了半日，未见邺军到来。俄而天色已暮，各退守都城。翌日复出，至刘子坡，与邺军相遇，彼此下营，按兵不战。

承祐欲自出劳军，禀白李太后。太后道：“郭威是我家故旧，非死亡切身，何至如此！但教守住都城，飞诏慰谕。威必有说自解，可从即从，不可从再与理论。那时君臣名分，尚可保全，慎勿轻出临兵！”尚不失为下策。承祐不从，出召聂文进等扈驾，竟出都门。李太后又遣内侍戒文进道："贼军向迩，大须留意！"文进答道："有臣随驾，必不失策，就使有一百个郭威，也可悉数擒归！太后何必多心！"比彦超还要瞎闹。内侍自去，文进即导车驾至七里店，慰劳彦超，留营多时，又值薄暮，南北军仍然不动，乃启跸还宫。彦超送承祐出营，复扬声道："陛下宫中无事，请明日再莅臣营，看臣破贼！臣实不必与战，但一加呵叱，贼众自然散归了。"还要说大话。承祐很是欣慰，还宫酣睡。

越日早起，用过早膳，又欲出城观战。李太后忙来劝阻，禁不住少年豪兴，定要自去督军，究竟慈母无威，只好眼睁睁的由他自去。承祐率侍从出城，忽御马无故失足，险些儿将乘舆掀翻。已示不祥。亏得扈从人多，忙将马缰代为勒住，方得前进。既至刘子坡，立马高阜，看他交战。南北军各出营列阵，郭威下令道："我此来欲入清君侧，非敢与天子为仇。如南军未曾来攻，汝等休得轻动！"

道言甫毕，突闻南军阵内，鼓声一震，那慕容彦超，引着轻骑，跃马前来。邺军指挥使郭崇威，与前博州刺史李筠，也领骑兵出战。两下相交，喊声震地，约有数十回合，未见胜负。郭威又遣前曹州防御使何福进，前复州防御使王彦超，领劲骑出阵，横冲南军。彦超未及防备，骤被突入，眼见得人仰马翻，不可禁遏，自尚仗着勇力，上前拦阻。怎禁得铁骑纵横，劲气直达，扑喇一声，竟将彦超坐马撞倒，邺军一齐上前，来捉彦超。幸彦超跃起得快，改乘他马，再欲督战，左右旁顾，见敌骑已围裹拢来，自恐陷入垓心，不如速走，乃怒马冲出，引兵退去，麾下死了百余人。汉军里面，全仗这位慕容彦超，彦超败退，众皆夺气，陆续走降北军。侯益、吴虔裕、张彦超、袁𩇕、刘重进等，俱向威通款，威军大振。一班不要脸的狗官，令人愤叹！彦超知不可为，自率数十骑奔兖州。威知汉主孤危，顾语宋延渥道："天子方危，公系国戚，可率牙兵往卫乘与。且又面奏主上，请乘间速至我营，免生意外！"延渥奉令，引兵趋汉营，但见乱兵云扰，无从进步，只得半途折还。

是夕汉主承祐，与宰相从官数十人，留宿七里寨。吴虔裕、张彦超等，相继遁去，侯益且潜奔威营，自请投降，余众已失统帅，当然四溃。到了天明，由汉主承祐起视，只剩得一座空营，慌忙登高北望，见邺营高悬旗帜，烨烨生光。将士出入营门，甚是雄壮，不由的魂飞天外，当即策马下岗，加鞭驰回。行至玄化门，门已紧闭，城上立着开封尹刘铢，厉声问道："陛下回来，如何没有兵马！"承祐无词可对，回顾从吏，拟令他代答刘铢，蓦闻弓弦声响，急忙闪避，那从吏已应声倒地，吓得承祐胆裂，回辔乱跑，向西北驰去。苏逢吉、聂文进、郭允明等，尚跟着同跑，一口气趋至赵村。后面尘头大起，人声马声，杂沓而来，承祐料有追兵，慌忙下马，将入民家暂避，不意背后刺入一刀，痛苦至不可名状，一声狂号，倒地而亡，享年只二十岁。小子有诗叹道：

主少由来虑国危，况兼群小日相随；
将军降敌君王走，刳刃胸中果孰悲！

欲知何人弑主，待至下回叙明。

杨邠、史弘肇专权自恣，目无君上，王章横征暴敛，民怨日滋，声其罪而诛之，谁曰不宜！乃与群小密谋，伏甲图逞，已失人君之道。幸而得手，则权恶已诛，余宜赦宥以示宽大，乃必屠其家，夷其族，何其酷也！不宁唯是，且于积功最著之郭威，又欲并诛之而后快，天下有淫刑以逞者，而可保有国家耶！邺军一出，全局瓦解，仅一慕容彦超，亦乌足恃！刘子坡一战，彦超虽败，止伤亡百余人，而余将即通款邺营，不战自降，盖鉴于立功之被戮，毋宁卖主以求荣，有激而来，非必其皆无耻也。唯郭威引兵向阙，托言入清君侧，一再申令，似与窥窃神器者不同。抑知大奸似忠，大诈似信，观其申谕将士之言，无非激成众愤，入阙图君。王峻且谓克君以后，任军士剽掠旬日，是可忍，孰不可忍乎！《纲目》以承祐被弑，归罪郭威，谅哉！

第四十六回　清君侧入都大掠
遭兵变拥驾争归

却说汉主承祐，走入赵村，背后忽有刀刺入，立时倒毙。看官道是何人所刺？原来就是茶酒使郭允明。他见后面追兵大至，还道是邺都将士，因欲弑主报功，恶狠狠的下此毒手。不料追兵近前，仔细一望，并非邺军，乃仍是汉主承祐的亲兵，前来扈卫。允明才知弄错，心下一急，便把弑主的刀儿，向脖颈上一横，也即倒毙。好与承祐同至森罗殿对簿受罪去了。苏逢吉还要逃走，偏前面有一人挡路，浑身血污，状甚可怖。模糊辨认，正是故太子太傅李崧，事见四十三回。这一吓非同小可，顿时心胆俱碎，跌落马下，立即归阴。独有聂文进逃了一程，被追兵赶上，乱刀竞斫，分作数段。李业、后匡赞，尚在城中，闻北郊兵败，便从宫中攫取金宝，藏入怀中，混出城外，业奔陕州，匡赞奔兖州。阎晋卿在家自尽，都中大乱。

郭威得汉主被弑消息，放声恸哭。这副急泪，如何得来？将佐都入帐劝慰，威且哭且语道："我早晨出营巡视，尚望见天子车驾，停着高坡，正思下马免胄，往迎天子，偏车驾已经南去，我总料是回都休息，不意为奸竖所弑，怎得不悲？细想起来，实是老夫的罪孽哩。"你既自知罪孽，何不自缚入都，听候太后发落。将佐道："主上失德，应有此变，与公无涉，请速入都平乱，保国安民！"威乃收泪，率军入都，甫在玄化门，尚见刘铢拒守，箭如雨下，乃转向迎春门，门已大开，难民载道。威无心顾恤，纵辔驰入，先至私第中探望，门庭无恙，人物一空，回首前时，忍不住几点痛泪。这是真哭。便遣何福进守明德门，纵兵四掠，可怜满城屋宇，悉被蹂躏。毁宅纵火，杀人取财，闹得一塌糊涂，不可收拾。前滑州节度使白再荣，闲居私第，被乱兵闯将进去，把他缚住，尽情劫掠。既将财物取尽，复向再荣说道："我等尝趋走麾下，今无礼至此，无面见公。公不如慨给头颅罢！"说至此，即拔刀剁再荣首，扬长自去。

吏部侍郎张允，积资巨万，性最悭吝，虽亲如妻孥，亦不使妄支一钱。甚至箱笼锁钥，统悬挂衣间，好似妇人家环佩一般，行动震响，戛戛可听。妙语解颐。至是畏匿佛殿中，尚恐有人觅着，特在重檐下面的夹板间，扒将进去，踡伏似鼠。怎奈乱兵不可放过，先至他家中拷逼妻孥，迫令说明去向，然后入殿搜寻，到处寻觅，未见踪迹，便上登重檐，从夹板中窥视，果然有人伏着，当即用手牵扯，张允尚不肯出来，拼死相拒，一边躲，一边扯，两下里用力过猛，那夹板却不甚坚固，竟尔脱笋，连人带板，坠将下来，乱兵似虎似狼，揿住张允，把他衣服剥下，连锁钥一并取去。允已跌得头青眼肿，不省人事，渐渐的苏醒还阳，开眼一望，只剩得一个光身，又痛又冷，又可惜许多钥匙，急欲出殿还家，已是手不能动，足不能行，正在悲惨的时候，幸得家人来寻，才将他扛舁回去。一入家门，问明妻子，听得历年家蓄，尽被抢完，哇的一声，狂血直喷，不到半日，呜呼哀哉。守财奴请视此。

乱兵越抢越凶，夜以继日，满城烟火冲天，号哭震地。右千牛卫大将军赵凤，看不过去，挺身直出道："郭侍中举兵入都，为锄恶安良起见，鼠辈敢尔，与乱贼何异！难道侍中本意，教他这般么？"遂持弓挟矢，带着从卒数十名，出至巷口，踞坐胡床。遇有乱兵劫掠，即与从卒迭射，射死了好几人，巷中民居，才得安全。次日辰牌，郭崇威语王殷道："兵扰已甚，若不止剽掠，再经一日，要变作空城了！"乃请命郭威，严行部署，令将弁分道巡城，不得再加剽掠，违令立斩。兵士尚恃有原约，未肯罢手，及见有数人悬首市曹，乃敛迹归营，时已斜日下山了。

郭威偕王峻入宫，向李太后问安，太后已泣涕涟涟。只因事成既性往，无法挽回，不得已出言慰抚。威复面请太后，此后军国重事，须俟太后教令，然后施行。太后也不多言，唯命威为故主发丧，另择嗣君。威唯唯而出，令礼官驰诣赵村，检验故主尸骸，妥为棺殓，移入西宫。威部下争议丧礼，或说宜如魏高贵乡公即魏曹髦。故事，以公礼葬。威太息道："祸起仓猝，我不能保护乘与，负罪已大，奈何尚敢贬君呢！”乃择日举哀，命前宗正卿刘皞主丧，且禀承太后命令，宣召百官入朝，会议后事。

太师冯道，最号老成，实最无耻。率百官入见郭威。威尚下阶拜道，道居然受拜，仍如前日，且徐徐说道：“侍中此行，好算是不容易呢？”威闻道言，不觉色变，半晌才复原状。语中有刺。旁顾百官，多半在列，唯不见窦贞固、苏禹珪二相。及问明冯道，方知二人从七里寨逃归，匿居私第。当下遣吏往召。二人不敢再拒，只好入朝。威仍欢颜与叙，请他照常办事，才得把二人忧虑，一概销除。

于是共同会议，指定罪魁为李业、阎晋卿、聂文进、后匡赞、郭允明等人。阎、聂、郭三人已死，李业、后匡赞在逃，还有权知开封府事刘铢，权判侍卫府事李洪建，亦属从犯，尚留都下，立即派兵往捕，将他拿到，囚住狱中。冯道乘间进言道：“国家不可无君，明日当禀白太后，请旨定夺！”百官当然赞同，郭威也不能不允。文字中俱寓微意。大致议定，已是日晡，始退朝散归。翌晨由郭威会同冯道，诣明德门，候太后起居，且奏述军国大议，并请早立嗣君。太后召冯道入内商量了好多时，才由道赍着教令，出宫宣告。其词云：

懿维高祖皇帝，翦乱除凶，变家为国，救生民于涂炭，创王业于艰难，甫定寰区，遽遗弓剑！枢密使郭威、杨邠，侍卫使史弘肇，三司使王章，亲承顾命，辅立少君，协力同心，安邦定国。旋属四方多事，三叛连衡，吴蜀内侵，契丹启衅，蒸黎恟惧，宗社阽危。郭威授任专征，提戈进讨，躬当矢石，尽扫烟尘，外寇荡平，中原宁谧。复以强敌未殄，边塞多艰，允赖宝臣，往临大邺，疆场有藩篱之固，朝廷宽宵旰之忧。不谓凶竖连谋，群小得志，密藏锋刃，窃发殿廷，已杀害其忠良，方奏闻于少主，无辜受戮，有口称冤。而又潜差使臣，矫赍宣命，谋害枢密使郭威，宣徽使王峻，侍卫步军都指挥使王殷等。人知无罪，天不助奸。今者郭威，王峻，澶州节度使李洪义，前曹州防御使何福进，前复州防御使王彦超，前博州刺史李筠，北面行营马步都指挥使郭崇威，步军都指挥使曹威，护圣都指挥使白重赞、索万进、田景咸、樊爱能、李万全、史彦超，奉国都指挥使张铎、王晖、胡立、弩手指挥使何赟等，径领兵师，来安社稷。逆党皇城使李业，内客省使阎晋卿，枢密都承旨聂文进，飞龙使后匡赞，茶酒使郭允明，胁君于大内，出战于近郊，及至力穷，遂行弑逆，冤愤之极，今古未闻。今则凶党既除，群情共悦。神器不可以无主，万几不可以久旷，宜择贤君，以安天下。河东节度使崇，许州节度使信，皆高祖之弟，徐州节度使赟，开封尹承勳，皆高祖之男，俱列磐维，皆居屏翰，宜令文武百辟，议择所宜，嗣承大统，毋再迁延！特此谕知。

教令读毕，郭威等与百官退入朝堂，择选嗣君。郭威宣言道："高祖子三人，只剩一前开封尹承勳，今欲择嗣，舍彼为谁？"大众齐声道："这是不易的至理，还有何疑！"郭威道："众志佥同，我等就入禀太后便了。"随即率众出朝，再入明德门，进至万岁宫，面谒李太后，请立承勳为嗣君。"太后道："承勳依次当立，名正言顺，但他自开封卸任，久罹羸疾，致不能起，奈何！"威答道："可否令大众一见病状？"太后道："有何不可！"便令左右入内，舁出承勳坐床，举示大众，大众才无异言。

郭威顾王峻道："这且如何是好！"王峻道："看来只好迎立徐州节度使了。"威沉吟半晌，方徐声答道："且至朝堂再议罢。"言下有不悦意。遂相偕出宫，再至朝堂，询问大众，大众却愿立刘赟。威亦未便梗议，但淡淡的说道："时候不早，我等不应再入宫中，向太后絮烦，看来只好表闻罢。"大众又应声道："甚善！甚善！即请侍中属吏草表便了。"威应声而出，众亦散去。及威归私第，便令书记草表，草就后，由威审阅，尚未惬意，再令改窜，仍然未惬，没奈何将就了事。无非是不愿立赟。

越日入朝，百官统已在列，即由威取出表文，推冯道为首，自己与百官陆续署名，名已署毕，乃命内侍呈入。俄而得太后旨，召入冯道、郭威，允议立赟。命冯道代撰教令，择日往迎。冯道是个著名圆滑的人物，实是老奸巨滑。料得此次迎赟，非威本意。不如用言推诿，较为妥当；遂禀太后道："迎立新主，须先酌定礼仪，就是教令亦须斟酌，俟臣与郭威出外商定，再行奏闻。"太后点首称是。道与威便即辞出，且行且语道："郭侍中幕下多才，所有教令礼仪，请侍中酌定为是。"威笑道："太师何必过谦。"道皱眉道："我已老了，前日教令，太后命我起草，我搜索枯肠，勉成此令，今番却饶了我罢。”郭威道：“我是武夫，不通文墨，幕下亦无甚佳士，唯忆我出征河中，每见朝廷诏书，处分军事，均合机宜。当时问明朝使，说是翰林学士范质手笔，现未知他留住都中否？”道答言范质未曾归里，想总尚在都中，威喜道：“待我前去访求便是。”遂分途自行。

时已隆冬，风雪漫天，威冒雪前进，到处访问，方得范质住址。造门入见，相知恨晚。威即脱所服紫袍，披上质身，质当然拜谢。便由威邀他入朝，替太后代作教令。质谓前代故事，太上皇传言，例得称诰，皇太后称令，今是否仍遵古制？威答说道：“目下国家无主，凡事须凭太后裁断，不妨径称为诰。”质即应命，提笔作诰文，一挥立就。诰曰：

> 天未悔祸，丧乱弘多。嗣主幼冲，群凶蔽惑，构奸谋于造次，纵毒虿于斯须。将相大臣，连颈受戮，股肱良佐，无罪见屠，行路咨嗟，群情扼腕。我高祖之弘烈，将坠于地。赖大臣郭威等，激扬忠义，拯救颠危，除恶蔓以无遗，俾缀旒之不绝。宗祧事重，缵继才难，既闻将相之谋，复考蓍龟之兆，天人协赞，社稷是依。徐州节度使赟，禀上圣之资，抱中和之德，先皇视之如子，钟爱特深，固可以子育兆民，君临万国，宜令所司择日备法驾奉迎，即皇帝位。于戏！神器至重，天步方艰，致理保邦，不可以不敬，贻谋听政，不可以不勤，允执厥中，祇膺景命！

看官览这诰文，应知刘赟是知远养子，并非亲生。究竟他生父为谁？就是河东节度使刘崇，崇为知远弟，赟即知远侄儿，知远爱赟，引为己子。此次奉迎礼节，为汉家所未有，范质援古证今，仓皇讨论，即日撰定，威取示廷臣，大家同声赞美，莫易一词。当由威上奏太后，请遣太师冯道，及枢密直学士王度，秘书监赵上交，同赴徐州，迎赟入朝。太后便即批准，颁下诰令。

冯道得诰，又不免吃惊，沉思良久，竟往见郭威道：“我已年老，奈何还使往徐州。”威微笑道：“太师勋望，比众不同，此次出迎嗣君，若非太师作为领袖，何人胜任？”道应声道：“侍中此举，果出自真心么？”威怅然道：“太师休疑，天日在上，威无异心。”好似《西游记》中猪八戒，专会罚咒。道乃与王度、赵上交，出都南下。途次顾语二人道：“我生平不作谬语人，今却作谬语了。”

威既送道出都，复率群臣上禀太后，略言嗣皇到阙，尚须时日，请太后临朝听政。太后俞允，立颁诰命，想仍是翰林学士范质手笔。词云：

> 昨以奸邪构衅，乱我邦家，勋德效忠，翦除凶慝。俯从人欲，已立嗣君，宗社危而复安，纪纲坏而复振。皇帝法驾未至，庶事方殷。百辟上言，请予莅政，宜允舆议，权总万几，止于浃旬，即复明辟。此诰！

李太后既允听政，当然陟赏功臣，升王峻为枢密使兼右神武统军，袁𤇺为宣徽南院使，王殷为侍卫马步军都指挥使，郭崇威为侍卫马军都指挥使，曹威为步军都指挥使。唯三司事宜，权命陈州刺史李穀充任。

忽接到兖州奏牍，乃是节度使慕容彦超，拿住前飞龙使后匡赞，押送东都，因有此奏。郭威待匡赞解到，便令押送法司，与刘铢、李洪建两犯，一并审讯，定谳后刑。嗣经法司呈入谳案，谓后匡赞、刘铢、李洪建，已一并伏罪。匡赞与苏逢吉、李业、阎晋卿、聂文进、郭允明等同谋，令散员都虞侯奔德等下手，杀害杨邠、史弘肇、王章。刘铢、李洪建党附李业等，屠害将相家属，供据确凿，罪应诛夷。唯李业尚在逃未获，宜移文陕州，勒令节度使李洪信，速拿业赴阙，并案正法云云。威乃飞使赴陕，勒交李业。业前时奔赴陕州，正因节度使李洪信，为业从兄，欲往投靠，洪信知业闯祸，不敢容纳，挥令他适。业西奔晋阳，道出绛州，为盗所伺，利他多金，杀业夺货而去。洪信闻郭威入都，恐防连坐，遣人捕业，查知为盗所杀，便即奏闻。使人在途，与朝使相遇，一并入都，报知郭威。威遂将全案处置，奏闻太后，太后当然准议。

先是刘铢被获时，铢顾语妻室道：“我死，汝不免为人婢。”妻泣答道：“如君所为，正合如是。妾为君罹罪，恐为婢不足，还要一同枭首哩。”铢默然无言，随吏下狱，唯妻言适为郭威所闻，颇加怜念，因使人入狱责铢道：“我常与君同事汉室，岂无故人情谊！家属屠灭，虽有君命，汝何不留一线情，忍使我全家受戮！敢问君家有无妻子，今日亦知顾念否？”铢无可解免，竟强辩道：“铢当时只知为汉，无暇他顾，今日但凭郭公处分，尚有何言！”使人还报郭威。威乃戮铢及子，但释铢妻。王殷家属，前由李洪建保全。殷屡向威请求，乞免洪建一死，威独不许，唯赦免家属。刘铢、李洪建、后匡赞，同日处斩，并枭苏逢吉、阎晋卿、郭允明、聂文进首级，悬诸市曹。允明弑主，罪恶尤甚，此时并罪同刑，已可见郭威之心。蓦接镇、邢二州急报，谓辽主兀欲，发兵深入，屠封邱，陷饶阳，乞即调师出援。郭威遂入禀太后。太后即令威统师北征，国事权委窦贞固、苏禹珪、王峻，军事委王殷，授翰林学士范质为枢密副使，参赞机要。威即于十二月朔日，领大军出发都城。行至滑州，接着徐州来使，乃是奉刘赟命，令慰劳诸将。赟亦未免太急。诸将见郭威辞色，微露不平，遂面面相觑，不肯拜命，且私相告语道："我等屠陷京师，自知不法，若刘氏复立，我等尚有遗种么？"威闻言，似作惊愕状，便遣还徐使，立麾军士趋澶州。

途次正值天晴，冬日荧荧，很觉可爱。诸将乘势献谀，谓郭威马前，有紫气拥护而行。威佯若不闻，驱兵渡河，进至澶州留宿，诘旦起来，早餐已毕，再下令启行。忽听得军士大噪，声如雷动，他却不慌不忙，返身入内，将门闭住。军士逾垣直入，向威面请道："天子须由侍中自为，大众已与刘氏为雠，不愿再立刘氏子弟了！"威未及答言，军士已将威绕住，前扶后拥，或即扯裂黄旗，披威身上，竞呼万岁。威无从禁止，累得声势沮丧，形色仓皇。入门时并未慌忙，对众时却似遑遽，好一种欺人手段！待至众声少静，方宣言道："汝等休得喧哗，欲我还朝，亦须奉汉宗庙，谨事太后，且不准骚扰人民！从我乃归，不从我宁死！"众应声道："愿从钧谕！"威乃率众南还，沿途禁止喧扰。

到了河滨，河冰初解，须筑浮桥，然后可渡。威命军士驻扎一宵，俟明日筑桥渡河，到了夜半，朔风大起，天气骤寒，待旦视河，冰复坚沍，各军即拥威南渡，号为凌桥。渡毕风止，冰亦渐解。小子有诗叹道：

入都报怨揽权威，北讨南侵任手挥；
岂是天心真有属，凌桥特渡"雀儿"归！雀儿系郭威绰号。详见下回。

威已越河南还，当有人驰报都中。朝内诸大臣，究竟如何对付，待至下回再详。

观本回写郭威事，处处似忠，却处处是诈。彼既以清君侧为名，奈何入都纵掠，置诸不理，反俟郭崇威、王殷之请，然后谕禁乎？冯道谓此行不易，乃不敢自立，初议立高祖三子承勳，继议立高祖从子赟，廷臣皆未知其伪，独冯道从旁窥破，知其言不由衷，道固料事明而虑患深者，惜其模棱苟合，甘为长乐老以终也！澶州之变，非郭威之暗中运动，谁其信之？经作者一一叙述，虽未揭橥隐衷，而已具匣剑帷灯之妙，欲知个中意，尽在不言中。妙笔亦妙文也。

第四十七回　废刘宗嗣主被幽
易汉祚新皇传诏

却说枢密使王峻，马步军都指挥使王殷，本是郭威心腹，一闻澶州兵变，料知威必南还，自为天子。当即派马军指挥使郭崇威，率骑兵七百人，驰赴宋州，阳言往卫刘赟，阴实使图刘赟。至崇威出发，便与窦贞固等商议，往迎郭威。窦、苏两相，本来是庸懦得很，况又手无兵权，怎能与郭威对垒，没奈何承认下去。可巧郭威有人差到，奉笺李太后，谓由诸军所迫，班师南归，军士一致戴臣，臣始终不忘汉恩，愿事汉宗庙，母事太后等语。掩耳盗铃。峻等即将笺呈入，一介女流，屡经巨变，只有在宫暗泣，一些儿没有他策。窦贞固、苏禹珪已与王峻、王殷等，出至七里店，迎接郭威。一俟威到，即在道旁伛偻鸣恭，趋跄表敬。可恨可叹。威尚下马相见，共叙寒暄，略谈数语，便由窦贞固等，捧呈一篇劝进文，所有朝内百僚，一并署名。威喜形眉宇，形式上很是谦逊，口口声声，说是未奉太后诰敕，不敢擅专。贞固等请即入都，威总以未奉诰敕为词，留驻皋门村。

是夕贞固等还朝，报明太后，不知如何胁迫，取了一道诰文，即于次日黎明，赍诣威营，当面宣读诰文。其词云：

> 枢密使侍中郭威，以英武之才，兼内外之任，翦除祸乱，弘济艰难，功业格天，人望冠世。今则军民爱戴，朝野推崇，宜总万机，以允群议。可即监国，中外庶事，并取监国处分，特此通告。

威拜受诰敕，便称孤道寡起来，也有一道教令，传示吏民。略云：

寡人出自军戎，并无德望，因缘际会，叨窃宠灵。数语恰是的确。高祖皇帝甫在经纶，待之心腹，洎登大位，寻付重权。当顾命之时，受忍死之寄，与诸勋旧，辅立嗣君。旋属三叛连衡，四郊多垒，谬膺朝旨，委以专征，兼守重藩，俾当劲敌，敢不横身戮力，竭节尽心，冀肃静于疆场，用保安于宗社！不谓奸邪构乱，将相连诛，偶脱锋铓，克平患难。志安刘氏，顺报汉恩，推择长君以绍丕构，遂奏太后，请立徐州相公，奉迎已在于道途，行李未及于都辇。寻以北面事急，寇骑深侵，遂领师徒，径往掩袭。行次近镇，已渡洪河，十二月二十日，将登澶州，军情忽变，旌旗倒指，喊叫连天，引袂牵襟，迫请为主。环绕而逃避无所，纷纭而逼胁愈坚。顷刻之间，安危不保。事不获已，须至徇从，于是马步诸军，拥至京阙。今奉太后诰旨，以时运艰危，机务难旷，传令监国，逊避无由，黾勉遵承。夙夜忧愧，所望内外文武百官，共鉴微忱，匡予不逮，则寡人有深幸焉！布教四方，咸使闻知！

岁聿云暮，转眼新年。郭威仍留驻皋门村，拟俟新岁入都，即位改元，做一个新朝天子。那徐州节度使刘赟，尚未曾得悉，使右都押牙巩廷美，教练使杨温，居守徐州。自与冯道等西来，在途仪仗，很是烜赫，差不多似天子出巡，左右皆呼万岁。赟得意扬扬，昂然前进，到了宋州，入宿府署。翌晨起床，闻门外有人马声，不知是何变故，急忙阖门登楼，凭窗俯瞩，见有许多骑士，声势汹汹，环集门外。为首的统兵将官，扬鞭仰望，也觉英气逼人，便惊问道："来将为谁？如何在此喧哗！"言未毕，已听得来将应声道："末将是殿前马军指挥使郭崇威，目下澶州军变，朝廷特遣崇威至此，保卫行旌，非有他意！"赟答道："既如此说，可令骑士暂退，卿且入见！"崇威不答，俯首迟疑。赟乃遣冯道出门，与崇威叙谈片刻，崇威才下马入门，随道登楼，向赟谒见。赟执崇威手，抚慰数语，继以泣下。来时何等轩昂，至此如何胆落。崇威道："澶州虽有变动，郭公仍效忠汉室，尽可勿忧！"崇威并未称臣，内变可知。赟稍稍放心，彼此又问答数语，崇威即下楼趋出。

徐州判官董裔入见道："崇威此来，看他语言举止，定有异谋。道路谣传，统说郭威已经称帝，陛下尚深入不止，未免少吉多凶！陛下有指挥使张令超护驾，何不召入与商，谕以祸福，令乘夜劫迫崇威，夺他部众，明日掠取睢阳金帛，北走晋阳，召集大兵，再行东下。想郭威此时，新定京邑，必无暇遣兵追袭，这乃是今日的上策呢！”赟犹豫未决。还应入做皇帝么？董裔叹息而出。赟夜不安枕，辗转筹思，才觉裔言有理。至天明宣召令超，哪知令超已为崇威所诱，不肯进见，眼见得大事已去了。

未几由冯道入见，奉上一书，乃是郭威寄赟，内言兵变大略，召道先归安抚，留王度、赵上交奉跸入朝。赟亦明知是郭威欺人，一时却不便说破。道竟开口辞行，赟始愀然道："寡人此来，所恃唯公，公为三十年旧相，老成望重，所以不疑。今崇威夺我卫兵，危在旦夕，问公何以教寡人？”还要自称寡人。道语带支吾，但云待回京后，抚定兵变，再行报命。赟部将贾贞在侧，瞋目视道，且举佩剑示赟，赟摇手道："休得草率！这事与冯公无涉，勿疑冯公。”实可杀却，何必放归。道乘势辞出，星夜驰回。未几即有太后诰命，传到宋州，由郭崇威赍诏示赟，令赟拜受。诰云：

> 比者枢密使郭威，志安社稷，议立长君，以徐州节度使赟，为高祖近亲，立为汉嗣，爰自藩镇征赴京师。虽诰命寻行，而军情不附，天道在北，人心靡东，适取改卜之初，俾膺分土之命。赟可降授开府仪同三司，检校太师上柱国，封湘阴公，食邑三千户，食实封五百户。钦哉唯命！

赟受诰后，面色如土。郭崇威更绝不容情，立迫赟出就外馆，不准逗留府署。董裔、贾贞，代抱不平，硬与崇威理论。崇威竟麾动部众，拿下二人，立刻枭首。可怜这位湘阴公刘赟，鼻涕眼泪，流作一堆。没奈何迁居别馆，由崇威派兵监守，寸步难移。王度、赵上交，仍奉郭威命令，召还都中。

王峻等助威为虐，又遣申州刺史马铎，率兵诣许州，监制节度使刘信。信为刘知远从弟。曾任侍卫马军都指挥使，知远将殂，杨邠等出信镇许，不准入辞，信号泣而去。承祐嗣位，信任官如旧。及邠等被诛，信大集将佐，开宴庆贺，且与语道："我还道老天无眼，令我三年不能适意，主上孤立，几落贼手，今幸天日重开，贼臣授首，乐得与诸公畅饮数杯了！”既而邺军入都，承祐被弑，信又惶急无计，食不下咽。寻闻迎立刘赟，即命子往徐州奉迎。谁知一波未平，一波又起，马铎竟领兵到来，突然入城。信情急无聊，索性自尽了事。铎遣人复命。

王峻、王殷等，已为郭威除去二患，便于正月五日，迎威入都，一面胁令李太后下诰，把汉室所有国宝，悉数赍送郭威，威敬谨受诰。诰云：

邃古以来，受命相继，系不一姓，传诸百王。莫不人心顺之则兴，天命去之则废。昭然事迹，著之典书。予否运所丁，遭家不造，奸邪构乱，朋党横行，大臣冤枉以被诛，少主仓猝而及祸，人自作孽，天道宁论！监国威，深念汉恩，切安刘氏，既平乱略，复正颓纲。思固护于基扃，择继嗣于宗室。而狱讼尽归于西伯，讴歌不在于丹朱，六师竭推戴之诚，万国仰钦明之德。鼎革斯启，图箓有归。予作佳宾，固以为幸。今奉符宝授监国，可即皇帝位。于戏！天禄在躬，神器自至，允集天命，永绥兆民，敬之哉！

威受诰后，并接收国宝，便自皋门入大内，被服衮冕，御崇元殿，受文武百官朝贺。苏禹珪、窦贞固以下，联翩入朝，舞蹈山呼。就是历朝元老冯太师，自宋州驰归，也入殿称臣，躬与朝谒。不记当日受拜时耶！礼毕退班，即由新天子下诏道：

自古受命之君，兴邦建统，莫不上符天意，下顺人心。是以夏德既衰，爰启有商之祚，炎风不竞，肇开皇魏之基。朕早事前朝，久居重位。受遗辅政，敢忘伊、霍之忠，仗钺临戎，复委韩、彭之任。匪躬尽瘁，焦思劳心，讨叛涣于河、潼，张声援于岐、雍，竟平大憝，粗立微劳。才旋师于关西，寻统兵于河朔，训齐师旅，固护边陲。只将身许国家，不以贼遗君父。外忧少息，内患俄生。群小联谋，大臣遇害，栋梁既坏，社稷将倾。朕方在藩维，已遭谗构。逃一生于万死，径赴阙廷；枭四罪于九衢，幸安区宇。将延汉祚，择立刘宗，征命已行，军情忽变。朕以众庶所迫，逃避无由，扶拥至京，尊戴为主。谁为为之！孰令听之！重以中外劝进，方岳推崇，黾勉虽顺于众心，临御实惭于凉德。改元建号，祗率旧章，革故鼎新，宜覃沛泽。朕本姬氏之远裔，虢叔之后昆，积庆累功，格天光表，盛德既延于百世，大命复集于眇躬。今连国宜以大周为号，可改汉乾祐四年为周广顺元年。自正月五日昧爽以前，一应天下罪人，为常赦所不原者，咸赦除之。故枢密使杨邠，侍卫都指挥使史弘肇，三司使王章等，以劳定国，尽节致君，千载逢时，一旦同命，悲感行路，愤结重泉，虽寻雪于沉冤，宜更伸于渥泽，并可加等追赠，备礼归葬，葬事官给，仍访子孙叙用。其余同遭枉害者，亦与追赠。马步诸军将士等，戮力协诚，输忠效义，先则平持内难，后乃推戴朕躬，言念勋劳，所宜旌赏。其原属将士等，各与等第，超加恩命，仍赐功臣名号。内外前任、现任文武官致仕官，各与加恩、如父母在未有恩泽者即与恩泽，已有恩泽者，更与恩泽；如亡没未曾追封赠者，更与封赠。一应天下州县所欠乾祐二年以前夏秋残税，并与除放。澶州已来官路，两边共二十里内，得除放乾祐三年残税欠税。河北沿边州县，曾经契丹蹂践处，豁免通欠，如澶州同。凡天下仓场库务，宜令节度使专切钤辖，掌纳官吏，一依省条指挥，无得收斗余秤耗。旧所进羡余物色，今后一切停罢。乘舆服御，宫闱器用，大官常膳，概从俭约。诸道所有进奉，只助军国之费，诸无用之物，不急之务，并宜停罢。帝王之道，德化为先，崇饰虚名，朕所不取。未必。今后诸道所有祥瑞，不得辄有奏献。古者用刑，本期止辟，今兹作法，义切禁非，宽以济猛，庶臻中道。今后应犯窃盗贼赃及和奸者，并依晋天福元年以前条制施行。罪人非判逆，毋得诛及亲族，籍没家资。天下诸侯，皆有戚友，自可慎择委任，必当克效参裨。朝廷选差，理或未当，宜矫前失，庶叶通规。其先时由京差遣军将，充诸州郡都押牙，孔目官，内知客等，并可停废，仍勒却还旧处职役。近代帝王陵寝，令禁樵采，唐庄宗、明宗、晋高祖诸陵，各置守陵十户，汉高祖陵前，以近陵人户充署职员及守官人，时日荐飨，并旧有守陵人户等，一切如故。仍以晋、汉之胄为二王后，委中书门下处分。值景运之方新，与天下为更始，兴利除弊，一道同风，朕实有厚望焉！此诏。

翌日再行视朝，派前曹州防御使何福进，权许州节度使；前复州防御使王彦超，擢徐州节度使；前澶州节度使李洪义，权宋州节度使。这三缺最是要紧。又越日上汉太后尊号，称为昭圣皇太后，徙居西宫。命有司择日为故主发丧，丧期已定，周主郭威，亲至西宫成服。祭奠举哀，辍朝七日。禁坊市音乐。追谥故主为汉隐帝，且遵古制殡灵七月，始遣前宗正卿刘皞，护灵辅，备仪仗，送葬许州。五代享年，汉祚最短，先后两主，仅得四年。汉前开封尹承勳，即于是年去世，追封陈王。汉太后又延寿三年，即显德元年。病殁宫中，祔葬汉高祖陵，这也不在话下。了结汉事。唯小子前叙郭威，只及官爵功勋，未曾叙及履历籍贯。此次郭威为帝，追尊四代。应将他少年家世，补叙明白。

威本邢州尧山人，父名简，曾为晋顺州刺史，被兵死难。威时仅数龄，随母王氏走潞州，母又道殁，赖姨母韩氏提携抚育，始得成人。潞州留后李继韬，即李嗣源子。招募壮士。威年方十八，依故人常氏家，闻命应募，编入行伍。素性好刚使气，不肯为人下。继韬爱他勇敢，就使逾法犯禁，亦特别贷免。尝游行市中，见有屠夫豪横武断，为众所惮，不由的愤怒起来。便呼屠割肉，稍不如意，更加呵叱。屠夫坦腹相示道，汝敢刺我否？道言未绝，已被威刳刃入胸。市人大惊，拥威付吏，继韬不忍杀他，纵令亡去。嗣得友人李琼，授以《阃外春秋》，方折节读书，得谙兵法。娶同里女柴氏为妻，柴氏家颇殷实，听得嫁奁，易钱给威，令再出从军，乃走依汉高祖麾下，积功发迹，代汉为帝。追尊高祖璟为信祖，妣张氏为睿恭皇后；曾祖湛为僖祖，妣申氏为明孝皇后；祖蕴为义祖，妣韩氏为翼敬皇后；父简为庆祖，母王氏为章德皇后。夫人柴氏早卒，进册为后，谥曰圣穆。继室杨氏，也早病逝。再继室为张氏，自威出镇邺都，留张氏居京师，为刘铢所杀。子青哥、意哥，侄守筠、奉超、定哥，孙宜哥、喜哥、三哥，同时被屠。周主顾念前情，追封继室杨氏为淑妃，再继室张氏为贵妃；子青哥赐名为侗，追赠太保；意哥赐名为信，追赠司空；守筠改名为愿，追赠左领军将军；奉超赠左监门将军；定哥赐名为逊，赠左千卫将军；宜哥赠左骁卫大将军，赐名为谊；喜哥赠武卫大将军，赐名为诚；三哥赠左领卫大将军，赐名为諴。家属以外，进封故旧，高行周进位尚书令，仍封齐王；安审琦封南阳王，符彦卿封淮阳王，遣归原镇。王殷加同平章事职衔，充邺都留守，典军如故。前太师冯道为中书令弘文馆大学士，以司徒兼门下侍郎同平章事。前宰相窦贞固为侍中，兼修国史，苏禹珪守司空平章事。此外各进爵有差。追封杨邠为恒农郡王，史弘肇为郑王，王章为琅琊郡王，召还郭崇威，令为洋州节度使，兼检校太保，曹威为荆州节度使，兼检校太傅，各领军如故。郭崇威避周主讳，省去威字；曹威易名为英。皇养子荣，闻镇邺有人，表请入觐，有旨不必来朝，调授澶州节度使，兼检校太保，封太原郡侯。

河东节度使刘崇，为赟生父，初闻故主遇害，拟发兵南向，继得赟入嗣消息，欣然说道："我儿为帝，尚有何求？"遂按兵不进，但使人至郭威处，探明虚实。威少时微贱，尝在颈上黥一飞雀，时人号为郭雀儿。当时语河东来使道："郭雀儿要做天子，也不待今日了！"继又自指颈上，示来使道："世上岂有雕青天子？请转告刘公，不必多疑。"来使便即辞行，返报刘崇，崇益喜慰。独太原少尹李骧进言道："公休信郭威，看他志不在小，必将自取。请公速引兵逾太行，据孟津，俟徐州殿下即位，然后还镇，方不为他所卖。"崇拍案大怒道："腐儒欲离间我父子么？左右快推出斩首！"良言不用，枉送儿命。还要杀死李骧，真是愚悖。骧大呼道："我负经济才，为愚夫谋事，死也应该！但家有老妻，愿与同死！"崇闻言益怒，竟令属吏捕取骧妻，一同处斩。

及赟既见废，被锢宋州，乃遣徐州押牙巩廷美，奉表周廷，求赟调藩。为这一表，要将赟送到枉死城中去了。小子有诗叹道：

不听忠言错已成，归藩一表促儿生；
雕青天子欺人惯，肯使湘阴入汴京！

欲知周主如何答复，请看下回便知。

刘赟以旁支入承正统，本非创闻；但内有郭威之专政，即令赟得入都，果嗣大位，能保威之不为曹丕、刘裕乎？为赟计，能辞则辞，不能辞，亦当向河东请兵，作为声援，自率大军诣阙，则郭氏或尚不敢动。至行抵宋州，受逼郭崇威，即从董裔言，遁归晋阳，已非上策。乃犹迁延不决，不死奚待乎？郭威入都称帝，易汉为周，新制下颁，犹存礼义，较之梁、唐、晋、汉，似进一筹，然亦由文字之优长，始觉规模之粗备。五季以乱易乱，文学寖衰，不值一盼，有范质以振兴之，始稍见右文之治。文事盛而武力绌，正天之所以开赵宗也。否则军阀骄横，兵争益甚，大乱果何日靖乎？

第四十八回　陷长沙马希萼称王　攻晋州刘承钧折将

却说周主郭威，接到巩廷美来表，踌躇一回，特想出数语，作为答复河东文书。大略说是：

> 湘阴公近在宋州，正拟令搬取赴京，但勿忧疑，必令得所。唯公在彼，固请安心，若能同力扶持，别无顾虑，即当便封王爵，永镇北门，铁契丹书，必无爱惜！特此覆谕。

巩廷美接得复文，转达刘崇，且言周主多诈，不可不防。请即发兵援徐，愿与教练使杨温，固守徐州，静待后命。刘崇得报，也欲称帝晋阳，与周抗衡，一时无暇遣援。哪知巩廷美、杨温二人，已奉刘赟妃董氏为主，仍张汉帜，不服周命。周主遣新授节度使王彦超，率兵驰诣徐州，且遗湘阴公刘赟书，令他转示廷美等人，嘱使静候新节度入城，各除刺史。刘尚依言致书，嘱巩、杨迎王彦超，巩、杨不肯从命，壹意拒守。王彦超到了城下，射书谕降，仍然不从，乃督兵围攻。巩、杨二将，日夜戒备，专待河东援兵。

河东节度使刘崇，决计抗周，就在晋阳宫殿中，南面称帝。国仍号汉，沿用乾祐年号，据有并、汾、忻、代、岚、宪、隆、蔚、沁、辽、麟、石十二州，命节度判官郑珙，观察判官赵华，同平章事，次子承钧为侍卫亲军都指挥使兼太原尹，副使李存瓌为代州防御使，裨将张元徽为马步军都指挥使，陈光裕为宣徽使。存瓌、元徽等，请建立宗庙，崇慨然道："朕因高祖皇帝的基业，一旦坠地，不得已南面称尊，权承汉祚。究竟我是何等天子，尔等是何等将相呢？宗庙且不必立，但如家人祭礼，延我宗祀。得能规复中原，再修庙貌，妥我先灵，也未为迟哩。"将吏方才罢议。唯河东地窄民贫，岁入无多，百官俸给，不得不格外减省，宰相俸钱，月止百缗，节度使月止三十缗，此外唯薄有资给罢了。历史上称崇为东汉，或号为北汉，免与南汉相混。小子因南北分称，容易记忆，故此后叙及河东，概以北汉为名。叙事明析。

北汉主称帝这一日，就是湘阴公赟毕命的时期。当时宋州节度使李洪义，讣报周廷，只说是刘赟暴亡。后来《涑水通鉴》、司马光著。《紫阳纲目》朱熹著。大书特书云："周主威弑湘阴公赟于宋州。汉刘崇称帝于晋阳。"可见得刘赟暴亡，实是李洪义密奉主命，暗中下手。且直书为弑，令郭威更无从躲闪，所以千秋万世，统称他是直笔呢。引古为证，取义谨严。

闲文少表，且说周主郭威即位，颁诏四方，荆南节度使高保融，首先表贺。且报称去年十一月间，朗州节度使马希萼破潭州，十二月缢杀楚王马希广，自称天策上将军武安、武平、静江、宁远等军节度使嗣楚王。周主郭威，因国家初定，无暇南顾，但优旨嘉奖高保融，加封渤海郡王。但高保融奏报楚事，仅据纲领，欲知详细，还须另行叙明。

自楚王马希广，出师屡败，益阳失守，长沙吃紧，希萼大举入寇，希广向汉告急，汉适内乱，不遑出援。应四十四回。希萼知希广势孤，急引兵进攻岳州，刺史王赟登城坚拒，无懈可击。希萼在城下呼赟道："公非马氏旧臣，不事我，反欲事异国么？既为人臣，独怀贰心，岂非贻辱先人！"赟从容答道："亡父为先王将，亦破淮南兵，今大王兄弟构兵，适贻淮南厚利，且先王破淮南，后嗣臣淮南，贻辱何如！大王诚能释憾罢兵，不伤同气，赟愿尽死事大王兄弟，怎敢别生贰心！"希萼闻言，颇也知惭，引兵转趋长沙。部将朱进忠，已自益阳攻陷玉潭，再与希萼会师，屯兵湘西。

希广令刘彦瑫召集水师，与水军指挥使许可琼，率战舰五百艘，守城北津，迤及南津，独派庶弟希崇为监军。前已有人请诛，置诸不理，此时更派作监军，痴极笨极！又遣马军指挥使李彦温，领骑兵屯驼口，扼住湘阴路，步军指挥使韩礼，率步兵屯杨柳桥，扼住栅路，与希萼相持数日，胜负未决。强弩指挥使彭师暠，登城西望，入白希广道："朗人骤胜致骄，行列未整，更有蛮兵夹入，益见喧嚣。若假臣步卒三千，从巴陵渡江，绕出湘西，攻敌后面，再令许可琼带领战舰，攻敌前面，背腹夹攻，不怕敌人不走。一场败北，将来自不敢轻入了。”此计甚妙。希广却也称善，便召可琼入议。哪知可琼已阴与希萼密约，分治湖南，至是闻师暠计议，反瞠目伸舌道：“这是危道，决不可从，况师暠出身蛮都，能保他不生异心么？”自己通敌，还说别人难恃，此等人安可不杀！希广乃止。且命诸将尽受可琼节制，日给可琼五百金。可琼时常闭垒，不使士卒知朗军进退，或且诈称巡江，与希萼密会水西，愿为内应。希广反叹为良将，言听计从。彭师暠闻可琼通敌，入谏希广道：“可琼将叛，国人尽知，请速加诛，毋贻后患！”希广叱道：“可琼世为楚将，岂有此事！”师暠退出，喟然长叹道：“我王仁柔寡断，败亡可立俟呢！”

已而长沙大雪，平地积四尺许。两军苦不得战，希广迷信僧巫，抟土作鬼神形，举手指江，谓可却退朗人。又命众僧日夜诵经，向佛祷告，希广也披缁膜拜，高念宝胜如来，声彻户外。是谓祈死。朗州步军指挥使何敬真，乘雪少霁，即率蛮兵三千，迫韩礼营，阴遣小校雷晖，冒充长沙兵士，混入礼寨，用剑击礼。礼骇走狂呼，一军惊扰，敬真乘乱掩入，立将礼营捣破。礼军大溃，礼受创奔回，越日毙命。于是朗兵水陆齐进，急攻长沙。长沙某军指挥使吴宏，与小门使杨涤相语道：“强敌凭陵，城且不保，我等不效死报国，尚待何时？”遂各引兵出战，宏出清泰门，涤出长乐门。统怒马争先，以一当十，奋斗至三四时，朗兵少却。刘彦瑫与许可琼，袖手旁观，并不出援。宏士卒饥疲，先退入城，涤亦还军就食。

朗兵复竞进扑城，彭师暠挺槊突出，与朗兵交战城北，未分胜负。朗将朱进忠带引蛮众，至城东纵起火来，城上守兵，为烟雾所迷，不免惊惶，忙招许可琼军，令他救城。可琼竟举军降希萼。守兵见可琼降敌，当然惊乱，朗兵遂一拥登城，长沙遂陷。希广亟带领妻孥，走匿慈堂。朗兵及蛮兵，杀官民，焚庐舍，彻夜不休。自马殷立国后，所积珍宝，尽被夺散。宫殿屋宇，统成灰烬，闹得人声鼎沸，烟焰迷离。

李彦温尚屯兵驼口，望见城中火起，急引兵还援。至清泰门，朗人已据城拒战，矢石交下，正拟冒险进攻，忽有千余人绕城而来，统是神色仓皇，备极狼狈。为首的且凄声呼道：“李将军快寻生路罢！”彦温瞧着，正是刘彦瑫，便问主子如何？彦瑫道：“不知下落；我已觅得先王及今王诸子，从旁门逃出，幸与君相遇，正好结伴同奔，朗兵利害得很，若不急走，恐一经追杀，必无噍类了！”彦温被他一吓，也觉惊慌，遂与彦瑫等同奔袁州，转降南唐。

希萼入城后，即与希崇相见，希崇率将吏进谒，上书劝进。吴宏战血满袖，顾视希萼道：“我不幸为许可琼所误，今日虽死，地下也好对先王了！”彭师暠投槊地下，大呼道：“师暠不降，情愿请死！”希萼叹道：“这可谓铁石人了！”纵令自便，不欲加诛。也是保全忠臣，却是难得。希崇遂导希萼入府视事，闭城搜捕希广夫妇，及掌书记李弘皋、弘节，都军判官唐昭胤，学士邓懿文，小门吏杨涤等，先后拘至，尽作俘囚。

希萼首问希广道：“你我承父兄余业，难道不分长幼么？”希广流涕道：“将吏见推，朝廷见命，所以权受，并非出自本心。”希萼也不禁恻然，便顾左右道：“这是钝夫，怎能作恶？徒受群小欺蒙，因致如此。”遂命牵往狱中。鞫讯弘皋、弘节等，多半说是先王遗命，不肯伏罪，惹得希萼怒起，命将弘皋、弘节、唐昭胤、杨涤四人，绑出府门，凌迟处死，分饷蛮军。邓懿文少说数语，总算从宽一线，枭首市曹。似此残忍，何能久享！遂自称天策上将军武安、武平、静江、宁远等军节度使，嗣爵楚王。授希崇节度副使，判军府事，其余要职，悉用朗人充任。

越日，语将吏道：“希广懦夫，受制左右，我欲使他不死。汝等以为然否？”诸将皆不敢对，独朱进忠尝为希广所笞，乘此报怨，奋然进言道：“大王血战三年，始得长沙，一国不容二主，今日不除，他日悔无及了！”乃命牵出勒死。希广临刑，尚喃喃诵佛书，至死才觉绝口。希广妻捶毙杖下，彭师暠不忘故主，棺殓希广，瘗诸浏阳门外，后人号为废王冢。希萼命子光赞为武平留后，遣何敬真为朗州都指挥使，统兵戍守，且因故学士拓拔恒，曾劝希广让国，召令复职。恒称疾不起，希萼亦无可如何。

未几令掌书记刘光辅入贡南唐，唐主璟命右仆射孙晟，客省使姚凤为册礼使，册封希萼为楚王。希萼又令光辅报谢，唐主厚待光辅，并问湖南情形。光辅密奏道：“湖南民疲主骄，陛下若发兵往取，易如反掌呢。”又是一个卖国臣。唐主乃命都虞侯边镐为信州刺史，屯兵袁州，渐渐的谋吞湖南了。

南方正扰攘不休，北方亦兵戈迭起。北汉主刘崇，闻赟死人手，向南大恸道：“我悔不用忠臣言，致伤儿命！”遂命为李骧立祠，岁时致祭。一面整兵缮甲，锐意复雠。可巧辽将潘聿撚，奉辽主命，贻书崇子承钧，通问国情。刘崇即使承钧覆书，略说本朝沦亡，因袭帝位，欲循晋室故事，求援北朝。聿拈转报辽主。辽主兀欲，得了覆书，当然欣允，发兵屯阴地、黄泽、团柏，遥作声援。刘崇即命皇子承钧为招讨使，白从晖为副，李存瓌为都监，统兵万人，分作五道，出攻晋州。

晋州节度使王晏，闭门不出，城上旗帜兵仗，亦散乱不整，承钧还道他是不能拒守，饬兵士蚁附登城。不料一声鼓响，那堞内伏兵，霎时齐起，挟着硬弓毒矢，接连射下，还有长枪大戟，巨斧利矛，钩的钩，斫的斫，把北汉兵杀伤无数，承钧忙鸣金收军，退出濠外。王晏竟驱兵杀出，前来追击，承钧哪里还敢恋战，麾兵急奔，跑了十多里，方不见有追兵，择地下寨，招集散卒，死伤已千余人，并失去副兵马使安元宝，不知是否阵亡，后经探骑报闻，才知元宝被擒，投降晋州了。

承钧且惭且愤，移攻隰州，行至长寿村，突遇隰州步军指挥使孙继业，从刺斜里杀将出来，顿使承钧又吃一大惊，前锋牙将程筠，不管好歹，竟挺枪跃马，出战继业，两马相交，双枪并举。约有一二十合，被继业大喝一声，把程筠刺落马下。隰州兵捉住程筠，立刻斩首，枭示军前。承钧大怒，麾兵前斗，要与继业拼命。偏继业刁猾得很，率军急退，竟回入城中去了。承钧追至城下，城上早已准备，由隰州刺史许迁，亲自督守，再加孙继业登陴相助，里守外攻，约过了数昼夜，北汉兵毫无便宜，反伤亡了许多人马，只好一齐退去。北汉兵两次败退，这叫作出手就献丑。

北汉主刘崇，接得败报，正在焦灼，怎奈不如意事，接踵而来。徐州一城，被周将王彦超陷入，杀死巩廷美、杨温，只湘阴公夫人董氏，还算由周主特恩，安抚保护，未曾殉难。徐州事虽用带笔，恰是毫不渗漏。崇忧愤交并，立遣通事舍人李詧，赴辽乞援。辽主兀欲，本来是用两头烧通的计策。当周主郭威称帝时，已从饶阳回师，应四十六回。派蕃将朱宪奉书周廷，称贺即位，周廷亦遣尚书右丞田敏报聘。此次联络北汉，明明使他鹬蚌相争，自己好做个渔翁。至李詧到辽乞师，兀欲尚不肯发兵，先遣使臣拽剌梅里，与詧同诣北汉，捏称周使田敏，已约输岁贡十万缗。刘崇不禁情急，忙使宰相郑珙，赍着金帛，与拽剌梅里同往，纳赂辽主。国书中且自称侄皇帝，致书于叔天授皇帝，见四十回。请行册礼。辽主兀欲，喜如所愿，厚待郑珙，日夕赐宴。珙在途已感受风寒，禁不起肉酪厚味，一夕宴毕归馆，竟致暴亡。兀欲发还珙丧，并遣燕王述轧，一作舒斡。政事令高勋，同至北汉，册封刘崇为大汉神武皇帝，妃为皇后。刘崇情急求人，也顾不得什么屈膝，只好对着辽使，拜受册封，改名为旻，令学士卫融等，诣辽报谢，乞即济师。

辽主召集诸部酋长，拟即日大举，援汉侵周，诸部酋长多不愿南行。兀欲强令从军，自督部众至新州。驻宿火神淀，夜间忽遭兵变，由燕王述轧，及伟王子呕里僧为首，持刀入帐，竟将兀欲劈死。也有此日。

辽太宗德光子齐王述律，一作舒噜。在军闻变，走入南山。述轧即自立为帝，偏各部酋长不乐推戴，情愿往迎述律，攻杀述轧及呕里僧。述律乃自火神淀入幽州，即辽主位，号天顺皇帝，改元应历，当下为故主兀欲发丧，并遣使至北汉告哀。

刘崇派枢密直学士王得中等，贺述律即位，且吊兀欲丧，仍称述律为叔，请兵攻周。述律素好游畋，不亲政事，每夜酣饮，达旦乃寐，日中方起，国人号为睡王。北汉乞援再四，方遣彰国军节度使萧禹厥，统兵五万，与北汉会师，自阴地关进攻晋州。

时晋州节度使王晏，与徐州节度使王彦超对调，晏已离镇，彦超未至。巡检使王万敢权知晋州军事，与龙捷都指挥使史彦超，虎捷都指挥使何徽，募兵拒守。辽兵五万人，北汉兵二万人，共至晋州城北，三面营垒，日夜攻扑。王万敢等多方抵御，且飞使至大梁求援。周主郭威，命王峻为行营都部署，发诸道兵援晋州，威自至西庄饯行，亲赐御酒三卮，峻饮毕拜别，上马径去，驰至陕州，留军不进。周主闻报，免不得遣使促行，并欲督师亲征，正是：

将军故意留西鄙，天子劳心欲北征。

究竟王峻何故逗留，待至下回表明。

希广不能让兄，又不能拒兄，潭州之陷，戚本自诒，况忠如彭师暠而不用，奸如许可琼而独任，迷信僧巫，至死且讽诵佛经，愚昧至此，安能不亡？若希萼之加刃同胞，脔食旧臣，残忍太甚，几何而不俱灭也！刘崇不从李骧之言，以致刘赟死于非命，虽悔奚追，厥后甘心事狄，出师屡败，欲泄忿而不得，欲报怨而未能，乃知失之毫厘，谬以千里，天下之不听忠言，自致危祸者，皆类是耳。特揭出之以为后世鉴云。

第四十九回　降南唐马氏亡国
征东鲁周主督师

却说王峻留驻陕州，并非故意逗挠，他却另有秘谋，不便先行奏闻。周主郭威，闻报惊疑，拟自统禁军出征，取道泽州，与王峻会救晋州。一面遣使臣翟守素，往谕王峻，峻与守素相见，屏去左右，附耳密语道："晋州城坚，可以久守。刘崇会合辽兵，气势方锐，不可力争，峻在此驻兵，并非畏怯，实欲待他气馁，然后进击，我盛彼衰，容易取胜。今上即位方新，藩镇未必心服，切不可轻出京师！近闻慕容彦超据住兖州，阴生异志，若车驾朝出汜水，彦超必暮袭京城，一或被陷，大事去了！幸转达陛下，勿生他疑！"守素唯唯遵教，即日驰还京城，报知周主郭威，威闻言大悟，手自提耳道："几败我事！"遂将亲征计议，下敕取消。郭雀儿亦有失策时耶？

是时已为广顺元年十二月，天气严寒，雨雪霏霏。峻乃下令各军，速即进发，到了绛州，也无暇休息，便语都排阵使药元福道："晋州南有蒙阬，地最险恶，若为敌兵所据，阻我前进，却很费事。汝引部卒三千，赶紧前行，得能越过蒙阬，便可无忧了！"元福应命前驱，冒雪急进，到了蒙阬相近，见地势果然险恶，幸无敌兵把守，便纵马飞越，出了蒙阬，方才扎住。令部校回报王峻，峻私喜道："我事得成了！"因即麾军继进，过了蒙阬径路，与药元福相会，向晋州进兵。

北汉主刘崇，及辽将萧禹厥，正虑攻城不下，粮食将尽，更兼大雪漫天，野无所掠，未免智穷力尽，日思退归。忽接哨骑探报，知王峻已逾蒙阮，不由的心惊胆战，立命烧去营垒，夤夜返奔。至王峻到了晋州，敌兵早遁。城内王万敢、史彦超、何徽等，出迎王峻，导入城中。彦超便禀王峻道："寇兵虽去，相距未远，若使轻骑追击，必得大胜。"峻答说道："我军远来劳乏，且休养一宵，明日再议。"彦超乃退。翌晨值峻升厅，彦超又来禀白，药元福等亦从旁怂恿，峻乃令药元福统兵，与指挥使仇弘超，左厢排阵使陈思让、康延诏，策马出追，驰至霍邑，追及敌众，便奋击过去。敌军后队，统是北汉兵，一闻追兵到来，都越山四跑，急不择路，或坠崖，或堕谷，死了无数。元福催后军急进，偏偏延诏懦怯，沿途逗留，且语元福道："地势险窄，恐有伏兵，且回兵徐图进取。"元福忿然道："刘崇挟胡骑南来，志吞晋绛，今气衰力惫，狼狈遁还，不乘此时扫灭，必为后患。"言未已，那王峻遣人到来，说是穷寇勿追，饬令回军，元福长叹数声，收军而还。王峻亦非真良将。

辽兵还至晋阳，人马什丧三四，萧禹厥自耻无功，诿罪一部酋，钉死市中。刘崇亦丧兵无数，复因辽兵归去，不得不畀他厚贶，害得府库空虚，人财两失，只好付诸一叹，缓图报怨罢了。智力原不及郭威。

且说楚王马希萼，得据长沙，刑戮无度，已失人心。更且纵酒荒淫，尽把军府政事，委任希崇。小门使谢彦颙，系家僮出身，面目清扬，姣如处女，希萼很是宠爱，尝令与妃嫔杂坐，视同男妾。不怕作元绪公么？彦颙恃宠生骄，凌蔑大臣，就是手握大权的王弟希崇，他亦未加尊敬，或且拊肩搭背，戏狎靡常，希崇引为恨事。向例王府开宴，小门使只能伺候门外，希萼独使彦颙与座，甚至列诸将上，诸将亦愤愤不平。希萼因府舍被焚，命朗州指挥使王逵，副使周行逢，率部曲千余人修葺府署，执役甚劳，毫无犒赐。士卒统有怨言，逵与行逢密语道："众怒已深，不早为计，祸将及我两人了！"遂率众逃归朗州。

希萼沉醉未醒，左右不敢白，越宿始报知希萼。希萼大怒，立遣指挥使唐师翥，领兵往追，直抵朗州城下，被王逵等伏兵邀击，士卒尽死，师翥孑身逃归。逵入朗州城，逐去留后马光赞，别奉希萼兄子光惠知朗州事，寻且立为节度使。光惠愚懦嗜酒，不能服众，逵与行逢，商诸朗州戍将何敬真，废去光惠，推立辰州刺史刘言，权知留后，逵自为副使。因恐希萼往讨，特向南唐求请旌节，唐主不许。乃奉表周廷，自称藩臣，周主也不给覆谕，置诸不闻。

希萼本与许可琼密约，分治湖南，及攻入潭州，背约食言，且恐可琼怨望，暗通朗州，遽出为蒙州刺史。一面派马步指挥使徐威，左右军马步使陈敬迁，水军指挥使鲁公绾，牙内侍卫指挥使陆孟俊，率兵出城西北隅，立营置栅，预备朗兵。

徐威等劳役经旬，并未抚问，免不得怨声又起。希崇已知众怒，未尝进谏。一日希萼置酒端阳门，宴集将吏，徐威等不得预宴，希崇亦称疾不至，威等遂共谋作乱。先使人驱踶啮马数十匹，闯入府署。自率徒众持械相随，待马奔入府中，即托言絷马，掩入座上，纵横击人，颠踣满地，希萼骇奔，逾垣欲走，被威等追及，缚置囚车，并执小门使谢彦颙，自顶至踵，锉成齑粉。南风不竞，致罹此祸。遂推希崇为武安留后，大掠两日，方才安民。

希崇欲借刀杀人，特令彭师暠押住希萼，解往衡山县锢禁，随时管束。希萼已去，随接到朗州檄文，数希崇篡逆罪状，希崇方觉心惊。忽又闻朗州留后刘言，派马步军至益阳，将逼潭州，顿时仓皇失措，急发兵二千往御，且遣人赴朗州求和，愿为邻藩。平时很是刁滑，此时奈何若此。刘言见了潭使，颇费踌躇，掌书记李观象进议道："希萼旧将，尚在长沙，必不欲与公为邻，公不若先檄希崇，令他取各首来献，然后可和。希崇若从此议，取湖南如反掌了。"言依议而行，即令潭使返报，果然希崇畏言，杀死希萼旧臣杨仲敏、魏光辅、魏师进、黄勍等十余人，函首送朗州，派前辰阳令李翊为使，翊至朗州纳入首级，统已血肉模糊，不可辨认。言与王逵，遂说他以伪冒真，呵叱李翊。翊且愤且惧，撞死阶下。言也为心动，暂许希崇和议，调回益阳等军。希崇闻朗军调回，安然无忌，乐得纵情酒色，终日寻欢。不意彭师暠押送希萼，到了衡山，竟与衡山指挥使廖偃，共立希萼为衡山王，改县为府，断江立栅，编竹成战舰，居然与希崇为敌。这都是希崇弄巧成拙，反害自身！原来师暠受希崇差遣，明知是借刀杀人，及与廖偃相见，慨然与语道："要我弑君，我却不愿，宁可以德报怨，不甘枉受恶名！"廖偃也以为然，即与师暠拥立希萼，召募徒众，旬日间得万余人，且遣判官刘虚己，向唐乞援。师暠以德报怨，已属矫枉过正，更且引敌亡楚，尤觉失策。

希崇得悉此变，也遣使奉表唐廷，请兵拒朗。唐主璟立命袁州戍将边镐，西趋长沙。楚将徐威等又欲杀希崇。被希崇先期察觉，左思右想，无可为计，只好赶紧迎镐，尚可自全。忽闻镐军已至醴陵，适如所望，急发库款犒军。去使回报希崇，传述镐言，谓此来拟平楚乱，并非代灭朗兵，如欲自保，速即迎降。希崇听了，半晌无言，嗣且泪下。没奈何迫令前学士拓跋恒，奉笺镐军，情愿降唐。恒怅然道："我久不死，徒为小儿等赍送降表，岂不可叹！"乃诣镐军请降。究竟贪生。

镐率兵抵潭州，希崇率弟侄出城，望尘迎拜。镐下马宣慰，与希崇等同入城中，寓居浏阳门楼，湖南将吏，相率趋贺，镐即发湖南仓库，取出金帛粟米，金帛给将吏，粟米赈饥民，阖城大悦。慷他人之慨，何乐不为。唐武昌节度使刘仁赡，乘势取岳州，安抚吏民，与情翕然。

捷报驰入金陵，唐百官额手称庆，独起居郎高远道："乘乱取楚，原是容易，但观统兵各将，均非良才，恐易取却难守哩。"为后文伏线。唐主璟独喜出望外，授边镐为武安节度使，征马氏全族入朝。希崇不欲东行，聚族相泣，并愿重赂边镐，令他代为奏请，仍准留居长沙。镐微笑道："我朝与公家世为仇敌，屈指将六十年，但未尝大举入境，欲灭公家。今公兄弟阋墙，穷蹙乞降，这是天意欲归我朝。公若再图反复，恐人肯恕公，天也未肯恕公了！"可作世人棒喝。希崇无词可答，只得挈领宗族，及将佐千余人，号哭登舟，共赴金陵。谁叫你陷害骨肉？

马希萼据住衡山，还想经略岭南，特命龙峒戍将彭彦晖，移屯桂州。桂州节度副使马希隐，系是马殷少子，不愿彦晖前来，急檄蒙州刺史许可琼，同拒彦晖。可琼引兵趋桂州，与希隐合兵，杀退彦晖。彦晖奔回衡山，希萼大惊。适唐将李承戬，奉边镐命，引兵数千至衡山，促希萼入朝金陵，逼得希萼忧上加忧。就是廖偃、彭师暠，也想不出救急方法，索性投顺南唐，乃是无策中的一策，乃与希萼沿江东下，往朝南唐。

先是湖南有童谣云："鞭打马，马急走！"至是果验。马希隐闻二兄降唐，还想据守岭南，负嵎自固，偏南汉主刘晟，遣内侍吴怀恩入境，先乘虚袭入蒙州，继乘胜进逼桂州。希隐与许可琼，保守不住，乘夜斩关，带领遗众，向全州遁去。吴怀恩得了蒙、桂，复略定连、梧、严、富、昭、流、象、龚等州，于是南岭以北属南唐，南岭以南属南汉。只有朗州一隅，尚为刘言所据，但亦不复属马氏。自马殷据有湖南，至希崇降唐，共得六主，合成五十六年。

希萼兄弟，先后至金陵。唐主璟嘉他恭顺，命希萼为江南西道观察使，驻守洪州，仍封楚王。希崇为永泰军节度使，驻守扬州。其余湖南将吏，以次拜官，且因廖偃、彭师暠二人，忠事故主，特授偃为左殿直军使兼莱州刺史、师暠为殿直都虞侯。湖南刺史，俱望风朝唐。最可惜的是前岳州刺史王赟，至此已改调永州，独伤心故国，不忍降唐。经唐廷一再征召，勉强入觐。唐主璟责他后至，赐鸩而死。人生到此，天道难论，这叫做有幸有不幸呢！褒贬咸宜。

南唐既并有湖南，复议北略。参军韩熙载，入任户部侍郎，独上书谏阻道："郭氏奸雄，不亚曹、马，得国虽浅，守境已固。我若妄动兵戈，恐不独无成，反且有害呢！"唐主璟乃罢兵不发。偏是兖州节度使慕容彦超，叛周起兵，向唐求援，遂令唐主璟触动雄心，出兵五千人，令指挥使燕敬权为将，往援彦超。从南唐出援，接入彦超叛周事，绾合无痕。彦超自汴京逃归，心常疑惧，昼夜不安，特遣人贡献方物，自表歉忱，探试周主意向。周主加授彦超为中书令，并遣翰林学士鱼崇谅，至兖州传旨抚慰。略云：

> 向以前朝失德，少主用谗。仓猝之间，召卿赴阙，卿即奔驰应命，信宿至京，救国难而不顾身，闻君召而不俟驾。以至天亡汉祚，兵散梁郊，降将败军，相继而至，卿即便回马首，径返龟阴。为主为时，有终有始，所谓危乱见忠臣之节，疾风知劲草之心。若使为臣者皆复如是，则有国者谁不欲大用斯人！朕潜龙河朔之际，平难浚郊之时，缘不奉示谕之言，亦不得差人至行阙。且事主之道，何必如斯？若或二三于汉朝，又安肯效忠于周室，以此为惧，不亦过乎？卿但悉力推心，安民体国，事朕之节，如事故君，不唯黎庶获安，抑亦社稷是赖！但坚表率，未易替移，由衷之诚，言尽于此，卿其勿疑！

彦超得了此谕，心终未释；且闻刘赟暴死，益不自安。募壮士，蓄刍粮，购战马，潜使人通书北汉，为关吏所获，奏报周廷。周主郭威，命中书舍人郑好谦，申谕彦超，与订誓约。彦超始终未信，特令都押牙郑麟诣阙，伪输情款，实觇机事。又捏造天平节度使高行周书，说是约他造反，因此出首。周主郭威，披书审阅，语多指斥朝廷，不禁微笑道："鬼蜮伎俩，怎能欺人！”遂将书颁示行周，行周果然奏辩，兼且谢恩。周主即遣阁门使张凝，领兵赴郓州，为行周助守。彦超计不得逞，复表请入朝，竟由周主允准。未几又得彦超覆奏，伪称境内多盗，不便离镇。周主付诸一笑，但待他发难，兴师问罪便了。并非姑息养奸，实是请君入瓮。

好容易过了一载，已是广顺二年。彦超召乡兵入城，引泗水注入城濠，预备战守。且令部吏伪扮商人，混入南唐，求请援师。一面募集群盗，剽掠邻境。寻得朝廷诏敕，命沂、密二州，不复属泰宁军。彦超怎肯失去二州，决计抗命。判官崔周度谏阻道：“东鲁素习《诗》、《书》，自伯禽周公子。以来，不能霸诸侯，但用礼仪守国，自可长世。况公对朝廷，并无私憾，何必自疑？主上又再三谕慰，公能撤备归诚，定可长享富贵，安如泰山。公岂不闻杜重威、李守贞故事，奈何自取灭亡呢？”彦超不从，竟尔叛周。周主命侍卫步军都指挥使曹英，为兖州行营都部署，齐州防御使史彦韬为副，皇城使向训为都监，陈州防御使药元福为都虞侯，东讨彦超。

彦超闻周廷出师，忙遣人南行，约唐夹攻。唐将燕敬权已到下邳，恐众寡不敌，退屯沭阳。不料徐州巡检使张令彬，潜师袭击，捣破唐营，竟将燕敬权活捉了去，献入周廷。周主郭威，欲借此笼络南唐，命将敬权释缚，赐他衣服金帛，放归本土。敬权感泣谢罪，周主面谕道：“奖顺除逆，各国从同，难道江南独异致么？我国贼臣，据城肆逆，殃及万民，尔国乃出助凶逆，诚为不解。尔可归语尔主，勿再失算！”敬权应命辞行，返报唐主。唐主也觉感激，不敢再援彦超。

彦超失一大援，不得已登城守御。曹英等到了城下，猛攻不克，乃筑垒围城。可巧王峻自晋州还师，也由周主拨至兖州。彦超见周军迭至，很是心慌，屡率壮士出城突围，统为药元福所败，只好闭城固守。周军四面围住，困得兖州水泄不通。自春至夏，守兵疲敝不堪，彦超因库资告罄，令大括民财，犒赐守兵。前陕州司马阎弘鲁，倾资出献，彦超尚说有私藏，命崔周度至弘鲁家，实行搜括。到处搜遍，毫无所得，乃返报彦超。彦超斥周度包庇弘鲁，俱令下狱。适弘鲁家有乳母，从泥土中拾得金缠臂，献与彦超，欲赎弘鲁。彦超益恨弘鲁藏金，遣军校搒掠弘鲁夫妇，硬要他献出私藏，可怜弘鲁夫妇，无从取献，宛转哀号，同毙杖下。死在眼前，还要这般毒虐。周度连坐处斩。看官听着！这周度坐罪，尚不是全为弘鲁，大半由前日忠谏，触怒彦超，所以遭此奇祸呢。

周主郭威，因兖州久攻未下，下诏亲征。命李穀、范质同平章事，留李穀权守东京，兼判开封府事，进郑仁诲为枢密使，权充大内都点检，郭崇充在京都巡检。布置已定，乃自京城出发，直抵兖州。先令人招谕彦超，守卒出言不逊，始督诸军进攻。诸军因御驾亲临，当然冒险进取，伐鼓渊渊，振旅阗阗，有分教一座坚城，从此崩陷，凶狡贪横的慕容彦超，要全家诛戮了。小子有诗叹道：

休笑人家尽懦夫，蛮横到底伏天诛！
试看身首分离日，谁惜昂藏七尺躯！

欲知攻克兖州情形，下回再行续叙。

古人有言，家必自毁而后人毁之，国必自伐而后人伐之。观马氏兄弟之阋墙构衅，遂致全国让人，举族入唐，边镐兵不血刃，即得三楚，非马氏之自致覆亡，曷由致此！阅边镐言，凡天下之兄弟不和者，亦曷不亟自猛省也！慕容彦超，有勇无谋，亡汉不足，反欲叛周。周主郭威，再三慰谕，始终不从，甚且杀崔周度，毙阎弘鲁，如此凶戾，不死何为？乃知马希崇之覆国，与慕容彦超之亡家，无在非自取也。

第五十回　逐边镐攻入潭州府　拘刘言计夺武平军

却说慕容彦超，困守兖州，已是势穷力竭，并且素性贪吝，所括民财，半犒兵士，半充囊橐，因此士无斗志，相继出降。周主郭威，又亲至城下，督军猛攻，眼见得保守不住，彦超无法可施，竟至镇星祠中，禳灾祈福。这镇星祠乃是何神？原来彦超将反，有术士占验天文，谓镇星行至角亢，角亢为兖州分野，当邀神祐。彦超信为真言，特设一祠，令民家遍立黄幡，每日一祭。此时穷蹙无计，不得不仰求星君。蓦闻城被摧陷，急忙出祠督战，那周军似潮冲入，怎能招架得住？巷战良久，手下兵皆溃散。再奔至镇星祠旁，放起一把无名火，将祠毁去，然后驰入府署，挈妻投井，顷刻溺毙。子继勳率残众五百人，出奔被擒，立即磔死。彦超枭尸，所有家族，悉数诛夷。应该如此。兖州平定，周主留端明殿学士颜衎，权知兖州军府事，降泰宁军为防御州，并欲尽诛彦超将佐。翰林学士窦仪，心下不忍，特商诸宰臣冯道、范质，请他释免。两宰臣面奏周主，说是胁从罔治，周主乃赦罪不问。

启跸赴曲阜县，谒孔子祠，行释奠礼。登殿将拜，左右劝阻道："孔子乃是陪臣，不当受天子拜！"周主道："孔子为百世帝王师，难道可不敬礼么？"遂虔诚拜讫，命将祭器留藏祠中。又至孔林拜孔子墓，访得孔子四十三世孙孔仁玉，命为曲阜令；颜渊后裔颜涉，命为主簿。即令视事。仍饬兖州修葺孔祠，永禁墓旁樵采，然后还都，饮至犒赏，当然有一番手续。

过了数日，德妃董氏，病殁宫中。天子悼亡，免不得辍乐举哀，饰终尽礼。董氏镇州人，本嫁同里刘进超。进超仕晋，充内廷职使。辽兵犯阙，进超殉难，董氏嫠居洛阳。汉高祖自太原入京师，郭威从军过洛，闻董氏德艺兼长，纳为妾媵。后来出镇邺中，只命董氏随行，所以家属被屠，董氏幸得脱祸。及威已称帝，中宫虚位，但册董氏为德妃，摄掌宫事。至此竟遭病殁，享年三十九岁。总觉命薄。叙出董氏，补前文所未逮。

郭威既悲妃殁，复触旧痛，好几日不愿视朝。接连是天平节度使高行周，病终任所，又辍朝数日，犹幸内外无事，朝政清闲。唯冀州边境，为辽兵所掠，由都监杜延熙，一鼓驱退，倒也损失有限，不足廑忧。既而武平军留后刘言，遣牙将张崇嗣入奏，报称收复湖南，愿如马氏故事，乞请册封。周主留馆来使，又有一番廷议，处置湖南事宜。

自唐将边镐入据长沙，潭民市不易肆，称镐为边菩萨，一体悦服。后来镐佞佛设斋，筑寺置观，所入赋税，除贡献金陵外，尽充佛事，浮费无节，凡地方一切政治，置诸不理，于是潭人失望。菩萨本来高搁，望他奚为？南汉内侍省丞潘崇彻，及将军谢贯，乘机攻郴州。镐出兵与争，大败奔还。郴州被陷。镐坐失军威。

唐指挥使孙朗、曹进，从镐平楚，部下所得廪给，反不及湖南降卒，军士已有怨言。唐复遣郎中杨继勳等，征取湖南租税，务从苛刻，行营粮料使王绍颜，希承继勳意旨，克减军粮，益激众怒。孙朗、曹进，投袂奋起，率部众入攻绍颜，绍颜走匿溷下，屏息无声。大众四觅无着，转趋府署，向镐要求，请斩绍颜以谢将士。镐含糊应允，待孙朗等退归营中，并不将绍颜取出，枭首示众。所以孙、曹两人，并谋杀镐，夜率部众焚府门，适值天雨，屡燃屡灭。镐本有戒心，至是闻府门被火，出兵格斗，且令传吹鼓角，作将旦状。孙朗等堕入镐谋，恐天晓军集，转难脱身，不如斩关出去，往投朗州，一声吆喝，麾退党徒，纷纷投关出城，夤夜向朗州奔去。

走了两三日，方抵朗州城外，求见刘言。言召他入署，问明原委，很是喜欢。王逵在旁问朗道："我欲再取湖南，恐唐兵来援，多一阻碍，奈何？"朗答道："朗臣唐数年，备知底细，现在朝无贤臣，军无良将，忠佞无别，赏罚不当，得能保守淮南，已是幸事，还有何暇兼顾湖南，朗愿为公前驱，取湖南如拾芥呢！"朗为唐臣，嗾人往取湖南，亦非好人。逵心亦喜，厚待孙朗及曹进，整兵治舰，预谋大举。

唐主璟方用冯延已、孙晟同平章事。两相意见未合，晟尝语左右道："金杯玉碗，乃竟盛狗矢么？"延已闻言，恨晟益深。唐主尝遣将军李建期出屯益阳，使图朗州，又命知全州事张峦，兼桂州招讨使，使图桂州。两军出驻多日，未闻报功，唐主召语冯延已、孙晟道："楚人归我，意在息肩。我未能抚息疮痍，反欲劳民费财，恐失楚意。现欲将桂林、益阳两处戍军，悉数调回，特授刘言旌节，俾得息兵，卿等以为何如？"孙晟道："陛下诚念及此，不但安楚，并足安唐。"延已勃然道："臣意以为非是，前出偏将下湖南，远近震惊，一旦三分失二，适令他人藐视。请委任边将窥察形势，可进即进，可退乃退。"唐主因遣统军使侯训，率兵五千，往与张峦合兵，共攻桂州。训与峦联军南下，将到桂州城下，被南汉兵内外夹击，杀得大败亏输。训竟战死，峦收残卒数百人，奔回全州。败报到了唐廷，唐主决拟召回李建期，授刘言为节度使。偏冯延已又出来反对，谓宜召言入朝，察他举止，果肯效顺，再授旌节未迟。唐主乃遣使至朗州，召言入朝。

言与王逵密商行止，逵答道："武陵负江面湖，带甲百万，怎甘拱手让人！况边镐抚字无方，士民不附，可一战成擒，怕他什么？"言尚在沉吟，逵又道："行军贵速，一或迟延，反令镐得为备，不易进攻了。"乃遣归唐使，佯约入朝。一面召集何敬真、张仿、蒲公益、朱全琇、宇文琼、彭万和、潘叔嗣、张文表等牙将，皆授指挥使，令周行逢为行军司马。部署队伍，即日发兵。行逢善谋，文表善战，叔嗣善冲锋，三人情好颇深，和衷共进。王逵为统军元帅，分道趋长沙，令孙朗、曹进为先锋，直抵沅江，擒住唐都监刘承遇，收降唐军校李师德，乘胜进逼益阳，用着大刀阔斧，砍入唐守将李建期寨内。建期慌忙抵敌，被孙朗、曹进二将，绕住厮杀。张文表、潘叔嗣，持槊助战，任你建期如何力大，也被他七手八脚，活捉了去。所有戍兵二千人，尽行授首，一个不留。嗣是朗兵水陆并进，势如破竹，破桥口，入湘阴，直薄潭州。这位大慈大悲的边菩萨，变做无人无势的边和尚，自知不能敌朗兵，慌忙遣使乞援。怎奈远水难救近火，唐兵不能速到，朗兵已是登城。边镐弃城夜走，吏民俱溃，人多马杂，把醴陵桥门踏断，溺死压死，共约一万余人。得之甚易，失亦甚易。

王逵入城视事，自称武平军节度副使，权知军府事，遣何敬真等追镐。镐已狂窜回去，追赶不及，但杀死溃卒五百名。逵又令蒲公益攻岳州，唐岳州刺史宋德权，及监军任镐，不战即溃。湖南各州县唐吏，闻风震慄，相继遁去。从前马氏岭北故土，一古脑儿归入刘言，只郴、连二州，为南汉有。王逵复欲攻取郴州，自督诸军及峒蛮，共约五万人，将郴州围住。南汉将潘崇彻，夤夜趋救，出其不意，掩击朗兵，朗兵大败。

王逵走还，乃发使至朗州，请刘言入主长沙。言不愿舍朗，因上表周廷，报捷称臣。且称潭州残破，乞移使府治朗州。周主与群臣会议，大众都主张招抚，乃于广顺二年正月，表刘言为武平节度使，兼朗州大都督，升朗州为湖南首府，位出潭州上。王逵为武安节度使，周行逢为武安行军司马，何敬真为静江节度使，朱全琇为静江节度副使，张仿为武平节度副使。这诏旨颁到朗州，刘言以下，统皆拜受。

唯唐主璟因败惩罪，削边镐官爵，流戍饶州，斩宋德权、任镐，罢冯延已、孙晟为左右仆射，自悔前失，乃议休兵息民。左右劝璟道："陛下能数十年不用兵，国可小康。"璟愤然道："璟将终身不用兵！何止数十年哩！"岂千年不死耶？不到数月，复召冯延已为相，廷臣统呼为怪事。这且待后再表。

且说王逵入潭州后，与何敬真、朱全琇等，各置牙兵，分厅视事，吏民几不知所从。有时宴集诸将，也不辨尊卑，不分主客，彼此喧呶，毫无规律。逵引以为忧。唯周行逢、张文表二人，事逵尽礼。每有政议，逵倚二人为左右手。敬真全琇，未免疑逵，且已受周廷命令，往镇静江军，当即辞去。逵得拔去眼中钉，恰也心慰。唯自恃有功，不肯为刘言下，平居与言通书，词多倨傲。言不肯容忍，积成嫌隙，隐欲图逵。

逵颇有所闻，时常戒惧。行逢亦语逵道："刘言与我辈不协，敬真、全琇，又与公有隙，若不先下手，将来两路发难，公将如何处置！"逵答道："君言甚是，逵早已加忧，苦无良策！"行逢与逵附耳数语，逵大喜道："与公除凶党，同治潭、朗，尚复何忧？"遂遣行逢至朗州，进谒刘言。言问他来意，行逢道："南汉已兴兵入寇，全、道、永三州，统已吃紧，行逢特来报闻！"言说道："王节度何不出御？"行逢道："南汉势大，非潭州兵力，所能抵御，须合武平、静江两路军马，方足却寇。"言踌躇半晌，方答语道："我处兵马不多，且是军阃要地，不便远离，看来只好檄调静江军，与潭军会同御敌罢！"正要你出此策。行逢道："如此甚妙，请大都督照行！"言遂檄令何敬真为南面行营招讨使，朱全琇为先锋使，促赴潭州会师，共御南汉。

行逢辞言先归，复进逵密计，逵待敬真、全琇到来，出郊迎劳，相见甚欢。两人问及敌情，逵答道："我已拨兵往堵，想寇势不即蔓延，公等远来，且入城休息，缓日往剿便了！"遂邀敬真、全琇入城，摆酒接风，并召入美妓侑酒，惹得两人眼花撩乱，情志昏迷。饮罢散席，仍嘱各妓留侍客馆，夜以继日。俗语说得好，酒不醉人人自醉，色不迷人人自迷。敬真、全琇，一住数日，几与各妓结不解缘，朝朝暮暮，怜我怜卿，还记得什么军事。逵又日供佳酿，兼给嘉肴，使他酒食流连，沉湎不醒。一面又着人至朗州，再请济师。

刘言又拨指挥使李仲迁，率部兵三千，到了潭州。逵使与敬真相见，敬真令他先发，趋往岭北，待着后军。仲迁率兵逾岭，在岭北扎营数日，并不见敬真到来，亦未闻有什么南汉兵。正在惊疑得很，那都头符会，因士卒思归，竟劫仲迁还朗州。都在行逢计中。

敬真尚留居馆中，镇日昏醉，忽来了朗州使人，传刘言命，责敬真玩寇荒宴，把他缚住，送入潭州狱中。敬真醉眼矇眬，怎知真伪？其实朗州使人，是由潭卒假扮，就是南汉入寇，也由行逢捏造出来。朱全琇闻变急遁，由逵派兵追捕，也即拿还。当下从狱中牵出敬真，与全琇同斩市曹。并遣人报知刘言，诬称敬真全琇，私通南汉，托故逗留，不得不军法从事。李仲迁等私自逃归，亦请加罪。言召诘仲迁，仲迁归罪符会，言竟将符会枭首，覆报王逵。

行逢复语王逵道："武平节度副使李仿，系敬真亲戚，仿若不除，将为敬真复雠。公宜加意预防！"逵即转达刘言，请遣副使李仿，会同御寇。言本是个笨伯，一次中计，尚不觉悟；复遣仿至潭州。逵又殷勤迎入，设宴待仿，帐后暗置伏兵。待至酒意半阑，掷杯为号，立见伏兵杀出，将仿剁成肉泥。于是留行逢守潭州，由逵自率轻骑，往袭朗州。

朗州毫不防备，被逵掩入，直趋府署。指挥使郑珓，出来拦阻，未曾开口，项下已着了一刀，倒地而死。刘言闻变，尚不知为何因，冒冒失失的走将出来，兜头碰着王逵，逵麾动徒众，将言拥至别馆，拘禁起来。朗州兵士，仓皇欲遁，逵下令城中，谓言通款南唐，故特问罪。此外概不株连。兵士未沐言恩，哪个肯来助言，况朗州本由逵夺取，言不过坐享成功，各军又多逵故部，乐得依从逵命，得过且过。

逵安然据朗，奉表至周，也说刘言欲举周降唐。唯又添出许多诳语，谓言欲攻潭州，部众不从，将他幽禁，臣至朗州抚安军府，幸得平定，仍移军府至潭州，特此奏闻。周主郭威，虽然明睿，究竟相隔太远，无从辨别虚实。且湖南是羁縻地，更不必详细诘究，但教称臣纳贡，不妨俯从，因即派通事舍人翟光裔，宣抚王逵，悉如所请，且授逵为武平军节度使，兼中书令。逵厚贶光裔，送他还周，自取朗州图籍，还居潭州。别遣潘叔嗣往杀刘言。言镇朗州凡三年，朗人尝号言为刘咬牙。先是有童谣云："马去不用鞭，咬牙过今年。"鞭边音通，边镐徙马氏，刘言逐边镐，王逵又杀刘言，是童谣亦已应验了。暂作一束。

且说镇宁节度使郭荣，莅镇以后，由周主选择朝臣，令为僚佐。用王敏、崔颂为判官，王朴为掌书记，皆一时名士，辅导有方。荣妻刘氏，曾封彭城县君，前时留居大梁，为刘铢所屠。至周主即位，追封刘氏为彭城郡夫人，复因荣断弦待续，另为择配。荣闻符彦卿女，智足保身，嫠居母家，未曾他适，特请诸义父，愿纳为继室。周主本认符氏为义女，乐得为养子玉成，遂致书彦卿，求为义媳。彦卿自然遵命，当将嫠女送至澶州，与荣结为夫妇。怨女旷夫，各得其所，自不消说。回应四十三回。

荣在镇二年，屡请入朝，王峻时已入相，忌荣英明，辄从旁沮止。会黄河决口，峻奉命巡视，荣觑隙陈情，再乞入觐。果得周主批准。即日启行，驰诣阙下，父子相见，止孝止慈，即授荣为开封尹，兼功德使，加封晋王。王峻得知消息，遽自河上返大梁，固请辞职，周主不许。峻再乞外调，复经周主慰留，且命兼领平卢节度使。峻尚连章求解相职，并辞枢密，好几日不出视事。周主令近臣征召，仍然托疾不朝。嗣后因枢密直学士陈同，与峻相善，特遣他传示谕旨，谓峻再不出，当亲临视疾。峻乃不得已入谒。周主虽温颜劝勉，心下已存芥蒂。峻尚不知返省，屡有请求，遂令患难君臣，凶终隙末，免不得变起脸来。小子有诗讥王峻道：

难得功臣保始终，鸟飞已尽好藏弓；
如何恃宠成骄态，坐使勋名一旦空！

欲知王峻如何得罪，容俟下回续详。

有边镐之俘马氏，即有刘言之逐边镐，有刘言之逐边镐，即有王逵之杀刘言。所谓螳螂捕蝉，黄雀已随其后，特当局未之觉耳。且刘言为逵所推，而逵杀之，何敬真、朱全琇等，佐逵成功，而逵并杀之；争权攘利，不杀不止，彼后世之拥兵求逞，酿成战祸者，何一不可作如是观也！本回叙王逵之攻潭州，写得非常踊跃，及其图朗州也，又写得非常鬼秘，此由笔性之妙，足夺人目，不得以寻常小说目之。

第五十一回　滋德殿病终留遗嘱
高平县敌忾奏奇勋

却说周枢密使同平章事王峻，恃宠生骄，屡有要挟，周主虽然优容，免不得心存芥蒂。峻又在枢密院中，增筑厅舍，务极华丽，特邀周主临幸。周主颇尚俭约，因不便诘责，只好敷衍数语，便即回宫。会周主就内苑中，筑一小殿，峻独入奏道："宫室已多，何用增筑？"周主道："枢密院屋宇，也觉不少，卿何为添筑厅舍呢？"峻惭不能对，方才趋退。

一日适当寒食，周主未曾视朝，百官亦请例假。辰牌甫过，周主因起床较迟，尚未早膳，偏峻趋入内殿，称有密事面陈。周主还道他有特别大事，立即召见。峻行礼已毕，便面请道："臣看李穀、范质两相，实未称职，不若改用他人。"周主道："何人可代两相？"峻答道："端明殿学士尚书颜衎，秘书监陈观，材可大用，陛下何不重任！"周主怏怏道："进退宰相，不宜仓猝，俟朕徐察可否，再行定议。"峻絮聒不休，硬要周主承认。周主时已枵腹，恨不将他叱退，勉强忍住了气，含糊说道："俟寒食假后，当为卿改任二人便了。"亏他能耐。峻乃辞出。

周主入内用膳，越想越恨。好容易过了一宵，诘旦即召见百官。峻昂然直入，被周主叱令左右，将峻拿下，拘住别室。且顾语冯道诸人道："王峻是朕患难弟兄，朕每事曲容。偏他凌朕太甚，至欲尽逐大臣，翦朕羽翼。朕只一子，辄为所忌，百计阻挠，似此目无君上，何人能忍？朕亦顾不得许多了！"冯道等略为劝解，请贷死贬官，乃释峻出室，降为商州司马，勒令即日就道。峻形神沮丧，狼狈出都，行至商州，忧恚成疾，未几遂死。颜衎、陈观，坐王峻党，同时贬官。

邺都留守王殷，与王峻同佐周主，俱立大功。峻既得罪，殷亦不安。何不求去。先是殷出镇邺都，仍领亲军，兼同平章事职衔，自河以北，皆受殷节制。殷专务聚敛，为民所怨。周主尝遣使诫殷道："朕起自邺都，帑廪储蓄，足支数年，但教汝按额课民，上供朝廷，已足国用，慎勿额外诛求，取怨人民！"殷不以为然，苛敛如故。且所属河北戍兵，任意更调，毫不奏闻，周主很是介意。广顺三年九月，为周主诞日，号永寿节，殷表请入朝庆寿，周主疑殷有异志，不准入朝。到了冬季，预备郊祀礼仪，不意殷竟擅自入都，麾下带着许多骑士，出入拥卫，烜赫异常。适值周主有疾，得此消息，很是惊疑。又因殷屡求面觐，并请拨给卫兵，藉防不测。周主越有戒心，遂力疾御滋德殿，召殷入见。殷甫上殿阶，即命侍卫出殿，将殷拿下，责他擅离职守，罪在不赦。一篇诏敕，把殷生平官爵，尽行削夺，长流登州。至殷既东去，复着将吏赍诏，追至半途，说他有意谋叛，拟俟郊祀日作乱，可就地正法等语。殷无从辩诬，只好伸颈就戮，一道冤魂，投入冥府，与前时病死的王峻，再做阴间朋友去了。功臣之不得其死，半由主忌，半由自取。

周主既杀死二王，方免后忧，当命皇子晋王荣判内外兵马事。改邺都为天雄军，调天平节度使符彦卿往镇，加封卫王。徙镇州节度使何福进镇天平军，加同平章事。镇州一缺，命侍卫步军都指挥使曹英出任，澶州一缺，命侍卫马军都指挥使郭崇出任。此外亦各有迁调，不可殚述。唯周主病体，始终未痊。残冬已届，周主勉强支持，亲飨太庙，自斋宫乘辇至庙廷，才行下辇。由近臣扶掖升阶，甫及一室，已是痰喘交作，不能行礼。只得命晋王荣恭代，自己仍退居斋宫。夜间痰喘愈甚，险些儿谢世归天，幸经良医调治，始得重生。越日就是广顺四年元旦，周主又复强起，亲至南郊，大祀圜丘。自觉身体疲乏，未能叩拜，只好仰瞻申敬，草草成礼，礼毕还宫，御明德楼，受百官朝贺，宣制大赦，改广顺四年为显德元年。内外文武百官，加恩优赉，命妇并与进封，毋庸细叙。周主经此一番劳动，疾愈加剧，停止诸司进奏，遇有大事，由晋王荣入禀进止，然后宣行。

晋王荣总握内外兵柄，每日在府中办事，人心少安。忽由澶州牙校曹翰，入都见荣，拜谒已毕，即与荣密言道："大王为国储嗣，当思孝养。今主上寝疾，大王不入侍医药，镇日在外办事，如何慰天下仰望呢！”言外寓意。荣不禁大悟，便留翰居府，代决政务，自己入侍禁中，朝夕侍奉。

周主谕荣道：“朕若不起，汝速治山陵，毋令灵柩久留殿内。陵所务从俭素，不得劳役百姓，不得多用工匠，勿置下宫，不要守陵宫人，并不必用石人石兽，但用纸衣为殓，瓦棺为椁，入窆后，可募近陵人民三十户，蠲免征徭，令他守视。陵前只立一石，镌刻数语，可云周天子平生好俭，遗令用纸衣瓦棺。嗣主不敢有违，如此说法，便足了事。汝若违我遗言，我死有知，必不福汝！”防患未然，可云明哲。荣含糊应命，周主见他怀疑，又申诫道：“从前我西征时，见唐朝十八帝陵，统遭发掘，这都由多藏金玉，致启盗心。汝平时读史，应知汉文帝素好俭素，葬在霸陵原，至今完好如旧。每年寒食，可差人祭扫，如没人差去，遥祭亦可。并饬在河府、魏府间，各葬一副剑甲，澶州葬通天冠绛纱袍，东京葬平天冠衮龙袍，千万千万，勿忘遗言！”荣乃唯唯受教。

周主又命荣传敕，著宰臣冯道，加封太师，范质加尚书左仆射，兼修国史，李穀加右仆射，兼集贤殿大学士，升端明殿学士尚书王溥同平章事，宣徽北院使郑仁诲为枢密使，枢密承旨魏仁浦为枢密副使，司徒窦贞固进封沂国公，司空苏禹珪进封莒国公，授龙捷左厢指挥使樊爱能为侍卫马军都指挥使，虎捷左厢指挥使何徽为侍卫步军都指挥使，且加殿前都指挥使李重进为武信军节度使，检校太保，仍典禁军。

重进母系周主胞姊，曾封福庆长公主，周主以重进谊属舅甥，所以用为亲将。及周主大渐，特召重进入内，嘱受顾命。且令向荣下拜，示定君臣名分，重进一一遵旨，周主又叹息道：“朕观当世文才，无过范质、王溥，今两人并相，我死无遗恨了！”哪知他后来降宋？是夕周主病逝滋德殿，寿五十一岁。

晋王荣秘不发丧，越三日已经大殓，迁灵柩至万岁殿，乃召集文武百官，颁宣遗制，令晋王荣即皇帝位，百官奉敕，遂奉荣即位柩前。是岁自正月朔日起，天色屡昏，日月多晕，及嗣主即位，忽然晴朗，天日为开，中外相率称奇。嗣主荣居丧数日，由宰臣冯道等，表请听政，三疏乃允，见群臣于万岁殿东庑下，始亲莅事。命太常卿田敏为先帝拟谥，敏上尊谥为圣神恭肃文武孝皇帝，庙号太祖。

忽由潞州节度使李筠，报称北汉主刘崇，与辽将杨衮，率兵数万，自团柏谷入寇潞州。周主荣甫经践阼，即闻此事，恰也有些心惊。幸亏他天姿英武，不以为忧，即召群臣会议，志在亲征。冯道等以为未可，且言刘崇自晋州奔还，势弱气夺，未必即能再振。现恐由潞州谣传，李筠未战先怯，遽行奏闻，贻忧宵旰。陛下初承大统，人心未定，先帝山陵，方才启工，不应轻率出征。如果刘崇入寇，但教命将出御，便足制敌云云。周主荣摇首道："刘崇幸我大丧，闻我新立，自谓良好机会，可以入伺中原。目下潞州告急，必非虚语，我若亲自出征，庶几先声夺人，免致轻觑！"冯道等一再固诤，周主荣又道："从前唐太宗创业，屡次亲征，朕岂怕河东刘崇么？"道独答道："陛下未可便学太宗。"周主荣奋然道："刘崇众至数万，统是乌合，如遇王师，可比泰山压卵，必胜无疑。"道又道："陛下试平心自问，果能作得泰山否？"冯道历事四朝，未闻献议，此次硬加谏阻，无非怯敌所致。周主荣拂袖起座，返身入内。

越宿颁出诏敕，分发各道，令他招募勇士，送入阙下。各道节度使得旨，陆续送致壮丁，由周主编入禁卫军，逐日操练，准备启驾。俄又接得潞州急报。但见纸上写着：

> 昭义军节度使臣李筠，万急上言，河东叛寇刘崇，幸祸伐丧，结连契丹入寇。臣出守太平驿，遣步将穆令均前往迎击，被贼将张元徽用埋伏计，诱杀令均，士卒丧亡逾千。寇焰愈张，兵逼驿舍，臣不得已回城固守，效死勿去，谨待援师。臣措置乖方，自取丧师之罪，乞付有司议谴！谨昧死上闻，翘切待命！李筠败绩，从奏报中叙明，亦一变体。

周主荣得了此报，也不欲与冯道等续商。但召王溥、王朴两人，入议亲征事宜。溥与朴赞成亲征，奏请先调各道兵马，会集潞州，然后车驾启行。周主乃诏天雄军节度使符彦卿，自磁州进兵赴潞州，击敌后路，以澶州节度使郭崇为副；河中节度使王彦超，自晋州进兵赴潞州，击敌东面，以陕府节度使韩通为副；又命马军都指挥使樊爱能，步军都指挥使何徽，滑州节度使白重赞，郑州防御使史彦超，前耀州团练使符彦能等，引兵先赴泽州，以宣徽使向训为监军。一面令冯道恭奉梓宫，往赴山陵，留枢密使郑仁诲居守京师，车驾自三月上旬启行。

到了怀州，闻刘崇已引兵南向，拟兼程速进。控鹤都指挥赵晁，密语通事舍人郑好谦道："贼势甚盛，未可轻敌，主上拟倍道进兵，恐非良策。"好谦入阻周主，周主荣发怒道："汝怎得阻挠军情，想是有人主使，从速供出，免得受刑！"好谦慌忙吐实，说是赵晁所言。周主荣系晁入狱，即日下令启行，麾众急进。

不数日已到泽州，驻营东北隅。北汉主刘崇，引着辽兵，行过潞州，不欲进攻，竟向泽州进发。至高平南岸，听得周军已到，才据险立营，只派前锋挑战，被周军邀击一阵，便即败退。周主荣恐他遁去，再命诸军夤夜前进，且促河阳节度使刘词，赶紧派兵援应。诸将因刘词未至，不免寒心，但因周主军令甚严，又未敢中途逗挠，不得已驱军前行。翌晨至巴公原，望见敌兵，北汉将张元徽，在东列阵，辽将杨衮，在西列阵，行伍很是整齐。周主命滑州节度使白重赞，与马步都虞侯李重进，率左军居西，樊爱能、何徽，率右军居东，向训、史彦超率精骑居中央，殿前都指挥使张永德，率禁兵护住御驾。

两阵对圆，周军与敌兵相较，不过三分有二。刘崇见周军较少，悔召辽兵，顾语诸将道："我观敌垒，与我本部兵相差不多，早知如此，何必借援外人！今日不但破周，且可使外人心服，到也是一举两得了。"慢着。诸将上前道贺，独辽将杨衮，策马上前，望了多时，退见刘崇道："周军严肃，不可轻敌！"老将有识。刘崇奋髯道："时不可失，愿公勿言！看我与周军决战，今日必报儿仇。"徒夸无益。衮默然退去。忽东北风大起，吹得两军毛发森竖，个个惊慄，少顷转做南风，势亦少杀。北汉副枢密使王延嗣，及司天监李义，进语刘崇道："风势已小，正可出战。"刘崇便下令进兵。枢密直学士王得中叩马谏阻道："风势逆吹，与我不利，李义素司天文，乃未知风势顺逆，昏昧若此，罪当斩首！"确是可杀。刘崇怒叱道："我意已决，老书生休得妄言！如再多嘴，我先斩汝！"得中吓退一旁，刘崇即麾动东军，令张元徽先进。

元徽率千骑击周右军，正与樊爱能、何徽相遇，两下交锋，不过数合，樊爱能、何徽，忽然引退，右军遂溃，步兵千余人，解甲投戈，走降北汉，喧呼万岁。刘崇望见南军阵动，亲督诸军继进。矢如飞蝗，石如雨点，周军不免惊乱。

周主荣自引亲兵，躬冒矢石，向前督战。那时恼动了一位周将，大声呼道："主危如此，我等怎得不致死！"又语张永德道："贼气已骄，力战即可破敌，公麾下多弓弩手，请趁势西出为左翼，末将愿自为右翼，冒险夹击，不患不胜。国家安危，正在此一举了！"永德称善，遂与那将分统二千人，左右出战。那将身先士卒，驰犯敌锋，士卒亦接连跟着，捣入敌阵，无不以一当百。北汉兵不能抵御，纷纷倒退。看官道那将为谁？原来就是将来的宋太祖赵匡胤。提笔醒目。匡胤涿郡人，父名弘殷，曾任岳州防御使。匡胤系出将门，入充宿卫，此时随驾出征，见周主身入危境，不由的激动热忱，勇往直前，把北汉兵杀得大败。匡胤履历，详见《宋史演义》，故此编不过略叙。

内殿直马仁瑀，也呼语徒众道："使乘舆受敌，何用我辈！"遂跃马直出，引弓迭射，连毙数十人，士气益振。殿前右番行首马全义，至周主前面请道："贼已披靡，将为我擒，愿陛下按兵不动，徐观臣等破贼！"说着，即引数百骑进陷敌阵，可巧碰着张元徽，出来拦阻，全义即拨马舞刀，与元徽大战数十合，马仁瑀暗助全义，觑正元徽马首，一箭射去，说一声着，正中马眼。马负痛乱跃，立将元徽掀落地上，全义趁势一刀，把元徽挥作两段。元徽为北汉骁将，骤被杀死，北汉兵大为夺气。天空中的南风，越吹越猛，周军顺风冲杀，其势益盛。刘崇料不可支，慌忙自举赤帜，鸣金收军。偏军士已经溃散，一时无从收拾。辽将杨衮，望见周军得胜，不敢进援，且恨刘崇妄自尊大，不知进退，乐得袖手旁观，引还全军。北汉大败，周军大胜。

唯樊爱能、何徽，领着残众，擅自南归，沿途遇着粮车，反控弦露刃，硬行剽掠。运夫仓猝骇走，伤亡甚多。周主荣遣军校追回，竟不奉诏，甚且杀死来使，纵辔奔驰。凑巧遇着河阳节度使刘词，率兵来援，爱能忙摇手道："辽兵大至，我军退回，公何必前去寻死！"刘词道："天子安否？"徽答道："我辈亏得速奔，还保生命，主上尚不肯退归，大约已走入泽州了。"词勃然道："主辱臣死，奈何不救？"足愧樊、何。遂引兵北趋，驰至战场。

正值敌众败退，尚有残兵万余人，阻涧屯列。天日将暮，南风尚劲，词带着一支生力军，越涧争锋，呐一声喊，杀入敌阵。北汉兵已经怯馁，还有何心对仗？死的死，逃的逃。词麾众追去，还有涧南休息的周军，遥见词军得胜，也鼓动余勇，跃涧齐进，与词军并力追击。可怜北汉兵没处逃生，或死或降，刘词等直追至高平，方才回军。但见僵尸满野，血流成渠，所弃辎重器械，不可胜计。周军陆续搬入御营，时已昏黄。周主荣尚在野次，随便营宿，各军统夜巡逻，捕得樊、何麾下降敌诸兵，悉数处死。

越日复进军高平。刘崇闻周主将至，急忙被褐戴笠，乘着胡马，由雕窠岭遁归。入夜迷路，强迫村民为导，村民误引至晋州。行百余里，才知错误，杀死村民，返辔北走。所至得食，方拟举箸，传闻周兵追来，忙将碗筷抛去，上马急奔。格外夸能，格外胆小。崇已老惫，昼夜驰骤，几不能支。幸乘马为辽主所赠，特别精良。由崇伏住鞍上，始得奔回晋阳。

周主荣因刘崇已遁，料知追赶不及，且令各军休息高平。选得北汉降卒数千人，号为效顺指挥军，命前武胜行军司马唐景思为将，发往淮上，防御南唐。还有二千余降卒，每人赐绢二匹，并给还衣装，放归本部。各降卒罗拜而去。也是欲擒故纵之法。周主荣转入潞州，由节度使李筠迎入，正欲赏赉功臣，忽报樊爱能、何徽二人，前来请罪。周主微笑道："他尚敢来见朕么？"遂呼左右趋出，将他二人拘住，不必进见，听候发落。正是：

到底英君能破敌，管教叛贼送残生。

未知二人性命如何？容俟下回再叙。

周主郭威临终之言，为死后计，未始不善；但徒尚薄葬，犹非知本之论。为人君者，诚能泽被生民，功昭当世，则后人谁不钦而敬之？试问五帝三王之墓，果有何人窃发耶？郭威自觉心虚，因有此嘱。且命在魏府、河府间，各葬剑甲，澶州洛阳，葬冠服，既云示俭，何必多设虚冢？毋乃与曹操之七十二疑墓，隐隐相合耶？晋王嗣位，即有北汉之入寇，挟辽兵势，直抵泽潞，内有冯道，外有樊爱能、何徽，向使君主怯敌，大局立溃。郭威但诛及二功臣，不知卖国求荣者，固大有人在，微嗣君之英武聪明，宗社尚能自保乎！然以柴代郭，血统已亡，辛苦一世，徒为他人作马牛，亦可慨已！

第五十二回　丧猛将英主班师　筑坚城良臣破虏

却说周主荣夜宿行宫，暗思樊爱能、何徽，是先帝旧臣，徽尝守御晋州，积有功劳，不如贷他一死。转念二人不诛，如何振肃军纪，辗转踌躇，不能自决。适值张永德入内值宿，便加询问，永德道："爱能等本无大功，忝为统将，望敌先逃，一死尚未足塞责，况陛下方欲削平四海，不申军法，就使得百万雄师，有何用处？"周主荣正倚枕假寐，听永德言，蓦然起床，掷枕地上，大呼称善。当下出帐升座，召入樊爱能、何徽，两人械系至前，匍匐叩头。周主叱责道："汝两人系累朝宿将，素经战阵，此次非不能战，实视朕为奇货，意欲卖与刘崇。今复敢来见朕，难道尚想求生么？"两人无法解免，除叩首请死外，乞赦妻孥。周主道："朕岂欲加诛尔曹，实因国法难逃，不能曲贷。家属无辜，朕自当赦宥，何必乞求！"两人拜谢毕。即由帐前军士，将两人如法绑出，斩首示众，并诛两人部将数十名，悬首至旦，便令棺殓，特给槥车归葬。恩威并用，令人心服。自是骄将惰卒，始知戒惧，不敢仍前疲玩了。

次日按功行赏，命李重进兼忠武军节度使，向训兼义成军节度使，张永德兼武信军节度使，史彦超为镇国军节度使，余亦升转有差。永德保荐赵匡胤，说他智勇双全，特授殿前都虞侯，领严州刺史。一面遣人至怀州，释赵晁囚，许令建功赎罪。晁忙至潞州谢恩，随驾如故。

周主荣更命天雄军节度使卫王符彦卿，为河东行营都部署，知太原行府事，澶州节度使郭崇为副，向训为都监，李重进为马步都虞侯，史彦超为先锋都指挥使，领步骑二万，进讨河东。又敕河东节度使王彦超，陕府节度使韩通，引兵入阴地关，与彦卿合军西进。用刘词为随驾都部署，以鄜州节度使白重赞为副。官职或叙或不叙，俱有斟酌，并非缺漏。彦卿、彦超两军，指日登程，刘词等尚在潞州，俟车驾出发，然后从行。

北汉汾州防御使董希颜，守城不下。彦超自阴地关进兵，第一重门户，就是汾州城，围攻数日，竟不能拔。彦卿前军亦到，与彦超合攻，四面猛扑，锐不可当。迩时守兵恟惧，彦超忽下令停攻，各部将都来谏阻，彦超道："城已垂危，旦暮可下，我士卒精锐，必欲驱使先登，非不可克，但死伤必多，何若少待一二日，令他降顺为是！"乃收兵入营，只遣部吏入城投书，谕令速降。果然希颜从命，开城相迎。彦超入城安民，休息一宵，彦卿继至，便会师进逼晋阳。

北汉主刘崇，收散卒，缮甲兵，完城堑，防御周军。辽将杨衮，还屯代州，刘崇遣部吏王得中送行，顺便至辽廷乞援。辽主述律许发援兵，先遣得中回报，途次未免耽搁。那刘崇待援未至，只好固守晋阳，无暇顾及属地。辽州刺史张汉超，沁州刺史李廷诲，先后降周。石州刺史安彦进，为王彦超所擒，解送潞州，城亦陷没。周主荣闻前军得手，也命驾启行，亲征河东。甫出潞州，又接符彦卿军报，北汉宪州刺史韩光愿，岚州刺史郭言，亦举城归顺。周主格外喜慰，既入北汉境内，河东父老，箪食壶浆，争迎王师，且泣诉刘氏苛征，民不聊生，愿上供军需，助攻晋阳。

周主本无意吞并河东，不过欲耀武扬威，使刘崇不敢轻视，及见河东人民，夹道相迎，始欲一劳永逸，为兼并计。当下与诸将商议，誓灭晋阳。诸将多虑刍粮未足，请且班师，再图后举。周主已经出发，怎肯退回！英武之主，大都类是。遂麾军亟进，直抵晋阳城下。符彦卿、王彦超等，已在晋阳城外安营。闻御驾亲临，当然出营迎谒。周主入彦卿营，与彦卿谈及军事，彦卿密奏道："晋阳城固，未易猝拔，我军远来，师劳饷匮，恐一时未能取胜，况辽兵有来援消息，还望陛下三思，慎重进止！"周主默然不答。

嗣闻代州防御使郑处谦，逐去辽将杨衮，遣人纳款投诚，周主语彦卿道："代州来归，忻州必孤，卿可移军往攻，此处由朕督领，定要扫灭河东，方无后虑。"彦卿不便再说，勉强应命。周主遂命郭从义为天平军节度使，令与向训、白重赞、史彦超等，随彦卿北进，自率各军环城。旌旗蔽天，戈鋋耀日，延袤至四十里。且取安彦进至城下，枭首揭竿，威慑守兵，一面令宰臣李穀，调度刍粮，饬发泽、潞、晋、隰、慈、终各州，及山东近便诸人夫，运粮馈军。怎奈行营人马，差不多有数十万，所至粮草，随到随尽，军士不免剽掠，遂致人民失望，渐渐的窜入山谷，避死求生。周主颇有所闻，敕诸将招抚户口，禁止侵扰。但令征纳当年租税，及募民输纳刍粟，凡输粟至五百斛，纳草至五百围，即赐出身，千斛千围，即授州县官。亦伤政体。

看官！你想河东百姓，已经离散，还有何人再来供应？徒然颁出了一纸文书，有名无实，城下数十万兵马，仍旧是仰给饷运，别无他望。那符彦卿的奏报，络绎不绝。第一次要紧报闻，是辽主囚住杨衮，另派精骑至忻州。周主即授郑处谦为节度使，令他接济彦卿。第二次要紧报闻，是忻州监军李勍，杀死刺史赵皋，及辽通事杨耨姑，举城请降。周主又授李勍为忻州刺史，令彦卿速趋忻州。第三次要紧报闻，是代州军将桑珪、解文遇，杀死郑处谦，托言处谦通辽。彦卿防有他变，请速济师。周主再遣李筠、张永德将兵三千，往援彦卿。最后一次，是报称进兵忻口，先锋都指挥使史彦超，追敌阵亡。周主虽然英武，到此也不禁心惊。联翩叙下借宾定主。原来符彦卿等行至忻州，正值郑处谦被杀，桑、解两人，因彦卿到来，却也迎谒，但彦卿总加意戒备。至李筠、张永德赴援，兵力较厚，稍觉安心。无如辽兵时来城下，游弋不休，彦卿乃决计出击，与诸将开城列阵，静待敌兵厮杀。俄见敌骑驰至，三三五五，好似散沙一般，前锋史彦超自恃骁勇，哪里看得上眼，当即怒马突出，杀奔前去，从骑只二十余人，敌骑略略招架，就四散奔走，彦超驱马急赶，东挑西拨，越觉得兴高采烈，不肯回头。

彦卿恐彦超有失，亟命李筠引兵接应。李筠走得慢，彦超走得快，两下里无从望见。及李筠行了一程，见前面统是山谷，林箐丛杂，崖壑阴沉，四面探望，并不见有彦超，也不见有辽兵。自知凶多吉少，只好仔细窥探，再行前进。猛听得几声胡哨，深谷中涌出许多辽兵，当先一员大将，生得眼似铜铃，面似锅底，手执一柄大杆刀，高声喝道："杀不尽的蛮子，快来受死！"李筠心下一慌，也管不及彦超生死，只好火速收军，回马急奔。说时迟，那时快，番兵番将，已经杀到，冲得周军七零八落。筠至此不遑后顾，连部兵统行弃去，一口气跑回大营。番将哪里肯舍，骤马追来，幸亏彦卿出兵抵住，放过李筠，与番将大战一场，杀伤相当。

日将西下，番将方收兵回去，彦卿亦敛兵回城，这一次开仗，丧失了一员大将史彦超，及彦超带去二十余骑，一个也没有逃回。就是李筠麾下，亦十死七八。彦卿长叹道：“我原说不如回军，偏偏主上不允，害得丧兵折将，如何是好！”说至此，遂命侦骑夤夜出探，访问彦超下落。至翌晨得了侦报，彦超被辽兵诱入山中，冲突不出，杀毙辽兵甚多，力竭身亡。彦卿也堕了数点眼泪，便令随员缮好奏疏，报明败状，自请处分。且乞周主班师回朝。

周主荣接阅奏章，忍不住悲咽道：“可惜可惜！丧我猛将，罪在朕躬！”乃追赠彦超为太师，命彦卿觅得遗骸，即返御营。周主本欲吞并北汉，日日征兵催饷，凡东自怀孟，西及蒲陕，所有丁壮夫马，无不调遣。役徒已劳敝不堪，更兼大雨时行，疫疠交作，更不便久顿城下，周主始兴尽欲归，一闻彦超战死，归计益决。

先是北汉使臣王得中，被周军隔断，不能回入晋阳，暂留代州，桑珪将他拘住，送入周营，周主许令释缚，并赐酒食及带马，和颜问道：“汝往辽求援，辽兵果何时到来？”得中道：“臣受汉主命令，送杨衮北返，他非所知。”周主冷笑道：“汝休得欺朕。”得中答以不欺。周主乃令退居后帐，嘱将校再加盘诘。将校往语得中道：“我主优容，待公不薄，若非据实陈明，一旦辽兵猝至，公尚得全生么？”得中叹息道：“我食刘氏禄，应为刘氏尽忠！况有老母在围城中，若以实告，不特害我老母，恐且误我君上，国亡家亦亡，我何忍独生，宁可杀身取义，保我国家，我虽死亦瞑目了！”此人却有烈志。至周主决计南归，遂责得中欺罔，将他缢死。

会符彦卿等自忻州驰还，入见周主，面奏彦超遗骸，无从寻败。不得已招魂入棺，殓以旧时衣冠，饬令随兵舁归。周主也只好付诸一叹。出营亲奠，奠毕入营，便命军士收拾行装，即日班师。同州节度使药元福入奏道：“进军容易退军难，陛下须慎重将事！”周主道：“朕一概委卿。”元福乃部署卒伍，步步为营，俟各军先行，自为后殿。营内尚有粮草数十万，不及搬取，一并毁去。此外随军资械，亦多抛弃，大众匆匆就道，巴不得立刻入京，队伍散乱，无复行列。北汉主刘崇，出兵追蹑，亏得药元福断后一军，严行戒备，列成方阵，俟北汉兵将近，屹立不动，镇定如山。北汉兵冲突数次，几似铜墙铁壁，无隙可钻，渐渐的神颓气沮。那元福阵内，却发出一声梆响，把方阵变为长蛇阵，来击北汉兵，北汉兵顿时骇退，反被元福驱杀数里，斩首千余级，方徐徐再退，向南扈驾去了。元福能军。

周主还至潞州，休息数日，乃复启行至新郑县。县中为嵩陵所在处，嵩陵即周太祖陵，太师冯道，监工早竣，梓宫告窆，道亦病死。周主荣拜谒嵩陵，望陵号恸，俯伏哀泣，至祭奠礼毕，乃收泪而退。壹意黩武，至送葬俱未亲到。柴荣亦未免负恩。饬赐守陵将吏，及近陵户帛有差。追封冯道为瀛王，赐谥文懿。道卒年已七十三，历相四代，且受辽封为太傅，逢迎为悦，阿谀取容。尝自作《长乐老》叙，自述历朝荣遇。后来宋欧阳修著《五代史》，讥他寡廉鲜耻，有愧虢州司户王凝妻。

凝病殁任所，有子尚幼，妻李氏携子负尸，返过开封府，投宿旅舍。馆主不肯留宿，牵李氏臂，迫使出门。李氏仰天大恸道："我为妇人，不能守节，乃任他牵臂么？"见门旁有斧，便顺手取来，把臂砍去，晕仆门外，好容易才得苏醒。道旁行人，相顾嗟叹，都责主人不情。主人乃留她入舍，给帛缠臂，乃得无恙。开封尹闻知此事，厚恤李氏，笞责馆主，且为李氏请旌朝廷。看官听说，忠臣不事二主，烈女不事二夫。如王凝妻才算烈女，冯道最是无耻，最是不忠，若与王凝妻相较，真正可羞，愿后世勿效此长乐老呢！仿佛晨钟。

周主荣还至大梁，立卫国夫人符氏为皇后，备礼册命。果被想到。进符彦卿为太傅，改封魏王。国丈应该加封。郭从义加兼中书令，刘词移镇长安，王彦超移镇许州，与潞州节度使李筠，并加兼侍中。李重进移镇宋州，加同平章事衔，兼侍卫亲军都指挥使；张永德加检校太傅，兼滑州节度使；药元福移镇陕州，白重赞移镇河阳，并加检校太尉；韩通移镇曹州，加检校太傅。这都算从征有功，所以迁官加爵。其实止高平一战，杀退勍敌，不谓无功。若进攻晋阳，有损无益，就是前时所得北汉州县，一经周主还师，所置刺史，望风遁回，地仍归入北汉。唯代州桑珪，婴城自守，终被北汉兵攻破，珪亦遁去。周主耗去了无数军饷，结果是不得一城，可见用兵是不应轻率哩！随笔示儆。

嗣是周主逐日视朝，政无大小，悉由亲断，百官但拱手受成，不加可否。河南府推官高锡，上书切谏，大致劝周主择贤任能，毋亲细事，周主不从。一日语侍臣道："兵贵精不贵多。今有农夫百人，不足养甲士一名，奈何尚徒豢惰卒，坐涸民膏？且健懦不分，如何劝众？朕观历代宿卫，羸弱居多，又骄蹇不肯用命，一经大敌，非走即降，回溯数十年来，国姓屡易，都坐此弊。朕唯有简阅诸军，留强汰弱，方能振作军心，免蹈前辙哩！”侍臣一体赞成，遂命殿前都虞侯赵匡胤，大阅军士，挑选精锐，充作卫兵。又饬募各镇勇士，悉令诣阙，仍归匡胤简选，遇有材艺出众，即令补入殿前诸班。周主欲惩前弊，令匡胤简阅诸军，原是当时要策，但匡胤之得受周禅，即伏于此。人定不能胜天，令人徒唤奈何！此外马步各军，各命统将选择。凡从前骄兵惰卒，一概汰去。宫廷内外，尽列熊罴，军务方有起色了。

是年冬季，北汉主刘崇，忧愤成疾，竟至逝世。次子承钧向辽告哀，辽册承钧为汉帝，呼他为儿。承钧亦奉表称男，易名为钧。又在晋阳创立七庙，尊刘崇为世祖，改元天会，复向辽乞师复雠。辽遣高勳为将，率兵助刘钧。刘钧即令部将李存瓌，与勳同攻潞州，不克乃还。勳亦归国。刘钧知不能胜周，乃罢兵息民，礼贤下士，境内粗安。只辽骑却屡窥周边，不免骚扰。周主因大兵甫归，疮痍未复，但戒各边将固守边疆，不得出战。

未几已是显德二年，周主仍遵旧时年号，不复改元。忽闻夏州节度使李彝兴，不奉朝命，拒绝周使。周主与群臣商议，群臣多说道：“夏州地处偏隅，朝廷素来优待，此次不通周使，无非因府州防御使杜德扆，厚沐国恩，得加旌节，彝兴耻与比肩，所以有此变态。臣等以为府州褊小，无足重轻，不若抚谕彝兴，善全大体。”周主怫然道：“朕至晋阳，德扆即率众来朝，且为我力拒刘氏。朕授他节钺，不过报功，奈何一旦弃置！夏州止产羊马，贸易百货，悉仰我国，我若与他断绝往来，他便穷蹙，有何能为呢？”借周君臣口中补叙夏州府州事，笔墨较省。乃遣供奉官驰诣夏州，赍诏诘责，果然李彝兴惶恐谢罪，不敢抗违。

周主喜如所期，更下诏求言，详询内情，并及边事。边将张藏英上书献策，谓深、冀二州交界，有葫芦河横亘数百里，应改掘使深，足限胡马南来，以人力济天险，最为利便等语。周主因遣许州节度使王彦超，曹州节度使韩通，起发兵夫，往掘河道。一面令张藏英绘图立说，再行详闻。藏英奉诏，绘就地形要害，请旨入朝，面陈图说，请俟葫芦河凿深后，即就河岸大堰口，筑城置垒，募兵设戍，无事执耒，有事操戈，且愿自为统率，随宜进止等语。周主喜道：“卿熟谙地势，悉心规划，定能为朕控御边疆。朕准卿所请，可即前去调度，毋负朕望！”

藏英立即拜辞，回镇月余，募得边民千余人，个个是身强力壮，趫健不群。那辽主述律，闻周军筑城堰口，派兵来争。王彦超、韩通分头堵御，却也敌得住辽兵。无如辽兵忽来忽去，行止无常。周军进击，他即退去，周军退回，他又进来，害得王、韩两将，日夕防备，不遑寝食。一班凿河筑城的民夫，也是惊惶得很，旋作旋辍。可巧张藏英募齐兵丁，前来大堰口，与王彦超、韩通会议，决计自作前驱，王、韩为后应，杀他一个痛快，使不再来。当下引众驰击，横厉无前，辽兵已是披靡。藏英又挺着长矛，左旋右舞，挑着处人人落马，刺着处个个洞胸。任你辽兵如何刁狡，也逃不脱性命。再经王彦超、韩通，从后追上，杀毙辽兵无数，剩得几个脚长的，抱头鼠窜，不知去向。

藏英追赶至二十里外，远望不见辽兵，方才退归。于是葫芦河疏凿得成，大堰口城垒渐竣。王彦超、韩通同时返镇，单留张藏英保守城寨，已足抵制辽人。周廷改称大堰口为大宴口，号屯军为静安军，即令藏英为静安军节度使。小子有诗赞道：

凿河筑垒费经营，扼要才堪却虏兵。
胡骑不来河北静，武夫原可作干城。

长城有靠，朔漠无惊，英武过人的周主荣，又想西征南讨了。欲知后事，请看后文。

知进不知退，是英主好处，亦即英主坏处。高平之战，非周主荣之决计进兵，则北汉炽张，长驱南下，河北必非周有矣。至北汉主已败入晋阳，缮甲兵，完城堑，坚壁以待，志在决死，加以辽兵为助，左右犄角，此固非可轻敌者，况以逸待劳，以主待客，难易判然，安能必胜？周主知进而不知退，此其所以损兵折将，弃械耗财，而卒致废然自返也。若张藏英之浚河筑城，正以守为战之计，可进可退，绰有余裕，胡马不敢南来，两河可以无患，谓非良将得乎！史彦超恃勇而死，张藏英好谋而成。为将者于此觇休咎，为主者亦可于此判优劣焉。

第五十三回　宠徐娘赋诗惊变
俘蜀帅得地报功

却说周主荣既败汉却辽，遂思西征南讨，统一中国。当下召入范质、王溥、李穀诸宰臣，及枢密使郑仁诲等，开口宣谕道："朕观历代君臣，欲求治平，实非容易。近自唐、晋失德，天下愈乱，悍臣叛将，篡窃相仍。至我太祖抚有中原，两河粗定，唯吴、蜀、幽、并，尚未平服，声教未能远被。朕日夜筹思，苦乏良策。想朝臣应多明哲，宜令各试论策，畅陈经济，如可采择，朕必施行，卿等以为何如？"范质、王溥等，齐声称善，乃诏翰林学士承旨徐台符以下二十余人，入殿亲试。每人各撰二文，一是"为君难，为臣不易论"；一是"平边策"。徐台符等得了题目，各去撰著。有的是攒眉蹙额，煞费苦心；有的是下笔成文，很是敏捷。自辰至未，陆续告成，先后缴卷。周主逐篇细览，多半是徒托空言，把孔圣人的"修文德，来远人"二语，敷衍成篇，不得实用。唯给事中窦仪，中书舍人杨昭俭，谓宜用兵江、淮，颇合周主微意。还有一篇崇论闳议的大文，乃是比部郎中王朴所作。略云：

臣闻唐失道而失吴、蜀，晋失道而失幽、并，观所以失之之由，知所以平之之术。当失之时，君暗政乱，兵骄民困，近者奸于内，远者叛于外，小不制而至于大，大不制而至于僭。天下离心，人不用命。吴、蜀乘其乱而窃其号，幽、并乘其间而据其地。平之之术，在乎反唐、晋之失而已。必先进贤，退不肖以清其时，用能去不能以审其材，恩信号令以结其心，赏功罚罪以尽其力，恭俭节用以丰其财，时使薄敛以阜其民。俟其仓廪实，器用备，人可用而举之。彼方之民，知我政化大行，上下同心，力强财足，人安将和，有必取之势，则知彼情状者，愿为之间谍，知彼山川者，愿为之先导。彼民与此民之心同，是即与天意同。与天意同，则无不成之功矣。凡攻取之道，从易者始。当今唯吴易图，东至海，南至江，可挠之地二千里。从少备处先挠之，备东则挠西，备西则挠东，彼必奔走以救其弊。奔走之间，可以知彼之虚实，众之强弱，攻虚击弱，则所向无前矣。攻虚击弱之法，不必大举，但以轻兵挠之。南人懦怯，知我师入其地，必大发以来应；数大发则民困而国竭，一不大发，则我可乘虚而取利。彼竭我利，则江北诸州，乃国家之所有也。既得江北，则用彼之民，扬我之兵，江之南亦不难平之也。如此则用力少而收功多。得吴则桂、广皆为内臣，岷、蜀可飞书而召之。若其不至，则四面并进，席卷而蜀平矣。吴、蜀平，幽州亦望风而至。唯并州为必死之寇，不可以恩信诱，必须以强兵攻之。然彼自高平之败，力已竭，气已丧，不足以为边患，可为后图。方今兵力精练，器用具备，群下知法，诸将用命，一稔之后，可以平边。臣书生也，不足以讲大事，至于不达大体，不合机变，唯陛下宽之！

周主览到这篇文字，大加称赏，便引与计议。朴谈论风生，无不称旨，因授为左谏议大夫。未几且命知开封府事。就是窦仪、杨昭俭，也得升官；仪为礼部侍郎，昭俭为御史中丞。特用声西击东的计策，先命偏师攻蜀，继出正军击唐。

先是秦、成、阶三州入蜀，蜀人又取凤州。见前文。蜀主孟昶，好游渔色，浪费无度，国用不足，专向民间取偿。秦、凤人民，迭遭苛税，仍欲归隶中原，乃相次诣阙，乞举兵收复旧地。周主正要发兵，又得了这个机会，更加喜悦，立命凤翔节度使王景，及宣徽南院使向训，为征蜀正副招讨使，西攻秦、凤。蜀主闻报，忙遣客省使赵季札，趋赴秦、凤二州，按视边备。季札本没有什么材干，偏他目中无人，妄自尊大。一到秦州，节度使韩继勳迎入城中，与谈军事，多经季札吹毛索瘢，免不得唐突数语，季札怏怏而去。转至凤州，刺史王万迪，见他趾高气扬，也是不服，勉强应酬了事。

自大者必遭众忌。季札匆匆还入成都，面白蜀主，谓韩、王皆非将才，不足御敌。蜀主亦叹道："继勳原不足当周师，卿意属在何人？"季札朗言道："臣虽不才，愿当此任，管教周军片甲不回！"令人好笑。蜀主乃命季札为雄武节度使，拨宿卫兵千人，归他统带，再往秦、凤扼守。又派知枢密王昭远，按行北边城塞，部署兵马，防备周师。自己仍评花问柳，赌酒吟诗，日聚后宫佳丽，教坊歌伎，以及词臣狎客，一堂笑乐，好似太平无事一般。

广政初年，广政即蜀主昶年号，见前。内廷专宠，要算妃子张太华，眉目如画，色艺兼优，蜀主昶爱若拱璧，出入必偕，尝同辇游青城山，宿九天文人观中，月余不返。忽一日雷雨大作，白昼晦暝，张太华身轻胆怯，避匿小楼，不意霹雳无情，偏向这美人头上，震击过去，一声响亮，玉骨冰销。想系房帷不谨，触动神怒，故遭此谴。昶悲悼的了不得，因张妃在日，曾留恋此观，有死后瘗此的谶语，乃用红锦龙褥，裹瘗观前白杨树下。

昶即日回銮，悼亡不已。一班媚子谐臣，欲解主忧，因多方采选丽姝。天下无难事，总教有心人，果然得一绝色娇娃，献入宫中。昶仔细端详，花容玉貌，仿佛太华，而且秀外慧中，擅长文墨，试以诗词歌赋，无一不精，直把这好色昏君，喜欢得不可名状。绸缪数夕，即拜贵妃，别号花蕊夫人，寻又赐号慧妃。妃爱赏牡丹芙蓉，所以蜀中有牡丹苑，有芙蓉锦城。牡丹苑中，罗列各种，无色不备。芙蓉锦城，是在城上种植芙蓉，秋间盛开，蔚若锦霞，因此号为锦城。

蜀地素称饶富，又经十年无事，五谷丰登，斗米三钱，都下士女，不辨菽麦，多半是采兰赠芍，买笑寻欢。上行下效，捷如影响。蜀主昶见近置远，居安忘危，除花蕊夫人外，又广选良家女子，充入后宫，各赐位号，有昭仪、昭容、昭华、保芳、保香、保衣、安宸、安跸、安情、修容、修媛、修娟等名目，秩比公卿大夫，甚至舞娼李艳娘，亦召入宫中，厕列女官，特赐娼家钱十万缗，代作聘金。

是年周蜀开衅，适当夏日，昶既派出赵季札、王昭远两人，还道是御敌有余，依旧流连声色。渐渐的天气炎热，便挈花蕊夫人等，避暑摩诃池上，夜凉开宴，环侍群芳，昶左顾右盼，无限欢娱。及谛视嫔嫱，究要推那花蕊夫人，作为首选，酒酣兴至，就命左右取过纸笔，即席书词，赞美花蕊夫人，第一句写下道："冰肌玉骨清无汗"，第二句接写道："水殿风来暗香满。”从战鼓冬冬中，忽插一段香艳文字，越觉夺目。再拟写第三句，突有紧急边报到来，乃是周招讨使王景，自大散关至秦州，连拔黄牛八寨。昶不禁掷笔道：“可恨强寇，败我诗兴！”乃并撤酒肴，即召词臣拟旨，派都指挥使李廷珪为北路行营都统，高彦俦为招讨使，吕彦琦为副招讨使，客省使赵崇韬为都监，出拒周师。一面促赵季札速赴秦州，援应韩继勳。

季札奉命出军，连爱妾都带在身旁，按驿徐进，兴致勃然。到了德阳，闻周军连拔诸寨，气势甚盛，不由的畏缩起来。嗣经朝旨催促，越觉进退两难。床头妇人，权逾君上，劝令还都避寇，不容季札不依。季札遂疏请解任，托词还朝白事，先遣亲军保护爱妾，与辎重一同西归，然后引兵随返。既至成都，留军士在外驻扎，单骑入城。都中人民，还疑他是孑身逃回，相率震恐。及季札入见蜀主，由蜀主问他军机，统是支吾对答，并没有切实办法。蜀主大怒道：“我道汝有什么材能，委付重任，不料愚怯如此！”遂命将季札拘住御史台，付御史审勘。御史劾他挈妾同行，擅自回朝，应加死罪。蜀主批准，令把季札推出崇礼门外，斩首示众。谋及妇人，宜其死也。蜀行营都统李廷珪率兵至威武城，正值周排阵使胡立，带领百余骑，前来巡逻。廷珪即麾军杀上，把胡立困在垓心，胡立兵少势孤，冲突不出，被蜀将射落马下，活擒而去。立部下多为所获，只剩数十骑逃归周营。李廷珪得了小胜，报称大捷，并命军衣上绣作斧形，号为破柴都。周主本姓为柴，故有此号。虚名何益？

蜀主昶接着捷报，很是喜慰，且遣使至南唐、北汉，约共出兵攻周。偏是得意事少，失意事多，捷报才到，败报又来。廷珪前军，为周将所败，掳去将士三百人。蜀主乃复遣知枢密使伊审征抚勉行营，再行督战。

审征驰诣军前，与廷珪商定军谋，遣先锋李进据马岭寨，截住周军来路。再派游击队旁出斜谷，进屯白涧，作为偏师。又令染院使王峦，引兵出凤州北境，至堂仓镇及黄花谷，绝周粮道，三路出师，审征、廷珪等择地扎营，专待消息，准备接应。

王峦率兵三千人，径趋堂仓，先令侦骑至黄花谷中，探明敌踪，还报谷外有周军往来，统是输运辎重，接济周营，并没有大将弹压。峦大喜道：“我去把他辎重军，一齐夺来，管教他粮食中断，全军溃走了。”我亦说是妙计，无如不从汝愿。遂驱军前进，驰入黄花谷。谷长路窄，兵士不能并行，只好鱼贯而入，慢慢儿的蛇行过去。哪知周军伏在谷口，见蜀兵出谷前来，立即突出。打倒一个捉一个，打倒两个捉一双，王峦押着后队，尚未得知，只管催军速趱，待至前队已擒去千人，方悉谷外警报，慌忙传令退还，怎奈后面的谷口，也有周军出现，峦拼命杀出，手下只剩百余骑，紧紧随着，此外都陷入谷中，被周军前后搜捕，一古脑儿捉去。峦带百余骑还奔堂仓，急急如漏网鱼，累累如丧家犬，恨不得三脚两步，即抵大营。甫至堂仓镇附近，见前面摆着一彪人马，很是雄壮，为首的戴着兜鍪，穿着铁甲，立马横枪，朗声呼道："我周将张建雄也！来将快下马受缚，免我动手。"峦至此叫苦不迭，自思进退无路，只好硬着头皮，纵马来战。两下交锋，一个是胆壮气雄，一个是心惊力怯，才及四五合，杀得王峦满身臭汗，招架不住。建雄大喝一声，把峦扯住衣襟，摔落马下，周军顺手揿住，将峦缚好，牵往马前。蜀兵只有百余骑，怎能夺回主将，兼且无路脱奔，没奈何哀求乞降。建雄令军士反绑蜀兵，仍然由原路回军。那时黄花谷内，已将蜀兵捉得精光，仔细检点，刚刚捉了三千人，一个也不少，一个也不多。更奇的是一个不死，各由建雄带去，回营报功。原来王景、向训等，早已防蜀兵劫粮，伏兵黄花谷口，巧巧王峦中计，遂致全军覆没。

李进在马岭寨中，得知此信，吓得战战兢兢，还道周军具有神力，能使片甲不留。要逃性命，走为上策，便弃了马岭寨，奔回大营。白涧屯兵，也闻声奔溃。伊、李两蜀将的规划，一并失败，自知立脚不住，不如见机早退，因弃营返奔，直至青泥岭下，依险扎住。雄武节度使韩继勳，亦乐得逃生，画个依样葫芦，走还成都。一班逃将军。秦州观察判官赵玭，召官属与语道："敌兵甚锐，战无不胜，我国所遣兵将，向称骁勇，一经战阵，非死即逃，我等怎可束手待毙，去危就安，正在今日，未知诸君意下如何？"大众都是贪生怕死，听了玭言，应声如响，即开城迎纳周军。

王景等已入秦州，便分兵攻成、阶二州，自督军往围凤州。成、阶二州的刺史，闻秦州失守，当即迎降，独凤州固守不下。自韩继勳逃回成都，蜀主昶把他褫职，改用王环为威武节度使，赵崇溥为都监，往援秦州。两将行至中途，接得秦州降周消息，忙引兵转趋凤州。甫入凤州城，那王景已率师来攻，急登陴守御。景四面攻扑，都被赵崇溥督兵拒却，乃筑垒成围，断绝城中樵汲，令他自毙。适曹州节度使韩通，奉周主命，来助王景。景令他往城固镇，堵住蜀中援师。城中饷竭援穷，渐渐支撑不住，每夜有兵将缒城出降。王景乘危督攻，一鼓登城，城上守兵俱靡，王环、赵崇溥，尚率众巷战。怎奈士无斗志，陆续逃散，只剩王、赵两将，无路可奔，统被周将擒住，崇溥愤不欲生，绝粒而死，环被拘狱中。于是秦、凤、成、阶四州，俱为周有。

王景露布奏捷，静候朝命。周主传谕优奖，且命赦四州所获将士，愿归诸人，给资遣还。愿留诸人，各予俸赐，编为怀恩军，即令降将萧知远带领，暂住凤州。嗣因兴兵南讨，欲罢西征，遂遣萧知远率兵西归。

蜀中兵败地削，上下震惊，伊审征、李廷珪等，奉表请罪。蜀主概置不问，但命在剑门、白帝城各处，多聚刍粮，为备御计。一面鼓铸铁钱，禁民间私用铁器。国人很觉不便，都归咎李廷珪等将士。昶母李氏，亦屡言典兵非人，除高彦俦忠诚足恃外，应悉数改置，昶不能从，后来唯彦俦死节，方知李氏有识，可惜孟昶不用。但罢廷珪兵柄，令为检校太尉。及萧知远等还蜀，蜀主昶亦放还周将胡立等八十余人，并嘱立带转国书，向周请和。

立还至大梁，呈上蜀主昶书。周主展开一阅，但见起首二语，乃是大蜀皇帝，谨致书于大周皇帝阁下，不禁忿然道："他尚敢与朕为敌么？"嗣复看将下去，乃是一篇骈体文。略云：

> 窃念自承先训，恭守旧邦，匪敢荒宁，于兹二纪。顷者晋朝覆灭，何建来归，不因背水之战争，遂有仇池之土地。洎审晋君北去，中国且空，暂兴敝邑之师，更复成都之境。厥后贵朝先皇帝应天顺人，继统即位，奉玉帛而未克，承弓剑之空遗，但伤嘉运之难谐，适叹新欢之且隔。以至去载，忽劳睿德，远举全师，土疆寻隶于大朝，将卒亦拘于贵国。幸蒙皇帝惠其首领，颁以衣裘，偏裨尽补其职员，士伍遍加以粮赐，则在彼无殊于在此，敝都宁比于雄都！方怀全活之恩，非有放还之望。今则指导使萧知远等，押领将士子弟，共计八百九十三人，还入成都，具审皇帝迥开仁愍，深念支离，厚给衣装，兼加巾屦，给沿程之驿料，散逐分之缗钱。此则皇帝念疆场几经变革，举干戈不在盛朝，特轸优容，曲全情好。求怀厚谊，常贮微衷。载念前在凤州，支敌虎旅，曾拘贵国排阵使胡立以下八十余人，嘱令军幕收管，令各支廪食，各给衣

装，只因未测宸襟，不敢放还乡国。今既先蒙开释，已认冲融，归朝虽愧于后时，报德未稽于此日。其胡立以下，令各给鞍马、衣装、钱帛等，专差御衣库使李彦昭部领，送至贵境，望垂宣旨收管。矧以昶昔在龆龄，即离并都，亦承皇帝风起晋阳，龙兴汾水，合叙乡关之分，以申玉帛之欢。倘蒙惠以嘉音，即伫专驰信使，谨因胡立行次，聊陈感谢。词不尽意，伏唯仁明洞鉴，瞻念不宣。

周主览毕，颜色少霁，便语胡立道："他向朕乞和，情尚可原，但不应与朕钧礼，朕不便答复。汝在蜀多日，能悉蜀中情形否？"立叩陈蜀主荒淫情事，且自请失败罪名。周主道："现在有事南方，且令蜀苟延一二年，俟征服南唐，再图西蜀未迟。朕赦汝罪，汝且退出去罢！"立谢恩而退。

蜀主昶俟周复书，始终不至，竟向东戟指道："朕郊祀天地，即位称帝时，尔方鼠窃作贼，今何得藐我至此！"遂仍与周绝好，复为敌国。小子有诗咏道：

丧师失地尚非羞，满口骄矜最足忧；
幸有南唐分敌势，尚留残喘度春秋。

蜀事暂从缓叙，小子要述及周唐战争了。看官不嫌词费，还请再阅下回。

声色二字，最足误人；而国君尤甚，自古迄今，未闻有耽情声色，而能保邦致治者。蜀主孟昶，据有两川，因佚思淫，因淫致侈，幸经中原多故，方得十余年无事。然周师一出，即失四州，所遣诸将，非死即逃，盖淫靡成风，将骄卒惰，欲其杀敌致果也得乎？逮夫修书乞和，不得答复，复有庞然自大之言。师徒挠败不之忧，土宇侵削不之惧，几何而不亡国败家也。厥后徐妃入宋，咏述亡国之由来，有"十四万人齐解甲，可无一个是男儿！"二语，后世竞传诵之，然美人误国，厥罪维钧，半老徐娘，亦宁能辞咎乎？而蜀主昶固不足责焉。

第五十四回　李重进涉水扫千军
赵匡胤斩关擒二将

却说蜀主昶致书乞和，周主虽不答复，却为着南讨兴师，暂罢西征，令各将振旅言旋，别命宰臣李穀为淮南道前军行营都部署，兼知庐、寿等州行府事，许州节度使王彦超为副，都指挥使韩令坤等一十二将，一齐从征，向南进发，并先谕淮南州县道：

朕自缵承基构，统御寰瀛，方当恭己临朝，诞修文德，岂欲兴兵动众，专耀武功！顾兹昏乱之邦，须举吊伐之义。蠢尔淮甸，敢拒大邦！因唐室之凌迟，接黄寇之纷扰，飞扬跋扈，垂六十年，盗据一方，僭称伪号。幸数朝之多事，与北境以交通，厚启兵端，诱为边患。晋、汉之代，寰境未宁，而乃招纳叛亡，朋助凶慝，李金全之据安陆，李守贞之叛河中，大起师徒，来为援应，攻侵高密，杀掠吏民，迫夺闽、越之封疆，涂炭湘、潭之士庶。以至我朝启运，东鲁不庭，发兵而应接叛臣，观衅而凭陵徐部。沭阳之役，曲直可知，尚示包荒，犹稽问罪。迩后维扬一境，连岁阻饥，我国家念彼灾荒，大许籴易。前后擒获将士，皆遣放还。自来禁戢边兵，不令侵挠。我无所负，彼实多奸，勾诱契丹，至今未已，结连并寇，与我为仇，罪恶难名，神人共愤。今则推轮命将，鸣鼓出师，征浙右之楼船，下朗陵之戈甲，东西合势，水陆齐攻。吴孙皓之计穷，自当归命，陈叔宝之数尽，何处偷生！一应淮南将士军人百姓等，久隔朝廷，莫闻声教，虽从伪俗，应乐华风，必须善择安危，早图去就。如能投戈献款，举郡来降，具牛酒以犒师，纳圭符而请命，车服玉帛，岂吝旌酬，土地山河，诚无爱惜。刑赏之令，信若丹青。若或执迷，宁免后悔！王师所至，军政甚明，不犯秋毫，有如时雨。百姓父老，各务安居，剽掳焚烧，必令禁止。须知助逆何如效顺，伐罪乃能吊民。朕言尽此，俾众周知！

这道谕旨，传入南唐，江淮一带，当然震动。唐主璟只信用二冯，冯延己尝坐罪罢相。见前文潭州失守事。不到数月，便命复职，冯延鲁又入任工部侍郎，兼东都副留守。东都即广陵见前。就是陈觉、魏岑等，亦相继起用，奸佞盈廷，国政日紊。每年冬季，淮水浅涸，唐主本发兵戍守，号为把浅兵。寿州监军吴廷绍，以为疆场无事，奏请撤戍，竟邀唐主俞允。清淮节度使刘仁赡，固争不得，自决藩篱。忽闻周师将至，正值天寒水涸的时候，淮上人民，很是恐慌。独刘仁赡神色自若，部分守御，不异平时，众情少安。唐主命神武统军刘彦贞，为北面行营都部署，率兵二万趋寿州，奉化节度使同平章事皇甫晖，为北面行营应援使，常州团练使姚凤为应援都监，率兵三万屯定远县，召镇南节度使宋齐邱，还至金陵，又授户部尚书殷崇义知枢密院事，与齐邱共预兵谋，居中调度。

周都部署李榖等，引兵至正阳镇，见淮上防守无人，便赶造浮梁，数夕即成，越淮而东，直指寿州城下。虽有唐兵二千余人，半途拦阻，哪里是周军对手，略略交锋，便即溃去。周都指挥使白延遇，乘胜长驱，进至山口镇，又遇唐兵千余名，也不值周军一扫。唯进攻寿州，却是城坚难拔，用了许多兵力，毫不见功。李榖屡驰书周廷，报明情实，周主即拟亲征，适枢密使郑仁诲病逝，朝右失一谋臣，周主很是叹惜，亲往吊丧。近臣奏称年月方向，不利驾临，周主摇首道："君臣义重，尚顾得年月方向么？"可称豁达。遂亲至郑宅，哭奠而归。特叙仁诲之死，惜其贤也。

嗣由吴越王钱弘俶，遣来贡使，入献方物，周主召见使臣，嘱令赍诏回国，谕吴越王发兵击唐。吴越王应诏发兵，特简同平章事吴程，出袭常州。唐右武卫将军柴克宏，引军邀击，大破吴越军，斩首万余级，吴程遁还，克宏复移援寿州，途中忽然遇疾，竟尔暴亡。也是寿州晦气。

寿州尚是固守，李穀久攻不克，便在行营中过年，越年已是周显德三年了。周主闻寿州不下，决计亲征，命宣徽南院使向训，权任留守，端明殿学士王朴为副，彰信节度使韩通，权任点检侍卫司，及在京内外都巡检。派侍卫都指挥使李重进为先锋，前往正阳，河阳节度使白重赞，出屯颍上，遥应重进。两人先发，自督禁军启行。

那时唐将刘彦贞，已引兵援寿州，并具战船数百艘，令驶往正阳，毁周浮梁。李穀探知敌谋，召将佐集议道："我军不能水战，若正阳浮梁，为贼所毁，势且腹背受敌，退无所归，不如还保正阳，伫候车驾到来，听旨定夺。"乃一面报明周主，一面焚去刍粮，拔营齐退。

周主行至固镇，接到李穀奏报，不以为然。急遣中使驰往穀营，谕止退兵。穀已到正阳，才得谕旨，乃更复奏道："贼将刘彦贞来救寿州，臣却不惧，只虑贼舰顺流掩击，断我浮梁，截我后路，所以不得已退守正阳。今贼舰日进，淮水日涨，若车驾亲临，万一粮道断绝，危且不测，愿陛下驻跸陈颍，俟臣审度可否，再行进取未迟！"周主览奏，愀然不乐，飞促李重进驰诣淮上，与穀会师。且传谕道："唐兵且至，须急击勿失！"

重进奉命抵正阳，那唐将刘彦贞，到了寿州，见周军退去，便欲追击。刘仁赡谏阻道："公军未至，敌已先退，想是畏公声威，故即遁去，但能固我边圉，何用速战！倘或追击失利，大事反去了。"彦贞道："火来水挡，兵来将御，敌已怯退，正好乘此进击，奈何不行！"池州刺史张全约，又力为谏止，怎奈彦贞坚执不从，驱军急进。死期已至，如何挽回！仁赡长叹道："果遇周军，必败无疑！看来寿州是难保了。我当为国效死，城存与存，城亡与亡。"说毕泣下，部众统是感奋，乃入城登陴，修堞益兵，决计死守。

这位不识进退的刘彦贞，他本是无才无能，不娴军旅，平时靠着刻薄百姓的手段，日朘月削，积财巨万，一半儿充入宦囊，一半儿取赂权要。所以冯延已、陈觉、魏岑等，争相标榜，或称他治民如龚、黄，龚遂、黄霸，汉时循吏。或誉他用兵如韩、彭，韩信、彭越，汉时良将。唐主信以为真，一闻周师入境，便把兵权交付与他，他亦直受不辞，贸然专阃，裨将咸师朗等，亦皆轻率寡谋，毫不足用。当下违谏进兵，直抵正阳，旌旗辎重，亘数百里。

周先锋将李重进，望见唐兵到来，便渡淮东进，也不及与彦贞答话，便身先士卒，冲入唐军。唐将咸师朗，自恃骁勇，策马舞刀，抵住重进，兵器并举，战到四五十合，不分胜负，重进佯输，跑马绕阵而走。师朗不知是计，骤马急追，约有二百余步，由重进按住了刀，挽弓搭箭，回放一矢。师朗刚刚追上，相距只有数武，急切无从闪避，左肩上着了一箭，忍痛不住，撞落马下。唐兵忙来抢救，被重进回马杀退，捉住师朗，遣部卒解入穀营。

穀闻重进得胜，也拨韩令坤等将士，越淮接应。重进正杀入唐阵，凭着一把大刀，左劈右斫，挥死多人。刘彦贞随兵虽众，统是酒囊饭袋，不耐争战，蓦遇重进一支人马，已似虎入羊群，望风奔避。再加韩令坤等相继杀来，哪里还敢抵敌，霎时间狂奔乱窜，四散逃生。单剩刘彦贞亲军数百人，如何支持，当然拥着彦贞，落荒西走。重进怎肯饶他，紧紧追蹑。前面有一小陂，地势不高，却很峻削。唐军越陂而逃，彦贞也跃马上陂，不防马失后蹄，倒退下来，竟将彦贞送落马后，滚坠陂下。凑巧重进追到，顺手一刀，把彦贞劈做两段！钱难买命，何如不贪？此外四窜的唐兵，被周军分头赶杀，斩首万余级，伏尸三十里，军资器械，遍地抛弃。由周军慢慢搬去，共得二十余万件。

唐刺史张全约，方运粮进饷前军，途次见败卒逃归，报称彦贞战死，急将粮车折回寿州。所有彦贞残众，也共逃入寿州城内。刘仁赡表举全约为马步左厢都指挥使，同守州城。皇甫晖、姚凤，闻彦贞覆师，不敢屯留定远县，即退保清流关。滁州刺史王绍颜，已委城遁去。

周主得知正阳胜仗，也自陈州至正阳，命李重进代为招讨使。但令穀判寿州行府事，自督大军进攻寿州，在淝水南下营，徙正阳浮梁至下蔡镇，且召宋、亳、陈、颍、徐、宿、许、蔡等处数十万，围攻寿州，昼夜不息。刘仁赡已备足守具，镇日里发矢掷石，鸣炮扬灰，使周军不能薄城。周军虽多，无从进步，只好顿留城下；周主亦无可如何。

忽报唐都监何延锡，率战舰百余艘，驻营涂山，为寿州声援，乃召殿前都虞侯赵匡胤入帐道："何延锡来援寿州，但在涂山下立营，不敢到此，想亦没有什么能力。唯寿州城内的守兵，得此声援，却不易摇动，汝可引兵前去，破灭此营。"匡胤领命，即率兵五千，趋往涂山，遥见唐兵维舟山下，一排儿却很整齐，岸上只有一营，想是何延锡驻着，便顾语部将道："我军是陆兵，敌军是水师。主客殊形，如何破敌！我唯有用计除他便了。"遂选老弱兵百余骑，授他密语，往诱敌营，自引精骑埋伏涡口。何延锡正在营中坐着，自思寿州孤危，不好不救，又不能遽救，心下好同辘轳一般。突有军吏入报道：“周军来了！”延锡忙即上马，招集水军，出营角斗。营外只有百余骑周兵，更兼老少不齐，或长或短，延锡不禁大笑道：“我道周军如何利害，怎知是这等人物！也想来踹我营么？”便麾兵杀上。那周兵并未对仗，立即返奔。延锡追了一程，也欲回军，但听得敌骑笑骂道：“料你这等没用的贼奴，不敢追来，我有大军在涡口，你等如再追我，管教你人人陨首，个个丧生！”不欺之欺，尤善于欺。延锡被他一激，不肯罢休，索性再赶，且嘱令战舰五十艘，驶至涡口，就使遇着不测，也可下船急走。于是周兵前奔，唐兵后追，不多时已至涡口，只见前面统是芦苇，长可称身，并没有周军驻扎。延锡胆愈放大，又听得敌骑揶揄，仍然如故，便当先力追，那敌骑却从芦苇中，窜了进去。延锡不知好歹，也纵马入芦苇间，追杀敌骑，不意两旁伏着绊马索，竟将马足绊住，马忽坠倒，延锡也跌做一个倒栽葱。慌忙扒起，突来了一位面红大将军，兜头一棍，击破延锡脑袋，死于非命。

看官不必细猜，便可知是赵匡胤，匡胤既击死何延锡，指挥伏兵，驱杀唐军，唐军都做了刀头鬼。有几个跑得快的，远远逃去，哪里还好下船！所有战船五十艘，急急驶来，正好被匡胤夺住，乘船至御营报功，周主自然嘉奖。又接得庐、寿、光、黄巡检使司超，奏称在盛唐地方，击败唐兵，夺得战舰四十余艘。周主大喜，且谕匡胤道：“我军处处得胜，先声已振，只是寿州不下，阻我前进。我欲进击清流关，卿以为可行否？”匡胤道：“臣愿得二万人，往取此关。”周主道：“清流关颇称雄壮，除非掩袭一法，未易成功，卿既欲往，就烦前去。”匡胤道：“臣即引兵前往便了。”周主便派兵二万名，令匡胤带领了去。复遣人往谕朗州节度使王逵，命他出攻鄂州，特授南面行营都统使。王逵应诏出师，后文自有交代。

且说赵匡胤往袭清流关，星夜前进，路上偃旂息鼓，寂无声响，但令各队衔枚疾走。及距关十里，分部兵为两队，前队兵直往关下，自引兵从间道而去。皇甫晖、姚凤两人，探得周兵到来，开关迎敌，正在山下列阵。不防山后杀出一队雄师，喊呐前来，径去抢关。晖、凤连忙回军，奔入关门，那周军已经驰到，守兵阖门不及，被周军一拥杀进，吓得晖、凤手足失措，没奈何逃往滁州，周军队里的大将，就是赵匡胤，既占住清流关，便进薄滁城。

晖、凤才入城中，后面已有鼓声传到，回头遥望，远远的旗帜飘扬，如飞而至。就中有一最大的帅旗，上面隐约露一赵字。皇甫晖叫苦不迭，忙令把城外吊桥，立即拆去，阻住来军。自与姚凤阖门拒守，登城俯眺，见周军已逼城壕，一齐下马凫水，越过濠西。那赵匡胤更来得突兀，勒马一跃，竟跳过七八丈阔的大渠，晖不禁伸舌！未几即见匡胤指麾兵士，督令攻城，当下开口传呼道："赵统帅不必逞雄，彼此各为其主，请容我列阵出战，决一胜负，幸勿逼人太甚！"匡胤笑道："你尽管出来交锋，我便让你一箭地，容你列阵，赌个你死我活，叫你死而无怨！"说至此，便用鞭一挥，令部众退后数步，自己亦勒马倒退，伫候守兵出战。好整以暇。

待了多时，听得城门一响，两扉骤辟，守兵滚滚出来，后面便是晖、凤二人，并辔督军。两阵对圆，匡胤持着一杆通天棍，上前突阵，且大呼道："我止擒皇甫晖，他人非我敌手，休来送死！"唐兵见他来势甚猛，便即让开两旁，由他驰入，他即冲至皇甫晖马前，晖忙拔刀迎战。刀棍相交，才及数合，被匡胤用棍架开晖刀，右手拔剑，向晖脑袋上斫去，晖将首一偏，不由的眼花撩乱，再经匡胤用棍一敲，就从马上坠下，姚凤急来相救，那马首已着了一棍，马蹄前蹶，也将姚凤掀翻。周军乘势齐上，把晖、凤都活捉了去。唐兵失了主帅，自然溃散，滁州城唾手取来，匡胤入城安民，遣人报捷。

周主命马军副指挥使赵弘殷，东取扬州，道过滁城，已值昏夜。弘殷为匡胤父，拟入城休息，即至城下叩门。匡胤问明来意，便道："父子虽系至亲，但城门乃是王事，深夜不便开城，请父亲权宿城外，俟诘旦出迎便了！"公而忘私。弘殷只好依言，在城外留宿一宵。越日天明，方由匡胤出谒，导父入城。嗣又连接钦使，一个是翰林学士窦仪，来籍滁州帑藏，一个是左金吾卫将军马承祚，来知滁州府事。还有一个蓟州人赵普，来做滁州军事判官。匡胤一一接见，很是欢洽，一面将皇甫晖、姚凤等，解献行在。晖已受伤，入见周主，不能起立，但委卧地上道："臣非不忠于所事，但士卒勇怯不同，所以被擒。臣前此亦屡与辽人交战，未尝见兵精如此，今贵朝兵甲坚强，又有统帅赵匡胤，智勇过人，无怪臣丧师委命，臣死也值得了！"虽是勉强解嘲，还算有些志节。周主颇加怜悯，命左右替他释缚，留在帐后养疴，晖竟病死。周主诇知扬州无备，令赵弘殷速即进兵，再派韩令坤、白延遇两将，援应弘殷。弘殷时已抱病，力疾从公，既与韩、白二人会晤，便即引兵去讫。

唐主璟屡接败报，很是惶急，特遣泗州牙将王知朗，奉书周主，情愿求和。书中自称唐皇帝奉书大周皇帝，请息兵修好，兄事周主，愿岁输货财，补助军需。周主得书不答，斥归知朗。唐主没法，再遣翰林学士钟谟，工部侍郎李德明，赍献御药，及金器千两，银器五千两，缯帛二千匹，犒军牛五百头，酒二千斛，直至寿州城下，奉表称臣。周主命大陈军备，自帐内直达帐外，两旁统站着赳赳武夫，握刃操兵，非常严肃，然后令唐臣入见。钟谟、李德明，一入御营，瞧着如许军容，已觉惊惶得很。没奈何趋近御座，见上面坐着一位威灵显赫的周天子，不由的魂悸魄丧，拜倒案前。正是：

上国耀兵张御幄，外臣投地怵天威。

欲知周主如何对付唐使？请看下回便知。

观南唐之不能敌周，说者多归咎于唐主之第知修文，不知经武。实则不然；唐主之误，误在任用非人耳。五鬼当朝，始终不悟，又加一自命元老之宋齐邱，为五鬼之首领，斥忠良，进奸佞。贪庸如刘彦贞，第以权奸之称誉，任为统帅，一战即死，坐失藩篱。皇甫晖、姚凤等，皆庸碌子。清流关未战即溃，滁州城遇敌成擒，以阘茸无能之将士，欲其保守淮南，固必无是事也。子舆氏有言：不用贤则亡，削何可得？彼淮南之丧师削地，犹得苟延至十数年，意者其犹为淮南之幸欤！

第五十五回　唐孙晟奉使效忠　李景达丧师奔命

却说唐使钟谟、李德明，入谒周主，拜倒座前，战兢兢的自述姓名，说明来意，并呈上唐主表文，由周主亲自展阅。表中略云：

> 臣唐主李璟上言：窃闻舍短从长，乃推通理；以小事大，著在格言。伏唯皇帝陛下，体上帝之姿，膺下武之运，协一千而命世，继八百以卜年。大驾天临，六师雷动，猥以遐陬之俗，亲为跋扈之行。循省伏深，兢畏无所，岂因薄质，有累蒸人！今则仰望高明，俯存亿兆，虔将上国，永附天朝，冀诏虎贲而归国，用巡雉堞以回兵。万乘千官，免驰驱于原隰，地征土贡，常奔走于岁时，质在神明，誓诸天地。别呈贡物，另具清单，伏冀赏纳，伫望宏慈。谨表！

周主览毕，掷置案上，顾语唐使道："汝主自谓唐室苗裔，应知礼义。我太祖奄有中原，及朕嗣位，已经六年有余，汝国只隔一水，从未遣一介修好。但闻泛海通辽，往来报问，舍华事夷，礼义何在？且汝两人来此，是否欲说我罢兵。我非愚主，岂汝三寸舌所得说动。今可归语汝主，亟来见朕，再拜谢过，朕或鉴汝主诚意，许令罢兵。否则朕即进抵金陵，借汝国库资，作我军犒赏。汝君臣休得后悔呢！"谟与德明，素有口才，至此俱震慑声威，一语不敢出口，唯有叩头听命，立即辞行。文武都是怕死。周主留住钟谟，遣还德明。嗣又得广陵捷报，韩令坤、白延遇等，掩入扬州，逐去唐营屯使贾崇，执住扬州副留守冯延鲁。唯赵弘殷在途遇病，已返滁州云云。周主乃复命令坤转取泰州。看官听着！广陵就是扬州，从前扬州市中，有一疯人游行，诟骂市民道："俟显德三年，当尽杀汝等。"继又改语道："若不得韩、白二人，汝等必无遗类。"市民以为疯狂，毫不理睬。哪知周显德三年春季，果然有周军掩至，周将白延遇先入城中，唐东都营屯使贾崇，不敢抵抗，即焚去官府民舍，弃城南走。继而韩令坤踵至，饬捕守吏。冯延鲁本为副留守，一时逃避不及，慌忙削发披缁，匿居僧寺。偏偏有人认识，报知周军，似僧非僧的冯侍郎，竟被周军寻着，把他牵出，当作猪奴一般，捆缚了去。韩、白两将，既得延鲁，便禁止杀掠，使民安堵，果如疯人所言。令坤奉周主命，转取泰州。泰州为杨氏遗族所居，杨溥让位李昪，病死丹阳，子孙徙居泰州，锢住永宁宫中，断绝交通，甚至男女自为匹偶，蠢若犬豕。唐主璟因江北鏖兵，恐杨氏子孙，乘势为变。特遣园苑使尹延范，迁置京口，统计杨氏遗男，尚有六十余人，妇女亦不下数十，延范承唐主密嘱，竟将杨氏男子六十余人，驱至江滨，一并杀死，仅率妇女渡江，杨氏遂绝。唐主璟反归咎延范，下令腰斩。延范有口难言，也冤冤枉枉的受了死刑。不得谓之冤枉，恐难偿六十余人性命！后来唐主泣语左右道："延范亦成济流亚。魏成济助司马昭刺死曹髦，旋为司马昭所杀。我非不知他效忠，因恐国人不服，没奈何处他死刑呢！"遂命抚恤延范家属，毋令失所。国将危亡，尚如此残忍，莫谓李璟优柔。嗣闻泰州被韩令坤取去，刺史方讷遁归。接连是鄂州长山寨守将陈泽，为朗州节度使王逵所擒，解献周营。天长制置使耿谦，举城降周。常州、宣州，又有吴越兵入侵，静海军制置使姚彦洪，投奔吴越。急得李璟心慌意乱，日夕召入宋齐邱、冯延己等，会议军情。齐邱、延己等也是无法，只劝唐主向辽乞援。唐主不得已遣使北往，行至淮北，被周将截住，搜出蜡书，拘送寿州御营。

唐廷待援不至，再由冯延己奏请，特派司空孙晟，及礼部尚书王崇质，赍表如周，愿比两浙、湖南，奉周正朔。晟语延己道："此行本当属公，唯晟受国厚恩，始终当不负先帝，愿代公一行，可和即和，不可和即死。公等为国大臣，当思主辱臣死的大义，毋再误国。"一士谔谔，但与冯延己相谈，未免对牛弹琴。延己惭不能答。唯更令工部侍郎李德明，与晟等偕行。晟退语王崇质道："君家百口，宜自为谋，我志已定；终不负永陵一抔土，他非所计了！"永陵即李昪陵。遂草草整了行装，与崇质、德明二人，并及从吏百名，出都西去。

途次又迭闻败耗，光州兵马都监张延翰降周，刺史张绍弃城遁走，舒州亦被周军陷没，刺史周宏祚投水自尽，蕲州将李福，为周所诱，杀死知州王承儁，亦举州降周。唐失各州，叙笔随处不同，可谓化板为活。晟不禁长叹道："国事可知，我此行恐不复返了！"仿佛易水荆卿。便兼程前进，直抵寿州城下，进谒周主。当将表文呈入，大略说是：

> 朝阳委照，爝火收光，春雷发声，蛰户知令。伏念天祐之后，率土分摧，或跨据江山，或革迁朝代，皆为司牧，各拯黎元。臣由是克嗣先基，获安江表，诚以瞻乌未定，附凤何从？今则青云之候，明悬白水之符，斯应仰祈声教，俯被遐方，岂可远动和銮，上劳薄伐！倘或俯悯下国，许作功臣，则柔远之风，其谁不服！无战之胜，自古独高。别进金千两，银十万两，罗绮二千匹，宣给军士，伏祈赐纳！

周主且阅且语道："一纸虚文，又来搪塞，朕岂被汝所欺么？"晟从容答道："称臣纳币，并非虚文。况陛下南征不庭，已由敝国谢罪归命。叛即讨，服即舍，古来圣帝明王，大都如是。望陛下俯纳臣言！"周主又道："朕率军南来，岂为这区区金帛？如果欲朕罢兵，速将江北各州县，悉数献朕。休得迟疑！"晟亦正色道："江北土地，传自先朝，并非得自大周，且江南亦奉表称臣，已不啻大周藩服，陛下何勿网开一面，稍假隆恩呢！"周主怒道："不必多言，汝国若不割江北，朕决不退师！"随又顾语李德明道："汝前来见朕，朕叫汝归语汝主，自来谢罪，今果何如？"德明慌忙叩首，且忆及延已密嘱，愿献濠、寿、泗、楚、光、海六州，更岁输金帛百万，乞请罢兵，当下便尽情吐出。周主道："光州已为朕所得，何劳汝献！此外各州，朕亦不难即取，唯寿州久抗王师，汝国节度使刘仁赡，颇有能耐，朕却很加怜惜，汝等可替朕招来！"德明尚未及答，晟已目视德明，似含着一腔怒意。周主已经瞧透，索性逼晟前去，招降仁赡。晟却慨然请行。

周主遣中使监晟，同至城下，招呼仁赡答话。仁赡在城上拜手，问晟来意。晟仰语道："我来周营议和，尚无头绪。君受国恩，切不可开门纳寇，主上已发兵来援，不日就到了！"也是一个晋解扬。语毕自回，中使入报周主，周主召晟叱责道："朕令汝招降仁赡，如何反教他坚守？"晟朗声道："臣为唐宰相，好教节度使外叛么？若使大周有此叛臣，未知陛下肯容忍否？"周主见他理直气壮，倒也不能驳斥，便道："汝算是淮南忠臣，奈天意欲亡淮南，汝虽尽忠，亦无益了。"随命晟留居帐后，优礼相待，唯与李德明、王崇质商议和款，定要南唐献江北地，方准修好。

德明、崇质，不敢力争，但说须归报唐主，当遵谕旨。周主乃遣二人东还，并付给诏书。略云：

朕擅一百州之富庶，握三十万之甲兵，农战交修，士卒乐用，苟不能恢复内地，申画边疆，便议班旋，直同戏剧。至于削去尊称，愿输臣节，孙权事魏，萧詧奉周，古也固然，今则不取。但存帝号，何爽岁寒，倘坚事大之心，必不迫人于险，事资真悫，辞匪枝游。俟诸郡之悉来，即大军之立罢，言尽于此，更不烦云。苟曰未然，请从兹绝。特谕！

李德明、王崇质两人，得了诏书，便还诣金陵，把周主诏书，呈与唐主过目。唐主沉吟未决，宋齐邱从旁进言道："江北是江南藩篱，江北一失，江南亦不能保守了。德明等往周议和，并不是去献地，如何反替周主传诏，叫我国割献江北呢？"德明忍耐不住，竟抗声答道："周主英武过人，周军气焰甚盛，若不割江北，恐江南也遭蹂躏呢。"齐邱厉声道："汝两人也想学张松么？张松献西川地图，古今唾骂，汝等奈何不闻！"王崇质被他一吓，慌忙推诿，专归咎德明一人。于是枢密使陈觉，及副使李征古，同时入奏道："德明奉命出使，不能伸国威，修邻好，反且输情强敌，自示国弱，情愿割弃屏藩，坐捐要害，这与卖国贼何异！请陛下速正明刑，再图退敌！"德明闻言，越加暴躁，竟攘袂诟詈陈觉等人。惹得唐主大怒，立命绑出德明，责他卖国求荣的罪状，枭首市曹。德明若早知要死，不如死在周营，好与孙晟齐名。乃更简选精锐，得六万人，命太弟齐王景达为诸道兵马元帅，统兵拒周。授陈觉为监军使，起前武安节度使边镐为应援都军使，次第出发。

中书舍人韩熙载上书，略谓皇弟最亲，元帅最重，不必另用监军。唐主不听，又遣鸿胪卿潘承祐速赴泉州，招募勇士。承祐荐举前永安节度使许文缜，静江指挥使陈德诚，及建州人郑彦华、林仁肇，俱说是可为将帅。唐主因命文缜为西面行营应援使，彦华、仁肇，各授副将，再与周军决战。还有右卫将军陆孟俊，也自常州率兵万人，往攻泰州。

周将韩令坤，已回屯维扬，只留千人守泰州城，兵单力寡，哪里敌得过孟俊，当然遁走，泰州复被孟俊占去。俊又乘胜攻扬州，兵至蜀冈，令坤闻孟俊兵众，却也心惊，又且新纳爱妾杨氏，正在朝欢暮乐的时候，更不免英雄气短，儿女情长。当下令部兵护出杨氏，先行避敌，自己也弃城出走。忽有诏旨颁到，已遣滑州节度使张永德来援，那时只好勒马回城，入城以后，复闻赵匡胤调守六合，下令军中，不准放过扬州兵，如有扬州兵过境，一概刖足。自思归路已断，不如决一死战，与孟俊见个高下。计划已定，索性将爱妾杨氏，亦追了回来，整兵备械，专待孟俊攻城，好与他鏖斗一场。

孟俊不管死活，领着兵到了扬州，方就城东下寨。令坤先发制人，骤马杀出，领着敢死士千人，大刀阔斧，搅入孟俊寨内。孟俊不及预防，顿时骇退，主将一逃，全军四溃。独令坤不肯舍去，只管认着孟俊，紧紧追上，大约相距百余步，即拈弓搭箭，把孟俊射落马下，麾兵擒住，收军还城。

正拟将孟俊解送行在，偏是冤冤相凑，由爱妾杨氏出厅哭诉，要将孟俊剖心复仇。原来杨氏是潭州人，孟俊前时，曾随边镐往攻潭州，杀死杨氏家眷二百余口，唯杨氏有色，为楚王马希崇所得，充作妾媵。希崇降唐，出镇舒州，留家属居扬州。及韩令坤得扬州城，保全希崇家属，唯见杨氏华色未衰，勒令为妾。杨氏系一介女流，如何抵拒，只好随遇而安。到底是杨花水性。此时见了仇人孟俊，便请令坤借公报私，令坤当然依从，便将孟俊洗刷干净，活祭杨氏父母，挖心取肝，脔割了事。

那边唐元帅李景达，闻孟俊败死，急自瓜步渡江。行至六合县附近，探知赵匡胤据守六合，料不是好惹的人物，便在六合东南二十余里，安营设栅，逗留不进。赵匡胤早已侦悉，也按兵勿动。诸将请进击景达，匡胤道："景达率众前来，半道下寨，设栅自固，是明明怕我呢。今我兵只有二千，若前去击他，他见我兵寥寥，反足壮胆，不若待他来攻，我得以逸待劳，不患不胜。"

果然过了数日，城外鼓声大震，有唐兵万余人杀来，匡胤已养足锐气，立即杀出，自己仗剑督军，与唐兵奋斗多时，不分胜负。两军都有饥色，各鸣金收军。翌晨匡胤升帐，令军士各呈皮笠，笠上留有剑痕，约数十人，便指示军士道：“汝等出战，如何不肯尽力！我督战时，曾斫汝皮笠，留为记号，如此不忠，要汝等何用？”遂命将数十人绑出军辕，一一斩讫。军法不得不严。部兵自是畏服，不敢少懈。

匡胤即令牙将张琼潜引千人出城，绕出唐军背后，截住去路，自率千人径捣唐营。唐营中方在早餐，蓦闻周军驰至，急忙开营迎敌。景达亦出来观战。不防周军勇猛得很，个个似生龙活虎，不可捉摸，突然间冲入中军，竟将景达马前的帅旗，用矛钩翻。景达吃一大惊，忙勒马返奔。帅旗是全军耳目，帅旗一倒，全军大乱，况且景达奔去，军中已没人主持，你也逃，我也走，反被周军前截后追，杀毙了无数人马。景达奔至江口，巧值周将张琼，列阵待着，要想活擒景达，还亏景达部将岑楼景，抵住张琼，大战数十回合，景达得带着残军，拼命冲出，觅舟径渡。岑楼景尚与张琼力战，后面又值匡胤追到，也只可舍了张琼，夺路逃生。张琼与匡胤合兵，追至江口，杀获约五千人，余众多泅水遁去，又溺毙了数千。周军始奏凯还城。

这次大战，景达挑选精卒二万人，自为前驱，留陈觉、边镐为后应。觉与镐正要渡江，偏景达已经败归，精卒伤亡了一大半。唯赵匡胤兵只二千，能把唐兵二万人，驱杀过江，自然威名大震，骇倒淮南！为后来得国的预兆。

周主闻六合大捷，尚拟从扬州进兵，宰相范质等，叩马力谏，大致谓兵疲食少，乞请回銮。周主尚未肯从，经质再三泣谏，才有归意。可巧唐主又遣使上表，力请罢兵。大略说是：

> 圣人有作，曾无先见之明，王祭弗供，果致后时之责。六龙电迈，万骑云屯，举国震惊，群臣惴悚。遂驰下使，径诣行宫，乞停薄伐之师，请预外臣之籍。天听悬邈，圣问未回，由是继飞密表，再遣行人，致江河羡海之心，指葵藿向阳之意。伏赐亮鉴，不尽所云！

周主得表，乃整备回銮。留李重进围寿州，更派向训权淮南节度使，兼充沿江招讨使，韩令坤为副招讨使，自往濠州巡阅各军，再至涡口亲视浮梁。适值唐舒州节度使马希崇，率兄弟十七人奔周，独不记杨氏么？周主命为右羽林统军，随驾北归。并将唐使臣孙晟、钟谟，及所获冯延鲁等，也一并带回，且召赵匡胤父子还都。

匡胤留兵捍守六合，自领亲兵入滁州，省父弘殷。弘殷病已少痊，乃奉父启行。判官赵普，相偕随归。道过寿州，正值南寨指挥使李继勳，被刘仁赡出兵袭破，所储攻具，多遭焚掠，将士伤毙数百人。继勳走入东寨，李重进在东寨中，仅能自保。军士经此一挫，相率灰心，意欲请旨班师，幸赵匡胤驰入行营，助他一臂，代为搜乘补阙，修垒济师，部署了十余日，周军复振。乃辞别重进，驰还大梁。

周主加封赵弘殷为检校司徒，兼天水县男，匡胤为定国军节度使，兼殿前都指挥使。匡胤复荐普可大用，乃即令为定国军节度推官。

忽由吴越王表奏常州军情，说为唐燕王弘冀所败，丧师万计，周主不胜惊叹。嗣又接到荆南奏表，代报朗州节度使王逵，为下所杀，军士推立潭州节度周行逢为帅。周主又叹息道："吴越丧师，湖南又失去一支人马，恐唐兵乘隙猖狂，仍须劳朕再出呢。"小子有诗咏周主荣道：

南征北讨不辞劳，战血何妨洒御袍！
五代史中争一席，郭家养子本英豪。

究竟王逵何故被戕？下回再行补叙。

南唐非无忠臣，如司空孙晟，刚直不阿，颇胜大任，而乃为冯延己所排挤，令充国使。是明明欲借刀杀人，聊泄私忿而已。晟仗节至周，理直气壮，而往谕刘仁赡数语，可质天地，宁死不辱君命，足为淮南生色。淮南有此忠臣而不能用，无怪其日削日危以底于亡也。李景达以唐主介弟，不堪一战，尤为可鄙。亲贵无一足恃，仅恃此妃黄俪白之文词，欲乞周主罢兵，何其瞢欤！古谓有文事必有武备，武备不足，文言奚益！本编选录唐表，正以见虚文之无补云。

第五十六回　督租课严夫人归里　尽臣节唐司空就刑

却说王逵据有湖南，始由潭州夺朗州，令周行逢知朗州事，自返长沙。继复由潭州徙朗州，调行逢知潭州事。用潘叔嗣为岳州团练使。周既授逵节钺，因谕令攻唐，逵乃发兵出境。道出岳州，潘叔嗣特具供张，待逵甚谨。逵左右皆是贪夫，屡向叔嗣索赂，叔嗣不肯多与，致遭谗构。逵不免误信，遂将叔嗣诘责一番。两下里争论起来，惹得王逵性起，当面呵斥道："待我夺得鄂州，再来问汝。"说毕自去。自取其死。

既入鄂州境内，忽有蜜蜂数万，攒麾盖上，驱不胜驱，或且飞集逵身，逵不禁大惊。左右统是谀媚，向逵称贺，谓即封王预兆，逵始转惊为喜。果然进攻长山寨，一战得胜，突入寨中，擒住唐将陈泽。正拟乘势再进，忽接朗州警报，乃是潘叔嗣挟恨怀仇，潜引兵掩袭朗州。逵骇愕道："朗州是我根本地，怎可令叔嗣夺去！"遂仓猝还援，自乘轻舟急返。行至朗州附近，先遣哨卒往探，返报全城无恙，城外亦没有乱兵。逵似信非信，命舟子急驶数里，已达朗州。遥见城上甲兵整列，城下却也平静，那时也不遑细问，立即登岸。

时当仲春，百卉齐生，岸上草木迷离，瞧不出什么埋伏。谁知走了数步，树丛中一声暗号，跑出许多步卒，来捉王逵。逵随兵不过数十人，如何抵敌，当即窜去。逵亦抢步欲逃。偏被步卒追上，似老鹰拖小鸡一般，把他攫去。牵至树下，有一大将跨马立着，不是别人，正是岳州团练使潘叔嗣。

仇人相见，还有何幸，立被叔嗣叱骂数语，拔刀砍死。原来叔嗣欲报逵怨，竟攻朗州，料知逵必还援，特探明行踪，伏兵江岸，得将逵获住处死。

当下引军欲还，部将俱请入朗州。叔嗣道："我不杀逵，恐他战胜回来，我等将无噍类，所以不得已设此一策。今仇人已诛，朗州非我所利，我不如仍还岳州罢！"部将道："朗州无主，将归何人镇守？"叔嗣道："最好是往迎周公，他近来深得民心，若迎镇朗州，人情自然悦服了。"说着，即留部将李简，入谕朗州吏民，自率众回岳州。

李简入朗州城，令吏民往迎周行逢。大众相率踊跃，即与简驰往潭州，请行逢为朗州主帅。行逢乃趋往朗州，自称武平留后。或为叔嗣作说客，请把潭州一缺，令叔嗣升任。行逢摇首道："叔嗣擅杀主帅，罪不容诛，我若反畀潭州，是我使他杀主帅了。这事岂可使得！"因召叔嗣为行军司马，叔嗣托疾不至。可见前时退还岳州，实是畏惧周行逢。行逢道："我召他为行军司马，他不肯来，是又欲杀我了。"乃再召叔嗣，佯言将授付潭州，令他至府受命。叔嗣欣然应召，即至朗州。行逢传令入见，自坐堂上，使叔嗣立庭下，厉声斥责道："汝前为小校，未得大功，王逵用汝为团练使，待汝不为不厚，今反杀死主帅，汝可知罪否？我未忍斩汝，乃尚敢拒我命么？"说至此，即喝令左右，拿下叔嗣，推出斩首。部众各无异言，行逢即奉表周廷，陈述详状。周主授行逢为武平军节度使，制置武安、静江等军事。

行逢本朗州农家子，出身田间，颇知民间疾苦，平时励精图治，守法无私。女夫唐德，求补吏职，行逢道："汝实无才，怎堪作吏！我今日畀汝一官，他日奉职无状，反不能为法贷汝，汝不如回里为农，还可保全身家呢。"看似行逢无情，实是顾全之计。乃给与农具，遣令还乡。府署僚属，悉用廉士，约束简要，吏民称便。

先是湖南大饥，民食野草，行逢尚在潭州，开仓赈贷，活民甚众，因此民皆爱戴，独自奉不丰，终身俭约。有人说他俭不中礼，行逢叹道："我见马氏父子，穷奢极欲，不恤百姓，今子孙且向人乞食，我难道好效尤吗？"能惩前辙，不失为智。行逢少年喜事，尝犯法戍静江军，面上黥有字迹。及得掌旌节，左右统劝他用药灭字。行逢慨然道："我闻汉有黥布，不失为英雄。况我因犯法知戒，始有今日，何必灭去？"左右闻言，方才佩服。唯秉性勇敢，不轻恕人，遇有骄惰将士，立惩无贷。一日闻有将吏十余人，密谋作乱，便即暗伏壮士，佯召将吏入宴。酒至半酣，呼壮士出厅，竟将十数人一并拖出，声罪处斩。部下因相戒勿犯，民有过失，无论大小，多加死刑。

妻严氏得封勋国夫人，见行逢用刑太峻，未免自危，尝从旁规谏道："人情有善有恶，怎好不分皂白，一概滥杀呢！"行逢怒道："这是外事，妇人不得预闻！"

严氏知不可谏，过了数日，乃伪语行逢道："家田佃户，多半狡黠，他闻公贵，不亲琐务，往往惰农自安，倚势侵民，妾愿自往省视。"行逢允诺，严氏即归还故里，修葺故居，一住不返。居常布衣菜饭，绝无骄贵气象。行逢屡遣仆媪往迓，严氏却辞以志在清闲，不愿城居。唯每岁春秋两届，自著青裙，押佃户送租入城。行逢谕止不从，且传语道："税系官物，若主帅自免家税，如何率下？"行逢也不能辩驳。

一日闲着，带领侍妾等人，驰回故里，见严氏在田亩间，督视农人，催耕促种，不禁下马慰劳道："我已贵显，不比前时，夫人何为自苦？"严氏答道："君不忆为户长时么？民租失时，常苦鞭挞，今虽已贵，如何把陇亩间事，竟不记忆呢！"行逢笑道："夫人可谓富贵不移了！"遂指令侍妾，强拥严氏上舆，抬入朗州。严氏住了一二日，仍向行逢辞行。行逢不欲令归，再三诘问，严氏道："妾实告君，君用法太严，将来必失人心。妾非不愿留，恐一旦祸起，仓猝难逃，所以预先归里，情愿辞荣就贱，局居田野，免致碍人耳目，或得容易逃生哩。"一再讽谏，用意良苦。行逢默然。俟严氏归去后，刑威为之少减。

严氏秦人，父名广远，曾仕马氏为评事，因将女嫁与行逢。行逢得此内助，终得自免，严氏亦获考终。史家采入列女传，备述严氏言行，这真不愧为巾帼丈夫呢！极力褒扬，风示女界。

且说周主还入大梁，闻寿州久攻不下，更兼吴越、湖南，无力相助，又要启跸亲征。宰相范质等仍加谏阻，因此尚在踌躇。

唐驾部员外郎朱元，颇有武略，上书白事，历言用兵得失事宜，唐主因命他规复江北，统兵渡江。更派别将李平，作为援应。朱元往攻舒州，周刺史郭令图，弃城奔还。唐主即授元为舒州团练使，李平亦收复蕲州，也得任蕲州刺史。从前唐人苛榷茶盐，重征粟帛，名目叫作薄征，又在淮南营田，劳役人民，所以民多怨讟。周师入境，沿途百姓，很表欢迎，往往牵羊担酒，迎犒周军。周军不加抚恤，反行俘掠。于是民皆失望，周主前攻北汉，亦蹈此弊，可见用兵之难。自立堡寨，依险为固，襞纸作甲，操耒为兵，时人号为白甲军。这白甲军同心御侮，守望相助，却是有些利害。每与周军相值，奋力角斗，不避艰险，周军屡为所败，相戒不敢近前。朱元因势利导，驱策民兵，得连复光、和诸州，兵锋直至扬、滁。周淮南节度使向训，拟并力攻扑寿州，反将扬、滁二州将士，调至寿州城下，扬、滁空虚，遂被唐兵夺去。

刘仁赡守寿州城，见周兵日增，屡乞唐廷济师，唐主只令齐王景达赴援。景达惩着前败，但驻军濠州境内，未敢前进。还有监军使陈觉，胆子比景达要小，权柄却比景达要大。凡军书往来，统由觉一人主持，景达但署名纸尾，便算了事。所以拥兵五万，并无斗志。部众亦乐得逍遥，过一日，算一日。唯唐将林仁肇等，有心赴急，特率水陆各军，进援寿州。偏周将张永德屯兵下蔡，截住唐援。仁肇想得一法，用战船载着乾柴，因风纵火，来烧下蔡浮梁。永德出兵抵御，为火所熸，险些儿不能支撑。幸喜风回火转，烟焰反扑入唐舰，仁肇只好遁还。永德乃制铁绠千余尺，横绝淮流，外系巨木，遏绝敌船，大约距浮梁十余步外，东西缆住，免得唐军再来攻扑。唯仁肇等心终未死，一次失败，二次复来。永德特悬重赏，募得水中善泅的壮士，潜游至敌船下面，系以铁锁，然后派兵四蹙，绕击敌船。敌船不能行动，被永德夺了十余艘，舰内唐兵，无处逃生，只好扑通扑通的跳下水去，投奔河伯处当差。仁肇单舸走免。

永德大捷，自解所佩金带，赐给泅水的总头目。唯见李重进持久无功，暗加疑忌。当上表奏捷时，附入密书，略谓重进屯兵城下，恐有贰心。周主以重进至戚，当不至此，特示意重进，令他自白。重进单骑诣永德营，永德不能不见，且设席相待。重进从容宴饮，笑语永德道："我与公同受重任，各拥重兵，彼此当为主效力，不敢生贰，我非不知旷日持久，有过无功，无如仁赡善守，寿春又坚，一时实攻他不入，公应为我曲谅，为什么反加疑忌呢！天日在上，重进誓不负君，亦不负友！"后来为周死节，已在言中。永德见他词意诚恳，不由的心平气和，当面谢过，彼此尽欢而散。军帅乘和，必有大功。一日重进在帐内阅视文书，忽由巡卒捉到间谍一名，送至帐下。那人不慌不忙，说有密事相报，请屏左右。重进道："我帐前俱系亲信，尽管说来！"那人方从怀中取出蜡丸，呈与重进。重进剖开一瞧，内有唐主手书。

书云：

> 语曰：知彼知己，百战百胜，知己知彼，百战不殆。今闻足下受周主之命，围攻寿州，顿兵经年，此危道也。吾守将刘仁赡，有匹夫不可夺之志，城中府库，足应二年之用，婴城自固，捍守有余。吾弟景达等近在濠州，秣马厉兵，养精蓄锐，将与足下相见。足下自思，能战胜否？况周主已起猜疑，别派张永德监守下蔡，以分足下之势，永德密承上旨，闻已腾谤于朝，言足下逗留不进，阴生贰心。以雄猜之主，得媒蘖之言，似漆投胶，如酒下曲，恐寿州未毁一堞，而足下之身家，已先自毁矣。若使一朝削去兵柄，死生难卜，亦何若拥兵敛甲，退图自保之为愈乎？不然，择地而处，惠然南来，孤当虚左以待，与共富贵。铁券丹书，可以昭信。唯足下察之。

重进览毕，大怒道："狂竖无知，敢来下反间书么？"一口喝破。即令左右拿住来人，特差急足驰奏蜡书。

周主亦阅书生愤，传入唐使孙晟，厉色问道："汝屡向朕言，谓汝主决计求成，并无他意，为何行反间计，招诱我朝军将？我君臣同心一德，岂听汝主诳言？但汝主刁猾得很，汝亦明明欺朕，该当何罪？"说着，即将原书掷下，令晟自阅。晟取阅毕，神色自若，且正襟答道："上国以我主为欺，亦思上国果真心相待否？我主一再求和，如果慨然俯允，理应班师示诚，乃围我寿州，经年不撤，这是何理？臣奉使北来，原奉我主谕意，订约修好，迄今已住数月，未奉德音，怪不得我主变计，易和为战了！"言之有理。周主越怒道："朕前日还都，原为休兵起见，偏汝唐兵不戢，夺我扬、滁各州，这岂是真心求和么？"晟又道："扬、滁各州，原是敝国土地，不得为夺。"周主拍案道："汝真不怕死吗？敢来与朕斗嘴！"晟奋然道："外臣来此，生死早置度外，要杀就杀，虽死无怨！"

周主起身入内，令都承旨曹翰，送晟诣右军巡院，且密嘱数语，并付敕书。翰应命而出，呼晟下殿，偕至右军巡院中，饬院吏备了酒肴，与晟对饮。谈了许多时候，无非盘问唐廷底细，偏晟讳莫如深，一句儿不肯出口。翰不禁焦躁，起座与语道："有敕赐相公死！"晟怡然道："我得死所了！"

便索取靴笏，整肃衣冠，向南再拜道："臣孙晟以死报国了！"言已就刑，从吏百余人，一并遭戮。唯赦免钟谟，贬为耀州司马。

既而周主自悔道："有臣如晟，不愧为忠！朕前时待遇加厚，每届朝会，必令与俱，且常赐饮醇醴，哪知他始终恋旧，不愿受恩，如此忠节，朕未免误杀了。"恐仍是笼络人心。乃复召谟为卫尉少卿。谟首鼠两端，怎能及得孙晟，晟死信传至南唐，唐主流涕甚哀，赠官太傅，追封鲁国公，予谥文忠。擢晟子为祠部郎中，厚恤家属，这且不必细表。已经表扬得够了。

且说周主既杀死孙晟，更决意征服南唐。自思水军不足，特命就城西汴水中，造战舰数百艘，即令唐降将日夕督练，预备出发。但连年征讨，需用浩繁，国库未免支绌，遂致筹饷为艰。闻得华山隐士陈抟，具有道骨，能知飞升黄白各术，乃遣吏驰召，征抟诣阙。抟因主命难违，没奈何随吏入都。由周主宣令入见，温颜咨询道："先生通飞升黄白诸术，可否指教一二。"抟答道："陛下贵为天子，当究心治道，何用这种异术呢？"是高人吐属。周主道："先生期朕致治，用意可嘉，朕愿与先生共治天下，还请先生留侍朕躬！"抟又道："臣山野鄙人，未识治道，且上有尧、舜，下有巢、由，盛世未尝无畸士。今臣得寄迹华山，长享承平，未始非出自圣恩呢！"周主尚欲挽留，命为左拾遗，抟再三固辞，乃许令还山。临行时，口占一诗道：

十年踪迹走红尘，回首青山入梦频。紫阁峥嵘怎及睡？朱门虽贵不如贫。愁闻剑戟扶危主，闷听笙歌聒醉人。携取旧书归旧隐，野花啼鸟一般春。

抟既还山，周主又令州县长吏，随时存问，且特赐诏书道：

朕以卿高谢人寰，栖心物外，养太浩自然之气，应少微处士之星。既不屈于王侯，遂甘隐于岩壑，乐我中和之化，庆乎下武之期。而能远涉山涂，暂来城阙，浃旬延遇，宏益居多，白云暂驻于帝乡，好爵难縻于达士。昔唐尧之至圣，有巢、许为外臣，朕虽寡德，庶遵前鉴。恐山中所阙，已令华州刺史，每事供须。乍返故山，履兹春序，缅怀高尚，当适所宜。故兹抚问，想宜知悉。

抟奉诏后，又尝作诗一章道：

华泽吾皇诏，图南抟姓陈。三峰十年客，四海一闲人。世态从来薄，诗情自得真。超然居物外，何必使为臣？

这两首诗，俱传诵一时，时人称他为答诏诗。小子也有一诗赞陈抟道：

不贪荣利不求名，甘隐林泉老一生。
世俗浮尘都洗净，西山留得好风清。

陈抟事至后再表，下回又要叙南北战争了。看官幸勿性急，试看下回表明。

里谚曰：家有贤妻，不遭横祸。如周行逢妻严氏，可谓贤矣。行逢持己以俭，待民以恩，未始非湖南杰士，独用法太峻，不留余地，肘腋之间，危机存焉。严氏能居安思危，归里课耕，以命妇而操贱役，处豪家而忆微时，既足规夫，复足风世，一举而两善备。故本回特揭载不遗，所以示妇道也。唐司空孙晟，奉使求成，始终不屈，置死生于度外，卒未肯输情敌国，委曲求全。观其临死怡然，南向再拜，从容就义，有足多者，本回亦特从详叙，所以示臣道也。至如陈抟之入阙辞官，还山高隐，亦足矫末俗而愧鄙夫。连类并书，有以夫！有以夫！

第五十七回　破山寨君臣耀武
失州城夫妇尽忠

却说周兵围攻寿州，经年不下，转眼间已是显德四年，城中渐渐食尽，有些支持不住。刘仁赡连日求救，齐王景达，尚在濠州，闻报寿州危急万分，乃遣应援使许文缜，都军使边镐，及团练使朱元等，统兵数万，溯淮而上，来援寿州。各军共据紫金山，列十余寨，与城中烽火相通，又南筑甬道，绵亘数十里，直达州城。当下通道输粮，得济城中兵食。

李重进亟召集诸将，当面嘱咐道："刘仁赡死守孤城，已一年有余，我军累攻不克，无非因他城坚粮足，守将得人。近闻城内粮食将罄，正好乘势急攻，偏来了许文缜、边镐等军，筑道运粮，若非用计破敌，此城是无日可下了。今夜拟潜往劫寨，分作两路，一出山前，一从山后，前后夹攻，不患不胜。诸君可为国努力！"众将齐声应令，时当孟春，天气尚寒，重进令牙将刘俊为前军，自为后军，乘着夜半肃霜的时候，严装潜进，直达紫金山。

唐将朱元，也虑重进夜袭，商诸许文缜、边镐，请加意戒备。边、许自恃兵众，毫不在意。元叹息回营，唯令部下严行巡察，防备不虞。回应朱元武略。三更已过，元尚未敢安睡，但和衣就寝。目方交睫，忽有巡卒入报道："周兵来了！"元一跃起床，命军士坚守营寨，不得妄动，一面差人报知边、许二营。许文缜、边镐，已经睡熟，接得朱元军报，方从睡梦中惊醒，号召兵士，出寨迎敌。周将刘俊，已经杀到，一边是劲气直达，游刃有余，一边是睡眼朦胧，临阵先怯，更兼天昏夜黑，模糊难辨，前队的唐兵，已被周军乱斫乱剁，杀死多名。边、许两人，手忙脚乱，只好倾寨出敌。不防寨后火炬齐鸣，又有一军杀入，当先大将，正是李重进，吓得边、许心胆俱裂，急忙弃去正营，逃入旁寨。朱元保住营帐，无人入犯，唯觉得一片喊声，震动耳鼓，料知边、许失手，乃令壕寨使朱仁裕守营，自率部将时厚卿等，出营往援。巧值李重进跃马麾兵，蹂躏诸寨，元大吼一声，率众抵敌，与周军鏖战多时，杀了一个平手。边镐、许文缜，见朱元来援，始稍稍出头，前来指挥。重进恐防有失，与刘俊等徐徐退回，朱元也不追赶，唯与边、许检查营盘，刚刚破了二寨，正是边、许二人的正营。士卒伤数千人，粮车失去数十车。边、许懊悔不及，只朱元寨中，不折一矢，不丧一兵。元向边、许冷笑数声，回营安睡去了。

刘仁赡闻边、许败绩，倍加愤悒，即致书齐王景达，请令边镐守城，自督各军决战。偏景达复书不从。仁赡懊闷成疾，渐渐的不能起床。少子崇谏，恐父病垂危，城必不守，不如潜出降周，还可保全家族，乃乘夜出城，拟泛舟渡往淮北，偏被小校拦住，执送城中。仁赡问明去意，崇谏直供不讳。仁赡大怒道："生为唐臣，死为唐鬼，汝怎得违弃君父，私出降敌呢！左右快与我斩讫报来！"左右不好违令，只好将崇谏绑出，监军使周廷构，止住开刀，独驰入救解。仁赡令掩住中门，不令廷构入内，且使人传语道："逆子犯法，理应腰斩，如有为逆子说情，罪当连坐。"廷构闻言，且哭且呼，号叫了好一歇，并没有人开门。慌忙另遣小吏，向仁赡夫人处求救。仁赡夫人薛氏，蹙然与语道："崇谏是我幼子，何忍置诸死地，但彼既犯令，罪实难容，军法不可私，臣节不可隳，若宥一崇谏，是我刘氏一门忠孝，至此尽丧，尚有何面目见将士呢！"夫妇同心，古今罕有。说着，更派使促令速斩，然后举丧。众皆感泣，周廷构独说他夫妇残忍，代为不平。为后文降周伏笔。

李重进闻得消息，也为感叹。部将多有归志，谓仁赡军令如山，不私己子，更有紫金山援兵，虽败未退，看来寿州是不易攻入，不如奏请班师，姑俟再举。重进不得已出奏，候旨定夺。

周主得重进奏章，犹豫未决。适李穀得病甚剧，给假还都，周主特遣范质、王溥，同诣穀宅，问及军事进止。穀答道："寿州危困，亡在旦夕，盖御驾亲征，将士必奋，先破援兵，后扑孤城。城中自知必亡，当然迎降，唾手便成功了。"

范质、王溥还白周主，周主再下诏亲征。仍命王朴留守京城，授右骁卫大将军王环，为水军统领，带领战舰数十艘，自闵河沿颍入淮，作为水军前队，自己亦坐着大舟，督率战舰百余艘，鱼贯而进，端的是舳舻横江，旌旗蔽空。

先是周与唐战，陆军精锐，非唐可敌，唯水军寥寥，远不及唐，唐人每以此自负。至是见周军战櫂，顺流而下，无不惊心。朱元留心军事，探得周军入淮，便登紫金山高冈，向西遥望，果见战船如织，飞驶而来，或纵或横，指挥如意，也不禁失声道："罢了！罢了！周军鼓棹，如此锐敏，我水军反不相及，真是出人不料了！"说着，那周军已薄紫金山。周主躬擐甲胄，带着许多将士，陆续登岸，就中有一威风凛凛的大将，随着周主。龙颜虎步，与周主不相上下，不由的暗暗喝采。有将校曾经战阵，认得是赵匡胤，随即报明。元即下冈至边、许寨中，与二人语道："周军来势甚锐，未可轻战，我军只好守住山麓，相戒勿动，待他锐气少衰，方可出与交锋。"许文缜道："彼军远来，正宜与他速战，奈何怯战不前！"

言未已，即有军吏入报道："周将赵匡胤前来踹营了！"许文缜便即上马，领兵杀出，边镐亦随了同去。独朱元留住不行，且语部曲道："此行必败。"果然不到多时，边、许两军，狼狈奔回，各说赵匡胤厉害。朱元接着，便微哂道："我原说周军势盛，不便力争，只可坚壁以待，两公不听忠告，乃有此败。"边、许尚不肯认错，还埋怨朱元不救。朱元道："我若来接应两公，恐各寨统要失去了。"说罢，愤愤回营。

许文缜因此恨元，密报陈觉，请觉表求易帅。觉已因朱元恃功不逊，上书弹劾，此时又补上弹章，诬元如何骄蹇，如何观望。唐主璟信觉疑元，另派武昌节度使杨守忠代元。守忠至濠州，觉遂传齐王景达命令，召元诣濠州议事。元料有他变，喟然叹道："将帅不才，妒功忌能，恐淮南要被他断送了。我迟早总是一死，不如就此毕命罢！"说着，拔剑出鞘，意欲自刎。忽有一人突入，把剑夺住，抗声说道："大丈夫何往不富贵，怎可为妻子死！"元按剑审视，乃是门下客宋垍，便道："汝叫我降敌么？"垍答道："徒死无益，何若择主而事。"元叹息道："如此君臣，原不足与共事，但反颜事敌，亦觉自惭。罢罢！我也顾不得名节了。"朱元为南唐健将，唐不能用，原是大误。唯元甘降敌，终亏臣节。乃把剑掷去，密遣人输款周军。

周主当然收纳，乘势督攻紫金山。许文缜、边镐两人，尚恃着兵众，下山抵敌，被赵匡胤用诱敌计，引至寿州城南，三路杀出，把唐兵冲作数段。吓得边、许连声叫苦，飞马奔还。后面的周军，紧紧追来，他两人只望朱元出救，不防朱元寨内，已竖起降旗，自知立足不住，没奈何弃山逃走。朱元开营迎敌，只裨将时厚卿，不肯从命，为元所杀。

周军既破紫金山大寨，又由周主督众追赶，沿淮东趋。周主自北岸进行，令赵匡胤等自南岸追击。水军统领王环，领着战船，自中流而下，沿途杀获万余人。那边镐、许文缜，正向淮东窜去，适遇杨守忠带兵来援，且言濠州全军，都已从水路前来。边、许又放大了胆，与守忠合作一处，来敌周军，冤冤见凑，又与赵匡胤相遇。

杨守忠不知好歹，便来突阵，周军阵内，由骁将张琼突出，抵住守忠。两人战了十多合，守忠战张琼不下，渐渐的刀法散乱，许文缜拨马来助，周将中又杀出张怀忠，四马八蹄，攒住厮杀。忽听得扑搨一声，杨守忠被拨落马，由周军活捉过去。文缜见守忠受擒，不免慌忙，一个失手，也被张怀忠擒住。唐军中三个将官，擒去一双，当然大乱。边镐拨马就走，由赵匡胤驱军追上，用箭射倒边镐坐马，镐堕落地上，也由周军向前，捆缚过来，余众逃无可逃，多半跪地乞降。

这时候的齐王景达，及监军使陈觉，正坐着艨艟大舰，扬帆使顺，来战周军。周水军统领王环，适与相值，便在中流大战起来，两下里正在酣斗，但闻岸上鼓声大震，两旁统是周军站住，发出连珠箭，迭射唐兵。唐舰中多中箭倒毙，景达手足失措，顾陈觉道："莫非紫金山已经陷没么！"陈觉道："紫金山如已陷没，奈何杨守忠一军，亦杳无踪迹哩！"两人仿佛做梦。景达道："岸上统是周军，看来凶多吉少，我军将如何抵挡呢？"陈觉道："不如赶紧回军，再或不退，要全军覆没了。"景达忙传令退回。战舰一动，顿时散乱。王环乘势杀上，把唐舰夺了无数；所得粮械，更不胜计。唐兵或溺死，或请降，差不多有二三万名。景达、陈觉，统逃还濠州去了。

周主追至镇淮军，方才停住，天色已暮，就在镇淮军留宿。越日又发近县丁夫数千人，至镇淮军筑城，夹淮为垒，左右相应。且将下蔡浮梁，移徙至此，扼住濠州来路，省得他再援寿州。会淮水盛涨，唐濠州都监郭廷谓，率水军溯淮来毁浮梁，偏被周右龙武统军赵匡赞探悉，伏兵邀击，把他杀败。廷谓慌忙逃回，陈觉闻廷谓又败，连濠州都不敢留住，竟怂恿景达，同返金陵。只静江指挥使陈德诚一军，未曾对敌，还是完全无恙，他见景达等都已奔归，也恐孤军难保，渡江退还。

唐主闻诸军败退，拟自督诸将拒周。中书舍人乔匡舜，上书极谏，唐主说他阻挠众志，流戍抚州。嗣又将守御方略，问及神卫统军朱匡业、刘存忠。匡业不好直言，但诵罗隐诗道："时来天地皆同力，运去英雄不自由。"存忠亦从旁进言，谓臣意与匡业相同。唐主怒道："汝等坐视国危，不知为朕划策，反欲吟诗调侃，朕岂由汝等嘲弄么？"两人叩首谢罪，唐主怒终未释，竟贬匡业为抚州副使，流存忠至饶州。一面部署兵马，即欲亲行。偏经陈觉奔还，运动宋齐邱等，代为解免。且言周军精锐异常，说得唐主一腔锐气，化作虚无，竟把督军自出的问题，搁过一边，不再提起。于是濠、寿一带，孤危益甚。

周主命向训为淮南道行营都监，统兵戍镇淮军，自率亲军回下蔡，贻书寿州，令刘仁赡自择祸福。过了三日，未见复音，乃亲至寿州城下，再行督攻。刘仁赡闻援兵大败，扼吭叹息，遂致病上加病，卧不能起，至周主贻书，他亦未曾寓目，但昏昏沉沉的睡在床中，满口呓语，不省人事。周廷构见周主复来，攻城益急，料知城不可保，乃与营田副使孙羽，及左骑都指挥使张全约，商议出降。当下草就降表，擅书仁赡姓名，派人赍入周营，面谒周主。周主览表甚喜，即遣阁门使张保续入城，传谕宣慰。刘仁赡全未预闻，统由周廷构、孙羽等款待来使，且迫令仁赡子崇让，偕张保续同往周营，泥首谢罪。周主乃就寿州城北，大陈兵甲，行受降礼。廷构令仁赡左右，舁仁赡出城，仁赡气息仅属，口不能言，只好由他播弄。好汉只怕病来魔。周主温言劝慰，但见仁赡瞟了几眼，也未知他曾否听见，乃复令舁回城中，服药养疴。一面赦州民死罪，凡曾受南唐文书，聚迹山林，抗拒王师的壮丁，悉令复业，不问前过，平日挟仇互殴，致有杀伤，亦不得再讼。旧时政令，如与民不便，概令地方官奏闻。加授刘仁赡为天平节度使，兼中书令，且下制道：

> 刘仁赡尽忠所事，抗节无亏，前代名臣，几人可比？朕之南伐，得尔为多，其受职勿辞！

看官试想！这为国效死的刘仁赡，连爱子尚且不顾，岂肯骤然变志，背唐降周？只因抱病甚剧，奄奄一息，任他舁出舁入，始终不肯渝节，过了一宿，便即归天。说也奇怪，仁赡身死，天亦怜忠，晨光似晦，雨沙如雾，州民相率巷哭，偏裨以下，感德自刭，共计数十人，就是仁赡妻薛夫人，抚棺大恸，晕过几次，好容易才得救活，她却水米不沾，泣尽继血，悲饿了四五天，一道贞魂，也到黄泉碧落，往寻藁砧去了。夫忠妇节，并耀江南。

周主遣人吊祭，追封彭城郡王，授仁赡长子崇谠为怀州刺史，赐庄宅各一区。寿州故治寿春，周主因他城坚难下，徙往下蔡，改称清淮军为忠正军，慨然太息道："我所以旌仁赡的忠节呢！"唐主闻仁赡死节，亦恸哭尽哀，追赠太师中书令，予谥忠肃，且焚敕告灵，中有三语云：

魂兮有知，鉴周惠耶？歆吾命耶？

是夜唐主梦见仁赡，拜谒墀下，仿佛似生前受命情状。及唐主醒来，越加惊叹，进封仁赡为卫王，妻薛氏为卫国夫人，立祠致祭。后来宋朝亦列入祀典，赐祠额曰忠显，累世庙食不绝。人心未泯，公道犹存，忠臣义妇，俎豆千秋，一死也算值得了。小子有诗赞道：

孤臣拼死与城亡，忠节堪争日月光。
试看淮南隆食报，千秋庙貌尚留芳。

周主复命朱元为蔡州防御使，周廷构为卫尉卿，孙羽为太仆卿，开仓发粟，分给寿州饥民。另派右羽林统军杨信，为忠正军节度使，管辖寿州，自率亲军还都，留李重进等进攻濠州。欲知濠州能否攻入？且待下回分解。

南唐健将，首为刘仁赡，次为朱元。朱元智能拒敌，而为陈觉、许文缜等所忌，迫令降周，元虽不免负主，然非激之使叛，亦何至铤而走险耶？许文缜、边镐，庸奴耳！景达騃竖，陈觉鄙夫，讵足与周主相敌，独刘仁赡誓守孤城，忠而且勇。妻薛氏亦知守大节，甘斩亲儿，国而忘家，公而忘私，诚为古今所罕有，南唐有此忠臣，并有此义妇，乃忍使五鬼为蔽，双忠毕命，岂不足令人太息乎！阐扬名节，责在后人，大书特书，正以维纲常而砭末俗尔。

第五十八回　楚北鏖兵阖城殉节　淮南纳土奉表投诚

却说唐将郭廷谓守住濠州，因闻周主北还，潜率水军至涡口，折断浮梁，又袭破定远军营，周武宁节度使武行德，猝不及防，竟将全营弃去，孑身逃免。廷谓报捷金陵，唐主擢廷谓为滁州团练使，兼充淮上水陆应援使。独周主接得败警，按律定罪，降武行德为左卫将军，又追究李继勳失寨罪名，见五十五回。降为右卫将军。

周主本生父柴守礼，以太子少保光禄卿致仕，常与前许州行军司马韩伦，游宴洛阳。韩伦系令坤父，也是一个大封翁，守礼更不必说。两人恃势恣横，洛人无敢忤意，竟以阿父相呼。

一日，与市民小有口角，守礼竟麾动家丁，格死数人。韩伦也在旁助恶，殴詈不休。市民不甘枉死，激动公愤，即向地方官起诉。地方官览这诉状，吓得瞠目伸舌，不敢批答，只好挽人调处，曲为和解。那柴、韩二老，怎肯认过？市民亦不愿罢休，索性叩阍讼冤。当时周廷对待守礼，虽未明言为天子父，但元舅懿亲，声势亦大，当时接得冤诉，无人敢评论曲直，只有上达宸聪。周主顾念本生，把守礼略过一边，唯查究韩伦劣迹，嗣闻韩伦干预郡政，武断乡曲，公私交怨，罪恶多端，乃命刑官定谳，法当弃市。韩令坤伏阙哀求，情愿削职赎罪，乃只夺韩伦本身官爵，流配沙门岛。令坤任官如故，守礼不复论罪。守礼为周主生父，似难坐罪，唯枉法全恩，亦属非是，此亦一瞽瞍杀人之案。误在周主未知迎养，致有此弊。

内供奉官孙延希，督修永福殿，役夫或就瓦中啖饭，用柿为匕，不意为周主所见，责延希虐待役夫，叱出处死，并黜退御厨使董延勋，副使张皓等。左库藏使符令光，历职内廷，素来清慎。至是周主又欲南征，敕令光督制军士袍襦，限期办集。令光不能如限，又有敕处斩。宰相等入廷救解，周主拂衣入内，不愿从谏，令光竟戮死都市。为这二案，都人代为呼冤。周主亦尝追悔，但素性暴躁，一或忤旨，便欲加刑。亏得皇后符氏，从中解劝，还算保全不少。

显德四年十一月，又欲出征濠、泗，符后以天气严寒，力为谏阻。周主执意不从，累得符后抑郁成疾，饮食少进。周主不遑内顾，命王朴为枢密使，仍令留守东京，自率赵匡胤等出都，倍道至镇淮军。五鼓渡淮，直抵濠州城西，濠州东北十八里，有一巨滩，唐人在滩上立栅，环水自固。周主使内殿直康保裔，乘着橐驼，率军先济，赵匡胤为后应。保裔尚未毕渡，匡胤已跃马入水，截流而进。骑兵追随恐后，霎时间尽登滩上，攻入敌栅。栅内守兵，措手不及，纷纷溃散，遂得拔栅通道，径至濠州城下。

李重进早攻濠州南关，连日不下，忽闻御驾复来督师，大众奋勇百倍，或缘梯，或攀堞，不到半日，已攻入南关城。城东复有水寨，与城中作为犄角，王审琦奉周主命，领兵捣入，也将水寨据住。城北尚屯敌船数百艘，船外植木，防遏周军，周主命水师拔木进攻，纵火焚敌，敌船不能扑灭，被毁去七十余艘，余船遁去。

濠州诸防，种种失败，只剩得斗大孤城，如何保守！郭廷谓想出一法，遣人至周营上表，但说臣家属留居江南，今若遽降，必至夷族，愿先着人至金陵禀命，然后出降。周主微笑道："他无非是缓兵计，想往金陵乞援。朕亦不妨允他，等他援兵到来，一鼓歼灭，管教他死心塌地，举城出降了！"料事如神。遂留兵濠州城下，自移军往攻泗州。行至涣水东，遇着敌船，大约又有数百艘。当下水陆夹击，斩首五千余级，降卒二千余人，因即鼓行而东，所至皆下。赵匡胤为前锋，直薄泗州，焚南关，破水寨，拔月城。泗州守将范再遇，惊慌的了不得，即开城乞降。匡胤入城，禁止掳掠，秋毫无犯，州民大悦，争献刍粟犒军。周主自至城下，再遇迎谒马前，受命为宿州团练使，拜谢而去。匡胤出奏周主，报称全城安堵，周主乃不复入城，分三道进兵。匡胤率步骑自淮南进，自督亲军从淮北进，诸将率水军由中流进。

淮滨因战争日久，人不敢行，两岸葭苇如织，且多泥淖沟堑。周军乘胜长驱，踊跃争趋，几忘劳苦。沿途与唐兵相值，且战且进，金鼓声达数十里。行至楚州西北，地名清口，有唐营驻扎，保障楚州，由唐应援使陈承昭扼守。赵匡胤溯淮而上，夤夜袭击，捣入唐营，陈承昭不及预备，慌忙逃生。匡胤入帐，不见承昭，料他从帐后遁去，急急追赶，马到擒来，所有清口唐船，除焚荡外，尚得三百余艘，将士除杀溺外，收降七千人，淮上唐舰，扫得精光，周水军出没纵横，毫无阻碍。

濠州守将郭廷谓，曾遣使至金陵乞援，及使人返报，谓当促陈承昭援泗，所以闭城待着。不料承昭被擒，全军覆没，廷谓无法可施，只得依着周主命令，送呈降表。当令录事参军李延邹起草。延邹勃然道："城存与存，城亡与亡，这是人臣大义，奈何觍颜降敌！"廷谓道："我非不能效死，但满城生灵，无辜遭戮，我实未忍。况泗州已降，清口覆军，区区一城，如何保全，不如通变达权，屈节保民，愿君勿拘拘小节！"此语亦聊自解嘲。延邹掷笔道："大丈夫终不负国，为叛臣作降表！"掷地作金石声。廷谓大怒，拔剑相逼道："汝敢不从我命么？"延邹道："头可断，降表不可草！"言未毕，已被廷谓把剑一挥，头落地上。濠州尚有戍兵万人，粮数万斛，廷谓举城降周，全城兵粮，俱为周有。

周主因泗州已降，不必后顾，当然大喜，敕授廷谓为亳州防御使，另派将吏驻守，自往楚州攻城。廷谓驰谒行幄，周主语廷谓道："朕南征以来，江南诸将，败亡相继，独卿能断涡口浮梁，破定远寨，也可算是报国了。濠州小城，怎能持久，就使李璟自守，亦岂足恃！卿可谓知几。现命卿往略天长，卿可愿否？"廷谓便称愿往，周主即令自率所部，往攻天长。再遣铁骑右厢都指挥使武守琦，率数百骑趋扬州。甫至高邮，扬州守将，已毁去官府民庐，驱人民渡江南行，及守琦入扬州城，已是空空洞洞，成了一片瓦砾场，此外只剩十余人。不是老病，就是残疾，死多活少，未便远行，因此还是留着。守琦付诸一叹，据实奏闻。

周主仍命韩令坤往抚扬州，招缉流亡，权知军府事宜，又派兵将拔泰州，陷海州。唯楚州防御使张彦卿，与都监郑昭业，硬铁心肠，仿佛寿州的刘仁赡。周主亲御旗鼓，连日攻扑，城外庐舍，扫尽无遗，更发州民凿通老鹳河，引战舰入江，水陆夹击楚州城。炮声震地，鼓角喧天，彦卿绝不为动，唯与郑昭业同心堵御，视死如归。彦卿子光祚，随父登城，望见周军势盛，城中危在旦暮，乃泣谏彦卿道："敌强我弱，万难支持，城外又无一人来援，看来徒死无益，不如出降。"彦卿不答一词，旁顾诸将道："哪里有敌军来攻，汝等可望见否。"诸将侧身他顾，光祚亦掉头瞧着，不防彦卿拔出腰剑，竟向光祚顶后劈去，砉然一声，首随刀落。诸将闻有剑声，慌忙转视，但见一颗血淋淋的头颅，已在城上摆着，禁不住大家咋舌！彦卿却泣语诸将道："这是彦卿爱子，劝彦卿降敌，彦卿受李氏厚恩，义不苟免。这城就是我死所哩！诸君畏死欲降，尽可从便，但不得劝我，若劝我出降，请视我子首级！"仁赡杀子，彦卿亦杀子，可谓无独有偶。诸将皆感泣思奋，莫敢言降。

苦守至四十日，猛听城外一声怪响，好似天崩地塌一般。城上守卒，腾入天空，城墙坍陷至数十丈，那时堵不胜堵，周军从城缺杀入，一拥进来。原来周主督攻月余，焦躁异常，乃命军士凿城为窟，内纳火药，引以为线，线燃药发，把城轰坍，城遂被陷。彦卿尚结阵城内，誓死巷斗，战到日暮，杀得枪折刀缺，尚未肯休。既而退至州廨，矢刃俱尽，彦卿举绳床搏斗，犹格毙周军数十人，自身亦受了重伤，便大呼道："臣力竭了！"遂自刎而死。

郑昭业为周将所杀，余众千数百人，个个战死，无一生降。周军亦伤亡不少。周主大怒，下令屠城，自州署以及民舍，俱付一炬，吏民死了万余人。周主身死国亡，未始非由此所致。赵匡胤搜诛彦卿家属，男女多死，唯留一彦卿少子光祐，谓是忠臣遗裔，不当尽歼。俟屠城已毕，方入奏周主，请留彦卿一脉，为臣教忠。周主怒气已平，乃准如所请。复令修筑城垣，募民实城。仍须百姓，何必尽屠。

嗣接郭廷谓奏报，唐天长军使易赟，已举城归顺，周主仍令赟为刺史。自发楚州，转趋扬州。韩令坤迎入城内，城乏居民，满目萧条。周主见城内空虚，特命在故城东南隅，另筑小城，俾便驻守。未几又接黄州刺史司超捷报，谓与控鹤指挥使王审琦，败舒州军，擒唐刺史施仁望，于是淮右粗平。

周主出巡泰州，复至迎銮镇，进攻江南，临江遥望。见有敌舰数十艘，停泊江心，即命赵匡胤带着战船，前往攻击。敌舰不敢迎战，望风退去。匡胤直抵南岸，毁唐营栅，乃收军驶回。越日，周主又遣都虞侯慕容延钊，右神武统军宋延渥，水陆并进，沿江直下。延钊至东洧州，大破唐兵，江南大震。

先是江南小儿，遍唱檀来。人不知为何因，颇以为怪。至周师入境，先锋骑兵，皆唱蕃歌，首句即为“檀来也”三字，才识童谣有验，益加恟惧。

是时已为周显德五年三月，即唐主璟中兴元年。唐主嗣位，年号保大，是年已为保大十六年，改称中兴元年。唐主闻周军临江，恐即南渡，又耻降号称藩，意欲传位皇弟景遂，令他出面求和。景遂本为皇太弟，至是上表辞位，略言不能扶危，自愿出就外藩。齐王景达，因出师败还，辞元帅职。唐主乃改封景遂为晋王，兼江南西道兵马元帅，景达为浙西道元帅，兼润州大都督。立皇子燕王弘冀为太子，参治朝政，派枢密使陈觉，奉表至迎銮镇，谒见周主，贡献方物，且请传位太子，听命中朝。

周主谕觉道：“汝主果诚心归顺，何必传位？且江北郡县，尚有庐、舒、蕲、黄四州，及鄂州汉阳、汉川二县，未曾归我，如欲乞和，即须献纳，方可开议！”觉叩伏案前，不敢违命。但言当遣还随员，再取表章。周主道：“朕欲取江南，亦非难事，不特我军鼓勇争先，战胜攻取，就是荆南、吴越，也助顺讨逆，来请师期。”说至此，即检出二表，取示陈觉。觉一一接阅，一表是荆南高保融，奏称本道舟师，已至鄂州，一表是吴越王钱弘俶，奏称已发战棹四百艘，水军一万七千人，停泊江岸，候命进止。两表阅罢，觉愈加惊惶，且见迎銮镇一带，战舶如林，兵戈如蚁，大有气吞江南的形状，不由的形神觳觫，磕了无数响头，再四乞哀。鬼头鬼脑，不愧为五鬼之一。周主方道：“汝速遣人取表，割献江北，朕得休便休，也不定要汝江南了。”觉拜谢而退，立遣随员还金陵，盛说周主声威，宜速割江北，还可保全江南。

唐主不得已，乃再遣阁门承旨刘承遇，至迎銮镇，愿将庐、舒、蕲、黄四州，及鄂州汉阳、汉川二县，尽行奉献。唯乞海陵盐监，仍属江南，周主不许。经承遇苦苦哀求，请岁结赡军盐三十万石，方邀允准。此外如奉周正朔，岁输土贡等款，亦由陈觉、刘承遇等承认，周主乃许令罢兵，且颁诏江南道：

> 皇帝恭问江南国主无恙，使人至此，奏请分割舒、庐、蕲、黄等州，画江为界，朕已尽悉。顷逢多事，莫通玉帛之欢，适自近年，遂构干戈之役，两地之交兵未息，蒸民之受弊斯多。一昨再辱使人，重寻前意，将敦久要，须尽缕陈。今者承遇爰来，封函复至，请割州郡，仍定封疆，猥形信誓之辞，备认始终之意，既能如是，又复何求！边陲顿静于烟尘，师旅便还于京阙，永言欣慰，深切诚怀。其常、润一带，及沿

江兵棹，今已指挥抽退；兼两浙、荆南、湖南水陆兵士，各令罢兵，以践和约。言归于好，共享承平，朕有厚望焉！

陈觉、刘承遇，既得求成，乃向周主处辞行。周主又语觉道："传位一事，尽可不必，朕有手书，烦汝转达汝主便了。"随即取书给觉，觉与承遇，复拜谢而去。还至金陵，将周主原书呈与唐主。书中写着：

别睹来章，备形缛旨，叙此日传让之意，述向来高尚之怀。仍以数岁已还，交兵不息，备论追悔之事，无非克责之辞，虽古人有引咎责躬，因灾致惧，亦无以过此也。况君血气方刚，春秋甚富，为一方之英主，得百姓之欢心。即今南北才通，疆埸甫定，是玉帛交驰之始，乃干戈载戢之初，岂可高谢君临，轻辞世务！与其慕希夷之道，曷若行康济之心。重念天灾流行，分野常事，前代贤哲，所不能逃。苟盛德之日新，则景福之弥远。勉修政务，勿倦经纶，保高义于初终，垂远图于家国。流芳贻庆，不亦美乎！特此谕意，君其鉴之！

周主既遣还陈觉等人，乃诏吴越、荆南军各归本道，赐钱弘俶犒军帛二万匹，高保融帛一万匹，命就庐州置保信军，简授右龙武统军赵匡赞为节度使，自从迎銮镇还扬州。唐主又遣同平章事冯延己，给事中田霖，为江南进奉使，献入犒军银十万两，绢十万匹，钱十万贯，茶五十万斤，米麦二十万石，附以表文。略云：

臣闻孟津初会，仗黄钺以临戎，铜马既归，推赤心而服众。皇帝量包终古，德合上元，以其执迷未复，则薄赐徂征；以其向化知归，则俯垂信纳。仰荷含容之施，弥坚倾附之念。然以淮海遐陬，东南下国，亲劳玉趾，久驻王师，以是忧惭，不遑启处。今既六师返旆，万乘还京，合申解甲之仪，粗表充庭之实。望风陈款，不尽依依。

延己等既至扬州，呈入表文，接连又遣汝郡公徐辽，客省使尚全，恭上买宴钱二百万缗。又有一篇四六表文，有云：

伏以柏梁高会，展极居尊，朝臣咸侍于冕旒，天乐盛张于金石，莫不竞输宝瑞，齐献寿杯。而臣僻处偏隅，回承睠顾，虽心存于魏阙，奈日远于长安，无由覲咫尺之颜，何以罄勤拳之意！遂令戚属躬拜殿廷，纳忠则厚，致礼则微，诚惭野老之芹，愿献华封之祝。

周主连得二表，特在行宫赐宴。冯延己、田霖、徐辽、尚全，一并列座。辽代唐主李璟捧上寿觞，并进金酒器御衣犀带金银锦绮鞍马等物，周主亦各有赠赐。宴毕辞去，车驾乃启程还京。诏进侍卫诸军及诸道将士官阶，优给行营将士，追恤临阵伤亡各家属，子孙并量材录用。新得淮南十四州六十县，所欠赋税，并准蠲免。即授唐将冯延鲁为太府卿，充江南国信使，并以卫尉少卿前唐使钟谟为副，令赍国书及本年历书，还赴江南，并赐唐主御衣玉带，及锦绮罗縠共十万匹，金器千两，银器万两，御马五匹，散马百匹，羊三百匹，犒军帛千万匹。

唐主李璟得书，乃去帝号，自称国主，用周显德年号，一切仪制，皆从降损；并因周信祖庙讳为璟，即郭威高祖，见前文。特将本名除去偏旁，易名为景。再遣冯延鲁、钟谟至周都，奉表谢恩。周主命在京师置进奏院，馆待来使，更升任延鲁为刑部侍郎，谟为给事中，仍遣归江南。小子有诗咏道：

连年争战苦兵戈，割地称臣始许和；
我为淮南留一语，国衰只为佞臣多！

此外尚有俘获唐将，亦陆续放还，俟至下回开篇，再行详叙。

周师入淮，势如破竹，各城多望风乞降，其能为国捐躯者，除孙晟、刘仁赡外，尚有李延邹之不草降表，及张彦卿等之千人皆死。虽曰无补，忠足尚焉。彦卿杀子，见诸赵鼎臣《竹隐畸士集》，子可杀，君不可负，大义灭亲，臣节凛然。说者或讥其愚忠，夫时当五季，纲纪沦亡，得张彦卿等之秉节不挠，实足羽翼名教。即曰近愚，愚亦不可及矣。否则如陈觉、冯延己等，匍匐乞哀，割地不知惜，屈节不知羞，偷生畏死，甘为奴隶，国家亦乌用此庸臣为耶！唐主璟之任用非人，以致蹙国降号，是乃所谓愚夫也已。

第五十九回　惩奸党唐主施刑
正乐悬周臣明律

却说唐使冯延鲁、钟谟，自周遣还，又释归南唐降卒，共五千七百五十人。嗣又将许文缜、边镐、周廷构等，也一并放归。先是冯延己、陈觉等，自诩多才，睥睨一切，尝侈谈天下事，以为经略中原，可运掌上。延己尤善长聚咏，著有乐章百余阕，统是铺张扬厉，粉饰隆平。唐主璟本好诗词，与延己互相倡和，工力悉敌，璟因引为同调。翰林学士常梦锡，屡次进谏，极言延己等浮夸无术，不应轻信。怎奈延己正得君心，任你舌敝唇焦，也是无益！淮南战起，唐兵屡败，梦锡又密谏道："延己等奸言似忠，若陛下再不觉悟，恐国家从此灭亡了！"唐主璟仍然不从。至李德明被杀，虽由宋齐邱、陈觉等从旁怂恿，见五十五回。延己也串同一气，斥德明为卖国贼，应该伏诛。及许文缜等战败紫金山，同作俘虏，陈觉与齐王景达，自濠州遁归，国人恟惧，唐主璟召入延己等，会商军事，甚至泣下，延己尚谓无恐。枢密副使李征古，与延己同党，且大言道："陛下当治兵御敌，奈何作儿女子态，徒对臣等涕泣，莫非是酒醉不成，还是由乳母未至呢！"对君敢如此放肆，可知唐主之不堪为君。唐主不禁色变，征古却举止自若。

会司天监奏天文有变，人主应避位禳灾，唐主乃复召谕群臣道："国难未纾，我欲释去万机，栖心冲寂，究竟何人可以托国？"李征古先答道："宋公齐邱，系再造国手，陛下如厌弃国机，何不举国授与宋公！"陈觉亦从旁插嘴道："陛下深居禁中，国事皆委任宋公，先行后闻，臣等可随时入侍，与陛下同谈释老了。”唐主闻言，目顾延已，延己亦似表同情。乃命中书舍人陈乔草诏，将委国与宋齐邱。乔俟群臣退后，独持入草诏，造滕密陈道：“宗社重大，怎可假人！今陛下若署此诏，从此百官朝请，皆归齐邱，尺地一民，俱非己有。就使陛下甘心澹泊，脱屣万乘，独不念烈祖创业，如何艰难，难道可一朝委弃吗？古有齐淖齿，赵李兑。皆战国时人。近有让皇，且为陛下所亲见。抚今思昔，能不寒心！臣恐大权一去，求为田舍翁，且不可得了！”唐主愕然道：“非卿言，几落贼人彀中！”于此益见李璟之愚。乃将草诏撕毁，引乔入见皇后钟氏，及太子弘冀，且指语道：“这是我国忠臣！他日国家急难，汝母子可托付大事，我虽死无遗恨了。”嗣是乃疑忌宋齐邱、陈觉等人。

觉诣周议和，还至金陵，矫传周主诏命，谓江南连岁拒周，皆由严续主谋，须立杀无赦。续为故相严可求子，尚唐烈祖李昪女。性颇持正，不入宋党。唐主命为门下侍郎，兼同平章事。觉与续有嫌，因借此构陷。唐主已有三分明白，不忍杀续，但罢为少傅，且令觉退出枢密，但令为兵部侍郎。并将左相冯延已，亦罢除相位，降为太子少傅，黜枢密副使李征古，令为晋王景遂副倅。

及钟谟南归，入见唐主，乘隙进言道：“宋齐邱累受国恩，见危不能致命，反谋篡窃，陈觉、李征古等，阴为羽翼，罪实难容，请陛下申罪正法！”唐主忽忆及觉言，便问谟道：“觉曾传周主命，迫诛严续，卿在周廷，果闻有此语否？”谟答道：“臣未闻此言，恐是由觉捏造。就是前时李德明，与臣同往议和，他亦无非衡量强弱，因请割地求成，齐邱与觉，说他卖国，遂致诛死，试问今日觉往通款，比前时德明所请，得失何如？德明受诛，觉怎得无罪？”虽未免袒护德明，却是言之有理。唐主沉吟多时，乃语谟道：“究竟周主欲诛严续否？”谟又道：“臣谓周主必无此言。如若不信，臣可至周廷问明。”唐主点首，因令谟再赍表入周，略言久拒王师，皆由臣昏愚所致，严续无与，请加恩宽宥。周主览表，不禁惊诧道：“朕何曾欲诛严续？就使续欲拒朕，彼时桀犬吠尧，各为其主，朕亦何必过事苛求。”谟乃述及严续刚正，及陈觉等矫诈情状，周主又道：“据汝说来，严续为汝国忠臣，朕为天下主，难道教人杀忠臣么？”谟叩谢而归，报明唐主。

唐主因欲诛宋齐邱等，又遣钟谟诣周禀白。周主道：“诛佞录忠，系汝国内政，但教汝主自有权衡，朕不为遥制呢。”谟即兼程还报，唐主乃命枢密使殷崇义，草诏惩奸，历数宋齐邱、陈觉、李征古罪恶，放齐邱还九华山，谪觉为国子博士，安置饶州，夺征古官，流戍洪州。觉与征古，惘惘出都，途中复接唐主敕书，赐令自尽。南唐五鬼，陈觉为首，还有魏岑、查文徽，已病死，此外只剩二冯。唐主不复问罪，寻且迁任延已为太子太傅，延鲁为户部尚书，宠用如故。

唐主尝曲宴内殿，从容语延已道：“吹皱一池春水，何干卿事！”延已答道：“怎能如陛下所咏：‘小楼吹彻玉笙寒’，更为高妙呢。”时江南丧败不支，苟延岁月，君臣不能卧薪尝胆，乃各述曲宴旧诗，作为评谑，无怪他一蹶不振，终致灭亡。评断有识。唯宋齐邱至九华山，唐主命地方有司，锁住齐邱居宅，不准自由，但穴墙给与饮食。齐邱叹道：“我从前为李氏划画，幽住让皇帝族于泰州，天道不爽，理应及此，我也不想再活了！”遂自经死。唐主谥为丑缪，追赠李德明为光禄卿，赐谥曰忠。亦未见得。

因复遣使报周，并贡冬季方物。周主特派兵部侍郎陶穀报聘，穀素有才名，周主闻江南人士，多擅文才，故令穀充使职。穀既至金陵，见了唐主，吐属风流，温文尔雅，唐主亦颇起敬，特命韩熙载陪宾，殷勤款待。熙载素称江南才子，家中藏书甚多，穀向他借观，且嘱馆伴抄录，一时不能脱身。唐宫中有歌妓秦蒻兰，知书识字，色艺兼优，唐主命她至客馆中，充作女役。不怀好意。穀见她容颜秀丽，体态娉婷，已不禁暗暗喝采，唯身为使臣，不便细询姓氏，总还道是驿吏女儿，未敢唐突。哪知娟娟此豸，故意撩人，有时眼角留情，有时眉梢传语，有时轻颦巧笑，卖弄风骚，惹得陶穀支持不定，未免与她问答数语。偏她应对如流，无论什么诗歌，多半记忆，益令陶穀倾心钟爱，青眼垂怜，渐渐的亲近香肤，引为腻友。美人解意，才子多情，那有不移篙近岸，图成美事？一宵好梦，备极欢娱。

越宿起床，那美人儿出外自去，镇日里没有见面。穀已是启疑，适由韩熙载奉唐主命，邀令晚宴，穀不好固辞，随着同行。既入唐廷，自有内侍趋出，导引入内殿中，唐主已经待着，降阶相迎。寒暄已罢，即请入席，且召歌妓侑觞，穀很是矜持，唐主微讽道：“公南来有日，久居馆中，独不嫌岑寂么？”穀答称借阅韩书，幸免岑寂。唐主道：“江南春色，闻已为公采得一枝，何必相欺！”穀极力答辩，唐主付诸一笑，仍举觥劝饮，穀饮了一二杯，忽听得歌声幽咽，从屏后出来。歌云：

好姻缘，恶姻缘，只得邮亭一夜眠。

縠听此二语，已觉惊心，复又有歌词续下道：

别神仙。琵琶拨尽相思调，知音少！再把鸾胶续断弦，是何年！

这词名为“春光好”。縠博通词曲，当然知晓，且料有别因，忙从屏间一瞧，果然走出一个歌娘，似曾相识，微皱眉山，仔细谛视，就是昨夜相偎相抱的秦蒻兰，禁不住面上生惭，汗涔涔下，中冓之言，不可道也，所可道也，言之丑也。便即起座谢宴，托言醉不能饮，经唐主嘲讽数语，也只好似痴似聋，转身退去。次日便即辞行，自回大梁去了。唐主如此弄人，成何大体。唐主自鸣得意，且不必说。

唯南汉主晟，闻唐为周败，不免加忧。他自篡位以后，猜忌骨肉，把弘昌以下十三弟，杀得一个不留。诸侄因尽加歼戮，唯选得几个美色的侄女，取入宫中，迫为婢妾。禽兽不如。且派兵入海，掠得商贾金帛，增筑离宫数千间，殿侧皆置宫人，令她候晓，名为候窗监。每值宴会，晟独坐殿廷间，侍宴百官，各结彩亭，列坐殿旁两庑。宴酣后，令有司槛兽而进，两旁翼以刀戟。晟下殿射兽，兽未死，即用戈戟戮毙，算作乐事。又尝夜饮大醉，用瓜置伶人尚玉楼项间，拔剑劈瓜，并斩尚首。翌日酒醒，再召玉楼侍宴，左右谓昨已受诛，方才叹息。后宫专宠，有两个李妃，一号李丽妃，一号李蟾妃。宫人卢琼仙、黄琼芝，色美性狡，特授为女侍中，朝服冠带，参决政事。宦官中最宠林延遇，诸王夷灭，俱由延遇主谋。延遇临死，荐同党龚澄枢自代。澄枢刁滑，与延遇相类。朝政不修，权出嬖幸。至闻周征服淮南，意欲入贡周廷，因为湖南所隔，不便通道，乃治战舰，修武备，为自固计。未几又自叹道：“我身得免祸患，已是幸事，还要管什么子孙呢？”自知颇明。会月食牛女间，出书占卜，谓为自己应该当灾，乃纵情酒色，为长夜饮，渐渐的精枯色悴，加剧而亡。年三十九岁。

长子继兴嗣立，改名为鋹。尊故主晟为中宗。时鋹年十六，委政中官，龚澄枢、陈延寿权势最重，又进卢琼仙为才人，内政皆取决琼仙，台省官仅备员数，不得与闻国政。铱性好奢，筑万政殿，一柱费用，须白金三千锭。又建天华宫，筑黄龙洞，日费千万，毫不吝惜。宦官李托，有二养女，均有姿色，长女入为贵妃，次女亦得为才人，一时并宠。还有宫婢波斯女，黑腯而慧，光艳动人，性善淫媚，赐名媚猪。尚书右丞钟允章，欲整肃纲纪，惩治奸滑，适为宦官所忌，诬称允章谋反。迫铱加刑，竟致族诛。遂擢李托为内太师，兼六军观军容使，国事皆禀托后行。铱日与大小李妃，及波斯媚猪，恣为淫乐，自称萧闲大夫，不复临朝视事。中官多至七千余，或加至三公三师职衔，女官亦不下千人，也有师傅令仆的名目。陈延寿又引入女巫樊胡子，戴远游冠，衣紫霞裙。踞坐帐中，自称有玉皇附见，能预知祸福，呼铱为太子皇。铱极端迷信，往往向胡子就教。卢琼仙及龚澄枢等，争相依附，胡子乃伪言琼仙、澄枢、延寿，统是上天差来，辅佐太子皇，不宜轻加罪谴。铱信用益坚，视国事如儿戏，但因僻处岭南，周天子无暇问罪，所以昏愦糊涂的刘铱，尚得荒纵数年，等到赵宋开国，然后灭亡。这且待《宋史演义》中，再行详述，本书已将终篇，不必絮谈了。界画分明。

且说周主还都后，皇后符氏薨逝，年止二十有六，谥曰宣懿。后妹亦颇有容色，出入宫中，周主欲册为继后，因南征得手，又思北讨，所以未遑行礼。未几即为显德六年，高丽女真，均遣人入贡方物。周主御崇德殿，召见番使，命有司遍设乐悬，藉示汉仪。四面钟磬陈列，有几处止属虚设，未闻击响。待番使退朝，周主召问乐工，何故不击钟磬。乐工谓向例如此，不敢妄击。周主再加细诘，乐工多不能答，乃命端明殿学士窦仪，讨论古今雅乐，考订阙失。窦仪谓通晓乐音，臣不如朴，因令朴订定乐律。朴援据古今，具疏胪陈，略云：

臣闻礼以检形，乐以治心。形顺于外，心和于内，而天下不治者，未之有也。夫乐生于人心，而声成于物，物声既成，复能感人之心，是谓之乐。昔黄帝吹九寸之管，得黄钟正声，半之为清声，倍之为缓声，三分损益之，以成十二律，旋相为宫，以生七调为一均，凡十二均，八十四调而大备。遭秦灭学，历代罕能用之。唐祖孝孙考正大乐，其法始备，安史之乱，十亡八九，至于黄巢，荡尽无遗。时有博士殷盈孙，铸镈钟十二，编钟二百四十。处士萧承训，校定石磬，今之在悬者是也。虽有钟磬之状，殊无相应之和，其镈钟不问音律，但循环而击，编钟编磬，徒悬而已。丝竹匏土，仅有七声，黄钟之宫，止存一调；盖乐之缺坏，无甚于今。陛下临视乐悬，知其亡失，以臣尝学律吕，宣示古今乐录，命臣讨论，臣虽不敏，敢不奉诏！

朴上疏后，援照古法，用秬黍定尺，一黍为分，十黍为寸，积成九寸，径三分，为黄钟律管。推演得十二律，因作律准。共分十有三弦，长九尺，依次设柱，系弦成声。第一弦为黄钟律，第二弦为大吕律，第三弦为太簇律，第四弦为夹钟律，第五弦为姑洗律，第六弦为仲吕律，第七弦为蕤宾律，第八弦为林钟律，第九弦为夷则律，第十弦为南吕律，第十一弦为无射律，第十二弦为应钟律，第十三弦为黄钟清声。声律既调，用七律为一均，错成五音：宫声为主，徵声、商声、羽声、角声，互为联属。五音相续，迭声不乱，合成八十四调，然后配以笙簧，间以钟磬，凡四面乐悬，无不协响，合成节奏。无论何种歌曲，但好谱入乐声，均能应腔合拍，不疾不徐。朴又上言此法久绝，出臣独见，乞集百官校正得失。有诏令百官再行参酌。百官多半是门外汉，晓得什么音律奥旨，彼此同声附和，统复称王朴高才，非臣等所及。乃命乐工演试，果然五声有序，八音克谐，乐得周主心花怒开，极称盛事。

周主又究心贡举，务求得人，裁并寺院，严禁左道。平居辄留意农事，刻木为农夫、蚕妇，列置殿廷。且诏散骑常侍艾颖等三十四人，分行诸州，均定田租。又诏诸州并乡村，率以百户为团，团置耆长三人，令司民事，课耕劝稼。又从汴口疏河通淮，以达舟楫，再导汴水入蔡水，以便漕运公私交利，上下翕然。周世宗为五代贤主，故历叙美政。周主遣王朴巡视汴口，督建斗门。工既告竣，还过故相李穀第，忽然疾作，晕仆座上。慌忙用人舁归，医治无效，竟尔谢世，年五十四岁。周主亲往吊丧，用玉钺叩地，痛哭再四，不能自止。左右从旁慰劝，周主仰天叹道："天不欲我平中原么？何为夺我王朴，有这般迅速哩！"吊毕回宫，数日不欢。朴精究术数，谈言多中，周主志在统一，常恐运祚短促，不能如愿。一日从容问朴，谓朕躬践阼，能得几年？朴答道："陛下有心致治，尝以苍生为念，天高听卑，自当蒙福。臣本固陋，一知半解，推演数理，可得三十年。三十年后，非臣所能知呢。”周主喜道：“诚如卿言，朕当为主三十年，十年开拓天下，十年养百姓，十年致太平，朕志足了！”后来征辽回师，便即晏驾，计在位止及五年零六个月，似与朴言不符。或谓五六乃三十成数，朴不便直言，故用隐谜相答。究竟朴能否预知，小子也不能定断，只好援据遗闻，随笔录叙。因继咏一诗道：

怀才挟术佐明王，天不假年剧可伤！
岂是庆陵周世宗陵。将晏驾，先归地下待吾皇！

王朴既殁，周主失一股肱，但北伐雄心，仍然不改，因即下诏亲征。欲知周主北伐情形，下回再当详叙。

唐为周败，国威不振，至于割地请和，始正宋党之罪，论者已嫌其太迟。窃谓亡羊补牢，犹为未晚，越王勾践，其前师也。唐主璟诚自惩前败，黜佞任良，则十年生聚，十年教训，二十年后，与北宋角逐中原，尚未知鹿死谁手。顾犹信用二冯，吟风嘲月。迨周使远来，则密嘱歌妓以狎侮之，饵人不足，结怨有余，多见其不知量也。刘晟父子，更出璟下，故其亡也，比江南为尤速。至若周世宗之英武过人，王朴之智谋绝俗，天独未假以年，不获共谋统一，命耶数耶？是固在可解不可解之间矣。然世宗美政，王朴长材，不容过略，故类叙之以风示后世云。

第六十回　得辽关因病返跸
殉周将禅位终篇

却说周主南征时，北汉主刘钧，乘虚袭周，发兵围隰州。隰州刺史孙议，得病暴亡，后任未至，骤闻河东兵至，不免惊惶，幸亏都监李谦溥，权摄州事，浚城隍，严兵备，措置有方，不致失手。时方盛夏，河东兵冒暑围城，谦溥引二小吏登城，从容督御，身服絺绤，手挥羽扇，毫无慌张形状。河东将士，却也料他不透，未敢猛攻。谦溥又潜约建雄军节度使杨廷璋，各募敢死士百人，夜劫河东兵寨。河东兵猝不及防，仓皇散走，谦溥自率守军，开城追击，逐北数十里，斩首数百级，隰州解围。

当下奏报行在。周主即令谦溥为隰州刺史，且命昭义军节度使李筠，与杨廷璋联兵北讨，共伐狡谋。李筠遂进攻石会关，连破河东六寨，廷璋仍命李谦溥往侵汉境，夺得一座孝义县城。北汉主刘钧，不禁生忧，小挫即忧，想什么乘虚袭人？慌忙飞使至辽，乞请济师。辽主述律，不愿出兵，支吾对付，急得刘钧忧急万分。再三通使求援，辽主乃授南京留守萧思温为兵部都总管，助汉侵周。周主已征服南唐，返至大梁，接得辽汉合寇的消息，决意亲征。他想北汉跳梁，全仗辽人为助，若要釜底抽薪，不如首先攻辽，辽人一败，北汉势孤，自然容易讨平。

计议已定，乃命宣徽南苑使吴延祚权东京留守，宣徽北院使昝居润为副，三司使张美为大内都部署。其余各将，各领马步诸军，及大小战船，驰赴沧州，自率禁军为后应。都虞侯韩通，由沧州治水道，节节进兵，立栅乾宁军南，修补坏防，开游口三十六，可达瀛、莫诸州。周主亦自至乾宁军，规划地势，指示军机，遂下令进攻宁州。宁州刺史王洪，自知不能守御，开城乞降。乃派韩通为陆路都部署，赵匡胤为水路都部署，水陆并举，向北长驱。车驾自御龙舟，随后继进。

朔方州县，自石晋割隶辽邦，好几年不见兵革，骤闻周师入境，统吓得魂胆飞扬。所有官吏人民，望风四窜，周军顺风顺水，直薄益津关。关中守将终廷辉，登阙南望，但见河中敌舰，一字儿排着，旌旗招飐，矛戟森严，不由的心虚胆怯，连打了好几个寒噤。正在没法摆布，可巧有一人到来，连呼开关，廷辉瞧将下去，乃是宁州刺史王洪。便问他来意，洪但说有密事相商，须入关面谈。廷辉见他一人一骑，不足生畏，乃开关纳入，两下晤谈。洪先自述降周的原因，并劝廷辉也即出降，可保关内百姓。廷辉尚在狐疑，洪又道，“此地本是中国版图，你我又是中国人民，从前为时势所迫，没奈何归属北廷，今得周师到此，我辈好重还祖国，岂非甚善！何必再事迟疑？”廷辉听了这番言语，自然心动，便允出降。

周主令王洪返守宁州，留廷辉守益津关，各派兵将助守，遣赵匡胤为先锋，溯流西进。渐渐的水路促狭，不便行舟，乃舍舟登陆，入捣瓦桥关。匡胤到了关下，守将姚内斌，见来兵不多，即率数千骑士，出城截击。经匡胤大杀一阵，内斌麾下，伤亡了数百名，方才退回。越日，周主亦倍道趋至，都指挥使李重进以下，亦相继到来，还有韩通一军，收降莫州刺史刘楚信，瀛州刺史高彦晖，沿途毫无阻碍，也到瓦桥关下会师。眼见得周军云集，慑服雄关。

匡胤督军攻城，先在城下招降姚内斌，大略谓王师前来，各城披靡，单靠这偌大关隘，万难把守，若见机投顺，不失富贵，否则玉石俱焚，幸勿后悔！内斌沉吟多时，方答言明日报命。匡胤也不强迫，便按兵不攻。静守一宵，次日拟再往攻关，已有探骑报入，敌将姚内斌，开城来降。匡胤乃待他到来，导见周主。内斌拜到座前，周主好言抚慰，而授为汝州刺史，内斌叩首谢恩，随起引周军入关。

周主置酒大会，遍宴群臣，席间议进取幽州，诸将奏对道：“陛下出师，只四十二日，兵不过劳，饷不过费，便得关南各州，这都由陛下威灵，所以得此奇功。唯幽州为辽南要隘，必有重兵把守，将来旷日持久，反恐不美，还请陛下三思！”周主默然不答。散宴后，便召指挥使李重进入帐道：“我军前来，势如破竹，关南各州县，不劳而下，这正是灭辽扫北的机会，奈何中道还师！且朕欲统一中原，平定南北，时不可失，决意再进！汝可率兵万人，翌日出发。朕即统兵接应，不捣辽都，定不回军！”重进料难劝阻，只好应声退出。又传谕散骑指挥使孙行友，率骑兵五千名，往攻易州，行友亦奉旨去讫。

重进于次日启行。行至固安，城门洞辟，守吏已经遁去，一任周兵拥入。重进令军士略憩，另派哨骑探视行径。返报固安县北，有一安阳水，既无桥梁，又无舟楫，想是由辽兵惧我前往，所以拆桥藏舟，阻我去路。重进闻报，颇费踌躇，忽闻周主驾到，乃即出城迎谒，禀明前途阻碍。周主锐图进取，当即与重进往阅河流，果然水势汪洋，深不见底。巡视一回，便谕重进道：“此水不能徒涉，只好速筑浮梁，方便进兵。”重进当然应命。周主乃令军士采木作桥，限期告竣，自率亲军还驻瓦桥关。

天有不测风云，人有旦夕祸福。周主忽然得病，连日未痊。那孙行友却已攻下易州，擒住刺史李在钦，献入行营。周主抱病升帐，问他愿降愿死，在钦偏抗声不屈，触动周主怒意，即命推出斩首。此人却有别肠，莫非命中该死。自觉支持不住，退入寝所。又越两日，仍然未瘳，当由赵匡胤入帐劝归。周主不得已照允，乃改称瓦桥关为雄州，留陈思让居守，益津关为霸州，留韩令坤居守，然后下令回銮。

返至澶渊，却逗留不行。宰辅以下，只令在寝门外问疾，不许入见，大众都惶惑得很。澶州节度使，兼殿前都点检张永德，与周主为郎舅亲，独得入寝所问视，婉言进谏道：“天下未定，根本空虚，四方藩镇，多是幸灾乐祸，但望京师有变，可从中取利。今澶、汴相去甚迩，车驾若不速归，益致人心摇动，愿陛下俯察舆情，即日还都为是！”周主怫然道：“谁使汝为此言？”永德道：“群臣统有此意。”周主目注永德道：“我亦知汝为人所教，难道都未喻我意么？”未几又摇首道：“我看汝福薄命穷，怎能当此！”永德闻言，竟莫明其妙，只管俯首沉思。实是一片疑团。猛听周主厉声道：“汝且退去，朕便回京！”

永德慌忙趋出，部署各军，专待周主出来，周主也即出帐，乘辇还都。看官！你道周主何故疑忌永德？原来周主因病南还，途次稍觉痊可，偶从囊中取阅文书，忽得直木一方，约长三尺，上有字迹一行，乃是点检作天子五字！不由的惊异起来。他亦不便询问左右，仍然收贮囊中，默思石敬瑭为明宗婿，后来篡唐为晋，今永德亦尚长公主，难道我周家天下，也要被他篡夺么？左思右想，无从索解，及见永德劝他回京，心中忍耐不住，遂露了一些口风。永德哪里知晓，当然摸不着头脑，只好搁过一边。

及周主入京，病体略松，便册宣懿皇后胞妹符氏为继后，封长子宗训为梁王，次子宗让为燕国公。命范质、王溥两相，参知枢密院事。授魏仁浦为枢密使，兼同平章事，吴延祚亦授枢密使。都虞侯韩通得兼宋州节度使，加检校太尉，赵匡胤为殿前都点检，加检校太傅，兼忠武军节度使。此外文武诸官，亦迁转有差。独叙韩通、赵匡胤，实为下文伏案。独免都点检张永德官，但令为检校太尉，留奉朝请。朝臣统是惊疑，不知葫芦里卖什么药，唯啧啧私议罢了。

先是周主微时，尝梦神人畀一大伞，色如郁金，上加道经一卷，周主审视道经，似解非解，及醒后追思，尚记忆数语。嗣是福至心灵，举措无不合宜，遂得身登九五，据有大宝。及征辽归国，常患不豫，有时勉强视朝，数刻即退，御医逐日诊治，终乏效验。一日卧床休养，恍惚间复见神人，来索大伞及道经。周主当即交还，又欲向神探问后事，神人不答，拂袖竟去。周主追曳神衣，突闻一声朗语，竟致惊醒。开眼一瞧，手中牵着的衣袂，乃是榻前的侍臣。就是梦中听见的声音，亦无非侍臣惊问，不觉自己也好笑起来，转思梦中情景，甚觉不祥，便起语侍臣道：“朕梦不祥，想是天命已去了。”侍臣答道：“陛下春秋鼎盛，福寿正长，梦兆不足为凭，请陛下安心！”周主道：“汝等哪里能知？朕不妨与汝等说明。”随将前后梦象，略述一遍。侍臣仍然劝解，偏是得梦以后，病竟增剧。

显德六年六月，忽至弥留，急召范质等入受顾命，嘱立梁王宗训为太子，并命起用故人王著，委以相位。质等应诺，及退出宫门，互相窃议道：“翰林学士王著，日在醉乡，怎堪为相，愿彼此勿泄此言。”众皆点头会意。是夕周主竟病崩万岁殿中，享年三十九岁。可怜这年华韶稚的新皇后，正位仅及匝旬，忽然遭此大故，叫她如何不哀，如何不哭！实属可怜，后来还要可痛。还有梁王宗训，年仅七岁，晓得什么国事，眼见是寡妇孤儿，未易度日。

宰相范质等亲受遗命，奉着七龄帝制，即位柩前。服纪月日，一依旧制，翰林学士兼判太常寺窦俨，追上先帝尊谥，为睿武孝文皇帝，庙号世宗。是年冬奉葬庆陵。总计五代十二君，要算周世宗最号英明，文武参用，赏罚不淆，并且知民疾苦，兴利除害，所以在位五年有余，武功卓著，文教诞敷，升遐以后，远近哀慕。唯纳李崇训妻为皇后，夫妇一伦，不无遗议；纵本生父柴守礼杀人，父子一伦，亦留缺憾；就是因怒杀人，往往刑不当罪，未免有伤躁急。但瑕不掩瑜，得足抵失。可惜享年不永，赍志以终，遂使这寡妇孤儿，受制人手，一朝变起，宗社沉沦。这或是天数使然，非人力所可挽回呢！特加论断。为周世宗生色。

闲话休表，且说周幼主宗训嗣位，一切政事，均由宰相范质等主持，尊符氏为皇太后，恭上册宝。朝右大臣，也有一番升迁，说不胜说。唯宋州节度使兼检校太尉韩通，调任郓州节度使，仍充侍卫亲军副都指挥使。改许州节度使赵匡胤为宋州节度使，仍充殿前都点检，兼检校太傅。封晋国长公主张氏，即张永德妻。为大长公主，令驸马都尉兼检校太尉张永德，为许州节度使，进封开国公。所有范质、王溥、魏仁浦、吴延祚四人，均加公爵。仅叙数人升迁，均寓微意。

北面兵马都部署韩令坤，奏败辽骑五百人于霸州。周廷以国遇大丧，未暇用兵，但饬边戍各将，慎守封疆，毋轻出师。辽主述律，本来是沉湎酒色，无志南侵，当关南各州失守时，他尝语左右道："燕南本中国地，今仍还中国，有什么可惜呢？"可见后来辽兵入寇，实是故意讹传。北汉主刘钧，屡战皆败，亦不敢轻来生事。不过三国连界，彼此戍卒，未免龃龉，或至略有争哄情事，自周廷遥谕静守，边境较安。都为后文返照。

好容易过了残年，周廷仍未改元，沿称显德七年。正月朔日，幼主宗训，未曾御殿，但由文武百僚，进表称贺。蓦然间接得镇定急报，说是辽兵联合北汉，大举入寇，请速发大兵防边。宰相范质等，亟入白符太后。符太后是年轻女流，安知军事，一听范质等处置。范质等派定殿前都点检赵匡胤，会师北征，令副都点检慕容延钊为前锋，率兵先发。此外如高怀德、张令铎、张光翰、赵彦徽等，陆续会齐，即祃纛兴师，逐队出都。匡胤亦陛辞而行。

京都下起了一种谣传，谓将册点检为天子，市民多半避匿。究竟这种传言，是由何人首倡，当时亦无从推究。廷臣中也有几个闻知，总道是口说荒唐，不足凭信。那符太后及幼主宗训，全然不闻此事。哪知正月三日出兵，正月四日晚间，即由陈桥驿递到警信，急得满廷百官，都错愕不知所为。原来赵匡胤到了陈桥，竟由都指挥高怀德，都押衙李处耘，掌书记赵普等，与匡胤弟匡义密商，推立点检为天子。数人忙了一宵，已把将士运动妥当，便于正月四日黎明，齐至匡胤寝所，喧呼万岁。匡胤闻声惊觉，欠身徐起，当由匡义入室报闻。匡胤尚未肯承认，出谕将士，但见众校已露刃环列，由高怀德捧入黄袍，披在匡胤身上。众将校一律下拜，三呼万岁。匡胤还要推辞，总有这番做作。偏众人不由分说，竟将他扶掖上马，迫令还汴。匡胤揽辔传谕道："汝等能从我命，方可还都。否则我不能为汝主！"众皆听令。匡胤乃与约法三条，一是不得惊犯太后母子，二是不得欺凌公卿大夫，三是不得侵掠朝市府库。经大众齐声答应，然后肃队入都。

殿前都指挥石守信，都虞侯王审琦，已接匡义密报，具知大略。他两人与匡胤兄弟，素来莫逆，有心推戴匡胤。便暗中传令禁军，放匡胤全军入城，禁军乐得攀龙附凤，不生异言。匡胤等竟安安稳稳，趋入大梁。甫抵都城，先遣属吏楚昭辅，入慰匡胤家属。时匡胤父弘殷已殁，独老母杜氏在堂，闻报惊喜道："我儿素有大志，今果然出此！"一语作为铁证。

及匡胤入城，已是正月五日上午。百官早朝，正议论陈桥消息，忽见客省使潘美，驰入朝堂，报称点检由各军推戴，奉为天子，现已入都，专待大臣问话。范质等仓皇失措，独侍卫亲军副都指挥使韩通，慌忙退朝，拟集众抵御。途次遇着匡胤部校王彦昇，朗声呼道："韩侍卫快去接驾，新天子到了！"通大怒道："天子自在禁中，何物叛徒，敢思篡窃，汝等贪图富贵，去顺助逆，更属可恨！速即回头，免致夷族！"彦昇不待说毕，已是怒不可遏，便即拔刀相向。通手无寸铁，怎能与敌，没奈何回身急奔。彦昇紧紧追捕，通跑入家门，未及阖户，已被彦昇闯入。彦昇手下，又有数十名骑兵，一拥进去，通只有赤身空拳，无从趋避，竟被彦昇手起刀落，砍翻地上，一道忠魂，奔入鬼门关，往见那周世宗，诉冤鸣枉去了。可对周世宗于地下。彦昇已杀死韩通，索性闯将进去，把韩通一家老小，杀得一个不留，然后出报匡胤。

匡胤入城后，命将士一律归营，自己退居公署。不到半日，由军校罗彦瓌等，将范质、王溥等人，拥入署门。匡胤流涕与语道："我受世宗厚恩，被六军胁迫至此，惭负天地，奈何奈何！”范质等面面相觑，仓猝不敢答言。彦瓌即厉声道：“我辈无主，今日愿奉点检为天子，如有人不肯从命，请试我剑！”说至此，即拔剑出鞘，露刃相向，吓得王溥面色如土，降阶下拜。范质不得已亦拜。有愧韩通。匡胤忙下阶扶住，导令入座，与商即位事宜。掌书记赵普在旁，便提出法尧禅舜四字，作为证据，范质等亦只好唯唯相从。遂请匡胤诣崇元殿，行受禅礼。一面宣召百官，待至日晡，始见百官齐集。仓猝中未得禅诏，偏翰林学士陶穀，已经预备，从袖中取出一纸，充作禅位诏书。宣徽使引匡胤就庭，北面拜受，随即登崇元殿，被服衮冕，即皇帝位，受文武百官朝贺。

草草毕礼，即命范质等入内，胁迁周主宗训，及太后符氏，移居西宫。寡妇孤儿，如何抗拒，当由符太后大哭一场，挈了幼主宗训，向西宫去讫。匡胤下诏，奉周主为郑王，符太后为周太后，命周宗正郭圯祀周陵庙，仍饬令岁时祭享。周亡，总计周得三主，共九年有余，总算作了十年。未几，又徙周郑王至房州，越十二年而殁，年止一十九岁，追谥为周恭帝。周太后符氏，也随殁房州。

赵匡胤既为天子，改国号宋，改元建隆，遣使遍告郡国藩镇。所有内外官吏，均加官进爵有差。追赠周韩通为中书令，饬有司依礼殓葬。并拟加王彦昇罪状，经百官代为乞恩，方得宥免。擅杀一家，尚堪恩宥么？说也奇怪，那辽、汉合寇情事，竟不提起，华山隐士陈抟，闻宋主受禅，欣然说道：“天下从此太平了！”后来果如抟言。

唯宋主嗣位初年，中原尚有五国，除赵宋外，就是北汉、南唐、南汉、后蜀；朔方尚有一辽，其余为南方三镇，一是吴越，一是荆南，一是湖南。嗣经宋朝遣兵派将，依次削平。唯辽主述律，后为庖人所杀。述律一作兀律，复改名璟，辽尊为穆宗。嗣子贤继立，不似乃父嗜酒渔色，反渐渐的强盛起来。一再相传，屡为宋患，这事都详叙《宋史演义》中。本编但叙五代史事，把十三主五十三年的大要，演述告终。看官欲要续阅，请再看《宋史演义》便了。小子尚有俚句二绝，作为本书的收场。诗云：

六十年来话劫灰，江山摇动令人哀；
一言括尽全书事，军阀原来是祸胎。

频年篡弑竟相寻，礼教沦亡世变深；
五代一编留史鉴，好教后世辨人禽。

周主征辽，不两月而三关即下，曩令再接再厉，即不能入捣辽都，而燕云十六州，或得重还中国，亦未可知。况辽主述律，沉湎酒色已视燕南为不足惜，乘势攻取，犹为易事。奈何天不祚周，竟令英武过人之周主荣，得病未痊，不得已而归国。岂十六州之民族，固当长沦左衽耶！周主年未四十，即致病殂，符后入宫正位，仅及十日。梁王宗训嗣祚，不过七龄，寡妇孤儿之易欺，未有甚于此时者也。辽、汉合兵入寇，明明是匡胤部下，讹造出来。陈桥之变，黄袍加身，早已预备妥当。乌有匡胤未曾与闻，而仓猝生变者乎？即如点检作天子之讖，亦未始不由人谋，明眼人岂被瞒过。当时为周殉节者，止一韩通。疾风知劲草，板荡识忠臣，可为《五代史》上作一殿军。而宋太祖之得国不正，即于此可见矣。

历朝通俗演义 第七部

宋史通俗演义

（上）

蔡东藩 著

中国书店

蔡东藩 （1877 ~ 1945 年）

名郕，字椿寿，号东藩（亦写成东帆或东驱），浙江省山阴县临浦（今属浙江萧山）人。民国著名历史小说家。

从 1915 年开始创作《清史通俗演义》，至 1926 年《后汉通俗演义》出版，耗十年之功，写成了中国最完整的历史小说《历朝通俗演义》，被誉为“一代史家，千秋神笔”。

20

10

历朝通俗演义 第七部

宋史通俗演义

（上）

蔡东藩 著

中国书店

图书在版编目（CIP）数据

宋史通俗演义 / 蔡东藩著；—北京：中国书店，2012.6（2019.10重印）
（历朝通俗演义）
ISBN 978-7-5149-0386-7

Ⅰ.①宋… Ⅱ.①蔡… Ⅲ.①章回小说－中国－现代 Ⅳ.①I246.4

中国版本图书馆 CIP 数据核字（2012）第 108140 号

责任编辑 辛 迪
策 划 人 张凌文
装帧设计 肖晋兴
制作统筹 陈 辉

宋史通俗演义
蔡东藩 著

出　　版 中国书店
地　　址 北京市西城区琉璃厂东街115号
邮　　编 100050
发　　行 全国新华书店经销
印　　刷 天津东辰丰彩印刷有限公司
开　　本 680毫米×980毫米 1/16
印　　张 44
字　　数 697,000
版　　次 2012年8月第1版
印　　次 2019年10月第11次印刷
书　　号 ISBN 978-7-5149-0386-7
定　　价 598.00元（全十一部，共二十一册）

出版说明

蔡东藩先生从1915年开始创作《清史通俗演义》。此后历经十年，先后完成《元史通俗演义》、《明史通俗演义》、《民国通俗演义》、《宋史通俗演义》、《唐史通俗演义》、《五代史通俗演义》、《南北史通俗演义》、《两晋通俗演义》、《前汉通俗演义》、《后汉通俗演义》。

蔡先生的小说除极具故事性、趣味性之外，还极其重视史料的真实性。不但可以作为一般的休闲读物，也可以作为历史爱好者的参考书。

本套书由上海会文堂新记书局陆续出版，至1926年9月全部出齐。初版11部全部是有光纸石印线装本。1935年5月，会文堂进行改版，全部改为铅印，分装44册，增加了许廑父续写的《民国通俗演义》后40回。全套书书名为《历朝通俗演义》，共11部，600余万字。

此次出版，是以会文堂1935年的铅印本为底本，将繁体竖排改为简体横排。在编辑过程中，尽量保持原书风貌，仅对个别的错字、标点等做了调整和修改。原书的一大特色，蔡东藩自己批注的注释、夹批和后批，全部按原文保留。

希望能带给读者原汁原味的阅读感受。

自序

后儒之读《宋史》者，尝以繁芜为病。夫宋史固繁且芜矣，然辽、金二史，则又有讥其疏略者。夫《辽史》百十六卷，《金史》百三十五卷，较诸四百九十六卷之《宋史》，固有繁简之殊。然亦非穷累年之目力，未必尽能详阅也。柯氏作《宋史新编》凡二百卷，薛氏《宋元通鉴》百五十七卷，王氏《宋元资治通鉴》六十四卷，陈氏《宋史纪事本末》百有九卷，皆并辽、金二史于《宋史》中，悉心编订，各有心得，或此详而彼略，或此略而彼详，通儒尚有阙如之憾。问诸近今之一孔士，有并卷帙而未尽晰者，遑问其遍览否也。他如遗乘杂出，纪载宋事，东一鳞，西一爪，多或数帝，少仅一王，欲会通两宋政教之得失，及区别两宋史籍之优劣者，不得不博搜而悉阅之，然岂所望于詹詹小儒乎？若夫宋代小说，亦不一而足，大约荒唐者多，确凿者少。龙虎争雄，并无其事，狸猫换主，尤属子虚；狄青本面涅之徒，貌何足羡？庞籍非怀奸之相，毁出不经；岳氏后人，不闻朝中选帅，金邦太子，曷尝胯下丧身？种种谬谈，不胜枚举。而后世则以讹传讹，将无作有，劝善不足，导欺有余。为问先民之辑诸书者，亦何苦为此凭虚捏造，以诬古而欺今乎？此则鄙人之所大惑不解者也。夫以官书之辞烦义奥，不暇阅，亦不易阅，乃托为小说演成俚词，以供普通社会之览观，不可谓非通俗教育之助；顾俚言之则可，而妄言之亦奚其可乎？鄙人不敏，曾辑元、明、清三朝演义，以供诸世，世人不嫌其陋，反从而欢迎

之，乃更溯南北两宋举三百二十年之事实，编成演义共百回，其间治乱兴亡，贤奸善恶，非敢谓悉举无遗，而于宏纲巨目，则固已一一揭橥，无脱漏焉。且官稗并采，务择其信而有征者，笔之于书；至若虚无惝恍之谈，则概不阑入。阅者取而观之，其或有实事求是之感乎！书成，聊志数语，用作弁言。

中华民国十一年元月古吴蔡东帆自识于临江书舍。

两宋世系图

按太宗元年，即太祖十七年。故北宋历九主，共百六十八年。高宗元年，即钦宗二年。恭宗元年，即端宗元年。帝昺元年，即端宗三年。故南宋历九主，共百五十二年。

❶宋太祖赵匡胤[在位十七年 960年－976年]—燕王德昭、秦王德芳

❷太宗光义[在位二十二年 976年－997年]—❸真宗恒[在位二十五年 998年－1022年]—❹仁宗祯[在位四十年 1023年－1063年]

❷太宗光义—商恭靖王元份—濮安懿王允让—❺英宗曙[在位四年 1064年－1067年]—❻神宗顼[在位十八年 1068年－1085年]—❼哲宗煦[在位十五年 1086年－1100年]、❽徽宗佶[在位二十五年 1101年－1125年]

❽徽宗佶—❾钦宗桓[公元两年 1125年－1126年]

❽徽宗佶—南宋❶高宗构[在位三十六年 1127年－1162年]—❷孝宗玮[后更名为眘 秦王德芳六世孙高宗养子][在位二十七年 1163年－1189年]—❸光宗惇[在位五年 1190年－1194年]—❹宁宗扩[在位三十年 1195年－1224年]

❹宁宗扩—❺理宗昀[燕王德昭九世孙宁宗养子][在位四十年 1225年－1264年]

福王与芮—❻度宗禥[在位十年 1265年－1274年]—❽端宗昰[1276年－1277年]、❼恭宗㬎[1275年]、❾帝昺[1278年－1277年]

目　录

第一回　河洛降神奇儿出世
弧矢见志游子离乡

“得国由小儿，失国由小儿。”这是元朝的伯颜拒绝宋使的口头语，本没有什么秘谶，作为依据。但到事后追忆起来，却似有绝大的因果，隐伏在内。宋室的江山，是从周主宗训处夺来。宗训冲龄践阼，晓得什么保国保家的法儿？而且周主继后符氏，又是初入宫中，才为国母，周世宗纳符彦卿女为后，后殂，复纳其妹，入宫才十日。所有宫廷大事，全然不曾接洽，陡然遇着大丧，整日里把泪洗面，恨不随世宗同去。可怜这青年嫠妇，黄口孤儿，茕茕孑立，形影相吊，那殿前都点检赵匡胤，便乘此起了异心，暗地里联络将弁，托词北征；陈桥变起，黄袍加身，居然自做皇帝，拥兵还朝。看官！你想七岁的小周王，二十多岁的周太后，无拳无勇，如何抵敌得住？眼见得由他播弄，驱往西宫，好好的半壁江山，霎时间被赵氏夺去。还说是什么禅让，什么历数，什么保全故主，什么坐镇太平，彼歌功，此颂德，差不多似舜、禹复出，汤、文再生。中国史官之不值一钱，便是此等谀颂所累。

这时正当五季以降，乱臣贼子，抢攘数十年，得了一个逆取顺守，彼善于此的主儿，百姓都快活得很，哪个去追究隐情？因此远近归附，好容易南收北抚，混一区夏，一番事情，两番做成，这真叫作时来福辏，侥幸成功呢。偏是皇天有眼，看他传到八九世，降下一个劲敌，把他河北一带，先行夺去，仍然令他坐个小朝廷；康王南渡，又传了八九世，元将伯颜，引兵渡江，势如破竹，可巧南宋一线，剩了两三个小孩子，今年立一个，明年被

敌兵掳去，明年再立一个，不到两年，又惊死了，遗下赵氏一块肉，孤苦伶仃，流离海峤，勉勉强强的过了一年，徒落得崖山覆没，帝子消沉，就是文、陆、张几个忠臣，做到力竭计穷，终归无益，先后毕命，一死谢责。可见得果报昭彰，天道不爽。凭你如何巧计安排，做成一番掀天揭地的事业，到了子孙手里，也有人看那祖宗的样子，不是巧取，便是强夺，悖入悖出，总归是无可逃避呢。为世人作一棒喝，并非迷信之言。不过恶多善少，报应必速；善多恶少，报应较迟。试看朱温、李存勖、石敬瑭、刘知远、郭威等人，多半是淫凶暴虐，善不敌恶，自己虽然快志，子孙不免遭殃。忽而兴，忽而亡，总计五季十三君，一古脑儿只四五十年，独两宋传了十八主，共有三百二十年，这也由赵氏得国以后，颇有几种深仁厚泽，维系人心，不似那五季君主，一味强暴，所以历世尚久，比两汉只短数十年，比唐朝且长数十年，等到山穷水尽，方致灭亡，这却是天意好善，格外优待呢！

小子闲览宋史，每叹宋朝的善政，却有数种：第一种，是整肃宫闱，没有女祸；第二种，是抑制宦官，没有奄祸；第三种，是睦好懿亲，没有宗室祸；第四种，是防闲戚里，没有外戚祸；第五种，是罢典禁兵，没有强藩祸，不但汉、唐未能相比，就是夏、商、周三代，恐怕还逊他一筹。但也有两大误处：北宋抑兵太过，外乏良将，南宋任贤不专，内乏良相。辽、金、元三国，迭起北方，屡为边患。当赵宋全盛的时候，还不能收复燕、云十六州，后来国势日衰，无人专阃，寇兵一入，如摧枯拉朽一般，今日失两河，明日割三镇，帝座一倾，主子被虏；到了南渡以后，残喘苟延，已成弩末，稍稍出了几员大将，又被那贼臣奸相，多方牵制，有力没处使，有志没处行，风波亭上，冤狱构成，西子湖边，骑驴归去，大家心灰意懒，坐听败亡，没奈何迎敌乞降，没奈何蹈海殉国。说也可怜，两宋三百二十年间，始终被夷狄所制，终弄到举国授虏，寸土全无，彼时慫前毖后的赵太祖，哪里防得到这般收场？其实是人有千算，天教一算，若非冥冥中有此主宰，那篡窃得来的国家，反好长久永远，千年不败，咳！天下岂有是理吗？总冒一段，仍归到篡窃之罪，笔大如椽，心细似发。看官不要笑我饶舌，请看下文依次叙述，信而有征，才知小子是核实陈词，并非妄加褒贬哩。稗官野乘，一同俯首。

且说后唐明宗天成二年，洛阳的夹马营内，生下一个香孩儿，远近传为异闻。什么叫作香孩儿呢？相传是儿初生，赤光绕空，并有一股异香，围裹

儿体，经宿不散，因此叫作香孩儿。从异闻入手，下笔突兀。或谓后唐明宗李嗣源，继阼以后，每夕在宫中焚香，向天拜祝，自言某本胡人，为众所推，暂承唐统，愿天早生圣人，为生民主，拨乱反正，混一中原。谁知他一片诚心，感格上苍，诞生灵异，洛阳的香孩儿，便是将来的真命天子，生有异征，也是应有的预兆。香孩儿事见正史，虽或由史官谀颂，但崛起为帝，传统三百年，当非凡人可比。究竟这香孩儿姓甚名谁？看官听着！便是宋太祖赵匡胤。画龙点睛。他祖籍涿州，本是世代为官，不同微贱。高祖名朓，曾受职唐朝，做过永清、文安、幽都的大令。曾祖名珽，历官藩镇，兼任御史中丞。祖名敬，又做过营、蓟、涿三州刺史。父名弘殷，少骁勇，善骑射，后唐庄宗时，曾留典禁军，娶妻杜氏，系定州安喜县人，治家严毅，颇有礼法，第一胎便生一男，取名匡济，不幸夭逝，第二胎复生一男，就是这个香孩儿。香孩儿体有金色，数日不变，难道是罗汉投胎？到了长大起来，容貌雄伟，性情豪爽，大家目为英器。乃父弘殷，历后唐、后晋二朝，未尝失职。香孩儿赵匡胤，出入营中，专喜骑马，复好射箭，有时弘殷出征，匡胤侍母在家，无所事事，辄以骑射为戏。母杜氏劝他读书，匡胤奋然道："治世用文，乱世用武，现在世事扰乱，兵戈未靖，儿愿娴习武事，留待后用，他日有机可乘，得能安邦定国，才算出人头地，不致虚过一生呢。"人生不可无志，请看宋太祖自负语。杜氏笑道："但愿儿能继承祖业，毋玷门楣，便算幸事，还想什么大功名，大事业哩！"匡胤道："唐太宗李世民，也不过一将门之子，为什么化家为国，造成帝业？儿虽不才，亦想与他相似，轰轰烈烈做个大丈夫，母亲以为可好么！"杜氏怒道："你不要信口胡说！世上说大话的人，往往后来没用，我不愿听你瞎闹，你还是读书去罢！"匡胤见母亲动怒，才不敢多嘴，默然退出。

怎奈天性好动，不喜静居，往往乘隙出游，与邻里少年，驰马角射，大家多赛他不过，免不得有妒害的心思。一日，有少年某牵一恶马，来访匡胤，凑巧匡胤出来，见了少年，却是平素往来，互相熟识，立谈数语，便问他牵马何事？少年答道："这马雄壮得很，只是没人能骑，我想你有驾驭才，或尚能驰骋一番，所以特来请教。"匡胤将马一瞧，黄鬃黑鬣，并没有什么奇异，不过马身较肥，略觉高大，便微哂道："天下没有难骑的马匹，越是怪马，我越要骑他，但教驾驭有方，怕他倔强到哪里去！"后来驾驭武臣，亦

是此术。少年恰故意说道："这也不可一概而论的。的卢马常妨主人，也宜小心为是。"遣将不如激将，少年亦会使刁。匡胤笑道："不能驭马，何能驭人？你看我跑一回罢！"少年对他嘻笑，且道："我去携马鞍等来，可好么？"匡胤笑道："要什么马鞍等物。"说至此，即从少年手中，取过马鞭，奋身一跃，上马而去。那马也不待鞭策，向前急走，但看它展开四蹄，似风驰电掣一般，倏忽间跑了五六里。前面恰有一城，城阓不甚高大，行人颇多，匡胤恐飞马入城，人不及避，或至撞损，不如阻住马头，仍从原路回来，偏这马不听约束，而且因没有衔勒，令人无从羁绊，匡胤不觉焦急，正在马上设法，俯首凝思，不料这马跑得越快，三脚两步，竟至城阓，至匡胤抬起头来，凑巧左额与门楣相触，似觉微痛，连忙向后一仰，好一个倒翻觔斗，从马后坠将下来。我为他捏一把冷汗。某少年在后追蹑，远远的见他坠地，禁不住欢呼道："匡胤！匡胤！你今朝也着了道儿，任你头坚似铁，恐也要撞得粉碎了。"正说着，蓦见匡胤仍安立地上，只马恰从斜道窜去，离了一箭多地，匡胤复抢步追马，赶上一程，竟被追着，依然耸身腾上，扬鞭向马头一拦，马却随鞭回头，不似前次的倔强，顺着原路，安然回来。少年在途次遇着，见匡胤面不改色，从容自若，不由的惊问道："我正为你担忧，总道你此次坠马，定要受伤，偏你却有这么本领，仍然乘马回来，但身上可有痛楚么？"匡胤道："我是毫不受伤，但这马恰是性悍，非我见机翻下，好头颅早已撞碎了。"言罢，下马作别，竟自回去。某少年也牵马归家，无庸细表。

唯匡胤声名，从此渐盛，各少年多敬爱有加，不敢侮弄，就中与匡胤最称莫逆，乃是韩令坤与慕容延钊两人。令坤籍隶磁州，延钊籍隶太原，都是少年勇敢，倜傥不群，因闻匡胤盛名，特来拜访，一见倾心，似旧相识。嗣是往来无间，联成知己，除研究武备外，时或联辔出游，或校射，或纵猎，或蹴踘，或击毬，或作樗蒲戏。某日，与韩令坤至土室中，六博为欢，正在呼么喝卢的时候，突闻外面鸟雀声喧，很是嘈杂，都不禁惊讶起来。匡胤道："敢是有毒虫猛兽，经过此间，所以惊起鸟雀，有此喧声。好在我等各带着弓箭，尽可出外一观，射死几个毒虫，几个猛兽，不但为鸟雀除害，并也为人民免患，韩兄以为何如？"令坤听了，大喜道："你言正合我意。"一主一将，应寓仁心。当下停了博局，挟了弓矢，一同出室，四处探望，并没有毒虫猛兽，只有一群喜雀，互相搏斗，因此噪声盈耳。韩令坤道："雀本同

类，犹争闹不休，古人所谓雀角相争，便是此意。”匡胤道：“我等可有良法，替它解围？”令坤道：“这有何难，一经驱逐，自然解散了。”匡胤道：“你我两人，也算是一时好汉，为什么效那儿童举动，去赶鸟雀呢？”令坤道：“依你说来，该怎么办？”匡胤道：“两造相争，统是很戾的坏处，我与你挟着弓箭，正苦没用，何妨弹死几只暴雀，隐示惩戒。来！来！你射左，我射右，看哪个射得着哩！”令坤依言，便抽箭搭弓，向左射去。匡胤也用箭右射，飕飕的发了数箭，射中了好几只，随箭堕下，余雀统已惊散，飞逃得无影无踪了。除暴之法，均可作如是观。两人方櫜弓戢矢，忽又听得一声怪响，从背后过来，仿佛与地震相似，急忙返身后顾，那土室却无缘无故，坍塌下来。令坤惊讶道：“好好一间土室，突然坍倒，正是出人意外，亏得我等都出外弹雀，否则压死室中，没处呼冤呢！”匡胤道：“这真是奇极了！想是你我命不该死，特借这雀噪的声音，叫我出来，雀既救我的命，我还要它的命，这是大不应该的。现在悔已迟了，你我不如拾起死雀，一一掩埋才是。”无非仁术。令坤也即允诺，当将死雀尽行埋讫，然后分手自归。

会晋亡汉继，中原一带，多被辽主蹂躏，民不聊生。匡胤年逾弱冠，闻着这种消息，未免忧叹，恨不得立刻从军，驱除大敌。既而辽主道殁，辽兵北去。事见五代史，故此处从略。匡胤父弘殷，已为匡胤聘定贺女，择吉成婚，燕尔新欢，自在意中，免不得儿女情长，英雄气短。到了汉乾祐中，隐帝时。弘殷出征凤翔，战败王景，积功擢都指挥使，匡胤未曾随征，在家闲着，又惹起一腔壮志，便欲辞母西行。乃母杜氏，不肯照允，他竟潜身外出，直往襄阳，在途寄信回家，劝慰母妻，那母妻才得知晓，但已无法挽留，只好听他前去。匡胤初经远游，未识路径，本拟向西从父，不意走错了路，反绕道南行；及自知有误，索性将错便错，顺道行去。所苦随身资斧，带得不多，行至襄阳，一无所遇，反将川资一概用尽。关山失路，日暮途穷，那时进退维谷，不得已投宿僧寺。僧徒多半势利，看他行李萧条，衣履黯敝，已料到是落魄征夫，乐得白眼相对，当下哗声逐客，不容羁留。匡胤没法，只好婉词央告，借宿一宵，说至再三，仍不得僧徒允洽，顿时忍耐不住，便厉声道：“你等秃奴，这般无情，休要惹我懊恼！”一僧随口戏应道：“你又不是个皇帝，说要什么，便依你什么。我今朝偏不依你，看你使出什么法儿！”道言未绝，那右足上已着了一脚，不知不觉的倒退几步，跌倒地上。旁边走

过一僧，叱匡胤道："你敢是强徒吗？快吃我一拳！"说时迟，那时快，这僧拳已向匡胤胸前，猛击过来。匡胤不慌不忙，轻轻的伸出右手，将他来拳接住，喝一声去，那僧已退了丈许，扑塌一声，也向地上睡倒了。还有几个小沙弥，吓得魂不附体，统向内飞奔，不一时走出了一个老僧，衲衣锡杖，款款前来，匡胤瞧将过去，却是庞眉皓首，癯骨清颜，比初见的两僧，大不相同，不由的躁释矜平，竦然起敬。小子有诗咏那老僧道：

莫言方外乏奇人，参透禅关悟夙因。
愿借片帆风送力，好教真主出迷津。

欲知老僧如何对付，且至下回表明。

看本回一段总冒，已将宋朝三百年事，包括在内。所谓振衣挈领，举纲定纲，以视俗本小说，空空洞洞的说了几句套话，固自大相径庭矣。后半叙入宋太祖出身，都是依据正史，不涉虚诞，偏下笔独有神采，令人刮目相看，是盖具史家小说家之二长，故能隽妙若比。古人所谓不鸣则已，一鸣惊人，吾于作者亦云。

第二回　遇异僧幸示迷途
扫强敌连擒渠帅

却说寺中有一老僧，出见匡胤，匡胤知非常僧，向他拱手。老僧慌忙答礼，且道："小徒无知，冒犯贵人，幸勿见怪！"匡胤道："贵人两字，仆不敢当，现拟投效戎行，路经贵地，无处住宿，特借宝刹暂寓一宵，哪知令徒不肯相容，并且恶语伤人，以至争执，亦乞高僧原谅！"老僧道："点检作天子，已有定数，何必过谦。"匡胤听了此语，莫明其妙，便问点检为谁，老僧微笑道："到了后来，自有分晓，此时不便饶舌。"埋伏后文。说毕，便把坠地的两僧唤他起来，且呵责道："你等肉眼，哪识圣人？快去将客房收拾好了，准备贵客休息。"两僧无奈，应命起立。老僧复问及匡胤行囊，匡胤道："只有箭囊、弓袋，余无别物。"老僧又命两徒携往客房，自邀匡胤转入客堂，请他坐下，并呼小沙弥献茶。待茶已献入，才旁坐相陪。匡胤问他姓名，老僧道："老衲自幼出家，至今已将百年，姓氏已经失记了。"正史不载老僧姓氏，故借此略过。匡胤道："总有一个法号。"老僧道："空即是色，色即是空，老僧尝自署空空，别人因呼我为空空和尚。"匡胤道："法师寿至期颐，道行定然高妙，弟子愚昧，未识将来结局，还乞法师指示。"老僧道："不敢，不敢。夹马营已呈异兆，香孩儿早现奇征，后福正不浅哩！"匡胤听了，越觉惊异，不禁离座下拜。老僧忙即避开，且合掌道："阿弥陀佛，这是要折杀老衲了。"匡胤道："法师已知过去，定识未来，就使天机不可泄漏，但弟子此时，正当落魄，应从何路前行，方可得志？"老僧道："再向

北行，便得奇遇了。”匡胤沉吟不答，老僧道：“贵人不必疑虑，区区资斧，老衲当代筹办。”有此奇僧，真正难得。匡胤道：“怎敢要法师破费。”老僧道：“结些香火缘，也是老衲分内事。今日在敝寺中荒宿一宵，明日即当送别，免得误过机缘。”说至此，即呼小沙弥至前，嘱咐道：“你引这位贵客，到客房暂憩，休得怠慢！”小沙弥遵了师训，导匡胤出堂，老僧送出门外，向匡胤告辞，扶杖自去。

匡胤随至客房，见床榻被褥等，都已整设，并且窗明几净，饶有一种清气，不觉欣慰异常。过了片刻，复由小沙弥搬入晚餐，野簌园蔬，清脆可赏。匡胤正饥肠辘辘，便龙吞虎饮了一番，吃到果腹，才行罢手。待残肴撤去，自觉身体疲倦，便睡在床上，向黑甜乡去了。一枕初觉，日已当窗，忙披衣起床，当有小沙弥入房，伺候盥洗，并进早餐。餐毕出外，老僧已扶杖伫候。两下相见，行过了礼，复相偕至客堂，谈了片刻，匡胤即欲告辞。老僧道：“且慢！老衲尚有薄酒三杯，权当饯行，且俟午后起程，尚为未晚。”匡胤乃复坐定，与老僧再谈时局，并问何日可致太平。老僧道：“中原混一，便可太平，为期也不远了。”匡胤道：“真人可曾出世？”老僧道：“远在千里，近在眼前，但总要戒杀好生，方能统一中原。”赵氏得国之由，赖此一语。匡胤道：“这个自然。”两下复纵论多时，但见日将亭午，由小沙弥搬进素肴，并热酒一壶，陈列已定，老僧请匡胤上坐，匡胤谦不敢当，且语老僧道：“蒙法师待爱，分坐抗礼，叨惠已多，怎敢僭居上位哩？”老僧微哂道：“好！好！目下蛟龙失水，潜德韬光，老衲尚得叨居主位，贵客还未僭越，老衲倒反僭越了。”语中有刺。言毕，遂分宾主坐下。随由老僧与匡胤斟酒，自己却用杯茗相陪，并向匡胤道：“老衲戒酒除荤，已好几十年了，只得用茶代酒，幸勿见罪！”匡胤复谦谢数语。饮了几杯，即请止酌。老僧也不多劝，即命沙弥进饭。匡胤吃了个饱，老僧只吃饭半碗，当由匡胤动疑，问他何故少食？老僧道：“并无他奇，不过服气一法。今日吃饭半碗，还是为客破戒哩。”匡胤道：“此法可学否？”老僧道：“这是禅门真诀，如贵客何用此法。”天子玉食万方，何必辟谷。匡胤方不多言。老僧一面命沙弥撤肴，一面命僧徒取出白银十两，赠与匡胤。匡胤再三推辞，老僧道：“不必！不必！这也由施主给与敝寺，老衲特转赠贵客，大约北行数日，便有栖枝，贶仪虽少，已足敷用了。”匡胤方才领谢。老僧复道：“老衲并有数言赠别。”

匡胤道："敬听清诲！"老僧道："'遇郭乃安，历周始显，两日重光，囊木应谶。'这十六字，请贵客记取便了。"匡胤茫然不解，但也不好絮问，只得答了领教两字。当下由僧徒送交箭囊弓袋，匡胤即起身拜别，并订后约道："此行倘得如愿，定当相报。法师鉴察未来，何时再得重聚？"老僧道："待到太平，自当聚首了。"太平二字，是隐伏太平年号。匡胤乃挟了箭囊，负了弓袋，徐步出寺，老僧送至寺门，道了"前途珍重"一语，便即入内。

匡胤遵着僧嘱，北向前进，在途饱看景色，纵观形势，恰也不甚寂寞。至渡过汉水，顺流而上，见前面层山叠嶂，很是险峻，山后隐隐有一大营，依险驻扎，并有大旗一面，悬空荡漾，烨烨生光，旗上有一大字，因被风吹着，急切看不清楚。再前行数十步，方认明是个"郭"字，当即触动观念，私下自忖道："老僧说是'遇郭乃安'，莫非就应在此处么？"回顾前文。便望着大营，抢步前趋。不到片刻，已抵营前。营外有守护兵立着，便向前问讯道："贵营中的郭大帅，可曾在此么？"兵士道："在这里。你是从何处来的？"匡胤道："我离家多日了。现从襄阳到此。"兵士道："你到此做什么？"匡胤道："特来拜谒大帅，情愿留营效力。"兵士道："请道姓名来！"匡胤道："我姓赵名匡胤，是涿州人氏，父现为都指挥使。"兵士伸舌道："你父既为都指挥，何不在家享福，反来此投军？"匡胤道："乱世出英雄，不乘此图些功业，尚待何时？"壮士听者！兵士道："你有这番大志，我与你通报便了。"看官！你道这座大营，是何人管领，原来就是后周太祖郭威。他此时尚未篡汉，仕汉为枢密副使，隐帝初立，河中、永兴、凤翔三镇，相继抗命。李守贞镇守河中，尤称桀骜，为三镇盟主。郭威受命西征，特任招慰安抚使，所有西面各军，统归节制，此时正发兵前进，在途暂憩。凑巧匡胤遇着，便向前投效。至兵士代他通报，由郭威召入，见他面方耳大，状貌魁梧，已是器重三分。当下问明籍贯，并及他祖父世系。匡胤应对详明，声音洪亮。郭威便道："你父与我同寅，现方报绩凤翔，你如何不随父前去，反到我处投效呢？"匡胤述及父母宠爱，不许从军，并言潜身到此的情形。郭威乃向他说道："将门出将，当非凡品，现且留我帐下，同往西征，俟立有功绩，当为保荐便了。"郭雀儿恰也有识。匡胤拜谢。嗣是留住郭营，随赴河中，披坚执锐，所向有功。至李守贞败死，河中平定，郭移任邺都留守，待遇匡胤，颇加优礼，唯始终不闻保荐，因此未得优叙。无非留为己用。

既而郭威篡立，建国号周，匡胤得拔补东西班行首，并拜滑州副指挥。未几复调任开封府马直军使。世宗嗣位，竟命他入典禁兵。历周始显，其言复验。会北汉主刘崇，闻世宗新立，乘丧窥周，乃自率健卒三万人，并联结辽兵万余骑，入寇高平。世宗姓柴名荣，系郭威妻兄柴守礼子，为威义儿。威无子嗣，所以柴荣得立，庙号世宗。他年已逾壮，晓畅军机，郭威在日，曾封他为晋王，兼职侍中，掌判内外兵马事。既得北方警报，毫不慌忙，即亲率禁军，兼程北进。不两日，便到高平。适值汉兵大至，势如潮涌，人人勇壮，个个威风，并有朔方铁骑，横厉无前，差不多有灭此朝食的气象。周世宗麾兵直前，两阵对圆，也没有什么评论，便将对将，兵对兵，各持军械战斗起来。不到数合，忽周兵阵内，窜出一支马军，向汉投降，解甲弃械，北向呼万岁。还有步兵千余人，跟了过去，也情愿作为降虏。周主望将过去，看那甘心降汉的将弁，一个是樊爱能，一个是何徽，禁不住怒气勃勃，突出阵前，麾兵直上，喊杀连天。汉主刘崇，见周主亲自督战；便令数百弓弩手，一齐放箭，攒射周主。周主麾下的亲兵，用盾四蔽，虽把周主护住，麾盖上已齐集箭镞，约有好几十枝。匡胤时在中军，语同列道："主忧臣辱，主危臣死，我等难道作壁上观么？"言甫毕，即挺马跃出，手执一条通天棍，捣入敌阵。各将亦不甘退后，一拥齐出，任他箭如飞蝗，只是寻隙杀人。俗语尝言道："一夫拼命，万夫莫当，"况有数十健将，数千锐卒，同心协力的杀将进去，眼见得敌兵搅乱，纷纷倒退。是匡胤第一次大功。周主见汉兵败走，更率军士奋勇追赶，汉兵越逃越乱，周兵越追越紧。等到汉主退入河东，闭城固守，周主方择地安营。樊爱能、何徽等军，被汉主拒绝，不准入城，没奈何仍回周营，束手待罪。周世宗立命斩首，全军股栗。应该处斩。翌日，再驱兵攻城，城上矢石如雨。匡胤复身先士卒，用火焚城。城上越觉惊慌，所有箭镞，一齐射下。那时防不胜防，匡胤左臂，竟被流矢射着，血流如注，他尚欲裹伤再攻，经周主瞧着，召令还营。且因顿兵城下，恐非久计，乃拔队退还，仍返汴都。擢匡胤为都虞侯，领严州刺史。

世宗三年，复下令亲征淮南，淮南为李氏所据，国号南唐，主子叫作李璟，南唐源流，见五代史。他与周也是敌国。周主欲荡平江、淮，所以发兵南下。匡胤自然从征，就是他父亲弘殷，也随周主南行。先锋叫作李重进，官拜归德节度使。到了正阳，南唐遣将刘彦贞，引兵抵敌，被重进杀了一阵，

唐兵大败，连彦贞的头颅，也不知去向。匡胤继进，遇着唐将何延锡，一场鏖斗，又把他首级取了回来。这等首级，太属松脆。南唐大震，忙遣节度皇甫晖、姚凤等，领兵十余万，前来拦阻。两人闻周兵势盛，不敢前进，只驻守着清流关，拥众自固。清流关在滁州西南，倚山负水，势颇雄峻，更有十多万唐兵把守，显见是不易攻入。探马报入周营，周主未免沉吟。匡胤挺身前奏道："臣愿得二万人，去夺此关。"又是他来出头。周主道："卿虽忠勇，但闻关城坚固，皇甫晖、姚凤也是南唐健将，恐一时攻不下哩。"匡胤答道："晖、凤两人，如果勇悍，理应开关出战，今乃逗留关内，明明畏怯不前，若我兵骤进，出其不意，一鼓便可夺关；且乘势掩入，生擒二将，也是容易。臣虽不才，愿当此任！"周主道："要夺此关，除非掩袭一法，不能成功。朕闻卿言，已知卿定足胜任，明日命卿往攻便了。"世宗也是知人。匡胤道："事不宜迟，就在今日。"周主大喜，即拨兵二万名，令匡胤带领了去。

匡胤星夜前进，路上掩旗息鼓，寂无声响，只命各队鱼贯进行。及距关十里，天色将晓，急命军士疾进，到关已是黎明了。关上守兵，全然未知，尚是睡着。至鸡声催过数次，旭日已出东方，乃命侦骑出关，探察敌情。如此疏忽，安能不败。不意关门一开，即来了一员大将，手起刀落，连毙侦骑数人。守卒知是不妙，急欲阖住关门，偏偏五指已被剁落，晕倒地上。那周兵一哄而入，大刀阔斧，杀将进去。皇甫晖、姚凤两人，方在起床，骤闻周兵入关，吓得手足无措，还是皇甫晖稍有主意，飞走出室，跨马东奔。姚凤也顾命要紧，随着后尘，飞马窜去。可怜这十多万唐兵，只恨爹娘生得脚短，一时不及逃走，被周兵杀死无数。有一半侥幸逃生，都向滁州奔入。皇甫晖、姚凤一口气跑至滁城，回头一望，但见尘氛滚滚，旗帜央央，那周兵已似旋风一般。追杀过来，他俩不觉连声叫苦，两下计议，只有把城外吊桥，赶紧拆毁，还可阻住敌兵。当下传令拆桥，桥板撤去，总道濠渠宽广，急切不能飞越，谁知周兵追到濠边，一声呐喊，都投入水中，凫水而至。最奇怪的是统帅赵匡胤，勒马一跃，竟跳过七八丈的阔渠，绝不沾泥带水，安安稳稳的立住了。这一惊非同小可，忙避入城中，闭门拒守。

匡胤集众猛攻，四面架起云梯，将要督兵登城，忽城上有声传下道："请周将答话！"匡胤应声道："有话快说！"言毕，即举首仰望，但见城上传话的人，并非别个，就是南唐节度使皇甫晖。他向匡胤拱手道："来将

莫非赵统帅？听我道来！我与你没甚大仇，不过各为其主，因此相争，你既袭据我清流关，还要追到此地，未免逼人太甚。大丈夫明战明胜，休要这般促狭。现在我与你约，请暂行停攻，容我成列出战，与你决一胜负。若我再行败衄，愿把此城奉献。”匡胤大笑道：“你无非是个缓兵计，我也不怕你使刁，限你半日，整军出来，我与你厮杀一场，赌个你死我活，教你死而无怨。”皇甫晖当然允诺。自己还道好计，其实不如仍行前策，弃城了事，免得为人所擒。匡胤乃暂令停攻，列阵待着。约过半日，果然城门开处，拥出许多唐兵，皇甫晖、姚凤并辔出城，正要上前搦战，忽觉前队大乱，一位盔甲鲜明的敌帅，带着锐卒，冲入阵来。皇甫晖措手不及，被来帅奋击一棍，正中左肩，顿时熬受不起，阿哟一声，撞落马下。姚凤急来相救，不防刀枪齐至，马先受伤，前蹄一蹶，也将姚凤掀翻。周兵趁势齐上，把皇甫晖、姚凤两人，都生擒活捉去了。这是匡胤第二次立功。小子有诗咏道：

大业都成智勇来，偏师一出敌锋摧。
试看虏帅成擒日，毕竟奇功出异才。

看官不必细猜，便可知这位敌帅是赵匡胤了。欲知以后情状，请看官续阅下回。

读《宋太祖本纪》，载太祖舍襄阳僧寺，有老僧素善术数，劝之北往，并赠厚赆，太祖乃得启行，独老僧姓氏不传，意者其黄石老人之流亚欤？一经本回演述，借老僧之口，为后文写照，前台花发后台见，上界钟声下界闻。于此可以见呼应之注焉。至太祖事周以后，所立功绩，莫如高平、清流关二役，著书人亦格外从详，不肯少略，为山九仞，基于一篑，此即宋太祖肇基之始，表而出之，所以昭实迹也。

第三回　忧父病重托赵则平
肃军威大败李景达

却说皇甫晖、姚凤，既被周兵擒住，唐兵自然大溃，滁州城不战即下。匡胤入城安民，即遣使押解囚虏，向周主处报捷。周主受俘后，命翰林学士窦仪，至滁州籍取库藏，由匡胤一一交付。既而匡胤复欲取库中绢匹，仪出阻道："公初入滁，就使将库中宝藏，一律取去，亦属无妨，今已籍为官物，应俟皇帝诏书，方可支付，请公勿怪！"匡胤闻言，毫无怒意，反婉颜谢道："学士言是，我知错了！"唯能知过，方期寡过。过了一天，复有军事判官到来，与匡胤相见。两下叙谈，甚是投契。看官道是何人？乃是宋朝的开国元勋，历相太祖、太宗二朝，晋爵太师魏国公，姓赵名普，字则平。太祖受禅，普实与谋，此处特别表明，寓有微意。窦仪亦宋太祖功臣，故上文亦曾提出。他祖籍幽、蓟，因避乱迁居洛阳，匡胤本与相识，至是由周相范质荐举，乃至滁州。旧雨重逢，倍增欢洽。会匡胤部下，受命清乡，捕得乡民百余名，统共指为匪盗，例当弃市，赵普独抗议道："未曾审问明白，便将他一律杀死，倘或诬良为盗，岂非误伤人命？"匡胤笑道："书生所见，未免太迂，须知此地人民，本是俘虏，我将他一律赦罪，已是法外施仁，今复甘作盗匪，若非立正典刑，如何儆众？"赵普道："南唐虽系敌国，百姓究属何辜？况明公素负大志，极思统一中原，奈何秦、越相视，自分畛域？王道不外行仁，还乞明公三思！"已阴目匡胤为天子。匡胤道："你若不怕劳苦，烦你去审讯便了。"赵普即去讯鞫，一一按验，多无佐证，遂禀白匡胤，除犯赃定罪外，

一律释放。乡民大悦，争颂匡胤慈明。匡胤益信赵普先见，凡有疑议，尽与筹商。赵普亦格外效忠，知无不言。

适匡胤父弘殷，亦率兵到滁，父子聚首，当然欣慰。不料隔了数日，弘殷竟生起病来，匡胤日夕侍奉，自不消说。谁料扬州警报，纷纷前来，周主也有诏书颁达，命匡胤速趋六合，兼援扬州。原来滁州既下，南唐大震，唐主李璟，遣李德明乞和，愿割地罢兵，周主不许。德明返唐，唐主遂挑选精锐，得六万人，命弟齐王李景达为元帅，向江北进发，直抵扬州。扬州本南唐所据，与六合相距百余里，同为江北要塞，是时正由匡胤父弘殷，受周主命，夺据扬州。弘殷西还入滁，留韩令坤居守。令坤闻唐兵大至，恐寡不敌众，飞向滁州求援。周主又敦促匡胤出师，匡胤内奉君命，外迫友情，怎敢坐视不发？无如父病未痊，一时又不忍远离，公义私恩，两相感触。不由的进退徬徨，骤难解决。当下与赵普熟商，赵普答道："君命不可违，请公即日前行。若为尊翁起见，普愿代尽子职。"匡胤道："这事何敢烦君？"赵普道："公姓赵，普亦姓赵，彼此本属同宗。若不以名位为嫌，公父即我父，一切视寒问暖，及进奉药饵等事，统由普一人负责，请公尽管放心！"后世如袁某等人，强认同姓为同宗，莫非就从此处学来？匡胤拜谢道："既蒙顾全宗谊，此后当视同手足，誓不相负。"赵普慌忙答礼道："普何人斯？敢当重礼。"于是匡胤留普居守，把公私各事，都托付与普，自选健卒二千名，即日东行。

既至六合，闻扬州守将韩令坤，已弃城西走，不禁大愤道："扬州是江北重镇，若复被南唐夺回，大事去了。"便派兵驻扎冲道，阻住扬州溃军，并下令道："如有扬州兵过此，尽行刖足，不准私放。"一面遣书韩令坤，略言："总角故交，素知兄勇，今闻怯退，殊出意料。兄如离扬州一步，上无以报主，下无以对友，昔日英名，而今安在"云云。韩令坤被他一激，竟督兵返旆，仍还扬州拒守。

可巧南唐偏将陆孟俊，从泰州杀到，令坤誓师道："今日敌兵到来，我当与他决一死战，生与尔等同生。死与尔等同死。如或临阵退缩，立杀无赦，莫谓我不预言！"兵士齐声应命。令坤即命开城，自己一马当先，跃出城外。各军陆续随上，统是努力向前，拼命突阵。唐将陆孟俊，即麾军对仗，不防周兵盛气前来，都似生龙活虎一般，见人便杀，逢马便斫，没一个拦阻得住，霎时间阵势散乱，被周兵捣入中坚。孟俊知不可敌，回马就逃，

唐兵也各寻生路，弃了主帅，随处乱窜。韩令坤如何肯舍，只管认着陆孟俊，紧紧追去，大约相距百步，由令坤取箭在手。搭住弓上，飕的一声，将孟俊射落马下。周兵争先赶上，立将孟俊揿住，捆绑过来。令坤见敌将就擒，方掌得胜鼓回城。此功当归赵匡胤。左右推上孟俊，令坤命絷入囚车，械送行在，正拟派员押解，忽由帐后闪出一妇人，带哭带语道："请将军为妾作主，脔割贼将，为妾报仇。"令坤视之，乃是新纳簉室杨氏，便问道："你与他有什么大仇？"杨氏道："妾系潭州人氏，往年贼将孟俊，攻入潭州，杀我家二百余口，唯妾一人，为唐将马希崇所匿，方得免死。今仇人当前，如何不报？"原来杨氏饶有姿色，唐将马希崇，掳取为妾，至韩令坤攻克扬州，希崇遁去，杨氏为令坤所得，见她一貌如花，也即纳为偏房，而且很加宠爱；此时闻杨氏言，即转讯孟俊。孟俊也不抵赖，只求速死，令坤乃令军士设起香案，上供杨氏父母牌位，爇烛焚香，命杨氏先行拜告，然后将孟俊洗剥停当，推至案前，由自己拔出腰刀，刺胸挖心，取祭杨家父母，再命左右将他细剐。霎时间将肉割尽，把尸骨拖出郊外，喂饲猪犬去了。为残杀者鉴。这且按下不提。

且说南唐元帅李景达，闻孟俊被擒，亟与部下商议进兵，左右道："韩令坤雄踞扬州，不易攻取，大王不如西攻六合，六合得下，扬州路断，也指日可取了。"不能取扬州，乌能取六合？唐人全是呆鸟。景达依计行事，乃向六合进发，距城二十里下寨，掘堑设栅，固守不出。匡胤也按兵勿动。两下相持，约有数天。周将疑匡胤怯战，入帐禀白道："扬州大捷，唐元帅必然丧胆，我军若乘势往击，定可得胜。"匡胤道："诸将有所未知，我兵只有二千，若前去击他，他见我兵寥寥，反且胆壮起来，不若待他来战，我恰以逸待劳，不患不胜。"前时攻清流关，妙在速进，此时屯兵六合，又妙在静待。诸将道："倘他潜师回去，如何是好？"匡胤道："唐帅景达，是唐主亲弟，他受命为诸道兵马元帅，俨然到此，怎好不战而遁，自损威风？我料他再阅数日，必前来挑战了。"诸将始不敢多言。又数日，果有探马来报，敌帅李景达，已发兵前来了。匡胤即整军出城，摆好阵势，专待唐兵到来。不一时，果见唐兵摇旗呐喊，蜂拥而至，匡胤即指挥将士，上前奋斗。两下金鼓齐鸣，喧声震地，这一边是目无全虏，誓扫淮南，那一边是志在保邦，争雄江右。自巳牌杀到未牌，不分胜负，两军都有饥色，匡胤即鸣金收军，李景达也不相逼，

退回原寨去了。

周兵闻金回城，由匡胤仔细检点，伤亡不过数十名，恰也没甚话说。既而令将士各呈皮笠，将士即奉笠献上。匡胤亲自阅毕，忽令数将士上前，瞋目语道："你等为何不肯尽力？难道待敌人自毙么？"言毕，即喝令亲卒，把数将士缚住，推出斩首。众将茫然不解，因念同袍旧谊，不忍见诛，乃各上前代求，吁请恩宥。匡胤道："诸将道我冤诬他么？今日临阵，各戴皮笠，为何这数人笠上，留有剑痕？"言至此，即携笠指示，一一无讹。众将见了，愈觉不解。我亦不解。匡胤乃详语道："彼众我寡，全仗人人效力，方可杀敌致功，我督战时，曾见他们退缩不前，特用剑斫他皮笠，作为标记，若非将他正法，岂不要大家效尤，那时如何用兵？只好将这座城池，拱手让敌了。"众将听到此言，吓得面面相觑，伸舌而退。转眼间已见有首级数颗，呈上帐前。军令不得不严，并非匡胤残忍。匡胤令传示各营，才将尸首埋葬。翌日黎明，便即升帐，召集将士，当面诫谕道："若要退敌，全在今日，尔等须各自为战，不得后顾！果能人人奋勇，哪怕他兵多将广，管教他一败涂地哩。"诸将一一允诺。匡胤复召过牙将张琼，温颜与语道："你前在寿春时，翼我过濠，城上强弩骤发，矢下如注，你能冒死不退，甚至箭镞入骨，尚无惧色，确是忠勇过人。今日拨兵千名，令你统率。先从间道绕至江口，截住唐兵后路，倘若唐兵败走，渡江南归，你便可乘势杀出，我亦当前来接应，先后夹攻，我料景达那厮，不遭杀死，也要溺死了。独操胜算。寿春事，从匡胤口中叙出，可省一段文字。张琼领命去讫。

匡胤令将士饱食一餐，俟至辰牌时候，传令出兵。将士等踊跃出城，甫行里许，适见唐兵到来，大家争先突阵，不管什么刀枪剑戟，越是敌兵多处，越要向前杀入。唐兵招架不住，只得倒退。景达自恃兵众，命部下分作两翼，包抄周军，不意围了这边，那边冲破；围了那边，这边冲破。忽有一彪人马，持着长矛，搠入中军，竟将景达马前的大纛旗钩倒。景达大惊，忙勒马退后，那周兵一哄前进，来取景达首级。亏得景达麾下，拼命拦截，才得放走景达，逃了性命。唐兵见大旗已倒，主帅惊逃，还有何心恋战？顿时大溃，沿途弃甲抛戈，不计其数。匡胤下令军中，不准拾取军械，只准向前追敌。军士不敢违慢，大都策马疾追。可怜唐帅景达等，没命乱跑，看看到了江边，满拟乘船飞渡，得脱虎口。蓦闻号炮一响，鼓角齐鸣，斜刺里闪

出一支生力军，截住去路。景达不知所措，险些儿跌下马来。还是唐将岑楼景，稍有胆力，仗着一柄大刀，出来抵敌，兜头碰着一员悍将，左手持盾，右手执刀，大呼：“来将休走！俺张琼在此，快献头来！”张琼出现。楼景大怒，抡刀跃马，直取张琼。张琼持刀相迎，两马相交，战到二十余合，却是棋逢敌手，战遇良才，偏匡胤率军追至，周将米信、李怀忠等，都来助战，任你岑楼景力敌万夫，也只可挑出圈外，拖刀败走。这时候的李景达，早已跑到江滨，觅得一只小舟，乱流径渡。唐兵尚有万人，急切寻不出大船，如何渡得过去？等到周兵追至，好似斫瓜切菜，一些儿不肯留情，眼见得尸横遍野，血流成渠。有几个善泅水的，解甲投江，凫水逃生，有几个不善泅水的，也想凫水逃命，怎奈身入水中，手足不能自主，漩涡一绕，沉入江心。岑楼景等都跨着骏马，到无可奈何的时节，加了一鞭，跃马入水，半沉半浮，好容易过江去了。这是匡胤第三次立功。

南唐经这次败仗，精锐略尽，全国夺气。独周世宗自攻寿州，数月未克，正拟下个班师，忽接六合奏报，知匡胤已获大胜，亟召宰相范质等入议，欲改从扬州进兵，与匡胤等联络一气，下攻江南。范质奏道：“陛下自孟春出师，至今已入盛夏，兵力已疲，饷运未继，恐非万全之策。依臣愚见，不如回驾大梁，休息数月，等到兵精粮足，再图江南未迟。”世宗道：“偌大的寿州城，攻了数月，尚未能下，反耗我许多兵饷，朕实于心不甘。”范质再欲进谏，帐下有一人献议道：“陛下尽可还都，臣愿在此攻城！”世宗瞧着，乃是都招讨使李重进，便大喜道：“卿肯替朕任劳，尚有何说。”遂留兵万人，随李重进围攻寿州，自率范质等还都；并因赵匡胤等在外久劳，亦饬令还朝，另遣别将驻守滁、扬。

匡胤在六合闻命，引军还滁，入城省父。见弘殷病已痊可，并由弘殷述及，全赖赵判官一人，日夕侍奉，才得渐愈。匡胤再拜谢赵普。至别将已来瓜代，即奉父弘殷，与赵普一同还汴。既至汴都，复随父入朝。世宗慰劳有加，且语匡胤道：“朕亲征南唐，历数诸将，功劳无出卿右，就是卿父弘殷，亦未尝无功足录，朕当旌赏卿家父子，为诸臣劝。”匡胤叩首道：“此皆陛下恩威，诸将戮力，臣实无功，不敢邀赏。”何必客气。世宗道：“赏功乃国家大典，卿勿过谦！”匡胤道：“判官赵普，具有大材，可以重用，幸陛下鉴察！”以德报德。世宗点首。退朝后，即封弘殷为检校司徒，兼天水县男；匡

胤为定国节度使，兼殿前都指挥使；赵普为节度推官。三人上表谢恩，自是匡胤父子，分典禁兵，桥梓齐荣，一时无两。相传唐李淳风作推背图，曾留有诗谶一首云：

此子生身在冀州，开口张弓立左猷。

自然穆穆乾坤上，敢将火镜向心头。近见推背图中，此诗移置后文，闻由宋祖将图文互易，眩乱人目，故不依原次。

匡胤父子，生长涿郡，地当冀州，开口张弓，就是弘字，穆穆乾坤，就是得有天下，宋祖定国运，以火德王，所以称作火镜，还有梁宝志铜牌记，亦有“开口张弓左右边，子子孙孙万万年”二语。南唐主璟，因名子为弘冀，吴越王亦尝以弘字名子，统想符应图谶，哪知适应在弘殷身上，这真是不由人料了。欲知匡胤如何得国，且看下回表明。

宋太祖之婉谢窦仪，器重赵普，皆具有知人之明，而引为己用。至激责韩令坤数语，亦无一非用人之法。盖驾驭文士，当以软术牢笼之，驾驭武夫，当以威权驱使之，能刚能柔，而天下无难驭之材矣。若斫皮笠而诛惰军，作士气以挫强敌，皆驾驭武人之良策，要之不外刚柔相济而已。观此回，可以见宋太祖之智，并可以见宋太祖之勇。

第四回　紫金山唐营尽覆
瓦桥关辽将出降

却说周世宗还都后，尚拟再征江南，因思水军不及南唐，未免相形见绌，乃于城西汴水中，造了战舰百艘，命唐降将督练水师，一面搜乘补卒，连日阅操，约期水陆大举。适唐遣员外郎朱元，出兵江北，攻夺舒、和、蕲各州，兵锋直至扬、滁。扬、滁守城诸周将，闻风遁走，转入寿春，周主闻知，正是忿恨，只因水师尚未练就，不得不忍待时日，唯遥饬李重进，严行戒备，休为唐兵所乘。重进围攻寿州，又阅半年，唐节度使刘仁赡，扼守寿州城，多方抵御，无懈可击，所以重进仍顿兵城下，不能攻入，自接奉周主诏命，格外小心，把步兵分为两队，一队屯驻城下，专力围攻，一队遏守要冲，专防敌援，自己居中调度，日夕不怠。重进系周室忠臣，故叙笔亦较从详。会唐将朱元、边镐、许文缜等率师数万，来援寿州，各军据住紫金山，共立十余寨，与城中烽火相应。又南筑甬道，输粮入城，绵亘数十里。重进乘夜袭击，杀败唐将，夺了数十车粮草，得胜回营。朱元等吃了败仗，不敢逼攻，只守住紫金山，遥作声援。

周主闻唐兵援寿，恐重进有失，遂命王环为水军统领，自己亲督战船，从闵河沿颍入淮，旌旗蔽空，舳舻横江。这消息传到唐营，朱元等不胜惊骇，飞向金陵乞援。唐主再遣齐王景达，及监军使陈觉，率兵五万，来援唐军。过了数日，周主渡淮抵寿春城，朱元登山遥望，但见战船如织，顺流而来，纵横出没，无不如意，不禁大惊道：“尝谓南人使船，北人使马，谁

料北人今日，也能乘船飞驶，反比我南人敏捷，这真是出人不料了。”事在人为，何分南北。既而复见一艨艟大舰，蔽江前来，正中坐着一位衮衣龙袍的大元帅，料知是周世宗，旁边有一位威风凛凛相貌堂堂的大将，比周主还要威武，禁不住称羡起来，便指问将校道：“他是何人？”将校有经过战阵，认识周将，便道：“这便叫作赵匡胤。”作者注意在此，下笔特著神采。朱元叹息道：“我闻他智勇兼全，屡败吾将，今日遥望丰仪，才知名不虚传了。”后来倾寨降周，已伏于此。说着，周主已薄紫金山，号炮三声，即饬军士登岸。周主亲环甲胄，率兵攻城。赵匡胤领着偏师，来攻紫金山唐寨，唐将边镐、许文缜，开寨搦战，两阵对圆，刀枪并举。战不多时，匡胤忽勒兵退去，边镐、许文缜不知有计，驱兵大进。匡胤且战且走，行到寿州城南，突然翻身杀转，各用长枪大戟，刺入唐阵。唐兵前队，纷纷落马。边、许两将，才知中计，正拟整队奋斗，忽左边冲入一队，乃是周将李怀忠的人马，右边又冲入一队，又是周将张琼人马。两队周军，捣入阵内，好似虎入羊群，大肆吞嚼，急得边镐、许文缜，无法拦阻，慌忙退还原路。哪知部兵已被橛数截，首尾不能相顾，连退避都来不及，只剩了数十骑，随着边、许，奔回紫金山。匡胤复率众大呼：“降者免死！”于是进退两难的唐兵，都下马投甲，跪降道旁。是匡胤第四次立功。历叙匡胤战事，无一重复，是笔法矫变处。匡胤收了降军，再逼紫金山下寨。边镐、许文缜已丧失全师，只望朱元寨中，出来救应，不防朱元寨内，已竖起降旗，输款周军。看官！试想这妙手空空的边、许两将，如何退敌？没奈何卸甲改装，潜越紫金山后，抱头窜去。

唐齐王景达，及监军陈觉，正率兵入淮，巧遇周水师统领王环，迎头痛击，两下里正在酣斗，那周主已经闻着，自率数百骑，夹岸督战。水军见周主亲到，越战越勇。还有赵匡胤一军，也因紫金山已经荡平，分兵相助。景达、陈觉尚未知边、许败耗，兀自勉强支持，及见周兵越来越多，不胜惊讶，方令弁目缘桅遥望。不瞧犹可，瞧将过去，那紫金山，已遍悬大周旗号了。当下报知景达，景达语陈觉道：“莫非紫金山各寨，已被周兵夺去？”陈觉道：“若不夺去，如何悬着周字旗号？看来我等只好回军。再或不退，也要全军覆没哩。”正是鼠胆。景达遂传令回军。军士接到此令，自然没有斗志，战舰一动，被周军乘势追杀，夺去舰械无算，唐兵或乞降，或溺死，共失去二万余人。景达、陈觉都逃回金陵去了。

寿州城内的刘仁赡，连年防守，已是鼓衰力竭，械尽食空，此次又闻援军败衄，急得疾病交乘，卧不能起。周主耀兵城下，且射入诏书，劝令速降，唐监军使周廷构，与左骑都指挥使张全约议道："主帅病重，不能理事，况又兵疲粮尽，如何保守此城？与其被敌陷入，致遭屠戮，不如见机迎降，尚望瓦全，君意以为何如？"全约连声赞成，乃代仁赡草定降表，并舁仁赡出降。仁赡已不省人事，由周主仍令还城，传谕仁赡家属，安心侍奉，并封他为天平节度使，兼中书令。仁赡即日逝世，追赐爵为彭城郡王，仁赡实是忠唐。并改名清淮军为忠正军。

寿州已下，周主还都，匡胤亦随驾北归，加拜义成军节度使，晋封检校太保。未几，周主又出攻濠、泗，匡胤自请为前锋，兵至十八里滩，见岸上唐营森列，周主拟用橐驼济师，匡胤独跃马入水，截流先渡，骑兵追随恐后，霎时间尽登彼岸。唐营中不及防备，骤被匡胤捣入，害得脚忙手乱，纷纷溃散，营外泊有战舰，舰内已虚无一人，匡胤乘势下船，进薄泗州城下。泗州守将范再遇，惊慌的了不得，当即开城乞降。匡胤入城后，禁止掳掠，秋毫无犯，人民大悦，争献刍粟给军。是匡胤第五次立功。周主闻泗州已定，移师攻濠，濠州团练使郭廷谓，自知力不能支，命参军李延邹草表降周。延邹不允，被廷谓杀死，自作降表，举城归降。周主即遣郭廷谓徇天长，别派指挥使武守琦趋扬州，南唐守将，望风披靡，天长、扬州陆续平定，泰州、海州亦相率归附。于是周主进攻楚州，楚州防御使张彦卿，与都监郑昭业，督兵登陴，誓死固守，周主猛攻不克。唐节度使陈承诏，复出兵清口，与城中连为犄角，互相呼应，因此楚城益固。周主愁烦得很，乃调赵匡胤助战。总需此人出马。

匡胤即调集水师，泝淮北上，将到清口，已值黄昏时候，诸将请觅港寄泊，匡胤道："清口闻有唐营，他不意我军骤至，势必无备，我正好乘夜掩袭，捣破唐营，奈何中流停泊呢？"言讫，即命扬帆疾驶，直达清口。是夕天色沉阴，淡月无光，唐营中虽有逻卒，巡至夜半，不见什么动静，便都回营安睡。匡胤正率兵驶至，悄悄登岸，爇起火炬，呐一声喊，竟向唐营奔入。营兵方入睡乡，及至惊醒，见营帐已是通明，连忙起床，不及携械，凭着赤手空拳，如何对敌？周兵已杀进寨门，顺手乱剁，杀死唐兵数千名，尸如山积。匡胤踹入后帐，不见什么陈承诏，料他先行逃走，遂带着百骑，从

帐后越出，向前追赶，约行五六里，已至山阳境内，方见前面有一黑影，隐约奔驰，当即加鞭疾驱，急行里许，才得追着。这黑影正是陈承诏，他自梦中惊觉，孤身潜遁，好容易跑了若干里，偏偏冤家路狭，不肯放手，没奈何束手就擒，任他缚去。匡胤既擒住承诏，遂转趋楚州，献俘军前。是匡胤第六次立功。周主大喜，便与匡胤并力攻城，城中势孤援绝，哪里抵挡得住？当被周兵攻入。张彦卿与郑昭业，尚率众巷战，杀到矢尽刀缺，彦卿尚举起绳床，舍命抗拒，卒被乱军杀死，郑昭业拔剑自刎，守兵千余人，一律斗死，无一生降。周主不禁嗟叹，命将张、郑两人的尸首，棺殓安葬，随即出示安民，休息数天，再行南下。

唐主闻报大惧，寝食俱废，若坐针毡。嗣闻周主复出扬州，乃遣陈觉奉表，愿传位太子弘冀，听命中国，并献庐、舒、蕲、黄四州地，划江为界，哀恳息兵。周主道："朕兴师只取江北，今尔主举国内附，尚有何求？"乃赐书唐主，通好罢兵。唐主自去帝号，奉周正朔，江北悉平，周主奏凯还朝，大小百官，依次行赏；赐赉匡胤，特别从优。既而唐主遣使至周，私贻匡胤书，并馈白金三千两。匡胤笑道："这明明是反间计，我难道为他所算么？"遂将书函白金，悉行呈入，周主嘉他忠荩，温言褒奖；嗣复改授忠武军节度使，会弘殷旧疾复发，医药无效，竟至谢世。周主又厚赐赙仪，追赠太尉，并武清节度使官衔；封匡胤母杜氏为南阳郡太夫人。匡胤世受周恩，不为不厚，历叙封赠，以著匡胤负周之罪。匡胤居丧守制，不闻政事。越年为周世宗显德六年，周统终于是年，故特笔点醒。周主以北鄙未复，北汉尝引辽入寇，屡为边患，乃下诏亲自征辽，当召匡胤入朝，命为水路都部署，另简亲军都虞侯韩通，为陆路都部署。两将先行出发，水陆并进，车驾自御龙舟，作为后应。

匡胤带领战舰，克日出发，顺风顺水，驶过瀛、莫各州，辽地兵民，毫不防备，骤见周兵到来，都心惊胆落，逃得不知去向。辽宁州刺史王洪，也接到周兵入境消息，正拟请兵守城，谁知辽兵尚没有影响，周师已飞薄城河。王洪居守空城，自知不能抵敌，便即开城乞降。匡胤乃收降王洪，令为向导，进抵益津关。关中守将终廷辉，登关南望，但见河中敌舰，一字儿排着，旌旗招飐，戈戟森严，不觉大惊失色；正在徬徨失措，忽闻关下有人大叫道："快快开关！"当下俯视来人，乃是宁州刺史王洪，便问道："你来此何事？"王洪道："我为关内生灵，单骑到此，特欲与君商议。"廷辉乃下关

迎入。相见后，王洪便言："周兵势大，未易迎敌，不如降周为是。"廷辉踌躇半晌，想不出什么方法，只好依王洪言，随他出降。匡胤好言抚慰，并问廷辉路径。廷辉道："此去到瓦桥关，不过数十里，但水路狭隘，不便行船，大帅若要前行，须舍舟登陆，方可前进。"匡胤乃即派遣裨将，与王洪返守宁州，并留兵数百，助廷辉守益津关；自思韩通未至，不应久待，索性乘势前行，入捣瓦桥关，于是令军士一齐登岸，鼓行而西。

不一日，即至瓦桥关下，守将姚内斌，率着马兵数千骑，出来截击，不值匡胤一扫，内斌遁回关中。由匡胤攻扑一昼夜，未曾得手。翌日，韩通亦到，报称莫州刺史刘楚信，瀛州刺史高彦晖，俱已降服了。韩通一路用虚写法，因本书注重宋祖，故详此略彼。匡胤大喜，便亲至关下，召姚内斌答话。内斌在关上相见，匡胤朗声道："守将听着！天军到此，所有瀛、莫各州，及宁州益津关诸吏，都已望风降顺，畏威怀德。独你据住此关，不肯归服，难道我不能捣破么？但念南北生民，莫非赤子，若为你一人，害得玉石俱焚，你心何忍？不如早日投降，免致糜烂。"内斌道："且待明日报命。"匡胤道："大丈夫一言既出，驷马难追，你若明日不降，管教你粉骨碎身，悔无可及。"言毕返营。巧值都指挥使李重进等，带领禁军，呼喝前来。匡胤知周主亲到，便与韩通出营接驾，行櫜鞬礼。周主入营巡视，慰问劳苦，三军无不欣跃。是夕，周主便留宿营中。到了次日，姚内斌亲至营前，奉表请降。是匡胤第七次立功。匡胤引见周主，由内斌拜跪毕，周主亦嘉他效顺，温语褒奖。内斌复叩首谢恩；叙述各降将，亦无一条重复。随起导周主入关。

周主置酒大会，遍宴群臣，席间议进取幽州，诸将奏对道："陛下离京，不过四十二日，兵不血刃，即得燕南各州，此正陛下威灵远播，所以得此奇功。唯辽主闻失燕南，势必大集虏骑，扼守幽州，还望陛下先机审慎，幸勿轻入。"周主默然不答。已露不悦之意。散宴后，便召先锋都指挥使李重进入帐，与语道："朕志在统一，削平南北，今已出兵到此，幸得燕南各州，难道就此罢手不成？你率兵万人，明日出发，朕即统军后至。不捣辽都，决不返师！"李重进唯唯而退。又传谕散骑指挥孙行友，令带骑卒五千，即日往攻易州。孙行友亦奉命去讫。

越日，李重进发兵先行，到了固安，守吏已逃避一空，城门大开，一任周兵拥入，重进略命休息，转眼间周主亦到，当下奉驾前进，行至固安县

北，只见一带长河，流水潺潺，望将下去，深不可测；询问土人，叫作安阳水，水中本有渡筏，因对岸辽人，闻有敌军，将筏收藏，眼见得汪洋浩淼，不便轻涉。周主乃命各军采木作桥，限日告竣，自率亲军还宿瓦桥。不意夜间竟发寒疾，本是孟夏天气，偏觉挟纩不温，到了翌晨，尚未痊可，一卧两日，孙行友捷报已至，并押献辽刺史李在钦。周主抱病升帐，见左右绑入囚犯，便问他愿降愿死？在钦却瞋目道："要杀就杀，何必多言！"周主便喝令枭首。自觉头晕目眩，急忙退入寝室。又越两日，疾仍未瘳，诸将欲请驾还都，因恐触动主怒，未敢请奏。匡胤独奋然道："主疾未愈，长此羁留，倘或辽兵大至，反为不美，待我入请还跸便了。"乃径入周主寝门，力请还驾。正是：

雄主一生期扫虏，老臣片语足回天。

未知周主曾否邀准，且看下回表明。

周世宗为五季英主，而拓疆略地之功，多出匡胤之力，史家记载特详，虽未免有溢美之辞，而后此受禅以后，除韩通诸人外，未闻与抗，是必其平日威望，足以制人，故取周祚如反掌耳。本回叙匡胤破紫金山，降瓦桥关，写得声容突兀，如火如荼，且妙在与前数回战仗，叙笔不同，令阅者赏心豁目。至若旧小说中捏造杜撰，概不采入，无征不信，著书人固不敢妄作也。

第五回　陈桥驿定策立新君　崇元殿受禅登大位

却说赵匡胤入谏周主，至御榻前，先问了安，然后谈及军事。周主道："本想乘此平辽，不意朕躬未安，延误戎机，如何是好？"匡胤道："天意尚未绝辽，所以圣躬未豫，不能指日荡平。若陛下顺天行事，暂释勿问，臣意天必降福，圣躬自然康泰了。"援天为解，可谓善谏。周主迟疑半晌，方道："卿言亦是，朕且暂时回都，卿可调还各处兵马，明日就启銮罢！"匡胤退出，即传旨调回李重进、孙行友等，一面准备返跸。到了次日，周主起床升座，饬改瓦桥关为雄州，命韩令坤留守；益津关为霸州，命陈思让留守，然后乘舆启行。匡胤以下，均随驾南归。周主在道，病势略痊，就从囊中取出文书，重行披阅。忽得直木一方，约长三尺，上有五个大字，不禁奇怪得很。看官道是何字？便是从前异僧所传，"点检作天子"一语。应第二回。当下把玩一回，仍收贮囊中。及还至大梁，便免都点检张永德官。永德妻即郭威女。张与世宗有郎舅谊，世宗恐他暗蓄异图，将仿石敬瑭故事，事见五代史。所以将他免职，改用赵匡胤为殿前都点检，兼检校太傅。故意使错，岂冥冥中果有主宰耶？匡胤威名，自是益盛。宰相范质等，因世宗病未痊愈，请立太子以正国本，世宗乃立子宗训为梁王。宗训年仅七龄，未谙国事，不过徒挂虚名罢了。是年世宗后符氏去世，改册后妹为继后。入宫未几，世宗又复病剧。数日大渐，亟召范质等入受顾命，重言嘱托，令他善辅储君，且与语道："翰林学士王著，系朕藩邸故人，朕若不起，当召他入相，幸勿忘怀！"

既欲王著为相，何勿先时召人，必待身后乃用，殊为不解。质等应诺。既出宫门，大家私语道："王著日在醉乡，乃是一个酒徒，岂可入相？此必主子乱命。不便遵行，愿彼此勿泄此言。"大家各点头会意。是夜，周主崩于寝殿。范质等奉梁王宗训即位，尊符后为皇太后，一切典礼，概从旧制，不必细表。

唯匡胤改受归德军节度使，兼检校太尉，仍任殿前都点检，以慕容延钊为副都点检。延钊与匡胤，夙称莫逆，见第一回。至是复同直殿廷，格外亲昵。平居往来密议，人不能知。著此二语，含有深意。光阴易过，又是残年，转眼间便是元旦，为幼帝宗训纪元第一日，文武百官，朝贺如仪。过了数日，忽由镇、定二州，飞报京都，说是："北汉主刘钧，约连辽兵入寇，声势甚盛，请速发大兵防边！"幼主宗训，只知嬉戏，晓得什么紧急事情。符太后闻报，亟召范质等商议。范质奏道："都点检赵匡胤，忠勇绝伦，可令作统帅，副都点检慕容延钊，素称骁悍，可令作先锋；再命各镇将会集北征，悉归匡胤调遣。统一事权，定保无虞。"不过将周祚让与他，此外原无他虞。符太后准奏，即命赵匡胤会师北征；慕容延钊带着前军，先行出发。延钊领命，简选精锐，克日起程。匡胤调集各处镇帅，如石守信、王审琦、高怀德、张令铎、张光翰、赵彦徽等，陆续到来，乃祃纛兴师，逐队出发。都下谣言甚盛，将册点检为天子，市民惊骇，相率逃匿。其实宫廷里面，并没有这般消息，不知何故出此新闻，真正令人莫测呢？若非有人暗中运动，哪有这等新闻？

匡胤率着大军，按驿前进，看看已到陈桥驿，天色渐晚，日影微昏，便令各军就驿下营，寓宿一宵，翌晨再进。前部有散指挥使苗训，独在营外立着，仰望云气。旁边走过一人，向他问讯道："苗先生！你在此望什么？"原来苗训素习天文学，凡遇风云雷雨，都能先时逆料，就是国家灾祥，又往往谈言微中，因此军中呼他为苗先生。苗训见过问的人，乃是匡胤麾下的亲吏楚昭辅，便用手西指道："你不见太阳下面，复有一太阳么？"昭辅仔细远眺，果见日下有日，互相摩荡，熔成一片黑光。既而一日沉没，一日独现出阳光，格外明朗，日旁复有紫云环绕，端的是祥光绚彩，乾德当阳，好一歇方才下山。昭辅很是惊异，问苗训道："这兆主何吉凶？"苗训道："你是点检亲人，不妨与你实说，这便叫作天命，先没的日光，应验在周，后现的日光，是应验在点检身上了。"昭辅道："何日方见实验？"苗训道："天象

已现，就在眼前了。”天道远，人道迩，恐苗先生亦借天惑人。说着，两人相偕归营。昭辅免不得转告别人，顿时一传十，十传百，军中都诧为异征。

都指挥领江宁节度事高怀德，首先倡议道：“主上新立，况兼幼弱，我等身临大敌，虽出死力，何人知晓？不如应天顺人，先立点检为天子，然后北征，未识从征诸公，以为何如？”众将应声道：“高公所言甚当，我等就依计速行。”都押衙李处耘道：“这事须禀明点检，方可照行，但恐点检未允，好在点检亲弟匡义，亦在军中，且先与他说明底细，令他入白点检，才望成功。”大众齐声称善，便邀匡义入商。匡义道：“此事非同小可，且与赵书记计议，再行定夺。”看官阅过上文，可记得节度推官赵普么？赵普此时，适任归德掌书记，从匡胤出征，匡义即以此事语普。普答道：“主少国疑，怎能定众？点检威望素著，中外归心，一入汴京，即可正位，乘今夜安排停当，明晨便可行事。”有志久了。匡义乃偕普出庭，部署诸将，环列待旦。看看天色将明，大众齐逼匡胤寝所，争呼万岁。寝门传卒，摇手禁止道：“点检尚未起床，诸公幸勿高声！”大众道：“今日策点检为天子，难道你尚未知么？”言未已，匡义排众趋入。正值匡胤惊觉，起问何事？匡义略言诸将情形。匡胤道：“这、这事可行得么！”匡义道：“曾闻兄长述及僧言，两日重光，囊木应谶，这语已经表现，兄长不妨就为天子。”再应第二回。匡胤道：“且待我出谕诸将，再作计较。”言毕趋出。见众校露刃环列，齐声呼道：“诸军无主，愿奉太尉为皇帝。”匡胤尚未及答，那高怀德等已捧进黄袍，即披在匡胤身上，众将校一律下拜，三呼万岁。匡胤道：“事关重大，奈何仓猝举行？况我曾世受国恩，亦岂可妄自尊大，擅行不义？”赵普即进言道：“天命攸归，人心倾向，明公若再推让，反至上违天命，下失人心。若为周家起见，但教礼遇幼主，优待故后，亦好算始终无负了。”只好自己解嘲。说至此，各将士已拥匡胤上马。匡胤揽辔语诸将道：“我有号令，你等能从我否？”诸将齐称听令。匡胤道：“太后主上，我当北面事他，你等不得冒犯！京内大臣，与我并肩，你等不得欺凌，朝廷府库，及士庶人家内，你等不得侵扰！如从我命，后当重赏，否则戮及妻孥，不能宽贷！”诸将闻令载拜，无不允诺。匡胤乃整军还汴，当遣楚昭辅及客省使潘美，加鞭先行。

潘美是先去授意宰辅，楚昭辅是先去安慰家人，两人驰入汴都，都中方得消息。时值早朝，突闻此变，统吓得不知所为。符太后召谕范质道：“卿

等保举匡胤，如何生出这般变端？”语至此，已将珠喉噎住，扑簌簌的流下泪来。妇女们只有此法。范质嗫嚅道：“待臣出去劝谕便了。”这是脱身之策。符太后也不多说，洒泪还宫。范质退出朝门，握住右仆射王溥手道：“仓猝遣将，竟致此变，这都是我们过失，为之奈何？”你若能为周死节，还好末减。王溥噤不能对，忽口中呼出呻吟声来。范质急忙释手，哪知这指甲痕已掐入溥腕，几乎出血。若辈不啻巾帼，应该有此柔荑。质正向他道歉。适值侍卫军副都指挥使韩通，从禁中趋出，遇着范质、王溥等人，便道：“叛军将到，二公何尚从容叙谈？”范质道：“韩指挥有什么良法？”韩通道：“火来水淹，兵来将挡，都中尚有禁军，亟宜请旨调集登陴守御，一面传檄各镇，速令勤王，镇帅不乏忠义，倘得他星夜前来，协力讨逆，何患乱贼不平？”虽是能说不能行，然忠义之概，跃然纸上。范质道：“缓不济急，如何是好？”韩通道：“二公快去请旨。由通召集禁军便了。”言毕，急忙驰去。质与溥尚踌躇未决，但见有家役驰报道：“叛军前队，已进城来了。相爷快回家去！”他两人听到这个急报，还管什么请旨不请旨，都一溜烟跑到家中去了。只知身家，真是庸夫，这时匡胤前部都校王彦昇，果已带着铁骑，驰入城中，凑巧与韩通相遇，大声道：“韩侍卫快去接驾！新天子到了。”通大怒道：“哪里来的新天子？你等贪图富贵，擅谋叛逆，还敢来此横行么？”说着，亟向家门驰回。彦昇素性残忍，闻得通言，气得三尸暴炸，七窍生烟，当下策马急追，紧紧的随着通后。通驰入家门，正想阖户。不防彦昇已一跃下马，持刀径入，手起刀落，将韩通劈死门内；再闯将进去，索性把韩通妻子，尽行杀毙，然后出来迎接匡胤。通固后周忠臣，然前尝臣汉臣唐，至是独为周死节，当亦豫让一流人物。

匡胤领着大军，从明德门入城，命将士一律归营，自己退居公署。过了片刻，军校罗彦瓌等，将范质、王溥诸人拥入署门。匡胤见了呜咽流涕道：“我受世宗厚恩，被六军逼迫至此，违负天地，怎不汗颜？”还要一味假惺惺，欺人乎？欺己乎？质等正欲答言，罗彦瓌厉声道：“我辈无主，众议立点检为天子，哪个再有异言？如或不肯从命，我的宝剑，却不肯容情哩。”言已，竟拔剑出鞘，挺刃相向。王溥面如土色，降阶下拜。范质不得已亦拜。匡胤忙下阶扶住两人，赐他分坐，与议即位事宜。范质道：“明公既为天子，如何处置幼君？”赵普在旁进言道：“即请幼主法尧禅舜，他日待若虞宾，便是

不负周室。”何尧、舜之多也？匡胤道：“太后幼主，我尝北面臣事，已早下令军中，誓不相犯。”总算你一片好意。范质道：“既如此，应召集文武百官，准备受禅。”匡胤道：“请二公替我召集，我决不忍薄待旧臣。”范质、王溥当即辞出，入朝宣召百僚。待至日晡，百官始齐集朝门，左右分立。少顷，见石守信、王审琦等，拥着一位太平天子，从容登殿。翰林承旨陶谷即从袖中取出禅位诏书，递与兵部侍郎窦仪，由仪朗读诏书道：

天生烝民，树之司牧。二帝推公而禅位，三王乘时而革命，其揆一也。唯予小子，遭家不造，人心已去，天命有归，咨尔归德军节度使殿前都点检，兼检校太尉赵匡胤，禀天纵之姿，有神武之略，佐我高祖，格于皇天，逮事世宗，功存纳麓，东征西讨，厥绩隆焉。天地鬼神，享于有德，讴歌讼狱，归于至仁，应天顺人，法尧禅舜，如释重负，予其作宾。于戏钦哉，畏天之命！

窦仪读诏毕，宣徽使引匡胤退至北面，拜受制书，随即掖匡胤登崇元殿，加上衮冕，即皇帝位，受文武百官朝贺。万岁万岁的声音，响彻殿庑。无非一班赵家狗。礼成，即命范质等入内，胁迁幼主及符太后，改居西宫。可怜这二十多岁的嫠妇，七龄有奇的孤儿，只落得凄凄楚楚，呜呜咽咽，哭向西宫去了。唐虞时有此惨状否？当下由群臣会议，取消周主尊号。改称郑王。符太后为周太后，命周宗正郭玘祀周陵庙，仍饬令岁时祭享。一面改定国号，因前领归德军在宋州，特称宋朝，以火德王，色尚赤，纪元建隆，大赦天下。追赠韩通为中书令，厚礼收葬。首赏佐命元功，授石守信为归德节度使，高怀德为义成军节度使，张令铎为镇安军节度使，王审琦为泰宁军节度使，张光翰为江宁军节度使，赵彦徽为武信军节度使，并皆掌侍卫亲军。擢慕容延钊为殿前都点检，所遗副都点检一缺，令高怀德兼任。赐皇弟匡义为殿前都虞侯，改名光义。赵普为枢密直学士，周宰相范质，依前守司徒兼侍中。王溥守司空，兼门下侍郎。魏仁甫为尚书右仆射，兼中书侍郎，均同平章事。一班攀龙附凤的人员，一并进爵加禄，不可殚述。从此，方面大耳的赵匡胤，遂安安稳稳的做了宋朝第一代祖宗，史称为宋太祖皇帝。后人有诗叹道：

周祚已移宋鼎新，首阳不食是何人？
片言未合忙投拜，可惜韩通致杀身。

还有一切典礼，依次举行，容至下回续叙。

陈桥兵变，黄袍加身，史家俱言非宋祖意，吾谓是皆为宋祖所欺耳。北汉既结辽为寇，何以不闻深入，其可疑一；都下甫事发兵，点检作天子之谣，自何而来？其可疑二；诸将谋立新主，而匡义、赵普何以未曾入白，即部署诸将，诘朝行事？其可疑三；奉点检为天子，而当局尚未承认，何来黄袍，即可加身？其可疑四；韩通为王彦昇所杀，并且戮及妻孥，而宋祖入都以后，何不加彦昇以擅杀之罪？其可疑五；既登大位，于尊祖崇母诸典，尚未举行，何以首赏功臣，叠加宠命？其可疑六。种种疑窦，足见宋祖之处心积虑，固已有年，不过因周世宗在日，威武过人，惮不敢发耳。世宗殂而妇寡儿孤，取之正如拾芥，第借北征事瞒人耳目而已。吾谁欺？欺天乎？本回虽就事叙事，而微意已在言表，阅者可于夹缝中求之。

第六回　公主钟情再婚志喜　孤臣败死一炬成墟

却说宋太祖既登大位，追崇祖考，用兵部尚书张昭言，立四亲庙，尊高祖朓为僖祖文献皇帝，曾祖珽为顺祖惠元皇帝，祖敬为翼祖简恭皇帝，妣皆为皇后，父弘殷为宣祖昭武皇帝，每岁五享，朔望荐食荐新，三年一祫，五年一禘。庙祀既定，尊母杜氏为皇太后。先是楚昭辅入都，驰慰太祖家属，杜氏闻报，惊语道："我儿素有大志，今果然成功了。"杜氏此言，已将宋祖阴谋，和盘托出。及尊为太后，御殿受朝，太祖下拜，群臣皆行朝贺礼，杜氏并无喜色，反觉满面愁容。左右进言道："臣闻母以子贵，今子为天子，太后反有忧色，究为何事？"杜氏道："先圣有言：'为君难。'天子置身民上，果能制治得宜，原可尊荣过去，倘或失道，恐将来欲做一匹夫，尚不可得，你等道可忧不可忧么？"却是名言。太祖闻言再拜道："谨遵慈训，不敢有违！"既退殿，宋祖又复临朝，拟册立夫人王氏为皇后。太祖元配贺氏，见第一回。生一子二女，子名德昭，显德五年病殁；嗣聘彰德军节度使王饶女为继室，周世宗曾赐给冠帔，封琅邪郡夫人，至是册立为后，免不得又有一番典仪，这且毋庸细表。

唯宋祖有妹二人，一已夭逝，追封为陈国长公主，一曾出嫁米福德，不幸夫亡，竟致寡居，太祖封她为燕国长公主。公主韶年守孀，寂寞兰闺，时增伤感，对着春花秋月，尤觉悲从中来。自从宋祖为帝，及尊母册后诸隆仪，陆续举行，阖宫统是欢忭，独公主勉强入贺，整日里颦着双眉，并不见

有解颐的时候。太祖情笃同胞，瞧着这般情形，自然格外怜悯。可巧殿前副点检高怀德，适赋悼亡，他遂想出一个移花接木的法儿，玉成两美。这高怀德系真定郡人，父名行周，曾任周天平节度使。怀德生长将门，素有膂力，且生得一副好身材，虎臂猿躯，豹头燕颔，此时正在壮年，理应速续鸾胶，再敦燕好。太祖遂与太后商议，拟将燕国长公主，嫁与怀德。杜太后迟疑道："这事恐未便做得。"太祖道："我妹华年，不过逾笄，怎忍令她长守空闺，终身抱恨？"阿兄既可负君，阿妹何妨变节！杜太后道："且待问明女儿，再作计较。"太祖退出，太后即召入公主，与她密谈。公主听到再嫁二字，不禁两颊微酡，俯首无语。春心已动。杜太后道，"为母的也不便教你变节，但你兄恰怜你寂寂寡欢，是以设此一法。"公主恰支吾对付道："我兄贵为天子，无论宫廷内外，均应遵他命令，女儿怎好有违？"说到"违"字，脸上的桃花，愈现愈红，自觉不好意思，即拜别出室去了。原来高怀德入直殿廷，公主曾窥他仪表过人，暗中叹羡，今承母兄意旨，欲与他结为夫妇，真是意外遭逢，三生有幸，也顾不得什么柏舟操、松筠节了。嫠妇失节，往往为此一念所误。宋太祖闻妹有允意，即谕意赵普、窦仪，浼他们作伐。两人欣然领命，即与怀德面商。怀德也尝见过公主，姿色很是可人，况又是天子胞妹，娶为继室，就是现成的皇亲，乐得满口应允，毫不支吾。有愧汉宋弘多矣。普、仪大喜，即去复旨。得喝媒酒，如何不喜。当饬太史择定吉日，行合婚礼，并赐第兴宁坊。藏娇合筑金屋。

届期这一日，高第备了全副仪仗，拥着凤舆，由怀德乘马亲迎。到了宫门，下马而入。司礼官引就甥馆，当有诏书颁下，特拜为驸马都尉。怀德北面叩谢，卤簿使整备送亲仪仗，陈列宫中。司礼官再引怀德出馆，至内东门外，鞠躬西向，令随员执雁敬呈，司礼官奉雁以进，至奠雁礼成，笙簧叠韵，琴瑟谐声，但见这位燕国长公主，装束与天仙相似，由宫娥彩女等簇拥出来，缓步登舆。怀德再拜，拜毕，司礼官即导出宫门，看怀德上马，才行退去。怀德回至本第，下马恭候，待凤舆到来，向舆一揖，至公主下舆，乃三揖引入，升阶登堂。公主东向，怀德西向，行相见礼。既而彼此易位，行交拜礼。礼成，导入寝室，洞房合卺，一一如仪。是时文武百官，相率趋贺，宾筵丰备，雅乐铿锵，说不尽的繁华，描不完的热闹。怀德出房陪宾，等到酒阑席散，方才归寝。公主已易浅妆，和颜相迎，彼此在灯下窥视，一

个是盛鬋丰容，倍增艳丽，一个是广颐方额，绰有丰神，大家都是过来人，当即携手入帏，同圆好梦。这一夜的枕席风光，比那第一次婚嫁时，更添几倍，从此情天补恨，缺月重圆，好算是内无怨女，外无旷夫了。逐层写来，语多讽刺。

哪知么弦方续，鼙鼓复兴，一道诏书，传入高第，竟令高怀德同讨李筠，即日出师。燕国长公主又不免有陌头春色之感，应暗怨阿兄太不解事。李筠，太原人，历事唐、晋、汉三朝，累积战功。至周擢检校太尉，领昭义军节度使，驻节潞州。正与宋祖比肩。宋祖受禅，加筠中书令，遣使赐册。筠即欲拒命，因宾佐切谏，勉强拜受。及延使升阶，张乐设宴，酒过数巡，忽命悬周太祖画像，瞻望再三，涕泣不已。宾佐在旁惶骇，亟语使臣道："令公被酒，致失常度，幸弗怀疑！"及罢宴后，使臣拜别还京，奏陈详情，太祖尚搁置不提。会北汉主刘钧，闻筠有拒宋意，遂遣人驰递蜡书，约筠一同起兵。筠即欲举事，长子守节进谏道："潞州一隅，恐不足当大梁，还乞父亲持重，幸勿暴举！"筠怒道："你晓得什么？赵匡胤欺弄孤寡，诈称辽、汉犯边，出兵陈桥，买嘱将士归己，回军逼宫，废少主，幽太后，大逆不道，我还好北面事他么？今日为周讨逆，就使不成，死亦甘心。"说一死字，已伏祸谶。守节复涕泣道："父亲即欲举兵，亦须预策万全，依儿想来，不如将北汉来书，寄上汴都，宋主见我效忠，当然不生疑忌，那时我可相机行事，袭他不备了。"筠答道："这却是条好计，我就遣你南去，赍递北汉来书，一面窥伺宋廷举动。倘遇故人，亦可预约内应。事关机密，你应慎行！"守节领了父命，即日南下。既至汴都，便入朝太祖，呈上北汉书信。太祖阅毕，便道："你父有此忠诚，朕深嘉慰。你可在此为皇城使，朕当命使慰谕便了。"守节谢恩而出。太祖即亲写诏书，派使复往潞州。守节留仕汴中，见都下很是安稳，各镇俱奉表归诚，毫无异言，料知潞州不便窃发，乃作书寄父，劝父效顺宋廷，勿生异图。不意李筠不从，反将朝使羁住，不肯放归。宋祖闻得此信，便召谕守节道："你父逆迹已著，你应在此抵罪。"前留为皇城使，已是不怀好意。守节慌忙叩首道："臣尝泣谏臣父，勿生异心。"太祖道："朕早知道了。留意已久，故无不察悉。朕特赦你，着你归语你父，朕未为天子时，你父可自由行动，朕既为天子，奈何不守臣节哩？"守节复叩头辞归。返至潞州，入见李筠，备陈一切，且劝父切勿用兵，归使谢罪。筠复怒道："你既得归

来，还怕什么？”当下嘱幕府草定檄文，历数宋祖不忠不孝的罪状，布告天下，并执监军周光逊等，押送北汉，求即济师。一面遣骁将儋珪，往袭泽州。儋珪善驰马，每日能行七百里，受遣后，带兵数百，飞行至泽州。泽州刺史张福，尚未闻潞州变事，当即开城迎珪，未及开口，已被珪一刀杀死，珪即麾兵入城，据住泽州，驰书告捷，李筠大喜。从事闾丘仲卿献议道："公孤军起事，势甚危险，虽有河东援师，恐未必足恃。河东指北汉。大梁甲兵精锐，难与交锋，不如西下太行，直抵怀孟，寨虎牢，据洛邑，东向争天下，方为上计。”原是良策。筠毅然道："我乃周朝宿将，与世宗义同兄弟，禁卫军皆我旧部，闻我起兵讨逆，势必倒戈归我，况有儋珪等骁悍绝伦，何愁不踏平汴梁哩？”慢着！仲卿见计议不用，默然退去。嗣闻北汉主刘钧，率兵到来，筠即至太平驿迎谒，拜伏道旁。不愿臣宋，胡甘拜汉。汉主即面封筠为平西王，赐马三百匹，召入与语。筠略言："受周厚恩，不敢爱死。”刘钧默然不答。原来周、汉系是世仇，李筠提及周朝，反惹汉主疑忌，因此不愿答言，反令宣徽使卢赞，监督筠军。筠与赞偕返潞州，心甚不平，时与赞有龃龉。赞密报汉主，汉主复遣平章事卫融，替他和解。筠总是不乐。且见汉兵甚少，越加悔恨，怎奈箭在弦上，不得不发，只好留守节居守，自率部众南来。

警报传达宋廷，太祖即诏命石守信为统帅，高怀德为副，兴师北征。怀德正在私第，与燕国长公主小饮，把酒言欢，蓦闻诏书颁到，即忙出厅拜受，俟赍诏官已去，入语公主道："北汉刘钧，此次与李筠连兵，真来入寇了。”前借刘钧口中，叙及宋祖诈谋，此复借高怀德言，以证实之。可见陈桥出师，并非真因防寇，故受禅后，全未提及寇警。公主闻言，不觉惹起情肠，含着三分忧色。极力揶揄，不肯放过一笔。怀德道："公主休忧！区区小丑，有什么难平？我军一出，指日即可凯旋了。”公主含泪道："但愿马到成功，免得深闺悬念。”怀德复劝慰数语，再与公主饮了数杯，便冠带入朝。石守信既在朝听训，怀德抢步入殿，朝见礼毕，闻太祖宣谕道："两卿此行，慎勿纵李筠西下太行，须迅速进兵，扼住要隘，自可破敌，朕亲为后应便了。”闾丘仲卿之计，宋祖也自防着。怀德与守信，叩头领旨，退朝整军，准备出发。

濒行时，怀德又回第别过公主，公主谆嘱小心，送出门外，然后启行。再添一笔。途次，复闻太祖诏命，遣慕容延钊、王全斌出兵东路，夹击李筠，

越觉放胆前进。行至长平，望见前面有敌营驻扎，当即列阵搦战。李筠跃马而出，望见石守信、高怀德，便大呼道："石、高两将军，为何甘心附逆，快快倒戈，随我杀入汴都，尚可悔罪补过！"石守信怒道："李筠匹夫听着！你是唐、晋旧臣，为什么改事周室？唐、晋亡国，你却坐视，目今大宋受禅，故君无恙，你反跋扈猖獗，是何道理？快快下马受缚，免你一死！"无瑕者始可戮人，李筠亦未免失着。高怀德不待说毕，便挺枪出阵，麾兵大进。李筠也率兵抵敌，彼此鏖斗一场。看看天色将晚，各自收军。次日复战，正杀得难解难分，忽见慕容延钊一军杀到。突入李筠阵内。李筠部下，顿时散乱。石守信、高怀德等，乘势掩杀，把筠军冲作数截。李筠不敢恋战，斜刺冲出，拨马返奔。宋军追了一程，方才退回。

诸将纷纷献功，呈上首级，共约三千余颗，石守信一一记录，复与慕容延钊、高怀德商议进兵。慕容延钊道："王将军全斌，已绕道进捣泽州，我等须前去接应为是。"石守信道："这却不宜迟缓，应即刻进行。"当下传令拔营，三军并进。约行数十里，已至大会寨。这寨倚山为固，势甚扼要，李筠收集败军，在此把守，几有一夫当关，万夫莫开的形状。宋军鼓着锐气，猛扑数次，都被矢石射回。高怀德大愤，拟亲冒矢石，引兵攻寨。不念公主谆嘱么？延钊道："且慢！王将军若至泽州，寨内必有消息，待他军心一乱，便容易攻入了。"于是择地立营，休息一宵。次日再去进攻，仍不能下。又越日依然未克。石守信复语延钊道："寨中坚守如故，并没有内溃情状，想是王将军未到泽州呢。"延钊道："这也未能臆料。且设法攻入此寨，再作计较。"守信道："计将安出？"延钊遂与守信附耳数语，守信大喜，便依计而行。翌日，由延钊出马，直至寨前，大呼李筠叛贼，快出寨来，与我斗三百合。寨卒入报李筠，李筠忍耐不住，即出寨迎敌。两下相见，也不答话，便抡刀酣斗，战了二十余合，高怀德纵马前来，大呼道："待我来杀这叛贼罢！"延钊闻声，就虚晃一刀，勒马回阵。怀德挺枪出斗，又是二三十合，故意的装着力怯，倒退下来。延钊又复接战，杀得李筠性起，高叫道："任你一齐都来，我也不怕。"说着，舞动大刀，越战越紧。寨内复趋出卢赞、卫融两人，各执兵器，前来助阵，慕容延钊佯为失色，勒马奔回。李筠见已得势，步步紧逼，延钊、怀德，索性招兵退走，奔驰了五六里。筠与卢赞、卫融等，奋力追赶，蓦听得一声炮响，石守信伏兵齐起，从旁突出，杀入筠

军。延钊、怀德，也即杀回。卢赞、卫融，料不能胜，竟返军北走，此所谓胜不相让，败不相救。剩得李筠一支孤军，如何支撑？慌忙返奔。那手下兵士，已伤亡无算，及奔至寨旁；但见寨外已竖起大宋赤帜，有一员金盔铁甲的宋将，领着宋军，从寨内杀出，吓得李筠莫明其妙，只好大吼一声，向西北角遁去。那将也不追赶，便迎接石守信等，一同入寨。看官道此将是谁？原来就是王全斌。叙笔突兀。全斌本欲潜往泽州，因看路上多山，崎岖得很，恐孤军有失，所以中途返辔，绕出大会寨，来会石守信、高怀德等军。入寨后表明一切，彼此统是欢喜，忽有殿前侍卫到来，报称御驾将至，石守信等忙出寨十里，恭迓御跸。既与太祖相见，行过了礼，便拥护入寨，暂憩一宿。

翌日即下令亲征，途次山岭复杂，乱石嵯峨，太祖亲自下马，先负数石，将校不敢少懈，争将大石搬去，立刻平为大道。各队陆续启行，将近泽州，见敌寨据住要隘，阻兵前进。原来李筠向北遁去，与卢赞、卫融遇着，择险扼守，扎下数营。太祖便令进攻，李筠、卢赞，并马出来，慕容延钊、高怀德上前厮杀，李筠接住延钊，卢赞接住怀德，四匹马搅做一团，盘旋了好几合，但听怀德叫声“下去！”把卢赞刺落马下。筠军中一将趋出，大呼道：“怀德休得逞威！我来也。”怀德视之，乃是河阳节度范守图，与李筠串同一气，便道：“叛贼！你也来寻死么？”随即挺枪再战。王金斌也舞枪拨马，来助怀德，双枪并举，害得范守图手忙脚乱，一个破绽，被怀德活擒过去。李筠见两将失手，只好撇下延钊，与卫融一同回马，跑入泽州。宋军追至城下，四面围攻，都校马全义攻打南门，率敢死士数十人，攀堞登城，城中霎时火起，只见得黑烟遍地，烈焰冲天，小子有诗叹道：

拼将一死效孤忠，臣力穷时恨不穷。
厝火积薪甘烬骨，满城烟雾可怜红。

毕竟城中何故火起，且看下回说明。

宋史公主列传，燕国长公主初适米福德，福德卒，再适高怀德，是公主再醮事，确有证据，且载明系建隆元年事。夫男得重聘，妇无再嫁，经义俱存，不容废易，况宋祖初登帝位，礼乐制度，正待振兴，顾可令寡妹再醮，有乖名节乎？

本回叙述特详，隐含讥刺，是所以垂戒后世，而为名教之树防也。若李筠为周拒宋，涕泣兴师，不得谓非义举，但彼尝臣事唐、晋、汉、周四朝矣，不为唐、晋、汉出死力，独为郭氏表孤忠，是岂郭家以国士待之，乃以国士报乎？然不从闾丘仲卿之计，徒欲借北汉为后援，所倚非人，所为未善，徒付诸煨烬而已，可悲亦可叹也！

第七回　李重进阖家投火窟
宋太祖杯酒释兵权

却说泽州城中，忽然火起，看官道火从何来？说来又是话长，小子只好大略叙明。原来李筠遁入泽州，即遣儋珪守城。珪见宋军势大，竟缒城遁去，本是善驰，不走何待？急得李筠仓皇失措。筠妾刘氏，随至军中，劝筠备马夜遁，返保潞州，筠犹豫未决。或谓城门一发，部下或劫公出降，悔不可及，不如固守为是。筠乃决计死守。会宋将马全义登城，城已被破，筠遂拟取薪自焚。刘妾亦欲从死，筠叹道："我自问已无生理，所以甘心赴火，你肯从死，志节可嘉；但你方有娠，倘得生男，将来或可报仇，快自去逃生罢！"刘氏号泣而去。筠遂纵火焚死，火随风猛，转眼间红光四映，照彻全城，守卒均已骇散。宋将马全义下城开门，放入宋军。王全斌首先杀入，正遇卫融匹马奔逃，当即喝声休走，卫融勉强抵敌，不到三合，便被全斌擒住。城内兵民，亦多被全斌杀毙。经太祖入城，先令人救灭了火，然后揭榜安民。军士推上卫融，太祖劝他降顺。卫融奋然道："你敢负周；我不负汉！"痛快！这两语惹动太祖怒意，命卫士用铁挝猛击中卫融额，血流满面。融大呼道："死不负主，死也值得了。"太祖见他语直气壮，又不觉怜悯起来，并非不忍杀融，实由自己心虚。即令卫士罢手，将融释缚，善言劝慰，使为太府卿。融乃愿降。有始无终。

越日，复进攻潞州，守节大惊，飞向汉主处求援。哪知汉主刘钧，早已遁去，一时没法摆布，只好束手待毙。至太祖已到城下，谕令守节速降，免

罪不究，守节乃出城迎驾，匍匐乞死。太祖道："你父为逆，你却知忠，朕岂不分善恶，专事孥戮么？今特赦你，且授你为团练使，你好好干蛊，毋负朕恩！"守节叩谢。太祖入潞州城，安民已毕，遍宴从臣，并令守节预宴，赐他袭衣锦带，银鞍勒马。守节感激万分，匍匐地上，磕了好几个响头。如死父何。待至宋祖还跸，方查访父亲刘氏。刘氏逃入民家，经守节寻还，后来果生一男。守节历任单济和三州团练使，才逾壮年，病殁无子，幸刘氏所生的男孩儿，得承李祀，不致绝后，这或是李筠孤忠的报应，亦未可知。意在勉人。

话休叙烦，且说宋太祖既平潞州，班师还都。过了数日，有南唐使臣入朝，赍表贺捷，并附呈淮南节度使李重进密书，由太祖展阅，内云：

> 周淮南节度使李重进，奉书南唐主麾下：重进，周室之懿亲，藩镇之旧臣，世受先帝深恩，不忍背负，今将举兵入汴，乞大王援助一旅之师，联镳并进，声罪致讨，若幸得成功，重进当拱手听命，还爵朝廷，少效臣节于万一，宁敢穷兵黩武为哉？唯大王垂谅焉！

太祖览毕。勃然道："重进竟敢叛朕么？我曾遣陈思诲前去，赐他铁券，优旨抚慰，今思诲尚未回来，他却潜结南唐，竟敢为逆，情殊可恨！"又语唐使道："尔主竭诚事朕，朕心甚慰。尔可回去，转告尔主，守住要隘，勿使叛兵侵入，朕即日发兵平淮便了。"唐使领命去讫。太祖即饬石守信、王审琦、李处耘、宋偓四将，分领禁兵，出征重进。此次不及高怀德，想是怜念胞妹。四将亦启程去了。小子叙到此处，不得不将重进履历，略行表明。重进系周太祖郭威甥，生长太原，历事晋、汉、周三朝。周末任为淮南节度使，镇守扬州。太祖禅位，加授中书令，命移镇青州。重进本与太祖比肩事周，分握兵柄，至闻太祖受禅，恐为所忌，常不自安；及移镇命下，心益怏怏。李筠举兵，消息传到扬州，重进特遣亲吏翟守珣，往潞联盟，定议南北夹攻，哪知守珣反潜至汴都，求见太祖。太祖问明底细，便语守珣道："他无非防朕加罪，因蓄异图，朕今赐他铁券，誓不相负，他可能相信否？"守珣道："臣见重进终有异志，愿陛下先事预防！"太祖点首道："朕与你相识有年，所以你特报朕，可谓不负故交了。但朕欲亲征潞州，恐重进乘虚掩袭，多一掣肘，

烦你归劝重进，令他缓发，休使二凶并作，分我兵势。待朕平潞后，再征重进，较易为力了。”守珣唯唯遵旨。太祖复厚赐守珣，命返扬州。守珣见了重进，说了一派谎语，止住重进发兵，重进乃按兵不动。误了，误了。至太祖北征，尚恐重进袭他后路，特遣六宅使宋初武职诸司，有六宅正副使，陈思诲，赍奉诏书，赐重进铁券。重进留住思诲，只说待太祖还汴，一同入朝。既而太祖奏凯回来，重进颇有惧意，拟即整理行装，随思诲朝汴，偏部将向美、湛敬等，入阻重进道：“公是周室至亲，总不免见忌宋主，若再入朝，适中他计，恐一去不得复还了。”重进道：“倘或宋主加责，奈何？”向美道：“古人有言：‘宁我薄人，毋人薄我，’今当宋主平潞，兵力已疲，何不即日兴兵，直捣汴京，这乃叫作先发制人呢。”重进道：“兵力不足，恐不济事。”湛敬答道：“可拘住汴使，向唐乞援，若得唐兵相助，何愁大事不成？李筠乞师北汉，并未成功，岂湛敬独未闻知么？重进道：“事宋拒宋，始终难免一死，我就依你照办罢！”又是一个死谶。当下拘住思诲，投书南唐，一面修城缮甲，准备战守。

转瞬数日，忽有探卒来报，宋军已南来了，重进大惊道：“唐兵未出，宋军已至，如何是好？”向美、湛敬统不免有些惊惶，但此次兵祸，是由他两人惹引出来，也只好硬着头皮，请兵前往。重进发兵万人，令他带去对仗，自已在城居守，静听战阵消息。谁知警报迭来，都是败耗。嗣闻太祖又亲自南征，更惊慌的了不得，正拟添募兵上，接应前敌，忽见湛敬狼狈逃回，报称向美阵亡，兵士多半丧失了。扬州战事，全用虚写，盖因重进兵力，不逮李筠，史家概从简略，故本书亦用简笔。重进经此一惊，更吓得面色如土，蓦闻城外喊声大震，鼓角齐鸣，料知宋军杀到，勉勉强强的登城一望，但见军士如蚁，矛戟如林，迤逦行来，长约数里；最后拥着一位宋天子，全身甲胄，耀武扬威，端的是开国英君，不同凡主，当下长叹一声，下城语众道：“我本周室旧臣，理应一死报主，今将举族自焚，你等可自往逃生罢！”左右请杀思诲，聊以泄恨。重进道：“我已将死，杀他何益？”言已，即令家人取薪举火，先令妻子投入火中，然后奋身跃入，一道青烟，都化为焦骨了。想与李筠同事祝融去了。重进已死，全城大乱，还有何人防守？宋军当即登城，鱼贯而进，拿住湛敬等数百人。至太祖入城，查系逆党，尽令枭首。复问及陈思诲，当有将士探报，已被逆党杀毙，横尸狱中，太祖很是叹惜，命厚礼殓葬。再访翟守珣，好容易才得寻着，太祖慰谕道：“扬州已平，卿可随朕同

去！”守珣道：“臣恐重进怀疑，所以避死，今日复见陛下，不啻重逢天日。但臣事重进有年，不忍见他暴骨扬灰，还乞陛下特别开恩，许臣收拾烬余，藁葬野外，臣虽死亦无恨了。”太祖道：“依卿所奏，朕不汝罪！”守珣乃自去拾骨，贮棺出埋，然后随驾还朝。

太祖将发扬州，唐主李景，原名璟，改名为景。遣使犒师，并遣子从镒朝见，太祖慰劳有加。忽有唐臣杜著、薛良二人，投奔军前，献平南策。太祖怒道：“唐主事朕甚谨，你乃欲卖主求荣，良心何在！”随喝左右道：“快与我拿下！”全是权术。卫士将两人缚住，由太祖当面定刑，命将杜著斩首，薛良戍边。其实他两人本得罪南唐，乘间逃来，意欲脱罪图功，不料弄巧反拙，一杀一戍，徒落得身名两丧，悔已无及，这也所谓自作孽，不可逭哩。为卖主求荣者，作一般鉴。

且说扬州已平，太祖还汴，饮至受赏，不消细说。唯翟守珣得补官殿直，未几即为供奉官，有时且命守珣等，随驾微行。守珣进谏道：“陛下幸得天下，人心未安，今乘舆轻出，倘有不测，为之奈何？”太祖笑道：“帝王创业，自有天命，不能强求，亦不能强拒。从前周世宗在日，见有方面大耳的将士，时常杀死，朕终日侍侧，未尝遭害，可见得天命所归，断不致被人暗算呢。”这也是聪明人语，看官莫被瞒过。一日，又微行至赵普第，赵普慌忙出迎，导入厅中，拜谒已毕，亦劝太祖慎自珍重。太祖复笑语道：“如有人应得天命，任他所为，朕亦不去禁止呢。”普又答道：“陛下原是圣明，但必谓普天之下，人人悦服，无一与陛下为难，臣却不敢断言。就是典兵诸将帅，亦岂个个可恃？万一乘间窃发，祸起萧墙，那时措手不及，后悔难追。所以为陛下计，总请自重为是！”太祖道：“似石守信、王审琦等，俱朕故人，想必不致生变，卿亦太觉多虑。”赵普道：“臣亦未尝疑他不忠，但熟观诸人，皆非统驭才，恐不能制服部下，倘或军伍中胁令生变，他亦不得不唯众是从了。”太祖不禁点首，寻复语普道：“朕未尝耽情花酒，何必出外微行，正因国家初定，人心是否归向，尚未可料，所以私行察访，未敢少怠哩。”原来为此。赵普道：“但教权归天子，他人不敢觊觎，自然太平无事了。”太祖复谈论数语，随即回宫。

一日复一日，又是建隆二年，内外各将帅，依然如故，并没有变动消息。赵普私下着急，但又不便时常进言，触怒武夫，没奈何隐忍过去。到了

闰三月间，方调任慕容延钊为山南东道节度使，撤消殿前都点检一职，不复除授。拔去一钉。嗣是过了两三月，又毫无动静，直至夏秋交界，太祖召赵普入便殿，开阁乘凉，从容坐谈。旁无别人，太祖喟然道："自从唐季至今，数十年来，八姓十二君，篡窃相继，变乱不休，朕欲息兵安民，定一个长久计策，卿以为如何而可？"普起对道："陛下提及此言，正是人民的幸福。依臣愚见，五季变乱，统由方镇太重，君弱臣强，若将他兵权撤消，稍示裁制，何患天下不安？臣去岁也曾启奏过了。"太祖道："卿勿复言，朕自有处置。"普乃退出。

次日，太祖晚朝，命有司设宴便殿，召石守信、王审琦、张令铎、赵彦徽等入宴。酒至半酣，太祖屏退左右，乃语众将道："朕非卿等不及此。但身为天子，实属大难，不若为节度使时，尚得逍遥自在。朕自受禅以来，已是一年有余，何从有一夕安枕哩。"守信等离座起对道："陛下还有什么忧虑？"太祖微笑道："朕与卿等统是故交，何妨直告。这皇帝宝位，哪个不想就座呢。"守信等伏地叩首道："陛下奈何出此一谕。目今天下已定，何人敢生异心？"太祖道："卿等原无此心，倘麾下贪图富贵，暗中怂恿，一旦变起，将黄袍加汝身上，汝等虽欲不为，也变做骑虎难下了。"推己及人。守信等泣谢道："臣等愚不及此，乞陛下哀矜，指示生路！"太祖道："卿等且起！朕却有数语，与卿等熟商。"守信等遵旨起来，太祖道："人生如白驹过隙，忽壮忽老忽死。总没有几百年寿数，所以萦情富贵，无非欲多积金银，厚自娱乐，令子孙不致穷苦罢了。朕为卿等打算，不如释去兵权，出守大藩，拣择良好田园，购置数顷，为子孙立些长业，自己多买歌童舞女，日夕欢饮，借终天年，朕且与卿等约为婚姻，世世亲睦，上下相安，君臣无忌，岂不是一条上策么？"守信等又拜谢道："陛下怜念臣等，一至于此，真所谓生死肉骨了。"是日尽欢乃散。越日均上表称疾，乞罢典兵，太祖遂命石守信为天平节度使，王审琦为忠正节度使，张令铎为镇宁节度使，赵彦徽为武信节度使，皆罢宿卫就镇。就是驸马都尉高怀德，也出为归德节度使，撤去殿前副都点检。防之耶？抑借之以解嘲耶？诸将先后辞行，太祖又特加赐赉，都欢欢喜喜的去了。从此安享天年，不再出现。

过了数年，太祖欲召天雄军节度使符彦卿，入典禁兵。这彦卿系宛邱人，父名存审，曾任后唐宣武军节度。彦卿幼擅骑射，壮益骁勇，历晋、汉

两朝，已累镇外藩；周祖即位，授天雄军节度使，晋封卫王。世宗迭册彦卿两女为后，就是光义的继室，也是彦卿第六女。所以周世宗加封彦卿为太傅，宋太祖更加封他为太师。至此因将帅多已就镇，乃欲召彦卿入值。赵普闻知消息，忙进谏道："彦卿位极人臣，岂可再给兵柄？"太祖道："朕待彦卿素厚，谅他不致负朕。"妹夫尚令他就镇，难道姻长独可靠么？赵普突然道："陛下奈何负周世宗。"兜心一拳。太祖默然，因即罢议。既而永兴军节度使王彦超，安远军节度使武行德，护国军节度使郭从义，定国军节度使白重赞，保大军节度使杨廷璋等，同时入朝，太祖与宴后苑，从容与语道："卿等均国家旧臣，久临剧镇，王事鞅掌，殊非朕优礼贤臣的本意。"说至此，彦超即避席跪奏道："臣素乏功劳，忝膺荣宠，今年已衰朽了，幸乞赐骸骨，归老田园！"太祖亦离座亲扶，且嘉慰道："卿可谓谦谦君子了。"武行德等不知上意，反历陈平昔战功，及履历劳苦。太祖冷笑道："这是前代故事，也不值再谈呢。"行德等碰这钉子，实是笨伯。至散席后，侍臣已料有他诏，果然次日下旨，将武行德等俱罢节镇，唯王彦超留镇如故。小子有诗叹道：

尾大原成不掉忧，日寻祸乱几时休？
谁知杯酒成良策，尽有兵权一旦收。

宿卫藩镇，先后裁制，太祖方高枕无忧，谁知国事粗安，大丧又届，究竟何人归天，俟至下回分解。

李重进为周室懿亲，如果效忠周室，理应于宋祖受禅之日，即起义师，北向讨逆，虽或不成，安得谓为非忠？至于李筠起事，始遣翟守珣往潞议约，晚矣。然使与筠同时并举，南北夹攻，则宋祖且跋前疐后，事之成败，尚未可知也，乃迟回不决，直至潞州已平，乃思发难，昧时失机，莫此为甚。且令后世目为宋之叛臣，不得与韩通、李筠相比，谓非死有余憾乎？赵普惩前毖后，力劝宋祖裁抑武夫，百年积弊，一旦革除，读史者多艳称之。顾亦由宋祖智勇，素出诸将右，石守信辈惮其雄威，不敢立异，乃能由彼操纵耳。不然，区区杯酒，寥寥数言，宁能使若辈帖服耶？然后世子孙，庸弱不振，卒受制于夷狄，未始非由此成之。内宁即有外忧，此方正学之所以作深虑论也。

第八回　遣师南下戡定荆湘
冒雪宵来商征巴蜀

却说建隆二年夏六月，杜太后寝疾，宋祖日夕侍奉，不离左右，奈病势日重一日，未几痰喘交作，势且垂危。太后自知不起，乃召集子孙，并枢密使赵普，同至榻前，先语太祖道："你身登大宝，已一年有余，可知得国的缘由么？"太祖答道："统是祖考及太后余庆，所以得此幸遇。"太后道："你错想了！周世宗使幼儿主天下，所以你得至此。你百年后，帝位当先传光义，光义传光美，光美传德昭，国有长君，乃是社稷幸福，你须记着！"太祖泣道："敢不遵教！"太后复顾赵普道："你随主有年，差不多似家人骨肉，我的遗言，烦你亦留心记着，不得有违！"赵普受命，就于榻前写立誓书，先书太后遗嘱，末后更连带署名，写了臣赵普谨记五字，即收藏金匮中，着妥当宫人掌管，总道是开国成规，世世勿替了。为后文背誓张本。原来杜太后生五子，长匡济，次即太祖，三匡义，四匡美，五匡赞。匡济、匡赞早亡，太祖即位，为了避讳的缘故，将所有兄弟原名，统改匡为光，所以太后遗嘱中，也称光义、光美。德昭乃太祖子，即元配贺夫人所出，前已叙过，想看官亦应接洽了。事关国祚，不嫌复笔。自金匮立誓后，不到两日，太后即崩于滋德殿，年六十，谥曰明宪。乾德二年，复改谥昭宪，合祔安陵，这且搁下不提。

且说太祖用赵普计，既尽收宿将兵柄，及藩镇重权，乃选择将帅，分部守边，命赵赞屯延州，姚内斌守庆州，董遵诲屯环州，王彦昇守原州，冯继

业镇灵武，控扼西陲。李汉超屯关南，马仁瑀守瀛州，韩令坤镇常山，贺维忠守易州，何继筠领棣州，防御北狄。又令郭进镇西山，武守琪戍晋州，李谦溥守隰州，李继勋镇昭义，驻扎太原。诸将家族，留居京师，抚养甚厚。所有在镇军务，尽许便宜行事。每届入朝，必召对命坐，赐宴赉金，因此诸将多尽死力，西北得以无虞。羁留家属以防其叛，优加赐赉以买其欢，驭将之道，无逾于此。唯关南汛地，忽有人民来京控诉，吁称李汉超强占己女，及贷钱不偿事。太祖召语道："汝女可适何人？"该民答道："不过农家。"太祖又问道："汉超未到关南时，辽人曾来侵扰否？"该民道："年年入寇，苦累不堪。"太祖道："今日若何？"该民答言没有。宋祖怫然道："汉超系朕贵臣，汝女畀他为妾，比出嫁农家，应较荣宠。且使关南没有汉超，你的子女，你的家资，能保得全否？区区小事，便值得来此控诉么？下次再来刁讼，决不宽贷！"言毕，喝左右将该民逐出，此种言动，全是权术，不足与言盛王之治。该民涕泣回乡。太祖却遣一密使，传谕汉超道："你亟还民女，并清偿贷款，朕暂从宽典，此后慎勿再为！如果入不敷出，尽可告朕，何必向民借贷哩！"钱财可向你乞济，妻妾不肯令之莅任，奈何？汉超闻言，感激涕零，即遵旨将人财归还，并上表谢罪。嗣是益修政治，吏民大悦。

还有环州守将董遵诲，系高怀德外甥，父名宗本，曾仕汉为随州刺史。太祖微时，尝客游汉东，至宗本署中。宗本颇器重太祖，留住数日，独遵诲瞧他不起，常多侮慢。一夕，语太祖道："我尝见城上紫云如盖，又梦登高台，遇一黑蛇，约长百尺，忽飞腾上天，化龙竟去，这是何故？"太祖微笑不答。越数日，又与太祖谈论兵事，遵诲理屈词穷，反恼羞成怒，竟奋袂起座，欲与太祖角力。太祖匆匆避出，遂向宗本处辞别，自行去讫。至周末宋初，遵诲已任骁武指挥使，太祖在便殿召见，遵诲惶恐得很，伏地请死。太祖令左右扶起，因慰谕道："卿尚记从前紫云化龙的事情么？"遵诲复再拜道："臣当日愚骙，不识真主，今蒙赦罪，当衔环报德。"骄子失势，往往如是。太祖大笑。俄而遵诲部下，有军卒击鼓鸣冤，控告不法事数十件。遵诲益惶恐待罪。太祖复召谕道："朕方赦过赏功，何忍复念旧恶，卿勿复忧！但教此后自新，朕且破格重用。"遵诲又叩首谢恩。遵诲父宗本，世籍范阳，旧隶辽降将赵延寿部下。及延寿被执，乃挈子南奔，唯妻妾陷入幽州，太祖因令人纳赂边民，赎归遵诲生母，送与遵诲。遵诲更加感激，誓以死报。太祖

特授为通远军使，镇守环夏。遵诲至镇，召诸族酋长，宣谕朝廷威德，众皆悦服。未几复来扰边，由遵诲发兵深入，斩获无算，边境乃宁。虎狼非不可用，在用之得其道耳。太祖复令文臣知州事，置诸州通判，设诸路转运使，选诸道兵入补禁卫，无非是裁制镇帅，集权中央，于是五代藩镇的积弊，一扫而空了。煞费苦心，方得百年保守。

会太祖复改元乾德，以建隆四年为乾德元年，百官朝贺，适武平节度使周保权，遣使告急。保权系周行逢子，行逢当周世宗时，因平定湖南，受封为朗州大都督，兼武平军节度使，管辖湖南全境。宋初任职如故，且加授中书令。行逢在镇，颇尽心图治，唯境内一切处置，概仍方镇旧态，行动自由。太祖初定中原，不遑过问，行逢得坐镇七年，安享宠荣。既而病重将死，召嘱将校道："我子保权，才十一岁，全仗诸公保护，所有境内各官属，大都恭顺，当无异图。唯衡州刺史张文表，素性凶悍，我死后，他必为乱，幸诸公善佐吾儿，无失土宇，万不得已，宁可举族归朝，无令陷入虎口，这还不失为中策哩。"言讫遂逝，保权嗣位，果然讣至衡州，文表悍然道："我与行逢俱起家微贱，同立功名，今日行逢已殁，不把节镇属我，乃教我北面事小儿，何太欺人！"当下带领军士，袭据潭州，杀留后廖简，又声言将进取朗州，尽灭周氏。朗州大震。保权遣杨师璠往讨，并遣使至宋廷乞援。荆南节度使高继冲，亦拜表上闻。继冲系高保勋侄儿，保勋祖季兴，唐末为荆南节度使，历梁及后唐，晋封南平王。季兴死后，子从诲袭爵。从诲传子保融，保融传弟保勋，保勋复传侄继冲，世镇江陵。荆南与湖南毗连，继冲恐文表侵入，所以驰奏宋廷。太祖闻报，先下诏荆南，令发水师数千名，往讨潭州。已寓深意。然后令慕容延钊为都部署，李处耘为都监，率兵南下。临行时，面谕二将道："江陵南逼长沙，东距建康，西迫巴、蜀，北近大梁，乃是最要的区域。现闻他四分五裂，正好乘势收归，卿等可向他假道，伺隙入城，岂不是一举两得么？"这便是假道灭虞之计。二将领命而去。到了襄州，即遣阖门使丁德裕，先赴江陵，向他假道。高继冲正遣水军三千人，令亲校李景威统率，出发潭州。已堕宋祖计中。至丁德裕到来，说明假道情形，乃即召僚属会议。部将孙光宪进言道："中国自周世宗，已有统一天下的志向，今宋主规模阔大，比周世宗还要雄武，江陵地狭民贫，万难与宋主争衡，不若早归疆土，还可免祸。就是明公的富贵，当也不致全失哩。"知机之言。继

冲踌躇未决，再与叔父保寅密商。保寅道：“且准备牛酒，借犒师为名，往觇强弱，再作计较。”继冲道：“即请叔父前往便了。”保寅乃采选肥牛数十头，美酒百瓮，往荆门犒师。既至军前，由李处耘接待，很是殷勤，保寅大喜。次日复由慕容延钊召保寅入帐，置酒与宴，相对甚欢。保寅已遣随卒飞报继冲，令他安慰，哪知李处耘即带领健卒，夤夜前进，竟达江陵。继冲正待保寅回来，忽闻大兵掩至，急得束手无策，只得出城相迎，北行十余里，正与处耘遇着。处耘揖继冲入寨，令待延钊，自率亲军入江陵城。及继冲得还，见宋军已分据要冲，越觉惶惧，不得已缴出版籍，将全境三州十六县，尽献宋廷，当遣客将王昭济，奉表赍纳。太祖自然欣慰，遂遣王仁赡为荆南都巡检使，仍令赍衣服玉带，器币鞍勒，赏给继冲，并授为马步都指挥使，仍官荆南节度如故。且因孙光宪劝使归朝，命为黄州刺史。荆南自高季兴据守，传袭三世五帅，凡四十余年，至是纳土归宋，继冲寻改任武宁节度使，至开宝六年病殁，总算富贵终身，了却一世。应了孙光宪之言。

唯慕容延钊、李处耘，既袭据江陵，遂进图潭州。是时湖南将校杨师璠，已在平津亭大破敌军，擒住张文表，脔割而食。也太残忍。潭州城守空虚，延钊等乘虚掩入，不费兵刃，即得潭州，复率兵进攻朗州。保权尚属冲年，毫无主见，牙将张从富道：“目下我兵得胜，气势方盛，不妨与宋军决一胜负。且此处城郭坚完，就使不能战胜，尚可据城固守，待他食尽，自然退去，何足深虑！”以张文表目宋军，拟于不伦。诸将亦多半赞同，遂整缮兵甲，决计抗命。慕容延钊，令丁德裕先往宣抚，劝朗州献土投诚。德裕率从骑数百人，直抵朗州城下，呼令开门。张从富在城上应声道：“来将为谁？”丁德裕道：“我是阁门使丁德裕，特来传达朝旨，宣谕德意！”从富冷笑道：“有什么德意？无非欲窃据朗州。汝去归语宋天子，我处封土，本是世袭，张文表已经荡平，不劳汝军入境，彼此各守境界，毋伤和气！”德裕怒道：“你敢反抗王师么？”从富道：“朗州不比江陵，休得小觑！若要强来占据，我也不怕，请看此箭！”言已，即将一箭射下。德裕乃退，返报延钊。延钊即日奏闻，太祖又遣中使往谕道：“汝本请师救援，所以出发大军，来拯汝厄。今妖孽既平，汝等反以怨报德，抗拒王师，究是何意？”从富又拒而不纳，反尽撤境内桥梁，沉船沮河，伐树塞路，一意与宋军为难。延钊、处耘乃陆续进兵。处耘先到澧江，遥见对岸摆着敌阵，旗帜飘扬，恰也严整

得很。处耘阳欲渡江，暗中却分兵绕出上游，潜行南渡。那朗州牙将张从富，只知防着处耘，不料刺斜里杀到一支宋军，冲入阵内，慌忙麾兵对仗，战不数合，那对岸宋军，又复渡江杀来，害得手足无措，只好逃回朗州。大言无益。宋军俘获甚众，至处耘前报功。处耘检阅俘虏，视有肥壮的人，割肉作糜，分啖左右。又择少壮数名，黥字面上，纵还朗州。被黥的逃入城中，报称宋军好啖人肉，顿时全城惊骇，纷纷逃避。朗州军曾吃过张文表的肉，奈何闻宋军食人，乃惊溃至此？及处耘进抵城南，城中愈乱，张从富自知不支，遁往西山，别将汪端，护出周保权，及周氏家属，避匿江南岸僧寺中。处耘一鼓入城，待延钊兵到，复出搜逃虏，寻至西山下，巧值从富出来，意欲再往别处，冤冤相凑，与宋军遇着，眼见得是束手成擒，身首异处了。再探访至僧寺，又将保权获住，周氏家眷，亦尽做俘囚，只汪端被逃，拥众四掠，复经宋军追剿，把他击死，湖南乃平。保权解至京师，上章待罪，太祖令释缚入朝，一个十一二岁的小孩子，骤睹天威，吓得杀鸡似的乱抖，连"万岁"两字，都模模糊糊的叫不清楚。仿佛刘盆子。太祖不禁怜惜，便优旨特赦，授右千牛卫上将军，葺京城旧邸院，令与家属同居。后来保权年长，累迁右羽林统军，并出知并州，也与高继冲同一善终，这未始非宋祖厚恩呢。

荆、襄既平，太祖复拟荡平南北，因恐兵力过劳，暂令休养。忽军校史珪、石汉卿，入白太祖，诬称殿前都虞侯张琼，拥兵自盗，擅作威福等情，太祖召琼入殿，面讯一切。琼未肯认罪，反挺撞了几句，引起太祖怒意，喝令掌嘴。那时走过了石汉卿，用铁树猛击琼首，顿时血流如注，晕厥过去。汉卿并将他曳出，锢置狱中，及琼已酥醒，自觉伤重，痛不可忍，乃泣呼道："我在寿春时，身中数矢，当日即死，倒也完名全节，今反死得不明不白，煞是可恨！"应第三回。言毕，遂解下所系腰带，托狱吏寄家遗母，自己咬着牙齿，把头向墙上撞去，创破脑裂，霎时毙命。太祖既闻琼言，复探得琼家毫无余财，未免自悔，命有司厚恤琼家，且严责石汉卿粗莽，便即了案。张琼死谗，咎在宋祖，故特赦之以表其冤。

乾德二年，范质、王溥、魏仁浦三相并罢，用赵普同平章事。宋初官制，多仍唐旧，同平章事一职，在唐时已有此官，就是宰相的代名。太祖既相赵普，复拟置一副相，苦无名称，问诸翰林承旨陶谷。陶谷谓唐有参知政事，比宰相稍降一级。太祖乃命枢密，直学士薛居正，兵部侍郎吕余庆，并

以本官参知政事，敕尾署衔，随宰相后，月俸杂给，视宰相减半，自是垂为定例。唯赵普入相，任职独专，太祖也格外信任，遇有国事，无不咨商。有时在朝未决，到了夜间，太祖且亲至普宅，商及要政，所以普虽退朝，尚恐太祖亲到，未敢骤易衣冠。一日大雪，辇毂萧条，普退朝后，吃过晚膳，语门客道："主上今日，想必不来了。"门客答道："今夜寒甚，就是寻常百姓，尚不愿出门，况贵为天子，岂肯轻出？丞相尽可早寝了。"普乃易去冠服，退入内室，闲坐片时，将要就寝，忽闻叩门有声，正在动疑，司阍已驰入报道："圣上到了。"普不及冠服，匆匆趋出，见太祖立风雪中，慌忙迎拜，且云臣普接驾过迟，且衣冠未整，应该待罪。太祖笑道："今夜大雪，怪不得卿未及防，何足言罪？"一面说着，一面既扶起赵普，趋入普宅。太祖复道："已约定光义同来，渠尚未到么？"赵普正待回答，光义已经驰至。君臣骨肉，齐集一堂，太祖戏问赵普道："羊羔美酒，可以消寒，卿家可有预备否？"普答言有备。太祖大喜，且命普就地设裀，闭门共坐。普一一领旨，即就堂中炽炭烧肉，唤出妻室林氏，令司酒炙。林氏登堂，叩见太祖，并谒光义，太祖呼林氏道："贤嫂！今日多劳你了。"赵普代为谦谢。须臾，肉熟酒热，由林氏供奉上来。普斟酒侍饮，酒至半酣，太祖语普道："朕因外患未宁，寝不安枕，他处或可缓征，唯太原一路，时来侵扰，朕意将先下太原，然后削平他国，卿意以为何如？"普答道："太原当西北二面，我军若下太原，便与契丹接壤，边患要我当冲了。臣意不如先征他国，待诸国削平，区区弹丸黑子，哪里保守得住？当然归入版图呢。"老成有识，不愧良相。太祖微笑道："朕意也是这般，前言不过试卿，但今日欲平他国，当先从何处入手？"普答道："莫如蜀地。"太祖点首，嗣复议及伐蜀计策，又谈论了一两时，夜色已阑，太祖兄弟，方起身辞去，普送出门外而别。小子有诗咏道：

风雪漫天帝驾来，重裀坐饮相臣陪。
兴酣商画平西策，三峡烟云付酒杯。

西征议定，战鼓重鸣，宋廷上面，又要遣将调兵，向西出发了。欲知征蜀胜负，请看下回便知。

荆、襄两处，唇齿相依，即并力拒宋，亦恐不逮，况外交未善，内乱相寻，宁能不相与沦亡乎？宋太祖欲收荆、湖，何妨以堂堂之师，正正之旗，平定两境，而必师假虞伐虢之故智，袭据荆南，次及湖南，是毋乃所谓杂霸之术，未足与语王道者。且观其羁縻李汉超，笼络董遵诲，无一非噢咻小惠之为。至于击死张琼，信谗忘劳，而真态见矣。厚恤家属，亦胡益哉？追观其雪夜微行，至赵普家，定南征北讨之计，后人方侈为美谈，夫征伐大事也，不议诸大廷，乃议诸私第，鬼鬼祟祟，君子所勿取焉。

第九回　破川军孱王归命
受蜀俘美妇承恩

却说蜀主孟昶，系两川节度使孟知祥子，后唐明宗封他为蜀王，历史上叫作后蜀，详见五代史。唐末僭称蜀帝，未几病殁，子仁赞嗣立，改名为昶。昶荒淫无度，滥任臣僚，所用王昭远、伊审征、韩保正、赵崇韬等，均不称职。昶母李氏，本唐庄宗嫔御，赐给孟知祥，尝语昶道："我见庄宗及尔父，灭梁定蜀，当时统兵将帅，必须量功授职，所以士卒畏服。今王昭远本给事小臣，韩保正等又绔袴子弟，素不知兵，一旦有警，如何胜任？"昶母颇有见识。昶不肯从。及宋平荆湖，蜀相李昊又进谏道："臣观宋氏启运，不类汉周，将来必统一海内，为我国计，不如遣使朝贡，免启戎机。"昶颇以为是，商诸昭远。昭远道："蜀道险阻，外扼三峡，岂宋兵所得飞越？主上尽可安心，何必称臣纳贡，转受宋廷节制呢。"昶乃罢朝贡议，并增兵水陆，防守要隘。既而昭远从张廷伟言，劝昶通好北汉，夹攻汴梁。昶乃遣部校赵彦韬等，赍送蜡书，令由间道驰往太原。偏彦韬阳奉阴违，竟入汴都，奏闻太祖，太祖展书略阅，但见上面写着：

早岁曾奉尺书，远达睿听，丹素备陈于翰墨，欢盟已保于金兰，洎传吊伐之嘉音，实动辅车之喜色。寻于褒汉添驻师徒，只待灵旗之济河，便遣前锋而出境。

太祖览书至此，不禁微笑道："朕正拟发兵西征，偏他先来寻衅，益令朕师出有名了。"遂把原书掷下，安排选将，命忠武军节度王全斌，为西川行营都部署，都指挥使刘光义、崔彦进为副，枢密副使王仁赡，枢密承旨曹彬为都监，率部兵六万人，分道入蜀。全斌等入朝辞行，太祖面谕道："卿以为西川可取否？"全斌道："臣等仰仗天威，谨遵庙算，想必克日可取哩。"右厢都校史延德前奏道："西川一方，倘在天上，人不能到，原是无法可取。若在地上，难道如许兵力，尚不能平定一隅么？"太祖喜道："卿等勇敢如此，朕复何忧！但若攻克城寨，所得财帛，尽可分给将士，朕止欲得他土地，此外无所求了。"恐尚有一意中人。全斌等叩首受训。太祖又道："朕已为蜀主治第汴滨，共计五百余间，供帐什物，一切具备，倘或蜀主出降，所有家属，无论大小男妇，概不准侵犯一人，好好的送他入都，来见朕躬，朕当令他安居新第哩。"言中有意，请看下文。全斌等领旨而出，遂分两路进兵。全斌及彦进等，由凤州进，光义及曹彬等，由归州进，浩浩荡荡，杀奔西川。

蜀主昶闻得警报，亟命王昭远为都统，赵崇韬为都监，韩保正为招讨使，李进为副，率兵拒宋，且令左仆射李昊，在郊外饯行。昭远酒酣起座，攘臂大言道："我此行不止克敌，就是进取中原，也容易得很，好似反手一般哩。"李昊暗暗笑着，口中只好敷衍数语，随即告别。昭远率兵启行，手执铁如意，指挥军事，自比诸葛亮。我说他可比王衍。到了罗川，闻宋帅王全斌等，已攻克万仞、燕子二寨，进拔兴州，乃亟派韩保正、李进率军五千，前往拒敌。韩、李二人，行至三泉寨，正值宋军先锋史延德，带着前队，骤马冲来。李进舞戟出迎，战未数合，被延德用枪拨戟，轻舒左臂，将李进活擒过去。保正大怒。抡刀出战，延德毫不惧怯，挺枪接斗，又战了十余合，杀得保正气喘吁吁，正想回马逃奔，不防延德的枪锋，正向中心刺来，慌忙用刀遮拦，那枪枝便缩了回去，保正向前一扑，又被延德活捉去了。正是纨绔子弟，不堪一战。延德驱兵大进，乱杀一阵，可怜这班蜀兵，多做了无头之鬼。还有三十万石粮米，也由宋军搬去，一粒不留。王昭远闻着败信，遂列阵罗川，准备拒敌。延德也不敢轻进，在途次暂憩，静待后军。至崔彦进率兵到来，方会同前进，遥见蜀兵依江为营，桥梁未断。彦进前行张万友，大呼道："不乘此抢过浮桥，更待何时？"道言未绝，他已飞马突出，驰上浮

桥。蜀兵忙来拦阻，挡不住万友神力，左一槊，右一刀，都把他杀落水中。宋军一齐随上，霎时间驰过桥西，王昭远见宋军骁勇，不禁失色，便率兵退走，回保漫天寨。未战先怯，岂诸葛军师的骄兵计耶？一面调集各处精锐，并力守御。

崔彦进分兵三路，同时进击，自与史延德为中路，先抵漫天寨下。寨在山上，势极高峻，彦进知不易仰攻，只令兵士在山下辱骂，引他出来。昭远仗着兵众，倾寨出战，彦进率军迎敌，约略交锋，就一齐退去。昭远麾军力追，铁如意用得着了。看看赶了十余里，自觉离寨太远，拟鸣金收军，迟了。偏偏左右两面，杀到两路宋军，左路是宋将康延泽，右路便是张万友，彦进、延德又领军杀回，三路夹击蜀军，任你指挥如意的王昭远，到此也心慌意乱，没奈何驱马奔归，蜀兵随即大溃，宋军乘胜追赶，驰至寨下，凭着一股锐气，踊跃登山。昭远料难保守，复弃寨西奔。宋军掩入寨中，夺得器甲刍粮，不可胜数，待王全斌驰到，再派崔彦进等进兵，王昭远收集溃卒，复来拒敌，三战三北，乃西渡桔柏江，焚去桥梁，退守剑门。

全斌因剑门险峻，恐急切难下，且探听刘光义等消息，再定行止。未几得光义来书，已攻克夔州，进定峡中了。原来夔州地扼三峡，为西蜀江防第一重门户，刘光义、曹彬等，自归州进兵，正要向夔州攻入，蜀宁江制置使高彦俦，与监军武守谦，率兵扼守，就在夔州城外的锁江上面，筑起浮桥，上设敌栅三重，夹江列炮，专防敌船。刘光义等出发汴京，已由太祖指示地图，令他水陆夹攻，方可取胜，至是光义等锁江入蜀，距锁江三十里，即舍舟步进，夤夜袭击。蜀兵只管江防，不管陆防，骤被宋军自陆攻入，立即溃散。光义等既夺浮梁，进薄城下，蜀监军武守谦拟开城搦战，高彦俦出阻道：“北军跋涉前来，利在速战，不如坚壁固守，休与交锋，待他师老粮尽，士无斗志，那时彼竭我盈，一鼓便足退敌了。”以逸待劳，莫如此策。守谦不从，独领麾下千余骑，大开城门，跃马出战。正值光义骑将张廷翰，挺枪过来，两马相交，双枪并举，战到一两个时辰，廷翰枪法越紧，守谦抵敌不住，虚幌一枪，驰回城中。说是迟，那时快，廷翰紧追守谦，也纵马入城，守卒亟欲闭门，被廷翰戳毙数人，门不及闭。宋军一拥而进，曹彬、刘光义先后驰入，高彦俦忙来拦阻，已是招架不住。守谦遁去，彦俦身中数十创，奔归府第，整衣及冠，望西北再拜，自焚而亡。算是后蜀忠臣。光义等既克夔州，安抚百姓，礼葬彦俦遗骸，再向西北进兵，所过披靡。如万、施、开、

忠等州，次第收降，峡中郡县悉定，乃驰书报知全斌。全斌闻东路大捷，即进次益光，途次获得蜀中侦卒，厚赐酒食，劝他降顺，并问入蜀路径。该卒言："益光江东，越大山数重，有一狭径，地名来苏，由此径通过，即可绕出剑门南面，与官道会合，前途没甚险阻了。"全斌大喜，遂依降卒言，自来苏径趋青疆，一面分兵与史延德，潜袭剑门。果然王昭远闻警，令偏将在剑门居守，自引众至汉源坡，来阻全斌。谁料全斌尚未遇着，剑门失守的信息，已经报到，吓得昭远魂不附体，举措失常。既而尘头大起，号炮连声，全斌、崔彦进自青疆杀到，昭远僵卧胡床，好象死去，铁如意拿不动么？还是都监赵崇韬，布阵出战。看官！你想这时候的蜀军，统已胆战心寒，哪里还敢对仗？一经接手，略有几人受伤，就一哄儿逃散了。崇韬还想支持，偏坐骑也象胆小，只向后倒退下去，累得崇韬坐不安稳，平白地翻落马下，部下没人顾着，活活的被宋军缚住。力避词复，故笔下特开生面。全斌本是个杀星，但教兵士砍杀过去，好似刀劈西瓜，滚滚落地，差不多有万余颗头颅。有几个败兵，侥幸逃脱，奔回寨中，忙将昭远掖坐马上，加鞭疾奔，逃至东川，下马匿仓舍中，悲嗟流涕，两目尽肿。何不设空城计？俄而追骑四至，入舍搜寻，见昭远缩做一团，也不管什么都统不都统，把他铁索上头，似猢狲般牵将去了。涉笔成趣。

蜀主孟昶，正与爱妃花蕊夫人，点出尤物，饮酒取乐，突然接到败报，把酒都吓醒了一半，忙出金帛募兵，令太子玄喆为统帅，李廷珪、张惠安等为副将，出赴剑门，援应前军。玄喆素不习武，但好声歌，当出发成都时，尚带着好几个美女，好几十个伶人，笙箫管笛，沿途吹唱，并不象行军情形。大约是出去迎亲。廷珪、惠安又皆庸懦无识，行到绵州，得知剑门失守，竟遁还东川。孟昶惶骇，亟向左右问计，老将石斌献议道："宋师远来，势不能久，请深沟高垒，严拒敌军。"蜀主叹道："我父子推衣解食，养士至四十年，及大敌当前，不能为我杀一将士，今欲固垒拒敌，敢问何人为我效命？"言已，泪下如雨。忽丞相李昊入报道："不好了！宋帅全斌，已入魏城，不日要到成都了。"孟昶失声道："这且奈何？"李昊道："宋军入蜀，无人可当，谅成都亦难保守，不如见机纳土，尚可自全。"孟昶想了一会，方道："罢罢！我也顾不得什么了，卿为我草表便是。"李昊乃立刻修表，表既缮成，由孟昶遣通奏伊审征，赍送宋军。全斌许诺，乃令马军都监康延

泽，领着百骑，随审征入成都，宣谕恩信，尽封府库乃还。越日，全斌率大军入城，刘光义等亦引兵来会，孟昶迎谒马前，全斌下马抚慰，待遇颇优。昶复遣弟仁贽诣阙上表，略云：

先臣受命唐室，建牙蜀川，因时势之变迁，为人心之拥迫。先臣即世，臣方丱年，猥以童昏，谬承余绪。乖以小事大之礼，阙称藩奉国之诚，染习婾安，因循积岁。所以上烦宸算，远发王师，势甚疾雷，功如破竹。顾唯懦卒，焉敢当锋？寻束手以云归，上倾心而俟命。当于今月十九日，已领亲男诸弟，纳降礼于军门，至于老母诸孙，延残喘于私第。陛下至仁广覆，大德好生，顾臣假息于数年，所望全躯于此日。今蒙元戎慰恤，监护抚安，若非天地之重慈，安见军民之受赐？臣亦自量过咎，谨遣亲弟诣阙奉表，待罪以闻！

这篇表文，相传亦李昊手笔。昊本前蜀旧臣，前蜀亡时，降表亦出昊手。蜀人夜书昊门，有“世修降表李家”六字，这也是一段趣闻。总计后蜀自孟知祥至昶，凡二世，共三十二年。宋太祖接得降表，便简授吕余庆知成都府，并命蜀主昶速率家属，来京授职。无非念着妙人儿。孟昶不敢怠慢，便挈族属启程，由峡江而下，径诣汴京，待罪阙下。太祖御崇元殿，备礼见昶。昶叩拜毕，由太祖赐坐赐宴，面封昶为检校太师兼中书令，授爵秦国公，所有昶母以下，凡子弟妻妾及官属，均赐赍有差。就是王昭远一班俘虏，也尽行释放。

看官！你道太祖何故这般厚恩？他闻昶妾花蕊夫人，艳丽无双，极思一见颜色，借慰渴念，但一时不便特召，只好借着这种金帛，遍为赏赐，不怕她不进来谢恩。昶母李氏，因即带着孟昶妻妾，入宫拜谢，花蕊夫人，当然在列。太祖一一传见，挨到花蕊夫人拜谒，才至座前，便觉有一种香泽，扑入鼻中，仔细端详，果然是国色天姿，不同凡艳，及折腰下拜，几似迎风杨柳，袅娜轻盈，嗣复听娇语道：“臣妾徐氏见驾，愿皇上圣寿无疆”或云花蕊夫人姓费，未知孰是？这两句虽是普通说话，但出自花蕊夫人徐氏口中，偏觉得珠喉宛转，呖呖可听。当下传旨令起，且命与昶母李氏，一同旁坐。昶母请入谒六宫，当有宫娥引导前去，花蕊夫人等，也即随往。太祖尚自待着，

好一歇见数人出来，谢恩告别。太祖呼昶母为国母，并教她随时入宫，不拘形迹，醉翁之意不在酒。昶母唯唯而退。太祖转着双眸，钉住花蕊夫人面上，夫人亦似觉着，瞧了太祖一眼，乃回首出去。为这秋波一转，累得这位英明仁武的宋天子，心猿意马，几乎忘寝废餐。且因继后王氏，于乾德元年崩逝，六宫虽有妃嫔，都不过寻常姿色，王皇后之殁，就从此处带过。此时正在择后，偏遇这倾国倾城的美人儿，怎肯轻轻放过？无如罗敷有夫，未便强夺，踌躇了好几天，想出一个无上的法儿来。

一夕，召孟昶入宴，饮至夜半，昶才告归。越宿昶竟患疾，胸间似有食物塞住，不能下咽，迭经医治，终属无效。奄卧数日，竟尔毕命，年四十七岁。太祖废朝五日，居然素服发哀，赙赠布帛千匹，葬费尽由官给，追封昶为楚王。好一种做作。昶母李氏，本奉旨特赐肩舆，时常入宫，每与太祖相见，辄有悲容。太祖尝语道："国母应自爱，毋常戚戚，如嫌在京未便，他日当送母归。"李氏问道："使妾归至何处？"太祖答言归蜀。李氏道："妾本太原人氏，倘得归老并州，乃是妾的素愿，妾当感恩不浅了。"太祖欣然道："并州被北汉占据，待朕平定刘钧，定当如母所愿。"李氏拜谢而出。及孟昶病终，李氏并不号哭，但用酒酬地道："汝不能死殉社稷，贪生至此，我亦为汝尚存，所以不忍遽死。今汝死了，我生何为？"遂绝粒数日，也是呜呼哀哉，伏唯尚飨。太祖命赙赠加等，令鸿胪卿范禹偁护理丧事，与昶俱葬洛阳。葬事粗毕，孟昶的家属，仍回至汴都，免不得入宫谢恩。太祖见了花蕊夫人，满身缟素，愈显得丰神楚楚，玉骨姗姗，是夕竟留住宫中，迫她侍宴。花蕊夫人也身不由主，只好唯命是从。饮至数杯，红云上脸，太祖越瞧越爱，越爱越贪，索性拥她入帏，同上阳台，永夕欢娱，不消细述。次日即册立为妃。这花蕊夫人，系徐匡璋女，绰号花蕊，无非因状态娇柔，仿佛与花蕊相似，嫩蕊娇香，难禁痴蝶，奈何？她本与孟昶很是亲爱，此次被迫主威，勉承雨露，唯心中总忆着孟昶，遂亲手绘着昶像，早夕供奉，只托言是虔奉张仙，对他祷祝，可卜宜男。宫中一班嫔御，巴不得生男抱子，都照样求绘，香花顶礼去了。俗称张仙送子，便由这花蕊夫人捏造出来。小子有诗咏花蕊夫人道：

供灵诡说是张仙，如此牵情也可怜。

千古艰难唯一死，桃花移赠旧诗篇。

花蕊夫人入宫后，宋太祖非常钟爱，欲知以后情事，容至下回表明。

蜀主孟昶，嬖幸宠妃，信任庸才，已有速亡之咎，乃反欲勾通北汉，自启战衅，虽欲不亡，其可得乎？王昭远以侍从小臣，谬任统帅，反以诸葛自比，可嗤孰甚。宋祖算无遗策，其视蜀主孟昶，已如笼中之鸟，釜底之鱼，其所以预筑新第，特别优待者，无非欲买动花蕊夫人之欢心耳。正史于孟氏世家，载明孟昶入汴，受爵秦国公，数日即卒，而于花蕊夫人事，略而不详，此由《宋史》实录，为君讳恶，后人无从证实，乃特付阙如耳。然稗官野乘，已遍录轶闻，卒之无从掩迹。且昶年仅四十有余，而入汴以后，胡竟暴卒？大明殿之赐宴，明载史传，蛛丝马迹，确有可寻，著书人非无端诬古，揭而出之，微特足补正史之阙，益以见欲盖弥彰者之终难文过也。

第十回　戢兵变再定西川
兴王师得平南汉

却说宋太祖得了花蕊夫人，册封为妃，待她似活宝贝一般，每当退朝余暇，辄与花蕊夫人调情作乐。这花蕊夫人，却是个天生尤物，不但工颦解媚，并且善绘能诗；太祖尝令她咏蜀，她即得心应手，立成七绝数首，中有二语最为凄切，传诵一时。诗云："十四万人齐解甲，也无一个是男儿。"太祖览此二语，不禁击节称赏，且极口赞美道："卿真可谓锦心绣口了。"唯孟昶初到汴京，曾赐给新造大厦五百间，供帐俱备，俾他安居。至孟昶与母李氏，次第谢世，花蕊夫人已经入宫，太祖便命将孟宅供帐，收还大内。卫卒等遵旨往收，把孟昶所用的溺器，也取了回来。看官！试想这溺器有何用处，也一并取来呢？原来孟昶的溺器，系用七宝装成，精致异常，要与花蕊夫人相配，应该有此宝装。卫卒甚为诧异，所以取入宫中。太祖见了，也视为稀罕，便叹道："这是一个溺器，乃用七宝装成，试问将用何器贮食？奢靡至此，不亡何待！"即命卫卒将它撞碎，扑的一声，化作数块。溺器可以撞碎，花心奈何采用？既而见花蕊夫人所用妆镜，背后镌有"乾德四年铸"五字。史称蜀宫人入内，宋主见甚镜背有乾德四年铸五字，蜀宫人想即花蕊夫人，第史录讳言，故含混其词耳。不觉惊疑道："朕前此改元，曾谕令相臣，年号不得袭旧，为什么镜子上面，也有乾德二字哩？"花蕊夫人一时失记，无从对答；乃召问诸臣，诸臣统不知所对，独翰林学士窦仪道："蜀主王衍，曾有此号。"太祖喜道："怪不得镜上有此二字，镜系蜀物，应纪蜀年，宰相须用读书人，卿确

具宰相才呢。”窦仪谢奖而退。自是朝右诸臣，统说窦仪将要入相，就是太祖亦怀着此意，商诸赵普。普答道：“窦学士文艺有余，经济不足。”轻轻一语，便将窦仪抹煞。太祖默然。窦仪闻知此语，料是赵普忌才，心中甚是怏怏，遂至染病不起，未几遂殁。太祖很是悼惜。

忽川中递到急报，乃是文州刺史全师雄，聚众作乱，王全斌等屡战屡败，向京乞援。能平蜀主昶，不能制全师雄。可见嗜杀好贪，终归失败。太祖乃命客省使丁德裕，即前回之丁德裕，时已改任客省使。率兵援蜀，并遥命康延泽为东川七州招安巡检使，剿抚兼施。看官道这全师雄何故作乱？原来王全斌在蜀，昼夜酣饮，不恤军务，曹彬屡请旋师，全斌不但不从，反纵使部下掳掠子女，劫夺财物，蜀民咸生怨望。嗣由太祖诏令蜀兵赴汴，饬全斌优给川资。全斌格外克扣，以致蜀兵大愤，行至绵州，竟揭竿为乱，自号兴国军，胁从至十余万；且获住文州刺史全师雄，推他为帅。全斌遣将朱光绪，领兵千人，往抚乱众，哪知光绪妄逞淫威，先访拿师雄家族，一一杀毙，只有师雄一女，姿色可人，他便把她饶命，占为妾媵。上行下效，捷于影响。师雄闻报大怒，遂攻据彭州，自称兴蜀大王。两川人民，群起响应，愈聚愈众。崔彦进及弟彦晖等分道往讨，屡战不利，彦晖阵亡。全斌再遣张廷翰赴援，亦战败遁回，成都大震。

时城中降兵，尚有二万七千名，全斌恐他们应贼，尽诱入夹城中，团团围住，杀得一个不留。于是远近相戒，争拒官军，西川十六州，同时谋变。全斌急得没法，只好奏报宋廷，一面仍令刘光义、曹彬出击师雄。刘光义廉谨有法，曹彬宽厚有恩，两人入蜀，秋毫无犯，军民相率畏怀。此次从成都出兵，仍然严守军律，不准扰民。沿途百姓，望着刘、曹两将军旗帜，都已额手相庆。到了新繁，师雄率众出敌，才一对垒，前队多解甲往降，弄得师雄莫名其妙，没奈何麾众退回。哪知阵势一动，宋军即如潮入，大呼：“降者免死！”乱众抛戈弃械，纷纷投顺，剩得若干悍目，来斗宋军，不是被杀，就是受伤，眼见得不能支持，统回头跑去。师雄奔投郫县，复由宋军追至，转走灌口。此古人所谓仁者无敌也。全斌闻刘、曹得胜，也星夜前进，至灌口袭击师雄。师雄势已穷蹙，不能再战，冲开一条血路，逃入金堂，身上已中数矢，鲜血直喷，仆地而亡。乱党退据铜山，改推谢行本为主。巡检使康延泽，用兵剿平，丁德裕亦已到蜀，分道招辑，乱众乃定。西南诸夷，亦多

归附。

捷报传达汴京，太祖乃促全斌等班师，及全斌还朝，由中书问状，尽得黩货杀降诸罪。因前时平蜀有功，姑从未减，只降全斌为崇义节度留后，崔彦进为昭化节度留后，王仁赡为右卫将军。仁赡对簿时，历诋诸将，冀图自免，唯推重曹彬一人，且对太祖道："清廉畏慎，不负陛下，只有曹都监，此外都不及了。"仁赡明知故犯，厥罪尤甚。太祖查得曹彬行囊，止图书衣衾，余无别物，果如仁赡所言，乃特加厚赏，擢为宣徽南院使。并因刘光义持身醇谨，亦赏功进爵，蜀事至此告终，以后慢表。

且说西蜀既平，宋太祖以乾德年号，与蜀相同，决意更改，并欲立花蕊夫人为后，密与赵普商议。普言："亡国宠妃，不足为天下母，宜另择淑女，才肃母仪。"太祖沉吟道："左卫上将军宋偓的长女，容德兼全，卿以为可立后否？"普对道："陛下圣鉴，谅必不谬。"太祖乃决立宋女为后。这宋女年未及笄，乾德元年，曾随母入贺长春节，太祖生日为长春节。太祖曾见她娇小如花，令人可爱。越四年，复召见宋女，面赐冠帔，宋女年已二八，豆蔻芳年，芙蓉笑靥，模样儿很是端妍，性情儿又很柔媚，当时映入太祖眼帘，便已记在心中；只因花蕊夫人，专宠后宫，乃把宋女搁置一边。此次提及册后事情，除了花蕊夫人，只有这个宋女，尚是萦情，当下通知宋偓，拟召他长女入宫。宋偓自然遵旨，当即将女儿送纳。哪个不要做国丈？乾德五年残腊，有诏改元开宝，开宝元年二月，由太史择定良辰，册立宋氏为后。是时宋氏年十七，太祖年已四十有二了。老夫得了少妻，倍增恩爱。宋氏又非常柔顺，每值太祖退朝，必整衣候接，所有御馔亦必亲自检视，旁坐侍食，因此愈得太祖欢心。俗语说得好："痴心女子负心汉。"那花蕊夫人，本有立后的希望，自被宋女夺去此席，倒也罢了，谁知太祖的爱情，也移到宋女上去，长门漏静，谁解寂寥？痛故国之云亡，怅新朝之失宠。因悲成怨，因怨成病，徒落得水流花谢，玉殒香消。数语可抵一篇吊花蕊夫人文。太祖回念旧情，也禁不住涕泪一番，命用贵妃礼安葬。后来境过情迁，也渐渐忘怀了。

会接得北方消息，北汉主刘钧病殁，养子继恩嗣立，太祖因有隙可乘，遂命昭化军节度使李继勋，督军北征。乘丧北伐，不得为义。继勋至铜锅河，连破汉兵，将攻太原。北汉主继恩，忙遣使向辽乞援。司空郭无为，与继恩有嫌，竟密嘱供奉官霸荣，刺死继恩，另立继恩弟继元，太原危乱得很。宋

太祖得悉情形，一面促李继勋进兵，一面遣使赍诏，谕令速降，拟封继元为平卢节度，郭无为为邢州节度。无为接诏，颇欲降宋，偏是继元不从，可巧辽主兀律，发兵救汉，李继勋恐孤军轻进，反蹈危机，乃收兵南归。北汉兵反结合辽兵，进寇晋、绛二州，大掠而去。太祖闻报大愤，下令亲征，命弟光义为东京留守，自统兵进薄太原，围攻三月，仍不能下。汉将刘继业，即杨业，详见下文。善战善守，宋将石汉卿等阵亡。辽复出兵来援，宋太常博士李光赞，劝太祖班师。太祖转问赵普，普意与光赞相同，乃分兵屯镇潞州，回驾大梁。此系开宝二年事，厥后荡平北汉，在太宗太平兴国四年，非太祖时事，故此处不得不叙入。

越年，由道州刺史王继勋上书，内称："南汉主刘铱，残暴不仁，屡出寇边，请速兴王师，吊民伐罪"等语。太祖尚不欲用兵，遗书南唐，令唐主转谕刘铱，劝他称臣。这时唐主李景，已早去世，第六子煜继立，煜仍事宋不怠，既得太祖诏书，即遣使转告南汉。刘铱不服，反拘住唐使，驰书答煜，语多不逊。煜乃将原书奏闻，太祖因命潭州防御使潘美，朗州团练使尹崇珂，领兵南征。小子欲叙南汉亡国，不得不略述南汉源流。南汉始祖，叫作刘隐，朱梁时据有广州，受梁封为南海王。隐殁后，弟陟袭位，僭号称帝，改名为龑。龑读若俨，古时字，书不载，想系刘陟杜撰。龑传子玢，玢为弟晟所弑。晟子名铱，淫昏失德，委政宦官龚澄枢，及才人卢琼仙，镇日里深居宫中，荒沉酒色。偶得一波斯女，丰艳善淫，曲尽房术，遂大加宠幸，赐号媚猪；更喜观人交媾，选择美少年，配偶宫人，裸体相接，自与媚猪往来巡察，见男胜女，乃喜，见女胜男，即将男子鞭挞，或加阉刑。群臣有过，及士人释道，可备顾问，概下蚕室，蚕室即阉人之密室。令得出入宫闱。又作烧、煮、剥、剔、刀山、剑树等刑，或令罪人斗虎抵象，辄为所噬。每岁赋敛，异常烦重，所入款项，多筑造离宫别馆，及奇巧玩物。内宦陈延寿，制作精巧，出入必随。延寿且劝铱除去诸王，借免后患，于是刘氏宗室，屠戮殆尽，故臣旧将，非诛即逃。内侍监李托，有二女，均饶姿色，铱选他长女为贵妃，次为才人。进托任内太师，自是南汉宫廷，第一个有权力的就是李托，第二个有权力的要算龚澄枢。至宋将潘美等，率兵进攻，龚澄枢方握兵权，无从推诿，只好出赴贺州，划策守御。甫至中途，闻宋军已至芳林，距贺州仅三十里，不禁大惊失色，慌忙引军遁还。毕竟是个阉人，带着一半女态。汉

主刘𬬮急得没法，大将伍彦柔自请督兵，乃命率水师援贺。舟至城外，适当夜半，待至迟明，彦柔挟弹登岸，踞坐胡床，指挥兵士。王昭远第二。不意宋军已预伏岸侧，突然杀出，把汉兵冲作数段，汉兵大乱，多半被杀。彦柔不及遁走，被宋军擒住，枭首悬竿，晓示城中。守卒惊愕失措，遂于次日陷入。

刘𬬮与李托等商议，李托等均束手无策。或请起用故将潘崇彻，𬬮意尚不欲用，无如警耗迭来，急不暇择，没奈何召入崇彻，命领兵三万，出屯贺江。崇彻本因谗被斥，居常怏怏，此时虽受命统军，免不得心存芥蒂，坐观成败。急时抱佛脚，尚有何益？宋军连拔昭、桂、连三州，进逼韶州。韶州系岭南锁钥，此城一失，广州万不可守。刘𬬮令将国中锐卒，及所有驯象，悉数出发，遣都统李承渥为元帅，往韶防御。承渥至韶州城北，驻军莲花峰下，列象为阵，每象载十余人，均执兵仗，气势甚盛。宋军猝睹此状，也未免张皇起来。潘美道："这有什么可怕？众将士可搜集强弩，尽力攒射，管教他众象返奔，自遭残害呢。"将士得令，各用强弓劲矢，向前射去，果然象阵立解，各象向后返窜，骑象各兵，纷纷坠地。宋军乘势掩击，杀得汉兵七歪八倒。承渥抱头窜还，还算保全性命。宋军遂攻入韶州。

刘𬬮闻报，战栗失容，驯象失败，何不遣媚猪去？环顾诸臣，统是面面相觑，没人敢去打仗，不由的涕泣入宫。宫媪梁鸾真，独上前道："妾有养子郭崇岳，颇娴战略，主上若任他为将，定可退敌。"刘𬬮大喜，亟命将崇岳召入，面加慰劳，授官招讨使，令与大将植廷晓，统兵六万，出屯马径。这郭崇岳毫无智勇，专知迷信鬼神，日夜祈祷，想请几位天兵天将，来退宋军，想由梁鸾真所教导。偏偏神鬼无灵，宋军大进，英州、雄州均已失守，潘崇彻反颜降宋，大敌已进压泷头。郭崇岳返报刘𬬮道："宋军已到泷头了，看来马径也是难保，应请固守城池，再图良策！"刘𬬮大惧，半晌才道："不如着人请和罢！"当下遣使赴潘美军，愿议和约。潘美不许，叱退来使，更进兵马径，立营双女山下，距广州城仅十里。𬮮逃生要紧，命取船舶十余艘，装载妻女金帛，拟航海亡命。不意宦官乐范，先与卫卒千余，盗船遁去。𬬮益穷迫，复遣左仆射萧漼，诣宋军乞降。潘美送漼赴汴，自率军进攻广州城。刘𬬮再欲遣弟保兴，率百官出迎宋师，郭崇岳入阻道："城内兵尚数万，何妨背城一战。战若不胜，再降未迟。"乃与植廷晓再出拒战，据水置栅，夹江以待。宋军渡江而来，廷晓、崇岳出栅迎敌。怎奈宋军似虎似

熊，当着便死，触着便伤，汉兵十死六七，廷晓亦战殁阵中，崇岳奔还栅内，严行扼守，刘铁又遣保兴出助。潘美语诸将道："汉兵编木为栅，自谓坚固，若用火攻，彼必扰乱，这乃是破敌良策呢。"遂分遣丁夫，每人二炬，俟夜静近栅，乘风纵火，万炬齐发，列焰冲霄，各栅均被燃着，可怜栅内守兵，都变作焦头烂额，逃无可逃，连崇岳也被烧死，只保兴逃回城中。鬼神不为无灵，竟迎崇岳西去。

龚澄枢、李托，私自商议道："北军远来，无非贪我珍宝财物，我不若先行毁去，令他得一空城，他不能久驻，自然退去了。"呆极。乃纵火焚府库宫殿，一夕俱尽。城内大乱，没人拒守，宋军到了城下，立即登城，入擒刘铁，并龚澄枢、李托等，及宗室文武九十七人。保兴逃入民舍，亦被擒住，悉押送阙下。媚猪曾否在内？有奄侍数百人，盛服求见。潘美道："我奉诏伐罪，正为此等，尚敢来见我么？"遂命一一缚住，斩首示众，广州乃平。总计南汉自刘隐据广州，至铁亡国，凡五主，共六十五年。当时广州有童谣云："羊头二四，白天雨至"，人莫能解，至刘铁亡国，适当辛未年二月四日，天雨二字，取王师如时雨的意思。小子有诗咏道：

妇寺盈廷适召亡，王师南下效鹰扬。
羊头戾气由人感，童语宁真兆不祥？

刘铁等解入汴京，能否保全首领，且待下回表明。

阅此回可知淫暴之徒，必至败亡。王全斌已平两川，乃以淫暴好杀，复召全师雄之乱，非刘光义、曹彬之尚得民心，出师征讨，其有不功败垂成乎？刘铁淫暴称最，宋师一入，如摧枯朽，虽有良将，亦且未克支持，况如龚澄枢、李承渥、郭崇岳之庸驽，用以御敌，虽欲不亡，何可得也？彼宋祖不免好淫，未尝好暴，故虽纳蜀妃，尚无大害。后之有国有家者，当知所戒矣。

第十一回　悬绘像计杀敌臣　造浮梁功成采石

却说南汉主刘鋹，被宋军擒住，押送汴都。太祖御崇德门，亲受汉俘，当即宣谕责鋹。鋹此时反不慌不忙，向前叩首道："臣年十六僭位，龚澄枢、李托等，俱先考旧人，每事统由他作主，臣不得自专。所以臣在国时，澄枢等是国主，臣实似臣子一般，还乞皇上明察！"史称鋹善口辩，即此数语，已见辩才。太祖闻奏，乃命大理卿高继申，审讯澄枢等一干人犯，得种种好谀情状，当即请旨，将澄枢、李托推出午门外斩首，特诏赦鋹，授检校太保右千牛卫大将军，封恩赦侯。鋹有可诛之罪，赦且封之，刑赏两失矣。鋹谢恩退朝，当有大宅留着，俾他居住。鋹弟保兴，亦得受封为右监门左仆射，所有萧漼以下各官属，俱授职有差。潘美等凯旋后，载归刘鋹私财，由太祖仍然给还，尚有美珠四十六瓮，金帛相等。鋹用美珠结成一龙，头角爪牙，无不毕具，且极巧妙，当下入献大内。太祖瞧着，语左右道："鋹好工巧，习与性成，若能移治国家，何至灭亡？"左右皆唯唯称是。一日，太祖幸讲武池，从官未集，鋹先禀见，由太祖赐酒一卮。鋹接酒不饮，竟叩头流涕道："臣承祖父基业，违拒朝廷，致劳王师征讨，罪固当诛，陛下既待臣不死，臣愿做个大梁百姓，沐德终身。承赐卮酒，臣未敢饮。"你也怕死，为何置鸩杀人？太祖道："你疑此酒有毒么？朕推心置腹，怎敢暗计杀人？"说着，命左右取过鋹酒，一饮而尽，复另酌一卮赐鋹。鋹饮毕拜谢，面上很有惭色。原来鋹在广州，专用毒酒害死臣下，所以推己及人，也恐太祖用此一法。其实也应该鸩

死。太祖不但无心加害，且加封张为卫公，这且搁下不提。

且说南汉既平，南唐主煜震恐异常，遣弟从善上表宋廷，愿去国号，改印文为江南国主，且请赐诏呼名。太祖准他所请，唯厚待从善，除常赐外，更给他白银五万两，作为赆仪。看官道是何因？原来江南主李煜，曾密贻赵普，计银五万两，普据实入奏，太祖道："卿尽可受用，但复书答谢，少赠来使，便可了事。"普对道："人臣无私馈，亦无私受，不敢奉旨！"太祖道："大国不宜示弱，当令他不测，朕自有计，卿不必辞。"至从善入朝，乃特地给银，仍如李煜赠普的原数。从善还白李煜，君臣都惊讶不置。忽江都留守林仁肇上书阙下，略言："淮南戍兵，未免太少，宋前已灭蜀，今又取岭南，道远师疲，有隙可乘，愿假臣兵数万，自寿春径渡，规复江北旧境。宋或发兵来援，臣当据淮守御，与决胜负。幸得胜仗，全国受福，否则陛下可戮臣全家，借以谢宋，且请预先告知宋廷，只说臣叛逆，不服主命，那时宋廷也不能归咎陛下，陛下尽可安心哩。"林仁肇此策，实足挑衅，李煜如或依言，灭亡当更早一年。李煜不从。

林仁肇夙负勇名，为江南诸将的翘楚，太祖亦闻他骁悍，未敢轻敌，所以暂从羁縻，划江自守，但心中总不忘江南，屡思除去仁肇，以便进兵。可巧开宝四年，李从善又奉兄命，赴汴入朝。太祖把从善留住，特赐广厦，授职泰宁军节度使。从善不好违命，只得函报李煜，留京供职。李煜手疏驰请，求遣弟归，偏偏太祖不许，只诏称："从善多才，朕将重用，当今南北一家，何分彼此，愿卿毋虑"等语。明是就从善身上设计除仁肇，否则乌用彼为？李煜也未识何因，常遣使至从善处，探听消息。嗣是南北通使，不绝于道。太祖即遣绘师同往，伪充使臣，往见仁肇，将他面目形容，窃绘而来。至从善入觐，即将仁肇绘像，悬挂别室，由廷臣引使入观，佯问他认识与否？从善惊诧道："这是敝国的留守林仁肇，何故留像在此？"廷臣故意嗫嚅，半晌才道："足下已在京供职，同是朝廷臣子，不妨直告。皇上爱仁肇才，特赐诏谕，令他前来，他愿遵旨来归，先奉此像为质。"言毕，又导往一空馆中，并与语道："闻皇上已拟把此馆赐与仁肇，待他到汴，怕不是一个节度使么？"从善口虽答应，心下甚觉怀疑。至退归后，便遣使驰回江南，转报乃兄，究竟仁肇有无异志？李煜即传召仁肇，问他曾受宋诏与否？仁肇毫不接洽，自然答称没有。那李煜也不访明底细，便疑仁肇有

意欺蒙，当下赐仁肇宴，暗中置鸩。仁肇饮将下去，回至私第，毒性一发，七窍流血，竟到枉死城去了。这条反间计，也只可骗李煜兄弟，若中知以上，也不致中计。

太祖闻仁肇已死，大加欢慰，唯从善仍留住不遣，且令他转达意旨，召煜入朝。煜只令使臣入贡方物，且再请遣弟归国。太祖仍然不允，且促煜即日赴阙。煜佯言有疾，始终不肯入京，太祖乃拟发兵往征。做到本题。时故周主母子，已迁居房州，周主病殁，太祖素服发丧，辍朝十日，谥为周恭帝，还葬周世宗庆陵左侧，号称顺陵。叙周恭帝之殁，文无漏笔，周恭帝年甫逾冠，即闻去世，也不免有可疑情事。葬事才了，又值同平章事赵普，生出种种疑案，免不得要调动相位，所以将南征事又暂搁起。

原来太祖于岭南平后，复乘暇微行，某夕至赵普第中，正值吴越王钱俶寄书与普，且赠有海物十瓶，置诸庑下。骤闻太祖到来，仓猝出迎，不及将海物收藏。等到太祖入内，已经瞧着，当即问是何物？普恰不敢虚言，据实奏对。太祖道："海物必佳，何妨一尝！"普不能违旨，便取瓶启封，揭开一视，并不是什么海物，乃是灿然有光的瓜子金。真是佳物。看官曾阅过上文，普曾谓人臣无私受，如何这种海物，却陈列室中呢？这真是冤冤相凑，反令这位有胆有识的赵则平，弄得局蹐不安，没奈何答谢道："臣未发书，实不知情。"太祖叹息道："你也不妨直受。他的来意，以为国家大事，统由你书生作主，所以格外厚赠哩。"此语与前文大不相同。言已即去。赵普匆匆送出，懊丧了好几天。嗣见太祖优待如初，方才放心。哪知一波未平，一波又起。普遣亲吏往秦、陇间，购办巨木，联成大筏，至汴治第。亲吏乘便影戤，多办若干，转鬻都中，借取厚利。三司使赵玭，查得秦、陇大木，已有诏禁止私贩，普潜遣往购，已属违旨，且贩卖牟利，更属不法，当将详情奏闻。太祖大怒道："他尚贪得无厌么？"遂命翰林学士承旨，拟定草诏，即日逐普。亏得故相王溥，力为解救，方停诏不发。后因翰林学士卢多逊，与普未协，召对时屡谈普短。太祖更滋不悦，待普益疏。普乃乞请罢政，当有诏调普出外，令为河阳三城节度使。

卢多逊得擢为参知政事。多逊父亿，尝任职少尹，时已致仕，闻多逊讦普事，不禁长叹道："赵普是开国元勋，小子无知，轻诋先辈，将来恐不能免祸。我得早死，不致亲见，还算是侥幸哩！"为后文多逊流配伏笔。既而亿

即病殁，多逊丁忧去位，奉诏起复，他即入朝视事，很得太祖信任。太祖复封弟光义为晋王，光美兼侍中，子德昭同平章事。内顾无忧，乃复议及外事，仍召江南主李煜入朝。煜迭次奉诏，颇虑入京被留，夺他土地，因此托疾固辞，阴修战备。无如声色萦情，忧乐无常，他本立周氏为后，嗣见后妹秀外慧中，遂借姻戚为名，召她入宫，密与交欢。后愤恚成疾，遽尔谢世。后妹即入为继后，凭着这天生慧质，曲意献媚，按谱征声，得杨玉环霓裳羽衣曲，日夕研摩，竟得神似，自是朝歌暮舞，惹得李煜意荡神迷，无心国事。亡国祸胎，多由女色，历叙之以示炯戒。太祖屡征不至，遂命曹彬为西南路行营都部署，潘美为都监，曹翰为先锋，将兵十万，往伐江南。彬等受命后，即日陛辞，太祖谕彬道："前日全斌平蜀，多杀降卒，朕时常叹恨。此次出师，江南事一概委卿，切勿暴掠生民，须要威信兼全，令自归顺，幸得入城，慎毋杀戮！设若城中困斗，亦当除暴安良，李煜一门，不应加害，卿其勿忘！"观此数语，似不愧仁人之言。彬顿首听命。太祖令起，拔剑授彬道："副将而下，如不用命，准卿先斩后奏。卿可将此剑带去！"彬受剑而退。潘美等闻到此语，无不失色，彼此相戒，各守军律，乃随彬出都南下。

先是江南池州人樊若水，在南唐考试进士，一再被黜，遂谋归宋。他于平居无事时，在采石江上，借钓鱼为名，暗测江面的阔狭。尝从南岸系着长绳，用舟引至北岸，往还十数次，尽得江面尺寸，不失纤毫。至是闻宋廷出师，即潜诣汴都，上书陈平南策，请造浮梁济师。太祖立即召见，若水呈上长江图说，由太祖仔细审视，所有曲折险要，均已载明。至采石矶一带，独注及水面阔狭，更加详细，不禁大喜道："得此详图，虏在吾目中了。"遂面授若水为右参赞大夫，令赴军前效用。复遣使往荆、湖造黄黑龙船数千艘，又用大船载运巨竹，自荆渚东下。是时江南屯戍，见宋军到来，尚疑是江上巡卒，只备牛酒犒师，未尝出兵拦阻。宋军顺流径下，直抵池州。池州守将戈产，遣侦骑探视，方知宋军南征确音，急得手足无措，竟弃城遁去。曹彬等驰入池州，不戮一人，复进兵铜陵，才有江南兵前来抗御。怎禁得宋军一阵驱杀，不到数时，统已无影无踪。宋军再进至石牌口，先由樊若水规造浮桥，作为试办，然后移置采石，三日即成，不差尺守。曹彬令潘美带着步兵，先行渡江，好似平地一般。当有探马报入金陵，煜召群臣会议，学士张

洎进言道："臣遍览古书，从没有江上造浮桥的故事，想系军中讹传，否则宋军即来，似这般笨伯，怕他什么？"赵括徒读父书，无救长平之败，张洎亦如是尔。煜笑道："我亦说他是儿戏啰，不足深虑。"言未已，又有探卒来报，宋军已渡江了。煜略觉着急，乃遣镇海节度使同平章事郑彦华，督水军万人，都虞侯杜真领步兵万人，同拒宋师，并面嘱道："两军水陆相济，方可取胜，幸勿互诿为要！"郑、杜两人，唯唯趋出。郑彦华带领战船，泝江鸣鼓，急趋浮梁。潘美闻他初至，选弓弩手五千人，排立岸上，一声鼓号，箭如飞蝗，射得来舰樯折帆摧，东歪西倒，急切无从停泊，只好倒桨退去。未几，杜真所领的步军，从岸上驰到，潘美也不待列阵，便杀将过去，人人奋勇，个个争先，又将杜军杀得七零八落，向南溃散。煜闻败报，方下令戒严，一面募民为兵，民献财粟，得给官爵。可奈江南百姓，素来文弱，更兼日久无事，一闻当兵两字，多已胆战心惊，哪个肯前去充役？就是家中储着财粟，也宁可藏诸深窖，不愿助国，因此文告迭颁，无人应命。南人之专顾身家，不自今始。

那宋师已捣破白鹭洲，进泊新林港，并分军攻克溧水。江南统军使李雄，有子七人，先后战死。宋曹彬亲督大军，进次秦淮。秦淮河在金陵城南，水道可达城中，江南兵水陆数万，列阵城下，扼河防守。潘美率兵渡河，因舟楫未集，各军相率裹足，临河待舟。潘美勃然道："我提兵数万，自汴到此，战必胜，攻必克，无论什么险阻，我也要亲去一试，况区区这衣带水，难道不好徒涉么？"说毕，将马一拍，竟跃入水中，截流而渡。各军见主将渡河，自然跟了过去。就是未曾骑马的步卒，也凫水径达对岸。江南兵前来争锋，均被宋军杀败。宋都虞侯李汉琼，用巨舰入河，载着葭苇，因风纵火，毁坏城南水寨。寨内守卒，多半溺死。这时候的江南主李煜，信用门下侍郎陈乔及学士张洎等计策，坚壁固守，自谓无恐。至若兵士指挥，专属都指挥使皇甫继勋，毫不过问，他却在后院召集僧道，诵经念呢，专祈仙佛默佑。霓裳羽衣曲，想已听厌了。及宋军已逼城下，方听得炮声震耳，自出巡城，登陴一望，见城外俱驻着宋军，列栅为营，张旗遍野，便顾问守卒道："宋军已到城下，如何不来报我？"守卒答道："皇甫统帅，不准入报，所以未曾上达。"煜不禁忿怒，此时才觉发忿，尚有何用？即召见皇甫继勋，问他何故隐蔽？继勋答道："北军强劲，无人可敌，就令臣日日报闻，徒令宫庙震

惊，想陛下亦没有什么法儿！”倒也说得爽快。煜拍案道：“照你说来，就使宋军入城，你也只好任他杀掠，似你这等人物，卖国误君，敢当何罪！”遂喝令左右，把他拿下，付狱定谳，置诸死刑。一面飞诏都虞侯朱令赟，令速率上江兵入援。

令赟驻师湖口，号称十五万，顺流而下，将焚采石浮梁。曹彬闻知，即召战棹都部署王明，授他密计，命往采石矶防堵，王明受计去讫。且说朱令赟驾着大舰，悬着帅旗，威风凛凛，星夜前来。遥望前面一带，帆樯林立，差不多有几千号战舰，他不觉惊疑起来，当命水手停桡，暂泊皖口。时至夜半，忽闻战鼓声响，水陆相应，江中来了许多敌船，火炬通明，现出帅旗，乃是一个斗大的“王”字，岸上复来了无数步兵，也是万炬齐爇，帅旗面上现出一个“刘”字。两下里杀将过来，也不辨有若干宋师。令赟恐忙中有失，不便分军相拒，只命军士纵火，先将来船堵住。不意北风大起，自己的战船，适停泊南面，那火势随风吹转，刚刚烧着自己，霎时全军惊溃，令赟亦惊惶万状，也想拔碇返奔，偏是船身高大，行动不灵，敌兵四面相逼，跃上大船，同舟都成敌国，吓得令赟魂飞天外，正思跳水脱身，巧值一敌将到来，一声呼喝，奔上许多健卒，把他打倒船中，用绳捆缚，似扛猪般扛将去了。叙笔离奇，令人莫测。看官道来将为谁？就是宋战棹都部署王明。他依着曹彬密嘱，在浮梁上下，竖着无数长木，上悬旗帜，仿佛与帆樯相似，作为疑兵。复约合步将刘遇，乘夜袭击，令他自乱。统共不过五千名水军，五千名步军，把令赟部下十万人，半夜间扫得精光，这真是无上的妙计。阅此始知上文之妙。金陵城内，眼巴巴的望着这支援军，骤闻令赟被擒，哪得不魂胆飞扬？没奈何遣学士徐铉，至汴都哀恳罢兵。正是：

谋国设防须及早，丧师乞好已嫌迟。

未知太祖曾否允许，且看下回表明。

国有良臣，为敌之忌，自古至今，罔不如是。但如江南之林仁肇，欲乘宋师之敝，规复江北，志虽足嘉，而谋实不臧。宋方新造，战胜攻取，何畏一江南。此时为仁肇计，亟宜劝李煜勤修内政，亲贤远色，方足维持于不敝，轻开边衅胡

为者？故即令反间之计，无目得行，仁肇其能免为朱令赟乎？不过江南国中，除仁肇外，更不足讥。李雄父子，较为忠荩，俱战死无遗，殆亦忠有余而智勇不足者。然以李煜之昏庸不振，虽有良将，亦无能为力，霓裳羽衣，法鼓僧铙，安在其不足亡国乎？本回纯叙江南国事，中述郑王之殁，赵普之罢，系为时事次序，乘便叙入，但承上启下，亦关紧要，阅者勿轻轻滑过也。

第十二回　明德楼纶音释俘
万岁殿烛影生疑

却说江南使臣徐铉，驰入汴都，谒见太祖，哀求罢兵。太祖道："朕令尔主入朝，尔主何故违命？"铉答道："李煜以小事大，如子事父，并没有什么过失，就是陛下征召，无非为病体缠绵，因致逆命。试思父母爱子，无所不至，难道不来见驾，就要加罪？还愿陛下格外矜全，赐诏罢兵！"太祖道："尔主既事朕若父，朕待他如子，父子应出一家，哪有南北对峙，分作两家的道理？"铉闻此谕，一时也不好辩驳，只顿首哀请道："陛下即不念李煜，也当顾及江南生灵。若大军逗留，玉石俱焚，也非陛下恩周黎庶的至意。"太祖道："朕已谕令军帅，不得妄杀一人，若尔主见机速降，何至生民涂炭？"铉又答道："李煜屡年朝贡，未尝失仪，陛下何妨恩开一面，俾得生全。"太祖道："朕并不欲加害李煜，只教李煜献出版图，入朝见朕，朕自然敕令班师了。"铉复道："如李煜的恭顺，仍要见伐，陛下未免寡恩呢。"这句话，惹动太祖怒意，竟拔剑置案道："休事多言！江南有什么大罪，但天下一家，卧榻旁怎容他人鼾睡？能战即战，不能战即降，你要饶舌，可视此剑。"有强权，无公理，可视此语。铉至此才觉失色，辞归江南。

李煜闻宋祖不肯罢兵，越觉惶急，忽由常州递到急报，乃是吴越王钱俶，遵奉宋命，来攻常州。煜无兵可援，只命使遣书致俶道："今日无我，明日岂有君？一旦宋天子易地酬勋，恐王亦变作大梁布衣了。"语亦有理，但也不过解嘲罢了。俶仍不答书，竟进拔江阴、宜兴，并下常州。江南州郡，所

存无几，金陵愈围愈急。曹彬遣人语李煜道："事势至此，君仅守孤城，尚有何为？若能归命，还算上策，否则限日破城，不免残杀，请早自为计！"李煜尚迟疑不决，彬乃决计攻城。但转念大兵一入，害及生民，虽有禁令，亦恐不能遍及，左思右想，遂定出一策，诈称有疾，不能视事。众将闻主帅有恙，都入帐请安。彬与语道："诸君可知我病源么？"众将听了，或答言积劳所致，或说由冒寒而成。彬又道："不是，不是。"众将暗暗惊异，只禀请延医调治。彬摇首道："我的病，非药石所能医治，但教诸君诚心自誓，等到克城以后，不妄杀一人，我病便可痊愈了。"众将齐声道："这也不难。末将等当对着主帅，各宣一誓。"言毕，遂焚起香来，宣誓为证，然后退出。

越宿，彬称病愈，督兵攻城。又越日，陷入城中。侍郎陈乔入报道："城已被破了。今日国亡，皆臣等罪愆，愿加显戮，聊谢国人。"李煜道："这是历数使然，卿死何益？"陈乔道："即不杀臣，臣亦有何面目，再见国人？"当下退归私宅，投缳自尽。勤政殿学士钟蒨，朝冠朝服，坐在堂上，闻兵已及门，召集家属，服毒俱尽。张洎初与乔约，同死社稷，至乔死后，仍旧扬扬自得，并无死志。彰善瘅恶，褒贬悉公。李煜至此，无法可施，只好率领臣僚，诣军门请罪。彬好言抚慰，待以宾礼，当请煜入宫治装，即日赴汴，煜依约而去。彬率数骑待宫门外，左右密语彬道："主帅奈何放煜入宫？倘他或觅死，如何是好？"彬笑道："煜优柔寡断，既已乞降，怎肯自裁？何必过虑！"既而煜治装已毕，遂与宰相汤悦等四十余人，同往汴京。彬亦率众凯旋。太祖御明德楼受俘，因煜尝奉正朔，诏有司勿宣露布，只令煜君臣白衣纱帽，至楼下待罪。煜叩首引咎，但听得楼上宣诏道：

> 上天之德，本于好生，为君之心，贵乎含垢。自乱离之云瘼，致跨据之相承，谕文告而弗宾，申吊伐而斯在。庆兹混一，加以宠绥。江南伪主李煜，承弈世之遗基，据偏方而窃号，唯乃先父，早荷朝恩，当尔袭位之初，未尝禀命，朕方示以宽大，每为含容，虽陈内附之言，罔效骏奔之礼。聚兵峻垒，包蓄日彰，朕欲全彼始终，去其疑间，虽颁召节，亦冀来朝，庶成玉帛之仪，岂愿干戈之役？蹇然勿顾，潜蓄阴谋，劳锐旅以徂征，傅孤城而问罪。洎闻危迫，累示招携，何迷复之不悛？果覆亡之自掇。昔者唐尧光宅，非无丹浦之师，夏禹泣辜，不赦防风之

罪。稽诸古典，谅有明刑。朕以道在包荒，恩推恶杀，在昔骡车出蜀，青盖辞吴，彼皆闰位之降君，不预中朝之正朔，及颁爵命，方列公侯。尔戾我恩德，比禅与皓，又非其伦。特升拱极之班，赐以列侯之号，式优待遇。尽舍愆尤，今授尔为光禄大夫、检校太傅右千牛卫上将军，封违命侯，尔其钦哉！毋再负德！此诏。平蜀平南汉，不录原诏，而此特备录者，以宋祖之加兵藩属，语多掩饰故也。

李煜惶恐受诏，俯伏谢恩。太祖还登殿座，召煜抚问，并封煜妻为郑国夫人，又好作霓裳羽衣曲了。子弟等一并授官，余官属亦量能授职，大众叩谢而退。总计江南自李升篡吴，自谓系唐太宗子吴王恪后裔，立国号唐，称帝六年。传子李璟，改名为景，潜袭帝号十九年。嗣去帝号，自称国主凡四年。又传子煜，嗣位十九年。共历三世，计四十八年。

先是彬伐江南，太祖曾语彬道："俟克李煜，当用卿为使相。"潘美闻言，即向彬预贺。彬微哂道："此次出师，上仗庙谟，下恃众力，方能成事。我虽身任统帅，幸而奏捷，也不敢自己居功，况且是使相极品呢？"潘美道："天子无戏言，既下江南，自当加封了。"彬又笑道："还有太原未下哩。"潘美似信未信，及俘煜还汴，饮至赏功，太祖语彬道："本欲授卿使相，但刘继元未平，容当少待。"彬叩首谦谢。适潘美在侧，视彬微笑。巧被太祖瞧着，便问何事？美不能隐，据实奏对，太祖亦不禁大笑，彬为宋良将第一，太祖何妨擢为使相。乃刓印弗予，背约失信，殊非王者气象。当赐彬钱五十万。彬拜谢退，语诸将道："人生何必做使相，好官亦不过多得钱呢。"总算为太祖解嘲。未几，乃得拜枢密使。潘美得升任宣徽北院使。唯曹翰因江州未平，移师往征。江州指挥使胡则，集众固守，翰围攻五月，始得入城，擒杀胡则。且纵兵屠戮，民无噍类，所掠金帛，以亿万计，用巨舰百余艘，载归汴都。太祖叙录翰功，迁桂州观察使，判知颍州。彬不好杀而犹靳使相，翰大肆屠掠，乃得升迁，谁谓太祖戒杀之命，果出自本心耶？

吴越王钱俶，遣使朝贺，太祖面谕使臣道："尔主帅攻克常州，立有大功，可暂来与朕相见，借慰朕思，朕即当遣归。上帝在上，决不食言！"使臣领命去讫。钱俶祖名镠，曾贩盐为盗。唐僖宗时，纠众讨黄巢，平定吴、越，唐乃封俶为越王，继封吴王，梁又加封为吴越王。传子元瓘，元瓘传子

弘佐，弘佐传弟弘倧，弘倧被废，弟弘佐嗣位，因避太祖父弘殷偏讳，单名为俶。太祖元年，封俶为天下兵马元帅。俶岁贡勿绝，至是奉太祖命，与妻孙氏、子维濬入朝。太祖遣皇子德昭，出郊迎劳。并特赐礼贤宅，亲视供帐，令俶寓居。俶入觐太祖，赐坐赐宴，且命与晋王光义，叙兄弟礼，俶固辞乃止。太祖又亲幸俶宅，留与共饮，欢洽异常。嗣又诏命剑履上殿，书诏不名。封俶妻孙氏为吴越国王妃，赏赉甚厚。开宝九年三月，太祖将巡幸西京，行郊祀礼，俶请扈跸出行。太祖道："南北风土不同，将及炎暑，卿可早日还国，不必随往西京。"俶感谢泣下，愿三岁一朝。太祖道："水陆迂远，也不必预定限期，总教诏命东来，入觐便是。"俶连称遵旨。太祖乃命在讲武殿饯行，俟宴饮毕，令左右捧过黄袱，持以赐俶，且言途中可以启视，幸无泄人。俶受袱而去。及登程后，启袱检视，统是群臣奏乞留俶，约有数十百篇。安知非太祖授意群臣，特令上疏，借示羁縻。俶且感且惧，奉表申谢。太祖遣俶归国，即启跸西幸。

原来太祖仍周旧制，定都开封，号为东京，以河南府为西京。是时江南戡定，淮甸澄清，乃西往河洛，祭告天地，且欲留都洛阳。群臣相率谏阻，太祖不从。及晋王光义入陈，力言未便，太祖道："我不但欲迁都洛阳，还要迁都长安。"光义问是何故？太祖道："汴梁地居四塞，无险可守，我意徙都关中，倚山带河，裁去冗兵，复依周、汉故事，为长治久安的根本，岂不是一劳永逸么？"光义道："在德不在险，何必定要迁都？"太祖叹息道："你也未免迂执了。今日依你，恐不出百年，天下民力已尽敝哩。"都汴原不若都陕，太祖成算在胸，所见固是。但子孙不良，即都陕亦无救于亡。乃怅然归汴。过了月余，复定议北征，遣侍卫都指挥使党进，宣徽北院使潘美，及杨光美、牛光进、米文义等，率兵北伐，分道攻汉。党进等依诏前进，连败北汉军，将及太原。太祖又命行营都监郭进等，分攻忻、代、汾、沁、辽、石等州，所向克捷。

北汉主刘继元，急向辽廷乞师，辽相耶律沙统兵援汉，正拟鏖战一场，互决雌雄，忽接得汴都急报，有太祖病重消息，促令班师，党进等乃返旆还朝。太祖自西京还驾，已觉不适，后因疗治得愈。到了孟冬，自觉身体康健，随处游幸，顺便到晋王光义第，宴饮甚欢。太祖素性友爱，兄弟间和好无忤，光义有疾，太祖与他灼艾，光义觉痛，太祖亦取艾自灸，尝谓光义

龙行虎步，他日必为太平天子，光义亦暗自欣幸，因此对着乃兄，亦颇加恭谨。偏太祖寿数将终，与宴以后，又觉旧疾复发，渐渐的不能支持；嗣且卧床不起，一切国政，均委光义代理。光义昼理朝事，夜侍兄疾，恰也忙碌得很。一夕，天方大雪，光义入宫少迟，忽由内侍驰召，令他即刻入宫。光义奉命，起身驰入，只见太祖喘急异常，对着光义，一时说不出话来。光义待了半晌，未奉面谕，只好就榻慰问。太祖眼睁睁的瞧着外面，光义一想，私自点首，即命内侍等退出，只留着自己一人，静听顾命。其迹可疑。内侍等不敢有违，各退出寝门，远远的立着外面，探看那门内举动。俄听太祖嘱咐光义，语言若断若续，声音过低，共觉辨不清楚。过了片刻，又见烛影摇红，或暗或明，仿佛似光义离席，逡巡退避的形状。既而闻柱斧戳地声，又闻太祖高声道："你好好去做！"这一语音激而惨，也不知为着何故，蓦见光义至寝门侧，传呼内侍，速请皇后皇子等到来。内侍分头去请，不一时，陆续俱到，趋近榻前，不瞧犹可，瞧着后，大家便齐声悲号。原来太祖已目定口开，悠然归天去了。看官！你想这次烛影斧声的疑案，究竟是何缘故？小子遍考稗官野乘，也没有一定的确证。或说是太祖生一背疽，苦痛的了不得，光义入视，突见有一女鬼，用手捶背，他便执着柱斧，向鬼劈去，不意鬼竟闪避，那斧反落在疽上，疽破肉裂，太祖忍痛不住，遂致晕厥，一命呜呼。或说由光义谋害太祖，特地屏去左右，以便下手，至如何致死，旁人无从窥见，因此不得证实。独《宋史·太祖本纪》，只云帝崩于万岁殿，年五十，把太祖所有遗命，及烛影斧声诸传闻，概屏不录，小子也不便臆断，只好将正史野乘，酌录数则，任凭后人评论罢了。以不断断之。

且说皇后宋氏，及皇子德昭、德芳等，抚床大恸，哀号不已。就是皇弟光美，亦悲泣有声。独不及晋王光义，意在言表。内侍王继恩入劝宋后，并言先帝奉昭宪太后遗命传位晋王，金匮密封，可以复视，现请晋王嗣位，然后准备治丧。宋后闻言，索性擘踊大号，愈加哀感。光义瞧不过去，亦劝慰数语。宋后不禁泣告道："我母子的性命，均托付官家。"光义道："当共保富贵，幸毋过虑！"宋后乃稍稍止哀。原来皇子德芳，系宋后所出，宋后欲请立为太子，因太祖孝友性成，誓守金匮遗言，不欲背盟，所以宋后无法可施，没奈何含忍过去。此次太祖骤崩，自思孤儿寡妇，如何结果？且晋王手握大权，势不能与他相争，只好低首下心，含哀相嘱。光义乐得客气，因此

满口承认，敷衍目前。太祖夺国家于孤儿寡妇之手，故一经晏驾，即有宋后之悲。报应之速，如影随形。越日，光义即皇帝位，大赦改元，即以本年为太平兴国元年，号宋后为开宝皇后，授弟光美为开封尹，进封齐王，所有太祖、廷美子女，并称皇子皇女。光美因避主讳，易名廷美。封兄子德昭为武功郡王，德芳为兴元尹，同平章事。薛居正为左仆射，沈伦为右仆射，卢多逊为中书侍郎，曹彬仍为枢密使，并同平章事，楚昭辅为枢密使，潘美为宣徽南院使，内外进秩官有差，并加封刘鋹卫国公，李煜陇西郡公。越年孟夏，乃葬太祖于永昌陵。总计太祖在位，改元三次，共一十三年。小子有诗咏太祖道：

帝位原从篡窃来，孤雏嫠妇也罹灾。
可怜烛影摇红夜，尽有雄心一夕灰。

晋王光义嗣位后，史家因他庙号太宗，遂称为太宗皇帝。欲知后事，下回再详。

江南主李煜，耽酒色，信浮屠，固足以致亡，前回已评论及之。然其事宋之道，不可谓不备，宋祖亦不能指斥过恶，第以屡征不至，遂兴师以伐之。古人所谓国不竞亦陵，何国之为者？观于李煜而益信矣。明德楼之宣诏，语多掩护自己，要不若"卧榻之侧，岂容他人鼾睡"两语，较为直截了当。彼恃人不恃己者，盍援为殷鉴乎？若夫烛影斧声一案，事之真否，无从悬断，顾何不于太祖大渐之先，内集懿亲，外召宰辅，同诣寝门，面请顾命，而乃屏人独侍，自启流言？遗诏未闻，遽尔即位，甚至宋后有母子相托之语，此可见当日宫廷，实有不可告人之隐情，史家无从录实，因略而不详耳。谓予不信，盍观后文！

第十三回　吴越王归诚纳土
北汉主穷蹙乞降

却说太宗即位以后，当即改元，转瞬间即为太平兴国二年。有诏改御名为炅。音炯。至太祖葬后，即将开宝皇后，迁居西宫。太宗元配尹氏，为滁州刺史尹廷勋女，不久即殁，继配魏王符彦卿第六女，于开宝八年病逝。太宗嗣立为帝，追册尹氏为淑德皇后，符氏为懿德皇后，唯中宫尚在虚位，只有李妃一人，与太宗很相亲爱，生女二人，以次夭殁，继生子名元佐，后封楚王，又次生子名元侃，就是将来的真宗皇帝，开宝中封陇西郡君。太宗进封夫人，正拟册她为后，偏李氏又复生病，病且日剧，于太平兴国二年夏月，竟尔去世。后位未定，何必急急徙嫂，此与暮冬改元更名为炅之意，同一无兄之心，宁待后日之逼死二侄耶？翌年，始选潞州刺史李处耘第二女入宫，至雍熙元年，乃立李氏为后，这且慢表。

且说太平兴国三年三月，吴越王钱俶，与平海军节度使陈洪进，相继入朝。钱俶履历，已见前文，独陈洪进未曾提及，容小子约略叙明。洪进，泉州人，系清源节度使留从效牙将，从效受南唐册命，节度泉、漳等州，号为清源军，并封鄂国公晋江王。从效殁后无嗣，兄子绍镃继立，年尚幼，洪进诬绍镃将附吴越，执送南唐，另推副使陈汉思为留后，自为副使。寻复迫汉思缴印，将他迁居别墅，复遣人请命南唐，只说是汉思老耄，不能治事，自己为众所推，权为留后。唐主李煜，信为真情，即命他为清源军节度使。嗣因宋太祖平泽、潞，下扬州，取荆、湖，威震华夏，旁达海南。洪进

大惧，忙遣衙将魏仁济间道至汴，上表宋廷，自称清源军节度副使，权知泉南州军府事。因汉思昏耄无知，暂摄节度印，恭候朝旨定夺，太祖遣使慰问，自是朝贡往来，累岁不绝。乾德二年，诏改清源军为平海军，即以洪进为节度使，赐号推诚顺化功臣。开宝八年，江南平定，洪进心益不安，遣子文灏入贡。太祖因诏令入朝，洪进不得已起行，至南剑州，闻太祖驾崩，乃回镇发丧。太宗三年，加洪进检校太师，次年春季，洪进入觐宋廷，太宗赐钱千万，白金万两，绢万匹，礼遇优渥。洪进遂献上漳、泉二州版图，有诏嘉纳，授洪进为武宁节度同平章事，赐第京师。叙陈洪进事，简而不漏。为这一番纳土，遂令吴、越十三州土地，亦情愿拱手出献，归入宋朝。吴越王钱俶，正在入觐，闻洪进纳土事，未免震竦，乃上表乞罢所封吴越国王，及撤消天下兵马大元帅，并书诏不名的成命，情愿解甲归田，终享天年。真是鼠胆。太宗不许。俶臣崔冀进言道："朝廷意旨，不言可知。大王若不速纳土，祸且立至了。"俶尚在迟疑，左右俱争言未可。崔冀复厉声道："目今我君臣生命，已在宋主手中，试思吴、越距此，约有千里，除非身生羽翼，或得飞还，否则如何脱离？不若见机纳土，免蹈危机。"俶闻言乃决，当于次日奉表道：

臣俶庆遇承平之运，远修肆觐之仪，宸眷弥隆，宠章皆极。斗筲之量，实觉满盈，丹赤之诚，辄兹披露。臣伏念祖宗以来，亲提义旅，尊戴中京，略有两浙之土田，讨平一方之僭逆，此际盖隔朝天之路，莫谐请吏之心。然而禀号令于阙廷，保封疆于边徼，家世承袭，已及百年。今者幸遇皇帝陛下，嗣守丕基，削平诸夏，凡在率滨之内，悉归舆地之图，独臣一邦，僻介江表，职贡虽陈于外府，版籍未归于有司；尚令山越之民，犹隔陶唐之化，太阳委照，不及蔀家，春雷发声，不为聋俗，则臣实使之然也。罪莫大焉！不胜大愿，愿以所管十三州，献于阙下执事，其间地里名数，别具条析以闻，伏望陛下念奕世之忠勤，察乃心之倾向，特降明诏，允兹至诚。谨再拜上言。

表既上，太宗当然收纳，下诏褒美道：

表悉！卿世济忠纯，志遵宪度，承百年之堂构，有千里之江山。自朕纂临，聿修觐礼，睹文物之全盛，喜书轨之混同，愿亲日月之光，遽忘江海之志。甲兵楼橹，既悉上于有司，山川土田，又尽献于天府，举宗效顺，前代所无，书之简编，永彰忠烈。所请宜依，借光卿德！

越日，又封俶为淮海国王，及他子弟族属，也有一篇骈体的诏谕道：

盖闻汉宠功臣，聿著带河之誓，周尊元老，遂分表海之邦。其有奄宅勾吴，早绵星纪，包茅入贡，不绝于累朝，羽檄起兵，备尝于百战；适当辑瑞而来勤，爰以提封而上献。宜迁内地，别锡爰田，弥昭启土之荣，俾增书社之数。吴越国王钱俶，天资纯懿，世济忠贞，兆积德于灵源，书大勋于策府。近者，庆冲人之践阼，奉国珍而来朝，齿革羽毛，既修其常贡，土田版籍，又献于有司。愿宿卫于京师，表乃心于王室。眷兹诚节，宜茂宠光，是用列西楚之名区，析长淮之奥壤，建兹大国，不远旧封，载疏千里之疆，更重四征之寄，畴其爵邑，施及子孙，永夹辅于皇家，用对扬于休命。垂厥百世，不其伟欤！其以淮南节度管内，封俶为淮海国王，仍改赐宁淮镇海崇文耀武宣德守道功臣，即以礼贤宅赐之。子唯濬为节度使兼侍中，唯治为节度使，唯演为团练使，唯灏暨侄郁昱，并为刺史，弟仪信并为观察使，将校孙承祐、沈承礼并为节度使，各守尔职，毋替朕命！

嗣是命范质长子范旻，权知两浙诸州军事，所有钱氏缌麻以上亲属，及境内旧吏，统遣至汴京，共载舟一千零四十四艘。吴、越自钱镠得国，历五世，共八十一年而亡。东南一带，尽为宋有，太宗乃力谋统一，拟兴师往伐北汉。左仆射薛居正等，多言未可，更召枢密使曹彬入议，曹彬独言可伐。太宗道："从前周世宗及太祖俱亲征北汉，何故未克？"想是薛居正等所陈之语。彬答道："周世宗时，史彦超兵溃石岭关，人情惊扰，所以班师。太祖顿兵草地，适值暑雨，军士多疾，是以中止。这并非由北汉强盛，无可与敌呢。"太宗道："朕今日北征，卿料能成功否！"彬又答道："国家方盛，兵甲精锐，欲入攻太原，譬如摧枯拉朽，何患不成？"太宗遂决意兴师，任潘美为北路

招讨使，率崔彦进、李汉琼、刘遇、曹翰、米信、田重进等，四路进兵，分攻太原。又命邢州判官郭进，为太原石岭关都部署，阻截燕、蓟援师。

北汉主刘继元，闻宋师大举，急遣使向辽求救。先是开宝八年，辽曾通使宋廷，愿修和好，太祖曾答书许诺。至是辽遣挞马官名，系扈从官。长寿南来，入谒太宗，问明伐汉的情由，太宗道："河东逆命，应当问罪。若北朝不援，和约如故，否则唯有开战呢。"长寿悻悻自去。太宗料辽必往助，恐有剧战，因下诏亲征，借作士气。当拟命齐王廷美职掌留务。廷美倒也惬意，唯开封判官吕端，入白廷美道："主上栉风沐雨，往申吊伐，王地处亲贤，当表率扈从，若职掌留务，恐非所宜，应请裁夺为是。"廷美乃请扈驾同行，太宗改命沈伦为东京留守，王仁赡为大内都部署，自率廷美等北征。到了镇州，接着郭进捷报，已将辽兵击退石岭关外，可无忧了。太宗大喜。原来辽主贤得长寿还报，遣宰相耶律沙为都统，冀王敌烈一译作迪里。为监军，领兵救汉，至白马岭，遥见宋军阻住前面，约有好几营扎住。耶律沙语敌烈道："前面有宋师扼守，不宜轻进，我军且阻涧为营，申报主子，再乞添兵接应，方不致悮。"敌烈道："丞相也太畏怯了。我看前面的宋营，至多不过万人，我兵与他相较，众寡相等，何勿趁着锐气，杀将过去？丞相若果胆小，尽可在后押阵，看我上前踏平宋营哩。"要去寻死，尽可向前。耶律沙道："并非胆怯，唯出兵打仗，总须小心为要。"亏有此着，才得免死。敌烈不从，耶律沙忙遣将校，返报辽主，一面随敌烈前行。约里许，即至涧旁，敌烈自恃骁勇，争先渡涧，部兵亦抢过涧去，三三五五，不复成列，猛听得一声炮响，宋军自营内突出，来杀辽兵。辽兵尚未列阵，不意宋军猝至，先吓得手忙脚乱，胆落魂销。敌烈不管死活，还是向前乱闯，凑巧碰着郭进，两马相交，战到三四十合，被郭进卖个破绽，手起刀落，劈敌烈于马下。该死得很！是时耶律沙尚未渡涧，正思上前救应，那辽兵已逃过涧来，反冲动耶律沙军的阵脚。宋军又乘胜追击，尽行渡涧，争杀耶律沙军。耶律沙如何抵挡，只好策马返奔。辽兵只恨脚短，逃得不快，要吃宋军的刀头面，宋军也毫不容情，杀一个，好一个，追一程，紧一程，郭进且下令军前，须擒住耶律沙，方准收军。军士得令，奋勇力追，不防斜刺里杀到一支人马，来救辽兵，截住宋军。看官道是何来？乃是辽将耶律斜轸，斜轸一译色轸。奉了主命，接应前军，途次遇了耶律沙军报，急从间道疾趋，来做帮手，刚遇耶律

沙败北，正好仗着一支生力军，救应耶律沙，抵敌宋军。郭进见辽兵得救，即勒马止追，整队回师。耶律沙亦引兵退去，两下罢战。

郭进回至石岭关，驰书奏捷。太宗遂自镇州出发，进逼太原。时北路招讨使潘美等，屡败汉兵，直抵太原城下，筑起长围，四面合攻，自春徂夏，累攻不息。城中专望辽援，日久不至，又遣健足从间道赴辽，赍奉蜡丸帛书，催促援师。哪知辽兵已被郭进击退，所遣急足，又为进所捕住，斩首示众。继元闻报大惧，甚至寝食不安，亏得建雄军节度使刘继业，入城助守，昼夜不懈，尚得苟延。推重刘继业。至太宗驰至，亲督卫士，猛力攻扑，毁去城堞无数，均由刘继业冒险修筑，仍得堵住。太宗见城不能下，手书诏谕，劝继元出降。守卒不纳，继元亦无从知悉。太宗再令攻城，城上矢石如雨，击退宋军。马军都军头辅超，气愤的了不得，大呼道："偌大城池，有这般难攻么？如有壮士，快随我来，好登城立功！"言毕，有铁骑军呼延赞等，踊跃而出，随着辅超，驾梯而上。辅超攀堞欲登，适为刘继业所见，急命长枪手攒刺辅超，辅超用刀格斗，不肯退步，怎奈双手不敌四拳，终被戳伤了好几处，不得已退归城下，解甲审视，身受十三创，血迹模糊。太宗嘉他忠勇，面赐锦袍银带，并令休息后营。辅超尚不肯休，自言翌晨定要入城，虽死无恨。到了诘朝，果然一马跃出，复去登城，梯甫架就，身上已叠中八矢，他左手执盾，右手执刀，尚拟冒死直上，幸由太宗闻悉，忙传令辅超回营，才得不死。写辅超处，正是写刘继业。太宗乃禁士登城，只命弓弩手万名，排列阵前，蹲甲交射。矢集城上如猬毛，每给矢必数万。继元用十钱购一矢，约得数百万支，仍还射宋军，又支持了月余。外援不至，饷道又绝，太宗屡射书城中，招降将士。城中宣徽使范超，逾城出降，宋军疑是奸细，不待细问，竟将他一刀两段。继元闻范超降宋，也将范超妻小，一一杀死，投首城下。真是冤枉。太宗闻范超枉死，又得他妻小首级，不禁悲悼，令将士置棺敛葬，亲往赐祭。城内守将瞧着，又感动起来。指挥使郭万超，复密令军士缒城约降，太宗与他折矢为誓，决不加害。郭万超遂潜行出城，投奔宋营。太宗格外优待。自是继元帐下诸卫士，多半出降。太宗又草诏谕继元道：

越王吴主，献地归朝，或授以大藩，或列于上将，臣僚子弟，皆享官封。继元但速降，必保终始，富贵安危两途，尔宜自择！

这诏颁到城下，城中总算接待宋使，引见继元。继元读诏毕，沉吟半晌，方答宋使道："果蒙宋天子优礼，谨当遵旨！"宋使出城报命，待了半日，未见继元出降消息，宋军又愤不可遏，锐意攻城。太宗又出谕将士，只说是："城陷害民，不如少待，俟明日尚未出降，当即破城"等语。无非笼络城中士卒。宋军乃少退。是夕，继元遣客省使李勋奉表请降，太宗赐勋袭衣金带，银鞍勒马，另遣通事舍人薛文宝，同勋入城，赍诏慰谕。翌日黎明，太宗幸城北，亲登城台，张乐设宴。继元率官属出城，缟衣纱帽，待罪台下。太宗召使升台，传旨特赦，且封继元为检校太师右卫上将军，授爵彭城郡公，给赐甚厚，继元叩首谢恩。太宗即命继元下台，导宋军入城，偏城上立着金甲银鍪的大将，高声呼道："主子降宋，我却不降，愿与宋军拼个死活。"宋军仰首上望，那将不是别人，就是北汉节度使刘继业。当下走报太宗，太宗爱继业忠勇，很欲引为己用，至是令继元好言抚慰。继元乃遣亲信入城，与言不得已的苦衷，不如屈志出降，保全百姓为是。继业大哭一场，北面再拜，乃释甲开城，迎入宋军。太宗入城后，召见继业，立授右领军卫大将军，并加厚赐。继业原姓杨，太原人氏，因入事刘崇，赐姓为刘。降宋后仍复原姓，以业字为名，后人称为杨令公，便是此人，自是北汉遂亡。小子有诗咏道：

晋阳卅载据雄封，徒仗辽援保汉宗。
两代螟蛉空入继，速亡总自主昏庸。

欲知北汉降后情形，且待下回再表。

宋初各国，吴越最称恭顺，而其见机纳土，免害生灵，亦不可谓非造福浙民。天下将定，一隅必不能终守，何若奉表贡献之为愈乎？浙人拜赐，迄今未忘，庙祀而尸祝之，宜也。北汉则异是，恃辽为援，固守坚城，至于饷尽援绝，方出降宋，顾视军民，伤亡已不少矣。且以数十万锐卒，攻一太原，数月始下，宋师老矣，再图燕、蓟，尚可得耶？故北汉之降，不足为宋幸，而刘继元之罪案，亦自此可定矣。

第十四回　高梁河宋师败绩
雁门关辽将丧元

却说刘继元降宋后，太宗命中使康仁宝监督继元，催他部署行装，召齐族属，限日离开太原，驰赴汴都。继元除挈眷随行外，所有宫妓，尽献与太宗。太宗分赐立功将士，仍饬康仁宝监护继元等，赴京去讫。北汉始祖刘崇，本后汉高祖刘知远弟，受封太原，自郭氏篡汉，刘崇乃僭称帝号，传子刘钧。有甥继恩、继元二人，继恩姓薛，继元姓何，都是崇女所出。崇女初适薛钊，生继恩，再醮何氏，生继元。崇以刘钧无嗣，均命收为养子，钧殁后，养子继恩立，继恩被弑，继元入嗣。继元弑钧妻郭氏，幽杀刘崇诸子，又好残杀臣民，至穷蹙乃降。或请太宗按罪加惩，太宗道："亡国君主，非失诸暗懦，即失诸残暴，否则何至灭亡？这等人只应悯惜，若朕也把他虐待，岂非与他相似么？"此语亦似是而非。随命毁太原旧城，改为平晋县，以榆次县为并州，遣使分部徙太原民往居。复纵火焚太原庐舍，老幼迁避不及，焚毙甚众。这是何意？

太宗即出发太原，意欲顺道伐辽，夺取幽、蓟，潘美等多以师老饷匮，不欲北行，独总侍卫崔翰道："势所当乘，时不可失，臣意恰主张北伐，不难取胜。"太宗遂决计北行，进次东易州，辽刺史刘宇献城出降，太宗留兵千人协守，复入攻涿州，辽判官刘原德亦以城降，乘胜至幽州城南，辽将耶律奚底，一译作耶律希达。率着辽兵，自城北来攻宋军，宋军杀将过去，锐不可当，辽兵败走。太宗乃命宋偓、崔彦进、刘遇、孟玄喆四将，各率部兵，

四面攻城，另分兵往徇各地。蓟州、顺州次第请降，但幽州尚未攻克，守将耶律学古，多方守御，经太宗亲自督攻，昼夜猛扑，城中倒也恟惧起来，几乎有守陴皆哭的形景。忽有探卒入报宋营，辽相耶律沙，来救幽州，前锋已到高梁河了。太宗道："敌援已到高梁河么？我军不如前去迎战，杀败了他，再夺此城未迟。"言毕，即拔营齐起，统向高梁河进发。将到河边，果见辽兵越河而来，差不多有数万人，宋将均跃马出阵，各执兵械，杀奔前去。耶律沙即麾兵抵拒，两下里金鼓齐鸣，旌旗飞舞，几杀得天昏地黯，鬼哭神号。约有两三个时辰，辽兵伤亡甚众，渐渐的不能支持，向后退去。太宗见辽兵将却，手执令旗，驱众前进，蓦听得数声炮响，又有辽兵两翼，左右杀来，左翼是辽将耶律斜轸，右翼是辽将耶律休哥。哥一作格。休哥系辽邦良将，智勇兼全，他部下很是精锐，无不以一当十，以十当百，况宋军正战得疲乏，怎禁得两支劲卒，横冲过来？顿时抵挡不住，纷纷散乱。休哥趁这机会，冲入中坚，来取太宗。太宗亟命诸将护驾，无如诸将各自对仗，一时不能顾到，急得太宗也仓皇失措，幸亏辅超舞着钢刀，呼延赞挥着铁鞭，前遮后护，翼出太宗，南走涿州。宋将亦陆续逃回，检查军士，丧亡至万余人。这是宋军第一次吃亏。时已日暮，正拟入城休息，不料耶律休哥，带着辽兵，又复杀到，宋军喘息未定，还有何心成列，一闻辽军到来，大家各寻生路，统逃了开去，就是太宗的卫队，也多奔散。太宗此时，除了三十六计的上计，简直没法，只好加鞭疾走，向南逃命；偏偏天色渐昏，苍茫莫辨，路程又七高八低，蹀躞难行，后面喊杀的声音，尚是不绝，那时心下越慌，途中越黯，连这马也一蹺一突，跑不过去。太宗性急得很，只将马缰收紧，用鞭乱捶，马忍痛不住，不管什么艰险，索性乱窜，扑塌一声，陷入泥淖中，忙呼卫卒救驾，哪知前后左右，已无一人，自己欲下骑掀马，犹恐马足难拔，连自身先坠渊莫测，不禁仰天呼道："我为崔翰所误，亲蹈危机，目今悔已无及了。"并非崔翰所误，实是骄盈取败。

言未已，但见前面火光荧荧，有一队人马到来，也不知是南军，是北军，越觉惶惑不定。待来军行至附近，方见旗帜上面，现出一个杨字，又不觉喜慰道："大约是杨业来了。"原来杨业降宋后，本已从征幽、蓟，只因太宗命他再赴太原，搬运粮械，接济军需，所以去了好几日，至此才运粮回军，适值太宗遇险，中途接着，太宗急忙呼救，杨业跃马入淖，把太宗轻轻

掖起，递交岸上的小将，然后再去牵引御马，好容易才得登岸。太宗早在岸上坐着，业复率小将拜谒，自称："救驾来迟，应该负罪。"太宗道："卿说哪里话来，朕非卿到，恐性命都难保哩。"随问小将何人？业答道："这是臣儿延朗。"太宗道："卿有此儿，也好算作千里驹了。"说着，后面尘头起处，似有辽军赶至，太宗皱眉道："追军又至，奈何？"业答道："请陛下先行一程，由臣父子退敌便了。"言已，即去牵御马过来。哪知马已卧地，不能再骑，乃返奏太宗道："御马不堪再驾，请乘臣马先行。"太宗道："卿欲退敌，不能无马，朕看卿装载饷械，备有驴车，可腾出一乘，由朕暂坐先行罢。"杨业遵旨，遂命部卒腾出驴车，请太宗坐入，命部卒保护前行。所有饷械，亦一律载回，自与延朗勒马待敌。未几，有军马趋至，乃是孟玄喆、崔彦进、刘廷翰、李汉琼等，一班宋将，并带着败兵残卒，均已垂头丧气，狼狈不堪。又未几，潘美等亦复驰到，且问杨业道："皇上到哪里去了？将军有无遇着？"你为招讨使，如何连主子也不顾着。杨业述明情形，潘美道："后面尚有追兵，如何是好？"杨业道："业父子二人，尚思退敌，今得诸将帅到来，怕他什么？"潘美自觉怀惭，即命杨业部勒残兵，列阵以待。不到一时，果有辽兵追至，前队二将，一名兀环奴，一名兀里奚，杨业策马抡刀，当先出阵，大呼"胡虏慢走！"兀环奴、兀里奚大怒，上前迎战，杨业双战二将，毫不惧怯。延朗恐乃父有失，急挺枪出战，与兀里奚对仗。杨业与兀环奴，战不数合，被杨业一刀砍死。兀里奚心中一慌，把刀一松，被延朗当胸一枪，也刺落马下。宋将等见杨业父子，杀毙辽将，统来助阵，辽兵见不可支，慌忙退去，当由宋军追杀数里，夺还赀械若干，方才收军，驰至定州，得遇太宗。太宗命孟玄喆屯定州，崔彦进屯关南，刘廷翰、李汉琼屯真定。又留崔翰、赵延进等，援应各镇，自率军返汴梁，整日里怏怏不乐。

武功郡王德昭，曾从征幽州，当宋军败溃时，军中不见太宗，多疑太宗被难，诸将谋立德昭为帝，未成事实，偏被太宗闻知，愈加愤闷。德昭尚未察悉，因见太宗还京，已有多日，并不闻战下太原的例赏，且诸将多怀怨望，恐不免有变动情形，乃入谒太宗，即请叙功给赏。太宗不待词毕，便怒目道："战败回来，还有什么功劳？什么赏赐？"德昭道："这也不可一概论的。征辽虽然失利，北汉究属荡平，应请陛下分别考核，量功行赏罢！"语虽合理，然适中太宗之忌。太宗复怒道："待你为帝，赏亦未迟。"这两语是把心

中的疑恨，和盘说出。看官！试想这地处嫌疑的德昭，如何忍受得起？他低了头，退出宫廷，还至私第，越想越恼，越恼越悲，默思父母早逝；无可瞻依，虽有继母宋氏，季弟德芳，一个是被徙西宫，迹类幽囚，一个是才经弱冠，少不更事，痛幽衷之莫诉，觉生趣之毫无，一时情不自禁，竟从壁间悬着的剑囊中，拔出三尺青锋，向颈一横，顿时碧血模糊，晕倒地上，渺渺英魂，往鬼门关去寻父母去了。自寻短见，愚等申生。及他人得知，已是死去多时，无从解救，只好往报太宗。太宗亟往探视，但见他僵卧榻上，目尚未瞑，不觉良心发现，涕泪交横，带哭带语道："痴儿痴儿！何遽至此？"恐尚不免做作。随即命家属好生殓葬，自己即还至宫中，颁诏赠德昭为中书，令追封魏王，于是论平汉功，除赏生恤死外，加封弟齐王廷美为秦王，算是依从德昭的遗奏，这且慢表。

且说辽军杀败宋军，回国报功，辽主贤尚欲报怨，遣南京留守韩匡嗣，与耶律沙、耶律休哥等，率兵五万，入寇镇州。刘廷翰闻警，忙约崔彦进、刘汉琼等，商议抵御方法。廷翰道："我军方败，元气未回，今辽兵又来侵扰，如何是好？"彦进道："若与他对仗，胜负未可逆料，不如用诈降计，诱他入内，然后设伏掩击，定可取胜。"廷翰道："我闻耶律休哥，素有才名，恐他持重老成，未必纳降。"汉琼道："先去献他粮饷，令他信我情真，料无不纳之理。"廷翰点首道："且依计一试，再行定夺。"当下差人至辽营中，赍粮请降。匡嗣见有粮饷，问他何日出降？差人答以明日，匡嗣允诺，差人自去。耶律休哥进谏道："宋军未曾交锋，即来请降，莫非具有诈谋？元帅不可不防！"也不出廷翰所料。匡嗣道："他若用诈降计，怎肯到此献粮？"休哥道："这乃是欲取姑与的计策。"匡嗣道："我兵锐气方盛，杀败宋师数十万，理应人人夺气，今闻我军复出，怎得不惊？我想他是真情愿降哩。就使诈降，我也不怕。"休哥见他不从，只得退出，自去号令部兵，不得妄动，待有自己军令，方准出发。只匡嗣与耶律沙，约定明日入城，很是欣慰。仿佛做梦。

且说宋将刘廷翰，得差人回报，整点军马，令李汉琼率步兵万名，埋伏城东，掩击辽兵来路，崔彦进率步兵万名，埋伏城北，截断辽兵去途。再约边将崔翰、赵延进，连夜发兵，前来夹攻。分布已定，安宿一宵。翌晨，大开城门，自率兵往伏城西，专待辽兵到来。辽帅韩匡嗣，当先开道，耶律沙

押着后军，望镇州城前来。将到城下，见城门开着，并无一人，匡嗣即欲挥众入城，辽护骑尉刘雄武谏阻道："元帅不可轻入，他既请降，如何城外不见一人？"匡嗣闻言，恰也惊异，猛听得一声号炮，响彻天空，城西杀出刘廷翰，城东杀出李汉琼，匡嗣料知中计，拍马便走，部众随势奔回，冲动耶律沙后队。耶律沙也禁遏不住，只好倒退，忽然间炮声又响，崔彦进又复杀出，截住辽兵去路。辽兵腹背受敌，好似哑子吃黄连，说不出的苦痛，那时无法可施，没奈何拼着性命，寻条血路。不料宋将崔翰、赵延进各军，又遵约杀到，人马越来越众，把辽兵困在垓心。韩匡嗣、耶律沙领着将校，冒死冲突，怎奈四面八方，与铁桶相似，几乎没缝可钻，宋军又相继射箭，眼见得辽邦士卒，纷纷落马，伤亡无数。层层反跌，为耶律休哥作势。韩匡嗣与耶律沙，正当危急万分，忽有一大将挺刀跃马，带领健卒，从北面杀入，韩匡嗣瞧将过去，不是别人，正是耶律休哥，不觉大喜过望，急与耶律沙随着休哥，杀出重围。宋军追了一程，夺得辎重无数，斩获以万计。比前日所献之粮，获利应加数倍。直至遂城，方收兵回屯原汛，随即报捷宋廷。

太宗闻报，语群臣道："辽兵入寇镇州，不能得志，将来必移寇他处，朕看代州一带，最关重要，须遣良将屯守，才可无患。"群臣齐声道："陛下明烛万里，应即简择良将，先行预防。"太宗道："朕有一人在此，可以胜任。"随语左右道："速宣杨业入殿。"左右领旨，往召杨业。须臾杨业传到，入谒太宗，太宗语业道："卿熟习边情，智勇兼备，朕特任卿为代州刺史，卿其勿辞！"业叩首道："陛下有命，臣怎敢推诿？"太宗大喜，便敕赐橐装，令他指日启程。业叩谢而出，即率子延玉、延昭等，出赴代州。延昭即延朗，随父降宋后，受职供奉官，改名延昭，业尝谓此儿类我，所以屡次出师，必令他随着。既到代州，适值天时寒冻，业亲督修城，虽经风雪，仍不少懈。转眼间已是太平兴国五年了，寒尽春回，塞草渐茁，那辽邦复大举入寇，由耶律沙、耶律斜轸等，领兵十万，径达雁门。雁门在代州北面，乃是紧要门户，雁门有失，代州亦危。杨业闻辽兵大至，语子延玉、延昭道："辽兵号称十万，我军不过一二万人，就使以一当十，也未必定操胜局，看来只好舍力用智，杀他一个下马威，方免辽人轻觑哩。"延昭道："儿意应从间道绕出，袭击辽兵背后，出他不意，当可制胜。"杨业道："我亦这般想，但兵不在多，只教黄夜掩击，令他自行惊溃，便足邀功。"当下议定，即挑

选劲卒数千名，由雁门西口西陉关出去，绕至雁门北口。正值更鼓沉沉，星斗黯黯，遥见雁门关下，黑压压的扎着数大营，便令延玉带兵三千人，从左杀入，延昭带兵三千人，从右杀入，业自领健卒百骑，独踹中坚。三支兵马，衔枚疾走，一到辽营附近，齐声呐喊，捣将进去。耶律沙、耶律斜轸等，只防关内兵出来袭营，不意宋军恰从营后杀来，正是防不及防，几疑飞将军从天而下，大都吓得东躲西逃。中营里面，有一辽邦节度使驸马侍中萧咄李，自恃骁勇，执着利斧，从帐后出来抵敌，凑巧碰着杨令公，两马相交，并成一处，战到十余合，但听杨令公大叱一声，那萧咄李已连头带盔，飞落马下。萧咄李，一译作萧绰里特。小子有诗咏道：

百骑宵来捣虏营，刀光闪处敌人惊。
任他辽将如何勇，一遇杨公命即倾。

萧咄李既死，辽兵越觉惊慌，顿时大溃，俟小子下回再详。

高梁河一役，为宋、辽胜败之所由分。宋太宗挟师数十万，乘胜伐辽，而卒为辽将所乘，几至身命不保，宋军自此胆落矣。镇州之捷，雁门关之胜，均不过却敌之来，不能入敌之境，且皆由用智徼功，然则全宋兵力，不能敌一强辽，可断言也。德昭之自刎，本应与廷美之死，联络一气，然事相类而时有先后，太原之赏不行，德昭之言不纳，于是德昭愤激自刎，作者依时叙入，免致混乱。坊间旧小说中，有称德昭为八大王，至真宗时尚辅翊宋廷，此全系臆造之谈，固不值一辩也。

第十五回　弄巧成拙妹倩殉边
修怨背盟皇弟受祸

却说辽相耶律沙，与辽将耶律斜轸等，因部兵溃散，也落荒遁走，黑暗中自相践踏，伤毙甚多。杨业父子，杀退辽兵，便整军入雁门关，检查兵士，不过伤了数十人。当即休息半日，驰回代州，露布奏捷，不消细说。唯辽人经此一挫，多号杨业为杨无敌，自是望见杨字旗号，当即引去。辽主贤闻将相败还，勃然大怒，竟亲自督军，再举侵宋，命耶律休哥为先行，入寇瓦桥关。守关将士，因闻辽兵两次败退，料他没甚伎俩，竟开关迎敌，面水列阵。耶律休哥简率精锐，渡水南来，宋将欺他兵少，未曾截击，待至辽兵齐渡，万与交锋，哪知休哥部下，是百炼悍卒，横厉无前，宋军不是对手，被他杀得七零八落，连关城都守不住，一哄儿弃关南奔，逃入莫州。休哥追至莫州城下，饬兵围攻，警报飞达宋廷，太宗复下诏亲征，调集诸将，向北进行。途次，又接官军败绩消息，忙倍道前进，到了大名，才闻辽主已退，乃令曹翰部署诸将，自回汴京，还汴数日，尚欲兴师伐辽，廷臣多迎合上意，奏称应速取幽、蓟，左拾遗张齐贤，独上书谏阻，略云：

方今天下一家，朝野无事，关圣虑者，莫不以河东新平，屯兵尚众，幽、蓟未下，辇运为劳，臣愚以为此不足虑也。自河东初下，臣知忻州，捕得契丹纳粟典吏，皆云自山后转粟以授河东，以臣料契丹能自备军食，则于太原非不尽力，然终为我有者，力不足也。河东初平，人心未固，

岚、宪、忻、代，未有军寨，入寇则田牧顿失，扰边则守备可虞，及国家守要害，增壁垒，左控右扼，疆事甚严，乃于雁门、阳武谷，来争小利，此其智力可料而知也。圣人一事，动在万全。百战百胜，不如不战而胜。若重之慎之，则契丹不足吞，燕、蓟不足取。自古疆场之难，非尽由敌国，亦多边吏扰而致之。若缘边诸寨，抚驭得人，但使峻垒深沟，畜力养锐，以逸自处，宁我致人，此李牧之所以用赵也。所谓择卒不如择将，任力不如任人，如是则边鄙宁，边鄙宁则辇运减，辇运减则河北之民获休息矣。臣闻家六合者以天下为心，岂止争尺寸之事，角强弱之势而已乎？是故圣人先本而后末，安内以养外。陛下以德怀远，以惠勤民，内治既成，远人之归，可立而待也，何必穷兵黩武为哉？谨此奏闻！

这张齐贤系曹州人，素有胆识，称名远近。先是太祖幸洛阳，齐贤曾以布衣献策，条陈十事，四说称旨，尚有六条，太祖以为未合，齐贤坚称可行，惹动太祖怒意，令武士将他牵出。既而太祖还汴，语太宗道："我幸西都，唯得一张齐贤，他日可辅汝为相，汝休忘怀！"既已器重齐贤，胡不立加擢用，而必留遗与弟，人谓其友，我谓其私。太宗谨记勿忘，至太平兴国二年，考试进士，齐贤亦在选中，有司将他置诸下第，太宗不悦，特开创例，令一榜尽赐京官，齐贤乃得出仕，历任知州，入为左拾遗，至是上疏直谏，太宗颇为嘉纳，乃暂罢出师。

且说前同平章事赵普，当出任河阳节度使时，接第十一回。曾上表自诉，略言："皇弟光义，忠孝兼全，外人谓臣轻议皇弟，臣怎敢出此？且与闻昭宪太后顾命，宁有贰心？知臣莫若君，愿赐昭鉴"等语，这表文经太祖手封，同藏金匮。太祖崩后，太宗践位，赵普入朝，改封太子太保，因为卢多逊所毁，命奉朝请，居京数年，尝郁郁不得志。他有妹夫侯仁宝，曾在朝供奉，卢多逊因与普有嫌，亦将仁宝调知邕州。邕州在南岭外，与交州相近，交州即交趾地，唐末为大理所并，旋入于唐，五代时归属南汉。及南汉平定，交州帅丁琏，曾入贡宋廷。琏死，弟璿袭职，年尚幼稚，被部将黎桓把他拘禁，自称权知军府事。赵普恐仁宝久居邕州，数年不调，免不得老死岭外，乃设法上书，力陈交州可取。太宗本是喜功，阅读普奏，即拟召仁宝入京，面询边事。哪知卢多逊刁滑得很，即入朝面奏太宗道："交州内乱，正

可往取，但若先召仁宝，反恐有泄机谋，臣意不如密令仁宝，整兵长驱，较为万全。”太宗也以为是，遂命仁宝为交州水陆转运使，孙全兴、刘澄、贾湜等，并为部署，同伐交州。偏出赵普意外。

仁宝奉诏，不敢有违，只得整备兵马，与孙全兴等先后并发。行至白藤江口，适有交州水兵，倚江驻扎，江面列战船数百艘，俟仁宝当先冲入，交兵未及预防，霎时溃散，由仁宝夺取战舰二百，大获全胜，再拟深入交地，仁宝自为前锋，约孙全兴等为后应。全兴等顿兵不行，只有仁宝一军，杀入交趾，沿途进去，势如破竹。忽接到黎桓来书，情愿出降，仁宝信以为真，不甚戒备，到了夜间，黎桓率兵劫营，害得仁宝营内，人不及甲，马不及鞍，仓猝抵敌，哪里支持得住？仁宝竟死于乱军中。实是赵普害他。转运使许仲宣据实奏闻，有诏班师，拿问全兴，立斩刘澄、贾湜。全兴入京，寻亦弃市。后来黎桓复遣使入贡，并上丁璿让表，太宗因惩着前败，含糊答应，事见后文。本回总旨在叙赵、卢交恶事，故叙交州战史，特从略笔。

赵普闻仁宝败殁，愈恨多逊，恨不能将他枭首剖心，抵偿妹夫的性命。怎奈多逊方邀主眷，一时无隙可乘。多逊且一意防普，只恐他运动廷臣，上章弹劾，所有群臣章奏，必先令禀白自己，又须至阁门署状，亲书二语，乃是“不敢妄陈利便，希望恩荣”十字，可谓防备严密。所以朝右诸臣，对着多逊，大家侧目。连普亦没法摆布，整日里怨苦连声。一日过一日，忽有晋邸旧僚柴禹锡、赵熔、杨守一等，竟直入内廷，密奏太宗，说是秦王廷美，骄恣不法，势将谋变。卢多逊交好秦王，恐未免有勾通情事。史第言讦告秦王，不及多逊，吾谓太宗方亲信多逊，胡不问多逊而问赵普，得此揭出，方释疑团。这数语触动太宗疑忌，遂召普入见，与他密商。普竟自作毛遂，愿备位枢轴，静察奸变，且叩首自陈道：“臣忝为旧臣，与闻昭宪太后遗命，备承恩遇，不幸戆直招尤，反为权幸所沮，耿耿愚忠，无从告语，就是臣前次被迁，曾有人说臣讪谤皇上，臣尝上表自诉，极陈鄙悃，档册具在，尽可复稽。若蒙陛下察核，鉴臣苦衷，臣虽死不朽了。”太宗略略点首，待普退后，即令近侍检寻普表，四觅无着。有旧侍忆及前事，谓由太祖贮藏金匮，当即禀过太宗，启匮检视，果得普前表，因复召普入语道：“人谁无过，朕不待五十，已知四十九年的非了。从今以后，才识卿忠。”普顿首拜谢，太宗即面授普为司徒，兼职侍中，封梁国公，并命密察秦王廷美事。是时太祖季子德芳，亦已

病殁，年仅二十三岁，距德昭自刎，只隔一年有余。廷美颇不自安，尝言太宗有负兄意，俗语说得好："一言既出，驷马难追。"为了廷美几句口风，免不得传入太宗耳中，还有一班谐臣媚子，火上加炭，只说廷美即谋作乱，应亟预防。太宗遂罢廷美开封尹，出为西京留守，特擢柴禹锡为枢密副使，杨守一为枢密都承旨，赵熔为东上阁门使，无非因他告变有功，特别宠眷的意思。赵普与廷美无甚宿嫌，不过欲扳倒卢多逊，只好从廷美着手，陷他下阱。卢多逊也曾料着，明知祸将及己，可奈贪恋相位，不甘辞职，因此延宕过去。富贵之误人大矣哉！赵普怎肯甘休？明访暗查，竟得卢多逊私遣堂吏，交通秦王事。这堂吏叫作赵白，与秦王府中孔目官阎密，小吏王继勋、樊德明等，朋比为奸。秦、卢交好，都从他数人往来介绍。赵白尝将中书机事，密告廷美，且述多逊言云："愿宫车晏驾，尽力事大王。"廷美亦遣樊德明，往报多逊道："承旨言合我意，我亦愿宫车早些晏驾呢。"又私赠多逊弓箭等物。普一一入奏，太宗道："兄终弟及，原有金匮遗言，但朕尚强壮，廷美何性急乃尔？且朕待多逊，也算不薄，难道他尚未知足，必欲廷美为帝么？"普奏对道："自夏禹至今，只有传子的公例，太祖已误，陛下岂容再误？"两语足死廷美。太宗不禁点首，遂颁诏责多逊不忠，降为兵部尚书。越日，下多逊于狱，捕系赵白、阎密、王继勋、樊德明等，令翰林学士承旨李昉，学士扈蒙，卫尉卿崔仁冀，御史滕正中等，秉公讯鞫，赵白等一一伏罪，复令多逊对簿，多逊亦无可抵赖。李昉等具狱以闻，太宗再召文武常参官，集议朝堂，太子太师王溥等七十四人，老而不死，是为贼，王溥有焉。联名奏议道：

谨案兵部尚书卢多逊，身处宰司，心怀顾望，密遣堂吏，交结亲王，通达语言，咒诅君父，大逆不道，干纪乱常，上负国恩，下亏臣节，宜膏铁钺，以正刑章！其卢多逊请依有司所断，削夺在身官爵，准法处斩。秦王廷美，亦请同卢多逊处分，其所缘坐，望准律文裁遣。谨议！

议上，即有诏颁发道：

臣之事君，贰则有辟，下之谋上，将而必诛。兵部尚书卢多逊，顷自先朝擢参大政，洎予临御，俾正台衡，职在燮调，任当辅弼，深负倚

畀，不思补报，而乃包藏奸宄，窥伺君亲，指斥乘舆，交结藩邸，大逆不道，非所宜言。爰遣近臣杂治其事，丑迹尽露，具狱以成，有司定刑，外廷集议，佥以枭夷其族，污潴其官，用正宪章，以合经义，尚念尝居重位，久事明廷，特宽尽室之诛，止用投荒之典，实汝有负罪，非我无恩。其卢多逊在身官爵，及三代封赠妻子官封，并用削夺追毁，一家亲属，并配流崖州，所在驰驿发遣，纵经大赦，不在量移之限。期周以上亲属，并配隶边远州郡部曲，奴婢纵之，余依百官所议，列状以闻。

当下再由群臣议定，赵白、阎密、王继勋、樊德明等，并斩都门外，仍籍没家产，亲属流配海岛。廷美勒归私第，所有子女，复正名称。子德恭、德隆等仍称皇侄，皇侄女适韩崇业，去公主驸马名号，贬西京留守阎矩为涪州司户参军，前开封推官孙屿为融州司户参军，两人皆廷美官属，因责他辅导无状，连带坐罪。卢多逊即日被戍，发往崖州，至雍熙二年，竟殁于流所。多逊籍隶河南，累世祖墓，均在河南，未败前一夕，天大雷电，将他祖墓前的林木，尽行焚去，时人诧为奇异。及多逊流徙，始信这造化小儿，已预示谴责了。天道有知，应该加谴。

且说赵普计除卢多逊，复黜谪廷美，尚恐死灰复燃，潜嗾开封府李符，上言廷美未肯悔过，反多怨望，乞徙居边郡，借免他变。于是严旨复下，降廷美为涪陵县公，安置房州。妻楚国夫人张氏，削夺国封，命崇仪使阎彦进知房州，御史袁廓通判州事，各赐白金三百两，令他监伺廷美，不得有误。廷美至房州，举动不得自由，阎彦进、袁廓日加侦查，累得廷美气郁成疾，时患肝逆等症，渐渐的尫瘠不堪。太宗因右仆射沈伦，未能觉察秦、卢阴谋，不无旷职，亦将他免去相位，降授工部尚书。左仆射薛居正，又复去世，乃改任窦偁、郭贽参知政事。寻又以郭贽嗜酒，出知荆南府，另命李昉继任。且因赵普专相，好修小怨，也不免猜忌起来，因语群臣道："普有功国家，并与朕多年故交，朕深倚赖，但看他齿落发斑，年已衰迈，不忍再以枢务相劳，当择一善地，俾他享些老福，才不负他一生知遇呢。"心实刻忌，语却和婉。乃作诗一首，命刑部尚书宋琪，持赐赵普。普捧读毕，不禁泣下，暗思诗中寓意，明是劝他辞职，好容易重登枢辅，又要把这位置，让与别人，真是冤苦得很。但事已如此，无可奈何，只好对宋琪道："皇上待普，

恩谊兼至，普余生无几，自愧报答不尽，唯愿来世再效犬马微劳，幸乞足下转达！”宋琪劝慰数语，当即告别，返报太宗。翌日，普呈上辞职表，太宗准奏，出普为武胜军节度使，赐宴长春殿，亲与饯行，复作诗赠别。普泣奏道：“蒙陛下赐诗，臣当刻石，他日与臣朽骨，同葬泉下，臣死或有知，尚当铭恩不忘哩。”无非恋恋富贵。太宗亦洒泪数点，俟普谢宴告退，送至殿外，又命宋琪等代送出都，然后还宫，似假应假。普径赴武胜军去了。

太宗乃命宋琪、李昉同平章事，且因窦偁复殁，别选李穆、吕蒙正、李至三人，参知政事，随诏史官修《太平御览》一千卷，日进三卷，准备御览。越年复改元雍熙，即太宗九年。群臣正拜表称贺，粉饰承平，欢宴数日，忽由房州知州阎彦进驰驿入奏，涪陵公廷美，已病死了。太宗方与宋琪、李昉等，商议封禅事宜，一闻讣音，不禁太息道：“廷美自少刚愎，长益凶恶，朕因同气至亲，不忍加他重辟，暂时徙置房州，令他闭门思过，方欲推恩复旧，谁料他遽尔殒逝？回溯兄弟五人，今只存朕，抚躬自问，能不痛心。”言已，呜咽流涕。亏他装得像。宋琪、李昉等，当然出言奏慰，不劳细表。翌日下诏，追封廷美为涪王，谥曰悼，命廷美长子德恭为峰州刺史，次子德隆为濮州刺史，廷美女夫韩崇业为靖难行军司马，小子有诗咏道：

尺布可缝粟可舂，如何兄弟不相容？
可怜骨肉参商祸，刻薄又逢宋太宗。

廷美方死，忽由李昉入奏，又死了一个著名的人物，欲知此人为谁？且待下回表明。

赵普与卢多逊，积衅成隙。彼此设计构陷，而旁人适受其殃。侯仁宝，普之妹倩也，卢多逊因普迁怒，假南交之役，致死仁宝，仁宝死不瞑目矣。廷美为太宗胞弟，金匮之盟，兄终弟及，普实与闻，顾以卢多逊之嫌，构成煮豆燃萁之祸，推普之意，以为此狱不兴，不足以除卢多逊，多逊得除，何惜廷美？况更借此以要结主宠，为一举两得之计乎。故死廷美者为太宗，而实由于赵普。孔子有言：“苟患失之，无所不至。”卢多逊不足责，赵普名为良相，乃与鄙夫相等，何其惑也？呜呼侯仁宝！呜呼廷美！呜呼卢多逊、赵普！阅此回，窃不禁为之三叹焉。

第十六回　进治道陈希夷入朝
遁穷荒李继迁降虏

却说李昉入奏，报称大臣病故。大臣为谁？就是参知政事李穆。太宗闻丧，更加嗟悼，遂亲往赐奠，语侍臣道："穆操履纯正，真不易得，朕方倚用，遽尔沦没，实属可悲。这并非穆的不幸，乃是朕的不幸呢！"言下甚是惨切，且对灵哭了一场，然后还朝。待兄弟如彼，待臣子如此，以见太宗之亲疏倒置。既而群臣请封禅，太宗不许，至阖廷联衔奏请，乃命学士扈蒙等，详定仪注，拟至仲冬往祀泰山，不意时当仲夏，乾元、文明二殿，忽然失火，太宗以天象示儆，诏求直言，并罢封禅。

到了孟冬，来了华山隐士陈抟，入京觐见。陈抟，亳州人，四、五岁时，戏涡水岸侧，有青衣媪给乳与饮，得辟性灵，每读经史百家，一见成诵，毫不遗忘，至后唐中与试进士，试文非有司能解，摈置不录，抟自此不求禄仕，唯游放山水间，怡情自适。嗣得遇奇士二人，导以服气辟谷诸术，并与言武当山九室岩中，可以隐居，抟遂受教往隐，历二十余年，但日饮酒数杯，便算了事。既而移居华山云台观，又止少华石室，每寝时，或至百余日不起，俗人有大睡三千日，小睡八百日的谣传。周世宗好黄白术，尝召抟至阙下，叩问方术。抟从容奏道："陛下为四海主，当以致治为念，奈何留意黄白术呢？"甚是甚是。世宗爽然自失。留抟住京月余，命为谏议大夫，抟固辞不受。嗣见抟无他技能，乃放还华山。及太祖受禅，抟正乘驴过天津桥，闻受禅消息，竟堕驴大笑道："天下从此太平了。"太宗元年，有旨

召抟入京，抟奉命至汴，进见太宗，很蒙优待，赐以金帛，不受而去。雍熙元年，抟复入朝，太宗益加礼重，语相臣宋琪等道："抟有志独善，不求利禄，这真所谓方外散人呢。朕与他谈及世事，他自言历经离乱，今幸天下太平，所以复来朝觐。朕看他年近百岁，终日不食，却觉得精神矍铄，步履雍容，真正难能，真正难得！"可令汝自愧。宋琪道："从前巢父、许由，想亦如是。"贡谀之言。太宗笑而不答，随命中使送抟至中书省。宋琪等相率迎入，款待殷勤，座间问道："先生玄默修养，得此道术，可否赐教一二？"抟答道："抟系山野人民，无益世用，所有神仙炼丹，及吐纳养生的方术，统未知晓，怎能传人？就使白日升天，亦与国家无补。今皇上龙颜秀异，冠绝天人，博达古今，深究治乱，真有道仁圣的主子。诸公生当盛世，正君臣协心同德，兴化致治的时候，勤行修炼，无出此右，不必再求异术了。"不谈左道，见识独高。琪等闻言，无不称善。翌日奏对，即述抟所言，太宗益加叹赏，诏赐抟号希夷先生，复给紫衣一袭，留抟阙下。暇时与谈诗赋，辄令属和。抟夙擅诗才，随口吟成，无不中律，以此益称上旨。一面命有司增葺云台观，俟修筑告竣，乃送归华山，由太宗亲书"华山石室"四字，作为贶仪，抟拜辞而返。至端拱元年，即太宗十三年。抟令弟子贾德升，就张超谷下，凿石为室。室成，抟手书数百言，嘱咐弟子赍送汴京，略言："臣抟大数已终，圣朝难恋，当于本月二十二日，化形于莲花峰下张超谷中。"是表上后，太宗遣使往视，至二十九日始到，抟尸陈石榻上，肢体犹温，有五色云遮蔽洞口，冉冉不散。使臣返报太宗，太宗嘉叹不已。抟好读《易》，手不释卷，尝自号扶摇子，著《指玄篇》八十一章，详言导养及还丹各事。宰相王溥，亦著《笺注》八十一章。抟又有《三峰寓言》，及《高阳集》诗六百首，大半雅澹冲夷，自成一格，后世有传有不传。总之陈抟系一隐君子，独行高蹈，不受尘埃，若目他为仙怪一流，实属未当。俗小说中，或称为陈抟老师，捏造许多仙法，作为证据，其实是荒唐无稽，请看官勿为所惑哩。辟除迷信。

闲文少表，且说太宗因中宫虚位，尚未册立，不得不选择继配，作为内助。李妃容德俱茂，入宫数年，素无过行，特册立为后。应十三回。仪文繁备，典礼裔皇，不但内宫外廷，赐宴数天，并赐京师人民，大酺三日，仿佛有庆泽均行，醉人为瑞的景象。翌年春季，复召宰相近臣，齐集后苑赏花，

并面谕群臣道："春风暄和，万物畅茂，四方无事，朕愿与臣民共乐，卿等可各赋一诗，抒写情意！"群臣奉命，大家搜索枯肠，挖出几个尧天舜日，帝德皇恩的字样，配搭亭匀，凑成律句，呈上藻鉴。挖苦得很。太宗一一取阅，多半是敲金戛玉，鼓吹休明，乐得心花怒开，满口称美。群臣均叩谢天褒，尽欢而散。到了孟夏，又召辅臣、三司使、翰林枢密直学士、尚书省四品、两省五品以上三馆学士，均至后苑赏花钓鱼，各赐宴饮，免不得又令赋诗。大家换汤不换药，仍旧是一曲贺圣朝。太宗又命习射水心殿，你想穿杨，我夸贯虱，彼此竞射一场，或中或不中，不过是陶情作乐，无关功过，足足的闹了一日，统向太宗叩谢，一并散去。

先是太宗长子元佐，为李妃所出，见十三回。幼即聪警，貌类太宗，很得太宗欢心。及长，善骑射，尝从征太原、幽、蓟，返拜检校太傅，加职太尉，晋封楚王，另营新邸。廷美得罪，元佐力为营救，再三请免，屡受乃父呵斥。元佐谊属懿亲，情实可嘉。至闻廷美忧死，他愤极成狂，尝手操挺刃，击伤侍人。迹类佯狂。旋因医治少瘳，太宗颇加喜慰，为赦天下。重九佳节，诏诸王宴射苑中，元佐因新瘥不预。及诸王宴归，暮过元佐门，元佐问明左右，方知诸王侍宴消息，便愤愤道："他人都得与宴，我有何罪，不闻宣召？这是明明弃我呢！"左右从旁劝解，并呈上佳酿，俾他解闷。元佐取来就饮，饮尽索添，连下数十大觥，已是酩酊大醉，他尚不肯罢休，直饮到夜静人阑，方才停杯，回入寝室。左右总道他是熟睡，谁料他竟放起火来，霎时间烟雾迷漫，光烛霄汉，内外侍从，慌忙入救，已是不及，只把元佐及所有眷属，救出门外，可惜一座大厦，倏成焦土。傥来富贵，均可作是观。太宗闻楚邸被焚，正在惊疑，嗣有人报称由元佐纵火，不禁大怒，立遣御史捕治，将他废为庶人，安置均州。宋琪率百官上表，请恕他病狂，仍留京师，太宗不许，竟令元佐即日出都，不得逗留。嗣经宋琪等三次奏请，乃下诏召还。元佐时已行至黄山，奉诏乃归，幽居南宫，余事后表。

且说秦、陇以北，有银、夏、绥、宥、静五州地，为拓跋氏所据。唐初拓跋赤辞入朝，赐姓李，至唐末，黄巢作乱，僖宗奔蜀，拓跋思恭纠合蕃众，入境讨贼，得封为定难军节度使，复赐李姓，五代时据境如故。周显德中，适李彝兴嗣职，受周封为西平王。宋太祖初年，彝兴遣使入贡，太祖授彝兴为太尉，彝兴旋殁，子克睿嗣，未几克睿又死，子继筠立。太宗伐北

汉，继筠曾遣将李光远、光宪，渡河略太原境，遥作声援。既而继筠复殁，弟继捧袭位，太平兴国七年，继捧入觐太宗，献银、夏、绥、宥四州地，且自陈亲族不睦，愿居汴京。太宗乃遣使至夏州，迎接继捧亲属，且授他为彰德节度使。另派都巡检曹光实，往戍四州。独继捧族弟继迁，为定难军都知蕃落使，留居银州，不愿入汴，闻宋使到来，诈言乳母病故，出葬郊外，竟与同党数十人，奔入地斤泽。泽距夏州东北三百里，继迁号召部落，声势渐盛。曹光实恐为边患，率师袭击，斩首五百级，焚四百余帐，继迁仓猝遁去，母与妻不及随奔，均被光实拿住，押回夏州。不善抚辑，徒逞诈谋，曹光实亦太失策。继迁辗转迁徙，连娶豪族，复日强大，随即召集众人，慨然与语道："李氏世有西土，一旦让人，岂不可恨？尔等若不忘李氏，幸大家努力，共图兴复！"蕃众齐声许诺。继迁复道："用力不如用谋，我当设诈降计，诱杀那曹光实，一则可报前仇，二则可恢先业，尔等以为何如？"蕃众复应声道："全凭调度。"继迁大喜，遂率众向夏州进发，先遣人致书光实，略言："势蹙途穷，幸网开一面，俯允归降，此后生成，全出公惠"等语。言甘心苦。光实信是真言，即与来人面约，期会葭芦川，收纳降众，来使自去。光实届期，带领百骑，至葭芦川，见继迁已率数十人，守候该处，彼此相见，继迁拜谒马前，执礼甚恭，并请光实往抚余众。光实志得心骄，全不加察，竟昂然随往。及到继迁营帐前，蕃众尽出，约有数千人，继迁忽举手挥鞭，大声呼道："仇人已到，大众何不动手？"言未毕，但听蕃众一声喊杀，都持着大刀阔斧，向光实杀来。光实手下，只有百人，就使每人生着三头六臂，也是挡架不住，眼见得同时毕命，一个不留，继迁遂乘势袭据银州。

边警传达汴京，太宗亟命知秦州田仁朗等，会师往讨。仁朗奉命调军，待各路兵马，陆续会齐，乃启程北行。到了绥州，闻继迁围攻三族寨，有众数万，自恐寡不敌众，飞章至汴，请再添兵。嗣又闻三族寨失守，寨将折裕木，杀死监军使者，与继迁联合，进攻抚宁寨。将士请速即赴援，仁朗笑道："不妨不妨！番人乌合，同来寇边，胜即进，败即退，今继迁啸聚数万，尽锐出攻孤垒，抚宁寨虽狭小，势甚险固，断非十日五日，可能攻入，我待他劳敝，发兵掩击，再遣强弩数百人，截他归路，我料虏必成擒了。"将士各默然退出。仁朗故示闲暇，纵酒摴蒱，流连竟夕。副将王侁，乘间媒孽，上诉宋廷。仁朗亦有自取之咎。太宗得悉情形，遂下诏征仁朗还京，下御史狱。

廷讯三族寨被陷，及无故奏请添兵等事，仁朗抗声答道：“银、绥、夏三州守兵，均托词守城，不肯出发，所以奏请添兵。三族寨相距太远，待臣勉集人马，行至绥州，已闻失守，一时未及赶救，臣不负责。且臣已定有良策，足擒继迁，但因奉诏还京，计不得行，臣料继迁颇得人心，若此时不能擒他，只好优诏怀徕，或用厚利啗饵他酋，令图继迁，早除一日好一日，否则边蠹未除，必为大患。”太宗怒道：“朕闻纵酒摴蒱，种种不法，难道继迁肯自来就死么？”仁朗道：“这便是臣的诱敌计。”太宗又怒道：“什么诱敌不诱敌，朕不用你，看继迁果猖獗否？”遂命将仁朗仍复系狱。越日下诏，贷他一死，贬窜商州。唯副将王侁，既排去仁朗，统兵出银州北面，连破敌寨，斩蕃酋折罗遇，麟州诸蕃，因此惶惧，均请纳马赎罪，助讨继迁。侁遂大集各兵，入浊轮川，正值折裕木纠众前来，两下交锋，折裕木杀得大败，被王侁军士擒住。继迁从后驰至，又由王侁麾兵，驱杀一阵，十成中丧亡六七成，竟落荒遁去。王侁奏凯而回，适有诏令郭守文到边，与侁同领边事。守文复与知夏州尹宪，共击盐城诸蕃，焚千余帐，自是银、麟、夏三州，所有蕃众百二十五族，尽行内附，户口计万六千有余，西北一带，皆就敉平。唯继迁穷蹙无归，不得已奉书辽廷，愿作外臣。辽许他归附，册封他为夏国王，并将宗女义成公主，嫁给了他。继迁既得荣封，复配豪女，真个是两难兼并，三生有幸了。怪不得人喜降虏。

小子历叙辽事，未曾将辽国源流交代明白，本回将要结束，下回又须接说宋、辽交战情形，趁这笔底余闲，略略一叙。辽本鲜卑别种，初居潢河附近，自称神农氏后裔，聚成部落，号为契丹。朱梁初年，契丹主耶律阿保机，并吞诸部，僭称帝号，辽人称为太祖。阿保机死，子耶律德光嗣，助晋灭唐，得幽、蓟十六州。至晋出帝不愿称臣，德光举兵灭晋，改国号辽，纵兵饱掠，归死杀狐岭，是谓辽太宗。侄兀欲嗣立，更名为阮，在位五年遇弑，称世宗。德光子兀律入继，亦改名为璟，嗜酒好猎，不恤国事，又被近侍谋毙，称穆宗。兀欲子贤继立，是为景宗，用萧守兴为尚书令，即立萧女燕燕为后。燕燕一译作叶叶。燕燕色技过人，兼通韬略，既得为后，遂干预国政。景宗又夙婴风疾，诸事皆委燕燕裁决，国中只知有萧后，不知有景宗。俗呼为萧娘娘者即此。太宗七年辽景宗贤殂，子隆绪嗣位。隆绪年尚冲幼，由母后燕燕摄政，史称为萧太后，复国号大契丹，用韩德让即韩匡嗣子。为政事

令，兼枢密使，总宿卫兵。耶律勃古哲一译博郭济。总领山西诸州事，耶律休哥为南面行军都统。号令严明，威震朔漠。至收降李继迁后，且使他窥伺宋边，阴图南下，偏三交屯将贺怀浦父子，竟献议宋廷，极言幽、蓟可取状，于是鼙鼓复鸣，王师又出，这一番有分教：

雄主喜功偏失律，元戎偾事又亡师。

欲知宋廷出师情形，且待下回续叙。

五季有一陈抟，得无道则隐之义。宋初有一陈抟，得高尚其志之象。观其入朝论治，不尚虚无，不谈隐怪，其持行之纯正，可以想见，以视陶渊明、贺季真辈，且高出一筹。苟目为张道陵、佛图澄之流亚，毋乃太轻视之乎！元佐力救廷美，甚至病狂，彼岂真狂人哉？不悦父行，甘心让国，有吴泰伯之遗风焉。彼李继迁一点酋耳，田仁朗之用计袭取，未始非策，只以纵酒摴蒱启王侁媒蘖之口，卒至良谋不用，狡寇降辽，秦、陇以北，从此多事。夫平一李继迁尚不能，遑问耶律氏乎？朝曰取燕蓟，暮曰取燕蓟，燕、蓟果若是易复乎？观于此而已知宋之渐弱矣。

第十七回　岐沟关曹彬失律
陈家谷杨业捐躯

却说贺怀浦父子，好谈边事，共守朔方。怀浦曾任指挥使，即太祖元配贺皇后胞兄，子名令图，出知雄州。他因契丹主幼，委政萧氏，似属有机可乘，乃请即出师，北取幽、蓟。计非不是，但彼有耶律休哥，试问有谁人可制耶？太宗遂命曹彬为幽州道行营都部署，崔彦进为副，米信为西北道都部署，杜彦圭为副，出师雄州。田重进为定州都部署，出师飞狐。潘美为云、应、朔都部署，杨业为副，出师雁门。诸将陛辞，太宗语曹彬道："潘美可先趋云州，卿等率十万众，但声言进取幽州。途次宁持重缓行，休得贪利急进！虏闻大兵到来，必悉众救范阳，不暇顾及山后，那时掩杀前去，可望成功。"曹彬等领命登程，分道并进。彬遣先锋将李继隆，北向攻入，连拔固安、新城二县，进攻涿州。守将贺斯，出城迎敌，李继隆横槊直前，与贺斯战三十多合。贺斯力怯，拍马便走，继隆急追数步，用力一槊，正中贺斯背心，翻身落马，再一槊结果性命，契丹兵遂溃。继隆乘势夺取涿州。未几，契丹兵来攻新城，适与米信相遇，米信麾下，只有三百人，契丹兵恰有万余名，彼多此少，相去悬绝，顿被契丹兵围住，重重包裹，如箍铁桶。米信大喝一声，挺着大刀，当先突围，三百骑紧随后面，并力一处，冲破西隅。契丹兵怎肯放松，再上前围绕，巧值崔彦进、杜彦圭等，两路杀到，顿将契丹兵赶散。曹彬亦已驰至，会集各军，并趋涿州。一路叙过。时田重进亦出飞狐县南，部将荆嗣，率五百骑先行，遥见胡骑漫山塞野而来，差不多有两三万人，就中

统兵的大将，乃是契丹西面招安使大鹏翼。荆嗣急报田重进，重进连忙赶到，列阵岭东，命荆嗣出岭西，乘暮薄敌。大鹏翼越崖前来，嗣用短兵接战。彼此拼命相争，互有杀伤。战至夜半，方才收军。契丹兵结营崖上，宋军结营崖下。越宿再战，契丹兵自崖杀下，势似建瓴，荆嗣几抵挡不住，亏得重进遣兵相救，才得杀个平手。嗣因敌势颇张，不便久持，忽想到谭延美屯兵小沼，可资臂助，急遣使驰书，请他列队平川，另遣二百人执着白帜，驰骋道旁。大鹏翼登崖遥望，见山下旗帜绵亘，疑是援兵继至，意欲遁去。嗣即率所部，疾驱往斗，一面促重进会师。大鹏翼正与嗣军酣战，不防重进杀到，惊得不知所措，相率奔溃。荆嗣觑定大鹏翼，拈弓搭箭，飕的一声，将他射落马下。宋军一拥上前，把大鹏翼牵了过来。枉叫做大鹏翼，如何不能飞遁。大鹏翼成擒，飞狐、灵邱诸守将，闻风胆落，次第请降。一路又叙过。还有潘美一路，从西陉入，与契丹兵大战寰州城下。契丹兵败退，寰州刺史赵彦章出降，进围朔州。节度副使赵希赞亦举城降，遂转攻应、云诸州，所至皆克。此路亦简而不漏。捷报送达汴都，百官皆贺，丑。独武胜军节度使赵普，上书进谏道：

伏睹今春出师，将以收复关外，屡闻克捷，深快舆情。然晦朔屡更，荐臻炎夏，飞挽日繁，战斗未息，老师费财，诚无益也。伏念陛下自翦平太原，怀徕闽、浙，混一诸夏，大振英声，十年之间，遂臻广济。远人不服，自古圣王，置之度外，何足介意？窃念邪谄之辈，蒙蔽睿聪，致兴无名之师，深蹈不测之地，臣载披典籍，颇识前言，窃见汉武时主父偃、徐乐、严安所上书，及唐相姚元崇，献明皇十事，忠言至论，可举而行。伏望万机之暇，一赐观览，其失未远，虽悔可追。臣窃念大发骁雄，动摇百万之众，所得者少，所丧者多。又闻战者危事，难保其必胜，兵者凶器，深戒于不虞，所系甚大，不可不思。臣又闻上古圣人，心无固必，事不凝滞，理贵变通，前书有兵久生变之言，深为可虑；苟或更图稽缓，转失机宜，旬朔之间，时涉秋序，边庭早凉，弓劲马肥，我军久困，切虑此际或误指纵，臣方冒宠以守藩，易敢兴言而沮众？盖臣已日薄西山，余光无几，酬恩报国，正在斯时。伏望速诏班师，无容玩敌，臣复有全策，愿达圣聪，望陛下精调御膳，保养圣

躬，挈彼疲氓，转之富庶，将见边烽不警，外户不扃，率土归仁，殊方异俗，相率向化，契丹独将焉往？陛下计不出此，乃信邪谄之徒，谓契丹主少事多，可以用武，以中陛下之意，陛下乐祸求功，以为万全，臣窃以为不可。伏愿陛下审其虚实，究其妄谬，正奸臣误国之罪，罢将士伐燕之师，非特多难兴王，抑亦从谏则圣也。古之人尚闻尸谏，老臣未死，岂敢面谀，为安身而不言哉？冒渎尊严，无任待命！

这奏甫上，又有捷报到来，田重进再破敌兵，攻入蔚州，获住契丹监城使耿绍忠，将进逼幽州了。太宗以三军屡捷，不从普言，仍锐意用兵，忽接曹彬急奏，说是居涿旬日，粮饷不继，暂退雄州就饷。太宗不觉变色道："从前朕命他缓进，他反欲速，今则大敌在前，反致退师，倘或被袭，岂不要前功尽弃吗？"当下飞使传诏，令曹彬不得骤进，饬引师与米信军相会，借固兵力。彬奉诏后，遵旨行事。会闻潘美已尽略山后地，偕重进东下，乘势图幽州。崔彦进等，均请命曹彬道："朝旨命三路出师，我军乃是正路，将士最多，今乃逗留不进，转让两路偏师，建功立业，岂不可羞？元帅何不统兵前进，急取幽、蓟，免落人后呢？"曹彬道："皇上有诏，不得轻进。"彦进道："将在外，君命有所不受。元帅能克日成功，难道尚遭主谴么？"曹彬暗暗沉吟，自思彦进所言，亦有至理，乃与米信联络一气，各裹粮怀食，径趋涿州。

契丹大将耶律休哥，初因部下兵寡，不敢轻敌，专令轻骑锐卒，截宋粮道，一面报知辽廷，速发援兵。萧太后燕燕，本是一个女中丈夫，接得休哥禀报，竟自统雄师，挟着幼主，出都南援。休哥闻援兵将至，便先至涿州，只命轻兵挑战，遇着宋军，一战即退。俟宋军蓐食，复冲杀过去；宋军撤食与斗，他又退了下去，每日约有数次。夜间却四伏崖谷，或吹胡哨，或鸣鼓角，待至宋军杀出，却又不见一人。是即所谓亟肄以敝，多方以误之策。宋军日夕被扰，累得昼不安食，夜不安眠，只好结着方阵，堑地两边，缓缓前进。偏天公又不做美，时方五月，竟与盛暑无二，赤日悬空，纤云无翳，军士汗流遍体，屡患口渴，奈沿途又无井泉，只有浅溪汙淖，大众渴不暇择，彼此漉淖而饮，直至四日有奇，方得行进涿州。

俄有侦骑来报，耶律休哥已统兵前来了，曹彬忙饬令各军，列阵应敌。

嗣又有探马报道："契丹太后萧氏，及少主隆绪，尽发国中精锐，前来接仗了。"迭用探语，笔亦惊人。这一惊非同小可，顿令宋营将士，无不失色。曹彬与米信商议道："我看全营兵士，已疲乏极了，粮又将尽，如何当得起大敌？不如见机回军罢！"米信道："见可而进，知难而退，这是行军要诀，将军何必多疑？"彬乃下令退师，为这一退，顿使全营兵马，不复成列，一哄儿向南飞奔。曹彬称为良将，乃忽进忽退，并无主宰，我殊不解。耶律休哥闻宋军已退，出兵追来，至岐沟关，追着宋军，宋军已无心恋战，勉勉强强的返旆交锋。无如用兵全仗作气，气已疲馁，万万振作不起，况耶律休哥部下，本是强壮得很，兼且养精蓄锐，盛气杀来。看官！试想这困顿劳饿的宋军，哪里支撑得住？战不数合，仍旧返奔。曹彬、米信不能禁遏，也只好随势退却，沿途弃甲抛戈。不可胜数，好容易奔至沙河，才觉追兵已远，大众濒河休息，埋锅造饭，准备夜餐。忽又听得战炮连天，契丹兵从后追到，彬与信不敢再战，弃食忍饥，渡河南走。宋军渡未及半，敌兵已经杀至，把宋军乱劈乱斫，差不多似削瓜切菜，可怜这班宋军，一半儿杀死，一半儿溺死，河中尸首填满，水俱为之不流。所有抛弃战仗，积同邱壑，均被契丹兵搬去。萧太后母子两人，统兵到了沙河，与休哥会着，见休哥已经大捷，很是喜慰。休哥请乘胜南追，杀至黄河以北，方才回军。萧太后道："盛暑不便行军，宋师正犯此忌，所以败绩，我军何可蹈他覆辙？不如得胜回朝，俟至秋高马肥，再行进兵便了。"言已，即命班师还燕。封休哥为宋国王，改遣耶律斜轸调集生力军，再行南下不题。

且说曹彬等逃至易州，计点兵士，伤亡大半，只好拜本上奏，自行请罪。太宗览奏，懊丧得很，乃下诏召还曹彬、米信，及崔彦进等还京，令田重进屯定州，潘美还代州，徙云、应、朔、寰四州吏民，分置河东、京西。各路布置尚未妥贴，契丹将耶律斜轸已率兵十万，至定安西。知雄州贺令图自恃骁勇，选兵出战，哪禁得敌兵势盛，徒落得一败涂地，拼命逃回。斜轸进攻蔚州，贺令图急乞师潘美，美率军往援，与令图再行进兵，到了飞狐，正遇斜轸兵，与战又败，于是浑源、应州诸守将，统弃城南走。斜轸乘胜入寰州，杀守城吏卒千余人。潘美既败绩飞狐，退至代州，再议出兵保护云、朔诸州。副将杨业入谏道："今虏兵益盛，不应与战，战亦难胜。朝廷止令徙数州吏民，入居内地，我军但出大石路，先遣人密告云、朔州守将，俟大

军离代州时，云州吏民，即可先出，我师进次应州，虏兵必来拒战，那时朔州吏民，也可乘间出城，我军直入石竭谷，遣强弩千人，陈列谷口，再用骑师援应，那时三州吏民，可保万全，强虏亦无从杀掠了。”潘美闻言，不免沉吟。旁边闪出护军王侁，阻挠业议，大声道：“我军多至数万，乃畏懦如此，岂非令人耻笑？为今日计，竟趋雁门北川中，鼓行前进，堂堂正正的与他交战一场，未必定他胜我败。”业摇首道：“胜败虽难逆料，但他已两胜，我已两败，倘或再至挫衄，后事更不堪设想了。”这是知己知彼之言。侁冷笑道：“君侯素号无敌，今逗挠不进，莫非有他志不成？”小人之口，真是可畏。业愤然道：“业何敢避死，不过因时尚未利，徒令杀伤士卒，有损无益。护军乃疑我有贰，业当为诸公先驱，须知业非怕死哩。”遂号召部兵，准备出发。临行时，向潘美涕泣道：“业本太原降将，应当早死，蒙皇上不杀，擢置连帅，交付兵柄，业并非纵敌不击，实欲伺便立功，借报恩遇，今诸君责业避敌，业尚敢自爱么？业此去，恐不能再见主帅了。”美闻言，哼了一声，复装着笑脸道：“君家父子，均负盛名，今乃未战先馁，无怪令人不解。汝尽管放胆前去，我当前来救应。”业复道：“虏兵机变莫测，须要预防，此去有陈家谷，地势险峻，可以驻守，请主帅遣兵往驻，俟业转战到此，即出兵夹击，方可援应，否则恐无遗类了。”潘美复淡淡的答道：“我知道了。”只此四字，已见妒功害能口吻。杨业乃率兵自石跌口出发，延玉、延昭随父同行，途遇契丹兵，当即杀上。耶律斜轸稍战即走，业挥兵赶去，沿途多是平原，料无伏兵，只管尽力穷追。斜轸且战且行，诱至中途，放起号炮，四面伏兵，如蜂而至。斜轸又还兵前战，把业兵困住垓心，业带领二子，舍命冲突，硬杀出一条血路，退趋狼牙村，兵士已丧亡过半。那敌兵尚不肯舍，一齐追来，业只得驱兵南奔，自己断后。战一程，退一程，好容易到陈家谷口，眼巴巴的望着援军，哪知谷中并无一人，忍不住恸哭道：“这遭死了！”延玉、延昭亦涕泣不止。业复道：“父子俱死，也是无益，我上受国恩，下遭时忌，舍死以外，更无他法，你两人可自寻生路，返报天子，须知我忠信见疑，为人所卖，若蒙皇恩昭雪，我死亦瞑目了。”延玉道：“儿愿随父亲同死，不愿逃生。”业摇头不答。延昭语延玉道：“潘帅已应允来援，就是不到陈家谷，也总可以出师，兄弟且保护父亲，据住谷口，我前去乞援，若得请兵到来，尚可父子俱全呢。”计议已定，契丹兵已经杀到，万弩齐发，箭如雨点。延

昭慌忙走脱，已是流矢贯臂，鲜血淋漓，他也不遑裹创，飞马乞援去了。业与延玉，尚率麾下血战，延玉身中数十矢，忍痛不住，哭对乃父道：“儿去了，不能保护父亲。”说至“亲”字，口吐狂血，晕绝身亡。业见延玉已死，好似万箭攒胸，回顾手下，已不过数百人。便流泪与语道：“汝等都有父母妻孥，与我俱死，有何益处？快各自逃生，回报天子罢！”可悲可惘，阅至此处，怪不得坊间小说，唾骂潘美。各将士也流涕道：“生则俱生，死则俱死，我等怎忍舍割将军？”业乃拼死再战，尚手刃胡兵数十百人，身上也受数十创，反觉得麻木不仁，不知痛痒，无奈马亦负伤，不能再进，没奈何暂避林中。契丹将耶律希达望见袍影，用强弩射来，正中马腹，马仆地上，业亦随堕。契丹副部署萧挞览纵马抢入，把业捉去。业部下均战死，无一生还。契丹兵拥业至胡原，见道旁有一石碑，上书李陵碑三字，业不禁长叹道：“主上待我甚厚，我本思讨贼扞边，上报主恩，今为奸臣所迫，兵败成擒，尚有何面目求活呢！”又大呼道：“宁为杨业死，毋为李陵生。”两语不见史传，系作者借杨业口中，警醒后世。呼毕，遂向碑上撞将过去，头破脑裂，霎时毕命。后人有诗咏杨业道：

矢尽兵亡战力摧，陈家谷口马难回。
李陵碑下成忠节，千载行人为感哀。

业已撞死，究竟潘美是否出援，待小子下回叙明。

宋初健将，首为曹彬，其次莫如潘美，然彬谦仁有余，智勇不足，岐沟之败，误在不智，又误在不勇。勇者非浪战之谓也，遇事有断，是谓之勇。宋太宗既戒彬轻进矣，彬应持重以待，毋惑歧谋，乃遽信诸将之言，引兵深入，裹粮三日，行军五月，以为行险儌幸之计，及闻敌军大至，遽尔骇退，谓非不勇得乎？若潘美则更不足道矣，杨业骁将也，久历行阵，匪唯勇号无敌，即料事度势，亦有先见之明，美乃不信其言，反误信一忮刻之王侁，卒至孤军应敌，力竭身亡，侁之罪固不容诛，美之罪亦岂可逭？后人悯业嫉美，至生出种种讹传，目潘美为大奸，虽属言之过甚，然究非尽出无稽，以视曹彬之不伐不矜，相去尤远甚焉。故有识者尝为之叹曰：“北宋无将！”

第十八回　张齐贤用谋却敌　尹继伦奋力踹营

却说潘美遣业出师，本与王侁等随后为援，趋至陈家谷口，列阵以待，自寅至巳，不得业报，令人登托逻台遥望，毫无所见。美未免怀疑，王侁却入禀道："杨业如或败退，必有急报，乃许久不得消息，大约已杀败敌兵，主帅何不赶紧上前，趁势图功哩？"美踌躇半晌，方道："且再待一二时，才定行止。"侁退出后，语众将道："此时不去争功，尚待何时？我却要先去了。"写尽忮求情态。言已，遂自率部兵，径出谷口。众将亦争功心急，跃跃欲动，美不能制，也只得随行。身为阃帅，乃不能制驭诸将，乌得谓为无罪？遂沿交河西进，行二十里，忽见王侁领兵退回。美问明缘由，侁答道："杨业已败，契丹兵猖獗得很，恐不可当，因此驰回。"美听到此言，也不觉惊慌，索性麾兵退归。把陈家谷的预约，竟致失记，一直退至代州去了。明明是陷业死地，不愿践约。业失援败死，边境大震。云、应、朔诸州的将吏，都弃城遁去，眼见将三州疆土，复送契丹。这种警耗，传达宋廷，太宗恨失边疆，悼丧良将，分别旌诛，下诏宣示道：

执干戈而卫社稷，闻鼓鼙而思将帅，尽力死敌，立节迈伦，不有追崇，曷张义烈。故云州观察使杨业，诚坚金石，气激风云，挺陇上之雄才，本山西之茂族，自委戎乘，或资战功，方提貔虎之师，以效边陲之用，而群帅败约，援兵不前，独于孤军陷于沙漠，劲果猋厉，有死不

回，求之古人，何以加此？是用特举徽典，以旌遗忠，魂而有灵，知我深意，可赠太尉大同军节度，赐其家布帛千匹，粟千石。大将军潘美，坐失良将，监军王侁，贻误戎机，国有明刑，应寘重典，姑念立功于前日，特从末减于今时。美降三官，侁即除名，以示惩儆。此诏！

业子延昭，至代州乞援，潘美尚靳不发兵，业已早死，延昭大恸一场，上表奏闻。太宗召令还京，任为崇仪副使，并追赠延玉官阶。还有业子延浦、延训，俱授供奉官，延环、延贵、延彬，并为殿直，杨氏一门，均承余荫，业总算不虚死了。

曹彬、米信等回京，诏就尚书省讯鞫，令翰林学士贾黄中等定谳，责他违诏失律，均应坐罪，降彬为右骁卫上将军，信为右屯卫上将军。余如崔彦进以下，贬黜有差。唯田重进全军不败，李继隆所部，亦成列而还，两人不复加罪，且任重进为马步军都虞侯，继隆为马军都虞侯，兼知定州。又以代州关系紧要，杨业已死，须择另任，适张齐贤上书言事，忤太宗意，太宗遂命他出知代州，与潘美同领军务，加意防边。齐贤文臣，乃以忤上意调边，太宗仍不免怀私，幸彼文能兼武，后且用计却敌，边塞得安，否则宁尚有幸耶？是年仲冬，契丹主隆绪，又随萧太后统兵入寇，用耶律休哥为先锋都统，率兵十万，浩浩荡荡，杀奔前来。瀛洲部署刘廷让，即第九回之刘光义，因避太宗讳，改名廷让。闻契丹出师，约同边将李敬源、杨重进等，集兵十万人，沿海北赴，将乘虚进袭燕地。计非不佳，可惜遇着耶律休哥。耶律休哥正防他这着，随处派探骑侦查，一闻侦报，即往扼要隘。廷让等到了君子馆，天甚寒冷，士卒手皆皴瘃，连弓弩都不能开张，哪知耶律休哥正因这寒冻时候，攻他不备，掩杀过来。廷让等慌忙对敌，怎奈朔风冽冽，黑雾沉沉，兵士都无斗志，相率溃散。契丹兵素性耐寒，更仗着一股锐气，包抄宋军，顿将廷让等围住。廷让尝分兵给李继隆，令为后援，偏继隆退保灵寿，并不往救。都是顾己不顾人。廷让待援不至，只得与李敬源、杨重进两人，冒死突围，待至血路杀出，敬源、重进都负重伤，倒毙地上。廷让带着数骑，飞马奔逃，才得保全性命。

休哥得了胜仗，遂进图雄州，私遣贺令图书，并重锦十两，但说："自己得罪本国，情愿归顺南朝，请足下代为先容，当约期归降。"令图深信不疑，休哥已得胜仗，就使一个笨伯，也应知他是诈降计，令图信为真言，大约是利令智昏之故。

复书约休哥相会。休哥大喜，即带兵至雄州，距十里下寨，遣原使走报令图，与约相见。令图意欲擅功，也不与将校商议，竟引数十骑往迎。既至休哥营内，休哥据胡床高坐，厉声骂道："你好经营边事，今乃送死来么？"确是送死。喝令左右拿下。令图懊恨不迭，还想指挥从骑，与他对抗。看官！试想羊落虎口，哪里还能挣脱？所有从骑，立被杀尽，单剩令图一人，赤手空拳，自然被他擒住，槛送燕都，一刀了事。休哥遂乘胜南驱，连陷深、邢、德三州，杀官吏，俘士民，把城中子女玉帛，尽行掠取，辇载而归。贺怀浦于杨业战死时，已先败殁，一年中父子皆死，时人统说他贪功启衅，致有此报。

话休叙烦，且说耶律休哥南下略地，势如破竹，即乘势进薄代州，副部署庐汉赟，畏懦得很，只主张固守，不敢出战，知代州张齐贤奋然道："胡骑充斥城下，志骄气盈，须用计破他一阵，才好保全代州，若一被围攻，转眼间粮尽食空，尚能保壁自固么？"时潘美驻师并州，齐贤遂遣使往约，夹击敌兵。美得报，即令原使返报齐贤，准如所约。不料使人被敌骑拿去，齐贤尚未得知，日夕盼望回音。嗣得潘营来使，递上密书，内称："前日复函，谅应接洽，本即践约，出师柏井，奈今得密诏，据云东路失败，只应慎守汛池，不得妄发，现部众已退还并州了。"齐贤道："潘将军前日答复，我处并未接到，想使人已陷没敌中，但敌知潘来，不知潘退，我当设法退敌便了。"遂留住美使，令居室中，自选厢军二千，涕泣与语，并诈言潘军将到，两下夹攻，不怕敌军不退。军士闻言，各感愤得很，誓效死力。齐贤复乘夜发兵二百人，令各持一帜，负一束刍，潜往州西南三十里，列帜燃刍，不得有误。二百人奉命去讫。又令步卒千人，从间道绕出，往伏土镫寨，掩击敌兵归路，步卒亦去。布置已定，时方夜半，齐贤竟亲率数百骑，往捣敌营。休哥倒也准备，俟宋军冲至，即开寨出战。宋军以一当百，都似生龙活虎一般，拦截不住，休哥正麾军围裹，忽见西南一带，火光烛天，恰隐隐有旗帜摇动，疑是并州兵至，当即骇走。到了土镫寨，又闻连珠炮响，伏兵杀出，箭如飞蝗，休哥不知宋军多少，但催兵急遁。契丹国舅详稳挞烈哥，详稳一译详衮，系契丹诸官府监治长官之名号，挞烈哥一译特尔格。宫使萧打里，打里一译达哩。俱中矢落马，被宋军赶上杀死。这一仗，斩首数百级，获马二千匹，所得兵械无算。直至虏兵去远，方收兵回城，时正鸡声报晓，晨光熹微了。以少胜多，全恃智谋。

太宗屡得边报，拟大发兵北伐契丹，下诏募兵，令大河南北四十余郡，

八丁取一，充作义旅。京东转运使李惟清私叹道："此诏若行，天下无农夫了。"乃上疏力争，至再至三。宰相李昉等，亦上言："河南人民，不知战斗，若勒令当兵，窃恐民情摇动，反为盗贼，请收回成命，免多骚扰！"太宗乃再行颁诏，独选河北，不及河南。会雍熙四年暮冬，太宗欲刷新庶政，复下诏改元端拱，于次年元旦举行。越年，即改称端拱元年，上元节届，亲耕籍田，布赦天下。赵普自任所入朝，太宗慰抚数四，留住京都。适布衣翟颖，与知制诰胡旦相狎，旦令改名马周，隐以唐马周为比。复嗾使击登闻鼓，攻讦李昉，说他："赋诗饮酒，不知备边，旷职素餐，有惭鼎辅"等语。想系胡旦与昉有嫌，特借翟颖为傀儡，且窥伺上意，就边备上弹劾，旦真一险诈小人耳。太宗闻言，未免厌昉，昉即自请解职，因罢为右仆射，有诏授赵普为太保兼侍中，吕蒙正同平章事。

普至是已三次入相，太宗欲重用蒙正，恐他资望尚浅，未洽舆情，特借普作为表率。普与蒙正同登相位，一系元老，一乃后进，只因蒙正秉正敢言，普也不觉折服。会枢密副使赵昌言，与胡旦、翟颖等，表里为奸，尝令翟排毁时政，且历举知交数十人，推为公辅。普察得赵、胡私情，遂与蒙正联名奏请，依法论罪。昌言遂出贬为崇信行军司马，旦谪为坊州团练副使，翟颖充戍。还有郑州团练使侯莫、陈利用，以幻术得幸，骄恣不法，居处服御，僭拟乘舆。普陈他十罪，力请正法，太宗令发配商州。普仍上书请诛，太宗道："朕为万乘主，难道不能庇护一人么？"普叩首道："陛下若不诛奸幸，便是乱法，法可惜，一竖子何足惜呢？"太宗不得已，命即按诛。时利用已至商州，自恃主宠，尚是大言不惭，经朝旨到来，由商州刺史奉诏行刑；至利用伏法，又有朝使驰至，闻利用已经磔市，不由的叹息道："朝旨已令缓刑，偏我迟了一步，竟致不及，大约利用恶贯满盈，应该受诛，只我恐未免受谴哩。"原来朝使至新安，马适陷淖，及出泞易马，驰至商州，巧巧该犯戮死。汴、陕官民，都不禁拍手称快，这正叫做"天网恢恢，疏而不漏"呢。奸臣听者！

且说降王李煜、刘鋹等，已早病殁，只故吴越王钱俶，及定难节度使李继捧，尚留京中。端拱元年八月，适遇钱俶生辰，太宗赐宴便殿，是夕暴亡。恐是中毒。独李继捧在京无事，乃弟继迁，借契丹为护符，日肆侵扰，普以继捧留京无益，且恐泄漏机密，反致有损，不如令归镇夏州，招抚继迁。太宗也以为然，遂召继捧入见，赐他姓名，叫作赵保忠，并厚加赏赉，遣往

夏州，劝弟归诚。继捧庸懦，安能制服狡弟？纵之使归，殊为失策。隔了数日，连接三次警报，第一次是涿州失守了，第二次是祈州失守了，第三次是新乐失守了。太宗愁容满面，语群臣道："契丹不肯收兵，时扰河朔，看来只好大举北伐哩！"赵普道："时已隆冬，不便出师，但令边将坚壁清野，固守汛地，俟来春大举，亦尚未迟。"太宗踌躇未决，右拾遗王禹偁，复上御戎策，大致在任贤修政，省官畜民，选将励士等情。有旨优答。至端拱二年正月，契丹复进陷易州，乃再诏群臣上备边策，同知贡举张洎应诏陈言，略云：

中国御戎，唯恃险阻，今自飞狐以东，皆为契丹所有，既失地利，而河朔列壁，皆具城自固，莫可出战，此又分兵之过也。请于沿边建三大镇，各统十万之众，鼎峙而守，仍命亲王出临魏府以控其要，则契丹虽有精兵，岂敢越而南侵？制敌之方，尽于此矣，幸陛下垂察！

是时同平章事宋琪，亦已罢免相职，还任刑部尚书，再迁吏部尚书。琪籍隶幽、蓟，素知边事，亦应诏陈词，洋洋洒洒，差不多有数千言，小子录不胜录，但撮举大要云：

国家规划燕地，由雄霸路直进，陂淀坦平，贼来莫测，实属非便。若令大军会于易州，循孤山之北，漆水以西，倚山而行，援粮而进，涉涿水，并大房，抵桑乾河，出安祖寨，则东瞰燕城，才及一舍，此周德威收燕之路，下视孤垒，浃旬必克。山后八州，闻蓟门不守，必尽归降，势使然也。然兵为凶器，圣人不得已而用之，若精选使臣，不辱君命，通盟继好，弭战息民，此亦策之得也。臣每见国朝发兵，未至屯戍之所，已于两河诸郡，调民运粮，烦费苛扰，臣生居边土，习知其事，此后每逢调发，应各自赍糇粮，不劳馈运，俟大军既至，定议取舍，然后再图转饷，亦未为晚。愿加省览，采择施行！

此外如李昉、王禹偁等，亦多主张修好，毋轻用兵。太宗乃不复大举，但令边将固守要塞，以守为战。契丹闻宋不发兵，又进兵入犯，朝命知定州李继隆发真定兵万余人，护送粮饷数千乘，赴威虏军。耶律休哥侦悉，率精

骑数万，邀截途中。北面都巡检使尹继伦，适领兵巡路，遇休哥军，避入林间。休哥明明瞧见，但看继伦手下，寥寥无几，不值一扫，索性由他避匿，竟自控骑南趋。骄态如绘。继伦待虏兵已过，语军士道："狡虏欺我太甚，他明是蔑视我军，不顾而去，若得胜回来，即驱我北行，否则借我泄忿，我军将无噍类了。为今日计，不如卷旆衔枚，轻蹑敌后，他方锐气无前，断不回顾，我能出他不意，奋力战胜，尚可自立边疆；就使战他不过，殉节沙场，尚不愧为忠义，岂可泯然徒死，空做一班胡地鬼么？"军士闻言，都愤激起来，齐声应道："敢不如命！"继伦即令秣马蓐食，俟至傍晚，饬每人各持短兵，鱼贯启行，静悄悄的走了数十里，天尚未明。继伦登高遥瞩，见前面已至徐河，契丹兵正驻营河滨，隐隐有炊烟数缕，起散天空。隔河四五里，亦有大营扎住，料知是李继隆军，便指示军士道："虏兵想在此造饭了，我等正好杀将过去，休使他安食哩！"军士听令，即一拥上前，奔至河旁，捣入敌营。敌兵正在会食，忽见宋军杀到，也不知从何处过来，慌忙抛下饭碗，准备迎敌。哪知宋军已经闯入，当先一员大将就是尹继伦，生得面目漆黑，又带着黑盔，穿着黑甲，坐着黑马，好似一团黑云，手执亮晃晃的大刀，左斫右砍，杀死无数。契丹将皮室，出来抵御，不到三合，头已落地。契丹兵骇呼道："黑面大王来了，快逃命罢？"继伦姓尹，未曾姓阎，为何辽人都怕他索命？顿时惊溃。宋军杀到后帐，耶律休哥方食失箸，忙转身逃走，不意右臂已被斫一刀，不由的失声叫痛，正是：

强中更有强中手，智将还须智将摧。

欲知休哥能否逃生，待至下回说明。

耶律休哥，为契丹良将，亦未尝无失策之时。代州被赚于张齐贤，徐河见败于尹继伦，是休哥非真无敌者，误在防边诸将，多半如贺令图，无功而思争功，不才而夸有才，死在目前，尚不及觉，乃为休哥所屠害耳。或谓以宋朝全盛之时，终不能下燕、蓟，意者由天命使然，非人力所可及。不知天定胜人，人定亦能胜天，况君相有造命之权，顾乃任将非人，竟令山前后十六州，久沦左衽耶？人谋不臧，诿之于天，天何言哉？岂为人任咎乎？

第十九回　报宿怨故王索命
讨乱党宦寺典兵

却说耶律休哥右臂受伤，正在危急的时候，幸帐下亲卒，走前护卫，死命与宋军相搏，才得放走休哥。休哥乘马先遁，余众亦顿时散走。俟李继隆闻报，渡河助战，天色已经大明，敌兵不剩一人。继隆大喜，与继伦相见，很是叹服，至两下告别，继隆得安安稳稳的押着粮饷，运至威虏军交讫，这且按下。尹继伦因功受赏，得领长州刺史，仍兼都巡检使，契丹自是不敢深入，平居尝相戒道："当避黑面大王。"就是耶律休哥，也不敢再来问津了。一战之威，至于如此。

越年，太宗又下诏改元，号为淳化。屡次改元，无谓之至。赵普上表辞职，太宗不许，表至三上，乃出普为西京留守，仍授太保兼中书令。原来太宗再相赵普，本为位置吕蒙正起见，普亦渐窥上意，不愿久任，且因李继捧还镇夏州，非但不能抚弟，反与继迁同谋，尝为边患。时论多谓："纵兕出柙，由普主议。"普心愈不自安，遂称病乞休。至西京留守的诏命下来，普尚三表恳让，太宗就赐手谕道："开国旧勋，只卿一人，不同他等，无至固让，俟首途有日，当就第与卿为别。"普捧谕涕泣，乃入朝请对，赐坐左侧，颇谈及国家事。太宗频频点首，逾时始退。普将启行，太宗亲幸普第，握手叙别。及淳化二年春日，普以年老多病，令留守通判刘昌言奉表到京，哀求致仕，乞赐骸骨。太宗遣中使驰传抚问，授普太师，封魏国公，给宰相俸；且命养疾就痊，再行赴阙相见。普感激涕零，因复力疾办公，勉图报效。怎

奈衰躯尚可支持，冤累偏来缠绕，每夜梦魇，往往呼着太后娘娘，及秦王殿下，或断断忿争，或哀哀乞免。至左右唤他醒来，他尚讳莫如深，未肯明言，及朦胧睡去，又呼号如故。自是精神恍惚，梦寐不安，渐渐间形尪食少，卧病不起；每一交睫，即见秦王廷美，坐着床侧，向他索命。他无法可施，只得延请羽流，设醮诵经，上章禳谢。羽流问为何事？他又不便与说，开着眼想了一会，就从枕上跃起，索了纸笔，手书数语道：

> 情关母子，弟及自出于人谋，计协臣民，子贤难违乎天意。乃凭幽祟，遽逞强阳，瞰臣血气之衰，肆彼魇呵之厉。信周祝霾魂于鸠诉，何普巫雪魄于雉经，倘合帝心，诛既不诬管蔡，幸原臣死，事堪永谢朱均。仰告穹苍，无任祈向！

书就后，末署自己姓名，亲加密缄，令羽流向空焚祷。羽流即遵命持焚，火方及函，不意一阵狂风，吹入法坛，将封章刮起空中，疾飞而去。诸人不胜惊异。嗣有人过朱雀门，拾得一函，两旁似被火爇焦，中间尚是完固，拆开一瞧，乃是赵普祷告上天的表章，字迹依然存在，丝毫不曾毁去。且见他词句清新，情意斐亹，不由的爱不忍释，遂信口记诵；念到烂熟，传诸友人。于是一传十，十传百，把这一篇祷告文，视作圣经贤传一般，大半耳熟能详，连小子今日，尚可录述简中，作为谈助。这便是欲盖弥彰，无微不显呢。有心人幸勿作亏心事。

赵普因祷告无灵，病日加重，再解所宝双鱼犀带，遣亲吏甄潜，诣上清太平宫醮谢。道士姜道元，为普扶乩，乞求神语，但见觇笔写着道："赵普系开国元勋，可奈冤累相牵，不能再避。"姜又叩问道："冤累为谁？"乩笔又绘一巨牌，牌上乱书数字，多不可识，只牌末有一火字，姜不能解，转告甄潜，令返报普。普太息道："此必是秦王廷美无疑。但渠与卢多逊勾结，事露近祸，咎岂在我，不知他何故祟我呢？"一闻火字，即知必是秦王，可见得贼胆心虚，尚说是于己无与么？言已，涕泪不止，是夕竟卒，年七十一。讣达殿廷，太宗很是震悼，语近臣道："普事先帝，与朕故交，能断大事，向与朕尝有不足，尔等应亦深知，但自朕君临以来，他颇为朕效忠，好算得一个社稷臣，今闻溘逝，殊为可悲！"因辍朝五日，为出次发哀，赠尚书令，追封

真定王，赐谥忠献。太宗亲撰神道碑铭，作八分书以为赐，并遣右谏议大夫范杲，摄鸿胪卿，护理丧事，赙绢布各五百匹，米面各五百石，葬日，有司设卤簿，鼓吹如仪。

普少习吏事，寡学术，太祖尝劝以读书，乃手不释卷；及入居相位，每当退食余闲，辄阖户读书；次日临政，取决如流。及病殁，家人检点遗书，藏有一箧，启视箧中，并无异物，只有书籍两本。看官道是何书？乃是《论语》二十篇。普平时亦尝对太宗道："臣有《论语》一部，半部佐太祖定天下，半部佐陛下致太平。"恐怕未必。如果身体力行，何致患得患失？太宗亦很为嘉叹。又普善强谏，太祖尝怒扯奏牍，掷弃地上，普颜色不变，跪拾以归。越日，复补缀旧纸，复奏如初，卒得太祖感悟，如言施行。太宗信用佞臣弭德超，疏斥曹彬，普力为曹彬辨诬，挽回主意。德超窜锢，彬官如旧。唯廷美冤狱，实由普一人构成，时论以此少普。普有子数人，承宗为羽林大将军，出知潭、郓二州，颇有政声，承煦为成州团练使。又有二女皆及笄，矢志不嫁，及送父归葬，自请为尼。太宗婉谕再三，终不能夺，乃赐长女名志愿，号智果大师，次女名志英，号智圆大师。两女遂自建家庵，奉佛终身。赵氏有此二女，智过乃父多矣。真宗咸平初年，复追封普为韩王，话休叙烦。

且说普罢相后，用张齐贤、陈恕、王沔为参知政事，张逊、温仲舒、寇准为枢密副使。沔聪察敏辩，首相吕蒙正，尝倚以为重，但沔太苛刻，未免与同僚龃龉。张齐贤、陈恕与沔不和，互相疑忌。太宗罢沔、恕官，并及蒙正，即任李昉、张齐贤为同平章事，贾黄中、李沆为参知政事。嗣又用吕端参政。未几又罢张齐贤，仍用吕蒙正。蒙正，河南人。父名龟图，曾任起居郎，平素多内宠，与妻刘氏不睦，甚至出妻逐子。蒙正流栖古寺，尝被僧徒揶揄。寺中故例，每饭必敲钟，僧众以蒙正寄食，不欲与餐，已饭乃击钟，所以"饭后钟"三字，便是蒙正落魄的古典。至蒙正贵显，未尝报怨，反厚给寺僧。又迎父母就养，同堂异室，侍奉极诚。父母相继谢世，蒙正服阕，得入为参政。有朝士指议道："此子亦得参政么？"蒙正佯为不闻，从容趋过，同列不能平，欲究诘朝士姓名，蒙正遽摇手禁止道："不必不必。若一知姓名，便终身不能忘，还是不知的好。"同列相率叹服。插此一段，所以风世。及擢登相位，守正不阿，有僚属藏一古镜，拟献与蒙正，自言能照二百里。蒙正笑道："我面不过楪子大，何用照二百里呢？"谐语有味。遂固辞不

受。平居辄储一夹袋，无论大小官吏，进谒时必详问才学，书藏袋中，及朝廷用人，即从袋中取阅，按才奏荐，所以用无不宜。太宗每有志北伐，蒙正谏阻道："隋、唐数十年中，四征辽碣，民不堪命，隋炀帝全军覆没，唐太宗自运土木攻城，终归无效。可见治国大要，总在内修政事。内政修明，远人自然来归，便足致安静了。"也是知本之论。太宗颔首称善。因此蒙正为相，不闻劳师。

唯淳化四年，青神民王小波作乱，免不得调兵遣将，西向行军。原来青神系西蜀属县，蜀为宋灭，府库所积，悉运汴京。官吏治蜀，喜尚功利，往往额外征求，苛扰民间。青神县令齐元振，性尤贪婪，专务敲剥，百姓怨声载道，恨入骨髓。土豪王小波，乘机纠众，揭竿作乱，尝对众语道："贫的贫，富的富，很不均平，令人痛恨！我今日起事，并不想争城夺地，无非欲均平贫富呢。"贫民听到此语，越觉欢迎，不到数日，已集众至万人，遂攻入县城，捉住齐元振，指斥罪状，把他剖腹，挖出心肝肚肠，用钱盛入，且绑尸门外，揭示罪名。自是旁掠彭山，所在响应。西川都巡检使张圮，调众往讨，与战江原，射中小波左目，乱党败走，张圮得胜而骄，夜不戒备，谁知被小波袭击，一阵乱捣，杀死官兵无数，圮亦遇害。小波因目痛加剧，也竟毙命。乱党更推小波妻弟李顺为帅，寇掠州县，陷邛州永康军，有众数十万。越年，转陷汉、彭诸州，乘胜攻成都。转运使樊知古，知府郭载，及官属出奔梓州。李顺遂入据城中，僭号大蜀王，并遣党四出骚扰，两川大震。区区小丑，竟猖獗至此，蜀中可谓无人。

是时李昉、贾黄中、李沆、温仲舒，均已免职，改用苏易简、赵昌言参知政事，太宗因蜀乱甚炽，召集廷臣，特开会议。或请派遣大臣入川抚谕，太宗颇也许可。昌言独毅然道："潢池小丑，敢行弄兵，若非遣师急讨，如何整肃天威？且恐滋蔓难图，更宜从速进剿。"太宗乃命宦官王继恩为两川招安使，率兵西行。雷有终为陕路转运使，管理饷务，继恩等尚未到蜀，李顺已遣党徒杨广，率众数万，进逼剑门。都监上官正，只有疲卒数百人，由正勉以忠义，登陴固守。杨广围攻三日，均被矢石击退。会成都监军宿翰，引兵来援，与杨广搏斗城下，正领数百骑出城，大呼杀贼，自己挺刃当先，往来击刺，锐不可当，贼众披靡，由官军前后夹攻，斩馘几尽，只剩残党三百人，奔还成都。李顺怒责杨广，说他挫损锐气，绑出斩首，又将

三百人一律杀死，贼众多半不服，渐渐内溃。顺再遣众攻剑门，那时王继恩已从剑门驰入，长驱至研石寨，杀退贼众，斩首五百级，逐北过青疆岭，平剑州，进攻柳池驿，又大破贼众。李顺闻北路失败，拟向西路进攻，遂驱众围梓州。知梓州张雍，初闻王小波作乱，即募练士卒，为城守计，一面修城凿濠，备粮缮械，专待贼党到来，果然贼众大至，差不多有十余万，猛扑城濠。雍率练兵三千人，悉力守御，无隙可乘。相持至两月有余，贼众已是疲敝，守卒尚有余勇。又由王继恩遣将赴援，李顺知不能下，因此退去。未几，王继恩连败贼党，直捣成都。李顺尚有众十万，开城搦战，被官军一场鏖斗，杀得落花流水，狼狈不堪。顺入城死守，经官军昼夜环攻，四面缘梯，冒险登城，城遂攻破。顺尚率军巷战，被官军奋力兜拿，将顺擒住，斩首三万级，遂复成都。顺解陕伏法。

还有贼党张余，溃出城外，收集残众，复攻陷嘉、戎、泸、渝、涪、忠、万、开八州。开州监军秦傅序战死，川境复震。王继恩方奏捷汴都，中书叙功论赏，拟任继恩为宣徽使，太宗道："朕读前代史，宦官预政，最干国纪，就是我朝开国，掖庭给事，不过五十人，且严禁干预政治。今欲擢继恩为宣徽使，宣徽即参政初基，怎可行得？"宦官不应预政，如何可以领兵？太宗若明若昧，令人发噱。参政赵昌言、苏易简等，又上言："继恩平寇，立有大功，非此不足酬庸。"昌言力主讨蜀，想受继恩运动。太宗怒道："太祖定例，何人敢违？"金匮盟言，反可背弃么？遂命学士张洎、钱若水别议官名，创立一个宣政使名目，赏给继恩，进领顺州路防御使。继恩手握重兵，久留成都，专务宴饮，每一出游，前呼后拥，音乐杂奏，骑士左执博局，右执棋枰，整日荒戏，恣行无忌。仆使辈骄盈横暴，淫妇女，掠玉帛，任所欲为。小人得志，往往如此。州县遣人乞救，置诸不理。贼目张余，势焰大张，比李顺尤为猖獗，事为太宗所闻，亟命同知司事张咏，出知益州。益州就是成都府，因李顺乱后，降府为州。咏既至蜀，邀集上官正、宿翰等，晓他大义。正与翰甚为感动，誓扫余贼，乃即日出师，临行时，咏又举酒相饯，遍及军校，涕泣与语道："尔辈受国厚恩，此行得荡平丑类，朝廷自有旌赏。若老师旷日，坐误戎机，就使归还此地，亦不能相贷，恐也难免一死哩。"军校唯唯而去。咏复亲自下乡，晓谕百姓，各安生业，毋得从盗。且传语道："前日李顺胁民为贼，今日我化贼为民，可好么？"又探得城中屯兵，尚有三万人，无半

月粮，民间旧苦盐贵，仓廪却有余积，乃采盐至城，令民得用米易盐。不到一月，得米数十万斛，兵民咸安。并礼士举贤，理刑恤狱，遐迩讴歌，益州大治。理乱之分，全在官吏。上官正、宿翰等，用兵屡捷，所失州县，次第克复。张余退走嘉州，被官军中途追及，一鼓擒来，蜀寇乃平。太宗即召王继恩还都，留雷有终、上官正为两川招安使。并下诏罪己，自言："委任非人，致有此乱，此后当慎用官吏，与民更始"云云，由是蜀民大悦。小子有诗咏道：

掖庭贱役任檀车，纵有微功宁足夸？
幸得一麾循吏去，两川士庶始无哗。

蜀事就绪，西夏又复入寇，待小子下回再表。

宋初功臣，不止一普，而普之功为最大。即其挂人清议也亦最多：陈桥之变，普尝典谋，为太祖成不忠不义之名者，普也；廷美之狱，普实主议，为太宗成不孝不友之名者，亦普也。夫陈桥受禅，隐关气运，定策佐命者实繁有徒，尚得以天与人归为解，廷美之狱，太宗犹畏人言，普乃谓太祖已误，陛下不容再误，而大狱遂由是构成。试问前日金匮之盟，谁为署尾？如以兄终弟及为非，何不谏阻于先，而顾忍背盟于后耶？及普之临殁，冤累相随，正史稗乘中，俱叙述及之，此虽未足尽信，然即幻见真，无冤不报，安在其全出子虚乎？二女为尼，未始非由激而成。本回独详叙普死，所以揭阴私，垂炯戒也。彼夫西蜀之乱，宿将尚多，乃独任奄人为将，吾不知太宗是何居心？幸乱民乌合，尚易荡平，否则不蹈唐季覆辙者几希矣。至叙功论赏，乃反斤斤于一字之辨，改宣徽为宣政，夫宣徽不可，宣政其可乎？厥后童贯、梁师成之祸，实自此贻之，法之不可轻弛也，固如此哉！

第二十回　伐西夏五路出师
立新皇百官入贺

却说李继捧还镇夏州，不到数月，即上言继迁悔过，情愿投诚，太宗遂任继迁为银州刺史。其实继迁并无降意，不过借此休息，为集众计。过了一年，即招继捧叛宋，约同寇边。继捧不从，继迁反进攻继捧，亏得继捧有备，将他击败，流矢中继迁身上，继迁飞马遁去。嗣复入寇夏州，继捧上表乞师，太宗遣翟守素往援，复为继迁侦悉，恐势不能敌，又与继捧讲和，令代为谢罪。继捧是个优柔寡断的人物，又替继迁上书宋廷，只说是："决计归款，誓改前非。"恋情骨肉，心尚可原。有诏授继迁为银州观察使，赐姓赵，名保吉，并用他子德明为管内蕃落使行军司马。既而继迁又胁诱继捧，令降服契丹，可封王爵，继捧也觉心动，复告继迁，词涉模棱。继迁即向契丹代请，果得契丹封册，命继捧为西平王。富贵动人。转运副使郑文宝，闻继迁狡诈，设法预防，查得银、夏一带，旧有盐地，每岁产盐颇巨，继迁得收为己利，文宝令归官卖，不得私占。继迁失一利源，甚是愤恨，遂率边人四十二族，寇掠环州，大为边害。嗣又欲徙绥州民至平夏，即夏州，唐时党项居夏州者号平夏部，故名。部将高文岯等，不愿转徙，反抗继迁，竟将继迁逐去。继迁复纠领部众，入攻堡寨，掠居民，焚积聚，进寇灵州。太宗闻继迁兄弟，同谋叛逆，立命李继隆为河西都部署，调兵往征。继隆奉命，即带领数千骑，向夏州进发。继捧闻继隆且至，先挈母妻子女，屯营郊外，且上言与继迁解怨，献马五十匹，乞即罢兵！太宗览奏微笑道："两竖反复无常，朕岂常受

他诳么？”当下遣中使传谕继隆，令即进师，且授以密计。继隆遂贻书继捧，相约会师，往讨继迁。一面又与继迁书，令同讨继捧。继迁竟夜袭继捧营，继捧方寝，不意继迁杀至，忙从帐后逃出，孑身还城。指挥使赵光嗣，诱继捧入别室，把他禁锢起来，用兵守着，当即开城迎继隆军。继隆入城，即将继捧羁入囚车，押送京师。又率军往讨继迁，继迁遁去。继捧到汴，待罪阙廷，由太宗诘责数四，继捧叩首谢罪，有诏特赦，授右千牛卫上将军，封宥罪侯，赐第都中，并削赵保吉姓名，隳夏州城，迁民居至绥银，饬兵固守。

继迁又献马谢罪，并遣弟延信入觐，把那违叛事情，尽推在继捧身上。太宗却温言慰谕，抚赉甚厚，复遣内侍张崇贵，招谕继迁，并赐茶药器币衣物。淳化五年冬季，复命于次年改元至道。至道元年，继迁遣押牙张浦，贡献良马橐驼，适卫士校射后圃，太宗令张浦往观，卫士皆拓两石弓，且有余力。射毕，太宗问浦道：“你看我朝卫士，艺力如何？”浦答道：“统是矫矫虎臣。”太宗复道：“羌人敢对敌否？”浦又答道：“羌部弓弱矢短，但见这长大人物，已是畏避不遑，还敢出来对敌么？”无非贡谀。太宗大喜，遂命浦为郑州团练使，留居京师。另遣使持诏拜继迁鄜州节度使。继迁佯不敢受，上表固辞，且言：“郑文宝诱他部属，屡加逼迫。”太宗为弛盐禁，且贬文宝为蓝山令。徒示以弱，反启戎心。看官！你想这刁狡万分的李继迁，威不足惩，恩不足劝，怎肯为这区区羁縻，甘心降服？静养了好几月，竟率千骑攻清远军。幸守将张延，预先戒备，设伏要路，一俟继迁兵到，即发伏出击，杀死敌骑三五百名，继迁慌忙遁去。

越年，太宗命洛苑使白守荣等，护送刍粟四十万，出赴灵州，嘱令辎重分作三队。丁夫持弓箭自卫，士卒布着方阵，步步为营，遇敌乃战，才可无失。复令会州观察使田绍斌，率兵援应。谁知守荣不遵谕旨，并作一运，绍斌也未尝往援，辎重到了浦洛河，竟被继迁邀击，军士逃命要紧，还管什么粮饷，那四十万刍粟，都被继迁部下，抢掠一空。太宗闻报，拿问守荣、绍斌，按律治罪，即命李继隆为环、庆州都部署，再讨继迁。

会值四方馆使曹璨，即彬之子。自阿西还汴，上言：“继迁率众万余，围攻灵武，城中上书告急，偏使人被继迁捉去，因此消息隔绝，请速发兵救解，方保无虞。”太宗又下枢臣复议。时吕蒙正又罢相，用参政吕端继任，

端请分道出师，由麟府、鄜延、环庆三道，会攻平夏，直捣继迁巢穴，不怕继迁不还顾根本，灵武自可解围。此即孙膑击魏救赵之计。太宗也以为是，但主张五路出师，与吕端大同小异。或言时将盛暑，兵士涉旱海，无水泉，沿途饥渴劳顿，不能无失，还不如缓日出师。太宗怒道："寇犯边境，畏暑不救，若寇入内地，难道也听他进来么？况现当孟夏，时尚清和，不速发兵，更待何时？"乃诏令李继隆出环州，丁罕出庆州，范廷召出延州，王超出夏州，张守恩出麟府，五路进讨，直趋平夏。继隆以环州道迂，拟从清冈峡出师，较为便捷，遂遣继和驰奏，自率部兵万人，径从清冈峡出发。太宗得继隆奏报，召见继和，厉声呵责道："汝兄不遵朕言，必致败事，朕嘱他出发环州，无非因灵武相近，欲令继迁闻风解围，驰还平夏，汝速回去，与汝兄说明朕意，毋得违旨获罪！"宋臣多违上命，也是主权旁落之故。继和奉旨亟返，那时继隆已去得远了。

继隆出清冈峡，与丁罕合兵，续行十日，不见一敌，竟引军回来。张守恩与敌相遇，不战即走。独范廷召与王超两军。行至乌白池，遥见敌兵蜂拥前来，超语廷召道："敌势甚锐，我军宜各守营寨，坚壁勿动，免为所乘。"廷召应诺，遂彼此依险立营，饬军士不准妄动，遇有敌兵，只准射箭，不准出战。约过一时，继迁督众到来，左右分攻，均被射回，相持至一昼夜。超子德用，年方十七，随父从军。入禀父前道："敌兵虽盛，不甚整齐，儿愿出营一战。"超怒道："你敢违我军令么？"德用道："儿非有意违命，但我不出战，他未肯退，此地转饷艰难，不应久持，还是杀将出去，把他一鼓击退，我等方可从容班师。"超沉吟半晌，方道："且再待半日，俟他锐气少衰，才可得利。"德用乃待至日昃，请得军令，挺身杀出。继迁倒也一惊，翩见先驱为一少年，欺他轻弱躁率，即分兵两翼，来围德用。德用执着一支银枪，盘旋飞舞，枪锋所至，无不倒毙，继迁方觉得是个劲敌，率锐与搏。哪知王超又来接应，还有廷召营中，亦发兵夹击，眼见得继迁不支，向北遁去。德用驱军追赶，行至中途，继迁又回军再战，三战三北，方麾众远飏。确是一个剧寇。王超鸣金收军，德用乃回。次日还师，德用道："归师遇险必乱，应整饬军行，休为虏袭。"此子才过乃父。超与廷召，均以为然，乃令德用开道，所经险阻，侦而后进。且下令军中道："乱行者斩！"全军肃然。继迁本预遣轻骑，散伏要途，及见宋军严阵而归，才不敢逼。王超、范廷召

两军，退回汛地，没甚死伤。

只继迁抗命如故，太宗再议往征，可奈历数将终，皇躬不豫，免不得舍外图内，筹及国本问题。先是至道改元，适开宝皇后宋氏崩，太宗不成服，连群臣亦不令临丧。翰林学士王禹偁，代为不平，尝对同僚语道："后尝母仪天下，应遵用旧礼为是。"太宗闻知此语，说他谤上不敬，谪知滁州。自己不忠不敬，还要责人，太宗之心术，尚堪问耶？会廷臣冯拯等疏请立储，太宗又斥他多事，贬置岭南。嗣是宫禁中事，无人敢言。寇准因抗直遭谗，出知青州，嗣复由青州召还，正当太宗足疾，褰衣示准道："朕年衰多疾，今又病足，奈何？"寇准道："臣非奉诏命，不敢到京，既已到此，窃有一言上达陛下，幸陛下采纳！"太宗问是何言？寇准遂说出立储二字。太宗道："卿试视朕诸子中，何人足付神器？"准答道："陛下为天下择君，不应谋及近臣，尤不应谋及妇人中官，总求宸衷独断，简择得宜，就可付托无忧了。"太宗俯首细思，想了好一歇，乃屏去左右，密语寇准道："襄王可好么？"准又答道："知子莫若父，圣意既以为可，请即决定。"寇准两对太宗。足为君主国良法。太宗点首称善。原来太宗长子元佐，病狂致废，次子就是元侃，与元佐同母所生，迭见前文。端拱元年，受封襄王，嗣复晋封寿王。自寇准奏对后，太宗已决计立储，遂于至道元年八月，立寿王元侃为皇太子，改名为恒，大赦天下。太子既立，庙见还宫，都下士民，遮道欢呼，齐称他是少年天子。太宗闻知，反滋不悦，召寇准入见，与语道："人心遽属太子，将置我何地？"准再拜称贺道："这是社稷的幸福呢！"太宗不觉感悟，入语后嫔，都相率称庆。太宗益喜，复出赐准饮，尽欢乃罢。诏命李沆、李至并兼太子宾客，并嘱太子以师傅礼事二李。太子每见二人，必先下拜，沆与至上表辞谢，太宗不许，手谕二李道：

> 朕旁稽古训，肇建承华，用选端良，资于辅导。借卿夙望，委以护调，盖将勖以谦冲，故乃异其礼数。勿饰当仁之让，副予知子之心！特此手谕。

二李复相偕入谢，太宗又面谕道："太子贤明仁孝，足固国本，卿等可尽心规诲，有善应劝，有过应规。至若礼乐诗书，系卿等素习，不烦朕絮

嘱了。”二李叩首而退。太子年逾弱冠，姿禀聪明，相传母妃李氏，夜梦尝用裾承日，因此有娠。及产生后，左足指纹，成一天字。此皆史臣谀颂之辞。五六岁时，与诸王嬉戏，好作战阵，自称元帅。又尝登万岁殿，上升御座。太宗尝手抚儿顶，笑颜问道：“这是皇帝的宝座，儿也愿做皇帝么？”太子即答道：“天命有归，孩儿亦不敢辞。”太宗暗暗称奇。既而就学受经，一览即能成诵。至是立为储贰，入居东宫。越二年三月，太宗寝疾，渐即弥留。宣政使王继恩，忌太子英明，阴与李昌龄、胡旦等，谋立故楚王元佐。后令王继恩召吕端，端料有变故，佯邀继恩入书阁中，秘密与商。至继恩既入，他竟出户反键，将继恩锁置阁内，自己匆匆入宫，谒见皇后。后涕泣与语道：“宫车已晏驾了！”吕端也为泣下。即又问道：“太子何在？”后复道：“立嗣以长，方谓之顺，今将若何？”端收泪正色道：“先帝立太子，正为今日，怎敢再生异议？”后默然无语。端即嘱内侍往迎太子，待太子到后，亲视大殓，即位柩前。越日，奉太子登福宁殿，垂帘引见群臣。端平立殿阶，不遽下拜，请侍臣卷帘，升殿审视，然后退降殿阶，率群臣拜呼万岁，是为真宗皇帝。尊母后李氏为皇太后，晋封弟越王元份为雍王，吴王元杰为兖王，徐国公元偓为彭城郡王。泾国公元偁为安定君王，季弟元俨为曹国公，侄惟吉太祖孙。为武信军节度使，追复涪王廷美为秦王，追赠兄魏王德昭为太傅，歧王德芳为太保，复封兄元佐为楚王，加授同平章事，吕端为右仆射，李沆，李至并参知政事，册继妃郭氏为皇后。真宗元配潘美女，端拱元年病殁，继聘郭氏，系宣徽南院使郭守文二女，郭氏为后，元配潘氏，亦追给后号，谥庄怀，复追封生母李氏为贤妃，进上尊号为元德皇太后，葬先考大行皇帝于永熙陵，庙号太宗，以明年为咸平元年。总计太宗在位二十二年，改元五次，寿五十九岁，小子有诗咏宋太宗道：

寸心未许乃兄知，虎步龙行饰外仪。
二十二年称令主，伦常缺憾总难弥。

欲知真宗初政，且至下回再详。

李继迁一狡虏耳。待狡虏之法，只宜用威，不应用恩，田仁朗欲厚啗酋长，

令图折首，张齐贤议招致蕃部，分地声援，二说皆属可行，而尚非探本之论。为宋廷计，应简择良将，假以便宜，俾得联络蕃酋，一鼓擒渠，此为最上之良策。乃不加挞伐，专务羁縻，彼势稍蹙则托词归阵，力转强即乘机叛去，至若至道二年之五路出师，李继隆等不战即还，王超、范廷召，虽战退继迁，亦即回镇，彼殆视庙谟之无成算，姑为是因循推诿，聊作壁上观乎？然威日堕而寇且日深矣！若夫建储一事，为君主国之要典，太宗年近周龄，犹未及此，且怒斥冯拯诸人之奏请，何其疏也？幸寇准片言决议，主器有归，于是王继恩不得逞私，吕端得以持正，闭寺人于阁中，觐真主于殿上，人以是美吕司空，吾谓当归功寇莱公，曲突徙薪，应为上客，若迟至焦头烂额，不已叹为无及乎？

第二十一回　康保裔血战亡身
雷有终火攻平匪

却说真宗即位，所有施赏大典，已一律举行，只王继恩、李昌龄等谋立楚王，应该坐罪，特贬昌龄为行军司马，王继恩为右监门卫将军，安置均州，胡旦除名，长流浔州。到了改元以后，吕端以老疾乞休，李至亦以目疾求罢，乃均免职，特进张齐贤、李沆同平章事，向敏中参知政事。越年，枢密使兼侍中鲁公曹彬卒，彬在朝未尝忤旨，亦未尝言人过失，征服二国，秋毫无取，位兼将相，不伐不矜，俸禄所入，多半赒济贫弱，家无余资。病亟时，真宗亲往问视，询及契丹事宜。彬答道："太祖手定天下，尚与他罢战言和，请陛下善承先志。"真宗道："朕当为天下苍生计，屈节言和，但此后何人足胜边防？"彬又答道："臣子璨、玮，均足为将。"内举不避亲，不得谓曹彬怀私。真宗又问二子优劣，彬言璨不如玮。知子莫若父。真宗见他气喘吁吁，便不与多言，只宣慰数语而出。及彬殁，真宗非常痛悼，赠中书令，追封济阳王，谥武惠。又越年，太子太保吕端卒。端为人持重，深知大体，太宗用端为相时，廷臣或说他糊涂，太宗道："端小事糊涂，大事不糊涂。"后来锁阁定策，卒正嗣君，果如太宗所言。至端已病剧，真宗也亲自慰问，抚劳备至，殁赠司空，谥正惠。亦可谓二惠竞爽。一将一相，详叙其卒，无非阐扬令名。咸平二年十月，契丹主隆绪，复大举入寇，镇定高阳关都部署傅潜，拥兵八万余人，畏懦不前，闭营自守。将校等请发兵逆战，潜勃然道："你等欲去寻死么？好好的头颅，被人家斫去，有何趣味？"贪生畏死，口吻毕肖。将校道：

"敌骑深入，将来攻营，请问统帅如何对待？"潜索性大骂道："一班糊涂虫，全不晓得我的苦心，我欲保全你等的性命，所以主守不主战，奈你等定要寻死，死在虏手，不如死在我的刀下。若再道半个战字，立即斩首！"一味蛮话，全无道理。将校等拗他不过，忿忿趋出。适值副将范廷召到来，大众遂向他谈及，并述潜言，廷召道："且待我入见，再作计较！"及廷召进去，傅潜已料他前来请战，装着一副伊齐面孔，与廷召相对。廷召行礼毕，未曾坐定，即开口道："大敌到来，总管从容坐镇，大约总有退敌的妙计。"潜乃淡淡的答道："我主守不主战，此外要用什么法儿？"廷召道："可守得住么？"潜又道："你又来了，敌势甚大，不应轻敌，总是守着为是。"廷召道："据廷召想来，公拥兵八九万，很足一战，今日即应发兵，出扼险要，与敌对仗，但教一鼓作气，士卒齐心，定能得胜。"潜只是摇首。廷召不禁大忿道："公恇怯至此，恐还不及一老妪呢！"言已，也不及告别，竟自趋出，遇着傅潜部下都钤辖张昭允，便与语道："傅总管这般怯敌，恐边防有失，朝廷必加谴责，连你也难免罪呢！"隐伏下文。昭允道："现正有廷寄到来，饬本部发兵，昭允正要进报，想总管也不好逆旨了。"廷召乃让昭允进去，自己出外候信。昭允入见傅潜，捧递朝旨，潜接阅后，语昭允道："朝廷亦来催我出师，莫非由诸将密奏不成？须知敌势方强，若一战而败，转足挫我锐气，所以我持重不发呢。"昭允道："朝命也是难违，请统帅酌行才是。"潜冷笑道："范廷召止来请战。他既愿为国效力，我便拨骑兵八千，步兵二千，凑足万人，令他前去拒敌便了。"挟怨陷人，其情如见。昭允奉令趋出，报知廷召。廷召道："敌兵闻有十余万，我兵只有万人，就使以一当十，也恐不敷，这是明明叫我替死。"说到死字，竟大踏步趋入里面，大声语潜道："总管要我先驱，我食君禄，尽君事，怎敢不去？但万人却是不够，应再添发三五万人，方足济用。"潜佯笑道："将在谋不在勇，兵贵精不贵多，况你为前茅，我为后劲，还怕什么？"廷召道："公果来作后援么？"潜复道："你知忠君，我难道不晓？劝你尽管前去，我当为后应便了。"廷召乃退，自思傅潜所言，未必足恃，不如另行乞师，免致孤军陷敌。当下修书一通，遣使赍往。

看官！你道廷召向何人乞援，乃是并、代都部署康保裔，驻师并州一带，地接高阳，因此就近乞师。保裔，洛阳人，祖父皆战殁王事，第因屡承世荫，得任武职，开宝中，开宝系太祖年号，详见前。尝从诸将至石岭关，战败辽兵，辽

于太宗时，复号契丹，故本书于太祖时称辽，太宗后称契丹，仍其旧也。积功至任马军都虞侯，领凉州观察使。真宗初，调任并、代都部署，治兵有方，且生就一副血性，矢忠报国，平居对着将士，亦用大义相勉，所以屡经战阵，未闻退缩，身受数十创，血痕斑斑，不知所苦。阐扬忠义，故叙述较详。至是得廷召书，遂率兵万人，倍道赴援。时契丹兵已破狼山寨，悉锐深入。祁、赵、邢、洺各州，虏骑充斥，镇定路久被遮断，行人不通，保裔拟绕攻敌后，直抵瀛洲，一面约廷召夹击。哪知廷召尚未到来，敌兵却已大集，保裔结营自固，待旦乃战。到了黎明，营外已遍围敌骑，环至数重，将士入报道："敌来甚众，援兵不至，我军坐陷虏中，如何杀得出去？为主帅计，不如易甲改装，驰突出围，休使虏骑注目。俟脱围调兵，再与决战未迟。"保裔慨然道："我自领兵以来，只知向前，不愿退后，今日为虏所算，被他围住，古人说得好：'临难毋苟免'，这正是我效死的日子哩。"当命开营搦战，由保裔当先指麾，奋力杀敌。那敌兵越来越众，随你如何奋勇，总是不肯退围。保裔杀开一重，复有一重，杀开两重，复有两重，自晨至暮，杀死敌骑约数千人，自己部下，也伤亡了数千名，眼见得不能出围，只好再入营中，拒守一夜。契丹兵也觉疲乏，未曾进攻，唯围住不放。越宿又战，两下里各出死力，拼死相搏，杀得天昏地暗，鬼哭神号，地上砂砾，经人马践踏，陡深二尺，契丹兵又死得无数，怎奈胡骑是死一个，添一个，保裔兵是死一个，少一个，看看又到日暮，矢尽道穷，救兵不至，保裔已身中数创，手下只有数百人，也是多半受伤，不堪再战，保裔顾看残卒，不禁流涕道："罢罢！我死定了。你等如有生路，尽管自去罢！"说毕，便从敌兵最多处，持刀值入，手刃敌兵数十名，敌兵一拥上前，你枪我槊，可怜一员大忠臣，竟就千军万马中杀身成仁。为国杀身，虽死犹荣，叙笔亦奕奕有光。保裔既死，全军覆没，那时高阳关路钤辖张凝，与高阳关行营副都部署李重贵，为廷召先驱，率众往援，正值契丹兵乘胜而来，声势甚锐，张凝不及退避，先被胡骑围住，凝死战不退，亏得李重贵杀到，救出张凝，复并力掩击一阵，契丹兵方才退去。两军返报廷召，廷召闻保裔战殁，不敢再进，只得在瀛州西南，据住要害，暂行驻扎。《续纲目》谓廷召潜遁，以致保裔战殁，《纪事本末》即本此说。然《宋史·康保裔、傅潜、范廷召传》均未载及廷召潜遁事，唯廷召不至，亦未免愆期，故本书说及廷召，亦隐有贬词。契丹兵又进攻遂城，城小无备，众情恟惧。杨业子延昭，方任缘边都巡检使，驻节遂城，当下召集丁壮，慷慨与语道："尔

等身家，全靠这城为保障，若城被敌陷，还有什么身家？不如彼此同心，共守此城，倘得戮力保全，岂不是国家两益么？”大众齐声应诺。延昭遂编列队伍，各授器甲，按段分派，登陴护守。自己昼夜巡逻，毫不懈怠。契丹兵连扑数次，均被矢石击退。时适大寒，延昭命汲水灌城。翌晨，水俱成冰，坚滑不可上，敌兵料难攻入，随即引去，改从德棣渡河，进掠淄齐。

真宗闻寇入内地，下诏亲征，命同平章事李沆，留守东京，令王超为先锋，示以战图，俾识路径。车驾随后进发，直抵大名。途次闻保裔死耗，震悼辍朝，追赠保裔为侍中，命保裔子继英为六宅使顺州刺史，继彬为洛苑使，继明为内园副使，继宗尚少，亦得授供奉官，孙唯一为将作监主簿。继英等接奉恤诏，驰赴行在，叩谢帝前道：“臣父不能决胜而死，陛下未曾罪孥，已为万幸，乃犹蒙非常恩宠，臣等如何敢受！”随即伏地呜咽，感泣不止。真宗也不觉凄然，随即面谕道：“尔父为国捐躯，旌赏大典，例应从厚，不必多辞！且尔母想尚在堂，亦当酌予封典，借褒忠节。”继英叩首道：“臣母已亡。只有祖母尚存，享年八十四岁了。”真宗乃顾语随臣道：“保裔父祖，累代效忠，深足嘉尚，他的母妻，应即加封，卿等以为然否？”群臣自然赞同，遂封保裔母为陈国太夫人，妻为河东郡夫人，并遣使劳问老母，赐白金五十两。继英等叩谢而出。集贤院学士钱若水，上书请诛傅潜，擢杨延昭、李重贵等以作士气，真宗乃命彰信军节度使高琼，往代傅潜，令潜赴行在，即命钱若水等按讯，得种种逗挠妒忌罪状，议法当斩。真宗特诏贷死，削潜官爵，流徙房州。张昭允亦坐罪褫职，流徙道州。昭允未免受冤。真宗在大名过年，越元旦十日，得范廷召等奏报，略言：“虏兵闻车驾亲征，知惧而退，臣等追至莫州，斩首万余级，尽获所掠，余寇已遁出境外”云云。真宗乃下诏奖叙，擢廷召为并、代都部署，杨延昭为莫州刺史，李重贵知郑州，张凝为都虞侯，并召延昭至行在，询及边防事宜。延昭奏对称旨，真宗大喜，指示群臣道：“延昭父业，系前朝名将，延昭治兵护塞，绰有父风，这真不愧将门遗种呢！”乃厚赠金帛，仍令还任。真宗即日回京。

是年冬，契丹复南侵，延昭设伏羊山，自率羸兵诱敌，且战且退，诱至羊山西面，信号一发，伏兵齐起，契丹兵骇退，延昭追杀敌将，函首以献，进官本州团练使。契丹望风生畏，呼他为杨六郎。杨业本生七子，详见前文，唯延昭独著战功，契丹目为杨六郎，见《延昭本传》。俗小说中，乃有大郎及七郎等名目，附

会无稽，概不录入。尚有澄州刺史杨嗣，亦因屡战有功，擢任本州团练使。与延昭同日并命，边人称作二杨。这且按下慢表。

且说真宗还汴时，途中接得川报，益州兵变，推王均为乱首，都巡检使刘绍荣自经，兵马钤辖符昭寿被戕，贼势猖獗，火急求援。真宗览毕，即日传诏，命雷有终为川峡招安使，李惠、石普、李守伦并为巡检使，给步骑八千名，往讨蜀匪。所有留蜀各官，如上官正、李继昌等，均归有终节制。有终等奉诏后，即领兵入川去了。先是雷有终为四川招安使，张诛知益州，文武得人，蜀境大治。应十九回。既而有终与诛，相继调迁，改用牛冕知益州，符昭寿为兵马钤辖，牛冕懦弱无能，符昭寿骄恣不法，部下兵士，已多半怀怨，阴蓄异图。益州戍兵，由都虞侯王均、董福分辖，福驭众有法，所部皆得优赡。均好饮博，军饷多刻扣入囊，作为私费。会牛、符两人，阅兵东郊，蜀人相率往观，但见福军甲仗鲜明，均军衣装粗敝，免不得一誉一毁。均部下赵延顺等，亦自觉形秽，顿生惭愤，且衔怨昭寿，竟于咸平二年除夕，胁众为乱，戕杀昭寿。越日为元旦令节，益州官吏，方相庆贺，忽闻兵变消息，阖城惊窜。牛冕缒城逃去，转运使张适亦遁，唯都巡检使刘绍荣在城。待乱兵闯入，欲奉绍荣为主帅，绍荣怒叱道："我本燕人，弃虏归朝，难道与尔等同逆么？"叛兵欲趋杀绍荣，绍荣冒刃格斗，卒因众寡不敌，败回署中，投缳自尽。监军王泽，忙召王均与语道："汝部下作乱，奈何袖手旁观？速宜招安为要！"均出谕叛兵，叛兵即拥他为主，均即直任不辞，均素克扣军粮，奈何叛卒复奉之为主？可见叛兵，亦全无智识。遂潜号大蜀，改元化顺，署置官称，用小校张锴为谋士，出兵陷汉州，进攻绵州不克，直趋剑州，被知州李士衡所败，退回益州。知蜀州杨怀忠，传檄各州，会兵往讨，初战得利，乘胜攻城北门，至三井桥，乱党似樯而至，怀忠恐为所乘，勒兵倒退，回走蜀州，再檄嘉、眉等七州，合军复进，战败乱党，暂驻鸡鸣原，静待王师。过了数日，雷有终等到益州，拟一面攻城，一面派兵攻汉州，巧值都巡检张思钧，已将汉州克复，遂进军升仙桥。匪首王均，遣众拦截，被官军一阵击退，乘势追至城下，乱兵绕城遁去，城门亦开得洞彻。有终总道王均怯遁，麾军径入，军士不烦血刃，竟夺得一座益州城，顿时心花怒开，乐得劫掠民居，抢些财帛，搂抱几个妇女，畅快一番。恐没有这般运气。蓦闻一声怪响，叫杀连天，官军不暇寻欢，慌忙觅路逃生，到了路口，尽被败床破榻，堵塞不通，好容易搬开

败物，成一隙路，哪知叛兵在外面等着，见官军出来，统用刀枪乱搠，有几个杀死，有几个戳毙，有几个脚生得长，侥幸漏网，匆匆的逃至城阘，把门一望，叫苦不迭，那门儿已上键了，且有叛兵守着，匪但不准他出去，还要向他情借头颅，于是又冤冤枉枉的死了无数。调侃得妙。雷有终、石普、李惠等，都着了忙，各自逃去。有终，石普跑上城头，缘堞而坠，幸得不死。李惠迟了一步，被王均率众追上，双手不敌四拳，白白的送了性命。为这一场被赚，官军丧亡一大半。有终、石普奔至汉州，由张思钧接着，入城休憩，才得少安，嗣是不敢躁进，慢慢儿整顿兵马，徐图大举。王均计败官军，越觉骄横，掠民女，侑酒不可无此。索民财，酿酒不可无此。整日里左抱右拥，朝饮暮博，把战事搁过一边。至官军元气已复，又来与战，方率众出拒，分路往袭，官军到了升仙桥，早防贼众袭击，戒备甚严，王均不知就里，掩杀过去，怎禁得四面伏兵，一齐截住，把他困住垓心，杀得落花流水。均冒死突出，踉跄还城，当即撤桥塞门，一意固守。有终与普，进屯城北，分遣将校等，攻城东西南三面。均尚屡次出战，统被击退。会值霪雨兼旬，城滑不能上，一时无从攻入，至天气少霁，有终命用火箭火炬等，抛射城头，将城上所设敌楼，尽行毁去，城中未免哗噪，有终便趁这机会，四面登城，遂得攻入。王均尚有二万余人，溃围夜走，有终仍恐有伏，纵火焚庐舍，光焰熊熊，通宵达旦。一年被蛇咬，三年烂稻索。次日，复搜获伪官二百人，一古脑儿推入火中。正是：

可怜巢鸟无完卵，莫道池鱼应受殃。

后来王均曾否擒获，容至下回说明。

《宋史·忠义传》中，首列康保裔，故本回于保裔战事，演述从详，彰忠节也。傅潜拥兵塞外，惧不发兵，坐令良将陷敌，虽诛之不为过，真宗贷死议流，未免失刑，而张昭允转连带坐罪，得毋大官可为，而小官不可为耶？若西蜀之乱为时无几，李顺以后，继以张余，至用兵三载而始敉平，为宋廷计，正宜久任良吏，毖后惩前，奈何雷、张诸人，相继调迁，改用牛冕、符昭寿等，复酿成王均之变，虽前难后易，期月奏功，而兵民已死伤不少，茫茫川峡，能经几次扰乱乎？雷有终被赚而兵燔，王均败走而民燔，观此不能无遗憾云！

第二十二回　收番部叛王中计
纳忠谏御驾亲征

却说雷有终既复益州，即遣巡检使杨怀忠，往追王均。均逃至富顺监，招集蛮酋，在监署中饮酒，吃得酩酊大醉。至此还要喝酒，真是一个酒鬼。党羽亦各沾余沥，统已酒气醺醺，带着八九分倦意，猛闻官军追至，都吓得不知所为。王均料不能脱，用手击案道："罢了！罢了！"说毕，即解下腰带，悬壁套颈，不到一刻，魂灵儿飞到酒乡去了。乱党无主，自然溃散。杨怀忠率领部兵，杀入监署，擒住乱党六千余人，并割取均首，及僭伪法物，旌旗甲仗甚众，当下返入益州，由有终申报朝廷，诏进有终、怀忠等官阶，流牛冕至儋州，张适至连州，遣翰林学士王钦若，知制诰梁颢，往抚蜀民。越二年，复命张咏知益州，蜀民闻咏再至，欢呼相庆。咏威惠并行，政绩大著。真宗下诏褒美，并令巡抚使谢涛传谕道："得卿在蜀，朕无西顾忧了。"

西陲已定，北方一带，总觉不安。契丹、西夏，时来扰边，小子按年月次序，先叙西夏，继叙契丹。真宗即位，李继迁上表称贺，且求请封藩，真宗也知他狡诈，只因国有大丧，姑从所请，命为定难节度使，且把夏、绥、银、宥、静五州，一并给与。且将从前留住的张浦，亦赉资遣归。张浦可以遣还，五州何必遽与。继迁令弟瑗诣阙申谢，真宗优诏慰答，仍赐还赵保吉姓名。偏继迁阳奉阴违，仍然抄掠边疆，四出为患。可巧同平章事张齐贤，与李沆不甚相得，竟以冬至朝会，被酒失仪，坐免相位，真宗乃遣他为泾、原诸路经略使。齐贤入朝辞行，真宗详问边要，齐贤答道："臣看灵武孤城，陡悬

塞外，万难固守，徒使军民六七万，陷入危境，多费饷糈，不如弃远图近，徙守环庆，较为省便。”真宗沉吟半晌，方道：“卿且去巡阅一番，可弃乃弃，可守必守。”齐贤领旨去讫，既而通判永兴军何亮，上安边书，言灵武决不可弃，略云：

> 灵武地方千里，表里山河，舍之则戎狄之利，广且饶矣，一患也。自环庆至灵武凡千里，西域、戎狄合而为一，二患也。冀北马之所生，自匈奴猖獗，无匹马南来，唯资西域，西域既分为二，其右乃西戎之东偏，实为贼夏之境，其左乃西域之西偏，如舍灵武，复合为一，夏贼桀黠，俾诸戎不得货马，未知战马何来，三患也。为今计，请筑溥乐、耀德二城，以通河西之粮道，则灵武有粮可恃，虽居绝域之外，亦可以无恐矣。若不筑此二城，与灵武倚为唇齿，则与舍灵武何异？窃恐灵武一失，内地随在可虞也。谨奏！

真宗览奏后，复诏令群臣复议。知制诰杨亿，引汉弃珠崖为喻，请快弃灵武，守环庆，与齐贤议相同。辅臣多言灵州为必争地，万不可弃，应如何亮所陈。众议纷纷，莫衷一是，转令真宗无从解决，乃与李沆熟商。沆徐答道：“保吉不死，灵州终不可保，臣意应遣使密召诸将，令他部署军民，空垒而返，庶几关右尚得息肩，这也是螫手断腕的计策。”戎狄得步进步，如何可以拱让？宋臣多半畏缩，故卒致南迁。真宗默然不答。嗣命王超为西面行营都部署，率兵六万，往援灵州。张齐贤自任所上书，谓朝廷若决守灵武，请募江南丁壮，往益戍兵。真宗道：“商人远戍西鄙，甚属不便，且转足摇动人心，此奏如何可行？”真宗所言甚是，齐贤岂尚醉酒耶？当将原奏搁起。

过了一月，李继迁寇清远军，都监段义，叛降继迁，都部署杨琼，拥兵不救，城遂被陷。继迁复进攻定州，并及怀远，劫去辎重数百辆，幸亏副都署曹璨，召集蕃兵，出去邀击，才将继迁击退。越年为咸平五年，继迁复转寇灵州，知州事裴济，率兵固守，相持月余。继迁益增兵围攻，截断城中饷道，守兵遂至乏食。裴济啮指成书，奏请救兵，怎奈望眼已穿，不闻援至，军士连日枵腹，如何支持？眼见得一座孤城，为贼所陷。济犹率众巷战，力竭身亡。济知灵州数年，议大兴屯田，借实边粟，治民亦颇有惠泽，可惜

功尚未成，寇已大至，徒落得荒邱暴骨，枉史流芳。忠臣不没，也还值得。继迁改灵州为西平府，居然作为夏都。真宗得报，优恤裴济家属，且悔不用沆言，致丧良吏，且诏令王超屯永兴军，毋得再误。超奉命往援灵州，乃中道逗留，坐令城亡吏死，有罪不谴，亦属失刑。又越年，知镇戎军李继和，上言六谷酋长巴喇济，一译作潘罗支。愿讨继迁，请授职刺史。张齐贤且上书，请封巴喇济为六谷王，兼招讨使，真宗又令辅臣会议。辅臣以巴喇济已为酋长，授职刺史，未免太轻，若骤封王爵，又似太重。招讨使名号，亦不应轻假外夷，乃酌量一职，拟授为朔方节度使，兼灵州西面都巡检使。真宗准议颁旨。巴喇济奉旨后，表称："感激图效，已集骑兵六万，静待王师到来，合讨继迁，收复灵州。"真宗优诏嘉许。既而李继迁攻麟州，为知州卫居宝击退，转寇西凉，杀死西凉府丁惟清，踞住城池。巴喇济居六谷，本为西凉蕃属，当下想了一计，前去诈降。继迁尚未知他受职宋廷，只道是一个蕃酋，畏势投诚，有什么疑虑，便传见巴喇济。巴喇济向他跪谒，并说："大王威德及人，六谷蕃部，俱愿归降。"说得继迁满面春风，立命起来，给他旁坐，且抚慰了好几语。巴喇济称谢不置。继迁更令他招徕部落，借厚兵力，巴喇济欣然领诺，遂往招六谷蕃部，共至西凉，进谒继迁。继迁亲往校场检阅，各番兵俱负弩挟矢，鱼贯而入，报名应选。继迁正留心察核，猛听得弓弦一响，忙睁目四顾，巧巧一箭飞来，不偏不倚，正中左目，不觉大叫一声道："快快！拿匪徒！"你也是个匪徒，为何转拿别人？左右方上前拥护，不料番兵已各出短刀，一哄上前，来杀继迁。继迁部下死命抵拒，已被他杀毙多人，剩了几个骁悍的弁目，保着继迁，且战且逃。番兵奋勇驱杀，几乎将继迁擒住。旋经继迁党羽，出来相救，做了无数替死鬼，继迁才得脱身，好容易奔回灵州，左目暴痛，睛珠突出，一时忍耐不住，晕绝数次，后来终无法医治，呜呼死了。看官！想这一箭的原因，当亦不必细猜，便可知是巴喇济所射。巴喇济与番部密约，发矢为号，一齐动手，也是继迁该死箭下，虽得幸脱，总归没命。子德明嗣，遣使赴告契丹，契丹赠继迁为尚书令，封德明为西平王。环庆守吏，因德明初立，部落方衰，奏请降旨招降，真宗乃颁诏灵州，令德明自审去就，德明乃遣牙将王佚，奉表归顺，朝议加封德明，独知镇戎军曹玮，请乘势灭夏，略云：

叛酋李继迁，擅河西地二十年，兵不解甲，使中国有西顾之忧，今其子危国弱，不即捕灭，后更强盛，不可制矣。愿假臣精兵，出其不意，擒德明送阙下，复河西为郡县，此其时也。枕戈待命，无任翘企！

这奏章上达宋廷，真宗未以为然。廷臣亦言伐丧非义，不如恩致德明，迂儒之论。乃授德明充定难军节度使，统辖夏、银、绥、宥、静五州。寻闻契丹封德明为西平王，也就封他为西平王。德明再进奉誓表，请藏盟府，且言："父有遗命，竭诚归附。"当由真宗优诏褒嘉，这且待后再表。

唯契丹自莫州败退，边境安静了两年。接前回。至李继迁陷清远军，宋廷又接边报，说契丹将乘隙入寇。真宗亟遣王显为镇定、高阳关都部署，王超为副，预防契丹。果然契丹兵入寇遂城，被王显发兵痛击，斩首二万级，追逐出境。又二年，咸平六年。契丹复遣耶律奴瓜等，奴瓜一译诺郭。寇望都，高阳关副都部署王继忠，约同王超、桑赞等军，至康村拒战。继忠列阵东偏，超赞列阵西偏，彼此严装以待。俄见契丹兵长驱而来，势甚锐悍，继忠适当敌冲，怒马直出，率麾下力战，超与赞偏按兵不动，遥见敌骑麕集，将向西来，他两人竟相顾愕眙，遽令退师，剩下王继忠一支人马，怎能支撑到底？不得已且战且行，敌骑迭次赶上，继忠迭次战脱，及退至白城，天色昏晚，道路崎岖，追兵反且大集，四下里喊声震地，摇动山岳。继忠仰天叹道："我与王超、桑赞，合兵到此，满望杀敌报功，哪知他两军不战而去，单剩我孤军抵敌，为虏所乘，真正可恨！"后来甘心降虏，全是超、赞两人激成。说至此，见追骑愈逼愈紧，他令残卒先行，自率亲兵断后。霎时间敌兵已至，把他围绕数重，他死战不退，看看手下将尽，正思自刎全节，奈马中流矢，竟至仆地，继忠随马坠下，被敌兵活捉而去，解至炭山，见契丹主隆绪，劝令降顺。继忠初不肯从。萧太后闻他骁勇，饬令软禁，复遣辩士诱导再三，继忠竟变志降虏，改姓名为耶律显忠，受官户部使。宋廷还道他战殁，优诏赠官，其实他为虏廷显宦了。暗寓贬意。

咸平六年残腊，下诏改元，越年元旦，称为景德元年。朝贺礼毕，京师即闻地震，越日又震，过了十余日，又复大震，免不得有蠲租缓逋，勉图修省等具文。春季尚幸无事，至春夏交界，皇太后李氏崩，又有一番忙碌。丧葬已了，尊谥明德。到了新秋，首相李沆病逝，沆字太初，洺州人，太宗尝

称他风度端凝，不愧正士，因擢为参政。真宗初进任右相，居位慎密，遇事敢言。及殁，真宗亲临吊奠，痛哭移时，顾语左右道："沆忠良纯厚，始终如一，怎料他不享遐寿呢？"回朝后，追赠太尉中书令，予谥文靖，不没良相。进毕士安、寇准同平章事。

相位甫定，忽由边吏连递警报，仿佛与雪片相似，大致是说契丹主隆绪，与母萧氏，率众二十万，前来入寇了。真宗忙召问群臣，寇准独主战，毕士安赞成寇议，参政以下王钦若等，或主守，或主和，纷纷不决。嗣闻契丹攻威虏、顺安各军，均已败去，转攻北平砦、保州，亦不得志，真宗稍稍放心。续接定州捷报，王超在唐河击退虏兵，岢岚军捷报，高继勋力战却敌，瀛州捷报，李延渥接仗获胜。寇准入奏道："虏兵东侵西扰，无非是恐吓我朝，我岂受他恐吓么？请速练师命将，扼守要害，与他决一雌雄！"真宗口虽答应，心中尚是迟疑。及准退后，又接莫州都部署石普奏章，报称契丹遣使议和等情，又附故将王继忠密表，内言："臣孤军失援，致为所虏，徒死无益，勉强偷生，今特劝契丹议和修好，各息兵争，聊报皇恩，为此遣使李兴，赍表莫州，乞代上奏"云云。真宗阅奏，召问毕士安。士安道："这也是羁縻之策，不妨准他议和。"真宗道："敌悍如此，恐不可恃。"士安道："臣尝得契丹降人，据言虏虽深入，未尝逞志，阴欲引去，又耻无名，他既倾国前来，又恐人乘虚袭入，臣所以料他请和，未始非实情呢。"真宗乃诏示石普，令传谕继忠，许他通和。继忠复乞石普复奏，请先遣使至契丹，真宗因遣閤门祗候使曹利用，往契丹军。利用陛辞，真宗面谕道："契丹南来，不是求地，就是索赂，朕想关南地久归中国，万难轻许，唯汉用玉帛赐单于，尚有故事可循，卿或可酌量应允。"利用道："臣此去，务期不辱君命，他若妄有所求，臣亦不望生还了。"语颇壮愤。真宗道："卿竭诚报国，朕复何言！"利用衔命即行。既至契丹营，入见萧太后母子，果欲索关南地。利用道："关南地系我国疆土，如何得给与贵国？"萧太后道："晋尝畀我，周乃夺我，今不见还，尚待何时？"利用道："晋、周故事，于我朝无与。贵国如欲议和，请勿再言索地！就是岁求金帛，亦未知帝意如何？"萧太后不待说毕，便竖起柳眉道："不割地，不输款，如何前来议和？你难道不怕死么？"权势压人，不愧为萧娘娘。利用亦抗声道："我若怕死，我也不来了。我皇上不忍劳民，所以许贵国议和，若仍要索地索金，有何和议可

言？”说毕，拱手欲辞。帐下闪出王显忠，劝住利用，邀赴别帐去讫。

萧太后复下令军中道：“宋使前来，无和可议，不若就此进兵罢！”当下炮声三响，拔寨再进，攻陷德清军，进逼冀州，直抵澶州，边书告急宋廷，一夕五至，真宗复召群臣会议。王钦若系临江人，请驾幸金陵。陈尧叟系阆州人，请驾幸成都。真宗不答，左右四顾，不见寇准，便问群臣道：“寇相如何不来？”钦若曰：“他尚在家中饮博哩。”一语已足倾人。真宗愕然道：“他还有这般闲暇么？”遂命左右宣准入朝，准既至，便与语道：“虏兵已至澶州，朕心甚忧，闻卿却闲暇，是否已得良策？”准答道：“陛下如信臣言，不过五日，便可退敌。”真宗转惊为喜道：“卿有何妙计？”准又道：“莫如御驾亲征。”真宗道：“敌势甚盛，亲征亦未必得胜，现有人奏请，或谓宜幸金陵，或谓宜幸成都，卿以为可行否？”寇准朗声道：“何人为陛下划此策？臣意请先斩此人，取血衅鼓，然后北伐！试思陛下神武，将臣协和，若御驾亲征，敌当自遁，否则出奇挠敌，坚守老敌，彼劳我佚，可操胜算。奈何弃宗庙社稷，转幸楚、蜀，大驾一移，人心崩溃，虏骑长驱深入，天下尚可保么？”声容俱壮。真宗闻言，尚是沉吟。毕士安在旁奏对道：“准言甚是，请陛下俯允！”真宗方道：“两卿既已同意，朕就下诏亲征罢！”准又奏道：“虏骑内侵，天雄军最为重镇，万一陷没，河朔皆成虏境，请陛下简择大臣，出守为要。”真宗道：“卿以为何人可使？”准答道：“莫如参政王钦若。”钦若退列朝班，历闻准言，已气得面红耳赤，忽听准荐他出守，不由的脸色变青，慌忙趋至座前，正欲跪奏。准即与语道：“主上亲征，臣子不得辞难，现我已保荐参政，出守天雄军，参政应即领敕启行。”观此言动，似准未免专断，然不如此，乌能远开俭人？钦若道：“寇相是否居守？”寇准道：“老臣应为王前驱，怎敢自安？”一语破的。真宗也开口道：“王卿应善体朕意，朕命你判天雄军，兼都部署，卿其勿辞！”钦若不敢再说，只得叩首受敕，辞行而去。是日即由寇准预备亲征事宜，议定雍王元份为留守，元分系太祖第五子。并申简命。越日，车驾起行，将相皆从，扈驾军士，浩浩荡荡，出发京师，小子有诗咏道：

胡骑南来杀运开，征云黯黯覆尘埃。
若非御驾亲临敌，怎得澶渊振旅回？

欲知亲征情形，且看下回续叙。

灵武为河西要塞，岂可轻弃。何亮一疏，言之甚明，而张齐贤、李沆等，俱主张弃地，实书生畏葸迂谈耳。真宗虽有心保守，而任将非人，当日曹彬临殁，曾谓其子璨玮，均擅将才，何不擢之专阃，乃任一阘茸无能之王超耶？裴济陷殁，皆超之罪，至于巴喇济计败继迁，继迁走死，曹玮上书请缨，朝议不从，又欲以恩致之，且有援春秋不伐丧之例，以驳玮议者，迂如宋儒，何怪宋之终受制于夷狄乎。迨契丹入境，王钦若请幸金陵，陈尧叟请幸成都，微寇公，宋早成为小朝廷矣。时人犹讥寇为不学无术，试问博学者果能安内攘外否耶？宋儒宋儒！吾不欲多责焉。

第二十三回　澶州城磋商和约
承天门伪降帛书

却说真宗下诏亲征，驾发京师，命山南东道节度李继隆，为驾前东面排阵使，武宁军节度石保吉，守信子。为驾前西面排阵使，各将帅拥驾前行，适值天气严寒，朔风凛冽，左右进貂帽毳裘，真宗摇首道："臣下都苦寒，朕亦何得用此？"将士闻谕，各自感激，顿时勇气百倍，挟纩皆温。鼓励将士之法，莫善于此。前军到了澶州，契丹统军顺国王萧挞览，一译作萧达兰。自恃骁勇，直犯宋军，压营列阵。李继隆闻报，奏过真宗，上前抵御。两军尚未接战，挞览带领数骑，出阵四眺，审视地形。继隆部将张环，正守着床子弩，弩有机，机一触动，百矢齐发，宋军恃为利器。环见契丹阵内，有一黄袍大将出来，料知不是常人，他也不遑禀报，竟捻动床子弩，机动箭发，接连射去，刚中挞览要害，应声而倒。其余数骑随将，一半射死，一半受伤，契丹阵内，慌忙抢出将士，扶伤舁死，奔驰而去。待至张环报告继隆，麾兵驱杀，契丹兵早已远飏了。

是时知安肃军魏能，知广信军杨延昭，均当敌冲，敌兵屡次围攻，百战不能下。时人称二军为铜梁门，铁遂城。梁门即安肃军治，遂城即广信军治。独王钦若往守天雄军，束手无策，整日里修斋诵佛，闭门默祷，幸契丹兵未曾进攻，还得支持过去。想是我佛有灵。及真宗将至澶州，复有人上言："契丹势盛，未可轻敌，不如往幸金陵。"定是王钦若嗾使。真宗又不免滋疑，召寇准入问。准正色道："陛下只可进尺，不可退寸，河北诸军，日夜望銮

舆到来，并力对敌，若回辇数步，万众失望，势必瓦解，虏骑随后追蹑，恐金陵也不能到了。”真宗道：“卿言亦是，容朕细思。”还想什么？准乃趋出，适遇殿前都指挥晋职太尉高琼，即与语道：“高太尉受国厚恩，今日应该报国！”琼矍然道：“琼一介武夫，累蒙超擢，应当效死。”准握琼手道：“我与你入奏天子，即日渡河杀敌。”琼点首称善。两人入见真宗，准厉声道：“陛下若不信臣言，请问高琼便了。”琼即跪奏道：“寇准言是，机不可失，请速驾渡河！”真宗乃决，遂命琼麾兵复进。

既至澶州南城，遥见河北一带，敌营累累，似星罗棋布一般，真宗也不觉惊慌，左右复请驻跸，且静觇敌势，再决进止。寇准亟趋至驾前，固请道：“陛下若再不过河，敌气未慑，人心益危，怎能取威决胜？现在王超领着劲兵，驻扎中山，可扼敌喉，李继隆、石保吉东西列阵，可掣敌左右肘；四方镇将，相率来援，还怕什么契丹，逗留不进？”高琼道：“臣愿保驾前行，决可无虑。”于是麾军渡河，进次澶州北城。真宗亲御城楼。远近将士，望见御盖，踊跃鼓舞，齐呼万岁，声闻数十里。契丹自萧挞览射死，人人夺气，又见真宗亲来督师，益觉气沮。只萧太后不肯罢手，饬精骑数千名，前来薄城。寇准奏真宗道：“这是来试我强弱哩，请诏下将士，痛击一阵，免他轻觑！”真宗道：“军事悉以付卿，卿替朕调遣便了。”实是没用。准遂承旨发兵，开城迎击。战不数合，契丹兵果然退走，由宋军追杀过去，斩获大半，余众走脱。

真宗闻捷，乃留准居北城上，自还行宫。嗣又使人觇准，所为何事，究竟不放心。使臣还报道：“寇准方与杨亿，饮博欢呼。”故示镇定，也是一策，然亦何必饮博？真宗大喜道：“准如此从容，朕可无忧了。”未几，闻曹利用回来，并偕契丹使臣韩杞，一同求见。当即传入利用，利用行过跪叩礼，便上奏道：“契丹欲得关南地，臣已拒绝，就是金帛一节，臣尚未曾轻许哩。”真宗道：“若欲与地，宁可决战，金帛不妨酌许，尚与国体无伤。朕本意原是这般，至今也是这般哩。”复命宣韩杞进见，杞跪谒毕，呈上国书，并言奉国主命，索还关南地，即可成盟。真宗道：“这却不便，国书权且留下罢！”随顾利用道：“外使到此，我朝总当以礼相待。你且引他出宴，待朕议定，遣回去罢！”利用领旨，引韩杞退出。真宗复召准入议，准奏道：“陛下若为久安计，须要虏廷称臣，及献还幽、蓟地。一切岁币等件，概不许与。那

时虏廷畏服，方保百年无事，否则数十年后，他必生心，仍然来扰中国了。”言之非艰，行之维艰。真宗道：“若如卿言，非战不可，但胜负究难预料，就是得胜，也须伤亡若干兵民，朕心殊属不忍。且数十年后，如得子孙英明，自能防御外人，目下且许与和，总教边境如故，不妨将就了事呢。”准答道：“这总非永远计策，臣且去诘问来使，再行复命。”真宗应诺。准自去与韩杞辩论，两下争议未决，准尚欲决战，会闻有蜚语谮准，说他挟主徼功，准不禁叹息道：“忠且被谤，尚复何言？”遂入复真宗，但言：“臣意在计划久安，如陛下不忍劳师，悉听圣裁！”真宗因遣还韩杞，复命曹利用赴契丹军，且谕利用道：“但教土地不失，岁币不妨多给，就使增至百万，亦所不惜。”岁币亦人民膏血，奈何视若粪土？利用唯唯而退。寇准闻这消息，召利用至幄，正色与语道：“敕旨虽许多给岁币，我意不得过三十万，你若多许，我当斩汝首级，你休后悔！”寇准好刚使气，可见一斑。利用暗暗伸舌，随答道：“少一些，好一些，利用岂有不知？”当下辞别寇准，径往敌营。

契丹政事舍人高正始接着，即向前问道：“和议如何？”利用道：“岁币或可酌给，土地万难如议。”正始道：“我等引众前来，无非图复故地，若止得金帛归去，如何对付国人？”利用道：“君为大臣，也应为国家熟计，倘贵国执政，信用君言，恐兵连祸结，也非贵国利益，请君熟思！”正始无词可驳，倒也默然。利用入见萧太后，萧太后尚坚执前议，利用仍然拒绝，乃留利用暂驻营中，另遣监门卫大将军姚东之，再持书至宋营，复议和款。真宗不许，东之乃去。萧太后始再召利用，磋商和议，两国境界如旧，宋廷每岁给契丹银十万两，绢二十万匹。契丹国主，以兄礼事宋帝。议既定，利用返报真宗，真宗很是喜慰。减去七十万，如何不乐？复遣李继隆往契丹军，签定和约。契丹也遣使丁振，赍缴盟书，再命姚东之来献御衣食物。真宗御行营南楼，赐宴契丹来使，并及从官。至契丹使去，颁诏边吏，不得出兵邀契丹军归路。契丹主遂奉萧太后，引众北归，真宗也自澶州回京，录契丹盟书，颁告两河诸州。

转眼间已是景德二年，正月初旬，因契丹讲和，大赦天下，放河北诸州强壮归农。毕士安请通互市，葺城池，招流亡，广储蓄，一面择要任将，保荐马知节守定州，杨延昭守保州，李允则守雄州，孙全照守镇州，此外尚有数人，名不胜述。自是河北大定，烽燧不惊。朝议复以南北修和，未免有往

来庆吊诸仪，特奏设国信司，归内侍职掌。外交大事，如何领以奄人？既而遣太子中允孙仅，北往契丹，贺萧太后生辰，所具国书，自称南朝，号契丹为北朝。直史馆王曾上言：“春秋外夷狄，爵不过子，今只从他国号，于他无损，于我有名，何必对称两朝？”所言甚当。真宗也以为然。嗣又有人谓：“既称兄弟，应作两朝称呼，庶较示亲睦”云云，乃仍用原书赍去。真宗实无定见。此后南北通问，概用南北朝相称，已兆南渡之机。这也不在话下。

且说知天雄军王钦若，因南北通好，奉诏还京，仍任参知政事。钦若以与准不协，迭请解职，乃命冯拯代任，改授钦若为资政殿学士。未几，毕士安病殁，唯准独相。准性刚直，赖士安曲为调停，澶州一役，政策虽多出自准，但也幸有士安襄助，因得成功。真宗谓士安饬躬畏谨，有古人风，因此深信不疑。士安殁后，赐谥文简，车驾哭临，辍朝五日。准因士安已殁，一切政令，多半独断独行，每当除拜官吏，辄不循资格，任意选用，僚属遂有怨言。真宗因他有功，累加优待，就是他语言挺撞，也尝含忍过去。一日会朝，准奏事侃侃，声彻大廷，真宗温颜许可。及准既奏毕，当即趋退，真宗目送准出，注视不已。适王钦若在朝，亟趋前跪奏道：“陛下敬准，是否因准有社稷功？”真宗点首称是。钦若又道：“澶州一役，陛下不以为耻，乃反目准为功臣，臣实不解。”真宗愕然问故？钦若又道：“城下乞盟，《春秋》所耻，澶州亲征，陛下为中国天子，反与外夷作城下盟，难道不是可耻么？”宋儒专尚《春秋》，钦若特举以为证，果足摇动帝心。真宗不禁变色。钦若见已入彀，索性逼进一层，更申奏道：“臣有一句浅近的譬喻：譬如赌博，输钱将尽，倾囊为注，这便叫作‘孤注一掷’，陛下乃准的孤注，岂不危甚？幸陛下量大福弘，才得免败。”真宗面颊发赤道：“朕今知道了。”着了道儿。钦若乃退。由是真宗待准，礼意日衰，嗣竟罢准为刑部尚书，出知陕州。准亦知为钦若所谗，奈诏命难违，只好启程赴陕。适知益州张咏，自成都还京，道过陕州，准出郊迎饯，欢宴竟日。临行时，准问咏道：“君治蜀有年，政绩卓著，准方愧慕得很，敢问何以教准？”咏徐答道：“这也未免太谦了。但《霍光传》却不可不读。”准闻言，一时莫明其妙，只得答了“领教”二字。及咏已辞去，准还署中，取《汉书·霍光传》随读随思，读至不学无术一句，不由的自笑道：“张公语我，想便指此语了。”准并非无术，实是少学。未几，复徙知天雄军。契丹使过大名，与准相会，出言讯准道：“相公望重，

何故不在中书？”准答道：“我朝天子，因朝廷无事，特遣我到此，执掌北门管钥，你何必多疑！”此语却是得体。契丹使方才无言，竟赴汴都去了，这且慢表。

且说真宗罢准后，用参政王旦代任。旦，大名人，器量宏远，有宰相器，当时称为得人。唯真宗为钦若所惑，尚以澶州修好，引为己辱，平居怏怏不乐。钦若窥伺意旨，特至内廷奏请道：“陛下欲发扬威武，须用兵进取幽、蓟，才可得志。”明知真宗厌兵，特进一步探试。真宗道：“河北生民，方免兵革，朕何忍再行动兵？须另图别法。”钦若道：“陛下既不忍劳师，不如仿行封禅，或可镇服四海，诧示外国。但自古以来，封禅应得天瑞，必有世上罕见的瑞征，方足服人。”真宗道：“天瑞哪可必得？”钦若旁顾左右，似有不敢遽言的形状。真宗喻意，命左右暂退。钦若方申奏道：“天瑞原不可必得，前代多用人力造成，但教人主尊信崇奉，便足明示天下。陛下以为河图洛书，真有此事么？圣人神道设教，特借此诱服天下呢！”钦若毕竟聪明。真宗沉思片刻，复道：“王旦恐未必赞成哩。”钦若道：“圣意若果决定，臣当转告王旦，嘱他遵行。”真宗随即点首。钦若遂退，自与王旦密商去了。越日，又入内复命，报称旦已遵旨，真宗倒也欣慰。及钦若去后，辗转图维，尚觉心下不安，当下亲幸秘阁，直学士杜镐等迎驾叩首。镐年已老，为学士首列，真宗骤问道：“古所谓河出图，洛出书，曾否实有此事？”镐未明上意，竟率尔奏对道：“这恐是圣人神道设教呢！”好似钦若教他？真宗听到此语，便不复问，即命驾还宫。越日，召王旦至内廷，特别赐宴。宴毕，旦起谢，真宗又另赐一樽，亲给王旦道：“此酒极佳，卿可持去，归与妻孥共饮。”旦不敢不受，急忙跪接酒樽，拜赐而退。及归家，见樽口封得甚固，启封审视，并不是什么美酒，乃是宝光闪烁，粒粒似豆的珍珠。当下想了一会，即命眷属收藏，后经家人泄言，方知此事。

至景德五年正月，皇城司奏言守卒涂荣，见左承天门南鸱尾上，有黄帛曳着，约长二丈，为此奏闻。真宗即命中使往视，一面顾语群臣道：“去冬十一月间，庚寅日夜半，朕方就寝，忽室中烨烨有光，朕深惊讶，蓦见一神人星冠绛衣，入室语朕，谓来月宜就正殿建黄箓道场一月，当降天书大中祥符三篇，朕正欲起对，不意这位神人，竟不见了。朕自十二月朔日，已虔诚斋戒，在朝元殿建设道场，伫待天贶，因恐宫廷内外，反启疑言，所以

未曾宣布。目今帛书下降，敢是果邀天贶么？”一派鬼话。钦若即出奏道：“陛下至诚格天，应该上邀天眷。”真宗喜形于色，待了一刻，见中使驰回复命，匆匆跪奏道：“承天门上，果有帛书，约长二丈许，缄物如书卷，外用青缕缠住，封处隐隐有字。”真宗竦然道：“这莫非天书不成？”王旦等齐集殿阶，再拜称贺。真宗复道：“这须由朕亲往拜受呢。”言毕，即步出殿阶，直抵承天门。百官尽行随着，仰瞻门上，那黄帛正随风飘荡，摇曳空中。真宗望空再拜，拜毕，即遣二内侍升梯上登，敬谨取书，下授王旦。旦捧书跪呈，真宗复再拜受书，亲置舆中，导至道场，命知枢密院事陈尧叟启帛书。帛上有文云：“赵受命，兴于宋，付于昚，居其器，守于正，世七百，九九定。”真宗又向书跪拜，书中又有黄字三幅，语类《洪范》、《道德经》。前言帝能以至孝至道绍世，次谕以清净简俭，末述世祚延永的大意。陈尧叟捧书读讫，真宗重复跪受，仍将原帛裹书，贮诸金匮。群臣入贺崇政殿，真宗与辅臣，皆茹斋戒荤，遣官告天地宗庙社稷，大赦改元，以大中祥符为年号，遍宴群臣，并赐京师酺五日，改左承天门为承天祥符，置天书仪卫扶持使，遇有大礼，即命宰执近臣，兼任是职。嗣是陈尧叟、陈彭年、丁谓、杜镐等，更争言祥瑞，附和经义。独龙图阁待制孙奭上言道：“天何言哉？岂有书也？”两语括尽诈欺。真宗不答。越数日，宰相王旦等，复率文武百官诸军将校官吏藩夷僧道耆寿共二万三千二百余人，上表请真宗封禅，真宗未决。表至五上，强奸民意，已兆于此。乃召权三司使丁谓，入问经费。谓答言大计有余，因决议封禅，命翰林太常详定仪注，任王旦为大礼使，王钦若等为经度制置使，冯拯、陈尧叟分掌礼仪，丁谓计度粮草，大家不胜忙碌，差不多举国若狂，足足筹议了好几月。乃命钦若东行，赴泰山预备封禅。钦若抵乾封，遣使驰奏：“泰山有醴泉出，锡山泰山下小山。有苍龙现。”未几，又报称天书下降，遣中使驰捧诣阙。正是：

逢恶罪深逾长恶，欺人术尽且欺天。

这天书再降何处，由小子下回叙明。

澶渊修和，本出真宗本意，观其在道逗留，望敌惊心，一若身临虎口，慄慄

危惧。赖寇准力请渡河，敌气少沮。化干戈为玉帛，得以振旅还京，此非寇公之功，乌能至此？王钦若乃以孤注之言，肆其谗间，木朽虫生，仍由真宗胆怯之所致耳。迨至天书下降，举国若狂，欺人欺天，不值一笑。钦若小人。不足深责，王旦名为正直，乃以钦若一言，美珠一樽，竟箝其口，后且力请封禅，冒称众意，利令智昏，固如此哉！读毕为之三叹！

第二十四回　孙待制空言阻西幸
刘美人微宠继中宫

却说王钦若抵乾封后，再上天书，据言："有木工董祚，在醴泉亭北，见黄帛曳林木上，帛中有字，苦不能识，因辗转告至臣处。臣遣人觇视，与前时所降天书相似，因特敬谨取奉阙下"云云。真宗御崇政殿，传集群臣，朗声宣谕道："朕五月丙子夜间，复梦前日的神人，入室告朕，说是来月上旬，当在泰山颁降天书，朕即密谕钦若，留心稽察，今果与梦兆相符，降书泰山。上天眷佑，可谓特隆。唯朕自愧无德，恐不能仰答天庥呢。"这种天书，虽千万册不难立致，真宗说是自愧无德，我想他宣谕时，正恐不免面赤哩。宰相王旦，又率百官拜贺道："圣德日增，天无不应，臣等不胜庆幸呢。"真宗欣然道："这也仗卿等辅弼的功劳。"上欺下，下罔上，真会捣鬼。说罢，又迎奉天书至含芳园，就正殿上面庋阁，一面斋戒沐浴，谨备法驾，诣殿拜受。仍命这位知枢密院事陈尧叟，启封宣读。百官敛足恭听，但闻尧叟读着道："汝崇孝奉，育民广福，锡尔嘉瑞，黎庶咸知。秘守斯言，善解吾意。国祚延永，寿历遐岁。"读讫，复捧书升殿，百官遂表上尊号，称真宗为崇文广武仪天尊道宝应章感圣明仁孝皇帝。既而敕建玉清昭应宫，虔奉天书。知制诰王曾，都虞侯长旻，上书谏阻，均不见报。到了孟冬，真宗至泰山封禅，用玉辂载着天书，先行登途，自备卤簿仪卫，随后出发。途中历十七日，始至泰山。王钦若迎谒道旁，献上芝草三万八千余本，倒也亏他采办。真宗慰劳有加。复斋戒三日，才上泰山，道经险峻，降辇步行。总算虔心。享祀昊天上帝，左陈天

书，配以太祖、太宗，命群臣把五方帝及诸神于山下封祀坛。礼成，出金玉匮函封禅书，藏置石感。音感，石箧也。真宗再巡视圜台，然后还幄，王旦复率从官称贺。翌日，禅祭皇地祇于社首山，如封祀仪。王钦若等连上颂词，什么彩霞起岳，什么黄云覆辇，什么瑞霭绕坛，什么紫气护幄，还有日重轮，月黄色，说得天花乱坠，弄假成真。真宗即御朝觐坛中的寿昌殿，受百官朝贺，上下传呼万岁，振动山谷。有诏大赦天下，文武进秩，令开封府及所过州郡，考选举人，赐天下酺三日。改乾封县为奉符县，大宴穆清殿，又宴泰山父老于殿门，真个是皇恩浩荡，帝泽汪洋。句中带刺。

过了数日，转幸曲阜，谒孔子庙，酌献再拜，命近臣分奠七十二弟子，加谥孔子为玄圣文宣王，饬此后祭用太牢。真宗复率从臣，游览孔林，到了兴尽思归，乃下诏回銮，仍用玉辂载奉天书，按驿还都。钦若护驾西归，更联合一班媚子谐臣，朝奏符瑞，暮颂功德，惹得真宗堕入迷团，自以为五帝三王，不过尔尔。丁谓又上封禅祥瑞图，揭示朝堂，于是东封不足，复议西封。可巧徐、兖大水，江、淮亢旱，无为烈风，金陵大火，各处灾祲，接连入报，这也可作符瑞。乃把西岳封禅，暂行停办。越年余，中外稍稍安靖，再将旧事提起，由群臣表请西祀汾阴，有旨准奏，定期来春西幸，所有典礼各使，免不得仍用熟手。嗣陕州奏称黄河清，集贤院校理晏殊献河清颂，真宗亲制奉天庇民述，宣示相臣。转眼间冬尽春来，命群臣戒备祭仪，毋得懈怠。适值京畿大旱，谷米腾贵，龙图阁待制孙奭，毅然上疏道：

臣闻先王卜征五年，岁习其祥，祥习则行，不习则增，修德而改卜。陛下始毕东封，更议西幸，殆非先王卜征五年慎重之意，其不可一也。夫汾阴后土，事不经见，昔汉武帝将封禅，故先封中岳，祀汾阴，始巡幸郡县，遂有事于泰山。今陛下既已东封，复欲幸汾阴，其不可二也。古者圜丘方泽，所以郊祀天地，今南北郊是也。汉初承秦，唯立五畤以祀天，而后土无祀，故武帝立祠于汾阴。自元成以来，从公卿之议，遂徙汾阴于北郊，后之王者多不祀汾阴。今陛下已建北郊，乃舍之而远祀汾阴，其不可三也。西汉都雍，去汾阴至近，今陛下经重关，越险阻，轻弃京师根本，而慕西汉之虚名，其不可四也。河东唐王业之所由起也，唐又都雍，故明皇闲幸河东，因祀后土。圣朝之兴，事

与唐异，而陛下无故欲祀汾阴，其不可五也。昔者周宣王遇灾而惧，故诗人美其中兴，以为贤主。比年以来，水旱相继，陛下宜侧身修德，以答天谴，岂宜下徇奸回，远劳民庶，盘游不已，忘社稷之大计，其不可六也。夫雷以二月启蛰，八月收声，育养万物，失时则为异。今震雷在冬，为异尤甚。此天意丁宁以戒陛下，而反未悟，殆失天意，其不可七也。夫民，神之主也，是以圣王先成民而后致力于神。今国家土木之工，累年未息，水旱荐沴，饥馑居多，乃欲劳民事神，神其享之乎？其不可八也。陛下必欲为此者，不过效汉武帝、唐明皇巡幸所至，刻石颂功，以崇虚名，夸示后世尔。陛下天资圣明，当慕二帝三王，何为下袭汉、唐之虚名？其不可九也。唐明皇以嬖宠奸邪，内外交害，身播国危，兵交阙下，忘乱之迹如此，由狃于承平，肆行非义，稔致祸败。今议者引开元故事以为盛烈，乃欲倡导陛下而为之，臣窃为陛下不取，其不可十也。臣言不逮意，陛下以臣言为可取，愿少赐清问，以毕臣说，臣不胜翘首待命之至。

真宗览奏，因他有少赐清问一语，即召内侍皇甫继明，传旨再问，教他尽情说来。孙奭乃再上陈道：

陛下将幸汾阴，而京师民心匆宁，江、淮之众，困于调发，理须镇安而矜存之。且土木之工未息，而夺攘之盗公行，外国治兵，不远边境，使者杂至，宁可保其心乎？昔陈胜起于徭役，黄巢出于凶饥，隋炀帝勤远略，而唐高祖兴于晋阳。晋少主惑于小人，而耶律德光长驱中国。陛下俯从奸佞，远弃京师，涉仍岁荐饥之墟，修违经久废之祠，不念民疲，不恤边患，安知今日戍卒无陈胜，饥民无黄巢？枭雄将无窥伺于肘腋？外敌将无观衅于边陲乎？先帝尝议封禅，寅畏天灾，寻诏停寝。今奸臣乃赞陛下，力行东封，以为继承先声。先帝尝欲北平幽、朔，西取继迁，大勋未集，用付陛下，则群臣未尝献一谋，划一策，以佐陛下继先帝之志者，反务卑词重币，求和于契丹，蹙国縻爵，姑息于继迁，曾不思主辱臣死为可戒，诬下罔上为可羞。撰造祥瑞，假托鬼神，才毕东封，便议西幸，轻劳车驾，虐害饥民，冀其无事往还，便谓

成大勋绩。是陛下以祖宗艰难之业，为奸民侥幸之资，臣所以长叹而痛哭也。夫天地神祇，聪明正直，作善降之祥，作不善降之殃，未闻专事笾豆簠簋，可邀福祥。《春秋》传曰：“国之将兴听于民，将亡听于神”，臣愚非敢妄议，唯陛下终赐裁择！

真宗看到此疏，亦知孙奭是个忠臣，但一种虚夸的念头，已是萦绕胸中，无从解脱，因此将两疏留中，束诸高阁。

仲春吉日，乘着天气晴和，启銮西幸，仍奉天书发京师，出潼关，渡渭河，遣近臣祀西岳，遂进次宝鼎县。汉称汾阴。奉祀后土城祇，一切礼仪，略与前等。余如赏功赦罪，颁宴赐脯，亦与前例相同。迭召隐士李渎、刘巽、郑隐、李宁见驾，渎托言足疾，不愿逢迎。隐与宁总算到来，受赐茶果粟帛，仍讫请回山。唯巽受职为大理评事。还次阌乡，召见道士柴又玄，问他无为要旨。又玄略陈数语，不甚称旨，便即令退。及抵陕州，又遣陕令王希，征召隐士魏野，野亦托疾不至。先是咸平五年，张齐贤闻京兆隐士种放名，奏请征命。真宗准奏往征，放即诣京师，受官左司谏，直昭文馆。后来东封西祀，无不随从，时论颇加鄙薄。至李渎、魏野，并辞不至，名盛一时。渎与野本相友善，均遁迹终身，及野殁，渎痛失良友，隔六日亦卒，尤觉奇异。还有杭州隐士林逋，终身不娶，隐居西湖，结庐孤山，妻梅子鹤。真宗料他高节，不肯就征，但赐他粟帛。逋至仁宗时乃殁，临终时口吟自挽诗，有“茂陵他日求遗稾，犹幸曾无封禅书”二语，传诵远迩，众口皆碑，这也不在话下。实是褒扬高节。

唯西封以还，尚有余岳未封，再遣向敏中为五岳奉册使，加上五岳帝号，并作会灵观奉祀五岳，一面任王钦若为枢密使，擢丁谓参知政事。另用林特为三司使，三人互相勾结，专言符瑞，经度制置副使陈彭年，素性奸媚，绰号九尾狐，与内侍刘承珪，也阴通声气，广修宫观，朝中目为五鬼。承珪又奏言：“汀州王捷，在南康遇一道人，自言姓赵，讳玄朗，即司命真君，授捷丹术，及小镮神剑，既而不见，因此上闻。”真宗即召捷入朝，授官左武卫将军，赐名中正。廷臣均不胜惊异，真宗却语辅臣道：“朕尝梦神人传玉皇命，谓令朕始祖赵玄朗，授朕天书。次日，复梦神人传圣祖言云，吾座西偏，应设六位候着。朕乃命在延恩殿设道场，五鼓一筹，果闻异香。

俄顷，黄光满殿，圣祖竟至。朕再拜殿下，嗣复有六人到来，各揖圣祖，一一就坐。圣祖命朕道：‘我乃人皇九人的一人，是赵氏始祖，再降为轩辕皇帝。后唐时复降生赵氏，今已百年，愿汝后嗣，善抚苍生，毋怠前志。’说毕，各离座乘云而去。王捷所遇，想即这位圣祖了。”愈造愈奇。王旦等不敢指驳，只黑压压的跪在一地，齐声称贺，因颁诏天下，避圣祖讳，“玄”应作“元”，“朗”应作“明”，载籍中如遇偏讳，应各缺点画。寻复以“玄”“元”二字，声音相近，改“玄”为“真”，“玄武”为“真武”，命丁谓等修订崇奉仪注，上圣祖尊号曰：“圣祖上灵高道九天司命保生天尊大帝。”圣母懿号曰：“元天大圣后。”敕建景灵宫太极观于寿邱，奉圣祖圣母，并诏建康军铸玉皇圣祖、太祖、太宗尊像，授丁谓为奉迎使，迎像入玉清昭应宫。真宗又亲率百官郊谒，再命王旦为刻玉使，王钦若、丁谓为副，把天书刻隶玉籍，谨藏宫中。此后玉清昭应宫祀事，均归王旦承办，即赐他一个官名，叫作玉清昭应宫使。《纲目》于王旦病殁，特书玉清昭应使王旦卒，故本编亦特别提出。王旦虽自觉可笑，但帝命难违，也只得随来随受罢了。这是寓褒于贬之笔。

且说真宗皇后郭氏，谦约惠下，性疾侈靡。族属入谒禁中，服饰稍华，即加戒勖。母家间有请托，未尝允诺。以此真宗亦颇加敬礼，素无间言。景德四年，从真宗幸西京，拜谒诸陵，途中偶冒寒气，还宫寝疾，竟致不起。及崩，谥曰章穆。宫中尚有数嫔，最邀宠眷的要算刘德妃，次为杨淑妃。这位刘德妃的履历，不甚明白，她本随一蜀人龚美，流至京师。龚美素业锻银，自导妃入都后，仍执旧业，不知如何得识内侍，出入宫邸。是时妃年尚只十五，生得巧小玲珑，纤秾秀媚，兼且有一种特技，善能播鼗。鼗本寻常小鼓，没甚可听，偏经她纤手摇来，音韵悠扬，别具节奏。在色不在鼗。内侍等遇着闲暇，辄往听鼗，渐渐的哄动都下，连襄邸中也得闻知。真宗尚未为太子，年少好奇，即带着侍役，微服往游。既至龚美寓中，睹着这位刘美人芳容，已是目眩心迷，暗暗称赏；及令她播鼗，果然声调铿锵，比众不同。刘亦知真宗不是常人，除运动灵腕外，免不得有眉传目语的情形，惹得真宗心猿意马，一经还邸，便令侍役召入，作为侍女。当下问明籍贯，据说是：“先家太原，后徙益州，祖名延庆，曾在晋、汉间做过右骁卫大将军。父名通，即在宋朝做过虎捷都指挥使，因从征太原，中道病殁。时女尚在襁褓，因家世廉洁，向无余资，不得不鞠养外家。会因舅氏等相继去世，只剩表

兄龚美，素业贱工，餬口四方，是以随徙至此。”话虽如此，未足尽信。她一面说，一面含着悽切态度，越觉楚楚可怜。看官！你想这真宗年当好色，怎肯将她轻轻放过？况这刘美人心灵手敏，乐得移篙近舵，图个终身富贵。洛皋解珮，幸遇陈思，神女行云，巧逢楚主。两下里相怜相爱，几似胶漆粘合，熔成一对鸾凤交。偏真宗乳母秦国夫人，秉性严整，看他两小无猜，料有情弊，遂乘间入白太宗。太宗即传入真宗，当面训责，令他斥逐刘女。真宗不得已，遣女出邸，潜置王宫指使张耆家。老婆子太不解事，几乎拆散鸳鸯。到了真宗即位，大权在握，当即召入宫中，封为美人。名称其实。破镜重圆，钟情倍甚。那美人确系聪明，对着那郭皇后，侍奉殷勤，就是与同列杨氏，亦和好无嫌，因此宫中相率称诵。未几进位修仪，且因她终鲜兄弟，即以龚美为后兄，令改姓刘，赐给官秩。银匠也交运了。先是郭后连生三子，长名禔，次名祐，又次名祇，皆蚤殇。杨氏生子祉祈，又皆夭逝。真宗望子心切，又选纳沈女为才人。沈氏本宰相沈伦孙女，父名继忠，亦曾任光禄卿。就是杨氏祖籍，亦尝通显，她本是天武副指挥使杨知信侄女，比刘氏先入襄邸，刘封修仪，杨亦封修仪。至郭后已崩，刘、杨名位相埒，均有嗣袭中宫的希望。沈才人虽是后进，但系将相后裔，望重六宫，却也是一个劲敌。刘氏外表谦和，内怀刻忌，日思产一麟儿，借得后位，怎奈熊罴不梦，祷祀无灵，只好想了一条以李代桃的计策，暗中授意李侍儿，令司御寝，按天里叠被铺床，抱衾送枕。也是真宗命该有子，竟要她侍寝当夕。春风一度，暗结珠胎。一日，随真宗临幸砌台，狭小金莲，稍被一绊，那头上玉钗，竟致震落。李不觉失色，真宗暗地卜祷，钗完当生男子。及左右拾钗进奉，果得不毁。真宗甚喜，既而果产一男，取名受益，就是后日的仁宗皇帝。李以是得封才人。刘氏取受益为己子，且商诸杨氏，合同保护，一面密嘱心腹，只说皇嗣为自己所生，不得泄漏外廷，一面悄语真宗求请立后。真宗本宠爱得很，当然言听计从，遂册刘氏为德妃，并召谕群臣，将立刘为继后。忽有一人出班跪奏道：“不可不可！”正是：

蛾眉已博君王宠，鲠骨难移主上心。

欲知何人谏阻，且看下回表明。

东封西祀，全是瞎闹，不特无益而已，其劳民费财，尤不胜言。当时唯孙奭二疏，最是剀切，真宗明知其忠而不见从，盖理欲交战于胸中，烛理未明，卒为私欲所胜耳。彼刘美人以色得幸，专宠后宫，亦何尝不自私欲所致乎？幸刘氏有吕武之才，无吕武之恶，其事郭后也以谨，其待杨妃也以和；即宫中侍儿，得幸生子，饰为己有，迹近诡秘，但上未敢欺罔真宗，下未忍害死李侍，第不过借此以攫后位，希图尊宠，狡则有之，而恶尚未也。然后世已深加痛嫉，至有狸奴换主之讹传，归罪郭槐，归功包拯，捕风捉影，全属荒唐。宣圣所谓恶居下流者，其信然耶？本书褒不虚褒，贬不妄贬，足与良史同传不朽，以视俗小说之荒谬不经，固不啻霄壤之别矣。

第二十五回　留遗恨王旦病终　坐株连寇准遭贬

却说真宗欲立刘氏为后，有一大臣出班奏道："刘妃出身微贱，不足母仪天下。"观此言，益知刘妃履历，不足取信。真宗视之，乃是翰林学士李迪，便不觉变色道："妃父刘通，曾任都指挥使，怎得说是微贱？"言甫毕，又有参知政事赵安仁出奏道："陛下欲立继后，不如沈才人出自相门，足孚众望。"真宗道："后不可以僭先。且刘妃才德兼全，不愧后仪，朕意已决，卿等毋庸多渎！"李、赵两人，碰得一鼻子灰，只好告退。真宗即命丁谓传谕杨亿，令他草诏册后。亿有难色，谓语道："勉为此文，不忧不富贵。"亿听了此语，竟摇首道："如此富贵，却非所愿，请公改谕他人。"气节可嘉。谓乃命他学士草制，竟册刘为后，并晋授杨修仪为淑妃，沈才人为修仪，李才人为婉仪，所有典礼，概从华赡。刘氏既正位中宫，更留心时事，旁览经史，每当真宗退朝，阅天下章奏，辄至夜半，后侍坐右侧，得以预览，所见皆记忆不忘。真宗有所疑问，她即援古证今，滔滔不绝，因此愈得帝欢，渐渐的干预外政了。

真宗仍谈仙说怪，祈神祷天，闻亳州有太清宫，奉老子像，遂加号老子为太上老君，混元上德皇帝，亲往朝谒，又是一番铺张。且改应天府为南京，即宋州。太祖旧藩归德军在宋州，因改名应天府，至是复改称南京。与东西两京，并立为三。敕南京建鸿庆宫，奉太祖、太宗圣像。真宗亦亲去巡阅，相度经营。至还宫后，正值玉清昭应宫告成，修宫使就是丁谓。起初预估年限，应

历十五年，方得竣工，真宗嫌时过迟，拟缩短期限，丁谓乃令工役日夕并营，七年乃就。凡二千六百一十楹，制度弘丽，金碧辉煌。内侍刘承珪，助谓监工，屋宇略不中式，便令改造，造好复拆，拆后复造，不知费了若干国帑，才算造成。宫中建一飞阁，高可插天，名曰宝符，贮奉天书。复仿真宗御容，铸一金像，侍立右侧。真宗亲制誓文，刻石置宝符阁下。张咏自益州还京，入直枢密，至是忍耐不住，上疏言："贼臣丁谓，诳惑陛下，劳民伤财，乞斩谓头，悬诸国门，以谢天下！然后斩咏头置丁氏门以谢谓。"数语传诵都下，偏真宗信任丁谓，竟命他出知陈州，未几遂殁，寻谥忠定。他如太子太师吕蒙正，司空张齐贤等，俱先后凋谢。吕谥文穆，张谥文定。不忘老成人。王旦亦衰迈多疾，累请致仕，奈因真宗不许，只好虚与委蛇。他本智量过人，明知真宗所为，不合义理，但已被五鬼挟持，没奈何随俗浮沉。合则留，不合则去，奈何同流合污？先是李沆为相，尝取四方水旱盗贼等事，奏白殿廷。旦方参政，以为事属琐屑，不必多渎。沆笑道："人主少年，当令知四方艰难，免启侈心，否则血气方刚，不留意声色犬马，即旁及土木神仙，我已老，不及见此，参政他日，或见及此事，应回忆老朽哩。"及沆殁，果然东封西祀，大营宫观，旦欲谏不能，欲去不忍，尝私叹道："李文靖不愧圣人，所以具有先见，我辈抱愧多多哩！"李沆殁谥文靖，故称作李文靖。嗣见五鬼当朝，老成迭谢，乃密白真宗，请仍召用寇准。真宗乃召准入京，命为枢密使。准因三司使林特，党附儉壬，辄加沮抑。特遂暗加谮诉，惹得真宗动恼，召语王旦道："准刚忿如昔，奈何？"旦复奏道："准喜人怀惠，又欲人畏威，这是他的短处。但本心仍是忠直，若非仁主，确是难容。"真宗默然，嗣竟出准为武胜军节度使，判河南府，徙永兴军。

至祥符九年残腊，真宗又拟改元，越年元旦，遂改元天禧，御驾亲诣玉清昭应宫上玉皇大帝宝册衮服。翌日，上圣祖宝册。又越数日，谢天地于南郊，御天安殿受册号，御制钦承宝训述，颁示廷臣，命王曾兼会灵观使。曾转推钦若，固辞不受。曾，青州人，咸平中，由乡贡试礼部，及廷对皆列第一。有友人向他贺喜道："状元及第，一生吃着不尽。"曾正色道："平生志不在温饱，难道单讲吃着么？"志不在小。未几，入直史馆，应二十四回。迁翰林学士，嗣擢任为右谏议大夫，参知政事。至兼职观使的诏命，毅然不受。真宗疑曾示异，当面诘问。曾跪答道："臣知所谓义，不知所谓异。"两

语说毕，从容趋退。王旦时亦在朝，暗暗点头，退朝后语僚属道："王曾词直气和，他日德望勋业，不可限量，恐我不及相见哩。"过了数日，决计辞职，连表乞休。真宗仍不肯照准，反加任太尉侍中，五日一朝，参决军国重事。旦愈不肯受，固辞新命，并托同僚代为奏白，乃将成命收回，止加封邑。但相位依然如故，旦却老病日增。应该愧悔增疾。一日，召见滋福殿，他无别人，唯旦独对。真宗见他形色甚瘦，不禁黯然道："朕方欲托卿重事，不意卿疾若此，转滋朕忧。"说着，即唤内侍召皇子出来，及皇子受益登殿，真宗命拜王旦。旦慌忙趋避，皇子随拜阶下，旦跪答毕，起言："皇嗣盛德，自能承志，陛下何必过忧。"乃迭荐寇准、李迪、王曾等数人，可任宰辅，自己力求避位。真宗乃允他罢相，仍命领玉清昭应宫使，兼职太尉，给宰相半俸。寻又命肩舆入朝，旦不敢辞，力疾入内廷。有旨命旦子王雍，与内侍扶掖进见。真宗婉问道："卿今疾亟，万一不讳，朕把这国事付与何人？"旦答道："知臣莫若君，唯明主自择。"真宗固问道："卿不妨直陈！"旦举笏奏道："依臣愚见，莫若寇准。"真宗摇首道："准性刚量狭，他尝说卿短处，卿何故一再保荐？"旦答道："臣蒙陛下过举，久参国政，岂无过失？准事君无隐，臣所以说他正直，屡行荐举。他人非臣所素知，恐臣病困，不能久侍了。"此等处不愧名相。真宗乃命掖出殿门，上舆而去。真宗终未信旦言，竟任王钦若同平章事。

钦若从前入朝，必预备奏牍数本，但伺真宗意旨，方出奏章，余多怀归。枢密副使马知节，素嫉钦若，尝在帝前顾他道："怀中各奏，何不尽行取呈？"钦若闻言，未免失色。但力言知节虚诬，知节亦抗争不屈，嗣是两人结成嫌隙，往往面折廷争。知节退见王旦，犹恨恨道："本欲用笏击死这贼，但恐惊动君上，未敢率行。此贼不去，朝廷没有宁日呢。"也是一个硬头子，所以不肯略去。真宗因两人时常争执，索性一律罢免。钦若出枢密院，知节徙为彰德留后。至此因王旦免相，复念及钦若，仍拜为枢密使，进任同平章事。钦若貌状短小，项有附瘤，时人目为瘿相，他却哓哓语人道："为了王子明，迟我十年作相。"言下尚有愠色。看官！道王子明为谁？就是王旦的表字。旦闻钦若入相，愈加悔愤，病遂加剧。真宗遣使驰问，每日必三四次，有时亲自临问，御手调药，并薯蓣粥为赐。旦无甚奏对，只说是负陛下恩。悔无及了。及弥留时，邀杨亿入室，托撰遗表，且语亿道："我忝为宰辅，

抱歉甚多，遗表中止叙我生平遭遇，感谢隆恩，并请皇上日亲庶政，进贤黜佞，庶可少减焦劳，切不可为子弟求官，徒滋后累。君系我多年好友，所以托办此事呢。”亿如言撰就，请旦自阅。旦尚窜易数语，并召子弟等入嘱道：“我家世清白，槐庭旧德，幸勿遗忘！此后当各持俭素，共保门楣，我自问尚无大过，只天书虚妄，我不能谏阻，徒自滋愧，死后可削发披缁，依僧道例殓葬，或尚可对我祖考呢。”言已，瞑目而逝。原来王旦父祐，曾事太祖、太宗，为兵部侍郎，平生颇有阴德，尝在庭中手植三槐，自言后世子孙，应作三公，故王氏称为三槐堂。旦果贵为宰相，适应父言。家人因旦有遗嘱，拟即遵行，杨亿以为不可，乃止。遗表上闻，真宗临丧哀恸，追赠太师尚书令魏国公，予谥文正，还宫后辍朝三日，录旦子弟外孙门客十数人，诸子服阕，各进一官。总算是生荣死哀，恩宠无比了。王旦任相最久，故从详述，褒贬处亦自不苟。

且说王钦若入相后，毫无建树，唯奉祀神仙，引用奸幸。王曾以先时示异，被他进谗，出知应天府。越年春季，西京讹言忽起，说有妖物似席帽，夜间飞入人家，又变作犬狼状，不时伤人。百姓相率惶恐，每夕闭户深居，挟兵自卫。渐渐的传到汴都，都下亦哗噪达旦。诏立赏格捕妖，又渐渐的传到南京。王曾令夜开里门，如有倡言妖物，立捕治罪，妖物终没有到来，民居也得归安谧。妖由人兴，人定则妖从何起？既而汴京讹言亦息。真宗以皇子渐长，自身亦常患疾，遂立皇子受益为太子，改名为祯，大赦天下。是年十月，参知政事张知白，又为钦若所排，出知天雄军。翌年为天禧三年，永兴军巡检朱能，密结内侍周怀政，诈为天书，伪降乾佑山。时寇准方判永兴，因朱能素未附己，乃将伪书上奏，有旨迎入禁中。谕德鲁宗道上言奸臣妄诞，荧惑圣聪，知河阳军孙奭，亦请速斩朱能，聊谢天下，两疏均不见从，反有诏召准还京。准奉诏即还。有门生劝准道：“先生若至河阳，称疾不入，坚求外补，乃是上策。倘或入觐，即面奏乾佑天书，不得为真，乃是中策。若再入中书，自隳志节，恐要变成下策了。”恰是忠告。准不以为然，竟入都朝见。可巧商州捕得道士谯天易，私蓄禁书，谓能驱遣六丁六甲各神。钦若坐与往来，也想借用六丁六甲么？也致免相。准即受命代任，用丁谓参知政事。准素与谓善，尝称谓为有才，是时李沆尚存，顾语准道：“此人可使得志么？”准答道：“才如丁谓，恐相公亦不能终抑呢。”沆微哂道：“他日当

思吾言。”及准三次入相，虽稍知丁谓奸邪，但向属故交，仍加礼貌。谓却事准甚谨，某夕，会食中书，准饮羹污须，谓起身代拂。准略带酒意，竟向谓戏语道：“参政系国家大臣，乃替长官拂须么？”替你拂须，还要笑他，未免不中抬举了。这一席话，说得丁谓无地自容，双颊俱赤。马屁拍错了。当时不便发作，暗中很是惭恨，因此有意倾准，时常伺隙。既而准与向敏中，均加授右仆射，准素豪侈，贺客甚多，敏中独杜门谢客，真宗遣使觇视，极力褒美敏中，不及寇准。

天禧四年，真宗忽遇风疾，不能视朝，事多决诸刘后，准引为己忧。一日，入宫请安，乘间语真宗道：“皇太子关系众望，愿陛下思宗庙重寄，传以神器，亟择方正大臣，预为辅翼，方保无虞。丁谓、钱惟演，系奸佞小人，断不足辅少主呢！”真宗道：“卿言甚是。”准乃退出。看官阅过上文，已可知丁谓奸邪，唯钱惟演未曾见过，应该补叙明白。惟演即吴越王钱俶子，博学能文，曾任翰林学士，兼枢密副使。他见丁谓势盛，与结婚姻，情好甚密，因此寇准连类奏陈。准既奉旨俞允，即密令杨亿草表，请太子监国，并欲引亿辅政，总道是安排妥当，可无变卦，一时心满意骄，竟从酒后漏言，传入谓耳。谓不觉惊诧道：“皇上稍有不适，即当痊可，奈何令太子监国呢？”当下转语李迪，迪从容答道：“太子监国，本是古制，有何不可？”谓益加猜忌，竟运动内侍，入诉刘后，只言准谋立太子，将有异图。刘后已隐怀奢望，闻着这个消息，当然忿恨，也不遑报知真宗，竟从宫中发出矫制，罢准相位，授为太子太傅，封莱国公，改任李迪、丁谓同平章事。史称真宗失记前言，因致罢准，后云罢相三黜，皆非帝意，语近矛盾，何如称为刘后矫旨，直捷了当。真宗尚莫明其妙，自恐一病不起，尝卧宦官周怀政股上，与言太子监国事。怀政出告寇准，准怅然道：“牝后预政，天子失权，教我如何摆布呢？”怀政道：“监国不成，何妨竟请太子受禅。”准不待说毕，亟摇手道：“你越说越远了。”怀政见左右无人，又密语道：“公何故这般胆小？今上明明语我，欲令太子监国，倘竟奉今上为太上皇，传位太子，我想今上亦是愿意，有什么难行呢？”准又摇手道：“内刘外丁，权焰薰天，谈何容易？”怀政奋然道：“刘可幽，丁可杀，公可复相，看怀政去干一番呢。”看事太易，奚怪无成。但怀政究系内竖，倘侥幸成事，为祸更烈，寇公奈何未思耶？准复劝阻道：“此计虽好，但事或不成，为祸不小，还请三思为是！”怀政道：“事成大家

受福，事不成有我受祸，决不牵累公等，请公勿虑！”准始终不与主张，临别时犹谆嘱小心。幸有此着，得保首领。怀政拂袖竟去。

准自怀政去后，杜门不出，唯暗侦宫廷消息。过了数日，忽闻怀政被拿下了；又越一日，怀政发枢密院审讯，竟直供不讳了。那时准捏着一把冷汗，只恐株连坐罪，随后探听确凿，只怀政一人伏法，不及他人，才稍稍放心。原来怀政秘谋，被客省使杨崇勋闻知，崇勋竟转告丁谓。谓即与崇勋微服，夤夜乘着犊车，至曹利用家计议，且欲乘此除准，利用因澶州议和时候，受准训斥，也挟有微嫌，应第二十二回。当即商定奏牍，待旦上陈。有诏捕怀政下狱，命枢密院讯问。可巧这日谳员，派着签书枢密院事曹玮，玮即曹彬子，累积战功，此时因边境安宁，入副枢密，当下坐堂讯鞫，止问怀政罪状，不愿株连。怀政亦挺身自认，毫不妄扳，于是具案复奏，罪止怀政。曹玮原是贤吏，怀政也算好汉。丁谓等大失所望，复密启刘后，拟兴大狱。适值真宗略痊，刘后不便擅行，只乘间怂恿真宗，激动怒意。真宗力疾视朝，面谕群臣，欲澈查太子情弊。群臣面面相觑，莫敢发言，独李迪上前跪奏道：“陛下有几子，乃有此旨？臣敢保太子无二心！”语简而明。真宗听了，不禁颔首，乃只命将怀政正法，随即退朝。丁谓尚不肯罢休。复与刘后通谋，讦发朱能怀政，伪造天书，由寇准欺主入陈一事。准遂遭贬为太常卿，出知相州，一面遣使往捕朱能。准受诏后，暗自太息道：“不遇大祸，还算幸事。丁谓！丁谓！你难道能长享富贵么？”因即束装出都，往就任所。谁知福不双逢，祸偏叠至，朱能竟拥众拒捕，经官军入剿，始惶惧自杀，准又连带加罪，再贬为道州司马。这种诏旨，均由刘后一人擅行，至真宗病愈以后，顾语群臣道：“我目中何久不见寇准？”仿佛做梦。左右以坐罪加贬为辞。真宗方知是刘后矫制，但唏嘘太息罢了。小子有诗咏寇莱公道：

> 臣道刚方叶利贞，只因多欲误身名。
> 河阳三尺分明在，应悔忠言不早行。

寇准既贬，丁谓益肆无忌惮了，下回续叙丁谓罪状，请看官续阅便知。

本回为王旦、寇准合传，两人皆称名相，而旦失之和，和则流；准失之刚，

刚则褊；要之皆非全才，而患得患失之心，则旦与准皆不免。旦之所以同流合污者在此，准之所以屡进屡退者，亦何尝不在此？所谓大臣者，以道事君，不可则止，旦与准若知此道，则和可也，刚亦可也，何致事后自悔，遗令披缁，阿旨求荣，坐罪迭贬耶？其余叙及诸人，贤奸不一，皆为本回之宾，然亦可因此而示优劣。通俗教育，于此寓之，固不得仅目为小说也。

第二十六回　王沂公劾奸除首恶
鲁参政挽辇进忠言

却说丁谓揽权用事，与李迪甚不相协。谓擅专黜陟，除吏多不使与闻，迪愤然语同列道："迪起布衣至宰相，受恩深重，如有可报国，死且不恨，怎能党附权幸，作自安计？"于是留心伺察，不使妄为。是时陈彭年已死，王钦若外调，刘承珪亦失势，五鬼中几至寥落，只有林特一人，尚溷迹朝班。谓欲引林特为枢密副使，迪不肯允。谓悻悻与争，迪遂入朝面劾，奏称："丁谓罔上弄权，私结林特、钱惟演，且与曹利用、冯拯相为朋党，搅乱朝事。寇准刚直，竟被远谪，臣不愿与奸臣共事，情愿同他罢职，付御史台纠正。"这数语非常激烈，惹动真宗怒意，竟命翰林学士刘筠草诏，左迁迪知郓州，谓知河南府。翌日，谓入朝谢罪，真宗道："身为大臣，如何或迪相争？"谓跪对道："臣何敢争论？迪无故詈臣，臣不得不辩。如蒙陛下特恩赦宥，臣愿留侍朝廷，勉酬万一。"居然自作毛遂。真宗道："卿果矢志无他，朕何尝不欲留卿。"谓谢恩而出，竟自传口诏，复至中书处视事；且命刘筠改草诏命。筠答道："草诏已成，非奉特旨，不便改草。"名足副实，不愧竹筠。谓乃另召学士晏殊草制，仍复丁谓相位。筠慨然道："奸人用事，何可一日与居？"因表请外用，奉命出知庐州。

既而真宗颁诏："此后军国大事，取旨如故，余皆委皇太子同宰相枢密等，参议施行。"太子固辞不许，乃开资善堂议政。看官！你想太子年才十一，就使天纵聪明，终究少不更事。此诏一下，无非令刘后增权，丁谓加

焰，内外固结，势且益危。可巧王曾召回汴京，仍令参知政事，他却不动声色，密语钱惟演道："太子幼冲，非中宫不能立，中宫非倚太子，人心亦未必归附。为中宫计，能加恩太子，太子自平安了。太子得安，刘氏尚有不安么？"先令母子一心，然后迎刃而解。惟演答道："如参政言，才算是国家大计呢。"当下入白刘后。后亦深信不疑。原来惟演性善逢迎，曾将同胞妹子，嫁与刘美为妻。银匠得配贵女，真是妻荣夫贵。因此与刘后为间接亲戚，所有禀白，容易邀后亲信。王曾不告他人，独告惟演，就是此意。

过了天禧五年，真宗又改元乾兴，大赦天下，封丁谓为晋国公，冯拯为魏国公，曹利用为韩国公。元宵这一日，亲御东华门观灯，非常欣慰。偏偏乐极悲生，数残寿尽，仲春月内，真宗又复病发，连日不愈，遣使祷祀山川，病反加剧，未几大渐，诏命太子祯即皇帝位，且面嘱刘后道："太子年幼，寇准、李迪，可托大事。"人之将死，其言也善。言至此，已不能成辞，溘然晏驾去了。总计真宗在位，改元五次，共二十六年，寿五十五岁。刘后召丁谓、王曾等入直殿庐，恭拟遗诏，并说奉大行皇帝特命，由皇后处分军国重事，辅太子听政。曾即援笔起草，于皇后处分军国重事间，嵌入一个权字。丁谓道："中宫传谕，并没有权就意思，这权字如何添入！"曾正色道："我朝无母后垂帘故事。今因皇帝冲年，特地从权，已是国家否运，加入权字，尚足示后。且增减制书，本相臣分内事，祖制原是特许。公为当今首辅，岂可不郑重将事，自乱典型么？"理直气壮。谓乃默然。至草诏拟定，呈入宫禁。刘后已先闻曾言，不便改议，就把这诏书颁示中外。太子祯即位柩前，就是仁宗皇帝，尊刘后为皇太后，杨淑妃为皇太妃。中书枢密两府，因太后临朝，乃是宋朝创制，会集廷议。曾请如东汉故事，太后坐帝右侧，垂帘听政。丁谓道："皇帝幼冲，凡事总须由太后处置，但教每月朔望，由皇帝召见群臣，遇有大政，由太后召对，辅臣议决。若寻常小事，即由押班传奏禁中，盖印颁行便了。"曾勃然道："两宫异处，柄归宦官，岂不是隐兆祸机么？"名论不刊。谓不以为然。群臣亦纷议未决。哪知谓竟潜结押班内侍雷允恭，密请太后手敕，竟如谓议颁发下来。大众不敢反对，谓很是得意。雷允恭即由是擅权，还亏王曾正色立朝，宫廷内外，尚无他变。

嗣封泾王元俨为定王，赞拜不名。元俨系太宗第八子，素性严整，毅不可犯，内外崇惮丰采，各称为八大王。俗小说中误称德昭为八大王。命丁谓为司

徒兼侍中尚书左仆射，冯拯为司空兼侍中枢密尚书右仆射，曹利用为尚书左仆射兼侍中。三人朋比为奸，谓尤骄恣。刘后因册立时候，李迪谏阻，引为深恨。谓事事欲取太后欢心，更因与寇准有嫌，索性将两人目为朋党，复添入迪、准故友，奏请一一坐罪。太后自然照允，即命学士宋绶草诏，贬准为雷州司户参军，迪为衡州团练副使，连曹玮也谪知莱州。王曾入语丁谓道："罚重罪轻，还当斟酌。"谓捻须微笑道："居停主人，恐亦未免。"曾乃不便固争。原来准在京时，曾尝将第舍假准，所以谓有此说。谓又授意宋绶，令加入"春秋无将，汉法不道"二语。绶虽不敢有违，但此外却还说得含糊。及草诏成后，谓意未足，竟提笔添入四语，看官道他什么话儿？乃是"当丑徒干纪之际，属先帝违豫之初，罹此震惊，遂致沉剧。"这种锻炼周内的文字，颁示都中。都人士莫不呼冤，也编成四句俚词道："欲得天下宁，须拔眼前丁。欲得天下好，不如召寇老。"谓不恤人言，遣使促迪速行，又令中官赍敕诣准，特赐锦囊，贮剑马前，示将诛戮状。准在道州，方与郡官宴饮，忽郡倅入报中使到来，有悬剑示威情形。郡官却不禁失色，独准形神自若，与郡官邀中使入庭，从容与语道："朝廷若赐准死，愿见敕书。"中使无可措辞，乃登堂授敕。准北面拜受，徐徐升阶，邀中使入宴，至暮乃散。中使自去，准亦即往雷州。

是时真宗陵寝，尚未告成，命丁谓兼山陵使，雷允恭为都监。允恭与判司天监邢中和，往勘陵址，中和语允恭道："山陵上百步，即是佳穴，法宜子孙。但恐下面有石，兼且有水。"允恭道："先帝嗣育不多，若令后世广嗣，何妨移筑陵寝。"中和道："山陵事重，踏勘复按，必费时日，恐七月葬期，不及遵制，如何是好？"允恭道："你尽管督工改筑，我走马入白太后，定必允从。"心尚可取，迹实专横。中和唯唯而退。允恭即日还都，进谒太后，请改穿陵穴。太后道："陵寝关系甚大，不应无端更改。"允恭道："使先帝得宜子孙，岂非较善？"太后迟疑半晌，复道："你去与山陵使商议，决定可否？"允恭乃出语丁谓。谓无异言，再入奏太后。太后才准所请，命监工使夏守恩，领工徒数万名，改穿穴道。起初掘土数尺，即见乱石层叠，大小不一。好容易畚去乱石，忽涌出一泓清水，片刻间变成小池，工徒大哗。夏守恩亦觉惊惧，不敢再令动工，即遣内使毛昌达奏闻。

太后责问允恭，并及丁谓。谓尚袒护允恭，但请另遣大臣按视。王曾挺

然愿往，当日就道。不到三日，即已回都；时已近夜，入宫求见，且请独对。太后即召曾入内。曾叩首毕，竟密奏道："臣奉旨按视陵寝，万难改移。丁谓包藏祸心，暗中勾结允恭，擅移皇堂，置诸绝地。"此是王沂公用诈处，但为锄奸计，不得不尔。太后闻言，不由的大怒道："先帝待谓有恩，我待谓亦不薄，谁知他却如此昧良。"随语左右道："快传冯拯进来！"未几冯拯进见，太后尚怒容满面，严谕冯拯道："可恨丁谓，负恩构祸，若不将他加刑，是没有国法了。雷允恭外结大臣，更属不法，你速发卫士拿下丁、雷，按律治罪！"冯拯听了此旨，几吓得目定口呆，不能置词。太后复道："你敢是丁谓同党么？"一语惊人，使冯拯无可置喙。冯拯忙免冠叩首道："臣何敢党谓？但皇帝初承大统，即命诛大臣，恐骇天下耳目，还乞太后宽容！"仍是庇护。太后听了，面色少霁，乃谕道："既这般说，且去拿问雷允恭，再行定夺。"拯乃退出，即遵旨将允恭拿下，立即讯鞫定谳，勒令自尽。邢中和一并伏罪，并抄没允恭家产，查出丁谓委托允恭，令后苑工匠造金酒器密书，及允恭托谓荐保管辖皇城司，及三司衙门书稿，并呈太后。太后召集廷臣，将原书取示，因宣谕道："丁谓、允恭，交通不法，前日奏事，均言与卿等已经议决，所以多半照允。今营奉先帝陵寝，擅行改易，若非按视明白，几误大事。"冯拯等均俯伏道："先帝登遐，政事统由丁、雷二人解决，他尝称得旨禁中，臣等莫辨虚实。幸赖圣明烛察，始知奸状，这正是宗社幸福呢？"急忙自身卸火，这是小人常态。当下召中书舍人草谕，降丁谓为太子少保，分司西京。这谕旨榜示朝堂，颁布天下。擢王曾同平章事，吕夷简、鲁宗道参知政事，钱惟演为枢密使。夷简系蒙正从子，从前真宗封岱祀汾，两过洛阳，均幸蒙正私第，且问蒙正诸子可否大用？蒙正答称："诸子无能，唯侄夷简有宰相才。"及真宗还都，即召夷简入直，累擢至知开封府，颇有政声，至是乃入为参政。宗道曾为右正言，刚直无私，真宗尝称为鲁直，故此时连类同升。王曾即请太后匡辅新君，每日垂帘听政，太后方才允行。

先是丁谓家中，有女巫刘德妙，尝相往来。德妙颇有姿色，与丁谓三子玘通奸，谓却未曾察悉，但教她托词老君，伪言祸福，借以动人。于是就谓家供老君法像，入夜设醮园中，每至夜静更深，玘往交欢，仿佛一对露水夫妻。得其所哉！雷允恭亦尝至谓家祈祷，及真宗崩后，德妙随允恭入宫，得谒太后，应对详明，谈宫中过去事，无不具知，引得太后亦迷信起来。刘后聪

颖，亦着鬼迷，况寻常妇女乎？德妙又持龟蛇二物入内，给言出谓家山洞中，当是真武座前的龟蛇二将。谓又作龟蛇颂，说是混元皇帝，赐给德妙，俗称龟蛇相交，德妙与玘通奸，应有此赐。太后亦将信将疑。至谓已坐罪，乃将德妙系狱，令内侍刑讯。德妙一一吐实，当然坐罪，并贬谓为崖州司户参军。谓子玘奸案并发，一并除名。学士宋绶，奉旨草诏，首四语即为"无将之戒，旧典甚明，不道之辜，常刑罔赦。"朝论称快。报应何速？

谓窜谪崖州，须经过雷州境内，寇准遣使持一蒸羊，作为赠品。谓领谢后，且欲见准，准固辞不见。家僮谋刺谓报仇，准不许，杜门纵家僮饮博，及谓已去远乃止。时人为之咏道："若见雷州寇司户，人生何处不相逢？"这两语传诵不衰。观过知仁，于此可见？越年，准徙为衡州司马，尚未赴任，忽患病剧，即遣人至洛中取通天犀带，沐浴更衣，束带整冠，向北面再拜，呼仆役拂拭卧具，就榻而逝。这通天犀带系太宗所赐，夜视有光，称为至宝，准因此必欲殓葬。返柩西京，道出公安，人皆路祭，插竹焚纸。逾月枯竹生笋，众因为之立庙，号竹林寇公祠。准少年富贵，性喜豪奢，往往挟妓饮酒，不拘小节。有妾蒨桃以能诗名。准殁后十一年，始奉诏复官，赐谥忠愍。丁谓在崖州三年，转徙雷州，又五年复徙道州。后以秘书监致仕，病殁光州。尚有诏赐钱十万，绢百匹，这且无庸细表。

且说乾兴元年十月，葬大行皇帝于永定陵，以天书殉葬，庙号真宗。越年改元天圣，罢钱惟演为保大节度使，知河南府，冯拯亦因疾免职。复召王钦若入都，用为同平章事。钦若复相两年，旅进旅退，毫无建白，只言："皇上初政，用人当循资格，不宜乱叙"，编成一幅官次图，献入宫廷，便算尽职，未几病逝。仁宗后语辅臣道："朕观钦若所为，实是奸邪。"少年天子，便识奸邪，仁宗原非凡主。王曾答道："诚如圣谕。"仁宗乃擢参政张智同平章事，召知河阳军张旻为枢密使。从前太后微时，尝寓旻家，旻待遇甚厚，因此得被宠命。枢密副使晏殊上言："旻无勋绩，不堪重任"，大拂太后本意。既而晏殊从幸玉清昭应宫，家人持笏后至，殊接笏后，怒击家人，甚至折齿。太后有词可借，遂遣殊出知宣州。晏殊亦太粗莽，太后实是有心。别令学士夏竦继任。竦小有才，善事逢迎，因得迁副枢密。太后称制数年，事无大小，悉由裁决，虽颇能任贤黜邪，偬不免有心专擅。一日，参政鲁宗道进谒。太后忽问道："唐武后何如？"宗道知太后命意。亟正笏直奏道："武后

实唐室罪人。”太后复问何故？宗道又申奏道：“幽嗣主，改国号，几危社稷，尚得谓非罪人么？”太后默然。嗣有内侍方仲弓，请立刘氏七庙，太后召问辅臣。大家尚未发言，宗道即出班前奏道：“天无二日，民无二王，刘氏若立七庙，将何以处嗣皇？”太后为之改容，乃将此议搁置。会两宫同幸慈孝寺，太后乘辇先发，宗道上前挽住，并抗言道：“夫死从子，古有常经，太后母仪天下，不可以乱大法，贻讥后世。”语尚未毕，太后即命停辇，待帝驾先行，然后随往。还有枢密使曹利用，自恃勋旧，气焰逼人，太后亦颇加畏重，第呼他为侍中，未尝称名。独宗道不少挠屈，会朝时辄据理与争，于是宫廷内外，赠他一个美名，叫作鱼头参政。小子有诗咏道：

赵宗未替敢尊刘，扶弱锄强弭国忧。
鲁直当年书殿壁，如公才不愧鱼头。

天不假年，老成复谢，不到数载宗道等又溘逝了。欲知后事，且看下回。

刘太后垂帘听政，多出丁谓、雷允恭之力，故丁、雷二人，得以重用，微王曾之正色立朝，恐萧墙之祸，亦所难免。或谓宋室无垂帘故事，曾何不据理力争，为探本澄源之计，乃仅龂龂于一权字，究属何补。至若准之再贬，又以居停之嫌，不复与辩，毋亦所谓患得患失者欤？不知此王沂公之通变达权，而有以徐图挽救者也。假使操切从事，势且遭黜，徒市直名，何裨国事？试观丁谓之终窜穷崖，雷允恭之卒归赐死，乃知沂分之才识，非常人所可几矣。贼臣已去，而吕、鲁等连类同升，鱼头参政，才得成名，而刘太后亦有从谏如流之美，史家或归美鲁直，实则皆沂公之功，有以致之。故本回实传颂沂公，而鲁参政其次焉者也。

第二十七回　刘太后极乐归天　郭正宫因争失位

却说天圣六年，同平章事张知白卒。越年，参知政事鲁宗道亦殁。知白，沧州人，虽历通显，仍清约如寒士，所以殁谥文节。宗道，亳州人，生平刚直嫉恶，殁谥简肃。刘太后亦亲临赐奠，称为遗直，嗟悼不置。宋史称刘为贤后，职是之故。曹利用举荐尚书左丞张士逊，入为同平章事。既而利用从子曹汭，为赵州兵马监押，偶因酒醉忘情，竟身著黄衣，令人呼万岁。事闻于朝，遂兴大狱，讷毙杖下，利用亦为内侍罗崇勋所谮，发交廷议。张士逊奏对廷前，谓："此事系不肖子所为，利用大臣，本不相与。"太后怒道："你感利用恩，应作此说。"王曾又进奏道："这事与利用无干。"太后复语王曾道："卿尝言利用骄横，今何故替他解释？"曾答道："利用素来恃宠，所以臣有微辞，今若牵连侄案，说他为逆，臣实不敢附和。"太后意乃少解，乃罢利用为千牛卫将军，出知随州。张士逊亦罢职。利用出都，复坐私贷官钱罪，安置房州。罗崇勋再遣同党杨怀敏，押利用至襄阳驿，恶语相侵。利用气愤交迫，竟至投缳自尽。原来利用自通好契丹后，以讲和有功，累蒙恩宠，平素藐视内侍，遇有内降恩典，辄力持不与，因此结怨宦官，至遭此祸。死非其罪。宋廷遂任吕夷简同平章事，夏竦、薛奎参知政事，姜遵、范雍、陈尧佐尧叟弟。为枢密副使，唯王曾任职如故。

先是太后受册，拟御大安殿，受百官朝贺，曾力言不可。及太后生日上寿，复欲御大安殿，曾又不可。太后勉从曾议，均就便殿供帐，当即了事。

太后左右姻家，稍通请谒，曾更多方裁抑。太后心滋不悦，但不好无故发作，只得再三含忍。不意天圣七年六月间，天大雷雨，电光乱掣玉清昭应宫内，竟射入一大个火团，四处爆裂，霎时间裂焰飞腾，穿透屋顶。卫士慌忙赴救，用水扑火，偏偏水入火中，好似火上浇油，越扑越猛，烈烈轰轰的烧了一夜，竟将全座琳宫玉宇，变成一片瓦砾荒场，只剩得长生崇寿二小殿，岿然尚存。天书已经殉葬，供奉处原可不必，一炬成墟，要算皇天有眼。太后闻报，传旨将守宫官吏，系狱抵罪；一面召集廷臣，向他流泪道："先帝竭尽心力，成此巨宫，一夕延烧几尽，如何对得住先帝？"枢密副使范雍抗声道："如此大宫，遽成灰烬，想是天意，非出人事，不如将长生、崇寿二殿，亦一律拆毁，倘因二殿尚存，再议修葺，不但民力不堪，就是上天亦未必默许哩。"中丞王曙，亦言是天意示戒，应除地罢祠，上回天变，司谏范讽且言："与人无关，不当置狱穷治。"乃下诏不再缮修，改二殿为万寿观，减轻守宫诸吏罪，并罢废诸宫观使。唯对着首相王曾，竟说他燮理无功，罢免相职，且令他出知青州。宋自仁宗以前，宰辅稍有微嫌，免职外迁，多为节度使，曾以首相罢知州事，乃是少见少闻，这可知刘太后的心理呢。

又过一年，仁宗年已逾冠，秘阁校理范仲淹，请太后还政。疏入不省，反将仲淹出判通州。翰林学士宋绶，请令军国大事，及除拜辅臣，由皇上禀请太后裁夺，余事皆殿前取旨。这数语又触忤太后，出绶知应天府。会仁宗改元明道，经过月余，生母李氏病剧，才由顺容进位宸妃。她自仁宗为刘后所攘，始终不发一言，平时安分自守，未尝示异。宫中咸惮刘太后，哪个敢泄漏前事；所以仁宗年龄日长，仍视刘太后为母，并不自知为李氏所生。及李宸妃殁后，刘太后欲用宫人礼治丧，移棺出外，吕夷简独入奏道："闻有宫嫔薨逝，如何未闻内旨治丧？"太后矍然道："宰相亦干预宫中事么？"夷简答道："臣待罪宰相，事无大小，均当预闻。"太后不悦，遽引帝入内；须臾复出，独立帘下，怒容可掬道："卿欲离间吾母子么？"夷简不慌不忙，竟毅然奏对道："太后不顾念刘氏，臣不敢多言。若欲使刘氏久安，宸妃葬礼，万难从轻。"夷简此奏，仍是为太后计。太后性究灵敏，一闻此言，不禁点首。有司奉太后意旨，只上言本年岁月，不利就葬。夷简又道："葬即未利，殓应加厚；宫中举哀成服，择地暂殡，难道也不可行么？"太后乃语夷简道："卿且退，我知道了！"言已趋入。内侍押班罗崇勋，亦欲随进，夷简

竟将他扯住道："且慢！烦申奏太后，宸妃当用后服成殓，且把水银满盛棺内，他日勿谓夷简未曾道及，致贻后悔。"崇勋允诺，入白太后。太后令如言照行，停柩洪福寺中。

既而宫中失火，诏群臣直言阙失，殿中丞滕宗谅，秘书丞刘越，均请太后还政，借赎天谴，两疏俱不见报。翌年春季，太后欲被服天子衮冕，入祭太庙，参政薛奎进谏道："太后若御帝服，将用什么拜礼？"太后不从，竟戴仪天冠，著兖龙袍，备齐法驾，至太庙主祭。皇太妃杨氏，皇后郭氏随从。太后行初献礼，拱手上香，皇太妃亚献，皇后终献。礼毕，群臣上太后尊号，称为应天齐圣显功崇德慈仁保寿皇太后。祭毕归宫，感寒成疾。仁宗为征天下名医，诣京诊治，终归无效，逾月竟薨。年六十五，谥章献明肃。旧制后皆二谥，称制加四谥，实自刘太后为始。刘太后临朝十一年，政令严明，恩威并用，左右近侍，不稍假借，内外赐与，亦有节制。三司使程琳，尝献武后临朝图，太后取掷地上道："我不作此负祖宗事。"是鱼头参政一奏之功。漕使刘绰自京西还都，奏言："在庾储粟，有羡余粮千余斛，乞付三司！"太后道："卿识王曾、张知白、吕夷简、鲁宗道否？他四人曾进献羡余否？"绰怀惭而退。至太后晚年，稍进外家，宦官罗崇勋、江德明等，始乘间窃权，所有被服衮冕等事，多由罗、江二竖，怂恿出来。至太后弥留，口不能言，尚用手牵扯己衣，若有所嘱。仁宗在旁瞧着，未免怀疑，送终以后，出问群臣。参政薛奎即答道："太后命意，想是为着衮冕呢。若再用此服，如何见先帝于地下？"随机进言，是薛奎通变处。仁宗乃悟，遂用后服为殓。且因太后遗嘱，尊杨太妃为皇太后，同议军国重事。

御史中丞蔡齐，入白相臣道："皇上春秋已富，习知天下情伪，今始亲政，已嫌太晚，尚可使母后相继称制么？"吕夷简等终未敢决，适八大王元俨入宫临丧，闻知此事，竟朗声道："太后是帝母名号，刘太后已是勉强，尚欲立杨太后吗？"夷简等面面相觑，连仁宗都惊疑起来。元俨道："治天下莫大于孝，皇上临御十余年，连本生母尚未知晓，这也是我辈臣子，未能尽职呢。"得此一言，足为宸妃吐气。仁宗越加惊诧，便问元俨道："皇叔所言，令朕不解。"元俨道："陛下是李宸妃所生，刘、杨二后，不过代育。"仁宗不俟说毕，便道："叔父何不早言？"元俨道："先帝在日，刘后已经用事，至陛下登基，四凶当道，内蒙外蔽，刘后又讳莫如深，不准宫廷泄漏此事。

臣早思举发，只恐一经出口，谴臣尚不足惜，且恐有碍皇躬，并及宸妃。臣十年以来，杜门养晦，不预朝谒，正欲为今日一明此事，谅举朝大臣，亦与臣同一观念。可怜宸妃诞生陛下，终身莫诉，就是当日薨逝，尚且生死不明，人言藉藉呢。”《宋史·李宸妃传》，燕王入白仁宗陛下为宸妃所生。又《宗室诸王列传》，德昭、元俨各封燕王，是时当为元俨无疑。俗小说中，乃说宸妃被逐，由包拯访闻，后来迎妃还宫，刘后自尽，至有断太后打黄袍诸戏剧，种种妄诞，诬古实甚。仁宗闻言，忍不住泪眦荧荧，复顾问夷简道：“这事可真么？”夷简答道：“陛下确系宸妃诞生，刘太后与杨太妃，共同抚育，视若己子，宸妃薨逝，实由正命，臣却晓明底细，今日非八大王说明，臣亦当待时举发呢。”夷简亦多狡诈，故摹拟口吻，适肖生平。仁宗至此，竟大声悲号，即欲赴宸妃殡所，亲视遗骸。夷简复奏道：“陛下应先顾公义，后及私恩。且刘太后与杨太妃，抚养圣躬，恩勤备至，陛下亦当仰报哩。”仁宗只是哀恸，不发一言。元俨语夷简道：“杨太妃若尊为太后，李宸妃更宜尊为太后了。”夷简乃转白仁宗，仁宗略略点首，当即议定杨太妃尊为太后，删去同议军国事一语。李宸妃亦追尊为太后，谥曰章懿。一面为刘太后治丧，一面连日下诏，责躬罪己，语极沉痛。既而仁宗幸洪福寺，祭告宸妃，并易梓宫，但见妃面色如生，冠服与皇后相等，水银之效。乃稍稍心慰。还宫后私自叹息道：“人言究不可尽信呢。”自是待刘氏如故。刘美一家，应感谢夷简不置。唯召还宋绶、范仲淹，放黜内侍罗崇勋、江德明，罢修寺观，裁抑侥幸，中外称颂新政，有口皆碑。

吕夷简揣摩时事，条陈八议：（一）议正朝纲。（二）议塞邪径。（三）议禁货赂。（四）议辨佞壬。（五）议绝女谒。（六）议疏近习。（七）议罢力役。（八）议节冗费。说得肫诚恳切，语语动人。仁宗大为感动，遂召夷简入商，拟将张耆即张旻改名。夏竦、范雍、晏殊等尽行罢职。唯姜遵已殁，不在话下。夷简自然如旨。越日复入朝押班，但听黄门宣诏，除张耆等依次免职外，着末又有数语云：“同平章事吕夷简，着授武胜军节度使检校太傅，同中书门下平章事，出判陈州。”这数语似天上迅雷，不及掩耳，惊得夷简似醉似痴，不知为何事许旨，致遭此谴？一时不及问明，只好领旨告退。还第后四处探听，无从侦悉，嗣托内侍副都知阎文应密查，方知事出郭后，不觉愤恨异常。看官欲究明此事原因，由小子补叙郭后历史，以便先后贯通。郭后为平卢节度使郭崇孙女，与石州推官张尧封女，先后入宫。尧封即尧佐

弟。天圣二年，拟册立皇后，仁宗因张女秀慧，欲选正中宫，刘太后不以为然，乃改立郭后。后虽得立，不甚见亲。这次偏冤冤相凑，由仁宗步入中宫，与郭后谈及夷简忠诚，并言把从前谄附太后诸人，一并罢斥。郭后本未与夷简有嫌，独随口相答道："夷简何尝不附太后？不过机巧过人，善能应对，所以得瞒过一时呢。"却是真话。仁宗听了，不觉也动疑起来，因不令中书草制，竟手诏罢免夷简，复召李迪入相，用王随参知政事，李咨为枢密副使，王德用佥书枢密院事。

不到数月，由谏官刘涣疏陈时事，内有"臣前请太后还政，触怒慈衷，几投四裔，幸陛下纳吕夷简言，察臣愚忠，准臣待罪阙下。臣受恩深重，故不避斧钺，渎陈一切"云云。仁宗览奏，记起前事，又以夷简为忠，后言非实，因复召还夷简，再令为相。且擢刘涣为右正言。涣与夷简，明是串通一气。又命宋绶参知政事，王曙为枢密使，王德用、蔡齐为副使。夷简再入秉政，日伺后隙，可巧宫中有两美人，一姓尚，一姓杨，均邀宠眷。郭后未免怀妒，常与两美人相争。一日，后与尚氏，同在仁宗前侍谈，两语未合，又起口角。尚氏恃宠成骄，不肯让后，居然对詈起来。郭后愤极，也不管什么礼节，竟上前动手，批尚氏颊。一骄一莽，厥罪维钧。尚氏当即悲啼，后尚不肯甘休，还要再批数下。仁宗看不过去，起座拦阻，谁意郭后手已击来，尚氏闪过一旁，反中仁宗颈上，指尖锐利，掐成两道血痕。惹得仁宗恼起，诃斥郭后数语，引尚美人出还西宫。尚美人装娇撒赖，益发激动帝怒。内侍阎文应，本与夷简友善，夷简正托他寻隙，遂入奏仁宗道："寻常民家，妻尚不能凌夫，况陛下贵为天子，乃受皇后欺凌，还当了得。"仁宗半晌无言。文应又道："陛下颈上，血痕宛然，请指示执政，应该若何处置？"仁宗迭受激动，便愤然道："你去召吕宰相来！"文应通报夷简，夷简立刻趋入，向御座前请安。仁宗指示颈痕，并述明底细。夷简道："皇后太属失礼，不足母仪天下。"仁宗道："情迹殊属可恨，但废后一事，却亦有干清议。"夷简道："汉光武素称明主，为了郭后怨怼，竟致坐废，况伤及陛下颈中，尚得说是无罪么？"引东汉郭后为证，绝妙比例。大约郭家女儿，是祖传的泼辣货。仁宗乃决计废后，复与夷简商得一策，只称后愿修道，封为净妃玉京冲妙仙师，居长宁宫，并敕有司不得受台谏章奏。中丞孔道辅，与谏官范仲淹、孙祖德、宋庠、刘涣，御史蒋堂、郭劝、杨偕、马绛、段少通等，联名具疏，

入呈不纳。乃同诣垂拱殿，俯伏同声道："皇后乃是国母，不应轻废，愿待召赐对，俾尽所言。"说了数声，但见殿门紧闭，杳无消息。孔道辅忍无可忍，竟叩镮大呼道："皇后被废，累及圣德，奈何不听台臣言？"俄闻门内传旨，令至阁中与宰相答话。道辅等乃起至中书，见夷简已经待着，便语夷简道："大臣服事帝后，犹人子服事父母一般，父母不和，只可谏止，奈何顺父出母呢？"夷简道："后伤帝颈，过已太甚，且废后亦汉、唐故事，何妨援行。"道辅厉声道："大臣当导君为尧、舜，怎得引汉、唐失德事，作为法制？"夷简不答，拂袖径入。道辅等乃退去。翌日，昧爽入朝，拟留集百官，与夷简廷争。甫到待漏院，即闻有诏旨下来，略言："伏阁请对，盛世无闻，孔道辅等冒昧径行，殊失大体。道辅着出知泰州，仲淹出知睦州，祖德等罚俸半年，以示薄儆。自今群臣毋得相率请对"云云。道辅等乃嗟叹数声，奉旨而去，于是废后之议遂定。小子有诗咏此事道：

> 废后只因嫡庶争，宫廷构衅失王明。
> 当年若得刑于化，樛木何由不再赓？

郭后既废，尚、杨二美人，益得宠幸，轮流伴寝，几无虚夕，累得仁宗生起病来，下回再行分解。

刘太后生平，有功有过，据理立说，实属过浮于功。垂帘听政，本非宋制，而彼独创之；衮冕为天子之服，彼何人斯，乃亦服之。设当时朝无忠直，不善规谏，几何而不为武后耶？史官以贤后称之，过矣。八大王元俨，为仁宗叙明生母，声容并壮，岂吕夷简等可望项背？宜其传诵至今。俗小说中误为德昭，又何其谬欤？郭后误批帝颈，不为无过，然试问仁宗当日，何以宠幸二美人，致有并后匹嫡之嫌乎？夷简挟怨，同谋废后，酿成主上之过举，史犹目为贤相，抑亦过谀。经本回一一揭出，事实既真，褒贬悉当，较之读史，功过半矣。是谓之良小说！

第二十八回　萧耨斤挟权弑主母
赵元昊僭号寇边疆

却说仁宗宠幸尚、杨二美人，每夕当御，累得仁宗形神疲乏，渐就尪羸，甚至累日不能进食，奄卧龙床，蛾眉原足伐性，仁宗亦太无用。中外忧惧得很，杨太后诇悉情由，命仁宗斥退二美，仁宗含糊答应，心中恰非常眷恋，怎肯把一对解语花，驱出宫中？杨太后又面嘱阎文应，传谕仁宗，速出二美，文应朝夕入侍，说至再三，仁宗不胜絮聒，便恨恨道："你叫她去罢！"文应即唤入氈车，迫二美人出宫。二美人哭哭啼啼，不肯即行，且欲央文应替她缓颊，文应叱道："宫婢休得饶舌！"勒令登车，驱使出宫。小人得志，往往如此。翌日下诏，命尚氏为女道士，居洞真宫，杨氏别宅安置。过了月余，仁宗病体已安，乃另聘故枢密使曹彬孙女入宫。翌年，又改元景祐，立曹氏为皇后，令废后郭氏出居瑶华宫。曹后宽仁大度，驭下有方，册后以后，见仁宗体质羸弱，恐他无嗣，未免怀忧。当下密启仁宗，拟就宗室中取一幼儿，作为螟蛉。适太宗孙允让多男，允让系太宗四子，商王元份子。第十三子名宗实，年方四岁，当即取入宫中，由曹后抚养，后来就是英宗皇帝。自故后郭氏徙居后，仁宗颇加忆念，赐号金庭教主冲静元师，且遣使存问，赉给诗笺，仿古乐府体。郭氏亦和诗相答，词极凄惋。仁宗欲密召还宫，既立新后，又欲召还故后，试问将何以处置？当时何不预先审慎，乃欲出尔反尔耶？郭答来使道："若再见召，须由百官立班受册，方有面目见帝呢。"仁宗听到此语，当为难起来。阎文应尤加惶急，只恐郭后还宫，自己的性命，不能保全。会郭

有小疾，由仁宗嘱太医诊视，文应亟与太医急商，不知如何贿嘱，竟把郭氏药毙。宫人疑文应进毒，苦无实据，只得以暴卒奏闻。仁宗很是悲悼，追复后号，用礼殓葬。唯谥册祔庙的仪制，概行停止。是时范仲淹已调知开封府，劾奏文应罪状，乃谪令出外，命为秦州钤辖，后徙相州，病死途中。未几杨太后亦崩，谥章惠，祔葬永定陵，这且按下慢表。

且说契丹自与宋讲和，彼此相安无事，萧太后燕燕，不久即殁。萧氏有机谋，善驭大臣，人乐为用，每发兵侵宋，辄被甲跨马，麾旗督战。及与宋通好，安享承平，不忘武事。唯胡人素乏名节，萧后又生得英颀白皙，未免顾影自怜。辽主贤在日，常患风疾，后已抑郁寡欢，未几即成嫠妇，盛年守寡，怎能忘情？可巧东京留守韩国嗣子德让，入直朝班，貌胜潘安，才同宋玉，适中萧氏心怀，特别超擢，居然授他为政事令，总宿卫兵。他本契丹降将韩延徽后裔，骤沐厚恩，感激图报。萧氏即令他出入禁中，特赐禁脔，俾尝风味。德让本是解人，极力奉承，引得萧后心花怒放，相亲恨晚，特赐姓名为耶律隆运，拜大丞相，加封晋王。嗣主隆绪尚幼，管什么敝笱嫌疑，后来逐渐长大，亦已如见惯司空，没甚奇异，所以萧后、韩相，不啻伉俪一般。等到萧氏病殁，韩德让亦相继去世。真是一对同命鸟。契丹主隆绪，且命将德让棺椁，陪葬母旁。可谓特别孝思。

既而高丽国有内乱，主诵为康肇所弑，另立诵兄名询，契丹主兴师问罪，擒诛康肇而还。夷狄有君，不如诸夏之亡。至宋仁宗既位，契丹遣使入汴，吊死贺生。越年，契丹主大阅兵马，声言将校猎幽州。宋廷虑他入寇，拟练兵备边。同平章事张知白道："契丹修好未远，想不欲轻启衅端，今乃声言校猎，无非欲尝试我朝，我若发兵防边，反贻口实，不若托言堵河，募工充兵，他即无可借口了。"仁宗如言照行，契丹兵亦罢去。嗣辽东因契丹加税，致扰兵变，详兖大延琳，集叛兵据辽阳，僭号兴辽，改元天庆。留守萧孝先被拘，契丹主即令孝先兄孝穆，率兵往讨，扫平叛兵，获斩延琳。到了天圣九年，契丹主隆绪卒，立子宗真，尊号隆绪为圣宗。宗真系宫人萧耨斤一译作讷木谨。所生，隆绪后萧氏无出，取为己子。也学刘太后耶？隆绪疾笃，萧耨斤即骂隆绪后道："老物！福亦将享尽么？"隆绪稍有所闻，召宗真入嘱道："皇后事我四十年，因他无子，取汝为嗣。我死，汝母子切勿害她，这是至要！宋朝信誓，汝宜永守，他不生衅，终当和好，国家自可无忧了。"

宗真唯唯受命。

至隆绪已死，萧耨斤自称太后，参预国事，左右希耨斤意旨，诬隆绪后弟谋逆。耨斤派官鞫治，词连隆绪后，宗真道："先帝遗命，怎可不遵？且后尝抚育朕躬，恩勤备至，不尊为太后，反欲加她罪名，如何使得？"宗真还有良心。萧耨斤道："此人不除，必为后患。"宗真道："她既无子，又已年老，还有什么异图？"耨斤不从，竟命将隆绪后迁至上京。宗真发使至宋廷告哀，宋亦遣中丞孔道辅等，充贺册及吊祭使，南北通好，仍然照常。宋仁宗明道元年，契丹主宗真往猎雪林，太后萧耨斤竟遣中使至临潢，勒隆绪后自尽。后慨然道："我实无罪，天下共知，既令我死，且待我沐浴更衣，就死未迟。"中使也为怜惜，暂退室外。有顷入视，后已仰药自尽了。当下返报耨斤，耨斤当然欢慰。独宗真归知此事，怨母残忍，遂有违言。嗣是母子不和，心存芥蒂。过了两年，即仁宗景祐元年，萧耨斤阴召诸弟，谋废宗真，改立少子重元。偏重元入告乃兄，宗真至此，也顾不得母子之情，遂令卫卒收太后玺绶，迁耨斤居庆州，立重元为皇太弟，始亲决国政，与宋和好如初。

唯西夏主赵德明，既臣事宋朝，复臣事契丹，还算安分守己，事大尽礼。会六谷酋长巴喇济，为异族所戕，应二十二回。部众拥立巴喇济弟斯榜多为首领，斯榜多一译作斯铎督。宋廷续授他为朔方节度使。斯榜多未洽众望，或多散归吐蕃部。吐蕃本西域强国，唐时与回纥国屡寇边疆，后来两国自相侵伐，同就衰微。宋兴，两部酋先后入贡，真宗时，吐蕃部酋唃厮罗，一译作置勒斯赉。上表宋廷，请伐西夏，廷议以夏主德明，尚称恭谨，不许吐蕃往侵。唃厮罗竟入窥关中，知秦州曹玮，请兵预防。果然唃厮罗来寇伏羌寨，被曹玮率兵掩击，大败而还。唃厮罗自知势蹙，悔惧乞降。宋授唃厮罗为宁远大将军，兼爱州团练使。夏主德明，有子元昊，性极雄毅，兼多智略，常欲并吞回鹘、即回纥。吐蕃诸部，称霸西陲。嗣竟引兵袭破回鹘，夺据甘州，德明嘉他有功，立为太子。元昊且劝父叛宋，德明不从，且戒元昊道："自我父以来，连岁用兵，疲敝不堪，近三十年间，称臣中国，累沐锦衣，中国可算厚待我了，此恩怎可辜负？"元昊咈然道："衣毳氈，事畜牧，乃我蕃族特性，丈夫子生为英雄，非王即霸，奈何羡这锦衣，甘作宋朝奴隶呢？"也是石勒一流人物。既而德明病死，元昊袭位，宋遣工部郎中杨吉，册元昊袭

封西平王，并授定难军节度，夏、银、绥、静、宥等州观察，及处置押蕃落使，元昊还算拜受。契丹亦遣使册元昊为夏国王。元昊圆面高准，身长五尺有余，善骑射，通蕃汉文字，登位后大改制度，部署兵行，隐欲与宋为难。仁宗景祐元年，竟引兵入寇环庆，杀掠居民。庆州柔远寨蕃部都巡检嵬通，嵬一译作威。乘夏兵炮飏，尾后袭击，攻破后桥诸堡。元昊反借口报仇，驱兵复出，缘边都巡检杨遵，与柔远寨押监卢训，领兵七百人，前往备御，哪禁得夏兵大至，被杀得七零八落，四散奔逃。环庆都监齐宗矩，与宁州都监王文等，未知败耗，只去援应卢训。行次节义峰，骤闻胡哨乱鸣，夏兵已漫山遍野而来，宗矩不及退避，挺身与战，力竭被擒，王文等逃还。既而元昊放归宗矩，只说是双方误会，无故兴兵，现愿彼此约束云云。仁宗尚欲羁縻，颁诏慰抚，且令他兼官中书令。元昊狡诈，酷肖乃祖，仁宗姑息，亦与太宗相同，彼此可谓善绳祖武。元昊佯为听命，暗遣部将苏奴儿，一译作苏木诺尔。率兵二万五千人，往攻吐蕃，被唃厮罗诱入险地，四面围住，差不多把夏兵杀光，连苏奴儿也活擒了去。元昊闻报大怒，复领众攻陷猫牛城，转围宗哥、带星岭诸城。唃厮罗复遣部将安子罗，截击元昊归路。元昊昼夜角战，杀到好几十日，方将子罗击退，移众往攻临湟。唃厮罗坚壁不战，待元昊渡河，却用精骑杀出。夏兵猝不及防，多半溺死，元昊遁归。唃厮罗报捷宋都，有诏擢他为保顺军留后。

既而元昊转侵回鹘，夺据瓜、沙、肃诸州，疆宇日拓，气势愈张。可巧华州有二书生。一姓张，一姓吴，屡试被黜，往游塞外，闻元昊威振西陲，颇思干进，因相偕至灵州，即夏都，见二十二回。入酒家豪饮，索笔书壁道："张元、吴昊到此。"寻被逻卒拘住，见元昊，元昊怒责道："入国问讳，你两人既入我都门，难道不知避讳么？"张、吴二人齐声道："姓尚不理会，却理会这名字，未免本末倒置了。"原来元昊尚用宋朝赐姓，舍李为赵，所以二人乘机进言。果然元昊竦然起敬，亲自下堂，替他解缚，延入赐坐，询及国事。两人抵掌高谈，指陈形势，所有西夏立国规模，寇宋计划，一古脑儿倾倒出来。元昊喜出望外，遂改灵州为兴州，号西平府为兴庆府，阻河带山，负嵎自固，居然筑坛受朝，自称皇帝，国号大夏，称为天授元年，设十六司总理庶务，置十二监军司，派部酋分军管辖。军兵总得五十余万，四面扼守，自制蕃书，形体方正，颇类八分，教国人纪事。遣使诣五台山供佛

宝，欲窥河东道路，与诸豪歃血为誓，约先攻延，拟由靖德、塞门寨、赤城路三道并入。叔父山遇，劝勿叛宋，元昊不听，山遇挈妻子内降。不意知延州郭劝，反将山遇拿住，押还元昊，仿佛唐季之执还悉怛谋。元昊即将他杀死，决意寇宋，先遣使上表宋廷，词云：

臣祖宗本出帝胄，当东晋之末运，创后魏之初基。远祖思恭，当唐季率兵拯难，受封赐姓。祖继迁，心知兵要，手握乾符，大举义旗，悉降诸部，临河五郡，不旋踵而归，沿边七州，悉差肩而克。父德明，嗣奉世基，勉从朝命。真王之号，夙感于颁宣，尺土之封，显蒙于割裂。臣偶以狂斐，制小蕃文字，改大汉衣冠，衣冠既就，文字既行，礼乐既张，器用既备。吐蕃、塔塔，张掖、交河，莫不从伏。称王则不喜，朝帝则是从，幅辏屡期，山呼齐举，伏愿一垓之土地，建为万乘之邦家，于是再让靡遑，群集又迫。事不得已，显而行之，遂以十月十一日，郊坛备礼，为始祖始文本武兴法建礼仁孝皇帝，国称大夏，年号天授。伏望皇帝陛下，睿哲成人，宽慈及物，许以西郊之地，册号南面之君，敢竭愚庸，常敦欢好。鱼来雁往，任传邻国之音，地久天长，永镇边方之患。至诚沥恳，仰俟帝俞，谨遣使臣奉表以闻！

是年为仁宗宝元元年，景祐四年后，又改元宝元。吕夷简等均已罢职，王曾封沂国公，已经谢世，复起用张士逊，及学士章得象，同平章事，王醴、李若谷参知政事，因元昊表词傲慢，各主张绝和问罪，独谏官吴育却上言：“姑许所求，密修战备，彼渐骄盈，我日戒饬，万一决裂，也不足为我害，这便是欲取姑予的计策。”予以虚名，尚属可行。士逊笑为迂论，乃下诏削夺元昊官爵，禁绝互市，并揭榜示边，略言：“能擒元昊，或斩首上献，当即授定难军节度使，作为酬庸。”能讨即讨，何必悬赏？一面任夏竦为泾、原、秦、凤按抚使，范雍为鄜、延、环、庆按抚使，经略夏州。两个饭桶，有何用处？知枢密院事王德用，即王超子。见二十回。请自将西征，仁宗不许。德用状貌雄伟，颇肖太祖，且平日很得士心。因此仁宗左右，交口进谗，谓不宜久典枢密，并授兵权。仁宗竟自动疑，不但不许西征，反将他降知随州，改用夏守赟知枢密院事。元昊竟入寇保安军，兵锋甚锐，到了安远寨附近，见有数

千宋军到来，他是毫不在意，以为几千兵士，不值一扫，哪知两阵甫交，蓦然宋军里面，突出一位披发仗剑，面含金色的将官来，也不知他是人是鬼，是妖是仙，顿时哗动夏兵，纷纷倒退。这位披发金面的将官，逢人就砍，无一敢当。夏兵愈觉惊惶，连元昊也称奇不置，没奈何麾兵遁去。看官！道此人是谁？乃是巡检指挥使狄青。点名不苟。青字汉臣，河西人氏，骁勇善战，初为骑御散直，从军西征，累著战功。他平时临敌，往往戴着铜面具，披发督阵，能使敌人惊退。俗小说中便说他有仙术了。至是为巡检指挥使，屯守保安，钤辖卢守勤，檄令御敌。他手下只带兵士数千名，一场对垒，竟吓退元昊雄师数万人。当下奏捷宋廷，仁宗欲召问方略，会闻元昊复议进兵，乃命图形以进。小子有诗咏道：

仗剑西征播战功，叛王枉自逞英雄。
试看披发戴铜面，已识奇谋在算中。

元昊自保安败退，改从延州入寇，孰胜孰负，且至下回说明。

宋有刘太后，而契丹有萧太后，真可谓兄弟之国，内政相等。至曹后取宗实为己子，隆绪后亦取宗真为己子，举动又复相似。古所谓难兄难弟，不期于南北两国见之。唯萧太后老而淫，萧耨斤且敢弑主母。而宋尚不闻有此。得毋由夷狄之俗，不及华夏之犹存礼教耶？夏主德明，事南事北，仿佛一条两头蛇，元昊独锐生鳞角，至欲图王争霸，羌戎中偏出枭雄，而宋廷适当乏人，文不足安邦，武不足却敌，徒令元昊增焰耳。幸保安军尚有狄青，差足为中原吐气，然官小职卑，未握重权。屈良骥于枥下，美之适以惜之云。

第二十九回　中虏计任福战殁
奉使命富弼辞行

却说元昊欲寇延州，先遣人通款范雍，诈言两不相犯。雍信为真言，毫不设备。那元昊竟轻师潜出，攻破金明寨，执都监李士彬父子，直抵延州城下。雍始着急起来，飞召在外将士，还援延州。于是鄜、延副总管刘平、石元孙，自庆州驰援，都监黄德和，巡检万俟政、郭遵等，亦由外驰入。数路兵合成一处，往拒元昊。两下相遇，夏兵左持盾，右执刀，踊跃前来。刘平令军士各用钩枪，撤去敌盾，大呼杀入，敌众败走。平当先追击，被敌兵飞矢射来，适中面颊，乃裹创退还。到了傍晚，忽来敌骑数千名，猝薄官军，官军未曾预防，竟至小却。黄德和在阵后，望见前军却退，竟率步兵先遁。平亟遣子宜孙，驰追德和，执辔与语道："都监当并力抗贼，奈何先奔？"德和不顾，脱辔径去，遁赴甘泉。万俟政、郭遵等，亦先后奔溃。德和可恨，万俟政等尤可恶。平复遣军校仗剑遮留，只拦住千余人，与夏兵转战三日，互有杀伤，敌稍稍退去。平率余众保西南山，立栅自固。夜半四鼓，突闻外面万马齐集，且厉声四呼道："这般残兵，不降何待！"平与元孙料敌大至，勉守孤营，相持达旦。俄而天色已明，开营迎敌，见敌酋举鞭四至，悍厉异常，两人手下，已不过数千人，且累日鏖斗，势已困乏，怎能当得这般悍虏？战不数合，已被敌酋冲作数截。平与元孙，不能相顾，战到筋疲力尽，都做了西夏的囚奴。平愤极不食，见了元昊，开口大骂，竟为所害。元孙被拘未死。延州得此败报，人心益惧。幸天降大雪，冻沍不开，元昊始解

围退去。

黄德和反诬平降贼，因致败挫，宋廷颇闻悉情形，诏殿中侍御史文彦博，往河中问状。彦博，汾州人，为人正直无私，一经讯鞫，当然水落石出。德和坐罪腰斩，范雍亦贬知安州，追赠刘平官爵，抚恤从优。罪不及万俟政等，还是失刑。诏命夏守赟为陕西经略按抚招讨使，内侍王守忠为钤辖，即日启行。知谏院富弼上言："守赟庸懦，不足胜任。守忠系是内臣，命为钤辖，适蹈唐季监军覆辙，请收回成命！"言之甚是。仁宗不从。适知制诰韩琦，使蜀还都，奏闻西夏形势，语颇详尽，仁宗遂命他按抚陕西。琦入朝辞行，面奏仁宗道："范雍节制无状，因遭败衄，致贻君父忧，臣愿保举范仲淹，往守边疆，定然无误。"仁宗迟疑半晌，方道："范仲淹么？"琦复道："仲淹前忤吕夷简，徙知越州，朝廷方疑他朋党，臣非不知，但当陛下宵旰焦劳，臣若再顾嫌疑，埋才误国，罪且益大。倘或迹近朋比，所举非人，就使臣坐罪族诛，亦所甘心。"百口相保，不愧以人事君之义。仁宗才点首道："卿且行！朕便令仲淹随至便了。"琦叩谢而出。未几即有诏令仲淹知永兴军。先是仲淹知开封府，因吕夷简当国，滥用私人，特上疏指陈时弊，隐斥夷简为汉张禹。夷简说他越职言事，离间君臣，竟面劾仲淹，落职外徙。集贤院校理余靖，馆阁校勘尹洙、欧阳修，奏称仲淹无罪，也致坐贬，斥为朋党。都人士却号作四贤。韩琦此次保荐仲淹，所以有这般论调。仲淹坐朋党落职，系景祐三年事，本回信韩琦奏事，补叙此事，文法绵密。仁宗依奏施行，也算是虚心听受了。

唯张士逊主议征夏，至军书旁午，反无所建白，坐听成败，谏院中啧有烦言。士逊心不自安，上章告老。诏令以太傅致仕，再起吕夷简同平章事。夷简再相，亦以夏守赟非专阃才，不如召还。仁宗乃命与王守忠一同还阙，改用夏竦为陕西经略按抚招讨使，韩琦、范仲淹为副。仲淹尚未赴陕，奉旨陛辞，仁宗面谕道："卿与吕相有隙，今吕相亦愿用卿，卿当尽释前嫌，为国效力。"仲淹叩言道："臣与吕相本无嫌怨，前日就事论事，亦无非为国家起见，臣何尝预设成心呢？"仁宗道："彼此同心为国，尚有何言。"仲淹叩别出朝，即日就道。途次闻延州诸寨，多半失守，遂上表请自守延州。有诏令兼知州事，仲淹兼程前进，既至延州，大阅州兵，得万八千人，择六将分领，日夕训练，视贼众寡，更迭出御。又修筑承平、永平等寨，招辑流亡，

定保障，通斥堠，羌、汉人民，相继归业，边塞以固，敌不敢近。夏人自相告戒道："此次来了小范老子，胸中具有数万甲兵，不比前日的大范老子，可以骗得，延州不必妄想了。"大范就指范雍，小范乃指范仲淹。

元昊闻仲淹善守，佯遣使与仲淹议和，一面引兵寇三川诸寨，副使韩琦，令环、庆副总管任福，托词巡边，领兵七千人，夜趋七十里，直抵白豹城，一鼓攻入，焚去夏人积聚，收兵还汛。元昊又向韩琦求盟，琦勃然道："无约请和，明是诱我，我岂堕他诡计么？"遂拒绝来使。独范仲淹复元昊书，反复戒谕，令去帝号，守臣节，借报累朝恩遇等语。时宋廷遣翰林学士晁宗慤，驰赴陕西，问攻守策，夏竦模棱两可，具二说以闻。仁宗独取攻策，令鄜、延、泾、原会师进讨，限期在庆历元年正月。仁宗改元宝元后，越二年，又改元康定，又越年，复改元庆历。范仲淹主守，韩琦主战，两下各争执一词，彼此据情陈奏，累得仁宗亦疑惑不定，无从解决。那元昊却不肯罢手，竟遣众入寇渭州，薄怀远城。韩琦亲出巡边，尽发镇戎军士卒，又募勇士万八千人，命环、庆副总管任福为统将，耿傅为参谋，泾、原都监桑怿为先锋，朱观、武英、王珪为后应。大军将发，琦召任福入语道："元昊多诈，此去须要小心！你等可自怀远趋德胜寨，绕出羊牧隆城，攻击敌背，若势未可战，即据险入伏，截他归路，不患不胜。若违我节制，有功亦斩！"福奉令登程，径趋怀远，道遇镇戎军西路巡检常鼎、刘肃等人，传言夏兵在张家堡南，距此不过数里。福即会师亟进，果然遇着敌众，顿时并力掩击，斩馘数百级，敌众溃退，抛弃马羊橐驼，不计其数。先锋桑怿，驱兵再进，福接踵而前。参军耿傅，尚在后面，接得韩琦来檄，力戒持重，乃附加手书，遣人赍递任福，劝他遵从韩令，切勿躁率。福冷笑道："韩招讨太觉迂谨，耿参军尤觉葸葸，我看虏兵易与，明日进战，管教他只骑不回。"趾高气扬，安能不败？遂令来使速还，约后队迅即来会，越日定可破敌，万勿误期。及使人回报，耿傅、朱观、武英、王珪等，只好一同进兵。

到了笼络川，天色已晚，闻前军已至好水川，相隔只有五里，乃择地安营。次日天晓，桑怿、任福等，复循好水川西行，至六盘山下，途次见有银泥盒数枚，缄封甚固，桑怿取盒审视，未知内藏何物，但闻盒中有动跃声，疑不敢发。可巧任福亦到，即递交与他。福是个粗豪人物，不管什么好歹，当即把盒启视，哪知盒内是悬哨家鸽，霎时间尽行飞出，回翔军上。桑怿、

任福尚翘首视鸽，莫明其妙，忽闻胡哨四起，夏兵大集。元昊亲率铁骑，蹀躞前来。怿忙麾军抵敌，福尚未成列，被敌骑纵横驰突，顿时散乱。众欲据险自固，忽夏人阵中，竖起一张鲍老旗，戏幢名。长约二丈余，左动左伏起，右动右伏起，四面夹攻，宋军大败。桑怿、刘肃陆续战死。福身被十余创，尚力战不退。小校刘进，劝福急走，福愤然道："我为大将，不幸兵败，只有一死报国便了。"未几枪中左颊，血流满面，福扼喉自尽。福子怀亮随军，同时毕命，全军尽覆。

元昊乘胜入笼络川，正与朱英军相遇，趁势将朱英围住。英左冲右突，不能出围，王珪急往救援，硬杀一条血路，拔出朱英，但见英已身受重伤，不能视军，珪正焦急得很，正拟设法走脱，不意敌兵益至，又被围住。耿傅、朱观也欲往援，适渭川驻泊都监赵津，带领瓦亭骑兵二千，前来会战，耿傅即与赵津救珪，令朱观守住后军。赵津多来送死，然却是朱观的替死鬼。时王珪已经阵亡，朱英亦死，耿、赵两人，冒冒失失的冲杀过去，好似羊入虎口，战不多时，一同殉难。朱观见不可支，急率残军千余人，退保民垣，四向纵射。夏兵疑是有伏，更兼天色将昏，乃齐唱番歌，收军引去。这一场交战，宋将死了六人，士卒伤亡一万数千名，只朱观手下千余人，总算生还，关右大震。

韩琦退还，夏竦使人收集散兵，并任福等遗骸，见福衣带间尚藏着琦檄，并参军耿傅书，乃将详情奏闻，说是任福违命致败，罪不在琦、傅等人。琦却上章自劾，仁宗很是惊悼，镌琦一级，徙知秦州。元昊自连胜宋军，声势张甚，作书答复范仲淹，语极悖嫚。仲淹对着夏使，把书撕碎，付之于火，夏使自去。这事传达宋廷，吕夷简语廷臣道："人臣无外交，仲淹擅与元昊书，已失臣礼，既得答复，又擅焚不奏，别人敢如此么？"参政宋庠遽答道："罪当斩首。"枢密副使杜衍，独辩论道："仲淹志在招叛，存心未尝不忠，怎可深罪？"彼此争议未决。仁宗命仲淹自陈，仲淹遥奏道："臣始闻元昊有悔过意，因致书劝谕，宣示朝廷德威，近因任福败死，虏势益张，复书遂多悖嫚，臣愚以为此书上达，若朝廷不亟声讨，辱在朝廷，不若对了虏使，毁去此书，还不过辱及愚臣，似与朝廷无涉。这是区区愚忱，乞即鉴察"等语。仁宗得奏，复命中书枢密两府复议。宋庠、杜衍仍各执前说，仁宗顾问夷简，宋庠总道夷简赞同己说，哪知夷简恰不慌不忙道："杜

衍议是，止应薄责了事。”这语说毕，庠不禁瞠目退朝。想是夷简与庠有隙，故独从杜衍之议，不然，前既倡议罪范，此时何反袒范耶？仁宗乃降仲淹知耀州，未几复徙知庆州，诏命工部侍郎陈执中，同任陕西按抚经略招讨使，与夏竦同判永兴军。两人意见相左，屡起龃龉，乃又命竦屯鄜州，执中屯泾州。竦守边二年，遇事畏缩，首鼠两端，营中带着侍妾，整日里流连酒色，不顾边情。元昊悬募竦首，只出钱三千文，边人传为笑话。

既而元昊复寇麟府，破宁远寨，陷丰州，警报迭闻，知谏院张方平奏称：“竦为统帅，已将三年，师唯不出，出必丧败，寇唯不来，来必残荡。这等统帅，究有何用？请另行择帅，借固边防！”于是改竦判河中，执中知泾州，一面再经廷议，分秦凤、泾原、环庆、鄜延为四路，令韩琦知秦州，辖秦凤，范仲淹知庆州，辖环庆，王沿知渭州，辖泾原，庞籍知延州，辖鄜延，各兼经略按抚招讨使。四人除王沿外，均捍御有方，缮城筑寨，招番抚民。羌人尤爱仲淹，呼他为龙图老子。因仲淹曾任龙图阁待制，乃有是名。元昊却也知难而退，稍稍敛迹了。总贵得人。

庆历二年，忽契丹遣使萧特末、刘六符至宋，复求关南故地，且问兴师伐夏，及沿边濬河增戍的理由。朝命知制诰富弼为接伴使，偕中使往迎都外。特末等昂然而来，下马相见，当由中使传旨慰问。特末倔强不拜，弼抗声道：“南北两主，称为兄弟，我主与汝主相等，今传旨慰劳，奈何不拜？”特末托言有疾，不能施礼。弼又道：“我亦尝出使北方，卧病车中，闻汝主命，即起受尽礼，汝怎得因疾废礼呢？”特末无词可答，只好起拜。先声已足夺人。拜毕，随弼入都。弼导入客馆，开诚与语，特末却亦感悦，即将契丹主遣使本意，一一说出。弼据理辩驳，特末密语弼道：“贵国可从则从，不可从，或增币，或和亲，亦无不可。”弼乃引两使入谒仁宗，并据特末言奏闻。仁宗召吕夷简入商，夷简道：“西夏未平，契丹乘隙求地，断难允许。但我既与夏构兵，不应再战契丹，现来使萧特末，既有和亲增币两事，密相告语，我且酌允一件，暂作羁縻罢了。”仁宗道：“朕意亦是如此，但何人可以报聘？”夷简道：“不如就遣富弼，渠去年曾往使契丹，可称熟手，此次命往，谅想不致辱命。”借夷简口中，补叙富弼奉使契丹，且回应上文弼语特末之言。仁宗点首，遂命富弼报使契丹。诏命既下，廷臣多为富弼担忧。谓此去恐致陷虏，集贤院校理欧阳修，且引唐颜真卿使李希烈故事，请留弼不遣，疏入

不报。自是谣诼繁兴，统说夷简与弼有嫌，计图陷害，因荐弼北行。弼却毅然愿往，陛辞时叩首奏道：“主忧臣辱，臣怎敢爱死？此去除增币外，决不妄允一事。倘契丹意外苛索，臣誓死以拒便了。”仁宗闻言，也不禁动容，面授弼为枢密直学士。弼不肯受，复叩头道：“国家有急，义不惮劳，怎敢先受爵禄呢？”仁宗复慰奖数语，弼即起身出朝，到了宾馆，邀同契丹两使，即日往北去了。小子有诗咏道：

衔命登程竟北行，国家为重死生轻。
折冲樽俎谈何易，恃有忠诚慑虏情。

欲知弼往契丹，如何定议，待小子下回说明。

世尝谓北宋无将，证诸夏事，北宋固无将也。仁宗之世，宋尚称盛，元昊骚扰西陲，得一良将以平之，犹为易事。夏竦、范雍，材皆庸驽，固等诸自郐以下。若夫韩琦、范仲淹二人，亦不过一文治才耳。主战主守，彼此异议，主战者有好水川之败，虽咎由任福之违制，然所任非人，琦究不得辞责。主守者遭元昊之谩侮，微杜衍，仲淹几不免杀身。史虽称韩、范善防，然卒无以制元昊，使之帖然归命，非皆武略不足之明证耶？以专阃之乏材，而契丹遂乘间索地，地不给而许增岁币，亦犹二五一十之故智耳。外交以武力为后盾，仅恃口舌之争，虽如富郑公者，亦不能尽折虏焰，而下此更不足道矣。

第三十回　争和约折服契丹　除敌臣收降元昊

却说富弼出使，免不得途中耽搁，一时未到契丹。契丹却聚兵幽、蓟，声言南下。廷议请筑城洛阳，吕夷简谓不若建都大名，耀威河北，示将亲征以伐敌谋。仁宗从夷简言，乃建大名府为北京，即从前真宗亲征驻跸处，一面命王德用判定州，兼朔方三路都部署。德用抵任，日夜蒐练士卒，择期大阅。契丹遣侦骑来视，见德用部下，人人强壮，个个威风，当下返报本国，契丹主宗真也觉夺气。宋廷赖有此着，故和议复成。待富弼已到契丹，即入见宗真，行过了礼，便开口问道："两朝人主，父子继好已四十年，乃无故来求割地，究属何故？"宗真道："南朝违约，塞雁门，增塘水，治城隍，籍民兵，亦为着何事？我国大臣，均请举兵南向，我意谓遣使质问，并索关南故地，若南朝不肯相从，举兵未晚。"弼即接入道："北朝忘我先帝的大德么？澶渊一役，我朝将士，哪一个不主开战？若先帝从将士言，恐北兵均不得生还。我先帝顾全南北，特约修和，今北朝又欲主战，想是北朝臣子，均为身谋，不管主子的祸福呢。"说到此句，宗真不觉惊异道："为什么不管主子的祸福？"弼答道："晋高祖欺天叛君，末帝昏乱，土宇狭小，上下离叛，北朝乃得进克中原。但试问所得金币，果涓滴归公否？北朝费了若干军饷，若干兵械，徒令私家充牣，公府雕残。今中国提封万里，精兵百万，法令修明，上下一心，北朝欲用兵，能保必胜么？就使得胜，劳师伤财，还是群臣受害呢？人主受害呢？若通好不绝，岁币尽归人主，群臣有何利益？所以为

群臣计，宜战不宜和，为主子计，宜和不宜战。”说得透切，不亚秦、仪。宗真听了，不由的点首数次。弼又道：“塞雁门，为备元昊，并非防北朝；塘水开濬，在南北通好前，城隍无非修旧，民兵不过补阙，有何违约可言？”宗真道：“如卿言，是我错怪南朝了。但我祖宗故地，幸乞见还！”语已少软。弼答道：“晋以卢、龙赂契丹，周世宗复取关南地，统是前代故事。若各欲求地，幽、蓟曾隶属中国，难道是北朝故地么？”宗真亦无词可答，命刘六符引弼至馆，开宴叙谈。六符道：“我主耻受金币，定欲关南十县，南朝何不暂许通融？”弼正色道：“我朝皇帝尝云，为祖宗守国，不敢以尺地与人，北朝所欲，不过租赋，朕不忍两朝赤子，多罹兵革，所以屈己增币，聊代土地。若北朝必欲得关南十县，是志在败盟，借此为词。澶渊盟誓，天地鬼神，共鉴此言，北朝若首发兵端，曲不在我，天地鬼神，恐不肯受欺哩。”正襟危论，如闻其声。六符道：“南朝皇帝，存心如此，大善大善。当彼此共奏，使两主情好如初。”是日尽欢而散。

翌日，契丹主宗真，召弼同猎，引弼马相近，婉语道：“南朝若许我关南地，我当永感厚谊，誓敦和好。”仍是欺人之语。弼答道：“北朝以得地为荣，南朝必以失地为辱，两朝既称兄弟，怎可一荣一辱呢？”舍理言情，语益动人。宗真默然。猎毕散归，六符复来语弼道：“我主闻荣辱的谈论，意甚感悟，关南十县，暂且搁起。唯愿与南朝和亲，想南朝总允我结婚呢。”弼复道：“结婚易生嫌隙，我朝长公主出降，赍送不过十万缗，哪能及得岁币的大利呢？”六符返报宗真。宗真乃召弼入见，令还取盟书，并与语道：“俟卿再至，当择一事为约，卿可遂以誓书来。”弼乃辞归，据实奏陈。仁宗复遣使持和亲增币二议，及誓书再往契丹，并命至枢臣处亲受口传。弼领教即行，途次乐寿，忽心有所触，亟语副使张茂实道：“我奉命为使，未见国书，倘书词与口传不同，岂非败事？”茂实唯唯。及启书审视，果与口传不符，立即驰还。时已日昃，叩阍求见，至仁宗召入，弼呈上国书，并跪奏道：“枢臣意图陷害，特作此书，俾与口说不同，臣死何足惜，贻误国家，岂非大患？”仁宗恰也惊疑，转问晏殊。晏殊道：“吕夷简想不致出此，或恐录述有误呢。”弼奏道：“晏殊奸邪，党夷简，欺陛下，应得何罪？”仁宗遂命晏殊易书，弼审视乃行。吕夷简挟私害公，至此未免坐实。晏殊设词掩饰，明是党吕陷弼，史称弼娶晏女，岂翁婿之情，亦全不顾耶？既至契丹，不复议婚，但议增币。

契丹主宗真道："南朝既增我岁币，应称为献。"弼答道："南朝为兄，岂有为兄献弟的道理？"宗真道："献字不用，改一纳字。"弼仍不可。宗真艴然道："岁币且增我，何在此区区一字？若我拥兵南来，得勿后悔么？"弼复道："我朝兼爱南北生民，所以屈己增币，并非有惮北朝。若不得已改和为战，当视曲直为胜负，使臣却不敢预料了。"宗真道："卿勿固执，古时亦曾有此例呢。"弼勃然道："古时唯唐高祖借兵突厥，当时赠遗，或称献纳，但后来颉利为太宗所擒，岂尚有此例么？"说毕，声色俱厉。宗真知不可夺，乃徐徐道："我当自遣人往议罢了。"乃留增币誓书，另遣使耶律仁先及刘六符二人，持督书与弼偕来，且议献纳二字。弼先入奏道："献纳二字，臣已力拒，虏气已中沮了，幸勿再许！"仁宗允奏。后用晏殊议，竟许用"纳"字。一字都不能争得，宋君臣可谓委靡。于是岁增银十万两，绢十万匹，仍遣知制诰梁适持誓书，与仁先等往契丹。契丹亦遣使再致誓书，且报撤兵，总算依旧和好了。

弼始受命至契丹，适一女夭殇，弼不过问，及二次再往，闻得一男，亦不暇顾。在外得家书，未尝启阅，随至随焚。左右以为奇，弼与语道："这种家书，徒乱人意，国事尚未了结，何暇顾家？"录此为爱国者劝。至和议已成，仁宗复命他为枢密直学士。弼仍恳辞道："增币非臣本意，只因近日方讨元昊，不暇与契丹角逐，所以臣未敢死争，怎可无功受赏呢？"未几又授弼为枢密副使，弼又固辞，但表请仁宗坐薪尝胆，不忘修政。仁宗很加赞叹，改授弼为资政殿学士，这且按下慢表。

且说元昊据有西鄙，叛命如故，会夏境天旱年荒，兵民交困，乃渐有纳款意。知延州庞籍，报答宋廷，诏命知保安军刘拯，传谕元昊亲臣刚浪陵、一译作野利纲里拉。遇乞一译作雅奇。兄弟，令他内附，即分界西平爵土。刚浪陵很是刁猾，令部下浪埋、赏乞、媚娘三人，伪至鄜州乞降。鄜州判官种世衡，料知有诈，留住营中，佯加录用。刚浪陵又遣教练使李文贵，来报降期，也由世衡留住。既而元昊仍大举入寇，攻镇戎军，王讼使副总管葛怀敏，督诸寨兵出敌，至定州寨，被夏兵绕出背后，毁桥截住。怀敏部军，相率惊慌，顿时大溃。怀敏奔还长城，濠路已断，遂与将校十四人，陆续战死，余军九千六百名，马六百匹，均陷没敌中。元昊乘胜直抵渭州，焚荡庐舍，屠掠民畜，泾、汾以东，烽火连天。幸知庆州范仲淹，率蕃汉兵往援，

夏兵乃退。先是翰林学士王尧臣，曾奉命安抚陕西，及还朝，上疏论兵，且言：“韩、范具将帅材，不当置诸散地。”仁宗尚不以为意。至葛怀敏败殁，中外震惧，乃命文彦博经略泾、原，并欲徙范仲淹知渭州，与王沿对调。仲淹以王沿无用，拟与韩琦并驻泾州，即行上奏，略云：

泾州为秦、陇要冲，贼昊屡出兵窥伺，非协力捍御，不足以制贼锋。臣愿与韩琦并驻泾州，琦兼秦、凤，臣兼环、庆，泾、原有警，臣与琦合秦、凤、环、庆之兵，犄角而进。若秦、凤、环、庆有警，亦可率泾、原之师为援。臣当与琦练兵选将，渐复横山，以断贼臂，不数年间，可期平定。愿招庞籍兼领环、庆，以成首尾之势。秦州委文彦博，庆州用滕宗谅，总之渭州一武臣足矣。

仁宗准奏，乃用韩琦、范仲淹、庞籍为陕西按抚经略招讨使，置府泾州，分司行事。并召王沿还都，命文彦博守秦州，滕宗谅守庆州，张亢守渭州。韩、范二人，同心捍边，号令严明，爱拊士卒，诸羌乐为所用，怀德畏威。边人闻韩、范名，编成四句歌谣道：“军中有一韩，西贼闻之心胆寒；军中有一范，西贼闻之惊破胆。”得人之效，可见一斑。

唯种世衡因刚浪陵遣人诈降，总欲以假应假，用反间计除灭了他，免为元昊心腹。当时有僧人王光信，足智多谋，世衡招致部下，奏补三班借职，令改名为嵩，持招降书，往投刚浪陵、遇乞。刚浪陵接到书函，当下展阅，内言：“朝廷知王有内附心，已授夏州节度，王其速来！”书后，又绘一枣及一龟。刚浪陵懵然不解，王嵩在旁代解道：“枣早同音，龟归同声，请大王留意！”原来刚浪陵、遇乞，皆属野利氏，元昊娶野利氏女为第五妃，即二人女弟，二人因此得宠，且具有才谋，并握重权，夏人号为大王，所以世衡贻书，及王嵩与语，亦沿用夏人称呼。刚浪陵毕竟乖刁，狞然笑道：“种使君年已长成，何故弄此把戏？难道视我为小儿么？”遂将王嵩拿下，并原书献与元昊。王嵩本有胆智，见元昊后，元昊喝令斩首。嵩并不惊慌，反大笑道：“人人说你夏人多诈，我却不信，谁料话不虚传呢。”元昊拍案道：“你等多诈，欲来用反间计，还说是我国多诈么？”一语喝破。仿佛《三国演义》中曹操之于阚泽。王嵩道：“刚浪大王，若非先遣浪埋等来降，种使君亦不

至无故送书。现浪埋等尚在鄜州，李文贵居然重用，我朝已授刚浪大王，为夏州节度使，今乃有此变卦，岂非你夏人多诈吗？罢罢！我死也还值得。我死，有李文贵等四人偿命呢。”元昊听了，不禁惊诧，遂转问刚浪陵。刚浪陵前遣浪埋等人，尚未与元昊说明，至此反无从详对，但说是别有用意。元昊益觉动疑，当命将王嵩绶刑，囚禁阱中，一面盘诘刚浪陵。刚浪陵才将前情详陈，偏元昊似信非信，也将刚浪陵留住帐中，潜遣人作为刚浪陵使，返报世衡。世衡已料为元昊所遣，却故意将错便错，格外优待，并与约两大王归期。来使怎识诈谋，当然据情还报。元昊不禁怒起，竟召还刚浪陵，与使臣对质。刚浪陵尚想分辩。偏元昊已拔剑出鞘，手起剑落，把刚浪陵挥作两段，除了一个。并将遇乞拘置狱中。种世衡闻刚浪陵被杀，知计已得行，复著成一篇祭文，内说：“刚浪陵大王兄弟，有意本朝，忽遭惨变，痛失垂成。”写得非常惨怛，潜令人投置夏境。夏人拾得，赍献元昊。元昊又令人将遇乞处斩。又除了一个。看官！试想这元昊也是一个雄酋，难道这般反间计，竟全然没有分晓，空把那两个有用的妻舅，一一杀死么？小子搜考野乘，才悉元昊另有一段隐情。遇乞妻没藏氏，因与元昊第五妃有姑嫂关系，往往出入夏宫，她不合生着三分姿色，被元昊看上了眼，极想与她通情，奈因遇乞手握重权，未免投鼠忌器，没奈何勉强忍耐，含着一种单相思，延挨过去。巧值种世衡投书与他，劝令内附，他正好借公济私，除了遇乞，便将没藏氏拘入宫中，一吓两骗，哄得没藏氏又惊又喜，只好献出秘宝，供他享受。元昊已经如愿，索性放出王嵩，厚礼相待，令作书报种世衡，愿与宋朝讲和。世衡转告庞籍，籍即令世衡遣还李文贵，往议和约。元昊大喜，仍使文贵与王嵩偕至延州，赍书议款。庞籍接得来书，见书意尚是倔强，有云：“如日方中，止能顺天西行，安可逆天东下”等语。当下将来书飞报宋廷，仁宗已经厌兵，诏令籍复书许和，但令他稍从恭顺。籍乃如旨示复，遣文贵持去。嗣得夏国六宅使贺从勖，与文贵赍书同来，书中自称男邦泥定国兀卒曩霄，上书父大宋皇帝。庞籍即问道：“何谓泥定国兀卒曩霄？”从勖道：“曩霄系吾主改定新名，泥定国是立国意义，兀卒是我国主子的称呼。”庞籍道：“如此说来，你主仍不肯臣事本朝，令我如何上闻？”从勖道：“既称父子，也是君臣一般，若天子不许，再行计议。”庞籍道：“你只可入阙自陈。”从勖答言：“愿入京师。”乃送从勖至阙下，并奏言元昊来书，名体未正，应谕令称

臣，方可议和。仁宗览奏，即召谕从勖道："你主元昊，果愿归顺，应照汉文格式，称臣立誓，不得说什么兀卒，什么泥定国。"从勖叩首道："天朝皇帝，既欲西夏称臣，当归国再议。唯天朝仁恩遍覆，每岁应赐给若干，俾可还报。"仁宗道："朕当遣使偕行，与你主定议便了。"从勖乃退。有诏命邵良佐、张士元、张子奭、王正伦四人，偕从勖一同西行，与夏主元昊妥议。四人领命而去。到了西夏，因元昊多索岁币，议仍未洽。元昊乃再遣使臣如定聿舍、一译作儒定裕舍。张延寿等，入汴再议。当议定按年赐给绢十万匹，茶三万斤。夏主元昊，应称臣立誓，不得渝盟。夏使乃返。越年，庆历四年。元昊始遣使来上誓表，文云：

臣与天朝，两失和好，遂历七年，立誓自今，愿藏明府。其前日所掠将校民户，各不复还。自此有边人逃亡，亦毋得袭逐。臣近以本国城寨，进纳朝廷，其栲栳、镰刀、南安、承平故地，及他边境，蕃汉所居，乞画中为界，于内听筑城堡。凡岁赐绢茶等物，如议定额数，臣不复以他相干，乞颁誓诏，盖欲世世遵守，永以为好。倘君亲之义不存，或臣子之心渝变，当使宗祀不永，子孙罹殃。谨上誓表以闻！

仁宗亦赐答诏书，付夏使赍还。略云：

朕临制四海，廓地万里，西夏之土，世以为胙，今既纳忠悔咎，表于信誓，质之日月，要之鬼神，及诸子孙，无有渝变，申复恳至，朕甚嘉之！俯阅来誓，一皆如约。

夏使去后，复拟派遣册礼使，册封元昊为夏王，忽契丹遣使来汴，请宋廷勿与夏和，现已为中国发兵，西往讨夏，累得宋廷君臣，又疑惑起来。正是：

中朝已下和戎诏，朔漠偏来讨虏书。

究竟契丹何故伐夏，试看下回便知。

读本回盟辽盟夏两事，见得宋室君臣，志在苟安，毫无振作气象。契丹主宗真时，上无萧太后燕燕之雄略，下无耶律休哥之将材，富弼一出，据理与争，即折敌焰，何必多增岁币，自耗财物，甚至献纳二字，亦不能尽去乎？元昊堕种世衡之计，自剪羽翼，又复惑于没藏氏之女色，渐启荒眈，其愿和不愿战也明矣。况乎韩、范、庞三人御边，已属无懈可击，彼若修和，我正当令他朝贡，乃反岁赐绢茶，亦胡为者。总之一奄奄不振，得休便休已耳，观此而已知宋室之将衰。

第三十一回　明副使力破叛徒
曹皇后智平逆贼

却说契丹遣使至宋，请勿与夏和，且来告伐夏，就中有个原因，乃是契丹旧属党项部，被元昊吞并，契丹主宗真遣使索还，元昊不答，于是契丹决议兴师。宗真亲率骑兵十万，往伐元昊，一面向宋廷报告师期。仁宗正拟册封元昊，不意遭此打击，反弄得疑惑不定，当与廷臣议决，暂留夏国封册，止使不遣。别命知制诰余靖，报使契丹，托词致贶，探明情实。至余靖到了契丹，契丹主已经败归，原来契丹兵三路西进，直达贺兰山，战胜元昊。元昊退师十里，情愿与契丹讲和，偏契丹枢密使萧惠，请荡平夏国，不可许成。契丹主犹豫未决，元昊以未得成言，每日退三十里，直退至九十里外，方才下寨。他知契丹兵必来追击，先将经过的地方，所有草木，一概焚去，自己坚壁以待。果然契丹兵追蹑过去，马不得食，不堪临阵，没奈何与元昊议款。元昊确是狡黠，阳与周旋，潜自夜间发兵，袭萧惠营。惠未曾预备，一时招架不及，全营溃散。元昊乘胜攻契丹大营，契丹主仓猝走免。驸马萧胡睹，被元昊擒住，他却不去杀他，反好言抚慰，酒食相待，与语讲和事宜。萧胡睹一力担承，愿返报宗真，再敦和好。自己要命，当然愿和。元昊乃纵使归去，并遣人往议和约。宗真无可奈何，只得各还俘虏，仍旧修和。元昊的是能手。余靖探悉情形，即入见宗真，述及宋夏交好事。宗真不便异议，因遣余靖南还。靖既还都，仁宗又遣员外郎张子奭充册礼使，册元昊为夏国主，赐他金带银鞍，并银二万两，绢二万匹，茶二万斤，赐诏不名，许自置

官属。元昊总算称臣奉朔，岁贡方物，彼此敷衍过去。

唯元昊既诱占没藏氏，大加宠幸。应前回。没藏氏水性杨花，把那杀夫的冤仇，撇在脑后，一味儿献媚纵欢。独野利氏非常妒恨，好几次与元昊争论，欲将没藏氏撵逐。元昊正在眷恋，哪里肯依？可巧太子宁宁哥，本野利氏所生，年大须婚，聘定没哆氏女为室。没哆氏一译作玛伊克氏。结婚期届，没哆氏嫁了过来，貌美年轻，苗条可爱。元昊性好渔色，不知如何勾搭，竟将没哆氏引入寝室，也与她颠鸾倒凤，做些不正经的勾当。新台一诗，不妨移赠。看官！你想野利氏的母子，如何忍耐得住？于是两人设法，先行下手，没藏氏正在失宠，野利氏乘间过去，指挥女侍，把没藏氏一头黑发，尽行髡去，撵出为尼。没藏氏有兄讹庞，一译作鄂博。将妹收养，那妹子正怀六甲，产得一男，密报元昊。元昊移情子妇，得新忘旧，也不愿她母子重还，但令取名宁令哥，给发若干金帛，寄养母家。独宁宁哥日伺父隙，正苦无从得手，勉强挨过了一年，适值元昊出猎，他借随侍为名，带剑跟着，觑了一个空隙，拔剑出鞘，从元昊脑后劈去。元昊闻有剑声，急忙回顾，凑巧剑锋削来，一时闪避不及，这鼻准随剑落地。好淫之报，应烂鼻准。元昊忍痛呼救，卫兵一拥齐上，那宁宁哥恐被缚住，一溜风的跑走了。元昊力疾还宫，越痛越气，越气越痛，急忙召入讹庞，取宁令哥母子入宫，改立宁令哥为太子，并令讹庞带兵觅宁宁哥。宁宁哥正匿黄庐，被讹庞搜着，一刀两段，取了首级，回宫复命。元昊因鼻创甚剧，已晕厥数次，至闻讹庞返报，遗命辅立宁令哥，竟一蹶不醒了。年四十六岁。是第二个朱三。讹庞遂立宁令哥为夏主，年甫及期，别名谅祚，尊没藏氏为太后，把野利氏锢置宫外。没哆氏不知如何处置？设三大将分治国政，大权均为讹庞所握，并遣使讣宋及契丹。宋廷仍遣使慰奠，并册谅祚为夏王，这是仁宗庆历八年的事情。

是年，贝州叛卒王则，由河北宣抚使文彦博，副使明镐，执送汴都，审实伏诛。因元昊病死，与诛王则同时，故用倒提法。王则本涿州人，因岁饥流入贝州，自鬻为奴，牧羊糊口，后投宣毅军为小校，出入军营，免不得引朋呼类，征逐往来。先是贝冀地方，俗尚妖幻，王则更好作讹言，引人迷信，又尝出五龙滴泪等经，及诸图纤书，令兵民诵习。自言释迦佛衰谢，弥勒佛持世，天下将有大乱，唯投入已党，方保无虞。顽卒愚民，不辨真假，竟相与倡和，哄动一时。还有州吏张峦，居然引为同调，替他主谋，约于庆历八年

元旦，毁澶州浮桥，纠众作乱，会同党致书北京留守贾昌朝，请他内应。昌朝将来人拿住，拘置狱中，王则恐机谋被泄，不及待期，亟于庆历七年冬至日，揭竿起事。知州张得一，方与官属谒天庆观，不意叛众骤至，无处逃避，竟被拘住。叛众又拥至库门，拟劫财物，当向通判董元亨索钥。元亨厉声骂贼，致为所害。又杀死司理王奖，节度判官李浩等，遂大肆劫掠，扰乱全城。无非为了阿堵物。兵马都监田斌率步卒巷战，因众寡不敌，逸出城外，城门遂闭。提点刑狱田京等，缒城出走，退保南关，抚营兵，诛匪党，南关得不陷。北京指挥使马遂，闻王则叛乱，忙报知贾昌朝，请兵讨贼。昌朝尚视为易与，徒令马遂持谕，往贝州招降。马遂至贝州，指陈祸福，王则不答，惹得马遂动恼，攘臂起座，力扼则喉。怎奈一夫拼命，究竟敌不住万人，并且赤手空拳，如何击刺？眼见得捐躯报国了。这是贾昌朝借刀杀人。

王则据住贝州，僭称东平王，居然建立国号，叫作安阳，改元得圣，旗帜号令，均用佛号，什么斗胜佛，什么无量寿佛。城上四面有楼，他竟改称为州，各署州名。用徒众为知州，每面置一总管。他不过这些范围。城内人民，多半缒城逃命，他却立出伍伍为保的禁令，一人缒城，四人悉斩。看官！试想这种无知无识的草头王，能成得大事么？宋廷闻警，即命开封知府明镐为按抚使，率兵往讨。镐直抵城下，州民汪文庆等，自城上射下帛书，愿为内应。夜半垂绳导引官军，官军数百人登城，为贼所觉，麾众拒战。官军不利，仍与文庆等缒城出来。贝州城高且固，镐叠土成阉，踞高攻城，被城贼纵火击射，焚去营帐，不能立足，乃改从下面着想，从南城穿掘地道，佯从北面攻城，牵制贼军。适宣抚使文彦博到来，传旨令镐为副使，镐拜受诏命，遂迎文入帐。寒暄已毕，谈及军务，彦博道：“副使前日奏议，多半中阻，可曾知道否？”镐答道：“想是这位夏枢密呢。”原来庆历三年以后，吕夷简老病辞政，既而病逝，八大王元俨亦薨。仁宗改相晏殊，召夏竦为枢密使。谏官蔡襄、欧阳修等，交章劾竦，说他在陕误事，挟诈逞奸，断不足胜大任。仁宗乃徙竦知亳州，改任杜衍为枢密使，韩琦、范仲淹、富弼等，为枢密副使。未几，晏殊罢相，代以杜衍，另用贾昌朝为枢密使，陈执中参知政事，昌朝阴柔险诈，好倾善类，密结御史中丞王拱辰，排挤杜衍，及韩琦、范仲淹、富弼等人。执中亦互联声气，乃目诸贤为朋党，屡被进谗。仁宗渐为所惑，竟将杜衍、韩琦、范仲淹、富弼等，陆续外调，且擢执中同平

章事，与昌朝同一职位。嗣昌朝与参政吴育，互起龃龉，仁宗将他两人尽行罢职，又一心一意的召用夏竦，竟命他同平章事。复经谏官御史，一再劾奏，乃改授枢密使，令文彦博参政。仁宗必欲重用夏竦，令人不解！夏竦忌镐立功，遇镐上奏，多方阻挠。文彦博代为不平，所以出使河北，即与镐谈及此事。镐亦料到此着，便觉应对相符。插入此段文字，非但说明夏竦奸诈，即庆历中之用人得失，亦就此补叙详明。文彦博又语镐道：“副使可谓料事如神，但此后可不必过虑，我已奏闻皇上，得有专阃权了，请副使放胆做去！”镐答道：“这却很好。但破城擒渠，便在这旬日内了。”彦博问及军谋，镐详述穿道情形，彦博大喜。越宿，地道已通，遂选募壮士，潜由地道入城，里应外合。王则纵火牛拒敌，官军用枪击牛鼻，牛负痛返奔，贼众大溃。王则开东门遁去。总管王信，忙率军追则，竟将他活捉了来。余众走保村舍，尽被官军焚死。捷报上达京师，夏竦还说他获盗非真，乃诏令槛送至京。彦博即亲押王则，到了阙下，由两府审讯非虚，方磔死市中。总计王则据城，共得六十六日。张得一以降贼伏法，有旨赏功进爵。授彦博同平章事，明镐为端明殿学士。改贝州为恩州，贾昌朝亦受封安国公。侍读学士杨偕上言：“贼发昌朝部下，昌朝又未尝出讨，应该坐罪，不宜滥赏。”奏入不省。唯后来彦博推荐明镐，谓可大用，乃擢镐参知政事。贝州叛案，就此了清。仁宗自然欣慰。

适是年为闰正月，两度元宵，仁宗再欲张灯祝庆。曹皇后以徒耗资财，有损无益，极力劝止。过了三日，仁宗正夜宿中宫。忽闻外面有呼噪声，蹴踏声，既而响触檐溜，音随屋瓦。曹后从梦中惊醒，忙披衣起床，仁宗亦起，即欲出外观望，当被曹后拥住，且谏阻道：“宫寝中有此怪声，必是内侍谋变，现在黑夜仓皇，陛下切勿轻出，只有传旨出去，亟召都知王守忠引兵入卫，方保万全。”是时值宿宦侍，俱已起来，当由仁宗命召守忠，速即入卫。俄闻怪声愈近，杂以悲号，呼杀呼救，嘈嘈切切。曹后变色道：“守忠未来，贼已阑入，不可不预先防备。”复命宦侍齐集，勒成队伍，环守宫门。一太监奏语道：“莫非宫中乳媪，殴打小女子，所以有此哭声。”曹后不待说毕，便竖起柳眉，大声呵叱道：“贼在殿外杀人，你还敢妄言么？”一面令宦侍速去挈水。待水已挈入，复手执绣剪，把宦侍鬓旁，各剪一缺，并面嘱道：“你等各奋力守门，静待外援，明日当视发征赏。宦侍闻言，都大家踊跃起来，齐至门前拒守。曹后亲自督率，相机应变，忽门外火炬齐明，

贼已踵至，但听有贼哗语道：“不如纵火毁门罢。”曹后急命将所挈各水，移近门侧，至贼举炬焚门，即用水扑救，火得随扑随灭。智勇兼全，不愧将门孙女。两下里正在相持，都知王守忠已引兵到来，不消片刻，即将贼徒擒住，当下呼报贼平，叩门请安。曹后在门内传语道：“叛贼共有几人？”守忠道：“共计数十名。贼目是卫士颜秀。”曹后道：“知道了。你押带出去，即交刑部，确是擒住的贼人，命即正法，不得妄事株连！”免兴大狱，智而且仁。守忠奉命去了。仁宗见曹后布置井井，立刻平乱，不禁大悦道：“卿如此镇定，济变有方，想是祖传的家法哩。”曹后答道：“仗陛下洪福，得平内变，妾有什么韬略呢？”谦尊而光。

正说着，妃嫔等也陆续到来，问安门外，当由后命启扉迎入。为首的进来，就是张美人，乃后宫第一个宠妃。应二十七回。巧慧多智，素善逢迎，仁宗早欲立她为后，因与刘太后意见未合，因册立郭氏。至郭后见废，又欲立妃为继后，妃却自辞，乃改立曹氏。平居与两后相处，倒也谦退尽礼，无甚怨忤，因此愈得主眷。庆历元年，封清河郡君，嗣迁为修媛，忽然被疾，申奏仁宗道：“妾姿薄不胜宠名，愿仍列美人。”仁宗点首允许。她名目上虽居后列，实际上几已专房，此次入内请安，仁宗反答言抚慰，就是曹后也曲意周旋。还有一位周美人，紧随张美人后面，她本是四岁入宫，为张美人所钟爱，抚为养女。及年将及笄，生得妩媚动人，居然引动龙心，排入凤侣。仁宗渔色，可见一斑。又有苗才人、冯都君等，亦依次进谒。苗系仁宗乳媪女，冯是良家子，祖名起，曾任兵部侍郎，以德容入选，这且不胜缕述。大家问安已毕，次第退还。

越日下诏，谴斥皇城使，及卫官数人。副都知杨怀敏，坐嫌疑罪，参知政事丁度，请执付外台穷治。偏枢密使夏竦，奏言事关宫禁，不必声张，但由台官内侍，审鞫禁中，便可了案。仁宗准奏。及审问怀敏，夏枢密早已替他安排，查不出什么逆证，乃止将怀敏降官，仍充内使，这明明是护符得力了。夏竦且巴结宫闱，明知张美人得宠，想就此结一内援，遂上言美人有扈跸功，应进荣封。功在何处？仁宗眷恋张美人，日思把她进位，但苦无词可借，此次得夏竦奏牍，顿觉借口有资，即命册张美人为贵妃。竦且得步进步，复唆使谏官王贽，奏言：“叛贼起自中宫，请彻底追究！”他的本意，无非欲摇动后位，拔帜易帜，讨好张妃。仁宗也不禁起疑，亲见曹后守阁，有

何可疑？自来做皇帝者，多半是负心人。可为一叹。转问御史何郯。郯答道："中宫仁智，内外同钦，这是奸徒蜚语中伤，不可不察。"仁宗乃搁置一边。

唯张贵妃伯父尧佐，骤擢高位，命兼宣徽节度景灵群牧四使，殿中侍御史唐介，与知谏院包拯、吴奎等，力言不可。中丞王举正，又留百官列廷论驳，乃罢尧佐宣徽景灵二使。未几，又命知河阳，兼职南院宣徽使。御史唐介复抗章上奏，极言："外戚不可预政，前皇上从谏如流，已经收回成命，此次何复除拜，自紊典章"云云。仁宗召介入语道："除拟本出中书，亦并非尽由朕意。"说不过去，便推到宰相身上。介复道："相臣文彦博，也想联络贵戚，希宠固荣么？"仁宗闻言，拂袖竟入。介退朝后，又亲自缮成一疏，劾奏文彦博交通宫掖，引用贵戚，不称相位，请即日罢免，改相富弼等语。次日入朝，当面递呈。仁宗略阅数语，便即掷下，并怒叱道："你若再来多言，朕且远窜你了！"介毫不畏怯，竟拾起奏章，从容跪读。读已，复叩首道："臣忠愤所激，鼎镬且不避，何惮远谪呢！"仁宗召谕辅臣道："介为谏官，论事原是本职，但妄劾彦博，擅荐富弼，难道黜陟大权，他也得干预么？"时文彦博也在殿前，介竟向他注目道："彦博应自省！如有此事，不该隐讳。"亦太沽直。彦博向仁宗拜谢道："臣不称职，愿即避位。"仁宗益怒，叱介下殿，声色俱厉。谏官蔡襄趋进道："介诚狂直，但纳谏容言，系仁主美德，乞赐宽贷！"仁宗怒尚未释，竟贬介为青州别驾。嗣由王举正等再谏，乃改徙英州。文彦博后亦罢职，出知许州。相传张贵妃父尧封，曾为彦博父洎门下客，贵妃未入选时，认彦博为伯父。及入宫专宠，彦博献蜀锦为衣，这锦名为灯笼锦，系特别制成。仁宗初怒介妄言，及调查得实，因将彦博外调，另派中使护介至英州。后来中官作诗咏事，有"无人更进灯笼锦，红粉宫中忆佞臣"二语。究竟是真是假，无从考明。或说灯笼锦由文夫人入献，彦博原未与闻，这也是未可知呢。不欲苟毁贤臣，因复历述所闻。小子有诗咏道：

> 交通宫掖有还无，偏惹台臣口笔诛。
> 当日潞公无辩论，想因献锦未全诬。

彦博既去，夏竦亦死，势不得不另简相臣，试看下回分解。

仁宗之驾驭中外，未尝不明，而失之于柔。元昊之跋扈无论已，贝州王则一幺么小丑耳，假使留守得人，闻乱即讨，指日可平，乃犹烦大臣出使，竟致小题大做。迨至王则擒诛，赏功且及贾昌朝，得毋谓失入宁失出，乃有此滥赏之过欤？及卫士变起，守阁御乱之方，俱出曹皇后，仁宗竟不展一筹，何其无丈夫气？事平以后，张美人并无扈跸功，乃以夏竦一言，竟欲将曹后大功，移归张氏。迨王贽谎奏，且疑曹后亦涉嫌疑，微何郯之据理直陈，中宫又且摇动矣。要而言之：一优柔寡断之失也。夫唯失之于优柔，故贤人不能久用，佞臣得以幸进，而阴柔奸诈之夏竦，遂得以揣摩迎合，适中上意耳。仁宗以仁称，吾谓乃妇人之仁，非明主之仁。

第三十二回　狄青夜夺昆仑关
包拯出知开封府

却说文彦博为相时，陈执中罢职，用宋庠同平章事。庠，安州人，本名郊，仁宗初年，与弟祁同举进士，祁列第一，庠列第三。时刘太后临朝称制，以兄弟名次，不宜倒置，乃擢郊第一，置祁第十，时人呼为大宋、小宋，二宋联翩入仕，均以才藻闻。及郊为翰林学士，因姓名联合，与宋室郊天事相混，乃改名为庠。庠累擢为相，执政数年，无所建树。会祁子与张彦方交游，彦方伪造敕谍，事发论死，谏官包拯等，奏庠不戢子弟，治家无术，势难治国，应请免职。庠亦求去，遂出知河南府。至文罢夏死，遂用庞籍同平章事，高若讷为枢密使，梁适参知政事，狄青为枢密副使。青本以戍卒起家，历官西陲，善攻善守，经略判官尹洙，目为异材，尝与经略使韩琦、范仲淹谈及。应二十八回及三十回。韩、范遂召青入见，询问战略，无不中彀，遂倚为臂助。仲淹且授以《左氏春秋》，并语青道："为将不知古今，止一匹夫勇呢。"青唯唯受教。自是折节读书，举秦、汉以后将帅兵法，无不通晓，遂积功至都指挥使。元昊称臣，西蕃渐靖，奉召为殿前都虞侯。是时面涅犹存，仁宗尝命他敷药除字，青跪谢道："陛下以臣有微功，屡加迁擢，并非论及门第。臣得有今日，正为此涅，臣愿留示军中，可作劝勉。臣不敢奉诏。"俗小说中说青貌赛潘安，致有单单国公主临阵招亲诸事。当时并无单单国，何来公主？荒诞不经，一何可笑。仁宗道："卿言亦是有理，随卿所欲罢了。"旋命为彰化军节度使，兼知延州。至是复擢为枢密副使。

仁宗于庆历八年后，复改元皇祐。皇祐初年，广源州蛮酋侬智高叛命，僭称南天国，改元景瑞。广源州地近交趾，唐末交趾强盛，并有此州。州东为傥犹州，也属交趾。知州侬全福，被交人杀死。全福妻阿侬，改嫁商人，生子名智高，冒姓侬氏。智高年方十三，恨有二父，复将商人杀害，嗣与母占据傥犹州。交人兴兵进攻，执住智高母子，见智高状貌雄伟，把他赦宥，且令知广源州。智高仍怨恨交人，潜集部曲，袭据安德州，居然僭号改元，一面入贡中国，自愿内附。宋廷以交趾一隅，自黎桓受封后，更历二传，素修职贡，不愿收纳智高，结怨交人，应十五回。遂却还贡使。智高复奉金函书，力请投诚，仍不见报。于是智高恼羞成怒，竟入窥中国，居然欲与宋朝争衡。广州进士黄师宓，郁郁不得志，忽投入智高，愿为谋主。先劝智高屯积粮食，令出敝衣等物，与边民换易粟米。邕州境地，与广源州相近，邕人多输粟出边，与智高交易。知州陈珙，差人诘问，智高只说是："洞中饥馑，恐部中离散，反来扰边，所以易粟赈饥，免得暴动"云云。陈珙信为真情，毫不设备。智高复用师宓计，自毁居室，因召众与语道："生平积聚，被火毁尽，现只有入取邕广，谋一生机，否则大家共死了。"部众闻言，遂各磨拳擦掌，齐声听命。智高即率众五千，沿江东下，攻邕州横江寨，守将张日新等战死，进薄邕州。陈珙不知所为，被智高一鼓攻入，将他缚住。司户孔宗旦，都监张立，皆骂贼遇害。智高遂自称仁惠皇帝，国号大内，改元启历。又要改元，想是摹仿宋朝。

广南一带，久不被兵，军同虚设，智高麾众四出，连陷横、贵、藤、梧、康、端、龚、封八州，守臣相率逃遁。只知封州曹觐，知康州赵师旦，出战阵亡。智高进围广州，知州魏瓘，鼓励兵民，登陴死守。知英州苏缄，及转运使王罕，先后往援，城得不陷。仁宗接得警报，命余靖为广西安抚使，杨畋为广南安抚使，即调广东钤辖陈曙，发兵西征。会知秦州孙沔入朝，仁宗以秦事为勖。沔奏对道："秦州事不烦圣虑，岭南事却是可忧。臣观贼势方张，官军虽已往讨，尚未闻得将材，恐未必即能报捷哩。"仁宗默然。过了数日，果得败书，昭州钤辖张忠败殁，仁宗乃授沔为湖南、江西按抚使。沔请得骑兵七百人，即日就道，且分檄湖南、江西各州县，略言："大兵且至，应亟缮营垒，多具燕犒，休得延误！"智高本拟越岭北向，闻得此檄，乃不敢北侵。中沔计了。及沔至鼎州，加广南安抚使，召还杨畋。智

高却移书行营，求为邕桂节度使。仁宗拟如所请，参政梁适道："智高猖獗已甚，若再姑息了事，岭南非朝廷有了。"仁宗道："杨畋无功，余靖等亦未见奏捷，如何是好？"道言未毕，忽有一人出班奏道："臣愿奉旨南讨，生擒贼首，槛致阙下。"如闻其声。仁宗视之，乃是枢密副使狄青，便喜道："卿愿南征，应用若干人马？"狄青道："臣起行伍，非战伐无以报国，愿得蕃落数百骑，更益禁兵万人，便足破贼擒渠。"仁宗道："卿既欲去，事不宜迟，朕命卿宣抚荆湖，卿即去整顿行装，指日出发便了。"青拜谢而退。

宋制右文轻武，文臣除授节钺，成为习惯，此次独任武人，免不得廷议纷纷。谏官韩绛竟奏称："青一武夫，不应专任。"仁宗遂欲命内都知任守忠为副使。知谏院李兑，又上言："宦官不应掌兵。"惹得仁宗疑惑不定，这是此老常态。召问首相庞籍。籍答道："青智足平贼，不妨专任，如号令不一，不如勿遣罢！"仁宗乃置酒垂拱殿，特饯青行，且诏令岭南诸军，概受宣抚使狄青节制。适余靖在军中驰奏，略谓："交趾愿助讨智高，请下旨允行！"青已出都门，闻得此信，亟拜疏上达，略言："借兵平寇，有害无利，一侬智高横践两广，力不能制，反欲假兵蛮夷，适为所笑。蛮夷贪得忘义，倘轻视中国，因之启衅，祸且十倍智高。乞饬罢交趾助兵，毋贻后患！"名论不刊。仁宗准奏，遂由青檄止余靖，不得与交趾连兵，并戒前敌各将士，不准妄与贼斗，候令乃发。钤辖陈曙，乘青未至，遽发兵出击，至昆仑关，为敌所乘，立即溃退。殿直袁用等皆遁。青至宾州，会集孙沔、余靖各军，设营立栅，驻扎士卒。沔、靖等入报陈曙败溃状，青勃然道："号令不齐，怎得不败？明晨请诸位到来，严申军律，方可破贼哩！"沔、靖等允约而退。次日天明，青传命各军齐集，大小将校，尽会堂上，依次列座。青见陈曙在座，便起身与揖，曙亦起立。青即问曙道："日前往击昆仑关，共有若干兵马？"曙无可隐讳，只得答言步卒八千名，将校三十二人。青又令曙一一召入，当即升堂高坐，传卫士入帐，森列两旁，召曙至案前，厉声叱责道："皇上授我特权，来讨贼酋，我已在途次传谕诸将；不得妄战，钤辖何故违我号令，致遭败衄？按法当斩！"便喝令卫士，将曙拿下。又传袁用等三十二人与语道："违令的罪状，出自陈曙，但汝等既随陈出战，应该努力杀贼，奈何遇贼即走，不斩汝等，不足申军法。"也令卫士一一捆绑，驱出辕门，尽行枭首。不到一刻，血淋淋的三十余颗首级，由卫士携入堂来，

复令销差。沔与靖相顾失色，余将相率股栗，莫敢仰视。青命将首级悬竿徇众，越日方令备棺掩埋。自是肃行伍，明约束，昼夜戒备，壁垒一新。孙武斩美姬，穰苴斩庄贾，胥操是术，否则不足肃军纪。

时已残腊，转眼间已是皇祐五年的新春，青除按兵止营外，仍饬行庆贺礼，且传令休息十天，大众都莫名其妙。就是贼中间谍，也探不出什么兵谋，只返报智高，如十日约。慎重兵机，理应如是。谁知过了一天，青即自将前军，麾兵先发，孙沔为次军，余靖为后军，相机并进，进次昆仑关。智高安居邕州，尚未闻悉。阅二三日，乃再遣侦骑觇视，适值是日为上元节，官军各营，大张灯乐，宴饮尽欢，侦骑当据实回报去了。青料知有敌来窥，故意张筵夜饮。次日复饮，直至二鼓，尚是你斟我酌，兴味盎然。青忽自言未适，暂起入内，一面传谕军官，劝他尽量饮酒，待翌晨下令进关。军官等又欢饮多时，方才散席。待至黎明，均至帐前听令，忽帐内走出传令官，语诸将道："元帅已进关去了。诸位将军，请即前往会食，不得有误！"诸将统不胜惊异，慌忙领兵入关。孙沔、余靖也引军亟进。看官道狄青何时入关？原来青起座入内，即改易军装，从帐后潜出，暗约先锋孙节等，乘夜度关。关在昆仑山上，当宾、邕两州交界，最关冲要。青恐敌人来争，因偷越关外，直趋归仁铺列阵，静待后军。至各军陆续到齐，差不多已是辰牌，那时智高部众，也已得信，倾寨前来，抗拒官军。先锋孙节，与敌相遇，便上前搏斗。敌众来势甚锐，枪矢并发，节力战不退，中枪殒命。沔与靖驻兵冈上，遥见孙节阵亡，不觉大惊。俄闻鼓声大震，一彪人马，从山麓杀出。分兵为左右翼，夹击敌众，为首一员大元帅，银盔铜面，手执白旗，向官军左右指挥，忽纵忽横，忽开忽合，杀得敌众东倒西歪，那官军却步骤井井，行伍不乱。孙沔顾语余靖道："这不是狄元帅督战么？看他部下的将士，如生龙活虎一般，端的名不虚传，我等快上前去，助他一阵，管教贼众片甲不回。"靖即允诺，于是沔军在前，靖军在后，从山上冲将下去，搅入敌阵。敌众已抵不住狄军，怎禁得两军杀入，顿时大败，拼命乱窜。官军追奔五十里，斩首数千级，敌将黄师宓、侬建中，及伪官属等，死了一百五十七人，生擒敌弁五百余，方才收军。青即乘胜进攻邕州，哪知智高已纵火焚城，夤夜遁去。官军陆续入城，扑灭余火，搜得金帛巨万。赦胁从，招流亡，邕人大悦。一气叙来，极写狄青。唯查觅智高，竟无着落。适有一贼尸穿着龙衣，

大众认作智高，说他已死，拟即上闻。青摇首道："安知非诈？我宁失智高，不敢欺君冒功哩。"乃据实奏报。仁宗喜慰道："青果破贼了，庞籍可谓知人。就是梁适主张讨贼，亦不为无功，否则南方安危，尚未可料呢。"乃诏余靖经制广西，追捕智高，召狄青、孙沔还朝，擢青为枢密使，沔为枢密副使，南征各将，赏赉有差。杨延昭子文广，亦因从征有功，授广西钤辖，嗣复令知邕州。是时延昭早殁，杨氏一门，要算文广是绰有祖风了。结束杨家，扫尽穆柯寨、天门阵诸谬说。智高母阿侬，及弟智光，侄继宗，逃至特磨道，由余靖遣将追获，解京伏法。独智高窜死大理，靖辗转索取，才函首入献。当时广南一带，有农种籴收的童谣，到此始应验了。

狄青入任枢密，庞籍等均言位不相宜，仁宗不听。俗小说中，有奸相庞洪，屡谋害青，想是庞籍之误，但庞籍尚称贤相，即奏阻枢密使，亦非有意害青。籍女且未尝为妃，更属捏造，此如潘美之加名仁美害死杨业诸讹词，同一影射，而荒谬尤过之。青在枢密四年，很加慎重，只因平素恤下，每一公出，士卒辄环拥马前，且谓青家狗生两角，并屡有光怪，以讹传讹，哗动京师。学士欧阳修，及知制诰刘敞统奏称："青掌机密，致启讹言，不如调赴外任，转得保全。"仁宗乃用韩琦为枢密使，罢青为同中书门下平章事，出判陈州。越年，病终任所，赠中书令，谥武襄。有子数人，长名咨，次名咏，并为阁门使。咏承父志，以战略闻。特叙二子，以正小说中狄龙、狄虎之误。这且无庸细表。

且说皇祐五年后，仁宗下诏改元，号为至和。适值张贵妃一病不起，竟致玉殒香消，仁宗哀悼逾恒，竟辍朝七日，且禁城举乐一月，追册为皇后，治丧皇仪殿，赐谥温成，加赠妃父尧封为郡王，晋封尧佐为太师。知制造王洙，迎合意旨，阴与内侍石全斌附会，拟令孙沔读册，宰相护葬。庞籍时已罢相，又用陈执中继任。执中奉命维谨，独孙沔入朝抗奏道："陛下命臣沔读册，臣何敢不遵？但臣职任枢密副使，非读册官，臣不读册，是谓违旨，臣欲读册，是谓越职，请陛下将臣罢免，臣才可告无罪了。"志节可嘉。仁宗默然不答。越日，竟罢沔枢密副使，徙知杭州，且令参政刘沆，充温成皇后园陵监护使。葬毕叙功，擢同平章事。宫闱私宠，滥恩至此，色之迷人大矣哉！既而知谏院范镇，及殿中侍御史赵林等，交章劾论陈执中，非宰相才，且纵妾笞婢至死，亦当坐罪云云。执中乃免职。其时中外人士，属望老成，莫如范仲淹、文彦博、富弼三人，这三人忠正相符，不喜阿附，因此在朝未久，俱

被外调。直道难容，古今同慨。仲淹徙知青州，竟于皇祐四年，病殁任所，追赠兵部尚书，予谥文正。他祖籍是邠州人氏，徙居江南吴县，二岁丧父，随母更嫁，及长，始知家世，辞母归宗，苦志励学。及贵显后，食不重肉，衣不重裘，俸禄所得，留赡族里，尝置义庄一所，赈恤孤贫，所守各郡，恩威并济，人民多立生祠，就是羌夷亦爱戴如父。及殁，远近皆哀，如丧考妣。补叙范文正生平，无非旌善。生四子，历有政绩，事见后文。文彦博出知许州，见前回。富弼出判并州，均尚在任，并著政声。

仁宗既罢免执中，当然要另择相才，适枢密直学士王素，因别事入奏，陈言已毕，仁宗道："卿系故相王旦子，与朕为世旧，非他人比，朕所以与卿熟商。今日择相，何人可任？"素对道："但教宦官宫妾，不知姓名，便可充选。"仁宗道："据卿所云，只有富弼一人。"素顿首贺道："臣庆陛下得人了。"仁宗又问及文彦博，素答言亦一宰相才。乃遂下诏召二人入朝。并授同平章事，士大夫都额手称庆。过了至和二年，又改称嘉祐元年，仁宗御大庆殿受朝，忽眩晕欲仆，急命群臣草草行礼，入返寝宫，嗣是数日不朝，大臣不得见，中外忧惧，亏得文，富二相，借祈祷为名，直宿殿庐，方得镇静如常。彦博因乘间请立储君，仁宗含糊答应。越月，仁宗疾瘳，亲御延和殿，彦博与弼才退还私第。只立储一事，又复搁起。知谏院范镇，屡请立储，竟忤帝意，罢免谏职。学士欧阳修，侍御史赵抃，知制诰吴奎等，上疏力请，又不见从。殿中侍御史包拯，又上疏板谏，说得非常恳切，也把他徙调出外，权知开封府。包拯字希仁，合肥县人，初举进士，授建昌知县。因父母俱老，辞不就职。后数年双亲并逝，拯庐墓终丧，始出知天长县。人第知拯之廉明，不知拯之孝养，故特为揭出。县中有盗，割人牛舌，豢牛主人，投署控诉。拯语道："牛舌已去，不能复活，你速回去，烹宰这牛，免得不值一钱！"主人道："小民是来追究割牛舌的人。"拯佯怒道："一个牛舌，值得什么，你也要来刁讼，快出去罢！"主人吞声而去，即将牛杀讫，鬻肉易钱。未几即有人来告他私宰耕牛，拯忽道："你为何割他牛舌？"那人不禁失色，一讯即服。自是以善折狱闻。已而入拜御史，加按察使，又历三司户部判官，出为京东转运使，复入为天章阁待制，更知谏院，除龙图阁直学士，兼殿中侍御史。素性刚毅，不阿权贵，豪戚宦官，皆为敛手。既知开封府，大开正门，任人民诉冤，无论何种案件，概令两造上堂直陈，立剖曲

直。遇有疑难讼狱，亦必多方调察，务得真情。锄豪强，罪奸枉，奖节义，伸冤曲，一介不取，铁面无私，童稚妇女，群知大名，或呼为包待制，或呼为包龙图，京师为之语道：“关节不到，有阎罗包老。”后人撰有《包公案》一书，却有一半实迹。至说包公殁后，为阴司阎罗王，乃是随口附会，不足凭信。小子有诗咏包公道：

立朝一笑比河清，见《包拯传》。妇稚由来识大名。
尽说此公能折狱，得情仍不外廉明。

越二年，复召入为御史中丞，他又要面请立储了。未知得邀俞允与否，且看下回便知。

狄青、包拯两人，垂誉至今，称颂不衰。而包龙图三字，盛名尤出狄上。即妇人孺子，无不知有包龙图者。甚且谓狄之荣显，多由包拯之力，是则子虚乌有之谈，固难取信耳。尝考狄之立功，莫大于夺昆仑关，包之成名，莫要于知开封府，著书人不敢溢美，亦不敢没善，就两人功名，择要演述，已足存其实迹；而当时朝政之得失，亦销纳其间，以视俗小说之附会荒唐，不值一噱者，固不啻霄壤之别也。此书一出，可以扫尽卮言。

第三十三回　立储贰入承大统
释嫌疑准请撤帘

却说包拯奉诏为御史中丞，受职以后，仍然正色立朝，不少挠屈，甫经数日，又伏阙上奏道："东宫虚位，为日已久，中外无不怀忧。陛下试思物皆有本，难道国家可无本么？太子系国家根本，根本不立，如何为国？"仁宗怫然道："卿又来说此事了。朕且问卿，何人可立？"拯叩首答道："臣本不才，叨蒙恩遇，所以乞请建储，无非为宗庙万世至计，陛下今问臣应立何人，仍是疑臣多言，臣年将七十，且无子嗣，还想什么后福？不过耿耿孤忠，不能自默呢。"语诚且挚。仁宗面色转和，方道："忠诚如卿，朕亦深知，建储事总当举行，待朕妥议便了。"拯乃退出。原来拯有一子名镱，娶妻崔氏，尝通判潭州，壮年去世。崔氏无出，守节不再嫁，因此拯面奏仁宗，自称无子。但拯有媵妾，已娠被出，在母家产生一男，事为崔氏所知，密为赡养，母子俱全。嘉祐六年，拯进为枢密副使。越年，遇疾将殁，崔乃白拯取回媵子，由拯命名曰綖。拯并留遗嘱道："后嗣倘得为官，当谨守清白家风。如或犯赃，生不得放归本家，死不得葬大茔中，不从吾志，非我子孙。"言讫乃逝。有诏追赠礼部尚书，谥孝肃。随笔结过包拯事，免得后文另起炉灶。唯立储一事，也至嘉祐六七年间，方才定夺。

先是张贵妃殁后，仁宗痛失爱妃，追怀故剑，复召回前时所宠的杨美人。应二十八回。杨本刘太后姻戚，色艺兼优，自重入宫后，晋封婕妤，历加修媛、修仪诸名位。怎奈秀而不实，诞玉无期，就是曹后以下诸妃嫔，或生

而不育，终成虚愿。史称仁宗有三子，曰昉，曰昕，曰曦，皆夭殇。仁宗复采选良家女十人，一一召幸，宫中号为十阁。刘氏、黄氏在十阁中，尤称骄恣，免不得有内外请托等弊。当嘉祐四年秋间，月食几尽，御史中丞韩绛，密奏十阁恃宠，不足毓麟，反伤阴教，应严加裁抑云云。仁宗检查得实，乃将十阁尽行遣出，并放宫女一二百人，既而文彦博告老辞职，富弼因母丧丁忧，就是黑王相公王德用，德用面黑，人呼为黑王相公。前曾召为枢密使，至是亦已免职，刘沆亦罢去，乃用韩琦同平章事，宋庠、田况为枢密使，张昇为副使。琦既入相，即以建储为请。仁宗谓后宫有孕，待分娩后再议，哪知满望弄璋，变成弄瓦，琦乃怀《汉书·孔光传》进呈，且奏道："汉成无嗣，曾立犹子，彼系中材主，尚能若此，况陛下呢。太祖手定天下，传弟不传子，陛下知法先祖，何妨择宗室为嗣呢。"仁宗仍然不决。会宋庠以惰弛免官，擢学士曾公亮为枢密使，嗣更与韩琦并相，以张昇代公亮后任，并进欧阳修参知政事。公亮娴法令，修长文学，昇通治术，与韩琦同心辅政，朝廷称治。四人均以建储未定为忧，一再疏陈，终未见报。会知谏院司马光及知江州吕诲，又连章固请，词极剀切，仁宗颇为感动，将二疏送交中书。及琦入对，即中读光、诲二疏。仁宗遽谕道："朕有意久了，究竟何人可嗣？"琦忙答道："这事非臣等所敢私议，请陛下自择！"仁宗复道："宫中尝养二子，年少的近时不慧，就是大的罢！"琦闻旨，便即请名。仁宗道："就是宗实。"琦极力赞成。仁宗道："宗实现居濮王丧，须降旨起复，方可册立。"琦复道："事若果行，不可中止，陛下断自不疑，乞从内中批出！"仁宗道："且先由中书传旨，起复他知宗正寺，何如？"琦便应声遵旨，当即出传上旨，起复宗实。宗实父允让，见二十八回。封汝南郡王，嘉祐四年冬薨逝，追封濮王。宗实居庐守制，因有诏起复，固辞不拜，哀乞终丧。仁宗再召问韩琦，琦对道："陛下为宗社计，乃择贤而立，今固辞不受，勉尽孝道，这便是所谓贤呢，请令终丧视事便了。"定策立储，是韩魏公生平大业，故言之特详。至嘉祐七年秋季，宗实终丧，尚坚卧不起。琦复入朝启奏道："宗正一诏，已见明文，中外臣民，已知陛下择嗣，不如即日正名为是。"仁宗道："准卿所奏！"琦退至中书处，即召翰林学士王珪草制。珪奋然道："这是国家大事，应面授上命，方可拟诏。"琦答道："既如此，快去请对罢！"珪翌日请对，由仁宗召见。珪跪奏道："海内望陛下立储，不啻望岁，这事果出自圣意

吗？”仁宗道：“朕意已决定了。”珪再拜称贺，乃退朝草制。制命既下，宗实复称疾固辞，章十余上。知谏院司马光入奏道：“皇子固辞主器，延至旬月，可谓贤德过人。但父召无诺，君命召，不俟驾，这是臣子大义，请陛下举义相绳，皇子自不敢有违了。”仁宗乃召同判大宗正寺安国公从古等往传旨意，宗实尚不肯受命。记室周孟阳私问宗实，究为何意？宗实道：“非敢邀福，实欲避祸呢。”孟阳道：“今皇上屡次传诏，乃固辞不受，倘中官等别有所奉，转启嫌疑，尚能宴安无患否？”宗实始悟，乃与从古等相约入宫。临行时语家人道：“谨守吾舍！待上有嫡嗣，我即归来了。”及既入宫中，谒见清居殿，赐名曰曙，自是每日一朝，有时或入侍禁中，过了一月，受封为巨鹿郡公。转瞬间已是嘉祐八年，正月中无事可表，一到二月，仁宗复患疾卧床，不能视朝，令中书枢密奏事，须至福宁殿内的西阁中。旋经太医调治，稍有起色，三月初旬，曾亲御内殿二次，嗣复寝疾不起，渐加沉重，竟至驾崩。遗诏皇子曙即皇帝位，皇后曹氏为皇太后。总计仁宗在位四十二年，寿五十四岁，改元多至九次，两宋诸帝，要算仁宗享国，最号长久。仁宗恭俭仁恕，出自天性，治术尚宽，刑决尚简，所用枢要诸臣，虽贤奸直枉，迭为消长，究竟君子多，小人少，因此力持大体，没甚变故。就是庆历年间，党议蜂起，韩、范、富、欧等为一派，吕、夏、宋、陈等为一派，互相排斥，各是其是，但也不过内外迁调，未尝妄兴大狱，所以宋史上称为仁主，极力颂扬，这且不必絮述。

且说仁宗已崩，皇后曹氏即命将宫门各钥，收置身旁，俟至黎明。命内侍召皇子入宫，且传集韩琦、欧阳修等，共议皇子即位事宜。皇子哭临已毕，遽欲退出。曹后道：“大行皇帝遗诏，令皇子嗣位，皇子应承先继志，不得有违！”皇子曙变色道：“曙不敢为。”韩琦忙掖留道：“承先继志，乃得为孝，圣母言不可不从！”皇子乃遵即帝位，御东楹见百官，是为英宗皇帝。英宗欲循行古制，谅阴三年，命韩琦摄行冢宰。琦奏称古今异宜，不应遵行，乃尊皇后为皇太后，请太后权同处分军国重事。太后因御内东门小殿垂帘，宰辅等逐日复奏，由太后援经据史，处决事件，遇有疑难，每语辅臣道：“公等妥议，应该如何处置，便可解决了。”自是韩琦等悉心赞议，太后未尝不从。独对待曹氏懿戚，及宫中内侍，丝毫不肯假借，内外为之肃然。既而立皇后高氏，后系故侍中高琼曾孙女，母曹氏，为太后胞姊，既生女，

幼育宫中。既长出宫，为英宗妃，封京兆郡君，至是册为皇后，与太后如母女一般，当然爱敬有加。太后复重富弼名，召为枢密使，忽英宗偶然不豫，渐渐的举措乖常，左右有所陈请，辄遭暴怒，甚且杖挞相加。内侍等受虐不平，遂交诉内都知任守忠。守忠初为仁宗所黜逐，嗣复召入，累擢至内都知，仁宗欲立英宗，守忠恐英宗明察，拟援立庸弱，谋攫内权，旋因计不得逞，未免失望。适内侍等入诉帝状，遂乘间设法，谗构两宫。看官！试想天下有几个慈明不昧的贤母，诚孝无私的令主，能不听亲幸媒蘖么？守忠等日夕浸润，惹得两宫都动疑起来，由疑生怨，由怨成隙，好好的继母继子，几乎变成仇雠。知谏院吕诲，亟上书两宫，开陈大义，词旨恳切，多言人所难言，两宫意终未释。

一日，韩琦、欧阳修奏事帘前，太后呜咽涕泣，具述英宗变态。韩琦道："皇躬不豫，因致失常，痊愈以后，必不至此。且太后为母，皇上为子，子有疾，母可不容忍么？"太后尚流泪不止。欧阳修复进奏道："太后事先帝数十年，仁德昭闻，天下共仰，从前温成得宠，太后尚处之泰然，如今母子相关，何至不能相容呢？"太后闻言，方才收泪。修又道："先帝在位日久，德泽在人，所以一旦晏驾，天下奉戴嗣君，无敢异议。今太后原是贤明，究竟是一妇人，臣等五、六人，统是措大书生，若非先帝遗命，哪个肯来服从呢？"前以婉言动之，后用危言警之，欧阳公也算善言。太后沉吟不答。琦竟朗声道："臣等在外，皇躬若失调护，太后不得辞责。"索性逼进一层。这数语，引动太后开口，即矍然道："这话从哪里说来？我心更愁得紧哩。"正要引你此语。琦与修均叩首道："太后仁慈，臣等素来钦佩，所望是全始全终哩。"叩毕乃退。内侍等听着，统不禁瞠目咋舌，阴谋为之少懈。

越数日，琦独入内廷，向英宗问安，英宗略谕数语，便道："太后待朕，未免寡恩。"琦遽对道："古来圣帝明王，也属不少，独称舜为大孝，难道此外多不孝么？不过亲慈子孝，乃是常道，未足称扬，若父母不慈，子仍尽孝，乃得称名千古。臣恐陛下事亲未至，尚亏孝道，天下岂有不是的父母么？"英宗不觉改容。嗣英宗疾已少瘳。命侍臣讲读迩英阁，翰林侍讲学士刘敞，进读《史记》，至尧授舜天下事，即拱手讲解道："舜起自侧陋，尧乃禅授大位，天下归心，万民悦服，这非由舜别有他术，只因他孝亲友弟，德播远近，所以讴歌朝觐，不召自来呢。"借史讽主，语重心长。英宗悚然道：

"朕知道了。"遂进问太后起居，自陈病时昏乱，得罪慈躬，伏望矜宥等语。太后亦欣慰道："病时小过，不足为罪，此后能善自调护，毋致违和，我已喜慰无穷，还有什么计较？况皇儿四岁入宫，我旦夕顾复，抚养成人，正为今日，难道反有异心么？"英宗泣拜道："圣母隆恩，如天罔极，儿若再忤慈命，是无以为人，怎能治国？"太后亦不禁下泪，亲扶帝起，且道："国事有大臣辅弼，我一妇人，不得已暂时听政，所有目前要务，仍凭宰相取决，我始终未敢臆断，待皇儿身体复原，我即应归政，莫谓我喜称制呢。"如此明惠，即间或被蒙，亦不过如日月之蚀而已。英宗道："母后多一日训政，儿得多一日受教，请母后勿遽撤帘！"太后道："我自有主意。"英宗乃退。自是母子欢好如初，嫌疑尽释。

韩琦等闻知此事，自然放心，唯因英宗久不御朝，中外耽忧，致多揣测。会值京师忧旱，英宗适御紫宸殿，琦遂请乘舆祷雨，具素服以出，人情乃安。是年冬，葬大行皇帝于永昭陵，庙号仁宗，封长子仲鍼为光国公，寻复晋封为淮阳郡王，改名顼。时英宗已生四子，俱系高后所出，除淮阳王顼外，次名颢，又次名颜，幼名頵。颜甫生即夭，余见后文。越年，改元治平，自春至夏，帝疾大瘳。琦欲太后撤帘还政，乃就入朝奏事时，请英宗裁决十余件。裁决既毕，琦即复奏太后，且言："皇上明断，裁决悉合机宜。"太后一一复阅，亦每事称善。琦因叩首道："皇上亲断万几，又兼太后训政，此后宫廷规划，应无不善，臣年力将衰，恐不胜任，愿就此乞休，幸祈赐准！"太后道："朝廷大事，全仗相公，相公如何可去！我却不妨退居深宫呢。"琦复道："前代母后，贤如马、邓，尚不免顾恋权势，今太后便拟复辟，诚属盛德谦冲，非马、邓诸后所可及。臣幸际慈明，钦承无已，但不知于何日撤帘？"太后道："我并不欲预政，无非为皇上前日，抱恙未痊，不得已而在此。要撤帘就可撤帘，何必另定日子呢？"言已即起。临事果断，不愧贤后。琦即抗声道："太后已有旨撤帘，銮仪司何不遵行？"当下走过銮仪司，把帘除下。太后匆匆趋入，御屏后尚见后衣，内外都惊为异事。英宗加琦为右仆射，每日御前后殿，亲理政事。并上太后宫殿名，称作慈寿宫，所有太后出入仪卫，如章献太后故事。

既而知谏院司马光上疏，极言："内侍任守忠，谗间两宫，为国大蠹，若非母后贤明，皇上诚孝，几乎祸起萧墙，乞即援照国法，将守忠处斩都

市！”英宗览奏，却也动容，唯一时未见降旨。越宿，韩琦至中书处，骤出空头敕一道，自己署名签字，复令两参政同时签名。参政一是欧阳修，一是赵槩。槩于仁宗末年，入任是职。欧阳修接敕后，也不多说，当即签名。赵槩却有难色，修语槩道：“不妨照签，韩公总有说法。”槩乃勉强签字。签毕，琦即坐政事堂，召守忠至，令立庭下，即面叱道：“你可知罪么？本当伏法，因奉旨从宽，姑把你安置蕲州，你当感念圣恩，勿再怙恶！”言毕，便取出空头敕，亲自填写，付与守忠，即日押令出都。手段似辣，然处置奄人，不得不如是神速。且韩魏公定已密奉得旨，当非专擅者比。又把守忠余党史昭锡一律斥出，窜徙南方，中外称快。过了数月，适琦入朝，英宗忽问琦道：“三司使蔡襄，品行如何？”琦未知问意，但答言：“襄颇干练，可以任用。”英宗不答。越日竟命襄出知杭州。看官道是何因？原来太后听政时，曾与辅臣言及，谓：“先帝既立皇子，不但宦妾生疑，就是著名的大臣，亦有异言，险些儿败坏大事，我不愿追究，已将章奏都毁去了。”为了这几句懿旨，时人多猜是蔡襄所奏，究竟襄有无此事，无从证实，不过他素好诙谐，语言未免失检，遂致同列滋疑。小子尝记蔡襄平日，与陈亚友善，襄戏令陈亚属对，口占出句云：“陈亚有心终是恶，”陈即应声道：“蔡襄无口便成衰。”当时旁坐诸人，共推为绝对。且因襄欲嘲人，反被人嘲，共笑为诙谐的报应。因国事带叙及此，隐寓劝戒之意。其实襄擅吏治才，遇有案件，谈笑剖决，吏不敢欺。尝知泉州，督建万安桥，长三百六十丈，利济行人。又植松七百里，广为庇荫，州民无不颂德。万安桥一名洛阳桥，迄今碑石尚存，蔡襄亲书碑文，约略可辨。俗说蔡状元造洛阳桥，就是此处。只因戏语招尤，致触主忌。治平三年丁母忧，归兴化原籍，越年卒于家，追赠礼部侍郎，后来赐谥忠惠。仍不掩长，是忠厚之笔。小子有诗叹道：

泽留八闽起讴歌，一语招尤可若何？
才识慎言存古训，不如圭玷尚堪磨。

英宗既降调蔡襄，复诏议崇奉濮王典礼。朝右大臣，又互有一番争议，容至下回表明。

英宗入嗣，曹后听政及撤帘，皆韩琦一人之力。宣圣所云：“托六尺之孤，寄百里之命，临大节不可夺者”，如韩魏公足以当之。欧阳修、曾公亮、张昪、王珪、司马光等，类皆附骥而彰，而曹后之贤明，英宗之孝敬，亦赖是以成。欧子谓“不动声色，措天下于泰山之安。”诚非过誉也。彼夫真宗之初有吕端，仁宗之初有王曾，以韩相较，有过之无不及者。贤相与国家之关系，固如此哉！

第三十四回　争濮议聚讼盈廷
传颍王长男主器

却说英宗皇帝，系濮王允让第十三子。濮王三妃，元妃王氏，封谯国夫人，次妃韩氏，封襄国夫人，又次妃任氏，封仙游县君。英宗虽入嗣仁宗，但于本生父母，亦断然不能恝置。首相韩琦尝奏称：“礼不忘本，濮王德盛位隆，理合尊礼，请下有司议定名称！”当由英宗批答，俟大祥后再议。知谏院司马光，即援史评驳，谓：“汉宣帝为孝昭后，终不追尊卫太子史皇孙，光武帝上继元帝，亦不追尊巨鹿南顿君，这是万世常法，可为今鉴。”及治平二年，诏礼官与待制以上，谨议崇奉濮王典礼。各大臣莫敢先发，唯司马光奋笔立议。略言：“为人后者为之子，不得顾私亲，应准先朝封赠期亲等属故例，垂为常典”云云。于是翰林学士王珪等，即据司马光手稿，略行增改，随即上奏。其文云：

谨按《仪礼·丧服》，为人后者传曰，何以三年也？受重者必以尊服服之，为所后者之祖父母妻，妻之父母昆弟，昆弟之子若子，谓皆如亲子也。所后者，即指继父母言。又为人后者为其父母传曰。何以期？不二斩，特重于大宗，降于小宗也。为人后者为其昆弟传曰，何以大功？为人后者降其昆弟也。先王制礼，尊无二上，若恭爱之心分于彼，则不得专于此故也。是以秦、汉以来，帝王有自旁支入承大统者，或推尊其父母，以为帝后，皆见非当时，取议后世，臣等不敢引以为圣朝法。况前

代入继者，多宫车晏驾之后，援立之策，或出臣下，非如仁宗皇帝，年龄未衰，深唯宗庙之重，只承天地之意，于宗室众多之中，简推圣明，授以大业。陛下亲为先帝之子，然后继体承祧，光有天下。濮安懿王，濮王谥安懿。虽于陛下有天性之亲，顾复之恩，然陛下所以负扆端冕，富有四海，子子孙孙，万世相承，皆先帝德也。臣等窃以为濮王宜准先朝封赠期亲尊属故事，尊以高官大国，谯国、襄国、仙游，并封太夫人，考之古今，名称最合，谨具议上闻！

议上，韩琦等谓："珪等所议，未见详定，濮王当称何亲，名与不名，请令珪等复议！"珪等又议称："濮王系仁宗兄，皇帝宜称皇伯而不名。"欧阳修独加驳斥，援据丧服大记，撰成《为后或问》上下二篇，大旨说是："身为人后，应为父母降服，三年为期，唯不没父母原称，这便是服可降，名不可没的意思。若本身父改称皇伯，历考前世，均无典据，即如汉宣帝及光武帝，亦皆称父为皇考，未尝易称皇伯。至进封大国一层，尤觉与礼未合，请下尚书省，集三省御史台议！"于是廷臣又奉诏议礼，正在彼此斟酌，互相辩难的时候，忽接到太后手谕，诘责执政处事寡断，徒启纷呶。理该责问。英宗乃下诏道："朕闻廷臣集议不一，权且罢议，现着有司等博求典故，妥议以闻！"既而礼官范镇等，又奏称："汉时称皇考，称帝称皇，立寝庙，序昭穆，均非陛下圣明所当法，宜如前议为是。"侍御史吕诲、范纯仁，监察御史吕大防，复主张珪议，力请照行。章凡七上，均不见报，乃共劾韩琦专权导谀。欧阳修首创邪议，曾公亮、赵槩等附会不正，均乞贬黜！这种弹章，呈递进去，当然是不见批答。韩琦等亦上言："皇伯无稽，决不可称，请明诏中外，核定名实。至若立庙京师，干纪乱统等事，均非朝廷本意，应饬臣下不必妄引"等语。英宗正信用韩琦等人，胸中已有成见，不过廷臣互有争端，一时未便下诏。越年，竟由太后手敕中书道：

吾闻群臣议请皇帝封崇濮安懿王，至今未见施行，吾载阅前史，乃知自有故事。濮安懿王谯国夫人王氏，襄国夫人韩氏，仙游县君任氏，可令皇帝称亲，濮安懿王称皇，王氏、韩氏、任氏并称后，特此手谕！

韩琦等奉到此敕，即转递英宗。英宗即日颁诏，略云：

称亲之礼，谨遵慈训，追崇之典，岂易克当？所有称皇称后诸尊号，朕不敢闻，令内外臣民知之！此诏。

诏既下，又命就濮王茔建园立庙，封濮王子宗朴为濮国公，主奉祠事。所有濮王尊讳，令臣民谨避，濮议遂定。当时盈廷揣测，统说太后一敕，主张追崇，英宗一诏，半安退让，统由中书主谋，借此定议。平心而论，此议不得为谬。吕诲等以论列弹奏，不见听用，缴纳御史敕诰，自称家居待罪。英宗命阁门还敕，不令辞职。诲等又复奏固辞，且言与辅臣势难两立。并无不共戴天之仇，何必出此危词？宋臣虽有气节，究未免市直沽名。英宗览到此语，不免懊恼，因转问韩琦、欧阳修等。琦、修等齐声奏道："御史等以为理难并立，若臣等有罪，当留御史，黜臣等。"英宗不答。翌日，竟诏徙吕诲知蕲州，范纯仁通判安州，吕大防知休宁县。司马光等上疏，乞留诲等，不报，复请与俱贬，亦不许。侍读吕公著，上言："陛下即位二年，纳谏未著美名，反屡黜言官，如何风示天下？"英宗仍然不从。公著因乞外调，乃出知蔡州。一番大争论，从此罢休。

话分两头，且说文彦博罢相，出判河南，封潞国公。接应前回。至治平二年，自河南入觐，英宗慰劳有加，且语彦博道："朕得嗣立，多出卿力。"彦博悚然道："陛下入继大统，乃先帝意，及皇太后协赞成功，臣何力之有？况陛下即位，臣方在外，韩琦等仰承圣旨，入受遗诏，臣又未尝预闻。今蒙陛下奖及，实不敢当。"英宗徐答道："卿可谓功成不居了。今暂烦卿西行，不久即当召还呢。"彦博乃退。寻即有旨改判永兴军。彦博方去，忽富弼自称足疾，力请解政，英宗不允。弼偏隔日一奏，五日两疏，坚辞枢密。看官道是何因？原来嘉祐年间，弼入相，适韩琦为枢密使，应三十二回。凡中书有事，往往与枢密相商，至此琦与弼易一职位，琦事多专断，未尝问弼，弼颇不怿。当太后还政时，弼毫不预闻，忽韩琦促请撤帘，弼不禁惊讶道："弼备位辅佐，他事或不可预闻，这事何妨通知，难道韩公独恐弼分誉么？"褊心总未易去，富郑公尚且如此。琦闻弼言，也语人道："此事当如出太后意，不便先事显言。"弼心中总觉不快。英宗亲政，因弼尝与议建储，特加授户部尚

书。弼曾乞辞道："建储系国家大计，廷臣等均有此议，何足言功？且陛下受先帝深恩，母后大德，尚未闻所以为报，乃独加赏及臣，臣何敢受！"此语恰很公正，与文彦博奏对略同。英宗不从。再奏仍不允，弼乃强受。至是连章求去，始命弼出判扬州，封郑国公。还有枢密使张昇，已加封太尉，亦上章告老。英宗道："太尉勤劳王家，怎可遽去？果因筋力就衰，可不必每日到院，但五日一至便了。"昇总不愿再留，仍然求去，乃出判许州。韩琦、曾公亮，因富弼张昇，俱已外调，枢密院不能无主，拟迁欧阳修为枢密使。修微有所闻，便进与琦等道："皇上亲政，任用大臣，自有权衡，公等虽系见爱，但未免上凌主权，此事如何行得？"琦等乃止。果然英宗别有所属，召入文彦博，令为枢密使。又擢权三司使吕公弼，使副枢密。公弼先为群牧使，时帝尚未立，得赐马甚劣，商诸公弼，欲转易良马。公弼以为未奉明诏，不敢私易，竟谢绝所请。至是英宗擢用公弼，公弼入谢，英宗道："卿前岁不与朕马，朕已知卿正直了。"这是英宗知人处。公弼拜谢而退。嗣又召用泾原路副都部署郭逵，授检校太保，同签书枢密院事。逵本武臣，旧隶范仲淹麾下，仲淹勖以学问，遂成将材。从前任福战殁，及葛怀敏覆军，皆为逵所预料，时人服他先见，累任边镇，积有军功。仁宗季年，湖北溪蛮彭仕羲作乱，调逵知澧州，率兵往讨，尽平诸隘。仕义窜死，余众悉降。寻复改知邵州，讨平武冈蛮，擢容州观察使，转迁泾原路副都部署。英宗闻他智勇，乃召入都中，令就职枢府。看官！你想宋室大臣，心目中只有文人，不顾武士，前次狄青荡平智高，大功卓著，一入枢府，便觉疑谤纷乘，弹章屡上，郭逵功绩，不及狄青，哪里能箝定众口？当由知谏院邵亢等，连疏奏劾，大略说是："祖宗故例，枢府参用武臣，必如曹彬父子，及马知节、王德用、狄青，勋名威望，卓越一时，乃可无愧。郭逵黠佞小才，岂堪大用？乞改易成命！"英宗不报。《宋史》中，狄青与郭逵列传，先后相继，隐然以郭比狄，故本回特别提出，且以见宋臣倾轧之非。

会京师大雨，水潦为灾，宫廷门外，俱遭淹没。官私庐舍，毁坏不可胜计，人多溺死。英宗诏求直言，谏官等遵旨直陈，无非是进贤黜佞等语。未几，温州大火，又未几，彗星见西方，长丈有五尺。英宗撤乐减膳，加意修省，且令中书举士，得二十人，一体召试。韩琦以与试多人，恐难位置，英宗道："台臣多说朕不能进贤，如果能得贤士，岂不是多多益善吗？"旋经琦等酌定，先召试十人，试后中彀，俱授馆职。宋制，进士第一人及第，往

往仕至辅相，士人尤以登台阁，升禁从为荣。尝编一歌谣云：“宁登瀛，不为卿；宁抱椠，不为监。”可见当日人心，趋重科第，更艳羡台阁，所有出兵打仗的将士，就使孙、吴复出，颇、牧再生，也看做没用一般呢。宋室积弱。实中此弊。郭逵入枢府半年，终被同列排挤，出任陕西四路宣抚使，兼判渭州。治平三年十一月，英宗又复不豫，兼旬不能视朝。韩琦等入问起居，见英宗憔悴得很，虽是凭几危坐，已觉困惫难支，琦即进言道：“陛下久不视朝，中外惊疑，请早立储君，借安社稷！”英宗略略点首。琦复奏道：“圣意已决，即请手诏，指日行立储礼。”英宗尚未及答，琦即命召学士承旨张方平，入殿草制，先诸英宗亲笔指麾，由方平进纸笔。英宗勉强提毫，草书数字。琦望将过去，纸上写着立大大王为皇太子，随复奏请道：“立嫡以长，想圣意必属颍王，唯还请圣躬亲加书明！”英宗乃又批了“颍王顼”三字。方平即遵着帝意，恭拟数语，自首至尾，立刻缮就，中留一空格，即应填太子名，乃请英宗亲笔加入。英宗不堪久坐，待了这一歇，含糊说了数语，韩琦等也听不清楚。至方平呈上草制，乃力疾书太子名，名既书就，不觉叹了一声，忍不住堕泪承眶，随即命内侍掖至龙床，就卧去了。韩琦等当然趋退。文彦博顾语韩琦道：“见上颜色否？人生到此，虽父子亦觉动情呢。”琦答道：“巨鹿受封，尚是眼前时事，不意相去无几，又要力请建储，这也是令人嗟叹呢。”话毕，各散归私第。越二日，即册立太子，奉旨大赦。自是英宗病体毫无起色，好容易度过年关，已是治平四年，文武百官恭上尊号，当于元旦辰刻，入朝庆贺。英宗已要归天，百官还在做梦，这是中国专务粉饰之弊。既至福宁殿，英宗并未御朝，大家唯对着虚座，舞蹈一番，依次退出。但见外面朔风怒号，阴霾四塞，统觉得天象告变，主兆不祥。过了七日，宫中传出讣音，英宗已升遐了，寿三十六岁，在位只四年。英宗夙有潜德，以孝亲著闻，局量弘远，情性谦和。濮王薨逝时，曾把所服玩物分赐诸子，英宗所受这一份，都转畀王府旧人，唯留犀带一条，值钱三十万，委交殿侍出售。殿侍竟把带失去，不胜遑急，英宗却淡然恕置，不索赔偿。即位以后，每命近臣，常称官不称名，臣下有奏，必问朝廷故事，与古治所宜，一经裁决，多出群臣意表，因此中外亦称为贤君。怎奈天不假年，遽尔晏驾，这也是宋朝恨事呢。结过英宗，无非善善从长。

皇太子顼即皇帝位，诏告中外，是谓神宗皇帝。尊皇太后曹氏为太皇太后，皇后高氏为皇太后，晋封弟灏为昌王，頵为乐安郡王。命韩琦守司空兼

侍中。曾公亮行门下侍郎兼吏部尚书进封英国公。文彦博行尚书左仆射检校司徒，兼中书令。富弼改武宁军节度使，进封郑国公。张昪改河阳三城节度使。欧阳修、赵槩并加尚书左丞，仍参知政事。陈升之为户部侍郎。吕公弼为刑部侍郎。其余百官，均进秩有差。二月朔日，神宗初御紫宸殿，朝见群臣，随即册立元妃向氏为皇后。向氏系故相向敏中曾孙女，父名经，曾为定国军留后。治平三年，出嫁颍邸，封安国夫人，至是立为皇后。忽御史蒋之奇上书劾欧阳修，说他帷薄不修，奸乱甥女等事。神宗览毕，转问故宫臣孙思恭。思恭力为辩释，神宗乃诏问之奇，令他证实。之奇无从取证，只好说出一个彭思永来。看官！你道之奇的御史，从何处得来？他本由欧阳修推荐，得任台官，自濮议纷争，修主张称亲，为吕诲等所斥驳，独之奇赞同修议，修因荐为御史。偏朝右目为邪党，对着之奇冷嘲热讽，之奇听不过去，便欲与修立异，借塞众谤。会修妇弟薛良孺，与修有嫌，遂捏造蜚言，诬修淫乱，语为中丞彭思永所闻，转告之奇，之奇也不问真伪，遂上章劾修。恩将仇报，具何肺肠。及奉诏诘责，不得已将彭思永传语复奏上去。神宗再诘思永，思永也取不出真凭实据来，于是诬告反坐，将思永、之奇两人，一律贬谪。之奇自诒伊戚，却难为思永了。修本杜门请治，至辨明诬伪，仍力求退位，乃罢为观文殿学士，出知亳州。神宗具有大志，因见廷臣乏才，特出自真知，去请一位大名鼎鼎的人物来，有分教：

曲士从兹张异说，中朝自此紊皇纲。

毕竟所召何人，待小子下回报名。

宋臣专喜迂论，与晋代之清谈，几乎相同，其不即乱亡者，赖有一二大臣为之主持耳。英宗虽入嗣仁宗，缵承大统，而其本生父则固濮王也。以本生父称皇伯，毋乃不伦！欧阳修援引礼经，谓应称亲降服，议固甚当，韩琦即据以定议，于称亲之议，则请行之，于称皇称后之议，则请辞之，最得公私两全之道。吕诲等乃激成意气，至欲以去就生死相争，一何可笑？迨英宗疾亟，未闻廷臣有建储之请，赖韩琦入问起居，片言定策。夫濮议，末迹也，而必争之，立储，大本也，而顾忽之，宋臣之舍本逐末，如是如是。微韩魏公诸人，宋室恐早不纲矣。盖舆论与清谈，其足致乱亡一也。

第三十五回　神宗误用王安石
种谔诱降嵬名山

却说神宗因廷臣乏才，特下诏临川，命有司往征名士。看官道名士为谁？原来就是沽名钓誉、厌故喜新的王安石。安石一生，只此八字。安石，临川人，字介甫，少好读书，过目不忘。每一下笔，辄洋洋千万言。友人曾巩曾携安石文示欧阳修，修叹为奇才，替他延誉，遂得擢进士上第，授淮南判官。旧例判官秩满，得求试馆职，安石独不求试。再调知鄞县，起隄堰，决陂塘，水陆咸利。又贷谷与民，立息令偿，俾得新陈相易，邑民亦颇称便。安石自谓足治天下，人亦信为真言，相率称颂。寻通判舒州，文彦博极力举荐，乃召试馆职，安石不至。欧阳修复荐为谏官，安石又以祖母年高，不便赴京为辞。修勖以禄养，并请旨再召，授职群牧判官，安石复辞，且恳求外补，因令知常州，改就提点江东刑狱。为此种种做作，越觉声名噪起。仁宗嘉祐三年，复召为三司度支判官，安石总算入京就职。居京月余，即上万言书，大旨在法古变今，理财足用等事。仁宗也不加可否，但不过说他能文，命他同修起居注，他又固辞不受。阁门吏赍敕就付，他却避匿厕所，吏置敕自去。他又封还敕命，上章至八九次，有诏不许，方才受职。及升授知制诰，当即拜命，并没有推却等情。其情已见。旋命纠察在京刑狱，适有斗鹑少年，杀死狎友一案，知开封府以杀人当死，按律申详。安石察视案牍，系一少年得斗鹑，有旧友向他索与，少年不许，友人恃昵抢去，少年追夺，竟将友人杀死，因此拟援例抵罪。他不禁批驳道："按律公取窃取，皆以盗论。

该少年不与斗鹑，伊友擅自携去，是与盗无异。追杀是分内事，不得为罪。”据此批驳，已见安石偏执之非。看官！你想府官见此驳词，肯俯首认错么？当下据实奏辩。安石亦劾府司妄谳。案下审刑大理两司，复按定刑，都说府谳无讹。安石仍不肯认过，本应诣阁门谢罪，他却自以为是，并不往谢。御史遂劾奏安石，奏牍留中不报。安石反迭发牢骚，情愿退休。适值母死丁艰，解职回籍。英宗时也曾召用，辞不就征。

安石父益都，虽官员外郎，究没有什么通显，他思借重巨阀，遂虚心下气，与韩、吕二族结交。韩绛及弟维，与吕公著皆友安石，代为标榜。维尝为颍邸记室，每讲诵经说，至独具见解处，必谓此系故友王安石新诠，并非维所能发明，神宗记忆在心，嗣迁韩维为右庶子，维举安石自代。虽未见实行，在神宗一方面，已不啻大名贯耳。既得即位，即召令入都。安石高卧不起，神宗再拟征召，乃语辅臣道："安石历先帝朝，屡召不至，朝议颇以为不恭。今又不来，莫非果真有病，抑系有意要求呢？"曾公亮遽答道："安石真辅相才，断不致有欺罔等情。"神宗方才点首，忽一人出班奏道："臣尝与安石同领群牧，见他刚愎自用，所为迂阔，倘或重用，必乱朝政。"第一个料到安石。神宗视之，乃是新任参知政事吴奎，郑重点名。便怫然道："卿也未免过毁了。"奎复道："臣知而不言，是转负陛下恩遇呢。"神宗默然。退朝后，竟颁诏起用安石，命知江宁府。安石直受不辞，即日赴任。曾公亮复力荐安石，足胜大任。看官道公亮力荐，料不过器重安石，误信人言，其实他却另有一段隐情：他与韩琦同相，资望远不及琦，所有国家大事，都由琦一人独断，自己几同伴食，所以于心不甘，阴欲援用安石，排间韩琦；可巧神宗意中，亦因琦执政三朝，遇事专擅，未免有些芥蒂。学士邵元，中丞王陶，本是颍邸旧臣，又从中诋毁韩琦。琦内外受轧，遂上书求去。神宗得书，一时不好准奏，只得优诏挽留。会因英宗已安葬永厚陵，庙谥一切，均已办妥，琦复请解职。神宗未曾批答，一面却召入安石，命为翰林学士。琦已窥透神宗意旨，索性连章乞休，每日一呈。果然诏旨下来，授琦司徒兼侍中，出任武胜军节度使，兼判相州。琦奉旨陛辞，神宗向他流泪道："侍中必欲去，朕不得已降制了。但卿去后，何人可任国事？"假惺惺做什么？琦对道："陛下圣鉴，当必有人。"神宗道："王安石何如？"情已暴露。琦复道："安石为翰林学士，学问有余，若进处辅弼，器量

不足。”平允之论，莫过于此。神宗不答，琦即告辞而去。未几，吴奎亦出知青州，越年病殁。奎，北海人，喜奖善类。少甚贫，及贵，亦仿范文正故事，买田为义庄，所有禄俸，尽赒族党。殁后，诸子至无屋以居，时人称为清白吏子孙。神宗以韩、吴并罢，擢张方平、赵抃参知政事，吕公弼为枢密使，韩绛、邵元为枢密副使。抃曾出知成都，召回谏院，未曾就职省府，骤命参政，几成宋朝创例，群臣以为疑。及抃入谢，神宗面谕道：“朕闻卿匹马入蜀，一琴一鹤，作为随从，为治简易，想亦如此。朕所由破格录用呢。”抃顿首道：“既承恩遇，敢不尽力！”自是抃竭诚图报，遇有要政，无不尽言。唯张方平未洽众望，御史中丞司马光，奏言方平位置不宜，神宗不从，且罢光中丞职，令为翰林学士。曾公亮复议擢王安石，方平亦力言不可。第二个料到安石。旋方平丁父艰去位，时唐介复入为御史，迁任三司使，神宗因令他参政，继方平后任，唯心中总不忘安石。熙宁改元，即令安石越次入对，神宗问治道何先？安石答称：“须先择术。”神宗复道：“唐太宗何如？”安石道：“陛下当上法尧舜，何必念及唐太宗。尧舜治天下，至简不烦，至要不迂，至易不难，不过后世君臣，未能晓明治道，遂说他高不可及。尧亦人，舜亦人，有什么奇异难学呢？”语大而夸。神宗道：“卿可谓责难于君，但朕自顾眇躬，恐不足副卿望，还愿卿尽心辅朕，共图至治！”已经着迷。安石道：“陛下如果听臣，臣敢不尽死力！”言毕乃退。

一日，侍讲经筵，群臣讲讫，陆续散去。安石亦拟退班，由神宗命他暂留，且特赐旁坐。安石谢坐毕，神宗乃道：“朕阅汉、唐历史，如汉昭烈必得诸葛亮，唐太宗必得魏征，然后可以有为。亮、征二人，岂不是当日奇才么？”安石抵掌道：“陛下诚能为尧、舜，自然有皋、夔、稷、契，诚能为高宗，自然有傅说，天下甚大，何材没有？诸葛亮、魏征还是不足道呢！但恐陛下择术未明，用人未专，就是有皋、夔、稷、契、傅说等人，亦不免为小人所挤，卷怀自去啰。”居然以古人自命，且语意多半要挟，其私可知。神宗道：“历朝以来，何代没有小人？就是尧、舜时候，尚不能无四凶。”安石道：“能把四凶一一除去，才得成为尧、舜。若使四凶得逞谗慝，似皋、夔、稷、契诸贤，怎肯与他同列，合流同污呢？”这一席话，说得神宗很是感动，至安石退后，尚嘉叹不置。于是这位坚僻自是的王介甫，遂一步一步的，跨入省府中去了。当时朝野人士，除吴奎、张方平、韩琦外，尚谓安石

多才，定有一番干济，唯眉山人苏洵，已作一篇辨奸论，隐斥安石。还有知洛川县李师中，当安石知鄞县时，已说他眼内多白，貌似王敦，他日必乱天下。这两人事前预料，才不愧先知哩。

师中，楚邱人，父名纬，曾为泾原都监。师中少识边情，及长，举进士，知洛川县，后调任敷政县，益知边务。神宗嗣位，迁知凤翔府，适青涧守将种谔，收复绥州，师中谓种谔轻开边衅，诸朝廷慎重。果然夏主谅祚，诱杀知保安军杨定等，几乎宋夏又复交兵。亏得故相韩琦，奉命经略陕西，才得支持危局。从李师中折入夏事，又是一种笔墨。这事说来话长，待小子叙明原委，方得一目了然。为下半回主脑。种谔复绥州，尚是治平四年事，本书上文叙王安石，已至熙宁元年，此处系是回溯，不得不从李师中折入，且从前宋夏交涉，亦可借此补叙。

先是夏主谅祚，奉册为夏王，宋庭岁赐如常，谅祚亦修贡如故。接应三十一回。英宗入承帝位，夏使吴宗来贺，宗出言不逊，有诏令谅祚罪宗。谅祚不肯奉诏，反于治平三年，寇掠秦、凤、泾原一带，直薄大顺城。环、庆经略使蔡挺，率蕃官赵明等，往援大顺，谅祚衷银甲，戴毡帽，亲自督战，挺遣弓弩手整列壕外，更迭发矢，夏兵前列多伤，谅祚亦身中流矢，率众遁去，转寇柔远。挺又使副总管张玉，领三千人夜袭敌营，夏兵惊溃，退屯金汤，会宋廷颁发赐夏岁币，知延州陆诜留币不与，飞章上奏道："朝廷素事姑息，所以狡虏生心，敢尔狂悖，今若再赐岁币，是益令玩视，愈亵国威，请降旨诘责虏主，待他谢罪，再行给币未迟。"英宗转问韩琦，琦本主张问罪，当然赞成陆议，乃饬陆移牒宥州，诘问谅祚。谅祚连遭败仗，已经夺气，并因理屈词穷，无可解免，只得遣使谢罪，诿言咎由边吏，应按罪加诛云云。是书上达，已值英宗宾天，神宗践阼，当有新诏一道，赉付谅祚，诏曰：

> 朕以夏国累岁以来，数兴兵甲，侵犯边陲，惊扰人民，诱迫熟户，去秋复直寇大顺，围迫城寨，焚烧村落，抗敌官军，边奏累闻，人情共愤。群臣皆谓夏国已违誓诏，请行拒绝，先皇帝务存含恕，且诘端由，庶观逆顺之情，以决众多之论。逮此逊章之禀命，已悲仙驭之上宾，朕纂极云初，包荒在念，仰循先志，俯谅乃诚。既自省于前辜，复愿坚于

众好。苟奏封所叙，忠信无渝，则恩礼所加，岁时如旧。安民保福，不亦休哉！特谕尔夏主知之！

谅祚得诏，又遣人到宋，庆吊兼行。到了冬季，夏绥州监军嵬名山弟夷山，向青涧城求降。青涧城守将系种世衡子，就是种谔，也算世袭。谔受降后，即令夷山作书，招致乃兄，并特赠金盂一枚。适名山外出，有名山亲吏李文喜接得金盂，喜出望外，便与去使密定计策，令宋兵潜袭营帐，不怕名山不降，且乘势可得绥州。去使返报种谔，谔即密奏宋廷，一面通报延州知州陆诜。诜却谓虏众来降，真伪难测，也奏请戒谔妄动。神宗命转运使薛向，会同陆诜，询明种谔受降虚实，再定机宜。向与诜乃召谔问状，诜始终反对谔议，独向恰有意赞成。两下协定招抚三策，由向主稿，遣幕府张穆之入奏。穆之暗受向嘱，既至阙下，面陈谔议可成。看官！试想神宗是好大喜功，听了张穆之一番奏对，遂以为有机可乘，乐得兴兵略地。且疑陆诜不肯协力，从中掣肘，竟将他调徙秦凤，专任向、谔，规复绥州。哪知这种谔还要性急，不待朝命颁到，已起兵潜入绥州，围住名山营帐。名山毫不预防，突然遭围，自然脚忙手乱，当由亲吏李文喜，导入夷山，同劝名山降宋。名山无可奈何，只好举众出降，共计首领三百人，户一万五千，兵万名，一概就抚，由谔督兵筑城，缮固守备。夏人来争，被谔发兵邀击，杀退夏众，遂复绥州，绥州久已陷没，规复未始非策，但不在谅祚寇边之先，而在谅祚谢罪以后，未免自失信用耳。陆诜以诏命未至，谔即擅自兴师，拟遣吏逮治，可巧穆之西还，传诏徙诜，诜乃叹息而去。

夏主谅祚，闻绥州失守，欲发兵入寇，部目李崇贵、韩道善两人，入帐献策道："大王如欲用兵，恐胜负难料，不如另用他计。"谅祚问用何策，李崇贵道："前宋使杨定到来，曾许归我沿边熟户，我曾送他金银宝物，他受了我的馈赠，却未闻遵约，反听种谔袭夺绥州，真是可恨！我不若诱他会议，杀死了他，就占领了保安，作为根据，然后进可战，退可守，不患不胜。"谅祚大喜道："果然好计，就照此行罢！"原来杨定曾出使夏国，见了谅祚，跪拜称臣。谅祚畀他金银，及宝剑一口，宝镜一具，定即许归沿边熟番。及定还，将金银匿住，只把剑镜献上，且言谅祚可刺状，神宗信为真言，竟擢定知保安军。自谅祚用计诱定，即遣韩道善赍书往请，约定会议。

定竟冒冒失失的，前去赴会，一到会场，未见谅祚，即由李崇贵责他爽约。定尚未及答，已被崇贵呼出伏兵，乱刀齐下，将定剁成肉泥。该死！该死！随即入攻保安，大肆劫掠。警报迭达汴都，神宗不免自悔。巧值李师中奏牍亦到，归咎种谔，朝议随声附和，竟欲诛谔弃绥。前时不闻谏阻，至此又如此畏缩，宋廷可谓无人。神宗未肯遽允，当命陕西宣抚使郭逵，移镇鄜延，就近酌夺。接应前回。逵用属吏赵卨议，卨读如歇。奏陈机宜，大致说是："虏杀王官，应加声讨，若反诛谔弃绥，成何国体？且名山举族来归，如何处置？言之甚是，一面贻书辅臣，请保守绥州，借张兵势，规度大理河川，择要设堡，划地三十里，安置降人，方为上计。"朝议仍然未决，乃调韩琦判永兴军，经略陕西。琦临行，曾言绥不当取，及既抵任所，复奏称绥不可弃。枢府驳他前后矛盾，令再明白复陈，琦遂复奏道："臣前言绥不当取，是就理论上立言，今言绥不可弃，是就时势上立言。现在边衅已开，无理可喻，只有就势论势。保存绥州，秣兵厉马，与他对待，俾他不敢小觑，方能易战为和。"练达之言。奏既上，言官尚交论种谔，有旨将谔贬官，谪置随州。会郭逵诇知诱杀杨定，系李崇贵、韩道善主谋，遂传檄谅祚，索取罪人。凑巧谅祚得病，更闻韩琦镇边，料知不能反抗，只得执住李、韩二人，献与郭逵。未几，谅祚病死，子秉常嗣立，遣臣薛宗道等赴宋告哀。神宗问杀杨定事，宗道谓："李、韩二犯，已执送边镇，不日可到。"果然隔了一宵，由郭逵将李、韩二人，槛送阙下。神宗亲自廷讯，李崇贵直陈颠末，神宗不禁叹息道："照此说来，杨定纳贿卖地，罪不容诛，但你等何妨径自陈请，由朕明正典刑，今乃擅加诱杀，藐我上国，难道得称无罪么？"崇贵等乃叩首伏罪。神宗特赦崇贵等死刑，追削杨定官爵，籍没田宅。另遣使臣刘航，册秉常为夏国王。小子有诗咏韩魏公道：

入定皇纲出耀威，如公谁不仰丰徽？
三朝政绩昭然在，中外都凭只手挥。

夏事暂作结束，小子又要叙那王安石了。看官少待，且看下回。

上有急功近名之主，斯下有矫情立异之臣。如神宗之于王安石是已。神宗第

欲为唐太宗，而安石进之以尧、舜，神宗目安石为诸葛、魏征，而安石竟以皋、夔、稷、契自况。试思急功近名之主，其有不为所惑乎？当时除吴奎、张方平、苏洵外，如李师中者，尝谓其必乱天下。夫师中亦一夸诞士，史称其好为大言，以致不容于时，吾谓大言者必未足副实，即如绥州之役，彼第归咎种谔，而于善后事宜，毫不提及，是殆亦责人有余，而责己不足者。赖韩琦坐镇，郭逵为辅，夏事始得就绪耳。吾以是叹韩魏公之不可及也。

第三十六回　议新法创设条例司　谳疑狱狡脱谋夫案

却说王安石既承主眷，渐渐露出锋芒，意欲变法维新，炫人耳目。是时大内帑银，所存无几，神宗年少气锐，方以富国强兵为首务，安石隐伺上意，遂倡理财足国的美谈，歆动神宗。熙宁元年仲冬，行郊天礼，辅臣以河朔旱灾，国用不足，乞南郊以后，不可再循故例，遍赐金帛。有诏令学士复议，司马光道："救灾节用，当自贵近为始，辅臣议应当照行。"王安石道："国用不足，乃不善理财的缘故，若徒事节流，未识开源，终属无益。"司马光又道："什么叫做善理财？无非是头会箕敛罢了。"安石道："不必加赋，自增国用，才算是理财好手。"光笑道："天下哪有此理？天地生财，止有此数，官府多一钱，民间便少一钱，若设法夺民，比加赋还要厉害。从前桑弘羊尝挟此说，欺骗汉武帝，太史公大书特书，显是指斥弘羊，讽刺汉武呢。"语虽未必尽然，但如桑弘羊、王安石等，实蹈此弊。安石尚不肯服理，仍然争论不已。神宗道："朕意亦与光同，但些须例赏，必欲吝啬，似亦未免失体了。"遂不从辅臣所议，行赏如故。仍是左袒安石。

既而郑国公富弼，自汝州入觐，诏许肩舆至殿门，令弼子扶掖进见，且命免拜跪礼，赐坐与谈。神宗开口问道："卿老成练达，定有高见，现欲治国安邦，须用何术？"弼对道："人主好恶，不可令人窥测，否则奸人必伺隙售奸。譬如上天监人，善恶令他自取，乃加诛赏，庶几功罪两明。"神宗又道："北有辽，西有夏，边境未宁，如何是好？"弼又道："陛下临御未

久，当首布德惠，愿二十年口不言兵。”对症发药。神宗踌躇多时，方道：“朕常欲询卿，卿可留朝辅政。”弼答言：“老不胜任。”仍辞退赴郡。至熙宁二年二月，复召弼入都，拜司空兼侍中，并特赐甲第。弼仍上表固辞，经优诏促使就道，乃奉旨入朝。途次闻京师地震，神宗减膳撤乐，独安石谓：“灾异由天，无关人事。”安石距近今千年，已知新学，确是一个人才。弼不禁叹息道：“人君所畏唯天，天不足畏，何事不可为？此必奸人欲进邪说，摇惑上心，不可以不救呢。”当即上书数千言，力陈进贤辨奸的大要。及入对，又说了数十语，无非是隐斥安石。神宗虽任弼同平章事，意中总不忘安石，拟擢为参政。会值唐介奏事，即与介述明本意，介言安石不胜大任。神宗道：“文学不可任呢？经术不可任呢？吏事不可任呢？”介对道：“安石好学泥古，议论每多迂阔，若令他为政，必多变更。”神宗不答。介退，语曾公亮道：“安石果大用，天下必困扰，诸公后当自知，莫谓介不预言呢！”公亮本推荐安石，哪里肯信？未几，神宗又问侍读孙固，谓安石可否令相？固对道：“安石文行甚优，令为台谏侍臣，必能称职，若宰相全靠大度，安石狷狭少容，如何做得？陛下欲求贤相，臣心目中恰有三人，便是那司马光、吕公著、韩维呢。”神宗总归不信，竟命安石参知政事。

安石入谢，神宗语安石道：“廷臣都说卿但知经术，未通世务。”安石道：“经术正所以经世务，他人谓臣未通世务，实即未通经术，请陛下详察！”神宗道：“照卿说来，欲经世务，先施何术？”安石道：“变风俗，立法度，正当今急务。”神宗点首称善。安石遂进言道：“立国大本，首在理财，周朝设泉府等官，无非酌盈剂虚，变通民利，后世唯汉桑弘羊，唐刘晏，粗合此意。今欲理财，亟应修泉府遗制，藉收利权。利权在握，然后庶政可行。”神宗道：“卿言甚是。”安石又道：“古语有言：‘为政在人’，但人才难得，更且难知。今使十人理财，有一二人不肯协力，便足败事。尧与众人共择一人治水，尚且九载勿成，况择用不止一人，简选未尝询众，能保无异议么？陛下诚决计进行，首在不惑异说。”让你一人独做，可好么？神宗道：“朕知道了，卿去妥议条规，待朕次第施行。”安石应命退出。次日，即奏请制置三司条例司，掌经划邦计，变通旧制，调剂利权。更举知枢密院事陈升之，协同办事。神宗准奏，当命安石、升之两人，总领制置三司条例司，令得自择掾属。安石遂引用吕惠卿、曾布、章惇、苏辙等，分掌事务。惠卿曾

任真州推官，秩满入都，与安石谈论经义，意多相符。安石竟称为大儒，事无大小，必与商议，有所奏请，又必令他主稿，几乎一日不能相离。曾布即曾巩弟，事事迎合安石意旨，安石亦倚为心腹，与惠卿同一信任。当下悉心酌商，定了新法八条，六条谓足富国，两条谓足强兵，由小子录述如下：

富国法六条。

（一）农田水利　饬吏分行诸路，相度农田水利，垦荒废，浚沟渠，酌量升科，无论吏民，皆须同役，不准隐漏逃匿。

（二）均输　诸州郡所输官粮，俱令平定所在时价，改输土地所产物，官得徙贵就贱，因近易远，并准便宜蓄买，懋迁有无。

（三）青苗　农民播种青苗时，由朝廷出资贷民，至秋收偿金，加息十分之二，或十分之三，仍还朝廷。

（四）免役　使人民分等，纳免役钱，得免劳役，国家别募无职人民，充当役夫。

（五）市易　就京师置市易所，使购不卖之物于官，或与官物交换，又备资贷与商人，使遵限纳息，过限不输，息金外更加罚金。

（六）方田　以东南西北各千步为一方，计量田地，分五等定税，人民按税照纳。

强兵法二条。

（一）保甲　采古时民兵制度，十家为保，五百家为都保，都保置正副二人，使部下保丁，贮弓箭，习武艺。

（二）保马　以官马贷保丁，马死或病，令按值给偿。

这数条新法，议将出来，老成正士，没有一个赞成。参政唐介，抗直敢言，先与安石争辩。安石强词夺理，谓可必行，神宗又庇护安石，介不胜愤懑，气得背上生疽，竟尔谢世。先气死了一个。神宗遂将安石新法，依次举行。先遣刘彝、谢卿材、侯叔献、程颢、卢秉、王汝翼、曾伉、王广廉八人，巡行诸路，查核农田水利，酌定税赋科率，徭役利害；继即饬行均输法，起用薛向为江、浙、荆、淮发运使，领均输平准，创行东南六路。两法颁行，言路已是哗然。知制诰钱公辅，知谏院范纯仁等，均言薛向开衅

边疆，曾坐罪罢黜，应前回。不应起用。公辅且斥安石坏法徇私，安石不悦，竟奏徙公辅知江宁府。宣徽北院使王拱辰，翰林学士郑獬，知开封府滕元发，均为安石所忌，相继迁谪。恼了御史中丞吕诲，含忍不住，即撰成一篇弹文，入朝面奏。途中遇着司马光，问他何事？诲便道："我将参劾一人，君实可赞成么？如肯赞成，请为后劲。"光问所劾何人？诲答道："便是新参政王安石。"光愕然道："朝廷方喜得人，奈何劾他？"诲叹道："君实也作是说么？怪不得别人。安石好执偏见，党同伐异，他日必败国事，这是腹心大患，不劾何待？你如不信，尽管请便，我要入朝去了。"光答道："我正去侍讲经筵，不妨同行。"原来君实系光表字，故诲以此相呼，两人同入朝堂，待至神宗御殿，诲即袖出弹章，上殿跪呈。神宗当即展阅，但见上面文字，无非指斥安石，最注目的却有数语，其文云：

臣闻大奸似忠，大诈似信。安石外示朴野，中藏巧诈，骄蹇慢上，阴贼害物，诚恐陛下悦其才辩，久而倚畀，大奸得路，群阴会进，则贤者尽去，乱由是生。臣究安石之迹，固无远略，唯务改作，立异于人。徒文言而饰非，将罔上而欺下，臣窃忧之！误天下苍生者，必斯人也！

看官！你想神宗方信任安石，怎能瞧得进去？看到误天下苍生句，不禁怒形于色，立将原奏掷还。诲大声道："陛下如不见信，臣不愿与奸佞同朝，乞即解职！"神宗也不多言，只命他退去，诲退后，即下诏出诲知邓州。范纯仁复申劾安石，留章不下。纯仁求去，奉诏免他谏职，改判国子监。纯仁又续缮奏章，拟再垦辞，甫经缮就，忽由安石遣使，传语纯仁道："已议除知制诰了，请不为已甚。"纯仁勃然道："这是用利诱我了。我言不用，万钟亦非我所愿呢！"不愧家风。当下将奏稿取交来使，次日，即将奏本呈入。神宗尚未许去，蓦见安石入朝，疾言遽色，奏请立黜纯仁。神宗道："纯仁无罪，就使外调，亦当给一善地，可令出知河中府便了。"安石不便再言，只得悻悻而退。范纯仁即仲淹第二子，兄纯佑，曾随父镇陕，与将士杂处，评隲人才，无不具当。仲淹得任人无失，以此立功，及仲淹罢职，他奉侍左右，未尝少离。未几，废疾去世，弟纯礼、纯粹，依次出仕，后文慢表。唯纯仁以父荫得官，历任县令判官，所向皆治。寻擢为侍御史，与议濮王典

礼，复遭外谪。见三十四回。嗣又召还京师，命知谏院，至是又出守河中。寻徙成都转运使，因新法不便，戒州县不得遽行。安石恨他阻挠，诬以失察僚佐罪，左迁知和州，插此一段。叙明纯仁历史，且回应三十二回中语。这且按下再提。

且说王安石以两法既行，复议颁行青苗法。吕惠卿极端怂恿，独苏辙立言未可，安石问为何因？辙答道："出钱贷民，本欲救民，但钱入民手，不免妄用，满限多无力筹偿，有司饬吏追呼，鞭扑横施，是救民反至病民了。"安石道："君言诚有理，且从缓议。"于是有好几旬不谈此法。忽奉神宗诏命，令与司马光复议登州狱案。安石遂邀光合议，两人各据一见，免不得又争执起来。登州有一妇，许嫁未行，闻夫婿貌丑，心甚不平，竟暗挟利刃，潜往害夫。适乃夫卧田舍间，便拔刀斫入，幸乃夫尚未睡着，慌忙起避，才得不死。只因用手遮格，被断一指而去。乃夫遂鸣官诉讼，知州许遵，拘妇到案，见该妇姿色颇佳，与乃夫确不相配，遂有意脱妇，令她一一承认，当为设法保全，该妇自然听命。许遵即以自首减罪论，上达朝廷。遵有意全妇，莫非想娶她作妾么？安石谓遵言可行。光愤然道："妇谋杀夫，尚可减罪么？"安石道："妇既自首，应从末减。"光又道："律文有言，因他罪致杀伤，他罪得首原，今该妇谋杀乃夫，本属一事，岂谋自谋，杀自杀，可分作两事，得准首原么？"明白了解。安石道："若自首不得减罪，岂非自背律文？"无非好异，不顾纲常。两人相持不下，当即共请神宗判断。偏神宗左袒安石，竟准如安石议。文彦博、富弼等，谏阻不从，且将谋杀已伤，按问自首一条，增入律中，得减罪二等，发交刑部，垂为国法。侍御史兼判刑部官刘述，封还诏旨，驳奏不已。安石大愤，请神宗黜退刘述。述遂率侍御史刘琦、钱颉，共上疏论安石罪，略云：

安石执政以来，未逾数月，操管商权诈之术，与陈升之合谋，侵三司利权，开局设官，分行天下，惊骇物听。近复因许遵妄议，定按问自首之法，安石任偏见而立新议，陛下不察而从之，遂害天下大公。先朝所立制度，自宜世守勿失，乃妄事更张，废而不用，如此奸诈专权，岂宜处之庙堂，致乱国纪？愿早罢逐，以慰天下。曾公亮畏避安石，阴自结援以固宠，赵抃则括囊拱手，但务依违，皆宜斥免，臣等为国家安危计，故不惮刑威，冒渎天听，伏冀明断施行。

疏上，安石奏贬琦监处州盐酒务，颙监衢州盐税，并拘述狱中。司马光等上疏力争，乃将述贬知江州。琦、颙照安石议，贬谪浙东。殿中侍御史孙昌龄，同判刑部丁讽，审刑院详议官王师元，皆坐述党忤安石，谪徙有差。还有龙图阁学士祖无择，与安石意见不同，亦遭黜逐。正是：

黜陟不妨由我主，纲常何必为人拘？

既而三司条例司官苏辙，亦被谪为河南府推官，欲知苏辙如何得罪，容至下回表明。

新法非必不可行，安石非必不能行新法，误在未审国情，独执己见，但知理财之末迹，而未知理财之本原耳。当安石知鄞时，略行新法，邑人称便，即哓哓然曰："我宰天下有余。"不知四海非一邑之小，执政非长吏之任也。天下方交相诟病，而安石愈觉自是，黜陟予夺，任所欲为。至若登州妇人一案，较诸斗鹑少年，尤关风化，同僚谓不宜减罪，而彼必欲减免之，盖无非一矫情立异之见耳。夫朝廷举措，关系天下安危，而顾可以矫情立异行之乎？我姑勿论安石之法，已先当诛安石之心。

第三十七回　韩使相谏君论弊政
朱明府寻母竭孝思

却说苏辙系安石引用，在三司条例司中，检详文字。安石欲行青苗法，为辙所阻，数旬不言。嗣由京东转运使王广渊，上言农民播种，各苦无资，富家得乘急贷钱，要求厚利，乞留本道钱帛五十万，贷民取息，岁可获利二十五万。安石览到此文，不禁喜跃道："这便是青苗法呢，奈何不可行？"遂亟召广渊入都，与商青苗法。广渊一口赞成。安石乃奏请颁行，先从河北、京东、淮南三路开办，逐渐推广。有旨报可，自是从前常平通惠仓遗制，尽行变更。苏辙仍力持前说，再三劝阻，又与吕惠卿论多不合。惠卿遂进谗安石，谓辙有意阻挠。安石大怒，欲加辙罪。还是陈升之从旁劝解，乃罢辙为河南府推官。安石复荐惠卿为太子中允，崇政殿说书。司马光谓："惠卿俭巧，心术不正，安石误信惠卿，因致负谤中外，如何可以重用？"神宗不从，竟依安石所请。首相富弼，见神宗信任安石，料想不能与争，托病求去，乃出判亳州，擢陈升之同平章事。

升之就职后，神宗问司马光道："近相升之，外议如何？"光对道："闽人狡险，楚人轻易，今二相皆闽人，曾公亮晋江人，陈升之，建阳人，俱属闽地。二参政皆楚人，王安石，临川人，赵抃，西安人，俱属楚地。他日援引亲朋，充塞朝堂，哪里能培植风俗呢？"神宗道："升之颇有才智，晓畅民政。"光又道："才智非不可用，但必须旁有正士，隐为监制，方能无患。"神宗又问及王安石，光答道："外人言安石奸邪，未免过毁，但他性太执拗，不明事理，

这也是一大病呢。”评论确当。神宗始终不听。

陈升之既经入相，颇欲笼络众望，请罢免三司条例司。这便是才智的见端。安石以为负己，又同他争论起来。升之称疾乞假，安石遂引枢密副使韩绛，制置三司条例。安石每奏事，绛亦随入。常奏称安石所陈，无不可用，安石大得臂助。绛复上言：“青苗法便民，民间多愿贷用，乞遍下诸路转运使施行！”于是诏置诸路提举官，执掌贷收事件。提举官多方迎合，以多贷青苗钱为功，不论贫富，随户支配。又令贫富相兼，十人为保首。王广渊在京东，分民户为五等，上等户硬贷钱十五千，下等户硬贷钱一千，到限不还，即着悍吏敲比征呼，民间骚然。广渊入奏，反说百姓欢呼感德。谏官李常，御史程颢，劾论广渊强为抑配，掊克百姓，神宗不报。河北转运使刘庠，不放青苗钱，奏称百姓不愿借贷，神宗又不报。安石反恨恨道：“广渊力行新法，偏遭弹劾，刘庠欲坏新法，不闻加罪，朝事如此，尚可望富强么？”依了你，反要贫弱，奈何？横渠人张载，与河南程颢、程颐兄弟，素相友善，平居共谈道学，归本六经。及出为邑宰，不假刑威，专务敦本善俗，民化一新。御史中丞吕公著，登诸荐牍，当由神宗召见，问以治道。载对道：“为政必法三代，否则终成小道呢。”时安石方倡言古道，神宗亦有心复古，听了此言，还道张载亦安石一流，即留他在朝，命为崇文院校书。哪知张载所说的古法，与安石不同。他见安石托古病民，料难致治，竟称疾辞去。洁身自好，足称明哲。

前参政张方平，服阕还朝，应三十五回。受命为观文殿大学士判尚书省，安石以方平异己，极力排挤，因出知陈州。及陛辞，极言新法弊害，神宗亦怃然动容，随即召为宣徽北院使。又事事受安石牵制，坚请外调，乃复出判应天府。时已熙宁三年了。河北安抚使韩琦忽上疏请罢青苗法，略云：

> 臣准散青苗，诏书务在惠小民，不使兼并乘急，以邀倍息，而公家无所利其入。今所列条约，乃自乡户一等而下，皆立借钱贯数，三等而下，更许皆借。且乡户上等，并坊郭有物业者，乃从来兼并之家，今令借钱一千，纳一千三百，是官自放钱取息，与初诏相违。又条约虽禁抑勒，然不抑勒，则上户必不愿请，下户虽或愿请，请时甚易，纳时甚难，将必有督索同保均赔之患。陛下躬行节俭以化天下，自然国用不

乏，何必使兴利之臣，纷纷四行，以致远迩之疑哉？乞罢诸路提举官，第委提刑点狱，依常平旧法施行！

神宗览到琦疏，亦稍有所悟，便将原疏藏在袖中，出御便殿，召辅臣等入议。曾公亮先入，神宗即从袖中，取出琦疏，递示公亮道："琦真忠臣，虽在外不忘王室。朕始谓青苗等法，可以利民，不料害民如此。且坊郭间何有青苗，乃亦强令借贷呢？"说至此，忽有一人趋进道："如果从民所欲，虽坊郭亦属何害？"神宗命曾公亮递示原疏，安石略略一瞧，不禁勃然道："似汉朝的桑弘羊，刮取天下货财，供奉人主私用，乃可谓兴利之臣。今陛下修周公遗法，抑兼并，赈贫弱，并不是剥民自奉，如何说是兴利之臣呢？"神宗终以琦说为疑，沉吟不答。安石趋出，神宗乃谕辅臣道："青苗法既不便行，不如饬令罢免。"公亮道："待臣仔细访查，果不可行，罢免为是。"无非回护安石。神宗允准，公亮等方才退出。安石即上章称病，连日不朝。神宗乃命司马光草答琦诏，内有士夫沸腾，黎民骚动等语。安石闻知，上章自辩，神宗又转了一念，似觉薄待安石，过不下去，乃巽辞婉谢，且命吕惠卿劝使任事。安石仍卧疾不出，神宗语赵抃道："朕闻青苗法多害少利，才拟罢免，并非与安石有嫌，他如何不肯视事？"赵抃曰："新法都安石所创，待他销假，再与妥议，罢免未迟。"赵抃称廉直，何亦有此因循？韩绛道："圣如仲尼，贤如子产，初入为政，尚且谤议纷兴，何怪安石？陛下如果决行新法，非留用安石不可！安石若留，臣料亦先谤后诵呢。"这一席话，又把神宗罢免青苗的意思，尽行丢去，仍敦促安石入朝。一面遣副都知张若水，押班蓝元振，出访民情。哪知这两人早受安石贿托，回宫复命，只说是民情称便，神宗益深信不疑，竟将琦奏付条例司，命曾布疏驳，刊石颁示天下。安石乃入朝叩谢，由神宗温词慰勉。安石自此执行新政，比前益坚。

文彦博看不过去，入朝面奏，力陈青苗害民。神宗道："朕已遣二中使亲问民间，均云甚便，卿奈何亦有此言？"彦博道："韩琦三朝宰相，陛下不信，乃信二宦官么？"神宗不觉变色，但因彦博系先朝宗臣，不忍面斥，唯有以色相示。彦博知言不见听，亦即辞出。韩琦闻原奏被驳，复连疏申辩，且言安石妄引周礼，荧惑上听，终不见答。琦遂请解河北安抚使，止领大名府一路。这疏一上，却立邀批准了。嗣是知审官院孙觉因指斥青苗

法，被贬知广德军，御史中丞吕公著，亦因言新法不便，被贬知颍州。知制诰兼直学士院陈襄，推荐司马光、韩维、吕公著、范纯仁、苏轼等人，见忤安石，出知陈州。参知政事赵抃，自悔前时主持不力，致复行青苗法，上章劾论安石，并求去位，亦出知杭州。参政一缺，即命韩绛继任。那时又来了一个护法幺么，姓李名定，曾为秀州判官，居然因附会安石，得擢为监察御史里行。定为安石弟子，自秀州被召，入京遇右正言李常。常问道："君从南方来，民谓青苗法如何？"定答道："民皆称便。"弟子不可不从师。常愕然道："果真么？举朝方争论是事，君勿为此言。"定与常别，即去谒见安石，且禀白道："青苗法很是便民，如何京师传言不便？"安石喜道："这便叫作无理取闹呢。改日入对，你须要明白上陈。"定唯唯遵命。安石即荐定可用，神宗即召定入问，定历言新法可行。及询至青苗法，定尤说得远近讴歌，舆情悉洽。神宗大悦，即命定知谏院，曾公亮等言查考故例，选人未闻为谏官，应请改命，乃拜监察御史里行。知制诰宋敏求、苏颂、李大临谓："定不由铨考，擢授朝列，不缘御史，荐置宪台，朝廷虽急欲用才，破格特赏，但紊乱成规，所益似小，所损实大。"遂封还制书。经神宗诏谕再三，颂等仍执奏不已。安石劾他累格诏命，目无君上，遂坐罪落职，时人称为熙宁三舍人。

未几，有监察御史陈荐劾定，说他为泾县主簿时，闻母仇氏丧，匿不为服，应声罪贬斥。定上书自辩，谓："实不知由仇氏所生，所以疑不敢服。"看官阅到此处，恐不能不下一疑问，定出应仕籍，并非三五岁的小孩儿，况他父名问，也曾做过国子博士，定并非生自空桑，难道连自己的生母，都未晓得么？说来也有一段隐情。仇氏初嫁民间，生子为浮屠，释名了元，相传是与苏轼结交的佛印禅师。后仇氏复为李问妾，生下一子，就是李定。寻又出嫁部氏，生子蔡奴，工传神。此妇所生之子，却都有出息。定因生母改嫁，不愿再认，因此仇氏病死，他未尝持服。偏被陈荐寻出瘢点，将他弹劾，他只好含糊解说，自陈无辜。安石谊笃师生，极力庇护，反斥荐捕风捉影，劾免荐官，改任定为崇政殿说书。监察御史林旦、薛昌朝、范育复上言："定既不孝，怎可居劝讲地位？"并交论安石袒徒罪状。安石又入奏神宗，说他朋串为奸，应加惩处。神宗此时，已是百依百顺，但教安石如何说法，当即准行，林旦等又复落职，言路未免哗然。定也觉不安，自请解职，乃改授检正

中书吏房，直舍人院。总仗师力。

宋室旧制，文选属审官院，武选属枢密院，安石又创出一篇议论，分审官为东西院，东主文，西主武。看官道他何意？原来文彦博正主枢密，与安石不合，安石欲夺他政权，所以想出此法。神宗依议施行，彦博入奏道："审官院兼选文武，枢密院还有何用？臣无从与武臣相接，不能妄加委任，陛下不如令臣归休罢！"神宗虽慰留彦博，但审官院分选如故。知谏院胡宗愈，力驳分选，且言李定非才，有诏斥宗愈内伏奸意，中伤善良，竟贬为通判真州。会京兆守钱明逸，报闻知广德军朱寿昌，弃官寻母，竟得迎归。有"孝行可嘉，亟待旌扬"等语。有李定之背母，复有朱寿昌之寻母，一孝一不孝，互勘益明。李定当日恐不免有瑜、亮并生之叹。寿昌，扬州人，父名巽，曾为京兆守，巽妾刘氏，生寿昌，年仅三岁，刘氏被出，改适党氏。《宋史·寿昌本传》，谓刘氏方娠即出，寿昌生数岁还家。但据王偁《东都事略》，苏轼《志林》皆云寿昌三岁出母，今从之。至寿昌年长，父巽病亡，他日夕思母，四处访求，终不可得。寿昌累知各州县，除办公外，辄委吏役探听生母消息，又遍贻同僚书函，托访母刘氏住址。不意愈久愈杳，越访越穷，他竟摒绝酒肉，戒除嗜欲，甚至用浮屠言，灼背烧顶，刺血书佛经，誓诸神明，得母方休。熙宁初年，授知广德军，他莅任数月，竟太息道："年已五十，尚未得见生母，如何为人？古人说得好：'求忠臣于孝子之门，'孝且未尽，怎好言忠？罢罢！我宁舍一官，再往寻母，好歹总要得一确音。万一我母西归，就使森罗殿上，我也要去探觅哩。"孝子忠臣多人做成，自来。随即辞职，并与家人诀别道："我此行若不见母，我亦不回来了。"家人挽留不住，他竟背着行囊，飘然径去。在途跋山涉水，触暑冒寒，也顾不得什么辛苦，只是沿途探问，悉心侦察，好容易行入关中，到了同州，复逐村挨户的查问过去。恰巧有一老妇人，倚门立着，他竟向问刘母下落。那老妇却似有所晓，便令寿昌入内，盘问底细。寿昌一一陈明，老妇不禁流泪道："据你说来，你便是朱巽子寿昌么？"当下将自己如何被逐，后来如何改嫁，也说明情由。寿昌听了数语，已知情迹相符，遂不待辞毕，倒身下拜道："我的母亲，想煞儿了！"老妇亦对着寿昌，抱头同哭，哭了一会，又由寿昌自述寻母始末，更不禁破涕为笑。老妇道："我已七十多岁了，你亦五十有零，谁料母子尚得重逢？想是你至诚格天，因得如此哩。"言毕，复召入壮丁数人，与寿昌相见。这几个壮丁，乃

是刘适党氏后，所生数子。寿昌问明来历，即以兄弟礼相待，大家暄叙一场。当由党氏家内，草草的备了酒肴，畅饮尽欢。越两日，寿昌即将老母刘氏，及党氏数子，悉数迎归。事闻于朝，一班老成正士，均说他孝行卓绝，须破格赐旌。奈王安石回护李定，不得不阻抑朱寿昌，仍请诸神宗，令还就原官。寿昌以养母故，求通判河中府，总算照准。士大夫作诗相赠，极为赞美。监官告院苏轼，亦赠寿昌诗，并有诗序一篇，阳誉寿昌，阴斥李定。定见诗及序，大加恚恨，后来遂有诬轼等事。寿昌判河中数年，母殁居忧，终日哭泣，几乎丧明。既葬，有白乌集于墓上，时人以为孝思所致。小子有诗咏道：

人生百行孝为先，寻母何辞路万千。
留得一编《孝义传》，好教后世仰前贤。

寿昌仕至中散大夫而终。《宋史》列入《孝义传》，这且不必絮述。下回接入朝事，请看官续阅下文。

青苗法非必不可行，弊在立法未善耳。春贷秋还，本钱一千，须加息三百，利率何其重耶？愿借者固贷与之，不愿借者亦强令贷钱，勒派何其苛耶？坊郭本无青苗，乃亦放钱取息，是更名实未符，第借此以刮民财而已。韩琦上疏，几已感格君心，乃复为邪党所误，韩绛等不足责，赵抃亦与有过焉。安石坚僻自是，顺己者虽奸亦忠，逆己者虽忠亦奸，不孝如李定，且始终回护之，矧在他人？唯既生李定，复生朱寿昌，造化小儿，恰亦故使同时，俾其互相比例，是得毋巧于撮弄欤？本回于韩琦奏牍，特行提叙，于朱寿昌行谊，又特行表明，劝忠教孝，寓有微忱，匪特就史述史已也。

第三十八回　弃边城抚臣坐罪
徙杭州名吏闲游

却说监察御史程颢，系河南人，与弟颐皆究心圣学，以修齐治平为要旨。颢尝举进士，任晋城令。教民孝悌忠信，民爱戴如父母。后入京为著作佐郎，吕公著复荐为御史。神宗素闻颢名，屡次召见。颢前后进对甚多，大要在正心窒欲，求言育才。神宗亦尝俯躬相答。至新法迭兴，颢屡言不便，请罢青苗钱利息，及汰去提举官等。安石虽怀怒意，但颇敬他为人，不欲遽发。颢忍无可忍，复上疏极言，略云：

> 臣闻天下之理，本诸简易，而行之以顺道，则事无不成。故曰智者若禹之行水，行其所无事也。舍之面于险阻，则不足以言智矣。盖自古兴治，虽有专任独决，能就事功者，未闻辅弼大臣，人各有心，睽戾不一，致国政异出，名分不正，中外人情，交谓不可，而能有为者也。况于措制失宜，沮废公议，一二小臣，实预大计，用贱陵贵，以邪妨正者乎？凡此皆天下之理，不宜有成，而智者之所不行也。设令由此侥幸，事有小成，而兴利之臣日进，尚德之风日衰，尤非朝廷之福。矧复天时未顺，地震连年，四方人心，日益摇动，此皆陛下所当仰测天意，俯察人事者也。臣奉职不肖，议论无补，望早赐降责，以避官谤，不胜翘企之至！

疏入后，奉旨令诣中书自言。颢乃至中书处，适安石在座，怒目相视。颢恰从容说道："天下事非一家私议，愿平心听受，言可乃行，不可便否，何必盛气凌人？"安石闻言，不觉自愧，乃欠身请坐。颢方坐定，正欲开言，忽同僚张戬亦至。无独有偶。安石见他进来，又觉得是一个对头；他与台官王子韶，上疏论安石乱法，并弹劾曾公亮、陈升之、韩绛、吕惠卿、李定等，疏入不报，竟向中书处面争。时适天暑，安石手携一扇，对着张戬，竟用扇掩面，吃吃作笑声。确有奸相。戬竟抗声道："如戬狂直，应为公笑，但笑戬的不过公等两三人，公为人笑，恐遍天下皆是呢！"陈升之在旁道："是是非非，自有公论，张御史既知此理，也不必多来争执。"戬不待说完，便应声道："公亦不得为无罪。"升之也觉渐沮。安石道："由他去说，我等总有一定主意，睬他何为？"戬知无理可喻，转身自去。颢亦辞归，复上章乞罢。诏令颢出为江西提刑，颢又固辞，乃改授签书镇宁军节度使判官，戬与子韶亦求去，于是戬出知公安县，子韶出知上元县。还有右正言李常，因驳斥均输、青苗等法，比安石为王莽。安石怎肯相容，亦出常通判滑州。不数日间，台谏一空，安石却荐一谢景温为侍御史。谢与安石有姻谊，所以援引进去。且将制置条例司，归并中书，所有条例司掾属，各授实官。命吕惠卿兼判司农寺，管领新法事宜。枢密使吕公弼屡劝安石守静毋扰，安石不悦。公弼将劾安石，属稿甫就，被从孙吕嘉问窃去，持示安石。安石即先白神宗，神宗竟将公弼免官，出知太原府。吕氏赠嘉问美名，就是'家贼'两字，嘉问亦安然忍受，但邀安石欢心，也不管什么贼不贼了。可谓无耻。既而曾公亮因老求去，乃罢免相位，拜司空兼侍中，并集禧观使。当时以熙宁初年，五相更迭，有生老病死苦的谣言：安石生，曾公亮老，唐介死，富弼称病，赵抃叫苦，虽是一时诙谐，却也很觉确切呢。

安石正力排正士，增行新法，忽西陲呈报边警，夏主秉常，大举入寇，环庆路烽烟遍地了。安石遂自请行边，韩绛入奏道："朝廷方赖安石，何暇使行？臣愿赴边督军！"神宗大喜，便令绛为陕西宣抚使，给他空名告敕，得自除吏掾。绛拜命即行。总道是马到成功，谁知骑梁不成，反输一跌。先是建昌军司理王韶，尝客游陕西，访采边事，返诣阙下，上平戎三策。大略谓："西夏可取，欲取西夏须先复河湟，欲复河湟，须先抚辑沿边诸番。自武威以南，至洮、河、兰、鄯诸州，皆故汉郡县，地可耕，民可役，幸今诸羌瓜

分，莫能统一，乘此招抚，收复诸羌，就是河西李氏，即西夏。即在我股掌中。现闻羌种所畏，唯唃氏即唃厮罗，见第十八回。子孙，若结以恩信，令他纠合族党，供我指挥，我得所助，夏失所与，这乃是平戎的上策呢。”此策非必不可用。神宗以为奇计，即召王安石入议。安石也极口赞许，乃命韶管干秦凤经略司机宜文字，一面封唃厮罗子董毡为太保，董毡一译作董戬，系唃厮罗三子。仍袭职保顺军节度使，且封董毡母乔氏为安康郡太君，董毡因遣使入谢。至王韶到了秦凤，收降青唐蕃部俞龙珂，遂请筑渭、泾上下两城，屯兵置戍；并抚纳洮河诸部。秦凤经略使李师中，反对韶议，安石以师中阻挠，令罢帅事。王韶又上言：“渭源至秦州，废田多至万顷，愿置市易司，笼取商利，作为垦荒经费。”安石正要行市易法，哪有不从之理？即请旨转饬李师中，给发川交子，即钞票之类。易取货物，并令韶领市易事。师中又上言：“韶所指田，系极边弓箭手地，不便开垦。市易司转足扰民，恐所得不补所亡。”看官！你想安石肯听从师中么？当下奏罢师中，徙知舒州，另命窦舜卿知秦州，与内侍李若愚，往查闲田所在。哪知仅得地一顷，还是另有地主，舜卿、若愚只好据实奏报。安石又说舜卿隐蔽，把他贬谪，令韩缜往代。缜遂报无为有，顺安石意。要想保全官职，也不得不尔。乃进韶为太子中允，寻复令主洮河安抚司事。看官记着！为了王韶倡议平戎，不但吐蕃境内，从此多事。就是宋、夏交涉，也因此决裂，竟先闹出战事来。

熙宁三年五月，夏人筑闹讹堡，一译作诺和堡。屯兵甚众，知庆州李复圭，闻朝廷有意平夏，竟欲出师邀功，当遣裨将李信、刘甫等，率蕃、汉兵三千，往袭该堡。偏被夏人得知，一阵驱杀，大败信等，信等逃归。复圭不觉自悔，却想了一计，把无故兴兵的罪状，都推在李信、刘甫身上，斩首徇军，复由自己领兵，追袭夏人，杀了老弱残兵二百名，即上书告捷。真好法子。夏人不肯甘休，乘着秋高马肥，大举入环庆州，攻扑大顺城及柔远等寨。钤辖郭庆、高敏等战死。及韩绛巡边，在延安开设幕府，选蕃兵为七军。绛不习兵事，措置乖方，且起用种谔为鄜延钤辖，知青涧城，命诸将皆受谔节制，蕃兵多怨望。绛与谔谋取横山，安抚使郭逵道：“谔一狂生，怎知军务？朝廷徒以种氏家世，赐荫子孙，若加重用，必误国事。”绛甚不谓然。适陈升之因母丧去位，两个同平章事，去了一双。一即曾公亮。神宗擢用两人，做了接替，一个便是王安石，一个偏轮着韩绛。安石为首相，即就此带

叙。绛在军中，有诏遥授为同平章事。绛兴高采烈，即劾郭逵牵掣军情。逵奉敕召还，谔遂率兵二万人，袭破罗兀，筑城拒守，进筑永乐川、赏逮岭二寨。又分遣都监赵璞、燕达等，修葺抚宁故城，及分荒唯三泉、吐浑川、开光岭、葭芦川四寨，相去各四十余里。韩绛方保荐种谔，盛叙功绩，不意夏人已入顺宁寨，进围抚宁。是时边将折继世、高永能等，方驻兵细浮图，去抚宁不过数里。罗兀城兵势尚厚，且有赵璞、燕达等防守抚宁。谔在绥德闻报，惊惶的了不得，拟作书召回燕达，偏偏口不应心，提起了笔，那笔尖儿好似作怪，竟管颤动，不能成字。适运判李南公在旁，看他这般情形，不禁好笑，他却掷笔旁顾道："什么好？什么好？"说了两个好字，竟眼泪鼻涕，一齐流将出来。穷形尽相。南公劝解道："大不了的弃掉罗兀城，何必害怕哩？"谔一言不发，尚是涕泪不已。及南公趋退，那警报杂沓进来，所有新筑诸堡，陆续被陷，将士战殁千余人。谔束手无策，绛亦无可隐讳，只得上书劾谔，且自请惩处。有诏弃罗兀城，贬谔为汝州团练副使，安置潭州。绛亦坐罢，徙知邓州。夏人既得罗兀城，却也收兵退去。

唯王安石转得独相，把揽大权。新任参政冯京、王珪。珪曲事安石，仿佛王氏家奴，京虽稍稍腹诽，但也未敢直言。翰林学士司马光、范镇，依次罢去。神宗新策贤良方正，太原判官吕陶，台州司户参军孔文仲，对策直言，已登上第，为安石所阻，饬孔文仲仍还故官，吕陶亦止授通判蜀州。于是保甲法，免役法，次第举行，并改诸路更戍法，更定科举法，朝三暮四，任意更张。小子于保甲、免役诸法，已在上文约略说明，所有更戍法系太祖旧制，太祖惩藩镇旧弊，用赵普策，分立四军，京师卫卒称禁军，诸州镇兵称厢军，在乡防守称乡军，保卫边塞称藩军。禁军更番戍边，厢军亦互相调换，兵无常帅，帅无常师，所以叫作更戍。时议以兵将不相识，缓急无所恃，不如部分诸路将兵，总隶禁旅，使兵将相习，有训练的好处，无番戍的烦劳。安石称为良策，乃改订兵制，分置诸路将副。京畿、河北、京东西路，置三十七将，陕西五路，置四十二将，每将麾下，各有部队将训练官等数十人，与诸路旧有总管钤辖都监监押等。设官重复，虚糜廪禄，并且饮食嬉游，养成骄惰，是真所谓弄巧反拙了。

宋初取士，多仍唐旧，进士一科，限年考试，所试科目，即诗赋杂文及帖经墨义等条。仁宗时，从范仲淹言，有心复古，广兴学校，科举须先试策

论，次试诗赋，除去帖经墨义。及仲淹既去，仍复旧制。安石当国，欲将科举革除，一意兴学，当由神宗饬令会议。苏轼谓：“仁宗立学，徒存虚名，科举未尝无才，不必变更。”神宗颇以为然。安石以科法未善，定欲更张。当由辅臣互为调停，以经义论策取士，罢诗赋、帖经、墨义。后来更立太学生三舍法，注重经学。安石且作《三经新义》，注释《诗》、《书》、《周礼》，颁行学官，无论学校科举，只准用王氏《新义》，所有先儒传注，概行废置。安石的势力，总算膨胀得很呢。这两条不第解释新法，即宋初成制，亦借此叙明。苏轼见安石专断，甚觉不平，尝因试进士发策，拟题命试，题目是：晋武平吴，独断而克，苻坚代晋，独断而亡，齐桓专任管仲而霸，燕哙专任子之而败，事同功异为问，这是明明借题发挥，讥讽安石。安石遂挟嫌生衅，奏调轼为开封府推官，轼决断精敏，声闻益著，再上疏指斥新法，略云：

臣之所欲言者，三言而已：愿陛下结人心，厚风俗，存纪纲。人主所恃者，人心也。自古及今，未有和易同众而不安，刚果自用而不危者。祖宗以来，治财用者不过三司。今陛下又创制置三司条例司，使六七少年，日夜讲求于内，使者四十余辈，分行营干于外。以万乘之主而言利，以天子之宰而治财，君臣宵旰，几有年矣，而富国之功，茫如捕风。徒闻内帑出数百万缗，祠部度五千余人耳。以此为术，人皆知其难也。汴水浊流，自生民以来，不以种稻，今欲陂而清之，万顷之稻，必用千顷之陂，一岁一淤，三岁而满矣。陛下使相视地形所在，凿空访寻水利，堤防一开，水失故道，虽食议者之肉，何补于民？自古役人，必用乡户，徒闻江、浙之间，数郡雇役，而欲措之天下，自杨炎为两税，租调与庸，既兼之矣，奈何复欲取庸？青苗放钱，自昔有禁，今陛下始立成法，每岁常行，虽云不许抑配，而数世之后，暴官污吏，陛下能保之乎？昔汉武以财力匮竭，用桑弘羊之说，买贱卖贵，谓之均输，于是商贾不行，盗贼滋炽，几至于乱，臣愿陛下结人心者此也。国家之所以存亡者，在道德之浅深，不在乎强与弱。时数之所以长短者，在风俗之厚薄，不在乎富与贫。臣愿陛下务崇道德而厚风俗，不愿陛下急于有功而贪富强。仁宗持法至宽，用人有序，专务掩覆过失，未尝轻改旧章，考其成功，则曰未至，言乎用兵，则十出而九败，言乎府库，

则仅足而无余。徒以德泽在人，风俗向义，故升遐之日，天下归仁。议者见其末年，吏多因循，事多不振，乃欲矫之以苛察，济之以智能，招来新进勇锐之人，以图一切速成之效，未享其利，浇风已成，欲望风俗之厚，岂可得哉？臣愿陛下厚风俗者此也。祖宗委任台谏，未尝罪一言者，纵有薄责，旋即超升，许以风闻而无官长，言及乘舆，则天子改容，事关廊庙，则宰相待罪，台谏固未必皆贤，所言亦未必皆是。然须养其锐气，而借之重权者，将以折奸臣之萌也。臣闻长老之谈，皆谓台谏所言，常随天下公议，今者物议沸腾，怨讟交至，公议所在，亦知之矣。臣恐自兹以往，习惯成风，尽为执政私人，以致人主孤立，纲纪一废，何事不生？臣愿陛下存纲纪者此也。事关重大，用敢直言，伏乞陛下裁察！

这疏一上，安石愈加愤怒，使御史谢景温妄奏轼罪，穷治无所得，方才寝议。轼乞请外调，因即命他通判杭州。轼字子瞻，眉山人。父洵，尝游学四方，母程氏亲授诗书，及弱冠，博通经史，善属文，下笔辄数千言。仁宗嘉祐二年，就试礼部，主司欧阳修，得轼文，拟擢居冠军，嗣恐由门客曾巩所为，但置第二，复以春秋对义列第一。嗣入直史馆，为安石所忌，迁授判官告院。至是又徙判杭州。杭城外有西湖，山水秀丽，冠绝东南，轼办公有暇，即至湖上游览，所有感慨，悉托诸吟咏，一时文士，多从之游。又仿唐时白居易遗规，浚湖除葑，在湖中筑土成堤，植桃与柳，点缀景色。后人以白居易所筑的堤，称为白堤，苏轼所筑的堤，称为苏堤。相传苏轼有妹名小妹，亦能诗。适文士秦观，字少游，与轼唱和最多。轼又与佛印作方外交，与琴操作平康友，闲游湖上，诗酒联欢，这恐是附会荒唐，不足凭信。轼有弟名辙，与兄同登进士科，亦工诗文，曾任三司条例司检详，以忤安石意被黜，事见上文。小妹不见史乘，秦观曾任学士，与轼为友。佛印、琴操，稗乘中间有记载，小子也无暇详考了。尝有一诗咏两苏云：

蜀地挺生大小苏，后人称轼为大苏，辙为小苏。
才名卓绝冠皇都。
昭陵试策曾称赏，

可奈时艰屈相儒。仁宗初，读两苏制策，退而喜曰："朕为子孙得两宰相。"

苏轼外调，安石又少一对头，越好横行无忌了。本回就此结束，下回再行续详。

本回以程疏起手，以苏疏结局，前后呼应，自成章法。中叙宋、夏交涉一段，启衅失律，仍自王安石致之。有安石之称许王韶，乃有韩绛之误用种谔。韶议虽非不可行，然无故开衅，曲在宋廷。绛、谔坐罪，而安石逍遥法外，反得独揽政权，神宗岂真愚且蠢者？殆以好大喜功，堕安石揣摩之术耳。程颢为道学大家，以言不见用而求去，苏轼为文学大家，以言反遭忌而外调，特录两疏，与上回之韩疏相映，盖重其人乃重其文；笔下固自有斟酌也。

第三十九回　借父威竖子成名
逞兵谋番渠被虏

却说苏轼外徙以后，又罢知开封府韩维，及知蔡州欧阳修，并因富弼阻止青苗，谪判汝州。王安石意犹未足，比弼为鲧与共工，请加重谴。居然自命禹、皋。还是神宗顾念老成，不忍加罪。安石因宁州通判邓绾，贻书称颂，极力贡谀，遂荐为谏官。绾籍隶成都，同乡人留宦京师，都笑绾骂绾。绾且怡然自得道："笑骂由他笑骂，好官总是我做了。"为此一念，误尽世人。绾既为御史，复兼司农事，与曾布表里为奸，力助安石，安石势焰益横。御史中丞杨绘，奏罢免役法，且请召用吕诲、范镇、欧阳修、富弼、司马光、吕陶等，被出知郑州。监察御史里行刘挚，陈免役法有十害，被谪监衡州盐仓。知谏院张璪，因安石令驳挚议，不肯从命，亦致落职。又去了三个。吕诲积忧成疾，上表神宗，略言："臣无宿疾，误被医生用术乖方，寖成风痺，祸延心腹，势将不起。一身不足恤，唯九族无依，死难瞑目"云云，这明明是以疾喻政，劝悟神宗的意思。奈神宗已一成不变，无可挽回。至诲已疾亟，司马光亲往探视，见诲不能言，不禁大恸。诲忽张目顾光道："天下事尚可为，君实勉之！"言讫遂逝。诲，开封人，即故相吕端孙，元祐初，追赠谏议大夫。既而欧阳修亦病殁颍州。修四岁丧父母，郑氏画荻授书，一学即能；至弱冠已著文名，举进士，试南宫第一。与当世文士游，有志复古。累知贡举，厘正文体。奉诏修《唐书》纪、志、表，自撰《五代史》，法严词约，多取春秋遗旨。苏轼尝作序云："论大道似韩愈，论事似陆贽，记事似司马

迁，诗赋似李白。”时人叹为知言。修本籍庐陵，晚喜颍川风土，遂以为居。初号醉翁，后号六一居士。殁赠太子太师，谥文忠。大忠大奸，必叙履历，其他学术优长，亦必标明，是著书人之微旨。又死了两个。

安石有子名雱，幼甚聪颖，读书常过目不忘，年方十五、六，即著书数万言，举进士，调旌德尉，睥睨自豪，不可一世。居官未几，因俸薄官卑，不屑小就，即辞职告归。家居无事，作策二十余篇，极论天下大事。又作《老子训解》，及《佛书义解》，亦数万言。他本倜傥不羁，风流自赏，免不得评花问柳，选色征声，所有秦楼楚馆，诗妓舞娃，无不知为王公子。安石虽有意沽名，侈谈品学，但也不能把雱约束，只好任他自由。况且他才华冠世，议论惊人，就是安石自思，也觉逊他一筹。由爱生宠，由宠生怜，还管他什么浪迹？什么冶游？当安石为参政时，程颢过访，与安石谈论时政，正在互相辩难的时候，忽见雱囚首丧面，手中执一妇人冠，惘然出庭，闻厅中有谈笑声，即大踏步趋将进去。见了程颢，也没有什么礼节，但问安石道：“阿父所谈何事？”安石道：“正为新法颁行，人多阻挠，所以与程君谈及。”雱睁目大言道：“这也何必多议！但将韩绛、富弼两人枭首市曹，不怕新法不行。”其父行劫，其子必且杀人。安石忙接口道：“儿说错了。”颢本是个道学先生，瞧着王雱这副形状，已是看不过去，及听了雱语，更觉忍耐不住，便道：“方与参政谈论国事，子弟不便参预。”雱闻言，气得面上青筋，一齐突出，几欲饱程老拳。还是安石以目相示，方怏怏退出。到了安石秉国，所用多少年，雱遂语父道：“门下士多半弹冠，难道为儿的转不及他么？”安石道：“你只知其一，不知其二，执政子不能预选馆职，这是本朝定例，不便擅改哩。”你尚知守法么？雱笑道：“馆选不可为，经筵独不可预么？”安石被他一诘，半晌才说道：“朝臣方谓我多用私人，若你又入值经筵，恐益滋物议了。”你尚知顾名么？雱又道：“阿父这般顾忌，所以新法不能遽行。”安石又踌躇多时，方道：“你所做的策议，及《老子训解》，都藏着否？”雱应道：“都尚藏着。”安石道：“你去取了出来，我有用处。”雱遂至中书室中，取出藏稿，携呈安石。安石叫过家人，令付手民镂版，印刷成书，廉价出售。未免损价。都下相率购诵，辗转间流入大内，连神宗亦得瞧着，颇为叹赏。邓绾、曾布正想讨好安石，遂乘机力荐，说雱如何大才，如何积学，差不多是当代英豪，一时无两。于是神宗召雱入见，雱奏对时，无非说是力

行新法，渐致富强。神宗自然合意，遂授太子中允，及崇政殿说书。雱生平崇拜商鞅，尝谓不诛异议，法不得行，至是入侍讲筵，往往附会经说，引伸臆见，神宗益为所惑，竟创置京城逻卒，遇有谤议时政，不问贵贱，一律拘禁。都人见此禁令，更敢怒不敢言。

安石遂请行市易法，委任户部判官吕嘉问为提举。家贼变为国贼。继行保马法，令曾布妥定条规，遍行诸路。又继行方田法，自京东路开办，逐渐推行。用巨野县尉王雱为指教官。枢密使文彦博，副使吴充，上言保马法不便施行，均未见从。枢密都承旨李评，又诋毁免役法，并奏罢阁门官吏，安石说他擅作威福。必欲加罪。神宗虽然照允，许久不见诏命。且因利州判官鲜于侁，上书指陈时事，隐斥安石，神宗竟擢他为转运副使。安石入问神宗，神宗言："侁长文学，所以超迁。"并出原奏相示。安石不敢再言。利州不请青苗钱，安石遣吏诘责，侁复称："民不愿借，如何强贷？"安石无法，遂想出一个辞职的法儿，面奏神宗，情愿外调。好似妓女常态。神宗道："自古君臣，如卿与朕，相知极少，朕本鄙钝，素乏知识，自卿入翰林，始闻道德学术，心稍开悟。天下事方有头绪，卿奈何言去？"安石仍然固辞。神宗又道："卿得毋为李评事，与朕有嫌？朕自知制诰知卿，属卿天下事，如吕诲比卿为少正卯、卢杞，朕且不信，此外尚有何人，敢来惑朕？"安石乃退。次日，又赍表入请，神宗未曾展览，即将原表交还，固令就职。安石才照常视事；乃创议开边，三路并进。一路是招讨峒蛮，命中书检正官章惇为湖北察访使，经制蛮方。一路是招讨泸夷，命戎州通判熊本为梓夔察访使，措置夷事。一路便是洮河安抚使王韶，招讨西羌，进兵吐蕃诸部落。这三路中唯羌人狡悍，不易收服，所有蛮、夷两路，没甚厉害，官兵一至，当即敛迹。安石遂据为己功，仿佛是内安外攘，手造升平，这也足令人发噱呢。

小子逐路叙明，先易后难，请看官察阅！西南多山，土民杂处，历代视为化外，呼作蛮、夷，不置官吏。唯令各处酋长，部勒土人，使自镇抚。宋初，辰州人猺人秦再雄，武健多谋，为蛮人所畏服。太祖召至阙下，面加慰谕，命为辰州刺史，赐予甚厚，使自辟吏属，给一州租赋。再雄感恩图报，派选亲校二十人，分使诸蛮，招降各部，数千里无边患。嗣后各州虽稍有未靖，不久即平。仁宗时，溪州刺史彭仕羲，自号如意大王，纠众作乱，经官军入讨，仕羲遁去。见三十四回。宋廷遣吏传谕，许他改过自归，仕羲乃出

降，仍奉职贡，嗣为子师彩所弑。师彩兄师晏，攻杀师彩，献纳誓表。神宗乃命师晏袭职，管领州事。蛮众列居，向分南北江，北江有土州二十，俱属彭氏管辖，南江有三族，舒氏、田氏，各领四州，向氏领五州，皆受宋命。既而峡州峒酋舒光秀，刻剥无度，部众不服，湖北提点刑狱赵鼎，据实上闻，辰州布衣张翘，又献策宋廷，言诸蛮自相仇杀，可乘势剿抚，夷为郡县。宋廷遂遣章惇为湖北察访使，经制南北。章惇既至湖北，先招纳彭师晏，遣诣阙下，授礼宾副使，兼京东州都监，北江遂定。再由惇劝谕南江各族，向永晤奉表归顺，献还先朝所赐剑印。舒光秀、光银等亦降，独田元猛自恃骁勇，不肯从命。惇率轻兵进讨，攻破元猛，夺踞懿州。南江州峒，闻风而下，遂改置沅州，即以懿州新城为治所。尚有梅山峒蛮苏氏，及诚州峒蛮杨氏，亦相继纳土。惇创立城寨，于梅山置安化县，隶属邵州。又以诚州属辰州，寻又改称靖州，蛮人平服，章惇还朝。一路了。

再说泸夷在西南徼外，地近泸水，置有泸州，因名泸夷。仁宗初年，夷酋乌蛮王得盖，居泸水旁，部族最盛。附近有姚州城，废置已久，得盖奉表宋廷，乞仍赐州名，辑抚部落，效顺天朝。仁宗准奏，仍建姚州，授得盖刺史，铸印赐给。得盖死后，子孙私号“罗氏鬼主”。但势日衰弱，不能驭诸族。乌蛮有二酋，一名晏子，一名箇恕，素属得盖孙仆夜管辖。仆夜号令不行，二酋遂纠众思逞，擅劫晏州山外六姓，及纳溪二十四姓生夷，归他役属。六姓夷遂受二酋嗾使，入扰宋边。戎州通判熊本，素守边郡，熟识夷情，因受命为察访使，得便宜行事。本知夷人内扰，多恃村豪为向导，遂用金帛诱致村豪百余人，到了泸川，一并斩首，当下悬竿徇众，各姓股栗，愿效死赎罪。独柯阴一酋不至，本遣都监王宣，招集晏州降众，及黔州义军，授以强弓毒矢，进击柯阴。柯阴酋居然迎敌，哪禁得弩弓迭发，一经着体，立即仆地，夷众大溃。王宣追至柯阴，其酋无法可施，只得降顺马前。宣报知熊本，本驰至受俘，尽籍丁口土田，及重宝善马，悉数归官。晏子、箇恕，闻官军这般厉害，哪里还敢倔强？当下遣人犒师，并悔过谢罪。罗氏鬼主仆夜，本是个没用人物，当然拜表归诚。于是山前后十郡诸夷，皆愿世为汉官。本一一奏闻，乃命仆夜知姚州，箇恕知归徕州，晏子未受王命，已经身死，子名沙取禄路，亦得受官巡检。泸夷亦平，本还都。神宗嘉他不伤财，不害民，擢为集贤殿修撰，赐三品冠服。嗣又出讨渝州獠，破叛酋木

斗，收溱州地五百里，创置南平军，本奏凯班师，入为知制诰，蛮、夷均皆就范围了。两路了。唯王韶既收降俞龙珂，且为龙珂请赐姓氏，龙珂自言中国有包中丞，忠清无比，愿附姓为荣。神宗乃赐姓包氏，易名为顺。应前回。包顺导韶深入，韶遂与都监张守约，就古渭寨驻戍，定名通远军，作为根本。然后西向进兵，入图武胜。蕃酋抹耳、一译作穆尔。水巴一译作舒克巴。等，据险来争。韶躬环甲胄，督兵迎战，大破羌众，斩首数百级，焚庐帐数座。唃斯罗长孙木征，来援抹耳，又被击退。看官！欲知木征的来历，还须约略表明。唃斯罗初娶李氏，生瞎毡一译作瞎戬。及磨毡角，又娶乔氏，生董毡，乔氏有姿色，大得唃宠，遂将李氏斥逐为尼，并李氏所生二子，尽锢置廓州。二子不服，潜结母党李巴全，窃母奔宗哥城。一译作宗噶尔。磨毡角抚有城众，就此居住。瞎毡别居龛谷。于是唃氏土地，分作三部，唃斯罗死后，妻乔氏与子董毡，居历精城，有众六、七万，号令严明，人不敢犯。既受宋封，尚称恭顺。见前回。唯磨毡角与瞎毡，相继病死。磨毡角子瞎撒欺丁，孤弱不能守，仍归属董毡部下。瞎毡有子二，长名木征，次名瞎吴叱。一译作瞎乌尔戬。木征居河州，瞎吴叱居银川，木征恐董毡往讨，曾乞内附，至是因宋军入境，同族乞援，乃率众反抗王韶。偏被韶军击败，退守巩令城。当遣别酋瞎药，一译作恰约克。助守武胜，哪知韶军已长驱捣入，瞎药抵挡不住，只好弃城遁走。武胜遂为韶有，因择要筑城，建为镇洮军，一面连章报捷。朝议创置熙河路，即升镇洮军为熙州，授韶经略安抚使，兼知熙州事，及通远军；并领河、洮、岷三州。时三州实未规复，由韶遣僧智圆，潜往河州，赍金招诱，自率轻骑尾随。适瞎药败还河州，与智圆晤谈，得了若干金银，即愿归顺。待韶军已至，导入河州，杀死老弱数千名，连木征妻子，尽被擒住。木征在外未归，那巢穴已被捣破了。韶复进攻洮、岷，木征还据河州，韶又回军击走木征，河州复定。岷州首领木令征，闻风献城，洮州亦降。还有宕、叠二州，均来归附，总计韶军行五十四日，涉千八百里，得州五，斩首数千级，获牛羊马万余头，捷书上达，神宗御紫宸殿受贺，解佩带赐王安石，进韶左谏议大夫，兼端明殿学士。韶乃留部将分守，自率军入朝，不意韶甫还都，边警随至，知河州景思立竟战死踏白城。羌人多诈，宋将枉死。原来木征虽已败窜，心总未死，复诱合董毡别将青宜结、一译作青伊克结。鬼章一译作果庄。等，入扰河州。景思立麾军出战，羌众佯败，追至踏白

城，遇伏而亡。木征势焰复张，进寇岷州。刺史高遵裕，令包顺往击，战退木征。木征又转围河州。是时王韶已奉诏还镇，行至兴平，闻河州被围，亟与按视鄜延军官李宪，日夜奔驰，直抵熙州，选兵得二万人，令进趋定羌城。诸将入禀道："河州围急，宜速往救，奈何不趋河州，反往定羌城？"韶慨然道："你等怎知军谋？木征敢围河州，无非恃有外援，我先攻他所恃，河州自然解围了。"却是妙计。乃引兵至定羌城，破西蕃，结河川族，断夏国通路，进临宁河，分命偏将入南山，截木征后路。木征果然解围，退保踏白城。韶军已绕出城后，出其不意，突入羌营，焚帐八十，斩首七千。木征无路可归，没奈何带领酋长八十余人，诣军门乞降。韶即遣李宪押送木征，驰入京师，正是：

欲建战功因略远，幸操胜算得擒渠。

未知木征能否免死，容待下回说明。

既有王安石之立异沽名，复有王雱之矜才傲物，非是父不生是子，幸其后短命死耳。否则误国之祸，不且较乃父为尤烈耶？史称安石之力行新法，多自雱导成之，是误神宗者安石，误安石者即其子雱。本回特别表出，志祸源也。王韶创议平戎，而章惇、熊本相继出使，虽抚峒蛮，平泸夷，诸羌亦畏威乞降，渠魁如木征，且槛致阙下，然亦思劳师几何？费饷几何？捷书屡上，而仅得荒僻之地若干里，果何用乎？功不补患，胜益长骄，谁阶之厉？韶实尸之！故本回以章惇、熊本为宾，而以王韶为主，语有详略，意寓抑扬，若王安石则尤为主中之主者，叙笔固亦不肯放松也。

第四十回　流民图为国请命
分水岭割地畀辽

却说王韶受木征降，仍将木征解京，朝右称为奇捷，相率庆贺。丑态如绘。先是景思立战死，羌势复炽，朝议欲仍弃熙河，神宗亦为之旰食，屡下诏戒韶持重。韶竟轻师西进，卒俘木征。那时神宗喜出望外，御殿受俘，特别加恩，命木征为营州团练使，赐姓名赵思忠，授韶观文殿学士，兼礼部侍郎。未几，又召为枢密副使，总算是破格酬庸，如韶所愿了。句中有刺。安石本主张韶议，得此边功，自然意气扬扬，诩为有识。会少华山崩，文彦博谓为民怨所致，安石大加反对，彦博遂决意求去，乃出为河东节度使，判河阳，寻徙大名府。安石复用选人李公义，及内侍黄怀信言，造成一种濬川杷，说是濬河利器。看官道是什么良法？他是用巨木八尺为柄，下用铁齿，约长二尺，形似杷状，用石压下，两旁系大船，各用滑车绞木，谓可扫荡泥沙，哪知水深处杷不及底，仍归无益，水浅处齿碍沙泥，初时尚觉活动，后被沙泥淤住，用力猛曳，齿反向上。这种器具，有什么用处？安石偏视为奇巧，竟赏怀信，官公义，将杷法颁下大名。文彦博奏言杷法无用，安石又说他阻挠，令虞部郎范子渊，为濬河提举，置司督办，公义为副。子渊是个蔑片朋友，专会敲顺风锣，只说杷法可行，也不管成功不成功，乐得领帑取俸，河上逍遥。目前之计，无过于此。

提举市易司吕嘉问，复请收免行钱，令京师百货行，各纳岁赋。又因铜禁已弛，奸民常销钱为器，以致制钱日耗。安石创行折二钱，用一当二，颁

行诸路。嗣是罔利愈甚，民怨愈深。熙宁六年孟秋，至八年孟夏，天久不雨，赤地千里，神宗忧虑得很，终日咨嗟，宫廷内外，免不得归咎新法。惹得神宗意动，亦欲将新法罢除。安石闻得此信，忙入奏道："水旱常数，尧汤时尚且不免，陛下即位以来，累年丰稔，至今始数月不雨，当没有什么大害。如果欲默迓天庥，也不过略修人事罢了。"神宗蹙然道："朕正恐人事未修，所以忧虑，今取免行钱太重。人情恣怨，自近臣以及后族，无不说是弊政，看来不如罢免为是。"参政冯京，时亦在侧，便应声道："臣亦闻有怨声。"安石不俟说毕，即愤愤道："士大夫不得逞志，所以訾议新法。冯京独闻怨言，便是与若辈交通往来，否则臣亦有耳目，为什么未曾闻知呢？"看这数句话，安石实是奸人。神宗默然，竟起身入内。安石及京，各挟恨而退。未几，即有诏旨传出，广求直言，诏中痛自责已，语极恳切，相传系翰林学士韩维手笔。神宗正在怀忧，忽由银台司呈上急奏，当即披阅，内系监安上门郑侠奏章，不知为着何事？忙将前后文略去，但阅视要语道：

> 去年大蝗，秋冬亢旱，麦苗焦槁，五种不入，群情惧死，方春斩伐，竭泽而渔，草木鱼鳖，亦莫生遂，灾患之来，莫之或御。愿陛下开仓廪，赈贫乏，取有司掊克不道之政，一切罢去，冀下召和气，上应天心，延万姓垂死之命。今台谏充位，左右辅弼，又皆贪猥近利，使夫抱道怀识之士，皆不欲与之言。陛下以爵禄名器，驾驭天下忠贤，而使人如此，甚非宗庙社稷之福也。窃闻南征北伐者，皆以其胜捷之势，山川之形，为图来献，料无一人以天下之民，质妻鬻子，斩桑坏舍，遑遑不给之状上闻者。臣仅以逐日所见，绘成一图，但经眼目，已可涕泣，而况有甚于此者乎？如陛下行臣之言，十日不雨，即乞斩臣宣德门外，以正欺君之罪。

神宗览到此处，即将附呈的图画，展开一阅，但见图中绘著，统是流民惨状，有的号寒，有的啼饥，有的嚼草根，有的茹木实，有的卖儿，有的鬻女，有的尫瘠不堪，还是身带锁械，有的支撑不住，已经奄毙道旁；另有一班悍吏，尚且怒目相视，状甚凶暴，可怜这班垂死人民，都觉愁眉双锁，泣涕涟涟。极力写照。神宗瞧了这幅，又瞧那幅，反复谛视，禁不住悲惨

起来；当下长叹数声，袖图入内，是夜辗转吁嗟，竟不成寐。翌日临朝，特颁谕旨，命开封府酌收免行钱，三司察市易，司农发常平仓，三卫裁减熙河兵额，诸州体恤民艰，青苗免役，权息追呼，方田保甲，并行罢免。共计有十八事，中外欢呼，互相庆贺。那上天恰也奇怪，居然兴云作雾，蔽日生风，霎时间电光闪闪，雷声隆隆，大雨倾盆而下，把自秋至夏的干涸气，尽行涤尽，淋漓了一昼夜，顿觉川渠皆满，碧浪浮天。辅臣等乘势贡谀，联翩入贺，神宗道："卿等知此雨由来否？"大家齐声道："这是陛下盛德格天，所以降此时雨。"越会贡谀，越觉露丑。神宗道："朕不敢当此语。"说至此，便从袖中取出一图，递示群臣道："这是郑侠所上的流民图，民苦如此，哪得不干天怒？朕暂罢新法，即得甘霖，可见这新法是不宜行呢。"安石忿不可遏，竟抗声道："郑侠欺君罔上，妄献此图，臣只闻新法行后，人民称便，哪有这种流离惨状呢？"门下都是媚子，哪里得闻怨声？神宗道："卿且去察访底细，再行核议！"安石怏怏退出，因上章求去，疏入不报。嗣是群奸切齿，交嫉郑侠，遂怂恿御史，治他擅发马递罪。侠，福清人，登进士第，曾任光州司法参军，所有谳案，安石悉如所请。侠感为知己，极思报效。会秩满入都，适新法盛行，乃进谒安石，拟欲谏阻。安石询以所闻，侠答道："青苗、免役、保甲、市易数事，与边鄙用兵，愚见却未以为然呢。"安石不答。侠退不复见，但尝贻安石书，屡言新法病民。安石本欲辟为检讨，因侠一再反对，乃使监安上门。侠见天气亢旱，百姓遭灾，遂绘图加奏，投诣阁门，偏被拒绝不纳；乃托言密急，发马递呈入银台司。向例密报不经阁中，得由银台司直达，所以侠上流民图，辅臣无一得闻。及神宗颁示出来，方才知晓。详叙原委，不没忠臣。大众遂设法构陷，当将擅发马递的罪名，付御史谳治。御史两面顾到，但照章记过罢了。

吕惠卿、邓绾复入白神宗，请仍行新法。神宗沉吟未答，惠卿道："陛下近数年来，忘寝废餐，成此美政，天下方讴歌帝泽，一旦信狂夫言，罢废殆尽，岂不可惜。"言已，涕泣不止。邓绾亦陪着下泪。小人女子，同一丑态。神宗又不禁软下心肠，顿时俯允，两人领旨而出，复扬眉吐气，饬内外仍行新法，于是苛虐如故，怨恣亦如故。太皇太后曹氏，也有所闻，尝因神宗入问起居，乘间与语道："祖宗法度，不宜轻改，从前先帝在日，我有闻必告，先帝无不察行，今亦当效法先帝，方免祸乱。"神宗道："现在没有他

事。”太皇太后道：“青苗、免役各法，民间很是痛苦，何不一并罢除？”神宗道：“这是利民，并非苦民。”太皇太后道：“恐未必然。我闻各种新法，作自安石，安石虽有才学，但违民行政，终致民怨，如果爱惜安石，不如暂令外调，较可保全。”神宗道：“群臣中唯安石一人，能任国事，不应令去。”太皇太后尚思驳斥，忽有一人进来道：“太皇太后的慈训，确是至言，皇上不可不思！”神宗正在懊恼，听了这语，连忙回顾，来人非别，乃是胞弟昌王颢，当下勃然怒道：“是我败坏国事么？他日待汝自为，可好否？”为了安石一人，几至神宗不孝不友，安石焉得无罪？颢不禁涕泣道：“国事不妨共议，颢并不有什么异心，何至猜嫌若此？”太皇太后也为不欢，神宗自去。过了数日，神宗又复入谒，太皇太后竟流涕道：“王安石必乱天下，奈何？”神宗方道：“且俟择人代相，把他外调便了。”安石自郑侠上疏，已求去位，及闻知这个风声，乞退愈力。神宗令荐贤自代，安石举了两人，一个就是前相韩绛，一个乃是曲意迎合的吕惠卿。荆公夹袋中，只有此等人物。神宗乃令安石出知江宁府，命韩绛同平章事，吕惠卿参知政事。韩、吕两人，感安石恩，自然确守王氏法度，不敢少违，时人号绛为传法沙门，惠卿为护法善神。

三司使曾布，与惠卿有隙，又因提举市易司吕嘉问，恃势上陵，遂奏言：“市易病民，嘉问更贩盐鬻帛，贻笑四方。”神宗览疏未决，惠卿即劾布阻挠新法。于是布与嘉问，各迁调出外。惠卿又用弟和卿计策，创行手实法，令民间田亩物宅，资货畜产，据实估价，酌量抽税，隐匿有罚，讦告有赏。那时民家寸椽尺土，都应输资，就是鸡豚牛羊，亦须出税，百姓更苦不胜言了。郑侠见国事日非，辅臣益坏，更激动一腔忠愤，取唐朝宰相数人，分为两编，如魏征、姚崇、宋璟等，称为正直君子，李林甫、卢杞等，号为邪曲小人；又以冯京比君子，吕惠卿比小人，援古证今，汇呈进去。看官！你想惠卿得此消息，如何不愤？遂劾侠讪谤朝廷，以大不敬论。御史张躁，时已复职，竟承惠卿旨，也劾京与侠交通有迹。不附安石，即附惠卿，想因前时落职，连气节都吓去了。侠因此得罪，被窜英州，京亦罢去参政，出知亳州。安石弟安国，任秘阁校理，素与乃兄意见不合，且指惠卿为佞人，此次亦坐与侠交，放归田里。安国不愧司马牛。

惠卿黜退冯京、郑侠等，气焰越盛，索性横行无忌，连那恩师王安石，亦欲设法陷害，挤入阱中。居然欲学逢蒙。会蜀人李士宁，自言知人休咎，且

与安石有旧交，惠卿竟欲借此兴狱，亏得韩绛暗袒安石，从中阻挠；至士宁杖流永州，连坐颇众，绛恐惠卿先发制人，亟密白神宗，复用安石。神宗恰也记念起来，即召安石入朝。安石奉命，倍道前进，七日即至，进谒神宗，复命为同平章事。御史蔡承禧，即上论惠卿欺君玩法，立党肆奸，中丞邓绾，亦言惠卿过恶，安石子雱，又深憾惠卿，三路夹攻，即将惠卿出知陈州。三司使章惇也为邓绾所劾，说与惠卿同恶相济，出知潮州，反复无常，险哉小人！韩绛本密荐安石，嗣因议事未合，也托疾求去，出知许州，安石复大权独揽了。

是时契丹主宗真早殁，庙号兴宗，子洪基嗣立，系仁宗至和二年事，此处乃是补叙。复改国号，仍称为辽，此后亦依史称辽。与宋朝通好如前。神宗熙宁七年，遣使萧禧至宋，请重订边界。神宗乃遣太常少卿刘忱等偕行，与辽枢密副使萧素，会议代州境上，彼此勘地，争论未决。看官！试想辽、宋已交好有年，划疆自守，并无龃龉，此番偏来议疆事，显见是借端生衅，乘间侵占的狡谋。一语断尽。辽使萧禧来京，谓宋、辽分界，应在蔚、朔、应三州间，分水岭土垄为界，且诘宋增寨河东，侵入辽界。及刘忱往勘，并无土垄，萧素又坚称分水岭为界。凡山统有分水，萧素此言，明明是含糊影射，得错便错。刘忱当然与辩，至再至三，萧素仍执已意，不肯通融。辽人已经如此，无怪近今泰西各国。忱奏报宋廷，神宗令枢密院详议，且手诏判相州韩琦，司空富弼，判河南府文彦博，判永兴军曾公亮，核议以闻。韩琦首先上表，略云：

臣观近年朝廷举事，似不以大敌为恤，彼见形生疑，必谓我有图复燕南之意，故引先发制人之说，造为衅端。臣尝窃计，始为陛下谋者，必曰治国之本，当先聚财积谷，募兵于农，庶可鞭笞四夷，复唐故疆，故散青苗钱，设免役法，置市易务，新制日下，更改无常，而监司督责，以刻为明，今农怨于畎亩，商叹于道路，长吏不安其职，陛下不尽知也。夫欲攘斥四夷，以兴太平，而先使邦本困摇，众心离怨，此则为陛下始谋者大误也。臣今为陛下计，具言向来兴作，乃修备之常；岂有他意？疆土素定，悉如旧境，不可持此造端，以隳累世之好。且将可疑之形，因而罢去。益养民爱力，选贤任能，疏远奸谀，进用忠鲠，使天下悦服，边备日充，若其果自败盟，则可一振威武，恢复故疆，摅累朝

之宿忿矣。谨具议上闻！

富弼、文彦博、曾公亮亦先后上书，大致与韩琦略同，神宗不能遽决。那辽主复遣萧禧来致国书，只说是忱等迁延，另乞派员会议。神宗再命天章阁待制韩缜，与萧禧叙谈，两下仍各执一词，毫无结果。禧且留馆不去，自言必得所请，方可回国。宋廷不便驱逐，乃先遣知制诰沈括报聘。括至枢密院，查阅故牍，得前时所议疆地书，远不相符，即奏称："宋、辽分境，本以古长城为界，今所争在黄嵬山，相差三十余里，如何可让？"神宗也不觉叹息道："大臣不考本末，几误国事。"遂赐括白金千两，令即启行。括至辽都，辽相杨遵勖，与议至六次，括终不屈。遵勖道："区区数里，不忍界我，莫非自愿绝好么？"又欲恫吓。括奋然道："师直为壮，曲为老，北朝弃信失好，曲有所归，我朝有什么害处？"因辞辽南归，在途考察山川关塞，风俗民情，绘成一图，返献神宗。神宗恐疆议未成，意图北伐，王安石谓战备未修，且俟缓举。此外一班辅臣，主战主和，意见不一。神宗入禀太皇太后，太皇太后道："储蓄赐与，已备足否？士卒甲仗，已精利否？"神宗茫然答道："这是容易筹办的。"太皇太后道："先圣有言，吉凶悔吝生乎动，若北伐得胜，不过南面受贺，万一挫失，所伤实多。我想辽果易图，太祖、太宗，应早收复，何待今日？"神宗才悟着道："敢不受教！"既退尚有所疑，拟再使问魏国公韩琦。不料琦竟病逝，遗疏到京，乃辍朝发哀，追赠尚书令，予谥忠献，配享英宗庙庭。琦字稚圭，相州人，策立二帝，历相三朝，宋廷倚为社稷臣。殁前一夕，大星陨州治，枥马皆惊。及殁，远近震悼。韩魏公身殁，不可不志，故借此叙过。神宗无可与商，只得再问王安石。安石道："将欲取之，必姑与之，这是老氏遗训，何妨照行。"神宗乃诏令韩缜，允萧禧议，就分水岭为界，计东西丧地七百里，萧禧欣然辞去，小子有诗叹道：

外交原不仗空谈，我弱人强固未堪。
独怪宋、辽同一辙，胡为弃地竟心甘？

辽事既了，交趾忽大举入寇，究竟如何启衅，请看官续阅下回。

神宗权罢新法，天即大雨，是或会逢其适，非必天心感应，果有若是之神且速者。但如郑侠之上流民图，足为《宋史》中第一忠谏，神宗几被感悟，罢新法至十有八事。古人视君若天，侠其果有回天之力耶？乃稍明复昧，仍沍群阴，安石、惠卿迭为进退，至辽使以勘界为名，借端索地，廷议不一，而安石却援欲取姑与之说，荧惑主听，卒至东西丧地七百里，试问终宋之世，能取偿尺寸否耶？后人称安石为政治家，吾正索解无从矣。

第四十一回　奉使命率军征交趾　蒙慈恩减罪谪黄州

却说交趾自黎桓篡国，翦灭丁氏世祚，宋廷不遑讨罪，竟将错便错，封桓为交趾郡王。应第十五回。桓死，子龙钺嗣，龙钺弟龙廷，杀兄自立，入贡宋廷，宋仍封他为王，且赐名至忠。不有兄弟，何有君臣？既而交州大校李公蕴，又弑了龙廷，遣使入贡，依然受宋封册，嗣复晋封南平王。公蕴传子德政，德政传子日尊，均袭南平王原爵。日尊又传子乾德，神宗封他为郡王，乾德修贡如故。适章惇收峒蛮，熊本平泸夷，王韶又克河州，边功迭著，恩赏从隆，于是知邕州萧注，也艳羡起来，居然欲南平交趾，献策徼功。及神宗召他入问，他又一味支吾，说不出什么方法。徒知迎合，有何良策？偏度支判官沈起，大言不惭，竟视南交为囊中物。硬要来出风头。神宗以为有才，便命他出知桂州。起既抵任，遣使入溪峒募集土丁，编为保伍，令出屯广南，派设指挥二十员，分督部众，又在融州强置城寨，杀交人千数。交趾王乾德，奉表陈诉，神宗也觉无理可说，只好归咎沈起，把他罢职，另调知处州刘彝，往代起任。彝到桂州，虽奏罢广南屯兵，恰仍遣枪杖手，分戍边隘。复听偏校言论，大造戈船，似乎有立平南交的意思。交人入境互市，被他拒绝，又沿途派置巡逻，不准交趾通表，一蟹不如一蟹。于是交人大愤，竟分三道入寇；一自广府，一自钦州，一自昆仑关，连陷钦、濂二州，杀死土丁八千人。宋廷接到边警，把彝除名，并再贬沈起，安置郢州。初则所用非人，致启边衅，继则后先加罚，益张寇焰，是谓一误再误。交人不肯罢手，竟入逼邕州。

知州苏缄，悉力拒守，一面向各处乞援，哪知附近州吏，统是一班行尸走肉的人物，袖手旁观，坐听成败，缄虽日夕抵御，究竟寡不敌众，看看粮竭矢穷，料已不能再守，乃命家属三十六人，先行自尽，一一埋置坎中，然后纵火自焚。城中兵民，感缄忠义，无一降寇，至交人攻入，所有城内五万八千余人，被交人屠戮殆尽。这都是沈、刘二人所害。这一番失败，非同小可，神宗得了消息，不胜惊悼，有诏赠缄奉国节度使，赐谥忠勇，授天章阁待制赵卨为招讨使，宦官领嘉州防御使李宪为副，往讨交趾。

卨与宪议事不合，因上言："宪系内侍，不便掌兵，请另行简命！"神宗乃召卨入问道："李宪既不便偕行，由卿另举一人便了。"卨对道："据臣愚见，莫如宣徽使郭逵，他熟识边情，定能胜任。臣才不及逵，伏乞命逵为使。臣愿为副！"颇能让贤。神宗准奏，改易诏命。及郭逵陛辞，请调鄜延、河东旧吏士，随军南下，亦奉谕照允，并赐宴便殿，特给中军旗章剑甲，借示威宠。逵申谢即行，与赵卨一同前往。会交人露布，传达汴都，略言："中国遂行新法，大扰民生，因特地出兵，来相救济"等语。王安石见了很是恚怒，至亲草敕牍，极力诋斥，且令郭逵檄谕占城、占腊即真腊国。二国，夹击交州。逵率军行至长沙，依令驰檄，并遣裨将往攻钦廉，自与卨西向进发，将至富良江，接到钦廉捷报，两州已克复了。逵乘势进兵，到了江边，遥见敌舰纷至，帆樯如林，舰中满载兵甲，来势甚锐，倒不禁疑虑起来。当下与赵卨商议道："南蛮狡悍，鼓锐前来，急切难与争锋，看来我军是不能速渡哩，应如何设法，方可破敌？"卨答道："不如先造攻具，毁坏蛮船，再出奇兵逆击，无虑不胜。"逵欣然道："就照此办理罢！请君督行便是。"卨唯唯而出，即分遣将吏，登山伐木，制成机械，运至江滨，用石发机，抛击如雨。蛮船未曾预防，遭此一击，统害得帆折樯摧，七颠八倒。卨已备着大筏，选锐卒万人，乘筏急攻，交人正虑船破，修补不及，怎禁得宋军驶至，乱砍乱剁，霎时间各船大乱，纷纷溃散。伪太子洪真，尚拟勒兵截杀，亲登船楼，指挥左右，不料一箭飞来，正中要害，当即堕船毙命。蛇无头不行，兵无主越乱，大家逃命要紧，除晦气的蛮兵，杀死溺死，其余都奔回交州去了。

宋军夺住战船数十艘，斩首数千级，各返报军门，献功陈绩。卨一一记录，转达郭逵。逵飞章告捷，又与卨面商道："此次战胜，贼应丧胆，正好乘

势入攻，无如我军远来，触犯烟瘴，非死即病，昨由我派吏查核，我军本有八万名，现已死亡逾万，有一半也是病疫，这却如何是好哩？”赵卨道：“既如此，且缓渡富良江，就在江北略地，借此示威。若李乾德肯来谢罪，我等就得休便休罢！”逵点首道：“我也这般想呢。”乃勒兵不渡，只分兵略定广源州、门州、思浪州、苏茂州及桄榔县。李乾德却也震惧，遣使奉表，诣军门纳款。郭逵、赵卨遂与来使议和，班师还朝。廷臣又相率称贺，神宗谕改广源州为顺州，赦乾德罪，复治沈起、刘彝开衅罪状，安置随、秀二州。讨好反跌一交，我替二人呼枉。既而乾德遣使来贡，并归所掠兵民，廷议以乾德悔罪投诚，赐还顺州，寻复还他二州六县，交趾算不复叛了。他本无叛意，因激之使成，谁生厉阶，枉死若干兵士？

交事就绪，王安石也即罢相。原来吕惠卿既出知陈州，王雱尚欲倾害，事被惠卿所闻，即上讼安石方命矫令，罔上要君，并及雱构陷情状。神宗取示安石，安石为子辩诬，及退归问雱，雱却并不抵赖，且言必致死惠卿，方能泄恨。顿时父子相争，惹起一场口角。雱盛年负气，郁郁成疾，背上陡生巨疽，竟尔绝命。安石又悲不自胜，屡请解职。御史中丞邓绾，恐安石一去，自己失势，力请慰留安石，赐第京师。神宗心滋不悦，转语安石。安石颇揣知上意，即还奏道：“绾为国司直，乃为宰臣乞恩，大伤国体，应声罪远斥为是。”神宗遂责绾论事荐人，不循守分，斥知虢州。可为逢迎者鉴。看官！试想邓绾是安石心腹，安石指斥邓绾罪状，明明是尝试神宗，可巧弄假成真，教安石如何过得下去？当下申请辞职，神宗亦即允奏，以使相判江宁府，寻改集禧观使。安石既退处金陵，往往写“福建子”三字。福建子是指吕惠卿，或竟直言吕惠卿误我。惠卿再讦告安石，附陈安石私书，有无使上知，及勿令齐年知等语。神宗察知齐年二字，系指冯京一人，京与安石同年，自神宗览到此书，方以京为贤，召知枢密院事。复因安石女夫吴充，素来中立，不附安石，特擢为同平章事。王珪亦由参政同升。充乃乞召司马光、吕公著、韩维及荐孙觉、李常、程颢等数十人。神宗乃召吕公著知枢密院事，复进程颢判武学。颢自扶沟县入京，任事数日，即由李定何正臣，劾他学术迂阔，趋向僻异，神宗又疑惑起来，竟命颢仍还原官。吕公著上疏谏阻，竟不得请。且擢用御史中丞蔡确为参政，蔡确由安石荐用，得任监察御史，初时很谄事安石，至安石罢相，他即追论安石过失，示不相同，即此一

端，已见阴险。并排去知制诰熊本，中丞邓润甫，御史上官均，自己遂得代任御史中丞。神宗反加信任，竟命为参政。士大夫交口叱骂，确反自喜得计。吴充欲稍革新法，他又说是萧规曹随，宜遵前制，因此各种新法，仍旧履行。既论王安石，复劝吴充遵行新法，反复无常，一至于此。

会中丞李定御史舒亶，劾奏知湖州苏轼怨谤君父，交通戚里，有诏逮轼入都，下付台狱。看官道苏轼如何得罪？由小子约略叙明。轼自杭徙徐，良徐徙湖，平居无事，每借着吟咏，讥讽朝政，尝咏青苗云："赢得儿童语音好，一年强半在城中。"咏课吏云："读书万卷不读律，致君尧、舜终无术。"咏水利云："东海若知明主意，应教斥卤变桑田。"咏盐禁云："岂是闻韶解忘味，迩来三月食无盐。"数诗传诵一时。李定舒亶，因借端进谗，坐他诽谤不敬的罪名，竟欲置诸死地。适太皇太后不豫，由神宗入问慈安，太皇太后道："苏轼兄弟，初入制科，仁宗皇帝尝欣慰道，吾为子孙得两宰相。今闻逮轼下狱，莫非由仇人中伤么？且文人咏诗，本是恒情，若必毛举细故，罗织成罪，亦非人君慎狱怜才的道理，应熟察为是。"神宗闻言，总算唯唯受教。及退，复得吴充奏章，为轼力辩，乃不忍加轼死罪，拟从末减。既而同修起居注王安礼，复从旁入谏道："自古以来，宽仁大度的主子，不以言语罪人，轼具有文才，自谓爵禄可以立致，今碌碌如此，不无怨望，所以托为讽咏，自写牢骚，一旦逮狱加罪，恐后世谓陛下不能容才呢？"神宗道："朕固不欲深谴，当为卿贳他罪名。但轼已激成众怒，恐卿为轼辩，他人反欲害卿，愿卿勿漏言，朕即有后命。"生杀大权，操诸君相之手，何惮何忌，乃戒他勿泄耶？同平章事王珪，闻神宗有赦轼意，又举轼咏桧诗，有"根到九泉无曲处，世间唯有蛰龙知"二语，遂说他确系不臣，非严谴不足示惩。神宗道："轼自咏桧，何预朕事？卿等勿再吹毛索瘢哩。"文字不谨，祸足杀身，幸神宗尚有一隙之明，轼乃得侥幸不死。舒亶又奏称驸马都尉王诜辈，与轼交通声气，居然朋比。还有司马光、张方平、范镇、陈襄、刘挚等，托名老成正士，实与轼等同一举动，隐相联络，均非严惩不可。神宗不从，但谪轼为黄州团练副使，本州安置。轼弟辙及王诜，皆连坐落职。张方平、司马光、范镇等二十二人俱罚铜。

先是轼被逮入都，亲朋皆与轼绝交，未闻过视。至道出广陵，独有知扬州鲜于侁，亲自往见。台吏不许通问，侁乃叹息而去。扬州属吏，劝侁道：

“公与轼相知有素，所有往来文字书牍，宜悉毁勿留，否则恐遭延累，后且得罪。”侁慨然道：“欺君负友，侁不忍为，若因忠义获谴，后世自有定评，侁亦未尝畏怯呢。”至是侁竟坐贬，黜令主管西京御史台。轼出狱赴黄州，豪旷不异往日，尝手执竹杖，足踏芒鞋，与田父野老，优游山水间。且就东坡筑室自居，因自号东坡居士。每有宴集，笑谈不倦，或且醉墨淋漓，随吟随书。人有所乞，绝无吝色。就是供侍的营妓，索题索书，无不立应，因此文名益盛。神宗以轼多才，拟再起用，终为王珪等所阻。一日视朝，语王珪、蔡确道：“国史关系，至为重大，应召苏轼入京，令他纂成，方见润色。”珪答道：“轼有重罪，不宜再召。”神宗道：“轼不宜召，且用曾巩。”乃命巩充史馆修撰。巩进太祖总论，神宗意尚未惬，遂手诏移轼汝州。诏中有“苏轼黜居思咎，阅岁滋深，人才实难，不忍终弃”等语。轼受诏后，上书自陈贫士饥寒，唯有薄田数亩，坐落常州，乞恩准徙常，赐臣余年云云。神宗即日报可，轼乃至常州居住。这是后话。

且说神宗在位十年，俱号熙宁，至十一年间，改为元丰元年。苏轼被谪，乃是元丰二年间事。补叙岁序。未几，宫中即遇大丧，太皇太后曹氏，升遐而去，有司援刘后故例，拟定尊谥，乃是慈圣光献四字。神宗素具孝思，服事太皇太后，无不曲意承欢，太皇太后亦慈爱性成，闻退朝稍晚，必亲至屏扆间候瞩，或且持膳饷帝，因此始终欢洽，毫无间言。旧例外家男子，不得入谒，太皇太后有弟曹佾，曾任同中书门下平章事，神宗常入白太皇太后，可使入见。太皇太后道：“我朝宗法，怎敢有违？且我弟得跻贵显，已属逾分，所有国政，不应令他干涉，亦不准令他入宫。”密示防闲，确是良法。神宗受教而退。及太皇太后违豫，乃由神宗申禀，得引佾入谒，谈未数语，神宗先起，拟暂行退出，俾佾得略迹言情。不意太皇太后已语佾道：“此处非汝所得久留，应随帝出去！”这两语不但使佾伸舌，连神宗听着，也为竦然。至太皇太后病剧，神宗侍疾寝门，衣不解带，竟至匝旬。太皇太后崩，神宗哀慕逾恒，几至毁瘠。一慈一孝，也可算作宋史的光荣了。特笔从长。嗣复推恩曹氏，进佾中书令，官家属四十余人，其间不无过滥，但为报本起见，不必苛议。力重孝字。况且曹佾有官无权，终身不闻侈汰，这也由曹氏一门，犹知秉礼，所以除贤后外，尚有这贤子弟呢。极褒曹氏。

元丰三年，神宗拟改定官制，饬中书置局修订，命翰林学士张璪，枢密

副承旨张诚一，主领局事。先是宋初官制，多承唐旧，但亦间有异同。三师太师、太傅、太保。三公太尉、司徒、司空。不常置，以同平章事为宰相，另置参知政事为副，中书门下，并列于外。别在禁中设置中书，与枢密院对持文武二柄，号为二府。天下财赋，悉隶三司。所有纠弹等事，仍属御史台掌管。他如三省、尚书令、侍中、中书令。六部、吏、户、礼、兵、刑、工。九寺、太常、宗正、光禄、卫尉、太仆、大理、鸿胪、司农、大府。六监国子、少府、将作、军器、都水、司天。等，往往由他官兼摄，不设专官。草诏属知制诰及翰林学士两职。知制诰掌外制，翰林学士掌内制，号为两制。修史属三馆，便是昭文馆、史馆、集贤院。首相尝充昭文馆大学士，次相或充集贤院大学士。有时设置三相，即分领三馆。馆中各员，多称学士，必试而后命。一经此职，遂号名流。又有殿阁等官，亦分大学士及学士名称，唯概无定员，大半由他官兼领虚名。前文未尝叙明官制，此段原不可少。自经两张改订后，凡旧有虚衔，一律罢去，杂取唐、宋成规，自开府仪同三司，至将仕郎，分二十四阶，如领侍中、中书令、同平章事等名，改为开府仪同三司，领左右仆射，改为特进，以下递易有差。换汤不换药，济什么事？神宗以新官制将行，欲兼用新旧二派，尝语辅臣道："御史大夫一职，非用司马光不可。"时吴充已罢，唯王珪、蔡确两人，相顾失色。原来神宗时代，朝右分新旧两党，新党以王安石为首领，珪与确等，统传安石衣钵，与旧党积不相容。旧党便是富弼、文彦博等一班老成，司马光亦居要领，还有研究道学诸儒，也是主张守旧，与司马光等政论相同。道学一派，由胡瑗、周敦颐开宗。胡瑗，泰州人，字翼之，湛深经学，范仲淹曾聘为苏州教授，令诸子从学，知湖州滕宗谅，亦聘为教授，尝立经义治事二斋，注重实学。嘉祐中，擢为太子中允，与孙复同为国子监直讲。嗣因老疾致仕，还家旋殁，世称孙复为泰山先生，胡瑗为安定先生。周敦颐，濂溪人，字茂叔，历任县令州佐，所至有治绩，平素爱莲，因居莲花峰下。南安通判程珦，与瑗交好，令二子颢、颐受业，颢尝谓吾见濂溪先生，得吟风弄月以归，几有吾与点也的乐趣，熙宁六年病殁。同时有河南人邵雍，字尧夫，苦学成名，尤精易理，宋廷屡征不至。程颢曾与雍议论数日，叹为内圣外王的学问。但性甘恬退，自名居室曰"安乐窝"。熙宁十年逝世，后来追谥康节。至若横渠先生张载，字子厚，前文亦已提及，一出为官，见新法不善，即托疾归家，著有《正蒙》、《西铭》等书，广谈性理，

与邵雍同岁病终。这数人多反对新党，所以屏迹终身。二程兄弟，实得真传，叙入此段，志道学诸儒之缘起。且与司马光友善。王珪恐司马光起用，旧派将连类同升，故与蔡确同一惊惶。及退朝后，珪尚怏怏不乐，那蔡确默筹一番，竟不禁大笑道：“有了有了！”奸状如绘。正是：

毕竟憸人多谲智，全凭巧计作安排。

欲知蔡确的妙策，请看下回便知。

交趾屡行篡逆，宋廷未闻加讨，至李公蕴篡国后，已历三传，乾德修贡，未尝失职，乃独欲出兵南征，开边启衅，创议者为萧注，为沈起，为刘彝，实则皆误于王安石，而成于神宗。邕州之陷，苏缄阖门殉难，兵民被屠，至五万八千余口，谁为为之，一至于此？及神宗既厌安石，复擢用王珪、蔡确，曾亦忆珪、确两人，为谁氏所引用耶？安石尚有好名之心，而珪与确则悍然不顾，隐嗾同党，文致轼罪，微太皇太后言，虽有吴充、王安礼，恐亦难为轼解，是则免轼于死者，实出自太皇太后，于神宗无与也。然能受慈训而赦才士，犹不失为孝思。著书人褒贬从严，有恶必贬，有善必扬，其寓劝世之意也深矣。入后附入两片段文字，关系政治学术，阅者亦幸勿滑过可也。

第四十二回　伐西夏李宪丧师
城永乐徐禧陷殁

却说蔡确想就一法，便笑语王珪道："公恐司马光入用，究为何意？"珪答道："司马光来京，必将参劾我辈，恐相位且不保了。"无非为此，确是鄙夫。确便道："主上久欲收复灵武，公能任责，相位便能终保，尚惮一司马光么？"为个人计，劳师费财，蔡确实是可杀。珪乃转忧为喜，一再称谢，乃荐俞充知庆州，使上平西夏策。神宗果然专心戎事，不暇召光，乃用冯京为枢密使，薛向、孙固、吕公著为枢密副使。诏民畜马，拟从事西征。向初赞成畜马议，旋恐民情不便，致有悔言。御史舒亶，遂劾他反复无常，失大臣体，竟斥知颍州。冯京亦因此求去，有诏允准，即命孙固知枢密院事，吕公著、韩缜同知院事。嗣复接俞充奏牍，略言："夏将李清，本属秦人，曾劝夏主秉常，以河西地来归。秉常母梁氏得悉，幽秉常，杀李清，我朝应兴师问罪，不可再延，这乃千载一时的机会呢。"神宗览奏大喜，即命熙河经制李宪等，准备伐夏，并召鄜延副总管种谔入问。谔本是个言不顾行的人物。既至阙下，便大声道："夏国无人，秉常小丑，由臣等持臂前来便了。"看时容易做时难。

神宗乃决计西征，召集辅臣，会议出师。孙固入谏道："发兵容易，收兵很难，还乞陛下三思后行！"神宗道："夏有衅不取，将为辽人所据，此机断不可失。"固答道："必欲用兵，应声罪致讨，幸得胜夏，亦当分裂夏地，令他酋长自守。"神宗笑道："这乃汉郦生的迂论，卿奈何亦作此言？"

固复道："陛下以臣为迂，臣恐尚未必制胜，试问今日出兵，何人可做统帅？"神宗道："朕已托付李宪了。"固奋然道："伐夏大事，乃使奄人为帅，将士果肯听命么？"此言最是。神宗面有愠色。固知不便再谏，随即趋退。既而由王珪、蔡确等，议定五路出师，固复约吕公著入谏。固先启奏道："今议五路进兵，乃无大帅统率，就使成功，必致兵乱。"神宗道："内外无统帅材，只好罢休。"吕公著即进谏道："既无统帅，不若罢兵。"固又接口道："公著言甚是。请陛下俯纳！"神宗沉着脸道："朕意已决，卿等不必多言。"孙固、吕公著复撞了一鼻子灰，相偕出朝。神宗遂命李宪出熙河，种谔出鄜延，高遵裕出环庆，刘昌祚出泾原，王中正出河东，分道并进。又诏吐蕃首领董毡集兵会征，于是鼙鼓喧天，牙旗蔽日，又闹出一场大战争来。何苦乃尔？

李宪统领熙秦七军，及董毡兵三万，突入夏境，破西市新城，袭据女遮谷，收复古兰州，居然筑城开幕，设置帅府。种谔也攻克米脂城，高遵裕夺还清远军，王中正率河东兵入宥州，刘昌祚进次磨哆隘，遇夏众扼险拒守，他却凭着一股锐气，横冲过去，夏军纷纷败走，遁还灵州。五路捷报，陆续入都，神宗很是喜慰，即诏令李宪统率五路，直捣夏都。哪知诏书才下，败耗旋闻，各路将士，不是溺死，就是冻死、饿死；剩了若干将死未死的疲卒，幸全生命，狼狈逃归。一场空欢喜。原来夏人闻宋师大举，未免惊惶，当由秉常母梁氏召集诸将，共议防御方法。年少气盛的将士，无不主战。一老将独献策道："宋师远来，利在速战。我军不必拒敌，但教坚壁清野，诱他深入，一面在灵夏聚集劲兵，以逸待劳，再遣轻骑抄袭敌后，断他饷运，他已不战自困，恐退兵都来不及哩。"勿谓夏无人。梁氏大喜，依计而行。因此宋军五路并进，夏兵未与酣斗，尽管退走。及刘昌祚既薄灵州，乘胜猛攻，城几垂克，偏高遵裕忌他成功，飞使禁止。昌祚旧属遵裕部辖，不敢违命，只好按甲以待。等到遵裕到来，城中守备已固，围攻至十有八日，尚不能下。夏人且潜至灵州南面，决黄河七级渠，灌入宋营，宋军不意水至，溺毙多人；并因时值隆冬，就是凫水逃生，也是拖泥带水，寒冷不堪，可怜又死了若干名。当下遵裕、昌祚两军，丧亡大半，陆续溃归。在途又被夏人追杀一阵，十成中剩得两三成，得还原汛。两路败退。那时种谔从米脂进发，破石堡城，直指夏州，驻军索家坪，忽闻后面辎重，被夏人截住，兵士顿哗噪起来。大校刘归仁，竟先溃遁，余军随走。适大雪漫天，兵不得食，沿途倒

毙，不可胜计。出兵时共九万三千，还军时只剩三万人。一路未败即退。王中正自宥州行至奈王井，粮食亦尽，六万人饿死二万，亦奔还庆州。一路亦未败而退。独李宪领兵东上，立营天都山下，焚去西夏的南牟内殿，并毁馆库，夏将仁多唆丁，一作新都喇卜丹。率众来援，由宪驱军夜袭，杀败夏兵，擒住百人，进次葫芦河；闻各路兵已经退归，不敢再进，当即班师。还是知机。

先是五路大兵，共约至灵州会齐，各路共至灵州境内，唯李宪不至。军报迭达京师，神宗始叹息道："孙固前曾谏朕，朕以为迂谈，今已追悔无及了。"谁叫你黩武用兵？乃按罪论罚，贬高遵裕为郢州团练副使，本州安置。种谔、王中正、刘昌祚并降官阶，唯不及李宪。孙固又入奏道："兵法后期者斩，况各路皆至灵州，宪独不至，这岂尚可赦罪么？"神宗以宪有开兰会功。即古兰州，唐名会州。不忍加罪，但诘他何故擅还？宪复称："馈饷不继，只好退归，且整备兵食，再图大举。"神宗又为宪所惑，竟授宪泾原经略安抚制置使，兼知兰州，李浩为副。方悔不用孙固言，谁知又复入迷？吕公著再上书谏阻，仍不见从。公著引疾求去，遂出知定州。时官制已一律订定，改同中书门下平章事，为左右仆射，参知政事，为门下中书侍郎尚书左右丞。即命王珪为尚书左仆射，蔡确为尚书右仆射，章惇为门下侍郎，张璪为中书侍郎，蒲宗孟为尚书左丞，王安礼为尚书右丞。一王安礼独如宋皇何？

神宗有志开边，屡不见效，帝闷闷不乐。平时召见辅臣，有人才寥落等语。蒲宗孟出班奏道："人才半为司马光邪说所坏。"神宗瞪目注视，半晌方道："蒲宗孟乃不取司马光么？从前朕令光入枢密院，光一再固辞，自朕即位以来，独见此一人，他人虽令去位，亦未肯即行呢。"借神宗口中，补叙前事，且以神宗之迷，见贤而不能举，何以为君？何以为国？宗孟闻言，不禁面颊发赤，俯首归班。神宗又问辅臣道："李宪请再举伐夏，究靠得住否？"王珪对道："向患军用不足，所以中阻，今议出钞五百万缗，当必足用，不致再有前患了。"王安礼接入道："钞不可啖，必转易为钱，钱又必易为刍粟，辗转需时，哪能指日成事？"神宗道："李宪奏称有备，渠一宦官，犹知预备不虞，卿等乃独无意么？朕闻唐平淮蔡，唯裴度谋议，与宪宗同，今乃不出自公卿，反出自奄寺，朕却很觉可耻哩。"安礼道："唐讨淮西三州，相有裴度，将有李光颜、李愬，尚穷竭兵力，历年后定。今西夏势强，非淮蔡比，宪及诸将，才度又不及二李，臣恐未能副圣志呢。"明白了解，尚无以唤醒主迷，

奈何？神宗不答，随即退朝。

未几，得种谔奏议，乃是用知延州沈括言，拟尽城横山，俯瞰平夏，取建瓴而下的形势，且主张从银州进兵。神宗览奏后，即命给事中徐禧，及内侍李舜举，往鄜延会议。王安礼又入谏道："徐禧志大才疏，恐误国事，请陛下另简妥员！"神宗不从。李舜举却往见王珪道："古称四郊多垒，乃卿大夫之辱，今相公当国，举边事属诸二内臣，内臣止供禁廷洒扫，难道可出任将帅么？"不以人废言。珪也自觉抱愧，没奈何随口敷衍，说了"借重"二字。舜举遂与徐禧偕行，既至鄜延，见了种谔。谔拟城横山，禧独拟城永乐，两人争议不决。当将两议上达都中，神宗独从禧议，竟令禧带领诸将，往城永乐，命沈括为援应。陕西转运判官司饷运，凡十四日竣工，赐名银川寨，留鄜延副总管曲珍居守，禧与括等俱退还米脂。这银川寨距故银州二十五里，地当银州要冲，为夏人必争地。从前种谔反对禧议，正恐夏人力争，未易保守。果然不出十日，即有铁骑数千，前来攻城，曲珍忙报知徐禧。禧遂与李舜举、李稷等，统兵往援，令沈括留守米脂。禧等至银川寨，夏人亦倾国前来，差不多与蜂蚁相似。

大将高永能献策道："虏来甚众，请乘他未阵，即行掩击，或可取胜。"徐禧怒叱道："你晓得什么？王师不鼓不成列。"竟欲效宋襄公耶？言已，拔刀出鞘，麾兵出战。夏人耀武扬威，进薄城下，曲珍距河列阵，见军士皆有惧色，便语禧道："珍见众心已摇，不应与战，战必致败，不如收兵入城，徐图良策。"禧笑道："君为大将，奈何遇敌先退呢？"乃以七万人列阵城下。夏人纵铁骑渡河，曲珍又急白禧道："来的是铁鹞子军，不易轻敌，须乘他半济，袭击过去，杀他一个下马威。若渡河得地，东冲西突，乃是无人敢当呢。"禧又大言道："王师堂堂正正，用不着什么诡计。"迂腐之论。曲珍退回本阵，忍不住长叹道："我军无死所了！"说着，夏兵前队，已渡河东来。曲珍忙率兵拦阻，已有些招架不住。及铁骑尽行过河，纵横驰骤，如入无人之境，曲珍部下，先已胆寒，还有何心恋战？顿时纷纷退还，自蹂后阵。徐禧至此，亦手忙脚乱，急切顾不及王师，拍转马头，飞跑回城。何如何如？李舜举、李稷等也是没法，相率奔回，军士大溃。曲珍亟收集余众，逃入城中，夏人尽力围城，环绕数匝，且据住水寨，断绝城内的汲道。徐禧束手无策，只仗曲珍部卒，昼夜血战，勉强守住。怎奈城中无水可汲，四处掘井，

俱不及泉，兵士多半渴死，危急万分。有溺死鬼，有冻死饿死鬼，不意还有渴死鬼。沈括与李宪援兵，又都被夏人遮断。种谔且怨禧异议，不发救兵，可怜银川寨内的将士，几不异瓮中鳖，釜中鱼。会夜半大雨，夏人环城急攻，守兵不及抵御，竟被陷入。徐禧、李舜举、李稷、高永能等，俱死乱军中。唯珍弃甲裸跣，幸得走免。将校死数百人，士卒役夫，丧亡至二十余万。夏人追至米脂，沈括忙阖门固守，总算未曾失陷。由夏人攻扑数次，随即退去。总计自熙宁以来，用兵西陲，已是数次，所得只葭芦、吴堡、义合、米脂、浮图、塞门六城，兵士已伤亡无数。钱谷银绢，尤不胜计。永乐一役，损失更多。神宗接得败报，也不禁痛悼，甚至不食，追赠徐禧等官，禧死有余辜，岂宜追赠？贬沈括为均州团练副使，安置随州，降曲珍为皇城使。咎不在沈括、曲珍所罚亦误。自是无意西征，每临朝叹息道："王安礼尝劝朕勿用兵，吕公著亦屡陈边民困苦，都是朕误信边臣，害到这般。"事过乃悔，事后又忘，都由利令智昏所致。

既而夏人又入寇兰州，夺据两关门，副使李浩，除困守外无他计。亏得钤辖王文郁，夜率死士七百余人，缒城潜下，各持短刀搠入夏营。夏人猝不及防，竟被冲破，吓得东逃西躲，鼠窜而去。当时比文郁为唐尉迟敬德，经廷议优叙，擢知州事。夏人又转寇各路，均遭击退，兵力亦敝，乃由西南都统昂星嵬名济，一译作茂锡克额不齐。移书泾原总管刘昌祚，略云：

> 中国者礼乐之所存，恩信之所出，动止猷为，必适于正。若乃听诬受闻，肆诈穷兵，侵人之土疆，残人之黎庶，是亦乖中国之体，为外邦之羞。昨日朝廷暴兴甲兵，大穷侵讨，盖天子与边臣之议，为夏国方守先誓，宜出不虞，五路进兵，一举可定，故去年有灵州之役，今秋有永乐之战。然较其胜负，与前日之议为何如哉？落得嘲笑。朝廷于夏国，非不经营之，五路进讨之策，诸边肆扰之谋，皆尝用之矣；知侥幸之无成，故终于乐天事小之道。况夏国提封万里，带甲数十万，南有于阗，作我欢邻，北有大燕，为我强援，若乘间伺便，角力竞斗，虽十年岂得休哉？即念天民无辜，受此涂炭之苦，国主自见伐之后，夙夜思念，以为自祖宗以来，事中国之礼，无或亏怠，而边吏幸功，上聪致惑，祖宗之盟既阻，君臣之分不交，存亡之机，发不旋踵，朝廷当不恤哉？至于

鲁国之忧，不在颛臾，隋室之变，生于杨感，此皆明公得于胸中，不待言而后喻。何不进谠言，辟邪议，使朝廷与夏国欢好如初，生民重见太平！岂独夏国之幸，乃天下之幸也。书中虽未免自夸，然诘问宋廷颇中要窾，故特录之。

昌祚得书上闻，神宗亦无可驳斥，即令昌祚答使通诚。夏乃复遣使上表，有“乞还侵地，仍效忠勤”等语，乃特赐诏命云：

顷以权强敢行废辱，朕用震惊，令边臣往问，匿而不报。只好推到幽主上去。王师徂征，盖讨有罪，今遣使造庭，辞礼恭顺，仍闻国政悉复故常，益用嘉纳。实是所答非所请。已戒边吏毋辄出兵，尔亦慎守先盟，毋再渝约！

夏使得诏自去。再命陕西、河东经略司，所有新复城寨，逻卒毋出二三里外。岁赐夏币，悉如前额。已而夏主复上书乞还侵疆，神宗不许，于是夏人仍有贰心。中丞刘挚，劾奏李宪贪功生事，遗祸至今，不可不惩，乃贬宪为熙河安抚经略都总管。越年为元丰七年，夏人又大举入寇，号称八十万，围攻兰州。云梯革洞，百道并进，阅十昼夜，城守如故，敌粮尽引还。这一次总算由李宪先事预防，守备甚严，所以不致陷落。一长必录。及夏人再寇延州德顺军，定西城，并熙河诸寨，均不得逞。未几又围定州城，为熙河将秦贵击退。夏人方卷甲敛师，稍稍歇手了。

神宗罢免蒲宗孟，用王安礼为尚书左丞，李清臣为尚书右丞，调吕公著知扬州。且因司马光上《资治通鉴》，授资政殿学士，这《资治通鉴》一书，上起周威烈王二十三年，下终五代，年经国纬，备列事目，又参考群书，评列异同，合三百五十四卷，历十九年乃成。神宗降诏奖谕道：“前代未闻有此书，得卿辛苦辑成，比荀悦汉纪，好得多了。荀悦汉季颍阴人，曾删定汉书，作帝纪二十篇，所以神宗引拟司马光。小子也有诗咏道：

不经鉴古不知今，作史原垂世主箴。
十九年来成巨帙，爱君毕竟具深忱。

转眼间已是元丰八年，神宗有疾，竟要从此告终了。看官少待，试看下回接叙。

夏无可伐之衅，乃以司马光之将召，启蔡确西讨之谋，俞充为蔡确腹心，上书一请，出师五道，孙固、吕公著等力谏不从，且任一刑余腐竖，付之重权，就令得胜，尚足为中国羞。况伊古以来，断未有奄人统军，而可以成功者。多鱼漏师，竖刁为祟，相州溃败，朝恩监军，神宗宁独未闻耶？灵州一败，李宪尚不闻加罚，且复令经略泾原，再图大举，一之为甚，乃至于再。不待沈括、徐禧之生议，而已知其必败矣。要之兵不可不备，独不可常用。富郑公当熙宁初年，奉召入对，已请二十年口不言兵，老成人固有先见之明，惜乎神宗之不悟也。

第四十三回　立幼主高后垂帘
拜首相温公殉国

却说元丰八年正月，神宗不豫，命辅臣代祷景灵宫。及群臣分祷天地宗庙社稷，均不见效，反且加剧，辅臣等入宫问疾，就请立皇太子，并皇太后权同听政。神宗已无力答言，只略略点首罢了。查神宗本有十四子，长名佾，次名仅，三名俊，四名伸，五名僩，六名傭，七名价，八名倜，九名伾，十名伟，十一名佶，十二名俣，十三名似，十四名偲。佾、仅、俊、伸、僩、价、倜、伟均早亡，要算第六子傭，挨次居长，神宗已封他为延安郡王，但年龄尚止十岁。

当拟立皇太子时，职方员外郎邢恕，想立异邀功，竟往谒蔡确道："国有长君，乃社稷幸福，公何不从岐、嘉二王中，择立一人？既可安国，复可保家，岂不是两全其美吗？"蔡确踌躇半晌，方道："君言亦是，但不知太后意见如何？"邢恕道："岐、嘉二王，皆太后所出，母子恩情，当必逾常，公还有什么疑虑？"一厢情愿。确喜道："且与高氏商量，免生枝节。"邢恕道："恕先去密议，包管成功。"言毕辞出，遂往见太后侄儿高公绘兄弟。公绘迎入，恕寒暄数语，即与附耳密谈。公绘摇首不答，恕复道："延安幼冲，何若岐、嘉？况岐、嘉本皆称贤王呢。"公绘道："这是断不便行，君难道欲贻祸我家么？"恕碰了一个钉子，未免乘兴而来，败兴而返。

看官道岐、嘉二王是何人？便是神宗胞弟昌王颢及乐安郡王頵。颢徙封岐王，頵进封嘉王，两王因神宗寝疾，尝入问起居，高太后恰也防着，命他

不必屡入，并阴敕中人梁惟简妻，预制一十岁儿可穿的黄袍，密教他怀藏进呈。偏邢恕心尚未死，再与蔡确密谋，拟约王珪入问帝疾，暗使知开封府蔡京，外伏剑士，胁迫王珪，倘珪持异议，即将珪枭首，哪知珪命不该绝，未待蔡确与约，先已入宫定议，册立延安郡王。确迟了一步，计不得行。满腹奸刁，至此也输人一筹。

三月朔日，延安郡王傭，立为太子，赐名煦，皇太后高氏权同处分军国重事。越五日，神宗驾崩，年三十有八。总计神宗在位，改元二次，共十八年。太子煦即皇帝位，尊皇太后高氏为太皇太后，皇后向氏为皇太后，帝生母德妃朱氏为皇太妃，是为哲宗皇帝。追尊先帝庙号曰神宗，葬永裕陵。晋封叔颢为扬王，頵为荆王，弟佶为遂宁郡王，佖为太宁郡王，俣为咸宁郡王，似为普宁郡王，尚书左仆射王珪为岐国公，潞国公文彦博为司徒，王安石为司空，余官一律加秩，赐致仕各官服带银帛有差。

太皇太后首先传旨，遣散修京城役夫，止造军器，及禁庭工技，戒中外无苛敛，宽民间保甲马，人民欢悦。王珪等并未预闻，及中旨传出，方得闻知。一经出手，便见高后贤明。过了数日，复下诏道：

> 先皇帝临御十有八年，建立政事以泽天下，而有司奉行失当，几于烦扰，或苟且文具，不能布宣实惠，其申谕中外协心奉令，以称先帝惠爱元元之意！

这诏一下，都中卿大夫，已知太皇太后的命意，是欲改烦为简，易苛从宽了。蔡确恐朝政一新，自己或致失位，遂因上朝议政时，面奏太皇太后，请复高遵裕官。看官道遵裕是何人？乃是太皇太后的从父。蔡确此奏，明明是借此求媚，固宠希荣的意思。真会献谀。太皇太后偏凄然道："灵武一役，先皇帝中夜得报，环榻周行，彻旦不能寐，自是惊悸，驯至大故。追原祸始，实自遵裕一人。先帝骨肉未寒，我岂敢专徇私恩，不顾公议么？"理正词严。确惶悚而退。太皇太后又诏罢京城逻卒，及免行钱，废浚河司，蠲免逋赋，驿召司马光、吕公著入朝。

光居洛十五年，田夫野老，无不尊敬，俱称为司马相公；就是妇人女子，亦群仰大名。神宗升遐，光欲入临，因自避猜嫌，不敢径行。适程颢在

洛，劝光入京，光乃启程东进，将近都门，卫士见光到来，均额手相庆道：“司马相公来了！司马相公来了！”两语重叠，益饶意味。沿途人民，亦遮道聚观，各朗声道：“司马相公，请留相天子，活我百姓，勿遽归洛。”光见他一唱百和，反觉疑惧起来，竟从间道归去。太皇太后闻他入都，正要询问政要，偏待久不至，乃遣内侍梁惟简驰问。光请大开言路，诏榜朝堂。至惟简复命，蔡确等已探悉光言，先创六议入奏，大旨是：“阴有所怀，犯非其分，或扇摇重机，或迎合旧令，上则侥幸希进，下则眩惑流俗，有一相犯，立罚无赦。”太皇太后见了此议，又遣使示光。光愤然道：“这是拒谏，并非求谏；人臣只好不言，一经启口，便犯此六语了。”乃具论以闻。太皇太后即改诏颁行，言路才得渐开。

嗣召光知陈州，并起程颢为宗正寺丞。颢正拟就道，偏偏二竖缠身，竟尔去世。颢与弟颐受学周门，以道自乐，见二十四回。平时有涵养功，不动声色。既卒，士大夫无论识否，莫不衔哀。文彦博采取众论，题颢墓曰“明道先生。”惟光受命赴陈州，道经阙下，正值王珪病死，辅臣等依次递升，适空一缺。太皇太后即留光辅政，命为门下侍郎。蔡确等只恐光革除新法，又揭出三年无改的大义，传布都中。光独指驳道：“先帝所行的法度，如果合宜，虽百世亦应遵守，若为王安石、吕惠卿所创，害国病民，须当亟改，似救焚拯溺一般。况太皇太后以母改子，并不是以子改父哩。”与强词夺理者不同。众议自是少息。

太皇太后又召吕公著为侍读，公著自扬州进京，擢授尚书左丞。京东转运使吴居厚，前继鲜于侁后任，大兴盐铁，苛敛横征，至是被言官交劾，谪置黄州，仍用鲜于侁为转运使。司马光语同列道：“子骏甚贤，不应复使居外，但朝廷欲救京东困弊，非得子骏不可。他实是个一路福星呢。当今人才甚少，怎得似子骏一百人，散布天下呢？”原来子骏即侁表字，侁既到任，即奏罢莱芜、利国两冶，及海盐依河北通商，人民大悦，有口皆碑。于是司马光、吕公著两人，同心辅政，革除新法，罢保甲，罢保马，罢方田，罢市易，削前市易提举吕嘉问三秩，贬知淮阳军，吕党皆坐黜，并谪邢恕出知随州。越年，改为元祐元年，右司谏王觌，极论蔡确、章惇、韩缜、张璪等朋邪害正，章至数十上。右谏议大夫孙觉，侍御史刘挚，左司谏苏辙，御史王岩叟、朱光庭、上官均，又连章劾论确罪，乃免确相位，出知陈州。当下擢

司马光为尚书左仆射兼门下侍郎，吕公著为门下侍郎，李清臣、吕大防为尚书左右丞，李常为户部尚书，范纯仁同知枢密院事。

光时已得疾，因青苗、免役诸法，尚未尽革，西夏议亦未决，不禁叹息道："诸害未除，我死不瞑目了。"遂折简与吕公著，略言："光以身付医，以家事付愚子，只国事未有所托，特以属公。"公著为白太皇太后，有诏免光朝觐，许乘肩舆，三日一入省。光不敢当，且上奏道："不见天子，如何视事？"乃改诏令光子康扶掖入对，且命免拜跪礼。光遂请罢青苗、免役二法，青苗钱罢贷，仍复常平旧法，诸大臣没甚异议。独免役法议罢后，光请仍复差役法，章惇力言不可，与光辩论殿前，语甚狂悖。太皇太后亦不免动恼，逐出知汝州。会苏轼已奉诏入都，任中书舍人，独请行熙宁初给田募役法，条陈五利。监察御史王岩叟，谓五利难信，且有十弊，轼议遂沮。群臣又各是其是，诏令资政殿大学士韩维，及吕大防、范纯仁等，详定上闻。轼本与司马光友善，竟往见光道："公欲改免役为差役，轼恐两害相均，未见一利。"光问道："请言害处！"轼答道："免役的害处，是掊敛民财，十室九空，敛从上聚，下必常患钱荒，这害已经验过了。差役的害处，是百姓常受役官府，无暇农事，贪吏猾胥，且随时征比，因缘为奸，岂不是异法同病么？"光又道："依君高见，应该如何？"轼复道："法有相因，事乃易成。事能渐进，民乃不惊。从前三代时候，兵农合一，至秦始皇乃分作两途，唐初又变府兵为长征卒，农出粟养兵，兵出力卫农，天下称便。虽圣人复起，不能变易了。今免役法颇与此相类，公欲骤罢免役，改行差役，正如罢长征，复民兵，恐民情反多痛苦呢。"光终未以为然，只淡淡的答了数语，轼即辞出。越日，光至政事堂议政，轼复入白此事，光不觉作色。轼从容道："昔韩魏公刺陕西义勇，公为谏官，再三劝阻，韩公不乐，公亦不顾。轼尝闻公自述前情，难道今日作相，不许轼尽言么？"以子之矛，刺子之盾，坡公可谓善言。光始起谢道："容待妥商。"范纯仁亦语光道："差役一事，不应速行，否则转滋民病。愚意愿公虚心受言，所有谋议，不必尽从己出。若事必专断，恐奸人邪士，反得乘间迎合了。"光尚有难色，纯仁道："这是使人不得尽言呢。纯仁若徒知媚公，不顾大局，何如当日少年时，迎合王安石，早图富贵哩？"语亦透澈。光乃令役人悉用现数为额，衙门用坊场河渡钱，均用雇募。先是光决改差役，以五日为限，僚属俱嫌太急促，独知开封府蔡京

如约，面复司马光。光喜道："使人人奉法如君，有何不可？"待京辞退后，光乃信为可行，拟坚持到底，其实蔡京是个大奸巨猾，专事揣摩迎合，初见蔡确得势，就附蔡确，继见司马光入相，就附司马光；这种反复小人，最足误人国事。司马光忠厚待人，哪里晓得他暗中机巧呢？为后文蔡京倾宋张本。

王安石宦居金陵，闻朝廷变法，毫不为意，及闻罢免役法，愕然失声道："竟一变至此么？"良久复道："此法终不可罢，君实辈亦太胡闹了。"既而病死，太皇太后因他是先朝大臣，追赠太傅，后人称他为王荆公。乃是元丰三年，曾封安石为荆国公，所以沿称至今。了王安石。安石既死，余党依次贬谪，范子渊贬知陕州，韩缜罢知颍昌，李宪、王中正等，罚司宫观。郑绾、李定放居滁州，吕惠卿贬为光禄卿，分司南京，再贬为建宁军节度副使，安置建州。相传再贬吕惠卿草诏，系出苏轼手笔，内有精警语数联，传诵一时。其文云：

> 吕惠卿以斗筲之才，穿窬之智，谄事宰辅，同升庙堂，乐祸贪功，好兵喜杀；以聚敛为仁义，以法律为诗书，首建青苗，次行助役。即免役法。均输之政，自同商贾，手实之祸，下及鸡豚，苟可蠹国害民，率皆攘臂称首。先皇帝求贤如不及，从善若转圜，始以帝尧之仁，姑试伯鲧，终焉孔子之圣，不信宰予。尚宽两观之诛，薄示三苗之窜。此谕！

还有贬范子渊草制，亦由轼所拟，内称"汝以有限之才，兴必不可成之役，驱无辜之民，置之必死之地"四语，亦脍炙人口，称为名言。新法党相继罢黜，吕公著进任尚书右仆射，兼中书侍郎，韩维为门下侍郎。司马光又上言："文彦博宿德耆臣，应起为硕辅。"太皇太后拟用为三省长官，言官以为不可，乃命平章军国重事。六日一朝，一月两赴经筵，班宰相上，恩礼从优。彦博此时，年已八十有一了。老成俱老，宋祚安得不老？光又与吕公著，交章荐程颢弟颐，遂有旨召为秘书郎。及颐入对，改授崇政殿说书，且命修定学制。于是诏举经明行修的士子，及立十科举士法：（一）行义纯固，可作师表。（二）节操方正，可备献纳。（三）智勇过人，可备将相。（四）公正聪明，可备监司。（五）经术精通，可备讲读。（六）学问该博，可备顾问。（七）文章典丽，可备著述。（八）善听狱讼，尽公得实。（九）善治财赋，

公私俱便。（十）练习法令，能断清谳。这十科条例，统由司马光拟定，请旨颁令。

光见言听计从，越觉激发忠忱，誓死报国，无论大小政务，必亲自裁决，不舍昼夜，海内亦喁喁望治。就是辽、夏使至，俱必问光起居，且严敕边吏道："中国已相司马公了，勿轻生事，致开边衅呢！"国有贤相，不战屈人。无如天不佑宋，梁栋寖颓。光因政体过劳，日益清瘦，同僚举诸葛亮食少事烦，作为劝戒，光慨然道："死生有命，一息尚存，怎敢少懈呢！"嗣是光老病愈甚，竟致不起。弥留时尚呓语不绝，细听所谈，皆关系国家事。及卒，年六十八。光生平孝友忠信，恭俭正直，居处有法，动作有礼。在洛时，每往夏县展墓，必至兄室。兄名旦，年将八十，光奉若严父，爱若婴儿，自少至老，未尝妄语。尝谓吾无过人处，唯一生作事，无不可对人言。陕、洛间闻风起敬，居民相劝为善，稍有过恶，便私自疑惧道："君实得无闻知否？"既殁，远近举哀，如丧考妣。略述行谊，为后人作一榜样。太皇太后亦为之恸哭，与哲宗亲临光丧，赠太师温国公。诏户部侍郎赵瞻，内侍省押班冯宗道，护丧归陕州夏县原籍。予谥文正，赐碑曰忠清粹德，都人罢市往奠。岭南封州父老，亦相率具祭，到了归丧以后，都下及四方人民，尚画像以祀，饮食必祝，这可见遗德及民，无远勿届呢。小子有诗咏道：

到底安邦恃老成，甫经借手即清平。

如何天不延公寿？坐使良才一旦倾。

光殁后，当然是吕公著继任，欲知后事如何，且至下回续表。

本回叙高后垂簾，及温公入相，才一改制，即见朝政清明，人民称颂。可知前时王、吕、蔡、章等之所为，实是拂民之性，强行己意，百姓苦倒悬久矣。饥者易为食，渴者易为饮，此所以一经著手，不啻来苏，宜乎海内归心，讴歌不已也。但司马光为一代正人，犹失之于蔡京，小人献谀，曲尽其巧。厥后力诋司马光者，即京为之首，且熙丰邪党，未闻诛殛，以致死灰复燃。人谓高后与温公，嫉恶太严，吾谓其犹失之宽。后与公已年老矣，为善后计，宁尚可姑息为乎？读此回犹令人不能无慨云。

第四十四回　分三党廷臣构衅
备六礼册后正仪

却说司马光病殁以后，吕公著独秉政权，一切黜陟，仍如光意，进吕大防为中书侍郎，刘挚为尚书右丞，苏轼为翰林学士。轼奉召入都，仅阅十月，三迁清要，寻兼侍读；每入值经筵，必反复讲解，期沃君心。一夕值宿禁中，由中旨召见便殿，太皇太后问轼道："卿前年为何官？"轼对道："常州团练副使。"太皇太后复道："今为何官？"轼对道："待罪翰林学士。"太皇太后道："为何骤升此缺？"轼对道："遭遇太皇太后，及皇帝陛下。"太皇太后道："并不为此。"轼又道："莫非由大臣论荐么？"太皇太后又复摇首。轼惊愕道："臣虽无状，不敢由他途希进。"太皇太后道："这乃是先帝遗意，先帝每读卿文章，必称作奇才奇才，但未及进用卿哩。"轼听了此言，不禁感激涕零，哭至失声。士伸知己，应得一哭。太皇太后亦为泣下。哲宗见之对哭，也忍不住呜咽起来。十余岁童子，当作此状。还有左右内侍，都不禁下泪。大家统是哭着，反觉得大廷岑寂，良夜凄清。太皇太后见了此状，似觉不雅，即停泪语轼道："这不是临朝时候，君臣不拘礼节，卿且在旁坐下，我当询问一切。"言毕，即命内侍移过锦墩，令轼旁坐，轼谢恩坐下。太皇太后问语片时，无非是国家政要。轼随问随答，颇合慈意，特赐茶给饮。轼谢饮毕，太皇太后复顾内侍道："可撤御前金莲烛，送学士归院。"一面说，一面偕哲宗入内。轼向虚座前申谢，拜跪毕仪，当由两内侍捧烛导送，由殿至院，真个是旷代恩荣，一时无两。确是难得。

轼感知遇恩，尝借言语文章，规讽时政。卫尉丞毕仲游贻书诫轼道：“君官非谏官，职非御史，乃好论人长短，危身触讳，恐抱石救溺，非徒无益，且反致损呢。”轼不能从。时程颐侍讲经筵，毅然自重，尝谓：“天下治乱系宰相，君德成就责经筵。”因此入殿进讲，色端貌庄。轼说他不近人情，屡加抗侮。当司马光病殁时，适百官有庆贺礼，事毕欲往吊，独程颐不可，且引《鲁论》为解。谓：“子于是日哭则不歌。”或谓：“哭乃不歌，未尝云歌即不哭。”轼在旁冷笑道：“这大约是枉死市的叔孙通，新作是礼呢。”谐语解颐，但未免伤忠厚。颐闻言，很是介意。是不及乃兄处。轼发策试馆职问题有云：“今朝廷欲师仁宗之忠厚，惧百官有司，不称其职，而或至于偷。欲法仁宗之励精，恐监司守令，不识其意，而流入于刻。”右司谏贾易，右正言朱光庭，系程颐门人，遂借题生衅，劾轼谤讪先帝。轼因乞外调。侍御史吕陶上言：“台谏当秉至公，不应假借事权，图报私隙。”左司谏王觌亦奏言：“轼所拟题，不过略失轻重，关系尚小，若必吹毛求疵，酿成门户，恐党派一分，朝天宁日，这乃是国家大患，不可不防。”范纯仁复言轼无罪。太皇太后乃临朝宣谕道：“详览苏轼文意，是指今日的百官有司，监司守令，并非讥讽祖宗，不得为罪。”于是轼任事如故。

会哲宗病疮疹，不能视朝，颐入问吕公著道：“上不御殿，太皇太后不当独坐。且主子有疾，宰辅难道不知么？”越日，公著入朝，即问帝疾。太皇太后答言无妨。为此一事，廷臣遂嫉颐多言。御史中丞胡宗愈，给事中顾临，连章劾颐，不应令直经筵。谏议大夫孔文仲，且劾颐汙下憸巧，素无乡行，经筵陈说，僭横忘分，遍谒贵臣，勾通台谏，睚眦报怨，沽直营私，应放还田里，以示典刑。诬谤太甚，孔裔中胡出此人？乃罢颐出管勾西京国子监。自是朝右各分党帜，互寻仇隙，程颐以下，有贾易、朱光庭等，号为洛党；苏轼以下，有吕陶等，号为蜀党。还有刘挚、梁焘、王岩叟、刘安世等，与洛、蜀党又不相同，别号朔党，交结尤众。三党均非奸邪，只因意气不孚，遂成嫌怨。哪知熙丰旧臣，非窜即贬，除著名诸奸人外，连出入王、吕间的张璪、李清臣，亦均退黜。若辈恨入骨髓，阴伺间隙，这三党尚自相倾轧，自相挤排，这岂非螳螂捕蝉，不顾身后么？插入数语，隐伏下文。

文彦博屡乞致仕，诏命他十日一赴都堂，会议重事。吕公著亦因老乞休，乃拜为司空，同平章军国事。授吕大防、范纯仁为左右仆射，兼中书门

下侍郎，孙固、刘挚为门下中书侍郎，王存、胡宗愈为尚书左右丞，赵瞻签书枢密院事。大防朴直无党，范纯仁务从宽大，亦不愿立党。二人协力佐治，仍号清明。右司谏贾易，因程颐外谪，心甚不平，复劾吕陶党轼，语侵文彦博、范纯仁。太皇太后欲惩易妄言，还是吕公著替他缓颊，只出知怀州。胡宗愈尝进君子无党论，右司谏王觌偏上言宗愈不应执政。前说不应有党，此时复因宗愈进无党论，上言劾论，自相矛盾，殊不可解。太皇太后又勃然怒道："文彦博、吕公著亦言王觌不合。"范纯仁独辩论道："朝臣本无党，不过善恶邪正，各以类分。彦博公著，皆累朝旧人，岂可雷同罔上？从前先臣仲淹，与韩琦、富弼，同执政柄，各举所知，当时蜚语指为朋党，因三人相继外调，遂有一网打尽的传言。本王拱辰语。此事未远，幸陛下鉴察！"随复录欧阳修朋党论，呈将进去。太皇太后意未尽解，竟出觌知润州。门下侍郎韩维，亦被人谗诉，出知邓州。太皇太后初欲召用范镇，遣使往征。镇年已八十，不欲再起，从孙祖禹，亦从旁劝止，乃固辞不拜。诏授银紫光禄大夫，封蜀郡公。元祐三年，病殁家中。镇字景仁，成都人，与司马光齐名，卒年八十一，追赠金紫光禄大夫，谥忠文。

越年二月，司空吕公著复殁，太皇太后召见辅臣，流涕与语道："国家不幸，司马相公既亡，吕司空复逝，为之奈何？"言毕，即挈帝往奠，赠太师，封申国公，予谥正献。公著字晦叔，系故相吕夷简子，自少嗜学，至忘寝食，平居无疾言遽色，暑不挥扇，寒不亲火。父夷简早目为公辅，至是果如父言。范祖禹曾娶公著女，所以公著在朝，始终引嫌。尝从司马光修《资治通鉴》，在洛十五年，不事进取，至富弼致仕居洛，杜门谢客，独祖禹往谒，无不接见。神宗季年，弼疾笃，曾嘱祖禹代呈遗表，极论王安石误国，及新法弊害，旁人多劝阻祖禹，不应进呈，祖禹独不肯负约，竟自呈入，廷议却不与为难，赠弼太尉，谥文忠。富弼亦一代伟人，前文未曾叙及，故特于此处补出。哲宗即位，擢为右正言，避嫌辞职，寻迁起居郎，又召试中书舍人，皆不拜。及公著已殁，始任右谏议大夫，累陈政要，多中时弊。旋加礼部侍郎，闻禁中觅用乳媪，即与左谏议大夫刘安世，上疏谏阻，大旨："以帝甫成童，不宜近色，理应进德爱身。"又乞太皇太后保护上躬，言甚切至。太皇太后召谕道："这是外间的谣传，不足为信。"祖禹对道："外议虽虚，亦应预防，天下事未及先言，似属过虑。至事已及身，言亦无益。陛下宁可先

事纳谏，勿使臣等有无及的追悔呢。”恰是至言。太皇太后很是嘉纳。

既而知汉阳军吴处厚，上陈蔡确游车盖亭诗，意在讪上。台谏等遂相率论确，乞正明刑。有旨令确自行具析，刘安世等言确罪甚明，何待具析，乃贬确为光禄卿，分司南京。谏官尚以为罪重罚轻，啧有烦言。范祖禹亦上言确有重罪，应从严议。于是文彦博、吕大防等，拟窜确岭峤，独范纯仁语大防道：“此路自乾兴以来，荆棘丛生，近七十年，倘自我辈创行此例，恐四方震悚，转致未安。”大防乃不再言。越六日，又下诏再贬确为英州别驾，安置新州。纯仁复入白太皇太后道：“圣朝宜从宽厚，不应吹求文字，窜诛大臣。譬如猛药治病，足损真元，还求详察”蔡确罪大，诛之不得为过，纯仁亦未免太柔。太皇太后不从。会知潞州梁焘，奉召为谏议大夫，道出河阳，与邢恕相晤。恕言确有策立功，托焘入朝时声明。焘允诺，及入京，即据邢恕言入奏。太皇太后出谕大臣道：“皇帝是先帝长子，分所应立，确有什么策立功，似此欺君罔上，他日若再得入朝，恐皇帝年少，将为所欺，必受大害。我不忍明言，特借讪上为名，把他窜逐，借杜后患，这事关系国计，虽奸邪怨谤，我也不暇顾了。”司谏吴安诗与刘安世等，遂疏劾纯仁党确，吕大防亦言蔡确党盛，不可不治。纯仁因力求罢政，出知颍州。尚书左丞王存，本确所举，亦出知蔡州。胡宗愈已早为谏官所劾，罢尚书右丞。乃擢刘挚为尚书右仆射，兼中书侍郎，苏颂为尚书左丞，苏辙为尚书右丞。会赵瞻、孙固，先后并逝，即进韩忠彦同知枢密院事，王岩叟签书枢密院事，复召邓润甫为翰林学士承旨。润甫曾阿附王、吕，出知亳州，至是被召，梁焘、刘安世、朱光庭等，连疏弹劾，俱不见报。焘等乃力请外补，竟出焘知郑州，光庭知亳州，安世提举崇福宫。文彦博因老疾致仕，右司谏杨康国奏劾苏辙兄弟，文学不正，贾易复入为侍御史，与御史中丞赵君锡，先后论轼。轼出知颍州，寻改扬州，易与君锡一并外用。刘挚峭直，与吕大防议论朝政，辄致龃龉。殿中侍御史杨畏，方附大防，遂劾挚结党营私，联络王岩叟、梁焘、刘安世、朱光庭等为死友，觊觎后福，且与章惇诸子往来，交通匪人。太皇太后即面谕刘挚，挚惶恐退朝，上章自辩。梁焘、王岩叟果上疏论救。太皇太后愈觉动疑，出挚知郓州，王岩叟亦出知郑州。嗣复召程颐入直秘阁，兼判西京国子监，为苏辙所阻，颐亦辞不就职。这便是三党交攻，更迭消长的情形呢。一语结束，可见上文并叙，寓有深意。

元祐七年，哲宗年已十七了，太皇太后留意立后，曾历采世家女子百余

人，入宫备选。就中有眉州防御使兼马军都虞侯孟元孙女，操行端淑，秉质幽娴。太皇太后及皇太后两人，教以女仪，格外勤慎，因此益得两后欢心。时年十六，与哲宗年龄相当，即由太皇太后宣谕宰臣，略言："孟氏后能执妇道，应正位中宫。唯近代礼仪，多从简略，应命翰林台谏给舍与礼官等，妥议册后六礼以闻！"这谕下来，那廷臣自有一番忙碌，彼斟古，此酌今，议论了好几日，方草定一篇仪制，呈入政事堂。吕大防等又详细核订；略行损益，再进慈览。太皇太后传旨许可，当由司天监择定吉日，准备大婚。先期数日，命尚书左仆射吕大防充奉迎使，尚书左丞苏颂充发策使，尚书右丞苏辙充告期使，皇伯祖高密郡王宗晟充纳成使，吏部尚书王存时王存复调入内用。充纳吉使，翰林学士梁焘充纳采问名使。六礼分司，各有专职，正使以外，且省副使，当以旧尚书省为皇后行第，先纳采问名，然后纳吉纳成告期。五月戊戌日，哲宗戴通天冠，服绛纱袍，临轩发册，行奉迎礼。百官相率入朝，吕大防等首先趋入，东西鹄立。典仪官奉上册宝，置御座前。大防率百官再拜，乃由宣诏官传谕道："今日册孟氏为皇后，命公等持节展礼！"大防等又复拜命，典仪官捧过册宝，交与大防。大防接奉册宝，复率百官再拜。宣诏官又传太皇太后制命道："奉太皇太后制，命公等持节奉迎皇后！"大防等拜辞出殿，即至皇后行第，当有傧介接待，导见后父。大防入内宣制道：

礼之大体，钦顺重正。其期维吉，典图是若。今遣尚书右仆射吕大防等以礼奉迎，钦哉维命！

后父跪读毕，敬谨答道：

使者重宣中制，今日吉辰备礼，以迎蝼蚁之族，猥承大礼，忧惧战悸，钦率旧章，肃奉典制。

答罢，即再拜受制。于是保姆引皇后登堂，大防等向后再拜，奉上册宝。后降立堂下，再拜受册，当由内侍接过册宝，转呈与后。大防等退出，后升堂。后父升自东阶，西向道："戒之戒之！夙夜无违命！"语已即退。后母进自西阶，东向施衿结帨，并嘱后道："勉之戒之！夙夜无违命！"后

乃出堂登舆，及出大门，大防等导舆至宣德门，百官宗室列班拜迎，待后入门，钟鼓和鸣，再入端礼门，穿过文德殿，进内东门，至福宁殿，后降舆入次小憩。哲宗仍冠服御殿，尚宫引后出次，谐殿阶东西向立。尚仪跪请皇帝降座礼迎，哲宗遂起身至殿庭中，揖后入殿，导升西阶，徐步入室，各就榻前并立。尚食跪陈饮具，帝、后乃就座。一饮再饮用爵，三饮用卺，合卺礼成。尚宫请帝御常服，尚寝请后释礼服，然后入幄，侍从依次毕退。是夜龙凤联欢，鸳鸯叶梦，毋庸细述。历叙礼节，见得哲宗册后，格外郑重，为下文被废反笔。次日朝见太皇太后、皇太后，并参皇太妃，一如旧仪。越三日，诣景灵宫行庙见礼，归后再谒太皇太后。太皇太后语哲宗道：“得贤内助，所关不小，汝宜刑于启化，媲美古人，方不负我厚望了。”及帝、后俱退，太皇太后叹息道：“此人贤淑，可无他虞，但恐福薄，他日国家有事，不免由她受祸哩。”既知孟后福薄，何必定要册立，此等处殊难索解？大婚礼成，宫廷庆贺兼旬，才得竣事。唯孟后容不胜德，姿色不过中人，哲宗少年好色，未免心怀不足，可巧御侍中有一刘氏女，生得轻秾合度，修短适宜，面滟滟若芙蓉，腰纤纤如杨柳，夷嫱比艳，环燕输姿，哲宗得此尤物，怎肯放过？便教她列入嫔御，进封婕妤，这一番有分教：

贯鱼已夺宫人宠，飞燕轻贻祸水来。

看官欲知后事，且待下回表明。

朋党林立，为国家之大患，不意于元祐间见之。元祐之初，高后垂簾，群贤并进，此正上下泰交，拔茅汇征之象。且熙丰时各遭摈斥，同病相怜，一朝遇主，携手入朝，乐何如之？奈何程、苏交哄，洛、蜀成嫌，二党倾轧之不足，而复有所谓朔党者，与之鼎足而三耶？然则元祐诸君子，殆不能辞其过矣。若夫册后一事，已成常制，本书于前后各文，俱不过数语而止，独于孟后之立，纪载从详。盖自有宋以来，唯哲宗册立孟后，仪文特备，高后恐哲宗年少，易昵私爱，故特隆之以六礼，重之以宰执大臣，且亲嘱之曰：“得贤内助，所关非细。”是其为哲宗计者，至周且挚，初不意后之竟背前训也。《宋史》中曾大书曰：“始备六礼立皇后孟氏，正为后文废后反照。”故本书亦不敢从略，所以存史意也。

第四十五回　嘱后事贤后升遐
绍先朝奸臣煽祸

却说范纯仁外调后，尚书右仆射一缺，尚属虚位，太皇太后特擢苏颂为尚书右仆射，兼中书侍郎，苏辙为门下侍郎，范百禄即范镇子。为中书侍郎，梁焘、郑雍为尚书左右丞，韩忠彦即韩琦子。知枢密院事，刘奉世签书枢密院事。嗣又因辽使入贺，问及苏轼。乃复召轼为兵部尚书，兼官侍读。原来轼为翰林学士时，每遇辽使往来，应派为招待员。时辽亦趋重诗文，使臣多文学选，每与轼谈笑唱和，轼无不立应，惊服辽人。会辽有五字属对，未得对句，遂商诸副介，请轼照对。看官道是什么难题？乃是“三光日月星”五字。轼即应声道：“‘四诗风雅颂，’这是天然对偶，你不必说是我对，但说你自己想着便了。”副介如言答辽使，辽使方在叹愕，轼又出见辽使道：“‘四德元亨利，’难道不对么？”辽使欲起座与辩，轼便道：“你道我忘记一字么？你不必多疑。两朝为兄弟国，君是外臣，仁庙讳亦应知晓。”仁宗名祯，这是苏髯诙谐语，不可作正语看。辽使闻言，亦为心折。旋复令医官对云：“六脉寸关尺。”辽使愈觉敬服，随语轼道：“学士前对，究欠一字，须另构一语。”适雷雨交作，风亦大起，轼即答道：“‘一阵风雷雨’，即景属对，可好么？”辽使道：“敢不拜服。”遂欢宴而散。至哲宗大婚，辽使不见苏轼，反觉快快，太皇太后乃召轼内用，寻又迁礼部兼端明侍读二学士。

御史董敦逸、黄庆基，又劾轼曾草吕惠卿谪词，隐斥先帝，轼弟辙相为表里，紊乱朝政。想又是洛党中人。吕大防替轼辩驳，且言近时台官，好用蜚

语中伤士类，非朝廷之福。辙亦为兄讼冤。太皇太后语大防道：“先帝亦追悔往事，甚至泣下。”大防道：“先帝一时过举，并非本意。”太皇太后道：“嗣主应亦深知。”乃罢董、黄二人为湖北、福建路转运判官。未几，轼亦罢知定州。苏颂保荐贾易，谓易系直臣，不宜外迁，与大防廷争。侍御史杨畏、来之邵即劾颂庇易。颂上书辞职，因罢为观文殿大学士。范百禄与颂友善，亦为杨畏所劾，出知河南府。梁焘亦因议政未合，遂称疾乞休，乃再召范纯仁为尚书右仆射，兼中书侍郎。杨畏、来之邵复上论纯仁不可再相，乞进用章惇、安焘、吕惠卿，疏入不报。吕大防欲引畏为谏议大夫，纯仁谓：“畏非正人，怎可重用？”大防微笑道：“莫非恨他劾奏相公么？”纯仁尚莫名其妙，苏辙在旁，即读畏弹文。纯仁道：“这事我尚未闻，但公不负畏，恐畏且负公！”隐伏下文。大防不信，竟迁畏礼部侍郎。畏劾范纯仁，且请用章、吕等人，其隐情已可窥见，何大防尚未悟耶？元祐八年八月，太皇太后寝疾，不能听政，吕大防、范纯仁入宫问视，太皇太后与语道：“我病将不起了。”吕、范齐声道：“慈寿无疆，料不致有意外情事。”太皇太后道：“我今年已六十二岁，死亦不失为正命，所虑官家宫中称皇帝为官家。年少，容易受迷，还望卿等用心保护！”吕、范又同声道：“臣等敢不遵命！”太皇太后顾纯仁道：“卿父仲淹，可谓忠臣，在明肃垂帘时，唯劝明肃尽母道，至明肃上宾，唯劝仁宗尽子道，卿当效法先人，毋忝所生！”纯仁亦涕泣受命。高后岂亦虑哲宗之难恃耶？太皇太后复道：“我受神宗顾托，听政九年，卿等试言九年间，曾加恩高氏否？我为公忘私，遗有一男一女，我病且死，尚不得相见哩。”时嘉王頵已薨，高后子只留一颢，徙封徐王，故尚未相见。言讫泪下，喘息了好一歇，复嘱吕、范二人道：“他日官家不信卿言，卿等亦宜早退，令官家别用一番人。”说至此，顾左右道：“今日正值秋社，可给二相社饭。”吕、范二人，不敢却赐，待左右将社饭备齐，暂辞出外，至别室草草食讫，复入寝门内拜谢。太皇太后呜咽道：“明年社饭时，恐二卿要记念老身哩。”太后既预知哲宗心性，当力戒哲宗，奈何对吕、范二人，徒作颓唐语，亦令人难解！吕、范劝慰数语，随即告退。越数日，太皇太后竟崩。后听政九年，朝廷清明，华夏绥定，辽主尝戒群臣道：“南朝尽行仁宗旧政，老成正士，多半起用，国势又将昌盛哩，汝等幸勿生事！”因此元祐九年，毫无边衅。夏主来归永乐所俘，乞还侵地，太皇太后有志安民，诏还米脂、葭芦、浮屠、安疆四寨，夏

人遂谨修职责，不复生贰。有司请循天圣故事，两宫同御殿，太皇太后不许。又请受册宝于文德殿，太皇太后道："母后当阳，非国家之美事，况文德殿系天子正衙，岂母后所当御？但就崇政殿行礼便了？"太皇太后侄元绘、元纪，终元祐世，只迁一秩，还是哲宗再三申请，方得特许。中外称为女中尧、舜。礼臣恭上尊谥，乃是"宣仁圣烈"四字。

哲宗乃亲政，甫经著手，即召内侍刘瑗等十人，入内给事。翰林学士范祖禹入谏道："陛下亲政，未闻访一贤臣，乃先召内侍，天下将谓陛下私昵近臣，不可不防。"哲宗默然，好似不见不闻一般。侍讲丰稷，亦以为言，反将他出知颍州。出手便弄错。范祖禹忍无可忍，复接连上疏，由小子略述如下：

熙宁之初，王安石、吕惠卿造立新法，悉变祖宗之政，多引小人以误国，勋旧之臣，屏弃不用，忠正之士，相继远引，又用兵开边，结怨外夷，天下愁苦，百姓流徙，赖先帝觉悟，罢逐两人，而所引群小，已布满中外，不下二十万，可复去。蔡确连起大狱，王韶创取熙河，章惇开五溪，沈起扰交管，沈括、徐禧、俞充、种谔兴造西事，兵民死伤，皆不先帝临朝悼悔，谓朝廷不得不任其咎，以至吴居厚行铁冶之法于京东，王子京行茶法于福建，蹇周辅行盐法于江西，李稷、陆师闵行茶法市易于西川，刘定教保甲于河北，民皆愁痛嗟怨，比屋思乱，赖陛下与先后起而救之，天下之民，如解倒悬。唯是向来所斥逐之人，窥伺事变，妄意陛下不以修改法度为是，如得至左右，必进奸言，万一过听而误用之，臣恐国家自此陵迟，不复振矣。

这疏大意，是防哲宗召用熙丰诸臣。还有一疏，仍系谏阻近幸，略云：

汉有天下四百年，唐有天下三百年，及其亡也，皆由宦官，同一轨辙。盖与乱同事，未有不亡者也。汉自元帝任用石显，委以政事，杀萧望之、周堪，废刘向等，汉之基业，坏于元帝。唐自明皇使高力士省决章奏，宦官遂盛，李林甫、杨国忠皆自力士以进。唐亡之祸，基于开元。熙宁、元丰间，李宪、王中正、宋用臣辈，用事总兵，权势震灼，中正兼干四路，口敕募兵，州郡不敢违，师徒冻馁，死亡最多。宪陈再

举之策，致永乐再陷，用臣兴土木之兵，无时休息，罔市井之微利，为国敛怨，此三人者虽加诛戮，未足以谢百姓。宪虽已亡，而中正、用臣尚在。今召内臣十人，而宪、中正之子，皆在其中，则中正、用臣必将复用，臣所以敢极言之，幸陛下垂察焉！

两疏呈入，哲宗仍然不省。范纯仁、韩忠彦等亦面请效法仁宗，均不见纳。吕大防受命为山陵使，甫出国门，杨畏即首叛大防，上言："神宗更立旧制，垂示万世，乞赐讲求，借成继述美名。"哲宗便召畏入对，并问："先朝旧臣，孰可召用？"畏举章惇、安焘、吕惠卿、邓润甫、李清臣等，各加褒美，且言："神宗建立新政，与王安石创行新法，实是明良交济，足致富强。今安石已殁，只有章惇才学，与安石相似，请即召为宰辅。"哲宗却很是信从，当下传出中旨，复章惇、吕惠卿官。寻用李清臣为中书侍郎，邓润甫为尚书左丞。至宣仁太后葬毕，吕大防回都，闻侍御史来之邵，已有弹章，即上书辞职，哲宗立即准奏。拔去首辅，好算辣手。于是彼言继志，此言述事，哄得这位哲宗皇帝，居然想对父尽孝，一心一意的绍述神宗。元祐九年三月，廷试进士李清臣，发策拟题，题云：

今复词赋之选，而士不知劝，罢常平之官，而农不加富，可差可募之说杂，而役法病，或东或北之论异，而河患滋，赐土以柔远也，而羌夷之患未弭，弛利以便民也，而商贾之路不通。夫可则因，否则革，唯当之为贵，圣人亦何有必焉！

原来元祐变政，曾禁用王氏经义字说，科试仍用诗赋，补上文所未及。所以李清臣发策，看作甚重。第一条便驳斥词赋，第二条阴主青苗法，第三条指免役，第四条论治河，第五条斥还夏四寨事，第六条讥盐铁弛禁事。门下侍郎苏辙抗言上奏道：

伏见策题历诋行事，有诏复熙宁、元丰之意。臣谓先帝设施，盖有百世不可易者。元祐以来，上下奉行，未尝失坠，至于事或失当，何世无之？父作于前，子救于后，前后相继，此则圣人之孝也。汉武帝外事

四夷，内兴宫室，财用匮竭，于是修盐铁榷酤均输之政，民不堪命，几至大乱。昭帝委任霍光，罢去烦苛，汉室乃定。光武、显宗，以察为明，以谶决事，上下恐惧，人怀不安。章帝深鉴其失，代之宽厚，恺悌之政，后世称焉。本朝真宗天书，章献临御，揽大臣之议，藏之梓宫，以泯其迹，仁宗听政，绝口不言。英宗濮议，朝廷汹汹者数年，先帝寝之，遂以安静。夫以汉昭帝之贤，与吾仁宗、神宗之圣，岂其薄于孝敬而轻事变易也哉？陛下若轻变九年已行之事，擢任累岁不用之人，怀私忿而以先帝为辞，则大事去矣。

哲宗接阅奏章，竟勃然大怒道："辙敢比先帝为汉武么？"我谓神宗尚不及汉武。言下即欲逐辙。辙下殿待罪，众莫敢救。范纯仁从容进言道："武帝雄才大略，史家并无贬词，辙引比先帝，不得为谤。陛下甫经亲政，待遇大臣，也不当似奴仆一般，任情呵斥。"正说着，有一人越次入奏道："先帝法度，都被司马光、苏辙等坏尽。"纯仁视之，乃是新任尚书左丞邓润甫，遂抗声道："这语是说错了。法本无弊，有弊必改。"哲宗道："秦皇、汉武，古所并讥。"纯仁便接奏道："辙所论是指时事言，非指人品言。"哲宗颜色少霁，乃不复发语，当即退朝。辙前时曾附吕大防，与纯仁议多不合，至是方谢纯仁道："公乃佛地位中人，辙仗公包涵久了。"纯仁道："公事公言，我知有公，不知有私。"名副其实，是乃谓之纯仁。辙又申谢而退。越日，竟下诏降辙官职，出知汝州。

及进士对策，考官评阅甲乙，上第多主张元祐。嗣经杨畏复勘，悉移置下第，把赞成熙丰的策议，拔置上列。第一名乃是毕渐，竟比王、吕为孔、颜，仿佛王、吕二人的孝子顺孙。自是绍述两字，喧传中外，曾布竟用为翰林学士，张商英进用为右正言。未几，即任章惇为尚书左仆射，兼门下侍郎。章惇既相，憸人当道，还管什么时局？什么名誉？贬苏轼知英州，寻复安置惠州。罢翰林学士范祖禹，出知陕州。范纯仁当然不安，连章求去，也出知颍昌府。召蔡京为户部尚书，安石婿蔡卞为国史修撰，林希为中书舍人，黄履为御史中丞。先是元丰末年，履曾官中丞，与蔡确、章惇、邢恕相交结。惇与确有所嫌，即遣恕语履。履尽情排击，不遗余力，时人目为四凶，因被刘安世劾奏，降级外调。惇再得志，立即引用，那时报复私怨，日夕罗织，

元祐诸君子，都要被他陷入阱中了。去恶务尽，元祐诸贤，不知此义，遂致受殃。

当下由曾布上疏，请复先帝政事，下诏改元，表示意向。哲宗准奏，即于元祐九年四月，改称绍圣元年，半年都不及待，何性急乃尔？遂复免役法，免行钱、保甲法，罢十科举士法，令进士专习经义，除王氏字说禁令。黄履、张商英、上官均、来之邵等，乘势修怨，迭毁司马光、吕公著妄改成制，叛道悖理。章惇、蔡卞且请掘光、公著墓冢。适知大名府许将，内用为尚书左丞，哲宗问及掘墓事。许将对道："掘墓非盛德事，请陛下三思！"哲宗乃止，唯追夺司马光、吕公著赠谥，仆所立碑。贬吕大防为秘书监，刘挚为光禄卿，苏辙为少府监，并分司南京。章惇复钩致文彦博等罪状，得三十人，列籍以上，请尽窜岭表。李清臣独进言道："变更先帝法度，虽不能无罪，但诸人多累朝元老，若从惇言，恐大骇物听，应请从宽为是！"哲宗点首。看官阅过前文，应知李清臣是主张绍述，仇视元祐诸臣，为何反请哲宗从宽呢？原来清臣本思为相，至章惇起用，相位被他夺去，于心不甘，所以与惇立异，有此奏请。哲宗乃颁诏道："大臣朋党，司马光以下，各以轻重议罚，余悉不问，特此布告天下。"

会章惇复荐用吕惠卿，诏命知大名府，惇未以为然。监察御史常安民上言："北都重镇，惠卿且未足胜任，试思惠卿由王安石荐引，后竟背了安石，待友如此，事君可知。今已颁诏命，他必过阙请对，入见陛下，臣料他将泣述先帝，感动陛下，希望留京了。"哲宗也似信非信。及惠卿到京，果然请对，果然述先朝事，作涕泣状，哲宗正色不答。惠卿只好辞退，出都赴任。惇闻此事，隐恨安民，可巧安民复劾论蔡京、张商英，接连数奏，末疏竟斥章惇专国植党，乞收回主柄，抑制权奸。惇挟嫌愈甚，潜遣亲信进语道："君本以文学闻名，奈何好谈人短，甘心结怨？能稍自安静，当以高位相报。"安民正色呵斥道："尔乃为当道做说客么？烦尔传语，安民只知忠君，不知媚相。"傲骨棱棱。看官！试想章惇不立排安民，尚是留些余地，有意笼络，偏安民一味强硬，教章惇如何相容？遂嗾使御史董敦逸，弹斥安民，说他与苏轼兄弟，素作党援，安民竟被谪滁州，令监酒税。门下侍郎安焘上书救解，毫不见效，反为惇所谗间，出知郑州。蔡卞重修神宗实录，力翻前案，前史官范祖禹，及赵彦若、黄庭坚等，并坐诋诬降官，安置永、澧、黔州，并因吕大防尝监修神宗实录，亦应连坐，徙至安州居住。范纯仁请释还

大防，大忤章惇，竟贬纯仁知随州。惇且记念蔡确，惜他已死，嘱确子渭叩阍诉冤，即追复确官，并赠太师，予谥忠怀。一面与蔡京定计，勾通阉寺，密结刘婕妤为内援，把灭天害理的事情，逐渐排挎出来。小子有诗叹道：

宵小无非误国媒，胡为视作济时才？
堪嗟九载宣仁力，都被奸邪一旦摧。

究竟章惇等作何举动，容至下回表明。

宋代贤后，莫如宣仁，元祐年间，号称极治，皆宣仁之力也。但吾观宣仁弥留时，乃对吕、范二大臣，丁宁呜咽，劝以宜早引退，并谓明年社饭，应思念老身，意者其豫料哲宗之不明，必有蔑弃老成，更张新政之举耶？且哲宗甫经亲政，奸党即陆续进用，是必其少年心性，已多阍昧，宣仁当日，有难言之隐，不过垂帘听政，大权在握，尚足为无形之防闲；至老病弥留，不忍明言，又不忍不言，丁宁呜咽之时，盖其心已不堪酸楚矣。宣仁固仁，而哲宗不哲，吕、范退，章、蔡进，宋室兴衰之关键，意在斯乎！意在斯乎！

第四十六回　宠妾废妻皇纲倒置
崇邪黜正党狱迭兴

却说刘婕妤专宠内庭，权逾孟后，章惇、蔡京即钻营宫掖，恃婕妤为护符，且追溯范祖禹谏乳媪事，应四十四回。指为暗斥婕妤，坐诬谤罪，并牵及刘安世。哲宗耽恋美人，但教得婕妤欢心，无不可行，遂谪祖禹为昭州别驾，安置贺州，安世为新州别驾，安置英州。刘婕妤阴图夺嫡，外结章惇、蔡京，内嘱郝随、刘友端，表里为奸，渐构成一场冤狱，闹出废后的重案来。奸人得势，无所不至。

婕妤恃宠成骄，尝轻视孟后，不循礼法。孟后性本和淑，从未与她争论短长。唯中宫内侍，冷眼旁窥，见婕妤骄倨无礼，往往代抱不平。会后率妃嫔等朝景灵宫，礼毕，后就坐，嫔御皆立侍，独婕妤轻移莲步，退往帘下；孟后虽也觉着，恰未曾开口。申说二语，见后并非妒妇。偏侍女陈迎儿，口齿伶俐，竟振吭道："帘下何人？为什么亭亭自立？"婕妤听着，非但不肯过来，反竖起柳眉，怒视迎儿；忽又扭转娇躯，背后立着。形态如绘。迎儿再欲发言，由孟后以目示禁，方不敢多口。至孟后返宫，婕妤与妃嫔等，随后同归，杏脸上还带着三分怒意。既而冬至节届，后妃等例谒太后，至隆祐宫，太后尚未御殿，大众在殿右待着，暂行就坐。向例唯皇后坐椅，朱漆金饰，嫔御不得相同，此次当然循例；偏刘婕妤立着一旁，不愿坐下。内侍郝随，窥知婕妤微意，竟替她易座，也是髹朱饰金，与后座相等，婕妤方才就坐。突有一人传呼道："皇太后出来！"孟后与妃嫔等，相率起立，刘婕妤亦只

好起身。哪知伫立片时，并不见太后临殿，后妃等均是莲足，不能久立，复陆续坐下。刘婕妤亦坐将下去，不意坐了个空，一时收缩不住，竟仰天跌了一跤。却是好看。侍从连忙往扶，已是玉山颓倒，云鬓蓬松。恐玉臀亦变成杏脸。妃嫔等相顾窃笑，连孟后也是解颐。看官！试想此时的刘婕妤，惊忿交集，如何忍耐得住？可奈太后宫中，不便发作，只好咬住银牙，强行忍耐，但眼中的珠泪，已不知不觉的迸将下来。她心中暗忖道："这明明中宫使刁，暗嘱侍从设法，诈称太后出殿，诱我起立，潜将宝椅撤去，致令仆地，此耻如何得雪？我总要计除此人，才出胸中恶气。"后阁中人，原太促狭，但也咎由自取，如何不自反省？当下命女侍替整衣饰，代刷鬓鬟，草草就绪，那向太后已是出殿，御座受朝。孟后带着嫔妃，行过了礼，太后也没甚问答，随即退入。

后妃等依次回宫，刘婕妤踉跄归来，余恨未息。郝随从旁劝慰道："娘娘不必过悲，能早为官家生子，不怕此座不归娘娘。"婕妤恨恨道："有我无她，有她无我，总要与她赌个上下。"说着时，巧值哲宗进来，也不去接驾，直至哲宗近身，方慢慢的立将起来。哲宗仔细一瞧，见她泪眦荧荧，玉容寂寂，不由的惊讶逾常，便问道："今日为冬至令节，朝见太后，敢是太后有什么斥责？"婕妤呜咽道："太后有训，理所当从，怎敢生嗔？"哲宗道："此外还有何人惹卿？"婕妤陡然跪下，带哭带语道："妾、妾被人家欺负死了。"哲宗道："有朕在此，何人敢来欺负？卿且起来！好好与朕说明。"婕妤只是哭着，索性不答一言。这是妾妇惯技。郝随即在旁跪奏，陈述大略，却一口咬定皇后阴谋。主仆自然同心。哲宗道："皇后循谨，当不致有这种情事。"也有一隙之明。婕妤即接口道："都是妾的不是，望陛下撵妾出宫，"说到"宫"字，竟枕着哲宗足膝，一味娇啼。古人说得好："儿女情长，英雄气短。"自古以来，无论什么男儿好汉，钢铁心肠，一经娇妻美妾，朝诉暮啼，无不被她熔化。况哲宗生平宠爱，莫如刘婕妤，看她愁眉泪眼，仿佛一枝带雨梨花，哪有不怜惜的道理？于是软语温存，好言劝解，才得婕妤罢哭，起侍一旁。哲宗复令内侍取酒肴，与婕妤对饮消愁，待到酒酣耳热，已是夜色沉沉，接连吃过晚膳，便就此留寝。是夕，除艳语浓情外，参入谗言，无非是浸润之谮，肤受之愬罢了。

会后女福庆公主，偶得奇病，医治无效，后有姊颇知医理，尝疗后疾，以故出入禁中，无复避忌。公主亦令她诊治，终无起色。她穷极无法，别觅

道家治病符水，入治公主。后惊语道：“姊不知宫中禁严，与外间不同么？倘被奸人谣诼，为祸不轻。”遂令左右藏着，俟哲宗入宫，具言原委。哲宗道：“这也是人生常情，她无非求速疗治，因有此想。”后即向左右取出原符，当面焚毁，总道是心迹已明，没甚后患，谁料宫中已造谣构衅，啧有烦言。想就是郝随等人捏造出来。未几，有后养母听宣夫人燕氏，及女尼法端，供奉官王坚，为后祷祠。郝随等方捕风捉影，专伺后隙，一闻此信，即密奏哲宗，只说是中宫厌魅，防有内变。哲宗也不察真伪，即命内押班梁从政与皇城司苏珪，捕逮宦官、宫妾三十人，彻底究治。梁、苏两人，内受郝随嘱托，外由章惇指使，竟滥用非刑，把被逮一干人犯，尽情搒掠，甚至断肢折体。孟后待下本宽，宦妾等多半感德，哪肯无端妄扳？偏梁从政等胁使诬供，定要归狱孟后。有几个义愤填胸，未免反唇相讥，骂个爽快。梁、苏大怒，竟令割舌，结果是未得供词，全由梁、苏两人，凭空架造，捏成冤狱，入奏哲宗。有诏令侍御史董敦逸复录罪囚。敦逸奉旨提鞫，但见罪人登庭，都是气息奄奄，莫能发声，此时触目生悲，倒也秉笔难下。恻隐之心，人皆有之。敦逸虽是奸宄，究竟也有天良。郝随防他翻案，即往见敦逸，虚词恫吓。敦逸畏祸及身，不得已按着原谳，复奏上去。一念萦私，便入阿鼻地狱。哲宗竟下诏废后，令出居瑶华宫，号华阳教主玉清静妙仙师，法名冲真。是时为绍圣三年孟冬，天忽转暑，阴翳四塞，雷雹交下。董敦逸自觉情虚，复上书谏阻，略云：

> 中宫之废，事有所因，情有可察。诏下之日，天为之阴翳，是天不欲废后也。人为之流涕，是人不欲废后也。臣尝奉诏录囚，仓猝复奏，恐未免致误，将得罪天下后世，还愿陛下暂收成命，更命良吏复核真伪，然后定谳。如有冤情，宁谴臣以明枉，毋污后而贻讥，谨待罪上闻！

哲宗览毕，自语道：“敦逸反复无常，朕实不解。”次日临朝，谕辅臣道：“敦逸无状，不可更在言路。”曾布已闻悉情由，便奏对道：“陛下本因宫禁重案，由近习推治，恐难凭信，特命敦逸录问，今乃贬录问官，如何取信中外？”此奏非庇护敦逸，乃是主张成案。哲宗乃止。旋亦自悔道：“章惇坏我名节。”照此说看来，是废后之举，章惇必有密奏。嗣是中宫虚位，一时不闻继立。刘婕妤推

倒孟后，眼巴巴的望着册使，偏待久无音，只博得一阶，晋封贤妃。

贼臣章惇，一不做，二不休，既构成孟后冤狱，还想追废宣仁，因急切无从下手，乃再从元祐诸臣身上，层加罪案，谋达最后的问题。二省长官，统是章惇党羽，惇便教他追劾司马光等，说是："诋毁先帝，变易法度，罪恶至深，虽或告老或已死，亦应量加惩罚，为后来戒！"那时昏头磕脑的哲宗皇帝，竟批准奏牍，追贬司马光为清远军节度使，吕公著为建武军节度副使，王岩叟为雷州别驾，夺赵瞻、傅尧俞赠谥，追还韩维、孙固、范百禄、胡宗愈等恩诏。寻又追贬光为朱厓军司户，公著为昌化军司户。各邪党兴高采烈，越觉猖狂，适知渭州吕大忠，系大防兄，自泾原入朝，哲宗与语道："卿弟大防，素性朴直，为人所卖，执政欲谪徙岭南，朕独令处安陆，卿可为朕寄声问好，二三年后，当再相见！"大忠叩谢而退。章惇正在阁中，闻大忠退朝，即出与相见，并问有无要谕。大忠心直口快，竟将哲宗所嘱，一一告知，章惇佯作惊喜道："我正待令弟入京，好与他共议国是，难得上意从同，我可得一好帮手了。"至大忠去后，即密唆侍御史来之邵，及三省长官，奏称："司马光叛道逆理，典刑未及，为鬼所诛，独吕大防、刘挚等，罪与光同，尚存人世。朝廷虽尝惩责，尚属罚不称愆，生死异置，恐无以示后世。"乃复贬大防为舒州团练副使，安置循州，刘挚为鼎州团练副使，安置新州，苏辙为化州别驾，安置雷州，梁焘为雷州别驾，安置化州，范纯仁为武安军节度副使，安置永州，刘奉世为光禄少卿，安置柳州，韩维落职致仕，再贬均州安置，王觌谪通州，韩川谪随州，孙升谪峡州，吕陶谪衡州，范纯礼谪蔡州，赵君锡谪亳州，马默谪单州，顾临谪饶州，范纯粹谪均州，孔武仲谪池州，王钦臣谪信州，吕希哲谪和州，吕希纯谪金州，吕希绩谪光州，姚缅谪衢州，胡安诗谪连州，秦观谪横州，王汾落职致仕，孔平仲落职知衡州，张耒、晁补之、贾易并贬为监当官，朱光庭、孙觉、赵卨、李之纯、李周均追夺官秩，嗣复追贬孔文仲、李周为别驾。这道诏命，系是中书舍人叶涛主稿，文极丑诋，中外切齿。那章惇、蔡京等，才把元祐诸臣，一网打尽，无论洛党、蜀党、朔党，贬窜得一个不留，大宋朝上，只剩得一班魑魅魍魉了。君子尚能容小人，小人断不能容君子，于此可见。

先是左司谏张商英，曾有一篇激怒君相的奏牍，内言："陛下无忘元祐时，章惇无忘汝州时，安焘无忘许州时，李清臣、曾布无忘河阳时。"为这

数语，遂令哲宗决黜旧臣，章惇等晢复旧怨，遂兴起这番大狱。韩维子上书陈诉，略言："父维执政时，尝与司马光未合，恳请恩赦！"得旨免行。纯仁子亦欲援例，拟追述前时役法，父言与光议不同，可举此乞免。纯仁摇首道："我缘君实荐引，得致宰相，从前同朝论事，宗旨不合，乃是为公不为私，今复再行提及，且变做为私不为公。与其有愧而生，宁可无愧而死？"随命整装就道，怡然启行。僚友或说他好名，纯仁道："我年将七十，两目失明，难道甘心远窜么？不过爱君本心，有怀未尽，若欲避好名的微嫌，反恐背叛朝廷，转增罪戾呢。"忠臣信友，可谓完人。诸子因纯仁年老，多愿随侍，途次冒犯风霜，辄怨詈章惇，纯仁必喝令住口。一日，舟行江中，遇风被覆，幸滩水尚浅，不致溺死。纯仁衣履尽湿，旁顾诸子道："这难道是章惇所使么？君子素患难，行乎患难，何必怨天尤人。"纯仁可与言道。既至永州，仍夷然自若，无戚戚容，以此尚得保全。吕大防病殁途中。梁焘至化州，刘挚至新州，均因忧劳成疾，相继谢世。

张商英又劾文彦博背国负恩，朋附司马光，因降为太子少保。及诏命到家，彦博亦已得病，旋即身逝，年九十二岁。彦博居洛，尝与司马光、富弼等十三人，仿白居易九老会故事，置酒赋诗，筑堂绘像，号为洛阳耆英会，迄今留为佳话。徽宗初追复太师，赐谥忠烈。

会哲宗授曾布知枢密院事，林希同知院事，许将为中书侍郎，蔡卞、黄履为尚书左右丞，卞与惇同肆罗织，尚欲举汉、唐故事，请戮元祐党人。凶险之至。哲宗询及许将，将对道："汉、唐二代，原有此事，但本朝列祖列宗，从未妄戮大臣，所以治道昭彰，远过汉、唐哩。"许将亦奸党之一，但尚有良心。哲宗点首道："朕意原亦如此。"将即趋退。章惇更议遣吕升卿、董必等察访岭南，将尽杀流人。哲宗召惇入朝，面谕道："朕遵祖宗遗志，未尝杀戮大臣，卿毋为已甚！"惇虽唯唯应命，心中很是不快，暗中致书邢恕，令他设法诬陷。恕在中山，得书后，设席置酒，招高遵裕子士京入饮，酒过数巡，乃私问道："君知元祐年间，独不与先公推恩否？"士京答言未知。恕又问道："我记得君有兄弟，目今尚在否？"士京答称有兄士充，现已去世。恕又道："可惜！可惜！"士京惊问何事？恕便道："今上初立时，王珪为相，他本意欲立徐王，曾遣令兄士充，来问先公。先公叱退士充，珪计不行，所以得立今上。"一派鬼话。士京又答言未知。恕复道："令兄已殁，只

有君可作证，我有事需君，君肯相从，转眼间可得高官厚禄，但事前切勿告人！”士京莫名其妙，但闻高官厚禄四字，不禁眉飞色舞，当即答称如命。饮毕，欢谢而别。恕即复书章惇，谓已安排妥当。惇即召恕入京，三迁至御史中丞。恕遂诬奏司马光、范祖禹等，曾指斥乘舆，又令王珪为高士京作奏，述先臣遵裕临死，曾密嘱诸子，有叱退士充，乃立今上等事。再嗾使给事中叶祖洽，上言册立陛下时，王珪尝有异言。三面夹攻，不由哲宗不信，遂追贬王珪为万安军司户，赠遵裕秦国军节度使。

自是天怒人怨，交迫而至。太原地震，坏庐舍数千户，太白星昼见数次，火星入舆鬼，太史奏称贼在君侧。哲宗召太史入问，贼主何人？太史答道：“谗慝奸邪，皆足为贼，愿陛下亲近正人，修德格天！”此语颇为善谏，可惜未表姓名。哲宗乃避殿减膳，下诏修省。何不黜逐奸党？绍圣五年元日，免朝贺礼。章惇、蔡京恐哲宗另行变计，又想出一条奇谋，蛊惑君心。小人入朝，无非蛊君。看官道是何事？乃是咸阳县民段义，忽得了一方玉印，镌有“受命于天，既寿永昌”八字，呈报地方长官。官吏称是秦玺，遣使赍京，诏令蔡京等验辨。看官听着！这玺来历，明明是蔡京等授意秦吏，现造出来，此时教他考验，如何说是不真？且附上一篇贺表，称作天人相应，古宝呈祥。哲宗大喜，命定此玺名称，号为天授传国受命宝。择日御大庆殿受玺，行朝会礼。仿佛儿戏。并召段义入京，赐绢二百匹，授右班殿直，骤然升官发财，未知段义交什么运？一面颁诏改元，以绍圣五年为元符元年，特赦罪犯，唯元祐党人不赦，且反逮文彦博子及甫下狱，锢刘挚、梁焘子孙于岭南，勒停王岩叟诸子官职，当时称为同文馆狱。原来文彦博有八子，皆历要官，第六子名及甫，尝入值史馆。因与邢恕友善，为刘挚所劾，出调外任。时吕大防、韩忠彦等尚秉国政，及甫迁怨辅臣，曾致书邢恕，有“司马昭之心，路人皆知，又济以粉昆，可为寒心”等语。司马昭隐指大防，粉昆隐指忠彦，忠彦弟嘉彦，曾尚淑寿公主，英宗第三女。俗号驸马为粉侯，因称忠彦为粉昆。恕曾将及甫书，示确弟硕，至是恕令确子渭上书，讼挚等陷害父确，阴谋不轨，谋危宗社，引及甫书为证。乃置狱同文馆，逮问及甫，令蔡京讯问，佐以谏议大夫安惇。安惇本迎合章、蔡，因得此位，遂潜告及甫，令诬供刘挚、王岩叟、梁焘等人。及甫如言对簿，诡称：“乃父在日，尝称挚为司马昭，王岩叟面白，乃称为粉，梁焘字况之，况字右旁从兄，乃称为昆。”京、惇因据

供上陈，遂言："挚等大逆不道，死有余辜，不治无以治天下。"哲宗问道："元祐诸臣，果如是么？"京、惇齐声道："诚有是心，不过反形未著啰。"含血喷人。乃诏锢挚、焘子孙，削岩叟诸子官。及甫系狱数日，竟得释放，进安惇为御史中丞，蔡京只调任翰林学士承旨。京与卞系是兄弟，卞已任尚书左丞，由曾布密白哲宗，兄弟不应同升，因止转官阶，不得辅政。嗣被京探悉，引为深恨，遂与布有隙，格外谄附章惇。惇怨范祖禹、刘安世尤深，特嘱京上章申劾，竟将祖禹再窜化州，安世再窜梅州。嗣惇又擢王豪为转运判官使，令暗杀安世。豪立即就道，距梅州约三十里，呕血而死，安世乃得免。祖禹竟病殁贬所。惇又与蔡卞、邢恕定谋，拟将元祐变政，归罪到宣仁太后身上，竟欲做出灭伦害理的大事来。小子有诗叹道：

> 贼臣当国敢无天，信口诬人祸众贤。
> 不信奸邪如此恶，且连圣母上弹笺。

欲知章惇等如何划策，俟至下回叙明。

章惇乃第一国贼，蔡卞等特其爪牙耳。惇不入相，则奸党何由而进？冤狱何由而兴？人谓刘婕妤意图夺嫡，乃有孟后之废，吾谓婕妤何能废后？废后者非他，贼惇是也。人谓绍述之议，创自杨畏、李清臣，由绍述而罪元祐诸臣，乃有钩党之祸，吾谓杨畏、李清臣，何能尽逐元祐诸臣？逐元祐诸臣者非他，贼惇是也。废后不足，尽黜诸贤，妨贤不足，且欲上诬宣仁，是可忍，孰不可忍乎？呜呼章惇，阴贼险狠，较莽、操为尤甚，欲穷其罪，盖几罄竹难书矣。故读此回而不发指者，吾谓其亦无人心。

第四十七回　拓边防谋定制胜　窃后位喜极生悲

却说章惇、蔡卞等，欲诬宣仁太后，遂与邢恕、郝随等定谋，只说司马光，刘挚、梁焘、刘大防等，曾勾通崇庆宫内侍陈衍，密谋废立。崇庆宫系宣仁太后所居，陈衍为宫中干役，时已得罪，发配朱崖。尚有内侍张士良，从前亦与衍同职，外调郴州。章惇遣使召还，令蔡京、安惇审问。京、惇高坐堂上，旁置鼎镬刀锯，非常严厉，方召士良入讯，大声语道："你肯说一有字，即还旧职，若讳有为无，国法具在，请你一试！"全是胁迫。士良仰天大哭道："太皇太后不可诬，天地神祇不可欺，士良情愿受刑，不敢妄供！"京等胁逼再三，士良抵死不认。好士良。京与惇无供可录，只奏衍疏隔两宫，斥逐随龙内侍刘瑗等人，翦除人主心腹羽翼，谋为大逆，例应处死！哲宗神志颠倒，居然批准下来，章惇、蔡卞遂擅拟草诏，呈入御览，议废宣仁为庶人。哲宗在灯下展览，正在迟疑未决，忽有内侍宣太后旨，传帝入见。哲宗即往谒太后，太后道："我曾日侍崇庆宫，天日在上，哪有废立的遗言？我刻已就寝，猝闻此事，令我心悸不休。试想宣仁太后，待帝甚厚，尚有不测的变动，他日还有我么？"言下带着惨容。哲宗连称不敢，既而退还御寝，即将惇、卞拟诏，就灯下毁去。郝随在旁窥见，即往告惇、卞。次日，惇、卞再行具状，坚请施行，哲宗不待阅毕，已勃然怒道："汝等不欲朕入英宗庙么？"撕奏掷地，事乃得寝。既知惇、卞虚诬，奈何尚不加罪？这且慢表。

且说哲宗元符元年，夏主秉常病殂，子乾顺嗣立，遣使至汴都告哀。哲宗仍册封乾顺为夏王，乾顺申谢封册，并归永乐俘虏。当时曾给还四寨，见四十五回。令彼此划界自守，夏人得步进步，屡思侵轶界外，所以划界问题，始终未定。不过元祐年间，宋廷称治，夏人尚不敢深扰，至绍圣改元，屡求塞门二寨，愿以兰州边境为易，廷议不许。绍圣三年，乾顺奉母梁氏，秉常母姓梁，乾顺母亦姓梁。率众五十万，大入鄜延，西自顺宁招安寨，东自黑水、安定，中自塞门、龙安、金明以南，二百里间，烽烟不绝。乾顺子母，亲督桴鼓，纵骑四掠，前队攻金明，后队驻龙安，宋将调集边兵，掩击夏人，反为所败，金明被陷，守兵二千五百人，尽行陷没，只五人得脱。城中粮五万石，草十万束，统被掠去，将官张舆战死。时吕惠卿调任鄜延经略使，正拟请诸路出兵，往援金明，忽由夏人放还俘卒，颈上置有一书，两手尚被缚着。当经惠卿左右，替他解缚，并取来书呈上。惠卿当然展阅，但见书中略云：

夏国昨与朝廷议疆场事，唯小有不同，方行理究，不意朝廷改悔，却于坐团铺处立界。本国以恭顺之故，亦黾勉听从，亦于境内立数堡以护耕。而鄜延出兵，悉行平荡，又数数入界杀掠，国人共愤，欲取延州。终以恭顺，止取金明一寨，以示兵锋，终不失臣子之节也。调侃语。

惠卿览毕，问明还卒，方知夏人已经退去，乃将来书赍送枢密院，院吏匿不上闻。越年，知渭州章楶，献平夏策，请筑城葫芦河川，扼据形胜，严拒夏人。楶与章惇同宗，接得此书，称为奇计。当即请命哲宗，依议施行。与宰相同宗，自有好处。楶遂檄令熙河、秦凤、环庆、鄜延四路人马，缮理他寨数十所，佯示怯弱，自率兵备齐板筑，竟出葫芦河川，造起两座城墙；一座在石门峡江口，一座在好水河北面。端的是据山为城，因河为池。夏人闻章楶筑寨，即来袭击，被章楶设伏掩杀，驱退夏人。二旬又二日，筑城告竣，取名平夏城灵平寨，当下拜表上闻。章惇遂请绝夏人岁赐，命沿边诸路，择视要隘，次第筑城，共五十余所。总不免劳民伤财。于是鄜延经略使吕惠卿，乘势图功，疏请诸路合兵，出讨夏罪。哲宗立即批准，并饬河东、环

庆各军，尽听惠卿节制。惠卿遣将官王愍，攻夺宥州，嗣复奏筑威戎、威羌二城。诏进惠卿银紫光禄大夫，其余筑城诸将士，爵赏有差。到了元符元年冬季，夏人复寇平夏城，章楶仍用埋伏计，就城外十里间，三覆以待，命偏将折可适带领前军，向前诱敌，只准败，不准胜。夏将嵬名阿理，一译作威明阿密。素有勇名，仗着一身膂力，超跃而来。折可适率军拦截，不到数合，便即奔回。嵬名阿理不知是计，急麾军追赶，后队的夏监军，名叫妹勒都逋，一译作穆尔图卜。闻先锋得胜，也鼓勇随来。章楶在山冈遥望，见夏兵被折可适诱入，已到第二层伏兵境内，当即燃炮为号，一声爆响，伏兵齐起，把夏兵冲作数段。嵬名阿理尚不知死活，只管舞动大刀，东挑西拨，宋军奋力兜拿，一时恰不能近身。章楶命弓弩手一齐注射，箭如飞蝗，饶你夏先锋力大无穷，熬不住数支箭镞，顿时中矢落马，被宋军活捉住了。妹勒都逋也被第三层伏兵围住，舍命冲突，竟不能脱，只好束手受擒。夏兵大败，死亡过半。章楶好算能军。这次战胜夏人，所有夏国精锐，多半陷没，夏人为之气夺。

章楶飞书奏捷，哲宗御紫宸殿受贺。章惇请乘胜平夏，令章楶便宜行事。楶乃创设西安州，并添筑荡羌、天都、临羌、横岭诸寨，及通会、宁韦、定戎诸堡，着着进逼。夏主乾顺不禁畏惧，复值国母梁氏身亡，越觉乏人主张，遂遣使向辽乞援。辽遣签书枢密院事萧德崇至宋，代为议和，诏令郭知章持书复辽，略言："夏人若果出至诚，悔过谢罪，应当予以自新，再修前好。"于是夏主遣使告哀，上表谢过，朝议许夏通好，令再进誓表，仍给岁赐，西陲少安。

未几，又有吐蕃战事。自王韶倡复河湟，絷归木征，因功封枢密副使后，应三十九回。旋与王安石有隙，出知洪州，未几遂死。韶将死时，生一背疽，终日闭目奄卧，尝延医就诊，医请开眼鉴色，韶谓一经开眼，即有许多斩头截脚等人，立在眼前，所以眼中无病，也不敢开。医生知为果报，勉强用药，敷衍数日，疽溃而亡。为好杀者戒，故特补叙。时人闻韶暴死，相戒开边。唯元祐二年，岷州将种谊复洮州，执吐蕃部族鬼章等，鬼章一译作果庄。槛送京师。鬼章本熙河首领，王韶定熙河，尝请封鬼章为刺史，鬼章总算投诚。会保顺军节度使董毡病卒，养子阿里骨嗣位，阿里骨一译作额尔古。阿里骨诱使鬼章，入据洮河。至鬼章被擒，哲宗加恩赦宥，遣居秦州，令招子结哶龊，及部属自赎。阿里骨颇也知惧，上表谢罪，诏令照常纳贡，不再加

兵。阿里骨旋死，传子辖征，一译作辖戬。辖征暴虐，部曲携贰，大酋沁牟钦毡一译作星摩沁占。等，阴蓄异谋，虑辖征叔父苏南党征，雄武过人，不为所制，遂日进谗言，哄动辖征加罪叔父。辖征昏愦异常，竟将叔父杀死，且翦灭余党，独篯罗结一译作沁鲁克节。投奔溪巴温。一译作希卜温。溪巴温系董毡疏族，曾居陇逋部，役属土人，篯罗结奔至，为溪巴温设法略地，与他长子杓槮，攻入辖征属境，夺据溪哥城。辖征出兵掩讨，攻杀杓槮，篯罗结转奔河州。洮西安抚使兼知河州王赡，收为臂助，密议攻取青唐，献策朝廷。章惇正贪功黩武，力言此议可行，于是王赡遂引军趋邈川。邈川为青唐要口，辖征虽设兵防守，猝闻王赡军至，不及预防，吓得仓皇失措。王赡督兵攻城，并射书招降。守兵知不可支，情愿投顺，遂开城迎纳赡军。辖征在青唐闻报，慌忙调兵抵敌，哪知号令不灵，无人听命，他穷急无法，不得已单身潜出，竟至邈川乞降。赡收纳辖征，露布奏捷，诏命胡宗回统领熙河，节制诸部。王赡以功由己立，不蒙特赏，反来一胡宗回，权出己上，心中很是不平，乃逗兵不进。沁牟钦毡等竟迎溪巴温入青唐，立木征子陇槮一译作隆咱尔。为主，势焰复炽。宗回督赡进攻，赡尚未肯受命，寻由朝旨催促，赡乃进薄青唐。陇槮及沁牟钦毡，因急切无从固守，勉强出降。为后文伏笔。赡遂入据青唐城，驰书奏闻，诏改青唐为鄯州，命王赡知州事。邈川为湟州，命王厚知州事。当时中外智士，已料二酋乞降，非出本心，将来必有变动，不但青唐不能久据，就是邈川亦恐不可守。王赡等但顾目前，未遑后计，哪里防到后文这一着哩？这且待后再详。

且说哲宗废去孟后，未免自悔，蹉跎三年，未闻继立中宫。刘贤妃日夕觊望，格外献媚，终不得册立消息，再嘱内侍郝随、刘友端，并首相章惇，内外请求，亦不见允，累得这位刘美人，徬徨忧虑，怅断秋波，就中只有一线希望，乃是后宫嫔御，未育一男，哲宗年早逾冠，尚乏储嗣，若得诞生麟儿，这中宫虚悬的位置，不属刘妃，将属何人？天下事无巧不成话，那刘妃果然怀妊，东祷西祀，期得一子，至十月满足，临盆分娩，竟产下一位郎君，这番喜事，非同小可，刘妃原是心欢，哲宗亦甚快慰。于是宫廷章奏，一日数上，迭请立刘妃为后。哲宗乃命礼官备仪，册立刘氏为皇后，右正言邹浩，抗疏谏阻道：

立后以配天子，安得不审？今为天下择母，而所立乃贤妃，一时公议，莫不疑惑，诚以国家自有仁宗故事，不可不遵用之尔。盖郭后与尚美人争宠，仁宗既废后，并斥美人，所以示公也。及立后则不选于妃嫔，而卜于贵族，所以远嫌，所以为天下后世法也。陛下之废孟氏，与郭后无以异，果与贤妃争宠而致罪乎？抑亦不然也？二者必居一于此矣。孟氏垂废之初，天下孰不疑立贤妃为后，及请诏书，有“别选贤族”之语，又闻陛下临朝慨叹，以为国家不幸。至于宗景立妾，怒而罪之，于是天下始释然不疑，今竟立之，岂不上累圣德？臣观白麻所言，不过称其有子，及引永平、祥符事以为证，臣请论其所以然：若曰有子可以为后，则永平贵人，未尝有子也，所以立者，以德冠后宫故也。祥符德妃，亦未尝有子，所以立者，以钟英甲族故也。又况贵人实马援之女，德妃无废后之嫌，迥与今日事体不同，顷年冬，妃从享景灵宫，是日雷变甚异，今宣制之后，霖雨飞雹，自奏告天地宗庙以来，阴霪不止。上天之意，岂不昭然？考之人事既如彼，求之天意又如此，望不以一时致命为难，而以万世公议为可畏。追停册礼，如初诏行之。

哲宗览奏至此，即召邹浩入问道：“这也是祖宗故事，并非朕所独创哩。”浩对道：“祖宗大德，可法甚多，陛下未尝遵行，乃独取及小疵，恐后世难免遗议呢。”哲宗闻言变色，至邹浩退朝，再阅浩疏，踌躇数四，若有所思，因将原疏发交中书，饬令复议。看官！试想废后立后，多半是章惇构成，此次幸已成功，偏来了一个邹浩，还想从旁挠阻，哪得不令惇忿恨？当下极端痛诋，力斥邹浩狂妄，请加严惩！哲宗本是个没主意的傀儡，看到惇疏，又觉邹浩多言，确是有罪，遂将他削职除名，羁管新州。尚书右丞黄履入谏道：“浩感陛下知遇，犯颜纳忠，陛下反欲置诸死地，此后盈廷臣子，将视为大戒，怎敢与陛下再论得失呢？愿陛下改赐善地，毋负孤忠！”强盗也发善心么？哲宗不从，反出履知亳州。

先是阳翟人田画，为前枢密使田况从子，议论慷慨，与邹浩友善，互相砥砺。元符中，画入监京城门，往语浩道：“君为何官？此时尚作寒蝉仗马么？”浩答道：“待得当进言，勉报君友。”至刘后将立，画语僚辈道：“志完再若不言，我当与他绝交了。”志完即邹浩表字，及浩以力谏得罪，画已

病归许邸，闻浩出京，力疾往迎。浩对他流涕，画正色道："志完太没气节了。假使你隐默不言，苟全禄位，一旦遇着寒疾，五日不出汗，便当死去，岂必岭海外能死人么？古人有言：'烈士徇名，'君勿自悔前事，恐完名全节的事情，尚不止此哩。"浩乃爽然谢教。浩有母张氏，当浩除谏官时，曾面嘱道："谏官责在规君，你果能竭忠报国，无愧公论，我亦喜慰，你不必别生顾虑呢。"宗正寺簿王回，闻浩母言，很是感叹。及浩南迁，人莫敢顾，回独集友醵资，替浩治装，往来经理，且慰安浩母。逻卒以闻，被逮系狱。回从容对簿，御史问回曾否通谋？回慨然道："回实与闻，怎敢相欺？"遂诵浩所上章疏，先后约二千言，狱上除名。回即徒步出都，坦然自去。浩有贤母，并有贤友，亦足自慰。

哲宗因册后诏下，择日御文德殿，亲授刘后册宝。礼成，宫廷庆贺，欢宴数日。蛾眉不肯让人，狐媚竟能惑主，数年怨忿，一旦销除，正是吐气扬眉，说不尽的快活。哪知福兮祸伏，乐极悲生，刘后生子名茂，才经二月有余，忽生了一种奇疾，终日啼哭，饮食不进，太医都不能疗治，竟尔夭逝。刘后悲不自胜，徒唤奈何。人力尚可强为，天命如何挽救？偏偏福无双至，祸不单行，皇子茂殇逝后，哲宗也生起病来，好容易延过元符二年，到了三年元日，卧床不起，免朝贺礼。御医等日夕诊视，参苓杂进，龟鹿齐投，用遍延龄妙药，终不能挽回寿数。正月八日，哲宗驾崩，享年只二十有五。总计哲宗在位，改元二次，阅一十五年。小子有诗叹道：

治乱都缘主德分，不孙不子不成君。
宫闱更乏刑于化，宋室从兹益泯棼。

哲宗已崩，尚无储贰，不得不请出向太后，定议立君。究竟何人嗣位，待至下回说明。

夏主乾顺，冲年嗣立，即奉母梁氏，率兵五十万寇边，其藐宋也实甚。纵还俘卒，贻书惠卿，语多调侃，彼心目中岂尚有上国耶？章楶定计筑寨，连破夏众，擒悍寇，翦夏卒，虽不免劳师费财，而夏人夺气，悔罪投诚，西陲得无事者数年，楶之功固有足多者。若夫王赡之议取青唐，情形与西夏不同，夏敢寇边，其曲在

夏，青唐虽自相残害，于宋无关得失，贸贸然兴兵出塞，据邈川，入青唐，侥幸取胜，曾亦思取之甚易，守之实难乎？然则章楶、王赡同一用兵，而功过之辨，固自判然，正不待下文之得而复失，始知其未克有成也。刘妃专宠，竟得册立，邹浩力谏不从，为刘氏计，乐何如之？然子茂遽夭，哲宗旋逝，天下事以阴谋窃取，侥幸成功者，终未能长享幸福，人亦何不援以自鉴耶？吉凶祸福，凭之于理，世有循理而乏善报者，未有蔑理而成善果者也。

第四十八回　承兄祚初政清明　信阉言再用奸慝

却说哲宗驾崩，向太后召入辅臣，商议嗣君。因泣对群臣道："国家不幸，大行皇帝无嗣，亟应择贤继立，慰安中外。"章惇抗声道："依礼律论，当立母弟简王似。"向太后道："老身无子，诸王皆神宗庶子，不能这般分别。"惇复道："若欲立长，应属申王佖。"太后道："申王有目疾，不便为君，还是端王佶罢。"惇又大言道："端王轻佻，不可君天下。"轻佻二字，恰是徽宗定评，不得以语出章惇，谓为诬妄。曾布在旁叱惇道："章惇未尝与臣等商议，如皇太后圣谕，臣很赞同。"蔡卞、许将亦齐声道："合依圣旨。"太后道："先帝尝谓端王有福寿，且颇仁孝，若立为嗣主，谅无他虞。"哲宗原是不哲，向太后亦失人了。章惇势处孤立，料难争执，只好缄口不言。乃由太后宣旨，召端王佶入宫，即位柩前，是为徽宗皇帝。曾布等请太后权同处分军国重事，太后谓嗣君年长，不必垂帘。徽宗泣恳太后训政，移时乃许。徽宗系神宗第十一子，系陈美人所生，神宗崩，陈氏尝守陵殿，哀毁致亡。徽宗既立，追尊为皇太妃，并尊先帝后刘氏为元符皇后，授皇兄申王佖为太傅，进封陈王，皇弟莘王俣为卫王，简王似为蔡王，睦王偲为定王，特进章惇为申国公，召韩忠彦为门下侍郎，黄履为尚书左丞，立夫人王氏为皇后，后系德州刺史王藻女，元符二年归端邸，曾封顺国夫人。于是徽宗御紫宸殿，受百官朝觐。韩忠彦首陈四事：一、宜广仁恩，二、宜开言路，三、宜去疑似，四、宜戒用兵。太后览疏，很是嘉许。适值吐蕃复叛，青唐、邈川相继失

守，太后感忠彦言，不愿穷兵，遂决计弃地，贬黜边臣。

原来王赡留守青唐，纵兵四掠，羌众都有怨言。沁牟钦毡纠众谋叛，被赡击破，尽戮城中诸羌，积尸如山。籛罗结因此生贰，诡言归抚本部，赡信以为真，听他自去，他遂招集千余人，围攻邈川，一面向夏乞援。夏人即发兵助攻，邈川危甚，青唐亦受影响。赡恐被叛羌隔断，遽弃了青唐，率兵东归。王厚亦守不住邈川，飞章告警。那朝旨接连颁下，先谪王赡至昌化军，继谪王厚至贺州，连胡宗回亦夺职知蕲州，仍将鄯州即青唐。给还木征子陇㭓，授河西军节度使，赐姓名曰赵怀德。陇㭓弟赐名怀义，为廓州团练使，同知湟州。即邈川。加辖征校尉太傅，兼怀远军节度使。王赡以前功尽弃，且遭贬窜，免不得悔愤交迫，惘惘然行到穰县，自觉程途辛苦，越想越恼，竟投缳自尽了。死由自取，夫复谁尤？

未几，已是暮春时候，司天监步算天文，谓四月朔当日食，诏求直言。筠州推官崔鹏上书言事，略云：

比闻国家以日食之异，询求直言，伏读诏书，至所谓“言之失中，朕不加罪。”盖陛下披至情，廓圣度，以求天下之言如此，而私秘所闻，不敢一吐，是臣子负陛下也。方今政令烦苛，民不堪扰，风俗险薄，法不能胜，未暇一一陈之，而特以判左右之忠邪为本。臣生于草莱，不识朝廷之士，但闻左右有指元祐诸臣为奸党者，必邪人也，使汉之党锢，唐之牛、李之祸，将复见于今日，可骇也。夫毁誉者朝廷之公议，故责授朱崖军司户司马光，左右以为奸，而天下皆曰忠；今宰相章惇，左右以为忠，而天下皆曰奸。此何理也？夫乘时抵巇以盗富贵，探微揣端以固权宠，谓之奸可也。苞苴满门，私谒踵路，阴交不轨，密结禁廷，谓之奸可也。以奇技淫巧荡上心，以倡优女色败君德，独操刑赏，自报恩怨，谓之奸可也。蔽遮主听，排斥正人，微言者坐以刺讥，直谏者陷以指斥，以杜天下之言，掩滔天之罪，谓之奸可也。凡此数者，光有之乎？惇有之乎？夫以佞为忠，必以忠为佞，于是乎有谬赏乱罚，赏谬罚滥，佞人徜徉，如此而国不乱，未之有也。光忠信直谅，闻于华夷，虽古名臣未能过，而谓之奸，是欺天下也。至如惇狙诈凶险，天下士大夫呼曰惇贼，贵极宰相，人所具瞻，以名呼之，又指为贼，岂非以其孤负

主恩，玩窃国柄，忠臣痛愤，义士不服，故贼而名之耶？京师语曰：“大惇小惇，殃及子孙，”谓惇与御史中丞安惇也。小人譬之蝮蝎，其凶忍害人，根乎天性，随遇必发，天下无事，不过贼陷忠良，破碎善类，至缓急危疑之际，必有反复卖国，跋扈不臣之心。比年以来，谏官不论得失，御史不劾奸邪，门下不驳诏令，共持喑默以为得计。昔李林甫窃相位，十有九年，海内怨痛，而人主不知，顷邹浩以言事得罪，大臣拱手观之，同列无一语者，又从而挤之。夫以股肱耳目，治乱安危所系，而一切若此，陛下虽有尧舜之聪明，将谁使言之？谁使行之？夫日阳也，食之者阴也，四月正阳之月，阳极盛，阴极衰之时，而阴干阳，故其变为大。唯陛下畏天威，听民命，大运乾纲，大明邪正，毋违经义，毋郁民心，则天意解矣。若夫伐鼓用币，素服彻乐，而无修德善政之实，非所以应天也。臣越俎进言，罔知忌讳，陛下怜其愚诚而俯采之，则幸甚！

徽宗览毕，顾左右道：“鹍一微官，乃能直言无隐，倒也不可多得呢。”备录鹍疏，亦见此意。遂下诏嘉奖，擢鹍为相州教授，复进龚夬为殿中侍御史，召陈瓘、邹浩为左右正言。安惇入奏道：“邹浩复用，如何对得住先帝？”徽宗勃然道：“立后大事，中丞不言，独浩敢言，为什么不可复用呢？”初志却是清明。惇失色而退。陈瓘遂劾惇诳惑主听，妄骋私见，若明示好恶，当自惇始，乃出安惇知潭州。复哲宗废后孟氏为元祐皇后，自瑶华宫还居禁中。升任韩忠彦为尚书右仆射，兼中书侍郎，李清臣为门下侍郎，蒋之奇同知枢密院事。

忠彦请召还元祐诸臣，诏遣中使至永州，赐范纯仁茶药，传问目疾，并令徙居邓州。纯仁自永州北行，途次复接诏命，授观文殿大学士。制词中有四语云：“岂唯尊德尚齿，昭示宠优，庶几鲠论嘉谋，日闻忠告。”纯仁泣谢道：“上果欲用我呢，死有余责。”至纯仁已到邓州，又有诏促使入朝。纯仁乞归养疾，乃诏范纯礼为尚书右丞。苏轼亦自昌化军移徙廉州，再徙永州，更经三赦，复提举玉局观，徙居常州。未几，轼即病殁。轼为文如行云流水，虽嬉笑怒骂，尽成文章，当时号为奇才。唯始终为小人所忌，不得久居朝列，士林中尝叹息不置。徽宗又诏许刘挚、梁焘归葬，录用子孙，并追复

文彦博、司马光、吕公著、吕大防、刘挚、王珪等三十三人官阶。用台谏等言，贬蔡卞为秘书少监，分司池州，安置邢恕于舒州。向太后见徽宗初政，任贤黜邪，内外无事，遂决意还政，令徽宗自行主持，乃于七月中撤帘。总计训政期间，不过六月，好算一不贪权势、甘心恬退的贤后了。应加褒美。

宋室成制，每遇皇帝驾崩，必任首相为山陵使，章惇例得此差，八月间哲宗葬永泰陵，灵舆陷泥淖中，越宿乃行。台谏丰稷、陈次升、龚夬、陈瓘等，劾惇不恭，乃罢知越州。惇既出都，陈瓘申劾："惇陷害忠良，备极惨毒，中书舍人蹇序辰，及出知潭州安惇，甘作鹰犬，肆行搏噬，应并正典刑。"诏除蹇序辰、安惇名，放归田里，贬章惇为武昌节度副使，安置潭州。蔡京亦被劾夺职，黜居杭州。林希也连坐削官，徙知扬州。韩忠彦调任首相，命曾布继忠彦任，布初附章惇，继与惇异趋，力排绍圣时人，因此得为宰辅。时议以元祐、绍圣，均有所失，须折衷至正，消释朋党，乃拟定年号为建中，复因建中为唐德宗年号，不应重袭，特于建中二字下，添入靖国二字；遂颁诏改元，以次年为建中靖国元年。到了正月朔日，徽宗临朝受贺，百官跄跄济济，齐立朝班，正在行礼的时候，忽有一道赤气，照入殿庑，自东北延至西南，仿佛与电光相似，赤色中复带着一股白光，缭绕不已，大家统是惊讶。至礼毕退朝，各仰望天空，赤白气已是将散，只旁有黑祲，还是未退，于是群相推测，议论纷纷。独右正言任伯雨，谓年当改元，时方孟春，乃有赤白气起自空中，旁列黑祲，恐非吉兆。遂夤夜缮疏，极陈阴阳消息的理由，大旨谓："日为阳，夜为阴，东南为阳，西北为阴，赤为阳，黑与白为阴，朝廷为阳，宫禁为阴，中国为阳，夷狄为阴，君子为阳，小人为阴，今天象告变，恐有宫禁阴谋，以下犯上；且赤散为白，白色主兵，或不免夷狄窃发等事。望陛下进忠良，黜邪佞，正名分，击奸恶，务使上下同心，中外一体，庶几感格天心，灾异可变为休祥了。"暗为后文写照。次日拜本进去，没有什么批答出来。那宫禁中却很是忙碌，探问内侍，系是向太后遇疾，已近弥留，伯雨乃不复申奏。过了数日，向太后竟尔归天，寿五十有六。太后素抑置母族，所有子弟，不使入选，徽宗追怀母泽，推恩两舅，一名宗良，一名宗回，均加位开府仪同三司，晋封郡王，连太后父向敏中以上三世，亦追授王爵，这也是非常恩数呢。太后既崩，尊谥钦圣宪肃，葬永裕陵，复追尊生母陈太妃为皇太后，亦上尊谥曰钦慈。唯哲宗生母尚存，徽宗

奉事唯谨，再越一年方卒，谥曰钦成皇后，与陈太后同至永裕陵陪葬，这却不必叙烦。

且说向太后升遐时，范纯仁亦病殁家中，由诸子呈入遗表，尚是纯仁亲口属草，劝徽宗清心寡欲，约己便民，杜朋党，察邪正，毋轻议边事，毋好逐言官，并辨明宣仁诬谤，共计八事。徽宗览表叹息，诏赙白金三十两，赠开府仪同三司，赐谥忠宣。范仲淹四子中，纯仁德望素著，卒年七十五。褒美贤臣，备详生卒。先是徽宗召见辅臣，尝问纯仁安否，以不得进用为憾。至纯仁已逝，任伯雨追论纯仁被黜，祸由章惇，应亟寘重典，内有最紧要数语云：

> 章惇久窃朝柄，迷国罔上，毒流搢绅，乘先帝变故仓卒，辄逞异志，向使其计得行，将置陛下与皇太后于何地？若贷而不诛，则天下大义不明，大法不立矣。臣闻北使言，去年辽主方食，闻中国黜惇，放箸而起，称善者再。谓南朝错用此人，北使又问何为只若是行遣？以此观之，不独孟子所谓国人皆曰可杀，虽蛮貊之邦，莫不以为可杀也。

这疏上去，总道徽宗即加罪章惇，不意静待数日，尚不见报。伯雨接连申奏，章至八上，仍无消息，徽宗已易初志。乃与陈瓘、陈次升等商议，令他联衔具奏，申论惇罪。两陈即具疏再进，乃贬惇为雷州司户参军。从前苏辙谪徙雷州，不许占居官舍，没奈何赁居民屋，惇又诬他强夺民居，下州究治，幸赁券所载甚明，无从锻炼，因得免议。至惇谪雷州，也欲向民僦居，州民无一应允。惇诘问原因，州民道：“前苏公来此，为章丞相故，几破我家，所以不敢再允。”惇惭沮而退。自作自受，便叫作现世报。方惇入相时，妻张氏病危，语惇道：“君作相，幸勿报怨。”七字可作座右铭。有善必录，是书中本旨。惇不能从。及张氏已殁，惇屡加悲悼，且语陈瓘道：“悼亡不堪，奈何？”瓘答道：“徒悲无益，闻尊夫人留有遗言，如何不念？”惇不能答，至是已追悔无及。旋改徙睦州，病发即死。

曾布本主张绍述，不过与惇有嫌，坐视贬死，噤不一言。既得专政，当然故态复萌，仍以绍述为是。任伯雨司谏半年，连上一百零八篇奏疏，布恨他多言，调伯雨权给事中，并遣人密劝伯雨，少从缄默，当令久任。伯雨不听，抗论益力，且欲上疏劾布。布预得消息，即徙伯雨为度支员外郎。尚书

右丞范纯礼，沈毅刚直，为布所惮，乃潜语驸马都尉王诜道："上意欲用君为承旨，范右丞从旁谏阻，因此罢议。"诜遂衔恨胸中。会辽使来聘，诜为馆待员，纯礼主宴，及辽使已去，诜遂借端进谗，诬纯礼屡斥御名，见笑辽使，失人臣礼。徽宗也不问真假，竟出纯礼知颍昌府。嗣又罢左司谏江公望，及权给事中陈瓘，连李清臣也为布所嫌，罢门下侍郎，朝政复变，绍述风行，又引出一位大奸巨慝，入紊皇纲，看官道是何人？就是前翰林学士承旨蔡京。京被徙至杭州，正苦无事，日望朝廷复用，适来了一个供奉官，姓童名贯，为杭州金明局主管，奉诏南下。京遂与他结纳，联为密友，朝征暮逐，狼狈相依。徽宗性好书画，及玩巧诸物，贯承密旨采办，京能书工绘，遂刻意加工，画就屏障扇带，托贯进呈，并代购名人书画，加入题跋，或竟冒已名。一面贿贯若干财帛，乞他代为周旋。贯遂密表揄扬，谓京实具大才，不应放置闲地。至返都后，复联络太常博士范致虚，及左阶道录徐知常，代京说项。知常尝挟符水术，出入元符皇后宫中，因得谒侍徽宗，屡言京有相才。贯又替京遍赂宦官宫妾，大家得些好处，自然交口誉京，不由徽宗不信，乃起京知定州，改任大名府。继而曾布与韩忠彦有嫌，至欲引京自助，乃荐京仍为翰林学士承旨。京入都就职，私望很奢，意欲将韩、曾二相一律排斥，自己方好专政。会邓绾子洵武入为起居郎，与京有父执谊，因串同一气，日夕往来。可巧徽宗召对，洵武遂乘间进言道："陛下乃神宗子，今相忠彦，乃韩琦子，神宗变法利民，琦尝以为非，今忠彦改神宗法度，是忠彦做了人臣，尚能绍述父志，陛下身为天子，反不能绍述先帝么？"牵强已极。徽宗不觉动容。洵武复接口道："陛下诚继志述事，非用蔡京不可。"徽宗道："朕知道了。"洵武趋退后，复作一爱莫能助之图以献。图中分左右两表，左表列元丰旧臣，蔡京为首，下列不过五六人。右表列元祐旧臣，如满朝辅相公卿百执事，尽行载入，差不多有五六十人。徽宗以元祐党多，元丰党少，遂疑及元祐诸臣，朋比为奸，竟欲出自特知，举蔡京为宰辅了。正是：

宿雾渐消天欲霁，层阴复沍日重霾。

徽宗欲重用蔡京，当然有一番黜陟，待至下回表明。

牝鸡司晨，唯家之索，而宋独反是。有宣仁太后临朝，而始得哲宗之初政。有钦圣太后临朝，而始得徽宗之初政。是他史以母后临朝为忧，而《宋史》独以母后不久临朝为憾，是亦一奇事也。徽宗亲政，虽黜逐首恶，而曾布尚存，恶未尽去。且欲调和元祐、绍圣诸臣，以致贤奸杂进，曾亦思薰蕕异器，泾渭殊流，天下无贤奸并立之理，贤者或能容奸，而奸人断不能容贤乎？蔡京结纳童贯，贿托宫廷，内外俱为揄扬，尚不过迁调北镇，至布嫉忠彦，欲引京自助，乃入为翰林学士承旨，人谓进蔡京者童贯，吾谓进蔡京者实曾布也。导狼入室，必为狼噬，布亦可以已乎！

第四十九回　端礼门立碑诬正士
河湟路遣将复西蕃

却说徽宗既信邓洵武言，欲重用蔡京，且因京入都陈言，力请绍述，遂再诏改元，定为崇宁二字，隐示尊崇熙宁的意思。擢洵武为中书舍人给事中，兼职侍讲，复蔡卞、邢恕、吕嘉问、安惇、蹇序辰官，罢礼部尚书丰稷，出知苏州，再罢尚书左仆射韩忠彦，出知大名府，追贬司马光、文彦博等四十四人官阶，籍元祐、元符党人，不得再与差遣。又诏司马光等子弟，毋得官京师。进许将为门下侍郎，许益为中书侍郎，蔡京为尚书左丞，赵挺之为尚书右丞。自韩忠彦去位，唯曾布当国，力主绍述，因此熙丰邪党，陆续进用。蔡京亦由布引入，但京本与布有隙，反日夜图布，阴作以牛易羊的思想，布亦稍稍觉着，怎奈京已深得主眷，一时无从摔逐，只好虚与委蛇。京得任尚书左丞，居然在辅政地位，所有一切政事，布欲如何，京必反抗，所以常有龃龉。会布拟进陈佑甫为户部侍郎，佑甫系布婿父，与布为儿女亲家，京遂乘隙入奏道："爵禄乃是公器，奈何使宰相私给亲家？"语甚中听。布忿然道："京与卞系是兄弟，如何亦得同朝？佑甫虽系布亲家，但才足胜任，何妨荐举。"京冷笑道："恐未必有才呢。"布益怒道："京以小人心，度君子腹，怎见得佑甫无才呢？"同一小人，何分彼此？说至此，声色俱厉。温益从旁叱布道："布在上前，怎得无礼？"布尚欲还叱温益，但见徽宗已面带愠色，拂袖退朝，乃悻悻趋出。殿中侍御史钱倁，即于次日呈入弹文，略言："曾布援元祐奸党，挤绍圣忠贤。"当有诏罢布为观文殿大学士，出知润

州。布初由王安石荐引，阿附安石，胁制廷臣，至哲宗亲政，始助章惇，继排章惇；徽宗嗣立，章惇被逐，布为右揆，欲并行元祐、绍圣诸政，乃逐蔡京。嗣与韩忠彦有隙，又引京自助，至是终为京所排，落职出外。时人谓杨三变后，无过曾布。看官道杨三变为何人？就是前文所叙的杨畏。畏在元丰间，附安石等，元祐间，附吕大防等，绍圣间，附章惇等，后被谏官孙谔所劾，号他为杨三变，出知虢州。插入杨畏，补上文所未逮。布始终奸邪，机变益多，且曾居宰辅，比杨三变尤为厉害，《宋史》编入奸臣传，与二惇、二蔡并列，也算是名不虚传呢。力斥奸邪。

布既被斥，蔡京当然入相，即受命为尚书左仆射，兼中书侍郎。京入谢，徽宗赐坐延和殿，并面谕道："神宗创法立制，先帝继志述事，中遇两变，国是未定，朕欲上述父兄遗志，卿将何以教朕？"教你亡国何如？京避座顿首道："敢不尽死。"京既得志，遂禁用元祐法，复绍圣役法，仿熙宁条例司故事，就在都省置讲议司，自为提举讲议，引用私党吴居厚、王汉之等十余人为僚属，调赵挺之为尚书左丞，张商英为尚书右丞，凡一切端人正士，及与京异志，概目为元祐党人，尽行贬斥。就是元符末年疏驳绍述等人，亦均称为奸党，一律镌名刻石，立碑端礼门，这碑叫作"党人碑"，内列一百二十人，乃是蔡京请徽宗御书，照刊石上。姓名列下：

司马光　文彦博　吕公著　吕公亮　吕大防　刘　挚
范纯仁　韩忠彦　王　珪　梁　焘　王岩叟　王　存
郑　雍　傅尧俞　赵　瞻　韩　维　孙　固　范百禄
胡宗愈　李清臣　苏　辙　刘奉世　范纯礼　安　焘
陆　佃　上列为曾任宰执以下等官
苏　轼　范祖禹　王钦臣　姚　勔　顾　临　赵君锡
马　默　王　蚡　孔文仲　孔武仲　朱光庭　孙　觉
吴安持　钱　勰　李之纯　赵彦若　赵　卨　孙　升
李　用　刘安世　韩　川　吕希纯　曾　肇　王　觌
范纯粹　王　畏　吕　陶　王　古　陈次升　丰　稷
谢文瓘　鲜于侁　贾　易　邹　浩　张舜民　上列为待制以上等官

程　颐　谢良佐　吕希哲　吕希绩　晁补之　黄庭坚

毕仲游　常安民　孔平仲　司马康　吴诗安　张　来

欧阳棐　陈　瓘　郑　侠　秦　观　徐　常　汤　戫

杜　纯　宋保国　刘唐老　黄　隐　王　巩　张保源

汪　衍　余　爽　常　立　唐义问　余　卞　李格非

商　倚　张庭坚　李　祉　陈　祐　任伯雨　朱光裔

陈　郛　苏　嘉　龚　夬　欧阳中立　吴　俦

吕仲甫　刘当时　马　琮　陈　彦　刘　昱　鲁君贶

韩　跋　上列为杂官

张士良　鲁　焘　赵　约　谭　裔　王　偁　陈　询

张　琳　裘彦臣　上列为内官

王献可　张　巽　李备胡　上列为武官

还有元符末，日食求言，当时应诏上书，不下数百本，由蔡京及私党检阅，定为正上、正中、正下三等，邪上、邪中、邪下三等。于是钟世美以下四十一人为正等，尽加旌擢，范柔中以下五百余人为邪等，降责有差，且降责人不得同州居住。比章惇执政时，还要厉害。从此小人道长，君子道消。昌州判官冯澥，窥伺朝旨，竟越俎上书，谓元祐皇后，不当复位，这一书正中蔡京心怀，他本由童贯贿赂宫中，密结刘后心腹，互为称扬，因得进用，孟后复位，刘后很是不快，内侍郝随等更滋疑惧，此次乘蔡京执政，重复哲宗旧规，遂暗托京再废孟后。京以事关重大，一时也不便发言，只好待机而动，凑巧冯澥呈上此议，即面请徽宗，乞交辅臣台官复奏。看官！试想这时候的辅臣台官，多半是蔡京爪牙，哪个不顺从京意？当下由御史中丞钱遹，殿中侍御史石豫、左肤等奏称："韩忠彦等，复瑶华废后，掠流俗虚美，物议本已沸腾，今至疏远小臣，亦效忠上书，天下公议，可想而知，望询考大臣，断以大义，勿为俗议所牵，致累圣朝"等语。说不出孟后坏处，乃反谓有累圣朝，试问为何事致累耶？蔡京遂邀集许将、温益、赵挺之、张商英数人，联衔上疏，大旨如钱遹等言。徽宗本不欲再废孟后，因被蔡京等胁迫，没奈何依议施行，撤消元祐皇后名号，再遣孟氏出居瑶华宫，且降韩忠彦、曾布官，追贬李清臣为雷州司户参军，黄履为祁州团练副使，安置翰林学士曾肇，御史中

丞丰稷，谏官陈瓘、龚夬等十七人于远州，因他同议复后，所以连坐，擢冯澥为鸿胪寺主簿。

刘皇后私恨邹浩，复嘱郝随密语蔡京，令罪邹浩。浩自徽宗初召还，诏令入对，徽宗问谏立后事，奖叹再三，嗣复询谏草何在？浩答言："已经焚去。"及浩退朝，转告陈瓘。瓘惊语道："君奈何答称焚去，倘他时查问有司，奸人从中舞弊，伪造一缄，那时无从辨冤，恐君反因此得祸了。"瓘有先见之明。浩至此亦自悔失言，但已不及挽回，只好听天由命。蔡京受刘后密嘱，即令私党捏造浩疏，内有"刘后夺卓氏子，杀母取儿，人可欺，天不可欺"等语，因入呈徽宗，斥他诬瓘刘后，并及先帝。徽宗即视作真本，暴邹浩罪，立窜昭州。追册刘后子茂为太子，予谥献愍，并尊元符皇后刘氏为皇太后，奉居崇恩宫。

蔡京弟卞，以资政殿学士，擢知枢密院事。二蔡同握大权，黜陟予夺，任所欲为，复追论任伯雨等罪状，安置伯雨于昌化军，陈瓘徙连州，龚夬徙化州，陈次升徙循州，陈师锡徙郴州，陈瓘徙澧州，李深徙复州，江公望徙安南军，常安民徙温州，张舜民徙商州，马涓徙吉州，丰稷徙台州，张庭坚亦编管象州，赵挺之升中书侍郎，张商英、吴居厚为尚书左右丞，安惇复入副枢密院。既而商英与京议不合，为京所嫉，罢知亳州，排入元祐党籍。商英得入元祐党，恐英以为辱，我以为荣。京又自书党人姓名，分布郡县。统令刻石。有长安石工安民，充刻字役，辞不承差。府官问他情由。安民道："小民甚愚，本识立碑的命意，但如司马相公，海内统称为正直，今乃指为首奸，令小民无从索解，所以不忍镌刻呢。"是乃所谓天下公议。府官怒叱道："你晓得什么？朝廷有命，我等且不敢违，你既为石工，应该充役，难道敢违反朝廷么？"说至此，即旁顾皂役，命取大杖过来。安民泣禀道："被役不敢辞，但小民的姓名，乞免镌石末。"府官又叱道："你的姓名，有什么用处？哪个要你镌入？"安民乃勉强遵刻，工竣，痛哭而去。天下之良工也。

京乃更盐钞法，铸当十大钱，令天下坑冶金银，悉输内藏，创置京都大军器所，聚敛以示富，耀兵以夸武，遂又荐王厚、高永年为边帅，谋复湟、鄯、廓三州。自陇栘兄弟，沐赐姓名，分辖青唐、邈川等地，尚称恭顺，应前回。惟溪巴温子溪赊罗撒，一译作希卜萨罗桑。席权怙势，诱结羌众，胁逼陇栘。陇栘奔避河南。辖征也不自安，表求内徙，有诏令入居邓州。羌人多罗

巴，一译作都尔本。遂拥溪赊罗撒为主，号令诸部，蟠踞西番。蔡京正欲假功张威，即上言："王厚本有将才，前因韩忠彦等甘弃湟州，冤诬王厚，因致落职，今宜还他原秩，令复故地。还有河东蕃官高永年，足为副将，请一并录用，定卜成功。"徽宗准奏，当命王厚安抚洮西，合兵十万，指日西征。京又保举内客省使童贯，说他尝使陕右，熟悉五路事宜，及诸将能否，乞仿前朝用李宪故事，饬令监军。徽宗亦即照允，诏令童贯出监洮西军务。贯拜命就道，耀武扬威的到了湟州。王厚、高永年已调集边兵，待童贯出发，贯与王厚等会晤，遂定期出师。适禁中太乙宫失火，徽宗恐天象告警，不应用兵，即下手札止贯，飞驿递去。贯接阅后，遽纳靴中，王厚在旁问故。贯微笑道："没甚要事，不过促使成功呢。"此即宦官擅权之渐。厚乃率军西行，途次闻多罗巴大集众羌，据险固守，遂与高永年定议，佯命驻兵中途，自偕永年带着轻骑，从间道驰入。适遇多罗巴三子，各踞要害，被王厚、高永年两路杀进，猝不及防，三子中死了二人，唯少子阿蒙，带箭而逃，还亏多罗巴来援，随与俱遁。厚遂进拔湟州，驰报捷音。

徽宗大喜，进蔡京官三等，蔡卞以下二等恩赏，追论前时弃湟州罪，贬韩忠彦为磁州团练副使，安焘为祁州团练副使，曾布为贺州别驾，范纯礼为静江军节度副使，夺蒋之奇三秩，凡曾经预议等人，俱贬黜有差。一面令熙河、兰会诸路，宣布德音，再饬王厚督大军西进。厚分军为三，命高永年将左军，别将张诚将右军，自将中军，三路并发，约会宗噶尔川，群羌列阵拒战，背临宗水，面倚北山，气势颇盛。溪赊罗撒登高指挥，居然张黄屋，建大旆，威风凛凛，单望着中军旗鼓，麾众冲来。厚号令军中，不得妄动，只准用强弓迭射，拒住羌人。羌人三进三退，锐气渐衰，厚乃潜率轻骑，从山北杀上，攻击溪赊罗撒背后。溪赊罗撒见部众不能取胜，正在心焦，拟驱马下山亲攻宋营，不防宋军从山后杀到，大呼羌酋速来受死，谷声震应，聚成一片。溪赊罗撒不知有若干人马，惊得手足无措，慌忙逃窜。羌众见主子骇奔，也即一哄而走，渡水逃生。张诚也带领右军，越川奋击，可巧天起大风，飞沙走石，宋军顺风追赶，羌众欲回头迎敌，扑面都是沙泥，连两目都被迷住，不能开眼，只好四散奔逃。厚与永年，驱兵芟薙，斩首四千三百余级，俘三千余人，溪赊罗撒单骑窜去，厚拟乘夜穷追，童贯以为不能及，乃收军扎营。次日进薄鄯州，溪赊罗撒知不可守，复孑身远逸。其母龟慈公

主，带着诸酋，开城迎降。厚再率大兵趋廓州，羌酋落施军令结，一译作喇什钧棱节。亦率众投诚，于是鄯、湟、廓三州，一并克复。

捷书迭达都中，蔡京率百官入贺，当由徽宗下诏赏功，授蔡京为司空，晋封嘉国公，童贯为景福殿使，兼襄州观察使，王厚为武胜军节度观察留后，高永年、张诚等，亦进秩有差，送陇椮至京师，封安化郡王。京自恃有功，越觉趾高气扬，罢讲议司，令天下有事，直达尚书省。旧有讲议官属，依制置三司条例司旧例，尽行迁官。自张康国以下，得官几四十人。可以专断，无烦讲议。毁景灵宫内司马光等绘像，禁行三苏及范祖禹、黄庭坚、秦观等文集，另图熙宁、元丰功臣于显谟阁。且就都城南大筑学宫，列屋千八百七十二楹，赐名辟雍，广储学士，研究王氏《经义字说》。辟雍中供俸孔孟诸图像，以王安石配享孔子，位次孟轲下。重籍邪党姓名，得三百有九人，刻石朝堂。许将稍有异议，即由京嘱使中丞朱谔，劾将首鼠两端，罢知河南府。擢赵挺之、吴居厚为门下中书侍郎，张康国、邓洵武为尚书左右丞，召胡师文为户部侍郎，调陶节夫经制陕西、河东五路。师文系蔡京姻家，最工掊克，陶节夫系蔡京私党，本为鄜延总管，屡在无关紧要的地方，增筑堡寨，虚报经费，所有中饱，悉赂蔡京，因得入任枢密直学士；至是又出任五路经略，统是蔡京一手提拔。节夫遂诱致土蕃，贿令纳土，得邦、叠、潘三州，只报称远人怀德，奉土归诚，奏中极力誉京，益坚徽宗信任。京又欲用童贯为熙河、兰湟、秦凤路制置使，令图西夏，盈庭都是京党，当然不敢异词。偏乃弟蔡卞，谓用宦官守疆，必误边计，京竟诋卞怀私，卞即求去，遂出知河南府。兄弟间犹相冲突，况在他人？卞娶王安石女为妇，号为七夫人，颇知书能诗。卞入朝议政，必先受教闺中，因此僚属，尝互相嘲谑道："今日奉行各事，想就是床第余谈呢。"既已知之，何乃无耻？及入知枢密院事，家中设宴张乐，伶人竟扬言道："右丞今日大拜，都是夫人裙带。"卞明有所闻，不敢诘责伶人。平居出入兄门，归家时或述兄功德，七夫人冷笑道："你兄比你晚达。今位出你上，你反向他巴结，可羞不可羞呢？"为这一语，遂令卞与兄有嫌，所以二府政议，常有不合，至此终为兄所排，出调外任。小子有诗叹道：

甘将骨肉作仇雠，构祸都因与妇谋。

天怒人愁多不畏，入闺只畏一娇羞。

卞既外调，童贯遂出任经略，又要与西夏开衅了。欲知后事，试看后文。

王安石之后有章惇，章惇之后有蔡京，所谓一蟹不如一蟹，宋室元气，能经几回斲丧耶？党人碑之立，如石工安民，犹不忍刻君实名，京犹人耳，胡必排斥旧臣，作一网打尽之计？彼以为专擅大权，无人掣肘，可以任所欲为，不知人之云亡，邦国殄瘁，国已亡矣，京能独存乎？或谓鄯、湟、廓三州之克复，实自京造成之，夫取其人不足以为民，得其地不足以为利，徒自劳师，已属无谓，况以六军之血战，为权倖之荣身，京得封公拜爵，而孤人子，寡人妻，布奠倾觞，哭望天涯者，已不知凡几矣。且自河湟幸胜，狃于用兵，卒酿成异日辽、夏之祸，所得者一，所失者十，小人之不可与议国是也，固如此哉！

第五十回　应供奉朱勔承差
得奥援蔡京复相

却说童贯由蔡京保荐，任熙河、兰湟、秦凤路经略安抚制置使，阴图西夏。京复嘱令王厚，招诱夏卓罗右厢监军仁多保忠，令他内附。厚奉命招致，颇已说动保忠，奈保忠部下，无人肯从，只好迁延过去。京再四促厚，厚据实报闻，哪知京反责厚延宕，定要限期成功。厚不得已遣弟赍书，往劝保忠，途次被夏人捉去，机谋遂泄。夏主因召还保忠，厚复报明情形，且言："保忠即不遇害，亦必不能再领军政，就使脱身来降，不过得一匹夫，何益国事？"这数语是知难而退，得休便休。偏蔡京贪功性急，硬要王厚招致保忠，如若违命，当加重罪。正是强词夺理。一面饬令边吏，能招致夏人，不论首从，赏同斩级。于是夏国君臣，怒宋无理，遂号召兵民，入寇宋边。适辽遣成安公主，嫁与夏主乾顺，乾顺恃与辽和亲，声言向辽乞援，并贻书宋使，争论曲直。童贯搁置不答，陶节夫且讨好蔡京，大加招诱，不惜金帛。徒以金帛动人，就使为所招诱，亦岂足恃？夏复上表婉请，并函诘节夫。节夫拒绝来使，反将夏国牧卒，杀死多名。夏人愤怒已极，遂简率万骑，入镇戎军，掠去数万口，一面与羌酋溪赊罗撒合兵，逼宣威城。时高永年正知鄯州，发兵驰援，行三十里，未见敌骑，天色将昏，乃择地扎营，安食而寝。到了夜半时候，蓦闻胡哨齐鸣，羌兵大至，高永年惊起帐中，正拟勒兵抵敌，不防羌众前后杀入，顿将营寨攻破，宋军大溃。永年手下亲兵，亦不顾主将，纷纷乱窜，那时永年惊惶失措，突被一槊刺来，不及闪避，竟刺中

左胁，晕倒地上，羌众将他擒去。至永年醒来，已身在虏帐中，但见一酋高坐上面，语左右道："这人杀我子，夺我国，令我宗族失散，居无定所，老天有眼，俾我擒住，我将吃他心肝，借消前恨。"说至此，即起身下座，拔出佩刀，对着永年胸膛，猛力戳入，再将刀上下一划，鲜血直喷，横尸倒地。那羌酋即挖取心肝，和血而食。看官道这酋为谁？就是羌人多罗巴。多罗巴既杀死高永年，遂拥众尽毁大通河桥，湟、鄯大震。徽宗闻报，不觉大怒，是蔡京叫了他来，何必动怒？亲书五路将帅刘仲武等十八人姓名，敕御史侯蒙，往秦州逮治。蒙至秦州，刘仲武等囚服听命，蒙与语道："君等统是侯伯，无庸辱身狱吏，但据实陈明，蒙当为君等设法挽回。"仲武等乃一一实告，蒙即奏乞赦罪，内有数语，最足动人。略云：

汉武帝杀王恢，不如秦穆公赦孟明，子玉缢而晋侯喜，孔明亡而蜀国轻，今卷杀吾一都护，而使十八将由之以死，是自戕其肢体也，欲身不病得乎？

徽宗览这数语，也觉有所感悟，遂释罪不治。唯王厚坐罪逗留，贬为郢州防御使。未几，夏人复入寇，为鄜延将刘延庆所败，才行退军。自是边境连兵，数年不息，蔡京反得进尚书左仆射，兼门下侍郎，用赵挺之为尚书右仆射，兼中书侍郎。挺之与京比肩，遂欲与京争权，屡次入白，陈京奸恶。京方得徽宗宠任，怎肯信及挺之？挺之上章求去，因即罢免。京仍得独相，居然欲效法周公，制礼作乐，粉饰承平，置礼制局，命给事中刘昺为总领，编成五礼新仪，订新乐章，命方士魏汉津为总司，定黄钟律，作大晟乐，又创制九鼎，奉安九成宫。蔡京为定鼎礼仪使，导徽宗亲至鼎旁，行酌献礼，鼎各一殿，四周环筑垣墙，安设中央曰帝鼎，北曰宝鼎，东曰牡鼎，东北曰苍鼎，东南曰冈鼎，南曰彤鼎，西南曰阜鼎，西曰晶鼎，西北曰魁鼎。徽宗一一酌献，挨次至北方宝鼎，酌酒方毕，忽听得一声爆响，不由的吓了一跳。此时幸无炸弹，否则必疑为鼎中藏弹了。及仔细审视，鼎竟破裂，所酌的酒醴，竟汩汩的流溢出来，大家都惊异不置。徽宗也扫兴而归。时人多半推测，谓为北方将乱的预兆，这也似隐关定数呢。蔡京一意导谀，反说是北鼎破碎，系主辽邦分裂，与宋无关，且藉此可收复北方，亦未可知，引得

徽宗皇帝，转惊为喜，亲御大庆殿，受百官朝贺。赐魏汉津号虚和冲显宝应先生。未几，汉津病死，追封嘉成侯，诏就铸鼎地方，作宝成宫，置殿祀黄帝、夏禹、周成王、周公旦、召公奭，置堂祀唐李良及魏汉津。

自九鼎告成，徽宗心渐侈汰，由逸生骄。某日，召辅臣入宴，令内侍出玉琖玉卮，指示群臣道："朕欲用此物，恐言路又要喧哗，说朕太奢。"蔡京起奏道："臣前时奉使北朝，辽主尝持玉盘玉琖，向臣夸示，谓此系石晋时物，恐南朝未必有此，臣想番廷尚挟此居奇，难道我堂堂中国，反不及他么？但因陛下素怀俭德，不敢率陈，今既得此佳制，正好奉觞上寿，哪个敢说是不宜用呢？"徽宗道："先帝作一小台，言官已连章奏阻，朕早制就此器，正恐人言复兴，所以不便轻示。"徽宗尚知顾忌。京又答道："事苟当理，何畏人言？古人说得好：'唯辟作福，唯辟作威，唯辟玉食，'陛下富有四海，正当玉食万方，区区酒器，何足介怀？"逢君之恶，其罪大。徽宗闻言，不禁喜逐颜开，心满意足，至兴酣宴罢，群臣皆散，独留京商议多时，京始退出。

越宿即传出中旨，命朱勔领苏、杭应奉局，及花石纲于苏州。先是蔡京过苏，拟修建僧寺，务求壮观，预估材料，价约巨万。京不虑乏财，但虑无人督造，适寺僧保荐一人，姓朱名冲，乃是本郡人氏，京即令僧召至，与冲面商。冲一力担承，才阅数日，即请京诣寺度地。京偕冲到寺，但见两庑堆积大木，差不多有数千章。京已觉惊异，及经营裁度，所言统如京意。京极口奖许，即命监造。冲有子名勔，干练不亚乃父，父子一同督理，匝月即成。京往寺游览，果然规模闳丽，金碧辉煌，乃复温言褒赏，令朱冲父子，随同入都。当下替他设法，将他父子姓名，列入童贯军籍中，只说是积有军功，应给官阶。这是官场通弊。自是朱冲父子，居然紫袍金带，做起官来。好运气。徽宗性好珍玩，尤喜花石，京令冲采取苏、杭珍异，随时进献。第一次觅得黄杨三本，高可八九尺，确是罕见奇品，献入后大得睿赏。嗣后逐件献入，无物不奇，徽宗更觉心欢。至是蔡京遂密保朱勔，令在苏州设一应奉局，专办花石，号为"花石纲"。勔既得此美差，内帑由他使用，每一领取，辄数十百万，于是搜岩剔薮，索隐穷幽，凡寻常士庶家，间有一木一石，稍堪玩赏，即令健卒入内，用黄封表识，指为贡品，令该家小心护视，静待搬运，稍一不谨，便加以大不敬罪。到了发运的时候，必撤屋毁墙，辟一康庄

大道，恭舁而出。士庶偶有异言，鞭笞交下，惨无天日。因此民家得一异物，共指为不祥，相率毁去。不幸漏泄风声，为所侦悉，往往中家破产，穷民至卖儿鬻女，供给所需，或既经毁去，被他察觉，又硬指他藏宝不献，勒令交出，可怜苏、杭人民，无端罹此督责，真是冤无从诉，苦不胜言。而且叱工驱役，掘山辇石，就使穷崖削壁，亦指使搬取，不得推诿，或在绝壑深渊，也百计采取，必得乃止。及运物载舟，无论商船市舶，一经指定，不得有违，篙工柁师，倚势贪横，凌轹州县，道路侧目。朱勔假势作威，更了不得凶横。会从太湖取一巨石，高广俱约数丈，用大舟装运，水陆牵挽，凿城断桥，毁堤坼牐，历数月方达汴京。役夫劳敝，民田损害，几乎说不胜说。勔奏报中，反谓不劳民，不伤财，如此巨石，安抵都下，乃是川渎效灵，得此神捷，因此宫廷指为神运石。后来万岁山成，即将此石运竖山上，作为奇峰，下文再表。

且说赵挺之辞右相后，心恨蔡京不置，每与僚友往来，必谈蔡京过恶。户部尚书刘逵，与挺之最称莫逆，尝言有日得志，必奏黜蔡京。崇宁五年，春正月，彗星出现西方，光长竟天。徽宗因星象告警，避殿损膳，挺之与吴居厚请下诏求言，当即降旨准奏，且擢居厚为门下侍郎，逵为中书侍郎，逵遂乞碎元祐党人碑，宽上书邪籍禁令。徽宗亦俯如所请，夜半遣黄门至朝堂，毁去碑石。次日蔡京入朝，见党碑被毁，即入问徽宗。徽宗道："朕意宜从宽大，所以毁去此碑。"京厉声道："碑可毁，名不可灭呢！"这一语声彻朝堂，朝臣都觉惊异，连徽宗亦向京一瞧，微露怒容。敢怒不敢言，亦觉可怜。既而退朝，不到半日，即呈入刘逵奏牍，极陈："蔡京专横，目无君父，党同伐异，陷害忠良，兴役扰民，损耗国帑，应亟加罢黜，安国定民"等语。徽宗览奏未决，嗣司天监奏称太白昼见，应加修省，乃赦一切党人，尽还所徙，暂罢崇宁诸法，及诸州岁贡方物，并免蔡京为太乙宫使，留居京师。复用赵挺之为尚书右仆射，兼中书侍郎。挺之入对，徽宗道："朕见蔡京所为，一如卿言，卿其尽心辅朕！"既知蔡京罪恶，何不罢黜他方？挺之顿首应命。自是与刘逵同心夹辅，凡蔡京所行悖理虐民的事情，稍稍改正，且劝徽宗罢兵息民。

一日，徽宗临朝谕大臣道："朝廷不应与四夷生隙，衅端一开，兵连祸结，生民肝脑涂地，这岂是人主爱民至意？卿等如有所见，不妨直陈！"挺

之接奏道："西夏交兵，已历数年，现在尚未告靖，不如许夏和成，得抒边衅。"徽宗点首道："卿且去妥议方法，待朕施行。"挺之退语同列道："皇上志在息兵，我辈应当将顺。"同列应声称是，不过数人，余多从旁冷笑。看官不必细猜，便可知是蔡京旧党，尚遍列朝班呢。挺之归，属刘逵补登奏疏，大旨是罢五路经制司，黜退陶节夫，开诚晓谕夏人等事。奏入后，大旨照准，徙陶节夫知洪州，遣使劝谕夏主，夏主也应允罢兵，仍修岁贡如初。

唯蔡京为刘逵所排，愤怨已极，必欲将逵除去，聊快私忿。当下与同党密商，御史余深、石公弼等道："上意方向用赵、刘，一时恐扳他不倒，须另行设法为是。"京便道："我意也是如此，现已设有一法，劳诸君为后劲，何如？"余深问是何计？京作鸬鹚笑道："由郑入手，由公等收场，赵、刘其如予何？"王莽学过此调，蔡公亦欲摹仿耶！余、石等已知京意，齐声赞成。揖别后，即分头安排，专待好音。看官听着！这由郑入手一语，乃是隐指宫中的郑贵妃，及中书舍人兼直学士院的郑居中。郑贵妃系开封人，父名绅，曾为外官，绅女少入掖庭，侍钦圣向太后，秀外慧中，得列为押班。徽宗时为端王，每日问太后起居，必由押班代为传报。郑女善为周旋，能得人意，况兼她一貌如花，哪得不引动徽宗？虽无苟且情事，免不得目逗眉挑。至徽宗即位，向太后早窥破前踪。即将郑女赐给，尚有押班王氏，也一同赐与徽宗。徽宗得偿初愿，便封郑女为贤妃，王女为才人。郑氏知书识字，喜阅文史，章奏亦能自制，徽宗更爱她多才，格外嬖昵。王皇后素性谦退，因此郑氏得专房宠，晋封贵妃。《宋史·郑皇后传》有端谨名，故本书亦无甚贬词。居中系郑贵妃疏族，自称为从兄弟，贵妃以母族平庸，亦欲倚居中为重，所以居中恃有内援，颇得徽宗信用。蔡京运动内侍，令进言贵妃，请为关说，一面托郑居中乘间陈请。居中先使京党密为建白，大致为："蔡京改法，统禀上意，未尝擅自私行，今一切罢去，恐非绍述私意。"徽宗虽未曾批答，但由郑贵妃从旁窥视，已觉三分许可。贵妃复替京疏通，淡淡数语，又挽回了五六分。于是居中从容入奏道："陛下即位以来，一切建树，统是学校礼乐，居养安济等法，上足利国，下足裕民，有什么逆天背人，反要更张，且加威谴呢？"徽宗霁颜道："卿言亦是。"居中乃退，出语礼部侍郎刘正夫。正夫也即请对，语与居中适合。徽宗遂疑及赵、刘，复欲用京。最后便是余、石两御史，联衔劾逵，说他："专恣反复，陵蔑同列，引用邪党。"一道催命符，

竟将刘逵驱逐，出知亳州。赵挺之亦罢为观文殿大学士祐神观使。再授蔡京尚书左仆射，兼门下侍郎。京请下诏改元，再行绍述。乃以崇宁六年，改为大观元年，所有崇宁诸法，继续施行。吴居厚与赵、刘同事，不能救正，亦连坐罢职。用何执中为中书侍郎，邓洵武、梁子美为尚书左右丞，三人俱系京党，自不消说。

郑居中因蔡京复相，多出己力，遂望京报德。京也替他打算，得任同知枢密院事。偏内侍黄经臣，与居中有嫌，密告郑贵妃，谓："本朝外戚，从未预政，应以亲嫌为辞，借彰美德。"黄经臣想未得赂，故有此语。郑贵妃时已贵重，不必倚赖居中，且想借此一请，更增主眷，也是良法。遂依经臣言谏阻。徽宗竟收回成命，改任居中为太乙宫使。居中再托京斡旋，京为上言："枢府掌兵，非三省执政，不必避亲。"政权不应畀外戚，兵权反可轻畀么？疏入不报。居中反疑京援己不力，遂有怨言。京也无可如何，只好装着不闻。徽宗恐不从京言，致忤京意，乃将京所爱宠的私人，擢为龙图阁学士，兼官侍读。正是：

权奸计博君王宠，子弟同侪清要班。

究竟何人得邀擢用，且看下回便知。

人主之大患，曰喜谀，曰好侈，曰渔色，徽宗兼而有之。因喜谀而相蔡京，因好侈而用朱勔，因渔色而宠郑贵妃。蔡京大憝也，朱勔小丑也，郑贵妃虽有端谨之称，然观其援引蔡京，倚庇郑居中，亲信黄经臣，均无非为固宠起见，女子与小人为难养也，宣圣岂欺我哉？赵挺之、刘逵未尝不与邪党为缘，第争权夺利，致与京成嫌隙，崇宁诸法之暂罢，岂其本心，不过借此以倾京耳。然京之邪尤甚于赵、刘，倏伏倏起，一进一退，爵禄为若辈播弄之具，国事能不大坏耶？而原其祸始，徽宗实尸之。徽宗若果贤明，宁有此事？读此回窃不禁为之三叹曰："为君难！"

历朝通俗演义 第七部

宋史通俗演义

（下）

蔡东藩 著

中国书店

第五十一回　巧排挤毒死辅臣
喜招徕载归异族

却说徽宗再相蔡京，复用京私亲为龙图阁学士，兼官侍读，看官道是何人？乃是京长子蔡攸。攸在元符中，曾派监在京裁造院，徽宗尚在端邸，每退朝遇攸，攸必下马拱立，当经端邸左右，禀明系蔡京长子，徽宗嘉他有礼，记忆胸中，即位后，擢为鸿胪丞，赐进士出身，进授秘书郎，历官集贤殿修撰。此时复升任学士，父子专宠，势益薰人。攸毫无学术，唯采献花石禽鸟，取悦主心，京亦仍守故智，专以诱致蛮夷，捏造祥瑞，哄动徽宗侈心。边臣暗承京旨，或报称某蛮内附，或奏言某夷乞降，其实统是金钱买嘱，何曾是威德服人？还有什么黄河清，什么甘露降，什么祥云现，什么灵芝瑞谷，什么双头莲，什么连理木，什么牛生麒麟，禽产凤凰，外臣接连入奏，蔡京接连表贺。都是他一人主使。既而都水使者赵霆，自黄河得一异龟，身有两首，赍呈宫廷，蔡京即入贺道："这是齐小白所谓象罔，见者主霸，臣敢为陛下贺。"齐小白所见，乃是委蛇，并非象罔，且徽宗已抚有中国，降而为霸，亦何足贺？徽宗方喜谕道："这也赖卿等辅导呢。"京拜谢而退。忽郑居中入奏道："物只一首，今忽有二，明是反常为妖，令人骇异。京乃称为瑞物，居心殆不可问呢！"一语已足。徽宗转喜为惊道："如卿言，乃是不祥之物。"说至此，即命内侍道，速将两首龟抛弃金明池，不要留置大内。内侍领旨，携龟自去。越日，竟降旨一道，命郑居中同知枢密院事。好官想到手了。蔡京闻悉情形，很是怏怏。

过了数月，又有人献上玉印，长约六寸，上有篆文，系是“承天福延万亿永无极”九字。龟不可欺，再用秦玺故智。徽宗赐名镇国宝，复选良工，另铸六印，仿合秦制天子六玺成数，与元符时所得秦玺，共称八宝。进蔡京为太尉。至大观二年元日，徽宗御大庆殿，祗受八宝，赦天下罪囚，文武进位一等。蔡京得晋爵太师，童贯竟加节度使，宣抚如故。未几，贯复奏克复洮州，诏授贯为检校司空。宦官得授使相，以此为始。又擢京私党林摅为中书侍郎，余深为尚书左丞。先是河南妖人张怀素，自言能知未来事，与蔡京兄弟秘密交通。至怀素谋为不轨，事发被诛，狱连蔡京兄弟，并及邓洵武诸人。洵武坐罪免官，蔡卞亦落职，京亦非常忧虑，亏得御史中丞及开封尹林摅同治是狱，替京掩覆，京乃免坐。由是京与余、林两人，结为死友，极力援引，遂得辅政。

是时尚书左丞张康国，已进知枢密院事，他本由蔡京荐引，不次超迁，及既任枢密，又与京互争权势，各分门户，有时入谒徽宗，免不得诋毁蔡京。徽宗也觉京骄横，密令康国监伺，且谕言：“卿果尽力，当代京为相。”康国喜跃得很，日伺蔡京举动，稍有所闻，即行密报。翻手为云覆手雨，是小人常态。蔡京也已察悉，遂引吴执中为中丞，嘱令弹劾康国。哪知康国已得消息，竟尔先发制人，趁着徽宗视朝，亟趋入，跪奏道：“执中今日入对，必替京论臣，臣情愿避位，免受京怨。”徽宗道：“朕自有主张，卿毋多虑！”康国退值殿庐，执中果然进见，面陈康国过失。徽宗不待词毕，便怒目道：“你敢受人唆使，来进谗言么？朕看你不配做中丞，与我滚出去罢！”执中撞了一鼻子灰，叩首退朝，面如土色。是夕，即有诏谴责执中，出知滁州。做蔡家狗应该如此。看官试想！这阴谋诡计的蔡京，遭此挫，怎肯甘休？于是千方百计的谋害康国。康国恰也小心防备，无如明枪易躲，暗箭难防，就使凡百慎密，保不住有一疏。一日，康国入朝，退趋殿庐，不过饮茗一杯，俄觉腹中大痛，狂叫欲绝。不到半时，已是仰天吐舌，好似牛喘一般。殿庐直役的人，慌忙舁他至待漏院，甫经入室，两眼一睁，顿觉呜呼哀哉，大命告终。廷臣闻康国暴死，料知中毒，但也不便明言。徽宗闻报，暗暗惊异，表面上只好照例优恤，追赠开府仪同三司，且给他一个美谥，叫作文简，算是了局，语带双敲，莫非讽刺。所有康国遗缺，即命郑居中代任，别用管师仁同知院事。

会集英殿胪唱贡士，当由中书侍郎林摅，传报姓名，贡士中有姓甄名盎，摅却读甄为烟，读盎为央。徽宗方御殿阅册，不禁笑语道："卿误认了。"摅尚以为是，并不谢过。字且未识，奈何入任中书？同列在旁匿笑，摅且抗声道："殿上怎得失仪！"大众闻了此言，很是不平，当由御史劾他寡学，并且倨傲不恭，失人臣礼。乃罢摅职，降为提举洞霄宫。用余深为中书侍郎，薛昂为尚书左丞。昂亦京党，举家不敢言京字，倘或误及，辄加笞责。昂自误说，即自批颊。京喜他恭顺，荐擢是职。唯郑居中既秉权枢府，与蔡京本有夙嫌，暗地里指使台谏，陈京罪恶。中丞石公弼，殿中侍御史张克公等，受居中嘱托，挨次劾京，连上数十本，尚未见报。又经居中卖通方士郭天信密陈日中有黑子，为宰辅欺君预兆，徽宗正宠信天信，不免惊心，乃罢京为太乙宫使，改封楚国公，朔望入朝。殿中侍御史洪彦升、毛注等，申论京罪，请立遣出都。太学生陈朝老等，又上阵京恶，共积十四款，由小子揭纲如下：

渎上帝　罔君父　结奥援　轻爵禄　广费用　变法度　妄制作
喜导谀　箝台谏　炽亲党　长奔竞　崇释老　穷土木　矜远略

结末数语，是引用《左传》成文，有"投诸四裔，以御魑魅"等词。徽宗只命京致仕，仍留京师，用何执中为尚书左仆射，兼门下侍郎。陈朝老又上言执中才不胜任，徽宗不从。到了大观四年夏季，彗星出现奎娄间、徽宗援照旧例，避殿减膳，令侍从官，直陈阙失。有名无实，终归无益。石公弼、毛注等遂极论京罪，张克公说京不轨不忠，多至数十事，因贬京为太子少保，出居杭州。余深失一党援，心不自安，亦上疏乞罢，出知青州。

时张商英调知杭州，过阙赐对，语中颇不直蔡京，暗合帝意，遂留居政府，命为中书侍郎。商英因将京时苛政，奏改数条，中外颇以为贤。徽宗遂进商英为尚书右仆射，可巧彗星隐没，久旱逢雨，一班趋炎附热的狗官，称为天人相应，归功君相，连徽宗亦欣慰异常，亲书商霖二字，作为赐品。传说恐未必如此。商英益怀感激，大加改革，将蔡京所立诸法，次第罢除，并劝徽宗节华侈，息土木，抑侥幸，一时推为至言。为节取计，亦应嘉许。徽宗初甚信任，后来觉得不甚适意，渐渐的讨厌起来。主德之替，即误于此。左仆射

何执中，本是蔡京同党，所有一切主张，概从京旧，偏商英硬来作梗，大违初心，遂与郑居中互为勾结，想把商英推翻，便好由居中接任；且因王皇后崩逝，已隔二年，王后崩逝，在大观二年秋季，此处乃是补笔。眼见得中宫位置，是郑贵妃接替。居中与贵妃同宗，更多一重希望，所以与执中联同一气，日攻商英短处。果然大观四年十月，郑贵妃竟受册为后。居中以为时机已熟，稍稍着手，便好将商英捋去，稳稳的做右相了。不料郑皇后密白徽宗言："外戚不当预政，必欲用居中，宁可改任他职。"徽宗竟毅然下诏，罢居中为观文殿大学士，以吴居厚知枢密院事。居中接诏大惊，明知郑后恃宠沽名，因此改任，但为此一激，越觉迁怒商英，先令言官劾他门下客唐庚，由提举京畿常平仓，窜知惠州，再由中丞张克公劾奏商英与郭天信往来，致触动徽宗疑忌，竟免商英职，出知河南府，寻复贬为崇信军节度使。天信亦安置单州。原来徽宗在潜邸时，天信曾说他当居天位，嗣因所言果验，因得上宠。此时恐商英亦有异征，为天信所赏识，乃将他二人相继黜逐，免滋后患。其实统是辅臣争宠，巧为排挤，有什么意外情事呢！商英免职，似不甚惜，但何执中等且不若商英，岂不可叹？

商英既去，何执中仍得专政，蔡京贻书执中，请他援引。执中却也有意，但又恐蔡京入都，未免掣肘，因此踌躇未决。可巧检校司空童贯奉命使辽，带了一个辽臣马植，回至汴都，竟将马植荐做大官，一面召还蔡京，复太师衔，做一个好帮手，闹出那助金灭辽、引金亡宋的大把戏来。好笔仗。小子于辽邦情事，已有好几回未曾谈及，此处接叙宋、辽交涉，理应补叙略迹，以便前后接洽。自神宗信王安石言，割新疆地七百里畀辽，辽人才无异议。应四十回。辽主洪基，有后萧氏，才貌超群，工诗文，好音乐，颇得主宠。偏北院枢密使耶律乙辛，一译作耶律伊逊。专权怙势，忌后明敏，阴与宫婢单登等定谋，诬后与伶官赵唯一私通。洪基不辨真伪，即将赵唯一系狱，嘱耶律乙辛审问。病鬼碰着阎罗王，还有什么希望？三木交逼，屈打成招，当由乙辛冤枉定谳，将唯一置诸极刑，连家族一并骈戮。那时害得这貌赛西施、才侔道韫的萧皇后，不明不白，无处伸诉，只好解带自经，死于非命。可怜可恫。萧后生子名浚，已立为太子，乙辛恐他报复，密令私党萧霞抹一作萧萨满。进妹为后，谗间东宫。洪基正在怀疑，那护卫耶律查剌查剌一译作扎拉。因乙辛嘱委，诬告都宫使耶律撒剌撒剌一译作萨喇。及忽古一译作和尔

郭。等，密谋废立。洪基又信为实事，废浚为庶人，徙锢上京。乙辛确是凶狠，待浚就道，竟遣力士行刺途中，可怜浚与妃子萧氏同被杀死。浚子延禧未曾随徙，幼育宫中，乙辛又欲谋害，亏得宣徽使萧兀纳、一作乌纳。夷离毕、一作伊勒希巴。萧陶愧隗一作海。等，密谏洪基，请保护皇孙，为他日立嫡地步。洪基犹豫未决，会出猎黑山，见扈从官属，多随乙辛马后，方有些猜忌起来，遂改任乙辛知南院大王事。乙辛入谢，洪基即令出居兴中府，并逐乙辛余党，追谥萧后为宣懿皇后，浚为昭怀太子，封延禧为梁王。延禧年仅六岁，洪基令甲士为卫，格外保育。后来闻乙辛私鬻禁物，擅藏兵甲，即将他削职幽禁，已而伏诛。

徽宗元年，辽主洪基病死，孙延禧嗣立，自称为天祚帝，与宋仍修旧好。延禧时已逾冠，在位荒淫，不问国事。东北有女真部，乘机崛起，势焰日张。女真旧为靺鞨，属通古斯族，世居混同江东部，素为小夷，与中国不通闻问。唐开元中，部酋始通译入朝，拜为勃利州刺史。五季时，始称女真。辽兴北方，威行朔漠，女真已分南北两部，南部属辽，称熟女真，北部不为辽属，号生女真。生女真中有完颜部酋长名乌古乃，一作乌古鼐。雄鸷过人，役属附近部落，辽欲从事羁縻，命为生女真节度使。自是始置官属，修弓矢，备器械，渐致盛强。乌古乃死，子劾里钵嗣。劾里钵一译作合理博。劾里钵死，弟颇剌淑嗣。颇剌淑一译作蒲拉舒。颇剌淑复传弟盈哥。一译作盈格。盈哥勇武，兼得兄子阿骨打一译作阿骨达，系乌古乃次子。为辅，威声渐震。徽宗崇宁元年，辽将萧海里一译哈里。谋叛，亡入女真阿典部。阿典一译作阿克占。遣族人斡达剌一译作乌达喇。往见盈哥，约同举兵。盈哥不从，竟将斡达剌囚住，转报辽主。辽主延禧已遣兵追捕海里，因接盈哥来使，遂命他夹攻，勿得纵逸。盈哥乃募兵千余人，率同阿骨打，进击海里，既至阿典部，见海里正与辽兵交战，辽兵纷纷退后，势将败走。盈哥遂语阿骨打道："辽称大国，为何兵士这般无用？"见笑大方。阿骨打答道："不若令他退兵，我看取海里首如囊中物，让我去打一仗罢！"盈哥乃登高呼道："辽兵且退，待我军独擒海里。"辽兵正苦不能支，蓦闻有人呼退，当即勒兵却回。阿骨打即麾众上前，一场厮杀，把海里部下打得七颠八倒。海里见不可敌，策马返奔，哪知背后一声箭响，急欲闪避，已经中颈，当时忍不住痛，翻身落马。部下正想趋救，但见一大将跃马过来，左手执弓，右手舞刀，刀光闪闪生芒，哪个

还敢近前？大将不慌不忙，跳下了马，把海里一刀两段，割取首级，上马自去。看官不必细问，便可知是阿骨打。笔亦有芒。阿骨打既杀死海里，余众自然溃散，当由盈哥函海里首，献与辽主。辽主大喜，赏赉从优。但辽兵疲弱的情形，已被女真瞧破机关，看得不值一战了。

未几盈哥又死，兄子乌雅束继立，乌雅束一作乌雅舒，系乌古乃长子。东和高丽，北收诸部，渐有与辽争衡的状态。童贯镇西已久，稍稍得志西羌，遂以为辽亦可图，因表请愿为辽使，借觇虚实。时徽宗又改元政和，正想出点风头，点缀国庆，便遣端明殿学士郑允中充贺辽主生辰使，童贯为副。两使道出芦沟，遇着辽人马植，自言曾为光禄卿，因见辽势将亡，不得不去逆效顺。甘背祖国，其心可知。贯与语大悦，至入贺礼毕，即载植俱归，令易姓名为李良嗣，登诸荐书。植本辽国大族，确是做过光禄卿，不过由他品行卑污，且有内乱情事，因此不齿人类。贯视为奇才，即令他献灭燕策略，谓："辽主荒淫失道，女真恨辽人切骨，若天朝自莱登涉海，结好女真，与约攻辽，不怕辽不灭亡。"徽宗令辅臣会议，有反对的，有赞同的，彼此相持不决。乃复召植入朝，由徽宗亲询方略。植对道："辽国必亡，陛下若代天谴责，以治攻乱，眼见得王师一出，辽人必壶浆来迎，既可拯辽民困苦，又可复中国旧疆，此机一失，恐女真得志，先行入辽，情势便与今不同了。"徽宗很是心欢，即面授秘书丞，赐姓赵氏，都人因呼他为赵良嗣。未几又擢为右文殿修撰，寖加宠眷。小子有诗叹道：

无端引得敌臣来，异类宁皆杞梓材。
莫道图燕奇策在，须知肇祸已成胎。

良嗣既用，蔡京复来，宋廷又闹个不休，容小子至下回陈明。

徽宗即位以后，所用宰辅，除韩忠彦外，无一非小人。蔡京固小人之尤者也，何执中、张康国、郑居中，张商英等，皆京之具体耳。何执中始终善京，固不必说，张康国、郑居中、张商英三人，始而附京，继而攻京，附京者为干禄计，攻京者亦曷尝不为干禄计耶？小人不能容君子，并且不能容小人，利欲之心一胜，虽属同类，亦必排击之而后快。徽宗忽信忽疑，正中小人揣摩之术，彼消则此长，

彼长则此消，同室操戈，而国是已不可复问矣。童贯以刑余腐竖，居然授之节钺，厕列三公，艺祖以来，宁有是例？彼方沾沾然狃于小捷，侈言图辽，而不齿人类之马植，遂得幸进宋廷，夤缘求合。试思小人且不能容小人，而岂能用君子耶？公相有蔡京，媪相有童贯，虽欲不亡，宁可得哉？

第五十二回　信道教诡说遇天神　筑离宫微行探春色

却说童贯与蔡京，本相友善，京得入相，半出贯力，至是贯自辽归朝，又为京极力帮忙，劝徽宗仍召京辅政。徽宗本是个随东到东、随西到西的人物，听童贯言，又记念蔡京的好处，当即遣使驰召。京趱程入都，徽宗闻京至都下，即日召对，并就内苑太清楼，特赐宴饮，仍复从前所给官爵，赐第京师。京再黜再进，越觉献媚工谀，无微不至。徽宗因大加宠眷，比前日尤为优待。且令京三日一至都堂，商议国政。京恐谏官复来攻击，特想出一法，所有密议，概请徽宗亲书诏命，称作御笔手诏。从前诏敕下颁，必先令中书门下议定，乃命学士草制，盖玺即行。至熙宁时，或有内降诏旨，不由中书门下共议，但亦由安石专权，从中代草。蔡京独请御笔，一经徽宗写定，立即特诏颁行，如有封驳等情，即坐他违制罪名。廷臣自是不敢置喙，后来至有不类御书，也只好奉行无违。炀蔽已极。贵戚近幸，又争仿所为，各去请求。徽宗日不暇给，竟令中书杨球代书，时人号为书杨。蔡京又复生悔，但已作法自毙，无从禁制了。

京又欲仿行古制，改置官名，以太师、太傅、太保，古称三公，不应称作三师，宜仍称三公，以真相论。司徒、司空，周时列入六卿，太尉乃秦时掌兵重官，并非三公，宜改置三少，称为少师、少傅、少保，以次相论。左右仆射，古无此名，应改称太宰、少宰，仍兼两省侍郎，罢尚书令，及文武勋官，以太尉冠武阶，改侍中为左辅，中书令为右弼，开封守臣为尹牧，府

分六曹，士、户、仪、兵、刑、工。县分六案，内侍省识，悉仿机廷官号，称作某大夫。这一条想是由童贯主议。修六尚局，尚食、尚药、尚酝、尚衣、尚舍、尚辇。建三卫郎。亲卫、勋卫、翊卫。京任太师，总治三省事，童贯进职太尉，掌握军权。美人亦可教战，媪相应当典兵。追封王安石为舒王，安石子雱为临川伯，从祀孔庙。熙宁新法，一律施行。

京又恐徽宗性敏，或再烛察奸私，致遭贬斥，乃更想一蛊惑的方法，令徽宗堕入术中，愈溺愈迷。看官道是何术？乃是惝恍无凭的道教。是一件亡国祸阶，不得不特笔提出。自徽宗嗣统后，初宠郭天信，继信魏汉津，天信被斥，汉津老死，内廷几无方士踪迹。可巧太仆卿王亶，荐一术士王老志，有旨召他入京。老志，濮州人，事亲颇孝，初为小吏，不受赂遗，旋遇异人，自称为钟离先生，授丹服药，遂弃妻抛子，结庐田间，为人决休咎，语多奇中。至奉召入都，京即邀入私第，馆待甚优。老志入对，呈上密书一函，徽宗启视，系客岁秋中，与乔、刘二妃燕好情词，不由的暗暗称奇，乃赐号洞微先生。老志谢退后，归至蔡第，朝士多往问吉凶，他却与作笔谈，辄不可解。大众似信非信，至日后，竟多奇验。于是其门似市。京恐蹈张商英覆辙，因与老志熟商，禁绝朝士往来，但令上结主知，便不负职。老志遂创制乾坤鉴，贲献徽宗，谓帝后他日恐有大难，请时坐鉴下，静观内省，借弭灾变。又劝京急流勇退，毋恋权位，老志颇识玄机。京不能从。老志见时政日非，渐萌退志，留京一年，托言遇师谴责，不应溺身富贵，乃上书乞归。徽宗不许，他即生起病来，再三请去。至奉诏允准，便霍然起床，步行甚健，即日出都，归濮而死。徽宗赐金赙葬，追赠正议大夫。

唯蔡京本意，欲借王老志蒙蔽主聪，偏老志独具见解，反将清心寡欲的宗旨，作为劝导，当然与京不合。京乃舍去王老志，别荐王仔昔。仃昔籍隶洪州，尝操儒业，自言曾遇许真人，即晋许逊。得大洞隐书豁落七元各法，出游嵩山，能道人未来事。京得诸传闻，遂列入荐牍。以人事君，果如是耶？徽宗又复召见，奏对称旨，赐号冲隐处士。会宫中因旱祷雨，遣小黄门索符，日或再至。仔昔与语，道今日皇上所祷，乃替爱妃求疗目疾，我且疗疾要紧，你可持符入呈。言至此，即用硃砂篆符，焚符入汤，令黄门持去，并语道："此汤洗目疾，可立愈。"黄门以未奉旨意，惧不敢受，仔昔笑道："如或皇上加责，有我仔昔坐罪，你何妨直达？"黄门乃持汤返报。徽宗道：

“朕早晨赴坛，曾为妃疾默祷求痊，仔昔何故得知？他既有此神奇，何妨一试。”遂命宠妃沃目。不消数刻，果见目翳尽撤，仍返秋眸，乃进封仔昔为通妙先生。想是学过祝由科，若知妃目疾，恐由内侍所传，揣摩适合耳。嗣是徽宗益信道教，便命在福宁殿东，创造玉清和阳宫，奉安道像，日夕顶礼。

政和三年长至节，祀天圜丘，用道士百人，执杖前导，命蔡攸为执绥官。车驾出南薰门，徽宗向东眺望，不觉大声称异。攸问道：“陛下所见，是否为东方云气？”徽宗道：“朕不特见有云气，且隐隐有楼台复杂，这是何故？”莫非作梦？攸即答道：“待臣仔细看来。”言毕下车，即趋向东方，择一空旷所在，凝眺片刻，便回奏徽宗道：“臣往玉津园东面，审视云物，果有楼殿台阁，隐隐护着，差不多有数里迤长，且皆去地数十丈，大约是上界仙府哩。”海市耶？蜃楼耶？徽宗道：“有无人物？”攸即对道：“有若干人物，或似道流，或似童子，统持幢幡节盖，出入云间，眉目尚历历可辨。想总由帝德格天，因有此神明下降呢。”满口说谎。徽宗大喜，待郊天礼毕，即以天神降临，诏告百官，并就云气表见处，建筑道宫，取名迎真，御制天真降灵示现记，刊碑勒石，竖立宫中，并敕求道教仙经于天下。越年，又创置道流官阶，有先生处士等名，秩比中大夫，下至将仕郎，凡二十六级。嗣复添设道官二十六等，有诸殿侍宸校籍授经等官衔，仿佛与待制修撰直阁相似。于是黄冠羽客，相继引进，势且出朝臣上。王仔昔尤邀恩宠，甚至由徽宗特命，在禁中建一圆象徽调阁，畀他居住。一班卑琐龌龊的官僚，常奔走伺候，托他代通关节，希附宠荣。

中丞王安中看不过去，上疏谏诤，略谓：“自今以后，招延术士，当责所属切实具保，宣召出入，必察视行径，不得与臣庶交通。”结末，又言蔡京引用匪人，欺君害民数十事。徽宗颇为嘉纳。安中再疏京罪，徽宗只答了“知道”二字，已为蔡京伺觉，令子攸泣诉帝前，说是安中诬劾。徽宗乃迁安中为翰林学士。未几，又命为承旨。安中工骈文，妃黄俪白，无不相当，所以徽宗特别器重，不致远斥，且因此猜疑仔昔，渐与相疏。怎奈仔昔宠衰，又来了一个仔昔第二，比仔昔还要刁狡，竟擅宠了五六年。这人姓甚名谁？乃是温州人氏林灵素。道流也有兴替，无怪朝臣。

灵素少入禅门，受师笞骂，苦不能堪，遂去为道士。善作妖幻，往来淮、泗间，尝丐食僧寺。寺僧复屡加白眼，以此灵素甚嫉视僧徒。左阶道箓

徐知常，因王仔昔失宠，即荐灵素入朝。知常前引蔡京，此时又荐林灵素，名为知常，实是败常。至召对时，灵素便大言道：“天有九霄，神霄最高。上帝总理九霄事务，以神霄为都阙，号称天府。所有下界圣主，多系上帝子姓临凡。现在上帝长子玉清王，降生南方，号称长生大帝君，就是陛下。次子号青华帝君，降生东方，摄领东北。陛下能体天行道，上帝自然眷顾，宁有亲为父子，不关痛痒么？”一派胡言。徽宗不觉惊喜道：“这话可真么？”灵素道：“臣怎敢欺诳陛下？陛下若非帝子降生，哪能贵为天子？就是臣今日得见陛下，亦有一脉相连，臣本仙府散卿，姓褚名慧，因陛下临凡御世，所以臣亦随降，来辅陛下宰治哩。”越发荒唐。徽宗闻了此言，即命灵素起身，赐令旁坐，又问答了一番。灵素自言，能呼风唤雨，驱鬼役神，徽宗大喜。会当盛暑，宫中奇热，徽宗出居水殿，尚苦炎熇，乃命灵素作法祈雨。灵素道：“近日天意主旱，不能得雨，但陛下连日苦热，待臣往叩天阍，假一甘霖，为陛下暂时致凉罢。”徽宗道：“先生既转凡胎，难道尚能升天么？”灵素道：“体重不能上升，魂轻可以驾虚，臣自有法处置。”言已，即退入斋宫，小卧一时，复起身入奏道：“四渎神祇，均奉上帝诰敕，一律封闭，唯黄河尚有路可通，但只可少借涓流，不能及远。”徽宗道：“无论多少，能得微雨，也较为清凉呢。”灵素奉命，即在水殿门下，披发仗剑，望空拜祷，口中喃喃诵咒，左手五指捏诀，装作了一小时，果然黑云四集，蔽日成阴，他即向空撒手，但听得隆隆声响，阿香车疾驱而来。震雷甫应，大雨立施，约三五刻时候，雨即停止，依然云散天清，现出一轮红日。唯水殿中的炎热气，已减去一半。最可怪的，是雨点降下，统是浊流，徽宗已是惊异，忽由中使入报，内门以外，并无雨点，赫日自若，于是徽宗愈以为神，优加赏赉，赐号通真达灵先生。史称灵素识五雷法，大约祷雨一事，便用此诀。

先是徽宗无嗣，道士刘混康，以法箓符水，出入禁中，尝言：“京师西北隅，地势过低，如培筑少高，当得多男之喜。”徽宗乃命工筑运，叠起冈阜，高约数仞。未几，后宫嫔御，相继生男，皇后也生了一子一女。徽宗始信奉道教。蔡京乘势献媚，即阴嗾童贯、杨戬、贾详、何䜣、蓝从熙等中官，导兴土木。土木神仙，本是相连。遂于政和四年，改筑延福宫，宫址在大内拱辰门外，由童贯等五人，分任工役，除旧增新。五人又各为制度，不相沿袭，你争奇，我斗巧，专务侈丽高广，不计工财。及建筑告竣，又把花石

纲所办珍品，派布宫中。这宫由五人分造，当然分别五位，东西配大内，南北稍劣，东值景龙门，西抵天波门，殿阁亭台，连属不绝，凿池为海，引泉为湖，鹤庄鹿砦，及文禽、奇兽、孔雀、翡翠诸栅，数以千计，嘉葩名木，类聚成英，怪石幽岩，穷工极胜。人巧几夺天工，尘境不殊仙阙。徽宗又自作延福宫记，镌碑留迹。后来又置村居野店，酒肆歌楼，每岁长至节后，纵民游观，昼悬彩，夕放灯，自东华门以北，并不禁夜。徙市民行铺，夹道僦居，花天酒地，一听自由。直至上元节后，方才停罢。寻又跨旧城修筑，布置与五位相同，号为延福第六位。复跨城外浚濠作二桥，桥下叠石为固，引舟相通。桥上人物，不见桥下踪迹，名曰景龙江。夹江皆植奇花珍木，殿宇对峙，备极辉煌。徽宗政务余闲，辄往宫中游玩，仰眺俯瞩，均足赏心悦目，几不啻身入广寒，飘飘若仙，当下快慰异常，旁顾左右道："这是蔡太师爱朕，议筑此宫，童太尉等苦心构成，亦不为无功。古时秦始、隋炀盛夸建筑，就使繁丽逾恒，恐未必有此佳胜哩。"左右道："秦、隋皆亡国主，平时所爱，无非声色犬马，陛下鉴赏，乃是山林间弃物，无伤盛德，有益圣躬，岂秦、隋所可比拟？"一味逢君。徽宗道："朕亦常恐扰民，只因蔡太师查核库余，差不多有五六千万，所以朕命筑此宫，与民同乐呢。"哪知已为蔡太师所骗。左右又谀颂一番，引得徽宗神迷心荡，越入魔境。

看官听着！人主的侈心，万不可纵，侈心一开，不是兴土木，就是好神仙，还有征歌选色等事，无不相随而起。徽宗宫中，除郑皇后素得帝宠外，有王贵妃，有乔贵妃，还有大小二刘贵妃，最邀宠幸，以下便是韦妃等人。二刘贵妃俱出单微，均以姿色得幸。大刘妃生子三人，曰棫，曰模，曰榛，于政和三年病逝。徽宗伤感不已，竟仿温成后故事，温成事见仁宗时。追册为后，谥曰明达。小刘妃本酒保家女，夤缘内侍，得入崇恩宫，充当侍役。崇恩宫系元符皇后所居，元符皇后刘氏自尊为太后后，见四十九回。常预外政，且有暧昧情事，为徽宗所闻，拟加废逐。诏命未下，先饬内侍诘责，刘氏羞忿不堪，竟就帘钩悬带，自缢而亡。孟后尚安居瑶华，刘氏已不得其死，可见前时夺嫡，何苦乃尔？此即销纳法。宫中所有使女，尽行放还。小刘妃不愿归去，寄居宦官何䜣家。可巧大刘妃逝世，徽宗失一宠嫔，抑郁寡欢。内侍杨戬，欲解帝愁，盛称小刘美色，不让大刘，可以移花接木。徽宗即命杨戬召入，美人有幸，得近龙颜，天子无愁，重谐凤侣。更兼这位小刘妃，天资警悟，善

承意旨，一切妆抹，尤能别出心裁，不同凡俗！每戴一冠，制一服，无不出人意表，精致绝伦。宫禁内外，竞相仿效。俗语说得好："酒不醉人人自醉，色不迷人人自迷。"况徽宗春秋鼎盛，善解温存，骤然得此尤物，比大刘妃还要慧艳，哪有不宠爱的情理？不到一两年，即由才人进位贵妃。嗣是六宫嫔御，罕得当夕，唯这小刘妃承欢侍宴，朝夕相亲，今日倒鸾，明日颠凤，一索再索三四索，竟得生下三男一女。名花结果，未免减芳，那徽宗已入魔乡，得陇又要望蜀。会值延福宫放灯，竟带着蔡攸、王黼及内侍数人，轻乘小辇，微服往游。寓目无非春色，触耳尽是欢声，草木向阳，烟云夹道。联步出东华门，但见百肆杂陈，万人骈集，闹盈盈的卷起红尘，声细细的传来歌管。徽宗东瞧西望，目不暇接，突听得窗帘一响，便举头仰顾，凑巧露出一个千娇百媚的俏脸儿来，顿令徽宗目眙神驰，禁不住一齐喝采酷似一出《挑帘》。曾记得前人有集句一联，可以仿佛形容，联句云：

杨柳亭台凝晚翠，芙蓉帘幕扇秋红。

毕竟徽宗有何奇遇，且看下回便知。

王老志也，王仔昔也，林灵素也，三人本属同流，而优劣却自有别。老志所言，尚有特识，其讽徽宗也以自省，其劝蔡京也以急退，盖颇得老氏之真传，而不专以隐怪欺人者。迨托疾而去，翛然远引，盖尤有敝屣富贵之思焉。王仔昔则已出老志下矣，林灵素狡猾逾人，荒唐尤甚。祷雨一事，虽若有验，然非小有异术，安能幸结主知？孔子谓攻乎异端，斯害也已，灵素固一异端也，奈何误信之乎？且自神仙之说进，而土木兴，土木之役繁，而声色即缘之以起。巫风、淫风、乱风，古人所谓三风者，无一可犯，一弊起而二弊必滋，此君子所以审慎先几也。

第五十三回　挟妓纵欢歌楼被泽
屈尊就宴相府承恩

却说延福宫左近一带，当放灯时节，歌妓舞娃，争来卖笑。一班坠鞭公子，走马王孙，都去寻花问柳，逐艳评芳，就中有个露台名妓，叫作李师师，生得妖艳绝伦，有目共赏，并且善唱讴，工酬应，至若琴棋书画，诗词歌赋，虽非件件精通，恰也十知四五，因此艳帜高张，喧传都市。这日天缘凑巧，开窗闲眺，正与徽宗打个照面。徽宗低声喝采，那蔡攸、王黼二人俱已闻知，也依着仰视，李师师瞧着王黼，恰对他一笑。原来王黼素美风姿，目光如电，曾与李师师有些认识，所以笑靥相迎。王黼即密白徽宗道："这是名妓李师师家，陛下愿去游幸否？"蔡攸道："这、这恐未便。"王黼道："彼此都是皇上心腹，当不致漏泄风声。况陛下微服出游，有谁相识？若进去游幸一回，亦属无妨。"蔡攸尚知顾忌，王黼更属好导。看官道这王黼是什么人物？他是开封人氏，曾在崇宁年间，登进士第，外结宰辅何执中、蔡京，内交权阉童贯、梁师成，累迁至学士承旨，与蔡攸同直禁中。平素有口辩才，专务迎合，深得徽宗欢心。此时见徽宗赞美李师师，因即导徽宗入幸。徽宗猎艳心浓，巴不得立亲芗泽，便语王黼道："如卿所言，没甚妨碍，朕就进去一游，但须略去君臣名分，毋令他人瞧破机关。"王黼应命，便引徽宗下车，徐步入李师师门。蔡攸亦即随入。李师师已自下楼，出来迎接，让他三人登堂，然后向前行礼，各道万福。徽宗仔细端详，确是非常娇艳。鬓鸦凝翠，鬟凤涵青，秋水为神玉为骨，芙蓉如面柳如眉。还有一抹纤腰，苗条可

爱，三寸弓步，瘦窄宜人。师师奉茗肃宾，开筵宴客。徽宗坐了首座，蔡攸、王黼挨次坐下，李师师末坐相陪。席间询及姓氏，徽宗先诌了一个假姓名，蔡攸照例说谎。轮到王黼，也捏造了两字，李师师不禁解颐。王黼与她递个眼色，师师毕竟心灵，已是会意，遂打起精神，伺候徽宗。酒至数巡，更振起娇喉，唱了几出小曲，益觉令人心醉。徽宗目不转睛的看那师师，师师也浅挑微逗，眉目含情。蔡攸、王黼更在旁添入诙谐，渐渐的流至媟亵。好两个篾片朋友。寻且谑浪笑傲，毫无避忌，待到了夜静更阑，方才罢席。徽宗尚无归意，王黼已窥破上旨，一面密语李师师，一面又密语徽宗，两下俱已允洽，便邀了蔡攸一同出去。徽宗见两人已出，索性放胆留髡，便去拥了李师师同入罗帏。李师师骤承雨露，明知是皇恩下逮，乐得卖弄风情。这一夜的枕席欢娱，比那妃嫔当夕时，情致加倍。可惜情长宵短，转瞬天明，蔡攸、王黼二人，即入迓徽宗，徽宗没奈何，披衣起床，与李师师叮嘱后期，才抽身告别。

及回宫后，勉勉强强的御殿视朝，朝罢入内，只惦记李师师如何缱绻，如何温柔，不但王、乔诸妃，无可与比，就是最爱的小刘贵妃，也觉逊她一筹。但因身居九重，不能每夕微行，好容易挨过数宵，几乎寤寐彷徨，辗转反侧。那先承意志的王学士，复导徽宗赴约。天台再到，神女重逢，这番伸续前欢，居然海誓山盟，有情尽吐。徽宗竟自明真迹，李师师也愿媵后宫。可奈折柳章台，究不便移棲禁苑，当由徽宗再四踌躇，只许师师充个外妾，随时临幸。师师装娇撒痴，定欲入宫瞻仰。徽宗不得不允，唯谕待密旨宣召，方得往来。师师才觉欣然，至阳台梦罢，铜漏催归，又互申前约，反复叮咛。

一别数日，李师师倚门怅望，方讶官家愆约，久待不至；直到黄昏月上，忽有内侍入门，递与密简，展览之下，笑逐颜开，当即淡扫蛾眉，入朝至尊，随了内侍，经过许多重门曲院，才抵深宫。内侍也不先通报，竟引师师入室。徽宗早已待着，见了师师，好似得宝一般。及内侍退后，彻夜绸缪，自不消说。嗣是一主一妓，迭相往还，渐渐的无禁无忌。师师竟得与后宫妃嫔，晋接周旋，她本是平康里中的好手，无论何种人情，均被她揣摩纯熟，一经凑合，无不惬心，何况六宫嫔御，统不过一般妇女心肠，更容易体贴入微，日久言欢，相亲相近，非但徽宗格外狎暱，连乔、刘诸贵妃等，亦爱她有说有笑，不愿相离。描摹尽致。

时光易过，转瞬一年，徽宗正在便殿围炉，林灵素自外进谒，由徽宗赐他旁坐，与语仙机，谈至片刻，灵素忽起趋阶下道：“九华玉真安妃将到来了，臣当肃谒。”又要捣鬼。徽宗惊问道：“哪个是九华仙妃？”灵素道：“陛下且不必问，少顷自至。”语毕，拱手兀立。既而果有三五宫女，拥一环珮珊珊的丽姝进来，徽宗亦疑是仙人，不禁起座，及该姝行近，并非别人，就是宠擅专房的小刘贵妃。徽宗禁不住大笑，灵素却恭恭敬敬的再拜殿下，至拜罢起来，又大言道：“神霄侍案夫人来了。”言甫毕，又见一丽人，轻移莲步，带着宫婢二三名，冉冉而至。徽宗龙目遥瞩，乃是后宫的崔贵嫔。灵素复道：“这位贵人，在仙班中，与臣同列，礼不当拜。”乃鞠躬长揖，仍复上阶就座。原来灵素出入宫禁，已成习惯，所有宫眷，不必避面，因此仍坐左侧。刘、崔二妃，向徽宗行过了礼，自然另有座位。才经坐定，灵素忽瞪视殿外道：“怪极怪极！”徽宗被他一惊，忙问何故？灵素道：“殿外奈何有妖魅气？”一语未已，见有一美妇进来，珠翠盈头，备极秾艳。灵素突然起座，取过御炉火管，大踏步趋至殿门，将击该妇，亏得内侍两旁遮拦，才得免击，那美人儿已吓得目瞪口呆，桃腮变白。徽宗也急唤灵素道：“先生不要误瞧，这就是教坊中的李师师。”原来就是此人。灵素道：“她是一个妖狐，若将她杀却，尸无狐尾，臣愿坐欺君大罪，立就典刑。”徽宗正爱恋师师，哪里肯依？便带笑带劝的说了数语。灵素道：“臣不惯与妖魅并列，愿即告退。”李师师似妖，灵素亦未尝非怪。言讫，拂袖径去。

徽宗疑信参半，到了次日，又召见灵素，问廷臣有无仙侣？灵素答道：“蔡太师系左元仙子，王学士黼恰是神霄文华使，郑居中、童贯等，亦皆名厕仙班，所以仍隶帝君陛下。”误国贼臣，岂隶仙籍？就使有点来历，无非是混世妖魔。徽宗道：“朕已造玉清和阳宫，供奉仙像，请先生为朕斋醮！”灵素不待说毕，便接入道：“玉清和阳宫，似嫌逼仄，乞陛下另行建造，方可奉诏。”徽宗道：“这也无有不可，请先生择地经营！”灵素奉命而出，即在延福宫东侧，规度地址，鸠工建筑。由内侍梁师成、杨戬等，协同监造。师成曾为太乙宫使，以善谀得宠，甚至御书号令，多出彼手，就是蔡京父子，亦奉命维谨，王黼且视他如父。此次与灵素督建醮宫，自晨晖门，即延福宫东门。至景龙门，汴京北面中门。迤长数里，密连禁署。宫中山包平地，环绕佳木清流，所筑馆舍台阁，上栋下楹，概用梗楠等木，不施五采，自然成文，亭榭

不可胜计。

宫既成，定名为上清宝箓宫，命灵素主斋醮事，王仔昔为副。且就景龙门城上，筑一复道，沟通宫禁，以便徽宗亲临祷祀，且令各路统建神霄万寿宫。灵素遂广招徒党，齐集都中，各请给俸。每设大斋，费缗钱数万，甚至穷民游手，多买青布幅巾，冒称道士，混入宝箓宫内，每日得一饱餐，并制钱三百文，称为施舍。政和七年，设立千道会，不论何处羽流，尽令入都听讲。徽宗亦在旁设幄，恭聆教旨。开会这一日，羽流云集，女士盈门，徽宗亦挈着刘、崔诸妃，入幄列坐。灵素戴道冠，衣法服，昂然登坛，高坐说法，先谈了一回虚无杳渺的妄言，然后令人入问要诀。坛下瞻拜多人，灵素随口荒唐，并无精义，或且杂入滑稽，间参媟语，引得上下哄堂，嘈杂无纪，御幄内亦笑声杂沓，体制荡然。上恬下嬉，安得不亡？罢讲后，御赐斋饭，很是丰盛。徽宗与妃嫔等，亦至斋堂内，吃过了斋，才行返驾。灵素复令吏民诣宝箓宫，授神霄秘录，朝士求他引进，亦往往北面称徒，靡然趋附，但得灵素首肯，无不应效如神。也可称做接引道人。既而道箓院中，忽接得一道密诏，内云：

> 朕乃上帝元子，为太霄帝君，悯中华被金狄之教，金狄二字，刘定之谓佛身若全色，故称金狄，未知是否？遂恳上帝，愿为人主，令天下归于正道，卿等可册朕为教主道君皇帝。

道箓院当然应诺，即上表册徽宗为教主道君皇帝，想入非非。百官相率称贺。唯这个皇帝加衔，止在道教章疏内应用，余不援例。一面立道学，编道史。什么叫作道学呢？用内经道德经为大经，庄子、列子为小经，自太学辟雍以下，概令肄习，按岁升贡，及三岁大比，必通习道学，方得进阶，这是林先生说出来的。什么叫作道史呢？汇集古今道教事，编成一部大纪志，称为道史，这是蔡太师说出来的。可巧道法有灵，西陲一带，屡报胜仗，徽宗尤信为神佑，越觉堕入迷途。接入西夏事，也似天衣无缝。原来太尉童贯，自督造延福宫后，仍握兵权。适值夏人李讹哆，一译作李额叶。为环州定远军首领，本已降服中朝，暗中却通使夏监军，说是窖粟待师，可亟发大兵，来袭定远。夏监军哆唛，一译作多凌。遂率万人来应。讹哆转运使任谅，诇知讹哆

诡谋，募兵潜发窖谷。至哆陵到来，讷哆已失所藏，只好率部众归夏。哆唛无粮可资，还兵臧底河，筑城扼守。任谅驰疏上闻，有诏授童贯为陕西经略使，调兵讨夏。贯至陕西，檄熙河经略使刘法率兵十五万，出湟州，秦凤经略使刘仲武，率兵五万，出会州，自率中军驻兰州，为两路声援。仲武至清水河，筑城屯守而还。法与夏右厢军相遇，在古骨龙地方，鏖斗一场，大败夏人，斩首三千级。童贯即露布奏捷，诏令贯领六路边事。永兴、鄜延、环庆、秦凤、泾原、熙河。贯复遣王厚、刘仲武等，合泾原、鄜延、环庆、秦凤各路兵马，进攻臧底河城。及为夏人所败，十死四五，贯匿不上闻，再命刘法、刘仲武调熙、秦兵十万，攻夏仁多泉城。城中力孤，待援不至，没奈何出降。法入城后，竟将城内兵民杀得一个不留。如此残忍，宜乎不得善终。捷书再至宋廷，复加贯为陕西、两河宣抚使。已而渭州将种师道复攻克臧底河城，贯又得升官加爵，进开府仪同三司，签书枢密院事。蔡京亦得连带沐恩，一再赐诏，始令他三日一朝，正公相位，总治三省事，继复晋封鲁国公，命五日一赴都堂治事。

寻又将茂德帝姬下嫁京四子鞗，帝姬就是公主，由京改制称帝姬。姬本古姓，春秋时女从母姓，故称姬，后世或沿称为姬妾，蔡京乃以称公主，愈觉不通。茂德帝姬，系徽宗第六女，蔡攸兼领各种美差，如上清宝箓宫、秘书省、道箓院、礼制局、道史局等，均有职司。攸弟翛亦官保和殿学士，一门贵显，烜赫无伦。会徽宗立长子桓为皇太子，桓系前后王氏所出，曾封定王，性好节俭。蔡京例外巴结，即将大食国所遗琉璃酒器，献入东宫。太子道："天子大臣，不闻勗我道义，乃把玩具相贻，莫非欲蛊我心志么？"太子詹事陈邦光在侧，又添说蔡京许多不是，惹得太子怒起，竟命左右击碎酒器，一律毁掷。这事为蔡京所闻，当然懊恨。讨好跌一交，哪得不恼？一时扳不倒太子，只好将一股毒气，喷在陈邦光身上，当下阴嗾言官，弹击邦光，自己又从旁诋斥，遂传出御笔手诏，窜邦光至陈州。太宰何执中始终与蔡京友善，辅政至十余年，毫无建树，一味唯唯诺诺，赞饰太平。徽宗恩宠不衰，直至年迈龙钟，才命以太傅就第，禄俸如旧，未几病死。郑居中继为太宰，兼少保衔，刘正夫为少宰，邓洵武知枢密院事。换来换去，无非这班庸奴。居中受职后，思改京政，存纪纲，守格令，抑侥幸，振淹滞，颇洽人望，但不过与京立异，并没有什么干济才。正夫随俗浮沉，专务将顺，洵武阿附二蔡，人品学术，

更不消说。既而正夫因疾辞职，居中以母丧守制，徽宗又擢余深为少宰。余本蔡家走狗，怎肯背德？应五十一回。一切政务，必禀白蔡公相，唯命是从。蔡氏父子势益滔天。攸妻宋氏系宋庠孙女，颇知文字，出入禁中，累承恩赏。攸子名行，亦得领殿中监。有时徽宗且亲幸京第，略去君臣名分，居然作为儿女亲家，所有蔡家仆妾，均得瞻近天颜。京设宴飨帝，一酌一餐，费至千金，各种肴馔，异样精美，往往为御厨所未有，徽宗不以为侈，反说由公相厚爱，自京以下，均命列坐，彼此传觞，如家人礼。徽宗又命茂德帝姬及姑嫜姨姒等，也设席左右，稚儿娇女，均得登堂，合庭开欢宴之图，上寿沐皇王之宠。妾媵俱蒙诰命，厮养亦沐荣封，真所谓帝德汪洋，无微不至了。及徽宗宴罢返宫，翌日京上谢表，有云："主妇上寿，请醽而肯从，稚子牵衣，挽留而不却。"这是实事，并非虚言。可惜蔡太师生平只有这数语是真。小子有诗叹道：

误把元凶作宰官，万方皆哭一庭欢。
试看父子承恩日，国帑民财已两殚。

蔡京贵宠无比，童贯因和夏班师，也得晋爵封公。于是公相以外，又添出一个媪相来。欲知详细，下回再表。

李师师不见正史，而稗乘俱载其事，当非虚诬。蔡攸、王黼为徽宗幸臣，微行之举，必自二人启之。夫身居九重，为社稷所由寄，为人民所由托，乃不惜降尊，与娼妓为耦，以视莫愁天子，犹有甚焉，而攸、黼更不足诛已。林灵素目师师为妖，师师固一妖孽也，君子不以人废言，吾犹取之。下半回述徽宗幸蔡京第，略迹言欢，妇孺列席，与上半回挟妓饮酒事，适成映射。李师师以色迷君，蔡京以佞惑主，迹虽不同，弊实相等。读《鲁论》"远郑声放佞人"二语，足知本回宗旨，亦寓此意。喜郑声者未有不近佞人，吾于徽宗亦云。

第五十四回　造雄邦恃强称帝　通远使约金攻辽

却说童贯经略西陲，屡次晋爵，至政和八年，改元重和，贻恩内外文武百官，贯复得升为太保。越年，复改元宣和，贯又欲幸功邀赏，命刘法进取朔方。法不欲行，经贯连日催促，不得已率兵二万，出至统安城。适遇夏主弟察哥，一作察克。引兵到来，法即列阵与战，察哥自领步骑为三队，敌法前军，别遣精骑登山，绕出法军背后。法正与察哥酣斗，不防后队大乱，竟被夏兵杀入。法顾前失后，顾后失前，亟拟收军奔回，怎奈夏兵前后环绕，不肯放行。督战至六七时，累得人马困乏，且部兵多半死亡，料知招架不住，只好弃军潜遁。天色已晚，夤夜奔走，行至黎明，距战地约七十里，地名盖朱峗，四顾无人，乃下马卸甲，暂图休息。少顷，有数人负担前来，法疑是商贩，向他索食。数人不允，法瞋目道："你等小民，难道不识我刘经略么？"一人答道："将军便是刘经略，我有食物在此，应该奉献。"言讫，便向担中取出一物，跑至刘法身旁。法尚道是什么食物，哪知是一柄亮晃晃的短刀，急切不及躲避，突被杀死，首级也被取去。看官听着！这数人，乃是西夏的负担军，随充军前杂役，可巧碰着刘法，正是冤冤相凑，当即斩首报功。是屠城之报。察哥见了法首，恻然语左右道："这位刘将军，前曾在古骨龙、仁多泉两处，连败我军，我尝谓他天生神将，不敢与他交锋，谁料今日为我小兵所杀，携首而归，这是他恃胜轻出的坏处，我等不可不戒！"察哥有谋有识，却是西夏良将。当下麾军再进，直捣震武。震武在山峡中，熙、秦两

路转饷艰难，自筑城三载，知军李明、孟清皆为夏人所杀，至是城又将陷。察哥道：“勿破此城，留作南朝病块，也是好的。”遂引军退去。

童贯闻夏人已退，反报称守兵击却，就是刘法败死，也匿不上闻，一面通使辽主，请他出场排解，再与夏人修好。辽正与金构兵，恐得罪中朝，更增一敌，乃转告夏主，令与宋修和。夏主乾顺亦颇厌用兵，乃因辽使进表纳款。贯遂上言，夏主畏威，情愿投诚。徽宗乃饬罢六路兵，加贯太傅，封泾国公，时人称贯为媪相，与公相蔡京齐名。贯班师回朝，刚值蔡京定议图辽，遣武义大夫马政浮海使金，与约夹攻。贯本首倡此议，当然极力怂恿，主张北伐。一时兴高采烈，大有唾手燕云的情景。全是妄想。

看官道金是何邦？便是前文所说的女真部。应五十一回。徽宗政和二年时，辽天祚帝延禧赴春州，至混同江钓鱼，女真各部酋长，相率往朝。阿骨打奉兄命，亦出觐辽主，钓罢张宴。饮至半酣，辽主命诸酋依次起舞，轮至阿骨打，独辞不能。辽主劝谕再三，始终不肯听命。辽主欲杀阿骨打，经北院枢密使萧奉先谏阻乃止。阿骨打脱归，恐辽主疑有异志，将加讨伐，遂日夕筹防，招兵卖马，先并吞附近各族，拓地图强，嗣且建城堡，修戎器，扼险要，以备不虞。至长兄乌雅束病殁，阿骨打袭位，并不向辽告丧，且自称勃都极烈。一作达贝勒。辽主遣使诘责，阿骨打道：“有丧不能吊，还说我有罪么？”因拒绝来使。先是辽主好猎，每岁至海上市鹰，征使四出，道出女真，往往需求无厌，因此各部亦相继怨辽。独纥石烈部酋阿疏，当盈哥在位时，与盈哥有怨，战败奔辽。盈哥、乌雅束相继索仇，终不见遣。阿骨打又迭使往索，仍属无效，乃召集诸部，约会来流水上，一作拉林水。得二千五百人，祷告天地，誓师伐辽，进军辽境，击败辽兵，射死辽将耶律谢十，谢十一作色锡。乘势攻克宁江州。辽都统萧嗣先，率兵万人，出援宁江。阿骨打时已引还，嗣先竟追至出河店，一译作珠赫店。天晚驻营。翌晨闻阿骨打返兵迎击，急令前队往阻，不到半日，已被阿骨打杀败逃回。嗣先乃整军出迎，甫经交绥，忽大风陡起，飞沙眯目，阿骨打正居上风，麾兵奋击，辽兵不能支持，尽行溃散，将校多半死亡，嗣先踉跄遁归。于是阿骨打弟吴乞买等，劝兄称帝。阿骨打起初不从，旋经将佐等，再行劝进，乃于乙未年正月元日，即宋徽宗政和五年，就按出虎水旁，按出虎水一译作爱新水。即皇帝位，国号大金，取金质不坏的意义。建元取国，易名为旻，命吴乞买为谙班勃极

烈。从兄撒改，一作萨拉噶，系劾里钵兄劾者子。及弟斜也，一译作舍音。为国论勃极烈。两种官名，均系女真部方言，尊贵的官长，叫作勃极烈，谙班是最尊的意思，国论就是国相。谙班一译作阿木班，国论一作固伦。

辽人尝言女真兵满万，便不可敌，至是已达万人以上，乃厉兵秣马，再议攻辽。辽主遣使僧家奴，一作僧嘉努。赍书往金，令为属国。金主复书，要求辽主送还阿疏，并遣黄龙府至别地，方可议和。辽主再贻书，呼金主名，谕令归降。金主亦复书，呼辽主名，谕令归阵。煞是好看。两下里各争尊长，那金主已进兵益州，直捣黄龙府。辽兵屡战屡败，黄龙府竟被夺去。辽主闻报大怒，即下诏亲征，号称七十万，分路出师。金主闻辽兵大举，乃以刀剺面，涕泣语众道："我与汝等起兵，无非苦辽邦残忍，欲自立国，今天祚亲至，恐不可当，看来只有杀我一族，大众出去迎降，或可转祸为福。"遣将不如激将。吴乞买等趋进道："火来水淹，兵来将挡，况天祚淫虐不仁，众心离散，就使来了一二百万，也不过暂时乌合，怕他什么？"金主乃道："你等果能尽死力，须听我号令，同去御敌！"诸将齐声应令，遂调齐人马，倾国而出，行至黄龙府东，遥见辽兵遍野，势如攒蚁，乃下令军中道："敌利速战，我利固守，且深沟高垒，静观敌衅，再行进兵。"将士遵令，择险驻扎，按兵不动。辽兵也不来挑战，越日，竟陆续退去。

原来辽副都统章奴，谋立天祚叔父耶律淳，诱将士亡归上京，遣淳妃萧迪里告淳。淳不愿依议，拘住迪里，会辽主闻章奴谋叛，亟遣使慰淳，淳斩迪里首，取献辽主，孑身待罪。辽主待遇如初。偏章奴入掠上京，至辽太祖庙，数天祚罪恶，移檄州县，将犯行宫。辽主亟从军中退归，军士均无斗志，也随了回去。事被金主察悉，遂拔寨齐起，西追辽主，至护步答冈，护步答一作和斯布达。见前面舆辇甲仗，迤逦行去，他即分开两翼，一鼓而上，自率精兵猛将，专向辽中军杀入。辽主猝不及防，急忙退走，辽兵亦纷纷四散。金主麾杀一阵，斩馘以万计，夺得车马帟幄，兵械军资，不可胜计，乃引兵回国。辽主奔赴上京，适章奴已为熟女真部所败，众皆溃散。逻卒擒住章奴，送至辽主所在，立斩以徇。辽主乃还都。

看官听着！从前辽都临潢，号为上京，自圣宗隆绪，徙都辽西，称为中京，又以辽阳为东京，幽州为南京，云州为西京，共计五京。提出五京，下文金、宋攻辽，庶有眉目可辨。章奴诛死，上京方才告靖。不意东京又闹出乱端。

东京留守萧保先，虐待渤海居民，为暴徒所戕，经辽将大公鼎、高清明等，率兵剿捕，乱势少平。偏稗将高永昌收集溃匪，入据辽阳，匝旬间，得八千人，居然僭号，称为隆基元年。辽主遣韩家奴、张林等往征，永昌恐不能敌，向金求救。金主遣胡沙补一译作华沙布。报永昌道："同力攻辽，我愿相助，但须削去僭号，归顺我国，当以王爵相报。"永昌不从。金主遂命大将斡鲁，率诸军攻永昌，巧与辽将张琳相值，两下开仗，张琳败走，斡鲁乘势取潘州，进薄辽阳城下。永昌开城出战，哪里敌得住金军？遂败奔长松。辽阳人挞不野，一作托卜嘉。擒住永昌，献与金主，眼见得一刀两段，于是辽国的东京州县，及南路熟女真部，陆续降金。金主任斡鲁为南路都统，斡伦一作鄂楞。知东京事。辽主闻东京失陷，未免惊慌，乃授耶律淳为都元帅，募辽东人为兵，得二万二千余人，使报怨女真，叫作怨军，以渤海铁州人郭药师等为统领。耶律淳倡议和金，遣耶律奴哥一译作讷格。如金议好，金主要索多端，议不能决。旋由金主最后复书，迫辽以兄礼事金，封册如汉仪，方可如约，否则不必再议。辽主尚不肯许。适遇大饥，人自相食，各地盗贼蜂起，掠民充粮。枢密使萧奉先等，劝辽主暂从金议，乃册金主旻为东怀国皇帝。金主不悦，语册使道："什么叫作东怀国？我国明号大金，应称为大金国便了。且册书中，并无兄事明文，我不能遵约。"当下将册书掷还。金主既迫辽兄事，何必再受辽册封，这也奇怪。看官这东怀国三字，明是辽人暗弄金主，取小邦怀德的意义。他总道金主未达汉文，或可模糊骗过，偏金主要他兄事，要称大金，仍然和议不成，双方决裂。蔡京闻得此信，遂欲约金攻辽，规复燕云。武义大夫马政，航海至金，与金主面议辽事。金主亦令李善庆等赍奉国书，并北珠生金等物，偕马政同至汴都。徽宗即命蔡京与约攻辽，善庆等不加可否，居十余日乃去。徽宗复令马政持诏，及还赐礼物，与善庆等渡海报聘。行至登州，政奉诏止行，乃只遣平海军校呼庆送善庆等归金。金主遣呼庆归，且与语道："归见皇帝，果欲结好，当示国书，若仍用诏命，我不便受，莫怪我却还来使。"呼庆唯唯而还。至童贯入朝，力主京议，请再遣使贻书。中书舍人吴时，独上疏谏阻，又有布衣安尧臣，亦谏止图辽。吴且言不应败盟。安尧臣一疏，却很是剀切详明，略云：

陛下临御之初，尝下诏求言，于是谔士效忠，而憸人乃误陛下，加

以诋诬之罪，使陛下负拒谏之谤，比年天下杜口，以言为讳。乃者宦寺交结权臣，共倡北伐，而宰执以下，无一人肯为陛下言者。臣谓燕、云之役兴，则边衅遂开，宦寺之权重，则皇纲不振。昔秦始皇筑长城，汉武帝通西域，隋炀帝辽左之师，唐明皇幽、蓟之寇，其失如彼，周宣王伐猃狁，汉文帝备北边，元帝纳贾捐之议，光武斥臧宫马武之谋，其得如此。艺祖拨乱反正，躬环甲胄，当时将相大臣，皆所与取天下者，岂勇略智力，不能下幽、燕哉？盖以区区之地，契丹所必争，忍使吾民重困锋镝，章圣澶渊之役，与之战而胜，乃听其和，亦欲固本而息民也。今童贯深结蔡京，同纳赵良嗣以为谋主，故建平燕之议，臣恐异时唇亡齿寒，边境有可乘之衅，狼子蓄锐，伺隙以逞其欲，此臣之所以日夜寒心者也。伏望思祖宗积累之艰难，鉴历代君臣之得失，杜塞边衅，务守旧好，无使外夷乘间窥中国。上以安宗庙，下以慰生灵，则国家幸甚！生民幸甚！

徽宗连接两疏，正在怀疑，会有二御医自高丽归，入奏徽宗，亦以图燕为非。原来高丽尝通好中国，因国主有疾，向宋求医，徽宗乃遣二医往视，及高丽送二医归国，临歧与语道："闻天子将与女真图契丹，恐非良策。苟存契丹，尚足为中国捍边。女真似虎似狼，不宜与交，可传达天子，预备为是。"高丽人颇有见语。二医遂归白徽宗，徽宗乃以吴时、安尧臣所言，不为无见，拟将联金伐辽的计议，暂从搁置，并拟擢安尧臣为承务郎，借通言路。可奈蔡京、童贯二人，坚执前议，谓天与不取，反致受害；还有学士王黼，时已升任少宰，郑居中乞请终丧，因进余深为太宰，王黼为少宰。与蔡、童一同勾结，斥吴时为腐儒，且以安尧臣越俎进言，目为不法，怎得再给官阶？三人并力奏请，徽宗又不得不从，因遣右文殿修撰赵良嗣，借市马为名，再出使金，申请前约。巧值辽使萧习泥烈一作萧锡里。至金续议册礼，金主仍不惬意，竟兴兵出攻上京，令宋、辽二使，随着军中。辽主方在胡土白山一译作瑚图哩巴里。围猎，闻金主出师，亟命耶律白斯不等，白斯不一作博硕布。简率精兵三千，驰援上京。金主至上京城下，先谕守兵速降，留守挞不野不从，金主乃督兵进攻，且语宋、辽二使道："汝等可看我用兵，以卜去就。"言讫，遂亲击桴鼓，促军猛扑，不避矢石，自辰及午，金将阇母一译作多昂摩。

等，鼓勇先登，部众随上，遂克外城。挞不野无法可施，只好出降。耶律白斯不等将至上京，闻城已失守，不战自退。金主入城犒师，置酒欢宴。赵良嗣等捧觞上寿，皆称万岁。丑。越日，金主留兵居守，自偕赵良嗣等还国。良嗣因语金主道："燕本汉地，理应仍归中国，现愿与贵国协力攻辽，贵国可取中京大定府，敝国愿取燕京析津府，南北夹攻，均可得志。"金主道："这事总可如约，但汝主曾给辽岁币，他日还当与我。"良嗣允诺，金主遂付良嗣书，约金兵自平地松林趋古北口，宋兵自白沟夹攻，否则不能如约。并遣勃董一作贝勒。偕良嗣申述己意，徽宗乃复遣马政报聘，且复致国书道：

大宋皇帝，致书于大金皇帝：远承信介，特示函书，致讨契丹，当如来约。已差童贯勒兵相应，彼此兵不得过关，岁币之数同于辽，仍约毋听契丹讲和，特此复告！

马政持书至金，金主答称如约，协议遂成。至马政返报，有诏令童贯整军待发，独郑居中以为未可，特往语蔡京道："公为大臣，不能守两国盟约，致酿事端，恐非妙策。"京答道："皇上厌岁币五十万，所以主张此议。"居中道："公未闻汉朝和亲用兵的耗费么？汉尝岁给单于一亿九十万，西域一千八百八十万，与本朝相较，孰多孰少？今乃贪功启衅，徒使百万生灵，肝脑涂地，首祸唯公，后悔何及！"居中虽非好人，语却可取。京默然不答，但心中总以为可行，且已与金定约，势成骑虎，不能再下，仍与童贯决议兴兵。忽接到两浙警报，睦州人方腊作乱，睦、歙、杭诸州，接连被陷，东南几已糜烂了。徽宗大惊，急召辅臣会议，暂罢北伐，亟拟南征。正是：

满望燕云归故土，谁知吴、越起妖氛？

欲知南征时命将情形，且至下回续叙。

辽王延禧，淫荒无度，以致女真部崛起东北，僭号称尊，是辽固有败亡之道，而因致敌人之侮辱者也。宋之约金攻辽，议者皆谓其失策，吾以为燕云十六州，

久沦左衽，乘隙而图，未始非计。但主议非人，用兵非时，妄启兵端，适以致祸。兵志有言：“知己知彼，百战百胜。”试问君如徽宗，臣如蔡京、童贯，能控驭远人否乎？百年无事，将骄卒惰，能战胜外夷否乎？且与女真素未通好，乃无端遣使，自损国威，强弱之形未著，而外人已先轻我矣。拒虎引狼，必为狼噬，此北宋之所以终亡也。

第五十五回　帮源峒方腊揭竿　梁山泊宋江结寨

却说宣和二年，睦州清溪民方腊作乱。方腊世居县堨村，托词左道，妖言惑众，愚夫愚妇，免不得为他所惑。但方腊本意尚不过借此敛钱，并没有什么帝王思想。唯清溪一带，有梓桐、帮源诸峒，山深林密，民物殷阜，凡漆楮杉樟诸木，元不具备，富商巨贾，尝往来境内，购取材料。腊有漆园，每年值价，数达百金，自苏、杭设置应奉局及花石纲，朱勔倚势作威，往往擅取民间，不名一钱，腊亦屡遭损失，漆被取去，无从索价，所以怨恨甚深。当下煽惑百姓，倡议诛勔，百姓正恨勔切骨，巴不得立时捕到，将他碎尸万段，聊快人心。既得方腊为主，当然一唱百和，陆续引集，请他举事。腊尚恐众心未固，乃假托唐袁天罡、李淳风的推背图，编成四语道：

十千加一点，冬尽始称尊。纵横过浙水，显迹在吴兴。

十千是隐寓万字，加一点便成方字，冬尽为腊，称尊二字，无非是南面为君的意思，从来童谣图谶，多半由临时捏造，诱惑愚民。纵横二语，更是明白了解，没甚奥义。观此二语，见得方腊本意，不过欲扰乱苏、杭，并无燎原之志。还有睦州遗传，说有什么天子台，万年楼，从前唐高宗永徽年间，曾有女子陈硕真叛据睦州，自称文佳皇帝，后来不成而死。方腊谓这道王气，应在已身方验，巾帼当不及须眉。一时信为真话，哄动至数千人，遂削木揭竿，公然造起

反来。根据地就是帮源峒，自称圣公，建元永乐，也设官置吏，以头巾为别，自红巾而上，分作六等。急切无弓矢甲胄，专恃拳殴棒击，出峒四扰。又编给符箓，谓有神效，可得冥助。大约与清季之拳匪相似。于是毁民庐，掠民财，所有妇人孺子，一律掳至峒中，腊自择美妇娈童，供奉朝夕，余尽赏给党羽，作为仆妾，不到半月，胁从且至数万，乃勒为部伍，出攻清溪。两浙都监蔡遵、颜坦率兵五千人，星夜往讨，到了息坑，正值方腊前队到来，军士望将过去，先不禁惊讶起来。原来方腊前队，并不见有武夫，又不见有利械，只有妇女若干，童稚若干，妇女仍搽脂抹粉，唯服饰多系道装，手中各执拂麈，仿佛是戏剧中的师姑。童子面上统加涂饰，红黄蓝白，无奇不有，或梳发作两丫髻，或翦发成沙弥圈，遥对官军，嬉笑憨跳，并不像打仗的样子。恰是奇怪，非特见所未见，并且闻所未闻。官军面面相觑，还道他有什么妖法，不敢前进。蔡遵恰也惊疑，颜坦本是粗率，便诘蔡遵道："这是惶惑我军的诡计，有何足怕？看我驱军杀尽了他。"言已，便督军进击。兵戈所指，那妇孺吓得倒躲，没命的乱窜了去。只耐肉战，哪禁兵刃。

坦放胆杀入，一逃一追，但见前面的妇孺，均穿林越涧，四散奔逸，一行数里，连妇孺都不见了。此外也并无一人，唯剩得空山寂寂，古木阴阴。争战时，插此二语，倍增趣味。坦不管好歹，再向前力追，突听得一声号炮，震得木叶战动，不由的毛骨悚然。至举头四顾，又不见什么动静，煞是可怪。故曲一笔。大众捏着一把冷汗，足虽急行，面唯四望，不防扑蹋扑蹋的好几声，一大半跌入陷坑，连颜坦也坠了下去。两旁山谷中，跳出许多大汉，手执巨梃，一半乱捣陷穽，一半扫荡余军，可怜颜坦以下千余人，一古脑儿埋死坑谷。后队统领蔡遵闻前军得手，也依次赶上，但与前军相隔已远，未得确实消息，渐渐的行入山谷中，猛闻后面一阵鼓噪，料知不佳，急忙令军士返步，退将出来。还至谷口，顿觉叫苦不迭，那谷口已被木石塞断了。山上几声炮响，即有无数大石，抛掷下来，军士不被击死，也多受伤。蔡遵还督令军士，移徙木石，以便通道，那后面的匪党，已持梃追到，冲杀官军，官军大乱，任他左批右抹，一阵横扫，个个倒毙，遵亦死于乱军之中。

腊众夺得甲仗，才有刀械等物，遂乘胜捣入青溪，且进攻睦州，揭示胁诱军民，只称："有天兵相助，赶紧投诚，否则蔡、颜覆辙，即在目前"云云。是时江、浙一带，承平已久，不识兵革，就是郡县守吏，汛地将弁，也

只知奉迎钦差，保全禄位，并未尝修浚城濠，整缮兵甲，一闻方腊到来，好似天篷下降，无可与敌，都逃得一个不留。方腊遂破陷睦州，又西攻歙州，守将郭师中，忙调兵御寇，甫经对阵，那匪党里面，忽突出一班披发仗剑的人物，向空一指，即横剑齐向官军，并力冲入。官兵本不知战，更防他有妖法，哪个敢去拦阻？霎时间旗乱辙靡，如鸟兽散。师中禁遏不住，反落得一命呜呼，眼见得歙县被陷。腊复麾众东趋，大掠桐庐、富阳诸县，直抵杭州城下，知州赵霆，登城西望，遥见寇来如樯，已是惊慌得很，蓦地里冲出几个长人，约高丈许，首戴神盔，身披氅衣，左手持矛，右手执旗，面目狰狞可怕，顿吓得魂不附体。其实这种长人，统是大木雕成，中作机关，用人按捺，所以两手活动，远望如生。方腊算会欺人。赵霆胆小如鼷，晓得什么真假，当即下城还署，踌躇一会，三十六着，逃为上着，便收拾细软，挈了一妻一妾，趁着城中惊扰的时候，改装出衙，一溜烟的奔出城外。恰是见机。置制使陈建，廉访使赵约，趋入州署，想与赵霆会商守御，不意署中已空空洞洞，并无一人，慌忙退出署门，那匪党已一拥入城，两人逃避不及，同时被缚。方腊煞是凶狠，既入城中，令党羽遍捕官吏，统共获得若干名，一一绑住州署门前，自己高坐堂上，置酒纵饮，饮一盃，杀一人，最凶的是不令全尸，或脔割肢体，或刳取肺肠，或熬煮膏油，或丛镝乱射，备极惨酷，反说是为民除害，足纾公愤。一面令党徒纵火，满城屠掠，除有姿色的妇女取供淫乐外，多半杀死，六日方止。

东南大震，警报与雪片相似，投入京中。太宰王黼因朝廷方整师北伐，无暇顾及小寇，竟将警奏搁起，并不上闻。至淮南发运使陈遘直接奏陈徽宗，乃始知乱事，命童贯为江、淮、荆、浙宣抚使，满朝只一媪相，愧煞宋臣。谭稹为两湖制置使，王禀为统制，分率禁旅，即日南下。又因陈遘疏中，谓浙兵无用，须调集外旅，速平匪乱，乃复飞饬陕西六路精兵，同时南征。于是边将辛兴忠、杨惟忠统熙河兵，刘镇统泾原兵，杨可世、赵明统环庆兵，黄迪统鄜延兵，马公直统秦凤兵，冀景统河东兵，六路兵马，共归都统制刘延庆节制。总计内外各军，调赴东南，约得十五万人。各军陆续南下，免不得费时需日。至童贯等至金陵，已是宣和三年孟春月中。方腊转陷婺州，又陷衢州。衢守彭汝方被执，骂贼遇害，贼屠衢城，未几又陷处州，缙云尉詹良臣率数十人出御，为贼所擒，诱降不屈，也被杀死。嗣又令杭州守贼方七

佛引众六万，陷崇德县，转攻秀州，亏得统军王子武号召兵民，登陴力御，斗大的秀州城，兀自守住。与杭州成一反映。童贯留偏将刘镇守金陵，进次镇江，闻秀州被围，急檄王禀驰援，可巧熙河将辛兴宗、杨惟忠亦领兵到来，两路夹攻方七佛，七佛支持不住，只好却走，秀州解围。方腊东攻不克，转图西略，连陷宁国、旌德诸县，官军为所牵制，又只得分军西援，一时顾不到浙西。

那时淮南复出一大盗，姓宋名江，纠党三十六人，横行河朔，转掠十郡，京东又复戒严，害得宋廷诸臣，议剿议抚，急切想不出什么法儿。宋江亦一渠魁，应特笔提醒。看官曾阅过《水浒传》么？水浒系元朝施耐庵手笔，演成七十回，所说皆关系宋江事，书中多系哄托，并非件件是真，不过笔墨甚佳，更兼金圣叹评注，所以流传至今，脍炙人口，但从正史上考证起来，只有淮南盗宋江，以三十六人横行河朔，由知海州张叔夜击降数语，且并未为宋江立传，可见宋江起事，转瞬即平，并不似《水浒传》中，有什么大势力，大经营。唯旁览稗乘，又见有宋江归降后，曾效力军行，助讨方腊，克复杭州。小子生长古越，距杭州不到百里，时常往来杭地，访问古迹，那城内果有张顺祠，曾封涌金门内的土地，城外又有时迁庙，西子湖边，又有武松墓，想必定有所本，不致虚传。小子演述宋史，凡事多以正史为本，间或羼以稗乘，亦必确有见闻，明知个人识短，不敢自信无遗，但凭空捏造的瞎说，究竟不好妄采，想看官总也俯谅愚衷哩。插入此段议论，所以祛阅者之疑。

闲文少表，且说宋江系郓城县人，表字公明，曾充当县中押司，平时性情慷慨，喜交江湖朋友，绰号遂叫作及时雨。嗣因私放盗犯，酿成命案，为了种种罪证，致遭捕系。当有一班江湖好友，救他性命，迫入梁山泊上，做个公道大王。数语已赅括《水浒传》。梁山泊在郓城、寿张两县间，山形突兀，路转峰回，周围约二十五里。冈上恰有一方旷地，足容千人居住。冈下有泊，可汲水取饮，虽旱不乾。古时本名良山，因汉梁孝王出猎于此，乃改名梁山。宋季朝政不明，吏治废弛，贪官污吏，布满各路，盗贼乘时蜂起，所有淮南、京东一带，无赖亡命之徒，落草为寇，便借这梁山为逋逃薮，只因么魔小丑，随聚随散，所以不甚著名。至宋江入居此山，由群盗推为首领，立起什么水浒寨，造起什么忠义堂，托词替天行道，哄动居民，于是梁山泊三大字，遂表现出来。标明梁山泊历史地理，足补《水浒传》之缺。看官试想！这

宋公明既没有偌大家私，山上又没有历年积蓄，教他如何替着天，行着道？他无非四出劫掠，夺些金银财宝，作为生计。不过他所往劫的，多是富而不仁的土豪，及多行不义的民贼，尚不似那睦州方腊，一味儿逞妖作怪，恣意淫乱，因此京东一带，还说宋江是个好人。知亳州侯蒙曾上言："宋江横行齐、魏，才必过人，现在清溪盗起，不若赦他前非，令南讨方腊，将功赎罪。"徽宗很以为是，拟调侯蒙任东平府，招降宋江。偏偏诏命甫下，侯蒙病剧，不能赴任，未几身亡，自是招抚一语，又成虚话。京东各军，一再往剿，反被梁山群盗，杀得七零八落，大败而回。宋江势且日盛，趋附的人物，亦因之日多。起初尚只有三十六个头目，连宋江也排列在内，后来又得了七十二人，合成一百零八个大强盗。他却自称上应列星，伪造石碣，把一百八人的姓名，镌刻碑上，三十六人，号为天罡星，七十二人，号为地煞星。每人又各有绰号，《水浒传》中，也曾载着，小子就此誊录一周，分列如下：

天罡星三十六员

天魁星呼保义宋江。天罡星玉麒麟卢俊义。

天机星智多星吴用。天闲星入云龙公孙胜。

天勇星大刀关胜。天雄星豹子头林冲。

天猛星霹雳火秦明。天威星双鞭呼延灼。

天英星小李广花荣。天贵星美髯公朱仝。

天富星扑天鹏李应。天满星小旋风柴进。

天孤星花和尚鲁智深。天伤星行者武松。

天立星双枪将董平。天捷星没羽箭张清。

天暗星青面兽杨志。天佑星金枪将徐宁。

天空星急先锋索超。天异星赤发鬼刘唐。

天杀星黑旋风李逵。天速星神行太保戴宗。

天微星九纹龙史进。天究星没遮拦穆弘。

天退星插翅虎雷横。天寿星混江龙李俊。

天剑星立地太岁阮小二。天平星船火儿张横。

天罪星短命二郎阮小五。天损星浪里白条张顺。

天败星活阎罗阮小七。天牢星病关索杨雄。

天慧星拼命三郎石秀。天暴星两头蛇解珍。

天哭星双尾蝎解宝。天巧星浪子燕青。

地煞星七十二员

地魁星神机军师朱武。地煞星镇三山黄信。

地勇星病尉迟孙立。地杰星丑郡马宣赞。

地雄星井水轩郝思文。地威星百胜将军韩滔。

地英星天目将彭玘。地奇星圣水将军单廷珪。

地猛星神火将军魏定国。地文星圣手书生萧让。

地正星铁面孔目裴宣。地辟星摩云金翅欧鹏。

地阖星火眼狻猊邓飞。地强星锦毛虎燕顺。

地暗星锦豹子杨林。地辅星轰天雷凌振。

地会星神算子蒋敬。地佐星小温侯吕方。

地佑星赛仁贵郭盛。地灵星神医安道全。

地兽星紫髯伯皇甫端。地微星矮脚虎王英。

地慧星一丈青扈三娘。地暴星丧门神鲍旭。

地默星混世魔王樊瑞。地猖星毛头星孔明。

地狂星独火星孔亮。地飞星八臂哪吒项充。

地走星飞天大圣李衮。地巧星玉臂匠金大坚。

地明星铁笛仙马麟。地进星出洞蛟童威。

地退星翻江蜃童猛。地满星玉旛竿孟康。

地遂星通臂猿侯健。地周星跳涧虎陈达。

地险星白花蛇杨春。地异星白面郎君郑天寿。

地理星九尾龟陶宗旺。地俊星铁扇子宋清。

地乐星铁叫子乐和。地捷星花顶虎龚旺。

地速星中箭虎丁得孙。地镇星小遮拦穆春。

地羁星操刀鬼曹正。地魔星云里金刚宋万。

地妖星摸着天杜迁。地幽星病大虫薛永。

地伏星金眼彪施恩。地僻星打虎将李忠。

地空星小霸王周通。地孤星金钱豹子汤隆。

地全星鬼脸儿杜兴。地短星出林龙邹渊。

地角星独角龙邹润。地囚星旱地忽律朱贵。

地藏星笑面虎朱富。地平星铁臂膊蔡福。

地损星一枝花蔡庆。地奴星催命判官李立。

地察星青眼虎李云。地恶星没面目焦挺。

地丑星石将军石勇。地数星小尉迟孙新。

地阴星母大虫顾大嫂。地刑星菜园子张青。

地壮星母夜叉孙二娘。地劣星活阎婆王定六。

地健星险道神郁保世。地耗星白日鼠白胜。

地贼星鼓上蚤时迁。地狗星金毛犬段景住。

一百八人已经会齐，梁山泊上的气运，要算是全盛了。宋江置酒大会百余人，依次列席，大众商量进行的方法。宋江首先倡议，一是静待招安，一是出图吴会。旋经吴用等酌议，以吴会地方富庶，若攻他无备，去干一番，事情得利，便从此做去，失利亦可还寨，就抚未迟。宋江恰也赞成。嗣又议定航海南行，伺间袭击淮、扬，大家很是同意。席散后，各检点兵械，准备停当，留卢俊义守寨，指日启程。不意海州方面，偏有一位赤胆忠心的贤长官，密伺宋江行径，预先布置，专待宋江等到来。正是：

军志毋人先薄我，古云有备总无虞。

欲知海州战事，容至下回说明。

方腊、宋江，虽皆亡命之徒，而非贪官污吏之有以激之，则必不能为叛逆之举。就令潜图不轨，而附和无人，亦宁能孑身起事？盖自来盗贼蜂起，未有不从官吏所致，苛征横敛，民不聊生，则往往铤而走险，啸聚成群，大则揭竿，小则越货，方腊、宋江，其已事也。唯方腊之为乱大，而宋江之为乱小，方腊之作恶多，而宋江之作恶少，本回分段叙述，于方腊无恕词，于宋江犹有曲笔，而总意则归咎于官吏。皮里阳秋，亶其然乎？

第五十六回　知海州收降及时雨
破杭城计出智多星

却说宋江带领党羽数千人，径趋海滨，适有商舶数十艘，停泊岸边，被江党一声吆喝，跳至船上，船中人多已没命，有被杀的，有自溺的，只水手等不遭杀害，仍叫他照常行驶，唯须听宋江指挥，不得有违。一艘被掳，各艘都逃避不及，一古脑儿被他劫住。他遂命水手鼓棹南行，将至海州附近，忽有水上巡卒，各驾小舟，敓集左右，将有盘查大船的意思。宋江瞧着，恐被露出破绽，不如先行动手，遂一声号令，驱逐巡船。巡船慌忙逃开，并作一路，向海滨奔回。宋江率党前进，将至海旁，见四面芦苇丛集，飘飒有声，智多星吴用忙语宋江道："对面恐防有伏，不应前进。"宋江闻言，亟命退回。舟行未几，果见芦苇丛中，突出兵船多艘，前来截击，那巡船亦分作两翼，围裹拢来。江麾众抵御，且战且退，不防敌舟里面，搬出许多种火物，对着宋江手下各船，陆续抛来，霎时间，各船火起，烈焰冲霄，宋江连声叫苦，也是无益；还是吴用有些主意，指挥党羽，一面扑火，一面射箭，冲开一条血路，向大海中奔去。《水浒传》中，尝写吴用计谋，所以本书亦特别叙明。此外各船，仓猝中不及施救，船中各盗目，或泅水逃逸，或恃勇杀出，剩着一大半，被官军捉住。宋江航海逃生，约行数十里，见后面已无官军，方敢就海岛下面，暂行停泊。

后来三阮、二童、二张等，陆续寻至，还有武松、柴进一班人物，领着几只七洞八穿的残船，狼狈来会，大家统垂头丧气，不发一言。宋江检点党

羽，损失多人，不禁嚎啕大哭。吴用在旁劝道："大哥哭也无益，现在兄弟们多被捉去，须赶紧设法，保他性命为要。"宋江才停住了哭，含泪答道："偌大海州城，能有多少精兵猛将，凶横至此。我当通知卢兄弟，叫他倾寨前来，与他决一死战。"吴用道："不可不可。大哥曾见过官军旗帜，有一斗大的张字否？"宋江道："张字恰有，究系谁人？有这么厉害！"吴用道："怕不是张叔夜么？"宋江道："张叔夜有什么材干？"吴用道："他字嵇仲，素善用兵，前为兰州参军，规划形势，计拒羌人，西陲一带，赖以无恐。兄弟曾闻他调任东南，莫非海州长官，便属此人！"叔夜系宋季忠臣，不得不表明履历，但借吴用口中叙出，又是一种笔法。说至此，有阮小二上前说道："确是这个张叔夜。"吴用道："既系老张在此，我等恐难与战，不若就此归抚罢！"宋江道："难道去投降不成？"吴用道："识时务者为俊杰，且可保全兄弟们性命，请大哥不必再疑！"宋江徐答道："果行此策，亦须有人通使。"吴用道："兄弟愿往。"宋江迟疑不答。吴用道："兄长尽管放心，待弟前去，包管成功。"言已，便另拨一船，向海州去讫。

宋江待了半日，未见吴用回来，心中忐忑不定，转眼间，夕阳已下，天色将昏，乃自登船头，向西遥望。烟波一抹，掩映残霞，隐隐有一舟东来，想是去船已归，心下稍慰。至来舟驶近，果见船中坐着吴用，当下呼声与语，吴用亦应声而起。少顷，两船相并，由吴用踱过了船，与宋江叙谈。宋江问及情形，吴用道："还是恭喜，兄弟们都羁住囚中，明日就要押往汴京，亏得今日先去请降。张知州已一概允诺，并教我等助征方腊，图个进阶，弟已斗胆与约，明晨偕兄长往会便了。"复从吴用口中，叙出请降情形，可省许多的波折。宋江淡淡的答道："事已至此，也只好这般做去。"言为心声，可见宋江本意，未愿招安。随即与同党说明大略。同党也不加可否，但说了"唯命是从"四字。

是夕无话，翌日辰刻，宋江率同吴用，并手下头目数名，乘船至海州。海州虽在海滨，城却距海数里，宋江舍舟登陆，徒步入城，到了州署，吴用首先通报，当有兵役传入，梆声一响，军吏统登堂站立。那仪表堂堂的张知州，由屏后出来，徐步登堂，即命兵役，传召宋江。宋江与吴用等，联步趋入，江向上一瞧，望见这位张知州仪容，不觉心折，便在案前跪禀道："淮南小民宋江谒见。"叔夜正色道："你就是宋江么？今日来降，是否诚心？不妨与本知州明言。如或未肯投诚，本知州也不加强迫，由你去招集徒众，

来与本知州决一雌雄。”儒将风流。宋江闻言，越觉愧服，遂叩首道：“宋江情愿投效，誓不再抗朝廷。”叔夜道：“果愿投诚，不愧壮士。且起来，听我说明！”宋江、吴用等，申谢起立，叔夜乃温颜与语道：“你等皆大宋子民，应知朝廷恩德，日前不服吏命，想亦有激使然。但背叛官吏，不啻背叛朝廷，就使有贪官污吏，逞虐一时，终属难逃国法，你等何勿少忍须臾，免为大逆呢！古人有言：‘既往不咎’，你等前日为非，今日知悔，本知州何忍追究！现当替你等保奏朝廷，令你等往讨方腊，成功以后，不但可赎前愆，且好算得忠臣义士，生得蒙赏，死亦流芳，岂不是名利两全吗？”大义名言，令人感佩。宋江等听这议论，都觉天良发现，感激涕零。叔夜又将俘虏释出，申诫数言，均叩头泣谢。随由宋江遵依命令，愿仍回梁山泊，调集党徒，同往江南，投效军前。叔夜即给与一札，限期赴军，宋江等拜谢而去。

叔夜将招降宋江事，奏闻朝廷，朝议以海州无事，复将叔夜调任济南府，叔夜奉命移节，自不消说。唯宋江回至梁山泊，与卢俊义等说明一切，当即将各寨毁去，并遣散喽啰，只与党徒百余人，同赴江南。刚值熙河前军统领辛兴宗等，在浙西境内的江涨桥，与方七佛等接战。两下相持未决，宋江即麾众杀入，一阵冲荡，即将方军驱退。当下遇着辛兴宗，忙缴呈叔夜手札，兴宗接阅毕，便道：“既由张知州令你到此，且留在营中，静候差遣！”宋江道：“江等来此投军，愿为朝廷效力，现在浙西一带，久苦寇氛，何不即日南下，规复杭州？杭州得手，便可溯江西上，进攻睦州了。”兴宗瞪视良久，方道：“恐没有这般容易。”言下即有妒功忌能的意思。宋江道：“江等愿为前锋，往攻杭州。”兴宗又瞋目道：“你有多少人马？”宋江道：“一百余人。”兴宗反冷笑道：“一百多人，也想破杭州城么？”宋江道：“这也仗统帅派兵接应呢。”兴宗哼了一声，才答道：“照你说来，仍须要我兵出力，何必劳你等前驱？唯你等既要前去，我便拨给弁目，带你同去，看你等能破杭州么？”这等统领，实属可杀。宋江愤懑交迫，急切说不出话来，还是吴用在旁接口，说道：“此事全仗统帅威灵，小民等恭听指挥，胜负虽未敢预料，但既在统帅麾下，声威已足夺人，贼众自容易破灭哩。”兴宗听了这番恭维，才觉有些欢容，便召入神将一名，令率所部千人，与宋江等同攻杭州。且语吴用道：“你等须要仔细，可攻则攻，否则我即前来接应。须知本统领一视同仁，并没有异心相待呢。”还要掩饰。吴用等唯唯而出。宋江语吴用道：“我

实不耐受这恶声，若非张知州恩义，我仍返梁山泊去。”吴用道：“梁山泊亦非安乐窝，我等且去破了杭州，聊报张州官知遇。此后大家同去埋迹，做个逍遥自在的闲民，可好么？”宋江道：“这恰甚是。”言已，即带领百余人，先行登程。兴宗所派的裨将，亦随后进发。将到杭州，方军扼要驻守，均被百余人击退，乘势进薄城下。官军亦随至杭州，唯不敢近城，却在十里外，扎住营寨。

宋江与吴用计议道：“看来官军是靠不住的，我等只有百余人，就使个个努力，亦怎能破得掉这座坚城？”吴用也皱起眉来，半晌才道：“我等且退，慢慢儿计议罢！”道言未绝，忽见城门大开，方七佛驱众杀出，吴用忙命党徒退去。七佛等追了一程，遥望前面有兵营驻扎，恐防有失，乃回军入城。吴用见贼众已回，方择地安营。当夜编党徒为数队，令他潜往城下，分头探察，如或有隙可乘，速即报知。各人应声去讫。到了夜静更阑，才一起一起的回来，多说是守备甚坚，恐难为力，不如待大军到来，并力攻城。独浪里白条张顺，奋然入报道：“我看各处城门，统是关得甚紧，惟涌金门下，恃有深池，与西湖相通，未曾严备，待我跳入池中，乘夜混入，放火为号，斩关纳众，不怕此城不破。”吴用沉思多时，方道：“此计甚险，就使张兄弟得入杭城，我等只有百余人，亦不足与守贼对敌，须通知官军，一同接应。”宋江道：“这却是最要紧的。”鼓上蚤时迁道：“艮山门一带，间有缺堞未修，也可伺黑夜时候，扒入城去。”吴用道：“这还是从涌金门进去，较为妥当。”商议已定，遂于次日下午，将密计报闻官军。官军倒也照允，待至夜餐以后，张顺扎束停当，带着利刃，入帐辞行。吴用道：“时尚早哩。且只你一人前去，我等也不放心，应教阮家三兄弟，与你同行。”张横闻声趋进道：“我亦要去。”兄弟情谊，应该如此。吴用道：“这却甚好，但或不能得手，宁可回来再商。”张顺道：“我不论好歹，总要进去一探，虽死无恨。”已寓死谶。言已即出。

张横与阮家兄弟，一同随行，趱至涌金门外，时将夜半，远见城楼上面，尚有数人守着。张顺等即脱了上衣，各带短刀，攒入池内，慢慢儿摸到城边。见池底都有铁栅拦定，里面又有水帘护住，张顺用手牵帘，不防帘上系有铜铃，顿时乱鸣。慌忙退了数步，伏住水底。但听城上已喧声道：“有贼有贼！”哗噪片时，又听有人说道：“城外并无一人，莫非是湖中大鱼，

入池来游么？”既而哗声已歇，张顺又欲进去。张横道：“里面有这般守备，想是不易前进，我等还是退归罢。”三阮亦劝阻张顺，顺不肯允，且语道：“他已疑是大鱼，何妨乘势进去。”一面说，一面游至栅边，栅密缝窄，全身不能钻入，张顺拔刀砍栅，分毫不动，刀口反成一小缺，他乃用刀挖泥，泥松栅动，好容易扳去二条，便侧身挨入。那悬铃又触动成声，顺正想觅铃摘下，忽上面一声怪响，放下闸板，急切不及退避，竟赤条条被他压死。煞是可怜。张横见兄弟毕命，心如刀割，也欲撞死栅旁。亏得阮家兄弟，将他拦住，一齐退出，仍至原处登陆，衣服具在，大家忙穿好了，只有张顺遗衣，由张横携归。物在人亡，倍加酸楚。这时候的宋江、吴用等，已带着官军，静悄悄的绕到湖边，专望城中消息，不防张横等踉跄奔来，见了宋江，且语且泣。张横更哭得凄切，吴用忙从旁劝住，仍转报官军，一齐退去，尚幸城中未曾出追，总算全师而退，仍驻原寨。

越日，中军统制王禀率部到来，宋江等统去谒见。王禀问及一切，由宋江详细陈明。他不禁叹息道：“烈士捐躯，传名千古，我当代为申报。惟闻城内贼众，多至数万，辛统领仅拨千人，助壮士们来攻此城，任你力大如虎，也是不能即拔，我所以即来援应。今日且休息一宵，明日协力进攻便了。”与兴宗性质不同。宋江等唯唯而出。

翌日黎明，王禀传命饱餐，约辰刻一同进军，大众遵令而行。未几已至辰牌，便拔寨齐起，直捣城下。方七佛开城搦战，两阵对圆，梁山部中的战士，先奋勇杀出，搅入方七佛阵中。王禀也驱军杀上，方七佛遮拦不住，即麾军倒退。急先锋索超，赤发鬼刘唐等，大声呼道：“不乘此抢入城中，报我张兄弟仇恨，尚待何时？”党徒闻言，均猛力追赶，看看贼众，俱已入城，城门将要关闭，刘唐等抢前数步，闯入门中，舞刀杀死三五个门卒，急趋而进。不防里面尚有重闉，已经紧闭，眼见得不能杀入，只好退回。行近门首，城上又坠下闸板，将刘唐等关入城闉，顿时进退无路，被守贼开了内城，一哄杀出。刘唐等料无可逃，拼命与斗，杀死守贼多人，等到力竭声嘶，不是被戕，就是自尽。又是一挫。宋江等留驻城外，无法施救，只眼睁睁的探望城头，不到一时，已将刘唐等首级悬挂出来，可怜宋江以下，统是咬牙切齿，恨不得将城踏破，可奈王禀已传令回军，只好退归原寨。是夕，时迁与同党密约，自去扒城，将到城头，蓦见有一大蛇，长可丈许，昂头吐

舌，蜿蜒而来，那时心中大骇，一个失足，坠落城下，脑浆迸裂，死于非命。同党赶紧舁回，还算是个全尸，不致身首异处。看官试想！城中正在守御，哪里来的大蛇？相传此蛇是用木制成。夜间特地设着，借吓官军。时迁不知是假，竟为所算。做了一生的窃贼，到此亦遭贼算，可谓果报昭然。

宋江闻时迁又死，越觉愁闷。吴用也急得没法，闷守了一两日，忽由王禀召他入商。宋江偕吴用进见，王禀道："此城只可智取，不可力攻，现有侦卒来报，钱塘江中，有贼粮运到，我想派诸位同去夺粮，若能得手，守贼无粮可依，当不战自溃了。"吴用拍手道："不必夺粮，就此可以夺城。"王禀忙问何计？吴用请屏去左右，密与王禀谈了数语。王禀大喜，宋江、吴用返入本营，即令凌振、杜兴、李云、石秀、邹渊、邹润、李立、穆春、汤隆及三阮、二童等人，扮作梢公，扈三娘、顾大嫂、孙二娘扮作梢婆，并将兵械炮石等物，装入袋中，充作粮米，用军船载运，从内河绕出外江，往随粮船后面。适值城中贼众，开城纳船，各粮船鱼贯而入，假粮船亦尾随进去，城门复闭。贼众正要逐船看验，忽报官军攻城，急忙登陴拒守。官军猛扑至晚，守贼只管抵御，无暇顾及粮船。凌振等乘隙行事，将袋中兵械炮石，潜行运出，弃舟上岸。寻至僻处，放起号炮，霎时间满城鼎沸，方七佛忙下城巡逻。城上守御顿疏，那梁山部中的武松、李逵等人，便架梯登城，守贼纷纷逃窜。王禀亦督众随入，杀毙贼众无数。方七佛料不能支，开了南门，向西逸去。武松见七佛窜出，飞步追赶，也不及招呼同党，只是大胆驰行。七佛手下尚有数十骑，回顾背后有人追来，欺他孑身孤影，便回马与战。武松虽然力大，究竟双手不敌四拳，斗了片刻，左臂忽被砍断，险些儿晕倒地上。七佛跳下了马，招呼从贼，来取武松性命，忽劈面一阵阴风，吹得头眩目迷，竟致倒地。可巧张横等也已赶到，你刀我斧，杀死七佛从骑。武松见有帮手，精神陡振，即将七佛揿住，张横忙替他反缚，牵押而归。俗称武松独手擒方腊，想即由此误传。行了数武，张横问武松道："武二哥！曾见我兄弟么？"武松道："约略看见，可惜未曾瞭明。"张横道："我也这般，想是阴灵未散，来助二哥。"武松道："是了，是了。"及返入城中，余贼已经荡尽，当将方七佛推至军前，由王禀验明属实，遂摆了香案，剥去七佛衣服，作为牺牲。当下剖腹取心，荐祭张顺等一班烈士。小子有诗叹道：

休言草泽乏英雄，效顺王家肯死忠。
香火绵延祠墓在，浙西尚各仰英风。

祭毕，王禀拟论功加赏，忽闻辛兴宗、杨惟忠等到来，免不得出城相迎。欲知后事如何，容至下回再叙。

本回叙宋江归降，及克复杭城诸情形，事虽不见正史，而稗乘中固尝载及。且证诸杭人所言，更属历历可考。张顺也，时迁也，武松也，祠墓犹存，杭人犹尸祝之。倘非立功杭地，谁为之立祠而表墓者？唯俗小说中，有授宋江为平南都总管，令率全部往讨方腊，此乃子虚乌有之谈，不足凭信。即如武松独手擒方腊事，亦属以讹传讹。方腊为韩世忠所擒，正史中曾叙及之。况腊在睦州，不在杭州，其谬可知。作者虽有闻必录，而笔下自有斟酌，固非信手掇拾者所可比也。

第五十七回　入深岩得擒叛首　征朔方再挫王师

却说辛兴宗、杨惟忠等到了杭州，由王禀迎入城内。王禀即与言破城情形，并归功宋江、吴用等人。兴宗道："宋江本是大盗，此次虽破城有功，不过抵赎前罪罢了。"王禀道："他手下已死了多人，应该奏闻朝廷，量加抚恤。"兴宗摇首不答，王禀也不便再议。到了次日，各将拟进攻睦州，宋江等入厅告辞道："江等共百有八人，义同生死，今已多半阵亡，为国捐躯，虽是臣民分内事，但为友谊起见，不免悲悼。且余人亦多疲乏，情愿散归故土，死正首邱，还望各统帅允准！"急流勇退，也是知机。王禀道："你等不愿随攻睦州么？"说着，见武松左臂已殊，裹创上前道："看我已成废人，兄弟们亦多受伤，如何能进攻睦州？"王禀迟疑半晌，方道："壮士等既决计归林，我亦不便强留。"说至此，即令军官携出白镪若干，散给众人，作为路费。武松道："我却不要。我看西湖景色甚佳，我恰要去做和尚了。"言毕，飘然竟去。宋江以下，有取路费的，有不取的，随即告别自去，王禀尚叹息不置。后来宋江等无所表见，想是隐遁终身。或谓康王南渡时，关胜、呼延灼曾在途次保驾，拒金死节，未知确否？唯武松墓留存西湖，想系实迹，这且搁过不提。了却宋江。

且说王禀等既定杭州，遂水陆大举，直向睦州进发。方腊闻报，不觉心胆俱落，急急的遁还清溪。看官道是何故？原来方腊部下的精锐，多在杭州，方七佛又是最悍的头目，此次全军陷没，教他如何不惊？就是西路一

带，也纷纷懈体。环庆将杨可世，由泾县过石壁隘，斩首三千级，进拔旌德县。泾原将刘镇，败贼乌村湾，进复宁国县。六路都统制刘延庆，又由江东入宣州，与杨可世、刘镇二军会合，同攻歙州。歙州贼闻风宵遁。这时候的杭州军将，也连复富阳、新城、桐庐各县，直捣睦州。睦州贼开城出战，王禀当先驱杀，辛兴宗、杨惟忠等，又分两翼夹击，任他贼众如何强悍，也被杀得落花流水，弃城而逃。各路军陆续得胜，拟会合全师，协攻清溪，总道是马到成功，一鼓可歼了。前回叙攻克杭城，是用详笔，此回叙攻克诸城，独用简笔，盖因杭城一下，方腊精锐已尽，所以势如破竹。且宋江攻杭城事，只载稗乘，未见正史，不得不格外从详，此即用笔矫变处，善读者自能知之。

不意霍城一方面，忽闯出一个妖贼，叫作富裘道人，居然响应方腊，甘心奉贼年号，肆行剽掠，迭劫东阳、义乌、武义、浦江、金华及新昌、剡溪、仙居诸县。台、越一带，又复大震。还有衢州余贼，也进逼信州，官军又免不得分援，于是方腊尚得负嵎自固，再作一两月圣公。童贯以各军已逼清溪，不能再退，当拜本再乞调师。徽宗因复遣内官梁昶，监鄜延将刘光世，率兵一千八百余人，讨衢、信贼史珪，监河东将张思正，率兵二千六百余人，讨台、越贼关弼，监泾原将姚平仲，率兵三千九百余人，讨浙东余党。刘光世至衢，贼首郑魔王披发仗剑，出城迎击，手下亦统是五颜六色的怪饰，好象一群妖魔出现。魔王下应有这般妖魔。官军却也心惊，渐渐退后。光世毅然下令道："他是假术骗人，毫无艺力，众将士尽可向前杀入。就使他有妖术，本统领自能破他，不必惊惧。"将士闻令，各放胆前进，刀枪并举，冲入贼阵。果然贼众不值一扫，碰着枪就行仆地，受着刀即已断头。郑魔王回马就奔，被刘光世连发二箭，迭中项领，一时忍不住痛，猝然晕倒，官军赶将过去。立刻擒来。余党见魔王受擒，哪里还敢入城？四散逃去。光世遂麾兵入城，嗣是复龙游，复兰溪，复婺州。姚平仲亦复浦江县，张思正又复仙居、剡溪、新昌等县。王禀遂专攻清溪，方腊复自清溪奔回帮源峒。禀径入清溪，檄各军会攻方腊，于是刘镇、杨可世、马公直等，自西路进，王禀、辛兴宗、杨惟忠、黄迪等，自东路进，前后夹攻，戈鋋蔽天。腊众据住帮源峒，依岩为屋，分作三窟，各口甚窄，用众守住，居然有一夫当关万夫莫开的形势。诸将一律纵火，烧入峒口，贼众扼守不住，只好退去。各军士鼓噪而进，既入峒中，又似别有一天，豁然开朗，唯路径丛杂，不知

所向，就是捕得贼众。也不肯供出方腊住处，情愿受死。当下沿路搜觅，陆续剿杀。斩首至万余级，仍未得方腊下落。有一小校，挺身仗戈，带领同志数人，潜行溪谷间，遇一野妇，问明方腊所在，野妇却指明行径，他竟直前捣入，格杀数十人，大胆进去，见方腊拥着妇女，尚在取乐，纵乐如恐不及，想亦自知要死。不由的大喝道："叛贼速来受缚！"方腊瞧着，方将妇女推开，拔刀来斗，战不数合，被小校用戈刺伤，活擒而出。看官道小校何人？便是后来大名鼎鼎的韩世忠。世忠为南宋名将，应用特笔。世忠擒住方腊，行至窟口，适值辛兴宗领兵到来，便令世忠放下方腊，饬军士将他缚住，自己带兵，再入窟中，搜得腊妻邵氏，腊子毫二太子，并伪将方肥等五十二人，一并絷归，所有被掠妇女，概置不问。后来上表奏捷，只说方腊是自己擒住，把韩世忠的功劳，略去不提。看官你道他刁不刁，奸不奸呢？骂得痛快，并且找足前文。各军复搜荡贼党，总计斩首七万级。还有一班良家妇女，被贼淫掠峒中，自经官军杀入，连衣服都不及穿着，多赤条条的缢死林中。其余胁从诸百姓，尚有四十余万，概令归业。总计方腊作乱，共破六州五十二县，戕平民二百万。官军自出征至凯旋，越四百五十日，用兵至十五万人。方腊解至京师，凌迟处死，妻子皆伏诛。富裘道人旋亦授首。余贼朱言、吴邦、吕师囊、陈十四公等散走两浙，亦先后荡平。有诏改睦州为严州，歙州为徽州，加童贯太师，封楚国公。各路统将，俱封赏有差，相率还镇。

会金主命斜也统师侵辽中京，辽兵弃城遁去。金兵进拔泽州，辽主延禧尚在鸳鸯泺会猎，闻报大惊，即率卫士五千余骑，西走云中。途次恐金兵追至，仓忙得很，连传国玺都遗落桑乾河。金斜也复越青岭，令副将粘没喝，一译作泥吗哈，即撒改子。出瓢岭两路会合，径袭辽主行宫。辽主计无所出，复乘轻骑入夹山。金兵乘胜攻西京，击败大同府援兵，竟将西京城夺去，复派别将娄室分徇东胜诸州，得将阿疏，擒住执送金主。金主数责罪状，阿疏道："我乃是一个破辽鬼，若非我奔至，辽皇帝未必起兵。辽国的上京、中京、西京，怎见得为金所取哩？"虽属强词，却也有理。金主微哂道："你算是一个辩才，我便饶你死罪，活罪却不能宽免呢。"遂将加杖三百，逐出帐外。一面遣使至宋，请速出师攻燕京。是时睦寇初平，徽宗颇有心厌兵，蔡京时已奉诏致仕，独王黼进言道："古人有言：'兼弱攻昧，武之善经'，目前辽已将亡，我若不取，燕、云必为女真所有，中原故地，从此无归还日了。"

你想燕、云故土，谁知故土不能重归，反要增他新土呢。徽宗乃决意出师，命童贯为两河宣抚使，蔡攸为副，勒兵十五万，出巡北边，遥应金人。

攸不习戎事，反自谓燕、云诸州，唾手可得，遂趾高气扬的入辞帝阙。可巧徽宗左右有二美嫔侍着，攸望将过去，不觉欲火上炎，馋涎欲滴，便大胆指着二嫔，顾语徽宗道："臣得成功归来，请将二美人赐臣！"侮慢极了。徽宗并不加责，反对他微笑。攸复道："想陛下已经许臣，臣去了。"言毕返身自去。中书舍人宇文虚中上书谏阻，王黼恨他多言，改除集英殿修撰。朝散郎宋昭，乞诛王黼、童贯、赵良嗣等，仍遵辽约，毋构兵端。疏上后，即有诏革除昭名，窜置海南。王黼就三省置经抚房，专治边事，不关枢密，且括全国丁夫，计口出算，得钱六千二百万缗，充作兵费。并贻童贯书道："太师北行，黼愿尽死力。"童贯遂偕蔡攸出师，浩浩荡荡的到了高阳关。途中遇着辽使，谓："奉天锡皇帝新命，愿与中朝，仍修盟好，宁免岁币，毋轻加兵。"童贯不许，辽使乃去。

小子前文所叙，只有辽天祚帝延禧，为什么有夹山天锡皇帝来？析明界限，是著书人惯技。原来辽主延禧走云中，曾留南府宰相张琳，参政李处温，与都元帅耶律淳，同守燕京。即辽南京。至辽主遁入夹山，号令不通，处温与族弟处能，及子奭，外联怨军，内结都统萧干，谋立淳为帝。张琳不能阻，遂与诸大臣耶律大石一译作达什。左弓、虞仲文、曹勇义、康公弼等，集蕃汉诸军，趋至淳府，引唐朝灵武故事，劝淳即位。淳不肯从，李奭竟持入赭袍，披上淳身，令百官就列阶前，拜舞山呼。黄袍加身以后，不谓复见此剧。淳推让再三，终不得辞，乃南面即真，遥降辽主延禧为湘阴王，自称天锡皇帝，建元天福，以妻萧氏为德妃，加封李处温为太尉，张琳为太师，改名怨军为常胜军，军中悉委耶律大石，旋闻宋军来攻燕京。因遣使议和，至得使臣返报，已知和议无成，乃遣达什统军御敌，佐以萧干，迎截宋师。

童贯用知雄州和诜计议，遍张黄榜，晓谕燕民，旗上悬揭"吊民伐罪"四大字。不足示威，反令人笑。且悬赏购求敌士，谓能归献燕京，当除授节度使。哪知辽人相率观望，并没有箪食壶浆，来迎王师。谐谑语。都统制种师道奉命从征，贯令护诸将进兵，师道入谏道："今日出师，譬如盗入邻家，即不能救，又欲与盗分赃，太师尚以为可行么？"贯叱道："天子有命，何人敢违？你怎得妄言惑众？如或违令，当正军法。"师道叹声而出。贯复命

两路进兵，东西并发。东路兵，归师道节制，进趋白沟，西路兵，归辛兴宗节制，进趋范村。师道不得已，领兵前行。前军统制杨可世，已至白沟，忽见辽兵鼓噪前来，势如狂风骤雨，锐不可当。可世先已生畏，步步退却，那辽兵竟捣入阵中，来击后队。亏得师道先已预备，令军士各持巨梃，严防冲突，即闻前军溃退，忙督持梃兵出阻，两下混战一场，辽兵器械虽利，屡被巨梃格去，自午至暮，辽兵一些儿没有便宜，方才退去。师道亦退回雄州，辛兴宗到了范村，亦被辽兵击败，踉跄遁归。师道犹败，何怪兴宗。

童贯闻两军俱败，正弄得没法摆布，忽闻辽使又至，乃召他入见。辽使语贯道："女真背叛本朝，应亦南朝所嫉视，本朝方拟倚为后援，为什么贪利一时，弃好百年，结豺狼作毗邻，贻他日祸根呢？须知救灾恤邻，古今通义，还望大国统盘筹算，勿忘古礼，勿贻后忧。"看官试想！辽使这番说话，乃是理直气壮，教童贯如何答辩得出？当下支吾对付，但说当奏闻朝廷，再行复告。辽使自归，种师道复请与辽和，贯仍不纳，反密劾师道通虏阻兵。王黼从中袒贯，降师道为左卫将军，勒令致仕。用河阳三城节度使刘延庆代任。嗣按徽宗手诏，暂令班师，贯与攸乃相偕还朝。

既而辽耶律淳病死，萧干等奉萧氏为皇太后，主军国事，遥立天祚帝次子秦王定为帝，改元德兴。天祚帝有六子，长名敖卢干，一译作阿啰罕。封晋王，次即秦王定，又次为许王宁，又次为赵王习泥烈，一译作锡里。《辽史·天祚纪》，谓天祚四子，赵王居长，皇子表乃有六子，晋王第一，赵王第四，今依表叙明。又次为燕国王挞鲁，梁王雅里。晋王文妃萧氏，小字瑟瑟，才貌双全，尝因天祚帝无道将亡，作歌讽谏，歌只二首，第一首中有云："直须卧薪尝胆兮，激壮士之捐身；可以朝清漠北兮，夕枕燕、云。"这四语，传诵一时，偏天祚帝引为深恨。枢密使萧奉先为秦、许两王母舅，恐秦王不得嗣立，因欲谋害晋王，遂诬文妃与驸马萧昱及妹夫耶律余覩等，有拥立晋王情事。天祚帝遂赐文妃死，并杀萧昱等人。独耶律余睹脱身降金。金兵入辽，曾用余覩为向导。萧奉先又因此入谗，缢杀晋王敖卢干。及天祚帝遁入夹山，始悟奉先不忠，把他驱逐。奉先欲奔金，被辽军擒还，令他自尽。到了耶律淳疾笃，与李处温、萧干商议，欲迎立秦王。处温虽然面允，颇蓄异图。萧德妃称制，闻处温将通使金、宋，卖国求荣，乃将他处死，并置爽磔刑。

自是萧干专政，人心颇贰，消息传至宋廷，王黼又入白徽宗，申行北

伐，因复命童贯、蔡攸整军再出。辽常胜军统帅郭药师，留守涿州，闻宋师又至，集众与语道："天祚失国，女政不纲，宋师又复压境，看来燕京以南，必归中国，男儿欲取斗大金印，何必恋恋宗邦，不思变计呢？"后来由宋降金，亦本此意。部众应声道："唯统帅命！"药师遂率所部八千人，及涿、易二州版图，诣童贯处乞降。贯大喜，立即表奏，有诏授药师为恩州节度使，令所部归刘延庆节制。延庆奉童贯军令，出发雄州，用药师为前驱，领兵十万人，渡越白沟。延庆部下，多无纪律，药师入谏延庆道："今大军拔寨启行，多不戒备，若敌人置伏邀击，首尾不相应，不就要望尘奔溃么？"延庆不从。行至良乡，辽萧干率众冲来，宋师略略与战，便即退走，被辽兵驱杀一阵，伤毙甚多。延庆收集败众，闭垒不出。药师又复献计道："萧干兵不过万人，今悉力拒我，燕山必虚，愿得奇兵五千，倍道掩袭，定可得胜。唯请公次子光世策兵援应，万不可误！"药师此计，却是可用。延庆许诺，遂遣大将高世宣、杨可世与药师引兵六千，乘夜渡过芦沟，兼程而进。到了黎明，辽常胜军偏帅甄五臣已得消息，亟率五千骑入燕城，药师等继至，城中已有人守备，经宋军猛攻数次，得入外城，遂遣使促萧后出降。萧后已密报萧干，干急率精兵三千，还燕巷战。药师只望刘光世来援，不意杳无影响。甄五臣又复杀出，害得药师等前后受敌，只好与可世一同弃马，缒城奔回。世宣竟战死城中。刘延庆进驻芦沟，既不派遣光世，复不追蹑萧干，真是没用的饭桶。被萧干出截饷道，擒去护粮将王渊，及汉军二人，用布蔽目，羁留帐中。夜半却假意相语道："我军三倍宋军，明晨当分为三队，出击宋营。最精锐的兵士，可冲他中坚，左右翼为应，举火为号，好杀他片甲不回。"说罢，又阴纵一人出帐，令他还报。果然延庆中计，信为真言，待至明旦，遥见火起，疑是辽兵大至，烧营急遁，士卒自相践踏，死亡过半。萧干即纵兵追至涿水，方才退归。燕人知宋无能为，或作赋，或歌诗，讥讽宋军。延庆却没情没绪的，退保雄州，检查军实，丧失殆尽。小子有诗叹道：

> 痴心只望复燕、云，庸帅何堪领六军？
> 一败已羞偏再败，寇氛从此溢河汾。

宋师既败，童贯无法可施，没奈何遣使至金，求他夹攻燕京。毕竟燕京

为谁所夺？待至下回表明。

方腊之乱，虽残破六州，究之小丑跳梁，容易荡平，乃犹调兵至十五万，劳师至四百五十日，方得穷溪荡穴，削平叛逆，原其擒渠之力，实出小校韩世忠之手，而于诸将无与，遑论童贯？贯竟俨为首功，晋爵太师，封公楚国，何其滥赏若此！未几而即有征辽之役，彼殆狃于小胜，而以为无功不可成者？讵知辽虽弩末，敌宋尚且有余，一出即败，再出复溃，不能制辽，安望制金？迨辽亡而宋自随之矣。夫燕本可图，而图者非人，望福而反以徼祸，谁谓功可妄觊乎？君子是以嫉贼臣。

第五十八回　夸功铭石艮岳成山　覆国丧身孱辽绝祀

却说童贯两次失败，无法图燕，又恐徽宗诘责，免不得进退两难，当下想了一策，密遣王瓌如金，请他夹攻燕京。金主也使蒲家奴一译作普嘉努。至宋，以出兵失期相责。徽宗复使赵良嗣往金，金主旻道：旻即阿骨打改名。“汝国约攻燕京，至今尚未成功，反要我国遣兵相助，试思一燕京尚不能下，还想什么十余州？我今发兵攻燕，总可得手，我取应归我有。不过前时有约，我不能忘，灭燕以后，当分给燕京及蓟、景、檀、顺、涿、易六州。”良嗣道：“原约许给山前山后十七州，今乃只许六州，未免背约，贵国不应自失信义。”金主道：“前约原是有的，但十七州为汝国所取，我应让给。目今除涿、易二州自降汝国外，汝国曾取得一州否？”应该嘲笑。良嗣道：“我国曾发兵遥应，牵制辽人，所以贵国得安取四京。”金主勃然道：“汝国若不发兵，难道我不能灭辽么？现在汝国攻燕不下，看我遣兵往攻，能取得否？”由他自夸。良嗣尚欲再辩，金主起身道：“六州以外，寸土不与。”言至此，返身入内，良嗣怅然退出。

既而金主使李靖伴良嗣归，止许山前六州。徽宗复遣良嗣送还，命于六州以外，求营、平、滦三州。良嗣尚未到金，金已出兵三路，进攻燕京。辽萧后上表金邦，求立秦王定，愿为附庸，金主不许。表至五上，仍然未允。萧后乃遣劲兵守居庸关，金兵到了关下，辽兵正思抵御，不料崖石无故坍下，压死多人，大众哗然退走，金兵遂越关南进。辽统军都监高六等，送款

降金，金主闻燕京降顺，也即趋至，率兵从南门入。辽相左企弓，参政虞仲文、康公弼，枢密使曹勇义、张彦忠、刘彦义等，奉表诣金营请罪，金主一律宽免，令守旧职，并遣抚燕京诸州县。独萧德妃与萧干乘夜出奔，自古北口趋天德，于是辽五京均为金有了。宋人攻辽如此其难，金人破辽如此其易，人事耶？天命耶？

赵良嗣转至金军，乞畀平、营、滦三州。金主哪里肯从？但遣使送良嗣归，且献辽俘。试问宋知自愧否？徽宗与王黼还是痴心妄想，令良嗣再去要求，金主非但不允所请，还要将燕京租税，留为己有。良嗣道："有土地必有租税，土地畀我，难道租税独不归我么？"粘没喝在旁厉声道："若不归我租税，当还我涿、易诸州。"良嗣只允输粮二十万石。片语偏种祸根。金又遣使李靖等，与良嗣至宋，请给岁币，且及租税。王黼议岁币如辽额，唯燕京租税，不能尽与金人。当又命良嗣赴金，先后往还数次，金主定要硬索租税，经良嗣再四力争，尚要每年代税钱一百万缗。粘没喝且只肯让给涿、易二州。降臣左企弓又作诗献金主云："君王莫听捐燕议，一寸山河一寸金。"你既晓明此意，为何把燕京降金？还是金主顾念前盟，才定了四条和约：（一）是将宋给辽岁币四十万，转遗金邦。（二）是每岁加给燕京代税钱一百万缗。（三）是彼此贺正旦生辰，置榷场交易。（四）是燕京及山前六州归宋，所有山后诸州，及西北接连一带山川，概为金有。良嗣不肯承认，返至雄州，着人递奏，自在雄州待命。王黼料难与争，遂怂恿徽宗，勉从金议，遥令良嗣再往允约。金主乃使扬璞，赍了誓书，及让给燕京六州约文，呈入宋廷。有诏令童贯、蔡攸入燕交割，谁料到燕京城内，所有职官富民子女玉帛，统已被金人掠去，单剩了一座空城。余如檀、顺、景、蓟诸州，也与燕京相似。交割既毕，金主旋师。童贯、蔡攸亦奉诏还朝。

贯且奏称："燕城老幼，伏道迎谒，焚香称寿。"徽宗特下赦诏，布告燕、云，命左丞王安中为庆远军节度使，兼河北、河东、燕山路宣抚使，知燕山府。郭药师为检校少保，同知府事。一面召药师入朝，格外优待，并赐他甲第姬妾，与贵戚大臣，更互设宴。又命至后园延春殿觐见，药师且拜且泣道："臣在虏中，闻赵皇如在天上，不意今日得觐龙颜。"徽宗闻言喜甚，极加褒奖，并谕他捍守燕京，作为外蔽。药师忙答道："愿效死力。"徽宗又命他追取天祚帝，药师竟变色道："天祚帝系臣故主，臣不敢受诏，请转命

他人。”言下涕泣如雨。所谓小信固人之意，小忠动人之心。徽宗称为忠臣，自解所御珠袍，及二金盆，赏给药师。狼子野心，岂小恩所足要结？药师拜领出殿，即将金盆翦给部众，且语众道：“此非我功，乃是汝等劳力至此，我怎得坐享厚赐呢？”无非做作。越日，又加封少傅，遣他还镇。童贯、蔡攸等，还都复命，徽宗进封贯为徐豫国公，攸为少师，赵良嗣为延康殿学士，并命王黼为太傅，总治三省事，特赐玉带，郑居中为太保。居中自陈无功，不愿受命，未几入朝遇疾，数日而卒。几做郑康国第二。

是年适万岁山成，改名艮岳，遂将朱勔载归的大石，运至山顶，兀然峙立。因新得燕地，特赐嘉名，号为昭功敷庆神运石。看官记着！这万岁山的经营，自政和七年创造，至宣和四年乃成，其间六易寒暑，工役至千万人，耗费且不可胜计，地址在上清宝箓宫东隅，周围十余里。初名万岁山，嗣因山在国都的艮位，因改号艮岳。看不完的台榭宫室，说不尽的靡丽纷华。曾由徽宗自作《艮岳记》，标明大略。看官试拭目览观，容小子录述出来。记曰：

尔乃按图度地，庀徒僝工，累土积石，设洞庭、湖口、丝溪、仇池之深渊，与泗滨、林虑、灵璧、芙蓉之诸山。最瓌奇特异瑶琨之石，即姑苏、武林、明越之壤，荆、楚、江、湘、南粤之野。移枇杷橙柚橘柑榔栝荔枝之木，金蛾玉羞虎耳凤尾素馨渠那茉莉含笑之草，不以土地之殊，风气之异，悉生成长养于雕栏曲槛，而穿石出罅，冈连阜属，东西相望，前后相续。左山而右水，沿溪而傍陇，连绵弥满，吞山怀谷。其东则高峰峙立，其下植梅以万数，绿萼承趺，芬芳馥郁，结构山根，号绿萼华堂。又旁有承岚昆云之亭，有屋内方，外圆如半月，是名书馆。又有八仙馆，屋圆如规。又有紫石之岩，祈真之磴，揽秀之轩，龙吟之堂。其南则寿山嵯峨，两峰并峙，列嶂如屏。瀑布下入雁池，池水清泚涟漪，凫雁浮泳水面，栖息石间，不可胜计。其上亭曰噰噰，北直绛霄楼，峰峦特起，千叠万复，不知其几十里，而方广兼数十里。其西则参术杞菊，黄精芎䓖，被山弥坞，中号药寮。又禾麻菽麦，黍豆秔秫，筑室若农家，故名西庄。有亭曰巢云，高出峰岫，下视群岭，若在掌上。自南徂北，行冈脊两石间，绵亘数里，与东山相望，水出石口，喷薄飞

注如兽面，名之曰白龙渊，濯龙峡，蟠秀练光，跨云亭，罗汉岩。又西半山间，楼曰倚翠，青松蔽密，布于前后，号万松岭。上下设两关，出关下平地，有大方沼，中有两洲，东为芦渚，亭曰浮阳，西为梅渚，亭曰雪浪。沼水西流为凤池，东出为研池，中分二馆，东曰流碧，西曰环山。馆有阁曰巢凤，堂曰三秀，以奉九华玉真安妃圣像。一宠妃耳，为之立像，又称为圣，徽宗之昏谬可知。刘妃卒于宣和三年，追赠皇后。东池后结栋山，下曰挥云厅。复由磴道盘行萦曲，扪石而上。既而山绝路隔，继之以木栈，倚石排空，周环曲折，如蜀道之难跻攀。至介亭最高诸山，前列巨石，凡三丈许，号排衙。巧怪巉岩，藤萝蔓衍，若龙若凤，不可殚穷。丽云半山居右，极目萧森居左，北俯景龙江，长波远岸，弥十余里。其上流注山涧，西行潺湲，为漱玉轩，又行石间，为炼丹亭，凝观圌山亭。下视水际，见高阳酒肆清澌阁。北岸万竹，苍翠蓊郁，仰不见天。有胜筠庵，蹑云台，消闲馆，飞岑亭，无杂花异木，四面皆竹也。又支流为山庄，为回溪，自山溪石罅搴条下平陆，中立而四顾，则岩峡洞穴，亭阁楼观，乔木茂草，或高或下，或远或近，一出一入，一荣一雕，四面周匝，徘徊而仰顾，若在重山大壑深谷幽崖之底，不知京邑空旷，坦荡而平夷也。又不知郛郭寰会，纷萃而填委也。真天造地设，人谋鬼化，非人力所能为者，此举其梗概焉。

看官阅视此文，已可知是穷工极巧，光怪陆离。还有神运石旁，植立两桧，一因枝条夭矫，名为朝日升龙之桧，一因枝干偃蹇，名为卧云伏龙之桧，俱用金牌金字，悬挂树上，徽宗又亲题一诗云：

拔翠琪树林，双桧植灵囿。上稍蟠木枝，下拂龙髯茂。撑拿天半分，连卷虹两负。为栋复为梁，夹辅我皇构。

后人谓徽宗此诗，已寓隐谶，桧即后来的秦桧，半分两负，便是南渡的预兆。着末一构字，又是康王的名讳，岂不是一种诗谶么？未免附会。当时各宦官争出新意，土木已极宏丽，只有巧禽罗列，未能尽驯，免不得引为深虑。适有市人薛翁，善豢禽兽，即请诸童贯，愿至艮岳山值役。贯许他入

值，他即日集舆卫，鸣跸张盖，随处游行。一面用巨盘，盛肉炙粱米，自效禽言，呼鸟集食。群鸟遂渐与狎暱，不复畏人，遂自命局所曰来仪所。一日，徽宗往游，闻清道声，翔禽毕集，作欢迎状。薛翁先用牙牌奏道："旁道万岁山瑞禽迎驾。"徽宗大喜，赐给官阶，赉予加厚。又就山间辟两复道，一通茂德帝姬宅，一通李师师家。徽宗游幸艮岳，辄乘便至两家宴饮。嗣因万寿峰产生金芝，复更名寿岳。唯徽宗喜怒无常，嗜好不一，土木神仙，声色狗马，无不中意。但往往喜新厌故，就是待遇侍臣，也忽然加膝，忽然坠渊。最宠用的是蔡京，然尝三进三退，其次莫如道流，王仔昔初甚邀宠，政和七年，林灵素将他排斥，与内侍冯浩进谗，即把仔昔下狱处死；灵素得宠数年，至宣和二年春季，因他不礼太子，也斥还故里；就是童贯、蔡攸收燕归来，当时是一一加封，备极恩遇，未几又嫌他骄恣，渐有后言。王黼、梁师成共荐内侍谭稹，才足任边，可代童贯。乃令贯致仕。授谭稹两河、燕山路宣抚使，稹至太原，招朔、应、蔚诸州降人，为朔宁军，威福自恣，遂又酿出宋、金失和的衅隙来了。都是这班阉人，摇动宋室江山。

先是辽天祚帝延禧遁入夹山，接前回。复为金兵所袭，转奔讹莎烈，一译作郭索勒。且向夏主李乾顺处求援。夏师统军李良辅率兵三万往援辽主，到了宜水，被金将干鲁、娄室等，娄室一译作洛索。一阵杀败，匆匆逃归。经过野谷，又遇涧水暴发，漂没多人。夏兵不敢再发，辽主越觉穷蹙。金将干离不，一译作干喇布。复与降将余睹，追袭辽主至石辇驿。金兵不过千人，辽兵却有二万五千，辽兵以我众彼寡，定可获胜，遂命副统军萧特烈与战，自率妃嫔等登山遥观。不意余睹指示金兵上山掩击，辽主猝不及防，慌忙遁走，辽兵亦因此大溃，所有辎重，尽被金兵夺去。及辽主奔至四部族，萧德妃亦自天德趋至，与辽主相见。辽主竟将萧德妃杀死，追降耶律淳为庶人。独萧干别奔卢龙镇，招集旧时奚人及渤海军，自立为奚国皇帝，改元天复。奚本契丹旧部，与辽主世为婚姻，本姓舒噜氏，后改萧氏，所以契丹初兴，史官或称他为奚契丹。萧干既自称奚帝，当然与辽主反对，《通鉴辑览》中，改萧干名为和勒博，本书仍称萧干，免乱人目。辽主方命都统耶律马哥往讨萧干，哪知金将干鲁、干离不等，又统兵追蹑前来。辽主闻着金兵，好似犬羊遇虎一般，未曾相见，早已胆落，急忙逃往应州。干鲁等掳得辽将耶律大石，用绳牵住，令为向导，穷追辽主。途中被他赶着，把秦王定、许王宁、赵王习泥烈

及诸妃公主并从臣等，尽行拿住。唯辽主尚在前队，抱头窜去。季子梁王雅里，及长女特里，幸有太保特母哥一译作特默格。护着，乘乱走脱。辽主尽失属从，凄惶万状，还恐金兵在后追赶，乃遣人持兔纽金印，向金军前乞降，自己亟西走云内。旋得去使持还复书，援石晋北迁事，待遇辽主。契丹曾虏晋出帝。降为负义侯，置黄龙府。辽主又答称乞为子弟，量赐土地，干离不不许。辽主欲奔依西夏，萧特烈谏阻不从，遂渡河西行。特烈竟劫梁王雅里走西北部，拥立为帝，改元神历。不到数月，雅里竟死，有辽宗室耶律术烈辽兴宗宗真孙。随着，又由特烈等辅立。阅二十余日，竟遭兵乱，术烈被弑，特烈亦死于乱军中。

萧干自为奚帝后，恰驱众出卢龙岭，攻破景州，继陷蓟州，前锋直逼燕城。郭药师麾众出战，大败萧干，乘胜追越卢龙岭，杀伤大半。萧干败遁，其下耶律阿古哲把他杀死，将首级献与药师。药师函首送京，得加封太尉。

那时辽地尽失，仅存一天祚帝，奔走穷荒，满望至西夏安身，免为俘虏。偏金人厉害得很，先遣使贻书夏主，令执送天祚帝，当割地相赠。夏主乾顺拒绝辽主，且遥奉誓表，愿以事辽礼事金，金遂如约界地，令粘没喝割下寨以北，阴山以南，及乙室邪剌部，一译作伊锡伊喇部。吐禄、一译作图噜。泺西地与夏。夏与金自此通好，信使不绝。唯辽主不得往夏，再渡河东还，适值耶律大石自金逃归，辽主责大石道："我尚未死，你何敢立淳？"大石答道："陛下据有全国，不能一次拒敌，乃弃国远逃，就是臣立十淳，均是太祖子孙，比诸乞怜他族，不较好么？"辽主不能答，反赐他酒食，仍令随驾。会有乌古迪里部谟葛失一译作玛克锡。迎辽主至部，奉承惟谨。辽主再出兵，收复东胜诸州，到了武州，与金人接战，败走山阴。徽宗欲诱致延禧，令番僧赍书往迎，许以帝礼相待。辽主初欲南来，继思宋不可恃，拟奔党项。途次复遇金兵，恐为所见，忙弃马窜免。途穷日暮，竟至绝粮，沿途啮冰饮雪，聊充饥渴，好容易到了应州东鄙，被金将娄室追及，活捉而去。金废他为海滨王，未几将他杀死，用万马践尸。辽亡。总计辽自太祖阿保机称帝，共历八主，凡二百有十年。唯耶律大石西走可敦城，可敦一译作哈舌。会集西鄙七州十八部，战胜西域，至起儿漫一译作克将木。地方，自称天祐皇帝，改元延庆。妻萧氏为昭德皇后，又绵延了三世，历史上号为西辽。小子有诗叹天祚帝道：

朔漠纵横二百年，后人失德祀难延。
从知兴替皆人事，莫向虚空问昊天。

辽亡以后，金欲恃强南下，正苦无词可借，偏宋人自去寻衅，引他进来，看官试阅下回，自知详情。

费无数心力，劳无数兵民，仅得七空城，反欲铭功勒石，何其侈也？艮岳山之成，需时六年，内恣佚乐，外矜挞伐，天下有如是淫昏之主，而能长保国祚耶？夫辽天祚亦一淫昏主耳，弃国远奔，流离沙漠，卒之身为金虏，万马践尸，徽宗苟有人心，应知借鉴不远。况国势孱弱，比辽为甚，辽不能敌金，宋且不能敌辽，燕、云之约，金敢背之，其蔑宋之心，已可概见。此时励精图治，犹且不遑，遑敢恣肆乎？故吾谓北有辽天祚，南有宋徽宗，天生两昏君，相继亡国，实足为后来之鉴。后人鉴之而不知惩，亦使后人而复哀后人也。

第五十九回　启外衅胡人南下　定内禅上皇东奔

却说宣和五年六月，金平州留守张瑴或作觉。或作珏。归宋，大书特书为宋、金启衅张本。瑴本仕辽，为辽兴军节度副使，辽主走山西，平州军乱，瑴入抚州民，因知州事。金既灭辽，仍令瑴知平州，寻改平州为南京，命瑴留守。会金驱辽相左企弓、虞仲文、曹勇义、康公弼等，及燕京大家富民，悉行东徙。道出平州，燕民不胜困苦，入语瑴道："左企弓等不能守燕，害得我等百姓流离道旁，今公仍拥巨镇，握强兵，何不为辽尽忠，令我等重归乡土，勉图恢复呢？"瑴闻言不禁心动，遂召诸将商议。诸将如燕民言，且谓："复辽未成，亦可归宋。"瑴乃至滦河西岸，召左企弓等数人，数他十罪，一一绞死，掷尸河中，仍守辽正朔，榜谕燕民复业，燕民大悦。瑴恐金人来讨，乃遣张钧、张敦固持书至燕山府，愿以平州归宋，宣抚使王安中，喜出望外，立即奏闻。王黼亦以为奇遇，劝徽宗招纳降臣。但管目前，不顾日后。赵良嗣进谏道："国家新与金盟，若纳降张瑴，必失金欢，后不可悔。"徽宗不从，反斥责良嗣，坐削五阶。即诏安中妥加安抚，并蠲免平州三年常赋。

看官！你想金邦方当新造，强盛无比，怎肯令张瑴叛逆，不加讨伐？当即遣干离不、阇母等，督兵攻平州。阇母率三千骑，先至城下，见城上守备颇严，暂行退去。瑴即捏报胜仗，有诏建平州为泰宁军，授瑴节度使，犒赏银绢数万。朝使将至平州，瑴出城远迎，不料干离不乘虚掩击，设伏诱瑴。瑴闻警还援，遇伏败走，宵奔燕山。平州都统张忠嗣及张敦固开城出降，干

离不令敦固还谕城中，并遣使偕入。城中人杀死金使，推敦固为都统，闭门固守。干离不大怒，遂督众围城，一面向燕山府，索交张彀。王安中见彀奔至，匿留不遣，偏金使屡来索取，安中没法，只好将貌与彀相似的军民，杀了一个，枭首畀金。妄杀平民，成何体制？金使持去，既而又来，把首掷还，定要索张彀真首级，否则移兵攻燕。安中又惊惧异常，奏请杀彀畀金，免启兵端。徽宗不得已，准奏。安中遂缢杀张彀，割了首级，并执彀二子送金。

燕降将及常胜军，动了兔死狐悲的观念，相率泣下。郭药师忿然道："金人索彀，即与彀首，倘来索药师，亦将与药师首么？"于是潜蓄异图，讹言百出。安中大恐，力请罢职，诏召为上清宝箓宫使，别简蔡靖知燕山府事。会金主旻病殂，立弟吴乞卖，易名为晟，谥阿骨打为武元皇帝，庙号太祖，改元天会。宋遣使往贺，并求山后诸州，金主晟以新即大位，不欲拒宋，颇有允意。粘没喝自云中驰还，入阻金主。金主乃止许割让武、朔二州，唯索赵良嗣所许粮米二十万石。谭稹答道："良嗣口许，岂足为凭？"因拒绝金使。金人遂怒宋无礼，决意南侵，会阇母攻克平州，杀张敦固，移兵应蔚，势将及燕。宋廷以谭稹措置乖方，勒令致仕，仍起童贯领枢密院事，出为两河燕山路宣抚使。定要令他拱送河山。

时国库余积，早已用罄，当童贯伐辽时，已命宦官李彦，括京东西路民田，增收租赋。又命陈遘，经制江淮七路，量加税率，号经制钱。至是又因燕地需饷，用王黼议，令京西、淮南、两浙、江南、福建、荆湖、广南诸路，编置役夫各数十万，民不即役，令纳免夫钱，每人三十贯。委漕臣定限督缴，所得不到二万缗，人民已痛苦不堪，怨声载道。

徽宗尚荒耽如故，每夕微行。王黼奏称宅中生芝，徽宗以为奇异，夜往游观。见堂柱果有玉芝，信为瑞征，倍加喜慰。芝生堂柱，就使非伪，亦是不祥。黼设宴款待，并邀梁师成列席。师成自便门进来，谒见徽宗。原来师成私第，与王黼毗邻，黼事师成如父，尝称为恩府先生，应五十三回。因此开户相通，借便往来。经徽宗问明底细，也欲过去临幸，命从便门越入。师成当然备宴，一呼百诺，厨役立集，不到半时，居然搬出盛肴，宴飨徽宗。徽宗高兴得很，连举巨觥，痛饮至醉。嗣复再至黼宅，继续开宴，酒后进酒，醉上加醉，竟饮得昏昏沉沉，不省人事。若就此醉死，也省得囚死五国城。待至五更，方由内侍十余人，拥至艮岳山旁的龙德宫，开复道小门，引还大内。翌日尚

不能御殿，人情汹汹，禁军齐集教场，严备不虞。及徽宗酒醒，强起视朝，已是日影过午，将要西斜，唯人心赖以少定。退朝后，适尚书右丞李邦彦，入内请安，徽宗与语被酒事。邦彦道："王黼、梁师成交宴陛下，敢是欲请陛下作酒仙么？"徽宗默然不答，看官道邦彦为何等人物？他本是银工李浦子，风姿秀美，质性聪悟，为文敏而且工；初补太学生，旋以上舍及第，授秘书省校书郎，好讴善谑，尤长蹴踘，每将街市俚语，集成俚曲，靡靡动人。徽宗喜弄文翰，因目为异才，累擢至尚书右丞，很加宠眷。邦彦自号李浪子，时人称他为浪子宰相。专用这等人物，如何治国？此次入见，轻轻一语，便引起徽宗疑心。太子桓尝私嫉王黼，黼欲援立徽宗三子郓王楷，与谋夺嫡，事尚未成，偏彼邦彦探悉，即行密奏，蔡攸又从旁作证。中丞何㮚，复论黼专权误国十五事，乃勒黼致仕，擢白时中为太宰，李邦彦为少宰，张邦昌已任中书侍郎，守职如旧。赵野、宇文粹中为尚书左右丞。再起蔡京，领三省事。始终不忘此贼。京自是已四次当国，两目昏眊，不能视事，胡不遄死？一切裁判，均命季子絛取决。絛擅权用事，肆行无忌，白时中、李邦彦等尚畏他如虎，就是他胞兄蔡攸，亦屡讦絛罪，劝徽宗诛絛。好一个大阿哥，竟想大义灭亲。徽宗因勒停侍养，不得干政。攸意尚未释，必欲加罪季弟，且怨及乃父。看官阅过前文，应早知蔡攸父子，统是奸臣，蔡京夙爱季子，早为攸所怀恨，至攸得受封少师，权力与京相等。遂与京分党，父子几成仇敌。父既不忠，子自不孝。由是益加媒蘖，接连下诏，褫絛官，复勒京致仕，且复元丰官制，命三公毋领三省事，唯晋封童贯为广阳郡王，令治兵燕山，加意防金。

是时天狗星陨，有声若雷；黑眚现禁中，状如龟，长约丈余，腥风四洒，兵刃不能加，后复出入人家，掠食小儿，二年乃息；都中有酒保朱氏女生髭，长六七寸，疏秀若男人；又有卖青果男子，怀孕诞儿，有狐升御榻高坐；又有都门外的卖菜夫，至宣德门下，忽若痴迷，释去荷担，戟手詈道："太祖皇帝，神宗皇帝，使我来言，宜速改为要。"逻卒捕他下开封狱，一夕省悟，并不自知前事，狱吏竟将他处死。他若京师、河东、陕西、熙河、兰州等地，相继震动，陵谷易处，仓库皆没。种种天变人异，杂沓而来。宋廷君臣，尚是侈语承平，恬不知惧。

至金使来汴，置酒相待，每将尚方珍宝，移陈座隅，夸示富盛，哪知金人已眈眈逐逐，虎视南方，闻得汴都繁盛，恨不得即日并吞，囊括而去。宣

和七年十月，金命斜也为都元帅，坐镇京师，调度军事。粘没喝为左副元帅，偕右监军谷神，一译作固新。右都监耶律余覩，自云中趋太原，挞懒一译作达赉，系盈哥子。为六部路都统，率南京路都统阇母，汉军都统刘彦宗，自平州入燕山。两路分道南侵，那宋徽宗尚昏头磕脑，令童贯往议索地事宜。实是做梦。先是金使至汴，徽宗向索山后诸州，金使不允，嗣经往复筹商，才有割让蔚、应二州，及飞狐、灵邱二县的允议。至是贯往受地，到了太原，闻粘没喝领兵南下，料知有变，遂遣马扩、辛兴宗赴金军问明来意，并请如约交地。粘没喝严装高坐，胁扩等庭参，如见金主礼。礼毕，扩问及交地事，粘没喝怒目道："尔还想我两州两县么？山前山后，俱我家地，何必多言！尔纳我叛人，背我前盟，当另割数城界我，还可赎罪！"扩不敢再说，与兴宗同还，复告童贯，且请速自备御。贯尚泰然道："金初立国，能有多少兵马，敢来窥伺我朝？"道言未毕，忽报有金使王介儒、撒离拇持书到来，当由贯传令入见，两使昂然趋入，递上书函。贯展阅后，不禁气慑，便支吾道："贵国谓我纳叛渝盟，何不先来告我？"撒离拇道："已经兴兵，何必再告。如欲我退兵，速割河东、河北，以大河为界，聊存宋朝宗社。"贯闻言，舌挢不能下，半晌才道："贵国不肯交地，还要我国割让两河，真是奇极！"撒离拇作色道："你不肯割地，且与你一战何如？"言已，竟偕王介儒自去。

童贯心怀畏怯，即欲借赴阙禀议为名，遁还京师。知太原府张孝纯劝阻道："金人败盟，大王应会集诸路将士，勉力支持，若大王一去，人心摇动，万一河东有失，河北尚保得住么？"童贯怒叱道："我受命宣抚，并无守土的责任，必欲留我，试问置守臣做什么？"要你做什么郡王？遂整装径行。孝纯自叹道："平日童太师作许多威望，今乃临敌畏缩，捧头鼠窜，有何面目见天子么？"他本不要什么脸面。既而闻金兵攻克朔、代二州，直下太原，遂誓众登城，悉力固守。金兵进攻不下，才行退去。河东路已失二州，燕山路又遭兵祸，干离不等入攻燕山府，知府事蔡靖与郭药师商议，令带兵出御。药师早蓄异心，因蔡靖坦怀相待，不忍遽发，至是与部将张令徽、刘舜仁等，率兵四万五千名迎战北河，金兵尽锐前来。药师料不可当，未战先却，被金兵驱杀一阵，败还燕山。至金兵追至城下，他竟劫靖出降。干离不既得药师，燕山州县当然归命，遂用药师为向导，长驱南下，直偪大河。

警报与雪片相似，飞达宋廷，徽宗急命内侍梁方平率领禁军，往扼黎阳。又用一个阉人。出皇太子桓为开封牧，且饬罢花石纲，及内外制造局，并诏天下勤王。宇文虚中入对道："今日事情危急，应先降诏罪己，改革弊端，或可挽回人心，协力对外。"徽宗忙道："卿即为朕草起罪己诏来。"虚中受命，就在殿上草诏，略云：

朕以寡昧之姿，借盈成之业，言路壅蔽，面谀日闻，恩幸持权，贪饕得志，缙绅贤能，陷于党籍，政事兴废，拘于纪年，赋敛竭生民之财，戍役困军旅之力，多作无益，侈靡成风。利源酤榷已尽，而牟利者尚肆诛求。诸军衣粮不时，而冗食者坐享富贵。灾异迭见，而朕不悟，众庶怨怼，而朕不知，追维已愆，悔之何及！思得奇策，庶解大纷。望四海勤王之师，宣二边御敌之略，永念累圣仁厚之德，涵养天下百年之余。岂无四方忠义之人，来徇国家一日之急，应天下方镇郡县守令，各率众勤王，能立奇功者，并优加奖异。草泽异材，能为国家建大计，或出使疆外者，并不次任用。中外臣庶，并许直言极谏，推诚以待，咸使闻知！

草诏既成，呈与徽宗。徽宗略阅一周，便道："朕已不吝改过，可将此诏颁行。"虚中又请出宫人，罢道官，及大晟府行幸局，暨诸局务，徽宗一一照准。并命虚中为河北、河东路宣谕使，召诸军入援。急时抱佛脚，已来不及了。虚中乃檄熙河经略使姚古，秦凤经略使种师中，领兵入卫。怎奈远水难救近火，宫廷内外，时闻寇警，一日数惊。金兵尚未过河，宋廷已经自乱，如何拒敌？徽宗意欲东奔，令太子留守。太常少卿李纲，语给事中吴敏道："诸君出牧，想是为留守起见，但敌势猖獗，两河危急，非把大位传与太子，恐不足号召四方。"也是下策。敏答道："内禅恐非易事，不如奏请太子监国罢！"纲又道："唐肃宗灵武事，不建号不足复邦，唯当时不由父命，因致贻讥，今上聪明仁恕，公何不入内奏闻？"敏欣然允诺。翌日，即将纲言入奏。徽宗召纲面议，纲刺臂流血，书成数语，进呈徽宗。徽宗看是血书，不禁感动，但见书中写道：

皇太子监国，礼之常也。今大敌入攻，安危存亡，在呼吸间，犹守常礼可乎？名分不正而当大权，何以号召天下，期成功于万一哉？若假皇太子以位号，使为陛下守宗社，收将士心，以死悍敌，则天下可保矣。臣李纲刺血上言。

阅毕，徽宗已决意内禅，越日视朝，亲书“传位东宫”四字，付与蔡攸。攸不便多言，便令学士草诏，禅位太子桓，自称道君皇帝。退朝后，诏太子入禁中。太子进见，涕泣固辞。徽宗不许，乃即位，御垂拱殿，是为钦宗。礼成，命少宰李邦彦为龙德宫使，进蔡攸为太保，吴敏为门下侍郎，俱兼龙德宫副使。尊奉徽宗为教主道君太上皇帝，退居龙德宫。皇后郑氏为道君太上皇后，迁居宁德宫，称宁德太后。立皇后朱氏。后系武康军节度使朱伯材女，曾册为皇太子妃，至是正位中宫，追封后父伯材为恩平郡王，授李纲兵部侍郎，耿南签书枢密院事。遣给事中李邺赴金军，报告内禅，且请修好。干离不遣还李邺，即欲北归，郭药师道：“南朝未必有备，何妨进行？”坏尽天良。干离不从药师议，遂进陷信德府，驱军而南，寇氛为之益炽。太学生陈东率诸生上书，大略说是：

今日之事，蔡京坏乱于前，梁师成阴贼于内，李彦敛怨于西北，朱勔聚怨于东南，王黼、童贯又从而结怨于辽；金创开边隙，使天下大势，危如丝发，此六贼者，异名同罪，伏愿陛下禽此六贼，肆诸市朝，传首四方，以谢天下。

是书呈入，时已残腊，钦宗正准备改元，一时无暇计及。去恶不急，已知钦宗之无能为。越年，为靖康元年正月朔日，受群臣朝贺，退诣龙德宫，朝贺太上皇。国且不保，还要什么礼仪？诏中外臣庶，直言得失。李邦彦从中主事，遇有急报，方准群臣进言，稍缓即阴加沮抑。当时有“城门闭，言路开，城门开，言路闭”的传闻。忽闻金干离不攻克相、浚二州，梁方平所领禁军，大溃黎阳，河北、河东制置副使何灌，退保滑州，宋廷惶急得很。那班误国奸臣，先捆载行李，收拾私财，载运娇妻美妾，爱子宠孙，一古脑儿出走。第一个要算王黼，逃得最快，第二个就是蔡京，尽室南行。连太上皇也准备

行囊，要想东奔了。搅得这副田地，想走到哪里去？

吴敏、李纲请诛王黼等，以申国法，钦宗乃贬黼官，窜置永州，潜命开封府聂昌，遣武士杀黼。黼至雍邱南，借宿民家，被武士追及，枭首而归。李彦赐死，籍没家产。朱勔放归田里。在钦宗的意思，也算从谏如流，惩恶劝善，无如人心已去，无可挽回。金兵驰至河滨，河南守桥的兵士，望见金兵旗帜，即毁桥远飏。金兵取小舟渡河，无复队伍，骑卒渡了五日，又渡步兵，并不见有南军，前去拦截。金兵俱大笑道："南朝可谓无人。若用一二千人守河，我等怎得安渡哩？"至渡河已毕，遂进攻滑州，何灌又望风奔还。这消息传入宫廷，太上皇急命东行，当命蔡攸为上皇行宫使，宇文粹中为副，奉上皇出都，童贯率胜捷军随去。看官道什么叫作胜捷军，贯在陕西时，曾募长大少年，作为亲军，数达万人，锡名胜捷军。可改名败逃军。至是随上皇东行，名为护跸，实是自护。上皇过浮桥，卫士攀望悲号，贯唯恐前行不速，为寇所及，遂命胜捷军射退卫士，向亳州进发。还有徽宗幸臣高俅，亦随了同去。正是：

祸已临头犹作恶，法当肆市岂能逃？

上皇既去，都中尚留着钦宗，顿时议守议走，纷纷不一。究竟如何处置，请试阅下回续详。

狃小利而忘大祸，常人且不可，况一国之主乎？张觳请降，即宋未与金通和，犹不宜纳，传所谓得一夫，失一国，与恶而弃好，非谋也。徽宗乃贪小失大，即行纳降，至责言既至，仍函觳首以畀金，既失邻国之欢，复懈降人之体，祸已兆矣。迨索粮不与，更激金怒，此时不亟筹守御，尚且观芝醉酒，沉湎不治，甚至天变儆于上，人异现于下，而彼昏不知，酣嬉如故，是欲不亡得乎？金兵南下，两河遽失，转欲卸责于其子，而东奔避敌，天下恐未有骄奢淫纵，而可倖免祸难者也。故亡北宋者，实为徽宗，而钦宗犹可恕云。

第六十回　遵敌约城下乞盟
满恶贯途中授首

却说钦宗送上皇出都，白时中、李邦彦等亦劝钦宗出幸襄邓，暂避敌锋。独李纲再三谏阻，钦宗乃以纲为尚书右丞，兼东京留守。会内侍奏中宫已行，钦宗又不禁变色，猝降御座道："朕不能再留了。"纲泣拜道："陛下万不可去，臣愿死守京城。"钦宗嗫嚅道："朕今为卿留京，治兵御敌，一以委卿，幸勿疏虞！"试问为谁家天下，乃作此语？纲涕泣受命。次日，纲复入朝，忽见禁卫环甲，乘舆已驾，将有出幸的情状，因急呼禁卫道："尔等愿守宗社呢，抑愿从幸呢？"卫士齐声道："愿死守社稷。"纲乃入奏道："陛下已许臣留，奈何复欲成行？试思六军亲属，均在都城，万一中道散归，何人保护陛下？且寇骑已近，倘侦知乘舆未远，驱马疾追，陛下将如何御敌？这岂非欲安反危吗？"钦宗感悟，乃召中宫还都，亲御宣德楼，宣谕六军。军士皆拜伏门下，山呼万岁。随又命纲为亲征行营使，许便宜从事。纲急治都城四壁，缮修战具，草草告竣，金兵已抵城下，据牟驼冈，夺去马二万匹。

白时中畏惧辞官，李邦彦为太宰，张邦昌为少宰。钦宗召群臣议和战事宜，李纲主战，李邦彦主和。钦宗从邦彦计，竟命员外郎郑望之，防御使高世则，出使金军。途遇金使吴孝民，正来议和，遂与偕还。哪知孝民未曾入见，金兵先已攻城，亏得李纲事前预备，运蔡京家山石叠门，坚不可破。到了夜间，潜募敢死士千人，缒城而下，杀入金营，斫死酋长十余人，兵士百余人。干离不也疑惧起来，勒兵暂退。

越日，金使吴孝民入见，问纳张瑴事，要索交童贯、谭稹等人。钦宗道：“这是先朝事，朕未曾开罪邻邦。”孝民道：“既云先朝事，不必再计，应重立誓书修好，愿遣亲王宰相，赴我军议和。”钦宗允诺，乃命同知枢密院事李棁，偕孝民同行。李纲入谏道：“国家安危，在此一举，臣恐李棁怯懦，转误国事，不若臣代一行。”钦宗不许。李棁入金营，但见干离不南面坐着，两旁站列兵士，都带杀气，不觉胆战心惊，慌忙再拜帐下，膝行而前。我亦腼颜。干离不厉声道：“汝家京城，旦夕可破，我为少帝情面，欲存赵氏宗社，停兵不攻，汝须知我大恩，速自改悔，遵我条约数款，我方退兵，否则立即屠城，毋贻后悔！”说毕，即取出一纸，掷付李棁道：“这便是议和约款，你取去罢！”棁吓得冷汗直流，接纸一观，也不辨是何语，只是喏喏连声，捧纸而出。干离不又遣萧三宝奴、耶律中、王汭三人，与李棁入城，候取复旨。翌旦，金兵又攻天津、景阳等门，李纲亲自督御，仍命敢死士，缒城出战，用何灌为统领，自卯至酉，与金兵奋斗数十百合，斩首千级。何灌也身中数创，大呼而亡。金兵又复退去。李纲入内议事，见钦宗正与李邦彦等，商及和约，案上摆着一纸，就是金人要索的条款，由李纲瞧将过去，共列四条：

> 一、要输金五百万两，银五千万两，牛马万头，表缎万匹，为犒赏费。二、要割让中山、太原、河间三镇地。三、宋帝当以伯父礼事金。四、须以宰相及亲王各一人为质。

纲既看完条款，便抗声道：“这是金人的要索么？如何可从？”邦彦道：“敌临城下，宫庙震惊，如要退敌，只可勉从和议。”纲奋然道：“第一款，是要许多金银牛马，就是搜括全国，尚恐不敷，难道都城里面，能一时取得出么？第二款，是要割让三镇地，三镇是国家屏藩，屏藩已失，如何立国？第三款，更不值一辩，两国平等，如何有伯侄称呼？第四款，是要遣质，就使宰相当往，亲王不当往。”此语亦未免存私，转令奸相借口。钦宗道：“据卿说来，无一可从，倘若京城失陷，如何是好？”纲答道：“为目前计，且遣辩士，与他磋商，迁延数日，俟四方勤王兵，齐集都下，不怕敌人不退。那时再与议和，自不致有种种要求了。”邦彦道：“敌人狡诈，怎肯令

我迁延？现在都城且不保，还论什么三镇？至若金币牛马，更不足计较了。”设或要你的头颅，你肯与他否？张邦昌亦随声附和，赞同和议。纲尚欲再辩，钦宗道：“卿且出治兵事，朕自有主张。”纲乃退出，自去巡城。谁料李、张二人，竟遣沈晦与金使偕去，一一如约。待纲闻知，已不及阻，只自愤懑满胸，嗟叹不已。

钦宗避殿减膳，括借都城金银，甚及倡优家财，只得金二十万两，银四百万两，民间已空，远不及金人要求的数目，第一款不能如约，只好陆续措缴。第二款先奉送三镇地图，第三款赍交誓书，第四款是遣质问题，当派张邦昌为计议使，奉康王构往金军为质。构系徽宗第九子，系韦贤妃所出，曾封康王，邦昌初与邦彦力主和议，至身自为质，无法推诿，正似哑子吃黄连，说不出的苦。谁叫你主和？临行时，请钦宗亲署御批，无变割地议。钦宗不肯照署，但说了“不忘”二字。邦昌流泪而出，硬着头皮，与康王构开城渡濠，往抵金营。

会统制官马忠，自京西募兵入卫，见金兵游掠顺天门外，竟麾众进击，把他驱退，西路稍通，援兵得达。种师道时已奉命，起为两河制置使，闻京城被困，即调泾原、秦凤两路兵马，倍道进援。都人因师道年高，称他老种，闻他率兵到来，私相庆贺道：“好了好了！老种来了！”钦宗也喜出望外，即命李纲开安上门，迎他入朝。师道谒见钦宗，行过了礼，钦宗问道：“今日事出万难，卿意如何？”师道答道：“女真不知兵，宁有孤军深入，久持不疲么？”钦宗道：“已与他讲好了。”师道又道：“臣只知治兵，不知他事。”钦宗道：“都中正缺一统帅，卿来还有何言！”遂命为同知枢密院事，充京畿、河北、河东宣抚使，统四方勤王兵及前后军。既而姚古子平仲，亦领熙河兵到来，诏命他为都统制。金干离不因金币未足，仍驻兵城下，日肆要求，且逞兵屠掠，幸勤王兵渐渐四至，稍杀寇氛。李纲因献议道：“金人贪惏无厌，凶悖日甚，势非用兵不可。且敌兵只六万人，我勤王兵已到二十万，若扼河津，截敌饷，分兵复畿北诸邑，我且用重兵压敌，坚壁勿战，待他食尽力疲，然后用一檄，取誓书，废和议，纵使北归，半路邀击，定可取胜。”师道亦赞成此计。钦宗遂饬令各路兵马，约日举事。偏姚平仲谓：“和不必战，战应从速。”弄得钦宗又无把握，转语李纲。纲闻士利速战，也不便坚持前议。智者千虑，必有一失。因与师道熟商，为速战计。师

道欲俟弟师中到来，然后开战。平仲进言道：“敌气甚骄，必不设备，我乘今夜出城，斫入虏营，不特可取还康王，就是敌酋干离不，也可擒来。”师道摇首道：“恐未必这般容易。”究竟师道慎重。平仲道：“如若不胜，愿当军令。”李纲接口道：“且去一试！我等去援他便了。”未免太急。

计议已定，待至夜半，平仲率步骑万人，出城劫敌，专向中营斫入。不意冲将进去，竟是一座空营，急忙退还，已经伏兵四出，干离不亲麾各队，来围宋军。平仲拼命夺路，才得走脱，自恐回城被诛，竟尔遁去。李纲率诸将出援，至幕天坡，刚值金兵乘胜杀来，急忙令兵士用神臂弓射住，金兵才退。纲收军入城，师道等接着。纲未免叹悔，师道语纲道：“今夕发兵劫寨，原是失策，唯明夕却不妨再往，这是兵家出其不意的奇谋。如再不胜，可每夕用数千人分道往攻，但求扰敌，不必胜敌，我料不出十日，寇必遁去。”此计甚妙。纲称为善策。次日奏闻钦宗，钦宗默然无语。李邦彦等，谓昨已失败，何可再举？遂将师道语搁过一边。浪子宰相，何知大计？

干离不回营后，自幸有备，得获胜仗，且召康王构、张邦昌入帐，责以用兵违誓，大肆咆哮。邦昌骇极，竟至涕泣。康王独挺立不动，神色自若。此时尚肯舍命。干离不瞧着，因命二人退出，私语王汭道：“我看这宋朝亲王，恐是将门子孙，来此假冒，否则如何有这般大胆？你且往宋都，诘他何故劫营，并令易他王为质。”汭即奉令入都，如言告李邦彦。邦彦道：“用兵劫寨，乃李纲、姚平仲主意，并非出自朝廷。”明明教他反诘。汭便道：“李纲等如此擅专，为何不加罪责？”邦彦道：“平仲已畏罪远窜，只李纲尚在，我当奏闻皇上，即日罢免。”汭乃去。邦彦入内数刻，即有旨罢李纲职，废亲征行营使。并遣宇文虚中至金营谢过。越是胆小，越是招祸。虚中方出，忽宣德门前，军民杂集，喧声大起。内廷急命吴敏往视，敏移时即还，手持太学生陈东奏牍，呈与钦宗。钦宗匆匆展阅，其词略云：

> 李纲奋身不顾，以身任天下之重，所谓社稷之臣也。李邦彦、白时中、张邦昌、李棁之徒，庸谬不才，忌嫉贤能，动为身谋，不恤国计，所谓社稷之贼也。陛下拔纲，中外相庆，而邦昌等嫉如仇雠，恐其成功，因缘沮败。且邦彦等必欲割地，曾不知无三关四镇，是弃河北也。弃河北，朝廷能复都大梁乎？又不知邦昌等能保金人不复败盟否也？邦

彦等不顾国家长久之计，徒欲沮李纲成谋，以快私愤，李纲罢命一传，兵民骚动，至于流涕，咸谓不日为虏擒矣。罢纲非特堕邦彦计中，又堕虏计中也。乞复用纲而斥邦彦等，且以阃外付种师道，宗社存亡，在此一举，伏乞睿鉴！

吴敏俟钦宗阅毕，便奏道："兵民有万余人，齐集宣德门，请陛下仍用李纲，臣无术遣散，恐防生变，望陛下详察。"钦宗皱了一回眉，命召李邦彦入商。邦彦应召入朝，被兵民等瞧见，齐声痛詈，且追且骂，并用乱石飞掷。邦彦面色如土，疾驱乃免。至入见时，尚自抖着，不能出声。殿前都指挥王宗濋，请钦宗仍用李纲，钦宗没法，乃传旨召纲，内侍朱拱之奉旨出召，徐徐后行，被大众乱拳交挥，顿时殴死，踏成肉饼，并捶杀内侍数十人。知开封府王时雍麾众使退，众不肯从，至户部尚书聂昌传出谕旨，仍复纲官，兼充京城四壁防御使，众始欢声呼万岁。嗣又求见种老相公，当由聂昌转奏，促师道入城弹压。师道乘车驰至，众褰帘审视道："这果是我种老相公呢。"乃欣然散去。

越日诏下，饬捕擅杀内侍的首恶，并禁伏阙上书。王时雍且欲尽罪太学诸生，于是士民又复大哗。钦宗又遣聂昌宣谕，令静心求学，毋干朝政。且言将用杨时为国子监祭酒，即有所陈，亦可由时代奏。诸生都大喜道："龟山先生到来，尚有何说！我等自然奉命承教了。"看官道龟山先生为谁？原来杨时别号叫作龟山，他是南剑州人氏，与谢良佐、游酢、吕大临三人，同为程门高弟，程颢殁后，时又师事程颐，冬夜与游酢进谒，颐偶瞑坐，时与酢侍立不去。至颐醒，觉门外已雪深三尺，颐很为嘉叹，尽传所学。及颐于大观初年病逝，世称伊川先生，并谓伊川学术，唯谢、游、吕、杨四子，最得真传，因亦称为程门四先生。不特补叙程伊川，并及谢、游、吕诸人。宣和元年，蔡京闻时名，荐为秘书郎，京非知贤，为沽名计耳。寻进迩英殿说书。至京城围急，时又请黜内侍，修战备，钦宗命为右谏议大夫，兼官侍讲。此次太学生等请留李纲，朝议以为暴动，时复上言："诸生忠事朝廷，非有他意，但择老成硕望的士人，命为监督，自不致轶出范围。"钦宗因有意用时，至聂昌复旨，并为陈述太学生情状，随即命时兼国子监祭酒。并除元祐党籍学术诸禁，令追封范仲淹、司马光、张商英等人。

会金营遣宇文虚中还都，并令王汭复来催割三镇地，及易质亲王。钦宗遂命徽宗第五子肃王枢代质，并诏割三镇畀金。王汭返报干离不，干离不接见肃王，乃将康王、张邦昌放还。且闻李纲复用，守备严固，遂不待金币数足，遣使告辞，以肃王北去，京城解严。御史中丞吕好问进谏道："金人得志，益轻中国，秋冬必倾国而来，当速讲求军备，毋再贻误。"钦宗不从，唯颁诏大赦，除一切弊政。贼出尚不知关门。李邦彦为言路所劾，出知邓州。张邦昌进任太宰，吴敏为少宰，李纲知枢密院事，耿南仲、李棁为尚书左右丞。会姚古、种师中及府州将折彦质引兵入援，凡十余万人，至汴城下，李纲请诏古等追敌，乘间掩击。张邦昌以为不可，遣令还镇。且罢种师道官。未几有金使自云中来，言奉粘没喝军令，来索金币。辅臣说他要索无礼，拘住来使。粘没喝即分兵向南北关。平阳府叛卒，竟引入关中。粘没喝见关城坚固，非常雄踞，不禁叹息道："关险如此，令我军得安然度越，南朝可谓无人了。"水陆皆然，反令外人窃叹。知威胜军李植，闻金兵过关，急忙迎降。金兵遂攻下隆德府，知府张确自尽。嗣闻泽州一带，守备尚固，乃仍退还云中，围攻太原。钦宗以金兵未归，召群臣会议，三镇应否当割。中书侍郎徐处仁道："敌已败盟，奈何还要割三镇？"吴敏亦言："三镇决不可弃。"且荐处仁可相。于是钦宗又复变计。因张邦昌、李棁二人夙主和议，将他免职，擢处仁为太宰，唐恪为中书侍郎，何㮚为尚书右丞，许翰同知枢密院事，并下诏道：

金人要盟，终不可保。今粘没喝深入，南陷隆德，先败盟约，朕夙夜追咎，已黜罢原主议和之臣，其太原、中山、河间三镇，保塞陵寝所在，誓当固守。

诏既下，起种师道为河东、河北宣抚使，出屯滑州。姚古为河北制置使，率兵援太原。种师中为副使，率兵援中山、河间。师中渡河，追干离不出北鄙，乃令还师。姚古亦克复隆德府，及威胜军，扼守南北关。钦宗闻得捷报，心下顿慰，遂拟迎还太上皇。时太上皇至南京，与都中消息久已不通，因此讹言百出，不是说上皇复辟，就是说童贯谋变。钦宗也觉疑惧，授聂昌为东南发运使，往讨阴谋。亏得李纲从旁谏止，自请往迎，钦宗乃命纲

迎归上皇。上皇以久绝音信，并纷更旧政为诘问，经纲一一解释，才无异辞，当即启驾还都。钦宗迎奉如仪，立皇子谌为太子。谌系皇后朱氏所生，素得徽宗钟爱，赐号嫡皇孙，所以上皇还朝，特立为储贰，以便侍奉上皇。未必为此，殆所以杜复辟之谋。右谏议大夫杨时，奏劾童贯、梁师成等罪状，侍御史孙觌等复极论蔡京父子罪恶，乃贬梁师成为彰化军节度副使，蔡京为秘书监，童贯为左卫上将军，蔡攸为大中大夫。已而太学生陈东，布衣张炳，又力陈梁师成等罪恶，遂遣开封吏追杀师成，并籍没家产，再贬蔡京为崇信军节度副使，童贯为昭化军节度副使。京天姿凶谲，四握政权，流毒四方，天下共恨。贯握兵二十年，与京表里为奸，且专结后宫嫔妃，馈遗不绝，左右妇寺，交口称誉，因此大得主眷，权倾一时，内外百官，多出贯门，穷奸稔恶，擢发难数。都门早有歌谣道："打破筒，拨了菜，便是人间好世界。"筒与菜，暗寓二姓，自有诏再贬，言官乐得弹劾，就是京、贯私党，亦唯恐祸及己身，交章攻讦，乃复窜京儋州，赐京子攸、翛自尽。翛平时稍持正论，闻命后，恰慨然道："误国如此，死亦何憾！"遂服毒而死。攸尚犹豫未决，左右授以绳，乃自缢。京不日道死。季子绦亦窜死白州。唯鞗以尚主免流，余子及诸孙，皆分徙远方，遇赦不赦。童贯亦被窜吉阳军。贯行至南雄州，忽有京吏到来；向他拜谒，谓："有旨赐大王茶药，将宣召赴阙，命为河北宣抚，小吏因先来驰贺，明日中使可到了。"贯拈须笑道："又却是少我不得。"随令京吏留着，伫装以待。次日上午，果来了御史张澂。贯亟出相迎，澂命他跪听诏书，诏中数他十罪，将要宣毕，那京吏从外驰入，拔出快刀，竟枭贯首。看官道这京吏为谁？乃是张澂的随行官。澂恐贯多诡计，且握兵已久，未肯受刑，因先遣随吏驰往，伪言给贯，免得生变。奉旨诛恶，尚须用计，贯之势焰可知。相传贯状貌魁梧，颐下生须十数，皮骨劲如铁，不类阉人。受诛后，澂即函首驰归。还有梁方平、赵良嗣等，亦次第诛死，朱勔亦伏诛，唯高俅善终，但追削太尉官衔罢了。

只是旧贼虽去，新贼又生，耿南仲、唐恪等并起用事，杨时在谏垣仅九十日，以被劾致仕。种师道荐用河南人尹焞，也是程门高弟，焞奉召至京，因见朝局未定，仍然乞归。王安石《字说》，虽已禁用，但尚从祀文庙，只罢他配享孔子。最失策的一着，是战备未修，边防不固，反欲守三镇，逐强寇，日促姚古、种师中等进军太原。有分教：

老将丧躯灰众志，强邻增焰敢重来。

太原一战，宋军败绩，种师中阵亡，金兵遂又分道进攻了。欲知详细情形，再看第六十一回。

金兵南下，围攻汴都，此时尚欲议和，其何能及。《礼》曰：“天子死社稷。”与其偷生以苟活，何若拼死以求存？况文有李纲，武有种师道，并有勤王兵一、二十万，接踵而至，试问长驱深入，后无援应之金军，能久顿城下否乎？陈东一疏，最中要害，果能依议而行，则寇必失望而去，不敢再来，而宋以李纲为相，种师道为将，诛贼臣，斥群奸，缮甲兵，搜卒乘，虽有十金，犹足御之，惜乎钦宗之不悟也。唯其不悟，故寇临城下，谋无一断，寇去而猜疑如故，即举京、贯等而诛黜之，仍不足振士气，快人心，矧尚有耿南仲、唐恪、何桌诸人，其误国与六贼相等耶？读此回已令人愤惋不置。

第六十一回　议和议战朝局纷争
误国误家京城失守

却说金将粘没喝围攻太原，姚古、种师中两军，奉命往援。古复隆德府威胜军，师中亦迭复寿阳榆次等县，进屯真定。朝议以两军得胜，屡促进兵。师中老成持重，不欲急进，有诏责他逗挠。师中叹道："逗挠系兵家大戮，我自结发从军，从未退怯，今老了，还忍受此罪名么？"随即麾兵径进，并约姚古等夹攻，所有辎重犒赏各物，概未随行。未免疏卤。到了寿阳，遇着金兵，五战三胜，转趋杀熊岭，距太原约百里，静待姚古等会师。不意姚古等失期不至，金兵恰摇旗呐喊，四面赶来。师中部下，已经饥馁，骤遇大敌，还是上前死战，不肯退步，自卯至巳，师中令士卒发神臂弓，射退金兵，怎奈无米为炊，有功乏赏，士卒多愤怨散去，只留师中亲卒百余人。金兵又复驰还，把他围住，师中死战不退，身被四创，力竭身亡。死不瞑目。

金兵乘胜杀入，至盘陀驿，与姚古兵相遇，古兵稍战即溃，退保隆德。种师道闻弟战死，悲伤致疾，遂称病乞归。耿南仲接着败报，又惊惧万分，谓不如弃去三镇。李纲独力持不可，钦宗遂命纲为宣抚使，刘鞈为副，往代师道。纲受命出发，查得姚古失期，系为统制焦安节所误，遂将安节召至，数罪正法，并奏请谪姚恤种，乃赠种师中少师，谪戍姚古至广州，另授解潜为置制副使，代姚古职。纲留河阳十余日，练士卒，修器械，进次怀州，大造战车，誓师御敌。遣解潜屯威胜军，刘鞈屯辽州，幕官王以宁与都统制折可求、张思正等屯汾州，范琼屯南北关，约三道并进，共援太原。偏耿南

仲、唐恪等，阴忌李纲，复倡和议，令解潜、刘韐诸将，仍受朝廷指挥，不必遵纲约束。徐处仁、许翰等，又主张速战，促诸将速援太原。寇氛日恶，朝局尚自相水火，真令人不解。刘韐恃勇先进，金人并力与战，韐不能敌，当即败还。解潜继进，师抵南关，亦被金人击败。张思正等领兵十七万，与张孝纯子张灏，宵至文水，袭击金娄室营，小得胜仗。次日再战，竟至败溃，丧兵数万人。折可求一军亦溃，退子夏山，所有威胜、隆德、汾、晋、泽、绛诸民，都闻风惊避，渡河南奔，州县皆空。李纲奏言："节制不专，致有此败，此后应合成大军，由一路进，当有把握"等语。这疏上后，方拟召湖南统制范世雄，并招集溃军，亲率击敌。不意朝旨到来，召他还京，仍命种师道接任。最可笑的是宋廷宰臣，不务择将练兵，反欲诱结亡国旧臣，阴图金人，于是摇动强邻，兴兵压境，赵宋一百六七十年的锦绣江山，要送去一大半了。好笔力。

先是肃王枢往金为质，宋廷亦留住金使萧仲恭，及副使赵伦。萧、赵统辽室旧臣，降金得官，赵伦恐久留不遣，乃绐馆伴邢倞道："我等不得已降金，意中恰深恨金人，倘有机会可图，也极思恢复故土。若贵国肯少助臂力，我当回去，联络耶律余睹，除去干离不、粘没喝两人。那时贵国可安枕无忧，即我等也可兴灭继绝了。"邢倞信为真情，忙去报知吴敏等人。吴敏等也以为真，遂将蜡书付与赵伦，令偕萧仲恭回金，转致余睹，令为内应。余睹首先叛辽，遑图兴复。就使果有此情，也不足恃宋廷辅臣，实是痴想。两人还见干离不，即将蜡书献出。干离不转达金主，金主大怒，遂令粘没喝为左副元帅，干离不为右副元帅，分道南侵。粘没喝遂急攻太原，城中久已粮尽，军民十死七八，哪里固守得住？知府张孝纯不能再支，城遂被陷，孝纯被执。粘没喝以为忠臣，劝令降金，仍为城守副都总管。王禀负太宗御容赴汾水死。通判方笈，转运使韩揆等三十人，一并遇害。金兵遂分队破汾州，知州张克戬阖门死难。宋廷诸辅臣，接连闻警，又惹起一番议论。你言战，我主和，徐处仁、许翰是主战派，耿南仲、唐恪是主和派，就是吴敏，也附入耿、唐，与处仁等反对。处仁以吴敏向来主战，此次忽又主和，情迹反复，殊属可恨，遂与他面质大廷。小人皆然，何足深责。吴敏不肯服气，断断力争。处仁愤极，把案上的墨笔，作为斗械，提掷过去。凑巧碰在吴敏鼻上，画成了一道墨痕。实在都是倒脸朋友，不止吴敏一人。耿南仲、唐恪等，从旁窃笑。

吴敏愈忿不可遏，竟要与处仁打架。还是钦宗把他喝住，才算罢休。退朝后，便有中丞李回奏劾徐处仁、吴敏，连许翰也拦入在内。分明是耿、唐二人唆使，所以将许翰列入。钦宗遂将徐处仁、吴敏、许翰等，一并罢斥，用唐恪为少宰，何㮚为中书侍郎，陈过庭为尚书右丞，聂昌同知枢密院事，李回签书枢密院事。当下决意主和，派著作佐郎刘岑，太常博士李若水，分使金军，请他缓师。及岑等还朝，述及干离不止索所欠金银，粘没喝定要割与三镇。钦宗不得已，再遣刑部尚书王云出使金军，许他三镇岁入的赋税。适值李纲回京，耿、唐二人，复恐他再来主战，即唆言官，交章论纲。说他劳师费财，有损无益，因即罢纲知扬州。中书舍人刘珏、胡安国，并言纲忠心报国，不应外调，谁知竟得罪辅臣，谪书迭下。珏坐贬提举亳州明道宫，安国也出知通州。

是时寇警日闻，朝议不一，何㮚请分天下二十三路为四道，各设总管，事得专决，财得专用，官得辟置，兵得诛赏，如京都有警，即可檄令入卫，云云。钦宗依议，即命知大名府赵野总北道，知河南府王襄总西道，知邓州张叔夜总南道，知应天府胡直孺总东道。又在邓州置都总管府，总辖四道兵马，当简李回为大河守御使，折彦质为河北宣抚副使。南道总管张叔夜，闻得都城空虚，请统兵入卫，陕西置制使钱益，亦欲统兵前来，偏是唐恪、耿南仲一意言和，竟函檄飞驰，令他驻守原镇，无故不得移师。一面遣给事中黄锷，由海道至金都，请罢战修和。看官！你想此时的金兵，已是分道扬镳，乘锐南下，还有什么和议可言？况且前时所许金币，未曾如额，所允三镇，未曾割界，并且羁留金使，诱结辽臣，种种措置乖方，多被金人作为话柄，除非宋朝，有几员大将，有几支精兵，杀他一个下马威，还好论力不论理，与他赌个雌雄。明明曲在宋人。若要低首下心，向他乞和，你道金人是依不依呢？果然宋臣只管主和，金兵只管前进。干离不自井陉进军，杀败宋将种师闵，长驱入天威军，攻破真定。守将都钤辖刘竧音谱。自缢，知府李邈被执北去，复进捣中山，河北大震。

宋廷诸臣，至此尚坚持和议，接连遣使讲解。干离不因遣杨天吉、王汭等来京，即持宋廷与耶律余睹原书，入见钦宗，抗声说道："陛下不肯割界三镇，倒也罢了，为什么还要规复契丹？"应该诘责。钦宗嗫嚅道："这乃奸人所为，朕并不与闻呢。"王汭冷笑道："中朝素尚信义，奈何无信若此？

现唯速割三镇，并加我主徽号，献纳金帛车辂仪物，尚可言和。”钦宗迟疑半晌方道：“且俟与大臣商议。”王汭道：“商议商议，恐我兵已要渡河了。”言已欲行。钦宗尚欲挽留，王汭道：“可遣亲王至我军前，自行陈请，我等却无暇久留。”随即扬长自去。强国使臣，如是如是。钦宗惶急万分，乃下哀痛诏，征兵四方。种师道料京城难恃，亟上疏请幸长安，暂避敌锋。辅臣等反说他怯懦，传旨召还，令范讷往代。师道到京，见沿途毫无准备，愤激的了不得，自念老病侵寻，不如速死，过了数日，果然病重身亡。看官阅过上文，前次汴京被围，全仗李、种二人主持，此时师道又死，李纲早出知扬州，耿南仲等尚咎纲启衅，贬纲为保静军节度副使，安置建昌军。

会王云自金营归来，谓金人必欲得三镇，否则进兵取汴都。宋廷大骇，诏集百官，至尚书省，会议三镇弃守。唐恪、耿南仲力主割地，何㮚却进言道：“三镇系国家根本，奈何割弃？”唐恪道：“不割三镇，怎能退敌？”何㮚道：“金人无信，割地亦来，不割亦来。”两下争议多时，仍无结果。那金帅粘没喝已自太原，统兵南下，陷平阳，降威胜军隆德府，进破泽州。官吏弃城逃走，远近相望。宋宣抚副使折彦质领兵十二万，沿河驻扎，守御使李回，也率万骑防河。偏是金兵到来，夹河敲了一夜的战鼓，已把折彦质军吓得溃退。李回孤掌难鸣，也即逃还京师。胆小如鼷。金兵测视河流，见孟津以下，可以徒涉，遂引军径渡。知河阳燕瑛，河南留守西道都总管王襄，闻风遁去。永安军郑州悉降金军，汴京又复戒严。

粘没喝且遣使索割两河，廷臣统面面相觑，不敢发言。独王云谓：“前时至金，曾由干离不索割三镇，且请康王往谢，现若依他前议，当可讲和。万一金人不从，亦不过如王汭所言，加金主徽号，赠送冕辂罢了。”钦宗没法，乃进云为资政殿学士，命偕康王赴金军，许割三镇，并奉衮冕玉辂，尊金主为皇叔，加上徽号至十八字。云受命后，即与康王构出都，由滑、浚至磁州。知州宗泽迎谒道：“肃王一去不回，难道大王尚欲蹈前辙么？况敌兵已迫，去亦何益？请勿再行！”幸有此着，尚得保全半壁。康王乃留次磁州。王云犹再三催迫，康王不从。会康王出谒嘉应神祠，云亦随着，州民亦遮道谏王切勿北去。云厉声呵叱，激动众怒，齐声呼道：“奸贼奸贼！”云不知进退，尚欲恃威恐吓，怎禁得众怒难犯，汹汹上前，你一脚，我一拳，霎时间打倒地上，双足一伸，呜呼哀哉。该死的贼。康王也不便动怒，只好带劝带

谕，解散众民。其实也怨恨王云。及返入州署，接到知相州汪伯彦帛书，请他赴相。康王乃转趋相州，伯彦身服櫜鞬，带着步兵，出城迎谒。康王下马慰劳道："他日见上，当首以京兆荐公。"伯彦拜谢。又招了一个贼臣。康王遂留寓相州。

当下来了一位壮士，入城谒王。康王见他英姿凛凛，相貌堂堂，倒也暗中喝采。及问他姓氏，他却报明大略。看官听着！这人曾充过真定部校，姓岳名飞，表字鹏举，系相州汤阴县人。但叙略迹，已是烨烨生光。相传岳飞生时，曾有大鸟，飞鸣室上，因以为名。家世业农，父名和，母姚氏。飞生未弥月，河决内黄，洪水暴至，家庐漂没，飞赖母抱坐大缸中，随水流去，达岸得生。好容易养至成人，竟生就一种神力，能挽强弓三百斤，弩八石。因闻周同善射，遂投拜为师，尽心习艺，悉得所传。适刘韐宣抚真定，招募战士，飞即往投效，并乞百骑，至相州扫平土匪陶俊、贾进和。至是家居无事，乃入见康王。王问明来历，留为护卫。嗣闻相州尚有剧贼，叫作吉倩，遂命飞前去招抚。飞单骑驰入倩寨，与倩角艺。倩屡斗屡败，情愿率众三百八十人，悔过投降。飞引见康王，王嘉飞功，授为承信郎。

飞因请康王募兵御寇，康王因未接朝命，尚在踌躇。忽有一人踉跄奔来，遥见康王，便呼道："大王不好了！快快募集河北兵士，入卫京师。"康王闻声，急瞧来人非别，就是尚书左丞耿南仲。当下不及邀座，便问道："金兵已到京城么？"南仲道："自从大王出都，金使连日到来，定要割让两河，皇上命聂昌赴河东粘没喝军，要南仲赴河北干离不军，分头磋商和议。南仲虽已年老，不敢违命，只得与金使王汭一同登途，不意到了卫州。兵民争欲杀汭。南仲忙替他解释，他得脱身逃去。偏兵民与南仲为难，幸亏南仲命不该绝，才能逃免，来见大王。"从南仲口中，叙出宋廷情事，免与上文笔意重复。康王道："聂昌到河东去，未识如何？"南仲道："不要说起，他一至绛州，便已被什么钤辖赵子清抉目脔割了。"康王不禁搓手道："奈何奈何？"南仲道："现在只仗大王募兵入卫，或尚可保全京师。"何不要康王同去议和？康王乃与耿南仲联名署榜，招募士卒。相州一带，人情少安。唯宋廷尚遣侍郎冯澥、李若水往粘没喝军议和，到了怀州，正值粘没喝破怀州城，掳住知州霍安国等，胁降不屈，共杀死十三人。此时气焰甚盛，还有什么礼貌，待遇宋使！可怜冯、李两人，进退两难，没奈何入申和议。被粘没喝诘责数

语，驱使退还。粘没喝遂与干离不会师，直至汴京城下。干离不屯刘家寺，粘没喝屯青城，汴京里面，只有卫士及弓箭手七万人，分作五军，命姚友仲、辛永宗为统领，登陴守御。兵部尚书孙傅，调任同知枢密院事，保举了一个市井游民姓郭名京，说他能施六甲法，可以退敌。钦宗遂宣京入朝。京叩见毕，大言道："陛下若果信臣，臣只用七千七百七十七人，便可生擒敌帅。"钦宗大喜，便道："若能如此，朕尚何忧？"要他来送命了。遂授京成忠郎，赐金帛数万，令他自行召募。京不问技艺能否，但择年命，配合六甲，即可充选。所得市井无赖，旬日即足。又有市民刘孝竭，亦借御敌为名，效京募兵，或称六丁力士，或称北斗神兵，或称天阙大将，整日里谈神说鬼，自谓能捍城破敌。越发希奇。钦宗也恐难恃，遣使持蜡书夜出，约康王及河北守将入援。行至城外，多为金营逻兵所获。唐恪密白钦宗，请即西幸洛阳，何㮚引苏轼论"周朝失计，莫如东迁"二语，劝阻钦宗。钦宗用足顿地道："朕今日当死守社稷，决不远避了。"能如此语，倒也是个好汉。随即被甲登城，用御膳犒赏将士。时值仲冬，连日雨雪，士卒冒雪执兵，多至僵仆。钦宗目不忍睹，因徒跣求晴。复亲至宣化门，乘马行泥淖中，民多感泣。独唐恪随御驾后，被都人遮击，策马得脱，乃卧家求去。误国至此，还想去么？钦宗准奏，命何㮚继任。且诏复元丰三省官名，不称何㮚为少宰，仍用尚书右仆射名号。换官不换人，有何益处？冯澥还朝，受职尚书右丞，南道总管张叔夜率兵勤王，令长子伯奋将前军，次子仲雍将后军，自将中军，合三万余人，转战至南薰门外。钦宗召他入对，叔夜请驾幸襄阳。钦宗不从，但命他统军入城，令签书枢密院事。又是失着。殿前指挥使王宗濋愿出城对仗，当即拨调卫兵万人，开城出战，哪知他到了城外，略略交锋，便即遁去。金兵即扑攻南壁，张叔夜及都巡检范琼，极力备御，才将金兵击退。粘没喝复遣萧庆入城，要钦宗亲自出盟，钦宗颇有难色，但遣冯澥与宗室仲温等赴敌请和。粘没喝立刻遣还，不与交一语。东道总管胡直孺，率兵入卫，被金人击败，擒住直孺，缚示城下，都人益惧。范琼以千人出击，渡河冰裂，溺死五百人，又不免挫丧士气。何㮚屡促郭京出师，京初言非至危急，我兵不出，及诏令迭下，乃尽令守兵下城，毋得窃视。六甲兵大启宣化门，出攻金兵，金人分张四翼，鼓噪而前，六甲兵慌忙退走，多半堕死护龙河，城门亟闭。京语叔夜道："金兵如此猖獗，待我出城作法，包管退敌。"叔夜又放他去出，京带

领余众，出了城门，竟一溜烟的逃去了。总算享了几日威福。城中尚未知胜负，那金兵已四面登城，眼见得抵御不及，全城被陷。统制姚友仲、何庆言、陈克礼、中书舍人高振皆战死。内侍监军黄金国赴火自尽，守御使刘延庆夺门出奔，为追骑所杀。张叔夜父子力战受创，也只好退回。钦宗闻报大恸道："朕悔不用种师道言，今无及了。"何止此着。小子有诗叹道：

不信仁贤国已虚，如何守备又终疏？
前车未远应知鉴，覆辙胡堪及后车。

钦宗恸哭未终，忽闻门外大哗，越吓得魂不附体，究竟何人哗噪，待至下回表明。

读此回而不痛心者非人，读此回而不切齿者亦非人。三镇许割而不割，犹谓要盟无质，不妨食言，然亦必慎择将帅，大修武备，惩前日之游移，定后来之果断，方可挽回危局，勉遏寇氛。乃忽而议战，忽而议和，议和之误，固不待言，而议战者亦始终无保国之方，御敌之法，甚且堕敌使之计，愈致挑动强邻，至于金人日逼，朝议益棼，谋幸谋和，更无定见，李纲罢矣，师道死矣，将相非人，游手且进握兵柄，其失可胜道乎？钦宗谓悔不用师道言，吾料其所悔者，在西幸之不果，非在前时却敌诸谋，是仍一畏懦怯弱而已。呜呼钦宗！呜呼赵宋！

第六十二回　堕奸谋阖宫被劫
立异姓二帝蒙尘

却说钦宗闻京城已陷，恸哭未休，忽卫士等鼓噪进来，求见钦宗，钦宗只好登楼慰遣。凑巧卫士长蒋宣到来，麾众使退，并拟拥护乘舆，突围出走。孙傅、吕好问在旁，以为未可。宣抗声道："宰相误信奸臣，害得这般局面，尚有何说！"孙傅又欲与争，还是吕好问劝解道："汝等欲翼主出围，原是忠义，但此时敌兵四逼，如何可轻动呢？"宣乃道："尚书算知军情！"言讫乃退。何㮚欲亲率都人巷战，会得金使进来，仍宣言议和退师。还是欺骗宋人。钦宗乃命何㮚与济王栩，徽宗第六子。至金军请成。及还，述及粘没喝、干离不等，要上皇出去订盟。钦宗呜咽道："上皇已惊忧成疾，何可出盟？必不得已，由朕亲往。"何㮚、孙傅、陈过庭等，均束手无策。钦宗顿足涕泗道："罢！罢！事已至此，也顾不得什么了。"还是一死，免得出丑。遂命何㮚等草了降表，由钦宗亲自赍至金营乞降。丢脸已极。粘没喝、干离不高据胡床，传令入见。钦宗进营，向他长揖，递上降表。粘没喝道："我国本不愿兴兵，只因汝国君臣昏庸已极，所以特来问罪，现拟另立贤君，主持中国，我等便即退师了。"又进一步。钦宗默然不答。何㮚、陈过庭、孙傅等随驾同往，因齐声抗议道："贵国欲割地纳金，均可依从，唯易主一层，请毋庸议及！"粘没喝只是摇首，干离不狞笑道："你等既愿割地，快去割让两河，讲到金帛一层，最少要金千万锭，银二千万锭，帛一千万匹。"何㮚等听到此层，不禁咋舌，一时不好承认。粘没喝竟将钦宗留着，并拘住何㮚等

人，硬行胁迫。过了两日，钦宗与何㮚等，无术求免，只好允议，乃释令还朝，限日办齐。

钦宗自金营出来，已是涕泪满颐，仿佛妇人女子。道旁见士民迎谒，不禁掩面大哭道："宰相误我父子。"谁叫你误用奸相？士民等也流涕不止。及钦宗还宫，即遣刘鞈、陈过庭、折彦质等为割地使，分赴河东、河北割地界金。又遣欧阳珣等二十人，往谕各州县降金。珣尝知盐官县，曾与僚友九人，上书极言："祖宗土地，尺寸不应与人。"及入为将作监丞，正值京师危极，又奏称："战败失地，他日取还，不失为直。不战割地，他日即可取还，也不免理曲。"数语触怒宰辅，因此命他出使，往割深州。到此时光还想借刀杀人，这等辅臣，罪不容死。各路使臣，统有金兵随押。欧阳珣至深州城下，呼城上守兵，涕泣与语道："朝廷为奸人所误，丧师割地，我特拚死来此，奉劝汝等，宜勉为忠义，守土报国。"道言未绝，即被金人絷送燕京。珣痛詈不屈，竟被焚死。不肯略过忠臣，无非阐扬名教。此外两河军民，恰也不肯降金，多半闭门拒使，谢绝诏命。

陕西宣抚使范致虚集兵十万人入援，至颍昌，闻汴都已破，西道总管王襄先遁。致虚尚率副总管孙昭远，环庆帅王似，熙河帅王倚，同出武关，至邓州千秋镇，遇金将娄室军，不战皆溃。金帅在汴，越觉骄横，一切供应，俱向宋廷索取。今日要刍粮，明日要骡马，甚且索少女一千五百人，充当侍役。可怜一班宫娥彩女，闻这消息，只恐出去应命，供那鞑子糟蹋，稍知节烈的淑媛，便投入池中，陆续毙命。未几，已至除夕，宫廷里面，啼哭都来不及，还有何心贺年？翌日，为靖康二年元旦，钦宗朝上皇于崇福宫，金帅粘没喝也遣子真珠率偏将八人入贺，钦宗命济王栩如金营报谢。才阅两三日，金人即来索金币。宋廷已悉索敝赋，哪里取得出许多金帛？偏敌使连番催促，到了初十这一日，竟遣人入宫坐索。否则仍邀钦宗至军，自行面议。钦宗至此，自知凶多吉少，不欲再行，何㮚、李若水进言道："圣驾前已去过，没有意外情事，今日再往，料亦无妨。"钦宗乃命孙傅辅太子监国，自与何㮚、李若水等，复如青城。

阖门宣赞舍人吴革，语何㮚道："天文帝座甚倾，车驾若出，必堕虏计。"㮚不听，仍拥帝出郊。张叔夜叩马谏阻，钦宗道："朕为人民起见，不得不再往。"叔夜号恸再拜，钦宗亦流泪道："嵇仲努力！"说至此，竟哽咽

不能成声。此时满城皆虏，宋廷上下，都似瓮中之鳖，钦宗若要不去，除非死殉社稷。或谓此次不行，当不致被虏，其然岂其然乎？原来嵇仲即叔夜表字，钦宗以字称臣，也是重托的意思。及往抵金营，粘没喝即将钦宗留住，作为索交金帛的押券。太学生徐揆，至金营投书，请车驾还阙。粘没喝召他进去，怒言诘难。揆亦厉声抗论，竟为所害。割地使刘韐，返至金营，粘没喝颇重刘韐，遣仆射韩正，馆待僧舍。正语韐道："国相知君，将加重用。"韐答道："偷生以事二姓，宁死不为。"正又道："军中正议立异姓，国相欲令君代正，与其徒死无益，何若北去享受富贵？"韐仰天大呼道："苍天苍天！大宋臣子刘韐，乃听敌迫胁么？"随即走入耳室，觅得片纸，啮指出血，写了几句绝命辞。辞云：

> 贞女不事二夫，忠臣不事两君，况主忧臣辱，主辱臣死，以顺为正者，妾妇之道也，此予所以必死也。

写毕，折成方胜，令亲信持归，报明家属。自己沐浴更衣，酌饮卮酒，投缳自尽。金人也悯他忠节，瘗诸寺西冈上，且遍题窗壁，载明瘗所。越八十日，始得就殓，颜色如生，后来得褒谥忠显。

是时汴都一带，连日大风，阴霾四塞。钦宗留金营中，日望还宫，传令廷臣等搜括金银，无论戚里宗室、内侍僧道、伎术倡优等家，概行罗掘，共计八日，得金三十八万两，银六百万两，衣缎一百万匹，赍送金营。粘没喝以为未足，再由开封府立赏征求，凡十八日，复得金七万两，银一百十四万两，衣缎四万匹，仍然献纳。粘没喝反怒道："宽限多日，只有这些金银，显见得是欺我呢。"提举官梅执礼等，但答称搜括已尽，即被金人杀害，余官各杖数百下，再令续缴。一面宣布金主命令，废上皇及钦宗为庶人。知枢密院事刘彦宗，请复立赵氏，粘没喝不许，且设堑南薰门，杜绝内城出入，人心大恐。嗣复迫令翰林承旨吴幵，吏部尚书莫俦入城，令城中推立异姓，且逼上皇、太后等出城。上皇将行，张叔夜入谏道："皇上一出不返，上皇不应再出，臣当率励将士，护驾突围。万一天不佑宋，死在封疆，比诸生陷夷狄，也较为光荣哩。"此言却是。上皇嗟叹数声，竟欲觅药自殉。药方觅得，不意都巡检范琼趋入，劈手夺去，即劫上皇、太后乘犊车出宫，并逼郓王楷

徽宗第三子。及诸妃公主驸马，与六宫已有位号的嫔御，一概从行。唯元祐皇后孟氏，因废居私第，竟得幸免。是谓祸中得福。

先是内侍邓述，随钦宗至金营，由金人威怵利诱，令具诸王皇孙妃各名。金人遂檄开封尹徐秉哲，尽行交出。秉哲令坊巷五家为保，毋得藏匿，先后得三千余人，各令衣袂联属，牵诣金军。为丛驱雀，令人发指。粘没喝既得上皇，即令与钦宗同易胡服。李若水抱住钦宗，放声大哭，诋金人为狗辈。金兵将若水曳出，捶击交下，血流满面，气结仆地。粘没喝忙喝住兵士，且令铁骑十余人守视，严嘱道："必使李侍郎无恙，违令处死！"若水绝粒不食，金人一再劝降，若水叹道："天无二日，若水岂有二主么？"粘没喝又胁二帝召皇后太子，孙傅留太子不遣，且欲设法保全。偏是卖主求荣的吴幵、莫俦，定要太子出宫，范琼更凶恶得很，竟胁令卫士，牵住皇后太子共车而出。比金还要凶悖。孙傅大恸道："我为太子傅，义当与太子共死生。"当下将留守职务，交付王时雍，因从太子出宫。百官军吏，奔随太子号哭。太子亦泣呼道："百姓救我！"哭声震天，至南薰门。范琼请孙傅还朝，守门的金人，亦语傅道："我军但欲得太子，与留守何干？"傅答道："我乃宋朝大臣，兼为太子太傅，誓当死从。"乃寄宿门下，再待后命。

李若水留金营数日，粘没喝召他入问，议立异姓。若水不与多辩，但骂他为剧贼。粘没喝尚不欲加害，挥令退去，若水仍骂不绝口，恼动一班金将，用铁挝击若水唇，唇破血流，且喷且骂，甚至颈被裂，舌被断，方才气绝。粘没喝也不禁赞叹道："好一个忠臣！"部众亦相语道："辽国亡时，有十数人死义，南朝只李侍郎一人，好算是血性男儿。"蛮貊也知忠信。粘没喝又令吴幵、莫俦召集宋臣，议立异姓。众官莫敢发言，留守王时雍密问幵、俦，幵、俦并答道："金人的意思，欲立前太宰张邦昌。"时雍道："张邦昌么，恐众心未服。"说至此，适尚书员外郎宋齐愈，自金营到来，传示敌意，用片纸书就张邦易三字，且云："不立邦昌，金军未必肯退。"时雍乃决，遂将张邦昌姓名，列入议状，令百官署印。孙傅、张叔夜均不肯署，由吴幵、莫俦报知粘没喝，粘没喝遂派兵拘去孙、张，分羁营中，且召叔夜入，绐道："孙傅不肯署名，已将他杀毙，公老成硕望，岂可与傅同死？"叔夜道："世受国恩，义当与国存亡，今日宁死不署名。"粘没喝不禁点首，仍令还絷。太常寺簿张浚，开封士曹赵鼎，司门员外郎胡寅，皆不肯书名，逃入太学。

唐恪已经署名，不知如何良心发现，竟仰药自杀。既不惜死，何必署状。王时雍复集百官，诣秘书省，阖门胁署，外环兵士，近时胁迫选举，想亦由此处抄来。令范琼晓谕大众，拥立邦昌，大众唯唯听命。唯御史马伸、吴给，约中丞秦桧，自为议状，愿迎还钦宗，严斥邦昌。秦桧此时，尚有天良。事为粘没喝所闻，又将秦桧拿去。吴幵、莫俦遂持议状诣金营，一面邀张邦昌入居尚书省。此时邦昌初欲自尽，吴幵遣人与语道："相公前日不效死城外，今乃欲涂炭一城么？"邦昌遂安然居住，静听金命。阁门宣赞舍人吴革，不肯屈节异姓，密结内亲事官数百人，谋诛邦昌，夺还二帝，约期三月八日举事。前期二日，闻报邦昌于七日受册，遂不暇延伫，即于三月六日，各焚居庐，杀妻子，起义金水门外。革披甲上马，率众夺门，适值范琼出来，问明来意，佯表同情，当即给革入门，一声呼喝，琼党毕集，竟将吴革拿下。革极口痛詈，即被杀害。革有一子从军，亦同时受刃。麾下百人，俱遭擒戮。越日，金人赍到册宝，立张邦昌为楚帝。邦昌北向拜舞，受册即位，遂升文德殿，设位御座旁，受百官庆贺，遣阁门传令勿拜。王时雍竟首先拜倒，百官也一律跪地。无耻之至。邦昌自觉不安，但东面伫立罢了。

是日风霾日晕，白昼无光，百官虽然行礼。总不免有些凄楚。邦昌亦变色不宁，唯王时雍、吴幵、莫俦、范琼四人，欣欣然有得色。邦昌命王时雍知枢密院事，吴幵同知枢密院事，莫俦签书院事，吕好问领门下省，徐秉哲领中书省，职衔上俱加一权字。邦昌自称为予，命令称手书，百官文移，虽未改元，已撤去靖康字样。唯吕好问所行文书，尚署靖康二年，王时雍入殿，对着邦昌，尝自言臣启陛下，且劝他坐紫宸垂拱殿，接见金使。赖好问力争，乃不果行。上皇在金营，闻邦昌僭位，泫然下泪道："邦昌若能死节，社稷亦有光荣，今既俨然为君，还有什么希望呢？"你要用这班贼臣，应该受此痛苦。金人也恐久居生变，遂于四月初旬，将二帝以下，分作二起，押解北行。张邦昌服柘袍，张红盖，亲诣金营饯行。干离不劫上皇、太后，与亲王驸马妃嫔，及康王母韦贤妃、康王夫人邢氏，向滑州北行。粘没喝劫帝后太子妃嫔宗室，及何㮚、孙傅、张叔夜、陈过庭、司马朴、秦桧等，由郑州北行。将要启程，张邦昌复带领百官，至南薰门外，遥送二帝，二帝相望大恸。忽有一半老徐娘，素服而来，装饰与女道士相似，竟不顾戎马厉害，欲闯入金营，来与上皇诀别。看官道此妇为谁？原来就是李师师。相违久了。师

师自徽宗内禅，乞为女冠子，隐迹尼庵。金人夙闻艳名，早欲寻她取乐，因一时搜获无着，只好搁置，偏她自行送来，正是喜出望外，当下问明姓氏，将她拥住。师师道："乞与我见上皇一面，当随同北去。"金人遂导见上皇，两人会短离长，说不尽的苦楚，只把那一掬泪珠儿，做了赠别的纪念。金人不许多叙，就将她扯开一旁，但听她说了"上皇保重"四字，仿佛是出塞琵琶，凄音激越。粘没喝子真珠素性渔色，看她似带雨梨花，倍加怜惜，当即令同乘一车，好言抚慰。偏偏行未数里，那李师师竟柳眉紧蹙，桃靥损娇，口中模模糊糊的念了上皇几声，竟仰仆车上，奄然长逝了。师师虽误国尤物，较诸张邦昌等，不啻霄壤，特揭之以愧奸臣。真珠尚欲施救，哪里救得转来？及仔细查验，乃是折断金簪，吞食自殉。真珠非常叹惜，便令在青城附近，择地埋香，自己亲奠一卮，方才登程。

沿途带去物件，数不胜数，所有宋帝法驾卤簿，皇后以下，车辂卤簿、冠服礼器、法物大乐、教坊乐器、祭器八宝九鼎、圭璧浑天仪、铜人刻漏古器、景灵宫供器、太清楼秘阁三馆书、天下府州县图及一切珍玩宝物，都向汴京城内括去，撵送金邦。钦宗每过一城，辄掩面号泣，到了白沟，已是前时宋、金的界河。张叔夜在途，早经不食，但饮水为生，既度白沟，闻车夫相语道："过界河了。"他竟矍然起立，仰天大呼，嗣是遂不复言，扼吭竟死。及将到燕山，金军两路相会，真珠转白干离不，欲有所求，干离不微笑允诺。看官道是何事？原来徽宗身旁有婉容王氏及一个帝姬，生得美丽无双，为真珠所艳羡。他因徽宗一部分，由干离不监押，只好向干离不请求。干离不转白徽宗，徽宗此时，连性命都不可保，哪里还顾及妻女？没奈何，割爱许给。干离不遂命真珠取纳，真珠即带进来，把这两个似花似玉的佳人，拥至马上，载归营中，朝夕受用去了。昏庸之害，一至于此，真是自作自受。未几，由燕山至金都，粘没喝、干离不奉金主命，先令徽、钦二帝穿着素服，谒见金太祖阿骨打庙，明是献俘。随后引见金主于乾元殿。两朝天子，同作俘囚，只因不肯舍命，屈膝虏廷，直把那黄帝以来的汉族，都丢尽了脸，真正可羞！真正可叹！金主晟封徽宗为昏德公，钦宗为重昏侯，徙锢韩州。后来复迁居五国城，事见后文。何㮚、孙傅在燕山时，已相继毕命。总计北宋自太祖开国，传至钦宗，共历九主凡一百六十七年而亡。小子有诗叹道：

父子甘心作虏囚，汴京王气一朝收。

当年艺祖开邦日，哪识云礽被此羞？

北宋已亡，南宋开始，帝位属诸康王构，张邦昌当然要退让了。事详下回，请看官续阅。

北宋之亡，非金人亡之，自亡之也。徽、钦之失无论已，试观金人陷汴，在靖康元年十一月，而掳劫二主，自汴启行，则在靖康二年之四月。此四五月间，盘桓大梁，不愿遽发，窥其来意，非必欲掳劫二帝，不过欲索金割地，饱载而归耳。不然，宋都已破，宋帝已掳，何必再立张邦昌乎？乃何㮚、吴幵、莫俦、范琼为虎作伥。既送钦宗于虎口，复劫上皇、太后及诸王妃嫔公主驸马等，尽入虎穴，是虎尚未欲噬人，而导虎者驱之使噬也，彼亦何惮而不受耶？唯是黜陟之权，操诸君主，谁尸帝位，乃误用匪人至此？且都城失守，大势已去，何不一死以谢社稷，而顾步青衣行酒之后尘，蒙羞忍辱，吾不意怀、愍之后，复有此徽、钦二主也。名为天子，不及一妓，虽决黄河之水，恐亦未足洗耻云。

第六十三回　承遗祚藩王登极
发逆案奸贼伏诛

却说金兵既退，张邦昌尚尸位如故，吕好问语邦昌道："相公真欲为帝么？还是权宜行事，徐图他策么？"邦昌失色道："这是何说？"好问道："相公阅历已久，应晓得中国人情，彼时金兵压境，无可奈何，今强虏北去，何人肯拥戴相公？为相公计，当即日还政，内迎元祐皇后入宫，外请康王早正大位，庶可保全。"监察御史马伸亦贻书邦昌，极陈顺逆厉害，请速迎康王入京。邦昌乃迎元祐皇后孟氏入居延福宫，尊为宋太后，太后上加一宋字，邦昌亦欲效太祖耶？所上册文，有"尚念宋氏之初，首崇西宫之礼"等语。知淮宁府子崧系燕王德昭五世孙，闻二帝北迁，即与江、淮经制使翁彦国等，登坛誓众，同奖王室；并移书诃斥邦昌，令他反正。邦昌乃遣谢克家往迎康王。

康王当汴京危急时，已受命为天下兵马大元帅，佐以陈遘、汪伯彦、宗泽，由相州出发，进次大名。金兵沿河驻扎，约有数十营。宗泽前驱猛进，力破金人三十余寨，履冰渡河。知信德府梁扬祖率三千人来会，麾下有张俊、苗传、杨沂中、田师中等人，俱有勇力，威势颇振。宗泽请即日援汴，康王恰也愿从，偏来了朝使曹辅，赍到蜡诏，内云："金人登城不下，方议和好，可屯兵近甸，勿遽来京！"宗泽道："此乃金人狡谋，欲缓我师，愚以为君父有难，理应急援，请大王督军，直趋澶渊，次第进垒。万一敌有异图，我军已到城下了。"如用此计，徽、钦或不致被掳。汪伯彦道："明诏令我暂驻，如何可违？"宗泽道："将在外，君命不受，况这道诏命，安知非由敌

胁迫么？”康王竟信伯彦言，但遣泽先趋澶渊。泽遂自大名赴开德，连战皆捷，一面奉书康王，请檄诸道兵会京城，一面移书北道总管赵野，河东北路宣抚使范讷，知兴仁府曾楙，会兵入援，不料数路都杳无影响。泽只率孤军，进趋卫南，转战而东，忽见金兵四集，险些儿被他围住。裨将王孝忠阵亡。泽下令死战，军士都以一当百，斩首数千级。金人败走。到了夜间，金人复进袭泽营，亏得泽预先迁徙，只剩了一座空寨，反使金兵骇退。泽复过河追击，又得胜仗。陆续报闻康王，并催他火速进军。康王已有众八万，并召集高阳关路安抚使黄潜善，及总管杨维忠，移师东平，分屯济、濮诸州。旋得金人假传宋诏，令康王所有部众，交付副元帅，自己即日还京。幸张俊觑破诈谋，谏止康王。康王乃进次济州，静候消息。救兵如救火，无故逗留中道，已见康王之心。

宗泽屡催无效，且闻二帝已经北去，即提孤军回趋大名，传檄河北，拟邀截金人归路，夺还二帝。怎奈勤王兵无一到来，眼见得独力难支，不便轻进。康王尚安居济州，至谢克家由京到济，方得京城确报。克家当即劝进，康王不允。既而汴使蒋思愈又至，代呈张邦昌书，无非自为解免，请康王归汴正位云云。康王复书慰勉。独宗泽以邦昌篡逆，乞康王声罪致讨，兴复社稷。康王正在迟疑，既而吕好问贻书康王谓：“大王不自立，恐有不当立的人，起据神器，应亟定大计为是。”张邦昌又遣原使谢克家及康王舅忠州防御使韦渊，奉大宋受命宝，诣济州劝进。孟后亦派冯澥等为奉迎使，同至济州。康王乃恸哭受宝，遂遣克家还京，办理即位仪物。时孟后已由邦昌尊奉，垂帘听政，乃命太常少卿汪藻，代草手书，谕告中外道：

比以敌国兴师，都城失守，祲缠宫阙，既二帝之蒙尘，祸及宗祊，谓三灵之改卜。众恐中原之无主，姑令旧弼以临朝。虽义形于色，而以死为辞，然事迫于危，而非权莫济。内以拯黔首将亡之命，外以纾邻国见逼之威，遂成九庙之安，坐免一城之酷。乃以衰癃之质，起于闲废之中，迎置宫闱，进加位号，举钦圣已还之典，成靖康欲复之心，永言运数之屯，坐视邦家之覆。抚躬犹在，流涕何从？缅维艺祖之开基，实自高穹之眷命，历年二百，人不知兵，传序九君，世无失德。虽举族有北辕之衅，而敷天同左袒之心。乃眷贤王，越居近服，已徇群情之请，俾

膺神器之归。繇康邸之旧藩，嗣宋朝之大统。汉家之厄十世，宜光武之中兴，献公之子九人，唯重耳之尚在。兹唯天意，夫岂人谋？尚期中外之协心，同定安危之至计，庶臻小愒，渐底丕平，用敷告于多方，其深明于吾志！

这道手书，传到济州。济州父老，争诣军门上言，州城四面，红光烛天，明是上苍瑞应，请即城内即皇帝位。康王慰谕父老，令散归听命。权应天府朱胜非自任所进谒，愿迎康王至应天，谓："南京即宋州。为艺祖兴王地，四方所向，且便漕运，请即日启行。"宗泽亦以为可。康王乃决趋应天府。临行时，鄜延副总管刘光世，自陕州来会，康王命他为五军都提举。既而西道总管王襄，宣抚使统制官韩世忠，亦陆续到来，均随康王至应天府。于是就府门左首，筑受命坛，定期五月朔即位。张邦昌先日趋至，伏地请死，继以恸哭，亏他做作。康王仍慰抚有加。王时雍等也奉乘舆服御，齐集应天。转瞬间，就是五月朔日，康王登坛受命，礼毕后，遥谢二帝，北向悲号。旋经百官劝止，乃就府治，即位受百官拜谒，改元建炎，颁诏大赦。所有张邦昌以下，及供应金军等人，概置不问。唯童贯、蔡京、朱勔、李彦、梁师成等子孙，不得收叙。遥上靖康帝尊号，曰孝慈渊圣皇帝，尊元祐皇后孟氏为元祐太后。遥尊生母韦氏为宣和皇后。遥立夫人邢氏为皇后。孟后即日在东京撤帘，一切政治，归新皇专决。历史上称为南宋。且因康王后来庙号，叫作高宗皇帝，遂也沿称高宗。

小子尚有一段遗闻，未经见诸正史，只有稗乘上间或载及，因亦采入，聊供看官参阅。相传徽宗是江南李主煜后身，神宗曾梦李主来谒，因生徽宗，所以性情学术，均与李主相似。至被掳入金，金主亦仿用宋太祖见李主故事。独高宗生时，徽宗与郑后俱梦见钱王镠索还两浙，次日即报韦妃生男。钱王寿至八十一，高宗寿数，后来与钱王适合，所以世称为钱王后身。宣和年间，禁中赐宴诸王，高宗酒醉欲眠，退卧幄次。徽宗入幄揭帘，但见金龙丈余，蜿蜒榻上，当即骇退。及高宗往质金军，粘没喝疑为将家子，遣还换质，未几访问得实，遣使急追。高宗尚在途次，倦憩崔府君庙中，忽梦神人大呼道："快行快行！敌兵要追来了。"高宗惊醒，见有一马在侧，忙上马飞驰。既渡河，马不复动，视之乃是泥马，因此有泥马渡康王的遗传。此

说恐未必确，彼时有张邦昌同行，且金兵已围攻汴都，往返甚近，亦不致有倦憩等事。这数种轶闻，是真是假，小子亦未敢臆断，不过人云亦云罢了。

且说高宗即位后，命黄潜善为中书侍郎，汪伯彦同知枢密院事，授张邦昌太保，封同安郡王，五日一赴都堂，参决大事，寻复加爵太傅。开手即用三大奸臣，后事可知。罢尚书左丞耿南仲，右丞冯澥，用吕好问为尚书右丞，召李纲为尚书右仆射，兼中书侍郎。置御营司，总齐军政。即令黄潜善为御营使，汪伯彦兼副使。王渊为都统制，刘光世为提举，韩世忠为左军统制，张俊为前军统制，杨维忠主管殿前公事，窜误国罪臣李邦彦至浔州，吴敏至柳州，蔡懋至英州，李棁、宇文虚中、郑望之、李邺等，均安置广南诸州。宇文虚中似不应同罪。又以宣仁太后高氏，从前保护哲宗，曾立大功，令国史馆改正诬谤，播告天下。追贬蔡确、蔡卞、邢恕等人，御史中丞张澄，复论耿南仲主和罪状，因将南仲窜死南雄州。宗泽入见高宗，慨陈兴复大计，适李纲亦应召而至，两人敷陈国事，统是志同道合，涕泣而谈，高宗亦为动容，偏汪、黄两人，阴忌宗泽，不欲令他内用，但说襄阳为江防要口，应令泽镇守。高宗因命泽知襄阳府。汪、黄又忌李纲，复加谗间。纲稍有所闻，力辞相位。高宗面语纲道："朕知卿忠义，幸勿固辞！"纲顿首泣谢道："今日欲内修外攘，还二圣，抚四方，责在陛下与宰相。臣自知愚陋，不能仰副委任，必欲臣暂掌政柄，臣愿仿唐姚崇入相故例，首陈十事，仰干天听。如蒙陛下采择施行，臣方敢受命。"高宗道："卿尽管直陈，可行即行。"纲乃逐条说出，由小子表述如下：

（一）议国是注意在守。能守而后可战，能战而后可和。（二）议巡幸请高宗至汴都谒见宗庙，若汴不可居，上策宜都长安，次都襄阳，又次都建康，均当先事预备。（三）议赦令祖宗登极，赦令皆有常式，不应赦及恶逆，及罪废官，尽复官职。（四）议僭逆张邦昌挟金图逆，易姓改号，宜正典刑，垂戒万世。（五）议伪命邦昌僭号，百官多受伪命，应做唐肃宗故事，以六等治罪。（六）议战宜修明军律，信赏必罚，籍作士气。（七）议守宜于沿河、江、淮措置控御，严扼敌冲。（八）议本政宜整饬纲纪，一归中书以尊朝廷。（九）议久任戒靖康间任官不久之弊，令百官各专责成。（十）议修德劝高宗益修孝悌恭俭，副民望而致中兴。

高宗闻此十事，不加可否，但言明日当颁议施行。纲乃退出。待至次日，颁出八议，唯僭逆伪命二事，留中不发。纲又剀切上书，略云：

僭逆伪命二事，乃今日政刑之大者，所关甚重。张邦昌在政府十年，渊圣即位，首擢为相，方国家祸难，金人为易姓之谋，邦昌如能以死守节，推明天下戴宋之义，以感动其心，敌人未必不悔祸而存赵氏。而邦昌方以为得计，偃然正位号，处宫禁，擅降伪诏，以止四方勤王之师。及知天下之不与，乃不得已请元祐太后垂帘听政，而议奉迎。邦昌僭逆，始末如此，而议者不同，臣请以春秋之法断之。夫春秋之法，人臣无将，将则必诛。赵盾不讨贼，则书以弑君。今邦昌已僭位号，敌退而止勤王之师，非特将与不讨贼而已。刘盆子以汉宗室，为赤眉所立，其后以十万众降。光武但待之以不死。邦昌以臣易君，罪大于盆子，不得已而自归，朝廷既不正其罪，又尊崇之，此何礼也？陛下欲建中兴之业，而尊崇僭逆之臣，以示四方，其谁不解体？又伪命臣僚，一切置而不问，何以厉天下士大夫之节乎？伏乞陛下立申睿断，毋瞻徇以失民望！

高宗览书后，召汪、黄二人与商。黄潜善代为邦昌剖辨，营救甚力。高宗因召问吕好问道："卿前在围城中，必知邦昌情形。"好问道："邦昌僭窃位号，人所共知，业已自归，唯求陛下裁处。"首鼠两端。高宗闻言，愈加踌躇。李纲复入谏道："邦昌为逆，仍使在朝，百姓将目为二天子，臣不愿与贼臣同居。如必欲用邦昌，宁罢臣职！"言下泣拜不已，高宗颇为感动。伯彦乃接口道："李纲气直，为臣等所不及。"高宗乃出纲奏议，揭邦昌罪状，贬为昭化军节度副使，安置潭州，并将王时雍、徐秉哲、吴幵、莫俦、李耀、孙觌等，尽行贬谪，分窜高、梅、永、全、柳、归诸州。

先是邦昌僭居禁中，曾有华国靖恭夫人李氏，屡持果实，赠遗邦昌。邦昌也厚礼答馈。一夕，李氏邀邦昌夜饮，特将养女陈氏装饰停当，令她侍宴。邦昌见了陈女，身子已酥了半边，更兼她殷勤斟酒，目逗眉挑，不由的心神俱醉。饮了数杯，便假寐席上，佯作醉状。李氏见邦昌已醉，即与陈女掖他起座，且与语道："大家事已至此，尚复何言？"当下持赭色半臂，披邦昌身上，拥入福宁殿，令他小睡，且令陈女侍着。邦昌本是有心陈女，故

作此态，既见李氏出去，即跃然而起，立把陈女搂住。陈女半推半就，一任邦昌所为，宽衣解带，成就好事，嗣是邦昌遂封陈女为伪妃。及邦昌还居东府，李氏私下相送，并有怨谤高宗等语。天下事若要不知，除非莫为，邦昌既贬潭州，威势尽失，当有人传达高宗，高宗即饬拘李氏下狱，命御史审讯。李氏无可抵赖，只好直供。于是邦昌罪上加罪，由马申奉诏至潭，勒令自尽，并诛王时雍等。李氏杖脊三百，发配车营。尝阅《说岳全传》，谓邦昌被兀术祭旗，充作猪羊，证诸史乘，全属不符，可见俗小说之难信。

吕好问曾受伪命，为侍御史王宾所劾，自请解职，因有诏出知宣州。宋齐愈阿附金人，首书张邦昌姓名，坐罪下狱，受戮东市。同是一死，何不死于前日。追赠李若水、刘韐、霍安国等官。高宗方向用李纲，既任为右仆射，并命兼御营使。纲亦力图报称，知无不言，言无不尽。总计纲所规划，共有数则，无一非当时至计，小子复汇述如下：

一　请置河北招抚司，河东经制司，特荐张所、傅亮二人充任。高宗乃命张所为河北招抚使，王瓔为河东经制使，傅亮为副使。

二　因高宗登极时，赦诏未及两河，建炎元年六月，适潘贤妃生子旉，应援例大赦，特请遍赦两河，广示德义。

三　请调宗泽留守汴京，规复两河。泽因奉命为东京留守，兼知开封府事。

四　请立沿河、江、淮帅府，凡置府十有九，下列要郡三十九，次要郡三十八，府置帅，兼都总管。郡置守，兼钤辖都监。总置军九十六万七千五百人，别置水军七十七将，帅府置水兵二军，要郡一军，立军号曰凌波楼船军。造舟江、淮诸州。前此四道都总管，一并取消。

五　修明军法，定伍、甲、队、部、军各制。五人为伍，二十五人为甲，百人为队，五百人为部，二千五百人为军。上下相维，不乱统系。所有招置新军，及御营司兵，俱用新法团结。且诏陕西、山东诸路帅臣，并依此法，互相应援。

六　令诸路募兵买马，劝民出财，并制造战车，颁行京东西路。

七　议车驾巡幸，首关中，次襄阳，又次在邓州，不当株守应天。高宗特命范致虚知邓州，修城池，缮宫室，实钱谷，以为巡幸之备。

八　遣宣义郎傅雱使金军，但云通问二圣，不言祈请，俾上下枕戈尝胆，誓报国耻，徐使敌人生畏，自归二帝。

九　请还元祐党籍，及元符上书人官爵。

高宗此时，总算言听计从，无不施行。偏黄潜善、汪伯彦两人，同忌李纲，复倡和议。适值金娄室率领重兵，进攻河中，权知府事郝仲连阖门死义。娄室入河中府城，复连陷解、绛、慈、隰诸州。汪、黄二人闻警，密请高宗转幸东南，高宗也觉胆怯，竟有巡幸东南的诏命。当时恼动了一位忠臣，接连上表，请帝还汴，正是：

庸主偷安甘避敌，直臣报国独输忱。

欲知何人上表，俟至下回报明。

观康王构之留次济州，与即位应天，而已知其不足有为矣。当汴京危迫之时，能亟援君父之难，即早尽臣子之心。况宗泽连败金人，先声已振，各路兵亦陆续到来，有众至九万人，正可临城一战，力解汴围，胡为逍遥东土，但求自全，坐视君父之困乎？既而汴使来迎，一再劝进，亦应即日赴汴。先诛逆贼，继承帝祚，北向以御强虏，定两河，迎还二帝，期雪前耻，胡乃转趋应天，即位偏隅，预作避敌之计乎？且一经登极，首任汪、黄，已足为中兴之累，至僭逆如张邦昌，犹且锡以王爵，尊礼备至。微李纲之力请惩奸，则功罪不明，纪纲益紊，恐小朝廷且无自立矣。朱子谓李纲入相，方成朝廷，证以纲之谋议，其言益信。然有直臣，必贵有明主，主德不明，必有直道难容之虑，宜乎李纲之即遭摈斥也。

第六十四回　宗留守力疾捐躯
信王榛败亡失迹

却说高宗欲巡幸东南，偏有一人，接连上表，请他还汴。这人非别，就是东京留守宗泽。泽受命至汴，见汴京城楼隳废，盗贼纵横，即首先下令，无论赃物轻重，概以盗论，悉从军法，当下捕诛盗贼数人，匪徒为之敛迹。嗣是抚循军民，修治楼橹，阖城乃安。会闻河东巨寇王善，拥众七十万，欲夺汴城，泽单骑驰入善营，涕泣慰谕道："朝廷当危急时候，倘有一、二人如公，亦不致有敌患。现在嗣皇受命，力图中兴，大丈夫建立功业，正在今日，为什么甘心自弃呢？"善素重泽名，至是越加感动，遂率众泣拜道："敢不效力。"泽既收降王善，又遣招谕杨进、田再兴、李贵、王大郎等，各遵约束。京西、淮南、河南北一带，已无盗踪。乃就京城四壁，各置统领，管辖降卒，并造战车千二百乘，以资军用。又在城外相度形势，立坚壁二十四所，沿河遍筑连珠寨，联结河东、河北山水民兵，一面渡河，约集诸将，共议恢复事宜。且开凿五丈河，通西北商旅，百货骈集，物价渐平。乃上疏请高宗还汴，高宗尚优诏慰答，唯不及还汴日期。既而金使至开封，只说是通好伪楚，泽将来使拘住，表请正法，有诏反令他延置别馆。斩使或未免太甚，延使实可不必。他复申奏行在，不肯奉诏。旋得高宗手札，命他遣还，因不得已纵遣来使。会闻金人将入攻汜水，正拟遣将往援，巧值岳飞到汴，误犯军令，坐罪当刑。泽见他相貌非常，不忍加罪，及问他战略，所答悉如泽意。泽许为将材，遂拨兵五百骑，令援汜水，将功补过。飞大败金兵而

还，因擢飞为统制，飞由是知名。泽又申疏请高宗还汴，哪知此次拜表，竟不答复，反遣使至汴，迎太庙神主，奉诣行在；且连元祐太后及六宫与卫士家属，统行接去。泽复慨切上书，极言汴京不应舍弃，仍不见报。既而闻李纲转任左仆射，正拟向纲致书，并力请高宗还汴，不意书尚未发，那左仆射李纲，竟罢为观文殿大学士，提举洞霄宫了。未几，又闻太学生陈东，布衣欧阳澈，请复用李纲，罢斥黄潜善、汪伯彦，竟致激怒高宗，同处死刑。看官你想！这赤胆忠心的宗留守，能不唏嘘太息么？

原来汪、黄两人，常劝高宗巡幸扬州，李纲独欲以去就相争。高宗初意尚信任李纲，因汪、黄在侧，时进谗言，渐渐的变了初见，将李纲撇在脑后。纲有所陈，常留中不报。嗣欲进黄潜善为右相，不得已调李纲为左相。仅过数日，潜善即促傅亮渡河。亮以措置未就，暂从缓进，纲亦代为申请。偏潜善不以为然，竟责他有意逗留，召还行在。亮本李纲所荐，遂上言朝廷罢亮，臣亦愿乞身归田。高宗虽慰留李纲，竟罢亮职。纲再疏求去，因罢为观文殿大学士，提举洞霄宫。统计纲在相位，仅七十七日，所建一切规模，粗有头绪，自罢纲后，尽反前政，决意巡幸东南。不务争存，何处得安乐窝？陈东、欧阳澈本未识纲，因为忠义所激，乃请任贤斥奸。潜善奏高宗道："陈东等尝纠众伏阙，若不严惩，恐又有骚动情事，为患匪轻。"高宗遂将原书交与潜善，令他核罪照办，潜善领书而出。尚书右丞许翰，问潜善道："公当办二人何罪？"潜善道："按法当斩。"许翰道："国家中兴，不应严杜言路，须下大臣等会议！"潜善佯为点首，暗中恰嘱开封府尹孟庾竟将二人处斩。东字少阳，镇江人，欧阳澈字德明，抚州人。两人以忠义杀身，无论识与不识，均为流涕。四明李猷赎尸瘗埋。越三年，汪、黄得罪，乃追赠二人为承事郎，各官亲属一人，令州县抚恤其家属。绍兴四年，又并加朝奉郎，秘阁修撰官。阐扬忠义，不惮从详。唯许翰闻二人处斩，代著哀辞，且八上章求罢，因亦免职。

会河北州郡陆续被金军破陷，黄潜善、汪伯彦二人，力劝高宗幸扬州。高宗从二人言，指日启跸。隆祐太后以下，先期出行。看官道隆祐太后是何人？原来就是元祐太后。元祐的元字，因犯太祖讳，所以改为隆祐，这是高宗启跸以前，新经改定。不肯模糊一笔。及高宗到了扬州，还道是避敌较远，可以无虞。且把故相李纲，窜置鄂州，并遣朝奉郎王伦，及阁门舍人朱弁，

同赴金邦，请休战议和，一心一意的讨好金人，想做个小朝廷罢了。哪知宋愈示弱，金益逞强，王伦等到了云中，反被粘没喝羁住，将他软禁起来，还要起燕京八路民兵，分三路来侵南宋。看官你想！一个国家，可不图自强，专想偷安么？大声棒喝，后人听着。先是金将干离不闻高宗即位，拟送归二帝，重修和好，独粘没喝以为未可。未几，干离不死，粘没喝独握兵权，仍拟侵宋，及见王伦到来请和，料知高宗是个没用的主子，况且不向北进，反从南退，畏缩情形，不问可知，此时不乘机南下，还待何时？当下报告金主，分道南侵，自率所部兵下太行，由河阳渡河，直攻河南，分遣银术可一译作尼楚赫。攻汉上，讹里呆、一译作鄂尔多，系金太祖子，兀术一译作乌珠，金太祖四子。自燕山由沧州渡河，进攻山东。分阿里蒲卢浑一译作阿里富埒辉。军趋淮南，娄室与撒离喝、一译作萨思千。黑锋一译作哈富。自同州渡河，转攻陕西。各路金兵，分头攻入。粘没喝至汜水关，留守孙昭远走死。娄室至河中，见西岸有宋军扼守，不敢径渡，乃绕道韩城，履冰涉河，连陷同州、华州。沿河安抚使郑骧力战不支，赴井自尽。娄室遂破潼关，经制使王瓒弃了陕州，竟奔入蜀，中原大震。唯兀术欲渡河窥汴，幸得宗泽预遣将士，保护河梁，兀术乃暂行退去。

转眼间，已是建炎二年了，一出正月，银术可即进陷邓州，知州范致虚遁去，安抚使刘汲战死，所备巡幸储峙，均被劫去，且分兵四陷襄阳、均、房、唐、陈、蔡、汝、郑州、颍昌府。通判郑州赵伯振，知颍昌府孙默，知汝阳县郭赞，皆不屈遇害。兀术又自郑州抵白沙，去汴甚近。宗泽尚对客围棋，谈笑自若，属僚忙入内问计，泽怡然道："我已有准备了。"既而兵报到来，果得胜仗。原来宗泽先遣部将刘衍趋滑州，刘达趋郑州，牵制敌势。至是又选精锐数千骑，令绕出敌后，邀击金兵归路。金兵方与衍战，不料后面又有宋军，前后夹攻，竟致败溃。宗泽既得捷报，料知金人势盛，不肯一败即退，乃复遣部将阎中立、郭俊民、李景良等，率兵趋郑。途中果遇粘没喝大军，两下对垒，中立战死，景良遁去，俊民竟解甲降金。泽闻败警，即捕到景良，将他斩首。嗣因俊民引金使来汴，持粘没喝书，招降宗泽。泽撕毁来书，复喝令左右，将两人杀了一双。是司马穰苴一流人物。既而刘衍还汴，金兵乘虚入滑，泽部将张㧑往援，㧑手下不过一二千人，金兵却有一二万。或请㧑少避敌锋，㧑叹道："避敌偷生，有何面目还见宗公？"因力战而死。

泽闻扐急，忙遣王宣驰救，至已不及。宣率部兵与金人力战，竟破金兵。金兵复弃城遁去。宣入滑后，报知宗泽，泽令宣知滑州。

忽有河上屯将，获住金将王策，由泽询问原委，乃系辽室旧臣，遂亲与解缚，邀他旁坐，道及辽亡遗事，及金人虚实，尽得详情，乃召诸将泣谕道："汝等皆心存忠义，当协谋剿敌，期还二圣，共立大功。"众将闻言，皆感激思奋，誓以死报。泽遂决意大举，募兵储粮，并约前时招抚各盗魁，共集城下，指日渡河。因再上疏，请高宗还汴，一面檄召都统制王彦，还屯滑州。彦性颇忠勇，曾与张所、宗泽等，共图恢复，泽尝遣岳飞助所，所待以国士，更派令随彦渡河。彦率师至新乡，遥见金兵数万前来，气势甚盛。彦部下不过七千人，将校十一员，飞亦在列。他将均有惧色，不敢进战，飞独持丈八铁枪，冲入敌阵，左挑右拨，无人敢当，遂夺得大纛一面，向空掷去。诸将见岳飞得手，也奋勇杀上，顿时击退金人，克复新乡。越日，再战侯兆川，飞身被十余创，士皆死战，又将金人击退。会粮食将罄，诣彦营乞粮，彦不许，飞自行措粮，转战至太行山，擒金将拓跋耶乌。金骁帅黑风大王，自恃枭悍，来与飞交锋，战未数合，又被飞一枪刺死，金人骇退。插入此段，实为岳飞写生。飞因彦不给粮，不便再进，仍率所部复归宗泽。

彦骤失良将，乏人御敌，寻被金人围住，彦溃围出走，退保西山，即太行山。潜结两河豪杰，勉图再举。部下各相率刺面，涅成"赤心报国誓杀金贼"八字。既而两河响应，众至十万，金将不敢近垒，转截彦军饷道。彦勒兵待敌，斩获甚众，至接得泽檄，乃陆续拔至滑州。泽闻彦已还滑，即将所定规划，奏报行在，略云：

> 臣欲乘此暑月，是时当靖康二年夏月。遣王彦等自滑州渡河，取怀、卫、浚、相等州，王再兴等自郑州直护西京陵寝，马扩等自大名取洺、相、真定，杨进、王善、丁进等各以所领兵，分路并进。河北山寨忠义之民，臣已与约响应，众至百万。愿陛下早还京师，臣当躬冒矢石，为诸将先，中兴之业，必可立致。如有虚言，愿斩臣首以谢军民！

这疏上后，未接复诏，各处消息，反且日恶。永兴军潍州、淮宁、中山等府相继失陷。经略使唐重，知潍州韩浩，知淮宁府向子韶，知中山府陈

遘，俱死难。泽忠愤交迫，又复上疏，大略说是：

祖宗基业，弃之可惜。陛下父母兄弟，蒙尘沙漠，日望救兵，西京陵寝，为贼所占，今年寒食节，未有祭享之地。而两河、二京、陕石、淮甸百万生灵，陷于涂炭，乃欲南幸湖外，盖奸邪之臣，一为贼虏方便之计，二为奸邪亲属，皆已津置在南故也。今京城已增固，兵械已足备，人气已勇锐，望陛下毋沮万民敌忾之气，而循东晋既覆之辙！

高宗看到此奏，也不觉怦然心动，拟择日还京。偏黄潜善、汪伯彦二人，阴恨宗泽所陈，牵连自己，遂百端阻难，不令高宗还汴，且戒泽毋得轻动。奸臣当道，老将徒劳，可怜泽忧愤成疾，致生背疽。诸将相率问疾，泽矍然起床道："我因二帝蒙尘，积愤至此，汝等若能歼敌，我死亦无恨了。"诸将相率流涕，齐声道："敢不尽力！"及大众退出，泽复吟唐人诗道："出师未捷身先死，长使英雄泪满襟。"不亚五丈原遗恨。越宿，风雨如晦，泽病已垂危，尚无一语及家事。到了临终的时候，唯三呼"过河"罢了。到死不忘此念。泽字汝霖，义乌人，元祐中登进士第，具文武才，累任州县，迭著政绩，尚未以将略闻。至调知磁州，修城浚池，誓师固守，金人不敢犯。嗣佐高宗为副元帅，渡河逐寇，连败金人，于是威名渐著。既守东京，金人屡战屡却，益加敬畏，各呼为宗爷爷。殁时已年七十，远近号恸，讣闻于朝，赠观文殿学士谏议大夫，予谥忠简。泽子名颖，襄父戎幕，素得士心。汴人请以颖继父任，偏有诏令北京留守杜充移任，但命颖为判官。充至汴，酷虐寡谋，大失众望。颖屡谏不从，乞归守制。所有将士，及抚降诸盗，统行散去。一座宅中驭外的汴京城，要从此不保了。

是时金兵所至，类多残破，娄室既陷永兴，鼓众西行，秦州帅臣李绩出降，复引兵犯熙河。都监刘惟辅率精骑二千，夜趋新店。翌晨，遇着金兵，前驱大将为黑锋，由惟辅一马突出，舞槊直刺。黑锋不及防备，一槊洞胸，堕马竟死，余众败退。都护张严锐意击贼，追至五里坡，骤遇娄室伏兵，被围败亡。粘没喝方占踞西京，即河南府。闻黑锋战殁，遂毁去西京庐舍，往援娄室，留兀术屯驻河阳。河南统制官翟进得入西京，复用兵袭击兀术，兀术先已预备，设伏以待进。子亮为先行，中伏殉节，进亦几殆。适御营统制

韩世忠，奉诏援西京，路过河阳，可巧遇着翟进败军，遂击鼓进兵，救了翟进。嗣与兀术相持数日，未得胜仗，不意兀术恰竟走了。看官道为何事？原来粘没喝引兵西进，闻娄室已转败为胜，乃自平陆渡河，径还云中。兀术得知信息，所以也有归志。惟娄室入侵泾原，由制置使曲端，遣副将吴玠迎击，至青溪岭，一鼓击退金兵。石壕尉李彦仙亦用计克复陕州，及绛、解诸县。会徽宗第十八子信王榛，本随二帝北行，至庆源，亡匿真定境中。适和州防御使马扩与赵邦杰，聚兵五马山，从民间得榛，奉以为王，总制诸寨。两河遗民，闻风响应，榛遂手书奏牍，令马扩赍赴行在，呈上高宗。高宗展视，见上面写着：

马扩、赵邦杰忠义之心，坚若金石，臣自陷城中，颇知其虚实。贼今稍惰，皆怀归心。今山西诸寨乡兵，约十余万，力与贼抗，但皆苦乏粮，兼阙戎器，臣多方存恤，唯望朝廷遣兵来援，否则不能支持，恐反为贼用。臣于陛下，以礼言则君臣，以义言则兄弟，其忧国念亲之心无异。愿委臣总大军，与诸寨乡兵，约日大举，决见成功。臣翘切待命之至！

高宗览毕，正值黄潜善、汪伯彦在侧，便递与阅看。潜善不待看完，便问高宗道："这可是信王亲笔么？恐未免有假。"妒心如揭。高宗道："确是信王手书。他的笔迹，朕素认得的。"伯彦道："陛下亦须仔细。"一唱一和。高宗乃召见马扩，问明一切，已经确凿无疑，当即授信王榛为河外兵马都元帅，并令马扩为河北应援使，还报信王。扩退朝后，潜善与语道："信王已经北去，如何还在真定？汝此去须要小心窥伺，毋堕奸人狡谋，致陷欺君大罪！"似乎还替马扩着想。马扩一再辩论，潜善便提出"密旨"二字，兜头一盖。且云密旨中，亦令汝听诸路节制，不得有违。扩乃不与多争，怏怏而去。既至大名，料知此事难成，逗留了好几日。上文宗泽疏中，言令马扩自大名取洛相、真定，使在此时。金将讹里朵探知此事，恐扩请兵援榛，亟攻五马山诸寨，并遣人约粘没喝军，速来接应。信王榛闻金兵到来，连忙督兵守御，哪知汲道被金兵截断，寨众无水可汲，顿时溃乱。讹里朵乘乱杀入，诸寨悉陷。信王榛亡走，不知所终。小子有诗叹道：

不共戴天君父仇，枕戈有志愿同仇。

如何孱主昏庸甚，甘弃同胞忍国羞？

马扩得知警报，募兵驰援，已是不及，反被金兵截击清平，吃了一个大败仗，也只好仍往和州去了。欲知后事，且看下回。

靖康之世，若信用李纲、种师道，则不致北狩。建炎之时，若信用李纲、宗泽，则不致南迁。李纲之效忠于高宗，犹钦宗时也。宗泽之忠勇，较师道尤过之，史称泽请高宗还汴，前后约二十余奏，均为黄潜善、汪伯彦所阻抑，抱诸葛之忱，婴亚夫之疾，高宗之不明，殆视蜀后主为更下乎？信王榛避匿真定，得马扩、赵邦杰等，奉以为主，一成一旅，犹思规复，高宗拥数路大兵，尚误听汪、黄之言，避敌东南，甘任二奸播弄。盖至宗泽殁，信王榛亡，而两河中原，乃俱沦没矣。本回于宗泽、信王榛，叙述独详，此外则均从略，下笔固自有斟酌，非徒录前史已也。

第六十五回　招寇侮惊驰御驾
胁禅位激动义师

却说金娄室为吴玠所败，退至咸阳，因见渭南义兵满野，未敢遽渡；却沿流而东。时河东经制使为王庶，连檄环庆帅王似，泾原帅席贡，追蹑娄室。两人不欲受庶节制，均不发兵。就是陕西制置使曲端，亦不欲属庶。三将离心，适招寇虏。娄室并力攻鄜延，庶调兵扼守，那金兵恰转犯晋宁，侵丹州，渡清水河，复破潼关。庶日移文，促曲端进兵，端不肯从，但遣吴玠复华州，自引兵迂道至襄乐，与玠会师。及庶自往御敌，偏娄室从间道出攻延安，庶急忙回援，延安已破，害得庶无处可归。适知兴元府王瓆率兵来会，庶乃把部兵付瓆，自率官属等，赴襄乐劳军，还想借重曲端，恢复威力。真是痴想。及和端相晤，端反责他失守延安，意欲将他谋死。幸庶自知不妙，将经制使印，交与曲端，复拜表自劾。有诏降为京兆守，方得脱身自去。端尚欲拘住王瓆，令统制张中孚往召，且与语道："瓆若不听，可持头来。"中孚到了庆阳，瓆已回兴元去了。曲端为人，曲则有之，端则未也。

娄室复返寇晋宁军，知军事徐徽言，函约知府州折可求，夹攻金人。可求子彦文赍书往复可求，偏被金兵遇着，拘絷而去。娄室胁令作书招降可求，可求重子轻君，竟将所属麟府三州，投降金军。徽言曾与可求联姻，娄室又使可求至城下，呼徽言与语，诱令降金。徽言不与多谈，但引弓注射，可求急走。徽言乘势出击，掩他不备，大败金兵，娄室退走十里下寨，其子竟死乱军中。惟娄室痛子情深，恨不把晋宁军吞下肚去，随即搜补卒乘，仍

复进攻。相持至三月余，粮尽援绝，城遂被陷。徽言方欲自刎，金人猝至，拥挟以去。娄室尚欲胁降，徽言大骂，乃被杀死。统制孙昂以下，一概殉难。不肯埋没忠臣，是作者本心。娄室又进破鄜、坊二州，未几复破巩州。秦、陇一带，几已无干净土了。

那时粘没喝已与讹里朵相会，接应前回。合攻濮州，知州杨粹中登陴固守，夜命部将姚端潜劫金营。粘没喝未曾预防，跣足走脱。嗣是攻城益急，月余城陷，粹中被执不屈遇害。粘没喝遂遣讹里朵攻大名，并檄兀术再下河南。兀术连陷开德府及相州，守臣王棣、赵不试相继死节。讹里朵兵至大名城下，守臣张益谦欲遁。提刑郭永入阻道："北京即指大名府。所以遮梁宋，敌或得志，朝廷危了。"益谦默然。郭永退出，急率兵守城，且募死士缒城南行，至行在告急。会大雾四塞，守卒迷茫，金兵缘梯登城，益谦慌忙迎降。讹里朵责他迟延，吓得益谦跪求，归咎郭永。可巧永亦被执，推至帐前，讹里朵问道："你敢阻降么？"永直认不讳。讹里朵道："你若肯降，不失富贵。"永怒骂道："无知狗彘，恨不能醢尔报国，尚欲我投降吗？"讹里朵大愤，亲拔剑杀死郭永，并令捕永家属，一并屠害。

各处警报，接连传到扬州，黄潜善多匿不上闻。高宗还道是金瓯无缺，安享太平，且令潜善与伯彦为尚书左右仆射，兼门下中书侍郎。两人入谢，高宗面谕道："黄卿作左相，汪卿作右相，何患国事不济？"仿佛梦境。两人听了，好似吃雪的凉，非常爽快。退朝后，毫无谋议，整日里与娇妻美妾，饮酒欢谈。有时且至寺院中，听老僧谈经说法。蹉跎到建炎三年正月，忽屯兵滑州的王彦入觐高宗，先至汪、黄二相处叙谈。甫经见面，即抗声道："寇势日迫，未闻二公调将派兵，莫不是待敌自毙么？"潜善沉着脸道："有何祸事？"王彦禁不住冷笑道："敌酋娄室扰秦、陇，讹里朵陷北京，兀术下河南，想已早有军报，近日粘没喝又破延庆府，前锋将及徐州，是事前未叙过，特借王彦说明，以省笔墨。二公也有耳目，难道痴聋不成？"伯彦插嘴道："敌兵入境，全仗汝等守御，为何只责备宰臣？"王彦道："两河义士，常延颈以望王师，我王彦日思北渡，无如各处将士，未必人人如彦，全仗二公辅导皇上，剀切下诏，会师北伐，庶有以作军心，慰士望。今二公寂然不动，皇上因此无闻，从此过去，恐不特中原陆沉，连江南也不能保守呢。"汪、黄二人语塞，唯心下已忿恨得很，待王彦退后，即入奏高宗，说是王彦病

狂，请降旨免对。高宗率尔准奏，即免令入觐，只命充御营平寇统领。彦遂称疾辞官，奉诏致仕。

不到数日，粘没喝已陷徐州，知州事王复一家遇害。韩世忠率师救濮，被粘没喝回军截击，又遭败衂，走保盐城。粘没喝遂取彭城，间道趋淮东，入泗州。高宗才闻警报，亟遣江、淮制置使刘光世，率兵守淮。敌尚未至，兵已先溃。粘没喝长驱至楚州，守城朱琳出降，复乘胜南进，破天长军，距扬州只数十里，内侍邝询闻警，忙入报高宗道："寇已来了。"高宗也不及问明，急披甲乘马，驰出城外。到了瓜州，得小舟渡江，随行唯王渊、张俊，及内侍康履，并护圣军卒数人，日暮始至镇江府。都是汪、黄二相的功劳。黄潜善、汪伯彦尚率同僚，听浮屠说法，听罢返食。堂吏大呼道："御驾已行了。"两人相顾仓皇，不及会食，忙策马南驰。隆祐太后及六宫妃嫔，幸有卫士护着，相继出奔。居民各夺门逃走，互相蹴踏，死亡载道。司农卿黄锷趋至江上，军士误作黄潜善，均戟指痛詈道："误国误民，都出自汝，汝也有今日。"锷方欲辩白姓名，谁知语未出口，头已被断了。同姓竟至受累。

时事起仓猝，朝廷仪物，多半委弃，太常少卿季陵亟取九庙神主以行，出城未数里，回望城中，已经烟焰冲天，令人可怖。蓦闻后面喊声大起，恐有金兵追来，急急向前逃窜，竟把那太祖神主，遗失道中。驰至镇江，时已天明，见车驾又要启行，探息缘由，才知高宗要奔向杭州了。原来高宗到了镇江，权宿一宵，翌晨，召群臣商议去留。吏部尚书吕颐浩乞请留跸，为江北声援，王渊独言镇江止可捍一面，若金人自通州渡江，占据姑苏，镇江即不可保，不如钱塘有重江险阻，尚可无虞。你想保全性命，谁知天不容汝。高宗遂决意趋杭，留中书侍郎朱胜非驻守镇江。江、淮制置使刘光世充行在五军制置使，控扼江口。是夕即发镇江，越四日次平江，又命朱胜非节制平江、秀州军马，张浚为副，留王渊守平江。又二日进次崇德，拜吕颐浩为同签书枢密院事，兼江、淮、两浙制置使，还屯京口。又命张浚率兵八千守吴江。嗣是一直到杭，就州治为行宫，下诏罪己，求直言，赦死罪以下，放还窜逐诸罪臣，独李纲不赦。看官不必细问，便可知是汪、黄二人的计划，想籍此以谢金人。自以为智，实是呆鸟。一面录用张邦昌家属，令阁门祗候刘俊民，持邦昌与金人约和书稿，赴金军议和。专想此策。嗣接吕颐浩奏报，据言："金人焚掠扬州，今已退去，臣已遣陈彦渡江收复扬州，借慰上意"云云。高宗

稍稍放心。

中丞张澄，因劾汪、黄二人，有二十大罪。二人尚联名具疏，但说是国家艰难，臣等不敢具文求退。高宗方觉二人奸伪，乃罢潜善知江宁府，伯彦知洪州，进朱胜非为尚书右仆射兼中书侍郎，王渊同签书枢密院事。渊无甚威望，骤迁显职，人怀不平。苗傅自负世将，刘正彦因招降剧盗，功大赏薄，每怀怨望。至是见王渊入任枢要，更愤恨得了不得，且疑他与内侍康履、蓝珪勾通，因得此位。于是两人密谋，先杀王渊，次杀履、珪。中大夫王世修，亦恨内侍专横，与苗、刘联络一气，协商既定，俟衅乃动。会召刘光世为殿前指挥使，百官入听宣制，苗傅以为时机已至，遂与刘正彦定议，令王世修伏兵城北桥下，专待王渊退朝，就好动手。王渊全未知晓，惘惘然进去，又惘惘然出来，甫经乘马出城，那桥下的伏兵，顿时齐起，一拥上前，将王渊拖落马下。刘正彦拔剑出鞘，立即砍死。当下与苗傅拥兵入城，直抵行宫门外，枭了渊首，号令行阙，且分头搜捕内侍，擒斩了百余人。康履闻变，飞报高宗，高宗吓得满身发抖，一些儿没有摆布。挖苦得很。朱胜非正入直行宫，忙趋至楼上，诘问傅等擅杀罪状。傅抗声道："我当面奏皇上。"语未毕，中军统制吴湛从内开门，引傅等进来。但听得一片哗声，统说是要见驾。知杭州康永之，见事起急迫，无法拦阻，只好请高宗御楼慰谕。高宗不得已登楼，傅等望见黄盖，还是山呼下拜。高宗凭栏问故，想此时尚在抖着。傅厉声道："陛下信任中官，赏罚不公，军士有功，不闻加赏，内侍所主，尽可得官。黄潜善、汪伯彦误国至此，尚未远窜，王渊遇贼不战，首先渡江，结交康履，乃除枢密，臣自陛下即位以来，功多赏薄，共抱不平，现已将王渊斩首，在宫外的中官，亦多诛讫，唯康履等犹在君侧，乞缚付臣等，将他正法，聊谢三军。"迹虽跋扈，语却爽快。高宗亟语道："潜善、伯彦已经罢斥，康履等即当重谴，卿等可还营听命！"傅又道："天下生灵无罪，乃害得肝脑涂地，这统由中官擅权的缘故。若不斩康履等人，臣等决不还营。"高宗沉吟不决，过了片时，傅等噪声愈盛，没奈何命湛执履，缚送楼下。傅手起刀落，将履砍成两段，脔尸枭首，并悬阙门。高宗仍命他还营，傅等尚是不依，且进言道："陛下不当即大位，试思渊圣皇帝归来，将若何处置？"高宗被他一诘，自觉无词可对，只得命朱胜非缒至楼下，委曲晓谕。并授傅为承宣御营使都统制，刘正彦为副。傅乃请隆祐太后听政，及

遣人赴金议和。高宗准如所请，即下诏请隆祐太后垂帘。傅等闻诏，又复变卦，仍抗议道："皇太子何妨嗣立，况道君皇帝，已有故事。"得步进步，乃成叛贼。胜非复縋城而上，还白高宗。高宗嗫嚅道："朕当退避，但须得太后手诏，方可举行。"乃遣门下侍郎颜岐入内，请太后御楼。太后已至，高宗起立楹侧，从官请高宗还坐，高宗不禁呜咽道："恐朕已无坐处了。"谁叫你信用匪人。太后见危急万分，乃弃肩舆下楼，出门面谕道："自道君皇帝误信奸臣，致酿大祸，并非关今上皇帝事。况今上初无失德，不过为汪、黄两人所误，今已窜逐，统制宁有不知么？"傅答道："臣等必欲太后听政，奉皇子为帝。"太后道："目今强敌当前，我一妇人，抱三岁儿决事，如何号令天下？且转召敌人轻侮，此事未便率行。"恰是达理之言。傅等仍固执不从，太后顾胜非道："今日正须大臣果断，相公何寂无一言？"应该责备。胜非遽退，还白高宗道："傅等腹心中有一王钧甫，适语臣云：'二将忠心有余，学识不足，'臣请陛下，静图将来，目下且权宜禅位。"高宗乃即提笔作诏，禅位皇子旉，请太后训政。胜非奉诏出宣，傅等乃麾众退去。

皇子旉即日嗣位，太后垂帘决事，尊高宗为睿圣仁孝皇帝，以显宁寺为睿圣宫，颁诏大赦，改元明受，加苗傅为武当军节度使，刘正彦为武成军节度使，分窜内侍蓝珪、曾泽等于岭南诸州。傅遣人追还，一律杀毙，且欲挟太后幼主等转幸徽、越，赖胜非婉谕祸福，才得罢议。越二日改元，赦书已达平江，留守张浚，秘不宣布。既而得苗傅等所传檄文，乃召守臣汤东野，及提刑赵哲，共谋讨逆，巧值张俊引所部八千人，至平江来会张浚，两张官名，音同字异，看官不要误阅。浚与语朝事，涕洟交下。俊答道："现有旨，令俊赴秦凤，只准率三百人，余众分属他将，想此必系叛贼忌俊，伪传此诏，故特来此，与公一决。"浚即道："诚如君言，我等已拟兴兵问罪了。"俊拜泣道："这是目前要计，但亦须由公济以权变，免致惊动乘舆。"浚一再点首，正商议间，忽由江宁传到一函，由张浚启阅，乃是吕颐浩来问消息。且言："禅位一事，必有叛臣胁迫，应共图入讨"等语。这一书，适中张浚心坎，随即作书答复，约共起兵，并贻书刘光世，请他率师来会。嗣又恐傅等居中，或生他变，因特遣辩士冯幡，往说苗、刘不如反正。刘正彦乃令幡归，约浚至杭面商。浚闻吕颐浩已誓师出发，且疏请复辟，遂也令张俊扼吴江上流，一面上复辟书，一面复告正彦，只托言张俊骤回，人情震惧，不可不少

留泛地，抚慰俊军。会韩世忠自盐城出海道，将赴行在，既至常熟，为张俊所闻，大喜道："世忠到来，事无不济了。"当下转达张浚，招致世忠。世忠得浚书，用酒酹地，慨然道："吾誓不与二贼共戴天。"随即驰赴平江，入见张浚，带哭带语道："今日举义，世忠愿与张浚共当此任，请公无虑！"浚亦泪下道："得两君力任艰难，自可无他患了。"遂大犒张俊、韩世忠两军，晓以大义，众皆感愤。世忠因辞别张浚，率兵赴阙，浚戒世忠道："投鼠忌器，此行不可过急，急转生变，宜趋秀州据粮道，静俟各军到齐，方可偕行。"世忠受命而去。

到了秀州，称疾不行，暗中恰大修战具，苗傅等闻世忠南来，颇怀疑惧，欲拘他妻子为质。朱胜非忙语傅道："世忠逗留秀州，还是首鼠两端，若拘他妻孥，转恐激成变衅，为今日计，不如令他妻子出迎世忠，好言慰抚，世忠能为公用，平江诸人，都无能为了。"欺之以方，易令叛贼中计。傅喜道："相公所言甚是。"当即入白太后，封世忠妻梁氏为安国夫人，令往迓世忠。看官道梁氏为何等人物？就是那巾帼英雄，著名南宋的梁红玉。标明奇女，应用特笔。红玉本京口娼家女，具有胆力，能挽弓注射，且通文墨，平素见少年子弟，类多白眼相待。自世忠在延安入伍，从军南征方腊，还至京口，与红玉相见，红玉知非常人，殷勤款待。两口儿语及战技，差不多是文君逢司马，红拂遇药师。为红玉幸，亦为世忠幸。先是红玉曾梦见黑虎，一同卧着，惊醒后，很自惊异。及既见世忠，觉与梦兆相应。且因世忠尚无妻室，当即以终身相托。世忠也喜得佳耦，竟与联姻。伉俪相谐，自不消说。未几生下一子，取名彦直。至高宗即位应天，召世忠为左军统制，世忠乃挈着妻孥，入备宿卫。嗣复外出御寇，留妻子居南京。高宗迁扬州，奔杭州，梁氏母子，当然随帝南行。及受安国夫人的封诰，且命往迓世忠，梁氏巴不得有此一着，匆匆驰入宫中，谢过太后，即回家携子，上马疾驱出城，一日夜，趋至秀州，世忠大喜道："天赐成功，令我妻子重聚，我更好安心讨逆了。"未几有诏促归，年号列着明受二字。世忠怒道："我知有建炎，不知有明受。"遂将来诏撕毁，并把来使斩讫。随即通报张浚，指日进兵。

张浚因遣书苗、刘，声斥罪状，傅等得书，且怒且惧，乃遣弟瑀、翊及马柔吉等，率重兵，扼临平，并除张俊、韩世忠为节度使，独谪张浚为黄州团练副使，安置郴州。浚等皆不受命，且草起讨逆檄文，传达远迩，吕颐

浩、刘光世亦相继来会，遂以韩世忠为前军，张俊为辅，刘光世为游击，自与吕颐浩总领中军，浩浩荡荡，由平江启行。途次接太后手诏，命睿圣皇帝处分兵马重事，张浚同知枢密院事，李邴、郑瑴并同签书枢密院事。各军闻命，愈加踊跃，陆续南下。苗、刘闻报，均惊慌失措，朱胜非暗地窃笑道："这两凶真无能为。"你也非真大有为。苗、刘情急，只好与胜非熟商。胜非道："为二公计，速自反正，否则各军到来，同请复辟，公等将置身何地。"苗傅、刘正彦想了多时，委实没法，不得已从胜非言，即召李邴、张守等，作百官奏章，及太后诏书，仍请睿圣皇帝复位。傅等且率百官朝睿圣宫，高宗漫言抚慰，苗、刘各用手加额道："圣天子度量，原不可及呢。"越日，太后下诏还政，朱胜非等迎高宗还行宫，御前殿，朝见百官。太后尚垂帘内坐，有诏复建炎年号，以苗傅为淮西制置使，刘正彦为副，进张浚知枢密院事。又越四日，太后撤帘，诏令张浚、吕颐浩入朝。张、吕等已至秀州，闻知此信，免不得集众会议，商酌善后事宜，再定行止。正是：

复辟虽曾闻诏下，锄奸非即罢兵时。

究竟行止如何，且看下回续表。

汪、黄佞臣也，而高宗信之。苗、刘逆臣也，而高宗用之。信佞臣适以召外侮，用逆臣适以酿内变，即位未几，而外侮猝乘，内变又起，当乘马疾驰之日，登楼慰谕之时，呼吸存亡，间不容发，高宗曾亦自悔否耶？夫汪、黄无莽、懿之智，刘、苗无操、裕之权。驾驭有方，则四子皆仆隶耳，宁能误人家国，肇祸萧墙哉？唯倚佞臣为左右手，而后直臣退，外侮得以乘之。置逆臣于肘腋间，而后忠臣疏，内变得而胁之。假使天已弃宋，则高宗不死于外寇，必死于内讧，东南半壁，盖早已糜烂矣。观于此而知高宗之不死，盖犹有天幸存焉。

第六十六回　韩世忠力平首逆
金兀术大举南侵

却说张浚、吕颐浩集众会议，颐浩仍主张进兵，且语诸将道："今朝廷虽已复辟，二贼犹握兵居内，事若不济，必反加我等恶名。汉翟义、唐徐敬业故事，非即前鉴么？"诸将齐声道："公言甚是，我等非入清君侧，决不还师。"议既定，复驱军直进，径抵临平。遥见苗翊、马柔吉等，沿河扼守，负山面水，扎就好几座营盘，中流密布鹿角，阻住行舟。韩世忠舍舟登陆，跨马先驱，张俊、刘光世继进，统是大刀阔斧的杀上前去。翊等见来势甚猛，麾众却退，世忠复舍马徒步，操戈誓师道："今日当效死报国，将士如不用命，一概处斩！"于是人人奋勇，个个舍生，霎时间，驰入敌阵，翊引神臂弓，持满待着，世忠瞋目大呼，万众辟易，连箭杆都不及发，相率奔窜。苗翊、马柔吉禁遏不住，统行反走。各军乘胜追入北关，苗傅、刘正彦方受赏铁券，闻勤王兵杀至，急趋入都堂，将铁券取出，拥精兵二千，夜开涌金门遁去。王世修正拟出奔，劈头遇见韩世忠，被他一把抓住，牵付狱吏。张浚、吕颐浩并马入城，即进谒高宗，伏地待罪。高宗问劳再三，且语浚道："日前居睿圣宫，两宫隔绝，一日啜羹，忽闻贬卿，不觉覆手。默念卿若被谪，何人能当此任？"言毕，即解下所佩玉带，赐给张浚。浚当然拜谢，韩世忠已剿除逆党，随即进见，高宗不待行礼，便下座握世忠手，涕泣与语道："中军统制吴湛，首先助逆，现尚在朕肘腋间，能替朕捕诛么？"一逆都不能除，做什么皇帝？世忠忙称遵旨，待高宗释手，即自去寻湛，巧适湛

趋过阙下，世忠佯与相见，趁势牵住湛手。湛情急欲遁，怎禁得世忠力大，彼牵此扯，但听得扑的一声，吴湛中指已被折断。湛痛不可耐，缩做一团，当被世忠擒付刑官，与王世修俱斩于市。逆党王元佐、马瑗、范仲容、时希孟等，贬谪有差。

高宗拟大加褒赏，朱胜非独入见道："臣昔遇变，义当即死，偷生至此，正为今日。现幸圣驾已安，臣情愿退职。"高宗道："朕知卿心，卿无庸告辞。"胜非一再固辞，高宗道："卿去，何人可代？"胜非道："吕颐浩、张浚均可继任。"高宗又问二人优劣如何？胜非道："颐浩练事而暴，浚喜事而疏。"照此说来，都不及你。高宗复道："浚年太少。"胜非道："臣向被召，军旅钱谷，都付诸浚，就是今日勤王，也是由浚创议，陛下莫谓浚年少呢。"高宗点首。待胜非退后，乃召吕颐浩为尚书右仆射，免胜非职，李邴为尚书右丞，郑瑴签书枢密院事，韩世忠、张浚为御前左右军都统制，刘光世为御营副使，凡勤王僚属将佐，各加秩进官，且禁内侍干预朝政，重正三省官名，诏左右仆射，并同中书门下平章事，改中书门下侍郎为参知政事、省尚书左右丞。录此数语，似无关轻重，但后文除官拜爵，非经此揭出，不足划清眉目。

张浚等请高宗还跸，高宗乃自杭州启行，向江宁进发。临行时，命韩世忠为浙江制置使，与刘光世追讨苗、刘。及到了江宁，改江宁为建康府，暂行驻跸，立子旉为皇太子，赦傅党马柔吉等罪名，许他自新。唯苗傅、刘正彦及傅弟瑀、翊不赦。韩世忠既受命追讨，即由杭州西进，道出衢信，南下至浦城县内的鱼梁驿，巧与苗傅、刘正彦遇着。世忠徒步直前，仗着一支戈矛，刺入贼垒，把贼众划开两旁。贼众望见世忠，统咋舌道："这是韩将军，我等快逃生罢！"当下左右分窜，辙乱旗靡。刘正彦尚不知死活，仗剑来敌世忠，两人步战数合，但听世忠大喝一声，已将正彦刺倒。苗翊涟忙趋救，已是不及，眼见正彦被他擒去。世忠见了苗翊，哪里还肯罢手，乘势用戈刺去。翊从旁一闪，那腰带已被世忠牵着，顺手一扯，翊已跌入世忠怀中，好似小儿吃奶一般，正好拿下。还有苗瑀，见兄弟被执，舞着大刀，来与世忠搏战。世忠正欲与他交锋，忽后面闪出一人道："主帅少憩！这功劳且让与末将罢。"道言未绝，已趋至世忠前面，往斗苗瑀。世忠视之，乃是裨将王德，德与瑀交战十合，也卖个破绽，将瑀擒住；又杀将进去，斫死了马柔吉。苗傅见不可敌，早已三脚两步的跑走了去。世忠追赶不上，择地驻营，

复传檄各州县，悬赏缉傅。不到数日，果有建阳县人詹剽，将傅拿获，解到军前。世忠依着赏格，给付詹剽，遂把傅等押送行在。兄弟三人，同时正法。高宗亲书“忠勇”二字，悬揭旗上，颁赐世忠。叙功从详，亦无非表彰勋绩。

天下事祸福相倚，忧喜交乘，首逆方庆骈诛，储君偏遭夭逝。太子旉尚在保抱，从幸建康，途中免不得受了寒暑，致生疟疾。偏宫人误蹴地上金锣，突然发响，惊动太子，遂致抽搐成痉，越宿而亡。高宗悲愤交加，谥旉为元懿太子，随命将宫人杖毙，连保母也一并置死。宜乎后来无子。正怆悼间，忽由张浚入宫劝慰，乘便禀白密谋。高宗屏去左右，与浚谈了多时，浚方辞出。看官道是何因？原来高宗即位，命惩僭伪，张邦昌等已伏罪，唯都巡检范琼，恃有部众，出驻洪州。苗傅押送行在时，琼自洪州入朝，乞贷苗傅死罪。高宗不从，把傅正法。琼复入诘高宗，面色很是倨傲。高宗不禁色沮，只好卖他欢心，权授御营司提举，暗中却召张浚密议，嘱令设法除奸。浚乃与枢密检详文字刘子羽商定秘计，潜命张俊率千人渡江，佯称备御他盗，均执械前来。浚即密报高宗，请召张俊、范琼、刘光世等，同至都堂议事，就此执琼。高宗遂命浚草诏召入，且预备罪琼敕书，付浚携出。浚先传会议的诏旨，约翌日午前入议。到了次日，张俊、刘子羽先至，浚亦趋入，百官等相继到来，范琼恰慢腾腾的至晌午方到，该死的囚徒。都堂中特备午餐，大众会食已毕，待议政务。忽由刘子羽持出黄纸，趋至琼前道：“有敕下来，令将军诣大理寺置对！”琼惊愕道：“你说什么？”语未毕，张俊已召卫士进来，将琼拥挟出门，送至狱中。刘光世又出抚琼部，略言：“琼前时居围城中，甘心附虏，劫二帝北狩，罪迹昭著，现奉御敕诛琼，不及他人。汝等同受皇家俸禄，并非由琼豢养，概不连坐，各应还营待命！”大众齐声应诺，投刃而去。琼下狱具服，即日赐死。子弟俱流岭南。并有旨令琼属旧部，分隶御营各军。琼为罪魁，早应伏法，特志之以快人心。

张浚既除了范琼，又上书言中兴要计，当自关、陕为始。关、陕尽失，东南亦不可保，臣愿为陛下前驱，肃清关、陕，陛下可与吕颐浩同来武昌，以便相机趋陕云云。高宗点首称善，遂命浚为川、陕、京、湖宣抚处置使，得便宜黜陟。浚既拜命，即与吕颐浩接洽，克日启行。谁料边警复来，金兀术大举南侵，连破磁、单、密诸州，并陷入兴仁府城了。高宗又不免惊惧，迭遣二使往金，一是徽猷阁待制洪皓，一是工部尚书崔纵。皓临行，高宗令

赍书贻粘没喝，愿去尊号，用金正朔，比诸藩卫。何甘心忍辱乃尔？及粘没喝与皓相见，粘没喝却胁皓使降，皓不少屈，被流至冷山。崔纵至金请和，并通问二帝，金人傲不为礼。纵以大义相责，且欲将二帝迎还，遂至激怒金人，徙居穷荒。后来纵竟病死，皓至绍兴十二年方归，这且慢表。

单说吕颐浩送别张浚，本拟扈跸至武昌，适闻金兵南来，遂变易前议，谓："武昌道远，馈饷难继，不如留都东南。"滕康、张守等且言："武昌有十害，决不可往。"高宗乃仍拟都杭，命升杭州为临安府，先授李邴、滕康二人，权知三省枢密院事，奉隆裕太后往洪州。时东京留守杜充，因粮食将尽，即欲离任南行。岳飞入阻道："中原土地，尺寸不应弃置，今一举足，此地恐非我有，他日再欲取还，非劳师数十万，不易得手了。"充不肯从，竟擅归行在。高宗并未加罪，反令他入副枢密，失刑若是，何以驭将。另命郭仲荀、程昌寓、上官悟等，相继代充，徒拥虚名，毫无能力。且复遣京东转运判官杜时亮及修武郎宋汝为，同赴金都，申请缓兵，并再贻粘没喝书，书中所陈，无一非哀求语，几令人不忍寓目。小子但录大略，已知高宗是没有志节了。书云：

古之有国家而迫于危亡者，不过守与奔而已。今以守则无人，以奔则无地，所以鳃鳃然，唯冀阁下之见哀而已。故前者连奉书，愿削去旧号，是天地之间，皆大金之国，而尊无二上，亦何必劳师远涉而后快哉！闻此书，令人作三日呕。

看官试想！从前太祖的时候，江南尝乞请罢兵，太祖不许，且谓卧榻旁不容他人鼾睡，难道高宗不闻祖训么？况戎、狄、蛮、夷，唯力是视，有力足以制彼，无力必为彼制，徒欲痛哭虏廷，乞怜再四，他岂肯格外体恤，就此恩宥？这叫作妾妇行为，只可行于床笫，不能行于国际间呢。议论透彻。果然宋使屡次求和，金兵只管南下。起居郎胡寅，见高宗这般畏缩，竟放胆直陈，极言高宗从前的过失，并胪列七策，上请施行！

（一）罢和议而修战略。（二）置行台以区别缓急之务。（三）务实效，去虚文。（四）大起天下之兵以图自强。（五）都荆、襄以定

根本。（六）选宗室贤才以备任使。（七）存纪纲以立国体。

统计一篇奏牍，约有数千言，直说得淋漓透彻，慷慨激昂。偏高宗不以为然，吕颐浩亦恨他切直，竟将胡寅外谪，免得多言。既而寇警益迫，风鹤惊心，高宗召集文武诸臣，会议驻跸的地方。张浚、辛企宗请自鄂、岳幸长沙。韩世忠道："国家已失河北、山东，若又弃江、淮，还有何地可以驻跸？"吕颐浩道："近来金人的谋划，专伺皇上所至，为必争地，今当且战且避，奉皇上移就乐土，臣愿留常润死守。"且战且避，试问将避至何地方为乐土？高宗道："朕左右不可无相。吕卿应随朕同行。江、淮一带，付诸杜卿便了。"遂命杜充兼江、淮宣抚使，留守建康，王瓔为副。又用错两人。韩世忠为浙西制置使，守镇江，刘光世为江东宣抚使，守太平、池州，皆听杜充节制，自启跸向临安去了。

金兀术闻高宗趋向临安，遂大治舟师，将由海道窥浙，一面檄降将刘豫，攻宋南京。豫本宋臣，曾授知济南府，金将挞懒一作达赉。陷东平，进攻济南，豫遣子麟出战，为敌所围，幸郡倅张东引兵来援，方将金兵击退。挞懒招降刘豫，啖以富贵，豫竟举城降金。挞懒令豫知东平府，豫子麟知济南府，并令金界旧河以南，悉归豫统辖，豫甚为得意。及接兀术檄书，遂进破应天，知府凌唐佐被执，唐佐伪称降金，由豫仍使为守。唐佐阴欲图豫，用蜡书奏达朝廷，乞兵为援。不幸事机被泄，竟被豫捕戮境上，连家属一并遇害。高宗得唐佐蜡书，还想去通好挞懒，令阻刘豫南来。故臣尚不可保，还欲望诸虏帅，真是愚不可及。遂派直龙图阁张邵，赴挞懒军，邵至潍州，与挞懒相遇，挞懒令邵拜谒，邵毅然道："监军与郡，同为南北使臣，彼此平等，哪有拜礼？况用兵不论强弱，须论曲直，天未厌宋，贵国乃纳我叛臣刘豫，裂地分封，还要穷兵不已，若论起理来，何国为直？何国为曲？请监军自思？"慨当以慷，南宋之不亡，还赖有三数直臣。挞懒语塞，但仗着强横势力，将邵押送密州，囚住祚山寨。还有故真定守臣李邈，被金人掳去，软禁三年，金欲令知沧州，邈不从命。及是，由金主下诏，凡所有留金的宋臣，均易冠服。邈非但不从，反加诋骂。金人挝击邈口，尚吮血四喷，旋为所害。总不肯漏一忠臣。高宗虽有所闻，心目中都只存着两个字儿，一个是"和"字，一个是"避"字。先因兀术有窥浙消息，诏韩世忠出守圌山、福山，并令兵部

尚书周望，为两浙、荆、湖宣抚使，统兵守平江。旋闻兀术分两路入寇，一路自滁、和入江东，一路自蕲、黄入江西，他恐隆裕太后在洪州受惊，又命刘光世移屯江州，作为屏蔽，自己却带着吕颐浩等，竟至临安。留居七日，寇警愈逼愈紧，复渡钱塘江至越州。你越逃得远，寇越追得急。

那金兀术接得探报，知高宗越去越远，一时飞不到浙东，不如向江西进兵，去偪隆裕太后。当下取寿春，掠光州，复陷黄州，杀死知州赵令宬，长驱过江，直薄江州城下。江州有刘光世移守，整日里置酒高会，绝不注意兵事。至金兵已经薄城，方才觉着，他竟无心守御，匆匆忙忙的开了后门，向南康遁去。知州韩相也乐得弃城出走，追步刘光世的后尘。金人入城，劫掠一空，再由大冶趋洪州，滕康、刘珏闻金兵趋至，亟奉太后出城。江西制置使王子猷，也弃城遁去。洪、抚、袁三州，相继被陷。太后行次吉州，蓦闻金兵又复追至，忙雇舟夜行。翌晨至太和县，舟子景信又起了歹心，劫夺许多货物，竟尔叛去。都指挥使杨维忠，本受命扈卫太后，部兵不下数千，亦顿时溃变。宫女或骇奔，或被劫，失去约二百名。滕康、刘珏二人也逃得无影无踪。可怜太后身旁卫卒，不过数十，还算存些良心，保着太后及元懿太子母潘贵妃，自万安陆行至虔州。也是他两人命不该死。土豪陈新又率众围城，还亏杨维忠部将胡友自外来援，击退陈新，太后才得少安。

金人入破吉州，还屠洪州。转犯庐州、和州、无为军。守臣非遁即降，势如破竹。唯知徐州赵立方率兵三万，拟趋至行在勤王。杜充独留他知楚州，道过淮阴，适遇金兵大队，蜂拥前来。立部下劝还徐州，立奋怒道："回顾者斩！"遂率众径进与金人死斗，转战四十里，得达楚州城下。立两颊俱中流矢，口不能言，但用手指挥，忍痛不辍。及入城休息，然后拔镞，金人颇惮他忠勇，不敢进逼，却改道掠真州，破溧水县，再从马家渡过江，攻入太平。杜充职守江、淮，一任金人入寇，并未尝发兵往援，统制岳飞泣谏不从。至太平失守，与建康相去不远，乃遣副使王瓔，都统制陈淬，与岳飞等截击金人。甫经交绥，瓔军先遁，陈淬、岳飞相继突入敌垒，淬竟战死，独岳飞挺枪跃马，奋力冲突，金人不敢近身，只好听他驰骤。无如各军已经败溃，单靠岳飞一军，究恐众寡不敌，没奈何麾众杀出，择险立营，为自保计。写岳飞不肯下一直笔。杜充闻诸军败溃，竟弃了建康，逃往真州。诸将怨充苛刻，拟乘机害充，充闻知消息，不敢还营，独寓居长芦寺。会接金

兀术来书，劝他降顺，且言："当封以中原，如张邦昌故事。"充大喜过望，遂潜还建康。巧值兀术驰至城下，即与守臣陈邦光，户部尚书李棁，开城迎降，拜谒道旁。兀术既入城，官属皆降，唯通判杨邦乂用指血大书襟上，有"宁作赵氏鬼，不为他邦臣"十字。金兵牵他至兀术前，兀术见他血书，心下恰是敬佩，唯婉言劝使归降，不失官位。邦乂大骂求死，兀术不得已，将他杀害，事后尚嘉叹不置。杀身成仁，也足怵强虏之胆。

高宗往还杭、越。忽拟亲征，忽思他去。至闻杜充降金，不禁魂飞天外，忙召吕颐浩入议道："奈何奈何？"颐浩道："万不得已，莫如航海。敌善乘马，不惯乘舟，俟他退去，再还两浙。彼出我入，彼入我出，也是兵家的奇计呢。"这还称是奇计，果将谁欺？高宗即东奔明州。兀术乘胜南驱，自建康趋广德，发守臣周烈，驰越独松关，见关内外并无一人，遂笑语部众道："南朝但用羸兵数百，扼守此关，我等即不能遽度了。"当下直抵临安，寺臣康允之遁去。钱塘县令朱跸自尽。兀术安心入城，即遣阿里蒲卢浑率兵渡浙，往追高宗。那时高宗无可抵敌，真个是要航海了。小子有诗叹道：

未能战守漫言和，大敌南来竟弃戈。
不是庙谟输一着，乘舆宁至涉洪波。

欲知高宗航海情形，且至下回再阅。

苗、刘之平，虽尚易事，然非韩世忠之奋往直前，则前此未必即能驱逆，后此亦未必即能擒渠。高宗既已知其忠勇，则镇守江、淮之举，曷不付诸世忠，而乃嘱诸擅离东京，未战先逃之杜充，果奚为者？况令韩世忠、刘光世诸人，均受杜充节制，置庸驽于天闲之内，良骥固未肯屈服，即老马亦岂肯低首乎？彼江、淮诸将之闻风而逃，安知不怨高宗之未知任帅，而预为解体也？若夫吕颐浩、张浚同入勤王，颐浩之心术胆量，不逮张浚远甚，而高宗又专相之。武昌之巡幸未成，而奔杭，而奔越，而奔明州，甚且以航海之说进，亦思我能往，寇亦能往，岂一经入海，便得为安乐窝乎？以颐浩为相，以杜充为将，此高宗之所以再三播越也。

第六十七回　巾帼英雄桴鼓助战
须眉豪气舞剑吟词

却说高宗闻金兵追至，亟乘楼船入海，留参知政事范宗尹，及御史中丞赵鼎，居守明州。适值张俊自越州到来，亦奉命为明州留守，且亲付手札，内有“捍敌成功，当加王爵”等语。吕颐浩奏令从官以下，行止听便。高宗道：“士大夫当知义理，岂可不扈朕同行？否则朕所到处，几与盗寇相似了。”于是郎官以下，多半从卫。还有嫔御吴氏，亦戎服随行。吴氏籍隶开封，父名近，尝梦至一亭，匾额上有侍康二字，两旁遍植芍药，独放一花，妍丽可爱，醒后未解何兆。至吴女生年十四，秀外慧中，高宗在康邸时，选充下陈，颇加爱宠。吴近亦得任官武翼郎，才识侍康的梦兆，确有征验。及高宗奔波江、浙，唯吴氏不离左右，居然介胄而驰，而且知书识字，过目不忘，好算是一个才貌双全的淑女。至是随高宗航海，先至定海县，继至昌国县，途次有白鱼入舟，吴氏指鱼称贺道：“这是周人白鱼的祥瑞呢。”高宗大悦，面封吴氏为和义郡夫人。无非喜谀，但宫女中有此雅人，却也难得。百忙中插叙此文，为后文立后张本。未几已是残腊，接到越州被陷消息，不敢登陆，只好移避温、台，闷坐在舟中过年。到了建炎四年正月，复得张俊捷报，才敢移舟拢岸，暂泊台州境内的章安镇。过了十余日，忽闻明州又被攻陷，急得高宗非常惊慌，连忙令水手启椗，直向烟波浩渺间，飞逃去了。果得安乐否？

小子叙到此处，不得不将越州、明州陷没情形，略略表明。自金将阿里蒲芦浑带领精骑，南追高宗，行至越州。宣抚使郭仲荀奔温州，知府李邺出

降。蒲芦浑留偏将琶八守城，自率兵再进。琶八送师出行，将要回城，忽有一大石飞来，与头颅相距尺许。他急忙躲闪，幸免击中。当下喝令军士，拿住刺客。那刺客大声呼道："我大宋卫士唐琦也。如闻其声。恨不能击碎尔首，我今死，仍得为赵氏鬼。"琶八叹道："使人人似彼，赵氏何致如此？"嗣又问道："李邺为帅，尚举城迎降，汝为何人，敢下毒手？"琦厉声道："邺为臣不忠，应碎尸万段。"说至此，见邺在旁，便怒目视邺道："我月受石米，不肯悖主，汝享国厚恩，甘心降虏，尚算得是人类么？"琶八令牵出斩首。琦至死，尚骂不绝口，不没唐琦。这且按下。唯阿里蒲芦浑既离越州，渡曹娥江，至明州西门，张俊使统制刘保出战，败还城中。再遣统制杨沂中，及知州刘洪道，水陆并击，众殊死战，杀死金人数千名。是日正当除夕，沂中等既杀退敌兵，方入城会饮，聊赏残年。翌日为元旦，西风大作，金兵又来攻城，仍不能下。次日，益兵猛扑，张俊、刘洪道登城督守，且遣兵掩击，杀伤大半，余兵败窜余姚，遣人向兀术乞师。越四日，兀术兵继至，仍由阿里蒲芦浑督率进攻。张俊竟胆怯起来，出城趋台州，刘洪道亦遁，城中无主，当然被金兵攻入，大肆屠掠。又乘胜进破昌国县，闻高宗在章安镇，亟用舟师力追。行至三百余里，未见高宗踪迹，偏来了大舶数艘，趁着上风，来击金兵。金兵舟小力弱，眼见得不能取胜，只好回舟逃逸，倒被那大舶中的宋军，痛击了一阵。看官欲问那舶中主帅，乃是提领海舟张公裕。公裕既击退金兵，返报高宗，高宗始回泊温州港口。

翰林学士汪藻，以诸将无功，请先斩王瓔，以作士气，此外量罪加贬，令他将功赎罪，高宗不从。幸兀术已经饱欲，引兵还临安，复纵火焚掠，将所有金帛财物，装载了数百车，取道秀州，经过平江。留守周望奔入太湖，知府汤东野亦遁，兀术大掠而去，径趋常州、镇江府。巧值浙西制置使韩世忠，在镇江候着，专截兀术归路。兀术见江上布满战船，料知不便径渡，遂遣使至世忠处通问，且约战期。世忠批准来书，即于明日决战。是时梁夫人也在军中，闻决战有期，向世忠献计道："我兵不过八千人，敌兵却不下十万，若与他认真交战，就是以一当十，也恐抵敌不住，妾身却有一法，未知将军肯见用否？"世忠道："夫人如有妙计，如何不从？"梁夫人道："来朝交战时，由妾管领中军，专任守御，只用炮弩等射住敌人，不与交锋，将军可领前后二队，四面截杀，敌往东可向东截住，敌往西可向西截住，但看

中军旗鼓为号，妾愿在楼橹上面，竖旗击鼓，将军视旗所向，闻鼓进兵，若得就此扫荡敌兵，免得他再窥江南了。”写梁夫人。世忠道：“此计甚妙，但我也有一计在此。此间形势，无过金山，山上有龙王庙，想兀术必登山俯望，窥我虚实。我今日即遣将埋伏，如兀术果中我计，便可将他擒来，不怕金兵不败。”写韩世忠。梁夫人喜道：“何不急行。”世忠遂召偏将苏德，令带了健卒二百名，登龙王庙，百人伏庙中，百人伏庙下岸侧。俟闻江中鼓声，岸兵先入，庙兵继出，见敌即擒，不得有误。苏德领命去讫。世忠便亲登船楼，置鼓坐旁，眼睁睁的望着山上，不消数时，果见有五骑登山，驰入庙中。他急用力挝鼓，声应山谷。庙中伏兵先行杀出，敌骑忙即返驰，岸兵稍迟了一步，不及兜头拦截，只好与庙兵一同追赶。五骑中仅获二骑，余三骑飞马奔逃。一骑急奔被蹶，坠而复起，竟得逃脱。世忠望将过去，见此人穿着红袍，系着玉带，料知定是兀术，唯见他脱身而去，不禁长叹道：“可惜可惜！”至苏德将二骑牵来，果然是兀术逃窜，愈觉叹惜不止，唯婉责苏德数语，便即罢事。

是夕，即依着梁夫人计议，安排停当，专待厮杀。诘朝由梁夫人统领中军，自坐楼橹，准备击鼓。但见她头戴雉尾，足踏蛮靴，满身裹着金甲，好似出塞的昭君，投梭的龙女。煞是好看。兀术领兵杀至，遥望中军楼船，坐着一位女钗裙，也不知她是何等人物，已先惊诧得很。辗转一想，管不得什么好歹，且先杀将过去，再作计较。当下传令攻击，专从中军杀入。哪知梆声一响，万道强弩，注射出来，又有轰天大炮，接连发声，数十百斤的巨石，似飞而至，触着处不是毙人，就是碎船，任你如何强兵锐卒，一些儿都用不着。兀术忙下令转船，从斜刺里东走，又听得鼓声大震，一彪水师突出中流，为首一员统帅，不是别人，正是威风凛凛的韩世忠。兀术令他舰敌着，自己又转舵西向，拟从西路过江，偏偏到了西边，复有一员大将，领兵拦住，仔细一瞧，仍是那位韩元帅。用笔神妙。兀术暗想道：“我今日见鬼了。那边已派兵敌住了他，为何此处他又到来？”正在凝思的时候，旁边闪出一人，大呼杀敌，仗着胆跃上船头，去与世忠对仗。兀术瞧着，乃是爱婿龙虎大王，忙欲叫他转来，已是两不相问，霎时间对面敌兵，统用长矛刺击，带戳带钩，把这位龙虎大王钩下水去。兀术急呼水手捞救，水手尚未泅江，那边的水卒早已跳下水中，擒住龙虎大王，登船报功去了。兀术又惊又愤，自

欲督兵突路，哪禁得敌矛齐集，部众纷纷落水，眼见得无隙可钻，只好麾众退去。

韩世忠追杀数里，听鼓声已经中止，才行收军。返至楼船，见梁夫人已经下楼，不禁与她握手道："夫人辛苦了！"梁夫人道："为国忘劳，有什么辛苦？唯有无敌酋拿住？"世忠道："拿住一个。"夫人道："将军快去发落，妾身略去休息，恐兀术复来，再要动兵。"有备无患，的是行军要诀。言毕，自去船后。世忠即命将龙虎大王牵到，问了数语，知是兀术爱婿，便将他一刀两段，结果性命。只难为兀术爱女。此外检查军士，没甚死亡，不过伤了数名，统令他安心调治。忽有兀术遣使致书，情愿尽归所掠，放他一条归路。世忠不许，叱退来使。来使临行时，又请添送名马，世忠仍不许，来使只好自去。兀术因世忠不肯假道，遂自镇江泝流而上，世忠也赶紧开船。金兵沿南岸，宋军沿北岸，夹江相对，一些儿不肯放松。就是夜间亦这般对驶，击柝声互相应和。到了黎明，金兵已入黄天荡。这黄天荡，是个断港，只有进路，并无出路。兀术不知路径，掠得两三个渔父，问明原委，才觉叫苦不迭，再四踌躇，只有悬赏求计。俗语说得好："重赏之下，必有勇夫"，就是得一谋士，也藉千金招致。当下果然有一土人献策道："此间望北十余里，有老鹳河故道，不过日久淤塞，因此不通。若发兵开掘，便好通道秦、淮了。"此人贪金助虏，亦属可恨。兀术大喜，立畀千金，即令兵士往凿。兵士都想逃命，一齐动手，即夕成渠，长约三十余里，遂移船趋建康。薄暮到了牛头山，忽然鼓角齐鸣，一彪军拦住去路，兀术还道是留驻的金兵，前来相接，因即拍马当先，自去探望。遥见前面列着黑衣军，又当天色苍茫，辨不出是金军，是宋军，正迟疑间，突有铁甲银鍪的大将，挺枪跃马，带着百骑，如旋风般杀来。兀术忙回入阵中，大呼道："来将是宋人，须小心对敌。"部众亟持械迎斗，那大将已驰突入阵，凭着一杆丈八金枪，盘旋飞舞，几似神出鬼没，无人可当。金人被刺死无数，并因日色愈昏，弄得自相攻击，伏尸满途。兀术忙策马返奔，一口气跑至新城，才敢转身回顾，见逃来的统是本部败兵，后面却没有宋军追着，心下稍稍宽慰，便问部众道："来将是什么人？有这等厉害！"有一卒脱口应道："就是岳爷爷。"兀术道："莫非就是岳飞吗？果然名不虚传。"从金人口中，叙出岳飞，力避常套。是晚在新城扎营，命逻卒留心防守。兀术也不敢安寝，待到夜静更阑，方觉矇眬欲

睡，梦中闻小校急报道："岳家军来了！"当即霍然跃起，披甲上马，弃营急走。金兵也跟着奔溃。怎奈岳家军力追不舍，慢一步的，都做了刀下鬼，唯脚生得长，腿跑得快，还算侥幸脱网，随兀术逃至龙湾。兀术见岳军已返，检点兵士，十成中已伤亡三五成，忍不住长叹道："我军在建康时，只防这岳飞截我后路，所以令偏将王权等，留驻广德境内，倚作后援，难道王权等已经失败么？现在此路不得过去，如何是好？"将士等进言道："我等不如回趋黄天荡，再向原路渡江，想韩世忠疑我已去，不致照前预备哩。"兀术沉吟半晌，方道："除了此策，也没有他法了。"遂自龙湾乘舟，再至黄天荡。

小子须补叙数语，表明岳飞行踪。岳飞自兀术南行，曾令部军在后追蹑，行至广德境内，可巧遇着金将王权，两下交战数次，王权哪里敌得过岳飞，活活的被他拿去。还有首领四十余，一并受擒。岳飞将王权斩首，余众杀了一半，留了一半；复纵火毁尽敌营，进军钟村，本思南下勤王，只因军无现粮，不便远涉，且料得兀术不能持久，得了辎重，总要退归原路，于是移驻牛头山，专等兀术回来，杀他一场爽快。至兀术既经受创，仍逼还黄天荡，又想江中有韩世忠守着，自己又带着陆师，未合水战，不如回攻建康，俟建康收复，再截兀术未迟，于是自引兵向建康去了。是承上起下之笔，万不可少。

且说兀术回走黄天荡，只望韩世忠已经解严，好教他渡江北归，好容易驶了数里，将出荡口，不意口外仍泊着一字儿战船，旗纛上面，统是斗大的韩字，又忍不住叫起苦来。将士等恰都切齿道："殿下不要过忧，我等拼命杀去，总可获殿下过江，难道他们都不怕死吗？"兀术道："但愿如此，尚可生还，今且休息一宵，养足锐气，明日并力杀出便了。"是夕两军相持不动，到了翌晨，金兵饱食一餐，便磨拳擦掌，鼓噪而出。那口外的战船，果被冲开，分作两道。金兵乘势驶去，不料驶了一程，各战船忽自绕漩涡。一艘一艘的沉向江底去了。怪极。看官道是何故？原来世忠知兀术此来，必拼命争道，他却预备铁绠，贯着大钩，分授舟中壮士，但俟敌舟冲出，便用铁钩搭住敌舟，每一牵动，舟便沉下。金兵怎知此计，就是溺死以后，魂入水晶宫，还不晓得是若何致死。兀术见前船被沉，急命后船退回，还得保全了好几十艘，但心中已焦急的了不得，只好请韩元帅答话。世忠即登楼与语，兀术哀求假道，誓不再犯。也有此日。世忠朗声道："还我两宫，复我疆土，我当宽汝一线，令汝逃生。"兀术语塞，转舵退去。

会闻金将孛堇太一一译作贝勒搭叶。由挞懒遣来，率兵驻扎江北，援应兀术，兀术遥见金帜，胆稍放壮，再求与韩元帅会叙。两下答话时，兀术仍请假道，世忠当然不从。兀术道："韩将军你不要太轻视我！我总要设法渡江。他日整军再来，当灭尽你宋室人民。"世忠不答，就从背后拈弓注矢欲射，毕竟兀术乖巧，返入船内，连忙返棹。世忠一箭射去，只中着船篷罢了。兀术退至黄天荡，与诸将语道："我看敌船甚大，恰来往如飞，差不多似使马一般，奈何奈何？"诸将道："前日凿通老鹳河，是从悬赏得来，殿下何不再用此法？"兀术道："说得甚是。"遂又悬赏购募，求计破韩世忠。适有闽人王姓，登舟献策，谓"应舟中载土，上铺平板，并就船板凿穴，当作划桨，俟风息乃出。海舟无风不能动，可用火箭射他箬篷，当不攻自破了。"又是一个汉奸。兀术大喜，依计而行。韩世忠恰未曾预防，反与梁夫人坐船赏月，酌酒谈心。两下里饮了数巡，梁夫人忽颦眉叹道："将军不可因一时小胜，忘了大敌，我想兀术是著名敌帅，倘若被他逃去，必来复仇，将军未得成功，反致纵敌，岂不是转功为罪么？"世忠摇首道："夫人也太多心了。兀术已入死地，还有什么生理，待他粮尽道穷，管教他授首与我哩。"梁夫人道："江南、江北统是金营，将军总应小心。"一再戒慎，是金玉良言。世忠道："江北的金兵，乃是陆师，不能入江，有何可虑？"言讫乘着三分酒兴，拔剑起舞，将军有骄色了。口吟满江红一阕，词曰：

万里长江，淘不尽壮怀秋色，漫说道秦宫汉帐，瑶台银阙，长剑倚天氛雾外，宝光挂日烟尘侧，向星辰拍袖整乾坤，消息歇。龙虎啸，风江泣，千古恨，凭谁说？对山河耿耿，泪沾襟血。汴水夜吹羌管笛，鸾舆步老辽阳幄。把唾壶敲碎，问蟾蜍，圆何缺？此词曾载《说岳全传》。他书亦间或录及，语语沈雄，确是好词，因不忍割爱，故亦录之。

吟罢，梁夫人见他已饶酒兴，即请返寝，自语诸将道："今夜月明如昼，想敌虏不敢来犯，但宁可谨慎为是。汝等应多备小舟，彻夜巡逻，以防不测。"诸将听命。梁夫人乃自还寝处去了。谁料金兵一方面已用了闽人计，安排妥当，由兀术刑牲祭天，竟乘着参横月落，浪息风平的时候，驱众杀来。正是：

瞬息军机生巨变，由来败事出骄情。

毕竟胜负如何，且至下回续叙。

余少时阅《说岳全传》，尝喜其叙事之热闹。及长，得览《宋史》，乃知《岳传》中所载诸事，多半出诸臆造，并无确据，然犹谓小说性质，本与正史不同，非意外渲染，固不足醒阅者之目。迨阅及是编，载韩世忠、夫人与金兀术交战黄天荡事，与《说岳传》中相类。第彼则犹有增饰之词，此则全从正史演出，而笔力之矫悍，独出《说岳全传》之上。乃知编著小说，不在伪饰，但能靠着一支笔力，纵横鼓舞，即实事亦固具大观也。人亦何苦为凭空架饰之小说，以愚人耳目乎？

第六十八回　赵立中炮失楚州
刘豫降虏称齐帝

却说金兀术驱众杀出，时已天晓，韩世忠夫妇，早已起来，忙即戎装披挂，准备迎敌。世忠已轻视兀术，不甚注意，唯饬令各舟将士，照常截击，看那敌舟往来，却比前轻捷，才觉有些惊异。蓦闻一声胡哨，敌舟里面，都跳出弓弩手，更迭注射。正想用盾遮蔽，怎奈射来的都是火箭，所有篷帆上面，一被射中，即哔哔剥剥的燃烧起来。此时防不胜防，救不胜救，更兼江上无风，各舟都不能行动，坐见得烟焰蔽天，欲逃无路。智者千虑，必有一失。亏得巡江各小舟，统已舣集，梁夫人忙语世忠道："事急了，快下小船退走罢！"世忠也无法可施，只好依着妻言，跳下小舟，梁夫人亦柳腰一扭，蹿入小舟中央，百忙中尚用风韵语。又有几十个亲兵，陆续跳下，你划桨，我鼓棹，向镇江逃去。其余将弁以下，有烧死的，有溺毙的，只有一小半得驾小舟，仓皇走脱。兀术得了胜仗，自然安安稳稳的渡江北去。虽是人谋，恰寓天意。唯世忠奔至镇江，懊怅欲绝，等到败卒逃回，又知战死了两员副将，一是孙世询，一是严允。看官你想！世忠到了此际，能不恨上加恨，闷上加闷么？还是梁夫人从旁劝慰道："事已如此，追悔也无及了。"世忠道："连日接奉谕札，备极褒奖，此次骤然失败，教我如何复奏？"梁夫人道："妾身得受封安国时，曾入谢太后，见太后仁慈得很，对着妾身，已加宠眷，后来苗贼乱平，妾随将军同至建康，亦入谒数次，极蒙褒宠。现闻皇上已还越州，且向虔州迎还太后，妾当陈一密奏，形式上似弹劾将军，实际上却求免

将军，想太后顾念前功，当辅语皇上，豁免新罪哩。”此为高宗及太后俱还越州，特借梁氏口中叙过。且稗乘中曾称梁氏劾奏世忠，夫妇间宁有互劾之理，得此数语，方为情理兼到。世忠道：“这却甚好，但我亦须上章自劾哩。”当下命文牍员草了两奏，由夫妇亲加校正，遂录好加封，遣使赍去。过了数天，即有钦使奉诏到来，诏中谓：“世忠仅八千人，拒金兵十万众，相持至四十八日，数胜一败，不足为罪。特拜检校少保，兼武成感德诏节度使，以示劝勉”云云。世忠拜受诏命，即送使南归，夫妇同一欢慰，不必细表。

且说金兀术渡江北行，趋向建康，还道建康由金兵守住，徐徐的到了静安镇。甫到镇上，遥见有旗帜飘扬，中书岳字，他不觉大惊，亟令退兵。兵未退尽，后面已连珠炮响，岳飞领大队杀到，吓得兀术策马飞奔，驰过宣化镇，望六合县遁去。到了六合，收集残兵，又失去了许多辎重，及许多士卒，当下顿足叹道：“前日遇着岳飞，被他杀败，今日又遇着他，莫非建康已失去不成？”言甫毕，即接得挞懒军报，说是：“建康被岳飞夺去，所有前时守兵，幸由孛堇太一救回。现我军围攻楚州，请乘便夹击”等语。了过孛堇太一及建康事，简而不漏。兀术想了一会，又问来人道：“楚州城果容易攻入否？”来人道：“楚州城不甚坚固，唯守将赵立很是能耐，所以屡攻不下。”兀术道：“我现在急欲北归，运还辎重，赵立欲许我假道，我也没工夫击他，否则就往去夹攻便了。”遂备了一角文书，遣使至楚州投递，问他假道。待了三日，未见回来，还是挞懒着人走报，方闻去使已被斩讫，枭示城头。统用简文叙过。兀术不禁大怒道：“什么赵立？敢斩我使人？此仇不可不报。”随即遣还挞懒来使，并与语道：“欲破楚州，须先截他的粮道，我愿担当此任。城内无粮，不战自溃，请转告汝主帅便了。”来使领命自去。兀术遂设南北两屯，专截楚州饷道。楚州既被挞懒围攻，又由兀术截饷，当然危急万分，任你守将赵立如何坚忍，也有些支持不住，不得不向行在告急。时御史中丞赵鼎，正与吕颐浩作死对头，屡劾颐浩专权自恣，颐浩亦言鼎阻挠国政。诏改任鼎为翰林学士，鼎不拜，复改吏部尚书，又不拜，且极论颐浩过失至数千言。颐浩因求去，有诏罢颐浩为镇南军节度使，兼醴泉观使，仍命鼎为中丞。寻又令鼎签书枢密院事。鼎得赵立急报，拟遣张俊往援。俊与颐浩友善，不愿受鼎派遣，遂固辞不行。乃改派刘光世，调集淮南诸镇，往援楚州。看官阅过上文，应亦晓得刘光世的人品，他本不足胜方面的重任，除因

人成事外，毫无能力。品评确当。部将如王德、郦琼等皆不服命，就使奉命赴援，也未必足恃，况又闻得张俊不行，乐得看人模样，逍遥江西。任用这等将军，如何规复中原？高宗迭次下札，催促就道，他却一味逗留，始终不进。那时楚州日围日急，赵立尚昼夜防守，未尝灰心。挞懒料他援绝粮穷，再四猛攻，立撤城内沿墙废屋，掘一深坎，燃起火来，城上广募壮士，令持长矛待着，每遇金人缘梯登城，即饬用矛钩入，投掷火中，金人却死了无数。挞懒又选死士穴城而入，亦被缚住，一一枭首。惹得挞懒性起，誓破此城，遂命兵士运到飞炮，向城轰击。立随缺随补，仍然无隙可乘。又相持了数日，立闻东城炮声隆隆，亟上登磴道，督兵防守，不意一石飞来，不偏不倚，正中立首。立血流满面，尚是站着，左右忙去救他，立慨然道："我已伤重，终不能为国殄贼了。"言讫而逝，唯身仍未倒。不愧其名。经左右舁下城中，与他殓葬。金兵疑立诈死，尚不敢登城，守兵亦感立忠勇，仍然照旧守御。又越十日，粮食已尽，城始被陷。赵立，徐州人，性强毅，素不知书，忠义出自天性。恨金人切骨，所俘金人，立刻处死，未尝献馘计功。及死事后，为高宗所闻，追赠奉国节度使，赐谥忠烈。

岳飞方引兵赴援，至泰州，闻楚州已陷，不得已还军。金兀术闻楚州得手，北路已通，便整装欲归。忽闻京、湖、川、陕宣抚使张浚，自同州、鄜延出兵，将袭击中途。因又变了归计，拟转趋陕西，为先发制人的计策。兀术固是能军。可巧金主亦有命令，调他入陕，遂自六合引兵西行。到了陕西，与娄室相会。回应六十五回。娄室谈及攻下各城，多被张浚派兵夺去，心实不甘，所以请命主子，邀一臂助。兀术道："张浚也这般厉害吗？待我军与决一战，再作区处。"原来张浚自建康启行，直抵兴元，适当金娄室攻陷鄜延及永兴军，关陇大震。浚招揽豪俊，修缮城湟，用刘子羽为参议，赵开为随军转运使，曲端为都统制，吴璘、吴玠为副将，整军防敌，日有起色。既而娄室攻陕州，知州李彦仙向浚求救。浚遣曲端往援，端不奉命，彦仙日战金兵，卒因援师不至，城陷自杀。娄室入关攻环庆，吴玠迎击得胜，且约端援应，端又不往。玠再战败绩，退还兴元，极言端失。浚本欲倚端自重，至是始疑端不忠；及闻兀术入寇江、淮，意欲治军入卫，偏端又从中作梗，但诿称西北兵士，不习水战。浚乃因疑生怒，罢端兵柄，再贬为海州团练副使，安置万安军，端实不端，加贬已迟。自督兵至房州，指日南下。一面遣赵哲复

鄜州，吴玠复永兴军，复移檄被陷各州县，劝令反正。各州县颇多响应，再归宋有。

至兀术北归，浚自还关、陕，调合五路大军，分道出同州、鄜延，东拒娄室，南击兀术。是段补接六十六回中语。兀术因此赴陕，会娄室军相偕西进。浚亟召集熙河经略刘锡，秦凤经略孙偓，泾原经略刘锜，环庆经略赵哲，并及统制吴玠，合五路大兵，共四十万人，马七万匹，与金兵决一大战。当令刘锡为统帅，先驱出发，自率各军为后应。统制王彦入谏道："陕西兵将，不相联络，未便合作一气，倘或并出，一有挫失，五路俱殆，不若令各路分屯要害，待敌入境，檄令来援，万一不捷，尚未为大失哩。"浚未以为然。刘子羽又力言未可，浚慨然道："我岂不知此理？但东南事尚在危急，不得已而出此。若此处击退狡虏，将来西顾无忧，东南可专力御寇了。"志固可嘉，势却不合。吴玠、郭浩又皆入谏，浚仍然不从，遂麾军启行。前队进次富平，刘锡会集诸将，共议出战方法。吴玠道："兵以利动，此间一带平原，容易为敌所乘，恐有害无利，应先据高阜，凭险为营，方保万全。"各将多目为迂论，齐声道："我众彼寡，又前阻苇泽，纵有铁骑前来，也无从驰骋，何必转徙高阜哩！"刘锡因众议不同，亦未能定夺。诸将各是其是，统帅又胸无定见，安得不败？偏娄室引兵骤至，部下皆舆柴囊土，搬投泽中，霎时间泥淖俱满，与平地相似。胡马纵辔而过，进逼宋将各营，兀术也率众趋到，与娄室为左右翼，列阵待战。刘锡见敌已逼近，当命开营接仗。吴玠、刘锜等敌左，孙偓、赵哲等敌右，左翼为兀术军，经刘锜、吴玠两人，身先士卒，鼓勇驰突，前披后靡。兀术部众，虽经过百战，也不免少怯，渐渐退后，兀术也捏了一把冷汗。唯娄室领着右翼，与孙偓、赵哲两军厮杀，孙偓尚亲自指挥，不少退缩，偏赵哲胆小如鼷，躲在军后，适被娄室看出破绽，竟领铁骑直奔赵哲军，哲慌忙驰去，部众随奔，孙军也被牵动，不能支持，顿时俱溃。刘锜、吴玠两军，望见右边尘起，已是惊心，怎禁得娄室杀败孙、赵，又来援应兀术。并力攻击，于是刘锜、吴玠亦招架不住，纷纷败北。统帅刘锡见四路俱败，还有何心恋战？当然的退走了。一发牵动全局，故师克在和，不在众。

张浚驻节邠州，专听消息，忽见败兵陆续逃回，料知邠州亦立足不住，只好退保秦州，及会见刘锡，痛加责备。刘锡归罪赵哲，乃召哲到来，数

罪正法，并将锡谪窜，安置合州，饬刘锜等各还本镇，上书行在，自请待罪。旋接高宗手诏，尚多慰勉语，浚益加愤激。怎奈各军新败，寇焰日张，泾原诸州军，多被金兵攻陷，还有叛将慕洧，导金兵入环庆路，破德顺军，浚自顾手下，只有亲兵一二千人，哪里还好再战？且警耗日至，连秦州也难保守，没奈何再退至兴州。或谓兴州也是危地，不如徙入蜀境，就夔州驻节，才有险阻可恃，永保无虞。浚与刘子羽商议，子羽勃然道："谁创此议，罪当斩首！四川全境，向称富庶，金人非不垂涎，徒以川口有铁山，有栈道，未易入窥，且因陕西一带，尚有我军驻扎，更不能飞越入蜀。今弃陕不守，纵敌深入，我却避居夔峡，与关中声援两不相闻，他时进退失计，悔将何及？今幸敌方肆掠，未逼近郡，宣司但当留驻兴州，外系关中人望，内安全蜀民心，并急遣官属出关，呼召诸将，收集散亡，分布险要，坚壁以待，俟衅而动，庶尚可挽救前失，收效将来。"侃侃而谈，无一非扼要语。浚起座道："参军所言甚是，我当立刻施行。"言下，即召诸参佐，命出关慰谕诸路将士。参佐均有难色，子羽竟挺身自请道："子羽不才，愿当此任。"浚大喜，令子羽速往。子羽单骑径行，驰至秦州，檄召散亡各将士，将士因富平败后，惧罪而逸，几不知张浚所在。及奉命赦罪，仍复原职，自然接踵到来。不消数日，便集得十余万人，军势复振。子羽返报张浚，即请遣吴玠至凤翔，扼守大散关东的和尚原；关师古等聚熙河兵，扼守岷州的大潭县；孙偓、贾世方等，集泾原、凤翔兵，扼守阶、成、凤三州。三路分屯，断敌来路，金兵始不敢轻进。且因娄室病死，兀术自觉势孤，暂且择地屯兵，俟养足锐气，再图进步，这且待后再表。

且说金挞懒略地山东，进陷楚州，且分兵攻破汴京，汴守上官悟出奔，为盗所杀。汴京系北宋都城，旧称东京，河南府称西京，大名府称北京，应天府称南京，至是尽为金有，金主晟本无意中原，从前遣粘没喝等南侵，曾面谕诸将道："若此去得平宋室，须援立藩辅，如张邦昌故事。中原地由中原人自治，较为妥当。"粘没喝奉谕而出。及四京相继入金，复提及前议。刘豫闻这消息，亟用重金馈献挞懒，求他代为荐举。挞懒得了重赂，颇也乐从，遂转告粘没喝，请立刘豫为藩王。粘没喝不答。挞懒再致书高庆裔，令替刘豫作说客，庆裔受金命为大同尹，即就近至云中，谒见粘没喝道："我朝举兵，只欲取两河，所以汴京既得，仍立张邦昌。今河南州郡，已归我

朝，官制尚是照旧，岂非欲仿张邦昌故事么？元帅不早建议，乃令恩归他人，窃为元帅不取呢。”粘没喝听了此言，不由的被他哄动，遂转达金主。金主即遣使至东平府，就刘豫部内，咨问军民，应立何人？大众俱未及对。独豫同乡人张浃，首请立豫。众亦随声附和，因即定议，使人返报金主。挞懒亦据情上闻，金主遂遣大同尹、高庆裔，及知制诰韩昉，备玺绶宝册，立刘豫为齐帝。豫拜受册印，居然在大名府中，耀武扬威的做起大齐皇帝来了。

高宗建炎四年九月，即金主晟天会八年，大名府中，也筑坛建幄，请出那位卖国求荣的刘豫，穿戴了不宋不金的衣冠，郊过天，祭过地，南面称尊，即伪皇帝位，用张孝纯为丞相，李孝扬为左丞，张柬为右丞，李侍为监察御史，郑亿为工部侍郎，王琼为汴京留守，子麟为大中大夫，提领诸路兵马，兼知济南府事。张孝纯尝坚守太原，颇怀忠义，后因粘没喝劝降，遂致失节。粘没喝遣他助豫，豫因拜为丞相。豫升东平府为东京，改东京为汴京，降南京为归德府，唯大名府仍称北京，命弟益为北京留守，且自以为生长景州，出守济南，节制东平，称帝大名，就四郡间募集丁壮，得数千人，号为云从子弟。尊母瞿氏为太后，妾钱氏为皇后。钱氏本宣和宫人，颇有姿色，并习知宫掖礼节。豫乃舍妻立妾，格外加宠。君国可背，遑问妻室！即位时，奉金正朔，沿称天会八年，且向金廷奉上誓表，世修子礼。嗣因金主许他改元，乃改次年为阜昌元年。嗣是事金甚恭，赠遗挞懒，岁时不绝。挞懒心下甚欢，寻又想了一法，特将一个军府参谋，纵使南归，令他主持和议，计害忠良，作了金邦的陪臣，宋朝的国贼。这人非别，就是遗臭万年的秦桧。大忠大奸，必用特笔。自徽、钦二帝被掳，桧亦从行，应六十二回。二帝辗转迁徙，至韩州时，桧尚随着。徽宗闻康王即位，作书贻粘没喝，与约和议，曾命桧润色书词。桧本擅长词学，删易数语，遂觉情文凄婉，词致缠绵。及粘没喝得了此书，转献金主，金主晟也加赞赏，因召桧入见，交与挞懒任用。挞懒本金主晟弟，颇握重权，及奉命南侵，遂任桧参谋军事，兼随军转运使。桧妻王氏，曾被金军掠去，同桧北行。桧既得挞懒宠任，王氏自然随侍军中。或说王氏与挞懒私通，小子未得确证，不愿形诸楮墨，《说岳全传》中谓王氏与兀术私通，尤属大谬。秦桧夫妇，并不在兀术军中，何从与私？后人恨他们同害岳飞，姑作快论，但究不免虚诬耳。唯制造军衣，充当厨役，王氏亦尝在列。挞懒因秦桧夫妇，勤劳王事，格外优待。桧夫妇亦誓愿报效，所以将前此拒立异

姓的天良，已在幽、燕地方，抛弃得干干净净。挞懒相处已久，熟悉他两口儿的性情，遂与他密约，纵使还南。桧遂挈妻王氏航海至越州，诈言杀死监守，夺舟回来。廷臣多半滋疑，谓桧自北至南，约数千里，途中岂无讥察？就使从军挞懒纵令来归，亦必拘质妻属，怎得与王氏偕行？于是你推我测，莫名其妙。独参知政事范宗尹，同知枢密院事李回，素与桧善，力为析疑，并荐桧忠诚可任。高宗乃召桧入对，桧即首奏所草与挞懒求和书，并劝高宗屈从和议，为迎还二帝，安息万民地步。高宗甚喜，顾谓辅臣道："桧朴忠过人，朕得桧很是欣慰。既得二帝母后消息，又得一佳士，岂非是一大幸事么？"要他来误国家，原是幸事。遂拜桧为礼部尚书，未几即擢为参知政事。小子有诗叹道：

围城守义本成名，何意归来志已更？
假使北迁身便死，有谁识是假忠贞？

桧既邀宠用，因请高宗定位东南。高宗升越州为绍兴府，且诏令次年改元绍兴，一切后事，详见下回。

赵立为知州，而忠义若此，刘豫为知府，而僭逆若彼，两相比较，愈见立之忠，与豫之逆。若张浚，若秦桧，亦足为比较之资。浚与赵立，名位不同，原其心，犹之立也，不得因其丧师，而遂目为不忠。桧与刘豫，行迹不同，原其心，犹之豫也，不得因无叛迹，而遂谓其非逆。故立与豫固本回之主也，而浚与桧亦本回之宾中主耳。一熏一蕕，十年尚犹有臭，不期于此回两见之。

第六十九回　破剧盗将帅齐驱
败强虏弟兄著绩

却说建炎四年冬季，下诏改元，即以建炎五年，改为绍兴元年。高宗因秦桧南归，得知二帝消息，因于元旦清晨，率百官遥拜二帝，免朝贺礼。自从金人南下，骚扰中原，兵民困苦流离，多啸聚为盗，迭经各路将帅，剿抚兼施，盗稍敛迹。唯尚有著名盗目，忽降忽叛，为地方患，宋廷复设法羁縻，令为各路镇抚使，如翟兴、薛庆、陈求道、李彦先等，既食宋禄，颇知效力王事，甘为国死。独襄阳盗桑仲，江、淮盗戚方、刘忠、邵青，襄、汉盗张用，建州盗范汝为，未曾剿平。又有叛贼李成，本为江东捉杀使，建炎二年，叛据宿州，为刘光世所破，窜迹江、淮、湖、湘，横行十数郡，势最强横，且多造符谶，煽惑中外。高宗特命吕颐浩为江东安抚制置使，令讨李成，反为成部马进所败，且将江州夺去。颐浩实属无能。时王彦破桑仲，岳飞破戚方，戚至张俊处乞降，俊拜表奏闻，高宗乃授俊江、淮招讨使，岳飞为副，往讨李成。俊遂约飞会师，飞尚未至，忽得筠州急报，州城被马进破陷了。俊奋然道："江、筠迭失，豫章危了，我不可不先往。"遂麾兵急赴，驰入豫章，自喜道："我得入洪州，破贼不难了。"当下令军士，坚壁清野，固守勿动。一面檄飞到洪州。马进领着党羽，乘胜进犯，连营南昌山，声势锐甚，俊并不发兵，但饬军固守。相持旬余，进致书约战，书中字迹，写得很大。俊偏用着蝇头小楷，约略答复，也未尝说明战期。进以为怯，殊不设备。可巧岳飞领兵到来，入城见俊，问及战守情状。俊与言大略，飞接口

道："现在却不妨出战了。贼势虽众，只顾前不顾后，若用奇兵，沿着江流截住生米渡，再用重兵潜出贼右，攻他无备，定可破贼。"俊极口称善。飞因自请为先锋，俊益大喜，遂令杨沂中带精骑数千，往截生米渡，更遣飞自率所部，掩击贼寨。

飞重铠跃马，直趋西山，行近贼营，便当先突入，部众一齐随上。马进急出营抵敌，甫至门首，见岳飞已挺枪刺来，慌忙用刀招架，战不数合，即被飞杀败，拖刀逃走。飞率众追杀，但见得人仰马翻，血飞尸积，不到一时，已将各座营盘，一律扫净，化为平地。极写岳飞。进奔还筠州。飞赶至城下，扎营城东，料进未敢出战，遂想了一个诱敌的法儿，用红罗为帜，中刺岳字，选骑兵二百人，拥帜巡行，自己却伏在城隅，令骑兵诱进来追，然后杀出。进在城楼了望，见骑兵拥着岳字旗帜，往来城东，军中又未见岳飞，还疑飞未曾亲到，但遣骑兵扬旗示威，恐吓城中，随即引兵杀出。骑兵见进出城，立刻返奔，进策马力追，驰过城隅，背后忽大呼道："狗强盗往哪里去？"进勒马回顾，大呼的不是别人，正是岳飞。他已与飞交过了手，自知不敌，又因飞拦住归路，不能回城，便弃城东走。飞复大呼道："不愿从贼的，快快坐着，我不杀汝。"贼众闻言，多半弃械就坐，由飞按名录簿，共得八万人，好言慰谕，遣归乡里。复率军追赶马进。进拼命奔驰，不意张俊、杨沂中也领兵杀到，前后夹击，把进困在垓心。进用尽气力，才杀开一条血路，向南康急奔。张、杨两军刚欲追赶，乃值岳飞驰到，自愿前驱，乃让飞先行，两军随后策应。飞夤夜追进，到了朱家山，与进后队相遇，刺死贼目赵万成，余贼四窜。飞趁势再追，到了楼子主，遥见尘头大起，李成引贼十余万，蜂拥而来。飞毫不畏怯，但舞动一杆长枪，迎头乱刺。霎时间，戳倒了数十人。贼众从未见过这般猛将，都各顾生命，倒退下去，反致冲动自己的后队，互相践踏，乱个不休。李成见部众捣乱，亟上前弹压，恰巧碰着岳飞杀入，便抖擞精神，舞刀接仗。谁料岳飞这支枪杆，与寻常大不相同，仅三五合，杀得李成一身臭汗，看看要败将下去，旁边闪出一骑，竟抡刀相助，双战岳飞。飞左挑右拨，纯任自然，三匹马盘旋片时，那来骑手下略松，竟被飞刺落马下。看官道是谁人？原来就是马进。不肯使一直笔。进坠马后，身尚未死，偏李成见他下马，纵辔返奔，岳家军随着主帅，一拥而上，马蹄杂沓，顿将马进踏得稀烂，名足副实。复追奔至十里外，斩馘至数千

级，方下营待着后军。

张俊与杨沂中驰到，见飞已得胜，自然欢慰。俊语飞道："岳先锋天生神力，无患不胜，但部众未免劳苦，应休息为佳，待我等追杀一阵，何如？"飞乃让两军前进，自就险要处驻营。俊与沂中引兵追成，约行十余里，为河所阻，对岸恰遍立贼营，蚁屯蜂集。杨沂中语俊道："贼势尚众，不应力敌，须用智取，今夜由沂中从上流渡河，绕系贼后，制使可绝流径渡，腹背夹攻，必胜无疑。"俊称为妙计，当令沂中乘夜潜渡，越一二时，料知沂中已达对岸，也击鼓渡河。李成闻有鼓声，忙呼众迎敌，正在交锋，不防后面由沂中杀到，那贼众多半乌合，统是胜不相让，败不相救，一遇危急时候，便四面乱窜；其实是窜得越慌，死得越快。看似俚语，实是名言。十多万强盗，被张、杨二军，首尾截杀，伤毙了三四万，招降了两三万，逃去了一二万，可怜李成数年的积聚，一旦抛尽，单剩了三五千人，越江遁去。张俊也逾江穷追，至蕲州、黄梅县，得及李成，成众看见张字旗号。好似老鼠遇猫，吓得魂不附体，且走且呼道："张铁山到了！张铁山到了！"俊面目黧黑，因呼他为张铁山。成复经此创，已是不能成军，只好走降刘豫。俊等乃还取江、筠诸州城，兴国军等处，伏盗闻风远遁。

唯张用自襄、汉东下，再袭江西，被岳飞探悉。飞与用同籍相州，即致书谕用道："我与汝同里，能战即来，不能战即降。"用得书，知飞不可敌，即复书愿降。飞亲往慰抚，用等皆喜服。自是江、淮悉平。俊表奏飞功第一，有诏进飞为右军都统制，令屯洪州，弹压余贼。既而邵青为刘光世部将王德所擒，献诣行在，奉旨特赦，编入御前忠锐军。范汝为由韩世忠往剿，五日破灭，汝为自焚死，东南少定。可巧江东、陕西两处，亦陆续有捷报到来，江、浙益安。

金挞懒自攻陷楚州，进窥通、泰诸州，适有武功大夫张荣，在兴化、缩头湖畔，联舟作寨，为自守计。挞懒欲渡江南侵，拟先破荣寨，荣遂率舟师迎战，见敌舰不多，但用小舟出击。会值天旱水涸，敌舰为泥淖所阻，不能前进，荣分军为二，一半用舟，一半登陆。舟师大呼前进，奋击敌舰，敌舰不能行驶，禁不住荣兵四至，只好从舟中跃出，褰裳登岸，急不暇择，脚忙手乱，往往溺毙水中，或陷入泥淖，不能自拔，即遭杀死。幸而得达彼岸，又被荣兵截住，乱杀乱剁，经挞懒指麾健卒，冲开血路，方才走脱。荣收军

回营，检点俘馘，约五千余人，遂奉表告捷。荣本梁山泺渔人，聚舟数百，专劫金人。杜充驻师江、淮，曾借补荣为武功大夫。金人屡攻不克，至是以杀敌报功，遂擢荣知泰州。

挞懒奔至楚州，闻刘光世引兵来攻，遂不敢逗留，退屯宿迁，未几北去，光世遂进复楚州。正好去凑现成。高宗又欲起用汪伯彦，命为江东安抚大使，旋经侍御史沈与求论劾，才将他褫职，勒令回籍。江东已无金人，只有陕西一带，尚为金兀术所盘踞，连破巩、河、乐、兰、郭、积石、西宁诸州。熙河副总管刘惟辅被执，骂敌遇害。兀术又进陷福津，蹂躏同谷，入逼兴州。宣抚使张浚退保阆州，令张深为四川制置使，刘子羽同趋益、昌，王庶为利、夔制置使，节制陕西诸路，兼知兴元府。寻复用吴玠为陕西都统制，且召曲端至阆州，仍欲重用。端与吴玠、王庶，均有宿嫌，迭见前文。玠遂入白张浚，谓端再起用，必与公不利。且在手中写着“曲端谋反”四字，密示张浚。王庶亦上言谮端，谓端尝作诗题柱，有“不向关中争事业，却来江上泛渔舟”两语，意在指斥乘舆。浚乃逮端下恭州狱。适夔路提刑康健，曾因事忤端，被端鞭背，至此正好因公报私，命狱吏把端絷住，用纸糊端口，外熁以火。端口渴求饮，给以烧酒，遂致七窍流血，死于狱中。端有马名铁象，日驰四百里，豢爱如子息。及被逮下狱，闻康健提刑，呼天长叹，自知必死，又连称铁象可惜。及端死，铁象亦毙。端早有可诛之罪，惟浚不杀之于前时，独杀之于此日，殊为非法。

时关、陇六路尽破，止余阶、成、岷、凤、洪五州，及凤翔境内的和尚原，陇州山内的方山原罢了。吴玠扼守和尚原，积粟缮兵，列栅固垒，为死守计。金兀术遣部将没立，一译作默呼。自凤翔出兵，乌勒折合一译作额勒济格。自大散关出兵，约会和尚原，夹攻吴玠。或劝玠退屯汉中，玠慨然道：“我在此，寇不敢越，保此地就是保蜀呢。”随即搜集兵甲，预备出师。旋有侦骑来报，金将乌勒折合已到北山，玠整军出发，严阵以待。乌勒折合贻书请战，玠不慌不忙，分军为前后二队，径逼北山。金兵沿山列阵。见玠军逼近，便麾众出战，玠怒马突出，劈头遇着金将，手起刀落，砍落马下，金兵为之夺气。玠率前队军杀入，与金兵鏖斗一场，自巳至午，杀伤过当。两军俱回阵午餐，餐毕复战。玠令前队休息，将后队抽出，与敌再斗。金兵已觉力乏，怎禁得一支生力军，杀将过来，顿时遮拦不住，逐步退后。玠督兵

进逼，乌勒折合料难抵挡，就回马奔驰。主将一逃，无人不走，被吴玠驱杀数里，丧失无数。没立方攻箭筈关，玠复遣将往击，杀败没立。两军终不得合，急忙报知兀术。兀术大愤，会集诸将及兵卒十余万，亲自督领，就渭水上筑起浮梁，陆续渡兵，进抵宝鸡。当从宝鸡县起，结连珠寨，垒石为城，夹涧与玠军相拒，进薄和尚原。

玠闻金兵大至，恐部下骇愕，遂召齐将士，勉以忠义，并啮臂出血，与众设誓。众皆感泣，愿尽死力。玠弟名璘，亦在军中，玠与语道："今日是我兄弟报国的日子，万一兵败，宁我兄弟先死，决不使将士先亡。"璘奋然应诺，诸将亦齐声道："主将兄弟报国，我等亦愿报主将。"可见用兵全在主帅，主帅致命，将士自然随奋。玠大喜，遂与璘挑选劲弩，与诸将分番迭射，连发不绝，势如雨注，号为驻队矢，金兵少却。玠又分遣诸将，从间道绕出，断敌粮道，且令璘带弓弩手三千，往伏神岔沟，自度敌众，粮尽且走，竟纵兵夜击，连破敌营十余座，兀术仓皇败走，奔至神岔，一耳炮响，箭如飞蝗。兀术抱头前窜，身上还中了两箭，耳中且听得有人呼道："兀术休走！"此时天色未明，不辨左右，兀术恐被敌认识，亟把须髯剃尽，飞马遁去。

嗣是知陕西地不易攻守，竟命归刘豫统辖，中原尽为豫有。豫遂于绍兴二年，徙居汴京，尊祖考为帝，就宋太庙立主。忽然间，暴风卷入，屋瓦皆振。豫所悬大齐旗帜，尽被狂飙卷去，竿亦吹折，宋祖有灵，胡不威吓金人，而独威吓刘豫耶？士民大惧，豫亦未免扫兴。时襄阳盗桑仲已就抚为襄阳镇抚使，上疏行在，请合诸镇兵复中原。吕颐浩正败贼饶州，进拜少保，入为尚书左仆射，见了仲奏，遂乞高宗准议，命仲节制军马，规复刘豫所置州郡，且令翟兴、解潜、王彦、陈规、孔彦舟、王亨等诸镇抚使，互为应援。仲受命后，至郢州调兵。知郢州霍明，疑仲有逆谋，诱他入门，击碎仲首。仲将李横，方任襄、邓统制，闻仲死耗，便起兵击明。明败走，横入郢州。既而河南镇抚使翟兴为裨将杨伟所戕，伟受豫重赂，因此杀兴，携首奔豫。横承仲志，闻这消息，即进兵阳石，破刘豫军，乘胜下汝州，破颍顺军，攻入颍昌府。豫接颍昌警报，遣降盗李成，率兵二万往援，并向金乞援。金调兀术救豫，两军同至牟驼冈，夹攻李横。横寡不敌众，只好退走，颍昌复失。

先是兀术在陕，因和尚原败退，不敢再行问津，诸将群以为怯。至兀术往援刘豫，吴玠闻信，留弟璘守和尚原，自率军驻河池，一面檄熙河总管关

师古收复熙、巩诸州。金将撒离喝得报大怒，即命降将李彦琪驻秦州，窥仙人关，牵制吴玠，复令游骑出熙河，牵制关师古，自统兵从商、于进发，直捣上津，攻金州。金、均、房三州镇抚使王彦，迎战败绩，退保石泉，三州均被陷没。撒离喝乘胜而进，直趋洋汉。时刘子羽调知兴元府，闻王彦败退，急命田晟守饶凤关，并遣人召吴玠入援。玠自河池驰救，日夜趋三百里，至饶凤关，用黄柑遗金将，且致书道："大军远来，聊用止渴。"撒离喝大惊，用杖击地道："尔来何速，真令人不解呢。"当下督军仰攻，一人先登，二人拥后，前仆后继，更番迭上。玠军弓弩乱发，兼用大石推压，相持至六昼夜，尸如山积，关仍如旧。撒离喝更募死士，由间道出祖溪关，绕至玠后，乘高瞰饶凤关，诸军支持不住，相继溃去，金兵入洋州，玠邀子羽同去，子羽恰留玠同守定军山。玠以为难守，竟退保西县。子羽亦不得已，焚去兴元积贮，退屯三泉。撒离喝遂驰入兴元，进兵金牛镇，四川大震。子羽从兵不满三百，粮食复尽，但与士卒取草芽木甲，权作充饥，一面遗玠书，誓死诀别。子羽系刘韐长子，韐为国殉忠，应有是跨灶儿。玠已往仙人关，得子羽书，尚无行意，爱将杨政大呼道："节使不可负刘待制，否则政等亦舍去节使，自去逃生了。"义声直达。玠乃从间道往会子羽，子羽因留玠共守三泉。玠答道："关外为西蜀门户，不应轻弃。"乃留兵千人，助刘子羽守三泉，自己仍回守仙人关。

子羽既与玠别，即巡阅形势，设计保守。望见附近有潭毒山，峭壁斗绝，上面却宽平有水，乃督兵建设营垒。垒方筑就，金兵大至，相隔只数里。子羽据着胡床，危坐垒口，并没有慌张情状。诸将俱泣告道："这非待制坐处。"子羽道："死生有命，子羽命中该死，就死在这里，汝等不必惊慌，要死同死，或者倒未必死哩。"道言未绝，金兵蚁附而来，但仰见子羽戎服雍容，安然坐着，反令金人莫名其妙。撒离喝亲出觇视，也疑子羽是诱敌计，不敢近前，况又山势陡绝，不便援登，就使用箭上射，也万分吃力，未必能及，因即挥兵退去。子羽见金兵已退，方起兵回营。诸将均服他胆识，益加敬佩。撒离喝返至凤翔，复遣使十人，往招子羽。子羽将九人斩首，独放一人归去，且明谕道："归语尔帅，欲来即来，我愿与死战，岂肯降汝？"使人吓得心胆俱裂，抱头驰还。撒离喝终不敢再进，并因饷运不继，杀马以食。子羽与玠复屡用游兵四扰，弄得撒离喝寝食不安，只好还

军。子羽复约玠出师掩击，金兵统有归志，无心返战，徒落得堕溪坠涧，丧毙无算，所有辎重，尽行弃去。王彦乘势复金、均、房三州。

越年，金兀术、撒离喝及刘豫部将刘夔，三路连合，攻破和尚原，转趋仙人关，吴玠先命弟璘设寨关右，号为杀金平。金兵凿崖开道，循岭东下，誓破此关。吴玠守第一隘，吴璘守第二隘，金人用云梯，用铙钩，用火箭，想尽攻关的法儿，始终不能破入，反死了若干士卒。玠与璘且带领诸将，分紫白旗，捣入金营，金阵大乱。金将韩常被射中目，金人始宵遁。玠又遣王浚等埋伏河池，扼敌归路，复得一回胜仗。那兀术、撒离喝、刘夔等人，都垂头丧气，奔还凤翔去了。小子有诗咏吴玠兄弟道：

一门竟出两名臣，伯仲同心拒敌人。
莫怪蜀民崇食报，迄今庙貌尚如新。仙人关下有吴氏庙。

吴氏兄弟，名扬陇蜀、金、齐诸军，始不敢再犯，有诏授玠为川、陕宣抚副使，璘为定国军承宣使，此外一切详情，容至下回续陈。

史称南渡诸将，莫如张、韩、刘、岳。张即张俊，非张浚也。俊与岳飞，同剿李成，遇事与商，言必听，计必从，同心破贼，让功与飞，告捷之时，推为第一，向使不变成心，协图恢复，无后来附桧之失，则名将之称，尚属无愧，惜乎其晚节不终也。韩世忠功虽逊岳，犹足副名，刘光世一庸将耳，毫不足道，或谓以刘锜当之，理或然欤？（锜事见后）唯吴玠兄弟，保守陇蜀，迭建奇功，乃不与韩、岳并称，殊令后人无从索解。尽信书则不如无书，春秋以后，岂尚有董狐哉？

第七十回　岳家军克复襄汉
韩太尉保障江淮

却说张浚镇守关、陕三年，因刘子羽及吴玠兄弟，赞襄军务，虽未能规复关、陕，但全蜀赖以安堵；且以形势牵制东南，江、淮亦少纾敌患。自吕颐浩入相后，与张浚虽无宿嫌，恰也不甚嘉许，更有参政秦桧，阴主和议，当然是反对张浚。桧平居尝大言道："我有二策，可安抚天下。"及问他何策，他又言："未登相位，说亦无益。"高宗还道他果有奇谋，即拜为尚书右仆射。桧乃入陈二策，看官道是何计？他说是："将河北人还金，中原人还刘豫。"这等计策，却是言人所不敢言。高宗此时，还有些明白，却驳斥道："桧言南人归南，北人归北，朕系北人，当归何处？"桧无词可对，复易说以进道："周宣王内修外攘，所以中兴，今二相一同居内，如何对外？"此语是排挤吕颐浩。高宗乃命颐浩治外，秦桧治内。颐浩请高宗移趋临安，自至镇江开府，都督江、淮、荆、浙诸军事。高宗准如所请，移跸临安。会召胡安国为中书舍人，兼官侍读，专讲《春秋》。秦桧欲延揽名士，布列清要，借作揄扬。既见安国入用，遂与他虚心论交。安国为所笼络，竟极力称桧，说他人品学术，在张浚诸人上。高宗亦颇信用。

会颐浩奉诏还临安，荐朱胜非代任都督，高宗遂起用胜非。安国劾胜非，附和汪、黄，尊视张邦昌，及苗、刘肆逆，又贪生畏死，辱及君父，此人岂可再用？高宗乃收回成命，改任胜非为侍读。安国复持诏不下。颐浩特命检正黄龟年，另行草诏，颁示行阙。安国遂托疾求去。颐浩劝高宗降旨谴

责安国，将他落职，只命提举仙都观。秦桧三上章，乞留安国，均不见报。侍御史江跻，左司谏吴表臣等二十余人，上言胜非不可用，安国不当责，均坐桧党落职，台省为之一空。顾浩又暗使侍御史黄龟年等，劾秦桧专主和议，阻挠恢复远图，且植党专权，罪应黜逐。乃罢桧相，榜示朝堂，永不复用。遂进朱胜非为右仆射，兼知枢密院事。胜非本与张浚有宿憾，因日言浚短，高宗乃遣王似为川、陕宣抚处置副使，名为辅浚，实是监浚。浚始不安于位，上疏辞职，且言似不胜任。看官你想吕、朱两相，左牵右掣，哪里容得住张德远？浚字德远。当下召浚至临安，但说要他入任枢密，及浚既奉命南还，即由中丞辛炳，侍御史常同等，劾浚丧师失地，跋扈不臣诸罪，竟将浚落职，奉祠居住福州，并安置刘子羽于白州，张浚已枉，子羽尤枉。擢王似为宣抚使，卢法原为副使，与吴玠并镇川、陕。既而辛炳、常同，又迭论颐浩过失，于是颐浩亦罢为镇南节度使，提举洞霄宫，命赵鼎参知政事，且授刘光世为江东、淮西宣抚使，屯兵池州，韩世忠为淮南东路宣抚使，屯兵镇江，王(王燮)为荆、湖制置使，屯兵鄂州，岳飞为江西南路制置使，屯兵江州。

适刘豫将董质，以虢州归宋，由统制谢皋接收。刘豫复遣李成攻虢州，谢皋猝不及防，竟被执去。皋指腹示成道："我腹中只有赤心，不似汝等鬼蜮哩。"言毕，自破心腹，肠出而死。李成进破邓州、襄阳府，豫更派兵陷伊阳，并与金人合兵图西北。熙河总管关师古拒战败绩，竟举洮、岷二州降豫。豫更联络洞庭湖贼杨么，令与李成合军，自江西趋浙。岳飞闻警，即奏请规复襄阳六郡，除心膂大患，先逐李成，次平杨么，然后进图中原。规划秩然，不等空谈。高宗语朱胜非、赵鼎，胜非言："襄阳为江、浙上流，不可不急取。"鼎谓："知上流厉害，无如岳飞，当令飞专任此事。"乃命飞兼荆南制置使，规复襄阳。飞既接诏，即日渡江，顾语僚属道："飞不擒贼，誓不返渡。"大有祖逖击楫中流气象。遂长驱至郢州。郢州已为刘豫所有，遣部将京超拒守。超有勇力，素号万人敌，闻飞抵城下，登陴守御，自恃勇力，不甚设备。飞下令道："先登者赏，退后者斩！"部将王贵、牛皋等，奋勇登城，飞麾众随上，前仆后继。霎时间拔去齐帜，换了宋帜。京超开城逃走，由飞遣将追蹑，超投崖死，郢州遂复。飞安民已毕，即进趋襄阳。李成率众迎战，分步骑为两队，步兵列平野，骑兵临襄江。飞瞭视后，微哂道："步兵利险阻，骑兵利平旷，今李成乃适与相反，显违兵法，虽有众十万，怕他什

么？”虏在目中，何妨笑视。遂从马上举鞭指示王贵道：“尔可用长枪步卒，击他骑兵！”又指牛皋道：“尔可率骑兵，击他步卒！”两将奉令，分头前进。王贵杀入敌骑阵内，专用长枪，刺他坐马，马中枪即坠，骑贼纷纷落马，戳毙无数，余骑多逼入江中，也多半溺死。牛皋杀入步兵队里，怒马驰骋，锐不可当，步贼不遭刃毙，也被踏毙，又伤亡了无数。李成顾命要紧，也无心管及部下，只好飞马逃去。飞遂克复襄阳。还有刘豫部将，驻扎新野，收成溃众，准备再战。飞派牛皋攻随州，王贵攻唐州、邓州，张宪攻信阳军，自率裨将王万，分作左右两翼，掩击新野贼兵。成众已是虎口余生，早知岳家军厉害，一见岳字旗帜，早已魂胆飞扬，逃得不知去向，此外伪齐兵士，自觉形势孤单，当然溃散。被岳飞、王万两翼，痛剿一阵，徒落得尸横遍野，血流成渠。待岳飞回至襄阳，牛皋、王贵、张宪等，陆续报道胜仗，所有随州、唐州、邓州、信阳军，一律收复。于是襄、汉悉平。飞移屯德安。军声大振，当即露布告捷。高宗闻报大喜道：“朕素闻飞行军有律，不料他遽能破敌，竟成大功。”因下诏褒奖。飞疏陈恢复事宜，大旨略道：

金人所爱，唯子女玉帛，志已骄惰。刘豫僭伪，人心终不忘宋，如以精兵二十万，直捣中原，恢复故疆，诚易为力。襄阳、随、郢地皆膏腴，苟行营田，其利甚厚，臣候粮足，即过江北剿敌，以慰宸廑。谨闻！

高宗得奏，乃命赵鼎知枢密院事，兼都督川、陕、荆、襄诸军事。鼎以不才辞，高宗面谕道：“四川全盛，财赋半天下，朕尽以付卿，可便宜黜陟，朕不遥制。”鼎乃条奏便宜行事等件，高宗颇欲听从，偏朱胜非从中阻抑，有意牵制。鼎复上书直陈，略云：

顷者陛下遣张浚出使川、陕，国势百倍于今，浚有补天浴日之功，陛下有砺出带河之誓，君臣相信，古今无二，而终致物议，以被窜逐。夫丧师失地，浚则有之，然未必如言者之甚也。大抵专黜陟之典，受不御之权，则小人不安其分，谓爵赏可以苟求，一不如意，便生觖望，是时蜀士，至于醵金募人，诣阙讼之，以无为有，何以自明？故有志之士，欲为国立事者，每以浚为戒。今臣无浚之功，当此重任，去朝廷

远，恐好恶是非，行复纷纷于阙廷之下矣。现臣所请兵，不满数千，半皆老弱，所赍金帛至微，荐举之人，除命甫下，弹墨已行，臣日侍宸衷，所陈已艰难，况在万里之外乎？所望悯臣孤忠，使得展布四体，少宽陛下西顾之忧，则不胜幸甚！

疏入未报，会霪雨连绵，诏求直言，侍御史魏矼劾奏朱胜非，说他："蒙蔽主聪，致干天谴。"胜非亦自请去职，乃将胜非免官，左右两相，次第罢职。高宗正拟择人继任，忽闻刘豫向金乞援，金遣讹里朵、挞懒、兀术率兵五万人应豫。豫令子麟、侄猊与金兵会，分道南侵，骑兵自泗攻滁，步兵自楚攻承州，大有吞视江南的气象。高宗甚为焦急，适值赵鼎入朝辞行，拟赴川、陕。高宗道："金、齐连寇，国势阽危，卿岂可离朕远去？当遂相卿。"鼎叩首而退。越日，即拜鼎尚书右仆射，兼知枢密院事，另命沈与求为参政。鼎决意主战，与求亦与鼎同意。鼎乃劝高宗特颁手诏，促韩世忠进屯扬州。是时世忠正搜剿江湖剧盗，降曹成，斩刘忠，受爵太尉，功高望重，既接高宗手谕，便感泣道："主忧如此，臣子何可贪生？"遂自镇江济师，进屯扬州，使统制解元守承州，御金步卒，亲提骑兵驻大仪，抵挡敌骑。且伐木为栅，自断归路，誓与金、齐决一死战。会吏部员外郎魏良臣，奉使如金，途中与世忠相遇。世忠知良臣是主和派，故意撤去炊爨，然后与良臣会叙。且伪言已经奉诏移屯平江，兵不厌诈，不得谓世忠无信。良臣颔首，匆匆驰去。世忠待良臣出境，即奋然上马，下令军中道："视吾手中鞭，鞭指何处，即向何处，不得稽迟！"将士应令，随世忠出发。世忠相视形势，随地设伏，少约百人，多约千人，计自大仪以北，设伏二十余处。自置营五座，令各伏兵，闻营中鼓声，一同出击，违令者斩！筹划既定，专等金兵到来。是谓好谋而成。

金前将军聂儿孛堇一译作聂呼贝勒。正拟遣派侦骑，探悉宋军所向，巧值魏良臣驰至，即问明宋军消息。良臣自述所见，孛堇大喜，急引兵至江口，距大仪不过数里。别将挞不野一译作托卜嘉。拥着铁骑，骤马向前，经过韩世忠五营东首。世忠早已瞧着，忙令营中擂鼓，鼓声一响，伏兵四起，各奋力突入金兵阵中。挞不野虽然骁悍，怎奈一人不能四顾，东塞西决，南防北溃，霎时间四面八方，统夹入宋军旗帜，几乎目眩神迷，无从指挥。蓦见有

一队健卒，横入阵中，人持一斧，斧柄甚长，上揕人胸，下斫马足，眼见得金兵大乱，人马迭仆。挞不野到了此时，也顾不得许多了。三十六着，走为上着，也想觅路逃生，偏偏退了数步，竟陷入泥淖中，怎禁得宋军四至，围裹与铁桶相似，所有骑士，统被擒去，挞不野也只好束手待毙，坐受捆缚罢了。世忠既擒住挞不野，再进军攻金兵，一面遣偏将成闵，率骑卒数千，往援解元。解元到了承州，也是设伏待着，且决河阻住金兵。金兵涉水攻城，将至北门，解元即放起号炮，呼召伏兵，伏兵一齐杀出，金兵怯退。既而又至，再战再却，却而又进，一日至十三次。解元也自觉疲乏，但总相持不退。总算勍敌。遥听东北角上，鼓声大震，一彪军远远杀到，解元疑是金军，却也未免心惊，忽见金兵阵脚已动，似有慌乱的情状。解元登高了望，见是韩字旗帜，便大呼道："韩元帅到了！"大众闻韩元帅三字，仿佛是天兵天将，前来相助，顿时精神倍奋，统鼓勇杀上。金兵腹背受敌，当然支撑不住，一哄儿逃走了。解元追将过去，正遇着前来的援师，仔细一瞧，乃是统领成闵，便问道："韩元帅到未？"成闵道："元帅已亲追金兵去了，派我前来援应。"解元听着，已知成闵一军，是冒着韩字旗号，恐吓金人，明人不消细说，遂与成闵合军，追蹑金兵。沿途俘获甚多，直追到三十里外，方才回军。

成闵自往世忠处报捷，世忠已至淮上，大败金将聂儿孛堇等，金兵渡淮遁去。世忠得胜回营，见成闵进谒，方知承州并捷，遂将详情奏报行在。群臣相率称贺，高宗道："世忠忠勇，朕知他必能成功。"沈与求奏道："自建炎以来，我朝将士，未尝与金人迎敌，今世忠连捷，功勋卓著，要算是中兴第一功臣了。"高宗点首道："朕当格外优奖，卿可为朕拟赏哩。"与求奉命，将应赐世忠帛马，及世忠部将解元、成闵等，俱一一加秩。高宗自然照行。赵鼎更劝高宗亲征，借作士气，高宗至此，也自觉胆大起来，居然下亲征诏命，孟庾为行宫留守，指日督兵临江。鼎退朝，僚属喻樗语鼎道："六龙临江，兵气百倍，但公自料此举，果否万全，还是孤注一掷呢？"鼎慨然道："中国累年退避，士气不振，敌情益骄，义不可以更屈，所以劝帝亲征。成败由天，非我所敢逆料。"樗答道："据此说来，公应先筹归路。张德远有重望，若令宣抚江、淮、荆、浙、福建，募诸道兵赴阙，他的来路，就是朝廷归路呢。"鼎不禁称善，乃入白高宗，请起用张浚。高宗准奏，召浚为资政

殿学士。浚奉旨入朝，高宗与语亲征事，浚极力赞同，乃手诏为浚辩诬，复命知枢密院事。浚拜命退朝，往见赵鼎，与鼎握手道："此行举措，颇合人心。"鼎笑道："这是喻子才喻樗字。的功劳，他尚思推贤任能，难道鼎敢蒙蔽么？"归功喻樗，不愧相度。浚逊谢。鼎又道："公既复任，应即执殳赴敌，为王前驱。"浚即答道："明日即当陛辞，出赴江上。"鼎喜抚浚背道："如此才可杜人口呢！"浚遂告别。越宿入辞高宗，即赴江上视师。

高宗也启跸临安，刘锡、杨沂中率禁兵扈驾，赵鼎当然随行。途次饬刘光世移军太平州，为韩世忠声援。光世与世忠有私隙，不愿移兵，且遣人讽鼎道："相公既受命入蜀，何事为他人任患？"韩世忠也有传言，谓赵丞相真是敢为。鼎闻韩、刘等言，请高宗即日遣使劝勉韩、刘，并面奏道："陛下养兵千日，用兵一时，若少加退沮，人心立涣。长江虽险，不足恃了。"高宗乃命御史魏矼往谕韩、刘，刘光世乃移驻太平州，高宗亦进次平江，始下诏暴刘豫罪，整厉六师，且欲渡江决战。鼎恐胜负难料，不堪一挫，乃谏阻高宗道："敌众远来，利在速战，骤与争锋，恐属非计。且逆豫尚且遣子，陛下何必亲自临阵，但中途调度，已足声明天讨了。"高宗乃止。想是巴不得有此语。

会闻庐州告警，飞札令岳飞往援，岳飞提兵趋庐，命牛皋为先锋，徐庆为副。皋至庐州城下，见伪齐兵已围住城北，金兵且陆续继至，便一马当先，遥呼金将道："敌将听着！我乃岳元帅部下先锋牛皋是也！能战即来，可与我斗三百合。"仿佛《三国演义》中张翼德口吻。金将闻声相顾，果见岳字旗帜，飞扬城南，便语部众道："岳家军不可犯，我等不如退回罢！"言已遂去。伪齐兵见金人退走，也不战自溃。牛皋待岳飞到来，与飞相见。飞语皋道："快快追去！我若不追，便自回军，恐他又再来了。"皋乃追击三十余里，金、齐两军，还疑岳飞亲自追到，慌忙溃退，互相践踏，并被宋军杀死，不可胜计。

金兵返屯泗州竹墩镇。挞懒领泗州军，兀术领竹墩镇军，为韩世忠所扼，贻书币约战。世忠遣麾下王愈及两伶人，报以橘茗，且传言张枢密在镇江，已颁下文事，命决战期，兀术道："闻张枢密已贬岭南，何从在此？你不要欺我！"愈持浚文书出示，兀术不觉变色，半晌才答道："汝国尝遣使议和，现在魏良臣方自北归南，曾由我朝与约，拟在建州以南，封汝国为藩

属，免得争战不休，汝国尚以为未足，乃欲与我开战，将来兵败国亡，恐尺寸地，非汝有了。”魏良臣使事，即借兀术口中叙过。愈答道：“我国非不愿与贵国议和，但贵国逼我太甚，夺我两河、三镇，羁我二帝，尚欲逞兵江、淮，册立叛逆，试问如何和得？自来国家存亡，半由天命，半由人事，人定亦能胜天，姑与贵国再决胜负，请看我朝，果毫无能为否？”理直气壮。兀术几无词可答，但说道：“要战就战，难道我朝怕汝不成？”言毕遣还王愈等，世忠得愈归报，正拟调兵遣将，隔宿出发。到了翌晨，由侦卒来报，金兵已经夜遁，伪齐兵亦逃去了。世忠亟饬兵往追，途中只收得辎重若干，统是伪齐兵所弃，那人马早已去远，料知追赶不及，因即回营。看官道金、齐二军，何故速退？原来是时为绍兴四年暮冬，天大雨雪，饷道不通，军中杀马代粮，各有怨言，挞懒、兀术见部众已无斗志，宋军又防御甚严，料知不能深入，且因金主病笃，不得不赶紧退回。金兵一退，刘麟、刘猊哪里还敢独留？连辎重都不及携去，急急的遁走了。

世忠奏达平江，高宗喜语赵鼎道：“各路将士，翕然效命，所以得却强敌，但皆由卿一人之力。”鼎拜谢道：“事出圣断，臣何力可言？唯强寇今虽遁归，他日未必不来，须博采群言，为善后计。”实是要着。高宗称善。乃诏令宰执以下，会议攻战备御的方法。侍御史魏矼等，奏请罢“讲和”二字，代以“攻守”，饬厉诸将，力图攘敌。所以魏良臣持来金约，简直不复，命韩世忠屯镇江，刘光世屯太平，张俊屯建康，搜兵阅乘，协力防御。召张浚还行在，扈跸回临安，进赵鼎、张浚为左右仆射，并同平章事，兼知枢密院事，都督各路军马，时在绍兴五年二月。随时点清年月，以清眉目。小子有诗咏道：

将相同逢济世才，六飞一出敌人回。
当年庙算能长定，大业胡为不再恢？

嗣闻金主晟已殂，兄孙亶继立，免不得又要遣使了。欲知所使何人，待至下回再详。

得赵鼎、张浚为相，得岳飞、韩世忠为将，此正天子高宗以恢复之机，令其北向以图中原，不致终沦江左也。观岳飞之一出襄、汉，而六郡即平，观韩世忠

之独扼江、淮，而二寇屡败，高宗亦尝褒奖岳飞，嘉许韩世忠，似非不知韩、岳之忠勇者。迨下诏亲征，出次平江，而金、齐二军，又即远飏，虽未必因战败而去，然亦可借此以作士心，挽国脉，此后能决定庙谟，用贤御寇，安知中原之不可复？讵必鳃鳃然议和为哉？本回所叙，实南宋转捩之机关，宋之所以不即亡者，赖有此尔。一阳初长，剥极而复，奈何高宗之得此已足乎？

第七十一回　入洞庭擒渠扫穴　返庐山奉榇奔丧

却说绍兴五年，金主晟病殁，金人称他为太宗，当由粘没喝、兀术等，拥立金太祖孙合剌为主。合剌一作赫拉。合剌易名为亶，继立后，却也没甚变动。偏宋廷诸大臣，以为金立新君，或肯许和，应遣使通问，借觇情势。唯中书舍人胡寅，极力谏阻，高宗下诏褒谕。会张浚奏称："国家遣使，系兵家机权，将来能辟地复土，终归和好，未可遽绝。"乃遣忠训郎何藓使金。胡寅见所言不从，遂乞外调，因出知邵州。使臣非必不可通，但徒向虏廷乞和，殊属无益。

时洞庭贼杨么，异常猖獗，张浚以洞庭据长江上游，杨么为乱，不急讨平，恐滋蔓为害，乃自请视师江上。高宗准奏，命浚出视师，先至潭州，次至醴陵。沿途稽查狱囚，多系杨么部下的侦探，浚一一释出，好言抚慰，各给文牍，令他还招诸寨，各犯欢呼而去。自是贼寨，次第来降，唯杨么抗命如故。么本名太，系鼎州盗钟相部党，相尝以左道惑众，胁聚至数千人，自称楚王，改元天载，尝攻陷澧州，嗣被降盗孔彦舟所袭，把相擒住，并获相子子昂，槛送行在，一律伏诛。独杨太竟得漏网，收集散贼，盘踞龙阳，渐渐的鸱张起来。楚人向称少年为么，因呼杨太为杨么。太自恃剽悍，亦即以么自号，立钟相少子子仪为太子，令部众臣事子仪，自己也算在子仪属下，但僭称大圣天王，一切兵权，掌在手中，他要做这样，子仪只好依他这样，他要做那样，子仪也只好依他那样，因此洞庭湖中，单晓得杨么，不晓得有

钟子仪。实是杨么使刁，看官莫说是恋情故主。高宗令都统制王瓔，会兵往讨，瓔本是个没用人物，但遣忠锐军统制崔增等，进攻杨么。崔增等一去不回，后来接得军报，才知是全军覆没了。既而杨么乘着水涨，麾众出来，攻破鼎州杜木寨，守将许筌战死。王瓔却束手无策，不得已奏达败仗。

高宗既遣张浚视师，复封岳飞为武昌郡开国侯，兼清远军节度使，代王瓔招捕杨么。飞部下皆西北人，不惯水战，至是奉命即发。且下令军中道："杨么据住洞庭湖，出没水中，人家都说他厉害，不便往剿。其实用兵讨寇，何分水陆？但教将帅得人，陆战胜，水战亦胜，本使自有良法，破这水寇，诸将士不用担忧，总叫依我号令，齐心并力，看杨么能逃我手么？"看得真，拿得稳，并非大言不惭。大众被辖有年，早知岳元帅智勇，自然唯命是从。飞先遣使招谕么党，旋接来使还报，黄佐愿降。飞喜道："佐系杨么谋士，得他来降，尚有何说！"言毕，遂欲起身往抚。牛皋、张宪等，俱劝阻道："贼党来降，恐有诡计，不可不防！"飞笑道："古人有言，不入虎穴，焉得虎子？我欲破灭杨么，全在黄佐一人身上，难道真要用我陆师，攻他水寇么？"当下命前使导着，竟单骑出营，去见黄佐，驰至佐寨，令前使传语道："岳制使来。"几似郭子仪单骑见虏。黄佐问有若干人？去使道："只有岳制使一人。"佐即召语部下道："岳节使号令如山，若与他对敌，万无生理，所以我拟往降。今岳节使单骑自来，诚信可知，必善待我等，我等开寨迎接便了。"部下都无异言，遂开门迎见岳元帅，执礼颇恭。岳飞亦下马慰劳，且用手抚佐背道："汝晓明顺逆大义，深足嘉尚，此后诚能立功，封侯也是易事。"佐不待说毕，便道谢节使裁成，随即引飞至寨，令部目一一进谒。飞温言慰谕，众皆悦服。飞复语佐道："彼此俱中国臣民，并非金虏可比，我此来特宣示大义，俾大众革面洗心，同卫王室，剿除异族。现拟遣汝至湖中，代达我意，可劝则劝，偕彼同来，视有才能，定当保荐。不可劝，劳汝设法擒捕，我回营后，即当拜本上奏，先请朝廷奖赏，借示鼓励。"恩威并济，何敌不克？佐不禁感泣，誓以死报，飞与佐握手为约，当即返营，立保佐为武义大夫，遣人报知，一面暂按兵不动，静待黄佐消息。

会值张浚至潭州，参谋席益疑飞玩寇，入语张浚，请浚上疏劾飞。浚摇首道："岳侯忠孝兼全，怎得妄劾？汝疑他玩寇，他何至若是？兵有深机，非常人所能预测呢。"席益被浚驳斥，自觉怀惭，因即退出。隔了数天，飞

往见张浚，述及战事，且云：“黄佐已袭破周伦寨，把伦击死，并擒伪统制陈贵等人，现已上表奏功，拟迁佐为武功大夫了。”浚答道：“智勇如公，何愁水寇？”相知有素。飞又道：“前统制任士安不服王𤫉命令，因此致败，如欲申明军律，不能不加罪士安。”浚点首示意。飞又与浚密谈数语，浚益大喜。飞即告别，还至营中，传任士安入帐，诘责罪状，加鞭三十；并指士安道：“限汝三日，便当平贼，否则斩首不贷。”士安唯唯而出，自率部下入湖，扬言岳家军二十万，朝夕可至。杨么素恃险固，尝大言道：“官军从陆路来，我可入湖，从水路来，我可登岸，欲要破我，除非飞来。”隐伏言谶。因此并不在意。部众报岳军进攻，乃调拨水兵数艘，出去迎敌。湖中遇着士安，不过数千兵士，便一拥上前，围住士安战船，并力猛攻。士安恐退后被诛，也拼命死战。士安亦知拼命，无非惮岳忠勇，否则不几降寇耶？正酣斗间，东西两面，俱有岳家军杀到，贼舟大乱。士安趁势杀出，与援兵会剿一阵，击沉贼舟好几艘，余贼遁去。

岳军与士安等回营报功，飞闻捷，即拟亲捣贼巢，忽接到张浚手书，内言：“奉旨防秋，即日入觐，洞庭事暂且搁置，俟来年再议。”飞览毕，忙驰见张浚，开口便道：“都督且少留，待飞八日，决可破敌。”浚微哂道：“恐没有这般容易哩。”飞袖出小图，指示张浚道：“这是黄佐献来洞庭全势，及杨么平素守御，详列无遗，按图进攻，不出十日，可扫荡贼巢了。”浚尚以水战为难，飞答道：“王四厢即王𤫉。用王师攻水寇，所以难胜，飞用水寇攻水寇，自转难为易。水战我短彼长，我以短攻长，如何不难？若因敌将，用寇兵，翦他手足，离他腹心，使他孤立无助，然后用王师捣入，一鼓可平，八日内当俘诸酋，献诸帐下。”胸有成竹。浚半晌才道：“既如此，我权留八日，八日后恕不相待了。”飞应诺而出，遂督兵赴鼎州。

可巧黄佐求见，立即召入。佐禀道：“现有杨钦愿降，佐特与俱来，进谒节使。”飞喜道：“杨钦素称骁悍，今亦前来效顺，大事成了，快去引他进来！”佐领命召入杨钦。钦至案前下拜道：“钦慕元帅盛名，久思拜谒，只因族兄倡逆，恐罪及同族，未蒙相容，所以不敢径投。今武功大夫黄佐，盛称元帅厚恩，不追既往，用特登门请罪，还乞元帅宽恕！”岳飞亲自下座，将钦扶起道：“朝廷定例，自首减等，况汝能先自振拔，不甘从逆，理应赦免前愆，本使还要特别保举，表荐汝为武义大夫，汝可再归湖中，招抚同

侪，按功加赏。”钦欢跃而去，黄佐也即走了。

越两日，钦引余端、刘诜等来降，总道此次入见，定邀奖叙，哪知行近案前，仰见岳飞面上已带怒容，真是摸不着头脑，没奈何对他行礼，详禀招降情状。忽闻惊堂木一拍，随着厉声道：“我叫你尽招诸酋，你为何止招两三人，便来见我？显见你是乖刁得很。左右快拖他下去，杖责五十！”令人怪极！杨钦尚思分说，已被帐下健卒，七手八脚的牵了出去，揿倒地上，杖责了五十下。钦连声呼冤，那里面又传出号令，饬将士百人，押钦出湖，令他再往招抚。钦暗思岳飞如此糊涂，悔不该听了黄佐，前来投降，今着将士押我返湖，我当诱他深入，杀他一个精光，方泄我恨，随即与将士同行。已堕岳飞计中。时已天晚，湖上一带，烟波浩淼，暝色苍茫，更兼是仲夏天气，湖水为暑气所蒸，尤觉得烟雾迷蒙，前后莫辨。岳飞既遣将士百名，押钦出湖，复嘱令牛皋、王贵等，率兵数千，随钦继进。钦不顾后面，只管前进，曲曲折折的导入深巢，有一绝大水寨，驻扎贼众约数万人，便传一口号，当有巡贼，前来迎接。钦引将士百人，正要入寨，忽听后面鼓角齐鸣，战船丛集，不由的吓一大惊，回头一望，见牛皋、王贵等，已从船头跃上水寨，眼见得不能对敌，只好把胸中所有盘算，一齐抛向湖水中去，便招呼牛皋、王贵一同入寨。牛皋、王贵已受岳飞密嘱，未敢造次随入，即问钦道：“寨内人士，果尽降否？如欲不降，我等便当杀入了。”钦无可奈何，乃大声呼道：“全寨兄弟们听着！现岳元帅有数万人来到此地，问你等愿否归降？愿降大宋，请即迎谒，不愿降，速即出战。”看官！你想寨众全未预备，如何可以出敌？况岳军来势甚盛，若要与战，有死无生，大家顾命要紧，乐得应了一声，保全性命。牛皋、王贵又令他全数投械，才引兵入寨，一面遣报岳飞。

飞遂航湖自至，见水寨正在君山脚下，甚得形势，便登山四望，见湖右尚有贼舟，舟下有轮，鼓轮激水，行驶如飞。两旁置有撞竿，所当辄碎，当下长叹道：“怪不得前此官军，常被撞沉呢。”随命军士，斩伐君山大木，穿成巨筏，塞诸港汊，又命用腐木乱草，乘上流浮下，择水浅处，使兵士驾着小舟，前行诱敌，且行且骂。贼众听着骂声，争来追赶，那诱敌兵却徐徐驶去。贼舟鼓轮撑篙，费尽气力，偏偏驶不上去，好象胶住一般。原来舟轮，都被败草壅住，并有腐木拦着，处处都是窒碍，所以不便行驶。不料官军这方面，恰有大股战船，一齐杀到，连这位白袍银铠的岳元帅，也亲自到来。

贼众未免丧胆，要想倒退，又是万分为难，不得已奔至港中。及入港口，复连声叫苦，见里面都是巨筏塞住，筏上载着官军，统跃上贼船，乱砍乱戳，港外又有官军进来，正是哑子吃黄连，说不尽的苦楚。说时迟，那时快，贼众正在危急，那杨么引兵来援，港口的官军，又退去抵挡杨么，港内贼舟，总道有生路可望，也逃出港口。一到港外，见两下正杀得厉害，官军各张着牛皮，抵挡矢石，且举巨木横撞，把杨么的坐船，都撞成好几个窟窿。俄听得官军大叫道："逆渠杨么投水了！"俄又听得官军拍手道："好好！逆渠受擒了。"贼众探头遥望，果然自己的大圣天王被一黑面将军，从水中擒出，跳上岳元帅船中去了。从贼众眼中，叙出杨么被擒，又是一种笔墨。贼众愈觉慌忙，继复听得官军大呼："降者免死！"这时候除了此法，不能再活，自然口称愿降。岳飞派牛皋等收抚降众，自率张宪突入贼巢。巢中尚有余贼守着，闻岳飞猝至，群惊为神，俱开了寨门，挟着钟子仪，迎拜马前。飞亲行诸寨，示以忠义，令老弱归田，籍少壮为军。除将杨么枭首外，余皆赦免。当遣部将黄诚，携杨么首，至张浚处报捷。

浚得捷报，屈指计算，适合八日期限，不禁惊叹道："岳侯真是神算，无人可及！"乃令黄诚返报，请飞屯兵荆、襄，北图中原，自启节由鄂、岳二州，转入淮东，至行在觐见高宗。高宗召对便殿，浚奏事毕，复进《中兴备览》四十一篇，经高宗褒奖数语，命置座隅。浚又荐李纲忠诚可以重任，高宗乃命纲为江西安抚制置大使。纲自罢相落职，至绍兴二年，曾起为湖广宣抚使，兼知潭州。荆、湖、江、湘一带，流民溃卒，不可胜数，闻纲就宣抚任，均附首帖耳，不敢为非。纲日思规复中原，迭陈大计，不下万言，偏抚臣与他反对，竟说他空言无补，且在任所，不闻善状，因又将他罢职，至是再命他安抚江西。纲入觐高宗，仍抱定规复宗旨，面陈金、齐两寇，屡扰淮、泗，非出奇无以制胜，应速遣骁将，自淮南进兵，约岳飞为犄角，东西夹击，方可成功。高宗颇为嘉许，纲告辞而去。

张浚因秋防紧要，拟再视师江、淮，锐图大举，当即入朝面请，且力保韩世忠、岳飞两人，可倚大事，高宗又一一照准。浚尚未出，已得韩世忠军报，略言："在淮阳杀退金兵，唯城尚未下。"看官道这淮阳城是归何国？原来是属刘豫管辖。豫聚兵淮阳，为南侵计，世忠欲先发制人，竟引兵渡淮，直薄淮阳城下，适值金兀术来会刘豫，世忠即督兵与战。金先锋牙合孛堇—

译作叶赫贝勒。悖勇前来，由世忠部将呼延通与他搏斗，战至数十合，未分胜负。两人杀得性起，各将兵械弃去，徒手步战，终被呼延通扼吭擒住。世忠乘胜掩击，金人败去。既而兀术、刘猊复引兵来援，世忠向张浚求救，待久不至，世忠竟勒阵向敌，且遣人驰语道："锦衣骢马，兀立阵前，便是韩相公，汝等何人善战，便即过来，一决雌雄！"一身都是胆。既而果有两敌将冲来，世忠不待近身，奋戈直出，左右一挥，两敌将死了一双，余兵怯退。世忠乃奏报行阙。高宗与张浚商议，浚言："且会师镇江，再作计较。"乃下诏令世忠还屯楚州。及浚至镇江，诸将毕集，浚派张俊屯盱眙，韩世忠仍屯楚州，刘光世屯合肥，杨沂中为张俊后援，岳飞屯襄阳，令图中原。

飞自戡定洞庭，还军襄阳，每日枕戈待旦，以恢复中原为己任，自得张浚驰书奖勉，越发激昂鼓励，锐图恢复。未几朝命又下，改授武胜定国军节度使，兼宣抚副使，命置司襄阳，且往武昌调军。飞即日部署，终朝毕事，越宿即趋往武昌。正在募兵集旅，忽接襄阳家报："姚太夫人病逝了。"飞不禁变色，只叫了"母亲"二字，便晕厥过去。左右忙将他掖住，齐声号呼，好容易唤醒了他，但见他仰天大恸道："上未能报国全忠，下未能事亲尽孝，忠孝两亏，如何为臣？如何为子？"左右竭力解劝，乃星夜奔丧，驰回襄阳。小子于岳飞履历，第六十一回曾已略叙，此处更宜补述一段故事。飞幼失怙，全赖母亲姚氏饮食教诲，始得成人。飞年渐长，事母至孝，但经母命，无一敢违。母尝以忠义勖飞，且把飞背上，刺着"尽忠报国"四大字，深入肤理，用醋墨涂在字上，令他永久不变。所以飞一生记着，孝字以外，就是忠字。揭出忠孝，借古讽今。先是庐州解围，飞得优叙，贻封母为太夫人。飞感朝廷恩遇，拟俟规复中原，辞官终养。庐州解围，事见前回。经此骤闻母丧，如何不痛？既至襄阳，将母尸棺殓，扶榇至庐州守制，一面上报丁忧，且乞终丧。偏有诏令他墨绖从戎，起复为京、湖宣抚使。飞再四奏辞，未邀俞允，但责令移孝作忠。乃不得已，仍就原职。朝廷又命他宣抚河东，节制河北诸路。飞因遣牛皋复镇汝军，杨再兴复河南长水县，自督军攻克蔡州。又饬王贵、郝政、董先等，复虢州及卢氏县，获粮十五万石，降敌众数万，再进军唐州，毁去刘豫兵营，于是慨然上表，请进军恢复中原。小子有诗咏岳制使道：

一生系念只君亲，亲殁唯存报主身。

愿复国仇三上表，如公才不愧忠臣。

未知高宗曾否准奏，且看下回便知。

岳武穆之忠孝，备见本回，而智勇亦寓于其间。观其入洞庭，擒杨么，预定期限，不愆时日，此非料敌如神，因寇制寇，乌能得此奇捷耶？杨么谓除非飞来，不意果有此飞将军自天而下，恃险者卒以险亡，捣险者不以险怯，此可知世无不可平之巨寇，视我之有以制寇否也。岳母姚氏，抱飞免厄，事载《宋史》本传，而背涅“尽忠报国”四字，见诸飞被诬对簿、裂裳示验之时，史虽不详为岳母所刺，而稗史所载，故老相传，当非无稽，故本回亦录及之。及母丧守制，屡诏起复，不得已墨绖从事，彼岂贪恋职位者比？殆激于忠义之忱，欲达恢复中原之本旨，因有此权宜之举耳。张浚称岳侯忠孝，诚然！

第七十二回　髯将军败敌扬威
愚参谋监军遇害

却说岳飞奏请进取中原，诏饬从缓。飞乃召王贵等引还鄂州。张浚闻高宗未从飞奏，心甚怏怏，遂自淮上入觐，面请驾幸建康，奖励三军，力图恢复。高宗意尚迟疑，会闻刘豫复欲南寇，浚申请益力。赵鼎亦劝高宗，进幸平江。高宗与张、赵二人，商议启跸，且欲用秦桧为行营留守。桧被斥后，本有永不复用的榜示，偏高宗是个没有主张的主子，今日说他是恶人，明日又说他是善人。想是贵人善忘的缘故。因此罢桧逾年，又令他知温州，寻复令知绍兴府。桧性成奸诈，料知张、赵为相，和议必不可成，不若虚与周旋，暂将议和二字搁起，换了一副假面目，对待张浚、赵鼎。浚本赣直，遂以桧为可用，荐为醴泉观使，兼官侍读。至是高宗又欲留桧守临安，浚当然赞成。鼎未以为然，因经浚力保，也不便多口，遂以桧为行营留守，孟庾为副，并准参决尚书省枢密院事。

高宗乃启行至平江，浚先往江上，探察伪齐消息，谍报刘豫令子麟、侄猊，分道入寇，且有金人为助。浚半晌才道："我料金人未必肯来，金人助豫数次，屡致失败，难道还欲相助么？"遂将此意入奏。嗣闻刘麟由寿春进犯合肥，刘猊由紫荆山出涡口，进犯定远。还有反复无常的孔彦舟，前已降宋，继复降豫，也由光州进犯六安。张俊、刘光世俱张大敌势，俊请益兵，光世欲退师，浚即贻书二将道："贼豫以逆犯顺，若不剿除，何以立国？朝廷养兵，正为今日，只宜进战，不宜退保。"书发后，又接到赵鼎手书，令

杨沂中急援张俊，同保合肥，于是促沂中趋濠州，与俊合兵，且特给手书道："朝廷待统制甚厚，应及时立功，借报知遇。"这书发出，复接高宗手札，谓："张俊、刘光世恐不足任，当令岳飞率兵东下，抵制逆豫。俊与光世等军，不如命他退守江滨。"浚不禁愤叹道："这事怎可使得？赵丞相日侍帝侧，难道亦不加谏阻么？"遂援笔写了数语，令文牍员装着首尾，即遣参谋吕祉驰奏。看官道是何语？由小子节叙如下：

> 俊等渡江，则无淮南，而淮南之险，与贼共有。淮南之屯，正所以屏蔽大江，使贼得淮南，因粮就运，以为久计，江南其可保乎？今正当合兵掩击，可保必胜，若一有退意，则大事去矣。且岳飞一动，襄、汉有警，何所恃乎？愿朝廷勿专制于中，使诸将有所观望也。

奏入，又由庐州驰到军报，刘光世已退趋采石了。浚顿足道："光世这般畏怯，如何对敌？"道言未绝，正值吕祉驰回，入报浚道："上已有旨，诸从公议，如各将有不用命，听军法从事。"浚大喜，便命吕祉驰往光世军，传达谕旨。祉亟往采石，截住光世，且厉声语道："诏命已下，如有一人渡江，即斩以徇。"光世不觉股栗，乃仍回庐州。逐节叙写，见得军务倥偬，非常危急，于此可窥笔法。刘猊进军淮东，为韩世忠所拒，转趋定远。刘麟从淮西架三浮桥，接连渡军，进次濠州、寿春交界。张俊出兵抵御，相持未决。刘猊自定远趋宣化，欲寇建康，至越家坊，适与杨沂中相遇，正待整军交锋，不意沂中已奋杀过来，连迎战都属无暇。猊料不可当，忙麾军退去，改向合肥进发，意欲与麟合兵，集众后进。甫抵藕塘，望见前面有官军拦住，大纛上书一杨字，猊惊忿道："莫非又是这髯将军么？"原来沂中击退刘猊，料知猊军必趋合肥，遂从间道进军，赶过刘猊前面，立营待着。沂中多髯，猊因呼为髯将军，当下刘猊据山列阵，命骑士挽弓注射，矢下如雨。沂中令统制吴锡，率劲兵五千，先行突阵，自率大军为后应。吴锡奉令登山，前队多中箭倒退。锡怒马突出，左持刀，右执盾，飞步上冈，部兵见主将前进，也不管死活，拼命随上。猊众不及拦阻，阵势稍动。沂中纵军四击，并自麾精骑，横冲猊军，且大呼道："贼破了！"猊不觉骇顾，部下亦错愕失色，顿时溃乱。可巧统制张宗颜，亦奉到张浚檄文，自泗州来援合肥，正当猊众

背后，乘势夹攻，猊众大败，被杀无算。猊奔至李家湾，又值张俊统兵杀来，猊吓得魂胆飞扬，忙向前夺路，专想逃生。偏张俊不肯放他过去，指挥兵士，把他困住。猊左冲右突，不能脱身，亏得谋士李愕令猊卸甲弃盔，钻入步兵队里，方免官军注目，从斜刺里溜出重围，才得走脱。猊与愕狂奔数里，四顾无人，方敢少憩。事后愈觉恓惶，不由的痛哭起来，且用首触愕道："不意此次用兵，遇着一个髯将军，真正晦气，害得我全军覆没，真好苦呢！"愕问是何人？猊带哭带语道："闻官军称他为杨殿前，大约是杨沂中哩。他真是厉害，锐不可当。"愕也自觉没颜，只好劝慰数语，猊才止哭。俄见有败军数十人，骑马逃来，已是盔甲不全，狼狈得很，喘息片刻，方语猊道："此处非休息的地方，恐追兵又要到来了。"猊慌忙起立，向骑兵中牵得一马，扬鞭遁去。愕亦借马走脱。骑卒无马可乘，不免落后，嗣经杨沂中追到，大声呼叱，遂投械请降。沂中复赶了一程，不见刘猊，始收军退回。为这一役，把猊众杀死了好几万，收降了好几万，伪齐大为夺气。刘麟闻猊初败，已退军数十里，不敢与张俊相持，所以俊得转攻刘猊。至是闻猊众尽没，越觉丧胆，因即回去。孔彦舟也撤光州围，引众亟还。

是时金兀术亦屯兵黎阳，作壁上观，未尝进援，看官道是何故？先是刘豫发兵南侵，曾向金乞师，金主亶召群臣会议，太宗长子蒲卢虎道：蒲卢虎一作博郭勒。"先帝前日立豫，无非欲借作屏藩，使为宋害，今豫进不能取，退不能守，兵连祸结，无日休息，若屡从豫请，得一胜仗，唯豫收利，不幸致败，我且受弊。况前年因豫出师，已遭挫损，难道尚可许他么？"金主亶因不肯发兵，但遣兀术驻兵黎阳，坐观成败。至麟、猊等败还，且遣使诘责，说他无能。至是刘豫进退两难，渐失金人欢心了。

张浚因刘豫各兵俱已败退，请乘势攻河南，且乞车驾速幸建康。偏赵鼎谓不如回跸临安。看官试想！高宗果欲图恢复，理应北进，不应南退，鼎亦南宋名相，与浚协力图功，为何浚请高宗幸建康，鼎反请回临安呢？这其间也有一段隐情。自浚视师江上，尝遣参谋吕祉奏事。祉与鼎言，即极力夸张，鼎不免沮抑。及返报浚时，每言鼎有意牵掣，浚信以为真，将所有愤懑，形诸奏牍。高宗尝语鼎道："他日张浚与鼎不和，必出自吕祉一人，卿不可不防！"鼎答道："臣与浚本如兄弟，毫无嫌怨，今既由吕祉离间，致启浚嫌，不若留浚专政，俾得尽展才具，臣愿告退。"高宗道："俟浚归再

议。”浚与鼎俱抱公忠，既知由吕祉启嫌，鼎何勿推诚相与？为高宗计，亦应剀切下谕，调和两相，乃鼎告退，高宗即有再议之言，君臣两失之矣。既而浚至平江，面请高宗进趋建康。又言：“刘光世骄惰不战，请罢免军政。”时鼎亦在旁，奏言：“光世累代为将，无端罢免，恐将士离心，反滋不安。”浚奋然道：“朝廷方日图恢复，尚可令骄帅逍遥，自由往返么？现应严申赏罚，振作士气，庶可入攻河南，讨平逆豫。”鼎又答辩道：“河南非不可取，但得取河南，能保金人不内侵么？平豫尚易，敌金实难。”赵鼎两番奏辩，俱属未当，彼因与浚有嫌，故如是云云。浚复作色道：“逆豫不平，是多一重寇敌，且株守东南，金虏亦未必不来，试思近年以来，陛下一再临江，士气百倍，成效已经卓著，尚可退然自沮么？”高宗顾浚道：“卿言甚是，朕当从卿。”浚乃趋退。鼎遂力求解职，因罢为观文殿大学士，知绍兴府。越年为绍兴七年，诏命陈与义参知政事，沈与求同知枢密院事。张浚复欲视师，不告与求，既得旨，与求叹息道：“这是军国大事，我不得与闻，如何备位？”乃乞请辞官。高宗不许，未几病殁。与求遇事敢言，朝右颇倚以为重。病殁后，上下咸哀。

越数日，忠训郎何藓自金归来，报称道君皇帝及郑太后相继告崩，高宗不禁大恸道：“隆祐太后爱朕如己出，不幸前已崩逝，就高宗口中，补叙隆祐之崩，亦一销纳笔法。所望太上帝后，得迎奉还朝，借尽人子孝思，哪知复崩逝异域，抱痛何如？”遂命持服守制。百官七上表，请以日易月，知严州胡寅，独请服丧三年，衣墨临戎，以化天下。高宗因欲行三年之丧，会张浚奏言：“天子孝思，与士庶不同，当思所以奉宗庙社稷，不在缟素虚文。今梓宫未还，天下涂炭，愿陛下挥泪而起，敛发而趋，一怒以安天下，方为真尽孝道。”高宗乃命浚草诏，告谕群臣。外朝勉从众请，宫中仍服丧三年。看官听着！隆祐太后孟氏，崩逝在绍兴元年四月间，享年五十九，丧祭用母后临朝礼，所以追上尊谥，也用四字称为昭慈献烈皇太后。后来复改献烈为圣献，至道君皇帝去世，实在绍兴五年四月，郑太后去世，距道君只隔数月，年五十二，两人俱死于五国城。高宗服孟后丧，是临时即服的。服生父嫡母丧，直待何藓南归，才得闻知，因此距丧期已隔二年。当下追尊太上皇道君尊号曰徽宗，郑太后尊谥曰显肃。唯高宗生母韦贤妃，也从徽宗北徙，建炎初年，曾遥尊为宣和皇后。至是因郑太后已殁，又遥尊为皇太后。本文连类并叙，故于先后夹写中，仍标清年限。高宗且谕左右道：“宣和太后春秋已高，朕日

夜记念，不遑安处，屡欲屈己讲和，以便迎养，怎奈金人不许，令朕无法可施。今上皇太后梓宫未归，不得不遣使奉迎，如金人肯归我梓宫，并宣和太后等，朕亦何妨少屈呢！”言已，遂召王伦入朝，命为奉迎梓宫使，且语伦道：“现在金邦执政，闻由挞懒等专权，卿可转告挞懒，还我梓宫，归我母后，当不惜屈已修和。且河南一带，与其付诸刘豫，不若仍旧还我，卿其善言，毋废朕命！”伦唯唯而出，即日北去。张浚闻高宗又欲议和，即入见高宗，请命诸大将，率三军发哀成服，北向复仇。高宗默然不答。浚退朝后，复上疏道：

陛下思慕两宫，忧劳百姓，臣之至愚，获遭任用，臣每感慨自期，誓歼敌仇，十年之间，亲养阙然，爰及妻孥，莫之私顾。其意亦欲遂陛下孝养之心，拯生民于涂炭。昊天不吊，祸变忽生，使陛下抱无穷之痛，罪将谁执？念昔陕、蜀之行，陛下命臣曰：“我有大隙于此，刷此至耻，唯尔是属。”而臣终隳成功，使敌无惮。今日之祸，端自臣致，乞赐罢黜，以正臣罪，臣不胜惶恐待命之至！

这疏上呈，高宗乃下诏慰留。浚再疏待罪，高宗仍不许。浚乃请乘舆发平江至建康，随行奏对，始终不离“国耻”二字，高宗亦尝改容流涕。既至建康，申奏刘光世沉湎酒色，不恤国事，乃下诏罢光世为万寿观使，令部兵改隶都督府。浚命参谋吕祉，赴庐州节制刘军，枢密副使张守谏浚道：“光世既罢，军士未免觖望，必得一闻望素高，足以制服舆情，方可遣往，吕祉恐不可用呢。”浚不以为然。会飞自鄂入觐，高宗从容问道：“卿得良马否？”飞答道：“臣本有二马，材足致远，不幸相继以死，今所乘马，日行只百里，已力竭汗喘，实属驽钝无用。可见良才是不易得呢！”高宗称善，面授太尉，继除宣抚使，命王德、郦琼两军，受飞节制，且谕德、琼道：“听飞号令，如朕亲行。”飞又手疏，论规复大略，最关紧要的数语，节录如下：

金人所以立刘豫于江南，盖欲荼毒中原，以中国攻中国，粘罕即没粘喝。因得休兵观衅。臣欲陛下假臣日月，便则提兵趋京、洛，据河阳、陕府、潼关，以号召五路判将，判将既还，遣王师前进，彼必弃汴而走

河北，京畿、陕右可以尽复，然后分兵浚、滑，经略两河，如此则刘豫成擒，金人可灭，社稷长久之计，实在此举。

高宗览奏，便批答道："卿能如此，朕复何忧？一切进止，朕不遥制。"继复召飞至寝阁，殷勤面谕道："中兴事一以委卿。"飞感谢而出，拟图大举。偏秦桧暗中忌飞，多方谗间，张浚又欲令王德、郦琼两人，往抚淮西，节制前时刘光世部军。高宗自觉为难，只得令飞诣都督府议事。于此可见高宗之庸。飞奉命见浚，浚与语道："王德为淮西军所服，浚欲任他为都统，再命吕祉以督府参谋，助德管辖，太尉以为何如？"飞应声道："德与郦琼素不相下，一旦德出琼上，定致相争。吕参谋未习军旅，恐不足服众。"浚又道："张俊何如？"飞复道："张宣抚系飞旧帅，飞本不敢多口，但为国家计，恐张宣抚暴急寡谋，尤为琼所不服。"浚面色少变，徐徐答道："杨沂中当高出二人。"飞又道："沂中虽勇，与王德相等，亦怎能控驭此军？"浚不禁冷笑道："我固知非太尉不可。"飞正色道："都督以正道问飞，不敢不直陈所见，飞何尝欲得此军哩！"浚终心存芥蒂，面上露着慢色。飞立刻辞出，即日上章告假，乞终丧服，令张宪暂摄军事，自己竟步归庐山，至母墓旁，筑庐守制去了。浚固不能无私，飞亦未免率真。

浚闻飞去，恨上加恨，竟命张宗元权宣抚判官，监制岳军，一面令王德为淮西都统，郦琼为副，吕祉为淮西军统制。王德等甫至任所，郦琼即与德龃龉，吕祉不能调和，便即还朝。德与琼各自列状交诉都督府及御史台，浚无可奈何，召德还建康，命祉复赴庐州，别命杨沂中为淮西置制使，刘锜为副，就庐州驻扎。祉先至庐州，琼又向祉讼德，祉语琼道："张丞相但喜人向前，倘能立功，虽大过且不计较，况小小嫌疑呢？祉当为诸公力辩，保无他虞。"琼闻言感泣，军事少定。祉见军心已靖，恰密请罢琼等兵权。奏疏方发，偏有书吏漏口语琼。琼即令人遮祉所遣邮置，得祉奏折，果如书吏所言，遂大加忿恨。会闻朝廷已命杨沂中为制置使，且召己赴行在，又觉惊惧交乘，左思右想，只有谋叛一法。越宿，诸将谒祉，琼亦在列，亟从袖中取出吕祉奏牍，示中军统制张璟道："诸军官有何罪状？琼亦自想无他，吕统制乃无端诬人，奏白朝廷，令人不解。"祉闻声欲走，被琼抢上数步，将祉握住两手，且喝令左右缚祉。张璟看不过去曰："凡事总可妥商，奈何擅执

命官？”琼厉声道：“朝廷如此糊涂，我还要在此何为？汝等欲死中求生，快随我投刘豫去！”璟叱道：“你降刘豫，便是叛贼，”统制刘永衡，及兵马钤辖乔仲福等，大呼道：“叛臣贼子，人人得诛，我等应为国讨贼。”言未毕，琼已拔剑出鞘，指令军士来杀张璟等人。张璟、刘永衡、乔仲福也拔剑奋斗，毕竟寡不敌众，斗了片刻，三人相继毕命。不愧为忠。琼遂率全军四万人，挟着吕祉，北趋至淮。祉抗声语琼道：“刘豫逆贼，我岂可往见？”琼众牵祉前行，祉怒骂道：“叛奴！我死就死，不愿北渡。”琼尚不欲杀祉，祉又大声谕众道：“刘豫逆臣，何人不晓？尔军中岂无英雄，乃愿随郦琼去么？”众颇感动，有千余人环立不行。琼恐摇动军心，竟用刀刺杀吕祉，策马先渡，竟投刘豫去了。祉死后，地上遗落括发帛，有人拾得，归至吴中，交付祉妻吴氏。吴氏向西恸哭一番，竟持帛自缢。小子有诗叹道：

宁死江头不渡淮，报君甘掷罪臣骸。
原心略迹应堪恕，难得闺魂亦与偕。

张浚闻吕祉被害，方悔不信岳飞，致有此变，乃引咎自劾。究竟高宗是否允准，待小子下回陈明。

将相和则士心附，此古今不易之至言。赵鼎、张浚为左右相，鼎居内，实握相权，浚居外，相而兼将者也。观刘豫之分道入寇，而鼎、浚二人，内外同心，因得奏绩，此非将相二人和衷之效乎？厥后以吕祉之谗间，即至成隙，鼎固失之，而浚亦未为得也。高宗因父母之丧，复欲议和，浚请举哀北向，誓报国仇，其志可嘉。刘光世军无纪律，遇敌不前，罢之亦非过甚。唯必欲重用吕祉，及擢王德统淮西军，良言不用，反且迁怒，何其昧于知人，愚而自用若此。郦琼谋叛，吕祉遇害，祉虽不失为忠，然激变之咎，祉实阶之，而浚亦与有过焉。要之私心一起，无事可成，鼎与浚为宋良臣，犹蹈此失，此宋之所以终南也。

第七十三回　撤藩封伪主被絷 拒和议忠谏留名

却说张浚因郦琼叛逆，引咎自劾，力求去职。高宗问道："卿去后，秦桧可否继任？"浚答道："臣前日尝以桧为才，近与共事，方知桧实暗昧。"高宗道："既如此，不若再任赵鼎。"浚叩首道："陛下明鉴，可谓得人。"及浚退朝，即下诏命赵鼎为尚书左仆射，兼枢密使，罢浚为观文殿学士，提举江州太平兴国宫，且撤除都督府。唯秦桧本望入相，偏经张浚奏阻，如何不恼？遂唆使言官，交章论浚。高宗又为所惑，拟加窜谪。会赵鼎乞降诏安抚淮西，高宗道："俟行遣张浚，朕当下罪己诏。"鼎即对道："浚母已老，且浚有勤王功。"高宗不待说完，便艴然道："功罪自不相掩，朕唯知有功当赏，有罪当罚罢了。"恐未能如此。至鼎退后，竟由内旨批出，谪浚岭南。鼎持批不下，并约同僚奏解。翌晨入朝，即为浚辩白。高宗怒尚未息，鼎顿首道："浚罪不过失策，天下无论何人，所有计虑，总想万全，若一挫失，便置诸死地，他人将视为畏途。即有奇谋秘计，谁复敢言？此事关系大局，并非臣独私浚呢。"浚荐鼎，鼎亦救浚，两人不念夙嫌，可谓观过知仁。张守亦代为乞免，乃只降浚为秘书少监，分司西京，居住永州。李纲再上疏营救，不复见答。

唯浚既去位，高宗复念及岳飞，促召还职。飞力辞，不许，乃趋朝待罪。高宗慰谕有加，命飞出驻江州，为淮、浙援。飞抵任，想了一条反间计，使金人废去刘豫，然后上疏请复中原。看官欲知飞策，待小子详细叙明。从前金立刘豫，系由挞懒运动粘没喝，因得成事。粘没喝尝驻守云中，

及金主亶立，召入为相，高庆裔亦随他入朝，得为尚书左丞相。独蒲卢虎与二人未协，屡欲加害。高庆裔窥透隐情，劝粘没喝乘机篡立，兼除蒲卢虎，粘没喝惮不敢发。既而高庆裔犯贪赃罪，被逮下狱，粘没喝乞免高为庶人，贷他一死，金主不许。及高临刑，粘没喝亲至法场，与他诀别，高庆裔哭道："公若早听我言，岂有今日？"粘没喝亦相对呜咽。转瞬间高已枭首，粘没喝泣归。金主又将粘没喝党羽加罪数人，粘没喝恚闷得很，遂绝食纵饮而死。既有今日，何不当初宽宋一线？刘豫失一外援，并因藕塘败后，为金人所厌弃，金人已有废豫的意思，岳飞探得消息，正想设法除豫，凑巧获得金谍，飞强指为齐使，佯叱道："汝主曾有书约我，诱杀金邦四太子，奈何到今未见施行？今贷汝死，为我致书汝主，不得再延！"金使顾着性命，乐得将错便错，答应下去。飞遂付与蜡书，令还报刘豫，且戒他勿泄。装得象。金谍得了此书，忙驰报兀术。兀术览书，大惊又急，返白金主。适刘豫遣使至金，请立麟为太子，并乞师南侵。金主因与兀术定谋，伪称济师，长驱到汴。将抵城下，先遣人召刘麟议事。麟至军，兀术即指挥骑士，将麟擒住，随即率轻骑驰入汴城。豫尚率兵习射讲武殿，兀术已突入东华门，下马呼豫。豫出殿相见，被兀术扯至宣德门，喝令左右，将他拥出，囚住金明池。翌日，集百官宣诏废豫，改置行台尚书省，命张孝纯权行台左丞相，胡沙虎为汴京留守，李俦为副，诸军悉令归农，听宫人出嫁，且纵铁骑数千，围住伪宫，抄掠一空。挞懒亦率兵继至，豫向挞懒乞哀，挞懒责豫道："昔赵氏少帝出京，百姓燃顶炼臂，号泣盈途，今汝被废，并无一人垂怜，汝试自想，可为汴京的主子么？"豫无词可对，只俯首涕泣罢了。福已享尽，势已行尽。兀术遂逼刘豫家属徙居临潢。

岳飞闻金已中计，即约韩世忠同时上疏，请乘机北征。哪知高宗此时，已受着秦桧的蒙蔽，一意主和，还想什么北伐。可巧王伦自金归南，入报高宗，谓金人许还梓宫及韦太后，且许归河南地。高宗大喜道："若金人能从朕所求，此外均无容计较哩。"已甘心臣虏了。越五日，复遣伦至金，奉迎梓宫，一面议还都临安。张守上言道："建康为六朝旧都，气象雄伟，可以北控中原，况有长江天堑，足以捍御强虏，陛下席未及暖，又拟南幸，百司六军，不免勤动，民力国用，共滋烦扰，不如就此少安，足系中原民望"等语。看官！你想秦桧得志，高宗着迷，哪里还肯听信忠言？当下自建康启

跸，还都临安。首相赵鼎也受秦桧笼络，谓桧可大任，荐为右相。张守见朝局愈非，力求去职，竟出知婺州。秦桧居然得任尚书右仆射，兼枢密院使，吏部侍郎晏敦复道："奸人入相，恢复无望了。"朝士尚谓敦复失言，不料桧一入相，竟将和议二字，老老实实的抬了出来。赵鼎初时，曾说秦桧奸邪，后来桧入枢密，唯鼎言是从，鼎遂深信不疑，极力举荐。桧既与鼎并肩，遂改了面目，与鼎龃龉。既而王伦偕金使南来，高宗命吏部侍郎魏矼馆待金使，矼见秦桧，极言敌情狡狯，不宜轻信。桧语道："公以智料敌，桧以诚待敌。"矼冷笑道："但恐敌不以诚待相公，奈何？"桧恨他切直，竟改命吴表臣为馆伴，导金使至临安，入见高宗，备述金愿修好，归还河南、陕西。高宗大悦，慰劳甚殷。

及金使已退，召谕群臣道："先帝梓宫，果有还期，稍迟尚属不妨。唯母后春秋已高，朕急欲迎归，所以不惮屈己，期得速和。"廷臣多以和议为非，高宗不觉动怒，赵鼎进奏道："陛下与金人，所谓君父之仇，不共戴天，今欲屈己讲和，无非为梓宫及母后起见，唯群臣愤懑情词，亦由爱君所致，不可为罪。陛下如将此意明谕，自可少息众议了。"高宗乃从鼎言，剀切下谕，廷臣才无异词。但鼎意是不愿主和，参知政事刘大中，亦与鼎同意。秦桧欲排挤二人，特荐萧振为侍御史，令劾大中，高宗竟将大中免职。鼎语同僚道："振意并不在大中，但借大中开手呢。"振闻鼎言，亦语人道："赵丞相可谓知几，不待论劾，便自审去就，岂非一智士么？"未几，殿中侍御史张戒，弹劾给事中勾涛。涛上疏自辩，内言张戒劾臣，由赵鼎主使，且诋鼎内结台谏，外连诸将，意不可测。鼎遂引疾求罢，高宗竟从所请，命为忠武军节度使，出知绍兴。桧率僚属饯行，鼎不与为礼，一揖而去。

桧益憾鼎，极力反鼎所为，决计主和。其实尚不止此，无非受挞懒嘱托耳。每当入朝，群臣皆退，桧独留对，尝言："臣僚首鼠两端，不足与议，若陛下果欲讲和，乞专与臣议，勿许群臣预闻。"高宗便道："朕独委卿何如？"桧复道："臣恐不便，望陛下三思！"越三日，桧复留身奏对，高宗仍主前说。桧答言如故。又三日，桧再留身奏对，高宗始终不变，乃始出文字，乞决和议。要结主心，一至于此。中书舍人勾龙如渊献策语桧道："相公为天下大计，偏中外不察，异议朋兴，为相公计，何不择人为台谏，令尽击去异党？那时众论一致，和议自可就绪了。"桧大喜，即保荐如渊为中丞，遇有异议，立

上弹章。又引孙近参知政事，近一一承桧意旨，差不多与孝子顺孙一般。

会金主遣张通古、萧哲为江南招谕使，许归河南、陕西地，与伦偕来。既至泗州，传语州县须出城拜谒，知平江府向子諲不肯出拜，且奏言不应议和，竟乞致仕。及通古至临安，提出要求，须由高宗待以客礼，方宣布国书。桧疑国书中有册封语，劝高宗屈己听受。高宗道："朕嗣太祖、太宗基业，岂可受金人封册？"初意原有一隙之明。桧亦语塞。嗣由勾龙如渊想了一法，拟与金使婉商，将金书纳入禁中，免得宣布。给事中楼炤复举古人谅阴三年事，推秦桧摄行冢宰，诣馆受封。桧依计而行。通古尚欲百官备礼，桧乃使省吏朝服至馆，引金使纳书禁中，方模模糊糊的混了过去。掩耳盗铃。桧又令礼部侍郎兼直学士院曾开，草答国书，体制与藩属相似。开不肯起草，桧婉语道："主上虚执政待君，君尽可拟草。"开答道："开只知有义，不知有利，敢问我朝对待金人，果用何礼？"桧语道："如高丽待遇本朝。"开正色道："主上以盛德当大位，公应强兵富国，尊主庇民，奈何忍耻若此？"真是无耻。桧勃然怒道："圣意已定，还有何言！公自取盛名而去。桧但欲息境安民，他非所计。"开始终不肯草诏，自请罢职，且与同僚张焘、晏敦复、魏矼、李弥逊、尹焞、梁汝嘉、楼照、苏符、薛徽言，御史方廷实，馆职胡珵、朱松、张扩、凌景、夏常明、范如珪、冯时中、许忻、赵雍等，联名具疏，极言不可和。又有枢密院编修胡铨，且请斩王伦、秦桧、孙近等，语尤激烈，时人称为名言。连金人都出千金买稿，真是南宋史上一篇大文章。曾记疏中有云：

臣谨按王伦本一狎邪小人，市井无赖。顷缘宰相无识，举以使虏，专务诈诞，欺罔天听，骤得美官，天下之人，切齿唾骂。今者无故诱致虏使，以招谕江南为名，是欲刘豫我也。刘豫臣事丑虏，南面称王，自以为子孙帝王万世不拔之业，一旦豺狼致虑，捽而缚之，父子为虏。商鉴不远，而伦又欲陛下效之。夫天下者陛下之天下也。陛下所居之位，祖宗之位也。奈何以祖宗之天下，为金虏之天下，以祖宗之位，为金虏藩臣之位？陛下一屈膝，则祖宗庙社之灵，尽汙夷狄，祖宗数百年之赤子，尽为左衽，朝廷宰执，尽为陪臣，天下士大夫，皆当裂冠毁冕，变为胡服，异时豺狼无厌之求，安知不加我以无礼如刘豫也哉！夫三尺童

子，至无识也，指犬豕而使之拜，则怫然怒；今丑虏则犬豕也，堂堂大国，相率而拜犬豕，曾童孺之所羞，而陛下忍为之耶？伦之议乃曰："我一屈膝，则梓宫可还，太后可复，渊圣可归，中原可得。"呜呼！自变故以来，主和议者，谁不以此说啗陛下哉？然而卒无一验，则虏之情伪，已可知矣。而陛下尚不觉悟，竭民膏血而不惜，忘国大仇而不报，含垢忍耻，举天下而臣之甘心焉。就令虏决可和，尽如伦议，天下后世，谓陛下何如主？况丑虏变诈百出，而伦又以奸邪济之，梓宫决不可还，太后决不可复，渊圣决不可归，中原决不可得，而此膝一屈，不可复伸，国势凌夷，不可复振，可谓痛哭长太息矣。向者，陛下间关海道，危如累卵，当时尚不忍北面称臣，况今国势稍张，诸将尽锐，士卒思奋，只如顷者，丑虏陆梁，伪豫入寇，固尝败之于襄阳，败之于淮上，败之于涡口，败之于淮阴，较之往时蹈海之危，固已万万。倘不得已而至于用兵，则岂遽出虏人下哉？今无故而反臣之，欲屈万乘之尊，下穹庐之拜，三军之士，不战而气已索，此鲁仲连所以义不帝秦，非惜夫帝秦之虚名，惜天下大势有所不可也。今内而百官，外而军民，万口一谈，皆欲食伦之肉，谤议汹汹，陛下不闻，正恐一旦变作，祸且不测，臣窃谓不斩王伦，国之存亡，未可知也。虽然，伦不足道也，秦桧以腹心大臣，而亦为之，陛下有尧、舜之资，桧不能致君如唐虞，而欲导陛下为石晋，孙近傅会桧议，遂得参知政事，天下望治，有如饥渴，而近伴食中书，不敢可否，桧曰虏可和，近亦曰可和，桧曰天子当拜，近亦曰当拜，臣尝至参事堂三发问，而近不答，但曰："已令台谏侍从议矣。"呜呼！参赞大政，徒取充位如此，有如虏骑长驱，尚能折冲御侮耶？臣窃谓秦桧、孙近亦可斩也。臣备员枢属，义不与桧等共戴天，区区之心，愿断三人头，竿之藁街，然后羁留虏使，责以无礼，徐兴问罪之师，则三军之士，不战而气自倍。不然，臣有赴东海而死耳，宁能处小朝廷而求活耶？冒死渎陈，伏维垂鉴。

看官！你想秦桧看到此奏，能不触目惊心，倍增忿恨。当下劾铨狂妄凶悖，鼓众劫持，应置重典。高宗下诏，除铨名，编管昭州。给舍台谏，多上章救解，桧亦为公论所迫，乃改铨监广州盐仓。宜兴进士吴师古，锓行铨

疏，为桧所闻，坐流袁州。曾开也因是罢官。统制王庶，言金不可和，迭上七疏，且面陈六次，嗣因与桧辩论，笑语桧道："公不记东都抗节，力存赵宗时么？"桧且怒且惭。庶因累疏求去，遂罢为资政殿大学士，出知潭州。李纲在福州，张浚在永州，先后上疏，请拒绝和议，均不见报。时岳飞已奉诏还鄂，上言："金人不足信，和议不足恃，相臣谋国不臧，恐贻讥后世。"这语是明明指斥秦桧，桧当然引为恨事。未几为绍兴九年正月，和议已成，布诏大赦，赦文到鄂，飞又上疏力谏，中有"愿策全胜，收地两河，唾手燕、云，终欲复仇报国，誓心天地，尚令稽首称藩"云云。桧益加愤恨，遂与飞成仇隙。为矫诏杀飞伏笔。高宗进飞开府仪同三司，飞固辞，至奖勉再三，方才受命。史馆校勘范如珪，因金人已归河南地，疏请速派谒陵使，上慰祖灵。高宗乃遣判大宗正事士褒，宗正一职，属诸皇室，故不书赵姓。及兵部侍郎张焘，赴河南修奉陵寝。秦桧以如珪不先白己，将他罢免，命王伦为东京留守，周聿为陕西宣谕使，方庭实为三京宣谕使。伦至汴，金人归河南、陕西地，由伦接收。庭实至西京，见先朝陵寝，皆被发掘，哲宗陵且至暴露，北宋之亡，祸启哲宗，宜其暴露。庭实解衣覆盖，还白高宗。桧亦因此嫉庭实，另派路允迪为南京留守，孟庾兼东京留守，李利用权留守西京。权吏部尚书晏敦复，与桧反对，桧以利禄为饵，敦复道："性同姜桂，到老愈辣，请勿复言。"桧竟入白高宗，将他出知衢州。

会岳飞因士褒谒陵，路过鄂州，请自率轻骑，随从洒扫。桧料飞有他谋，请旨驳斥。士褒出蔡颍，河南百姓，夹道欢迎，且喜且泣道："久隔王化，不图今日，复为宋民。"士褒沿途慰谕。既至柏城披历榛莽，随宜葺治，遂向诸陵，一一祭谒，礼毕乃还。张焘亦随返入朝复命，焘面奏道："金人入寇，祸及山陵，就使他日灭金，尚未足雪此仇耻，愿陛下勿恃和议，遂忘国仇。"高宗问诸陵寝，有无损动？焘叩首不答，但言万世不可忘此仇。不言甚于明言。高宗默然。秦桧又恨他激直，出焘知成都府。既而吴玠卒于蜀，李纲卒于福州，皆追赠少师。玠疾亟时，任四川宣抚使，扶拜受命，未几去世。蜀人因保土有功，立祠祭享。纲忠义凛然，名闻遐迩，每有宋使至金，金人必问他安否？终以谗间见疏，赍恨以终。着有文章歌诗及奏议百余卷，无非光明磊落，慷慨激昂。高宗亦尝称他有大臣风度，但罢相以后，终未闻召置殿庭，这真所谓见贤而不能举呢。一言断尽。金人既归还三京，要索日

甚。议久未决，乃再遣王伦如金议事。权刑部侍郎陈橐，又疏驳和议，致遭罢斥。秦桧方得君专政，意气扬扬，但望梓宫太后归还，便算大功告成，可以受封拜爵。谁料一声霹雳，惊动奸魂。那位和事老王伦，竟被金人拿住，只遣副使蓝公佐回来。正是：

奸相主和甘卖国，强邻变计又生波。

欲知王伦被执情由，俟至下回再表。

金立刘豫，非有爱于豫也，借豫以制南宋耳。豫每寇宋，卒皆败北，金知其不可恃，乃从而废之，假使从岳飞、韩世忠之谋，乘间以捣中原，收复汴都，何难之有？高宗不信忠言，反从贼桧，甚至诏谕使自北而南，盈廷皆议拒绝，独桧劝高宗屈己听受，此可忍，孰不可忍乎？胡铨一疏，直足怵奸贼之胆，虽未邀听信，反遭贬谪，而正气自昭于天壤，南宋之不即亡，赖有此人，亦赖有此疏，读此可以起懦而警顽，令人浮一大白。

第七十四回　刘锜力捍顺昌城　岳飞奏捷朱仙镇

却说王伦赴金议事，正值金蒲卢虎等谋反的时期，蒲卢虎自以太宗长子，跋扈日甚，遂与挞懒密谋篡弑，不幸事泄。蒲卢虎伏诛，挞懒以位处尊亲，更立有大功，特置不问，命为行台左丞相，杜充为行台右丞相。挞懒奋然道："我是开国功臣，奈何使与降臣为伍？"遂复谋反。先是与宋议和，许割河南、陕西地，多出挞懒、蒲卢虎主张，至是金主亶疑他阴结宋朝，故有此议，遂命捕诛挞懒。挞懒南走，为追兵所及，将他杀死，于是并执住王伦，令宣勘官耶律绍文审问私通情弊。伦答言无有。绍文复问及来意，伦答道："前贵使萧哲曾以国书南来，许归梓宫及河南地，天下皆知。伦特来通好申议，有什么别情？"绍文道："你但知有元帅，尚知有上国么？"遂将伦拘住河间，但遣副使蓝公佐还，议岁贡正朔誓命等事。时高宗皇后邢氏，亦病殁五国城，金人亦秘不使闻。蓝公佐返报高宗，高宗用秦桧言，再擢桧党莫将为工部侍郎，充迎护梓官，及奉迎两宫使。

莫将方行，哪知金兀术、撒离喝已分道入寇。兀术自黎阳趋河南，势如破竹，连陷各州县，东京留守孟庾，南京留守路允迪，不战即降。权西京留守李利用弃城遁回，河南复为金有。撒离喝自河中趋陕西，入同州，降永兴军，陕西州县，亦相继沦陷，金兵遂进据凤翔。警耗迭传，远近大震。宋廷方遣胡世将为四川宣抚使，世将至河池，闻金人已入凤翔，忙召诸将会议。吴璘、孙偓、杨政、田晟等相继到会，偓言河池不可守，政与晟亦请退守险

要。璘厉声道："懦语沮军，罪当斩首！璘愿誓死破敌。"吴氏兄弟，迥异寻常。世将起座，指帐下道："世将亦愿誓死守此。"好世将。遂遣诸将分守渭南。寻接朝廷诏命，饬世将移屯蜀口，以璘同节制陕西诸路军马。璘既得节制全权，即令统制姚仲等，进兵至石壁寨，与金兵相遇。仲麾旗猛进，将士都冒死直前，立将金兵击退。撒离喝复使鹘眼郎君率精骑三千，从间道趋入，来击璘军。璘早令统制李师颜在途候着，见鹘眼郎君到来，突然杀出，鹘眼郎君猝不及防，竟被师颜军冲入队中，分作数橛，眼见得不能取胜，只好且战且逃，抛下许多兵杖，一溜烟的走了。撒离喝连接败报，顿时大怒，自督兵至百通坊，与姚仲等战了一仗，又是不利，只好退回。金人先在扶风，筑城设兵驻守，复被璘军攻入，擒住三将，及队目百余人。撒离喝自此夺气，仍返凤翔，不敢越陇行军了。了过陕西一方面。

只有河南一方面，金兀术已据东京，且派兵南下，适刘锜奉命为东京副留守，行至涡口，方会食，忽西北角上刮到一阵暴风，把坐帐都吹了开去，军士皆惊。锜从容道："这风主有暴兵，系贼寇将来的预兆，我等快前去抵御便了。"不识天文者不可为将。遂下令兼程前进，至顺昌城下，知府陈规出迎，且言金兵将至。锜即问道："城中有粮食否？"规答言："有米数万斛。"锜喜道："有米可食，便足战守。"遂偕规入城，为守御计，检点城中守备，一无可恃，诸部将相率怯顾，多说应迁移老稚，退保江南。唯一将姓许名清，绰号夜叉，挺身出语道："太尉奉命副守汴京，军士扶携老幼而来，一旦退避，欲弃父母妻孥，情有不忍，欲挈眷偕逃，易为敌乘，不如努力一战，尚可死中求生。"锜大悦道："我意亦是如此，敢言退者斩！"原来刘锜曾受爵太尉，部下多是王彦八字军，因往守东京，所以俱携带家属，连刘锜亦挈眷同行。锜既决计守城，遂命将原来的各舟，击沉江底，示无去意；并就寺中置居家属，用薪积门，预戒守吏道："脱有不利，即焚吾家属，无污敌手。"于是军士争奋，男子备战守，妇人砺刀剑，各踊跃奋呼道："平时人欺我八字军，看我此番杀贼哩。"行军全在作气。锜取得伪齐所造痴车，以轮辕埋城上，又撤民户扉作为屏蔽，焚去城外民庐数千家，免为敌有。

阅六日，整缮粗竣，便有敌骑驰至。锜预设伏兵，骤然突出，获住骑士二人，当由刘锜讯问，一不肯答，为锜所杀，剩下一人，叫作阿黑，一译作阿哈。见同党被戮，不敢不据实相告。但说韩将军驻营白沙窝，距城三十里。

看官道韩将军为谁？便是金将韩常。锜即夜遣锐卒千人，往捣韩营。韩常仓猝拒战，禁不住来军勇猛，更兼月黑灯昏，自相攻击，冤冤枉枉的死了数百人，不得已退兵数里。那来军却得着胜仗，全师自归，韩常只好自认晦气。涉笔成趣。既而金三路都统葛王乌禄率兵三万，与龙虎大王又出一个龙虎大王，未知是否前时龙虎大王之子？合兵薄城。锜却大开城门，似迎接一般，乌禄等反不敢进城，猛闻城楼上一声梆响，箭似飞蝗般射来。金兵多中箭落马，渐渐退走。锜亲督步兵，从城中杀出。可怜金兵落荒而逃，被锜军蹙至河边，溺毙无数。锜回军入城，休息二日，闻金兵又进驻东村，距城二十里，乃复遣部将阎充募敢死士五百人，乘夜袭敌。可巧是夕天雨，电光四闪，阎充领壮士突入金营。从电光影下，见有辫发兵，立即杀毙，金兵又骇退。锜闻阎充获胜，又募百人往追，每人各给一哨，同叫。如市中儿戏的叫子，作为口号，且嘱他见电起击，电止四匿，百人受计而去。金兵正被阎充击却，退走十五里，正思下寨，蓦听得哨声四起，不由的慌乱起来，那电光忽明忽灭，电光一明，便有刀光过来，飕飕的好几声，有几个好头颅，被它斫去，电光一灭，刀光也没有了，头颅也不动了。金兵疑神疑鬼，起初尚不敢妄动，等到队中兵士，多做作无头鬼，忍不住奋起乱击。哪知击了一阵，统是自家人相杀，并没有宋军在内。统将命各爇火炬，偏是大风乱吹，随点随熄。俄顷哨声又起，飞刀复至，害得金兵扰乱终宵，神情恍惚，自思站留不住，再退至老婆湾。锜军百人，一个儿也不少，金兵却积尸盈野，多向枉死城中叫冤去了。阎罗王恐也不管。

兀术在汴，屡得败警，即率兵十万来援，锜又会诸将计议，或云今已屡捷，可全师南归。陈规道："朝廷养兵十年，正所以备缓急，况已挫敌锋，军声少振，就使寡不敌众，也当有进无退。"锜接入道："府公是个文人，尚誓死守，况汝等本为将士呢？试思敌营甚迩，兀术又来，若我军一动，为敌所追，反致前功尽废，金虏得侵轶两淮，震惊江浙，我辈报国忠诚，岂不是变成误国大罪么？"将士闻言，方齐声道："唯太尉命！"于是军心复固，专待兀术到来。兀术抵城下，严责部将丧师，大众俱答道："南朝用兵，非前日比，元帅临城，自知厉害。"兀术不信，适锜遣耿训约战，兀术怒道："刘锜怎敢与我战？我视此城，一靴尖便可趯倒呢。"兀术亦成骄帅。训微哂道："太尉不但请战，且谓四太子必不敢渡河，愿献浮桥五座，令贵军

南渡，然后接战。”兀术狞笑道：“我岂畏刘锜么？你回去报知刘锜，休得误约！”耿训自回。锜即于夜间，使人至颍，置毒颍水上流，及水滨草际，戒军士毋得饮水。待至黎明，竟就颍水上筑五座浮桥，令敌得渡。时当盛夏，天气酷暑，兀术率兵渡颍，人马多渴，免不得饮水食草，人中毒辄病，马中毒辄死，兀术尚未知中计，渡颍薄城，列阵以待。锜以逸待劳，按兵不动。至日已过午，天气少凉，乃遣数百人出西门，与敌对仗。兀术见锜兵甚少。毫不在意，但令前军接战。锜军统制赵撙、韩直麾兵奋斗，身中数矢，并不少却。兀术再遣兵助阵，把赵、韩两将围住。谁知城内发出一彪人马，从南门杀来，口中并没有呼喊声，但持巨斧乱斫，将金兵冲作数截。兀术见不可挡，亲督长胜军前进。什么叫作长胜军？军士皆着铁甲，戴铁鍪，三人为伍，贯以韦索，每进一步，即用拒马随上，可进不可退，以示必死。兀术屡恃此得胜，此次复用出故技来斗锜军。锜早已预备，即率长枪手、刀斧手两大队，亲自督战。长枪手在前，乱挑金兵所戴的铁鍪，刀斧手继进，用大斧猛劈，不是截臂，就是碎首。兀术复纵出铁骑，分左右翼，号为拐子马，前来抵敌。锜仍命长枪大斧，驱杀过去，拐子马虽然强健，也有些抵挡不住，逐步倒退。忽然大风四起，斜日无光，锜恐为金军所乘，亟用拒马木为障，阻住敌骑，且高呼兀术道：“金太子兀术听着！两军已斗了半日，想尔军亦应饥馁，不如彼此少休，各进夜餐，再行厮杀！”兀术也自觉腹饥，巴不得有此一语，遂应声允诺。锜即命军士入城担饭，须臾持至饭羹，分饷军士。锜亦下马进餐，从容如平时。是谓好整以暇。兀术也命部众饱食干粮，两下食竟，风势稍减，锜军复乘着上风，撤去拒马木，再行接仗。锜见兀术身披白袍，骑马督阵，便奋呼道：“擒贼先擒王，何不往擒兀术？”军士闻命，都拼命上前，向兀术立马处杀入。兀术手下的亲兵，不及拦阻，只好拥着兀术，倒退下去，为这一退，阵势随动，顿时大乱，遂四散奔窜，兀术亦即退走。刘锜乘势追杀，但见道旁弃尸毙马，血肉枕藉，车旗器甲，积如山阜，好容易搬徙两旁，金兵已逃得很远，料知追赶无益，乐得将道旁弃物，搬凑数车，打着得胜鼓回城。是夕，大雨如注，平地水深尺余，兀术退军二十里外，仍然立足不住，竟率败军回汴去了。锜报称大捷，高宗甚喜，授锜武泰军节度使，兼沿淮置制使，将士等亦赏赉有差。了过顺昌战事。

岳飞闻刘锜奏捷，遂遣王贵、牛皋、杨再兴、李宝等经略西京，及汝、

郑、颍昌、陈、曹、光、蔡诸州郡，又命梁兴渡河，纠合河北忠义社，分徇州县，一面上表密奏，请长驱以图中原。高宗进飞少保衔，授河南府路兼陕西，河东北招讨使，且传命道："设施之方，一以委卿，朕不遥度。"寻复改授河南北诸路招讨使。飞遂誓师大举，进兵蔡州，一鼓入城。再遣张宪往颍昌，击败金将韩常，收复淮宁府，郝晸复郑州，张应、韩清复西京，杨遇复南城军，乔握坚复赵州，他将所至，无不得利。河南兵马钤辖李兴，也纠众应飞，收复伊阳等八县，并及汝州。金河南尹李成，弃城遁去。飞遂荐兴知河南府，且遣张应会兴复永安军。捷报屡达临安，秦桧反引为深忧。既而韩世忠又收复海州，张俊部将王德又收复宿州、亳州，金人大震，募死士致书秦桧，责他负约。桧益愧恨。得胜而忿，不知是何肺肠？先是金人败盟，桧恐为高宗所责，私谕给事中冯檝，令他密探上意。檝入奏道："金人长驱犯顺，势必兴师，为国家计，不如起用张浚，付以兵权。"高宗正色道："朕宁覆国，不用此人。"请问与浚挟何深仇？檝退报秦桧，桧窃自喜，自是又嗾中丞王次翁等诬劾赵鼎罪状，鼎被贬为清远军节度副使，安置潮州。桧因引次翁为参政，次翁乘间入奏道："前日国是，初无主议，事有小变，改用他相，恐后来继任，未必皆贤。且将排黜异党，纷更朝局，靖康已事，可为殷鉴，愿陛下引为至戒！"高宗顿首称善，因此任桧益坚。

桧遂复主和议，遣司农少卿李若虚驰抵飞营，劝他班师。看官！你想这赤胆忠心的岳少保，正当逐节进攻，逐节得胜的时候，肯半途回军么？当下谢绝若虚，一意进剿，留大军驻守颍昌，命诸将分道出战，自率轻骑赴郾城。兵势锐甚，兀术大惧，召集诸将拟并力一战。飞闻报大喜道："越来得多，越是好的，我能乘此杀败了他，免得他再觑中原。"正说着，又有钦使到营，传读谕旨，令飞自行审处，不得轻进。飞受诏后，语钦使道："金人伎俩已穷，飞自足破敌，请钦使回奏皇上，保毋他虞。"钦使自去。飞遂令游击日出挑战，兼加痛詈，兀术大怒，即会集龙虎大王、盖天大王及将军韩常等兵，直逼郾城。飞召子岳云入帐，嘱使出战，且与语道："如若不胜，先当斩汝！"云领命而退，便领精骑数千，出城搦战。从前云年十二，已从张宪出征，手握两铁锤，重八十斤，所向无前，辄立战功，军中呼为赢官人，至是又越十年，受官防御使，尝统数千骑兵，自成一队。叙岳云履历，亦万不可少。至是开城出斗，突入金兵阵内，鏖战数十合，杀伤甚众。兀术见岳

云这般厉害，便又放出拐子马来，抵御岳云。这回的拐子马，约有一万五千骑，互相钩连，逐排驰骤，马上骑士，俱着重铠，连面上亦用铁皮为罩，只露出一双眼睛，所有刀剑等械，不能刺入，他却手执利器，随心刺击，这是兀术手下最强的雄兵，一向横行中原，没人敢挡。只颍昌一战，为刘锜所败，但彼时尚只有数千骑，面上且不罩假面，但戴着铁胄，所以被锜军枪挑斧斫，转致挫失。此次越加精练，补隙增兵，竟在郾城濠外，一齐驱出来困岳云。云也不管死活，抖擞精神，与他厮杀，复冲突了一小时，身上已中数创，尚是勉力支撑。兀术见岳云被围，心下大喜，忽城中冲出一队藤牌军，到了阵前，左手用藤牌蔽体，右手各执麻扎刀，蹲身向地，专斫马足。拐子马互为连贯，一马倒仆，二马不能行，霎时间，人仰马翻，一万五千骑拐子马，都变做四分五裂，七颠八倒。实在是笨东西。岳云乘势杀出，岳飞又纵军奋击，杀得金兵大败亏输，向北遁去。兀术逃了一程，见岳军收回，方敢下营，忍不住大恸道："我自海上起兵，均赖拐子马得胜，今被岳飞破灭，从此休了。"韩常等劝解数语，乃转悲为恨道："我再添兵与战，誓决雌雄。"于是收集败兵，再从汴京调到生力军，复来决战。飞止率四千骑士，出摩敌垒，又将兀术杀败。兀术愤甚，复会师十二万众，转趋临、颍。杨再兴正率骑兵三百，巡至此地，望见金兵到来，也不顾敌多我少，即突入敌阵，左挑右拨，杀死金兵二千人，及金万户撒八孛堇千户百人，兀术见来势甚猛，麾兵佯退，诱再兴至小商桥，一阵乱箭，将再兴射死。再兴本剧盗曹成部将，归降岳飞，屡破寇虏，及射死小商河，张宪驰救不及，但将兀术击走，觅得再兴尸骸，检拔箭镞，共得二升，不觉为之泪下，驰报岳飞。飞亦悲悼不已，止哀后，见岳云在侧，忙与语道："兀术虽败，必还攻颍昌，那边只有王贵一人把守，恐遭挫衄，汝可速往援应！"云应声即行，甫抵颍昌，果见金兵大至，云与王贵左右夹击，十荡十决。兀术婿夏金吾握刃相迎，战未数合，被岳云一锤打死，金兵又骇奔十五里。云与贵既得全胜，方才收兵。

会太行忠义两河豪杰，与岳飞部将梁兴，连败金兵，夺回怀、卫诸州，太行道绝，金人大恐。飞遂进军朱仙镇，距汴四十五里，与兀术对垒列阵。飞但遣背嵬军五百骑，北人呼酒瓶为嵬，大将之酒瓶，必令亲信人负之，故韩、岳皆取为亲随军之名。先驱杀入，已将兀术阵势冲动，再经岳飞挺枪跃马，驰入阵内，众将各奋勇向前，任你兀术是百战强寇，到此也没法遮拦，真个似猛虎

入山，犬羊立靡，神龙搅海，虾蟹当灾。金兵十毙六七，兀术亦几乎丧命，幸亏转身得快，一口气跑回汴京，才得保全性命。岳飞遣使修治诸陵，一面联络河北义士李通等，克日会师，直捣黄龙，小子有诗咏岳武穆道：

丹忱誓欲保王家，忠勇完名震迩遐。
十万虏兵齐弃甲，千秋谁似岳爷爷。

岳飞正拟扫北，兀术意欲逃归，偏奸相秦桧，私通金虏，竟请旨促飞班师。究竟班师与否，下回再行叙明。

刘锜、岳飞，忠勇相似，锜力守顺昌，连败金兵，飞进军郾城，直抵朱仙镇，又连败金兵，是时金将之能军者，莫如兀术，兀术既不能敌锜，复不能敌飞，得毋所谓强弩之末，不能穿鲁缟者耶？况有韩世忠等之为后劲，克复中原，不啻反手，设无贼桧，中兴自肇，安见梓宫之不可还，韦后之不复归也？本回前半叙刘锜之战，后半叙岳飞之战，写得奕奕有光，正为宋室恢复之兆。尤妙在演写正史，并无一语虚诬，然则作历史小说者，就事叙事，何尝不令人刮目，岂必凭空架造为哉？

第七十五回　传伪诏连促班师
设毒谋构成冤狱

却说兀术败回汴京，再议整军迎敌，偏诸将垂头丧气，莫敢言战。兀术复传檄河北，调集诸路兵士，亦没人到来。是时中原一带，如磁、湘、泽、潞、晋、洚、汾、隰诸境，多响应岳家军，遍悬岳字旗帜，父老百姓，争备糗粮，馈送义军。就是金陵将乌陵噶思谋，及统制王镇，统领崔庆，偏将李凯、崔虎、叶旺等，俱有意降宋。还有龙虎大王以下的将官忔查，一译作噶克察。千户高勇等，亦密受飞旗榜，连韩常也欲率众内附。兀术自知危急，便长叹道："我自带兵以来，从未有这等败衄，今已至此，还有何言！"随即带领亲卒，乘马欲奔；方拟出城，忽有一书生，叩马谏道："太子毋走！岳少保且退！"兀术在马上答道："岳少保只用五百骑，能破我兵十万，汴京人士，日夕望他到来，我难道坐待俘囚，不管生死么？"书生笑道："太子说错了。从古未有权臣在内，大将能立功于外。岳少保尚且不免，怎得成功哩？"这书生不知谁氏，可惜姓名不传。这数语，提醒兀术，便返辔回入，仍留汴京。

那时气吞金虏的岳元帅，正召谕诸将，整装出发，且传语道："直抵黄龙府，与诸君痛饮。"言未已，忽有朝使到来，促飞班师。飞问朝使道："这是何故？"朝使答道："秦丞相与金议和，已有头绪，所以请少保还朝。"飞愤然道："恢复中原，十得七八，奈何中道班师？"朝使默然而去。飞即日上疏，略言："金人丧胆，尽弃辎重，疾走渡河，现在豪杰向风，士卒用命，

正当猛进图功，时不再来，机难轻失”云云。桧得飞奏，非常懊恼，他想了一个釜底抽薪的计策，先致书张俊、杨沂中等，令他速回，然后上言：“飞只孤军，不应久留。”高宗也糊糊涂涂的应了一声。桧遂连下十二道金牌，催飞速归。看官道什么叫作金牌？乃系牌上写着金字，凡遇紧急命令，即用此牌。飞一日接奉金牌十二道，不觉悲愤交集，向东再拜道：“十载功劳，一旦废弃，奈何奈何？”拜毕泣下，阅至此，令人亦废书三叹。遂下令班师。百姓遮马挽留，且泣且诉道：“我等戴香盆，运粮草，迎接官军，金人早已知晓。相公若去，我辈无噍类了。”飞亦悲泣，取金牌指示道：“我食君禄，尽君事，既奉君命，不敢擅留。”百姓听了飞言，顿时哭声震野。飞乃下令道：“愿从我去，速即整装，我当再待五日。”大众齐声应命。飞复下马暂留，至五日期满，因即启程。百姓随军南行，仿佛如市。飞亟从途次拜本，请将汉上六郡闲田，俾民暂住，总算复旨允准。

兀术闻飞已退军，复分道出兵，把江南新复州郡，尽行夺去。及飞至鄂，闻知寇警，越加愤悒，因奏请罢免兵权，高宗不许。嗣由庐州入觐，经高宗问及战状，兼慰谕数语。飞唯叩头拜谢，并不道及自己战功。退朝后，仍静待后命。秦桧复遣使谕韩世忠等，罢兵还镇，且贬秘阁修撰张九成等官阶。九成素不主和议，至是与同僚喻樗、陈刚中、凌景夏、樊光远、毛叔度、元盥等六人，一同降黜，专意与金人议和。偏金兀术留屯京亳，出入许、郑各州，调集两河军与旧部，凡十余万，再图大举。撒离喝攻泾州不克，转破庆阳、河东。经略使王忠植率兵往援，为叛将赵惟清所执，送至金军，忠植不屈遇害。兀术闻庆阳得手，也南向出师，攻陷寿春，且渡淮入庐州。有诏令张俊、杨沂中驰救淮西，岳飞进驻江州，且饬韩世忠、刘锜亦督兵出援。既招之来，胡为麾之使去？张俊部将王德，闻兀术前锋已至历阳，将到江上，急率所部渡采石矶，夜入和州。俊督军继进，兀术退保昭关，寻复来争和州，为俊所败。王德又追击兀术，连获胜仗，收复含山及昭关。时刘锜亦自太平渡江，与张俊、杨沂中会议，谋复庐州。锜先引兵出清溪，两战皆捷。兀术率骑兵十万，驻扎柘皋，柘皋地面广坦，利于驰骤，所以兀术驻着，专待宋师。锜进兵石梁河，与兀术夹水列阵，河通巢湖，广约二丈，锜命曳薪垒桥，顷刻即成，遂遣甲士数队，逾桥卧枪而坐。且遣使促张俊、杨沂中，赶即进军。翌日，杨沂中及王德、田师中等，率军驰至，唯俊独后

期。锜与诸将分军为三，渡河击敌，师中欲俟俊至，德奋然道："事当乘机，何必再待！"当下与锜上马临河，沂中继进。兀术将骑兵分为两翼，夹道而阵，德语锜道："敌骑右阵较坚，我独先击敌右。"遂麾军径渡，首犯敌锋。一敌将被甲跃马，出迎王德，德引弓注射，一发即殪，因大呼直前，冲入敌阵。诸军亦鼓噪而进，敌众辟易。兀术复用拐子马来战，不怕前时麻扎刀耶？德率众鏖斗，沂中道："虏恃弓矢，我有一法，可以制敌。"因令万人各持长斧，排列如墙，一鼓齐上，各斫马足。敌骑东倒西歪，当然不能成列，便即溃乱。锜、德、沂中三路并击，杀得金人积尸如山，流血成渠。金兵溃至东山，正思小憩，忽后面追兵又至，回头一瞧，乃是刘字及王字旗号，不禁大惊道："这是顺昌旗帜，还有王夜叉同来，如何可当？快避走罢！"随即退保紫金山。

看官阅过上文，应知刘锜力卫顺昌，杀败金兵，应为金人所惧，如何复夹出王夜叉来？原来王德在钦宗时，曾领十六骑，入隆德府，缚献金守臣姚太师。姚谓就缚时，只见夜叉，因此军中呼王德为王夜叉，连金人也闻他大名。嗣兀术复迎战店步，又为杨沂中所败，捷闻于朝。高宗急欲退敌，复札饬岳飞即日进兵。前日何故，召他回朝？飞方苦寒嗽，力疾启行。将至庐州，兀术正为沂中所窘，又闻岳家军到，便弃城遁去。飞乃回驻舒城，高宗以飞小心恭谨，国尔忘身，一再褒奖。独秦桧硬欲讲和，复促张俊、杨沂中、刘锜等班师。张俊首先退兵，杨沂中、刘锜亦只得退还，行才数里，谍报金人出攻濠州。俊驻军黄连镇，不敢往援。沂中进薄城下，遇伏败还，濠城被陷。高宗又促岳飞应援，飞至濠州，兀术又遁，渡淮北去。桧用给事中范同言，乘敌退还，召韩世忠、张俊、岳飞入朝，只说是柘皋得胜，论功行赏。于是世忠、俊同时入觐，独飞后至。桧又请旨敦促，及飞到来，遂拜世忠、俊为枢密使，飞为副使，各至枢密府治事，加杨沂中开府仪同三司，赐名存中。王德为清远军节度使。看官道是何意？无非是阳示推崇，隐夺兵柄，免得他在外作梗，好一心一意的与金议和了。一语道破。

岳飞在诸将中，年龄最少，三十岁即统领一军，独当方面，且累立战功，诸将多积不能平。张俊初时，颇盛称飞勇，及飞与并肩，也阴怀猜忌，淮西一役，即上文庐、濠二州战事。张俊曾逐步缓进，每战愆期，回朝后，反诬飞逗留中道，托词乏饷，有观望意。飞虽闻知，也不与计较。及既入枢密，

俊与飞奉诏至楚州阅军，乘便抚韩世忠旧部。俊欲分韩背嵬军，飞顾友谊，不肯从俊，俊尤失望。会世忠军吏景著与总领胡昉言："二枢密若分世忠军，恐致生事。"俊以告桧，桧因世忠不从和议，本与有隙，至是捕着下大理狱，将假谋变二大字，中伤世忠。飞得信，驰书向世忠报知，世忠即入白高宗，自明心迹，桧计因是不行，唯恨飞益甚。兀术复私遗桧书道："汝朝夕请和，奈何令岳飞掌兵，日图河北？汝必杀飞，然后可和。"桧至是极力营谋，必欲置飞死地，乃偿私愿，试问汝何德于金？何仇于宋？遂讽中丞何铸，侍御史罗汝楫，谏议大夫万俟卨，交章论飞，劾他"逗留舒州，不援淮西，近与张俊视兵淮上，复欲弃去山阳，居心殆不可问"云云。这种弹文，若经那明眼人瞭着，早知是挟嫌诬奏，应该反坐，偏高宗心地糊涂，瞧了这种奏章，又有些疑惑起来。岳飞满腔忠义，动遭谗谤，如何忍得下去？便累表请罢枢柄，高宗居然准奏，罢飞为万寿观使，出奉朝请。

桧因初次下手，即已得利，索性得步进步，陷飞至死，好拔去那眼中钉。当下与张俊密谋，诱飞部曲能告飞过，优与重赏。怎奈此令一出，没人应命。俊闻飞尝欲斩统制王贵，且屡加刑杖，乃诱贵讦飞罪状。贵摇首道："大将手握兵权，总不免以赏罚使人，若以此为怨，将怨不胜怨了。"言之甚是。俊以私事劫贵，贵不禁胆怯，勉强相从。是何私事？甘心从贼。桧又闻飞部将王俊，绰号雕儿，素性奸贪，屡受张宪抑制，遂阴加嗾使，令他告讦。张俊自为讦状，交给王俊，王俊即向枢密府投诉。两俊相耦，飞命终矣。那状中捏造呈词，只说是："副都制张宪，谋据襄阳，还飞兵柄。"俊收了讦状，即遣王贵捕宪，亲行鞫炼。属吏王应求白俊，谓枢院无审讯权，俊叱退应求，竟高坐堂上，传宪对簿。宪极口呼冤，俊拍案骂道："飞子云与汝手书！教汝谋变，为飞图复兵权，汝尚得抵赖么？"宪答道："云书何在？"俊叱道："云书交与汝手，汝何故不先自首，反向我索书么？"宪抗声道："何人见有岳云的手书？"俊狞笑道："我料汝不受刑，汝亦未肯实供。"遂喝左右，先杖五十。左右一声吆喝，便将张宪拖了下去，重杖五十，打得鲜血淋漓，仍叫他上堂供状。宪大呼道："宪宁受死，不敢虚供。"俊又命重杖五十，左右照前动手，这次更是厉害，可怜宪身无完肤，已死复醒，仍然不肯伏罪。俊械宪入大理狱，自己捏造一纸口供，送交秦桧。张俊何苦？桧即入朝请旨，乞召飞父子，证明宪事。高宗道："刑以止乱，倘妄加追证，反至

摇动人心。”桧默然趋出，竟假传诏旨，逮飞父子下狱，立命中丞何铸，大理卿周三畏讯问。飞见了二人，便道：“皇天后土，可表此心。”言毕，即解衣露背，请何、周两人审视。两人望将过去，乃是“尽忠报国”四大字，深入肤理。周三畏不觉起敬，就是与桧同党的何铸，也居然良心发现，说了一个“好”字，当下命飞还狱，即往白秦桧，言飞无辜。桧只摇首徐语道：“这是上意。”吾谁欺，欺天呼？铸即接口道：“铸亦何敢左袒岳飞，不过强敌未灭，无故戮一大将，恐士卒离心，非国家福。”桧亦不能答，支吾了一会，铸乃退出。周三畏挂冠自去。

桧遂命谏议大夫万俟卨，办理此案。卨素与飞有隙，审问数次，也经过几番拷讯，害得岳飞死去活来，始终不肯承认。万俟卨也自作供状，诬飞曾令于鹏、孙革致书张宪、王贵，令虚报敌至，耸动朝廷。云亦与宪通书，令宪设法，还飞兵柄。且云：“书已被焚，无从勘证，应再求证人，以便谳狱。”桧又悬赏募集人证，悬宕了两个月，并无人出证飞罪。桧也没法，只好责成万俟卨。卨多方商榷，有人与卨定计，谓不如将淮西逗留事，作为证据。卨遂白桧，向飞家搜查得所赐御札，与往来道途日月，皆历历登录，并无逗留事迹。桧竟将御札等件尽行藏匿，为灭迹计，一面使于鹏、孙革证飞受诏逗留，且令评事元龟年取行军时日，颠倒窜改，附会成狱。那时恼了一班朝右忠臣，如大理卿薛仁辅，寺丞李若朴、何彦猷等，均为飞呼屈。判宗正寺士㒟，且愿以百口保飞，并言：“中原未靖，祸及忠义，是不欲中原恢复，二圣重还，如何使得？”偏这人面兽心的贼桧，除飞死二字外，没一语不是逆耳。韩世忠心怀不平，向桧诘问飞罪。桧答道：“飞子云与张宪书，虽未得实据，恐怕是莫须有的事情。”世忠忿然道：“莫须有三字，奈何服天下？丞相须审慎为是。”桧不与再言。

世忠还第，尚带怒容，梁夫人问着何事？世忠为述飞冤，梁夫人道：“奸臣当道，尚有何幸？妾为相公计，不如见机而作，明哲保身罢！”好智妇。世忠道：“我亦早有此意，只因受国厚恩，不忍遽去，目今朝局益紊，徒死无益，也只得归休了。”随即上书辞职。初不见允，及再表乞休，乃罢为醴泉观使，封福国公。自是世忠杜门谢客，绝口不言兵事，有时跨驴携酒，带着一二奚童，纵游西湖，在家与梁夫人小饮谈心，自得乐趣，这真所谓优游卒岁，安享余生了。算是有福。

唯岳飞自绍兴十一年十月被系，迁延到了年底，尚未决案。十二月二十九日，桧偕妻王氏在东窗下，围炉饮酒，忽由门卒传进一书，桧瞧着书面，乃是万俟卨投来，启封谛视，系由建州布衣刘允升，汇集士民，上讼飞冤。卨恐久悬未决，反生他变，特请示办法等语。桧眉头一皱，似觉愁烦。王氏惊问何故？桧将原书递交王氏阅看，王氏笑道："这有什么要紧？索性除灭了他，免得多口。"世间最毒妇人心。桧尚在沉吟，王氏复道："缚虎容易纵虎难。"桧闻此言，私计遂决，当即取过纸笔，写了数语，折成方胜，遣干仆密付狱吏。是夕，即报飞死，或云被狱吏勒毙风波亭，或云由狱吏佯请飞浴，拉胁而殂，享年三十九岁。岳云、张宪同时毕命。狱卒隗顺，痛飞无罪致死，负尸出葬栖霞岭下。

飞家无姬妾，亦乏产业，吴玠素来敬飞，愿与交欢，曾饰名姝以进。飞佛然道："主上宵旰焦劳，难道是大将安乐时么？"即令来使挈还名姝，玠益敬服。高宗欲为飞营第，飞辞谢道："金虏未灭，何以家为？"或问天下何时太平？飞答道："文官不爱钱，武官不惜死，天下自然太平。"名论不刊。平时待驭军士，严而有恩，部兵或取民束刍，立斩以殉。兵有疾苦，亲为调药。诸将远戍，尝遣妻慰问家属。朝廷颁给犒赏，立刻分给，秋毫不私。遇有将士死事，必替他抚孤育雏。因此军心爱戴，遇敌不挠。敌常为之语道："撼山易，撼岳家军难。"张俊尝问以用兵要术，飞谓："仁、信、智、勇、严，阙一不可。"自飞统军后，无战不胜，上章报捷，辄归功将士。子云因功受赏，屡次乞辞，云以左武大夫终身，死时仅二十三岁。余四子雷、霖、震、霆均被窜岭南。有女痛父冤，抱银瓶投井自尽，后人因呼为银瓶小姐，号井为孝娥井。秦桧且遣吏抄没岳家，只得金玉犀带数条，及锁铠兜鍪，南蛮铜弩，镔刀弓剑鞍辔，及布绢若干匹，粟麦若干斛罢了。直至孝宗嗣立，诏复飞官，以礼改葬，相传尚尸色如生，还可更殓礼服，这也是忠魂未散的凭证。至淳熙六年，追谥武穆，嘉定四年，追封鄂王，曾记清人袁子才有岳王墓吊古诗数首，小子节录二绝云：

灵旗风卷阵云凉，万里长城一夜霜。

天意小朝廷已定，岂容公作郭汾阳？

远寄金环望九哥，事见后文。一朝兵到又回戈。

定知五国城中泪，更比朱仙镇上多。

岳飞已死，还有代飞诉冤的人物，也一律坐罪，待小子下回报明。

岳飞奉诏班师，而中原无恢复之期，人皆惜之，至有以不能达权病飞者，是实不然。飞若孤军深入，内外乏援，亦安能长保必胜？知难而退，实飞之不得已耳。唯飞既明知秦桧专政，势无可为，何不效韩蕲王之乘时谢职，口不谈兵，免致奸党侧目？且年甫强壮，来日方长，或者天意祚宋，炀蔽无人，再出而图恢复，亦未为晚。乃见机不早，坐堕奸谋，忠有余而智未足，此则不能不为岳武穆惜也。若夫凶狡如秦桧，党恶如张俊、万俟卨等，皆不足诛，而高宗构固识飞忠，固不欲妄加追证者，胡飞死而并未闻诘及贼臣，为飞诛贼也？王之不明，岂足福哉？观此回而不禁长太息矣。

第七十六回　屈膝求和母后返驾
刺奸被执义士丧生

却说岳飞死后，于鹏等亦连坐六人，薛仁辅、李若朴、何彦猷等，亦皆被斥，刘允升竟被拘下狱，瘐死囹圄。连判宗正寺齐安王士褭也谪居建州。非高宗昏庸，何至若此？桧遂通书兀术，兀术大喜，他将俱酌酒相贺，乃遣宋使莫将先归通意，嗣令审议使萧毅、邢具瞻同至临安，萧毅等入见高宗，议以淮水为界，索割唐、邓二州及陕西余地，且要宋主向金称臣，岁纳银币等物。高宗令与秦桧商议，桧一律承认。金使许归梓宫及韦太后，当下议定和约，共计四款：

一、东以淮水西以商州为两国界，以北为金属地，以南为宋属地。

二、宋岁纳银绢各二十五万。

三、宋君主受金封册，得称宋帝。

四、宋徽宗梓宫及韦太后归宋。

和议已成，即命何铸为签书枢密院事，充金国报谢使，赍奉誓表。一面令秦桧祭告天地社稷，即日遣何铸偕金使北行。萧毅等入朝告辞，高宗面谕道："若今岁太后果还，自当遵守誓约，如或逾期，这誓文也同虚设哩。"萧毅乐得答应，启行至汴，铸与兀术相见，兀术索阅誓表，但见表文有云：

臣只此一字，已把宋祖宋宗的威灵，扫地无余。构言：今来画疆，以淮水中流为界。西有唐、邓州，割属上国，自邓州西南属光化军，为敝邑沿边州城。既蒙恩造，许备藩方。亏他说出。世世子孙，谨守臣节。连子孙都不要他挣气。每年皇帝生辰并正旦，遣使称贺不绝。岁贡银绢二十五万匹，自壬戌年为首。即绍兴十二年。每岁春季，搬送至泗州交纳。有渝此盟，明神是殛。坠命亡氏，踣其国家。臣今既进誓表，伏望上国早降誓诏，庶使敝邑，永为凭焉。

兀术阅毕，一无异言，喜可知也。当令铸及萧毅等，共往会宁。金主看过誓表，即檄兀术向宋割地。兀术贪得无厌，且遣人要求商州及和尚、方山二原。秦桧也不管什么，但教金人如何说，他即如何依，遂将商州及和尚、方山二原，尽行割界，退至大散关为界。于是宋仅有两浙、两淮、江东西、湖南北、西蜀、福建、广东西十五路，余如京西南路，止有襄阳一府，陕西路，止有阶、成、和、凤四州。金既画界，因建五京，以会宁府为上京，辽阳府为东京，大定府为中京，大同府为西京，大兴府为南京。寻复改南京为中都，称汴京为南京。

知商州邵隆在任十年，披荆榛瓦砾，作为州治，且招徕商民，屡败金人。自被割后，隆徙知金州，居常怏怏，尝率兵出境，意图规复，金人因此责桧。桧复迁他知叙州。未几，隆竟暴卒，共说由桧使人鸩死。凶焰滔天，令人发指。金主尚不肯归还韦太后，经何铸再三恳请，始归徽宗及郑后、邢后棺木，与高宗生母韦氏。韦太后颇有智虑，既得许还消息，恐金人反复无常，待役夫毕集，始启攒宫。钦宗卧泣车前，并对韦太后道："归语九哥与宰相，高宗系徽宗第九子，故呼九哥。为我请还。我若回朝，得一太乙宫使，已满望了，他不敢计。"韦太后见他泪容满面，心殊不忍，遂满口应许。钦宗复出一金环，作为信物。还有徽宗贵妃乔氏，与韦太后曾结为姊妹，送行时，携金五十两，赠金使高居安道："薄物不足为礼，愿好护送姊还江南。"复举酒饯韦太后道："姊途中保重！归即为皇太后，妹谅无还期，当老死沙漠罢了。"巫峡猿啼，无此哀苦。韦太后与她握手，恸哭而别。时当盛暑，金人惮行，沿途逐节逗留。韦太后防有他变，托词称疾，须待秋凉进发，暗中却向高居安借贷三千金，作为犒赏。高居安肯贷多金，想尚不忘乔贵妃语。役夫得了

犒金，连天热也忘记了，总是阿堵物最灵。便即趱程前进。行至楚州，由太后弟安乐郡王韦渊，奉诏来迎，姊弟相见，悲乐交并。及抵临安，高宗以下，俱在道旁竚候。宋奉迎使王次翁，金扈行使高居安，先白高宗。高宗慰劳已毕，遂前迎徽宗帝后梓宫。拜跪礼成，然后谒见韦太后。母子重逢，喜极而泣。嗣复迎邢后丧柩，高宗也不禁泪下，且语群臣道："朕虚后位以待中宫，已历十六年，不幸后已先逝，直至今岁，始得耗闻，回念旧情，能不增痛。"妻室可念，兄弟乃可忘怀么？秦桧等劝慰再三，悲始少解。乃引徽宗帝后两梓宫，奉安龙德别宫，并将邢后柩，祔殡两梓宫西北，然后奉韦太后入居慈宁宫。徽宗帝后，前已遥上尊谥，唯邢后未曾易名，因追谥懿节。

是时金已遣左宣徽使刘筈赍着衮冕圭册，册高宗为宋帝，高宗居然北面拜受且御殿召见群臣，行朝贺礼。何贺之有？晋封秦桧为秦、魏两国公。桧嫌与蔡京同迹，辞不肯受，乃只封他为魏国公，兼爵太师。余官亦进秩有差。唯刘锜已早罢兵权，出知荆南府，王庶且安置道州。何铸自金还后，桧恨他不附飞狱，谪居徽州。张俊本附桧杀飞，不意亦为桧所忌，竟令台臣江邈劾俊，俊遂罢为醴泉观使，唯封他一个清河郡王虚衔，算是酬他杀飞的功劳。独刘光世早解兵柄，随俗浮沉，素与桧无嫌隙，总算保全禄位，奄然告终。既而徽宗皇帝、显肃皇后均安葬永固陵，懿节皇后亦就陵旁祔葬。秦桧等累表请立继后，韦太后亦以为然。这时后宫的宠嫔，第一个是吴贵妃，她本是有侍康的瑞兆，更兼才艺优长，性情委婉，自韦太后南归后，亦能先意承旨，侍奉无亏，所以韦太后亦颇垂爱，高宗更不必说，即于绍兴十三年闰四月，册立吴贵妃为皇后。后初与张妃并侍高宗，每遇晋封，两妃名位相等，不判低昂。绍兴二年，张氏因元懿太子殀逝，后宫未得生男，特请诸高宗，召宗子伯琮入宫，育为养子。伯琮系太祖七世孙，为秦王德芳后裔，父名子偁，曾封左朝奉大夫。伯琮入宫时仅六岁，越年授和州防御使，赐名曰瑗。吴氏亦欲得一养子，因选宗室子伯玖为螟蛉，系太祖七世孙，子彦子，年七岁，赐名曰璩。绍兴十二年，张妃病殁，瑗与璩并为吴氏所育。瑗性恭俭，尤好读书，高宗爱他勤敏，累岁加封。至吴氏立后时，已封瑗为普安郡王。吴后语帝道："普安二字，系天日之表，妾当为陛下贺得人了。"

先是同知枢密院事李回，及参知政事张守，均上言："艺祖传弟不传子，德媲尧、舜，陛下应远法艺祖，庶足昭格天命。"高宗颇为感动。所以于瑗、

璩二人内，拟择一人为皇嗣。独秦桧献媚贡谀，特为高宗代划二策。第一策，是教高宗不必迎还渊圣，免致帝位摇动；第二策，是劝高宗待生亲子，才立储贰，免得传统外支。叫高宗无祖无兄，确是个好宰相。高宗闻此二策，深合私衷，因此韦太后还朝，本带着钦宗金环，转遗高宗，高宗面色不怿，连韦太后也不便多言。了过钦宗卧泣之言。就是立嗣问题，亦累年延宕过去。

还有行人洪皓、张邵、朱弁三使，自金释归，三使留金多年，未尝屈节，及归朝，高宗俱欲加官封秩，偏三人辞旨愤激，语多忤桧。皓言金人素惮张浚，宜即起用。邵言金人有归还钦宗及诸王后妃意，应遣使奉迎。弁言和议难恃，当卧薪尝胆，图报国仇。这种论调，都是秦桧所厌闻，就是高宗，亦不愿入耳。于是皓出知饶州，邵出为台州崇道观使，弁仅易官宣教郎，入直秘阁，抑郁以终。桧且欲中伤赵鼎，兼及张浚，平时检鼎疏折，有请立皇储语，遂嗾中丞詹大方，劾鼎尝怀诡计，妄图侥福。有诏徙鼎至吉阳军。鼎出知绍兴府后，屡为桧党所劾，累贬至潮州安置，闭门谢客，不谈世事，至是复移徙吉阳。鼎上谢表，有“白首何归，怅余生之无几；丹心未泯，誓九死以不移”等语。桧览表，冷笑道：“此老倔强犹昔，恐未必能逃我手呢。”

未几，有彗星出现东方，选人康倬上书，谓彗现乃历代常事，毫不足畏。桧特擢倬为京官，且请高宗仰体天意，除旧布新，颁诏大赦。高宗当然听从，偏恼了一位被黜复进的旧臣，竟上疏极陈星变，应先事预备，任贤黜邪，以固社稷等语。桧见此疏，不禁大怒道：“我正要与他拼命，他却敢来虎头上搔痒么？”看官道此疏是何人所奏？原来就是故相张浚。浚谪居永州，因赦还朝，提举临安府洞霄宫。绍兴十一年，改充万寿观使，越年，因和议告成，太后回銮，推恩加封为和国公。浚嫉桧揽权，屡欲奏论时弊，只缘母计氏年老，恐言出祸随，致贻母忧。计氏窥知浚意，特诵浚父咸对策原文，中有二语云：“臣宁以言死斧钺，不忍不言以负陛下。”好浚母。浚意乃决，即上疏直陈。桧知浚有意斥己，怎肯甘休？立令中丞何若等，联名劾浚。诏放浚出居连州，寻复徙至永州。仍回原处。自是朝廷黜陟，俱自桧出，但教阿顺桧意，无不加官，少一忤桧，就使前时与桧同党，亦必罢斥。万俟卨附桧杀飞，得列参政，嗣因桧除拜私人，卨不肯署名，立即罢退。楼炤、李文会均得桧援，入副枢密，后来皆稍稍忤桧，相继被斥。高宗且待桧

益厚，宠眷日隆，封桧母为秦魏国夫人，养子熺举进士，授秘书少监，领国史。桧妻系王唤妹，无出，熺系王唤庶子，桧被金掳去，唤妻出熺为桧后，名目上是为桧承宗，暗地里是因唤妒宠。不愧为长舌妻之嫂。至桧自金归，即率熺见桧，桧心颇喜，遂命熺为继子。熺既掌国史，进建炎元年至绍兴十二年日历，凡五百九十卷，所有前时诏书章疏，稍侵及桧，即改易焚弃。且自诵桧功德，约二千余言。浼著作郎王扬英、周执高呈献高宗。王、周俱得显秩。桧又禁私家著述，遇有守正辟邪诸学说，辄视为曲学旁门，一律查毁，不得梓行。到了绍兴十五年，熺升任翰林学士，兼官侍读。未几，赐桧甲第，并缗钱金帛。又未几，高宗亲幸桧第，凡桧妻以下，皆加恩貤封。又未几，御书“一德格天”四字，赐桧家立匾阁中。又未几，许桧立家庙，御赐祭器，真是恩遇优渥，享尽荣华，比那徽宗时代的蔡京，且有过无不及哩。

当时中外官吏，揣摩迎合，竞称桧为圣相，几乎皋、夔、稷、契，尚不足比。自是称祥言瑞，诸说又复纷起。雨雪称贺，海清称贺，日食不见又称贺。知虔州薛弼上言，朽柱中忽现文字有“天下太平年”五字。五字出于朽柱，就使真确，亦不足谓祥瑞。桧执奏以闻，诏付史馆。高宗越发偷安，视临安为乐国，不再巡幸江上了。桧又窜洪皓，流胡铨，贬郑刚中，且必欲害死赵鼎，令吉阳军随时检察，每月俱报赵鼎存亡。鼎遣人至家，遗书嘱汾道：“秦桧必欲杀我，我死汝辈尚可无虞，否则恐祸及全家了。”书发后，复自书墓石，记乡里及除拜岁月，且写了联语十四字，作为铭旌。上联云：“身骑箕尾归天上”，下联云：“气作山河壮本朝”。又作遗表乞归葬，遂绝粒而死。总计南宋贤相，赵鼎称首。鼎既殁，远近衔悲。参政段拂闻讣叹息，为桧所闻，竟降拂为资政殿大学士，旋且褫职，谪居兴国军。

至绍兴十八年，有诏令秦熺知枢密院事，桧问僚属胡宁道：“儿子近除枢密，外议何如？”宁答道：“外议谓公相谦冲，必不效蔡京所为。”桧听了此语，心中虽很是怀怨，口中却不能不道一“是”字。归与子熺商议，只好由熺具疏乞辞，掩饰耳目。熺因罢为观文殿学士，位次右仆射，寻又加授少保。桧心犹未怿，欲将生平反对的人物，一网打尽，直教他子子孙孙，永远不能翻身，然后可泄尽宿忿，任所欲为。就使将南宋半壁篡取了来，也是唾手的事情。直揭桧意，并非虚诬。筹划已定，便按次做去。先是绍兴八年，第一次与金议和，廷臣啧有烦言，桧独引吏部尚书李光，入为参政，并署和

议。光始为桧所欺，因和图治，后见桧撤守备，黜诸将，才知桧纯是歹意，入朝时，面与桧争。桧大为怫然，光遂去职。桧余怒未息，累谪光至藤、琼诸州。至绍兴二十年，由两浙转运副使曹泳，讦称光次子孟坚，录记父光所作私史，语涉讥讪，请即查办。桧入朝奏白高宗，乞惩光父子罪，光遇赦不赦。孟坚流戍峡州，又有胡寅、程瑀、潘良贵、宗颍、张焘、许忻、贺允中、吴元许八人，均坐光私党，一应黜逐。此时的高宗，已被桧欺诈胁迫，毫无主意，简直是木偶一般，便即唯唯听从。桧大踏步，趋出朝堂，登舆而归。

行至中途，忽有一壮士突出，遮住秦桧肩舆，从腰间拔出利刃，向桧刺去。偏桧命未该死，连忙把身一闪，这刀锋只戳入舆中坐板，并不伤及桧身。那壮士拔刀费事，旁边走过秦氏家将，七手八脚，把壮士打倒，上前捉住壮士。可惜当时没有炸弹。桧虽幸免害，这一惊也是不小，当命左右带着刺客，随舆至家。惊魂少定，叫左右将壮士牵到阶前，厉声问道："你是何人？擅敢大胆行刺！想总有人主唆，快说出来，我便饶你！"那壮士面不改色，也抗声怒骂道："似你这般奸贼，欺君误国，哪个不想食你肉？寝你皮？我姓施名全，现为殿前小校，意欲为天下除奸，生前不能诛你，死后必为厉鬼，勾你奸魂，看你逃到哪里去！"虽不能杀桧，恰也骂得爽快。桧被他痛詈，气得发抖，急命将施全拿交大理狱中，越宿全被磔死。桧经此一吓，派家将五十名，各持长梃，作为护卫，居则司阍，出必随护。但自此梦寐不安，时觉冤魂缠绕，免不得酿成一种怔忡病症，整日里延医调治，参茸等物，服了无数，才觉有点起色。高宗特地赐假，且诏执政赴桧第议事。桧因病已少愈，乃肩舆入朝，有诏令桧孙埙堪扶掖升殿，免拜跪礼。还第以后，复思大兴党狱，诛锄善类。念念不忘。

凑巧太傅韩世忠病殁，桧心中益欢。从前韦太后南还，因金人畏惮韩、岳，很加器重，岳已遇害，唯韩尚存，迎銮时，即特别召见，慰劳备至，后来且时加慰问，令高宗垂念功臣，晋封他为咸安郡王。韩虽不预政事，桧因两宫向他敬礼，尚有所惮。至韩已去世，无一足畏。闻王庶病死贬所，庶子之奇、之荀抚棺恸哭，曾有"誓报父仇"等语，遂命将之奇流戍海州，之荀流戍容州。且因赵鼎虽死，子侄尚多，竟欲斩草除根，藉杜后患，密谋了好几载，苦被老病侵寻，屡致中辍，直延到绍兴二十五年，潭州郡丞汪召锡，密告知泉州赵令衿，太祖五世孙。曾观桧家庙记，口诵："君子之泽，五世而

斩”二语。桧即谪令衿至汀州。嗣闻赵鼎子汾饮饯令衿，因大喜道：“此次在我手中了。”遂暗嘱侍御史徐嘉，劾奏赵汾与令衿饮别厚馈，必有奸谋。有诏逮汾与令衿至大理鞫问。汾等被逮下狱，桧嗾狱吏胁汾自诬，与张浚、李光、胡寅、胡铨等五十三人，共谋大逆。狱吏承旨，不管汾诬供与否，竟捏造了一篇供状，献与秦桧。桧坐一德格天阁下，瞧到此状，喜欢的了不得，当下取过笔来，意欲加入数语，格外锻炼，不意这笔杆竟会作怪，好似有千钧力量，手力几不能胜。桧大为惊诧，向上一瞧，忽不觉大叫一声道：“阿哟，不好了！”道言未绝，身子往后一仰，随椅倒地。正是：

恶贯已盈褫巨魄，忠臣有后庆更生。

毕竟秦桧是否死去，容待下回续详。

高宗不忘母后，因欲屈己求和，无识者或以为孝。亦思二帝未归，中原陆沉，恝情于父兄，而独眷怀于一母，尽孝者固如是乎？况朱仙镇之捷，兀术胆落思归，两河人士，翘待王师，设无金牌之召，而令岳武穆即日渡河，韩、刘等相继并进，安知不可直捣黄龙，迎还父母兄妻耶？顾乃听信贼桧，谗害忠良，向虏称臣，仅归一母，甚且今日封桧，明日赐桧，凡桧家妻妾子孙，无不累邀荣典，高宗犹有人心，应不致愚昧若此。其所以与桧相契者，贪位苟安，拒兄攘国，为贼桧逆揣而知，有以劫持于无形耳。忠哉施全，舍生取义，虽不即诛桧，而桧之魂魄，已因之沮丧。厥后大狱之不成，未始非一击一詈之阴为所怵也。桧死而南宋少宁，天不欲亡艺祖之后，乃为之绵延一线也欤。

第七十七回　立赵宗亲王嗣服
弑金帝逆贼肆淫

却说秦桧晕倒地上，顿时昏迷过去，不省人事。桧妻王氏及家人仆役等，疑他中风，慌忙扶救，一面召医灌药，好容易才得救醒。王氏将廷吏叱去，私问桧身所苦。桧不肯直说，但嘱道："快备后事，我已不能复活了。"到死不肯自陈罪恶，真是大奸。言已，又复晕去。再经王氏等极力呼号，方见他四肢颤动，与杀鸡相似，口中模模糊糊的，说了几声饶命。王氏亦不禁毛骨俱悚，贼胆心虚。当令家人往延御医。医师王继先，本是秦桧心腹，尝在宫中伺察动静，至是闻病，亟至就榻诊治。秦桧忽双目圆睁，呼他为岳少保，又忽呼他为施义士，既而又把赵鼎、王庶等官职名号，都叫了出来，连王继先都吓得心惊胆落，勉强拟了一方，慌忙趋出。桧服继先药，愈觉沉重，不是连声呼痛，就是满口呼冤，那身上的皮肤，忽红忽青，随时变色。王氏等正在着忙，有门役报称御驾到来，急命秦熺出外迎驾。至高宗入内问疾，桧稍觉清醒，想是皇帝到来，众鬼退避。但口中已不能出词，只对着高宗，流了几点鼻涕眼泪。高宗便语秦熺道："卿父病体，势已垂危，看来是不能挽救了。"熺跪奏道："臣父倘有不测，他日继臣父后任，应属何人？"居然想代父职。高宗摇首道："这事非卿所应预闻。"言讫拂袖出室，乘辇还宫，当命直学士沈虚中草制，令桧父子致仕。表面上却加封桧为建康郡王，熺为少师。熺子埙、堪并提举江州、太平兴国宫。是夕，桧嚼舌而死。

桧居相位十九年，除一意主和外，专事摧残善类，所有忠臣良将，诛斥

殆尽。凡弹劾事件，均由桧亲手撰奏，阴授言官。奏牍中罗织深文，朝臣多知为老秦手笔。一时辅政人员，不准多言。十余年间，参政易至二十八人，而且贿赂公行，富可敌国，外国珍宝，死犹及门。高宗初奇桧，继恶桧，后爱桧，晚复畏桧，一切举措，辄受桧劫制。桧党张扶请桧乘金根车，吕愿中献秦城王气诗，桧窃自喜，几欲效王莽、曹操故事。至暴死后，高宗语杨存中道："朕今日始免靴中置刀了。"然尚赠桧申王，赐谥忠献。至宁宗开禧二年，始追夺王爵。改谥缪丑。

张俊于桧死前一年，已经病死。桧妻王氏未几亦死。独万俟卨失秦桧欢，累贬至沅州。高宗因桧死择相，还疑卨非桧党，召为尚书右仆射，并同平章事，汤思退知枢密院事，张纲参知政事。汤思退向来附桧，桧卧病时，曾召嘱后事，赠金千两，思退不受。高宗闻却金事，遂加拔擢。其实思退却金，是怕桧故意尝试，所以谢却，并不是有心立异哩。沈该已列参政，本是个随俗浮沉的人物，唯张纲曾为给事中，嫉桧乞休，家居已二十余年，至是召为吏部侍郎，立升参政，颇有直声。御史汤鹏举等，得他为助，因累劾秦桧病国欺君、党同伐异诸罪状。乞黜退桧家姻党。于是户部侍郎曹泳谪窜新州，端明殿学士郑仲熊，侍御史徐嘉，右正言张扶，及待制吕愿中等，相继斥逐。赵汾、赵令衿免罪出狱，李孟坚及王之奇兄弟，许令自便。复张浚、胡寅、洪皓、张九成等原官，迁还李光、胡铨于近州，又追复赵鼎，郑刚中等官爵。

浚既复官，拟因丧母归葬，适值高宗因彗出求言，浚不待启行，即上言："沈该、万俟卨、汤思退等，未餍众望，难胜相位。且金人无厌，恐又将启衅用兵，宜亟任贤才，以期安攘"云云。此老也算好事。看官你想沈该、万俟卨、汤思退三人能不动恼么？万俟卨尤为忿懑，亟嗾台官劾浚，说他煽惑人心，摇动国是，因复将浚安置永州。三次至永，莫非有缘。既而卨亦暴死。卨与张俊，均附桧杀飞，所以后世于岳王墓前，特铸铁人四个作长跪状，男三女一，三男即秦桧、张俊、万俟卨，一女即桧妻王氏，时人咏岳王墓诗有云："青山有幸埋忠骨，白铁无辜铸佞臣"，二句脍炙人口。桧墓在江宁，至明成化年间，为盗所发，窃得珍宝，值资巨万。盗被执，有司饬吏往验，见桧与妻王氏，各僭用水银为殓，面色如生。当下碎尸投厕，且减轻盗罪，大众称为快事。千百年后，犹令人恨视逆桧夫妇，贼男贼女，其可为乎？

闲文少表，且说万俟卨既死，汤思退继代卨任，张纲罢职，用吏部尚书陈康伯为代。思退主和固位，与秦桧、万俟卨相同。沈该无所建白，旅进旅退，朝廷幸还无事。至绍兴二十九年，该以贪冒被劾，落职致仕。思退转左仆射，康伯进右仆射。是年为韦太后八十寿期，行庆祝礼，不意祝嘏方终，大丧继起。太后不豫数日，竟崩逝慈宁宫。高宗事母甚谨，自迎归后，先意承志，唯恐不及，及居丧悲恸不已，谥曰显仁，葬永佑陵旁。时高宗年已五十有余，仍无子嗣，高宗意早属瑗，起初为秦桧所制，故尔迁延。桧死后，复恐母意未合，且有吴后养子璩同时长养，亦加封恩平郡王。东西开府，左右两难，所以仍然延宕。及母后既崩，密问吏部尚书张焘，求定大计。焘逆揣上意，便进言道："立储为国家大事，今日国计，无过于此。请早就两邸中，择人建立！"高宗喜道："朕亦早有此意，俟来春饬议典礼。"焘顿首而退。高宗已明知璩不及瑗，唯恐吴后尚有异言，无以杜口，特出宫女二十人，分给普安、恩平两邸中。璩得十女，左抱右拥，其乐陶陶。瑗得十女，却仍令给役，毫不相犯。过了一年，高宗调回宫女，在瑗邸内十人，均尚完璧，在璩邸内十人，尽已破瓜。遂与吴后言及，决意立瑗。高宗择嗣，亦可谓历试诸艰。巧值利州提点刑狱范如圭，掇拾至和、嘉佑间名臣章奏，凡三十六篇，合为一编，囊封以献。高宗知他有意讽谏，即日下诏，立普安郡王瑗为皇嗣，更名为玮，加封璩开府仪同三司，判大宗正寺，改称皇侄，仍将宫女一律给还。册储礼成，中外大悦。

忽由左相陈康伯入报高宗道："陛下应亟筹边，防金人要败盟了。"汤思退在侧，便怫然道："去岁王伦使金，曾还言邻国恭顺，和好无他，不知今日有什么败盟消息？臣意以为沿边将吏，贪功觊权，所以有此讹言。"康伯微笑道："恐此番未必是讹传了。"高宗道："且待探问确实，再行计较。"陈、汤两人，依次退出。已而败盟警耗，日紧一日，侍御史陈俊卿，劾论思退巧诈倾邪，有意蒙蔽，思退因即免职。康伯转任左仆射，参政朱倬，进任右仆射。饬利州西路都统吴拱，知襄阳府，派部兵三千戍边，兵备始逐渐讲求，南北又要开战了。暂作一束。

看官！欲知金人败盟的原故，说来又是话长，待小子补述出来。原来金主亶嗣位后，颇好文学，有志修文，在上京建立孔庙，求孔子支派四十九代孙璠，封为衍圣公。唯孔氏嫡派，从宋南渡，寓居衢州。今有衢州孔氏学。金

干本、兀术两人，内外夹辅，初政清明，吏民安堵，后来亶后裴满氏一译作费摩氏。干政，朝臣多购通内线，得叨荣宠。亶欲立继嗣，为后所制，心怀抑郁，因纵酒自遣。哪知杯中物足以消愁，亦足以惹祸。亶嗜酒无度，往往因醉使性，妄杀大臣，连宋使王伦，亦为所戮。自是上下离心，国势渐衰。挞懒遗子胜花都郎君，挞懒被诛见七十五回。逃往西北，连结蒙古，屡寇金边。蒙古民族，就是唐朝的室韦分部，向居斡难河、克鲁伦河两流域，游牧为生。初属辽，继属金，至哈不勒有众数千，帮助挞懒遗胤，与金为敌。兀术自汴京回国，特带兵往剿，屡战不胜，没奈何与他讲和，册封哈不勒为蒙兀国王，蒙兀一作蒙辅。把西平、河北二十七团寨，尽行割畀，方得罢兵息民。插此数语，为蒙古肇兵张本。兀术班师，未几病逝。金主亶用从弟迪古乃平章政事。迪古乃改名为亮，自以为派衍九潢，与金主同为太祖孙，有觊觎帝位的思想。平居阴结党羽，揽窃大权，且与裴满后有勾通情事，金主亶茫无所闻，且进亮为右丞相。亮生辰受贺，金主亶赐亮玉叶鹘厩马，及宋司马光画像。后来闻裴满后亦有私馈，因大起猜嫌，夺回赐物。亮本怀怨望，哪堪金主如此慢待，免不得挟恨愈深。金主亶弟常胜曾封胙王，颇有权力，亮日加谗间，只说胙王阴谋篡立，惹动主怒，立逮胙王下狱。可怜胙王不明不白，竟受了大逆不道的冤诬，活活处死。胙王妻名撒卯，本拟连坐，偏金主亶爱她美丽，竟赦罪入宫，令她侍寝。裴满后顿怀醋意，诘问金主。金主方宠撒卯，视裴满后如眼中钉，不待三言两语，便拔出腰剑，把后砍死。又将德妃乌古论氏、一译作乌库哩氏。夹谷氏、一译作瓜尔佳氏。张氏等，一并杀毙，居然把弟妇撒卯册为中宫。已开逆亮先声。于是怨声四起，物议沸腾，亮得乘间逞谋，暗结金主侍卫，作为内应。金主有护卫十人，卫长叫作仆散忽土，旧受干本厚恩，干本即亮父，亮遂倚为心腹。尚有卫士徒单，一作徒克坦。及阿里出虎，一作额勒楚克。与亮有姻戚谊，亦愿为亮臂助。内侍大兴国，及尚书省令史李老僧，也与亮联合一气，亮遂秘密合谋，竟做出一出谋王杀宫的把戏来了。

金主亶皇统九年，即宋高宗绍兴十九年十二月丁巳日，仆散忽土与阿里出虎，入值宫中，待至二鼓，大兴国盗出符钥，偷启宫门，亮与妹婿徒单贞，一作图克坦贞。及平章政事秉德，左丞唐古辨，大理卿乌达、李老僧等，各怀利刃，鱼贯而入。秉德、唐古辨曾受杖刑，怨恨金主，古辨本尚金主

女，至此也为了私恨，竟欲刳刃乃翁。乌达系亮爪牙。当时守门禁卒，以古辨是国婿，亮系皇弟，俱属至亲懿戚，有何可疑？遂任他进去，直达寝殿，破扉径入。金主惊起，索刀四觅无着，不由的慌了手脚。阿里出虎拔刀先刺，仆散忽土随后继进，立把金主砍翻地上。亮上前一刀，血溅满面，称帝十四年的金主亶，呜呼告终！咎由自取。亮麾众出宫，诈传金主诏旨，夜召群臣议事。群臣尚未闻耗音，错疑有特别大故，统共赶到。及至朝堂，方知亮欲称帝。曹国王宗敏，左丞相宗贤，稍有异言，均被杀死。群臣相顾错愕，莫敢再言。亮遂上登御座，竟自称帝，命秉德为左丞相，唐古辨为右丞相，乌达为平章政事。废故主亶为东昏王，独谥裴满后为悼平皇后，不忘旧情，唯撒卯不知如何处置？大赦国中，改元天德。何不改称暴德。追尊父干本为帝，庙号德宗。嫡母徒单氏一作徒克坦氏。及生母大氏，俱为太后。徒单氏居东宫，大氏居西宫，两氏向来辑睦，毫无间言。及亮弑亶，徒单氏语亮道："主虽失道，人臣究不应如此。"亮引为深憾。及徒单氏生日，宫中大开筵宴，酒至半酣，大氏起座，跪进寿觞。徒单氏方与诸公主宗妇笑谈，未及下视，大氏长跪片时，始为徒单氏所见，亟起身受觞。亮疑为故意，怀怒而出。次日，传召诸公主宗妇，诘问何故笑语，一一加杖。大氏闻知，慌忙出阻。亮忿然道："今日儿为皇帝，岂尚同前日么？"及公主宗妇等忍痛而去，亮反大笑道："好教她们知我厉害呢。"既而大杀宗室，把太宗子孙七十余人，粘没喝子孙三十余人，一并屠戮，无一孑遗。诸宗室亦杀死五十余人，又杀宗室左副元帅撒离喝等，夷灭家族，并因左丞相秉德，不先劝进，也将他一刀两段，连亲属尽行骈诛。杀人之父，人亦杀其父，杀人之兄，人亦杀其兄，天道不为无知。

自是大兴土木，留意声色，遣左丞相张浩、右丞相张通古，调集诸路匠役，改筑燕京宫室，一切制度，俱依汴京程序。宫殿遍饰黄金，加施五采，金屑在空中飞舞，几如落雪。每殿需费以亿万计，稍不合意，即令拆造，务极华丽。金屋既成，当然要选集娇娃，贮为妃妾。第一着下手，见叔母阿懒，饶有姿色，他即将叔父阿鲁补杀死，据阿懒为己妾，封为昭妃。继而一美不足，再求众美，遂命徒单贞语宰辅道："朕嗣续未广，前所诛党人诸妇，多朕中表亲，可尽令入宫，备朕选纳。"张浩等奉命维谨，即搜得罪妇百余人，送入宫中。亮仗着一双色眼，东瞧西望，就中美丽，恰也不少，唯有四妇，尤为妖艳。一个是阿鲁子莎鲁啜妻，莎鲁啜一译作莎罗绰。一个是胡鲁—

译作华喇，与阿鲁皆太宗子。子胡里剌妻，胡里剌一译作华喇。一个是胡里剌弟胡失打妻，胡失打一译作呼达。一个是秉德弟嘉哩妻，四妇收入后宫，轮流取乐。嘉哩妻尤工淫媚，封为修仪。正在寻欢纵乐的时候，忽由乌达妻唐括定哥一译作唐古定格。遣侍婢来朝，亮猛然记忆道："不错不错，唐括定哥，我本与她约为夫妇，只因乌达有功，我不忍杀他，特调他为崇义军制度使，令挈妻同去，免我眷恋。今唐括定哥愿践旧约，我也顾不得许多了。"遂宣来婢入见，且面谕道："你归报主母，她能自杀乌达，我定当纳她为后，否则将族灭她家。"婢领命而去。

不到半月。唐括定哥果盛妆前来，亮见她杏脸桃腮，比前更艳，不由的搂抱入怀，笑颜问道："你夫乌达现尚存否？"唐括定哥道："上命难违，妾已将他缢死了。"亮大喜道："好好！"随即拥入帏中，重续旧欢。次日即封为贵妃，大加宠幸。偏唐括定哥素不安分，在家时与俊仆私通，唐括定哥入宫，俊仆亦随入。亮虽宠幸唐括定哥，究竟有许多妃妾，总不免随时应酬，唐括定哥不耐孤寂，乘隙与俊仆叙情，不料为亮所闻，立将俊仆杖死，连唐括定哥亦令自尽。淫妇该有此结果。唐括定哥既死，亮又不觉追悔，闻唐括定哥有妹，名叫唐括石哥，亦颇姣好，曾为秘书监完颜文妻，当即颁诏下去，令完颜文将妻献出。完颜文只好奉诏，把唐括石哥献将上去。亮见她绰约风流，不亚乃姊，即面授为丽妃，列入嫔嫱。已而亮忆及姊女蒲察乂察，一作富察彻辰。也有美色，唯已嫁乙剌补，一作伊里布。当令乙剌补出妻献纳，乙剌补亦不敢有违。嗣复闻济南尹葛王乌禄一作乌鲁。妻乌林答氏，一译作乌凌噶氏。仪容秀整，又遣使召令入宫。乌林答氏泣语乌禄道："我若不行，上必杀王，我当自勉，不致相累。"乌禄也不禁泪下。乌林答氏复召王府臣仆道："为我往祷东岳，皇天后土，明鉴我心，我誓不失节哩。"言已，即与乌禄诀别，上车北行。到了良乡，南向洒泪，暗中低语道："我今日与大王长别了。"遂袖出一翦，刺喉殉节。难得有此贞媛。亮闻报，迁怒乌禄，竟将他降为曹国公，且大括宗室美妇，无论亲戚姊妹，但有三分姿色，一古脑儿收入宫中，供他受用。

寿宁县主什古，一作什贵。系干离不女；静乐县主蒲剌一作希拉。及习抬，一作希延。系兀术女；师古儿一作锡古兰。系讹鲁观女；混同县君莎里古贞一作苏埒和琢。与妹余都，一作伊都。系阿鲁女，都是亮的从姊妹。郕国夫人崇节，

一作重节。系蒲卢虎女孙，是亮侄女；张定安妻奈剌忽，一作鼐喇固。系太后大氏的兄嫂；蒲卢胡只一作富鲁和琢。系丽妃石哥妹，均已适人。亮毫无忌耻，一律召入，逼与之淫。起初尚令她出入，随后留在宫内，日夕淫恣。尤可怪的，是与妇女交合，必奏乐撤帏，令妃嫔列坐旁观，且于卧榻前，遍设地衣，令各妇裸逐为戏。至淫兴一发，即抱卧地上，赤体交欢。可怜这班含羞忍耻的妇女，只因一念贪生，没奈何玉体横陈，任他糟蹋。亮意尚未足，闻江南多美妇人，且有一刘贵妃宠冠宋宫，色艺无双，意欲兴兵南下，为劫掠计，不料太后大氏，一病不起，弥留时，召亮至榻前，泣嘱道："我与徒单太后，始终和好，汝迁都燕京，独将她留着会宁，未曾迎来，今我将死，不能见她一面，殊为可恨。此后汝须迎她到此，事她如事我一般，休要忘记！切嘱切嘱！"亮总算应命。及大氏已殂，丧葬礼毕，便亲自往迎，命左右持杖二束，跪语徒单太后道："亮自知不孝，久疏温清，愿太后惩罪加笞。"是一条苦肉计。徒单太后究是女流，见他这般认过，自然软了心肠，便亲掖亮起，且道："百姓有克家子，尚不忍加笞，我有子如此，宁忍笞么？"随叱左右携杖退去。当下偕亮至燕，入居寿康宫。亮貌极恭顺，后出必随，后起必扶，后有所需，尝亲自供奉。宫廷内外，盛称亮孝。连徒单氏，亦喜慰非常。满身作伪。绍兴三十一年，钦宗病死五国城，亮秘不报丧，但令签书枢密院事高景山，右司员外郎王全，至宋贺天中节。临行时，亮语王全道："汝见宋主，可面责他沿边买马，招致叛亡，且毁去南京宫室，阴怀异志，如诚心修好，可速割汉、淮地畀我，方好赎罪。"全唯唯而出。到了临安，入见高宗，即将亮言转达。高宗道："公亦北方名家，奈何出言背理。"全厉声道："汝国君臣，莫非因赵桓已死，敢生变志么？"高宗闻此二语，立即起座入内，令辅臣询明渊圣死耗，全答言死了数日。于是诏令举哀，持服三年，尊谥渊圣庙号为钦宗。总计钦宗在位仅二年，被掳后，居金三十余年，寿六十有一，小子有诗叹钦宗道：

卧车泣语已嫌迟，老死冰天苦自知。
和虏已成身不返，九哥毕竟太营私。

毕竟宋廷如何对付金使？且至下回表明。

高宗一生行事，唯择立储贰，最称公允，其可以质天地告祖宗者，止此而已。然亦未始非由艺祖传弟，不私神器，彼苍者天，为艺祖后裔计，特隐牖高宗之私衷，令其独断不惑耳。不然，胡崇信奸邪，屈害忠良，甘为小朝廷以求活耶？金主亶始勤终怠，酗酒好色，身死亮手，实其自取。然族灭之惨，毋乃太酷。意者，由其父吴乞买灭辽侵宋，虐戾已甚，天特假手逆亮，以为好杀之报欤。且粘没喝、干离不席卷汴京，兀术、撒离喝尽锐南牧，金源将帅，为宋害者，无逾四人，亮或族其家，或淫其女，自来夷狄烝报，未有如此之横逆者也。天道岂果无凭乎？

第七十八回　金主亮分道入寇
虞允文大破敌军

却说钦宗死耗，传至宋都，廷议拟俟金使北还，然后治丧。左史黄中入语宰执道："这是国家大故，臣子至痛，奈何尚可失礼？"陈康伯即答道："左史言是。"当即日奏请治丧。中退后，康伯入奏照准，宫廷内外，相率举哀。一连数日，把金使要索条件，搁置不提。金使迫不及待，转问宰臣。康伯道："天子居丧，尚有何心议及此事？贵国如仍顾旧约，幸勿败盟，否则且俟缓议。"金使再欲争论，康伯不与一言，累得金使没趣，悻悻自去。康伯亟奏白高宗，有诏召同安郡王杨存中，及三衙帅赵密，同至都堂，共议军事。又令侍臣台谏，一并集议。康伯首先提议道："今日不必论和与守，但当论战。"存中接入道："强虏败盟，曲在彼，不在我，自应主战为是。"独赵密不发一言，右仆射朱倬亦未闻置议。康伯见二人作壁上观，便语存中道："现在国势虽弱，并非不足一战，但必须君臣上下，一德一心，方可制胜，我且入朝申请，俟上意坚定，然后再议，何如？"存中也即赞成，大众遂退。

康伯仔细探听，才知内侍省都知张去为，阴阻用兵，且有劝幸闽、蜀消息，于是手缮奏牍，极陈："金敌败盟，天人共愤，事已有进无退，请圣意坚决，速调三衙禁旅，出扼襄、汉，观衅后动，勿再迁延"等语。殿中侍御史陈俊卿，也上疏乞诛张去为。杨存中又上备敌十策，乃命主管马军司成闵，率兵三万，出戍鄂州，与前时调守襄阳的吴珙，犄角相应。且将金使王

全所述，遍谕诸路统制，郡守监司，令他随宜应变。命吴璘宣抚四川，与制置使王刚中措置边防。起刘锜为江淮、浙西制置使，屯驻扬州，节制诸路军马。杨存中、刘锜二人，可谓当时的硕果。这边方慎修武备，那边亦妄动干戈。金主亮因高、王两使，返报宋事，顿时无名火高起三丈，勃然道："朕举兵灭宋，易如反手，此时讨平高丽、西夏，合天下为一家，才算得是一统哩。"以若所为，求若所欲，犹缘木而求鱼也。参政敬嗣晖、李通等俱献谀贡媚，怂恿起兵。亮遂修战具，造兵船，括民马，指日南下。独徒单太后屡次劝阻，亮遂因是挟嫌，并且征兵愈亟，使掌牌印官燥合一译作素赫。赴西北路，募故辽兵。辽人不愿行，偏燥合挟势逞威，鞭笞交下。该死的暴徒。西北路招讨使译史萨巴乘辽人怨望，攻杀燥合，及招讨使完颜沃侧，沃侧一作乌色。遂集众叛金，立故辽遗族老和尚一译作楞华善。为招讨使，联合咸平府穆昆括里，有众数万，声焰日张。金主亮令仆散忽土西征，忽土陛辞，且入谒徒单太后。太后忽颦眉道："国家世居上京，既徙中都，今又欲往汴，且闻将兴兵渡江，往伐南宋，恐人民疲敝，将生他变。我尝好言谏阻，不闻见允，今辽人又复叛乱，为之奈何？"忽土劝慰数语，出宫西去。哪知徒单太后这番言论已有人向亮报知。这人为谁？就是太后的侍婢高福娘。自徒单太后至燕后，尝令福娘问候起居，福娘面目妖娆，居然为亮所赏识，与她私通，因此太后言动，无不传报。亮闻此言，不禁忿怒道："这老妪又来絮聒，她想阻我，我偏要徙汴，偏要伐宋。"当下传令迁都，即日登程。徒单太后以下，均从行至汴，太后入居宁德宫。亮又命搜捕宋、辽宗室，共得一百三十余人，均先时被掳至金，至此一律处死。且密嘱福娘道："此后宁德宫中，倘再有违言，我与她不两立了。"

福娘本已有夫，叫作特末哥。一作特默格。尤生得狡猾异常，福娘将亮语转告乃夫，特末哥道："你何不借此立功哩？"纵妻肆淫，还要导主弑母，想是别有心肝。福娘乃时进谗言，只说太后有废立意。亮益怒道："怪不得她私养郑王充，现在充四子已长大了，她想抬举他做皇帝么？"借亮口中，叙出徒单氏被弑原因。遂召点检大怀忠等入内，特给一剑道："你去杀了宁德宫老妪，回来报我！"怀忠持剑而去，至宁德宫，适值徒单太后作樗蒲戏。怀忠叱太后道："快跪读诏敕！"太后莫名其妙，愕然问道："何人使我下跪？"言未已，那怀忠背后，已突出一人，乃是尚衣局使虎特末，一作华特默。贸然上

前，捽后令跪，且向她背后连击三拳。后再起再仆，已是气息奄奄，势将垂毙。高福娘手持一绳，套入后颈，可怜这位金邦嫡母，双足一伸，呜呼哀哉！阅至此，令人发指。还有太后左右数人，亦一并杀死。怀忠等返报，亮命焚太后尸，弃骨水中。穷凶极恶。并拿捕郑王充子二人，一名檀板，一作塔纳。一名阿里白，一作阿里布。立即杀毙。郑王充及余二子，想已逃去，故不见史乘。且恐仆散忽土在外拥兵，蓄有异图，特召他还朝，结果性命。仆散忽土有弑君罪，死已晚矣。封高福娘为郧国夫人，特末哥为泽州刺史。何不封他为元绪公？一面大举南侵，分诸道兵为三十二军，置左右大都督及三道都统制府，总率师干。命奔睹一译作璸都。为左大都督，李通为副。纥石烈良弼一作吓舍哩良弼。为右大都督，乌延蒲卢浑为副。蒲卢浑一作富埒辉。苏保衡为浙东道水军都统制，完颜郑家奴家奴一作嘉努。为副，由海道趋临安。刘萼为汉南道行营兵马都统制，自蔡州进瞰荆、襄。徒单合喜一作图克坦喀尔喀。为西蜀道行营都统制，由凤翔趋大散关。左监军徒单贞别将兵二万入淮阴。亮召诸将授方略，赐宴尚书省，命皇后徒单氏，与太子光英居守，张浩、萧玉、敬嗣晖留治省事，自己戎服整装，跨马启程，后宫妃嫔，一律随行。一班娘子军，只耐肉战，不耐兵战，奈何？

先是亮尝遣使赴宋，令画工偕往，描写临安湖山，持归作屏。且命绘入己像，立马吴山顶上，自题一诗，有“立马吴山第一峰”七字。至是语侍臣道：“朕此次南行，要实践图中绘事了。”要向鬼门关去了。亮众约六十万，号称百万，毡帐相望，旗鼓连绎不绝。徒单合喜长驱西进，直抵大散关，令游骑攻黄牛堡。守将李彦坚告急，人情汹汹，制置使王刚中乘快马驰二百里，突入吴璘营中。璘尚高寝，刚中呼璘速起，正色与语道：“大将与国家同休戚，奈何敌已侵边，尚是高枕安卧？”璘大惊道：“有这般事么？”随即率帐前亲卒，披甲上马，与刚中驰至杀金平，厄守青野原，益调内省兵，分道并进，援黄牛堡。徒单合喜见宋师四集，不敢进攻，退驻桥头寨。吴璘遣裨将彭青率兵夜进，劫破徒单合喜，退还凤翔。在黄牛堡的金兵，亦被守将李彦坚用神臂弓射退，西路金兵已退。川边解严。璘又遣彭青复陇州，他将刘海复秦州，曹休复洮州，西北已无虞了。东北的大名府，早已属金，至是有高平人王友直少谙兵法，志复中原，闻金亮渝盟，遂联络豪杰，权称河北等路安抚制置使，遍谕州县勤王。未几，得数万人，分为十三军，进攻大名，一

鼓即克，抚定众庶，令奉绍兴正朔，并遣人入朝奏事。后自寿春来归，诏授忠义都统制。又有宿迁人魏胜，素号智勇，应募为弓箭手，及金亮南侵，跃然而起，立聚义士三百，渡淮取涟水军，进攻海州，遍张旗帜，举烟火为疑兵，又使人招降守卒，谕以金人败盟兴兵，朝廷特兴师问罪，如能开门迎降，秋毫无犯。城中人闻言甚喜，即开城相迓。魏胜驰入城中，擒住金知州高文富，阵毙文富子安仁，其余不戮一人。复招谕朐山、怀仁、沭阳、东海诸县，一律平定。胜蠲租税，释罪囚，发仓库，犒战士，驰檄远近，四方响应。居然有大将风。乘势进拔沂州，得甲具数万。金将蒙恬、镇国领万人来争海州，胜设伏以待，待金兵近城，伏兵猝发，击死镇国，余众遁去。淮南总管李宝，代奏胜功，诏命胜知海州事。

金主亮闻数路警报，亟拟渡淮南进，命李通至清河口，筑梁济师。且恐魏胜袭他后路，即分兵数万，往围海州。胜遣使向李宝乞援，宝正率师航海，拟从海道拒敌胶西。既得魏胜急报，即带着手下兵士，往援魏胜。适值金兵到了新桥，距海州城仅十余里，宝麾兵迎击，战斗方酣，魏胜也出城夹攻，金兵腹背受敌，顿时溃走。胜还守北关，金兵又进，复被胜击退。既而金兵再攻东门，胜单枪匹马，出城呵叱，敌皆骇散。翌晨，阴雾四塞，金兵四面薄城，仍不能入，乃拔寨驰去。

李宝既解海州围，遂引舟师赴胶西白石岛。会值金将完颜郑家奴，驱战舰出海口，泊陈家岛，相距仅一山。宝祷诸石臼神，北风骤起，正好乘风出战，霎时间过山薄敌，鼓声震荡，海波腾跃，敌众大惊。连忙掣碇举帆，怎奈风浪卷聚，帆不得驶，反害得心慌意乱，无复行列。宝用火箭注射，火随风炽，延烧敌舟数百艘；尚有未曾被火的敌舟，还思向前迎敌，宝叱壮士跳跃而过，各用短刀四斫，金兵手足无措，但见得头颅乱滚，血肉横飞。完颜郑家奴无处奔避，也做了刀头面。余将倪洵等情愿乞降。宝将降将縶献，降兵收留，夺得统军符印，及文书器甲粮斛，数以万计，余物不便载还，尽行焚毁。火光熊熊，历四昼夜才熄。海上亦报肃清。航海金兵又尽覆殁。

金主亮连得警报，忧怒交并，拟即向清河口济师。偏有宋老将刘锜用兵扼住，水中暗伏水手，遇有敌舟，用钉凿沉。亮又不敢径渡，没奈何改趋淮西。淮西守将王权，由锜所遣，独不从锜命，闻得金兵大至，即弃了庐州，退屯昭关。金主亮渡淮入庐州，权又自昭关退保和州。未几，又退屯采石。

锜闻亮已渡淮，也只得引还扬州。亮进陷和州，又遣高景山率兵攻扬州，锜适患病，自扬州退驻瓜州，扬州被陷，沿江上下，难民塞途。锜力疾趋皂角林，收抚流民，并命步将吴超、员琦、王佐等，整军御敌。金将高景山领兵前来，气势锐甚，锜跃马径出，麾军突阵。金兵分作两翼，来围锜军。锜左驰右骤，督众死斗，约有两个时辰，马受伤致蹶，锜遂下马步战，杀开一条血路，回趋本营。高景山从后追蹑，约半里许，道旁列有丛林，一声号炮，林中突出许多弓箭手，攒射金兵，金兵多半中箭，只好退去。这弓弩手系王佐步卒，佐见主帅被围，一面设伏，一面往援，可巧锜退敌进，遂督弓弩手，射退敌兵。锜回营易马，复招集各将，追击高景山。景山不及预防，被锜一马冲入，手起刀落，砍落马下，余众大溃，锜乃收兵回营。为此一战，锜病益剧，乃上疏求代。

时两淮警耗，迭至临安，高宗召杨存中至内殿，商议避敌，且命转询陈康伯。康伯闻存中到来，从容延入，解衣置酒，与商大计。存中道："主上又思航海去了。"想是还有余味。康伯道："我已闻有这般消息，明晨入朝，当极力谏阻。"存中意亦相同，尽欢而散。康伯于次日入奏，极陈航海非计，高宗亦颇感悟，康伯乃退。不意隔了一夕，忽接到高宗手诏，内有"敌若未退，当散百官"等语。专想逃走。康伯愤甚，竟取了一火，将手诏焚去，且驰奏高宗道："百官岂可散得？百官一散，主势益孤，臣请陛下发愤亲征，前时平江一役，陛下曾记忆否？"应七十回。高宗被康伯一激，方有些振作起来。仍是一种侥幸思想。乃命知枢密院事叶义问，督师江、淮，往视锜疾。中书舍人虞允文，参赞军事，杨存中为御营宿卫使，择日亲征。殿中侍御史陈俊卿上言："张浚忠荩，决可起用。"高宗因复浚原官，召判建康，并褫王权职，编管琼州，命都统制李显忠往统权军。召刘锜还镇江养疴，兼顾江防。

锜留侄汜，率千五百人扼瓜州。都统制李横，率八千人为援应。金主亮陷没两淮，分兵犯瓜州。汜用克敌弓，接连发矢，金兵却退。叶义问到了镇江，见锜正病剧，未便与论战事，但令李横暂统锜军，督兵渡江，且饬刘汜继进。横以为未可，独汜颇欲出战，入问诸锜。锜意亦与汜相反，但摇手示意。汜尚未信，拜家庙而行。义问复促横并进，横不得已，与汜同时渡江。甫登对岸，蓦见敌骑奄至，似狂风骤雨，迎头冲来。汜不禁胆怯，下舟返奔。少年使气，往往如是。横孤军当敌，眼见得不能支持，左军统制魏俊，右

军统制王方，陆续战死。横慌忙却走，连所佩都统制印，俱致失去，部军十死七八，徒落得血满长江罢了。

义问自得败耗，亟走建康。遣虞允文驰往芜湖迎李显忠，交代王权军，乘便犒师。允文到了采石，王权已去，显忠未来，军士三五星散，均解鞍束甲，坐列道旁。及见了允文，方起立行礼，通报各队将弁。统制时俊等出迓允文，允文才入帐中，忽有侦卒来报，金主亮已渡江前来了。令人愕然。原来亮闻瓜州大捷，即筑台江上，自披金甲登台，杀马祭天，并用一羊一豕，投入江中。下令全军渡江，先济有赏。蒲卢浑进谏道："臣观宋舟甚大，行驶如飞，我舟既小，行驶反缓，水战非我所长，恐不可速济。"亮怒道："汝昔从梁王疑指兀术。追赵构至海岛，曾有大舟么？"侍卫梁汉臣道："诚如陛下所言，此时若不渡江，尚待何时？"亮转怒为喜，即在岸上，悬设红旗黄旗，号令进止。长江上下，舳舻如织，亮独乘龙凤大船，绝流而渡，采石矶头，钲鼓相闻。各将都面面相觑，不发一言。独虞允文慨然起座，语诸将道："大敌当前，全仗诸公协力同心，为国杀敌。现在金帛诰命，均由允文携带至此，以待有功。允文一介书生，未娴戎事，亦当执鞭随后，看诸公杀贼建功哩。"诸将经此数语，也一齐起立道："参军且如此忠勇，某等久效戎行，且有参军作主，敢不誓死一战。"正要汝等出此一语。允文大喜，唯随从允文的幕僚，掣允文衣，密语道："公受命犒师，不受命督战，若他人败事，公忍受此咎么？"允文怒叱道："危及社稷，我将奚避？"乃命诸将严阵以待，分戈船为五队，两队分列东西两岸，作为左右军，一队驻中流，作为中军，还有两队，潜伏小港，作为游兵，防备不测。部署甫毕，敌已大呼而至，亮在后面，自执红旗，麾舟数百艘，鱼贯前来。霎时间，已有七十艘渡至南岸，猛薄宋师。宋师见来势甚猛，稍稍退却。允文督战中流，拊统制时俊背上，婉颜与语道："将军胆略，素传远迩，今退立阵后，反似儿女子一般，威名宁不扫地么？"遣将不如激将。时俊闻言，即跃登船头，手挥双刀，拼命相搏。军士亦努力死战，两下里相持不舍。允文复召集海鳅船猛冲敌舟，敌舟不甚坚固，被海鳅船锐角相撞，沉没了好几艘。他尚仗着多舟，半死半战，直至日暮，尚不肯退。允文也觉焦灼，遥见西岸有许多官兵，陆续到来，便即驶舟拢岸，登陆招呼，约略询问，方知是光州溃卒。眉头一皱，计上心来，遂与语道："你等到此，正好立功，我今授你旗鼓，绕道从山后

转出，敌必疑为援兵，定当骇走了。”大家依计，受了旗鼓，欢跃而去。允文复下舟督战，不到片刻，那受计的军士，已绕出山后，携着大宋旗号，踊跃前进。金主亮果疑是援军，抛去红旗，改用黄旗，麾兵退去。允文又命强弓劲矢，尾击追射，把金兵射毙无算。直至金兵均退至北岸，方才收兵。亮还至和州，检点兵士，丧失甚多，遂迁怒各将，捶杀了好几人。

蓦有警信传至，曹国公乌禄，已即位东京，改元大定。亮不禁拊髀长叹道：“朕本欲平江南，改元大定，不料乌禄先已如此，这难道是天意不成？”因从文牍箧中，取出改元拟诏，有“一戎衣天下大定”等语，指示群臣，并与语道：“乌禄既叛，朕只好北归，平定内乱，再来伐宋了。”李通接着道：“陛下亲入宋境，无功即归，若众溃在前，敌乘诸后，大事去了。”亮又道：“既如此，且分兵渡江，朕当北返。”李通复道：“陛下北去，就使留兵渡江，恐将士亦皆懈体。为陛下计，不若令燕北诸军，先行渡江，免得他有异志，且敛舟自毁，绝他归望，那时众知必死，锐意南进，不怕宋室不灭。灭宋以后，陛下威灵大振，回旗北指，平乱如反掌了。”不如是，何由致毙？亮大喜道：“事贵神速，明日再行进兵。”乃传谕诸将，越宿进发。到了次日，亮督军再进，甫至杨林河口，见已有海舟，排列非常严肃，不由的惊诧起来。看官道海舟里面，系是何人？原来是宋将盛新。他受虞允文命令，料知亮必复来，已于夜半驶舟直上，整备着许多火箭，来烧金船。亮还道宋军无备，因此诧异，正拟上前突阵，忽闻鼓声一响，宋船中的火箭，好似万道金光，一齐射至。天空中的风伯，也助宋逞威，把金舟尽行延烧。亮亟督兵扑救，偏宋师四面驶集，都来纵火，连亮自坐的龙凤舟，也被燃着。亮且扑且遁，好容易奔回北岸，龙头也焦了，凤尾也黑了，其余三百号战船，只剩了一半，还都是残缺不全，不能再驶。亮遭此大败，急得暴躁不堪，便欲将各舟尽行毁去。还是蒲卢浑献上一策，请招降宋将王权，为疑间计。仍似做梦。亮依计而行，遣使持诏至宋营。允文得书，微笑道：“这明明是反间计，敢来欺我吗？”遂亲作复书，交来使去讫。金使持书回报，亮拆书阅读道：“权因退师，已置宪典，新将李显忠也愿再战，以决雌雄。”亮读毕，旁顾诸将道：“我只知南宋老将，有一刘锜，怎么又有一个李显忠，也这般厉害？”诸将多不知显忠履历，无词可对，唯有一偏校道：“莫非就是李世辅？”亮闻言益怒，遂召入梁汉臣，厉声叱道：“你首先劝朕渡江，难道不知有李世辅

么？”言未已，拔剑一挥，把汉臣斩作两段。并命将龙凤舟毁去。连造舟工役，亦杀死两人，自率兵趋向扬州去了。正是：

一鼓竟能褫逆魄，六军从此服儒生。

看官欲问李显忠履历，待小子下回表明。

历代无道之主，莫如金亮，亮之罪上通于天，大举伐宋，正天益之疾而夺其魄耳。假使高宗构有恢复之志，声其罪而加之讨，则南北义士，奋起讨逆，大憝授首，炎宋中兴，宁非快事？乃闻寇南来，即思退避，愚弱不振，一至于此。幸陈康伯劝阻于内，虞允文达权于外，始得侥幸一胜，保全东南。论者谓以弱制强，以寡败众，允文之功居多。夫允文诚有功，然安知非天之嫉亮已甚，特借义士忠臣以诛逐之耶？故予谓采石一役，盖犹有天幸云。

第七十九回　诛暴主辽阳立新君
隳前功符离惊溃变

却说李显忠原名世辅，系绥德军青涧人，父名永奇，为本军巡检使。显忠年十七，即随父出入行阵，颇有胆略，积功至武翼郎，充副将。至金人陷延安，授显忠父子官，永奇私语显忠道："我为宋臣，乃可为金人用么？"显忠尝念父言，每欲乘间归宋，嗣兀术令显忠知同州，适金将撒离喝到来，显忠用计擒住撒离喝，急驰出城，拟赴宋献功。偏为金人所追，至沿河，又无舟可渡，乃与撒离喝折箭为誓，一不准杀同州人，二不准害永奇等，方准释还。撒离喝情愿如约，因放他北还，一面急遣人告知永奇。永奇挈眷南行，途次被金人追及，家属三百口皆遇害。显忠西奔至夏，乞师复仇，愿取陕西五路。夏主令为延安经略使。显忠至延安，适延安复为宋有，遂有意归宋，执住夏将王枢，夏人用铁鹞子军来取显忠，被显忠一阵击退，获马四万匹，因用绍兴年号，揭榜招兵，匝旬得万余名，缉得杀父仇人，碎尸泄愤。四川宣抚使吴玠，遣使宣抚，谕以南北议和，毋多生事。显忠乃往见吴玠，玠送显忠至行在，高宗抚劳再三，赐名显忠，寻授为都统制。显忠上恢复策，为秦桧所忌，复至落职。桧死，显忠得复原官。叙入显忠履历，亦善善从长之意。

金主亮南侵，王权败退，因命显忠代将。显忠颇为金人所惮，所以虞允文虚声扬威，金主亮亦有戒心。已而显忠果至，允文接见甚欢，且与语道："敌入扬州，必与瓜州舟兵合，京口无备，我当往守，公能分兵相助么？"

显忠道："同是朝廷军吏，有何不可？"遂分兵万六千人与允文。允文即日至京口，且谒刘锜问疾。锜执允文手道："疾何必问。朝廷养兵三十年，一技不施，大功反出一儒生，真令我辈愧死了。"言甫毕，有诏传入，召锜还朝，提举万寿观，别命成闵为淮东招讨使，李显忠为淮西招讨使，吴拱为湖北、京西招讨使。锜既接诏，遂与允文告别而去。未几杨存中奉诏，来守京口，与允文临江阅兵，命战士试船中流。三周金山，往来如飞。适金主亮至瓜州，命部众持矢射船，船疾矢迟，俱不能中，众皆骇愕。亮狞笑道："恐怕是纸船哩。"恐是你死在目前，眼先昏花了。言未已，有一将跪白道："南军有备，不可轻敌，陛下不如回驻扬州，徐图进取。"亮怒叱道："汝敢慢我军心么？"喝令左右，把该将杖责五十，随即召集诸将，限令三日渡江，否则尽杀不贷。自此令一下，军士都有变志，骁骑高僧一译作喝山。欲诱私党亡去，为亮所觉，命将高僧乱刀分尸。且下令军士逃走，应杀弁目，弁目逃走，应杀总管。众闻令，益加危惧。嗣又运鸦鹘船至瓜州，约期次日渡江，敢后者斩。自期速死，所以申令激变。军中遂私自会议，想出一条最后的计策，商诸浙西都统制耶律元宜等。元宜问明计议，大众齐声道："宋军尽扼淮渡，若我等渡江，个个成擒了。近闻辽阳新天子即位，不若共行大事，然后举军北还，免得同死江南。"元宜迟疑半晌，方道："诸位果齐心否？"众复应声道："大众同心。"元宜道："既已齐心，事不宜迟，明晨卫军番代，即当行事。"众复允诺。

到了翌晨，元宜即会同各将，齐薄亮营。亮正驻龟山寺，闻变遽起，还疑是宋兵猝至，即令近侍大庆山出召军士迎敌。庆山将行，忽有一箭射入，被亮接住。顾视箭枝，不禁大骇道："这箭是我军所射，并不是宋军。"道言未绝，闻外面喧噪道："速诛无道昏君！"大庆山忙语亮道："事已急了，请陛下急走！"亮接口道："走将何往？"遂转身取弓，哪知背后有丛矢攒射，贯入项颈，禁不住一声叫痛，晕倒地上。延安少尹纳合干鲁补一作纳哈培干喇布。首先抢入，持刀径下，砍了数刀，但见他手足尚动，遂取带将他勒死。弑君弑母，还令自受。众将士陆续趋进，先将李通、郭安国、徒单永年、梁珫、大庆山等次第拿下，然后再把所有妃嫔，一古脑儿牵将出来，捆在一处。大众各呼道："速杀速杀！"霎时乱刀齐下，凡助亮为虐的从臣，及供亮宣淫的妖娆，统变作血肉模糊，几成菹酱。为妃嫔计，若知有这般结果，不若从前死

节。再取骁骑指挥使大磐衣巾裹了亮尸，厝薪纵火，焚骨扬灰。应该如此。元宜自为左领军副大都督，派兵至汴，杀毙亮后徒单氏。及亮子光英，一面退军三十里，遣使持檄诣镇江军议和。杨存中拒绝来使，金使驰去。嗣闻荆、襄、江、淮一带所有金兵，尽行北去。

先是亮发汴京，将士已有贰心，曷苏一译作和硕。馆猛安福寿、一作明安完颜福寿。高忠建、卢万家，婆娑一作博索。路总管谋衍，一作默音即娄室子。东京穆昆金住等皆举部亡归，且在路中扬言道："我辈今往东京去立新天子了。"原来东京留守曹国公乌禄，素性仁孝，向得士心，自妻乌林荅氏被召殉节，未免怨亮，且闻亮有弑母屠族等情，恐祸及己身，更怀忧虑。兴元少尹李石，本乌禄舅，劝乌禄先发制人，乌禄因将副留守高存福擒住，适值福寿等拥入东京，愿戴乌禄为主，乌禄遂杀高存福，御宣政殿，即位大赦，易名为雍，改元大定，下诏数亮罪恶数十事，饬部众截亮归路，追尊父讹里朵为帝，讹里朵系太祖子。号为睿宗。至亮已被杀，遂自辽阳入燕京，召归南征诸将士，追废亮为海陵炀王，斥退萧玉、敬嗣晖等，诛特末哥及高福娘，以张浩有贤名，仍任为尚书令。寻又复故主亶帝号，尊为熙宗，且讨弑熙宗罪，再废亮为庶人，一面令高忠建为招谕宋国使，并告即位。

时高宗已启跸至建康，由张浚迎拜道左，卫士见浚，俱以手加额，欢跃异常，高宗亦温言抚慰。入城后过了残年。即绍兴三十一年之末。虞允文自京口来朝，高宗语陈俊卿道："允文文武兼全，差不多是朕的裴度呢。"遂命他为川陕宣谕使。允文陛辞，面奏道："金亮既诛，新主初立，正天示我恢复的机会，若再主和，海内气沮，不如主战，海内气伸。"高宗道："朕知道了，卿且去，与吴璘经略西陲！"允文乃行。高宗仍欲还临安，御史吴芾，请驾留建康，北图恢复，高宗不从，只托言钦宗神主应祔太庙，随即启行，返至临安。适刘锜呕血而亡，因诏赠开府仪同三司，赐锜家银三百两，帛三百匹，寻谥武穆。锜系德顺军人，慷慨沉毅，有儒将风，为金人所敬畏。至是以刘汜败绩，病不能报，赍恨以终，远近叹息。

唯金使高忠建，已到临安，廷议当遣使报聘，且贺即位。工部侍郎张阐，请慎择使臣，正敌国礼，庶可复我声威，高宗也以为然，乃谕诸执政道："向日主和，本为梓宫太后，虽屈己卑词，亦所不顾，今两国已经绝好，宜正名分，画境界，改定岁币朝仪。"陈康伯奉命转告金使，高忠建不肯如

约，且闻两淮州郡，由成闵、李显忠等依次收复，便因是抗言相责。康伯谓弃好背盟，咎在金，不在宋，说得忠建无词可答，只好默然。高宗乃遣洪迈为贺登极使，并用手札赐迈道："祖宗陵寝，睽隔三十年，不得按时祭扫，朕心甚痛。若金人能以河南见归，或可仍遵前约，否则非改议不可。"语意仍不免畏葸。当下给交国书，改去臣构字样，直称宋帝。迈赍书至燕，金阁门见国书不依前式，令迈改草，且令自称陪臣。朝见礼节，概用旧仪。迈坚执不允，被金人锢使馆中，三日水浆不通，迈不屈如故。金廷欲将迈拘住，独张浩谓使臣无罪，不如遣还。迈才得南归，唯和议仍无头绪，南北尚不能无争。

四川宣抚使吴璘，出屯汉中，复商、虢诸州，分兵收大散关，又遣姚仲攻德顺军，四旬不克。璘用李师颜代将，师颜子珽出战百亭，大败金兵，擒金将耶律九斤等百三十七人。金兵悉锐趋德顺，璘亲往督师，又与金人大战，仍得胜仗。金兵入营固守，会天大风雪，乃拔营遁去。璘遂整军入城，再派严忠取环州，姚仲、耿巩、王彦等，复兰、会、熙、巩等州及永兴军。虞允文至陕，与吴璘会同规划，次第进行，西陲好算顺手，东土亦得捷音。金遣豆斤太师一作乌珍太师。发诸路兵二十路，进攻海州，先派骑兵绕出州城西南，阻截饷道。知州魏胜，择劲悍三千余骑，往拒石闸堰，金军不能进，只得退还。胜留千骑扼守险要，金兵十余万来争，胜率众往援，杀死金兵数千人，余众遁去。及胜还城中，金兵复乘夜薄城，围至数匝，胜竭力守御，且缒兵向李宝告急。宝飞章奏闻，高宗命镇江都统张子盖驰援。子盖发兵至石湫堰，见河东列着敌阵，即率精骑冲击。统制张汜，奋勇先驱，甫入敌阵，被流矢射中要害，倒毙马下。子盖大呼道："张统制殉难了，此仇岂可不报？"道言未绝，已跃马直前。部兵一并随上，纵横驰骤，锐不可当。金兵正苦难支，又见魏胜统军杀来，也似生龙活虎一般，那时如何招架？便相率奔溃。后面阻着石湫河，急切无从逃避，多半拥入河中。能泅水的，还侥幸逃生，不能泅水的，当然毙命。海州自是解围，魏胜收军还城，子盖亦带兵回镇。李显忠闻海州围解，金兵又败，拟乘势规复中原，奏请出师西向，自宿、亳趋汴京，直通关、陕。关、陕既通，鄜延一路，素知臣名，必皆响应，然后招集部曲，转取河东云云。哪知高宗非但不从，反下诏撤消三招讨使，召显忠主管侍卫军马司，成闵主管殿前衙司，吴拱主管侍卫步军司。显忠不得已，奉命还朝，又是枉费心机。途次接得内禅诏旨，亟驰贺新主去了。

当金亮入寇时，群臣多劝高宗避敌，皇子玮不胜忿懑，入白高宗，愿率师御寇。高宗亦颇感动，乃下诏亲征。玮扈跸同行，及还临安，高宗以年老倦勤，意欲禅位。仍然不脱主和故智，因此得休便休。陈康伯密赞大计，乞先正名，因立玮为太子，更名为昚。音慎。且追封太子父子偁为秀王。未几，由高宗降诏，令太子即皇帝位，自称太上皇帝，后称太上皇后，退居德寿宫。太子昚固辞不受，高宗勉谕再三，又出御紫宸殿，面谕群臣，嗣即入内，由侍臣拥太子出殿，至御座旁，侧立不坐。侍臣扶掖至七八次，乃略就座。宰相率百僚拜贺，太子又遽起立。辅臣升殿固请，太子愀然道："君父有命，本诸独断，自恐无德，未克当此大位。"辅臣免不得恭维数语。于是草草成礼，片刻退班。高宗移驻德寿宫，太子自整袍履，步出祥曦门，冒雨扶辇随行。及宫门尚未止步，高宗一再麾退，并令左右扶掖以进，因顾群臣道："付托得人，我无忧了。"越日，颁诏大赦。又越日，以即位礼成，告天地宗庙社稷，是为孝宗皇帝。定五日一朝德寿宫，旋因上皇未允，改为每月四朝。

孝宗闻张浚重名，既即位，即召浚入朝。浚至拜谒已毕，孝宗赐他旁坐，且改容与语道："久闻公忠勇过人，今朝廷所恃唯公，幸有以教朕！"浚从容对道："人主所恃，以心为本，一心合天，何事不济？古人所谓天即是理，秉理处事，使清明在躬，自然赏罚举错，毋有不当，人心皆归，敌仇亦服。"孝宗悚然道："当不忘公言！"遂加浚少傅，封魏国公，宣抚江淮。浚一再进谒，极陈："和议非计，请遣舟师，自海道捣山东。命诸将出师犄角，进取中原。"孝宗颇也称善。无如当时，有个潜邸旧臣，姓史名浩，曾任翰林学士，时预枢密。他是秦缪丑的流亚，专讲和议，从中掣肘，这也是天意已定，无可挽回，因此出了一位孝宗，复出一个史浩，实仍由孝宗用人不明。浩上言："官军西讨，东不可过宝鸡，北不可过德顺，若离蜀太远，恐致敌人潜袭，保蜀反以亡蜀。"孝宗竟为所惑，遂拟弃秦陇三路。虞允文遥谏不从，反将他罢知夔州，并诏吴璘班师。璘此时已收复十三州三军，正与金将阿撤相持，既接诏命，乃下令退兵。僚属交谏道："将在外，君令有所不受，此举所关甚重，奈何退师？"璘慨然道："璘岂不知此！但主上新政，璘远握重兵，若不遵诏，岂非目无君上么？"遂退师还河池。自是秦凤、熙河、永兴三路，新复十三州三军，又皆为金人夺去。及虞允文自川、陕还朝，入对时，以笏画地，极言弃地利害，且云今日有八可战，孝宗始叹谓史

浩误朕，这是后话慢表。

且说孝宗于绍兴三十二年六月即位，越年改元隆兴，进史浩为尚书右仆射，同平章事，兼枢密使。备叙官衔，见孝宗之倚畀非人。且诏宰执以下，各陈应敌定论以闻。廷臣多半主战，独史浩主守。守字即和字之变相。正争议间，忽由张浚呈入金将来书，系索海、泗、唐、邓、商各州地，所有往来通问，悉如金熙宗时旧约，否则请会兵相见云云。原来金主雍称帝以后，本已诏罢南征，唯遣右副元帅谋衍等，往讨西北乱党。应前回萨巴之乱。时萨巴已为党羽移剌窝干所杀，老和尚亦就缚，移剌窝干自称都元帅，寻且潜号皇帝，改元天正，兵势颇强。谋衍等师久无功，因遣他将仆散忠义一作布萨忠义。及纥石烈志宁，一作赫舍哩志宁。往代谋衍。两将驱兵深入，连败移剌窝干。移剌窝干北走沙陀被党徒执献金军，枭首以殉，余党悉平。金主遂进仆散忠义为都元帅，赴汴京节制诸军。纥石烈志宁为副元帅，驻军淮阳，为南攻计。纥石烈志宁贻书张浚，求如故约，且遣蒲察徒穆一作富察图们。大周仁屯虹县，萧琦屯灵壁，积粮修城，准备出发。浚既将来书呈入，又极力主战，劝孝宗临幸建康，鼓动士气，勿堕敌诈谋。孝宗览后，手诏召浚入议。浚仍执前说，且请乘敌未发，先捣虹县及灵壁。孝宗点头会意，独史浩进奏道："帝王出师，当策万全，岂可冒昧尝试，侥幸图逞？"浚与他力辩，并奏言："浩意主和，恐失机会。"孝宗道："魏公既锐意恢复，朕难道独甘偷安么？"浚拜谢而退。李显忠时已在朝，兼任淮西招抚使，亦请出师，愿为前驱。建康都统邵宏渊，复献捣虹县、灵壁的计策。孝宗遂决意兴师，且语陈俊卿道："朕倚魏公如长城，不容浮言摇夺。"当下将兵马大权，付与张浚。

浚至建康，开府江淮，遣李显忠出濠州，趋灵壁。邵宏渊出泗州，趋虹县。这次出师的旨意，并不由三省枢密院决议。及兵已调发，浩始得闻，心中很是不平，面请辞职。侍御史王十朋劾浩怀奸误国等八罪，浩遂罢知绍兴府。十朋再疏劾浩，复斥令奉祠。李显忠自濠梁渡淮，直抵陡沟，金右翼都统萧琦，用拐子马来拒，金人只有此技。显忠麾众猛击，萧琦败走，遂克灵壁。唯宏渊围攻虹县，旷日不下，显忠遣灵壁降卒，至虹县开谕祸福。金守将蒲察徒穆、大周仁俱出降，连萧琦亦情愿投诚。偏宏渊自耻无功，阴怀妒忌，这种人最属可恨。会值显忠降将，入诉显忠，谓被宏渊部卒，夺去佩刀，显忠即向宏渊索得罪人，讯明属实，竟喝令斩首。宏渊愈加衔恨。显忠乘

胜至宿州，大败金兵，追奔二十余里，至收军回营，方见宏渊到来。两下相见，宏渊微笑道："招抚真关西将军呢。"言下有不满意。显忠道："公既远来，请闭营休士，明日并力攻城。"宏渊默然。显忠知宏渊不可恃，独于次日誓众登城。军士血薄上登，城已垂破，见宏渊军尚闲立濠外，大呼促进，方渡濠过来。及显忠已入城，宏渊才到，巷战逾时，寻斩数千人，宿州遂复。捷报到了临安，孝宗大喜，授显忠为淮南、京东、河北招讨使，宏渊为副。宏渊欲发仓库犒士，显忠不可，止以现钱为赏，士卒始有怨词。显忠此举，未免失策。

会闻金副元帅纥石烈志宁自睢阳引兵来攻，部众约万余人，显忠道："区区万人，怕他什么？当令十人执一人。"日与降人置酒高会。亦渐骄了。到了翌晨，金兵蚁附而至，显忠登城远视，差不多有十万。便道："这何止万人呢？"嗣得侦卒入报，来将系金帅索撤一作博索。自汴京率步骑十万，前来攻城。显忠乃往语宏渊，合力出击，宏渊道："敌势甚锐，不如退守。"显忠勃然道："我只知有进，不知有退。"遂亲督部众，开南门出战。战未数合，统制李福，统领李保，忽然倒退。显忠大怒，驰到二李面前，拔刀挥去，左斩右劈，二李头颅依次落地。显忠宣示道："将士们瞧着！如不前进，请视此二人。"诸将不觉股栗，遂拼死向前，击退孛撤。翌日，孛撤复益兵进攻，显忠驻军城外，用克敌弓注射，一鼓退敌。时方盛夏，炎日当空，军士多解甲喘息，汗出不休。宏渊从容巡视，顾语大众道："天气酷暑，寻一清凉处，摇扇纳凉，尚且不堪，况蒸炙烈日中，被甲苦战呢。"可杀。看官你想！行军全靠着鼓气，怎可作此等语，令人懈体？于是人心遂摇，无复斗志。到了夜间，中军统制周宏，鸣鼓大噪，阳言敌至，自与邵世雍、刘侁等，率部下遁去。继而统制左士渊，统领李彦孚又遁。显忠急移军入城，统制张训通、张师颜、荔泽、张渊又一并遁去。金人乘虚薄城，显忠尚竭力抵御，斩首虏二千余人，忽见东北角上，有敌人架梯登城，急忙自执长斧，砍断云梯。梯间数十人坠下，尽行毙命，敌始退却。显忠太息道："若使诸军相与犄角，自城外掩击，敌兵可尽，敌帅可擒，奈何离心离德，自失机会呢？"宏渊闻言，竟收军自去。临行时，入语显忠道："闻敌人又添生力军二十万，来此攻城了。若再不退兵，恐变生不测。"显忠正欲答言，那宏渊已转身去了。显忠仰天长叹道："苍天苍天，尚未欲平中原么？为何阻挠至此？"乃待夜

引还，退至符离，全军大溃。小子有诗叹道：

两将离心至覆兵，大功竟尔败垂成。

阜陵孝宗崩，葬永阜陵。空作长城倚，德远即张浚，注见前文。原无择将明。

显忠驰至盱眙，见了张浚，纳印待罪。欲知张浚如何处置，待至下回表明。

逆亮诛，乌禄立，国势未定，正天予宋以恢复之机会，虞允文之言当矣。高宗内禅，孝宗嗣位，当时以英明称之，有相如陈康伯，有帅如张浚，宜若可锐图恢复矣。显忠勇号无敌，尤一时干城选，而西北且有吴璘、王刚中等人，济以虞允文智勇兼优，俱足深恃，奈何内厕一史浩，外厕一邵宏渊，西北十三州三军，既得而复弃之，灵壁、虹县及宿州相继收复，淮西一带，将成而又隳之。盖忠奸不并容，邪正不两立，未有奸邪在侧，而忠正之士能竟大功者也。唯西北事误于史浩，而邵宏渊之忌李显忠，则张浚不能无咎。孝宗既以全权付浚矣，彼邵、李二人之龃龉，宁不闻之？不预察于几先，致隳功于事后，自是恢复之机遂绝，读宋史者盖不能无惜焉。

第八十回　废守备奸臣通敌　申和约使节还朝

却说张浚见了李显忠，闻知符离兵溃，所有军资器械，抛弃殆尽，免不得抚膺太息，乃改命刘宝为镇江军都统制，自渡淮入泗州，招抚将士，复退还扬州，上疏自劾。朝右一班主和党，纷纷论浚，孝宗尚不为所动，且赐浚手书道："今日边事，倚卿为重，卿不可遂畏人言，朕当与卿全始全终。"浚得此书，乃令魏胜守海州，陈敏守泗州，戚方守濠州，郭振守六合，在淮阴聚水军，在寿春屯马军，大修两淮战备。孝宗复召浚子栻，入问守御情形。浚附呈奏折，略言："自古明良交会，必协谋同志，借成治功。今臣孤踪外寄，动辄掣肘，陛下亦无所用臣，臣愿乞骸骨归里"等语。孝宗览奏，顾语栻道："朕信任魏公，不当令退。"既而和议复兴，汤思退复入为醴泉观使，右正言尹穑，遂附思退劾浚。孝宗亦未免动疑，竟降授浚为特进枢密使，宣抚江、淮东西路，贬显忠为果州团练副使，安置潭州。邵宏渊虽降官阶，仍任建康都统制。贬李显忠，仍任邵宏渊，以此为明，谁其信之？参知政事辛次膺，前因力阻和议，触忤秦桧，落职至二十年，自孝宗召入枢密，寻擢参政，至是劾论汤思退，情愿免官，遂罢为奉祠。思退竟进任尚书右仆射，兼枢密使。

思退当然主和，去一史浩，复来一汤思退，如何恢复中原？独陈俊卿上疏抗章，谓和议必不可成，张浚仍当复用。孝宗乃仍令浚都督江、淮军马。未几，复得金帅纥石烈志宁来书，大旨仍如前言。思退劝孝宗和金，参政赵葵亦附思退议。工部侍郎张阐奋进道："敌来议和，畏我呢，爱我呢？恐怕是

款我呢？臣意谓决不当和。”恰是个硬头子。孝宗道：“朕意也是如此。且随宜应付，再作计较。”乃遣卢仲贤如金师，赍交复书。仲贤陛辞，孝宗谕以海、泗、唐、邓诸州，不宜轻许。仲贤应命而出。偏汤思退竚待朝堂，私语仲贤道：“如果可和，四州亦不妨许金。”必欲割地，是何用意？

是时金都元帅仆散忠义已进据宿州，仲贤至宿州，进见仆散忠义，啊喝多端，吓得仲贤不敢措词，但答言归当禀命。忠义乃再给文书，要索四事：一、南北通书，改称叔侄；二、割让海、泗、唐、邓四州；三、岁纳银币如旧额；四、须送交叛臣，及还中原归附人民。仲贤匆匆还朝，把来书献入。孝宗颇悔遣仲贤，张浚也遣子栻入奏，谓仲贤辱国无状。孝宗遂下仲贤狱，责他擅许四州罪状。镌夺三阶，寻复除名，窜往郴州。偏汤思退急欲求和，又奏遣王之望充金国通问使，龙大渊为副，暗中嘱之望许割四州，唯求减岁币的半数。之望等去后，右正言陈良翰始得闻知，亟奏言：“朝议未决，之望遽行，恐辱国不止仲贤，应追还之望，先遣一使往议，改定原约，然后通问未迟。”张浚亦上言：“金未可和，请车驾亟幸建康，锐图进兵。”孝宗乃诏饬之望等待命境上，毋得亟往，改命胡昉为金国通问所审议官，一面命廷臣会议和金得失。陈康伯谓：“金人要索四事，最关重大的条目，便是欲得四州。我朝以祖宗陵寝，及钦宗梓宫为言，因此未决，乞召张浚还朝，悉心咨议。”汤思退等俱言和为上计。时虞允文已调任湖北京西宣谕使，胡铨已召为起居郎，还有监察御史阎安中，皆力阻和议。又有监南岳庙朱熹应召入对，谓非战无以复仇，非守无以制胜。孝宗默然不答。其意可知。汤思退又从中谗间，止除熹为武学博士，熹辞职告归。康伯与思退不合，亦上章求去，孝宗准奏，竟调思退为左仆射，另授张浚右仆射，仍都督江、淮军马。

越年，接得边报，使臣胡昉被金人执去，孝宗不禁叹息道：“和议不成，大约是有天意呢。”遂召王之望等回朝，且命张浚巡视江、淮，整缮兵备。汤思退暗地焦灼，奏请孝宗禀达上皇，再定大计。孝宗亲自批答道：“金人无礼如此，卿尚欲议和么？况今日敌势，非秦桧时比，卿乃日夕言和，比秦桧尚且不如。”思退得批大骇，可巧胡昉自金遣还，于是思退又得借口，振振有词了。原来胡昉至金，金人责宋失信，把他拘留。嗣由金主雍释归，令昉传报宋廷，妥商和议。思退遂暗唆王之望及户部侍郎钱端礼等，奏称守备未固，国帑已虚，愿以符离为鉴，易战言和。孝宗乃令之望、端礼两人，宣

谕两淮，且召张浚入供相职。浚此时正大治战舰，号令两河豪杰，锐意兴师，并令降将萧琦，统领降众，檄谕辽人，约为声援。偏钱端礼到了淮上，竟遣人入奏，有“名曰守备，守未必备，名曰治兵，兵未必治”等语。看官！你想张浚如何不愤？如何不恼？还至平江，上表乞休，共至八次。孝宗乃授浚少师，兼保信军节度使，南判福州。侍御史周操，乞请留浚，反遭罢斥。且撤退两淮边备。浚行次余干，积郁成疾，寖至弥留，遗书嘱二子栻、构道：“我尝相国，不能恢复中原，湔涤国耻，死后不当葬我先人墓侧，但葬我衡山下便了。”既而讣闻于朝，孝宗颇思浚忠，初赠太保，进赠太师，予谥忠献。浚，绵竹人，夙具大志，终身不主和议。孝宗即位，颇加倚畀，称魏公不称名。所惜忠勇有余，才智不足，符离师溃，几令孝宗绝望，所以忽战忽和，终无定见。论断精当。

自浚殁后，又少了一个反对和议的健将，当由思退奏请，派遣宗正少卿魏杞使金，拟定国书称，侄大宋皇帝昚再拜奉书于叔大金皇帝，岁币二十万。孝宗又面谕杞道：“今遣卿赴金议和，一正名，二退师，三减岁币，四不发还归附人。”杞又条陈十七事，由孝宗随事许可，乃叩首辞别道：“臣奉旨出疆，怎敢不勉？万一敌人无厌，愿速加兵。”孝宗称善。杞乃退朝，整装北去。

胡铨又上疏极陈，谓：“和议成，有十可吊，不成有十可贺。”且有“再拜不已，必至称臣，称臣不已，必至请降，请降不已，必至纳土，纳土不已，必至舆榇，舆榇不已，必至如晋怀帝青衣行酒，然后为快。今日举朝大臣，类似妇人，臣情愿放流窜殛，不愿朝廷再辱”云云。孝宗见疏，并不批答，也不加罪。最可恨的是汤思退，恐和议不成，竟遣私党孙造，潜往金军，劝他用重兵胁和。真是秦桧不若。于是金元帅仆散忠义等，复议渡淮南侵。宋廷闻警，又不觉惶急起来。汤思退尚嗾令御史尹穑，劾罢反对和议的官吏，多至二十余人。忽有诏旨发下，命他都督江、淮军马。他是个和事老，若叫他卖国求荣，倒是好手，怎么要他去做元帅呢？孝宗亦觉昏愦。当下入朝固辞，乃改命杨存中代任。存中甫受职，忽闻金兵已攻陷楚州，魏胜战死。那时存中亟驰至淮，连防守几来不及了。

看官道魏胜如何战死？原来魏杞奉使如金，由金帅仆散忠义求观国书。杞答言书经御封，须见过金主，方可廷授。忠义料不如式，又求割商秦各

州，及岁币二十万。杞遣人奏闻孝宗，从思退议，许割四州，岁币如二十万数目，再易国书，交杞赍去。哪知仆散忠义已与纥石烈志宁自清河口攻楚州，都统制刘宝，闻风出走，独魏胜领忠义军往拒河口，拟截击金兵饷道。偏刘宝檄止胜军，谓不应自挠和议。金既入侵，尚欲顾全和议，非痴即騃。胜只好按兵不动。及金兵渡淮而南，已入宋境，胜急往抵御，彼此交锋，自卯至申，未决胜负。不意金将徒单克宁带了数万生力军，自斜刺里杀到，眼见得众寡不敌，主客悬殊，胜尚率众死战，至矢尽力疲，自知必死，乃顾亲卒道："我当死此，尔等如得脱归，可上报天子。"言已，令步卒居前，骑兵殿后，且战且走。至淮阴东十八里，中箭身亡，楚州遂破。江、淮又震，幸杨存中星夜驰到，檄调诸将，令互相援应，稍固边防。怎奈金兵得步进步，入濠州，拔滁州。都统制王彦又复南遁，朝议至欲舍淮渡江。想又是思退主张。独杨存中坚持不可。且追咎两淮守备，无端撤去，致有此变。孝宗始悔用思退言，台官仰窥上意，交劾思退。思退因得罪落职，谪居永州。太学生张观等七十二人，复伏阙上书，极言："思退及王之望、尹穑二人，奸邪误国，招致敌人，乞速诛以谢天下！"孝宗虽不见从，这消息已传达远方，思退行至信州，闻信变色，发颤了好几日，当即死了。还是侥幸。孝宗复召陈康伯为尚书左仆射，进钱端礼签书枢密院事，虞允文同签书枢密院事，三人中又夹一奸党。并命王之望劳师江上。之望系思退爪牙，当然奉着衣钵，专以割地啖金为得计。钱端礼与之望同谋，仍奏遣国信所大通事王抃，至金军议和。之望益檄令诸将，不得妄进。至言官劾罢之望，王抃已得金帅复书，核准和议了。这次和议的大纲，共计三条：

一　两国境界如前约。

二　宋以叔父礼事金。宋主得自称皇帝。

三　岁纳银币，照原约各减五万，计银二十万两，绢二十万匹。

和议既成，进钱端礼参知政事，兼知枢密院事，虞允文同知枢密院事，王刚中签书院事，且下诏肆赦道：

比遣王抃远抵颍滨，得其要约，寻澶渊之信，仿大辽书题之仪，正

皇帝之称，为叔侄之国，岁币减十万之数，地界如绍兴之时，怜彼此之无辜，约叛亡之不遣，可使归正之士，咸起宁居之心，重念数州之民，罹此一时之难，老稚有荡析之哉，丁壮有系累之苦，宜推荡涤之宥，少慰凋残之情。所有沿边被兵州军，除逃遁官吏不赦外，杂犯死罪情轻者减一等，余并放遣。此诏。

这篇诏命，相传系洪适所草，适亦主和党人，从前宋廷贬节求和，四方尚未尽闻知，自有此诏，才知朝廷近事。时论统咎洪适失词。其实南北两宋，均为和字所误，既已言和，还有什么掩耳盗铃呢？评论亦是。且说孝宗嗣位之年，因南北修和，改元乾道，罢江、淮都督府，授杨存中为宁远、昭庆节度使，又撤消两淮及陕西、河东宣抚招讨使。未几，陈康伯病殁，赐谥文恭。康伯，弋阳人，器识恢宏，临事明断，孝宗尝称他可比谢安。至陈康伯既殁，一时继相乏人，只命虞允文参知政事，王刚中同知枢密院事。既而刚中又殁，擢洪适为签书枢密院事。

到了暮春，魏杞自金归来，入谒孝宗，谓已与金正敌国礼了。先是杞至燕山，金馆伴张恭愈，见国书上列着大宋字样，便胁杞除去大字。杞毅然道："南朝天子，不愧圣神，现今豪杰并起，共思敌忾，北朝用兵，能保必胜么？不过为生灵计，能彼此息兵安民，方免涂炭，所以命杞前来修好，若北朝果允践盟，幸勿再加指摘，迫人所难。"张恭愈入白金主，金主御殿见杞，杞仍如前言。金主雍方道："朕亦志在安民，所以谕令息兵，此后当各照新约，固守勿替，朕不再苛求了。"杞才称谢，乃彼此签定和约，既不发还叛人，也没有再受册封，再上誓表。唯海、泗、唐、邓四州，及大散关外新得地，一律归金。杞告别南还，孝宗闻他详报，自然心喜，慰藉甚厚。金主雍召还仆散忠义等，只留六万人戍边，且将宋国岁币，分赏诸军。仆散忠义先还，拜为左丞相，寻召左副元帅纥石烈志宁入见，授平章政事，仍令他还镇南京。仆散忠义越年病逝，纥石烈志宁又越十年乃殁，《金史》上称为贤将相，这也毋庸细表。

单说宋廷自议和后，国家无事，孝宗乃立邓王愭为皇太子。愭系故妃郭氏所出，郭氏生四子，长即愭，次名恺，又次名惇，又次名恪，既而薨逝。及孝宗即位，追册郭氏为皇后，封愭为邓王，恺为庆王，惇为恭王，恪

为邵王，一面续立贤妃夏氏为皇后。夏氏为袁州宜春人，生时有异光穿室，及长，姿貌秀丽，父协因将女纳宫中，得为吴太后阁中侍御。太后因郭妃去世，特以夏氏赐孝宗，寻受册为正宫。叙两后事，乃是插笔。及惇为皇储，惇妻钱氏，当然为太子妃。看官道钱氏为谁？乃是参政钱端礼的女儿。正意在此。端礼倚着贵戚，早已觊觎相位，至是因宰执久虚，女且益贵，满拟宰辅一席，在掌握中。偏侍御史唐尧封上言，端礼帝姻，不应执政，有诏迁尧封为太常少卿，朝右大哗。吏部侍郎陈俊卿，又面陈："本朝故事，从未闻帝戚为相，愿陛下谨守家法！"孝宗颇以为然。端礼阴怀私怨，出俊卿知建宁府，自己亦奏请避嫌，不意孝宗已批答出来，罢端礼为资政殿大学士，兼提举万寿观使。端礼没法，只好怏怏受命。又越数月，竟令洪适为右仆射，兼枢密使，适自中书舍人，半岁四迁，骤登右相，廷臣又不免生议。适亦无所建白，不安于位，至乾道二年春季，以霪雨引咎乞休，乃命参政叶颙为左仆射，魏杞为右仆射，蒋芾参知政事，陈俊卿同知枢密院事，当时号为得人。

不幸宫廷内外，迭遭大丧，几乎老成凋谢，懿戚沦亡的痛苦，接踵而来。乾道二年十一月，宁远节度使杨存中卒，存中出入宿卫四十年，大小二百余战，未尝大衄，人共称为忠义。殁时，举朝震悼，予谥武恭。越年三月，秀王夫人张氏卒。秀王早薨，至是夫人张氏又殁，孝宗笃念本生，成服后苑，又不免一番哀戚。越两月，太傅四川宣抚使新安王吴璘又卒，遗疏请："毋弃四川，毋轻出兵。"孝宗览疏，也不禁泪下，追赠太师，加封信王。又越月，皇后夏氏崩，又越月，皇太子惜亦逝世，后谥安恭，太子谥庄文。孝宗哀上加哀，痛中增痛，还赖内外臣工，多方劝慰，才觉少解悲怀。不如意事，杂沓而来，却是难为孝宗。唯左右两相，随时变更，叶颙、魏杞罢相后，专任蒋芾。芾以母丧去位，改任陈俊卿、虞允文。允文拟遣使如金，以陵寝为请，俊卿以为未可，谓使节不应轻遣。孝宗方向用允文，罢俊卿，判福州。遣起居郎范成大为金国祈请使，求陵寝地，及更定受书礼。先是绍兴年间，金使至宋，捧书升殿，宋帝必降榻受书，转授内侍。至孝宗初年，陈康伯执政，每值金使到来，但令伴使取书以进。及汤思退为相，复寻绍兴故事，孝宗渐有悔心，乃令成大口请。成大密草章牍，怀诸袖中，当入谒金主时，先进国书，辞意慷慨。金君臣方倾听间，成大忽奏道："两国既为叔侄，受书礼尚未合式，外臣有章疏具陈。"言至此，即从袖中出疏，搢笏以进。

金主雍愕然道："这岂是献书处么？"掷疏不受。成大拾疏再进，毫不动容。金太子允恭侍金主侧，禀金主道："宋使无礼，应加死罪。"金主雍不从，令退居馆所。越宿，发交复书，遣令南归。复书有云：

和好再成，界河山而如旧。缄音遽至，指巩、洛以为言。既云废祀，欲申追远之怀，正可奉还，即俟刻期之报。至若未归之旅榇，亦当并发于行涂，抑闻附请之辞，欲变受书之礼，于尊卑之分何如？顾信誓之诚安在？此复。

孝宗得书，心尚未死，复遣中书舍人赵雄往贺金主生辰，别函仍申前请。金主不许，至雄辞归，因语雄道："汝国为何舍去钦宗，专请巩、洛山陵呢？如不欲钦宗归榇，我当为汝国代葬。"诘得有理。雄不便答词，但说当禀命再达。金主待了一年，杳无音信，遂用一品礼，葬钦宗于巩、洛之原。小子有诗叹道：

五国城中怨别离，生还无望死犹羁。
祖宗可念兄甘拒，莫怪南朝动虏疑。

嗣是允文所建两议，迄无成功，孝宗因建储立后，未遑顾及此事，暂从搁置。欲知建储立后等情，容待下回说明。

议战议和，迄无定见，盖犹是高宗朝之故态耳。史浩去，汤思退来，一意主和，无异史浩，甚且阴遣心腹，令敌以重兵胁宋，是贼桧之所不敢为者，而思退竟为之。孝宗既明知思退之奸，为贼桧所不若，何以胡昉一还，复依思退原议，拱手称侄，甘与敌和耶？人谓孝宗英明，远过高宗，谁其信之？魏杞第争一大字，有名无实，与宋何裨？范成大、赵雄一再至金，祈请陵寝，及改受书礼，终无成效，反滋敌笑。当日者，幸金主雍之亦欲罢兵耳。假使乘宋无备，席卷长驱，几何而不踵靖康之祸也。然则为国家者，其顾可临事寡断，任人不明乎哉？

第八十一回　朱晦翁创立社仓法　宋孝宗重定内禅仪

却说太子愭殁后，庆王恺依次当立，孝宗因第三子惇，英武类己，竟越次立为太子。孝宗自己亦未见若何英武，所以子更不逮，后且为悍妻所制。唯进封恺为魏王，判宁国府，命宰执设饯玉津园。宴毕，送恺登车。恺顾语虞允文道：“还望相公保全！”允文当然劝慰。恺乃挈眷而去。既而吴太后妹夫张说，攀援亲属，竟擢为签书枢密院事。诏命下后，朝议大哗。左司员外郎兼侍讲张栻。遂上疏切谏，且诣朝堂责虞允文道：“宦官执政，自京、黼始。近习执政，自相公始。”允文不禁惭愤，入白孝宗，孝宗乃收回成命。至乾道八年，改左右仆射为左右丞相，左相仍属虞允文，右相任用梁克家，嗣复出张栻知袁州，仍命张说入枢密院。侍御史李衡，右正言王希吕，又上书谏阻，直学士院周必大，不肯拟诏，给事中莫济，封还录黄，孝宗将他四人一齐罢免，都人士称为四贤。虞允文因谏院乏人，特荐用李彦颖、林光朝、王质三人，孝宗不报，独用幸臣曾觌所荐的人员，于是允文力求去位，孝宗竟调他宣抚四川，但进封雍国公。允文莅任逾年，即疾终任所，诏赠太傅，赐谥忠肃。他本隆州仁寿县人，夙具智略，采石一战，遂得成名。入相后，遇事纳忠，知无不言，也是一位救时良相。梁克家外和内刚，自允文去后，独相数月，旋与张说论及外交，语多未合，亦乞外调，遂出知建宁府。说好为欺罔，渐被孝宗察觉，才加罢斥。

乾道八年残腊，又拟改元，越日元旦，改为淳熙元年，左相虚位不设，

右相亦屡有变更。曾怀、叶衡等，忽进忽退，多半是庸庸碌碌，没甚建树。叶衡且荐举左司谏汤邦彦，为金国申议使。邦彦至金，为金所拒，旬余乃得引见，两旁列着卫士，统是控弦露刃，耀武扬威，吓得邦彦心惊胆战，一语都不能发，竟匆匆辞归。孝宗恨他辱命，流戍新州。自是申请陵寝的朝议，乃不再提及了。徒向他人乞怜，究竟无益。是年冬季，立贵妃谢氏为后，后本丹阳人氏，幼年丧父，寄养翟氏，因冒姓为翟。及长，颇有容色。入宫侍吴太后，太后转赐孝宗，封为婉容，越年晋封贵妃。淳熙三年，孝宗挈妃至德寿宫，谒见上皇，上皇见她端肃恭谨，因谓可继位中宫。孝宗仰承亲命，乃立贵妃为后，复姓谢氏。孝宗不喜渔色，宫闱里面，除谢后外，只有蔡、李两妃，此外不载史乘，小子据实叙明，不必多表。

唯当时有一位道学先生，远师孔、孟，近法周、程，专讲正心诚意的功夫，称为南宋大儒，看官欲知此人姓名，就是上回叙及的朱熹。郑重出之。从前北宋年间，有周敦颐、张载、邵雍及程颢、程颐等人，均以道学著名。程门中有谢良佐、游酢、吕大临、杨时四子，俱宗师说，称为河南程氏学。杨时授学罗从彦，从彦授学李侗。婺源人朱松，曾为吏部员外郎，生子名熹，字符晦，幼即颖悟，甫能言时，松指天示熹道："这就是天呢。"熹问道："天上尚有何物？"松不觉惊异。及就傅，授以《孝经》，熹题注书上，有"不若是非人也"六字。暇时与群儿出游，诸儿在沙上嬉嬲，独熹择僻处端坐，用手画沙。至群儿过视，乃画的先天八卦图，及后天八卦图，大家有笑他的，有敬他的，他毫不动容。叙熹幼时所为。可作儿童教育一则。松与李侗本同学友，因遣熹从学，熹尽得师传。绍兴十八年登进士第，任泉州同安县主簿，日与秀民讲论圣道，未几卸职，改监潭州南岳庙。孝宗践阼，诏求直言，熹上陈圣学，且力排和议。孝宗颇为嘉纳，拟加擢用。汤思退等暗地阻挠，止授武学博士，熹即辞归。见前回。后来陈俊卿、胡铨、梁克家等，相继荐引，屡征不至。会孝宗复怀念史浩，召为醴泉观使，兼侍讲，孝宗复召史浩，仿佛高宗再用秦桧。浩欲延揽名人，借塞众口，遂荐熹知南康军。熹再辞不许，没奈何受命赴任。适值南康大旱，乃力行荒政，民赖以生。暇辄与士子讲学，且访唐李渤白鹿洞书院，奏复旧规。儒学大兴，一时称最。及史浩复入为相，曾觌、王抃、甘昪等，联作党援，招权纳贿，任意黜陟。继而浩亦与抃有嫌，竟至罢相。淳熙六年，夏日亢旱，又有诏访求直言，朱熹自南康

上疏道：

臣闻天下之务，莫大于恤民，而恤民之本，在人君正心术以立纪纲，盖纪纲不能以自立，必人主之心术，公平正大，无偏党反侧之私，然后有所系而立。君心不能以自立，必亲贤臣，远小人，讲明义理，闭塞私邪，然后可得而正。今宰相台省师傅宾友谏诤之臣，皆失其职，而陛下所与亲密谋议者，不过二三近习之臣，上以蛊惑陛下之心志，使陛下不信先王之大道，而悦于功利之卑说，不乐庄士之谠言，而安于私暬之鄙态，下则招集士大夫之嗜利无耻者，文武汇分，各入其门，所喜则阴为引援，擢置清显，所恶则密行訾毁，公肆挤排。交通货赂，所盗者皆陛下之财，命卿置将，所窃者皆陛下之柄。陛下所谓宰相师傅宾友谏诤之臣，或反出其门墙，承望其风旨，其幸能自立者，亦不过龊龊自守，而未尝敢一言以斥之。其甚畏公论者，乃能略警逐其徒党之一二，既不能深有所伤，而终亦不敢正言，以捣其囊橐窟穴之所在。势成威立，中外靡然。向之使陛下之号令黜陟，不复出于朝廷，而出于一二人之门，名为陛下独断，而实此一二人者，阴执其柄，盖其所怀，非独坏陛下之纪纲而已，并与陛下所以立纪纲者而坏之，使天下之忠臣义士，深忧永叹，不乐其生，而贪利无耻，敢于为恶之人，四面纷然，攘袂而起，以求逞其所欲，然则民安得而恤？财安得而理？军政何自而修？土宇何自而复？宗社之仇耻，又何自而雪耶？臣且恐莫大之祸，必至之忧，近在朝夕，而陛下尚可不悟乎？臣应诏直陈，不知忌讳，幸乞睿鉴。

孝宗览到此疏，不禁大怒道："这是讥我为亡国主呢。"幸枢密使赵雄在侧，上前奏解道："士人多半好名，若直谏被斥，反增其誉，不若格外包容，因长录用，看他措置，是否合宜，那时优劣自见了。"孝宗才觉霁颜，乃诏令熹提举常平茶盐。未几，即调任浙东。浙右大饥，熹单车入阙，复面奏灾异由来，请孝宗修德任人，且指陈时弊凡七事。孝宗改容静听，并褒他切直。熹乃陛辞至浙，甫下车，即移书他郡，募集米商，蠲免赋税，米商大集，浙民始无忧乏食。熹遂钩访民隐，按行境内，轻车简从，所经各处，往往为属吏所不及知。郡县有司，多惮他丰采，不敢为非。才阅半年，政绩大

著。乃进熹入直微猷阁。时各地尚旱蝗相仍，民多艰食，熹尚在浙，上言：“乾道四年间，曾在乡请诸官府，得常平米六百石，赈贷乡民，夏受粟，冬加息，计米以偿，逐年敛散，岁歉蠲半息，大饥将岁息尽蠲，先后历十四年，除原数六百石还官外，积得三千一百石，立为社仓，不复收息，每石止收耗米三升，所以一乡四十五里间，虽值荒年，民不歉食，此法可以推行”云云。孝宗闻言称善，因命熹草定规则，颁诏各路，一律仿行，当时号为社仓法，大略如下：

法以十家为甲，每甲推一人为首，五十家则推一人通晓者为社首。其逃军及无行之士，与有税粮暨衣食者，并不得入甲。其应入甲者，又问其愿与不愿，愿者开其一家大小口若干，大口一石，小口五斗，五岁以下者不预，置籍以贷之。其以湿恶不实还者有罚。

越年，熹按行至台州，适知州唐仲友为民所讼，熹察得实情，确系仲友贪妄，进上章弹劾，接连三疏，并不见答。原来金华人王淮，累擢至左丞相，仲友与王淮同里，且有戚谊，因此暗中庇护，所有朱熹奏本，概行藏匿，但调仲友为江西提刑。熹不肯徇情，索性贻书王淮，但说是要入朝面陈，淮知不可匿，乃将熹疏进呈，仲友亦上疏自辩。恐亦由王淮指导。偏淮想了一法，竟将江西提刑一职，转授朱熹，不令仲友莅任，一面擢大府寺丞陈贾为监察御史，令他与熹反对。阳示德，暗报怨，却是个好法儿。贾受职入朝，即奏言：“道学二字，无非假名售奸，愿陛下悉心考察，摈弃勿用，免为所欺。”这数语虽不指名斥熹，其实是为熹而发。还有吏部尚书郑丙，亦迎合淮意，力诋二程学说。借程倾熹，也是良策。看官！你想朱晦翁并非笨伯，闻得这种蜚语，怎肯贸然拜受新命？遂累乞奉祠，诏令他主管台州崇道观。右文殿修撰张栻，幸与熹学说相合，甚为投契。淳熙七年病殁，世称为南轩先生。熹与友书，谓为吾道益孤。著作郎吕祖谦，为吕夷简五世孙，与张栻、朱熹为友，熹尝谓学如伯恭，方是能变化气质。伯恭即祖谦别字。淳熙八年去世，世称为东莱先生。尚有婺州人陈亮，字同父，才气豪迈，议论风生。隆兴初，曾上中兴五论，未蒙见答。淳熙中又诣阙上书，极言时事，孝宗拟加擢用，亮慨然辞归。尝自言涵养功夫，应让道学诸儒，唯推倒一世智勇，

开拓万古心胸，颇有所长。后来策试进士，御笔擢为第一，授签书建康判官，寻即病殁，也可谓一位志士了。

且说高宗自退居德寿宫后，自安颐养，不闻朝政。经孝宗始终侍奉，未尝失礼，颇也优游自适，乐享天年。至淳熙十四年间，已享寿八十一岁了。秋季遇疾，孝宗辍朝入侍。越月，高宗驾崩，孝宗号痛擗踊，二日不进膳，并谕宰相王淮道："从前晋孝武、魏孝文二主，均实行三年丧服，素衣听政。司马光通鉴中，纪载甚详，朕亦欲遵行此制呢。"淮答道："晋孝武虽有此意，嗣在宫中，也止用深衣练冠。"孝宗道："当时群臣不能顺上美意，所以见讥后世。"淮不便再言，孝宗乃下诏道：

大行太上皇帝，奄奄至养，朕当衰服三年，群臣自遵易月之令。特载此诏，以明孝宗之孝。

总计高宗在位，两次改元，凡三十六年。内禅后，安居德寿宫，又历二十五年。翰林学士洪迈，请庙号世祖。直学士院尤袤，谓汉光武为长沙王后，布衣崛起，不与哀平相继，所以称祖无嫌。上皇中兴，虽同光武，实继徽宗正号，以子继父，非光武比，乃定号高宗。高宗素性恭俭，器具服饰，概从简省。就是晚年爱宠的刘贵妃，恃色好奢，亦尝阴加抑制。刘贵妃系临安人，初入宫为红霞帔，系宋宫女使之称。艳丽轶群，大得宠幸，累迁婕妤婉容。绍兴二十四年，进为贤妃，嗣封贵妃。从前金亮入寇，意图掠取，便是这位刘丽妃。补前文所未详。妃尝因盛夏天暑，用水晶作为脚踏，高宗取以作枕，妃乃稍加儆惕，不敢再踵旧饰。但高宗宠眷，至老未衰。贵妃去世，就在淳熙十四年间，高宗悲泣逾恒，因此得病，旋亦崩逝。也算一对比翼鸟。后人谓高宗偷安忍耻，匿怨忘亲，初为汪、黄所惑，终为秦桧所制，李纲、赵鼎、张浚相继被斥，岳飞父子冤死狱中，有可用的将相，有可乘的机会，终至臣事仇虏，残喘苟延，这也所谓愚不可及哩。总结高宗一朝行事。

孝宗次子魏王恺，先高宗数年病殁，孝宗尝泫然道："前时越次立储，正为此儿福薄，不料他果然蚤世了。"究竟不足为训。因追赠徐、扬二州牧，谥惠宁。恩平王璩，后高宗一年病殁，孝宗本待他甚厚，每召入内宴，呼官不呼名。殁后追封信王，累赠太保太师。这俱是销纳文字。孝宗居高宗丧，白

衣布袍，视事内殿，朔望诣德寿宫，仍然衰绖持杖，且诏皇太子参决庶务。既而王淮罢相，右相周必大，仍荐朱熹为江西提刑，熹奉诏入朝，有熹友在途中相遇，语熹道："正心诚意，上所厌闻，君此去幸勿再言！"熹慨然道："我生平所学，只此四字，奈何入白大廷，反好隐默呢？"及入对，即极言天理人欲，不能并容，孝宗也不加可否，徐语道："久不见卿，浙东事朕早闻知，今当处卿清要，不再以州县相烦了。"时曾觌已死，王抃亦逐，独内侍甘昪尚在，熹谓昪不应任用。孝宗谓昪曾侍奉上皇，颇有才识，熹对道："小人无才，怎能动人主欢心？"孝宗默然。越日，改授熹为兵部郎官，熹以足疾乞祠。兵部侍郎林栗，劾熹托名道学，自高声价，应亟予罢斥。孝宗得栗言，顾语周必大道："林栗所言，亦未免太甚了。"必大道："熹上殿时，足疾未瘳，勉强登对，并非敢托词欺上呢。"孝宗道："朕亦见他跛曳，所以谓栗言过甚。"左补阙薛叔似，太常博士叶适，均誉熹毁栗，陆续上奏。侍御史胡晋臣，复劾栗喜同恶异，妄毁正士，乃出栗知泉州，改命熹主管西京嵩山崇福宫。越月，复召熹为崇政殿说书。熹仍固辞不受，孝宗也不复勉强，只命他奉祠罢了。

淳熙十六年，孝宗调周必大为左丞相，擢留正为右丞相。必大入见，孝宗密给一绍兴传位亲札。留正愕然，孝宗道："礼莫如重宗庙，朕当孟享，尝因病分诣，孝莫若执丧，朕不得日至德寿宫，欲不退休，尚可得么？卿可预拟草诏，择日传位。"必大见上意已决，不再劝阻，遂退拟诏命。过了数日，改德寿宫为重华宫，移吴太后居慈福宫。必大进呈诏草，孝宗即命颁诏，传位太子。届期由孝宗吉服御紫宸殿，行内禅礼。太子惇出殿受禅，大致与孝宗受禅时，约略相同。礼毕，孝宗入内，仍易丧服，退居重华宫。太子惇即位，是为光宗皇帝，尊孝宗为寿皇圣帝，皇后谢氏为寿成皇后，皇太后吴氏为寿圣皇太后，大赦天下。立元妃李氏为皇后，后系安阳人，庆远军节度使李道中女，生时有黑风集道营前，因名凤娘。道尝以为异，闻道士皇甫坦善相术，特邀令入相诸人。及凤娘出见，坦惊起道："此女当母天下，非善为抚视不可。"后来坦入白高宗，高宗遂聘凤娘为恭王妃，生嘉王扩，旋立为皇太子妃。哪知这位凤娘，貌虽轶群，性却妒悍，尝在高、孝二宫前，挑是翻非，屡言太子左右过失。高宗不怿，私语吴后道："是妇将种，不识柔道，我为皇甫坦所误，悔无及了。"谁叫你信方士。孝宗亦屡加训

敕，令以皇太后为法，否则将要废汝。凤娘不但不戒，反引为深恨。及立为皇后，她遂一飞冲天，放出一番手段来了。小子有诗咏道：

闱范无如宋六宫，刑于犹有圣王风。
何来黑凤娇痴甚，方士虚言误阿蒙。

看官不必过急，还有金邦一段遗闻，须要先叙明白，然后述及李后凤娘事，一切情迹，均至下回表明。

孝宗称南宋贤辟，而求治不力，任人不专，较之高宗，不过五十里与百里之比，相去盖有限耳。观其践阼以后，所用诸相，贤否不一，且无数年不易之宰辅，其猜疑之私，已可见矣。朱熹为一代名儒，既知其贤，何不留侍经筵，常使启沃？乃第用一社仓法，而此外所言，未闻采纳，且迭置之于奉祠之列，一官冷落，虽有若无，于朝廷何裨乎？高宗因畏事而内禅，孝宗因居丧而内禅，情迹若异，而究其退避之心，实同一辙。人臣或以恬退为知几，人君系国家之大，宁亦可以恬退为智耶？故观于此回，而孝宗之为国，亦可得而论定矣。

第八十二回　揽内权辣手逞凶
劝过宫引裾极谏

却说孝宗末年，金主雍亦病殂，号为世宗。这金世宗却是一个贤主，即位后，以故妃乌林荅氏死节，终身不立后，已好算作世界上的义夫。至南宋讲和，偃武修文，与民休息，所用人士，多半贤良；性尤俭约，命宫中饰品，毋得用黄金；稍有修筑，即以宫人所省的岁费，移作工资，因此薄赋宽征，家给人足。刑部每岁录囚，死罪不过十余人，国人称为小尧、舜。夏相任得敬，胁迫夏主，割界土地，且为己向金请封。金世宗料事独明，谓必由权奸所逼，定非夏主本意，遂却还来使，并赐谕夏主道："祖宗世业，汝当固守，今来请命，事出非常，如系由奸人播弄，不妨直陈，朕当为尔兴师问罪。"得敬接到此谕，始有戒心。嗣夏主诛死得敬，因遣使申谢。未几高丽国王晛，为弟晧所废，晧上表乞请册封，但说是由兄所让。世宗疑晧篡国，更令有司详问。至得晛表文，谓遵父遗训，传与弟晧，乃不得已遣使册封。既而高丽西京留守赵位宠，占据四十余城，奉表降金，世宗又言："朕为共主，岂助叛臣为虐？"执位宠使付高丽，高丽王遂讨平位宠。世宗又兴太学，求直言，所有宋、辽宗室，寓死金邦，悉移葬河南广宁旧陵旁。在位二十九年，远近讴歌，逝世时悲声彻野。太子允恭早卒，孙璟嗣立，不逮乃祖，金邦自是寖衰了。插入此段，隐仿孔子夷狄有君之义，且以见金主贤明，尚非孝宗所可及。唯南北两朝，吊死问生，已成常例，不必细叙。

且说光宗受禅后，改元绍熙，废补阙拾遗官，罢周必大，用留正为左丞

相，王蔺为枢密使，葛邲参知政事，胡晋臣签书枢密院事。四大臣同心辅政，还算是黼黻承平，没甚弊政。无如宫中有个妒后李凤娘，不肯安分，日思离间三宫，乘间窃柄，偏光宗又懦弱不振，对了这位女娘娘，好似晋惠帝碰着贾南风，唐高宗碰着武则天，唯唯承命，不敢忤旨；但心中颇有一些浏亮，明知李后所恃，全仗宦官，欲要釜底抽薪，须将宦官一律诛逐，免得老虎添翼。只是计划虽良，一时又未敢实行，偏宦官已窥知上意，按日里谀媚李后，求她庇护。李后一力担承，每遇光宗憎嫌宦官，她即极口包庇，害得光宗有口难言，渐渐的酿成一种怔忡病。英武何在？寿皇闻光宗得着心疾，当然怀忧，随时召御医入问，拟得一个良方，好容易合药成丸，欲俟光宗问安时，教他试服。何不叫御医往诊，偏要这般鬼祟？不料光宗并不来朝，这合药的消息，却已传遍宫中。宦官乘此生风，便入诉李后道："太上皇合药一大丸，拟俟宫车往省，即当授药，万一不测，岂非贻宗社忧？"李后闻言，便深信不疑。非唯不疑，且将深幸。等到光宗稍稍痊可，即用出一番狐媚手段，暗嘱宦官备了可口的膳馐，搬入宫中，请光宗上面坐着，自己旁坐相陪，与光宗浅斟低酌，小饮谈心，席间语光宗道："扩儿年已长成了，陛下已封他为嘉王，何不就立为太子，也好助陛下一臂之力？"隐恨寿皇，偏从此处用计，正是奇想。扩封嘉王，即从李后口中带过。光宗欣然道："朕亦有意，但非禀明寿皇不可。"李后道："这也须禀明寿皇么？"光宗道："父在子不得自专，怎得不先行禀明？"李后默然。

可巧过了两三天，寿皇闻光宗少痊，召他内宴。李后竟不使光宗闻知，乘辇自往重华宫。既至宫门，乃下辇入见寿皇，勉强行过了礼。寿皇问及光宗病状，李后道："昨日少愈，今日又不甚适意，特嘱臣妾前来侍宴。"寿皇皱眉道："为之奈何？"你道他英武类己，如何这般模样？李后即接口道："皇上多疾，据妾愚见，不如亟立嘉王扩为太子。"寿皇摇首道："受禅甫及一年，便要册立太子，岂不是太早么？且立储亦须择贤，再待数年未迟。"李后不禁变色道："古人有言，立嫡以长，妾系六礼所聘，嘉王扩又是妾亲生，年已长了，为何不可立呢？"振振有词，可谓悍妇。看官！试想这几句话儿，不但唐突寿皇，并唐突寿成皇后，寿成皇后谢氏，系是第三次的继后，并且世系寒微，本非名阀，光宗又是郭后所生，并非出自谢后。李凤娘有意嘲笑，所以特出此言。唯寿皇听了此语，忍不住怒气直冲，便叱道："汝敢来揶揄

我么？真正无礼！”李后竟转身退出，也不愿留侍内宴，即上辇还宫。冤冤相凑，一入寝室，恰不见了光宗，诘问内侍，才知到黄贵妃宫内去了。

黄贵妃本在德寿宫，光宗为皇太子时，旁无姬侍，孝宗因内禅在迩，移徙德寿宫，入见黄氏体态端方，特赐给光宗。光宗格外爱宠，即位后便封为贵妃，唯李后妒悍性成，平时见了黄贵妃，好似一个眼中钉，此次往重华宫，正被寿皇斥责，又闻光宗去幸黄贵妃，教她如何不气？如何不恼？当下转至黄贵妃处，不待内侍通报，便闯将进去。蓦见光宗与黄贵妃，正在促膝密谈，愈不禁醋兴勃发，就在门首大声道："皇上龙体少愈，应节除嗜欲，奈何复在此处调情？"光宗见了，连忙起立。黄贵妃更吓得魂不附体，不由的屈膝相迎。李后竟不答礼，连眼珠儿都不去瞧她。光宗知已惹祸，不便再留，便握住李后的手，同往中宫，心中还似小鹿儿相撞。待至宫中，但见李后的眼眶内，簌簌的流了许多珠泪。光宗大惊，只好加意温存。李后道："妾并不为着黄贵妃，陛下身为天子，止有几个妃嫔，难道妾不肯相容么？不过陛下新痊，未便纵欲，妾是以冒昧劝谏。此外还有一种特别事故，要与陛下商议。"黄贵妃是掌中物，不妨暂置，要是立储要紧。言至此，更呜呜咽咽的大哭起来。亏她做作。光宗摸不着头脑，再三婉问，她方嘱内侍召入嘉王扩，令跪伏帝前，自己亦陡的下跪道："寿皇要想废立了，妾与扩儿两人，将来不知如何结局，难道陛下尚不知么？"光宗听了，越觉惊得发抖，再加询问。李后才将寿皇所说，述了一遍，更添了几句不好听的话儿。光宗到了此时，自然被她引入迷团，便道："朕不再往重华宫了。汝等起来，朕自有计较！"李后方挈嘉王扩起身，彼此密谈多时，无非是说抵制寿皇的计策。李后又欲立家庙，光宗也是允从，偏枢密使王蔺，以为皇后家庙，不应由公费建筑，顿时忤了后意，立请光宗将他罢职，进葛邲为枢密使。

一日，光宗在宫中盥洗，由宫人奉匜进呈，光宗见她手如柔荑，禁不住说了一个"好"字。适被李后听闻，怀恨在心。越日，遣内侍献一食盒，光宗亲自揭启，总道是果铺等物，哪知盒中是一双血肉模糊的玉手，令人惨不忍睹，那时又不好发作，只得自怨自悔，饬内侍携了出去。忍哉李后！懦哉光宗。自是心疾复作，梦寐中尝哭泣不休。至绍熙二年十一月，应祭天地宗庙。向例由皇帝亲祭，光宗无从推诿，没奈何出宿斋宫。这位心凶手辣的李凤娘，趁着这个空隙，召入黄贵妃，责她蛊惑病主，不异谋逆，竟令内侍

持入大杖，把黄贵妃重笞百下。可怜她玉骨冰姿，哪里熬受得住？不到数十下，已是魂驰魄散，玉殒香消。李后见她已死，令内侍拖出宫外，草草棺殓，一面报知光宗，诡说她暴病身亡。光宗非常惊骇，明知内有隐情，断不致无端暴毙，可奈身为后制，不敢诘问，并且留宿斋宫，不能亲视遗骸，抚棺一诀，悲从中来，解无可解。是夕，在榻中翻去覆来，许久不曾合眼，直至四鼓以后，蒙眬睡去，突见黄贵妃满身血污，泪眼来前，此时也顾不得什么，正要与她抱头大哭，忽外面一声怪响，顿将睡魔儿吓去，双眸齐启，并没有什么爱妃，但听得朔风怒号，檐马叮当，窗棂中已微透曙色了。急忙披衣起床，匆匆盥洗，连食物都无心下咽。外面早已备齐法驾，由光宗出门登辇，直抵郊外，天色已经大明，只是四面阴霾，好似黄昏景象。下辇后步至天坛，蓦觉狂风大作，骤雨倾盆，就使有了麾盖，也遮不住天空雨点，不但侍臣等满身淋湿，就是光宗的祭服上面，也几乎湿透。到了坛前，祭品均已摆齐，只是没法燃烛，好容易爇着烛光，禁不起封姨作对，随爇随灭。天亦发怒。光宗本已头晕目眩，又被那罡风暴雨，激射下来，越觉站立不住，勉强拜了几拜，令祝官速读祝文。祝官默承意旨，止念了十数句，便算读完，即由侍臣掖帝登辇，踉跄回宫。嗣是终日奄卧，或短叹，或长吁，饮食逐日减少，渐渐的骨瘦形枯。

李后却乘此干政，外朝奏事，多由她一人作主，独断独行。事为寿皇所闻，轻车视疾，巧值李后出外，遂令左右不必通报，自己悄悄的径入殿幄，揭帐启视，见光宗正在熟寐，不欲惊动，仍敛帐退坐。既而光宗已醒，呼近侍进茗，内侍因报称寿皇在此，光宗瞿然惊起，下榻再拜。寿皇看他面色甚癯，倍加怜恤，便令他返寝。一面问他病状，才讲得三两语，外面即趋入一人，形色甚是仓皇，寿皇瞧将过去，不是别人，正是平日蓄恨的李凤娘。李后闻寿皇视疾，不觉惊讶，便三脚两步的赶来，既见寿皇坐着，不得不低头行礼。寿皇问道："汝在何处？为什么不侍上疾？"李后道："妾因上体未痊，不能躬亲政务，所有外廷奏牍，由妾收阅，转达宸断。"寿皇不觉哼了一声，又道："我朝家法，皇后不得预政，就是慈圣、指曹太后。宣仁指高太后。两朝，母后垂帘，也必与宰臣商议，未尝专断，我闻汝自恃才能，一切国事，擅自主张，这是我家法所不许哩。"李后无词可对，只好强辩道："妾不敢违背祖制，所有裁决事件，仍由皇上作主。"寿皇正色道："你也不必瞒

我，你想上病为何而起？为何而增？”李后便呜咽道：“天有不测风云，人有旦夕祸福，奈何推在妾一人身上？”寿皇道：“上天震怒，便是示儆。”说至此，闻光宗在卧榻上，叹了一声，触着心病了。因即止住了口，不复再言。父母爱子之心，无所不至。只劝慰光宗数语，即起身出去。光宗下榻送父，被李后竖起柳眉，瞋目一瞧，顿时缩住了脚。如此怕妻，真是可怜。李后俟寿皇去远，免不得带哭带骂，又扰乱了好多时。光宗只好闭目不语，听她咒诅罢了。

自光宗增病后，经御医多方调治，服药数十百剂，直至三年三月，才得告痊，亲御延和殿听政。群臣请朝重华宫，光宗不从，从前寿皇诞辰，及岁定节序，例应往朝，只因光宗多疾，辄由寿皇降旨罢免。至是群臣因请朝不许，再联络宰辅百官，以及韦布人士，伏阙泣谏。光宗始勉强允诺。谁知一过数日，仍然不往。宰执等又复奏请，方于夏四月间，往朝一次，自后并不再往。到了五月，光宗旧病复发，朝政依旧不管，哪里还顾及重华宫。及长至节相近，病已痊可，逐日视朝。节前一日，丞相留正等，面奏光宗，请次日往朝寿皇，光宗不答。留正只好约同百官，于翌晨齐集重华宫，入谒称庆，礼毕退归。兵部尚书罗点，给事中尤袤，中书舍人黄裳，御史黄度，尚书左选郎官叶适等，复上疏请朝重华宫，仍不见报。秘书郎彭龟年，更上书极谏，略云：

寿皇之事高宗，备极子道，此陛下所亲睹也。况寿皇今日，止有陛下一人，圣心惓惓，不言可知。特遇过宫日分，陛下或迟其行，则寿皇不容不降免到宫之旨，盖为陛下辞责于人，使人不得以窃议陛下，其心非不愿陛下之来。自古人君处骨肉之间，多不与外臣谋，而与小人谋之，所以交哄日深，疑隙日大，今日两宫万万无此。然臣所忧者，外无韩琦、富弼、吕诲、司马光之臣，而小人之中，已有任守忠者在焉。宰执侍从，但能推父子之爱，调停重华，台谏但能仗父子之义，责望人主，至于疑间之根，盘固不去，曾无一语及之。今内侍间谍两宫者，实不止一人，独陈源在寿皇朝，得罪至重，近复进用，外人皆谓离间之机，必自源始。宜亟发威断，首逐陈源，然后肃命銮舆，负罪引慝，以谢寿皇，使父子欢然，宗社有赖，讵不幸欤！

是时吏部尚书赵汝愚，未曾入奏，龟年责他谊属宗卿，何故坐视？汝愚被他激动，遂入奏内廷，再三规谏。光宗乃转告李后，令同往朝重华宫。李后初欲劝阻，继思自己家庙，已经筑成，不若令光宗朝父，然后自己可归谒家庙，免致外廷异言，于是满口应允。长至节后六日，光宗先往重华宫，后亦继至。此次朝谒，父子间甚是欢洽，连李凤娘也格外谦和，对着寿皇夫妇，只管自认罪愆。寿皇素来长厚，还道她知改前非，也是另眼相看。又被她瞒过了。因此欢宴竟日，才见帝后出宫。都下人士，欣然大悦。哪知才过两日，即有皇后归谒家庙的内旨，斯时无人可阻，礼部以下，只好整备凤辇，恭候皇后出宫。

李凤娘凤冠凤服，珠玉辉煌，装束与天仙相似，由宫娥内侍等人，簇拥而出，徐徐的登了凤舆，才经大小卫役，呵道前行。及至家庙门内，凤娘始从容下辇。四面眺望，觉得祠宇巍峨，规模崇敞，差不多与太庙一般，心下很是喜慰。并因高祖以下，均已封王，殿中供着神主，居然玉质金相，异常华丽。那时喜上加喜，说不尽的快乐，瞻拜已毕，当有李氏亲属，入庙谒后，由凤娘一一接见，除疏戚外，计得至亲二十六人，立即推恩颁赏，各亲属不胜欢谢。无如驹光易过，未便留恋，没奈何辞庙回宫。是夕，即传出内旨，授亲属二十六人官阶，并侍从一百七十二人，俱各进秩。甚至李氏门客，亦得五人补官，这真是有宋以来特别的旷典。雌凤儿毕竟不凡。

转眼又是绍熙四年，元旦这一日，光宗总算往朝重华宫，到了暮春，再与李后从寿皇、寿成后，幸玉津园，自是由夏及秋，绝迹不往。至九月重明节，光宗生辰。群臣连章进呈，请光宗朝重华宫，光宗不省，且召内侍陈源为押班。中书舍人陈傅良，不肯草诏，并劾源离间两宫，罪当窜逐。给事中谢深甫，亦上言："父子至亲，天理昭然，太上皇钟爱陛下，亦犹陛下钟爱嘉王。太上皇春秋已高，千秋万岁后，陛下何以见天下？"光宗闻得此言，始传旨命驾往朝，百官排班鹄立，待了多时，见光宗已趋出御屏，大众上前相迎，不料屏后突出李凤娘，竟揽住光宗手，且作媚态道："天气甚寒，官家且再饮酒！"老脸皮。光宗转身欲退，陈傅良竟跑上数步，牵光宗背后的衣裾，抗声道："陛下幸勿再返！"李后恐光宗再出，复用力一扯，引光宗入屏后。傅良亦大着胆，跟了进去。李后怒叱傅良道："此处是何地？你秀才们不怕斫头么？"傅良只好放手，退哭殿下。李后遣内侍出问道："无故恸

哭，是何道理？”傅良答道：“子谏父不听，则号泣随之，此语曾载入礼经。臣犹子，君犹父，力谏不从，怎得不泣？”内侍入报李后，李后愈怒，竟传旨不复过宫。群臣没法，只好再行上疏。怎奈奏牍呈入，好似石沉大海，毫无转音。直待了两阅月，仍然没有影响，于是丞相以下，俱上疏自劾，乞即罢黜。嘉王府翊善黄裳，且请诛内侍杨舜卿，秘书郎彭龟年，又请逐陈源，均不见批答。太学生汪安仁等二百十八人，联名请朝重华宫，亦不见从。至十一月中，工部尚书赵彦逾，复入内力请，才得一回过宫。既而五年元日，也由光宗往朝寿皇，越十二日，寿皇不豫，接连三月，光宗毫不问疾，群臣奏请不报。父疾不视，光宗全无人心了。立夏后，光宗反偕李后游玉津园，兵部尚书罗点，请先过重华宫，光宗不允，竟与后游幸终夕，尽兴始归。彭龟年已调任中书舍人，三疏请对，概置不答。会光宗视朝，龟年不离班位，伏地叩额，血流满地。光宗才问道：“朕素知卿忠直，今欲何言？”龟年奏道：“今日要事，莫如过宫。”同知枢密院事余端礼随奏道：“叩额龙墀，曲致忠恳，臣子至此，可谓万不得已了。”光宗道：“朕知道了。”言毕退朝，仍无过宫消息。群臣又接连进奏，方约期过宫问疾。届期由丞相以下，入宫候驾，待至日昃，才见内侍出报道：“圣躬抱恙，不便外出。”群臣懊怅而返。到了五月，寿皇疾已大渐，竟欲一见光宗，每顾视左右，甚至泣下。这消息传入大廷，陈傅良再疏不答，竟缴还告敕，出城待罪。丞相留正等，率辅臣入宫谏诤，光宗竟拂衣入内。正引帝裾极谏，罗点也泣请道：“寿皇病势已危，若再不往省，后悔无及。”光宗并不答言，尽管转身进去。留正等随着后面，至福宁殿，光宗趋入殿中，忙令内侍阖门。正等不能再进，恸哭出宫。越二日，正等又请对。光宗令知阖门事韩侂胄侂音托。传旨道：“宰执并出。”正等闻旨，遂相率出都，至钱塘江北岸的浙江亭待罪去了。正是：

人纪无存胡立国？忠言不用愿辞官。

光宗闻正等出都，尚不为意，独寿皇闻知，忧上加忧，遂召韩侂胄入问。欲知侂胄如何对答，且看下回表明。

孝宗越次立储，已为非法，顾犹得曰：“光宗即位以前，魏王已殁，福薄之

说，信而有征。”尚得为孝宗解也。至悍后专权，阉人交构，过宫礼阙，定省久疏，悍后不足责，光宗犹有人心，宁至天良汩尽乎？且宫人断臂，贵妃被杀，光宗应亦愤恨，愤之而不能斥，恨之而不能制，以天子之尊，不能行权于帷帝间，英武果安在乎？且因畏妻而成疾，因疾深而远父，甚至孝宗大渐，不敢过问，吾不知光宗何心？李后何术？而致演此逆伦之剧也。语有之：“知子莫若父”，其然岂其然乎？

第八十三回　赵汝愚定策立新皇　韩侂胄弄权逐良相

却说韩侂胄入重华宫，见了寿皇，请过了安，寿皇问及宰臣出都事，侂胄奏对道："昨日皇上传旨，命宰执出殿门，并非令他出都，臣不妨奉命传召，宣押入城。"寿皇称善。侂胄遂往浙江亭，召回留正等人。次日，光宗召罗点入对，点奏请道："前日迫切献忠，举措失礼，陛下赦而不诛，臣等深感鸿恩；唯引裾也是故事，并非臣等创行。"光宗道："引裾不妨，但何得屡入宫禁？"点引魏辛毗故事以谢，且言寿皇止有一子，既付神器，宁有不思见之理？光宗为之默然。嗣由彭龟年、黄裳、沈有闻等，奏乞令嘉王诣重华宫问疾，总算得光宗允许。嘉王入省一次，后亦不往。至六月中，寿皇竟崩逝重华宫。宫中内侍，先奔讣宰执私第，除留正外，即至赵汝愚处。汝愚时已知枢密府，得了此讣，恐光宗为后所阻，不出视朝，特持讣不上。翌晨入朝，见光宗御殿，乃将哀讣奏闻，且请速诣重华宫成服。光宗不能再辞，只好允诺，随即返身入内。谁知等到日昃，尚未见出来。父死之谓何？乃尚坐视耶？留正、赵汝愚等，只得自往重华宫，整备治丧。唯光宗不到，主丧无人，当由留正、赵汝愚，议请寿圣吴太后，暂主丧事。吴太后不许。正等申奏道："臣等连日至南内，请对不获，屡次上疏，又不得报，今当率百官再行恭请，若皇上仍然不出，百官或恸哭宫门，恐人情骚动，为社稷忧，乞太后降旨，以皇帝为有疾，暂就宫中成服。唯临丧不可无主，况文称孝子嗣皇帝，宰臣何敢代行？太后系寿皇母，不妨摄行祭礼。"太后乃勉从所请，有子

而令母代，亦旷古所未有。发丧太极殿。计自孝宗受禅，三次改元，共历二十七年，至光宗五年乃终，享寿六十有八。孝宗为南宋贤主，但也未免优柔寡断，用舍失宜，不过外藩入继，奉养寿皇，总算全始全终，毫不少忤。庙号曰孝，尚是名实相副呢。

治丧期内，由光宗颁诏，尊寿圣皇太后为太皇太后，寿成皇后为皇太后，唯车驾仍称疾不出。郎官叶适，语丞相留正道："皇上因疾，不执亲丧，将来何辞以谢天下？今嘉王年长，若亟正储位，参决大事，庶可免目前疑谤，相公何不亟图？"留正道："我正有此意，当上疏力请。"于是会同辅臣，联名入奏道："皇子嘉王仁孝夙成，应早正储位，借安人心。"疏入不报。越宿复请，方有御批下来，乃是"甚好"二字。又越日，再拟旨进呈，乞加御批，付学士院降诏。是夕，传出御札，较前批多了数字，乃是"历事岁久，念欲退闲。"正得此八个大字，不觉惊惶起来，急与赵汝愚密商。汝愚意见，谓不如请命太皇太后，竟令光宗内禅嘉王。正以为未妥，只可请太子监国。两下各执一词，正遂想了一法，索性辞去相位，免得身入漩涡。次日入朝，佯为仆地，装出一般老迈龙钟的状态，及卫士扶回私第，他即草草写了辞表，命卫士带回呈入。表中除告老乞休外，有"愿陛下速回渊鉴，追悟前非，渐收人心，庶保国祚"等语。至光宗下札慰留，他已潜出国门，竟一溜烟似的走了。留正意议，较汝愚为正，但因所见未合，即潜身遁去，毋乃趋避太工。

正既出都，人心益震，会光宗临朝，也晕仆地上，莫非也学留正么？亏得内侍掖住，才免受伤。赵汝愚情急势孤，仓皇万状。左司郎中徐谊，入讽汝愚道："古来人臣，不外忠奸两途，为忠即忠，为奸即奸，从没有半忠半奸，可以济事。公内虽惶急，外欲坐观，这不是半忠半奸吗？须知国家安危，关系今日，奈何不早定大计？"汝愚道："首相已去，干济乏人，我虽欲定策安国，怎奈孤掌难鸣，无可有为。"徐谊接口道："知阁门事韩侂胄，系寿圣太后女弟的儿子，何勿托他禀命太后，即行内禅呢？"汝愚道："我不便径托。"谊又道："同里蔡必胜，与侂胄同在阁门，待谊去告知必胜，要他转邀侂胄，何如？"汝愚道："事关机密，请小心为是！"谊应命而别。是夕，侂胄果来访汝愚，汝愚即与谈及内禅事，面托代达太后。侂胄许诺。太后近侍，有一个张宗尹，素与侂胄友善，侂胄既辞别汝愚，即转至张宗尹处，嘱令代奏。宗尹入奏二次，不获见允。适侂胄待命宫门，见了内侍关礼，问明

原委。关礼道："宗尹已两次禀命，尚不得请，公系太后姻戚，何妨入内面陈，待礼为公先容便了。"侂胄大喜。礼即入见太后，面有泪痕。小人惯作此态。太后问他何故？礼对道："太皇太后读书万卷，亦尝见有时事若此，能保无乱么？"太后道："这……这非汝等所知。"礼又道："事已人人知晓，怎可讳言？今丞相已去，只恃赵知院一人，恐他亦要动身了。"言已，声泪俱下。太后愕然道"知院同姓，与他人不同，乃亦欲他往么？"礼复道："知院因谊属宗亲，不敢遽去，特遣知阁门事韩侂胄，输诚上达。侂胄令宗尹代奏二次，未邀俯允，赵知院亦只好走了。"太后道："侂胄何在？"礼答道："小臣已留他待命。"太后道："事果顺理，就命他酌办。"礼得了此旨，忙趋出门外，往报侂胄，且云："明晨当请太皇太后在寿皇梓宫前，垂帘引见执政，烦公转告赵知院，不得有误。"侂胄闻命，亟转身出宫，往报汝愚。天色已将晚了，汝愚得侂胄报闻，也即转告参政事陈骙，及同知院事余端礼，一面命殿帅郭杲等，夤夜调集兵士，保卫南北大内。关礼又遣阁门舍人傅昌朝，密制黄袍。是夕，嘉王遣使谒告，不再入临。汝愚道："明日禫祭，王不可不至。"来使应命而去。

翌日为甲子日，群臣俱至太极殿，嘉王扩亦素服到来。汝愚率百官至梓宫前，隐隐见太后升坐帘内，便再拜跪奏道："皇上有疾，未能执丧，臣等曾乞立皇子嘉王为太子，蒙皇上批出'甚好'二字，嗣复有'念欲退闲'的御札，特请太皇太后处分。"太后道："既有御笔，相公便可奉行。"汝愚道："这事关系重大，播诸天下，书诸史策，不能无所指挥，还乞太皇太后作主。"太后允诺。汝愚遂袖出所拟太后指挥以进，内云："皇帝抱恙，至今未能执丧，曾有御笔，欲自退闲，皇子嘉王扩可即皇帝位，尊皇帝为太上皇帝，皇后为太上皇后。"太后览毕，便道："就照此行罢！"汝愚复奏道："自今以后，臣等奏事，当取嗣皇处分，但恐两宫父子，或有嫌隙等情，全仗太皇太后主张，从中调停。且上皇圣体未安，骤闻此事，也未免惊疑，乞令都知杨舜卿提举本宫，担负责任。"太后乃召杨舜卿至帘前，当面嘱讫，然后命汝愚传旨，令皇子嘉王扩嗣位。嘉王固辞道："恐负不孝名。"汝愚劝谏道："天子当以安社稷定国家为孝，今中外人人忧乱，万一变生，将置太上皇于何地？"遂指挥侍臣，扶嘉王入素幄，被服黄袍，拥令即位。嘉王尚却立未坐，汝愚已率百官再拜。拜毕，由嗣皇诣几筵前，哭奠尽哀，百官

排班侍立殿中。嗣皇衰服出就东庑，内侍扶掖乃坐。百官谨问起居，一一如仪。嗣皇乃起行禫祭礼，礼毕退班，命以光宗寝殿为泰安宫，奉养上皇。民心悦服，中外安然，这总算是赵知院的功劳了。计下有未足意。

越日，由太皇太后特旨，立崇国夫人韩氏为皇后。后系故忠献王韩琦六世孙，初与姊俱被选入宫，事两宫太后，独后能曲承意旨，因此归嘉王邸，封新安郡夫人，晋封崇国夫人。后父名同卿，侂胄系同卿季父，自后既正位，侂胄兼得两重后戚，且自居定策功，遂渐渐的专横起来。为后文写照。汝愚请召还留正，命为大行攒宫总护使，留正入辞，嗣复出城。太皇太后命速追回，汝愚亦入请帝前，乃特下御札，召留正还，仍命为左丞相，改令郭师禹为攒宫总护使。一面由嗣皇带领群臣，拜表泰安宫。光宗方才闻知，召嗣皇入见。韩侂胄随嗣皇进谒，光宗瞪目视道："是吾儿么？"光宗已死了半个。复顾侂胄道："汝等不先报我，乃作此事，但既是吾儿受禅，也无庸说了。"嗣皇及侂胄均拜谢而退，自是禅位遂定，历史上称作宁宗皇帝，改元庆元。

韩侂胄欲推定策功，请加封赏，汝愚道："我是宗臣，汝是外戚，不应论功求赏。唯爪牙人士，推赏一二，便算了事。"侂胄怏怏失望，大为不悦。汝愚但奏白宁宗，加郭杲为武康节度使。还有工部尚书赵彦逾，定策时亦曾预议，因命为端明殿学士，出任四川制置使，兼知成都府。侂胄觊觎节钺，偏止加迁一官，兼任汝州防御使。徐谊往见汝愚道："侂胄异时，必为国患，宜俾他饱欲，调居外任，方免后忧。"汝愚不从，错了。别欲加封叶适。适辞谢道："国危效忠，乃人臣本务，适何敢徼功？唯侂胄心怀觖望，现若任为节度，便可如愿以偿，否则怨恨日深，非国家福。"汝愚仍然不允。适退后自叹道："祸从此始了，我不可在此遭累呢。"遂力求外补，出领淮东兵赋。见机而作，不俟终日。宁宗拜汝愚为右丞相，汝愚不受，乃命为枢密使。既而韩侂胄阴谋预政，屡诣都堂，左丞相留正，遣省吏与语道："此间公事，与知阁无与，知阁不必仆仆往来。"侂胄怀怒而退。会留正与汝愚，议及孝宗山陵事，与汝愚未合。侂胄遂乘间进谗，竟由宁宗手诏，罢正为观文殿大学士，判建康府，授汝愚为右丞相。汝愚闻留正罢官，事出侂胄，不禁愤愤道："我并非与留相有嫌，不过公事公议，总有未合的时候，为什么侂胄进谗，竟请出内旨，将留相罢去？若事事统照此办法，恐谗间日多，大臣尚得措手足么？"你何不从徐、叶之言，将他调往外任？签书枢密院事罗点在侧，正要

接入论议，忽报韩侂胄来谒相公。汝愚道："不必进来！"吏役即传命出去，罗点忙语汝愚道："公误了！"汝愚不待说毕，却也省悟，再命吏役宣侂胄入见。侂胄闻汝愚拒绝，正拟转身出门，嗣又闻吏役传回，乃入见汝愚。两下会面，各没情没绪的谈了数语，侂胄即辞去，自此怨恨越结越深了。

侍御史章颖，劾论内侍陈源、杨舜卿、林亿年等十人，离间两宫的罪状，乃将诸人贬官斥外。复因赵汝愚奏荐，召朱熹为焕章阁待制，兼官侍讲。熹奉命就道，途次即上陈奏牍，请斥近幸，用正士。及入对时，复又劝宁宗随时定省，勿失天伦。宁宗也不置可否，由他说了一通。熹见宁宗无意听从，复面辞新命，宁宗不许。汝愚又奏请增置讲读诸官，有诏令给事中黄裳，及中书舍人陈傅良、彭龟年充选，更有祭酒李祥，博士杨简，府丞吕祖俭等，均由汝愚荐引。在汝愚的意思，方以为正士盈朝，可以无恐，哪知挟嫌衔忿的韩侂胄，已日结奥援，千方百计的谋去汝愚。宁宗复向用侂胄。看官试想这赵丞相，还能长久在位么？已而罗点病逝，黄裳又殁，汝愚入朝，泣语宁宗道："黄裳、罗点相继沦谢，这非官的不幸，乃是天下的不幸呢。"宁宗也没甚悲悼。但听了韩侂胄说话，用京镗代罗点后任。镗本任刑部尚书，宁宗欲命他镇蜀，汝愚道："镗望轻资浅，怎能当方面重任？"宁宗乃留诏不发。镗闻汝愚言，当然怀恨，侂胄遂联为知交，荐镗入枢密院，日夜伺汝愚隙，以快私图。

知阁门事刘弜，即古弼字。自以不得预定策功，心怀不平，因语侂胄道："赵相欲专大功，君非但不得节钺，恐且要远行岭海了。"侂胄愕然道："这且奈何？"弜答道："只有引用台谏，作为帮手。"侂胄又道："倘他又出来阻挠，将奈何？"弜笑道："从前留丞相去时，君如何下手？"侂胄亦自哂道："聪明一世，蒙懂一时，我已受教了。"过了一天，即有内批发出，拜给事中谢深甫为中丞，嗣复进刘德秀监察御史，也由内批授命。继而刘三杰、李沐等，统入为谏官，弹冠相庆。朱熹见小人幸进，密约彭龟年同劾侂胄，偏龟年奉命，出伴金使，遂不果行。熹乃转白汝愚，谓："侂胄怨望已甚，应以厚赏酬劳，出就大藩，勿使在朝预政。"汝愚道："他尝自言不受封赏，有什么后患呢？"至此犹且不悟，汝愚真愚。熹遂自去进谏，面陈侂胄奸邪，宁宗不答。右正言黄度，将上疏论侂胄罪，偏被侂胄闻知，先请御笔批出，除度知平江府。度愤然道："从前蔡京擅权，天下遂乱，今侂胄假用御笔，斥

逐谏臣，恐乱端也将发作了。我岂尚可供职么？”遂奏乞归养，飘然径去。

熹见黄度告归，因上疏极谏，略言：“陛下即位未久，乃进退宰臣，改易台谏，均自陛下独断，中外人士，统疑由左右把持，臣恐主威下移，求治反乱”云云。这疏呈入，侂胄大怒，会值宁宗召优人戏，侂胄暗嘱优人峨冠阔袖，扮大儒像，演戏上前，故意把性理诸说，变作诙谐，引人解颐。侂胄因乘此进言，谓：“朱熹迂阔，不可再用。”宁宗点首，俟看戏毕，即书手诏付熹道：“悯卿耆艾，恐难立讲，当除卿宫观，用示体恤耆儒之至意。”这诏颁出，应先经过都堂，赵汝愚见是御笔，即携藏袖中，入内请见。且拜且谏，并将御批取出缴还。宁宗不省，汝愚因求罢政。宁宗摇首不许。越二日，侂胄乞得原诏，用函封固，令私党送交朱熹。熹即上章称谢，出都自去。中书舍人陈傅良、起居郎刘光祖、起居舍人邓驿、御史吴猎、吏部侍郎孙逢吉、登闻鼓院游仲鸿，交章留熹，均不见报，反将傅良、光祖落职，特进侂胄兼枢密院都承旨。

侂胄势焰益张，彭龟年以劾奸致罢。陈骙谓龟年不应罢职，也坐罪免官。用余端礼知枢密院事，京镗参知政事，郑侨同知枢密院事。京镗两次迁升，统由侂胄一力保举，他心中非常感激，每日至侂胄私第，商量私计。侂胄欲逐赵汝愚，苦无罪名，镗即献策道：“他系楚王元佐七世孙，本是太宗嫡派，若诬他觊觎神器，谋危社稷，岂不是一击即中么？”奸人之计，煞是凶狡。侂胄欣然道：“君也可谓智多星了。”镗复道：“汝愚尝自谓梦见孝宗，授以汤鼎，背负白龙升天，是辅翼今皇的预兆，我等何妨指他自欲乘龙，假梦惑人。”汝愚履历，及自言梦事，均借京镗口中叙告，省笔墨。侂胄鼓掌道：“甚善。我便嘱李沐照奏一本，不怕此人不去。”李沐尝向汝愚求节钺，汝愚不许，侂胄遂荐引李沐，入为右正言。至此召沐与商，教他劾奏汝愚。李沐极口应允，即日具疏入奏，略称：“汝愚以同姓为相，本非祖宗常制，方上皇圣体未康时，汝愚欲行周公故事，倚虚声，植私党，定策自居，专功自恣，似此不法，亟宜罢斥，以安天位而塞奸萌”云云。汝愚闻得此疏，亟出至浙江亭待罪。有旨罢免右相，授观文殿学士，出知福州。中丞谢深甫等又上言：“汝愚冒居相位，今既罢免，不应再加书殿隆名。帅藩重寄，乞收回出守成命。”于是又将汝愚降职，只命提举洞霄宫。祭酒李祥博士杨简府丞吕祖俭等，连章请留汝愚，俱遭内批驳斥。祖俭疏中，有侵及侂胄语，侂胄更入诉

宁宗，加诬祖俭罪状，说他朋比罔上，窜往韶州。太学生杨宏中、周端朝、张衜、林仲麟、蒋传、徐范六人，不由的动了公愤，伏阙上书道：

近者谏官李沐，论罢赵汝愚，中外咨愤，而李沐以为父老欢呼，蒙蔽天听，一至于此。陛下独不念去岁之事乎？人心惊疑，变在旦夕，是时非汝愚出死力，定大议，虽百李沐，罔知攸济。当国家多难，汝愚位枢府，据兵柄，指挥操纵，何向不可？不以此时为利，今天下安恬，乃独有异志乎？章颖、李祥、杨简发于中激，力辩前非，即遭斥逐，李沐自知邪正不两立，思欲尽覆正人以便其私，必托朋党以罔陛下之听。臣恐君子小人之机，于此一判，则靖康已然之验，何堪再见于今日耶？伏愿陛下念汝愚之忠勤，察祥、简之非党，窜沐以谢天下，还祥等以收士心，则国家幸甚！天下幸甚！特录此疏，以示学风。

看官！你看这书中所言，也算明白彻底，偏此时的宁宗，已被侂胄蛊惑成癖，把所有七窍灵气，尽行蔽住，辨不出什么是奸，什么是忠，看了此疏，反惹懊恼，即援笔批斥道："杨宏中等罔乱上书，煽摇国是，甚属可恨，悉送至五百里外编管。"这批发出，杨宏中等六人，呼冤无路，只好屈体受押，随吏远徙去了。

侂胄尚未快意，必欲害死汝愚，再令中丞何澹，监察御史胡纮，申行奏劾，只说："汝愚倡引伪徒，谋为不轨，乘龙授鼎，假梦为符，暗与徐谊造谋，欲卫送上皇过越，为绍兴皇帝等事。"宁宗也不辨真假，竟谪汝愚为宁远军节度副使，安置永州。徐谊为惠州团练副使，安置南安军。汝愚闻命，从容就道，濒行语诸子道："侂胄必欲杀我，我死后，汝辈尚可免祸哩。"至此才知为侂胄所害，毋乃已迟。果然行至衡州，衡守钱鍪，受侂胄密谕，窘辱百端，气得汝愚饮食不进，竟至成疾，未几暴卒。是时正庆元二年正月中了。当有敖陶孙题诗阙门，隐寓感慨，小子止记得二句云：

一死固知公所欠，孤忠赖有史长存。

汝愚已死，后事如何，且待下回再叙。

光、宁授受，事出非常，留正以疑惧而去，独赖赵汝愚定策宫中，始得安然禅位，汝愚之功，固不可谓不大矣。然汝愚固非能成此举也。创议赖徐谊，成议赖韩侂胄，事定以后，自当按功论赏，岂可因己不言功，遂谓人之欲善，谁不如我乎？侂胄所望，不过一节钺耳，苟请命宁宗，立除外任，则彼已餍望，应不致遽起邪心。小人未尝无才智，亦未必不可用，在驭之有道而已。乃靳其节使，反使居内，徐谊、叶适、朱熹等，屡谏不从，反自言乘龙授鼎诸梦兆，使奸人得援为口实，忠有余而智不足，古人之论汝愚也，亶其然乎？若第以功成不退，为汝愚咎，汝愚固贵戚之卿，非异姓之卿也，异姓可去，贵戚不可去，子舆氏有明训矣。然则汝愚之不早退，犹可自解，误在刓印不封，无以塞小人之望耳。故观于汝愚之行谊，殆不能无叹惜云。

第八十四回　贺生辰尚书钻狗窦
侍夜宴艳后媚龙颜

却说赵汝愚既死，擢余端礼为左丞相，京镗为右丞相，谢深甫参知政事，郑侨知枢密院事，何澹同知院事。端礼本与汝愚同心辅政，及汝愚窜逐，不能救解，未免抑郁不平，并因中外清议，亦有谤词，遂称疾求退。宁宗初尚不允，及再表乞休，乃罢为观文殿大学士，提举洞霄宫。京镗遂得专政，他想把朝野正士，一网打尽，遂与何澹、刘德秀、胡纮三人，定出一个伪学的名目，无论是道学派，非道学派，但闻他反对侂胄，与攻讦自己，统说他是伪学一流。他才算是真小人。刘德秀首先上言，愿考核真伪，辨明邪正，宁宗即颁发原疏，令辅臣复议。京镗遂搜取正士姓名，编列伪籍，呈入宁宗，拟一一窜逐。太皇太后吴氏，闻这消息，劝宁宗勿兴党禁。宁宗乃下诏道："此后台谏给舍论奏，不必更及往事，务在平正，以副朕建中至意。"这诏一下，京镗等当然愤闷，韩侂胄愈加忿怒，国子司业汪逵，殿中侍御史黄黼，吏部侍郎倪思，均因推尚道学，先后被斥。又有博士孙元卿、袁燮、国子正陈武等，统皆罢去。端明殿学士叶翥严斥伪学，得入枢密。御史姚愈，尝劾倪思倚附伪学，得擢为侍御史。太常少卿胡纮复极陈："伪学误国，全赖台谏排击，得使元恶殒命，群邪屏迹，今复接奉建中诏命，恐将蹈建中靖国的覆辙，宜严行杜绝，勿使伪学奸党，得以复萌"等语。大理司直邵裒然亦上言："伪学风行，不但贻祸朝廷，并且延及场屋，自后荐举改官，及科举取士，俱应先行申明，并非伪学，然后可杜绝祸根"云云。宁宗居然准

奏，命即施行。

先是朱熹奉祠家居，闻赵汝愚无辜被逐，不忍默视，因手草封事数万言，历陈奸邪欺主及贤相蒙冤等情，拟即缮录拜发。唯子弟诸生，更迭进谏，俱言此草一上，必且速祸，熹不肯从。门人蔡元定请卜易以决休咎，乃揲蓍成爻，占得遁及同人卦辞。熹亦知为不吉，因取稿焚毁，只上奏力辞职衔。有诏命仍充秘阁修撰，熹亦不至。当胡纮未达时，尝至建安谒熹，熹待学子，向来只脱粟饭，不能为纮示异，纮因此不悦。及为监察御史，即意图报复，以击熹为己任，只因无隙可寻，急切无由弹劾。至伪学示禁，便以为机会已至，乐得乘此排斥，草疏已成，适改官太常少卿，不便越俎言事；可巧来了一个沈继祖，因追论程颐为伪学，得任御史，纮遂把疏草授与继祖，令他奏陈，谓可立致富贵。继祖是抱定一条升官发财的宗旨，偶然得此奇缘，仿佛是天外飞来的遭际，遂把草疏带回寓中。除录述原稿外，再加添几条诬陷的话儿，大致是劾熹十罪，结末是熹毫无学术，唯剽窃张载、程颐的余论，簧鼓后进，乞即褫职罢祠。熹徒蔡元定，佐熹为妖，乞即送别州编管。果然章疏朝上，诏令暮发，削秘阁修撰朱熹官，窜蔡元定至道州。已而选人余嚞上书，乞诛熹以绝伪学，谢深甫披阅嚞书，看是一派狂吠，遂将书掷地道："朱熹、蔡元定，不过自相讲明，有什么得罪朝廷呢？"还是他有点天良。于是书不得上，众论稍息。蔡元定，字季通，系建阳人氏。父名发，博学群书，尝以程氏《语录》、邵氏《经世》、张氏《正蒙》等书，授与元定，指为孔、孟正脉。元定日夕研摩，通晓大义，嗣闻朱熹名，特往受业。两下晤谈，熹惊诧道："季通你是我友，不当就弟子班列。"元定仍奉熹为师。尤袤、杨万里等，交相荐引，屡征不起。会伪学论起，元定叹道："我辈恐不免哩。"及道州遭谪，有司催迫甚急，元定毫不动容，即与季子沈徒步就道，驰行三千里，足为流血，无几微怨言，且贻书诫诸子道："独行不愧影，独寝不愧衾，勿因吾得罪，遂懈尔志。"逾年病殁，当世称为西山先生。

庆元三年冬季，太皇太后吴氏崩，遗诏谓："太上皇帝，疾未痊愈，应由承重皇帝服齐衰五月。"宁宗改令服丧期年，尊谥为宪慈圣烈四字，攒祔永思陵。越月诏籍伪学，列籍凡五十九人，一并坐罪。试录述姓氏如下：

赵汝愚　留　正　周必大　王　蔺曾居宰辅。

朱　熹　徐　谊　彭龟年　陈傅良　章　颖　薛叔似

郑　湜　楼　钥　林大中　黄　由　黄　黼　何　异

孙逢吉曾任待制以上官职。

刘光祖　吕祖俭　叶　适　杨　芳　项安世　李　埴

沈有开　曾三聘　游仲鸿　吴　猎　李　祥　杨　简

赵汝谠　赵汝谈　陈　岘　范仲黼　汪　逵　沈元卿

袁　燮　陈　武　田　澹　黄　度　张体仁　蔡幼学

黄　颖　周　南　吴柔胜　王厚之　孟　浩　赵　巩

白炎震曾任散官。

皇甫斌　范仲壬　张致远曾任武官。

杨宏中　周瑞朝　张　衜　林仲麟　蒋　傅　徐　范

蔡元定　吕祖泰俱士人。

党禁既兴，《六经》、《论语》、《孟子》、《中庸》、《大学》诸书，亦垂为世禁。朝右无一正士，所有宰辅以下，统是韩家门内的走狗，侂胄亦早封保宁军节度使，寻复加官少傅，封豫国公。吏部尚书许及之，谄事侂胄，无所不至，每思侂胄援引，得预枢要，偏待了两年有余，望眼将穿，一些儿没有佳报，他心中是说不出的苦楚，没奈何静俟机缘，再行乞请。想是官运未通。可巧侂胄生日，开筵庆寿，群臣各敬送寿仪，届期往祝。及之也硬着头皮，割舍千金，备得一分厚礼，先日恭送，到了往拜的时候，日未亭午，总道时候尚早，不妨迟迟吾行，谁知到了韩宅，阍人竟掩门拒客。他惊惶得了不得，轻轻的敲了数下，但听门内竟呵叱出来；再自述官衔，乞求放入，里面又厉声道："什么里部吏与里字同音。外部？如来祝寿，也须清早恭候，现在是什么时候了。"及之心下益慌，情愿厚赠门金，恳他容纳。已是临渴掘井。阍人方指示一条门径，令他进去。看官道是何路？乃是宅旁一扇偏门，凡奴隶及狗，由此进出。及之已喜出望外，便向偏门中伛偻而入。那阍人已经待着，由及之馈他多金，方引入正厅拜寿。及之到寿坛前，恭恭敬敬的行了三跪九叩礼，然后转入客座，但见名公巨卿，统已先在座中。你会巴结，谁知别人比你还要巴结。自己愈觉懊悔，及酒阑席散，先抢步上前谢宴，最后方才退出。过了两日，再去拜见侂胄，寒暄已毕，便历叙知遇隆恩与自己衰癃

情状，甚至涕泪满颐。侂胄慢腾腾的答道："我也念汝衰苦，正想替汝设法呢。"及之听得此语，好似恩纶下降，自顶至踵，无不感悦，不由的屈膝下跪道："全仗我公栽培！"侂胄微笑道："何必如此，快请起来！当即与君好音。"及之又磕了几个响头，才自起立，口中谢了又谢，始告别而去。不到两天，即有内批传出，令及之同知枢密院事。都下有知他故事的，遂赠他两行头衔，一行是"由窦尚书"四字，一行是"屈膝执政"四字，及之并不自惭，反觉意气扬扬，入院治事。笑骂由他笑骂，好官我自为之。

同时还有天潢贵胄，叫作赵师睪，即古择字。是燕王德昭八世孙，曾举进士第，累任至大府少卿，自侂胄用事，更加意献媚，得擢司农卿，知临安府。当侂胄庆寿时，百官争馈珍异金珠等类，不胜枚举。师睪独袖出小盒，呈与侂胄道："愿献小果核贿觞。"大众都疑是什么佳果，至开篋出视，乃是粟金蒲萄小架，上缀大珠百余粒，都是精圆秀润，烨烨生光。众人齐声称赏，侂胄却不过说了"还好"二字，顿使人人惭沮，自觉礼仪太轻，赧然而退。侂胄有张、谭、王、陈四妾，均封郡夫人，三夫人绰号满头花。妖冶异常，尤得宠幸。其次又有十婢，也是日抱衾裯，未曾失欢。适有趋炎附热的狗官，献入北珠冠四顶，侂胄分给四夫人，唯十婢统是向隅。十婢且羡且妒，自相告语道："我等未尝非人，难道不堪一戴么？"自是对着侂胄，不是明讥，便是暗讽，添了侂胄一桩心事。这消息传至师睪耳中，亟出钱万缗，购得北珠冠十枚，瞰得侂胄入朝，径自献入。十婢大喜，分持以去。至侂胄退归，十婢都来道谢，侂胄也是心欢。过了数日，都市行灯，十婢各带珠冠，招摇过市，观者如堵，无不称羡。十婢返语侂胄道："我辈得赵太卿厚赠，光价十倍，公何不酬给一官呢？"侂胄允诺，次日即进师睪为工部侍郎。侂胄又尝与客饮南园，师睪亦得列座，园内装点景色，精雅绝伦，就中有一山庄，竹篱茅舍，独饶逸趣。侂胄顾客道："这真田舍景象，但少鸡鸣犬吠呢。"客方谓鸡犬小事，无关轻重，不料篱间竟有狺狺的声音，震动耳鼓，侂胄未免惊讶。及仔细审视，并不是韩卢晋獒，乃是现任工部侍郎赵师睪，确是狗官。侂胄不禁大笑。师睪益摇头摆尾，作乞怜状，他客虽暗暗鄙薄，但也只好称他多能，取悦侂胄。侂胄益亲信师睪，太学诸生有六字诗道："堪笑明廷鹓鹭，甘作村庄犬鸡。一日冰山失势，汤燖镬煮刀刲。"这真是切实描写，差不多似当头棒喝呢。

且说伪学禁令，愈沿愈严，前起居舍人彭龟年，及主管玉虚观刘光祖，俱追夺官职。京镗调任左丞相，谢深甫进任右丞相，何澹知枢密院事，韩侂胄竟晋授少师，封平原郡王。京镗、何澹、刘德秀等，尚日日排击善类，唯恐不尽，独朱熹在籍，与诸生讲学不休。或劝熹谢遣生徒，熹但微笑不答。至庆元三年六月，老病且笃，尚正座整衣冠，就寝而逝，年七十一。熹著述甚富，有《周易本义》、《启蒙》、《着卦考误》、《诗集传》、《大学中庸章句或问》、《论语孟子集注》、《太极图通书》、《西铭解》、《楚辞集注辨正》、《韩文考异》诸书，至若编次成帙，有《论孟集义》、《孟子指要》、《中庸辑略》、《孝经刊误》、《小学书》、《通鉴纲目》、《宋名臣言行录》、《家礼》、《近思录》、《河南程氏遗书》、《伊洛渊源录》、《仪礼经传通解》，无不原原本本，殚见洽闻。门人不可胜计，如黄干、李燔、张洽、陈淳、李方子、黄灏、辅广、蔡沈诸子，最为著名。干尝述熹行状，谓："道统正传，自周、孔以后，传诸曾子、子思、孟子，孟子以后，得周、程、张诸子，继承绝学。周、程、张以后，要算朱夫子元晦。"看官不要说他阿私所好呢。唯同时有金溪陆氏兄弟，以儒行著，与朱子学说不同，常相辩难。陆氏有兄弟三人，长名九龄，字子寿，次名九渊，字子静。又次名九韶，字子美，九龄曾知兴国军，九渊亦知荆门军，俱有政绩，因此声名益著，学徒号为二陆。九韶隐居不仕，唯著有《梭山文集》，流传后世。九渊尝至鹅湖访朱熹，互谈所学，宗旨各殊。及熹守南康，九渊又往访，熹邀九渊至白鹿洞，九渊对学徒演讲，为释《论语》中君子喻义，小人喻利一章，说得淋漓透澈，听者甚至泣下。熹亦佩服，叹为名论，足药学士隐痼。唯无极太极的论解，始终龃龉，辩论不置。杨简、袁燮、舒璘、沈焕等，均传陆学，称九渊为象山先生。后来韩侂胄遭诛，学禁悉弛，追赠朱熹宝谟阁直学士，赐谥曰文。理宗宝庆三年，晋赠太师，封徽国公。陆九龄亦得追赠朝奉郎，予谥文达，九渊得谥文安，朱子为道学名家，故特详述，二陆亦就此插叙，仍不没名儒之意。这也不必细表。

单说太上皇后李氏，自宁宗受禅后，却还安分守己，没甚做作。至庆元六年，一病即逝，尊谥慈懿。仅逾两月，太上皇亦崩。庙号光宗，合葬永崇陵。既而皇后韩氏亦殁，谥为恭淑。后父同卿，曾知泰州事，因后既正位，累迁至庆远军节度使，加封太尉。他却持盈保泰，不敢自恣，所以中外人士，但知侂胄为后族，不知同卿为后父。同卿先后一年卒，后殁后，侂胄仍

骄横如故，引陈自强为签书枢密院事。自强为侂胄童子师，闻侂胄当国，乃入都待铨。侂胄即令从官交章论荐，不次超迁，计自选人至枢府，才阅四年。侂胄荐引陈自强，我谓其尚知有师。处士吕祖泰，即祖俭弟，击鼓上书，请诛韩侂胄，宫廷中诧为奇事，相传书中有警语云：

> 道学自古所恃以为国者也。丞相汝愚，今之有大勋劳者也。立伪学之禁，逐汝愚之党，是将空陛下之国，而陛下尚不知悟耶？陈自强，韩侂胄意稚之师，躐至宰辅，陛下旧学之臣彭龟年等，今安在耶？侂胄徒自尊大，而卑陵朝廷，一至于此。愿急诛侂胄，而逐罢自强之徒，故大臣在者，独周必大可用，宜以代之。不然，事将不测矣。

未几诏下，谓："祖泰挟私上书，语言狂妄，着拘管连州。"右谏议大夫程松，与祖泰为总角交，闻祖泰得罪，恐自己不免被嫌，遂独奏称："祖泰应诛，且必有人主使，所以狂言无忌，就使圣恩宽大，待以不死，亦当加以杖黥等罪，窜逐远方。"殿中侍御史陈说，亦以为言，乃杖祖泰一百，发配钦州收管。周必大虽早罢相，尚存太保官衔，至是也为监察御史林采等所劾，贬为少保，侂胄反得加封太傅。至庆元七年，改元嘉泰，临安大火，四日乃灭，焚烧民居至五万三千余家，宁宗虽下诏罪己，避殿减膳，但侂胄仍然专权，进陈自强参知政事，程松同知枢密院事。松初知钱塘县，不到二年，即为谏议大夫，看官不必细问，便可知他是谄事侂胄，所以官运亨通。既而满岁未迁，特出重价购一美姝，取名松寿，送与侂胄，不怕四夫人吃醋么？侂胄问松道："奈何与大谏同名。"松答道："欲使贱名常达钧听呢。"侂胄不禁加怜，因令松升入枢府。越年，复以苏师旦兼枢密院都承旨，师旦本侂胄故吏，尝司笔札，侂胄爱他敏慧，特将师旦姓名，参入嘉王邸中，目为从龙旧臣，于是权势日盛。惟是时京镗早死，何澹、刘德秀、胡纮三人，亦渐失侂胄欢心，相继罢职。侂胄颇自悔党禁，意欲从宽。从官张孝伯、陈景思等，亦劝侂胄勿为已甚，乃追复赵汝愚、留正、周必大、朱熹等官。

会值继后议起，杨贵妃与曹美人，均得宠宁宗，各有册立的希望。杨性机警，颇涉猎书史，知古今事，曹独柔顺，与杨不同。平时韩家四夫人，出入宫闱，尝与杨、曹二妃，并坐并行，不分尊卑。杨心中颇存芥蒂，未免露

诸词色，曹却和颜相待，毫不争论。四夫人转告侂胄，侂胄因劝宁宗册曹置杨，毕竟杨妃心灵，早有所觉，她与曹阳示和好，爱同姊妹，平居道及心事，尝谓："此后中宫，不外你我二人，应各设席请幸，觇知上意，以决此举。"曹当然应允。唯设席时须分迟早，杨却让曹居先，自愿落后。曹不知是计，反窃自欣幸，只面子上不得不推逊一番。偏杨氏决意照议，曹欢然如约而去。届期这一日，曹美人先邀帝饮，待至日旰，才见车驾到来，当由美人接入，请帝上坐，自己检点酒肴，侧坐相陪。酒甫二巡，忽有宫女入报道："贵妃娘娘来了。"曹美人只好起座，延令入室，邀她同席。杨妃对宁宗道："陛下一视同仁，此处已经赏光，应该转幸妾处。"宁宗闻言，便欲起身，急得曹美人连忙遮拦，再求宁宗加饮几杯。杨妃复道："曹姊何必着急，陛下到妾处一转，仍可回至姊处。"宁宗也连声称善，便挈杨妃竟行。既至杨妃宫内，杨妃放出一番柔媚手段，笼络宁宗，银缸绿酒，问夜未央，宝髻红妆，似花解语。睹娇姿兮如滴，觉酒意之更醺。等到霞觞催醉，玉山半颓，那边是倦眼微饧，留髡欲睡，这边是余情缱绻，乘势乞求，宁宗也不遑细想，便令杨妃取过纸笔，写了数字，乃是贵妃杨氏可立为皇后一语。够了。杨妃大喜，唯还要宁宗再书一纸，仍然照前语写就。于是屈膝谢恩，一面细嘱近侍，把御笔分发出去，一面撤去残肴，卸了晚妆，并替宁宗解去龙衣，拥入寝中，这一夕的龙凤交欢，比寻常侍寝的时候，更增十倍。小子有诗咏道：

到底名花不让人，一枝竟占六宫春。
深宵侍宴承恩泽，雨露从来不许匀。

翌晨，百官入朝，但见一位椒房贵戚，匆匆登殿，从袖中取出御笔，宣布杨氏为皇后了。欲知此人是谁，待至下回交代。

观许及之、赵师𢍰及松寿事，仿佛是一部《官场现形记》。观杨贵妃及曹美人事，仿佛一编宫闱夺宠录。而伪学之禁，与侂胄之横，均系本回中宾位文字。要之女子与小人，皆为难养，小人未有不献谀者，女子亦未有不取媚也。吾谓女子犹不足责，以须眉而同巾帼，耻已极矣。甚至比巾帼之不如，可耻更何若耶？孟子谓人之求富贵利达者，其妻妾不羞且泣也几希，观此回而其言益信。

第八十五回　倡北伐丧师辱国
据西陲作乱亡家

却说后位已定，登殿宣布的贵戚，叫作杨次山，杨贵妃尝认他为兄，其实并不是至亲骨肉，但因他籍贯相同，彼此冒认。杨妃出身微贱，随母张氏，入隶德寿宫乐部，丽质聪明，闻声即悟，雏喉娇小，按节能歌，并且生就一副楚楚身材，亭亭玉貌，所有六宫妇女，自妃嫔以下，均觉相形见绌，因此都叹为尤物。未几母老归籍，独女留宫中，入侍吴太后，善承意旨。太后颇加怜爱，遂赐与宁宗。宁宗见她色艺过人，当然欣慰，遂封为婕妤，累迁至贵妃。此时与曹美人阴争后位，竟仗着心灵手敏，夺得锦标，又恐韩侂胄与她反对，或至封诏驳还，所以请宁宗书就两纸，一纸照常例颁发，一纸特交杨次山，嘱令先示朝堂，免致中变。确是智女。及侂胄闻知，没法变更，只好仰承上意，听百官准备册后隆仪，诣吉举礼罢了。一着输与娘子军。

册后礼成，群臣多半加秩，侂胄竟进位太师，独谢深甫力求罢政，奉诏准奏，进陈自强为右丞相，许及之知枢密院事，自强性甚贪鄙，四方致书，必加馈遗，方才启视，否则概置不阅。且纵令子弟亲戚，关通货贿，凡仕途干进，必先讲定价值，然后给官。当都城大火时，自强所贮金帛，俱成煨烬，侂胄首赠万缗，辅臣以下，闻风致馈，不数月间，得六十万缗，比较前时所失，竟得倍偿。自强喜跃得很，尝语人道："自强只有一死，以报师王。"有时与僚属谈及，必称侂胄为恩主恩父，父生师教，故父与师尚得相连，从未有称徒为父者，有之，由自强始。苏师旦为叔，堂吏史达祖为兄。侂胄专揽国

柄，自强与他表里为奸，朝政益不可问。只是恃宠生骄，久静思动，这个位极人臣的韩师王，居然欲整军经武，觊立大功，做一番掀天揭地的事业。看官道是何事？乃是恢复中原，北伐金邦的创议。是自寻死路了。

金自世宗殁后，嗣主璟沉湎酒色，不修朝政，内宠幸妃李师儿，外宠佞臣胥持国。师儿因父湘得罪，没入宫庭，寻以慧黠得幸，势倾后宫。胥持国曾与试童子科，以通经列选，为太子祗应司令。金主在东宫时，已加信任，及即位，遂召为参政。他与李师儿密通关节，相倚为援，金人为之语道："经童作相，监婢为妃。"自是政治大紊，兵刑废弛。北方鞑靼等部，屡来扰边，金廷遂连岁兴师，士卒疲敝，府库空匮，好容易击退外寇，又复内讧迭起，盗贼相寻，以是民不堪命，几无宁日。

韩侂胄闻这消息，以为有机可乘，乐得出些风头，自张权力。苏师旦更极力怂恿，于是聚财募卒，出封桩库金万两，待赏功臣。且市战马，造战舰，增置襄阳骑军，加设澉浦水军。安丰守臣厉仲方，上言淮北守臣，咸愿归附。浙东安抚使辛弃疾又入称金国必亡，愿属元老大臣，备兵应变。又有邓友龙自使金归来，具言金国困弱，反手可取状。侂胄大喜，决计用兵，并追崇韩、岳诸人，风厉将士。韩世忠已于孝宗庙，追封蕲王，独岳飞只予谥武穆，未得王爵，侂胄乃请命宁宗，追封岳飞为鄂王。寻夺秦桧官爵，改谥缪丑。封岳夺秦，似属快心之举，但不应出诸韩侂胄。当下与许及之商议，意欲令守金陵，这及之是个蔑片朋友，教他做个磕头虫，很是善长，若要他出守要塞，独当方面，他直是茫无所知，如何敢去？不得已坚辞不行。侂胄反懊恼起来，竟令致仕。这遭坏了，连磕头都没用了。唯陈自强却想出一条好计，请遵孝宗典故，创国用司，总核内外财赋，侂胄一力赞成，竟把这国用使职掌，令自强兼任，且命参政费士寅、张岩，同知国用事。这三人统是剥民好手，一齐上台，正好将东南元气，斫丧殆尽。一面劝宁宗下诏改元，振作士气，宁宗无不依从，遂命将嘉泰五年，改作开禧元年。适武学生华岳上书，谓："朝廷不宜用兵，轻启边衅，并乞斩韩侂胄、苏师旦等以谢天下。"侂胄大怒，下岳大理，旋编管建宁，命皇甫斌知襄阳府，兼七路招讨副使，郭倪知扬州，兼山东、京东招抚使。侂胄尚恐中外反对，特令陈自强、邓友龙等，代为奏请，劝宁宗委任重权，得专戎政。宁宗遂令侂胄平章军国事，三日一朝，赴都堂议政。且将三省印信，并纳侂胄私第中。侂胄益自恣肆，升黜将帅，往往假

作御笔，绝不奏白。倚苏师旦为腹心，使为安远节度使，领阁门事。

是时金主璟已闻宋将用兵，召诸大臣会议边防。诸大臣均奏对道：“宋方败衄，自救不暇，恐未敢叛盟。”完颜匡独矍然道：“彼置忠义、保捷各军，取先世开宝、天禧纪元，岂甘心忘中原么？”宁宗改元之意，却被完颜匡揭明。金主璟点首称是，乃命平章仆散揆，一译作布萨揆。会兵至汴，防御南军。仆散揆既至汴京，移文至宋，诘责败盟。宋廷诡言增戍防盗，并无他意。揆遂按兵不动，且入奏金主，不必加防。既而宋使陈景俊，往贺金主正旦，金主璟与语道：“大定初年，我世宗许宋世为侄国，迄今遵守勿忘。岂意尔国屡犯我边，朕特遣大臣宣抚河南，尔国曾谓未敢败盟。朕念和好已久，委曲涵容。恐侄宋皇帝，未曾详悉，尔归国后，应详告尔主，谨守盟言！”景俊应命而归，先白陈自强，自强戒使勿言。嗣金使太常卿赵之杰来贺正旦，韩侂胄故意令赞礼官，犯金主父嫌名，挑动衅隙。之杰当然动怒，入朝相诘。侂胄请帝拒使，著作郎朱质且言：“金使无礼，乞即斩首！”宁宗还算有些主意，不从质言，只令金使改期朝见。之杰忿恚自去。侂胄遂令邱崇为江、淮宣抚使，崇辞不就命，且手书切谏侂胄道：“金人未必有意败盟，为中国计，当力持大体，平时申儆军实，常操胜势，待衅自彼作，庶彼曲我直，方可动兵。否则胜负难料，恐未免误国呢。”侂胄不悦，竟饬皇甫斌、郭倪等，就近规复。

至开禧二年，皇甫斌进兵唐州，郭倪进兵泗州，侂胄因再令程松为四川宣抚使，兴州都统制吴曦为副。曦系吴璘孙，节度使吴挺次子，本任殿前副都指挥，郁郁不得志，因纳赂宰辅，自求还蜀。陈自强为白韩侂胄，侂胄遂使为兴州都统制。曦即日出都，既至兴州，便谮去副统制王大节，收揽兵权，潜蓄异图。及程松入蜀，召曦议事，拟责曦廷参，曦半途折回。松用东西军千八百人自卫，又被曦抽调以去。松尚未悟，寻有诏令曦兼陕西、河东招抚使。知大安军安丙，屡向松发曦异谋，松仍不省。献松寿时何其智？遇吴曦时何其愚？就是朝内的韩侂胄，也还道他是一个将种，可为爪牙腹心，日夕望他建功，哪知他已令门客姚巨源，潜至金都，愿献关外阶、成、和、凤四州，求封蜀王了。侂胄闻泗州得利，新息、褒信、颍上、虹县，陆续克复，心下大喜，遂嘱直学士院李壁草诏伐金，略云：

天道好还，中国有必伸之理；人心效顺，匹夫无不报之仇。蠢尔丑虏，犹托要盟，朘生灵之资，奉溪壑之欲，此非出于得已，彼乃谓之当然。军入塞而公肆创残，使来廷而敢为桀骜，洎行李之继迁，复嫚词之见加；含垢纳污，在人情而已极，声罪致招，属胡运之将倾。兵出有名，师直为壮，言乎远，言乎近，孰无忠义之心？为人子，为人臣，当念祖宗之愤。敏则有功，时哉勿失！

此诏一颁，即遣薛叔似宣抚京、湖，邓友龙宣抚两淮，按日里遣将调兵，逐队北伐。金主璟闻已宣战，仍遣仆散揆领汴京行省，尽征诸道籍兵，分守要塞；并因战事起自韩侂胄，恐人民发掘韩琦坟，特令彰德守臣，派兵守护。观金主此举，可见曲有攸归。侂胄尚未知金兵厉害，迭饬各路进兵，哪知金人已处处有备，无懈可击。郭倪遣郭倬、李汝翼等，进攻宿州，被金人杀得大败，遁还蕲州。金人追击郭倬，将倬围住，倬顾命要紧，竟把马军司统制田俊迈，执畀金人，只说是由他启衅。金人才放他一线生路，狼狈逃回。既而建康都统制李爽攻寿州，也为所败，皇甫斌又败绩唐州，江州都统王大节，往攻蔡州，金人开城搦战，大节部下，立即溃退。败报连达宋廷，韩侂胄方惊慌起来，没奈何请出邱崇，令代邓友龙职，往抚两淮。崇字宗卿，江阴军人，素怀忠义，他本主张恢复，只因宿将凋零，时不可战，所以前次辞职不就；至是闻两淮日棘，不得不应命赴镇，崇非真将帅材，不过为当时计，尚算他是老成，故亦补叙履历。所有王大节、皇甫斌、李汝翼、李爽等，均皆坐贬。郭倬罪状较著，斩首镇江。侂胄也自咎轻举，悔为苏师旦所误，凑巧李壁入访，侂胄留与共饮，席间谈及师旦事，壁遂极言："师旦怙势招权，使公负谤，非窜逐不足谢天下。"侂胄因罢师旦官，籍没家资，谪令韶州安置。师旦罪固不贷，还问用师旦者为谁？如何不自知罪？

过了月余，忽有警报传入，金兵分九道南来了。原来仆散揆闻宋师败退，遂议定九道南侵的计策，自率兵三万出颍、寿，完颜匡率兵二万五千出唐、邓，纥石烈子仁纥石烈一作赫舍哩。率兵三万出涡口，纥石烈胡沙虎一译作赫舍哩呼沙呼。率兵二万出清河口，完颜充率兵一万出陈仓，蒲察贞率兵一万出成纪，完颜纲率兵一万出临潭，石抹仲温石抹一作舒穆噜。率兵五千出盐川，完颜璘率兵五千出来远。九路兵依次南下，急得韩侂胄寝食不安，只好重任

两淮宣抚使邱崇，令签书枢密院事，督视江、淮军马。金将胡沙虎自清河口渡淮，进围楚州。淮南大震。或劝崇弃淮守江，崇怫然道："我若弃淮，敌便临江，是与敌共长江的险阻了，此事岂可行得？我当与淮南共存亡！"乃益增兵防守，日夕戒严。

偏金兵逐节进攻，势如破竹。完颜匡陷光化，入枣阳，江陵副都统魏友凉，突围南奔，招抚使赵淳，焚樊城夜遁。完颜匡更破信阳、襄阳、随州，进围德安府。仆散揆也引兵至淮，潜渡八叠滩。守将何汝励、姚公佐，仓猝溃走，自相践踏，死亡无数。仆散揆遂夺颍口，下安丰军，及霍邱县，围攻和州。还有纥石烈子仁一军，破滁州，入真州，郭倪遣兵往援，不战而溃，倪遂弃扬州遁去。亏得副将毕再遇，引兵趋六合，截住金兵。纥石烈子仁麾兵大至，再遇伏兵南门，自督弓弩手登城，掩旗息鼓，持满以待，至金兵临濠，一声梆响，万弩齐发，射毙金兵无数，再令伏兵出关，掩杀过去，金兵立即惊溃，再遇收兵回城。翌日，纥石烈子仁自来督攻，城中矢尽，不免惊惶。再遇道："不妨不妨，我自有借箭的法儿。"当下令步兵张盖，往来城上，金兵总道是统兵大员，挽弓争射，不到多时，城楼上面，集矢如猬。再遇令守兵拔矢还射，不下数万支，再用奇兵出击，敌复遁去。

仆散揆闻子仁不利，仍欲通好罢兵，觅得韩琦五世孙元靓，遣令渡淮，示意邱崇。崇问所由来？元靓谓："两国交兵，北朝皆谓韩太师意，今相州宗族坟墓，皆不可保，只得潜踪南来，走依太师。"崇复询及金人情势及和战大略。元靓始露讲解的意思。崇复使人护送北归，令他往求金帅文书，方可议和。未几，元靓复返，得仆散揆来函，约议和款。崇乃上表奏闻，侂胄已亟欲讲和，遂谕崇主持和约。崇乃遣刘佑持书贻揆，愿讲好息兵。揆谓："须称臣割地，献出首祸，才可言和。"刘佑返报，崇遣王文再往，言："用兵乃苏师旦、邓友龙、皇甫斌等所为，非朝廷意，今三人皆已贬黜，无庸再议了。"揆又道："侂胄若无意用兵，师旦等怎敢专权？此语未免欺人呢。"应有此语。仍遣文归报。崇复遣使继往，许还淮北流民，及本年岁币，揆乃暂许停战，自和州退屯下蔡，再行正式议和。

侂胄闻金人欲罪首谋，恐和议不成，尚遣人督促吴曦进兵，希冀一胜，或得容易言和。曦佯遣兵攻秦陇，暗待姚巨源还报消息。至巨源归来，报称金人许封蜀王，令他按兵闭境，曦遂令部将王喜等退师。金将蒲察贞入和尚

源，陷西和州，乘势进大散关，曦节节退让，直至置口，由金将完颜纲遣使与会，令曦献出诰敕。曦尽行交付，纲乃传金主诏命，遣马良显赍给书印，封曦为蜀王。曦秘密拜受，遂还兴州。是夕，天赤如血，光焰烛地，到了黎明，曦召僚属与语道："东南失守，车驾已幸四明，此地恐亦难保。现金已遣使招降，封我王蜀，我拟从权济事，免得蜀民涂炭呢。"明明叛逆，还要作什么诳语？部吏王翼、杨骙之抗议道："东南并未有这般警信，副使从何处得来？就使东南危急，亦应戮力效忠，否则相公忠孝八十年门户，一朝扫地了。"曦奋然道："我意已决，尔等不必多言。"遂遣任辛奉表至金，献蜀地图及吴氏谱牒。一面致书程松，言金使欲得阶、成、和、凤四州，方肯许和。公可守则守，不可守则去。程松时在兴元，闻报大惊，想是没有耳目。仓皇无措。会报金兵大至，慌忙夜走，逾米仓山西行，道出阆州，顺流至重庆，贻书与曦，径称蜀王，求给路费。所志如此。曦用匣封致馈，松望见大恐，疑为藏剑，起身亟奔。来使追及松后，传言匣中乃是馈金，松始敢发。及开箧，果系黄白物，乃返使道谢，亟兼程出峡，西向掩泪道："我今始保住头颅了。"留下这个头颅，有什么用处？

邱崇闻吴曦叛信，上疏请勉成和议，申讨叛逆，且言："金人既指韩侂胄为首谋，移书金帅时，请免系韩名。"侂胄大怒，竟罢崇职，令张岩往代崇任，且拟封曦为蜀王，令他反正御敌。诏尚未发，曦已自称蜀王，改开禧三年为元年了。曦既受金命，遂遣部将利吉，导金兵入凤州，付给四郡版图，表铁山为界，即以兴州为行宫，乘黄屋，建左纛，改元，置百官，遣董镇至成都，修筑宫殿，以便徙居；并遣人告知伯母赵氏。赵氏怒绝来使，不令进见。转告叔母刘氏。刘日夜号泣，骂不绝口，曦扶令她去。族子僎为兴元统制，接得伪檄，心甚不平。独曦自鸣得意，分部兵十万为十军，各置统帅，遣禄祈、房大勋戍万州，泛舟下嘉陵江，声言约金人夹攻襄阳。且传檄成都、潼川、利州、夔州四路，募兵图宋，改兴州为兴德府，召随军转运使安丙为丞相长史，权行都省事。丙阳奉阴违，俟隙以图。曦又召权大安军杨震仲，震仲不屈，饮药自尽。曦从弟晛，劝曦引用名士，笼络人心。曦迭下征命，士人多不屑就征。陈威削发为僧，史次泰涂目为瞽，李道传、邓性甫等，均弃官潜走。又有权漢州事刘当可，简州守李大全，高州巡检郭靖，皆不屈自杀。孤忠可表。

知成都府杨辅，尝言吴曦必反，宁宗曾闻辅言，遂以为辅能诛曦，密授四川制置使，许他便宜行事。青城山道人安世通，遂劝辅仗义讨逆，辅自思不习兵事，且内郡无兵可用，因迁延不发。曦恐他有异谋，移辅知遂宁府，辅即以印授通判韩植，弃城自去。独监兴州、合江仓杨巨源，密谋讨曦，阴与曦将张林、朱邦宁及忠义士朱福等，深相结好，共图举义。眉州人程梦锡，探得密图，转告转运使安丙。丙方称疾不视事，嘱梦锡函招巨源，延入寝室。巨源道："先生甘为逆贼的丞相长史么？"丙流涕道："目前兵将，我所深知，多是酒囊饭袋，不足与谋。必得豪杰，乃灭此贼。"巨源竟起座道："非先生不能主此事，非巨源不足了此事。"丙转悲为喜，遂与巨源共议诛曦。会兴州中军正将李好义，亦结军士李贵、进士杨君玉、李坤辰、李彪等数十人，谋倡义举。好义语众道："此事誓死报国，救西蜀生灵，但诛曦后，若后任非人，恐一变未息，一变复生，终无了局。我意宜奉安运使主事，才保无虞。"大众同声赞成。好义遂使坤辰来邀巨源，巨源立刻往会，与他定约，即返报安丙。丙始出视事。杨君玉与白子申，共草密诏，中有数语云："唯干戈，省厥躬，既昧圣贤之戒，虽犬马识其主，乃甘夷虏之臣？邦有常刑，罪在不赦。"诏已草定，待至夜半，好义即率徒众七十四人，潜至伪宫。转瞬间晨光熹微，阍人启户，好义突然闯入，且大呼道："奉朝廷密诏，用安长史为宣抚，令我入诛反贼，敢抗命者族诛！"曦卫兵千余，闻有诏到来，皆弃梃四逸。巨源出会好义，持诏乘马，自称奉使入室，至曦寝门。曦正启门欲逸，李贵拔刀相向道："逆贼往哪里走？"言未已，刃中曦颊。曦忍痛反扑，与贵同时仆地。好义亟呼王换，用斧斫入曦腰，贵得跃起，再用刀猛斫曦首，一颗好头颅，遂与身体分作两截了。好义拾取曦首，驰报安丙，丙即出厅宣诏，军民拜舞，声动天地。又持曦首抚定城中，市不易肆。遂尽收曦党，一一枭斩。众推丙权四川宣抚使，巨源权参赞军事。丙函曦首，及违制法物与曦所受金人册印，遣使赍送朝廷。且自称矫制平贼，应受处分等语。总计曦僭位至此，只四十一日。小子有诗叹道：

西陲传首达行都，乱贼由来法必诛。
为问吴家贤祖父，生前可有逆施无？

欲知宋廷如何处置，且看下回叙明。

光、宁以前误于和，光、宁以后误于战，要之皆幸臣用事之故耳。韩侂胄之奸佞，不贼桧若。桧主和，侂胄主战，其立意不同，其为私也则同。桧欲劫制庸主，故主和，侂胄欲震动庸主，故主战。桧之世，可战而和者也。侂胄之时，不可战而战者也。苏师旦笔吏进身，程松献妾求宠，以卑鄙龌龊之徒，欲令其运筹帷幄，决胜疆场，能乎否乎？盖不待智者而已知其必败矣。吴曦之叛，又下于刘豫，豫僭位有年，而曦仅得四十余日，且倡义者只数十人，直走伪宫，即斫逆首，须臾乱定。是而欲乘黄屋，建左纛，多见其不自量也。谚有之：“一蟹不如一蟹。”微特光、宁以后无大忠，即大奸亦已歇绝无闻，彼韩侂胄、吴曦诸徒，亦不过乘时以逞奸耳。故秦桧得善终，而侂胄遭殛，刘豫不伏法而吴曦竟诛。

第八十六回　史弥远定计除奸　铁木真称尊耀武

却说吴曦伏诛，函首至都，入献庙社，且徇市三日。诏诛曦妻子，家属徙岭南，夺曦父挺官爵，迁曦祖璘子孙出蜀，存璘庙祀。曦年十余岁时，父挺尝问曦志，曦已有不臣语，挺顿时发怒，蹴曦仆炉火中，面目焦灼，家人号为吴巴子。及出调至蜀，校猎塞上，戴月而归，仰见月中有人，亦骑马垂鞭，与自己面目相似。问诸左右，谓所见皆符，因私念道："想我当大贵，月中人是我前身呢。"遂扬鞭作相揖状，月中人亦扬鞭作答，大约是魔眼昏花，误影作月，左右亦随口贡谀而已。于是异谋益决。从事郎钱巩之，夜梦曦祷神祠，用银杯为珓。甫掷地上，神忽起立与语道："公何疑？公何疑？政事已分付安子文了。"曦似未解，神又道："安子文有才，足能办此。"巩之醒后，遂以语曦。以子文即安丙别字，乃召丙用事，哪知为安丙所图，就此被诛，这也可谓妖梦是践哩。

时金主正遣术虎高琪，术虎一作珠赫呼。奉册至曦，尚未到蜀，曦已伏法。杨巨源、李好义与安丙道："曦死，敌已破胆了，何不亟复关外四州？否则必为后患。"安丙即遣好义攻西和州，张林、李简攻成州，刘昌国攻和州，张翼攻凤州，孙忠锐攻大散关，数路依次得手，金统将完颜钦遁去，四州及大散关，一并克复。宋廷命杨辅为四川宣抚使，安丙为副，许奕为宣谕使，改兴州为沔州。丙自恃功高，与辅未合，为政府所闻，乃复召辅南还，授知建康府，别授吴猎为四川置制使，李好义既复西和州，拟进取秦陇，牵

制淮寇。偏为曦旧将王喜所忌，暗加媒蘖。安丙听王喜言，檄令停军，士气皆沮。金将术虎高琪，复调集各军，夺去大散关，孙忠锐败走。安丙闻忠锐退还，密嘱杨巨源、朱邦宁率兵往援，乘间诛忠锐。巨源至凤州，闻忠锐来迎，遂命壮士伏在幕后，待忠锐入帐，突发伏兵，拿下忠锐，把他斩首，并杀忠锐子揆。丙以忠锐附金，奏闻朝廷，有诏仍奖丙有加。唯巨源前次诛曦，未得重赏，诏书中也无一字提及巨源，巨源疑丙掩功，颇有怨言。丙乃保荐巨源为宣抚使司参议官，至是掩杀忠锐，又不闻录叙。俄报王喜得任节度使，心益不平。喜为曦故将，贪淫狠愎，诛曦时不肯拜诏，且遣徒党入伪宫，劫掠几尽。又取曦姬妾数人，回家取乐。巨源与好义，统说他不法，独安丙不以为意。喜阴图陷害二人，特嘱令死党刘昌国，潜图好义。昌国投入好义军，佯与结欢，好义性情豪爽，不设城府，尝偕昌国畅饮。一夕，欢宴达旦，好义心腹暴痛，霎时晕毙。及入殓，口鼻爪指，均已青黑，往觅昌国，已早远飏。部众才知为昌国所毒，号恸如私亲。后来昌国报喜，喜极称其能，昌国也扬扬自得。偏偏忠魂未泯，竟来索命，昌国白日出游，忽见好义持刃相刺，遂至惊怖仆地，经旁人扶救回家，背中忽起一恶疽，痛不可忍，叫号数日，旋即死了。事见《宋史·李好义传》，可为下手毒人者戒。

巨源闻好义被害，愈滋不悦，便贻书安丙，斥喜主谋。丙但将喜奏调，移任荆、鄂都统制，始终不言喜罪。巨源抑郁不堪，作启与丙，内有数语道："飞矢以下连城，深慕鲁仲连之高谊；解印而去彭泽，庶几陶靖节之清风。"丙得书，已知巨源阴怀怨望，免不得猜忌起来。王喜且屡遣人愬丙，谓："巨源与私党米福、车彦威谋乱。"喜尚未去沔州，丙即令喜捕鞫车、米两人。看官！你想此事由王喜发起，至此又令他鞫治，就使事无佐证，也要锻炼成狱，眼见得米福、车彦威，冤枉就刑了。丙闻谋乱属实，密使兴元都统制彭辂，往逮巨源。巨源正在凤州附近的长桥旁，与金人交战，不利而还，途中与彭辂相值。辂询问数语，即令武士挽巨源裾，送至阆州对簿。舟行至大安龙尾滩，将校樊世显乘他不备，竟用利刃枭巨源首，不绝仅守。巨源既死，还说惧罪自刭。过了数日，方由安丙下令瘗埋，蜀人都代他呼冤。剑外士人张伯威，作文相吊，尤为悲切。直至朝廷记念旧功，才赐庙褒忠，赠宝谟阁待制，予谥忠愍。李好义亦追谥忠壮，这且无暇细表。

且说金帅仆散揆退屯下蔡，专待和议，宋廷亦遣使与商。仆散揆定要加

罪首谋，议卒未决。会揆病逝，金主命左丞相完颜宗浩，继揆后任，再与宋议和，仍然不成。韩侂胄特征求使才，选得萧山丞方信孺，令为国信所参议官，驰赴金军。信孺至濠州，金将纥石烈子仁责令缚送首谋，信孺不屈，子仁竟缚置狱中，露刃环守，断绝饮食，迫允五事。信孺神色不变，从容与语道："反俘归币，尚可相从，若缚送首谋，向来无此办法。至若称藩割地，更非臣子所敢言。"子仁怒道："你不望生还么？"信孺道："我奉命出国门时，已将死生置诸度外了。"子仁恰也没法，释信孺缚，令他至汴，见完颜宗浩。宗浩也坚持五议，信孺侃侃辩答，说得宗浩无词可对，但畀他复书，令返报朝廷，再定和战事宜。信孺持书还奏，廷议添派林拱辰为通谢使，与信孺持国书誓草，并许通谢钱百万缗，再行至汴，入见宗浩。宗浩怒道："汝不能曲折建白，骤执誓书前来，莫非谓我刀不利么？"信孺仍不为动，旁有将命官进言道："此事非犒军可了，须别议条款。"信孺道："岁币不可再增，故把通谢钱作代，今得此求彼，我唯有一死报国了。"会闻安丙出师，收复大散关，宗浩乃遣信孺等返宋，仍致复书道："若能称臣，即就江、淮间取中为界，欲世为子国，即尽割大江为界。且斩首谋奸臣，函首来献，并添岁币五万两匹，犒师银一千万两，方可议和。"信孺归见韩侂胄，侂胄问金帅作何语？信孺道："金人要索五事：一割两淮，二增岁币，三索归附人，四犒军银，还有第五条不敢明言。"侂胄道："但说何妨。"信孺踌躇片刻，竟脱口道："欲得太师头颅。"侂胄不禁变色，拂袖而起，竟入白宁宗，夺信孺三级官阶，居住临江军，奸臣当道，忠臣还有何用？一面再议用兵，撤还两淮宣抚使张岩，另任赵淳为两淮置制使，镇守江、淮。为了再战问题，复引出一个后来的奸臣，要与韩侂胄赌个死活，一判低昂，这人为谁？就是史浩子弥远。一奸未死，一奸又来。

弥远以淳熙十四年举进士，累迁至礼部侍郎，兼任资善堂直讲。侂胄轻开边衅，弥远独与反对，曾奏言不宜轻战。至是复密陈危迫，请诛侂胄以安邦，宁宗不省。可巧杨后闻知，也欲乘此报怨，暗嘱皇子荣王曮，弹劾侂胄。曮系燕王德昭九世孙，原名与愿，庆元四年间，丞相京镗等，因帝未有嗣，请择宗室子为养子，宁宗乃召入与愿，育诸宫中，赐名为曮，封卫国公。开禧元年，立曮为皇子，晋封荣王。荣王曮既奉后命，便俟宁宗退朝，当面禀陈，谓："侂胄再启兵端，将危社稷。"宁宗尚叱他无知，杨后复

从旁进言，宁宗意仍未决。想是前生与侂胄有缘。杨后道："宫廷内外，哪个不知侂胄奸邪？只是畏他势力，不敢明言，陛下奈何未悟呢？"宁宗道："恐怕未确，且待朕查明，再加罢黜。"杨后道："陛下深居九重，何从密察？此事非嘱托懿亲不可。"宁宗方才首肯。后恐事泄，急召杨次山入商，令密结朝右大臣，潜图侂胄。次山应命而出，转语弥远。弥远遂召钱象祖入都，象祖曾入副枢密，因谏阻用兵，忤侂胄意，谪置信州，至是奉召即至，与弥远定议。弥远又转告礼部尚书卫泾，著作郎王居安，前右司郎官张镃，共同决策。继复通知参政李璧，璧亦认可。弥远往来各家，外间已有人滋疑，报知侂胄。侂胄一日至都堂，忽语李璧道："闻有人欲变局面，参政知否？"李璧被他一诘，禁不住面色发赤，徐徐答道："恐无此事。"及侂胄退归，璧忙报弥远。弥远大惊，复商诸张镃。镃答道："势必不两立，不如杀死了他。"弥远本未敢谋杀侂胄，既闻镃言，乃命主管殿前司公事夏震，统兵三百，候侂胄入朝，下手诛奸。侂胄三夫人满头花，适庆生辰，张镃素与通家，遂移庖韩第，佯送寿筵，与侂胄等酣饮达旦。是夕，有侂胄私党周筠，密函告变。侂胄方被酒，启函阅毕，摇首道："这痴汉又来胡说了。"遂将来函付诸烛烬。俟至黎明，命驾入朝。筠复踵门谏阻，侂胄怒叱道："谁敢谁敢！"天夺其魄，所以屡劝不信。遂升车而去。甫至六部桥，见前面有禁兵列着，便问为何事？夏震出答道："太师罢平章军国事，特令震赍诏来府。"侂胄道："果有诏旨，我何为不知？莫非矫旨不成！"你亦尝假托御笔，所以得此报应。夏震不待辩说，即挥令部下夏挺、郑发、王挺等，率健卒百余人，拥侂胄车，竟往玉津园。既入园中，把侂胄拖出，勒令跪读诏旨。震即宣诏道：

韩侂胄久任国柄，轻启兵端，使南北生灵，枉罹凶害，可罢平章军国事。陈自强阿附充位，可罢右丞相。

读至此，夏挺等转至侂胄背后，用锤一击，将侂胄头颅捣碎，一道魂灵，往阎王殿中报到去了。史弥远等久待朝门，至晚尚未得消息，几欲易衣逃去，可巧夏震驰到，报称了事，于是众皆大喜。唯陈自强踽踽不安，钱象祖从怀中出诏，授陈自强道："太师及丞相，俱已罢职了。"自强道："我得何罪？"象祖道："你不看御批中说你阿附充位么？"自强乃退，登车自

去。弥远、象祖等，遂入延和殿，以窜殛侂胄事奏闻。宁宗尚属未信，想尚未醒。及台谏交章论列，亦不加批。越三日，始知侂胄真死，乃下诏数侂胄罪恶，颁示中外，且令籍没侂胄家产。当下抄出物件，多系乘舆御服等类，唯各种珍宝，被侂胄宠妾张、王二夫人，自行击碎，因此二妾坐徒。侂胄无子，养子㻏亦流配沙门岛。四妾十婢，尚未得一后嗣，天之报恶人也亦酷矣。越日，窜陈自强至永州，诛苏师旦于韶州，安置郭倪于梅州，邓友龙于循州，郭僎于连州，张岩、许及之、叶适、薛叔似、皇甫斌等，皆坐党落职，连李璧亦降夺官阶。立荣王曮为皇太子，更名为询。授钱象祖为右丞相，兼枢密使，卫泾、雷孝友参知政事，史弥远同知枢密院事，林大中签书院事，杨次山晋封开府仪同三司，赐玉带。夏震亦得升任福州观察使。且改元嘉定，决计主和。时已遣右司郎中王柟如金军，请依靖康故事，以伯父礼事金，增岁币为三十万，犒军钱三百万贯。金将完颜匡，仍索韩侂胄、苏师旦首级，柟谓俟和议定后，当函首以献。完颜匡乃转奏金主，金主仍命匡移文宋廷，索侂胄首，且须改犒军钱为银三百万两。匡奉命后，正值宋相钱象祖，致书金军，述侂胄伏法事。遂召柟入问道："韩侂胄贵显，已历若干年？"柟答道："已十余年。平章国事，不过二年余。"匡又道："今日可否除去此人？"曮尚未知侂胄死耗，便答道："主上英断，除去何难？"匡不禁微笑，遂与语道："侂胄已诛死了，汝回去，可亟令送首级来！"柟唯唯而出。还白朝廷，有诏令百官集议，吏部尚书楼钥道："和议重事，待此乃决。况奸恶已诛，一首亦何足惜。"如不顾国体何？随命临安府斫侂胄棺。检取首级，再由韶州解到苏师旦首，一并畀金，仍遣王柟持送金都。金主御应天门，备黄麾，立杖钺，受二人首，并命悬竿示众，揭像通衢，令吏民纵观。然后漆首藏库，与王柟鉴定和约。条款如下：

一　两国境界仍如前。

二　嗣后宋以侄事伯父礼事金。

三　增岁币为银帛各三十万。

四　宋纳犒师银三百万两与金。

和议告成，是谓宋、金第五次和约。金主遣使归还侵地，命完颜匡等罢兵，

王相亦得南归。诏以和议已成谕天下，适形其丑。调钱象祖为左丞相，史弥远为右丞相，雷孝友知枢密院事，楼钥同知枢密院事，娄机参知政事。未几象祖罢相，弥远以母忧去位，逾年即诏令起复。自是弥远遂得专国政了。嘉定元年，金主璟病殁，璟无子嗣，疏忌宗室，只有世宗第七子永济，素来柔顺，为所钟爱，特封他为卫王。会金主罹疾，永济自武定入朝，遂留宫不遣。既而金主去世，元妃李氏，黄门李新喜，平章政事完颜匡等，定策奉永济即位，尊故主璟为章宗。永济闻章宗遗诏，曾谓："妃嫔中有二人得孕，生男当立为储贰。"因此恐帝位不固，先事预防，当下令仆散端一译作布萨端。为平章政事，秘密与谋，仆散端遂奏称先帝承御贾氏，当以十一月分娩，今已逾期，还有范氏产期，合在正月，今医称胎形已失，愿削发为尼。永济即以贾氏无娠，范氏损胎，诏告中外。元妃李氏，与承御贾氏，因有违言，竟被永济鸩死，托词暴毙。永济实是阴险，安得称为柔顺。进仆散端为右丞相，军民自是不服。

那东北的斡离河旁，杭爱山下，已有一个蒙古部长，建九斿白旗，自称成吉思汗，一译作青吉思汗。为后来建立元朝的太祖，他名叫铁木真，一译作特穆津，铁或作帖。系是哈不勒汗的曾孙，哈不勒汗受金封册，为蒙兀国王。相传他始祖叫做乞颜，曾在阿儿格乃衮山麓，辟地居住，数十传后，出了一个朵奔巴延，一译作托奔默尔根。娶妻阿兰郭斡，一作阿兰果火。生下二子，朵奔巴延病死，阿兰郭斡寡居，夜寝帐中，梦白光自天窗中攒入，化为金色神人，来趋卧榻，与交有孕，复接连生了三子。季子名勃端察儿，状貌奇异，沉默寡言。后来子孙日蕃，各自为部，五传至哈不勒，就是蒙兀国主。见八十回。孙名也速该，并吞邻近诸部，威势颇盛。得妻诃额仑，一作谔楞。产下一男，手握凝血，色如赤石，巧值也速该攻塔塔儿部，擒住敌目铁木真，遂以铁木真名子。也速该被塔塔儿人毒死，铁木真母子相依，非常艰苦，幸赖诃额仑智艺轶群，抚育孤儿，得成伟器。好容易东剿西略，破了泰赤乌部，泰赤乌一作泰楚特。平了蔑里吉部，又灭克烈部及塔塔儿部。邻境乃蛮部最强，乃蛮一作奈曼。部酋太阳汗率众来争，复被铁木真擒住，杀死了事，以此远近诸部落，相率恐慌，争来归附，情愿奉他为大汗。汗字是外国主子的通称，取名成吉思汗，就是最大的意义。铁木真既即汗位，事在宁宗开禧二年。又用兵西南，出攻西夏。西夏自李乾顺殁后，子仁孝嗣。仁孝庸懦，为相臣任得敬

所制，亏得金世宗扶助仁孝，讨平乱事，国乃不亡。仁孝遂一意服金，与南宋罕通往来。见八十二回。仁孝病殁，子纯佑继立，为从弟安全所篡，内乱相寻，势且衰弱，哪里敌得过威棱初震的铁木真？铁木真率兵亟进，连下数城，擒住夏将高令公，明威令公，及太傅西壁氏，长驱至夏都。李安全惶急万分，飞使至金邦乞援。偏偏援师不至，敌兵反昼夜猛攻，那时没有别法，只好城下乞盟。凑巧铁木真遣使额特，入城招谕，遂与他议定和约，并将爱女察合献与铁木真。铁木真平时最爱人家妇女，见察合妩媚可人，乐得卖些情谊，撤兵回国。叙入铁木真事，笔甚简约，盖此系《宋史》，不是《元史》，看官欲知详细，请阅作者所编之《元史演义》可也。李安全因金援不出，动了怒意，竟转攻葭州。葭州为金国边地，守将庆山奴，一鼓击退夏人，安全愤无可泄，因北诉蒙古，怂恿伐金。铁木真也想南下，造箭制盾，练兵养马，为攻金计。适值金主永济，遣使至蒙古，布即位诏敕，令铁木真南向拜受。铁木真先问金使道："新天子是何人？"金使答是卫王。铁木真唾了一口，复正色道："我道中原皇帝，是天上人做的，哪知此等庸奴，也做了皇帝，还想要我下拜么？"即令撵出金使，金使怏怏而返。先是永济为卫王时，铁木真曾至静州，献纳岁币，与永济相见，知他柔弱，所以藐视得很。此时既不受命，遂趁着秋高马肥的时候，带着长子术赤，一作卓齐特。次子察合台，一作察罕台。三子窝阔台，一作谔格德依。统兵数万，祃纛出发，浩浩荡荡的杀奔金国来了。小子有诗叹道：

金源浩荡契丹亡，谁料蒙人又代昌。
黄雀捕蝉方饱欲，他人弹雀已擎枪。

未知胜负如何，试看下回便知。

史弥远非可与有为者也，当其定计诛奸，一再被泄，非韩侂胄之恶贯满盈，应遭诛殛，则彼必先发制人，弥远等早身首异处矣。侂胄死而贪天之功，以为己有，滥叨厚赏，幸列高官，且函韩、苏二人之首，以献金人，试思侂胄系宋之罪臣，于金何与？刑赏乃宋之国典，于金何关？岂可冀和议之速成，不顾国威之亵辱耶？况蒙古初兴，金患方亟，控北且不暇，何暇南侵？诚能据理相争，亦何至

再屈如此。故以诛奸和邻为弥远功，无惑乎奸伪益滋，而国且日弱也。彼铁木真崛起朔方，所向无敌，考其所为，徒以兵力屈人，绝无仁义之足言。而后来开国十传，混一区宇，岂真老氏所谓天道不仁耶？本书叙元事从略，已于细评中注明，姑不赘述云。

第八十七回　失中都金丞相殉节 获少女杨家堡成婚

却说铁木真率兵南下，特令部将哲别为先锋，径抵乌沙堡，金遣平章政事独吉千家奴，一译作通吉迁嘉努。及参政完颜胡沙，胡沙一作和硕。率兵抵御，未及设备，已被哲别掩至，顿时溃走。哲别遂拔乌沙堡及乌月营。铁木真也即继进，破白登城，进攻西京。留守纥石烈胡沙虎突围遁去，铁木真遂取西京及桓、抚各州，命三子各率一军，分道攻云内、东胜、武朔、丰靖诸州邑，所至皆下。金主永济再命招讨使完颜九斤，九斤一作纠坚。监军完颜万奴等，万奴一作鄂诺勒。统兵四十万，扼守野狐岭。这野狐岭势极高峻，相传雁飞过此，遇风辄堕，本是一个西北的要隘。完颜胡沙又奉诏为后应，端的是重兵扼境，飞鸟难行。九斤部将明安，劝九斤屯兵固守，九斤不从，再劝他发兵袭敌，又是不从。至铁木真进兵貛儿觜，与野狐岭只隔西冈，九斤乃遣明安至蒙古军，问他入寇的原因。真是笨鸟。明安恨九斤不从良言，竟降了铁木真，说明金军虚实。这也是个虎伥。铁木真遂乘夜进击，九斤毫不及防，顿时蒙古兵突入，一番蹂躏，大半伤亡。九斤、万奴等落荒而逃。蒙古兵乘胜追击，又杀伤了无数。完颜胡沙正来接应，闻败即走，至会河堡，为蒙古兵所追及，大杀一阵，全军覆没，胡沙仅以身免，逃入宣德州。铁木真攻克晋安县，分兵薄居庸关，守将完颜福寿，弃关遁去。蒙古兵驰入关中，径抵金都城下。金主永济，惶急失措。欲南徙汴京，幸得卫兵誓死迎战，杀了一日一夜，才把蒙古兵杀退。铁木真闻金都不下，留兵守居庸关，自率三子回

国，再图后举。

金都解严，征上京留守徒单镒徒单一作图克坦。为右丞相，纥石烈胡沙虎为右副元帅，胡沙虎自西京遁还，至蔚州，擅取官库金银衣物，入紫荆关，又擅杀涞水县令，金主并不问罪，反令他为副元帅。胡沙虎益无忌惮，自请兵二万北屯宣德。金主只与他五千，令屯妫州。胡沙虎遂移文尚书省道："鞑靼兵来，时金人称蒙古为鞑靼。必不能支，一身不足惜，三千兵为可忧。且恐十二关及建春、万宁宫均将不保了。"金主始恨他跋扈，数责十五罪，罢归田里。会金益都防御使杨安儿，亡归山东，聚党横行，四出劫杀。千户耶律留哥哥一作格。本系辽人，降金得官，至是也归附蒙古，取金、辽东州郡，自立为辽王。金将完颜胡沙往讨留哥，大为所败。金主乃复胡沙虎为右副元帅，令将兵屯燕城北，徒单镒切谏不听。胡沙虎终日驰猎，不顾军事，金主以蒙古兵尚留居庸关，饬胡沙虎整兵往击，诏令中有诘责语，胡沙虎不但不悛，反暗生忿恨，竟与私党完颜丑奴、丑奴一作绰诺。蒲察六斤、一作富呼雅尔锦。乌古论夺剌一作乌裤哩道喇。三人，私下定议，造起反来。他不说自己造反，反说人家造反，当下号令军中，诡言奉诏入讨知大兴府徒单南平。军士哪里知晓，便随他同入金都。胡沙虎屯兵广阳门，遣心腹徒单金寿往召南平，南平茫无头绪，奉召而至。胡沙虎乘马以待，见南平到来，大喝道："你敢谋反么？"南平不觉惊愕，正要答辩，那胡沙虎已拔出腰刀，将南平劈落马下，死得不明不白。遂进至东华门。

护卫斜烈、一作色埒默。和尔一作纥儿。等，引他入宫，胡沙虎遂自称监国都元帅，陈兵自卫，遍邀亲党，置酒高宴，琼筵醉月，声伎侑觞，居然是酒地花天，流连忘倦。到了次日，用武士胁金主出宫，移居卫邸，留卫兵二百人监守，且令黄门入宫收玺。尚宫左夫人郑氏，执掌玺印，勃然愤道："玺乃天子所掌，胡沙虎乃是人臣，取玺何用？"黄门道："今时势大变，主上且不保，况一玺呢。御侍亦当为自免计。"郑夫人厉声叱道："汝辈是宫中近侍，恩遇尤隆，主上有难，应以死报，奈何为逆臣夺玺呢？我可死，玺不可与。"不意金邦有此烈妇。遂瞑目不语。胡沙虎复遣人夺取宣命御宝，除拜乱党数十人。丞相徒单镒正坠马伤足，告假在家，胡沙虎意欲僭位，因镒为民望所关，特自行往访。镒从容答道："翼王珣系章宗兄，众望咸归，元帅诚决策迎立，乃是万世功勋呢。"胡沙虎默然。乃令宦官李思中，就卫王邸中，

鸩杀金主永济。另遣徒单铭等，至彰德迎升王珣，珣初封翼王，后封升王。诣燕京即位。立子守忠为太子，追废永济为东海郡侯。

胡沙虎因完颜纲将兵十万，在缙山领行省事，特诱他回来，设伏击死，复尽撤沿边诸军，尽令回郡。铁木真闻金防已撤，复进兵怀来。金元帅右监军术虎高琪，拒战败绩，蒙古兵乘胜薄中都。胡沙虎适患足疾，乘车督战，大败蒙古兵。唯足疾益剧，几乎不能行动，乃召高琪入卫，限次日到京。高琪逾期乃至，胡沙虎责他违令，意欲处斩，还是金主珣决意从轻，谕令免死。胡沙虎乃益高琪兵，令他出战，且面饬道："胜乃赎罪，不胜立斩。"高琪驱军迎敌，自夕至晓，北风大作，吹石扬沙，不能举目。金兵正处下风，适为敌人所乘，眼见得支撑不住，只好败回。高琪谕军士道："我等虽得脱归，仍然难免一死，不如往诛逆贼胡沙虎，再作计较。"军士齐声得令，一哄至胡沙虎第，将他围住。胡沙虎知事不妙，忙趋至后垣，逾墙欲遁，偏因足疾未痊，扳登不便，急切里为衣所绊，坠落地上，竟至伤股，卧不能起。高琪率兵突入，见了胡沙虎，哪里还肯容情？手起刀落，分作两段，逆贼终没有好结果。随即取首诣阙，自请坐罪。金主珣反加慰抚，下诏暴胡沙虎罪恶，追夺官爵，且命高琪为左副元帅，一行将士，论功行赏。

唯蒙古兵恰四处分略，所向残破，连陷金九十余郡。两河、山东数千里，尸骸遍道，鸡犬为墟。再进兵攻中都，铁木真因遣使告金主道："汝山东、河北郡县，统为我有，汝所守只有燕京，我不难一鼓踏平，但天既弱汝，我不忍再逼汝，汝可速行犒师，消我诸将怒气，我便当回国了。"金主珣犹豫未决。高琪主战，独右丞完颜承晖主和，金主乃遣承晖出城议款，铁木真道："你主有子女么？何不遣来侍我？"专想人家的妇女。承晖无奈，还达金主，金主想得一法，把故主永济的少女，饰作公主，送给铁木真受用。他人女儿，乐得慷慨。并将金帛童男女各五百，马三千匹，作为犒师费。铁木真乃驱军北还，出居庸关，把所虏两河、山东少壮男女数十万，尽行杀毙，奏凯而去。真是一个杀星。

金主珣因国蹙兵弱，防敌再至，因欲迁都汴京，为苟安计。左丞相徒单镒进谏道："銮舆一动，北路皆不守了。今已讲和，聚兵积粟，固守京都，乃是上策。若恃辽东为根本，倚山负海，备御一面，尚不失为中策。若迁至汴京，四面受敌，恐真是无策呢。"切要之言。金主珣只是不从，徒单镒忧郁

而亡。金主珣遂命完颜承晖为都元帅，穆延尽忠为左丞，奉太子守忠留守中都，自率六宫启行赴汴。事为铁木真所闻，竟愤愤道：“既与我和，还要迁都，是明明疑嫌未释，不过借着和议，作个缓兵的计策，我难道为他所欺么？”遂大阅军马，再行南侵。会值金乣军乣即糺字，音纠，糺军所收之军也。作乱，戕杀主帅索温，一作索衮。另推卓达等卓达一作卓多，一作斫答。为帅，击败金都防兵，遣使至蒙古乞降。铁木真遂遣降将明安等出助卓达，会兵围攻燕京。金主珣闻燕京被围，亟召太子守忠来汴。守忠一行，燕人益惧，蒙古将木华黎，复分徇辽西，攻金北京，守将银青，出战败还，为裨将完颜昔烈、高德玉等所戕，改推寅答虎为帅。寅答虎是个没用的家伙，见蒙兵势盛，当即出降。辽西诸郡，闻风归附，单剩了一座燕京城，就是铜浇铁铸，也是孤危万分。留守都元帅完颜承晖，因尽忠久在行阵，尽把兵权交付，自己得总揽大纲，飞书至汴，乞发援兵。金主珣命左监军永锡，率中山真定军，左都监乌古论庆寿乌古论一作乌库哩。率大名军，共约数万，驰援燕京。又命御史中丞李英主饷运，行省孛术鲁为后应。孛术鲁一作富珠哩。英赴大名，终日饮酒，蒙古兵竟来劫粮，英全然不觉，冒冒失失的到了霸州。途中正遇蒙古兵，大刀阔斧的冲杀过来，把所有粮车，尽行夺去。英尚是酒气醺醺，似醒非醒，被蒙古兵杀到马前，乱枪搠死。余众悉毙。庆寿、永锡闻粮已失去，如何行军？当然遁归。自是燕都援绝，内外不通。完颜承晖与尽忠会议死守，尽忠言语支吾，承晖自知必死，索性辞别家庙，自作遗表，付尚书省令史师安石，赍送至汴，大致论尽忠奸状，并及平章政事左副元帅高琪，谋国不忠。且自言不能保燕，死有余辜，恳主上速任贤去邪，整军经武，以保孱局等语。一面尽出私财，分给家人，阖家统是号泣。独承晖神色泰然，仰药以殉。有此忠臣，也足为《金史》光。尽忠决计南奔，束装至通元门，忽见妇女拥杂，呼令挈逃。尽忠瞧着，都是留住燕京的妃嫔，他却出言相绐道：“我当先出，与诸妃启途。”诸妃嫔乃让他出城，他带着爱妾，携着细软物件，竟急奔而去，毫不返顾。妃嫔等进退无路，正在惶急，被蒙古兵一拥杀入，老丑的死刀下，少壮的统被掳散，任情奸污去了。

燕都既陷，宫室被焚，府库财宝，搜括殆尽。金祖宗的神主，一古脑儿取掷坑中。至金主得承晖遗表，但赠他为尚书令，兼广平郡王，所有尽忠弃城的罪名，置诸不问，反令他为平章政事。也与永济一样糊涂。就是术虎高琪

亦任职如故。蒙古兵进攻潼关，急切不能攻下，另由嵩山小路趋汝州，直赴汴京。金急召花帽军往阻，击败蒙古兵前队，蒙古兵乃还。金主因敌兵已退，特遣仆散安贞统领花帽军，往平山东。山东自杨安儿作乱，群盗响应，势甚猖獗。回应上文。安儿少无赖，以鬻马鞍为业，市人呼为杨鞍儿，他即自称为安儿。安儿有妹年约二十，膂力绝伦，能在马上舞双刀，人莫敢敌。以此兄妹二人，招募徒众，结寨自固，号为杨家堡。金行山东省事完颜霆遣使招抚，任安儿为防御使。及蒙古兵薄燕都，金人募军往援，令唐括合打一作唐古哈达。为都统，安儿为副，军至鸡鸣山，安儿亡归，攻劫州县，杀掠官吏。适潍州北海人李全，起自农家，锐头蜂目，颇善骑射，能运铁枪，人号为李铁枪，也招集无赖子弟，出没淄、青二州，寇掠州郡。徒党皆红衣衲袄以为识，因有红袄贼的名目。沿途所经，各村堡无不畏惧，各载牛酒往迎，期免抄掠。独杨家堡称霸一方，与李全分张盗帜，两不相容。李全径至杨家堡决斗，赌个强弱，安儿即带同徒众，出堡交锋。全大呼道："你我统算好汉，还是两人自行厮杀，我输与你，我便让你为霸王，你输与我，须要让我。"安儿道："我岂惧你，便和你战三百合。"言已，即抡刀出阵，与李全对杀。两边徒众，各退后作壁上观。二人战到四五十合，安儿刀法渐乱，几乎招架不住，忽后面有人娇声呼道："哥哥少歇！我来了。"全溜眼一瞧，乃是一个红颜女子，挺着双刀，直奔前来。他即用枪架住安儿的刀，抗声道："我有言在前，一个对一个厮杀，你为什么请出帮手来？"安儿道："你果是好汉，赢得我妹子手中刀，那时我才服你。"全便道："你且退去，我便与你妹子争个输赢。"安儿就退后数步，让妹子抢前角斗。一男一女，你枪我刀，大战了七八十合，不分胜负。全暗暗喝采，复抖擞精神，与她酣战，大约又是五六十合，仍然胜负不分。安儿恐妹子有失，便呼道："李全！你可愧服否？"全应声道："不服不服。"安儿道："今日天晚，明日再战，可好么？"全答道："我便让你等多活一夜罢！"言毕，彼此退回。

次日再战，全与杨家妹子，斗了一天，两下里全无破绽，端的是棋逢敌手，将遇良才。全且忿且惭，兼加爱慕，就是杨家妹回寨后，也称羡不置。为安儿许婚张本。越宿，全乘马至堡前讨战，杨家妹也怒马冲出，来与争锋。全问道："你我战了两日，尚未问你闺名，请先道来！今日决要擒你。"杨家妹道："我叫做四娘子。"全笑道："好一个闺名，我便擒你去做娘子罢了。"

杨氏不禁面赤，向李全睐了一眼道："休得胡说！"安儿在后掠阵，窥知妹子心事，便接入道："李全！你如果能赢我妹子，我便把妹子嫁你为妻。"全答道："甚好。"于是两人又奋力决战，约四五十合，全佯作力怯，虚幌一枪，拨马便走。杨氏还道他是真败，策马赶来，中计了。约数百步，两旁有竹筱夹杂，全跃马而前，杨氏亦驱马直进，相距不过数武，忽然踢踏一声，杨氏马失前蹄，把杨氏掀落马下。全回身下马，竟将杨氏擒挟而去。看官道是何因？原来李全战杨氏不下，特令二壮士夜伏筱中，用刀斫马足，杨氏不及防备，所以为全所擒。那时安儿也从后赶到，见妹子被擒，便呼李全道："快快释我妹子，便邀你同至我堡，今夕成婚。"全答道："你休得抵赖！"安儿道："天日在上，如违此言，神明不佑。"全乃放下杨氏，招引徒党，一同入杨家堡。安儿宰牛设酒，大开筵宴，即于是夕令两人交拜，成为夫妇。枕席欢娱，自不消说。《宋史 · 李全传》中，谓与杨氏私通在安儿死后，唯弁阳周密所编《齐东野语》，系在安儿生时，两人交战结婚，今从之。

安儿既与李全和亲，威势益盛，遂僭号称王，分置官属，居然改元天顺，号令一方。金将仆散安贞，统花帽军至山东，与行省完颜霆，会师讨杨安儿。适值李全还归青州，唯安儿兄妹，与金人对敌，究竟乌合之众，不及纪律之师，连战连败，航舟入海。金人悬赏募李全首，有舟人曲成，袭击安儿，安儿投水自尽。唯四娘子仗着膂力，竟得逃生。安儿余党刘全等收拾散卒，权奉四娘子为主，号称姑姑，且召李全回援。全星夜驰至，与杨氏合军再战，又为完颜霆所败，退保东海。金兵复剿平他盗刘二祖等，余盗霍仪、彭义斌、石珪、夏全、时青、葛德广诸人，穷无所归，溷迹岛屿间，剽掠为生。李全夫妇，也只好做这桩买卖，聊且度日。会宋知楚州应纯之，令镇江武锋卒沈铎，定远民李先，招抚山东群盗，号为忠义军，分二道伐金。李全亦率五千人归附，与副将高忠皎合兵攻克海州。嗣因粮运不济，退屯东海。未几，李全又与兄李福，袭金莒、密、青州，相继攻克。纯之遂密奏："山东群盗，均已归正，中原可复。且请授李全官阶，风厉余众。"于是宋廷遂授全为武翼大夫，兼京东副总管，时已在嘉定十一年正月中了。正是：

失马非忧得马惧，引狼容易驭狼难。

当李全归附时，宋、金又复开战，欲知战事如何？且看下回分解。

金主珣避敌迁汴，最为失策。敌既退矣，为亡羊补牢计，亟宜缮边备，修内政，而乃弃燕南行，苟安旦夕，亦思我能往，寇亦能往乎？完颜承晖留守中都，援城亡与亡之义，仰药自殉，不失为金之忠臣。然中都失而汴京亦不可保矣。李全亦小丑耳，盗弄潢池，擒杨安儿妹，据境称雄，嗣为金人所迫，归附宋朝，论者以宋人纳盗为非计，夫盗非不可抚，在驭之得其道耳。若恩威并济，使供奔走，则红袄诸贼，亦未始非吾爪牙也。顾抚盗有人，而驭盗无人，卒至养盗贻患，祸乱相寻，惜哉！

第八十八回　寇南朝孱主误军谋
据东海降盗加节钺

却说金主珣迁汴以后，曾遣使告达宋廷，且督催岁币。宁宗召辅臣会议，或主张绝金，或仍主和金，这是宋人故智。起居舍人真德秀，上疏请绝岁币，图自治，略云：

> 女真以鞑靼侵陵，徙巢于汴，此吾国之至忧也。盖鞑靼之图灭女真，犹猎师之志在得鹿，鹿之所走，猎必从之，既能越三关之阻以攻燕，岂不能绝黄河之水以趋汴？使鞑靼遂能如刘聪、石勒之盗有中原，则疆埸相望，便为邻国，固非我之利也。或如耶律德光之不能即安中土，则奸雄必得投隙而取之，尤非我之福也。今当乘虏之将亡，亟图自立之谋，不可幸虏之未安，姑为自安之计也。语语中的。夫用忠贤，修政事，屈群策，收众心者，自立之本。训兵戎，择将帅，缮城池，饬戍守者，自立之具。以忍耻和戎为福，以息兵忘战为常，积安边之金缯，饰行人之玉帛，女真尚存，则用之女真，强敌更生，则施之强敌，此苟安之计也。陛下不以自立为规模，则国势日削，人心日偷，虽弱虏仅存，不能无外忧。盖安危存亡，皆所自取。若失当事变方兴之日，而示之以可侮之形，是堂上召兵，户内延敌也。微臣区区，窃所深虑，愿陛下详察。

宁宗得此疏后，遂罢金岁币。夏主李安全已殁，族子遵顼继立，贻书蜀

中，请夹攻金人，同复故土。蜀臣以闻，宋廷不报。嗣复遣使贺金廷正旦，刑部侍郎刘钥等及太学诸生上章谏阻，亦皆不答。既而命真德秀为江东转运副使，德秀陛辞，奏陈五事：

（一）宗社之耻不可忘。指报金仇。（二）比邻之盗不可轻。指鞑靼及山东二寇。（三）幸安之谋不可恃。指金衰不足为幸。（四）导谀之言不可听。（五）至公之论不可忽。

五事以下，又历陈从前祸患，共有十失，反复约一二万言。宁宗也不置可否，随他说了一通，好似没有见闻一般，真德秀只好走了。嘉定十年，金主珣信王世安言，意图南侵，令为淮南招抚使。术虎高琪也劝金主侵宋，开拓疆土，金主即命乌古论庆寿、完颜赛不率兵渡淮，取光州中渡镇，杀死榷场官盛允升。庆寿复分兵犯樊城，围枣阳光化军，另遣完颜阿邻入大散关，攻西和、阶成诸州。宋廷闻警，亟命京、湖制置使赵方，江、淮制置使李珏，四川制置使董居谊，分御金人，便宜行事。赵方字彦直，衡山人氏，尝从张栻游，晓明大义，淳熙中举进士，授青阳县，政教卓著。尝谓："催科不扰，是催科中抚字，罪罚无差，是刑罚中教化，"时人叹为名言。嗣累迁至京、湖制置使，闻金人入寇，召二子范、葵入语道："朝廷忽战忽和，计议未定，徒乱人意，我唯有提兵决战，效死报国罢了。"遂率二子赴襄阳，檄统制扈再兴、陈祥、钤辖孟宗政等，往援枣阳；复分扼要塞，作为犄角。再兴等甫抵团山，遥见金兵疾趋而来，势如风雨。急命陈祥、孟宗政，设伏以待，自率部军迎敌，稍战即退。金兵追了一程，两旁炮响，伏兵骤发，陈祥自左杀来，孟宗政自右杀来，那时金兵三面受敌，招架不迭，顿时逃的逃，死的死，尸骸枕藉，血肉模糊。孟宗政乘胜前进，夤夜赴枣阳，驰突如神，围住枣阳的金兵，立刻骇退。写扈、陈、孟三人，便是写赵方处。宗政入枣阳城，报捷襄阳，赵方大喜，便令宗政权知枣阳军。未几京、湖将王辛、刘世兴，亦连败金人于光山、随州间，于是赵方遂请旨伐金，宁宗连闻胜仗，也激昂起来，当即下诏道：

朕励精更化，一意息民，犬羊跨我中原，天厌久矣，狐兔失其故

穴，人竞逐之，岂不知机会可乘，仇耻未复？念甫申于信誓，实重起于兵端。今虏首败盟，敢行犯顺，彼曲我直，师出有名，偕作同仇，时不可失。合诏谕中原官吏军民，各申义愤，共讨逆胡。果有非常之勋，自有不次之赏。有能去逆效顺，倒戈用命者，亦当赦彼前愆，量能录用。朕有厚望焉！

这诏下后，两边备战日亟。李全适在是时破莒、密、青三州，应得任官。应前文。金完颜赛不复率众攻枣阳，号称十万。孟宗政修城掘濠，誓师守御，又约扈再兴为外应，与金兵相持三月，大小七十余战，无一挫失。赛不忿甚，仗着兵众，环濠筑垒。宗政乘间突击，垒不能成，复盛兵薄城。宗政随方力拒，城赖以全。随州守许国，率援军至白水，鼓声相闻，宗政遂统军出战，金兵披靡，相率遁去。唯金将完颜赟率步骑万人，西犯四川，破天水军，进焚大散关，入皂郊堡，利州统制王逸号召兵民，驱逐金兵，夺还大散关，追斩金统军完颜赟，复进秦州，至赤谷口。沔州都统制刘昌祖命退军，竟至全部溃散。金人又合长安、凤翔的屯卒，再攻入西和、成阶州，进薄河池。兴元都统吴政麾兵驰御，击退金兵，尽复所失土地。金兵已是强弩之末。金主珣闻各路将士，胜败无常，未免动了悔意。又兼河北郡县，多为蒙古所夺，腹背受敌，不便再战，乃遣开封府治中吕子羽为详问使，渡淮议和。中途为宋人所拒，因即折还。金主珣乃复遣仆散安贞为副元帅，辅太子守绪南侵，且令西路诸军，再攻西和、成、凤诸州，入黄牛堡。吴政拒战败绩，竟至阵亡。金兵长驱入武休关，破兴元府，陷大安军，直下洋州。沿途守将，望风奔溃，连四川制置使董居谊，也都逃走。亏得都统张威、令部将石宣等，至大安军邀截金兵，歼敌三千人，擒住金将巴土鲁安，巴土鲁一作巴图鲁。金兵乃退。

已而金兵复入洋州，焚掠而去。宋廷乃加罪董居谊，安置永州，改任聂子述为四川制置使。子述望浅资卑，不足镇压，兴元戍卒张福、莫简等作乱，头裹红巾为号，窜入利州，子述退保剑门。时故制置使安丙，早卸除兵柄，退为醴泉观使，只丙子癸仲知果州，子述檄令统兵讨贼，张福等竟转掠果州，并及阆州，四川大震。宋廷乃复起丙知兴元府，兼利州路安抚使，川民闻丙复至，私相庆慰，唯叛贼掠遂宁，入普州，负嵎茗山。丙自果州至遂

宁，调集诸军，把茗山围住，绝贼樵汲。福众屡次冲突，均不能脱。沔州都统制张威，又奉檄到来，福穷蹙乞降。威执福献丙，丙斩福以徇。威又捕到莫简及贼众千三百人，尽行伏诛，红巾贼悉平，川境复安。丙乃班师还至利州，金人也不敢再进。

独金太子守绪等南侵，遣将完颜讹可等复围枣阳，讹可一作鄂和。孟宗政竭力拒守，且遣人至襄阳告急，乞请济师。赵方语二子道："金人大举攻枣阳，唐、邓等处，势必空虚，尔等可会同许国、扈再兴两军，分攻唐、邓，令敌还救，枣阳自可解围了。"二子遵命启程。临行时，方又嘱道："范可监军，葵可殿后，若不克敌，毋再相见！"言毕，又给刘文两道，令分投许、扈两人。二子持劄而去，当即与许、扈会师，遵劄行事。国进攻唐州，再兴进攻邓州，两路锐进，焚敌粮储。敌人敛兵固守，两军各分驻城下，专待金兵还援，以便截杀。这时候的淮西一方面，又由金左都监纥石烈牙吾答一译作赫舍哩要赫德。及驸马阿海，围攻安丰军，及滁、濠、光诸州。又分兵数路，一攻黄州的麻城，一攻和州的石碛，一攻滁州的全椒、来安，及扬州的天长，真州的六合，淮南大扰。江、淮制度使李珏，命池州都统制武师道，忠义军都统陈孝忠往援，皆畏金人声势，逗留不前。淮东提刑贾涉，继应纯之后任，权知楚州，节制京东忠义军，即山东降盗。闻江、淮危急，飞檄陈孝忠赴滁州，夏全、时青赴濠州，季先、葛平、杨德广赴滁、濠，李全兄弟断敌归路。全奉檄趋涡口，与金将纥石烈牙吾答等连战化湖陂，杀金将数人，得敌金牌。金人乃解诸州围，尽行北去。全追至曹家庄，复斩馘数百人，乃还军献俘，并缴上所获的金牌，向涉求赏。涉曾悬赏格，有条例数则，能杀金太子，赏节度使，能杀亲王，赏承宣使，能杀驸马，赏观察使。全只说杀死驸马阿海，请如约受赏，涉也不暇详查，竟替他奏请，授全广州观察使。其实阿海仍然活着，并没有死过呢。据此一端，已见李全刁诈。

且说许国、扈再兴两军，分攻了数十日，本意是望枣阳解围，来援唐、邓，所以不甚猛攻。偏金兵仍围住枣阳，未尝撤回。赵方迭接军报，令许国退回随州，扈再兴与二子移援枣阳。枣阳受攻已八十余日，金将完颜讹可百计攻扑，炮弩迭施，俱由孟宗政设法堵住。间出奇兵奋击，屡挫金兵。赵范、赵葵、扈再兴转战而南，连败金人，直抵枣阳城。孟宗政见援兵大至，亟自城中出击，内外合势，士气大振，自傍晚杀至三更，毙金兵三万人，余

众大溃。完颜讹可单骑遁去，宗政等追到马磴寨，焚去城堡，夺得资粮器械，不可胜算，方才收军而还。金人自是不敢窥襄、汉、枣阳。中原遗民，陆续来归，宗政给以田庐，选择勇壮，号忠顺军，俾出没唐、邓间。金人惧宗政威名，争呼为孟爷爷。

赵方以金人屡败，必且复来，不若先发制人，借沮敌谋。乃遣扈再兴、许国、孟宗政等，率兵六万，分三道伐金，戒以毋深入，毋攻城，但毁寨夺粮，撤彼守备，便足示威了。再兴、许国等遂分攻唐、邓，见金人有备，不过沿途抄掠，驰骤了好几日，随即退还。金人率众来追，径至樊城，赵方亲督诸军，击退金人。孟宗政复进破湖阳县，擒金千户赵兴儿。许国遣将耶律均，与金人会战北阳，杀金将李提控。扈再兴又攻入高头城。金兵连败，声势日蹙。新除观察使李全，因战胜化湖陂，渐萌骄志，佯与贾涉结欢，曲意趋承。涉已受朝廷命令，主管淮东制置司，节制京东、河北军马。分忠义军为两屯，都统仍属陈孝忠，更令季先为副。李全自为一军，营领五寨。季先素有豪侠名，为降众所敬服，全独怀妒忌，阴结涉吏莫凯，令谮季先。涉误信为真，诡遣季先赴枢密院议事，暗令心腹刺先道中，先不及防，竟被刺死。涉遣统制陈选代统先众。看官！你想先无辜被杀，含冤莫白，他的部下，肯俯首帖耳，不起怨言么？坐实贾涉罪状。当下有裴渊、宋德珍、孙武正、王义深、张山、张友六人，为先发丧，倡义拒选，潜迎旧党石珪为统帅。选还报涉，涉无法可施，只得再用羁縻计策，笼络石珪，保举珪为涟水忠义军统辖。益启盗心。李全以去一季先，来一石珪，仍然是一个敌手，复欲设法除珪，一面招降金益都守将张林，得青、莒、密、登、莱、潍、淄、滨、棣、宁、海、济南诸郡，奉表归宋，买动朝廷欢心，一面袭金泗州及东平，自夸威武。政府一再奖谕，贾涉亦一再慰劳，全志态益骄，降军多半不服。时青为金将所招，先行叛去，金命为济州宣抚使。蒙古帅木华黎，乘隙入济南，降将严实，亦至蒙古军前，奉款投诚。木华黎授实行尚书事，自是石珪亦渐萌异志，谋叛贾涉。李全以为时机已至，即向涉上书，自请讨珪。涉乃调全众至楚州，陈列南渡门，更移淮阴战舰至淮安，示珪有备。且诱招珪众，来者增粮，否则停饷。珪众逐渐解散。珪竟往降蒙古军。全复请诸涉，乞并统涟水军，涉不能却，竟以付全。全愈加骄悍，目空一切，旋假超度国殇为名，往金山寺作佛事。知镇江府乔行简用方舟迎全，舟中备设

筵宴，并及女乐，全入舟高坐，畅饮尽欢，旁顾左右，满列吴姬，这几个是纤秾合度，那几个是妖冶绝伦，待至度曲侑觞，歌声迭起，一片娇喉，传入耳鼓，令人不禁销魂。比四娘子何如？只碍着行简面上，一时不便搂抱，只好硬着心肠，自存官体。及到了金山，入寺设坛，除开场主祭外，尽好出外游赏，触目无非妖娆，到眼总是佳丽，不由的叹美道："六朝金粉，名不虚传，我得志后，定当在此处营一菟裘，方不虚过一生哩。"究竟是个盗贼。既而佛事已竣，仍返故镇，遍语徒党道："江南繁丽无比，汝等也愿往游么？"大众当然赞成。全始造方舟，寄泊胶西，扼宁海冲要，令兄福守舟榷货，为窟宅计。时互市始通，北人尤重南货，价值十倍。全诱商人至山阳，舟载车运，与商分利。舟由李福主运，车归张林督办，林一无所得，已是不平。且林已受命总管京东，所恃盐场税则，作为军饷，福又欲与林分场，林不肯允。福怒道："渠忘吾弟恩德吗？待与吾弟商量，取渠首级。"林闻言益惧，同党李马儿劝林归蒙古，林遂以京东诸郡，向蒙古乞降。木华黎任林行山东东路都元帅府事，又激走了一个。福恐林袭击，遁还楚州，嗣由知济南府仲赟，往讨张林，林败走。李全乘间据青州，宋廷竟授全为保宁节度使，兼京东、河北镇抚副使。贾涉叹息道："朝廷但知官爵，可得士心，哪知愈宠愈骄，将来更不可制呢。"你也未尝无过。原来右丞相史弥远，早欲授全节钺，贾涉屡上书劝阻，至是骤然下诏，所以涉有此叹。涉知全必为变，不易控驭，因力求还朝，弥远不允。涉竟忧愤成疾，疾笃得请，卸任南归，竟在途中逝世了。

是时京、湖制置使赵方，及四川宣抚使安丙，相继沦亡，几不胜宿将凋零的感痛。方守襄、汉殆十年，以战为守，合官民兵为一体，知人善任，有儒将风，所以金人扰边，淮、蜀皆困，独京西一境，安全无恙。嘉定十四年，在任病剧，召扈再兴等至卧室，勉以忠义。是夕，有大星陨襄阳，适与方死时相符。宋廷追封银青光禄大夫，累赠太师，谥忠肃。安丙再起抚蜀，转危为安，复遣夏人书，夹攻金边。夏遣枢密使宁子宁率众围巩州，丙亦命利州统制汪士信等，接应夏人。嗣由攻巩不克，双方退师。既而丙卒，讣闻于朝，追赠少师，立祠沔州，理宗朝赐谥忠定。丙颇有将材，为蜀人所畏服，唯杀害杨巨源、李好义，为世所诟，未免累德。后任为崔与之，拊循将士，开诚布公，蜀人亦安。

金主因侵宋无功，岁币复绝，尚不甘歇手，再命完颜讹可行元帅府事，

节制三路军马，复出侵宋，以同签书枢密院事时全为副，由颍寿渡淮登陆。至高桥市，击败宋军，进攻固始县，破庐州将焦思忠援兵。嗣闻宋与蒙古通好，恐南北夹攻，无路可归，讹可乃定议北还，行至淮水，诸军将渡，偏时全矫称密旨，留军淮南，割取宋麦，令每人刈麦三石，作为军需。逗留三日，讹可语全道："今淮水浅涸，可以速渡，倘或暴涨，将不便渡军，更虑宋师乘我后路，迫险邀击，那时转不能完归了。"全不肯从命，但说无妨。不意是夜即大雨滂沱，淮水骤涨，讹可乃决意渡淮，造桥济军。全亦不能独留，鱼贯而进。蓦闻炮声四响，鼓声随震，宋军从后杀来，全惶急无措，急乘轻舟先济，部卒不及随上，纷纷投水，多半溺死。尚有未投水的，留在岸上，被宋军杀了一阵，统作刀头之鬼。讹可遂归咎时全，禀白金主，金主下诏诛全，自是无南侵意。

蒙古帅木华黎奉成吉思汗命令，受爵大师，晋封国王，经略太行山南，攻取河东诸州郡，又拔太原城。金元帅乌古论德升及行省参政李革等皆自尽。蒙古降将明安领偏师趋紫荆关，降金元帅左监军张柔。柔导蒙古军南下，攻克雄易、保安诸州，乘胜下河北诸郡。金主大封郡公，督令恢复，真定经略使武仙封恒山公，财富兵强，为各郡首，偏遇着蒙古将士，屡战屡败，竟举真定城出降，余郡更不消说得了。瓦解土崩，无可挽救。金主虽诛穆延尽忠，戮术虎高琪，去奸求贤，势已无及。屡次向蒙古求和，木华黎不允，且略山东，攻山西，直薄陕西凤翔府，累得金主珣昼夜不安，酿成心疾。到了宁宗嘉定十六年腊月，竟呜呼哀哉，伏维尚飨了。总计金主珣在位十一年，无岁不被兵，又无岁不弄兵，北不能御蒙古，南不能据宋境，徒落得跋前疐后，坐待衰亡。小子有诗叹道：

> 蒙儿势盛已堪忧，况复邦危主益柔。
> 北顾未遑南牧马，多招败辱向谁尤。

金主珣殁，太子守绪立，尊故主为宣宗。越年秋，宋宁宗也竟归天，为了嗣位问题，又酿成一场大变。看官欲知详细，试看下回便知。

金至宣宗之世，正蒙古勃兴，亟图南下之时，为宣宗计，正宜南和宋朝，北

拒蒙古，备兵力于一方，或尚可杜彼强寇，固我边防，乃听高琪、王世安之邪言，以为取彼可以益此，亦思前门攘羊，后门进虎，羊未得而虎已先噬室人乎？况宋尚有赵方、安丙诸人，具专阃才，固不弱于完颜诸将也。然则金先败盟，宋乃北伐，直在宋而曲在金，原非开禧时比。唯淮西一带，降盗甚多，得良帅以驭之，容或收指臂相联之效，贾涉非其伦也。涉初任季先而招李全，旋信李全而杀季先，降盗因是离心，狡谋反且益逞，涉一举而蹈二失，其尚能坐镇淮西乎？及加授李全节钺，涉乃归咎于史弥远，夫弥远之谬，固不待言，然试问教猱升木者为谁？而顾欲以一去塞责，责其可塞否耶？语有之："父欲行劫，子必杀人。"无惑乎贾似道之再出误国也。

第八十九回　易嗣君济邸蒙冤
逐制帅楚城屡乱

却说宁宗本立荣王曮为皇子，改名为询，至嘉定十三年，询竟病逝，谥为景献，后宫仍然无出，免不得仍要另选。先是孝宗孙沂王柄无嗣，立燕王德昭九世孙均为后，赐名贵和，嘉定十四年，立贵和为皇嗣，改赐名为竑。唯竑已过继宁宗，是沂王一支，又要择人承继。宁宗曾命选太祖十世孙，年过十五，得储养宫中，如高宗择普安王故事。史弥远亦劝宁宗小心立嗣，不妨借沂王置后为名，多选一、二人，以备采择。会弥远馆客余天锡，性甚谨厚，为弥远所器重，令为童子师。天锡，绍兴人，因欲还乡秋试，告假暂归。弥远密与语道："今沂王无后，君此去如得宗室中佳子弟，请挈他同来。"天锡应命而去。既渡浙江，舟抵越西门，天适大雨，不得已至全保长家，为暂避计。保长知为丞相馆师，当即杀鸡为黍，殷勤款待。席间有二少年侍立，天锡问为何人？保长道："此乃敝外孙与莒、与芮，系是天潢宗派，就是开国太祖的十世孙呢。"确是龙种。天锡不禁起座道："失敬失敬！"再问二人履历，始知父名希瓐，母全氏。还有一种奇怪的事情，与莒生时，室中有五采烂然，红光烛天，如日正中。既诞三日，家人闻户外车马声，出视无睹。及三五岁时，昼寝卧榻，身上隐隐有龙鳞，以此邻里争相诧异。平时令日者批命，亦谓与莒后当极贵，即与芮亦非凡品，天锡遂夸奖了一番。及还临安，具告弥远。弥远命召二子入见，全保长大喜，鬻田得资，为治衣冠，集姻党送行，几视为天外飞来的奇遇。弥远操相人术，既见二子状貌，亦暗

暗称奇。嗣恐事泄干禁，遽使复归，全保长大失所望。既而弥远复嘱天锡，召入与莒，转白宁宗，立为沂王后，赐名贵诚，授秉义郎，时贵诚年已十七了。叙理宗皇帝出身，不得不格外从详。贵诚凝重端庄，洁修好学，每朝参待漏，他人或笑语，贵诚必整肃衣冠，不轻言动。弥远益叹为大器。

唯弥远秉政已久，内借杨后为护符，外结私人为党助，台谏藩阃，多所引荐，莫敢谁何。唯皇子竑积不能平，隐与弥远有隙，弥远亦颇觉着。因竑好鼓琴，特购一善琴的美人，献入青宫，令伺竑动息。竑既得知音，复逢佳丽，就使明知弥远不怀好意，也被这情魔迷住，一时无从解脱；更兼那美人知书慧黠，事事称意，浸润既久，反把她视作贤妇，无论什么衷曲，都与密谈。尝书杨后及弥远事于几上，后加断语道："弥远当决配八千里。"又尝指宫壁地图，指琼崖地示美人道："我他日得志，当置弥远于此地。"有时呼弥远为新恩，言不窜新州，必置恩州。何疏率乃尔？那美人曾受弥远嘱托，当然转告弥远，弥远不觉大惊。一日，弥远至静慈寺，为父浩建设经坛，期加冥福，百官等多来助荐，国子学录郑清之亦至，弥远独邀清之登慧日阁，私与语道："皇子不堪负荷，闻沂邸后嗣甚贤，今欲择一讲官，我意属君，请君善为训导。事成后，弥远的坐位，就是君的坐位。但语出我口，止入君耳，一或漏泄，你我皆族灭了。"清之唯唯从命。越日，即派清之教授贵诚。清之日教贵诚为文，又购高宗御书，令他勤习。贵诚本是灵明，功随时进，清之遂往谒弥远，出示贵诚诗文翰墨，誉不绝口，且说他品学醇厚，端的不凡。弥远于是迭奏宁宗，历言竑短，且极赞贵诚，宁宗尚莫明其妙。终身糊涂。

及宁宗不豫，弥远径遣郑清之往沂王府，密语贵诚以易储意。贵诚噤不一言。清之道："丞相因清之从游有年，特将心腹语相告，今不答一言，教清之如何答复丞相？"贵诚始拱手徐言道："绍兴尚有老母，我何敢擅专？"不明言拒绝，只以老母为词，想寸心已默许了。清之转告弥远，因共叹为不凡。过了五日，宁宗疾笃，弥远竟假传诏旨，立贵诚为皇子，赐名昀，授武泰军节度使，封成国公。又越五日，宁宗驾崩，弥远遣杨后兄子谷石，将废立事入白皇后。杨后愕然道："皇子竑系先帝所立，怎敢擅变？"谷等出报弥远，弥远再令入请，一夜至往返七次，后尚未许。谷等泣拜道："内外军民，皆已归心成国，若不策立，祸变必生，恐杨氏无噍类了。"设词恫赫，易动妇女之心。后迟疑了好一歇，方徐徐道："是人何在？"四字够了。谷不待说毕，便

三脚两步的跨出宫门，往语弥远。弥远立遣快足宣昀，且语去使道："今所宣召，是沂王府中皇子，不是万岁巷中皇子，汝苟误宣，立即处斩？"及昀入宫见后，后抚昀背道："汝今为吾子了。"昀未尝辞谢，其情可见。弥远引昀至柩前，举哀已毕，然后召竑。竑已闻讣，竑足待召，良久不至，乃开门待着。但见快足经过府前，并未入内，不由的疑虑交乘，待至日暮，似有数人策马驰过，也不辨为谁氏。至黄昏以后，始有人宣召，急忙带着侍从，匆匆入宫。每过一宫门，必有卫士呵止从吏，到了停柩的殿前，已只有单身一人。弥远出来，引入哭临。止哭后，复送他出帐，令殿帅夏震监守。竑心中大疑，无从索解。俄见殿内宣召百官，恭听遗诏。百官入殿排班，竑亦登殿，由传宣官引至旧列。竑愕然道："今日何日？还要我仍列旧班。"夏震佯说道："未宣制前，应列在此，已宣制后，才可登位。"竑始点首无词。须臾，见殿上烛炬齐明，竟有一少年天子，出登御座，宣即位诏。宣赞官呼百官拜贺，竑不肯拜，被震在后推腰捽首，没奈何跪拜殿下。拜贺礼成，又颁出遗诏，授皇子竑开府仪同三司，进封济阳郡王，判宁国府，尊杨后为皇太后，垂帘听政。于是这位成国公昀，安安稳稳的占了大位，是为理宗皇帝，大赦天下。寻复封竑为济王，赐第湖州，追封本生父希𤦎为荣王，本生母全氏为国夫人，以弟与芮承嗣。明年改元宝庆，越三月，葬宁宗于永茂陵，总计宁宗在位三十年，改元四次，享年五十七岁。初任韩侂胄，继任史弥远，两奸专国，宋室益衰。

理宗幼在家中，与群儿戏，尝登高独坐，自称大王，群儿亦共呼为赵大王。至是居然登基，有志求贤，召知潭州真德秀，入直学士院，知嘉定府魏了翁，入为起居郎，两人皆理学名家，一时并召，颇孚众望。改元才数日，忽闻湖州不靖，有谋立济王消息，于是丞相史弥远，亟遣殿司将彭壬，率禁军驰赴湖州。湖州人潘壬，及从兄甫弟丙，闻史弥远擅行废立，心甚不平，关卿甚事？至济王奉祠就第，意欲就近奉立，成不世功，乃遣甫密告李全，求他援助。全欲坐观成败，佯与约期起兵，其实口是心非，毫无诚意。甫还报壬，壬遂部分众人，待全到来。及期不至，当然着急，且恐密谋被泄，必遭逮捕，遂招集杂贩盐盗千余人，结束如全军状，扬言自山东来，夜入州城，求见济王。济王闻变，奔匿水窦中，被壬觅着，拥至州治，用黄袍加王身上。专抄袭陈桥故事。王号泣不从，恐亦非真意。壬等齐声道："大王若不肯允，

我等有进无退，将与大王同死了。”王不得已，乃与约道：“汝等能勿害太后官家么？”壬等复同声如约。于是发军库金帛，犒赏众人。知州谢周卿率官属入贺，壬等复伪为李全榜文，揭示城门，声明史弥远废立罪状，且有“领精兵二十万，水陆并进”等语，州人均被耸动。及黎明出视城外，陆上只有巡尉兵卒，水中只有太湖渔舟，并没有什么李全，也没有李全的水陆人马。济王闻报，知难成事，亟与谢周卿商议，遣州吏王元春入报朝廷，自率州兵讨壬。壬变名走楚州，甫、丙皆死。及彭壬到来，乱事已平。已而淮右小校明亮，捕壬送临安，立即伏法。史弥远始终忌竑，诈言济王有疾，令余天锡挟医至湖州，暗中却嘱委天锡，假称谕旨，逼竑自缢，反以疾薨奏闻。天锡以谨厚闻，胡为亦作是事？寻诏追贬竑为巴陵郡公，又降为县公，改湖州为安吉州。真德秀、魏了翁及员外郎洪咨夔，共替济王竑鸣冤，理宗不省。

过了月余，接得淮东警报，制置使许国被李全所逐，窜死道中，楚州竟大乱了。许国曾为淮西都统，卸职家居，至贾涉死后，国上言：“李全必反，非豪杰不能弭患。”朝廷即以国为豪杰，令继贾涉后任。国奉命至镇，适李全趋山东，全妻杨氏出郊迎国。国拒不令见，杨氏怀惭而归。及视事，痛抑北军，犒赏银十减八九。全从青州致书称贺，国出示徒众道：“全仰我养育，我略示恩威，便竭诚奔走了。”谈何容易。遂复书邀全，令来相见。全诱约不至，国屡致厚馈，坚欲邀全。全党刘庆福，亦使人觇国意，知国无意加害，便请全见国。全集将校道：“我不往见制阃，未免理曲，我便一往便了。”乃径至楚州，入谒宾赞语全道：“节使当庭参，制使必令免礼。”全乃入拜，国端坐不动。全出语道：“全归本朝，未尝不拜人，但恨他非文臣，与我相等，他前以淮西都统谒贾制帅，亦免他庭参，他有何功业，一旦位出我上，便如许自大么？全赤心报朝廷，并不造反呢。”国闻全言，颇也自悔，乃设盛宴待全，慰劳加厚，全终未惬意，庆福谒国幕宾章梦先，梦先但隔幕唱喏，庆福亦怒。既而全欲往青州，恐国不允，遂自忖道：“渠不过欲我下拜呢，我能得志，何惜一拜。”因折节为礼。动息必请，下拜至再。国喜语家人道：“我已折伏此虏了。”一厢情愿。余请往青州，国即允诺，及全已至青，即遣庆福还楚为乱。

庆福与杨氏谋，拟蓄一妄男子，指为宗室，潜约盱眙四军谋变。盱眙四将不从，庆福乃止欲除国。计议官苟梦玉侦得密谋，劝国预防。国大言道：

“尽管令他谋变，变即加诛，我岂儒生不知兵吗？”梦玉见国不从，惧祸将自及，因求檄往盱眙，且转告庆福道：“制使欲图汝。”庆福因迫不及待，胁众害国。适国晨起视事，庆福等挟刃而入，国料知有变，竟厉声道：“不得无礼！”言未毕，矢已及额，流血蔽面而走。庆福遂指挥乱党，闯入内室，将国全家杀害，且纵火焚署，抢劫库财。国狼狈出奔，由亲兵数十人，掖登城楼，缒下逃命。行至中途，自思家属被害，下无以保妻孥，上无以报国家，还有什么生趣，索性解带自缢，了却残生。不死何为？章梦先被庆福杀死，独苟梦玉家，反由乱党保护。

楚州既乱，扬州亦震，史弥远闻变，尚欲含忍了事。默思大理卿徐晞稷，曾守海州，与李全友善，遂授他为制置使。晞稷至楚，李全亦到，全佯责庆福不能弹压，戮乱党数人，自己上表待罪，一面庭参晞稷。晞稷忙降等止参，全乃喜慰。嗣是全益骄纵，不可复制。晞稷却一意媚全，甚称全为恩府，全妻杨氏为恩堂，尊卑倒置，煞是可笑。实是无耻。全竟檄恩州，内有“许国谋反，已经伏诛，汝等军士，应听我节制”等语。那恩州守将，也是一个降盗，就是上文所说的彭义斌，见七十七回。他却有点忠心，不似李全狡诈，当下扯碎来书，奋然大骂道：“逆贼背国厚恩，擅杀制使，我必报此仇。”遂南向告天，誓师讨逆。全闻报大愤，即率众攻恩州。义斌出城迎战，击败李全，夺去马二十匹。刘庆福引兵救全，又为义斌所败，全不禁气馁，贻书晞稷，请代向义斌讲和。晞稷居然替他排解，义斌知晞稷无用，自与沿江制置使赵善湘书，愿共诛全。盱眙四总管，亦欲协力讨贼。知扬州赵范，又上书弥远，幸毋养盗。偏弥远姑息偷安，禁止妄动，遂令狼心狗肺的李全，逍遥法外。

义斌以山东未定，拟先图恢复，后诛逆全，遂移兵攻东平。东平守将严实，已降蒙古，至是因兵少粮虚，阳与义斌连和，暗中却约蒙古将孛里海，一译作博勒和。共攻义斌。义斌全未闻知，竟转徇真定，道出西山，与孛里海军相值。两下交锋，未分胜负。不料严实从背后袭击，以致全军大乱，义斌马蹶被擒。蒙古将史天泽，劝他投降，义斌厉声道：“我乃大宋臣子，岂降汝狡虏么？”随即遇害。降盗中要算此人。京东州县，接连被陷，蒙古复进围青州。李全挟青州为营窟，怎肯弃去？便与蒙古军鏖战数次，始终不利，因与兄福相商。福自愿居守，劝全从间道南归，乞兵赴援。全摇首道：“数

十万劲敌，恐兄未能支持，不若留弟守城，兄去乞援便了。”福乃缒城夜出，自往楚州。史弥远闻全被困，乃欲乘间图全，调回徐晞稷，改任知盱眙军刘琸，为淮东制置使。琸赴任时，唯调镇江兵三万自随。盱眙忠义军总管夏全请从，琸料不易驭，令他留镇。偏镇江副都统彭忙，移住盱眙，也欲调开夏全，免为己患。乃语夏全道：“楚城贼党，不满三千人，健将又在山东，刘制使今日到楚，明日便可平楚，太尉何不继往，共成大功。”全欣然许诺，竟俟刘琸去后，率部众五千名，蹑踪前往。琸至楚城，夏全已随入。那时无法使回，只好留他自卫。

会李福回楚，拟分兵援青州，琸不肯从。福与全妻杨氏，遂嗾动部众，哗噪不休。琸令夏军驻扎楚城内外，严防兵乱，且限李福等三日出城。全妻杨氏，因想出一个离间的方法，密遣人告夏全道：“将军非自山东归附么？兔死狐悲，李氏灭，夏氏宁得独存？愿将军垂盼。”数语易入夏耳。夏全不禁心动，遂往杨氏宅中。杨氏盛饰出迎，由夏全瞧入眼波，但见她丰容盛鬋，华服凝妆，威武中寓妩媚态，几惹的目眩神迷。杨氏故意的卖弄风骚，留夏宴饮，自己侧坐相陪。夏全屡顾杨氏，杨氏亦眉目含情，待酒至数巡，杨氏竟娇声语全道：“人传三哥已死，三哥指李全，想是排行第三。我一妇人，怎能自立？便当事太尉为夫。子女玉帛，皆太尉物，且同出一家，何故相戕？若今日剿除李氏，太尉能自保富贵么？”原来夏全已受封太尉，所以前时的彭忙，此时的杨氏，均以太尉相呼。夏全闻到此语，喜出望外，几把那身都酥麻了半边，色之迷人，甚于盗贼。便斜着一双色眼道：“姑姑！此语可当真吗？”杨氏索性进一步道：“太尉若能诛逐刘琸，便即如约。”杨氏之狡，不亚李全。夏全大喜，召入李福，同谋逐琸。议既定，即于次日起事，合攻州署，焚官民舍，杀守藏吏，闹得天翻地覆，鬼哭神愁。琸赖镇江军保护，缒城而出。镇江军与贼夜战，将校多死，器甲钱粟，尽为贼有。夏全既将琸逐出，便跃马赴杨氏营，总道此夜是欢谐鱼水，颠倒鸳鸯，哪知到了营前，竟请他一碗闭门羹，而且满营兵士，列刃以待；当下策马回奔，招众出城，径趋盱眙，沿途大掠。盱眙将张惠、范成进已知夏全为乱，竟闭城拒全，且将全母及妻，在城内捕至，一律斩首，抛掷城下，气得夏全咬牙切齿，恨不得将盱眙城吞了下去。满望多增一妻，谁知反失一妻，哪得不恨？正欲麾众攻城，那城中竟驱兵杀出，反被他蹂躏一阵，丧失部众千人，一时无路可归，竟奔降金人

去了。

宋廷严责刘琸，琸已至扬州，恐坐罪被诛，竟尔忧死。有诏令军器少监姚翀知楚州，兼制置使。翀毫无材略，也是徐晞稷一流人物，临行时，留母及妻子居都城，自己购得二妾，驾舟径往。枪刃之下，岂可作藏娇窟耶？至楚城东，艤舟治事。探得杨氏无害己意，乃入城往见，用晞稷故例，更加谄媚。杨氏乃许翀入城，翀见州署被毁，尚未修筑，急切无从托足，乃寄治僧寺中，苟延时日。幸有二妾侍奉，倒也不虑寂寞。整日里左拥右抱，乐得寻欢。既而李全守不住青州，竟降蒙古。刘庆福尚分守山阳，自知已为厉阶，惶惧不安，意欲杀李福以赎罪。李福已有所闻，亦欲将庆福杀害。二人互相猜忌，不复相见。一日，杨氏请姚翀议事，翀不敢却，只好前往，既入李营，见刘庆福亦即到来，杨氏开口道："哥哥有疾，军务不能主持，所以请姚制帅及刘总管，共议军情。"庆福道："李大哥何时得恙，我却未曾闻知？"杨氏正要回答，里面已有人传出，说要请刘总管入见。刘以李福有疾，料也没甚意外，遂随了传报的人，趋入内室，迂曲数四，才至李福卧处。遥见福卧不解衣，未免疑虑，不得已走近榻前，开口问道："大哥有恙么？"福答道："烦恼得恁地。"刘左右一顾，见榻旁有剑出鞘，益觉心动，亟忙退出。福竟跃起床上，持刀追杀庆福，庆福徒手不支，立被杀死。福竟携首出外堂，交与姚翀。翀大喜道："庆福首祸，一世奸雄，今头颅乃落措大手么？"能杀庆福，岂不能杀汝么？遂驰还寺中，立刻草奏，遣白朝廷。复旨到来，翀蒙优奖，福得增秩，杨氏竟进封楚国夫人。唯楚州自夏全乱后，库储俱尽，纲运不继，李福常向翀索饷。翀无从应付，只说待朝廷颁发，便当拨给。福屡催无着，私下动怒道："朝廷若不养忠义军，何必建阃开幕？今建阃开幕如故，独不给忠义军钱粮，是明借这阃帅，来制压我忠义军呢。"随即与杨氏密谋，邀翀过宴。翀昂然竟往，就坐客次，并不见杨氏出陪，须臾见自己二妾，也被召入内，他不知葫芦里面，卖什么药，俄见一班纠纠武夫，在客次外狞目探望，料知不是好兆，便起身急走，甫出客次，但听得一片喧声道："姚制使走了！姚翀逃了！"吓得姚翀无处躲避，几乎心胆俱碎。正是：

逐帅几同棋易子，抢头好似杖惊儿。

毕竟姚翀能逃得性命否？待至下回再叙。

天下事莫不坏于一私字。私心一起，则内而作奸，外而犯科，皆因之而起。史弥远之擅谋废立，私也。杨后之允行废立，由恐无噍类之说所激，亦一私也。即济王竑之隐嫉弥远，形诸笔墨，亦无非一私也。即潘壬弟兄之欲奉济王，期建非常之业，亦何一非私也？若夫许国、徐晞稷、刘琸、姚翀诸人，陆续被逐，均为一私字所致。许、徐二人欲制全，而反为所制，刘、姚二人尝媚全，而无益于媚，一念萦私，着着失败，彼夏全、刘义福辈，更不足道也。观此回，不禁为好私者慨矣。

第九十回　诛逆首淮南纾患　戕外使蜀右被兵

却说姚翀闻变，抱头出窜，见外面已露刃环列，几无生路可寻。还亏李全部下的郑衍德，挺身保护，翼他出围，沿途尚闻有哗噪声，连忙薙去须髯。缒城夜走，遁至明州，未几病死。二妾不知如何着落？宋廷以淮乱相仍，再四逐帅，乃欲轻淮重江，楚州不复建阃，就用统制杨绍云兼制置使，改楚州为淮安军，命通判张国明权守。盱眙守彭忙，想乘此建功立业，潜遣张惠、范成进入淮安，语全将国安用、阎通道："朝廷不降忠义军钱粮，无非因刘庆福、李福等，屡次生乱，所以停给。今庆福已除，李福尚在，何不一并除去，为朝廷弭患呢？"国、阎二人也以为然，并联络王义深、邢德一同举事。时张林又来降宋，亦欲除福复仇，遂与四人合议，同率众趋李福家。适李福出门，邢德兜头一刀，将福枭了首级，复闯入内室，杀死全次子通，并四觅杨氏，适得一妇人匿床下，便即牵出，杀死了事。遂将这妇人首，充作杨氏，与李福头颅，并至杨绍云处献功。绍云遣送临安，阖廷皆喜。看官试想！这杨氏李姑姑，曾善用双刀，具有一身胆力，难道便畏匿床下，坐听枭首么？原来这妇人首，乃是全妾刘氏，那杨氏早已轻装易服，逃往海州去了。雌儿毕竟不凡。朝廷以功由彭忙，即令他经理淮东。张惠、范成进不得邀赏，又因粮饷缺乏，密约降金，拟执忙为贽仪，遂趋还盱眙，设宴邀忙。两人奉觞上寿，接连灌到数十杯，忙竟醉倒席上，被两人捆缚起来，竟渡淮降金去了。

李全受蒙古命，经略山东，闻兄妾被害，当然不肯甘休，便请诸蒙古元帅，愿报兄仇。蒙古元帅不肯遽从。全断指为示道：“全若再归南朝，有如此指！”于是蒙古帅命全下淮南。全服蒙古衣冠，移文两淮，自称山东淮南领行省事。杨绍云见了移文，便避往扬州。王义深也奔降金人。国安用独不奔避，诱杀张林、邢德，携首投全军，自行赎罪。全乃不杀安用，与他同入淮安，复移兵占住海州、涟水等处。全妻杨氏，又至淮安与全相会，仍然是夫妻完聚，骨肉团圆。史弥远尚专务招抚，使人说全，令毋用兵淮南，当仍加节钺。全以东南利用舟楫，急切里不得水师，不如阳顺朝命，阴习水战。绍定元年，即理宗四年，改颁正朔，李全广募水卒，不限南北，宋军多往应全募，遂增设战舰，与杨氏大阅海洋。一个是两邦阃帅，甲胄辉煌，一个是半老佳人，冠笄绚烂，好算作盗贼世界，儿女英雄。李全夫妇，不伦不类，故用笔亦若讽若刺。全又与金合纵，约把盱眙界金，金封全为淮南王，全佯辞不受。自是盘踞淮境，对宋称臣，好索饷豢兵，对蒙古也称臣，就将淮南商税盐利，一并垄断，好作为蒙古岁贡，对金且虚与周旋，免他作梗。不愧狡兔。宋廷士大夫，都晓得全怀异志，只因弥远执政，专事羁縻，哪个敢来多嘴。全因节钺未加，复遣私人入都，请建阃山阳。一时未得所请，竟密令部将穆椿等，潜入皇城纵火，毁去御前军器库，把先朝庋藏的兵甲，尽付一炬。朝廷已明知由全所使，还是苟且偷安，不加责问。及全籴麦舟过盐城，知扬州翟朝宗，令尉兵出来夺麦，惹得全怒气冲天，立率水陆兵数万名，来捣盐城。戍将陈益、楼强皆遁，知县陈遇亦逾城逃去，公私盐货，皆为全有。朝宗忙遣干官王节至盐城，恳全退师，全哪里肯依？留郑祥、董友守盐城，自提兵还淮安，上表朝廷，只说“捕盗过盐城，县令等弃城遁去。全恐军民惊扰，所以入城安众，现已返楚”云云。弥远尚以全守臣节，授彰化、保康节度使，兼京东镇抚使，谕令释兵。全勃然道：“朝廷待我如小儿，啼乃授果，我要这节钺何用？”你明明是个宠儿，屡次变脸。弥远复为罢朝宗，命通判赵璥夫暂摄州事。

全造舟益急，历招沿海亡命，充作水手。又贻书璥夫，托词防备蒙古，须增给五千人钱粮，并求誓书铁券。政府尚遗饷不绝，他军士见淮海输粟，都窃议道：“朝廷唯恐贼不饱，教我辈何力杀贼？”射阳湖人至有养北贼戕淮民的谣言。时赵范、赵葵已接奉朝命，节制镇江、滁州军马，赵善湘为

江、淮制置使。三赵俱嫉全如仇，力主用兵。会值弥远告假，诸执政不加可否，独参政郑清之深以为忧，遂与枢密袁韶、尚书范楷，力劝理宗讨逆。理宗准奏，清之又转告弥远。弥远乃亦改图，遂请旨削全官爵，并下诏谕道：

君臣天地之常经，刑赏军国之大柄，顺斯柔抚，逆则诛夷。唯我朝廷，兼爱南北，念山东之归附，即淮甸以绥来。视尔遗黎，本吾赤子，故给资粮而脱之饿莩，赐爵秩而示以宠荣，坐而食者逾十年，惠而养之如一日，此更生之恩也，何负汝而反耶？蠢兹李全，侪于异类，蜂屯蚁聚，初无横草之功，人面兽心，曷胜擢发之罪。谬为恭顺，公肆陆梁，因馈饷之富以啸聚俦徒，挟品位之崇以胁制官吏，凌蔑帅阃，杀逐边臣，戕刈我民，输掠其众，狐假威以为畏己，犬吠主旁若无人，姑务包含，愈滋猖獗，稔兹恣暴，用怨酬恩，舍是弗图，孰不可忍？李全可削夺官爵，停给钱粮，敕江、淮制臣，整诸军而讨伐，因朝廷佥议，坚一意以剿除。蔽自朕心，诞行天罚。肆予众士，久衔激愤之怀，暨尔边氓，期洗沉冤之痛。益勉思于奋厉，以共赴于功名。凡曰胁从，举宜效顺，当察情而宥过，庸加惠以褒忠。爰饬邦条，式孚众听，能擒斩全首者，赏节度使钱二十万，银绢二万匹，同谋人次第擢赏。能取夺现占城壁者，州除防御使，县除团练使，将佐官民兵，以次推赏。逆全头目兵卒，皆我遗黎，岂甘从叛？良由创制，必非本心，所宜去逆来降，并与原罪，若能立功效者，更加异赍。噫！以威报雪，既有辞于苗民，唯断乃成，斯克平于淮、蔡。布告中外，咸使闻知！

相传此诏即郑清之所草，诏下后，李全便率众至扬州湾头，来夺扬城，赵璥夫惶急欲奔，为副都统丁胜所阻，乃闭城拒守。会璥夫得史弥远书，许增全万五千人粮，劝归淮安，因即遣部吏刘易赴全营，持书相示。全笑道："史丞相劝我归，丁都统与我战，非相绐么？"即掷书不受。易返报璥夫，璥夫亟发牌印，至镇江迎接赵范。范亦约葵同援。葵即率雄胜、宁淮、武定、强勇四军，共万五千名，驰赴扬州。全党郑衍德，劝全先取通、泰二州，再攻扬城，全乃引兵攻泰州。知州宋济迎降，全入掠子女货币，转趋扬州。途次闻范、葵已入扬城，便举起马鞭，挞郑衍德道："我本欲先取扬州，汝等劝

我取通、泰，今二赵已入扬州了，试问扬州易下否？”衍德无词可答。

全乃分兵守泰州，自率众攻扬州，进扑东门。赵葵出城搏战，拒濠问答。葵问全来何为？全答道：“朝廷动见猜疑，今复绝我粮饷，我并非背叛，但来索粮呢。”葵怒道：“朝廷视汝作忠臣孝子，汝乃反戈攻陷城邑，怎得不绝汝钱粮？汝云非叛，欺人呢？欺天呢？由汝道来！”揭破狡谋。全理屈词穷，竟弯弓抽矢，向葵射来。葵用枪拨矢，矢入濠中，遂驱军越濠，拟与全决战，全竟退去。翌日，全悉众攻城，也被葵击退。嗣是屡攻屡却，二赵更迭战守，并陆续有援军到来，无懈可击。全拟筑长围，困住守兵，自己跨马张盖，部下奏乐，督兵筑垒。范令诸门用轻兵牵缀，自领锐卒出堡寨，向西攻全。全亦分兵酣战，自辰至未，杀伤相当，两下方鸣金收军。越宿，范复出师大战，令偏将金玠，袭击全粮船，杀败全将张友，夺得粮船数十艘。又越宿，葵复出战，亦将全军杀败，唯全自恃兵众，始终不肯退去。

自绍定三年冬季，相持至四年孟春，全尚欲浚堑固垒，范、葵遣诸将出城掩击，全不及防备，奔入土城，蹂溺甚众。范列阵西门，上马待战，偏全众闭垒不出。葵语范道：“贼俟我收兵，方来追击呢。”当下命将校李虎，伏骑破垣间，佯收步卒诱贼。贼果掩杀出来，李虎奋起力斗，城上亦矢石如雨，贼乃败回。到了上元，城中放灯张乐，故示整暇。全亦往海陵，召伎侑觞，张灯设宴。越日，复置酒高会平山堂，有堡寨候卒，识全枪上垂有双拂，便入报赵、范。范语葵道：“此贼好勇而轻，既出土城，定当成擒。”乃先授李虎密计，然后尽选精锐，西出攻全，却故意用羸卒旗号，诱他迎击。全望见旗帜，突斗而前，范麾兵并进，葵轻出搏战，各军俱踊跃上前，无一落后。全始知不可敌，且战且退，欲奔还土城，将至瓮门，忽有一彪军突出，阻住马前，为首一员统帅，跃马抡刀，大呼道：“贼全休走！李虎在此！”不亚虎名。全无心恋战，复拍马返奔。赵葵、李虎前后相迫，杀得全兵东倒西歪，十丧七八。全夺路北走，径趋新塘。新塘淖深数尺，适值久晴，浮尘如燥壤，全手下只有数十骑，拼命乱逃，急不择路，更兼天色将昏，前途难辨，扑通扑通的响了数声，那数十骑都陷入淖中，全亦当然被陷。官军从后追至，竞持长枪乱刺，全急呼道：“毋杀我，我乃头目。”官军闻得头目两字，越发奋力刺全，全立被刺毙，所从三十余人，也毋一得生。军士且支解全尸，分夺鞍马器械，回营报功。看官！你道全陷淖中，何故尚自称头

目？他以为头目两字，乃是普通贼目的称呼，并非贼帅，意欲将此哄骗官军，幸图脱难。哪知官军里面的赏格，已有获一头目，应赏若干的条例，所以军士恐夺不调匀，索性把他支解，碎尸而去。好诈者终以诈败。全既死，余党欲溃，唯国安用不从，议推一人为首，莫肯相下，乃还趋淮安，欲奉全妻杨氏为主。赵范、赵葵追击，复大破贼党，方才四散。范、葵收军还扬州，使人瘗新塘骸骨，检得一尸，左手无一指，方信全已真死。李全断指见前文。先是全祷茅司徒庙，不得应验，全怒，断神像左臂，或梦神语道："全伤我，全死亦当如我。"至是果然。

扬州解严，赵善湘露布上闻，朝右相庆，诏加善湘为江、淮制置大使，范为淮东安抚使，葵为淮西提刑，余将亦赏赉有差。范与葵再率步骑十万，直捣盐城，屡败贼众，复进薄淮安城，杀贼万计，焚二千余家，城中哭声震天，未几城破，烧寨栅万余。全妻杨氏语郑衍德道："二十年黎花枪，天下无敌手，今事势已去，不能再支，汝等未降，想因我在的缘故。我今去了，汝等不妨出降呢。"遂带了亲卒百人，闯出城外，向北径去。至此尚能漏网，好算是奇妇人。贼党乃遣伪参议冯垍等，纳款军门，范准他降顺。淮安乃平。就是海州、涟水等处，也即收复。杨氏窜归山东，又数年乃毙。十年强寇，至此始扫荡无遗了。归结李全。

且说理宗初年，亲用儒臣，有心求治，只因弥远当国，邪正不能并容，且因真德秀、魏了翁等，尝讼济王竑冤，更为弥远所侧目。弥远遂引用三凶，并入谏院。三凶为谁？一是梁成大，一是李知孝，一是莫泽。成大尤谄事弥远，由知县骤任御史，以排斥正士为要旨。会太后撤帘归政，国事由理宗亲理，三凶遂交劾真、魏，说他私袒济王，朋邪误国。真、魏相继罢官，连员外郎洪咨夔，亦连坐被斥。魏了翁且谪居靖州。成大贻书亲友道："真德秀乃真小人，魏了翁为伪君子。"当时目为狂吠，因呼成大为成犬。理宗录用名贤后裔，如程、朱、张、陆等子孙，均授官秩，并建昭勋崇德阁，图绘先朝功臣，共二十四人，赵普为首，赵汝愚为殿。但徒追既往，不顾目前，所有真、魏诸贤，黜逐殆尽，这真所谓叶公好龙，欲得反失呢。

是时蒙古主铁木真，与木华黎分略南北，木华黎略南方，铁木真略北方，适乃蛮部酋太阳汗子屈曲律，逃奔西辽。西辽据葱岭东西地，自辽人耶律大石即耶律达什。痛辽被灭，往走回疆，联合回纥诸部，成一大国，有志规

复，未成而死，再传至孙直鲁克，君临如故。唯东方属部，多为蒙古所夺，国势渐衰。屈曲律奔投西辽，由直鲁克招为女夫，畀以大权。屈曲律竟篡了王位，东向袭蒙古属境。铁木真遣哲别往征，哲别率军直入，屈曲律战败西遁，至巴克达山，被哲别追获，一刀了事。西辽全土，尽归蒙古。哲别归国后，蒙古商人往花剌子模，被他杀掠。花剌子模在西辽西境，向奉回教，铁木真遣使诘问，又复被杀，乃亲督兵攻花剌子模。花剌子模王谟罕默德，敌不住蒙古军，窜死里海岛中。谟罕默德长子札兰丁，奔至哥疾宁，纠集余众，出御蒙古，战了两三仗，被蒙古军杀得人仰马翻，只剩札兰丁一人一骑，逃至印度河边，投河南渡。铁木真再拟南追，遇着了一个奇兽，名叫角端，文臣耶律楚材乘势劝主罢兵，只说："这兽是旄星精灵，好生恶杀，特来儆告主子，罢兵息民。"铁木真闻言，才准班师。尚有哲别、速不台二军，逾太和岭袭钦察部，阿罗思即俄罗斯。诸侯王，联兵援钦察，俱为哲、速二将所破，歼馘无算。哲别遇疾退军，铁木真班师命令，亦已颁到，乃收兵而回。

铁木真回国后，因西征时征兵西夏，夏主不从。再饬夏主遣子入质，夏主又不从。惹得铁木真非常恼恨，更兼木华黎病殁南方，缺一统帅，因拟南征西夏，乘便经略中原。西夏自李安全后，又易二主，安全传与从子遵顼，遵顼复传子德旺，德旺本庸弱无能，国是由悍臣阿沙敢钵处决。前此蒙古使至，征兵征子，都是他一人拒绝。此次铁木真决意出师，行至中途，忽然罹疾，乃只遣使诘责夏主。阿沙敢钵对着蒙使，又挺撞了好几语。蒙使返报铁木真，铁木真勃然起床，麾兵大进，直指贺兰山。阿沙敢钵居然率众迎击，哪知蒙古兵煞是厉害，任你阿沙敢钵如何大胆，至此全没用处，只好弃众逃走。也是一个景延广。铁木真遂下西凉，入灵州，破临洮，据洮河、西宁二州，进攻德顺。夏主李德旺，忧悸而死。弟子晛继立，晛尚幼弱，晓得什么军务，官民统依山凿穴，偷避敌锋。及德顺被陷，敌逼夏都，夏主晛穷蹙出降，蒙古兵一齐入城，掳了财帛，劫了子女，所有夏主宫眷，一古脑儿牵扯了去，或杀或辱，自不消说。还有匿居土窟的官民，也被蒙古兵搜着，财物夺去，性命呜呼。总计夏自元昊称帝，共传十主，历二百有一年而亡。

铁木真养疾六盘山，病势日重，自知不起，语左右道："西夏已灭，金势益孤，我本拟乘胜灭金，奈天命已终，势难再延，若嗣君能继我遗志，南略中原，最好是假道南宋，宋、金世仇，必肯假我，我下兵唐、邓，直捣

大梁，不怕他不为我灭。比那取道潼关，难易相去十倍哩！”此即避坚攻瑕之计。言讫遂逝，年六十六。蒙古人称为太祖，遗旨命少子拖雷监国。拖雷亦作图类。越年，开蒙古大会，由诸王诸将等齐来会议，叫作库里尔泰会，推太祖第三子窝阔台为大汗。窝阔台既即汗位，承父遗志，一意攻金。宋理宗绍定三年冬月，偕弟拖雷等入陕西，连下山寨六十余所，进逼凤翔，分兵攻潼关。越年，凤翔被陷，唯潼关不下。窝阔台汗忆父遗言，命速不罕一作绰斯工。为行人，往宋假道，到了沔州，被统制张宣杀死。窝阔台汗得了此信，自然不肯甘休，遂命拖雷率骑兵三万人，竟趋宝鸡，攻入大散关，破凤州，屠洋州，出武休东南，围住兴元。军民走死沙窝，约数十万。再遣别将入沔州，取大安军路，开鱼鳖山，撤屋为筏，渡嘉陵江，略地至蜀。四川制置使桂如渊逃归，被蒙古拔取城寨，共四百四十所。有诏令李亘为四川制置使，知成都府，赵彦呐为副使，知兴元府。两使正在出发，那蒙古兵已饱掠蜀境，舍蜀而去，小子有诗叹道：

无端戕使怒邻邦，骄子雄心岂肯降？
虽是偏师攻蜀右，几多血胔淹西江。

欲知蒙古兵何故去蜀，俟至下回再详。

李全之骄，史弥远酿之也。李全之悍，亦史弥远纵之也。全无文材，无武略，徒恃诈术以欺人，捽而去之，一将力耳。况彼已败降蒙古，复入楚州以报私仇，甚至旁陷郡邑，四掠人民，是明明一宋之叛贼也，弥远尚欲授以节钺，真令人无从索解。且于全则豢之唯恐不优，于真、魏则屏之唯恐不远，是诚何心？得毋所谓方以类聚，物以群分者欤？非郑清之之决讨于内，二赵之力制于外，几何不糜烂江淮也。若蒙古主之灭西辽，平西域，亡西夏，皆《元史》中事。本回第撮举大要，唯假道南宋一节，为《宋史》中最关紧要之事。夫假道伐虢，虞随以亡，绳以唇亡齿寒之谊，宋固不宜假道，然辞其使可也，戕其使不可也。杀一人而丧千万人，其得失为何如耶？

第九十一回　约蒙古夹击残金
克蔡州献俘太庙

却说蒙古太祖少子拖雷，分兵略蜀，拔取城寨四百四十所，因尚未遽绝宋好，但借偏师示威，即行召还。会兵陷饶凤关，渡汉江东行，将趋汴京。金主守绪急令诸将分屯襄、邓，行省完颜合达合达一作哈达。及移剌蒲阿，一作伊喇丰阿拉。率诸军入邓州，杨沃衍、陈和尚、一作禅华善。武仙等皆会，乃出屯顺阳。适蒙古兵渡过汉江，来袭金军背后，哈达见蒙兵势盛，拟从旁道走避，那敌骑已是驰至，几乎招架不住。还亏部将蒲察定住一作富察鼎珠。奋力截杀，敌骑始退。哈达屯留四日，不见敌兵，便引军还邓，不料行至半途，忽从林间突出敌骑，将他辎重劫去，金兵几不成列。幸敌骑得了辎重，即行远飏，军士才免丧亡。哈达返邓后，反称大捷，捏报汴都，金廷相率庆贺。

隔了数月，蒙古主窝阔台汗亲自督兵南下，由白坡镇渡河，进次郑州。遣速不台领兵攻汴。金主守绪不意北兵猝至，吓得手足无措，忙召合达、蒲阿还援。合达等奉命即行，偏拖雷又出来作对，自率铁骑三千，追尾金军。金军还击，他却退去，金军启程，他又来袭，害得金军不遑休息，且行且战，至黄榆店，天忽雨雪，不能前进。蒙古将速不台已派兵阻金援师，于是金军前后被阻。至雨雪少霁，接连得汴京来使，催他速援。合达不得已再行，至三峰山，蒙古兵已两路齐集，四面兜围。金兵无从得食，饿至三日，顿时大溃，武仙率三十骑先奔，杨沃衍等战死。合达知大势已去，忙邀蒲阿与商，拟下马死战。哪知蒲阿已杳如黄鹤，不知去向，只有陈和尚等，尚是

随着，乃相偕突围，走入钧州。窝阔台汗复遣将接应拖雷，合攻钧州。钧州城内，只有败兵数千，哪里保守得住？眼见得被他攻入，合达、陈和尚皆被杀，连先行逃走的蒲阿，也被蒙古兵追获，结果性命。蒙古兵移攻潼关，守将李平迎降，转围洛阳。留守撒合辇一作萨哈连。背上生疽，不能出战，投濠自尽。兵民推警巡使强伸为府佥事，死守三月，无隙可乘，敌始退去。

窝阔台汗意欲北归，遣使自郑州至汴，谕令速降。金主没法，乃封荆王守纯子讹可一作鄂和。为曹王，令尚书左丞李蹊，送往蒙古军前，纳质请和。仿佛徽、钦受围时情景，天道好还，一至于此。偏蒙古将速不台仍然攻城，连日不懈。幸汴城坚固，炮石迭下，一守一攻，相持至十六昼夜，内外积尸如山。速不台知不可下，乃与金议和。金主乃遣户部侍郎杨居仁，出犒蒙古兵，酒肉以外，并有金帛珍异等件。速不台乃麾兵退去，散屯河、洛间。已而蒙古行人唐庆等，来金通好，被金飞虎军头目申福等杀死，于是和议复绝。蒙古主窝阔台汗复议大举，特遣使臣王檝，南至京、湖，与宋京、湖制置使史嵩之，议协力攻金。史嵩之奏报宋廷，廷议统以为机不可失，应从蒙古所请，乘此复仇。独淮东安抚使赵范进言道："宣和时，海上定盟，初约甚坚，后卒取祸，不可不鉴。"理宗不从，命史嵩之遣使往报，愿出师夹攻金人。嵩之乃遣邹伸之往报蒙古，蒙古主许俟成功，当把河南地归宋。依然一约金灭辽的故辙。伸之乃还。

是时金主守绪因和议决裂，恐蒙古兵复来攻汴，遂募民为兵，括粟为粮，怎奈百姓多不愿充役，更兼民食缺乏，自己难谋一饱，哪里还有余粟可以接济军饷？左丞相李蹊及参政合周，一作哈准。不管人民死活，硬要他输粟入官，所括不满三万斛，已是满城萧索，死亡枕藉。金主守绪自思粮尽兵虚，汴城终恐难守，遂议徙都避难，命右丞相赛不、一作萨布。平章白撒，左丞相李蹊等，率军扈从。留参政奴申、一作讷苏肯。枢密副使习捏阿不一作萨尼雅不。等守汴，自与太后皇后妃主等告别，大恸而去。既出城，茫无定向，诸将请幸河朔，乃自蒲城渡河。适归德统帅石盏女鲁欢，一作什嘉纽勒珲。送粮至蒲城，留船二百艘，张布为幄，请金主乘船北渡，渡未及半，忽然大风四起，波浪沸腾，后军不能再济。冤冤相凑，蒙古将回古乃乘隙来追，金元帅贺喜力战捐躯，部兵溺死约千人。金主在北岸相望，吓得胆战心惊，亟奔往沤麻冈。嗣遣白撒领兵攻卫州，蒙古兵渡河来援，白撒急退，到了白公

庙，被蒙古将史天泽，大杀一阵，弄得全军覆没，只剩白撒一人，狼狈遁还。金主大惧，忙趋往归德，遣人往汴京奉迎太后及皇后妃主等人。哪知汴京西面元帅崔立，因此作乱，竟杀死留守大臣，请故主永济子梁王从恪监国，自为太师都元帅尚书令郑王，输款蒙古举城降敌了。蒙古将速不台进军青城，立盛服往见，称速不台为父。速不台大喜，赐以酒宴，立酣醉而归。托词金主出外，索随驾官吏家属，征集妇女至宅中，名为待送行在，实则借此图欢，见有姿色的丽姝，便牵入卧室，硬令受污，日乱数人，尚嫌不足；一面将天子衮冕后服，出献速不台，既而复劫金太后王氏，皇后徒单氏，梁王从恪，荆王守纯暨各宫妃嫔，统送至蒙古军前。宋有范琼，金有崔立，凶狡相同，立为尤甚。速不台杀死荆、梁二王，所有金太后以下，俱派兵监送和林。在途艰苦万状，比金人掳徽、钦二帝时，尤加虐待，可见祖宗行恶，子孙还报，天理原是昭彰呢。当头棒喝。速不台入汴城，蒙古兵一并随入，径往崔家，把崔立的妻女玉帛，也一并掳去。立尚在城外，闻报归来，已是空空洞洞，不留一物，免不得顿足大哭。转思汴京尚在我手，已失当可取偿，遂也罢了。休想！休想！

且说金主守绪，既到归德，闻汴城失守，两宫被掳，当然忧上加忧。元帅蒲察官奴，一作富察固纳。劝金主转幸海州，为石盏女鲁欢所阻。官奴竟率众攻杀女鲁欢，及左丞相李蹊以下凡三百人，且将金主锢禁照碧堂。金主愤甚，密与内侍局令宋珪，奉御女奚烈完出、一作纽祜禄温绰。乌古孙爱实一作乌克逊爱锡。等，同谋讨贼。适东北路招讨使乌古论镐，一作乌库哩镐。运米四百斛至归德，劝金主南徙蔡州。金主转谕官奴，即日南迁，偏是官奴不从，且号令军民道："敢言南迁者斩！"金主乃与宋珪等定计，令完出、爱实埋伏门间，佯召官奴议事。官奴昂然入门，完出、爱实左右杀出，刺伤官奴。官奴负伤出走，被二人追及，杀死了事，金主乃御门慰抚诸军，俾安反侧。留元帅王璧守归德，径往蔡州。

蒙古兵又进薄洛阳，城内粮尽，留守强伸力战被擒，不屈遇害。宋京西兵马钤辖孟珙，复自枣阳出师，与金唐州守将武天锡，交战光化，斩天锡首，俘将士四百余人，进拔顺阳，逐金帅武仙，追击至马磴山，杀戮无算。武仙遁至石穴，珙冒雨前进，率锐攻入，仙又遁去。再追至鲇鱼寨，及银葫芦山，两战皆捷。那时武仙手下，只剩了五六骑，易服而逃，奔往择州，后

为戍兵所杀。余众七万人，尽行降宋。珙乃收军还襄阳，方才解甲休息，接得史嵩之檄文，令速进兵攻蔡州。原来蒙古都元帅塔察儿，一作塔齐尔。复令王檝南来，与史嵩之约议攻蔡，嵩之允诺，即发兵先攻唐州。金将乌古论黑汉战死，城遂陷，乃拟进攻蔡州。适孟珙回至襄阳，乃令珙与统制江海，率兵二万，运米三十万石，向蔡州进发，往会蒙古军。

金主守绪尚似睡在梦中，反遣完颜阿虎带一作阿尔岱。至宋乞粮，且面谕道："我不负宋，宋实负我。我自即位以来，常戒饬边将，毋犯南界，今乘我疲敝，来夺我土，须知蒙古灭国四十，遂及西夏，夏亡及我，我亡必及宋，唇亡齿寒，势所必至，若与我连和，贷粮济急，为我亦是为彼，卿可将此言转告便了。"阿虎带到了宋廷，宋廷哪里肯依？顿时下逐客令。可怜阿虎带徒手而回，返报金主。金主无法可施，只得拜天祷祝，并赐宴群臣，谕他效力。酒尚未罢，侦骑已入奏道："蒙古兵到了！"武臣跃座而起，争愿出战。金主遂命诸将分为二队，一队守城，一队拒敌，果然出战的将士，踊跃异常，立将蒙古兵击退。塔察儿自来督攻，也致败却，蒙古兵不敢进逼，只分筑长垒，为围城计。可巧宋将孟珙、江海带了兵粮，驰至蔡州城下，与塔察儿相会。塔察儿很是喜欢，当下与孟珙互约分攻，蒙古军攻北面，宋军攻南面，南北军不得相犯。议约已定，遂各安排攻具，分头薄城。看官！你想金人到此，已是残局，一座斗大的孤城，怎经得起两国夹攻？分明是危如累卵，朝不及夕了。

金尚书右丞完颜忽斜虎，一作完颜呼沙呼，亦作完颜仲德。日把国家厚恩，君臣大义，激厉军民，誓死固守。塔察儿遣张柔率精兵五千，缘梯登城，城上守将，用长矛钩去二卒，且接连射箭。柔身上齐集流矢，状甚危急，宋将孟珙，忙麾先锋往援，才得将柔挟出。次日，珙进攻柴潭，立栅潭上，命部将夺柴潭楼。金人忙来堵御，被宋军一拥而上，无法拦阻，只好倒退。那柴潭楼即由宋军占住。蔡州恃潭为固，外即汝河潭，高出河身五六丈，珙语部众道："金人全仗此水，若决堤注河，涸可立待了。"遂命众凿堤，堤防一溃，水即泄尽。乃命刈薪填潭，以便通道。蒙古兵亦决练江，两军并济，捣入外城。金统帅孛术鲁、一作富珠里。中娄室娄室一作洛索。两人，率精锐五百，夜出西门，每人负一束藁，藁上沃油，拟毁两军营寨。蒙古兵先已觉着，埋伏隐处，用强弩迭射。火甫及发，矢已先到，金兵伤毙甚众，只好退

回。两军遂合攻西城，前仆后继，又复陷入。唯里面尚有内城，忽斜虎乃饬兵抵御，昼夜不懈。金主守绪自知不支，泣语侍臣道："我为金紫十年，太子十年，人主十年，自思无甚过恶，死亦何恨？所恨祖宗传祚百年，至我而绝，与古来荒暴的君主，等为亡国，未免痛心。但国君死社稷，乃是正义，朕决不受辱虏廷，为奴为仆呢。"还算有些志气。左右相率恸哭，金主乃取出御用器皿，分赏战士，并杀厩马犒军。无奈事势已去，无可挽回。已而金徐州复叛降蒙古，行省右丞相完颜赛不殉难，转瞬间已是理宗端平元年了。急点年月。

蔡州城内，人困马乏，粮绝援穷。孟珙见黑气压城，上日无光，因命诸军分运云梯，密布城下。金主守绪闻外攻益急，乃召东面元帅完颜承麟入见，谕令传位。承麟泣拜不敢受。金主叹道："朕实不得已的计策，朕身体肥重，不便鞍马驰突，卿平时趫捷，且有材略，若幸得脱围，保存一线宗祚，我死也安心了。"承麟乃起身受玺。翌日，承麟即位，百官亦列班称贺，礼甫毕，外面已有人入报道："宋军入南城了。"完颜忽斜虎忙出去巷战，但见宋军鼓噪而来，蒙古兵亦随至，自顾手下不过千人，就使以一当十，也觉众寡不敌，但到了此时，已是无可奈何，只得拼了命与他厮杀。奋斗多时，部下伤亡将尽，忽斜虎已蓄着死志，唯尚欲见金主一面，方才殉国。退至幽兰轩，闻金主守绪，已经自缢，遂语将士道："我主已崩，我尚在此做什么？死也要死得明白，诸君可善自为计。"言讫，跃入水中，随流而没。将士皆道："相公能死，我辈独不能死吗？"于是兀术鲁、中娄室以下，统皆从死，共得五百余人。承麟退保子城，因金主自尽，偕群臣入哭，随语大众道："先帝在位十年，勤俭宽仁，图复旧业，有志未就，实是可哀，应追加尊谥为哀宗。"众无异议，乃酹卮为奠，奠尚未毕，子城又陷。奉御完颜绛山，绛山一作京锡。奉金主守绪遗命，急焚遗骸，霎时间兵戈四集，杀人盈城，承麟等无从脱逃，均死乱军中。宋将江海抢入金宫，正值金参政张天纲，便麾兵将他缚住。孟珙亦到，问天纲道："汝主何在？"天纲道："已殉国了。"殉国两字，声大而宏。珙令他引觅遗尸，到了幽兰轩，屋已尽毁，当命军士扑灭余火，检出金主尸骨，已是乌焦巴弓，不堪逼视。适蒙古统帅塔察儿亦至，乃拟把金主守绪余骨，析作两份，一份给蒙古，一份给宋，此外如宝玉法物，均作两股分派，且议定以陈蔡西北地为界，蒙古治北，宋治南，

彼此告别，奏凯而回。总计金自太祖阿骨打建国，传至哀宗守绪，历六世，易九主，共一百二十年而亡。

孟珙还至襄阳，当将俘获等件，交与史嵩之。嵩之即遣使赍送临安，除金主遗骨及宝玉法物外，尚有张天纲、完颜好海等俘囚，一并押献。知临安府薛琼问天纲道："汝有何面目到此？"天纲慨然道："一国兴亡，何代没有？我金亡国，比汝二帝何如？"琼不禁惭赧，但随口叱骂数语。徒自取羞。次日，奏白理宗，理宗召天纲问道："汝真不怕死吗？"天纲答道："大丈夫不患不得生，但患不得死，死得中节，有什么可怕？请即杀我罢了。"理宗却也嘉叹，令还系狱中。刑官复令天纲供状，令书金主为虏主，天纲道："要杀就杀，要什么供状？"刑官不能屈，乃令随便书供。天纲但书称："故主殉国。"余无他言，理宗乃献俘太庙，藏金主遗骨于大理寺狱库。朽骨何用？加孟珙带御器械，江海以下，论功行赏有差。

先是孟珙等出师攻蔡，外由史嵩之奏请，内由史弥远主持。至蔡城将下，弥远已晋封太师，兼任左丞相，郑清之为右丞相，薛极为枢密使，乔行简、陈贵谊参知政事。越数日，弥远因有疾乞休，乃准解左丞相职，加封会稽郡王，奉朝请。又越数日，弥远竟死。弥远入相，凡二十六年，理宗因他有册立功，恩宠不衰。二子一婿五孙，皆加显秩，初意颇欲收召贤才，力反韩侂胄所为，至济王冤死，廷臣啧有烦言，遂引用佥壬，排斥五士，权倾中外，全国侧目。就是理宗也不能自主，一切尽归弥远主裁。弥远死，理宗始得亲政，改元端平。逐三凶，远四木，三凶已见前回，四木乃是薛极、胡榘、聂子述、赵汝述，均系弥远私党，名字上各系一木，所以叫作四木。召用洪咨夔、王遂为监察御史。咨夔语遂道："你我既为谏官，须当顾名思义，愿勿效前此台谏，但知趋奉权相，徒作鹰犬呢。"遂很是赞成。于是献可替否，荐贤劾邪，盈廷始知有谏官。至嵩之献俘，遂劾论嵩之，说他："素不知兵，矜功自侈，谋身诡秘，欺君误国。在襄阳多留一日，即多贻一日忧。"疏上不报。咨夔又上言："残金虽灭，邻国方强，加严守备，尚恐不及，怎可动色相贺，自致懈体？"这数语上陈，还算得了优奖的诏命。太常少卿徐侨，尝侍讲经筵，开陈友爱大义，隐为济王竑鸣冤。理宗亦颇感悟，复竑官爵，饬有司检视墓域，按时致祭。竑妻吴氏，自请为尼，特赐号慧净法空大师，月给衣资缗钱，朝政稍觉清明。忽由赵范、赵葵倡了一条守河据关、收

复三京的计议，顿时兵衅复起，南北相争，惹出一场大祸祟来了。

燕、云未复虏南来，北宋沦亡剧可哀。

何故端平循覆辙，横挑强敌衅重开？

欲知二赵计划，且看下回说明。

本回文字，与作者所编之《元史演义》略有异同。《元史》以蒙古为主脑，故详蒙古军而略宋军，本书以宋为主脑，故详宋军而略蒙古军。即如金之失汴京，失蔡州，亦不及《元史演义》之详。盖金之被灭也，由于蒙古，而宋不过一臂之力，是书就宋论宋，故蒙古与金，皆从略叙而已。至若蒙古与金诸将帅，译名互歧，各史亦多歧出，本文均添附小注，以便与《元史演义》互相对证，非一手两歧，所以便阅者之互忆耳。惨澹经营，于此可见。

第九十二回　图中原两军败退
寇南宋三路进兵

却说赵范、赵葵，因蔡州已复，请乘时抚定中原，收复三京。廷臣多以为未可，就是赵范部下的参议官邱岳，亦以为不应败盟。史嵩之、杜杲等又均言宜守不宜战。参政乔行简时方告假，更上疏谏阻，所言最详。其辞云：

> 八陵有可朝之路，中原有可复之机，以大有为之资，当大有为之会，则事之有成，固可坐而策也。臣不忧师出之无功，而忧事力之不可继，有功而至于不可继，则其忧始深矣。夫自古英君，必先治内而后治外。陛下视今日之内治，其已举乎？其未举乎？向未揽权之前，其弊凡几，今既亲政之后，其已更新者凡几。欲用君子，则其志未尽伸，欲去小人，则其心未尽革。上有励精更始之意，而士大夫仍苟且不务任责，朝廷有禁苞苴禁贪墨之令，而州县仍黩货不知盈厌。纪纲法度，多废弛而未张，赏刑号令，皆玩视而不肃。此皆陛下国内之臣子，犹令之而未从，作之而不用，乃欲阖辟乾坤，混一区宇，制奸雄而折戎狄，其能尽如吾意乎？此臣之所忧者一也。自古帝王，欲用其民者，必先得其心以为根本。数十年来，上下皆怀利以相接，而不知有所谓义。民方憾于守令，缓急岂有效死勿去之人；卒不爱其将校，临阵岂有奋勇直前之士？蓄怒含愤，积于平日，见难则避，遇敌则奔，唯利是顾，遑恤其他。人心如此，陛下未有以转移固结之，遽欲驱之北向，从事于锋镝，忠义之

心，何由而发？况乎境内之民，久困于州县之贪刻，阨于势家之兼并，饥寒之氓，尝欲乘时而报怨，茶盐之寇，尝欲伺间而窃发，彼知朝廷方有事于北方，其势不能以相及，宁不动其奸心，酿成萧墙之祸？此臣之所忧者二也。自古英君，规恢进取，必须选将练兵，丰财足食，然后举事。今边面辽阔，出师非止一途，陛下之将，足当一面者几人，非屈指得二三十辈，恐不足以备驱驰，陛下之兵，能战者几万，分道而趋京洛者几万，留屯而守淮、襄者几万，非按籍得二三十万众，恐不足以事进取。借曰帅臣威望素着，以意气招徕，以功赏激劝，推择行伍，即可为将，接纳降附，即可为兵，臣实未知钱粮之所从出也。兴师十万，日费千金，千里馈饷，士有饥色。今之馈运，累日不已，至于累月，累月不已，至于累岁，不知累几千金而后可以供其费也。今百姓多垂磬之室，州县多赤立之帑，大军一动，厥费多端，其将何以给之？今陛下不爱金帛，以应边臣之求，可一而不可再，可再而不可三，再三之后，兵事未已，欲中辍则弃前功，欲勉强则无多力，国既不足，民亦不堪，臣恐北方未可图，而南方已骚动矣。中原蹂躏之余，所在空旷，纵使东南有米可运，然道里辽远，宁免乏绝？由淮而进，纵有河渠可通，宁无盗贼劫取之患？由襄而进，必须负载三千钟而致一石，亦恐未必能达。千里之外，粮道不继，当是之时，孙、吴为谋主，韩、彭为兵帅，亦恐无以为策。他日粮运不继，进退不能，必劳圣虑，此臣之所忧者三也。愿坚持圣意，定为国论，以绝纷纷之议，毋任翘切之至！乔之行谊不足道，唯谏图汴不为无识，故录之。

这一疏很是详明，偏右丞相郑清之力主赵议，劝理宗立即施行。理宗也好大喜功，遂命赵范、赵葵移司黄州，刻日进兵。又令知庐州全子才，合淮西兵万人赴汴。汴京由崔立居守，都尉李伯渊、李琦等，素为立所轻侮，密图报怨，闻子才军至，通书约降，佯与立会议守城。立未曾戒备，乘马赴会，被伯渊拔出匕首，就马上刺立，穿入立胸，立倒撞下马，仆地即毙。伯渊将尸首系住马尾，号令军前道："立杀害劫夺，烝淫暴虐，大逆不道，古今无有，应该杀否？"大众齐声道："该杀！该杀！他的罪恶，寸斩还是嫌轻哩。"公论难逃。乃枭了立首，望承天门祭哀宗，尸骸陈列市上，一听军民

脔割，顷刻即尽。伯渊等出迎宋军，全子才整军入城，屯留旬余，赵葵率淮西兵五万，自滁州取泗州，又由泗趋汴，与子才相见，即语子才道："我辈始谋据关守河，汝师已到此半月，不急攻潼关、洛阳，尚待何时？"子才道："粮饷未集，如何行兵？"葵忿然作色道："现在北兵未至，正好乘虚急击，若待史制使发饷到来，恐北兵早南下了。"子才不得已，乃命淮西制置司机宜文字徐敏子，统领钤辖范用吉、樊辛、李先、胡显等，提兵万三千名，先行西上。别命杨谊率庐州强弩军万五千人，作为后应。两军只各给五日粮。

徐敏子启行至洛，城中并无守兵，只有人民三百多家，即开城出降。敏子当然入城，次日军食便尽，唯采蒿和面，作饼充饥，那蒙古已调兵前来，与宋相争，适太常簿朱扬祖，奉命赴河南，谒告八陵，甫至襄阳，由谍骑走报，蒙古前哨，已至孟津，陕府、潼关、河南，皆增兵戍。且闻淮东驻扎的蒙兵，亦自淮西赴汴，扬祖不觉大惊，几至进退两难，忙与孟珙商议。珙答道："敌兵两路遥集，计非旬余不达，我为君挑选精骑，昼夜疾驰，不十日即可竣事。待敌至东京，君已可南归了。"扬祖尚是胆怯，珙愿与他同往，乃兼程而进，至陵下奉宣御文，成礼乃退。及返襄阳，来去都平安无恙。扬祖谢别孟珙，自回临安复旨去了。述此一事，应上文乔行简疏中语。唯杨谊为徐敏子后应，行至洛阳东三十里，方散坐蓐食，忽见数里以外，隐隐有麾盖过来，或黄或红，约略可辨。宋军方错愕间，不意胡哨一声，敌兵四至，杨谊仓猝无备，如何抵敌？急忙上马南奔，部众随溃。蒙古兵追至洛水，蹙溺宋军无数，谊仅以身免。行军怎可无备？杨谊也是一个饭桶。蒙古兵遂进迫洛阳城，敏子出城搦战，还幸胜负相当。无如士卒乏粮，万不能枵腹从戎，也只好弃洛退归。赵葵、全子才在汴，屡催史嵩之解粮，始终不至。蒙古兵又自洛攻汴，决河灌水，宋军既已苦饥，哪堪再行遭溺？索性丢去前功，引军南还。一番规划，都成画饼。赵范自觉没颜，上表劾全子才，连亲弟葵也挂名弹章，说他两人轻遣偏师，因致挠败。自己要想脱罪，同胞也可不管，此等行迹，恐没人赞成。有诏将葵与子才各削一秩，余将亦贬秩有差。郑清之力辞执政，优诏慰留。史嵩之亦上疏求去，准令免职。嵩之不肯转饷，罪尤甚于清之。即命赵范代任京、湖制置使。既而蒙古复使王檝来宋，以"何为败盟"四字相责，廷臣无可答辩，悻悻而去。自是河、淮以南，几无宁日，南宋的半壁江山，

要从此收拾呢。

当时宋朝的将才，第一个要算孟珙，珙系孟宗政子，智勇兼优，绰有父风，自留任襄阳，招中原健儿万五千名，分屯汉北、樊城、新野、唐、邓间，以备蒙古，名镇北军。诏命珙为襄阳都统制。珙赴枢密院禀议军情，乘便入对，理宗道："卿是将门子，忠勤体国，破蔡灭金，功绩昭著，朕深加厚望呢。"珙奏对道："这是宗社威灵，陛下圣德，与三军将士的功劳，臣有何力可言？"理宗道："卿不言功，益见德度。"遂授主管侍卫马军司公事，嗣复令出驻黄州。珙入陛辞行，理宗问他恢复的计策。珙对道："愿陛下宽民力，蓄人才，静待机会。"理宗又问道："议和可好么？"珙又对道："臣系武夫，理当言战，不当言和。"理宗点首称善，优给赐赉。珙谢赐后，即赴黄州驻扎，修陴浚隍，搜访军实，招辑边民，增置军寨，黄州屹成重镇。

理宗又欲俯从民望，召还真、魏二人，以真德秀为翰林学士，魏了翁直学士院。德秀入朝，将平时著述的《大学衍义》，进呈御览，且面言祈天永命，不外一"敬"字，如仪狄的旨酒，南威的美色，盘游弋射的娱乐，声色狗马的玩好，皆足害敬，请陛下详察！至了翁入对，亦以修身齐家，选贤建学为宗旨。理宗统敛容以听，温语相答。看官！你道真、魏所言，果真是纸上空谈，毫无所指么？原来理宗初年，议选中宫，其时曾选入数人，一系故相谢深甫侄孙女，一系故制使贾涉女。涉女生有殊色，为理宗所属意，即欲册立为后。独杨太后语理宗道："谢女端重有福，宜正中宫。"理宗不好违拗，只得册立谢女，别封贾女为贵妃。谢皇后曾翳一目，面且黧黑，父名渠伯，早已去世，家产中落，后尝躬视汲饪，至深甫入相，兄弟欲纳女入宫，叔父榉伯道："看渠面目，只可做一灶下婢，就使有势可援，得入大内，也不过做个老宫人。况且当厚给装资，急切也无从筹措呢。"事乃中止。会元夕张灯，天台县中，有鹊来巢灯山，众以为后妃预兆，县中巨阀，首推谢氏，乃共为摒挡行装，送后入宫。榉伯不能止。后就道病疹，已而脱痂，面竟转白，肤如凝脂，复得良医治目去翳，竟成好女。杨太后闻此异征，并因自己为后时，深甫亦阴为帮忙，乃决议册立谢后。但颦笑工妍，妩媚动人，究竟谢不及贾，所以谢正后位，左右共私语道："不立真皇后，乃立假皇后么？"册立谢后，系绍定四年间事，本文借此补叙。唯谢后素性谦和，待遇贾妃，毫无妒意，太后益以为贤。理宗亦待后以礼。越年，杨太后崩，谥为恭圣仁

烈。杨太后崩，亦就此叙过。贾贵妃益得专宠，弟名似道，素行无赖，竟得为籍田令。似道仍恃宠不检，每日纵游诸妓家，入夜即燕游湖上。理宗尝凭高眺望，远见西湖中灯火辉煌，便语左右道："想又是似道狎游呢。"翌日，遣人探问，果如所料。乃令京尹史岩之戒饬似道，岩之奏对道："似道落拓不羁，原有少年习气，但才可大用，陛下不应拘以小节。"无非谄事贾贵妃。理宗竟信以为真，自此有向用似道意。岩之可杀。贾贵妃外，还有宫人阎氏，也累封至婉容，美艳不亚贾女，竟得并宠后宫，与内侍董宋臣等，表里用事，因此真、魏二贤，一劝理宗远色，一劝理宗齐家，理宗虽然面从，但大廷正论，怎敌得床笫私情？内嬖当然如故，不过外面却虚示优容。论断确当。

当下进真德秀参知政事，德秀时已得疾，屡表辞职，乃改授资政殿学士，提举万寿宫，逾旬即殁。追赠光禄大夫，谥文忠。德秀，浦城人，长身玉立，海内俱以公辅相期，出仕不满十年，奏疏积数万言，均切当世要务，及宦游所至，惠政深洽，行不愧言。所著有《西山甲乙稿》、《对越甲乙集》、《经筵讲义》、《端平庙议》诸书，后世号为真西山先生。真既病逝，与真同志的名士，只剩一魏了翁，理宗乃召崔与之参政。与之曾为四川制置使，抚字称能，嗣召为礼部尚书，他竟乞归广州，不肯受命，自是屡诏不起。会粤东摧锋军作乱，诏授他为安抚使，他即肩舆入城，叛兵皆俯伏听命，散归田里。嗣后仍返家治事，至此复召为参政，仍然力辞。唯疏请理宗进君子，退小人。理宗召命益力，辞书至十三上，寻又召他为右丞相，谢征如故。越二年疾终原籍，予谥清献，加封南海郡公。此段统是销纳文字。魏了翁在朝，声气益孤，连疏请促与之入朝，与之又不至，他亦只好不顾利害，直言无隐，先后二十余奏，洞中时弊。理宗颇欲令参政务，偏为执政所忌，暗暗排挤。

会值蒙古主窝阔台汗遣子阔端一作库腾。将塔海等侵蜀；忒木解、一作特穆德克。张柔等侵汉；温不花、一作琨布哈，亦作口温不花。察罕等侵江、淮，三路南侵，宋廷大震。郑清之已任左丞相，乔行简进任右丞相，两人会议军务，保荐了一个文臣，出握兵权。看官道是何人？原来就是魏了翁。明是排挤。理宗以执政所奏，说他知兵体国，遂授为端明殿学士，同签书枢密院事，督视京湖军马。又因江、淮督府曾从龙忧悸而死，遂并以江、淮事付了翁。廷臣大骇，多上书谏阻，偏理宗概不见从，已有先入之言。竟命了翁即日视师，并赐便宜诏书，如张浚故事。了翁五辞不获命，恐宰臣责他避事，因

把这副重担子，勉力承挑。可算好汉。陛辞时，御书唐人严武诗，及“鹤山书院”四大字，作为特赐，此外无非是金带鞍马等物。又由宰臣奉命，饮饯关外。了翁出都，竟赴江州、开封视事，用吴潜为参谋官，赵善瀚、马光祖为参议官，申儆将帅，调遣援师，献边防十议，大有一番振作气象。

蒙古将温不花攻唐州，全子才等弃师而逃，幸由赵范往援，至上闸击败敌兵，敌始退去。阔端一军入沔州，知州事高稼，孤军失援，力战身亡。蒙古兵进围青野原，经利州统制曹友闻，夤夜赴救，方却敌围。嗣又转援大安，击败蒙古先锋汪世显。宋廷闻两路军报，还道蒙古兵不甚厉害，容易守御，转恐了翁因此得功，反被他占了便宜，不如调回了他，撤去军权，遂由两相建议，召了翁还，命签书枢密院事。了翁固辞不拜，乃改授资政殿学士，出任湖南安抚使，兼知潭州。了翁仍旧力辞，诏令提举临安府洞霄宫。未几复命知绍兴府，兼浙东安抚使。又未几，改知福州，兼福建安抚使。了翁累章乞休，理宗不许，寻即病逝。了翁，蒲江人，与真德秀齐名，著有《鹤山集》、《九经要义》、《周礼井田图》、《说古今考》、《经史杂抄》等书。理宗闻讣，以用才未尽为恨，特赠少师，赐谥文靖。

自了翁谢世，朝右乏敢言士，蒙古兵日益猖獗。赵范在襄阳，任北军将王旻、李伯渊、樊文彬、黄国弼等为腹心。北军权力出南军上，南军积不能平，遂致交讧。范抚驭失宜，旻与伯渊，竟纵火焚城郭仓库，走降蒙古。南军将李虎等，又乘火大掠，席卷而去。襄阳自岳飞收复以来，城高池深，生聚日蕃，至是城中官民，尚四万七千有奇，库中所贮财粟，不下三十万，军器约二十四库，金银盐钞，尚不在内。南北一场劫夺，遂把累年蓄积，荡得精光。范坐罪落职，以范弟葵为淮东制置使，兼知扬州。葵垦田治兵，严饬边防。唯襄、汉一带，由蒙古将忒木斛等，长驱直入，破枣阳军及德安府，陷随、郢二州及荆门军。温不花也乘势入淮西，蕲、舒、光州诸守臣，皆弃城远遁。三州兵马粮械，均为蒙古兵所得。温不花直趋黄州，游骑自信阳趋合肥。还有阔端一路，攻武休，陷兴元，直入阳平关。利州统制曹友闻，与弟友万、友谅，率军驰援，适遇风雨骤至，为敌所乘，友闻与弟友万均战死。阔端遂麾兵入蜀，不到一月，凡成都、利州、潼川三路所属府州军，多被陷没。西蜀全境，唯夔州一路，及潼川路所属泸、合二州及顺庆府，还算保存。阔端居成都数日，复移师北攻文州，知州刘锐，通判赵汝芗，固守待

援，逾月不至。锐自知不免，召集家人，尽令服药。家人素守礼法，不敢违慢。幼子才六岁，饮药时尚下拜而受。及阖家尽死，锐聚尸付火，并所有公私金帛告命，尽行一炬，然后自刎而亡。州城遂陷，汝芗被执，大骂敌人，竟遭惨死。军民同死约数万人。碧血千秋。

警报迭达宋廷，理宗颇悔前事，下诏罪己。郑、乔二相，俱上疏辞职，因一并免官。特起史嵩之为淮西制置使，进援光州，赵葵援合肥，沿江统制陈韡遏和州，为淮西声援。嵩之闻忒木斛至江陵，亟檄孟珙往援。珙遣民兵部将张顺先渡，自率全军为后应，叠破蒙古二十四寨，援出难民二万余。既而蒙古将察罕攻真州，知州事邱岳，战守有方，连却敌军，复出战胥浦桥，设伏诱敌，俟敌来追，伏起炮发，击毙蒙古守将，敌乃引去。是年为端平四年，翌岁改元，号为嘉熙。理宗因继相乏人，仍用乔行简为左丞相，兼枢密使，郑清之知枢密院事，兼参知政事，邹应龙签书枢密院事，李宗勉同签书枢密院事，蒙古兵稍稍敛迹。至秋冬交季，温不花复率兵进攻黄州。正是：

蒿目边民遭惨劫，惊心虏骑又凭城。

毕竟黄州能否固守，待至下回申叙。

收复三京之议，廷臣多以为未可，言之固当。但吾以为三京非不可复，所误者将相之非人耳。赵范、赵葵，虽尚具将才，而恢复之责，不足以当之。清之夤缘权相，得秉大政，自问已属有愧，彼其果能立大功，建大业，得为中兴名佐乎？成事不足，贻祸有余，卒至强敌压境，风鹤频惊，推原祸始，清之何能辞焉？况贾、阎二妃，相继专宠，不闻有远色之言。真、魏二贤，同时就征，复至有遭忌之举。危不持，颠不扶，焉用彼相为哉？迨蒙古三路进兵，势如破竹，所恃者第一孟珙，天下事已岌岌矣。清之虽去，嵩之又来，有识者已知宋祚之将倾云。

第九十三回　守蜀境累得贤才　劾史氏力扶名教

却说蒙古主窝阔台汗，既发兵南侵，复遣将撒里塔东征高丽。高丽本为宋属，自辽、金迭兴，又转服辽、金，至蒙古盛强，复入贡蒙古。会高丽王瞮嗣位，夜郎自大，杀死蒙使，因此撒里塔奉命东征。高丽屡战屡挫，不得不遣使谢罪，愿增岁币。撒里塔转报窝阔台汗，窝阔台汗令遣子入质，才许言和。高丽王只得应命。既而窝阔台汗，又遣将绰马儿罕，击死札兰丁，即模罕默德子，事见前文。荡平西域，再遣太祖孙拔都、速不台等，西征钦察，乘势攻入阿罗思部，北向屠也烈赞城，陷莫斯科，进兵欧洲，分入马札儿、即今匈牙利。孛烈儿即今波兰地。诸境，欧洲北部诸侯王，合兵迎击，俱遭杀败，仿佛似天兵下界，所向无前，全欧大震。捏迷思即今德意志。部民，均荷担遁去。窝阔台汗因从事西征，暂把南方军务，略从缓进。至西方接连报捷，才促南军进行。叙此数语，简而不漏，欲闻其详，请阅《元史演义》。

温不花进攻黄州，孟珙自江陵还援，仗着一股锐气，把温不花击退。温不花转攻安丰，知军事杜杲，缮城力守，城外炮声迭震，垣墙多被洞穿，杲随缺随补，始终不懈。敌复填濠为二十七坝，杲募壮士出夺坝路，踊跃死战。巧值池州都统制吕文德，也率军驰至，两下夹击，得将蒙古兵杀退，淮右粗安。越年，史嵩之奉命参政，督视京湖、江西军马，开府鄂州。蒙古将察罕入达庐州，嵩之急檄杜杲赴援，杲入城守御，望见蒙兵到来，差不多有数十万，所携攻具，比围安丰时，多至数倍。他却全不惧怯，看敌如何摆

布，然后随宜抵拒。那蒙兵既薄城下，即搬运土木，赶紧筑坝，霎时间高埒城楼。杲用油灌草，以火爇着，纷掷坝下，坝遂被焚。杲又就串楼内筑立雁翅七层，堵御敌炮，敌开炮轰击，为雁翅所阻，反射敌营，敌众皆惊。杲趁这机会，开城出击，大败敌兵，追蹑至数十里乃还。且练舟师扼淮河，遣子庶及统制吕文德、聂斌等，分伏要隘，蒙古兵不能进，乃退去。杲以捷闻，有诏加杲淮西制置使，力写杜杲。并命孟珙为京湖制置使，规复荆、襄。珙谓必得郢州，乃可通馈饷，必得荆门，乃可出奇兵，于是檄江陵节制司，进捣襄、邓，自至岳州召集诸将，指授方略。各将依计深入，遂复郢州、荆门军。再遣将士分取信阳、光化军及樊城、襄阳，因上言保守方法，略云：

取襄不难，而守为难。非将士不勇也，非车马器械不精也，实在乎事力之不给尔。襄樊为朝廷根本，今百战而得之，当加经理，如护元气，非甲兵十万，不足分守。与其抽兵于敌来之后，孰若保此全胜，上兵伐谋，此不争之争也。

理宗得奏，当令珙便宜行事。珙乃编蔡、息降人为忠卫军，襄、郢降人为先锋军，择要驻扎，襄、汉以固。会蒙古将塔海，复率兵入蜀，制置使丁黼自誓死守，先遣妻子南归，然后登城拒敌。塔海自新井进兵，诈竖宋将旗帜，诱惑城中。黼果疑为溃卒，遣人招徕，及蒙古兵将到城下，方审知情伪，乃领兵夜出城南，至石笋街迎战，众寡不敌，兵败身亡。塔海复蹂躏汉、卭、简、眉、阆、蓬诸州，进破重庆、顺庆诸府，直达成都。再移趋蜀口，欲出湖南。孟珙探知消息，料他必道出施黔，亟请粟十万石，分给军饷，以三千人屯峡州，千人屯归州，命弟瑛率精兵五千驻松滋，为夔州声援，并增戍归州隘口万户谷，加派千人屯施州。嗣闻塔海渡江东下，忙分布战舰，增置营寨，且遣兵从间道抵均州，防遏要冲。及蒙兵渡万州湖滩，施夔震动，幸珙兄璟知峡州，出拒归州大堙寨，击退蒙古前哨兵，进战巴东，复得胜仗，夔州始得保全。珙复谍知蒙古军帅，就襄樊、信阳、随州等处，招集军民布种。又在邓州的顺阳境内，屯积船林，遂分兵讥察，且将蒙古所储材料，暗地焚毁。又遣兵潜入蔡州，烧去蒙古屯粮，蒙古兵乃不敢进窥襄、汉。

理宗因蜀事未平，特调珙为四川宣抚使，兼知夔州，节制归、峡、鼎、澧军马。珙受命至镇，招集散民为宁武军，用降人回鹘、爱里巴图鲁等为飞鹘军。适四川制置使陈隆之，与副使彭大雅不协，互相奏讦。珙贻书责二人道："国事如此，合智并谋，尚恐不克，两司乃犹事私斗，岂不闻廉、蔺古风么？"不愧忠告。隆之、大雅得书，各自怀惭，因改怨为睦，不生龃龉。珙遂厘清宿弊，订立条目，颁发州县，最要数语，是"不择险要立寨栅，无从责兵卫民，不集流离安耕种，无从责民养兵。"此外如赏罚不明、减克军粮、官吏贪黩、上下欺罔等弊，均严行申诫。自是吏治一新，兵防亦密。寻复兼任夔州路制置、屯田两使，乃调夫筑堰。募农给种，自秭归至汉口，为屯二十，为庄百七十，为顷十八万八千二百八十。又创南阳、竹林两书院，居住襄、汉、四川流寓人士，用李庭芝权施州建始县。庭芝训农治兵，招选壮士，随时训练，甫至期年，士民皆知战守，无事服农，有事出战。珙将庭芝所行诸法，饬属遵行。珙不特长于武事，并且长于文教。

是时乔行简已为少傅，平章军国重事，李宗勉为左丞相，兼枢密使，史嵩之为右丞相，督视江、淮、四川、京、湖军马。这三相中，还算宗勉清谨守法，若行简遇事模棱，无好无恶，嵩之执拗任性，恶闻直言。当时谓乔失之泛，李失之狭，史失之专。已而行简告老，旋即病逝，宗勉亦卒，嵩之更独擅政柄，朝内正士，如杜范、游侣、刘应起、李韶、徐荣叟、赵汝腾等，多与嵩之不合，相继罢斥。唯孟珙一人，素为嵩之所推重，因此珙有所为，未尝牵制。

及嘉熙五年，又改元淳佑，会蒙古主窝阔台汗病殂，庙号太宗，第六后乃马真氏称制，乃马真一译作鼐玛锦。调回拔都等西征各军，应本回首文。独南军仍然未归。塔海部将汪世显等，再行入蜀，进围成都，制置使陈隆之固守经旬，誓与城同存亡。偏副将田世显送款蒙兵，乘夜开城。汪世显等立即突入，执住隆之。陈氏数百口皆死。隆之被执至汉州，世显命招守臣王夔降，隆之呼夔道："大丈夫当舍生取义，何畏一死？幸勿降虏。"言至此，已被蒙古军一刀两段。夔率汉州兵三千出战，兵败遁去，城遂破陷，人民尽被屠灭，蒙古兵又回师出蜀。是时蒙古使王檝，已五入宋都议和，两下终相持不决。檝病殁宋境，宋廷送归檝柩。蒙古复遣月里麻思一作伊拉玛斯。来宋续议，从行约七十余人，甫至淮上，被守将阻住，劝令归降。月里麻思不从，

被拘长沙飞虎寨。无故拘使，其曲在宋。于是蒙古复遣也可那颜、一作伊克那颜。耶律朱哥等，自京兆取道商房，直趋泸州。宋制置使孟珙，急分军往截，一军屯江陵及郢州，一军屯沙市，一军自江陵出襄阳，与诸军会。又遣一军屯涪州，且下令出守兵官，不得失弃寸土。权开州梁栋，因乏粮还司，珙怒道："这便是违令弃城呢。"立斩以徇。诸将相率股栗，禀命唯谨。蒙古将士，闻守备甚严，当然畏惧三分，不复进窥。极写孟珙。

淳佑三年，宋廷又命余玠为四川制置使，兼知重庆府。玠系蕲州人氏，家世贫微，落拓不羁，尝谒淮东制置使赵葵，葵颇奇玠材，留置幕府，旋令率舟师泝淮，入河抵汴，所向有功，累推至淮东副使。自陈隆之死节，悬缺未补，玠入对称旨，遂授为四川宣抚使。未几，即加制置使。四川财赋，本甲天下，自宝庆三年，失去关外，端平三年，蜀地残破，所存州郡无几，国用益穷。历任宣抚、制置各使，均支绌万分，咸叹束手。监司戎帅，各自为令，官无法纪，民不聊生。玠莅任后，大改弊政，简选守宰，又重贤礼士，特就府左筑招贤馆，量能录用。播州冉琎及弟璞，具有文武才，隐居蛮中，前后阃帅辟召，皆坚辞不至，及闻玠贤，自诣府上谒。玠以上客礼相待，琎、璞留馆数月，毫无所陈，玠颇怀疑，遣人觇视。两人相对踞坐，终日用垩画地，或绘山川，或绘城池，非旁人所能解。玠亦莫名其妙。又隔旬余，始见他兄弟进谒，请屏左右。玠立即如教，冉琎乃献议道："为今日西蜀计，莫若徙合州城。"玠不禁起座道："玠也见到此着，但虑无处可迁。"琎复道："蜀口形胜，无过钓鱼山，请徙城该处，择人扼守，积粟以待，功可过十万师，巴、蜀自固若金汤了。"玠大喜道："玠固疑先生非浅士，今得此谋，玠不敢掠为己美，当上报朝廷，即日照行。"冉琎兄弟乃退。玠立刻拜表，照议陈请，并乞授二人官秩。真实爱才。诏命冉琎为承事郎，权发遣合州，璞为承务郎，权通判州事。徙城事悉委二人。阖府闻命，顿时大哗。玠忿然道："此城若成，蜀赖以安，否则玠独坐罪，与诸君无涉。"他人遂不敢再言。乃就青居、大获、钓鱼、云顶、天生各山，筑十余城，均因山为垒，棋布星分，当将合州旧城，移徙钓鱼山，专守内水。利戎旧城，移徙云顶山，借御外水。表里相维，声势联络，各屯兵聚粮，为必守计。蜀民始有所恃，共庆安居。

只江、淮间仍遭寇掠，蒙古兵渡淮南指，攻入扬、滁、和各州，进屠通

州。史嵩之以江、淮保障，首推江陵，即调孟珙知江陵府，以资守御，理宗自然准奏。会嵩之父弥远去世，嵩之应居庐守制，及数日诏令起复，仍为右丞相，兼枢密使，将作监徐元杰疏请收回成命，理宗不从。太学生黄恺伯等百四十四人，又叩阍上书道：

臣等窃谓君亲等天地，忠孝无古今。事亲孝，故忠可移于君。自古求忠臣必于孝子之门，未有不孝而可望其忠也。昔宰予欲短丧，有期年之请，夫子犹以不仁斥之。宰予得罪于圣人，而嵩之居丧，即欲起复，是又宰予之罪人也。且起复之说，圣经所无，而权宜变化，衰世始有之。我朝大臣若富弼，一身关社稷安危，进退系天下轻重，所谓国家重臣，不可一日无者也。起复之诏，凡五遣使，弼以金革变礼，不可用于平世，卒不从命，天下至今称焉。至若郑居中、王黼辈，顽忍无耻，固持禄位，甘心起复，灭绝天理，卒以酿成靖康之祸，往事可鉴也。彼嵩之何人哉？心术回邪，踪迹诡秘，曩者开督府，以和议惰将士心，以厚资窃宰相位，罗天下之小人，为之私党，夺天下之利权，归之私室。蓄谋积虑，险不可测。在朝廷一日，则贻一日之祸，在朝廷一岁，则贻一岁之祸，万口一辞，唯恐其去之不速也。嵩之亡父，以速嵩之之去，中外方以为快，而陛下乃必欲起复之者，将谓其有折冲万里之才欤？嵩之本无捍卫封疆之能，徒有劫制朝廷之术。将谓其有经理财用之才欤？嵩之本无足国裕民之能，徒有私自封殖之计。陛下眷留嵩之，将以利吾国也，殊不知适以贻无穷之害尔。嵩之敢于无忌惮，而经营起复，为有弥远故智，可以效尤。然弥远所丧者庶母也，嵩之所丧者父也，弥远奔丧而后起复，嵩之起复而后奔丧，以弥远贪黩固位，犹有顾恤，丁艰于嘉定改元十一月之戊午，起复于次年五月之丙申，未有如嵩之之匿丧罔上，殄灭天常，如此其惨也。且嵩之之为计亦奸矣！自入相以来，固知二亲耄矣，必有不测，旦夕以思，无一事不为起复张本。当其父未死之前，已预为必死之地，近畿总饷，本不乏人，而起复未卒哭之马光祖。京口守臣，岂无胜任？而起复未终丧之许堪。故里巷为十七字之谣曰：“光祖作总领，许堪为节制，丞相要起复，援例。”夫以里巷之小民，犹知其奸，陛下独不知之乎？台谏不敢言，台谏嵩之爪牙也。给舍不敢

言，给舍嵩之腹心也。侍从不敢言，侍从嵩之肘腋也。执政不敢言，执政嵩之羽翼也。嵩之当五内分裂之时，方且擢奸臣以司喉舌，谓其必无阳城毁麻之事也；植私党以据要津，谓其必无惠卿反噬之虞也。自古大臣不出忠孝之门，席宠怙势，至于三代，未有不亡人之国者。汉之王氏，魏之司马氏是也。史氏秉钧，今三世矣，军旅将校，唯知有史氏，而陛下之前后左右，亦唯知有史氏，陛下之势，孤立于上，甚可惧也。天欲去之而陛下留之，堂堂中国，岂无君子？独信一小人而不悟，是陛下欲艺祖三百年之天下，坏于史氏之手而后已。臣方唯涕泣裁书，适观麻制有曰："赵普当乾德开创之初，胜非在绍兴艰难之际，皆从变礼，迄定武功。"夫儗人必于其伦，曾于奸深之嵩之，而可与赵普诸贤，同日语耶？赵普、胜非之在相位也，忠肝贯日，一德享天，生灵倚之以为命，宗社赖之以为安。我太祖高宗，夺其孝思。俾之勉陈王事，所以为生灵宗社计也。嵩之自视器局，何如胜非？且不能企其万一，况可匹休赵普耶？臣愚所谓擢奸臣以司喉舌者，此其验也。臣又读麻制有曰："谍报愤兵之聚，边传哨骑之驰，况秋高而马肥，近冬寒而地凛。"方嵩之虎踞相位之时，讳言边事，通州失守，至逾月而复闻，寿春有警，至危急而后告，今图起复，乃密谕词臣，昌言边警，张皇事势以恐陛下，盖欲行其劫制之谋也。臣愚所谓擢奸臣以司喉舌者，又其验也。臣等于嵩之本无私怨宿忿，所以争趋阙下，为陛下言者，亦欲揭纲常于日月，重名教于邱山，使天下为人臣，为人子者，死忠死孝，以全立身之大节而已。孟轲有言："学则三代共之，皆所以明人伦也。"臣等久被化育，此而不言，则人伦扫地，将与嵩之胥为夷矣。唯陛下裁之！

疏入仍不见报。武学生翁日善等六十七人，京学生刘时举、王元野、黄道等九十四人，又接连上书，始终未见听从。徐元杰再入朝面陈，略谓："嵩之起复，士论哗然，乞许嵩之举贤自代，免从众谤！"理宗谕道："学校虽是正论，但所言亦未免太甚。"元杰对道："正论乃国家元气，今正论犹在学校，要当力与保存，幸勿伤此一脉。"理宗嘿然。元杰因自求解职，理宗亦不允。至元杰退后，左司谏刘汉弼入奏，亦请听嵩之终丧。理宗稍稍感动。嵩之也自知众论难违，疏乞终制，才见诏旨下来，从嵩之所请，改任范

钟、杜范为左右丞相，并兼枢密使。小子有诗咏嵩之道：

如何父死不奔丧？世道人心尽汨亡。
幸有儒生清议在，尚留天壤大纲常。

杜范，黄岩人，素有令望，既登相位，当有一番举措，俟小子后文再表。

国有良将，无不可治之土，亦无不可守之城。孟珙驻节京、湖而寇以却，移抚四川而寇又不敢近，诗所谓"公侯干城"，孟珙有焉。继以余玠镇蜀，礼贤下士，徙城设守，军民交安，是亦一干城选耳。乃外有将，内无相，史嵩之专政，第有器重孟珙之一长，此外则斥正士，引匪人，甚至父丧不欲守制，尚恋恋权位，阴图起复，吾不解理宗当日，何独于史氏有恩，而宠眷竟若是优渥也？夫史弥远有册立功，始终得邀上宠，犹为可说，嵩之何所恃而得君若此？父骨未寒，觍然起复，忍于亲者必忍于君，此岂尚堪重用耶？录黄恺伯等伏阙一书，所以揭嵩之无父之罪，即所以正天下后世忠孝之防，着书人固具有深心了。

第九十四回　余制使忧谗殒命
董丞相被胁罢官

却说杜范入相，即上陈五事：第一条是正治本；第二条是肃宫闱；第三条是择人才；第四条是惜名器；第五条是节财用；结末是应早定国本，借安人心。理宗颇为嘉纳。继又上十二事：一、公用舍；二、储材能；三、严荐举；四、惩赃贪；五、专职任；六、久任使；七、杜侥幸；八、重阃寄；九、选军实；十、招土豪；十一、沟土田；十二、治边理财。各项都详细规划，悉合时宜，当时称为至论。孟珙正移节江陵，驻军上流，朝廷方疑他握权过重，将来恐不可制。以珙之忠勇，犹有功高震主之嫌，况不如珙者乎？至是珙贻书杜范，语多颂扬，范复书道："古人谓将相调和，士乃豫附，此后愿与君同心卫国，若用虚言相笼络，殊非范所屑为哩。"这数语复达孟珙，珙很是愧服。范复拔徐元杰为工部侍郎，一切政事，辄与咨议。元杰知无不言，多所裨益。都人士喁喁望治，谁料天不假年，老成遽谢，总计范在相位，只八十日而卒，追赠少傅，予谥清献。

过了月余，元杰当入值，先一日谒见左丞相范钟，在阁堂吃了午餐，下午归寓，忽觉腹中未快，一入黄昏，寒热交作，至夜四鼓，指爪暴裂，大叫数声而亡。三学诸生，均伏阙上书，略言："历朝以来，小人倾陷君子，不过令他远谪，触冒烟瘴以死，今蛮烟瘴雨，不在岭海，转在朝廷，臣等实不胜惊骇"云云。于是有诏令阁中役使，逮付临安府鞠治，怎奈狱无佐证，哪个肯来实供？临安府尹也知事关重大，乐得延宕了事，何苦结怨权奸。未

儿，刘汉弼又以肿疾暴亡。太学生蔡德润等百七十三人，又叩阍上书讼冤，理宗也弄得没法，只好颁给徐、刘两家官田五百亩，钱五千缗，作为抚恤。众议越觉藉藉。有谓："故相杜范，也是中毒。"大家惩前毖后，甚至堂食都不敢下箸，情愿枵腹从公。究竟是何人置毒，一时无从指定。唯史嵩之从子璟卿，因平日劝谏嵩之，也致暴毙，从此诇出毒谋，共谓由嵩之主使，范钟匿嫌。

既而知江陵府孟珙，因病乞休，诏授宁武军节度使，以少师致仕。使命才到江陵，珙已病殁任所，时当淳佑六年九月初旬。珙卒而京、湖已不可保，故大书年月。是月朔日，有大星陨境内，声崩如雷。珙死日，又有大风怒号，飞石拔木，讣达都中。理宗震悼辍朝，赙银绢各千匹，累赠至太师，封吉国公，谥忠襄，立庙享祀，号曰威爱。后任委了一个贾似道，似道行谊，略见上文，如此重任，却令此人担当，已可见理宗的昏庸了。尚不止此。左丞相范钟，屡乞归田，乃免相职，令提举洞霄宫，任便居住。召用郑清之为右丞相，兼太傅衔。中使及门，清之方放浪湖山，寓居僧寺，诘旦始还。乃随使入朝，力辞不允，勉膺简命。又授赵葵为枢密使，督视江、淮、京、湖军马，兼知建康府，陈韡知枢密院事，任湖南安抚大使，兼知潭州。

史嵩之时已服阕，觊觎复用，理宗亦有起用意。殿中侍御史章琰，右正言李昂英，监察御史黄师雍，劾嵩之无君无父，竟忤上旨，均致落职。翰林学士李韶，又与同官抗疏力阻，乃命嵩之致仕，示不复用。未几，升任贾似道为两淮制置使，兼知扬州，李曾伯为京、湖制置使，兼知江陵府。赵葵且因言官纠弹，上疏辞职，言官谓："葵不由科目进身，难任枢密。"葵辞表中有俪语云："霍光不学无术，每思张咏之语以自惭。后稷所读何书？敢以赵忭之言而自解。"四语流传人口，理宗竟改授葵为观文殿大学士，兼判潭州。葵亦一专阃选，理宗因谗罢葵，反用贾、李等人，朝局可知。

自淳佑纪元后，京、湖有孟珙，巴、蜀有余玠，淮西有招抚使吕文德，均能安排守备，无懈可击，所以蒙古兵屯留境上，未敢进行。但也由蒙古内乱未平，不遑外略，虽有游骑往来，毕竟没甚战事。看官道蒙古有何内乱？因六皇后乃马真氏称制，国内无君，竟历四年，宠用侍臣奥都剌合蛮，一作谔多拉哈玛尔。及回妇法特玛，内外勾通，斥贤崇奸，把朝右旧臣，黜去大半。中书令耶律楚材，竟致忧死。嗣因太祖弟帖木格大王，以入清朝政为

名，竟自藩镇起兵，由东而西。乃马真后不免着急，乃召长子贵由入都，贵由一作库裕克。立为国主，借此杜帖木格话柄，帖木格才收兵回去。贵由汗虽然嗣位，朝政犹归母后，过了数月，后已逝世，贵由汗乃将奥都剌合蛮，及法特玛等，一并处死，宫禁肃清，渐有起色。无如贵由汗素多疾病，自谓都城水土，未合养疴，不如往居西域，乃托词西巡，直至横相乙儿地方，横相乙儿一译作杭锡雅尔。一住经年，抱病益剧，竟尔毕命。皇后斡兀烈海迷失，尊贵由汗为定宗，自抱侄儿失烈门一作锡哩玛勒，系太宗孙父，名曲出，亦作库春。听政，诸王大臣多半不服，别开库里尔泰大会，推戴拖雷子蒙哥一译作莽赉扣。为大汗，驰入都城。这时元都已奠定和林，都内官民，争出城相迓。及蒙哥正位，杀定宗后海迷失，及失烈门生母，徙太宗后乞里吉帖思尼一作克勒奇库塔纳。出宫，放失烈门至没脱赤，一作摩多齐。禁锢终身。

蒙哥汗有弟名忽必烈，一作呼必赉，佐兄定命，素有大志，至是遂总治漠南，开府金莲川，延聘藩府旧臣，及四方文学士，访求治道。如刘秉忠、姚枢、许衡、廉希宪等，皆一时贤豪，尽归录用。量能授官，京兆称治。元朝一统，定基于此。忽必烈遂锐意南略，遣将察罕等，窥伺淮、蜀，一面在汴京分兵屯田，俟机南下。宋廷尚姑息偷安，毫不为备。左丞相郑清之年力已衰，政归妻孥，免不得招权纳贿，为世诟病。既而告老乞休，命充醴泉观使，越六日即死。理宗又欲起用史嵩之，念念不忘此人。草诏已成，不知如何省悟，竟令改制，命谢方叔为左丞相，吴潜为右丞相，潜颇有贤名，方叔却意气用事，遂令蜀右长城，又要从此隳坏了。西蜀制置使余玠，镇守四川，边关无警，偏利州都统王夔，素性残悍，向不受制使节度，所至残掠，蜀民号为夜叉。玠因此阅边，到了嘉定，夔率部众迎谒，班声若雷，江水为沸，所张旗帜，俱写着斗方大的“王”字，非常鲜明。玠孤舟径入，左右皆为失色，独玠毫不改态，传夔入见，从容与语。夔亦不禁心折，出语人道：“不意儒生间乃有此人。”玠命吏颁赏，事毕乃回，密语亲将杨成道：“我看王夔骄悍，终非善类，但欲乘此诛夔，恐他部下或有违言，转致生变，此事颇费踌躇了。”成答道：“今若勿诛，养成势力，愈觉难图。他日变动，西蜀定恐难保呢。”玠点首道：“既如此，只可用计除夔。”遂与成附耳数语。成直任不辞，应声而去。玠乃夜召夔议事，夔甫离营，杨成已单骑直入，传玠军令，暂代夔职。比至翌晨，闻夔已为玠所斩，悬首桅樯，且揭示罪状，部众

相率惊讶，唯尚不敢为乱。会统制姚世安，欲继夔任，暗中运动戎州都统，保荐自己。玠得书，以军中举代，最为弊害，特复书不允，且调三千骑至云顶山下，径遣都统金某往代世安。世安素与谢方叔子侄，互相结纳，遂遣使求援方叔，自拥兵拒绝来将。玠方欲进讨世安，不意有诏到来，竟召他入都，授为资政殿学士。看官不必细问，就可知是丞相方叔，阴援世安了。

玠治蜀后，任都统张实治军旅，安抚使王惟忠治财赋，监抚朱文炳治宾客，皆有常度。宝庆以来，蜀中阃帅，要推玠为巨擘。但久假便宜，不免专擅，所有平时奏疏，词意间亦多未谨，理宗已是不平，一经方叔谗间，当即召他回朝，另调知鄂州余晦为四川宣谕使。玠闻命，郁郁不欢，晦尚未到，玠竟暴卒。或谓系仰药自尽，亦未知是真是假，无从证实。蜀人多悲惜不置。侍御史吴燧反劾玠聚敛罔利共七罪，理宗也不加查察，竟令籍玠家资，犒师赈边。子若孙认钱三千万，征索累年，始得缴足。

及余晦至蜀，遣都统甘闰，率兵数万，筑城紫金山。蒙古将汪德臣，竟简选精骑，衔枚夜进，突击甘闰部卒，闰闻变即奔，全军大溃，所建新城，即被蒙古兵夺去。理宗方擢晦为制置使，接到甘闰败报，尚不欲将晦调开，参政徐清叟本与方叔同排余玠，至此又入奏道："朝廷命令，不行西蜀，已是十有二年。今天毙余玠，正陛下大有为的机会，乃以素无行检，轻儇浮薄的余晦，充当制使，臣恐五十四州军民，将自此解体。就是蒙古闻知，也窃笑中国无人了。"理宗乃召晦还，命李曾伯继晦后任。晦小名再五，安抚使王惟忠尝呼道："余再五来了。真正可怪！"晦闻言大怒，竟诬奏惟忠，潜通北国。诏捕下大理狱，经推勘官陈大方锻炼成罪，斩首市曹。惟忠呼大方道："我死当上诉天阍，看你能久生世上么？"果然惟忠死后，大方亦死。何苦逞刁。是时蒙古藩王忽必烈，命兀良合台即速不台子。统辖诸军，分三道攻大理，虏国王段智兴。进军吐蕃，国王唆火脱一作苏固图。惶恐乞降。忽必烈乃下令班师，转图西蜀。

理宗正改元宝佑，自庆升平。后宫贾贵妃殒命，阎婉容晋封贵妃，内侍董宋臣，因妃得宠，益邀主眷。理宗命他干办佑圣观，宋臣逢迎上意，筑梅堂、芙蓉阁、香兰亭，擅夺民田，假公济私。且引倡优入宫，蛊惑理宗，无所不至，时人目为董阎罗。监察御史洪天锡，弹劾宋臣，并不见报。还有内侍卢允升，也是夤缘阎妃，得与宋臣相济为奸。萧山县尉丁大全，本贵戚

婢婿，面带蓝色，最善钻营，暗中与董、卢两宦官，勾通关节，托他在阎贵妃前，并作先容。董、宋所爱唯财帛，阎贵妃所爱唯金珠，经大全源源送去，自然极力援引，累迁至右司谏，拜殿中侍御史。适值四川地震，闽、浙大水，并临安雨土，洪天锡又不忍不言，力陈阴阳消息的理由，并申劾董、卢两内侍，疏至六七上，统如石沉大海一般，并不闻有复音。天锡竟解职自去。宗正寺丞赵宗皤，贻书责丞相谢方叔，说他不能救正，方叔因对人道："非我不欲格君，实因上意难回，徒言无益呢。"这数语是自己解嘲，并非反对董、宋。偏被两人闻知，竟贿嘱台谏，力诋天锡，兼及方叔，无非说他朋奸误国，应加黜逐。这位好色信谗的理宗，竟将方叔、天锡免官。右丞相吴潜，已早卸职奉祠，两揆虚席，乃任参政董槐为右丞相。

槐系定远人，累任外职，素著政声，及入参内政，遇事敢言，既任右丞相，颇思澄清宦路，革除时弊。这时候的宫廷内外，已变做妇寺专横，戚幸交通的局面，单靠一个黄丞相实心为国，如何行得过去？小人道长，君子道消。槐未免郁愤，入白理宗，极言三害：一是戚里不奉法，二是执法大吏擅威福，三是皇城司不检士，力请理宗除害兴利。理宗尚将信将疑，一班蝇营狗苟的小人，已是闻风生怨，视黄丞相如眼中钉，丁大全尤为忧虑，密遣心腹至相府，与槐结欢。槐正色道："自古人臣无私交，我只知竭诚事上，不敢私自给约，幸为我谢丁君！"待小人之法，也不能徒事守经。大全得报，变羞成怒，遂日夜隐伺槐短，槐复入劾大全，不应重任。理宗道："大全未尝毁卿，愿卿弗疑！"宰相有任贤退不肖之责，难道徒徇毁誉？这明是袒护大全语。槐对道："臣与大全何怨，不过因大全奸邪，臣若不言，是负陛下拔擢隆恩。今陛下既信用大全，臣已难与共事，愿乞骸骨归田里！"理宗竟怫然道："卿亦太过激了。"槐乃趋退。大全遂上章劾槐，尚未批答，那大全意擅用台檄，调兵百余人，露刃围槐第，并迫令出赴大理寺。槐徐步入寺中，宫内竟传出诏旨，罢槐相职。妇寺戚幸，威权至此。于是士论大哗。三学生交章谏诤，乃诏授槐为观文殿大学士，提举洞霄宫。太学生陈宜中、黄镛、林则祖、曾唯、刘黻、陈宗六人，又联名攻大全，大全嗾使御史吴衍，劾奏六人妄言乱政，遂致六人削籍，编管远州，且立碑三学，戒诸生不得妄议国事。士论遂称宜中为六君子。大全反得迁任谏议大夫。唯右丞相一职，改任程元凤。未几且命大全签书枢密院事，马天骥同签书院事。元凤谨饬有余，风厉不足，天骥

与大全同党，也是因阎妃进用。朝门外发现匿名揭帖，上书八字道：“阎、马、丁当，国势将亡。”大全等毫不为意。笑骂由他笑骂，好官我自为之。至宝祐五年，且任贾似道知枢密院事。越年，程元凤自请罢职，竟擢大全为右丞相兼枢密使。一丁一贾，并握枢机，宋室事可知了。不亡何待。

且说蒙古主蒙哥汗，闻前使月里麻思，锢死长沙，早欲兴兵报怨。且因兀良合台平西南夷，破交趾，宗王旭烈兀等前后略定西域十余国，威震中外，乃决拟自行南下。留少弟阿里不哥守和林。当下分军三路，自由陇州趋散关，诸王莫哥一作穆格。由洋州趋米仓，万户李里乂一作布尔察克。由潼关趋沔州。一面令忽必烈率军攻鄂，且命兀良合台自交、广引兵北还，往应忽必烈军。东西并举，宋廷大震。当时四川制置使李曾伯早已还朝，后任为蒲择之，因蒙古入寇，亟遣安抚使刘整等，出据遂宁江箭滩渡，断敌东路。蒙古将纽璘一作摒埒。领兵到来，见宋军已截住渡口，遂麾兵大战，自旦至暮，刘整等支持不住，只好退回。纽璘长驱直进，径达成都。择之命杨大渊等守剑门及灵泉山，自率兵至成都城下。偏纽璘转袭灵泉山，大破杨大渊军，进围云顶山城，扼择之归路。择之军饷被断，顿时溃散。成都、彭、汉、怀、绵等州，及威、茂诸蕃，悉降蒙古。蒙哥汗闻前军得胜，遂渡嘉陵江，督军继进。行至白水，命总帅汪德臣造浮梁济师，进薄苦竹隘。守将杨立战死，张实被擒，亦为所害。蒙古兵直捣长宁山，守将王佐、徐昕，又相继阵亡。鹅顶堡不战即降，由是青居、大良、运山、石泉、龙州等处，望风输款，均向蒙古军投诚。唯运山转运使施择善，不屈被戕。

宋廷接连闻警，飞遣京、湖制置使马光祖，移司峡州。六郡镇抚向士璧，移司绍庆，两军相会，合击蒙古兵。房州一战，总算奏捷。蒙哥汗转趋阆州，宋将杨大渊自灵泉山败奔至阆，闻敌兵又至，急整军守城。蒙哥汗督兵猛攻，炮石交射，泥堞齐飞，大渊不觉惊骇，因开城出降。推官赵广殉难，蒙哥汗进图合州，先遣降人晋国宝，招谕守将王坚，被坚叱出，还至峡口。又由坚遣将捕归，牵至阅武场，责他不忠不孝，枭首以殉。当下涕泣誓师，登陴死守。蒙哥汗乃自引兵攻合州，坚乘他初至，督军出战。将士都拼着死命，大刀阔斧，杀上前去，任你百战雄军，也觉见所未见，不由的步步退让，直至十里外安营。坚收兵入城，固守如故。蒙古兵复更迭来攻，终不得手。会宋廷调回蒲择之，令吕文德代任。文德领兵援蜀，攻破涪江浮桥，

转战至重庆，遂率艨艟千余，溯嘉陵江上渡。蒙古将史天泽分军为两翼，顺流纵击，文德势处逆流，眼见得不能抵敌，被蒙古兵夺去战舰百余，自率残众奔回。蒙哥汗得天泽捷书，索性大集各军，围攻合州。偏王坚守御有方，相持数月，竟不能下。军中又复遇疫，十病六七，恼了前锋将汪德臣，募集壮士，夜登外城。坚忙麾兵堵截，战了一夜，杀伤相当。德臣单骑驰呼道："王坚，我来活汝一城，快早投降！"道言未绝，那面前忽来一大石，正要击中面目，慌忙一闪，已被飞石压中右肩，大叫一声，堕落马下。劝人不忠，应遭此击。正是：

巨石足倾胡虏命，孤城免被敌人屠。

未知汪德臣性命如何，且至下回交代。

宋廷非无贤将相，如杜范、吴潜、董槐等，皆相才也，孟珙、余玠、马光祖、向士璧、王坚等，皆将才也，若乘蒙古之有内乱，急起而修政治，整军实，勉图安攘，尚不为迟；乃嬖艳妃，暱腐竖，宠贵戚，引奸邪，即当承平之世，尚惧危亡，况强敌压境，触机立发，而可若是之颟顸乎？杜范殁矣，孟珙逝矣，内外已乏一贤将相；至谢方叔进而余玠蒙谗，丁大全用而董槐被逐，仅有二三材士以扶危局，反欲尽排去之，理宗之不知理国若此，几何而不沦胥也。然则淳宝之际，亡形已成，不过因蒙古大统，尚未遽集，故尚有合州之蹉跌，及蒙古君臣之沦谢耳。理宗之不为亡国主，幸哉！

第九十五回　捏捷报欺君罔上
拘行人弃好背盟

却说蒙古将汪德臣，被石击伤，坠落马下，当由蒙古兵救回，天意也未欲亡蜀，秋风秋雨，淅沥而来，竟致攻城梯折，蒙古兵愈觉气沮，遂相率退去。是夕，汪德臣伤重身亡，蒙哥汗顿兵城下，几及半年，又遇良将伤毙，免不得忧从中来，抑郁成疾。合州城外即钓鱼山，遂登山养疴，竟至不起。诸王大臣用二驴载尸，掩以绘椟，拥向北行，合州解围。王坚据实报闻，廷旨擢坚为宁远军节度使。坚益缮城凿濠，防敌再至，这且慢表。

唯蒙古将士，既已北还，因即治丧颁讣，尊蒙哥汗为宪宗。忽必烈方悉兵渡淮，自将兵进大胜关，令别将张柔进虎头关，分道并入，势如破竹。宋军皆闻风远飏。兀良合台亦引兵下横山，蹂躏宾州、象州，入静江府，连破辰沅，直抵潭州。还有李全子李璮，也受蒙古命，陷入海州涟水军。京、湖、江、淮，同时告急。宋廷改元开庆，专任一贾似道为长城，官爵职权，接连下逮。俄而令为枢使，兼两淮宣抚使，俄而令为京、湖南北四川宣抚大使，俄而令兼督江西、两广人马，南宋半壁江山，尽付这贾节使掌中，满望他旗开得胜，马到成功，可谓匪夷所思。其实他是个色中魔鬼，酒里神仙，要他选色征歌，倒是一个能手，欲令出司阃事，真是用非所学，学非所用。忽必烈已窥破情实，料知必胜，忽闻凶讣南来，召令北归，他不肯遽还，便语众将道："我奉命到此，岂可无功而退？"乃自登香炉山，俯瞰大江，大江北有武湖，武湖东有阳逻堡，南岸即浒黄洲。宋军用大舟济师，军容甚盛。

忽必烈唏嘘道："北人使马，南人使舟，此语原不可易哩。"正道着，旁闪出一将道："长江天险，宋恃此立国，势必死守，我军非破他一阵，不足扬威。末将愿前去一试！"忽必烈视之，乃是董文炳，便点首称善。文炳即自山趋下，令弟文忠、文用，带领敢死士数百，驾着艨艟大舰，鼓棹渡江，自率马军沿岸往战。宋军水陆驻扎，不下数万，遇着蒙古兵到来，好似羊入虎口，未斗先溃。文炳兄弟，水陆大进，杀得宋军东逃西躲，没命乱窜，霎时间两岸肃清，一任蒙古兵渡江。至忽必烈率兵接应，文炳等早已安渡了。翌日，全师毕济，进围鄂州，分兵破临江，知府事陈元桂死节。转入端州，知府事陈昌世，百姓素爱戴，不令殉难，拥他出城，向南逸去。

右丞相丁大全，初尚匿着军报，不令上闻，至都中人皆知，他无从壅蔽，始申奏军情，并附疏乞休。事宽则蒙蔽，事急则趋避，真好计策。理宗乃罢大全为观文殿大学士，判镇江府。中书舍人洪芹缴，御史朱貔孙、饶虎臣等，相继纠弹，先时何不弹劾。乃诏令致仕，召吴潜为左丞相，兼枢密使。大出内府银币，犒赏军士，令出御敌。并将右丞相一职，特给贾似道，令进军汉阳，为鄂外援。权阉董宋臣，因边报日急，竟请理宗迁都四明，借避敌锋。唯小人最怕死。军器太监何子举，转报吴潜道："若銮舆一出，都中百万生灵，何所依赖？"潜即入廷谏阻，朱貔孙亦上书切谏，理宗意尚未决，经谢皇后坚请留跸，以安人心，才将迁都事罢议。宁海军节度判官文天祥，上疏乞斩宋臣，留中不报。鄂州副都统张胜，日坐围城，望援不至，乃登城给敌兵道："这城已为汝军所有，但子女玉帛，尽在将台，可往彼取给便了。"蒙古兵信为真言，遂焚城外民居，移师自去。

会襄阳统制高达，引兵来援，贾似道亦进驻汉阳，遥为声应。张胜复缮城为备，蒙古将苫彻拔都儿一作哲辰巴图鲁。又领兵进攻，先遣使入鄂州城，诘他违约。张胜将来使杀死，竟出袭蒙古营。谁知苫彻拔都儿已先防备，等到张胜杀到，竟张军两翼，把他围住。胜左冲右突，不能脱身，自知不免一死，遂刎颈而亡。幸各路重兵，都来援鄂，如吕文德、向士璧、曹世雄等，陆续至城外，请贾似道督战。似道闻各军云集，才放胆前来。高达自恃武勇，尝轻视似道，每语众将道："渠但峨冠博带，晓得什么军情？也好来督制军马么？"因此开营接战，必须似道先自慰遣，然后出兵，否则常使军士哗噪军门。吕文德谄事似道，辄使人呵止道："宣抚在此，尔等何得乱哗？"

由是似道亲吕恨高。还有曹世雄、向士璧两人，也瞧不起似道，一切举动未尝关白，似道亦暗中怀恨。为后文张本。方在抵拒敌军，忽有廷寄到来，乃是诏似道移军黄州。看官道是何因？原来蒙古将兀良合台进攻潭州，江西大震。左丞相吴潜用御史饶应予言，以鄂州已集重兵，当可无虑。不如令似道改防黄州。黄州在鄂州下流，正当两湖及江西要冲，蒙古兵若渡湖出江，黄州就要吃紧。似道明知冒险，但已接朝旨，不得不去。统制孙虎臣率精骑七百，送似道至芊草坪，俄接侦骑入报道："北兵来了。"似道吓得发抖，顾语虎臣道："怎么好？怎么好？"虎臣道："使相不必着急！待末将去抵挡一阵，再作计较！"总是武臣有胆。似道支吾道："我军只有七百骑，恐不足赴敌。"虎臣见他面如土色，料知不能督战，便道："使相且暂退一程，由我去拦截罢！"似道尚抖着道："你……你须小心！"虎臣带兵自去。似道奔回数里，拣一幽僻的地方，暂且躲避，还带抖带语道："死了死了！可惜死得不明白哩。"待至日昃，尚未见有音信，好容易到了黄昏，才敢出头探望；嗣见有数骑驰到，报称："孙统制已经得胜，擒住敌将一人，现已先往黄州，候使相入城！"似道方转忧为喜，夤夜赶至黄州，由虎臣迎入。当下禀白似道，北兵系是游骑，劫掠民间，由叛将储再兴为首领，现已将再兴擒住，候使相发落。似道大悦，夸奖数语，便令将再兴牵入，乐得摆些威风，叱骂一番，才命推出斩首。描摹丑态，惟妙惟肖。

过了两日，鄂州、潭州的警报，接沓而来，一些儿没有放松。心中又非常焦灼。没奈何想了一条下计，密令私人宋京，诣蒙古大营，情愿称臣纳币。忽必烈尚不肯允，遣还宋京。会合州守将王坚，使阮思聪兼程来鄂，以蒙古主讣闻，谓敌当自退，尽可放心。偏贾似道似信非信，再遣宋京往蒙古军求和，忽必烈尚坚持未决。部下郝经谏道："今国遭大丧，神器无主，宗族诸王，莫不窥伺，倘或先发制人，据有帝位，恐大王且腹背受敌，大事去了。现不如与宋议和，立即北归，别遣一军逆先帝灵轝，收皇帝玺，召集诸王发丧，议定嗣位，那时大宝有归，社稷自安，岂不善么？"忽必烈大悟，遂与宋京定议，令纳江北地，及岁奉银绢各二十万，乃退兵北去。并檄兀良合台，解潭州围，留偏将张杰，阎旺，至新生矶赶筑浮桥，渡兀良合台还师。

兀良合台奉檄，趋至湖北，由新生矶渡兵，不意后面却有宋军杀到，斯

时蒙古兵已无心恋战，赶紧飞渡，只有殿卒百数十人，不及随行，被宋军攻断浮桥，一律杀死。看官道这宋军从何而来？乃是贾似道用刘整计，命将夏贵蹑敌归路，侥幸图功，偏偏迟了一步，只杀毙了一百多人，还报似道。似道想入非非，竟将称臣奉币的和议，隐匿不报，反捏称诸路大捷，鄂围始解，江、汉肃清，宗社危而复安，实万世无疆的幸福。理宗览表大喜，以似道有再造功，召令还朝。及似道将至，诏百官郊劳，如文彦博故事。既入觐，而奖再三，进封少师，爵卫国公。吕文德功列第一，授检校少傅，高达为宁江军承宣使，刘整知泸州，兼潼川安抚副使。夏贵知淮安州，兼京东招抚使。孙虎臣为和州防御使，范文虎为黄州武定诸军都统制。向士璧、曹世雄以下，各加转有差。

似道既得售欺，入操巨柄，第一着即从事报复，闻前时移节黄州，议出吴潜，累得惶恐终日，至此即欲将潜捽去，聊以泄愤。适值皇储问题，延案未决，似道遂得乘机下手，设法倾陷。先是理宗嗣位，曾追封本生父希瓐为荣王，母全氏为夫人，以母弟与芮承嗣袭爵，理宗有子名缉，早年夭游，后来妃嫔虽多，始终无子。至宝祐元年，理宗年逾半百，仍然乏嗣，乃令与芮子孜入宫，作为皇子，赐名曰禥，封永嘉郡王。越年，进封忠王。至鄂州解围，贾似道以大捷入奏，理宗接连改元；出兵时已纪元开庆，回兵时又纪元景定，趁这贺捷的时候，便欲立忠王禥为太子。吴潜独密奏道："臣无弥远才，忠王无陛下福。"理宗年力已衰，立储原系要务，若忠王不足主器，何妨劝帝改立，吴潜乃出此语，殊属未当。这两语已忤上旨。似道就进陈立储大计。并阴令侍御史劾潜谓："册立忠王，足慰众望，潜独倡为异议，居心殆不可问"云云。理宗遂罢潜相位，竟令似道专政。似道遂申请立储，即于景定元年六月，立忠王禥为皇太子。相传禥母黄氏，系湖州德清县人，与似道母胡氏，本属同邑，相去仅数里。两妇皆系出寒微，均生贵子。黄氏以媵仆入荣邸，适与芮苦未生男，见她面目韶秀，乃密令侍寝，一索得男，就是忠王禥，黄氏卒得封为隆国夫人。但自处极谦，每遇邸第亲戚，辄以奶子自称，人颇誉她盛德。似道母胡氏，为民家妇，尝出浣衣，遇似道父贾涉渡河，偶顾胡氏，不觉触起情感，胡氏亦眉目含情，浅挑微逗，涉遂随胡至家，问伊夫何在？胡答以未归，两下里互相问答，间及谐亵，胡氏竟半推半就，一任涉搂抱入床，宽衣解带，成就好事。一度春风，竟结蚌胎。及伊夫回来，涉尚在妇

家，向伊夫购妇。伊夫询明底细，知涉已任朝官，自想势不可敌，乐得做个人情，受了金钱，将妇给涉。涉竟携妇归任，妇已失节，自不如受金弃妇，伊夫可谓智民。未几产下一子，名叫似道。既而胡色已衰，又被涉斥出，嫁为民妻。始爱终弃，涉亦负心。及似道年长，始觅母归养，性极严毅，似道颇加畏惮。当景定、咸淳系度宗年号见后。年间，胡氏已受封秦、齐两国夫人，屡入禁中，至与隆国夫人，尝同寝处，恩宠甚渥。年至八十三乃卒，赐谥柔正，柔则有之，正则未也。赙赠无算。当时以一邑产两贵妇，传为奇事。事见《齐东野语》。

话休叙烦，且说忽必烈北还，到了开平，诸王莫哥合丹、一作哈丹。塔察儿等来会，愿戴忽必烈为大汗，忽必烈佯不敢受。旭烈兀方镇守西域，亦遣使劝进，忽必烈遂允所请，不待库里尔泰会推许，竟登大位，即于宋理宗景定元年五月中，建元为中统元年。命刘秉忠、许衡等改定官制，立中书省总理政务，设枢密院掌握兵权，置御史台管理黜陟，以下有寺、监、院、司、卫、府等名目，外官有行省、行台、宣抚、廉访诸官，牧民有路有府，有州有县，一代规模，创始完备。命王文统为中书平章政事，统领众官。授廉希宪为陕西、四川宣抚使，商挺为副。

希宪方就道，闻阿里不哥也称帝和林，遣部下刘太平、霍鲁怀等，至燕京慰谕人民。他即倍道前进，到了京兆，遣人诱执太平、鲁怀，锢毙狱中。六盘守将浑塔海，正起兵应和林，和林守将阿蓝答儿一作阿拉克岱尔。也领兵往会浑塔海。希宪亟令总帅汪良臣，率秦、巩诸军往讨，再命别将八春，一作边崇。领蜀卒四千为后援。忽必烈汗亦遣诸王合丹，统兵来会，三路俱进，与浑塔海等大战甘州东。浑塔海败死，阿蓝答儿亦被杀，关、陇悉平。

忽必烈汗因遣郝经为国信使，至宋修好，通告即位，并促践前日和约。经本任翰林侍读学士，非行人职，因为王文统所忌，特地请遣，一面阴嘱李璮，潜师侵宋，为假手害经计。李璮不待经行，便出兵袭击淮安，幸主管制置司事李庭芝，先事预防，把璮击退。庭芝得升任淮东制置使，贾似道正令门客廖莹中等，撰《福华编》，称颂鄂功，忽接宿州来报，蒙古遣使郝经南来，请求入国日期。似道一想，经若入都，前议必将败露，此事如何使得？随即飞使止住郝经。偏郝经贻书三省及枢密院，且转告淮东制置使李庭芝，欲指日入都。似道既接经书，复得李庭芝报闻，自思一不休，二不息，索性拘住了他，再作计较。只管眼前，不管日后。便命真州忠勇军营，将经拘住。

经上表有云，“愿附鲁连之义，排难解纷，岂如唐俭之徒，款兵误国？”最后又上书数千言，无非以弭兵靖乱为宗旨，由小子节述如下云：

贵朝自太祖受命，建极启运，创立规模，一本诸理。校其武功，有不逮汉、唐之初，而革弊政，弭兵凶，弱藩镇，强京国，意虑深远，贻厥孙谋，有盛于汉、唐之后者。尝以为汉似乎夏，唐似乎商，而贵朝则似乎周，可以为后三代。夫有天下者，孰不欲九州四海，奄有混一，端委垂衣，而天下晏然穆清也哉？理有所不能，势有所难必，亦安夫所遇之理而已。贵朝祖宗，深见夫此，持勤捏约，不肯少易。是以太祖开建大业，太宗丕承基统，仁宗治效浃洽，神宗大有作为，高宗坐弭强敌，皆有其势而弗乘，安于理而不妄为者也。今乃欲于迁徙战伐之极，三百余年之后，不为扶持安全之计，反断生民之余命，弃祖宗之良法，不以理以势，不以守以战，欲收奇功，取幸胜，为诡遇之举，不亦误乎？伏唯陛下之与本朝，初欲复前代故事，遣使纳交，越国万里，天地神人，皆知陛下之仁，计安生民之意，而气数未合，小人交乱，虽行李往来，徒费道路，迄无成命，非两朝之不幸，生民之不幸也。有继好之使，而无止戈之君；有讲信之名，而无修睦之实；有报聘之名，而无输平之纳；是以藉藉纷纷，不足以明信，而适足以长乱。我主上即位之初，推诚相与，唯恐不及，不知贵朝何故接纳其使，拘于边郡？蔽幂蒙覆，不使进退，一室宛转，不睹天日。试问经有何罪，而窘迫至此耶？或者以为本朝兵乱，有隙可乘，必有如范山语楚子，以为晋君不在诸侯，而北方可图，愚请以贵朝之事质之！熙丰之间，有意于强国矣，而卒莫能强，宣政之间，有意于恢复矣，百年之力，漫费于燕山九空费，而因以致变；开禧之间，又有意于进取矣，而随得随失，反致淮南之师；端平之间，再事夫收复矣，而徒敝师，徒失蜀、汉。是皆贵朝之事，且有为陛下所亲见者。况本朝立国，根据绵括，包括海宇，未易摇荡。太祖皇帝倡义漠北，一举而取燕、辽，再举而取河、朔，又再举而取西夏，遂乃掇拾秦、雍，倾覆汴、蔡，穿澈巴、蜀，绕出大理，东西北皆际海，西南际江淮，自周、汉以来，未有大且强若是者。而其风俗淳厚，禁网疏阔，号令简肃，是以夷夏之人，皆尽死力，岂得一朝变故，便致沦弃

者乎？事至今日，贵朝宜皇皇汲汲，以应我主上美意，讲信修睦，计安元元，而乃仍自置而不问，实有所未解者。抑天未厌乱，由是以缔造兵祸耶？抑别有所蕴蓄耶？皆不可得而知也。窃谓必有构议之人，将以敝贵朝误陛下者。就令贵朝所举皆中，图维皆获，返旧京，奄山东，取河朔，剗白沟之界，上卢龙之塞，而本朝亦不失故物。若为之而不成，图之而不获，复欲洗兵江水，挂甲淮壖，而遂无事，殆恐不能？一有所失，后将若何？且贵朝光有天下，三百有余年矣，举祖宗三百年之成烈，再为博者之一掷，遂以干戈为玉帛，杀戮易民命，战争易礼乐，窃为陛下不取。或稽留使人，不为无故，或别有盖藏之迹，亦宜明白指陈，不宜摈而不问，陈说不答，表请不报，嘿嘿而已，殆非贵朝之长策也。南望京华，无任待命！

这书上后，又不见报。驿吏反棘垣钥户，昼夜巡逻，欲以慑经。经语从人道："我若受命不进，负罪本国，今已入宋境，死生进退，唯彼所命，我岂肯屈身辱国？汝等从我南来，亦宜忍死以待，揆诸天时人事，宋祚殆不远了。"经实蒙古第一流人物。理宗闻有北使，语辅臣道："北朝使来，应该与议。"似道奏称："和出彼谋，不应轻徇所请，倘以交邻礼来，令他入见未迟。"看你能瞒到何时？理宗也即搁过一边。蒙古遣官访问经等所在，且以稽留信使，侵扰疆埸两事，来诘宋吏。制置使李庭芝奏称北使久留真州，应如何发落？偏宋廷一味延宕，毫无复音。小子有诗叹道：

北来信使为寻盟，累表修和愿息争。
怪底权奸不解事，欺心敢把赵宗倾。

似道拘住郝经，已开敌衅，还要报复私仇，变更成法，眼见得菑害并至了。欲知后事，再阅后文。

宋至贾似道专政，虽欲不亡，不可得矣。似道无专阃才，自知不足胜任，何不面请辞职？乃贪权忘位，谬膺节钺，逗留汉阳，狼狈黄州，所有丑态，尽情毕露。且既知蒙古之遭丧，忽必烈之将退，而犹必遣使乞和，称臣奉币，果何为

耶？胆怯若此，不应诡词报捷，既讳败以欺君，复拘使以怒敌，天下事岂有长令掩饰者？况郝经再三上书，志在靖乱，不务游说，若令其入见，婉词与商，未始非弭兵息民之道，而乃幽之真州，自速其祸，谬误至此，而理宗乃终不察也，如之何而不亡？

第九十六回　史天泽讨叛诛李璮
贾似道弄权居葛岭

却说贾似道既拘住郝经，仍然把前时和议，一律瞒住。他尚恐宫廷内外，或有漏泄等情，因此把内侍董宋臣，出居安吉州。卢允升势成孤立，权势也自然渐减；阎贵妃又复去世，宦寺愈觉无权；似道又勒令外戚不得为监司，郡守子弟门客，不得干朝政，凡所有内外政柄，一切收归掌握，然后可任所欲为，无容顾忌。他前出督师，除吕文德外，多半瞧他不起，如高达、曹世雄、向士璧等，更对他傲慢不情。见前回。他遂引为深恨，先令吕文德摭拾曹世雄罪状，置诸死地；高达坐与同党，亦遭罢斥。潼川安抚副使刘整，抱了兔死狐悲的观感，也觉杌陧不安。会值四川宣抚使，新任了一个俞兴。整与兴具有宿嫌，料知兴一到来，必多掣肘，心中越加顾虑。果然兴莅任后，便托贾丞相命令，要会计边费，限期甚迫。整表请从缓，为似道所格，不得上达；自是虑祸益深，索性想了一条狗急跳墙的法儿，把泸州十五郡、三十万户的版图，尽献蒙古，愿作降臣。似道固有激变之咎，若刘整背主求荣，罪亦难逭。参谋官许彪孙不肯从降，阖门仰药，一概自尽。整遂受蒙古封赏，得为夔路行省兼安抚使。俞兴督各军往讨，进围泸州，日夕猛攻，城几垂拔。蒙古遣成都经略使刘元振，率兵援泸，与元振大战城下，胜负未分。偏整出兵夹击，害得兴前后受敌，顿时败走。宋廷以兴妒功启戎，罢任镌职，也是罚非其罪。改命吕文德为四川宣抚使。

文德入蜀，适刘整往朝蒙古，他得乘虚掩击，夺还泸州，诏改为江安

军，优奖文德。贾似道意中只以文德媚己，恃作干城，他将多拟驱逐，乃借着会计边费的名目，构陷诸将。赵葵、史岩之等皆算不如额，坐了“侵盗掩匿”四字，均罢官索偿。向士璧已挂名弹章，被窜漳州，至是又说他侵蚀官帑，浮报军费，弄得罪上加罪，拘至行部押偿。幕属方元善，极意逢迎似道，欺凌士璧，士璧不堪凌辱，坐是殒命。还要拘他妻妾，倾产偿官，才得释放。似道又忌王坚，降知和州，坚亦郁愤而亡。良将尽了。理宗毫不觉察，一味宠任似道，到了景定三年，复赐给缗钱百万，令建第集芳园，就置家庙。

似道益颐指气使，作福作威。忽报蒙古大都督李璮，举京东地来归，似道大喜，即请命理宗，封璮为齐郡王。璮本陷入海州、涟水军，迭下四城，杀宋兵几尽，淮、扬大震。自蒙古主蒙哥卒，忽必烈嗣位，璮始欲叛北归南，前后禀白蒙古凡数十事，统是虚声恫吓，胁迫蒙主。寻又遣使往开平，召还长子行简，修筑济南、益都等城壁，即歼蒙古戍兵，举京东地归宋。反复无常，酷肖乃父。宋既封他为王，复令兼保信、宁武军节度使，督视京东、河北路军马，并复璮父李全官爵，改涟水军为安东州。璮潜通蒙古宰相王文统，诱作外援，文统亦遣子荛向璮通好，偏为忽必烈汗所觉，拿下文统，按罪伏法。璮失一援应，亟引兵攻入淄州。蒙古遂令宗王哈必赤，一作哈必齐。总诸道兵击璮，兵势甚张，因复丞相史天泽出征，诸道兵皆归节制。天泽至济南，语哈必赤道：“璮心多诡计，兵亦甚精，不应与他力战。我军可深沟高垒，与他相持，待至日久，他自然疲敝，不患不为我所擒了。”哈必赤称善，乃就济南城下，筑起长围，只杜侵突，不令开仗。璮屡出城挑战，无一接应。及冲击敌营，恰似铜墙铁壁，丝毫不能得手。璮才知利害，遣人至宋廷乞援。宋给银五万两犒璮军，且遣提刑青阳梦炎，青阳复姓。领兵援璮。梦炎至山东，惧蒙古兵强，不敢进军。蒙古且添遣史枢阿术，一作阿珠。各将兵赴济南，璮率兵出掠辎重，被北兵邀击，杀得大败，逃回城中。史天泽因来兵大集，遂四面筑垒，环攻孤城。璮日夜拒守，待援不至，渐渐的粮尽食空，因分军就食民家。既而民粟又罄，乃发给盖藏，数日复尽，大家饥饿不堪，甚至以人为食。璮知城且破，不得已手刃妻妾，自乘舟入大明湖。主将一去，城即被陷。蒙兵到处索璮，追至大明湖中，璮自投水间，水浅不得死，被蒙古兵擒住，献与史天泽。那时还有什么侥幸，当然一刀两段，并把他尸骸支解，号令军前。

次日，蒙古兵东行略地，未至益都，城中人已开门迎降，三齐复为蒙古所有。蒙古主命董文炳为经略使。文炳本在军营，受命后，轻骑便服，到了益都，既入府，不设警卫，召璮故将吏抚谕庭下，所部大悦。先是璮兵有沂、涟二军，数约二万，哈必赤欲尽行屠戮，文炳面请道："若辈为璮所胁从，怎可俱杀？天子下诏南征，原为安民起见，若妄加屠戮，恐大将亦不免罪哩。"哈必赤乃罢，班师而回，留文炳居守。宋廷闻璮已败死，赠璮检校太师，赐庙额曰显忠。

蒙古主忽必烈汗因宋先败盟，拘郝经，纳李璮，理屈情虚，乃决意南侵，授阿术为征南都元帅，调兵南下。宋廷尚不以为意，贾似道既排去故将，且必欲杀故相吴潜，迭令台官追劾，窜谪循州。似道遥令武人刘宗申监守，伺间下毒，潜亦自知预防，凿井卧榻下，自作井铭，毒无从入。宗申苦难复命，乃托词开宴，邀潜赴席。潜一再不赴，宗申竟移庖至潜寓，强令潜饮。潜不能辞，筵宴已毕，宗申别去，潜即觉腹痛，便长叹道："我的性命休了，但我无罪而死，天必怜我，试看风雷大作，便是感及天心呢。"是夕，潜竟暴亡，果然风雷交至，如潜所言。潜字毅夫，宁国人，夙怀忠悃，两次入相，均不久即罢，至是中毒丧身，免不得有人惋惜。似道恐不容众议，竟归罪宗申，将他罢职。受人嗾使者其鉴诸。且许潜归葬，暂塞众口。是时，丁大全迭次落职，安置贵州，州将游翁明，诉大全阴招游手，私立将校，造弓矢舟楫，势将通蛮为变。当由广西经略朱祀孙转达朝廷，诏命改窜新州，拘管土牢。似道以大全素有奸名，乐得下石投阱，买个为国诛奸的美名，遂贻书朱祀孙，令他下手。你自己思量，与大全能判优劣否？祀孙得书，召部将毕迁，授以密计，阳遣他护送大全，及舟过藤州，毕迁请大全登舱，玩景解闷，自己立在大全背后，把手一推，大全立刻落水，谒见河伯去了。大全尚得全尸，还是他的侥幸。迁返报祀孙，祀孙申报似道，也是应有的手续，无庸絮述。

且说贾似道报怨已毕，乃有意敛财，知临安府刘良贵，浙西转运使吴势卿，希承风旨，想了一条买公田的计议，上献枢府。似道以为奇计，亟令殿中侍御史陈尧道，右正言曹孝庆，监察御史虞虑、张希颜等，上疏请行。书中大意，是："规仿祖宗限田制度，请将官户田产逾限的数目，抽出三分之一，买回以充公田，计得田一千万亩，每岁收米六七百万石，可免和籴，可作军糈，可停造楮币，可平物价，可安富室，一举能得五利，是当今无上良

法”云云。看官！你想井田制度，久已不行，各田早成为民有，豪民田连阡陌，穷民贫无立锥，虽是穷富不均，但由大势所迁，非一时所可补救。西汉、北魏，屡有限田诸说，终究不能推行。就使豪贵不法，所有田产，籍没入官，也只可听民佃买，较为便民。南宋建炎初年，籍蔡京、王黼等庄，作为官田，诏仍令佃户就耕，每岁减税三分。绍兴二年，以福建八郡官田，听民请买，岁入七八万缗，补助军衣，民皆称便。可见得置官领田，不若听民自为。此次贾似道妄信计臣，反欲将官田买回作公，已是违反人情的计划，而且种种弊害，均从此而起。给事中徐经孙条陈弊端，反被御史舒有开劾令罢职。于是诏令置官田所，收买公田，命刘良贵为提领，通判陈訔为副，当下立一定额，每亩折价四十缗，不分肥硗。浙西田亩，或值百缗，数百缗，至千缗不等，经刘良贵等硬令抑买，民间当然大哗。安抚使魏克愚上疏谏阻，并不见从。未几，由理宗手诏，谓："永免和籴，原不若收买公田。但东作方兴，且俟秋成后续议施行。"这数语触怒似道，竟奏乞归田，暗中却讽令言官，抗章请留；并劝理宗下诏慰勉。统是他手做成。理宗乃促似道仍然任职，且因似道入朝，温颜与语道："收买公田，当自浙西诸路开手，作为定则。"似道具陈私议，理宗一律照行，三省奉命唯谨。

似道先把浙西私产万亩，为公田倡。荣王与芮，也卖出私田千亩，赵立奎且自请投卖，自是朝野无人敢言。刘良贵等又增立条款，硬为敷派，凡宦家置田二百亩以上，概令出卖三分之二。后因公田尚未足额，就是家止百亩，亦勒令卖出若干。现钱不敷，改给银绢各半。又或奖给虚荣，如度牒告身等类，充当缗钱。百姓失去实产，只换了一个纸上的诰封，试问他有什么用处？可怜民间破家失业，怨苦连声，稍有良心的官吏，不愿操切从事，俱被刘良贵劾罢，且追毁出身，永不叙用。那时有司多半热中，只好掩了天良，争图多买。不到数月，浙西六郡，买就公田三百余万亩，诏进良贵官两阶，他官亦进秩有差。

似道谓公田已成，当派立四分司，分领浙西公田。这四分司派将出去，便将所买公田原额，照数征收。那时买入多虚报斛数，凡六七斗均作一石，遂致原数多亏，四分司无从交代，不得不取偿田主，甚至以肉刑从事。人怨激成天怒，遂于景定五年，彗星出现，光焰烛天，长至数十丈，自四更现东方，日高始灭。有诏避殿减膳，许中外直言。台谏士庶上书，以为公田扰

民，致遭天变。似道因上书力辩，并乞避位。理宗又面慰似道，引“礼义不愆，何恤人言”二语，曲为臂解，似道方有喜色。太学生叶李、萧规等应诏陈言，极诋似道专权，害民误国。似道令刘良贵陷害二人，锻炼成罪，黥配叶李至漳州，萧规至汀州。建宁府教授谢枋得，摘似道政事为问目，有“权奸擅国，敌兵必至，赵氏必亡”等语。漕使陆景思将原稿呈与似道，似道即令左司谏舒有开，劾枋得怨望腾谤，犯大不敬罪。遂窜枋得至兴国军。似道又创行推排法，凡江南土地，尺寸皆有租税，民力益困。又因南宋初年，广行交子、会子等楮币，就是今世的钱票、钞票等类。交子、会子，系各票名目。楮多钱少，遂致楮贱物贵。似道更造银关，仍然用票代银，每票用一钤印，如贾字状，掉换旧楮。其实是改头换面，毫无实益，反致物价愈昂，楮价愈贱，民间非常痛苦，那似道却视为良谋。理宗老昏颠倒，但教似道如何说，他即如何行。

至景定五年十月，理宗不豫，下诏征医，如能疗治上疾，自身除节度使，有官及愿就文资，并与比附推恩，仍赐钱十万，田五百顷。始终没人应命。未几，理宗驾崩，太子禥受遗诏即位，尊皇后谢氏为皇太后，以次年为咸淳元年，是为度宗皇帝。元年元旦，适逢日食，时人目为不祥。越三月，葬理宗于永穆陵。总计理宗在位四十年，改元凡六次，享寿六十二岁。史臣谓理宗继位，首黜王安石，从祀孔庙，升濂、洛九儒，表章朱熹四书，士习丕变，有功理学，应该庙号为理。哪知他阳崇理学，阴多私蔽，在位四十年间，连用奸相三人，令他窃弄威福，搅坏朝纲。史弥远、丁大全，已是善蛊主心，再继一只手蔽天的贾似道，内逐正士，外怒强邻。看官！试想这积弱不振的宋室，到此还能久存么？评议甚当。

度宗以自己得立，功出似道。更大加宠眷，特授似道为太师，封魏国公。每当似道入朝，必起座答拜，称为师臣，不直呼名。廷臣吹牛拍马，均称似道为周公。理宗安葬，似道以首相资格，兼任总护山陵使，及山陵告竣，即弃官还越，密令吕文德诈报寇至，已攻下沱，朝中大骇。度宗急召似道，他尚摆着架子，不肯应召，再经谢太后手诏敦促，方昂然入都。既谒见度宗，仍声声口口的要辞职还乡，急得度宗惶恐万状，竟起身向他下拜，求他留任。参知政事江万里，旧居似道幕下，至此也看不过去，便上前数步，掖住度宗道：“自古到今，无君拜臣礼，陛下不应出此。似道亦不可一再言

去。”这数语说出，似道也难乎为情，急趋下殿，且举笏谢万里道：“非公此言，似道几为千古罪人。”万里还疑似道知过，才有此谢，不意似道偏暗恨万里，经万里窥出隐情，乃拜表告归，疏至再四，诏命为湖南安抚使，兼知潭州。

越年，册妃全氏为皇后。后会稽人，系理宗母慈宪夫人侄孙女，幼从父昭孙知岳州，开庆初年，秩满回朝，道出潭州，适蒙古将兀良合台，率兵围潭。见前回。后与父避难入城，旋因兀良合台解围而去。潭人谓有神人护卫，因得保全。皇帝且被人掳，何论一后？况后日固与度宗同为敌俘耶？无稽之言，不宜轻信。嗣返至临安，昭孙复出调外任，病殁治所。先是理宗从丁大全言，为太子选妃，聘定知临安府顾岩女，及大全被斥，岩亦罢去，台臣谓宜别选名族，以配皇储。理宗顾念母族，乃召后入宫，且问后道：“汝父曾病殁王事，至今追念，尚觉可哀。”后答道：“妾父可念，淮、湖人民，更可念哩。”理宗闻言，暗自诧异。越日，出语辅臣道：“全氏女言辞甚善，宜妃冢嫡以承祭祀。”辅臣等并无异词，遂册全氏为太子妃，至是乃立为皇后，并选杨氏为美人，寻封淑妃。即后文帝昰生母。册后礼定，晋上皇太后尊号为寿和，一面推恩锡类，加封贵戚勋臣。

贾似道又上疏乞归，专用此策要君。度宗命太臣侍从，传旨固留，每日必四五至，中使加赐，每日且十数至，到了夜间，饬侍臣交守第外，只恐似道潜逸，他若肯去，赵宗或尚可多延数年。且特授平章军国重事。一月三赴经筵，三日一朝，治事都堂。赐第西湖的葛岭，葛岭在西湖北，相传晋葛洪尝在此炼丹，所以有这名目。似道遂鸠工庀材，大起楼阁亭榭，最精雅的堂宇，取名半间堂，塑一肖像，供诸神龛，并延集羽流，唪经礼忏，为来生预祝福禄。自己却采花问柳，日访艳姝，无论歌楼娼妓，及庵院女尼，但有三分姿色，便令仆役召她入第，供他淫污。甚至宫中有一叶氏女，妙年韶秀，亦被他逼出宫中，充作小星。度宗虽然知晓，也是无可如何。而且召集旧时博徒，作樗蒱戏，日夕纵博，男女杂集，谑浪笑傲，无所不至。每到秋冬交界，捉取蟋蟀，观斗赌彩，狎客尝与戏道：“这难道是军国重事么？”他的技艺，只能如此。似道却不以为忤，也对他谈笑开心，整日里兴高采烈，酒地花天，从此把朝政尽行搁置。起初尚届期五日，乘湖船入朝，就便至都堂小憩，把内外要紧公牍，约略展览，后来竟深居简出，所有军国重事，令堂

吏就第呈署，他也不遑审视，都委馆客廖莹中及堂吏翁应龙代理。唯台谏弹劾，与诸司荐辟，暨京尹畿漕一切事情，非经贾第关白，得了取决，宫廷不敢径行。所有正人端士，排斥殆尽，一班贪官污吏，觊得美职，都夤缘贿托，贡献无算。似道建一多宝阁，储藏馈物，日必登楼一玩，不忍释手；就是门下食客，也多借此发财，连阍人都做了富家翁。似道又私下禁令，饬人民不准擅窥私第，如因事出入，必须先由门卒通报。一日，有妾兄入第，门卒因他谊关亲戚，不先入白，便放他进去，将至厅门，为似道所见，即喝令左右，缚投火中。及妾兄自道姓名，大声呼救，方得牵出，但已是焦头烂额，苦痛不堪。有妾足供淫乐，妾兄原无用处，不妨投诸煨烬。似道反申斥门卒，如何不报？门卒只好磕头认罪。嗣是莞钥愈严，好令似道放胆纵欢，无拘无束。谁知蒙古征南都元帅阿术，已带同降将刘整等，南下攻襄阳了。小子有诗叹道：

无赖居然作太师，狎游纵博算敷施。
强邻南下襄、樊震，尚是湖山醉梦时。

欲知襄阳被围情事，且至下回再详。

南宋之纳李璮，犹北宋之纳张珏，珏归宋后，因金人责盟，乃函珏首以畀之，于是金人遂生轻视，纵兵南来，遂亡北宋。璮为逆贼李全子，既降蒙古，复来归宋，宋廷不惩前辙，且封为郡王，贪目前之小利，忘日后之大患，试思蒙古方强，岂肯坐视不讨，一任叛命乎？况北使郝经，被拘有年，彼方调兵遣将，为南下之谋，璮之降宋，不啻害宋，蒙古益振振有词，几何而不大举南侵也。璮既败死，宋君若臣方旰食之不遑，乃大丧忽兴，嗣君新立，国势益形岌岌，而犹用一欺君误国、纵欲败度之贾似道，宋其尚可为乎？古人谓小人之使为国家，菑害并至，虽有善者，亦无如何，观于贾似道而益信云。

第九十七回　援孤城连丧二将
宠大憝贻误十年

却说蒙古主忽必烈，早拟侵宋，因阿里不哥抗命，自督军往讨，至昔木土一作锡默图。地方，交战一场，阿里不哥败遁，追北五十里，敌将多降。忽必烈乃引还，尚恐死灰复燃，未敢南牧。及中统五年，阿里不哥自知穷蹙，不能再振，乃与诸王玉龙答失，一作玉陇哈什。及谋臣不鲁花等，不鲁花一作布拉噶。同至上都，即开平。悔过投诚。忽必烈汗赦阿里不哥，唯归罪不鲁花等数人，说他导王为恶，处以死刑。当命刘秉忠为太保，参领中书省事。秉忠请迁都燕京，忽必烈准如所请，就在燕京缮城池，营宫室，择日迁都，并改中统五年为至元元年。又越四年，方命征南都元帅阿术，与刘整等经略襄阳。阿术驻马虎头山，顾汉东白河口，不禁欣然道："若就白河口筑垒，断宋粮道，襄阳不难攻取哩。"遂督兵兴役，筑城白河口。时知襄阳府为吕文焕，闻蒙古兵在白河口筑城，料知不妙，亟通报乃兄宣抚使吕文德。先是忽必烈用刘整计，馈文德玉带，求在襄阳城外，建立榷场。文德好利贪饵，请诸朝廷，许开榷场于樊城外。于是就鹿门山筑起土墙，外通互市，内筑堡壁。蒙古兵也在白鹤山设寨，控制南北要道，且常出哨襄、樊城外，大有反客为主的情状。互市之弊，非自今始。文德弟文焕，知乃兄堕入敌计，贻书谏阻，已是不及，文德尚没甚着急，及白河口筑城一事，文焕很是惶恐，文德反谩骂道："汝勿妄言徼功，就使有了敌城，也不足虑。襄、樊城池坚深，储粟可支十年，叛贼刘整，若果来窥伺襄、樊，但叫汝等能坚守过年，待春

水一涨，我顺流来援，看逆整如何对待？恐他就要遁走呢！”狂言何益。文焕无可奈何，只得缮城兴甲，为固守计。

转瞬间已是来春，刘整复献计阿术，造战船五千艘。招募水军，日夕操练，风雨不懈。渐得练卒七万人，遂自白河口进兵，围攻襄阳。警报迭达临安，都被贾似道匿住，不得上闻。宁海人叶梦鼎素有令誉，曾以参政致仕，似道亦欲从众望，特别荐引，召他为右丞相。梦鼎初辞不至，经似道再三劝驾，不得已入朝就职。未至数日，因利州路转运使王价子，诉求遗泽，梦鼎查例合格，便准给荫。似道以恩非己出，即罢斥省部吏数人，梦鼎愤激求去。似道母胡氏，闻知此事，召似道责问，带着怒容道：“叶丞相本安家食，未尝求进，汝强起为相，又复牵制至此，我看汝所为，终要得祸，我宁可绝食而死，免同遭害。”老妇恰还有识。似道素来惮母，乃出留梦鼎，梦鼎知不可为，求去益力，度宗不许。嗣闻襄阳警信，被似道格住，遂长叹数声，单车宵遁。

蒙古复遣史天泽等益兵围襄阳，天泽至襄阳城下，添筑长围，自万山至百丈山，俱用重兵扼守，令南北不得相通。又筑岘山、虎头山为一字城，联亘诸堡，决拟攻取。又分兵围樊城，更城鹿门，京、湖都统制张世杰，本蒙古将张柔从子，从柔戍杞，有罪来奔。吕文德召至麾下，见他忠勇过人，累擢至都统制，他即率兵往援樊城，至赤滩圃，为蒙古兵所遮。两下交战，蒙古兵非常精悍，世杰孤军不支，只得败退。度宗至此，始闻襄、樊告急，命夏贵为沿江置制副使，进援襄、樊。贵乘春水方涨，轻兵裹粮，到了襄阳。恐蒙古兵出来掩袭，只与吕文焕问答数语，立即引还。至秋间天大霖雨，汉水涨溢，贵乃分遣舟师，出没东岸林谷间。蒙古帅阿术望见，语诸将道：“这是兵志上所说的疑兵，不应与战，我料他必来攻新城，且调集舟师，专行等着便了。”原来蒙古兵围攻襄阳，共筑十城，新城就在其列。待至翌晨，夏贵果艤舟趋新城，甫至虎尾洲，那蒙古水军，已两路杀出，截击夏贵。贵不意敌兵猝至，仓皇失措，眼见得不能抵敌，掉舟急奔，被蒙古兵追杀一阵，贵军多溺入水中，丧失了若干性命。都统制范文虎率舟师援贵，正值贵兵败还，蒙古兵追击前来，文虎本是个没用人物，见蒙古兵这般强悍，吓得胆战心惊，忙乘轻舟遁去。部众亦相率惊溃，冤冤枉枉的做了好千百个鬼奴。虎而称文，宜乎没用。

吕文德闻援师连败，方自悔轻许榷场，不禁叹恨道："我实误国，悔无及了。"晓得已迟。因发生背疽，称疾乞休。诏授少师，兼封卫国公，应封他为误国奴。未几即死。他的女夫，就是范文虎，贾似道升他为殿前副都指挥使，令典禁兵。阿翁误国，尚嫌未足。反要添入一婿，何苦何苦。一面调两淮制置使李庭芝，转任两湖，督师援襄、樊。文虎恐庭芝得功，自愿再援襄阳，因贻书似道，谓："提数万兵入襄阳，一战可平，但不可使受京阃节制。若得托恩相威名，幸得平敌，大功当尽归恩相"云云。似道大喜，即提出文虎一军，归枢府节制，不受庭芝驱策。庭芝屡约文虎进兵，文虎只推说尚未奉旨，自与妓妾嬖幸，击鞠蹴球，朝歌夜宴，任情取乐。吕文焕日守围城，专待援音，哪知都中的权相，阃外的庸将，统在华堂锦帐中，寻些风流乐事，管什么襄阳不襄阳。似道还再四称疾，屡请归田，度宗苦口慰留，甚至泣下。初诏六日一朝，一月两赴经筵，继复诏十日一朝，似道尚不能遵限。间或入谒度宗，度宗必起身避座。及似道退朝，又目送出殿，始敢就坐。似道益傲慢无忌，甚至累月不朝。度宗闻襄阳围急，屡促入朝议事，似道尚延宕不至。一日，似道与群妾踞地斗蟋蟀，方在拍手欢呼的时候，忽报有钦使到来，似道转喜为怒道："什么钦使不钦使？就令御驾亲临，也须待我斗完蟋蟀哩。"也算督战。言已，仍踞地自若。良久方出见钦使，钦使传度宗命，极力敦劝。似道方允于次日入觐。翌日，入朝登殿，度宗慰问已毕，方语道："襄阳被围，已近三年，如何是好？"似道佯作惊愕道："北兵已退，陛下从何处得此消息？"度宗道："近有女嫔说及，朕所以召问师相。"似道不禁懊恼，半晌才答道："陛下奈何听一妇人？难道举朝大臣，统无耳目，反使妇人先晓么？"你只能骗朝廷，不能骗宫禁，手段尚未绵密。度宗不敢再言，似道悻悻退出。后来盘诘内侍，方知女嫔姓氏，竟诬她有暧昧情事，硬要度宗赐死。度宗硬了头皮，令女嫔勒帛自尽。可怜红粉佳人，为了关心国事，系念民瘼，竟平白地丧了性命。可惜史不书氏。

似道才促范文虎统中外诸军，往救襄阳，襄阳虽已被围，尚有东西两路可通，由京东招抚使夏贵，累送衣粮入城，城内守兵，幸免冻馁。蒙古将张弘范，即张柔子。献计史天泽，谓："宜筑城万山，断绝襄阳西路，立栅灌子滩，断绝襄阳东路，东西遏绝，城内自坐毙了。"天泽依计而行，即令弘范驻兵鹿门，襄、樊自是益困。范文虎带领卫卒，及两淮舟师十万，进至

鹿门。蒙古帅阿术夹江列阵，别令军趋会丹滩，犯宋军前锋。文虎督着战船，逆流而上，好容易到了会丹滩畔，猛听得鼓声大震，喊杀连声，连忙登着船楼，向西望去，但见来兵很是踊跃，已恐慌到五六分；且远远看着大江两岸，统是蒙古兵队，旌旗蔽日，戈铤参天，几不知他有若干人马，愈觉心胆欲碎。说时迟，那时快，蒙古兵已鼓噪突阵，顺流冲击，他还未曾鸣鼓对仗，竟先饬舟子返戈数步。看官！你想行军全靠锐气，有进无退，乃能制敌。主将先已退缩，兵士自然懈体，略略交战，便已弃甲抛戈，向东逃走。文虎逃得愈快，所弃战船甲仗，不可胜计。

李庭芝闻文虎败还，上表自劾，请择贤代任，有诏不许，且令移屯郢州。庭芝侦知襄阳西北，有水名青泥河，源出均房，当命就河中筑造轻舟百艘，每三舟联成一舫，中间一舟，装载兵器。两旁舟有篷无底，悬揭重赏，募善战善泅的死士，得襄、郢、山西民兵三千人，用张顺、张贵为统辖。两张俱有智勇，素为民兵所服，号贵为矮张，顺为竹园张。二人即奉命，便号令部众道："此行是九死一生，汝等倘尚惜死，宁可退伍，毋败我事。"三千人齐称愿死，无一求去。适汉水方生，两张遂发舟百艘，由团山进高头港口联结方阵，夜漏下三刻，拔碇出江，用红灯为号，贵先登，顺继进，乘风破浪，径犯重围，至磨洪滩上，敌兵布舟蔽江，无隙可入，贵驶舟直进，令顺率善泅水卒，自船底下水，就波流中斫断敌舟铁絙，复凿通敌舟底面，敌舟半解半沉，当然惊惶。贵乘势杀开血路，且战且进。黎明抵襄阳城下，城中久已绝援，闻贵等到来，喜出望外，大家开城迎贵，勇气百倍，战退敌军。及收兵还城，独失张顺。越数日，有浮尸溯流上来，被甲胄，执弓箭，直抵浮梁。城中遣人审视，不是别人，正是张顺，身中四创六箭，怒气勃勃如生。军士惊以为神，结冢殓葬。曾记宋江部下有一张顺，战死涌金河，此处复得一张顺，战死襄阳城下，同姓同名，煞是一奇。

贵入襄阳，文焕留与共守，贵奋然道："孤城无援，不战亦毙，看来只好向范统帅处求救，俟援军到来，内外夹击，或可退敌。"文焕也无词可说，乃令贵设法乞援。贵募得二士，能伏水中数日不食，乃付以蜡书，令泅水赍往范文虎军前。范得书，许发兵五千，驻龙尾洲，以便夹攻，仍令二士持书还复。贵既得还报，即别文焕东下，检视部众登舟，独缺一人，系先前有罪被笞，因致亡去。贵大惊道："我谋被泄了，应赶紧起行，敌或未知，尚

可侥幸万一。”乃举炮发舟，鼓櫂破围，乘夜顺流断絙，竟得杀出险地。驶至小新河，见敌兵分舣战舰，前来截击，贵正麾众死斗，望见沿岸束荻列炬，火光烛天，隐隐间见有来船，旗帜纷披，此时已近龙尾洲，正道是范军来援，喜跃而前，哪知来舟俱系敌兵，由阿术、刘整两路杀来。及两舟相近，贵始知不是宋军，一时不及趋避，被他困在垓心，杀伤殆尽。贵身受数十创，力尽被执，不屈遇害。原来范军本到龙尾洲，因风狂水急，退屯三十里。阿术得亡卒密报，遂先据龙尾洲，以逸待劳，遂得擒贵。贵已被杀，由敌兵舁尸至城下，呼守兵道："识得矮张都统么？"守兵见是贵尸，不禁大哭，顿时全城丧气，敌兵弃尸而退。文焕出城收尸，附葬顺冢，立双庙以祀二忠，都是范文虎害他。再誓众死守。

到了咸淳九年，襄阳已被围五年，樊城亦被围四年了。襄、樊两城，本相倚为犄角，中隔汉水，由文焕值木江中，锁以铁絙，上造浮桥，借通援兵。敌帅阿术督兵将值木锯断，并用斧劈开铁絙，将桥毁去。文焕不能往援。阿术更用兵截江，防襄阳援兵，自出锐师薄樊城。城中支持不住，遂被陷入。守将范天顺仰天叹道："生为宋臣，死为宋鬼。"遂悬梁自缢。别将牛富，尚率死士百人巷战，敌兵死伤甚多。富亦身被重伤，用头触柱，赴火捐躯。裨将王福见富死，不觉泣下道："将军死国事，我岂可独生？"亦赴火死。襄阳失去犄角，愈加危急，守兵至撤屋为薪，缉关会为衣。文焕每一巡城，南望痛哭而后下，尚日望朝廷遣援。贾似道至此，也瞒不过去，上书自请防边，阴令台谏上章留己，度宗遂不令亲出。群臣多保荐高达，谓可援襄，御史李旺，亦入白似道。似道摇首道："我若用达，如何对得住吕氏？"旺出叹道："吕氏得安，赵氏危了。"似道再请启行，事下公卿杂议。监察御史陈坚等以为："师臣行边，顾襄未必及淮，顾淮未能及襄，不若居中调度，较为得当。"度宗遂从坚议，留似道在都。似道仍然歌舞湖山，暂图眼前的快乐，把襄阳置诸度外。

襄阳愈觉孤危，吕文焕日夕登城，防守不懈。一日，正在城楼指挥军士，忽闻城下有人叫他姓名，急垂目俯视，乃是敌将刘整，来劝出降。文焕不与多言，暗令弓弩手射下一箭，整不及防备，适中右肩，亏得甲坚不入，才得免害。当下飞马退回，痛恨不休。他将阿里海涯，一作阿尔哈雅。曾得西城人所献新炮法，造炮攻破樊城，至是又移攻襄阳。接连弹放，一炮击

中谯楼，声如震雷，城中汹汹，守卒多越城出降。刘整欲立碎襄城，入擒文焕，报一箭仇，阿里海涯道："且慢！待我再去招降。他若知惧投诚，何必多害生灵。且将军亦不应常记宿嫌，彼此各为其主，何足介意？"阿里海涯系畏吾儿，人颇具有仁心，不应轻视。言毕，即身至城下，招呼文焕道："尔等拒守孤城，迄今五年，为主宣劳，亦所应尔。但已势穷援绝，徒苦城中数万生灵，若能纳款出降，悉赦勿治，且加迁擢，这是我主的诏命，由我代宣，决不相欺。"文焕听着此言，也觉有理，不觉踌躇起来。阿里海涯见他俯首沉思，料已有点说动，索性再进一步，折箭与誓道："我若欺你，有如此箭！"文焕乃应允出降，先纳管钥，次献城邑。阿里海涯先入城中，邀文焕出迎阿术，待阿术进城，文焕交出图籍，即与阿里海涯同往燕都。

是时蒙古主忽必烈，已改国号为大元，小子此后叙述，亦改称蒙古为元朝。特别点明。文焕入朝元主，元主如阿里海涯言，依诏迁擢，拜文焕为襄、汉大都督。文焕遂自陈攻郢计议，且愿为先驱。前时固守五年，可谓坚忍，奈何一变至此。元主称善，暂命休息，再图大举。这消息传报宋廷，贾似道且入对度宗道："臣始屡请行边，不蒙陛下见许，若早听臣言，当不致此。"看你后来如何？度宗亦觉自悔。文焕兄文福知庐州，文德子师夔知靖江府，均上表待罪，当由似道庇护，概置勿问。度宗曾召用江万里、马廷鸾为左右丞相，万里数月即去，廷鸾逾年亦归。朝中只知有似道，不知有度宗。度宗尝有事明堂，命似道为大礼使，礼毕幸景灵宫，适逢天雨，似道请诸度宗，俟雨止乘辂。度宗自然允诺，偏偏雨不肯停，滂沱终日，胡贵嫔兄显祖，侍度宗旁，请如开禧故事，乘逍遥辇还宫。度宗道："恐平章未必允行。"显祖诳言平章已允，度宗乃乘辇还宫。似道闻知，顿时大怒，便入奏道："臣为大礼使，陛下举动，不得预闻，臣尚在此何用？"说着，即大踏步出朝，竟向嘉会门去了。全是撒赖。度宗惊惶万状，忙遣人慰留，似道不允。度宗不得已，罢显祖官，涕泣出胡贵嫔为尼，似道乃还。此段是补述。及襄、樊俱失，又上言："事势如此，非臣上下驱驰，联络情势，将来恐不堪设想。"度宗道："师相岂可一日离左右？"似道乃奏请建机速房，借革枢密院漏泄兵事，及稽迟边报的弊端。还要欺人。

旋有诏令中外大小臣僚，密陈攻守事宜。四川宣抚司参议官，上陈救危三策，一系锁汉江口岸，二系城荆门军当阳界的玉泉山，三系峡州、宜都以

下，联置堡寨，保聚流民，且屯且耕。并绘筑城寨形势图，连章并献。似道匿不上闻。陈宜中已任给事中，言："襄、樊失守，均由范文虎怯懦所致，宜斩首以申国法！"似道不许。只降文虎一官，调知安徽府，反将李庭芝罢职，改任汪立信为京、湖制置使，赵溍为沿江制置使。

溍系赵葵子，少年昧事，监察御史陈文龙，谓溍乃乳臭小儿，不足胜阃外任，顿时触怒似道，把他斥退。嗣复用李庭芝为淮东制置使，兼知扬州，夏贵为淮西制置使，兼知庐州，陈弈为沿江制置使，兼知黄州。弈毫无韬略，谄事贾似道，玉工陈振民，呼他为兄，因得夤缘干进，躐登显要，竟握重兵。咸淳十年似道母死，归越治丧，诏命用天子卤簿送葬，筑墓拟山陵。百官亦奉诏襄事，立大雨中，终日无敢易位。葬毕，即起复入朝。

越数月，度宗竟崩，遗诏令皇子显即位。总计度宗在位十年，寿三十五岁。度宗为太子时，以好内闻，既即位，益耽酒色，向例召幸妃嫔，次日必诣阁门谢恩，书明月日。度宗朝，每日谢恩，多至三十余人，卒至峨眉伐性，逾壮即崩。子显年仅四岁，为全后所出，庶兄名昰，年龄较长，众议嗣立长君，独贾似道主张立嫡，乃以显嗣帝位，奉谢太后临朝称制，封兄昰为吉王，弟昺为信王，命贾似道独班起居，尊谢太后为太皇太后，全皇后为皇太后，小子有诗咏度宗道：

误国何堪至十年，暗君奸相两流连。
从知兴替由人事，莫谓苍苍自有天。

帝显即位以后，宋事益日棘了。欲知一切情形，再阅下文便知。

襄、樊扼南北咽喉，二城俱失，蒙古兵可顺流而下，江淮即不能守。故宋之存亡，关系于襄、樊之得失，范天顺，牛富等之战死，贾似道实使之，吕文焕之叛主降虏，亦贾似道实使之。似道不死，宋其尚有幸乎？度宗念册立功，始终宠任似道，又每日召幸嫔御，至三十余人，岂以宗社将亡，聊作醇酒妇人之想欤？史谓度宗无大失德，夫色荒已足亡国，况拱手权奸，凡一切黜陟举措，俱受制于大憝之手，不亡亦胡待也。彼如帝显以下，更不足讥矣。

第九十八回　报怨兴兵蹂躏江右
丧师辱国窜殛岭南

却说帝显嗣位，尚未改元，元主忽必烈已谕诸将大举南侵，历数贾似道拘使败盟的罪状，谕中有云：

> 自太祖皇帝以来，与宋使介交通。宪宗之世，朕以藩职，奉命南伐，彼贾似道复遣宋京诣我，请罢兵息民，朕即位之后，追忆是言，命郝经等奉书往聘，盖为生灵计也。而乃执之以致师出，连年死伤相籍，系累相属，皆彼宋自祸其民也。襄阳既降之后，冀宋悔祸，或起令图，而乃执迷，罔有悛心，所以问罪之师，有不能已者。今遣汝等水陆并进，布告遐迩，使咸知之！无辜之民，初无与焉，将士毋得妄加杀掠！有去逆效顺，别立奇功者，验等第迁赏。其或固拒不从，及逆敌者，俘戮何疑！录此谕以甚贾似道之罪。

当下任命两个大元帅，一是史天泽，一是伯颜，一译作巴延。总制诸道兵马。用降将刘整、吕文焕为向导，出兵二十万南行。宋廷上面，小儿为帝，妇人临朝，晓得什么军国大事？挟权怙势，贪财好色的贾似道，正配那八字头衔。依然歌舞湖山，粉饰承平。京、湖制置使汪立信，闻元朝又有出兵消息，免不得忧愤交迫，遂献书宋廷道：

今天下大势，十去八九，而君臣宴安，不以为虞。夫天之不假易也，从古已然，此诚宜上下交修，以迓续天命之机，重惜分阴，以趋事赴功之日也。而乃酣歌深宫，啸傲湖山，玩岁愒日，缓急倒施，卿士师师非度，百姓郁怨，欲上以求当天心，俯遂民物，拱揖指挥，而折冲万里者，不亦难乎？为今日之计者，其策有二：夫内郡何事乎多兵？宜尽出之江干，以实外御，算兵帐，现兵可七十余万人，而沿江之守，则不过七千里，若距百里而屯，屯有守将，十屯为府，府有总督，其尤要害处，辄三倍其兵，无事则屯舟长淮，往来游徼，有事则东西齐奋，战守并用，刁斗相闻，馈饷不绝，互相应援，以为联络之固，选宗室大臣有干用者，立为统制，分东西二府以莅任之，成率然之势，此上策也。久拘聘使，无益于我，徒使敌得以为辞，请礼而归之，许输岁币以缓归期，不二三年，边运稍休，藩垣稍固，生兵日增，可战可守，此中策也。二策果不得行，则天败我也，衔璧舆榇之礼，请备以俟！

贾似道接阅此书，勃然大怒，将书掷地道：“瞎贼敢这般狂言么？”原来立信一目微眇，因诟他为瞎贼，当即请旨罢斥立信，改用朱祀孙为京、湖制置使，兼知江陵府。元兵渡河南下，将至郢州，史天泽遇疾北还，诸军并归伯颜节制。伯颜遂分大军为两道，自与阿术由襄阳入汉济江，令吕文焕率舟师为先锋，别命博罗欢一作博啰干，系忙兀人。由东道取扬州，监淮东兵，由刘整率骑兵为先行，两个虎伥。水陆并进，旌旗延袤数百里。伯颜直抵郢州，在城西立营。宋都统制张世杰，正将兵屯郢，郢在汉北，叠石为城，另有新郢城筑置汉南，中横铁絙，锁住战舰。水中密植木桩，夹以炮弩，要津亦皆设守，无隙可乘，元兵进薄郢城下，都被世杰击退。阿术获住侦卒，好言抚慰，问他有无间道可出？俘卒谓宜出黄家湾堡，由河口拖船入藤湖，转向下江，取道最便。阿术乃转告伯颜，伯颜复问吕文焕，文焕亦以为然。于是分兵攻拔黄家湾堡，荡舟自藤湖入汉，进至沙洋。沙洋曾设守城，伯颜遣俘卒持檄招降。守将王虎臣、王大用斩俘焚檄，登陴拒守。文焕复至城下招谕，亦不见应。会日暮风起，伯颜命军士放炮纵火，顺风焚城外庐舍，顿时烟焰蔽天，迷乱人目，守卒看不清楚，那元兵已缘梯登城，一拥而入。虎臣、大用力战不支，均为所擒。

元兵遂进薄新郢城。文焕缚大用等至城下，令他招降，都统边居谊不答。次日，大用等又至，居谊答道：“我欲与吕参政语，可请他来面谈！”文焕闻言，即纵马临城，但听得一声梆响，城门陡启，伏弩自城内乱射，几似飞蝗。文焕亟欲回走，右臂已中了一箭，勉强忍住了痛，亟用左手挥鞭策马，那马又中箭蹶地，身亦随仆。城中驱出健卒，各挟长矛来钩文焕，文焕险些儿着手，经元兵齐来相救，急将文焕挟起，改乘他马，疾驰得脱。为宋人大呼可惜。城卒已失去文焕，只得走回，城门复闭。元兵奋怒攻城，居谊督众坚守，相持不下。伯颜增兵猛攻，一面射书城中，以爵禄诱降，总制黄顺及副将任宁，为所诱惑，竟缒城出降。部下守卒，亦多缒城随出。居谊开城驱出，悉数斩首。文焕乘隙来攻，居谊用火箭射退敌兵，不意入城休息，未及一时，城上已鼓声大震，元兵蚁附而上，守卒不是被杀，就是却走。居谊自知不支，拔剑自刎，偏锋钝不能断喉，那时急不暇择，竟投火自尽，新郢遂陷。伯颜以居谊忠烈，收尸瘗葬，遂进军蔡店，大会诸将，指日渡江。

宋淮西制置使夏贵，正调集汉、鄂水师，分据要害，都统制王达守阳逻堡，京、湖制置使朱祀孙，用游击军扼住中流，元兵不得前进。伯颜乃用声东击西的计策，往围汉阳，阳言将自汉口渡江，暗中恰遣别将阿剌罕，率奇兵袭取沙芜口。夏贵果为所欺，专援汉阳，那沙芜口竟被阿剌罕夺去。伯颜解汉阳围，自沙芜口入江，战舰数千艘，进泊沦河湾口，遣使招降阳逻堡，被他拒回，进攻亦不克。伯颜又抄袭旧法，佯遣阿里海涯，再攻阳逻堡，暗令阿术率四翼军，溯流渡青山矶。阿术夤夜潜进，适值风雪大作，宋军未及预防，元兵安然上溯。到了天晓，阿术见南岸多露沙洲，即登舟指麾诸将，命他速渡，并载马后随。万户史格即天泽子，奉命飞驶，将达青山矶，为荆、鄂都统程鹏飞所阻，逆战失利，阿术率军继进，大战中流。鹏飞抵挡不住，退登沙岸。阿术也薄岸进逼，纵马登击。鹏飞复败，负创奔鄂，失船千余艘。元兵遂据住青山矶，径向伯颜报捷。伯颜大喜，挥诸将急攻阳逻堡，夏贵正率舟师往援，闻阿术已经飞渡，竟尔大骇，遽引麾下三百艘，沿流东还，并纵火焚掠西南岸，退屯庐州。阳逻堡孤立失援，王达领所部八千人及定海水军统制刘成，陆续战死。伯颜遂渡江与阿术会，进趋鄂州。

朱祀孙方领兵援鄂，闻阳逻堡败没，也不禁惊惧起来，连夜奔还江陵府。吕文焕传檄劝降，于是知汉阳军王仪，举城降元。鄂州权守张晏然，与

都统程鹏飞，也开城纳伯颜军。唯幕僚张山翁不屈，元诸将竞欲杀张，伯颜独称为义士，释令自便。山翁乃去。伯颜遂令阿里海涯率四万人守鄂，且规取荆、湖，自与阿术领大军南下，直捣临安。宋廷闻报大惊，连集群臣会议，大众俱属望贾师相，请他督兵，连三学生也如是云云。贾似道有何能力可督兵拒元？群臣及学生等俱请他督兵，无非嫉他权奸误国耳。贾似道至此，没法推诿，只好允议，遂有诏令他都督诸路军乌，开府临安，用黄万石等参赞军机，所辟官属，均得先命后奏。当就封桩库内，拨金十万两，银五十万两，关子一千万贯，充都督府公用。王侯邸第，皆令输助军糈，并核僧道租税，收供各饷，一面诏天下勤王。是时已是咸淳十年的暮冬，似道且在葛岭私第中，与妻妾等围炉守岁，还是花团锦簇，酒绿灯红，快快活活的过了残年。只此一遭了。

越日，为帝显嗣位第一年，纪元德佑，宫廷里面，尚循例庆贺。是夕，即有警报到来，元兵入黄州，沿江制置使陈奕出降，元令为沿江都督。奕子岩守江东州，亦随父降元，知蕲州管景模，又遣人迎降元兵。似道未免着急，亟召吕师夔参赞都督府军事，任中流调遣。师夔不肯受命，竟与江州钱真孙，迎纳元军。伯颜命师夔知江州，师夔因就庾公楼，开设盛筵，请伯颜入宴，且献宗室女二人侑酒。良心丧尽。伯颜赴宴入座，见二姝侍侧，不禁发忿道："我奉天子命，兴仁义师，问罪宋廷，怎么用女色蛊我？我岂为区区所动么？"说得师夔满面含羞，慌忙谢罪，即将二女遣出。伯颜喝过杯酒，便离坐自去，师夔徒叫着几声晦气罢了。还是运气，不致饮刃。知安庆府范文虎闻师夔降元，也起了异心，遣使至江州迎伯颜。伯颜先令阿术至安庆，自率大兵继往，文虎出城恭迓，敬礼备至。伯颜乃授文虎为两浙大都督，独通判夏倚仰药自杀。吕、范本皆贾氏党羽，接连叛去，急得似道不知所为。忽闻刘整病死无为城下，似道竟喜跃道："刘整一死，敌失向导，这是上天助我呢。"叫你速死。原来元人南侵，本恃刘整、吕文焕为导引，旋由伯颜发令，遣整别将兵出淮南，整自请乘虚捣临安，伯颜不从。整乃率骑兵攻无为军，日久不克。闻文焕入鄂捷音，顿时失声道："首帅束我，使我功落人后。"因郁愤而死。死已晚了。贾似道偏视为奇遇，竟上表出师，抽诸路精兵十三万人启行。金帛辎重，统满载舟中，舳舻相衔，几达百里。到了芜湖，遣人通问吕师夔，令调停和议，师夔不答。

既而夏贵引兵来会，从袖中取出一书，指示似道，谓宋历只三百二十年，似道也不多辩，但俯首叹了两声，暗思夏贵等人都不可恃，乃复起汪立信为江、淮招讨使，令就建康募兵。立信闻命，即日就道，与似道会晤芜湖。似道拊立信背道："不用公言，因致如此，今将若何措置？"急时抱佛脚，还有何益？立信道："目今还有何策！寇已深入，江南无一寸干净土，立信此来，不过欲寻一片赵家地上，拚着一死，死要死得分明，方不失为赵家臣子呢。"光明磊落之言。似道暗暗怀惭，勉强对付数语，立信便告别而去。似道自知不妙，再遣宋京至元军请称臣奉币，如开庆原约。伯颜答书道："我军未渡江时，尚可议和入贡，今沿江州郡，尽为我属，还有什么和议可言？必欲求和，请自来面议！"两语甚妙。看官！你想似道得此复书，敢去不敢去么？

元兵进犯池州。知州王起宗遁去，通判赵卯发权摄州事，缮壁聚粮，为固守计。都统张林，屡讽卯发出降，卯发忠愤填胸，瞠目视林，林不敢复言。已而林率兵巡江阴，纳款元军，阳助卯发为守，守兵俱为林属。卯发知事不济，乃置酒会宴亲友，与诀死别，且对妻雍氏道："城已将破，我为守臣，不当出走，汝可先去避难。"雍氏道："君为忠臣，我独不能为忠臣妇么？"卯发道："妇人女子，也能解此么？"雍氏遂请先死，卯发怡然道："既甘同死，何必求先？"明日元兵薄城，卯发展起书几上道："国不可背，城不可降，夫妇同死，节义成双。"书毕，即与雍氏对缢室中。张林开门迎降，伯颜入城，问太守所在。左右以死事对，伯颜很是叹惜，命具棺合葬，亲自祭墓而去。忠信可格豚鱼，况乎伯颜。宋廷追赠卯发为华文阁待制，谥文节，妻雍氏为顺义夫人。

似道闻池州又陷，乃简精锐七万余人，尽属孙虎臣，令截击元军，又命夏贵率战舰二千五百艘，陆续继进，自率后军驻鲁港，作为援应。虎臣有一爱妾，随身不离，至是亦令乘舟相随。身当大敌，尚携爱妾，安能成事？甫至池州下流的丁家洲，望见敌舟相近，即舣舰待战。猛闻炮声迭震，弹火喷薄前来，所当辄靡。虎臣不觉惊愕，勉强麾兵对击，哪知元将阿术，复督划船数千艘，乘风疾至，呼声动天地。宋前锋统领姜才颇怀忠勇，挺身奋斗，偏虎臣胆战心惊，忙向姜舟上跃入，部众顿时哗噪道："步帅遁了！"遂相率溃乱。夏贵因虎臣新进，权出己上，本已事前观望，此时即不战而奔，径驶扁舟掠似道船，大呼道："彼众我寡，势不可支，请师相速自为计！"似道大

惧，慌忙鸣钲收军。舳舻簸荡，忽分忽合，元将阿术，乘间横扫，伯颜复指挥步骑，夹岸助击，宋军不死刀下，也死水中，江水为之尽赤。所有军资器械，统被元兵劫去。

似道奔至珠金沙，夜召夏贵等议事，适虎臣驰至，抚膺恸哭道："我兵无一人用命，奈何？"但叫爱妾保全，他何足计。贵微笑道："我从前与他血战，倒也有几次了。"似道因问及御敌事宜，贵答道："诸军已皆胆落，不堪再战，师相唯有速入扬州，招集溃兵，迎驾海上，我当死守淮西便了。"言已，解舟自去。似道与虎臣单舸奔还扬州，次日，见溃卒蔽江而下，似道令队目登岸，扬旗招致，均不见应，或反用恶语相侵，害得似道无法可施。嗣是镇江、宁国、隆兴、江阴守臣，皆弃城遁走，太平、和州无为军，复相继降元。元军趋陷饶州，知州事唐震不屈被害，阖家殉难。故相江万里在籍，曾凿池芝山后圃，署名止水，至是即自投水中。左右及子镐，依次投入，积尸如叠。翌日，万里尸犹浮出水上，由从役替他殓埋，入告宋廷，追封太傅益国公，赐谥文忠。唐震亦得谥忠介。历详忠节，力阐潜光。

似道上书请迁都，太皇太后不许。殿帅韩震，系似道爪牙，复以为请，乃下宰臣等详议。当似道出师时，曾用李爚、章鉴为左右丞相，爚尝力辞不允，至此主张固守，为韩震等所反对，竟自遁去。旋经京学生上疏，谏止迁都，因即罢议，再诏令各路勤王。先是勤王诏下，诸将多观望不前，唯李庭芝尝遣兵入援，此时又来了一个张世杰。参政陈宜中，还疑他自元军来归，把他部众易去，另调一支新军，归他统带。江西提刑文天祥，湖南提刑李芾，从前统忤似道意，贬窜出外，及闻临安危急，文天祥募郡中豪杰，并结溪峒山蛮万余人入卫。芾亦招集壮士三千人，选将统辖，促令勤王。但大局已被似道搅坏，都中风鹤频惊，单靠一二忠臣义士，徒手募兵，奋身卫国，已是势成弩末，不足有为。宋廷追回王爚，仍令辅政，右丞相章鉴却托故径归，有诏进陈宜中知枢密院事。适值郝经弟郝庸奉元主命，来宋访兄，宜中疏请礼遣经归，乃令总管段佑，送经出境，经留宋十六年，归至燕都，遇病即殁。元主谥为文忠，惋惜不置，因屡促伯颜进兵。伯颜遂进薄建康。江、淮招讨使汪立信，自与似道别后，向建康进发，但见守兵悉溃，四面统是北军，乃折回高邮，意欲控引淮、汉，作为后图。嗣闻似道师溃，江、汉守臣，望风降遁，不禁长叹道："我今日犹得死在宋土了。"因置酒诀别宾僚，

自作表报谢三宫，且与从子书，属以后事。夜半起步庭中，慷慨悲歌，握拳击案，接连三响，以致失声三日，竟扼吭而终。及元兵至建康，立信爱将金明，挈立信家人走避。或以立信三策告伯颜，请戮立信妻孥。伯颜叹息道："宋有是人，能为是言，如果宋廷采用彼策，我怎得率兵到此？这是宋朝忠臣，奈何可戮及妻孥呢？"遂命访求立信家属，恤以金帛。金明扶立信榇，归葬丹阳。建康都统徐旺荣迎伯颜入建康城，伯颜复遣兵四出，收降广德军，宋廷益震。似道穷迫无计，因缴还都督府印。

陈宜中问堂吏翁应龙，谓似道现在何处？应龙答以不知。宜中疑他已死，即上疏乞诛似道。太皇太后谢氏道："似道勤劳三朝，不忍因一朝失算，遽置重刑。"乃诏授贾似道醴泉观使，罢免平章都督。凡似道所创弊政，次第革除，将公田给还田主，令率租户为兵，放还窜谪诸人。并复吴潜、向士璧等官职，刺配翁应龙至吉阳军，贬廖莹中、王庭、刘良贵、陈伯大、董朴等官。既而三学生及台谏侍臣，复连章请诛似道，太皇太后尚不肯从。似道亦上表乞求保全，且言为夏贵、孙虎臣所误。有旨令李庭芝资遣似道归越，守丧终制。似道尚留扬不归。意欲何为？王爚复上论："似道既不死忠，又不死孝，乞下诏严加谴责。"及颁诏下去，似道乃还绍兴府。绍兴守臣闭城不纳。王爚复入白太后道："本朝权臣稔祸，从没有如似道的厉害，搢绅草茅，叠经弹论，陛下统搁置不行，如此不恤人言，将何以谢天下？"太皇太后乃降似道三官，居住婺州。婺人闻似道到来，争作露布，驱逐出境，不准容留。监察御史孙嵘叟等又均上言罪重罚轻，更流窜至建宁府。国子司业方应发、中书舍人王应麟均谓："必须远投四裔，以御魑魅，且应重惩奸党，借申国法。"乃下诏斩翁应龙，籍没家产。廖莹中、王庭均除名，窜逐岭南。二人皆畏罪自尽。似道再被谪为高州团练使，安置循州，籍产充公。荣王与芮已晋封福王素恨似道，募人作监押官，令他途次除奸。会稽县尉郑虎臣欣然请行。这一番有分教：

作恶从无良结果，丧身徒博丑声名。

欲知似道如何了局，且看下回说明。

南宋之亡，事事蹈北宋覆辙，外有强元，犹女真也，内有贾似道，犹蔡京也。女真侵宋，势如破竹，强元亦然。北宋失守中原，尚有江南半壁，可以偏安，韩、岳、张、刘诸将，各任阃帅，兵力俱足一战。故高宗南渡，传祚犹百余年。至南宋则仅恃江、湖；襄、鄂陷，江、淮去，诚如汪立信所云："无赵氏一寸干净土。"有相与沦胥已耳。贾似道为祸宋罪魁，一死诚不足蔽辜，但宋廷诸臣，不于事前发其覆，徒于事后摘其奸，国脉已伤，大奸虽去，亦何益乎？故蔡京死而北宋随亡，贾似道死而南宋亦继之，权奸之亡人家国，固如此其烈哉！

第九十九回　屯焦山全军告熸
陷临安幼主被虏

却说会稽县尉郑虎臣，奉福王与芮命，愿充监押官。看官道是何因？原来虎臣父曾为似道所倾，刺配远方，虎臣久欲报怨，凑巧遇着这个差使，当然奉命维谨，遂往押似道启行。似道正寓建宁府开元寺中，侍妾尚数十人。虎臣到后，命将侍妾屏逐，即令似道登程，令舆夫撤去舆盖，使曝行秋日中。且嘱唱杭州歌为谑。每斥似道名，窘辱备至。一日入古寺，壁上有吴潜南行时所题诗句，虎臣因指示道："贾团练！吴丞相何故至此？"似道惭不能答。既而舍陆登舟，进次南剑州的黯淡滩，虎臣复令似道观水，谓此水甚清，可以就死。似道以未接诏命对。再行至漳州木绵庵，虎臣道："我为天下杀似道，虽死何恨？"竟就厕上拉似道胸，折骨而死。先是似道柄国，位极人臣，尝梦金紫人引到一客，语似道云："此人姓郑，能制死公命。"时大珰郑师望方用事，似道疑是师望，且姓与梦合，因假他故勒令外窜，不意后来竟死郑虎臣手中，可见存亡皆有定数，非人力所能强避哩。冥冥间虽有定数，然如似道之怙恶不悛，不死何待？

宋廷命王爚平章军事，陈宜中、留梦炎为左右丞相，并兼枢密使，都督诸路军马。宜中在太学时，与黄镛等纠劾丁大全，编管远州，当时曾号为六君子，应九十四回。后来大全被逐，宜中释归，夤缘似道，渐跻显职。至芜湖丧师，宜中疑似道已死，乃疏请正似道罪名，本来是个反复刁诈的小人，且因郑虎臣擅杀似道，立捕虎臣下狱，置诸死地。嗣复许似道归葬，赐还田

庐。太皇太后谢氏，还道他是存心忠厚，事事依从，又是一个贾似道。一面命张世杰总都督府诸军，分道拒元。怎奈元兵日逼日近，临安一夕数警，不得不格外戒严。同知枢密院事曾渊子，左司谏潘文卿，右正言季可，两浙转运使许自，浙东安抚使王霖龙，侍从陈坚、何梦桂、曾希颜等数十人，皆遁去。签书枢密院事文及翁，同签书院事倪普，故意令台谏劾己。章尚未上，已出关潜逃。花样翻新。太皇太后闻知此事，特下诏戒禁，榜示朝堂云：

我朝三百余年，待士大夫以礼，吾与嗣君，遭家多难，尔大小臣工，未尝有出一言以救国者。内而庶僚，畔官离次，外而守令，委印弃城。耳目之司，既不能为吾纠击，二三执政，又不能倡率群工，方且表里合谋，接踵宵遁。平时读圣贤书，自许谓何？乃于此时作此举措，生何面目对人？死亦何以见先帝？天命未改，国法尚存，其在朝文武官，并转二资，其畔官而遁者，令御史台觉察以闻，量加惩谴！

这诏虽下，朝中百官，尚不免有逃逸等情，大家顾命要紧，能有几个忠君爱国的志士，肯出来支撑危局？最可笑的是边境守将，还是仗着一柄利剑，乱杀外使，一误不足，至再至三，哪得不益挑敌怒，自速危亡呢？元礼部尚书廉希贤及工部侍郎严忠范，赍奉国书，南抵建康，与伯颜相见。希贤请兵自卫，伯颜道：“行人恃言不恃兵，兵多反致增疑哩。”希贤固请，伯颜乃遣兵五百人送行。到了独松关，宋守将张濡不管什么利害，竟遣部曲袭杀忠范，并执希贤送临安。希贤病疮道死，宋廷才知惹祸，亟使人移书元军，略言：“戕使事系边将所为，朝廷实未预知，当依法按诛，还乞贵国罢兵修好！”伯颜因再遣议事官张羽，偕宋使还临安，途过平江，又被守将杀死。真是野蛮举动。于是伯颜怒上加怒，遣兵四出，收降常州。阿里海涯又攻入岳州，安抚使高世杰战败降元，为阿里海涯所杀，总制孟之绍举城迎降。再进破沙市城，监镇司马梦求自缢。京、湖宣抚使朱祀孙及副使高达，闻元兵连陷州城，已是忐忑不安，及阿里海涯转攻江陵，达累战累败，竟与祀孙等输款元军。阿里海涯入江陵城，命祀孙移檄部属，劝使归附。湖北诸郡，如归峡、郢、复、鼎、澧、辰、沅、靖、随、常德、均、房、施、荆门诸城，相继皆降。荆南已为元有，伯颜无西顾忧，安心东下。

阿术前驱至真州，遣弁目李虎持招降书入扬州城，宋制置使李庭芝焚书杀虎，遣统制张俊出战。俊反持元降臣孟之缙书，回城招降。庭芝复毁去来书，枭俊首级示众。一面出金帛牛酒，宴犒将士。人人感愤涕泣，誓同死守。真州守将苗再成，与宗室子赵孟锦，迎击元兵于老鹳嘴，失利而还。阿术乘胜趋扬州，庭芝令统制姜才出战，才赴三里沟，布三叠阵，击败敌众。阿术佯退，诱才往追，至扬子桥，径还兵再战，两军夹水列阵。元将张弘范率二十骑，绝流南渡，来冲宋军，才坚壁不动。弘范屡突不入，又佯为趋避，才将回回跃马出阵，挺着大刀，去追弘范。弘范待他追近，陡然回马，运动手中长枪，把回回刺落马下。回回以骁悍闻，忽被刺死，吓得宋军一齐胆落，竟尔溃退。阿术、弘范后先驰击，宋军自相践踏，伤毙甚众。姜才肩上亦被流矢所中。才大吼一声，拔矢挥刀，回截元兵，剁死了好几人，元兵才不敢逼，由才收溃军入城。

阿术又进薄扬州南门，庭芝登城堵御，一攻一守，还算旗鼓相当，没甚胜败。宋将刘师勇，本自民兵进身，积功至濠州团练使，至是克复常州，升任和州防御使，助知州事姚訔守城，兵威少振。浙右诸军，亦渐来援助。张世杰乃召刘师勇、孙虎臣等，大集舟师，进次焦山，为扬州声援，途次，闻成都安抚使昝万寿，举嘉定诸城降元，两川郡县，亦多叛去。两川事用简笔带叙。世杰愈觉孤危，定计与元兵死战，决一胜负，令以十舟为方，碇江中流，非有号令，无得发碇，示以必死。世杰计议多迂，实非将才。元阿术登石公山，望见阵势，便微笑道："这军可烧而走呢。"遂选弓弩手千人，用巨舟装载，分作两翼，夹射宋师。阿术由中路进战，方与宋师接仗，即用火箭接连注射。宋师碇舟为阵，无从散驶，徒落得篷樯俱毁，烟焰蔽江。大众进退两难，除投江自尽外，竟无别法。元将张弘范、董文炳等，复用锐卒横击，杀得宋师七零八落。张世杰不复能军，只好奔回圌山，弃去黄白鹞船七百余艘。刘师勇还常州，孙虎臣还真州。

世杰表请济师，适宋廷执政，互生意见，你排我挤，还有什么心思去顾世杰？先是世杰出师，平章王爚上言："陈、留二相，宜出一人督师吴门，否则自己请行。"陈宜中阴怀忮忌，暗沮爚议。至世杰败绩焦山，爚复入请道："今二相并建都督，庙算指授，臣不得预知，近因六月出师，诸将无统，臣岂不知吴门去京，为路不远？不过因大敌在前，非陛下自将，即大臣

出督，方能事专责成，可望却敌。今世杰因诸将离心，遂至失败，试问国家今日，尚堪几败么？臣既无职可守，有言不从，自愧素餐，乞罢平章重任。”太皇太后不许。既而京学生刘九皋等，又伏阙上书，历数陈宜中擅权误国，不亚似道。疏入不报。宜中竟悻悻自去，太皇太后遣使召还，累征不至。没奈何捕刘九皋等下狱，罢爚平章军国重事。爚寻病卒。宜中归至温州，仍不造朝，太皇太后自作手书，遗宜中母杨氏，令转促宜中入都。宜中尚乞以祠官入传，进拜醴泉观使。是时左相虚席，太皇太后欲召李庭芝入相，因加夏贵为枢密副使，兼两淮宣抚大使，令与淮东制置副使知扬州朱焕互调。贵不受命，焕仍回扬州，连李庭芝亦不能离任。

会文天祥提兵入卫，久留不遣，至宜中还朝，乃令天祥知平江府，与李芾知潭州的诏命，同日颁行。天祥临行时，特上疏请建四镇，略云：

> 本朝惩五季之乱，削藩镇，建都邑，一时虽足以矫尾大之弊，然国以寖弱，故敌至一州则一州破，至一县则一县残，中原陆沈，痛悔何及？今宜分天下为四镇，建都督统御于其中，以广西益湖南，而建阃于长沙。以广东益江西，而建阃于隆兴。以福建益江东，而建阃于番阳。以淮西益淮东，而建阃于扬州。责长沙取鄂，隆兴取蕲黄，番阳取江东，扬州取两淮。地大力众，乃足以抗敌，约日齐奋，有进无退，日夜以图之。彼备多力分，疲于奔命，而吾民之豪杰者，又伺间出于其中，如此则敌不难却也。汪立信沿江之计，文天祥四镇之谋，俱属当时要计，故备录之。

宋廷方用留梦炎为左丞相，再任陈宜中为右丞相，并兼枢密使，都督诸路军马。两相见了此疏，俱以为迂阔难行，搁置不答。天祥叹息而去。

元统帅伯颜方自建康渡江，分兵三路，同时东下，阿剌罕、一作阿楼罕。奥鲁赤一作鄂啰齐。率右军出广德四安镇，趋独松关，董文炳、姜卫率左军出江并海，取道江阴，趋澉浦、华亭，用范文虎为先锋。伯颜自将中军，趋常州，用吕文焕为先锋，水陆并进，期会临安。文天祥至平江，正值常州被围，亟遣部将尹玉、麻士龙、朱华，与陈宜中遣援的张全，会师赴援。士龙与玉陆续战死，全与华不战即还，常州援绝势孤，知州事姚訔，通判陈炤，都统王安节，与刘师勇协力固守。伯颜遣使招降，譬喻百端，终不见听。因

遂役城外居民，运土为垒，连人带土，一并填筑，且杀民煎膏取油，作炮轰城。城中危急万状，照等守志益坚。伯颜乃督帐前诸军，奋勇争先，四面并进，城遂被陷，姚訔、陈炤皆战死，王安节被擒，亦骂敌死节。阖城屠戮殆尽。唯刘师勇用八骑突围，奔往平江。元将阿剌罕亦攻克广德军四安镇，还有别将苏都尔岱、李恒等，又进军隆兴，连拔江西十一城，直逼抚州。安抚使黄万石奔建昌，都统密佑，麾众逆战集贤坪，兵败被执，从容就刑。元兵复进取建昌，万石入闽，寻且降元，统制米立，迎战江坊，亦为元军所获。阿剌罕令万石谕降，立始终不屈，杀身全忠。

宋廷令谢枋得招谕江西，其实江西诸郡县，已大半没入敌军，枋得本与吕师夔友善，欲贻书相勉，令介绍和议，适师夔北去，不及而返，因请命改知信州。元将阿剌罕略定江西，进攻独松关，守将张濡闻风遁去。宋廷太惧，促文天祥入卫。天祥与张世杰会商，以为："淮东坚壁，闽、广全城，若与敌血战，万一得捷，又命淮师截敌后路，国事或尚可为。"世杰甚以为善，入奏宋廷，偏陈宜中入白太皇太后，谓王师务宜慎重，竟将他奏议打消。慎重慎重，坐待敌军深入，束手就擒而已。左丞相留梦炎且不告而去。宜中没有他法，只有求和一策，当遣工部侍郎柳岳，至元军通好。岳至无锡见伯颜，且泣且请道："嗣君幼冲，尚在衰绖，自古礼不伐丧，贵国为何兴师？况前此失信背盟，俱出贾似道一人，今似道伏诛，贵国亦可恕罪了。"伯颜艴然道："汝国执戮我行人，所以兴师问罪。从前钱氏纳土，李氏出降，俱系汝国成制。况汝国得诸小儿，今亦应失诸小儿，天道好还，何必多言！"回应首文。岳无词可对，只好退还。及伯颜入平江，宜中复奏遣宗正少卿陆秀夫，及兵部侍郎吕师孟，与柳岳再赴元军，情愿称侄纳币，否则降称侄孙。且嘱吕师孟转达文焕，乞他通好罢兵。师孟系文焕犹子，满望就此成议，哪知伯颜仍然不许。秀夫等还报，宜中再白太皇太后，愿奉表求封为小国。太皇太后只泣涕涟涟，毫无成算，一任宜中取决。宜中乃命直学士院高应松草表，应松不允，改命京局官刘褒然属草，再遣柳岳赍表前往，行至高邮嵇家庄，被土民嵇耸杀死。

元兵逐渐进逼，宋廷惶急得很，好容易度过残年，算作德佑二年的元旦，宫廷内外，统是食不甘，寝不安，也无心行庆贺礼，过了一日，忽接湖南警耗，潭州失守，湖南镇抚大使兼知州事李芾死难。原来潭州为阿里海涯

所围，已三阅月，由李芾竭力拒守，大小数十战，无从却敌。阿里海涯督攻益急，且决水灌城，城中大困，力不能支。诸将泣白李芾道："事已急了，我等当为国死，但百姓不堪残虐，奈何？"芾怒叱道："国家平时，厚养汝等，正为缓急起见，汝等但务死守，若再敢多言，我先斩汝。"诸将无言而退。元旦这一日，天尚未晓，元兵蚁附登城。知衡州尹谷，时寓城中，料知事不可为，即与家人自焚死。芾正留宾佐会饮，尚手书'尽忠'二字，作为军号。及宾佐出署，城已被陷，参议杨霆投水自尽。芾坐熊湘阁，召帐下沈忠与语道："我已力竭，义当死国，我家人亦不可为敌所辱，汝可尽杀我家，然后杀我。"忠泣谢不能。芾坚令照行，忠乃勉允。当下召集家人，取酒与饮，大众尽醉，乃由忠一一下手。芾亦引颈受刃，阖家俱死。忠遂纵火焚室，复还家杀死妻孥，再至火所大恸，举身投地，随即自刎。烈哉烈哉！幕僚陈亿孙、颜应焱皆自尽。潭民亦多举家殉难，城无虚井，林间悬尸相望。阿里海涯入城后，传檄诸郡，袁、连、衡、永彬、全道、桂阳、武冈诸州县，望风降附。唯宝庆通判曾如骥，不屈而死。

宋廷闻警，赠芾端明殿大学士，予谥忠节，都城戒备愈严，讹言益甚。参知政事陈文龙，同签书枢密院事黄镛，又相继遁去。确是三十六策的上策。有旨命吴坚为左丞相，常楙参知政事。日午宣诏慈元殿，文班止到六人，未几楙又潜遁。旋闻嘉兴知府刘汉杰，举城降元，安吉州戍将吴国定，复输款元军，知州赵良淳与提刑徐道隆先后死事，诸关兵尽溃。太皇太后日夕惶惶，便欲向元称臣，奉表乞和。陈宜中颇有难色。何必做作？太皇太后泫然道："苟存社稷，称臣亦不足惜呢。"乃遣监察御史刘岊，如元军奉表称臣，上元主尊号，愿岁贡银绢二十五万，乞存境土，聊奉烝赏。伯颜尚不肯允，必欲宋君臣出降。岊无奈返报，太皇太后召群臣会议，文天祥请命吉王、信王，出镇闽、广，徐图恢复，议上未决，宗室大臣，申请如天祥议，乃晋封吉王昰为益王，出判福州，信王昺为广王，出判泉州。二竖子亦不足济事。陈宜中恰率群臣入宫，面请迁都。太皇太后不许，宜中恸哭以请，乃命具装待发。及暮，宜中不入，太皇太后怒道："我本不欲迁，经大臣固请，才有是命。哪知竟来诳我呢？"遂脱簪珥抛掷地上，闭合而泣。全是一村妇俗态。其实宜中尚非面欺，不过因诸事仓皇，未及预奏时期，才有此误。越宿，闻元伯颜已至皋亭山，阿剌罕、董文炳各军皆会，前锋直抵临安府北新关。文天

祥、张世杰联名上请，愿移三宫入海，自率众背城一战。宜中视为危事，入定秘谋，竟遣监察御史杨应奎，赍奉传国玺及降表，往投元军。降表有云：

宋国主臣显，谨百拜奉表言：臣眇然幼冲，遭家多难，权奸贾似道，背盟误国，至劳兴师问罪，臣非不能迁避以求苟全，只以天命有归，臣将焉往？谨奉太皇太后命，削去帝号，以两浙、福建、江东西、湖南、二广、四川、两淮，现存州郡，悉上圣朝，为宗社生灵祈哀请死。伏望圣慈垂念，不忍臣三百余年宗社，遽至陨绝，曲赐存全，则赵氏子孙，世世有赖，不敢弭忘！

伯颜受了玺表，遣还杨应奎，令传语首相陈宜中，出议降事。不料宜中竟于是夕遁归。宗社已拱手让人，乐得逃回。张世杰、刘师勇等因朝廷不战即降，愤愤入海。元遣都统卞彪，劝世杰降，世杰割断彪舌，磔死中子山。师勇忧恚成疾，纵酒而亡。太皇太后至此，只好就出降问题，做将下去，遂命文天祥为右丞相，与左丞相吴坚偕赴元军，会议降约。天祥辞职不拜，即与吴坚同行。及见了伯颜，遂进言道："北朝若以宋为与国，请退兵平江或嘉兴，然后议岁币与金帛犒师，北朝得全师而还，最为上策。若必欲毁宋宗社，恐淮、浙、闽、广，尚多未下，兵连祸结，利钝难料，请执事详察！"伯颜因他语言不逊，留置军中，只遣坚还都。当即改临安为两浙大都督府，命将忙兀台一作蒙固岱。及降臣范文虎入城治事，再命张惠、阿剌罕、董文炳、张弘范、唆都一作索多。等，入封府库，收史馆礼寺图书及百司符印告敕，罢官府及侍卫军，寻复索宫女内侍及诸乐官，宫女多赴水死节。太皇太后尚命贾余庆为右丞相，刘岊同签书枢密院事，与左丞相吴坚，签书枢密院事家铉翁等，并充祈请使如元，先至伯颜军营，伯颜引文天祥与坚等同坐，贾余庆语多谄谀，天祥即斥余庆卖国，并责伯颜失信。吕文焕从旁劝解，天祥起身叱文焕道："君家受国厚恩，不能以死报国，尚合族为逆，夫复何言！"文焕语塞。伯颜竟拘住天祥，令随祈请使北行，一面进驻钱塘江沙上。钱江本有大潮，每日两至，临安人方望波涛大作，一洗而空，谁知潮竟三日不至，舆论以为天数，相率咨嗟罢了。

伯颜闻益王、广王已出临安，复遣范文虎率兵南追。驸马都尉杨镇本随

二王同行，闻报反驰还临安，与二王作别道："我将就死该处，藉缓追兵。"途次遇着文虎，伪言二王已往就镇。文虎乃执镇还报，伯颜因入临安城，建大将旗鼓，率左右翼万户巡城，观潮浙江。又登狮子门览临安形胜，部分诸将适福王与芮，自绍兴至，伯颜好言抚慰，令随帝显及全太后，入觐元都。且遣使入宫宣诏，免牵羊系颈礼。德佑二年三月丁丑日，伯颜劫帝显及全太后，并福王与芮，沂王与猷，度宗母隆国夫人黄氏，驸马都尉杨镇等，一律北去。小子有诗叹道：

残局由来未易支，六龄天子更何知？
岂真天道无差忒，得失都应自小儿？

帝显北去，南宋已亡，尚有一段亡国尾声，容至下回续叙。

宋多贤母后，而太皇太后谢氏实一庸弱妇，以之处承平之世，尚或无非无议，静处宫闱，若国步方艰，强邻压境，岂一庸妪所能任此？观其初信贾似道，及继任陈宜中，而已可知谢氏之不堪训政矣。似道为祸宋之魁，夫人知之，宜中之罪，不亚似道，当元兵东下之时，如文天祥四镇之谋，及其后血战之策，俱属可行。即至元兵已薄临安，文、张请三宫移海，背城一战，利钝虽未可必，宁不胜于束手就俘乎？宜中一再阻挠，必欲以国授虏而后快，是似道所不敢为者，而宜中竟为之。赵氏何负于宜中，顾忍出此谋？太皇太后何爱于宜中，顾宁受此辱？要之似道误国，宜中卖国，谢后妇人，偷生惜死，卒为所欺，盖亦一亡国奴也。灵鹊之祥，何足信哉。

第一百回　拥二王勉支残局 覆两宫怅断重洋

却说帝显被虏，除全太后、福、沂二王及隆国夫人、驸马都尉外，庶僚谢堂、高梦松、刘褒然暨三学生等皆从行。独太学生徐应镳，与二子琦、崧，及一女元娘，皆赴井殉难。太皇太后谢氏因病不能行，暂留临安。元伯颜留阿剌罕、董文炳等经略闽、浙，自劫帝显等北去。时知信州谢枋得为元兵所逐，窜往建宁山中，妻子皆被执，江东陷没。制置使夏贵又以淮西降元。知镇巢军洪福为贵所杀。唯淮东、真、扬、泰各州，尚为宋土。孙虎臣已经忧死，李庭芝、姜才、苗再成等，各死守不去。会文天祥北行至镇江，与幕客杜浒等十二人，乘夜亡入真州。苗再成迎入，与天祥共图恢复。天祥贻书李庭芝，令同时举兵，扼敌归路。不意庭芝误信溃卒，传言元遣宋相说降真州，因疑天祥有诈，密嘱再成亟杀天祥。再成不忍，给天祥出阅城垒，才把庭芝文书相示。天祥愤甚，愿往扬州自诉。再成乃遣兵二十人送往扬州，夜抵城下，闻门卒宣言，谓奉制置使令，捕文丞相甚急。天祥知事不妙，因变易姓名，沿东入海。途中饥寒交困，幸得樵夫相救，挈往高邮。嵇家庄民嵇耸迎天祥至家，遣子德润护送至泰州，遂由通州泛海至温州，访求二王。还要访求二主，恋主真诚，可谓仅有。途次闻益王昰已嗣立福州，改元景炎，乃自温州再行航海，奔赴福州。

原来益王昰与弟广王昺，自渡浙南行，由昰母杨淑妃，及淑妃弟亮节，并昺母俞修容弟如珪，及宗室秀王与檡，拥护同往，途中为元兵所追，徒步

匿山中七日。亏得统制张全，率数十骑走卫，乃同往温州。适宋臣陆秀夫、苏刘义等，亦接踵前来，乃议召陈宜中于清澳，召他何为？张世杰于定海，两下遣使去讫。未几陈、张俱至，因奉益王昰为都元帅，广王昺为副，发兵除吏，命秀王与檡为福建察访使，先入闽中，抚吏民，谕同姓，檄召诸路忠义，同谋兴复。闽人颇多响应。于是陈宜中等，奉二王至福州，立益王昰为帝，改号景炎元年，尊杨淑妃为皇太妃，同帝听政。遥上帝显尊号为恭帝，加封广王昺为卫王，授陈宜中左丞相兼枢密使，都督诸路军马。卖国贼臣，尚堪重任么？李庭芝为右丞相，陈文龙、刘黻参知政事，张世杰为枢密副使，陆秀夫签书枢密院事，苏刘义主管殿前司。命旧臣赵溍、傅卓、李班、翟国秀等，分道出兵，改福州为安福府，温州为瑞安府，循例大赦。是日有大声出府中，众多惊仆。

越数日，文天祥来谒，廷议以李庭芝扼守淮东，不便至闽，右相尚是虚席，应授天祥为右相，兼知枢密院事。天祥不悦宜中，固辞不拜，乃改授枢密使，同都督诸路军马。天祥请还温州，借图进取，偏宜中欲倚用张世杰，规复两浙，自盖前愆，特命天祥开府南剑州，经略江西。江西由吴浚出兵，克复南丰、宜黄、宁都三县，翟国秀亦进取秀山。傅卓至衢信，诸县民亦多起应，偏元将唆都率兵拔婺州，复进陷衢州，故相留梦炎降元。唆都遣兵进击吴浚，浚战败引还，国秀不战即遁，傅卓亦为元兵击败，径诣元江西元帅府乞降。还有广东经略使徐直谅，初遣部将梁雄飞，奉款元军，元将阿里海涯，授雄飞招讨使，使徇广东。自益王昰立，檄至广州，直谅变计拒雄飞，令李性道、黄俊等扼守石门。雄飞甘作虎伥，竟引元兵来攻，性道不战先走，俊战败退归，直谅弃城遁。雄飞竟入广州，全城皆降。独俊不降被杀。赣、粤事皆失败，淮东又报沦亡，制置使李庭芝与姜才协守扬州，元将阿术屡攻不下，自临安被陷，元伯颜迫令太皇太后谢氏，手诏谕庭芝降，诏至阿术军前。阿术使人至城下宣诏，庭芝登城与语道："我只知奉诏守城，未闻有诏谕降。"阿术没法，仍然再攻，依旧不克。及帝显等被虏北去，庭芝涕泣誓师，尽散金帛犒士，令姜才率四万人截击瓜洲，谋夺两宫。接战至三时，元兵拥帝显避去，才追战至浦子市，遇阿术督兵夹击，料知不能取胜，只好退还。阿术令人招才，才慨然道："我宁死，肯作降将军么？"真州苗再成，亦欲出兵夺驾，均不能如愿。

帝显与全太后等至燕都，祈请使贾余庆已先病死，高应松亦绝食而亡，唯吴坚及家铉翁迎谒，伏地流涕，自言奉使无状，不能保存宗社，全太后等相对唏嘘。及帝显进见元主，元主怜他幼弱，封为瀛国公，全太后自愿为尼，乃令出居正智寺，嗣复命帝显为僧。显时年仅六岁，后来竟病终沙漠。太皇太后谢氏，本留居临安，过了数月，被元兵从宫中舁出，北至燕都，降封为寿春郡夫人，留燕七年乃殁。了过帝显及全太后。福王与芮，亦受元封为平原郡公。家铉翁不就元官，自号则堂，馆河间教授弟子，为诸生谈宋兴亡，常至泣下。至元成宗时，放还眉州原籍，赐号处士，赠金不受，卒以寿终家中，特提出家铉翁以表节义。这是后话。

且说太皇太后谢氏，未发临安，再遣数使谕李庭芝降元，庭芝不答，命发弩射死一使，余使奔去。元阿术遣兵守高邮、宝应，阻绝扬州粮道，复索得帝显谕旨，遣使招降。庭芝开壁纳使，将他杀死，焚诏陴上。既而淮安、盱眙、泗州，均因粮尽出降，庭芝尚力战不屈，粮尽继以牛皮曲蘖，甚至兵民易子相食，尚无叛志。会福州使命至扬，召庭芝为右相，庭芝令制置副使朱焕守扬城，自与姜才率兵七千趋泰州，不意庭芝甫出，朱焕即献城出降。元阿术分道追庭芝，庭芝驰入泰州，泰州裨将孙贵、胡惟孝，潜开北门纳元兵，姜才适背上生疽，不能迎战，庭芝亟投莲池中，水浅不死，致为元兵所缚。姜才亦被执，由元兵押送扬州。阿术责他不降，姜才愤叱道："我是第一个不降，要杀就杀。何庸多言！"言下犹痛骂不已。阿术爱他才勇，不忍加刃，偏降将朱焕入请道："扬州自用兵以来，积骸满野，统是李、姜二人所致，不杀何待？"丧尽良心。阿术乃将李庭芝、姜才同时杀害，扬民莫不泣下。

元兵转攻真州，守将赵孟锦乘雾出袭，及日出露消，元兵见来骑不多，鼓噪往逐，孟锦登舟失足，至堕水溺死，未几城陷，苗再成亦死难。淮东州县，尽归元属。元再遣阿剌罕、董文炳、忙兀台、唆都等，领舟师出明州。搭出、一译作达春。李恒、吕师夔等，领骑兵出江西，水陆南下，分徇闽、广，复檄阿里海涯率兵略广西。先是东莞民熊飞起兵，联络宋制置使赵溍，攻入广州，元降将梁雄飞遁去。熊飞又进取韶州，新会令曾逢龙亦率兵来会，元将吕师夔越梅岭，径达南雄。赵溍令熊飞、曾逢龙拒战，逢龙败死，飞走还韶州。师夔攻韶，守将刘自立以城降，飞巷战不支，赴水自尽。赵溍

窜出广州，不知去向。元阿剌罕、董文炳入处州，宋秀王赵与檡，适出兵浙东，往截元兵，逆战瑞安，败绩被杀。弟与虑，子孟备，及观察使李世达，监军赵由噶，察访使林温皆从死。元兵长驱至建宁府，执守臣赵崇鐖，知邵武军赵时赏等，均弃城逸去，福州震动。陈宜中、张世杰，亟备海舟，奉帝昰及杨太妃卫王昺，登舟西走。

福建招抚使王积翁，送款元军。导阿剌罕等至福州。知州王刚中举城降元。泉州招抚使蒲寿庚，至泉州港迎谒帝昰，请就州治驻跸。张世杰以为非计，并取寿庚舟西行。寿庚大为怨望，竟把泉州城内的皇亲国戚，搜杀多人，自与知州田子真，举城降元。元阿剌罕收降泉州，遣使至兴化军劝降，宋正命参政陈文龙，知兴化军事，当下斩了来使，饬部将林华出战。华反引元兵至城下，通判曹澄孙开门迎敌，文龙无从脱身，骤被执去。阿剌罕胁令归降，文龙用手指腹道："此中皆节义文章，怎得为汝胁迫呢？"也是个硬颈子。乃械送杭州，文龙竟绝粒而死。元将阿里海涯一军，趋入广西，知邕州马塈，屯兵静江，前后数十战，死伤相籍。阿里海涯贻书招塈，许为江西大都督，又请元主降诏劝谕。塈焚诏斩使，阿里海涯泄濠傅陴，督众登城。塈犹率死士巷战，臂伤被获，断首后，尚握拳奋起，逾时才仆。兵民多被坑死。元兵遂分取郁林、浔、容、藤、梧等州。宋广西提刑邓得遇闻静江已破，朝服南望拜辞，投南流江自尽。

那时赤胆忠心的文天祥，尚奔走汀、漳间，专想从江西进兵。汀州守将黄去疾，已与吴浚叛宋降元，浚且至漳州游说天祥。天祥以大义相责，斩浚示众，即引兵自梅州出江西，拔会昌，下雩都，又使赵时赏等分道取吉、赣诸县，进围赣州，自居兴国县调度。广东制置使张镇孙复克广州，张世杰奉帝昰至潮州，又还军讨蒲寿庚。寿庚闭城自守，世杰传檄诸路，攻取邵武军。陈文龙犹子名瓒，也举兵杀林华，夺还兴化。又有淮人张德兴、傅高，用宋景炎年号，举民兵攻入黄州及寿昌军，杀元宣慰使郑鼎。四川制置副使张珏，自合州进兵，规复泸、涪诸州，一隅残宋，大有勃兴的气象。大约是回光返照。看官道是何因？原来元诸王昔里吉一译作锡喇勒济。叛据北平，元主因调回南方诸将，改图北方，残宋因得乘隙进兵，略得各地。嗣由元伯颜讨平昔里吉，乃更命塔出、吕师夔、李恒等，率步卒出大庾岭，忙兀台、唆都、蒲寿庚及元帅刘深等，率舟师下海，合追二王。李恒方遣兵援赣，自至

兴国县袭击天祥。天祥不意恒兵猝至，与战失利，往就永丰。永丰守将邹沨兵先溃，乃改趋方石岭。恒督兵追及，天祥部将巩信、张日中皆战死，余卒尽溃。天祥妻欧阳氏，及二子佛生、环生，俱被元兵掳去。天祥脱身急走，赵时赏坐着肩舆，在后徐行。追兵问时赏姓名，时赏诡说姓文，遂为追兵所拘，天祥乃得与长子道生及杜浒、邹沨等，乘骑奔循州。李恒既拿住时赏，令俘卒审视，才知是假冒天祥。时赏奋骂不屈，竟为所害。恒送天祥妻子家属至燕，二子病死道中。元将唆都进援泉州，宋张世杰只好解围，于是邵武复失，兴化随陷。陈瓒为唆都所获，轘裂毕命。唆都再取漳州，转至惠州，与吕师夔合军趋广州。张镇孙又以城降元，就是淮西的义民张德兴，亦被元宣慰使昂吉儿攻杀，傅高变姓名出走，终遭捕戮。黄州寿昌军又陷，到了景炎三年，四川制置副使张珏，被元将不花、一作布哈。汪良臣等，分道掩击，合州失守，走至涪州，遇伏被执，解弓弦自经死。满盘失去。

各路宋师，倏起倏灭，单剩张世杰一军，奉帝昰走浅湾，又遇元将刘深来袭，不得已趋避秀山，转达井澳。老天也助元为虐，陡起了一夜狂风，竟把帝昰坐舟，掀翻海滩，可怜冲龄孱主，溺入水中，经水手急忙救起，已是半死半活，好几日不能出声。刘深又率元兵追袭，张世杰再奉昰入海，至七里洋，欲往占城，陈宜中托名招谕，先至占城达意，竟做了一去不还的壮士。世杰更迁帝昰至硇州，帝昰疾尚未愈，禁不起东西簸荡，出入洪波，急惊慢惊诸风症一并上身，两眼一翻，呜呼死了。年仅十一，名目算作三年的小皇帝。不堪卒读。群臣多欲散去，签书枢密院事陆秀夫道："度宗皇帝一子尚存，何妨嗣立。古人一成一旅，尚致中兴，今百官有司皆具，士卒尚有数万。天意若未绝宋，难道竟不可为国么？"乃与众人共立卫王昺，年方八岁。适有黄龙现海中，因改元祥兴，升硇州为翔龙县。杨太妃仍同听政。适都统凌震与转运判官王道夫，复取广州，张世杰遂择得广州外海的厓山，以为天险可恃，奉主移驻，遣士卒入山伐木，筑行宫军屋千余间，造舟楫，制器械，忙碌了好几月，即就厓山瘗葬帝昰，号为端宗，进陆秀夫为左丞相。秀夫正色立朝，尚日书大学章句，训导嗣君。其行似迂，其志可哀。文天祥因母与弟均在惠州，复收集散卒，奉母携弟，同出海丰，进次丽江浦，且上表厓山，自劾兵败江西的罪状。诏加天祥少保衔，封信国公，张世杰为越国公。可巧湖南制置使张烈良等，也起兵应厓山，雷、琼、全、永，与潭州人

民周隆、贺十二等，同时举义，大群数万，小群数千。元主命张弘范为都元帅，李恒为副，再下闽、粤，一面促阿里海涯，速平湖、广。阿里海涯兼程至潭州，周隆、贺十二等不及防备，均被擒斩。张烈良等逆战皆死。阿里海涯进略海南，招宋琼州安抚赵与珞降。与珞不从，率兵拒白沙口，偏偏州民作乱，执与珞降元，与珞被磔。海南一带，相率归元。

李恒由梅岭袭广州，凌震、王道夫累战皆败，弃城奔厓山。张弘范由海道进兵，袭击漳、潮、惠三州。适文天祥屯兵潮阳，与邹㵯、刘子俊等，剿海盗陈懿、刘兴，兴伏诛，懿遁走，竟以海舟导元兵入潮阳。天祥率麾下走海丰，母与长子已遇疫皆亡，他尚始终为宋，心总不死，方至五坡岭造饭，与众共餐，突由元先锋将张弘正，领兵追到，众皆骇散，单剩天祥、刘子俊、邹㵯、杜浒等数人，尽为元兵拘住。天祥吞脑子不死。邹㵯自刭。刘子俊冀免天祥，佯说天祥是假天祥，自云是真天祥，彼此互争一番，毕竟有人认识，子俊以欺诳被烹，杜浒忧愤不食，未几身死。弘正执天祥至潮阳，与弘范相见，左右叱天祥拜谒，天祥毅然不屈。弘范欲羁縻天祥，亲为解缚，待以客礼。天祥一再请死，弘范不许，令处舟中。凡天祥族属被俘，概令还伴天祥。天祥早具死念，因尚存一死灰复燃的希望，聊且在舟中寓着，满腔忠愤，尽付诗歌。后世有文信国专集，小子不及细述。

唯张弘范进攻厓山，尝使张世杰甥，三次招降，世杰不从。弘范令天祥作书相招，天祥道："我不能扞父母，乃教人叛父母，如何使得？"弘范固令作书，天祥提笔写就八句，乃是过零丁洋感怀诗，着末一韵道："人生自古谁无死，留取丹心照汗青。"弘范览毕，付诸一笑，遂督兵攻厓山。张世杰又用联舟为垒的法儿，结大舶千余，作一字阵，碇泊海中，中舻外舳，四周起楼棚如城堞，奉帝昺居中，为必死计。将士多以为非策，我亦云然。世杰慨然道："频年航海，何时得休？不若与决胜负，胜乃国家幸福，败即同归于尽罢了。"厓山两门如对立，北面水浅，舟不能进。弘范绕舟大洋，转入南面，用锐卒薄世杰舟，坚不可动。再用茅茨沃膏，乘风纵火，偏世杰已早防着，舟上皆涂水泥，经火不爇，弘范倒也没法，遣人语宋军道："汝陈丞相已去，文丞相已执，尚欲何为？"宋军置诸不答。弘范乃用舟师据海口，断宋军樵汲要路，宋军遂困。元将李恒又率舟师来会，弘范命守山北，自分部下为四军，相去里许，下令诸将道："宋舟西舣厓山，潮至必遁，宜乘潮

进攻，闻我作乐乃战，违令立斩！”祥兴二年二月六日，大书特书。晨间有黑气出山西，早潮骤涨。李恒先乘潮进攻，世杰率兵死战，相持至午，胜负未分。俄闻南军乐作，弘范督军继进，世杰南北受敌，军士皆疲，不能再战。但见旗靡樯倒，波怒舟摇，翟国秀、凌震等，俱解甲降敌。世杰兀自支持，战至日暮，值风雨大作，昏雾四塞。咫尺不辨南北，料知大势已去，竟与苏刘义断缆出港，带着十六舟径去。陆秀夫走至帝昺舟上，帝昺已惊作一团，秀夫见诸舟环结，度不能脱，乃先驱妻子入海，随语帝昺道："国事至此，陛下当为国死。德祐皇帝受辱已甚，陛下不可再辱。"遂负帝昺同投海中。后宫诸臣，从死甚众。杨太妃闻昺死耗，抚膺大恸道："我忍死至此，单为赵氏一块肉，今还有什么余望。"也赴海而死。

世杰舟至海陵山下，适遇飓风大作，将士劝他登岸，世杰太息道："无须无须。"因自登柁楼，焚香祷天道："我为赵氏，已力竭了，一君亡，又立一君，今又亡，我尚未死，还望敌兵退后，别立赵氏以存宗祀，今风涛若此，想是天意应亡赵氏，不容我再生呢。"祷毕，风愈大，波愈涌，竟覆世杰舟。世杰堕水溺死。苏刘义出海洋，为下所杀，无一非可怜事。南宋乃亡。自高宗至帝昺凡九主，历一百五十二年，若与北宋合算，共得三百二十年。文天祥被执至元都，越三年，受刑燕市，由妻欧阳氏收尸，面目如生。张毅甫负天祥骸骨，归葬吉州原籍。又越七年，谢枋得被胁北行，绝食死义，子定之护骸骨归葬信州。二人为故宋遗臣，所以并志死节。宋事至此已终，后事备见《元史演义》，小子无庸申述了。爰赋二绝，作为《宋史演义》全部的收场。

黄袍被服即当阳，三百年来叙兴亡。
一代沧桑说不尽，幸存三烈尚流芳。
北朝无将南无相，华胄夷人混一朝。
写到厓山同覆日，不堪回首忆陈桥。

本回叙南宋残局，一气赶下，几似山阴道上，目不暇接。然每段恰自有线索，阖阖呼应，无一罅漏，是叙事文绵密处，亦即叙事文收束处。至若写二王之殂逝，及文、张、陆三人之奔波海陆，百折不回，尤为可歌可泣，可悲可慕。六合全覆而争之一隅，城守不能而争之海岛，明知无益事，翻作有情痴，后人或笑其迂拙，

不知时局至此，已万无可存之理，文、张、陆三忠，亦不过吾尽吾心已耳。读诸葛武侯《后出师表》，结末云：“鞠躬尽瘁，死而后已，成败利钝，非所逆睹。”千古忠臣义士，大都如此，于文、张、陆何尤乎？宋亡而纲常不亡，故胡运不及百年而又归于明，是为一代计，固足悲，而为百世计，则犹足幸也。

历朝通俗演义　第八部

元史通俗演义

蔡东藩　著

中国书店

图书在版编目（CIP）数据

元史通俗演义 / 蔡东藩著；—北京：中国书店，2012.6（2019.10重印）
（历朝通俗演义）
ISBN 978-7-5149-0386-7

Ⅰ.①元… Ⅱ.①蔡… Ⅲ.①章回小说-中国-现代 Ⅳ.①I246.4

中国版本图书馆CIP数据核字（2012）第108143号

责任编辑 辛 迪
策 划 人 张凌文
装帧设计 肖晋兴
制作统筹 陈 辉

元史通俗演义
蔡东藩 著

出　　版 中国书店
地　　址 北京市西城区琉璃厂东街115号
邮　　编 100050
发　　行 全国新华书店经销
印　　刷 天津东辰丰彩印刷有限公司
开　　本 680毫米×980毫米 1/16
印　　张 24.75
字　　数 392,000
版　　次 2012年8月第1版
印　　次 2019年10月第11次印刷
书　　号 ISBN 978-7-5149-0386-7
定　　价 598.00元（全十一部，共二十一册）

出版说明

蔡东藩先生从1915年开始创作《清史通俗演义》。此后历经十年，先后完成《元史通俗演义》、《明史通俗演义》、《民国通俗演义》、《宋史通俗演义》、《唐史通俗演义》、《五代史通俗演义》、《南北史通俗演义》、《两晋通俗演义》、《前汉通俗演义》、《后汉通俗演义》。

蔡先生的小说除极具故事性、趣味性之外，还极其重视史料的真实性。不但可以作为一般的休闲读物，也可以作为历史爱好者的参考书。

本套书由上海会文堂新记书局陆续出版，至1926年9月全部出齐。初版11部全部是有光纸石印线装本。1935年5月，会文堂进行改版，全部改为铅印，分装44册，增加了许廑父续写的《民国通俗演义》后40回。全套书书名为《历朝通俗演义》，共11部，600余万字。

此次出版，是以会文堂1935年的铅印本为底本，将繁体竖排改为简体横排。在编辑过程中，尽量保持原书风貌，仅对个别的错字、标点等做了调整和修改。原书的一大特色，蔡东藩自己批注的注释、夹批和后批，全部按原文保留。

希望能带给读者原汁原味的阅读感受。

自序

古史之美且备者多矣，而元史独多缺憾，非史官之失职也，文献不足征耳。元起朔漠，本乏纪录，开国以后，即略有载籍，而语不雅驯，专属蒙文土语，搢绅先生难言之。逮世祖朝，始有实录，相沿至于宁宗，共十有三朝。然在世祖以前，仍多阙略，世祖以后，则往往详于记善，略于惩恶。史为国讳，无足怪也。元亡明兴，洪武二年，得元十三朝实录，命修元史，以李善长为监修，宋濂、王袆为总裁，二月开局，八月书成。唯顺帝一朝，史犹未备。又命儒士欧阳佑等，往北平采遗事，明年二月，重开史局，阅六月书成，颁行后，已有窃窃然滋议者。盖其时距元之亡，第阅二、三年，私家著述，尠有所闻，无由裒合众说，覈定异同，观徐一夔与王袆书，谓："考史莫备于日历及起居注，元不置日历，不设起居注，唯中书时政科，遣一文学掾掌之，以事付史馆，即据以修实录，其于史事已多疏略。至顺帝一朝，且无实录可据，唯凭采访以足成之，恐事未必，覈言未必，驯首尾未必贯穿"云云。然则元史之仓卒告成，不克完善，在徐氏已豫知之矣。厥后商辂等续撰《纲目》，薛应旗复作《通鉴》，陈邦瞻又著《纪事本末》，体制不同，而所采事实，不出正史之外，其阙漏固犹昔也。他若《皇元圣武亲征录》，记太祖、太宗事，元秘史亦如之，语仍鄙俚，脱略亦多。《丙子平宋录》，记世祖事，《庚申外史》，记顺帝事，一斑之窥，无补全史。而《元朝名臣事略》，暨《元儒考略》等书，更无论已。自明迄

今，又阅两朝，后人所作，可为元史之考证者，唯《蒙鞑备录》、《蒙古源流》及《元史译文证补》等书。《元史译文证补》，出自近年，系清侍郎洪钧所辑，谓从西书辗转译成，其足正元史之阙误者颇多，顾仅至定宪二宗而止。《蒙鞑备录》及《蒙古源流》亦一秘史类耳。明清二代多宿儒，容有钩隐索沉，独成善本，惜鄙人见闻局隘，未能一一尽窥也。本年春，以橐笔之暇，偶阅东西洋史籍译本，于蒙古西征时，较中史为详，且于四汗分封，及其存亡始末，亦足补中史之阙，倘所谓礼失求野者非耶？不揣谫陋，窃欲融合中西史籍，编成元代野乘以资参考。寻以材力未逮，戏成演义，都六十回。事皆有本，不敢臆造，语则从俗，不欲求深。而于元代先世及深宫轶事，外域异闻，凡正史之所已载者，酌量援引，或详或略，正史之所未载者，则旁征博采，多半演入，茶余酒后，取而阅之，非特足供消遣，抑亦藉广见闻，海内大雅，其毋笑我芜杂乎？是为序。

中华民国九年一月古越蔡东帆自识于海上寓庐

元代世系图

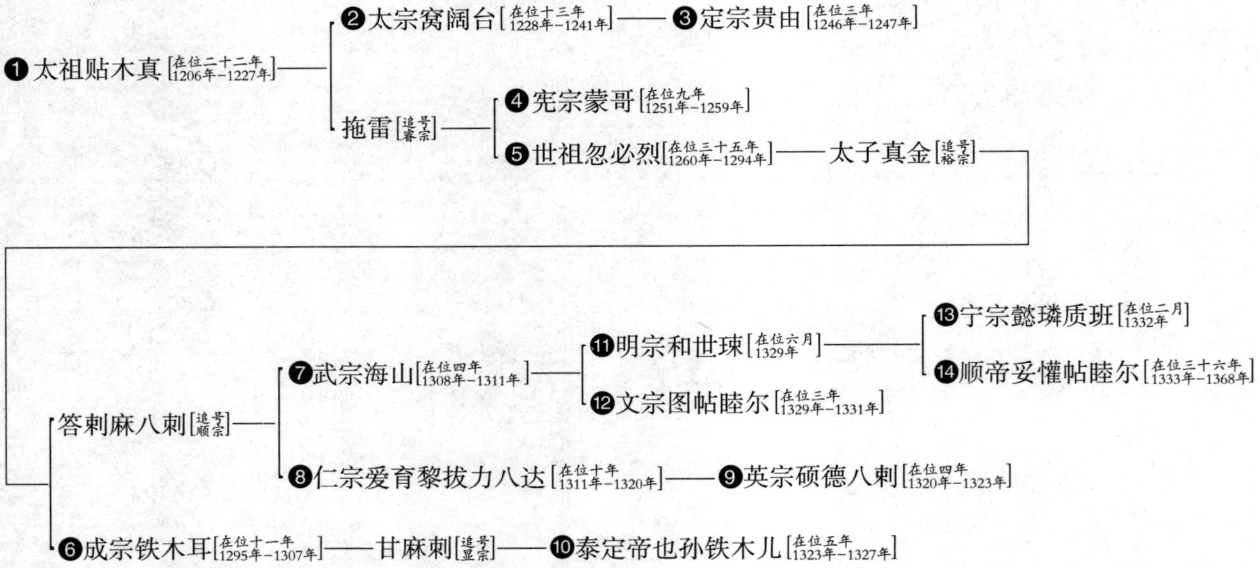

❶太祖贴木真[在位二十二年 1206年—1227年]
❷太宗窝阔台[在位十三年 1228年—1241年]
❸定宗贵由[在位三年 1246年—1247年]
拖雷[追号睿宗]
❹宪宗蒙哥[在位九年 1251年—1259年]
❺世祖忽必烈[在位三十五年 1260年—1294年]
太子真金[追号裕宗]
答剌麻八剌[追号顺宗]
❼武宗海山[在位四年 1308年—1311年]
⓫明宗和世瑓[在位六月 1329年]
⓭宁宗懿璘质班[在位二月 1332年]
⓮顺帝妥懽帖睦尔[在位三十六年 1333年—1368年]
⓬文宗图帖睦尔[在位三年 1329年—1331年]
❽仁宗爱育黎拔力八达[在位十年 1311年—1320年]
❾英宗硕德八剌[在位四年 1320年—1323年]
❻成宗铁木耳[在位十一年 1295年—1307年]
甘麻剌[追号显宗]
❿泰定帝也孙铁木儿[在位五年 1323年—1327年]

目　录

第一回　感白光孀姝成孕
劫红颜异儿得妻

“成则为王，败则为寇”，无论古今中外，统是这般见解，这般称呼，这也是成败衡人的通例。起语已涵盖一切。唯我中国自黄帝以后，帝有五，王有三，历秦、汉、晋、南北朝及隋、唐、五季、南北宋，虽未尝一姓，毕竟是汉族相传，改姓不改族。其间或有戎狄蛮貊，入寇中原，然亦忽盛忽衰，自来自去，如獯鬻，如猃狁，如匈奴，不过侵略朔方，没有什么猖獗。后来五胡契丹、女真铁骑南来，横行腹地，好算得威焰熏天，无人敢当，但终不能统一中国；几疑天限南北，地判华夷，中原全境，只有汉族可为君长，他族不能羼入的。谁知南宋告终，厓山尽覆，赵氏一块肉，淹入贝宫，赤胆忠心的陆秀夫、张世杰、文天祥，或溺死，或被杀，荡荡中原，竟被那蒙古大汗，囊括以去。一朝天子一朝臣，居然做了八十九年的中国皇帝，这真是有史以来的创局！有的说是天命，有的说是人事，小子也莫名其妙，只好就史论史，把蒙古兴亡的事实，演出一部元朝小说来。诸君细阅一周，自能辨明天命人事的关系了！暗中注重人事，为现今国民下一针砭，是有心爱国之谈。

且说蒙古源流，本为唐朝时候的室韦分部，向居中国北方，打猎为生，自成部落。嗣后与邻部构衅，屡战屡败，弄到全军覆没，只剩了男女数人，逃入山中。那山名叫阿儿格乃衮，层峦叠嶂，高可矗天，唯一径可通出入，中有平地一大方，土壤肥美，水草茂盛。不亚桃源。男女数人，遂借此居住，自相配偶，不到几年，生了好几个男女。有一男子名叫乞颜，生得膂力过

人，所有毒虫猛兽，遇着了他，无不应手立毙。他的后裔，独称繁盛。有此大力，宜善生殖。土人叫他作乞要特，“乞要”即“乞颜”的变音，特字便是统类的意义。种类既多，转嫌地狭，苦于旧径芜塞，日思开辟。为出山计，辗转觅得铁矿，洞穴深邃，大众伐木炽炭，篝火穴中，又宰了七十二牛，剖革为筒，吹风助火，渐渐的铁石尽熔。前此羊肠曲径，坍的坍，塌的塌，忽变作康庄大道，因此衢路遂辟。不借五丁，竟辟蠶丛，蜀主不能专美于前。

数十传后，出了一个朵奔巴延，《元史》作托奔默尔根，《秘史》作朵奔蔑儿干。尝随乃兄都蛙锁豁儿，出外游牧。一日到了不儿罕山，但见丛林夹道，古木参天，隐隐将大山笼住。都蛙锁豁儿，向朵奔巴延道：“兄弟！你看前面的大山，比咱们居住地，好歹如何？”朵奔巴延道：“这山好得多哩。咱们趁着闲暇，去逛一会子何如？”都蛙锁豁儿称善，遂携手同行，一重一重的走将进去。到了险峻陡峭的地方，不得已援着木，扳着藤，猱升而上，费了好些气力，竟至山巅。兄弟两人，拣了一块平坦的磐石，小坐片刻。四面了望，烟云缭绕，岫屿迴环，仿佛别有天地。俯视有两河萦带，支流错杂，映着那山林景色，倍觉鲜妍。好一幅画图。

朵奔巴延看了许久，忽跃起道：“阿哥！这座大山的形势，好得很！好得很！咱们不如迁居此地，请阿哥酌夺！”说了数语，未闻回答，朵奔巴延不觉焦躁起来，复叫了数声哥哥，方闻得一语道：“你不要忙！待我看明再说！”

朵奔巴延道：“看什么？”都蛙锁豁儿道：“你不见山下有一群行人么？”朵奔巴延道：“行人不行人，管他做甚！”都蛙锁豁儿道：“那行人里面，有一个好女儿！”朵奔巴延不待说毕，便说道：“哥哥痴了！莫非想那女子作妻室么？”都蛙锁豁儿道：“不是这般说，我已有妻，那女儿若未曾嫁人，我去与她说亲，配你可好么？”朵奔巴延道：“远远的恰有几个人影，如何辨别妍媸？”都蛙锁豁儿道：“你若不信，你自去看明！”朵奔巴延少年好色，闻着有美女子，便大着步跑至山下去了。

看官到此，未免有一疑问，都蛙锁豁儿见有好女，何故朵奔巴延独云见得不清？原来都蛙锁豁儿一目独明，能望至数里以外，所以部人叫他一只眼。他能见人所未见，所以命弟探验真实，自己亦慢步下来。

那时朵奔巴延，一口气跑到山下，果见前面来了一丛百姓，内有一辆黑车，坐着一位齐齐整整、袅袅婷婷的美人儿。想是天仙来了。不由的瞅了几

眼，那美人似已觉着，也睁着秋波，对朵奔巴延睃了一睃。像煞吊膀子，可想这美人身品。朵奔巴延竟呆呆立住。等到美人已近面前，他尚目不转睛，一味的痴望。忽觉得背后被击一掌，方扭身转看，击掌的不是别人，就是那亲哥哥都蛙锁豁儿。他也不遑细问，复转身去看着美人，但听得背后朗声道：“你敢是痴么！何不问她来历？”朵奔巴延经这一语，方把痴迷提醒，忙向前问道：“你们这等人，从哪里来的？”有一老者答道：“我等是豁里剌儿台蔑儿干一家。当初便是巴儿忽真地面的主人。”朵奔巴延道：“这年轻女子，是你何人？”那老者道：“是我外孙女儿。”朵奔巴延道：“她叫什么名字？”那老者道：“我名巴尔忽歹篾尔干。只生一个女儿，名巴儿忽真豁呵，嫁与豁里秃马敦的官人。”朵奔巴延听了这语，不觉长叹道：“晦气！晦气！”便转身向都蛙锁豁儿道：“这事不成，咱们回去罢！”活绘出少年性急。

都蛙锁豁儿道：“你听得未曾清楚，为何便说不成？”朵奔巴延道：“他说的名字，什么巴儿豁儿，我恰记不得许多，只他女是确曾嫁过了。”都蛙锁豁儿道：“瞎说！他说的是他女儿，并不是他外孙女儿！”朵奔巴延想了一想，才觉兄言果确。便道：“阿哥耳目聪明，还是请阿哥问他为是。”于是都蛙锁豁儿前行一步，与老者行了礼，问明底细，方知美人的名字，叫做阿兰郭斡。旧作阿兰果火，《元史》作阿伦果斡，《秘史》作阿兰豁阿。且由老者详述来历。因豁里秃马敦地面，禁捕貂鼠等物，所以投奔至此。都蛙锁豁儿道：“这山已有主人么？”那老者道：“这山的主人，叫做哂赤伯颜。”都蛙锁豁儿道：“这也罢，但不知你外孙女儿曾否字人？”老者答称尚未，都蛙锁豁儿便为弟求亲。老者约略问了姓氏家居，去对那外孙女儿说明。

这时候的朵奔巴延，眼睁睁望着美人儿，只望她立刻允许，谁知这美人偏低头无语。故作反笔，妙。寻由老者说了数语，那美人竟脸泛桃花，越觉娇艳，好一歇，急杀朵奔巴延。方蒙这美人点首。蒙字妙。朵奔巴延喜出望外，不待老者回报，急移步走至老者前，欲向老者行甥舅礼，不意被乃兄伸手拦住。朵奔巴延退了一二步，心中还恨着阿哥。嗣经老者与都蛙锁豁儿说明允意，才由都蛙锁豁儿叫过朵奔巴延，谒过老者。复订明迎婚日期，方分手告别。

朵奔巴延在途次语兄道：“他既肯把好女儿嫁我，为何今日不缴与我们，恰还要捱延日子？”急色儿。都蛙锁豁儿道：“你不是强盗，难道便抢劫不成！”朵奔巴延才噤口无言。

过了数天，都蛙锁豁儿捡出鹿皮二张，豹皮二张，狐皮二张，鼠獭皮数张，装入车中，令朵奔巴延着了喜服，率着车辆仆役，至不儿罕山迎婚。自昼至夕，已将美人儿迎回，对天行过夫妇礼，拥入房帏。这一夜的欢娱，不消细述。嗣后一索得男，再索复得男，长子取名布儿古讷特，次子取名伯古讷特。《元史》作布固合塔台及博克多萨勒，《蒙古源流》作伯勒格特依及伯衮德依。两儿尚未长成，不意乃兄都蛙锁豁儿竟一病身亡。

都蛙锁豁儿生有四子，统是倔强得很，不把那朵奔巴延作亲叔叔般看待。朵奔巴延气愤填胸，带着一妻二子，至兄墓前哭了一场，便往不儿罕山居住。昼逐牲犬，夜对妻孥，倒也快活自由。老天无意做人美，偏偏过了数年，朵奔巴延受了感冒，竟尔卧床不起。临终时，与娇妻爱子，诀了永别，又把那善后事宜，嘱托那襟夫玛哈赉，一声长叹，奄然逝世了。人人有此结果，何苦贪色贪财。

朵奔巴延既死，那阿兰郭斡青年寡偶，寂寂家居，免不得独坐神伤，唏嘘终日。幸亏玛哈赉体心着意，时常来往，所有家事一切，尽由他代为筹办，所以阿兰郭斡尚没有什么苦况，做日和尚撞日钟，也觉得破涕为笑了。寓意于微。

转瞬一年，阿兰郭斡的肚腹，居然膨胀起来，俄而越胀越大，某夕，竟产下一男。说也奇怪，所生男子，尚未断乳，阿兰郭斡腹胀如故，又复产了一男。旁人议论纷纷，那阿兰郭斡毫不在意，以生以养，与从前夫在时无异。偏这肚中又要作怪，膨胀十月，又举一男。临产时，祥光满室，觉有神异，乳儿啼声，亦异常人。阿兰郭斡很是欣慰，头生子名不衮哈搭吉，次生子名不固撒儿只，第三子名孛端察儿。蒙古人种，目睛多作栗黄色，独孛端察儿灰色目睛，甫越周年，即举止不凡，所以阿兰郭斡格外钟爱。

独古讷特两兄弟，年已长成，背地里很是不平，尝私语道："我母无亲房兄弟，又无丈夫，为何生了这三个儿子？家内独有襟丈往来，莫不是他生的么？"说着时，被阿兰郭斡闻知，便叫二子一同入房，密语道："你等道我无夫生子，必与他人有私情么？哪里知道三个儿子，是从天所生的！我自你父亡后，并没有什么坏心，唯每夜有黄白色人，从天窗隙处进来，将我腹屡次摩挲，把他的光明，透入我腹，因此怀着了孕，连生三男。看来这三子不是凡人，久后他们做了帝王，你两人才识得是天赐！"欺人乎？欺己乎？

吉讷特两兄弟，彼此相觑，不出一词。阿兰郭斡复道："你以为我捏谎么？我如不耐寡居，何妨再醮，乃作此暧昧情事！你若不信，试伺我数夕，自知真假！"古讷特兄弟应声而出。是夕，果见有白光闪入母寝，至黎明方出。于是古讷特兄弟也有些迷信起来。我却不信。

到了孛端察儿已越十龄，阿兰郭斡烹羊炰羔，斗酒自劳，一面令五子列坐侍饮。酒半酣，便语五子道："我已老了，不能与你等时常同饮，但你五人都是我一个肚皮里生的，将来须要和睦度日，幸勿争闹！"语至此，顾着孛端察儿道："你去携五支箭来！"孛端察儿奉命而往，不一刻即将五支箭呈奉。阿兰郭斡即命余子起立，教他各折一箭，五人应手而断。阿兰郭斡复令把五支箭簳，束在一处，更叫他们轮流折箭。五人按次轮着，统不能折。阿兰郭斡微笑道："这就是单者易折，众则难摧的语意。"魏书《吐谷浑传》，其主阿豺曾有此语，不识阿兰郭斡何亦知此。五子拱手听命。

又越数年，阿兰郭斡出外游玩，偶然受了风寒，遂致发寒发热。起初还可勉强支持，过了数日，已是困顿床褥，羸弱不堪。阿兰郭斡自知不起，叫五人齐至床侧，便道："我也没有什么嘱咐，但折箭的事情，你等须要切记，不可忘怀！"言讫，瞑目而逝。想是神人召去。

五子备办丧礼，将母尸敛葬毕，长子布儿古讷特，创议分析，把所有家资，作四股均派，只将孛端察儿一人搁起，分毫不给。孛端察儿道："我也是母亲所生的，如何四兄统有家产，我独向隅！"布儿古讷特道："你年尚少，没有分授家产的资格。家中有一匹秃尾马，给你就是！你的饮食，由我四家担任。何如？"孛端察儿尚欲争论，偏那诸兄齐声赞同，料知彼众我寡，争亦无益。

勉强同住了数月，见哥嫂等都甚冷淡，不由的懊恼道："我这里长住做什么？我不如自去寻生，死也可，活也可！"颇有丈夫气。遂把秃尾马牵出，腾身上马，负着弓矢，挟着刀剑，顺了斡难河流，扬长而去。

到了巴尔图鄂拉，鄂拉，蒙古语，山也。望见草木畅茂，山环水绕，倒也是个幽静的地方。他便下了骑，将秃尾马拴着树旁。探怀取刀，顺手斩除草木，用木作架，披草作瓦，费了一昼夜工夫，竟筑起一间草舍。腰间幸带有干粮，随便充饥。次日出外了望，遥见有一只黄鹰，攫着野鹜，任情吞噬。他眉头一皱，计上心来，就拔了几根马尾，结成一条绳子，随手作圈，静悄

悄的蹑至黄鹰背后；巧值黄鹰昂起头来，他顺手放绳，把鹰头圈住，牵至手中，捧住黄鹰道："我孑身无依，得了你，好与我做个伙伴，我取些野物养你，你也取些野物养我，可好么？"黄鹰似解他语言，垂首听命。孛端察儿遂携鹰归来，见山麓有一狼，含住野物，踉跄奔趋。他就从背后取出短箭，拈弓搭着，飕的一声，将狼射倒。随取了死狼，并由狼吃残的野物，一并挟着，返至草舍。一面用薪煨狼，聊当粮食，一面将狼残野物，豢给黄鹰。这黄鹰儿恰也驯顺，一豢数日，竟与孛端察儿相依如友。有时飞至野外，搏取食物，即啣给孛端察儿。孛端察儿欣慰非常，与黄鹰生熟分食。

转瞬间已过残冬。到了春间，野鹜齐来，多被黄鹰搏住，每日可数十翼，吃不胜吃，往往挂在树上，由他干腊。只有时思饮马乳，一时无从置办。孛端察儿登高遥望，见山后有一丛民居，差不多有数十家，便徒步前行，径造该处乞奶浆。该处的人民，起初不肯，嗣经孛端察儿与他熟商，愿以野物相易，因得邀他应允。自是无日不至该地，只两造名姓，彼此未悉。

适同母兄不衮哈搭吉忆念幼弟，前来寻觅。先至该地探问，居民说有此人，惜未识姓氏住址。不衮哈搭吉尚在盘诘，不期有一伟少年，臂着鹰，跨着马，得得而至。那居民哗然道："来了，来了！"不衮哈搭吉回首一望，那少年不是别人，便是幼弟孛端察儿。当下两人大喜，握手相见，各叙别后情形。不衮哈搭吉劝弟回家，孛端察儿先辞后允，遂与不衮哈搭吉返至草舍，约略收拾，即日起行。自此该地无孛端察儿踪迹。

谁知过了数日，该地有一怀妊妇人正在河中汲水，忽见孛端察儿带了壮士数名，急行而来，妇人阻住道："你莫非又来吃马奶么？"孛端察儿道："不是，我邀你到我家去。"妇人道："邀我去做什么？"正诘问间，不防孛端察儿伸出两手，竟将她抱了过去，那时连忙叫喊，已是不及。奇兀得很。小子尝吟成一诗道：

天道非真善者昌，胡儿得志便猖狂；
强权世界由来久，盗贼居然育帝王！

未知这妇人性命如何？且看下回分解。

本回为全书弁冕，叙述蒙古源流，为有元之所自始。按《元史·太祖本纪》，载阿抡果斡（即阿兰郭斡）事，谓其夫亡寡居，夜寝帐中，梦白光自天窗入，化为金色神人，来趋卧榻，惊觉遂有娠。产一子名孛端察儿。《源流》谓梦一伟男与之共寝，久之生三子。《秘史》谓黄白色人，将肚皮摩挲。是姑勿论，唯史家于帝王肇兴，必述其祖宗之瑞应。姜嫄履敏，刘媪梦神，真耶幻耶？未足尽信。本书即人论人，就事叙事，言外寓意，不即不离，至描摹朵奔巴延，暨孛端察儿处，尤觉得一片天真，口吻俱肖。庸庸者多厚福，意者其或然欤！末后一结，兔起鹘落，益令人匪夷所思。

第二回　拥众称尊创始立国
班师奏凯复庆生男

却说孛端察儿抱住该妇，疾行而归。该地居民，闻有暴客，竞来趋视，不意强人蜂拥到来，各执着明晃晃的刀仗，大声呐喊，动者斩，不动者免死。居民见这情形，都错愕不知所为。有几个眼快脚长，转身逃走，被那强人大步赶上，刀剑齐下，统变作身首两分。大众格外恂惧，只好遵令不动。强人遂把他们一一反剪，复将该民家产牲畜，劫掠殆尽，方带了人物，一概回寨。

看官到此，几不辨强徒何来，待小子一一交代。原来孛端察儿随兄归去时，途次语兄道："人身有头，衣裳有领，无头不成人，无领不成衣。"奇语。不衮哈搭吉茫然莫辨，待孛端察儿念了好几遍，方诘问道："你念什么咒语？"孛端察儿答道："我说的不是咒语，乃是目前的好计。"不衮哈搭吉续问底细，孛端察儿道："哥哥你到过的地方，虽有一丛百姓，恰无头领管束。若把他子女财产，统去掳来，那时有妻妾，有奴隶，有财宝，岂不是快活一生么！"确是盗贼思想。不衮哈搭吉道："你说亦是，待回去与弟兄商量。"

孛端察儿非常高兴，与阿哥急趋到家。既入门，见了布儿古讷特等人，不但忘却前仇，便提议抢劫的事情。布儿古讷特素性嗜利，连忙称善。顿时兴起家甲，命孛端察儿做头哨，不衮哈搭吉及不固撤儿只做二哨，自己与同父弟伯古讷特做后哨，陆续前进。孛端察儿趋入该地，先将一孕妇抢劫归来；至不衮哈搭吉兄弟，暨布儿古讷特兄弟扫尽民居，返入寨中。检点手

下从人，不缺一名，只少了孛端察儿。当下问明妻女，方知孛端察儿早已驰归，与抱住的妇人，入帐取乐去了。

布儿古讷特道："且暂由他，现在是发落该民要紧。"当下命家役牵入俘虏，问他愿充仆役否。该民被他威吓，统已神疲骨软，只好唯唯听命。布儿古讷特便命放绑，令他散住帐外，静候号令。该民含泪趋出。复将抢来的家产牲畜，安置停当。

是时孛端察儿方慢慢的踱将出来。大约是疲倦了。布儿古讷特道："你好！你好！青天白日，便做那鸳鸯勾当！"孛端察儿道："哥哥等都有嫂子，难道为弟的不能纳妇？"布儿古讷特正思回答，忽见一妇人徐步至前，红颜半晕，绿鬓微松，只腹间稍稍隆起，未免有些困顿情状。布儿古讷特道："好一个妇人，不愧做我弟妇！"言下便问她名氏，那妇人便喘吁吁的答道：喘吁吁三字，摹绘最佳。"我叫作勃端哈屯，是札儿赤兀人氏。"说着时，已由孛端察儿叫她拜见诸兄，妇人勉强行过了礼，即返入后帐。

布儿古讷特道："你有这个美妇，我等没有，奈何！"孛端察儿道："俘虏中也有几个好妇女，何不叫她入侍？"布儿古讷特道："不错！"便与兄弟四人，出了帐，拣了几名美人儿，带回侍寝。胡俗妇女，本没有什么名节，况经他威胁势迫，哪里还敢抗拒，只好由他拥抱寻欢。可见世人不能独立，做了他族的奴隶，男为人役，女为人妾，是万万不能逃避的！暮鼓晨钟，请大众听着。

这且休表。且说孛端察儿的妻室，怀孕满月，生下一子，名札只剌歹。《源流》作斡齐尔台。旋由孛端察儿所产，再生一男，名巴阿里歹。两男生后，那妇人华色已衰，孛端察儿又从他处娶了一妇，复把那陪嫁来的女佣，据为己妾。任情纵欲，有何道德。后妻生子合必赤，妾生子沾兀列歹，合必赤子名土敦迈宁。《秘史》作篾年土敦。土敦迈宁生子甚多，约有八九人。《元史》谓八子，《译文证补》谓九子。嗣是滋生日蕃，氏族愈众。五传至哈不勒，拓土开疆，威势颇盛，各族推他为蒙古部长，称名哈不勒汗。

是时金邦全盛，并有辽地，复兴兵南下，据三镇，中山、太原、河间三镇。入两河，直捣宋都，掳徽、钦二帝，且追宋高宗至杭州，一意前进，不暇后顾。哈不勒汗乘这机会，拥众称尊，隐隐有雄长朔方的意思。金主晟闻他英名，遣使宣召，命他入朝。哈不勒汗遂带着壮士数名，乘了骏马，趋入金

京。谒见毕，金主晟见他状貌魁梧，颇加敬礼。每赐宴，饬臣下殷勤款待。哈不勒汗恐饮食中毒，尝托词沐浴，离席至他处，呕吐食物，乃复入席。因此百觥不醉，八簋无余。金人多豪饮善啖，非常诧异。

一日在殿上筵宴。哈不勒汗连飞数十觞，遂有醉意，不觉酒兴大发，手舞足蹈起来。舞蹈才罢，复大着步直至帝座，捋金主须。不脱野蛮旧习。那时廷臣都欲来杀哈不勒汗的呼叱声、剑佩声，杂沓一堂。亏得金主度量过人，和颜悦色道："你且去入席，不要上来！"哈不勒汗方才知过，惶恐谢罪。金主复谕道："这是小小失仪，不足为罪。"当下赐他帛数端，马数匹，令即返辔。哈不勒汗称谢而出，便扬鞭就道，直回故寨。无如金邦的大臣，统说哈不勒汗怀有歹意，此时不除，必为后患。金主初欲怀柔远人，厚赠遣归，嗣被廷臣怂恿，众口一词，也未免有些怀疑，遂遣将士兼程前进，追还哈不勒汗。哪知哈不勒汗已有戒心，早风驰电掣的回到寨中。待至金使到来，他却抗颜对使道："你国是堂堂的大国，你主是堂堂的君长，昨日遣我归，今又令我去，出尔返尔，是何道理！这等叫做乱命，我不便依从！"这言颇有至理。金将见他辞意强横，只好怏怏而归。

不数日，金使又到，适值哈不勒汗出猎未返，他妇翁吉拉特氏，率众欢迎，把自居的新帐，让金使暂住。至哈不勒汗归来，闻着这事，便语他妻室及部众道："金使到此，定是又来召我，欲除我以绝后患，我与他不能两立，有他无我，有我无他；为今日计，不如将他杀却，先泄我忿！"部众不答，哈不勒汗道："你等莫非怀有异心么？你等若不助我杀金使，我当先杀你等！"言毕，怒发直竖，须眉戟张，部众忙称遵命。哈不勒汗遂一马当先，驰入帐中，手起刀落，把金使砍为两段。金使的侍从，出来抗拒，被部众一同赶上，杀得一个不留。先下手为强。

这消息传达金廷，金主大怒，遣万户胡沙虎率兵往讨。胡沙虎本是个没用的家伙，一入蒙古境内，不谙道里，不知兵法，只是一味的乱撞。那哈不勒汗很是能耐，率部众避伏山中，坚壁不出。胡沙虎往来蒙地，不见一人，日久粮尽，只好勒兵回国。不意出了蒙境，那蒙兵却漫山遍野的追来。看官，你想这时的胡沙虎还有心恋战么？当时你逃我窜，被蒙古兵大杀一阵。可怜血流山谷，尸积道涂，胡沙虎勒马先逃，还算保全首领。金人出手就是献丑，已为金亡元兴张本。哈不勒汗得此大胜，遂仇视金邦，益发秣马厉兵，专待

金兵再到，与他厮杀。会金主晟谢世，从孙亶嗣位，因从叔挞懒专权，与叔父兀术密谋，诱杀挞懒。挞懒遗族逃往漠北，至哈不勒汗处乞师复仇。哈不勒汗有隙可乘，自然应允。嗣是连寇金边，把西平、河北二十七团寨，陆续攻取。金主亶闻边疆被侵，遂与南宋议和，催归将士，专顾北防。螳螂捕蝉，不知黄雀已在其后。其时金邦的百战能臣，要算皇叔兀术。自南归国，奉了主命，出征蒙古，满望马到成功，谁知大小数十战，迁移一二年，犹是胜负未分，相持莫决。语所谓强弩之末，不能穿鲁缟者，兀术是已。兀术恐师老财匮，致蹈胡沙虎覆辙，遂决计议和；把西平、河北二十七团寨，尽行割与，又每岁给他牛羊若干头，米豆若干斛，并册哈不勒为蒙兀国王，方得罢兵修好。这是宋高宗绍兴十七年间的事情。有史可考，乃编年以清眉目。

哈不勒汗生有七子，到年老病危时，偏叫他从弟俺巴该进来，奉承国统，又嘱诸子敬奉从叔，不得违命。诸子一律遵嘱，哈不勒汗才瞑目去世了。

俺巴该嗣立后，国势如旧。会哈不勒汗的妻弟，名叫赛因特斤，偶罹疾病，往邻近塔塔儿部，聘一巫者疗治，日久无效，竟至殁世。家众因巫者无灵，将他斩首。塔塔儿人不肯甘休，遂兴兵复仇。哈不勒汗七子，闻母族被兵，立率部众往援。两下酣斗起来，哈不勒汗第六子合丹，《秘史》作合答安。骁健善战，手持长枪一杆，所向无前。塔塔儿酋木秃儿不及防备，竟被合丹刺于马下，幸部众奋力抢救，方得暂保性命。医治一载，才得痊愈，再发兵进攻，鏖战两次，丝毫不能取胜。到着末的一战，塔塔儿部大败，木秃儿仍死于合丹手下。

塔塔儿人阴图雪愤，阳为乞和，一味甘言重币，来哄这俺巴该。俺巴该信以为真，竟与塔塔儿结亲，愿将爱女嫁与该部嗣酋，仇人之子，招为女夫，俺巴该也太不小心。自己送女成礼，到了塔塔儿部，不防伏兵四起，将父女一概掳去。哈不勒汗长子斡勤巴儿哈合，闻俺巴该被抢，忙至塔塔儿部索还，并责他无礼。塔塔儿部不由分说，复将斡勤巴儿哈合拘住，一并送与金邦。

金人正怀宿忿，将俺巴该钉住木驴背上，令他辗转惨毙。俺巴该令从人布勒格赤，告金主道："你不能以武力获我，徒借他人手下置我死地；又用这般惨刑，我死，我的子侄很多，必来复仇。"金主大怒，把斡勤巴儿哈合亦加死刑。并纵布勒格赤使还，令他归告族众，速即倾国前来，决一雌雄。

布勒格赤归国，会议复仇，立哈不勒第四子忽都剌哈为汗，合寨齐起，

攻入金界。金人杀他不过，高垒固守。忽都剌哈汗屡攻不克，方大掠而归。蒙俗以尚武为本旨，忽都剌哈汗勇武绝伦，力能折人为两截，每食能尽一羊，声大如洪钟，每唱蒙兀歌，隔七岭犹闻彼声，因此嗣位数年，威名益振。他于子侄辈中，独爱也速该，《元史》作伊苏克依。尝谓此儿英武，不亚自己，遂有传统的意思。

也速该父名把儿坛把阿秃儿，系哈不勒汗次子，忽都剌哈汗仲兄。把儿坛生四男，长名蒙格秃乞颜，次名捏坤太石，三子即也速该，最幼的名答里台斡勒赤斤。也速该少有膂力，善骑射，能弯七石弓，也是个杀人不翻眼的魔星。他平时尝在斡难河畔游猎，所得禽兽，比他人为多。到年将弱冠时，想得个美貌妇女作为配偶，无如部落中少有丽姝，所以因循迁延。

一日，又往斡难河放鹰，遇着一男骑马，一妇乘车，从河曲行来。那妇人生得秋水为眉，芙蓉为骨，映入也速该眼中，确是生平罕见。冶容诲淫。他即迎上前道："你等是何方的人民？来此做甚？"那男子道："我是蔑里吉部人，《元史》称蔑里吉为默尔奇斯。名叫客赤列都。"也速该复指着妇人道："这是你何人？"那男子道："这是我的妻室。"也速该怀着鬼胎，便撒谎道："我有话与你细说，你且少待，我去去就来。"那男子正要问他缘故，他已三脚两步似飞的去了。

不一刻，遥见也速该率着壮士两人，疾奔而来。那男子不觉心慌，忙语妇人道："他有三人同来，未知吉凶若何？"妇人远远一瞧，也觉得着急起来，便道："我看那三人的颜色，好生不善，恐要害你性命。你快走去！你若有性命呵，似我这般妇女很多哩，将来再娶一个，就唤做我的名字便是。"说罢，就脱下衣衫，与男子做个纪念。那男子方才接着。也速该三人已到，男子拨马就走。也速该令弟守着妇人，自与仲兄捏坤太石赶这男子，跑过七个山头，那男子已去远了。

也速该偕兄同返，牵住妇人的乘车，令兄先行，饬弟后随。那妇人带哭带语道："我的丈夫向来家居，不曾受着什么惊慌。如今被你等逐走，扒山过岭，何等艰难。你等良心上如何过得去！"也速该笑道："我的良心是最好的，逐去你的丈夫，再还你的好丈夫！"调侃得趣。那妇人越加号啕，几乎把河内的川流，山边的林木，都振动了。答里台斡勒赤斤道："你丈夫岭过得多了，水也渡得多了，你哭呵，他也不回头寻你，就使来寻，也是不得见

了。你住声，休要哭！咱们总不亏待你！”妇人方渐渐止啼。

到了帐中，也速该便去禀知忽都剌哈汗。忽都剌哈汗道：“好！好！就给你为妻罢。”那妇人又哭将起来，忽都剌哈汗道：“我是此处国王，他是我的爱侄，将来我死后，他便接我的位置，你给他为妻，岂不是现成的夫人么！”妇人闻着夫人两字，心中也转悲为喜，眼中的珠泪，立刻停止。到底水性杨花。当下忽都剌哈汗，令该妇入后帐整妆，安排与也速该成婚。也速该喜不自禁，至与该妇交拜后，挽入洞房，灯下细瞧，比初见时更为美艳。那时迫不及待，便拥该妇同寝。欢会后问妇姓名，方知叫做诃额仑。《元史》作谔楞，《源流》作乌格楞。自此朝欢暮乐，几度春风，竟由诃额仑结下珠胎，生出一个大名鼎鼎的人物来。迤逦写来，与朵奔巴延暨孛端察儿得妇时，又另是一种笔墨。

忽都剌哈汗因伐金无功，复思往讨塔塔儿部。也速该愿为前锋，当即点齐部众，浩浩荡荡的杀奔塔塔儿部。塔塔儿部恰也预防，闻报也速该到来，忙令帖木真兀格及库鲁不花两头目率众抵御。也速该怒马直前，无人敢当。帖木真出来阻拦，与也速该战了数合，一声吆喝，已被也速该只手擒来。库鲁不花急忙趋救，也速该故意奔还，等到库鲁不花追至马后，他却扭转身来，将手中握定的长枪，刺入库鲁不花的马腹，那马受伤坠地，眼见得库鲁不花也随扑地下。蒙古部众，霎时齐集，将库鲁不花活擒了去。那时塔塔儿部大加恟惧，忙选了两员健将，前来抵敌。一个名叫阔湍巴剌合，一个名叫扎里不花，两将颇有智勇，料知也速该艺力过人，不可小觑，便用了坚壁清野的法子，来困也速该。的是好计。也速该无计可施，愤急得了不得，会后队兵到，又会同进攻，也是没效。俄闻忽都剌哈汗罹疾，只得奏凯班师。

到了迭里温盘陀山，见他阿弟到来向也速该贺喜。也速该道：“出师多日，只拿住敌酋两名，不能报我大仇，有何足贺！”阿弟道：“擒住敌人，已是可喜，还有一桩绝大的喜事，我的嫂子，已产下一个麟儿了！”也速该道：“果真么？”小子又有一诗道：

天生英物正堪夸，铁血只凭赤手拿。
古有名言今益信，深山大泽出龙蛇。

欲知也速该得子情形，且由下回交代。

抢掠劫夺，是蒙族惯技，如孛端察儿以下，何一不作如是观！唯哈不勒汗粗豪阔达，颇有英雄气象，所以蒙兀得以建国。也速该劫妇怀胎，偏产出一大人物，岂朔方果为王气所钟耶？本回夹叙夹写，斐然成章，而命意则全为成吉思汗蓄势，如看山然，下有要穴，则上必有层峦叠嶂；如观水然，后有洪波，则前必有曲涧重溪。大笔淋漓，不落小家气象。

第三回　女丈夫执旗招叛众
小英雄逃难遇救星

却说也速该班师回国，也速该的兄弟及妻室诃额仑，统远道出迎。至迭里温盘陀山前，诃额仑忽然腹痛，料将生产，遂就山脚边暂憩。不多时，即行分娩，产了一个头角峥嵘的婴儿，大众都目为英物。还有一种怪异，这婴孩初出母胎，他右手却握得甚紧，由旁人启视，乃是一握赤血，其色如肝，其坚如石，大家莫识由来，只说他是吉祥预兆。分明是个杀星。是儿生后，巧值也速该到来。由他阿弟详报，也速该似信非信，忙即过视诃额仑母子。诃额仑虽觉疲倦，犹幸丰姿如旧，及瞧这婴儿形状，果然奇伟异常，双目且炯炯有光。也速该不禁大喜，便道："我此番出征，第一仗便擒住帖木真，是我生平第一快事。今得此儿，也不妨取名帖木真，亦作铁木真，《元史》作特种津。留作后来纪念。"大众很是赞成。

当下挈眷同归，省视忽都剌哈汗疾病，已觉危急万分，也速该不觉泪下。就是喜极生悲的影子。忽都剌哈汗执也速该手，凄然道："我与你要永诀了！国事待你作主，你不要畏缩，也不要莽撞，方好哩！"也速该应允了，复将俘敌及产子情状，略略陈明，忽都剌哈汗也觉心慰。也速该暂行退出，忽都剌哈汗即于是夕死了。

丧葬已毕，也速该统辖各族，远近都惮他威武，不敢妨命。因此也速该逍遥自在，闲着时，尝左拥娇妻，右抱雏儿，享这人间幸福。诃额仑此时，想只有笑无哭了。陆续生下三男，一名合撒儿，一名合赤温，一名帖木格。后复

生了一女，取名帖木仑。也速该自合撒儿生后，曾别纳一妇，生一男子，名别勒古台，因此也速该共有五儿。

至帖木真九岁时，也速该引他出游，拟往诃额仑母家，拣一个好女郎，与帖木真订婚。行至扯克撒儿山及赤忽儿古山间，遇着弘吉剌族人德薛禅，《源流》作岱彻辰。两下攀谈，颇觉投契。也速该便将择妇的意思与他表明。德薛禅道："我昨夜得了一梦，煞是奇异，莫非应在你的郎君！"语甚突兀。也速该问是何梦，德薛禅道："我梦见一官人，两手擎着日月，飞至我手上立住。"愈语愈奇。也速该道："这官人将日月擎来，料是畀汝，汝的后福不浅哩。"德薛禅道："我的后福，要全仗你的郎君。"也速该惊异起来，德薛禅道："你不要怪我说谎，我梦中所见的官人，状貌与郎君相似。如蒙不弃，我有爱女孛儿帖，愿为郎君妇。他日我家子孙，再生好女，更世世献与你皇帝家，怕不做后妃不成！"说得也速该笑容可掬，便欲至他家内，亲视彼女。

当由德薛禅引路，导入家中。德薛禅即命爱女出见，娇小年华，已饶丰韵。也速该大喜，即问她年龄，比帖木真只大一岁。当命留下从马，作为聘礼。叙帖木真聘妇事，笔法又是一变。便欲率子告辞，德薛禅苦苦留住，宿了一宵。

翌日，也速该启行，欲挈他爱女同去。德薛禅道："我只有一二子女，现时不忍分离，闻亲家多福多男，何不将郎君暂留这里，伴我寂寥？亲家若不忍别子，我亦何忍别女哩！"也速该被他一激，便道："我儿留在你家，亦属何妨！只年轻胆小，事事须要照管哩。"德薛禅道："你的儿，我的女婿，还要什么客气！"

也速该留下帖木真，上马即行。回到扯克撒山附近，见有塔塔儿部人，设帐陈筵，颇觉丰盛。正在瞧着，已有塔塔儿人遮住马头，邀他入席。也速该生性粗豪，且因途中饥渴，遂不管什么好歹，竟下马入宴，酒酣起谢，跨马而去。途次觉隐隐腹痛，还道是偶感风寒，谁知到了帐中，腹中更搅痛的了不得。一连三日，医药无效。可为贪食者戒。不觉猛悟道："我中毒了！"至此才知中毒，可谓有勇无智。忙叫族人蒙力克进内，与他说道："你父察剌哈老人，很是忠诚，你也当似父一般。我儿子帖木真，在弘吉剌家做了女婿，我送子回来，途中被塔塔儿人毒害。你去领回我儿，快去！快快去！"

蒙力克三脚两步的去召帖木真，至帖木真回来，可怜也速该已早登鬼箓，只剩遗骸！史称帖木真十三岁遭父丧，此本《秘史》叙述。当下号啕大哭。他

母亲诃额仑，本哭个不休，又要哭了，毕竟红颜命薄。至此转来劝住帖木真。殓葬后，嫠妇孤儿，空帏相吊，好不伤心！各族人且欺她孤寡，多半不去理会；只有蒙力克父子，仍遵也速该遗言，留心照拂。诃额仑以下，很是感激。一死一生，乃见交情。

是时俺巴该派下，族类蕃滋，自成部落，叫做泰赤乌部。《元史》作泰楚特，《秘史》泰亦赤兀惕姓氏。也速该在时，尚服管辖，祭祀一切，彼此皆跻堂称觥，不分畛域。也速该殁后一年，适遇春祭，诃额仑去得落后，就被他屏斥回来，连胙肉亦不给与。诃额仑愤着道："也速该原是死了，我的儿子，怕不长大么？为甚把胙肉一份子也不给我？"这语传到泰赤乌部，俺巴该尚有两个妻妾，竟向着部众道："诃额仑太不成人！我等祭祀，难道定要请她！自今以后，我族休要睬她母子，看她母子怎生对待！"活肖妇女口吻。嗣是与诃额仑母子绝对不和，并且笼络也速该族人，叫他弃此就彼。各族统趋附泰赤乌部，也速该部下，也未免受他羁縻。

时有哈不勒汗少子脱朵延，《元史》作托多呼尔察。系帖木真叔祖行，向为也速该所信任，至此亦叛归泰赤乌部。帖木真苦留不从，察剌哈老人，亦竭力挽留。脱朵延道："水已干了，石已碎了，我留此做甚？"察剌哈尚揽袪苦劝，恼动了脱朵延，竟取了一柄长枪，向察剌哈乱戳。察剌哈急忙避开，背上已中了一枪，负痛归家。脱朵延率众自去。

帖木真闻察剌哈受伤，忙至彼家探视。察剌哈忍着痛，对帖木真道："你父去世未久，各亲族多半叛离。我劝脱朵延休去，被他枪伤。我死不足惜，奈你母子孤栖，如何过得下去！"说着，不禁垂泪。伤心语，我亦不忍闻。

帖木真大哭而出，禀告母亲诃额仑。诃额仑竖起柳眉，睁开凤目，勃然道："彼等欺我太甚！我老娘虽是妇女，难道真一些儿没用么！"便携着帖木真，出召族众，尚有数十人，勉以忠义，令他追还叛人。

诃额仑亲自上马，手持旄纛一大杆，在后压队，并叫从人携了长枪，准备厮杀。说时迟那时快，脱朵延带去的族众，已被诃额仑追着。诃额仑大呼道："叛众听者！"其声喤喤。脱朵延等闻声转来，见诃额仑面带杀气，妩媚中现出英武形状，想是从也速该处学来。不由得惊愕起来，诃额仑遥指脱朵延道："你是我家的尊长，为什么舍我他去？我先夫也速该不曾薄待你，我母子且要仗你扶持！别人可去，你也这般，如何对我先人于地下！"脱朵延无

言可答，只管拨马自走，那族众也思随往。诃额仑愈加性起，叫从人递过了枪，自己加鞭驰上，冲入叛众队间，横着枪杆，将叛众拦住一半，好一个娩婳将军，所谓一夫拼命，万夫莫当者是也，妇女且然，况乎男子汉。喝声道："休走！老娘来与你拼命！"那叛众不曾见诃额仑有此胆力，还道她藏着不用，此次方出来显技，儿吓得面面相觑。诃额仑见他有些疑惧，又略霁怒颜道："倘你等叔伯子弟们尚有忠心，不愿向我还手，我深是感念你们！你休与脱朵延同一般见识，须知瓦片尚有翻身日子，你不记念先夫也速该情谊，也须怜我母子数人，效力数年，待我儿郎们有日长成，或者也与先夫一般武艺，知恩必报，衔仇必复。你叔伯子弟们，试一细想，来去任便！"说罢，令帖木真下马，跪在地上，向众哭拜。临之以威，动之以情，不怕叛众不入彀中。叛众睹这情状，不由得心软神移，也答拜道："愿效死力！"于是前行的已经过去，后行的统同随回。

到家后，闻察哈剌老人已死，母子统去吊丧，大哭一场。族众见她推诚置腹，方渐渐有些归心诃额仑。怎奈泰赤乌部聚众日多，仇视诃额仑母子，亦日益加甚。诃额仑恐遭毒手，每教她五子协力同心，缓缓儿的复仇雪恨。她尝操作蒙语道："除影儿外无伴党，除尾子外无鞭子。"两语意义，是譬如影不离形，尾不离身，要她五子不可拆开。因此帖木真兄弟，时常忆着，很是和睦，同居数年，内外无事。

一日，兄弟妹六人，同往山中游猎，不料遇着泰赤乌部的伴当，如黄鹰捕雀一般，来拿帖木真。别勒古台望见了，连忙将弟妹藏在壑内，自与两兄弯弓射斗。泰赤乌人欺他年幼，哪里放在心上，不防弦声一响，为首的被他射倒，余众望将过去，这放箭的不是别人，就是别勒古台。写别勒古台智勇，为后文立功张本。众人都向他摇手，大声叫着："我不来掳你，只将你哥哥帖木真来！"帖木真闻他指名追索，不禁心慌，忙上马窜去。

泰赤乌人舍了别勒古台等，只望帖木真后追。帖木真逃至帖儿古捏山，钻入丛林，泰赤乌人不敢进蹑，只是四围守着。帖木真一住三日，只寻些果实充饥。当下耐不住饥渴，牵马出来，忽听得扑塌一声，马鞍坠地。帖木真自叹道："这是天父止我，叫我不要前行！"可见蒙人迷信宗教。复回去住了三日。又想出来，行了数步，蓦见一大石挡住去路，又踌躇莫决道："莫非老天还叫我休出么？"又回去住了三日。实饥渴得了不得，遂硬着心肠道：

"去也死，留也死，不如出去！"遂牵马径出，将堵住的大石，用力拨开，徐步下山。猛听得一声胡哨，顿时手忙脚乱，连人带马跌入陷坑，两边垂下铙钩，把他人马扎起，待帖木真张目旁顾，已是身子被缚，左右都是泰赤乌人。一险。捕一孩童如搏虎一般，并非泰赤乌人没用，实为帖木真隐留声价。

帖木真叹了口气，束手待毙。可巧时当首夏，泰赤乌部依着故例，在斡难河畔筵宴，无暇把帖木真处死，只将他枷住营中，令一弱卒守着。帖木真默想道："此时不走，更待何时。"便两手捧着了枷，突至弱卒身前，将枷撞去。弱卒不及预防，被他打倒，就脱身逃走。绝处逢生。一口气奔了数里，身子疲乏不堪，便在树林内小坐。嗣怕泰赤乌人追至，想了一计，躲在河水内溜道中，只把面目露出，暂且休息。正倦寐间，忽有人叫道："帖木真，你为何蹲在水内？"帖木真觉着，把双眼一擦，启目视之，乃是一个泰赤乌部家人，名叫锁儿罕失剌，不由得失声道："呵哟！"二险。还是锁儿罕失剌道："你不要慌！你出来便是。"帖木真方才动身，拖泥带水的走至岸上。锁儿罕失剌愀然道："看你这童儿，煞是可怜，我不忍将你加害。你快去！自寻你母亲兄弟，若见着别人，休说与我相见！"言讫自去。

帖木真暗想：自己已困惫异常，不能急奔，倘或再遇泰赤乌人，恐没有第二个锁儿罕，不如静悄悄的跟着了他，到他家里，求他设法救我。主见已定，便蹑迹前行。锁儿罕才入家门，帖木真也已赶到。锁儿罕见了帖木真，大惊道："你为何不听我言，无故到此？"帖木真垂泪道："我肚已饿极了，口已渴极了，马儿又没有了，哪里还能远行！只求你老人家救我！"

锁儿罕尚在迟疑，室内走出了两个少年，便问道："这就是帖木真么？雀被鹯逐，树儿草儿，尚能把它藏匿，难道我等父子，反不如草木！阿爹须救他为是。"锁儿罕点着了头，忙唤帖木真入内，给他马奶麦饵等物。帖木真饱餐一顿，竭诚拜谢。问了两少年名字，长的名沈白，次的名赤老温。《源流》作齐拉滚，即后文四杰之一。帖木真道："我若有得志的日子，定当报答老丈鸿恩，及两位哥哥的大德。"志不在小，的是奇童。

言未已，忽又有一少女来前，由锁儿罕命她相见。帖木真见她娇小可人，颇生爱慕。只听锁儿罕道："这是我的小女儿，叫做合答安，你在此恐人察觉，不如暂匿在羊毛车中，叫我小女看着。如有饥渴事情，可与我女说明。"又转向女子道："他如要饮食，你可取来给他。"女子遵嘱，导帖木

真至羊毛车旁，开了车门，先搬出无数羊毛，方令帖木真入匿，再将羊毛搬入，把他掩住。这时天气方暑，帖木真连声呼热。女子恰娇声嘱道："休叫，休叫！你要保全性命，还须忍耐方好！"帖木真闻言，才不敢出声。

到了夜间，女子取进饮食，将羊毛拨开，俾他充腹，那时彼此问答，很觉投机。帖木真忽叹道："可惜！可惜！"女子道："你说什么？"帖木真道："可惜我聘过了妻！"言下有垂涎意，暗为后文伏线。那女子听了，垂着脸道："你不要乱想！今夜想无人来此，便可卧在羊毛上面，我与你车门开着，小觉凉快。"帖木真应着，看那女子徐步而去；辗转凝思，几难成寐，未曾脱险，遂思少艾，可见胡儿好色。后勉抑情肠，方蒙眬睡去。约莫睡了三四个时辰，猛听鸡声报晓，未免吃了一惊，静候了好一刻，忽见那女子踉跄奔来道："不好了！不好了！外面有人来捉你了！快快将羊毛掩住！"三险。小子述此，曾有一诗咏帖木真云：

不经患难不成才，劳饿始邀大任来；
试忆羊毛车上苦，少年蹉跌莫心灰。

未知帖木真果被捉住否，且至下回说明。

是回为寡妇孤儿合传，见得孤寡之伦，易受人欺，可为世态炎凉，作一榜样。唯寡妇孤儿之卒被人欺者，虽由人情之叵测，亦缘一己之庸愚。试看诃额仑之临危思奋，居然截住逃亡；帖木真之情急智生，到底得离险难。人贵自立，如寻常儿女子哭泣穷途，自经沟渎而莫之知者，果何补耶！读此应为之一叹，复为之一奋。

第四回　追失马幸遇良朋
喜乘龙送归佳耦

却说帖木真匿身羊毛车内，被那女子一吓，险些儿魂胆飞扬，忙向女子道：“好妹子！你与我羊毛盖住，休被歹人看见，我心内一慌，连手足都麻木不仁了。”应有这般情景，但也亏作书人描摹。女子闻言，急将羊毛乱扯，扯出了一大堆，叫帖木真钻入车后，外面即将羊毛堵住，复将车门关好，跑着腿走了。女子方去，外面已有人进来，大声道：“莫非藏在车内？快待我一搜！”话才毕，车门已被他开着，窸窸窣窣的掀这羊毛。四险，我为帖木真捏一把汗。帖木真缩做一团，屏着气息，不敢少动，只听着锁儿罕道：“似这般热天气，羊毛内如何藏人！热也要热死的了。”

语后片刻，方闻得大众散去。从帖木真耳中听出，用意深入一层。帖木真默念道：“谢天谢地谢菩萨！”谐语。念了好几遍，又闻有人唤他出来，声音确肖那女子，才敢拨开羊毛，下车出见。锁儿罕也踱入道：“好险吓！不知谁人漏着消息，说你躲住我家，来了好几个人，到处搜索，险些儿把我的父子性命，也收拾在你手里！幸亏天神保佑，瞒过一时。看你不便常住我家，早些儿去寻你母亲兄弟去！”又叫他次子入内，嘱道：“马房内有一只没鞍的骡子，你去牵来，送他骑坐，可以代步。”复命那女儿道：“厨下有煮熟的肥羔儿，并马奶一盂，你去盛在一皮筒内，给他路上饮食。”两人遵命而出，不一时，陆续取到。锁儿罕又命长子取弓一张，箭两支，交给帖木真道：“这是你防身的要械，你与那皮筒内的食物，统负在肩上。就此去罢！”帖木真

扑身便拜，锁儿罕道：“你不必多礼，我看你少年智勇，将来定是过人，所以冒险救你。你不要富贵忘我！”帖木真跪着道：“你是我重生的父母，有日出头，必当报德，如或负心，皇天不佑！”说罢，复拜了数拜。有此义人，我亦愿为叩首。锁儿罕把他扶起，他又对着赤老温弟兄，屈膝行礼。起身后，复向女子合答安也一屈膝，并说道：“你为我提心吊胆，愁暖防饥，我终身不敢忘你！”女子连忙避开，当由帖木真偷眼瞧着，桃腮晕采，柳眼含娇，不由得恋恋不舍。是前生注就了姻缘，统为后文伏笔。还是锁儿罕催他速行，才负了弓箭等物，一步一步的挨出了门，跨上骡子，加鞭而去。

行了数步，尚勒马回头，望那锁儿罕家门。见那少女也是倚门望着，描摹殆尽。硬着头皮与她遥别。顺了斡难河流，飞驰疾奔，途中幸没遇着歹人，经过别帖儿山，行到豁儿出恢山，只听有人拍手道：“哥哥来了！”停鞭四望，遥见山南有一簇行人，不是别个，就是他母亲兄弟。当即下了骡子，相见时，各叙前情，母子相抱大哭。合撒儿劝阻道：“我等记念哥哥，日日来此探望，今日幸得相见，喜欢得了不得，如何哭将起来！”母子闻言，才止住了哭声。

数人相偕归来，至不儿罕山前，有一座古连勒古岭，内有桑沽儿河，又有个青海子，与泊同义。貔狸甚多，形似鼠，肉味很美。帖木真望着道：“我等就在这里居住，一则此地不让故居，二则也可防敌毒害。”蒙俗逐水草而居，所以随地可住。诃额仑道：“也好！”便寻了一块旷地，扎住营帐，把故居的人物骡马，都移徙过来。也速该遗有好马八匹，帖木真很是爱重，朝夕喂饲，统养得雄骏异常。

某日午间，那马房内的八匹好马，统被歹人窃去，只有老马一匹，由别勒古台骑去捕兽，未曾被窃。帖木真正在着忙，见别勒古台猎兽回来，忙与他说明。别勒古台道：“我追去！”合撒儿道：“你不能，我追去！”帖木真道：“你两人都尚童稚，不如我去！”手足之情可见。就携了弓箭，骑着那匹老马，蹑着八马踪迹，向北疾追。行了一日一夜，天色大明，方遇着一少年，在旷野中挤马乳。便拱手问道：“你可见有马八匹么？”那少年道：“日未出时，曾有八匹马驰过。”帖木真道：“八匹马是我遗产，被人窃去，所以来追。”那少年把他注视一回，便道：“看你面色，似带饥渴，所骑的马，也已困乏，不如少歇，饮点马乳，我伴着你一同追去。何如！”

帖木真大喜，下了骑，即在少年手中，接过皮筒，饮了马乳。少年也不回家，就将挤乳的皮筒，用草盖好，把帖木真骑的马放了。自己适有两马，一匹黑脊白腹的，牵给帖木真骑住，还有一匹黄马，作了自己坐骑，一先一后，揽辔长驱。途次由帖木真问他姓氏，他说我父名纳忽伯颜，我名博尔术，亦四杰之一，《秘史》作孛斡儿出。乃孛端察儿后人。帖木真道："孛端察儿是我十世前远祖，我与你恰同出一源，今日又劳你助我，我很是感谢你！"博尔术道："男子的艰难，都是一般，况你我本出同宗，理应为你效力！"以视同室操戈者相去何如？两人有说有话，倒也不嫌寂寞。

行了三日，方见有一个部落，外有圈子，羁着这八匹骏马。帖木真语博尔术道："同伴，你这里立着，我去把那马牵来。"博尔术道："我既与你作伴来了，如何叫我立着！我与你一同进去。"说着，即抢先赶入，把八匹马一齐放出，交给帖木真。帖木真让马先行，自与博尔术并辔南归。

甫启程，那边部众来追，博尔术道："贼人到了，你快将弓箭给我，待我射退了他。"帖木真道："你与我驱马先行，我与他厮杀一番！"曲写二人好胜心，然临敌争先，统是英雄的气概。博尔术应着，驱马先走。是时日影西沉，天色已暝，帖木真弯弓而待。见后面有一骑白马的人，执着套马竿，大呼休走！声尚未绝，那帖木真的箭干，早已搭在弓上，顺风而去，射倒那人。帖木真拨马奔回，会着博尔术，倍道前行。

又越三昼夜，方到博尔术家。博尔术父纳忽伯颜正在门外了望，见博尔术到来，垂着泪道："我只生你一个人，为什么见了好伴当，便随他同去，不来通报一声？"博尔术下马无言，帖木真忙滚鞍拜谒道："郎君义士，怜我失马，所以不及禀明，同我追去。幸得马归来，我愿代他受罪！"纳忽伯颜扶着帖木真道："你不要错怪，我因儿子失踪，着急了好几日，今见了面，由喜生怨，乃有此言，望你见谅！"帖木真道："太谦了！我不敢当！"随顾着博尔术道："不是你呵，这马如何可得？我两人可以分用，你要多少？"博尔术道："我见你辛苦艰难，所以愿效臂助，难道是羡你的马么！我父亲只生了我，所有家财，尽够使用，我若再要你的马，不就如那贼子不成！"施恩不望报，固不愧为义士。帖木真不敢再言，便欲告辞，博尔术挽着了他，同赴原处，将原盖下的皮筒，取了回去。到家内宰一肥羔，烧熟了，用皮裹着，同皮筒内的马奶，一并送给帖木真，作为行粮。

看官，前叙锁儿罕送帖木真时，也是赠他马奶儿，肥羔儿，今番博尔术送行，又是如此，莫不是蒙人只有这等礼物么？小子尝阅《蒙鞑备录》，方知蒙地宜牧羊马，凡一牝马的乳，可饱三人，出行时止饮马乳，或宰羊为粮。本书据实叙录，因复有此复笔。看官休要嫌我陈腐哩。百忙中叙此闲文，这是作者自鸣。

闲文少表。且说帖木真接受厚赠，谢了又谢，即与他父子告辞，抽身欲行。纳忽伯颜语博尔术道："你须送他一程。"帖木真忙称不敢，纳忽伯颜道："你两人统是青年，此后须互为看顾，毋得相弃！"纳忽伯颜也是识人。帖木真道："这个自然！"那时博尔术已代为牵马，向前徐行，帖木真也只好由他。遂别了纳忽伯颜，与博尔术徒步相随，彼此谈了一回家况，不觉已行过数里。帖木真方拦住博尔术，不令前进，两人临歧握手，各言珍重而别。惺惺惜惺惺。

博尔术去后，帖木真就从八马中选了一匹，跨上马鞍，跑回桑沽儿河边的家中。他母亲兄弟，正在悬念，见他得马归来，甚是忻慰。安逸了好几年，诃额仑语帖木真道："你的年纪也渐大了，曾记你父在日，为了你的婚事，归途中毒，以致身亡，遗下我母子数人，几经艰险，受尽苦辛，目下算还无恙。想德薛禅亲家，也应惦念着你，你好去探望他呵。若他允成婚礼，倒也了结一桩事情；且家中多个妇女，也好替我作个帮手。"语未毕，那别勒古台在旁说道："儿愿随阿哥同去。"异母兄弟，如此亲热，恰是难得。诃额仑道："也好，你就同去罢。"

次日，帖木真弟兄，带了行粮，辞别萱帏，骑着马先后登途。经过青山绿水，也不暇游览，专望弘吉剌氏住处，顺道进发。约两三日，已到德薛禅家。德薛禅见女夫到来，很是喜悦，复与别勒古台相见。彼此寒暄已毕，随即筵宴。德薛禅向帖木真道："我闻泰赤乌部，尝嫉妒你，我好生愁着，今得再会，真是天幸！"帖木真就将前时经过的艰苦，备述一遍。德薛禅道："吃得苦中苦，方为人上人，你此后当发迹了。"别勒古台复将母意约略陈明。德薛禅道："男女俱已长大了，今夕就好成婚哩。"北人心肠，恰是坦率。便命他妻室搠坛出见。帖木真弟兄又避席行礼。搠坛语帖木真道："好几年不见，长成得这般身材，令我心慰！"复指别勒古台，与帖木真道："这是你的弟兄么？也是一个少年英雄！"两人称谢。席散后即安排婚礼。到了晚

间，布置已妥，德薛禅即命女儿孛儿帖换了装，登堂与帖木真行交拜礼。礼成，夫妇同入内帐，彼此相觑，一个是雄纠纠的好汉，气象不凡；一个是玉亭亭的丽姿，容止不俗。两下里统是欢洽，携手入帏，卿卿我我，大家都是过来人，不庸小子赘说了。

过了三朝，帖木真恐母亲悬念，便思归家。德薛禅道："你既思亲欲归，我也不好强留。但我女既为你妇，亦须同去谒见你母，稍尽妇道，我明日送你就道好了。"帖木真道："有弟兄同伴，路上可以无虞，不敢劳动尊驾！"搠坛道："我也要送女儿去，乘便与亲家母相见。"帖木真劝他不住，只得由他。

翌晨，行李办齐，便即启程。德薛禅与帖木真兄弟骑马先行，搠坛母女，乘骡车后随。到了克鲁伦河，距帖木真家不远，德薛禅就此折回。搠坛直送至帖木真家，见了诃额仑，不免有一番周旋，又命女儿孛儿帖行谒姑礼。诃额仑见她戴着高帽，衣着红衣，楚楚丰姿，不亚当年自己，心中很是喜慰。那孛儿帖不慌不忙，先遵着蒙古俗例，手持羊尾油，对灶三叩头，就用油入灶燃着，叫做祭灶礼；然后拜见诃额仑，一跪一叩。诃额仑受了半礼。复见过合撤儿等，各送一衣为贽。就蒙古俗例作为点缀语，小说中固不可少。另有一件黑貂鼠袄，也是孛儿帖带来，帖木真见了，便去禀知诃额仑道："这件袄子，是稀有的珍品。我父在日，曾帮助克烈《元史》作克埒。部恢复旧土，克烈部汪罕《元史》作汪汗。与我父很是莫逆，结了同盟。我目下尚在穷途，还须仗人扶持，我想把这袄献与汪罕去。"《本纪》汪罕之父忽儿扎卒。汪罕嗣位，多杀戮昆弟，其叔父菊儿逐之于哈剌温隘，汪罕仅以百骑走奔也速该。也速该率兵逐菊儿，夺还部众，归汪罕，汪罕德之，遂与同盟。诃额仑点头称善。

至搠坛归去后，帖木真复徙帐克鲁伦河，叫兄弟妻室，奉着诃额仑居住，自己偕别勒古台，携着黑貂鼠袄，竟往见汪罕。汪罕脱里，晤着他兄弟二人，颇表欢迎。帖木真将袄子呈上，并说道："你老人家与我父亲从前很是投契，刻见你老人家与见我父亲一般！今来此无物孝敬，只有妻室带来袄子一件，乃是上见公姑的贽仪，特转奉与你老人家！"措词颇善。脱里大喜，收了袄子，并问他目前情状。待帖木真答述毕，便道："你离散的百姓，我当与你收拾；逃亡的百姓，我当与你完聚；你不要耽忧，我总替你帮忙呢！"帖木真磕头称谢。一住数天，告辞而别，脱里也畀他赆仪，在途奔波了数日，方得回家休息。忽外边走进一老媪道："帐外有呼喊声、蹴踏声，不知为着

甚事？”帖木真惊起道：“莫非泰赤乌人又来了？如何是好！”正是：

一年被蛇咬，三年烂稻索；
厄运尚侵寻，剥极才遇复。

毕竟来者为谁，且着下回分解。

霸王创业，必有良辅随之，而微贱时所得之友，尤为足恃。盖彼此情性，相习已久，向无猜忌之嫌，遂得保全后日，如帖木真之与博尔术是也。但博尔术初遇帖木真，见其追马情急，即愿与偕行，此非有特别之远识，及独具之侠义，亦岂肯骤尔出此？至德薛禅之字女于先，嫁女于后，不以贫富贵贱之异辙，遂异初心，是皆所谓久要不忘者，谁谓胡儿无信义耶？读此回，殊令人低徊不置！

第五回　合浦还珠三军奏凯
穹庐返幕各族投诚

却说帖木真闻帐外有变，料是歹人到来，忙令母亲兄弟等，暂行趋避。仓猝不及备装，大家牵了马匹，跨鞍便逃。诃额仑也抱了女儿，上马急行。帖木真又命妻室孛儿帖，与进报的老妇同乘一车，拟奔上不儿罕山。谁知一出帐外，那边来的敌人，已似蜂攒蚁拥，辨不出有若干名。帖木真甚是惊慌，只护着老母弱妹，疾走登山，那妻室孛儿帖的车子，竟相离得很远了。仿佛似刘先主之走长坂坡。孛儿帖正在张皇，已被敌人追到，喝声道："车中有什么人？"那老妇战兢兢的答道："车内除我一人外，只有羊毛。"一敌人道："羊毛也罢。"又有一人道："兄弟们何不下马一看！"那人遂下了骑，把车门拉开，见里面坐着一个年轻妇人，已抖做一团，不由得笑着道："好一团柔软的羊毛！"说未毕，已将孛儿帖拖出，驼在背上，扬长去了。帖木真的祖父，专掳人妻，不料他子孙的妻室，亦遭人掳。

那时帖木真尚未知妻室被掳，只挈了母亲兄弟，藏在深林里面，只听山前山后，呼喊得声接连不断。等到天色将昏，方敢探头出望，才一了着，见敌人正在刺斜里趋过。还幸他已背着，不为所见，但闻得喧嚷声道："夺我诃额仑的仇恨，至今未忘！可恨帖木真那厮，窜伏山中，无从搜获，现在只拿住他的妻，也算泄我的一半忿恨！"说讫，下山去了。只可怜这帖木真，如鸟失侣，似兽失群，还要藏头匿脑，一声儿不敢反唇。

是晚在丛林中歇了一宿。次日，方令别勒古台，在山前后探察。返报敌

人已去，帖木真尚不敢出来。正是惊弓之鸟。接连住了三日，探得敌人果已去远，方才与母亲兄弟整辔下山。到了山麓，捶着胸哭告山神道："我家神灵庇护，得延性命，久后当时常祭祀，报你山神大德！就是我的子子孙孙，也应一般祭祀。"说着，已屈膝跪拜，拜了九次，跪了九次，又将马奶子洒奠了。

看官，你道这敌人究是何人？听他的语意，便可晓得是蔑里吉部人。帖木真的母亲诃额仑，本是蔑里吉人客赤列都妻，由也速该抢劫得来，此次特纠众报复，掳了孛儿帖去讫。

帖木真穷极无奈，只有去求克烈部长，救他妻室。当下与合撤儿、别勒古台两弟，倍道至克烈部，见了部长脱里，便哭拜道："我的妻，被蔑里吉人掳去了！"脱里道："有这等事么？我助你去灭那仇人，夺还你妻。你可奉了我命，去通知札木合兄弟，他在喀尔喀河上流，你去教他发兵二万，做你左臂；我这里也起二万军马，做你右臂，不怕蔑里吉不灭，你妻不还！"

帖木真叩谢而出。即语合撤儿道："札木合也是我族的尊长，幼小时与我作伴过的；且他与汪罕邻好，此去乞救，想必肯来助我。"合撤儿道："我愿去走一遭，哥哥不必去！"言毕，挺身欲走。好弟兄。帖木真又语别勒古台道："看来这番动众，不灭蔑里吉不休，我的好伴当博尔术，你可替我邀来，做个帮手！"别勒古台应命，临行时，帖木真示他路径，当即去讫。

帖木真走回家内候着。不两日，别勒古台已与博尔术同来，帖木真正在接着；见合撤儿亦到，便向帖木真道："札木合已允起兵，约汪罕兵及我等弟兄，在不儿罕山相会。"帖木真道："照这般说，须要去通报汪罕。"合撤儿道："我已去过了。汪罕大兵，也即日就道哩。"帖木真大喜道："这么快！我有这般好弟兄，总算是天赐我的！倘得你嫂子重还，我夫妇当向你磕头。"兄弟同心，不患不兴。合撤儿道："哪有兄嫂拜弟叔的道理！这且休谈，我等快带了粮械，去会两部的大军。"

于是帖木真、合撤儿、别勒古台三人，整鞭前往，令博尔术为伴。到了不儿罕山下停了一宿。但见风飘飘的旗影，密层层的军队，自北而来，忙上前欢迎，乃是札木合兄弟，率着大军，兼程而至。两下相见，很是欢洽，只汪罕兵马，尚未见到。过了一日，仍是杳然。又过一日，还是杳然。帖木真非常焦急，直至第三日午间，方有别部兵到来。札木合恐是敌军，饬军士整槊立着。那边过来的军士，也举着军械，步步相逼，及相距咫尺，才都认得

是约会的兵士。札木合见了汪罕，便嚷道："我与你约定日期，风雨无阻，你为何误限三日？"脱里道："我稍有事情，因此逾限！"札木合道："这个不依，咱们说过的话儿，如宣誓一般，你误期应即加罚！"脱里有些不悦起来。纠集时已伏参商之意，隐为下文伏线。还是帖木真从旁调停，才归和好，于是逐队进发。

札木合道："蔑里吉部共有三族，分居各地；住在布拉克地方的头目，叫作脱黑脱阿；住在斡儿寒河的头目，叫作歹亦儿兀孙；住在合剌只旷野的地方，叫作合阿台答儿马剌。我闻得脱黑脱阿，就是客赤列都的阿哥，他为弟妇报怨，所以与帖木真为难。查布拉克卡伦蒙古屯戍之所曰卡伦。就在这不儿罕山背后，我等不如越山过去，潜兵夜袭，乘他不备，掳他净尽，岂不是好计么！"帖木真欣然答道："果然好计。我弟兄愿充头哨！"实是寻妻性急。札木合道："很好！"帖木真弟兄，遂与博尔术控马登山，大众跟着。

不一日，尽到山后，削木为筏，渡过勤勒豁河，便至布拉克卡伦，乘夜突入，将帐内所有的大小男妇，尽行拿住。天明检视俘虏，并没有脱黑脱阿，连帖木真的妻室孛儿帖，也不见下落。帖木真把俘虏唤来，挨次讯明，问到一个老妇，乃是脱黑脱阿的正妻，她答道："夜间有打鱼捕兽的人，前来报知，说你等大军，已渡河过来，那时脱黑脱阿忙至斡儿寒河，去看歹亦儿兀孙去了。我等逃避不及，所以被掳。"可见札木合的计尚未尽善。帖木真道："我的妻子孛儿帖，你见过么？"老妇道："孛儿帖便是你妻么？日前劫到此处，本为报客赤列都的宿仇。因客赤列都前已亡过，所以拟给他阿弟赤勒格儿为妻。"帖木真惊问道："已成婚么？"我亦要问。老妇半晌道："尚未。"以含糊出之，耐人意味。帖木真复道："现在到哪里去了？"老妇道："想与百姓们同走去了。"

帖木真匆匆上马，自寻孛儿帖。这边两部大军，先到斡儿寒河，去拿歹亦儿兀孙，谁知已与脱黑脱阿作伴逃走，只遗下子女牲畜，被两军抢得精光。转入合剌只地方，那合阿台答儿马剌才闻着消息，思挈家属遁逃，不意被两军截住，凭他如何勇悍，也只好束手成擒。家族们更不必说，好似牵羊一般，一古脑儿由他牵出。两军欢跃回营，独帖木真未到。

且说帖木真上马加鞭，疾趋数里，沿途遇着难民逃奔，便留心探望。眼中只有那蓬头跣足的妇女，并没有娇娇滴滴的妻室，他心里很是焦急。不知

不觉的行了多少路程，但见遍地苍凉，杳无人迹，不禁失声道："我跑得太快，连难民统已落后了，此地荒僻得很，鬼物都找不出一个，哪里有我的娇妻，不如回去再寻！"

当下勒马便回，行到薛凉格河，又遇见难民若干，仍然没有妻儿形迹。他坐在马上，忍不住号哭道："我的妻，你难道已死么？我的妻孛儿帖，你死得好苦！"随哭随叫，顿引出一个人来，上前扯住缰绳，俯视之，乃是一个白发皤皤的老妪。总道是孛儿帖，谁知恰还未是，这是作者故作跌笔。便道："你做什么？"老妪道："小主人，你难道不认得我么！"帖木真拭目一看，方认得是与妻偕行的老媪，忙下骑问道："我的妻尚在么？"老妪道："方才是同逃出来的，为被军民一挤，竟离散了。"帖木真跌足道："如此奈何！"老妪道："总在这等地方。"

帖木真也不及上马，忙牵着缰随老妪同行。四处张望，见河边坐着一个妇人，临流啼哭。老妪遥指道："她可是么？"帖木真闻言，舍了马，飞似的走到河旁，果然坐着的妇人，是日夜思念的孛儿帖！便牵着她手道："我的妻，你为我受苦了！"

孛儿帖见丈夫到来，心中无限欢喜，那眼中的珠泪，反较前流得越多了。应有此状，亏他摹写。帖木真也洒了几点英雄泪，便道："快回去罢！"遂将孛儿帖扶起，循原路会着老妪。幸马儿由老妪牵着，未曾纵逸，当将孛儿帖搀上了马，自与老妪步行回寨。

这时候，合撒儿等已带部众数十名，前来寻兄，途次相遇，欢迎回来。脱里、札木合接着，统为庆贺。帖木真称谢不尽。是日大开筵宴，畅饮尽欢。夜间便把那掳来的妇女，除有姿色的，归与部酋受用，其余都分给两部头目，好做妻的做了妻，不好做妻的做了奴婢。蔑里吉的妇女，不知是晦气，抑是运气？只帖木真恰爱着一个五岁的小儿，名叫曲出，乃是蔑里吉部酋撇下的小儿子，面目皓秀，衣履鲜明，口齿亦颇伶俐。帖木真携着他道："你给我做了养子罢！"曲出煞是聪明，便呼帖木真为爷，孛儿帖为娘，这也不在话下。

次日，札木合、脱里合议，把所得的牲畜器械等，作三股均分，帖木真应得一股。他恰嚷着道："汪罕是父亲行，札木合是尊长行，你两人怜我穷苦，兴兵报仇，所以蔑里吉部被我残毁，我的妻也得生还；两丈鸿恩，铭感

无已，何敢再受此物！”札木合不从，定要给他，帖木真辞多受少，方无异言。于是拔寨起行，把合阿台以下的仇人，统行剪缚，带了回去。行至忽勒答合儿崖前，旷地甚多，就将大军札住。札木合语帖木真道：“我与你从幼相交，曾在这处，同击髀石为戏，蒙俗多以髀石击兽。我给你一块麅子髀石，你与我一个铜铸的髀石，现虽相隔多年，你我交情，应如前日！回应帖木真前言。我就在这处设下营帐，你也去把母亲兄弟接来，彼此同住数年，岂不是好！”帖木真大喜，便令合撒儿兄弟，去接他母亲弟妹，唯汪罕部长脱里，告辞回去。

过了两日，合撒儿等，奉着诃额仑到营。嗣是与札木合同帐居住，相亲相爱，住了一年有余。时当孟夏，草木阴浓。札木合与帖木真揽辔出游，越山过岭，到了最高的峰峦，两人并马立着。札木合扬鞭得意道：“我看这朔漠地方，野兽虽多，恰没有绝大貔貅，若有了一头，怕不将羊儿羔儿吃个净尽！”自命非凡。帖木真含糊答应，回营后对着母亲诃额仑，把札木合所说的话，述了一遍，随道：“我不晓得他是什么意思？一时不好回答，特来问明母亲。”诃额仑尚未及答，孛儿帖道：“这句话，便是自己想作貔貅哩。有人曾说他厌故喜新，如今咱们与他相住年余，怕他已有厌意。听他的言语，莫非要图害咱们。咱们不如见机而作，趁着这交情未绝的时候，好好儿的分手，何如？”也有见识。诃额仑点头称善。帖木真听了妻言，隔宿便去语札木合道：“我母亲欲返视故帐，我只好奉母亲命，伴着了去。”札木合道：“你想回去么！莫非我待慢你不成！”言下有不满意。帖木真忙道：“这话从何处说来？暂时告别，后再相见！”札木合道：“要去便去！”

帖木真应声而出，随即点齐行装，与母妻弟妹等，领了数十名伴当，即日启程，从间道回桑沽儿河。途遇泰赤乌人，泰赤乌人疑帖木真进攻，慌忙散走，撇下一个叫阔阔出名字的小儿，由帖木真伴当牵来。帖木真瞧着道：“这儿颇与曲出相似，好做第二个养子，服侍我的母亲。”当下禀知诃额仑，诃额仑倒也心喜。到了桑沽儿河故帐，那时伴当较多，牲畜亦众，帖木真遂蓄着大志，整日里招兵养马，想建一个大部落起来。稍稍得手，便思建竖，自古英雄，大抵如此。自是从前散去的部众，亦逐渐归来。帖木真不责前愆，反加优待，因此远近闻风，争相趋附。到三四年后，帖木真帐下各部族，差不多有三四万人，比也速该在日，倍加兴旺了。大众遂推戴帖木真为部长，分职

任事，居然一王者开创气象。小子有诗赞他道：

有基可借即称雄，豪杰凡庸迥不同；
大好男儿须自立，莫将通塞诿天公！

欲知此后情事，且至下回表明。

汪罕、札木合助帖木真袭蔑里吉部，不可谓非厚谊，然汪罕误期三日，已是未足践信。若札木合遵约而来，报捷而返，及至中途设帐，与帖木真同居年余，厚谊如此，宜可历久不渝矣。乃得志即骄，片言肇衅，以致帖木真怀疑自去，卒致凶终隙末。为札木合计，毋乃拙欤！或谓帖木真之去，由于孛儿帖之一言，妇言是用，不顾友谊，幸其后侥幸战胜，才得自固；否则未有不因此偾事者。是说虽似，然寄人篱下，何时独立，有忽勒答、合儿崖之走，而后有桑沽儿河畔之兴，是妇言亦非全未可从者。要之求人不如求己，他乡何似故乡，丈夫子发愤其所为天下雄，安在无土不王，观此而古语益信。

第六回　帖木真独胜诸部
札木合复兴联军

却说帖木真为部长后，招携怀远，举贤任能，命汪古儿、雪亦客秃、合答安答勒都儿三人司膳；元重内膳之选，非笃敬素著者不得为之，语见《元史·石抹明里传》。迭该管牧放羊只；古出沽儿修造车辆；朵歹管理家内人口；忽必来、赤勒古台、脱忽剌温同弟合撒儿带刀；合勒剌歹同弟别勒古台驭马；阿儿该、塔该、速客该、察兀儿罕主应对；速别额台勇士掌兵戎；又因博尔术为患难初交，始终相倚，特擢为帐下总管。处置已毕，遂遣答该、速客该往见汪罕，合撒儿阿儿该、察兀尔罕往见札木合。及两处回报，汪罕却没甚异言，不过要帖木真休忘前谊。独札木合语带蹊跷，尚记着中道分离的嫌隙。帖木真道："由他罢，我总不首去败盟。倘他来寻我起衅，我也不便让他，但教大家先自防着，随机应变方好哩。"预备不虞，实是要诀。

大众应命，各自振刷精神，缮车马，搜卒乘，预防不测。果然不出两年，撒阿里地方，为了夺马启衅，伤着两边和谊，竟闯出一场大战祸来。笔大如椽。原来撒阿里地以萨里河得名，在蔑里吉部西南境，旧为忽都剌哈汗长子拙赤所居。忽都剌哈汗为也速该之叔，则其长子拙赤，应即为帖木真之叔父行。他尝令部众牧马野外，忽来了别部歹人，将他马夺去数匹，部众不敢抵敌，前去报知拙赤。拙赤愤甚，忙出帐外，也不及跨马，竟独自一人，持着弓箭，追赶前去。胡儿大都有胆。自朝至暮，行了数十里，天已傍晚，方见有数人牵马前来，那马正是自己的牧群。因念众寡不敌，静悄悄的跟着后面，等到日

色昏黑，他却抢上一步，弯弓搭箭，把为首的射倒。蓦然间大喊一声，山谷震应，那边的伴当，不知有若干追人，霎时四散。拙赤将马赶回。拙赤颇能。

看官，你道射倒的乃是何人！便是札木合弟秃台察儿。札木合闻报，不禁悲愤道："帖木真背恩负义，我已思除灭了他。今他的族众，又射杀我阿弟，此仇不报，算什么人！"随即四处遣使，约了塔塔儿部、泰赤乌部，及邻近各部落，共十三部，塔塔儿、泰赤乌两部为帖木真世仇，所以特书。合兵三万，杀奔至桑沽儿河来。

帖木真尚未闻知，亏得乞剌思种人孛徒，先已来归。他父捏坤，闻着札木合出兵消息，忙遣木勒客脱、塔黑两人，由僻径奔报帖木真。帖木真正在古连勒古山游猎，古连勒古山，即桑沽儿河所出。得这警报，连忙纠集部众，把所有的亲族故旧，侍从仆役，统行征发，共得了三万人，分作十三翼。以三万人对三万人，以十三翼敌十三部，这是开卷以后第一次大战。连老母诃额仑，也著了戎服，跨着骏马，偕帖木真起行。老英雌，又出风头。

到了巴勒朱思的旷野，遥见敌军已逾岭前来，如电掣雷奔一般，瞬息可至。帖木真忙饬各军扎住阵脚，严防冲突。说时迟，那时快，这边的部众，方才立住，那边的敌军，已是趋到。两边仓猝交绥，凭你帖木真什么能耐，抵不住那锐气勃张，蛮触敢死的敌人。帖木真知事不妙，且战且退，不意敌人紧紧随着，你退我进，直逼至斡难河畔。帖木真各军，驰入一山谷中，由博尔术断后，堵住谷口，方得休兵。当下检点部众，伤亡的恰也不少，幸退兵尚有秩序，不致纷散。帖木真怏怏不乐，还是博尔术献议道："敌人此来，气焰方盛，利在速战，我军只好暂让一阵，休与角逐，待他师老力衰，各怀退志，那时我军一齐掩杀，定获全胜！"不愧为四杰之一。

帖木真依了他计，便集众固守，相戒妄动。札木合数次来争，都被博尔术选着箭手，一一射退。凡胡俗行兵，不带粮饷，专靠着沿途掳掠，或猎些飞禽走兽，充做军食。此时札木合所率各部，无从抢夺，军士未免饥饿，遂四处去觅野物，整日里不在营中。博尔术登高了望，只见敌军相率游猎，东一队，西一群，势如散沙，随即入帐禀帖木真道："敌人已懈散了，我等正好乘此掩击哩。"帖木真遂命各翼备好战具，一律杀出。

这时札木合正在帐中，遥听得胡哨一声，忙出帐探视，只见侦骑来报道："帖木真来了！"先声夺人。札木合急号令军士，速出抵御，怎奈部下多

四出猎兽，一时不及归来。那帖木真的大军，已如秋日的大潮，汹涌澎湃，滚入营来，弄得札木合心慌意乱，手足无措，余十二部中的头目，也不知所为。朵儿班部、散只兀部、哈答斤部，先自奔溃，就是札木合的部众，也被他摇动，窜去一半。看官，你想此时的札木合，还能支持得住么？三十六着，走为上着，忙拣了一匹好马，从帐后逃去。札木合一逃，全军无主，还有哪个向前抵挡！霎时间云散风流，只剩了一座空帐。帖木真部下十三翼军，已养足全力，锐不可当，将敌帐推倒后，尽力追赶，碰着一个杀一个，打倒一个捆一个，那札木合带来的十三部众，抱头鼠窜，只恨爹娘生了脚短，逃生不及，白白的送了性命！趣语！

帖木真赶了三十里，方鸣金收军。大众统来报功，除首级数千颗外，还有俘虏数千名。帖木真圆着眼道："这等罪犯，一刀两段，还是给他便宜，快去拿鼎镬来，烹杀了他！"蒙俗最喜烹人，奉了这命，竟去取出七十只大锅，先将兽油煮沸，然后把俘虏洗剥，一一掷入，可怜这种俘虏，随锅旋转，不到一刻，便似那油炸的羊儿羔儿！羔羊是宰后就烹，人非禽兽，乃活遭烹杀，胡儿残忍，可见一斑。大众还拍手称快。俘虏烹毕，都唱着凯歌，同返故帐。于是威声大振，附近的兀鲁特、布鲁特两族，亦来投诚。

一日，帖木真率领侍从，至西北出猎，遇泰赤乌部下的朱里耶人。侍从语帖木真道："这是咱们的仇人，请主子出令，捕他一个净尽。"帖木真道："他既不来加害咱们，咱们去捕他做甚？"朱里耶人初颇疑惧，嗣见帖木真无心害他，也到围场旁参观。帖木真问道："你等在此做什么？"朱里耶人道："泰赤乌部尝虐待我等，我等流离困苦，所以到此。"帖木真问有粮食否？答云不足。及问有营帐否？答云没有。帖木真道："你等既无营帐，不妨与我同宿，明日猎得野物，我愿分给与你。"朱里耶人欢跃应命。帖木真果践前言，且教侍从好生看待，不得有违。于是朱里耶人非常感激，都说泰赤乌无道，唯帖木真衣人以己衣，乘人以己马，真是一个大度的主子，不如弃了泰赤乌，往投帖木真为是。这语传入泰赤乌部，赤老温先闻风来归。帖木真感念旧谊，应第三回。待他与博尔术相似。还有勇士哲别，素称善射，当巴勒朱思开战时，曾为泰赤乌部酋布答效力，射毙帖木真的战马，至是亦因赤老温为先容，投入帖木真帐下。哲别亦元朝名将，故特表明。帖木真不念前嫌，推诚相与。齐桓公用管仲，唐太宗用魏征同是此意。此后邻近的小部落，多挈

了妻孥，投奔帖木真。帖木真很是喜慰，便命在斡难河畔，开筵庆贺。

先是巴勒朱思开仗，帖木真的从兄弟薛撤别吉，亦从战有功。薛撤别吉有两母，大母名忽儿真，次母名也别该，帖木真俱邀他与宴，伴着那母亲诃额仑。司膳官失乞儿，于诃额仑前奉酒毕，次至也别该前行酒，又次至忽儿真，但觉得扑剌一声，失乞儿面上，已着了一掌。失乞儿莫名其妙，只见忽儿真投着袂道："你为何不先至我处行酒，却谄奉那小娘子？"真是妒妇的口角。失乞儿大哭而出，诃额仑嘿然无言，帖木真从旁解劝，才算终席。

不料一波未平，一波又起。薛撤别吉的侍役，从帐外私盗马缰，别勒古台见了，把他拿住。忽斜刺里闪出一人，拔剑砍来，别勒古台连忙躲让，那右肩已被斫着，鲜血直流，便忍痛问那人道："你是何人？"那人道："我叫播里，为薛撤别吉掌马。"别勒古台的左右，闻了这语，都嚷道："如此无礼，快杀了他！"别勒古台拦住道："我伤未甚，不可由我开衅；我且去通知薛撤别吉，教他辨明曲直。"言未已，薛撤别吉已出来了。别勒古台正思表明，他却不分皂白，大声喝道："你何故欺我仆从？"说得别勒古台气愤填胸，便去折着一截树枝，来与薛撤别吉决斗。薛撤别吉也不肯稍让，拾着一条木棍，抵敌别勒古台。酣斗了好一歇，薛撤别吉败下了，夺路而去。别勒古台走入帐中，又闻忽儿真掌挞司厨，便阻住忽儿真，不容他回去。

正争论间，忽有探马入报，金主遣丞相完颜襄，去攻塔塔儿部。帖木真道："塔塔儿害我祖父，大仇未报，如今正好趁这机会，前去夹攻。"正说着，薛撤别吉遣人议和，并迎忽儿真。帖木真语来使道："薛撤别吉既自知罪，还有何说？他母便偕你同回。你去与薛撤别吉说明，我拟攻塔塔儿部，叫他率兵来会，不得误期！"使者奉命，偕忽儿真去讫。

帖木真待至六日，薛撤别吉杳无音信，便自率军前往。至浯勒札河，与金兵前后夹攻，破了塔塔儿部营帐，击毙部酋摩勤苏里徒。金丞相完颜襄嚷着道："塔塔儿无故叛我，所以率兵北征。今幸得汝相助，击死叛酋。我当奏闻我主，授你为招讨官。你此后当为我邦效力！"帖木真应着，金丞相自回去了。帖木真复入塔塔儿帐中，搜得一个婴儿，乘着银摇车，裹着金绣被，便将他牵来。见他头角峥嵘，命为第三个养子，取名失吉忽秃忽。《元史》作忽都忽。随即凯旋。不期薛撤别吉潜兵来袭，把那最后的老弱残兵，杀了十名，夺了五十人的衣服马匹，扬长去了。

帖木真闻报，大怒道："前日薛撒别吉在斡难河畔与宴，他的母将我厨子打了；又将别勒古台的肩甲斫破了，我为他是同族，格外原谅，与他修和，叫他前来合攻塔塔儿仇人。他不来倒也罢了，反将我老小部卒，杀的杀，掳的掳，真正岂有此理！"遂带着军马，越过沙漠，到客鲁伦河上游，攻入薛撒别吉帐中。薛撒别吉已挈眷属逃去，只掳了他的部众，收兵而回。

越数月，帖木真余怒未息，又率兵往讨，追薛撒别吉至迭列秃口，把他擒住，亲数罪状，推出斩首，并杀其弟泰出勒，唯赦他家属；又见他子博尔忽，《秘史》作孛罗兀勒。少年英迈，取为养子，后以善战著名。亦四杰之一。归途遇着札剌赤儿种人，名叫古温豁阿，《元史》作孔温窟哇。引着数子来归。有一子名木华黎，《秘史》作木合黎，《源流》作摩和赉，《通鉴辑览》作穆呼哩，亦为四杰之一。智勇过人，嗣经帖木真宠任，与博尔术、赤老温等一般优待。这且慢表。

且说札木合自败退后，愤闷异常，日思纠合邻部，再与帖木真决一雌雄。闻西南乃蛮部土壤辽阔，独霸一方，遂去纳币通好，愿约攻帖木真。乃蛮部在天山附近，部长名太亦布哈，《通鉴辑览》作迪延汗。曾受金封爵，称为大王。胡俗呼大王为汗，因连类称他为大王汗，蒙人以讹传讹，竟叫他作太阳汗。太阳汗有弟，名古出古敦，与兄交恶，分部而治，自称不亦鲁黑汗。会札木合使至，太阳汗犹迟疑未决，不亦鲁黑汗愿发兵相助，出师至乞湿勒巴失海子。海子亦称淖尔，为蒙古语，犹华人之言湖也。帖木真闻报，用了先发制人的计策，邀集汪罕部落，从间道出袭不亦鲁黑汗，不亦鲁黑仓猝无备，全军溃散。帖木真等得胜告归。

那时哈答斤部、散只兀部、朵鲁班部、弘吉剌部闻帖木真强盛，统怀恐惧，大会于阿雷泉，杀了一牛一羊一马，祭告天地，歃血为誓，结了攻守同盟的密约。札木合乘机联络，遂由各部公议，推札木合为古儿汗。还有泰赤乌蔑里吉两部酋，以及乃蛮部不亦鲁黑汗，也思报怨，来会札木合，就是塔塔儿部余族，另立部长，趁着各部大会，兼程赶到，大众齐至秃拉河，由札木合作为盟主，与各部酋对天设誓道："我等齐心协力，共击帖木真，倘或私泄机谋，及阴怀异志，将来如颓土断木一般！"誓毕，共举足踏岸，挥刀斫林，作为警戒的榜样。是谓庸人自扰。遂各出军马，衔枚夜进，来袭帖木真营帐。

偏偏豁罗剌思种人豁里歹，与帖木真出自同族，驰往告变。帖木真连忙戒备，一面遣使约汪罕，令速出师，同击札木合联军。汪罕脱里，率兵到客鲁伦河，帖木真已勒马待着，两下相见，共议军情。脱里道："敌军潜来，心怀叵测，须多设哨探方好哩。"帖木真道："我已派部下阿勒坛等，去做头哨了。"脱里道："我也应派人前去。"当下叫他子鲜昆为前行，带领部众一队，分头侦探，自与帖木真缓缓前进。

过了一宿，当由阿勒坛来报道："敌兵前锋，已到阔奕坛野中了。"帖木真道："阔奕坛距此不远，我军应否迎战？"脱里道："鲜昆不知何处去了？如何尚未来报？"阿勒坛道："鲜昆么？闻他已前去迎仗了！"帖木真急着道："鲜昆轻进，恐遭毒手，我等应快去援他！"脱里不信阿勒坛，帖木真独急援鲜昆，后日成败之机，已伏于此。于是两军疾驰，径向阔奕坛原野进发。

这时候，札木合的联军，已整队前来。乃蛮部酋不亦鲁黑汗，仗着自己骁勇，充作前锋统领，你前时如何溃散，此时恰又来当冲。望见汪罕前队军马，只寥寥数百人，便是鲜昆军。不由得笑着道："这几个敌兵，不值我一扫！"慢着！正拟遣众掩击，忽望见尘头大起，脱里、帖木真两军，滚滚前来，又不禁变喜为惧，愕然道："我等想乘他不备，如何他已前知？"忽喜忽惧，恰肖莽夫情状。

方疑虑间，札木合后军已到，不亦鲁黑忙去报闻。札木合道："无妨！蔑里吉部酋的儿子忽都，能呼风唤雨，只叫他作起法来，迷住敌军，我等便可掩杀了！"不亦鲁黑汗道："这是一种巫术，我也粗能行使。"札木合喜道："快快行去！"不亦鲁黑汗，遂邀同忽都，用了净水一盆，各从怀中取出石子数枚，大的似鸡卵，小的似棋子，浸着水中，两人遂望空祷诵。不知念着什么咒语，咕哩咕噜了好一回，果然那风师雨伯，似听他驱使，霎时间狂飙大作，天地为昏，滴滴沥沥的雨声也逐渐下来了！各史籍中，曾有此事，不比那无稽小说，凭空捏造。小子恰为帖木真等捏一把汗，遂口占一绝云：

诗风祭雨本虚词，谁料胡巫果有之！
可惜问天天不佑，一番祈祷转罹危。

毕竟胜负如何？且看下回续表。

札木合两次兴师，俱联合十余部，来攻帖木真，此正帖木真兴亡之一大关键。第一次迎战，用博尔术之谋，依险自固，老敌师而后击之，卒以致胜，是所赖者为人谋。第二次迎战，敌人挟术以自鸣，几若无谋可恃，然观下回之反风逆雨，而制胜之机，仍在帖木真，是所赖者为天意。天与之，人归之，虽欲不兴得乎？本回上半段，叙斡难河畔之胜，归功人谋，故中间插入各事，所有录故释嫌，赦孥恤孤之举，俱一一载入，以见帖木真之善于用人；下半段叙阔弈坛之战，得半而止，独见首不见尾，此是作者蓄笔处，亦即是示奇处。名家小说，往往有此。否则，便无气焰，亦乌足动目耶！

第七回　报旧恨重遇丽姝
复前仇叠逢美妇

却说不亦鲁黑汗等用石浸水，默持密咒，果然风雨并至。看官到此，未免怀疑。小子尝阅方观承诗注，谓蒙古西域祈雨，用楂达石浸水中，咒之辄验。楂达石产驼羊腹内，或圆或扁，色有黄白。驼羊产此，往往羸瘦，生剖得者尤灵。就是陶宗仪《辍耕录》，也有此说。原原本本，殚见洽闻，是小说中独开生面。小子未曾见过此石，大约如牛黄、狗宝等类，独蕴异宝，所以有此灵怪。

闲文少表。单说札木合见了风雨，心中大喜，忙勒令各军静待，眼巴巴的望着对面。一俟帖木真等阵势自乱，便掩杀过去，好教他片甲不回。那边帖木真正思对仗，忽觉阴霾四布，咫尺莫辨，骤风狂雨，迎面飘来，免不得有些惊慌，只饬令部众严行防守。那汪罕部下，却有些鼓噪起来，脱里禁止不住。帖木真也恐牵动全军，急上加急。蓦然间风势一转，雨点随飞，都向札木合联军飘荡过去。札木合正在得意，不防有此变幻，忙与不亦鲁黑汗等商议。怎奈不亦鲁黑汗等，只能祈风祷雨，恰不能逆雨反风，只得呆呆的望着天空，一言不答。无如对面的敌军，已是喊杀连天，摇旗疾至。札木合满腹喜欢都变作愁云惨雾，不禁仰天叹道："天神呵！何故保佑帖木真那厮，独不保佑我呢？"言未毕，见军中已皆倒退，料已禁止不住，只好拨马而逃。幸亏得是逃惯，倒还没有什么。那时各部酋都已股栗，还有何心恋战，自然一哄儿走了。于是全军大溃，有被斫的，有受缚的，有坠崖的，有落涧的，

有互相践踏的，有自相残杀的，统共不知死了若干，伤了若干。

帖木真想乘此灭泰赤乌部，便请脱里追札木合，自率众追泰赤乌人。泰赤乌部酋阿兀出把阿秃儿走了一程，见帖木真追来，复收拾败残兵马，返身迎战。怎奈军心已乱，屡战屡败，只得顾着性命，乘夜再走。那部众不及随上，多被帖木真军，掳掠过来。

帖木真忽忆着锁儿罕情谊，自去找寻。到了岭间，蓦听得有一种娇音，在岭上叫着道："帖木真救我！"帖木真望将过去，乃是一个穿红的妇人。忙饬随身的部卒，上前讯明，回报是锁儿罕女儿，名叫合答安。帖木真闻着合答安三字，抢步行去。到了合答安前，见她形神虽改，丰采依然。便问道："你何故在此？"合答安道："我的夫被军人逐走了，我见你跨马前来，所以叫你救我！"帖木真大喜道："快随我前去！"邂逅相逢，适我愿兮。说着，便叫部卒牵过一骑，自扶合答安上马，并辔下山。合答安在途间，尚口口声声叫帖木真饬寻丈夫。帖木真含糊应着，一面令部卒传着军令，饬大众就此下营。

设帐已毕，却无心检点俘虏，只令部众留意巡逻，严防不测。是晚在后帐备好酒筵，挽合答安并坐畅饮。合答安不好就坐，只在帖木真座旁侍着。帖木真情不自禁，竟将她搂入怀中，令坐膝上，低声与语道："我从前避难你家，承你殷勤侍奉，此心耿耿不忘！早思与你结为夫妇，只因我那时艰险万状，连一聘就的妻室，尚不知何日可娶，所以不敢启口。目今我为部长，又与你幸得再逢，看来这夙世姻缘，总当配合哩！"合答安道："你已有妻，我已有夫，如何配合？"帖木真道："我为一部主子，多娶几个夫人，算做什么？你的丈夫，闻已被军人杀死了，剩你孤身只影，正好与我做个第二夫人！"合答安闻丈夫已死，不禁泪下。帖木真道："你记念着丈夫么？人死不能重生，还要念他做甚！"眼前的丈夫，比前日的丈夫好得许多，合答安真是多哭。说着时，并替她拭泪。合答安心中，好似小鹿儿乱撞，不知所为。帖木真恰欢饮了数大觥，乘着酒兴，拥合答安入寝。昔与共患难，今与共安乐，总算是有情有义的好男儿。意在言外。

翌日，合答安的父亲锁儿罕，也入帐来见。来做国丈了。帖木真迎着道："你父子待我有恩，我日夕廑念，你如何此时才来？"锁儿罕道："我心早倚仗着你，所以命次儿先来归附。我若也是早来，恐此间部酋不依，戮我全

家，所以迟迟吾行。”帖木真道：“昔日厚恩，今当图报！我帖木真不是负心人，教你老人家放心！”子为人臣，女为人妾，好算是知恩报恩。锁儿罕称谢，帖木真命拔帐齐回。

到了客鲁伦河上流，饬部卒探听汪罕消息。及返报，方知札木合被追，穷蹙无归，已投降汪罕，汪罕收兵自回去了。帖木真道：“他何不遣人报我！”言下有不悦意。别勒古台在旁说道：“汪罕既已回兵，咱们也不必过问。唯塔塔儿是我世仇，我正好乘胜进攻，除灭了他！”帖木真道：“且回去休息数日，往讨未迟！”

过了一月，帖木真发兵攻塔塔儿部。塔塔儿部已早防着，纠集族众，决一死战。帖木真闻知敌人势众，倒也不敢轻敌，当下号令诸军，约法三章。第一条，临战时不得专掠财物；第二条，战胜后亦不得贪财，待部署妥定，方将敌人财物，按功给赏；第三条，军马进退，都须遵军帅命令。不奉命者斩，既退后，再令翻身力战，仍须前进；有畏缩不前者斩。军令既肃，壁垒一新，接连与塔塔儿部战了数次，塔塔儿人虽然奋力上前，怎奈寡不敌众，弱不敌强，终被那帖木真占了胜着，弄到一败涂地。塔塔儿部酋，依然逃去，塔塔儿前已屡败，势不能敌帖木真，所以叙笔从略。帖木真军追赶不及，方才收军。检查帐下，只阿勒坛、火察儿、答力台三人违令，私劫财物。帖木真愤甚，命哲别、忽必来两将，把他三人传入，申明军法，拟令加刑。部下都屈膝哀求，代他乞免。帖木真道：“你三人与我祖父，同出一源，我也何忍罪你，但你等既立我为部长，并誓遵我令，我自不敢以私废公。现由大众替你乞免，你等应悔过效诚，将功赎罪！”言讫，又命哲别、忽必来道：“你去把他所得财物，取来充公，休得代他隐饰！”哲别、忽必来依令而行，阿勒坛等亦退出帐外，未免怏怏失望。为后文往投汪罕张本。原来阿勒坛系忽都剌哈汗次子，是帖木真从叔；火察儿系也速该亲侄，是帖木真从弟；答力台系也速该胞弟，是帖木真叔父。帖木真做部长时，阿勒坛等首先推戴，愿遵命令，所以帖木真记在胸中，有此劝勉。那三人颇自恃功高，背誓负约，这也是人心难料，防不胜防了。实是胡俗素乏礼义，所以致此。

帖木真召集宗族，与他密议道：“塔塔儿的仇怨，我所切记，今幸战胜了他，他所有的百姓，男子尽行诛戮，妇女各分做奴婢使用，方可报仇雪恨。”族众相率赞成。议定后，别勒古台出来，塔塔儿人也客扯连与别勒古

台向颇认识，便问商议何事，别勒古台把真情说了，也客扯连便去传报塔塔儿人。塔塔儿人自知迟早一死，索性拼着了命，来攻帖木真营帐，亏得帖木真尚有防备，急命部下出来敌住，塔塔儿人杀他不过，复一哄儿走到山边，倚山立寨，负嵎死守。帖木真率军进攻，足足相持两日，方将山寨攻破。那时，塔塔儿人除妇女外，各执一刀，乱斫乱砍，彼此杀伤，几至相等。所谓困兽犹斗。及至塔塔儿的男子，丧亡殆尽，那时帖木真部下，也好多死伤了。

帖木真查得泄漏军机，乃是别勒古台一人所致，便命别勒古台去拿也客扯连。别勒古台去了半晌，返报也客扯连查无下落，大约已死在乱军中，只有他一个女儿，现已掳到。帖木真不待说毕，便怒道："为你泄了一语，累得军马死伤，此后会议大事，你不准进来！"别勒古台唯唯遵命。帖木真复道："你掳来的女子现在何处？"别勒古台道："在帐外，我去押她进来。"

当下把那女押入帐中，衣冠颠倒，发鬓蓬松，战兢兢的跪在地上。帖木真喝声道："你父陷死咱们多人，就是碎尸万段，不足偿我部下的生命。你既是他的女儿，也应斩首！"那女子更觳觫万状，抖做一团，勉强说了饶命二字。谁知才一开口，那种天生的娇喉，已似笙簧一般，送入帖木真耳中。帖木真不禁动了情肠，便道："你想我饶命么？你且抬起头来！"那女子闻言，慢慢儿的举首，由帖木真瞧将过去。只见她愁眉半锁，泪眼微抬，仿佛是带雨海棠，约略似欺风杨柳。便默想道："似这般俊俏的面庞，恐我那两个妻室，也不能及她。"随语道："要我饶你的命，除非做我的妾婢！"那女道："果蒙赦宥，愿侍帐下！"此女无耻。帖木真喜道："很好！你且至帐后梳洗去罢。"

说至此，当有帐后婢媪，前来搀扶那女，冉冉进去。帖木真才命别勒古台退出，复将营中应办的事情，嘱咐诸将，然后至帐后休息。才入后帐，那女子已前来迎着，由帖木真携住她的纤手，赏鉴了好一回，只觉得丰容盛鬋，妆抹皆宜，新妆如绘。因柔声问着道："你叫什么名字？"那女子道："我叫做也速干。"帖木真道："好一个也速干！"那女子把头一低，拈着腰带，一种娇羞的态度，几乎有笔难描。是一种淫妇腔。帖木真携她并坐，便道："你的父亲，实是有罪，你可怨我么？"比初见时言语如出两人。也速干答称不敢。帖木真笑道："你若做我的妾婢，未免有屈美人，我今夜便封你作夫人罢！"也速干屈膝称谢。绝不推辞，想是待嫁久矣。帖木真即与她开饮，共牢合

卺，情话喁喁，自傍晚起，直饮到昏黄月上，刁斗声迟，随令婢役等撤去酒肴，催也速干卸了艳妆，同入鸳帏，饱尝滋味。写也速干共寝时，与合答安不同，是为各人顾着身份。

翌晨，也速干先行起来，安排妆束。帖木真也醒着了，也速干过去侍奉，但见帖木真睁着两眼，觑着自己的面庞，一声儿不出口。情魔缠住了。也速干不觉嫣然道："看了一夜，尚未清楚么？"恐不止相看而已。帖木真道："你的芳容，令人百看不厌！"也速干道："堂堂一个部长，眼孔儿偏这么小，对我尚这般模样，若见了我的妹子也遂，恐怕要发狂了！"帖木真忙道："你的妹子在哪里？"也速干道："才与他夫婿成亲，现不知何处去了？"背父事仇，已是觍颜，还要添个妹子，不知她是何心肝！帖木真道："你妹子果有美色，不难找寻。"当即出帐命亲卒去寻也遂，嘱咐道："你如见绝色的妇女，便是那人。"

去了半日，那亲卒已牵一美妇进来。帖木真瞧着，芙蓉为面，秋水为眸，肤如凝脂，领如蝤蛴，状貌颇肖也速干，至绰约轻盈，又比也速干似胜一筹。便问道："你可名也遂么？"那妇答声称是。帖木真道："妙极了！你姊已在后帐，可进去一会。"也遂便入晤也速干，也速干便邀她同嫁帖木真。也遂道："我的丈夫，被他军人逐走了，我很是怀念，你为何叫我嫁那仇人？"也速干道："我塔塔儿人先去毒他父亲，所以反受其毒。他现在富贵得很，威武得很，嫁了他，有什么不好？胜似嫁那亡国奴哩！"也遂默然无语。已动心了。也速干又劝她数语，也遂道："他既为部长，年又盛强，料他早有妻子，我如何做他妾媵？"心已默许，不过想做正妻耳。也速干道："闻他已有一两个妻室。别人的心思，我不能料，若我的位置，情愿让与阿妹！"也遂徐答道："且待再商！"

语未毕，只听得一人接着道："还要商议什么？好一位姊姊，位置且让与妹子，做妹子的总要领情哩。"我亦云然。说至此，帐已揭开，龙行虎步的帖木真已扬眉进来。也遂慌忙失措，忙避至阿姊背后，不意阿姊反将她推出，正与帖木真撞个满怀，帖木真顺手揽住，也速干乘隙走出。看官，你想一个怯弱的妇女，如何能抗拒强人？若非殉节丧身，定然是随缘凑合，任人戏弄了。又是一种笔墨。

越日，帖木真升帐，令也遂侍右，也速干侍左，欲要好，大做小，也速干想

明此理。各部众都上前庆贺。帖木真很是欣慰，不意也遂独短叹长吁，几乎要流下泪来。帖木真顾着，暗暗生疑，随叫木华黎传令，饬大众分部站立。众人依令行着，只有一个目光灼灼的少年，形色仓皇，孑身立着。怪不得他。帖木真问他是什么人？那人道："我是也遂的夫婿。"直言不讳，难道想还你妻儿？帖木真怒道："你是仇人子孙，我倒不来拿你，你反自来送死，左右将他推出去！斩首完结。"不一刻，已将首级呈上。也遂从旁窥着，禁不住泪珠莹莹，退入后，呜呜咽咽的哭了片刻，由也速干从旁婉劝，方才止泪。后来境过情忘，也乐得安享荣华了。这是妇女最坏处。

帖木真凯旋后，复思讨蔑里吉部。忽有人报蔑里吉人已由汪罕部下自行剿捕，把他部酋脱黑脱阿逐去，杀了他长子，掳了他妻孥，并人物牲畜，满载而归了。帖木真迟疑半晌，方道："由他去罢！"第二次生嫌。小子有诗咏道：

> 交邻有道莫贪财，利欲由来是祸胎。
> 谁酿厉阶生衅隙，蒙疆又复起兵灾。

后来帖木真与汪罕曾否失和，且至下回分解。

前回多叙战事，写得如火如荼，本回多述私情，写得又惊又爱。此如戏角登台，有武戏又有文戏；武戏必用几个武生，文戏必杂几个旦角，英雄儿女，陆续演出，方能使阅者餍目。小说亦然，然或词笔复沓，连篇一律，则味同嚼蜡，亦乏趣味，作者于帖木真得三美时，词意迭变，为个人各占身份，即为本书焕出精神，是即文字夺色处。

第八回　四杰赴援以德报怨
一夫拼命用少胜多

却说汪罕大掠蔑里吉部，得了无数子女牲畜回去享受，并没有遗赠帖木真，也未尝遣使报闻。帖木真尚是耐着，约汪罕去攻乃蛮。汪罕总算引兵到来，两军复整队出塞。闻不亦鲁黑汗在额鲁特地方，当即杀将过去。不亦鲁黑汗料不能敌，竟闻风远飏，越过阿尔泰山去了。帖木真麾众穷追，擒住他部目也的脱孛鲁，讯知不亦鲁黑已是远遁，只得收队回营。谁知甫到半途，突来了乃蛮余众，由曲薛吾撤八剌两头目统带，掩袭帖木真。帖木真驰入汪罕军，与汪罕再约迎战，汪罕自然应允。因天色已晚，两军各分驻营中，按兵静守了。

次日黎明，帖木真部下齐起，整备开仗，遥望汪罕营帐，上面有飞鸟往来，不觉惊诧异常。急命军士探明，返报汪罕营内，灯火犹明，只帐下却无一人！怪极！帖木真道："莫非他去了不成，我与他联军而来，他弃我远适，转足扰我军心，我不如暂行退兵，待探听确实，再来未迟！"是亦所谓临事知惧者。嗣后探得汪罕系信札木合谗言，谓帖木真后必为变，因此不谋而去。回应札木合投降汪罕事。帖木真虽恨那汪罕，然犹因他误信谗人，曲为含忍。这是第三次生嫌。

未几，忽有人报称汪罕的部众，被乃蛮、曲薛吾等从后追袭，掠去辎重，连那儿子鲜昆的妻孥，也被劫去了。帖木真道："谁叫他弃我归去？"言未已，又有人来报，汪罕遣使乞援。帖木真道："着他进来！"汪罕使人

见，详述本部被掳情形，并言蔑里吉酋两子，先已作本部俘虏，今亦逃去。现虽遣将追击乃蛮，终恐不足胜敌。且闻贵部有四良将，所以特来求援，请速令四将与我同去！帖木真笑道："前弃我，今求我，是何用心？"来使道："前日误信谗言，所以速返，若贵部肯再发援兵，助我部酋，此后自感激不浅，就使有十个札木合，也无从进谗了。"来使颇善辞令。帖木真道："我与你部酋，情谊本不亚父子，都因部下谗间，因此生疑。现既情急待援，我便叫四良将与你同去。何如？"来使称谢。于是命木华黎、博尔术、赤老温、博尔忽四杰，带着军马，随使同去。

行到阿尔泰山附近，遥闻喊声震地，鼓角喧天，料知前途定在开仗。登山了望，见汪罕部兵，被乃蛮军杀得大败亏输，七零八落的逃下阵来。木华黎等急忙下山，率兵驰去。那时汪罕已丧了二将，首领鲜昆，马腿中箭，险些儿被敌人擒去。正危急间，木华黎等已到，便救出鲜昆，上前迎战。乃蛮头目曲薛吾等，虽已战胜，也未免乏力，怎经得一支生力军，似生龙活虎一般，见人便杀，逢马便刺！不到几合，曲薛吾部下，渐渐却退，木华黎等愈战愈勇，把敌人杀得四散奔逃。曲薛吾等管命要紧，也只得弃了辎重，落荒遁去。鲜昆的妻子，及一切被掠人物，统已夺转，交鲜昆带回。

鲜昆返报脱里，脱里大喜道："从前帖木真的父亲，尝救我的危难，今帖木真又差四杰救我，他父子两个，真是天地间的好人！我今年已老了，此恩此德，如何报得！"本心未尝牿亡，如何后复变计。随命使召见四杰，只博尔术前往，脱里奖他忠义，赠他锦衣一袭，金樽十具，复语道："我年已迈，将来这百姓，不知教谁人管领！我诸弟多无德行，只有一子鲜昆，也如没有一般。你回去与你主说，倘不忘前好，肯与鲜昆结为兄弟，使我得有二子，我也好安心了！"博尔术奉命返报，帖木真道："我固视他为父，他未必视我如子，既已感恩悔过，我与鲜昆做弟兄，有何不可！"遂遣使再报汪罕，约会于土兀剌河，重修和好。脱里如约守候，帖木真当即前去，便在土兀剌河岸，置酒高会，两下欢饮，甚是和洽，遂双方订约，对敌时一同对敌，出猎时一同出猎，不可听信谗言！必须对面晤谈，方可相信。约既定，帖木真遂认脱里为义父，鲜昆为义弟，告别而回。

既而帖木真欲与汪罕结为婚姻，拟为长子术赤，求婚脱里女抄儿伯姬。帖木真既认脱里为父，如何求其女为子妇？胡俗之不明伦序，于此可见。鲜昆子秃撒哈，

亦欲求帖木真长女火真别姬为妻。帖木真以他女肯为子妇，己女亦不妨遣嫁。独鲜昆不乐，勃然道：“我的女儿到他家去，向北立着；他的女儿到我家来，面南高坐，这如何使得。”于是婚议未谐。第四次生嫌。

札木合又乘隙思逞，密通阿勒坛、火察儿、答力台三人，令他们背叛帖木真，归顺汪罕。三人素怀怨望，应上回。竟听了札木合的哄诱，潜归汪罕去讫。札木合遂语鲜昆道：“帖木真为婚事未谐，与乃蛮部太阳汗私相往来，恐将图害汪罕。”鲜昆初尚不信，经阿勒坛等三人来作口证，鲜昆遂差人告脱里道：“札木合闻知帖木真将害我等，宜乘他未发，先行除他！”脱里道：“帖木真既与我为父子，为什么反复无常？若果他有此歹心，天亦不肯佑他！札木合的说话，不可相信的！”

越数日，鲜昆又自陈父前，谓他的部下阿勒坛等前来投诚，亦这般通报，父亲何故不信？脱里道：“他屡次救我，我不应负他。况我来日无多，但教我的骸骨，安置一处，我死了亦是瞑目！你要怎么干，你自去干着，总要谨慎方好哩！”既云不应负他，又云你自去干着，真是老悖得很。

鲜昆便与阿勒坛等，商量一条毒计出来。看官，你道是什么毒计？原来是佯为许婚，诱擒帖木真的法儿。既定议，即差人去请帖木真前来与宴，面订婚约。帖木真坦然不疑，只带了十骑，即日起行。道过明里也赤哥家中，暂时小憩。明里也赤哥尝隶帖木真麾下，至是告老还乡，与帖木真会着。帖木真即述赴宴的原因，明里也赤哥道：“闻鲜昆前日妄自尊大，不欲许婚，今何故请吃许婚筵席，莫非其中有诈？不若以马疲道远为词，遣使代往，免致疏虞！”幸有此谏。

帖木真许诺，乃遣不合台、乞剌台两人赴席，自率八骑径归，静待不合台、乞剌台返报。孰意两日不至，乃复率数百骑西行，至中途候着。忽来了快足一名，说有机密事求见。当由部众唤入，那人向帖木真道：“我是汪罕部下的牧人，名叫乞失里，因闻鲜昆无信，阳允婚事，阴设机谋，现已留下贵使，发兵掩袭。我恨他居心叵测，特来告变。贵部快整备对敌，他的军马就要到了！”帖木真惊着道：“我手下不过数百人，哪能敌得住大队军马，我等回帐不及，快至附近山中，避他兵锋！”言毕，即刻拔营。行里许，至温都尔山，登山西望，没有什么动静，稍稍放心。是晚便在山后住宿。

天将明，帖木真侄儿阿勒赤歹，合赤温子。正在山上放马，适见敌军大

至，慌忙报知帖木真。帖木真等住宿山后，所以未曾闻知。帖木真仓猝备战，恐寡不敌众，特集麾下商议。大众面面相觑，独畏答儿奋然道："兵在精不在多，将在谋不在勇，为主子计，急发一前队，从山后绕出山前，扼敌背后；再由主子率兵，截他前面，前后夹攻，不患不胜！"帖木真点首，便命术撤带做先锋，叫他引兵前去。术撤带置若罔闻，只用马鞭擦着马鬣，噤不发声。畏答儿从旁瞧着，便道："我愿前去！万一阵殁，有三个黄口小儿，求主子格外抚恤！"帖木真道："这个自然！天佑着你，当亦不致失利。"蒙古专信天鬼，所以每事称天。畏答儿正要前行，帐下闪出折里麦道："我亦愿去。"折里麦素随帖木真麾下，也是个患难至交，至此愿奋勇前敌，帖木真自然应允。并语他道："你与畏答儿同去，彼此互为援应，我很为放怀。到底是多年老友，安危与共呢！"遣将不如激将。两将分军去讫。

帐下闻帖木真夸他忠勇，不由得愤激起来，大家到帖木真前，愿决死战，连术撤带也摩拳擦掌，有志偕行。正要你等如此。帖木真即命术撤带辖着前队，自己押着后队，齐到山前立阵。

是时畏答儿等已绕出山前，正遇汪罕先锋只儿斤，执着大刀，迎面冲来。畏答儿也不与答话，便握刀与战。只儿斤是有名勇士，刀法很熟，畏答儿抖擞精神，与他相持，正在难解难分的时候，那畏答儿部下的军士，都大刀阔斧，向只儿斤军中，冲杀过去。只儿斤军忙来阻挡，不料敌人统不畏死，好似疯狗狂噬，这边拦着，冲破那边，那边拦着，复冲破这边，阵势被他牵动，不由得退了下去。只儿斤不敢恋战，也虚幌一刀走了。畏答儿不肯舍去，策马力追。折里麦亦率众随上，那汪罕第二队兵又到，头目叫作秃别干。只儿斤见后援已到，复拨转马头，返身奋斗。折里麦恐畏答儿力乏，忙上前接着。秃别干亦杀将上来，当由畏答儿迎战。汪罕兵势越盛，畏答儿尚只孤军，心中一怯，刀法未免一松，被秃别干举枪刺来，巧中马腹，那马负痛奔回，畏答儿驾驭不住，被马掀倒地上。秃别干赶上数步，便用长枪来刺畏答儿，不防前面突来一将，将秃别干枪杆挑着，豁剌一响，连秃别干一支长枪，竟飞向天空去了。句法奇兀。秃别干剩了空手，忙拨马回奔。那将便救起畏答儿，复由敌人中夺下一马，令畏答儿乘着。畏答儿略略休息，又杀入敌阵去了。看官，你道那将是什么人，便是术撤带部下的前锋，名叫兀鲁，力大无穷，所以吓退秃别干，救了畏答儿。兀鲁去追秃别干，汪罕第三队援

兵又到，为首的叫作董哀。当下来截住兀鲁，又是一场恶战，术撒带驱兵进援，大家努力，把董哀军杀退。董哀方才退去，汪罕勇士火力失烈门，复领着第四队军来了。句法又变。术撒带大喝道：“杀不尽的死囚！快上来试吾宝刀！”火力失烈门并不回答，便恶狠狠的携着双锤，来击术撒带。术撒带用枪一挡，觉来势很是沉重，料他有些勇力，遂格外留神，与他厮杀，大战数十合，不分胜负。兀鲁见术撒带战他不下，也拨马来助。火力失烈门毫不畏怯，又战了好几合，忽见对面阵中，竖着最高的旄纛，料知帖木真亲自到来，他竟撇下术撒带等，来捣中军。术撒带等正思转截，那汪罕太子鲜昆，又率大军前来接应。这时术撒带等，只好抵敌鲜昆，不能回顾帖木真。帖木真身旁，幸有博尔术、博尔忽两将，见火力失烈门踹入，急上前对仗。两将是有名人物，双战火力失烈门，尚不过杀个平手，恼了帖木真三子窝阔台，也奋身出斗，把他围住。火力失烈门恐怕有失，眉头一皱，计上心来，竟向博尔忽当头一锤，博尔忽把头避开，马亦随动，火力失烈门乘这机会，跳出圈外，望后便走。博尔术等哪里肯舍，相率追去，那火力失烈门引他驰入大军，复翻身来战，霎时间各军齐上，把博尔术等困住垓心。博尔术等虽知中计，无如事到其间，无可奈何，只得拼命鏖战，与他争个你死我活！逐层写来，变幻不测。于是两军齐会，汪罕的兵胜过帖木真军五六倍，帖木真军，人自为战，不管什么好歹，统将爹娘所生的气力，一齐用出，尚杀不退汪罕军。

鲜昆下令道：“今日不擒住帖木真，不得退军！”语才毕，忽有一箭射来，不偏不倚，正中鲜昆面上。鲜昆叫了一声，向后便倒，伏鞍而走。这支箭系由术撒带发出，幸得射着，遂趁势追赶鲜昆。鲜昆军恰尚不乱，且战且走。术撒带追了一程，恐前途遇伏，中道旋师。帖木真望见敌兵渐退，亦遣使止住各将，不得穷追。于是各将皆敛兵归还。畏答儿独捧着头颅，狼狈回来。帖木真问他何故，畏答儿道：“我因闻旋师的命令，免胄断后，不意脑后中了流矢，痛不可忍，因此抱头趋归。”帖木真垂泪道：“我军这场血战，全由你首告奋勇，激动众心，因得以寡敌众，侥幸不败。你乃中着流矢，教我也觉痛心！”遂与并辔回营，亲与敷药，令他入帐卧着。自己检点将士，伤亡虽有数十人，还幸不致大损。唯博尔术、博尔忽及窝阔台三人，尚未见到，忙令兀鲁、折里麦等带着数十骑，前去找寻。

看官，上文说他三人，被火力失烈门率军围着，两下恶斗。这时两军皆

退，三人尚没有回营，莫非阵殁了不成？看官不要性急，待小子补叙出来。原来博尔术、博尔忽及窝阔台三人，被火力失烈门引兵围住，正在万分危急的时候，幸亏术撤带射中鲜昆，各军多已退去，火力失烈门亦被牵着，不免顾此失彼，三人遂并力上前，夺路而走，及至杀出重围，人已困了，马也乏了，窝阔台且项上中箭，鲜血直流，由博尔忽将他颈血咂去，拣一僻静的地方，歇了一宿，方才回来。那时兀鲁、折里麦等，足足找寻了一夜，始得会着。小子有诗叹道：

天开杀运出胡儿，奔命疆场苦不辞，
待到功成身已老，白头徒忆少年时！

欲知后事如何，且由下回交代。

帖木真之待汪罕，不可谓不厚，而汪罕则时怀猜忌，谋害帖木真，天道有知，宁肯佑之！当鲜昆妻子被掠之时，若非四杰赴援，则被掠者何自归还？乃不思报德，阳许婚而阴设阱，诱帖木真而帖木真不至，鲜昆当日，宜亦因计之未成，而幡然悔悟，借以弭衅可也，不此之图，犹欲潜师掩袭，出其不备，彼自以为得计，而其如天意之不容何哉！史称温都尔山之役，为帖木真一生有名战事，蒙古人至今称道之。作者叙述此战，亦觉精警绝伦，文生事耶，事生文耶！有是事不可无是文，读罢当浮一大白！

第九回 责汪罕潜师劫寨
杀脱里恃力兴兵

却说博尔术、博尔忽及窝阔台三人回营，由帖木真慰劳毕，博尔忽道："汪罕的兵众，虽已暂退，然声势尚盛，倘若再来，终恐众寡不敌，须要别筹良策为是！"帖木真半晌无言，木华黎道："咱们一面移营，一面招集部众，待兵势已厚，再与汪罕赌个雌雄。若破了汪罕，乃蛮也独立不住，怕不为我所灭！那时北据朔漠，南图中原，王业亦不难成呢！"志大言大，后来帖木真进取之策，实本此言，可见兴国全在得人。帖木真鼓掌称善，当即拔营东走，竟至巴勒渚纳，即班珠尔河。暂避军锋。天寒水涸，河流皆浊，帖木真慷慨酌水，与麾下将士，设誓河旁，悽然道："咱们患难与共，安乐亦与共，若日久相负，天诛地灭！"将士闻言，争愿如约，欢呼声达数里。

当下命将士招集部众，不数日，部众渐集，计得四千六百人。帖木真分作两队，一队命兀鲁领着，一队由自己统带。整日里行围打猎，贮作军粮。畏答儿疮口未痊，亦随着猎兽，帖木真阻他不从，积劳之下，疮口复裂，竟致身亡。帖木真将他遗骸葬在呼恰乌尔山，亲自致祭，大哭一场。军士见主子厚情，各感泣图报。帖木真见兵气复扬，遂令兀鲁等出河东，自率兵出河西，约至弘吉剌部会齐。

既到弘吉剌部，便命兀鲁去向部酋道："咱们与贵部本属姻亲，今如相从，愿修旧好；否则请以兵来，一决胜负！"那部酋叫作帖儿格阿蔑勒，料非帖木真敌手，便前来请附。帖木真与他相见，彼此叙了姻谊，两情颇洽。

这姻谊出自何处？原来帖木真的母亲诃额仑及妻室孛儿帖，统是弘吉剌氏，所以有此情好。弘吉剌部在蒙古东南，他既愿为役属，东顾可无忧了。帖木真便率领全军，向西进发，至统格黎河边下营，遣阿儿该、速客该两人，驰告汪罕，大略道：

父汪罕！汝叔古儿罕即《本纪》菊儿。尝责汝残害宗亲之罪，逐汝至哈剌温之隘，汝仅遗数人相从。斯时救汝者何人？乃我父也。我父为汝逐汝叔，夺还部众，以复于汝，由是结为昆弟，我因尊汝为父。此有德于汝者一也！父汪罕！汝来就我，我不及半日而使汝得食，不及一月而使汝得衣。人问此何以故？汝宜告之曰：在木里察之役，大掠蔑里吉之辎重牧群，悉以与汝，故不及半日而饥者饱，不及一月而裸者衣。此有德于汝者二也！曩者我与汝合讨乃蛮，汝不告我而自去，其后乘我攻塔塔儿部，汝又自往掠蔑里吉，虏其妻孥，取其财物牲畜，而无丝毫遗我，我以父子之谊，未尝过问。此有德于汝者三也！汝为乃蛮部将所掩袭，失子妇，丧辎重，乞援于我。我令木华黎、博尔术、博尔忽、赤老温四良将，夺还所掠以致于汝。此有德于汝者四也！昔者我等在兀剌河滨两下宴会，立有明约：譬如有毒牙之蛇，在我二人中经过，我二人必不为所中伤，必以唇舌互相剖诉，未剖诉之先，不可遽离。今有人于我二人构谗，汝并未询察，而即离我，何也？往者我讨朵儿班、塔塔儿、哈答斤、散只兀、弘吉剌诸部，如海东鸷鸟之于鹅雁，见无不获，获则必致汝。汝屡有所得而顾忘之乎？此有德于汝者五也！父汪罕！汝之所以遇我者，何一可如我之遇汝？汝何为恐惧我乎？汝何为不自安乎？汝何为不使汝子汝妇得宁寝乎？我为汝子，曾未嫌所得之少，而更欲其多者；嫌所得之恶，而更欲其美者。譬如车有二轮，去其一则牛不能行，遗车于道，则车中之物将为盗有；系车于牛，则牛困守于此将至饿毙；强欲其行而鞭箠之，牛亦唯破额折项，跳跃力尽而已！以我二人方之，我非车之一轮乎？言尽于此，请明察之！

又传谕阿勒坛、火察儿等道：

汝等嫉我如仇，将仍留我地上乎？抑埋我地下乎？汝火察儿，为我捏坤太石之子，曾劝汝为主而汝不从；汝阿勒坛，为我忽都剌哈汗之子，又劝汝为主而汝亦不从。汝等必以让我，我由汝等推戴，故思保祖宗之土地，守先世之风俗，不使废坠。我既为主，则我之心，必以俘掠之营帐牛马，男女丁口，悉分于汝；郊原之兽，合围之以与汝，山薮之兽，驱迫之以向汝也。今汝乃弃我而从汪罕，毋再有始无终，增人笑骂！三河之地，三河指土拉河、鄂尔昆河、色楞格河，皆为汪罕所居地。汝与汪罕慎守之，勿令他人居也！

又传语鲜昆道：

我为汝父之义儿，汝为汝父之亲子，我父之待尔我，固如一也，汝以为我将图汝，而顾先发制人乎？汝父老矣！得亲顺亲，唯汝是赖，汝若妒心未除，岂于汝父在时，即思南面为王，贻汝父忧乎？汝能知过，请遣使修好；否则亦静以听命，毋尚阴谋！

汪罕脱里见着二使，倒也不说什么，只说着我无心去害帖木真。阿勒坛、火察儿等模棱两可。唯鲜昆独愤然道："他称我为姻亲，怎么又常骂我？他称我父为父，怎么又骂我父为忘恩负义？我无暇同他细辩，只有战了一仗罢！我胜了，他让我；他胜了，我让他！还要遣什么差使，讲什么说话！"真是一个蛮牛。

言毕，即令部目必勒格别乞脱道："你与我竖着旄纛，备着鼓角，将军马器械，一一办齐，好与那帖木真厮杀哩！"

阿儿该等见汪罕无意修好，随即回报帖木真。帖木真因汪罕势大，未免有些疑虑起来，木华黎道："主子休怕！我有一计，管教汪罕败亡。"帖木真急忙问计，木华黎令屏去左右，遂与帖木真附耳道："如此！如此！"不说明妙。喜得帖木真手舞足蹈，当下将营寨撤退，趋回巴勒渚纳，途遇豁鲁剌思人搠干思察罕等叩马投诚；又有回回教徒阿三，亦自居延海来降，帖木真一律优待。

到了巴勒渚纳，忽见其弟合撒儿狼狈而来。帖木真问故，合撒儿道：

“我因收拾营帐，迟走一步，不料汪罕竟遣兵来袭，将我妻子掳去；若非我走得快，险些儿也被掳了。”帖木真奋然道：“汪罕如此可恶！我当即率兵前去，夺回你的妻子，何如？”旁边闪出木华黎道：“不可！主子难道忘记前言么？”帖木真道：“他掳我弟妇，并我侄儿，我难道罢了不成！”木华黎道：“咱们自有良策，不但被掳的人可以归还，就是他的妻子，我也要掳他过来。”帖木真道：“你既有此良谋，我便由你做去。”木华黎遂挽了合撒儿手，同入帐后，两人商议了一番，便照计行事。葫芦里卖什么药。

不数日，闻报答力台来归，帖木真便出帐迎接。答力台磕头谢罪，帖木真亲自扶着，且语道：“你既悔过归来，尚有何言？我必不念旧恶！”答力台道：“前由阿儿该等前来传谕，知主子犹念旧好，已拟来归，只因前叛后顺，自思罪大，勉欲立功折赎。今复得木华黎来书，急图变计，密与阿勒坛等商议，除了汪罕，报功未迟，不意被他察觉，遣兵来捕，所以情急奔还，望主子宽恕！”木华黎之计，已见一斑。帖木真道：“阿勒坛等已回来么？”答力台道：“阿勒坛、火察儿等恐主子不容，已他去了。只有浑八邻与撒哈夷特部呼真部随我归降，诸乞收录！”帖木真道：“来者不拒，你可放心！”当下见了浑八邻等，都用好言抚慰，编入部下。一面整顿军马，自巴勒渚纳出师，将从斡难河进攻汪罕。

甫到中途，忽见合里兀答儿及察兀儿罕两人，跨马来前，后面带着了一个俘虏，不由得惊喜起来。便即命二人就见。二人下骑禀道：“日前受头目合撒儿密令，叫我两人去见汪罕。汪罕信我虚言，差了一使，随我回来，我两人把他擒住，来见主子。”帖木真道：“你对汪罕如何说法？”二人道：“合撒儿头目想了一计，假说是往降汪罕，叫我先去通报，汪罕中了这计，所以命使随来。”

言未已，那合撒儿已从旁闪出，便向二人道：“叫来人上来！”二人便将俘虏推至。合撒儿问道：“你叫什么名字？”那人道：“我叫亦秃儿干，”说到干字，已由合撒儿拔刀出鞘，砉然一声，将那人斩为两段。奇极怪极。

帖木真惊问道：“你何故骤斩他人？”合撒儿道：“要他何用，不如枭首！”帖木真道：“你莫非想报妻子的仇么？”合撒儿道：“妻子的仇怨，原是急思报复，但此等举动，统是木华黎教我这般的。”帖木真道：“木华黎专会捣鬼，想其中必有一番妙用！”合撒儿道：“木华黎教我遣使伪降，捏称

哥哥离我，不知去向；我的妻子，已被父汪罕留着，我也只可来投我父，若能念我前劳，许我自效，我即束手来归。谁意汪罕竟中我诡计，叫了这个送死鬼到来见我，我的刀已闲暇得很，怎么不出出风头？”言毕大笑。木华黎之计，于此尽行叙出。

帖木真道：“好计！好计！以后当如何进行？”木华黎时已趋至，便道：“他常潜师袭我，我何不学他一着？”总算还报。合里兀答儿道：“汪罕不防我起兵，这数日正大开筵席，咱们正好掩袭哩。”木华黎道：“事不宜迟，快快前去！”于是不待下营，倍道进发，由合里兀答儿为前导，沿客鲁伦河西行。将至温都儿山，合里兀答儿道：“汪罕设宴处，就在这山上。”木华黎道：“咱们潜来，他必不备，此番正好灭他净尽，休使他一人漏网！”帖木真道：“他在山上，闻我兵突至，必下山逃走，须断住他的去路方好哩。”木华黎道：“这个自然！”当下命前哨冲上山去，由帖木真自率大队，绕出山后，扼住敌人去路。计划既定，随即进行。是时汪罕脱里正与部众筵宴山上，统吃得酩酊大醉，酒意醺醺，猛听得胡哨一声，千军万马，杀上山来。大众慌忙失措，人不及甲，马不及鞍，哪里还敢抵御敌军！霎时间纷纷四散，统向山后逃走。甫至山麓，不意伏兵齐集，比上山的兵马，多过十倍，大众叫苦不迭，只得硬着头皮，上前厮杀。谁知杀开一层，又是一层，杀开两层，复添两层，整整的打了一日夜，一人不能逃出，只伤亡了好几百名。次日又战，仍然如铜墙铁壁一般，没处钻缝。到了第三日，汪罕的部众，大都困乏，不能再战，只好束手受缚。帖木真大喜，饬部下把汪罕军一齐捆缚定当，由自己检明，单单少了脱里父子。再向各处追寻，茫如捕风，不知去向。又复讯问各俘虏，只有合答黑吉道：“我主子是早已他去了！我因恐主子被擒，特与你战了三日，教他走得远着。我为主子受俘，死也甘心，要杀我就杀，何必多问！”帖木真见他气象纠纠，相貌堂堂，不禁赞叹道：“好男子！报主尽忠，见危授命！但我并非要灭汪罕，实因汪罕负我太甚，就使拿住汪罕脱里，我也何忍杀他！你如肯谅我苦衷，我不但不忍杀你，且要将你重用！”说着，便下了座，亲与解缚，合答黑吉感他情义，遂俯首归诚了。帖木真善于用人。此时合撒儿的妻子，早由合撒儿寻着，挈了回来。还有一班被虏的妇女，由帖木真检阅，内有两个绝代丽姝，乃是汪罕的侄女，一名亦巴合，一名莎儿合。亦巴合年长，帖木真纳为侧室；莎儿合年轻，与帖

木真四子年龄相仿，便命为四子妇。姊做庶母，妹做子妇，绝好胡俗。其余所得财物，悉数分给功臣。大家欢跃，自在意中，不消细说。是亡国榜样。

且说汪罕脱里领着他儿子鲜昆，从山侧逃走，急急如漏网鱼，累累如丧家狗，走到数十里之遥，回顾已静无声响，方敢少息。脱里仰天叹道："人家与我无嫌，我偏要疑忌他，弄得身败名裂，国亡家破，怨着谁来！"悔已迟了。鲜昆闻言，反怪着父亲多言，顿时面色改变，双目圆睁。脱里道："你闯了这般大祸，还要怪我么？"鲜昆道："你是个老不死的东西！你既偏爱帖木真，你到他家去靠老，我要与你长别了！"该死！言讫自去。剩得脱里一人，孑影凄凉，踽踽前行。走至乃蛮部境上，沿鄂昆河上流过去，偶觉口渴，便取水就饮。谁知来了乃蛮部守将，名叫火力速八赤，疑脱里是个奸细，把他拿住，当下不分皂白，竟赏他一刀两段！还有鲜昆撇了脱里，自往波鲁土伯特部，劫掠为生，经部人驱逐，逃至回疆，被回酋擒住，也将他斩首示众！克烈部从此灭亡。可为背亲负义者鉴。

单说乃蛮部将火力速八赤杀了脱里，即将他首级割下，献与太阳汗。太阳汗道："汪罕是我前辈，他既死了，我也要祭他一祭。"遂将脱里头供在案上，亲酌马奶，作为奠品，复对脱里头笑道："老汪罕多饮一杯，休要客气！"语未毕，那脱里头也晃了一晃，目动口开，似乎也还他一笑。太阳汗不觉大惊，险些儿跌倒地上。帐后走出一个盛妆的妇人，娇声问道："你为什么这般惊慌？"太阳汗视之，乃是爱妻古儿八速，便道："这、这死人头都笑起我来，莫非有祸祟不成！"实是不祥之兆。古儿八速道："好大一个主子，偏怕这个死人头，真正没用！"说着，已轻移裙履，走近案旁，把脱里头携在手中，扑的一掷，跌得血肉模糊。太阳汗道："你做什么？"古儿八速道："不但这死人头不必怕他，就是灭亡汪罕的鞑子，也要除绝他方好！"乃蛮素遵回教，所以叫蒙人为鞑子。太阳汗被爱妻一激，也有些胆壮起来，便将脱里头踏碎。一面向古儿八速道："那鞑子灭了汪罕，莫不是要做皇帝么？天上只有一个日，地上如何有两个主子！我去将鞑子灭了，可好么？"古儿八速道："灭了鞑子，他有好妇女，你须拿几个给我，好服侍我洗浴，并替我挤牛羊乳！"慢着，恐怕你要给人。太阳汗道："这有何难！"遂召部将卓忽难入帐，语他道："你到汪古部去，叫他做我的右手，夹攻帖木真。"卓忽难唯唯遵命，忽有一人入帐道："不可，不可！"正是：

毕竟倾城由哲妇，空教报国出忠臣。

欲知入帐者为谁，且至下回表明。

《元史》称汪罕为克烈部，所居部落，即唐时回纥地，是汪罕非部名，乃人名也。然《本纪》又云，汪罕名脱里，受金封爵为王，则汪罕又非人名；若以汪王同音，罕汗同音，疑汪罕为称王称汗之转声，则应称克烈部汪罕，何以史文多单称汪罕，未尝兼及克烈乎？《太祖纪》又云："克烈部札阿绀孛者，部长汪罕之弟也。"即云部长，又云汪罕，词义重复。要之蒙汉异音，翻译多讹，本书以汪罕为统称，以脱里为专名，似较明显，非谬误也。

汪罕之亡，为子所误；乃蛮之亡，为妇所误。妇子之言，不可尽信也如此！然脱里未尝不负恩，太阳汗未尝不好战。祸福无门，人自召之，读此可以知戒，文字犹其余事耳。

第十回　纳忽山孱主亡身
斡难河雄酋称帝

却说太阳汗欲攻帖木真，遣使卓忽难至汪古部，欲与夹击，帐下有一人进谏道："帖木真新灭汪罕，声势很盛，目下非可力敌，只宜厉兵秣马，静待时衅，万万不可妄动呢！"太阳汗瞧着，乃是部下的头目，名叫可克薛兀撒卜剌黑，不禁愤愤道："你晓得什么？我要灭这帖木真，易如反掌哩！"好说大话的人，多是没用。遂不听忠谏，竟遣卓忽难赴汪古部。

看官，这汪古部究在何处？上文未曾说过，此处如何突叙！原来汪古部在蒙古东南，地近长城，已与金邦接壤，向与蒙古异种，世为金属，至是乃蛮欲联为右臂，乃遣使通好。难道是远交近攻之计么？汪古部酋阿剌兀思，既见了卓忽难，默念蒙古路近，乃蛮路远，远水难救近火，不如就近为是。主见既定，遂把卓忽难留住，至卓忽难催索复音，恼动了阿剌兀思，竟把他缚住，送与帖木真，随遣使赍酒六榼，作为赠品。帖木真大喜，优待来使，临别时，酬以马二千蹄，羊二千角，并使传语道："异日我有天下，必当报汝！汝主有暇，可遣众会讨乃蛮。"来使奉命去讫。

帖木真便集众会议，拟起兵西攻乃蛮。部下议论不一，有说是乃蛮势大，不可轻敌。有说是春天马疲，至秋方可出兵。帖木真弟帖木格道："你等不愿出兵，推说马疲，我的马恰是肥壮，难道你等的马恰都瘦弱么？况乃蛮能攻我，我即能攻乃蛮，胜了他可得大名，可享厚膊，胜负本是天定，怕他什么！"还有别勒古台道："乃蛮自恃国大，妄思夺我土地，我苟乘他不

备，出兵往攻，就是夺他土地，也是容易哩！”此时木华黎如何不言？帖木真道：“两弟所见，与我相同，我就乘此兴师了。”遂整备军马，排齐兵队，克日起行。汪古部亦来会，既到乃蛮境外，至哈勒合河，驻军多日，并没有敌军到来。

一年容易，又是秋风，帖木真决议进兵，祭了旄纛，命忽必来、哲别为前锋，攻入乃蛮。太阳汗亦发兵出战，自约同蔑里吉、塔塔儿、斡亦剌、朵尔班、哈答斤、撒儿助等部落，及汪罕余众，作为后应。两军相遇于杭爱山，往来相逐。适帖木真前哨有一部役，骑着白马，因鞍子翻堕，马惊而逸，突入乃蛮军中，被乃蛮部下拿去，那马很是瘦弱，由太阳汗瞧着，与众谋道：“蒙古的马瘦到这般，我若退兵，他必尾追，那时马力益乏，我再与战，定可制胜。”部将火力速八赤道：“你父亦难赤汗，生平临阵，只向前进，从没有马尾向人；你今做主子，这般怯敌，倒不如令你妻来，还有些勇气！”对主子恰如此说，可见胡俗又无君臣。太阳汗的儿子，名叫屈曲律，也道：“我父似妇人一般，见了这等鞑子，便说退兵，煞是可笑！”又是一个鲜昆。太阳汗听着，老羞成怒，遂命部众进战。

帖木真命弟合撒儿管领中军，自临前敌，指挥行阵。太阳汗登岭东望，但见敌阵里面，非常严整，戈铤耀日，旗旄蔽天，不由得惊叹道：“怪不得汪罕被灭，这帖木真确是厉害呢！”正说着，只听得鼓角一鸣，敌军排墙而出，来攻本部，本部前哨各军，也出去迎战。你刀我剑，你枪我矛，正杀得天暗地昏，忽又闻了一声胡哨，那敌阵中拥出一大队弓箭手，向本部乱射，羽镞四飞，当者立靡。自己正在惊惶，蓦来了一个部酋，猛叫道：“太阳汗快退！帖木真部下的箭手，向是有名，不可轻犯的。”看官，你道这是何人？便是那先投汪罕后投乃蛮的札木合。原来札木合因汪罕败亡，转奔乃蛮部，此时见帖木真势盛，料知乃蛮必败，所以叫太阳汗退走。太阳汗闻言，越发惊心，哪里还忍耐得住，自然麾众西奔。为这一走，遂令军心散乱，被帖木真追杀一阵，竟至七零八落，亏得日色已暮，帖木真已鸣金回军，方才收集败兵，暂就纳忽山崖扎住。此段叙述战事，与前数次又是不同。

是晚太阳汗正思就寝，忽报敌营中火光四起，了如明星，恐怕要来劫营，须赶紧防备。太阳汗急忙发令，饬部众严装以待。到了夜半，毫无影响，又思解甲息宿，那军探复来报道：“敌营中又有火光哩。”太阳汗不能再

睡，只好坐以待旦，营中也扰乱了一夜，片刻未曾合眼。

一到天明，闻报帖木真已率军前来，太阳汗急带了札木合，上山了望；眼光中唯映着敌军杀气，前队有四员大将，威武逼人，差不多如魔家四将一般。便问札木合道："他四将是什么人？"札木合道："他是帖木真部下著名的四狗；一叫忽必来，一叫哲别，一叫折里麦，一叫速不台，统是铜额凿齿，锥舌铁心，专会噬人的。"太阳汗道："果真么？应离远了他！"遂拾级上升，又是数层，回望来军气焰越盛，为首的一员大将，骑着高头骏马，追风般的过来。又问札木合道："那后来的是何人？"札木合道："他叫兀鲁，有万夫不当之勇。帖木真临阵冲锋，尝要靠着他哩。"太阳汗道："这也须离远了他，方好！"又走上几层山峦。返顾敌人，最后的押队大帅，龙形虎背，燕颔虬髯，相貌堂堂，威风凛凛，不由得惊叹道："好一个主帅！莫非就是帖木真么？"札木合道："不是帖木真，是哪个！"太阳汗不待说毕，即转身再上，几已走到山峰，方才立着。如此胆小，安能却敌？本段文字实从《左传》楚共王问伯州犁语脱胎而来，然亦可见札木合之心术。

札木合尚未随上，语左右道："太阳汗初拟举兵，看蒙古军似小羔儿一般，方谓可食他的肉，剥他的皮；一经瞧着，便吓得什么相似，步步倒退，这等形状，定要被帖木真破灭了。我等须赶紧逃生，免与他一同受死！"说罢，遂率着左右下山，复差人至帖木真军，报称太阳汗实无能为，你等乘此上山，便好把他歼灭了。反复小人，我所最恨。

帖木真闻报，心中大喜，重赏来人去讫。原来帖木真本意，正要吓退太阳汗，所以夜间立营，专在营外放火，使他疑虑。日间却耀武扬威，摆着模样，令太阳汗不敢轻视。此时得了札木合的密报，正拟乘机进攻，大众统踊跃得很，巴不得立刻上山。独木华黎进言道："且慢！待至夜间未迟。我军且堵住山口，防他逸出便好哩。"帖木真便在山下，扎营布阵。乃蛮兵也来争着，都被帖木真军杀回。当下恼了乃蛮将火力速八赤，一口气跑上山顶，向太阳汗道："帖木真来了，你为何不下山督战？"问了数声，并不见他回答，反叉着腰坐倒地上。火力速八赤道："不能下山督战，只好上山固守，奈何噤不发声？"太阳汗仍然不答。火力速八赤又高声道："你妇古儿八速，已盛妆待你凯旋，你快起来杀敌罢！"借古儿八速以激之，可见太阳汗平日之怕妻。语至此，方闻太阳汗缓语道："我、我疲乏极了！明、明日再战。"等你不得奈

何？火力速八赤摇头而返，只令部众上山守着。转瞬间，夕阳西下，夜色微茫，帖木真营内，毫无动静，乃蛮军因昨宵失睡，未免神志昏迷，多半卧着山前，到黑甜乡去了。不意睡魔未去，强敌纷乘，有几个不曾起立，已做了无头之鬼，有几个方才动身，便做了无足之夫。只有火力速八赤，带着几名勇士，前来拦截，与帖木真军混战多时，恰也丝毫不让，怎奈众志已离，土崩瓦解，单靠这几个力士，济什么事，眼见得力竭身亡，同登鬼箓了。火力速八赤实是一个莽夫，乃蛮之亡，彼实主之，唯一死报主，情尚可恕。

帖木真瞧着道："乃蛮部下，有此勇夫，若个个如此，咱们何能取胜？可惜我不能生降他呢！"言下黯然。那时部下争逐乃蛮军，乃蛮军都上山逃走，欲向山顶绕越山后，不防山后统是峭崖，前无去路，后有追兵，只好拼着命逃将下去，十个人跌死八九个，就是侥幸不死，也是断脰折胫了。太阳汗尚在山上卧着，缩做一团，被帖木真部下搜着，好似老鹰捕小鸡，一把儿将他抓去。还有杀不尽的乃蛮军士，统跪地乞降。余如朵儿班、塔塔儿、哈答斤、撒儿助诸部落，亦俱投诚。只太阳汗子屈曲律，及蔑里吉部酋脱黑脱阿，即《元史》脱脱。相偕遁去。帖木真率兵穷追，顺道至乃蛮故帐，把子女牲畜，尽行夺取，连太阳汗妻古儿八速亦一并拿住。当下升帐，先将太阳汗推入，约略问了数声，太阳汗觳觫万状。帖木真笑道："这等没用的家伙，留他何用！"命即斩讫，次将古儿八速献上。用一献字妙。她不待帖木真开口，便竖着柳眉，振起珠喉道："可恨你这鞑子！灭我部落，杀我夫主，我也为你所擒，有死而已，何必多问。"说着，把头向案撞去。如果撞死，也好保全名节。不意帖木真已举起双手，顺势把她头托住，偶觉得一种芬芳沁入心脾，凝眸细盼，蝉鬓鸦鬟，光采可鉴，再举起她的面庞儿，益发目眩神迷，眼如秋水，脸似朝霞，虽带着几分颦皱，愈觉得楚楚可怜。不禁失声道："你恨着咱们鞑子，我偏要你做个鞑婆！"调侃语不可少。古儿八速把头移开，垂泪答道："我是乃蛮皇后呵！怎肯做你妾媵？"语已软了。帖木真道："你不肯做妾媵，也有何难！我便教你做皇后何如？"古儿八速闻了这语，随把帖木真瞟了一眼，复低着首道："我却不愿！"这是假话。帖木真知她芳心已动，便命投降的妇女拥她入内，一面发落余虏，一面安排牲醴，与古儿八速成婚。是夕，在乃蛮故帐中，同古儿八速行交拜礼，仪制如蒙古例。礼毕，大开筵席，与众共欢。只有一个古儿八速，是独享的权利。酒阑席散，帖木真步入

帐后，就搂住古儿八速同入寝帏。古儿八速已不如从前的抗命，半推半就，又喜又惊，一夜的枕席风光，似比故夫胜过十倍。以太阳汗比帖木真，强弱迥殊，宜乎胜过十倍。嗣是死心塌地，侍奉那帖木真，帖木真也格外爱宠，比也速干姊妹等，尤加亲暱，这且慢表。

且说帖木真既灭了乃蛮，复西追蔑里吉部酋脱黑脱阿。到了喀喇喀拉额西河，见脱黑脱阿背水而阵，即麾众杀去。战了数十回合，脱黑脱阿败走。帖木真军赶了一程，擒不住脱黑脱阿，只虏了他的子妇，及他部众数百人。帖木真见被虏的妇人颇有姿色，问明底细，乃是脱黑脱阿子忽都的妻室，便唤第三子窝阔台入见，把妇人给他，窝阔台自然心喜，不在话下。蒙俗专喜纳再醮妇，不知何故？正拟率兵再进，忽有蔑里吉部人，来献一个女子，父名答亦儿兀孙，女名忽阑。帖木真道："你为何今日才行献女？"答亦儿兀孙道："途次为巴阿邻种人诺延所阻，留我住了三宿，因此来迟。"帖木真道："诺延在哪里？"答亦儿兀孙道："诺延也随来投诚。"帖木真怒道："诺延留你女儿，敢有什么歹心？"便命左右出帐，去拿诺延，那女子忽阑道："诺延恐途中有乱兵，所以留住三日，并没有意外邪心。我的身体，原是完全，若蒙收为婢妾，何妨立即试验！"胡女无耻如此，可叹。言未毕，诺延已由左右推入，也禀着道："我只一心奉事主人，所有得着美女好马，一律奉献，若有歹心，情愿受死！"帖木真点首，便命答亦儿兀孙及诺延出帐，自己挈着女子忽阑，亲加试验去了。过了半日，帖木真复召诺延入见，与语道："你果秉性忠诚，我当给你要职。"诺延称谢而出。独答亦儿兀孙未得赏赐，不免失望，暗中联络蔑里吉降众，叛走色楞格河滨，筑寨居住。嗣由帖木真遣将往讨，小小一个营寨，不值大军一扫，霎时间踏成平地。所有叛众，尽作鬼奴。答亦儿兀孙也杳无下落。最不值得。帖木真闻叛徒已平，遂进兵追袭脱黑脱阿。到了阿尔泰山，岁将残腊，便在山下设帐过年。既有古儿八速，复有忽阑女子，途中颇不寂寞。

越岁孟春，闻脱黑脱阿已逃至也儿的石河上，与屈曲律会合，当即整治军马，逐队进发。适斡亦剌部酋忽都哈别乞，穷蹙来降，遂令他作为向导，直至也儿的石河滨。脱黑脱阿等仓猝抵御，战了半日，部下已杀伤过半，势将溃散。那帖木真军恰是厉害，一阵乱箭，竟将脱黑脱阿射死。只有他四子逃免。屈曲律亦带了蔑里吉部余众，及乃蛮部遗民，投奔西辽去了。西辽国

的源流，后文再详，今且慢表。

且说帖木真既逐去屈曲律等，恐道远师劳，不欲穷追，便下令旋师。临行时忽闻札木合被人拿到，当由帖木真召见来人。来人进告道："我是札木合的伴当，因惧主子天威，不敢私匿，所以将他拿来！"帖木真尚未回答，只听帐外有喧嚷声，便喝问何事？左右道："札木合在外面说话哩。"帖木真道："他说什么？"左右道："他说老鸦会拿鸭子，奴婢能拿主人。"帖木真点头道："说的不错！"便命左右将来人绑出，叫他在札木合面前杀讫。并着合撒儿传语道："札木合，你我本系故交，我先曾受你的惠，不敢相忘，你何故离了我去？如今既又相合，不妨做我的伴当，我却不是记仇忘恩的！况我与汪罕厮杀，你也曾与汪罕离开，及与乃蛮厮杀，你又将乃蛮实情通告我军，我亦时常惦念，劝你不要多心，留在我帐下罢！"札木合叹道："我前时与汝主相交，情谊很密，后因被人离间，所以彼此猜疑，我今日羞与汝主相见。汝主已收服各部，大位子定了，从前好做伴时，我不与做伴；如今他为大汗，要我做伴什么？他若不杀我呵，似肤上虮虱，背上芒刺一般，反教汝主不得心安！天数难逃，大福不再，不如令我自尽罢！"合撒儿入报帖木真，帖木真道："我本不忍杀他，他欲自尽，依他便了！"猫哭老鼠假慈悲。札木合即日自杀，帖木真命用厚礼葬了。当下奏凯东还，到了斡难河故帐，与母妻欢叙，大家畅慰。恐孛儿帖未免吃醋。宋宁宗开禧三年冬月，大书年月。帖木真大会部族于斡难河，建着九斿白旗，顺风荡漾，上面坐着八面威风的帖木真，两旁侍从森列，各部酋先后进见，相率庆贺。帖木真起坐答礼，各部酋齐声道："主子不要多礼，我等愿同心拥戴，奉为大汗！"帖木真踌躇未决，合撒儿朗声道："我哥哥威德及人，怎么不好做个统领？我闻中原有皇帝，我哥哥也称着皇帝，便好了！"快人快语。部众闻言，欢声雷动，统呼着皇帝万岁！只有一人闪出道："皇帝不可无尊号，据我意见，可加'成吉思'三字！"众视之，乃是阔阔出，平时好谈休咎，颇有应验。遂同声赞成道："很好！"帖木真也甚喜欢，遂择日祭告天地，即大汗位，自称成吉思汗。"成吉思"三字的意义：成者大也，吉思，最大之称。《元史》作青吉斯。嗣复在杭爱山下，建了雄都，审度形势，地名叫作喀喇和林。小子叙述至此，只好把帖木真三字搁起，以后均名成吉思汗，且系以俚句道：

旄纛居然建九斿，朔方气象有谁侔？
岂真王气钟西北，特降魔王括九州！

欲知以后情形，容至下回再述。

乃蛮势力，过于帖木真，卒因主子孱弱，部将粗鲁，以致灭亡。古儿八速激成兵衅，被虏以后，初意尚欲殉节，似非他妇女比，追闻作皇后，即降志相从，长舌妇之不可恃也如此！以视古力速八赤犹有惭色。可见家有哲妇，尚不莽夫若也。若札木合之反复无常，死当其罪，史录谓札木合权略，次于项籍、田横，而胜于袁绍、公孙瓒，毋乃过于重视耶！唯不愿再事帖木真，较诸奴颜婢膝，犹差一间。作者抑扬尽致，褒贬得宜，而于描摹处尤觉逼真，是小说家，亦良史家也！

第十一回　西夏主献女乞和 蒙古军入关耀武

却说成吉思汗即位后，大封功臣，除兄弟封王外，以木华黎为首功，博尔术次之，封他为左右万户；其余诸将，按功给赏，共九十五人，各封千户。又因术撤带临敌敢先，得平汪罕、乃蛮两大部，特命他世统兀鲁兀四千人，又赏他一个特别的禁脔。看官！你道这禁脔是什么东西？就是前回说起的汪罕女子亦巴合。亦巴合自被掳后，曾为成吉思汗的侧室，至是不知什么缘故，赐与术撤带。相传亦巴合出帐时，成吉思汗曾语她道："我不是嫌你无性行，无颜色，亦不曾说你身体不洁，不过因术撤带从征有功，所以将你赐他。"亦巴合嘿然趋出，成吉思汗命将奁资家产，一律带去，只留下一只金杯，作为纪念。自是亦巴合与术撤带遂做长久夫妻了。或说成吉思汗得一恶梦，以亦巴合为不祥，所以拨给，小子终不敢妄断，只就事叙事罢了。想是亦巴合不善房术之故。

封赏既毕，再宰牛杀马，大飨群臣。饮至半酣，成吉思汗问木华黎等道："人生世上，何事算为最乐？"木华黎道："荡平世界，统一乾坤，这是人生第一乐事。"成吉思汗道："是的，但尚知其一，不知其二。"博尔术道："臂名鹰，控骏骑，御华服，乘着暮春天气，出猎旷野，这也是人生乐事呢。"成吉思汗不答。博尔忽道："鹰鹯在天空搏击飞禽，凭骑仰观，倒也是人生一乐。"成吉思汗仍是不答，忽必来道："围猎的时候，众兽惊突，瞧着很是一乐。"成吉思汗摇头道："你等所说，统不及木华黎的志愿，但我与

木华黎有同处，亦有异处。”群臣道：“愿闻主子的乐事！”成吉思汗道：“人生至乐，莫如杀灭仇敌，似摧枯木，夺他的骏马，得他的财物，并把他妻女掠了回来，教他伴着寝室，这是最快乐的事情！”实是一个强盗思想，不知老天何故佑他？言毕，掀髯大笑。

嗣复语木华黎、博尔术道：“平定朔漠，实是汝等功劳。我与汝等，譬如车有辕，身有臂，汝等宜善体我心，始终勿替方好！”木华黎遂进规取中原的计议。成吉思汗点首道：“规划中原，须仗着你呢！”木华黎道：“先图西夏，次图金，再次图宋，逐渐进行，总有成功的日子哩！”名论不刊。成吉思汗道：“就从西夏开手罢！”政策既定，举酒尽欢。看官记着，是年岁次丙寅，即为成吉思汗即位之元年，历史上就称为元太祖元年。蒙古人以寅年肖虎，称为虎儿年，点醒眉目。这且按下。

且说西夏建国，源流甚远，始祖拓跋思恭，乃朔方党项部后裔。唐末黄巢作乱，拓跋思恭入援，以功封夏国公，赐姓李，世称夏州，就在蒙古南境。传至元昊，拓地渐广，僭号称帝，定都兴庆，有雄兵五十万，屡寇宋边。金兴以后，西夏渐衰，且屡有内乱，当李仁孝嗣位时，奸臣擅权，国势岌岌，幸亏金世宗发兵扶助，削平乱事，国乃不亡，只以后专为金属。仁孝殁后，子纯祐嗣，仁孝从弟李安全篡位自主，国中又复不靖。适成吉思汗混一蒙古，有志南下，于是气息奄奄的西夏国，遂首当其冲了。叙明西夏始末，为致亡之因。成吉思汗本拟即日发兵，因初登大位，不免有一番经营，如筑宫室，设堡寨，定官制，正陛仪，统是创始举行，不是一月两月，可办就的。光阴易过，又是一年，拟整顿军马，南攻西夏，俄闻吐麻部作乱，乃命博尔忽率兵往讨。吐麻部在额尔齐斯河附近，系属蒙古东北境。从前成吉思汗族人豁儿赤，自小作伴，尝语成吉思汗道：“你若得做大汗，我要在你的部属内，拣美女三十人，作为妻妾，你休忘怀！”此次成吉思汗果然登位，便命他在降服百姓中，挑选妇女三十个，以践前言。前言原是要践，但以三十人为妻，未免不端。

豁儿赤奉命而行，访得美貌女子，以吐麻部为最多，遂令吐麻部人忽都合别乞，到部中去选美女。谁知部民不肯服从，竟将他拿住，送与部酋。适值部酋都剌莎合儿病重去世，由其妻孛脱灰塔儿浑代为管辖，当下将忽都合别乞拘住。豁儿赤闻报，自然去报成吉思汗。成吉思汗即遣博尔忽率兵西

征。博尔忽藐视吐麻部，行军时不曾戒备，将到吐麻部，日色已晚，便在林深径杂处，扎住营寨。夜间忽起伏兵，竟将博尔忽军冲散，博尔忽措手不及，被吐麻部人杀死。四杰中死了一个。

警报传达成吉思汗，成吉思汗怒气勃勃，便欲自行往讨。木华黎、博尔术齐声谏阻，别荐都鲁伯为大将，引兵再发。都鲁伯惩着前辙，自然格外小心，他在博尔忽殉难地方，设着空营，虚张旗帜，自己却领了健卒，由间道绕入吐麻部。那吐麻部内的女酋，闻知博尔忽杀死，喜得什么相似，在帐中摆着筵席，与众饮酒。想是再嫁的预兆。正在兴高采烈的时候，突被那都鲁伯军一拥而入，大家吓得魂飞天外，连躲避都来不及，个个束手就缚。女酋孛脱灰塔儿浑逃入帐后潜藏，正遇那忽都合别乞，由都鲁伯军放出，导入搜寻，四面一瞧，已被窥着，当由忽都合别乞把女酋牵出，拦腰一抱，大踏步去了。得趣。此外如帐外的百姓，统由都鲁伯军一并拿住，驱至斡难河。成吉思汗遂命豁儿赤就掳来的妇女中，挑了三十人，轮流伴宿。夜夜换新人，豁儿赤不怕死么？只女酋孛脱灰塔儿浑赏给了忽都合别乞，忽都合自然称心，女酋亦不得已相从，总算是怨女旷夫，各得其所了。总算成吉思惠泽。

于是往攻西夏，连拔数城。会闻西北吉里吉思荒原，有二部遣使通好，一部名伊德尔讷呼，一部名阿勒达尔，皆与乃蛮部接壤，因乃蛮被灭，是以通诚。成吉思汗领兵归国，接见来使。二使献上名鹰，并白骟马、黑貂鼠等，成吉思汗大悦，殷勤款待，遣令去讫。是时成吉思汗已有数女，长女火真别姬，曾议配鲜昆子秃撒哈，见第八回。嗣因婚议未谐，别适亦乞剌思人孛徒。次女名扯扯干，年已长成，因忽都阿别乞先来归附，有子名脱亦列赤，令他与次女作配，算作报酬。三女名阿勒海别姬，许字汪古部酋的侄儿镇国。这三女中，要算阿勒海别姬最称明慧，至遣嫁后，镇国多得其助，毋庸细表。

兔儿年过去，龙儿蛇儿年顺次相继，成吉思汗威名，震耀西域，回疆的畏兀儿部，亦通使输诚。《元史》称畏兀儿为辉和尔。成吉思汗遣使答好，并征他贡献方物。畏兀儿部酋亦都护，遂收集金珠缎匹，差使臣阿惕乞剌黑等随来谒见，且向成吉思汗道："咱们听得皇帝的声名，如云净见日，冰消见水一般，好生喜欢了。若蒙皇帝恩赐，许做藩属，我部主情愿拜为义儿，始终效力！"成吉思汗道："你主既肯归我，我愿收他做第五个义儿罢。我还

有一个好女儿，给他为妻，叫他快来谒我！”阿惕乞剌黑等奉命去后，亦都护果然亲来，成吉思汗便命将庶出女子阿勒敦，许给亦都护。亦都护也不推辞，只说于回国后，差人来迎，至亦都护归去，杳无音信。看官道是何故？乃因亦都护正室，怀着妒忌，不令迎娶，所以蹉跎过去，至窝阔台嗣位，亦都护的正妻已死，方完结嫁娶的事情。人家的妇女硬夺来做妻妾。自己的女儿偏要给人家作妻妾，我正不解其意？

这且搁下不提。且说成吉思汗既收服畏兀儿部，遂一心一力的去攻西夏。夏主李安全，不得不发兵抵敌，令长子做了元帅，部将高令公做了副手，率兵拒守乌梁海城。蒙古兵一到城下，高令公出城迎战，不到数合，已被蒙古兵活捉了去，余众败入城中。怎禁得敌军猛攻，昼夜不绝，吓得李安全的儿子，屁滚尿流，乘夜开了后门，抱头窜去。还有一个西壁氏，系西夏太傅，走迟了一步，又被蒙古军生擒去了。蒙古军夺了乌梁海城，进攻克夷门，如入无人之境。夏将明威令公不管死活，居然带了兵马，前来拦阻，一仗鏖战，复被拿去。虎头上抓痒。嗣是无人敢当，竟由蒙古军长驱直入，围攻夏都。李安全惶急得很，一面遣使至金邦乞援，一面召集全国人马，守着城池。蒙古军攻了数次，因城颇坚固，急切不能下，成吉思汗想了一策，命掘坏河防，将城外的河水，灌入城中。不意堤防一溃，大水奔流，城中未曾漂没，城外先已泛滥，成吉思汗只得撤围，别遣文臣额特入都招谕。李安全待援未至，不得已与他议款，并把亲生爱女察合，献与成吉思汗。成吉思汗得了美女，便命她侍寝，枕席之间，欢爱非常，乃暂准西夏和议，撤兵而还。美人计大有用处。

李安全迁怒金人，出师攻金邦的葭州，被金将庆山奴所败，遂北诉蒙古，怂恿伐金。名谓安全，好构兵衅，是谓名不副实。成吉思汗正拟南略，得了此信，遂练兵豢马，造箭制盾，指日兴师南下。可巧金使到来，说是新君嗣位，特来颁敕，成吉思汗道："新君是何人？"金使道："就是卫王永济。"成吉思汗道："我道中原皇帝，是天上人做的，似这般庸碌人物，也想做着皇帝，真正怪极！"金使道："你曾受大金封爵，今日颁敕到此，理应竭诚拜受，怎么说出这般话来？"成吉思为招讨官，见前第六回。成吉思汗怒道："我宗亲俺巴该汗，被你金人活活处死，我正思发兵报仇，你反要我拜受诏敕，忘八混账，快与我滚出去罢！"俺巴该事见前第二回。金使怏怏去讫。原来金

主永济，是熙宗亶的侄儿，金主亶亦见第二回。其间经过三传，废帝亮，世宗雍，章宗璟。始由永济嗣立。他本没有什么威望，从前成吉思献金岁币，曾至静州，与永济相见，因永济孱弱得很，向存轻视，至是闻他嗣位，料他无能为力，不由得笑骂起来。

至金使去讫，遂乘着秋高马肥的时候，率着长子术赤、《元史》作卓齐特。次子察合台、《元史》作察罕台。三子窝阔台，《元史》作谔格德依。统兵数万，祭旗出发。前队由哲别领着，将到乌沙堡，闻报金将通吉迁、嘉努、完颜和硕亦率兵到来。哲别兼程前进，掩入金营，金将不及设备，纷然溃散，哲别遂拔了乌沙堡，遣人至后队报捷。成吉思汗闻前锋得胜，也急趋而至，会同前队军马，径攻金国西京。守将胡沙虎，硬支持了七日，率麾下突围东走，被蒙古兵大杀一阵，伤亡无数。成吉思汗遂取了西京及抚州，复遣他三子分兵略地，把金邦所有的西北诸州，陆续攻下。

金主永济，闻胡沙虎败还，别遣招讨使完颜纠坚，监军完颜鄂诺勒等，带着四十万大军，出屯野狐岭，防御成吉思汗。这野狐岭系西北要隘，势甚高峻，雁飞过此，遇风辄堕，俗称此岭隔天，只十八里。金兵就此驻扎，本有一夫当关，万夫莫开的形势，只完颜纠坚，恃仗着一点气力，硬要与蒙古军对垒。麾下有将名明安，进谏道："蒙古势盛，锐不可当，不如屯兵固守，休与他开战！"完颜纠坚道："我奉命退敌，如何不战！"明安道："既欲开仗，宜速进兵至抚州，攻他不备。"完颜纠坚道："我有马兵二十万，步兵二十万，堂堂正正，与他厮杀一场，免他再来滋扰！"仿佛春秋时的宋襄公。言毕，叱退明安。俄报蒙古兵已到岭西，复叫明安进见，令他诘责蒙古，何故兴兵犯界？迂腐极了。明安趋出，即驰至蒙古营中，入见成吉思汗，自称愿降，把金军虚实，详细上陈。成吉思汗便率领精锐，乘夜进击。那时完颜纠坚，尚眼巴巴待着明安回信，不防蒙古兵已经杀到，迅雷不及掩耳，凭你带着四十万大兵，简直是没人中用；况且日落天昏，连自己的军马都分辨不清，接仗的人，自相屠戮，逃走的人，自相践踏，蒙古兵趁势乱杀，闹到天明，已是积尸满野，金兵一个儿都不见了。完颜纠坚固自取其咎，明安为虎作伥，罪更难辞。

成吉思汗乘胜驰追，到了宣德州，一鼓而下，复遣前锋哲别，去夺居庸关。这关凭山建筑，是一座天险。哲别到了关下，相度形势，望见山路崎

岖，整守完固，倒也不敢轻意，先猛攻了一阵，不损分毫，他却拔寨退去。守将还道他力怯，出兵追袭，谁知半途遇伏，杀得大败回来。及到关前，见关上已插着蒙古旗帜，顿时逃的逃，降的降，看官不必细问，便可晓得是哲别的诡计了。一语表明，省却无数笔墨。

哲别既得了居庸关，遂迎成吉思汗入关驻扎。成吉思汗又进兵中都，沿途杀戮甚惨。既到都下，金主永济大恐，欲南徙汴都，亏得卫兵誓死决战，出城鏖斗，战了一日一夜，竟把蒙古兵杀退。成吉思汗乃回驻居庸关，是年已是羊儿年了。元太祖六年。居关数旬，因天已隆冬，免不得人马疲乏，遂留兵守关，自率三子等旋国，再图后举。

越年为猴儿年，金降将耶律留哥，故辽人。纠集故辽遗众占踞辽东州郡，自称都元帅，遣使归附蒙古。成吉思汗命居广宁，坐伺金衅。到了夏季，得着军报，金主永济被弑，改立升王珣，成吉思汗大喜道："这是天假机缘，不可坐失哩。"原来金主被弑的逆臣，就是西京失守的胡沙虎。自胡沙虎败还，金主把他革职，放归田里，寻复召为右副元帅，整日驰猎，金主遣使诘责。他便挟嫌倡乱，逼金主永济出宫，把他酖死，另立升王珣。于是成吉思汗复分兵三道，浩浩荡荡，杀奔金都。

金左副元帅高琪，拒战失利，蒙古兵进薄中都。胡沙虎方染足疾，乘车督战。金卫卒本有些能耐，更兼胡沙虎严厉异常，自然格外奋勇，争先杀敌。蒙古兵虽是厉害，却被他杀死多人，退至十里下寨。翌日，胡沙虎又拟出战，召高琪兵不至，遂矫诏去杀高琪，不料高琪反率兵进来，围住胡沙虎居宅。胡沙虎逾垣欲走，衣襟被墙角牵住，坠地伤股，由高琪兵突入，乱刀斫死。为弑主者鉴。高琪取胡沙虎首，诣阙待罪。金主珣下诏特赦，并宣布胡沙虎罪状，追夺官阶，所有兵士，都归高琪统带，固守都城。成吉思汗也不去力攻，只遣兵分略东南，所至郡邑皆下，凡破金九十余郡，两河山东数千里，尸骸累累，鸡犬为墟。惨不忍闻。

蒙古兵将拟再攻中都，成吉思汗不从。只遣使告金主道："汝山东、河北郡县，尽为我有，汝只有一个燕京，难道我不能踏平么！但天既弱汝，我复迫汝，未免助天为虐，汝能感我仁慈，速发金帛犒军，我亦当归去了！"金主珣犹豫未决，右丞完颜承晖道："天佑蒙儿，不若与他议和，待他回军，再图补救。"金主珣乃遣承晖乞和，成吉思汗道："金珠财帛，我军已够用

了，只你主应有子女，何不遣来侍我。”故态复萌。承晖唯唯听命，返报金主珣。没奈何将故主永济的女儿，饰为公主，送与成吉思汗；又将金帛童男女各五百，马三千匹，作为犒劳费；再命完颜承晖送蒙古军出居庸关。小子有诗咏道：

一成一败本无常，弱国求和总可伤！
帝女作奴男作仆，空劳稗史记兴亡。

欲知成吉思汗后事，请至下回再阅。

成吉思汗之野心，无非欲多得金帛，多得子女而已！而迫之规取中原者，实出是木华黎。是木华黎之大志，实出成吉思上。乃天偏令成吉思为主，木华黎为臣，无怪老子谓天道不仁，以万物为刍狗也！西夏方衰，金邦又弱，成吉思汗乘机而起，本即可灭夏亡金，乃以献女之故，俱允和议，是其所眈眈逐逐者，尤在美妇人，天亦何苦令强暴之徒，蹧蹋若干妇女耶！读此回，令人疑愤交集，几欲向天阍而一问之！

第十二回　拔中都分兵南略
立继嗣定议西征

却说成吉思汗得了金公主，出关回国。金公主姿色，不过平常，成吉思汗因她是大邦女子，待以后礼。且金公主年甫及笄，成吉思汗年周花甲，成吉思即位之年，已五十二岁，此时已逾八年，正六十岁了。老夫配少女，不得不格外爱宠，令她感恩知报，勉侍巾栉，话休叙烦，单说金主珣闻蒙古兵还，拟迁都汴京，防敌再至。左丞相图克坦镒等力谏不从，遂命完颜承晖为都元帅，与左丞穆延尽忠，奉太子守忠，驻守中都，自率六宫启行。事为成吉思汗所知，愤然道："他既与我修和，何故南徙？我想他必挟嫌怀恨，不过借着和议，作个缓兵的计策，我偏要先发制人，破他诡计呢！"明明是有意为难。于是大阅军马，择日启行。巧值金乣军乣即纠字，音纠。乣军，所收之军也，《金史兵志》有此名。卓多等，戕杀主帅，击败金都防兵，北走蒙古，遣使请降，成吉思汗命萨木哈、舒穆噜、明安等率兵相会，由卓多导入长城，再围中都。

金太子守忠走汴，留完颜承晖及穆延尽忠固守，蒙古兵不能拔。成吉思汗复遣木华黎为后援，率兵南下。先是木华黎随征金都，曾收降史天倪兄弟，天倪，永清人，有从兄名天祥，弟名天安、天泽，皆智勇深沉，足为大用，木华黎倚为心腹，曾荐举天倪为万户，余亦擢为队长。至是又奉命南征，带着天倪等出发，天倪语木华黎道："金弃幽燕，迁都汴梁，最是失算，辽水东西，系金邦咽喉地，我不若夺他北京，略定辽东西诸郡，塞住他的咽喉，那时中都孤立，自然唾手可得了。"

木华黎称善，便引兵趋辽西，攻金北京。金守将银青，领兵二十万，出御于和托戍堡，被蒙古兵一阵杀败，逃入城中。部将完颜昔烈、高德玉等，不服银青节制，因将银青杀死，改推寅答虎为帅。木华黎探知消息，遂令史天祥进攻，寅答虎遂以城降。北京既下，辽西诸郡，闻风归附，眼见得中都岌岌，危在旦夕了。史天倪之计验矣，然亦未免为虎作伥耳。

金留守完颜承晖，焦急非常，遣人向汴京告急。金主珣命御史中丞李英等，率师驰援，与蒙古兵遇于霸州。英素嗜酒，驭军无纪，至两下对垒，英尚饮酒百觥，临阵时，骑着马上，东倒西歪，麾下多相视而笑。看官，你想蒙古初兴，军锋甚锐，就使兵精将勇，也恐不能胜他，况遇这个酒糊涂，哪里支撑得住！蒙古兵冲杀过来，势如虓虎，金将遮拦不住，被他杀入中军，李英酒尚未醒，在马上晃了数晃，突然坠地，蒙古兵将，眼明手快，就将他一枪刺死！一道魂灵驰入酒乡去了。

军中失了主帅，当即溃归，自是中都援绝，内外不通。完颜承晖与穆延尽忠商议，决计死守。尽忠目动言肆，满口糊涂，承晖自知不妙，即辞家庙作遗表，抗论穆延尽忠及左副元帅高琪罪状。付尚书省令史师安石，赍送汴都，自别家人，仰药以殉。表扬忠节，不没幽光。穆延尽忠整装南行，将出通元门，金妃嫔等统相率候着，请他挈归。尽忠道："我当先出，与诸妃启途。"诸妃嫔信为真言，让尽忠先出，尽忠带着爱妾等，飘然出城，绝不返顾，可怜众妃嫔进退无路，仓皇失措，待蒙古兵一拥杀入，老丑的俱死刀下，有几个容色美丽的，统被他扯的扯，抱的抱，调笑取乐去了！中都一破，宫室被焚，府库财宝，搜掠殆尽，金祖宗的神主，一古脑儿弃掷粪坑，阿骨打有灵，应亦泪下。算作金都燕京的结束。

那时安石赍表至汴，尽忠亦即到来。金主阅表，只追封完颜承晖为广平郡王，赦尽忠不问，反命他作平章政事。失刑如此，安得不亡！嗣后尽忠谋逆，方才伏法。

话分两头。且说成吉思汗闻燕都得手，遂自率精兵趋潼关。潼关为汴京西塞，势甚险峻，屡攻不下，别遣将由间道入关，为金花帽军所败，乃北还。寻命木华黎统辖燕云，建设行省，并封他为国王，职兼太师，赐誓券金印，且语他道："我略北方，汝略南方，分途进取，勉立大功！"木华黎应命，遂自中都调遣兵卒，攻取河东诸州郡，并拔太原城。金元帅乌库哩德

升力竭身亡。金降将明安，领偏师趋紫荆关，擒金元帅张柔。柔素任侠，乡曲多慕义相从，金中都副经略苗道润，深加器重，荐为昭义大将军，权署元帅府事。道润为其副贾瑀所害，柔率众报仇，途次忽遇蒙古兵，逆战狼牙岭间，马蹶被执。明安闻其名，劝之投诚，柔乃降，更招集部曲，下雄、易、安、保诸州，进兵攻贾瑀。瑀据孔山台坚守，柔围攻兼旬，断其汲道，乃破台获瑀，剖瑀心祭道润，尽有其众，徙治满城。金真定帅武仙，会兵数万来攻。张柔全军适出，帐下只数百人，乃令老弱妇女登城。自率壮士潜出，突攻武仙背后，毁敌攻具。仙军猝不及防，还疑是援兵大至，相率惊愕，旋见后山旗帜飞扬，愈加退缩，遂四散奔逃。柔乘胜追击，伏尸数千，自是威震河朔，凡深、冀以北，镇、定以东，三十余城，次第收取；武仙率兵来争，匝月间经十七战，都得胜仗。张柔算是好汉，然总未免为金室贰臣。武仙穷蹙，又因木华黎遣将夹攻，遂把真定城奉献，乞降军前。木华黎命史天倪权知河北西路兵马事，武仙为副，事且按下再表。为后文武仙戕史天倪张本。

且说乃蛮部被灭后，太阳汗子屈曲律逃奔西辽。西辽国据葱岭东西地，系耶律大石所建，一名黑契丹。从前辽为金灭，余众随皇族耶律大石西走回疆，联合回纥诸部，成一大国，有志恢复，未成而死。再传至孙直鲁克，君临如故，唯东方属部，多判归蒙古，国势渐衰。适屈曲律奔至，进谒直鲁克，泣请规复。直鲁克正仇视蒙古，且闻屈曲律熟谙东土，因留为帮手，并允乘间出师。直鲁克妃子格儿八速，有女名晃，年才十五，姿首颇佳，屈曲律瞧着，很是艳羡，便格外献媚，日夕趋承；直鲁克年老好谀，渐加宠爱，嗣因屈曲律露求婚意，遂把女儿给他为妻。下手便骗了王女，小人心术可怕。

屈曲律既得了王女，权力日盛，暗思东收旧部，袭夺西辽。一层进一层。便入见直鲁克道：“我父虽亡，旧部尚众，目今蒙古侵略南方，无暇西顾，我正可出招溃卒，相率同来，一则可卫我妇翁，二则可报我父仇。”直鲁克大喜，便令屈曲律东行。又中他的诡计了。

屈曲律到了东方，乃蛮旧众，果来归附，遂乘势劫掠各部。道遇花剌子模王遣使通好，因邀他密议，使共谋西辽。约以东西夹攻，如获成功，东方归屈曲律，西方归花剌子模。议既定，花剌子模使臣归去，报知国主，兴师前来。看官，你道花剌子模乃是何国？便是唐书所称的货利习弥国，国主名谟罕默德，系突厥后裔，素奉回教，其父伊儿亚尔司兰在日，为西辽所败，

岁奉贡币，至谟罕默德嗣立，虽照旧贡献，心中很以为辱。既得屈曲律的密约，哪有不允之理。屈曲律即带领遗众，入攻西辽国都。直鲁克遣将塔尼古，出城迎战，把屈曲律一阵杀退。会花剌子模酋长谟罕默德已到西辽，屈曲律与他会着，再行前进。西辽将塔尼古，又出来接仗，谟罕默德与屈曲律前后夹击，杀败塔尼古，并将他生生擒住。

西辽都内的守卒，闻报大惧，顿时溃乱，屈曲律乘机杀入，直鲁克不及逃遁，被众围住。屈曲律恰向众人道："直鲁克是我妇翁，不得加害！"浑身是假。于是留住部众，在外守着，自率数骑入内，谒见直鲁克。直鲁克惊惶无措，便道："你不要害我，我便让位罢！"屈曲律道："你是我妻的父亲，就与我父亲一般，怎么教你让位？"好听。直鲁克道："你不要我让位，如何纠众围我？"屈曲律道："部众因你年迈，不便行政，教我帮你办事哩。"直鲁克道："既如此，你去安抚叛众，我便依你说话！"

屈曲律遂出抚众人，并与谟罕默德会议，将西部西尔河以南地，让与花剌子模，并除免岁币。谟罕默德如愿而去。屈曲律遂自执国事，阳尊直鲁克为主，所有政务，概不令直鲁克闻知。直鲁克忧恚成病，越岁死了。屈曲律遂继了主位，闻故相女有美色，娶为妃子。这妃子不信回教，劝他从佛，屈曲律方加爱宠，言无不从，便令民间奉佛，不得仍信回教。回教徒阿拉哀丁抗词不屈，屈曲律大怒，把他手足钉住门首，威吓众人。又复暴敛横征，派兵监谤，民间痛苦异常，恨不得有人除他。

这消息传到蒙古，成吉思汗遂差哲别前征。哲别到了西辽，先饬民间各仍旧教，毋庸改易，并将所有苛敛，一律撤免，民间很是欢跃，统来迎接。屈曲律料不能敌，预率眷属遁去。哲别长驱直入，追屈曲律至巴克达山，径路狭隘，苦无可寻，适有牧人前来，询知屈曲律踪迹，便令他前导，搜出屈曲律，请他饮刀，所有眷属，尽作俘虏。于是西辽全土，统为蒙古属部，西境即与花剌子模接壤了。

哲别归国后，蒙古商人往花剌子模，被讹答剌城主掠去金银，一一杀死。成吉思汗遣使诘问，又复被杀，因下令亲征。

是时为成吉思汗十四年六月，成吉思汗将西行，与各皇后话别，只命忽兰夫人从行。忽阑见第十回。也遂皇后道："主子年已老了，天方盛暑，何苦涉历山川，倒不如遣各皇子去！"也遂岂有妒意耶？抑欲长图快乐耶？成吉思汗

道："我不在军中，总难放心，况我筋力尚强，一时应不致就死，就是死了，也不枉创业一场。"也遂含泪道："诸皇子中，嫡出的共有四人，主子千秋万岁后，应由何人承统？"成吉思汗半晌道："你说也是，我宗族大臣，都未曾提起，所以我也蹉跎过去。我去问明皇子再说！"

当下出召四子，先问术赤道："你是我的长子，将来愿否继统？"立嫡以长，古有常经，成吉思汗乃胸无主宰，先行详问，是始基未慎，何以图终。言未毕，察合台勃然道："父亲何故问他？莫不是要他继统么？他是蔑里吉种带来的，我等如何叫他管辖！"成吉思汗道："胡说。"察合台道："我母不是被蔑里吉掳去么？后来返归，途中便生了术赤，父亲可否记得？"补第五回所未及，唯从察合台口中叙出，彰母之丑，可见蒙儿不情。成吉思汗尚未答话，那术赤已奋然跃起，突将察合台衣领揪住，厉声道："我父亲未曾分拣，你敢这般说么？你不过强硬些儿，此外有何技能！我今与你赛射，你若胜我，我便将大指剁去；我与你再赛斗，我若被你击倒，我便死在地下，不起来了！"察合台不肯少让，也把术赤衣领揪住。

正喧嚷间，宗族都前来劝解。阔阔搠思道："察合台，你为何着忙？你未生时，天下扰扰，互相攻劫，人不安生，所以你贤明的母，不幸被掳！似你这般说，岂不伤着你母的心？你父初立国时，与你母亲一同辛苦，将你儿子们抚养成人，你母如日同明，如海同深，你尚未报亲恩，怎么出言不逊！"成吉思汗接着道："察合台，你听着么？术赤明是我的长子，你下次休这般说！"恐怕做元绪公，所以如此抵赖。察合台微笑道："似术赤的气力技能，也不用争执，我与术赤，只愿随父亲效力便了。我弟窝阔台，敦厚谨慎，可奉父教！"成吉思汗闻言，复问术赤。术赤道："察合台已说过了，我照允便是！"成吉思汗道："你兄弟须要亲暱，勿再吵闹，被人耻笑！我看天高地阔，待大功成后，各守封国，岂不更好！"二人无语，成吉思汗又问窝阔台道："你两兄教你继统，你意如何？"窝阔台道："承父亲恩赐，并二兄抬举，但做儿子的也不能遽允！自己没有什么智力，还好小心行去，只恐后嗣不才，不能承继，奈何？"窝阔台言语近情，较诸两兄粗莽，似胜一筹，但自己未曾嗣立，先已顾到后嗣，虑亦深了。成吉思汗道："你既能小心行事，还有何说！"又问四子拖雷道："你承认否？"拖雷道："我只知饥着便食，倦着便睡，差去征战时便行，此外无他志了！"

成吉思汗便召合撒儿，别勒古台，帖木格及侄儿阿勒赤歹道：“我母已经去世，我弟合赤温，亦已病亡，母弟之殁，俱从成吉思汗口中叙明，无非为省文计耳。目下只有三弟，及我弟合赤温子阿勒赤歹，算是最亲骨肉，我今与你等说明：我第三子窝阔台将来接我位子；当使术赤、察合台、拖雷三人各有封土，自守一方。我子原不应违我，但愿你等亦永记勿忘！倘若窝阔台子孙，没有才能，我的子孙，总有一两个好的，可以继立，大家能秉公去私，同心协力，自然国祚延长，他日我死后，也瞑目了！”

合撒儿等应着。成吉思汗因立储已定，遂命哲别为先锋，速不台继之，自率四子及忽阑夫人统着大军为后应，即日启程。又遣使至西夏，命他会师西征。及去使还报，西夏不肯发兵。成吉思汗怒道：“他敢小觑我么！待我征服西域，再去剿灭了他！”为后文灭夏张本。于是排齐军马祭旗启行。祝告甫毕，忽觉狂风骤起，黑云密布，转瞬间大雪飘飘，飞舞而下，不到半日，竟着地三尺。成吉思汗怏怏道：“现在时当六月，天应炎热，为什么下起雪来？”忽从旁闪出一人道：“主子休疑，盛夏时候骤遇严寒，这是上天肃杀气象，正要吾主奉天申讨哩！”成吉思汗闻言大喜。正是：

天道无端开杀运，雪花先已报功成。

毕竟何人作此慰语，俟至下回表明。

金主珣自燕徙汴，固为失算，我能往，寇亦能往，徙都何为者？然成吉思汗之背好兴师，反借徙都为口实，是所谓欲加之罪，何患无辞，非真由徙都而致也。若屈曲律之诱人女，胁人主，种种权术，无非狡诈，及得国以后，且借势横行，以滋众怒，盖不啻为丛驱雀，而导蒙古以西略者。成吉思汗武力有余，文教不足，观其立储贰时，已开兄弟阋墙之渐，信乎以马上得天下者，不能以马上治也。本文依事直叙，文似拉杂，而暗中恰隐寓线索，阅者可于夹缝中求之！

第十三回　回酋投荒窜死孤岛
雄师追寇穷极遐方

却说夏天雨雪，煞是奇怪，独有人谓系杀敌预兆。这人为谁？乃是辽皇族耶律楚材。楚材曾仕金员外郎，博览群书，旁通天文、地理、律历、术数。至蒙古南征，中都残破，适楚材在中都，为成吉思汗所闻知，召为掾属。每有谘询，无不通晓，令他占兆，尤为奇验。成吉思汗称为天赐，言听计从，至是谓雪兆瑞征，自然信而不疑。耶律楚材为蒙古良辅，故叙述独详。

当下令楚材随行，发兵西进，楚材复订定军律，所过无犯。至也儿的石河畔，柯模里、畏兀儿、阿力麻里诸部落，皆遣使来会，愿发兵随征。成吉思汗便就此屯驻。过了残腊，至各部兵会齐，方命进兵，直指讹答剌城。城主伊那儿只克，《元史》作哈济尔济兰图。有众数万，缮守完备。成吉思汗屡攻不下，顿师数月；将要破城，又来了花剌子模援军，头目叫作哈拉札，入城助守，城复完固。成吉思汗以顿兵非计，拟分军四攻，乃留察合台、窝阔台一军，围攻讹答剌城；别遣术赤一军，向西北行，攻毡的城；阿剌黑、速客图、托海一军，向东南行，攻白讷克特城；自率第四子拖雷，带着大军，向东北渡忽章河，即西尔河，趋布哈尔城，横断花剌子模援军。

四路并举，小子只有一支秃笔，不能兼叙，只好依次写来。察合台、窝阔台一军，奉命留攻，又是数月，城中粮尽援绝，哈拉札意欲出降，伊那儿只克自知万无生理，誓死坚守。两人异议，哈拉札遂夜率亲军，突围出走。察合台奋力穷追，竟将哈拉札擒住。询得城内虚实，立将他斩首示众。当下

督兵猛攻，前仆后继，顿把城堞攀毁，鱼贯而入。伊那儿只克巷战不胜，退守内堡，尚相持了一月。怎奈部众食尽力乏，一半饿死，一半战死，只余二卒，还登屋揭瓦，飞掷蒙古军。察合台、窝阔台并马突入，见伊那儿只克握着双刀，单身出来，两人忙将他截住，并饬各兵重重围住。任你伊那儿只克如何凶悍，终被蒙古兵射倒，擒入囚笼，押送至成吉思汗大军，命把生银熔液，灌他口耳，报那杀商戕使的仇怨。用银液杀人，得未曾有，想是因他贪银，故用此刑。世之拜金主义者，亦当以此刑待之。

是时术赤徇师西北，先至撒格纳克城，遣畏兀儿部人哈山哈赤入城谕降，被他杀死。术赤大愤，力攻七昼夜，破入城中，屠戮殆尽，留哈山哈赤子为城主。复西陷奥斯恳、八儿真、遏失那斯三城，行近毡的，守将先遁，术赤兵傅城而上，城即被陷。再西拔养吉干城，各置守吏。前叙攻讹答剌军，此叙攻毡的军。

唯阿剌黑三将至白讷克特城，一攻即下，随驱城中壮丁，进攻忽毡城。城主帖木儿玛里克守河中小洲，矢石不能及，与城守遥为犄角，并造舟十二艘，裹毡涂泥，抵御火箭。蒙古三将，与他战了六七次，不能取胜，且伤亡兵卒千余名。于是遣了急足，向成吉思汗处乞师。适成吉思汗收降布哈城、塔什干城，进兵布哈尔。途次得阿剌黑等军报，遂拨偏师赴援。师至忽毡，阿剌黑等兵力复盛。再督壮丁运石填河，筑堤达洲。玛里克荡舟来争，俱被蒙古兵杀败，没奈何返至洲中，招集各舟，将所有兵士辎重，夤夜装载，拟运往白讷克特城中。谁知阿剌黑等先已防着，用铁索锁住河间，阻他前进。一闻有挺撞声，斫击声，便举起胡哨，号召各军，霎时间两岸军马，齐集如蝟，都用强弩猛箭，攒射过来。玛里克料难入城，便舍舟登陆，且战且行。蒙古兵一同赶上，乱戳乱劈，杀伤殆尽，只玛里克走脱。叙阿剌黑等一军。

各路军共报大捷，次第进行，来会大军。那时成吉思汗已拔布哈尔城，追溃卒至阿母河，除投降免死外，一体枭首。成吉思汗亲登回教讲台，传集民人，谕以背约杀使，起兵复仇等情形，并令富民出资犒军。回民力不能抗，只好应命。会闻花剌子模王谟罕默德引兵驻撒马耳干，《元史》作薛迷思干。遂返旆东征。原来撒马耳干在阿母河东，所以成吉思汗大军，又自西转来。谟罕默德闻大军将至，先期逃去。城中尚有兵四万，墙堞高固，守具完备，成吉思汗料不易攻，令先围城。既而术赤等三路军马，共集城下，遂四

面围攻。城中守兵出战，被成吉思汗用了埋伏计，诱他入险，尽行杀毙。守将阿儿泼引亲卒突围出走，城中无主，只好乞降。成吉思汗佯许免死，至兵民出来，叫各兵薙发结辫，令入军籍，民仍旧制，到了夜间，潜命部下搜杀降兵，没一个不死刃下。随俘工匠三万名，分隶各营，壮丁三万名，充当奴隶；余民五万，令出金钱二十万，始得安居。部署既定，即命哲别、速不台二将，各率万人追谟罕默德。二将领命去了。

当谟罕默德出走时，因母妻居乌尔鞑赤城，《元史》作玉龙杰赤。与撒马耳干仅隔一阿母河，恐罹兵锋，乃遣使劝母妻速遁。成吉思汗也探悉他的母妻住址，令部下丹尼世们，至乌尔鞑赤，语其母道："你儿子谟罕默德开罪我邦，我所以发兵来讨。你所主地，我不相犯，速遣亲信人前来议和！"那母亲名支尔干，置之不理，将丹尼世们逐出，自领妇女西走。支尔干，故康里部人，康里部旧在阿拉海即忽章西尔两河潴集处。东北岸，为突厥种族的支部。花剌子模将士，多属康里部人，平时仗着母后威势，专横无度，不奉谟罕默德命令。谟罕默德自知力弱，因望风溃去。长子札兰丁随父出奔，愿号召部民，扼守阿母河，谟罕默德不从。札兰丁复请自任统帅，任父他避，谟罕默德又不许。其次子屋克丁，向驻义拉克，至是遣人迎父，报称有兵有饷，可以固守，谟罕默德遂决计西进。从兵皆康里人，阴谋叛乱，幸亏谟罕默德先时戒备，宿辄易处，一夕已经他徙，所留空帐，被丛矢攒射，几无遗隙。寻为谟罕默德闻知，心益悚惧，托词出猎，仅带札兰丁及心腹数人，潜往义拉克去了。内部已溃，即从札兰丁言，亦属无补。

哲别、速不台二将昼夜穷追，兵至阿母河，无舟可渡，便下令伐木编筐，内置辎重器械，外裹牛羊兽皮，就马尾系着，驱马泅水，得不沉没。将士攀援以随，全军遂渡。既渡河，分道巡行，哲别趋西北，速不台趋西南，沿路招抚，将至宽甸吉思海滨，即里海。两军复会。谟罕默德已至义拉克，闻蒙古军将到，立即西走。屋克丁差人侦探，据报蒙古军沿海南来，距义拉克不过数十里，他也心惊肉跳，坐立不安，竟行了三十六着中的上着。统是饭桶。

谟罕默德遁至伊兰，住了数日，复东遁马三德兰，行李尽失。马三德兰旧有部酋，为谟罕默德所杀，地亦被并。其子闻仇人到来，纠众报复，杀入谟罕默德帐中，不图谟罕默德已先遁去。可谓善逃。追至宽甸吉思海，见谟罕

默德登舟离岸，有三骑踊跃入水，竟至溺毙。在岸上的人，用箭射去，那舟行驶如飞，任他有穿杨百步的能力，也是无从射着。谟罕默德得了生命，亟至东南隅小岛中居住，可怜胸胁中寒，忧悸成疾。濒危时，遗命札兰丁嗣立，把自己的佩剑解下，令他系在腰中。嘱咐已毕，两眼一翻，呜呼哀哉！保全首领，还算幸事。

札兰丁把父尸稾葬，再自岛中潜出，东回乌尔鞑赤。这时候，支尔干早遁，尚有守兵六万，大半是康里部人，欲加害札兰丁，札兰丁闻风又遁。道遇帖木儿玛里克，率三百骑西行，遂与他会合，绕道东南，至哥疾宁地方去了。

哲别、速不台两军，至马三德兰，探知谟罕默德已窜死海岛，遂勒兵不追。只在马三德兰一带，搜剿余众。忽闻左近伊拉耳堡有谟罕默德母妻等，避匿不出，二将遂率军围堡。堡在万山中间，丛林深箐，阴翳晦暗，两军不便骤进，各远远的围着，只令它水泄不通。这老天亦似助强欺弱，竟尔匝月不雨，堡民无处汲水，口渴欲死，各思出外逃生，无如出来一人，一人被捉，出来两人，一双被捉，及至纷纷出来，二将知已内乱，引军直入堡中，把谟罕默德的母妻女孙一并拿住，当即槛送成吉思汗军前。成吉思汗赦了支尔干，不令她侍寝，想是嫌她老了。只杀了她的幼孙。所有女子四人，一个给了丹尼世们，前日出使一场，总算不枉跋涉。两个给了察合台。察合台留下一女，一女给了部将。颇为慷慨。还有一个，给了前时被杀商人的儿子。以父易妻，也还值得。算是谟罕默德家眷的结局。

哲别、速不台方拟回军，忽接成吉思汗命令，宽甸吉思海北面，有钦察部，曾收纳蔑里吉部的溃卒，应前往致讨，毋遽班师等语。二将不好违慢，只得再接再厉，复向西北杀入。所有战事，容待下文再详。

单说成吉思汗，自平定撒马耳干后，驻跸多日，复至渴石避暑，直到秋季，自率拖雷略南方，别命术赤、察合台、窝阔台，往征乌尔鞑赤。

乌尔鞑赤无主帅，由兵民公推，以康里人库马尔为首领，防御蒙古军。术赤等军将到城下，前哨劫掠牛马。守兵出城抗御，被诱至数里外，中伏败溃。嗣是城内兵民，一意坚守，不复出战。城跨阿母河，垣堞坚厚无匹，猝不可拔。术赤先遣使招降，因城主库马尔不从，乃伐木为桥，令兵三千进攻。不意守兵大出，把三千人困在垓心，杀得片甲不留。术赤急发兵往援，怎奈桥已被毁，前后隔断，只好双眼睁着，静看这三千人，做了无头之鬼！

想是屠城之报。

察合台欲乘风纵火，毁他城堞，偏术赤思王此土，不许焚掠，由是兄弟不和，你推我诿。仍是前日积怨。迁延至七阅月，尚是未下，使人禀报成吉思汗，成吉思汗询得实情，颁敕诘责，改命窝阔台统领诸军。窝阔台即至两兄处，极力和解；乃并力亟攻，数日罔效。寻决河水灌城，城中不免惊忙。窝阔台遂督军掩入，将城攻陷。城主库马尔，犹带领守兵死战七昼夜，至力尽身亡，方才罢手。兵民多被屠戮，只工匠妇女幼稚，算是幸免。术赤留驻城中，察合台、窝阔台赴成吉思汗军去了。

成吉思汗此时正略定阿母河两岸，渡河指塔里寒山，所向征服。分军给拖雷带领，命往呼罗珊地方，荡平各寨，作哲、速二将后援，拖雷自去。成吉思汗进攻塔里寒寨，寨极坚固，四面皆山，土兵非常悍鸷，遇着敌军，统是拼命杀来。蒙古军虽经百战，到底也怕死贪生，战了数仗，一些儿没有便宜，反伤亡了无数。成吉思汗亲自督攻，也被寨兵战退。乃就山下扎营，召回拖雷军合攻，待久未至。原来拖雷军北往呼罗珊，沿阿母河西岸进发，所过城寨，剿抚兼施，倒也觉得顺手。既至呼罗珊西北隅，接着成吉思汗召还消息，乃从宽甸吉思海东岸绕还。海南有木乃奚国，素崇回教，由拖雷军大掠一番，再从东南回趋，冲破匿察兀儿及也里等城，方到塔里寒山，与成吉思汗军相会。成吉思汗已待了好几月了，遂合兵再攻坚寨，接连数日，方得毁坏城垣，杀败守卒，步兵尽死，唯骑兵奔溃。约计攻寨起讫日子，共七阅月。大众休息寨中，兼且避暑。与上文渴石避暑又隔一年。察合台、窝阔台，亦领军到来。术赤等攻乌尔鞑赤亦经七月，两两相对，前后接笋。

凉风一至，暑气渐消。看似寻常叙景，实则为过脉要诀。成吉思汗接到侦报，谟罕默德长子札兰丁，在哥疾宁纠集余众，与班里《元史》作班勒纥。城主蔑力克汗，《元史》作灭里可汗。联合，声势颇盛；又札兰丁兄弟屋克丁，亦出屯合儿拉耳地方，有众千人。于是再议亲征，南下攻札兰丁；遥命哲别等分兵攻屋克丁。哲别奉谕，遣裨将台马司、台纳司二人往攻合儿拉耳。屋克丁在合儿拉耳地方尚没有什么兵力，闻蒙古军又至，便遁入苏吞阿盆脱堡，经台马司等率兵追入，围攻半年，堡破被杀。随笔了结。只札兰丁整备年余，集众六七万，又得蔑力克汗相助，有恃无恐，遂出御蒙古军。成吉思汗统兵南征，逾巴达克山，至八米俺城，围攻未下，乃令养子失吉忽秃忽名见第六回。

领前哨军，先向东南进发。忽秃忽到了喀不尔，一作可不里，即今阿富汗都城。正遇着札兰丁，两军会战，自昼至暮，互有杀伤。次日再战，忽秃忽虑众寡不敌，密令军中缚毡像人，置在军后，仿佛似援军一般。临阵时，前面的军士，仍照常厮杀，战至半酣，将毡像载着马上，从后推至。札兰丁军果疑有后援，渐渐退却。独札兰丁奋然道："我众甚盛，怕他什么？"随即分士卒为三队，自率中军，令蔑力克汗率右翼，邻部阿格拉克率左翼，两翼包抄，将忽秃忽军围住。忽秃忽知计已被破，忙令军士视旗所向，冲突敌阵。谁知敌众已四面攒集，似铜墙铁壁一般，来困忽秃忽，那时忽秃忽顾命要紧，只好搴着大旗，率众猛突，冲开一条血路，向北而逃。敌骑乘势追杀，死亡无算，军械马匹，亦被夺去不少。自蒙古军出征西域。这次算是第一遭损失。

败报至八米俺，成吉思汗正因爱孙莫图根一作莫阿图堪。攻城中箭，身死含哀。莫图根系察合台子，少年骁勇，骑射皆精。此次阵亡，不但察合台恸哭不休，就是成吉思汗也悲泪不止。忽又接到忽秃忽败报，不禁咬牙切齿，誓将八米俺城攻下，以便赴援。即日督军力攻，亲负矢石，察合台报仇心切，不管什么厉害，只麾军士登城，城上城下，积尸如山，蒙古兵只是不退。当即移尸作梯，奋勇杀入，把城中所有老幼男女，一律杀死，连牛羊犬马，统共剁毙，并将城垣尽行拆毁，至今斯地尚无人烟，可算得一场惨劫了！太属不顾人道。

成吉思汗不待部署，亟麾军南行，军不及炊，只啖米充饥。途次遇着忽秃忽败军，责他狃胜轻敌，并令忽秃忽导至战处，追溯前日列阵形状，指示阙失，更命倍道进行。到了哥疾宁，闻札兰丁已奔印度河，乃舍城不攻，引军疾追。

看官，这札兰丁已战胜忽秃忽军，为什么先期远飏，竟往印度河奔去？原来忽秃忽败北时，曾有骏马一匹为敌所夺，蔑力克与阿格拉克二人皆欲得此马，相争不下，恼得蔑力克性起，突执马鞭，将阿格拉克面上挥了一下，阿格拉克大愤，竟率部众自去。札兰丁失了左臂，未免惶惧，及闻成吉思汗亲来报复，所以先自南奔，蔑力克汗亦随往。

距河里许，回顾后面尘头大起，料是成吉思汗军赶到，自知不及西渡，只好列阵以待，一决雌雄。那成吉思汗大军，煞是厉害，甫经交绥，即握着大刀阔斧，突入阵中。忽秃忽奉了密谕，猛攻右翼蔑力克军。蔑力克支持不

住，向后倒退，退至印度河畔，不料蒙古军已绕至前面，阻住去路，一时措手不及，被蒙古军刺于马下，眼见得不能活了。

札兰丁又失右臂，势孤力弱，进退徬徨，自晨战至日中，手下仅数百人，幸成吉思汗意欲生擒，饬禁军士放箭，因得突围而出。奔到河边，复被忽秃忽军堵住，顿时上天无路，入地无门，他却穷极智生，竟纵马上一高崖，复将马缰扯起，扑的一跳，连人带马，投入印度河中去了！小子诌着俚句，成七绝一首云：

全军弃甲复抛戈，奔命穷途可奈何？
尽说悬崖宜勒马，谁知纵辔竟投河！

未知札兰丁性命如何？请看官续阅下回。

本回叙成吉思汗西征事，皆在今中央亚细亚境内。《元史》所载甚略。余如《亲征录》、《元秘史》、《元史》、《译文证补》等书，亦皆错杂不明，令阅者茫如测海，几有望洋之叹。一经作者叙述，逐层分析，依次表明，自觉井井有条，不漏不紊。若并是书而以为难阅，则从前史乘，更不必过问矣！本书所载地理，南北东西各有分别，阅《元史》地图自知。看似容易恰艰辛，阅者幸勿滑过！

第十四回　见角端西域班师
破钦察归途丧将

却说札兰丁投入印度河，蒙古军瞧着，总道他身入水中，一落数丈，不是跌死，也是淹死，谁料他却不慌不忙，从水中卸了军装，凫水逸去。诸将以穷寇被逃，不禁气愤，争欲赴水追捕，还是成吉思汗力阻，并语诸子道："好一个健儿，是我生平所未曾见过的！若竟被他漏网，必有后患！"部将八剌，愿渡河穷追，成吉思汗允他前行。八剌遂役令兵丁，斩木为筏，渡河南去。成吉思汗复返攻哥疾宁城，城中守将，早已遁去，兵民开城迎降。窝阔台奉成吉思汗密谕，伪查户口，教兵民暂住城外，工匠妇女，不得同居。到了晚间，潜带麾下出城，把哥疾宁的兵民，一一戮毙，只工匠妇女，留作军中使用。专用此计，毋乃残酷。

成吉思汗再沿印度河西岸北行，捕札兰丁余党，闻阿格拉克与他族寻仇，已被杀死，遂乘机荡平各寨，所有丑类，无一孑遗。又因西域一带，叛服无常，索性遣将分兵，四处巡行，遇着携贰的部落，统加屠戮，共杀一百六十万人，方才收刀！民也何辜，遭此荼毒。

嗣得八剌军报，破壁耶堡，进攻木而摊城，因天气酷暑，一时不便开仗，只好扎住营寨，静待秋凉，札兰丁不知去向，俟探实再报等语。成吉思汗道："我意在一劳永逸，所以征战数年，并无退志。现在余孽在逃，不得不再行进取，为山九仞，功亏一篑，如何使得！"耶律楚材婉谏道："札兰丁孤身远窜，谅他亦没有什么能力，况我军转战西陲，越四五年，威声已经

大震，得休便休，还求主子明察！”成吉思汗道：“我进彼退，我退彼进，奈何？”耶律楚材道：“坚城置吏，要隘屯兵，就使死灰复燃，亦属无妨！”成吉思汗半晌道：“且待哲别等军报，再作计较。”耶律楚材不便再说。大众休息数日，接到哲别军消息，已西逾太和岭，即高加索山。战胜钦察援军，进兵阿罗思即俄罗斯。去了。成吉思汗道：“哲别等远征得手，一时总未能回来，我军守着这地，做什么事，不如渡河南行，接应八剌，平定印度方好哩！”随即下令再进。

时方盛夏，暑气逼人，印度地方，又在赤道下，益加炎熇，军行数里，便觉气喘神疲，汗流不止。既到印度河，遥见水蒸气磅礴天空，日光被它遮住，对面迷濛，不见有什么影子。军士各下骑饮水，那水的热度似沸，几难入口，都皱着眉，蹙着额，恨不得立刻驰归。耶律楚材复思进谏，忽见河滨来一大兽，身高数丈，形似鹿，尾似马，鼻上有一角，浑身绿色，不觉暗暗惊异。成吉思汗也已瞧着，便语将士道：“这等大兽，见所未见，你等快用箭射它！”将士奉令，统执着弓矢，拟向大兽射去。蓦听得一声响亮，酷肖人音，仿佛有“汝主早还”四字。耶律楚材即出阻弓箭手，令他休射，一面到成吉思汗面前。方欲启口，成吉思汗已问道：“这是何兽？”耶律楚材道：“名叫角端，能作人言，圣人出世，这兽亦出现，它能日驰万八千里，灵异如鬼神，矢石不能伤它。”语至此，成吉思汗复问道：“据你说来，这可是瑞兽么？”耶律楚材道：“是的！这兽系旄星精灵，好生恶杀，上天降此，所以儆告主子。主子是上天的元子，天下的百姓，统是主子的儿子，愿主子上应天心，保全民命！”楚材所说，未必果真，但借异兽以规人主，可谓善谏。成吉思汗方欲答言，又见大兽叫了数声，疾驰而去。随向耶律楚材道：“天意如此，我亦不便进行，不若就此班师罢。”耶律楚材道：“主子奉天而行，便是下民的幸福！”语虽近谀，然谀言最易动听，善谏者宜知之。

当下命师返旆，并遣人渡印度河，促八剌旋师。八剌即日北归，想已眼望久了。会着大军，由北趋东，过阿母河，历布哈尔，回民多叩谒马首。成吉思汗召主教入见。主教名曷世哀甫，谒见毕，详述教规。成吉思汗道：“所言亦是，但我闻回民礼拜，必须赴教祖墓所，回教祖名摩罕默德墓在麦加城。这也未免太拘。上帝降鉴，何地不明，为什么限着地域呢？”曷世哀甫不复再辩，唯唯听命。成吉思汗复道：“我已征服此处，此后祈祷，可用我名。

你为主教，还有各处教士，尽行豁免赋役，你可替我申谕！”因势利导，谅亦由耶律楚材所教。成吉思汗便在布哈尔暂驻，一面遣使召术赤来会，一面遣使召哲别、速不台班师。

一住数日，复起行东归，经撒马尔干，渡忽章河，令谟罕默德母妻，辞别故土。两妇不能抗命，只好向着西方，恸哭一场，复随大军东行。到了叶密尔河，皇孙忽必烈、《元史》作呼必赉。旭烈兀《元史》作辖鲁。来迎。成吉思汗大喜，命二孙侍着行围。二孙皆拖雷子，忽必烈才十一岁，旭烈兀才九岁，随成吉思汗入围场，统能骑马弯弓，发矢命中，忽必烈射杀一兔，旭烈兀射杀一鹿，奉献成吉思汗。成吉思汗喜上添花，遂命将捕获各兽，及西域所得的财宝，大犒三军。嗣复住了数日，待长子术赤，及哲别、速不台，均尚未至，方徐徐的回国去了。归结成吉思汗西征。

且说哲别、速不台二将，北讨钦察，引兵绕宽甸吉思海辗转至太和岭，凿山开道，俾通车骑，适遇钦察部头目玉里吉，及阿速、撒耳柯思等部，集众来御，仓猝间不及整阵，几被敌军迫入险地。哲别、速不台商定一策，遣西域降将曷思麦里至玉里吉军，说是“我等同族，无相害意，不过西征到此，闻岭北有数大部落，特来通好，请勿见疑！”玉里吉等信以为真，麾兵退去。哲、速二将，引军出险，登高遥望，犹隐隐见阿速部旗旄。速不台语哲别道：“敌军信我伪言，统已退归，在途必不防备，若就此掩将过去，杀他一个下马威，可好么？”哲别连称妙计，便饬兵士尾追前军。疾行数里，已至阿速部背后，一声呼啸，好似电劈雷轰，猛扑前去。阿速部后队，方欲返顾，不料身上都受着急痛，霎时晕厥，纷纷落马。力避俗套。前队尚莫明其妙，等到硬箭飞来，长枪戳入，始知有敌到来。正欲拔剑弯弓，那头颅不知何故，已歪倒肩上，手臂不知何故，分作两段，顿时你忙我乱，只好鞭着马，飞着腿，四散奔逃！语语新颖。阿速部已经溃散，前面就是钦察部众。玉里吉闻着后面呐喊，惊问何事？大众都摸不着头脑，便命子塔阿儿领着数骑，向后探望，冤冤相凑，与蒙古军相值。方开口问着，已被一枪洞胸，坠骑死了。余骑不值一扫，统赴枉死城中。此时玉里吉待子未回，就勒马悬望。突然间来了蒙古军，错疑塔阿儿导他来会，笑颜迎着，蒙古军不分皂白，枪起刀落，又将玉里吉杀死。父子同归冥途，不寂寞了。余众大骇，急忙奔溃，已被蒙古军杀了一半。蒙古军再追数里，前面已寂无一人，料得撒耳柯

思部已自飏去，略去撒耳柯思部，烦简得宜。当即择地下营。

哲、速二将，虽已得胜，终恐深入重地，寡不敌众，遂遣使至术赤处告捷，并请济师。术赤方攻下乌尔鞑赤城，驻军宽甸吉思海东部，俱回应前回。闲暇无事，即分兵大半往援。

哲别等既得援师，北向至浮而嘎河，入里海。适值河冰凝冱，遂履冰徒涉，攻下阿斯塔拉干大埠，纵兵焚掠。会得探报，钦察部酋霍脱思罕，领着部众来了。原来霍脱思罕系玉里吉兄长，闻知弟侄阵亡，倾寨前来，意图报复。哲别命曷思麦里诱敌，只准败，不准胜，自与速不台分军埋伏，专候钦察兵到，奋起厮杀。说时迟，那时快，曷思麦里方才出发，钦察兵已是驰到，望见曷思麦里麾下不过数千人，衣履不整，器械无光，统呵呵大笑，不把他望在眼里。曷思麦里恰突出阵前，指挥士卒与钦察前队酣战一场，不分胜负。霍脱思罕，见前队战敌不下，便督军齐上，拟包围曷思麦里军，曷思麦里恐陷入重围，乃率兵退走。曷思麦里之徐徐退走，为哲、速二将埋伏起见，非违命也。

钦察部众，只道是蒙古军败退，大众赶先争功，已无军律，曷思麦里令部下抛甲弃杖，惹得追军眼热，统下骑拾取，曷思麦里复回军来争，与钦察部众略斗，便又退走。恐他不追，所以回军。此退彼进，到了一座大山，峰崖险峻，岭路崎岖，曷思麦里麾军径入，霎时间都进去了。霍脱思罕报仇心切，又不防有他变，奋力追入。到了山间，峰转路迷，不辨去向。正疑虑间，山上号炮齐起，矢石雨下，忙即下令退军，把后队当作前队，觅路而出。将出山口，被速不台一军堵住，尚没有什么恐慌，当下麾众夺路，与速不台军鏖战起来，颇也有些起劲。谁知曷思麦里军已从他背后杀到，霍脱思罕顾了前面，不能顾后，顾了后面，不能顾前，才觉手忙脚乱，只好拼了老命，冲开一条血路，出山急走。前后夹攻的蒙古军，只在山内屠杀敌兵，一任霍脱思罕走脱。霍脱思罕急行数里，才敢喘息，检阅兵马，十成中少了六七成，便垂头丧气，向前再行。途穷日暮，夜色凄其，猛听得喊声复起，前后左右，又是蒙古军杀到，险些儿吓落马下！亏得手下尚有健卒数百，尽力保护，以一当百，等到杀透重围，已经十有九死。看官欲问这支蒙古军，只教再阅前文，便自分晓。不言而喻。

且说霍脱思罕走脱后，回入本部，恐蒙古军进攻，无兵可敌，没奈何遁

入阿罗思境内。阿罗思就是俄罗斯，唐懿宗初，在北海立国，拓地渐广；北宋时，创行封建制度，分七十部，子孙相继，日事争夺。南俄列邦，有哈力赤部，酋长名密只思腊，系霍脱思罕女夫，粗知兵事，尝战胜同族，意气自豪。闻妻父远来，迎入城中，问明底细，即投袂道："偌大蒙古，敢如此强横！待我出兵与战，怕不把它踏平呢。"喜说大话的人，最不可靠。

霍脱思罕道："蒙古将士，很有蛮力，并且诡计多端，防不胜防。幸亏我走得快，才得保全性命，与你重逢。"密只思腊笑道："他来的只是孤军，我等邻部甚多，一经号召，立集千万，总要与妇翁报仇哩！"于是遣使四出，召集各部酋长，会议发兵。计掖甫部酋罗慕，扯耳尼哥部酋司瓦托司拉甫，与密只思腊最是莫逆，一闻消息，赶先驰到。南方各部长，也陆续趋至。大众开议，定计出境迎击，毋待敌至。并遣告阿罗思首邦物拉的迷尔部，请他出师协助，分运军粮。部酋攸利第二，也即照允。

不到数日，各部兵均已会齐，共得八万二千人，仗着一股锐气，趋入钦察部。复由霍脱思罕收集残兵，专待蒙古军至，一齐掩杀。那时哲、速二将，已得知阿罗思会师来御，也未免有些胆怯。是谓临事而惧。想了一计，复遣十人至阿罗思军，由密只思腊召入，问明来意。十人道："钦察部容纳叛众，所以我军前来，声罪致讨。若与阿罗思诸部素无衅隙，定不相犯；况我国敬信天神，与阿罗思宗教相似，何不助我共敌仇人！"言未毕，霍脱思罕闪出道："从前我弟玉里吉，也信了他的诡话，遭他毒手，我婿千万不可再信！"密只思腊道："如此可恶，杀了来使再说！"便喝令左右，缚住八人，立即斩首，只令二人回报。

哲别又命二人至阿罗思军，说是两国相争，不斩来使，今无端杀我行人，上天必不眷佑，速即约定战期，与你决一胜负。霍脱思罕又欲杀他，还是密只思腊道："杀他一二人何用，不如借他的口，回报战期！"随命二使道："饶你狗命！快叫你主将前来受死！"二使抱头趋归。想是二人命不该绝，故一再得脱，不然，哲别前次已欺玉里吉，此次又欲欺密只思腊，安得令人信用耶！

密只思腊遣还来使，即麾兵万骑，东渡帖尼博耳河，巧值蒙古裨将哈马贝，沿河探望，手下只带数十骑，被密只思腊军一鼓掩来，逃避不及，个个受缚，个个饮刀。哲别闻报，亟命全军东退，伪耶真耶？那时密只思腊越发趾高气扬，追逼蒙古军直至喀勒吉河，遇见蒙古军列营东岸，便在河北扎住阵

脚。霍脱思罕亦引兵来会，还有计掖甫扯耳尼哥诸部众，到了河滨，与密只思腊南北列阵。密只思腊轻敌贪功，并未与南军计议，独率北军渡河，来杀蒙古军。蒙古军如何肯让，就在铁儿山附近，枪对枪，刀对刀，大战起来。自午至申，杀伤相当。速不台见钦察军也在敌阵，竟带着锐卒，突入钦察军中，去杀霍脱思罕。钦察军惩着前辙，未战先慌，蓦见蒙古军冲入，立即惊溃。霎时间阵势大乱，密只思腊禁止不住，也只得奔还，急忙渡河西走，令将船只凿沉，人马溺毙，不计其数，后队兵士，不及渡河，眼见得是身首两分，到鬼门关上挂号去了！妙语解颐。

蒙古军乘势渡河，径攻计掖甫扯耳尼哥等部。各部尚未知密只思腊的胜负，毫不设备，被蒙古军掩至，把他围住，冲突不出。哲、速二将，料他窘迫，诱令纳贿行成，暗中恰四面埋伏，待他出营，却令伏兵齐起，见人便捉，捉不住的，便乱戳乱斫，俘获甚众，歼馘无算。总计各部酋长，伤亡六人，侯七十，兵士十死八九。于是蒙古军置酒欢宴，把生擒的头目，缚置地上，覆板为坐具。哲别、速不台以下将领，统在板上高坐，饮酒至数小时，至兴阑席散，板下的俘虏，已多压死，只扯耳尼哥部酋，尚是活着，哲别令曷思麦里，押送至术赤处，斩首示众。想是命中注定，必须过刀。

阿罗思首部攸利第二汗，正遣侄儿康斯但丁引兵南援，行至扯耳尼哥部，闻各部统已战败，慌忙逃归。阿罗思境内，全土震动。哲别再拟进兵，不意二竖为灾，竟染重疾。何止二竖，恐各部枉死鬼都来缠扰。不得已屯兵休养，适成吉思汗遣使亦至，促他班师，当即奉令回辕。到了宽甸吉思海东部，将术赤部兵尽行交还，别后登程，哲别病势越重，竟在中途谢世了！小子有诗咏哲别道：

百战归来力已疲，叙功未及竟长辞；
男儿裹革虽常事，死后酬庸总不知！

哲别逝世，速不台命部下舁尸。率众东归，欲知后事，请阅下回。

《元史》太祖十九年，帝至东印度国，角端见，班师。《耶律楚材》传，亦载及之，别史多辨其讹，且谓太祖未渡印度河，何由至东印度？是皆史家饰美之词，

不足为信。本书两存其说，谓见角端时，适在印度河滨，角端之能作人言与否，不下考实语，独归美于楚材之善谏。是盖独具卓见，较诸坊间所行诸小说，于无可援证之中，且任情捏造者，固大相径庭矣！下半回叙哲、速二将征钦察事，亦考据备详，不稍夸诞，而演笔则又奇正相生。作者兼历史家小说家之长，故化板为活，不落恒蹊。

第十五回　灭西夏庸主覆宗
遭大丧新君嗣统

却说速不台班师回国，由成吉思汗接着，闻知哲别已殁，悲悼不置，便命哲别子生忽孙为千户，承袭父祀。再遣使颁谕术赤，命他就钦察以东，忽章河以北，新定各部，俱归镇治。至西北未定地方，亦须随时勘定。术赤虽曾奉谕，恰不愿再出征战，只在宽甸吉思海北岸萨莱地，设牙驻帐，游猎度日，一面遣使返报，只称得病，不便他征。成吉思汗亦暂置不问。威及遐方，独不能驭众子弟，这是历代雄主通病。

唯因西征时曾征师西夏，夏师不至；至此复饬夏主遣子入质，夏主又不从；且闻汪罕余众，多逃匿西夏，心中愈愤，遂议下令亲征，也遂皇后闻着征夏信息，又来劝阻。总是她来出头。成吉思汗不从，也遂道："南方已设国王，为什么还劳圣驾？"成吉思汗道："国王木华黎已早死了，嗣子孛鲁，虽命他袭封，究竟经验尚少，不及乃父。况现在降将武仙，又复叛我，都元帅史天倪被杀，孛鲁方调兵遣将，出讨叛贼，还有什么余力，去平西夏？"也遂道："主子西征方归，又要南征，虽是龙马精神，不致劳瘁，但士卒亦恐疲乏，总须略畀休息，方可再用！"语颇近理，我亦服之。成吉思汗屈指道："我即大位，已二十年，西北一带，总算平定，只南方尚未收服，必须亲往一遭，就使今冬不征，明春定要往讨哩。"木华黎之殁，武仙之乱，及成吉思汗所历年月，俱就此带出，是即行文时销纳之法。也遂道："明岁主子亲征，须要准我随行哩。"成吉思汗道："忽兰随我西征，尝自谓困乏得很；似你这般身

躯，比她还要娇怯，何苦随我南下呢？”也遂道：“主子栉风沐雨，妾等安坐深居，自问良心，亦觉愧赧，若蒙慨许随行，侍奉左右，就使跋涉闲关，亦所甚愿，怕什么劳苦呢？”成吉思汗喜形于色，且语道：“你的阿姊很是谦恭，你又这般忠诚，好一对姊妹花，同侍着我，也算是我的艳福，死也甘心呢！”说一死字，为下文隐伏谶语。说着时，已将也遂抱入怀中，亲狎了一回。是晚并召也速干作伴，做个联床大会，云雨巫山，双双涉历，彼此都极尽欢娱，不劳细说。插入一般艳情，隐寓乐极悲生之意。

小子叙到此处，又不得不将木华黎去世，及武仙再叛等情，再行表明。应十一回。木华黎自得真定后，复连岁出兵，尽得辽河东西，黄河东北诸郡县；复东下齐鲁，西入秦晋，把金邦所有土地，占去大半，《元史》推为开国第一功臣。唯屡攻凤翔未下，还至解州，遂有疾，以成吉思汗十八年三月卒。时成吉思汗尚在西域，闻报大恸，追赠鲁国王，谥忠武，其子孛鲁嗣爵。详叙木华黎生死，以其为第一功臣也。木华黎既殁，山东州县，复起叛蒙古，武仙亦怀着异心，诱杀都元帅史天倪。天倪弟天泽，方奉母归燕，闻变折还，遂遣使至孛鲁处，乞师讨逆。孛鲁命天泽嗣兄统师，并遣兵赴援，与天泽军会，击败武仙。武仙与宋将彭义斌连和，再攻天泽，天泽复发兵与战，擒斩义斌，武仙遁去，后事慢表。纳入此段，庶不阙略。

且说成吉思汗过了残腊，转瞬孟春，元宵一过，即下令南征，从新整点军马，陆续起行。也遂皇后也着了戎装，铁甲蛮靴，黑骊雕鞍，随在戎辟后面，缓辔行着。仿佛出塞明妃。成吉思汗却骑着一匹红鬃马，红黑相间，煞是好看。由大众簇拥前去。既到郊外，命部众就地设围，亲自行猎。忽一野豕突出，奔至马前，成吉思汗不慌不忙，仗着平生射技，拈弓搭箭，一发殪豕。心中正在得意，突觉马首昂起，马足乱腾，一时羁勒不住，竟将成吉思汗掀翻马下。不祥之兆。

部将忙来救护，扶起成吉思汗，易马上坐，尚有些头昏目眩，神志不安，随命大众罢猎，扎住军营。看官，这马无端腾踔，恰是何故？原来被大豕所惊，因致骇跃。唯成吉思汗南征北讨，纵辔多年，已不知驾驭若干马匹；就是所骑的红鬃马，定然天闲上选，偏偏为豕所惊，以致失驭，这也是天不永年的预兆！是晚成吉思汗即身体违和，生起寒热病来。

翌晨，也遂皇后向众将道：“昨夜主子罹疾，南征事不如暂罢，还请大

家商议方好。”大众计议一回，自然依了也遂意见，入内奏知成吉思汗。成吉思汗道：“西夏闻我回去，必疑我是怕他，我现在这里养病，先差人到西夏，责他不纳质子，擅容逃人，看他有何话说？”

当下遣使至夏，语夏主道：“你前时与我议款，情愿归降，我军出征西域，你却不从；近又不遣子入质，并擅纳汪罕余众，你可知罪么？”是时夏主李安全早死，族子遵顼嗣立，复传位于子德旺。德旺本庸弱无能，闻蒙古使臣诘责，战栗不能言，旁闪出一人道：“都是我的主使！要与我厮杀时，你到贺兰山来战；要金银缎匹时，你到西凉来取，此外不必多说，快快走罢！”好大胆。

蒙古使回报，成吉思汗勃然起床，喝令大军速进。左右都来谏阻，成吉思汗怒道：“他说这般大话，我怎么好回去？就是死了，魂灵儿也要去问他，况我还未曾死哩！”遂扶病上马，直指贺兰山。贺兰山在河套附近，距宁夏府西六十里，夏人倚以为固，树木青白，望如骏马，北人呼骏马为贺兰，所以借此名山。大军到了山前，见夏兵已在山麓扎住，问他领兵的头目，便是前说大话的阿沙敢钵。我见前文，早欲问他姓名，至此才出现，作者未免促狭。

阿沙敢钵见有蒙古军，便率众下山，来冲头阵。谁知蒙古兵全然不动，只把硬箭射住，没些儿缝隙可寻，只得退回。好一歇，又复前来冲突，蒙古兵仍用老法子，依旧无效。直至第三次冲突，方听得喇叭一号，营门陡辟，千军万马，如怒潮一般，锐不可当。那边气焰已衰，这边气势正盛，任你阿沙敢钵如何能言，如何大胆，至此阻不胜阻，拦不胜拦，没奈何逃上山寨。蒙古军哪肯甘休，就奋力上山，一哄儿杀入寨中，又将阿沙敢钵部下斫死了一大半，阿沙敢钵落荒走了。彼竭我盈，战无不克，可见成吉思汗善于用兵。

成吉思汗据了贺兰山，便进拔黑水等城，嗣因天热体衰，在珲楚山避暑。至暑往寒来，复转攻西凉府及绰罗和拉等县，所过皆克，遂逾沙陀至黄河九渡，取雅尔等县，再围灵州。夏主遣兵来援，又被蒙古军击退。陷入灵州城，进次盐州川，天气凛冽，雨雪载涂，乃命在行帐度年。转眼间腊尽春回，已是成吉思汗二十二年了。复书岁次，为成吉思汗道殂张本。

河冰方泮，成吉思汗即率师渡河，下积石州，破临洮府，据洮河、西宁二州，进攻德顺。西夏节度使马肩龙正坐镇德顺城，颇有威名，闻蒙古兵至，居然开城出战，酣斗三日，蒙古兵受伤不少，马肩龙部下，也死了好几

百名。因遣人报知夏主，即请济师。时夏主李德旺忧悸成疾，已经去世。还是侥幸。国人立他犹子，单名只一睍字。睍尚幼弱，哓得什么军政，各将士统得过且过，专务趋避，大家穿凿山谷，藏匿财物，行个狡兔营窟的法儿，愚甚痴甚，无怪国亡。便把马肩龙军书搁起。

马肩龙待援不至，自叹道："城亡与亡，尚有何说？"复坚守了数日，禁不住敌军猛攻，自率左右出城，舍命死斗，至蒙古兵围绕数匝，尚拔刀瞋目，斫死蒙古兵数名，后来箭如飞蝗，身中数矢，遂大叫一声，呕血而亡。不没忠臣。肩龙一死，城中无主，自然被陷。

成吉思汗得了德顺州，复至六盘山避暑，遣将直逼夏都。夏主睍惊惶失措，急召文武会议，哪知所有臣民，统向土窟中避难去了。嗣闻土窟中的臣民，又被蒙古兵搜着，财物夺去，身命了结，国亡身亡，土窟非真安乐窝，请后人听者。满野都成白骨，料知都城难保，只好把祖宗传下金佛一尊，并金银器皿，及男女马驼等物，皆以九九为数，赍献军前。成吉思汗闻报，定要夏主睍亲自出降。睍已束手无策，复泣告宗庙，出城至六盘山，谒见成吉思汗。成吉思汗止令门外行礼。行礼毕，将他系住帐下，饬将士入徇夏都。将士一入都城，掠了财物，掳了子女，见有美色的佳人，当即恣情污辱，不由她不忍受，连夏主睍的宫眷，也只得横陈榻上，任他戏弄一番。独耶律楚材，取书数部，驼两足，大黄数担，饬兵役携回。后来军士途中遇疫，亏得大黄救命，所活至万人。

闲文休表。且说夏主睍被絷三日，由成吉思汗令他改名，叫作失都儿。夏主睍不敢不从，又越日，传令将夏主睍杀了，并把他父母子孙亦命一律处死。夏自元昊称帝，共传十主，历二百有一年而亡。

成吉思汗正欲班师，忽觉寒热交作，哮喘不休。也遂皇后日夕侍奉，所有军医，统来诊视，怎奈寿命已终，参苓罔效。弥留时，见也遂皇后在旁，挈她的纤手道："你侍我有年，没甚错处，今又随我远征，灭了西夏，只望归国以后，与你等再聚数年，共享荣华，不意病入膏肓，无可救药。我死后，你回去告知各皇后，及你阿姊，须要节哀，不必过悲！"也遂不待说毕，早已扑簌簌的垂下泪来。成吉思汗也忍着泪，强说道："人生如朝露，有什么伤心处？你与我叫大臣进来！"也遂便传集群臣，各至榻前问疾。成吉思汗道："我病是不起的了，可惜诸皇子都未随着！术赤在西域死了，我

教察合台前去视丧，尚未回来；窝阔台呢，我叫他去攻金国，责贡岁币；拖雷又监守故都，不能远离。目今唯你等随着，算来也都是亲戚故旧，后事全仗你等辅助！窝阔台谨厚性成，我前已命他嗣位，只一时未能回都，你等替我传谕，叫拖雷暂行监国罢了！”诸子远离，统借成吉思汗口中叙出，无非节省闲文，但戎马一生，送终无子，也是可叹！又指也遂皇后道：“她随我征夏，又侍我疾病，劳苦极了，我也无可报她，只西夏的子女玉帛，多分给她一份，不枉她辛苦一场！”群臣齐声遵嘱，成吉思汗静养片刻，复顾群臣道：“还有一桩大事，为我传谕嗣君：西夏已灭，金国势孤，但金国精兵，西集潼关，南据连山，北限大河，此后我军往攻，就使战胜攻取，也恐不能速灭；计唯假道南宋，宋、金世仇，必肯许我，我下兵唐邓，直捣大梁，金都被困，定要征兵潼关，那时缓不济急，已成无用，就使他兵远来，千里赴援，人马疲敝，也不是我的对手，灭金很容易哩！”到死不忘拓地，真不愧为雄主。言讫，遂瞑目不视，悠然而逝了。

总计成吉思汗出世以来，享寿六十六岁。即大汗位，凡二十二年。南征北讨，所向克服，如近今内外蒙古，辽东二省，及中国西北部，并天山南北两路，暨中央亚细亚，阿富汗斯垣，波斯东半部，与高加索山附近部落，俱为成吉思汗所有。史家称其用兵如神，所以灭国四十，遂平西夏。其实是西北一带，各族散处，既没有独立的精神，又没有永久的团体，彼此猜忌，互为仇敌，就使勉强联络，总不免凶终隙末，因此成吉思汗乘时崛起，削平各部。武如四杰，文如耶律楚材，又皆任用得当，就是所立兵制，亦比众不同，小子尝考得大略，随录如下：

（一）蒙古人自幼临狩猎，习骑射，所以骑兵尤精；此等骑兵，每人有乘马三四头，可彼此互代，终日驰骋。

（二）骑兵远行，遇紧急军事，只用马奶及干酪为食；或刺马出血，吞食充饥，可支十日，所以进行甚速。

（三）编定军队，以十递进，每十人为一队，队长叫作十户；十户以上有百户，统十户百人；百户以上有千户，统百户千人；千户以上有万户，万户直隶大汗。此等大小部长，对他部下，各有无限权力，部下无论何事，统须禀命后行，一经驱遣，不得迟诿，否则无论贵贱，必

加刑罚。

（四）蒙古兵虽经出阵，仍须纳税，必令他妻儿守家，岁完税额，因之频年兴兵，军饷仍不缺乏。

这且慢表。且说成吉思汗逝世后，就借行在举丧。窝阔台夤夜奔至，察合台、拖雷等亦陆续到来，三子毕集，乃由蒙古诸王诸将等，大会于吉鲁尔河，承认成吉思汗遗命，奉窝阔台为大汗。看官，这窝阔台嗣统，早经成吉思汗亲口布告，为什么要开着大会，经过公认呢？这也有个缘故，因成吉思汗在日，也有一条特立的法制：凡蒙古大汗，如当新旧绝续的时候，必须由诸王族诸将，及所属各部酋长，特开公会，议定嗣续，方得继登汗位，这会叫作“库里尔泰会。”自有此制，所以窝阔台虽承遗命，也要经“库里尔泰会”通过呢。详哉言之，实为后文伏线。窝阔台既即位，重用耶律楚材，楚材以旧制简率，未足表示尊严，更请窝阔台汗增修朝仪。窝阔台汗自然乐允，遂由楚材参订仪注，令皇族诸王尊长，皆列班罗拜，共效嵩呼。这就是俗语所谓前人承粮，后人割稻哩。《元史》尊成吉思汗为太祖，窝阔台为太宗，这都是统一中国以后追加的庙号。小子有诗咏成吉思汗道：

开邦端仗出群材，基业全从百战来；
试向六盘山下望，一回凭吊一低徊！

欲知以后情形，且至下回再表。

西夏与金，唇齿之邦也，唇亡齿必寒，夏亡则金曷能保！成吉思汗之南征，志不徒在灭夏，盖已视金为囊中物矣。观其临殁之时，犹嘱及攻金遗策，是可知其成算在胸，预图吞并。脱令稍假以年，则灭金固易易也。不然，窝阔台承父遗嘱，约宋灭金，何以相应如响乎？本回叙成吉思汗事，为成吉思汗衰年之结局，实括成吉思汗毕生之隐衷，彼固一世之雄也，而今安在哉！著书人述元代史，于成吉思汗较详，我知其固有所感矣。

第十六回　将帅迭亡乞盟城下
后妃被劫失守都中

却说窝阔台嗣位为汗，颁定法令，比成吉思汗在日，体制益崇。复承父遗志，以西域封察合台，令他坐镇。西顾既可无忧，乃一意攻金。适金国遣使吊丧，并赠赗仪，窝阔台汗语来使道："汝主久不归降，今我父赍志以殁，我方将出师问罪，区区赗仪，算作什么！"金尚立国，遣使吊丧遗赗，亦是应有之仪文，窝阔台汗乃强词夺理，卒以灭金。强国之无公理也久矣，可慨可叹！随命发还赗仪，遣归来使。金主珣时已去世，子守绪嗣立，得使人回报，未免惝惧。复遣人赍送金帛，至蒙古庆贺新君。窝阔台汗又不受。至金使去讫，遂召集诸王大臣议事，定计伐金。先是成吉思汗连年出征，所得财物，立即分散，并无丝毫储积；蒙古诸将，尝谓得了人民，毫无用处，不若尽行杀戮，涂膏衅血，灌润草木，作为牧场。独耶律楚材以为未然，至此因伐金议定，遂奏立十路课税所，以充军饷，每路设副使二员，悉用士人。楚材复进陈周、孔道德，且谓以马上得天下，断不可以马上治。窝阔台汗深服是言，由是尚武以外，稍稍尚文，这也不在话下。

且说窝阔台汗既整兵储饷，秣马积刍，遂于即位二年春季，偕皇弟拖雷，及拖雷子蒙哥，《元史》作莽赉扣。率众入陕西，连下诸山寨六十余所，进逼凤翔。金主遣平章政事完颜哈达，及伊喇丰阿拉引军赴援，行至中道，闻蒙古兵势甚强，料非敌手，竟逗留不进。至金主屡促进兵，哈达、丰阿拉只是因循推诿。嗣闻蒙古兵分攻潼关，乃禀称潼关被攻，较凤翔为尤急，不如

先救潼关，次及凤翔。金主无可奈何，只得依他。他二人便引军赴潼关。潼关本系天险，且早有精兵屯驻，可以固守，哈达等避难就易，所以改道出援。于是凤翔空虚，守了两三月，终被蒙古兵攻陷，只潼关依然未下，拖雷自往督攻，亦不克。

部下有降将李国昌道："金迁汴将二十年，全仗这潼关、黄河，倚为天险，我军若从间道出宝鸡，绕过汉中，沿汉江进发，直达唐邓，那时攻汴不难了。"拖雷点头称善，便返报窝阔台汗，窝阔台汗道："从前父亲遗命，曾令我等假道南宋，下兵唐邓，我且遣使至宋邦，向彼假道：彼若允我，进取尤便，否则再用此计未迟。"于是命绰布干为行人，往宋假道。到了沔州，谒见统制张宣，一语不合，竟被张宣杀死。窝阔台汗得着此信，乃命拖雷率骑兵三万人，竟趋宝鸡，攻入大散关，破凤州，屠洋州，出武休东南，围兴元军；复遣别将取大安军路，开鱼鼈山，撤屋为筏，渡嘉陵江，略地至蜀。蜀系宋地，宋制置使桂如渊逃去，被蒙古兵拔取城寨，共四百四十所。拖雷尚不欲绝宋，召使东还，会兵陷饶风关，飞渡汉江，大掠而东。

警报如雪片一般，递入汴都，金主守绪，急召宰执台谏入议。大众都说北军远来，旷日需时，劳苦已极，我不如在河南州郡，屯兵坚守，且由汴京备粮数百斛，分道供应；北军欲攻不能，欲战不得，师老食尽，自然退去。看似好计，奈各处不能坚守何。金主守绪叹道："南渡二十年来，各处人民，破田宅，鬻妻子，豢养军士，只望他杀敌御侮，保卫邦家；今敌至不能迎战，望风披靡，直至京城告急，尚欲以守为战，如此怯弱，何以为国！我已焦思竭虑，必能战然后能守。存亡有天命，总教不负吾民，我心才少安哩！"所言亦是，可惜无补国亡。乃诏诸将出屯襄邓，并促哈达、丰阿拉两帅，速即还援。哈达、丰阿拉驰归。至邓州，别将杨沃衍、禅华善，及前被史天泽杀败的武仙，俱率兵来会。哈达胆子稍壮，麾诸军出，屯顺阳。嗣探悉蒙古兵方渡汉江，部将急欲往截，为丰阿拉所阻。至蒙古兵毕渡，乃进至禹山，分据地势，列阵以待。蒙古兵到了阵前，不发一矢，骤然退去，哈达亦下令收军。诸将请追蒙古军，哈达道："北军不战自走，定怀诡谋，我若追去，正中彼计！"料敌亦明，无如尚差一着。遂勒马南归，返行里许，忽觉尘雾蔽天，呼啸不绝；哈达忙觅一小山，登冈了望，但见蒙古军骑、步相间，分作三队，迅奔前来。哈达叹道："绕我背后，潜来袭我，正是变生不测，我看他军伍严

肃，行列整齐，定是不可轻敌呢！”急忙下山麾兵，拟从旁道走避，怎奈蒙古军已是到来，只好与他对仗。两下厮杀，蒙古军少却，丰阿拉驱兵追去，谁知蒙古军复回马驰突，十荡十决，几乎被他蹂躏，亏得部将富察鼎珠，奋力截杀，蒙古兵始退。哈达便沿山扎营，语丰阿拉道："北兵号三万名，辎重要居一成，今相持二、三日，若乘他退兵，出军奋击，不患不胜！”丰阿拉道："江路已绝，黄河不冰，彼入重地，已无归路，我等可待他自毙，何用追击！”想已被前日吓慌，故胆怯乃尔。

翌日，蒙古兵忽不见。逻骑谓已他去，哈达、丰阿拉遂欲返邓州。正在前行，忽斜刺里闪出敌军，竟将金军冲作两截。哈达、丰阿拉忙分兵接战，等到敌军杀退，后面的辎重，已是不见。哈达顿足不已，丰阿拉谈笑自若，与哈达并入邓州，收集部兵，伪称大捷。总是丰阿拉奸猾。金廷百官，上表庆贺。丑甚。

民堡城壁，皆散还乡社，满望烽烟无警，鸡犬不惊。哪知拖雷军尚自留着，窝阔台汗且自河清县白坡镇渡河，进次郑州，遣速不台攻汴城。城中兵民，不意北兵猝至，惊愕万分，金主也惶急异常，忙命翰林学士赵秉文，草旨罪己，改元施赦，文中大意，说得声情兼至，凄楚动人，闻者为之泣下。徒有文辞，何济于事。

时京城诸军，不盈四万，城周百二十里，未能遍守，只得飞召哈达、丰阿拉军还援汴城。哈达、丰阿拉一行，拖雷即用铁骑三千，追尾金军；金军还击，他偏退去，金军启行，他又来袭，弄得金军不遑休息，且行且战。至黄榆店，雨雪不能进。蒙古将速不台，已派兵阻金援师，于是哈达、丰阿拉军，前后被蒙古军遮断。会雪已稍霁，又得汴京危急消息，不得已引军再行。途次遇大树塞道，费着无数兵力，始得通途。既到三峰山，蒙古兵两路齐集，四面蹙围。相持数日，料得金军困惫，恰故意开了一面，纵他奔走。金军果然中计，甫经逸出，被蒙古军夹道奋击，顿时大溃，声如崩山。武仙率三十骑先走，杨沃衍等战死，哈达知大势已去，忙邀丰阿拉面商，拟下马死战，孰料丰阿拉已杳如黄鹤，不知去向！只有禅华善等，尚是随着，乃相偕突围，走入钧州。

窝阔台汗在郑州，闻拖雷与金相持，遣琨布哈、齐拉衮等，作为援应。至则金军已溃，遂会兵到钧州城下，合力攻击。未几城陷，哈达匿窟室中，

由蒙古军寻着，牵出杀死。且下令招降道："汝国所恃，地理唯黄河，将帅唯哈达，今哈达被我杀了，黄河被我夺了，此时不降，更待何时！"金军降者半，死者半，独禅华善先匿隐处。至杀掠稍定，竟自至蒙古军前，大声道："我金国大将，欲进见白事。"蒙古军将他牵住，入见拖雷。拖雷问他姓名，禅华善道："我名禅华善，系金国忠孝军统领，今日战败，愿即殉国。只我死乱军中，人将谓我负国家，今日明白死，还算得轰轰烈烈，不愧忠臣！"恰是好汉。拖雷劝他投降，他却眦裂发指，痛口叫骂。恼得拖雷性起，命左右斫他足胫，戳他面目，他尚噀血大呼，至死不屈。蒙古将悲他死义，用马奶为奠，对尸祝道："好男儿，他日再生，当令与我作伴！"奠毕，将尸掩埋，不在话下。

只丰阿拉先已远走，被蒙古兵追获，押见拖雷。拖雷亦迫他投诚，反复数百言，丰阿拉恰慨然道："我是金国大臣，只宜死在金国境内！"余无他言，亦被杀死。丰阿拉实是误金，只为金死义，尚堪曲恕。自是金国的健将锐卒，死亡殆尽，汴京已不可为了。潼关守将纳哈塔赫伸，闻哈达等战殁，很是惊慌，竟与秦蓝守将完颜重喜等，率军东遁。裨将李平，以潼关降蒙古。蒙古兵长驱直入，追金军于卢氏县。金军已无战志，且因山路积雪，跋涉甚艰，随军又多妇女，哀号盈路，至是为蒙古兵追及，未曾接仗，重喜先下马乞降。蒙古将以重喜不忠，把他斩首。该杀。乌登赫伸引数十骑走山谷间，亦被追骑搜获，一概祭刀。蒙古兵进围洛阳，留守萨哈连背上生疽，不能出战，投濠自尽。兵民推警巡使强伸，登陴死守，历三月余，无懈可击，蒙古军乃退去。

金主守绪因汴城围急，没奈何遣使请和。蒙古将速不台道："我受命攻城，不知他事。"是时蒙古已创制石炮，运至城下，每城一角，置炮百余，更迭弹击，昼夜不息。幸汴城垣堞坚固，相传五季时周世宗修筑，用虎牢土叠墙，坚密如铁，虽受炮石，不过外面略损，未尝洞穿。金主又募死士千人穴城，由濠径渡，烧他炮座。蒙古兵虽曾防着，究未免百密一疏，因此攻城历十六昼夜，内外死伤，约数十万名，城仍兀然峭峙，不能攻陷。会窝阔台汗欲自郑州还国，因遣使谕金主降，并饬速不台缓攻。速不台乃语城守道："你主既欲讲和，可出来犒军！"金主乃遣户部侍郎杨居仁出城，带着牛羊酒炙，并金帛珍异，犒给蒙古军，且愿遣子入质蒙古。于是速不台许即退

兵，散屯河、洛间，金主封荆王守纯子鄂和为曹王，遣他为质。鄂和不好违慢，涕泣辞去。

金参政喀齐喀以守城为己功，欲率百官入贺。历代亡国，多被若辈所误。金内族思烈道：“城下乞盟，春秋所耻，何足言贺！”喀齐喀反怒道：“社稷不亡，君臣免难，难道不是喜事么？”嗣因金主守绪亦不欲受贺，因而罢议。汴京总算解严。

一波才平，一波又起。蒙古行人唐庆等来答和议，暂就客馆，竟被金飞虎兵头目申福，驰入馆内，将唐庆杀死，并及随官三十余人。和议复绝，蒙古兵又长驱而至，招之使来，曲在金国，政刑如此，安得不亡。金主守绪，复飞檄各处勤王。时武仙遁驻留山，收集溃兵十万人，奉檄援汴。还有邓州行省完颜思烈，巩昌统帅完颜仲德，也引兵入援。甫至京水，不虞蒙古兵已先候着，呐一声喊，似狼虎攒羊一般，乱突乱杀，吓得金军胆战心惊，没一个不退走了。

且说窝阔台汗返国后，以金主背和杀使，复亲自出师至居庸关，为拖雷后援。忽得暴疾，昏愦不省人事，乃召师巫卜祝。巫言金国山川神祇，为了军马掳掠，尸骨堆积，以此作祟，应至各山川祷祀，或可禳灾。既而命巫往祷，病仍不愈，且反加重。巫返谓祈祷无益，必须由亲王代死，方可告痊。正说着，窝阔台汗忽开眼索饮，神气似觉清醒，左右以巫言告，窝阔台汗道：“哪个亲王，可为我代？”言未已，忽报拖雷驰来问疾。由窝阔台召入，与述巫言。拖雷道：“我父亲肇基择嗣，将我兄弟内，选你做了大汗，我在哥哥跟前，忘着时要你提说，睡着时要你唤醒。如今若失了哥哥，何人提我？何人唤我？且所有百姓，何人管理？不如我代了哥哥罢！我出征数年，屠掠蹂躏，造成无数罪孽，神明示罚，理应殛我，与哥哥无涉！”遂召师巫入告道：“我代死罢，你祷告来！”师巫奉命出去。过了片晌，又取水入内，对水诵咒毕，即教拖雷饮讫。拖雷饮着这水，好似饮酒一般，觉得头晕目昏，便向窝阔台汗道：“我若果死，遗下孤儿寡妇，全仗哥哥教导！”窝阔台汗应着，拖雷便出宿别寝，是晚竟逝世了。本段文字，从《秘史》采来，并非著书人捏造，但事之真伪，不可考实，而蒙俗信巫，或有此离奇之史。拖雷生有六子，长即蒙哥，次名末哥，一作默尔根。三名忽都，一作瑚图克图。四即忽必烈，五即旭烈兀，六名阿里不哥。一作阿里克布克。后来蒙哥、忽必烈，皆嗣大汗位，

忽必烈且统一中原，待后慢表。

且说拖雷死后，蒙古兵经略中原，要推速不台为主帅。速不台尚未至汴，金主守绪，先已东走。原来汴京城内，食粮已尽，括粟民间，不及三万斛，已经满城萧索，饿莩载途。兼且城中大疫，匝月间死数十万人。金主知大势已去，乃集军士于大庆殿，谕以京城食尽，今拟亲出御敌；遂命右丞相萨布，平章博索等，率军扈从，留参政讷苏肯，枢密副使萨尼雅布居守，自与太后皇后妃主等告别，大恸而去。既出城，茫无定向。诸将请往河朔，乃自蒲城东渡河，适大风骤起，后军不能济，蒙古将辉尔古纳追至，杀毙无算，投河自尽者六千余人。金元帅贺德希战死。

金主渡河而北，遣博索攻卫州，不意蒙古将史天泽复自真定杀到。博索连忙遁还，走告金主，请速幸归德。金主遂与副元帅阿里哈等六七人，乘夜登舟，潜涉而南，奔归德府。诸军闻金主弃师，沿路四溃。归德总帅什嘉纽勒绎，迎见金主，禀告各军怨愤情形，乃归罪博索，枭首伏法。跋胡疐尾，亡象已见，即杀博索，亦属无益。嗣遣人至汴京，奉迎太后及后妃，谁知汴京里面，又闹出一桩天大的祸案。

先是金主守绪出走时，命西面元帅崔立，驻守城外。崔立性甚淫狡，潜谋作乱，闻归德有使来迎两宫，他即带兵入城，问讷苏肯及萨尼雅布道：“京城危困已极，你等束手坐视，做什么留守？”二人尚未及答，他即麾兵将二人杀死。随即闯入宫中，向太后王氏道：“主子远出，城中不可无主，何不立卫王子从恪？他的妹子，曾在北方为后，应十二回。立了他，容易与北军议和。”太后战栗不能答，崔立遂矫太后旨，遣迎从恪，尊为梁王监国。自称太师都元帅尚书令郑王，兄弟党羽皆拜官。并托辞金主出外，索随驾官吏家属，征集妇女至宅中，有姿色者迫令陪寝，每日必十数人，昼夜裸淫，尚嫌未足。且禁民间嫁娶，闻有美女，即劫入内室，纵情戏狎，稍有不从，立即加刃。百姓恨如切骨，只有他的爪牙，说他功德巍巍，莫与比伦。名教扫地。正欲建碑勒铭，忽报速不台大军到了。诸将问及战守事宜，他却从容谈笑道：“我自有计！”是晚，即出诣速不台军前，与速不台议定降款。还城后，搜括金银犒军，胁迫拷掠，惨无人道，甚至丧心昧良，卖国求荣，竟把那金太后王氏，皇后图克坦氏，以及梁王从恪，荆王守纯，暨各宫妃嫔，统送至速不台军，作为犒军的款项。看官，你想毒不毒，凶不凶呢？史称

荆、梁二王，为速不台所杀，其余后妃人等，押送和林，在途艰苦万状，比金掳徽、钦时为尤甚。小子叙此，不禁潸然，有诗为证：

> 岂真天道好循环？北去和林泪血斑。
> 回忆徽钦当日事，先人惨刻后人还。

汴京失陷，后事如何，俟小子下回交代。

金至哀宗，已不可为矣。哈达名为良将，而临阵多疑，不能决断，欲以之敌蒙古军，勇怯悬殊，宜乎其有败无胜也！金主守绪，城下乞盟，遣子入质，应亟筹生聚教训之道，外慎邦交，内固国事，则金虽残弱，尚可图存。乃议和之口血未干，而戕使之衅端又启；申福擅杀，不闻加罪，卒之寇氛又逼，汴京益危，日暮途穷，去将焉适！加以逆臣叛国，背主求荣，后妃可作犒款，都城可作贽仪，虽曰天道好还，前之迫人也如此，后之迫于人也亦如此；然亦何尝非人事致之耶？本回全叙亡金事迹，而金之所以致亡，已跃然纸上。徒谓其录述之详，犹皮相之见也。

第十七回　南北夹攻完颜赤族
东西遣将蒙古张威

却说金叛臣崔立，既劫后妃等送蒙古军，遂迎速不台入汴城。速不台遣使告捷，且以攻汴日久，士卒多伤，请屠城以雪愤。窝阔台汗欲从其请，亏得耶律楚材多方劝阻，乃令除完颜氏一族外，余皆赦免。是时汴城民居，尚有百四十万户，幸得保全。速不台检查完毕，出城北去。崔立送出城外，及还家，想与妻妾欢聚，谁知寂无一人，忙视金银玉帛，亦已不翼而飞！方知为蒙古兵所劫，顿时大哭不已。妻妾金银，是身外之物，失去尚不足忧，恐怕你的头颅也要失去，奈何！转思汴京尚在我手，既失可以复偿，遂也罢了。慢着！

且说金主守绪，既到归德，总帅什嘉纽勒绎与富察固纳不合。固纳谓不如北渡，好图恢复。纽勒绎从旁力阻，被固纳麾兵杀死，又将金主幽禁起来。金主愤甚，密与内侍局令宋珪，奉御纽祜禄温绰、乌克逊爱锡等，谋讨固纳。适东北路招讨使乌库哩，运米四百斛至归德，劝金主南徙蔡州。金主与固纳商议，固纳力陈不可，且号令军民道："有敢言南迁者斩！"于是金主与宋珪定计，令温绰、爱锡埋伏左右，佯邀固纳入内议事。固纳不知是计，大踏步进来，甫入门，温绰、爱锡两边杀出，立将固纳刺死。固纳系忠孝军统领，闻固纳被诛，擐甲谋变。嗣由金主抚慰，总算暂时安静。金主遂由归德赴蔡州。途次遇雨，泥泞没胫，扈从诸臣，足几尽肿。至亳州，父老拜谒道左，金主传谕道："国家涵养汝辈，百有余年，我实不德，令汝涂炭，汝等不念我，应念我祖功宗德，毋或忘怀！"父老皆涕泣呼万岁。君臣上下，

统是巾帼妇人，济什么事？

留驻一日，又复启行，天气尚是未霁，但觉得风雨沾衣，蒿艾满目。两语已写尽凄凉状况。金主不禁太息道："生灵尽了！"为之一恸。及入蔡，仪卫萧条，人马困乏。休息数旬，乃令完颜仲德为尚书右丞，统领省院事务。乌库哩镐为御史大夫，富珠哩洛索为签书枢密院事。仲德有文武材，事无巨细，必须躬亲，尝选士括马，缮甲治兵，欲奉金主西幸，依险立国。奈近侍以避危就安，多半娶妻成家，不愿再徙；商贩亦逐渐趋集；金主又得过且过，也命拣选室女，备作嫔嫱，且修建山亭，借供游览。本是卧薪尝胆之时，乃作宫室妻妾之计，谁谓守绪非亡国主耶！仲德屡次切谏，虽奉谕褒答，究竟良臣苦口，敌不过孱王肉欲，所以形式上虽停土木，禁选女，暗中且仍然照行。仲德无可如何，只得勉力招募，尽人事以听天命。乌库哩镐也怀着忠诚，极思保全残局。无如忠臣行事，往往招忌，媚子谐臣，不免在金主面前播弄是非，以致金主将信将疑，日益疏远。镐忧愤成疾，辄不视事。千古同慨。

蒙古将塔察尔布展陷入洛阳，执中京留守强伸。伸不屈被杀。会窝阔台汗遣王楫至京湖，议与南宋协力攻金，许以河南地为报。宋京湖制置使史嵩之以闻。是时宋理宗昀嗣立，以金为世仇，正可乘此报复，遂饬史嵩之允议，发兵会攻。王楫返报窝阔台汗，即命塔察尔布展，顺道至襄阳，约击蔡州。金主守绪，反遣完颜阿尔岱至宋乞粮。临行时语阿尔岱道："我不负宋，宋实负我！我自即位以来，常戒边将无犯南界，今乘我疲敝与我失好。须知蒙古灭国四十，遂及西夏。夏亡及我，我亡必及宋，唇亡齿寒，理所必然；若与我连和，贷粮济急，我固不亡，宋亦得安。你可将我言传达，令宋主酌夺！"言虽近理，然不忆你的先人也曾约宋灭辽么？

看官，你想这时的宋朝，方遣将兴师，志吞中原，难道凭金使数语，就肯改了念头么？阿尔岱奉命而去，自然空手而回。金主无奈，只好誓守孤城，听天由命。蒙古将布展，先到蔡州，前哨薄城下，被金兵出城奋击，纷纷退去。后队再行攻城，又被金兵杀退。布展不敢进逼，只分筑长垒，为围城计。嗣由宋将孟珙等，率兵二万，运米三十万石，来赴蒙古约。布展大喜，与孟珙议定南北分攻，两军各不相犯。于是蒙古兵攻打北面，南宋军攻打南面。城内虽尚有完颜仲德、富珠哩、洛索等人，仗着一股血诚，誓师分御，怎奈北面稍宽，南面又紧，南面稍宽，北面又紧，防了矢石，难防水火，防了水

火，难防钩梯；况且外乏救兵，内乏粮草，单要靠这兵民气力，断没有永久不敝的情理。两军分攻不下，复合兵猛攻西城，前仆后继，竟被陷入，幸里面还有内城，由完颜仲德纠集精锐，日夜战御。金主见围城益棘，镇日里以泪洗面，且语侍臣道："我为人主十年，自思无大过恶，死亦何恨！只恨祖宗传祚百年，至我而绝，与古时荒淫暴乱的君主，等为亡国，未免痛心！但古时亡国的主子，往往被人囚絷，或杀或奴，我必不至此，死亦可稍对祖宗，免多出丑。"语语呜咽，然自谓无甚罪恶，实难共信。侍臣俱相向痛哭。金主复以御用器皿赏战士，既而又杀厩马犒军，无如势已孤危，无可图存。

勉强支持了两月，已是残年。越宿为金主守绪着末的一年，就是蒙古窝阔台汗嗣位之第六年。百忙中又点醒岁序，是年为宋理宗端平元年。蔡城上面，黑气沉压，旭日无光。守城的兵民统已面目枯瘠，饥饿不堪，俯视敌军，会饮欢呼，越觉得凄惶万状。金主晨起，巡城一周，咨嗟了好一回，到了晚间，召东西元帅承麟入见，拟即禅位与他。承麟泣拜不敢受，金主道："我把主座让汝，实是不得已的计策！我看此城旦夕难保，自思肌体肥重，不便鞍马驰突，只好以身殉城。汝平日趫捷，且有将略，万一得免，保全宗祚，我死也安心了！"亡国惨语，我不忍闻。承麟尚欲固辞，金主复召集百官，自述己意，大众颇也赞成，于是承麟不得不允，起受玉玺。

翌日，承麟即位，百官亦列班称贺。礼未毕，忽报南城火起，宋军已入城了，完颜仲德忙出去巷战，奈蒙古军亦相继杀到，四面夹攻，声震天地。仲德料不可敌，复返顾金主守绪，但见已悬着梁上，舌出身僵。他即拜了数拜，出语将士道："我主已崩，我将何去？不如赴水而死，随我君于地下！诸君其善为计！"言讫，跃入水中，随流而逝。将士齐声道："相公能死，难道我辈不能么？"由是参政富珠哩、洛索以下，共五百余人，统望水中投入，与河伯结伴去了。承麟退保子城，闻金主自尽，偕群臣入哭，因语众道："先君在位十年，勤俭宽仁，图复旧业，有志未就，终以身殉，难道不是可哀么？宜谥曰哀！"史家因称为金哀宗。哭奠甫毕，子城又陷。遂举火焚金主尸。霎时间刀兵四至，杀人如麻，可怜受禅一日的金元帅承麟，亦死于乱军中，连尸骸都无着落！金自阿骨打建国，传六世，易九君，凡百二十年而亡。

蒙古将布展，与宋将孟珙，扑灭余火，检出金主守绪余骨，析为两份，一份给蒙古；一份给宋，此外如宝玉法物，一律均分；遂议定以陈、蔡西北

地为界，蒙古治北，宋治南，两军分道而回。

约过半年，忽南宋会兵攻汴，窝阔台汗怒道："汴城分为我属，宋兵何故犯我，自败前盟？"遂欲下令伐宋。王族扎拉呼请行，遂发兵数万，使他统率南下。

时宋将赵范、赵葵，拟收复三京，因请调兵趋汴。宋臣多言非计，不见从，竟命赵葵统淮西兵五万人，会同庐州全子才，会攻汴城。蒙古方盛，非孱宋敌，是谓之不量力，贪利忘义，败盟挑衅，是谓之不度德。汴京都尉李伯渊，素为崔立所侮，密图报怨。闻宋兵将至，通使约降，佯邀崔立商议守备，崔立至，伯渊即阴出匕首，刺入立胸，立猛叫而死。从骑为伏兵所歼。伯渊把立尸系着马尾，出徇军前道："立杀害劫夺，烝淫暴虐，大逆不道，古今无有，是否当杀？"大众齐声道："把他寸磔，还未蔽辜！"乃枭斩立首。先祭哀宗，嗣把尸首陈列市上，一任军民脔割，须臾而尽。叙崔立伏辜事，所以正贼子之罪。

宋兵既入汴，师次半月，赵葵促子才进取洛阳。子才以粮饷未集，尚拟缓行，葵督促益急，乃檄淮西制置司徐敏子，统兵万人趋洛阳。登程时仅给五日粮，别命杨谊统庐州兵万五千，作为后应。徐敏子至洛，城中毫无兵备，一拥而入。既入城，只有穷民三百余户，毫无长物。宋兵一无所得，自顾粮食又尽，不得已采蒿和面，作为军食。杨谊军至洛阳东，方散坐为炊，突闻鼓角喧天，喊声动地，蒙古大帅扎拉呼，竟领军杀到！杨谊仓猝无备，哪里还敢抵敌，只好上马逃走，军遂溃散。扎拉呼进薄城下，徐敏子却出城迎战，厮杀一番，倒也没有胜负。无如粮食已罄，士卒呼饥，没奈何班师东归。赵葵、全子才在汴，所复州郡，统是空城，无食可因，屡催史嵩之运粮济军，日久不至。蒙古兵又来攻汴，决河灌水，宋军多被淹溺，遂皆引师南还。于是一番计议，都成画饼。蒙古使王檝至宋，严责负约，河淮一带，从此无宁日了！咎由自取，于敌何尤。

窝阔台汗七年，命皇子库腾及塔海等侵四川，特穆德克及张柔等侵汉阳，琨布哈及察罕等侵江淮，分道南下。师方进发，忽接东方探报，高丽国王杀死使臣，遂又派撒里塔为大将，统兵东征。原来高丽国在蒙古东，本为宋属，辽兴，屡寇高丽，高丽不能御，转服于辽。及辽亡，复属于金。至蒙古攻金的时候，故辽遗族，乘隙据辽东，入侵高丽，高丽北方尽陷。会蒙古部将哈真东来，扫平辽人，把高丽故土，仍然给还，高丽因臣服蒙古。窝阔

台汗遣使征贡，时值高丽王瞮嗣位，夜郎自大，竟思拒绝蒙古。使臣与他争辩，他却恼羞变怒，杀死来使，因此搆怨开衅。迨至蒙古兵到，居然招集军马，与他开仗。看官，你想一个海东小国，向来为人役使，至此忽思发愤，欲与锐气方张的蒙古军争一胜负，岂不是螳臂当车，自不量力么？后来屡战屡挫，终弄得兵败地削，斗大的高丽城，也被撒里塔攻入。国王瞮带领家眷，遁匿江华岛，急忙遣使谢罪，愿增岁币。撒里塔报捷和林，且请后命。窝阔台汗以西南用兵，无暇东顾，乃允高丽的请求，命他遣子入质，不得再叛。高丽王瞮，只得应命，才算保全残喘，幸免灭亡。

话分两头，且说蒙古兵东征的时候，西域亦扰乱不靖，倡乱的人，就是前次皂水西遁的札兰丁。札兰丁自逃脱后，溃卒亦多渡河，沿途掠衣食以行。嗣闻八剌渡河追来，复避往克什米尔西北，及八剌军还，成吉思汗亦退兵，乃回军而西，复向北渡河，收拾余众，占据义拉克、呼罗珊、马三德兰三部。复北入阿特耳佩占部，逐其酋鄂里贝克，将他妃子蔑尔克掳了回来，作为已妻。又北侵阿速、钦察等部，未克而回。适邻部凯辣脱人侵入阿特耳佩占属地，并挟蔑尔克而去。札兰丁大愤，遂纠众围凯辣脱城。城主阿释阿甫因其兄谟阿杂姆在达马斯克地病殁，往接兄位，留妃子汤姆塔及部众居守，相持数年，竟被攻陷，部众多半溃遁。只汤姆塔不及脱逃，被札兰丁截住，牵入侍寝。去了蔑尔克，来了汤姆塔，也算损害赔偿。阿释阿甫闻故部陷没，竟邀集埃及国王喀密耳，罗马国王开库拔脱，联兵东来攻击札兰丁。札兰丁寡不敌众，竟致败走，载汤姆塔回原部。阿释阿甫不欲穷追，反遣使报札兰丁，令其东御蒙古，毋再相扰，此后各罢兵息民。想是得了蔑尔克，不欲汤姆塔回去，因有此举。

札兰丁许诺，甫欲议和，忽报蒙古窝阔台汗，遣将绰马儿罕，统三万人到来。此处叙蒙古遣将，从札兰丁处纳入，免与上文重复。时适天寒，札兰丁方在饮酒，想是汤姆塔作陪。闻了军报，毫不在意，只道是天气凛冽，敌军不能骤进，因此酣饭如故，饮毕鼾睡。到了次日，蒙古前锋已到，未及调兵，只好舍城远遁。汤姆塔不及随去，以其城降。札兰丁奔至途中，拟西入罗马，乞师御敌，不意蒙古兵又复追至，被杀一阵，只剩了一个光身，逃入库尔忒山中，为土人劫住，送至头目家，结果是一刀两段！相传札兰丁身材，不逾中人，寡言笑，饶胆略，临阵决机，虽当众寡不敌，也能意气自如。只自恃勇力过

人，好示整暇，往往饮酒作乐，以致误事，而且驭下太严，将士多怨，因此转战数年，终致败没。断制谨严。

绰马儿罕既平札兰丁，飞章告捷，由窝阔台汗优词嘉奖，并令他留镇西域，后来绰马儿罕荡平各部，并遣汤姆塔及各部降酋入朝。窝阔台汗以他知礼，厚抚令归，且谕绰马儿罕尽返侵地，每岁除应贡岁币外，不得额外苛敛。于是里海、黑海间，统已平定了，唯钦察以北，尚未归服。

窝阔台汗欲乘机进讨，遂复起兵十五万，令拔都为统帅，速不台为先锋，继以皇子贵由，皇侄蒙哥等，陆续进发。拔都系术赤次子，与兄鄂尔达相友爱，从父驻西北军中。术赤既殁，鄂尔达以才不如弟，情愿让位，乃定拔都为嗣。补前文所未及。拔都既受命，俟大军齐到，即遣速不台前行，自率军继进。速不台至不里阿里城，其城昔已降服，至此复叛，经速不台一到，众不能御，复缴械乞降，转攻钦察。遇别部酋八赤蛮，屡次抗拒，与速不台战了数仗，杀伤相当。蒙哥等率军大进，乃败走。追军分道搜捕，他却狡猾得很，一日数迁，往避敌踪。蒙哥令众军兜围，仍然不能捕获。嗣搜得病妪一名，讯问八赤蛮下落，方知他已逃入海中去了。

当下麾军亟追，南至宽甸吉思海，擒得八赤蛮妻子，又不见八赤蛮，料他必避匿近岛。正苦海面镜平，茫无涯岸，忽觉大风飚起，水势奔流，海中陡浅数尺，连海底的蕴藻，都望得明明白白。蒙哥令军士试涉，仅没半身，不禁大喜道："这是上天助我，替我开道呢！"便即麾兵徒涉，去捉八赤蛮。正是：

　　河伯效灵应顺轨，悍渠奔命且成擒。

毕竟八赤蛮曾受擒否？试看下回便知。

南宋约元灭金，与北宋约金灭辽相类，史家早有定评，无庸絮述，且本书以《元史》为主脑，故于宋事从略；宋人攻汴一段，不过为崔立伏诛，借以声罪耳。看下文蒙古攻宋，都约略叙过，可知本书之或详或简，自有深意，非徒事补叙也。至若征高丽，灭札兰丁，非一二年间事；第为便利阅者起见，不得不事从类叙。证诸正史，或年限稍有参差，亦不应指为疵累也。

第十八回　阿鲁思全境被兵
欧罗巴东方受敌

却说八赤蛮避匿海岛，总道可以安身，谁知蒙古军又复追到，他只赤手空拳，何能抗拒，生生的被他擒去。到了蒙哥前，立而不跪，蒙哥喝他跪下，八赤蛮笑道："我也是一国的主子，兵败被擒，一死罢了；且身非骆驼，何必跪人。"

蒙哥见他倔强，遂令絷入囚车，饬部卒监守。八赤蛮语守卒道："我窜入海岛，与鱼何异，不意仍然被擒，料是天意绝我，我死无恨，只风力一息，海水便回，你等若不早归，也要被水淹没哩！"八赤蛮之意，欲借是言以冀赦宥，非惊服蒙古之得天助也。守卒传报蒙哥，蒙哥道："杀了八赤蛮，当即旋师！"遂命将八赤蛮斩讫，率军离了宽甸吉思海，复北向攻入阿罗思部，直至也烈赞城。《元史》作额里齐。城主幼里，急着人至首邦乞援，自率子妇出战。蒙哥躬亲督阵，与幼里战了半日，不能取胜，便即收兵。

次日复战，蒙哥令速不台接仗。两下酣斗，速不台见幼里背后，立着一位年少妇人，身长面白，跨着征鞍，眉目间隐带杀气，私下夸美不已。便麾兵猛斗，自辰至午，竟将幼里兵杀败，退入城中。速不台心思美妇，恨不得立时踏破，夤夜进攻。三日未下，复佯诱幼里出降，令出民赋十分之一，作为岁贡，幼里不从。速不台愤极，纠军合围，亲自督兵猛攻。城内待援不至，未免惊惶，略一疏懈，竟被速不台攻入，把幼里的儿子拿住，幼里逃入土圍，登楼固守。速不台审问幼里子，才知前日所见的美妇，乃是他的妻

室，便向幼里子道："你去叫你妻出来，我便饶你。"幼里子无法，只好至土闉下叫他妻室。速不台在后待着，好一歇，见楼上有美妇出现，双眉耸竖，凛若寒冰，俯视幼里子道："你叫我做什么？你殉城，我殉夫罢了！"速不台道："你若出来谒我，我总恕你夫妇，且叫你得着好处！"有什么好处？我要问速不台。那妇却冷笑道："鞑狗！你当我作什么看？别人由你凌辱，我却不能，我死也要杀你鞑子！"速不台大怒，把刀一挥，竟把幼里子杀死。猛听得扑塌一声，那美妇亦从楼上跃落，跌得血肉模糊，芳容狼藉，一道贞魂，已随那丈夫同逝了。烈哉西妇，亟宜表扬。

幼里见子妇俱死，也即自刎。速不台因欲壑难偿，愤无从泄，竟下令屠城，将城内所有兵民，一律杀尽。为一妇人故，致全城被屠，此尤物之所以招祸也。复攻邻近的克罗姆讷城，城主罗曼阵殁。阿罗思首邦攸利第二汗遣子务赛服洛特来援，正遇着蒙古军。一阵截杀，务赛服洛特大败逃归。蒙古兵长驱前进，至莫斯科城，城建甫百年，守具未备，攸利第二汗的长孙，正在城中，被蒙古兵突入，将他拏住。移军趋阿罗思首都，攸利第二汗令子务赛服洛特及木思提思拉甫守城，自引兵北驻锡第河，招集各部，准备抵御。蒙古兵到城下，令攸利第二汗长孙招降。城中不肯听命，蒙古军将他斫死，便合力围城。数日城陷，两王子巷战而死，妃嫔官绅，统入礼拜堂拒守，礼拜堂颇坚固，经蒙古军纵火焚烧，烟焰熏天，墙垣尽赤。看官！你想堂内的居人，还能苟延残喘么？未经烧着，已先熏死。差不多做了烧烤。

蒙古军复分着数道，攻掠附近各部落，又合兵趋锡第河，正值攸利第二汗纠集各部兵马，来敌蒙古军。那蒙古军煞是厉害，不管什么死活，总是碰着就砍，见着就杀，一味的横冲直撞。等到敌军溃乱，他却变了战式，套成一个圆圈儿，把敌军团团围住。攸利第二汗从没有见过这般凶勇，忙带了两个侄儿，突出重围。行不到数十步，却被蒙古军射倒，眼见得丧了性命。攸利第二汗，《元史》作也烈班。

蒙古兵再向北进发，只见林木荫翳，道路泥泞，骑兵步兵，统不便行走。于是中道折回，转入西南，至秃里思哥城。城主瓦夕里倒是个血性男儿，他闻蒙古军将到，早已广浚城濠，增筑城堞，安排着强弓毒矢，秣马以待。至蒙古兵已逼濠外，他便带兵冲出城来，不待蒙古兵接近，就令弓弩手一齐放箭，箭头有毒，射入肌肤，凭你是条铁汉，也落得一命身亡。速不台

兵先到，被城卒一鼓射退；蒙哥兵继至，又遇着这条老法儿，仍被射退。各军只好筑起长围，堵住他的出入，令他自乱。约已过了两三旬，那城中依然镇静，毫不见有恐慌情状，蒙哥欲退军他去，速不台不从，复督军逾濠力攻。谁料城上掷下大石，每块约重数十斤，杂以火箭，把逾濠的蒙古军，都打得伤头烂额。速不台料难攻入，急忙鸣金，已伤亡了一、二千人。

话休叙烦。唯自围城起手，一日过一日，此攻彼守，已五六十日，蒙古军约死了七八千名。速不台很是郁愤，一面向大营乞援，一面与蒙哥定计，引军骤退。瓦夕里见敌军退去，出城追赶。那蒙古兵如风扫残云，瞬息百里，任他如何力追，总是赶他不上，没奈何返入城中。过了两日，蒙古兵又到城下。瓦夕里忙登城守御，望将过去，兵马比前时尤多。他知敌人得了援兵，又来攻城，且恐城中有歹人混入，饬兵民小心防着。也是乖刁。接连守了三日，蒙古兵虽然来攻，恰幸守备无疏，不曾失手。到了夜间，因两宵未睡，觉着疲乏，略思休息一时。方欲就寝，忽城内火起，连忙出来巡阅，不意城门大启，蒙古兵已蜂拥进来。当下拦阻不及，只好拼命死斗。杀到天明，部众已是零落，举目四望，血流成渠。正思跃马逃走，猛听得弓弦一响，躲闪不及，已被中肩，便翻身落马。来了一蒙古兵头目，将他擒住，他却突出刺刀，戳入敌手，竟尔挣脱。至蒙古兵一齐追上，自知不免，便投入血渠，死于非命！死有余勇，不愧血性男儿。

小子于上文中，曾叙过速不台乞援，及与蒙哥定计，此处再行补入。原来拔都未曾亲到，因速不台乞援，令合丹不里率兵往助，途中与速不台军会合，速不台恰先令军士易装，混入城中。只因城内昼夜严查，不便下手，过了三日，城守渐懈，遂纵火开城，放入蒙古军。《元史》所以有三日下城之语。

屠城已毕，复南下钦察。时霍都思罕已还，一闻蒙古军至，遁入马加部。马加即今之匈牙利。余众多降，遂平撒耳柯思、阿速等部，并拔灭怯思城，直至高加索山西北地。大众休养一月，进略南俄。计掖甫系南俄大城，先时曾建都于此，历三百年，乃以物拉的迷尔为首邦。攸利第二汗既战殁，计掖甫城主雅洛斯拉甫往援不及，乘蒙古军南下，入首都为酋长，扯耳尼哥城主米海勒，转据计掖甫城。蒙古军先攻扯耳尼哥，守卒用沸汤泼下，攻城人多被泡伤。退谕计掖甫城，令其速降，不意去使被杀。惹得拔都恼恨，驱动全军，昼夜围攻。米海勒料不能守，逃往波兰，留部将狄米脱里居守。狄米

脱里出战受伤，乃乞降。拔都因他忠勇可嘉，免他死罪。狄米脱里遂献议拔都，劝他西征。速不台道："他恐我蹂躏这处，所以劝我西行。"狄米脱里意旨，就速不台口中叙出，可见他为国尽忠。

拔都道："霍都思罕逃入马加，米海勒逃入波兰，我何妨乘胜长驱，声罪致讨哩。"当下议定，于是派速不台军入波兰，自率军入马加。速不台有子兀良合台，骁勇不亚乃父，自请为前锋。当由速不台允从，攻入波兰。

波兰时分四部，一部名撇洛赤克，酋长叫作康拉忒；一部名伯勒斯洛，酋长叫作亨力希；一部名克拉克，酋长叫作波勒司拉弗哀；一部名拉低贝尔，酋长叫作米夕司拉弗哀。蒙古军先薄克拉克城，波勒司拉不能御，遂遁去，城被焚毁。进攻拉低贝尔城，米夕司拉亦望风北遁。亨力希闻两部败溃，急邀集各部，来拒敌军，共得三万人，分作五军。第一军系日耳曼人，第二、第三军统系波兰人，第四军亦日耳曼人，亨力希自统所部，作为第五军。

日耳曼人恃勇轻进，至勒基逆赤城，遇着兀良合台。兀良合台未与交锋，先登高遥望，见前面来兵甚多，络绎不绝，他便下山收军，向后倒退。一面遣人飞报速不台。速不台引军趋前，兀良合台麾军退后，父子会着，两下定计，速不台自去。那边日耳曼军还道兀良合台怯敌，争先追来。兀良合台恰勒马待着，一俟追军近前，便奋呼搏战。此时日耳曼军，锐气正盛，也各上前奋斗，彼此搅做一团，约有两小时，蒙古兵弃甲抛戈，一哄而逃，兀良合台也落荒走了。明明是诈。日耳曼军如何肯舍，自然尽力追上，蒙古军走得很快，日耳曼军亦追得起劲。约行数十里，速不台从旁杀到，放过兀良合台军，竟与日耳曼军厮杀。日耳曼军虽然惊愕，却还有些余勇，兀自招架得住。不意战了片刻，兀良合台已绕出背后，所率铁骑，横厉无比，与前次大不相同，杀得日耳曼人，没处躲闪。忽觉炮声迭响，四面都是大石飞来，日耳曼人走投无路，霎时间尽殁阵中。速不台父子，整军复进，巧值波兰军又到。兀良合台乘他初至，忙麾骑突入，大众一齐随着，将波兰军冲作数段。波兰军向北败走，天色已晚，前面正撞着第四军日耳曼人，两边不及招呼，竟自相厮杀起来，迨至彼此说明，蒙古军已经杀到。那时日耳曼军，闻得前队战殁，统已魂飞天外，还有何心对仗，自然纷纷逃去。亨力希带着后军，因天时昏黑，不敢骤进，只探听前军下落。及得败溃消息，方拟退回，已被

蒙古军赶到。勉强前来抵敌，哪禁得蒙古军的势力，荡决无前，不到半时，已被杀得人仰马翻，零零落落。亨力希知是不妙，亟思逃走，身上中着一矛，顿时昏晕坠地，残众欲来救护，怎奈蒙古军东驱西逐，无从下手。突然间火炬齐明，仰见蒙古军的大纛旗上，悬着一颗血淋淋的首级。看官不必细猜，便可晓得是亨力希头颅。万众骇逃，五军齐殁，叙述五军战事，逐段变化，便似五花八门，不致呆板。只米海勒查无去向。

蒙古军复分掠四乡，连下各寨，遂向东南绕行，去接应拔都军。是为承上起下之笔。拔都将入马加部，先遣使谕降，并教他执送霍脱思罕，免得进兵。马加部长贝拉《元史》作恢怜。正容纳霍脱思罕，得了四万户人民，勒令改从天主教，方自以得众为幸，哪里肯归附蒙古，当下拒绝来使，遣将士守住山隘，伐木塞途。拔都闻马加抗命，遂令军士斩木开路，顺道而入。守兵闻风溃去，贝拉亟下令征兵，兵尚未集，蒙古军头哨，已到城下。天主教士乌孤领，请命贝拉，愿率教徒及兵士出战。贝拉不允，乌孤领自恃勇敢，竟出城开仗，被蒙古军迫入淖中，教徒尽殪，只乌孤领遁归。

城内兵民大哗，统归咎贝拉纳降搆衅。贝拉不得已，将霍脱思罕处置狱中，嗣又把他处死，遣告拔都。拔都军只是不退。贝拉坚守数日，兵已渐集，便来战蒙古军。蒙古军屡胜而骄，不免疏忽，骤遇贝拉出来，一时未及招架，竟被贝拉冲破阵角，杀毙多人。拔都亟引兵东退，贝拉又大驱人马，追杀过来。看官须知行军的道理，总要随时小心，有备无患；若一经挫退，如水东流，断没有挥戈再奋的情事。至理名言，颠扑不破。拔都军正在危急，忽东北角上击着鼓鼙，扬着旄纛，又是一彪军驰到，吓得拔都叫苦不迭。及瞧着旗上大字，才知是速不台父子的兵马。从此处接入速不台父子，也有声色。心中大喜，便驱军杀回，贝拉见拔都得援，也收兵归去。拔都也不追赶，与速不台父子会叙，彼此谈及兵事，拔都道："贝拉兵势方强，未可轻敌。"速不台道："待我去窥度形势，再定行止。"

翌日，速不台挈数骑出营。约半日，方回见拔都道："此去有漷宁河，上流水浅可渡，中复有桥，若渡过此河，便是马加城。我军不若诱敌出来，佯与上流争杀，我恰从下流结筏潜渡，绕出敌后，绝他归路；他既腹背受敌，哪得不败！"拔都点头道："此计甚善，明日即行！"速不台道："事不宜迟，我去夤夜结筏便是，大约明日下午，上流也好进兵了。"拔都应允，

速不台引兵自去。

翌晨，拔都即升帐点兵，未午饱食，便出军至漷宁河。贝拉得了侦报，果然发兵来争，此时蒙古兵见他中计，越发耀武扬威，乱流争渡。到了桥边，贝拉兵杂集如蚁，枪刀并举，弓箭齐施，蒙古兵连番夺桥，统被杀退。恼动猛将八哈秃，左手持盾，右手执刀，大声喝道："有胆力的随我来！"声甫绝，得敢死士百人，跟着八哈秃上桥，只向敌兵多处杀入。余众亦从后随上。待杀过了桥，八哈秃身上，矢如猬集，狂叫而死，敢死士亦亡了三十名。一将功成万骨枯。贝拉退回城中，速不台方才渡河。拔都恼怅异常，便欲还军。速不台道："王欲归自归，我不拔马加城，誓不收兵！"遂引兵进攻马加城，拔都不欲同往，便在河滨扎营。唯诸将争请进攻，乃拨兵相助。贝拉自争桥后，颇畏蒙古军凶猛，及速不台兵到，益加恟惧。嗣见蒙古兵越来越多，竟从夜间潜遁，城遂陷。速不台及诸将，返报拔都。拔都尚有余愤，语诸将道："漷宁河战时，速不台误约迟到，致丧我良将八哈秃！"速不台道："我曾说下午发兵，乃午前已经进攻，彼时我结筏未成，何能渡河相救？"诸将亦各为解免，且谓现已夺得马加城，不必追忆前事，拔都方才无言。

越数日，复分军追贝拉，闻贝拉逃入奥斯，蹑迹而进，所过杀掠，欧罗巴洲全土震动，捏迷思即今之德意志。诸部民均欲荷担远遁。忽蒙古军中，传到急讣，乃是窝阔台汗逝世，第六后乃马真氏称制了。拔都急遣贵由先归奔丧，一面部署军马，班师东还。小子有诗咏蒙古西征道：

欧亚风原等马牛，兵锋忽及尽成愁；
若非当日鼎湖讣，黄祸已教遍一洲！

欲知窝阔台汗临殁情形，且从下回说明。

拔都西征钦察，即今俄罗斯东部，至分军入波兰，入马加，则已在东欧地矣。波兰近为俄、奥、德三国所分，（近自欧洲大战，德败俄乱，欧洲各国始许波兰独立。）马加即匈牙利也，匈牙利之北，即奥大利亚国，亦称奥斯，向与匈牙利国，或合或分，今则合为一国，故又名奥斯马加。蒙古军亦曾至奥斯地，奥斯马加之

西，即德意志联邦，日耳曼与捏迷思，皆德国联邦之一部分也。明宋濂等修《元史》因欧、亚间之地理未明，故于拔都西征事，多略而不详。近儒所译西史，亦人地杂出，名称互歧，本回参考中西史乘，两两对勘，择要汇叙；而于烈妇之殉夫，猛将之死义，且裒辑遗闻，力为表彰，是足以补中西史乘之阙，不得以小说目之！

第十九回　姑妇临朝生暗衅
弟兄佐命立奇功

却说窝阔台汗晚年，溺情酒色，每饮必彻夜不休。耶律楚材屡谏不从，至持酒槽铁口以献，且进言道："这铁为酒所蚀，尚且如此，况人身五脏，远不如铁，宁有不损伤的道理？"忠言逆耳利于行。窝阔台汗虽亦觉悟，然事过情迁，总不免故态复萌。即位至十三年二月，因游猎归来，多饮数觥，遂致疾笃。召太医诊治，报称脉绝，六皇后不知所为，急召楚材入议。楚材推"太乙数"，谓主子命数未终，只因任使非人，卖官鬻爵，囚系无辜，因干天谴，宜颁诏大赦，以迓天庥。六皇后亟欲颁敕，楚材道："非主命不可！"少顷，窝阔台汗复苏，后以为言，乃允下赦旨。既而疾愈，楚材奏言此后不宜田猎，窝阔台汗倒也静守数旬。

转瞬隆冬，草萎木枯，又欲乘时出猎，只恐旧疾复作，未免踌躇。左右道："不骑射何以为乐？况冬狩本系旧制，何妨循例一行！"窝阔台汗遂出猎五日，还至谔特古呼兰山，在行帐中纵情豪饮，极夜乃罢。次日迟明，尚未起床，由左右进视，已不能言。亟舁还宫中，已是呜呼哀哉！

窝阔台汗初政时，颇能励精图治，勉承先业，及夏、金灭亡，渐成荒怠。七年时曾大兴土木，筑和林城，并建万安宫；九年时筑瑠林城，并建格根察罕殿；十年时筑托斯和城，并建迎驾殿。于是广采美女，贮入金屋，后宫妃嫔，不下数百，称皇后者六人。第六后乃马真氏，貌既绝伦，才尤迈众，蛾眉不肯让人，狐媚偏能惑主；用徐敬业檄中语，颇合身份。因此窝阔台

汗很是宠信，宫中一切，都由乃马真氏主持，别人不得过问。她生下一子，名叫贵由，就是随军西征，尚未归国。乃马真后便与耶律楚材商议立后事宜，楚材道："这事非外姓臣子，所敢与闻！"乃马真后道："先帝在日，曾令皇孙失烈门《元史》作锡哩玛勒。为嗣，但失烈门年幼，嗣子贵由，在军未归，一时却难定议。"楚材道："先帝既有遗命，应即遵行。"言未已，忽闪出一人道："嗣子未归，皇孙尚幼，何不请母后称制！"楚材视之，乃是窝阔台汗生前嬖臣，名叫奥都剌合蛮。一作谔多拉哈玛尔。楚材道："这事还须审慎！"乃马真后笑道："暂时称制，谅亦无妨！"楚材尚欲再谏，只见奥都剌合蛮怒目而视，便也默然。

看官！欲知奥都剌合蛮的来历，待小子补叙明白。原来奥都剌合蛮是回回国商人，从前窝阔台汗西征掳获回来，因他心性敏慧，善于推算，特命为监税官。嗣复擢掌诸路税课，置诸左右，他便曲承意旨，日夕逢迎，尝侍窝阔台汗作长夜饮，窝阔台汗固非他不欢，就是六皇后乃马真氏，也爱他便佞，异常信任。曾否与为长夜欢？至是创议母后称制，耶律楚材不敢与辩，只好办理国丧，再作计较。窝阔台汗在位十三年，享寿五十六，庙号太宗。

丧葬事毕，乃马真后遂临朝听政，擢奥都剌合蛮为相国，无论大小政务，悉听裁决。还有一个西域回妇，名叫法特玛，亦由窝阔台汗西征所得，选入后宫，作为役使，乃马真后也很宠爱。奥都剌合蛮与她勾通，遇有反对的官僚，辄令法特玛从旁进谗，内外蒙蔽，斥贤崇奸，以此朝右旧臣，黜去大半。也好唤作回回国。

耶律楚材很是郁闷，有时入朝谏争，听者一二，不听者八九。一日，闻乃马真后以御宝空纸付奥都剌合蛮，令他遇事自书，遂勃然进谏道："天下是先帝的天下，朝廷诏敕，自有宪章，奈何得以御宝空纸，竟畀相臣！臣不敢奉诏！"乃马真后虽命收还，心中很是不乐。过了数日，又降下懿旨，凡奥都剌合蛮所建白，令史若不为书，罪应断手。时楚材为中书令，又进谏道："国家典故，先帝悉委老臣，于令史何与？且事若合理，自当奉行，如不可从，死且不避，何况截手呢！"乃马真后不禁气愤，喝令退出。楚材大声道："老臣事太祖、太宗三十余年，无负国家，后岂能无罪杀臣么？"言毕，免冠自去。奥都剌合蛮在旁，即语乃马真后道："躁妄如此，理应加罪。"乃马真后道："他是先朝功臣，我所以格外优容，今日却再行恕他，日

后再说。”

自是楚材常称疾不朝，乃马真后也乐得清静。忽接东方密报，帖木格大王带兵来了。时成吉思汗兄弟皆殁，唯帖木格尚存，先曾封镇东方，至是闻权奸蠹国，因率兵西来。乃马真后不禁大骇，忙召奥都剌合蛮商议。奥都剌合蛮道：“可战便战，不可战便守；不可守，便西迁，怕他什么！”开口便想西奔，真是一个好相国！

乃马真后闻言，暗令左右甲士，预备西迁，心中恰未免徬徨。猛然记起耶律楚材，遂饬内臣宣召。楚材既至，便与述及西迁事。楚材道：“朝廷乃天下根本，根本一摇，天下将乱。臣观天道，当无他虞。若恐帖木格大王入京，何不令他子前往诘问，教他留兵中道，入朝面陈？”乃马真后道：“他子曾在都内么？”楚材答一是字。乃马真后道：“你替我传敕，遣他子速往何如？”楚材即前去照行。

帖木格在途中，闻皇子贵由带领西北凯旋军将到和林，又经自己的儿子，奉敕诘问，乐得顺水推船，便道：“我来视丧，没有他意！”饬子归报，自率兵东归。贵由既至，乃马真后欲立他为汗。独奥都剌合蛮及法特玛两人，以新君嗣立，定失权势，便在乃马真后前，说要俟拔都回国，方可定议，免有后言。乃马真后听信了他，趣召拔都还朝，偏偏拔都心怀不平，只是托故推病，屡愆行期。奥都剌合蛮权势益盛，招摇纳贿，无所不至，耶律楚材竟以忧卒。他既知太乙数，为何不谢职归隐？乃马真后以旧勋谢世，例加赙赠。奥都剌合蛮以为未然，并说楚材历事两朝，全国贡赋，半入伊家，还要什么抚恤？乃马真后将信将疑，命近臣麻里札往视，只有琴玩十余，及古今书画金石遗文数千卷，乃据实还报，才给赙赠如例。后到至顺元年，方追封广宁王，赠太师，予谥文正。意在尚贤，所以备录。这且按下不提。

且说乃马真后临朝，倏忽间将及四年，西征军早已尽归，独拔都不至。会后罹重疾，几致不起，乃亟召集诸王大臣，开库里尔泰会，立贵由为大汗。即位之日，边远属国，多来朝贺，所得赏赐，备极优渥。贵由汗在位一月，已查悉海内炀蔽，夤缘为奸，只因母后尚在，不便骤发。过了数月，乃马真后竟病逝了，奥都剌合蛮，方才倒运，被贵由汗执置诸狱，加以大辟；嗣又查得回妇法特玛，行巫蛊术，害皇弟库腾，遂把她裹入毡内，投诸河中。随从妇女多处死，唯拖雷妃唆鲁禾帖尼，向在宫中静居，不作私弊，贵

由汗遂敬礼有加。所有内外事宜，亦时与商议，拖雷妃遂渐渐干政。

贵由汗在位二年，除整饬宫禁外，无甚大政，且因手足有拘挛病，尝不视事。秋间西巡，至叶密尔河，沿路犒赏无算。居西数月，自谓西域水土与身体相宜，颇有恋恋不舍的意思。拖雷妃唆鲁禾帖尼还道贵由汗与拔都有隙，久停西域，必有他图，遂遣心腹密告拔都，令他善自为备。谁知贵由汗并无意见，不过在外养疴。一过残年，病竟大渐，遽尔去世。

皇后斡兀立海迷失曾随驾西幸，至此秘不发丧，先遣人赴告拖雷妃及拔都处，自请摄国以待立君。拔都得拖雷妃密报，正启程东行，来见贵由汗，剖明心迹。途次接着耗闻，并皇后摄国的意旨，权词应允。于是皇后乃发丧回宫，号贵由汗为定宗，自抱犹子失烈门，临朝视事。

是年国内大旱，河水尽涸，野草自焚，牛马多死亡，民不聊生。诸王及各部，群言失烈门无福，不宜为汗，因此人人觖望，咸怀异心。拔都在阿勒塔克山待着，拟召集诸王，开库里尔泰大会。迨及会期，只术赤、拖雷后裔赴议，他如察合台已死，其子也速、蒙哥未到；窝阔台汗诸子，也都裹足不前，仅由皇后海迷失，遣使巴拉与会。各人都依次坐定，巴拉起坐道："从前太宗在日，命以皇孙失烈门为嗣，谅诸王百官，亦曾闻着，今由皇后抱失列门听政，实是遵着太宗遗嘱，诸王百官，应无异议。"正说着，忽听有一人高声道："太宗既欲立失烈门，应该早立，何故太宗崩后，别立定宗，难道也有太宗遗命么？"巴拉视之，乃是拖雷子忽必烈，便道："太宗崩逝，失列门甚幼，国家不可无长君，所以改立定宗；今定宗复崩，失列门稍长，自应遵着太宗遗命！"言至此，拖雷第二子末哥，失笑道："太宗遗命，何人敢违？只六皇后乃马真氏及汝等大臣，前时立定宗，已违遗嘱，今日反教我等遵着，岂不是自相矛盾么？"一唱一和，无非为自己兄弟计。大众鼓掌如雷，弄得巴拉面红颊赤，无词可答。这使本是难为，何故独来献丑。

是时速不台亦已殁世，其子兀良合台在会，亦起座道："据巴拉说，国不可天长君，我意亦是云然；现在年长望重，诸王中莫如拔都，何不推他继立呢！"又是一派。拔都道："我无才德，不愿嗣位！"大众齐声道："王既不自立，唯王审择一人，早决大计！"拔都道："我国幅员甚广，若非聪明睿智，似太祖一般人物，不能继立，我意不如蒙哥！"推重蒙哥，殆隐受拖雷妃之运动耶！大众道："就此定议！"蒙哥起座固辞，末哥道："大众都要拔都选

择。哥哥前无异言；今选了哥哥，奈何不从！”拔都道：“末哥言是！”

议既定，巴拉返报，皇后海迷失及诸子等，很是不悦。复遣使告拔都，以会议应在东方，不应在西土；且宗王未集，义不能从。拔都复称祖宗大业，未可轻授，今已推立蒙哥为主，请屈意相从；如必须开会东方，亦可照允等语。遂令蒙哥东行，由拔都弟伯尔克率着大军拥卫。拔都仍自驻西方，作为外援。于是东方又拟开会，由拖雷妃唆鲁禾帖尼为主，再召诸王大臣与议。奈太宗、定宗后裔，仍然未至，拔都着人往劝，亦不见答。当下拔都大愤，申令各地，决立蒙哥为主，宗亲中如或梗议，有国法在，不得相贷。诸王大臣，惧拔都威势，再开大会于斡难河，除太宗、定宗子孙，及察合台后王不致外，统推戴蒙哥，择日即位。即位之日，亲王列右，妃主列左，末哥、忽必烈等列前，武臣以忙哥撒儿为首，文臣以孛鲁合为首。孛鲁合一作博勒和。礼成，追尊拖雷为皇帝，庙号睿宗，命大众均筵宴七日。

正宴飨时，忽有御者克薛杰告变，说是失骡出觅，途中遇有来车，一乘折辕，露出兵械，恐来车不怀好意，特来预告云云。忙哥撒儿闻言道：“待我出去查问，便可分晓。”蒙哥汗允着，便令忙哥撒儿去讫。过了半日，忙哥撒儿带着二十人进来，由蒙哥汗问悉，为首的名叫按赤台，系奉失烈门命，特来谒贺。内有几名武士，据说是也速蒙哥遣至，也是谒献贡物的。蒙哥汗笑着道：“既蒙兄弟们雅谊，所来人士，统应令他与宴。”忙哥撒儿答道：“来人不止此数，我叫他留着一大半，在途候着。”蒙哥汗复笑道：“你何不叫他同来！”暗中已是窥破，看官莫被瞒过。忙哥撒儿无言。

及至宴罢，蒙哥汗即与忙哥撒儿密谈数语。忙哥撒儿应着，当夜即将二十名拏下，并遣兵将途中卫士，尽行捉到。次日由蒙哥汗亲鞫，按赤台等俱连声呼冤，再令忙哥撒儿审讯，加以严刑。失烈门的差官，不堪受虐，遂放声痛骂，自刭以死。

蒙哥因新近践祚，不欲多行杀戮，大众多以为未然。正犹豫间，有西域人牙剌挖赤立在门外，向在蒙哥麾下，服役甚勤，蒙哥汗便问道：“你是个老成人，阅历已多，可为我解决疑团！”牙剌挖赤道：“我是西域人，只晓得西域故事：从前希腊王阿来三得已灭波斯，欲入印度，将领中多异议，令出不行。阿来三得遣使谘其傅阿里斯托忒尔，阿里斯托忒尔并不回答，只与差人游园中，遇着荆棘当道，悉令从人芟刈无遗，另种新株。差人已悟，即

返报阿来三得，乃将异议的将领，尽行诛逐，立发兵平定印度。主子可照此参观哩！”蒙哥汗点头称善；遂命将按赤台等一律枭首，复查出那知情不报的官吏，杀死数人。于是改更庶政，分命职官，禁诸王征求货财，驰使扰民；免耆老丁税，及释道等教徒服役，所有蒙古汉地民户，就令忽必烈领治，乃乘辇赴和林，和林官民，多来迎接。

及入城，复查究定宗党派，或杀或逐。定宗后海迷失及失烈门生母系太宗侄库春之妃。在宫中怀着愤恨，时有怨言。蒙哥汗就命忙哥撒儿带兵入宫，将她两人拖出，尽法鞫治。忙哥撒儿何苦专作虎伥。可怜这两人蓬头跣足，熬受苦刑，结果是屈打成招，只说是有心厌禳，置定宗后于死罪。将失烈门生母，裹毡投河，失烈门兄弟等，悉加贬置，移至摩多齐处禁锢，不准居住和林。连太宗故后乞里吉帖忽尼，也徙出宫中，令居和林西北；凡太宗后妃家资，尽行抄没，分赐诸王，并遣贝喇往察合台藩地，严究违命诸臣。自是太宗子孙与拖雷子孙，永成仇敌，一个蒙古大帝国，就不免隐生分裂了。为后文埋根。

且说忽必烈以佐命大功，得受重任，总理漠南军事。开府金莲川，召用苏门隐士姚枢，河内学子许衡，及辉和尔部人廉希宪，讲求王道，体恤民艰。京兆的劝农使委任姚枢；宣抚使委任廉希宪，提学使委任许衡。三人皆一时名宿，感怀知己，各展才能，京兆大治。一统之基亦兆于此。忽必烈乃一意略地，命兀良合台统辖诸军，分三道攻大理。大理即唐时的南诏，国王段智兴偏据一方，与中原不通闻问。至是遇蒙古兵三路夹攻，吓得脚忙手乱，不知所为，勉强召集数千兵民，出城抵敌，被蒙古兵一扫而空。智兴愈加惶急，再四踌躇，毫无良策，只落得肉袒牵羊，出城乞降。

蒙古兵分略鄯善、乌爨等部，进入吐蕃。吐蕃即今西藏地，唐时曾与中国和亲，宋以后亦间或入贡，唯俗尚佛法，尊信喇嘛。喇嘛二字，指高僧言，乃无上的意义。其祖师名巴特玛撒巴巴，当唐玄宗时，自北印度入吐蕃，倡行喇嘛教，风靡全土，嗣是喇嘛势力，凌驾国王。蒙古兵入吐蕃，所向无敌，且随地颁谕，降者免死，所有旧教，概行仍旧。喇嘛扮底达，迎谒蒙古军，兀良合台以礼相待，扮底达遂导入都城，谕酋长唆火脱降。唆火脱一作苏固图。唆火脱不得已归命。

是时忽必烈自为后应，亦驱军入吐蕃，与扮底达相见，优礼有加。扮底

达有从子拔思巴，一作帕思巴。年甫十五，善诵经咒，忽必烈爱他颖慧，命侍左右。会蒙哥汗有敕召还，乃令兀良合台进军西南，自挈拔思巴北旋，后来忽必烈即位，拜拔思巴为帝师。小子有诗咏道：

建牙开府耀雄威，转战西南血染衣；
不解枭雄何佞佛？偏教释子北随归。

欲知忽必烈归后情事，且至下回分解。

“牝鸡司晨，唯家之索”，古人之所以垂戒者，非他，由妇人心性，专图近利，未识大局，不致乱家败国不止也。观太宗、定宗两后，相继临朝，卒至奸邪用事，宗亲构衅，乃马真后尚获倖免，而定宗后则不得令终，戚本自贻，咎由己取，不得专为他人责也。唯蒙哥汗自戕宗族，亦属太过，作法于凉，弊将若之何！厥后同族阋墙，始终为患，兵争凡数十年，而国家之元气敝矣！忽必烈开府漠南，用姚枢、许衡、廉希宪诸贤，似属究心治道；而信任释教，挈释子拔思巴北归，后且尊为帝师，酿成末世演揲之祸，贻谋不臧，卒致荒亡。观此回，可知祸为福伏，福为祸倚之渐，而世之为子孙谋者，应知所审慎矣！

第二十回　勤南略赍志告终
据大位改元颁敕

却说忽必烈奉敕北归，至京兆地方，闻有阿拉克岱尔及刘太平二人，奉蒙哥汗命，钩考诸路财赋，京兆所属官吏，相率得罪。忽必烈道："此处官属，归我管辖，大半是我所派遣，难道都贪婪不成？这次我出师西南，距主太远，朝右定有谗佞，说我短处，我却要入朝辩白，力除奸蔽哩！"适劝农使姚枢进见，闻忽必烈言，遂进谏道："大王虽为皇弟，究竟是个人臣，不应与主子争辩。现不若挈王邸妃主，尽归朝廷，示无他意，庶几谗间无从，疑将自释！"调停骨肉，无逾此言。忽必烈道："你言亦是。"及归入和林，谒见蒙哥汗，遂将姚枢所说的大意，约略禀陈。蒙哥汗道："我恐皇弟远征，日久身劳，是以召归休养；此外别无他意。"忽必烈又欲续陈，只见蒙哥汗目中含泪，也不觉悲从中来，为之涕下。两人对泣了一回，彼此不作别语。

到了次日，兄弟复会，蒙哥汗欲另建城阙宫室，作一都会，忽必烈遂保荐一人，叫作刘秉忠。秉忠邢台人，英爽不羁，因家贫为府令史，嗣即弃业为僧。会忽必烈召僧海云，邀秉忠与俱，应对敏捷，尤长易理及邵康节经世书，大得忽必烈称赏，因此忽必烈就事举荐。随命秉忠相度地宜，择定桓州东面，滦州北面的龙冈，作为吉地，督工经营，定名开平府。蒙哥汗尝移居于此，免不得采选妃嫔，增修朝市。国家方隆，喜气重重，兀良合台的捷书，又奏闻阙下；还有皇弟旭烈兀，前时奉命西征，也驰书报捷。所有战胜情形，待小子叙明大略。兀良合台自吐蕃进攻白蛮、乌蛮及鬼蛮诸部，皆

在今云南省境。所过风靡，罗罗斯及阿伯两国，统大惧乞降。又乘胜攻下阿鲁诸酋，西南夷悉平。复南下侵入交趾。交趾即安南地，唐时曾设安南都护府，故名安南，世为中国藩属。蒙古兵南下，其主陈日煚防战不利，走入海岛，都城被屠。陈日煚遣使议和，蒙古兵亦患天热，乃约定岁币若干，准他和议，留九日而还。其时西域适有回乱，皇弟旭烈兀自和林发兵，沿天山北麓，经阿力麻里，直至阿母河畔，招致西域诸侯王，合军西进，侵入木乃奚国。木乃奚在宽甸吉思海南，前时拖雷引军过境，只在城外大掠一番，应第十三回。未曾侵入城内。此次旭烈兀以回徒所集，实在该城，因分军三路，同时进攻。左军命布喀帖木儿、库喀伊而喀统带，右军命台古塔儿怯的不花统带，旭烈兀自将中军，杀奔木乃奚城。木乃奚主兀克乃丁，遣弟萨恒沙至军前，情愿求和。旭烈兀谓须尽隳城堡，亲来归降，方可恕罪等语。萨恒沙归去数日，未见动静，乃驱军捣入，连下数堡。兀克乃丁复遣使求宽限一载，当自来谒。旭烈兀不从，且语来使道："你主愿降，速即遵约，待以不死！"来使去后，仍复杳然，恼得旭烈兀性起，饬三路大军，昼夜围攻。兀克乃丁无法延宕，乃出降，即将城外五十余堡，尽行毁去。旭烈兀因兀克乃丁诱约多端，不无反侧，意欲将他诛戮，奈已有约在前，未便食言，遂劝令入朝，就途中刺死。且下令屠城，无论少长，一概杀死。于是木乃奚都内，变作一个血肉模糊的枉死城。有几个死里逃生的人，潜出城外，联络回教徒，逃往八哈塔等国。八哈塔在今阿剌伯东岸，系回教祖谟罕默德降生地，著有《可兰经》，为人民所信仰，夙称天方教。嗣后教旨盛传，主教的人叫作哈里发，译以华文乃代天治事的意义。至蒙古平西域，哈里发属地，所存无几。其时正当木司塔辛嗣位，庸懦无能，只喜听乐观剧，国事皆由臣下主持。旭烈兀乘势进军，先贻木司塔辛书，责以延纳逃人，能战即来，不能战即降。木司塔辛复书不逊，旭烈兀遂西渡波斯湾，遇八哈塔军，前锋少挫，后军继进，背水列阵，竟日无胜负。两军分驻河滨，蒙古军夜决河堤，灌水敌营，复引兵进袭。八哈塔军未曾防着，蓦闻敌至，急起捍御，不料脚下统是大水，霎时间半身淹没，溺毙大半，就是逃脱的人，也被蒙古军杀尽。旭烈兀又合军攻城，城甚坚固，旭烈兀命军士筑垒，四面合围，撤民居屋甓，遍设炮台，上面密布巨炮，向城弹放，劈劈拍拍的声音，昼夜不绝，木司塔辛惧甚，遣使乞降。何前倨而后恭。旭烈兀不从，只令猛攻，木司塔辛又遣长

子次子出见，皆被拒绝，不得已自缚出降。旭烈兀入城屠戮，凡七日，始下令停刃。被杀者约八十万人，唯天主教徒，及他国人居屋不入。哈里发宫内，金宝充斥，悉数被掠。还有妇女七百人，内监千人，杀的杀，留的留，回民已尽成鬼莩，蒙古军反喜跃异常。无恻隐之心，非人也！旭烈兀以城中伏尸积秽，移驻乡间，命军士将木司塔辛推至，责他傲慢不恭，词甚严厉，木司塔辛自知不免，请沐浴后乃毕命。已经就死，还要沐浴何益？还有长子及内监五人，亦愿从死，旭烈兀命将数人同裹毡内，置诸大路，驱战马往来蹴踏，辗转就毙。蒙古人之无人道，自古罕有！

次日复将木司塔辛次子及他亲族故旧，尽行杀死。只幼子谟拔来克沙，总算蒙恩赦宥，后娶蒙古女，生二子，保存一脉，不没宗祀。想是教祖有灵，所以孑遗。遂一面飞章告捷，一面分军为二，遣大将郭侃东略印度，自率军西略天方即阿剌比亚。去了。

蒙哥汗闻西南连捷，心中甚慰，遂欲大举灭宋。先是乃马真后称制时，曾遣使月里麻思，一作伊拉玛斯。赴宋议和，至淮上，为守将所囚。于是蒙古兵又尝侵宋，淮蜀一带，兵革不息。只因蒙古屡有内讧，未发大军，所以宋将尚能守御。迨蒙哥汗嗣位，闻月里麻思已死，早思南侵，至是遂举军而南，留少弟阿里不哥守和林。是时川陕一带，虽有宋将蒲择之、刘整、杨立、张实、杨大渊等，据险防守，奈遇着蒙古军马，无不披靡。蒙哥汗南渡嘉陵江，入剑门，守将杨立战死，张实被擒，蒲择之、刘整等守成都，亦被蒙古前锋纽璘一作耨埒。攻陷，择之等败溃。及蒙哥汗入阆州，守将杨大渊以城降。进围合州，先遣宋降将晋国宝，招谕守将王坚，坚不从。国宝还次峡口，被王坚遣将追还，执至阅武场，说他负国求荣，罪在不赦，当即传令斩首。便涕泣誓师，开城出战，将士无不感奋，争出死力相搏，战至天晚，蒙哥汗不能取胜，退军十里下寨。阅数日，复进薄城下，又被坚军击退。自是一攻一守，相持数月不下。蒙古前锋将汪德臣，挑选精锐，决计力攻，当下缮备攻具，誓以必死，遂于秋夜督兵登城，王坚亦饬军力御。鏖战一夜，直至天明，城上下尸如山积。汪德臣愤呼道："王坚快降！"语未毕，猛见一大石从顶击下，连忙将首一偏，这飞石已压着右肩，连手中所握的令旗，都被击落。蒙古军见主将受伤，自然缓攻，适值大雨倾盆，攻城梯折，只好相率退去。是夕，汪德臣毙命。适应前誓。

蒙哥汗因顿兵城外，将及半年，复遇良将伤毙，郁怒中更带悲伤，遂致成疾。合州城外有钓鱼山，蒙哥汗登山养病，竟致不起。左右用二驴载尸，蒙以绘梼，北行而去，合州解围。

蒙哥汗在位九年，沉毅寡言，不乐宴饮，宫禁亦严，虽后妃不得过制。遇有诏敕，必亲自起草，数易乃定，因此群臣不得擅政。素精骑射，好畋猎，只酷信卜筮，不无缺点，庙号宪宗。

亲王末哥等遂以凶闻讣中外。时忽必烈方将兵渡淮，直至黄坡，接着宪宗死耗，诸将请北还。忽必烈道："我前时受先皇敕命，东西并举，今已越淮南下，岂可无功即还？从忽必烈口中叙出宪宗敕命，亦是补前文之阙。况兀良合台已平交趾，应前文。正好约他夹击；就使不能灭宋，也好叫他丧胆呢？"正说着，旁有人进言道："长江向称天险，宋恃此立国，势必死守，我军非破他一阵，不足扬威，末将愿当此任！"忽必烈视之，乃是大将董文炳。便道："很好！你就引左哨军前去。"文炳领命，与弟文用等去讫。

忽必烈乃遣人赍书，往送兀良合台，一面统带全军，出应董文炳。文炳令弟文用等，驾着艨艟大舰，鼓棹渡江，自率马军在岸搏战。宋军沿江扼守，倒也不少，江中亦有大舟扎住，奈都是酒囊饭袋，遇着蒙古军来，未战先怯，就使勉强接仗，也没有一些勇气。文炳兄弟，水陆大进，杀得宋军东倒西歪，望风股栗。至忽必烈驱军进发，文炳军已过江了。

次日全师毕济，破临江，入瑞州，合军围鄂。南宋大震，用了一个奸邪贪佞的贾似道，集军汉阳，为鄂州援，似道毫无胆略，逗留中道，诸将亦不遵约束。会闻鄂州守将张胜败死，城中死伤至万三千人，似道大惧，密遣心腹将王哀，诣蒙古营，请称臣纳币。忽必烈不许，部下郝经谏道："今国遭大丧，神器无主，宗族诸王，孰不窥伺。倘或先发制人，抗阻大王，势且腹背受敌。不如与宋议和，即日北归，别遣一军迎先帝灵舆，收取帝玺，召集诸王会丧，议定嗣位，那时大王应天顺人，自可坐登大宝了。"忽必烈之得嗣为君，恃此一谏。

忽必烈大悟，遂与宋京定议，令纳江北地，及岁奉银绢各二十万，乃退兵北旋。兀良合台方东应忽必烈军，引师攻潭州，嗣得议和消息，移师而东，及至鄂，闻忽必烈已还，遂亦北去。贾似道反令夏贵等，杀他殿卒百余人，诈称诸军大捷，献俘宋廷。昏头磕脑的宋理宗，竟信他有再造功，召使

还朝，封卫国公，大加宠眷，真正奇事！不是奇事，实是呆鸟。

话分两头，且说忽必烈北还燕京，闻途中方括民兵，托词宪宗遗命。忽必烈道："我兵已足，何用括民。此必和林阴图变乱，所以有此创举。"随出示纵还民兵，人心大悦。进至开平，诸王末哥、哈丹、塔齐尔等俱来会，愿戴忽必烈为大汗。忽必烈辞不敢受，嗣接西域旭烈兀来书，内称西征军已振旅班师，应上文。并殷勤劝进。忽必烈遂允所请，不待库里尔泰会推许，竟登大位。是时姚枢、廉希宪等，方膺重任，上马杀贼，下马能文，乃承旨草诏，颁告天下道：蒙古文与汉文不同，在忽必烈即位前，唯太祖与汪罕书载史乘中，然亦不甚雅驯，至此始尚文律，故特录之。

朕唯祖宗肇造区宇，奄有四方，武功迭兴，文治多缺，五十余年于此矣。盖时有先后，事有缓急，天下大业，非一圣一朝所能兼备也。先皇帝即位之初，风飞雷厉，将大有为。忧国爱民之心，虽切于己，尊贤使能之道，未得其人。方董夔门之师，遽遗鼎湖之泣。岂期遗恨，竟勿克终。肆予冲人，渡江之后，盖将深入焉。乃闻国中重以签军之扰，黎民惊骇，若不能一朝居者。予为此惧，驲骑驰归。目前之急虽纾，境外之兵未戢，乃会群议，以集良规。不意宗盟辄先推戴，左右万里，名王巨公，不召而来者有之，不谋而同者皆是。咸谓国家之大统，不可久旷，神人之重寄，不可暂虚。求之今日太祖嫡孙之中，先皇母弟之列，以贤以长，止予一人。虽在征伐之中，每存仁爱之念，博施济众，实可为天下主。天道助顺，人谟与能，祖训传国大典，于是乎在，孰敢不从！朕峻辞固让，至于再三，祈恳益坚，誓以死请。语太过分。于是俯顺舆情，勉登大宝。自唯寡昧，属时多艰，若涉渊冰，罔知攸济。爰当临御之始，宜新弘远之规。祖述变通，正在今日，务施实德，不尚虚文。虽承平未易遽臻，而饥渴所当先务。呜呼！历数攸归，钦应上天之命；勋亲斯托，敢忘列祖之规？体极建元，与民更始，朕所不逮，更赖我远近宗族，中外文武，同心协力，献可替否之助也！诞告多方。体予至意！

此旨下后，又仿中夏建元的体例，定为中统元年。其敕文云：

祖宗以神武定四方，淳德御群下。朝廷草创，未遑润色之文，政事变通，渐有纲维之目。朕获缵旧服，载扩丕图，稽列圣之洪规，讲前代

之定制。建元表岁，示人君万世之传；纪时书王，见天下一家之义。法《春秋》之正始，体大易之乾元，炳焕皇猷，权舆治道，可自庚申年五月十九日建元为中统元年。唯即位体元之始，必立经陈纪为先，故内立都省以总宏纲，外设总司以平庶政。仍以兴利除害之事，补偏救弊之方，随诏以颁。于戏！秉箓握枢，必因时而建号，施仁发政，期与物以更新。敷宣恳恻之辞，表著忧劳之意。凡在臣庶，体予至怀！

建元既定，乃敕修官制。先是成吉思汗起自朔方，部落野处，设官甚简，最重要的叫作断事官，兼掌政刑；统兵官叫作万户，余无别称。后仿金制置行省，及元帅、宣抚等官。至忽必烈即位，命刘秉忠、许衡酌定内外官制：总政务的叫作中书省，握兵权的叫作枢密院，司黜陟的叫作御史台；其次有寺、监、院、司、卫、府。外官有行省、行台、宣抚、廉访，牧民长官，有路有府，有州有县；官有常职，食有常禄，大约以蒙古人为长，汉人南人为副，一代规模，创始完备。此段文字似无关紧要，不知下文叙述各官，便可就此分晓。正在百度纷纭的时候，忽报少弟阿里不哥，也居然称帝和林了。原来阿里不哥闻宪宗已殂，遂分遣心腹，易置将佐，并联络宪宗诸子，及定宗察合台子弟，开库里尔泰会，自称大汗。命部下刘太平、霍鲁怀等，乘传至燕京。不意廉希宪已先至京兆，遣人诱执太平、鲁怀，毙诸狱中。六盘守将浑塔噶，正举兵应和林，希宪不待请旨，即遣总帅汪良臣，率秦、巩诸军往讨。忽必烈亦遣诸王哈丹，率军来会，击毙浑塔噶。希宪乃自劾擅命遣将诸罪。忽必烈下敕嘉奖，反赐他金虎符，行省秦蜀，自统军攻阿里不哥，与战于锡默图地方。阿里不哥败遁，忽必烈乃引军还，嗣从刘秉忠请迁都燕京，在位五年，复改中统为至元。后又建国号曰元，也是秉忠所拟定的。曾记得有一敕云：

诞膺景命，奄四海以宅尊；必有美名，绍百王而纪统。肇从隆古，匪独我家。且唐之为言荡也，尧以之而著称；虞之为言乐也，舜因之而作号。驯至禹兴而汤造，互名夏大以殷中，世降以还，事殊非古。虽乘时而有国，不以利而制称。为秦为汉者，著从初起之地名；曰隋曰唐者，因即所封之爵邑。且皆徇百姓见闻之偶习，要一时经制之权宜，概

以至公，不无少贬。我太祖圣武皇帝，握乾符而起朔土，以神武而膺帝图，四震天声，大恢土宇，舆图之广，历古所无。顷者耆宿诣庭，奏草申请，谓既成于大业，宜早定于鸿名。在古制以当然，于朕心乎何有！可建国号曰大元，盖取《易经》乾元之义，兹大冶流形于庶品，孰名资始之功。予一人底宁于万邦，尤切体仁之要，事从因革，道协天人。于戏！称义而名，固非为之溢美；孚休惟永，尚不负于投艰。嘉与敷天，共隆大号！

小子此后叙述，称蒙古为元朝，又因至元十六年，忽必烈汗灭宋，奄有中国，殁后庙号世祖，所以后文亦竟称元世祖。阅者不要误会，说我称号两歧。爰系以七绝一首道：

华夏由来属汉家，何图宋后遍胡笳？
史官据事铺扬惯，我亦随书不避瑕。

欲知元朝混一情形，请看官续阅下回。

本回叙蒙哥忽必烈之绝续，而首插两军远征一段，所以承前回之末，接入本回正传，非好为芜杂也。有兀良合台之平西南，有旭烈兀之平西域，于是蒙哥汗决意侵宋。著书人详于西征，略于南下，盖因《宋史》当自成演义，不必琐述，蛮戎各方，他处罕见，即《元史》亦多从略，悉心裒录，正所以示特长耳。忽必烈班师称汗，改元立号，虽隐启纷争之祸，而化野为文，入长中原，实于此基之。迭录原教，未始非保存国粹之意。主非汉人，而文则从汉，故宋亡而文不亡，用夏变夷，此之谓欤？

第二十一回　守襄阳力屈五年
覆厓山功成一统

却说元世祖即位，曾遣翰林侍读学士郝经，为国信使，翰林待制何源，礼部郎中刘人杰为副，赴宋修好。宋少师卫国公贾似道，以前时称臣纳币，乃是权宜的计策，未曾禀闻理宗，此次北使到来，定要机关败露，瞒了一日好一日，不如将来使幽禁，省得漏泄奸谋，掩耳盗铃，终归失败。遂将郝经等数人，幽住真州忠勇军营。郝经屡上书宋帝，极陈和战利害，且请入见及归国，统被贾似道一手抹煞，并不见报。元世祖待使未归，复遣人质问宋帅李庭芝。庭芝据实奏闻，也似石沉东海，毫无影响。于是元世祖拟举兵攻宋，颁谕各路将帅道：

朕即位之后，深以戢兵为念，故前年遣使于宋，以通和好。宋人不务远图，伺我小隙，反启边衅，东剽西掠，曾无宁日。朕今春还宫，诸大臣皆以举兵南伐为请，朕重以两国生灵之故，犹待信使还归，庶有悛心，以成和议。留而不至者，今又半载矣，往来之礼遽绝，侵扰之暴不已，彼尝以衣冠礼乐之国自居，理当如是乎？曲直之分，灼然可见！今遣王道贞往谕卿等，当整尔士卒，砺尔戈矛，矫尔弓矢。约会诸将，秋高马肥，水陆分道而进，以为问罪之师。尚赖宗庙社稷之灵，其克有勋！卿等当宣布腹心，明谕将士，各当自勉，毋待朕命！曲直有归，故全录诏敕。

是时阿里不哥虽已败遁，尚有余党未靖，且因元江淮都督李璮，居心反复，尝把恫疑虚吓的言词，入奏世祖，因此攻宋的诏敕，颁发于中统二年，各路兵马，尚未大举。三年春季，李璮竟以京东降宋。世祖大怒，立遣史天泽总诸道兵，攻李璮于济南，长围数月，破城擒璮，支解以徇。五年，世祖复改元，称为至元。阿里不哥率众来降，世祖以兄弟至亲，格外赦宥，免他罪名。由是内讧悉平，一意对外。

适宋潼川副使刘整，为贾似道所嫉忌，籍滤州十五郡，归降元朝。又是贾贼殴使。整系南宋骁将，且尽知国事虚实，至此为元所用，授夔路行省，兼安抚使。整遂与元帅阿术，同心筹划，议筑白河口城，断宋饷道，进规襄阳。宋四川宣抚使吕文德，阿附似道，好为大言，闻刘整筑城消息，毫不介意。且谓襄阳城池坚深，兵储可支十年，元兵即来，亦不足惮。襄阳守将吕文焕，遣人报知文德，请先事预防，反见斥责。待刘整筑城已就，遂与阿术合兵攻襄阳。文焕登陴固守，数月未下，元世祖复遣史天泽等，督师援应。天泽到襄阳，见城高濠阔，料非旦夕可破，遂筑起长围，联络诸堡，把一座襄阳城，围得铁桶相似，水泄不通。

那时宋理宗已经归天，太子禥循例嗣统，号为度宗。度宗昏庸，过于乃父，一经登基，便封贾似道为太师，倍加宠眷。似道入朝，度宗必答拜，有所谘询，必称师相；因此这位贾太师，越加尊严，一班蝇营狗苟的贼臣，且拍马吹牛，称似道为周公。似道益发刁狡，屡求辞职，甚至度宗拜留，为之泣下。且恐他不别而去，令卫卒夜卧第外，监住行踪。后复命他三日一朝，治事都堂，且就西湖中的葛岭，替他筑起大厦，以资休养，总道他是擎天柱石，保国元勋。若不如此，赵氏何致即亡。他遂颐指气使，无论军国重事，总须先行关白，方可举行，朝右大臣，偶或龃龉，立加窜逐；或因度宗稍有可否，即称疾求去，以故言路壅塞，苞苴公行。这度宗也全然昏迷，整日里宴坐深宫，与妃嫔等饮酒调情，乐得将国家政务，付于师相。师相恰日居葛岭，起楼阁亭榭，作半闲堂，筑多宝阁，取了一个宫人叶氏，作为己妾。他尚嫌不足，常令手下密访美姝，如果姿色可人，任她是娼妓，是尼觋，一古脑儿招入宅中，日夕肆淫。这叫作盲子吃蟹，只只道鲜。还有一桩最喜欢的事情，乃是与群妾斗蟋蟀儿。大约是寓意教战。自是累日不出，有诏令六日一朝，继复令十日一朝，他还是不能遵旨，阳奉阴违。那时襄阳日危，吕文焕

连岁支持，很是惶急，一面向吕文德乞援，一面请贾似道济师。吕文德疽发背死，女夫范文虎代任，与乃翁同一糊涂，哪里肯发兵往援。贾似道没有别策，总教瞒着一个主人翁，便算妙计。

一日入朝，度宗问道：“襄阳被围，已是三年，如何是好？”似道怫然道：“北兵已退，这语从何处得来？”度宗道：“日前有女嫔言及，因此怀疑。”似道问女嫔姓氏，度宗不答。似道又要求去，经度宗固留不从。度宗没法，只好将女嫔遣出，活活赐死。可怜这红粉佳人，只为了一句话儿，平白地丧了性命！冤乎不冤。廷臣见这般情形，哪个敢再言边事。

既而似道良心发现，饬李庭芝往援襄阳，又被这范文虎从旁阻挠，多方牵掣。后来文虎奉旨促师，没奈何督兵十万，进至鹿门，被元将阿术截杀一阵，吓得心胆俱裂，连忙逃走。李庭芝闻文虎败还，特遣勇将张顺、张贵，率锐卒往襄阳。两将乘汉水方涨，鼓舟而进，至高头港口，满江扎着敌舰，几乎无缝可钻。张贵冒险杀入，张顺后继，竟冲开一条走路，直抵襄阳城下。城卒出来接应，把张贵迎入，独不见张顺，过了数日，江上始浮出顺尸，身中四枪六箭，怒气勃勃如生，方知张顺已死了。张贵见城中大困，募死士二人，遣赴范文虎处乞援。返报如约，贵遂辞别文焕，突围东行。既出险地，已是天晚，望见前面来了无数军舰，总道是援军过来，急忙欢迎。谁知来舟统是元军，一时不能趋避，被他困在垓心，杀伤殆尽。张贵身受数十创，力尽被执，不屈而死。嗣是襄阳绝援。

未几，樊城又失。樊城与襄阳为犄角，守将范天顺、牛富，本与吕文焕誓约死守。至是两将战死，襄阳益孤，元兵复用西域人所献新炮，攻破襄阳外郛，内城益急。文焕每一巡城，南望恸哭而后下。元将阿里海涯复招谕城中道：“尔等拒守孤城，至今五年，为主尽忠，也是应分的事情；但势孤援绝，徒害生灵，尔心何忍？若能纳款归降，悉赦勿治，且加迁擢，凭你等酌择！”又折矢与文焕为誓，文焕乃出降。偕阿里海涯朝燕，元主以文焕为襄、汉大都督，与刘整一体重用。文焕之罪，似减于整。

襄樊既失，江南失险，警报连达宋廷。给事中陈宜中上疏，归咎范文虎，乞即行正法。贾太师暗中庇助，止降一官。就是度宗优礼似道，也始终勿衰。似道母死，诏用天子卤簿饰葬，并令似道墨绖还朝。师相的气焰未衰，主子的福寿已尽。度宗病逝，子㬎立，年仅四龄，由太后谢氏临朝

听政，仍把那元恶大憝，倚作长城。想尚有一块干净土耳。惹得元主连番下诏，数贾似道背盟拘使的罪名，饬史天泽、伯颜总诸道兵，与阿术、忙兀、逊都思塔出等，及降将刘整、吕文焕，大举南侵。途次天泽遇病，有旨召还，饬各军统归伯颜节制。伯颜遂分各军为两道，自与阿术由襄阳入汉济江，以吕文焕将舟师为前锋；别命忙兀东出扬州，以刘整将骑兵为先行，旌旗招飐，戈戟纵横。看官！你想这区区南宋，还能保得住么？伯颜军顺汉水南下，屠沙洋镇，擒守将王虎臣；破新郢城，杀都统边居谊；进拔阳逻堡，走淮西置制使夏贵；取鄂州，降城守张晏然、程鹏飞。

宋廷大惧，只得请出这三朝元老，督领诸路军马，抵御元军。可奈诸路将士，统已离心，陈弈以黄州叛，吕师夔以江州叛，都奉款降元，连贾太师极力庇护的范文虎，也居然反颜迎敌，叩首阿术军前。这等小人最不足恃，然安富尊荣，偏在若辈，令人恨煞！元朝虽亡了史天泽，死了刘整，锐气仍然未衰。贾似道闻刘整死，还自称天助，调集精兵十三万人，陆续起行。前哨委了孙虎臣，中权委了夏贵，自己带着后军，出驻江上。元伯颜率同阿术，渡江南来，与虎臣军遇着，两下接战，炮声如雷，虎臣惧甚，忙过其妾所乘舟。出战时带着美妾，究属何用。岂亦学韩蕲王之挈梁夫人耶！大众疑他遁走，顿时散乱。夏贵以虎臣新进，权出己上，本已事前观望，此时亦不战而奔。剩了似道一军，还有什么能耐，索性也走了他娘，管什么国计民生！

元兵趁势残杀，江水尽赤。于是镇江、宁国、江阴守臣，皆弃城遁去，上行下效，捷如影响。太平、和州、无为军，俱相继降元。似道还想奉币请和，遣使至元军，被伯颜拒绝。奔至扬州，束手无策，只上书请迁都。太皇太后谢氏不许。廷臣窥见微旨，遂连劾似道，陈宜中初得似道援，骤登政府，至是也奏请诛逐。乃罢似道平章都督，并遣元使郝经等北归。已无及了。一面下诏勤王，诸将多不至。只鄂州都统张世杰，率师入卫；江西提刑文天祥起兵赴难；湖南提刑李芾，也募壮士三千人，令将吏统带，东出勤王。无如大势已去，无可挽回。建康守将赵溍，弃城先遁，元伯颜安然入城。宋江淮招讨使汪立信，闻建康被陷，料知宋不可为，扼吭而死。宋吭已被元扼，汪公也只好绝吭了。元兵遂长驱入常州，下无锡，宋廷亟命张世杰总统人马，分道拒敌，稍稍得手。

元世祖复遣尚书廉希宪，工部侍郎严忠范，奉国书南来，还有意与宋议

和。希宪至建康，与伯颜会晤，请兵自卫。伯颜道：“行人在言不在兵，兵多反招疑忌。”嗣经希宪固请，发兵五百名送行。到了独松关，宋守将张濡部曲，不分皂白，竟袭杀忠范，执希宪送临安。及伯颜遣书诘责，宋廷遣使答报，只说是边将所为，未曾禀报。伯颜再遣议事官张羽，同宋使返临安，不意到了平江，又被杀死。还要乱杀使人，真是坏事！

元兵愈加气愤，直逼扬州。李庭芝遣将苗再成、姜才等，率兵阻截，皆败绩。接连是荆南被陷，嘉定诸城叛去。军报日紧一日，于是张世杰大出舟师，与刘师勇、孙虎臣等屯驻焦山，连舟为垒，示以必死。元阿术登高遥望，想了一个火攻的计策，遂精选弓弩手，载舸直进，连发火箭，迭射宋军。霎时间烟焰蔽江，篷樯俱焚，宋军进退两穷，相率赴水，师勇、虎臣等都截舟自遁。单剩了张世杰，已不能军，只得奔回圌山，再请济师。竖壁中流，并非万全之策，即非火攻，亦难持久，张世杰殆忠有余、而识不足者。

是时王爚、陈宜中，并为丞相，意见不协，各自求去。至世杰败溃，王爚以二相在朝，反多顾忌，不如遣一人出督吴门。太后不从，爚遂乞罢，因免相，未几遂卒。还是死得干净。文天祥到临安，上疏请分建四镇，各专责成，亦不报。此时虽有明主，亦未能转败为胜，况妇人秉国乎！只把贾似道贬置循州，被监押官郑虎臣拉死，总算为天下雪愤！罪不容于死。嗣是泰州失守，孙虎臣自杀，常州被屠，知州姚訔等战死，刘师勇逸去，独松关也被残破，张濡不知去向。既而知州李芾，复殉难潭州，都统密佑，又遇害抚州。湖南、江西，尽为元有。宋廷又遣工部侍郎柳岳，赴元军请和。伯颜愤然道：“汝国执戮我行人，所以兴师问罪。从前钱氏纳土，李氏出降，统是汝国祖制。汝国何不遵行？况汝国得天下于小儿，今亦由小儿失国，天道不爽，何必多言？”柳岳不得已还朝。复遣宗正少卿陆秀夫，再至元军，求称侄纳币。伯颜不从。降称侄孙，亦不见许。陆秀夫还，陈宜中奏白太后，请再使元军，求封为小国。太后依议，仍令柳岳赍表前行。到高邮，被民人嵇耸所杀。太后妇人，尚不足责，陈宜中堂堂宋相，厚颜如此，实是可杀。

元兵进降嘉兴，陷安吉，直捣临安。文天祥、张世杰请移三宫入海，自率众背城一战。陈宜中不以为然，商诸太后，遣监察御史杨应奎，奉了传国玺印，出降元军。伯颜受玺，并召宜中出议降事，宜中惶惧，夜遁温州。张世杰愤甚，与刘师勇、苏刘义等率所部入海。只文天祥尚是留着，太后令为

右丞相，如元军议降。天祥辞去相职，竟赴元军面责伯颜。伯颜将他拘住，遂遣将入临安府，封府库，收图籍符印，并胁宋太皇太后手诏谕降。

过了数日，遂掳帝㬎及皇太后全氏，福王与芮等北去。只太皇太后谢氏，因疾暂留，后来亦被元兵舁出，送至燕都。唯度宗尚有二子，长名昰，封益王，年十一岁；次名昺，封广王，年六岁。当临安紧急时，与母杨淑妃潜行出城，奔至温州。陈宜中迎着，同航海赴福州，奉为嗣皇帝，尊杨淑妃为太后，同听政。张世杰、苏刘义、陆秀夫等继至，复组织朝堂，仍命陈宜中为左丞相，都督诸路军马。还要用他，可笑可恨。张世杰等任官有差。那时文天祥亦自镇江逃归，浮海至闽，杨太后令为右丞相。嗣与宜中议事未协，出督南剑州。

元兵一面入广州，摧锋军将黄俊战死，一面破扬州，宋右丞相李庭芝，指挥使姜才被执，劝降不从，俱被害。闽中因此被兵，任你文天祥开府招军，张世杰传檄勤王，都弄得落花流水，不见成功，帝昰与太后杨氏，舍陆登舟，今日走这里，明日走那里，受尽惊风骇浪，支持到两年有余，可怜那十余岁的小皇帝，已受了急惊病，到了硇州，一命呜呼！再立这幼弟昺，年仅八龄。陈宜中遁死海南，用陆秀夫为左丞相，与张世杰共秉朝政。秀夫正笏垂绅，犹把那大学章句，训导嗣君。未免迂腐。

嗣闻元兵又至，复逃至厓山。元将张弘范，潜师至潮阳，先袭执了文天祥，复进兵厓山。张世杰又用这联舟为垒的法儿，守住峡口，复用水泥涂舰，防备火攻。张弘范倒也没法，只遣人招降，世杰不许。弘范分兵堵截，断宋军樵汲孔道。宋军大困。元兵复四面攻击，不由宋军不走，就是赤胆忠心的张世杰，也只好断维突围，带着十六舟，夺港自去。陆秀夫先驱妻子入海，自负幼帝同溺。太后杨氏抚膺大恸道："我忍死至此，无非为了赵氏一块肉，今还有什么望头？"也赴海死。世杰至海陵山下，适遇飓风大作，遂焚香祷天道："我为赵氏，也算竭力，一君亡，又立一君。今又亡了，我尚未死，还望敌军退后，别立赵氏以存宗祀。若天意应亡赵氏，风伯有灵，速覆我舟！"言已，舟果覆，世杰亦溺死。

宋自太祖至帝昺，共三百二十年，若从南渡算起，共一百五十二年。小子走笔至此，也觉满腹凄怆，欲做一首吊宋诗，想了半晌，竟无一字，只记得文信国文天祥封信国公。目击厓山诗，很是沉痛。诸君试一阅看，其诗曰：

长平一坑四十万，秦人欢忻赵人怨，大风吹砂水不流，为楚者乐为汉愁。兵家胜负常不一，干戈纷纷何时毕？必有天吏将明威，不嗜杀人能一之；我生之初尚无疚，我生之后遭阳九，厥角稽首二百州，正气扫地山河羞！身为大臣义当死，城下师盟愧牛耳。闲关归国洗日光，白麻重拜不敢当！出师三年劳且苦，咫尺长安不可睹！非无虓虎士如林，一日不戒为人擒。楼船千艘下天角，两雄相遭相喷薄。古来何代无战争，未有锋猬交沧溟。游兵日来复日往，相持一月为鹬蚌。南人志欲扶昆仑，北人气欲河带吞。一朝天昏风雨恶，炮火雷飞箭星落。谁雄谁雌顷刻分，流尸浮血洋水浑。昨朝南船满崖岸，今朝只有北船在。昨夜两边桴鼓鸣，今夜船船鼾睡声。北家去军八千里，推牛酾酒人人喜。唯有孤臣泪两垂，明明不敢向人啼，六飞杳霭知何处，大水茫茫隔烟雾。我期借剑斩佞臣，黄金横带为何人？

欲知文信国后事，试看下回便知。

本回叙南宋亡国，独于攻守襄阳事，叙述较详，盖襄阳为南宋咽喉，襄阳一失，南宋之亡，可翘足待也。此外俱从简略，随笔叙上，此由《宋史》当有专属，不必于《元史》中详述。唯于贾似道、陈宜中之误国，文天祥、张世杰、陆秀夫之尽忠，仍行表白。彰善瘅恶，史家之责，著书人夙存此志，不嫌烦复也。且观其全回用笔，一气赶下，“嘈嘈切切错杂弹，大珠小珠落玉盘”，此文似之。

第二十二回　渔色徇财计臣致乱
表忠流血信国成仁

却说元将张弘范，既破厓山，置酒大会，邀文天祥入座，语他道："汝国已亡，丞相忠孝已尽，若能把事宋的诚心，改作事元，难道不好作太平宰相么！"天祥流涕道："国亡不能救，做人臣的死有余辜，况敢贪生事敌么！天祥不敢闻命！"弘范也称他忠义，遣使送天祥赴燕，弘范亦率军北还。只有一个西僧杨琏真珈，曾掌教江南，借了元兵势力，到处奸淫妇女，并发掘宋朝陵寝，及大臣坟墓，凡一百余所，陵墓里面的金玉，尽行掠取，不必说了，他还想将诸陵尸骨，与牛马枯骼，聚作一堆，作为镇南浮屠。亏得会稽人唐珏，目不忍睹，典鬻借贷，凑得百金，阴召诸恶少饮酒，席间泣语道："你我皆宋人，坐看陵骨暴露何以为情？我拟窃取陵骨，易以他骨，望诸君助我臂力！"诸恶少许诺，乃于夜间易取陵骨，邀与唐珏。珏已造石函六具，刻纪年一字为号，随号收殡，瘗葬兰亭山后；又移宋故宫冬青树，植立冢上，作为标识，后人才晓得宋帝遗骸，不与畜类为伍，这也可谓宋祖有灵了。皇帝尸骸，几侪牛马，后世枭雄，何苦再作皇帝梦耶！

张弘范北还后，未几病卒，此外开国功臣，或亦因百战身疲，相继谢世。还有一位贤德皇后，也于灭宋后两年，抱病而终。后弘吉剌氏系德薛禅的孙女，父名按陈，从前太祖后孛儿帖，与按陈为姊弟行。太宗时，曾赐号按陈为国舅，封王爵，令统弘吉剌部，且约生女为后，生男尚公主，世世不绝，所以有元一代的皇后，多出自弘吉剌氏。世祖后天性明敏，晓畅事机，

宋帝㬎被虏，入朝燕都，宫廷皆欢贺，唯后不乐，世祖道：“我今平江南，从此不用兵甲，众人皆喜，尔何为独无欢容！”后跪奏道：“从古无千年不败的国家，我子孙若能幸免，方为可贺！”世祖默然，又尝把南宋珍宝，聚置殿廷，令后遍视，后一览即去。世祖徐问所欲，后复答道：“宋祖历年积蓄，留与子孙，子孙不能守，为我朝有，难道我忍私取吗？”是时宋太后全氏至京，不服水土，后尝代她乞奏，遣回江南。世祖不允，且语道：“你等妇人，没有远虑，今日若遣她南归，倘或浮言一动，反令我没法保全，倒不如留她在此，时加存恤，令她安养便罢。”后闻言，格外厚待全太后。此外如婉言进谏，随时匡正，恰非小子所能尽述。

自后殁后，继后系故后从侄女，仍是弘吉剌氏，虽史家也称她贤德，究竟不及故后；且因世祖年迈，辄预闻朝政，未免贻诮司晨。世祖待遇继后，亦不及从前的爱敬，所以采选民女，时有所闻，又尝游幸上都，托词避暑，其实是纵情声色，借此图欢。上都就是开平府，世祖称燕京为中都，所以号开平为上都。上都里面，旧有妃嫔等人，未曾南徙。蒙俗本没甚廉耻，做阿弟的可收兄妻，做儿子的可烝父妾，就是淫奔苟合，易妻掠妇的事情，大都数见不鲜，无所顾忌。这元世祖粗豪豁达，哪里愿作柳下惠，鲁男子，看了前朝的妃嫔，多半年轻守孀，寂寂寡欢，乐得与之解闷，做一个风流天子。这妃嫔们见主子多情，自然顺水使舟，迎云作雨，还管什么名分不名分，节烈不节烈，所以羊车望幸，百转柔肠，麀聚为欢，五伦废置。古人说得好，上行下必效！元世祖既这般同乐，那皇亲国戚，公主驸马，文臣武将，怎么不相率效尤，上烝下淫，习成风气！民间有奸淫等情，有司也不欲过问，且闻于岁首元宵，纵民为非，淫汙宸极，秽渎闺门，自古以来，也是罕见呢！

始谋不臧，奚怪子孙。

还有一桩连带的关系，好色的人主，大率好财。世祖在位三年，就用了回人阿合马专理财赋。阿合马竭智尽能，想出了两条计策：一条是冶铁；一条是榷盐。从前河南钧徐等州，俱有铁矿，官吏随铁多寡，作为税额。阿合马欲大兴鼓铸，遂括民三千，日夕采冶，每岁输铁，定要他一百三万七十斤，不准短少。于是冶铁的民工，无论曾否如额，只好照数补足，这叫作整顿铁冶的效果。河东素多盐池，小民越境私贩，价值较廉，竞相买食，以此官盐滞销，岁课短绌，每年止七千五百两。阿合马请岁增五千两，不问诸色

兵民，皆要出税，这叫作加增盐课的效果。名为理财，实是硬派，且恐贪吏中饱尚是不少，历代财政，多蹈此弊，可叹！

世祖称他为能，遂擢为平章政事。阿合马得势益横，竟欲罢御史台及诸道提刑司，还是廉希宪面折廷争，方才罢议，嗣复添立江南榷官，什么榷茶运司，什么转运盐使司，什么宣课提举司，多至五百余人，大半是阿合马的爪牙。他的子侄，不做参政，就做尚书，恼了廷臣崔斌，把他参奏一本，说他设官害民，一门悉处要津，有亏公道。世祖虽略加采纳，裁并冗吏，奈始终宠任阿合马，不以为罪。寻迁斌为江淮行省左丞，阿合马遂乘机报复，遣使清算江淮钱谷，捏称左丞崔斌，与平章阿里伯、右丞燕铁木儿，私自勾结，盗取官粮四十万，及擅易命官八百余员，应命官查勘治罪。世祖准奏，令都事刘正往验，查无实证，参政张澍等，奉旨再往，迎合阿合马微意，竟将崔斌等锻炼成狱，置诸死刑。

皇太子真金一作精吉木。素怀仁孝，闻崔斌等已定死罪，方食投箸，急遣快足止住，已是不及。于是远近咸愤，民怨沸腾，益都千户王著，密铸大锤，与妖人高和尚谋，拟击杀阿合马。适皇太子从帝赴上都，留阿合马守燕京，著遂遣二僧至中书诈称太子还都作佛事。被禁卫高觿、张九思盘诘，仓卒失对，遂将二僧拘讯，尚未得供，不意枢密副使张易，又受了伪太子命，率兵至东宫。高觿问他来意，易与附耳道："太子有敕，速诛左相阿合马。"这语一传，弄得各人似信非信，不得不遣使出迎。王著令党人冒称太子，见一个，杀一个，夺马驰入建德门。时已二鼓，至东宫前，传呼百官，阿合马扬鞭而来，被王著手下的党羽，推坠马下，责他欺君害民，立出铜锤，击他脑袋，甫一下，即脑浆迸出，仆地死了。民脂民膏，吸得太多，所以叫他迸出。又杀死中书郝镇，拘执右丞张惠。顿时禁中大闹，秩序紊乱。高觿、张九思开门呼道："这是贼人倡乱，哪里是真皇太子？"便叱卫士速捕乱党。留守布敦，持梃击倒伪太子，乱党遂奔，被擒数十名。高和尚逃去，唯著挺身请囚。高觿等亟遣报上都，世祖闻报，立命和尔郭斯驰归讨逆，拿住高和尚及张易与王著，皆弃市。著临刑大呼道："王著为天下除害，今日虽死，他日必令人纪念，我死也值得了！"王著虽自称除害，然矫令擅杀，不为无罪。

乱已定，世祖已返燕都，还道阿合马等冤死，拟加抚恤。枢密副使孛罗一作博罗。历陈阿合马罪状，方大怒道："该杀！该杀！只难为了王著。"复

命剖棺戮尸，纵犬拖食，人民聚观，无不称快。阿合马家产，籍没充公，复逮其子忽辛一作湖逊。至。忽辛时为江淮右丞，既被逮，敕廷臣杂问，忽辛历指道："汝等曾受我家钱财，怎么问我？"嗣至参知政事张雄飞，先问忽辛道："我曾受过你家钱财否？"忽辛答称没有，雄飞道："如此说来，我应当问你！"遂审实忽辛的罪名，正法伏辜。世祖复闻郝镇党恶，亦令戮尸。还有右丞耿仁，与郝镇同罪，下狱论死。其余奸党，一律罢黜，并汰冗官七百十四人，罢官署二百余所，内外总算一清。

世祖乃加意求治，遣都实一作笃什。穷探河源，命郭守敬定授时历，焚毁道书，创始海运，诏诸路岁举儒吏，蠲免燕南、河北、山东逋赋。招衍圣公孔洙，为国子祭酒，提举浙东学校，统是一时美政，传播人口。

忽有闽僧上言，报称土星犯帝座，防有内变。世祖本尊崇僧侣，曾拜拔思巴为帝师，皈依释教。至是闻闽僧告变，自不免迷信起来。且因平宋以后，江南多盗，漳州民陈桂龙及兄子陈吊眼，起兵据高安砦。建宁路总管黄华，叛据崇安、浦城等县，自号头陀军，称宋祥兴年号，福州民林天成，也揭竿相应。又有广州民林桂方、赵良钤等，拥众万余，号罗平国，称延康年号。虽经诸路元帅，剿抚兼施，或杀或降，然大势尚未平定。各处小丑未为小害，故随笔略过。自闽僧告变后，复闻有中山狂人，自称宋主，有众千人，欲取丞相。京城亦得匿名揭帖，内言某日烧蓑城苇，率两翼兵起事，定卜成功，愿丞相无忧等语！先是帝㬎被虏，至燕京，降封瀛国公，令与宋宗室大臣，寓居蓑城苇。既得揭帖，乃将蓑城苇撤去，迁瀛国公及宋宗室至上都。疑丞相为文天祥，有旨召见。

天祥初入燕，至枢密院，见使相孛罗。孛罗欲使拜，天祥长揖不屈，仰首自言道："天下事，有兴有废，自帝王以及将相，灭亡诛戮，何代没有，天祥今日，愿求早死！"孛罗道："汝谓有兴有废，试问从盘古至今，有几帝几王？"天祥道："一部十七史，从何处说起？我今日非应考博学鸿词，何必泛论？"孛罗道："汝不肯说兴废事，倒也罢了，但汝既奉了主命，把宗庙土地与人，何故复逃？"天祥道："奉国与人，是谓卖国，卖国的人，只知求荣，还愿逃去么？我前除宰相不拜，奉使军前，即被拘执，已而贼臣献国，国亡当死；但因度宗二子，犹在浙东，老母亦尚在粤，是以忍死奔归！"侃侃而谈，纯是忠孝。孛罗道："弃德祐嗣君，德祐系帝㬎年号。别立二

王，好算得忠么？”天祥道：“古人有言，‘社稷为重，君为轻。’我别立君主，无非为社稷计算！从怀、愍而北，非忠，从元帝为忠；从徽、钦而北，非忠，从高宗为忠。”孛罗几不能答。忽又道：“晋元帝、宋高宗，皆有所受命，你立二王，并非正道，莫不是图篡不成？”天祥大声道：“景炎帝昰年号。乃度宗长子，德祐亲兄，难道是不正么？德祐去位，景炎乃立，难道是图篡么？陈丞相承太皇命，奉二王出宫，难道是无所受命么？”说得孛罗面赤颊红，变羞成怒道：“你立二王，究有何功？”遁辞知其所穷。天祥道：“立君所以存宗社，存一日，尽臣子一日的责任，管什么有功无功？”孛罗复道：“既知无功，何必再立？”天祥亦愤愤道：“汝亦有君主，汝亦有父母，譬如父母有疾，明知年老将死，断没有不下药的道理！总教吾尽吾心，才算无愧，若有效与否，听诸天命！天祥今日，一死报国，便算了事，何必多言！”义正词严，足愧孛罗。

孛罗即欲杀天祥，还是世祖及廉、许各大臣，悯他孤忠，不欲用刑。至谣言迭起，召谕天祥，要他变志事元，即拜丞相，天祥答道：“天祥系宋朝宰相，不能再事二姓，请即赐死，便算君恩！”世祖心犹未忍，麾之使下，经孛罗等进谏，不如从天祥志，免生谣诼，世祖乃下诏杀天祥。

天祥被押至柴市，态度从容，语吏卒道：“吾事毕了。”南向再拜，乃就刑，年四十七岁。忽又有诏敕传到，令停刑勿杀，事已无及。返报世祖，并呈天祥衣带赞，大书三十二字，分作八句。看官记着，首二句是：孔曰成仁，孟曰取义。中二句是：唯其义尽，是以仁至。末四句是：读圣贤书，所学何事？而今而后，庶几无愧！世祖连读连叹，且太息道：“好男子！好男子！可惜不肯为我用，现已死了，奈何！”能令雄主赞惜，毕竟忠义动人。乃赠天祥卢陵郡公，谥忠武。命王积翁书神主，设坛祭醊。饬孛罗行奠礼。孛罗方临坛奠爵，忽然狂飚大作，烛灭烟销，上面摆着的神主，好似生有两翼，陡然腾起，卷入云中。此事见诸正史，并非作者捏造。孛罗大惊，乃令改书神主，写着前宋少保右丞相信国公数字，仓皇祭毕，天始开霁。燕京人民，相率骇异。

天祥卢陵人，所居对文笔峰，因自号文山。平生作文，未尝属草，一下笔，便数千言。流离中感慨悲悼，一发于诗，阅者见之，莫不流涕。其妻欧阳氏收天祥尸，面色如生，义士张毅甫，给资归葬，适母夫人曾氏遗柩，

亦由家人自粤奉归，同日至城下，相传为忠孝的报应。后儒有挽文丞相诗二首道：

尘海焉能活壑舟？燕台从此筑诗囚。雪霜万里孤臣老，光狱千年正气收。诸葛未亡犹是汉，伯夷虽死不从周。古今成败应难论，天地无穷草木愁。

徒把金戈挽落晖，南冠无奈北风吹。子房本为韩仇出，诸葛安知汉祚移？云暗鼎湖龙去远，月明华表鹤归迟。何人更上新亭饮？大不如前洒泪时。

天祥一死，谣言渐靖。不意辽东来一警报，说是十多万大兵，俱死在日本海中了。是何原因，请看下回。

读元奸臣阿合马传，令人生恨，莫不欲举刀斫之。读宋忠臣文天祥传，令人起敬，莫不欲顶礼奉之，可见天道虽或无凭，人心尚有公理。是回前叙阿合马事，后叙文天祥事，一则显揭其奸，一则详述其忠，语浅意深，老妪都解，较诸史传之偷人，为益尤大。史传非尽人能读，且非尽人得读，获此一编，非举两弊而悉去之耶！此外杂以他事，有美有恶，虽循史家依事毕书之例，而盛衰之感，隐寓其中，不特简略之分已也。

第二十三回　征日本全军尽没
讨安南两次无功

却说中国海东，有一日本国，与高丽国仅隔海峡，以其地近日出，故名日本。唐时曾遣使入贡，至元代征服高丽，与日本尚未通使。世祖至元二年，高丽人赵彝等，来元修好，奏称日本可通，请世祖遣使东往。世祖本是个好大喜功的雄主，好大喜功四字，是世祖一生注脚。一闻赵彝等言，自然乐从。当于次年秋季，命兵部侍郎赫德，充国信使，礼部侍郎殷弘为副，赍国书东行。至高丽，国王王禃，亦遣使为导，航海至日本。既抵岸，未见有人出迎，只得西归。世祖又命起居舍人潘阜等，持书复往，留居日本六月，全然不得慰问，也只好回来。

至元六年，高丽权臣林衍作乱，倡议废立，国王禃情急入朝，乞为援师。世祖乃发兵万人，送禃回国。会林衍已死，乱党闻元军大至，相率远窜。禃复王位，高丽无事。乃复命秘书监赵良弼东往，并饬高丽王禃，派人送至日本，期在必达。良弼到了日本，始终不见国王，只与日本官吏弥四郎相见，弥四郎引他至太宰府西守护所。据守吏言及，从前被高丽所给，屡云上国要来伐我，所以不接来使。今闻上国好生恶杀，实出意料。可惜我国王京，去此尚远，只好先遣人从使回报，他日再当通好等语。良弼无奈，乃遣从官张铎，先偕日使二十六人，驰还燕京。世祖召姚枢、许衡等入见，并问道："日使此来，恐是受主差遣，来窥我国强弱，他称由守护所差来，不尽确实，卿等以为何如？"姚枢、许衡齐声道："诚如圣虑，现不应准他入见，

只宜待他宽仁，看他以后作何对待，再作计较。”以人治人，计非不是，然怀柔之道究不在此。世祖点头称善。

姚、许退后，留日使居住客舍，兼旬不得召见。日使索然无味，即乞归。赵良弼闻日使返国，也即启程回来，嗣后良弼复往返一次，仍是徒劳跋涉。看官！这日本是东方旧国，也有君主臣民，为什么元朝行人，往来如织，他竟置诸不理，似痴聋一般哩！我亦要问。说来话长，小子不遑细叙，只好略说数语，令看官粗识原因。原来日本当日，藩臣擅权，方主闭关政策，首藩北条时宗尤为顽固，无论何国使臣，一概拒绝。元使入境，还算格外客气，任他来去自由。至若遣使偕行，虚与周旋，是第一等好意。偏偏元主不明情由，硬要向他絮聒，反令他恼恨起来，决计谢绝。

至元十一年，高丽王王禃殂，世子睶袭爵。世祖以高丽归顺有年，把皇女忽都鲁揭里迷失遣嫁嗣王，并命他发兵五千，助征日本。于是命凤州经略使实都，及高丽军民总管洪茶邱，率大小舟九百艘，载水师一万五千，会同高丽兵士，航海入日本境。日本闻元兵到来，也不遣将出战，只令兵民守住要隘，坚壁以待。元兵路陌生疏，不敢卤莽进攻，耽延了好几日，费了若干粮饷，若干弓箭。迨至矢尽粮竭，不得已掳掠四境，捉住几个日人，夺了一些牛马，便算了事，回来报命。日境虽是难攻，元将恰也没用。

越年，世祖又遣礼部侍郎杜世忠，兵部侍郎何文著等，往使日本，被他拒绝。到了至元十七年春间，再命杜世忠等东行，只知遣使，何益于事，反要送他性命。所赍国书，未免说得严厉，恼动了日本大臣，竟将杜世忠等杀死。那时世祖闻报，自然大怒，遂命右丞相阿喽罕，右丞范文虎，及实都、洪茶邱等，调兵十万，浩荡东征。

阿喽罕年老力衰，无志远行，只因君命所委，不敢推辞，没奈何硬着头皮，率师东指。途中屡次延宕，及到高丽，竟逗留不进，只说是风水不利，未便行军。嗣后接连会议，或说宜进兵壹岐岛，可扼日本要口；或说宜先取平壶岛，作屯兵地，然后转攻壹岐。阿喽罕茫无头绪，未免心绪不宁，自是食不安，寝不眠，遂致老病复发，拜表辞职。未几死于军中。

世祖令左丞相安塔哈往代，尚未到军，范文虎志欲图功，从前受制阿喽罕，不能自专，尝讥他老朽无用，至阿喽罕死后，军中要推他为统帅，一朝权在手，便把势来行，当下出令发兵，竟往平壶岛进发。平壶岛四面皆水，

日本人称为悬海，西面有五岛相错，叫作五龙山。元兵既到平壶岛，一望无垠，方拟觅地寄泊，俄觉天昏地黑，四面阴霾，那车轮般的旋风，从海面腾起，顿时白浪翻腾，啸声大作。各舟荡摇无主，一班舵工水手，齐声呼噪，舟内的将士，东倒西歪，有眩晕的，有呕吐的，就是轻举妄动的范文虎，也觉支持不定。当下各舟乱驶，随风飘漾，万户厉德彪，招讨王国佐，水手总管陆文政等，统是逃命要紧，不管什么军令，竟带着兵船数十艘，乘风自去。

范文虎见各船散走，心中焦急起来，忙饬大众趋避五龙山。既到山下，检点各舟，十成中已散去三四成。留着的兵舰，多半是帆折樯摧，篷倾舵侧。可见海军不可不练，轮船不可不制。叹息了一回，只得令兵士休息数天，将船中所有器械，渐渐修整。可奈海上的风势，接连不断，稍静片刻，又是怒号。况此时正值凉秋天气，商飚司令，不肯遽停。到了仲秋朔日，飓风复至，范文虎以下各将，惩着前辙，统吓得魂不附体，三十六计，走为上计，慌忙拣择坚船，解缆西遁。虎是文的，无怪外强中干。

军中失了主帅，又没有完善的舟楫，进退无据，只有一个张百户，算做最高的官长，当由军士推戴，号为张总管，听他约束。张总管乘风势少铩，令军士登山伐木，修造船只，意图归还。不料日本兵舰，竟从岛中驶出，来杀元军。看官！你想元军虽有数万，到此还能厮杀么？你推我让，彼惊此骇，结果是上天无路，入地无门，有二、三万人丧身刃下，有二、三万人溺毙海中，还有二、三万人，作日本俘囚。日本问是蒙古兵、高丽兵，尽行杀死。唯赦南人万余名，令作奴隶，后来逃还中国，只有三人。中国向迷信星命，未知这三人命中究属何如？那时这位张总管不知下落，想总是与波臣为伍了。

范文虎逃归后，报称败状，并归咎厉德彪、王国佐等，先自遁还，不受节制。诿过于人，庸夫长技。嗣经安塔哈调查，厉德彪等逃至高丽，将部兵遣散，自己也隐姓埋名，避匿他方，一时捕获不着，遂成悬案。世祖复命安塔哈为日本行省丞相，与右丞彻尔特穆尔，左丞刘二巴图尔，募兵造舟，再图大举。中丞崔彧及淮西宣慰使昂吉尔，都上书谏阻，世祖不从，可巧占城抗命，有事南征，只好将东征问题，暂时搁起一边。

且说占城在交趾南方，旧称占婆国。自兀良合台征服交趾后，曾遣使招致占城，未得实报。世祖令右丞唆都，一作索多。引兵南下，就国立省。占城王子补的，负固不服，遂命唆都进讨。唆都率战船千艘，道出广州，浮海至

占城。占城发兵迎战，号称二十万，两军在南海中，鏖斗起来，鱼龙避匿，鲸鳄潜踪，自辰牌杀到午牌，未分胜负。唆都大愤，带着敢死士数百名，鼓舟直进，各军亦不敢怠慢，鱼贯而入，顿将敌舰冲开，趁势掩杀。占城兵不能抵御，立刻奔溃，被杀及被溺的兵卒，共五万人。唆都复进兵大浪湖，与占城兵再战，又斩首数万级，遂乘势薄城。王子补的遁入山谷，城中乞降。

唆都入城抚民，拟穷追补的，忽来了占城大吏，名叫宝脱秃花，说是奉王子命，纳款输诚。唆都道："既愿归降，应即来见！"宝脱秃花只称贡品未备，须延期数日，唆都照允，遣他归去，转瞬经旬，杳无音信。唆都方知是诈，引兵深入。转战至木城下，四面都是堡砦，不由唆都不惧，下令还军。行未数里，斜刺里忽闪出占城人马，来截归路，唆都猝不及防，几乎被他蹦跞。亏得众军死战，方得走脱。检点军士，已是一半伤亡，只得退出占城，奏请济师。唆都亦非将材。

世祖封第九子脱欢为镇南王，令与左丞李恒，领兵南下，往会唆都军。脱欢欲假道安南，乘便出占城，并命安南国王陈日烜，接济军粮。去使还报，日烜愿随力助饷，不肯假道。脱欢不问允否，只管前进，行入安南，见境上俱有重兵扎住，拒绝元军。乃扎住大营，整备与战。安南管军官阮盉，竟出兵接仗，不到数合，阮盉败走。元军奋勇驱入，杀得安南兵七零八落，擒住安南将杜伟、杜祐。当下审问，始知日烜从兄陈峻，职封兴道王，扼守界上，不许通道。脱欢遂行文招谕，教他退兵开路，未见答复。乃再麾兵深入，迭破要隘，获安南大将段台，兴道王陈峻遁走。

元军在途中，拾得遗弃文字二纸，乃日烜致脱欢公文。内称："前奉诏敕，军不入境，今因占城抗命，大军经过本国，残害百姓，是太子所行违误，本国不能任咎。伏望仍遵前诏，勒回大军，本国当具贡物驰献"等语。脱欢阅毕，即令书状官复文，略说："我朝命讨占城，曾移文汝国，命汝开路备粮，不意汝违朝命，使兴道王等提兵迎敌，射伤我军。我军不得已接战，是祸及汝民，实由汝自己开衅。今与汝约，即日收兵开道，安谕百姓，各务生理，我军所过，秋毫无犯，否则蹂躏汝国，毋贻后悔云云。"恃强胁迫，未免不情。

这书方发，忽由侦探来报，安南王日烜，调集军船千余艘，来助兴道王拒战了。脱欢道："他既如此倔强，不如从速进兵。"遂督师亲往，直抵富良

江，只见江中排着一字儿战船，高悬兴道王旗帜，彩色鲜明。徒有形色。乃命将士驾筏前攻，大小并进，四面驶击，夺得敌船二十余艘，兴道王复败走。元军缚筏为桥，渡过江北，岸上统竖着木栅，由元军用炮猛攻，守兵亦发炮还击，声震天地。到了晚间，来了安南使臣阮效锐，奉书谢罪，且请班师。脱欢不允，次日复攻木栅，栅内已寂无一人。即令军士拆卸，通道进兵，径薄安南城下。日烜已弃城遁去，其弟益稷，率属迎降。脱欢入城，搜查宫内，毫无珍物，只留文牍等件，亦尽行抹毁，料知日烜已尽室而去。亟遣将士追袭，获住官吏多人，唯日烜不知去向。是时唆都已引兵来会，奉脱欢命，亦穷追日烜，向南去讫。

脱欢寓居安南城，无粮可因，军士亦多劳瘁，加以水土不服，瘴疠交侵，未免日有死亡，不得已议定退兵。于是出城北旋，仍抵富良江口，方登山伐木，以便筑桥通渡，不防山林里面，统是安南兵伏着，一声呼啸，伏兵四起，都恶狠狠的来杀元军。元军仓猝迎战，纪律不整，军械不全，眼见得为敌所乘，有败无胜。脱欢一面督战，一面令军役速筑浮桥，等到桥可通人，岸上的元军，已有一半受伤。脱欢先自过桥，留李恒断后。顾己不顾人，好一个大元帅。那安南兵见元军渡江，索性用着毒箭，顺风四射。元军且战且行，桥狭人多，不堪普济。更兼毒矢飞来，左右闪避，就使幸免箭镞，也要失足落水。因此元军各队，不是中箭，就是被溺，好多时才得渡完。李恒亦带队过来，右颊已受箭伤，血流满面。安南兵尚思追逐，亏得元军手快，把桥拆断，方能止住追兵。这一番厮杀，元军吃亏不小，狼狈入思明州，李恒创重死了。还有唆都一军，与脱欢相去二百里，追寇不及，中道折回。总道脱欢尚在故处，仍由原路还军，谁知到了乾满江，前后左右，统是安南兵杀到。唆都无从趋避，拼着命与他奋斗。可奈杀开一重，又是一重，杀开两重，又有两重，等到杀透重围，手下已是零落，身上亦受重伤，看看前面又是江流，无桥可渡，后面的呼杀声，尚是不绝，进退无路，投江而死。残众亦都随着，扑通扑通的数十响，葬身鱼腹去了。统是枉死。

世祖闻报，愤急得了不得，更发蒙古军千人，汉军新附四千人，南往思明，归镇南王节制，再讨安南。复命左丞相阿尔哈雅等，大征各省兵，陆续接济。吏部尚书刘宣，奏称安南臣事已久，岁贡并未愆期，似在可赦之列。且镇南王出兵方回，疮痍未复，若再令进讨，兵士未免寒心。况且南交一

带，蛮瘴甚深，不如少缓时日，徐作后图。世祖览奏，乃遣使往谕脱欢，令其自筹行止。脱欢复称从缓进行，唯日烜弟益稷，为兄所逐，自拔来归，应如何处置？请旨遵行云云。世祖乃令脱欢还军，并居益稷于鄂州，容图后举。

至元二十三年，诏封益稷为安南国王。复命镇南王脱欢，统率江淮、江西、湖广三省蒙古军，及汉军七万人，云南军六千人，海外四州黎兵万五千人，再伐安南，并纳益稷。所有右丞阿八赤，程鹏飞暨参政樊楫以下，统归镇南王调遣，于是水陆并举，分道南进。安南王陈日烜，闻元兵大举，也分道防守。元兵锐气大张，逢关即破，遇险即登，大小十七战，都得胜仗，遂深入国都。日烜仍用旧法，弃城入海，脱欢再入城中，仍令将士航海追寻。看官！你想，这大海茫茫，渺无津涯，凭你东寻西觅，哪里获得住日烜？不过徒然跋涉，多劳军士罢了。前详后略，用笔得体。用兵数月，已是至元二十五年仲春，右丞阿八赤语脱欢道："敌弃巢穴，远窜入海，意将待吾疲敝，再出争战。我军统是北人，到了春夏交季，瘴疠将作，何能支持！敌弗就擒，吾粮且尽，不如退归为是！"脱欢迟疑未决，会日烜复遣使请降，仍是缓兵之计。乃顿兵待着。相持有日，仍无音耗。脱欢遣阿八赤等沿海巡查，返报海口有安南兵。正拟遣兵往攻，奈天气日炎，疫疠又作，所得险隘，连报失守，不得不率众退还。那陈日烜恰是厉害，从海上集众三十万，绕出安南国北方，到了东关，截住元军归路，连营以待。元军也自防着，步步为营。变换前文，不特免复沓之病，且揆情度理，亦应如此。不然脱欢为元帅，岂竟不戒覆辙耶！既近东关，侦知安南兵在前，各怀着小心，上前夺路。安南兵初次接战，倒也不甚起劲，只沿途散处，日与元军战数十合，他唯抢夺军械，任他自走。迨元军行至东关，面面皆山，安南兵都占住山脚，差不多如蚂蚁一般。元军正在骇愕，不期敌军队里，鼓声一响，千万杆箭镞，复扑面飞来。正是：

日暮途穷天地黑，　风凄血薄鬼神愁。

毕竟元兵如何抵御？且看下回便知。

元世祖即位以后，统一中原，宜乘此休养士民，修文偃武，古人放牛归马

之风，何不可遵而行之？况元自太祖称尊，至世祖灭宋，相传其屠戮人数，共一千八百四十七万有奇。既已统一海内，更宜止杀行仁，乃复穷兵东伐，黩武南征，天道恶盈，宁肯令其常胜耶？故无论阿喽罕等之不足将兵，皇子脱欢等之未克料敌，而揆诸理数，亦断无永久不败之理。本回虽第述战事，而于篇首之“好大喜功”四字，已评定世祖人品。以下逐节写来，处处寓着讥刺，知寓戒之意深矣！

第二十四回　海都汗连兵构衅
乃颜王败走遭擒

却说元军至东关遇敌，被安南兵连放毒箭，将士又复遭伤，当下裹疮力战，还是杀不退敌兵。阿八赤、樊楫两人，保住脱欢先行，只望突过东关，便好脱险。那安南兵偏专望大纛杀来，势不可当，任你阿八赤、樊楫等努力冲突，总是无路可走。阿八赤遂语脱欢道："王爷顾命要紧，须扮做兵士，莫令敌军注目，方可逃生。我等愿誓死报国了！"脱欢闻言，便卸下战袍，带着亲卒，混入各军队里，伺隙逃走。曹阿瞒割须弃袍，倒被他模仿得来。阿八赤、樊楫两人，竟尔战死。脱欢正偷出重围，安南兵又复追上。幸前锋苏都尔领了健卒，回身奋战，才将安南兵截住。可笑这位镇南王脱欢，穷极智生，不敢径行大道，只望僻处奔逃，亏此一着，保全性命，要算大幸。

到了思明州，败军始陆续奔来。仔细检查，十死五六，比前次损失，还要加倍。脱欢恼丧异常，只好据实奏闻。世祖以脱欢两次败还，勃然震怒，便下诏切责，令他留镇扬州，终身不准入觐。一面拟另简良将，指日再征。

寻得安南来使，贡入金人一座，且卑词谢罪，方把南征事暂行搁置。是时连岁用兵，多半无功。只诸王相答吾儿一作桑阿克达尔。及右丞台布等，分道攻缅国，还算得手，收降西南夷十二部，直指缅城。缅国即今缅甸，与云南接壤，役属附近各部落，声焰颇盛。至是为元兵所败，遁入白古。嗣复遣人乞降，愿纳岁币，元军方还。所有印度、暹罗及南洋群岛诸部落，亦闻风入贡，元威算遍及西南了。

世祖雄心未已，复拟敛财储饷，再征日本及安南。卢世荣以言利邀宠，尝自谓生财有法，不必扰民，可以增利。因即擢他为右丞。他遂滥发交钞，妄引匪人，专权揽势，毒害吏民。嗣经陈天祥奏弹，方召世荣入朝对质，由世祖亲自鞫讯，一一款服，才命正法。

天下事福无双至，祸不单行。卢计臣方才伏辜，皇太子偏又病剧。这皇太子便是真金，起病的原因，自王著矫杀阿合马，真金心中，已不自安。到至元二十二年，忽有南台御史，奏请内禅。台臣以世祖精神矍铄，定不准奏，遂将原奏搁起。其时卢世荣未戮，引用阿合马余党，竟借公济私，奏称太子阴谋禅位，台臣擅匿奏章；那时世祖未免忿怒，只因太子素来尽孝，还算勉强容忍，不加诘责。嗣被太子闻知，忧惧成疾，医药罔效，竟与老父长别，仙逝去了。真金以仁孝闻，所以转笔加褒。

世祖方悲悼未休，忽西北一带，警耗迭传，竟有同族相残的祸案，酿成分裂。于是接连用兵，扰扰了好几十年。这乱源早已伏着，小子久思叙入，因恐文字夹杂，转眩人目，不如总叙一回，省得枝枝节节。看官阅着，由小子一一叙来。原来，元太祖即大汗位，至世祖统一神州，先后不过七十年，除亚细亚洲极北部，及亚细亚洲极南部外，全洲统为元有，就是欧洲东北土，亦为元威所及，真是一个大帝国，自中国黄帝以来，所绝无仅有的。当时蒙古诸王族，各有分土，最大者有四国，分述如下：

（一）伊儿汗国　自阿母、印度两河以西，凡西方亚细亚一带地，统归管领，亦称伊兰王国。旭烈兀子孙，君临于此，都城在玛拉固阿。

（二）钦察汗国　在伊儿汗国北方，东自吉利吉思荒原，西至欧洲马加境，举秃纳河即多瑙河。下流，及高加索以北地，统归管领，或称金党汗国。拔都子孙，君临于此，都城在萨莱。

（三）察合台汗国　阿母河东面，及西尔河东南，凡天山附近的西辽故土，统归管领。察合台子孙，君临于此，都城在阿力麻里。

（四）窝阔台汗国　凡阿尔泰山附近的乃蛮故土，统归管领。窝阔台即太宗。子孙，君临于此，以也迷里附近，作为根据地。

这四汗国就封后，一切内政，由他自理，名义上仍由元主统驭。世祖乃

建阿母河行省，监制伊儿、钦察两汗国；置岭北行省，监制窝阔台汗国；设阿力麻里及别失八里两元帅府，监制察合台汗国。还有一班皇族宗亲，分镇满洲，因立辽阳行省，作为监督。总道是内外相维，上下相制，好作子孙帝王万世的基业。秦始皇以郡县治天下，元世祖以分封治天下，俱欲长治久安，后来都生祸乱，可知徒法不能自行。无如法立弊生，福兮祸倚。窝阔台汗国，自宪宗嗣位后，早怀不平。应第十九回。至世祖入继，阿里不哥构衅，太宗孙海都，为窝阔台汗国首领，曾隐助阿里不哥，谋倾世祖。阿里不哥败亡，海都汗静蓄兵力，志图大逞。

是时察合台早死，其从孙亚儿古为察合台汗，与海都联盟。世祖探知底细，遣使至察合台汗国，黜逐亚儿古，别立察合台族曾孙八剌为汗。且命连结钦察汗国，与拔都孙蒙哥帖木儿彼此相倚，共制海都。谁知八剌不怀好意，反嗾使海都，合图钦察汗国。海都引兵入钦察境，蒙哥帖木儿已早闻知，潜出兵袭击海都后面。海都还军抵敌，八剌又背了海都，竟将海都所侵地，占据了去。杨畏三变，尚愧勿如。海都愤不可遏，卑辞向钦察汗乞和，且得钦察援兵，杀退八剌。八剌很是刁狡，贻书海都，只说要乞师燕都，与他拼命。海都正防这着，不得已与他讲和。由是三汗勾连，同会于怛罗斯河畔，模仿库里尔泰会，推海都为蒙古大汗。

海都传檄伊儿汗国，令他一同推戴，共抗燕都。伊儿汗国的始祖，是旭烈兀，系世祖亲弟，向来服从世祖。旭烈兀殁后，他子阿八哈，承父遗志，不肯附和海都。海都遂与八剌联兵，攻入伊儿汗国东境，一面约钦察汗、蒙哥帖木儿侵略伊儿汗国西北。阿八哈颇有父风，熟娴兵事，竟调集部众，逆击海都、八剌的联合军。两军相遇，阿八哈略战即退，诱敌兵深入险地，用四面埋伏计，冲破敌兵。海都八剌几乎被擒，幸亏逃走得快，方得保命。

阿八哈既战退联合军，复去迎截钦察兵。这钦察兵颇是厉害，闻着阿八哈到来，他竟退归，至阿八哈回去，他复出来，弄得阿八哈疲于奔命，积劳成疾，未几身死。子阿鲁浑嗣立。阿八哈弟阿美德不服，屡与相争。阿鲁浑虽尚能支持，究竟内乱未平，不暇对外，所以海都的势焰，愈加鸱张，竟欲入逼燕都。

元廷早议往讨，世祖以谊关宗族，不忍发兵，只遣使招谕。假惺惺。海都不肯应诏，乃遣皇子耶木罕为大帅，与宪宗子昔里吉，及木华黎孙安童，

统兵防御。不意昔里吉反叛应海都，竟将耶木罕、安童两人，拘禁营中。那时世祖闻报，急令右丞相伯颜，率兵往救耶木罕等。伯颜兼程而进，闻昔里吉已导海都部众，将入和林。于是火速进兵，遇昔里吉于鄂尔坤河畔，麾众直前，攻破昔里吉营帐，救出耶木罕、安童。昔里吉遁走。正拟乘胜穷追，忽来了燕都钦使，促伯颜还朝。

伯颜班师南归，入见世祖，世祖语伯颜道："海都未平，乃颜一作纳延。又复谋逆，所以促卿归来，商决军事。"伯颜道："乃颜也敢谋逆么？究竟有无实据？"世祖道："乃颜屡次征兵，朕命行省阖里帖木儿不得辄发，闻他时出怨言，将来必要为逆了。"伯颜道："西北诸王，多得很哩。若乃颜一反，胁从王族，恐怕乱祸蔓延。现不如乘他未发，遣使宣抚为是。"世祖问何人可遣？伯颜自请一行，遂奉旨去讫。

看官，你道乃颜究属何人？原来就是太祖弟别勒古台的曾孙。别勒古台曾受封广宁路、恩州二城，以斡难克鲁伦两河间为驻牙地，子孙世袭为王。传至乃颜，适当海都倡乱，受他运动，遂思征兵助逆。叙述明晰。

伯颜既奉命北行，车中满载衣裘，每至一驿，辄把衣裘颁给，驿吏很是感激。为大事者，不惜小费。及与乃颜相见，反复慰谕，乃颜含糊答应。伯颜窥出私意，料非口舌所能挽回，竟不待告辞，夤夜出走。驿吏争献健马，遂得速遁。至乃颜发兵来追，已是驰出境外。

迨返报世祖，很是忧虑。宿卫使阿沙不花道："欲讨乃颜，须先安抚诸王，诸王归命，乃颜势孤，不怕不受擒了！"世祖称善，便命他往说诸王。阿沙不花有口辩才，一入西北境内，就扬言乃颜投诚。诸王闻言，为之气沮，自是所如无阻，把诸王说得屏足敛容，不敢抗衡。可见应对之长，断不可少。

至阿沙不花归还，世祖遂决议亲征，用桑哥一作僧格。为尚书，敛财助饷。桑哥本卢世荣余党，一握政权，免不得暴敛横征。世祖急于讨逆，哪里管得许多。将要启跸，先遣谕北京等处宣慰司，令与乃颜部民，禁绝往来。所有京内兵吏，不得持弓挟矢，于是乘舆北发，肃静无哗。

既入乃颜境内，见麾下将校，多与乃颜部兵，立马相向，释仗对语。世祖很以为忧。左丞叶李密启道："兵贵奇不贵众，临敌当用计取。现看蒙古将士，与乃颜部多是亲昵，哪个还肯为陛下出力？徒然劳师糜饷，不见成功。臣请令汉军列前，用汉法督战，再用大军断他后路，示以死斗。乃颜玩

视我军，必不设备，待我大军冲入，无虑不胜！”元代尝重用蒙古军，所以叶李有此计议。

世祖依言，谕左丞李庭等，部勒汉军，充作前锋。至撒儿都鲁地方，见前面尘飞沙起，料知叛兵到来，便下令布阵，列马以待。乃颜兵如排墙，号称十万，前哨头目，名叫塔布台，随后的头目，名叫金嘉努。乃颜自领中军，疾驰而至。世祖麾军与战，厮杀了一日，未分胜败，薄暮收军。

次日世祖再督军逆战，乃颜坚壁不出，当即还军。两下相持数日，彼此没甚动静，司农卿铁哥献议道："乃颜不来出战，明是有意顿兵，他欲待我师老，方来邀击，若与他相持，正中诡计。现请布一疑阵，淆乱敌心，令他自行退去，才可用奇兵制胜哩。"世祖问计将安出？由铁哥附耳道："如此如此！"世祖大喜，依计行事。

乃颜虽然坚守，每日侦探元军。一夕，得侦骑来报，说是元主据着胡床，张盖饮酒，态度很是从容，旁有大臣陪着，很是闲适，莫非长此驻扎不成。密计从侦骑叙出。乃颜忙与塔布台等商议，塔布台道："元主如此闲暇，定是兵粮饶足，我若与他久持，反受牵制，不如乘夜退去，据险扼守罢了。"乃颜被他一语，倒也心动，便令部众潜退。部众得了归命，巴不得即日回去，顿时收拾行装，全营忙乱。

事被李庭探悉，即请世祖发令，引敢死士十余人，执着火炮，夜入敌阵。乃颜部众，正要奔走，不防炮火射入，声如震雷，斯时大众无心恋战，便一哄儿的逃散。李庭遂率汉军奋击，继以玉昔帖木儿所领的蒙古军，先后追杀，如虎逐羊。汉军向被蒙古轻视，至此格外猛厉，显些威风。蒙古军见汉军奋勇，也有争功思想，顾不得什么情谊，况已得了胜仗，乐得乘势驱逐，杀个爽快。遣将不如激将，便是此意。只乃颜部众，确是晦气，走到东遇着汉军，跑到西碰着蒙古军，更且黑夜迷濛，辨不出道路高低，就是幸免锋刃，也因心慌脚乱，随地乱仆。塔布台受创身死，金嘉努不知去向。乃颜抱头乱窜，已达数里，正虑元军追着，喘吁吁的纵辔急逃。不意道路崎岖，马行未稳，猛觉得一声崩蹋，那马足陷入泥淖中，竟将乃颜掀翻地下。残众只管自逃，一任元军追到，将他擒去。看官，你想叛逆不道的罪犯，还能保全性命么？枭首以后，还要分尸，这也毋庸琐述。

世祖班师而回，既到燕京，忽由辽东宣慰使塔出，飞驿驰奏，略说乃颜

余党失都儿等，入犯咸平，请速济师。世祖遂令皇子爱牙赤，领兵万人，驰驿往援。时咸平东北一带，多与乃颜连结，塔出恐他蔓延，急与麾下十二骑，星夜前行，沿途征集数百人，直抵建州。适遇失都儿前军，约有数千名，头目叫作大撒拔都儿，来攻塔出。塔出毫不畏怯，当先陷阵，麾下数百人，也各自为战，以一当十，竟将大撒拔都儿杀退。

塔出两中流矢，仍指挥自如，与未受痛楚一般。忽得侦报，叛党从间道西出，将袭皇子爱牙赤军，遂又调兵千名，绕道遮截。至懿州附近，与叛党帖古歹相遇，两阵对圆，只见帖古歹执旗麾众，意气扬扬，塔出拈弓搭箭，飕的一声，穿入敌阵，不偏不倚的中了帖古歹口中，镞出项间，顿时坠马身死，余众不战自溃。塔出追至阿尔泰山，方才收兵。

回至懿州，懿州人民焚香罗拜道旁，都涕泣道："非宣慰公到此，吾辈无噍类了！"塔出下马慰谕道："今日逐出叛党，上赖皇帝洪福，下赖将士勇力，我有什么功绩，劳汝等敬礼？"劳谦君子有终吉。遂慰谕人民，令他们归去；一面露布告捷，世祖下诏嘉奖，赏他明珠虎符，充蒙古兵万户。皇子爱牙赤亦引还，无如乃颜余党，尚是未靖，海都又屡寇和林，于是令皇孙铁木耳，一作特穆尔。巡守辽河，右丞相伯颜，出镇和林。小子有诗叹道：

胡人好杀本无亲，构怨连年杀伐频；
为语前车宜后鉴，莫教骨肉未停匀！

毕竟叛党能否平靖？容俟下回续陈。

海都构乱，两汗响应，即西北诸王如乃颜者，亦起而响应，是为元代分裂之原因，即为蒙俗残忍之报应。宪宗蒙哥不经库里尔泰会通过，即窃据大位，妄肆杀戮。彼非应承大统之人，乃恃强称帝，自残同类，亦何怪宗族之解体乎？世祖得国，与乃兄无异，加以穷兵黩武，暴敛横征，外患未靖，而内乱迭作，谁为为之，以至于此！幸其时犹称全盛，不致遽亡；然履霜坚冰，其象已见，读此回应为之黯然！

第二十五回　明黜陟权奸伏法
慎战守老将骄兵

却说乃颜余党，尚出没西北，头目为火鲁火孙及哈丹等，攻掠边郡未下。经皇孙铁木耳北巡，遣都指挥土土哈等击破火鲁火孙，复战胜哈丹，收复辽左，置东路万户府，嗣是西北稍安。哈丹虽屡来扰边，终被守兵击退；只海都屡寇和林。伯颜尚未出发，世祖命皇孙甘麻剌一作葛玛拉，系铁木耳长兄。往征，会同宣慰使怯伯等军，共击海都，一面命土土哈移军接应。怯伯阳迓甘麻剌，阴与海都勾通，军至航爱山，怯伯反引海都部众，来击甘麻剌，将他困在垓心。甘麻剌左冲右突，卒不得脱，心中焦急万分。幸土土哈率军杀到，突入围中，将甘麻剌翼出，令他先行，自率军断后，敌众不肯就舍，统跨马追来。土土哈挑选精锐，依山设伏，俟追军将近，先与截杀，佯作败走形状，诱敌众入山，呼令伏兵齐起，一律杀出。敌兵腹背受敌，几乎败溃，亏得人数众多，分队抵敌。杀了一场，究竟有输无赢，只好夺路遁去。

世祖闻报，复议亲征，师至北方，土土哈率军来会，由世祖抚背慰谕道："从前我太祖经营西北，与臣下誓同患难，尝饮班珠尔河流水，作为纪念。今日得卿，不愧古人，卿其努力，毋负朕意！"应第九回。土土哈拜谢。海都闻世祖亲到，不战自退。

世祖回军，适福建参知政事，执宋遗臣谢枋得，送至燕京。枋得天资严厉，素负奇气，尝为宋江西招谕使。宋亡，枋得遁入建阳，卖卜驿桥，小儿贱卒，亦知他为谢侍御。至元二十三年，世祖遣御史程文海，访求江南

人才，文海博采名士，选得赵孟适、叶李、张伯淳，及宋宗室赵孟頫等，赵孟頫字子昂，为宋秦王德芳后裔，善书画，冠以宋宗室三字，所以愧之。共二十人，枋得亦列在内。时枋得方居母丧，遣书文海，力辞当选。嗣宋状元宰相留梦炎，亦已降元，复荐枋得，枋得复致书痛责，极言江南士人，不识廉耻，非但不及古人，即求诸晚周时候，如瑕吕饴甥，及程婴、杵臼厮养卒，亦属没有，令人愧煞等语。梦炎见书，未免心赧，亏得脸皮素厚，乐得做我好官，由他笑骂。谁要你做过前朝的状元宰相！此编大书前朝头衔，已足令羞。会天祐闻元廷求贤，佯召枋得入城卜易。既至，劝他北行。枋得不答，再三慰勉，乃嫚词谯诃。天祐曲为容忍，偏枋得愈加倨肆，令他难堪。有意为此。遂反唇相讥道："封疆大臣，当死封疆。你为宋臣，何故不死？"枋得道："程婴、公孙杵臼，两人皆尽忠赵氏，程婴存孤，杵臼死义。王莽篡汉，龚胜饿死。汉司马子长尝云：死有重于泰山，或轻于鸿毛。韩退之亦云，盖棺方论定，参政何足语此？"天祐道："这等都是强辞！"枋得道："从前张仪尝对苏秦舍人云：'苏君得志，仪何敢言？'今日乃参政得志时代，枋得原不必多言了！"天祐愤甚，硬令役夫舁他北行，临行时，故友都来送别，赠诗满几。独张子惠诗最切挚，中有一联佳句道："此去好凭三寸舌；再来不值半文钱！"确是名言。枋得览至此句，叹息道："承老友规我，谨当铭心！"遂长卧眠笄中，任之舁行。途中有侍从进膳，他却不食半菽，饿至二十余日，尚是未死。既渡江，侍从屡来劝食，乃踌躇一番，何故踌躇？看官试猜。复少茹蔬果。及到燕京，已是困惫不堪。勉强起身，即问故太后攒所，及瀛国公所在地，见二十二回。匆匆入谒，再拜恸哭。所以踌躇者，只为此耳。归寓后，仍然绝粒。留梦炎使医持药，杂米饮以进。枋得怒，掷诸地上，过了五日，奄然去世。世祖闻枋得死节，很是叹息，命他归葬。其子定之，遂往奉骸骨，还葬信州。忠臣足以服枭雄。

还有一位庸中佼佼的处士，姓刘名因，系保定容城人。他并未受职宋朝，只因蒙儿得国，不愿委贽，专力研究道学，笃守周、邵、程、朱学说，并爱诸葛孔明静以修身一语，表所居曰静修。嗣经尚书不忽术举荐，有诏征辟，乃不得已入朝。世祖擢为右赞善大夫。他敷衍了数日，奏称继母年老，乞归终养，遂辞职去。所给俸禄，一律缴还。后复征为集贤学士，仍以疾辞，世祖称他为不召之臣，由他归休。旋于至元三十年去世。赠翰林学士，

封容城郡公，谥文靖。刘因有知，恐不愿受。

刘因以外，第二个要算杨恭懿，他籍隶奉元。至元初年，与许衡俱被召，屡辞不起。太子真金，用汉聘四皓故事，延他入朝，与定科举制度，及考正历法。至历成，授他为集贤学士，兼太史院事。恭懿辞归，寻又召他参议中书省事，仍不就征，与刘因同年告终。

元初大儒，应推这两人为巨擘了。特别揄扬。此外要算国子监祭酒许衡。只许衡久食元禄，老归怀孟，至七十三岁寿终。尝语诸子道："我为虚名所累，不能辞官，死后慎勿请谥，勿立碑，但书许某之墓四字，使子孙知我墓所，我已知足了！"隐有愧意。及死后，世祖加赠司徒，封魏国公，谥文正。衡虽悔事元朝，究竟有功儒教，元制有七匠、八娼、九儒、十丐等阶级，幸有许衡维持，方将周、孔遗泽，绝而复续，略迹原心，功不可没，这且按下不提。

且说世祖自西北还师，驻跸龙虎台，忽觉空中有震荡声，地随声转，心目为之眩晕，不觉惊讶异常。越日得各处警报，地震为灾，受害最剧，要算武平路，黑水涌出地中，地盘突陷数十里，坏官署四百八十间，民居不可胜计。于是命左丞阿鲁浑涯里一作谔尔根萨里。召集贤翰林两院官，询及致灾的原因。各官都注意桑哥，只是怕他势大，不敢直言。地震之灾，未必由桑哥所致，然桑哥虐民病国，诸臣不敢直言，仗马寒蝉，太属误事。独集贤直学士赵孟頫，因桑哥钩考钱谷，有数百万已收，未收还有数千万，纵吏虐民，怨苦盈道，遂奏请下诏蠲除，借弭天灾。世祖遂命草诏，适为桑哥所见，悻悻道："此诏必非上意。"孟頫道："钱谷悬宕，历征未获，此必由应征人民，死亡殆尽，所以不曾奉缴，若非及时除免，他日民变骤起，廷臣得便上书，怕不要归咎宰辅么？"桑哥嘿然无言，方得颁诏。

后来世祖召见孟頫，与言叶李、留梦炎优劣。孟頫道："梦炎是臣父执，操行诚实，好谋能断，有大臣风。叶李所读的书，臣亦读过，所知所能，臣亦自问不弱。"世祖笑道："你错了！梦炎在宋为状元，位至丞相，当贾似道执政时，欺君误国，他却阿附取容，毫无建白。李一布衣，尚知伏阙上书，难道不远胜梦炎么？"

孟頫撞了一鼻子灰，免冠趋出。乃与奉御彻里相遇，便与语道："上论贾似道误宋，责留梦炎不言，今桑哥误国几过似道，我等不言，他日定难逃

责！但我是疏远的臣子，言必不听，侍御读书明义，又为上所亲信，何不竭诚上诉，拼了一人的生命，除却万民的残贼，不就是仁人义士么！”你于宋亡时何不拼命，至此却教人拼命，自己又袖手旁观，好个聪明人，我却不服。彻里不觉动容，答称如命。

一日，世祖出猎漷北，彻里侍着，乘间进言，语颇激烈，世祖黜他诋毁大臣，命卫士用锤批颊，血流口鼻，委顿地上。少顷，复由世祖叫问，彻里朗声道："臣与桑哥无仇，不过为国家计，所以犯颜进谏。若偷生畏死，奸臣何时除？民害何时息！今日杀了桑哥，明日杀臣，臣也瞑目无恨了！"如彻里者，不愧忠臣。世祖大为感动，遂召不忽术密问，不忽术数斥桑哥罪恶多端，乃降敕按验。廷臣遂相率弹劾，你一本，我一折，统说桑哥如何不法，如何应诛。世祖召桑哥质辩。那时台臣百口交攻，任你桑哥舌吐莲花，也是辩他不过。况且事多实据，无从抵赖，没奈何俯伏请罪。世祖遂把他免职，一面命彻里查抄家产，所积珍宝，差不多如内藏一般。返奏世祖，世祖愤愤道："桑哥为恶，始终四年，台臣宁有不知的道理？知而不言，应得何罪？"御史杜思敬道："夺官追俸，唯上所裁！"你前时何亦溺职。于是台臣中斥去大半，阿鲁浑涯里与桑哥同党，亦夺职抄家。叶李同任枢要，一无匡正，亦令罢官。先是桑哥专宠，一班趋炎附势的官员，称颂功德，为立辅政碑，奉谕俞允；且命翰林学士阎复撰文，说得非常赞美。至是已改廉访使，亦坐罪免官。未免冤枉。

世祖欲相不忽术，与语道："朕过听桑哥，以致天下不安，目下悔之无及，只可任贤补过！朕识卿幼时，使从学政，正为今日储用，卿毋再辞！"不忽术道："桑哥忌臣甚深，幸蒙陛下圣鉴，谅臣愚忠，得全首领。臣得备位明廷，已称万幸，若再不次擢臣，无论臣不敢当，就是朝廷勋旧，亦未必心服呢！"世祖道："据你看来，何人可相？"不忽术道："莫如太子詹事完泽。《元史》作旺札勒。曩时籍阿合马家，抄出簿籍，所有赂遗近臣，统录姓氏，唯完泽无名。完泽又尝谓桑哥为相，必败国事，今果如彼所料，有此器望，为相定能胜任了！"不忽术有让贤之美。世祖乃命完泽为尚书右丞相，不忽术平章政事，朝右一清。

会中书崔彧，奏劾桑哥当国四年，卖官鬻爵，无所不为，亲戚故旧，尽授要官，宜令内外严加考核，凡属桑哥党羽，统应削职为民云云。真是打落水

狗。有旨准奏，遂彻底清查，把京内外官吏，黜逐无数。有湖广平章政事要束木，一作约苏穆尔。系桑哥妻舅，尤为不法，系逮至京，籍没家产，得黄金四千两，遂将他正法。今之官吏拥资数千万，比要束木为何如？自是穷凶极恶的桑哥，也被拘下狱，无可逃免，结果是推出朝门，斩首示众。贪官听着。嗣又有纳速剌丁、忻都、王巨济等亦被台臣纠参，说他党附桑哥，流毒江南，乞即加诛以谢天下。世祖以忻都长于理财，欲特加赦宥，经不忽木力争，一日连上七疏，乃一并伏罪，与桑哥的鬼魂，携手同去了。生死同行，可谓亲昵。

小子把朝事叙毕，又要回顾前文，把海都的乱事，接续下去。世祖自亲征回跸后，因穷究桑哥余党，不遑顾及外务。且因江南连岁盗起，如广东民董贤举，浙江民杨镇龙、柳世英，循州民钟明亮，江西民华大老、黄大老，建昌民邱元，徽州民胡发、饶必成，建平民王静照，芜湖民徐汝安、孙惟俊等，先后揭竿，更迭起灭，看似随笔叙过，实是隐咎元朝。累得世祖宵旰勤劳，几无暇晷。还要开会通河，凿通惠渠，沟通南北，累兴大役，因此把北方军务，都付与皇孙甘麻剌，及左丞相伯颜。

伯颜出镇和林，威望素著，海都有所顾忌，不敢近边。会诸王明里铁木儿被海都唆使，来攻和林。伯颜出兵阻截，至阿撒忽突岭，已见敌军满布，倚险为营。当下举着令旗，当先陷阵，任他矢下如雨，只管冒险前进。各军望风争奋，顿时闯入敌营。明里铁木儿忙来拦阻，看伯颜军似潮涌入，锐不可当，料知抵敌不住，索性回转营后，扒山逃去。伯颜令速哥梯迷秃儿等追杀敌军，自引兵徐徐退还。

到必失秃岭，夕阳下山，伯颜仰望岭上，飞鸟回翔，仿佛似怕惧蛇蝎，不敢投林；遂令军士向山扎营，严装待命。诸将入禀伯颜，愿即回军。伯颜道："你等不见岭上的飞鸟么？天色已晚，不敢归巢，岂不是内有伏兵！若卤莽前进，正中他计！"老成持重，何至败衄。诸将道："主帅既料有伏兵，何不上山搜寻，痛剿一番！"伯颜道："夜色苍茫，不便搜剿。"诸将再欲有言，被伯颜叱退，并下令军中道："违令妄动者斩！"成竹在胸。已而暮夜沉沉，连营寂寂，猛听岭上四起胡哨，不待侦卒还报，就令各营坚壁固守，遇有敌兵冲突，只准在营放箭，不得出营接仗，如有擅动，虽胜亦斩！是谓军令如山。吓得将士战战兢兢，谨守号令，果然敌兵来袭数次，统被飞箭射退。守至天明，军令复下，饬各将士越岭速追，迟缓者斩！叠写斩字，威声凛凛。

当下将士遵令，立刻拔营登山，遥望敌兵，已向山后退去，便摇旗呐喊，纵辔奔驰。敌兵前行如飞，伯颜军后追如电。将要追着，只见敌兵后队停住，前队纷乱，便即乘势杀入。看官，你道敌兵何故失律？原来速哥梯迷秃儿追赶明里铁木儿，未及而还，从间道来会伯颜军，巧遇敌兵遁走，就此截住。这时敌兵穷蹙异常，怎禁得两路夹攻，有几十百个生得脚长，还算侥幸逃生，此外都作刀头之鬼。

伯颜扫尽敌兵，当即收军。各将士都将首级报功，共得二千数百颗，遂打着得胜鼓，回至和林。会侦骑获到间谍一名，由伯颜召入慰问，赐他酒食。诸将争欲杀他，伯颜不许，放他归去。临行时，给发回书，并赏以金帛，谍使感谢而去。过了数日，得明里铁木儿复音，情愿率众归降，诸将方知伯颜妙用，胜人一筹。始惧以威，继感以德，确是大将权谋。

是时海都闻明里铁木儿败还，大举入寇，伯颜只令各处要隘，严守不战。元廷还道伯颜怯敌，遂劾他久镇北方，观望迁延，无尺寸功，甚或说他通好海都。信而见疑，忠而被谤，无怪豪杰灰心。世祖半信半疑，遂诏授皇孙铁木耳军符，统握北方军务，以太傅玉昔帖木儿一作约苏特穆尔。辅行，召伯颜还居大同，静待后命。

伯颜闻旨，并无愠色，诸将却很是不平，咸请发兵对敌，先除海都，后接钦使。伯颜笑道："要除海都，也没甚难事，只恐诸君不听我命。"诸将齐声遵约，伯颜道："既如此，且遣人止住钦使，待我除灭海都。"诸将喜甚，遂遣使止住铁木耳等，一面麾军出境，既遇敌营，伯颜令各军往战，只准败，不准胜，违者斩。又出奇谋。诸将闻令，疑惑得很，奈因前誓遵令，不敢有违。便出与海都交绥，略略争锋，当即败退。伯颜亦退军十里下寨。次日便齐集听令，见伯颜号令如故，仍复照行。伯颜复退军十里下寨。一连五日，交战五次，连败五阵，退军至五十里。诸将忍耐不住，都交头接耳的谈论伯颜。到第六日，伯颜下令，仍然照旧。诸将遂齐声禀道："连日退兵，长他人锐气，灭自己威风，莫怪谗人鼓舌！还求改令方好！"伯颜道："我与诸君定有前约，如何违慢？多言者斩！"复出二斩字，煞是奇异。诸将忍气吞声，不敢不去，不敢不败。接连又是两日，复退军二十里，一边着着退步，一边着着进行，恼得诸将性起，不管什么死活，又来与伯颜争辩。伯颜道："这便所谓骄兵之计，你等哪里知道！"诸将齐声道："战了七日，败

了七阵，退了七十里，骄兵计也用得够了，难道还要这般么！”伯颜不禁长叹。诸将复道：“我等愿出灭海都，如或不胜，甘当重罚！”伯颜道：“诸君少安，待我说明。”正是：

老将骄兵操胜算，武夫好斗隳奇功。

毕竟伯颜说出什么话来？看下回明白交代。

谢枋得为宋尽忠，气节不亚文山，足为后人圭臬。刘因、杨恭懿等，未曾仕宋，亦能高尚志节，许莫庐对之，应有愧色，此著书人之所以亟亟表彰也。世祖名为重儒，实是好武，因用兵而敛财，因敛财而任佞，阿合马、卢世荣后，复有桑哥，三奸肆恶，元气斲丧，虽先后伏诛，而民已不胜困敝矣。伯颜为元室良将，匪特用兵如神，即谨守不战，亦为休养兵民起见，乃谗口嚣嚣，媒蘖其短，卒至瓜代之使，奉敕遥来，雄主好猜，老臣蒙谤，乃知刘因、杨恭懿之屡征不至，固有特识，非第华彝之防已也。阅者于夹缝中求之，庶识著书人深意。

第二十六回　皇孙北返灵玺呈祥
母后西巡台臣匿奏

却说伯颜因诸将争议，复说明本意道："海都悬军入寇，十步九疑，我若胜他一仗，他即遁去。我拟诱他入险，使他自投罗网，然后一战可擒。诸君定欲速战，倘或被他逃走，哪个敢当此责？"诸将还是未信，复道："主帅高见，原是不错，但皇孙及太傅等，停止中道，彼未知我密计，又向朝廷饶舌，恐多未便，所以利在速战。主帅若虑海都脱逃，当由末将等任责！"伯颜复长叹道："这也是海都的侥幸，由你等出战罢！"一声令下，万众欢跃，便大开营门，联队出去。

海都因连日得胜，满怀得意，毫不防着。正在饮酒消遣，侦卒来报，敌军来了。海都笑道："不过又来串戏。"随即整队上马，出营督战。说时迟，那时快，伯颜军已踹入营盘，似生龙活虎一般，无人可当。海都部众，纷纷退下，究竟海都老于戎事，见伯颜军此次来攻，与从前大不相同，料得前番屡退，明是诱敌，遂招呼部众，且战且走。幸喜尚未入险，归路平坦可行，不过兵马受些损伤，自己还算幸脱。伯颜军力追数十里，只夺了些军械，抢了些马匹，杀伤了几百个敌兵，看着海都远飏，不能擒获，没奈何收军而回！伯颜道："我说何如？"诸将惶恐请罪。徒勇无益。伯颜道："此后你等出兵，须要审慎，有主帅的总须奉命；自己做了主帅，越宜小心，老夫年迈力衰，全仗你等努力报国，今日错误，他日可以改过，我也不愿计较了！"言下感慨不尽。诸将感谢。

伯颜遂遣人往迓钦使。俟铁木耳等到来，置酒接风，谈了一番国务。次日即将印信交与玉昔帖木儿，告别欲行。铁木耳亦还酒相饯，举杯问伯颜道："公去何以教我？"伯颜亦举杯还答道："此杯中物请毋多饮！还有一着应慎，就是女色二字！"名论不刊。铁木耳道："愿安受教！"只恐受教一时，未必时时记着。饮毕，伯颜自赴大同去讫。

是年已是至元三十年，安南遣使入贡，有旨拘留来使，再议南征。看官道是何故？原来至元二十八年，世祖曾遣吏部尚书梁曾，出使安南，征他入朝。这时安南王陈日烜已死，其子日燇袭位，闻元使到来，拟自旁门接诏。梁曾以安南国原有三门，舍中就偏，明是怀着轻视的意思，遂寓居安南城外，致书诘责。三次往还，始允从中门接入。相见毕，曾复劝日燇入朝。日燇不从，只遣臣下陶子奇偕曾入贡。曾进所与日燇辩论书，世祖大喜，解衣为赐。廷臣见了，未免嫉忌，只说曾受安南赂遗。妒功忌能之臣何其多乎？世祖又召曾入问，曾答道："安南曾以黄金器币遗臣，臣不敢受，交与来使陶子奇。"世祖道："有人说你受赂，朕却不信；但你若禀过朕躬，受亦何妨。"恐亦是现成白话。廷臣又以日燇终不入朝，请拘留陶子奇。世祖允他所请，复命诸王亦里吉䚟等，整兵聚粮，择日南征。

师尚未发，忽彗星出现紫微垣，光芒数尺。似为世祖殂逝之兆。世祖颇为忧虑，夜召不忽术入禁中，问如何能弭天变？不忽术道："天有风雨，人有栋宇；地有江河，人有舟楫；天地有所不能，须待人为。古人与天地参，便是此意。且父母发怒，人子不敢嫉怨，起敬起孝；上天示儆，天子亦宜恐惧修省。三代圣王，克谨天戒，未有不终。汉文帝时，同日山崩，多至二十有九，就是日食、地震，也是连岁频闻，文帝求言省过，所以天亦悔祸，海内承平。愿陛下善法古人，天变自然消弭了！"善补衮阙！世祖闻言，不觉悚然，不忽术复诵文帝《日食求言诏》。世祖道："古语深合朕意。"复相与讲谈，直至四更方罢。是冬蠲赋赈饥，大赦天下。

越年元旦，世祖不豫，停止朝贺。次日，召丞相知枢密院事伯颜入京。越十日，伯颜自大同归。又越七日，世祖大渐。伯颜与不忽术等入承顾命。又三日，世祖崩于紫檀殿，在位三十五年，享寿八十。亲王诸大臣，发使告哀于皇孙。知枢密院事伯颜，总百官以听。兵马司请日出鸣晨钟，日入鸣昏钟，借防内变。伯颜叱道："禁内何得有贼？难道你想作贼吗？"会有役夫

至内库盗银，被执，宰执欲立置死地，伯颜道：“嗣皇未归，禁中无主，理应镇静为是！寻常小窃，稍稍加惩，便可了事，不宜施用大刑，自示张皇！且杀人必须主命，目今何命可承？”可谓得大臣之度。说得宰执哑然无语，自是宫廷肃静，一如平时。过了数日，灵驾发引，葬起辇谷，从诸帝陵。总计世祖一生，功不补过，如迭任贪佞，屡兴师徒，尊崇僧侣，污乱宫闱四大件，最为失德。史臣称他度量洪广，规模宏远，未免近于谀颂，小子也不必细辩了。

且说皇孙铁木耳闻讣，从和林还朝，将至上都，遇着右丞张九思率兵迎驾，并奉上传国玺一枚。这传国玺并非世祖御宝，乃是历代相传的玺印。先是木华黎曾孙硕迪，已死而贫，其妻出玉玺一枚，鬻诸市间，为中丞崔彧所得。彧召秘书监丞杨桓，辨认印文，说是“受命于天，既寿永昌”八大篆字。彧惊异道：“这莫非是秦玺不成！”秦玺早付灰炉，如何复能出现，况木华黎系元代世臣，既得此玺，安敢藏匿不献，这是明明赝鼎，借此以献谀耳。遂献诸故太子妃弘吉剌氏。皇孙铁木耳，系故太子真金第三子，是弘吉剌妃所生。妃得此玺，遂遍示群臣，丞相以下，次第入贺，俱称世祖晏驾以后，方出此玺，明是上天留赐皇太孙，真可谓绝大喜事。乃遣右丞张九思，率禁卒数百名，赍玺迎献。皇孙铁木耳受玺后，喜形于色，慰劳有加。遂驰入上都，诸王宗亲，文武百官，同日毕至，议奉皇孙为嗣皇帝。亲王中或有违言，时太傅玉昔帖木儿亦随皇孙同还，遂与晋王甘麻剌道：“宫车晏驾，神器不可久虚，曩日天赐符玺，已有所归，王系宗亲首领，何不早言？”甘麻剌点头，正欲发言，见伯颜带剑上殿，宣扬顾命，备述选立皇孙的意旨。甘麻剌遂乘势附和，决立皇孙铁木耳。诸王至此，不敢不从，遂皆趋殿下拜。铁木耳乃南面即尊，下诏大赦，其辞道：

朕唯太祖圣武皇帝，受天明命，肇造区夏，圣圣相承，光熙前绪。迨我先皇帝体元居正以来，然后典章文物大备，临御三十五年，薄海内外，罔不臣属，宏规远略，厚泽深仁，有以衍皇元万世无疆之祚。我昭考早正储位，德盛功隆，天不假年，四海觖望。顾维眇质，仰荷先皇帝殊眷，往岁之夏，亲授皇太子宝，付以抚军之任。今春宫车远驭，奄弃臣民，乃有宗藩昆弟之贤，戚畹官僚之旧，谓祖训不可以违，神器

不可以旷，体承先皇帝夙昔付托之意，合词推戴，诚切意坚。朕勉徇所请，于四月十四日即皇帝位，可大赦天下，尚念先朝庶政，悉有成规，唯慎奉行，罔敢失坠。更赖祖亲勋戚，左右贤良，各尽乃诚，以辅台德。布告远迩，咸使闻知！

是诏下后，复上大行皇帝尊谥曰圣德神功文武皇帝，庙号世祖。追尊故太子真金为裕宗皇帝，生母弘吉剌氏为皇太后，改太后所居旧太子府为隆福宫。以玉昔帖木儿为太师，伯颜为太傅，月赤察尔一作伊彻察喇。为太保，并封赏各宗亲百官有差。又放安南使陶子奇归国，罢伐安南兵。朝政大定，乃移驾入燕都。铁木耳后号成宗，小子依前文世祖故例，以下就改称成宗了。

成宗即位后，河东守臣使献嘉禾，称为瑞征。平章政事不忽术问道："汝境内所产，是否皆同？"来使答道："只此数茎。"不忽术笑道："照此说来，于民无益，有什么好处？"遂搁置不提。又西僧作佛事，每请释放罪囚，谓可祈福，梵语叫传"秃鲁麻。"豪民犯法，统纳赂西僧，乞他设法免罪；甚至奴仆戕主，妻妾弑夫，亦往往呼吁西僧，但教西僧答应，无论弥天罪恶，亦可邀免。有时西僧且为代请，被罪犯以帝后服，乘坐黄犊，款段出宫门，即谓增福消灾，得度一切苦厄，帝后亦深信不疑。据这般法制，无罪的人，不如有罪的好。不忽术却愤愤道："赏善罚恶，是政治的根本，今第据西僧一言，便将罪犯赦免，就使逆伦伤化，也不足责，自古以来，无此法度呢！"成宗闻言，责丞相完泽道："朕尝有言戒汝，毋使不忽术知道，今他退有后言，转令朕生惶愧！"欲要不知，除非莫为，况王道荡荡，岂可无故纵恶，讳莫如深耶！成宗之所以为成者，恐第成人之恶，非成人之美也。又使人语不忽术道："卿且休言，朕今听卿！"

未几有奴告主人，主已坐罪被诛，诏令将主人官爵，给奴承袭。不忽术又进奏道："奴可代主，大坏天下风俗，将来连君臣上下，都可不管，请即收回成命！"成宗悔悟，乃将前旨取消。视国事如儿戏，元政之颠倒可知。完泽以不忽术位在己下，特膺宠眷，且遇事直言，不少回护，心中未免衔恨。不忽术曾保荐完泽，今反恨他直言，人心之难料如此！廷臣亦多与不忽术有嫌，怂恿完泽。直道难行，令人浩叹。完泽遂请不忽术外用，调授陕西行省平章政事，成宗亦以为然。无非恐他多言。诏已下，被太后弘吉剌氏闻知，呼帝入内，与语

道："不忽术系朝廷正人，先皇帝所付托，汝奈何令他外用？我实不解。"成宗乃留使在京，仍供原职。

是年十二月，有大星陨于西北，声如雷鸣。廷臣共以为不祥，但未知有何变故。越数日，忽报太傅知枢密院事伯颜病殁，备书官职，一如史家书法。成宗悲悼辍朝。伯颜智勇深沉，曾将二十万军伐宋，如将一人，诸将仰之如神明。元将最喜屠戮，伯颜亦时申禁令，还朝未尝言功，嗣后出御外务，入靖内讧，朝廷倚作长城，中外推为柱石，好算是一位出将入相的全材。卒年五十九，赠太师，谥忠武。

越年即成宗元年，年号元贞，寰宇承平，宫廷静谧，没有大事可表，唯授嗣汉三十八代天师张与材，为太素凝神广道真人，管领江南道教。信释及道，所以特书。又册立驸马托里斯女伯岳吾氏为皇后。伯岳吾一作巴约特。后有才略，册立后，成宗颇加敬惮，因此渐预外事，容后再表，暗伏下文。

元贞二年，赣州民刘六十，聚众万余，私立名号。成宗遣将往征，多半退缩不前，匪势益盛。亏得江淮行省左丞董士选，亲自往讨。至兴国，距贼营百里，命将校分守待命，先把奸吏贪民，查实正法。百姓很是感奋，争出投效，遂导兵入贼寨，一鼓荡平，六十就擒。士选拜表奏捷，但请黜赃吏数人，并不言杀贼功绩。舆论称他不伐，这也可谓元室良臣了。不没善人。

越年，复改元大德，五台山佛寺告成。山在山西五台县东北，五峰耸立，高出云表，山上无林木，状如台然，因名五台。先是世祖在日，深信佛教，尝推拔思巴为帝师，尊信备至。凡西域郡县土番地方，设官分职，尽归帝师管辖。每遇大朝会，百官班列，帝师独专席座旁，以此朝右大臣，莫得与帝师敌体。甚且帝后妃主，亦须向帝师前受戒，膜拜顶礼，帝师居然受拜。拔思巴又靠着些小才，创制蒙古新字，字仅千余，字母四十有一，世祖令颁行天下，与梵文并重。升号拔思巴为大宝法王。至拔思巴死，赠他嘉号，几乎记不胜记。看官记着，乃是皇天之下，一人之上，宣文辅治，大圣至德，普觉真智，佑国如意，大宝法王，西天佛子，大元帝师。奇称怪号，自古罕闻。其弟亦怜真嗣职，亦怜真夭逝，西僧答儿麻八剌乞列承袭，权力如故。

世祖殂后，宫廷中迷信益深，成宗母弘吉剌氏，因饬建五台山佛寺，命司程陆信等统率工役，驱役民夫，冒险入山谷，伐木运石，压死至万余人。寺既成，弘吉剌太后，备驾临幸，惹动了监察御史李元礼，竟草奏数百言，

力为谏阻。中有扼要数语，录述如下道：

五台山创建寺宇，工役俱兴，供亿烦重，民不聊生。伏闻太后临幸五台，尤不可者有五：盛夏禾稼方茂，民食所仰，骑从经过，不无蹂躏，一也。亲劳圣体，经冒风日，往复数千里山川之险，万一调养失宜，悔之何及！二也。天子举动，必书简策，以贻万世，书而不法，将焉用之，三也。财非天降，皆出于民，今日支持调度，百倍曩时，而又劳民伤财，以奉土木，四也。佛以慈悲为教，虽穷天下珍玩供养不为喜，虽无一物为献亦不怒，今太后欲为兆民求福，而亲劳圣体，使天子旷定省之礼，五也。伏望回辕中道，端处深宫，上以循先皇后之懿范，次以尽圣天子之孝诚，下以慰元元之望；如此，则不祈福而福自至矣！

奏上，中丞崔彧见他言词鲠直，不敢上闻，遂将原奏搁起。于是慈舆西幸，千乘万骑，前后拥护，说不完的热闹，写不尽的庄严。所过地方，供张浩繁，有司一律跪迎，盛称太后仁慈，为民祈福。只河东廉访使王忱，独述建工时的损害；并谓建寺所以福民，福尚未及，害已先受，恐朝廷初意，未必如是云云。太后亦为动容，令颁给国帑，抚恤工役家属。迨到了五台，拈香已毕，赏赐僧侣也费了巨万，实则统是民膏民脂。为了泥塑木雕的佛像，吸尽万民血液，这又何苦呢！当头棒喝。

太后回銮后，忽侍御史万僧，取元礼封章入奏，略称崔中丞私昵汉人，李御史大言谤佛，俱应坐罪。惹得成宗恼恨起来，令完泽、不忽术逮讯。完泽道："往时臣亦入谏，太后谓先皇帝已有此心，非臣所知。"不忽术恰云："他御史惧不敢言，独一元礼直谏，不特无罪，还当加赏！"两人枉直，可于言下见之。成宗沉吟半晌，瞿然道："御史元礼说的很是，遂任元礼原职，万僧罢职。弄巧成拙，世之好讦人者，俱应如此处置。小子有诗咏道：

害人反把自身当，天道原来善恶彰；
我佛有灵应亦笑，痴迷唤醒即慈航。

五台事了，八邻又来警报，说是海都复猖獗得很，已由钦察都指挥使床

兀儿，领兵抵敌去了。事详下回，请看官续阅。

故太子真金已死，世祖之意，将递授皇孙，不应出使镇边，致有绝续之虑；况世祖年已八十，宁能长生不死乎？宫车晏驾，方遣使告哀，直至三月无君，幸有伯颜总己以听，方得无事，否则殆矣！然犹须假玺愚民，带剑宣命，以定策之大政，凭诸神道武力，侥幸成功，是固不足为后世训，宜乎后嗣之奇变迭出也。成宗嗣立，佞佛如故。太后虽贤，卒不能脱妇人之见，以致亲幸五台。李元礼一谏，千古不朽，崔彧之匿不上闻，果奚为者？元之兴不恃僧侣，元之衰亡，实自僧侣贻之。上昏下蔽，何以为国耶？惩前毖后，请鉴是书！

第二十七回　得良将北方靖寇　信贪臣南服丧师

却说海都被伯颜战退，两年不敢入寇。嗣闻世祖已殂，伯颜随殁，复乘隙进兵，即将八邻据去。八邻亦称巴林，在今阿尔泰山西北，势颇险要。钦察都指挥使床兀儿，一作绰和尔。系土土哈三子，曾以从征有功，封昭勇大将军，出镇钦察。既闻海都袭据八邻，遂一面驰驿奏闻，一面率北征军越过金山，即阿尔泰山。攻八邻地。

八邻南有答鲁忽河，两岸宽广。海都将帖良台阻水扎营，伐木立栅，把守得非常严密。俟床兀儿师驰至，命将士下马跪坐，持着弓矢，一排儿的待着。床兀儿本欲渡河，看他这般严备，不敢轻渡，但矢不能及，马不能前，如何可以进攻！他竟想出一法：命麾下吹起铜角，清音激越，又令举军大呼，声震林野。这也是疑兵计。帖良台部下，大吃一惊，不知所措，相率起身上马。床兀儿趁他慌乱，立即麾军齐渡，涌水拍岸，木栅为之浮起。守军失恃，吓得脚忙手乱，所持弓矢，不是呆着，就是乱放，经床兀儿奋师驰击，已没有招架能力。帖良台拨马先逃，余众四散奔逸。床兀儿追奔五十里，不及乃还，把他人马庐帐，一律搬回。

行至雷次河，遥见山上有大旗招展，料是海都遣来的援军，当下挑选精锐，作为前锋，由自己带着，径自渡河，奔山上冈。那山上的敌将，名叫孛伯，刚思下山对仗，不防床兀儿已经上山，执着令旗，舞着短刀，纵辔跃马而来。孛伯亦仗胆上前，与他接战，两马方交，床兀儿部下，已大呼杀入。

那时不及争锋，急忙领兵拦截，无如顾彼失此，阻不胜阻，未到一时，已是旗靡辙乱，无可约束。大众沿山奔窜，马多颠蹶，被床兀儿痛杀一阵，十死八九。只无从追寻孛伯，想是乘间脱逃，穷寇勿追，收军回营，复遣使奏捷。成宗闻报，免不得有一番奖赏。

是时诸王也不干，系太宗庶孙，也叛应海都。驸马阔里吉思，袭父高唐王孛要合封爵，叠尚公主。至是自请往讨，成宗不许。三请乃允行，命大臣出都饯别。阔里吉思酹酒誓道："若不平定西北，誓不南还！"又是死谶。遂慷慨北行。

至伯牙思地方，突遇敌军前来，差不多有数万人，即欲上前争杀。部将谓寡不敌众，应俟各军齐集，方可与战，阔里吉思道："大丈夫矢志报国，临难尚且不避，况我奉军命北征，正为杀敌而来，难道定要靠人么？"语虽不错，然徒恃勇力，究嫌卤莽。当下激厉孤军，鼓噪前进，敌兵欺他兵少，未曾防备，被他杀得大败亏输。阔里吉思当即奏捷，由成宗赏他貂裘宝鞍，统是世祖遗物。

嗣至隆冬，诸王将帅，谓去岁敌兵未出，不必防边。阔里吉思独毅然道："宁可多防，不可少防，今秋敌中候骑，来的很少，是如鸷鸟一般，将要击物，必先遁形，奈何不加防备！"此说很是。诸王将帅，反以为迂。阔里吉思不暇与辩，只整顿兵备，严行防守。到了残腊，果然敌兵大至。阔里吉思即与接仗，三战三胜，乘胜追杀过去，直入漠北。道旁多山泽，坳突不平，各军随行稍缓，独阔里吉思策马当先，不管什么利害，只自前进。谁知敌兵掘有陷坑，一不小心，竟尔失足，马蹶身仆，被伏兵活捉了去。后骑赶紧驰援，已是不及。

敌兵执送至也不干，也不干劝他归降。阔里吉思不答，也不干道："你若肯投顺了我，我有爱女，愿给你为妻。"阔里吉思抗声道："我乃天子婿，无天子命，令我再娶，岂可使得！况你身为王族，天子待你不薄，你何故背叛天子，私通海都？我今日被执，有死无降，你也不必笼络我了！"也不干怜他骁勇，不肯即诛，将他拘住别室。

成宗得知消息，令他家臣阿昔思特，赴敌探视。阔里吉思只问两宫安否，次问嗣子何如？余不多言。次日复与相见，阔里吉思复语道："归报天子，我捐躯报国了！"死得有名，但穷追致死，未免不智。

阿昔思特尚未归国，阔里吉思已经毕命。至阿昔思特返报，成宗追封为赵王。其子术安尚幼，令其弟木忽难袭爵。木忽难才识英伟，谨守成业，抚民御众，境内乂安。才过乃兄。至术安年已成人，即将王爵让还，孝友可风。术安尚晋王甘麻剌女，且请旨迎父尸归葬，这是后话不提。

且说海都频年寇边，互有胜负，未能得志，至此又欲再举，因察合台汗八剌去世，遂令其子都哇一作都干。承袭为汗，并令他出兵为助，合军南侵。成宗命叔父宁远王阔阔出，一作库克楚。总兵北边，防御海都。阔阔出怯弱无能，只连日奏闻警耗，乃改命兄子海山一作海桑。往代。海山有智略，既至军，即简练士卒，壁垒一新。会闻海都军已至阔别列地方，忙督兵出战，奋斗一昼夜，竟杀退海都军。

海都回军休息，养足锐气，过了一年有余，复与都哇合兵，倾寨前来。海山早已探悉，急檄令诸王驸马各军，会师迎敌。都指挥使床兀儿，闻命前来。海山闻他智勇过人，即迎入帐下，慰劳毕，即与商军事。床兀儿道："用兵无他道，只张吾锐气，毋先自馁，总可望胜。"言已，遂自请为先锋。海山应允，即令各军分为五队，向金山进发。时海都军已越山而南，至迭怯里古地，两军相遇，海都军倚山自固，声势锐甚。床兀儿引着精锐，向前突阵，左右奋击，所向披靡，海山麾军接应，海都收队退去。床兀儿奋勇欲追，由海山止住，方回军下寨。

次日，都哇引兵挑战，床兀儿复跃马出营。海山忙出督阵，见床兀儿挥刀前进，势不可当，约一时许，已连斩敌将数员，不禁惊叹道："好壮士！我自出阵以来，从没有见过这般力战。"方欲驱兵援助，那都哇兵已纷纷败去，乃鸣金收军。床兀儿还语海山道："我正欲追杀都哇，王爷何故鸣金？"海山道："海都此次入寇，闻他倾寨而来，其志不小，为什么不耐久战？想必别有诈谋！"料事颇明。床兀儿道："王爷所虑甚是。"海山道："我想明日出战，令诸王驸马，先与接仗，我与你从后接应何如？"床兀儿应命。

翌晨，进兵合剌合塔，由诸王驸马各军，前去攻击，与海都军混战一场。海都麾兵徐退，诸王驸马，一齐追上，忽敌军分作两翼，海都率右，都哇率左，从两面包抄过来，将诸王驸马各军，围住中心。顿时喊声震地，呼杀连天，几乎要把诸王驸马，都吞将下去。诸王驸马，知已中计，急欲突围逃命，偏偏敌军死不肯放，后来且箭如飞蝗，死伤甚众，任你如何能耐，一

些儿都没用。方在惊惶失措，忽见敌军左翼，纷纷自乱，有一大将舞刀突阵，带着锐卒千名，随势扫荡，竟入垓心。大将非别，就是钦察亲军都指挥使床兀儿！一语千钧。诸王驸马大喜，便欲随他杀出。床兀儿道："且慢！"言未已，敌军右翼，复鼓噪起来，外面又闯入无数健卒，拥着一位大帅海山，联辔入阵，把敌军杀得东倒西歪。笔法又变。当下号召诸王驸马，分队驰杀，大败敌军。海都、都哇统行逃去，海山方整军回营。

是晓复与床兀儿密议，守至黎明，即令各军出营攻敌，自与床兀儿领着精锐，从间道去讫。此处用虚写，待后叙明。各军与海都交战，只恐蹈着前辙，不敢奋勇争先，海都军反得乘间掩杀，恃众横行。正在兴高采烈的时候，忽后面有两军杀到，一是元都指挥使床兀儿，一是元帅海山。海都见前后受敌，知难取胜，忙督军夺路，向北遁去。都哇迟了一步，被海山部将阿什，发矢中膝，号哭而逃。海山追了一程，夺得无数辎重，方才班师。这一次大战，方将海都的雄心，收拾了一大半，怅怅的回至本国去了。都哇亦负创自去。

海山连章报捷，盛称床兀儿战功，并使尚雅思秃楚王女察吉儿。成宗亦非常欣慰，遣使赐以御衣。嗣因海都积郁病亡，乃征使入朝。成宗亲谕道："卿镇北边，累建大功，虽以黄金周饰卿身，尚不足尽朕意，况穷年叛逆，赖卿得除，不唯朕深嘉慰，就是先帝亦含笑九泉了。"遂赐以衣帽金珠等物，拜骠骑卫上将军，仍使回镇钦察部。

海都死后，子察八儿嗣，一作彻伯尔。都哇因惩着前败，劝察八儿降成宗。察八儿不得不从，遂与都哇同遣使请降。钦察汗忙哥帖木儿势孤，也束手听命。于是西北四十余年的扰攘，总算暂时安靖，作一段大结束。

后事慢表，且说缅国服元后，岁贡方物。大德元年，缅王的立普哇拿阿迪提牙，遣子僧合八的奉表入朝，并请岁增银帛。成宗嘉他恭顺，赐以册印，并命僧合八的为缅国世子，给赏虎符。未几，缅人僧哥伦作乱，缅王发兵往讨，执其兄阿散哥也，系诸狱中。寻将他释出，不复问罪。阿散哥也偏心中怀恨，竟归结余党，突入缅都，将缅王拘禁豕牢。旋且弑王，并害世子僧合八的，独次子窟麻剌哥撒八，逃诣燕京。成宗乃命云南平章政事薛绰尔，发兵万二千人往征。

薛绰尔奏报军务，言缅贼阿散哥也倚八百媳妇为援，气焰颇盛，应再乞

济师。云南行省右丞刘深，且贻书丞相，备言八百媳妇应讨状。是时不忽术已卒，完泽当国，以刘深言为可信，遂入朝劝成宗道："世祖聪明神武，统一海内，功盖万世。今陛下嗣统，未著武功，现闻西南夷有八百媳妇叛顺助逆，何不遣兵往讨？彰扬休烈！"言未毕，中书省臣哈喇哈孙，出班奏道："山峤小夷，远距万里，若遣使招谕，自可使之来廷，何必远勤兵力！况目今太后新崩，大丧才毕，尤宜安民节饷，毋自贻忧"。从哈喇哈孙奏中归结太后，亦是省文。成宗不从，竟发兵二万，属刘深节制，往征八百媳妇。御史中丞董士选，复入朝力谏，大略谓轻信一人，劳及兆民，实是有损无益。成宗变色道："兵已调发，还有何言？"说罢，即麾他出朝。士选怏怏趋出。

看官，你道八百媳妇究属何国？相传是西南蛮部，为缅国西邻，其酋有妻八百，各领一寨，因名八百媳妇。荒诞无稽，不能尽信。刘深既奉命南征，取道顺元。时适盛暑，蛮瘴横侵，士卒死丧，十至七八，驱民运饷，跋涉山谷，一夫负米数斗，数夫为辅，历数十日乃达，死伤亦数十万人。于是中外骚然。刘深复发奇想，欲胁求蛮妇蛇节，作为己妾。蛇节系水西土官妻，素有艳名，且趫健多力，喜着红衣，土番号为红娘子。大约是美女蛇所变。土官闻刘深硬索己妻，哪里就肯缴出。遂去连结蛮酋宋隆济，抗拒元军。

隆济捏词谕众道："官军将征发尔等，剪发黥面，作为兵役，身死行阵，妻子为虏，尔等果情愿否？"大众齐称不愿。隆济道："如果不愿，如何对付官军？"大众呼嚷道："不如造反！"正要他说此语。隆济道："造反如何使得？"大众道："同是一死，如何不造反！"隆济道："造反须有头领。"大众道："现在眼前，何必另举？"遂推隆济为头目，隆济复令水西土官，去挈蛇节。至蛇节到寨，果然美貌绝伦，武艺出众。名不虚传。隆济遂拨众千名，令她带着。夜间却召入蛇节，只说是密商兵事，谁知他已暗地勾通，肉身演战。水西土官，因要靠着隆济，不敢发言，隆济反得坐拥娇娃，先尝滋味。世之娶美妇者其慎诸。

不到数日，已胁从苗、獠诸蛮数千人，破杨、黄诸寨，进攻贵州。知府张怀德力战败死。刘深闻警赴援，恰巧狭路逢着冤家。看官道是何人？就是朝思暮想的红娘子。那时刘深拼命与战，恨不得立刻抱来，同她取乐，偏偏这个红娘子，狡猾异常，出阵打了个照面，偏回马逃走。刘深哪里肯舍，下令军中，生擒蛇节者赏金千两。于是各军力追，直至深山穷谷中，转了几个

湾头，蛇节不知去向。偏来了数千名土番，面目狰狞，状貌可怖。一班罗刹鬼。他却不知阵法，一味的跳来跳去，乱斫乱砍，弄得军士手足无措，左支右绌。正惊愕间，蛮酋宋隆济，复率众驰到，将刘深军拦入洞壑，四面用蛮众围住。为了小洞，反入大洞。刘深陷入绝地，只好束手待毙。还是此时死了，省得后来枭首。亏得镇守云南的梁王阔阔，恐刘深穷追有失，率兵接应，方杀退隆济，将他救出。

隆济复进围贵州，刘深整兵再战，只是不能取胜。相持数月，粮尽矢穷，引兵退还，反被隆济追击，把辎重尽行委弃，又丧失了数千兵士，狼狈逃归。败耗传至燕京，成宗乃改遣刘国杰为帅，杨赛因不花原名汉英，其先太原人，自唐时平播州，世有其地，元时其父纳土，乃赐名杨赛因不花，一作杨赛音布哈。为副，率四川、云南、湖广各省兵，分道进讨诸蛮。

是时征缅统帅薛绰尔亦受缅人金赂，率兵遽退。元廷尚未闻知，封窟麻剌哥撒八为缅王，赐以银印，令他回国。方要出发，缅贼阿散哥也，已遣弟者苏入朝，自陈弑主罪状，乞加宽宥，并愿奉窟麻剌哥撒八回缅。至此讯悉征缅军，已退回云南。

那时薛绰尔奏报亦到，只托词炎暑瘴疠，不便进兵，还师时反被金齿蛮邀击，士多战死等语。成宗大愤，遣吏按验，查得薛绰尔围缅两月，缅城薪食俱尽，将要攻陷，云南参知政事高庆，及宣抚使察罕，受纳缅金，耸恿薛绰尔还军，以致功败垂成。于是高庆、察罕正法，免薛绰尔为庶人。独刘深受完泽庇护，未曾加罪。南台御史陈天祥，遂抗词上奏，大旨是参劾刘深殃民激变，非正法无以弭祸。小子阅着原奏，不禁技痒起来，即信笔成诗道：

尧阶干羽化苗日；元室兵戈酿乱时。
谁是圣仁谁是暴？兴衰付与后人知。

欲知原奏详细，请看下回叙明。

海都肇乱四十年，战杀相寻，几无宁日，幸出镇有人，或善攻，或善守，以此北方千里，尚未陷没。海都不获逞志，抑郁以死。自是都哇倡议归降，察八儿

等同时听命，三汗投诚，兵祸少弭；然劳师靡饷，已不知几许矣！为成宗计，当口不言兵，专谋富教，庶乎承平之治，可以期成。乃复征缅国，征八百媳妇，愤兵不戢，必致自焚。迨悍酋妖妇，连结构兵，扰扰云、贵者有年，刘深之肉，其足食乎？本回于北方之战，归功床兀儿；南征之役，归罪刘深，而隐笔仍注意成宗，皮里阳秋，可与言史矣。

第二十八回　蛮酋成擒妖妇骈戮 藩王入觐牝后通谋

却说御史陈天祥，因刘深未曾加谴，抗疏严劾，说得洋洋洒洒，为《元史》中仅见文字。小子不忍割爱，节录如下：

臣闻八百媳妇，乃荒裔小夷，取之不足以为利，不取不足以为害。而刘深欺上罔下，远劳大众，经过八番，纵横自恣，中途变生，所在皆叛，不能制乱，反为乱众所制，食尽计穷！仓皇退走，丧师十八九，弃地千余里，朝廷再发四省之兵，以图收复。比闻从征者言经过之地，皆重山复岭，陡涧深林，其窄隘处仅容一人一骑，贼若乘险邀击，我军虽众难施。或诸蛮远阻险隘，以老我师！进不能前，退无所掠，将不战自困矣！且自征伐诸夷以来，近三十年，未尝有尺土一民之益，计其所费，可胜言哉！去岁西征，及今此举，何以异之？乞早正深罪，乃下明诏招谕，彼必自相归顺，不须远劳王师，与小丑夺一朝之胜负也。苟谓业已如此，欲罢不能，亦当详审成败，算定后行。彼诸蛮皆乌合之众，必无久能同心捍我之理。但急之则相救，缓之则相疑，以计使之互相仇怨，待彼有隙可乘，徐命诸军数道俱进，服从者怀之以仁，抗敌者威之以武，恩威兼济，功乃可成。若复舍恩任威，深蹈覆辙，恐他日之患，有甚于今日者也！谨奏。

奏入不报。只缅国嗣王，许者苏奉回为主，把征缅事搁置不提。于是天祥托病辞去，成宗也不慰留。

忽西南紧报，杂沓而来，如乌撒、乌蒙、东川芒部及武定、威楚、普安诸蛮，统托辞供亿烦劳，不堪虐苦，这边发难，那边响应，攻掠州县，焚烧堡砦，几乎闹得一团糟。成宗乃急命陕西行省平章政事伊逊岱尔，统师往讨，并令会同刘国杰，以资策应。国杰方讨宋隆济等，不及来会。成宗命他兼顾，原是无谓。伊逊岱尔督军前进，分道驱杀，那蛮民本系乌合，趁着一时愤激，遽尔倡乱，一闻官军骤至，既无统领，又无机谋，仓猝对敌，被官军杀得大败。顿时逃的逃，降的降，不到一月，已奏报肃清了。

只蛮酋宋隆济，已猖獗年余，集党数万人，肆行无忌，他竟自称为王，每日驱众四掠，自己恰与蛇节宣淫。蛇节妖媚得很，一心一意的从着隆济，要他封为王妃。水性杨花。隆济因她有夫，倒也碍着面目，不好发表。偏蛇节设心狡毒，竟唆隆济杀死土官，实足副名。那时隆济受她蛊惑，只说水西土官违命，将他斩首。家家床头有蛇节，幸勿轻意。越宿，遂命蛇节正式为妃。这一宿间兴味何如？

嗣是朝欢暮乐，两口儿非常愉快。忽闻元将刘国杰，带领数省大兵，前来征剿，不免忧虑起来。蛇节道："无妨，只教给我五千人，便杀他片甲不回。"恃有前胜。隆济大喜，便整备兵械，着于次日起程。是夜把蛇节竭力奉承，不消细说。翌晨，便拨众万名，令蛇节带着，先行起马，自率万人为后应。

蛇节闻官军自广西进兵，遂向东进发，行至播州，方遇着官军，她即抖擞精神，来与官军接战。刘国杰前军接着，望见敌队中的大旗，随风飘荡，露着数个大字，什么南蛮王妃字样。各军早闻蛇节美名，都睁着眼望那蛇节，但见蛇节跨着绣鞍，裹着铁甲，面上不涂脂粉，自然白中带红，兼且眉似初月，唇若朝霞，妖艳中露出三分杀气，越觉宜笑宜嗔，蛮妇中有此艳妇，真是尤物。顿时齐声喝采，不由的目眙神呆。孰意蛇节竟挥着鸾刀，驱杀过来，官军无心恋战，竟被冲动阵角，往后倒退。蛮众个个奋勇，愈逼愈紧，有好几个晦气的官军，早已身首分离。幸刘国杰督军继至，一阵力战，才把蛮众驱退。收军后，察知前队情形，即把将士训斥一番，令他见敌即杀，不得为色所迷。

是夕无话。越日，两军复战，国杰令兵士不得退后，只向前进。蛇节不

能抵御，败退十里。越日又战，蛇节复败走，官军追将过去，偏值隆济杀到，蛇节亦转身前来，合力奋斗，杀败官军。国杰忙鸣金收军，亲自断后，才得徐徐退回。入营检查，已伤亡千人。

当下与杨赛因不花共同商议，想了一策：令军士各在盾上加钉，准备要用。军士得令，统摸不着头脑，只能遵令办就。翌日，军士将盾献上，国杰传令道："今日出战，前队携盾对敌，稍战即走，将盾弃地，不得取回；后队整械听令！"军士奉命，即如法施行。将近敌营，隆济、蛇节，并辔出来，蛮骑争先驰突，官军弃盾即走。隆济见部众得胜，忙令他前追，谁知地上都是弃盾，盾上有钉，马足蹀躞不稳，多半颠蹶，骑马的人，自然随仆。原来如此，的是奇想。国杰麾军齐上，如削瓜砍菜一般。隆济、蛇节，慌忙走脱，部众已死了一半。

国杰得胜回营，只令坚壁弗动，过了数日，隆济、蛇节，又邀合蛮众，复来攻击。国杰仍令固守，不准出阵。隆济、蛇节无可奈何，收众回去。接连数日，不发一兵。隆济、蛇节更迭挑战，只是不应。国杰又要作怪。军士也不知何故，唯有严装待命。

一夕见侦骑入营密报，即由国杰发令，教杨赛因不花率军五千，夤夜去讫。越日仍无动静，直到天晚，方下令夜薄敌营。时至三更，淡月迷濛，国杰令军士出营，亲自押队，衔枚疾走。行近隆济寨前，突发火炮，麾军直入。那时隆济正抱着蛇节，酣寝帐中，蓦闻炮声震天，方才惊醒，还道营内失火。揭帐一望，只闻一片喊杀声，吓得心惊胆落，连忙扯起蛇节，连外衣都不及穿着，飞步逃至寨后，觅得战马两匹，与蛇节跨鞍逃走。营内的蛮众，都从梦中惊醒，伸了足即被斫去，展了手又被戳断，大家是亲亲昵昵，同赴鬼门关。只营后守卒数百名，还有逃走工夫，拼命奔去。国杰扫尽敌营，天已黎明，即下令回军。

将士因渠魁脱走，禀请追赶。国杰道："不必，自有人擒来！"妙极！回营甫一小时，果有军士入见，已将蛮妇蛇节擒到。国杰问道："杨副帅来未？"军士答道："隆济涉河遁走，杨副帅追觅去了。"

看官，你道这蛇节如何得擒？原来国杰计获叛蛮，先时曾遣人探路，料知隆济杀败，必往墨特川，方可归巢。因先命杨赛因不花率军绕道，截住川滨。隆济、蛇节果然中计，奔至川旁，被杨军截杀，隆济投入水中，凫

水逃生。偏蛇节不能泅水，单身孤骑，如何对仗，只好下马乞降，所以先被拿到。国杰即命推入，军士见蛇节只着袒衣，云鬟半坠，面色微青，睡容中又带惊容，好一幅美人图。喘呼呼的下跪案前。国杰拍案道："你是妖妇蛇节么？"蛇节凄声答道："是！"国杰复怒道："你擅拒天讨，加害生灵，曾否知罪？"蛇节复流泪答道："已经知罪！若蒙赦宥，恩同再造，就是收为奴妾，也所甘心！"国杰厉声道："好没廉耻的蠢妇！左右与我斩讫！"你若不要她作妾，何不送与刘深？将士闻了这令，都想求他释放，赏做小老婆，怎奈国杰满面杀气，不敢率请，眼见得一个美妇，倏忽间化作两段了。实是可惜。

又过一天，杨赛因不花回营，已将隆济获到，说是由他兄子宋阿重絷送，当问了数语，囚入槛车，一面请旨处置，旋奉诏就地正法。蛮境粗平，云、贵总算安靖，连八百媳妇，也不再征。唯刘深免官，嗣被哈喇哈孙再行奏弹，说他微名首衅，丧师辱国，非正法不可，乃将刘深伏诛，南征事因此结局。暂作收束。

完泽也为台官所劾，且有纳赂嫌疑，几乎被谴，成宗格外包荒，释置不问。独冥官不肯饶他，偏叫二竖为灾，一病长逝。嗣职的便是哈喇哈孙。副相令阿忽台继任。阿忽台一作阿呼岱。两相为武宗继统所系，故特表明。且复征召陈天祥，授集贤院大学士。天祥再起就职，怀着一片忠心，屡欲畅陈时弊，偏成宗燕昵宫闱，常不视朝，后且时患寝疾，内政决于皇后，外政委诸廷臣。惹起天祥烦恼，忍不住意中郁勃，便极陈阴阳反复，天地易位，是今时大弊。且因宗庙被火，两浙大饥，河东地震，太白经天，种种灾祲，统陈列在内，说是咎由人致，很为切直。看官，你想这道奏疏，明明是内讥牝后，外斥权臣，难道能邀批准么？果然奏入留中，付诸冰搁，天祥复谢病去了。

大德九年，成宗以寝疾难痊，立子德寿为太子。德寿非元后亲出，乃是次后弘吉剌氏所生。元室宫闱，并后匹嫡，成为常例，所以皇后不止一人。弘吉剌氏性安简默，一切政务，俱由元后伯岳吾氏主持。太子德寿，立未数月而卒。或言由伯岳吾后暗中谋害，事无左证，不便直指。唯成宗从子爱育黎拔力八达，一作阿裕尔巴里巴特喇及其母弘吉剌氏，为伯岳吾后所忌，令他出居怀州。爱育黎拔力八达，就是海山的母弟。海山时封怀宁王，出镇青海，闻知此事，颇怀不悦。奈因道途修阻，鞭长莫及，不得已静待后命。

是冬，成宗老病复发，且比从前加甚，伯岳吾后恐有不测，密令心腹去

召安西王阿难答，一作阿南达。及诸王明里帖木儿。阿难答系世祖庶孙，与成宗为兄弟行，接着密使，遂于次年正月，偕明里帖木儿入朝。伯岳吾后即阴令进见，与语道："皇帝病日加重，恐不日就要宾天，我召你等来京，无非为嗣位问题，须要密商。现在太子已逝，爱育黎拔力八达从前颇觊觎神器，我所以令他出居怀州。若召立海山，他必为弟报怨，诸多不利。你等试为我一决！"明里帖木儿素与阿难答莫逆，便接着道："何不就立安西王？"伯岳吾后以目视阿难答，端详一会，恰故作踌躇状。明里帖木儿复道："皇后莫非虑嫂叔的嫌疑么？须知嫂溺援手，道贵从权，若安西王得立，想必感恩图报，皇后尽可临朝称制呢！"黜去从子，偏立皇叔，就是愚妇人亦不致出此，此中或有暧昧，何怪致人借口！伯岳吾后尚在沉吟，阿难答也说道："这事恐怕未便。"明里帖木儿道："有了，皇后临朝，皇叔摄政，还有何人可说？"伯岳吾后道："此议甚是，你去预告宰辅罢。"二王便辞别出宫。

越数日，成宗病殂，在位十三年，寿四十二。伯岳吾后即下敕垂帘，命安西王阿难答辅政。右丞相阿忽台奉敕，集群臣商议祔庙及摄政事。太常卿田忠良，博士张昇道："先帝祔庙，神主上应书嗣皇帝名，今书谁人？"一语便即驳煞，如何可以有成。阿忽台道："他日续书，有何不可？况先帝即位时，非亦三月无君么？"亏他寻出故例。御史中丞何玮道："世祖驾崩，中外属意先帝，祔庙时已书就嗣君，何尝是没有呢？"阿忽台变色道："法制并非天定，全由人事主张，你等独不怕死么？敢阻国家大事！"何玮道："不义而死，恰是可怕；若舍生取义，怕他何为！"倒是硬汉。

是时右丞相哈喇哈孙未至，不好率行定议，当即散会。随由内旨去召哈喇哈孙，他却收拾百司符印，封储府库，自己守宿掖门，只是称疾未赴。阿忽台与明里帖木儿等密议，想寻隙谋害哈喇哈孙，然后奉皇后正式临朝。哈喇哈孙早已防着，适怀宁王遣康里脱脱在京，急命返报，一面遣使至怀州，迎爱育黎拔力八达入都。

爱育黎拔力八达闻报，怀疑未决，询其傅李孟。李孟道："支子不嗣，系世祖遗典，今宫车晏驾，怀宁王远居万里，请殿下急速入宫，借安众心。"爱育黎拔力八达乃奉母返燕都。行至中道，先遣李孟问哈喇哈孙。正要进去，不防有人兜头出来，见了李孟，停足不行。李孟面不动容，反上前问讯，那人说是奉后所遣，来此视疾。李孟道："丞相安否？我正为诊疾而

来。”妙有急智。便即趋入，见了哈喇哈孙，长揖不拜，即引哈喇哈孙右手，作诊脉状，哈喇哈孙觑破情形，自然与他谈病，不及国政。至后使去后，乃与密言宫禁事，且令促爱育黎拔力八达入都。李孟返报爱育黎拔力八达，尚欲问卜，经李孟暗语卜人，教他言吉不言凶。卜人入筮，果得吉爻，李孟道：“筮不违人，是谓大同。”遂拥爱育黎拔力八达上马，驰至燕京。诸臣皆步从，入临帝丧，哭泣尽哀，复出居旧邸。

伯岳吾后闻知，忙与安西王阿难答、左丞相阿忽台密商。阿忽台道：“闻得三月三日，系爱育黎拔力八达生辰，可托词庆贺，逼他出见，凭老臣一些手力，立可扑杀此獠，并可除他党羽。”原来阿忽台素有勇力，人莫敢近，因此自信不疑。计划已定，便遣人通知哈喇哈孙，预约届期同往，庆贺生辰。

哈喇哈孙满口答应，密遣使报爱育黎拔力八达，并函授秘计。爱育黎拔力八达阅函毕，忙令都万户囊加特，去邀诸王秃剌。一作图刺。秃剌系察合台四世孙，力大无穷，见了囊加特，叙谈一番，允为臂助。囊加特归报。于是先二日率卫士入内，诈称怀宁王有使到来，请安西王、左丞相入邸议事。

安西王颇怀疑惧，阿忽台道：“不妨，有我在此！”复邀同明里帖木儿，并马偕行。既至爱育黎拔力八达邸中，甫行交谈，那爱育黎拔力八达忽拂袖起坐，抢步出外，大呼道：“卫士何在？”言未已，外面走进如虎如狼的卫卒，来拿安西王等。阿忽台亦即离座，扬眉大呼道：“来！来！你等莫非来送死么？”旁有一人接着道：“你自来送死！还敢妄言！”阿忽台瞧将过去，便失声叫着，“不好了！安西王快走！”正是：

弄巧不成反就拙，恃强无益适遭殃。

毕竟阿忽台瞧见何人？容俟下回续叙。

隆济一蛮酋，蛇节一番妇，何敢叛？乃以苛求胁迫故，揭竿而起，猖獗异常，可见怨不可丛，丛怨必生祸；戎不可启，启戎必罹殃。微刘国杰，云、贵陆沈矣！然因蛇节而隆济致叛，因隆济而刘深伏诛，妇人之害，一至于此，可胜慨哉！下半回叙牝后称制事，亦由妇人生事，蔑祖制，蓄异谋，酿成巨衅，故天下不能无妇人，而断不能授权于妇人。妇祸之兴，人自启之耳，于妇人乎何诛？

第二十九回　诛奸慝怀宁嗣位
耽酒色嬖幸盈朝

却说阿忽台正欲抵敌，猛见一赳赳武夫，才知不是对手。这人为谁？就是诸王秃剌。秃剌指挥卫士，来擒阿忽台。阿忽台只怕秃剌，不怕卫卒，卫卒上前，被他推翻数人，即欲乘间脱逃。秃剌便亲自动手，把他截住。阿忽台至此，虽明知不敌，也只好拼命与斗。俗语说得好，棋高一着，缚手缚脚，况武力相角，更非他比，不到数合，已被秃剌揿住，饬卫士用铁索捆好。那时安西王阿难答，及诸王明里帖木儿，向没有什么本领，早被卫士擒住。缚扎停当，押送上都，一面搜杀余党，一面禁锢皇后。

事粗就绪，诸王阔阔一作库库、牙忽都一作呼图。入内，语爱育黎拔力八达道："罪人已得，宫禁肃清，王宜早正大位，安定人心！"现成马屁。爱育黎拔力八达道："罪人潜结宫闱，乱我家法，所以引兵入讨，把他伏诛，我的本心，并不要作威作福，窥伺神器呢。怀宁王是我胞兄，应正大位，已遣使奉玺北迎。我等只宜静等宫廷，专待吾兄便了。"

当下哈喇哈孙议定八达监国，自统卫兵，日夕居禁中备变，并令李孟参知政事。李孟损益庶务，裁抑侥幸，群臣多有违言。于是李孟叹息道："执政大臣，当自天子亲用，今銮舆在道，孟尚未见颜色，原不敢遽冒大任。"遂入内固辞，不获奉命，竟挂冠逃去。

是时海山已自青海启程，北抵和林，诸王勋戚，合辞劝进。海山道："吾母及弟在燕都，俟宗亲尽行会议，方可决定。"乃暂行驻节，专候燕都消息。

先是海山母弘吉剌氏，尝以两儿生命，付阴阳家推算。阴阳家谓“重光大荒落有灾，”“旃蒙作噩长久。”小子尝考据尔雅，大岁在辛曰：“重光，”在巳曰：“大荒落，”是重光大荒落的解释，就是辛巳年。又在乙曰：“旃蒙，”在酉曰：“作噩。”是旃蒙作噩的解释，就是乙酉年。海山生年建辛巳，爱育黎拔力八达生年建乙酉。弘吉剌妃常记在心，因遣近臣朵耳往和林，传谕海山道：“汝兄弟二人，皆我所生，本无亲疏，但阴阳家言，运祚修短，不可不思！”

海山闻言，嘿然不答。既而召康里脱脱进内，语他道：“我镇守北方十年，序又居长，以功以年，我当继立。我母拘守星命，茫昧难信，假使我即位后，上合天心，下顺民望，虽有一日短处，亦足垂名万世。奈何信阴阳家言，辜负祖宗重托！据我想来，定然是任事大臣，擅权专杀，恐我嗣位，按名定罪。所以设此奸谋，借端抗阻。你为我往察事机，急速报我！”星命家言原难尽信，但也未免急于为帝。

康里脱脱奉命至燕，禀报弘吉剌妃。弘吉剌妃愕然道：“修短虽有定数，我无非为他远虑，所以传谕及此。他既这般说法，教他赶即前来罢。”

当下遣回脱脱，复差阿沙不花往迎。适海山率军东来，途次遇着两人。阿沙不花具述安西谋变始末，及太弟监国，与诸王群臣推戴的意思。脱脱复证以妃言。海山大喜，即与二人同入上都，命阿沙不花为平章政事，遣他还报母妃又母弟。爱育黎拔力八达遂奉母妃至上都，诸王大臣亦随至，当即定议，奉海山为嗣皇帝。

海山遂于上都即位，追尊先考答剌麻八剌为顺宗皇帝，母弘吉剌氏为皇太后。一面宣敕至燕京，废成宗后伯岳吾氏，出居东安州，又将安西王阿难答，及诸王明里帖木儿，与左丞相阿忽台等，一并处死。嗣以安西王阿难答与伯岳吾后同居禁中，嫂叔无猜，定有奸淫情弊，所以不立从子，反欲妄立皇叔，业已秽乱深宫，律以祖宗大法，罪在不赦，应迫她自尽。诏书一下，伯岳吾后无术可施，只好仰药自杀了。垂帘亦无甚乐趣，为此妄想，弄得身名两败，真是何苦！

海山后号武宗，因此小子于海山即位后，便称他为武宗。当时改元至大，颁诏大赦。其文道：

昔我太祖皇帝以武功定天下，世祖皇帝以文德洽海内，列圣相承，丕衍无疆之祚。朕自先朝肃将天威，抚军朔方，殆将十年，亲御甲胄，力战却敌者屡矣，方诸藩内附，边事以宁。遽闻宫车晏驾，乃有宗室诸王，贵戚元勋，相与定策于和林，咸以朕为世祖曾孙之嫡，裕宗正派之传，以功以贤，宜膺大宝。朕谦让未遑，至于再三，早已蓄谋为帝，偏说谦让再三，中国文字之欺诈，多半如此，可叹！还至上都，宗亲大臣，复请于朕。间者奸臣乘隙，谋为不轨，赖祖宗之灵，母弟爱育黎拔力八达，禀命太后，恭行天罚。内难既平，神器不可久虚，宗祚不可乏嗣，合词劝进，诚意益坚，朕勉徇舆情，于五月二十一日即皇帝位。任太守重，若涉渊冰，属嗣服之云初，其与民更始，可大赦天下，此诏。

嗣是驾还燕京，论功封赏，加哈喇哈孙为太傅，答剌罕一作达尔罕。为太保，并命答剌罕为左丞相，床兀儿、阿沙不花并平章政事。又以秃剌手缚阿忽台，立功最大，封为越王。哈喇哈孙谓祖宗旧制，必须皇室至亲，方可加一字的褒封，秃剌系是疏属，不得以一日功，废万世制。武宗不听，秃剌未免挟恨，暗中进谗，说是安西谋变，哈喇哈孙亦尝署名，自是武宗竟变了初志，将哈喇哈孙外调，令为和林行省左丞相，仍兼太傅衔，阳似重他，阴实疏他。浸润之谮，肤受之愬。一面立弟爱育黎拔力八达为皇太子，授以金宝，以弟作子，煞是奇闻。在武宗的意思，还道是酬庸大典，格外厚施。既欲酬庸，不妨正名皇太弟，何必拘拘太子二字耶！又令廷臣议定祔庙位次，以顺宗为成宗兄，应列成宗右，乃将成宗神主，移置顺宗下。成宗虽为顺宗弟，然成宗为君时，顺宗实为之臣，兄弟不应易次，岂君臣独可倒置耶？胡氏粹中谓如睿宗，裕宗，顺宗，皆未尝居天子位，但当祔食于所出之帝，其说最为精当。配以故太子德寿母弘吉剌后，因后亦早逝，所以升祔，这且不必细表。

单说武宗初，颇欲创制显庸，重儒尊道，所以即位未几，即遣使阙里，祀孔子以太牢，且加号“大成至圣文宣王，”敕全国遵行孔教。中书右丞孛罗铁木儿，用蒙古文译《孝经》，进呈上览，得旨嘉奖，并云《孝经》一书，系《孔圣》微言，自王公至庶人，都应遵循，命中书省刻版模印，遍赐诸王大臣。宫廷内外，统因武宗尊崇圣教，有口皆碑。既而武宗坐享承平，渐眈荒逸，每日除听朝外，好在宫中宴饮，招集一班妃嫔，恒歌酣舞，彻夜图

欢。酒色二字，最足蛊人。有时与左右近臣，蹴踘击球，作为娱乐，于是媚子谐臣，陆续登进，都指挥使马诸沙一作茂穆苏。善角牴，伶官沙的一作锡迪。善吹笙，都令他平章政事。角牴吹笙的伎俩，岂关系国政乎？乐工犯法，刑部不得逮问；宦寺干禁，诏旨辄加赦宥，而且封爵太盛，赏赉过隆，转令朝廷名器，看得没甚郑重。

当时赤胆忠心的大臣，要算阿沙不花，见武宗举动越制，容色日悴，即乘间进言道："陛下身居九重，所关甚大，乃唯流连曲蘗，昵近妃嫔，譬犹两斧伐孤树，必致颠仆。近见陛下颜色，大不如前，陛下即不自爱，独不思祖宗付托，人民仰望，如何重要！难道可长此沉湎么？"武宗闻言，倒也不甚介意，反和颜悦色道："非卿不能为此言，朕已知道了！卿且少坐，与朕同饮数杯。"大臣谏他饮酒，他恰邀与同饮，可谓欢伯。

阿沙不花顿言谢道："臣方欲陛下节饮，陛下乃命臣饮酒，是陛下不信臣言，乃有此谕，臣不敢奉诏！"武宗至此，方沉吟起来。左右见帝有不悦意，遂齐声道："古人说的主圣臣直，今陛下圣明，所以得此直臣，应为陛下庆贺！"言未毕，都已黑压压地跪伏地上，接连是蓬蓬勃勃的磕头声。绘尽媚子谐臣的形状。武宗不禁大喜，立命阿沙不花为右丞相，行御史大夫事。阿沙不花道："陛下纳臣愚谏，臣方受职。"武宗道："这个自然，卿可放心！"

阿沙不花叩谢而出，左右又奉爵劝酒。武宗道："你等不闻直言么？"左右道："今日贺得直臣，应该欢饮，明日节饮未迟！"明日后，又有明日，世人因循贻误，都以此言为厉阶。武宗道："也好！"遂畅怀饮酒，直至酩酊大醉，方才归寝。越日，又将阿沙不花的言语，都撇在脑后了。可谓贵人善忘。

太子右谕德萧𣂏，前曾征为陕西儒学提举，固辞不至。武宗慕他盛名，召侍东宫，乃扶病至京师。入觐时，奉一奏折，内录尚书酒诰一篇，余无他语。别开生面。嗣因武宗未严酒禁，谢病乞归。或问故，萧𣂏道："朝廷尊孔，徒有虚名，以古礼论，东宫东面，师傅西面，此礼可行于今日么？"遂还山。𣂏奉元人，操行纯笃，教人必以小学为基，所著有《三礼说》诸书。嗣病殁家中，赐谥贞献。元代儒臣，多不足取，如萧𣂏者亦不数觏，故特书之。过了数月，上都留守李璧，驰至燕都，入朝哭诉。由武宗问明原委，乃是西番僧强市民薪，民至李璧处诉状，璧方坐堂审讯，那西僧率着徒党，持梃入署，不分皂白，竟揪住璧发，按倒地上，捶扑交下。打到头开目肿，还将他牵拽

回去，闭入空室，甚至禁锢数日，方得脱归。李璧气愤填胸，遂入朝奏报武宗。武宗见他面有血痕，倒也勃然震怒，立命卫士偕璧北返，逮问西僧，械系下狱。孰意隔了两日，竟有赦旨到上都，令将西僧释出。李璧不敢违命，只好遵行。

未几僧徒龚柯等，与诸王合儿八剌妃争道，亦将妃拉堕车下，拳足交加。侍从连忙救护，且与他说明擅殴王妃，应得重罪等语。龚柯毫不畏惧，反说是皇帝老子，也要受我等戒敕，区区王妃，殴她何妨！这王妃既遭殴辱，复闻讥詈，自然不肯甘休，遣使奏闻。待了数日，并不见有影响。嗣至宣政院详查，据院吏言，日前奉有诏敕，大略谓殴打西僧，罪应断手，詈骂西僧，罪应断舌，亏得皇太子入宫奏阻，始将诏敕收回等语。

看官阅此，总道武宗酒醉糊涂，所以有此乱命，其实宫禁里面，还有一桩隐情，小子于二十六回中，曾叙及西僧势焰，炙手可热，为元朝第一大弊。然在世祖成宗时代，西僧骚扰，只及民间，尚未敢侵入宫壸。至武宗嗣位，母后弘吉剌氏，建筑一座兴圣宫，规模宏敞得很，常延西僧入内，讽经建醮，祷佛祈福，不但日间在宫承值，连夜间也住宿宫中。那时妃嫔公主，及大臣妻女，统至兴圣宫拜佛，与西僧混杂不清。这西僧多半淫狡，见了这般美妇，能不动心？渐渐的眉来眼去，同入密室，做那无耻勾当。渐被太后得知，也不去过问，自是色胆如天的西僧，越发肆无忌惮，公然与妃嫔公主等，裸体交欢，反造了一个美名，叫作“舍身大布施。”元宫妇女最喜入寺烧香，大约是羡慕此名。自从这美名流传，宫中旷女甚多，哪一个不愿结欢喜缘？只瞒着武宗一双眼睛。武宗所嗜的是杯中物，所爱的是床头人，灯红酒绿之辰，纸醉金迷之夕，反听得满座赞美西僧，誉不绝口，都受和尚布施的好处。未免信以为真。谁知已作元绪公。所以李璧被殴，及王妃被拉事，统搁置一边，不愿追究。就是太后弘吉剌氏，孀居寂寞，也被他惹起情肠，后来忍耐不住，也做出不尴不尬的事情来。为下文伏脉。

武宗忽明忽暗，宽大为心，今日敕造寺，明日敕施僧，后日敕开水陆大会，西僧教瓦班，善于献谀，令他为翰林学士承旨。并儒佛为一涂，也是创闻。还有宦官李邦宁，年已衰迈，巧伺意旨，亦蒙宠眷。他的出身，是南宋宫内的小黄门，从瀛国公赵㬎北行，得入元宫。世祖留他给事内廷，至此已历事三朝，凡宫廷中之大小政事，他俱耳熟能详。武宗嘉他练达，命为江浙平

章。邦宁辞道："臣本阉腐余生，蒙先朝赦宥，令承乏中涓，充役有年，愧未胜任。今陛下复欲置臣宰辅，臣闻宰辅的责任，是佐天子治天下，奈何以刑余寺人，充任此职，天下后世，岂不要议及圣躬么！臣不敢闻命！"武宗大悦，擢他为大司徒，兼左丞相衔，仍领太医院事。邦宁竟顿首拜谢，受职而退。江浙平章，与大司徒同为重任，辞彼受此，何异以羊易牛，此皆小人取悦惯技，武宗适堕其术耳。

越王秃剌自恃功高，尝出入禁中，无所顾忌，就是对着武宗，亦唯以尔我相称。武宗格外优容，不与计较，后来益加放肆，尝语武宗道："你的大位，亏我一人助成；倘若无我，今日阿难答早已正位，阿忽台仍然柄政，哪个来奉承你呢？"武宗不禁色变，徐答道："你也太啰唣了，下次不要再说！"秃剌尚欲有言，武宗已转身入内，那时秃剌恨恨而去。

后来武宗驾幸凉亭，秃剌随着，将乘舟，被秃剌阻住，语复不逊，自此武宗更滋猜忌。及宴万岁山，秃剌侍饮。酒半酣，座中俱有醉意，秃剌复喧嚷道："今日置酒高会，原是畅快得很，但不有我，哪有你等。你等曾亦忆及安西变事么了"念兹在兹，可见小人难与图功。武宗咈然道："朕教你不要多言，你偏常自称功。须知你的功绩，我已酬赏过了，多说何为？"秃剌闻言，将身立起，解了腰带，向武宗面前掷来，并瞋目视武宗道："你不过给我这物，我还你便罢！"言毕，大着步自去。

武宗愤甚，便语左右侍臣道："这般无礼，还好容他么？"侍臣统与秃剌有嫌，哪里还肯劝解，自然答请拿问。当即命都指挥使马诸沙等，率着卫士五百名，去拿秃剌。好在秃剌归入邸中，沉沉的睡在床上，任他加械置锁，如扛猪一般，舁入殿中。迨至酒醒，由省臣鞫讯，尚是咆哮不服。省臣乃复奏秃剌不臣，阴图构逆，宜速正典刑，有诏准奏，秃剌遂处斩，一道魂灵，驰入酆都，与阿忽台等鬼魂，至阎王前对簿去了。小子有诗咏道：

褒封一字费评章，祖制由来是善防。
谁谓滥刑宁滥赏，须知恃宠易成狂！

欲知后事如何？且看下回分解。

本回全为武宗传真，写得武宗易喜易怒，若明若昧，看似寻常叙述，实于武宗一朝得失，俱檃括其间，较读《元史本纪》，明显多矣。夫以武宗之名位论，孰不谓其当立，然吾谓其得之也易，故守之也难。嗣位未几，即耽酒色，由是嬖幸臣，信淫僧，种种失政，杂沓而来。书所谓位不期骄，禄不期侈者，匪特人臣有然，人主殆尤甚焉！故武宗非一昏庸主，而其后偏似昏庸，为君诚难矣哉！读史者当知所鉴矣。

第三十回　承兄位诛逐奸邪　重儒臣规行科举

却说元武宗至大八年，复议立尚书省，分理财用。先是世祖嗣位，审定官制，以中书省为行政总枢。长官称中书令，副以左右二丞相。中书令不常置，往往以右丞相兼摄。自阿合马、桑哥等相继用事，恐中书干涉，故特立尚书省，专握政柄。自是廷臣保八、乐实等，请复立尚书省，旧政从中书，新政从尚书，并推举乞台普济脱、一作奇塔特伯奇。脱虎脱一作托克托。为丞相。武宗准奏，乃命乞台普济脱为右丞相，脱虎脱为左丞相，三宝奴、一作三布干。乐实为平章政事，保八为右丞，蒙哥铁木儿为左丞，王罴参知政事。这一班新任大臣，统是阿合马、桑哥流亚，好言理财，其实并没有什么妙法，只管从交钞上着想，滥发纸币，充作银两。从前中统交钞及至元交钞，统由计臣创议，颁行天下，民间只有纸币，并没有现银，以致物价日昂，民生日困。行钞无准备金，必受其弊，元代覆辙，今又将蹈之矣。乐实言旧钞未良，应改用新钞，方昭画一。乃改造至大银钞，凡十三等，每一两准至元钞五贯，白银一两，黄金一钱，随路立平准行用库，及常平仓以权物价，毋令沸腾。元代钞法，经此三变，无如有钞无银，总难信用，难道改造至大二字，便可作为金钱么？那计吏上下其手，从中刻削盘剥，却中饱了不少，只百姓又重重受苦了！言之痛心。

武宗反以脱虎脱、三宝奴两人，格外出力，加脱虎脱为太师，封义国公；三宝奴为太保，封楚国公。嗣又以乐实为尚书左丞相，封齐国公，这也

不在话下。只武宗嗣位数年，已当壮岁，六宫妃嫔，罗列数百，却未曾正式立后，这也是史鉴上所罕闻的。想因妃嫔统得宠幸，一时难分差等耳。会皇太子举荐李孟，遣使访求，得孟于许昌陉山，征为中书平章事，集贤大学士。孟入见，首请立后以正阴教，乃立真哥皇后。后亦弘吉剌氏所出，才色轶群。真哥有从妹，名速哥失里，亦得武宗宠幸，武宗又称她为后。不立后则已，立后则必使匹嫡，元制之不经可知。还有妃子二人，一系亦乞烈氏，一系唐兀氏。亦乞烈氏实生和世㻋，后为明宗，唐兀氏实生图帖睦尔，后为文宗，后文再表。

单说太后弘吉剌氏，颐养兴圣宫，除饬行佛事外，没甚事情，未免安闲得很。她忽然动了一种邪念，暗想妃嫔公主等人，多与僧徒结欢喜缘，只自己身为帝母，不便舍身布施，欲保全名节，又是意马心猿，按捺不住。武宗年已及壮，太后应亦将半百矣，乃犹因逸思淫，求逞肉欲，此逸豫之萌所以最足误人也。她本是青年守孀，顺宗于二十九岁去世，其时两孤尚幼，嫠妇在帏，孤帐凄清，韶光辜负。亏得同族周亲，有个铁木迭儿，常相往来，随时抚恤，每当花晨月夕，独居无聊时，得铁木迭儿与为谈心，倒也解闷不少。恐不止谈心而已。后为成宗后伯岳吾氏所忌，出居怀州，遂与铁木迭儿疏远。嗣成宗复令铁木迭儿为云南行省左丞相，路隔万里，一在天涯，一在地角，就是忆念着他，也只好付诸长叹，无可奈何。此次长子为帝，尊作太后，一切举动，无人监制，正好召幸故人，重寻旧约。当下遣一密使，遥征铁木迭儿。看官，你想这铁木迭儿得此机会，哪有不来之理？一鞭就道，两月至京，太后已待得不耐烦，追见了面，如获异珍。既见君子，我心则降。那铁木迭儿向来巧佞，善承意旨，至此越发效力，竟在兴圣宫中，盘桓了好几天，杜门不出。云南行省，不见了铁木迭儿，遂禀报政府，说他擅离职守，应加处分。尚书省即据实奏陈，武宗尚莫名其妙，将奏牍批发下来，令尚书省访查下落，以便定罪。谁知他早入安乐窝中，穿花度柳，快活得很。吕不韦故事复见元宫。过了数日，尚书省复接诏敕，说是奉皇太后旨意，援议亲故例，赦铁木迭儿罪名。亲若皇父，安得不赦。尚书省中，统是一班狐群狗党，管什么宫内勾当，自然搁起不提。武宗还想恣意游幸，令筑城中都，饬司徒萧珍监工，调发兵役数万名，限五阅月告竣，逾期加罪。无如福已享尽，天不假年，至大四年正月元旦，百官俱入殿朝贺，待了半日，竟由宫监传旨，帝躬不豫，免行大

礼。廷臣始知武宗有疾，相率退班。过了七日，武宗竟崩于玉德殿，在位五年，寿只三十一。先是宦官李邦宁曾乘间入告武宗，谓陛下春秋日富，皇子渐长，自古以来，只有父祚子述，未闻有子立弟，应酌量裁断等语。武宗不悦，并叱邦宁道："朕志已定，你不必与我多言，可自去禀闻东宫。"武宗友于之心，也不可没。

邦宁碰了这大钉子，自然不敢再说。皇太子爱育黎拔力八达方得保全储位。至武宗殂后，遂入理大政，第一着下手，便饬罢尚书省，把丞相脱虎脱、三宝奴、平章乐实、右丞保八、左丞蒙哥帖木儿、参政王罴，一律免官，逮禁狱中。命中书右丞相塔思不花，知枢密院事，铁儿不花等参鞫。讯得脱虎脱等殃民误国，种种不法等情，遂命将脱虎脱、三宝奴、乐实、保八、王罴诸人，即日正法；蒙哥帖木儿犯罪较轻，杖了数百，充戍海南。第二着下手，罢城中都，追夺司徒萧珍符印，把他拘禁起来。凡中都所占民田，尽行发还。第三着下手，召还先朝通达政务，及素有闻望的老臣，如前平章程鹏飞、董士选、前太子少傅李谦、少保张闾、右丞陈天祥、尚文、刘正，前左丞郝天挺，前中丞董士珍，前太子宾客萧㪺，前参政刘敏中、王思廉、韩从益，前侍御赵君信，前廉访使程文海，前杭州路达鲁噶齐等十六人，统令诣阙议政。只陈天祥、刘敏中、萧㪺不至。一面重用李孟欲授为中书右丞相，偏皇太后已经降旨，将中书右丞相的职任，付与铁木迭儿。皇太子不便违命，只好顺从母意。敝笱之诗，宁尚未读。太后且信阴阳家言，命太子即位隆福宫。御史中丞张珪，以嗣君正位，应在正殿，乃于大明殿即皇帝位，受诸王百官朝贺。并下诏大赦道：

唯昔先帝事皇太后，抚朕藐躬，孝友天至，由朕得托，顺考遗体，重以母弟之嫡，加有削平内难之功，于其践阼，曾未逾月，授以皇太子宝，领中书令枢密使，百揆机务，听所总裁，于今五年。先帝奄弃天下，勋戚元老，咸谓大宝之承，既有成命，非与前圣宾天，而始征集宗亲，议所宜立者比，当稽周、汉、晋、唐故事，正位宸极。朕以国恤方新，诚有未忍，是用经时。今则上奉皇太后勉进之命，下徇诸王劝戴之情，三月十八日，于大都大明殿即皇帝位，凡尚书省误国之臣，先已伏诛，同恶之徒，亦已放殛，百司庶政，悉归中书，命丞相铁木迭儿，平

章政事李道复等，从新拯治，可大赦天下。此诏！

诏中所言李道复，就是李孟。孟字道复，因前时翊戴功深，并调停母子兄弟间，格外尽力，所以特别推重，称为道复而不名。即位礼毕，复谕以次年改元，议定皇庆二字。小子披览元史，武宗以后，就是仁宗，仁宗即爱育黎拔力八达的庙号，因此小子于他嗣位后，仍循例称作仁宗了。仁宗以脱虎脱等虽已伏诛，党羽尚多，拟尽加鞫讯。延庆使杨朵儿只一作杨多尔济。上书谏阻，大旨以帝王为治，不嗜杀人，今当嗣服初年，尤以省刑为要，应寓恩于威，以敦治道等语。仁宗感悟，乃改从宽大，只拟用陕西平章孛罗铁木儿，江浙平章乌马儿，甘肃平章阔里吉思，河南参政塔失铁木儿，江浙参政万僧，俱由台官纠参，奉旨罢黜，不准再举。

于是尊重文教，优礼师儒，先命释奠先师孔子，行祭丁制，只主祭的人，却遣了一个宦官李邦宁。邦宁曾在武宗前劝易皇太子，至仁宗登基，左右亦奏述前言，请即加罪。还是仁宗宽弘大量，谕以帝王历数，自有天命，不足介懔，乃置不复问。此次命他为集贤院大学士，且饬释奠先师，亵圣甚矣。那邦宁竟尔受命，摆着仪仗，入大成殿行礼。看官，你想大成至圣文宣王，愿受他拜跪么？太牢方设，鼎俎杂陈，邦宁整肃衣冠，向案前就位。忽然狂风大起，卷入殿中，两庑烛尽吹灭，烛台底下的铁镈，陷入地中尺许，吓得邦宁魂飞天外，慌忙屈膝俯伏，执事诸人，统伏地屏息。约过了几小时，风始停止，才勉强成礼，邦宁惭悔数日。就是仁宗闻知，也悚然起敬，由是益敬礼儒臣。

平章政事李孟，幼擅文名，博学强记，贯穿经史，尝开门授徒，远近争至。嗣入东宫为太子师傅，与仁宗很是契合。至此君臣相得，如鱼投水，尝谕他道："卿系朕的旧学，朕有不及，全仗卿忠心辅佐。"孟受命后，也感深知遇，力以国事为己任，节滥费，汰冗员。贵戚近臣，多言不便，奈因帝眷方隆，无隙可乘，也只好忍耐过去。君子小人，总不相容。

孟又因大德以后，封拜繁多，释道二教，俱设官统治，权抗有司，挠乱政事，大为时害，遂奏请信赏必罚，赏善惩恶，并罢免僧道各官。至若风俗日靡，车服僭拟，上下无章，尊卑无别，孟复请严加限制。仁宗一一准奏，且与之立约道："朕在位一日，卿亦宜在中书一日。"遂赐爵秦国公，命画

师图像，词臣加赞。入见必赐坐，与语必称卿，或称字，一面增国子生，为三百人，令孟督率。孟因上言老成凋谢，亟应求材。四方儒士，如有德成艺进，请擢任国学翰林秘书太常，或儒学提举等职，以昭激劝。且谓人才所出，不止一途，汉、唐、宋、金，尝行科举，得人称盛，今欲兴贤举能，不如用科举取士，较诸多门干进，似胜一筹。唯必先德行经术，次及文辞，然后可得真才。仁宗乃决意进行，命中书省臣，规定条制。

先是世祖尝议立科举法，未及举行。至是乃命中书省颁定科条，科场每三岁一次，以皇庆三年八月为始，从士人本籍官司，于诸色户内推举，年及二十五，有孝行可称，信义足述，以及经明行修的士子，以次敦遣。其或徇私滥举，并应举不举的有司，监察御史肃政廉访司，应体察究治。考试程式，蒙古色目人，第一场经问五条，《大学》、《论语》、《孟子》、《中庸》内设问，用朱氏章句集注，遇有义理精明，文词典雅，乃算中选。第二场，策一道，以时务出题，限五百字以上。汉人南人第一场，明经经疑二问，《大学》、《论语》、《孟子》、《中庸》内出题，并用朱氏章句集注，结以己意，限三百字以上。经义一道，各治一经，《诗》以朱氏为主，《尚书》以蔡氏为主，《周易》以程朱为主，以上三经，兼用古注疏，《春秋》许用三传，及胡氏传，《礼记》用古注疏，限五百字以上，不拘体格。第二场，古赋，诏诰，章表。内科一道，古赋诏诰用古体，章表四六，参用古体。第三场，策一道，经史时务内出题，不矜浮藻，唯务直述，限一千字以上。蒙古色目人，愿试汉人南人科目，中选者加一等注授。蒙古色目人作一榜，汉人南人作一榜，第一名赐进士及第，从六品。第二名以下，及第二甲，皆正七品，三甲皆正八品，两榜并同，乃即下诏道：

> 唯我祖宗以神武定天下，世祖皇帝设官分职，征用儒雅，崇学校为育材之地，议科举为取士之方，规模宏远矣。朕以眇躬，获承丕祚，继志述事，祖训是式，若稽三代以来，取士各有科目，要其本末，举人宜以德行为首，试艺则以经术为先，词章次之，浮华过实，则所不取。爰命中书参酌古今，定其条制，其以皇庆三年八月为始。天下郡县，兴其贤者能者，充试有司。次年二月，会试京师，中选者朕将亲策焉。

到了皇庆三年，改元延祐，八年开试举人，至次年廷试，赐护都沓儿、张起岩等五十六人及第出身有差，分为两榜。蒙古色目人为右，汉人南人为左，嗣是垂为常例。元代之有科举，自延祐始，故详纪之。仁宗复用齐履谦、吴澄为国子司业。履谦字伯恒，汝南人，幼习推步星历诸术，及稍长，读洙泗、伊洛遗书，穷理格物。至元二十九年，授为星历教授，大德二年，擢任保章正，至大三年，升授侍郎，兼领冬官正事。仁宗即位，以履谦学行纯笃，命教国学子弟。与吴澄并司教养。每五鼓入学，风雨寒暑，未尝少怠。

吴澄字幼清，抚州人，宋末举进士不第，隐居布水谷，读书著述，夙负盛名。至元中曾召至燕京，欲授以官，澄乞归养母，遂辞去。至大元年，复召为国子监丞，皇庆元年，授为司业，澄用宋程颢学校奏疏，胡瑗六学教法，朱熹学校贡举私议，约为教法四条：一经学，二行实，三文艺，四治事，逐条规勉，不惮求详。嗣因履谦改佥太史院事，澄以同学乏人，托病归籍，学制稍废。

仁宗复调履谦为司业。履谦律己益严，教道益张，尝立升斋积分等法。每季考生徒学行，以次递升，既升上斋，逾再岁，始与私试。词理俱优为满分，词平理优为半分，岁终积至八分，得充高等，以四十人为额，然后集贤院及礼部岁选六人，充作岁贡。三年不通一经，及在学不满一年，定章黜革，所以人人励志，士多通材。元朝学术，唯皇庆延祐时，推为极盛。师道立则善人多，观此益信。

仁宗又尝将《贞观政要》,《大学衍义》，并程复心所著《四书集注》，陆淳所著《春秋纂例》、《辨微疑旨》，及《资治通鉴》,《农桑集要》等书，悉令刊布，颁行学宫。复以宋儒周敦颐、程颢、程颐、张载、邵雍、司马光、朱熹、张栻、吕祖谦，暨元儒许衡，学宗洙泗，令从祀孔子庙廷，重儒尊道，也可谓元代第一贤君了。小子有诗咏道：

> 大元制典太荒唐，竟把儒生列丐倡！
> 幸有后王能干蛊，莘莘学子尚成行。

仁宗方有心求治，雅意得人，偏偏铁木迭儿，得宠太后，从中播弄，举佞斥贤，这也是元朝的气数。欲知详细，下回再述。

武宗在位四年，秕政甚多，唯孝友性成，不私天下，较之曹丕、萧绎，相去远矣！仁宗嗣服，首斥憸壬，召用老臣，并尊师重儒，兴学育才，不愧为守文之主。至若科举一端，以一日之长，即第其高下，似不得为良法。然旷观古代，因选举之穷，继以科举，殆亦有不得已之意，存于其间者。况科目亦曷尝不得人乎？即如今日之废科目，复选举，弊端百出，罄竹难书，是选举且不科目若也。元素贱儒，唯仁宗始注意及此，善善从长，故本回特备录之。

第三十一回　上弹章劾佞无功
信憸言立储背约

却说铁木迭儿奉太后弘吉剌氏敕旨，得居相位，起初还算守法，没甚举动。唯仁宗巡幸上都，留铁木迭儿等留守，铁木迭儿援丞相留治故例，出入张盖，颇为烜赫。廷臣不甚注目，统以为故例如此，不足为怪。越年铁木迭儿偶然得病，自请解职，昼值朝房，夜值宫禁，宜其劳病。乃以秃忽鲁代相。至延祐改元，秃忽鲁免官，仁宗拟命左丞相哈克繖继任，哈克繖自言非世勋族姓，不足当国，请再任铁木迭儿。仁宗乃复拜他为开府仪同三司，录军国重事。居数月，仍进为右丞相，他即想出一条理财政策，毅然上奏道：

臣蒙陛下垂怜，复擢首相，依阿不言，诚负圣眷。比闻内侍隔越奉旨者众，倘非禁止，致治实难，请敕诸司，自今中书政务，毋辄干预。又往时富民往诸番商贩，率获厚利，商者益众，中国物轻，番货反重，今请以江、浙右丞曹立领其事，发舟十纲，给牒以往，归则征税如制，私往者没其货，又经用不给，苟不豫为规划，必至愆误。臣等集诸老议，皆谓动钞本则钞法愈虚，加赋税则毒流黎庶，增课额则比国初已倍五十矣，唯预买山东河间运使来岁盐引，及各冶铁货，庶可以足今岁之用。又江南田粮，往岁虽尝经理，多未核实，可始自江浙以及江东西，宜先事严限格，信罪赏，令田主手实顷亩状入官。诸王驸马学校寺观，亦令如之，仍禁私匿民田，贵戚势家，毋得阻挠，请敕台臣协力以成，

则国用足矣。谨奏。

据奏中所言，不过清厘宿弊，澈查私贩，有益国用，无损平民，看似正当不易的政策。无如中国官吏，多是贪财黩货，凡遇计臣当道，变更旧制，往往被贪官污吏，乘间营私，无论若何良法，总归弊多利少，结果是民生受苦，国库仍枵，所得金钱，都入一班狗官的囊橐。历代以来，俱蹈此辙，唯前代贪官中饱之资，尚在本国流通，所谓楚得楚失，挹彼注兹，犹不足患，今则多寄存外国银行，自涸财源，其患益甚。做皇帝的身居九重，哪里晓得许多弊窦，即如元代仁宗，好算一个明主，览了铁木迭儿奏牍，也道是情真语当，立准施行。铁木迭儿遂分遣属吏，循行各省，括田增税，苛急烦扰，江西使臣昵匝马丁，酷虐尤甚，信丰一县，撤民庐千九百区，夷墓扬骨，作为所增田亩，居民怨恨入骨。

赣州土豪蔡五九，素有武力，且颇任侠，乡民推为首领，抗拒官长。一夫作难，万众响应，顿时江漳诸路，四起为乱，蔡五九乘此机会，占夺汀州、宁化县，戕杀有司，居然称王建号，号令四方。夺了一县，就想为王，器量如此，安能成事。江浙行省平章张闾，奉旨往剿，五九也率着众人，前来抵敌，究竟一时乌合，敌不住多大官军，战了数次，弄得十人九死，那时五九势穷力蹙，逃入山谷，被官军蹑迹追寻，生生拿住，讯实正法，做了无头之鬼。

张闾上章奏捷，仁宗才觉心慰。唯台臣上言五九作乱，由括田增税所致，乞罢各省经理，有旨准奏。只铁木迭儿揽权如故，反且贪虐加甚，凶秽愈彰，朝野虽然侧目，可奈铁木迭儿气焰熏天，欲要把他弹击，好似苍蝇撞石，非但不能动他，而且还要灭身，大家顾命要紧，自然相率箝口。

寻复由太后下旨，令铁木迭儿为太师。中书平章政事张珪，向来嫉恶如仇，至此不禁进言道：“太师论道经邦，须有才德兼全的宰辅，方足当此重任，如铁木迭儿辈，恐不称职！”仁宗本器重张珪，奈因迫于母命，不便违悖，只好不从珪言，加铁木迭儿为太师，兼总宣政院事。中国古典，夫死从子，况仁宗身为人主，岂可依徇母后，专擢权奸，是殆徒知有顺不知有孝者。会仁宗如上都，徽政院使失列门一作锡哩玛勒。传太后旨，召珪切责。珪抗论不屈，惹得失列门性起，竟喝令左右加杖，可怜这为国尽忠的张平章，平白无辜的受了一顿杖责！古时刑不上大夫，张珪身为平章，乃遭幸臣仗责，可叹可恨！皮开血出，奄奄

归家。次日即缴还印信，挈了家眷，径出国门。珪子景元，随驾掌玺，宿卫左右，闻父因杖创乞休，遂奏请父病垂危，恳即赐归。仁宗惊问道："卿别时，卿父无病，怎么今称病笃了？"景元顿首涕泣，不敢言父被杖事。仁宗心知有异，乃遣使赐珪酒，进拜大司徒。珪已回籍养疴，上表陈谢便罢。

至仁宗还都，并未追究失列门，廷臣心益不平。会上都富人张弼杀人系狱，纳贿铁木迭儿，铁木迭儿遂密遣家奴，胁上都留守贺巴延，令他释弼。巴延不肯，据实陈奏。侍御史杨朵儿只，已升任中丞，与平章政事萧拜住蓄志除奸，遂邀同监察御史四十余人，联衔抗奏道：

> 铁木迭儿桀黠奸贪，阴贼险狠，蒙上罔下，蠹政害民，布置爪牙，威詟朝野，凡可以诬害善人，要功利己者，靡所不至；取晋王田千余亩，兴教寺后壖园地三十亩，卫兵牧地二十余亩，窃食郊庙供祀马，受诸王哈喇班第使人钞十四万贯，宝珠玉带氍毹币帛，又值钞十余万贯，受杭州永兴寺僧章自福赂金一百五十两，取杀人囚张弼钞五万贯。且既已位极人臣，又领宣政院事，以其子巴尔济苏为之使。诸子无功于国，尽居贵显，纵家奴凌虐官府，为害百端，以致阴阳不和，山移地震，灾异数见，百姓流亡。已乃恬然略无省悔，私家之富，在阿合马桑哥之上，四海疾怨已久，咸愿车裂斩首，以快其心，如蒙早加显戮，以示天下，庶使后之为臣者，知所警戒，臣等不胜迫切待命之至！

仁宗览了这奏，震怒有加，立即下诏，逮问铁木迭儿。铁木迭儿至此，也不免惶急起来，忙跑到兴圣宫内，向太后下跪，磕着响头，如同捣蒜。如摇尾乞怜一般。太后惊问何事，铁木迭儿道："老臣赤心报国，偏遭台臣嫉忌，诬臣重罪，务乞太后为臣剖白，臣死且感恩！"赤体报后则有之，赤心报国则未也。太后道："皇儿难道不知么？"铁木迭儿道："皇上已有旨，逮问老臣。"太后道："何故这般糊涂！"如非糊涂，恐不令太后胡行。铁木迭儿道："台臣联衔奏请，怪不得皇上动怒。"太后道："你且起来，无论什么大事，有我作主，怕他什么！"铁木迭儿碰头道："圣母厚恩，真同再造，但老臣一时无可容身，奈何？"太后笑道："你这老头儿，也会放刁，你在宫中时常进出，今日便住在宫内，自然没人欺你。"铁木迭儿道："明日呢？"太后道："明

日也住在这里，可好么？”铁木迭儿道：“老臣常住宫中，不更要被人议论么？”太后把他瞅了一眼，便道：“你怕议论，快些出去，休来惹我！”那时铁木迭儿故作惊慌，抱住太后玉膝，装出一副泪容，夫是之谓奸臣。果然太后俯加怜恤，用手把他扶起，并命贴身侍女，整备酒肴，替他压惊，是夕，命铁木迭儿匿宿兴圣宫。一语够了。

越日，杨朵儿只复入朝面奏，略说铁木迭儿匿居禁掖，非皇上亲自查拿，余人无从逮问，说得仁宗动容。退了朝，竟踱入兴圣宫来，侍女得知消息，忙去通报太后。太后即命铁木迭儿，避匿别室。待仁宗进来，佯若无事，仁宗谒母毕，由太后赐坐，略问朝事，渐渐说到铁木迭儿。仁宗遂启奏道：“铁木迭儿擅纳贿赂，刻剥吏民，御史中丞杨朵儿只等，联衔奏劾，臣儿令刑部逮问，据言查无下落，不知他匿在何处？”太后闻言，怫然道：“铁木迭儿是先朝旧臣，现在入居相位，不辞劳怨，所以我命你优待，加任太师。自古忠贤当国，易遭嫉忌，你也应调查确实，方可逮问，难道凭着片言，就可加罪么？”仁宗道：“台臣联衔，约有四十余人，所陈奏牍，历叙铁木迭儿罪名，想总有所依据，不能凭空捏造。”太后怒道：“我说的话，你全然不信，台臣的奏请，你却作为实据，背母忘兄，不孝不义，恐怕祖宗的江山，要被你送脱了！”强词夺理。说至此，便扑簌簌的流下泪来。老妇也会撒娇。仁宗素具孝思，瞧这形状，心中大为不忍，不由的跪地谢罪。太后尚唠唠叨叨的说了许多，累得仁宗顿首数次，方才趋出。

越日诏下，只罢铁木迭儿右相职，令哈克繖代任，又迁杨朵儿只为集贤学士，台臣相率叹息，无可如何。

会接陕西平章塔察儿急奏，报称周王和世球，勾结陕西，变在旦夕了。原来和世球系武宗长子，从前武宗嗣位，既立仁宗为太子，丞相三宝奴，欲固位邀宠，曾与康里脱脱密谈，拟劝武宗舍弟立子。康里脱脱道：“太弟安定社稷，已经正式立储，入居东宫，将来兄弟叔侄，世世相承，还怕倒乱次序么？”持正不阿，难为脱脱。三宝奴道：“今日兄已授弟，他日能保叔侄无嫌么？”康里脱脱道：“古语尝云：‘宁人负我，毋我负人！’我不负约，此心自可无愧；人若失信，自有天鉴。所以劝立皇子，我不便赞成！”三宝奴嘿然而退。

至延祐改元，欲立太子，仁宗颇觉踌躇，以情理言，当立和世球，何待踌躇。

铁木迭儿窥透上旨，便密奏道："先皇帝舍子立弟，系为报功起见，若彼时陛下在都，已正大位，还有何人敢说！就是先皇帝亦应退让。今皇嗣年将弱冠，何不早日立储，免人觊觎呢？"仁宗道："侄儿和世㻋，比朕子年龄较长，且系先帝嫡子，朕承兄位，似宜立侄为嗣，方得慰我先帝。"铁木迭儿道："宋太宗舍侄立子，后世没有訾议，况宋朝开国，全由太祖威德，太宗无功可录；加以金匮誓言，彼此遵约，他背了前盟，竟立己子，尚是相安无事。今如陛下首清宫禁，继让先皇，以德以功，应传万世，难道皇侄尚得越俎么？"仁宗闻言，尚是沉吟，铁木迭儿又道："陛下让德，即始终相继，恐后代嗣君，亦未必长久相安。老臣为陛下计，并为国家计，所以不忍缄口，造膝密陈。"仁宗不待说毕，便问道："你说舍子立侄，不能相安，莫非是争位不成？"铁木迭儿道："诚如圣论！自古帝王，岂必欲私有天下！特以储位未定，往往有豆萁相煎，骨肉相残的祸端。即如我朝开国，君位相传，非必父子世及，所以海都构衅，三汗连兵，争战数十年，至今尚未大定，陛下何不惩前毖后，妥立弘规，免得后嗣争夺呢？"佞臣之言，最易入耳，非明目达聪之圣主，鲜有不堕入彀中，试观铁木迭儿之反复陈词，何一非利害关系，动人听闻，此谗口之所以可畏也。仁宗矍然道："卿言亦是，容俟徐图。"已入迷团。铁木迭儿乃退。

静候年余，未见动静，不免暗中惶急，遂私与失列门商议。看官，你道失列门是何等人物？就是前日传太后旨，擅杖张珪的徽政院使。原来太后老而善淫，因铁木迭儿年力垂衰，未能逞欲，有时或出言埋怨。铁木迭儿善承意旨，遂荐贤自代。仿佛吕不韦之荐嫪毐。太后得了失列门，甚为合意，大加宠幸。因此失列门的权势，不亚铁木迭儿。铁木迭儿与他晤谈，叙述前日密陈事，失列门笑道："太师的陈请，还欠说得动人！"铁木迭儿道："据你的意思，应如何说法？"失列门道："太师才高望重，难道不晓得釜底抽薪的计策么？目今皇侄在都，无甚大过，你教主子如何处置！在下恰有一法，先将他调开远道，那时疏不间亲，自然好立皇子了。"铁木迭儿喜动颜色，不禁拱手道："这还要仰仗你呢！"失列门道："太师放心！在下有三寸舌，不怕此事不行。"一蟹胜似一蟹。果然过了数日，有旨封和世㻋为周王，赐他金印，出镇云南。失列门之入谗用虚写。

过了一年，复立皇子硕德八剌一作硕迪巴拉。为太子，兼中书令枢密使。

和世琜在云南，已置官属。闻仁宗已立太子，颇滋怨望，遂与属臣秃忽鲁、尚家奴及武宗旧臣釐日、沙不目丁、哈八儿、秃教化等会议。教化即常侍嘉琿。道：“天下是我武宗的天下，如王爷出镇，本非上意，大约由谗构所致。请先声闻朝廷，杜塞谗口，一面邀约省臣，即速兴兵，入清君侧，不怕皇上不改前命！”密谋胁君，亦非臣道。大众鼓掌称善。教化复道：“陕西丞相阿思罕，前曾职任太师，被铁木迭儿排挤，把他远谪；若令人前去商议，定可使为我助。”和世琜道：“既如此，劳你一行。”

教化遂率着数骑，驰至陕西，由阿思罕问明情形，很是赞成。当下召集平章政事塔察儿，行台御史大夫脱里伯，中丞脱欢，共议大事。塔察儿等闻命后，口中甚表同情，还说得天花乱坠，如何征兵，如何进军，不由阿思罕不信，议定发关中兵卒，分道自河中府进行，谁知他暗地里写了奏章，飞驿驰报，俗语说得好：

画虎画龙难画骨，知人知面不知心。

未知元廷如何宣敕，请看下回表明。

铁木迭儿之奸，中外咸知，仁宗亦岂不闻之？况台官劾奏，至四十余人之众，即贤明不若仁宗，亦不致袒庇权奸，违众愎谏如此；就令重以母意，不忍遽违，而左迁杨朵儿只，果胡为者，读史者或以愚孝讥之，实则犹未揭仁宗之隐，追观舍侄立子之举，出自铁木迭儿之密陈，乃知仁宗之心，未尝不以彼为忠。私念一起，宵小得而乘之，是殆所谓木朽而虫生者。然则仁宗之心，得毋谓妇人之仁耶！前回叙仁宗之善政，不忍没其长；此回叙仁宗之失德，不敢讳甚短，瑕不掩瑜，即此可见矣。

第三十二回　争位弄兵藩王两败
挟私报怨善类一空

却说陕西平章塔察儿，驰奏到京，当由仁宗颁发密敕，令他暗中备御。塔察儿奉旨遵行，佯集关中兵，请阿思罕、教化两人带领，先发河中，去迎周王和世瑓，自与脱欢引兵后随，陆续到河中府。待与周王相遇，托词运粮犒云南军，求周王自行检查，周王偏委着阿思罕、教化两人，代为察收。不防车中统藏着兵械，一声暗号，军士齐起，都在车中取出凶器，奔杀阿思罕等。阿思罕、教化手下，只有随骑数十名，哪里抵敌得住，一阵乱杀，将阿思罕、教化两人，已剁作数十段。塔察儿遂麾军入周王营，谁知周王命不该绝，已得逃卒禀报，从间道驰去。后来入都嗣位，虽仅半年，然究系一代主子，所以得免于难。塔察儿搜寻无着，还道他奔回云南，饬军士向南追赶，偏周王往北急奔，待至追军回来，再拟转北，那时周王已早远飏了。塔察儿一面奏闻，一面再发兵北追，驰至长城以北，忽遇着一支大军，把他截住，以逸待劳，竟将塔察儿军，杀死了一大半，剩得几个败残兵卒，逃回陕西。

看官！你道这支军从何而来？原来是察合台汗也先不花，遣来迎接周王的大军。也先不花系笃哇子。笃哇在日，曾劝海都子察八儿共降成宗，事见前文。应二十七回。嗣后察八儿复蓄异谋，由笃哇上书陈变，请元廷遣师，夹击察八儿。时成宗已殂，武宗嗣立，遣和林右丞相月赤察儿发兵应笃哇，至也儿的石河滨，攻破察八儿，察八儿北走，又被笃哇截杀一阵，弄到穷蹙无归，只好入降武宗。窝阔台汗国土地，至是为笃哇所并。笃哇死后，子也先

不花袭位，又反抗元廷。初意欲进袭和林，不料弄巧成拙，反被和林留守，将他东边地夺去。他失了东隅，转思西略，方侵入呼罗珊，适周王和世㻋，奔至金山，驰书乞援。于是返旆东驰，来迎和世㻋。既与和世㻋相会，遂驻兵界上，专待追军，果然塔察儿发兵驰至，遂大杀一阵，扫尽追兵，得胜而回。和世㻋随他入国，与定约束，彼此颇是亲昵，安居了好几年。元廷也不再攻讨，总算内外静谧。

无如一波未平，一波又起，周王和世㻋，已经北遁，魏王阿木哥，却又东来。这阿木哥是仁宗庶兄。顺宗少时，随裕宗即故太子真金。入侍宫禁，时世祖尚在，钟爱曾孙，特赐宫女郭氏，侍奉顺宗。郭氏生子阿木哥，顺宗以郭氏出身微贱，虽已生子，究不便立为正室，乃另娶弘吉剌氏为妃，便是武宗仁宗生母，颐养兴圣宫中，恣情娱乐的皇太后。屡下贬辞，惩淫也。仁宗被徙怀州时，阿木哥亦出居高丽，至武宗时，遥封魏王。到了延祐四年，忽有术者赵子玉，好谈谶纬，与王府司马脱不台往来，私下通信，说是阿木哥名应图谶，将来应为皇帝。脱不台信为真言，潜蓄粮饷，兼备兵器，一面约子玉为内应，遂偕阿木哥率兵，自高丽航海，通道关东，直至利津县。途次遇着探报，子玉等在京事泄，已经伏法，于是脱不台等慌忙东逃，仍至高丽去了。

仁宗因两次变乱，都从骨肉启衅，不禁忆起铁木迭儿的密陈，还道他能先几料事，思患预防，幸已先立皇子，方得臣民倾响，平定内讧，事后论功，应推铁木迭儿居首，因此起用的意思，又复发生。这铁木迭儿虽去相位，仍居京邸，与兴圣宫中嬖幸，时通消息。大凡谐臣媚子，专能窥伺上意，仁宗退息宫中，未免提起铁木迭儿的大名。那班铁木迭儿的旧党，自然乘机凑合，撺掇仁宗，复用这位铁太师。仁宗尚有些顾忌，偏偏这兴圣宫中的皇太后，又出来帮忙，可谓有情有义。传旨仁宗，令起用铁木迭儿再为右相。仁宗含糊答应，暗思复相铁木迭儿，台臣必又来攻讦，不如令为太子太师，省得台臣侧目。主意已定，便即下诏。

越日即有御史中丞赵世延，呈上奏章，内陈铁不迭儿从前劣迹，凡数十事，仁宗不待览毕，就将原奏搁起。又越数日，内外台官，陆续上奏，差不多有数十本，仁宗略一披览，奏中大意，无非说铁木迭儿如何奸邪，不宜辅导东宫，当下惹起烦恼，索性将所有各奏，统付败纸簏中。适案上有金字佛经数卷，遂顺手取阅，展览了好几页，觉得津津有味，私自叹息道：“人生

不外生老病苦四字，所以我佛如来，厌住红尘，入山修道。朕名为人主，一日万几，弄到食不得安，寝不得眠，就是任用一个大臣，还惹台臣时来絮聒，古人说得天子最贵，朕想来有什么趣味！倒不如设一良法，做个逍遥自在的闲人罢。”说毕，复嘿嘿的想了一番，又自言自语道：“有了，就照这么办。”便掩好佛经，起身入寝宫去了。故作含蓄。

小子录述至此，又要叙那金字佛经的源流。这金字佛经，就是《维摩经》。仁宗尝令番僧缮写，作为御览，共縻金三千余两。一部《维摩经》，需费如此，元僧之多财可知。此时已经缮就，呈入大内，所以仁宗奉若秘本，敬置览奏室内，每于披览奏牍的余暇，讽诵数卷，天子念佛，实是多事。这且不必细表。

且说仁宗有心厌世，遂诏命太子参决朝政。廷臣见诏，多半滋疑，统说皇上春秋正富，为何授权太子，莫非铁木迭儿从中播弄不成？当下都密托近侍，微察上旨。侍臣在仁宗前，尝伺候颜色，一时恰探不出什么动静。只仁宗常与语道：“卿等以朕居帝位，为可安乐么？朕思祖宗创业艰难，常恐不能守成，无以安我万民，所以宵旰忧劳，几无暇晷，卿等哪里知我苦衷呢？”仁宗之心，不为不善，但受制母后，溺爱子嗣，终非治安之道。侍臣莫名其妙，只好面面相觑，不敢多言。过了数天，复语左右道：“前代尝有太上皇的名号，今太子且长，可居大位，朕欲于来岁禅位太子，自为太上皇，与尔等游观西山，优游卒岁，不更好么？”想了多日，原来为此。左右齐声称善，只右司郎中月鲁帖木儿道：“陛下年力正强，方当希踪尧舜，为国迎麻，为民造福，若徒慕太上皇的虚名，实属无谓。如臣所闻，前代如唐玄宗、宋徽宗皆身罹祸乱，不得已禅位太子，陛下为什么设此念头？”这一席话，说得仁宗瞠目无词，才把内禅的意思，打消净尽。嗣是复勤求治道，所有一切佛经，也置诸高阁，不甚寓目。

会皇姊大长公主祥哥剌吉，令作佛事，释全宁府重囚二十七人，事为仁宗所闻，咈然道：“这是历年弊政，若长此不除，人民都好为恶了。”想是回光返照，所以有此清明。遂颁发严旨，按问全宁守臣阿从不法，仍追所释囚，还置狱中。既而中书省臣奏参白云宗总摄沈明仁，强夺民田二万顷，诳诱愚俗十万人，私赂近侍，妄受名爵，应下旨黜免，严汰僧徒，追还民田等语。仁宗一一准奏，并诏沈明仁奸恶不法，饬有司逮鞫从严，毋得庇纵，违者同罪。这两道诏敕，乃是元代未曾见过的事情，不但僧侣为之咋舌，就是元廷

臣僚，亦是意料不及。

到了延祐七年元旦，日食几尽，仁宗斋居损膳，命辍朝贺。甫及二旬，仁宗不豫，太子硕德八剌，焚香祷天，默祝道："至尊以仁慈御天下，庶绩顺成，四海清晏。今天降大厉，不如罚殛我身，使至尊长为民主。天其有灵，幸蒙昭鉴！"叙及此语，不没孝思。祝毕，又拜跪了好几次。次夕，拜祝如故。无如人生修短，各有定数。既已禄命告终，无论如何祈祷，总归没有效验，太子祷告益虔，仁宗抱病益剧。正月二十一日驾崩光天宫，寿三十有六，在位十年。元世祖殂于正月，成、武、仁三宗亦然，这也是元史中一奇。史称仁宗天性慈孝，聪明恭俭，通达儒术，妙悟释典，不事游畋，不喜征伐，不崇货利，可谓元代守文令主。小子以为顺母纵奸，未免愚孝；立子负兄，未免过慈；其他行迹，原有可取，但总不能无缺点呢！得春秋责备贤者之义。

仁宗已殂，太子哀毁过礼，素服寝地，日歠一粥。那时太后弘吉剌氏，便乘机宣旨，令太子太师铁木迭儿为右丞相。越数日，复命江浙行省黑驴一作赫噜。为中书平章政事。黑驴平时没甚功绩，且亦未有令望，只因族母亦列失八，在兴圣宫侍奉太后，颇得宠信，因此黑驴迭蒙超擢，骤列相班。为下文谋逆张本。自是铁木迭儿一班爪牙，又复得势。

参议中书省事乞失监，素谄事铁木迭儿，至是倚势鬻官，被台臣劾奏，坐罪当杖，他即密求铁木迭儿到太后处说情。太后召太子入见，命赦乞失监杖刑。太子不可，太后复命改杖为笞。太子道："法律为天下公器，若稍自徇私，改重从轻，如何能正天下！"卒不从太后言，杖责了案。

徽政院使失列门，复以太后命，请迁转朝官。太子道："大丧未毕，如何即易朝官！且先帝旧臣，岂宜轻动，俟即位后，集宗亲元老会议，方可任贤黜邪。"失列门惭沮而退。

于是宫廷内外，颇畏太子英明。独铁木迭儿以太子尚未即真，应乘此报怨复仇，借泄旧恨。当下追溯仇人，第一个是御史中丞杨朵儿只，第二个是前平章政事萧拜住，第三个是上都留守贺巴延，第四个是前御史中丞赵世延，第五个是前中书平章政事李孟。上都距京稍远，不便将贺巴延立逮，赵世延已出为四川平章政事，李孟亦已谢病告归，独杨朵儿只、萧拜住两人，尚在都中供职，遂矫传太后旨，召二人至徽政院，与徽政使失列门，御史大夫秃秃哈，坐堂鞫问，责他前违太后敕命，应得重罪。杨朵儿只勃然大愤，

指铁木迭儿道："朝廷有御史中丞，本为除奸而设，你蠹国殃民，罪不胜言，恨不即斩你以谢天下！我若违太后旨，先已除奸，你还有今日么？"铁木迭儿闻言，又羞又恼，便顾左右道："他擅违太后，不法已极，还敢大言无忌，藐视宰辅，这等人应处何刑？"旁有两御史道："应即正法。"朵儿只唾两御史道："你等也备员风宪，乃做此狗彘事么？"萧拜住对朵儿只道："豺狼当道，安问狐狸？我辈今日，不幸遇此，还是死得爽快。只怕他也是一座冰山了！"两御史不禁俯首。

铁木迭儿怒形于色，顿起身离座，乘马入宫。约二时，即奉敕至徽政院，令将萧拜住、杨朵儿只二人处斩。左右即将二人反翦起来，牵出国门。临刑时，杨朵儿只仰天叹道："天乎！天乎！我朵儿只赤心报国，不知为何得罪，竟致极刑？"萧拜住也呼天不已。元臣大率信天。

既就戮，忽然狂飚陡起，沙石飞扬，吓得监刑官魂不附体，飞马逃回。都人士相率叹息，暗暗称冤。

杨朵儿只妻刘氏，颇饶姿容，铁木迭儿有一家奴，曾与觌面，阴加艳羡，至此禀请铁木迭儿，愿纳为已妇。铁木迭儿即令往取。那家奴大喜过望，赶车径去，至杨宅，假太师命令，胁刘氏赴相府。刘氏垂泪道："丞相已杀我夫，还要我去何用？"家奴见她泪珠满面，格外怜惜，便涎着脸道："正为你夫已死，所以丞相怜你，命我来迓，并且将你赏我为妻，你若从我，将来你要什么，管教你快活无忧。"此奴似熟读嫖经。

刘氏不待言毕，已竖起柳眉，大声叱道："我夫尽忠，我当尽义，何处狗奴，敢来胡言？"说至此，急转身向案前，取了一剪，向面上划裂两道，顿时血流满面。复将髻子剪下，向家奴掷去，顿足大骂道："你仗着威势，敢来欺我！须知我已视死如归，借你的狗口，回报你主，我死了，定要伸诉冥王，来与你主索冤，教老贼预备要紧！"骂得痛快，我亦一畅。家奴无可奈何，引车自去，既返相府，适铁木迭儿在朝办事，便一口气跑至朝房，据实禀陈。铁木迭儿大怒道："这般贱人，不中抬举，你去将她拿来，令她入鬼门关，自去寻夫便了。"旁有左丞张思明闻着这言，便向铁木迭儿道："罪人不孥，古有明训。况山陵甫毕，新君未立，丞相恣行杀戮，万一诸王驸马等，因而滋疑，托词谋变，丞相还能诿咎么？"铁木迭儿沉吟半晌，方悟道："非左丞言，几误我事。"遂叱退家奴，家奴怏怏自回，杨妻刘氏，才得

守节终身。张左丞保全不少。

铁木迭儿毒心未已，复奏白太后，捏造李孟从前过失，诽谤宫闱，不由太后不信，遂命将前平章政事李孟封爵，尽行夺去，并将李孟先人墓碑，一律扑毁，总算为铁师相稍稍吐气。只赵世延出居四川，一时无隙可寻，他就百计图维，阴令党羽贿诱世延从弟，前来诬告世延。世延从弟胥益儿哈呼，利令智昏，竟诣刑部自首，只说世延如何贪婪，如何诞妄，其实统是无中生有，满口荒唐。刑部早承铁木迭儿微意，据词陈请，诏旨不得不下，饬缇骑至四川，逮问世延。小子有诗刺铁木迭儿道：

贤奸自古不相容，欲吁君门隔九重！
尤恨元朝铁师相，贪残已甚且淫凶。

未知世延曾否被害，且至下回表明。

仁宗本一守文主，其不能无失德者，类由铁木迭儿一人，炀蔽而成。大奸似忠，大诈似信，非中智以上之君，末由烛其奸诈。仁宗第一中智者耳！故一用不已，至于再用；再用不已，犹且令为太子太师。虽曰太后之主使，要亦仁宗之偏听不明，有以致之也！两藩之变，幸而即平，否则喋血宫门，宁俟他日耶！至仁宗崩逝，铁木迭儿更出为首相，睚眦必报，妄戮忠良，英宗虽明，内迫于太后，外制于师傅，且因居丧尽礼，无暇顾及，是英宗之纵奸，情可曲原，而仁宗之贻谋不臧，未能诿咎可知也，读此回犹慨然于仁宗之失云。

第三十三回　隆孝养迭呈册宝 泄逆谋立正典刑

却说赵世延为四川平章政事，虽经逮问，究竟燕蜀辽远，往返需时，未能刻日到京。京中帝位已虚，太子应承大统，自然择日登陛，遂于三月十一日即帝位于大明殿。循例大赦，当即颁诏道：

洪维太祖皇帝，膺期抚运，肇开帝业；世祖皇帝，神机睿略，统一四海，以圣继圣；迨我先皇帝至仁厚德，涵濡群生，君临万国，十年于兹。以社稷之远图，定天下之大本，协谋宗亲，授予册宝。方春宫之与政，遽昭考之宾天，诸王贵戚，元勋硕辅，咸谓朕宜体先帝付托之重，皇太后拥护之慈，既深系于人心，讵可虚于神器？合词劝进，诚意交孚，乃于三月十一日即皇帝位于大明殿，可大赦天下，咸与维新！此诏。

即位后，追号先帝为仁宗皇帝，尊皇太后弘吉剌氏为太皇太后，皇后鸿吉哩氏为皇太后。先是皇太后拟专国政，以和世琜少有英气，恐不易制，不若太子硕德八剌，较为谦和，因此亦劝仁宗舍侄立子。仁宗既受权奸的怂恿，复承母后的劝告，所以决定主意，立硕德八剌为太子。

至仁宗殂后，太子居丧，所有政务，太后拟专任铁木迭儿，独断独行，偏太子尝出来干涉，免不得有些介意，到了即位的日子，太后也算来贺。太子见了太后，词色少严。太后回至兴圣宫，暗自悔恨道："我不该命立此

儿！”死多活少，亦可少休。嗣是太后变喜成忧，渐渐的酿成疾病了。唯太皇太后册文，元代未有此举，乃由词臣珥笔，敬谨撰成。其文云：

王政之先，无以加孝，人伦之本，莫大尊亲，肆予临御之初，首举推崇之典。恭维太皇太后陛下，仁施溥博，明烛幽微，爰自居渊潜之官，已有母天下之望。方武宗之北狩，适成庙之宾天，旋克振于乾纲，谅再安于宗祐，虽有在躬之历数，实司创业之艰难，仪式表于慈闱，动协谋于先帝，莫究补天之妙，尤如扶日之升。位履至尊，两翼成于圣子；嗣登大宝，复拥佑于藐躬，矧德迈涂山，功高文母，是宜加于四字，或益衍于徽称。谨奉玉册玉宝，加上尊号，曰：仪天兴圣慈仁昭懿寿元全德泰宁福庆徽文崇佑太皇太后。于戏！兹虽涉于虚名，庶庸申于善颂。九州四海，养未足于孝心；万岁千秋，愿永膺于寿祉。录太皇太后册文，所以愧之也。

又有皇太后册文一篇，亦写得玉润珠圆。其文云：

坤承乾德，所以著两仪之称；母统父尊，所以崇一体之号。故因亲而立爱，宜考礼以正名。恭维圣母温慈惠和淑哲端懿，上以奉宗祧之重，下以叙伦纪之常，恢王化于二南，嗣徽音于三母，辅佐先考，忧勤警戒之虑深，拥佑眇躬，抚育提携之恩至。迨于今日，绍我丕基，规模一出于慈闱，付托益彰于祖训。致天下之养以为乐，未足尽于孝心；极域中之大以为尊，庶可尊其懿美。式遵贵贵之义，用罄亲亲之情，谨遣某官某奉册上尊号曰皇太后。伏维周宗绵绵，长信穆穆，备洛书之锡福，粲坤极之仪天，启佑后人，永锡胤祚！元代之立皇太后，莫如仁宗后之正，且亦获令终，故亦举册文并录之。

太皇太后及皇太后，递受诸王百官朝贺，说不尽的繁文缛节，小子也不必细叙。

单说太子硕德八剌既已嗣位，因身后庙号英宗，小子此后遂沿称英宗二字。英宗大赦后，复封赏群臣，特进铁木迭儿为上柱国太师，并诏中外毋沮

议铁木迭儿敕令。铁木迭儿愈加横行，降李孟为集贤侍讲学士，召他就职。在铁木迭儿的意思，逆料李孟必不肯来，就好说他违旨不臣，心怀怨望，大大的加一罪名。不料李孟闻命，欣然就道。途次遇着翰林学士刘赓，正来慰问，遂与偕行至京，立赴集贤院中。

宣徽使以闻，并奏请李孟到任，例应赐酒。英宗愕然道："李道复乃肯俯就集贤么？"适铁木迭儿子巴尔济苏在侧，便与语道："你等说他不肯奉命，今果何如？"巴尔济苏俯首无言。英宗复召见李孟，慰劳有加，由是谗不得行。李孟尝语人道："老臣待罪中书，无补国事，圣恩高厚，不夺俸禄，今已老了，欲图报称，恐亦无及了！"英宗闻言，格外称善。未几卒于官，御史累章辨诬，有旨复职，寻复追赠太保，进封魏国公，谥文忠。史称皇庆延祐时，每一乱命，人必谓由铁木迭儿所为，得一善政，必归李孟，所以中外知名。可奈母后擅权，佥人用事，以致怀忠未遂，赍志以终，这也真是可惜呢！究竟流芳百世，不同遗臭万年，人亦何苦为铁木迭儿，不为李道复耶。

是年五月，英宗幸上都，铁木迭儿随驾同去。他想中害留守贺巴延，使人往报，故意迟延一日。巴延计算道里，须五日方到，不料第四日午后，车驾已抵上都，累得巴延手忙脚乱，不及衣冠，先迎诏使，随后方穿了朝服，出迎英宗。俟英宗入居行宫，铁木迭儿即劾奏巴延便服迎诏，坐大不敬罪，请即严惩。英宗不欲究治，偏铁木迭儿抗声道："如此逆臣，还好姑息么？此时不严行究办，将来臣工玩法，如何处治？"说得英宗不能不从。遂将贺巴延褫职，下五府杂治。铁木迭儿密嘱府吏，令将巴延置死，可怜秉正不阿的贺留守，为了张弼一案，触怒权奸，竟被他倾陷，冤冤枉枉的惨毙狱中。府吏报称巴延病死，由铁木迭儿作证，就使英宗知他舞弊，也只好模糊过去。

嗣铁木迭儿闻知赵世延已械系至都，飞饬刑部从严审讯。刑部又暗嘱世延从弟，教他坚执前言，不得稍纵，于是世延从弟胥益儿哈呼，与世延对簿，全不管弟兄情谊，一味瞎造，咬定世延罪状。货利之坏人心术，至于如此！世延先与争辩，嗣见刑部左袒从弟，转忿为笑道："我的弟兄，从前还是安分，不敢如此撒谎，今日骤然昧良，必是有人导坏。我想你等官吏，也须存点公道，明察曲直，不要专附权奸，构陷善类。须知天道昭彰，报应不爽，一时得势，能保得住将来么？"刑部犹大声呵叱，世延道："何必如此！铁太师仇我一人，只教我死便休，必导人为非，嗾吏作奸，计亦太拙呢！"胥

益儿哈呼闻着兄言，倒也自知理屈，寂然无语，偏刑部锻炼成狱，奏请置诸极典。会英宗已返燕都，览刑部奏牍，批谕世延犯法，已在赦前，现经大赦，毋庸再议等语。

看官！你想这铁木迭儿，用尽心思，想害世延，如何就肯甘休？当下入奏英宗，以世延罪符十恶，不应轻赦。英宗不从，铁木迭儿复命刑部属吏，威吓世延，逼令自裁。世延道："我若负罪，应该明正典刑，借申国法，何必要我自尽！"刑部亦弄得没法，寻思暗杀世延，偏英宗下诏刑部，饬他慎重羁囚，不得私自用刑，想亦由巴延毙狱之故。世延乃得安住狱中。铁木迭儿复令侍臣伺间奏请，会英宗出猎北凉亭，台官或上书谏阻，英宗不允。侍臣遂乘间进言道："狝狩是我朝祖制，例难废辍。台臣无端谏阻，借此邀名，此风殊不可长，即如前御史中丞赵世延，遇事辄言，朝右都称他敢谏，其实都是沽名钓誉，舞文弄法呢。"英宗道："你等为铁木迭儿作说客么？世延忠诚，先帝尚敬礼有加，只铁木迭儿与他有嫌，定欲加他死罪，朕岂肯替铁木迭儿报复私仇？你等亦不必向朕饶舌？"英宗不愧英明，但既明知世延无罪，何不即为昭雪，立命释放，想是明哲有余，刚断不足，所以后卒遇弑。侍臣被英宗窥破私情，不禁面颊发赤，忙跪下叩首，齐称万岁。借此遮羞，亦是一法。

嗣后世延从弟，自思言涉虚诬，不敢再质，竟尔逃去。后来世延尚囚系两年，至拜住入相，代他伸冤，方得释放，这且按下。

再说铁木迭儿欲杀世延，始终不得英宗听信，心中很是愤闷，随入见太皇太后，适太皇太后抱病，奄卧在床，由铁木迭儿慰问一番。太皇太后也无情无绪的答了数语。铁木迭儿复与谈起朝事，太皇太后长叹数声。铁木迭儿道："嗣皇帝很是英明，慈躬何故长叹？"太皇太后道："我老了，你亦须见机知退，一朝天子一朝臣，休得自罹罗网！"为铁木迭儿计，恰是周到。铁木迭儿闻了这语，恍似冷水浇头，把身上的热度，降至冰点以下，顿时瞪目无言。

忽闪出一老妇道："太皇太后慈体不宁，正为了嗣皇帝！"语未说完，已被太皇太后听着，便瞋目视老妇道："你亦不必多说了，我病死后，你等不必入宫，大家若有良心，每岁春秋，肯把老身纪念，奠杯清酒，算不枉伴我半生！"言至此，潸然下泪。这等情形，都是激动人心，后来谋逆，不得谓非彼酿成。那老妇亦陪着呜咽。铁木迭儿也不知不觉的凄楚起来。看官欲知老妇名氏，由小子乘暇补出，此妇非别，就是上文叙过的亦列失八。

亦列失八呜咽了一会，便对着铁木迭儿以目示意，铁木迭儿即起身告别。亦列失八也随了出来，邀铁木迭儿另入别室，彼此坐定。亦列失八道："太皇太后的情状，太师曾瞧透么？"铁木迭儿无语，只用手理须，缓缓儿的拂拭。绘出奸状。惹动亦列失八的焦躁，不禁冷笑道："好一位从容坐镇的太师！事近燃眉，还要理须何用？"铁木迭儿道："国家并没有乱事，你为何这般慌张？"亦列失八道："太皇太后的病源，实从嗣皇激成。太皇太后要做的事，嗣皇帝多半不从，太师身秉国钧，理应为主分忧，奈何袖手旁观，反不若我妇人小子呢？"亦列失八也是一长舌妇。铁木迭儿道："据你说来，教我如何处置？"亦列失八道："这是太师故作痴呆哩。"再激一语。铁木迭儿道："我并非痴呆，实是一时没法。既蒙指示，还须求教！"亦列失八道："我一妇人，何知国计！就使有些愚见，太师亦必不见从。"又下激语。铁木迭儿道："古来智妇，计划多胜过男子，彼此相知，何必过讳！"亦列失八欲言又默，沉吟了好一歇，铁木迭儿起坐，密语亦列失八道："有话不妨直谈，无论什么大事，我誓不漏风声！"亦列失八道："果真么？"铁木迭儿道："有如天日！"亦列失八正要吐谋，复出至门外，四顾一周，然后转入室内，与铁木迭儿附耳密语。铁木迭儿先尚点首，继即摇头，又继即发言道："我却不能！"亦列失八道："太师不泄秘谋，料可行得。"铁木迭儿道："我已宣誓，你休疑心！只我不便帮忙，你等须要谅我！"置身局外，刁狡尤甚。亦列失八道："事若得成，太师亦与有力，但未知天意何如？"铁木迭儿道："我不任咎，何敢任功！"随即辞出。

亦列失八遂与平章政事黑驴，徽政使失列门，及平章政事哈克缴，御史大夫脱武哈，密议了许多次，专待机会到来，以便发作。不意英宗运祚未终，偏出了一位开国元勋的后裔，翊佐新君，窥破奸谋，令一场弑逆大案，化作雾尽烟消。这人为谁？名叫拜住，乃是木华黎后嗣安童之孙。每叙大忠大奸，必郑重出名，此是作者令人注目处。

拜住五岁丧父，赖母教养成人。母怯烈氏年二十二，寡居守节，拜住有所动作，必禀承母训，偶一越礼，母即谯诃不少贷，以此饬躬维谨，炼达成材。不没贤母。初袭为宿卫长，寻进任大司徒，熟谙掌故，饶有声望。英宗在东宫时，已闻拜住名，遣使召见。拜住道："嫌疑所关，君子宜慎！我掌天子宿卫，私自往来东宫，我固得罪，皇太子亦干不便，请为我善辞！"来使

返报英宗，英宗称善不置。

既即位，即擢拜住平章政事，且随时召见，令他密访奸党。拜住日夕留意，既略闻黑驴等事，便入奏英宗。英宗命内外官吏设法侦查，果得黑驴等谋变详情。原来英宗有心报本，拟四时躬享太庙，命礼部与中书翰林等集议典礼。议毕复奏，无非踵事增华，所有法驾祭服，应格外修备，先祭三日，宜出宿斋宫，表明诚洁等情，英宗自然准奏。黑驴等既已闻命，便与失列门商议，将乘英宗出宿斋宫，遣盗入刺。会英宗复擢拜住为左丞相，把哈克繖罢职，命出任岭北行省。哈克繖悻悻不平，走告失列门，失列门即引为同志，复阴报亦列失八，决议提早行事，改图废立，谁知谋变益亟，漏泄愈快。

英宗既知此事，立召拜住入议。拜住道："这等奸人，擅权已久，早应把他诛黜；今幸上天瘅恶，得泄逆谋，及此不除，更待何时！"英宗尚未及答，拜住复道："当断不断，反受其乱。万一奸党生疑，弄兵构祸，恐怕都门以内，必致大乱。"英宗动容道："朕志已决，卿为我效力，擒此奸邪！"拜住即退，召集卫士千名，四处擒拿，不到一日，已将黑驴、失列门、哈克繖、脱忒哈等，一律拿到，复把亦列失八，亦擒出宫中。罪人既得，即复奏英宗，请交刑官鞫问。英宗道："他若借太皇太后为词，朕反措词为难，不如速诛为是！"此言甚是。拜住领命，即饬将四男一妇，如法捆绑，推出国门外，斩首伏法。小子有诗咏此事道：

> 上苍覆帱本无私，莫谓天心不一知！
> 祸福唯凭人自召，及身戮没悔嫌迟。

五犯伏法以后，未知铁木迭儿有无获罪！容至下回叙明。

本回赓续前文，仍是叙述奸党，肆行不法事。开首录太皇太后册文，所以明祸阶之有自。太皇太后为顺宗正妃，母以子贵，筑宫颐养，二子一孙，皆为天子，自来后妃之极遇，鲜有逾此者。乃东朝既正，淫恣无忌，内则亦列失八用事，外则铁木迭儿、失列门、哈克繖等，朋比为奸，至于宫廷谋变，几成大逆，微丞相拜住，不待南坡之弑，而英宗已饮刃矣。故本回为群奸立传，实不啻为太后立传，宫闱浊乱之弊，固有若是其甚者！

第三十四回　满恶贯奸相伏冥诛　进良言直臣邀主眷

却说铁木迭儿，于黑驴等谋变事，本是置身局外，坐观成败。因此黑驴等同日授首，铁木迭儿不遭牵累，反得了许多赏赐。这赏赐从何而来？因黑驴、失列门、哈克繖家产，尽付查抄，不得藏匿。各家拥资甚富，失列门平日仗着太后宠幸，所有内府珍玩，统移置家中。最宝贵的禁脔，犹令尝试，何况珍玩。此外如金银钞币，裘马珠宝，几不胜数。此次经拜住督率卫士，一律抄出，半充国帑，半给功臣。铁木迭儿身居首辅，所得赏给，自然较多。又是他的运气。拜住以下，颁赐有差，奸党失势，正士扬眉，这也不在话下。

到了冬季，英宗始被服衮冕，亲祀太庙，先期斋戒，临事裔皇，这是元代第一次盛典。礼毕还宫，鼓吹交作，道旁人民，莫不耸观，英宗即下诏改元，年号至治。其文道：

> 朕祇裔贻谋，获承丕绪，念付托之维重，顾继述之敢忘，爰以延祐七年十一月丙子，被服衮冕，恭谢于太庙。既大礼之告成，宜普天之均庆，属兹逾岁，用协纪元，于以导天地之至和，于以法春秋之谨始。可以明年为至治元年，特此布敕，宣告有众。特录英宗改元诏，因其在亲祀宗庙之后，报本反始，嘉其知礼也。

至治元年元旦，英宗御大明殿，受诸王百官朝贺。越日，即令僧侣在文

德殿修佛事。朝右诸臣，已有异议，只因元代素重佛教，不便奏阻。兼且英宗嗣位，曾饬各郡建帝师拔思巴殿，规制视孔庙有加，大家微窥上意，哪个肯来抗争，转瞬间已近元宵，英宗欲张灯禁中，叠成鳌山，于是礼部尚书兼参议中书省事张养浩，忍耐不住，缮具奏疏，亲至左丞相拜住宅中，托拜住入陈，拜住先展开奏牍，略去起首套语，览读要文道：

世祖临御三十余年，每值元夕，闾阎之间，灯火亦禁，况阙庭之严，宫掖之邃，尤当戒慎！

读至此，顾张养浩道："你思奏阻张灯么？闻主子已命筹办，恐怕未必照准。"随又读下道：

今灯山之构，臣以为所玩者小，所系者大，所乐者浅，所患者深。伏愿以崇俭虑远为法，以喜奢乐近为戒，国家幸甚！臣民幸甚！

拜住又道："说得痛切！"张养浩接着道："大事多从小事起，今日张灯，明日酣歌，色荒酒荒，不期自至。公为大臣，蒙主亲信，所以养浩特来亲托。若主子肯纳刍言，就是杜渐防微的至计。公意以为何如？"拜住道："此等美举，自当玉成，我当即刻进去，奏闻主子便了。"养浩称谢而别。

拜住果即袖疏入宫，由英宗特别命见，问他何事，拜住即陈上养浩奏章。经英宗览毕，勃然道："朕以为什么要政，区区张灯的事情，也来谏阻，难道做主子的只可日日愁劳，连一日消遣，都动不得么？"拜住免冠叩首道："孔子说的为君难，为君有什么难？只因一举一动，史官必书，宁善毋恶，宁得毋失，所以称作难为。张灯虽是小事，怎奈一夕消遣，千载遗传，倘后王因此借口，以致纵欲败度，岂不是贻讥作俑么？还求陛下明察！"英宗乃改怒为喜道："非张希孟不敢言，非卿亦不能再谏，朕即命他停办罢。"拜住复叩首而退。希孟系养浩字，呼字不呼名，系特别敬重的意思。

越宿，又诏赐张养浩尚服金织币帛各一袭，旌他忠直。君明臣良，故特书之。未几，复饬改建上都行宫。拜住又进谏道："北地苦寒，入夏始种粟麦，陛下初登大宝，未曾轸恤民瘼，先自劳动大役，恐妨害农务，致失民望，不

如宽待数年，再议兴工。”英宗点首称善，亦命停止工役。唯敕建万寿山大刹，驱役数万人，并治铜五十万斤，铸造佛像。

监察御史观音保、锁咬儿哈的迷失及成珪李谦亨等，上书直谏，大旨以连岁洊饥，宜休民力，且时当春季，东作方兴，更不应病民动众。这书入奏，偏恼动英宗性子，把书驳斥，适铁木迭儿次子锁南，为治书侍御史，与观音保等有隙，密奏他讪上沽直，坐大不敬罪。英宗便饬逮观音保等，亲加鞫讯，观音保道：“谏诤是人臣的职务，臣甘为龙逄、比干，不愿陛下为桀纣！”锁咬儿哈的迷失道：“辇毂以下，僧侣横行，陛下还要这般迷信，难道靠着这班秃头，果可治国安家么？如治御史锁南，劾臣等讪上不敬，锁南专逢君恶，臣等愿格君非，孰为有罪？孰为无罪？就使一时不明，后世自有公论呢。”英宗道：“你等谤朕犹可，诋僧及佛，实是有罪，朕不便宽恕！”僧徒比皇帝尤大，无怪不宜谤毁。便命交刑部谳罪，刑部复称应加大辟，遂诏杀观音保及锁咬儿哈的迷失，只成珪、李谦亨两人，罪从末减，杖徙辽东奴儿干地。

铁木迭儿以锁南得宠，自己亦好乘此图谋笼络英宗，左思右想，复将从前做过的把戏，再演一出。看官曾记忆周王和世瑓么？仁宗为了铁木迭儿一言，把和世瑓调往云南，激成变衅，逐出漠北。还有和世瑓胞弟图帖睦尔，安居燕都，未曾受累。偏铁木迭儿暗里藏刀，又想将他驱逐出去，当下与中政使咬住商议，咬住本是个蔑片朋友，见了铁木迭儿，非常奉承。至谈及图帖睦尔事，咬住道：“不劳师相费心，但教晚辈一言，包管他徙谪远方。”铁木迭儿大喜，拱手告别。

咬住即密上奏疏，果然一牍甫陈，诏书即下，命图帖睦尔出居琼州。琼州系南海大岛，属粤东管辖，与京师相距七千余里，地多蛮瘴，炎熇逼人。廷右诸臣，尚不知图帖睦尔犯了何罪，充放到这般远地，嗣复接读诏敕，系禁术士交通诸王驸马，并掌阴阳五科吏士，不得妄泄占候，大众才有些觉悟起来。嗣复侦得咬住密奏，系说图帖睦尔与术士往来，恐将谋为不轨，魏王覆辙，可为前鉴，应三十二回。请先事预防，毋致噬脐等语。看官！你想九五之尊，谁人不欲？英宗的位置，本是从武宗两子中，攘夺而来，他在位一日，防着一日，此次得咬住密疏，比枪矢还要厉害，不论他是真是假，究不若先发制人，因此把图帖睦尔充发远方，免得他在京作梗。这是人情同然，

不要怪这英宗呢！讽刺得妙。

铁木迭儿以事事得手，复思专宠，并引参知政事张思明为左丞，作为臂助。思明忌拜住方正，每与党人密谋，设计构陷。或告拜住预为戒备，拜住慨然道："我祖宗为国元勋，世笃忠贞，百有余年，我今年少，叨受宠命，无非因皇上念我祖功，俾得相承勿替。每念国家大利，莫如大臣协和。今若因右相仇我，我便思报，是朝局水火，自召纷争，非但吾两人不幸，就是国家亦必不利。我唯知尽我心力，上不负君父，下不负士民，此外一切功怨，非我思存，死生凭诸命，祸福听诸天，请你等不必多言！"言固甚是，然杀机已伏于此。自是拜住愈加效力，张思明等亦无隙可乘。会铁木迭儿奏请杀平章王毅，右丞高昉。英宗密问拜住，是否当诛。拜住惊问何事？英宗道："据原奏言在京诸仓，粮储亏耗，王、高两臣，责任清理，负恩溺职，罪在不赦，所以应加严刑！"拜住道："平章右丞，统是宰臣的副手，宰相应论道经邦，不应责他钱穀琐务。况且王、高二臣，曾由右相奏委，莫非他不善逢迎，因成嫌隙，否则，何故出尔反尔，前日奏委，今日奏诛？"料事如见。英宗沉思良久道："卿言亦是！"遂不从铁木迭儿言。

铁木迭儿大为失望，便奏请病假，数日不朝。英宗亦未尝慰问，只册立皇后亦启烈氏，命他持节往迎，专授册宝。立后礼成，铁木迭儿仍称疾不出。会拜住奉旨，回范阳原籍，为祖安童立忠宪王碑。铁木迭儿竟乘舆入朝，至内门，英宗遣左丞速速，赐以酒道："卿年老，宜自爱重！待新年入朝，亦未为晚。"铁木迭儿怏怏退出。

是时奸党布满朝端，遇有政务，必至铁木迭儿家，禀陈底细，铁木迭儿屡思倾陷拜住，无如拜住方得重用，任他百计营谋，终不得遂，因此这位铁师相，也弄得神志懊丧，咄咄书空。不到数旬，竟尔疾病缠身，卧床不起。假病弄成真病。偏偏不如意事，杂沓而来，他的心腹张思明，随英宗至上都，被拜住奏了一本，杖责数十，逐回原籍。铁木迭儿闻着，已经不安，不意拜住又叠奏两案，都牵连铁木迭儿，那时铁太师不是病死，也要气死。一案是司徒刘夔夔买田数千亩，赂宣政使八剌吉思，托词买给僧寺，矫诏出库钞六百五十万贯，偿付田直。八剌吉思免不得与铁木迭儿商量，铁木迭儿父子，及御史大夫铁失，共得赃巨万，经拜住讦发，刘夔夔、八剌吉思自然坐罪，不得复活，只赦了铁失一人。何不将他并诛。一案是术士蔡道泰，私通良

家妇女，妒奸杀人，狱已备具，道泰论抵，他偏私赂铁木迭儿，打通关节，运动狱官，改供缓狱，又经拜住讦发，立诛道泰，狱官亦坐罪。铁木迭儿虽未曾拿问，毕竟贼胆心虚，又惊又愧，又恨又悔，恹恹床蓐，服药无灵，结果是一命呜呼，魂登鬼箓。不服明刑，难逃冥戮。

事有凑巧，那太皇太后弘吉剌氏，亦病势沉重，奄然逝世。距铁木迭儿病死，不过一二十日。总算亲暱。原来太皇太后自英宗即位后，便已得病，接连是失列门伏诛，失了一个贴肉的幸臣，亦列失八骈戮，又少了一个知情的伴媪，一枕凄凉，万般苦楚，且又不便说明，好似哑子吃黄连，只有自知，无人分晓，亏得参苓等物，朝晚服饵，总算勉勉强强的拖了一年，嗣复闻得铁木迭儿身死，不禁唏嘘道："痴儿负我！痴儿负我！"嗣是病益加重，困顿了十数日，也即告终。英宗仍照例举丧，追谥昭献元圣皇后。特录谥法，与上叙述册文意同。

礼官以十月有事太庙，奏请国哀期以日易月，待旬有二日后，乃举祀事。英宗道："太庙礼不可废，迎香去乐便了。"冬祭后，特授拜住为右丞相，兼监修国史。拜住辞不敢受，英宗道："卿佐朕二年，不避权贵，敢任劳怨，朕看满廷王公，无出卿右，意欲授卿公爵，为卿酬劳，至若右相一职，除卿外还有何人？卿毋再辞！"拜住顿首道："陛下必欲以右相授臣，臣敢不祇遵上命，若三公秩位，所以崇德报功，臣无功德，何堪当此？"英宗道："朕知道了。"

越日，即以立右丞相拜住，颁诏天下。唯左丞相一缺，不另设人。在英宗的意见，实是倚畀独专，不使掣肘，拜住亦感激图报，首荐张珪，令复为平章政事，并召用旧臣王约、韩从益等，令他食禄家居，每日一至中书省议事。又起吴澄为翰林直学士。澄年已老，因闻拜住求贤若渴，乃杖策入朝。

会英宗命写金字藏经，令左丞速速代传诏旨，饬澄为序，澄瞿然道："主上写经，为民祈福，原是盛举；若用以追荐，臣所未解，如佛氏好言轮回，不过谓善人死去，上通高明，光齐日月，恶人死去，下沦汙秽，微等虫沙。徒侣不明此旨，反谓诵经设醮，可以超荐灵魂。试思我朝的列祖列宗，功德盖世，何用荐拔？且自国初以来，写经追荐，已不知若干次，若谓未效，是为蔑佛；若谓已效，是谓诬祖，是此两难，教臣如何下笔？就使遵旨撰就，也是一时欺人，不能示后，请左丞为我复奏罢！"至理名言。

速速据实奏陈，适拜住在侧，便道："吴学士的言语，很是有理，从古以来，帝王得天下，总以得民心为本，失民心便失天下，若徒索虚无，何关实际？梁武帝以佞佛亡国，愿陛下详察！"英宗道："近有人谓佛教可治天下，难道此言不确么？"拜住道："清净寂灭，只可自治；若要治天下，除仁义道德外，殊无他法！陛下试想佛教宗旨，无君臣，无父子，无兄弟夫妇，天下若照此通行，人种都要灭绝，还有什么纲常呢！"剀切详明。英宗道："唐太宗时有魏征，不愧谏臣，卿亦可算一魏征了！"拜住道："槃圆水圆，盂方水方，有纳谏的太宗，自有敢谏的魏征，陛下能从谏如流，台官中不乏忠臣，何止一臣呢！"英宗道："卿言甚善！朕当听卿，所有政务，亦愿卿熟虑慎行！"拜住遵旨而退。

越数日，监察御史盖继元、宋翼，奏言铁木迭儿奸贪负国，生逃显戮，死有余辜！应追夺官爵，籍没家资等语。英宗复问拜住，拜住道："诚如御史等言。"英宗便诏夺铁木迭儿原官，并一切封赠，又令卫士查抄家产，金珠玉帛，价值累万。于是铁木迭儿的遗党，人人自危，朝思夜想，彼筹此划，遂闹出一场天大的逆案。小子有诗咏道：

芟恶宜如芟草严，胡为奸党未全歼？
须知蜂蠆犹留毒，一误何堪再误添！

欲知逆案详细，请看下回便知。

英宗之失德，莫如杀观音保等一事。然观音保等之死，实铁木迭儿父子构成之。元自世祖以来，阿合马、卢世荣、桑哥等，相继为奸，累遭显戮。至如铁木迭儿之贪淫忮虐，较阿合马等为尤甚，而乃权宠终身，安死牖下，后虽夺官籍产，而放恣一生，竟逃国法，未始非仁、英二宗之失刑也！拜住专任相职，不可谓不得君，观其任贤去邪，陈善纳诲，亦不可谓不尽忠，然朝右奸党，未尽戮逐，死灰尚且复燃，能保奸党之不肆反噬乎？故本回为英宗君相合传，而褒中寓贬，自有微意，读者可于言外见之，毋徒视作断烂朝报也！

第三十五回　集党羽显行弑逆 扈銮跸横肆奸淫

且说御史大夫铁失，本是铁木迭儿的走狗，尝拜铁木迭儿为义父，自称干儿。至铁木迭儿夺官籍爵，其子锁南亦免职，两人很是怨愤，恨不得将英宗拜住两人，立刻捽去。无如君臣相得，如漆投胶，拜住说一事，英宗依一事，拜住说两事，英宗依两事，铁失、锁南只恐拜住再行奏劾，重必授首，轻必加谴，因此日夜筹谋，时思下手。还有知枢密院事也先铁木儿，大司农失秃儿，前平章政事赤斤铁木儿，前云南平章政事完者，典瑞院使脱火赤，枢密院副使阿散，佥书枢密院事章台，卫士秃满，及诸王按梯不花，孛罗月鲁不花，曲吕不花，兀鲁思不花，及铁失弟索诺木等，统联结一气，伺机待发。巧值英宗幸上都，拜住随去，奸党或从或不从，内外煽谋，势愈急迫。

一夕，英宗在行宫，忽觉心惊肉跳，坐立欠安，上床就寝，仿佛似有神鬼在侧，倏寐倏醒。为被弑预兆。自思夜睡不宁，莫非有魔障不成，遂于次日起床，饬左右传旨，命作佛事。拜住闻命，即入奏道："国用未足，佛事无益，请陛下收回成命。"英宗迟疑半晌，方道："不作佛事，也属无妨。"拜住退后，不到半日，又有西僧进奏，略言陛下惊悸，国当有厄，非大作佛事，及普救罪囚，恐难禳灾徼福。英宗道："右相说佛事无益，所以罢休，你去与右相说知，再作计较。"

西僧奉旨，即往与拜住商议。拜住瞋目道："你等专借佛事为名，谋得金帛，这还可以曲恕；唯一作佛事，便赦罪犯，你想朝廷宪典，所以正治万

民，岂容你僧徒弄坏？纵庇一囚，贻害数十百人，以此类推，酿恶不少，你等借此敛财，佛如有灵，先当诛殛！我辅政一日，你等一日休想，快与我退去，不必在此哓舌！”

西僧撞了一鼻子灰，便出去通知奸党。原来西僧进言，实是奸党主使，意欲借此赦罪，免得谴戮。偏偏拜住铁面无私，疾词呵斥。那时奸党愤不可遏，齐声呼道：“不杀拜住，誓不干休！”铁失时亦在场，便道：“你等亦不要瞎闹，须计出万全，方可成功。今日的事情，只杀一个拜住，也恐不能成事，看来须要和根发掘呢！”恶人除善，唯恐不尽，故小则废主，大则弑君。大众连声道：“甚好！这等主子，要他何用？不如并杀了他。”铁失道：“去了一个主子，后来当立何人？”这一语却问住众口。铁失笑道：“我早已安排定当了！晋王现镇北边，何妨迎立？”大众都齐声赞成。铁失道：“晋王府史倒剌沙，与我往来甚密，他子哈散，曾宿卫宫中，我前已令哈散回告乃父，继复使宣徽使探忒密语晋王，诸已接洽，总教大事一成，便可往迎。”大众道：“嗣皇已有着落，大事如何行得？”铁失道：“闻昏君将回燕京，途次便可行事。好在我领着阿克苏卫兵，教他围住行幄，不怕两人不入我手，就使插翅也难飞去！”言毕，呵呵大笑。大众道：“好极！好极！但也须遣人密报，免得临事仓皇。”铁失道：“这个自然，我便着人去报便了。”当下派遣斡罗思北行。

斡罗思即日趱程，一行数日，方到晋王府中。闻晋王出猎秃剌，只探忒留着，两下接谈。探忒道：“我与倒剌沙已议过数次，倒剌沙很是赞成。只王意尚是未定。”斡罗思道：“倒剌沙内史，想伴王同去。”探忒道：“是的！”斡罗思道：“事在速行，我与你同去见王，何如？”探忒应着，便跑至秃剌地方，入见晋王。

晋王问有何事？斡罗思道：“铁御史令我前来，致词王爷，现已与也先铁木儿、失秃儿、哈散等，谋定大事。若能成功，当推立王爷为嗣皇帝！”这语说出，总道晋王笑脸相迎，不意晋王颜色骤变，大声叱道：“你敢教我谋死皇侄么？这等奸臣，留他何用，快推出斩讫！”斡罗思被他一吓，身子似杀鸡般抖将起来，但见旁边走过一人，跪禀晋王道：“王爷如诛斡罗思，转使皇帝疑为擅杀，不如囚解上都，使证逆谋，较为妥当。”晋王视之，乃是府史别烈迷失，便道：“你说得很是！便命你押解去罢。”于是命左右抬过槛车，

把斡罗思加上镣铐，推入车内，由别烈迷失，带了卫卒百名，解送上都。

看官欲知晋王为谁？待小子补叙详明。晋王名也孙铁木儿。一作伊逊特穆尔。系裕宗真金长孙，晋王甘麻剌嫡子。甘麻剌曾封镇漠北，管辖太祖发祥的基址，领四大鄂尔多地，蒙语称为四大斡耳朵。世祖殂时，甘麻剌闻讣奔丧，至上都，拥立成宗。大德二年，甘麻剌殁，子也孙铁木儿袭位，仍镇北边。武宗、仁宗先后嗣立，也孙铁木儿统共翊戴，立有盟书。至是不愿附逆，因因遣斡罗思赴上都。偏值英宗南还，祸机已发，好好一位英明皇帝，及一个忠良右相，竟被铁失兄弟等害死南坡。一声河满子。

原来南坡距上都，约百余里，英宗自上都启跸，必至南坡暂驻。这日夜间，铁失已密命阿克苏卫兵，守住行幄，他即率领奸党，持刀而入。拜住正要就寝，蓦听外面有喧嚷声，即持烛出来，只见铁失弟索诺木，执着明晃晃的刀，首先奔至。拜住厉声喝道："你等意欲何为？"言未已，索诺木已抢前一步，手起刀落，将拜住持烛的右臂，剁落地上，拜住大叫一声，随仆于地，逆党乘势乱砍，眼见得不能活了。拜住已死，铁失复带着逆党，闯入帝寝。英宗时已就卧，闻声方起，正在披衣下床，逆党已劈门而入。英宗忙叫宿卫护驾，谁知卫士统不知去向，那罪大恶极的铁失，居然走至榻前，亲自动手，把刀一挥，将英宗杀死。英宗在位三年，年仅二十一，天姿明睿，史称他刑戮太严，奸党畏诛，因构大变。小子以为铁失、锁南早罹罪案，若英宗先已加诛，便是斩草除根，难道还能图变么？这是史官论断太偏，不足凭信。小说中有此评笔，方合历史演义本旨。

这且休表，且说铁失等已杀了拜住，弑了英宗，便推按梯不花、也先铁木儿为首，奉着玺绶，北迎晋王也孙铁木儿。也孙铁木儿闻着此变，一时不好究治逆党，就在龙居河即克鲁伦河。旁，设起黄幄，受了御宝，先即皇帝位，布告天下。这诏敕却用蒙文，很足发噱，抄录如下道：

> 薛禅皇帝！蒙语尊称，世祖为薛禅皇帝，薛禅云者，聪明天纵之谓。可怜见嫡孙裕宗皇帝长子，我仁慈甘麻剌爷爷，根底封授晋王，统领成吉思皇帝四个大斡耳朵，及军马达达达达即鞑子。国土都付来，依着薛禅皇帝圣旨，小心谨慎。但凡军马人民的，不拣什么勾留里，遵守正道行来的。上头数年之间，百姓得安业，在后完泽笃皇帝，蒙语称成宗为完泽笃皇帝，

完泽笃者，有寿之谓。教我继承位次，大斡耳朵里委付了来，已委付了的大营盘看守着。扶立了两个哥哥，曲律皇帝，蒙语称武宗为曲律皇帝，曲律者，杰出之谓。普颜笃皇帝，蒙语称仁宗为普颜笃皇帝，普颜笃者有福之谓。侄硕德八剌皇帝。我累朝皇帝根底，不谋异心，不图位次，依次本分，与国家出气力行来。诸王兄弟每，众百姓每，也都理会的也者。今我侄的皇帝，生天了也么，道迤南诸王大臣军士的，诸王驸马臣僚达之百姓每，众人商量著大位次不宜久虚，唯我是薛禅皇帝嫡派，裕宗皇帝长孙，大位次里合坐体例有，其余争立的哥哥兄弟也无有。这般晏驾，其间比及整治以来，人心难测，宜安抚百姓，使天下人心得宁，早就这里即位。提说上头，从著众人的心，九月初四日，于成吉思皇帝的大斡耳朵里大位次里坐了也，交众百姓每心安的，上头赦书行有。此诏录诸《元史》，系是蒙文，原底未曾就译，故有数语在可解不可解之间，中国近日欲通行白话，恐其弊亦必至此，迁乔入谷，令人不解！

是日，即命也先铁木儿为中书右丞相，倒剌沙为中书平章政事，铁失知枢密院事，余如失秃儿、赤斤铁木儿、完者秃满等，俱授官有差。晋王初囚斡罗思，遣别烈迷失首告逆谋，可谓守正不亏，及闻英宗遇弑，不思入朝讨贼，即受玺践位加封逆党，是毋亦利令智昏耶！当下遣使赴上都，祭告天地宗庙社稷；一面令右相也先铁木儿准备法驾，调集侍从，择日启程，向京师进发。

也先铁木儿自恃功高，又得大位，心中欣慰异常，便致书铁失，教他前来迎驾。铁失以京师重地，不便轻离，彼非有意留守，实是固位希宠。只遣完者、锁南、秃满等，驰奉贺表，且表欢迎。完者等到了行在，谒见嗣皇，奉谕优奖，喜得心花怒开，欢跃得很！慢着！至与也先铁木儿相见，彼此道贺，大家都说铁失妙策，赞扬不尽。也先铁木儿掀着短须道："老铁的功劳，原是不可没的；但非我帮助老铁，恐怕老铁也不能成事的。况现在的嗣皇帝，前已囚解斡罗思，拟告逆谋，后来我奉着玺绶，驰到此处，他还出言诘责，亏我把三寸妙舌，说得面面俱到，方得他应允即位，各给封赏，列位试想，我的功绩，比老铁何如？"言毕，呵呵大笑。完者等本是拍马长技，至此见也先铁木儿位居首辅，权势烜赫，乐得见风使舵，曲意奉承，且齐声说的是"全仗栽培"四字。那时也先铁木儿笑容可掬道："诸君是我知已，我在位一

日，总界诸君安乐一日，富贵与共，子女玉帛亦与共，诸君以为好否？”你的相位，不过数日可保，奈何？完者等复连声称谢。也先铁木儿便命摆酒接风，大家吃得酩酊大醉，方才散去。

越数日，车驾扈从等，都已备齐，就禀闻嗣皇帝，启跸登程。沿途侍卫人员，统归也先铁木儿节制，跋山涉水，不在话下。只也先铁木儿行辕，比嗣皇帝的行幄，几不相上下。所有命令，反较嗣皇帝为尊严。看官试想：这时的也先铁木儿，你道他荣不荣呢，乐不乐呢？层层翻跌，亦文中蓄势之法。

既到上都，留守官吏，都出城迎接，谒过嗣皇帝，复谒右丞相，也先铁木儿只在马上点首。写尽骄态。入城后，免不得有一番筵宴。嗣拟留驻数日，再行启銮。上都旧有行宫，及中书行省各署，彼此都按着职掌，分班列居。是时正当秋暮，气候本尚未严寒，偏是年格外凛冽，朔风猎猎，雨雪霏霏，官吏拥着重裘，尚觉冷入肌骨。大宁、蒙古等地方，尤为奇冷，牛羊驼畜等，大半冻毙。疑是小人道长之兆。嗣皇帝念切民依，令发京米赈饥。朔方正在施赈，南方又报水灾，漳州、南康诸路，霪雨连旬，洪波泛滥，庐舍漂没，不计其数。当由中书省循例请赈，即奉旨照准，帝泽虽是如春，百姓终难全活。独也先铁木儿意气自豪，毫不把民生国计，系在心上，镇日里围炉御冷，饮酒陶情。

一日天气少暖，与完者、锁南等，并仆役数人，出门闲逛。只见盈山皆白，淡日微红，一片萧飒景象，无甚悦目。约行里许，愈觉寒风侵袂，景色苍凉。也先铁木儿便道：“天寒得很，不如回去罢！”完者等自然遵谕，便循原路回来。将到门首，忽有两舆迎面而至，当先的舆内，坐着一位半老佳人，红颜绿鬓，姿色未衰，也先铁木儿映入眼波，已是暗暗喝采。随后的舆中，恰是一个娉婷妙女，艳如桃李，嫩若芙蕖，望将过去，差不多是破瓜年纪，初月丰神。便失声道：“好一个女郎！不知是谁家掌珠？”

锁南道：“何不问他一声！”完者即命仆役，询问舆夫，舆夫答是朱太医家眷。也先铁木儿闻着，也只好站住一旁，让他过去。一面低语完者道：“想她们总是母女，若得这般佳人，作为眷属，也不枉虚过一生了！”完者道：“相爷的权力，何事不可行？”也先铁木儿道：“难道去抢劫不成？”完者道：“这亦何妨！”也先铁木儿道：“她是宦家妻女，比不得一个平民，如何可以抢劫？”难道平民的妻女，便可抢劫么？锁南道：“朱太医是一个微员，相

爷若取他女为妾，还是把他赏收哩！”完者道：“我却去问他允否？再作计较。”也先铁木儿道：“也好！”

完者即领着仆役，抢前数步，喝舆夫停舆。舆夫尚不肯从，偏如虎如狼的仆役，将舆揿住，口称相爷有命，教你回舆，你敢不从么？舆夫无奈，把舆抬转至中书省门前，勒令停住，叫妇女二人下舆，吓得朱家母女，呆坐无言，只簌簌的乱抖。完者道：“装什么妇女腔？相爷要女郎为妾，你等快即下舆！”二人仍是坐着，完者叱仆役道：“快拽她出来！”仆役闻言，就一齐动手，把母女两人拽出，送入也先铁木儿寝所。也先铁木儿，并未命他强取，由完者等助成之，可见助纣为虐，罪尤甚于桀也。遂随也先铁木儿入门，并拱手作贺道：“相爷今日入温柔乡，明日要赏我等一杯喜酒哩！”

也先铁木儿道：“事已如此，倘她母女不从，奈何？”完者、锁南齐声道：“相爷这么权力，不能制此妇女，如何可以制人？”说得也先铁木儿无词可答。二人遂告别欲行，也先铁木儿道：“且慢，你等且为我劝此母女，何如？”完者奉命入也先铁木儿寝室，好一歇，方出来道：“她母女并不发言，想已是默许了！我等且退，何必在此观戏。”当下挈锁南手，与也先铁木儿告别。

也先铁木儿送出两人，竟入寝室，来视朱太医妻女。但见她二人相对坐着，玉容惨澹，珠泪双垂，不由的淫兴勃发，竟去抱这少女。谁知少女未曾入怀，面上已扑的一声，竟着了一掌。正是：

弑逆已难逃史笔，奸淫尚不顾刑章。

毕竟掌声从何而来？且至下回续叙。

英宗之被弑，人以为英宗之过严，吾以为英宗之过宽，其评已见上回。唯晋王即位，不先声明讨贼，且令也先铁木儿为首相，试思彼能弑英宗，独不能戕自己乎？且自漠北入上都，一切命令，皆出也先铁木儿之手，以致威权愈甚，肆意妄行，甚至太医家眷，亦可强拽入门，恣情奸宿，前如阿合马、卢世荣等，尚不若此凶横。国家愈衰，奸恶愈滋，读史者能无废书三叹乎！虽然，弑君之罪，尚可幸逃，强奸之罪，亦奚惮乎？大憝不诛，天下固无宁日也。

第三十六回　正刑戮众恶骈诛 纵奸盗百官抗议

却说也先铁木儿欲拥着少女寻欢，面上忽被击一掌。这掌非少女所击，乃是这半老佳人，旁击过来的。当下恼了也先铁木儿，出外呼婢媪多人，将她母女褫去衣裳，赤条条的系住床上，覆以重衾。一面煨着炉炭，借御寒气，一面煮着春酒，狂饮了几大觥。乘着酒兴，揭被探娇，先采老阴，后及少阴。朱家母女没法可施，口中虽是痛詈，奈身子不得动弹，只好任他淫污。事毕，就覆衾拥卧，呼呼的睡去了。令人发指。

次日起床，仍把她母女系住不放，只令侍媪强给饮食。到了晚间，依着昨夕的老法儿，复去奸淫两次。可怜这朱家母女，求生不得，求死不能，满望朱医设法相救，谁知望眼将穿，毫无音耗。只见这穷凶极恶的奸贼，日夕淫嬲，直至三日将尽，方有侍媪进来，令母女穿好衣服，把她梳洗，拥出省门，勒上便舆，由舆夫抬还朱家去了。看官，试想朱家母女，得邀释放，不是朱太医从中运动，哪里有这般容易。原来朱太医闻妻女被留，早知情势不佳，先至中书省中，挽人设法，一些儿没有效果，转身去吁请留守。留守以新皇继统，方宠任也先铁木儿，不便在虎头搔痒。况他是随驾大臣，扈从人员，统归节制，亦非留守所得越俎劾奏，因此反劝朱太医得休便休，省得弄巧成拙。此何事也，乃便休乎！朱太医焦急万分，抓头挖耳的思想，竟没有头路可钻。哪里晓得天道祸淫，奸人数绝，竟来了一个大大的救星，不但拔出朱太医妻女，并且将元恶大憝，及一班狐群狗党，尽行伏法！这也是绝大的

快事。好笔仗。那位救星恰是何人？乃是元朝宗室中一位王爷，名叫买奴。一作满努。这买奴前曾随着英宗，自上都扈跸还京。至南坡变起，买奴孤掌难鸣，竟奔投晋邸，愿效力讨逆。偏晋王急于嗣位，将讨逆事暂搁不提，且命他在晋邸中，收拾简牍等件，自己启跸先发。及新皇帝寓上都，他方趱程到京。朱太医曾与相识，忙去谒见，求他怜救妻女。买奴闻言，不由得怒发冲冠，指天示朱太医道："我誓不与逆贼共戴此天！你回去候着消息，待我入见新帝，总有回报。"朱太医拜谢欲去，买奴复道："奸淫事尚小，弑逆事实大，我为你计，亦不应说及奸淫，且与你面子上，亦过不下去，不如仍从讨逆入手，方好一网打尽哩。"买奴计划，很是妥当。朱太医道："全凭大力！"于是朱医归家，买奴入觐。经新皇帝慰劳毕，买奴乞屏去左右，以便密陈。新帝照准，立命侍从退出，买奴遂密启道："陛下嗣位，应天顺人，奈何命也先铁木儿作为首相呢？"新帝道："他有奉玺的功劳，所以命为右相，"买奴道："他若可自立为帝，早已黄袍加身了，还肯来奉玺么？他与奸贼铁失，合谋图逆，共弑英宗，陛下首宜把他正法，方觉名正言顺哩！"新帝默然不答，买奴道："逆贼等忍弑先皇，岂真愿事陛下？他因陛下前镇漠北，恐声罪致讨，无术自全，所以奉上玺绶，请驾入都。若权归他手，陛下转成傀儡，此后一举一动，反被逆党所制，他得安享荣利，陛下反蒙恶名，天下后世，将疑陛下为篡国哩！"理正词醇，真好口才。新帝愕然道："朕何尝有心篡逆？据汝说来，是朕且为彼受过，朕亦不得不急图讨逆了！"买奴道："前后左右，多是逆贼心腹，陛下既决意讨逆，事不宜迟，便在今夕，休使他狗急跳墙！"新帝道："甚善，劳汝替朕拿斩逆党。"买奴请即书诏。新帝即手写数行，给了买奴，并命遣晋邸卫兵，即夕前拿也先铁木儿等。买奴趋出，立即召集卫士，至中书省。此时也先铁木儿，已有人报知买奴密奏状，他只道是奸淫事泄，但发放朱医妻女，勒令归家，便好消灭证据，洗释罪恶；且可劾奏买奴诬妄，反坐罪名。因此将朱家母女遍归后，把酒浇愁，从容自在。偏偏不由你算，奈何？买奴率着卫士，急驰而入，见他兀坐自斟，便笑着道："右相在此独酌么？何不令朱医妻女陪饮，格外欢畅哩！"也先铁木儿起座，佯作惊讶道："王爷说什么？何来朱医妇女，休要含血喷人！"买奴道："朱家事不遑追究，有旨拿你逆贼！"也先铁木儿道："我是保主功臣，何贼可言！敢是你思谋逆么？"买奴道："我不暇与你辩论，叫你去见先皇

罢！”随喝令卫士快行动手。也先铁木儿尚欲抵拒，怎禁得卫士齐上，把他反翦起来，上了镣械，牵出省门，一面将完者、锁南、秃满等尽行拿到。也先铁木儿请入见嗣皇，面陈委曲。买奴道：“你是先皇的旧臣，应在先皇前自伏，何必再觐新帝！”当下设着御案，上供先皇帝灵牌，令也先铁木儿等，就案跪着，然后由买奴朗声宣诏道：

也先铁木儿、完者、锁南、秀满等，合谋弑逆，神人共愤，饬王买奴带领卫卒，即夕密拿。该逆等凶恶昭彰，罪在不赦；拿住后，着即斩首以谢天下，毋庸再鞫！

宣诏毕，即将也先铁木儿等绑出，一声炮响，刽子手刀随声落，统是身首两分！何苦为恶。当下奏闻新帝，遂改命宣政院使旭迈杰为中书右丞相，陕西行中书左丞秃鲁，及通政院使纽泽，并为御史大夫，速速为御史中丞，并令旭迈杰、纽泽率兵至京师，搜除逆党。旭迈杰恐铁失在京，抗命作乱，遂夤夜前进，既到京城，先遣使人报铁失，暨失秃儿、赤斤铁木儿、脱火赤、章台等，令他出城迎驾。铁失等曾邀封赏，至此不防有诈，便坦然出迎。旭迈杰、纽泽早已密嘱兵士，令他列队站着。待铁失等下骑相见，便命跪听诏敕。当由旭迈杰宣诏道：

先皇帝御宇三年，未闻失德，而铁失、也先铁木儿等，敢行大逆，竟有南坡之变，骇人听闻！朕因诸王大臣推戴，嗣登宸极，若非首除奸恶，既无以妥先帝之灵，并无以泄天下之愤，为此甫抵上都，即将也先铁木儿等，声罪正法。唯在京逆党，如铁失辈，尚逍遥法外，特命中书右丞相旭迈杰，御史大夫纽泽，率兵到京，立将铁失、失秃儿、赤斤铁木儿、脱火赤、章台等，拿下正法，余如逆党爪牙，亦饬令旭迈杰、纽泽，彻底查拿，毋得瞻徇，应加刑法，候复奏定议。

铁失等听着旭迈杰宣诏，开口便抬出先皇帝三字，已是魂魄飞扬；及读到“拿下正法”四字，越吓得心惊胆战，意欲起身逃窜，只见两边排着卫士，好似天罗地网一般，插翅难飞。旭迈杰读罢诏敕，即叫卫士过来，将铁

失等除去冠带，命即正法。霎时间头都落地，数道灵魂，入阿鼻地狱中去了。若有地狱，当为此辈特设。

铁失等既伏诛，旭迈杰即刻进城。搜拿诸王月鲁不花、按梯不花、曲吕不花、孛罗兀鲁思不花，及铁失弟索诺木，一并发交法司，并查得御史台经历朵儿只班，御史撒儿塔罕、兀都蛮郭、也先忽都等，素依附铁失，朋比为奸，遂并行奏复。月鲁不花等拟赐死，朵儿只班等拟充戍，至复诏到来，俱减罪一等，拟赐死的减为充戍，拟充戍的减为免官。

时中书平章政事张珪，闻得此诏，独勃然道："国法上强盗不分首从，发冢伤尸者亦死；索诺木尝从弑逆，亲斫丞相拜住右臂，乃反欲保他生命么？"遂缮就奏牍，遣陈行在，略称账党不宜逭诛，索诺木加刃故相，亲与逆谋，乞速付显戮以快人心等语。于是新帝准奏，即将索诺木枭首，流月鲁不花于云南，按梯不花于海南，曲吕不花于奴儿干，孛罗及兀鲁思不花于海岛，朵儿只班等皆褫职为民，一场逆案，总算处置明白，内外肃清。

新帝乃启驾入京，亲御大明殿，受诸王百官朝贺。礼成，追尊皇考晋王为皇帝，庙号显宗，皇妣弘吉剌氏为宣懿淑圣皇后。嗣复上先皇尊谥为睿圣文孝皇帝，庙号英宗。拟定次年改元，号为泰定元年。

台官复奏言曩时铁木迭儿专政，诬杀杨朵儿只、萧拜住、贺伯颜、观音保、锁咬儿哈的迷失，杖窜李谦亨成珪，罢免王毅、高昉、张志弼，天下咸知蒙冤，请旨昭雪。随即颁诏，命存者召还录用，死者赠官有差。旭迈杰又上言逆党作乱，诸王买奴赶赴晋邸，愿效死力，且言不除元凶，陛下美名不著，天下后世，无从察知。圣衷嘉纳，屡承奖谕，令臣等考查懿戚，能自拔逆党，为国效忠，莫如买奴一人，应加封赏以示激劝。因此买奴将赏泰宁县五千户，受爵泰宁王。又颁赏讨逆功臣，赐旭迈杰金十锭，银三十锭，钞七十锭；倒剌沙为中书左丞相；倒剌沙曾与铁失密议，理应加罪，胡反得迁擢，其私可知！知枢密院事马某沙，御史大夫纽泽，宣政院使锁秃，应加授光禄大夫，各赐金银钞有差；追赠故丞相拜住为太师，爵东平王，谥忠献，称为清忠一德功臣，授其子答儿麻失里为宗仁卫亲军都指挥使，赏功录旧，恤死褒生，泰定初政，人民称美。转瞬间已是元年，小子因新帝殁后，木得立谥，史家亦称为泰定帝，所以后此称帝，我亦云然。上文统称新帝，与前数帝继位时名号不同，即是此意。元夕御殿，朝贺礼仪，悉如旧制，不必赘述。唯敕诸王各还本

部，并召还图帖睦尔于琼州，阿木哥于大同。会浙江行省左丞赵简，能开经筵，及择师傅，令太子及诸王大臣子孙受学，泰定帝乃命平章政事张珪，翰林学士承旨忽都儿都鲁迷失，学士吴澄，集贤直学士邓文原，以《帝范》、《资治通鉴》、《大学衍义》、《贞观政要》等书，指日进讲。一面册定皇后弘吉剌氏，名叫巴巴罕。特书其名，一正《元史本纪》误名为氏之讹，一正后来下嫁燕帖木儿之罪。并立皇子阿速吉八一作阿苏奇布。为皇太子。册立之日，天大风雨，四面晦霾，官民颇为惊愕。已兆不祥。泰定帝不以为意，复选了两个丽姝，作为妃嫔，一名必罕，一名速哥答里，皆出弘吉剌氏，且系一对姊妹花。父名买住罕，曾封衮王，这且按下慢表。都为后文埋根。

且说泰定帝即位改元后，有事太庙，忽然庙内神主，失去两座，一是仁宗神主，一是仁宗后神主。先是太常博士李好文，曾建议在庙神主，应用木制，不宜金饰，所有金玉祭器，须贮诸别室，免致遗失等语。无如元代定制，神主概制以金，当时以李博士议论近迂，不足采用，况且宗庙社稷，各有守官，何人敢来盗窃，因此率由旧章，并未改革。至此竟有神主被盗一事，当令守京各官，派捕缉获，偏偏追索十日，毫无赃证。监察御史宋本、赵成庆、李嘉宾等，奏言盗窃太庙神主，由太常守卫不谨，应即议罪。奏入不报。是时参知政事马剌，兼领太常礼仪使，且有升迁左丞消息。恼动了平章政事张珪，抗言太常奉守宗祐，责有攸归，今神主被窃，应待罪而反迁官，赏罚不明，纪纲倒置，上何以谢祖灵，下何以惩盗风，应持以宸断，严核功过，方可报本追远，黜贪惩邪。这数语说得详明痛切，总道泰定帝准词究办，不料待了数日，也无批敕，只马剌升迁事，才算打消。

还有武备卿即烈，故太尉不花，受家吏撒梯贿托，强收寡妇古哈。古哈系郑国宝妻，曾为命妇。国宝死后，遗产颇多，撒梯阴加艳羡，且见古哈尚在中年，自己又值丧偶，遂浼人往讽古哈，劝她再醮。古哈以门阀相沿，颇欲守节，拒绝不从。偏这撒梯贪财恋色，定欲取她到手，就去请托即烈、不花两人，硬行出头，逼她改嫁撒梯。古哈仍不肯允，即烈等骑虎难下，诈称奉旨令古哈再嫁。逼令再嫁之旨，虽是诈传，然亦由元代之不尚节烈，致有此弊。看官！你想古哈是一介孀妇，哪里抗得过圣旨？只好除了丧服，改着艳装，乘舆至撒梯家，与他成婚。何不就死，但死节最难，到欢娱时，或亦感念帝德。撒梯得了古哈，欢爱非常，并将她家人畜产，一并取来。偏台官不肯玉成，竟尔据

实陈奏，殊杀风景。并劾即烈、不花矫旨的罪状，有旨令刑部讯鞫。即烈、不花无从图赖，暗中恰向左丞相倒剌沙处，奉送金银钞若干，托他挽回。果然钱神有灵，可以买命，不消两日，竟下了一道赦诏，只说是世祖旧臣，加恩贷罪。

又有辽王脱脱，镇守辽东，乘泰定帝新立，颁诏大赦以前，竟报复私仇，妄杀亲王妃主百余人，占夺羊马畜产。经台官奏请废徙，亦不见报。会值山崩地震，雷迅风烈诸灾异，泰定帝只令番僧大作佛事，以期禳解。且令在寿安山寺，集僧讽经，约以三年，自己却巡幸上都，备驾前去。于是平章政事张珪，邀集枢密院御史台翰林集贤两院官，会议时弊，决计谏诤。适上都亦有诏到来，戒饬百官，并命大都守臣，详言利病，各官遂公推张珪主稿。珪正满怀痛愤，即草就数千言，成了一篇旷前绝后的大奏章，拟亲至上都面奏。大众见了，无不称为大手笔，小子有诗咏道：

事君无隐由来久，千古争传谏士言；
留得一编遗草在，大元久邈直声存。

欲知奏疏中如何措词，待下回觋缕陈明。

泰定帝至上都，从买奴之请，诛也先铁木儿等，看似锄凶罚恶，足快人心，实则仍为一己计，欲自免助逆之名，不得不讨除逆党。《春秋》之法在诛心，桃园之弑，史书赵盾，泰定帝虽稍差一间，其心固不可问也。况倒剌沙亦与逆谋，卒因前时私宠，不加其罪，反擢其官；盗神主者得逃法外；逼再嫁者且恕罪名；藩王有辜不之问；佛事屡修不之省，种种失政，安知不由倒剌沙辈，从中蛊惑乎？是回叙述，已将泰定帝之心迹，揭明纸上，史称其能守祖宪，号称治平，岂其然乎！

第三十七回　众大臣联衔入奏
老平章嫉俗辞官

却说平章政事张珪，既拟就奏稿，出示百官，由员外郎宋文瓒，代读奏稿，其词云：

国之安危，在乎论相。昔唐玄宗前用姚崇、宋璟则治，后用李林甫、杨国忠，天下骚动，几致亡国，虽赖郭子仪诸将，效忠竭力，克复旧物，然自是藩镇纵横，纪纲亦不复振矣。良由李林甫妒害忠良，布置邪党，奸惑蒙蔽，保禄养祸所致，死有余辜。如前宰相铁木迭儿，奸狡险深，阴谋丛出，专政十年，凡宗戚忤已者，巧饰危间，阴中以法，忠直被诛，窜者甚众。始以脏败，谄附权奸失列门，及嬖幸也里失班之徒，苟全其生。寻任太子太师。未几仁宗宾天，乘时幸变，再入中书。当英庙之初，与失列门等恩义相许，表里为奸，诬杀萧、杨等以快私怨，天讨元凶，失列门之党既诛，坐邀上功，遂获信任。诸子内布宿卫，外据显要，蔽上抑下，杜绝言路，卖官鬻狱，威福已出，一令发口，上下股栗，稍不附己，其祸立至，权势日炽，中外寒心。由是群邪并进，如逆贼铁失之徒，名为义子，实其腹心，忠良屏迹，坐待收系，先帝悟其奸恶，仆碑夺爵，籍没其家，终以遗患，搆成弑逆。其子锁南，亲与逆谋，所由来者渐矣。虽剖棺戮尸，夷灭其家，犹不足以塞责。今复回给所籍家产，诸子尚在京师，夤缘再入宿卫，世祖时，阿合

马贪残败事，虽死犹正其罪，况如铁木迭儿之奸恶者哉！臣等宜遵成宪，仍籍铁木迭儿家产，远窜其子孙于外郡，以惩大奸。

君父之仇，不共戴天，所以明纲常，别上下也。铁失之党，结谋弑逆，君相遇害，天下之人，痛心疾首，所不忍闻，比奉旨以铁失之徒，既伏其辜，诸王按梯不花、孛罗、月鲁不花、曲吕不花、兀鲁思不花，亦已流窜，逆党胁从者众，何可尽诛，后之言事者，其勿复举。臣等议古法弑逆，凡在官者杀无赦，圣朝立法，强盗劫杀庶民，其同情者犹且首从俱罪，况弑逆之党，天地不容，宜诛按梯不花之徒以谢天下。

书曰：唯辟作福，唯辟作威，臣无有作福作威。臣而有作福作威，害于而家，凶于而国。盖生杀予夺，天子之权，非臣下所得盗用也。辽王脱脱，位冠宗室，居镇辽东，属任非轻。国家不幸有非常之变，不能讨贼，而乃觊幸赦恩，报复仇忿，杀亲王妃主百余人，分其羊马畜产，残忍骨肉，盗窃主权，闻者切齿。今不之罪，乃复厚赐放还，仍守爵土，臣恐国之纪纲，由此不振，设或效尤，何法以治。且辽东地广，素号重镇，若使脱脱久居，彼既纵肆，得无忌惮；况令死者含冤，感伤和气，臣等议累朝宪典，闻赦杀人，罪在不原，宜夺削其爵土，置之他所，以彰天威。刑以惩恶，国有常宪。武备卿即烈，前太尉不花，以累朝待遇之隆，俱致高列，不思补报，专务奸欺，诈称奉旨，令撒梯强收郑国宝妻古哈，贪其家人畜产，自恃权贵，莫敢如何，事闻之官，刑曹逮鞫服实，竟原其罪，辇毂之下，肆行无忌，远在外郡，何事不为！夫京师天下之本，纵恶如此，何以为政？古人有言：“一妇衔冤，三年不雨。”以此论之，即非细务。臣等议宜以即烈、不花，付刑曹鞫之中卖宝物，世祖时不闻其事，自成宗以来，始有此弊。分珠寸石，售直数万，当时民怀愤怨，台察交言。且所酧之钞。率皆天下穷民膏血，锱铢取之，从以箠挞，何其用之不吝！夫以经国有用之宝，而易此不济饥寒之物，是皆时贵与斡脱中宝之人，妄称呈献，冒给回赐，高其直且十倍。蚕蠹国财，暗行分用，如沙不丁之徒，顷以增价中宝事败，具存吏牍。陛下即位之初，首知其弊，下令禁止，天下欣幸。臣等比闻中书，乃复奏给累朝未酬宝价四十余万锭，较其元直，利已数倍。有事经年远者，计三十余万锭。复令给以市舶番货。计今天下所征包银差发，岁入

止十一万锭，已是四年征入之数，比以经费弗足，急于科征。臣等议番舶之货，宜以资国用，纾民力，宝价请俟国用饶给之日议之。

太庙神主，祖宗之所妥灵。国家孝治天下，四时大祀，诚为重典。比者仁宗皇帝皇后神主，盗利其金而窃之，至今未获，斯乃非常之事，而捕盗官兵，不闻杖责。臣等议庶民失盗，应捕官兵，尚有三限之法，监临主守，倘失官物，亦有不行知觉之罪。今失神主，宜罪太常，请拣其官属免之。

国家经费，皆出于民。量入为出，有司之事。比者建西山寺，损军害民，费以亿万计，刺绣经幡，驰驿江浙，逼迫郡县，杂役男女，动经年岁，穷奢致怨。近诏虽已罢之，又闻奸人乘间，奏请复欲兴修，流言喧播，群情惊骇。臣等议宜守前诏。示民有信，其创造刺绣事，非岁用之常者悉罢之。

人有怨抑，必当昭雪，事有枉直，尤宜明辨。平章政事萧拜住，中丞杨朵儿只等，枉遭铁木迭儿诬陷，籍其家以分赐人，闻者嗟悼。比奉明诏，还给原业，子孙奉祀家庙，修葺苟完，未及宁处，复以其家财仍赐旧人，止酬以直，即与再罹断没无异。臣等议宜如前诏，以原业还之，量其直以酬后所赐者，则人无冤愤矣。

德以出治，刑以防奸。若刑罚不立，奸宄滋长，虽有智者，不能禁止。比者也先铁木儿之徒，遇朱太医妻女，过省门外，强拽以入，奸宿馆所。事闻有司，以扈从上都为解，竟勿就鞫。元恶虽诛，羽翼未戢。臣等议宜遵世祖成宪，凡助恶为虐者，悉执付有司鞫之。臣等又议天下囚系，不无冤滞，方今盛夏，宜命省台选官审录，结正重刑，疏决轻系，疑者申问详谳。

边镇利病，宜命行省行台，体究兴除。广海镇戍卒更病者给粥食药，力死者人给钞二十五贯，责所司及同乡者归骨于其家。岁贡方物有常制，广州东莞县大步海，及惠州珠池，始自大德元年，奸民刘进、程连言利，分蜒户七百余家官给之粮，三年一采，仅获小珠五六两，入水为虫鱼伤死者众，遂罢珠户为民。其后同知广州路事塔察儿等，又献利于失列门，创设提举司监采。廉访司言其扰民，复罢归有司。既而内正少卿魏暗都剌，冒启中旨，驰驿督采，耗廪食，疲民驿，非旧制，请悉

罢遣归民。

善良死于非命，国法当为昭雪。铁失弑逆之变，学士不花，指挥不颜忽里，院使秃古思，皆以无罪死，未得褒赠。铁木迭儿专权之际，御史徐元素以言事锁项死东平，及贾秃坚不花之属，皆未申理。臣等议宜追赠死者，优叙其子孙，且命刑部及监察御史体勘，其余有冤抑者具实以闻。

政出多门，古人所戒。今内外增置官署，员冗俸滥，白丁骤升，出身入流，壅塞日甚，军民俱蒙其害。夫为治之要，莫先于安民，安民之道，莫急于除滥费，汰冗员。世祖设官分职，俱有定制。至元三十年以后，改升创设，日积月增，虽尝奉旨取勘减降，近侍各私其署，夤缘保禄，姑息中止。至英宗时，始锐然减罢崇祥寿福院之属十有三署，徽政院断事官江淮财赋之属六十余署，不幸遭罹大故，未竟其余。比奉诏凡事悉遵世祖成宪，若复寻常取勘调虚文，延岁月必无实效，即与诏旨异矣。臣等议宜敕中外军民，署置官吏，有非世祖之制，及至元三十年已后，改升创设员冗者，诏至日悉减除之。

自古圣君，唯诚于治政，可以动天地，感鬼神，初未尝徼福于僧道，以厉民病国也。且以至元三十年言之，醮事佛事之目，止百有二，大德七年，再立功德使司，积五百有余。今年一增其目，明年即指为例，已倍四之上矣。僧徒又复营干近侍，买作佛事，自称特奉传奉，所司不敢致问，供给恐后。夫佛以清净为本，不奔不欲，而僧徒贪慕货利，自违其教，一事所需，金银钞币，不可数计，岁用钞数千万锭，数倍于至元间矣。凡所供物，悉为已有，布施等钞，复出其外，生民脂膏，纵其所欲，取以自利，畜养妻子，彼既行不修洁，适足亵慢天神，何以邀福？比年佛事愈繁，累朝享国不永，致灾愈远，事无应验，断可知矣。臣等议宜罢功德使司，其在至元三十年以前，及累朝忌日醮祠佛事名目，止令宣政院主领修举，余悉减罢。近侍之属，并不得巧计擅奏，妄增名目。若有特奉传奉，从中书复奏乃行。

古今帝王治国理财之要，莫先于节用。盖侈用则伤财，伤财必至于害民。国用匮而重敛生，如盐课增价之类，皆足以厉民矣。比年游惰之徒，妄投宿卫部属，及宦者女红太医阴阳之属，不可胜数。一人收籍，

一门蠲复，一岁所请衣马刍粮，数十户所征入，不足以给之，耗国损民，莫此为甚。臣等议诸宿卫宦女之属，宜如世祖时支请之数给之，余悉简汰。

阔端赤牧养马驼，岁有常法，分布郡县，各有常数。而宿卫近侍，委之仆御，役民放牧，始至即夺其居，俾饮食之，残伤桑果，百害蜂起，其仆御四出，无所拘钤，私鬻刍豆，瘠损马驼。大德中始责州县正官监视，盖暖棚团槽枥以牧之。至治初复散之民间，其害如故。监察御史及河间路守臣屡言之。臣等议宜如大德团糟之制，正官监临，阅视肥瘠，拘钤宿卫仆御，著为令。

兵戎之兴，号为凶器，擅开边衅，非国之福。蛮夷无如，少梗王化，得之无益，失之无损。至治三年，参卜郎盗劫杀使臣，利其财物而已，至用大师，期年不戢，伤我士卒，费国资粮。臣等议好生恶死，人之恒性，宜令宣政院督守将，严边防，遣良使抵巢招谕，简罢冗兵，明敕边吏，谨守御，勿生事，则远人格矣。天下官田岁入，所以赡卫士，给戍卒。自至元三十一年以后，累朝以是田分赐诸王公主驸马，及百官宦者寺观之属，遂令中书酬直海漕，虚耗国储。其受田之家，各任土著，奸吏为赃官，催甲斗级，巧名多取，又且驱迫邮传，征求饩廪，折辱州县，闭偿逋负。至仓之日，变鬻以归，官司交忿，农民窘窜。臣等议唯诸王公主驸马寺观，如所与公主桑哥剌吉，及普安三寺之制输之公廪，计月直折支以钞，令有司。兼令输之省部，给之大都。其所赐百官及宦者之田，悉拘还官著为令。

国家经费，皆取于民。世祖时，淮北内地，唯输丁税。铁木迭儿为相，专务聚敛，遣使括勘两淮、河南田土，重并科粮，又以两淮、荆襄沙碛，作熟收征，徼名兴利，农民流徙。臣等议宜如旧制，止征丁税，其括勘重并之粮，及沙碛不可田亩之税悉除之。世祖之制，凡有田者悉役之民，典卖田随收入户。铁木迭儿为相，纳江南诸寺贿赂，奏令僧人买民田者，毋役之以里正主首之属，逮今流毒细民。臣等议唯累朝所赐僧寺田，及亡宋旧业，如旧制勿征；其僧道典买民田，及民间所施产业，宜悉役之著为令。

僧道出家，屏绝妻孥，盖欲超出世表，是以国家优视，无所徭役。

且处之官寺，宜清净绝俗为心，诵经祝寿。比年僧道，往往畜妻子无异常人。如蔡道泰、班讲主之徒，伤人逞欲，坏教干刑者，何可胜数？俾奉祠典，岂不亵天渎神！臣等议僧道之畜妻子者，宜罪以旧刑，罢遣为民。

赏功劝善，人主大柄，岂宜轻以与人？世祖临御三十五年，左右之臣，虽甚爱幸，未闻无功而给一赏者。比年赏赐泛滥，盖因近侍之人，窥伺天颜喜悦之际，或称乏财无居，或称嫁女取妇，或以技物呈献。殊无寸功小善，递互奏请，要求赏赐，奄有国家金银珠玉，及断没人畜产业。似此无功受赏，何以激劝？既伤财用，复启幸门。臣等议非有功勋劳效，著明实迹，不宜加以赏赐，乞著为令。

臣等所言弑逆未讨，奸恶未除，忠愤未雪，冤枉未理，政令不信，赏罚不公，赋役不均，财用不节，民怨神怒，感伤和气，唯陛下裁择以答天意，消弭灾变。臣等不胜翘切待命之至！

宋文瓒一气读毕，枢密院御史台翰林集贤两院官，统鼓掌道：“近今弊窦，统由张平章说尽。若此奏上去，能邀圣上允准，一一施行，乃是国家的大幸了！”张珪道：“我拟亲至上都，面陈此疏，免得内臣沮格。”宋文瓒道：“晚生愿随老平章同去，何如？”张珪道：“好极！但缮录奏稿，还仗大笔！我已老朽，不愿作蝇头小楷了。”文瓒道：“晚生理当效劳。”

当下百官散归，文瓒亦回寓，把奏稿恭楷录正，差不多至半日余，方才告竣。并将会议各官，联衔署名。到了次日，便偕张珪赴上都。珪即入觐泰定帝，递上奏疏。泰定帝展览多时，似乎有些讨厌的神气。张珪呕尽心血，不值泰定帝一顾奈何？淡淡的答道：“朕知道了！卿自京至此，未免劳顿，且在行辕休息，再作区处。”张珪叩谢而出。

待了两日，并不见有诏敕下来，转增烦闷。适宋文瓒亦来谒谈，张珪道：“我等奏议，共有数条，偏似大石沉海，一条未蒙敕行，难道就此过去，便好治国么？”文瓒道：“老平章何不再行谒奏？总要宸衷酌行，方可渐除时弊。”张珪点头。次晨复至行宫朝泰定帝，行礼毕，复启奏道：“臣闻日食修德，月食修刑。应天以实不以文，动民以行不以言。目今刑政失平，所以天象垂变，陛下仰承天心，务乞矜察，臣等逐条奏议，即请施行！”泰定帝答道：“待朕返京师后，择要施行便了。”珪不便再陈，只得告退。

既而御史台臣秃忽鲁、纽泽等，复奏陈灾异屡见，宰相宜避位以应天变，可否仰自圣裁。且言臣等为陛下耳目，不能纠察奸吏，慢官失守，宜先退避以授贤能。泰定帝览了此奏，便批谕："御史所言，失在朕躬，卿等不必辞职。"台官等无可奈何。只丞相旭迈杰、倒剌沙两人，心中未安，也递呈一疏。略说天象告儆，陛下以忧天心为心，反躬自责，谨遵祖宗圣训，修德慎行，饬臣等各勤乃职。手诏至大都，居守省臣，皆引罪自劾，臣等为左右相，才下识昏，当国大任，无所襄赞，以致灾祲迭见，罪在臣等，理应退黜。此外诸臣，各勤职守，无罪可言！语中带刺。泰定帝仍批谕道："卿等若皆辞避，国家大事，谁与共理？总教靖供尔职，勉迪百工，自可徐回天变，不必再辟！"嗣是以后，不闻再诏，连回跸京师的期限，也悬宕过去。

张珪愤闷得很，遂托称老病，上表辞职。有诏常见免拜跪，并赐小车，得乘至殿门下。珪复请克日还京，总算邀准。回銮后，只望泰定帝践着前言，如议施行，偏诏旨下来，一道是禁言赦前事，一道是将赦前籍没的家产，如数给还。看官，你想此时的张平章，还肯在朝委蛇么？当下奏陈病势日剧，非扶掖不能行，恳即日放归，得返首邱，死且感恩云云。小子有诗咏张平章道：

忠臣不肯效阿容，可奈良言未见从！
从此挂冠林下隐，白云深处住行踪。

未知泰定帝曾否允准，且至下回叙明。

张珪一疏，为《元史》中仅见之文，列传中备录无遗。本回亦就此采入，一以扬张平章之忠，一以明泰定帝之失。泰定以旁支入承大统，龙飞九五，仰荷天休，不于此时从贤纳谏，除害兴利，何以孚舆望而贻孙谋乎？卒致晏驾以后，即滋内变，生无德政，殁无美谥，一代嗣君，反成国位，是不得谓非咎由自取也！张珪屡谏不从，即托病乞归。古人云，以道事君，不可则止，吾于珪殆遇之焉。

第三十八回　信佛法反促寿征
迎藩王入承大统

却说张珪辞职甚力，泰定帝尚是未允，只命养病西山，并加封蔡国公，知经筵事，别刻蔡国公印作为特赐。不听良言，留他何用？张珪移居西山，过了残腊，复上疏乞归，乃蒙允准，解组归里，还我自由。未几复接朝旨，召他商议中书省事。珪不肯就征，引疾告免，至泰定四年卒于里，遗命上蔡国公印。珪系弘范子，字公端。少时从父灭宋，宋礼部侍郎邓光荐将赴水死，为弘范所救，待以宾礼，命珪就学。光荐乃以平生所得，著成相业一书，授珪熟读，珪因此成文武材。元朝中叶，要推这位老平章是一位纯臣了。补叙履历，所以旌善，且亦是文中绵密处。

这且休表。单说张珪回籍，朝右少一个直臣，泰定帝朝罢无事，一意佞佛。每作佛事，辄饭僧数万人，赐钞数千锭，并命各处建寺，雕玉为楹，刻金为像，所费以亿万计，毫不知惜。泰定帝又亲受佛法于帝师，连皇后弘吉剌氏以下，也都至帝师前受戒。这时候的帝师，名叫亦思宅卜，每年所得赏赐，不可胜计。帝师弟衮噶伊实戬，自西域远来，诏令中书持酒效劳，非常敬礼。帝师兄索诺木藏布，领西番三道宣慰司事，封白兰王，赐金印，给圆符，使尚公主。僧可尚公主，大约亦舍身大布施耳。僧徒多号司空、司徒、国公，佩带金玉印章，因此气焰薰灼，无所不为。在京尚敢横行，出都愈加恣肆，见有子女玉帛，无不喜欢，所求不遂，即大肆咆哮。西台御史李昌，尝痛心疾首，据实抗奏道：

臣尝经平凉府，静会、定西等州，见西番僧佩金字圆符，络绎道途，驰骑累百。传舍至不能容，则假馆民舍，因而迫逐男子，奸污妇女。奉元一路，自正月至七月，往返百八十五次，用马至八百四十余匹，较之诸王行省之使，十多六七，驿户无所控诉，台察莫得谁何。且国家之制圆符，本为边防警报之虞，僧人何事而辄佩之？乞更正僧人给驿法，且得以纠察良莠，毋使混淆；是所以肃僧规，即所以遵佛戒也，伏乞陛下准奏施行！

奏入不报，后闻僧侣扰民益甚，乃颁诏禁止，其实仍是一纸空文，敷衍了事。未几又命建显宗神御殿于卢师寺。这卢师寺在宛平县卢邱山，向称大刹，此次奉安御容，大兴土木，役卒数万人，糜财数百万两，装饰得金碧辉煌，一时无两。然后另建显宗神主，奉置殿中，悬额署名，号为大天源延圣寺。赐住持僧钞二万锭，并吉安、临江二路田千顷。中书省臣，未免看不过去，又联名奏道：

臣等闻养给军民，必借地利。地之所生有限，军民犹惧不足，况移供他用乎？昔世祖建大宣文、弘教等寺，赐僧永业，当时已号虚费。而成宗复构天寿万宁寺，较之世祖，用增倍半。若武宗之崇恩、福元，仁宗之承华、普庆，租榷所入，益又甚焉。英宗凿山开寺，损兵伤农，而卒无益。夫土地祖宗所有，子孙当共惜之，臣恐兹后借为口实，妄兴工役，徼福利以逞私欲，福未至而祸已集矣。唯陛下察之！

泰定帝得此奏后，却也优诏旌直。但心中总是迷信，遇着天变人异，总令番僧虔修佛事，默祈解禳。番僧依着故例，请释赦囚，所以赦诏叠见。凡有奸盗贪淫诸罪，统得遇赦邀恩，一律洗刷；就是出狱重犯，再被逮系，转瞬间又得释放。看官试想，天下有几个悔过的罪人？愈宽愈坏，辇毂之下，尚无王法，外省更不必论了。屡言佞佛之弊，是为痴人说法。

泰定帝始终未悟，并因次子诞生，疑为佛佑，甫离襁褓，即令受戒。为了拜佛情殷，反把郊天禘祖的大礼，搁过一边。监察御史赵思鲁，以大礼未举，奏言天子亲祀郊庙，所以通精诚，迎福厘，生蒸民，阜万物，历代帝

王，莫不躬亲将事，应讲求故例，虔诚对越，方可隐格纯嘏。泰定帝不以为然。有了佛佑，自可不必郊祀。全台大哗，复入朝面陈。泰定帝道：“世祖成宪，不闻亲祀郊庙。朕只知效法世祖，世祖所行的事件，朕必遵行；世祖未行的事件，朕也不愿增添。此后郊天祭庙，可遣大臣恭代便了。”台官还想再陈，泰定帝竟拂袖退朝。

嗣因帝师圆寂，大修佛事，命塔失铁木儿、纽泽监督，召集京畿僧侣，诵经讽咒，差不多有数十天；一面另延西僧藏班藏卜为帝师，赍奉玉印，诏谕天下。又命作成宗神御殿于天寿万宁寺，一切规模，与显宗神御殿相似。

正在百堵皆兴的时候，忽由太常入奏，宗庙中的武宗金主，及所有祭器，统被盗窃去了。前时盗窃仁宗神主，至此又窃武宗神主，堂堂太庙，窝留盗贼，令人不解。泰定帝命再作金主，奉安庙中，应行捕盗等情，也模糊过去。后复因台官劾奏，才酌斥太常礼仪等官，只神主不翼而飞，终无下落。

会扬州路崇明州、海门县海溢，汴梁路扶沟、兰阳河溢，建德、杭州、衢州属县水溢，还有真定、晋宁、延安、河南等路屯田遇了旱灾，大都河间、奉元、怀庆等路遇了蝗灾，巩昌府通漕县山崩，碉门地震，有声如雷，昼色晦暝，天全道山亦爆裂，飞石毙人，凤翔、兴元、成都、峡州、江陵同日地震。各处警报络绎。泰定帝只与西僧商量，教他朝唪梵语，暮鼓钟钹，膜拜顶礼，祈福消灾。且遍饬京内外各官，恭祀五岳四渎名山大川。总道是神佛有灵，暗中庇佑，谁料旱荒水荒，虫灾风灾，种种状况，杂沓而来。百姓报官长，官长报皇上，弄得泰定帝胸无定见，却想了一个法儿，下诏改元！祈佛无益，改元更属无谓。当由廷臣议定“致和”二字，于泰定五年春季，改泰定为致和。且仍诏告帝师，命各僧佛事加虔；并饬于沿海各地，建造浮屠二百一十六座，镇压海隘。真是捣鬼。

帝师藏班藏卜上言，皇帝虽已受佛法，但欲增福延寿，还须亲受无量寿佛戒，泰定帝当即允准。择日御兴圣殿，邀请帝师到来，督设经坛，上供无量寿佛金牌，下设幢幡宝盖，乐簴钟悬。当由帝师座下的僧徒，吹起法螺，摇动金铃，接着大锣大钹，敲击起来。帝师着红衣，戴毘卢帽，先至坛前焚香祷告，口中不知念着什么番语，嘛咪叭吽的说了一回，然后导引泰定帝至坛前跪着，帝师在旁虔诵祝词，复念了无数佛号，方令泰定帝学着僧规，膜拜受戒。是时后妃人等，亦群集坛前，兴圣殿内外，拥挤得什么相似。那一

班僧侣，多是张头探脑，摇目擦睛，你说是那个美丽，我说是这个妖娆，彼此评头品足，觑艳偷香，就是口中所念的波罗密多，阿弥陀佛，也觉颠倒错乱，语无伦次。无量寿佛未曾请到，女观音等先已值坛，安得不令僧侣动心？至受戒礼毕，泰定帝出殿，大众散去，帝师亦回寺，僧徒等也都退归，饮酒拥娇去了。乐得过。

次日，由宫中发出金银钞，赏给僧徒，又费了若干万两。泰定帝以福寿双增，非常欣慰。会出猎柳林，偶受感冒，不怿累日，遂思巡幸上都，游春解闷。当命西安王阿剌忒纳失里，及签书枢密院事燕帖木儿，一作雅克特穆尔。留守京师，自率皇后、皇太子，及丞相倒剌沙等，命驾北去。自春至夏，留寓行宫，整日里流连酒色，不闻朝政。

会殊祥院使也先捏，自建康北来，密语丞相倒剌沙，以怀王将有他变，不可不防。倒剌沙立即奏闻，请旨徙怀王居江陵。这怀王却是何人？就是武宗次子图帖睦尔。先是泰定帝即位，召诸王还邸，图帖睦尔亦自琼州召归，见三十六回。受封怀王。泰定二年，命出居建康，以也先捏为怀王卫士。也先捏与怀王不协，乃私至上都，密进谗言。泰定帝不遑查察，竟照倒剌沙奏议，遣宗正扎鲁忽赤、雍古台南下，命怀王徙居江陵。怀王遵旨西迁，扎鲁忽赤等回报。时泰定帝已遘疾病，日甚一日，竟于七月新秋，晏驾上都，寿仅三十六。无量寿佛戒之效何如？

丞相倒剌沙利太子年幼，不即拥立，竟擅权自恣，独行独断，于是天怒人怨，众叛亲离，国家大变，又复从此发生。倡难的人，便是留守京师的燕帖木儿。燕帖木儿是元季大蠹，所以特别点醒。

燕帖木儿是从前的钦察都指挥使床兀儿第三子，武宗镇朔方时，已备列宿卫，深得宠幸。床兀儿殁，承袭左卫亲军都指挥使。泰定二年，加授太仆卿，致和元年，进签书枢密院事，留守京都，实掌枢密院符印。自闻泰定帝罹疾，遂怀异谋，自思身受武宗宠遇，不能辅他二子，入承帝位，未免有负主恩。泰定帝亦擢你高官，何不自思图报。因此与继母察吉儿公主，族党阿剌帖木儿，及密友孛伦赤等商议，将乘泰定帝病殂后，迎立怀王图帖睦尔，篡承武宗遗统。

至泰定帝崩，皇后弘吉剌氏，遣使诣京，命平章政事乌都伯剌，一作额卜德呼勒。收掌百司印章，谕安百姓。燕帖木儿知势难再缓，即进语西安王

道："故主已殂，太子尚幼，国家须择立长君，乃可无虞。况天下正统，应属武宗嗣子，英宗已不当立，大行皇帝，更出旁支，益加淆杂，今日宜正名定分，迎立武宗嗣子，时不可失，功在速成，王爷以为何如？"无非希定策功耳，遑期忠义。西安王阿剌忒纳失里道："言固甚是，但周王远居漠北，奈何？"燕帖木儿道："怀王曾居江陵，何不先行迎立？"西安王道："弟不先兄，此处还须商酌！"燕帖木儿道："先迎怀王入都，安定人心，然后再迓周王，仁宗故事，何妨踵行。"西安王道："上都方有命令，饬乌都伯剌收集印章，我欲举事，彼竟不从，这又未免为难了！"燕帖木儿道："昔人有言，先发制人，王爷果允行义举，只教募赏勇士，立可成功！"西安王点头道："你去妥行布置，我总无不赞成。"

燕帖木儿趋出，即日召集心腹，准备停当。翌日黎明，由西安王下令，召集百官至兴圣宫，会议要事。平章政事乌都伯剌、伯颜察儿，偕官属先到，西安王亦乘车而来。

既入座，乌都伯剌正要宣布后敕，令百官齐缴印章，忽见燕帖木儿，率着阿剌帖木儿、孛伦赤等十七人，带刀奔入，外面并有勇士数百人，趋立门外。乌都伯剌料知有变，遂叱问道："签书意欲何为？"燕帖木儿厉声道："武宗皇帝有子二人，孝友仁文，播名远迩，今乃一居朔漠，一处南陲，武宗有知，亦当深恫，况天下系武宗的天下，一误宁可再误？今日正统，应归还武宗嗣子，敢有再紊邦纪，不从义举，是与乱贼相等，例当处斩！"言毕，拔刀出鞘，怒目而立。仿佛强盗。

乌都伯剌、伯颜察儿两人，欲抗词答辩，偏燕帖木儿不容分说，竟令阿剌帖木儿、孛伦赤等，一齐动手，将他二人拿下。中书左丞朵朵等道："签书莫非造反不成？"言未已，已被燕帖木儿砍倒，顿时阖座大乱。燕帖木儿指挥勇士，缚住朵朵，并执参知政事王士熙，参议中书省事脱脱、吴秉道，侍御史铁木哥、邱士杰，治书侍御史脱欢，太子詹事丞王桓等，概置狱中，自与西安王入守内廷，分布腹心于枢密院，自东华门夹道，重列军士，使人传命往来，严防他变。一面再召百官，入内听命。即令前河南行省参知政事明里董阿，前宣政院使答剌麻失里，乘着快驿，迎怀王图帖睦尔于江陵。且使嘱河南行省平章伯颜，选兵扈驾，不得有误。

明里董阿等既去，遂封府库，拘百司印，遣兵守诸要害，推前湖广行省

左丞相别不花为中书左丞相，詹事塔失海涯为平章，前湖广行省右丞速速为中书左丞，前陕西行省参政王不怜台吉为枢密副使，萧忙古解仍为通政院使，与中书右丞赵世延等，分典庶务。于是募死士，买战马，运京仓米，饷输士卒，复遣使至各行省征发钱帛兵器。

当时有卫军失统，暨谒选与罢退军官，俱发给符牌，静候调遣。诸人受命后，未知所谢，各瞪目立着。当由中书省官，指使南向拜谢，大众惊悚，毛发凛然，方知内廷意属怀王了。极写秘密。

燕帖木儿宿卫禁中，一夕数徙，莫如所处，有时或坐以待旦。你亦怕死么？暗思母弟撒敦，子唐其势，尚在上都，因密遣塔失帖木儿，召使归京。两人都弃了家眷，星夜奔还。是时京内无主，群议沸腾，燕帖木儿恐人心未安，诈令塔失帖木儿充作南使，只云怀王旦夕且至，民勿疑惧；又令乃马台诈为北使，称周王亦已南来。用心亦苦。复命撒敦率兵守居庸关，唐其势率兵屯古北口，抗御上都。一面再遣撒里不花、锁南班，往江陵促驾早发。

时董里明阿等早至河南，晤着平章伯颜，与语密谋，伯颜告知平章曲烈，右丞别铁木儿，令发兵南迎。偏两人不识时务，硬行阻拦，伯颜叹道："我本受武皇厚恩，委以心膂，今爵位至此，还有何望？只因大义相临，不敢推诿，所以为此转告，愿两公不要阻挠。"曲烈仍是不从，惹得伯颜性起，竟将两人杀毙，遂别募勇士五千人，令蒙哥不花带着，驰迎怀王。自己亦秣马厉兵，严装以俟。参政脱别台进谏道："今蒙古兵马，与卫卒同在上都，内地诸隘，守兵单弱，恐此事不易成功哩。"伯颜怒叱道："你敢挠乱士心么？违令者斩！"脱别台慌忙退出。是夕竟怀刃入刺伯颜，被伯颜察觉，拔剑砍死，并夺他所部军器，收马千二百骑。会怀王在江陵，经撒里不花等催促，即日动身。先令撒里不花往报伯颜，封为河南行省左丞相。至怀王到河南，伯颜属櫜鞬，擐甲胄，率百官父老，肃迎郊外，既导入，复俯伏称万岁，并上前叩首劝进，怀王解金铠御服宝刀，亲赐伯颜，又命他扈从北行。正是：

万骑遥从南陆发，六飞快向北郊来。

欲知入京后如何情状，容待下回表明。

元代之佞佛，自世祖始，后世子孙，益增迷信，此创业垂统之君，所由贵慎自贻谋者也。本回于泰定佞佛事，慨乎言之，至受无量寿佛戒一段，尤写出僧侣情弊。禹鼎铸奸，神犀照怪，无逾于此。此非著书人好为描摹，实因淫僧贼秃，大都尔尔，奉劝世间，善男信女，速即回头，毋为若辈播弄，其苦心固可见也。且泰定帝在位五年，乏善可述，所诛逆党，亦非本心，至其后好作佛事，意者其恐逆党之冥中报复，姑借此为忏悔计乎？晏驾以后，即生内变，佛其果有灵耶？抑无灵耶？彼如燕帖木儿之图立怀王，抗拒上都，尤足以见佞佛之主，非徒无益，反且速祸，读史者当亦知所戒矣。

第三十九回 大明殿称尊颁敕 太平王杀敌建功

却说怀王图帖睦尔，既至河南，令伯颜从行，以前翰林学士承旨阿不海牙，继伯颜后任，遣前万户孛罗等将兵守潼关；并分道遣使，召宣靖王买奴，镇南王铁木儿不花，威顺王宽彻不花，高昌王铁木儿补化等，率属来会。诸王陆续到来，然后整驾北发。是时上都诸王满秃、阿马剌台，宗正扎鲁忽赤、阔阔出，前河南平章政事买闾，集贤侍读学士兀鲁思不花，太常礼仪院使哈海赤等十八人，已得燕帖木儿密函，令他即日起事，响应京师，正在暗中安排。不料事机漏泄，被倒剌沙闻知，竟亲率卫兵，各处搜拿，不到一日，竟将十八人捉住九双，请了泰定皇后命令，斥他谋逆，个个处斩。

倒剌沙自思逾月无主，究竟不妥，遂入谒泰定皇后，愿拥立皇太子阿速吉八为帝，克期登位。泰定皇后自然乐从，遂于致和元年八月，召集梁王王禅，一作旺辰。辽王脱脱，右丞相塔什特穆尔，旧作塔失铁木儿，因与前大都使臣名重复，故用新名。太尉不花，御史大夫纽泽等，奉皇太子阿速吉八即位上都，尊皇后弘吉剌氏为皇太后，拟定次年改元天顺。泰定帝在位五年，其子已早为储贰，依父终子及之例，则阿速吉八之嗣位，亦属正当，故特书改元，以存书法。天顺帝年才九龄，书天顺帝，亦有微意。朝贺时统由倒剌沙护持，方得终礼。遂命诸王失剌，平章政事乃马台，此乃马台与上文异人同名。詹事钦察，率兵袭京畿。巧值阿速卫指挥使脱脱木儿，由上都自拔来归，奉京师命令，驻守古北口。他已预知失剌等潜师进袭，遂领兵出据宜兴，四面埋伏。

失剌分军三队，先后南下。第一队归乃马台统率，第二队归钦察统率，第三队方由自己领着，乘着锐气，倍道而来。前军甫到宜兴，扎营造饭，炊烟甫起，号炮骤闻。大众正在四望，蓦见敌军蜂拥来前，连忙上马截杀。说时迟，那时快，众军未曾排齐，敌兵已经杀入，眼见得辙乱旗靡，人仰马翻，乃马台措手不及，被脱脱木儿刺落马下，生擒活捉去了。第一队已了。

脱脱木儿已扫尽前队，便趁着现成的饭锅，令军士饱餐一顿，前驱疾进。那边第二队兵士，由詹事钦察押队前来，途次接得溃卒败报，忙上前来援，未达数里，已与脱脱木儿军相遇。脱脱木儿握着一柄大刀，当先突阵，麾下军士，随势冲入，钦察不知好歹，也拨马舞刀，来战脱脱木儿，才数合，忽听脱脱木儿喝声道着，那钦察的头颅，不知不觉的滚落地上。奇语。俗语说得好，蛇无头不行，钦察已身首两分，还有何人敢来抵敌？霎时间纷纷逃溃，走得慢的一大半都做了矮脚鬼，暴骨沙场。第二队又了。

还有失剌的所领的后军，惘惘南来，接连得着两队败耗，料知不能抵挡，忙令后队变作前队，前队变作后队，向北退还。待脱脱木儿赶去，失剌已逃得很远，只有殿卒数百名，被脱脱木儿军屠杀净尽，其余统侥幸生免了。失剌还算见几。

脱脱木儿追赶十余里，不及而还，当即报捷京师。燕帖木儿等属酒相贺。方在满座庆宴的时候，忽见撒里不花驰入，报称怀王已自河南登途，现距京师只百里了。燕帖木儿道："甚好！"撒里不花道："还有一事贺公，已奉命升公知枢密院事了！"燕帖木儿大喜，便于席间派使远迎。至宴飨毕后，即令太常礼仪使，整备法驾。

越两日，闻怀王驾已抵郊，遂偕诸王百官，恭奉法驾，出迎郊外。怀王慰劳有加，改乘法驾，驰入京师。燕帖木儿与西安王阿剌忒纳失里等，立即劝进。怀王道："大兄尚在朔方，我不得越次僭位，俟两都平靖，当遣使迎兄。目下暂由我监国，愿卿等勿生异议！"初意原是不错。燕帖木儿道："大王让德，卓越古今，唯时势相迫，亦贵从权，既承钧命，容后再议！"怀王乃入居宫中。

越宿命速速为中书平章政事，前御史中丞曹立为中书右丞，江浙行省参知政事张友谅为中书参知政事，河南行省左丞相伯颜为御史大夫，中书右丞赵世延为御史中丞，各官俱受职视事，不必细表。

又越两日，由侦骑入报，上都梁王王禅，右丞相塔什特穆尔，太尉不花，御史大夫纽泽等，又兴兵南犯了。怀王召燕帖木儿，商议军务，燕帖木儿自请效劳。怀王甚喜，遂发兵数万，供燕帖木儿调遣，命他便宜行事，不为遥制。燕帖木儿遂带兵至居庸关，由其弟撒敦迎入。燕帖木儿道："闻北兵已发上都，吾弟何不率兵急进，反在此游疑观望？难道待他自毙么？"撒敦道："闻兄拳命督师，所以静候调度，不敢妄进。"燕帖木儿道："我不害人，人将害我，你快率万人前去，截住北军，我当为你后应便了。"

撒敦依言，就率兵出关，浩浩荡荡的杀奔榆林。适值北军到来，也无暇答话，即麾兵猛击。北军不及布阵，顿时被他踹入，乱砍乱戳，不消片时，已将北军杀得七零八落，往北奔逃。

撒敦乘胜长驱，直到怀来，才见燕帖木儿督军到来。当下叩马报捷，并请径攻上都。燕帖木儿道："且慢前进，回关再商。"撒敦道："兄前责弟，今弟将诘兄；北军既已败去，不乘此入捣上都，还待何时？"燕帖木儿道："吾弟有所未知，兵以气动，气盛乃胜，气馁必败。我前日并非责你，实所以激动弟心，鼓气御寇。今已得胜，锐气将衰，若再进兵，顿师城下，那时再衰三竭，不要进退两难么？"论兵却是有识。撒敦无言，乃随返关中。燕帖木儿即驰书报捷。嗣得复命，令他即日还京，燕帖木儿乃留弟守关，奉命还朝。入京后，把前时拿下的乌都伯剌，及擒住的乃马台，统置大辟。一面约诸王大臣，伏阙上书，请早正人位以安天下。怀王尚是固辞。燕帖木儿道："人心向背，间不容发，现在兵戈扰攘，非速正大名，不足以系人心，万一中外失望，后悔何及？"怀王道："必不得已，亦须将我的本意，明示天下，方可权摄帝位。"古时唯王莽称摄皇帝，怀王亦欲居摄，染鼎之意已动矣。乃命中书省臣，拟定诏旨，于九月十三日，即帝位于大明殿，受诸王百官朝贺，颁诏天下道：

洪维我太祖皇帝，混一海宇，爰立定制以一统绪，宗亲各受分地，勿敢妄生觊觎，此不易之成规，万世所共守者也。世祖之后，成宗、武宗、仁宗、英宗，以公天下之心，以次相传，宗王贵戚，咸遵祖训。至于晋邸，具有盟书，愿守藩服，而与贼臣铁失、也先铁木儿等，潜通阴谋，冒干宝位，使英宗不幸罹于大故。朕兄弟播越南北，备历艰险，临

御之事，岂获与闻？朕以叔父之故，顺承唯谨。于今六年，灾异迭见，权臣倒剌沙、乌都伯剌等，专权自用，疏远勋旧，废弃忠良，变乱祖宗法度，空府库以私其党类。大行上宾，利于立幼，显握国柄，用成其奸。宗王大臣以宗社之重，统绪之正，协谋推戴，属于眇躬。朕以菲德，宜俟大兄，固让再三，宗戚将相，百僚耆老，以为神器不可以久虚，天下不可以无主，周王辽隔朔漠，民庶皇皇，已及三月，诚恳迫切，朕固从其请，谨俟大兄之至，以遂朕固让之心。已于致和元年九月十三日，即皇帝位于大明殿，其以致和元年为天历元年，可大赦天下。自九月十三日昧爽以前，除谋杀祖父母父母，妻妾杀夫，奴婢杀主，谋故杀人，但犯强盗印造伪钞不赦外，其余罪无轻重，咸赦除之。于戏！朕岂有意于天下哉！重念祖宗开创之艰，恐隳大业，是以勉徇舆请，尚赖尔中外文武臣僚，协心相予，辑宁亿兆，以成治功，咨尔多方，体予至意！

是日封赏群臣，并赐大都将士金银钞，多寡有差。流朵朵、王士熙、伯颜察儿、脱欢等于远州，各籍没家资，分给诸王大臣。忽警报自辽东传来，平章秃满迭儿，及诸王也先帖木儿等，率兵入迁民镇，进袭蓟州。怀王怀王已即帝位，本文仍称怀王，一因天顺正位，国无两君，一因周王在北，怀王暂摄帝位故也。乃封燕帖木儿为太平王，以太平路为食邑，并命为中书右丞相，兼知枢密院事，赐黄金五百两，白金二千五百两，钞万锭，金素织缎色缯二千匹，平江官地二百顷，即日诏促出师蓟州，拒辽东军。

燕帖木儿闻命即行，且调撒敦会师北进。方到三河，接着通州急报，梁王王禅等已入居庸关，不由得大惊道："居庸被破，不特通州吃紧，连京师也要戒严。我军须回保京师，休被蹂躏为是！"乃留兵拒辽东军，自与撒敦星夜驰还。

既抵榆河关，闻怀王已出齐化门视师，益觉焦急万分。遂驱马直奔京城，谒见怀王，并面启道："陛下何故亲自视师？"怀王道："寇兵已入居庸关，将要来犯京师了。"燕帖木儿道："陛下一出，民心必惊，凡翦寇事尽可责臣。陛下亟宜还宫，安定人民，请勿轻动！"此时燕帖木儿确是怀王忠臣。怀王道："待卿未来，所以躬自督师，今已到此，朕心安了，军事由卿作主，朕当从卿言，还宫安民。"言毕，即与燕帖木儿别去。

燕帖木儿复还至军中。梁王王禅等亦乘胜进逼，与燕帖木儿军遇于榆河。燕帖木儿升座誓师道："寇已深入，大都戒严，孰胜孰负，在此一举。将士等为国前驱，理宜奋力杀敌，若有退避不前，本爵帅只有军法从事，休得后悔！"将士等唯唯听命，燕帖木儿遂命开营逆战。

两下里交锋起来，正是棋逢敌手，将遇良材，一边是誓扶幼主，期立大功；一边是力保长君，目无全虏，足足战了三四个时辰，不分胜败。燕帖木儿执旗当先，引军突阵。部下见主帅奋勇，格外效力，无不以一当十，以十当百，北军渐渐败却，退至红桥。

燕帖木儿步步进逼，一些儿不肯放松，恼动了梁王部将。一名阿剌帖木儿，曾为枢密副使，一名忽都帖木儿，曾为上都指挥，两人素称骁勇，至此气愤填胸，挺身还战，竟攻入燕帖木儿阵中。燕帖木儿正挥刀前进，适值阿剌帖木儿突至马前，挺戈刺来，亏得燕帖木儿眼明手快，将身闪过一边，右手用刀格住戈铤，左手拔剑砍去，不偏不倚，正中阿剌帖木儿左臂。阿剌帖木儿狂叫一声，拨马就逃。燕帖木儿紧紧追去，又来了忽都帖木儿，接住厮杀，奋斗了数十合，彼此尚不相让，仍恶狠狠的搏战。燕帖木儿手下，有一矮将名和尚，短悍绝伦，善使双锤，他恐主帅有失，忙拨马助战。忽都帖木儿欺他短小，不以为意，谁知这和尚煞是趫捷，左右驰击，防不胜防，忽都帖木儿方思退避，左臂上已着了一锤，几乎跌落马下，幸他将前来救护，才得走脱。两帖木儿不敌一帖木儿，无愧为太平王。北军见两将败衄，人人夺气，遂驰过红桥，阻水而阵。燕帖木儿恐军士力疲，不欲再战，只命弓弩手用矢攒射，把北军一阵射退，然后收兵。

次日复分军为三队，令也速答儿率左，八都儿率右，进逼北军。时北军退至白浮，因燕帖木儿挑战，也出来对仗。燕帖木儿麾兵佯退，俟北军追来，命左右两队包抄过去。北军正杀得高兴，猛见也速答儿从右边杀来，忙分军抵敌。方在酣战，左边又遇着八都儿军，又分军敌住，不意燕帖木儿复转身杀到，所向披靡。那时北军招架不住，只好且战且走，复退十里下寨。燕帖木儿见北军虽败，行列尚是整齐，也即鸣金收军。

越宿复战，北军抖擞精神，前来冲突，燕帖木儿也不肯稍让，督军猛击，自辰至午，相持不下。蓦见燕帖木儿阵中，跳出锐卒数百名，由燕帖木儿亲自督领，冲杀过去。北军前来抵截，被燕帖木儿手刃七人，方才退却。

燕帖木儿也即鸣金收军。

是夜二鼓，燕帖木儿召孛伦赤、岳来吉入帐，密议道："连日酣战，两军俱疲，长此坚持，何以退敌？"孛伦赤道："不如今夜发兵劫营，想寇兵应亦疲倦，定中我计！"燕帖木儿道："我亦想及此着，但彼此对垒下营，岂有不防之理？从前甘宁百骑，夜劫曹营，我何不仿他一行，也可扰乱敌心，使他自退？"燕帖木儿想曾阅过《三国演义》。孛伦赤、岳来吉二人齐声道："末将等愿效死力！"燕帖木儿大喜，便调集锐卒百骑，令各带弓箭，并持战鼓，随孛伦赤、岳来吉二人同去。临行时又吩咐道："你等抵敌营时，只宜左右鼓噪，四面驰射，不必与他厮杀，但能使他惊扰，便算头功。"孛伦赤等领命去讫。燕帖木儿恰高枕自卧。

那边梁王王禅，正恐燕帖木儿劫营，令兵士小心严防。到了三鼓，突闻外面鼓声大震，忙令各营出战，兵士开营出去，只见来兵东驰西射，散无纪律。当下冒矢追杀，走到这边，他到那边；走到那边，他到这边。嗣后来兵越多，混战一回，互有杀伤。战到天明，彼此相见，才知所杀伤的统是自家人，不禁懊丧异常。这时的孛伦赤、岳来吉两人，早已收集百骑，回营报功去了。小子有诗赞燕帖木儿道：

力战何如智取工？榆关犹忆大王风。
须知兵事无嫌诈，燕邸当年固善攻。

毕竟北军曾否再退，请看官续阅下回。

怀王之立，不当立也。以泰定之正统言，则皇太子已即位上都，怀王固不当立；以武宗之正统言，则嗣位者应属周王和世㻋，怀王亦不当立也。燕帖木儿希宠取媚，南迎劝进；借使怀王正言抗斥，则燕帖木儿之志不得逞，而兵祸可立弭矣。乃江陵遽发，飘然入都，御殿即真，封王拜爵，彼已南面称尊，讵尚肯北面为臣耶？让兄之言，徒虚文尔。然发难之首，实出自燕帖木儿，故本回中叙述各事，皆以燕帖木儿为前提，西安以下，概置后列。至如出师战胜之举，尤写得机变神智，非称美燕帖木儿，实隐诛燕帖木儿也。曹阿瞒以知兵闻，阿瞒得谓汉之忠臣否耶？吾于燕帖木儿亦云。

第四十回　入长城北军败溃 援大都爵帅驰归

却说孛伦赤、岳来吉等，回营报功，燕帖木儿时已起床，即将二人功绩，书录簿上；并命撒敦带着偏师，出营巡哨。是日大雾迷濛，瞑不见影，撒敦巡至敌营，已是空空洞洞，留着虚垒。走将进去，只有敌卒数名，尚在寨中收拾行李，见了撒敦等，一哄而逃，被撒敦兵追上，擒住二卒。经撒敦审讯，才知北军已窜匿山谷中。撒敦即将二卒带还，报知燕帖木儿。

燕帖木儿道："王禅未曾大挫，即行遁匿，我料他必有诈计，将乘我不备，前来掩击哩！"料事如神。便下令将士，教他裹粮坐甲，静待后命，不得私自出营，违令者斩！越夕，又命坚壁严装，如遇寇至，只准固守，不准出战，违令者斩！到了夜间，防备尤密，四面布着侦骑，探听消息。未几鸡声报晓，远远的接吹角声，燕帖木儿听着道："寇兵来了！"忙出升帐，见侦骑亦来禀报，说是北军成列出山，距此只数里了。燕帖木儿仍饬各军守着前令，不得有违。约一时许，北军鼓噪而至，冲突数次，坚不能入，没奈何退后下营。

燕帖木儿命撒敦、八都儿两人，各率一军，分授密计，命俟至天晚，分头趋出。两人依计而行。是夜天色愈暝，四面阴霾，北军也严行准备，不遑就寝。一更以后，但听后面有铜角声，吹得非常响亮，不由得慌忙起来，梁王王禅，惩着前辙，只令各营静守，不敢出头。忽前面又起角声，亦觉激越异常。时值深秋，寨外草衰，正是风声鹤唳，草木皆兵的时候，加以角声震

荡，前后相应，益令军心胆怯，不寒而栗。梁王王禅，尚兀自守着，偏营内各兵，自相骚扰，不肯镇定。至三鼓以后，角声越吹得厉害，仿佛有千军万马，四面杀来，那时军心益乱，情势仓皇，任你王禅如何禁遏，也是弹压不住，遂不禁叹息道："罢了！罢了！看来幼主无福，偏遇这燕帖木儿，不如就此退兵罢！"你自己无将帅才，不足胜敌，反说看幼主无福，是谓肚痛埋怨灶司。当下撤营遁去。

看官道这铜角声如何而来？就是撒敦与八都儿，奉着燕帖木儿密计，虚吓敌兵。原来撒敦自营后出师，潜绕北军后部，吹角惧敌；八都儿自营前出师，直逼北军前面，鸣角相应。两军并不去厮杀，只仗这铜角为号，虚声恫喝，那北军竟堕计中，黄夜遁去。

撒敦等来报燕帖木儿，燕帖木儿即命倾寨穷追，直到昌平州，方见北军还在前面。一声鼓号，驱马杀去，北军心胆俱裂，哪个还敢拦阻？你奔我溃，彼跌此仆，被燕帖木儿军，乘势掩杀一阵，斩首约数千级，所有逃不及的北军，顾命要紧，管不得什么面子，只好匍匐乞降。燕帖木儿准他投诚，收降至万余人。

正拟饬兵再追，适值钦使到来，忙下马接旨。诏中所说，略称丞相亲冒矢石，恐有不测，万一受伤，朕恃谁人？自今以后，但教凭高督战，视察将士，用命行赏，不用命行罚，毋得再自冒险，以滋朕忧！燕帖木儿谢旨毕，即语来使道："我非好死恶生，但猝遇大敌，不得不身先士卒，为诸将法。现在寇已败退，自当遵旨小心，请钦使转达御前，免劳圣虑为是。"钦使应着，即行别去。

燕帖木儿麾军再上，杀得王禅等弃甲抛戈，抱头窜逸。于是燕帖木儿勒马中途，但令也速答儿、也不伦，及弟撒敦，率兵三万，再追北军，自率余军徐徐后行。将到居庸关，接也速答儿军报，北军已逃出关外去了。燕帖木儿即遣使上追，驰马入关，会也速答儿等亦已回军，遂命也速答儿居守，辅以佥院彻里帖木儿，并就他统卒三万名，留供驱遣，自率得胜军南还。

至昌平南，来了古北口急报，上都军已入古北口，进掠石漕。燕帖木儿愤愤道："居庸关才得收回，古北口又闻失守，如何是好！"撒敦即上前进言道："水来土掩，兵来将挡，怕他何为？弟愿前去，杀他片甲不回！"燕帖木儿道："吾弟前去，须要小心！"撒敦应命，即领着万人，倍道去讫。

燕帖木儿，率军后应，亦兼程而进。

撒敦驱军至石漕，不管什么利害，竟上前掩击，敌军正在午炊，仓猝遇敌，不及拦阻，便向北窜去。撒敦追击数十里，杀毙敌军无数。

正拟下营；燕帖木儿大军亦到，两下相会，当由撒敦报明胜仗。燕帖木儿问敌军主将，系是何人？撒敦嘿然。燕帖木儿道："吾弟杀了一日，难道连敌将姓名，尚未查明么？"撒敦道："问他何为？我只知见敌就杀，得胜报功。"是一员莽将口吻。燕帖木儿微笑道："幸你所遇的都是庸将，倘使遇着将材，恐怕有败无胜哩！"

当下令侦骑探明，返报敌将姓氏，一个是驸马孛罗帖木儿，一个是平章答失雅失帖木儿，一个是院使撒儿讨温。此处叙敌将姓氏，恰从侦骑探报，无非避文笔复沓耳。燕帖木儿道："这等乳臭小儿，也来将兵，真是可羞！待我用一条小计，便好擒住三人。"撒敦道："用什么计？小弟出去，包管擒来。"燕帖木儿道："你只知力战，不知智取，难道他束着双手，任你擒获么？"言毕，便问侦骑道："我见前面有一大山，此山叫作何名？"为将须明地理，观此益信。侦骑道："名叫牛头山。"撒敦道："哥哥专会使刁，查了敌将姓氏，还要问着山名，有何用处？"燕帖木儿之狡，借撒敦口中叙出，映带无痕。燕帖木儿怒道："你不要瞎说！我非顾着兄弟情谊，管教你一顿杖责。"从燕帖木儿口中自陈私弊，用笔尤妙。撒敦伸舌而退。燕帖木儿换了微服，带着侦骑数名，出营自去，直到天晚，方才回营。

次日升帐，召诸将面嘱道："我昨晚登牛头山，望见敌营扎住山后，料他是倚山自固的意思，但山中有小路可通，我若乘高压下，便可踏破敌营，可奈敌营虽破，敌将必逃，若要追擒，也是难事，不若引他入山，使入陷穽，我却前后夹攻，令他无路可走，自然一鼓成擒了。"众将都拍手称善，燕帖木儿命八都儿道："你今夜引兵千名，潜上牛头山，就小路中掘着陷坑，斩木掩覆，上表暗记，令我军便于趋避，敌兵易致误入，方好成功。至陷坑造就，你可越山劫营，准败不准胜，俟敌兵赶来，你却诱他入小路，我自有兵接应，休得违慢！"八都儿依令去讫。又命裨将亦讷思道："你率兵千名，备着挠钩，就山上小路旁，左右伏着，待敌兵入穽，便好一一擒住哩。"亦讷思亦去。又命撒敦道："你领兵万人，沿山绕转，就敌营左右埋伏，但听山上有号炮声，你便杀出，断他后路，不得有违！"撒敦亦领命去了。复命诸

将道："你等随我上山，视我大纛所向，奋力杀敌，明日可灭此朝食了。"众将唯唯听命。到了傍晚，命将士饱餐毕，随饬各带干粮火具，向牛头山进发。

是时八都儿已掘好陷坑，乘夜越山，去劫敌营。敌营中设有探马，侦得八都儿到来，便去禀报主将。驸马孛罗帖木儿，年轻好胜，就上马领兵，出营搦战。八都儿上前对仗，略战数合，佯作慌张的形状，弃戈退走。孛罗帖木儿不知是计，即趋马奋追，平章答失雅失帖木儿，与院使撒儿讨温，亦出营接应，撒儿讨温道："驸马追去，恐防有失，况夜色凄其，山岭狭隘，倘有不测，必致败挫，不如遣人禁他前进，方可无虞。"答失雅失帖木儿闻言，便遣使去讫，俄得去使回报，驸马言月色甚明，可以夜战，请平章院使速即接应，可以杀尽敌人。撒儿讨温复道："营寨亦是要紧，请平章守住勿动，我带兵接应便了。撒儿讨温，亦颇仔细。答失雅失帖木儿应着，便分兵与撒儿讨温，长驱进发。

时孛罗帖木儿已被八都儿诱进山中，走入间道，猛听得一声鼓响，山冈上火炬齐明，竖着一面大纛，上书太平王右丞相等字样。孛罗帖木儿道："燕帖木儿在此，我等快上冈去，刺杀了他。"言未毕，山上已驰下将士，来敌孛罗帖木儿。孛罗帖木儿尚不畏怯，奈因岭路逼窄，不便战斗，只好勒马退回，不期扑塌一声，连人带马，跌入陷坑去了。亦讷思早已留意，便命军士钩起孛罗帖木儿，捆绑而去。

孛罗帖木儿部下士卒，争思来救，无如走近一个，陷落一个，走近两个，陷落两个，那时也只好寻路逃走。偏偏燕帖木儿的将士，四面杀来，心中一慌，足下更走立不稳，一半跌入陷坑，一半死于刃下。

此时的撒儿讨温，尚未知前军败状，领兵入山，步步为营。一入间道，已望见大纛飞扬，料知孛罗帖木儿必遇伏兵，前去定必无幸。奈又不能不急驰救，只好硬着头皮，驱马进去，一面令左右分射，以备不虞。谁知山上的喊杀声，渐渐逼紧，虽是严行备御，究竟不免心虚。转瞬间敌已四至，任你如何放箭，总是射他不住。撒儿讨温，命军士随射随退，未及数武，见军士都钻入地中，慌忙察视，自身亦随马而陷。几似《封神传》中的土行孙。两旁突出亦讷思军，又被他搭上挠钩，捆缚去了。余众走投无路，只得大呼乞降。

答失雅失帖木儿坐守营盘，专听军报。远远的闻有炮声，心中正忐忑不定，忽营外有兵到来，还道是撒儿讨温等回营。正欲出来探问，不意来兵很

是凶猛，如搅海龙一般，捣入营中。答失雅失帖木儿急上马抵敌，凑巧遇着撒敦，一枪刺来，正中左腕，倒仆马下。撒敦麾下的军士，便来抓住，拖了过去。

北军顿时骇散，由撒敦追击一阵，杀死多名。是时天尚未明，撒敦即缚送答失雅失帖木儿，上山报命。燕帖木儿复命他追赶溃卒，他即回马下山，逐溃卒出古北口，然后回军。

这边的燕帖木儿，收集各军，整辔回营。时方天晓，由军士推上孛罗帖木儿及撒儿讨温、答失雅失帖木儿。燕帖木儿拍案道："你等助逆叛顺，死有余辜，本爵帅不便饶你！"孛罗帖木儿等亦大声诟詈，即由燕帖木儿申明军法，喝令斩首。须臾，已将首级三颗，呈上帐前。

燕帖木儿方遣人奏捷，帐外又递到紧急文书，由燕帖木儿展阅一周，即语诸将道："叛王也先帖木儿，与秃满迭儿，又陷通州，将到京师。京中已召我还援，我等勤王要紧，速即启程。"此处北军，借燕帖木儿叙明，又是一种笔法。诸将不敢有慢，当即随燕帖木儿拔营而南。趱途两日，即到通州，时已日色衔山，晚烟四起。诸将请择地立营，燕帖木儿道："寇敌将近，不驰去杀他一阵，还待何时！"说着，已挥兵疾进，约数里，即遇敌兵。敌兵未曾防备，狼狈奔趋，燕帖木儿追杀里许，因天色昏暮，才命下营。

次日黎明，复整兵追敌，西至潞河，见北军已在河北，列阵以待，人如排墙，燕帖木儿倒也不敢进逼。至夜间，欲渡河击敌，奈隔岸火光透澈，映入河流，好似掣电空中，群芒四射，因此按兵不动。待到黎明，遥望敌营中已无声响，只有人影模糊，尚是沿河立着。此时也无暇细辨，便麾兵结筏渡河，各军安然西渡。及达彼岸，各持刀砍人，不意统是黍稭做成，上披毡衣，地土积草，尚有余焰未熄，才晓得敌已夜遁，但放火植秸，作为疑兵罢了。燕帖木儿也有被欺之时。

燕帖木儿愤甚，复率兵穷追，将抵檀子山，四面都是枣林。这枣林中恰有敌兵伏着，陡从斜刺里杀出，亏得燕帖木儿军律素严，不为所迫，猛见也速帖木儿、秃满迭儿，纠合阳翟王太平，国王朵罗台，平章塔海军，踊跃前来，差不多有五六万人。燕帖木儿不敢轻敌，只先令军士列好阵势，前面持弓矢，后面执刀盾，又后面挺戈矛。直待敌兵逼近，一声令发，万矢齐射，势似飞蝗，偏敌兵持盾而前，冒死上来。燕帖木儿复令止射，驱刀盾、戈矛

两队，直前抵格。两军混战一场，互有死伤，看看红日将落，敌兵毫不退却，只管舍命相持。

燕帖木儿子唐其势，见各军战敌不下，恼动性子，拨马临阵。阳翟王太平，挺枪来战，唐其势大吼一声，吓得太平倒退。未及数步，已被唐其势用戈刺着，翻身落马。军士乘势蹴踏，把太平肉体，变作烂屎相似了。敌兵见太平被杀，顿时惊溃。燕帖木儿就此赶上，杀得尸横遍野，血流成渠。方欲收军，巧值撒敦到来，得了一支生力军，便命引兵再追，自率大军南归。撒敦追了数十里，见敌兵四散逃去，杀毙了数百名，也即回来。

会上都诸王忽剌台，指挥阿剌铁木儿，及安童等，复攻入紫荆关，进犯良乡，游骑径逼京南。此处用直叙法，视前又变。燕帖木儿闻警，即循北山西行，令将士脱衔系囊，盛莝豆饲马，且行且食。晨夜兼程，至芦沟河，并不见敌。嗣得探报，忽剌台等已闻风西窜了。

燕帖木儿因已抵京师，遂入觐怀王，甫至肃清门，都人士焚香迎接，罗拜马前。燕帖木儿辞不敢受，都人齐声道："非王爷忠诚报国，民等何能更生？此恩此德，敢不拜谢！"燕帖木儿下马慰劳道："此皆天子威灵，我有何力可言？"此时的燕帖木儿，几似古之名将，无以加之。及至内城，怀王亲出迎师。燕帖木儿下马行礼，由御手扶起，相偕入城。随即赐宴兴圣殿，赏给无算，亲授太平王黄金印，尽欢乃散。燕帖木儿拟休息数日，再行出兵，忽接撒敦军报，古北口又被陷了。正是：

两都军报无虚日，万里烽烟未靖时。

未知何人陷入古北口，且看下回分解。

本回纯叙燕帖木儿战事，见得上都各军，均不足与燕帖木儿相敌，燕帖木儿，信一元代之枭雄哉？读《元史·燕帖木儿列传》，未尝不胪叙战迹，而写生妙手，却不若此书之为良。盖彼第直录事实，而此且曲为描摹；不特渲染战争，并举燕帖木儿之权诈，亦揭露纸上，吴道子之手笔，亦无以过之。且旋师入京时，卑以自牧，让美君王，处处似忠，实处处是诈；周公恐惧流言日，王莽谦恭下士时，读此益无限生感矣。

第四十一回　倒剌沙奉宝出降 泰定后别州安置

却说燕帖木儿得撒敦来文，报言古北口复陷，心中大愤，即日召集各军，出京北去。途次又接紫荆关急报，苦难分身，只得遣快足至辽东，飞调脱脱木儿西援。看官！你道陷古北口及紫荆关的兵马，从何而来？原来就是秃满迭儿，及忽剌台、阿剌铁木儿等军。秃满迭儿等，被燕帖木儿杀败，逃出口外，会集散卒，定议分攻，秃满迭儿自率一军袭古北口，忽剌台、阿剌铁木儿、安童、朵罗台、塔海等，联军袭紫荆关，意欲两面夹攻，令燕帖木儿无暇兼顾，可以转败为胜。计非不佳，奈庸驽何？不意燕帖木儿煞是神勇，秃满迭儿方入古北口，燕帖木儿已到檀州，两军南北各进，即行对垒，一场大战，秃满迭儿复败，溃走辽东。后军被燕帖木儿截住，无处投奔，统军的头目，乃是东路蒙古万户哈剌那怀，看得兵势垂危，只好束手乞降。燕帖木儿收了降众，共得万人，也不暇悉心检查，只留部将数人，约束士卒，守住古北口，自率健卒兼程西进，去援脱脱木儿。余勇可贾。

脱脱木儿前奉调发兵，只带着四千人，到紫荆关，与忽剌台等对阵。两造人数，相去甚远，北军约三四万名，脱脱木儿与关上守将相合，尚不达万人。暗思众寡不敌，恐遭败仗，不如固关严守，还好勉力支持。至燕帖木儿星夜赶到，很是喜慰。燕帖木儿查明情形，便与脱脱木儿道：“我兵远来，敌人尚未知晓，你且开关搦战，诱他入关，我出大军伏在关内，他若冒昧进来，便好闭住关门，杀他一个精光哩。”

脱脱木儿领命，即率本部四千人，大开关门，来战北军。北军逗留关外，已是数日，猛见脱脱木儿出战，倒也吃了一惊；及见出关的兵士，不过数千人，顿觉胆大起来，当下分作两翼，来围脱脱木儿。脱脱木儿不及退还，已被敌军裹住，他本恃有后援，一些儿没有害怕，便奋起精神，驰突围中。

燕帖木儿在关内觑着，见脱脱木儿不能脱身，恰变了一计，令关上故意鸣金，促脱脱木儿退归，一面命关吏虚掩半扉照燕帖木儿原计故意参换，是文中化板为活法。敌军里面的阿剌铁木儿，望着关中的模样，大叫道："此时不急抢关，尚待何时？"言未毕，已挺戈跃马，奔入关中。自来寻死。忽剌台、安童、朵罗台、塔海等，只恐阿剌铁木儿占着头功，也即策马随入。一入关门，见守卒在前散走，还道他是避锋逃命，又紧紧的追了一程。蓦然间四面八方，互发炮声，伏兵一时齐起，统行杀到。忽剌台、安童、朵罗台、塔海等，知事不妙，忙即退回，奈后面的兵士，相率入关。前后挤紧，运动不灵。待退近关门，已是多半被杀。那时忽剌台、安童等，如漏网鱼，如丧家狗，只想跑出关外，逃脱性命，偏偏关门已闭得很紧。这一吓非同小可，险些儿连三魂六魄，都飞至鬼门关！如果吓死，或得保全首领。忙麾兵斩关欲遁，忽关门左右，又闪出无数健卒，大刀阔斧，前来阻住。背后又是燕帖木儿领军追来，忽剌台等只是哭不出的苦，勉强驰突，不消片刻，安童、塔海两人，马首被刺，俱堕马下，活活的被人擒去。忽剌台、朵罗台急得没法，左右乱撞，骤被流矢射着，一同坠马，也只得闭目就擒了。

是时的阿剌铁木儿，尚似疯犬一般，东冲西突。燕帖木儿知他骁悍，但令部将缠住了他，与他车轮般的厮杀。至忽剌台等俱已擒住，便一拥上前，任他力大如牛，也被众人牵倒。待捆缚停当，已是身受数创，奄奄一息。燕帖木儿宣令道："降者免死。"于是入关的北军，都做了矮人儿，情愿投诚。

当下重开关门，接应脱脱木儿，谁知关门外已虚无一人。惊人之笔。看官道是何故？原来阿剌铁木儿等入关时，各军俱随着主帅，一拥入关，外面与脱脱木儿相持，也不过数千人。脱脱木儿见北军中计，格外奋勇，一枝大戟，随手飞舞，触着他原是丧生，让着他还要颠仆，敌军正支持不住，又见关门忽闭，越加惊慌，一古脑儿向北遁去。脱脱木儿驱军力追，复斩杀了一大半，只有寥寥数百人，命不该死，四散逃脱。叙得明净。

脱脱木儿已经回军，方遇着大军接应，彼此说明，统喜欢的了不得，大

家奏着凯歌，陆续归营。燕帖木儿休兵两日，即亲押囚车，送至京师。怀王迎入，又有一番宴赏，无庸细说。

先是燕帖木儿曾遣人召陕西平章探马赤，行台御史马扎儿台，皆不致。及怀王即位，颁诏陕甘，复被他焚毁诏纸，执使送上都。既而浙江省臣，亦拒绝诏使。由使臣还报，怀王大怒，即与燕帖木儿商议，欲一律诛戮。燕帖木儿模棱两可，因此诏尚未下。左司郎中自当，闻着此信，谒见燕帖木儿道："云南、四川，今尚未定，若复杀行省大臣，转恐激变，不如俟上都平定，再议降罚未迟！"燕帖木儿尚沉吟未决，俄得河南警报，靖安王阔不花等，一作库库布哈。叛应上都，自陕西破潼关，克阌乡、陕州，复分兵北渡河中，趋怀孟，南过武关，逼襄阳，猖獗的了不得了。燕帖木儿阅毕，便进谒怀王，详述河南军事，并把自当所说的言语，亦复陈一遍。怀王道："上都未平，原是可虑，看来又要劳卿一行。"燕帖木儿道："毋劳圣虑，臣已密令齐王月鲁帖木儿，及东路蒙古元帅不花帖木儿，进攻上都去了。"遣齐王等攻上都，原是燕帖木儿妙算，但怀王尚未闻知，已见燕帖木儿擅权之渐。怀王道："卿算无遗策，料必成功。"燕帖木儿谢奖而退。过了旬日，果然红旗报捷，上都已降服了。

自梁王王禅等败回上都，声势日衰，幸都城尚未被兵，所以残喘苟延。至齐王月鲁帖木儿，元帅不花帖木儿等，受燕帖木儿密令，举兵趋上都，于是都城受围。王禅等率兵出战，屡为所败，人心大骇。且因秃满迭儿逃还辽东，忽剌台等统已败没，城孤援绝，士无斗志。独倒剌沙谈笑自若，恰似没事一般。存心已坏，自可无忧。王禅与他会议数次，也不见有什么法儿，自思身陷围城，危险万状，不若乘夜逃走，还是三十六计中的上计。主意已定，便于夜间托词巡城，登陴四望，叹息了一口气，竟缒城自去了。

城中失了王禅，越加惶惧，倒剌沙竟暗中遣使，通款齐王，约定次日出降。齐王月鲁帖木儿，自然准约。越日迟明，果见南门大启，任他进去。月鲁帖木儿等，即麾兵入城，倒剌沙奉着御玺，伺候道旁，由齐王接着，他即屈膝请安，把玺呈上，且口称请死。齐王道："这事我难作主，须候大都裁夺！"遂令左右带着倒剌沙，一面将御玺藏好。方思驱马再进，忽见辽王脱脱，领着数十骑，持刀前来。齐王望将过去，不是来降的情状，即整备迎敌。脱脱到了齐王马前，竟用刀刺入，亏得齐王早已防着，也用刀相抵，不

到数合，齐王麾下的将士，都上前效劳，你一枪，我一刀，兵锋环绕，将脱脱剁成数段，其余数十骑，统死于乱军之中。脱脱还不愧为忠。齐王驰入行宫，查明后妃人等，俱还住着，只小皇帝阿速吉八，不知去向。及诘问泰定皇后，但有满面泪痕，呜呜哭泣，反令人厌烦得很，遂抽身出外，只命部兵监守宫门，盘查出入罢了。阿速吉八想为倒剌沙杀毙。

上都已定，当由齐王饬使赍奉御宝，及诸王百司符印，概携送入京。还有倒剌沙等一班俘虏，也派兵押解京师。怀王闻上都捷音，快慰异常，诸王百官等统上表庆贺。中书省臣且奏言上都诸王大臣，不思祖宗成宪，遽被倒剌沙所惑，屡犯京畿，幸赖陛下神武，王禅等相继败亡，今上都亦已平靖，所有俘囚，应明正典刑，传首四方，借示与众共弃之意。奏入照准，先将阿剌帖木儿、忽剌台、安童、朵罗台、塔海等，斩首示众。一面御门受俘，命将倒剌沙等，暂羁狱中，自登兴圣殿受了御宝，分檄行省内郡，罢兵安民。

是时靖安王阔不花，方大破河南守兵，获辎重数万，进拔虎牢，转入汴梁。忽闻上都被陷，咨嗟不已。嗣又得怀王诏谕，料知独木难支，乃逡巡引去。唯四川平章政事囊嘉岱，自称镇西王，以左丞托克托为平章，前云南廉访杨静为左丞，烧绝栈道，独霸一隅。其余行省各官，都随风转篷，但教禄位保存，无不拱手听命。一班饭桶。

怀王又封赏功臣，以燕帖木儿为首功，赐号答剌罕，子孙世袭，又赐他珠衣两件，七宝带一条，白金瓮一，黄金瓶二，还有海东白鹘青鹘，及白鹰文豹等物，不计其数；寻设大都督府，令他统辖，饬佩第一等降虎符，并命他驱至上都，迁置泰定后妃，并料清军务。

至燕帖木儿出发后，又下诏悬赏，购缉逃犯。于是王禅、纽泽撤的迷失、也先铁水儿及倒剌沙兄马某沙等，尽被拿到。还有湘宁王八剌失里，曾附和忽剌台等南侵冀宁，至是被元帅也速答儿捕获，械送京师。怀王命将倒剌沙磔死，王禅赐自尽，纽泽撤的迷失、也先铁木儿、马某沙等皆弃市。倒剌沙最不值得，若早知如此，想亦不愿奉宝出降了！并将罪犯的妻孥家产，分给功臣。只八剌失里，罪从末减，留锢狱中，总算还保全首领，九死一生，这且慢表。

且说燕帖木儿到了上都，由齐王月鲁帖木儿，及元帅不花帖木儿，出城迎入，彼此叙过寒暄，方谈及迁置后妃的命令。月鲁帖木儿道：“我早已饬兵

守宫，除阿速吉八不知下落外，所有泰定后妃以下，尽行锢着，一个儿不曾放脱。”燕帖木儿点首称善。随即起身离座道：“我且入宫传旨，令他整备行装，以便迁置。明日就可要他动身了。”月鲁帖木儿道：“甚好！请公自便。”

燕帖木儿别了齐王，遂入行宫，早有宫女报知泰定后妃，泰定后闻知此信，恐有不测的命令，急得面色仓皇，形神黯淡。还有妃子必罕，及速哥答里两姊妹，统是娇躯发颤，带哭带抖，缩做一团。燕帖木儿到了宫门，守兵早已分队站着，让开正路，由燕帖木儿趋入。燕帖木儿一入宫中，见后妃等并不相迎，未免怀着懊恼。方欲瞋目呵叱，忽眼帘中映入红颜，不觉为之一迷。寻见泰定后欠身欲起，悲惨中带着数分袅娜，正是徐娘半老，犹存丰韵，已令人怜惜不禁。背后又立着一对姊妹花，绿鬓高拥，粉颈低垂，凤目中统含着一泡珠泪，尤觉楚楚可怜。是所谓尤物移人。

当下站着一旁，向泰定后道：“皇后不必惊慌！大都也没有严命，不过因皇后在此，殊多不便，所以暂令移居，一切服食，尽可照常，毋庸耽忧！”泰定后潸然道：“先皇殁后，拥立皇子，统是倒剌沙的主意，我辈女流，并无成见，目今嗣子已亡，大势一变，剩我嫠妇数人，备尝苦况，也是够了，还要移居何处？”只诿罪倒剌沙，不用正词驳诘，已见其志在偷生。燕帖木儿道：“无非移居东安州，途程尚近，无虑艰阻，诸请放心！”泰定后复道：“今日要我迁居，他日即索我性命，始终总是一死，不如死在此处！”燕帖木儿不待说毕，忙婉言慰劝道：“皇后后福正长，休要自寻烦恼，将来要做太平王妃，自然有福。若虑有意外情事，但教我燕帖木儿存着，都可挽回。明日请皇后暂赴东安，所有宫中侍从，尽可带去，途中自有妥卒保护；如有人敢来欺凌，我燕帖木儿誓不与他甘休！”独力爱护，泰定后妃应该以身报德。

泰定后方转悲为喜道：“既有太平王照拂，我等如命起程便了。”一面说着，一面命两妃向前拜谢。此时一对姊妹花，也渐觉开颜，遵着泰定后嘱咐，分花拂柳的走近燕帖木儿前一同敛衽。急得燕帖木儿答礼不及，忙避开一旁，连称不敢。并将那一双色眼，细瞧两妃，两妃也似觉着，抬起头来，向他微笑。这样情景，几乎无可摹拟，只小子曾记有两句古诗，彼此凑合，颇得神似，其词云：

目含秋水双瞳活，心有灵犀一点通。

毕竟泰定后妃，何日登程，容待下回说明。

上都沦陷，天顺帝不知所终，著书人依史叙录，原不能凭空捏造，构一死证。但奉宝出降者为倒剌沙，则幼主之死，出自倒剌沙之手，应无疑义。倒剌沙始以宠利自私，致偾国事，及势处穷蹙，乃戕主夺玺，出降军前，是殆人类所不齿，较诸王禅等之临难遁去，尤觉死有余辜！大都磔尸，身名两裂，后世臣子，可作炯戒！若夫泰定后之身遘忧危，稍具节烈，应即捐躯以殉。况移置东安之命，接踵而来；燕帖木儿又为发难之首领，平昔未曾厚遇，能望其竭诚保护，不作他想乎？是回叙移置后妃事，已将燕帖木儿心迹，隐约表明，匣剑帷灯之妙，可即于本回中见之。迨阅至后文，图穷匕见，更知伏笔之不虚设矣。

第四十二回　四女酬庸同时厘降
二使劝进克日登基

却说泰定二妃，与燕帖木儿打了照面，一笑传情，这时候的燕帖木儿，心痒难搔，恨不得将两个丽姝，吞下肚去。只因众目共睹，不便动手蹑脚，没奈何定一回神，站定身躯。待两妃复了原处，方向泰定后道："明日后如动身，当备辇派兵，护送至东安州。"泰定后应着，燕帖木儿方出行宫。

是夕，竟不成寐，默默筹划，想定了一个法儿，方才有些疲倦。朦胧片刻，便闻鸡声，当即披衣起床，俟盥洗进膳后，就跑入行宫。见过泰定后妃，复代为收拾行装，连脂盝粉函等件，无不凝神检点，亲手安排。至料理清楚，方出来面嘱亲兵，教他途中伺候后妃，须格外周到，不得有误。吩咐毕，再入宫导引后妃，出宫驾舆，自己亦上马扬鞭，送她们出城。

正启行间，对面来了京使，不得不下马相见。当由京使宣诏，命他即日入朝。燕帖木儿很是懊丧，奈不好当面直言，只得与京使敷衍数语，要他入城待着，以便偕行。

京使驱马自入，燕帖木儿加鞭疾出，赶至泰定后妃舆旁，和颜悦色的说道："今日后妃东去，本拟护送出境，奈大都又颁敕召回，不好迟慢，万望此去自爱，切勿苦坏玉躯！他日相见有期，决不负言！"好一个有情有义的真男子！泰定后也即称谢，两妃亦从旁插口道："王爷亦须珍摄！我姊妹二人，得仗庇护，也不忘恩！"此心已许君矣。说着，又觉得四目盈盈，泪珠欲下。燕帖木儿几不忍舍，无如此时只好暂别，乃凄然语着道："我去了！前途保

重！”好似长亭送别。于是勒马而回。临别时，犹返顾去车，怅望不已，直至去车已远，才纵马入城。

是日午后，即与京使并辔还朝，入见怀王，报明迁置后妃事，并问怀王何故立召。怀王道：“上都平定，余孽扫除，这般大功，统由卿一人造成，朕所深感。但朕的本意，帝位须让与长兄，所以召卿还商，即拟遣使北迎。”燕帖木儿闻言，一时竟难置词，句中有眼。好一歇不答怀王。怀王复道：“卿意如何？”燕帖木儿道：“自古立君，有立嫡、立长、立功三大例。以立长言，陛下应让位长兄；以立功言，陛下亦不妨嗣位。唐太宗喋血宫门，后世尚称为贤君呢。”引唐太宗故事，直是教怀王杀兄。怀王道：“说虽如此，然朕心终属未安，宁可让位朕兄，兄如不受，再作计较！”着眼在末二句。燕帖木儿道：“今岁已值隆冬，漠北严寒，未便行道，俟来春遣使未迟。”怀王道：“朕兄还京师，不妨以来春为期；唯朕处遣使，应在今冬，免得朕兄怀疑。”燕帖木儿道：“但凭陛下裁处！”

怀王道：“社稷已安，宗庙无恙，朕与卿亦可稍图娱乐。闻卿家只有一妃，何勿再置数人？宗室中不乏良女，由卿自择；朕可即日诏遣。”燕帖木儿道：“陛下念臣微劳，竟替臣想到这层，天恩高厚，何以为报？但陛下且未册定正宫，臣何敢竟尚宗女，请陛下收回成命！”怀王道：“朕及大兄生母，尚未追尊，如何便可立后？”怀王尚知有母，较燕帖木儿心术略胜一筹。燕帖木儿道：“追尊皇妣，原是要紧，册立皇后，亦难从缓，上承庙祀，下立母仪，两事并重，应请同日举行。”怀王既欲让兄，何必骤立皇后，此由燕帖木儿乘隙蛊君，欲立后为内闲耳，看官莫被瞒过。怀王道：“且待来春举行。”燕帖木儿才退。

过了一日，竟由怀王下诏，赐燕帖木儿以宗女四人。燕帖木儿道：“我昨日已经面辟，如何今日邀赐？这事却使不得！我当入朝固谢。”意中已有他人，所以欲去固辞。便命役夫整舆，甫出大门，猛听得一阵弦管声，由风吹至，不禁惊讶起来。寻见有绣幰四乘，导以鼓乐，护以侍从，车马杂沓，冉冉来前。不由得失声道：“啊哟！公主等已来了，如何是好？”正说着，宣敕官已加鞭至门，下马与燕帖木儿相见。燕帖木儿不得不敛容迎入。当由宣敕官恭读诏书，令燕帖木儿接旨。燕帖木儿照例跪听，诏中无非是盛叙功劳，合颁优赐，特遣宗女四人，侍奉巾栉，并媵女若干名，该王毋得固辞！

燕帖木儿谢恩而起，接过诏轴，悬挂中堂，宣敕官又向他贺喜。燕帖木

儿道："这事从何说起？我已陛辞盛赐，今反命尚四公主，自问何德何能，敢邀厘降！还请公传语折回，我即来朝面奏，断不使公为难！"宣敕官笑道："王爷未免太迂！圣旨岂可违得？况四位公主，已经厘降，也不便中道折回，请王爷不必迟疑！今日系黄道良辰，即可谢恩成礼呢。"言毕，即命侍从等导入绣幰，停住大厅。一面令从人治外，媵女治内，所有铺设等件，除太平王邸现成布置外，其余尽出帝赐。

太平王邸本阔大得很，从前罪犯第宅，大半拨给，京师里面，几乎占了半城。邸中仆从如云，更兼四公主带来的侍从，又不下千名，内外陈设，众擎易举，不消一二时，即已措办整齐。当请燕帖木儿祭告天地，并向北阙谢恩，然后请四公主下舆，先行了君臣礼，后行了夫妇礼。此时的燕帖木儿，又惊又喜，又喜又忧，但已事到其间，无从趋避，乐得眼前受享，再作区处。夫妇礼成，又请出继母公主察吉儿，再行子妇相见礼，然后洞房合卺。此时的太平王妃不知哪里去了。诸王百官，复陆续趋贺，绿酒红灯，大开绮席，琼浆玉液，尽是奇珍，说不尽的繁华，写不完的喜庆。

到了黄昏席散，宣敕官与贺客等，俱已散去，那时燕帖木儿返入洞房，由四公主列坐相陪，霞觞对举，绮縠生香，酒不醉人人自醉，色不迷人人自迷，况燕帖木儿本是个色中饿鬼，见这如花似玉的佳人，哪有不移篙相接？左拥右抱，解带宽衣，夜如何其，其乐无极！设非有牛马精神，安能当此。

次日，复入朝面谢。退朝后，又与那四位公主，把酒言欢。方在十目调情的时候，突见侍女中有一淡装妇人，年可花信，貌独鲜妍，比较四位公主，色泽不同，恰另有一种的天然丰韵。当下触目动心，未免呆定了神，连公主等与他谈话，也不暇理睬。公主等动了疑衷，殷勤动问，他自觉好笑，遂打着谎语道："我适记起一桩国事，拟于今晚草奏，适与公主等饮酒谈心，几致忘却，所以一经想着，不觉驰神。"四公主齐声道："王爷既有军国重事，何不早说？免得以私废公。"燕帖木儿道："不妨！晚间起稿未迟。现在有花有酒，不如再饮数樽。"于是复同酌了一回，始命撤席。乘着酒兴，别了绣闼，竟踉跄至书斋，密命心腹小厮，潜召这淡装小妇。

不一时，小厮导着少妇，亭亭而至。见了燕帖木儿，便上前请安。燕帖木儿命她起立，仔细瞧着，眉不画而翠，唇不脂而红，颜不粉而白，发不膏而黑，秀骨天成，长短合度。俗所谓本色货。那少妇从旁偷觑，见燕帖木儿身

材，长逾七尺，虎头猿臂，燕颔豹颈，精神充满，气宇深沉，似乎人间男子，要算他一时无两。妇人窥男子，较诸男子窥妇人，尤进一层。两下相对，脉脉含羞，又被这燕帖木儿钉住双目，顿觉桃花面上，愈映绯红，遂俯着首拈那腰带。燕帖木儿乃启口问道："你是何处人氏？"连询数声，竟不见答。

燕帖木儿不禁惊讶，猛见小厮尚站着一旁，就命他退去，然后再问少妇。只见少妇颦着双眉，呜呜咽咽的说道："承蒙见问，言之可愧，妾数年前亦为命妇，今则家亡身辱，充没官掖，随着公主前来，尚算皇恩高厚，命该如此，还有何说！"燕帖木儿见她愁容惨淡，口齿清明，益觉由怜生羡，由羡生爱，遂堆着满面笑容，婉词再诘。嗣经少妇说明，方知少妇不是别人，乃是前徽政院使失列门的继妻。闻名之下，我亦一惊。燕帖木儿太息道："宦途危险，家室仳离，失列门亦不必说了；累你青年少妇，寂守孤帏，岂不可痛？"少妇听了此言，禁不住泪下两行。燕帖木儿复语道："你既到了我家，我不愿辱没你！"如何叫作辱没。少妇道："全仗王爷庇护。"说至护字，已被燕帖木儿揽住娇躯，拟把她置诸膝上。看官！你想燕帖木儿膂力过人，虽明知少妇乏力，轻轻一扯，奈少妇已倒入怀中，仿佛如小儿吃奶一般，紧贴住燕帖木儿胸前。燕帖木儿替她拭泪，又温存了一番，情投意合，男贪女爱，竟携手入帏，同赴阳台去了。好一件军国重事。公主等只道出草奏牍，不去惊动，直至更深人静，方令侍女促眠。那时两人早云收雨散，一同起床，订了后约，各归内寝，这且慢表。

且说时光易过，残猎复催，转瞬间已是天历二年，怀王册妃弘吉剌氏为皇后。后名卜答失里，系鲁国公主桑哥吉剌女，曾与怀王出居建康，并徙江陵，至怀王入京，也随驾同行。怀王以艰苦同尝，应该安乐与共，因册立为后。为后文谋杀明宗后及安置东安州张本，所以特书其名。一面追尊生母唐兀氏，及兄母亦乞列氏，为武宗皇后。再遣使臣撤迪哈散等，驰赴漠北，恭迓周王。

撤迪等至周王行在，由周王召见，问明大都情状。撤迪一一陈明，并启周王道："大王以德以长，应有天下；况臣奉命前来，原是请大王早正帝位，一则安天下的人心，二则成皇弟的让德，事机相迫，幸勿迟疑！"周王道："平定上都，统是吾弟一手安排，且已称帝改元，君臣分定；我若再即尊位，岂不是多了一帝么？"周王自知亦明。撤迪道："仁宗靖变，迎立武宗，至武宗宾天，仁宗始承大统，故例犹在，尽可踵行。"周王道："据你说来，我即

位后，可规仿前制，立朕弟为皇太子么？”撒迪道：“这个自然，兄弟禅让，仁德两全，颇不是追美尧舜么？”援仁宗故例，已是不符，又云可追美尧舜，尤属牵强。周王意尚未决，复集府史等商议。府史等侍从多年，遇着这桩绝大的喜庆，哪个不想攀龙附凤，做个册命功臣！既遇周王谘询，自然极力赞成，殷殷劝进。周王乃决计即位，遂于天历二年春正月，设帝幄于和宁北陆，礼仪仍旧，气象式新。漠北诸王大臣及撒迪、哈散等，相率入贺。大出怀王意料。越日，又有两使自燕都到来，系挚奉金银币帛，进供御用。两使为谁？一是前翰林学士不答失里，一是太府太监沙剌班。既到行幄，即入帐觐贺。是时周王和世㻋，已即位为帝，小子不得不改称；因他后来庙号，叫作明宗，自然遵例称明宗了。明宗见过两使，慰问数言，当由两使赍呈贡物。明宗很是心喜，便命撒迪等还京师。并谕撒迪道：“朕弟向览书史，近时得毋废弃否？听政有暇，总宜与贤士大夫常相晤对，讲论史籍，考察古今治乱得失。卿等至京师，当将朕意转告，毋违朕命！”令尹子围故事，明宗胡未之读，乃亟亟于为帝耶？撒迪等唯唯而返。

到了京师，即将明宗面命，传告怀王，怀王嘿然不答。已具异心。是夕，即召燕帖木儿入议。燕帖木儿进谈多时，左右大都屏退，无从闻悉秘言。为下文伏线。次晨，便遣燕帖木儿奉皇帝宝赴漠北，以知枢密院事秃儿哈帖木儿，御史中丞八即剌，翰林直学士马哈某，瑞典使教化的，宣徽副使章吉，佥中政院事脱因，通政使那海，大医使吕廷玉，给事中咬驴，中书断事官忽儿忽答，右司郎中孛别出，左司员外郎王德明，礼部尚书八剌哈赤等从行。复命有司奉金千五百两，银七千五百两，币帛各四百匹，及金腰带二十，备行在赏赐之用。怀王又饬在京诸臣道：“宝玺既已北上，继今国家政事，应遣人奏闻行在，我不便专擅了。”廷臣都赞扬怀王让德，冠绝古今。正是：

有口皆碑周泰伯，昧心谁识楚灵王？

欲知后事如何，请看下回分解。

读《燕帖木儿列传》，前后尚宗室女，至四十人，本回第称四公主，是举其最先厘降者而言。若失列门妻一段，观《文宗本纪》，亦曾有其事，并非著书人好为

捏造。是燕帖木儿荒淫之渐，固自怀王导成之。其余所述大政，概见正史，唯经著书人略为渲染，则当时所行之政迹，俱属有隙可寻，谓之演义也可，谓之评史，亦无不可也。夫怀王袭位，本其初志，所谓让兄者，特其矫情耳。燕帖木儿知之最深，故受赐最厚。周王和世㻋，未曾入京，遽正大位，曾不知他人已眈眈其旁，欲以之为尝试地，而在己且愿供玩弄而不之悟也。哀哉！

第四十三回　中逆谋途次暴崩
得御宝驰回御极

却说明宗即位后，饬造乘舆服御，及近侍诸服用，准备启行。且命中书左丞跃里帖木儿，筹办沿途供张事宜。行在人员，俱忙个不了。未曾讲求初政，但从外观上着想，即令为君得久，亦未必德孚民望。适燕帖木儿奉宝来辕，率随员进谒明宗。明宗嘉奖有差，并封燕帖木儿为太师，仍命为中书右丞相，其余官爵，概从旧例。且面谕道："凡京师百官，既经朕弟录用，并令仍旧，卿等可将朕意转告。"燕帖木儿道："陛下君临万方，人民属望，唯国家大事，系诸中书省、枢密院、御史台三堦，应请陛下知人善任，方免丛脞。"

明宗称善，乃用哈八儿秃为中书平章政事，伯帖木儿知枢密院事，孛罗为御史大夫。这三人统是武宗旧臣，明宗以为不弃旧劳，所以擢居要职。既而宴诸王大臣于行殿。特命台臣道："太祖有训：美色名马，人人皆悦，然方寸一有系累，即要坏名败德。卿等职居风纪，曾亦关心及此否？恐非燕帖木儿所乐闻。世祖初立御史台时，首命塔察儿、奔帖杰儿两人，协司政务，纲纪肇修。大凡天下国家，譬诸一人的身子，中书乃是右手，枢密乃是左手，左右手有疾，须用良医调治，省院阙失，全仗御史台调治。自此以后，所有诸王百官，违法越礼，一听举劾，风纪从重，贪墨知惧，犹之斧斤善运，入木乃深；就使朕有缺失，卿等亦当奏闻，朕不汝责，毋得面从！"台臣等统齐声遵谕。

越日，又命孛罗传谕燕帖木儿等道："世祖皇帝，立中书省、枢密院、

御史台，及百司庶府，共治天下，大小职掌，已有定制。世祖又命廷臣集议律令章程，垂法久远，成宗以来，列圣相承，罔不恪遵成宪。朕今承太祖、世祖的统绪，凡省院台百司庶政，询谋佥同，悉宜告朕；至若军务机密，枢密院应即上闻；其他事务，有所建白，必先呈中书省台，以下百司及近臣等，毋得隔越陈请，宜宣谕诸司，咸俾闻知。倘违朕意！必罚无赦！”注重中书省台，其如权臣雍蔽何？又越数日，遣武宁王彻彻秃及哈八儿秃至京，立怀王为皇太子。仍蹈武宗当日之弊。并命求故太子宝，缴给怀王。嗣闻故太子宝已失所在，乃申命重铸，姑不必细表。

且说彻彻秃等既到京师，传达行在诏命，怀王敬谨受诏。一面驰使行在，请明宗启跸。一面亲自出京，就中道恭迎。会陕西大旱，人自相食，太子詹事铁木儿补化等，请避职禳灾。太子亲谕道："皇帝远居沙漠，未能即至京师，所以暂摄大位。今亢阳为灾，皆予阙失所致，汝等应勉尽乃职，祗修实政，庶可上达天变，辞职何为？”乃起前参议中书省事张养浩，为陕西行台御史中丞，命往赈饥。先是养浩辞官家居，七征不起，至是闻命，登车即行，见道旁饿夫，辄施以米，沟前饿莩，辄掩以土，迨经华山，祷西岳祠，泣拜不能起。忽觉黑云四布，天气阴翳，点滴淅沥诸甘霖，一降三日。及到官，复虔祷社坛，又复大雨如注，水盈三尺，始见天霁。陕西自泰定二年，至天历二年，其间更历五六载，只见日光，不闻雨声，累得四野槁裂，百草无生。这时遇了这位张中丞，泣祷天神，诚通冥漠，居然暗遣了风师雨伯，来救陕民，那时原隰润膏，禾黍怒发，一片赤地，又变青畴。看官！你想这陕西百姓，还有不感泣涕零，五体投地么？其时斗米值十三缗，百姓持钞出籴，钞色晦黑，即不得用，诣库掉换，刁吏党蔽，易十与五，且累日不能得，人民大困。养浩洞察民艰，立检库中旧钞，凡字迹尚清，可以辨认的钞数，得一千零八十五万五千余缗，用另印加钤，颁给市中，以便通用。又刻十贯五贯的钱券，给散贫乏，命米商视印记出粜，诣库验数，易作现银。于是吏弊不敢行。又率富民出粟，请朝廷颁行纳粟补官的新令，作为奖励。因此富民亦慨然发仓，救济穷民。养浩又查得穷民乏食，至有杀子啖母的奇情，为之大恸不已。遂出私钱给济。且命出儿肉遍示属官，责他不能赈贷。到官四月，未尝家居，止宿公署，夜则祷天，昼则出赈，几乎日无暇晷，每念及民生痛苦，即抚膺悲悼，因得疾不起，卒年六十。陕民如丧考妣，远近

衔哀，后追封滨国公，谥文忠。养浩为一代忠臣，所以始终全录。

话分两头，单说皇太子遣使施赈后，复将铁木儿补化辞职等情，报明行在。明宗谕阔儿吉思等道："修德应天，乃君臣当尽的职务，铁木儿补化等所言，甚合朕意。皇太子来会，当与共议，如有泽民利物的事件，当一一推行，卿等可以朕意谕群臣，务期上下交儆，仰格天心。"

于是监察御史把的于思，奏言"自去秋命将出师，戡定祸乱，凡供给军需，赏赉将士，所费不可胜计。若以岁入经费相较，所出已过数倍。况今诸王朝会，旧制一切供亿，俱尚未给，乃陕西等处，饥馑荐臻，饿莩枕籍，加以冬春交际，雨雪愆期，麦苗槁死，秋田未种，民庶皇皇。臣窃以为此时此景，正应勉力撙节，不宜妄费。如果有功必赏，亦须视官级崇卑，酌量轻重，不唯省费，亦可示劝。其近侍诸臣，奏请恩赐，当悉饬停罢，借纾民力"云云。明宗览奏，为之动容，乃诏令上下节用，并启跸入京，所过地方，一切供张，俱宜从俭等语。有司虽都奉敕，究竟不敢过省，沿途供应，彼此争华。明宗虽明，仍是莫名其妙，无非以为例所当然，得过且过罢了。

这边按站登途，已到王忽察都地方，那边皇太子亦率着群臣，到了行辕。两下相见，握手言欢，名分上原隔君臣，情谊上终系骨肉。恐怀王不作是想。明宗格外欢慰，遂大开筵宴，畅谈了好多时，兴阑席散，大家归寝。只燕帖木儿来见太子，又密谈了半夜。到底为着何事。太子尚踌躇未决，一连三日，方才决议。天历二年八月六日，天已迟明，明宗尚高卧未起。皇后八不沙，只道明宗连日劳顿，不敢惊动，待到巳牌，尚不闻有觉悟声，才有些惊讶起来。近床揭帐，不瞧犹可，仔细一瞧，顿吓得面无人色。原来此时的明宗，已七窍流血，四肢青黑，硬挺挺的奄卧床中。八不沙皇后，究系女流，被这一吓，连话语都说不出来。幸有侍女在旁，急报知近臣，令传太子入寝。

太子正与燕帖木儿同坐一室，静待消息。得了此信，即相偕趋入，见了明宗的死状，太子情不能忍，恰也恸哭起来。良心原是未泯。燕帖木儿恰从容说着道："皇帝已崩，不能复生，太子关系大统，千万不可张皇，现在回京要紧，倘一有不测，岂非贻误国家么？"说着，已向御榻间探望，见御宝尚在枕旁，便伸手取来，奉与太子道："这是故帝留着，传与太子，太子不妨速受。况皇后亲在此间，论起理来，亦应命交太子，责无旁诿，何庸推辞！"无非为了此着。此时的八不沙皇后，只知恸哭，管什么御宝不御宝。就

是燕帖木儿一派言语，亦未曾闻着。太子瞧这情形，料知皇后无能，遂老老实实的将御宝受了，并止住了哭，想去劝慰皇后。经燕帖木儿以目示止，遂也不暇他顾，径出行宫。燕帖木儿当即随出，扶太子上马，疾驰而去。途次传命伯颜为中书左丞相，并封太保，钦察台、阿儿思兰海牙、赵世延，并为中书平章政事，朵儿只为中书右丞，前中书参议阿荣，太子詹事赵世安，并为中书参知政事，前右丞相塔失铁木儿知枢密院事，铁木儿补化及上都留守铁木儿脱并为御史大夫。御玺到手，即易大臣，可谓如见肺肝。于是明宗所用的一班旧臣，又复束诸高阁，归去来兮。

及太子既到上都，监察御史徐奭，遂上书劝进，略言天下不可一日无君，神器不可一夕虚悬，先皇帝奄弃臣庶，已逾数日，伏望皇上早正宸极，上奠宗社，下安兆民，俾中外有所依归等语。蓄志久矣，何庸尔请。乃复择吉登位，亲御大安阁，受诸王百官朝贺。免不得又有一道诏敕，其文云：

> 朕唯昔上天启我太祖皇帝，肇造帝业，列圣相承。世祖皇帝，既大一统，即建储贰，而我裕皇天不假年！成宗入继，才十余载。我皇考武宗，归膺大宝，克享天心，志存不私，以仁庙居东宫，遂嗣宸极。甫及英皇，降割我家。晋邸违盟搆逆，据有神器，天示谴告，竟陨厥身。于是宗戚旧臣，协谋以举义，正名以讨罪，揆诸统绪，属在藐躬。朕兴念大兄播迁朔漠，以贤以长，历数宜归，力拒群言，至于再四。乃曰：艰难之际，天位久虚，则众志勿固，恐隳大业。朕虽从请而临御，实秉初志之不移，是以固让之诏始颁，奉迎之使已遣。寻命阿剌忒纳失里燕帖木儿奉皇帝宝玺，远迓于途。受宝即位之日，即遣使授朕皇太子宝。朕幸释重负，实获素心，乃率臣民北迎大驾。而先皇帝跋涉出川，蒙犯霜露，道里辽远，自春徂秋，怀险阻于历年，望都邑而增慨。徒御勿慎，屡爽节宣。信使往来，相望于道路。彼此思见，交切于衷怀。八月一日，大驾次王忽察都，朕欣瞻对之有期，独兼程而先进。相见之顷，悲喜交集，何数日之间，而宫车勿驾，国家多难，遽至于斯，念之痛心，以夜继旦！欺人乎！欺己乎！诸王大臣以为祖宗基业之隆，先帝付托之重，天命所在，诚不可违，请即正位以安九有。朕以先皇帝奄弃方新，摧怛何忍，衔哀辞对，固请弥坚。执谊伏阙者三日，皆宗社大计，乃以八月

十五日，即皇帝位于上都。可大赦天下，自天历二年八月十五日昧爽以前，罪无轻重，咸赦除之。于戏！戡定之余，莫急乎与民休息；丕变之道，莫大乎使民知义，亦唯尔中外大小之臣，各究乃心，以称朕意！

即位诏下，又命中书省臣等，议定先帝庙号，叫作明宗。可怜明宗称帝，只七阅月，连改元的诏旨，都未及下，竟尔被人暗算，中毒身亡！年仅三十，空留了一个明字，作为尊号！其实这明字尚未切贴；若果甚明，何致为图帖睦尔及燕帖木儿两人一同谋毙呢？坐实两人谋毙，书法无隐。

话休叙烦，且说图帖睦尔既已正位，此次情形，与前次不同。前次犹称暂摄，此次正名定分，实行帝制，因他后来庙号，叫作文宗，小子不好仍称怀王，只得沿号文宗。划清眉目。文宗首命阿荣、赵世安两人，督建龙翔集庆寺于建康，又派台臣前往监工，南台御史恰联衔奏阻，说得剀切详明，不由文宗不从，其词道：

陛下龙潜建业，居民困于供给，幸而获睹今日，莫不跂望非常之恩。今夺民时，毁民居，以创佛寺，台臣表正百官，委以监造，岂其礼哉？昔汉高祖复丰沛两县，光武帝免南阳税三年，今不务此，而隆重佛教，何以慰斯民之望？且佛教慈悲方便，今尊佛氏而害生民，无乃违其教乎！臣等心以为危，故不避斧钺，惶恐上陈！

寻得诏旨，罢免台臣监役，台臣方免得往返，也算文宗肯纳嘉言了。但文宗的心中，总想皈依佛教，忏除一切罪戾。推刃同胞，宜乎自惵。所以余政未修，先已建寺。并因帝师圆寂，改立西僧辇真乞剌思为帝师。新帝师自西域到来，文宗命朝臣出迎，凡位列一品以下，俱应此役。帝师却大模大样，乘车入都。既登殿，文宗亦恭立门内，亲揖帝师，帝师傲睨自若，不过略略合掌，便算答礼。及入座，由文宗饬谕，命大臣俯伏进觞，帝师又傲然不为动。恼动了国子祭酒富珠里翀，大踏步走至帝师座前，满满的斟了一觥，递与帝师道："帝师祖奉释迦，是天下僧人的宗师，我祖奉孔子，是天下儒人的宗师，彼此各有所宗，各不为礼，想帝师亦应原谅！"帝师闻言，无从驳辩，却一笑起身，受觞卒饮，大众为之慄然。富珠里翀恰徐徐的退入班中去

了。难倒帝师。

文宗也不加斥责，尽欢而罢。嗣以燕帖木儿，功勋无比，追封三代，以他曾祖父班都察为溧阳王，曾祖妣王龙彻，为溧阳王夫人，祖父土土哈为升王，祖妣太塔你，为升王夫人；父床兀儿为扬王，母也先帖你及继母公主察吉儿并为扬王夫人。又命礼部尚书马祖常，铺张燕帖木儿功绩，制文立石，矗峙北郊。嗣复因种种赏赐，未足报功，特命专任宰辅，改伯颜知枢密院事，罢设左丞相，并颁诏以示宠眷道：

燕帖木儿勋劳唯旧，忠勇多谋，奋大义以成功，致治平于期月，宜专独运以重秉钧，授以开府仪同三司上柱国太师太平王答剌罕中书右丞相，录军国重事，监修国史，提调燕王宫相府事，大都督领龙翊亲军都指挥使司事。凡号令、刑名、选法、钱粮、造作一切中书政务，悉听总裁。诸王公主驸马近侍人员，大小诸衙门官员人等，敢有隔越奏闻，以违制论，特诏。

自是燕帖木儿权势日隆，凡所欲为，无不如意，因此宫廷内外，只知有太平王，不知有文宗。正是：

拥戴功高无与匹；威权日甚易生骄。

欲知文宗此后行政，且从下回交代。

明宗即位和宁，观其所颁诏令，无非普通行政，并不闻有暴虐之行，致干民怨，而王忽察都之信宿，即致暴崩。值春秋鼎盛之时，遇此极大变故，而皇太子不加追究，右丞相亦未发言，且取得御宝，即上马南驰，此非太子、右相之暗中加毒，能如是之默尔而息乎？太子未曾登极，即易旧臣，机一至而即发，情欲盖而弥张。至于内省多疚，欲假佛事以忏过，佛果有灵，岂为乱贼呵护乎？获罪于天，祷亦何益，多见其不知量也。

第四十四回　怀妒谋毒死故后　立储君惊遇冤魂

却说文宗天历三年，改元至顺。其时明宗后自漠北返京，文宗迎居宫中，敕有司供币帛二百匹，作为资用，并命明宗子懿璘质班一作额林沁巴勒。为鄜王。懿璘质班年才五岁，系明宗嫡子，乃八不沙皇后所出。还有一子名妥欢帖睦尔，一作托叹特穆尔。比懿璘质班年纪较长，其母名叫迈来迪，相传迈来迪系北方娼妇，前宋恭帝赵㬎，被虏至京，受封瀛国公，赵㬎安居北方，平日无事，未免寻花问柳，适见迈来迪姿容韶丽，遂与她结成外眷，产下一子，便是妥欢帖睦尔。嗣赵㬎病殁，迈来迪华色未衰，被明宗和世㻋所见，纳为侍妾，载与同归。妥欢帖睦尔随母入侍，子以母贵，居然为明宗长子。俗语所谓拖油瓶。因此明宗左右，啧有烦言，至是亦同入宫中。文宗却也不欲穷诘，待遇如犹子一般。任他出入宫禁，抚养成人。不过懿璘质班是嫡子，妥欢帖睦尔为庶子，嫡庶不能无别，所以一封王，一不封王，这且不必细表。

就中单说八不沙皇后，虽入宫中，受着文宗的敬礼，奈心中不无怨怼，有时暗中流泪，有时对人微言，文宗虽略有所闻，倒也不暇理睬。只文宗后卜答失里与八不沙本不相亲，此时同住宫中，面上似属通融，意中不无芥蒂。这是娣姒常态。彼此相见，免不得暗嘲热讽，冷语交侵。看官！你想这八不沙皇后，本是没甚材干，遇着这等尴尬的遭际，又不能处之泰然，每不如意，辄迁怒左右，侍女们有何知识，得着主宠，便是喜欢，逢着主怒，便是

懊恼，哪个肯体心贴意，曲意奉承？况八不沙是个过去的皇后，留住宫中，好似一个寄生虫，怎及得卜答失里系当时国母，节制六宫？所以八不沙一言一动，统由侍女们传报，卜答失里遂无乎不知。非平时揣摩世态、不能如此详明。

冤家有孽，偏出了一个太监，与八不沙硬做对头，这太监的名字，与英宗时的贤相拜住同一大名。这正是名同心不同呢。某日太监拜住，在宫中往来，巧遇着八不沙皇后，他也不上前请安，反在旁边立着，指手画脚，与小太监调笑。八不沙皇后，不禁气恼，便向他呵叱道："你是一个区区太监，也敢这般无礼！人家欺负我，是我命苦所致，似你这厮，也看我是奴仆一般！罢罢！你等仗着皇后威势，竟尔无法无天，须知我也是个皇后，不过先帝忠厚，不甚防着，反被那狗男女从中暗算，仓猝崩逝，难道皇天无眼，作善罹殃，作恶反得降祥？泰山有坍倒的日子，你等应留着余地，不要有势行尽呢！"妇女口吻，亏他描摹。说罢，负气竟去。

这太监拜住恰冷笑了几声，又慢腾腾地走入中宫，见了皇后卜答失里，便跪倒地上，呜呜咽咽的哭将起来。忽笑忽哭，写尽奸刁。卜答失里本宠爱拜住，瞧着这副情状，便问道："你受何人委屈，来到我处诉苦？"拜住道："奴婢不敢说！"卜答失里道："叫你说你却不说，你为何向我来哭？你莫非逞刁不成？"拜住磕头道："奴婢怎敢！只此事关系甚大，不说不可，欲说又不可。"卜答失里道："你尽管说来，有我作主何妨！"拜住才将八不沙皇后所言，转述一遍，且捏造几句詈词，惹动卜答失里盛怒，陡然起座，拟至八不沙皇后处，与她评理。拜住恰又劝阻。刁狡之极。

卜答失里顿足道："我与她势不两立，定要她死在我手，方出胸中恶气！"拜住道："这亦不难，总教禀明皇上，赐她自尽，便可了案。"卜答失里道："我也曾说过几次，奈皇上不肯见从，奈何！"拜住道："从太子入手，便好行事。"卜答朱里沉吟道："你且起来，好好商酌为是。"拜住顿首起立。经卜答失里屏去侍女，密与拜住商量。拜住道："皇子虽幼，然将来总是储君，现在鄘王已立，同处宫禁，势必从旁窥伺，倘或皇上舍子立侄，如皇子何！如皇后何！"卜答失里道："我亦防这一着，目今计将安出！"拜住道："只教禀闻皇上，但说明宗皇后潜结内外，谋立鄘王为太子，不怕皇上不信！"卜答失里道："皇上曾有立侄的意思，倘若弄假成真，如何是好？"拜住道："明宗暴崩，谣言蜂起，多说太平王燕帖木儿主谋，连皇上

亦牵累在内，就是明宗皇后，也怀着疑心，所以语中含刺，我想皇上让德昭彰，断不如群情所料，若把此言一一奏闻，管教皇上动气，早些斩草除根，免得后患！”卜答失里尚在摇头，拜住道：“再进一层，竟说她谋为不轨，将不利皇上，皇上莫非再让不成！”谗人罔极。

卜答失里不禁点首，便令拜住暂退，自己待文宗入宫，便一层一层的详告。文宗虽是动怒，然不肯骤用辣手，经卜答失里婉劝硬逼，弄得文宗心思亦被她摇惑起来。俗语说得好，枕席之言易入，况加以父子夫妇，关系生死，就是铁石人也要动心。不由得叹息道：“凡事不为已甚，我已为燕帖木儿所惑，做到不仁不义；目今又被势逼，教我再做一着，岂不是已什么？但箭在弦上，不得不发，我只好将错便错罢了！”误尽世人，莫如此言。便语皇后卜答失里道：“据你说来，定要处死八不沙皇后，但我心终属未忍。宁可由别人去处置她，我却不好自行赐死！”分明是教她矫诏。卜答失里无言。

到了次日，文宗自去视朝，卜答失里即召拜住密议，并将文宗语述毕。拜住道：“皇上太属仁慈，此事只可由皇后作主。”卜答失里道：“你叫我去杀她么？”拜住道：“请皇后传一密旨，只说皇上有命，赐她自尽，她向何人去说，只好自死罢了。”卜答失里道：“事果可行么？”拜住道：“何不可行？皇上决不为难。”卜答失里道：“你与我小心做去，何如？”

拜住遂出，拟好密旨，并亲携酖酒，径向八不沙皇后处行来。八不沙皇后梳洗才毕，骤见拜住入内，令她跪读诏旨，不禁战慄起来。拜住怒目道：“快请受诏，以便复命！”八不沙皇后无可奈何，只得遵命跪着，由拜住宣读诏敕，乃说她私图不轨，谋立己子，应恩赐自尽等语。八不沙抚膺恸哭道：“既杀我先皇，又要杀我，我死，必作厉鬼以索命！”言至此，即从拜住手夺过酖酒，一饮而尽。须臾毒发，身仆地上，拜住由她暴毙，竟回报卜答失里。卜答失里很是快慰。及文宗闻知，只说八不沙皇后，暴病身亡，文宗明知有变，但绝了后来的祸根，也是惬意的多，失意的少。既忍杀兄，遑问其嫂。

卜答失里遂欲正名定分，立子阿剌忒纳答剌一作喇特纳达喇。为太子，文宗倒也应允。先将八不沙皇后的丧葬，草草理毕，然后安排册命。正拟命太常各官，议定册立太子礼仪，偏皇后卜答失里，与太监拜住，计上生计，又复想出了一种毒谋。他想鄜王懿璘质班，与妥欢帖睦尔尚处宫中，究竟不是

了局，拟将他驱逐出外，拔去了眼中钉，庶几始终无患，遂日向文宗前絮聒，把祸福利害的关系，反复密陈。文宗以两人年尚幼弱，不便遣发，只说是从缓再商。文宗尚有良心。卜答失里总不肯放手，暗中唆使妥欢帖睦尔的乳母，叫她告知其夫，入见文宗，略言妥欢帖睦尔实非明宗所出，娼妓杂种，如何冒充天潢，自乱血统？且明宗在日，已欲将他驱逐，此刻正宜慎重名义，休使一误再误呢。于是文宗下令，将妥欢帖睦尔母子逐出，东戍高丽，幽居大青岛中，不准与人往来。去了一个。

妥欢帖睦尔既去，只有一个懿璘质班，孤苦伶仃，无人抚字。卜答失里还想将他调开，偏偏文宗不从。拜住复献计道："一个小孩子，晓得什么计策？只教糕饵中间，稍置毒药，便可将他酖死。"言未毕，忽似有人从后猛击，竟致头晕目眩，跌仆地上。卜答失里大为惊讶，忙令侍儿搀扶拜住，不防拜住反瞋目怒叱道："哪个敢来救他？他是一个小太监，恃宠横行，谋死了我，还要谋死我子么？"这语一出，吓得卜答失里牙床打战，面色似灰。拜住又戟指痛詈道："都是你这狠心人，妄逞机谋，欲将我母子置诸死地，所以家奴走狗，亦得肆行无忌，巧图迎合。须知天下是我家的天下，你等害我先皇，夺我帝位，还嫌不足，又将我矫旨酖死，我死得好苦吓！"说至此，槌胸大哭。嗣复惨然道："可怜我夫妇两人，俱遭你等毒毙，现只剩了一个血块，年只四五龄，你等亦应存点天良，好好顾全了他。人生修短，就使有数，总不该死于你手！此语为后文埋根。你道害了我子，你子便得长寿延命，万岁为君么？你且看着，我先索了贼奴的性命，回去再说！"言毕，即寂然不动。至卜答失里渐定惊魂，再将拜住仔细一瞧，已经满口皆血，嚼舌而死。厉鬼未尝无有，并非作者迷信。

自是六院深宫，常带阴气，一班宫娥彩女，互相惊吓，不是说有鬼啸声，就是说有鬼履痕，白昼时结侣呼群，方敢进出，夜静时关门闭户，尚觉阴沉。这是疑心生暗鬼。卜答失里由惊生畏，由畏生忧，遂与文宗商议，欲向帝师前亲受佛戒。文宗本已心虚，又闻宫中时常见鬼，也觉毛发森然。至此闻皇后言，自然满口应允，当下告知帝师辇真乞剌思，择日受戒。辇真乞剌思无不从命。届期请帝师入兴圣殿，由文宗率着皇后，及皇子阿剌式纳答剌，俱到坛前行受戒礼。好在一切仪制，都有成例可援，不过由太常官稍费手续，僧徒辈多念真言，便算大礼告成了。文宗又命懿璘质班，也受了佛

戒。满望慈航普渡，保合太和，宫内一切人等，也以为如来默护，可以消除魔障，纵有鬼物，不敢为殃，自此化怪为常，稍稍镇静。文宗遂封皇子阿剌忒纳答剌为燕王，立宫相府，命燕帖木儿总领府事。外无异议，内无妖孽，恰安安稳稳的度将过去。从此一心信佛，命西僧作佛事于明智殿，自四月朔日起，命至腊月方罢。

会故相铁木迭儿子锁住，复夤缘干进，得为将作使，他因将作使一职，位微秩卑，尚不满欲，因与弟观音奴，阴谋作乱。无如势孤力弱，一时无从发难，乃与姊夫太医使野理牙，暗谋镇魔。适闻宫中有鬼作祟，益滋迷信，以为乘机厌禳，应较灵验。野里牙姊阿纳昔木思，素信道教，遂向道教徒侣，乞得符箓数张，在庭中设起神坛，上供北斗星君牌位，朝夕顶礼，口中所祝，无非祈君相速死，另易真命天子，制治天下等语。可谓愚甚。还有前刑部尚书乌马喇，前御史大夫孛罗，及前上都留守马儿，统失职闲居，各怀怨望，这数人平日，与锁住等很是莫逆，至此闻锁住得了此法，相率赞成。哪知事机不密，竟被别人举发，当由燕帖木儿奏报文宗。看官！你想锁住等人，还能幸免么？缇骑一发，先将锁住、观音奴、野理牙三人逮问，中书省臣严刑审讯，后核得乌马喇、孛罗、马儿及野理牙姊阿纳昔木思等，一同与谋。随将他四人一并拿至，讯明属实，律以呪诅主上，大逆不道的罪名，便将他推出正法。

一波未了，一波已起，知枢密院事阔彻伯、脱脱木儿，通政使只儿哈郎，翰林学士承旨伯颜也不干，燕王宫相斡罗思，中政使尚家奴秃乌台，右阿速卫指挥使那海察拜住等，以燕帖木儿专权自盗，不忍坐视。意欲兴甲问罪，入清君侧，偏被燕帖木儿的爪牙，名叫也的迷失脱迷，洞察异图，先行密报。燕帖木儿先发制人，即率兵掩捕，共获住十二人，尽行弃市，并将他家产籍没充公。螳臂当车，自不量力。

诸王大臣等，以内乱叠平，统向太平王处贺喜。燕帖木儿，也率文武百官，暨耆老僧道，伏阙上书，请文宗宏加尊号。文宗也觉增欢，俯允所请，遂亲御大明殿，由燕帖木儿等奉玉册玉宝，上尊号曰："钦天统圣至德诚功大文孝皇帝"。弑兄杀嫂的美名，何不加入。御史台臣，又思踵事增华，请立燕王为皇太子。文宗道："朕子尚幼，非裕宗为燕王时比，俟缓日再议。"

过了月余，复由诸王大臣，吁请立储。文宗又道："卿等所言，未尝不

是，但燕王尚幼，恐他识虑未弘，不堪负荷，稍从缓议，当亦未迟。”廷臣以再请未允，不欲再言，奈皇后卜答失里，急欲立子，暗中通知诸王大臣，令他续请，自己亦乘间力陈，请文宗速从群议，以餍舆望。胆又放大了。文宗不好固执成见，乃先令太保伯颜，祭告宗庙，然后立燕王阿剌忒纳答剌为皇太子，礼成逾日，忽皇太子生起病来，热了三日三夜，全身露出红斑，仿佛似痘疹一般，急得帝后日夕不安。正在床前视疾，蓦闻皇太子大叫道：“你想立太子么？我两人特来索命呢！”文宗闻着，不觉惊倒床上。小子有诗咏道：

弑兄杀嫂太无良，用尽机能反惹殃。
我劝世人休昧己，人谋不及鬼谋臧！

毕竟文宗性命如何，且从下回说明。

八不沙皇后之死，谁杀之？文宗后卜答失里，及宦者拜住杀之也。史家多归罪卜答失里；吾谓卜答失里之罪犹居其次，为罪首者实文宗耳。明宗后之为厉鬼，史笔虽无明文，然无辜被逼，饮酖以终，鬼而有知，能不为厉乎！郑人相惊以伯有，子产明其为厉。夫伯有罹可死之罪，犹且如此，况饮恨如明宗后，必谓其无能为厉，识者亦知其未然也。若以本回为无端臆造，荒诞不经，试观文宗崩后，燕王虽殇，次子犹在，皇后卜答失里，胡竟命立鄜王，甘舍己子？及鄜王骤薨，又命迎立妥欢帖睦尔，非彼此隐怀畏惧，能如是之改行为善乎？揆情度理，必由明宗帝后，暗中为祟，有以慑其魄而褫其神耳。从无生有，即似寓真，是谓之善演史。

第四十五回　平全滇诸将班师
避大内皇儿寄养

却说文宗被冤魂一吓，惊倒床上，几乎晕厥过去。慌得皇后卜答失里，没了主意，忙匍匐床前，口称该死，只求先皇先后，休念前嫌，保护太子性命要紧。但听太子冷笑道："早知今日，何必当初？你夫妇瞒心昧己，毒死我等，今朝权在我手，看你等再能害我么？"卜答失里又跪求道："如能保全太子，愿做佛事三年，超荐先灵。"全然妇女口吻。太子又冷笑道："佛事么？只可欺人，不能欺鬼，我要索命，任你做佛事三十年，也无用处。"卜答失里又道："先皇后如不肯饶恕，宁可将我作代，皇子无知，还乞矜宥！"太子又道："似你狼心狗肺，自有现世的报应，不劳我辈出力。"隐伏后文。卜答失里还是磕头不已，太子复唏嘘道："你既撇不掉你子，且再宽假数日，再作区处。"言已寂然。

斯时文宗亦已起床，闻得一派鬼言，不禁自怨自悔。寻见卜答失里尚是跪着，乃流泪道："你可起来，前事已经做错，跪求亦恐无益。"卜答失里方才起身，瞧着文宗下泪，也觉满腹悽惶。转抚太子身上，仍同火炭一般，似醒非醒，似寐非寐，叫了数声，亦不见回答，急得无法可施，与文宗泪眼相对。文宗道："我初意原不欲立储，为了内外交迫，乃成此举。看来先兄先嫂不肯容我过去，我只好改立皇侄，隐妥先灵，或可保全儿命呢。"卜答失里道："如果皇子病愈，总可改易前议。"

正商议间，忽外面呈入奏报，乃是豫王从云南发来，详述军情。当由文

宗披阅，军事甚是得手，请皇上不必忧虑等语。文宗心下少慰，遂属皇后善视病儿，自出宫视朝去了。

先是上都告变，各省多怀贰心，至燕帖木儿等战胜上都，内地方称平静。四川平章囊嘉岱，前曾僭称镇西王，四出骚扰。应四十一回。至明宗即位，由文宗遣使诏谕，囊嘉岱方束手听命，削王称臣。及明宗暴崩，文宗又复登极，闻囊嘉岱又有违言，乃召他入朝，诡称朝廷将加重任，囊嘉岱信为真言，动身离蜀。一出蜀道，便由地方官吏，奉着密诏，将他擒住，槛送入都。由中书省臣案问，责他指斥乘舆，立即枭首，籍没家资。

这消息传到云南，诸王秃坚，大为不服，遂与万户伯忽、阿禾等谋变。传檄远近，声言：文宗弑兄自立，及诱杀边臣等情弊；遂兴兵攻陷中庆路，将廉访使等杀死，并执左丞忻都，胁署文牍。一面自称云南王，以伯忽为丞相，阿禾等为平章等官，立城栅，焚仓库，拒绝朝命。

文宗闻警，乃以河南行省平章乞住，为云南行省平章八番顺元宣慰使，帖木儿不花为云南行省左丞，率师南讨，命豫王阿剌忒纳失里，监制各军。

时有云南土官禄余，骁勇绝伦，名震各部，文宗令豫王妥为招徕，夹攻秃坚。禄余初颇听命，招集各部蛮军，效力出征，连败秃坚军，有旨授他为宣慰使，并云南行省参知政事。不防秃坚亦暗中行赂，买嘱禄余，教他背叛元廷。禄余贪利如命，竟归附秃坚，率蛮兵千人，拒乌撒、顺元界，立关固守。

是时重庆五路万户军，奉豫王调遣，入云南境，为禄余所袭，陷入绝地，死得干干净净。千户祝天祥，本为后应，亏得迟走一步，得了前军败耗，仓猝遁还。事为元廷所闻，再遣诸王云都思帖木儿，调集江浙、河南、江西三省重兵，与湖广行省平章脱欢，合兵南下。诸路兵马，尚未入滇，帖木儿不花，又被罗罗思蛮，邀击途次，斩首而去，云南大震。

枢密院臣奏言秃坚、伯忽等势益猖獗，乌撒、禄余亦乘势连约乌蒙、东川、茫部诸蛮，进窥顺元，请严饬前敌各兵，兼程前进，并饬边境慎固防守云云。于是文宗又颁发严旨，命豫王阿纳忒剌失里等，亟会诸军进讨。且以乌蒙、乌撒及罗罗思地，近接西番，与碉门安抚司相为唇齿，应饬所属军民，严加守备。又命巩昌都总帅府分头调兵，戍四川开元、大同、真定、冀宁、广平诸路，及忠翊侍卫左右屯田。那时军书旁午，烽燧谨严，战守兼

资，内外巩固。

云南茫部路九村夷人，闻大军陆续南来，料知一隅小丑，不足抵御，乃公推头目阿斡阿里，诣四川行省，自陈本路旧隶四川，今土官撒加伯，与云南连叛，民等不敢附从，情愿备粮四百石，丁壮千人，助大军进征。当由四川省臣据实奏闻，文宗以他去逆效顺，厚加慰谕。

自此遐迩闻风，革心洗面，豫王阿纳忒剌失里，及诸王云都思帖木儿，分督各军，同时并集。还有镇西武靖王搠思班，系世祖第六子，亦领兵来会，差不多有十余万人，四面进攻。

先夺了金沙江，乱流而渡，既达彼岸，遇着云南阿禾军，并力冲杀，阿禾抵敌不住，夺路溃退，官军哪里肯舍，向前急追。弄得阿禾无路可逃，只好舍命来争，猛被官军射倒，擒斩了事。

进至中庆路，又值伯忽引兵来战，两军相遇于马金山，官军先占了上风，如排山倒海一般，掩杀过去。伯忽虽然勇悍，怎禁得大军压阵，势不可当。又况所统蛮军素无纪律，胜不相让，败不相救。看看官军势大，都纷纷如鸟兽散。剩得伯忽孤军，且战且行，正在势穷力蹙的时候，斜刺里忽闪出一支伏兵，为首一员大将，挺枪入阵，竟将伯忽刺死马下。这人非别，乃是太宗子库腾孙，曾封荆王，名叫也速也不干，他与武靖王搠思班，同镇西南。至是闻大军进讨，他竟带领亲卒，逸出伯忽背后，静悄悄的伏着，巧巧伯忽败走，遂乘机杀出，掩他不备，刺死伯忽。

当下与豫王等相会，彼此欢呼，合军再进，直入滇中。秃坚走死，禄余远遁。云南战事，无甚关系，所以随笔叙过。乃遣使奏捷，回应上文。且请留荆王镇守，撤还余军。

文宗视朝，与中书省臣等会议，佥云南征将士，未免疲乏，应从豫王等言。乃命豫王等班师还镇，留荆王屯驻要隘，另遣特默齐为云南行省平章，总制军事。

特默齐抵任后，复遣兵搜剿余孽，适值罗罗思土官撒加伯，潜遣把事曹通，潜结西番，欲据大渡河，进寇建昌。特默齐急檄云南省官跃里铁木儿，出师袭击，将曹通杀毙，又一面令万户统领周戡，直抵罗罗思部，控扼西番及诸蛮部。土官撒加伯，无计可施，竟落荒窜去。

既而禄余又出招余党，进寇顺元等路。云南省臣，以禄余剽悍异常，欲

诱以利禄，招他归降。乃遣都事诺海，至禄余砦中，授以参政制命。禄余不受，反将诺海杀死。都元帅怯烈，素有勇名，闻诺海遇害，投袂奋起，夤夜进兵，击破贼砦，杀死蛮军五百余人。秃坚长弟必剌都古象失，举家赴水死，还有幼弟二人，及子三人，被怯烈擒住，就地正法。只禄余不知下落，大约是远奔西裔了，余党悉平，云南大定。了结滇事。

文宗以西南平靖，外患已纾，倒也可以放心。只太子阿剌忒纳答剌疹疾未痊，反且日甚一日，有时热得发昏，仍旧满口谵语，不是明宗附体，就是八不沙皇后缠身。太医使朝夕入宫，静诊脉象，亦云饶有鬼气，累得文宗后卜答失里祈神祷鬼，一些儿没有效验，她已智尽能索，只好求教帝师，浼她忏悔。帝师有何能力，但说虔修佛事，总可挽回，乃命宫禁内外，筑坛八所，由帝师亲自登坛，召集西僧，极诚顶礼。今日拜忏，明日设醮，琅琅诵经，喃喃呪呪，阖宫男妇，没一个不斋戒，没一个不叩祷，吁求太子长生。连皇后卜答失里，时宣佛号，自昼至暮，把阿弥陀佛及救苦救难观世音等梵语，总要念到数万声。佛口蛇心，徒增罪过。怎奈莲座无灵，杨枝乏力，任你每日祷禳，那西天相隔很远，何从见闻。

卜答失里无可奈何，整日里以泪洗面，起初尚求先皇先后保佑，至儿病日剧，复以祝祷无功，改为怨诅。一夕坐太子床前，带哭带詈，忽见太子两手裂肤，双足捶床，怒目视后道："你还要出言不逊么？我因你苦苦哀求，留你儿命，暂延数天，你反怨我骂我，真是不识好歹！罢罢！似你这等狠妇，总是始终不改，我等先索你长儿的性命，再来取你次儿，教你看我等手段罢！"原来文宗已有二子，长子名阿剌忒纳答剌，次子名古纳答剌，两子都尚幼稚。此次卜答失里闻了鬼语，急得什么相似，忙遣侍女去请文宗。

文宗到来，太子又厉声道："你既想做皇帝，尽管自做便罢，何必矫情干誉，遣使迎我？我在漠北，并不与你争位，你教使臣甘言诶词，硬要奉我登基。既已忌我，不应让我，既已让我，不应害我，况我虽曾有嗣，也不忍没你功劳，仍立你为皇太子，我若寿终，帝位复为你有，你不过迟做数年，何故阴谋加害？害了我还犹是可，我后与你何嫌？一个年轻孀妇，寄居宫中，任她有什么能力，总难逃你手中。你又偏信悍妇，生生的将她酖死，全不念同胞骨肉，亲如手足？你既如此，我还要顾着什么？"文宗至此，也不禁五体投地，愿改立鄌王为太子。只见太子哈哈笑道："迟了！你也隐受天

谴了。善有善报，恶有恶报，积因成果，莫谓冥漠无知呢！”暗伏文宗崩逝之兆，然借此以唤醒世人，恰也不少！

文宗尚欲有言，太子已两眼一翻道：“我要去了！你子随了我去，此后你应防着，莫再听那长舌妇罢！”这语才毕，文宗料知不佳，急起视太子，已经喘做一团，不消半刻，即兰摧玉折了。看官！你想此时的文宗，及皇后卜答失里心下不知如何难过。呼吁原是没效，懊悔也觉无益，免不得抚尸恸哭，悲痛一回。

文宗以情不忍舍，召绘师图画真容，留作遗念。兄嫂也是骨肉，如何忍心毒死！一面特制桐棺，亲自视殓，先把儿尸沐以香汤，然后着衣含玉，一切仪式，如成人一般。后命宫内广设坛场，召集西僧百人，追荐灵魂。忙碌了好多日，乃令宫相法里，安排葬事，发纼时，役夫约数千名，单是舁送灵輴人夫，也有五十八人，差不多如梓宫奉安的威仪。俟祔葬祖陵后，又饬营庐墓，即嘱法里等守护。一面将太子木主，供奉庆寿寺，仿佛与累朝神御相等。视子若祖考，慈孝倒置。

丧葬才毕，次儿古纳答剌，又复染着疹疾，病势不亚皇储。这一惊非同小可，不但文宗帝后，捏了一把冷汗，就是宫廷内外，也道是先皇先后不肯放手，顿时风声鹤唳，无在非疑，杯影蛇弓，所见皆惧。文宗图帖睦尔及皇后卜答失里凄凄惶惶，闹到发昏第一章，猛然记起太平王燕帖木儿足智多谋，或有意外良法，乃亟命内侍宣召。燕帖木儿如命即至，由文宗帝后与他熟商。奈燕帖木儿是个阳世权臣，不是冥中阎王，至此也焦思苦虑，想不出什么法儿。及见帝后两人，衔着急泪，很是可悲，乃委婉进言道：“宫中既有阴气，皇次子不应再居，俗语有道，趋吉避凶，据臣看来，且把皇次子避开此地，或可化凶为吉。”文宗道：“何处可避？”燕帖木儿道：“京中不乏诸王公主，总教老成谨慎，便可托付。”皇后卜答失里即插口道：“最好是太平王邸中，我看此事只可托付了你，望你勿辞！”燕帖木儿道：“臣受恩深重，敢不尽力！但在臣家内，恐怕有亵，还求宸衷再酌！”文宗道：“朕子即卿子，说什么亵渎不亵渎！”燕帖木儿又道：“臣家居比邻，有一吉宅，乃是诸王阿鲁浑撒里故居，今请陛下颁发敕令，将此宅作为皇次子居第，俾臣得以朝夕侍奉，岂不两便！”文宗道：“故王居宅，未便擅夺，不如给价为是。”燕帖木儿道：“这是皇恩周浃，臣当代为叩谢。”说罢，便跪地叩首。

文宗亲手搀扶，叫他免礼，且面谕道："事不宜迟，就定明日罢。"燕帖木儿领旨而出，即夕办理妥当，布置整齐。次日巳牌，又复入宫，当即备一暖舆，奉皇次子古纳答剌卧舆出宫。小子有诗咏道：

频年忏悔莫消灾，无怪皇家少主裁。
幸有相臣多智略，奉儿载出六宫来。

毕竟皇次子能否病愈，容俟下回续叙。

云南之变，声讨文宗，可谓名正言顺。事虽未成，亦足以褫文宗之魄，故本回于秃坚等有恕词。唯禄余反复无常，心怀叵测，且系群蛮首领，有志乱华，所以特别加贬耳。至于太子殁后，次子复遇疹疾，史称市阿鲁浑撒里故宅，令燕帖木儿奉皇子居之，后儒不察，以为遣子寄养，蹈汉覆辙。夫文宗溺爱情深，观于太子之逝，丧葬饰终，何等郑重，顾肯以子遗之次子，寄养他家乎？揆其原因，必由宫中遇祟，连日未安，一儿已殇，一儿又病，不得已而出此，著书人从明眼窥出，既足以补史阙，复足以儆世人。是固有心人吐属，非好谈鬼怪也。

第四十六回　得新怀旧人面重逢 纳后为妃天伦志异

却说皇次子古纳答剌，由燕帖木儿护送出宫，当至阿鲁浑撒里故第，安居调养。随来的宫女，约数十人，复从太平王邸中，派拨妇女多名，小心侍奉，还有太平王继母察吉儿公主，及所尚诸公主等，也晨夕过从，问暖视寒，果然冤魂不到，皇子渐瘳。燕帖木儿奏达宫中，帝后很是心喜，立赐燕帖木儿及公主察吉儿各金百两，银五百两，钞二千锭。就是燕帖木儿弟撒敦，也得蒙厚赉。又赐医巫乳媪宦官卫士六百人，金三百五十两，银三千四百两，钞三千四百锭。各人照例谢赏，正是天恩普及，舆隶同欢。

文宗又命在兴圣宫西南，筑造一座大厦，作为燕帖木儿的外第，并在虹桥南畔，建太平王生祠，树碑勒石，颂德表功。又宣召燕帖木儿子塔剌海，入宫觐见，赐他金银无算，命为帝后养子。一面令皇次子古纳答剌，改名燕帖古思，与燕帖木儿上二字相同，表明义父义子的关系。父子应避嫌名，元朝定例，偏以同名为亲属，也是一奇。燕帖木儿入朝辞谢，文宗执手唏嘘道："卿有大功于朕，朕恨赏不副功；只有视卿如骨肉一般，卿子可为朕子，朕子亦可为卿子，彼此应略迹言情，毋得拘泥。"自己的亲兄，恰可毒死，偏引外人为骨肉，诚不知是何肺肝！燕帖木儿顿首道："臣子已蒙皇恩，不敢再辞，若皇嗣乃天演嫡派，臣何人斯，敢认作义儿？务请陛下收回成命！"文宗道："名已改定，毋庸再议！朕有易子而子的意思，愿否由卿自择，"燕帖木儿拜谢而出。

过了数日，太平王妃忽然病逝。文宗亲自往吊，并厚赠赙仪。丧葬才

毕，复诏遣宗女数人，下嫁燕帖木儿，解他余痛。又因宫中有一高丽女子，名叫不颜帖你，敏慧过人，素得帝宠，至此也割爱相赠。何不将皇后亦给了他？燕帖木儿辞不胜辞，索性制就连床大被，令所赐美女相夹而睡，凭着天生神力，一夕御女数人，巫峡作云，高唐梦雨，说不尽的温柔滋味，把所有鼓盆余戚，早已撇过一边。但正室仍是虚位，未尝许他人承袭，大众莫名其妙，其实燕帖木儿恰有一段隐情，看官试猜一猜，待小子叙述下去。

小子前时叙泰定后妃事，曾已漏泄春光，暗中伏线。应四十一回。燕帖木儿本早有心勾搭，可奈入京以后，内外多故，政务倥偬，他又专操相柄，一切军国重事，都要仗他筹划；因此日无暇晷，连王府中的公主等，都未免向隅暗叹，辜负香衾。既而滇中告靖，可以少暇，不意皇子燕帖古思，又要令他抚养，一步儿不好脱离。至皇子渐痊，王妃猝逝，免不得又有一番忙碌。正拟移花接木，隐践前盟，偏偏九重恩厚，复厘降宗女数人；穿花蛱蝶深深见，点水蜻蜓款款飞，又不得不竭力周旋，仰承帝泽。可谓忙极。

过了一月，国家无事，公私两尽，燕帖木儿默念道："此时不到东安州，还有何时得暇？"遂假出猎为名，带了亲卒数名，一鞭就道，六辔如丝，匆匆的向东安州前来。既到东安，即进去见泰定皇后。早有侍女通报，泰定后率着二妃，笑脸出迎，桃花无恙，人面依然。燕帖木儿定睛细瞧，竟说不出什么话来。泰定后恰启口道："相别一年，王爷的丰采，略略清减，莫非为着国家重事劳损精神么？"出口便属有情。燕帖木儿方道："正是这般。"二妃也从旁插嘴道："今夕遇着什么风儿，吹送王爷到此？"燕帖木儿道："我日日惦念后妃！只因前有外变，后有内忧，所以无从分身，直至今日，方得拨冗趋候。"泰定后妃齐称不敢，一面邀燕帖木儿入室，与泰定后相对坐下。居然夫妻。二妃亦列坐一旁。居然妾媵。

泰定后方问及外变内忧情状，由燕帖木儿略述一遍，泰定后道："有这般情事，怪不得王爷面上，清瘦了许多。"燕帖木儿道："还有一桩可悲的家事，我的妃子，竟去世了！"泰定后道："可惜！可惜！"燕帖木儿道："这也是无可如何！"二妃插入道："王爷的后房，想总多得很哩。但教王爷拣得一人，叫做王妃，便好补满离恨了。"轻挑暗逗，想是暗羡王妃。燕帖木儿道："后房虽有数人，但多是皇上所赐，未合我意，须要另行择配，方可补恨。"二妃复道："不知何处淑媛，夙饶厚福，得配王爷！"燕帖木儿闻了此

言，却睁着一双色眼，觑那泰定后，复回瞧二妃道："我意中恰有一人，未知她肯俯就否？"二妃听到俯就二字，已经瞧料三分。看那泰定后神色，亦似觉着，恰故意旁瞧侍女道："今日王爷到此，理应杯酒接风，你去吩咐厨役要紧！"侍女领命去讫。

燕帖木儿道："我前时已函饬州官，叫他小心伺候，所有供奉事宜，不得违慢，他可遵着我命么？"泰定后道："州官供奉周到，我等在此尚不觉苦。唯王爷悉心照拂，实所深感！"燕帖木儿道："这也没有什么费心，州官所司何事？区区供奉，亦所应该的。"正说着，见侍女来报，州官禀见。燕帖木儿道："要他来见我做甚？"言下复沉吟一番，乃嘱侍女道："他既到来，我就去会他一会。"

侍女去后，燕帖木儿方缓踱出来。原来燕帖木儿到东安州，乃是微服出游，并没有什么仪仗。且急急去会泰定后妃，本是瞒头暗脚，所以州官前未闻知。嗣探得燕帖木儿到来，慌忙穿好衣冠，前来拜谒。经燕帖木儿出见后，自有一番酬应，州官见了王爷，曲意逢迎，不劳细说。待州官别后，燕帖木儿入内，酒肴已安排妥当，当由燕帖木儿吩咐，移入内厅，以便细叙。伏笔。

入席后，泰定后斟了一杯，算是敬客的礼仪，自己因避着嫌疑，退至别座，不与同席。燕帖木儿立着道："举酒独酌，有何趣味？既承后妃优待，何妨一同畅饮，彼此并非外人，同席何妨！"泰定后还是怕羞，踌躇多时，又经燕帖木儿催逼，乃命二妃入席陪饮。燕帖木儿道："妃子同席，皇后向隅，这事如何使得？"说着，竟行至泰定后前，欲亲手来挈后衣，泰走后料知难却，乃让过燕帖木儿，绕行入席。拣了一个主席，即欲坐下，燕帖木儿还是不肯，请后上坐。泰定后道："王爷不必再谦了！"于是燕帖木儿坐在客位，泰定后坐在主位，两旁站立二妃。燕帖木儿道："二妃如何不坐？"二妃方道了歉，就左右坐下。

于是浅斟低酌，逸兴遄飞，起初尚是若离若合，不脱不粘，后来各有酒意，未免放纵起来。燕帖木儿既瞧那泰定后，复瞧着二妃，一个是淡妆如菊，秀色可餐，两个是浓艳似桃，芳姿相亚，不禁眉飞色舞，目逗神挑。那二妃恰亦解意，殷勤劝酌，脉脉含情，泰定后到此，亦觉情不自持，勉强镇定心猿，装出正经模样。

燕帖木儿恰满斟一觥，捧递泰定后道："主人情重，理应回敬一樽。"泰定后不好直接，只待燕帖木儿置在席上。偏燕帖木儿双手捧着，定要泰定后就饮，惹得泰定后两颊微红，没奈何喝了一喝。燕帖木儿方放下酒杯，顾着泰定后道："区区有一言相告，未知肯容纳否？"泰定后道："但说何妨！"燕帖木儿道："皇后寄居此地，寂寂寡欢，原是可悯；二妃正值青春，也随着同住，好好韶光，怎忍辜负！"泰定后听到此语，暗暗伤心；二妃更忍耐不住，几乎流下泪来。

燕帖木儿又道："人生如朝露，何必拘拘小节！但教目前快意，便是乐境。敢问皇后二妃，何故自寻烦恼？"泰定后道："我将老了，还想什么乐趣？只两位妃子，随我受苦，煞是可怜呢！"燕帖木儿笑道："皇后虽近中年，丰韵恰似二十许人，若肯稍稍屈尊，我却要……"说到要字，将下半语衔住。泰定后不便再诘。那二妃恰已拭干了泪，齐声问道："王爷要什么？"燕帖木儿竟涎着脸道："要皇后屈作王妃哩！"满盘做作，为此一语。泰定后恰嫣然一笑道："王爷的说话，欠尊重了！无论我不便嫁与王爷，就使嫁了，要我这老妪何用？"已是应许。燕帖木儿道："何尝老哩！如蒙俯允，明日就当迎娶哩。"泰定后道："这请王爷不必费心，倒不如与二妃商量啰！"燕帖木儿道："有祸同当，有福同享。皇后若肯降尊，二妃自当同去。"说着，见二妃起身离席，竟避了出去。那时侍女人等，亦早已出外。都是知趣。只剩泰定皇后，兀自坐着，他竟立将起来，走近泰定后旁，悄悄的牵动衣袖。泰定后慌忙让开，抽身脱走，冉冉的向卧室而去。逃入卧房，分明是叫他进来。

燕帖木儿竟蹑迹追上，随入卧室，大着胆抱住纤腰，移近榻前。泰定后回首作嗔道："王爷太属讨厌！不怕先皇帝动恼么？"燕帖木儿道："先皇有灵，也不忍皇后孤栖。今夕总要皇后开恩哩。"看官！你想泰定后是个久旷妇人，遇着这种情魔，哪得不令她心醉！当下半推半就，一任燕帖木儿所为，罗襦代解，芗泽犹存，檀口微开，丁香半吐，脂香满满，人面田田，谐成意外姻缘，了却生前宿孽。正在云行雨施的时候，那两妃亦突然进来，泰定后几无地自容。燕帖木儿却馀勇可贾，完了正本，另行开场。二妃本已欢迎，自然次第买春，绸缪永夕。

自此以后，四人同心。又盘桓了好几天，燕帖木儿方才回京。临行时与泰定后及二妃道："我一入京师，便当饬着妥役，奉舆来迎。你三人须一同

进来，休得有误！”三人尚恋恋不舍。燕帖木儿道，“相别不过数日，此后当同住一家，朝欢暮乐，享那后半生安逸。温柔乡里，好景正多，何必黯然！”只恐未必。三人方送他出门，咛叮而别。

燕帖木儿一入京师，即遣卫兵及干役赴东安州，去迎泰定后妃，嘱以途次小心。一面就在新赐大厦中，陆续布置，次第陈设，作为藏娇金屋。小子前时曾表明泰定后妃名氏，至此泰定后已下嫁燕帖木儿，二妃也甘心作媵，自不应照旧称呼。此后称泰定后，就直呼她芳名八不罕，称泰定二妃，亦直呼她芳名必罕及速哥答里。称名以愧之，隐寓《春秋》书法。

八不罕等在东安州，日日盼望京使。春色未回，陌头早待，梅花欲放，驿信才来。三人非常欢慰，即日动身。州官亟来谒送，并献上许多赠仪。是否奁仪。八不罕也道一谢字。鸾车载道，凤翣呈辉，卫卒等前后拥护，比前日到东安州时，情景大不相同。

不数日即到京师，燕帖木儿早派人相接迎入别第。京中人士，尚未得悉情由，统是模糊揣测。只有燕帖木儿心腹，已知大概，大家都是蔑片，哪个敢来议长论短，只陆续入太平王府送礼贺喜。一传十，十传百，宫廷内外，都闻得燕帖木儿继娶王妃，相率趋贺。文宗尚未知所娶何人，至问及太保伯颜，才算分晓。蒙俗本没甚名节，况是一个冷落的故后，管她什么再醮不再醮。当下也遣太常礼仪使，奉着许多赏品，赐与燕帖木儿。正是作合自天，喜从天降。

到了成礼的吉期，燕帖木儿先到新第，饬吏役奉着凤舆，及绣幰二乘，去迎王妃等人，八不罕等装束与天仙相似，上舆而来。一入新第中，下舆登堂，与燕帖木儿行夫妇礼，必罕姊妹，退后一步，也盈盈下拜，大家看那新娘娇容，并不觉老，反较前丰艳了些，莫不叹为天生尤物。大约夏姬再世。及与察吉儿公主相见，八不罕本是面熟，只好低垂粉颈，敛衽鸣恭。亏她有此厚脸。必罕姊妹，行了大礼，一班淫婢。方相偕步入香巢。

燕帖木儿复出来酬应一回，日暮归寝，八不罕等早已起迎。燕帖木儿执八不罕的手道：“名花有主，宝帐重春，虽由夫人屈节相从，然夫人性命，从此保全，我今日才得宽心哩！”八不罕惊问何故？燕帖木儿道：“明宗皇后，尚且被毒，难道上头不记着夫人么？我为此事，煞费周旋，上头屡欲加害，我也屡次挽回。只夫人若长住东安，终难免祸，现今做我的夫人，自然

除却前嫌，可以没事哩。”占了后身，还想巧言掩饰，令她心感，真是奸雄手段。八不罕格外感激，遂语燕帖木儿道：“王爷厚恩，愧无以报！”以身报德，还不够么？燕帖木儿道：“既为夫妇，何必过谦！”复语必罕姊妹道：“你二人各有卧室，今夕且分住一宵，明日当来续欢罢了。”

二人告别而去。燕帖木儿乃与八不罕并坐，揽住髻云，揾住香腮，先温存了一番，嗣后宽衣解带，同入鸳帏，褥底芙蓉，相证无非故物；巢间翡翠，为欢更越曩时。一夜恩爱，自不消说。次夕，与必罕姊妹，共叙旧情，又另具一种风韵。小子有诗咏道：

纲常道义尽沦亡，皇后居然甘下堂。
万恶权臣何足责，杨花水性太荒唐！

未知后事如何，且至下回续叙。

本回表述风情，暗中恰深刺燕帖木儿及泰定后妃，泰定后虽迁置东安州，然名分犹在，不可得而污蔑也，燕帖木儿贪恋酒色，甚至占后为妻，任所欲为，而八不罕皇后等，亦甘心受辱，屈尊下嫁，虽畏其权势之逼人，要亦由廉耻之扫地。盈廷大臣，唯唯诺诺，不闻有骨鲠之士，秉直纠弹，元其能不亡乎？故此回叙燕帖木儿事实，嫉其强暴，叙泰定后妃事实，恶其淫邪，幸勿视为香奁琐语也！

第四十七回　正官方廷臣会议
遵顾命皇侄承宗

却说燕帖木儿纳后为妃，又得了必罕姊妹，并有从前宗女等人，总计后房佳丽，已有二三十人，左拥右抱，夜以继日，正是快活得很。但女色一物，最足蛊人。寻常一夫一妇，尚宜节欲养精，不能旦旦而伐。况一个男子，陪着几十个妇人，若非自知节养，就使有牛马精神，也恐不能持久呢。至理名言。燕帖木儿日渐清羸，筋力已耗去大半，偏偏好色心肠，愈加炽张，得陇望蜀，厌故喜新，他若闻有美人儿，定要攫取到手。无论皇亲国戚，闺女孀姝，但教太平王一言，只可亲送上门，由他戏弄。自从至顺元年以及三年，这三年间，除所赐公主宗女，及娶纳泰定后妃外，复占夺了数十人，或有交礼三日，即便遣归。大众忍气吞声，背地里都祈他速死。他尚恃势横行，毫不知改，甚至后房充斥，不能尽识。天作孽，犹可违；自作孽，不可活，残喘虽尚苟延，死期已不远了。

话分两头。且说文宗登位以后，第一个宠臣是燕帖木儿，第二个就是伯颜。至顺元年，改任伯颜知枢密院事。应四十三回。文宗以未足酬庸，复命尚世祖子阔出女孙，名叫伯颜的斤，作为伯颜妻室。并赐虎士三百名，隶左右宿卫。嗣复给黄金双龙符，镌文曰："广宣忠义正节振武佐运功臣。"组以宝带，世为证券。又命凡宴饮视宗王礼。至顺二年，晋封浚宁王，加授侍正府侍正，追封其先三世为王，寻又加封昭功宣毅万户，忠翊侍卫都指挥使。三年拜太傅，加徽政使。是时燕帖木儿，深居简出，每日与妻妾寻欢，不暇问

及国事。因此朝政一切，多由伯颜主持；伯颜的权力，也不亚燕帖木儿。一个未死，一个又起。于是一班趋势的官儿，前日迎合太平王，此日迎合浚宁王，朝秦暮楚，昏夜乞怜，但蒙浚宁王允许，平白地亦可升官。就使遇着亲丧，不过休假数日，即可衰绖供职，且给以美名，称为夺情起复。监察御史陈思谦，目击时艰，痛心铨法，因上言内外各官，若非文武全才，关系天下安危，尽可令他终丧，不许无端起复。文宗虽优诏允从，奈暗中有伯颜把持，总教贿赂到手，无人不可设法，陈思谦又抗词上奏道：

臣观近日铨衡之弊，约有四端：入仕之门太多，黜陟之法太简，州郡之任太淹，朝省之除太速。欲救四弊，计有三策：一曰，至元三十年以后，增设衙门，冗滥不急者，从实减并，其外有选法者，并入中书。二曰，宜参酌古制，设辟举之科，令三品以下，各举所知，得材则受赏，失责则受罚。三曰，古者刺史入为三公，郎官出宰百里，盖使外职识朝廷治体，内官知民间利病。今后历县尹有能声善政者，授郎官御史，历郡守有奇才异绩者，任宪使尚书。其余各验资品通迁，在内者不得三考连任京官，在外者须历两任，乃迁内职。绩非出类，守不败官者，则循以年劳，处以常调。凡朝缺官员，须二十月之上，方可迁除，庶仕路澄清，贤者益劝，而不肖者无从干进矣。臣为整顿铨法计，故冒昧上陈，伏乞采择！

其时河北道廉访副使僧家奴，亦遥上一疏，乞御史台臣代奏。略云：

自古求忠臣必于孝子之口，今官于朝者十年，不省觐者有之；非无思亲之心，实由朝廷无给假省亲之制，而有擅离官次之禁。古律诸职官父母在三百里外，三年听一给定省，假二十日；无父母者，五年听一给拜墓，假十日，以此推之，父母在三百里以至万里，宜计道里远近，定立假期。其应省觐，匿而不省觐者，坐以罪；若诈冒假期，规避以掩其罪，与诈奔丧者同科，则天下无背亲之人，亦即无背君之人！移孝作忠，端在此举，伏乞宸鉴！

御史台臣，恰也不好隐匿，便将原奏呈入，文宗与陈思谦奏折，一并发落，饬中书省、礼部、刑部，及翰林、集贤两院，详议以闻。各官明知所奏无私，因碍于伯颜情面，免不得模棱两可，参酌了一篇圆滑的奏章，复呈上去。文宗亦有诏下来，大旨须用人宜慎，临丧宜哀，说得理明词达，其实也是一纸具文，无补实际。下欺上，上欺下，此是中国积弊，不特元代为然。还有司徒香山，有意逢君，进陈符谶，援行陶弘景《胡笳曲》，有“负扆飞天历，终是甲辰君”二语，与皇上生年纪号，适相符合，足为受命的瑞征，乞录付史馆，颁告中外。有诏令翰林、集贤两院及礼部会议。此时文宗早改元至顺，如香山谰言，不值一辩，乃犹令群臣集议，真是好谀。嗣经翰林诸臣，以谓唐开元间，太子宾客薛让，进武后鼎铭云：“上玄降鉴，方建隆基。”隐为玄宗受命的庆兆。姚崇表贺，请宣示史官，颁告中外。至宋儒司马光，斥他强词牵合，以为符瑞，小臣贡谀，宰相证成，实是侮弄君上。今弘景遗曲，虽于生年纪号，似相符合，但陛下应天顺人，绍隆正统，于今四年，薄海内外，无不归心，何待旁引曲说，作为符命；若从香山言，恐启谶纬曲谈，反足以乱民志，淆政体，请毋庸议等语。文宗乃把此事搁起。

未几江浙大水，坏民田十八万八千七百三十八顷。越年，江西饥，湖广又饥，云南又大饥；既而荧惑犯东井，白虹并日出，长竟天。京师及陇西地震，天鼓鸣于东北，文宗一面遣赈，一面饬修佛事。始终佞佛，至死不悟。迨至梧桐叶落，大下皆秋，文宗帝运已终，竟染了一种奇症，整日昏昏，谵言呓语。皇后卜答失里，就榻侍疾，但听文宗所说，无非旧日阴谋，有时大声呼痛，竟似有人捶击一般。经医官朝夕诊视，也辨不出是什么病症，所开药方，全是不痛不痒，无效可言。

一夕，卜答失里侍侧，忽被文宗牵住两手，大呼哥哥恕我！嫂嫂恕我！吓得卜答失里毛发皆竖。急时抱佛脚，又只得在旁哀求，嗣见文宗神志稍清，才敢问明痛苦。文宗不禁叹息道：“朕病将不起了，自思此生造了大孽，得罪兄嫂，目今悔不可追！唯朕殁后，这帝统须传与鄜王，千万勿可爽约！”卜答失里呜咽道：“皇侄登基，皇子奈何？”文宗道：“你还要顾全皇子么？恐你也保不住这性命！”卜答失里道：“且召太平王商议何如？”文宗道：“太平太平害死朕了！他也死在目前，召他何为？”卜答失里唯唯听命。嗣令太监密召燕帖木儿，果然抱病在床，溺血不起，乃改召伯颜入议。

伯颜到了御寝，闻文宗喃喃谵语，倒也未免心惊。及见过卜答失里，叙谈片时，卜答失里提及文宗身后，拟立鄜王事，伯颜道："皇子年龄，也与鄜王相仿，何必另立皇侄？"卜答失里以手指床，似乎表明文宗的意思。伯颜不待明说，已经觉着，又悄语卜答失里道："圣上不豫，或致心烦意乱，始有此说。且待圣躬康泰，再行定议未迟。"言尚未已，忽闻文宗噫声道："你是太傅伯颜么？朕虽有疾，并不是时时昏乱，须知先皇即位，不过数月，我已御宇数年，倘有不讳，应把帝位传与鄜王，朕尚可见先皇于地下！你不要再生异议！"伯颜尚欲申说，文宗又向卜答失里道："朕已决定意见，此后倘有改议，无论先帝后不依，我也死难瞑目呢！"这却是临终忏悔。伯颜又启奏道："圣上春秋正富，稍稍违和，自能渐瘥，何必耽忧！"文宗摇首道："朕已不济了！少年种种，自悔已迟，今日天禄告终，无可挽回。太平亦应遭劫，将来国事，仗卿作主。卿须迁善改过，竭忠尽诚，莫效那贪淫狡诈哩！"人之将死，其言也善，可惜伯颜不遵。伯颜闻了此言，也觉为之悚然。既而告退出宫。

是夕，文宗病势骤剧，竟痰喘交作，一命呜呼。临终时，犹谆嘱皇后，毋忘遗嘱。统计文宗在位五年，寿只二十九岁。

燕帖木儿闻了这耗，也只得勉强起床，踉跄入宫。是时皇子燕帖古思，早召归宫内，倚榻送终。他本是乳臭小儿，晓得什么悲戚！看看燕帖木儿到来，便跳跃而出，笑颜相迎。燕帖木儿便称他为小皇帝，拉住了手，入谒皇后。只见后妃以下，相率恸哭，不得已站住一旁，陪了数点眼泪。约一小时，后妃等哀尚未止，不禁烦躁起来，即大声道："皇上大行，应由皇子嗣位！此时请皇后即颁遗诏，传位皇子为要！"皇后卜答失里也不回答，越加号咷不止。燕帖木儿很是惊讶，又只好婉言劝慰，至皇后哀声少辍，复将传位的问题，重行提起。皇后卜答失里道："大行皇帝，已有遗嘱，命鄜王继承大统。"燕帖木儿顿足道："传位鄜王么？臣不敢与闻！"卜答失里道："这事不便改议。太傅伯颜，曾与先皇面洽，太平王可去问明，自然洞悉底蕴了。"燕帖木儿不好再说，就出宫而去。

当下安排丧葬，自有一番手续，不必细表。只是帝位虽定，鄜王年才七岁，不能亲听国政，当由太平王燕帖木儿召集诸王会京师，凡中书百司庶务，统须禀命中宫，方得决行。转瞬间已是十月，诸王毕会，由太师燕帖木

儿及太傅伯颜奉郿王即位于大明殿，大赦天下，循例下诏道：

洪维太祖皇帝，启辟疆宇；世祖皇帝，统一万方，列圣相承，法度明著，我曲律皇帝，即武宗。入纂大统，修举庶政，动合成法，授大宝位于普颜笃皇帝，即仁宗。以及格坚皇帝，即英宗，详注俱见上。历数之间，实当在我忽都笃皇帝，忽都笃三字，蒙古语，有禄之谓，即明宗尊号。扎牙笃皇帝，扎牙笃三字蒙古语，谓有天命，即文宗尊号。而各播越辽远。时则有若燕帖木儿建议效忠，戡平内难，以定邦国，协恭推戴札牙笃皇帝。登极之始，即以让兄之诏，明告天下，随奉玺绂，远迓忽都笃皇帝。朔方言还，奄弃臣庶，扎牙笃皇帝，荐正宸极，仁义之至，视民如伤，恩泽旁被，无间远迩，顾育眇躬，尤笃慈爱。宾天之日，皇后传顾命于太师太平王右丞相答剌罕燕帖木儿，太傅浚宁王知枢密院事伯颜等，谓圣体弥留，益推固让之初志，以宗社之重，属诸大兄忽都笃皇帝之世嫡，乃遣使召诸王宗亲，以十月一日来会于大都，与宗王大臣同奉遗诏，揆诸成宪，宜御神器。以至顺三年十月初四日，即皇帝位于大明殿，可大赦天下。自至顺三年十月初四日昧爽以前，除谋反大逆谋杀祖父母父母，妻妾杀夫，奴婢杀主，谋故杀人，但犯强盗，印造伪钞，蛊毒魇魅犯上者不赦外，其余一切罪犯，咸赦除之。大都、上都、兴和三路，差税免三年，腹里差发，并其余诸郡，不纳差发去处税粮，十分为率免二分，江淮以南，夏税亦免二分。土木工役，除仓库必合修理外，毋复创造以纾民力。民间在前应有逋欠差税课程，尽行蠲免。监察御史肃政廉访司官，并内外三品以上正官，岁举才堪守令者一人，申达省部，先行录用。如果称职举官，优加旌擢，一任之内，或犯赃私者，量其轻重，黜罚其不该。原免重囚淹禁三年以上，疑不能决者，申达省部详谳释放。学校农桑，孝弟贞节，科举取士，国学贡试，并依旧制。广海、云南梗化之民，诏书到日，限六十日内出官与免本罪，许以自新。于戏！肆予冲人，托于天下臣民之上，任大守重，若涉渊冰，尚赖宗王大臣百司庶府，交修乃职，思尽厥忠，嘉与亿兆之民，共保承平之治。咨尔多方，体予至意，故兹诏示，想知悉！

斯诏下后，又尊皇后卜答失里为皇太后，敕造玉册玉宝。又由皇太后降旨，命作两宫幄殿车乘供帐，一面告祭南郊，及社稷宗庙。至太后册宝告成，复敬奉如仪，太后御兴圣殿受朝贺。宫廷内外，赏赉有差。还有一桩咄咄怪事，七龄的幼主，居然立起一位皇后。这皇后名叫也忒迷失，也系弘吉剌氏，与幼主年龄，也不相上下。小子有诗记此事道：

欲赋桃夭贵及时，成年方始叶婚期。
如何七岁冲人子，也咏周南第一诗？

欲知立后后如何情形，待至下回表明。

有元一代，权奸最多。至燕帖木儿之恃功专宠，可谓极矣；然继起者尚有伯颜。陈思谦等虽抗直敢言，然豺狼当道，安问狐狸。所传谏草，无非徒供后人之览诵，著书人不忍掩没，故特志之。至若鄜王之立，于伯颜无甚关系，而于燕帖木儿，则有所顾忌，舍子立侄之议，无怪其不乐赞成。而皇后卜答失里，必导扬末命，不从燕帖木儿之请，彼未能容明宗后，讵转能爱明宗子乎？是必由明宗帝后，从中示儆可知也，证以四十五回，前后联贯，阅者应益恍然。

第四十八回　迎嗣皇权相怀疑
遭冥谴太师病逝

却说鄜王于十月即位，阅十余日，即立了一个皇后。同处宫中，两小无猜，倒也是一段元史奇闻。是时云已隆冬，转眼间又要残腊，乃诏群臣会议改元，并先皇帝庙号神主，及升祔武宗皇后等事。议尚未定，小皇帝又罹着绝症，不到数日，又复归天。

诸王大臣统惊异不置，独燕帖木儿喟然道："我意原欲立皇子，不知先帝何意，必欲另立鄜王？太后又是拘泥得很，定要勉遵顾命。到底鄜王没福，即位不过六七十日，便已病逝，此后总应立皇子了。"乃复入宫谒见太后，先劝慰了一番，然后提及继位问题。

太后道："国家不幸，才立嗣君，即行病殁，真令人可悲可叹！"燕帖木儿道："这是命运使然，往事也不必重提了！国家不可一日无君，今日正当继立皇弟呢。"太后道："据卿所说，莫非是吾子燕帖古思么？"燕帖木儿应声称是。太后道："吾子尚幼，不应嗣位，还宜另立为是。"燕帖木儿道："前日命立鄜王，乃是遵着遗嘱，化私为公。现在鄜王已崩，自然皇子应立，此外还有何人？"太后道："明宗长子妥欢帖睦尔，前居高丽，现在静江，今年已十三岁了，可以迎立。"毕竟妇人畏鬼，还不敢立己子。燕帖木儿道："先帝在日，曾有明诏，谓妥欢帖睦尔非明宗子，所以前徙高丽，后徙静江，今尚欲立他么？"太后道："立了他再说，待他百年后，再立吾子未迟。"燕帖木儿道："人心难料，太后优待皇侄，恐皇侄未必记念太后哩。"太后道：

“这也凭他自己的良心，我总教对得住先皇，并对得住明宗帝后，便算尽心了。”燕帖木儿尚是摇首，太后道：“太平王，你忘却王忽察都的故事么？先皇帝为了此事，始终不安，我也吓得够了。我的长子，又因此病逝，现只剩了一个血块，年不过五六龄，我望他多活几年，所以宁立皇侄，无论妥欢帖睦尔是否为明宗自出，然明宗总称他为子，我今又迎他嗣立，阴灵有知，当不再怨我了！”燕帖木儿道：“太后也未免太拘！皇次子出宫后，由臣奉养，并不闻有鬼祟，怕他什么？”太后道：“太平王，你休仗着胆力！先帝也说你不久呢。”燕帖木儿至此，也暗暗的吃了一惊，又默想了片时，方道：“太后已决议么？”太后道：“我意已决，不必另议！”燕帖木儿叹息而出。太后遂命中书右丞阔里吉思，速即驰驿，往广西的静江县，迎立妥欢帖睦尔。嗣主未来，残年已届，倏忽间已是元旦，仍依至顺年号，作为至顺四年。

过了数日，由阔里吉思遣使驰报，嗣皇帝将到京师了。太后乃命太常礼仪使，整具卤簿，出京迎接。文武百官皆往。燕帖木儿病已早愈，亦乘马偕行。既至良乡，已接着来驾，各官在道旁俯伏，只燕帖木儿自恃功高，不过下马站立。妥欢帖睦尔年才成童，前时曾见过燕帖木儿的威仪，至此又复晤着，容貌虽憔悴了许多，但余威尚在，未免可怕，竟尔掉头不顾。嗣经阔里吉思在旁密启道：“太平王在此迎驾，陛下应顾念老臣，格外敬礼。”妥欢帖睦尔闻言，无奈下马，与燕帖木儿相见。燕帖木儿屈膝请安，妥欢帖睦尔也答了一揖。阔里吉思复宣谕百官免礼，于是百官皆起。妥欢帖睦尔随即上马，燕帖木儿也上马从行。

既而两马并驰，不先不后。居然是并肩王。燕帖木儿扬着马鞭，向妥欢帖睦尔道：“嗣皇此来，亦知迎立的意思，始自何人？”妥欢帖睦尔默然不答。燕帖木儿道：“这是太后的意旨。从前扎牙笃皇帝遇疾大渐，遗命舍子立侄，传位鄜王，不幸即位未几，遽尔崩殂。太后承扎牙笃皇帝余意，以弟殁兄存，所以遣使迎驾，愿嗣皇鉴察！”妥欢帖睦尔仍是无言。燕帖木儿道：“老臣历事三朝，感承厚遇，每思扎牙笃皇帝，大公无我，很是敬佩，所以命立鄜王，老臣不敢违命；此次迎立嗣皇，老臣亦很是赞同。”借太后先皇折到自己，前是宾，此是主，无非为希宠邀功起见。语至此，眼睁睁的瞧着妥欢帖睦尔，不意妥欢帖睦尔仍然不答。燕帖木儿不觉动恼，勉强忍住，复语道：“嗣皇此番入京，须要孝敬太后。自古圣王，统以孝治天下，况太后明

明有子，乃甘心让位，授与嗣皇，太后可谓至慈，嗣皇可不尽孝么？”语带双敲，明明为着自己。说至尽孝两字，不由得声色俱厉，那妥欢帖睦尔总是一言不发，好似木偶一般。燕帖木儿暗叹道：“看他并不是傀儡，如何寂不一言！莫非明宗暴崩，他已晓得我等密谋？看来此人居心，很不可测，我在朝一日，总不令他得志，免得自寻苦恼呢？”计非不佳，奈天不假年何！乃不复再言，唯与妥欢帖睦尔并驾入都。

至妥欢帖睦尔入见太后后，燕帖木儿又复入宫，将途次所陈的言语，节述一遍，复向太后道：“臣看嗣皇为人，年龄虽稚，意见颇深，若使专政柄，必有一番举动，恐于太后不利！”太后道：“既已迎立，事难中止，凡事只由天命罢！”燕帖木儿道：“先事防维，亦是要着。此刻且留养宫中，看他动静如何，再行区处。且太后预政有日，廷臣并无间言，现在不如依旧办理，但说嗣皇尚幼，朝政仍取决太后，哪个敢来反抗呢？”太后犹豫未决，燕帖木儿道：“老臣并非怀私，实为太后计，为天下计，总应慎重方好。”总是欺人。太后尚淡淡的应了一声。燕帖木儿告退。

越日，由太史密奏太后，略言迎立的嗣皇，实不应立，立则天下必乱。太后似信非信，召太史面诘，答称凭诸卜筮。于是太后亦迟疑不决，自正月至三月，国事皆由燕帖木儿主持，表面上总算禀命太后。妥欢帖睦尔留居宫中，名目上是候补皇帝，其实如没有一般，因此神器虚悬，大位无主。燕帖木儿心尚未惬，总想挤去了他，方得安心，奈一时无从发难，不得已迁延过去。

前平章政事赵世延，平时与燕帖木儿很是亲暱，燕帖木儿亦尝以心腹相待，日相过从。至此见燕帖木儿愁眉未展，也尝替他耽忧，因当时无法可施，只好借着花酒，为他解闷。

一日，邀燕帖木儿宴饮，并将他家眷也招了数人，一同列席。又命妻妾等亦出来相陪。男女杂沓，履舄交错，开琼筵以坐花，飞羽觞而醉月，任你燕帖木儿如何忧愁，至此也不觉开颜。酒入欢肠，目动神逸，四面一瞧，妇女恰也不少，有几个是本邸眷属，不必仔细端详，有几个是赵宅后房，前时也曾见过，姿貌不过中人，就使年值妙龄，毕竟无可悦目。忽见客座右首，有一丽姝，荳蔻年华，丰神独逸，桃花面貌，色态俱佳。当醉眼模糊的时候，衬着这般美色，越觉眼花缭乱，心痒难搔，便顾着赵世延道：“座隅

所坐的美妇，系是何人？”世延向座右一瞧，又指语燕帖木儿道：“是否此妇？”燕帖木儿点首称是。世延不禁微笑道：“此妇与王爷夙有关系，难道王爷未曾认识么？”这语一出，座隅妇人，已经听着，嗤嗤的笑将起来。就是列坐的宾主，晓得此妇的来历，大都为之解颐，顿时哄堂一笑。燕帖木儿尚摸不着头脑，徐问世延道：“你等笑我何为？”世延忍着笑道：“王爷若爱此妇，尽可送与王爷。”燕帖木儿道：“承君美意，但不知此妇究竟是谁？”世延道：“王爷可瞧得仔细么？这明明是王爷宠姬，理应朝夕相见，如何转不认识？”燕帖木儿闻言，复抽身离座，至少妇旁端详一番，自己也不觉粲然，便对世延道：“我今日贪饮数杯，连小妾鸳鸯，都不相识，难怪座客取笑呢？”人而无目，宜乎速死。世延道：“王爷请勿动气！妇人小子，哪里晓得王爷苦衷！王爷为国为民，日夕勤劳，虽有姬妾多人，不过后房备数，所以到了他处，转似未曾相识哩。”善拍马屁。燕帖木儿也对他一笑，尽欢而罢。便挈鸳鸯同舆，循路而归。

是夕留鸳鸯侍寝，自在意中，毋庸细说。名曰鸳鸯，自应配对。只燕帖木儿忧喜交集，忧的是嗣皇即位，或要追究前愆；喜的是佳丽充庭，且图眼前快乐。每日召集妃妾，列坐宴饮，到了酒酣兴至，不管什么嫌疑，就在大众面前，随选一妇，裸体交欢；夜间又须数人兵寝，巫山十二，任他遍历。看官！你想酒中含毒，色上藏刀，人非金石，怎禁得这般剥削！况且杀生害命，造孽多端，相传太平王厨内，一宴或宰十二马，如此穷奢极欲，能够长久享受么？俗语说得好，铜山也有崩倒的日子，燕帖木儿权力虽隆，究竟敌不过铜山，荒淫了一二个月，渐渐身子尫瘠，老病复发，虽有参苓，也难收效！运退金失色，时衰鬼来欺，燕帖木儿从未信鬼，至此也胆小如鼷，日夜令人环侍，尚觉鬼物满前。

一日，方扶杖出庭，徐徐散步，忽大叫一声，晕倒地上。左右连忙扶起，舁入床中，他却不省人事，满口里胡言诞语，旁人侧耳细听，统是自陈罪状，悔泣不休。忙从太医使中，延请了数位名手，共同诊治。大众都是摇首，勉勉强强的公拟一方，且嘱王府家人道：“此方照饮，亦只可少延数日，看来精神耗尽，脉象垂绝，预备后事要紧，我等是无可为力了！”

王妃八不罕以下，俱惶急异常。俟进药后，却是有些应验，燕帖木儿溺了一次瘀血，稍觉神气清醒。但见妃妾等环列两旁，还有子女数人，一并

站着，便喘吁吁道："我与你等要长别哩。"八不罕接着道："王爷不要这般说。"燕帖木儿道："夫人！夫人！你负泰定帝，我负夫人！彼此咎由自取，尚复何言！"八不罕不禁垂泪，燕帖木儿复道："人生总有一死；不过我自问生平，许多抱歉，近报在身，远报在子孙，这是不易至理，悔我前未觉悟哩！"晓得迟了。

正在诉别的时候，外面已有无数官员，统来问疾。由燕帖木儿召入，淡淡的谈了数语。唯问及太傅伯颜，未见到来，他却自言自语道："一生一死，乃见交情，我前时尝替他出力，目今我病，他即视同陌路，可见生死至交，原是不易得呢！"暗伏下文。大众劝慰一番，告别而去。

燕帖木儿复召弟撒敦，及子唐其势塔剌海嘱咐后事，教他勤慎保家。寻又自叹道："炎炎者灭，隆隆者绝。我、我……"说了两个我字，痰已壅上，竟接不下去。须臾面色转变，两目双睁，但听得二语道："先皇先后恕臣，臣去，臣去！"言毕遂逝。远远听得一片呼喝声，号惨声，阴气森森，令人发竖。

八不罕等又悲又惊，待惊魂少定，阖家挂孝治丧，不必絮述。唯八不罕身为皇后，曾已母仪八方，为了情根未断，甘心受辱，竟嫁燕帖木儿为妃；乃历时未几，又复守孀，总是一场别鹄离鸾，悔不该再行颠鸾倒凤！还有必罕姊妹，更不值得。可见妇人以守节为重，既以不幸丧夫，何必另图改醮呢！大声疾呼，有关名教。小子走笔至此，且暂作一束，缀以俚句一绝云：

《国风》犹忆刺"狐绥"，一念痴迷悔莫追。
尽说回头便是岸，谁知欲海竟无涯！

燕帖木儿已死，那时妥欢帖睦尔方得乘势出头，由太后卜答失里召集群臣，奉他即位，欲知嗣位情形，且看下回便知。

燕帖木儿大诈似忠，始仇泰定而迎二王，继助文宗以戕明宗，一再弑立，视君如奕棋。董卓、曹操之所不能为者，而燕帖木儿敢为之，一代奸雄，绝无仅有。唯文后初立鄜王，继立妥欢帖睦尔，皆非燕帖木儿所赞成，彼挟震主之威，肆行无忌，讵不能抗违后命，另立嗣君乎？吾推其意，当鄜王嗣立时，利其年幼，姑

暂听之；至郿王天逝，迎立妥欢帖睦尔，并马徐行，举鞭指示，而妥欢帖睦尔不答；燕帖木儿遂怀异志，暗中把持，三月无君，假使未死，则妥欢帖睦尔其能免彼暗算耶？乃溺之以酒，蛊之以色，俾其荒淫体羸，溺血以死，是殆天之福善祸淫，而阴夺其魄者？本书历叙权奸，而于燕帖木儿之生死，记载独详，其所以廪戒之意，昭然若揭，余事已见细评，要无非一儆世也。

第四十九回　履尊择配后族蒙恩
犯阙称兵豪宗覆祀

却说妥欢帖睦尔留宫三月，因燕帖木儿已死，乃由太后与大臣定议，奉他即位，且约以万岁之后，传位燕帖古思，如武宗、仁宗故事。诸王宗戚，相率赞成，遂奉上玺绶，于至顺四年六月，赴上都即位，又有一道赦诏，其文云：

洪维我太祖皇帝，受命于天，肇造区夏。世祖皇帝，奄有四海，治功大备。列圣相传，丕承前烈。我皇祖武宗皇帝，入纂大统，及致和之季，皇考明宗皇帝，远居沙漠，扎牙笃皇帝，戡定内难，让以天下。我皇考宾天，扎牙笃皇帝，复正宸极，治化方隆，奄弃臣庶。今皇太后召大臣燕帖木儿、伯颜等曰："昔者阔彻、脱脱木儿、只儿哈郎等谋逆，以明宗太子为名，又先为八不沙，始以妒忌妄搆诬言，疏离骨月，逆臣等既正其罪，太子遂迁于外。扎牙笃皇帝，后知其妄，寻至大渐，顾命有曰：朕之大位，其以朕兄子继之。"时以朕远征南服，以朕弟懿璘质班，登大位以安百姓，乃遽至大故。皇太后体承扎牙笃皇帝遗意，以武宗皇帝之玄孙，明宗皇帝之世嫡，以贤以长，在予一人，遣使迎还，征集宗室诸王来会，合辞推戴。今奉皇太后勉进之笃，宗亲大臣恳请之至，以至顺四年六月初八日，即皇帝位于上都。于戏！唯天唯祖宗，全付予有家，栗栗危惧，若涉渊冰，罔知攸济。尚赖宗亲臣邻，交修不

逮，以底隆平。其赦天下，俾众周知！

诏书一布，帝位既定，这便是元朝末代皇帝。后来明兵入燕都，元主北去，明太祖以他知顺天命，退避朔漠，特加号曰顺帝。小子沿例乘便，从此就称为顺帝了。

顺帝有亲臣，名阿鲁辉帖木儿，上言天下事须委任宰相，庶有专责，可望成功；若亲目听断，必负恶名。恐由伯颜运动得来。顺帝信为真言，遂命伯颜为太师中书右丞相，监修国史，兼奎章阁大学士，领学士院、太史院回回、汉人司天监事。复置左丞相，令撒敦充任，并加号太傅。唐其势为御史大夫。

燕帖木儿有一女，名答纳失里，太后以燕帖木儿遗功卓著，遂将答纳失里纳入后宫，命顺帝册立为后。顺帝此时不敢专擅，自然遵命而行，一切仪注，悉循旧制。册文有云：

天之元统二气，配莫厚于坤仪；月之道循右行，明同贞于乾耀。若昔帝王之宅后，居多辅相之世勋；盖选德于亢宗，亦畴庸于先正；造周资任、姒之化，兴汉表马、邓之功。咨尔皇后钦察氏，雍肃慈惠，谦裕静淑，乃祖乃父，夙坚翼亮之心，于国于家，实获修齐之助，朕缵丕图之初载，亲承太后之睿谟，眷我元臣，简兹硕媛，相严禋而率典，奉慈极以愉颜，用彰祎翟之华，式著旂常之旧，爰授玉册宝章，命尔为皇后，备成嘉礼，宏贲大猷。于戏！嵩高生贤，予笃怀于良佐，关雎正始，尔勉嗣于徽音。永锡寿康，昭示悠久。录册后文，为下文被鸩张本。

立后以后，锡类推恩，复封撒敦为荣王，食邑庐州；唐其势袭爵太平王，进阶金紫光禄大夫。燕帖木儿的余荫，好算千古无两了。是谓天夺之鉴。又封伯颜为秦王，令与荣王左丞相撒敦，统理百官，总治庶政。一面定议改元，以至顺四年，改为元统元年。既而上札牙笃皇帝尊谥曰圣明元孝皇帝，庙号文宗，上鄜王尊谥曰冲圣嗣孝皇帝，庙号宁宗。鄜王庙号宁宗，特为补入，文笔不漏。唯升祔武宗皇后，议久未决。武宗正后真哥，未有子嗣；明宗母亦乞烈氏，文宗母唐兀氏，虽皆追尊为后，然原本返始，究系武宗妃嫔，太师

右丞相伯颜，亦怀疑莫释，左右两难，因问太常博士逮鲁曾道：“先朝以真哥皇后无子，不为立主，目今定议配飨，应属明宗母呢？抑系文宗母呢？”逮鲁曾道：“真哥皇后在武宗朝，已膺宝册，名分已定，非文、明二母所比。文、明二母，位居妃妾，若以真哥皇后无出的缘故，遂将她废黜，竟以妾母为正，是为臣的人，敢废先君的嫡母！为子的人，私尊先君的亲媵，何以正名？何以传世？”

伯颜频频点首，适集贤学士陈颢，素与鲁曾未协，竟出来献议道：“唐太宗时，尝册曹王明母为后，是古时亦有二后的成制；况文、明二母，各产英君，母以子贵，难道不可升祔么？”牵强得很。鲁曾正色道：“尧母庆都，系帝喾庶妃，尧未尝以配喾，今不法尧舜，偏欲依唐太宗故例，殊不可解！”伯颜莞尔道：“博士言是，我当依言奏闻，升祔真哥皇后便了。”

议既决，奏入照准。乃以真哥皇后，配飨武宗，立主升祔。复上皇太后尊号，再行大赦，并免民租之半。

会左丞相撒敦，因多病辞职，顺宗眷念后族，命唐其势代任，凡有中书省事，仍令撒敦会议。唐其势就任数日，屡与伯颜龃龉，奏乞罢职。顺帝慰留不允，只得仍召撒敦，再命为左丞相，并追赠燕帖木儿公忠开济弘谟同德翊运佐命功臣，仪同三司太师中书右丞相，加封德王，谥曰“忠武”。其余廷右各臣，亦多邀封赏。唯奎章阁侍书虞集，谢病乞归。

集学问赅博，有长者风。先是御史中丞马祖常，尝求集荐引乡人袭伯燧，集不从所请，因此挟嫌。顺帝赴上都时，曾召集随往，祖常使人告集道：“御史已有后言，请公留意。”集知祖常有倾轧意，俟顺帝即位后，即托病谢归。看官！你道祖常如何寻隙，令集闻言即去？原来文宗尝命集书诏，言妥欢帖睦尔非明宗子，所以祖常乘隙而入，得肆挤排。不设暗箭，乃用明枪，令虞集归安故里，我谓马祖常还是好人。虞集去后，侍臣犹上启顺帝，谓虞集曾书旧诏，顺帝怅然道：“此朕家事，与他何涉？”顺帝初政，尚有一隙之明。说得侍臣失色而退。寻遣使赐他酒币，召使还朝，集终不起。阅十五年，卒于临川原籍，赐谥文靖，学者称为邵庵先生。这且搁过不提。

且说顺帝嗣位以后，天灾人异，相逼而至。京畿大水，黄河泛滥，两淮亢旱，徽州、秦州、凤州的大山，相继崩裂，至元统二年元旦，汴梁雨血，着衣皆赤。嗣到春季，彰德路雨白毛，继续似线，土人相率惊诧，或呼作菩

萨线，或称为老君髯。既而民间编成歌谣，分作四句；首二句是“天雨线，民起怨，”次二句是“中原地，事必变”。当时共议为不祥。未几水旱疾疫，及山崩地震诸怪异，所在迭见，太白星屡昼见经天，经太史接连报闻，顺帝只知加恩肆赦，凡所有修省事宜，未闻举行。时光易过，又是元统三年。顺帝欲出猎柳林，御史台联衔进奏道：“陛下春秋鼎盛，宜思文皇付托的重任，修德行仁，勉致太平。方今赤县民生，供给繁劳，农务方兴，日不暇给，陛下乃驰骋朔方，既需调发，又防衔橛，恐非上承宗庙，下奠黎庶的至意。”顺帝乃收回原议，罢猎不行。

会左丞相撒敦病殁，伯颜独秉政，唐其势心甚不平，尝语密友道：“天下本我家的天下，伯颜何人，位置偏居我上，煞是可恨！”这语传入伯颜耳中，伯颜心甚不悦，遂缮疏入奏，请以右丞相职位，让与唐其势。又是奸雄手段。奉诏不允，只命唐其势为左丞相，唐其势仍是怏怏。

撒敦弟答里，曾封句容郡王，与诸王晃火帖木儿数相往来。唐其势贻书答里，极言伯颜专权，顺帝昏庸，应入清朝右，且行废立故事。才力不及乃父，竟思效乃父故智，无怪弄巧成拙。答里遂与晃火帖木儿商议，晃火帖木儿也蓄异图，竟劝答里备兵举行。答里乃复告唐其势，约以内外夹应，指日图功等语，唐其势遂决意发难。郯王彻彻秃，伺得逆谋，首先密报。有诏召答里入朝，待久不至。顺帝乃密告伯颜，预行防备。

至六月晦日，唐其势伏兵东郊，自率勇士突进宫阙，甫入禁城，卫兵齐起，伯颜率着完者帖木儿等，大刀阔斧，前来掩杀。唐其势惘惘进来，总道是出人不意，可以唾手成功，谁知四面八方，统是敌兵，那时叫苦不迭，慌忙抵御，战了数合，毕竟寡不敌众，手下健卒，渐渐死亡。伯颜复下令道：“生擒唐其势者赏万金，立即升官！”卫士闻得此令，没一个不奋力上前，把唐其势围住。唐其势只有进路，没有出路，也只好拼命死斗，怎奈双手不敌四拳，渐渐支持不住，竟被卫士扯落马下，七打八抬的拖入宫中。也算阔绰。

伯颜扫清叛卒，复引兵驰往东郊，唐其势弟塔剌海，尚未知乃兄被擒，竟挈着伏兵，前来对仗。无如伏兵也是不多，经伯颜麾兵猛击，一阵驱杀，已将塔剌海手下，杀得东逃西溃。塔剌海也回马急奔，被卫士射倒马下，活擒过去。

伯颜既执住唐其势兄弟，复驰入宫中，请顺帝登殿审讯，顺帝道：“逆

谋已著，何庸再鞫，卿可照律惩办便了！”伯颜遂命卫士动手，将唐其势兄弟牵出。唐其势攀住殿槛，且朗声道：“陛下曾有明诏，宥臣父子孙九死，为何今日食言？”补前阙文。顺帝怒叱道：“谁叫你谋逆，兴兵犯阙？尚欲保全首领么？”卫士闻旨，都来牵扯唐其势，甚至殿槛攀折，方将唐其势曳出，一刀两段。还有塔剌海少年胆怯，竟避匿皇后座下，皇后以情关手足，牵裾遮蔽。伯颜喝令卫士，从皇后座下，牵出塔剌海，自己拔剑出鞘，把手一挥，竟将塔剌海杀死，血溅后衣，吓得皇后答纳失里战兢兢的缩做一团。

伯颜复启奏道：“皇后兄弟谋逆，皇后亦应有罪；况袒蔽兄弟，显系党恶，请陛下割情正法，为将来戒！”顺帝尚未回答，伯颜复叱卫士，牵皇后出宫。卫士未敢动手，伯颜大怒，竟走至后前，揪住皇后发髻，拖落座下。皇后号泣道：“陛下救我！陛下救我！”顺帝至此，亦呜咽道：“汝兄弟为逆，朕亦不能相救。”言未已，伯颜已将皇后牵去，交与卫士。伯颜可恶。卫士拥后出宫，到了开平民舍，暂令居住。伯颜不肯甘休，竟遣人携了鸩酒，胁皇后饮讫。可怜皇后身入椒房，未满二载，为了兄弟谋逆，竟被伯颜鸩死！流水无情，落花有恨，这也由命数使然，徒令人叹息罢了！这是燕帖木儿害她，不专由她兄弟二人。逆党败奔答里，答里即举兵抗命。顺帝遣使臣哈儿哈伦阿鲁灰奉命招谕，答里不从，反将他捆缚起来，用以祭旗。顺帝再遣阿弼往谕，又被他杀死，于是命搠思监火儿灰、哈剌那海等，领兵前讨。答里亦率党和尚、剌剌等迎战，两军相遇，酣斗一场，和尚、剌剌等败走。答里亦遁，拟往投晃火帖木儿。不意行至中途，闪出了一支人马，主帅名叫阿里浑察，奉上都差遣，前来夹攻答里。答里正势穷力蹙，仓猝不及备战，被阿里浑察冲至马前，一戟刺下，把他擒住，押送上都，眼见得不能活了。

晃火帖木儿闻内外党羽，俱已败死，惊得什么相似。忽又报元将孛罗晃火儿不花，引了万人，奔杀前来。不得已征兵数千，出去对阵，可奈兵心未固，遇了敌将，当即弃甲曳兵，纷纷溃散。晃火帖木儿自知难免，遂服毒自杀。

还有怯薛官阿察赤，也与唐其势勾连，欲杀伯颜。经伯颜调查确实，发兵掩捕，执付有司，统共伏辜。一场逆案，化作日出烟消。顺帝复将燕帖木儿及唐其势引用的人员，一并黜逐，并颁下一道谕旨，其文云：

曩者文宗皇帝，以燕帖木儿尝有劳伐，父子兄弟，显列朝廷，而辄

造事衅，出朕远方。文皇寻悟其妄，有旨传次于予。燕帖木儿贪利幼弱，复立朕弟懿璘质班，不幸崩殂；今丞相伯颜，追奉遗诏，迎朕于南。既至大都，燕帖木儿犹怀两端，迁延数月。天陨厥躬，伯颜等同时翊戴，乃正宸极。后撒敦、答里、唐其势相袭用事，交通宗王晃火帖木儿，图危社稷。阿察赤亦尝与谋。伯颜等以次掩捕，明正其罪。元凶搆难，贻我皇太后震惊，朕用兢惕。永惟皇太后后其所生之子，一以至公为心，亲挈大宝，畀予兄弟，迹其定策两朝，功德隆盛，近古罕比，虽尝奉上尊号，揆之朕心，犹未为尽，已命大臣特议加礼。伯颜为武宗捍御北边，翼戴文皇，兹又克清大憝，明饬国宪，爰赐答剌罕之号，至于子孙，世世永赖，可赦天下，俾众咸悉！

嗣是秦王伯颜，愈得宠任，遂命他独任中书右丞相，仿佛与前日燕帖木儿同一宠荣。一面将唐其势家产，尽行籍没。小子有诗咏道：

追原祸始是骄盈，人事由来满必倾；
若使权奸生令子，怎教善恶得分明！

欲知元廷后事，且从下回交代。

燕帖木儿家族之亡，不由顺帝之追究前嫌，而由唐其势之自行谋逆，是正燕帖木儿生时之所不料，实即天道之巧于报应也。燕帖木儿贪淫骄恣，得保全首领以殁，可谓幸矣。厥后子封王，女册后，烜赫尊荣，一时无匹，乃曾几何时，子弟族诛，女后被鸩，遗资宿产，悉数籍没。乃知天之所以福彼者，不啻所以加祸，愚者特不自觉耳！虽然，燕帖木儿之后，尚有伯颜，未鉴前车，复循覆辙，胁主捽后，任所欲为，是殆愚之又愚者。传曰：其兴也暴，其亡也忽。观于此文益信！

第五十回　辱谏官特权停科举
尊太后变例晋徽称

却说秦王右丞相伯颜，自削平逆党后，独秉国钧，免不得作威作福起来。小人通弊。适江浙平章彻里帖木儿，入为中书平章政事，创议停废科举，及将学校庄田，改给卫士衣粮等语。身非武夫，偏创此议，无怪后之顽固将官，痛嫉学校，动议停办。小子前述仁宗朝故事，曾将所定科举制度，一一录明，嗣是踵行有年，科举学校，并行不悖。彻里帖木儿为江浙平章时，适届科试期，驿请试官，供张甚盛。彻里帖木儿心颇不平，既入中书，遂欲更张成制。

御史吕思诚等，群以为非，合辞弹劾。奏上不报，反黜思诚为广西佥事。余人愤郁异常，统辞官归去。参政许有壬也代为扼腕。会闻停罢科举的诏旨，已经缮就，仅未盖玺，不禁忍耐不住，竟抽身至秦王邸中，谒见伯颜，即问道："太师主持政柄，作育人才，奈何把罢除科举的事情，不力去挽回么？"伯颜怒道："科举有什么用处？台臣前日，为这事奏劾彻里帖木儿，你莫非暗中通意不成？"确是权相口吻。有壬被他一斥，几乎说不出话来，亏得参政多年，口才尚敏，略行思索，便朗声答道："太师擢彻里帖木儿，入任中书；御史三十人，不畏太师，乃听有壬指示，难道有壬的权力，比太师尚重么？"伯颜闻言，却掀髯微笑，似乎怒意稍解。奸相。

有壬复道："科举若罢，天下才人，定多觖望！"伯颜道："举子多以赃败，朝廷岁费若干金钱，反好了一班贪官污吏！我意很不赞成。"有壬道："从前科举未行，台中赃罚无算，并非尽出举子。"伯颜道："举子甚多，可

任用的人才，只有参政一人。”有壬道：“近时若张梦臣、马伯庸辈，统可大任，就是善文如欧阳元，亦非他人所及。”伯颜道：“科举虽罢，士子欲求丰衣美食，亦能有心向学，何必定行科举？”有壬道：“志士并不谋温饱，不过有了科举，便可作为进身的阶梯，他日立朝议政，保国抒才，都好由此进行呢。”

伯颜沉吟半晌，复道：“科举取人，实与选法有碍。”本意在此，先时尚欲自讳，至此无从隐蔽，方和盘托出。有壬道：“今通事知印等，天下凡三千三百余名，今岁自四月至九月，白身补官，受宣入仕，计有七十三人，若科举定例，每岁只三十余人，据此核算，选法与科举，并没有什么妨碍；况科举制度，已行了数十年，祖宗成制，非有弊无利，不应骤事撤除。还请太师明察！”伯颜道：“箭在弦上，不得不发，此事已有定议，未便撤消，参政亦应谅我苦心呢！”遁辞知其所穷。有壬至此，无言可说，只得起身告辞。

伯颜送出有壬，暗想此人可恨，他硬出头与我反对，我定要当着大众，折辱他一次，作为儆戒，免得他人再来掣肘。当下默想一番，得了计划，遂于次日入朝，请顺帝将停办科举的诏书，盖了御宝，便把诏书携出，宣召百官，提名指出许有壬，要他列为班首，恭读诏书。有壬尚不知是何诏，竟从伯颜手中，接奉诏敕。待至眼帘映着，却是一道停办科举的诏书，那时欲读不可，不读又不可，勉勉强强地读了一遍，方将此诏发落。

治书御史普化，待他读毕，却望着一笑，弄得有壬羞惭无地。须臾退班，普化复语有壬道：“御史可谓过河拆桥了。”有壬红着两颊，一言不发，归寓后，称疾不出。原来有壬与普化，本是要好的朋友，前时尝与普化言及，定要争回此举。普化以伯颜揽权，无可容喙，不如见机自默，作个仗马寒蝉。保身之计固是，保国之计亦属未然。有壬凭着一时气恼，不服此言，应即与普化交誓，决意力争，后来弄到这般收场，面子上如何过得下去？因此引为大耻，只好托称有疾罢了。

伯颜既废科举，复敕所在儒学贡士庄田租改给宿卫衣粮。卫士得了一种进款，自然感激伯颜，唯一般士子，纷纷谤议，奈当君主专制时代，凡事总由君相主裁，就使士子交怨，亦只能饮恨吞声，无可如何。这叫作秀才造反。

这且慢表。唯天变未靖，星象又屡次示异，忽报荧惑犯南斗，忽报辰星犯房宿，忽报太阴犯太微垣，余如太白昼见，太白经天等现象，又连接不

断，顺帝未免怀忧。辄召伯颜商议，伯颜道："星象告变，与人生无甚关系，陛下何必过忧！"伯颜似预知西学。

顺帝道："自我朝入主中夏以来，寿祚延长，莫如世祖。世祖的年号，便是至元，朕既缵承祖统，应思效法祖功，现拟本年改元，亦称作至元年号，卿意以为何如？"愚不可及。伯颜道："陛下要如何改，便如何改，毋劳下问！"顺帝乃决意改元。

这事传到台官耳中，大众又交头接耳，论个不休。监察御史李好文，即草起一疏，大意言年号袭旧，于古未闻，且徒袭虚名，未行实政，亦恐无益。正在摇笔成文的时候，外面已有人报说，改元的诏旨，已颁下了。好文忙至御史台省，索得一纸诏书，其文道：

> 朕祗绍天明，入纂丕绪，于今三年，夙夜寅畏，罔敢怠荒。兹者年穀顺成，海宇清谧，朕方增修厥德，日以敬天恤民为务，属太史上言，星文示儆，将朕德菲薄，有所未逮欤？天心仁爱，俾予以治，有所告戒欤？弭灾有道，善政为先，更号纪元，实唯旧典。唯世祖皇帝在位长久，天人协和，诸福咸至。祖述之志，良切朕怀，今特改元统三年，仍为至元元年。遹遵成宪，诞布宽条，庶格祯祥，永绥景祚，可赦天下。

好文览毕，哑然失笑，即转身返入寓内，见奏稿仍摆在案头，字迹初干，砚坳尚湿，他凭着残墨秃笔，写出时弊十余条，言比世祖时代的得失，相去甚远，结束是陛下有志祖述，应速祛时弊，方得仰承祖统云云。属稿既成，从头至尾的读了一遍，自觉言无剩意，笔有余妍，遂换了文房四宝，另录端楷，录成后即入呈御览。待了数日，毫无音信，大约是付诸冰搁了。

好文愈觉气愤，免不得出去解闷。他与参政许有壬，也是知友，遂乘暇进谒。时有壬旧忿已消，销假视事，既见了好文，两下叙谈，免不得说起国事。好文道："目今下诏改元，仍复至元年号，这正是古今未有的奇闻。某于数日间曾拜本进去，至今旬日，未见纶音，难道改了'至元'二字，便可与全盛时代，同一隆平么？"

有壬道："朝政煞是糊涂，这还是小事呢。"好文道："还有什么大事？"有壬道："足下未闻尊崇皇太后的事情么？"好文道："前次下诏，命大臣

特议加礼，某亦与议一二次，据鄙见所陈，无非加了徽号数字，便算得尊崇了。”有壬道：“有人献议，宜尊皇太后为太皇太后，足下应亦与闻？”此处尊皇太后事，从大臣口中叙出，笔法不致复沓。好文笑道：“这等乃无稽谰言，不值一哂。”有壬道：“足下说是谰言，上头竟要实行呢！”好文道：“太皇太后，乃历代帝王，尊奉祖母的尊号，现在的皇太后，系皇上的婶母，何得称为太皇太后？”有壬道：“这个自然，偏皇上以为可行，皇太后亦喜是称，奈何！”

好文道：“朝廷养我辈何为？须要切实谏阻。”有壬道：“我已与台官商议，合词谏诤，台官因前奏请科举，大家撞了一鼻子灰，恐此次又蹈覆辙，所以不欲再陈，你推我诿，尚未议决。”好文道：“公位居参政，何妨独上一本。”有壬道：“言之无益，又要被人嘲笑。”顾上文。好文不待说毕，便朗声道：“做一日臣子，尽一日的心力；若恐别人嘲笑，做了反舌无声，不特负君，亦恐负己哩！”有壬道：“监察御史泰不华也这般说，他已邀约同志数人，上书谏阻，并劝我独上一疏，陈明是非。我今已在此拟稿，巧值足下到来，是以中辍。”好文道：“如此说来，某却做了催租客了。只这篇奏稿，亦不要什么多说，但教正名定分，便见得是是非非了。”有壬道：“我亦这般想，我去把拟稿取来，与足下一阅。”言毕，便命仆役去取奏稿。不一刻，已将奏稿取到，由好文瞧着，内有数语道：从好文目中述及许有壬奏稿，又是一种笔法。

皇上于太后，母子也；若加太皇太后，则为孙矣。且今制封赠祖父母，降父母一等；盖推恩之法，近重而远轻，今尊皇太后为太皇太后，是推而远之，乃反轻矣！

好文阅此数语，便赞着道：“好极！好极！这奏上去，料不致没挽回了。”说着，又瞧将下去，还有数句，无非是不应例外尊崇等语。瞧毕，即起身离座，将奏稿奉还有壬道：“快快上奏，俾上头早些觉悟。某要告别了。”

有壬也不再留，送客后，即把奏稿续成，饬文牍员录就，于次日拜发。监察御史泰不华亦率同列上章，谓祖母徽称，不宜加于叔母。两疏毕入，仍是无声无臭，好几日不见发落。有壬只咨嗟太息，泰不华却密探消息，非常注意。

一日到台办事，忽有同僚入报道：“君等要遇祸了，还在此从容办事么！”泰不华道：“敢是为着太皇太后一疏么？”那人道：“闻皇太后览了此疏，勃

然大怒，欲将君等加罪，恐明日即应有旨。”言未已，台中哗然，与泰不华会奏的人员，更是惶急，有几个胆小的，益发颤起来，统来请教泰不华想一条保全性命的法儿。挖苦得很。泰不华神色如故，反和颜慰谕道：“这事从我发起，皇太后如要加罪，由我一人担当，甘受诛戮，决不带累诸公！”于是大家才有些放心。

越日，也不见诏旨下来，又越一日，内廷反颁发金币若干，分赐泰不华等，泰不华倒未免惊诧，私问宫监，宫监道：“太后初见奏章，原有怒意，拟加罪言官，昨日怒气已平，转说风宪中有如此直臣，恰也难得，应赏赐金币，旌扬直声，所以今日有此特赏。”泰不华至此，也不免上书谢恩。许有壬不闻蒙赏，未免晦气。只是太皇太后的议案，一成不变，好似金科玉律一般，没人可以动摇，当由礼仪使草定仪制，交礼部核定，呈入内廷，一面饬制太皇太后玉册玉宝。至册宝告成，遂恭上太皇太后尊号，称为赞天开圣徽懿宣诏贞文慈佑储善衍庆福元太皇太后，并诏告中外道：

钦惟太皇太后，承九庙之托，启两朝之业，亲以大宝付之眇躬，尚依拥佑之慈，恪遵仁让之训。爰极尊崇之典，以昭报本之忱，用上徽称，宣告中外。

是时为至元元年十二月，距改元的诏旨，不过一月。小子前于改元时，未曾叙明月日，至此不能不补叙，改元诏书，乃是元统三年十一月中颁发，史家因顺帝已经改元，遂将元统三年，统称为至元元年。或因世祖年号，已称至元，顺帝又仍是称，恐后人无从辨别，于至元二字上，特加一“后”字，以别于前，这且休表。上文叙改元之举，不便夹入，至此才行补笔，亦是销纳之法。

且说太皇太后，于诏旨颁发后，即日御兴圣殿，受诸王百官朝贺。自元代开国以来，所有母后，除顺宗后弘吉剌氏外，见三十三回。要算这会是第二次盛举，重行旷典，增定隆仪，殿开宝翣，仰瞻太母之丰容；乐奏仙璈，不啻钧天之逸响。这边是百僚进谒，冠履生辉；那边是群女添香，珮环皆韵。太皇太后喜出望外，固不必说，就是宫廷内外，也没一个不踊跃欢呼，非常称庆。唯前日奏阻人员，心中总有些不服，不过事到其间，未便示异，也只有随班趋跄罢了。插写每为下文削去尊号，故作反笔。

庆贺已毕，又由内库发出金银钞币，分赏诸王百官，连各大臣家眷，亦都得有特赐。独彻里帖木儿异想天开，竟将妻弟阿鲁浑沙儿，认为己女，冒请珠袍等物。

一班御史台官，得着这个证据，乐得上章劾奏，且叙入彻里帖木儿平日尝指斥武宗为“那壁”。看官！你道“那壁”二字，是什么讲解？就是文言上说的“彼”字。顺帝览奏，又去宣召伯颜，问他是否应斥。伯颜竟说是应该远谪，乃将彻里帖木儿夺职，谪置南安。相传由彻里帖木儿渐次骄恣，有时也与伯颜相忤，因此伯颜袒护于前，倾排于后。正是：

贵贱由人难自主，谄谀无益且招殃。

毕竟后事如何，且看下回分解。

科举之得失，前人评论甚详，即鄙人于三十回中，亦略加论断，毋容赘说。唯伯颜之主停科举，实有别意。一则因彻里帖木儿之言，先入为主；二则朝纲独擅，无非欲揽用私人，若规规于科举，总不无掣肘之虞，故决议罢免之以快其私，非关于得失问题也。其后若改元，若尊皇太后为太皇太后，俱事出创闻，古今罕有，伯颜下行私，上欺君，逢迎蒙蔽，借邀主眷，权奸之所为，固如是哉！此回叙元廷政事，除罢免科举外，似与伯颜无涉，实则暗中皆指斥伯颜。项庄舞剑，意在沛公，阅者体会入微，自能知之。

第五十一回　妨功害能淫威震主
竭忠报国大义灭亲

却说元顺帝宠用伯颜，非常信任，随时赏给金帛珍宝，及田地户产，甚至把累朝御服，亦作为特赐品。伯颜也不推辞，唯奏请追尊顺帝生母，算是报效顺帝的忠忱。顺帝生母迈来迪，出身微贱，小子于前册中，已略述来历。见四十四回。此次伯颜奏请，正中顺帝意旨，遂令礼部议定徽称，追尊生母迈来迪为贞裕徽圣皇后。追尊所生，未始非报本之意，唯出自伯颜奏请，不免贡谀。顺帝以伯颜先意承旨，越加宠眷，复将“塔剌罕”的美名，给他世袭，又敕封伯颜弟马扎尔台为王。马扎尔台夙事武宗，后侍仁宗，素性恭谨，与乃兄伯颜谦傲不同，此时已知枢密院事，闻宠命迭下，竟入朝固辞。顺帝问以何意，马扎尔台道：“臣兄已封秦王，臣不宜再受王爵，太平故事，可作殷鉴，请陛下收回成命！”善鉴前车，故不俱亡。顺帝道：“卿真可谓小心翼翼了！”马扎尔台叩谢而退。顺帝尚是未安，仍命为太保，分枢密院往镇北方。

马扎尔台只好遵着，出都莅任，蠲徭薄赋，颇得民心。唯伯颜怙恶不悛，经马扎尔台屡次函劝，终未见从，反且任性横行，变乱国法，朝野士民，相率怨望。广东朱光卿，与其党石昆山、钟大明聚众造反，称大金国，改元赤符。惠州民聂秀卿等，亦举兵应光卿。河南盗棒胡，又聚众作乱，中州大震。此为顺帝时代乱祸四起之肇始。元廷命河南左丞庆童往讨，获得旗帜宣敕金印，遣使上献。

伯颜闻报，即日入朝，命来使呈上旗帜宣敕等物。顺帝瞧着道：“这等

物件，意欲何为？”瘟皇帝。伯颜奏道：“这皆由汉人所为，请陛下问明汉官。”参政许有壬正在朝列，听着伯颜奏语，料他不怀好意，忙出班跪奏道：“此辈反状昭著，陛下何必下问，只命前敌大臣，努力痛剿便了！”顺帝道：“卿言甚是！汉人作乱，须汉官留意诛捕，卿系汉官，可传朕谕，命所有汉官等人，讲求诛捕的法儿，切实奏闻，朕当酌行。”诛捕汉贼，责成汉官，若诛捕蒙逆，必责成蒙官，此乃自分畛域，适足召亡。许有壬唯唯遵谕。顺帝即退朝还宫。伯颜不复再奏，快快趋出。看官！你道伯颜寓何意思？他料汉官必讳言汉贼，可以从此诘责，兴起大狱；孰意被有壬瞧透机关，竟尔直认，反致说不下去，以此失意退朝。

嗣闻四川合州人韩法师，亦拥众称尊，自号南朝越王，边警日有所闻。当由元廷严饬诸路督捕，才得兵吏戮力，渐次荡平。各路连章奏捷，并报明诛获叛民姓氏，其间以张、王、刘、李、赵五姓为最多。伯颜想入非非，竟入内廷密奏，请将五姓汉人，一律诛戮。亏得顺帝尚有知觉，说是五姓中亦有良莠，不能一律尽诛，于是伯颜又不获所请，负气而归。

转眼间已是至元四年，顺帝赴上都，次八里塘。时正春夏交季，天忽雨雹，大者如拳，且有种种怪状，如小儿环玦狮象等物，官民相率惊异，谣诼纷纷。未几有漳州民李志甫，袁州人周子旺，相继作乱，骚扰了好几月，结果是同归于尽，讹言方得少息。顺帝又归功伯颜，命在涿州、汴梁二处，建立生祠。嗣复晋封大丞相，加元德上辅功臣的美号，赐七宝玉书龙虎金符。元无大丞相名号，伯颜得此，可称特色。

伯颜益加骄恣，收集诸卫精兵，令党羽燕者不花，作为统领，每事必禀命伯颜。伯颜偶出，侍从无算，充溢街衢。至如帝驾仪卫，反日见零落，如晨星一般。天下但知有伯颜，不知有顺帝，因此顺帝宠眷的心思，反渐渐变做畏惧了。

会伯颜以郯王彻彻秃，颇得帝眷，与己相忤，暗思把他捽去，免做对头；遂诬奏彻彻秃隐蓄异图，须加诛戮。顺帝默忖道：“从前唐其势等谋变，彻彻秃先发逆谋，彼时尚不与逆党勾结，难道今反变志？此必伯颜阴怀嫉忌的缘故，万不可从。”乃将原奏留中不发。

次日伯颜又入内面奏，且连及宣让王帖木儿不花，威顺王宽彻普化，请一律诛逐。顺帝淡淡的答道：“这事须查有实据，方可下诏。”伯颜恰说了许

多证据，大半是捕风捉影，似是而非，说得顺帝无言可答，只是默然。顺帝惯作此状。

伯颜见顺帝不答，忿忿的走了出去。顺帝只道他扫兴回邸，不复置念，谁知他竟密召党羽，捏做一道诏旨，传至郯王府中，把彻彻秃捆掷出来，一刀了讫。复伪传帝命，勒令宣让王、威顺王两人，即日出都，不准逗留。待至顺帝闻知，被杀的早已死去，被逐的也已撵出，不由得龙心大怒，要将伯颜加罪，立正典刑。怎奈顺帝的权力，不及伯颜，投鼠还须忌器，万一不慎，连帝位都保不住，没奈何耐着性子，徐图良策。然而恶人到头，终须有报，任你位高权重的大丞相，做到恶贯满盈的时候，总有人出来摆布，教他自去寻死。儆世名言。

这位大丞相伯颜的了局，说来更觉可奇，他不死在别人手中，偏偏死在他自己的侄儿手里，正是天网难逃，愈弄愈巧了。看官听着，他的侄儿，名叫脱脱，一作托克托。就是马扎尔台的长子。先是唐其势作乱时，脱脱尝躬与讨逆，以功进官，累升至金紫光禄大夫，伯颜欲令他入备宿卫，侦帝起居，嗣因专用私亲，恐干物议，乃以知枢密院事汪家奴，及翰林院承旨沙剌班，与脱脱同入禁中。脱脱得有所闻，从前必报知伯颜，寻见伯颜揽权自恣，也不免忧虑起来。

时马扎尔台尚未出镇，脱脱曾密禀道："伯父骄纵日甚，万一天子震怒，猝加重谴，那时吾族要灭亡了，岂不可虑！"马扎尔台道："我也曾虑及此事，只我兄不肯改过，奈何！"脱脱道："总要先事预防，方好哩。"马扎尔台点头称是。至马扎尔台奉命北去，脱脱无可禀承，越加惶急，暗思外人无可与商，只有幼年师事的吴直方，气谊相投，不妨请教。

当下密造师门，谒见直方，问及此事，直方慨然道："古人有言，大义灭亲，汝但宜为国尽忠，不要专顾什么亲族！"脱脱拜谢道："愿受师教！"言毕辞归。

一日，侍帝左右，见顺帝愁眉不展，遂自陈忘家殉国的意思。顺帝尚未见信，私下与阿鲁、世杰班两人述及脱脱奏语，令他密查。阿鲁、世杰班，算是顺帝心腹，做了数年皇帝，只有两人好算心腹，危乎危乎！至此奉顺帝命，与脱脱交游，每谈及忠义事，脱脱必披胆直陈，甚至唏嘘涕泣，说得两人非常钦佩。遂密报顺帝，说是靠得住的忠臣。

会郯王被杀，宣让、威顺二王被逐，顺帝敢怒不敢言，只日坐内廷，咄咄书空。脱脱瞧着，便跪请为帝分忧。顺帝太息道："卿固怀忠，但此事不便命卿效力，奈何！"脱脱道："臣入侍陛下，总期陛下得安，就使粉骨碎身，亦所不恨。"顺帝道："事关卿家，卿可为朕设法否？"脱脱道："臣幼读古书，颇知大义，毁家谋国，臣不敢辞！"顺帝乃把伯颜跋扈的情迹，详述一遍，并且带语带哭，脱脱也为泪下，遂奏对道："臣当竭力设法，务报主恩！"顺帝点头。

脱脱退出。复去禀告吴直方，直方道："这事关系重大，宗社安危，在此一举，但不知汝奏对时，有无旁人听着。"脱脱道："恰有两人，一为阿鲁，一为脱脱木儿，想此两人为皇上亲臣，或不致漏泄机密。"直方道："汝伯父权焰熏天，满朝多系党羽，若辈苟志图富贵，竟泄秘谋，不特汝身被戮，恐皇上亦蹈不测了。"脱脱闻了此语，未免露出慌张情形。直方道："时刻无多，想尚不致遽泄，我尚有一计，可以挽回。"脱脱大喜，当即请教。直方与他附耳道："如此如此！"此处为省文起见，所以含浑。喜得脱脱欢跃而出，忙去邀请阿鲁及脱脱木儿至家，治酒张乐，殷勤款待，自昼至夜，始终不令出门。自己恰设词离座，出访世杰班，议定伏甲朝门，俟翌晨伯颜入朝，拿他问罪。当下密戒卫士，严稽宫门出入，螭坳统为置兵，待晓乃发。

脱脱暂归，天尚未明，伯颜已遣人召脱脱，脱脱不敢不去。及见伯颜，竟遭诘责，说是宫廷内外，何故骤行加兵？消息真灵。那时脱脱心下大惊，勉强镇定了神，徐徐答道："宫廷为天子所居，理宜小心防御；况目今盗贼四起，难保不潜入京师，所以预为戒严！"伯颜又叱道："你何故不先报我？"脱脱惶恐，谢罪而去。料知事难速成，又去通知世杰班，教他缓图。果然伯颜隐有戒心，于次日入朝时，竟带卫卒至朝门外候着，作为保护。及退朝无事，又上一奏疏，请顺帝出畋柳林。

是时脱脱返家，已与阿鲁、脱脱木儿约为异姓兄弟，誓同报国。忽来宫监宣召，促脱脱入议，脱脱与二人相偕入宫。顺帝即将伯颜奏章，递与脱脱。脱脱阅毕，便启奏道："陛下不宜出畋，请将原奏留中为是。"顺帝道："朕意也是如此，只伯颜图朕日急，卿等务替朕严防！"言未已，宫监又呈进奏牍，仍是伯颜催请出猎。顺帝略略一瞧，即语脱脱道："奈何？他又来催朕了。"脱脱道："臣为陛下计，不妨托疾，只命太子代行，便可无虑。"

顺帝道："这计甚善，明晨就可颁旨，劳卿为朕草诏便了。"脱脱遵谕，即就顺帝前领了笔墨，写就数行，复呈顺帝亲览。由顺帝盖了御宝，于次日颁发出去。自此脱脱等留住禁中，与顺帝密图方法，三个缝皮匠，比个诸葛亮，这遭伯颜要堕入计中了。

伯颜接诏后，暗思太子代行，事颇尴尬，但诏中命大丞相保护，又是不好不去。默默的思索多时，竟想出废立的一条计策来，拟乘此出畋时候，挟了太子，号召各路兵马，入阙废君。又蹈唐其势覆辙，这正是暗中报应。计划已定，便点齐卫士，请太子启行，簇拥出城，竟赴柳林去讫。

看官！这太子却是何人，原来就是文宗次子燕帖古思。从前顺帝嗣位，曾奉太后谕旨，他日须传位燕帖古思，所以立燕帖古思为太子。应四十九回。

伯颜既奉太子出都，脱脱即与阿鲁等密谋，悉拘京城门钥。命所亲信布列城下，夤夜奉顺帝居玉德殿，召省院大臣，先后入见，令出五门听命。一面遣都指挥月可察儿，授以秘计，令率三十骑至柳林，取太子还都。又召翰林院中杨瑀、范汇二人，入宫草诏，详数伯颜罪状，贬为河南行省左丞相。命平章政事只儿瓦歹，赍赴柳林。脱脱自服戎装，率卫士巡城。俟诸人出城后，阖了城门，登陴以待。

说时迟，那时快，不到数时，月可察儿已奉太子回来，传着暗号，由脱脱开城迎入，仍将城门关住。原来柳林距京师，只数十里，半日可以往返。月可察儿自二鼓起程，疾驰而去，至柳林，不过夜半。当时太子左右，已由脱脱派着心腹，使为内应，及与月可察儿相见，彼此不待详说，即入内挈了太子，与月可察儿一同入都。

伯颜正在睡乡，哪里晓得这般计划。至五鼓后，睡梦始觉，方由卫士报闻太子已归，急得顿足不已。正惊疑间，只儿瓦歹又到，宣读诏敕。伯颜听他读毕，还仗着前日势力，不去理睬，竟出帐上马，带着卫士，一口气跑至都门。

时已天晓，门尚未辟，只见脱脱剑佩雍容，踞坐城上，他即厉声喝着，大呼开城。威权已去，厉声何益！城上坐着的脱脱，起身答道："皇上有旨，黜丞相一人，诸从官等皆无罪，可各归本卫！"伯颜道："我即有罪，被皇上黜逐，也须陛辞皇上，如何不令我入城？"脱脱道："圣旨难违，请即自便！"伯颜道："你是我侄儿脱脱么？你幼年的时候，我曾视若己子，如何

抚养，你今日怎得负我？”脱脱道：“为国家计，只能遵着大义，不能顾着私恩；况伯父此行，仍得保全宗族，不致如太平王家，祸及灭门，还算是万幸呢！”确是万幸。

伯颜尚欲再言，不意脱脱已下城自去。及返顾侍从，又散去了一大半，弄到没法可施，不得已回马南行。道出直定，人民见他到来，都说丞相伯颜，也有今日。有几个朴诚的父老，改恨为悯，奉进壶觞。伯颜温言抚慰，并问道：“尔等曾闻有逆子害父的事情么？”父老道：“小民等僻处乡野，只闻逆臣逼君，不曾闻逆子害父！”伯颜被他一驳，未免良心发现，俯首怀惭。旋与父老告别，狼狈南下，途次又接着廷寄，略称伯颜罪重罚轻，应再行加罚，安置南恩州阳春县。看官！你想南恩州远在岭南，镇日里烟瘴薰蒸，不可向迩，如这位养尊处优的大丞相伯颜，此时被充发出去，受这么苦，哪里禁当得起！他亦明知是一条死路，今日挨，明日宕，及行抵江西隆兴驿，奄奄成病，卧土炕中。那驿官又势利得很，还要冷讥热讽，任情奚落，就使不是病死，也活活的气死了。争权夺利者，其鉴诸。

伯颜既贬死，元廷召马扎尔台还朝，命为太师右丞相，脱脱知枢密院事，余如阿鲁、世杰班等，俱封赏有差。嗣复加封马扎尔台为忠王，赐号答剌罕。马扎尔台固辞，且称疾谢职。御史台奏请宣示天下以劝廉让，得旨允从。台官又来拍马。乃诏令马扎尔台，以太师就第，授脱脱为右丞相，录军国重事。脱脱乃悉更伯颜旧政，复科举取士法，雪郯王彻彻秃冤诬，召还宣让、威顺二王，使居旧藩，又弛马禁，减盐额，蠲宿逋，并续开经筵，慎选儒臣进讲，中外翕然，称为贤相。小子也有诗咏脱脱道：

春秋书法本森严，公义私恩不两兼。
鸩死叔牙诛子厚，忠臣法古有谁嫌？

脱脱秉政后，元廷忽又发生一种奇闻。欲知详细情形，且待下回再表。

伯颜以平唐其势功，敢弑顺后，目无尊长，至专政以后，日益鸱张，生杀予夺，任所欲为，追弑郯王，逐宣让、威顺二王，矫制罪人，不法盖已极矣，仅加贬逐，尚为失刑。然非脱脱之以公灭私，恐贬逐犹非易事也。脱脱大义灭亲，为

《麟经》所特许，固无待言；但天嫉伯颜之专擅，独假手于其犹子以报之，何其巧欤！本回依次铺叙，好似无数精彩，随笔而下，其实不过一叙事文而已。然读《元史》至伯颜、马扎尔台、脱脱诸传，不如读此一回文字，较有兴味，是非用笔之长，曷克臻此，阅者宁得徒以小说目之！

第五十二回　逐太后兼及孤儿　用贤相并征名士

却说顺帝既放逐伯颜，好似捽掉了一个大虫，非常喜悦，所有宫禁中一切近臣，俱给封赏，自不消说。唯顺帝是个优柔寡断的主子，每喜偏信近言，优柔寡断四字，是顺帝一生注脚。前此伯颜专政，顺帝无权，内廷一班人物，专知趋奉伯颜，买动欢心，每日向顺帝前，历陈伯颜如何忠勤，如何炼达，所以顺帝深信不疑，累加宠遇。到了伯颜贬死，近臣又换了一番举动，只曲意逢迎顺帝。适值太子燕帖古思不服顺帝教训，顺帝未免忿懑，近臣遂乘隙而入，都说燕帖古思的坏处，且奏称他不应为储君。顺帝碍着太皇太后面子，不好猝然废储，常自犹豫未决。偏近臣等摇唇鼓舌，助浪生风，更把那太皇太后故事，及文宗当日情形，一古脑儿搬将出来，又添了几句诬陷话儿，不由顺帝不信。但顺帝虽是信着近臣，终因太皇太后内外保护，得以嗣位，意欲宣召脱脱，与他解决这重大问题。近臣恐脱脱进来，打断此议，又奏请此事当由宸衷独断，不必与相臣商量。并且说太皇太后离间骨肉，罪恶尤重，就是太皇太后的徽称，也属古今罕有，天下没有婶母可做祖母的事情，陛下若不明正罪名，反贻后世恶谤。因此顺帝被他激起，竟不及与脱脱等议决，为脱脱解免，似有隐护贤相意。只命近臣缮就诏旨，突行颁发，宣告中外。其诏云：

昔我皇祖武宗皇帝，升遐之后，祖母太皇太后惑于儉慝，俾皇考明

宗皇帝出封云南。英宗遇害，正统寖偏，我皇考以武宗之嫡子，逃居朔漠，宗王大臣，同心翊戴。于是以地近先迎文宗，暂总机务。继知天理人伦所在，假让位之名，以宝玺来上。皇考推诚不疑，即授以皇太子宝。文宗稔恶不悛，当躬迓之际，乃与其臣月鲁不花、也里牙、明里董阿等谋为不轨，使我皇考饮恨上宾。归而再御宸极，又私图传子，乃构邪言，嫁祸于八不沙皇后，谓朕非明宗之子，遂俾出居遐陬，祖宗大业，几于不继。内怀愧慊，则杀也里牙以杜口。上天不佑，随降殒罚，叔婶卜答失里，怙其势焰，不立明考之冢嗣，而立孺稚之弟懿璘质班。奄复不年，诸王大臣，以贤以长，扶朕践位。每念治必本于尽孝，事莫先于正名，赖天之灵，权奸屏黜，尽孝正名，不容复缓，永惟鞠育罔极之恩，忍忘不共戴天之义？既往之罪，不可胜诛，其命太常脱脱木儿，撤去文宗图帖睦尔在庙之主。卜答失里本朕之婶，乃阴构奸臣，弗体朕意，僭膺太皇太后之号。迹其闺门之祸，离间骨肉，罪恶尤重，揆之大义，削去鸿名，徙东安州安置。燕帖古思昔虽幼冲，理难同处，朕终不陷于覆辙，专务残酷，唯放诸高丽。当时贼臣月鲁不花、也里牙已死，其以明里董阿等，明正典刑。以示朕尽孝正名之至意！此诏。

这诏颁发，廷臣大哗，公举脱脱入朝，请顺帝取消前命。脱脱却也不辞，便驰入内廷，当面谏阻。顺帝道："你为了国家，逐去伯父。朕也为了国家，逐去叔婶；伯父可逐，难道叔婶不可逐么？"数语调侃得妙，想是有人教他。说得脱脱瞠目结舌，几乎无可措词。旋复将太皇太后的私恩，提出奏陈，奈顺帝置诸不理！又做哑子了。脱脱只好退出，众大臣以脱脱入奏，尚不见从，他人更不待言，一腔热忱，化作冰冷。太皇太后卜答失里，又没有什么能力，好似庙中的城隍娘娘一般，前时铸像装金，入庙升殿，原是庄严得很，引得万众瞻仰，焚香跪叩，不幸被人侮弄，舁像投地，一时不见什么灵效，遂彼此不相敬奉，视若刍狗，甚至任意蹴踏，取快一时，煞是可叹！此附确切。且说文宗神主，已由脱脱木儿撤出太庙，复由顺帝左右奉了主命，逼太后母子出宫。太后束手无策，唯与幼儿燕帖古思相对，痛哭失声。怎奈无人怜惜，反且恶语交侵，强行胁迫，太后由悲生忿，当即草草收拾，挈了幼儿，负气而出。一出宫门，又被那一班狐群狗党，扯开母子，迫之分道自

去，不得同行。古人有言，生离甚于死别，况是母子相离，惨不惨呢！适为御史崔敬所见，大为不忍，忙趋入台署中，索着纸笔，缮就一篇奏牍，大旨说的是：

文皇获不轨之愆，已撤庙祀；叔母有阶祸之罪，亦削鸿名，尽孝正名，斯亦足矣。唯念皇弟燕帖古思太子，年方在幼，罹此播迁，天理人情，有所不忍；明皇当上宾之日，太子在襁褓之间，尚未有知，义当矜悯！盖武宗视明、文二帝，皆亲子也，陛下与太子，皆嫡孙也，以武皇之心为心，则皆子孙，固无亲疏，以陛下之心为心，未免有彼此之论。臣请以世俗喻之：常人有百金之产，尚置义田，宗族困阨者为之教养，不使失所，况皇上贵为天子，富有四海，子育黎元，当使一夫一妇，无不得其所。今乃以同气之人，置之度外，适足贻笑边邦，取辱外国！况蛮夷之心，不可测度，倘生他变，关系非轻，兴言至此，良为寒心！臣愿杀身以赎太子之罪，望陛下遣近臣迎归太后母子，以全母子之情，尽骨肉之义。天意回，人心悦，则宗社幸甚！

缮就后，即刻进呈，并不闻有什么批答，眼见得太后太子，流离道路，无可挽回。太后到了东安州，满目凄凉，旧有女侍，大半分离，只剩了老媪两三名，在旁服役，还是呼应不灵，气得肝胆俱裂，即成痨疾。临殁时犹含泪道："我不听燕太师的言语，弄到这般结果，悔已迟了！"嗣复倚榻东望道："我儿！我儿！我已死了！你年才数龄，被谗东去，料也保不全性命，我在黄泉待你，总有相见的日子！"言至此，痰喘交作，奄然而逝。阅至此，令人呜咽，然复阅四十四回鸩杀八不沙皇后时，则斯人应受此苦，反足称快！此时的燕帖古思，与母相离，已是半个死去，并且前后左右，没人熟识，反日日受他呵斥，益发啼哭不休。监押官月阔察儿，凶暴得很，闻着哭声，一味威喝。无如孩童习性，多喜抚慰，最怕痛詈，况前为太子时，何等娇养，没一人敢有违言，此时横遭惨虐，自然悲从中来。月阔察儿骂得愈厉，燕帖古思哭得愈高，及行到榆关外面，距都已遥，天高皇帝远，可恨这月阔察儿，竟使出残酷手段，呵叱不足，继以鞭挞，小小的金枝玉叶，怎禁得这般蹂躏，儿声长号，倒地毙命！惨极！月阔察儿并不慌忙，命将儿尸瘗葬道旁，另遣人驰报阙中，捏称因病身亡。顺帝本望他速死，得了此报。暗暗喜欢，还去究诘

什么？从此文宗图帖睦尔的后嗣，已无孑遗了。害人者必致自害，阅者其鉴诸！顺帝既逐去文后母子，并杀了明里董阿等人，尚是余怒未息，再将文宗所增置的官属，如太禧宗禋等院，及奎章阁艺文监，皆议革罢，翰林学士丞旨巙巙。一作库库。奏言人民积产千金，尚设有家塾，延聘馆师，堂堂天朝，一学房乃不能容，未免贻讥中外。顺帝不得已，乃改奎章阁为宣文阁，艺文监为崇文监，余悉裁去。褊窄至此，宜其亡国。一面追尊明宗为顺天立道睿文智武大圣孝皇帝，亲祼太室。既而腊鼓频催，岁星又改，顺帝复想除旧布新，敕令改元。当由百官会议，把至元二字的年号，留一至字，易一正字。改元为正，有何益处？议既定，于次年元旦下诏道：

朕唯帝皇之道，德莫大于克孝，治莫大于得贤。朕早历多难，入绍大统，仰思祖宗付托之重，战兢惕厉，于兹八年。慨念皇考久劳于外，甫即大命，四海觖望，夙夜追慕，不忘于怀。乃以至元六年十月初四日，奉玉册玉宝，追上皇考曰顺天立道睿文智武大圣孝皇帝，被服衮冕，祼于太室，式展孝诚。十有一月六日，勉徇大礼庆成之请，御大明殿，受群臣朝贺。忆自去春畴咨于众，以知枢密院事马扎尔台为太师右丞相，以正百官，以亲万民，寻即陛辞，养疾私第。再三谕旨，勉令就位，自春徂秋，其请益固。朕悯其劳日久，察其至诚，不忍烦之以政，俾解机务，仍为太师，而知枢密院事脱脱，早岁辅朕，克著忠贞，乃命为中书右丞相；宗正扎鲁忽赤、帖木儿不花，尝历政府，嘉绩著闻，为中书左丞相，并录军国重事。夫三公论道，以辅予德，二相总政，以弼予治，其以至元七年为至正元年，与天下更始。前录改元诏，见顺帝之喜夸；此录改元诏，见顺帝之无恒。

自是顺帝乾纲独奋，内无母后，外乏权臣，所有政务，俱出亲裁。起初倒也励精图治，兴学任贤，并重用脱脱，大修文事。特诏修辽、金、宋三史，以脱脱为都总裁官，中书平章政事铁木儿塔识，中书右丞太平御史中丞张起岩，翰林学士欧阳玄，侍御史吕思诚，翰林侍讲学士揭傒斯为总裁官。先是世祖立国史院，曾命王鹗修辽、金二史，及宋亡，又命史臣通修三史。至仁宗、文宗年间，复屡诏修辑，迄无所成。脱脱既奉命，饬各员搜检遗

书，披阅讨论，日夕不辍。又以欧阳玄擅长文艺，所有发凡起例，论赞表奏等类，俱令属稿，略加修正，先成辽史，后成金、宋二史，中外无异辞。脱脱又请修至正条格，颁示天下，亦得顺帝允行。

顺帝尝幸宣文阁，脱脱奏请道："陛下临御以来，天下无事，宜留心圣学，近闻左右暗中谏阻，难道经史果不足观么？如不足观，从前世祖在日，何必以是教裕皇！"顺帝连声称善。脱脱即就秘书监中，取裕宗所受书籍，进呈大内，又举荐处士完者图、执理哈琅、杜本、董立、李孝光、张枢等人，有旨宣召。完者图、执理哈琅、董立、李孝光就征到京，诏以完者图、执理哈琅为翰林待制，立为修撰，孝光为著作郎。唯杜本隐居清江，张枢隐居金华，固辞不至。不没名儒。顺帝闻二人不肯就征，很加叹息。

既而罢左丞相帖木儿不花，改用别儿怯不花继任，别儿怯不花与脱脱不协，屡有龃龉，相持年余，脱脱亦得有羸疾，上表辞职。顺帝不许，表至十七上，顺帝乃召见脱脱，问以何人代任。脱脱以阿鲁图对。阿鲁图系世祖功臣博尔术四世孙，曾知枢密院事，袭爵广平王，至是以脱脱推荐，乃命他继任右丞相。另封脱脱为郑王，食邑安丰，赏赉巨万，俱辞不受。阿鲁图就职后，顺帝命他为国史总裁，阿鲁图以未读史书为辞，偏顺帝不准所请。幸亏脱脱虽辞相位，仍与闻史事，所以辽、金、宋三史，终得告成。

至正五年，阿鲁图等以三史进呈，顺帝与语道："史既成书，关系甚重，前代君主的善恶，无不俱录。行善的君主，朕当取法，作恶的君主，朕当鉴戒，这是朕所应为的事情。但史书亦不止儆劝人君，其间兼录人臣，卿等亦宜从善戒恶，取法有资。倘朕有所未及，卿等不妨直言，毋得隐蔽！"如顺帝此言，虽历代贤君无以过之，奈何有初鲜终，行不顾言耶！阿鲁图等顿首舞蹈而出。

会翰林学士承旨巙巙卒于京，顺帝闻讣，嗟悼不已。巙巙幼入国学，博览群书，尝受业于许衡，得正心修身要旨。顺帝初年，曾为经筵官，日劝顺帝就学。顺帝欲待以师礼，巙巙力辞不可。一日，侍顺帝侧，顺帝欲观画，巙巙取比干剖心图以进，且言商王纣不听忠谏，以致亡国。顺帝为之动容。又一日，顺帝览宋徽宗画图，一再称善，巙巙进奏道："徽宗多能，只有一事不能。"顺帝问是何事，巙巙道："独不能为人君！陛下试思徽宗当日，身被虏，国几亡，若是能尽君道，何致如此！可见身居九五的主子，第一件是须能为君，外此不必留意。"巙巙随事箴规，可谓善谏，其如顺帝之亦蹈前辙何？顺

帝亦悚然道："卿可谓知大体了。"后来如何失记？至正四年，出拜江浙平章政事，次年，复以翰林院承旨召还。适中书平章阙员，近臣欲有所荐引，密为奏请。顺帝道："平章已得贤人，现在途中，不日可到了。"近臣知意在巙巙，不敢再言。巙巙到京，遇着热疾，七日即殁。旅况萧条，无以为殓，顺帝闻知，赐赙银五锭，并令有司取出罚布，代偿巙巙所负官钱，又予谥文忠，这也不在话下。

且说左丞相别儿怯不花，与阿鲁图同掌国政，彼此很是亲暱，有时随驾出幸，每同车出入。时人以二相协和，可望承平，其实统是别儿怯不花的鬼计。别儿怯不花欲倾害脱脱，不得不联络阿鲁图作为帮手。待至相处既洽，遂把平日的私意，告知阿鲁图。阿鲁图偏正色道："我辈也有退休的日子，何苦倾轧别人！"这一语，说得别儿怯不花满面怀惭，当下恼羞成怒，暗地里风示台官，教他弹劾阿鲁图。阿鲁图闻台官上奏，即辞避出城，亲友均代为不平。阿鲁图道："我是勋臣后裔，王爵犹蒙世袭，偌大一个相位，何足恋恋！去岁因奉着主命，不敢力辞，今御史劾我，我即宜去。御史台系世祖所设，我抗御史，便是抗世祖了。"言讫自去，顺帝也不复慰留，竟擢别儿怯不花为右丞相。所有左丞相一职，任用了铁木儿塔识。别儿怯不花也伪为陛辞，至顺帝再行下诏，乃老老实实的就了右相的位置，大权到手，谗言得逞，故右相脱脱一家，免不得要遭祸了。正是：

黜陟无常只自扰，贤奸到底不相容。

欲知脱脱等遭祸情形，待小子下回续表。

是回叙顺帝故事，活肖一庸柔之主，忽而昧，忽而明，明后而复昧；庸柔者之必致覆国，无疑也！太后卜答失里，虽未尝无过，然既自悔前愆，舍子立侄，又始终保护顺帝，俾正大位。人孰无良，乃竟忘德思怨，骤行迁废耶！且上撤庙主，下戮皇弟，反噬不仁，莫此为甚，其所为忍而出此者，由有浸润之谮，先入为主也。改元至正，与民更始，观其任贤相，召儒臣，勉阿鲁图之交儆，惜巙巙之遽殁，亦若有一隙之明。乃天日方开，阴霾复集，可见小善之足陈，卒无补于大体，特揭录之以垂炯戒，俾后世知一节之长，殊不足道云。

第五十三回　宠女侍僭加后服
闻母教才罢弹章

却说别儿怯不花执政，以与脱脱有宿憾，遂一意排挤，屡入内廷，密陈脱脱过失。顺帝尚疑信参半，嗣由别儿怯不花，陈请脱脱父马扎尔台，佯称就第养疾，意实结党营私，暗图不轨。于是顺帝转疑为信，竟下了一道严谕，放逐马扎尔台，安置西宁州。马扎尔台奉诏欲行，脱脱愿随父同往，即拜疏上陈，力请与俱。得旨准奏，乃整装出都，时马扎尔台已老，状态龙钟，起居服食，随在需人。亏得脱脱随着，寸步不离，朝视寒，夕问暖，一切供应，俱小心监察，极至膏车秣马，亦必亲自检点，因此出都以后，沿途奔走，虽未免风雨交侵，独马扎尔台一人，毫不觉苦，竟安安稳稳的到了西宁。书此以见脱脱之孝。

别儿怯不花闻马扎尔台父子，安抵戍地，心中尚是未快，复唆使省台各员，上书告变，牵及马扎尔台。顺帝时已着迷，不辨真伪，竟接连下诏，徙马扎尔台至西域，地名撒思，乃是一个著名的苦地。马扎尔台父子，不敢违旨，又只好看险起行！到了途中，复接诏召回甘州，免他远戍。原来别儿怯不花专政后，河决地震的变异，时有所闻；河南、山东，盗贼蔓延；江淮一带，亦多暴徒，四出劫掠；湖广又遭傜乱。有几个刚正不阿的台官，劾奏宰辅非人，以致调燮失宜，乱端屡见等语，别儿怯不花也觉不安，入朝辞职。有诏令以太师就第，御史大夫亦怜真班趁着这个机会，保奏脱脱父子；略称马扎尔台谦让可风，脱脱为国宣劳，有功无过，奈何谪戍远方，迫入险地！

于是顺帝稍稍觉悟，又有召回甘肃的谕旨。孱主寡断，于此益见。

马扎尔台从中道折回，途次不免受些感冒，及抵甘州，病日加剧，脱脱衣不解带，服侍了好几日，毕竟天定胜人，寿难再借，苟延数夕，竟尔去世。脱脱经此变故，悲愤交集，恨不得将朝右佞臣，一概除灭，抵那老父的生命。暗伏后来报怨事。

可巧别儿怯不花又遭台官弹击，贬戍渤海，得病而死。这也是冥中报应。左丞相铁木儿塔识，也殁于任中，元廷用了朵儿只一作多尔济。为右丞相，太平为左丞相。朵儿只系元勋木华黎六世孙，即故丞相拜住从弟，初为御史大夫，因铁木儿塔识病殁，升任左丞相，旋即调任右丞相，性颇宽简，务存大体。太平本姓贺，名唯一，至正四年，为中书平章政事，六年，超拜御史大夫。元制重蒙轻汉，凡省院台三署正官，非国姓不得授，唯一援例固辞，顺帝不允，特赐国姓，并改名太平。太平与脱脱父子，本来是没甚友谊，因闻马扎尔台身死甘州，不能归葬，未免存一兔死狐悲的观念，遂上疏力请，令脱脱奉柩归都，以全孝道。疏入不报，太平竟入廷面奏道："脱脱尽忠王室，大义灭亲，今父已病殁，不许归葬，将来忠臣义士，宁不灰心？乞陛下特恩赦还，为善者劝！"顺帝踌躇不答，太平又道："陛下曾亦记及云州故事么？"顺帝不待说毕，便道："非卿言，朕几忘怀。脱脱确系忠臣，卿即传朕面谕，遣使召归。"太平叩谢而出。

看官！这云州故事，前文未曾叙及，此次突由太平口中说出，转令阅者无从捉摸，诸君不要性急，待小子补叙出来。借此一段文字补叙宫闱事实，即是文中销纳处。原来至元元年，顺帝后钦察氏答纳失里，因兄弟谋逆，被迁出宫，鸩死民舍。应四十九回。答纳失里无出，越二年，改册皇后弘吉剌氏，名伯颜忽都，系真哥皇后侄孙女，父名孛罗帖木儿，曾封毓德王。后既册立，旋生一子，名真金，二岁而殀。

先是徽政院使秃满迭儿，曾进高丽女子奇氏入宫，作为服役。奇氏名完者忽都，秀外慧中，善伺主意，顺帝爱她秀媚，又因她善于烹茗，命司饮料，好似一个党家奴。她遂日夕侍侧，眉目传情，引得顺帝欲心渐炽，竟与她同入龙床，做一对鸾交凤友。酒色二字，本系相连，不意司茶女亦邀王眷。事为正宫皇后钦察氏所悉，怒召奇氏，箠辱了好几次。答纳失里之不得令终，于此事亦有关系。至后被鸩死，顺帝已欲立奇氏为继后。大约是怜她箠辱耳。偏偏大丞相

伯颜，硬行谏阻，又是一个奇氏对头。弄得顺帝没法，只得改立弘吉剌后。这位弘吉剌后与前后大不相同，性本节俭，量独宽宏，不愿与奇氏争夕，所以奇氏仍得专宠。时来福凑，又产下一个麟儿，取名爱猷识理达腊，一作阿裕锡哩达喇。益得顺帝欢心。那时奇氏因宠生骄，因骄成妒，除皇后弘吉剌氏无所嫌怨，不与计较外，凡内如太后母子，外如权相伯颜，俱视若眼中钉，尝在顺帝前说他短处。后来伯颜被黜，太后母子被逐，虽有种种原因牵涉，然大半由奇氏暗中媒蘖，所以先后发生变端，几致出人意外。加罪奇氏，不特补前文所未及，且足发正史所未明。

奇氏私愿既偿，遂与嬖臣沙剌班秘密商量，欲乘此升为皇后。不过因皇后待她有恩，恩将仇报，未免心怀不忍，因此不能决议。奇氏还是好良心。沙剌班情急智生，猛记起先代皇后曾有数人，此时援着祖制，奏请一本，何人敢有异言！祖宗贻谋不臧，转使若辈借口。当下禀知奇氏，奇氏大喜，便命他即日上奏。果然数语入陈，纶音立下，即命册立奇氏为第二皇后。大礼已成，奇氏居然象服委佗，安居兴圣西宫。

转眼间，皇子爱猷识理达腊已离怀抱，渐渐的长大起来，顺帝爱母及子，辄令皇子随侍，凡有巡幸，亦令偕行。时脱脱尚秉国钧，为顺帝所亲信，所以脱脱入内廷时，顺帝曾饬皇子拜他为师，并命他随时教育。脱脱受命不忘，格外注意，有时皇子出游脱脱家，一留数日，稍遇疾病，脱脱即亲为煎药，先尝后进。

一日，顺帝幸上都，皇子随行，脱脱亦从驾。道过云州，猝遇烈风暴雨，山水大至，车马人畜，多被漂溺，顺帝不及提携皇子，只顾着自己性命，即登山避水。脱脱见顺帝自去，忙涉水至御辇旁，抱出皇儿，负在背上，跣着足奔上山冈。顺帝正系念皇子，在山盼望，但见脱脱负子而来，好似得了活宝贝一般，即趋前抱下皇子，一面慰抚脱脱道："卿为朕子，勤劳至此，朕必不忘！"未必未必。脱脱当即谢恩，谁知过了一两年，顺帝竟信了谗言，将脱脱父子谪戍，所以太平为之不平，提出云州故事，教顺帝自己反省。顺帝被他一说，也自悔食言，遂命脱脱奉父柩还葬。

脱脱既还京师，葬父毕，拜表谢恩，复得旨命为太子太傅，综理东宫事宜。脱脱受命后，默念此次起复，定是有人从中调停，不可不密图酬报。凑巧来了侍御史哈麻，一作哈玛尔。由脱脱延入，与谈年余阔别情状，甚是欢

洽。看官！你道这哈麻是何等人物？他是宁宗乳母的儿子，父名图噜，受封冀国公。哈麻与母弟雪雪，早备宿卫，两人均得主宠，唯哈麻口材尤捷，益为顺帝所褒幸，累次超擢，得任殿中侍卫史。亡元者哈麻之力，故出名时不嫌求详。当脱脱为首相时，哈麻日事过从，曲意趋附，至脱脱罢职，随父出戍，哈麻在顺帝前，稍稍替他缓颊。至是与脱脱叙旧，自然把前日营护的功劳，一一说明，且添了许多诡话，说是如何记念，如何排解，小人专会捣鬼。脱脱秉性忠厚，总道他语语是真，非常感激。哈麻说一句，脱脱谢一声，至哈麻去后，脱脱还称他是第一个好人。独太平秉公办事，把保奏脱脱的事情从未提起，所以脱脱全然不知。

会太平以哈麻在宫，导帝为非，意欲将他驱逐，商诸御史大夫韩嘉纳。嘉纳很是赞成，便授意监察御史沃呼海寿，教他弹劾哈麻，历陈罪状。第一款，是在御幄后僭设帐房，犯上不敬。第二款，是出入明宗妃子脱忽思宫闱，越分无礼。还有私受馈遗，妄作威福诸条款，亦列入奏中。尚未拜发，偏已漏泄消息，传入哈麻耳中，哈麻即至顺帝前哭诉，略称太平、韩嘉纳有意构陷，唆使海寿出头，将臣劾奏，即乞解臣职以谢二人等语。顺帝摸不着头脑，只说是并无奏章，何必着急，哈麻复称海寿已缮就奏牍，明日即要进呈。看官！你想台官的疏奏尚未上陈，那哈麻已先闻知，预为哭诉。若使明白的主子，见哈麻如此狡黠，定要疑他潜布爪牙，暗通声气，所以事前侦悉，先使机诈。这种鬼蜮伎俩，一加斥责，便无遁形。怎奈顺帝昏愦得很，平时甚宠爱哈麻，掷骰击毬，联为狎侣，此次闻他辞职，如何肯依，免不得温语慰留。

次日视朝，果然由韩嘉纳代呈奏章，内系沃呼海寿署名，劾哈麻数大罪，顺帝不待瞧毕，便掷诸案上，悻悻退朝。韩嘉纳料知不佳，忙与太平计议。太平到了此时，也不禁气愤道："有哈麻，无太平，有太平，无哈麻，明晨当入朝面奏。"

翌日昧爽，即偕韩嘉纳入朝，俟顺帝登殿，便直陈哈麻兄弟，盘踞宫禁，权倾内外的罪状。顺帝徐徐答道："哈麻罪状，当不至此。"太平道："历代以来的奸臣，若非显行构逆，定是献媚贡谀，表面上很是爱君，暗地里都是罔上，齐桓公宠用三竖，终致乱国，宋徽宗信任六贼，遂以丧身。陛下试借鉴前车，便可知哈麻兄弟，实兆祸阶，理应即日黜逐！"太平有识。顺

帝默然不答，韩嘉纳复出班叩首道："左相太平的奏请，关系国家兴亡，幸陛下采纳施行。"顺帝艴然道："卿何量狭，不肯容这哈麻兄弟！"明是左袒哈麻，偏说的量狭难容，令人一叹。嘉纳复顿首道："臣非为一身计，实为天下国家计；似哈麻兄弟欺君误国，所以请陛下斥逐。陛下果立斥哈麻兄弟，臣亦甘心受罪，以谢哈麻！"嘉纳有胆。顺帝尚是不悦，太平复启奏道："陛下如信用哈麻兄弟，臣愿解职归田！"顺帝道："朕知道了，卿毋多言！"说毕，拂袖还宫。

是时哈麻已详闻消息，复至顺帝前吁请罢官，惹得顺帝厌烦起来，索性一概黜退。当命侍臣拟定两道诏旨，一道是免哈麻及雪雪官职，出居草地；一道是罢左丞相太平，降为翰林学士承旨，出御史大夫韩嘉纳，为江浙行省平章政事，谪沃呼海寿为陕西廉访副使。诏既下，朵儿只亦不安于位，奏请免官。顺帝准奏，遣他出镇辽阳。仍任脱脱为右丞相，赐上尊名马，袭衣玉带，复令他管理端本堂事。端本堂系皇子肄业处，顺帝曾命李好文为谕德，归旸为赞善，教导皇子，开堂授书。

脱脱既兼握大权，尊荣如旧，闻哈麻兄弟被黜，未免代为扼腕。脱脱丞相，私心萌矣。适哈麻至脱脱处辞行，并诉太平攻讦状，脱脱劝慰道："我若在朝，必不使若辈得志！你且出居数日，得有机会可乘，便当代请复官，幸勿过忧！"哈麻欢谢而去。脱脱遂将中书省内属员，一一稽考，查得参政孔思立等，俱由太平荐拔，竟不问贤否，坐罪黜退，改用乌古孙良桢、龚伯遂、汝中柏等为僚属。汝中柏系左司郎中，素与太平有隙，至是即入语脱脱，捏称太平罪恶，并言太平子也先忽都，僭娶宗女，勾结诸王，觊觎要职等情。

脱脱正私憾太平，遂将汝中柏所言，列入奏稿。正待拜发，适为老母蓟国夫人所见，即语脱脱道："我知太平是好人，你何故谎言诬奏，指善为恶？"脱脱道："是由郎中汝中柏所言，想系调查确实，不致说谎。"蓟国夫人道："无论是真是假，尽可听他自由，他与你何嫌何怨，必欲将他加害！"脱脱被母一诘，转有些嗫嚅起来。蓟国夫人怒道："你如不听吾言，从此休认母了！"脱脱本具孝思，见老母含有怒色，忙跪称不敢。蓟国夫人复取了奏稿，信手撕毁，于是一场弹案，化作冰消。不没贤母。

不意太平、嘉纳等人，正交晦运，一降一谪，尚似未足，不到半年，又

有严谕颁下，削沃呼海寿官，流韩嘉纳于尼噜罕，并放太平归里。太平即襆被出都，故吏田复，劝他自裁，太平道：“我本无罪，当听天由命；若无故自尽，转似畏罪而死，死亦蒙羞。”言已，即踯躅而去，径归奉元原籍。韩嘉纳秉性刚直，未免丛怨，被戍诏下，又经仇人诬奏赃罪，加杖一百，才令起行，途中受了无数苦楚，杖疮复溃烂不堪，竟致殒命。小子有诗咏道：

千秋忠骨瘗荒原，地下犹含不白冤。
休怪盈廷多仗马，由来乱世莫危言。

当时廷臣等还疑脱脱主使，其实内中尚有隐情，不得归咎脱脱。欲知详细，请阅下回。

元季贤相，莫若脱脱，著书人于脱脱多誉辞，非轻袒脱脱也。自古忠臣必出于孝子之门，脱脱随父出戍，尽心侍奉，其孝可知；厥后拟劾奏太平等人，卒以老母一言，撤消奏牍，非夙具孝思者其能若是乎？或谓哈麻为佞人之尤，而脱脱信之，汝中柏为谗夫之尤，而脱脱暱之，至若皇子爱猷识理达腊，为奇氏所出，脱脱乃竭力保护，取悦宠妃。是而谓贤，孰非贤臣？不知贤者未尝无过，观过益足以知仁。脱脱之信哈麻，暱汝中柏，实为老父被戍而起，父谪远方，因而病殁，脱脱以为终天之恨，而太平等适当其冲，太平有德于脱脱，脱脱固未之闻也，未闻太平之有德，反疑太平之不仁，于是哈麻之佞，汝中柏之谗，得以乘隙而入。虽曰比之匪人，然略迹原心，尚堪共谅。若谓皇子为宠妃所出，不应视若储君，似矣；然钦察后无子，弘吉剌后有子而殀，当时顺帝膝下，只有此儿，奉命教养，自应效忠，安能遽论嫡庶乎？故本回所叙，实以脱脱为主，余人皆宾也，借宾定主，而他事皆借此销纳。尤见其天衣无缝云。

第五十四回　治黄河石人开眼
聚红巾群盗扬镳

却说太平归田，韩嘉纳贬死，沃呼海寿削职为民，这事从何而起？原来由脱忽思皇后泣诉帝前，致有此诏。脱忽思皇后，系明宗妃，即顺帝庶母。顺帝嗣位，尝尊称脱忽思为皇后，海寿奏劾哈麻时，曾说他出入无忌，越分无礼。应上回。此语被脱忽思皇后闻知，想是由哈麻报闻。哪里禁受得起，况哈麻复被迁谪，更觉与之有嫌，卿试自问，曾与哈麻相暱否？当下入白顺帝，只说海寿等挟嫌诬控，含血喷人，一面说着，一面流泪。妇人常态。顺帝见她凄楚情状，自然怒上加怒，遂颁发一道严厉的诏敕，这且按下不提。

且说右丞相脱脱，仍执朝政，复经顺帝亲信，其弟也先帖木儿，亦得任御史大夫。兄弟同据要津，一班大小臣工，免不得又来迎合。适中统、至元等钞币，流通日久，致多伪钞，脱脱欲另立钞法，吏部尚书偰哲笃，遂建言更造至正交钞，以钞为母，以钱为子。是之谓巧于迎合。脱脱集台省两院诸臣，共议可否，众皆唯唯如命。独国子祭酒吕思诚道："钱为本，钞为辅，母子并行，奈何倒置？且人民皆喜藏钱，不喜藏钞，今如历代钱，为至正钱，及中统钞，至元钞，交钞分为五项，钱钞相等，民尚喜钱恶钞；如更增新钞一种，钞愈多，钱愈少，下必病民，上必病国。"偰哲笃道："至元钞多伪，所以改造。"思诚道："至元钞何尝是伪？乃是奸人牟利仿造，以致伪钞日多。公试思旧钞流通有年，人已熟睹，尚有伪钞搀杂，若骤行新钞，人未及识，伪且滋多，岂不可虑！"偰哲笃道："钱钞兼行，便无此弊。"思诚正色道：

“钱钞兼行，轻重不论，何者为母？何者为子？汝不明财政，徒然摇唇鼓舌，取媚大臣，如何使得！”议正词严，为《元史》中所仅见。偰哲笃被他驳斥，由羞成愤道：“汝有何议？”思诚道：“我只知有三个大字。”偰哲笃复问何字？思诚却厉声道：“行不得！行不得！”脱脱在座，见两人争论起来，便出为解劝，但说是容后缓图，思诚乃退。

脱脱弟也先帖木儿道：“吕祭酒的议论，也有是处；但在庙堂中厉声疾色，未免失体。”脱脱也为点头。台官瞧着脱脱情形，遂于会议散班后，草就一篇奏牍，竟于次日进呈，奏劾思诚狂妄。毕竟直道难行。有旨迁思诚为湖广行省左丞。未几，即造至正新钞，颁行全国。钞多钱少，物价腾踊，至逾十倍，所在郡县，均以物质相交易，由是公私所积的钞币，一律壅滞，币制大坏，国用益困。近今亦有此弊，恐将循元覆辙。

会黄河屡决，延及济南、河间，大为民害。脱脱复集群臣会议。大众议论纷纷，莫衷一是，独工部郎中贾鲁，方授职都水监，探察河道，留意要害。至是便议称塞北疏南，使复故道，方可无虞。看官！这贾鲁所说的黄河故道，究在何处？小子欲详叙巅末，很觉烦杂，只好胪举大略，俾人人一览了然，方不致辞烦义晦，取厌诸君呢。原来黄河发源昆仑山。曲折东流，入中国甘肃境，道出长城，由北趋东，由东折南，成一大曲，名为河套，自是南下，行壶口、龙门两山谷中，为山西、陕西两省的界线，复东折入潼关，经砥柱山麓，直入河南省，始由高地陡落平原，地势散漫，迁流无定。从古时大禹治河以后，河不为患，约八百年，殷代已屡有河患，嗣后屡次横决，忽北忽南，总计自殷、周起，至元朝顺帝年间，河流变迁，不可胜纪，唯大变迁共有五六次。大禹治水，就大陆以北，分为九河，合于天津入海。大陆即今直隶省西北的宁晋泊。至周定王五年河徙，由运河达天津入海。新莽始建国三年又徙，由徒骇达利津入海，宋仁宗庆历八年又徙，又由今运河达天津入海。金章宗明昌五年又徙，分为南北两派，北派合济水入海，南派合淮水入海。元世祖至元二十五年又徙，两派河流，总合淮水入海，就是今江苏省内的淤黄河。以上所述今字，俱就著本书时立说，盖至清季咸丰五年，河道又徙入山东，合大清河入海，咸丰以前之河流出海，实在江苏省东北旧淮安府境内，至今陈迹犹留，称为淤黄河。世祖后，河又屡决，累岁筑防，终乏成效。顺帝至元元年，河决开封，至正四年，河决曹州，未几又决汴梁，五年又决济阴，乃立山东、河

南等处行都水监，一意治河。贾鲁所说的塞北疏南，使复故道，就是要河流仍合淮水，照前出海的意思。元元本本，殚见恰闻。但欲依议而行，必须大兴工役，方可成事。脱脱令贾鲁估算，需用兵民二十万人，倒也未免吃惊。遂遣工部尚书成遵，与大司农秃鲁，先行视河，核实以闻。成遵等自京出发，南下山东，西入河南，沿途履勘，悉心规划，所有地势的高下，与水量的浅深，统已测量明白，绘就略图，附加臆说，于是相偕还都，径入相府，来见脱脱。脱脱立即延入，问明河道情形。成遵开口，便说河流故道，断不可复，贾鲁计议，断不可行。脱脱问是何故？成遵即将图说呈上，由脱脱阅了一周，置诸案上，大约是莫明其妙。淡淡的答道："汝等沿途辛苦，且休息一天，明日至中书省中核议便了。"两人辞去，翌晨，即赴省署中候着，不一时，脱脱到来，贾鲁亦随入，余如台省两院各官，亦先后会集。当下开议，成遵与贾鲁两人，意见互歧，彼此各主一说，免不得争论起来。各官吏等未曾亲历，兼以平日在都，也不暇留意河防，只好眼睁睁的看他辩论。一班行尸走肉的人物，乐得揶揄数语。自辰至午，两人争议未决，方由各官劝解，散坐就膳。膳毕，复行核议，仍是双方扞格。脱脱乃语成遵道："贾友恒的计划，实为一劳永逸起见，公何固执若是？"成遵道："河流故道，可复不可复，尚不暇辩；据国计民生上立论，府库日虚，司农仰屋，若再兴大工，尤恐支绌！是顾及国计。且如山东一带，连岁歉收，百姓困苦已极，倘调集二十万众，骚扰民间，是顾及民生。将来祸变纷乘，比河患还怕加重哩！"脱脱变色道："汝谓百姓将反么？"成遵道："恐防难免！"半语不让，恰也倔强。各官见成遵执性，竟与丞相斗起嘴来，未免不雅，遂将成遵劝开，令他归去。秃鲁何在，如何噤不一言。脱脱余怒未息，复语众官道："主上视民如伤，做大臣的应为主分忧。明知河流湍急，最不易治，但或迁延过去，他时为祸尤大；譬如人有疾病，迁延不治，终致毙命。黄河为中国大病，我欲将它治愈，偏有人硬来拦阻，奈何！"众官闻言，齐声答道："傅相首秉国钧，这事但凭钧裁，何庸他顾！"脱脱又道："好在今日得了贾友恒，使他治河，必能奏功。"原来友恒系贾鲁别字，脱脱契重贾鲁，所以称字不称名。补笔不漏。众官又齐声赞成。乐得逢迎。贾鲁独上前固辞。脱脱道："此事非汝不办，明日入奏便了。"言已，命驾而去，众官陆续散归。

次日入朝，成遵亦到，有几个参政大员，与遵为友，密语遵道："丞相

已决计修河，且已有人负责，公此后幸毋多言。”成遵道：“腕可断，议不可易！”硬汉子。既而随班入朝。及顺帝升殿，脱脱即奏言贾鲁才可大用，令他治河，必能胜任。顺帝大悦，便宣召贾鲁。鲁奏对称旨，当命他退朝候敕。成遵不便出奏，只好一同退班。越宿有诏颁发，罢成遵官，出为河间盐运使，特授贾鲁为工部尚书，充总治河防使，进秩二品，赏给银章，发大河南北兵民十七万，令归节制，便宜兴缮。原来脱脱退朝后，又将贾鲁计划，详奏一本，并有成遵恇怯无能，大非鲁比等语，所以有此诏旨。

成遵奉诏，交卸原职，出都就任，自不消说。唯贾鲁受职治河，倒也竭诚行事，不敢少懈，当日出都就道，到了山东，一面征集工役，一面巡视堤防，某处派万人缮修，某处派万人增筑，统是主张障塞，不使泛溢。是塞北河。自山东驰入河南，由黄陵冈起，南达白茅，直抵黄固、哈只等口，见有淤塞地方，浚之使通，遇有曲折地方，导之使直，随地派工，锹锸兼施。又自黄陵冈西至杨青村，在北加防，在南施凿，通计修治地段，共二百八十里有奇。这位敏达干练的贾尚书，整日里往来跋涉，仆仆道旁，入夜又估工考绩，阅簿稽财，真是耐劳任怨，不惮勤劳；元廷虽派了中书右丞玉枢虎儿吐华，与知枢密院事黑厮，率兵弹压，作为贾尚书帮手，怎奈若辈只袖手旁观，不能为力，所以一切兴缮，全要贾尚书主持。归功贾鲁，亦是平允之论。至正十一年四月兴工，七月疏凿告竣，八月决水故河，九月舟楫通行。十一月诸埽堤亦成，河复故道，南汇淮水，东流入海。贾鲁以河平入告，顺帝欢慰异常，即遣使报祭河伯，并召鲁还都。鲁至京入朝，由顺帝温言慰谕，面授鲁为集贤大学士。并因脱脱荐贤有功，赐号答剌罕，令他世袭。他如从鲁治河各官，俱特旨迁赉。复敕翰林学士承旨欧阳玄，制河平碑，旌扬脱脱丞相，及贾尚书鲁功绩。真是一夫创议，万夫胪欢。

脱脱方私下告慰，不意河流方顺，兵变迭兴，有元一百数十年江山，一百数十年，指自太祖开国而言。竟从此土崩瓦解，化作乌有子虚。说也奇怪，那元代灭亡的应兆，偏似从贾鲁治河，开衅起来。语有分寸。先是至正十年，河南北已有童谣道：“石人一只眼，挑动黄河天下反！”当时有人闻着，大都不解所谓，及贾鲁治河，督工开凿黄陵冈，果从地下掘起一个石人，眼睛只有一只，作启视状，役夫相率惊讶，报知贾鲁，鲁出瞧石人，也觉暗暗称奇。只面上恰毫不动容，命役夫用锄击碎，搬开了案。嗣后功成返京，全未

提及，偏偏汝、颍乱起，应着童谣。小子欲历叙乱事。因头绪纷烦，只好编列一表，说明如左：

（一）颍州人刘福通奉韩山童子林儿为主，倡乱颍州。

韩山童系栾城人，其祖父以白莲会烧香惑众，谪徙永平，传至山童，诡言天下大乱，弥勒佛出世，河南及江淮间愚民，信为真言。颍州人刘福通，与其党杜遵道、罗文素、盛文郁、王显忠、韩咬儿等，复诡称山童系宋徽宗后裔，当为中国主，乃集众设誓，起乱京畿，地方官即饬兵搜捕，擒住山童，福通挈山童妻杨氏，及其子林儿，遁入河南，号召党羽，至数万人，均以红巾为号，称为红巾贼，横行河南。

（二）萧县人李二，倡乱徐州。

李二亦一无赖子，尝烧香聚众，联结党人赵均用、彭早住等，攻陷徐州，作为盘踞地。李二绰号芝麻李。

（三）罗田人徐寿辉，倡乱蕲水。

徐寿辉系一商人，素贩布。有僧彭莹玉，好言妖异，见寿辉以状貌魁奇，称为贵相，遂与党人邹普胜、倪文俊等奉寿辉为主，攻陷蕲水及黄州路，亦以红巾为号，时人也称为红军。

这三路寇乱，骚扰河南及江淮间，《元史》上称为汝、颍妖寇。还有先时发难的方国珍，后时响应的郭子兴、张士诚，倒也鼎鼎名，小子也应把他来历，略述于下。

（一）台州人方国珍作乱，在至正八年十一月间。

方国珍素贩盐，浮海为业。时有蔡乱头为海盗，经有司缉捕，或告国珍亦尝通寇，国珍惧，遂航海为乱，劫掠漕运，执江、浙参政朵儿只班，胁使奏闻元廷，赦罪授官。诏授国珍为定海尉，国珍嫌官卑禄微，

不肯受命，寻进攻温州，猖獗日甚。

（二）定远人郭子兴作乱，在至正十二年二月间。

郭子兴少有侠气，喜与壮士结交，及见汝、颍兵起，亦与其党孙德崖等，举兵作乱，自称元帅，攻陷濠州。

（三）泰州人张士诚作乱，在至正十三年三月间。

张士诚与弟士德、士信等，皆以操舟运盐为业，富家多视为贱役，动加侮弄，弓手邱义，窘辱尤甚。士诚大怒，率壮士十八人，杀邱义及诸富家；遂招集盐丁，占据泰州。嗣复陷高邮，戕知府李齐，自称诚王。

寇氛扰扰，战鼓鼕鼕，警报似雪片般飞达元廷，顺帝大惊，连忙调发兵马，分道出征。正是：

胜、广揭竿秦社覆，窦、杨起衅隋廷亡。

毕竟胜败如何，容俟下回再表。

秦亡于渔阳之戍，唐亡于桂林之卒，元亡于开河之役，论者多归咎贾鲁及脱脱，其实未然！元之乱，由上下宴逸所致，并不系于河之开不开。且治河所以保民，贾鲁塞北疏南之议，亦非全无识见，唯当时山东一带，连岁饥馑，何弗以工代赈，为一举两得之计，而乃徒发兵役，多至十七万人，未苏民困，转耗民食，此不得为无咎，而治河之得失无与焉。石人开眼，童谣本属无稽，贾鲁凿河，适与童谣相应，安知非草泽之徒，隐为埋藏，借此以图煽惑耶？本回叙治河事，词不厌详，而下语多有分寸，至于群盗之起，仅列表以明之，盖前应化简为繁，后应删繁就简，作者之着意在此，阅者之醒目亦在此，毋视为寻常铺叙也！

第五十五回　失军心河上弃师
逐盗魁徐州告捷

却说顺帝迭闻警报，很是焦灼，忙与首相脱脱商议。脱脱道："中州为全国腹心，今红巾贼起，适在中州，中州即河南。实是腹心大患。臣拟先发大兵，剿红巾贼，肃清腹地，然后依次进兵，讨平余寇。"顺帝道："各处亦统来告急，奈何！"脱脱道："各地非无守将，请陛下分道颁诏，令他就近赴援，剿抚兼施，一俟中州平定，余寇自然瓦解。这是目前最要的计策。"顺帝道："何人可遣？"脱脱道："臣受恩深重，督师平寇，报答皇恩。"顺帝道："卿系朕股肱耳目，不可一日相离，朕闻卿弟亦有才名，何妨遣他讨贼。"脱脱道："臣弟可去，但必须添一臂助。"顺帝道："卫王宽彻哥何如？"脱脱道："宸衷明鉴，谅必得人。"脱脱议先剿河南，计非不是，唯乃弟素不知兵，如何说是可去？

计议已定，便命御史大夫也先帖木儿知枢密院事，与卫王宽彻哥，率诸卫兵十余万，出讨河南妖寇，一面颁诏各路就近剿抚。也先帖木儿奉命，即日会同卫王，调兵出都。

他本是个矜才使气的人物，握着了这么大权，益发趾高气扬，目无全虏。反射下文。到了上蔡，城已为寇党韩咬儿所据，当即在城下扎营，安排攻具，夤夜围城。韩咬儿登陴守御，见元兵四面攒聚，好似蜂蚁一般，顿吃了一大惊，怎奈事已到此，无可如何，只得带领党羽，勉强守着。元兵围了好几日，尚是不能攻入，也先帖木儿大怒，严申军令，限日破城，逾限立斩。

将士闻命，相率惊惶，幸上蔡城池卑狭，寇党不过数千人，城外又无余寇接应，但教合力进攻，不难得手；当下将士效命，互约进行，四面布着云梯，冒死登城。韩咬儿顾此失彼，顿被元兵杀入，劈开城门，招纳大兵，与韩咬儿巷战起来，两下厮杀多时，把寇党大半屠戮，剩了韩咬儿孤身，还有什么伎俩，自然被元兵擒住。

也先帖木儿大喜，便遣使报捷，并将韩咬儿囚解至京。顺帝诛了韩咬儿，传旨奖赏，颁给钞币数千锭。也先帖木儿得此快事，越加骄倨，小小一个孤城，且围攻了多日，方得幸胜，如何便骄倨起来？不但虐待军士，就是同行的卫王，也看他与傀儡相似，不屑协议，所有一切军政，统是独断独行。卫王以下，无人敬服，不过因受了主命，一时不便解散，没奈何随他前进。

刘福通闻咬儿被擒，忙分派死党，严守所得要害，阻住元兵。也先帖木儿麾下，虽有十多万人，大都观望不前，任你也先帖木儿如何严厉，总是不肯出力，或且潜行逃避，因此也先帖木儿无威可逞，只好逗留中道，待贼自毙。

偏偏杀运方开，寇焰愈炽。刘福通猖獗如故，固不必说；他如芝麻李等，亦相率横行；最厉害的莫如徐寿辉。寿辉据蕲水后，居然自称皇帝，僭号天完国，改元治平；以邹普胜为太师，出兵江西，攻陷饶州、信州，另派部将丁普郎等，溯江而上，连陷汉阳、兴国、武昌等处，威顺王宽彻普化，及湖广平章政事和尚，弃城遁去。转陷沔阳，推官俞述祖被擒，怒骂寿辉，被他磔死。复陷安陆府，知府丑驴阵亡。寿辉又派别将欧祥等寇九江，沿江各兵，闻风宵遁。江州总管李黼，传檄兵民，募集丁壮，与寇众血战数仗，水陆获胜，嗣因附近城堡，多被陷落，寇众四集城下，昼夜环攻，平章秃坚不花，又缒城潜走，中外援绝，势难再守，李黼犹力捍数日，至寇入东门，尚挥剑斫数十人，与从子秉昭，一同殉难。不没忠臣。

江州既陷，袁州、瑞州等，接连失守，元廷连日闻警，免不得又开廷议。当由脱脱等议定各路进兵，责成统帅，以觇后效。其时授诏讨贼的官员，约有数处：

四川行省平章政事咬住，率兵徇荆襄。　江西行省左丞相亦怜真班，率兵守江东西关隘。　知枢密院事也先帖木儿，与陕西行省平章政事月鲁帖木儿，讨南阳、襄阳贼。　刑部尚书阿鲁，讨海宁贼。　江西右丞

火尔赤，与参知政事朵解，讨江西贼。　江西右丞兀忽失等，讨饶信等处贼。

分派既定，宫廷少安。嗣闻方国珍兄弟，忽降忽叛，浙东道宣慰使都元帅泰不华战殁，泰不华见第五十回。乃复饬江浙左丞左答纳失里往讨国珍。

原来国珍入海，攻掠沿海州郡，官军多不战自溃。元廷遣大司农达什帖木儿等，南下黄岩，招之使降，国珍居然受命，挈二弟登岸罗拜道旁。达什帖木儿喜甚，遽授以官，国珍兄弟，欢跃而去。独浙东宣慰使泰不华，料其狡诈，夜访达什帖木儿，拟命壮士袭杀国珍。达什帖木儿不从，且斥泰不华违诏喜功，计遂不行。及达什帖木儿还都，国珍果复率党羽，入海剽掠。泰不华遣义士王大用往谕，被国珍羁住，另遣戚党陈仲达报闻，如约愿降。泰不华乃率部下数十人，偕仲达乘舟，张受降旗，乘潮而前。舟触沙不能行，猛见国珍鼓掉前来，急呼仲达与伸前议，仲达目动气索，泰不华知有异谋，手刃仲达，即前搏国珍船，射死贼目五人。国珍船中尽藏伏兵，至是齐起，跃登泰不华舟，泰不华夺刀乱挥，复毙贼数人。贼攒槊竞刺，中泰不华颈，鲜血直喷，犹直立不仆，卒被贼投尸海中，余众皆战死。事闻于朝，追封魏国公，谥忠介，命左丞左答纳失里克日进讨，不得违慢。左答纳失里也奉命去讫。此段为说明文，亦为销纳文，因欲明泰不华之忠，方国珍立狡，所以插入。

元廷又颁下诏旨，令各路统帅，便宜行事。满望他旗开得胜，马到成功，不意第一路注意人马，竟无端溃散，自沙河退驻朱仙镇，几不成军。看官欲问这统帅姓氏，就是脱脱丞相的母弟，叫作也先帖木儿。加入脱脱丞相母弟六字，句中有刺。他自上蔡得胜后，进至沙河，驻扎了两三月，未曾对仗。忽军中自起讹言，竞称刘福通纠合众寇，前来劫营，累得也先帖木儿日夕防备，连寝食都是不安。忙乱了好几日，并不见有一寇到来，顿时懊恼得很，把所有军官，斥辱一番，并令此后不得妄言，违令者斩。不把军官立斩，还算仁恕，但也亏有此着，才得逃命。一班军官，本已心怀怨望，又被他严加训斥，索性一哄而散，夤夜逃去。也先帖木儿并未预闻，到了日上三竿，升帐检阅，只有亲兵数百名，兀自守着，其余不知去向。慌忙去请卫王，卫王也骑马走了。那时也先帖木儿仓皇失措，也只好上马急奔，行了三十六策中的第一策。奔至朱仙镇，方遇卫王宽彻哥，带着一半散卒，在镇扎营。他尚莫明

其妙，及与卫王相见，欲问底细，卫王又模模糊糊的说了数语，没奈何上书奏闻。嗣得诏敕，遣中书平章政事蛮子一作曼济。代为统帅，召他还京。他即将兵符缴与卫王，即日北归。

既到京师，仍受命为御史大夫。西台御史范文，抱着一腔忠愤，联络刘希曾等十二人，上书奏劾，说他丧师辱国，罪无可原。中台御史周伯琦，反劾范文等越俎上言，沽名钓誉。两篇奏章，先后进呈。顺帝竟从伯琦言，斥责范文等十二人，统降为各郡判官。又加罪西台御史大夫朵尔直班，说他授意属僚，好为倾轧，外徙为湖广平章政事。真是愦愦。朵尔直班素感风疾，及出都门，老病复发，行至黄州，又奉诏令他司饷，各路统帅，日来絮聒，总是迎合当道。卒至忧愤填胸，呕血而死。脱脱不能辞其咎。

盈廷人士，从此噤不敢言。唯脱脱虽多蒙蔽，心终忧国，默念各路已有重兵，只徐州被李二占据，尚未克复，决意自请出征，规复徐州。遂入朝面请，奉旨特许，命以答剌罕太傅右丞相，分省于外，总制各路军马，爵赏诛杀，悉听便宜行事。并命知枢密院事咬咬，中书平章政事搠思监，也可扎鲁忽赤此六字系元代官名。福寿，坊间小说有赤福寿，想系福寿以上误添一赤字，遂致以讹传讹。从脱脱出师。脱脱临行时，复奏请哈麻兄弟，可以召用。恩怨太明，反致自误。顺帝自然准奏，立召哈麻为中书右丞，雪雪为同知枢密院事。两人星夜进京，来送脱脱，脱脱以国事相托，教他尽职效忠。看错了人。两人唯唯听命。脱脱便麾兵出都，渡河而南，直抵徐州，于西门外安营。

李二本是剧盗，闻丞相脱脱亲自到来，便号召群盗，一齐杀出，冲突过去；亏得脱脱军律严明，一些儿不见慌忙，各自携械抵御。正交战间，但听李二阵内，梆声一响，飞箭便应声射来。元兵前队未曾预防，被射死了数十名。脱脱恐中军惊退，忙策马向前，领兵杀上，说时迟，那时快，脱脱所乘的马首，已中着一箭，箭镞甚长，饰以铁翎，这马负着痛楚，几乎支持不住，卫士忙来扶住脱脱。脱脱叱开卫士，下马易骑，仍旧麾旗前进。麾下见主帅拼命，哪个还敢退后，一阵冲杀，竟将李二部众，逼回城中；李二忙令闭城，方阖半扉，元兵已如潮涌入，势不可当。幸徐州尚有内城，外郛虽破，内城尚可自保。李二急呼众奔入，闭门固守。

脱脱乘胜攻城，城上矢石如雨，眼见得一时难下，方命各军休养一宵，越日复督军围攻，喊声如雷，震动天地。那李二恰也厉害，把平日积贮的守

具，尽行取出，对付元兵。一连数日，相持未下，脱脱以李二负嵎，持久非计，遂令军士撤退西南，专攻东北，日间命他猛击，夜间更迭退休。城内的赵均用、彭早住二人，见元兵如此举动，遂向李二献计道："元兵远来，攻战数日，必致疲乏，所以锐气渐衰，撤围自固。我等可乘夜出兵，掩杀过去，必可获胜。"李二道："今夜已来不及了，明天夜半，我率众出南门，你两人率众出西门，左右夹攻，尤为妙计。"赵、彭二人鼓掌称善。计固妙矣，奈城内无人何。

到了次日，城上下攻守如旧，二更时候，李二与赵、彭二人，分头出城，竟来掩袭元营。营外有元兵站着，见李二等并力杀来，一声呐喊，纷纷四走，李二等便捣入营中，来擒脱脱，谁知营内只有灯烛，并无人马。至此才知中计，忙令退兵，忽听炮声四响，元兵尽行杀到，把李二等困在垓心。李二此时，也顾不及赵、彭二人，只好拼命杀出，奔回南门，举头一望，叫苦不迭。看官，你道何故？原来城楼上面，万炬齐明，火光中现出一位紫袍金带，八面威风的元丞相。突如其来，令人叫绝。惊得这个芝麻李，魂飞天外，回马急逃。元兵又复追至，杀得李二手下，七零八落，李二已无心恋战，只管夺路奔走。元军尚欲追赶，但闻城内已经鸣金，遂相率勒马，由他自去。此时彭、赵二盗，料无可归，早杀开血路，逃出外城，向濠州去讫。至李二出外城，二人已去得很远。李二垂头丧气，径投泗阳，后来不知下落，想是穷途致死了。芝麻变油，成了流质，所以无从稽考。天已大明，各元将入城献功，斩首约数千级，并获得黄伞旗鼓等，由脱脱一齐检阅，录功行赏有差。脱脱复下令屠城，福寿上前谏阻道："剧盗如李二等，傅相尚不欲穷追，百姓何辜，偏令屠戮？"脱脱道："汝但知其一，不知其二。我围城数日，但见盗贼人民，齐心守御，料是不易攻入，所以我撤围西南，故意示懈，令他前来掩袭。我先授诸将密计，四处埋伏，截住他的归路，以便我乘隙入城。我入城时，百姓还来抗拒，被我杀退，嗣见李二等出走，尚有百姓随着，我恐城中再扰，所以鸣金收军。看来此等顽民，不便再留，一律屠戮，才无后虞。"攻城之计，从脱脱口中自叙，又开一补述文法。福寿不便再言，当由众将奉令，把城中老少男女，尽行杀讫。然后上书告捷。脱脱之罪，莫如此举。

顺帝闻报，立遣平章政事普化等，颁赏至军，且加封脱脱为太师，召使还朝，并改徐州为武安州，立碑表功。脱脱班师北归，由顺帝遣使郊迎，入

见后，赏给上尊珠衣白玉宝鞍，一面赐宴私第，命皇太子亲去陪宴，这正是异数宠荣，一时无两。盛极必衰。

脱脱因东南盗起，漕运为难，复请于京畿立分司农司，自领大司农事，令右丞悟良哈台，左丞乌克孙良桢兼大司农卿，作为襄办。西至西山，东至迁民镇，南至保定、河间，北至檀顺州，均导引水利，立法耕种，不到一年，居然禾麦芃芃。收入京仓，可充食俸。顺帝以宰辅得人，一切国政，委他处理，自己恰日居宫中，恣情酒色，于是贡谀献媚的哈麻，又在宫中日夕伺候，想出了一条极乐的法儿，导帝肆淫。小子有诗咏道：

得人兴国失人亡，况复宫廷已色荒。
莫谓误君由嬖幸，君昏何自望臣良？

欲知哈麻所献何术，容待下回表明。

本回叙写战事，独于脱脱兄弟之出征，演述较详，其他随笔叙过，概行从简；非详于此而略于彼也；文法有宾主，上文已备言之。若不问主宾，依事类叙，徒使阅者眩目，毫无兴味，何足观乎？且不特法分宾主已也，又有宾中主，主中宾之法，如本回前半，叙也先帖木儿事，主中宾也，而脱脱实为宾中主；后半叙脱脱事，似为主文，然亦一主中宾，所足称宾中主者，实为顺帝。由是类推，则虽为夹叙之文，亦有主宾之分，与主中宾、宾中主之分，在阅者默揣而得耳。若论脱脱兄弟之战略，则乃弟远不及乃兄，文已叙明，毋庸赘说。唯著书人颇重视脱脱，故虽不掩脱脱之短，而独喜述脱脱之长。意者其亦善善从长之意乎？然元代贤相，绝无仅有，如脱脱者，固不容尽没其功也。

第五十六回　番僧授术天子宣淫　嬖侍擅权丞相受祸

却说哈麻兄弟，得脱脱荐引，复召回重用，适顺帝厌心国事，寻乐解忧，哈麻遂引进一个番僧，日侍左右；这番僧无他技能，只有一种演揲儿法，独得秘传。什么叫做演揲儿？译作华文，乃是大喜乐的意义。大喜乐三字，尚是含糊，小子从《元史》上考查，实是一种运气的房术。顺帝正考究此道，得了番僧，如获圣师，当即授职司徒，令他在宫讲授，悉心练习，到了实地试行的时候，果然比前不同，就是六宫三院的妃嫔，也暗中欣慰。

哈麻有一妹婿，名叫秃鲁帖木儿，曾为集贤院学士，出入宫禁，甚得帝宠，至是亦密奏顺帝道："陛下虽贵为天子，富有四海，其实不过一保存现世罢了。臣闻黄帝以御女成仙，彭祖以采阴致寿，陛下若熟习此术，温柔乡里，乐趣无穷，并且上可飞升，下足永年。"顺帝不待说毕，便道："你难道不闻演揲儿么？朕已粗得此诀了。"秃鲁帖木儿道："尚有一双修法，比演揲儿尤妙，演揲儿仅属男子，双修法并及妇女，陛下试想房中行乐，阳盛阴不应，上行下不交，还是没甚趣味。"双修法得此解释，足补元史音注之阙。顺帝喜道："卿善此术否？"前称汝，后即称卿，其意可知。秃鲁帖木儿道："臣且不能，现有西僧伽璘真，一作结琳沁。颇善此术。"郎舅俱能荐贤，好算是顺帝功臣。顺帝道："卿速为朕宣召，朕当拜他为师。"可谓屈尊尽礼。

秃鲁帖木儿奉旨，立召伽璘真入宫。顺帝接见毕，敬礼有加，便命他传授秘诀。伽璘真道："这须龙凤交修，方期完美。"顺帝道："朕的正后，素

性迂拘，不便学习，忽都皇后，史称其贤，所以借顺帝口中代为解免。其他后妃，或可勉学，但一时也恐为难呢。”伽璘真道：“普天下的子女，何一非陛下的臣妾，陛下何必拘定后妃，但教采选良家女子，入宫演习，自多多益善了。”顺帝大喜，便面授为大元国师。一面亲受秘传，一面命秃鲁帖木儿督率宦官，广选美女入宫，演习种种秘术。

伽璘真一团和气，蔼然可亲，入宫数日，宫娥彩女们，无不欢迎。是谓无量欢喜佛。就是前次入宫的西番僧，也与他往来莫逆，联为知交。顺帝各赐他宫女三、四人，令供服役，称作供养。二僧日授秘密法，夜参欢喜禅，无拘无束，逍遥自在。他又想出一法，令宫女学为天魔舞。每舞必集宫女十六人，列成一队，各宫女垂发结辫，首戴象牙佛冠，身披缨络大红销金长裙，云肩鹤袖，锦带凤鞋，手中各执乐器，带舞带敲，逸韵悠扬，仿佛月宫雅奏；霓裳荡漾，浑疑天女散花。临舞时先宣佛号，已舞后再唱曼歌，乐得顺帝心花怒开，趁着兴酣的时候，就随抱宫女数人，入秘密室，为云为雨，亲试这演揲儿法及双修法。佛法无边，乐何如之。两僧也乐得随缘，左拥右抱，肉身说法，还有一个亲王八郎，是顺帝兄弟行，乘这机会，也来窃玉偷香。又由秃鲁帖木儿联结少年官僚八九人，入宫伺候，分尝禁脔。秃鲁帖木儿也来偷香，不怕哈麻妹子吃醋么？顺帝赐他美号，叫作“倚纳”。倚纳共有十人，连八郎在内。得入秘密室。秘密室的别名，叫作“色济克乌格”。一作皆即几该。色济克乌格五字，依华文译解，系事事无碍的意思。后来愈加放恣，不论君臣上下，统在一处宣淫，甚至男女裸体，公然相对，艳话淫声，时达户外。两僧又私引徒侣，出入禁中，除正宫皇后外，统是一塌糊涂，不明不白。佛经所谓“皆大欢喜”者意在斯乎？

顺帝复敕造清宁殿，及前山、子月宫诸殿宇，令宦官留守也速迭儿，及都少水监陈阿木哥等监工。日夕赶造，穷极奢华。工竣后，遂于内苑增设龙舟，自制样式，首尾长一百二十尺，广二十尺，上有五殿，龙身并殿宇俱五采金装，用水手二十四人，皆衣金紫，自后宫至前宫，山下海子内，往来游戏。舟一移椗，龙首及口眼爪尾，无不活动，栩栩如生。又制宫漏高六七尺，阔三四尺，造木为匮。藏壶其中，运水上下，匮上设西方三圣殿，匮腰设玉女，捧腰刻筹，时至辄浮水上升，左右列二金甲神，一悬钟，一悬钲，夜间由神人司更，自能按更而击，不爽毫厘。鸣钟钲时，左狮右凤，自能翔

舞。匮东西又有日月宫，设飞仙六人，序立宫前，遇子午时，又自能耦进，度仙桥，达三圣殿，逾时复退立如前，真是穷工极巧，异想天开。目今西人虽巧，尚不能有此奇制，不知顺帝从何处学来？岂西僧所教如演揲儿法及双修法中亦有此秘传耶？皇子爱猷识理达腊，日渐长成，见宫中如此荒淫，恨不将这班妖僧淫贼，立加诛逐，可奈权未到手，力不从心，整日间忐忑不定，乃潜出东宫，往访太师脱脱。适脱脱自保定还京，得与皇子相见，叙过寒暄，即由皇子谈及宫闱近况。脱脱叹息道："某为屯田足食起见，往来督察，已无暇晷；近且寇氛不靖，汝、颍、江、淮，日见糜烂，每日调遣将士，分守各处，尚且警报频来，日夜焦烦，五中如焚，所以并宫禁事情，无心过问了。"皇子道："现在乱事如何？"脱脱道："刘福通出没汝颍，徐寿辉扰乱江淮，方国珍剽掠温台，张士诚盘踞高邮，剧盗如毛，剿抚两难。近闻池州、太平诸郡，又被贼党赵普胜等陷没，江西平章星吉，与战湖口，兵败身死。赵普胜作乱，星吉殉节事，从脱脱叙出，亦为省文计耳。某正拟上奏，再出督师，如何宫禁中闹得这般情形，难道哈麻等日侍皇上，竟不去规谏么？"皇子道："太师休提起哈麻，他便是祸魁乱首哩。"脱脱大为惊异，复由皇子申述淫乱原因。脱脱道："哈麻如此为恶，不特负皇上，并且负某，某当即日进谏，格正君心。"皇子道："全仗太师！"脱脱道："食君禄，尽君事，这是人臣本分呢。"脱脱著元史，恃有此心。皇子申谢而别。脱脱还未免怀疑，再去私问汝中柏。汝中柏极陈哈麻不法，恼动了脱脱太师，立即命驾入朝。原来汝中柏得脱脱信用，由左司郎中，入为中书省参议。应五十三回。他仗着脱脱权力，遇事专断，平章以下，莫敢与抗，独哈麻不为之下，屡与龃龉。一恃相权，一恃主宠，安能协和？汝中柏衔恨已久，遂乘机发泄，极力指斥哈麻，这且不必絮述。

且说脱脱盛气入朝，至殿门下舆，大着步趋入内廷，不料被司阍的宦官，出来阻住。脱脱怒叱道："我有要事奏闻皇上，你为何阻我进去？"宦官道："万岁有旨，不准外人擅入！"脱脱道："我非外人，不妨入内。"宦官再欲有言，被脱脱扯开一旁，竟自闯入。这时候的元顺帝，正在秘密室演法，忽由秃鲁帖木儿报道："不好了！丞相脱脱来了！"顺帝喘着道：用一喘字妙。"我句我无暇见他！司阍句司阍何在？如何令他擅入！"顺帝行淫，秃鲁帖木儿得以入报，是回应事事无碍语。秃鲁帖木儿道："他是当朝首相，威焰熏天，何人敢来拦阻？"只此三语，脱脱已是死了。顺帝道："罢了！罢了！我便出来，

你速去阻住，教他在外候着！”秃鲁帖木儿出去，顺帝方收了云雨，着了冠裳，慢腾腾的出来。只见脱脱怒目立着，所有秃鲁帖木儿以下，俱垂头丧气，想已受脱脱训责，所以致此。当下出问脱脱道：“丞相何事到此？”脱脱听着，便收了怒容，上前叩谒。顺帝命他立谈，脱脱起身，谢过了恩，遂启奏道：“乞陛下传旨，革哈麻职，逐西番僧及秃鲁帖木儿等，以杜淫乱！”顺帝道：“哈麻等有何罪名？”脱脱道：“古时所说的暴君，莫如桀纣，桀宠妹喜，祸由赵梁，纣宠妲己，祸由费仲，今哈麻等导主为非，也与赵梁、费仲相类，若陛下还要信任，不加诛逐，恐后世将比陛下为桀纣哩。”顺帝道：“哈麻系卿所举荐，如何今日反来纠劾？”此语颇问得厉害。脱脱道：“臣一时不明，误荐匪人，乞陛下一律加罪！”顺帝道：“这却不必！朕思人生几何，不妨及时行乐，况军国重事，有卿主持，朕可无虞，卿且让朕一乐罢！”脱脱道：“变异迭兴，妖寇日炽，非陛下行乐之时，陛下亟宜任贤去邪，崇德远色，方可拨乱致治，易危为安，否则为祸不远了！”顺帝道：“丞相且退，容朕细思。”脱脱乃趋出内廷，守候数日，并不见有什么诏旨。只各省警报，复陆续到来。先是张士诚据高邮，脱脱命平章政事福寿，发兵招讨，嗣得福寿禀报，士诚负固不服，且转寇扬州，杀败达什帖木儿军。于是脱脱上疏自请出兵，并再劾宫中嬖幸，冀清君侧。顺帝只左调哈麻为宣政使，余人不问。一面下诏命脱脱总制各路军马，克日南征。脱脱奉命即行，途次会齐各路来兵，次第南下。这番出师，比前番还要烜赫，所有省台院部诸司听选官属，一律随行，禀受节制。还有西域西番，亦发兵来助，旌旗蔽天，金鼓震野，数百里卷云扫雾，十万众掣电追风，真个是无威不扬，无武不耀。全为下文反射。脱脱到了济宁，遣官诣阙里祀孔子，过邹县又祀孟子。及达高邮，张士诚已遣兵抵御，两下不及答话，便即开仗，脱脱的兵将，仿佛如虎豹出山，蛟龙搅海，任你百战耐劳的强寇，也是抵挡不住，战了数合，士诚兵已是败退。脱脱率军进逼，直抵城下，士诚复自行出战，奋斗半日，也不能支持，退守城中。脱脱一面攻城，一面分兵西出，规复六合，绝他援应。士诚恐城孤援绝，如入阱中，千方百计的谋解重围，或率锐出斗，或缒师夜袭，都被脱脱麾兵杀退，急得士诚惊惶万状，无法可施。

脱脱正拟策励将士，指日破城，忽闻京中颁下诏敕，命河南行省左丞相太不花，中书平章政事月阔察儿，知枢密院事雪雪，代统脱脱所部兵。脱脱

正在惊异，帐外守卒，又报宣诏使到来，军中参议龚伯遂，料知此诏必加罪脱脱，忙向脱脱密禀道：“将在外，君命有所不受，丞相只管一意进讨，休要开读诏书：若诏书一开，大事去了！”脱脱道：“天子有诏，我若不从，便是抗命；我只知有君臣大义，生死利害，在所不计。”言毕，遂延入宣诏使，跪听诏命。与宋时之岳忠武大致相同。诏中略称丞相脱脱，劳师费财，不胜重任，着即削去官爵，安置淮安。将吏闻诏皆惊，独脱脱面不改色，且顿首道：“臣本至愚，荷天子宠灵，委臣军国重事，早夜兢兢，惧弗能胜，今得释此重负，皇恩所及，也算深重了！”言毕而起，送归宣诏使。

当下召集将士，令各率所部，听后任统帅节制。又命出兵甲及名马三千，作为分赐。各将士一律垂泪，客省副使哈剌答，奋身跃起道：“丞相此行，我辈必死他人手中，今日宁死相公前，借报知遇。”言至此，即拔剑在手，向颈上一横。脱脱忙出座拦阻，已是不及，只见颈血四溅，倒仆地上。脱脱抚尸大恸，众将亦不胜悲感，哭声如雷。读至此我亦泪下。

嗣命将尸首安葬，并把军符封固，遣送太不花，自率数十骑径赴淮安。途次闻母弟也先帖木儿也削职出都，安置宁夏，虽是意料所及，究不免愁上加愁，况复时当岁暮，四野萧条，寒风惨惨，雨雪霏霏，百忙中叙入景色，殊有关系，不应作闲文看。脱脱被贬在至正十四年十二月中，故特书以揭之。人孰无情，谁能遣此！驿馆中过了除夕，至正月初始到淮安，才阅数日，又接到廷寄，命徙甘肃行省亦集乃路。脱脱又不能不行，甫启程，复来了一道严厉的诏敕，不但命他转徙云南，并将他弟也先帖木儿移徙四川，他长子哈剌章，充戍肃州，次子三宝奴，充戍兰州，所有家产，尽籍没入官。脱脱闻命太息道：“罢罢！哈麻，哈麻！你也太恶毒了。”就脱脱口中叙出哈麻，是行文过脉处。原来哈麻左迁，闻系由脱脱劾奏，气得三尸暴跳，七窍生烟，暗思脱脱如此可恶，定要将他处死，才肯甘休。于是一面联结宠后奇氏，一面嘱托台官袁赛因不花，教他内外交谮，构陷脱脱全家，顺帝沉湎酒色，已是昏迷得很，且因前次脱脱强谏，暗怀忿怒。打断欢情，宜乎动气。至此内惑女蛊，外信捡言，如火添油，越加沸烈，遂不问是非，迭下乱命。补叙情由，言简而赅。

脱脱转徙云南，行次大理腾冲，遇着知府高惠，殷勤接见，盛筵款待，酒过数巡，高惠启口道：“公系国家柱石，偶遭晦塞，转瞬间就要光明，还请勿忧。”脱脱道：“某无状，已负国恩，皇上不赐某死，令某安置此方，尚

称万幸。”高惠道：“这是太谦了。”

正谈话间，忽屏后有一妙年丽姝，冉冉出来，柳眉半蹙，杏脸微酡，此八字含有无数情绪，阅者接读下文，自知妙处。缩缩捏捏的，至高惠座旁站住。高惠命拜见脱脱，惊得脱脱连忙离座，答了半礼，一面忙问高惠道：“这是公家何人？”高惠道：“就是小女；因公不是常人，所以令小女拜谒。”脱脱愈觉怀疑，口中只连称不敢。

高惠乃令女入内，复请脱脱就座，再行斟酒道：“公此来不挈眷属，一切起居，诸多不便，小女蓬门陋质，虽不值一盼，然奉侍巾栉，倒还可以使用，鄙意拟即献纳，望勿却为幸！”脱脱惊答道：“某一罪人，何敢有屈名媛！”高惠不待说毕，便道：“公今日到此，明日即当起复，此后鸿毛遇顺，无可限量，鄙人等俱要托庇哩。”原来为此，不然，一知府女儿，何必下嫁罪人耶！

脱脱摇首道“某自知得罪当道，区区生命，尚恐难保，还望什么显荣？”高惠道：“不妨！当为公筑一密室，就使有人加害，有我在此，定可无虞。”脱脱只是固辞。教他金屋藏娇，尚不肯允，毋乃太愚。高惠不禁愤愤，俟脱脱别后，竟派铁甲军监察行踪，至阿轻乞地方，竟将他驿舍围住。是不中抬举之故。脱脱心中已横一死字，倒也没甚惊慌，怎禁得都中密诏又飞驿递到云南，这一番有分教：

巨栋自摧元室覆；大星陡落滇地寒。

欲知密诏内容，且看下回分解。

番僧进，房术行，上下宣淫，恬不知耻，脱脱在朝，宁无闻知，而《元史·脱脱列传》中，不闻其有进谏之举，是脱脱固未足道者，何以死后留名，即乡曲妇孺，亦啧啧称道之？且《列传》言脱脱信汝中柏之谮，改哈麻为宣政使，若仅缘此生隙，哈麻虽恶，度亦不过排挤出外，至于安置远方而止，胡心置诸死地，且敢冒大不韪之举，竟传矫诏乎？本回演述史事，已觉渲染生妍，至插入脱脱进谏一段，尤足补史之阙。揆情度理，应有此文，不得以虚伪少之。

第五十七回　朱元璋濠南起义　董抟霄河北捐躯

却说脱脱流徙滇边，忽又接到密诏，竟是要他的性命，还有一樽特赐的珍品。看官道是何物？乃是加入鸩毒的约酒，原来这道诏敕，实是哈麻假造出来，他此时已接连升官，进为左丞相，因脱脱未死，总是不安，所以大着胆子，假传上命，赐脱脱鸩酒，令他自尽。余少时阅坊间小说，至英烈传中载脱脱自尽事，由丞相撒敦及太尉哈麻主使，其实当时只有哈麻，并无撒敦，正史俱在，不应臆造一人。脱脱只知君命，辨什么真伪，竟遥向北阙再拜，接过鸩酒，一饮而尽，须臾毒发，呜呼哀哉！年仅四十二。强仕之年，正可为国出力，乃为贼臣害死，令人愤叹。

脱脱仪状雄伟，器宇深沉，轻货财，远声色，好贤下士，不伐不矜，且始终不失臣节，尤称忠荩，唯为群小所惑，急复私仇，报小惠，后来竟被构陷，流离致死，都人士相率叹惜。逮至正二十三年，监察御史张冲等，上书讼冤，乃诏复脱脱官爵，并给复家产，召哈剌章、三宝奴还朝，只也先帖木儿已死，无从召归。至正二十六年，台官等复上言奸邪构害大臣，以致临敌易将，我国家兵机不振从此始，钱粮耗竭从此始，盗贼纵横从此始，生民涂炭从此始；若使脱脱尚在，何致大乱到今，乞加封功臣后裔，并追赐爵谥，以慰忠魂。顺帝闻言，也觉追悔，立授哈剌章、三宝奴官职，且命廷臣拟谥。事尚未行，明师已至，连逃避都来不及，还有何心顾着此事，所以脱脱丞相的谥法，竟无着落！著书人深惜脱脱，所以详述始末。

闲文休提。单说河南行省左丞相太不花，本无军事知识，至代为统帅，尤骄蹇不遵朝命。部下兵士，看主帅如此怠玩，乐得四出劫掠，抢些子女玉帛，取快目前，还想夺什么徐州。台官因劾他慢功虐民，应即黜退，另易统帅。顺帝乃命平章政事答失八都鲁，往代太不花，又削太不花官职，令他在军效力。军中一再易帅，头绪纷繁，自然无心攻贼，外如各路招讨的大员，也大半胆小如鼷，一些儿没有功绩。于是乱党愈炽，势益燎原。

河南盗刘福通，居然奉韩林儿为小明王，僭称皇帝，建都亳州，国号宋，改元龙凤，以林儿母杨氏为太后，自为丞相。当下分兵四出，焚掠河南郡县，大为民害。元廷即命答失八都鲁，引军往援。答失八都鲁奉命西行，驰至许州，适遇刘福通派来的兵队，一阵厮杀，竟大败亏输，逃得无影无踪。

答失先已遁去，到了中牟，溃卒方稍稍还集，忽又有一路兵马到来。慌忙着人探听，乃是都中遣来的援师，统领叫作刘哈剌不花。还好，还好。答失方才少慰，出营接见，叙及败溃情状。刘哈剌不花颇有些忠勇气象，便道："连年征战，并没有一处平靖，我辈身为将帅，宁不羞死！明日决去一战，我为前茅，公为后劲，若得着胜仗，还可为我辈吐气哩。"答失八都鲁也只好依从。

翌晨，刘哈剌不花誓师出营，仗着一股锐气，往扑敌寨。敌寨不及防备，猛被元兵攻入，车驰马骤，扫了一个精光。答失八都鲁麾军趋至，已是不见一敌，只觉水碧山清。当下两军并进，从汴梁直达太康，刘福通自行出战，又被刘哈剌不花杀退，乘胜抵亳州，昼夜攻击，吓得韩林儿魂胆飞扬，与刘福通僭开后门，遁走安丰。

刘哈剌不花等入城，即飞章告捷。元廷以亳州既破，召刘哈剌不花还都，猛将既去，寇众复张，刘福通又四处驰檄，勾结各路枭雄，作为犄角。于是潜龙起蛰，鸣凤朝阳，濠州大陆，竟出了一位不文不武，亦文亦武的真人，拨乱致治，诞膺天命。这位真人姓甚名谁？就是大明太祖朱元璋。叙明太祖，下笔不苟。

元璋先世居沛，再徙泗州，及父世珍复徙濠州，居钟离县。至元璋年十七，父母相继去世，孤苦无依，乃入皇觉寺为僧，游食诸州，寻复还寺。至郭子兴起兵濠州，民间不得安居，相率趋避。元璋亦思避难，卜诸神，去留皆不吉，不禁嬉笑道："莫非要我做皇帝不成？"再卜得吉占，遂决意弃

僧投军。径入濠州谒郭子兴。子兴见他状貌魁奇，留为亲兵。会元将彻里不花，引兵来攻，元璋随子兴出战，格外奋勇，竟将元兵杀败。嗣元廷复遣贾鲁进围，城几被陷，亏得元璋募集死士，出城冲杀，才把贾鲁击退。子兴大喜，署为镇抚，复将养女马氏，给与元璋为妻。后来妻随夫贵，竟做了明朝第一代的皇后，这真所谓天生佳耦了。同是出身微贱，所以称为佳耦。

时李二余党赵均用、彭早住，奔投子兴，所部暴横，几乎喧宾夺主。元璋以子兴懦弱，不足与共大事，乃自率里人徐达、汤和等，南略定远，计降驴牌寨民兵三千。复东行，夜袭张知院于横冈山，收降卒三万人，道遇定远人李善长，与语大悦，遂用为谋士，进拔滁州。旋闻子兴为赵均用所困，以计救免，迎子兴入滁。另遣将张天佑攻陷和州，子兴即命元璋往守，总制诸军。

既而子兴病殁，子天叙嗣，得刘福通檄文，令为都元帅，张天佑及元璋为左右副元帅，元璋不受。继念伪宋主韩林儿，气焰方盛，暂可倚借，乃用龙凤年号，号令军中。就刘福通事折入朱元璋，就朱元璋事带过郭子兴，此是文中绾合法。唯元璋为开国英雄，而叙次如此简略，盖由详细情形，应入《明史演义》中，故本文只从简略而已矣。忽闻怀远人常遇春来归，元璋忙令延入，见他燕颈豹颔，相貌堂堂，立擢为帐下总兵，接连复报闻巢湖渠帅，有书到来，愿率水师千艘，前来投诚。元璋阅书毕，大喜道："我正虑渡江无舟，今巢湖帅廖永忠、俞通海等，愿来归附，真是天赐成功了！"当下率兵至巢湖，与廖、俞等人相见，推诚接待，彼此欢洽。留驻三日，扬帆出发，至铜城牐，遇元中丞蛮子海牙军，阻住要口，舟不得出。会天雨水涨，得从小港纵舟，出袭元兵，一鼓退敌，遂顺风直抵牛渚。牛渚南岸有采石矶，向称要隘，与牛渚为犄角，两岸统有元兵扎住，刀枪森列，壁垒谨严。元璋命先攻牛渚，后攻采石矶，众将士应声齐出，争登牛渚渡。元兵也齐来抵御，禁不住这边奋勇，渐渐倒退。常遇春徒步挥戈，杀死元兵无数，元兵遂一律逃去。牛渚既下，复攻采石，采石矶高出水面，约有丈余，众将士舣舟进攻，都被矢石击退。常遇春左手持盾，右手持矛，一跃而登，刺死守矶头目老星卜喇，单身直入。各将士见遇春登矶，自然随势拥上，霎时间攻破采石，扫荡元兵，遂乘胜进拔太平，元总管靳义赴水死节。众将迎元璋入城，乃置太平兴国翼元帅府，自领元帅事。召当涂人陶安参议戎幕，进耆儒李习为知府，揭榜安民，严申军

禁，民心大悦。太平路真太平了。

休息数月，复率兵进侵集庆，连破元将大营，直逼城下。此时元将福寿为江南行台御史大夫，奉命守集庆路，屡督兵出战，终未获胜。至城陷，百司皆溃，福寿独踞床高坐，为乱兵所杀。不没忠臣。

元璋入城，慰抚吏民，改集庆路为应天府，自称吴国公。一面遣将四出，分徇邻郡，镇江、广德等处，相继攻下。

这时候的刘福通，招集亡命，势焰日张，分兵略地。遣毛贵出山东，李武、崔德出陕西，关先生、破头潘、冯长舅、沙刘二、王士诚出晋、冀，白不信、大刀敖、李喜喜出秦陇，自居河南调度，节制各军。毛贵颇有智勇，率众东趋，连陷胶州、莱州、益都、般阳诸郡县。济南路飞章告急，顺帝遣知枢密院事卜兰奚，率同董搏霄等，兼程往援。

援军既发，御史张桢，上书陈十祸，语语剀切，字字苍凉，好算元末一位大手笔。小子曾阅《元史·张桢列传》，尚能约略记述。所说根本上祸端，记有六条：一曰轻大臣，二曰解权纲，三曰事安逸，四曰杜言路，五曰离人心，六曰滥刑狱，这统是根本上的关系。所说征讨上祸端，计有四条：一是不慎调度，二是不资群策，三是不明赏罚，四是不择将帅；这统是征讨上的关系。他又逐条分释，每条数百言，内有事安逸的祸源，及不明赏罚的祸源，最说得淋漓痛快，小子试略录如下：

> 臣伏见陛下以盛年入纂大统，履艰难而登大宝；因循治安，不预防虑，宽仁恭俭，渐不如初。今天下可谓多事矣，海内可谓不宁矣，天道可谓变常矣，民情可谓难保矣，是陛下警省之时，战兢惕厉之日也。陛下宜卧薪尝胆，奋发悔过，思祖宗创业之难，而今日坠亡之易，于是而修实德，则可以答天意；推至诚，至可以回人心。凡土木之劳，声色之好，宴安鸩毒之戒，皆宜痛撤勇改，有不尽者，亦宜防微杜渐，而禁于未然。黜宫女，节浮费，畏天恤人，而陛下乃安焉处之，如天下太平无事，此所谓根本之祸也。以上言事安逸。臣又见调兵六年，初无纪律之法，又无激劝之宜，将帅因败为功，指虚为实，大小相谩，上下相依，其性情不一，而邀功求赏则同。是以有覆军之将，残民之将，怯懦之将，贪惏之将，曾无惩戒；所经之处，鸡犬一空，货财俱尽，及其面谀

游说，反以克复受赏。今克复之地，悉为荒墟，河南提封三千余里，郡县星罗棋布，岁输钱谷数百万计，而今所存者，封邱、延津、登封、偃师三四县而已；两淮之北，大河之南，所在萧条。夫有土有人有财，然后可望军旅不乏，馈饷不竭。今寇敌已至之境，固不忍言，未至之处，尤可寒心，即使天雨粟，地涌金，朝夕存亡，且不能保，况以地方有限之费，供将帅无穷之欲哉！颍上之寇，始结白莲，以佛法诱众，终饰威权，以兵抗拒，视其所向，骎骎可畏，其势不致于亡吾社稷，烬吾国家不已也。堂堂天朝，不思靖乱，而反阶乱，其祸至惨，其毒至深，其关系至大，有识者为之扼腕，有志者为之痛心，此征讨之祸也。以上言不明赏罚。

奏入不报，权臣恨他多言，反劾他市直沽名，出为山南道廉访佥事。看官，你想顺帝如此糊涂，还能保得住一座江山么。

卜兰奚到了山东，遣董抟霄援济南，自赴益都路。抟霄提兵急进，连败寇众于济南城下。寇众却退，诏命为山东宣慰使都元帅。此时太尉纽的该，方总诸军守御东昌，闻济南已靖，促抟霄从征益都。抟霄道："我去，济南必不保；且我适有疾，不如令我弟昂霄前往。"乃将此意奏闻元廷，顺帝准奏，授昂霄为淮南行院判官，调赴益都。

未几复有朝旨，命抟霄移守长芦，抟霄不得已北行，谁知毛贵已乘隙而入，进陷济南，且率精锐蹑抟霄后。抟霄才到南皮县，望见毛贵率大队赶来，红巾迷目，铁骑扬氛。抟霄部下的将士，惊告抟霄道："彼众我寡，营垒未完，奈何！"抟霄道："我受命到此，只有以死报国，此外尚有何言！"遂拔剑出营，督军奋战，杀死敌众多名。怎奈敌人前仆后继，反张了两翼，围裹抟霄，自午至暮，抟霄兵伤亡过半，寇众突至抟霄前，刺抟霄下马，叱问道："汝系何人？"抟霄瞋目道："我就是董老爷！汝何为？"言未毕，寇众用矛攒刺，但见数道白气，冲入空中，凝作一团，向天而去。尸身上并不见有血迹，连寇众都是骇愕，惊以为神。是日，益都兵亦败，昂霄亦战死。不求同年同月同日生，但愿同年同月同日死，可为董氏兄弟注脚。事闻于朝，追封抟霄为魏国公，谥忠定，昂霄为陇西郡侯，谥忠毅。

毛贵已破董军，遂由河间趋直沽，陷蓟州，略柳林，逼畿甸。枢密副使

达国珍战殁，元廷大震，廷臣纷议迁都。只有此策。亏得同知枢密院事刘哈剌不花，又复出现。督率禁军，直趋柳林，与毛贵酣斗一场，杀得毛贵大败而逃，逐出畿辅，京师稍安。毛贵退回济南，气焰渐衰，后被赵均用杀死。均用又被续继祖所杀。了毛贵。唯李武、崔德趋陕西，破商州，攻武关，直逼长安，分掠同华诸州。白不信、李喜喜等趋秦陇，据巩昌，陷兴元，入围凤翔。关先生、破头潘等趋晋、冀，分兵二道：一出绛州，一出沁州，逾太行山，焚上党郡，攻破辽州，专掠辽阳，进陷上都，把元朝祖宗历代经营的宫阙，付诸一炬，尽变作乌焦巴弓！趣语！刘福通乘这机会，攻入汴梁，逐去守将竹贞，迎伪宋帝韩林儿居住，大河南北，袤延万里，几无一块干净土。那时复出了一个著名人物，为元效力，转战东西，竟将所失各地，克复了一大半。想是回光反照。正是：

八方抢攘无宁日，一将驰驱得胜时。

未知此人为谁，待小子下回声明。

是回前叙朱元璋事，后叙刘福通事，两两相对，似元璋之势力，远不及福通，不知真人出世，必别有二三揭竿之徒，为之先驱：秦无胜、广，不足以亡秦而启汉；隋无窦、李，不足以亡隋而启唐，韩、刘揭竿，正为朱氏先驱之兆，犹之胜、广、窦、李等也。唯叙朱元璋事，概从简略，已见细评。至于毛贵陷山东时，独录入张桢奏疏，百忙中叙及此奏，所以明元季之失政，以致将骄卒惰，盗贼四起，祸由自召，一疏尽之，若董抟霄之殉，虽独有白光之异，且兄弟同日战死，尤为难得，故叙述亦较他人为详，可见下笔时具有斟酌，非率尔操觚者比也。

第五十八回　扫强虏志决身歼
弑故主行凶逞暴

却说刘福通奉了韩林儿，分道出兵，正在猖獗得很，其时有一颍州沈邱人，名叫察罕帖木儿，募集子弟，仗义讨贼。他本是阔阔台后裔，阔阔台收河南时，留家颍州，所以子孙相传，未尝他徙。会颍州盗起，遂募子弟数百人，与罗山人李思齐，同设奇计，袭破寇众，平定罗山。元廷闻报，授察罕帖木儿为汝宁府达鲁花赤，达鲁花赤系元代官名。李思齐知府事。于是所在义士，统率兵来会，得万余人，自成一军，转战南北，所向无前，颍上群盗，与战辄败，因此威名大震，莫敢争锋。

嗣因刘福通遣兵西出，攻据陕州，知枢密院事答失八都鲁方入河南，节制诸军，见上回。闻陕州被陷，急檄察罕帖木儿、李思齐赴援。察罕帖木儿闻命独行，至陕州，见城坚不可拔，便想了一计，就营中焚着马矢，如炊烟状，作为疑兵，自率军夜袭灵宝。灵宝与陕州，倚为唇齿，此时亦被寇所陷，守城的寇党，毫不防备，被察罕帖木儿驱众登城，逐去守贼，还攻陕州。陕寇闻风远扬，复由察罕帖木儿追杀数十里，毙贼无算，以功加河北行枢密院事。

至寇党李武、崔德等逼长安，分掠同、华诸州，陕西行台长官为豫王阿剌忒纳失里，用侍御史王思诚言，移书察罕帖木儿，求发援兵。察罕帖木儿新复陕州，得书大喜，遂提轻兵五千，与李思齐倍道往援。李武、崔德等已闻察罕帖木儿大名，不敢轻敌，当下挑选健卒，前来对垒。察罕帖木儿与李思

齐分队夹攻，人自为战，如鹰驱雀，似獭祭鱼，当锋者死，逃命者生，霎时间寇卒四散，李武、崔德阻遏不住，只得败阵退走。察罕帖木儿与李思齐追至南山，杀获无数，方才回军。豫王忙拜表告捷，归功两人，诏擢察罕帖木儿为陕西左丞，李思齐为四州左丞，协守关陕，并许便宜行事。了李武、崔德。

过了数月，白不信、李喜喜等，复自巩昌窥凤翔。察罕帖木儿侦悉，先分兵入守凤翔城，俟白不信等进薄城下，立率铁骑数千，夤夜趋至。将近敌营，分军为左右两翼，掩杀过去，城中守兵，亦鼓噪出来，内外合击，呼声震天地，吓得白不信等抱头鼠窜，不知下落，余党自相践踏，死伤数万人，只有命不该死的几个毛贼，逃生去了。了白不信、李喜喜等。

关、陇方定，四川复乱。随州人明玉珍，初投徐寿辉部下，随寿辉党倪文俊攻破沔阳，留守城中。嗣见蜀中空虚，遂率舟师五十艘，进袭重庆，右丞完者都出走，城被陷没。完者都走至嘉定，会集平章朗华歹，参政赵资，招集散卒，谋复重庆，不期玉珍兵又复猝至，三人措手不及，各被擒去。玉珍胁降，皆不屈遇害，蜀人称为三忠。自是蜀中郡县，多为玉珍所据。随手叙入明玉珍及四川乱事，亦一销纳法也。

察罕帖木儿得知此信，拟开关西出，往讨玉珍，忽接京中飞敕，因毛贵内犯京畿，命他入卫，他即遣部将关保等，分屯关陕要口，自率重兵东行。至山西，闻关先生、破头潘等，正从塞外大掠，饱载而归，不禁忠愤填膺，投袂而起，忙麾兵趋闻喜、绛阳，截住关先生等归路，并遣别将伏南山要隘，堵塞间道。两下里安排妥当，专待寇至，好来祭刀。所谓磨厉以须。关先生等却也小心，侦得察罕帖木儿屯兵要路，不敢前来冒犯，只得舍了大道，潜行僻径。方入南山，炮声四响，前后左右，统竖起陕西左丞的旗帜，一队队的雄师猛将，分头杀来。关先生忙令部众弃去辎重，遁入山谷，这辎重真是不少，遗弃道旁，阻碍出入，伏兵虽是得势，未免为所牵羁，只杀了数百人，即便休战，各搬辎重而回。察罕帖木儿闻寇党入山，恐他复出，急分军三道，阻住贼踪。一军屯泽州，塞盘子城；一军屯上党，塞吾儿谷；一军屯并州，塞井陉口。果然寇兵屡出，血战了五六次，统由屯兵杀败，斩首数万级，余党远遁，河东又平。了关先生、破头潘等。

顺帝闻他连捷，擢为陕西行省右丞，兼行台侍御史，扼守关陕、晋冀，镇抚汉沔、襄阳，便宜行阃外事。统录头衔，名副其实。察罕帖木儿益练兵训

农，志平中原，休养了半年，即大发秦、晋人马，直捣汴梁。

是时韩林儿自安丰入汴，名目上算做皇帝，却事事为刘福通所制，在外诸将，又不服刘福通，弄得上下解体，内外离心，各路兵马，多半败殁，河南诸郡，旋得旋失，因此汴梁一城，已陷入孤危。蓦闻察罕帖木儿提着大兵，水陆齐下，韩林儿等，都抖做一团。还是刘福通有些胆力，招集全城丁壮，登陴守御，自督军出城逆战，列阵以待。察罕帖木儿麾兵驰至，迎头痛击，差不多似泰山压顶，所当辄碎。福通勉强支持，杀了数十回合，究竟敌他不过，只好勒马退回。察罕帖木儿见福通败退，忙跃马前进，紧追福通。福通方入城门，策马回顾，收束部队，不防察罕帖木儿也到门限，那时闭城不及，只好舍命相搏，再行厮杀。可奈察罕帖木儿的兵将，一拥齐上，眼见得门不能闭，战亦无益，忙命兵民弃了外城，驰入内城。察罕帖木儿尚欲追入，内城门已经阖住，不能进去。于是环城设垒，悉力围攻，刘福通婴城固守。察罕帖木儿督攻数日，终不能下，乃夜于城南设伏，至天明，遣苗军略城而东。守卒出追，伏发多死，又佯令老弱立栅外城，守卒复出城来争，因纵铁骑突击，把守卒悉数擒住。嗣是屡诱不出，相持多日，城中粮食将尽，刘福通正拟出走，猛听得城头鼎沸，喊杀连天，料知外兵已入，忙挈伪主韩林儿，从东门窜去，复返安丰，守卒不及随逃，多弃械乞降。福通亦未了将了。

察罕帖木儿下令安民，即驰书奏捷，诏进察罕帖木儿为河南平章兼知行枢密院事。察罕帖木儿再修车船，缮甲兵，厉兵秣马，谋复山东。忽由冀宁递到急报，大同镇将孛罗帖木儿，自石岭关进兵，径来攻城了。此孛罗帖木儿与忽都皇后父同名异人，阅后便知。察罕帖木儿道："冀宁一带，由我手定，何物孛罗，敢来掩击！"当下调遣人马，倍道往援。看官到此，必要问这孛罗帖木儿究系何人？小子查明《元史》，就是答失八都鲁的儿子。答失八都鲁在河南统军，屡战屡败，元廷颇加诘责，答失忧恚而死。其子孛罗帖木儿，曾任四川左丞，随父在军，父殁后所遗部众，归他代领，颇得胜仗，克复曹、濮诸州。至察罕帖木儿移军河南，孛罗帖木儿恰奉命移镇山西，驻扎大同，令卫京师，他想并据晋冀，扩充权力，所以发兵掩击冀宁，坐实孛罗帖木儿罪状。察罕帖木儿怎肯甘休，自然调兵拒战。为将帅不和之始。元廷闻两帅互争，忙遣参知政事也先不花等，往与调停，令孛罗帖木儿守石岭关以北，察罕帖木儿守石岭关以南，两下各遵约退兵。不意隔了数日，又有旨命孛罗守冀

宁，真是愦愦。孛罗帖木儿即出兵趋冀宁城下，守兵不纳，察罕帖木儿亦派兵往袭孛罗帖木儿，彼此混战一场，互有杀伤。自残同类。适以召亡。嗣是搆兵数月，又经元廷遣使谕解，方各罢兵还镇。

察罕帖木儿以宿怨已解，一意东征，自陕抵洛，大会诸将，与议师期；发并州兵出井陉，辽沁军出邯郸，泽潞兵出磁州，怀卫军出白马，汴洛军出孟津，五道并进，水陆俱下。当时山东群盗，自相攻杀，唯伪宋将田丰，据守济宁，王士诚据守东平，最称强悍。察罕帖木儿渡河而东，大纛所经，相率披靡，复了冠州，降了东昌，将乘势攻济宁、东平。养子扩廓帖木儿，一作库库特穆尔。凡《元史》上所称帖木儿三字，《通鉴辑览》俱改作特穆尔。请诸父前，以大军攻济宁，自率偏师捣东平。察罕帖木儿即拨兵五万，佐以关保、虎林赤等良将，令扩廓帖木儿统兵自行。扩廓本姓王，小字保保，系察罕帖木儿的外甥，察罕帖木儿爱他骁勇，养为己子，时已受职为副詹事。他领着五万人马，踊跃前进，途次遇着敌众，奋力冲杀，如拉枯朽，斩首万余级，直抵城下。王士诚出战又败，势渐穷蹙，忙遣人求救田丰，谁知田丰已归降察罕帖木儿。那时士诚孤立无援，也只好开城请降。原来察罕帖木儿因田丰久据济宁，颇得民心，先贻书详陈利害，劝他投诚，田丰料知难敌，所以出降。

济宁、东平既复，只有济南、益都一带，尚有悍寇占住。察罕帖木儿遂自将大军逼济南，另派别将攻益都。济南城守坚固，经察罕帖木儿费尽心力，至三阅月乃下。濒海诸郡，望风送款，独益都孤城不能拔。元廷进察罕帖木儿为中书平章政事，余职如故。察罕帖木儿复移兵围益都，大治攻具，诸道并进，寇众悉力拒守，忽天空白气如索，长五百余丈！自危宿起，直扫紫微垣，军中相率惊异，察罕帖木儿毫不为意，降将田丰，请他阅营，诸将以天象示儆，争来谏阻。察罕帖木儿慨然道："吾推心待人，人将自服；若变生意外，也是命数使然，何能预防？"诸将复请多带卫士，察罕帖木儿又不许，只命十一骑从行，甫入丰营，帐下伏甲突出，一将挺枪猛刺，贯入察罕帖木儿腹中。察罕帖木儿从马上跃起，大叫一声而亡。悲哉痛哉！

这行刺的将官，究是何人？乃是降将王士诚。原来益都贼目，叫作陈猱须，本与田丰、王士诚等一气勾通，及城围已急，复遣人密来引诱，啗以重贿，田丰、王士诚利令智昏，又复谋变，遂设计刺死察罕，察罕既殁，全军失主，幸有扩廓帖木儿代为支持，军心复固。扩廓帖木儿含哀举丧，正在发

讣，京使已到，赍传诏旨，说是天变恐应在山东，戒勿轻举。扩廓奉诏大恸，当与京使说明祸变，京使匆匆去讫。

越数日，又有诏敕颁到，追封察罕帖木儿为颍川王，谥忠义，所有各军，令扩廓代父职守，袭有全权。扩廓拜命后，誓师复仇，攻城益急。田丰、王士诚已入城中，助贼协御。城外百计攻扑，城内亦百计守备，相持数月，仍不能下。扩廓大愤，密令人掘穿地道，以重赏募死士，从地道入城，自率大军从城外猱登，守贼只防外敌，掷射矢石，不意城中钻出健卒，纵起火来。若在《封神传》中，定说是土行孙、哪吒等举法。顿时全城骇乱，大军一半登城，一半尚在外兜围，登城的军士，杀入城内，擒住贼目陈猱须，并其下悍寇二百余人。兜围的军士，正在城门旁伏着，巧遇田丰、王士诚两人出逃，一声鼓响，奋起兜拿，两人中捉住一双。设伏袭人，自己亦中伏被擒，正是天道好还。扩廓扫尽贼寇，便设起香案，供父牌位，推田丰、王士诚至案前，洗剥上衣，剖心致祭。祭毕，复将陈猱须等二百余人，槛送阙下，然后再遣兵略定余邑。山东悉平，乃引兵归河南去了。

这是至正十六年起，至二十一年间事。点醒年月，万不可少。唯这四五年间，北方一带，原是兵戎倥偬，南方一带，恰亦扰乱不已。小子只有一枝笔，不能并叙，所以将北方事总叙一段，稍有眉目，才好说到南方。南方的徐寿辉，自僭据江西后，遣倪文俊陷沔阳，应五十五回及本回全文。进破中兴路。元统帅朵儿只班战死。文俊复转拔汉阳，迎寿辉入居，据为伪都。沔阳人陈友谅，粗知文墨，初投文俊麾下，为簿书掾，寻亦自领一军，几与文俊相埒。文俊佯奉寿辉，暗思行逆，被友谅察觉，袭杀文俊，并有其众，自称平章政事。盗贼行径，大率类是。一面亲督水师，顺流而下，直捣安庆。淮南行省左丞余阙，正奉诏守安庆城，号令严明，防戍慎固，江淮推为保障。至是督军堵御，屡败友谅军。友谅忿甚，飞召饶州党魁祝寇，巢湖党魁赵普胜，水陆毕集，直逼城下。阙徒步提戈，开城血战，杀毙敌兵无数，阙亦身中十余枪，方入城暂憩，西门已被攻入，火焰冲天，自知事不可为，引刀自刭。妻耶卜氏，子德生，女福童，皆赴井死。守臣韩建，亦阖门被害。居民誓不从贼，多被焚死。友谅又进陷龙兴，杀死平章政事道童，再派悍将王奉国，引兵寇信州。江东廉访副使伯颜不花的斤，自衢州往援，与守兵内外夹击，战退奉国，既而友谅弟友德，又前来接应奉国，再行攻城，日夜鏖战，

不分胜负。嗣因城中食尽，至杀老弱以饷士卒，军心虽未涣散，卒因乏力支持，竟被奉国等攻入，伯颜不花的斤及守将海鲁丁等，皆战死。死事诸臣多半录入，以表孤忠。

友谅既略地千里，亦思南面自尊，称孤道寡，适寿辉欲徙都龙兴，引兵东下。至江州，友谅设伏城西，自服櫜鞬出迎。及寿辉入城，门闭伏发，竟将寿辉所部亲兵，尽行杀死。只饶了寿辉，及文吏数人与之东行，仗着战舰数十艘，攻入太平。太平系朱元璋所略地，留守花云，及养子朱文逊等，力战被擒，不屈而死。

友谅志益骄纵，急谋僭窃，进据采石矶，募壮士数人，佯使白事寿辉前，俟寿辉接见，由壮士袖出铁锤，奋力猛击，扑拓一声，寿辉的头颅，化作两截，脑浆迸流，死于非命。想做皇帝的趣味。友谅遂以采石五通庙为行殿，称皇帝，国号汉，改元大义，仍以邹普胜为太师，张必先为丞相。方拟排班行礼，忽然天昏似墨，石走沙飞，似车轮般的旋风，从大江吹来。小子有诗咏道：

莫言天命本无常，盗贼终难作帝王。
试看飓风江上卷，怒威我已仰穹苍。

欲知后事如何，且至下文说明。

察罕帖木儿起自颍邱，仗义讨贼，一战而破罗山，二战而定河北，三战而复陕州，四战而下汴梁，五战而入山东，出奇制胜，所向必克，何其智且勇也！虽与孛罗互斗，似犯蚌鹬相争之忌，然孛罗实为祸始，不得尽为察罕咎，唯田丰诈降，祸生不测，以智勇之察罕帖木儿，竟为小丑谋毙，良将亡，胡运终矣！若徐寿辉僭号蕲水，起讫共十年，卒毙命于陈友谅之手，盗性靡常，何知仁义，以视田丰、王士诚辈，狡黠相似，而凶暴尤过之。然察罕帖木儿之死，似属可悲；徐寿辉之死，殊不足惜。观此回之用笔，不特一详一略，隐寓机缄，而一可悲一不足惜之意，亦流露于楮墨间。文生情耶！情生文耶！即文见情，是在阅者。

第五十九回　阻内禅左相得罪　入大都逆臣伏诛

却说陈友谅僭称帝制，适狂风骤至，江水沸腾，继以大雨倾盆，连绵不已，弄得这班亡命徒，统是拖泥带水，狼狈不堪。大众在沙岸称贺，不能成礼，连友谅一团高兴，也变做懊丧异常。忽接朱元璋麾下康茂才来书，促他速攻应天，愿为内应。茂才与友谅，相识有年，至是奉元璋命，来诱友谅。友谅大喜，遂引兵东下，到江东桥，四面伏兵齐起，杀得友谅落花流水，单舸遁还。元璋复进兵夺江州，降龙兴，略定建昌、饶、袁各州，声势大震，自称吴王。

友谅遁至武昌，日渐衰敝。明玉珍本事徐寿辉，闻寿辉为友谅所害，未免愤恨，遂整兵守夔关，拒绝友谅，不与交通，因此友谅益成孤立。玉珍复遣兵陷云南，据有滇、蜀，僭称帝号，立国号夏，改元天统。朱元璋、明玉珍事，俱从陈友谅事带出。减赋税，兴科举，蜀民咸安。元末盗贼横行，专事淫掠，彼此比较，还算明玉珍稍得民心，唯偏据一方，已断胡元左臂。还有方国珍、张士诚等，出没江浙，元廷屡遣使招抚，毕竟狼子野心，反复无常，忽降忽叛，始终不服元命。其余跳梁小丑，乘乱四出。江西平章政事星吉，战死鄱阳湖，江东廉访使褚不华，战死淮安城，二人系元朝良将，身经百战，毕命疆场，于是东南半壁，捍守无人，只有那草泽英雄，自相争夺。南方一带，亦大略表明，下文接叙内政。

元廷虽时闻寇警，反若习以为常，顺帝昏迷如故，任他天变人异，杂沓

而来，他是个全然不管，一味荒淫，所有左右丞相，不是谄佞，就是平庸；所以外患未消，内乱又炽。健笔凌云。

先是哈麻为相，其弟雪雪，亦进为御史大夫，国家大柄，尽归他兄弟二人。哈麻忽以进番僧为耻，何故天良发现，想是要变死耳。告父图噜，谓妹婿秃鲁帖木儿在宫导淫，实属可恨。我兄弟位居宰辅，理应劾佞除奸，且主上沉迷酒色，不能治天下，皇子年长聪明，不若劝帝内禅，尚可易乱为治云云。图噜也以为然，适其女归宁，遂略述哈麻言，并嘱他转告女夫，速令改过。

秃鲁帖木儿得了此信，暗思皇子为帝，必致杀身，忙去报知顺帝。顺帝惊问何故，秃鲁帖木儿道："哈麻谓陛下年老，应即内禅。"顺帝道："朕头未白，齿未落，何得谓老？谅是哈麻别有异图，卿须为朕效劳，除去哈麻！"秃鲁帖木儿唯唯而出，即去授意御史大夫搠思监，教他劾奏哈麻。搠思监自然乐从，即于次日驰入内廷，痛陈哈麻兄弟罪恶。顺帝偏说哈麻兄弟待朕日久，且与朕弟宁宗同乳，姑行缓罚，令他出征自效。隔了一宵，又变宗旨，极写顺帝昏庸。搠思监默念道："这遭坏了！"飞步退出，奔至右丞相第中。

是时右丞相为定住，见他形色仓皇，问为何事？搠思监道："皇上欲除去哈麻，密令秃鲁帖木儿授意与我，教我上书劾奏。我思上书不便，不如入内面陈，谁知皇上偏谕令缓罚，倘被哈麻闻知，岂不要挟嫌生衅，暗图陷害？我的性命，恐要送掉了！"定住笑道："你弄错了主见，没有奏章，如何援案处罚？"顺帝之意，未必如是。搠思监道："如此奈何？"定住道："你不要怕，有我在此，保你无事！"搠思监还要细问，经定住与他密谈数语，方喜谢而去。定住遂与平章政事桑哥失里，联衔会奏，极言哈麻兄弟不法状。果然奏牍夕陈，诏书晨下，将哈麻兄弟削职，哈麻充戍惠州，雪雪充戍肇州。两人被押出都，途次忤了监押官，活活杖死。宫廷不加追究，想总是相臣授意，令他如此。上文密谈二字，便已寓意，然亦可为脱脱泄愤。

顺帝即拜搠思监为左丞相，已而定住免官，搠思监调任右相，这左丞相一职，仍起复故相太平，令他继任。搠思监内媚奇后，外谄皇子，独太平秉正无私，不肯阿附。时皇子爱猷识理达腊已正位青宫，因见顺帝昏迷不悟，常以为忧，前闻哈麻倡议内禅，心中很是赞成，及哈麻贬死，内禅辍议，不禁转喜为悲，密与生母奇皇后商议，再图内禅事宜。奇皇后恐太平不允，乃遣宦官朴不花，先行谕意，令他勉从，太平不答，嗣又召太平入宫中，赐以

美酒，复申前旨。可奈太平坚执如前，虽经奇皇后晓谕百端，总是拿定主意，徒把那依违两可的说话，支吾过去。奇后母子，缘是生嫌，左丞成遵，参知政事赵中，皆太平所擢用，皇太子令监察御史买住等，诬劾他受赃违法，下狱杖死。太平知不可留，称疾辞职，顺帝加封太保，令他养疾都中。

会阳翟王阿鲁辉帖木儿拥兵抗命，将犯京畿，顺帝命少保鲁家，引兵截击，未分胜负。皇太子禀诸顺帝，请饬太平出都督师，顺帝照准。太平知皇子图己，立即奉命出都。可巧阳翟王兵败，其部将脱驩缚王以献，太平不受，令生致阙下，正法伏诛，于是太平幸得无事。嗣后上表求归，顺帝命为太傅，赐田数顷，俾归奉元就养，太平拜谢而归。

既而顺帝欲相伯撒里，伯撒里面奏道："臣老不足任宰相，若必以命臣，非与太平同事不可。"顺帝道："太平方去，想尚未到原籍，卿可为传密旨，饬他留途听命。"伯撒里连声遵旨；退朝后，亟遣使截住太平，太平自然中止。不料御史大夫普化，竟上书弹劾太平，说他在途观望，违命不行。这位昏头磕脑的元顺帝，也忘却前言，竟下诏削太平官。并非贵人善忘，实系精血耗竭，因此昏昏。搠思监又受奇后密敕，再诬奏太平罪状，有旨令太平安置土蕃。太平被徙，行至东胜州，复遇密使到来，逼他自裁，太平从容赋诗，服药而死，年六十有三。太平之死，与脱脱相类。

太平子也先忽都，尚为宣政院使，搠思监阳为劝慰，阴谋加害，遂酿成一场大狱，闯出漫天祸祟，扰得宫阙震惊，一古脑儿送入冥途，连有元百年的社稷，也因此灭亡。一鸣惊人。原来奇后身边，有一宦官，与奇后幼时同里，及奇后得宠，遂召这宦官入宫，大加爱幸，如漆投胶，这宦官叫作何名，就是上文所说的朴不花。朴不花内事嬖后，外结权相，气焰熏灼，炙手可热，宣政院使脱欢，与上文脱驩异。曲意趋附，与他同恶相济，为国大蠹。监察御史傅公让等，联衔奏劾，被奇后母子闻知，搁起奏折，把傅公让等一律左迁，恼动了全台官吏，尽行辞职。仿佛同盟罢工。

治书侍御史陈祖仁上书太子，直言切谏，太子虽是不悦，奈已闹成大祸，不得不据实奏闻。顺帝方才得悉，令二人暂行辞退。祖仁犹强谏不已，定要将二竖斥逐，同台御史李国凤，亦言二竖当斥，顺帝接连览奏，怒他絮聒，竟欲将陈、李二人加罪。御史大夫老的沙，系顺帝母舅，力言台官忠谏，不应摧折，乃仅命将二人左调。唯奇后母子，怀恨不已，竟谮及老的

沙。顺帝尚不忍加斥，封为雍王，遣令归国。尚有渭阳情。一面命朴不花为集贤大学士。老的沙愤愤西去，知枢密院事秃坚帖木儿，素与老的沙友善，且与中书右丞也先不花有隙，至是亦随了老的沙西赴大同。

大同镇帅孛罗帖木儿与秃坚帖木儿，又是故友，遂留他二人在军。搠思监侦知消息，竟诬老的沙等谋为不轨，并将太平子也先忽都也加入在内。注意在此。此外在京人员，稍与未协，即一网牵连，锻炼成狱。也先忽都等贬死，又遣使至大同，索老的沙等。孛罗帖木儿替他辨诬，拒还来使，搠思监与朴不花遂并劾孛罗帖木儿私匿罪人，逆情彰著，顺帝头脑未清，立下严旨，削孛罗帖木儿官爵，使解兵柄归四川。

看官！你想孛罗帖木儿本是个骄恣跋扈的武夫，闻着这等乱命，哪里还肯听受，当下分拨精兵，令秃坚帖木儿统领，驰入居庸关。知枢密院事也速等，与战不利，警报飞达宫廷，皇太子率侍卫兵出光熙门，拟去邀击。行至古北口，卫兵溃散，无颜可归，只得东走兴松。秃坚帖木儿乘势直入，竟至清河列营，京城大震，官民骇走。顺帝遣国师达达，驰谕秃坚帖木儿，命他罢兵。秃坚帖木儿道："罢兵不难，只教奸相搠思监，权阉朴不花，执送军前，我便退兵待罪。"达达回报，急得顺帝没法，不得已如约而行。此时的奇皇后，也只有急泪两行，不能保庇两人，眼见他双双受缚，出畀外军。谋及妇人，宜其死也。秃坚帖木儿见此两人，不遑诘责，立命军士将他剁死。死有余辜。乃引兵入建德门，觐顺帝于延春阁，伏哭请罪。顺帝慰劳备至，赐以御宴，并授为平章政事，且复孛罗帖木儿官爵，并加封太保，仍镇大同，秃坚帖木儿，乃驱军退还大同去了。

顺帝以外兵已退，召还太子。太子还宫，余恨未息，定要除孛罗帖木儿，遂遣使至扩廓帖木儿军前，命他调兵北讨，扩廓素嫉孛罗，便即应命发兵。孛罗帖木儿察知此事，不待扩廓兵到，先与老的沙、秃坚帖木儿两人，率兵内犯，前锋入居庸关。皇太子又亲督卫兵，守御清河，军士仍无斗志，相率惊溃。太子孤掌难鸣，遂由间道西去，往投扩廓帖木儿。孛罗等长驱并进，如入无人之境，既抵建德门，大呼开城。守吏飞奏顺帝，顺帝又束手无策，忙与老臣伯撒里商议。伯撒里拟出城抚慰，并自请一行，顺帝喜甚。忽忧忽喜，好似黄口小儿。当日伯撒里出城，会晤孛罗帖木儿，表明朝廷调遣，事由太子，非顺帝意。孛罗因请入觐。伯撒里请留兵城外，方可偕入。孛罗

应允，只与老的沙、秃坚帖木儿二人，随伯撒里入朝。既见帝，并陈无罪，且诉且泣，顺帝也为泪下。尝谓妇人多泪，不意庸主逆臣，亦复如是。当下赐宴犒军，并授孛罗帖木儿为左丞相，老的沙为平章政事，秃坚帖木儿为御史大夫。寻复进孛罗为右丞相，节制天下军马。

孛罗既专政，将所有部属，布列省台，逐宫中西番僧，诛秃鲁帖木儿等十余人。此举差快人心。且遣使请太子还京，并赍诏夺扩廓官。扩廓拘留京使，奉太子名号，檄召各路人马，入讨孛罗帖木儿。孛罗大怒，带剑入宫，硬要顺帝缴出奇后。顺帝只是发抖，不能出言。孛罗仿佛曹阿瞒，顺帝仿佛汉献帝。惹得孛罗性起，指挥宦官宫女，拥奇后出宫，幽禁诸色总管府，并调也速御扩廓军。也速以孛罗悖逆不法，阳为奉命，阴遣人连结扩廓，并及辽阳诸王。待至安排妥当，竟声明孛罗罪状，倒戈相向。

孛罗帖木儿闻警，忙遣骁将姚伯颜不花，出拒通州，适遇河溢，留驻虹桥。不意夜间河水灌入，仓猝警醒，几已不及逃生，姚伯颜还恃着骁勇，凫水出营。突来了许多小筏，分载军士，首先一筏，上立大将，挺枪来刺姚伯颜。姚伯颜忙躲入水中，谁知下面已伏着水手，竟将他一把抓住。看官！你道这大将为谁？就是知院也速。他乘着水涨，来袭姚伯颜营，顺流决灌，淹入营中，以致姚伯颜中计，被他擒去，受擒以后，哪里还能活命！孛罗帖木儿愤甚，自将兵出通州，途遇大雨，三日不止，只得还都。

凑巧来了一个宦官，带着美女数人，入府进献。孛罗瞧着，统是亭亭弱质，楚楚丰姿，不由的喜笑眉开，忙问宦官道："何人有此雅意，送我许多美姬？"宦官答说，是由奇皇后遣送，为丞相解忧。孛罗大悦道："难得奇后这般好心，你去为我代谢，且致意奇后，尽可即日还宫。"奸雄如曹阿瞒犹悦张济之妻，何况孛罗。宦官受命去讫。孛罗帖木儿忙去邀请老的沙，来府宴饮，老的沙即刻赴召，主宾入席，美女盈前，正是花好月圆，金迷纸醉。迨至半酣，那美女起座歌舞，珠喉宛转，玉佩铿锵，差不多与飞燕、玉环一般神妙。怕就是学天魔舞的宫女。待酒阑客去，孛罗帖木儿任意交欢，自不必说。嗣是连日沉迷，厌闻外事，到了警报四至，乃遣秃坚帖木儿出御，自己仍淫乐如常。一日奉到急诏，促他入宫，不得已跨马驰入，甫到宫门，放缰下马，猛见数勇士持刀出来，方欲启问，刀锋已刺入脑中，脑浆直流，倒地而亡。作恶多端，总难逃过此关。原来威顺王子和尚，恨孛罗无君，密禀顺帝，结连勇

士上都马、金那海、伯达儿等，暗伏宫门，一面召他入宫，乘便下手。孛罗果然中计，遂被斫死。老的沙闻孛罗被杀，急至孛罗家中，挈他眷属，出都北遁，伯达儿等复奉旨赶杀，中途追及，一阵乱剁，不分男女老幼，尽行杀死，连老的沙也化作肉糜。老的沙等不必惜，只惜美女数人，也同受死。秃坚帖木儿接着京报，引兵自遁，到八思儿地方，亦为守兵所杀。

顺帝乃函孛罗首，遣使赍往冀宁，召太子还，扩廓帖木儿扈从至京师，途次忽接奇后密谕，令他率兵拥太子入城，胁帝内禅。奇后又出风头。扩廓意不谓然，将到京城，即遣还随军，只带数骑入朝。奇后母子，复怨及扩廓，独顺帝见了太子，很是喜欢。尚在梦中。并嘉谕扩廓，令为右丞相，扩廓面辞，乃以伯撒里为右丞相，扩廓为左丞相。伯撒里是累朝老臣，扩廓系后生晚进，两下意见，未能融洽。过了两月，扩廓即请出外视师。是时江、淮、川蜀，已尽陷没，皇太子屡拟往讨，为帝所阻。至扩廓奏请视师，遂加封太傅河南王，总制关、陕、晋、冀、山东诸道，并迤南一应军马，所有黜陟予夺，悉听便宜行事。扩廓拜辞去讫。

会皇后弘吉剌氏去世，顺帝即册立次皇后奇氏为皇后。又因奇氏系出高丽，立为正后，未免有背祖制，当由廷臣会议，于没法中想出一法，改奇氏为肃良合氏，算做蒙族的遗裔，仍封奇氏父以上三世，皆为王爵。小子有诗咏奇后道：

果然哲妇足倾城，外患都从内衅生。
我读残元奇氏传，悍妃罪重悍臣轻。

奇氏既立为正后，母子权势益盛，免不得愈闹愈坏。有元一代，从此收场，请看下回交代。

女宠也，宦官也，权臣也，强藩也，此四者，皆足以亡国，顺帝之季，盖兼有之，而祸本则基于女宠！看此回陆续叙来，有宦官朴不花，有权臣搠思监，有强藩孛罗帖木儿及扩廓帖木儿，彼此迭起，如层峦叠嶂，目不胜接，而最要线索，则觑定奇后母子。奇后母子谋内禅，于是朴不花、搠思监，表里为奸，乘间希宠；于是孛罗、扩廓，先后入犯，借口诛奸。倘非顺帝之素耽女宠，何自致此奇祸耶？哲妇倾城，我亦云然！

第六十回　群寇荡平明祖即位
顺帝出走元史告终

却说奇后母子，既怨恨扩廓，自然专伺扩廓的间隙，以便下手。扩廓尚不及防，出都南下，军容甚盛，卤簿甲仗，亘数十里。既到河南，便传檄各路将帅，会师大举。是时两河南北，总算平靖，前时受调的军马，多半还镇，如咬住、亦怜真班、月鲁帖木儿等，死的死，老的老，或内用，或罢官，收束第五十五回的将官。只关陕一带，尚有李思齐、张良弼、孔兴、脱列伯诸人，拥兵自固，隐蓄异图。会接扩廓帖木儿檄文，张良弼首先拒命。良弼曾为陕西参政，驻兵蓝田，当察罕帖木儿奉命总军，良弼已不受节制。察罕尝与李思齐联兵往攻，经元廷遣使调解，方才罢手。看官！你想察罕是扩廓的父亲，良弼尚欲抗拒，况轮到扩廓身上，哪里肯低头忍受？扩廓帖木儿以镇将未受调遣，不便讨贼，遂遣关保、虎林赤等，西攻良弼，一面遣人与李思齐联盟。思齐与察罕为老友，至是要受制扩廓，意亦不平。良弼又结欢思齐，愿遣子弟为质，连兵拒守，因此思齐却扩廓使，竟与良弼相连。统有私意用事，如何可以保国？关保等进战不利，扩廓帖木儿遂亲自往攻，留弟脱因帖木儿驻济南，防遏南军。良弼闻扩廓自至，忙邀同孔兴、脱列伯等会议，推思齐为盟主，合兵防御。两下角逐，互有胜负，皇太子乘隙进言，谓扩廓奉命南征，反行西进，显有跋扈情状。顺帝乃遣使驰谕扩廓，令他速即罢兵，专事江淮，扩廓复奏，须平定关陕，然后东行，廷臣大哗。太子亦自请出征，遂由顺帝下诏道：

曩者障塞决河，本以拯民昏垫，岂期妖盗横造讹言，簧鼓愚顽，涂炭郡邑，前察罕帖木儿仗义兴师，献功敌忾，迅扫汴洛，克平青齐，为国捐躯，深可哀悼。其子扩廓帖木儿，克继先志，用成骏功，皇太子爱猷识理达腊，计安宗社，累请出师，朕以国本至重，讵宜轻出。遂授扩廓帖木儿总戎重寄，畀以王爵，俾代其行。李思齐、张良弼等，各怀异见，搆兵不已，以致盗贼愈炽，深贻朕忧。询诸众谋，佥谓皇太子聪明仁孝，文武兼资，聿遵旧典，奚命以中书令枢密使，悉总天下兵马，一应军机政务，如出朕裁。其扩廓帖木儿总领本部军马，自潼关以东，肃清江淮，李思齐总统本部军马，自凤翔以西，进取川蜀，以少保秃鲁为陕西行省左丞相，总本部及张良弼、孔兴、脱列伯各支军马，进取襄樊。诏书到日，宜洗心涤虑，共济时难，毋负朕命！

此诏下后，扩廓帖木儿及李思齐、张良弼等，俱不受诏，仍是互相残杀。皇太子亦留都不行，但遣人运动扩廓麾下，阴使脱离关系，自归朝廷。于是关保、貊高等，都叛了扩廓，愿从朝命。皇太子禀准顺帝，罢扩廓兵柄，削太傅左丞相职衔，仍前河南王，食邑汝州，所有前统各军，概派别将分领。扩廓帖木儿仍不受命，唯退军还泽州。顺帝又命李思齐、张良弼等，东向出关，关保、貊高等，西向进逼，两路夹攻扩廓。扩廓大愤，竟引兵据太原，尽杀元廷所置官吏，居然行逆。坐实一个逆字，书法谨严。顺帝再削他爵邑，令诸军四面进蹙，扩廓也觉势孤，由太原退守平阳。

正在难解难分的时候，忽然霹雳一声，各军瓦解，把纷纷扰扰的江山，尽行扫净，发现一个大明帝国出来！又作惊人之笔。原来河北诸将，自相争战，无暇顾及南方。那时吴国公朱元璋，搜集人才，招募兵士，武有徐达、常遇春、胡大海、俞通海、李文忠等，文有李善长、刘基、宋濂、叶琛、章溢、王祎等，先略浙东，次平江表，所经各地，秋毫无犯，人心相率归向，望风投诚。帝王之师，比众不同。

元廷曾遣户部尚书张昶至江东，授元璋为江西平章政事。元璋极陈元廷失政，难与共事，说得张昶亦被感动，竟留住元璋营中，愿佐戎幕。就是海上魔王方国珍，也因他威德服人，遣使奉书，愿献温、台、庆元三郡，只陈友谅与张士诚勾结，共抗元璋。士诚遣将吕珍，攻入安丰，杀刘福通，拘韩

林儿。元璋率徐达、常遇春等，倍道赴援，击走吕珍，迎林儿归居滁州。友谅闻元璋救安丰，大兴水师，来围洪都。洪都系龙兴改名，元璋留从子文正，及偏将邓愈等协守，至友谅进攻，一面率兵备御，一面飞书告急。元璋亲率大兵往援，师至湖口，友谅亦撤围东行，渡鄱阳湖，至康郎山，遇着元璋军。元璋督兵死战，纵火焚友谅舟，友谅大败，中矢而死。是战为朱氏兴亡关键，因与《元史》无甚关系，应另详《明史演义》中，故叙述从略。

友谅骁将张定边，挟友谅次子陈理，遁还武昌。元璋遣常遇春督军进攻，自还应天，称为吴王，复率军自捣武昌，降陈理及张定边，湖广、江西诸郡县，次第荡平。友谅了。

再下令讨张士诚，时士诚所据地，南至绍兴，北有通、泰、高邮、淮安、濠泗，直达济宁。徐达、常遇春等，奉元璋命，攻取淮安诸路，连败士诚军，濠、徐、宿诸州，相继攻下。又分兵徇浙西，拔湖州、嘉兴、杭州，东入绍兴。会韩林儿死，乃除去龙凤年号。韩林儿了。建国号吴，立宗庙社稷。复命徐达等进逼平江，士诚固守数月，援尽力穷，城遂陷没，执士诚归应天，士诚自缢死。士诚了。

方国珍前降元璋，后又据境称雄，经元璋将汤和、廖永忠等，水陆夹攻，国珍乃穷蹙乞降。汤和以国珍归应天，未几病殁。国珍了。

嗣是取福州，拔永平，杀福建平章陈友定，复进徇广州，降广东行省左丞何真，诛海寇邵宗愚，各郡县相继归降，连九真、日南、朱崖、儋耳诸城，亦俱纳印请吏，心悦诚服。于是南方大定，吴相国李善长等，连表劝进，奉吴王朱元璋为帝。当于元顺帝至正二十八年正月初四日，载明年月日，为元明绝续之界限。行即位礼，国号明，建元洪武。一个秃头和尚，居然做到皇帝，可见天下无难事，总教有心人。一班开国功臣，于是日辰刻，簇拥吴王朱元璋，出应天城，先至南郊，祭告天地，由太史官刘基，代读祝文。其文云：

唯大明洪武元年，岁次戊申，正月壬辰朔，越四日乙亥，皇帝臣朱元璋，敢昭告于皇天后土曰：伏以上天生民，俾以司牧，是以圣贤相承，继天立极，抚临亿兆，尧、舜禅让，汤、武吊伐，行虽不同，受命则一。今胡元乱世，宇宙洪荒，四海有蠡虿之忧，八方有蛇蝎之祸；群雄并起，使山河瓜分，寇盗齐生，致乾坤弃灭。臣生于淮河，起自濠

梁，提三尺以聚英雄，统一旅而救困苦。托天之德，驱陆军以破肆毒之东吴，仗天之威，连战舰以诛枭雄之北汉。因苍生无主，为群臣所推，臣承天之基，即帝之位，恭为天吏，以治万民。今改元洪武，国号大明，仰仗明威，扫尽中原，肃清华夏，使乾坤一统，万姓咸宁。沐浴虔诚，斋心仰告，专祈默佑，永荷洪庥。尚飨！

读祝毕，吴王朱元璋，率群臣行九叩礼。礼成，乃移就黄幄，南面称尊。文武百官，及都城父老，扬尘舞蹈，三呼万岁。但见天朗气清，风和景霁，居然现出一番升平气象。自是吴王朱元璋，便成了明太祖高皇帝。标清眉目。即位后，返都升殿，又受群臣朝贺，追尊列祖为皇帝，册马氏为皇后，世子标为皇太子，以李善长、徐达为左右丞相，诸功臣亦进爵有差。

越日即下诏伐元，命徐达为征虏大将军，常遇春为副将军，率师二十五万，即日北行。大军由淮入河，直趋山东，势如破竹，陷沂州，下峄州、般阳、济宁、莱州、济南、东平诸路，迎刃即解。转旆河南，入虎牢关，大破元将脱因帖木儿，即扩廓弟。乘胜攻入汴梁。元将李思齐、张良弼等，屡接顺帝诏敕，令出潼关御南军，他偏迁延不发，至明军已入河南，不得已率兵驻潼关。渔人到了，蚌鹬危矣。不防明军煞是厉害，数日即至，放起一把大火，将张良弼营兵，烧得焦头烂额。良弼遁去，思齐亦奔还凤翔。大好一座潼关，被明军占据去了。

扩廓帖木儿闻思齐等为明军所困，乘隙东出，来袭关保、貊高，两人不及防备，都被他生擒了去。还要驱兵内犯，险些儿逼入京畿。顺帝大恐，忙下诏归罪太子。复扩廓帖木儿官爵，仍前河南王左丞相，统军南下，截击明军。扩廓乃退屯平阳，逗留不发。

明将徐达，已连下卫辉、彰德、广平，进次临清，大会诸将，分道北攻。至德州，复合军长驱。元兵水陆俱溃，遂进陷通州。元知枢密院事卜颜帖木儿，力战被擒，不屈遇害，元廷大震。顺帝无法可施，只得集三宫后妃，至皇太子妃，同议避兵北行。左丞相失列门，暨知枢密院事黑厮，宦官赵伯颜不花等，极力谏阻，顺帝不从。赵伯颜不花恸哭道："天下系世祖的天下，陛下当以死守，奈何轻出？臣愿率军民出城拒战，请陛下固守京都。"元末有此宦官，可谓庸中佼佼。顺帝尚是沉吟，偏偏警信又到，报称明军将抵京城。那时顺

帝手忙脚乱，急令后妃太子等，收拾行装，一面命淮王帖木儿不花监国，以庆童为左丞相，同守京师。挨过黄昏，便挈后妃太子等，开建德门北去，待明军抵齐化门，都中已仓皇万状，淮王率着残兵，守御数日，哪里当得住百战百胜的明军！至正二十八年八月二十日，明军入城，淮王帖木儿不花，左丞相庆童，及右丞相张康伯，平章政事迭儿必失，朴赛因不花，御史中丞满川，都路总管郭允中，皆死难。不没死事之臣。元亡，统计元自太祖开国，至顺帝北奔，共一百六十二年。自世祖混一中原，至顺帝亡国，只八十九年。

徐达督诸军入城后，禁士卒侵暴，封府库及图籍宝物，令指挥张胜，监守宫门，不得妄入。吏民安堵，市肆无惊，当下露布告捷，由太祖传旨奖赏，并命出师西略，徐达复率常遇春等，入山西，逐扩廓帖木儿，顺道趋关中，降李思齐等。寻闻元兵犹出没塞外，乃趋还燕都，准备北伐。至洪武二年，出师拔开平，元帝奔和林，三年复北伐，元帝奔应昌。未几元帝逝世，元人谥为惠宗。明太祖以元帝顺天退位，谥为顺帝。明军又进克应昌，元嗣君爱猷识理达腊，仓猝北窜，其子买的里八剌，及后妃诸王等，不及随行，皆被获。未知奇后亦受擒否？送至应天，明太祖下诏特赦，且封买的里八剌为崇礼侯。元参政刘益，亦以辽阳降。朔漠又定，颁诏天下。四年，复遣汤和、傅友德进军四川，时明玉珍已死，子升袭位，发兵拒敌，屡战屡败，没奈何面缚舆榇，出降军前。明玉珍父子又了。明太祖封为归义侯。于是荡荡中华，尽入大明，《元史演义》，可从此告终了。唯还有一段尾声，不能不补叙出来，归结全书正传。

先是西域分封，共有四国，自察合台汗也先不花，并有窝阔台汗地，却成了鼎足三分。应三十二回。也先不花死后，国势渐衰，至元顺帝至正十九年，察合台后裔特库尔克嗣位，复简阅军马，征服叛乱。麾下有属酋帖木儿，系蒙古疏族，强健善战，所向有功。特库尔克死，子爱里阿司嗣与帖木儿不协。帖木儿遂占据中央亚细亚，自行建国，奠都撒马儿罕。嗣复逐爱里阿司，并有察合台汗国全土。适伊儿国汗亚尔巴孔，系旭烈兀弟，阿里不哥远孙。庸弱不振，部下多分据独立，互争不已，帖木儿又代为讨平，乘势占领，两国并合为一。只有一钦察汗国，与他抗衡。钦察汗统辖阿罗思各部，威振西方，拔都远孙月即别汗，及子札尼别汗二代，驱役阿罗思诸侯，气焰尤盛。莫斯科大公宜万一世，最得钦察汗信任，借势营殖，后来俄罗斯肇兴，实基于此。札尼别死，篡弑相继，国又大乱，阿罗思诸侯，亦各图分立。帖

木儿引军入援，镇定全境，扶立脱克达米昔为钦察汗。及帖木儿还军，脱克达米昔别图拓地，侵入帖木儿境内。帖木儿怎肯甘休！即亲率大军问罪，逐去脱克达米昔，另立一汗，叫作可里的克。表面上令他管辖，实际上仍归自己节制，仿佛近今国际法上，所称的被保护国。

帖木儿既并吞西域，复南略印度，侵母儿坦，陷叠尔黑。旋因突厥遗种阿斯曼国即今土耳其国。部长，名巴贾塞脱，连结阿非利加洲的埃及国，夹击帖木儿属地，帖木儿即还军拒战。一战破埃及军，再战擒巴贾塞脱，略定小亚细亚全境，兵威大震，遂招集蒙古各王族，大举而东，竟欲规复中原，混一区宇，仍追效那元太祖的雄图，元世祖的宏业。无如天已厌元，不使再振，这位大名鼎鼎的帖木儿，竟中道病亡，未损明朝片土。此事已在永乐年间，他日演述《明史》，再当详细交代，本书至元亡为止，不过应二十四回，及三十二回中，曾叙及西域四汗国事，若非补入此段，反似上文虚悬，无所归结。看官如嫌简略，请看日后出版的《明史演义》，自知分晓。小子欲就此搁笔，唯尚有俚句四首，录述于后，作为全书的总束，看官不要诮我画蛇添足哩！诗曰：

开疆容易守疆难，文治无闻运已残；
八十九年元社稷，徒留战史付人看！
累朝佞佛太无知，释子居然作帝师；
果有如来应一笑，百年幻梦被僧欺。
到底华夷俗不同，上烝下乱竟成风；
濠梁幸有真人出，才把腥膻一扫空。
大好江山付劫灰，前车已覆后车来；
须知殷鉴原非远，试看全书六十回。

本回为结束文字，故于元末各将帅，及东南诸寇盗，一齐叙过，如风扫残云，倏然而尽。至后段述及四汗国事，亦随叙随略，传所谓其兴也勃，其亡也忽者，文境殆似之矣。或谓如许大事，一回了毕，究嫌太简，不知朱明之平定南方，应属诸《明史》中，细评中已屡次说明。至若帖木儿之奄有西域，亦在元亡后数十年间，必欲于此详述，试问元、明两代，将从何处分界耶？故宜详者不厌其烦，宜简者不嫌其略，著书人固自有深意也。

历朝通俗演义 第九部

明史通俗演义

（上）

蔡东藩 著

中国书店

图书在版编目（CIP）数据

明史通俗演义 / 蔡东藩著；—北京：中国书店，2012.6（2019.10重印）
（历朝通俗演义）
ISBN 978-7-5149-0386-7

Ⅰ.①明… Ⅱ.①蔡… Ⅲ.①章回小说－中国－现代
Ⅳ.①I246.4

中国版本图书馆 CIP 数据核字（2012）第 108397 号

责任编辑　辛　迪
策 划 人　张凌文
装帧设计　肖晋兴
制作统筹　陈　辉

明史通俗演义
蔡东藩 著

出　　版　中国书店
地　　址　北京市西城区琉璃厂东街115号
邮　　编　100050
发　　行　全国新华书店经销
印　　刷　天津东辰丰彩印刷有限公司
开　　本　680毫米×980毫米 1/16
印　　张　41
字　　数　649,000
版　　次　2012年8月第1版
印　　次　2019年10月第11次印刷
书　　号　ISBN 978-7-5149-0386-7
定　　价　598.00元（全十一部，共二十一册）

出版说明

蔡东藩先生从1915年开始创作《清史通俗演义》。此后历经十年，先后完成《元史通俗演义》、《明史通俗演义》、《民国通俗演义》、《宋史通俗演义》、《唐史通俗演义》、《五代史通俗演义》、《南北史通俗演义》、《两晋通俗演义》、《前汉通俗演义》、《后汉通俗演义》。

蔡先生的小说除极具故事性、趣味性之外，还极其重视史料的真实性。不但可以作为一般的休闲读物，也可以作为历史爱好者的参考书。

本套书由上海会文堂新记书局陆续出版，至1926年9月全部出齐。初版11部全部是有光纸石印线装本。1935年5月，会文堂进行改版，全部改为铅印，分装44册，增加了许廑父续写的《民国通俗演义》后40回。全套书书名为《历朝通俗演义》，共11部，600余万字。

此次出版，是以会文堂1935年的铅印本为底本，将繁体竖排改为简体横排。在编辑过程中，尽量保持原书风貌，仅对个别的错字、标点等做了调整和修改。原书的一大特色，蔡东藩自己批注的注释、夹批和后批，全部按原文保留。

希望能带给读者原汁原味的阅读感受。

自序

有明一代之事实，见诸官史及私乘者，以《明史》、《明通鉴》及《明史纪事本末》为最详。《明史》《明通鉴》，官史也。《明史纪事本末》，私乘也。尝考《明史》凡三百三十二卷，《明通鉴纲目》凡二十卷，《明史纪事本末》凡八十卷，每部辑录，多则数千百万言。少亦不下百万言，非穷数年之目力，不能举此三书而遍阅之。况乎稗乘杂出，代有成书，就令有志稽古，亦往往因材力之未逮，不遑搜览；即搜览矣，凭一时之獭祭，能一一记忆乎？且官私史乘，互相勘照，有同而异者，有异而同者，有彼详而此略者，有此讳言而彼实叙者，是非真伪之别，尤赖阅史者之悉心鉴衡，苟徒事览观，能一一明辨乎？鄙人涉猎史乘有年矣，自愧蠢愚，未敢论史，但于前数年间，戏成《清史通俗演义》百回，海内大雅，不嫌芜陋，引而进之，且属编《元明演义》，为三朝一贯之举，爰勉徇众见，于去年草成《元史演义》六十回，本年复草成《明史演义》百回。《元史》多阙漏，苦乏考证，《明史》多繁复，苦费抉择，不得已搜集成书，无论为官史，为私乘，悉行钩考，乃举一代治乱兴亡之实迹，择其大者要者，演成俚语，依次编纂。其间关于忠臣义士，及贞夫烈妇之所为，尤必表而出之，以示来许；反之，为元恶大憝，神奸巨蠹，亦旨直揭其隐，毋使遁形。为善固师，不善亦师，此鄙人历来编辑之微旨，而于此书尤三致意焉。若夫燕词郢说，不列正史，其有可旁证者，则概存之，其无可旁证而太涉荒唐者，则务从

略，或下断语以辨明之。文不尚虚，语唯从俗，盖犹是元清两演义之故例也。编既竣，爰述鄙见以为序。

中华民国九年九月古越蔡东帆自识于临江书舍。

明帝世系图

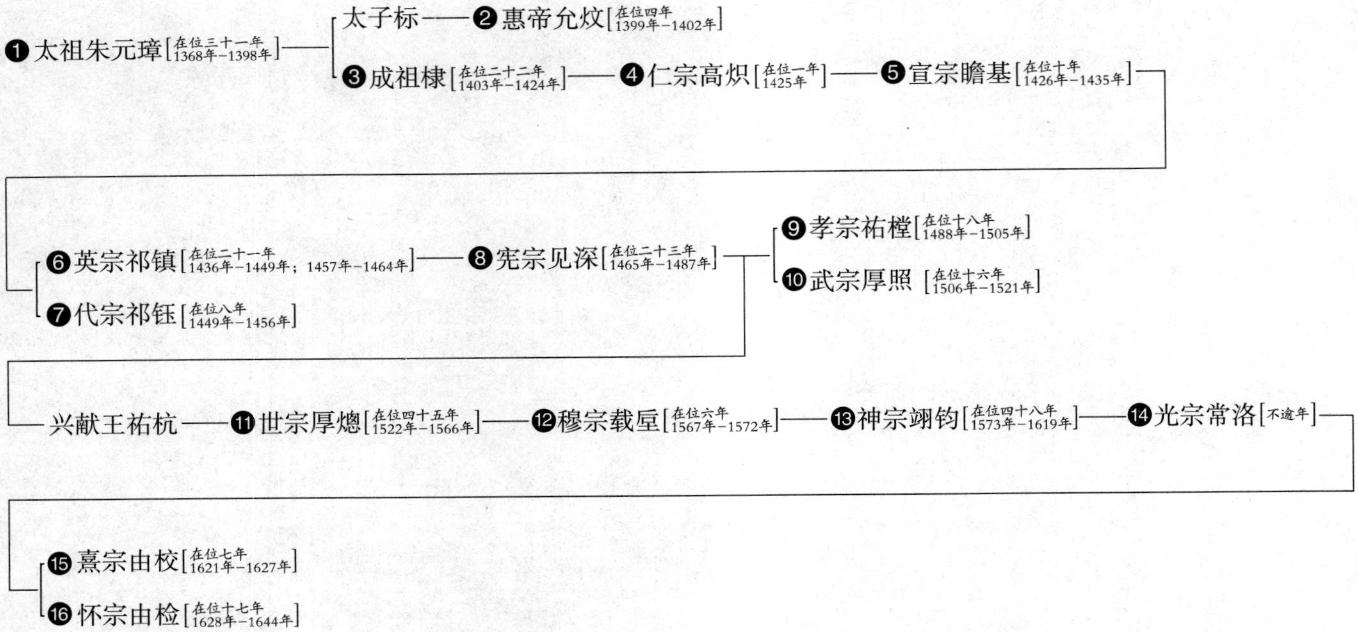

❶太祖朱元璋[在位三十一年 1368年-1398年]
太子标
❷惠帝允炆[在位四年 1399年-1402年]
❸成祖棣[在位二十二年 1403年-1424年]
❹仁宗高炽[在位一年 1425年]
❺宣宗瞻基[在位十年 1426年-1435年]
❻英宗祁镇[在位二十一年 1436年-1449年；1457年-1464年]
❼代宗祁钰[在位八年 1449年-1456年]
❽宪宗见深[在位二十三年 1465年-1487年]
❾孝宗祐樘[在位十八年 1488年-1505年]
❿武宗厚照[在位十六年 1506年-1521年]
兴献王祐杬
⓫世宗厚熜[在位四十五年 1522年-1566年]
⓬穆宗载垕[在位六年 1567年-1572年]
⓭神宗翊钧[在位四十八年 1573年-1619年]
⓮光宗常洛[不逾年]
⓯熹宗由校[在位七年 1621年-1627年]
⓰怀宗由检[在位十七年 1628年-1644年]

目　录

第一回　揭史纲开宗明义
困淈辙避难为僧

江山无恙，大地春回，日暖花香，窗明几净，小子搁笔已一月有余了。回忆去年编述《元史演义》，曾叙到元亡明续的交界；嗣经腊鼓频催，大家免不得一番俗例：什么守岁？什么贺年？因此将元史交代清楚，便把那管城子放了一月的假。现在时序已过去了，身子已少闲了，《元史演义》的余味，尚留含脑中，《明史演义》的起头，恰好从此下笔。淡淡写来，兴味盎然。元朝的统系，是蒙族为主；明朝的统系，是汉族为主。明太祖朱元璋，应运而兴，不数年即驱逐元帝，统一华夏，政体虽犹是君主，也算是一位大革命家、大建设家。嗣后传世十二，凡一十七帝，历二百七十有六年，其间如何兴？如何盛？如何衰？如何亡？统有一段极大的原因，不是几句说得了的。先贤有言："君子道长，小人道消，国必兴盛；君子道消，小人道长，国必衰亡。"这句话虽是古今至言，但总属普通说法，不能便作一代兴衰的确证。

小子尝谓明代开国，与元太祖元世祖的情形，虽然不同，但后来由兴而衰，由盛而亡，却蹈着元朝五大覆辙。看官欲问这五大弊吗？第一弊是骨肉相戕；第二弊是权阉迭起；第三弊是奸贼横行；第四弊是宫闱恃宠；第五弊是流寇殃民。这五大弊循环不息，已足斫丧元气，倾覆国祚；还有国内的党争，国外的强敌，胶胶扰扰，愈乱愈炽，勉强支持了数十百年，终弄到一败涂地，把明祖创造经营的一座锦绣江山，拱手让与满族，说将起来，也是可悲可惨的。提纲挈领，眼光直注全书。目今满主退位，汉族光复，感世变之沧

桑，话前朝之兴替，国体虽是不同，理乱相关，当亦相去不远。远鉴胡元，近鉴满清，不如鉴着有明，所以《元清两史演义》，既依次编成，这《明史演义》，是万不能罢手的。况乎历代正史，卷帙最多，《宋史》以外，要算《明史》。若要把《明史》三百三十二卷，从头至尾，展阅一遍，差不多要好几年工夫。现在的士子们，能有几个目不窥园，十年攻苦，就使购置了一部《明史》，也不过庋藏书室，做一个读史的模样，哪里肯悉心翻阅呢？并非挖苦士子，乃是今日实情。何况为官为商为农为工，连办事谋生，尚觉不暇，或且目不识丁，胸无点墨，怎知道去阅《明史》？怎知道明代史事的得失？小子为通俗教育起见，越见得欲罢不能，所以今日写几行，明日编几行，穷年累月，又辑成一部《明史演义》出来。宜详者详，宜略者略，所有正史未载，稗乘偶及的轶事，恰见无不搜，闻无不述，是是非非，凭诸公议，原原本本，不惮琐陈。看官不要惹厌，小子要说到正传了。说明缘起，可见此书之不能不作，尤可见此书之不能苟作。

却说明太祖崛起的时候，正是元朝扰乱的时间。这时盗贼四起，叛乱相寻，黄岩人方国珍，起兵台温，颍州人刘福通，与栾城人韩山童，起兵汝颍，罗田人徐寿辉，起兵蕲黄，定远人郭子兴，起兵濠梁，泰州人张士诚，起兵高邮，还有李二、彭大、赵均用一班草寇，攻掠徐州、弄得四海纷争，八方骚扰。各方寇盗，已见《元史演义》中，故用简笔叙过。元朝遣将调兵，频年不息，只山童被擒，李二被逐，算是元军的胜仗，其余统不能损他分毫，反且日加猖獗。那时元顺帝昏庸得很，信奉番僧，日耽淫乐，什么演揲儿法，即大喜乐之意。什么秘密戒，亦名双修法，均详《元史演义》。什么天魔舞，造龙舟，制宫漏，专从玩意儿上着想，把军国大事，撇在脑后；贤相脱脱，出征有功，反将他革职充军，死得不明不白；佞臣哈麻兄弟，及秃鲁帖木儿，导上作奸，反言听计从，宠荣得什么相似。冥冥中激怒上苍，示他种种变异，如山崩地震旱干水溢诸灾，以及雨血雨毛雨氂，陨星陨石陨火诸怪象，时有所闻，无非令顺帝恐惧修省，改过迁善。不意顺帝怙恶不悛，镇日里与淫僧妖女，媚子谐臣，讲演这欢喜禅，试行那秘密法，云雨巫山，唯日不足。于是天意亡元，群雄逐鹿，人人都挟有帝王思想。刘福通奉韩山童子林儿为帝，国号宋，据有亳州；徐寿辉也自称皇帝，国号天完；张士诚也居然僭号诚王，立国称周。一班草泽枭雄，统是得意妄行，毫无纪律，不配那肇基立极

奉天承运的主子，所以上天另行择真，凑巧濠州出了一位异人，姿貌奇杰，度量弘廓，颇有人君气象，乃暗中设法保佑，竟令他拨乱反正，做了中国的大皇帝，这人非他，就是明太祖朱元璋。以匹夫为天子，不可谓无天意。近时新学家言，专属人事，抹煞天道，似亦未足全信，故此段备详人事，兼及天心。

朱元璋，字国瑞，父名世珍，从泗州徙居濠州的钟离县，相传系汉钟离得道成仙的区处。世珍生有四子，最幼的就是元璋。元璋母陈氏，方娠时，梦神授药一丸，置诸掌中，光芒四射，她依着神命，吞入口中，甘香异常。及醒，齿颊中尚有余芳。至怀妊足月，将要分娩，忽见红光闪闪，直烛霄汉，远近邻里，道是火警，都呼噪奔救，到了他的门外，反看不见什么光焰，复远立回望，仍旧熊熊不灭。大众莫名其妙，只是惊异不置。后来探听着世珍家内，生了一个小孩子，越发传为奇谈，统说这个婴儿，不是寻常人物，将来定然出色的。就史论史，不得目为迷信。这年乃是元文宗戊辰年，诞生的时日，乃是九月丁丑日未时。后人推测命理，说他是辰戌丑未，四库俱全，所以贵为天子，这也不在话下。唯当汲水洗儿的时候，河中忽有红罗浮至，世珍就取作儿衣，迄今名是地为红罗港，是真是假，无从详究。总之豪杰诞生的地方，定有一番发祥的传说，小子是清季人，不是元季人，自然依史申述，看官不必动疑。

且说朱世珍生了此儿，取名元璋，相貌魁梧，奇骨贯顶，颇得父母钟爱。偏偏这个宁馨儿，降生世间，不是朝啼，就是夜哭，想是不安民间。呱呱而泣，声音洪亮异常，不特做爹娘的日夕惊心，就是毗连的邻居，也被他噪得不安。世珍无法可施，不得已祷诸神明，可巧邻近有座皇觉寺，就乘便入祷，暗祝神明默佑。说也奇怪，自祷过神明后，乳儿便安安稳稳，不似从前的怪啼了。世珍以神佛有灵，很是感念，等到元璋周岁，复偕陈氏抱子入寺，设祭酬神，并令元璋为禅门弟子，另取一个禅名，叫作元龙。俗呼明太祖为朱元龙，证诸正史，并无是说，尝为之阙疑，阅此方得证据。光阴易过，岁月如流，元璋的身躯，渐渐的长成起来，益觉得雄伟绝伦。只因世珍家内，食指渐繁，免不得费用日增，可奈时难年荒，入不敷出，单靠着世珍一人，营业糊口，哪里养得活这几口儿？今日吃两餐，明日吃一餐，忍饥耐饿，挨延过日，没奈何命伯仲叔三儿，向人佣工，只留着元璋在家。元璋无所事事，常至皇觉寺玩耍，寺内的长老，爱他聪明伶俐，把文字约略指授，他竟过目便

知，入耳即熟，到了十龄左右，居然将古今文字，通晓了一大半。若非当日习练，后来如何解识兵机，晓明政体？世珍以元璋年已成童，要他自谋生计，因令往里人家牧牛。看官！你想这出类拔萃的小英雄，怎肯低首下心，做人家的牧奴？起初不愿从命，经世珍再三训导，没奈何至里人刘大秀家，牧牛度日。所牧的牛，经元璋喂饲，日渐肥壮，颇得主人欢心。牧民之道，亦可作如是观。无如元璋素性好动，每日与村童角逐，定要自作渠帅，诸童不服，往往被他捶击，因此刘大秀怕他惹祸，仍勒令回家。

转眼间已是元顺帝至正四年了，濠泗一带，大闹饥荒，兼行时疫。世珍夫妇，相继逝世，长兄朱镇，又罹疫身亡，家内一贫如洗，无从备办棺木，只好草草藁束，由元璋与仲兄朱镗，舁尸至野。甫到中途，蓦然间黑云如墨，狂飙陡起，电光熊熊，雷声隆隆，接连是大雨倾盆，仿佛银河倒泻，澎湃直下，元璋兄弟，满体淋湿，不得已将尸身委地，权避村舍，谁料雨势不绝，竟狂泼了好多时，方渐渐停止。元璋等忙去察视，但见尸身已没入土中，两旁浮土流积，竟成了一个高垅，心中好生奇异，询诸里人，那天然埋尸的地方，却是同里刘继祖的祖产。当下向继祖商议，继祖也不觉惊讶，暗思老天既如此作怪，莫非有些来历，不如顺天行事，乐得做个大大的人情，遂将这葬地慨然赠送。史中称为凤阳陵，就是此处。不忘掌故。元璋兄弟，自然感谢。谁料福无双至，祸不单行，仲叔两兄，又染着疫病，一同去世，只剩了嫂侄两三人，零丁孤苦，涕泪满襟。这时元璋年已十七，看到这样状况，顿觉形神沮丧，日夕彷徨，辗转踌躇，无路可奔，还不若投入皇觉寺中，剃度为僧，倒也免得许多苦累，计划已定，也不及与嫂侄说明，竟潜趋皇觉寺，拜长老为师，做了僧徒。未几长老圆寂，寺内众僧，瞧他不起，有时饭后敲钟，有时闭门推月，可怜这少年落魄的朱元璋，昼不得食，夜不得眠，险些儿做了沟中瘠，道旁殣，转入轮回。受得苦中苦，方为人上人。

那时元璋熬受不住，想从此再混过去，死的多，活的少，不得不死里求生，便忍着气携了袱被，托了钵盂，云游四方，随处募食，途中越水登山，餐风饱露，说不尽行脚的困苦。到了合肥地界，顿觉寒热交侵，四肢沉痛，身子动弹不得，只得觅了一座凉亭，权行寄宿。昏瞶时，觉有紫衣人两名，陪着左右，口少渴，忽在身旁得着生梨，腹少饥，忽在枕畔得着蒸饼，此时无心查问，得着便吃，吃着便睡，模模糊糊的过了数日，病竟脱体。霎

时间神清气爽，昂起头来，四觅紫衣人，并没有什么形影，只剩得一椽茅舍，三径松风，见《明史·太祖本纪》，并非捏造。他也不暇思索，便起了身，收拾被囊，再去游食。经过光固汝颍诸州，虽遇着几多施主，究竟仰食他人，朝不及夕。挨过了三年有余，仍旧是一个光头和尚，袱被外无行李，钵盂外无长物。乃由便道返祝皇觉寺，但见尘丝蛛网，布满殿庑，香火沉沉，禅床寂寂，不禁为之惊叹。他拣了一块隙地，把袱被钵盂放下，便出门去访问邻居。据言："寇盗四起，民生凋敝，没有什么余力，供养缁流，一班游手坐食的僧侣，不能熬清受淡，所以统同散去。"这数语，惹得元璋许多嗟叹。嗣经邻居檀越，因该寺无人，留他暂作住持，元璋也得过且过，又寄居了三四年。

至正十二年春二月，定远人郭子兴，与党羽孙德崖等，起兵濠州，元将撤里不花，奉命进讨，惮不敢攻，反日俘良民，报功邀赏。于是人民四散，村落为墟。皇觉寺地虽僻静，免不得风声鹤唳，草木皆兵，元璋见邻近民家，除赤贫及老弱外，多半迁避，自己亦觉得慌张，捏着了一把冷汗。欲要留着，恐乱势纷纷，无处募食，不被杀死，也要饿死；欲要他去，可奈荆天棘地，无处可依，况自己是一个秃头，越觉得栖身无所。左思右想，进退两难，乃步入伽蓝殿中，焚香卜爻，先问远行，不吉；复问留住，又不吉；不由的大惊道："去既不利，留又不佳，这便怎么处？"忽忆起当年道病，似有紫衣人护卫，未免为之心动，复虔诚叩祝道："去留皆不吉，莫非令举大事不成！"随手掷筊，竟得了一个大吉的征兆。当下跃起道："神明已示我去路，我还要守这僧钵，做什么？"遂把钵盂弃掷一旁，只携了一条敝旧不堪的薄被，大踏步走出寺门，径向濠州投奔去了。小子恰有一诗咏道：

出身微贱亦何伤，未用胡行舍且藏。
赢得神明来默示，顿教真主出濠梁。

欲知元璋投依何人，且看下回续叙！

前半回叙述缘起，为全书之楔子，已将一部明史，笼罩在内；入后举元季衰乱情状，数行了之，看似太简，实则元事备见元史。此书以明史为纲，固不应喧

宾夺主也。后半回叙明祖出身，极写当时狼狈情状，天降大任于是人也，必先苦其心志，劳其筋骨，饿其体肤，如明祖朱元璋，殆真如先哲之所言者，非极力演述，则后世几疑创造之匪艰，而以为无足重轻，尚谁知有如许困苦耶？至若笔力之爽健，词致之显豁，尤足动人心目，一鸣惊人，知作者之擅胜多矣。

第二回　投军伍有幸配佳人
捍孤城仗义拯主帅

却说朱元璋出寺前行，一口气跑到濠州，遥见城上兵戈森列，旗帜飘扬，似有一种严肃的气象，城外又有大营扎着，好几个赳赳武夫，守住营门。他竟不遑他顾，一直闯入，门卒忙来拦阻，只听他满口喧嚷道："要见主帅！"当下惊动了营中兵士，也联翩出来，看他是个光头和尚，已觉令人惊异，嗣问他是何姓氏？有无介绍？他也不及细说，只说是朱元璋要见主帅。大众还疑他是奸细，索性把他反缚，拥入城中，推至主帅帐前。元璋毫不畏惧，见了主帅，便道："明公不欲成事么？奈何令帐下守卒，絷缚壮士？"自命不凡。那上面坐着的主帅，见他状甚奇兀，龙形虎躯，开口时声若洪钟，不禁惊喜交集，便道："看汝气概，果非常人，汝愿来投效军前么？"元璋答声称是。便由主帅呼令左右，立刻释缚，一面问他籍贯里居。元璋说明大略，随即收入麾下，充作亲兵。看官！你道这主帅为谁？便是上回所说的郭子兴。至此始点醒主帅姓名，文不直捷。

子兴得了元璋，遇着战事，即令元璋随着。元璋感激图效，无论什么强敌，总是奋不顾身，争先冲阵。敌军畏他如虎，无不披靡，因此子兴嘉他义勇，日加信任。一日，子兴因军事已了，踱入内室，与妻张氏闲谈，讲到战事得手，很觉津津有味。张氏亦很是喜慰。嗣复述及元璋战功，张氏便进言道："妾观元璋，不是等闲人物，他的谋略如何，妾未曾晓，唯他的状貌，与众不同，将来必有一番建树，须加以厚恩，俾他知感，方肯为我出力。"

张氏具有特识，也算一个智妇。子兴道：“我已拔他为队长了。”张氏道：“这不过是寻常报绩，据妾愚见，还是不足。”子兴道：“依汝意见，将奈何？”张氏道：“闻他年已二十五六，尚无家室，何不将义女马氏，配给了他？一可使壮士效诚，二可使义女得所，倒也是一举两得呢！”子兴道：“汝言很是有理，我当示知元璋便了。”次日升帐，便召过元璋，说明婚嫁的意思。元璋自然乐从，当即拜谢。子兴便命部将两人，作为媒妁，选择良辰，准备行礼。

小子叙到此处，不得不补述马氏来历。先是子兴微时，曾与宿州马公，为刎颈交。马公家住新丰里，佚其名，其先世为宿州素封，富甲一乡，至马公仗义好施，家业日落，妻郑媪生下一女，未几病逝。马公杀人避仇，临行时曾以爱女托子兴，子兴领回家中，视同己女。后闻马公客死他方，益怜此女孤苦，加意抚养。子兴授以文字，张氏教以针黹，好在马氏聪慧过人，一经指导，无不立晓。与明祖朱元璋，恰是不谋而合。至年将及笄，出落得一副上好身材，模样端庄，神情秀越，秾而不艳，美而不佻；还有一种幽婉的态度，无论如何急事，她总举止从容，并没有疾言遽色。的是国母风范。所以子兴夫妇，很是钟爱，每思与她联一佳偶，使她终身有托，不负马公遗言。凑巧元璋投军，每战辄胜，也为子兴夫妇所器重，所以张氏倡议，子兴赞成，天生了一对璧人，借他夫妇作撮合山，成为眷属，正所谓前生注定美满姻缘呢。说得斐亹可观。

吉期将届，子兴在城中设一甥馆，令元璋就馆待婚，一面悬灯结彩，设席开筵，热闹了两三日，方才到了良辰；当由傧相司仪，笙簧合奏，请出了两位新人，行交拜礼；接连是洞房合卺，龙凤交辉，一宵恩爱，自不消说。和尚得此，可谓奇遇。自此以后，子兴与元璋，遂以翁婿相称，大众亦另眼看待，争呼朱公子而不名。唯子兴有二子，素性褊浅，以元璋出身微贱，无端作为赘婿，与自己称兄道弟，一些儿没有客气，未免心怀不平。元璋坦白无私，哪里顾忌得许多？偏他二人乘间抵隙，到子兴面前，日夕进谗，说他如何骄恣？如何专擅？甚且谓阴蓄异图，防有变动。子兴本宠爱元璋，不肯轻信，怎奈两儿一倡一和，时来絮聒，免不得也惶惑起来。爱婿之心，究竟不及爱子。元璋不知就里，遇有会议事件，仍是侃侃而谈，旁若无人。某日为军事龃龉，竟触动子兴怒意，把他幽诸别室，两子喜欢得很，想从此除了元璋，遂暗中嘱咐膳夫，休与进食。事为马氏所知，密向厨下窃了蒸饼，拟送

元璋。甫出厨房，可巧与张氏撞个满怀，她恐义母瞧透机关，忙将蒸饼纳入怀中，一面向张氏请安。张氏见她慌张情状，心知有异，故意与她说长论短，马氏勉强应答，已觉得言语支吾；后来柳眉频蹙，珠泪双垂，几乎说不成词，经张氏挈她入室，屏去婢媪，仔细诘问。方伏地大哭，禀明苦衷。张氏忙令解衣出饼，那饼尚热气腾腾，粘着乳头，好容易将饼除下。眼见得乳为之糜，几成焦烂了。难为这鸡头肉。张氏也不禁泪下，一面命她敷药，一面叫入厨子，速送膳与元璋。是夕，便进谏子兴，劝他休信儿言。子兴本是个没主意的人，一闻妻语，也觉得元璋被诬，即命将元璋释放，还居甥馆。张氏复召入二子，大加呵斥，二子自觉心虚，不能强辩，也只好俯首听训。嗣是稍稍顾忌，不敢肆恶，元璋也得少安了。亏得有此泰水。

越数日，接到军报，徐州被元军克复，李二败走。又越日，守卒来报，彭大赵均用率众来降，愿谒见主帅。子兴闻知，亟令开城延入，以宾主礼相见。彼此寒暄，颇为欢洽。当下设宴款待，饮酒谈心。突由探马驰入，报称元军追赶败兵，将到城下了。统帅叫作贾鲁。子兴不禁皱眉道："元兵又来，如何对待？"可见子兴没用。旁座一人起言道："元军乘胜而来，势不可当，不如坚壁清野，固守勿战，令他老师旷日，锐气渐衰，方可以逸待劳，出奇制胜。"众闻言，注目视之，乃是娇客朱元璋。明写元璋献计，是破题儿第一遭。彭大赵均用问子兴道："这位是公何人？"子兴答是小婿。彭大便道："令坦所言，未尝不是。但闻足下起义徐州，战无不胜，此刻元兵到来，何妨出城对敌，杀他一个下马威，免使小觑。某等虽败军之将，也可助公一臂，聊泄前恨。"子兴鼓掌称善。匆匆饮毕，撤了酒肴，整备与元军厮杀。看官听着！这彭大赵均用，本是著名盗魁，与李二通同一气。李二兵败窜死，彭赵两人，皆被元军杀退，立脚不住，投奔濠州。子兴闻他大名，以为可资作臂助，所以甚表欢迎，虚已以听。错了念头。元璋不便再言，勉强随着子兴，出城迎敌，彭赵也率众后随。方才布成阵势，见元军已大刀阔斧，冲杀前来，兵卒似蚁，将士如虎，任你如何抵拒，还是支撑不住。子兴正在慌忙，忽后队纷纷移动，退入城闉，霎时间牵动前军，旗靡辙乱，子兴拨马就回，元军乘势抢城，亏得元璋带领健卒，奋斗一场，方将元军战却，收兵入城；力写元璋。一面阖城固守，登陴御敌。元军复来猛攻，由元璋昼夜捍御，还算勉力保全。

子兴退回城中，彭大复来密谈，把后队退兵的错处，统推到赵均用身上。子兴又信以为真，优礼彭大，薄待赵均用，又是一番衅隙。均用从此含怨。可巧子兴党羽孙德崖，募兵援濠，突围入城，子兴与议战守事宜，德崖主战，子兴主守，意见未协，免不得稍有龃龉。均用乘此机会，厚结德崖，拟除了子兴，改奉德崖为主帅。看官！你想此时的草泽英雄，哪个不想做全城的头目？当濠州起兵时，德崖与子兴，本是旗鼓相当，因子兴较他年长，不得不奉让一筹，屈己从人，此次由均用从中媒蘖，自然雄心勃勃，不肯再作第二人思想。子兴尚是睡在鼓中，一些儿没有分晓，就是元璋在城，也只留意守御，无暇侦及秘谋。

一夕，元璋正策马梭巡，忽奉张氏密召，立命进见。当下应召入内，见张氏在座，已哭得似泪人儿一般，爱妻马氏，也在旁陪泪，不禁惊诧起来，急忙启问。张氏呜呜咽咽，连说话都不清楚；应有此状，亏他描摹。还是马氏旁答道："我的义父，被孙德崖赚去了，生死未卜，快去救他！"元璋闻言，也不及问明底细，三脚两步的跑出室外，即号召亲兵，迅赴孙家。一面遣人飞报彭大，令速至孙家救护子兴。说时迟，那时快，元璋已驰入孙门。突被门卒阻住，元璋回顾左右道："我受郭氏厚恩，忍见主帅被赚，不进去力救么？兄弟们替我出力，打退那厮！"众卒奉命上前，个个挥拳奋臂，一哄儿将门卒赶散。元璋当先冲入，跨进客堂，适德崖与均用密议，见元璋到来，料知来救子兴，恰故意问道："朱公子来此何干？"元璋厉声道："敌逼城下，连日进攻，两公不去杀敌，反赚我主帅，意欲图害，是何道理？"德崖道："我等正邀请主帅，密议军机，不劳你等费心。你且退！守城要紧，休得玩忽！"元璋道："主帅安在？"德崖怒目道："主帅自有寓处，与你何干？"元璋大忿，方欲动手，蓦闻外面有人突入道："均用小人，何故谋害郭公，彭大在此，决不与你甘休！"元璋闻声，越觉气壮，雄赳赳的欲与德崖搏斗。德崖见两人手下，带有无数健卒，陆续进来，挤满一堂，不由的怕惧起来，反捏称主帅已返，不在我家。元璋愤答道："可令我一搜吗？"德崖尚未答应，彭大已从后插嘴道："有何不可？快进去！快进去！"于是元璋拥盾而入，直趋内厅，四觅无着，陡闻厅后有呻吟声，蹑迹往寻，见有矮屋一椽，扃鐍甚严，当即毁门进去，屋内只有一人，铁链锒铛，向隅暗泣，凝目视之，不是别人，正是濠州主帅郭子兴，主帅如此，太觉倒霉。是时不遑

慰问，忙替他击断锁链，令部兵背负而出。德崖与均用，睁着眼见子兴被救，无可奈何。元璋即偕彭大趋出，临行时又回顾德崖道：“君与主帅同时举义，素称莫逆，如何误听蜚言，自相残贼？”又语赵均用道：“天下方乱，群雄角逐，君既投奔至此，全靠同心协力，共图大举，方可策功立名，愿此后休作此想！”言已，拱手而别。前硬后软，妙有权术。弄得孙赵两人，神色惭沮，反彼此互怨一番，作为罢论。此事悉本《太祖本纪》。唯《本纪》叙此事，在濠未被围之前，而谷著《纪事本末》，则言此事在被围之时，且事实间有异处，本编互参两书，以便折衷。

元璋既救出子兴，仍加意守城，会元军统帅贾鲁，在营罹病，日渐加剧，以是攻击少懈。越年，贾鲁病死，元军退去。自濠城被围，迄于围解，差不多有三四月，守兵亦多半受伤。元璋禀知子兴，拟另行招募，添补行伍，子兴照允，将此事委任元璋。元璋即日还乡，陆续募集，得士卒七百名，内中有二十四人，能文能武，有猷有为，端的是开国英雄，真皇辅弼。为后文埋根。这二十四人何姓何名？待小子开列如下：

徐达　汤和　吴良　吴桢　花云　陈德　顾时　费聚　耿再成　耿炳文　唐胜宗　陆仲亨　华云龙　郑遇春　郭兴　郭英　胡海　张龙　陈桓　谢成　李新材　张赫　周铨　周德兴

元璋得了许多英材，与他们谈论时事，很是投机。当下截止招募，带领七百人回濠，禀报子兴。子兴按名点卯，七百人不错一个，便算了事，唯署元璋为镇抚，令所募七百人，归他统率。元璋拜谢如仪。隔了数日，元璋方料理簿书，有一人进来禀谒，视之乃是徐达，便问道：“天德有何公干？”徐达见左右无人，便造膝密陈道：“镇抚不欲成大业么？何故郁郁居此，长屈人下？”元璋道：“我亦知此地久居，终非了局，但羽毛未满，不便高飞，天德如有高见，幸即指陈！”徐达道：“郭公长厚，德崖专横，彭赵又相持不下，公处此危地，事多牵掣，万一不慎，害及于身，奈何不先几远引？”识见高人一层。元璋道：“我欲去此他适，必须有个脱身的计策，否则实滋疑窦，转召危机。”徐达道：“郭公籍隶定远。目今定远未平，正好借此出兵，想郭公无不允行。”元璋道：“我方募兵七百名，署为镇抚，若统率南行，无

论谣诼易生，即郭公亦多疑虑。”徐达道：“七百人中，可用的不过二十余人，公只将二十余人率着，便足倚任，此外一概留濠，那时郭公便不致动疑了。”元璋点头道：“天德此言，甚合我意，我当照行。”徐达乃趋出候命。达字天德，元璋称字不称名，便是器重徐达的意思。徐达为开国元勋，故从特笔。元璋即入禀子兴，出徇定远，并请将原有部兵，归属他将，只率二十四人同行。子兴欣然应允。不出徐达所料。于是元璋整装即行，这一行，有分教：

踏破铁笼翔彩凤，冲开潜窟奋飞龙。

欲知南徇定远情形，请看官续阅下回。

投军为明祖奋迹之始，成婚为明祖得助之始，救郭子兴为明祖报绩之始，募兵七百，得英材二十四，为明祖进贤之始，逐层写来，有声有色。他若郭子兴之庸柔，孙德崖之贪戾，彭大之粗豪，赵均用之刁狡，皆为明祖一人反射。尤妙在用笔不直，每述一事，辄用倒戟而出之法，使阅者先迷后醒，益足餍目。看似容易却艰辛，阅仅至此，已自击节不置。

第三回　攻城掠地迭遇奇材
献币释嫌全资贤妇

却说徐达、汤和等二十余人，随着元璋，南略定远。定远附近有张家堡，驻扎民兵，号驴牌寨。元璋请费聚往察情形，费聚返报寨中乏食，意欲出降。元璋大喜道："此机不可坐失。"便命费聚前导，另选数人为辅，上马急行。将到寨前，遥见寨中有二将出来，大声呼着，说是来者何为？费聚心恐，叩马谏元璋道："彼众我寡，未便深入，不如回招人马，然后前来。"元璋笑道："多人何益，反令彼疑。"有胆有识。言毕下马，即褰裳渡濠，径诣寨门，寨主倒也出见。元璋道："郭元帅与足下有旧，闻足下孤军乏食，恐遭敌噬，因遣我等相报，若能相从，请即偕往，否则移兵他避，免蹈孤危。"寨主唯唯从命，只请元璋留下信物，作一证据，元璋慨解佩囊，给与寨主，寨主邀与入营，献上牛酒，大家饱餐一顿，食毕，元璋即请寨主促装，寨主以三日为期。元璋道："既如此，我且先返，留费聚在此，与君同来便了。"寨主允诺，元璋即策马而归。徐达等接见元璋，询明情状。徐达道："恐防有变。"料事如神。元璋哂道："我亦虑此。"所见相同。徐达道："达闻寨兵约三千人，若负约来争，众寡不敌，请即募兵以备不虞。"元璋称善，即悬旗招兵。阅三日，约得壮士三百人。忽见费聚踉跄奔还，喘声道："不、句不好了！不好了！该寨主自食前言，将有他变。"元璋投袂道："小丑可恨，我当立擒此贼。"于是拔营齐赴，且令壮士潜匿囊中，诡作军粮，载以小舆，顷刻抵寨，遣人告寨主道："郭元帅命持军粮来，请寨主速出领取！"寨主

正愁乏食，闻信大喜，飞步而出。元璋接见，即令运囊下车，一声呐喊，壮士皆破囊突出，立将寨主拿下。果然妙计。元璋又命部下纵火，攻毁营垒，吓得寨兵无处逃遁，齐呼愿降，乃将寨兵纵放，把旧垒一炬成墟，当下收检降兵，一律录用，只严责寨主负约，申行军律，喝令斩讫。该杀。嗣是远近闻风，多来归附。

独定远人缪大亨，拥众二万人，受元将张知院驱遣，屯踞横涧山。元璋与徐达商议，定下一条好计，密授花云，令他照行。花云分兵去讫。且说缪大亨所率部众，本系民间义勇，不受元将拘束。嗣因张知院设法联结，乃受他节制。此时闻元璋已破驴牌寨，恰也隐有戒心，日夕防范。接连数日，毫无影响，防务渐渐松懈。一夕，正阖营酣寝，梦中觉得有呼噪声，蹴踏声，相率起床出视，不料外面已万炬齐明，火光烛地，把全营照得通红，顿时眼目昏花，不知所措。大亨情急欲逃，方才上马，见敌兵已毁营杀入，为首一员大将，裹着铁甲，驾着铁骊，持了一柄大刀，飞舞而来，险些儿把脑袋砍破，急忙用刀架住，启口问道："黑将军快通名来，休得乱砍！"来将答道："我乃濠州大将花云，特来借你的头颅。"妙语解颐。大亨道："彼此无仇，何故相犯？"花云道："元主无道，天怒人怨，我等仗义而来，正为吊伐起见，你既纠众起义，应具同心，为什么反受元将监督，甘心作伥？我所以特来问罪，你若悔过输诚，我亦既往不咎，倘或说一不字，我的刀下，恰不肯半点容情。"声容俱壮。大亨尚拟抗拒，怎奈部众已仓皇失措，人仰马翻，只得忍气答道："要我投诚，也是不难，还请将军息怒！"花云道："你既听我良言，尚有何说，你令部众弃械投诚，我亦当禁军屠戮。"大亨应允，便两下传令，一边释械，一边停刀。复经花云婉转晓谕，说得大亨非常佩服，连降众都是倾心。于是横涧山二万义兵，统随着花云，来归元璋。元璋好言抚慰，正在按名录簿，又得军士喜报，横涧山旁寨目秦把头，也率众来降了。随即传令入见，免不得温词奖勉，一面检阅秦把头部众，约共得八百人。人多势旺，威声大震。

定远人冯国用，与弟国胜，也挈众来归，元璋见他儒冠儒服，温文尔雅，不觉起敬道："贤昆王冠服雍容，想总是读书有年，具有特识，现在天下未定，何术荡平？愿有以教我！"国用道："大江以南，金陵为最，龙蟠虎踞，向属帝王都会，公既率师南略，请先拔金陵定鼎，然后命将四出，救

民水火，倡行仁义，勿贪子女玉帛，天下归心，何难平定？”后来元璋行事，悉本是言，故录述独详。元璋大悦，令国用兄弟，入居帷幄，参赞戎机。一面下令拔营，向滁阳进发。途次有一人迎谒，举止不凡，由元璋问他姓名，答称：“李姓名善长，字百室，是本地人氏，籍隶定远。”元璋又欲考核才识，叩问方略，善长从容答道：“从前暴秦不道，海内纷争，汉高崛起布衣，豁达大度，知人善任，不嗜杀人，五载即成帝业。今元纲既紊，天下崩裂，与秦末相同，公系濠产，距沛不远，山川王气，钟毓公身，若能效汉高所为，亦当手定中原，难道古今人必不相及么？”又一个王佐之言。元璋又欢慰非常，留居幕下，掌任书记，筹备粮运。居然作萧相国。复饬花云为先锋，带着前队，飞速进行。

花云当先开道，孑身前驱，途遇土匪数千人，毫不畏怯，提剑跃马，横冲而过。各军陆续随上，如入无人之境。群盗自相惊顾道：“黑将军来了，勇不可当，休与争锋！”言毕，各分道散去。花云直至滁阳，竟薄城下。城内守吏，闻风早遁，只有流寇往来，入城抢掠，一闻花云军至，连忙逃出城外。可巧被花云截住，乱斫乱杀，信手扫荡，滚去头颅无数，眼见得滁城内外，一鼓肃清了。真是容易。元璋率军入城，安民已毕，忽来了一个少年，两个童儿，少年呼元璋为叔，一童儿呼元璋为母舅，一童儿呼元璋为义父，俱由元璋接见。欣喜之中，恰带着几分酸楚。看官道是何人？待小子说个明白：少年系元璋的侄儿，名叫文正，自从元璋为僧，彼此不通闻问，差不多有八九年。一童系元璋姊子，盱眙人，姓李名文忠，其母已死，随父避难，流离转徙，又与父相失，九死一生，方得到滁。一童系元璋的寄子，姓沐名英，定远人，幼时父母双亡，沿途乞食，元璋在濠州时，出城巡察，见他面貌雄伟，无寒乞相，特命他随归，令妻马氏抚养，视同己子。此时结伴同来，重行聚首，悲喜交集，自在意中。文忠年最幼，只十四岁，走近元璋身前，依依不舍，元璋戏摩其顶，文忠亦牵着元璋衣襟，捉弄不已。元璋笑道：“外甥见舅，仿佛见母，所以如此亲昵，我看你母早亡，你父想亦殉难，不如随我姓朱罢！”文忠道：“愿从舅命。”元璋又顾沐英道：“你既为我寄子，也可改姓为朱。”沐英亦唯命是从。李沐两人，后皆立功封王，故并笔详叙。三人俱留住滁阳。

元璋复遣将四出，取铁佛岗，攻三汊河口，收全椒、大柳诸寨，正在

战胜攻取的时候，突有泗州差官到来，说是奉郭元帅命令，饬镇抚移守盱眙。元璋惊讶道："郭公何时到泗州？"来使道："这是彭赵两公的计划，郭元帅择善而从。"元璋又问道："濠州何人把守？"来使道："孙公德崖，留守濠州。"元璋沉吟半晌道："我知道了。彭赵两人，挟主往泗，且令我移军盱眙，以便就近节制，这正是一网打尽的好计。但我只知有郭公命，不知有彭赵命，你去回复了他，教他休逞刁谋，我元璋不是好惹呢！"彭赵情迹，从元璋口中叙出，既省笔墨，且写元璋之智。来使语塞，告别而去。嗣是元璋格外注意，常遣侦骑至泗州，探听消息。约越两旬，侦骑回报，彭赵两人，争权内哄，彭大中矢身亡，部曲为赵所并，气焰益张。结果彭大。元璋叹道："均用得势，郭公更危了。"当下与李善长商议，令善长写就一书，遣人赍递均用，其书道：

公昔困彭城，南趋濠，使郭公闭门不纳，死矣。得濠而踞其上，更欲害之，毋乃所谓背德不祥乎？郭公即易与，旧部俱在，幸毋轻视，免贻后悔！

均用得书，心中虽是愤恨，恰也顾忌三分，不敢遽害子兴。唯元璋在滁，尚恐均用为逆，一时不及往救，左思右想，定了一条贿赂计，立遣人赍送金帛，贿通均用左右，令他设法脱免子兴。果然钱神有灵，青蚨一去，泰岳飞来，大雅不群。元璋忙开城迎接，见子兴挈着妻孥，及义女马氏，接踵而至，当即迎入城中，推子兴为滁阳王，令所有部众，悉归子兴节制。可谓长厚。子兴甚是欢悦。谁知过了一月，子兴又变过了脸，渐渐的疏淡元璋，性情反复，实是可杀。凡元璋亲信的将士，多被召用，连元璋记室李善长，也欲收置麾下。善长涕泣自诉，誓不肯行，子兴不能相强，方才罢休。

嗣是元璋格外韬晦，遇有战事，辄不与闻，子兴也不愿与议。偏是猜忌越深，谗言越盛，有说元璋不肯出战，有说元璋出战，不肯效力，子兴统记入脑中。适值寇兵到滁，子兴立召元璋入帐，令他往剿。元璋应声愿往，子兴又另遣一将，与元璋并辔出城。此将何用？分明是监督元璋。甫与寇兵相接，该将已身中流矢，拍马走还，真是饭桶。阵势几乱。寇兵俱乘间杀来，幸元璋搴旗而前，麾众直上，搏斗了好多时，方将寇兵击退，元璋驰回报功，子

兴仍不加礼貌，只淡淡的敷衍了数语。元璋未免懊丧，返入内室，长吁短叹，闷闷不已。马氏在旁慰问道："闻夫君出战得胜，妾正欣慰非常，何故夫君尚有愠色？"元璋叹息道："卿一妇人，安知我事？"马氏道："妾知道了，莫非因妾义父，薄待夫君么？"元璋道："卿既知悉，何劳再说！"马氏道："君亦察知义父的隐情么？"元璋道："前此忌我专擅，我愿撤消兵权，今此疑我推诿，我却争先杀敌，偏他仍是未惬，今我无从揣测，想总是与我有仇罢了。"马氏道："并非与夫君有仇，敢问夫君屡次出征，有无金帛归献？"元璋愕然道："这却没有。"马氏道："他将出战，还兵时必有所献，君何故与别人不同！"元璋道："他们是虏掠得来的，我出兵时，秋毫无犯，哪里来的金帛？就使从敌兵处夺了些儿，也应分给部下，奈何献与主帅？"马氏道："轸恤民生，慰劳将士，应该作此办法，但义父未察君情，反疑君为干没，是以不快于心。今妾幸有薄蓄，当出献义母，俾向义父前说情，可保后来释怨。"好马氏，好贤妇，我愿范金事之。元璋道："依卿所言便了。"是夕无话，越日，马氏即检出金帛，亲呈义母张氏。张氏果喜，即与子兴说明。子兴怡然道："元璋颇有孝心，我前此错疑了他。"所争仅此，令人愤叹。自此疑衅渐释，遇有军事，仍与元璋熟商。元璋感念内助，伉俪益敦。又越数日，子兴二子，邀元璋出城宴饮，马氏闻知，即密语元璋道："君宜小心！从前义父挟嫌，多由两人播弄，今乃设宴款君，恐是不怀好意。可辞则辞，休堕他计！"元璋笑道："区区二竖，何能害我？我当设法免难，愿卿勿忧！"言毕趋出，即与王子二人，乘马赴饮。甫至中途，元璋忽从马上跃下，对天喃喃，若有所见。既而复腾身上马，揽辔驰还。王子忙惊呼道，"同约赴饮，何为半途奔回？"元璋回叱道："我不负你，你何故设计害我？幸空中神明指示，说你两人置毒酒中，令我中道驰归，免得中毒！"言已，纵马自去。两人汗流浃背，俟元璋走远，方密语道："酒中下毒，是我两人的秘谋，此外无人得知，他如何瞧透机关？莫非果有神明不成？"呆鸟。当下怏怏同归，收拾了一片歹心，就使至乃父前，也决口不谈元璋功过，于是翁婿协好，郎舅无尤，好好一座滁阳城，从此巩固，元璋亦称快不置。应谢贤妻。

会元军进围六合，六合主将，至滁求救，子兴素与六合有隙，拒不发兵。元璋进谏道："六合与滁，唇齿相依，六合若破，滁不独存，应即赴

援为是。”子兴踌躇良久，问来使道：“元兵约有若干？”来使道：“号称百万。”子兴不禁伸舌道：“这、句这般大兵，何人敢去一行？”帐下都面面相觑，不发一言。鼯鼠技穷，越显出蛟龙厉害。元璋道：“某虽不材，愿当此任。”如闻其声。子兴道：“且先问卜，何如？”元璋道：“卜以决疑，不疑何卜。”子兴乃允，即令来使先返，随拨兵万人，归元璋统领，克日前往。元璋去后，子兴专望捷音，越数日得了军报，说是六合解围，自然快慰。又越一日，探马来报，元兵大举攻滁，子兴大惊道：“元璋何往？”探马报称未知，吓得人人丧胆，个个惊心，小子有诗咏道：

军事由来变幻多，猝逢大敌急如何？

若非阃外英雄在，日暮何人得返戈。

毕竟滁阳何故被兵，元璋何故未归，小子暂一搁笔，姑至下回交代。

昔周武有十乱而得天下，邑姜与焉。先圣叹为才难，才固难矣，愚意则更有进者，自古帝王崛起，有外辅，尤须有内助。邑姜之功，不亚周召，故武王宣誓，独厕邑姜于十乱之列，非十乱以外，必无才彦，不过德有大小，功有巨细，举十乱，可以概余子耳。若明祖朱元璋之南略定滁，外得徐汤诸人以为之佐，犹之周召也，而内则全资马氏，马氏亦一邑姜欤？本回内外兼叙，注重得人，阅之可以知明祖开国之由来，非仅工叙述已也。

第四回　登雉堞语惊张天祐
探虎穴约会孙德崖

却说郭子兴接着军报，惊悉元兵来攻，连忙问及元璋，又未见率兵回来，究竟是何原因？待小子申说明白。原来泰州人张士诚，占据高邮，由元丞相脱脱督诸军进讨，大败士诚部众，乘胜分兵围六合。六合主将向滁阳求救，元璋率耿再成等往援，与元兵对仗，互有胜负。寻以元兵势大，未便久持，故意敛兵，潜入民舍，另遣妇女倚门，戟手痛詈，元兵恐他诱敌，相率惊愕，不敢逼入，渐渐引去。那时元相脱脱，早闻知滁阳出援，想出了一条釜底抽薪的计策，竟分兵来攻滁阳。这边元璋未归，那边元兵将到，探马遇警即报，未尝面面顾到，所以把元璋一边，答称未知。子兴旧部，统是酒囊饭袋，一些儿不中用，闻得这般警报，怎得不惊？怎得不慌？说明底细，足令阅者一快。

正是危急仓皇的时候，又一探马来报："朱将军回来了。"是一位大救星。子兴得此一信，方将出窍的魂灵，收转身中，方欲出城亲迓，缓则堕渊，急则加膝，是庸主待人常态。元璋已率众进城，彼此晤叙，不及细谈，只与商量防敌的计策。元璋道："火来水掩，兵来将挡，怕他什么？"子兴稍稍放心，随命元璋出战。元璋自然奉命，不及休息，又复麾众出城，探听元兵行踪，距城已不过十里，连忙设伏涧旁，令耿再成带着数百人，渡涧诱敌，自己在城下立营，专待元兵到来。是谓好谋而成。元兵似风驰电掣一般，直指滁阳，途中遇着耿再成，看他手下的兵士，很是有限，全然不放在眼里，一声呼噪，

争先驱杀。再成的兵好似风卷残云，顷刻逃散。分明诱敌。元兵奋力追赶，走近涧边，见败兵凫水逸去，也纷纷下马，褰裳涉流；猛听得鼓角齐鸣，两岸林间，杀出无数人马，前队都列着弓箭手，个个拈弓搭矢，向元兵射来。元兵躲避不及，忙即渡回，已是一半中箭，倒毙涧中。元璋见元兵中计，复率大队赶来。在城将吏，闻元璋得手，也不待子兴命令，一拥而出，踊跃争功。此是若辈惯技，幸元兵别无秘计，否则全城休矣。大众追了一程，还是元璋勒马停住，声言穷寇勿追，方才收兵。途中拾得元兵弃械，不计其数，统是欢喜得很，返入城中，向子兴前报捷去了。元璋尚恐元兵再至，密嘱部曲戒严，旋闻元相脱脱，已削职充戍，方喜慰道："元朝大将，只靠脱脱一人，他已贬谪，余人不必虑了。"嗣闻脱脱接连被谗，远窜赐死，禁不住一喜一叹，含蓄不尽，令阅者自思！脱脱之贬死，关系元朝存亡，故特笔提明。这是后话不提。

且说元璋在滁无事，复有一位长身铁面的英雄，自称从虹县来投，姓名叫作胡大海，特来求见朱公。又复一番叙法。元璋闻报，亟命延入，瞧将过去，觉得相貌堂堂，威风凛凛，便起身相迎，令他旁坐，一问一答，无非是说行兵要略，两下里很是投机，元璋即命他为先锋。转眼间已是至正十五年，城中兵食，日渐缺乏，子兴召诸将筹划军糈，元璋进言道："困守孤城，何处得粮？邻近唯和阳城，未经骚乱，想必储有积粟，何妨遣将往取。"诸将笑道："朱公子谈何容易，和阳虽小，城高池深，又有重兵守着，如何取得？"元璋道："我亦非不知此，但不能力胜，还当智取，难道就坐困不成？"是极。子兴忙问计将安出。元璋道："从前攻民寨时，曾得庐州兵三千，颇称勇敢，今可令他椎结左衽，穿着青衣，扮作北军模样，带着橐驼四头，驾运货物，只说是庐州兵护送北使，至和阳赏赉将士，一面用绛衣兵潜随后面，俟青衣兵赚开城门，举火为号，便可掩他不备，鼓行直入。城池到手，还怕粮饷不为我有么？"子兴喜道："此计甚善。"诸将亦齐声赞成。毛遂所谓公等碌碌，因人成事者也。当下令张天祐率青衣兵先行，耿再成率绛衣兵后随，先后相隔数里，陆续向和阳进发。

天祐至陡阳关，和阳父老，闻北使过境，携着牛酒，出关迎献。当由天祐接受，拣了一个僻静地方，欢呼畅饮，几忘朝暮。得鱼忘筌。煞是可笑。至再成兵将近和阳，眼睁睁的望着前面，并不见有烟火动静，停住了好一歇，仍是杳然。再成还道自己来迟：火已举过，忙率众趋至城下，守将也先帖木

儿，急令闭城，用飞桥縋兵出战。再成不见天祐，已是心乱，勉强招架元兵，战了数合，突来了一支硬箭，慌忙躲闪，已中左肩，险些儿跌下马来，仓皇失措，只好拨马返奔。元兵追至千秋坝，日暮收兵，从容归去。不期行到半途，斜刺里杀到一支青衣兵，横冲直撞，任意蹂踏，想是靠着酒力。元兵措手不及，被他一鼓冲散。看官不必细猜，便可知是张天祐所领的兵马。至此才到。天祐既冲散元兵，一口气跑到城边，但见西门上面，立着一位长身阔面的大将，盔甲耀光，似曾相识，写出昏黄景象。正疑讶间，只听得大将呼道："张将军来迟了。"这是何人？令我无从捉摸。这一语传到耳中，方觉闻声知名。看官道是何人？乃是朱元璋部下的汤和。点出姓名，尚不知从何而来？笔法奇变，可推绝顶。天祐又喜又惊，待汤和开城放入，忙即问明底细。汤和道："我是奉朱元帅密令，从间道到此，接应诸公，乃到了城下，并没有诸公踪迹，只有飞桥架着城上，我就乘便登城，想去拿也先帖木儿，谁料他却刁狡得很，竟一溜烟走了。我看夜色已昏，不便穷追，因在城上恭候诸公。"说毕大笑，天祐未免怀惭。就汤和口中，叙出原因，真是计中有计，极写元璋智虑。一笑一惭，尤是好看。汤和再问耿再成下落，天祐茫无头绪，反还问汤和，汤和赧然道："与君偕行，君尚未知，我本绕道而来，如何得晓？想是两下失约，他见机回去了。目今已得此城，遣使报捷，自见分晓。"当下写就捷书，遣人赴滁去讫。

且说耿再成败归，禀报军情，子兴问及天祐。再成道："末将薄城，并不见他形影，想他必先行入城，被敌察觉，一律加害。"子兴道："如此奈何？"元璋在旁道："恐尚未然。"恃有汤和之遣。正说着，又闻元使叩城，赍书招降。子兴道："招降书又到，想天祐必陷没了。"元璋道："且先接来书，后见来使。"子兴点头，即令门卒索交来书，递进察阅。书中只说："大兵将到，速宜投诚，毋自贻悔"等语。元璋道："咄！何物胡虏，敢出此言？为今计，应整兵示威，休使轻觑！"子兴道："兵多调出，城守空虚，如何示威？"元璋道："某自有计，王见来使，幸勿自馁！"随即趋出，令三门守卒，总集南门，两旁森列，填塞街衢，方开南门呼来使入。既至帐前，叱来使膝行进见。来使倔强不允，经元璋喝令左右，揿翻地上，才匍匐入帐。子兴语来使道："汝主昏庸，海内大乱，我为保民起见，特起义师，濠滁一带，以次敉平，汝主反妄怒遑兵，要约招降，难道我果偷生怕死么？"来使道：

"降与不降，任凭裁酌，我系奉命而来，应该以礼相见，为何这般威虐？"子兴道："威虐什么？"来使道："小小一座滁州城，靠着几千名乌合之众，竟敢背叛天朝，屈辱天使，还说不是威虐么？"口硬如此，真是个倔强汉。诸将在旁，听着此语，不由的气愤填胸，彼此拔剑出鞘，欲杀来使。元璋忙摇手阻住，只大声道："来使无礼，应即驱逐！"子兴遂喝令左右，撵出来使。过了一日，并不见有元兵到来，元璋方语诸将道："诸公欲杀来使，不知杀了一人，于我何益？且彼将谓我杀使灭口，竟奋而来，转滋大患，何如恫喝示威，纵之使去，令他传闻大众，有所忌惮，自不敢进。"虚者实之，即此之谓。诸将方才无言。

元璋又以张汤诸将，各无音耗，复禀准子兴，亲率镇抚徐达，参谋李善长，及健卒千人，往略和阳。途次始接和阳捷报，大众欢欢喜喜的驰入和阳。既入城，查闻天祐部下，横行杀掠，乃邀天祐至前，与语道："诸军自滁来，多劫人财帛，掠人妇女，此等行为，窃所不取，应申明军纪，方能安众。"天祐道："前事不必提起，此后当禁止劫掠便了。"元璋不便再言，心下很是不悦。未几，得子兴来檄，令元璋总领和阳军事。元璋以天祐等人，多系子兴部曲，虑不相下，乃将来檄留存，暂不发布；只令开军事会议，在厅上设着两席，左右分列。俗例向是尚右，诸将先入，各占右席，元璋后至趋左，提议军事，诸将皆瞠目相顾，独元璋剖决如流，屈服众人，诸将方稍稍敬服。元璋遂创议辟城，分工增筑，诸将任其半，自己任其半，约三日竣工。届期，元璋工竣，诸将尚未就，于是元璋宣召诸将，出檄宣读。读毕，就南面坐，正色道："奉滁阳王檄，统诸公兵，并非由我专擅，今只一筑城小事，乃皆愆期，试问他事曷济？自今以后，违令当斩，愿诸公莫怪！"示之以才，临之以庄，方可压倒一切。诸将始惶恐听命。元璋即传令将士，所得财帛妇女，一应归还原主，于是人民大悦，有口皆碑了。明祖之所以得民者在此。

是时元世子秃坚，枢密副使绊任马，及民军元帅陈埜先，分屯新塘青山鸡笼山等处，阻绝和阳饷道。元璋留李善长居守，自率兵分道往攻，秃坚等俱败退。独陈埜先乘元璋出兵，竟绕道来袭和阳，亏得善长预先防备，俟埜先薄城，率锐出战，一番搏击，俘获无算，埜先落荒遁去。至元璋归来，得悉此事，极称善长智勇，自不必说。一日，有门卒进报，濠州帅孙德崖到了。元璋不识来因，坦然出迎，彼此接见，并马入城。既登堂，元

璋问明来意，德崖道："濠州乏食，特来乞粮。"元璋允诺，留宴数日，一面禀报子兴。不意子兴与德崖有隙，竟亲领大兵，自滁赴和，来执德崖。度量太窄，何能成事？迨元璋闻知，默料子兴此来，定与德崖寻衅，顿时左右为难，不得已先与德崖说明，德崖即起身告别。元璋恐他中道遇仇，复亲送至二十里外。可谓仁至义尽。及归，与子兴接着。子兴勃然道："你为何放走德崖？"元璋道："德崖虽得罪吾王，然究竟患难初交，不应遽绝；且前此构衅，都由赵均用谗谄所致。现在居守濠州，保我梓桑，尚无大过，还望吾王矜宥！"言之有理。子兴听说，无可奈何，勉强住了一宿，仍率兵回滁，郁怒之下，得了一个肝逆症，水米不进，不到数日，一命呜呼。不死胡为。其子天叙，忙遣人飞报元璋，元璋得讣，星夜驰至滁州，发丧开吊，悲恸不已。子兴旧部，见元璋如此忠义，各自感愧，议奉元璋为王。元璋不从，经大众再三怂恿，方权为统帅，兼领子兴部曲。一面驰檄各处，一面挈领妻孥，仍返和阳。

那时孙德崖已返濠州，接到滁州檄文，不禁愤愤道："元璋那厮，煞是可恨！我前去问他借粮，他佯为允诺，暗中恰通知子兴，与我寻仇，幸我早走一著，方得免害。此次子兴去世，他未尝与我函商，擅为统帅，藐我太甚，我当兴兵前去，与他赌个雌雄。"部将吴通献计道："元璋并有滁和，气焰方盛，若出兵与争，恐难取胜，不如借开会庆贺为名，诱他来濠抚众，就席间刺杀了他，借泄余恨。"德崖连称好计，计固甚善，如皇天不佑何。遂令部下缮就一书，只说是公为统帅，舆情欢忭，兹于濠城开会庆贺，取名兴隆，愿即日速驾惠临，俾资瞻仰，无任翘企等语。当由德崖缄印，遣人赍投和阳。元璋得书，欣然愿往。徐达道："德崖桀骜，恐有诈谋，元帅不宜前行。"元璋道："鸿门与宴，汉高未尝罹害，但教得人保护，便可无虞。"隐然以汉高自居。言未已，旁闪出一人道："末将不才，愿随元帅同往。"元璋视之，系是吴桢，乃笑道："樊哙重生，尚有何虑？"元璋非不知冒险，亦好奇之意尔。胡大海亦挺身道："某亦愿往。"元璋道："你与徐天德等，率军后随，遇有急变，速即杀出为要。"徐胡二人，俱唯唯听命。当下检选壮士千名，令徐达胡大海等率着，自与吴桢纵辔前行，即日至濠。

孙德崖已得使人还报，急命吴通等布置妥当，然后离城十里，来迎元璋。遥见元璋当先而来，后面护卫的兵马，也不过千人，暗中大喜道："那

断中吾计了。”慢着！遂下马相见，挽手入城。寒暄已毕，即令开宴，并将元璋所带将士，一齐调开帐外，尽令畅饮。只吴桢一人，紧紧的随着元璋，寸步不离。仿佛《黄鹤楼》中之赵子龙。当下分席坐定，酒过数巡，德崖语元璋道：“日前进谒，蒙足下惠爱，脱我陷阱，甚是感激，今郭帅已亡，兵权无统，以辈次论，应属不才掌管，乃前得来檄，知足下已为统帅，难道不分长幼么？”元璋道：“这是郭帅旧部，共同推戴，我不过权时统辖，他日再当另议。”德崖道：“今日便可让我，何待他日。”元璋起座道：“这却不能。”德崖便大呼道：“众将何在？”一声喝令，万众齐入，霎时间刀械并举，都上前来杀元璋。正是：

萧墙隐有干戈伏，豪杰都从险难来。

未知元璋性命如何，且看下回分解。

智取和阳，俱本正史，一经叙述，便写得奇算突兀，曲折回环，此由用笔之妙，故神变乃尔。至若孙德崖邀宴事，未见正史，而稗乘相传，以及乡曲妇孺，俱知有兴隆会一事，或者史官失载，亦未可知。且德崖与子兴并起，子兴生卒，及其子天叙之存亡，史笔俱详，而德崖不见下落，其有阙文也无疑。作者援引稗官，补入此事，有文征文，无文征献，宁得以虚诬目之？

第五回　郭家女入侍濠城
常将军力拔采石

却说孙德崖喝令左右，来杀元璋，元璋身旁只一吴桢，双手不敌四拳，任你力大无穷，怎能敌得住众人？他却情急智生，仗着剑来奔德崖，德崖不是吴桢敌手，猛被抓住，充作护盾，抵挡众兵，惊得德崖魂飞天外，魄散九霄，忙道“不、ㄅ不要如此！”吴通等恐伤及德崖，缩手不迭，但闻吴桢厉声道：“你从前到了和阳，我主帅如何待你，今乃借名宴会，诱我主帅到此，伏兵求逞，试想我主帅践信而来，大众闻知，你乃设计陷害，无论有我保护，不令主帅遭你毒手，就使不然，你的狡诈手段，难道可得人信服么？”这数语理直气壮，说得大众都是咋舌。比樊哙尤为智勇。德崖喘急道：“依将军言，应该如何？”吴桢道：“要你送我主帅出城，万事全休。”德崖不待说毕，满口答应。吴桢仍扭着德崖，不肯放松，出了厅，招呼徐达胡大海等，保着元璋先行，自与德崖后随。吴通等不敢动手，只好任他出去。既出城闉，吴桢把德崖一推，道声去罢。德崖方眼花缭乱，站立不住，谁料胡大海持斧奔还，手起斧落，把德崖劈作两段。该杀！该杀！吴通等见德崖被害，愤怒的了不得，便号令众兵，倾城出战。吴桢见大海闯祸，忙令徐达卫着元璋，急行而去，自与大海领着壮士，截住厮杀，两下死斗，赌个你死我活，约半时，胜负未分。吴桢恐寡不敌众，传令且战且行，未及里许，见元璋带着大队人马，回来援应，顿时欢喜万分，精神陡长，又返身来夺濠城。吴通知不可敌，飞马奔还，不防吴桢紧紧随着，吴通入城，吴桢也跃马疾上，掷

剑过去，适中吴通脑后，倒撞马下。此时城不及闭，由元璋驱军拥入，如削瓜切菜一般，杀死了许多濠将，濠兵走投无路，元璋乃下令降者免死，于是大众投械，匍匐乞降。

看官阅至此处，恐未免动起疑来，濠州与和阳相隔，虽是不远，究竟非一时三刻，可能往还，元璋才得脱身，如何即能率兵来援呢？我亦要问。原来李善长恐元璋有失，复命郭兴、郭英等，带着万人，前来接应，将到濠城，适与元璋相值，遂由元璋亲自统辖，返身来救吴桢等人，得获大胜。当下抚兵息民，全城立定。元璋触起乡情，复命椎牛酾酒，号召故乡父老，入城宴饮。这真所谓兴隆会。席间来了郭山甫，就是郭兴、郭英的父亲，元璋格外优待，并命兴英兄弟，侍父劝餐。山甫善相人术，尝相元璋状貌，称为大贵，复语兴英道："我观汝侪，亦可封侯。"以此元璋在濠募兵，应第二回。山甫即令二子相从，至此饮毕入谢，并愿令爱女入侍，想该女状相亦应封妃。元璋欣然允诺。次日，即令兴英兄弟，去迎妹子，约阅半日，即挈妹进见。元璋瞧着，淡妆浅抹，冲雅宜人，是一个闲静妃子。心中很是喜慰，婉问芳龄，答称二九，便命为篷室，即夕设宴称觞，合欢并枕。脂香满满，人面田田，从教夙夜在公，允合衾裯长抱。后来元璋登基，封为宁妃，姑且搁下慢题。

且说元璋住濠数日，留兵戍守，自率郭兴兄妹，及徐达、吴桢等一班人众，径回和阳。入城后，接到亳州来檄，上书大宋龙凤元年，不禁奇异起来，瞧将下去，乃是封郭天叙为都元帅，张大祐为右副元帅，自己的名下，有左副元帅字样。便召天祐问道："这檄何来？"天祐道："刘福通现据亳州，迎立韩林儿为主，自称小明王，国号宋，建元龙凤，传檄至此，想是令我归附的意思。"元璋道："大丈夫岂甘为人下么？"志大言大。天祐道："韩林儿自称宋裔，又有刘福通为辅，占踞中原，势力方张，元帅亦不可轻视。"元璋笑道："君愿往归，不妨做他的右副元帅，我恰不受。"快人快语。天祐道："元帅不愿受职，确是高见，难道不材便贪职不成？但刘福通既然势大，不妨权时联络，免他与我作对，这也是将计就计的法子。"未免畏葸。元璋沉吟半晌，方道："这也有理。"遂遣谢来使，一面号令军中，称是年为龙凤元年。此举未免失当。是年为元至正十五年。

转瞬旬余，忽由胡大海引入一人，年方弱冠，威武逼人。元璋问他姓名？当由胡大海代述："姓邓名友德，与大海同籍虹县，现自盱眙来归。"元

璋又问道："他从前充过何役？"大海道："他父名顺兴，曾起义临濠，与元兵战死，兄友隆，又病没，经他代任军事，每战得胜。今闻元帅威名，愿由末将介绍，来投麾下。"元璋道："据你说来，他的勇略，过于乃父乃兄，我当替他改名，易一愈字，可好吗？"事见邓愈列传。那人即拜谢赐名。元璋甚喜，立命为管军总管。复简阅军士，日夕操练，拟乘此击楫渡江，规划金陵。会有怀远人常遇春，禀性刚毅，膂力过人，出常遇春。年二十三，为盗魁刘聚所得。遇春见他四出抄掠，毫无远图，便弃了刘聚，来投元璋。行至半途，忽觉疲倦起来，遂假寐田间，恍惚间遇一金甲神，拥盾呼道："起起！你的主君来了。"当下惊悟，才觉是南柯一梦。忙把双目一擦，四面探望，正值元璋带着数骑，巡弋而来。他即迎谒马前，自报姓氏，并陈述过去的事实，愿投效戎行。元璋微笑道："想你为饥饿乏食，所以到此，况你本有故主，我如何夺他？"遇春顿首泣道："刘聚只是一盗，不足有为，闻公智勇深沉，礼贤下士，是以不嫌道远，特来拜投，得承知遇，虽死犹生。"下文死事，隐伏于此。元璋道："你愿从我渡江么？"遇春道："公如有命，愿作先锋！"元璋道："先锋么？且俟取太平后，授你此职。"遇春拜谢，遂与元璋同归。

元璋以渡江不可无舟，正在忧虑，忽报巢湖帅廖永安兄弟，及俞廷玉父子，遣人纳款，愿率千艘来附。元璋大喜道："这是天赐成功，机不可失。"便谕来使先归，一面召集众将，亲往收军。原来巢湖帅廖、俞诸人，尝结连水砦，防御水寇，庐州盗魁左君弼招降，廖、俞不从，君弼遂遣众扼住湖口，不令出入，乃从间道贻书，输款元璋，无非是乞援的意思。至元璋已到巢湖，廖永安与弟永忠，俞廷玉率子通海、通渊、通源，及余将桑世杰、张德胜、华高、赵庸、赵馘等，均上前迎接，由元璋慰劳一番，即令调集各船，扬帆出湖，直至铜城闸，已越湖口，寰宇澄清，一碧如洗，并没有敌舟拦阻。永安方入贺元璋道："明公到此，先声夺人，寇众不战自溃，从此可安心渡江了。"言未已，忽报前面有大舰驶至，元璋即与永安出舱遥望，但见楼船数艘，逐浪而来，上载兵士无数，并悬着一幅大旗，写着"元中丞"等字样，奇笔不测。永安惊讶道："莫非是元将蛮子海牙么？他现为中丞，屯兵百里外，如何闻报至此，与我作梗？"元璋道："不是左君弼勾结，定是贵部下与君未协，泄漏军机，现不如暂避敌锋，改觅间道出去，方为得计。"

永安道："此间只有两路可出，除此地外，只有马肠河了。"元璋即命回走马肠河，迅驶而去，元兵恰也不来追赶。转入马肠河中，凝神远眺，也隐隐有重兵驻扎。元璋大疑，亟令永安检查各舟，有无缺乏？寻查得众人俱在，只少一小舟，掌舟的叫作赵普胜。元璋便语永安道："照此看来，马肠河口，亦有元兵阻住，我等不便越险，且择要屯泊，再作计较。"永安乃令各舟退屯黄墩。元璋复与永安约，拟从陆路归和阳，取舟同攻。实则元璋无舟，恐永安亦有异图，意欲借着兵力，镇服永安等人，所以匆匆登岸，取道竟归。窥透元璋心事。

既返和阳，急募集商船，载着精兵猛士，复至黄墩督众往攻元兵。时值仲夏，气候靡常，江上忽刮起一阵怪风，黑云随卷，如走马一般，霎时间大雨滂沱，河水陡涨。元璋乘机奋勇，令各舟鱼贯而前，一齐从小港中，杀出峪溪口，奔向大船而来。蛮子海牙忙跃上船头，迎风抵敌，不意巢湖各舰，轻捷便利，忽东忽西，忽左忽右，忽环攻，忽飏去，恁你蛮子海牙如何威猛，怎奈船高身重，进退不灵，顾了这边，不及那边，顾了那边，不及这边；相持数时，料知杀他不过，一声呼啸，竟回船自去。倒是三十六计中的上计。元璋督兵追赶，夺了许多器械。至元兵去远，方从浔阳桥通舟，直入江中。天雨已霁，两岸波平，红日当空，青山欲滴。绝妙一幅大江图。元璋正临流四眺，忽见永安入舱，禀问所向。元璋道："此去有采石镇，素称险要，兵备必固；唯牛渚矶前临大江，不易扼守，我且攻下牛渚，再图采石未迟。"于是乘风举帆，舳舻齐发，不多时，前军已达牛渚矶，矶上不过数百元兵，被常遇春等一阵击射，逃得一个不留。元璋复传令各军，趁着锐利，转攻采石矶。这采石矶陡绝江滨，高出江面约丈许，元兵屯积如蚁，守矶统领，便是蛮子海牙。他在峪溪拒战不利，预料元璋必乘胜渡江，因此踞矶坐守，专待元璋到来。元璋督领舟师，正要近岸，猛听得一声鼓号，矶上的矢石，如骤雨一般，飞洒过来。元璋料难轻敌，命将战船一字儿排住，下令军中道："有先登此矶者受上赏，当为正先锋！"郭英应声而出，领着一班长枪手，冒险前进，将及上矶，不意前面的士卒，多中箭倒毙，郭英也几乎被射，幸亏退避得快，矢力未及，才得脱险。胡大海见郭英败退，气冲牛斗，奋勇继上，那矶上的炮箭，注射愈密，竟似无缝可钻，随你力大无穷，一些儿不中用，也只好渐渐退回。连写郭英、胡大海之败退，以衬常遇春之勇。

元璋到此，亦无法可施。突见常遇春率着藤牌军，飞舸疾至，忙高呼道："常将军欲夺头功，正在此日。"说时迟，那时快，遇春已左手执盾，右手挺戈，鼓勇而前，看看距矶不远，竟不管什么死活，奋身一跃，直上矶头。元将老星卜喇先，急用长矛刺来，遇春将戈盾挟住矛杆，大喝一声，把老星卜喇先推仆，顺手刺死。郭英、胡大海等，复一拥登矶，刀劈枪刺，把元兵杀死无数。蛮子海牙已立足不住，只好收拾残兵，一哄儿走了。采石已拔，元璋大喜，遂授常遇春为先锋。赏足副功。自是沿江诸垒，多望风迎降。

元璋闻将士聚议，多欲收取粮械，为班师计，因语徐达道："此次渡江，幸而克捷，若引兵归去，元兵复至，功败垂成，江东终非我有了。"徐达奋然道："何不进取太平？"正要你说此语。元璋称善，当即下令，将各船斩断缆索，放急流中，顺水东下，一面谕诸将道："太平离此甚近，愿与诸将偕行，取了再说。"诸将见无可归，只得随着元璋，直薄太平城下，架梯悬索，四面齐登。元平章完者不花，万户万钧，达鲁花赤，亦元官名。普鲁罕忽里等，抵敌不住，弃城遁去，唯太平路总管靳义，赴水自尽。元璋入城安民，严申军律，一卒违令，立斩以徇，全城肃然。一面具棺葬靳义尸，碣书义士，一面延访耆硕，优礼相待。

耆儒陶安、李习等，率父老入见，元璋与陶安语时事，安乃进言道："方今四方鼎沸，豪杰并争，攻城屠邑，互相雄长，窥他志趣，唯在子女玉帛，毫无拨乱安民的思想。明公率众渡江，神武不杀，以此顺天应人，何患不成大业？"元璋道："我欲取金陵，何如？"安复答道："金陵帝王都，形胜称最，乘此占领，作为根踞，然后分兵四出，所向必克。古语有云：'天与不取，反受其咎。'明公何不速图？"与冯国用之言暗合。元璋甚喜，遂改太平路为太平府，置太平兴国翼元帅府，自领元帅事。授李习为知府，用李善长为帅府都事，汪广洋为帅府令吏，陶安参赞幕府，仍沿用宋龙凤年号，旗帜战衣，皆尚红色。小子有诗咏道：

炎汉由来火德王，赭袍赤帜亦何妨。
只因年号称龙凤，犹愧男儿当自强。

太平已定，哨马来报，元将蛮子海牙，又遣兵来了。那时又有一场断

杀，且至下回说明。

自朱元璋投营起义，所有举动，未免以智术服人，然犹不失为王者气象。唯用韩林儿年号，为一生之大误。林儿姓韩不姓赵，何得诡称宋裔，且宋亡久矣，豪杰应运而兴，当迈迹自身，何用凭借？厥后有瓜步之沉，近于弑主，始基不慎，贻玷终身，可胜慨欤！至若常遇春之力拔采石矶，为渡江时第一大功，元璋即授任先锋，既足报功，尤得践信，于此可见其能用人，于此可见其能立业。且入太平后，严军纪，卹义士，延耆儒，种种作用，无非王道。而龙凤年号，仍然沿袭，意者由徐李诸人，为霸佐而非王佐乎？瑕瑜并录，褒贬寓之。体会入微，是在阅者。

第六回　取集庆朱公开府
陷常州徐帅立功

却说元璋得了太平，城中原是安静，唯城外一带，尚统属元兵势力。元中丞蛮子海牙，调集巨舰，截住采石姑孰口，并檄令义兵元帅陈埜先，及裨将康茂才，率水陆兵二万人，进逼太平。元璋乘他初至，立率诸将出战，一面命徐达、邓愈，别出奇兵，绕道至敌后，潜伏襄城桥。埜先到了城下，磨拳擦掌，专待厮杀。未几城门大开，守兵一齐杀出，后面有许多健卒，拥着一位大元帅，龙姿凤表，器宇不凡，正暗暗惊异间，忽见空中起了一道霞光，结成黄云，护住元璋麾盖，益觉惊疑不已。各兵亦相率观望，不意元璋已麾兵杀来，横厉无前，人人披靡。埜先料不可敌，率众退走。奔至襄城桥，炮声骤发，徐达、邓愈两路兵马，左右杀出，急得埜先无路可奔，没奈何挺着长枪，来战邓愈。约数合，被邓愈用矛格枪，舒开猿臂，把埜先活擒过去。写邓愈。余军见主帅被擒，纷纷溃散。有一半逃得慢的，都做了刀头之鬼。康茂才潜遁。徐达、邓愈得胜回城，即将埜先推入帐前，元璋命左右将他释缚，好言抚慰。埜先道："要杀便杀，生我何为？"元璋道："天下大乱，豪杰蜂起，胜得人附，败即附人，你既自称豪杰，正当通时达变，何苦轻生？"埜先迟疑半晌，方称愿降。迟疑二字，已伏下文。元璋复令招降旧部，埜先即发书去讫。

至埜先出帐，冯国用进谏道："此人獐头鼠目，不可轻信。"写冯国用。元璋默然。越宿，埜先入帐，报称部曲多来投降。元璋令他召入，一一记名，

仍命归埜先统辖。埜先称谢而出。元璋又饬徐达等，分道略地，溧水、溧阳、句容、芜湖等处，接连攻下，拟进取集庆路。埜先忽入禀道："某蒙主帅不杀之恩，愿率旧部自效，往取集庆。"元璋许诺。冯国用又暗中谏阻，元璋道："人各有志，从元从我，听他自便罢了。"元璋此言，令人不解。埜先既去，阅数日，遣人赍书报闻，由元璋启阅，略云：

集床城右环大江，左枕崇岗，三面据水，以山为郭，以江为池，地势险阻，不利步战。昔王浑、王浚造战船，谋之累年，而苏峻、王敦，皆非陆战以取胜，隋取江东，贺若弼自扬州，韩擒虎自庐州，杨素自安陆，三道战舰，同时并进。今环城三面阻水，元师与苗军联络其中，建寨三十余里，攻城则虑其断后，莫若南据溧阳，东捣镇江，据险阻，绝粮道，示以持久，集庆可不战而下也。

元璋览至此，辗然一笑，含有深意。即以书示李善长。善长道："埜先狡诈，欲令我老师旷日么？"一语道破，然不若元璋之尤为深沉。元璋道："不烦多言，只劳你与我作覆。"善长应命，即提笔写道：

历代之克江南者，皆以长江天堑，限隔南北，故须会集舟师，方克成功。今吾渡江据其上游，彼之咽喉，我已扼之，舍舟而进，足以克捷，自与晋隋形同势异，足下奈何舍全胜之策，而为此迂回之计耶？此复。

写毕，呈上察阅，元璋鼓掌称善，遂发还来使，并命张天祐至滁阳，邀同郭天叙部兵，助攻集庆。此举又有深意。郭天叙接着天祐，怀疑未决，天祐道："得了集庆，便可南面称帝，北图中原，足下何惮。乃不敢进。"天叙大喜，立刻发兵，也不及会同元璋，竟与天祐率军东下。甫抵秦淮河，元南台御史大夫福寿，督师阻住，两下对垒，福寿执着大刀，左旋右舞，势甚凶猛，不特天叙当他不住，就是天祐上前，战了数合，也杀得浑身是汗，拨马逃回。正在退走，忽前面遇着一枝人马，为首一员统领，挺枪而来，视之乃是陈埜先。天祐喜甚，只道他前来救应，忙上前招呼，谁知两马甫交，竟被埜先一枪，刺中咽喉，倒毙马下。天叙见天祐被杀，急欲从旁逃遁，巧值福

寿赶到，手起刀落，挥作两段。想做皇帝的趣味。埜先遂与福寿合兵，任意扫荡，有几个命不该死，逃向元璋处通报去了。阅至此，始知元璋之计。

埜先追赶败兵，道过葛仙乡，肆行劫掠。乡中有民兵数百人，头目叫作卢德茂，颇有侠气，至是闻报，密遣壮士五十人，各着青衣，持牛酒出迎。埜先不知是计，遂与十余骑先行。约里许，青衣兵自后突起，攒槊竞刺，把埜先等十余人，杀得片甲不回。袭人者亦被人袭，可见狡诈无益。及埜先从子兆先，得知凶信，来乡报复，卢德茂已潜自引去，乡民亦大半远飏，只剩了空屋数百间，无可杀掠，方挈着部曲，还屯方山。元璋闻知各种消息，一面收集天叙败卒，一面拟进攻方山，为天叙复仇。借名兴师，计中有计。

忽又接得军报，蛮子海牙，复带领舟师数万，袭踞采石矶，将进窥太平了。元璋大愤，便欲亲去一战。常遇春挺身道："不劳元帅亲征，只教末将前行，便可杀退那厮。"元璋道："将军此去，须要小心，若有挫失，太平即尚可保，和州必遭陷没。大众家眷，都从此休了。"遇春领命，率着廖永忠、耿炳文等，驾舟而去。将至采石矶，海牙已联樯来迎，遇春先授诸将密计，令各舟散布江心，四面攻击，自率健卒驾一舸，奋勇冲突。海牙恰也不惧，仗着舰大兵多，麾旗酣斗，是时已为至正十六年仲春，江上轻飔，荡漾不定，百忙中叙入此文，看似闲笔，实是要语。初战时，海牙尚据着顺风，颇便击射，不意相持半日，风竟随帆而转，遇春一方面的将士，竟顺风纵起火来，风助火烈，火仗风威，一霎时把海牙船缆，尽行烧断，分作数截，那船上亦被烧着，连扑救都是不及，还有何心恋战？遇春左右指挥，各舟四集，都乘势跃上敌船，乱砍乱剁，可怜一班元兵，不是赴水，便是饮刀。海牙忙改乘小舟，抱头窜去，所有兵舰，尽被遇春等夺住，奏凯而回。采石矶两次得胜。

自是江上无一元兵，高掌远跖的朱元帅，无西顾忧，遂亲督诸将，进取集庆路，真个是水陆并行，兵威浩荡。陈兆先不知死活，还率众来争。一场角逐，生擒了陈兆先，收降了三万六千人，兆先亦情愿投诚。释兆先而不杀，可知为天叙复仇之说，尽是虚言。诸将恐降众过多，防有他变，元璋叹道："去逆效顺，还有何求？"当下挑选降众，得勇士五百人，令备宿卫，环榻而寝。帐中除元璋自己外，只留冯国用一人。想他当亦谏阻，故特留侍以试之。元璋独解甲登床，酣眠达旦，一夕无事，众心乃安。全是权术。

越数日，元璋复令冯国用，带着五百降卒，作为冲锋，五百人感激思

奋，驰至蒋山，先登陷阵，击退元兵，长驱至金陵城下。元将福寿，筑栅为垒，屯兵固守，冯国用率队攻栅，前仆后继，徐达、常遇春等，次第踵至，你推我扳，竟将各栅毁去。元兵四溃，元将福寿，督兵出战，众寡不敌，又被杀退。徐、常等猛力围攻，一连数日，伺隙齐登，福寿尚巷战竟夕，至筋尽力疲，方大呼道："城存与存，城亡与亡。"言讫，举剑向颈上一横，鲜血直喷，顿时毙命。旌扬忠臣。金陵已破，诸将奉元璋入城，揭榜安民，一面召集官吏父老，温言慰谕道："元朝失政，生民涂炭，我率众至此，无非为百姓除害，汝等各守旧业，勿生疑惧！贤人君子，能相从立功，我当重用。旧政不善，汝等可一一直陈，我当立除。官吏毋得贪暴，虐我良民！"大众闻言，拜谢而出，互相庆慰。各处义兵，次第来降，康茂才等亦闻风钦服，共得士卒五十万人，乃改集庆路为应天府，置天兴建康翼元帅府，以廖永安为统军元帅，礼聘儒士夏煜、孙炎、杨宪等十余人，一律录用。复以福寿为元殉节，敛尸礼葬，阖城大定。乃命徐达为大将，率诸将浮江东下，攻克镇江，又分兵下金坛、丹阳等县，以汤和为统军元帅，驻守镇江，再命邓愈、邵成、华高、华云龙等，率兵攻克广德路，改名为广兴府，即以邓愈为统军元帅，驻守广兴，诸将以元璋威名日著，劝进爵为王，元璋不允，只自称吴国公，置江南等处行中书省，亲督省事，授李善长、宋思贤为参议，陶安、李梦庚等为左右司郎中员外郎都事等官，复置江南行枢密院，以徐达、汤和同佥枢密院事，置帐前亲军，以冯国用为总制都指挥使，设前后左右中五翼元帅府，及五部都先锋，设官分职，井井有条。一面遣将至和州，迎接眷属，护送至府，即就元御史台居住。骨肉欢聚，喜气重重，大明二百数十年的基业，便自此创始了。点清本旨，暂作一束。

先是徐达、汤和等下镇江，收降盗目陈保二，及徐达兵归，汤和复入佥枢密院事，保二心变，竟诱执詹、李二守将，奔投张士诚。士诚此时，正迭陷平江、松江、湖州、常州等处，又收得蛮子海牙的遗众，声势甚盛，至保二归降，自然收留，并将詹、李二将拘住。警报达应天府，元璋以二将被拘，恐遭毒手，只得先与通好，以便索还二将。遂修书一缄，命杨宪赍送士诚。杨宪驰至平江，入见士诚，士诚遂展阅道：

昔隗嚣据天水以称雄，今足下据姑苏以自王，吾深为足下喜。吾与

足下，东西境也，睦邻守圉，保境息民，古人所贵，吾甚慕焉。自今以后，通使往来，毋惑于交构之言，以生边衅。

士诚阅至此，即把书掷下道："元璋欲比我为隗嚣么？"恐你且不若隗嚣。喝令左右将杨宪拘禁，立发水师攻镇江。元璋即遣徐达往御，到了龙潭，把士诚兵一鼓击退，总道士诚气沮，不敢再来，遂收兵驻镇江城。谁料士诚不得镇江，却移兵潜袭宜兴，守将耿君用不及防备，城陷身亡。元璋闻报大惊，忙遣使驰谕徐达道："士诚起自盐枭，诡计多端，今来寇镇江，已与我为敌；且袭据宜兴，志不在小，将军宜速出毗陵，先机进取，毋堕狡谋。"此亦一袭魏救赵之计。徐达得令，即向常州进发。

常州即古毗陵地，徐达军至常州，筑垒围攻，士诚遣张、汤二将来援，达即退军十八里，设伏以待，自率老弱残兵，前去诱敌。张、汤二将，出营交战，望见徐达部下，器械不整，七长八短，不禁大笑起来，互相告语道："人说朱元璋用兵如神，为什么这般羸弱，看来是不值一扫呢！"你既闻他威名，如何不加疑虑。当下麾兵出战，直前相搏。徐达不及遮拦，且战且行；一走一追，忽达十余里，突然间闪出铁骑数千，横冲而来。当先一员大将，铁盔铁甲，好生威武，手提方天画戟，直刺张、汤二将。看官道是何人？乃是徐达部下，行军总管赵均用。张、汤二将，见均用杀至，料是遇伏，慌忙用枪招架。两人敌住一人，还觉得有些费力，怎禁得徐达翻身杀来，与均用双战二将。二将见不是路，拨马返奔，走不多远，又听得一声呼哨，伏兵复起，吓得张、汤二将，魂飞九霄，连坐骑都不由驾驭，沿路四窜。想也被吓慌了。豁喇一响，二将都马失前蹄，身随马蹶。巧值均用杀到，喝令擒缚，两个中捉住一双。此段从《士诚本传》，不从《纪事本末》。余众溃走，还报士诚。

士诚惶恐，乃奉书求和，遣裨将孙君寿，赍至应天，愿岁输军粮二十万石，黄金五百两，白金三百斤。元璋复书，责他开衅召兵，罪有所归，既愿乞和，应释归使人将校，每岁输粮应增至五十万石。当令孙君寿持书去讫。转瞬旬余，士诚并无复音。又越数日，得徐达军报，略称："镇江新附军，被士诚所诱，谋变牛塘，达几为所困，幸常遇春、廖永安、胡大海等来援，方得脱险。并擒住士诚部将张德"云云。元璋勃然大愤，复命耿炳文率兵万人，进攻长兴，俞通海、张德胜等率舟师略太湖，张鉴、何文正，募淮军攻

泰兴，赵继祖、郭天禄、吴良等，合师攻江阴。先后并举，环击士诚。一面促徐达速下常州，不得迟误。接连叙下，如火如荼。士诚闻常州围急，遣吕珍赴援，别命赵打虎驰救长兴，炳文驰至长兴城下，守将李福安、答失蛮等，登陴守御。两下正相持未决，适值赵打虎到来，喘息未定，被炳文兜头痛击，立营不住，只好退走，奔至城西门。不意城门紧闭，屡呼不开，后面追兵又到，只得向湖州遁去。名曰打虎，实是没用。原来赵打虎系著名悍目，自投士诚部下，屡立奇功，此次来援宜兴，城守李福安等，总料他唾手却敌，不想一到便败，方知耿军难敌，有意献城，待打虎被拒而去，遂出城投降。

炳文收了两人，并得战船三百余艘，立即报捷。元璋命置永兴翼元帅府，以耿炳文任元帅职，统兵居守。士诚又遣左丞潘原明，元帅严再兴，来寇长兴。距城数里，猝遇炳文偏将费聚，从旁突击，杀获数百人，原明等遁去。只常州尚相持未下，常遇春分兵四出，断他饷道，城中兵士乏食，免不得惶急起来。吕珍屡出城相争，统被徐达击退。俄而城中食尽，只有数千饿卒，哪里还支持得住？那时吕珍也顾不得城池，夤夜开门，冲围自走。城中无主，当然失陷，徐达遂引兵入城。自至正十六年九月，围攻常州，至十七年三月乃下，也算是一番劲敌。小子有诗赞徐达道：

> 辍耕陇上喜从龙，迭战江东挫敌锋。
> 不是濠梁应募去，谁知乡曲有奇农。达世业农。

常州告捷，徐达又奉元璋命令，移师宁国。欲知宁国战事，容待下回续详。

本回前半截以攻集庆为主，后半截以攻常州为主，集庆下则踞江而守，可进可退，常州下则屏蔽有资，可东可西，此朱氏王业之所由创，抑徐达首功之所由建也。若纵埜先，遣天叙、天祐，饬诸将蹙士诚，无在非元璋之智谋，一经作者揭出，便如燃犀烛渚，无处不显。而全神贯注，则总在集庆与常州。元璋之注意在此，作者之注目亦在此。即如后之阅者，可借此以知当日之军事，并可以知是书之文法。否则势如散沙，毫无纪律，便不成妙事妙文矣。

第七回　朱亮祖战败遭擒
张士德絷归绝粒

却说徐达奉元璋命，率常遇春等往攻宁国，宁国城守甚坚，与常州不相上下，守将杨仲英、张文贵等，尚没有什么能耐，唯有一将勇悍异常，姓名叫作朱亮祖。点笔不弱。亮祖六安人，称雄乡曲，号召民兵，元廷授为义兵元帅，元璋取太平时，亮祖曾率众投诚，嗣因性急难容，与诸将未协，复叛归元军。至是闻徐、常等进围宁国，遂联络守将，悉心协御。徐达将到城下，立营未定，亮祖即出捌战，一支长枪，直前挑拨，飘飘如梨花飞舞，闪闪如电影吐光，任你徐元帅麾下，个个似虎似罴，也一时敌他不住，逐渐倒退。极写亮祖。当下恼了常遇春，抖擞精神，上前迎敌。彼此交锋，大战五十余合，不分胜负。亮祖虚晃一枪，佯败退走，遇春拍马赶去，不防亮祖挺枪回刺，竟戳中遇春左腿，遇春忍痛返奔，亮祖又回马追来，亏得赵德胜、郭英二将，并出敌住，两下里鼓声震天，重行鏖战。城中又来了张文贵，接应亮祖，亮祖枪法愈紧，连赵德胜、郭英等，也觉心慌，同时退下。徐达恐诸将有失，忙鸣金收军，被亮祖追杀一阵，丧亡了千余人。次日又与亮祖接战，仍一些儿不占便宜。接连数日，未得胜仗，反又失了许多人马。徐达情急得很，不得已据实禀报。

元璋闻亮祖如此骁勇，即亲率大军，兼程而至。徐达接着，申述交战情形，元璋道："擒他不难，明日临阵便了。"翌晨升帐，召吴桢、周德兴、华云龙、耿炳文四将至前，授他密计，令随驾出征，一面命唐胜宗、陆仲亨

等，率步兵数千，亦授以密计，令他先去。吴良、吴桢等，只待元璋出营，便好厮杀，偏偏元璋并不动身，朱亮祖反率众挑战，元璋又延了数刻，方从容上马，率军而出。两阵对圆，吴桢跃马而前，与亮祖交战数十合，返骑而走。亮祖来追，周德兴又提刀接战，大约亦数十合，又纵马回阵。华云龙复出去接着，又是依样葫芦。待至耿炳文出战后，杀得亮祖性起，竟挺枪驰入元璋阵内，来杀元璋。中他计了。元璋麾众倒退，诱他追了数里，复回身杀搏，命四将并力围攻。前轮战，后合围，不怕亮祖不入彀中。亮祖身敌四将，尚不觉怯，左挡右架，又战了一时许，渐觉气力不加，方伺隙杀出圈子，驰回原路。吴桢等紧紧随着，一些儿不肯放松，亮祖且战且走，将要返城，忽突出唐、陆诸将，拦住马首，他亦不与争锋，只执着短刀，乱砍马足。亮祖猝不及防，被他剁着马蹄，马力已乏，禁不起痛楚，顿蹶倒地上。那时亮祖还一跃而下，不随马蹶，可奈吴桢、耿炳文两将，已追至背后，双枪并举，来刺亮祖。亮祖急忙转身，奋斗两将，陆仲亨乘他酣战，竟取出绊马索，潜套亮祖的双足。亮祖不及顾着，右足一蹿，误入套中，仲亨尽力一扯，亮祖站立不稳，方似玉山颓倒，吴、耿二人，急下马揿住，才得将他捆缚，饬军扛抬而去。缚亮祖用着全力，文笔亦不放松。守将杨仲英、张文贵亟来相救，已是不及，反被掩击一阵，杀得七零八落，踉跄逃回。时已天暮，元璋收兵还营，令将亮祖推入。元璋笑语道："你降而复叛，今将如何？"踌躇满志之言。亮祖朗声道："公若生我，当为公尽力，否则就死，何必多言！"元璋道："好壮士！"便下座亲为解缚，亮祖乃叩谢。

越宿，元璋饬造飞车，编竹为重蔽，一夕即就，数道并进。守将杨仲英度不能支，开城迎降。张文贵守志不屈，先杀妻孥，然后自刎。元璋既入宁国，拟往攻宣城，亮祖愿率兵自行，经元璋特许，去后才数日，捷报已到。宣城由亮祖攻下了。此从《纪事本末》及《通鉴辑览》，与《朱亮祖传》小异。元璋乃留徐达、常遇春等驻宁国，静俟后命，自率军返金陵。未几接得赵继祖、俞通海军报，太湖大捷，降士诚将王贵，击走吕珍，元璋欣慰。嗣闻通海接战时，矢中右目，仍奋勇击退敌军，当下赞不绝口，并遣使慰问去讫。无非激励他将。接连复得张鉴、何文正捷音，说是泰兴已克，擒住援将杨文德，元璋道："两路得胜，士诚应丧胆了。但未知赵继祖、吴良等，进兵江阴，胜负如何？"吴桢闻言入禀道："兄长在外，尚无确实消息，愿主公增兵协助

为是！”好兄弟。元璋道：“将军骨肉情深，何妨竟往！我拨兵五千人，令你带去便了。”吴桢拜谢，次日即领兵出发。未到江阴，已有捷报赍入金陵，略称先据秦望山，后入城西门，全城平定。元璋嘉吴良功，擢为分院判官，令督兵防守江阴，并传谕吴桢，不必班师，令他与兄协守，严备士诚。原来江阴地扼大江，实为东南要冲，又与平江接壤，相距仅百余里，因此令他协防。吴良、吴桢奉命后，戮力设备，军容甚盛，士诚屡遣将往攻，都被击走，江阴方安。归结前回三路人马，笔不渗漏。

元璋又命邓愈、胡大海进攻徽州，檄徐达、常遇春等进兵常熟，又是两路兵马。小子只有一枝笔，不能并叙，只好先叙徽州事。邓、胡两将，率兵至绩溪，守将不战而降。转入休宁，一鼓登城，遂长驱抵徽州。元守将八尔思不花，及万户吴纳等，开门拒敌，怎禁得邓、胡二将的锐气，战不多时，便即败回。邓愈便督兵猛攻，八尔思不花等乘夜潜遁，愈入城，忙遣胡大海分兵穷追，至白鹤岭，击死吴纳，余将遁去。元璋闻捷，改徽州路为兴安府，命邓愈镇守，饬胡大海攻婺源。

既而元苗帅杨完者，自杭州率众数万，来攻徽州。徽州甫经攻克，守备未完，又分军与胡大海，只剩数千人在城，如何敌得住数万苗兵？邓愈飞檄胡大海，回军援城，一面鼓励将士，潜伏门右，令将城门大开，静待苗兵。苗兵掩至，忽见此状，相率惊愕，不敢遽入。仿佛是空城计。正在踌躇，突闻西北角上，有一彪人马杀至，当先的不是别人，就是胡大海。苗将吕才，忙提刀接战，不及三合，被大海大喝一声，劈死马下。邓愈见大海驰还，亦率兵出应，杀得苗兵七颠八倒，四分五裂，苗帅杨完者拨马先逃，偏将吴辛、董旺、吕升等，走得稍慢，都被邓愈军擒住，入城斩讫。嗣恐完者复至，留住胡大海，别命裨将王弼、孙虎攻婺源，亦应手而下。于是驰报金陵，再行请令。

这边方得胜仗，那边又获渠魁。接入徐达一路。徐达、常遇春等，出师常熟，行至半途，由探马来报：“张士德率兵来援了。”徐达道：“士德么？他小字叫作九六，系士诚亲弟。士诚作乱，统是他一人主谋，浙西一带，亦是他略定，闻他素得士心，智勇兼备，此次到来，定有一番恶斗，恐怕是不易轻敌呢！”士德出身，借此叙过。言未已，忽有一将上前道：“偌大一个盐贩，怕他什么？末将愿充头阵，若叨元帅洪福，定能把他擒住。”达视之，乃是

领军先锋赵德胜，便道："将军愿去，不患不胜，但总须慎重小心，千万不要轻战，我便当前来接应哩。"是谓临时而惧。德胜领命，带着万人，踊跃前去。将到常熟，恰遇士德军到，两军不及答话，就兵对兵，将对将，鏖斗起来。德胜善用槊，士德善使刀，刀槊对舞，端的是棋逢敌手，将遇良材，自午至申，差不多有百余合，士德刀法，毫不散乱，德胜暗暗喝采，意欲设计擒他，便用槊将刀一格，回马就走。偏是士德刁狡，见德胜未败而奔，料知有诈，竟勒马停住，鸣金收军。确是有些智识。德胜见士德去远，亦据险下寨。次日复率众迎战，士德也毫不畏避，复提刀对仗，又战了几十回合。德胜正在设计，突闻有弓弦响声，忙留神顾着，可巧一箭飞来，距德胜咽喉，不过咫尺，德胜用槊一劈，这飞来的箭杆，方的溜溜般抛向别处去了。德胜大呼道："张九六！你想用暗箭伤人么？大丈夫当明战明胜，如何用这诡计？"士德闻言，拨马回阵，两下里复各收军。不是写士德，是写德胜。德胜返营，闷坐帐中，适由大营赍书投到，当即延入，展书阅毕，发还来使，便密令手下亲兵，照书行事，亲兵应令而去。德胜复吩咐军士，一鼓造饭，二鼓披挂，三鼓往劫士德营，不得有误。军士纷纷议论，统说士德足智多谋，难道不虑及此？只因将令难违，不得已如命而行。反衬下文。是夕天气晦暗，斜月无光，时交三鼓，德胜上马先行，令军士后随，静悄悄的驰去。及至士德营前，只准军士呐喊，不准入营，自己恰从斜刺里去讫。军士莫名其妙，唯有遵令呼噪，突见营门大开，士德跃马提刀，率众杀出，惊得军士不知所措，正思退走，适值德胜转来，麾众旁行，士德紧紧追着，约有半里，突遇一山，见德胜引兵进去，也赶入谷口，转了数弯，德胜兵恰不见了。是时已知中计，急命部众退还，行未数武，不期一脚落空，连人带马，跌入陷坑。他却奋身一跃，跳出坑外，谁知坑外又有一将，持着槊，向他背后一捺，复坠入坑中。奇事奇笔。两边的挠钩手，一齐奋勇，将他钩起，捆绑去了。看官！你道持槊是谁？便是赵先锋德胜。德胜见士德成擒，好生欢喜，复呼令军士，把士德部众杀散，驰回营中。这次计划，都是徐达密书指授，经德胜运用入神，益觉先后迷离，令人无从揣测。原来徐达书中，只令德胜乘夜袭营，赚士德出营追赶，用陷坑计活擒士德。德胜尚恐士德乖刁，瞧破机谋，恰好亲兵队里，有一人面貌，与德胜相似，德胜密付衣甲，令与掘堑兵同行，约以夜间三鼓，潜至士德营旁，易了装，与自己参换，于是有真德胜，

复有假德胜，假德胜驰至军前，麾军旁趋，真德胜却伏在陷坑左右，专待士德。果然士德中计，迭坠陷坑，乃得成擒。士德受擒后，尚疑德胜有分身法，就是德胜部下的军士，也待至战毕回营，方才分晓。若非有此详释，我亦含惑不解。这且休提。

且说士德成擒，常熟守将，闻风逃去，德胜入城安民，一面遣人押解士德，至徐达营。达讯明属实，复转解至应天，元璋不去杀他，软禁别室，待以酒食，令通书士诚，归使修好。士德恰重贿馆人，另易一函，从间遵驰送士诚，教他拜表降元，连兵攻金陵。士诚尚是未决，嗣闻士德绝粒身亡，由悲生惧，乃决计归顺元朝，致书江浙平章达什帖睦尔，请他代奏。达什为言于朝，授士诚太尉，连士诚弟士信，亦授官有差。这消息传到应天，诸将多生疑虑，元璋道："士诚狡悍，怎肯倾心归元？不过现当新败，假此吓人，我哪里就被他吓呢？"料敌如见。

正说着，有探子来报，青衣军元帅张明鉴，袭据扬州，逐元镇南王孛罗普化，日肆屠戮，满城居民，多被杀死了。元璋奋然道："我有志救民，怎忍看他糜烂？部下诸将，何人敢往讨罪？"缪大亨应声道："末将愿往。"李文忠亦闪出道："甥儿愿往。"元璋见二人相争，便语文忠道："你年未弱冠，便期破敌，我心甚慰。依我所见，往攻扬州，着缪将军去，你去策应池州兵便了。"文忠道："池州有何人先往？"元璋道："我已檄调常、廖诸将，自铜陵进取池州，你快去策应为是！"文忠年少，未曾领兵冲锋，故军事或未与闻，而叙笔即借此纳入，是文中之善于销纳者。文忠乃喜，与缪大亨各率偏师，分投去讫。才阅旬余，大亨已攻破扬州，收降青衣军数万，自押降帅张明鉴、马世熊等，前来缴令。元璋命即延入，大亨道："张明鉴日屠居民，残害太甚，现查得城内遗黎，只有十八家，末将虽收降明鉴，不敢擅为安置，所以亲押而来，请主帅自行发落！"元璋道："将军有劳了。"当下命将明鉴传入，责他无故殃民，罪无可赦，喝令枭首，唯赦他妻孥死罪。次及马世熊，世熊道："屠害居民，俱出张明鉴一人，某不敢为非，现有义女孙氏为证，某部下得了孙氏，某且收为义女呢。"元璋命领孙氏进来，世熊即出挈孙氏入厅，弓鞋细碎，冉冉而前，面如出水芙蓉，腰似迎风杨柳，美固美矣，然未必永年。一道神采，映入众目，都不禁为之暗羡。既至案下，敛神屈膝，低声称是难女孙氏禀见。元璋亦温颜问道：温颜二字，已写出元璋心思。"你是何方人

氏？”孙氏道：“难女籍隶陈州，因父兄双亡，从仲兄蕃避兵扬州，又被马世熊部众所掠，世熊悯氏孤苦，育为义女，因此得保余生。”元璋不待说毕，便道：“你年龄几何？曾字人未？”问她字人与否？亦有微意。孙氏答称十八岁，及说得尚未字人一语，顿觉红云上颊，弱不胜娇。元璋道：“说也可怜，你不如在此居住罢！”孙氏嘿然不答。元璋即令起身，饬屏后仆媪，导入后宫，一面发落马世熊，令他食禄终身。阅一日，便纳孙氏为妾，命她侍寝。孙氏含羞俯首，任所欲为。弱女及笄，已是帐中解舞，将军尚武，何妨枕上弄兵。柔情似水，艳笔难描，至元璋即真后，封为贵妃，位众妃上，与马氏仅隔一肩，宠遇有加。天恩浩荡，大约是格外怜悯的意思。语中有刺。小子有诗咏道：

> 不经患难不谐缘，得宠都因态度妍。
> 自古英雄多好色，恤孤原属口头禅。

元璋正在欢娱，忽池州有急报到来，当即传入问话，欲知详细军情，待小子再续下回。

朱亮祖，骁将也，非极力叙写战谋，不足以见元璋之智。张士德，勍敌也，非极力叙写战事，不足以见德胜之勇。亮祖受擒，宁国自破，士德被执，常熟自下，此犹为表面文字。再进一解，则元璋之不杀亮祖，益以见操纵之神，而他将自心服矣。德胜之得获士德，益以孤强敌之势，而士诚亦夺魄矣。关系颇大，故演述从详。余事皆依次带入，无非一文中销纳法也。

第八回　入太湖廖永安陷没
略东浙胡大海荐贤

却说常遇春、廖永忠二将，率水陆兵攻下池州，擒杀天完将洪元帅等，当即遣人告捷。元璋问明来人，便令传谕常、廖二将，说是："天完将士，多不足虑，唯他部下有陈友谅，方在猖獗，不可不防！"言毕，即命来人驰回。小子前演元史，曾将天完僭国的详情，及陈友谅出身，一一表白，独此书未曾叙过，不得不约略说明。天完两字，便是第一回中，所说罗田人徐寿辉的国号。友谅乃渔家子，起自沔阳，往攻寿辉，寿辉阘弱，为部帅倪文俊所制，友谅即谄奉文俊，愿受指挥。文俊谋杀寿辉，未克而去，友谅尚佯与委蛇，从至黄州，暗中恰嗾使文俊部众，说他背主不祥，宜为寿辉除害。部众信为真言，仓猝起变，击死文俊。当下并有文俊部众，自称平章政事，不过通信寿辉，阳为报告，寿辉制不住文俊，哪里制得住友谅？数语了了。自是友谅顺江东下，破安庆，陷龙兴、瑞州，分兵取邵武、吉安，自入抚州。寻又取建昌、赣汀、信衢等地，直捣池州。池州被陷，遂与太平为邻。元璋乃遣常、廖诸将，攻取池州，并因池州已下，传谕严防友谅。友谅果遣战舰百余艘，猛将十数员，来争池州，幸常遇春等先已筹备，一俟友谅兵到，四面冲击，杀退各船。

元璋闻池州退敌，调李文忠南下，会同邓愈、胡大海等，徇建德路。文忠奉令南趋，略定青阳、石埭、旌德诸县，至徽州昱岭关，会同邓愈、胡大海军，出遂安，抵建德。沿途屡破敌众，进逼城下，一鼓齐登。元守将不花

等，弃城遁去。文忠得擢为帐前统制亲兵指挥使，入城镇守，改建德路为严州府。嗣邓愈往徇江西，胡大海往略浙东，只李文忠扼守孤城，不防张士诚遣将来袭，水陆掩至。文忠在城外设伏，先把他陆军杀退，复将所斩俘馘，载巨筏中，乘流而下，连他的水军，也一哄儿吓走了。统是没用的家伙。士诚心总未死，西边失势，又到东边，屡发兵进窥常州。亏得汤和驰援，连败敌众。未几又转寇常熟，复为廖永安击走。元璋以宜兴密迩常州，此时为士诚所据，常州总未免被兵，遂命大将军徐达率领将士，往攻宜兴。兵方发，忽闻友谅遣党赵普胜，攻陷池州，守将赵忠战死。太平守将刘友仁往援，亦败没。元璋惊悼不已，奈因各路兵将，统去截击张士诚，一时无可调拨，只好令赵德胜固守太平一带，防他深入。一面促徐达速下宜兴，以便移攻池州。此时元璋亦觉受困。偏徐达等到了宜兴，一攻数月，还是未下，急得元璋满腹焦烦，出濠以来，无此忧劳。日夕筹划，定下一计，忙写就密书，遣使驰至徐达营中，令他察阅。达展读道：

宜兴城小而坚，未易猝拔，闻其城西通太湖，张士诚饷道所由，若断其饷道，军食内乏，破之必矣。

达览书大喜，发使还报，遵令即行。遂遣总兵丁德兴，分兵遏太湖口，自与平章邵荣等，并力攻城。果然粮尽兵溃，宜兴随下。廖永安趁着胜仗，竟率兵深入太湖，舟至半途，却值士诚麾下的吕珍，鼓舟而至。冤家遇着对头，就在湖滨大战起来。向来太湖两岸，水势深浅不一，芦苇纵横，烟波浩渺，吕珍乖巧得很，令各舟忽出忽没，忽进忽退，害得永安跋来赴往，使不出什么勇劲，顿时焦躁异常，命掌篙的人，尽力赶去。哪知吕珍轻舟诱敌，实是一条诡计。永安的坐船，先时很是活泼，撑了里许，忽被浅滩搁住，休想再动分毫，正在着急，蓦见芦苇中荡出几只小舟，舟子统是渔人打扮，永安不辨谁何，命将小舟撑近大船，一舟甫至，永安即一跃而下，尚未立稳，那舟子竟拔出短刀，把永安砍伤右臂。永安动弹不得，竟被舟子一声鼓噪，将永安掀翻缚住。看官不必细问，便可知这种舟子，统是吕珍手下的将士了。不解之解。永安被擒，当由吕珍押献士诚，士诚颇爱永安才勇，劝他归顺。永安怒目视道：“我岂肯降你这枭目么？”写永安之忠。士诚遂把他拘住

狱中。至元璋闻耗，立即遣书士诚，愿归所获三千人，易一永安。士诚记着亡弟遗恨，拒绝去使，永安卒死于平江。寻元璋封为楚国公，迎丧郊祭，很是尽礼。暂且按下不表。

且说永安败陷，另授杨国兴统带舟师。国兴复出太湖口，收集各舰，迭破张士信兵，平宜堰口二十六寨，一面赶修宜兴城，城完守固。士诚复遣水陆军夹击，统由国兴杀退，宜兴无恙。元璋方调徐达兵规复池州，达率俞通海、赵德胜等，到池州城下，那时友谅党赵普胜，尚驻扎池州，一闻徐达兵到，即执着双刀，出来对阵。俞通海望见普胜，大喝道："你是我的旧部，为什么叛归友谅？"回应第五回。普胜道："人各有志，你休来管我！"通海大愤，遂挺矛与战。矛去刀迎，刀来矛抵，恶狠狠的战了多时，通海几败。德胜见通海战他不下，忙拨马往助，双战普胜，尚只杀得一个平手。嗣经徐达麾兵杀上，方将普胜击退。徐达回营，语通海道："普胜那厮，骁勇绝伦，怪不得他叫作双刀，若明日再战，我当用计胜他。"次日，先令侦骑哨探，回报赵普胜濒江立营，四面竖栅，倚以自固。徐达道："有了。俞将军可带领舟师，袭他后面，我与赵将军领着陆军，攻他前面，明攻暗袭，不忧不胜。"俞通海领命前去。徐达密语赵德胜，令他率兵先出，杀至普胜营前。普胜即开营抵敌，由赵德胜奋起精神，与他酣斗数十合，普胜越战越勇，德胜虚晃一刀，勒马就走。普胜乘势赶来，约四五里，适值徐达引军驰至，接应德胜，德胜又回马奋斗，两下夹攻，普胜倒也不惧。忽闻后面隐隐有号炮声，恐是江营有失，不敢恋战，晓得迟了。遂舍德胜，驰回原营，将到营前，叫苦不迭。看官道是何故？乃是营栅上面，已悬着俞字旗号。原来俞通海乘普胜远追，已袭入江营，夺了巨舰数艘，把普胜营兵逐去。普胜见了，懊悔不及，尚欲拼命夺营，怎奈徐达、赵德胜军赶至，通海军又复杀出，腹背受敌，势不能支，没奈何大吼一声，向西遁去。

徐达、赵德胜即移军攻城，池州守将洪钧，不知厉害，尚麾兵出城，与德胜交锋。战未数合，被德胜卖个破绽，把洪钧活擒过来。守兵见主帅被擒，都弃城逃走，池州立下。徐达一面报捷，一面檄调俞廷玉、张德胜等，联兵进攻安庆。俞廷玉率舟师先进，不期与赵普胜相遇。普胜自池州败走，到了安庆，料知徐达等必乘胜进攻，他便伏兵港中，专待截击，遥见廷玉到来，便顺风吹起胡哨，各舟闻声竞至，围攻廷玉坐船。廷玉挺立船头，督兵

猛战，约有一两个时辰，兀自支持得住。谁知普胜觑住廷玉，猝发标箭，适中廷玉左腮，廷玉忍不住痛，晕仆舱中。将军难免阵中亡。顿时舟中大乱，亏得通海前来接应，才将全舟救出，余舟多被普胜夺去。廷玉竟痛极身亡。通海大恸，忙奔回徐达营中，报明败状。徐达也不禁叹息，即令通海送柩还乡，并遣人驰报应天。

是时元璋以胡大海出师浙东，屡攻婺州未下，正思督兵亲往，得着此耗，倒也沉吟起来。诸将以普胜如此强悍，恐再出池州，为长江患。元璋道："普胜勇而寡谋，友谅贪而忮功，若用计离间，一夫已足，何庸过忧？"随遣一员牙将，潜至安庆，与普胜门客赵盟，叙起乡谊，格外交欢。嗣复投书赵盟，恰故意误送普胜。普胜私下展阅，语多隐约难详，心中大疑，遂疏赵盟。赵盟不能自安，竟与牙将同至应天，来附元璋。不特普胜中计，连赵盟亦中计。元璋格外优待，给他重金，令往友谅军中，散布谣言，无非是普胜恃功，谋叛友谅等语。友谅果然动疑，也中计了。遣使觇普胜虚实。普胜哪里得知，见了使人，尚满口侈述战功，骄矜不已。使人返报友谅，友谅即带着重兵，自至安庆，只说与普胜会师，进攻池州。普胜忙至雁汉口迎迓，才登舟，即被拿下，一语未完，已经身首异处了。可报廷玉之仇。赵盟回禀元璋，元璋大喜，厚赏赵盟。是豢之也。遂调回徐达，令与李善长留守应天，自率兵十万，用常遇春为先锋，由宁国出徽州，转向婺州进发。

至兰溪，有士人王宗显进谒，并呈上胡大海荐书。元璋接见，问他籍贯，答称原籍和州，寄寓严州。元璋道："君寓此有年，能识婺州内容么？"宗显道："某有故人吴世杰，居近婺城，可以探问。"元璋即令他去讫。不数日，宗显驰还，报称："守将离心，不难攻入。"元璋喜道："我得婺州，当令汝作知府。"宗显拜谢。又启行至婺州，会着胡大海。大海进谒，行过了礼，便禀道："婺州与处州为犄角，元参政石抹宜孙，为处州守将，常发兵来援，所以屡攻未下。现因主公将到，他探知消息，又遣参谋胡深，运着狮子车数百辆，前来抵御。目下闻已到松溪了。"元璋道："石抹宜孙，用车师来援此城，未免失计。松溪山多路狭，车不可行，若遏以精兵，便可破他。援兵一破，此城自不劳而下了。"应该嘲笑。大海答声称是。元璋又道："闻你义子德济，很是骁勇，何不拨与健卒数千，令他去截援师？"大海应令出去，即遣子德济，领锐卒数千，竟往松溪。至梅花门，已遇胡深运车驰到，

德济鼓噪而前，惊得胡深迎战不及，意欲将车退后，以便厮杀。可奈梅花门依着龙门山，林箐丛杂，岭路崎岖，就是未遇敌时，已觉七高八低，难以行车，此时大敌当前，进退失据，没奈何弃了车辆，引军逃去。不出元璋所料。

德济返营报功，元璋即督兵攻城。城中守将帖木烈思与石抹厚孙，即石抹宜孙之弟。两不相下，无心防御，裨将宁安庆，知不可守，夜遣都事李相缒城请降，约开东门纳兵。元璋许诺，李相返城，即将东门大启，常遇春、胡大海等一拥而入，竟把帖木烈思、石抹厚孙等擒住。全城已破，当由元璋入城，下令禁止侵暴，并改婺州路为宁越府，即用王宗显知府事。算是践言。开郡学，聘硕儒，延叶仪、宋濂为五经师，戴良为学正，吴沈为训导。时丧乱日久，学校湮废，至此始闻有弦诵声。

未几又有乐平儒士许瑗进谒。瑗有才智，放浪吴、越间。及入见，语元璋道："方今元祚垂尽，四方鼎沸，窃闻有雄略乃可驭雄才，有奇识乃能知奇士，明公欲扫除僭乱，非收揽英雄，难于成功。"元璋道："诚如君言。我今求贤若渴，方广揽群材，共图康济。"许瑗道："果如此，天下不难定了。"元璋大喜，即授为博士，留居帷幄。既而元璋欲还归应天，乃召胡大海与语道："宁越为浙东重地，我因你才勇，特命你居守。现闻衢州守将宋伯颜不花，多智术，处州守将石抹宜孙，善用士，绍兴为士诚将吕珍所据，数郡与宁越相近，我留常遇春在此，与你协力，乘间往取三郡。但此三郡守将，俱系劲敌，千万小心为要！"大海顿首拜受。元璋又嘱咐常遇春数语，令与胡大海协同行事，乃即日起程，率军返应天。

元璋去后，常遇春即进攻衢州，用吕公车、仙人桥、长木梯、懒龙爪等攻具，拥至城下，高与城齐。又于大西门城下潜穴地道，高下并攻。守将宋伯颜不花，煞是厉害，束苇灌油，烧吕公车，用长斧砍木梯，架千斤秤钩懒龙爪，并筑夹城防穴道，井井有条，毫不慌忙。遇春屡攻不克，乃用声东击西的法子，明攻北门，潜袭南门。宋伯颜不花未及防备，竟被突入南门瓮城中，毁坏守具，合城惊惶。院判张斌度不能支，遣使约降，夜出小西门迎大军入城，守兵尽溃。宋伯颜不花逃避不及，被常遇春活擒而归。遇春还宁越，胡大海留遇春驻守，自约耿再成攻处州。想因遇春得衢，故亦不甘坐守。再成曾出兵缙云，倚黄龙山为根据，立栅屯兵，借遏敌冲。元参政石抹宜孙，自驻处州，另遣将分守要塞，备御再成。诸将皆怠玩无斗志。胡深时守龙

泉，闻胡、耿合兵来攻，料知守地难保，竟弃军来降。无非为德济吓慌。大海问他处州详情，深言兵弱易攻，遂出师樊岭，与再成会，夹击桃花岭、葛渡等寨，应手而下，进薄处州城。宜孙出战败绩，走闽中。大海入城抚民。再成又出兵西略，建宁七邑皆降。既而宜孙复收集散卒，欲复处州，至庆元，为再成击毙。捷书迭达应天，元璋喜甚，命耿再成驻守处州，胡大海还镇宁越。寻复改宁越府为金华府。大海雅意揽贤，查得金处有四大儒，遂一一登诸荐牍，请元璋立刻征用。元璋即遣使赍币，礼聘四贤，有三人应征而往，一个就是浦江人宋濂，一个是龙泉人章溢，一个是丽水人叶琛，还有一位青田名士，位置自高，经元璋再三征求，方出山来辅真主。仿佛刘备之遇诸葛。正是：

得逢雷雨经纶日，才识风云际会时。

欲知此人是谁，且至下回再详。

此回为过渡文字。元璋得金陵后，除附近元军外，只有张士诚一路，与他为难。元军涣惰不足道，士诚尚以战为守，无甚大志，元璋处之，犹易与耳。至友谅猖獗，顺江而下，于是元璋左右受敌，几不胜防。廖永安陷没太湖，俞廷玉战死长江，皆足为金陵夺气。非敌将被间，浙军获胜，元璋其危矣乎！作者双管齐下，东西夹叙，虽曰按时述事，而不为分段表清，忽说与士诚兵战，忽说与友谅兵争，盖隐隐绘一忙乱情形，俾阅者知当日大势，若是其亟。至青田定计，熟权缓急，而战事次序，乃可得而分矣。故曰本回为过渡文字。

第九回　刘伯温定计破敌　陈友谅挈眷逃生

却说青田名士，迭征乃至。这人为谁？系姓刘名基，字伯温，就是翊赞朱氏，创成明室的第一位谋臣。郑重出之。先是元至顺间，基举进士，博通经史，兼精象纬学，时人论江左人物，推基为首，以为诸葛孔明，不过尔尔。江浙大吏，屡征不出，至石抹宜孙守处州，经略使李国凤屡称基才，请他重用。宜孙仅召为府判，不与兵事，基仍弃官归青田。时黄岩人方国珍，据温、台、庆元等路，骚扰浙边，大吏犹专事羁縻，不加讨伐，基屡请严剿，不见从，乃归募同志，部勒成军，借避寇患。及胡大海下处州，闻名往聘，基仍谢绝。大海乃请命元璋，赍币往聘，犹不肯起。及元璋命总制孙炎，致书固请，乃慨然道："我昔游西湖，见西北有异云，曾谓是天子气，十年后当应在金陵。今朱氏创兴，礼贤下士，应天顺人，我不妨前往，助他一臂，得能有成，也不负我生平志愿了。"于是束装就道，径诣应天。

元璋闻他来见，忙下阶恭迎，赐以上坐，从容与论经史，及咨以时事，基应对如流，畅谈要策，共得十八条。元璋喜甚，便道："我为天下屈先生，先生幸毋弃我！如有指陈，愿安受教。"可谓虚己以听。基乃语元璋道："明公据有金陵，甚得地势，但东南有张士诚，西北有陈友谅，屡为公患。为明公计，必须扫除二寇，方可北定中原。"元璋蹙额道："这两人势颇不弱，如何可以剿灭？"基答道："御敌当权缓急，用兵贵有次序，张士诚一自守虏，尚不足虑，陈友谅劫主称兵，地据上游，无日忘金陵，应先用全力，除了此

害。陈氏灭，张氏势孤，一举可定。然后北向中原，造成王业，明公曾亦设此想么？”确是坐言起行之计，不比前文进谒之士，专务泛论，无裨军谋。元璋道：“先生妙计，很是佩服，此后行军，全仗先生指导！”基始应声而出。元璋即命有司筑礼贤馆，使基入居，宋濂、章溢、叶琛三人，亦住馆内。嗣命濂任江西等处儒学提举，并遣世子受经。授章、叶为营田司佥事。唯留基入主军务，事无大小，一律咨询。基颇感知遇，遂一意参赞，知无不言。元璋尝呼为先生而不名，语人时，每比基为张子房，不愧留侯。真所谓君臣相遇，如鱼得水了。

元璋方简阅军马，准备出师，忽闻陈友谅挟了徐寿辉，舣舟东下，进攻太平，正拟遣将往援，忽由太平逃来溃兵，禀称太平失陷，花将军阖门死事，连知府许瑗，院判王鼎，统已殉节了。叙太平被陷事，恰先述禀报，后及详情，是倒戟而出之法，与上文各节不同。元璋不禁失惊道：“有这般事么？我的义儿文逊，怎么样了？”来兵答道：“想亦尽忠了。”元璋失声大恸，经诸将从旁劝解，尚是流涕不止。原来黑将军花云与元璋养子朱文逊，同守太平。及友谅来攻，两人率兵三千名，鏖战三日，友谅不能入。会大雨水涨，友谅引巨舟薄城西南，令士卒夜登舟尾，缘梯登堞，遂入城。花云、文逊，巷战一夜，力屈遭擒。文逊被杀，云忽奋臂大呼，激断绳索，夺了守兵的短刀，左右乱砍，杀死五六人。众兵一齐杀上，伤他右臂，复被絷住，云大骂道：“贼奴敢伤害我，我主且至，必砍尔等为肉泥！”有声有色，虽死不朽。众兵闻言大怒，竟把他缚住船樯，一阵射死。云妻郜氏，亦赴水殉节。子炜，方三岁，侍女孙氏，抱炜远窜，被乱兵掠至九江。元璋常求花氏后裔，苦无所得，至友谅败殁，才见一皓首庞眉的老人，带着孙氏，负儿而来。当下接儿在手，置着膝上，抚顶叹道：“虎头燕颔，不愧将种，黑将军算不虚死了。”言毕，即命赐老人衣。谁知老人倏忽不见，四处找寻，仍无下落，弄得元璋也惊疑起来，依史而陈，并非虚谍。随即问明孙氏，孙氏泣拜道：“奴自逃出太平，为乱军所掳，军中恨儿夜啼，由奴拔质簪珥，寄养渔家。嗣奴复潜窃儿出，脱身东走，登舟渡江，江中复遇乱军，将奴与儿推入江心，幸得断木附着，飘入芦渚。七日无食，只取莲实充饥。巧逢老人到来，救奴及儿同行至此。奴万死一生，得将此儿保存，伏乞推恩收育，不负小主人一番忠诚。”孙氏可谓义婢。元璋亦流泪道：“主忠仆义，万古流芳，我不唯保养此儿，连

你亦应矜恤。只与你同来的老人，究竟何姓何名？为何不知去向？”孙氏道：“他只自称雷老，不说实名。”元璋迟疑半晌，方说了“忠孝格天”四字，应有此理。仍命孙氏抚养花炜，岁给禄糈。至炜年长成，累官指挥佥事，孙氏亦受旌封，这是后话，暂且不表。

且说陈友谅既得太平，急谋僭号，遣壮士椎杀寿辉，便假采石五通庙为行宫，自称皇帝，国号汉，改元大义。命邹普胜为太师，张必先为丞相，张定边为太尉，一面遣使约张士诚，同攻应天。士城不敢遽允，遣还来使。此刘基所谓自守虏也。不然，东西相应，应天宁不危乎？友谅怒道：“盐侩不来，我岂不能下金陵么？”大言不惭。遂大集舟师，自江州直指应天。舳舻蔽空，旌旗掩日，自头至尾，差不多有数十里。仿佛曹操八十万大兵。警报飞达应天，元璋即召众将会议，众将纷纷献计，有说友谅兵盛，宜出城迎降的，有说应走据钟山，徐图规复的，独刘基瞋目无言。胸有成竹。元璋退入，召基问话，基答道：“说降说走，都可斩首，斩了他方可破贼。”我亦云然。元璋道：“依先生高见，计将安出？”基答道：“天道后举者胜，我以逸待劳，何患不克？”元璋称善。基复密语良久，下文统暗括在内。元璋益喜，复出厅升座。众将又上来献议，或请遣兵先复太平，或请主帅亲自出征，又换了一派议论，想是斩首之言，已被闻知。统被元璋驳去，只命参谋范常，贻书胡大海，命他出捣信州，牵制友谅后路。范常应声而出，自去照行。元璋又召康茂才入内，与语道：“闻汝与友谅相知，能否通诈降书么？”茂才道：“愿如尊命！且家有老阍，曾事友谅，遣使赍书，必信无疑。”元璋喜道：“既如此，快修书出发！”茂才应令，立写就诈降书，并密嘱司阍数语，令乘一小舟，径投友谅军前。友谅得书，便问道：“康公何在？”司阍答道：“现守江东木桥。”友谅即待以酒食，令他还报道：“归语康公，我到江东桥，三呼老康，即当倒戈内应，不可误事！”利令智昏。司阍唯唯连声。返报茂才，茂才即入禀元璋，元璋笑道：“友谅友谅！已入我彀中了。”急令李善长带了工役，乘着月夜，把江东木桥，改为铁石，一夕而成，大书江东桥三字，令人一望便知。善长还报，元璋即命常遇春、冯国胜、此时冯国用已殁，弟胜承袭兄职。华高等，率帐前五翼军，伏石灰山侧，徐达伏兵南门外，并各嘱道：“我当统兵至卢龙山，你等可遥望山上，竖着赤帜，便知寇至；改竖黄帜，乃可麾兵杀出，休得有误！”诸将领命去讫。此两路是防陆。又命杨璟驻兵大胜港，张德胜、朱虎

等，领舟师出龙江关外。此两路是防江。分拨已定，乃亲自督兵出城，至卢龙山驻扎，专待友谅兵来。

不一日，友谅果联舟东下，至大胜港，口甚狭，仅容三舟，濒岸又见有重兵驻着，杨璟兵出现。恐被出击，不敢停留，遂退出大江，径来觅江东桥。距桥约半里，已有江东桥三字，映射眼波，只桥是大石砌成，并非木质，未免心中怀疑，至此尚不知中计，确是笨伯。复驶近桥边，连呼老康老康，凭他叫破喉咙，并没有人出应，只有空中声浪，回了转来，也答他是老康两字。妙甚。趣甚。友谅才知中计，但因船多人众，恰还没有慌忙，复下令向龙江进发。既抵龙江，即遣万人登岸立栅，声势锐甚。时方酷暑，烈日炎炎，元璋服紫茸甲，在山上张盖督兵，嗣见将士挥汗如雨，立命去盖，与将士同曝日中。驭兵之道在此。将士欲下山夺栅，元璋道："天将下雨，汝等且就食，俟乘雨往击未迟。"想是刘军师教他。诸将昂头四顾，并没见有云翳，大都莫名其妙，只好遵令就食。食方毕，西北风骤起，黑云四至，大雨倾盆而下，元璋即命将士下山拔栅，一面竖起赤帜。友谅见立栅被拔，亦麾众力争。两下相杀，雨忽停止。元璋复改竖黄帜，并发鼓声。于是常遇春等自左杀到，徐达自右杀到，把登岸的敌兵，统驱入水中。友谅忙麾舟渡军，舟甫离岸，张德胜、朱虎又领舟师杀来，吓得友谅不知所为，偏偏潮神又与他为仇，来时潮涨，去时潮落，把数百号兵船，一概胶住浅滩，不能移动。友谅无法可施，忙改乘小舟，飞桨逃出，其余军士，亦多投水逃生，有一半不善泅水的，统沉没江心，至河伯处当差去了。元璋复命诸将追袭，自率亲兵，收夺败舰，共得巨舰百余艘，战舸数百，连友谅所乘的大船，亦一律获住，船中尚留着康茂才书，元璋不觉失笑道："呆鸟呆鸟！"言已，复检点俘虏，共得七千余人，押领而归。

且说友谅易舟西遁，又见敌舟远远追来，忙下令加桨飞逃，至慈湖，距敌舟不过数丈，正在着急，又遇火箭射至，烈焰飞腾，那时急不暇择，只好驶舟近岸，一跃登陆，鼠窜而去。这边的张德胜、朱虎及廖永忠、华云龙等，哪里肯舍，毁了友谅的舟，复上岸力追，直抵采石。不防友谅得了援兵，回马来战，张德胜首先陷阵，致受重伤，死于军中。廖永忠、华云龙等，见德胜陷没，勃生义愤，舍命冲锋，一场死斗，仍将友谅杀败，友谅方弃甲曳兵，逃回江州去了。友谅一败。嗣是徐达复太平，胡大海取信州，冯国

胜等取安庆，露布飞驰，欢声腾跃。偏友谅不肯甘休，遣张定边攻安庆，李明道攻信州，安庆竟被夺去，信州由李文忠往援，擒住明道，献至应天。明道愿降，并言友谅可取状，于是元璋复造了龙骧巨舰，亲率舟师，再攻安庆。廖永忠、张志雄等，奋勇当先，拔了水寨，进兵攻城，自旦至暮不能下。刘基献议道："安庆城高而固，急切不能攻下，何若移师江州，破他巢穴。"的是胜着。元璋不待说毕，即下令撤围，鼓舟西上。聪明人不消细说。舟过小孤山，遇有数舟来降，舟中有两员大将，一个叫作傅友德，一个叫作丁普郎。元璋召入，问明来历，知系友谅部将，弃暗投明，自然心喜。且见友德较为英武，便命他仍率原舟，作为前导。沿途遇着江州巡兵，一概招降，稍有不服，立刻扫净。片帆风顺，径达江州城下。友谅闻报，尚疑是士卒误传，待至城外鼓角喧天，方知敌兵果到，慌忙整兵守御。彷佛做梦。唯江州抱水依山，也是一座坚城，友谅倚作巢穴，简直是不易攻的。当下一攻一守，相持两日，城完如故。友谅稍稍放心，不想到了夜间，敌兵竟登城杀入，急得友谅手足无措，忙挈妻逃出城门，乘舟西奔，逃至武昌去了。友谅二败。原来元璋用刘基计，密测城堞高度，令工兵在各舰尾，搭造天桥，乘着暗夜，一列将船倒行，直逼城下，天桥与城堞，巧巧衔接，将士援桥登城，不费什么气力，竟得杀入城中，友谅还道神兵自天而下，哪得不仓猝逃去？原来如此。

江州已下，南昌守帅胡廷瑞，也遣使郑仁杰输诚，唯请勿散他旧部。元璋颇有难色，刘基在后，潜踢元璋所坐胡床，元璋大悟，又似张子房之蹑沛公。乃遣仁杰还，并赐书慰谕，准如所请。廷瑞即遣甥康泰赍书请降，自是余干、建昌、吉安、南康诸郡县，相继投诚。元璋又命赵德胜、廖永忠、邓愈等，分兵四出，略瑞州、临江，拔浮梁、乐平，并攻克安庆赣皖一带，十得七八。元璋乃率军东还，道出南昌，胡廷瑞率甥康泰及部将祝宗等，出城迎谒。元璋慰劳有加，并令廷瑞等同归应天，留邓愈驻守南昌，叶琛任知府事。临行时，廷瑞密白元璋，以祝宗、康泰二人，不甚可恃，元璋乃令二人归徐达节制，从征武昌，不意元璋才归，祝宗、康泰果谋叛返兵，袭入南昌。叶琛战死，邓愈单身逃免。幸徐达旋师平乱，诛祝宗，赦康泰，南昌复定。元璋闻报，方转忧为喜道："南昌控引荆、越，系西南藩屏，今为我有，是陈氏一臂断了，但非骨肉重臣，恐不可守。"乃改南昌为洪都府，命侄儿朱文正为大都督，统率赵德胜、薛显等，与参政邓愈，一同往守。各将方

去，忽由浙东迭来警耗，报称胡大海、耿再成两将，被刺身亡，元璋又出了一大惊，小子走笔至此，又有一诗咏道：

大功未就已身捐，百战沙场总枉然。
只有遗名垂竹帛，忠魂犹得慰重泉。

毕竟胡、耿两将如何被刺，且看下回分解。

本回所叙，纯系朱、陈两方战事，而朱氏之得胜，又全属刘基之功。陈友谅既得太平，即乘胜东下，声势锐甚，金陵诸将，议降议避，莫衷一是，元璋虽智不出此，然非刘基之密为定计，则未必全胜。史传多归美元璋，此系善则称君之常例，演史者所当推陈出新，不得仍如史官云云也。至若江州之役，南昌之降，则刘基本传中，亦历述其匡赞之功。天生一朱元璋，复生一刘伯温，正所以成君臣相济之美，非揭而出之，曷由显刘青田之名乎？唯近世小说家，有以神奇称基者，则未免附会，转失其真，是固本书所不取也。

第十回　救安丰护归小明王
援南昌大战伪汉主

却说胡大海留守金华，耿再成留守处州，本是犄角相应，固若金汤。唯金、处本多苗军，胡、耿两将，多雅意招揽，不分畛域。苗将蒋英、刘震、李福等，归降胡大海，李佑之、贺仁德等，归降耿再成。胡、耿皆留置麾下，一例优待，怎奈狼子野心，终不可恃。为滥收降将者，作一棒喝。蒋英、李福等先谋作乱，商诸刘震，震颇不忍，李福谓举行大事，不能顾及私恩，于是震亦相从，先以书勾通处州苗将，令同时举兵，一面禀请大海，至八咏楼下观弩。大海不知是诈，挺身而出，将上马，忽有苗将钟矮子跪马前，诡禀蒋英罪状。大海未及答，回顾蒋英，不料被英突出铁锤，击中头脑，顿时脑浆迸出，死于非命。英即断大海首，胁从大海部兵。大海子关住及郎中王恺，俱被英等杀死。唯典史李斌，怀着省印，缒城至严州告急。李文忠亟遣何世明、郭彦仁等往讨，张德济亦自信州奔赴，这边方闹个不了，那边又响应起来。此所谓铜山西崩，洛钟东应。李佑之、贺仁德等，先接蒋英等书，尚未敢动，至大海被杀，即放胆作乱。耿再成方与客饮，闻变调军，兵卒未满二十人，佑之等已经杀入，再成叱道："贼奴！何负尔等，乃敢造反？"言未已，佑之等已攒槊环刺，再成挥剑，连断数槊，卒因贼众槊多，不胜防备，身中数创，大骂而死。分省部事孙炎及知府王道同，均遇害。再成子天璧，方奉命往处州，征发苗兵，中途闻变，亟遣人至李文忠处乞援，一面纠集再成旧部，急赴父难。

这时候的警报，早达应天，元璋未免痛悼，并语刘基道：“金、处有失，衢州恐亦被兵，如何是好？”刘基道：“贼众乌合，尚不足虑，且严州有李将军，就近赴援，制贼有余，若虑及衢州，不材愿往镇抚。且前因兵事倥偬，以至丧母未葬，此时正可乘便回籍，为公及私了。”元璋喜道：“先生愿行，尚有何说！”遂拨了得力将士，令基带去，以便调遣。基星夜前进，到了衢州，守将夏毅，忙迎基入城，并语衢州亦多讹言，基云无妨，当下派兵四驻，并揭榜安民，一夕即定。确是大材。嗣发书至各处属县，谕以镇静无恐，休得自扰！各县亦相安无事。一瞬旬余，闻金华叛将蒋英等已败投张士诚，处州叛将李佑之等，亦由李文忠部将与耿天璧等击死，不出先生所料。遂遣使驰报应天，自回原籍葬母去了。元璋得刘基使报，又接李文忠捷书，自然欣慰，遂命李文忠为浙江行中书省左丞，总制严、衢、信、处诸郡军马。以耿天璧袭父职，留守处州。后由李文忠出攻杭州，得获蒋英等，刺血祭大海，寻复追封大海为越国公，再成为高阳郡公，事且慢表。归结胡大海、耿再成二人。

且说刘基回籍葬母，在家丁忧，方国珍亦驰书慰唁，基答书称谢，并宣示元璋威德，劝他归附。国珍乃遣使至应天，进贡方物。元璋甚喜，贻书刘基，慰劳备至。又常遥咨军事，并约期促赴应天，基于至正二十二年春还籍，至二十三年春复出，适元璋拟亲援安丰，基即进谏道：“友谅、士诚，耽耽思逞。为主公计，不如勿行为是。”元璋道：“小明王被围甚急，我向奉他龙凤年号，不忍袖手旁观，因此不得不往。”基嘿然。原来基初至应天，见中书省曾设御座，奉小明王韩林儿虚位，每当春秋佳节，自元璋以下，皆向座前行庆贺礼，基独不往，且愤愤道：“一个牧竖，奉他何为？”独具只眼。至是韩林儿居亳州，为元统帅察罕帖木儿所败，偕刘福通遁至安丰。张士诚又乘隙往攻，率众十万，围住安丰城。刘福通不能敌，飞使从间道至应天，哀乞援师。基不欲往援，所以谏阻，偏偏元璋不从，竟率徐达、常遇春等，兼程而往。及至安丰，城已失守，福通被杀，林儿在逃。士诚将吕珍，据城列栅，水陆连营，徐达等拔他中垒，乘胜进击，不想前面阻着大濠，一时不能逾越，后面偏遇吕珍杀至，分着左右两翼，围裹拢来，竟把徐达等困住垓心。亏得常遇春率军横击，三战三胜，才得击走吕珍，追了一程，吕珍复得庐州左君弼援军，翻身再战，复被徐达、常遇春等杀退。元璋乃命徐达等攻

庐州，自率兵往觅林儿，得诸途中，送居滁州，自回应天。为此一行，险些儿把龙蟠虎踞的都城，被人暗袭。亏陈友谅见近忘远，只把五六十万的大兵，专攻南昌，不袭应天，令这位暗叨天佑的元璋公，还好从容布置，与友谅鏖战鄱阳湖，决最后的胜负。说来话长，由小子从头至尾，演述出来，以便看官详阅。欲叙鄱阳战事，先用如椽之笔，承上起下，见得此战关系甚大，非寻常战事可比。

这友谅因疆宇日蹙，愧愤交集，意欲破釜沉舟，与元璋决一死战，于是大作战舰，每舟分三级，高约数丈，上下人语不相闻，房室俱备，中可走马，行军之道，全在灵活，况江中之战，不比海中，造此大舰何为者？当下载着百官家属，及所有士卒六十万，悉数东来。孤注一掷，越是呆鸟。到了南昌，便把各舰停住，准备攻城。何不直捣金陵。守帅朱文正，闻友谅倾国而来，急命邓愈守抚州门，赵德胜守官步、士步、桥步三门，薛显守章江、新城二门，牛海龙等守琉璃、澹台二门，自率精锐二千人，居中节制，往来策应。那友谅亲自督兵，猛扑抚州门，兵士各持笠帽大的盾牌，上御矢石，下凿城垣。不多时，但听得一声怪响，城竟坍坏二十多丈。各兵方拟拥入，忽见里面铳声迭发，射出许多火星，熊熊炎炎。闪铄如电，稍被触着，不是焦头，就是烂额，此时欲用盾牌遮蔽，哪知盾系竹制，遇着火尤易燃烧，大众多是畏死，自然逐步倒退。邓愈即饬兵竖栅，栅未竖成，外兵又进，两下接仗，不得不血肉相搏。正危急间，文正督诸将来援，且战且筑。外兵怎肯歇手，连番杀人，连番退出，等到城墙修毕，内外尸骸，好似山积。文正麾下的猛将，如李继先、牛海龙、赵国旺、许珪、朱潜等，统已战死了。友谅休兵数日，复攻新城门，忽城内突出一支人马，似龙似虎，锐不可当，首将便是薛显，提刀突阵，尤为凶猛。友谅将刘震，不顾好歹，上前拦住，被薛显横腰一刀，挥作两段，余众披靡。薛显杀了一阵，收兵而回。入城后，检点将士，只不见百户徐明，探问下落，才知穷追被擒，惋惜不已。友谅愤攻城不下，自己没用，愤亦何益？增修战具，移攻水关。水关有栅，文正集壮士防守，见友谅兵至，从栅缝中迭出长槊，迎头刺击。友谅兵也是厉害，夺槊更进，不防里面换用铁戟刺出，奋手去夺，都一声惨号，七颠八倒。看官道这铁戟上有何物？乃是用火淬过，一经着手，立即灼烂。自是无人近前，水关又无恙了。友谅乃分兵攻陷吉安、临江，招降李明道，杀死曾万中，复擒住刘齐、朱叔

华、逍天麟三人，至南昌城下开刀，并呼城上守兵道："如再不降，以此为例。"守兵不为动。友谅复攻官步、士步两门，赵德胜日夕巡城，指麾士卒，忽来了一支硬箭射中腰眼，深入六寸，顿时忍痛不住，拔剑叹道："我自壮岁从军，屡受创伤，未有如此厉害，今日命该当绝，只恨不能从我主公，扫清中原。"言至此，猝然晕仆，竟尔逝世。出师未捷身先死，长使英雄泪满襟。德胜殁后，军士越奋，友谅亦越攻不下，但总不肯舍去，镇日里围住这城。真是呆鸟。文正佯遣兵纳款，令他缓攻，阴令千户张子明，偷越水关，赴应天告急。

子明扮做渔夫模样，摇着渔舟，唱着渔歌，混出石头城，昼行夜止，半月始达应天，易服见元璋。元璋始悉南昌被困状，且问友谅兵势如何？子明道："友谅倾国而来，兵势虽盛，战死恰也不少。现在江水日涸，巨舰转驶不灵，且师久粮匮，蹙以大兵，不难立破。"元璋道："你先归报文正，再坚守一月，吾当亲自来援。"子明领诺，仍改作渔翁装，摇舟疾返，不意到了湖口，竟被友谅逻卒拘住。去时得脱，归时始被执，暗中也有天意。友谅道："你是何人？敢如此大胆。"子明道："我是张子明，至应天乞援的。"直言得妙。友谅复道："元璋曾来援否？"子明道："即日便至。"尤妙。友谅道："你若有志富贵，不如出语文正，说是应天无暇来援，令他速降。"子明瞪目道："公休欺我！"反诘尤妙。友谅道："决不欺你。"子明道："果不相欺，我便去说。"友谅便命人押至城下，命与文正答话。子明高声呼道："朱统帅听着！子明使应天已回，主上令我传谕，坚守此城，援军不日就到了。"仿佛春秋时之晋解扬，但楚庄不杀解扬，而友谅杀子明，安能成霸？友谅闻言大怒，立将子明杀死，这且按下。

且说元璋因南昌围急，飞调徐达等回军，集师二十万，祃纛龙江，克期出发。至湖口，先遣指挥戴德，率着两军，分屯泾江口、南湖嘴，遏友谅归路。又檄信州兵马，守武阳渡，防友谅逃逸。安排已就，然后驶舟再进。友谅自围攻南昌，已阅八十五日，至是闻元璋来援，遂撤围东下，至鄱阳湖迎战。元璋率着舟师，从松门入鄱阳湖，抵康郎山，遥见前面樯如林立，舰若云连，料是联舟逆战的友谅军，便语诸将道："我观敌舟首尾连接，气势虽盛，进退欠利，欲要破他，并非难事。"徐达在旁道："莫如火攻。"元璋道："我意亦然。"乃分舟师为二十队，每舟载着火器弓弩，令各

将士驶进敌船，先发火器，次放硬箭。众将士依计而行，果然一战获胜，杀敌军一千五百余人。徐达身先诸将，夺住巨舟一艘。俞通海复乘风纵火，焚敌舟二十余只，余将宋贵、陈兆先等，亦相率死战。这时候，前后左右的敌船，多半被火，连徐达所坐的大船，也被延烧，达忙令兵士扑灭火势，奋力再战。元璋恐达有失，遣舟往援，达得了援舟，越觉耀武扬威，争先驱杀。不意敌兵避去徐达，却争来围攻元璋，元璋见敌兵趋集，急欲鼓船督战，船行未几，忽被胶住。友谅骁将张定边，乘隙入犯，一声号召，四面的汉兵，摇橹云集，把元璋困住垓心。指挥程国胜，与宋贵、陈兆先等，忙率兵抵住，一当十，十当百，拼个你死我活，真杀得天昏地黯，日色无光。那张定边煞是勇悍，只管四面指麾，重重围裹。宋贵、陈兆先舍命抗拒，身中数十创，竟毙舟中。元璋至此，也不觉失色。死是人人所怕。裨将韩成进禀道："杀身成仁，人臣大义，臣愿代死纾敌，敢请主公袍服，与臣易装，总教主公脱难，臣死何妨！"纪信又复出现。元璋沉吟不答。韩成方欲再言，只听得敌舟兵士，呼噪愈急，声势汹汹中，约略有速杀速降等字样，益令朱公急杀。急得韩成不遑再待，只呼道："主公快听臣言，否则同归于尽，有何益处？"元璋乃卸下衣冠，递与韩成。韩成更衣毕，复把冠戴在头上，顾道元璋道："主公自重！韩成去了。"比易水歌尤为悲壮。元璋好生不忍，奈事在眉急，不得不由他自去。韩成登着船头，高叫道："陈友谅听着！为了你我两人，劳师动众，糜烂生灵，实属何苦？我今且让你威风，你休得再行杀戮！你看你看。"说至看字，扑咚一声，竟投入水中去了。小子有诗赞韩成道：

荥阳诳楚愿焚身，谁意明初又有人。
水火不情忠骨灭，空留史笔纪贞臣。

韩成既死，敌攻少缓，只张定边尚不肯退，忽觉飕的一声，一支雕翎箭，正向张定边右额射至。定边失声道："罢了！罢了！"小子不知此箭何来，待查明底细，再行详述。

是回本旨，系欲承接上文，叙入南昌被围，鄱阳大战事。因中间有胡、耿被害，及安丰一段情节，不能不叙，故随手插入。胡、耿为有功之臣，叙其始，纪

其末。安丰之行，关系尤大，南昌几乎失守，金陵几乎被袭，揭而出之，非特事实之不漏，抑以见军国事之不能稍失也。陈友谅不袭应天，专攻南昌，着手之误，不待细说。且以六十万众，攻一孤城，相持至八十余日，犹不能下，是殆所谓强弩之末，鲁缟难穿，奚待鄱阳之战，始见胜负耶？唯朱、陈二氏之兴亡，实以鄱阳一战为关键，故是回下笔，不敢苟且，亦不敢简率，阅者于此得行文之法焉。

第十一回　鄱阳湖友谅亡身
应天府吴王即位

却说陈友谅骁将张定边，正围攻元璋，突被一箭射来，正中右额，这箭不是别人所射，乃是元璋部下的参政常遇春。当下射中定边，驶舟进援，俞通海亦奋勇杀到。定边身已负创，又见遇春诸将，陆续到来，没奈何麾舟倒退。这江中水势，却也骤涨，把元璋的坐船，涌起水面，乘流鼓荡，自在游行。想是韩成应死此地，不然，大江之水，何骤浅骤涨耶？元璋趁势杀出，复令俞通海、廖永忠等，飞舸追张定边。定边身受数十箭，幸尚不致殒命，轻舟走脱。时已日暮，元璋乃鸣金收军，严申约束，并叹道："刘先生未至，因罹此险，且丧我良将韩成，可悲可痛！"当下召徐达入舱，并与语道："我恐张士诚袭我都城，所以留刘先生守着，目下强寇未退，势应再战，你快去掉换刘先生，请他星夜前来，为我决策，方免再误！"刘基未至，从元璋口中叙出，以省笔墨。徐达衔夜去讫。

阅数日，基尚未至，友谅复联舟迎战，旌旗楼橹，遥望如山。元璋督兵接仗，约半时，多半败退。恼得元璋性起，立斩队长十数人，尚是倒退不止。郭兴进禀道："敌舟高大，我舟卑下，敌可俯击，我须仰攻，劳逸不同，胜负自异。愚见以为欲破敌军，仍非火攻不可。"元璋道："前日亦用火攻，未见大胜，奈何？"正说着，只见扁舟一叶，鼓浪前来，舟中坐着三人，除参谋刘基外，一个服着道装，一个服着僧装，道装的戴着铁冠，尚与元璋会过一面，姓名叫作张中，别字景和，自号铁冠道人，元璋在滁时，铁冠道

人曾去进谒，说元璋龙瞳凤目，有帝王相，贵不可言。元璋尚似信未信，后来步步得手，才知有验。补叙铁冠道人，免致遗珠。此时与刘基同来，想是有意臂助。只有一个僧装的释子，形容古峭，服色离奇，素与元璋未识。至是与元璋晤着，方由刘基替他报名，叫作周颠，系建昌人氏，向在西山古佛寺栖身，博通术数，能识未来事，刘基尝奉若师友，因亦邀他偕行。不没周颠。元璋大喜，忙问破敌的法儿。刘基道："主公且暂收兵，自有良策。"元璋依言，便招兵返旆，退走十里，方才停泊，于是复议战事。刘基也主张火攻，元璋道："徐达、郭兴等，统有是说，奈敌船有数百号，哪里烧得净尽？况纵火全仗风势，江上风又不定，未必即能顺手，前次已试验过了。"说至此，铁冠道人忽大笑起来，元璋惊问何因？铁冠答道："真人出世，神鬼效灵，怕不有顺风相助么？"元璋道："何时有风？"周颠插入道："今日黄昏便有东北风。"此系测算所知，莫视他能呼风唤雨。元璋道："高人既知天象，究竟陈氏兴亡如何？"周颠仰天凝视，约半晌，把手摇着道："上面没他的坐位。"元璋复道："我军有无灾祸。"周颠道："紫微垣中，亦有黑气相犯，但旁有解星，当可无虑。"都为下文伏线。元璋道："既如此，即劳诸君定计，以便明日破敌。"周颠与铁冠道人齐声道："刘先生应变如神，尽足了事，某等云游四方，倏来倏往，只能观贺大捷，不便参赞戎机。"不愧高人。元璋知不可强，令他自由住宿，复顾刘基道："明日请先生代为调遣，准备杀敌。"刘基道："主公提兵亲征，应亲自发令为是，基当随侍便了。"元璋允诺。基复密语元璋道："如此如此。"元璋益喜。遂令常遇春等进舱，嘱授密计，教他一律预备，俟风出发，常遇春领命而去。

转瞬天晚，江面上忽刮起一阵大风，从震坎两方作势，阵阵吹向西南。友谅正率兵巡逻，遥见江中来了小舟七艘，满载兵士，顺风直进，料是敌军入犯，忙令兵众弯弓搭箭，接连射去，哪知船上的来兵，都是得了避箭诀，一个都射不倒，趣语。反且愈驶愈近。此时知射箭无用，改令用槊遥刺，群槊过去，都刺入敌兵心胸，不意敌兵仍然不动，待至抽槊转锋，那敌兵竟随槊过来，仔细一看，乃是戴盔环甲的草人。大众方在惊疑，忽敌船上抛过铁钩，搭住大船，舱板里面的敢死军，各爇着油渍的芦苇，并硫磺火药等物，纷纷向大船抛掷，霎时间烈焰腾空，大船上多被燃着。友谅急令兵士扑灭，怎奈风急火烈，四面燃烧，几乎扑不胜扑。常遇春等又复杀到，弄得友谅心

慌意乱，叫苦不迭。所授密计，一概发现。恼动了友谅两弟，一名友仁，一名友贵，带领平章陈普略等，冒火迎战。友仁眇一目，素称枭悍，普略绰号新开陈，也是一条胆壮力大的好汉。偏偏祝融肆虐，凭你什么大力，但教几阵黑烟，已薰得人事不知，所以友仁、友贵等，接战未久，已陆续倒毙水中。友谅知不能敌，麾兵西遁，无如大船连锁，转掉不灵，等到断缆分逃，焚死溺死杀死的，已不计其数。只元璋部将张志雄等，舟樯忽折，为敌所乘，竟被围住。志雄窘迫自刭，他将余昶、陈弼、徐公辅皆战死。还有丁普郎一人，身受十余创，头已脱落，尚植立舟中，持刀作战状。及援兵四至，救出那舟，将士大半伤亡，只夺得尸骸，令他归葬罢了。战虽获胜，尚伤亡多人，是之谓危事。

友谅逃了一程，见敌舟已远，顿时咬牙切齿，与诸将计议道："元璋狡狯，用火攻计，折我大军无数，此仇如何得报？我见元璋坐船，樯是白色，明日出战，但望见白樯，并力围攻，杀了他方泄我恨。"恐无此好日。部众领命。到了翌晨，又鼓勇东来，只望白樯进攻，谁意前面列着的船樯，统成白色，辨不出什么分别，不叙元璋这边，含蓄得妙。顿时相顾惊愕；但已奉出战命令，不好退回，只得上前奋斗。元璋自然麾众接战，自辰至巳，相持不下。忽刘基跃起大呼道："主公快易坐船！"元璋亦不遑细问，急依了基言，改乘他舟。基亦随至，并用双手虚挥，面作喜色道："难星过了。难星过了。"言未已，但闻一声炮响，已将原舟弹裂。元璋且惊且喜，复语刘基道："此后有无难星？"基答道："难星已过，尽可放心。"既写刘基，亦回应周颠语。于是元璋麾舟更进，时友谅高坐舵楼，正辨出元璋坐船，用炮击碎，满疑元璋必死，不想元璋又督兵杀来，很是惊骇，没精打采的下舵楼去了。

且说元璋部将廖永忠、俞通海等，驾着六舟，深入敌中，舟为大舰所蔽，无从望见，好似陷没一样。俄顷见六舟将士，攀登敌舟，逢人便杀，见物即烧，那时元璋所有的将士，益觉勇气百倍，呼声震天，波涛立起，日为之暗。敌船大乱，怎禁得元璋部下，杀一阵，烧一阵，刀兵水火，一齐俱到，害得进退无路，只好与鬼商量，随他同去。最可笑的，舟高且长，操橹的人，不识前面好歹，兀自载了同舟敌国，呐喊狂摇，到了火炽，已是不及逃命。大舟之害，如是如是。友谅到此，狼狈已极，亏得张定边拼命救护，才得冲出重围，退保鞋山。元璋率诸将追至罂子口，因水面甚狭，不好轻进，

便在口外寄泊，友谅亦不敢出战。相持一日，元璋部将欲退师少休，请诸元璋，未得邀允。俞通海复入禀道："湖水渐浅，不如移师湖口，扼江上流。"元璋因问诸刘基。基答道："俞将军言之有理，主公且暂时移师，待至金木相犯的日时，方可再战。"乃下令移师，至左蠡驻扎。友谅亦出泊渚矶，两下又相持三日，各无动静。元璋乃遣使遗书友谅道：

公乘尾大不掉之舟，顿兵敝甲，与吾相持。以公平日之强暴，正当亲决一死战，何徐徐随后，若听吾指挥者，无乃非丈夫乎？唯公决之！尽情奚落，令人难堪。

使方发，忽报友谅左右二金吾将军，率所部来降。元璋甚喜，接见后，慰劳备至，问明情由，乃是左金吾主战，右金吾主退，俱不见从，两人料友谅不能成事，因此来降。元璋道："友谅益孤危了。"既而复有人来报，说是去使被拘，并将所获将士，一律杀死，元璋道："他杀我将士，我偏归他将士，看他如何？"遂命悉出俘虏，尽行纵还，受伤的并给药物，替他治疗；此等处全是权术。并下令道："此后如获友谅军，切勿杀他。"一面又致书友谅道：

昨吾舟对泊渚矶，尝遣使赍书，未见使回，公度量何浅浅哉？江淮英雄，唯吾与公耳。何乃自相吞并？公今战亡弟侄首将，又何怒焉？公之土地，吾已得之，纵力驱残兵，来死城下，不可再得也。设使公侥幸逃还，亦宜却帝名，待真主。不然，丧家灭姓，悔之晚矣！丈夫谋天下，何有深仇？故不惮再告。嘲讽愈妙。

友谅得书忿恚，仍不作答，只分兵往南昌，劫粮待食。偏又被朱文正焚杀一阵，连船都被他毁去，嗣是进退两穷。元璋复命水陆结营，陆营结栅甚固，水营置火舟火筏，戒严以待。一连数日，突见友谅冒死出来，急忙迎头痛击，军火并施。友谅逃命要紧，不能顾着兵士，连家眷都无心挈领，只带着张定边，乘着别舸，潜渡湖口，所有余众，且战且逃。由元璋追奔数十里，自辰至酉，尚不肯舍。蓦见张铁冠自棹扁舟，唱歌而来，元璋呼

道："张道人！你何闲暇至此？"铁冠笑道："友谅死了，怎么不闲？怎么不暇？"元璋道："友谅并没有死，你休妄言！"铁冠大笑道："你是皇帝，我是道人，我同你赌个头颅。"趣甚。元璋亦笑道："且把你缚住水滨，慢慢儿的待着。"彼此正在调侃，忽有降卒奔来，报称友谅奔至泾江，复被泾江兵袭击，为流矢所中，贯睛及颅，已毙命了。张铁冠道："何如？"言毕，划桨自去。身如闲鸥，真好自在。

元璋又追擒败众，共获得数千人，及一一查核，恰有一个美姝，及一个少年，问明姓氏，美姝系友谅妃阇氏，少年系友谅长子善儿。越日，复得降将陈荣，及降卒五万余名，查询友谅死耗，果系确实。已由张定边载着尸身，及友谅次子理，奔归武昌去了。友谅称帝仅四年，年才四十四。初起时，父普才曾戒他道："你一捕鱼儿，如何谋为大事？"友谅不听。及僭号称帝，遣使迎父，父语使人道："儿不守故业，恐祸及所生。"终不肯往，至是果败。

元璋方奏凯班师，至应天，语刘基道："我原不应有安丰之行，使友谅袭我建康，大事去了，今幸友谅已死，才可无虞。"回应前回，且明友谅之失计。于是告庙饮至，欢宴数日。元璋亦高兴得很，乘着酒意，返入内寝，偶忆着阇氏美色，比众不同，遂密令内侍召阇氏入室，另备酒肴，迫她侍饮。阇氏初不肯从，寻思身怀六甲，后日生男，或得复仇，没奈何耐着性子，移步近前。元璋令她旁坐，欢饮三觥，但见阇氏两颊生红，双眉舒黛，波瞳含水，云鬟生光，不由的越瞧越爱，越爱越贪，吾未见好德如好色者也。蓦然离座，把阇氏轻轻搂住，拥入龙床。阇氏也身不由己，半推半就，成就了一段风流佳话。每纳一妇，必另备一种笔墨，此为个人描写身分，故前后不同。后来生子名梓，恰有一番特别情事，容至后文交代。次日复论功行赏，赐常遇春、廖永忠、俞通海等采田，余赐金帛有差。只张中、周颠二人，不知去向，未能悬空加赏，只好留待他日。

大众休养月余，再率诸将亲征陈理，到了武昌，分兵立栅，围住四门，又于江中联舟为寨，断绝城中出入，又分兵下汉阳、德安州郡。未几已值残年，元璋还应天，留常遇春等围攻武昌，次年即为元至正二十四年，正月元日，因李善长、徐达等屡表劝进，乃即吴王位，建百司官属，行庆贺礼。以李善长为左相国，徐达为右相国，刘基为太史令，常遇春、俞通海为平章政

事，汪广洋为右司郎中，张昶为左司都事，并谕文武百僚道：“卿等为生民计，推我为王，现当立国初基，应先正纪纲，严明法律。元氏昏乱，威福下移，以致天下骚动，还望将相大臣，慎鉴覆辙，协力图治，毋误因循！”李善长等顿首受命。转瞬兼旬，武昌尚未闻报捷，乃复亲往视师，这一次出征，有分教：

江汉肃清澄半壁，荆杨混一下中原。

欲知武昌战胜情形，且俟下回再表。

周颠仰天，铁冠大笑，刘基之手挥难星，王者所至，诸神效灵，似乎战胜攻取，皆属天事，无与人谋。吾谓友谅亦有自败之道，江州失守，根本之重地已去，及奔至武昌，正宜敛兵蓄锐，徐图再举，乃迫不及待，孤注一掷，丧子弟，失爱妃，甚至身死人手，为天下笑，是可见国之兴亡，实关人谋，不得如项羽之刎首乌江，自诿为非战之罪也。阇氏一节，正史未载，而秘史独有此事，谅非虚诬。冶容诲淫，何怪元璋？失道丧身，遑问妻孥？唯后文有潭王梓之叛，乃知色为祸根，大倾人国，小倾人城，如元璋之智，犹不免此，其他无论已。表而出之，以为后世戒云。

第十二回　取武昌移师东下
失平江阖室自焚

却说吴王元璋，因武昌围久未下，遂亲往视师。既至武昌，即相度形势，探得城东有高冠山，耸出城表，汉兵就此屯驻，倚为屏蔽。吴王审视毕，此后叙述元璋俱称吴王。便语诸将道："欲破此城，必夺此山，哪个敢率兵上去？"诸将面面相觑，独傅友德奋然道："臣愿往！"元璋大喜，便问需兵若干名？友德道："何用多人！只得数百锐卒，便可登山。"元璋令他自行简选，友德拣得壮士五百人，乘夜至山下，一鼓齐登。山上守兵，矢石叠下，友德面中一矢，镞出脑后，胁下复中一矢，仍然当先杀上。郭兴等见他奋勇，也麾兵驰应，立将守兵杀退，占住此山，自是俯瞰城中，了如指掌。城中守将陈英杰，素称骁桀，见高冠山被占，气愤的了不得。越日，挨至二鼓，竟缒城出来，混入吴营，径至中军帐下。吴王方坐胡床，突然瞧着，便大呼道："郭四快为我杀贼！"郭四即郭英小字，是夕正轮着值帐，闻着呼声，忙持枪奔入，适与刺客照面，手起枪落，将他刺死。吴王即解所服红锦袍，披在郭英身上，并拍肩奖谕道："卿系我的尉迟敬德，贼谋虽狡，难逃我虎将手中，不怕他不为我灭了。"元璋以汉高祖自比，复以唐太宗自居，是谓有志竟成。郭英拜受而出。

又越日，探马来报，汉岳州守将张必先，率潭岳兵来援，已到夜婆山了，吴王道："泼张到来，宜用计胜他。"遂召常遇春入帐，授以密计，令他速去，遇春领命，率兵径往。过了五日，遇春已擒住张必先，即来缴令。元

璋复命将必先推至城下，使谕守将道：“你等只靠一泼张，今已为我擒，还有何人可靠？速即投诚！免致糜烂。”张定边立在城上，呼必先道：“你如何被他擒住？”必先道：“不必说了，汉数已终，兄亦应速降为是。”定边至此，也瞠目不能答，自下城楼去了。原来必先善槊，以骁捷闻，绰号叫作泼张，此次被遇春用了埋伏计，把他擒住，因此守城诸将，为之夺气，连胆力兼全的张定边，也不觉恼丧异常。吴王知城中胆落，乃遣降将罗复仁入城谕降，且语复仁道：“你去传谕陈理，教他即日来降，不失富贵。”复仁顿首道：“主上仁德，使陈氏遗孤，得保首领，尚有何言？臣前事陈氏，旧主气谊，不敢竟忘，今得主上推恩，使臣不致食言，臣死亦无恨了。”吴王道：“我决不欺你。”复仁乃去。越半日，返报陈理愿降，吴王乃大开军门，行受降礼。陈理衔璧肉袒，率张定边等趋入，俯伏座前。理尚年幼，战栗不敢仰视，吴王不禁怜惜，亲自扶起，并婉谕道：“我不尔罪，休要惊慌！”言已，又命理入城，劝慰其母，所有府中储蓄，令他自取，一切官僚，俱命挈眷自行，城中百姓饥荒，运米给赈，阖城大悦。只纳了一个阇氏，未免失德。汉、沔、荆、岳诸郡，皆望风归降。遂立湖广行中书省，令参政杨璟居守。带了陈理，还归应天，封他为归德侯。陈理还算造化。会江西行省，赍献友谅镂金床，吴王道：“这便是蜀孟昶的七宝溺器，留他何用？”仍隐以唐太宗自比。立命毁讫。为阇氏计，恐有遗憾。一面命在鄱阳湖康郎山，及南昌府两处，各建阵亡诸将士祠，算是褒忠报功的至意。一将功成万骨枯。

陈氏既平，乃改图张氏。张士诚闻吴王西征，乘间略地，南至绍兴，北至通泰、高邮、淮安、濠泗，又东北至济宁，幅员渐广，日益骄恣，令群下歌颂功德，并向元廷邀封王爵。元廷不许，士诚遂自称吴王，同时有两个吴王，恰也奇异。治府第，置官属，以弟士信为左丞相，女夫潘元绍为参谋，一切政事，俱由他二人作主。士信荒淫无状，镇日里戏逐樗蒱，奸掠妇女，谐客歌妓，充满左右。有王敬夫、叶德新、蔡彦夫三人，充做篾片，最邀信任。军中有十七字歌谣道：“丞相做事业，专用王、蔡、叶，一朝西风起，干瘪！”好歌谣。吴王元璋乘这机会，遣徐达、常遇春等略取淮东，大军所至，势如破竹，下泰州，围高邮，士诚恰也刁猾，潜遣舟师数百艘，溯流侵江阴。守将吴良、吴桢，严阵待着，正拟与士诚兵接仗，却值吴王元璋亲自来援，一番夹击，大败士诚舟师，获士卒二千人。徐达等闻江阴得胜，努力攻城，守

兵溃去，即将高邮占住，转攻淮安。士诚将徐义，率舟师援应，被徐达夜出奇兵，掩杀一阵，夺了战船百余艘，徐义连忙逃走，还算保全性命。淮安守将梅思祖，见机出降，并献所部四州。统是一班饭桶。徐达复还攻兴化，也是一鼓而下，淮东悉平。

先是士诚曾遣将李济，袭据濠州，想是从元璋处学来。元璋攻他高邮，他也遣据濠州。至是吴王元璋，命韩政、顾时等进攻，城中拒守甚坚，经政等鼓励士卒，用着云梯炮石，四面并攻，毁坏无数城堞。李济知不可支，开城迎降。吴王元璋闻濠州已下，乃率濠籍属将，还乡省墓，置守塚二十家，赐故人汪文、刘英粟帛，并招集父老，置酒欢宴。兴半酣，语父老道："我去乡日久，艰难百战，乃得归省坟墓，与父老子弟重复相见，今苦不得久留，与父老畅饮尽欢，所愿我父老勤率子弟，孝弟力田，蔚成善俗，一乡安，我也得安了。"父老皆欢声称谢。吴王临行，复令有司除免濠州租赋。力效汉高。

还至应天，又命徐达为大将军，常遇春为副将军，率师二十万讨张士诚，并下令军中道："此行毋妄杀！毋乱掠！毋发邱垄！毋毁庐舍！毋毁损士诚母墓！违令有刑。"军律固应如此，然亦无非笼络人心。一面召徐达、常遇春入内，密问道："尔等此行，先攻何处？"遇春道："逐枭必毁巢，去鼠必薰穴，此行当直捣平江。平江得破，余郡可不劳而下。"吴王道："你错想了。士诚起自盐贩，与张天麒、潘原明等，强梗相同，倚为手足，士诚穷蹙，天麒等恐与俱死，必并力相救，天麒出湖州，原明出杭州，援兵四合，如何取胜？今宜先攻湖州，剪他羽翼，然后移兵平江，不患不胜。"又密语徐达道："前日士诚部将熊天瑞来降，看他来意，非出本心，将军勿泄吾谋，只令天瑞从行，但云直捣平江，他必叛归张氏，先去通知，如此，便堕我计中了。"达与遇春，俱受命去讫。吴王又檄李文忠趋杭州，华云龙向嘉兴，同时发兵，牵掣敌势，文忠、云龙等自然依令而行。分兵三路。

且说徐达、常遇春率二十万众，自太湖趋湖州，沿途遇着敌将，无战不胜，擒住尹义、陈旺、石清、汪海等人。张士信驻守昆山，闻风遁去。徐达查阅将士，不折一人，只少了一个熊天瑞，想是叛归士诚去了，果如元璋所言。当下乘机前进，直至湖州三里桥。张天麒受士诚封职，官右丞，驻兵湖州，闻徐达来攻，忙率偏将黄宝、陶子宝等，分道迎战。黄宝出南路，适与常遇春相值，一战便走，真不耐战。遇春追至城下，黄宝不及入城，回马再

战，被遇春手到擒来。天麒子宝得黄宝被擒消息，顿时气馁，不战自退。天麒也是如此，吴王所言，未免太看重他了。徐达进兵围城，守兵各无斗志，相率惊惶。会得援将李伯昇，由荻港潜入城中，人心稍定。探马报知徐达，达乃分派将士，环布四面，严截援军。忽又闻士诚将吕珍、朱暹及五太子等，率兵六万，已到城东了。达语遇春道："吕珍、朱暹，都称骁悍，还有什么五太子，闻系士诚养儿，短小精悍，能平地跃起丈余，今率重兵来援，须小心防战方好哩。"遇春道："公围城，某截援师，相机进战，定可无虞。"达许诺，遂分兵十万，给遇春调遣。遇春率兵至姑嫂桥，连筑十垒，分守要隘。吕珍等不敢近城，只在城东旧馆，设立五寨，与遇春相持，遇春也不与交锋，唯留意截他饷道。会探得士诚女夫潘元绍，运粮至乌镇，遂发兵夜袭，一阵击退。寻复闻士诚遣将徐志坚，领舟师来袭姑嫂桥屯兵，复令男士埋伏桥边，乘他初至，突出邀击；老天也有意相助，风狂雨骤，日暗天昏，害得徐志坚进退无路，竟被诸勇士生生擒去。还有冒失鬼徐义，奉士诚命，前来探听旧馆战事，也遭截住，亏得士诚遣了赤龙船亲兵，前来援义，义始得脱。遇春急遣王铭等，载着火具，往毁赤龙船，船中不及防备，受着烈火，霎时俱尽，徐义等遁去。那时五太子屯兵旧馆，因各军败溃，忿不可遏，竟收集舟师，来击遇春营。遇春出营接仗，见五太子麾下，齐唱军歌，哗噪而至，真是人人奋勇，个个争先，两下里厮杀起来，似乎遇春一边，稍逊一筹，险些儿被他击却。巧值薛显鼓舟而至，顺风纵火，把五太子的兵船，又烧得乌焦巴弓，于是五太子也有力难施，只好逃还旧馆，与吕珍、朱暹等，商议一个善全的法儿。吕珍、朱暹彼此相觑，支吾了好一歇，只想了一条纳款输诚的计策。确是好计。五太子也顾不得什么，便与吕珍、朱暹，出降遇春军前。跳不出圈子去了。遇春即驰报徐达，达令吕珍等至城下，招呼李伯昇、张天麒等出降。伯昇、天麒没奈何赍送降书，迎徐达入城，湖州遂下。

士诚闻湖州被陷，甚是惊慌，不料杭州、嘉兴，又迭来警信，平章潘原明，以杭州降李文忠，同佥宋兴，以嘉兴降华云龙，两路用虚写。不由的魂飞天外，连身子都发颤起来。嗣闻吴江又复失陷，参政李福，知州杨彝，统已降敌，乃亟遣部将窦义等，出城扼守。谁知窦义等毫不中用，到了城南鲇鱼口，战不数合，就败了回来，丧失战船千余艘。士诚满怀忧惧，又越二日，城外炮声隆隆，鼓声渊渊，知是敌军杀到，忙调兵登陴，饬令固守。翌

晨，恰自己巡城，一登城楼，俯视四面八方，统竖着敌军旗帜，葑门驻着徐达军，虎邱驻着常遇春军，娄门驻着郭兴军，胥门驻着华云龙军，阊门驻着汤和军，盘门驻着王弼军，西门驻着张温军，北门驻着康茂才军，东北驻着耿炳文军，西南驻着仇成军，西北驻着何文辉军，杀气腾腾，几无余隙。阅者至此，亦为胆落。弄得这位张大王，心烦意乱，不知所为，下城后，只命一班勇胜军，加意防守。勇胜军统是剧盗出身，每遇战斗，慓悍异常，士诚格外宠遇，统赏他银铠锦衣，并赐他美号，叫作十条龙。这十条龙恰是不弱，受命御敌，无不效死，因此徐达等昼夜环攻，不能得手。另遣俞通海带了偏师，往略太仓、昆山、崇明、嘉定诸州县，次第平定，还军缴令，见平江仍屹峙如故，不觉怒气填膺，当先扑城，谁知城上矢石，煞是厉害，攻了一时，身中数矢，痛甚乃还。徐达看他病剧，送回应天，数日而亡。吴王元璋，未免悲恸。且因平江围久未下，贻书士诚，许以窦融、钱俶故事，士诚不报。光阴易过，又是数月，士诚焦灼得很，竟遣徐义、潘元绍等，率勇胜军潜出西门，绕至虎邱，往袭常遇春营。遇春先已侦知，驰至盘门，与王弼联军截住。两军相会，你冲我突，良久未决。士诚复亲督锐师出援，来势甚猛，遇春麾下杨国兴战死，余众稍却。遇春拊王弼背道："君系著名猛将，能为我奋勇杀敌否？"王弼应声出马，挥着双刀，大呼入敌阵，敌众不觉辟易。遇春复乘势掩杀，竟将士诚部众，逼至沙盆潭，士诚连人带马，堕入潭中，几乎溺死。十条龙统下水相救，及士诚登岸，十条龙已死了九条。想是龙王乏使，故一律招去。士诚肩舆还城，检点残兵，伤亡无数，竟捶胸痛哭起来。有何益处？忽有一客求见，愿陈至计。士诚召入道："你有何言？"客答道："公可知天数么？从前项羽喑呜叱咤，百战百胜，终为汉高所败，自刎乌江，天数难逃，可为前鉴。公以十八人入高邮，击退元兵百万，东据三吴，有地千里，南面称孤，不亚项羽，若能爱民恤士，信赏必罚，天下不难平定，何至穷困若此？"士诚道："足下前日不言，今日已不及了。"客复道："前日公门如海，子弟亲戚，壅蔽聪明，败一军不知，失一地不闻，内外将帅，美衣玉食，歌儿舞女，日夕酣饮，哪里防有今日？就使叩门入谏，公亦不愿与闻。"侃侃而谈，确中隐害。士诚喟然道："事成既往，尚有何说？"客复道："鄙见却有一策，未知公肯从否？"士诚道："除死无大难，果有良策，亦不妨相告。"客又道："公试自思，比陈友谅何如？友谅且兵败身丧，

可知天命所在，人力难争。今公恃湖州，湖州失了，恃嘉兴，嘉兴失了，恃杭州，杭州又失了，今独守此地，誓以死拒，徒死何益？不如早从天命，自求多福。况应天已有书至，曾许公以窦融、钱俶故事，公即去王号，尚不失为万户侯，何得何失，愿公早自为计！”虽为说客，语亦甚是。士诚沉吟良久道：“足下且退，容我熟图！”客乃退去。看官道此客为谁？乃是李伯昇遣来的说士。士诚踌躇达旦，决计不降，乃复率兵突出胥门，复被常遇春杀退。张士信督兵守城，又被飞炮击中头颅，立时身死。独熊天瑞死力抵御，因城中木石俱尽，甚至拆毁祠宇民居，作为炮料，连番击射。徐达令军中架木如屋，伏兵攻城，矢石不得伤。接连又是数日，方才攻破葑门。常遇春亦攻破阊门新寨，蚁附而进，守将唐杰、周仁、徐义、潘元绍等，抵敌不住，先后迎降。士诚尚收集余兵二三万，至万寿寺东街督战。那时大势已去，不到片时，已是纷纷溃散，士诚忙逃归内城。徐达等复乘势杀入，但见士诚宫中，猛腾烈焰，仿佛似雨后长虹，红光四映。小子有诗叹道：

群雄逐鹿肇兵争，坐失机谋国自倾。
成败相差唯一著，阖宫自毁可怜生。

究竟士诚宫内如何被火，且待下回说明。

陈理降而士诚不降，士诚似尚为硬汉。顾吾谓士诚之智，且出陈理下，陈理幼弱无能，且经乃父之败没，兀守危城，自知不支，虽衔璧乞降，犹得受封为归德侯，保全其母，不失富贵，友谅有知，应亦自慰。若张士诚以泰州盐侩，据有浙东，拓及吴江，设能礼贤爱民，明刑敕法，则江南虽小，固可坐而王也。况乎朱、陈相竞，连岁交兵，彼为蚌鹬，我为渔人，宁不足以制胜？乃优柔寡断，内外相蒙，卒予朱氏以可乘之隙。至于兵败地削，孤城被围，齐云一炬，阖室自焚，妻孥且不保，亦何若长为盐侩之为愈乎？读本回，胜读《张士诚列传》，而笔势蓬勃，亦庄亦谐，尤足令人餍目。

第十三回　檄北方徐元帅进兵
下南闽陈平章死节

却说张士诚宫中，有一座齐云楼，系士诚妻刘氏所居。士诚兵败，尝语刘氏道："我败且死，尔等奈何？"刘氏道："君勿过忧，妾决不负君。"至城陷，即命乳媪金氏，抱二幼子出室，驱群妾侍女登楼，令养子辰保，置薪楼下，放起火来。霎时间烈焰冲霄，把一座高楼，尽成灰烬；所有群妾侍女，统被祝融氏收去，刘氏即投环毕命。自死便了，何必将群妾侍女，尽付一炬。士诚独坐室中，左右皆散走，徐达命降将李伯昇，往劝士诚出降。伯昇径诣士诚室门，屡叩不应，至坏门而入，但见士诚冠冕龙裳，两脚悬空，也做了悬梁客。伯昇忙令降将赵世雄，解绳救下，士诚竟苏醒转来。何必复活。适值潘元绍亦至，再三开导士诚，士诚终瞑目无言。乃用旧盾载了士诚，舁出葑门，登舟送应天。士诚仍不食不语，奄奄待毙。到了龙江，仍然坚卧不起。众兵将士诚舁至中书省，由李善长晓譬百端，劝他归顺。士诚竟出言不逊，倔强何用？恼动了李善长，禀报吴王元璋，拟置诸死。吴王尚欲保全，哪知士诚乘人不备，竟自缢死。士诚起兵，在元至正十三年，至二十四年，自称吴王，二十七年，缢死金陵，由吴王元璋，给棺殓葬。降将多赦罪不问，唯叛将熊天瑞被执，枭首示众。吴会皆平，改平江为苏州府，吴王又论功行赏，封李善长为宣国公，徐达为信国公，常遇春为鄂国公，余皆进爵有差。

唯平江未下时，吴王曾遣廖永忠至滁州，迎韩林儿归应天，诸将以林儿到来，拟仍奉为帝，独刘基不可。嗣闻林儿至瓜步，竟尔暴卒，或说刘基密

禀吴王，令廖永忠覆林儿舟，致遭溺毙，是真是假，也无从证实，但林儿本不足为帝，乘此死了，还算得时。吴王元璋，替他丧葬，然后除去龙凤年号，改为吴元年，立宗庙社稷，建宫室，订正乐律，规定科举。至平江已下，江东大定，乃分道出师，用正兵略中原，遣偏师徇南方。又是双管齐下。

先是元相脱脱，谪死云南。从脱脱贬死事，接入元廷略史，既回应第四回文字，且使阅者便于接洽。河北一带，多半沦没，幸察罕帖木儿起兵关陕，转战大河南北，平晋冀，复汴梁，定山东，灭贼几尽。吴王元璋，曾遣使致书察罕，与他通好，察罕留使不遣，只贻书作答。嗣察罕为降将田丰所杀，元廷以察罕养子王保保，代理军务。王保保即扩廓帖木儿，率兵复仇，擒杀田丰，乃归还吴王使人，并致书劝吴王归元。元廷亦遣尚书张昶，航海至庆元，授吴王元璋为江西平章，吴王不受。扩廓智勇，不让乃父，唯与河南平章孛罗帖木儿，屡次构兵，牵动宫掖。元太子爱猷识理达腊，与扩廓善，令调兵讨孛罗。孛罗即举兵犯阙，逐太子，幽二皇后奇氏。亏得威顺王和尚，阴结勇士，刺死孛罗，元廷少安。扩廓送太子还都，受封为河南王，总制诸道军马，代太子出师江南。不意关中四将军，抗命不服，四将军为谁？一名李思齐，一名张良弼，一名孔兴，一名脱列伯，彼此联盟，推李思齐为盟主，拒绝扩廓。扩廓怒不可遏，竟转旆西趋，与李思齐等力争，两下相持经年，元廷屡遣使和解，各不奉诏。授人以隙，大都由此。寻顺帝复特别赐谕，令扩廓专事江淮，扩廓必欲略定关中，然后南下，于是顺帝不悦。太子还都时，密谋内禅，与扩廓商议未协，亦怀隐恨。父子同忌扩廓，乃削他官职，夺他兵权，并由太子总统诸军，专备扩廓。看官！你想扩廓英年好胜，哪里肯受此屈辱，卸甲归田呢？当下占据太原，抗命不臣。顺帝正拟调兵进讨，哪知应天一方面，已命徐达为征虏大将军，常遇春为副将军，率师二十五万，北向进行，追溯前事，简而不陋。并驰檄齐、鲁、河、洛、燕、蓟、秦、晋间，其文道：

自宋祚倾移，元主中国，此岂人力？实乃天授。自是以后，元之臣子，不遵祖训，废坏纲常，有如大德废长立幼，泰定以臣弑君，天历以弟鸩兄，至于弟收兄妻，子烝父妾，上下相习，恬不为怪。夫君人者斯民之主，朝廷者天下之本，礼义者御世之防，其所为如彼，岂可为训于

天下？及其后世，荒淫失道，加以宰相擅权，宪台报怨，有司毒虐，于是人心离叛，天下兵起。使我中国之民，死者肝脑涂地，生者骨肉不保，虽因人事所致，实天厌其德而弃之也。当此之时，天运循环。亿兆之中，当降生圣人，立纲陈纪，救济斯民，今一纪于兹，未闻有济世安民者，徒使尔等战战兢兢，处于朝秦暮楚之地，诚可矜悯！方今河、洛、关、陕，虽有数雄，阻兵据险，互相吞噬，皆非人民之主也。予本淮右布衣，因天下乱，为众所推，率师渡江，居金陵形势之地，得长江天堑之险，今十有三年。西抵巴蜀，东连沧海，南控闽、越，湖、湘、汉、沔、两淮、徐、邳，皆入版图，奄及南方，尽为我有，民稍安，食稍足，兵稍精，控弦执矢，日视我中原之民，久无所主，深用疚心。予恭承天命，罔敢自安，方欲遣兵北伐，拯生民于涂炭，复汉官之威仪，虑人民未知，反为我仇，挈家北走，陷溺尤深。故先谕告，兵至民人勿避！予号令严肃，无秋毫之犯，尔民其听之！

先是吴王元璋，与诸将筹议北伐事宜，常遇春谓当直捣元都，吴王不以为然，谓宜先取山东，继入河南，进拔潼关，然后往攻元都，令他势孤援绝，自然易下。再西向云中、太原，进及关、陇，以期统一。戕其手足，方及元首，的是胜算。下文进兵次序，俱括在内。于是诸将称善，即由徐达、常遇春统着重兵，由淮入河，向山东进发。达等去讫，又命汤和为征南将军，吴桢为副，率常州、长兴、宜兴、江淮诸军，讨方国珍，胡廷美亦为征南将军，廷美即廷瑞，见第九回。因避元璋字，故改瑞为美。何文辉为副，率师攻闽，平章杨璟，左丞周德兴、张彬，率武昌、荆州、潭、岳等卫军，由湖广进取广西，从两路中分出四路。小子不能并叙，只好依着战胜的次序，陆续写来。

方国珍自通好应天，尝遣使贡献方物，及吴王元璋与陈友谅、张士诚相角逐，他复乘隙略地，据有濒海诸郡县，吴王遣博士夏煜、杨宪往谕国珍，国珍答语，多半支吾。吴王恨他反复，进兵温州，国珍又使人谢过，且诡称俟克杭州，便当纳土。至杭州已平，国珍据土如故，吴王乃致书责问，并征贡粮二十万石，国珍置之不理。已而汤和、吴桢奉命南征，用舟师出绍兴，乘潮夜入曹娥江，夷坝通道，直至余姚，守吏李枢降，分兵攻上虞，亦不战而服，遂进围庆元。国珍方治兵守城，谁意院判徐善，已率父老，开城

纳款，害得国珍孤掌难鸣，不得已带领余众，浮海而去。如此无用，何必倔强。汤和遂分徇定海、慈溪等县，得军士三千人，战船六十艘，银六千九百余锭，粮三十五万四千六百石，正拟航海追讨，闻吴王又遣廖永忠，自海道南来，遂出师与会，夹攻国珍。国珍遁匿海岛，尚望台、温二路，未尽沦陷，借为后援，乃迭接警耗，台、温诸地，也被吴王麾下朱亮祖，次第夺去。弟国瑛，子明完，俱赤着双手，遁入海来。至是穷蹙无策，怎禁得汤和、廖永忠的人马，又复两路杀到，仿佛搅海龙一般，气势甚锐，那时欲守无险，欲战无兵，惶急得什么相似。幸汤将军网开一面，遣人赍书招降，乃令郎中承广，员外郎陈永，偕至军前，献上铜印银印二十六方，银一万两，钱二千缗，又令子明完奉表称臣。其词云：

臣闻天无不覆，地无不载，王者体天法地，于人亦无所不容。臣荷主上覆载之德旧矣，不敢自绝于天地，故一陈愚衷。臣本庸才，遭时多故，起身海岛，非有父兄相借之力，又非有帝制自为之心。方主上霆击电掣，至于婺州，臣愚即遣子入侍，固已知主上有今日矣。将以依日月之末光，望雨露之余润，而主上推诚布公，俾守乡郡，如故吴越事。臣遵奉条约，不敢妄生节目，子姓不戒，潜构衅端，猥劳问罪之师，私心战兢，用是令守者出迎，然而未免浮海，何也？孝子之于亲，小杖则受，大杖则走，臣之情事，正与此类。即欲面缚，待罪阙廷，复恐婴斧钺之诛，使天下后世，不知臣得罪之深，将谓主上不能容臣，岂不累天地大德哉？迫切陈词，伏唯矜鉴！

吴王元璋，本怒国珍狡诈，意欲声罪加戮，及览表，见他词旨凄惋，情绪哀切，录表之意在此，然亦无非喜谀耳。不觉转怒为怜道：“方氏未尝无人，我亦何必苛求？”随即赐复书道：“我当以投诚为诚，不以前过为过，汝勿自疑，幸即来见！”国珍得书，乃率部属谒汤和营，和送国珍等至应天。吴王御殿升座，由国珍行礼毕，即面责道：“汝何为反复，劳我戎师？今日来谒，毋乃太迟！”国珍顿首谢罪。亏他忍耐。吴王又问前日呈表，出自何人手笔？国珍答系幕下士詹鼎所草。吴王点首，遂命詹鼎为词臣，其余尽徙濠州，浙东悉平。后来吴王即真，厚遇国珍，赐第京师，又官他二子，国珍竟得善

终，这是后话不题。国珍了。

且说汤和等既克国珍，遂由海道赴闽，接应胡廷美军。闽地为陈友定所据，友定福清人，起自驿卒，事元平寇，屡著功绩，元授为福建行省平章政事，尝遣兵侵处州，为参军胡深所败。深进拔松溪，获守将陈子玉，入攻建宁，为友定将阮德柔所袭，马蹶被擒。友定颇加优礼，嗣为元使所迫，遂杀深。深有文武才，守处州五年，威惠甚著，及被执，天象告变，日中现黑子，刘基谓东南当失大将，已而果验。吴王闻报震悼，饬使赐祭，追封缙云郡伯。不没胡深，所以叙入。及胡廷美、何文辉等率兵南下，由江西趋杉关，先遣使赴延平，招降友定。友定怒杀使人，沥血酒中，与众酌饮，誓死不降。廷美闻知，督众猛进，陷光泽，克邵武，下建阳，直逼建宁。友定简选精锐，往守延平，留平章曲出，同佥赖正孙，副枢谢英辅，院判邓益等，以众二万守福州。汤和、吴桢、廖永忠等，扬帆出海，不数日，掩至福州五虎门，驻师南台。守将曲出等，领众出南门拒战，为汤和部将谢得成等击败，退入城中。汤和遂率兵围城，攻至黄昏，接着守将袁仁降书，愿开门纳师，以翌晨为约。待至黎明，果然南门大启，乘机拥入，曲出、赖正孙、谢英辅等皆遁去，邓益战死，参军尹克仁，赴水自尽，佥院伯铁木儿，杀妻妾及两女，纵火焚尸，复拔剑自刎。和入城后，抚辑军民，获马六百余匹，海船一百五艘，粮十九万余石，分兵略兴化及莆田等十三县，一律平定，遂鼓行而西。

适胡廷美、何文辉等，已克建宁，降守将达里麻及翟也先不花等，亦鼓行而南。两军相距，不过百里，延平大震，陈友定督师出城，遇汤和等驰至，一阵厮杀，友定军败退，汤和进薄城下，城中守将，复请出战。友定道："彼军远来，锐气方张，我若与战，徒伤吏士，不如以山为墉，以壑为堑，蓄利器，饱士马，与他久持，看他如何胜我？"计非不善，但如公太褊急何？诸将乃唯唯听命。友定率诸将登城，日夜勒吏士击刁斗，披甲兀立，不得更番休息，亦不得交头接耳，违令立斩。于是兵吏多有怨声，部将萧院判、刘守仁，偶有违言，友定大怒，杀萧院判，夺守仁兵，守仁缒城出降，士卒亦多遁去。会军器局被火，城中炮声震地，汤和等知有内变，蚁附上城，城遂破。友定呼谢英辅等，入与永诀道："公等自为计，我当为大元死，誓不降敌。"英辅含涕而出，与鲁达花赤官名见上。白哈麻，着了朝服，自经

而死。友定坐省堂，仰药自尽。赖正孙等出降。汤和等既入城，抚视友定，尚有微温，遂令人将他舁出，至水东门外，天大雷雨，友定复苏。其子名海，自将乐驰谒军门，愿与父共死，遂由汤和遣使，把他父子并解应天。吴王面诘道："元室将亡，你为谁守？你害我胡将军，又杀我使人，凶暴太甚，今被擒至此，尚有何说？"友定厉声道："要杀便杀，何必多言？"吴王乃命卫士，将他父子牵出，枭首市曹。小子有诗赞友定道：

王师南下奋貔貅，大将成擒八闽休。
父既捐躯儿亦死，忠臣孝子足千秋。

友定既死，汀、泉、漳、潮诸郡，相继归降，闽地悉平。闽事亦了。还有杨璟一路偏师，俟至下回交代。

张士诚之死，与陈友定之死，死等耳，而士诚不能为义士，友定恰可为忠臣。士诚始叛元，继复降元，又继复叛元，反复无常，一盗窃所为，被虏不食，自经而死，何足道乎？友定则始终事元，至于兵败身虏，誓死不降，应天入对之言，尚凛凛有生气，谓非忠臣不得也。若方国珍之束手归降，乞怜金陵，以视士诚且不若，遑论友定？篇中依事叙述，各具身分，至插入北伐一段，叙及元朝诸将，寥寥数语，亦寓抑扬。阅者于词旨中窥之，皮里阳秋，昭然若揭矣。

第十四回　四海归心诞登帝位
三军效命直捣元都

却说杨璟、周德兴、张彬等，自湖广出师，南达永州，守将邓祖胜拒战，当即败退，元全州平章阿思兰赴援，亦被击走。祖胜敛兵固守，璟分营筑垒，就西江造了浮桥，渡兵攻城。计历数旬，城中食尽，祖胜仰药死，永州遂下。复由周德兴、张彬移攻全州，平章阿思兰遁去，全州亦陷。时廖永忠等已平闽地，奉吴王命，会同赣州指挥使陆仲亨，进掠广东，元左丞何真，遣都事刘克佐，缴上印章，并籍所部郡县户口，甲兵钱谷，奉表归附。吴王闻报，称他保境息民，令永忠好生看待，视作汉窦融、唐李勣一般，且特令乘传入朝。永忠至东莞，何真出迎，永忠即传着主命，待以殊礼，遣使与偕，同赴应天，自率兵进广州。元参政邵宗愚诈献降书，被永忠察觉，乘夜往袭，擒住宗愚，立命斩讫。嗣复会集朱亮祖军，径入梧州，击死元吏部尚书普颜帖木儿，进次藤州，守将吴镛出降。亮祖复分兵西进，所向皆捷，连破浔桂郁林。元海南海北道元帅罗福等，及海南分府元帅陈乾富等，均望风纳款，情愿输诚。只杨璟、周德兴、张彬等，自永州进攻靖江，数旬不下。朱亮祖亦领兵往会，各驻象鼻山下，四面围攻，仍然未克。杨璟愤极，令将西江濠水，一律放干，从濠中筑起土堤，通城北门，然后誓师猛扑，一鼓登城。唯内城兀守如故，元平章也儿吉尼，驱兵出战，大败而回。万户皮彦高、杨天寿，被杨璟部将胡海擒住，璟优待彦高，命至城下招降。城中总制张荣，与彦高善，遂用书系矢，射入璟营，约以是夜出降。俟至二鼓，荣

又遣使裴观，缒城出见，杨璟即给白皮帽百余，俾作标识，以免误杀。裴观还城，即于四鼓后启宾贤门，纳杨璟军。元平章也儿吉尼，走投无路，窜至伏波门，适遇朱亮祖等杀入，略一交手，便被擒去。先是张彬攻城，为守将所诟，彬大愤，至是入城，欲将兵民一概屠戮，亏得杨璟下令，不准妄杀一人，彬无可如何，只得罢手，归美杨璟，意在尚仁。众心乃安。嗣是移师郴州，降两江土官黄英、岑巴延等，廖永忠亦遣指挥耿天璧，攻破宾州、象州，元平章阿思兰，偕子僧保，赍印归诚。两广大定，杨璟等振旅而还，是年为元顺帝至正二十八年，即明太祖洪武元年。特别点醒，划分朝代。

自方国珍降顺后，李善长等复奉表劝进，吴王不允，表至三上，乃命具仪以闻。李善长等便参酌成制，定了一篇宜古宜今的大礼，呈上吴王察阅。吴王略加损益，乃由太史令刘基，择定吉日，准于戊申年正月四日即皇帝位，国号明，改元洪武。先期三日，筑坛南郊，一应礼仪俱备。吴王复命群臣，斋戒沐浴，至期同赴南郊，先祭天地，次及日月星辰、风云雨雷、五岳四渎、名山大川诸神。坛下鼓乐齐奏，坛上香烟缭绕，当由吴王亲自登坛，行祭告礼。旁立太史令刘基，代读祝文道：

> 洪武元年岁次戊申，正月壬申朔，越四日乙亥，天下大元帅皇帝臣朱元璋，敢昭告于皇天后土，日月星辰，风云雷雨，天神地祇之灵曰：天地之威，加于四海，日月之明，昭于八方，云雷之势，万物咸生，雨露之恩，万民咸仰。伏以上天生民，俾以司牧，是以圣贤相承，继天立极，抚临亿兆。尧舜相禅，汤武吊伐，行虽不同，受命则一。今胡元乱世，宇宙昏濛，四海有蜂虿之忧，八方有蛇蝎之祸。群雄并起，使山河瓜分，寇盗齐生，致乾坤弃灭。臣生于淮河，起自濠梁，提三尺以聚英雄，统万民而救困苦。托天之德，驱一队以破肆毒之东吴，仗天之威，连千艘以诛枭雄之北汉。因苍生无主，为群臣所推，臣承天之基，即帝之位，恭为天吏，以治万民。今改元洪武，国号大明，仰仗明威，扫尽中原，肃清华夏，使乾坤一统，万姓咸宁。沐浴虔诚，齐心仰告，专祈协赞，永荷洪庥。尚飨！

祝毕，吴王率群臣拜跪如仪。是日天宇澄清，风和景霁，氤氲香雾，缥

缈祥辉，与连朝雨雪，阴霾的气象，迥不相同。人人说是景运休征，昇平豫兆。冠冕堂皇。祭毕下坛，李善长率文武百官，都城父老，扬尘舞蹈，山呼万岁。五拜三叩首毕，吴王引世子及诸王子，文武群臣，祭告宗庙。追尊高祖考曰玄皇帝，庙号德祖。尊祖考曰恒皇帝，庙号懿祖。祖考曰裕皇帝，庙号熙祖。皇考曰淳皇帝，庙号仁祖。妣皆皇后。礼成返跸，升殿受群臣朝贺，并命刘基奉册宝，立妃马氏为皇后，世子标为皇太子，仍以李善长、徐达为左右丞相，刘基为御史中丞兼太史令。诸功臣皆进爵有差。自是明室肇基，帝位已定，史家称他为明太祖，小子也要改称了。

太祖罢朝还宫，语马后道："朕起自布衣，得登帝位，外恃功臣，内恃贤后，每忆从前与郭氏同居，备尝艰苦，若非皇后从中调停，日贮糗糒脯修等物，济朕匮乏，朕亦安有今日？芜蒌豆粥，滹沱麦饭，时记于心，永久不忘。他如为朕司书，为朕随军，为朕亲缉甲士衣鞋，种种劳苦，不胜枚举。古称家有良妇，犹国有良相，今得贤惠如后，朕益信古语不虚了。"不忘贤后，固所宜然。较诸唐明皇之长生殿，情景不同。马后道："妾闻夫妇相保易，君臣相保难，陛下不忘妾同贫贱，愿无忘群臣同艰难。"后来明太祖薄待功臣，已为马后瞧破。太祖道："唐有长孙皇后，尝谏太宗不忘魏徵，卿亦可谓媲美古人呢。"马后道："妾何敢上比古人。"太祖道："卿无父母，尚有宗族，朕当访召入朝，悉加爵秩，何如？"马后叩谢道："爵禄所以待贤，不应私给外家，妾愿陛下慎惜名器，勿徇私恩！"至理名言。太祖点首。

是夕无事，越宿视朝，颁即位诏于天下，追封皇伯考以下皆为王，又封后父马公为徐王，后母郑媪为王夫人，修墓置庙，四时致祭。越月丁祭，祀先师孔子于国学，用太牢。又越数日，诏衣冠悉如唐制，令群臣修女诫，戒后妃毋预政，征天下贤才为守令，命四方毋得妄献。所有兴利除弊诸事宜，次第增损，笔难尽述。

且说徐达、常遇春等，引兵入山东，至沂州，致书义兵都元帅王宣，谕令速降。王宣扬州人，曾为司农掾，治河有功，命为招讨使。寻从元平章也速复徐州，授为都元帅。宣子名信，亦随察罕帖木儿破田丰，以功叙官，令与乃父同镇沂州。信得达书，一面遣使犒军，一面奉表应天。太祖即命徐唐臣至沂州，授信江淮平章政事，令从大将军徐达北征。哪知王信意在缓兵，并不是真心降顺。他却密往莒、密募兵，拟来袭击明师。至唐臣到后，信尚

未返，宣乃佯为迎入，使居客馆，夜间调兵兴甲，为劫使计。幸亏唐臣预先防备，易装走脱，潜入达军，达即命都督冯胜，即冯国胜。率师急攻，胜开坝放水，灌入城中，宣料不能支，乃开门迎降。达令宣作书招信，遣镇抚孙唯德驰往，反为所杀。于是达责宣反复，将他枭首，王信走山西。峄州赵蛮子，莒州周鱅，海州马骊，及沭阳、日照、赣榆诸县，俱相率来降。转攻益都路，元宣慰使普颜不花，力战不支，与母妻诀别，出城鏖斗，卒为明军所擒，不屈被杀。元总管胡濬，知院张俊，皆自尽。普颜不花妻阿鲁真，亦抱了子女，同入井中。夫死忠，妻死节，元季人物，应首屈一指了。阐扬忠义。由是下东平，降东阿，拔济南，陷济宁，取莱阳，各路守将，不是闻风遁去，便是解甲投降。太祖又遣汤和修造海舟，接济北征军饷，并命康茂才再率万人，援应北征军，兵多粮足，威焰尤盛。常遇春分兵克东昌，元平章申荣自缢，徐达引兵徇乐安，元郎中张仲毅投诚。山东全境，尽为明有。

达乃移军入河南，与遇春会师并进。湖广行省平章邓愈，亦受命为征戍将军，率襄、汉军略南阳，遥应达军。达克永城、归德、许州，直入陈桥，元汴梁守将李克彝，联络左君弼、竹昌等，互为犄角，力抗明师。左君弼本庐州盗魁，应第五回。受元廷招抚，驻兵河南，李克彝令守陈州，声势颇也不弱。太祖闻知，拘住君弼母妻。一面遣使致书道：

> 曩者兵连祸结，非一人之失，予劳师暑月，与足下从事，足下乃舍其亲而奔异国，是皆轻信群下之言，以至于此。今足下奉异国之命，与予接壤，若欲兴师侵境，其中轻重，自可量也。且予之国乃足下父母之国，合肥乃足下邱陇之乡，天下兵兴，豪杰并起，岂唯乘时以就功名？亦欲保全父母妻子于乱世。足下以身为质，而求安于人，既已失策，复使垂白之母，糟糠之妻，天各一方，以日为岁，足下纵不以妻子为念，何忍忘情于父母哉？功名富贵，可以再图，生身之亲，不可复得。足下能留意，盍幡然而来？予当弃前非，待以至诚，决不食言！

君弼得书未报，太祖又特遣使臣，送君弼母归陈州，母子相见，免不得有一番谈话。况明太祖虽拘他母妻，仍旧以礼相待，他母到了陈州，自然据实晓谕，就使君弼素性骁骜，至是也感激流涕，便邀同竹昌，率所部诣徐

达营，情愿归降。这是太祖权术动人。李克彝失了犄角，孤立无助，顿时弃城西走，徐达遂安安稳稳的收了汴梁城，留佥事陈德居守，自率步骑入虎牢关。至河南塔儿湾，元将脱目帖木儿，领兵五万，在洛水北岸列阵，旗帜整齐，刀矛森峙。常遇春怒马当先，左手执弓矢，右手执长枪，突入敌阵。敌军二十余骑，各执长戟，来刺遇春，遇春弯弓射箭，喝一声着，将他前锋射毙，余骑倒退。遇春麾动大军，奋力掩击，杀得敌军七零八落，东倒西歪。脱目帖木儿窜去，达遂进薄河南城下。元河南行省平章梁王阿鲁温，顾命要紧，也不管什么气节，只好送款军门，开城迎降。蒙族臣子，理应与城存亡，乃望风崩角，无乃非忠。笔诛之以声其罪。嵩、陕、陈、汝诸州，次第平定。

明太祖闻河南已平，乃亲至汴梁，会大将军徐达，谋取元都。达与遇春等，俱至行在谒见，由太祖慰劳毕，便议进取元都的计划。徐达道："臣自平齐、鲁，下河、洛，王保保即扩廓帖木儿，详见上，后仿此。逡巡太原，观望不进，张良弼、李思齐等，局促西陲，毫无远略，元都声援已绝，就此进兵，必克无疑。"太祖携图指示道："卿言固是，唯北土平旷，骑战为先，今宜先选骁将，作为先锋，将军率水陆两军，作为后应，发山东粟米，充给馈饷，由秦趋赵，转临清而北，直捣元都，那时绝他外援，自然内溃，都城可不战即下了。"又语冯胜道："卿可发兵往取潼关，潼关得手，勿遽西进，且选将守关，阻他出来，尔即回汴梁，声应大将军，毋得有误！"达与胜受命而出。胜即日出师，往攻潼关，元将李思齐、张良弼，已率师分道关外，胜未至关，先遣健卒夜携火具，潜至良弼营前，放起一把火来，烧得营帐通红。良弼自梦中惊起，总道敌兵潜来劫营，立饬各兵披甲上马，出营迎战，谁知杀了一场，统是自家人马，连忙收兵，已伤亡了数百名，自知立营不住，退入关内。李思齐闻这消息，也惊慌起来，即移军葫芦滩。此之谓勇于私斗，怯于公战。两军迁移未定，那冯胜已率兵掩去，杀进潼关。思齐弃辎重，走凤翔，良弼也遁入鄜城去了。冯胜入关，引兵西至华州，守将多遁去。胜因奉太祖命，不得不中道辍回，调指挥于光、金兴旺等留守，自率军还汴梁。

太祖闻潼关得手，北伐军已无后虑，乃自回应天，命徐达等进取元都，以毋妄杀人为约。达遂檄都督同知张兴祖，平章韩政，都督副使孙兴祖，指挥高显等，调集益都、济宁、徐州诸军，会集东昌，规定计划，分道徇河北地，连下卫辉、彰德、广平，进次临清，获元将李宝臣，都事张处仁，用为

向导。使傅友德带着轻兵，开陆路，通步骑，顾时浚河通舟师，水陆并进，直抵长芦，元守将左佥院遁去。达分兵下德州、青州，复会师进达直沽，得海舟七艘，用架浮桥，借通人马。常遇春、张兴祖等，各率舟师沿河而进，步骑遵陆而前，元丞相也速防御海口，未曾交战，部众先奔，也速也只好遁去。达又进兵通州，立营河东岸，遇春立营河西岸，诸将欲乘锐攻城，指挥郭英进言道："我师远来，敌军居守，劳逸相殊，不宜急攻。何若乘其不意，掩击为是。"翌晨，天忽大雾，四面阴霾，英用千人伏道旁，自率精骑三千，直抵城下。元知枢密院事卜颜帖木儿，率敢死士万余名，张两翼而出。英与战数合，佯作败走状，卜颜帖木儿率兵来追，中途遇伏，被他截作两橛。郭英又转身杀来，卜颜帖木儿猝不及防，由英挺手中枪，刺坠马下，当经英军缚住，牵了过去。元军没了主帅，哪个还敢争锋，顿时大溃。英乘胜追杀，斩首数千级。及收兵回来，统帅徐达，已引兵入城，擒住的卜颜帖木儿，已枭首悬竿，号令军前。休息三日，复出师进捣元都，不意元顺帝已先出走，只有淮王帖木儿不花，及左丞相庆童等，尚是留着。小子有诗叹元顺帝道：

彼昏日甚太无知，都下沦胥悔已迟。
争说蒙儿好身手，昔何强盛后何衰。

未知元都如何被陷，容至下回续详。

南方戡定，而明祖称帝，天道后起者胜，诚非虚言。且有史以来，得国之正，首汉高，次明祖，汉高时尚有吕后，不无遗憾，明祖则得耦马氏，聿著徽音。终明之世，无宫壸浊乱事，殆较汉代而上之矣。本回插入马后一段，所以表扬妇德，不敢没美也。至如徐达之北征，皆由庙算所定，告捷成功，事事不出明祖之所料，有明祖之雄才大略，始能拨乱世，反之正，且始终以不嗜杀人为本，其卒成大业，传世永久也宜哉！若元顺帝之致亡，吾无讥焉。

第十五回　袭太原元扩廓中计
略临洮李思齐出降

却说元顺帝闻通州被陷，惶急异常，亟御清宁殿，集三宫后妃，及太子爱猷识理达腊，准备北行。左丞相失烈门，及知枢密院事黑厮，宦官伯颜不花进谏道："陛下宜固守京都，臣等愿募集兵民，出城拒战。"顺帝道："孛罗扩廓，屡次构乱，京中守备，空虚已久，如何可守？"伯颜不花大恸道："天下是世祖的天下，陛下当以死守，奈何轻去？"顺帝道："今日岂可复作徽、钦？朕志已决，毋庸多言！"伯颜不花再三泣谏，顺帝拂袖还宫。到了黄昏，召淮王帖木儿不花，及丞相庆童入内，嘱令淮王监国，庆童为辅。两人受命趋出，遂于夜半三鼓，开建德门，挈后妃太子北去。徐达率着明师，进薄齐化门，将士填濠登城而入，达亦上齐化门楼，擒住元淮王帖木儿不花，及左丞相庆童，平章迭儿必失朴赛不花，右丞相张康伯，御史中丞满川等，劝令归降，皆不从，一律处斩，宦官伯颜不花，先已自尽，元宣府镇南威顺诸王子六人，亦为明军所擒。达遂封府库图籍宝物，用兵守故宫殿门，不准侵入。宫人妃主，令原有宦侍护视。号令士卒，秋毫无犯，人民安堵，市肆不移。于是遣将赴应天告捷，一面命薛显、傅友德、曹良臣、顾时等，率兵分巡古北诸隘口，一面令华云龙经理故元都，增筑城垣，专待太祖巡幸。是段为元亡之结束。

太祖闻报，下诏褒奖北征军，且以应天为南京，开封为北京，并订定六部官制，各设尚书侍郎等官。先是明初官制，略仿元代，立中书省，总天下

吏治。置大都督府，统天下兵政。设御史台，肃朝廷纲纪。至是改立六部，定为吏、户、礼、兵、刑、工等名目。后来胡惟庸伏法，复罢中书省，废丞相等官，以尚书任天下事，侍郎为副。复分大都督府，为五军都督府，统属兵部节制，权力远不如前。并增设都察院，统辖台官，这是后话慢表。叙述明初官制，以便阅者考核。

且说太祖以元都既定，启跸北巡，留李善长与刘基居守，自率文武百官，渡江北行。雨师洒道，风伯清尘，遥望六龙，相率额手。沿途所经，蠲免逋赋。既至北京，御奉天门，召元室故臣，询问元政得失。故臣中有一文吏，姓马名昱，顿首道："元得国以宽，失国亦以宽。"太祖道："朕闻以宽得国，不闻以宽失国。元季君臣，日就淫佚，驯至沦亡，是所失在纵弛，并非由过宽所致。圣王行政，宽亦有制，不以废事为宽；简亦有节，不以慢易为简。总教施行适当，自可无弊。"马昱之言，不能无失，明祖之言，恐亦未能实践。马昱惭谢而退。太祖又令放元宫人，免致怨旷。此外一切布置，概如徐达所定。当下命徐达、常遇春出师取山西，副将军冯胜，偏将军汤和，平章杨璟，随军调遣，太祖自还南京。

达受命西征，分道并进。常遇春攻下保定、中山、真定等处，冯胜、汤和、杨璟等，下怀庆，越太行，取泽潞，将逼太原。元将扩廓帖木儿，遣麾下杨札儿，来攻泽州，与杨璟、张彬等相遇于韩家店。两阵对圆，刀枪并举。杨璟、张彬等藐视元军，只道他没甚能力，一鼓便可击退，哪知杨札儿很是骁悍，部下又统经百战，个个拼命争先，战了多时，非但击不退元军，反被他冲动阵势，禁遏不住，只好一同败下，一骄便败。连忙禀报大将军。大将军徐达，调都督副使孙兴祖，佥事华云龙，出守北平，自率大军趋太原。途次闻元顺帝赦扩廓罪，还他原官，令出雁门关，由保安州经居庸关，来攻北平。当下集诸将会议，诸将或禀请回援，徐达道："北平重地，有孙都督等扼守，定能抵敌得住，此次王保保全师远出，太原必虚，我军如乘他不备，直抵太原，倾他巢穴，他进无可战，退无可依，在兵法上，所谓批吭捣虚的计策，就使他还救太原，已是不及，那时进退失利，必为我所擒了。"计议已定，遂引兵径进。果然扩廓还兵自救，前锋万骑突至，差不多有排山倒海的声势。这边傅友德、薛显，两骑并出，指麾健卒，与他酣斗一场，方才把他击退。扩廓扎营城西，兵约数万，郭英登高遥望，返报遇春道："敌

兵虽多，不甚整齐，立营虽大，不甚谨饬，请乘夜踹营，当可决胜。”遇春入语徐达，达亦以为然。正筹划间，忽报扩廓营中，有密使赍书至此。当由达开缄览毕，退入帐后，写好复书，遣使去讫。随即升帐调兵，陆续出发。是夜天气阴晴，薄云四布，将及三鼓，郭英率精骑三百人，蹑至敌营附近，一声炮响，四面纵火，红光炎炎，不殊晓日。遇春也统着大队，鼓噪前进。敌营里面，也有一队人马，呐喊出来。两边相见，并不厮杀，反传了一声暗号，引着明军，扑向主营而去。故作疑阵。扩廓帖木儿方燃烛坐帐中，使两童子捧书侍立，正拟接书展阅，忽闻营外喊杀连天，料知内外有变，急忙推案而起，连靴子都不及穿齐，赤着一脚，跑出帐外，跨上一匹劣马，举鞭乱敲，觅路北遁，手下只有十八骑随去。遇春等杀入营帐，营中已纷纷溃乱，经遇春下令，降者免死，于是相率弃械，跪降马前。共得兵四万人，马四万匹。看官听着！这扩廓也是有名大将，难道强敌在前，全不防备？况他至三鼓以后，尚燃烛看书，明明不是个糊涂人物，为何明军劫营，慌急到这般情形呢？原来扩廓部下，有一将名豁鼻马，默睹元运已终，明祚方盛，早有率众归降的意思，且闻徐达虚心下士，不杀降人，越觉投诚心亟，因此背了扩廓，暗中递书徐达，愿为内应。达即复书相约，互通暗号，所以得手如此容易。叙明原因。扩廓既遁，太原自下，徐达又乘势收大同，分遣冯胜等徇猗氏、平阳诸县，擒元右丞贾成、李茂等，榆次、平遥、介休，以次攻克，山西悉平。

太祖接着捷报，心中愉快，自不消说。倏忽间已是洪武二年，太祖亲定功臣位次，命在江宁西北鸡笼山下，建立功臣庙，已死的功臣，设像崇祀，未死的虚着坐位，共得二十一人，以大将军徐达为首。小子依史录述如下：

徐达字天德，濠州人。常遇春字伯仁，怀远人。李文忠字思本，盱眙人，太祖甥。邓愈虹人，初名友德。汤和字鼎臣，濠人。沐英字文英，定远人，太祖养子。胡大海字通甫，虹人。冯国用胜之兄，定远人。赵德胜濠人。耿再成字德甫，五河人。华高含山人。丁德兴定远人。俞通海字碧泉，濠人，徙于巢。张德胜字仁甫，合肥人。吴良定远人，初名国兴。吴桢良之弟，初名国宝。曹良臣安丰人。康茂才字寿卿，蕲人。吴复字伯起，合肥人。茅成定远人。孙兴祖濠人。

未几，又以廖永安、俞通海、张德胜、桑世杰、耿再成、胡大海、赵德胜七人，配享太庙，并因徐达攻破元都，得元十三朝实录，乃诏修元史，命李善长为监修，宋濂、王祎为总裁，并征隐士汪克宽、胡翰、陶凯、曾鲁、高启、赵汸等十六人为纂修，阅六月书成。唯顺帝未有实录，又遣使往访遗事，于次年续修，不到几月，也即告竣。后人谓史多简率，不足征信，这也不在话下。

且说徐达等既平山西，复奉命进图关陕，关中诸将，已推李思齐为统帅，驻兵凤翔。太祖尝遣使谕降，思齐不报，至是因大军将发，复贻书诏谕道：

前者遣使通问，至今未还，岂所使非人，忤足下而留之与？抑元使适至，不能隐而杀之？若然，亦事势之常，大丈夫当磊磊落落，岂以小嫌介意哉？夫坚甲利兵，深沟高垒，必欲竭力抗我军，不知竟欲何为？昔足下在秦中，兵众地险，虽有张思道即张良弼。专尚诈力，孔兴等自为保守，扩廓以兵出没其间，然皆非勍敌。足下不以此时图秦自王，已失其机，今中原全为我有，向与足下为犄角者，皆披靡窜伏，足下以孤军相持，徒伤物命，终无所益，厚德者岂为是哉？朕知足下凤翔不守，则必深入沙漠以图后举，然非我族类，其心必异。倘中原之众，以塞地荒凉，一旦变生肘腋，妻孥不能相保矣。且足下本汝南之英，祖宗坟墓所在，深思远虑，独不及此乎？诚能以信相许，幡然来归，当以汉窦融之礼相报，否则非朕所知也。

思齐得书，颇有降意，独思齐养子赵琦，不愿降明，劝思齐西入吐蕃，思齐乃迟疑未决。明大将军徐达，遂统兵入关，直捣奉元。张良弼正与孔兴、脱列伯等，分驻鹿台，为奉元援，忽闻明将郭兴，卷甲而来，不禁大惧，立即遁去。奉元守将哈麻图，弃城走盩屋，为民兵所杀。元西台御史桑哥失里，郎中王可，检讨阿失不花，三原尹朱春，俱抗节自尽。时关中苦饥，达奉太祖命，每户赈米二三石，民心大悦。遇春遂进攻凤翔，李思齐从赵琦言，径奔临洮。遇春遂入凤翔，徐达亦至，复会议进兵事宜。众将献议道：“李思齐现走临洮，本应乘胜追杀，但张良弼尚据庆阳，良弼才智，不

如思齐，庆阳地势，不如临洮，且先将庆阳夺来，再攻临洮未迟。”徐达道：“诸君但知其一，不知其二。庆阳城险兵悍，未易猝拔，临洮西通番戎，北界河湟，倘被思齐久踞，联外固内，将来根深蒂结，为患非浅。今乘他初往，蹙以重兵，思齐不西走，只束手就缚罢了。临洮既克，旁郡自不劳而下。”此谓避实击虚。于是众将称善，即留汤和守营垒，指挥金兴旺等守凤翔，自率兵度陇克秦州，下宁远，入巩昌。遣冯胜攻临洮，顾时、戴德攻兰州。兰州一攻即下，唯冯胜至临洮，李思齐尚欲固守，不意赵琦起了歹心，私窃宝货妇女，逃匿山谷间，思齐长叹数声，没奈何举城乞降。思齐尚如此，良弼更不足道，可见关中四将，俱不足恃。冯胜将思齐送至达营，达又命人送至南京，太祖却也优礼相待，并命为江西行省左丞。思齐不之官，留居京师。太祖又传谕军前，除饬常遇春还备北平外，余军令尽随大将军往攻庆阳。且谓张良弼兄弟多诈，即或来降，亦宜小心处置，勿堕狡计！徐达受命即行，出萧关，拔平凉。张良弼大惧，令弟良臣守庆阳，自奔宁夏。途次遇着扩廓军，被他活捉而去。良臣闻警，遂以庆阳降明军。徐达遣薛显入城，慰谕军民，良臣出迎道左，匍匐马前，非常恭顺。显入城慰谕毕，出屯城外。亏有此着，然亦未始非徐达所授。良臣骁捷善战，军中号为小平章，他本欲诱显入城，等到夜间，闭城劫杀，至显屯兵城外，计不得逞，乃于夜间潜开城门，领兵杀出。显率骑兵五千人，拼命抵拒，夜间昏黑莫辨，被良臣四面攒射，中了流矢，负创急奔，驰至达营。检阅兵士，已伤亡了一半，又失去了指挥张焕。达语诸将道：“主上明见万里，今日事出意外，果如所言。但良臣困守一隅，终取败亡，我当与诸君共灭此獠！”诸将齐称得令。于是俞通源出略西路，顾时出略北路，傅友德出略东路，陈德出略南路，达率诸将出中路，直趋庆阳，四面围住。良臣出兵挑战，被徐达麾军奋击，败入城中，一面遣人至扩廓处求援。扩廓时在宁夏，遣将韩札儿攻陷原州，为庆阳声援，达即遣冯胜出驿马关，御韩札儿。驿马关距庆阳三十里，冯胜驰至，闻韩札儿又陷泾州，忙星夜前进，途遇韩札儿军，一鼓击退，进至邠州，因札儿去远，方还屯驿马关。是时常遇春早至北平，偕偏将李文忠，驱兵北进，至锦州，击败元将江文清，入全宁，又败元丞相也速，进攻大兴州，守将又遁。一路马不停蹄，径达开平。元顺帝自燕京出走，正在开平驻扎，闻明军复至，又仓皇遁去。遇春追奔数十里，擒斩元宗王庆生，及平章鼎珠等，降将士万人，得

车万辆，马三千匹，牛五万头，蓟北悉平，乃还军。

遇春拟驰回庆阳，协攻张良臣，不防到了柳河州，竟遇暴疾，霎时间全体疼痛，连从前医愈的箭创，也无端溃裂起来。那时自知不起，亟召李文忠入帐，嘱托军事，与他永诀。正是：

北虏已熠臣力竭，西征未捷将星沉。

未知遇春性命如何，且至下回分解。

本回总旨，在叙扩廓、李思齐事。扩廓、李思齐，皆元室大将，一则驻兵太原，遇敌劫营，仓猝惊溃，一则称长关中，闻敌即退，穷蹙乞降。始何其悍？终何其衰？得毋所谓强弩之末，不能穿鲁缟者耶？张良弼辈，更出思齐下，良臣虽悍，困守庆阳，已同瓮鳖。晋、冀下而秦、陇去，虽有鲁阳，不克返戈。然原其祸始，莫非自离心离德之所致也。观元室之所以亡，益知涣群之获咎，观明祖之所以兴，益信师克之在和。

第十六回　纳降诛叛西徼扬威
逐枭擒雏南京献俘

却说常遇春偶罹暴疾，将军事嘱托李文忠，复与诸将诀别，令听文忠指挥，言讫即逝。寿仅四十岁。遇春沈鸷果敢，善抚士卒，陷阵摧锋，未尝少怯，虽未习书史，用兵却暗与古合。自言能将十万众，横行天下，所以军中称他为常十万。大将军徐达，年齿比遇春尚轻二岁，遇春为副，受命唯谨，尤为难得。太祖闻报，不胜悲悼，丧至龙江，用宋太宗丧赵普故事亲往祭奠，赐葬钟山原，赠太保中书右丞相，追封开平王，谥忠武，配享太庙。明室功臣，首推徐、常，故于死事后，叙述较详。诏命李文忠代遇春职，趋会徐达师，助攻庆阳。文忠行至太原，由巡卒走报，元将脱列伯等，围攻大同，文忠语左丞赵惟庸等道："将在外，君命有所不受，总教有利于国，专擅何妨？目今大同被攻，正宜急救，若必禀命后行，岂不失机？"惟庸等皆以为然，遂由代郡出雁门，至马邑，猝遇元平章刘帖木儿，率游骑数千掩至，当即迎头痛击，杀败敌众，并将刘帖木儿，亦擒了过来。再进至白杨门，拿住黠寇四天王。因天色将晚，雨雪纷飞，乃拟择地安营。营既下，下雪愈大，漫山皆白，文忠却未敢休息，引着数骑，入山巡察。走了一转，觉山前山后，雪地上似有行人踪迹，便策马回军，麾众前行五里，才阻水立寨。诸将莫名其妙，未免私议。文忠召诸将入帐道："我看山上雪径分明，定有伏兵出没，前地立营，定多危险，今移驻此地，稍觉安稳。但亦须严装待着，静候号令，如有妄动等情，军法具在，莫怪无情！"初任统帅，不得不先行晓谕。诸将

唯唯听命。果然到了夜半，敌兵大至，文忠下令营中，只准守，不准战。至敌兵近前，见营门紧闭，呐喊了好几次，并不见有接战的兵马，再拟上前冲突，哪知梆声一发，炮矢如飞蝗般射来，敌兵队里的主帅，就是脱列伯，料知营中有备，麾兵渐退。未几鸡声报晓，晨光熹微，文忠令将士蓐食秣马，先发两营挑战。饬令奋斗，不得少却，自在营中静待消息。脱列伯军，正在晨炊，突见明军到来，不遑朝餐，即上马迎敌，自寅至辰，两下相搏，未分胜负。探马因元军甚盛，恐众寡不敌，屡来报知文忠，意欲请他援应，文忠仍夷然自若，并不发兵。胸有成竹。未几日过已牌，雪已初霁，澹澹的露着阳光，景色如绘。文忠陡然出帐，上马先驱，引着两翼大兵，驰入敌阵。至此才知妙计。元军已有饥色，正在勉强支持，怎禁得一支生力军，如泰山压顶一般，包抄过来，此时欲战无力，欲走无路，个个惊惶失措，就是这位脱列伯，也似哑子吃黄连，说不出的苦楚。方拟杀条血路，向北遁走，哪知文忠跃马上前，一枪刺来，正中脱列伯马首，顿时马蹶前蹄，脱列伯随马仆地，明军一拥而上，把脱列伯擒捉而去。余众见主将被擒，自然无心恋战，纷纷下马乞降。文忠命即停刃，收集降卒，约得万余，马匹辎重，不计其数。当下返营，召入脱列伯，亲为解缚，与他共食，脱列伯感激不置。后来被解至京，太祖亦命释缚，赐他冠带衣服，且语群臣道："桀犬吠尧，各为其主，况朕不逮尧舜，何必复念前嫌？"自是脱列伯安居南京，以禄寿终。还有孔兴一人，本与脱列伯偕攻大同，及脱列伯被擒，孔兴走绥德，为部将所戕，携首降明。元顺帝时走和林，得此消息，不禁叹息道："天命已去，无可为矣。"不怨己而怨天，是为亡国之君。原来脱列伯等攻大同，本受元主命令，经此挫折，乃不敢再行南向，忧忧闷闷的过了一年，竟尔病逝，事见下文。

且说李文忠既定大同，拟驰赴庆阳，途中接到捷音，得知庆阳已下，乃禀请行止，静待后命。这庆阳攻克的情形，小子也不能不表白一番。张良臣悍鸷绝伦，且有养子七人，各善用枪，人呼为七条枪。当时张良弼麾下，有一骁将绰号金牌张，为军中冠，自有良臣七个养子，军中又相语道："不怕金牌张，只怕七条枪。"良臣恃此七人，所以不肯屈服。且因庆阳城高险，上有井泉，可以据守，又倚扩廓为声援，贺宗哲、韩札儿为羽翼，姚晖、葛八为爪牙，满望就此胜敌，徐图恢复。徐达围攻数月，恰也一时难下，唯每日鼓励将士，严行攻守。良臣屡出突围，东门被顾时击却，西门被冯胜杀

退，遣人赴宁夏求援，又被明军缉获，弄到粮汲俱穷，兵民俱困，不得已登城乞降。徐达以他反复无常，不肯应允。可怜良臣计穷力竭，援绝食空，甚至杀人煮汁，和泥为食，勉强充腹救死。姚晖等知事不济，私下开门纳降。达勒兵自北门进去，良臣与养子七人，已是饿惫不堪，无力再战，没奈何投入井中。达军倒戟而出，缚至达前，由达数责罪状，立命推出斩首。良臣父子八人，只好伸颈就戮。七条枪变作七条鬼了。先是元将贺宗哲阴援良臣，入寇凤翔，金兴旺死力抵御，宗哲不能入，及庆阳已下，宗哲引退，徐达遣顾时、薛显、傅友德等，往追不及，乃引军还。谁意宗哲转掠兰州，警报迭至达营，又由达遣冯胜往击，宗哲遁去，于是奏凯班师，留冯胜总制军事。达南还后，扩廓乘虚袭兰州，明指挥张温，为兰州守将，整兵迎战，扩廓兵少却，温敛兵入城，扩廓复进兵合围，绕城数匝。巩昌守将于光，率兵往援，至马兰滩，遇伏马蹶被擒，至兰州城下，令呼张温出降。光大呼道："我不幸被执，大兵即至，公等但坚守好了。"敌兵怒披光颊，遂遇害。城中守御益固，冯胜亦发兵往援，扩廓知不能下，卷旆引去。太祖闻知，赠恤于光，擢张温为都督佥事，一面下令北征，仍命徐达为大将军，李文忠、邓愈为左副将军，冯胜、汤和为右副将军，于洪武三年正月，祃纛出发。

临行时，太祖问诸将道："元主迟留塞外，王保保犯我兰州，日夕图逞，不灭不已。卿等出师，何处为先？"诸将道："保保屡寇边疆，无非因元主犹在，有心翊助，若我军直取元主，保保自然失势，可以不战而降。"太祖道："王保保方率兵寇边，正应出师往讨，若舍了保保，直取元主，是忽近图远，不能算作善策。朕意拟分兵两道：一令大将军自潼关出西安，直取王保保，一令左副将军出居庸关，入沙漠，追袭元主，使他自救不暇，方可得胜。这就所谓一举两得呢！"诸将共称妙计，遂各分道而行。

太祖又爱扩廓才，意欲招他来降，又遣李思齐持书往谕。思齐与扩廓有仇，太祖宁不知之？此时令往谕降，亦有借刀杀人之意。思齐不敢违命，硬着头，出使宁夏。扩廓却以礼相待，唯说及招降二字，独毅然不答，寻遣骑士送思齐还，至塞下，语思齐道："主帅有命，请留一物为别。"思齐道："我远来无所赍送，奈何？"骑士道："珍玩财宝，我主帅并无所爱，但爱公一臂，幸乞相赠！"欲取思齐之臂，是嫉他不以臂助，扩廓之意如见。思齐知不可免，遂拔出佩剑，自砍左臂，臂断血流，竟致晕倒。痛哉痛哉！骑士替他裹创，并敷以

药，至思齐苏醒，即拾起左臂，作别上马去了。思齐负创归来，见过太祖，不数日即报毙命。最不值得。徐达闻扩廓不肯受诏，兼程疾进，直抵安定。扩廓退屯车道岘，达遣左副将军邓愈，步步进逼，步步立栅。扩廓复退驻沈儿峪，两军隔沟立垒，一日数战，彼此戒严。明左丞胡德济，即大海子。扎营东南，时至夜半，突闻营外火起，仓猝不知所为，一营大乱，元军乘势杀入，亏得徐达自督亲兵，前来相救，才将元军杀退。原来扩廓夜遣千余人，从间道逾沟，潜劫德济营，德济未及防备，几致陷没。至徐达出援后，立传德济入帐，责他怠弛，喝令左右将他绑下，并语诸将道："德济违律当斩，念他是功臣后裔，权寄头颅，械送京师，请皇上自行发落便了。"言毕，又饬拿德济部将，自赵指挥以下将校数人，统行推出营外，一律正法。真是军令如山。诸将不敢请恕，大家瞠目伸舌，震悚异常。次日整众出战，全军争奋，片刻逾沟，扩廓尚未成阵，明军早已杀到，亮晃晃的大刀，威棱棱的长枪，泼刺刺的硬箭，一齐都至，仿佛似电掣雷轰，无人敢当。元郯王、济王，及国公阎思孝，平章韩札儿、虎林赤、严奉先、李景昌、察罕不花等，都纷纷落马，被明军生擒活捉，扛抬而去。扩廓知不能支，忙挈妻子数人，落荒遁去，慌忙中不及辨路，狂奔了一日夜，但闻流水声潺潺不绝，立足细看，原来已是黄河沿岸，待要过河，恨无船只，正踌躇间，只听后面喊声又起，不禁叹道："前阻大河，后有追兵，真天绝我了。"言未已，忽见上流有一段浮木，随水漂来，长约数丈，大可十围，不觉转悲为喜，忙率妻子跨上浮木，将手中所持的方天戟，当了篙桨，飞摇而去。后面追赶的兵将，正是明都督郭英，望着河边，寂无一人，只道他奔入宁夏，还是觅路穷追，及到宁夏相近，仍然杳无踪迹，方才回军。哪知扩廓帖木儿，已奔投和林去了。这场大战，明军获得元将千余人，士卒八万余人，马万余匹，骆驼驴畜，亦差不多有二万余只，遂进克沔州，入连云栈，攻下兴元。邓愈亦自临洮进克河州。可见兵贵有律，亦贵作气。唯都督孙兴祖，率孤军出五郎口，猝遇敌军，力战身死。奏报南京，由太祖追封为燕山侯。胡德济械送至京，太祖念大海功劳，不忍加罪，立命释放，只传谕徐达道："将军欲效卫青不杀苏建故事，难道不闻穰苴立诛庄贾么？且将军在军中，执法如山，不妨立诛，今械送来京，朕且念他前功，不忍正法。自今以后，将军休得姑息，轻纵法度！"太祖此言，仍以权术待人。达将此谕传示军中，将士益遵约束，不敢怠慢，这也不在

话下。

且说李文忠出居庸关，降服兴和，进兵察罕诺尔，擒元平章祝真，入骆驼山，击走元太尉蛮子，平章沙不丁、朵儿只八剌等，乘胜捣开平。元平章上都罕等，惊得什么相似，无可设法，只得把开平图籍，双手捧献，乞降军前，会闻元顺帝病殁应昌，太子爱猷识理达腊嗣位，秩序未定，遂乘隙进兵，倍道往赴。元嗣主爱猷识理达腊迭接警报，哪里还敢抵挡？忙带同嫡子买的里八剌，及后妃宫娥，诸王将相官属数百人，开城出走，不防明军前锋已到，竟将他一班人众，截作两段。元将百家奴、胡天雄等，保着爱猷识理达腊拼命北走，剩下买的里八剌等，生生被明军擒去。应昌没有主子，自然被陷，李文忠率军径入，搜得宋、元玉玺、金宝玉册、镇圭、大圭、玉斧等物，并驼马牛羊无算。又麾兵追元嗣主，直至北庆州，未及乃还。道出兴州，遇元国公江文清，战不数合，即将他擒住，降兵卒三万多人，至红罗山，又降杨思祖部众万余人，当下遣使告捷，并押解买的里八剌等至南京。太祖临朝，群臣称贺，中书省臣杨宪，且请献俘太庙，太祖道："古时虽有献俘的礼仪，但周武王代殷时，曾否有此制度？"杨宪道："武王事已不可知，唐太宗时曾行此制。"太祖道："唐太宗待王世充，原有此举，若遇隋朝子孙，自不出此。况元主中国百年，朕与卿等父母，统赖他生养，后王不肖，乃致灭亡，何忍将他子孙，作为俘虏？"言毕，即令买的里八剌，以本服朝见。见毕，太祖温言慰谕，赐他冠带，封为崇礼侯，所虏妃嫔人等，只令入朝中宫，马后也好生待遇。退出后，又由太祖赐第龙光山，畀他居住。元代子孙，得此优待，总算天幸。还有宝册等物，令贮府库，不必进呈。先是诸将克元都，得所有宝物，一律上献。马后语太祖道："元有是宝，乃不能守，大约帝王自有宝呢。"太祖笑道："后意谓得贤为宝么？"马后拜谢道："诚如陛下言！"好皇后。太祖记着，因命宝册悉贮库内，一面颁平朔漠诏于天下。阅数月，徐达、李文忠等，振旅入朝，至龙江，太祖亲出郊劳，还都欢宴，不消细说。越二日，以武成告郊庙，令大都督府暨兵部，叙诸将功绩。太祖自定次第，妥为处置，乃于洪武三年十一月丙申日，亲御奉天殿，大封功臣，王公以下文武百官，分列两阶，只见御炉香袅，集万道之祥光，旭日晨升，启九天之阊阖。重睹汉官仪制，束带峨冠，备聆盛世元音，敲金戛玉。赞扬语原不可少。群臣拜舞毕，即由丹陛传下纶音，进封李善长为韩国公，

徐达为魏国公，常茂即遇春子。为郑国公，李文忠为曹国公，邓愈为卫国公，冯胜为宋国公，汤和以下皆封侯，共得二十八人，所有分封诸臣，悉赐诰命铁券。善长、徐达等顿首拜谢，太祖即退朝。越数日，又封中书右丞汪广洋为忠勤伯，御史中丞刘基为诚意伯，史称太祖屡欲相基，且累拟进爵，基再三辞谢，所以基功不亚善长，善长封公，基只封伯，这是基所自愿，并非太祖薄待。表明刘基谦德。小子有诗咏明初功臣道：

入朝拜爵作公侯，功到成时应重酬。
不是沙场经百战，旗常安得姓名留。

太祖既封功臣，尚有一篇议论，表明开国情由，容小子下回再述。

关中四将，毫无智略，一经大敌，非降即死，此所谓乱事有余，成事不足者也。张良臣降而复叛，力竭被杀，事虽未成，心尚可恕。王保保为将门子，乃前败于太原，后败于沈儿峪，屡蹶不振，孑身远遁，明祖称为奇男子，得毋为不虞之誉耶？元太子爱猷识理达腊，昔在燕都，好预军事，以致瓦裂，嗣入应昌，未经迎敌，即已狂奔，嫡子被俘，母妻不保，是殆所谓景升之子豚犬耳？然尚得苟延残喘，幸存宗祀者，得毋由元世祖之待遇宋裔，犹为尽礼，天特留之以示报欤？然明祖之封侯赐第，禁令献俘，亦不可谓其非仁，宜乎其遗祚之长，不亚唐、宋也。

第十七回　降夏主荡平巴蜀
击元将转战朔方

却说太祖封功臣后，又赐宴三日，宴毕，群臣入谢，太祖赐坐华盖殿，与论开国原因，怡然道："朕起乡里，本图自全，及渡江后，遍览群雄，徒为民害，张士诚、陈友谅，尤为巨蠹，士诚恃富，以昏庸败。友谅恃强，以卤莽败。朕独无所恃，唯不嗜杀人，布信义，行节俭，与卿等同心共济，初与二寇相持，士诚尤逼近，或谓宜先击士诚，朕以友谅志骄，士诚器小，志骄必喜事，器小无远图，所以先攻友谅。鄱阳一役，士诚不能出姑苏一步，为他援应。若使先攻士诚，姑苏坚守，友谅必空国而来，那时恐腹背受敌了。至北定中原，先山东，次河、洛，兵及潼关，尚缓图秦、陇，无非因王保保与关中四将，统是百战余生，未能遽下；且彼知情急，并力一隅，更不易定，所以突然返旆，北捣燕都。燕都既举，然后西征张、李，使他望绝势穷，不战自克。唯王保保犹力抗不屈，确是枭悍，假使燕都未下，与他角力，恐至今尚未必决胜呢。"言毕大笑。踌躇满志之言，但未尝归功诸臣，只自夸张智略，为功臣计，应早告退，宁必待兔死狗烹耶？群臣交口称颂，毋庸细表。

唯大封功臣以前，尚有分封诸王一事，小子因前文顺叙战功，不便夹入，只好在此处补叙出来。标明次序，一笔不苟。原来太祖深意，拟惩宋、元孤立的弊端，欲仿行封建制度，元初亦分封诸王，太祖宁未闻之？乃审择名城大都，预王诸子，待他年长，一律遣就藩封，作为屏蔽。当时曾封子九人，从孙一人，俱为王爵，列表如下：

第二皇子樉为秦王，封西安。第三皇子棡为晋王，封太原。第四皇子棣即成祖。为燕王，封北平。第五皇子橚为吴王，后改周王。封开封。第六皇子桢为楚王，封武昌。第七皇子榑为齐王，封青州。第八皇子梓为潭王，封长沙。第九子早殇。第十皇子檀为鲁王，封兖州。从孙守谦太祖兄子，文正子。为靖江王，封桂林。

所有制禄，亲王岁万石，置相傅官属，护卫甲士，多至万九千人，最少三千人。冕服车旗邸第，仅下天子一等，公侯不得抗礼，体制甚是隆重。后来尾大不掉，遂成燕王靖难的祸祟，这也是立法防弊，弊反愈多了。后文再表。列入此段，原为后文埋根。

且说洪武四年正月，点醒年月。下诏伐蜀，令中山侯汤和，为征西将军，江夏侯周德兴，德庆侯廖永忠为副，率舟师自瞿塘进。颍川侯傅友德为征虏前将军，济宁侯顾时为副，率步骑自秦、陇进。浩浩荡荡，往讨明昇。这明昇是何等人物？前文未曾提及，此处不得不急为表明。先是徐寿辉部下，有随州人明玉珍，身长八尺余，目重瞳子，受寿辉命，屯守沔阳。嗣与元兵相搏，飞矢中右目，遂成独只眼。项羽重瞳，尚难成事，况一目已眇耶？后来入据重庆，奄有蜀地，至寿辉被弑，遂自称陇蜀王。元至正二十二年事。未几复称帝，国号夏。僭号四年，未尝远略。既而病逝，子昇袭位。明军克元都，昇亦致书称贺。太祖遣使求大木，昇亦应命。寻复遣平章杨璟，往谕归降，昇独不从。璟归，复贻昇书，晓谕祸福。其书云：

古之为国者，同力度德，同德度义，故能身家两全，流誉无穷，反是者辄败。足下幼冲，席先人业，据有巴、蜀，不咨至计，而听群下之议，以瞿塘、剑阁之险，一夫负戈，万人无如之何，此皆不达时变，以误足下之言也。昔据蜀最盛者，莫如汉昭烈，且以诸葛武侯助之，综核官守，训练士卒，财用不足，皆取之南诏，然犹朝不谋夕，仅能自保。今足下疆场，南不过播州，北不过汉中，以此准彼，相去万万。而欲借一隅之地，延命顷刻，可谓智乎？我主上仁圣威武，神明响应，顺附者无不加恩，负固者然后致讨，以足下年幼，未忍加师，数使使谕意，复遣璟面谕祸福，所以待明氏者不浅，足下可不深念乎？且向者如陈、张

之属，窃据吴、楚，造舟塞江河，积粮过山岳，强将劲兵，自谓无敌，然鄱阳一战，友谅授首，旋师东讨，张氏面缚。此非人力，实天命也。足下视此何如？友谅子窜归江夏，王师致伐，势穷衔璧，主上宥其罪愆，剖符锡爵，恩荣之盛，天下所知。足下无彼之过，而能幡然觉悟，自求多福，则必享茅土之封，保先人之祀，世世不绝，岂不贤智矣哉？若必欲倔强一隅，假息顷刻，鱼游沸鼎，燕巢危幕，祸害将至，恬不自知，璟恐天兵一临，凡今为足下谋者，他日或各自为身计，以取富贵，当此之时，老母弱子，将安所归？祸福利害，了然可睹，唯足下图之！

明昇得书，仍是不答。及明军水陆进攻，蜀丞相戴寿，及平章吴友仁，定计设防，用铁索为链，横断瞿塘峡口。又于峡内羊角山旁，亦凿穿石壁，系以铁链，架着飞桥，上载炮石，抵御敌军。此吴人故智耳，何足抵御敌军？汤和等率舟至峡，竟不得进。独傅友德疾趋至峡，潜渡陈仓，即韩信暗渡陈仓之计。扳援山谷，昼夜行抵阶州。守将丁世珍，猝不及防，弃城遁去。友德得了阶州，又进拔文州、绵州，将渡汉江。适水涨不得渡，乃削木为牌，约数千张，书克阶、文、绵日月，投汉水中，顺流而下。蜀中拾牌视书，相率惊骇。戴寿闻报，忙与吴友仁还援，会同司寇向大亨，出御汉州。友德驱军进攻，连战皆捷。戴寿、向大亨败走成都，吴友仁走保宁。时瞿塘守御渐疏，明副将军廖永忠，密遣健卒数百人，穿着青蓑衣，持糗粮水筒，并舁小舟，逾山度关。蜀山多草木，明军蹑迹潜行，多为草木所蔽；又因服色皆青，更不能辨，因此无人知晓。永忠料健卒已越关西，遂率舟师猛攻，各舟用铁裹头，中载火器，逆流而进。守将邹兴，尽锐来拒，永忠令军士奋力上前，一面接战，一面纵火，霎时间江上通红，铁索尽断。果然不中用。邹兴正不能支，忽后面有数十小舟，驾着青衣兵，鼓噪而下，那时前后夹攻，就使邹兴浑身是胆，到此也脚忙手乱，不知所为；突然间一箭飞至，穿透脑袋，眼见得一个蜀帅，倒入舟中，魂灵儿往见阎王去了。邹兴既死，蜀兵大溃，永忠遂进趋夔州。只见城门大开，城中已无一兵，任他自由进去。越日，汤和亦至，与永忠会晤，议捣重庆。永忠即挺身登舟，麾军复进，入次铜罗峡，重庆大震。明昇年尚幼稚，越吓得魂不附体，当下集群臣会议，左丞刘仁，劝昇出奔成都，昇母彭氏涕泣道："成都可到，也不过苟延旦夕，不如早降，

尚得保全民命。”彭氏此言，还算明白。昇闻言，乃遣使赍表乞降。汤和与廖永忠偕至重庆，昇面缚衔璧，率官属迎降马前。和下马受璧，永忠亦替他解缚，好言抚慰，并下令诸将不得侵扰，随即入城安民，并遣使押送明昇，并昇母彭氏，同赴南京。

唯成都、保宁，尚坚守不下，傅友德进围成都。戴寿、向大亨并马跃出，带领一班弓弩手，飞箭射来，明军前队，多被射倒，连友德也身中流矢。友德裹创复战，部兵亦拼死杀上，戴、向二人，方抵敌不住，回马入城。越数日，城门复启，友德忙麾军入城，不防城中突出象阵，踊跃前来，势不可当。幸友德已预备炮石，接连击射，把象阵裂作数截，象返奔入城，门卒多被践踏，不及闭门，明军便一拥而入。戴寿、向大亨不能再战，只得束手请降。友德复移军保宁，巧值周德兴等，亦领兵到来，两下夹攻，顿时城垣击破，一齐杀进。吴友仁无路可逃，被明军擒住，保宁遂下。只丁世珍自阶州遁去，复集余众来袭文州，杀明将朱显忠。友德亲自赴援，世珍复遁。嗣复进寇秦州，又被友德击败，走宿梓潼庙，为其下所杀，于是蜀地悉平。

明昇至南京，待罪午门外，群臣又请太祖御殿受俘，如孟昶降宋故事。无非贡谀。太祖道：“昇年幼稚，事由臣下，与孟昶不同。可令他进来朝见，不必伏地待罪。”言毕，即宣昇入见。昇战栗异常，太祖复和颜婉谕，立授爵归义侯，赐第京师。又是一个陈理。及汤和等自蜀班师，带着戴寿、向大亨、吴友仁等，道出夔峡，戴寿、向大亨凿舟自沉，吴友仁曾导昇抗明，被缚舟中，无从觅死，所以解至南京，太祖命斩首市曹。其余降将，发戍徐州。越年，有人告陈理、明昇，俱有怨言，太祖道：“童稚无知，不应苛求，但恐被小人蛊惑，将不能保全始终，不若迁处远分，免生衅隙。”乃将陈理、明昇，转徙高丽国去了。降王终觉没趣。

且说元扩廓败奔和林，元嗣主爱猷识理达腊，仍以兵事相委，扩廓乃发兵扰边。太祖复命徐达为征北大将军，出雁门，趋和林。李文忠为左副将军，出居庸，趋应昌。冯胜为右副将军，出金兰，趋甘肃。达用都督蓝玉为先锋，至野马川，遇扩廓部下的游骑，临川饮马，遂掩杀过去。敌骑惊遁，弃马数百匹。追入图拉河，与扩廓接仗，战约数时，扩廓败走，蓝玉长驱直进，各军都仗着威力，争先追敌。扩廓恰窜入山谷，越岭北窜。蓝玉防有伏兵，拟饬军士少停，军士不肯驻足，定欲灭敌方休。太轻觑扩廓了。一逃

一追，统已越过岭北，猛闻一声胡哨，元兵四出，统将就是贺宗哲，来战蓝玉。扩廓又复杀回，把明军冲为数截。首尾不能相顾，腹背统是受敌。更兼岭路崎岖，进退两难，大众到此，才晓得扩廓厉害，叫苦不迭。迟了迟了。蓝玉忙令择路回军，亲自断后，哪知喊声四起，草木皆兵。各军急不择路，不是坠崖，就是填壑。元军又紧紧追逼，杀一阵，伤亡数百人，杀两阵，又伤亡数百人。正在危急难分的时候，幸徐达督师来援，方得杀退敌兵，救出孤军。达回营，检查军士，共死万余人，不禁叹息道："刘诚意伯曾与上言，扩廓不可轻视，我此番略一轻意，便中他计，这是我的过失，不能专责将校呢。"躬自厚而薄责于人，确是大将器度。遂上表自劾。表方发，接到左右两路捷音，方转闷为喜道："两军告捷，主上也可宽心了。"真心为主，全无妒忌，令人可敬可爱。

原来冯胜从兰州进兵，由傅友德先行，直趋西凉，连败元兵，射死元平章卜花，降元太尉锁纳儿加等。进至亦集乃路，次别驾山，击退元岐王朵耳只班，擒住元平章长加奴等二十七人。又分兵至瓜沙州，斩获甚众，方才折回。右路的李文忠，率都督何文辉等，至胪朐河，留部将韩政守住辎重，自率轻兵持二十日粮，倍道急进。元太师合剌章蛮子，悉众来拒，列阵阿鲁浑河岸，军容甚盛。文忠督兵与战，他却麾众直上，围裹拢来。自午至申，战他不退，反且越来越众。明将曹良臣、周显、常荣、张耀等，陆续战死。文忠也马中流矢，下骑督战。偏将刘义，亟以身蔽文忠，直前奋击。指挥李荣，复将自己乘马，授与文忠，自夺敌骑乘着，拼命冲杀。文忠得马，又据鞍横槊，当先突围。士卒也鼓勇死战，一当十，十当百，顿将元兵击退。追至青海，敌又大集，文忠据险自固，多张疑兵。敌疑有伏，皆引去。文忠亦椎牛飨士而还。顾时与文忠分道入沙漠，持粮且尽，陡遇元兵，部众疲乏不能战，时独引锐卒数百人，跃马前趋，大呼杀敌。元兵惊走，弃掉的辎重牛马，都被明军搬归。叙左右两路战事，与中路稍分详略，以别轻重。

太祖迭接军报，慰劳三军，所有徐达败仗，亦宽宥不问，只命徐达、李文忠，回镇山西、北平，练兵防边。自是边疆虽稍有战事，亦不过彼来我拒，无复远出。扩廓亦不敢深入，随元嗣主远徙金山。到了洪武七年，诏遣崇礼侯买的里八剌北还，令故元宦官二人护行，并遗书谕元嗣君，令他撤除帝号，待若虞宾。元主不答。太祖又招降扩廓，前后七致书，终不见报。扩

廓于洪武八年八月，病殁哈拉那海的衙庭。哈拉那海系一大湖，在和林北，妻毛氏，亦自经死。太祖尝宴集群臣，问天下奇男子为谁？群臣皆以常国公对。太祖拊鞸叹道："卿等以常遇春为奇男子么，遇春虽是人杰，我尚得他为臣，唯元将王保保，终不肯臣我，这正是奇男子呢！"群臣愧服。先是明军入元都，曾掳得扩廓妹子，充入宫庭，至是竟册为秦王樉妃。兄不屑臣明，妹甘为明妇，究竟须眉气胜于巾帼。小子有诗赞扩廓道：

抗命称兵似逆伦，谁知板荡识忠臣。
疾风劲草由来说，毕竟奇男自有真。

扩廓既殁，后来残元能否保存，且俟下回说明。

元末群雄，以明玉珍僭号为最晚，即以明玉珍据地为最僻。本书叙至十六回，未曾提及，非漏也。玉珍僻处偏隅，无关大局，前文不遑叙述，故置诸后文，以便总叙，且俾阅者易于览观。盖此书与编年史不同，布局下笔，总以头绪分明为主。且书中于追溯补叙等事，必有另笔表明，于总叙之中，仍寓事实次序，可分可合，诚良笔也。至若北征扩廓一段，三路分写，亦觉条分缕析，眉目分明，是殆集史家小说家之长，兼而有之，故能头头是道，一览了然。若夫明昇之致亡，扩廓之不屈，事迹已著，无俟赘述云。

第十八回　下征书高人抗志
泄逆谋奸相伏诛

却说元扩廓病殁后，尚有无太尉纳哈出，屡侵辽东。太祖饬都指挥马云、叶旺等，严行戒备。至纳哈出来攻，设伏袭击，大败元兵，纳哈出仓皇遁去，嗣是北塞粗安。唯太祖自得国以后，有心偃武，常欲将百战功臣，解除兵柄，只因北方未靖，南服亦尚有余孽，一时不便撤兵，只好因循过去，但心中总不免怀忌，所以草创初定，即拟修明文治，有投戈讲学的意思。洪武二年，诏天下郡县皆立学。三年复设科取士，有乡会试等名目。乡试以八月，会试以二月，每三年一试，每试分三场。第一场试四书经义，第二场试论判章表等文，第三场试经史策。看官听着！我中国桎梏人才的方法，莫甚于科举一道，凡磊落英奇的少年，欲求上达，不得不向故纸堆中，竭力研钻，到了皓首残年，仍旧功名未就，那大好光阴，统已掷诸虚牝了。尝闻太祖说过："科举一行，天下英雄，尽入彀中。"可见太祖本心，并不是振兴文化，无非借科举名目，笼络人心。科举亦有好处，不过以经义取士，太不合用。到了后来，又将四书经义，改为八股文，规例愈严，范围愈狭，士子们揣摩迎合，莫不专从八股文用功，之乎者也，满口不绝，弄得迂腐腾腾，毫无实学经济。这种流毒，相沿日久，直至五六百年，方才改革，岂不可叹惜痛恨么？后人归咎明祖作俑，并非冤屈。论断谨严。

太祖又征求贤才，遣使分行天下，采访高人逸士，并及元室遗臣。是时山东有一侠士，姓田名兴，尝往来江淮，以商为隐。太祖微时，与兴相遇，

兴识为英雄，出资赒恤，并与太祖结为异姓兄弟。至太祖得志，兴恰远引，遇有军士不法情状，乃致书报闻，书中不写己名，但云某当惩治。太祖知系兴所为，按书照办，唯无从访他住址。洪武三年，江北六合、来安间，有猛虎害人，官吏悬赏捕虎，无人敢应。兴乃奋身出来，与虎相搏，十日间格杀七虎，居民都欢呼不已，争迎兴至家，设宴款待，官吏亦赍金为谢，兴独不受。不愧侠名。这事奏达京师，太祖料是田兴，立即遣使往征，兴不赴召。嗣又由太祖手书，赍递与兴，书云：

元璋见弃于兄长，不下十年，地角天涯，无从晤觌。近闻兄在江北，为除虎患，不禁大喜。遣使敦请，不我肯顾。未知何开罪至此？人之相知，莫如兄弟。我二人虽非同胞，情逾骨肉。昔之忧患，与今之安乐，所处各当其时。元璋固不为忧乐易交也。世未有兄因弟贵，而闭门逾垣，以为得计者，皇帝自皇帝，元璋自元璋，元璋不过偶然作皇帝，并非一作皇帝，便改头换面，不是朱元璋也。本来我有兄长，并非作皇帝便视兄长如臣民也。国家事业，兄长能助则助之，否则听兄自便，只叙兄弟之情，不谈国家之事。美不美？江中水，清者自清，浊者自浊，再不过江，不是脚色。兄其听之！

兴得此书，乃野服诣阙，太祖出城亲迎，入城欢宴，格外亲昵，比自家骨肉，还要加上一层。一过月余，太祖敬礼未衰，席间偶谈及国事，兴正色道："天子无戏言。"于是太祖不敢再谈。兴又屡次告别，经太祖苦留，方羁居京师，未几即殁。不亚严光，事见田北湖田兴传。

还有元行省参政蔡子英，自元亡后，从扩廓走定西，扩廓败遁，子英单骑走关中，亡入南山。太祖闻他姓名，遣人绘形往求，得诸山中。传诣京师，至江滨，又潜遁去。未几复被获，械过洛阳，见汤和，长揖不拜。和呼令下跪，仍抗颜不从。和命爇火焚须，复不为动。乃遣送至京，太祖亲为脱械，待以客礼。嗣命列职授官，终不肯受，因沥诚上书道：

陛下乘时应运，削平群雄，薄海内外，莫不宾贡。臣鼎鱼漏网，假息南山，曩者见获，复得脱亡，重烦有司追迹。而陛下以万乘之尊，全

匹夫之节，不降天诛，反疗其疾，易冠裳，赐酒馔，授以名爵，陛下之恩，包乎天地矣。臣非不欲自竭犬马，但名义所存，不敢辄渝初志。自唯身本韦布，知识浅陋，过蒙主将知荐，仕元十有五年，愧无尺寸功以报国士之遇。及国家破亡，又复失节，何面目见天下士？管子曰："礼义廉耻，国之四维。"今陛下创业垂统，正当挈持大经大法，垂示子孙臣民，奈何欲以无礼义寡廉耻之俘囚，而厕诸新朝贤士大夫之列哉？臣日夜思维，咎往昔之不死，至于今日，分宜自裁，陛下待臣以恩礼，臣固不敢卖死立名，亦不敢偷生苟禄。若察臣之愚，全臣之志，禁锢海南，毕其生命，则虽死之日，犹生之年。昔王蠋闭户以自缢，李芾阖门以自屠，彼非恶荣利而乐死亡，顾义之所在，虽汤镬有不得避也。眇焉之躯，上愧古人，死有余恨，唯陛下裁察！

太祖览书，更加敬重，留馆仪曹。一夕，子英忽大哭不止，旁人问为何事？子英说是记念旧君，因此流涕。太祖知不可夺，乃命有司送出塞外，令从故主。足愧贰臣。

子英以外，又有元行省都事伯颜子中，曾守赣州。陈友谅破赣，子中仓猝募吏民，与战不胜，脱走闽中。陈友定辟为员外郎，计复建昌，浮海至元都报捷，累迁吏部侍郎，持节发广东何真兵救闽。适何真降明，子中跳堕马下，跌损一足，为明军所得，执送廖永忠军前。永忠胁令投降，誓死不屈，乃释缚令去。子中变姓名，戴黄冠，游行江湖间，太祖求之不得，簿录子中妻子，子中仍不往。寻复由明布政使沈立本密荐，遣使币聘，子中太息道："今日死已迟了。"作歌七章，遍哭祖父师友，饮鸩而死。死有重于泰山者。子中得之。

太祖又恐廷臣蒙蔽，尝与侍从数人，易服微行，一面采访才能，一面侦察吏治，一面调查民情，所以江淮一带，恒有太祖君臣踪迹。相传太祖微幸多宝寺，步入大殿，见幢幡上尽写多宝如来佛号，因语侍从道："寺名多宝，有许多多宝如来？"学士江怀素闻言，知太祖意在属对，便脱口答道："国号大明，无更大大明皇帝。"恰是绝对。太祖大喜，而擢为吏部侍郎。迨入游方丈，见有纸条粘贴门首，上书维扬陈君佐寓此。君佐少有才，脱略不羁，曾与太祖有一面交，太祖立呼相见。君佐出谒毕，太祖笑问道："你当初极

善滑稽，别来已久，犹谑浪如昔么？”君佐默然。太祖又问道：“朕今已得天下，似前代何君？”君佐道：“臣见陛下龙潜时候，饭糗茹草，及奋飞淮泗，与士卒同甘苦，犹食菜羹粝饭，臣以为陛下酷肖神农，否则何以尝得百草？”妙语解颐。太祖鼓掌大笑，令他随行。偶过酒肆，太祖即带同入饮，酒肆甚小，除酒豆外，没甚菜蔬。太祖又出对道：“小村店三杯五盏，没有东西。”君佐随声应道：“大明君一统万方，不分南北。”属对亦工。太祖又大笑，并语君佐道：“你随朕入朝，做一词臣，何如？”君佐道：“陛下比德唐虞，臣愿希踪巢许，各行其志，想陛下应亦许臣。”是田兴第二，兴且不入正史，遑问君佐？此史笔之疏忽处。太祖乃不加强迫，与他告别自归。

越数日，又出外微行，偶遇一士人，见他文采风流，便与坐谈。士人自称重庆府监生，太祖又命属对，出联道：“千里为重，重水重山重庆府。”士人也不假思索，便对道：“一人为大，大邦大国大明君。”太祖大喜。无非喜谀。问明寓址，方与作别。次日，即遣使赍赏千金，士人才知是遇着太祖，欣幸不已。大约有些财运。太祖又尝于元夕出游，市上张灯庆赏，并列灯谜。谜底系画一妇人，手怀西瓜，安坐马上，马蹄甚巨。太祖见了，不禁大怒，还朝后，即命刑官查缉，将做灯谜的士民，拿到杖死。刑部莫名其妙，奏请恩宥。太祖怒道：“亵渎皇后，犯大不敬罪，还说可宽宥么？”刑官仍然不解，只好遵旨用刑。后来研究起来，才知马后系淮西妇人，向是大脚，灯谜寓意，便指马后，所以触怒太祖，竟罹重辟。做了一个灯谜，便罹大辟，可见人贵慎微。

太祖尝自作诗云：“百僚已睡朕未睡，百僚未起朕先起。不如江南富足翁，日高一丈犹拥被。”先是江南富家，无过沈秀，别号叫作沈万三。太祖入金陵，欲修筑城垣，苦乏资财，商诸沈秀。秀愿与太祖分半筑城，太祖以同时筑就为约，秀允诺。两下里募集工役，日夜赶造，及彼此完工，沈秀所筑这边，比太祖赶先三日。豪固豪矣，奈已遭主忌何？太祖阳为抚慰，阴实刻忌。嗣沈秀筑苏州街，用茅山石为心，太祖说他擅掘山脉，拘置狱中，拟加死罪。还是马后闻知，替他求宥。太祖道：“民富侔国，实是不祥。”马后道：“国家立法，所以诛不法，非以诛不祥。民富侔国，民自不祥，于国法何与？”太祖不得已释秀，杖戍云南。秀竟道死，家财入官。太祖原是忮刻，然亦可为聚财者鉴。至太祖作诗自怨，为苏州某富翁所闻，独叹息道：“皇上积

怨已深，祸至恐无日了。”遂力行善举，家产荡然。既而太祖又吹毛求疵，诛求富人，富家荡产丧身，不计其数，独某富翁已经破产，得免罪名，这也说不胜说。

且说太祖得国，武臣立功，要推徐达、常遇春，文臣立功，要推李善长、刘基。刘基知太祖性质，所以封官拜爵，屡辞不受。善长官至右丞相，爵韩国公，免不得有些骄态。太祖有意易相，刘基谓：“善长勋旧，能调和诸将，不宜骤易。”太祖道：“善长屡言卿短，卿乃替他说情么？朕将令卿为右相。”基顿首道：“譬如易柱，必得大木，若用小木作柱，不折必仆，臣实小材，何能任相？”太祖道：“杨宪何如？”基答道：“宪有相材，无相器。”太祖复问道：“汪广洋如何？”基又道：“器量褊浅，比宪不如。”太祖又问及胡惟庸，基摇首道：“不可不可，区区小犊，一经重用，偾辕破犁，祸且不浅了。”太祖默然无言。已而杨宪坐诬人罪，竟伏法。善长又罢相，太祖竟用汪广洋为右丞相，胡惟庸为左丞。广洋在相位二年，浮沉禄位，无所建白，独惟庸狡黠善谀，渐得太祖宠任。太祖遂罢广洋职，令惟庸升任右相。刘基大戚道：“惟庸得志，必为民害，若使我言不验，还是百姓的幸福呢。”惟庸闻言，怀恨不置。会因瓯闽间有隙地，名叫谈洋，向为盐枭巢穴。基因奏设巡检司，盐枭不服管辖，反纠众作乱。基子琏据实奏闻，不先白中书省，惟庸方掌省事，视为蔑己，越加愤怒，遂嗾使刑部尚书吴云劾基，诬称谈洋有王气，基欲据以为墓，应加重辟。太祖似信非信，只把基夺俸，算作了案。基忧愤成疾，延医服药，反觉有物痞积胸中，以致饮食不进，遂致疾笃。太祖遣使护归青田，月余逝世。后来惟庸得罪，澈底查究，方知毒基致死，计出惟庸，太祖很是惋惜。怎奈木已成舟，悔亦无及了。刘基非无智术，唯如后人所传，称为能知未来，不无过誉，使基能预算，何致为惟庸谋毙？

惟庸既谋毙刘基，益无忌惮，生杀黜陟，唯所欲为。魏国公徐达，密奏惟庸奸邪，未见听从，反被惟庸闻知，引为深恨，遂阴结徐达阍人，嗾使讦主。不料阍人竟直告徐达，弄巧转成拙，险些儿禄位不保，惊慌了好几日，幸没有什么风声，才觉少安。患得患失，是谓鄙夫。继思与达有隙，究竟不妙，遂想了一计，嘱人与善长从子作伐，把侄女嫁给了他，好与善长结为亲戚，做个靠山。善长虽已罢相，究尚得宠，有时出入禁中，免不得代为回护。善长之取死在此。惟庸得此护符，又渐觉骄恣起来。会惟庸原籍定远，旧宅井中

忽生竹笋，高至数尺，一班趋附的门客，都说是瑞应非凡。又有人传说，胡家祖父三世坟上，每夜红光烛天，远照数里。看似瑞应，实是咎征。惟庸闻知消息，益觉自负。是时德庆侯廖永忠，僭用龙凤，太祖责他悖逆，赐令自尽。平遥训导叶伯巨，上书言分封太侈，用刑太繁，求治太速，又触太祖盛怒，下狱瘐死。此二事插入，是宾中宾。内外官吏，岌岌自危。寻又因安吉侯陆仲亨，擅乘驿传，平凉侯费聚，招降蒙古，无功而还，皆奉诏严责。此二事是主中宾。二人心不自安，惟庸乘机勾结，联为羽翼。令在外收辑兵马。又阴结御史中丞陈宁，私阅天下兵籍，招勇夫为卫士，纳亡命为心腹。一面又托亲家李存义，即李善长弟。往说善长，伺间谋逆。善长初颇惊悸，以为罪当灭族。嗣经存义再三劝告，也觉依违两可，不能自决。为此一误，已伏死征。惟庸以善长并未峻拒，以为大事可就，即遣明州卫指挥林贤，下海招约倭寇，又遣元故臣封绩，致书元嗣君，请为外应。丧心病狂，一至于此。正在日夜谋变，又闻汪广洋赐死事，益加急迫。原来广洋罢相数年，又由惟庸荐引，入居相位，惟庸所为不法，广洋虽知不言。会御史中丞涂节，上陈刘基遇毒，广洋应亦与闻，太祖遂责广洋欺罔，贬戍云南，寻又下诏赐死。于是惟庸益惧，一面贿通涂节臂助，一面密结日本贡使，作为退步。洪武十三年正月，惟庸入奏，诡言京宅中井出醴泉，邀太祖临幸。太祖信以为真，还是梦梦。驾出西华门，内使云奇，突冲跸道，勒马言状，气逆言结，几不成声。太祖以为不敬，叱令左右，挝棰乱下。云奇右臂将折，势且垂毙，尚手指惟庸宅第。太祖乃悟，忙返驾登城，遥望惟庸宅中，饶有兵气，知系谋逆，立发羽林军掩捕。涂节得知此信，也觉祸事临头，意图脱罪，急奔告太祖，说是惟庸妄谋劫主。道言未绝，羽林军已将惟庸缚至，由太祖亲自讯究。惟庸尚不肯承，经涂节质证，不能图赖，乃将惟庸牵出，寸磔市曹。小子有诗咏道：

怪底人君好信谀，怕闻吁咈喜都俞。
佞臣多是苍生蠹，磔死吴门未蔽辜。

惟庸磔死，还有惟庸党羽，究属如何办法，待下回赓续叙明。

田兴抗节不臣，蔡子英上书不屈，伯颜子中作歌自尽，此皆所谓仁人义士，

本书极力表彰，所以扬潜德，显幽光，寓意固甚深也。唯太祖一书，子英一书，犹有可考，而伯颜子中之歌词七章，无从搜录，为可惜耳。太祖微行，未见正史，而稗乘备传其事，益见太祖之忮刻。忮刻者必喜阿谀，故杨宪、汪广洋、胡惟庸诸人，陆续登庸，虽依次黜戮，而误国已不少矣。刘基有先见之明，犹遭毒毙，憸人之不可与共事，固如此哉！然亦未始非太祖好谀之过也。

第十九回　定云南沐英留镇
征漠北蓝玉报功

却说太祖既磔死惟庸，复将陈宁等一律正法，涂节虽自首，究属与谋，亦加以死刑，僚属党羽，连坐甚众，诛戮至万余人。唯李善长、陆仲亨、费聚三人，因患难初交，不忍加罪，特置勿问。嗣闻云奇伤重身亡，大为悼惜，追封右少监，赐葬钟山。翰林学士承旨宋濂，时已致仕，仲子璲与长孙慎，俱坐惟庸党被刑，并饬有司械濂至京，下狱论死。马后亟进谏道："民家为子弟延师，尚始终相敬，况宋濂亲授皇子，独不可为他保全么？"太祖道："既为逆党，何能保全？"马后又道："濂早家居，必不知情。"太祖愤然道："此等事非妇人所知。"后乃嘿然。会后侍食，不御酒肉，太祖问故？后流涕道："妾闻宋先生将要被刑，不胜痛惜，愿为诸儿服心丧呢。"太祖投箸而起，即命赦濂，安置茂州。屡叙马后谏事，实为贤后留芳。濂行至夔州，得病而殁。通计濂傅太子十余年，言动必以礼，一生为文，未尝苟作。日本使尝奉敕请文，以百金为献，却不受。海外诸国，朝贡使至，必问濂安否。卒时年已七十二，朝野中外，无不痛惜。述濂之贤，以形太祖之刻。这且按下不提。

且说洪武十四年秋季，诏命傅友德为征南将军，蓝玉为左副将军，沐英为右副将军，率步骑三十万，往征云南。云南，古滇地，素称蛮服。汉武帝时，彩云现南方，遣使往察，起自洱河，因置云南郡，谕滇酋入朝。唐以后为段氏所据，国号大理。元世祖南下，擒段兴智，以第五子忽哥赤为云南王，仍录段氏子孙，协守封疆。忽哥赤死，子松山嗣，受封梁王。至元顺帝

时，把匝剌瓦尔密袭位，为明玉珍所攻，走营金马山，寻得大理援军，击退玉珍。元主北去，云南如故。太祖以地甚僻远，不欲用兵，特命翰林院待制王祎，持节招谕，颇得优待。嗣因元嗣主遣使征饷，胁令降祎，祎不屈遇害。寻复遣湖广行省参政吴云往谕，又被杀。于是命傅友德等南征，旌旗蔽江而下。既至湖广，友德调都督郭英、胡海、陈桓等，领兵五万，由四川永宁趋乌撤，自督大军由辰沅趋贵州，克普定，下普安。元梁王把匝剌瓦尔密，遣司徒平章达里麻，将兵十余万，出驻曲靖，抵御明军。沐英献议道："元兵料我远来，一时不能深入，我若倍道急趋，出其不意，定可破敌。"友德点首称善，遂夤夜进师，将至曲靖，忽大雾四塞，茫不见人。明军冒雾疾进，直抵白石江。江在曲靖东北，距城不过数里，达里麻才得闻知，急率锐卒万人，濒江截阻。友德又用沐英计，整师临流，佯作欲渡状，暗中却别遣奇兵，从下流潜渡，出敌阵后，树帜鸣鼓。达里麻大惊，忙分军抵敌。沐英见敌阵已动，料知敌已中计，急麾军渡江，长刀蒙盾，破他前队。元军气索，倒退数里。明军乘势进逼，矢石雨发，呼声动天地。英复亲麾铁骑，横冲而入，直至达里麻纛下，大喝一声，挺枪直刺。达里麻被他一吓，竟颠仆马下，那时明军伸手过来，自然把他擒去。当下俘众二万余，横尸十余里。友德慰谕俘囚，纵使归业，蛮人大喜，到处欢迎。

友德复分遣蓝玉、沐英等趋云南，自率众趋乌撤，为郭英等声援。元梁王把匝剌瓦尔密，闻知达里麻败耗，无心守城，遁入罗佐山。适右丞驴儿自曲靖遁归，至梁王前，极陈明军强盛状，梁王慨然道："生为元裔，死作元臣。"言毕，遂将龙衣卸下，用火焚去，复驱妻子投溺滇池，自与左丞达的，右丞驴儿，向北遥拜，刎颈而死。元室亲藩，死事最烈，莫若梁王。故《明史·梁王列传》，亦特别旌扬。蓝玉、沐英，军至板桥，右丞观音保出降。玉等整军入城，戒辑军士，安定人民。又分兵进取临安诸路，迎刃皆下。是时郭英、胡海、陈桓等，早入赤水河，斩木造筏，夜半齐渡。元右丞实卜引军拒战，相持未决。至傅友德大军赴援，实卜顾视惊惶，立即遁去。友德遂得乌撤地。因乌撤无城，饬军筑造，尚未竣工，实卜复招集蛮众，鼓噪而来。友德倚山为营，戒兵士不得妄动，俟至敌气已懈，才开营出战，自高临下，势如瀑布喷涌，无人敢当。是即彼竭我盈之计。实卜回马就走，途遇芒部土酋，率众来援，又翻身接仗。恼动了十万明军，左驰右突，前进后随，杀死了许多

蛮官，蛮众大溃，实卜又落荒窜去，好称逃将军。乌撒遂得完城。又进克七星关，直通毕节，远近蛮部，如东川、乌蒙、芒部等，统望风降附。

自是云南境内，大半平定，只有大理未下。蓝玉、沐英自云南进攻，土酋段世，聚众扼下关，守御甚固。沐英审度形势，料不易拔，遂别出奇兵，令王弼、胡海两将，各授密计，分道去讫。原来大理城倚点苍山，西临洱河，并有上下二关，势甚险固。沐英遣王弼密趋上关，胡海潜登点苍山，都从间道绕越，攀援而上。段世是个蛮牛，只晓得防着下关，谁意王弼、胡海两军，已绕出背后，从内杀出，沐英又从外杀入，两路夹攻，就使段世三头六臂，也是不能脱逃，一阵哗乱，被明军击翻地上，活捉去了。段世就擒，城即陷入。沐英又分兵取鹤庆，略丽江，破石门关，下金齿，诸蛮部一律降服，云南悉平。沐英偕蓝玉回军云南，与傅友德等会集滇地，联名报捷，并筹办善后事。嗣接太祖诏谕，令傅友德、蓝玉等班师，留沐英镇守云南。英设官立卫，垦田屯兵，均力役，定贡额，民赖以安。太祖念沐英功，遂命沐氏世守云南，这且待后文再表。

唯当时云南边境，有平缅部，与金齿接壤，前代未通中国，至元朝始遣使招降，授土酋为宣慰司。元末的宣慰司，叫作思伦发，因闻金齿降明，恐遭讨伐，亦遣使朝贡。诏仍授他为宣慰使，寻又命兼统麓川地。思伦发渐渐桀骜，居然造起反来，有众十余万，入寇景东。沐英檄都督冯诚往御，战败引还，千户王昇死难。英拟亲督军往讨，会接诏敕，只令他屯兵要害，以逸待劳，乃遵旨筹防，自楚雄至景东，每百里置一营，率兵屯种，观衅后动。思伦发见无懈可击，也退伏了一两年。后谋诱集群蛮，入寇摩沙勒寨，都指挥宁正，受沐英命，迎头痛击，大破群蛮，斩首千五百级，思伦发引为深耻，竟倾寨前来，众号三十万，入寇定边。沐英闻报，急选骁骑三万，昼夜兼行，及抵敌营，压垒而阵，令都督冯诚挑战。敌营内忽跃出万人，驱象三十余只，舞蹈而前。冯诚欲返奔，指挥张因，时为前锋，独不慌不忙，弯弓搭矢，叫一声着，中象左膝，象即仆地，复一矢射中敌帅。冯诚见张因得手，亦命兵士接连注射，死敌数百人，获一象而还。沐英喜道："贼无他技，容易破灭了。"知彼知己，百战百胜。乃下令军中，置火铳神机箭为三行，先后列着，更迭击射。复分军为三队，命冯诚居前，宁正居左，都指挥汤昭居右，鼓勇前进。敌复驱象出营，象皆披甲，两旁置栗，以备击刺。阵既交，

群象突出，明军铳箭俱发，声震山谷。象返走，敌遂四溃。蛮目昔剌，独麾健卒来斗明军，势甚凶猛。沐英登高遥望，见左军少却，即取下佩刀，命左右取帅首来。左帅见一人握刀驰下，料知不佳，遂拼着性命，奋呼突阵，各军随上，无不以一当百，蛮众大败，斩首三千级，俘获万余人，得生象三十七头，敌渠各身受巨创，伏毙象背。有几个侥幸逃生的，都不知去向，思伦发亦单身遁走。沐英回军，休养数月，拟集众深入，思伦发得报大惧，遣使谢罪，并愿岁贡象马白金等物，乃仍令为宣慰使。麓川、平缅俱平。结束滇事。

话分两头，且说元嗣主爱猷识理达腊，于洪武十一年夏季谢世，子脱古思帖木儿嗣位，免不得又来侵边。大将军徐达，及副将军汤和等，奉命驰御，擒住元平章别里不花，元兵败退。既而徐达、李文忠先后病殁，太祖很是悲悼，追封达为中山王，文忠为岐阳王，立碑赐祭，备极荣哀。太祖尝语诸将道："受命即出，成功即归，不矜不伐，妇女无所爱，财帛无所取，中正无疵，光同日月，只有大将军徐达一人。达为功首，故备录太祖赞语。今不幸溘逝，丧一良弼了。"言下很是唏嘘。嗣是饬边固守，好几年不出塞。至洪武二十年，元太尉纳哈出，拥众金山，屡侵辽东，乃命冯胜为大将军，傅友德、蓝玉为左右副将军，率师二十万北征。胜至通州，遣哨马出松亭关，探悉元兵多屯驻庆州，遂令蓝玉轻兵往袭。时适大雪，元兵未曾防备，不意明军突至，连逃走都是不及。元平章果来被杀，果来子不兰奚受擒，明军得胜回营，胜遂会集大军，齐出松亭关，进逼金山，并遣降将乃剌吾，往谕纳哈出，速即归降。纳哈出未免心动，令左丞刘探马赤等，至胜营献马。胜遣人送赴京师，一面驱军急进，径薄纳哈出营。纳哈出惊惶失措，由乃剌吾再与劝导，乃率数百骑诣蓝玉军前。玉大喜，设宴款待。纳哈出酌酒酬玉，玉解衣给纳哈出，令他穿着，然后饮酒。纳哈出不允，彼此争让许久。纳哈出竟取酒浇地，且操着蒙语，戒饬从骑。适郑国公常茂，系冯胜女夫，随胜出征，亦在座中。茂部下或解蒙语，密告常茂，说是纳哈出谋遁。茂即上前搏击，刺伤纳哈出右臂。常茂此举，殊太卤莽。纳哈出大愤，亏得都督耿忠，代为排解，引他见大将军。大将军冯胜，好言抚慰，并令耿忠与同寝食，纳哈出方才无语。胜以纳哈出既降，即将他所有妻孥将校，一律招集，相偕同归。临行时命都督濮英，率兵三千人断后。濮英迟行一程，突被溃卒邀击，

马蹶被擒，英剖腹自尽。冯胜失了濮英，无从报命，不得已诿罪常茂，说他无端激变，把他械系入京。茂与胜名虽翁婿，事辄龃龉，抵关后，大为不服，亦讦奏胜罪状。翁婿相残，常茂固非，冯胜亦误。太祖密令侦查，有言胜私匿名马，强纳敌女，并使阍人至纳哈出妻前，行酒求珠宝。恐未尽实。于是太祖忿怒，将冯胜、常茂一并惩治，谪茂至龙州安置，收胜大将军印绶，勒令归第凤阳。再命蓝玉为大将军，唐胜宗、郭英为副，仍出军北征，进至庆州。时元嗣主脱古思，屯捕鱼儿海，距庆州约数百里，玉谍知消息，从间道驰入，直抵百眼井，已近捕鱼儿海，四望寂寥，杳不见敌。玉勒马欲归，定远侯王弼道："我等提十万众，深入沙漠，未见敌人，遽行班师，如何复命？"玉沉吟未决。弼请令军士穴地为炊，毋使敌望见烟火，至夜乃可发兵。玉依计而行。是晚大风扬沙，漫天昏黑，玉用弼为前锋，径趋捕鱼儿海。见元主果营海岸，呐喊而入，吓得元主心惊胆落，挈同家眷，骤马奔逃。元太尉蛮子，仓猝拒战，约略交锋，头已落地。弼率大军追赶，擒住元主次子地保奴，及故太子必里秃妃，并公主以下百余人，还有官属三千，男女七万，马牛驼羊十五万，一并籍录，驰报京师。太祖大悦，遣使劳军，谕中比玉为卫青、李靖，总算是纶音优渥了，及还师，晋封玉为凉国公。玉身长面赤，有大将才，屡次立功，渐膺宠眷，且娶常遇春妻弟，遇春女为太子标元妃，与太子为转弯亲戚，因此恃功挟势，寖成骄蹇。自地保奴及妃主入京，太祖赐与居第，月给廪饩，元妃颇有姿色，玉日夕过从，免不得有勾搭情事。都中人言啧啧，为太祖所闻，召玉切责。元妃因此怀惭，自经而死。死得不清白。太祖命将所赐蓝玉铁券，镌入玉罪，令他鉴戒。玉仍不改，多蓄庄奴假子，霸占东昌民田，种种不法，遂以速死。是时马后早崩，太子随逝，鲁王檀嗜药亡身，潭王梓谋变自焚，秦王樉召还被锢，周王橚弃国被迁，酿成太祖懊恨，迭兴党狱。韩国公李善长，尚且赐死，那跋扈专恣的蓝玉，还有什么生望？小子有诗叹道：

功狗由来未易全，况兼骄恣挟兵权。
朱公泛棹留侯隐，毕竟聪明足免愆。

以上所叙各种情迹，俟小子逐段交代，看官欲知详细，请阅下回。

本回叙云南事，传梁王，亦传沐英也。梁王之忠，已见细评，若明得云南，全出沐英力，而云南人民，亦戴德不忘，终明世二百七十余年，沐氏子孙守云南，罕闻乱事，黔宁之功，固不在中山开平下也。蓝玉与沐英，同事疆场，为明立勋，不一而足。捕鱼儿海一役，谋虽出于王弼，而从善如流，不为无功。自是残元余孽，陵夷衰微，数十年无边患，谁谓玉不足道者？乃身邀宠眷，志满气溢，既不能急流勇退，复不能恭让自全，遂致兔死狗烹，引颈就戮。明虽负德，蓝亦辜恩。藉非然者，玉氏子孙，亦何至不沐氏若乎？前后相照，一则食报身后，一则族灭生前，后之君子，可以知所处矣。

第二十回　凤微德杳再丧储君
鸟尽弓藏迭兴党狱

却说马皇后翊赞内治，所有补阙匡过等事，屡见前文，恰是古今以来一位贤后，洪武十五年八月崩逝，不但太祖恸哭终身，不复立后，就使宫廷内外，也歌思不忘。小子读马后遗传，时常景仰，所以前文叙述，于马后有关系事，必援笔写入。还有数条轶闻，也须一一补出，作为后来的女范。可谓有心人。先是太祖起兵，战无虚日，后随军中，辄语太祖以不嗜杀人。至册后以后，俭约如故，身御浣濯，虽敝不即易，尝谓此系弋绨遗法。宫嫔敬服，拟为东汉时的明德马后。后生五子，周王橚最幼，放诞不羁，至就藩开封，后遣慈母江贵妃随往，给以常御敝衣一袭，及杖一支，语贵妃道："王如有过，请披衣加杖，倘再倔强，驰驿报闻，毋得轻恕！"橚闻言悚惧，就藩后不敢为非。后崩，橚始少纵，弃国游凤阳。太祖愤怒，命徙至云南，寻因怀念后德，仍勒令归藩。随笔说明周王橚事。后遇岁灾，辄率宫人蔬食，太祖谓已发仓赈恤，不必怀忧，后谓赈恤不如预备，太祖甚以为然。平时又累问百姓安否？且云："帝为天下父，自己为天下母，赤子不安，父母如何可安？"名论不刊。及太祖幸太学还，后问及生徒，知有数千人，便慨然道："诸生皆有廪食，可以无饥，但他的妻子，从何取给？"太祖亦为动容。乃立红板仓储粮，岁给诸生家属，生徒颂德不置。后虽贵，犹亲自主馈，早晚御膳，格外注视。妃嫔等劝她自重，后语妃嫔道："事夫须亲自馈食，从古到今，礼所宜然。且主上性厉，偶一失饪，何人敢当？不如我去当冲，还可

禁受。”既而进羹微寒，太祖举碗掷后，后急忙躲闪，耳畔已被擦着，受了微伤，更泼了一身羹污。后热羹重进，从容易服，颜色自若。妃嫔才深信后言，并服后德。宫人或被幸得孕，后倍加体恤，妃嫔等或忤上意，后必设法调停。有言郭景祥子不孝，尝持槊犯景祥，太祖欲将他正法，后奏道：“妾闻景祥止一子，独子易骄，但亦未必尽如人言，须查明属实，方可加刑。否则杀了一人，遽绝人后，转似有伤仁惠了。”的是仁人之言，不得视为妇人之仁。嗣太祖察知被诬，方叹道：“若非后言，险些儿将郭家宗祀，把他斩断呢。”李文忠守严州时，杨宪上书诬劾。后谓宪言不宜轻信，文忠乃得免罪。春坊庶子李希贤，授诸王经训，用笔管击伤王额，太祖大怒，后劝解道：“譬如使人制锦，只可任他剪裁，不应为子责师。”太祖乃罢。此外隐护功臣，事多失传，就在宫禁里面，也不能尽详。至病亟时，群臣请祷祀求良医，后语太祖道：“生死有命，祷祀何益？世有良医，亦不能起死回生。倘服药不效，罪及医生，转增妾过。”明淑如此，我愿终身崇拜之。太祖叹息不已。继问后有无遗言。后呜咽道：“妾与陛下起布衣，赖陛下神圣，得为国母，志愿已足，尚有何言？不过妾死以后，只愿陛下亲贤纳谏，慎终如始罢了。”亲贤纳谏四字，括尽古今君道。言讫而逝。寿五十一岁。宫人恸哭失声，即外廷百官，亦一律衔哀。宫中尝作追忆歌道：

> 我后圣慈，化行家邦，抚我育我，怀德难忘。怀德难忘，于万斯年，毖彼下泉，悠悠苍天。

九月葬孝陵，临葬遇风雨雷电，太祖愀然不乐，召僧宗泐入，与语道：“后将就窆，令汝宣偈。”泐随口说偈道：

> 雨落天垂泪，雷鸣地举哀。西方诸佛子，同送马如来。

宣偈毕，天忽开霁，乃启辆往葬，太祖甚是心慰，赐泐百金。后来尊谥马后为孝慈皇后。马后以下，位置要算孙贵妃。奈孙贵妃已早去世，乃令李淑妃摄六宫事。淑妃，寿州人，父名杰，洪武初曾任广武卫指挥，北征战死。太祖闻杰女慧美，遂纳为妃嫔，倍加宠遇。未几淑妃又殁，乃以郭宁妃

充摄六宫。结述李郭二妃，回应第五回及第七回。终太祖身世，不复立后，总算是不忘伉俪的遗意。

太子标系马后长子，太祖与陈友谅交战时，马后尝负标从军，及标得立储，绘成负子图，藏怀中。会李善长等赐死，太子进谏道："皇父诛夷太滥，恐伤和气。"太祖默然。次日，以棘杖遗地，令太子拾起，持在手中。太子有难色，太祖笑道："朕令汝执杖，汝以为杖上有刺，怕伤汝手，若得棘刺除去，就可无虞。朕今所戮诸臣，便是为汝除刺，汝难道不明朕意么？"棘刺原属宜防，但有害过棘刺者，何不防之？太子顿首道："上有尧舜之君，下有尧舜之民。"言未毕，太祖面忽改色，突然离座，持榻欲投。太子起身急走，一面探怀中所绘图，弃掷地上。太祖拾视，顿时大恸，方免追责。

适鲁王檀好饵金石，毒发致死，太祖谥他为荒，隐寓恨意。潭王梓有心谋变，弄到夫妇俱焚，太子益不自安，日怀危惧。忮刻之私，危及骨肉，可见人主不宜好刻。原来潭王梓的来历，小子于十一回中，曾叙他母妃阇氏，系陈友谅妃子，遗腹生梓。梓年渐长，就封长沙。临行辞母，母问道："汝将何往？"梓答称："至国。"母问："汝国何在？"答言："在长沙。"母又问："何人封汝？"答言："受父所封。"母又道："汝父何在，尚能封汝？"梓知有异，跪询母意。母乃流涕与语，详述前事，并言前日屈身事仇，实为汝一点骨血，汝今年长，毋忘前恨。梓饮泣受命而去。到了长沙，终日闷闷不乐，唯日与府僚设醴赋诗，聊作消遣。既而妻父丁显，及妻弟琥，坐胡惟庸党被诛，遂潜谋作乱。太祖遣使召见，梓惧谋泄，因愤愤道："宁见阎王，不见贼王。"言已，纵火焚宫。与妃于氏并投火中，霎时间骨肉焦灼，同归于尽。其母阇氏，亦忧悔成疾，数日遂亡。与子妇同归冥途，恰也可喜，唯见陈友谅恐不能无愧耳。史传谓梓由达定妃所出，达定妃又不著姓氏，想因明代档案，讳莫如深，无从参考，所以含糊过去。

至若李善长赐死一案，仍是被胡惟庸牵连。善长弟存义，与惟庸结儿女亲，惟庸得罪，存义本须连坐，太祖因顾念勋戚，赦他死罪，贬置崇明。善长未尝入谢，遂致太祖怀恨。善长又营建大厦，向信国公汤和，假用卫卒三百名，汤和虽是应允，暗中恰封章入告。已而京中吏民，为党狱诛累，坐罪徙边，共约数百人，内有丁斌等系善长私亲，善长替他求免，益触主怒，竟命将丁斌逮问。斌本给事胡惟庸家，一经讯鞫，反将李存义当日，如何

交通惟庸情事，和盘说出。丁斌不致如此没良，总由狱吏承旨诱供之故。刑官不好怠慢，复逮李存义父子严讯。存义父子，熬刑不住。又把通逆情由，诿与善长。恃彼为韩国公耶？那时一班朝臣，希承意旨，联章交劾善长，统说是大逆应诛。落阱下石，令人悲叹。太祖还欲议亲议功，格外宽宥，猫拖老鼠，装什么假慈悲。偏偏太史又奏言星变，只说此次占象，应在大臣身上，须加罚殛，于是太祖遂下了严旨，赐善长自尽。可怜善长已七十七岁，活活的投缳毕命。所有家属七十余人，尽行被戮。只有一子李琪，曾尚临安公主，得蒙免死，流徙江浦。既说占象应在大臣，则善长一死足矣，何必戮及家属多至七十余人。外如吉安侯陆仲亨，延安侯唐胜宗，平凉侯费聚，南雄侯赵庸，江南侯陆聚，宜春侯黄彬，豫章侯胡美，即胡定瑞。荥阳侯郑遇春等，一并坐狱论死。总算杀得爽快。太祖且条列诸臣罪状，作奸党录，布告天下。

当时只有虞部郎中王国用，痛善长被诬，浼御史解缙起草，替他讼冤。拜本上去，好似石沉大海，毫无复音。国用还是运气，否则又将下狱矣。太子标仁恕性成，心中很过不下去，颇肖马后。至进谏被责，越觉怏怏。会太祖以关中险要，竟欲迁都，秦王樉恐失去封地，颇有怨言。太祖又召还拘禁，命太子亲往关中，卜都相宅，并调查秦王过失。太子还都，代陈秦王无罪，涕泣请免。太祖尚未深信，太子遂忧悒成疾，于洪武二十五年夏月，瞑目归天。丧葬礼毕，谥为懿文太子。前回结末数语，至此方一律叙清。

是时太祖已迭纳数妃，连生十数子，椿为蜀王，皇十一子。柏为湘王，皇十二子。桂为代王，皇十三子。楧为肃王，皇十四子。植为辽王，皇十五子。㮵为庆王，皇十六子。权为宁王，皇十七子。楩为岷王，皇十八子。橞为谷王，皇十九子。松为韩王，皇二十子。模为瀋王，皇二十一子。楹为安王，皇二十二子。桱为唐王，皇二十三子。栋为郢王，皇二十四子。㰘为伊王，皇二十五子。连从前所封九王，共得二十四子。这二十四子中，唯燕王棣最为沉鸷，太祖谓棣酷肖自己，特别钟爱。至太子薨逝，意欲立棣为储君，只因太子已生五子，嫡长早殇。次子叫作允炆，即建文帝年亦寖长，倘或舍孙立子，未免于礼未合，乃亲御东角门，召群臣会议。太祖先下谕道："国家不幸，太子竟亡。古称国有长君，方足福民，朕意欲立燕王，卿等以为何如？"学士刘三吾抗奏道："皇孙年富，且系嫡出，孙承嫡统，是古今的通礼。若立燕王，将置秦王、晋王于何地？弟不可先兄，臣意谓不如立皇孙。"援经立议，不得以靖难兵变，咎

及三吾。太祖闻言，为之泪下，乃决立允炆为皇太孙。

先是太子在日，凉国公蓝玉，与太子有闻接戚谊，尝相往来。接入前回蓝玉事，以便承上起下。自北征还军，语太子道："臣观燕王在国，举动行止，与皇帝无异。又闻望气者言，燕有天子气，愿殿下先事预防，审慎一二！"太子道："燕王事我甚恭，决无是事。"蓝玉道："臣蒙殿下优待，所以密陈利害，但愿臣言不验，不愿臣言幸中。"太子默然。及蓝玉趋退后，未免有人闻知，传报燕王，燕王衔恨不已。及太子薨逝，燕王入朝，即奏称："在朝公侯，纵恣不法，将来恐尾大不掉，应妥为处置"云云。这句话，虽是冠冕堂皇，暗地里却指着蓝玉，请太祖按罪严惩。蓝玉桀骜如故，一些儿不加检点，寻又出捕西番逃寇祁者孙，并擒建昌卫叛帅月鲁帖木儿，威焰愈盛，意图升爵。哪知太祖反冷眼相待，并不升赏。至皇太孙册立，乃命他兼太子太傅，别召冯胜、傅友德归朝，令兼太子太师。玉攘袂大言道："难道我不配做太师么？"嗣是怏怏不乐。遇有入朝侍宴，所有言动，一味骄蹇，太祖越加疑忌。从此玉有奏白，无一见从。玉尝私语僚友，指斥乘舆道："他已疑我了。"既知见疑，何不速退。此语一传，便有锦衣卫蒋瓛，密告蓝玉谋逆，与鹤庆侯张翼，普定侯陈垣，景川侯曹震，舳舻侯朱寿，东莞伯何荣，及吏部尚书詹徽，户部侍郎傅友文等，设计起事，将伺皇上出耕藉田，乘机劫驾等情。太祖得了此信，立命锦衣卫发兵掩捕，自蓝玉以下，没一个不拿到殿前，先由太祖亲讯，继由刑部锻炼成狱，无论是真是假，一古脑儿当作实事，遂将他一并正法，并把罪犯族属，尽行杀死。甚至捕风捉影，凡与蓝玉偶通讯问的朝臣，也难免刀头上的痛苦，因此列侯通籍，坐党夷灭，共万五千人，所有元功宿将，几乎一网打尽。比汉高待功臣，还要加惨。太祖意尚未足，过了年余，颍国公傅友德，奏请给怀远田千亩，非但不准，反将他赐死。定远侯王弼，居家叹道："皇上春秋日高，喜怒不测，我辈恐无噍类了。"为这一语，又奉诏赐死。宋国公冯胜，在府第外筑稻场，埋瓴地下，架板为廊，加以碌碡，取有鞺鞳声，走马为乐。有怨家入告太祖，讦胜家居不法，稻场下密藏兵器，意图谋变云云。太祖遂召胜入，赐酒食慰谕道："卿可安心！悠悠众口，朕何至无端轻信？"言下，甚是欢颜。胜以为无虞，尽量宴饮，谁知饮毕还第，即于是夜暴病，害得七孔流血，数刻即亡。可痛可恨！

总计开国功臣，只有徐达、常遇春、李文忠、汤和、邓愈、沐英六人，

保全身名，死皆封王。但徐、常、李、邓四公，都死在胡蓝党狱以前，沐英留镇云南，在外无事，得以考终。汤和自死最迟，他是绝顶聪明，见太祖疑忌功臣，便告老还乡，绝口不谈国事，所以享年七十，寿考终身。叙明六王生卒，是用笔绵密处。这也不必细表。

且说太祖既迭诛功臣，所有守边事宜，改令皇子专任。燕王棣最称英武，凡朔漠一带，统归镇守，他遂招兵养马，屡出巡边。洪武二十三年，率师出古北口，收降元太尉乃儿不花。二十九年，复出师至撒撒儿山，擒斩元将孛林帖木儿等数十人，太祖闻报大喜，尝谓肃清沙漠，须赖燕王。至三十一年，秦王樉、晋王㭎俱薨，乃命燕王棣总率诸王，得专征伐。其时太祖已经老病，尚传谕燕王道：

> 朕观成周之时，天下治矣。周公告成王曰："诘尔戎兵，安不忘危之道也。"朕之诸子，汝独才智，秦晋已薨，汝实为长。攘外安内，非汝而谁？尔其总率诸王，相机度势，用防边患，奠安黎庶，以答上天之心，以副吾付托之意！其敬慎之，毋怠！

自是燕王权力愈盛，兵马益强，又兼燕京为故元遗都，得此根据，越觉雄心勃勃了。统为下文伏线。洪武三十一年闰五月，太祖崩，年七十有一，遗诏命太孙允炆嗣位。且言诸王镇守国中，不必来京。允炆依着遗诏，登了御座，一面奉着梓宫，往葬孝陵，追谥为高皇帝，庙号太祖，以明年为建文元年。允炆后遭国难，没有庙谥，明代沿称为建文帝。清乾隆元年，始追谥为恭闵惠皇帝。小子编述至此，也援明朝故例，称他做建文帝便了。本回就此结束，只有一诗咏明太祖道：

> 濠梁崛起见真人，神武天生自绝伦。
> 独有晚年偏好杀，保邦从此少能臣。

欲知建文帝即位后事，且至下回续叙。

是回叙事，看似拉杂写来，头绪纷繁，实则一线到底。太祖性本雄猜，赖有

马后之贤，从容补救，故洪武十五年以前，虽有胡惟庸一狱，而李善长、宋濂、陆仲亨、费聚等，尚得保全，党祸固未剧也，至马后崩而杀机迫矣。父子尚怀猜忌，遑问功臣？善长赐死，株连多人，甚至秦、周诸王，亦拟加罪。懿文太子，虽不能保全元功，犹能保全骨肉，不可谓非仁且恕者。然卒以是忧郁成疾，至不永年，是太子之薨，亦未始非太祖促之也。太子殁而蓝狱即兴，连坐至万余人，元功宿将，相继俱尽，何其残忍至此？燕王之酷肖乃父，亦无非天性忮刻，相感而孚耳。故是回总旨，在叙太祖之好猜，隐为燕王靖难张本，自翦羽翼，反害子孙，忮求果奚为乎？

第二十一回　削藩封诸王得罪　戕使臣靖难兴师

却说建文帝嗣位，诏令各地藩王，毋须来京，于是诸王皆遣使朝贺，不复入觐。独燕王棣星夜南下，将至淮安，被兵部尚书齐泰闻知，禀白帝前，遣使出阻，促令还国，燕王怏怏北还。自是启嫌。先是太祖在日，因建文帝头颅少偏，性又过柔，恐不能担负重器，时以为忧。一日，令他咏月，收束两句："虽然隐落江湖里，也有清光照九州。"隐伏诗谶太祖见了，颇为不悦。后复令他属对，出语云："风吹马尾千条线。"建文帝答道："雨打羊毛一片膻。"太祖闻言，面色顿变。是时燕王在侧，独上前奏对，乃是"日照龙鳞万点金"七字，太祖不禁叫绝道："好对语！"恰是冠冕堂皇。自是太祖愈爱燕王，不欲立建文为储。偏学士刘三吾，请立太孙，乃勉徇所请。俗语说得好，棋无一著错，为这一著，遂酿成骨月相戕的祸祟，以致兵戈迭起，杀运侵寻。回应首回第一弊，且隐为下文作引。

建文帝本是个仁柔寡断的人物，但他对各地藩王，恰也有些疑忌。即位以后，亲信的侍臣，第一个便是齐泰，第二个乃是侍读黄子澄。齐、黄二人，实为首祸，故特笔提出。一夕，忽召子澄入内，与语道："先生可记得东角门谈话么？"子澄应声道："臣不敢忘。"建文帝遂令子澄为太常侍卿，参领国事。原来建文帝为太孙时，尝坐东角门，语子澄道："诸叔各就藩封，拥兵自固，设有变端，如何对付？"子澄答称无妨，且举汉平七国的故例，作为证据，建文帝方才欢慰。建文不及景帝，子澄宁欲作晁错耶？至此回忆前言，乃

复与子澄语及，无非是令他辅翼，监制外藩的意思。既而户部侍郎卓敬，密书上奏，略称："燕王智虑过人，酷类先帝，现在镇抚北平，地势形胜，士马精强，万一有变，不易控制，应徙封南昌为是。"建文帝览毕，于次日召敬入殿，语敬道："燕王骨月至亲，应无他变。"敬叩首道："陛下岂不闻隋文杨广的故事么？父子至亲，尚具逆谋。"不导建文以亲亲之谊，反促其疑忌诸王。未免悖谬。建文帝不待说毕，便道："卿且休言！容朕细思。"这语传出外廷，顿时流言四起，都说新主有意削藩。那时燕王先侦知消息，上书称疾。他如周、齐、湘、代、岷诸王，多不自安，互相勾结。周王橚次子有爋，曾封汝南王，竟密告橚不法事，以子证父不得为直。辞连燕、齐、湘三王。建文帝忙召齐泰、黄子澄，入内密议。齐泰道："诸王中唯燕最强，除了燕王，余人可不讨而服。"黄子澄插口道："齐尚书说错了，欲要图燕，先须翦他手足。周王系燕王母弟，今既密谋不轨，何妨将他拿来，先行处罪。一足除周，二足惩燕。"建文帝道："周、燕相连，岂肯就捕？"子澄道："陛下不必过忧，臣自有计。"建文帝大喜道："朕得先生，可无他忧了。凡事当尽委先生。"太过信了。子澄顿首谢命，偕齐泰出来，当下召曹国公李景隆，即李文忠子。授他密计，令即前往。景隆依计而行，出都时，率兵千人，扬言奉命防边，道出汴梁，周王橚闻着此信，毫不防备，哪知景隆到了开封，竟率兵袭入王宫，把周王橚及妃嫔人等，统行拿下，押解至京。建文帝见了周王，恰又怜悯起来，意欲放他回国。是谓妇人之仁。泰与子澄坚持不可，乃废橚为庶人，流窜蒙化。橚子皆别徙。未几又召橚还京，锢禁狱中。

越月余，天象告警，荧惑守心。四川岳池教授程济，夙通术数，上书言星应兵象，并在北方，来年必有战祸。这书到京，建文帝未免动疑，只面子上恰不便相信，只说是程济妄言，饬四川长官拿解进京。济入都，由帝亲讯，济大呼道："陛下囚臣，明岁无兵，杀臣未迟。"乃将济下狱。都督府断事高巍，痛心时政，独剀切上书道：

> 昔我高皇帝上法三代之公，下洗嬴秦之陋，封建诸王，凡以护中国，屏四裔，为圣子神孙计，至远也。然地大兵强，易致生乱。诸王又多骄逸不法，违犯朝制，不削则废法，削之则伤恩。贾谊曰："欲天下之治安，莫若众建诸侯而少其力。力少则易使以义，国小则无邪心。"

今盍师其意，勿施晁错削夺之谋，而效主父偃推恩之策，令西北之子弟诸王，分封于东南，东南诸王子弟，分封于西北，小其地，大其城，以分其力，如此则藩王之权，不削而自削矣。臣又愿陛下益隆亲亲之礼，岁时伏腊，使问不绝，贤如河间东平者，下诏褒赏；不法如淮南济北者，始犯则容，再犯则赦，三犯而不改，则告庙削地而废处之，宁有不顺服者哉？谨奏！

疏入不报。齐泰、黄子澄等，承建文帝密旨，日思削燕，只因燕王棣地广兵强，一时不便下手。燕王虽在北平，所有京中消息，无不闻知，一面佯称疾笃，一面谋诸僧人道衍。这道衍系是何人？他本姚姓，名广孝，籍隶苏州，出家为僧，法名道衍，自称得异人传授，预知休咎。从前太祖封藩，多择名僧为诸王师傅，此举实令人不解。道衍得派入燕邸，一见燕王，便说他当为天子。燕王大悦，待若上宾，所有谋议，均与道衍熟商。道衍又荐引两人，一个姓袁名珙，善相术，一个姓金名忠，善卜易。珙入见燕王时，即趋前拜贺。燕王惊问何意？珙对道："殿下龙行虎步，日角插天，怕不是个太平天子么？"燕王道："近日廷臣屡议削藩，区区北平，尚恐难保，还有什么奢望？"珙对道："殿下已年近四十了，一过四十，须必过脐，便登大宝。若有虚言，愿挖双目。"燕王益喜，复令金忠卜筮，得爻大吉。因此有意发难，与三人朝夕聚谋。

道衍首倡练兵，为整备计，但恐有人泄漏消息，暗地里穴通后苑，筑室地下，围绕重墙，密砌瓴甓瓦缶。室内督造兵械，室外养了无数鹅鸭，令他鵝鵝齐鸣，扰乱声浪。这种行动，除燕王左右外，没人与闻，还道是神不知，鬼不觉。可奈天下事，若要不知，除非莫为。这燕邸日夕储兵，免不得有人发泄，一传十，十传百，闹得南京城内，也统说燕王不臣，指日图变。齐泰、黄子澄两人，本是留心燕事，得有音闻，便去报知建文帝。建文帝忙问良策。黄子澄谓先发制人，不如讨燕。齐泰独以为未可，只请遣将戍开平，调燕藩护卫兵出塞，密翦羽党，然后观衅讨罪。两人计议，先后矛盾，已是不能成事。建文帝从齐泰言，命工部侍郎张昺为北平布政使，都指挥谢贵、张信，掌北平都司事。一面令都督宋忠，出屯开平，调燕邸卫兵，隶忠麾下，但称是防御北寇。掩耳盗铃。并遣都督耿瓛，练兵山海关，徐凯练兵临

清，严行戒备。又飞召燕番骑指挥关童等，驰还京师。布置已定，乃命修太祖实录，追尊懿文太子为孝康帝，庙号兴宗，母吕氏为皇太后，册妃马氏为皇后，子文奎为皇太子，封弟允熥为吴王，允熞为衡王，允熙为徐王，免不得有一番忙碌。又用侍讲方孝孺议，更定官制，内外官品勋阶，悉仿周礼更定，且条订礼制，颁行天下。方氏虽一代正人，然未免迂腐，看他下手，便是急其所缓。正在整修内政的时候，忽报湘王柏、齐王榑、代王桂等，统蓄异图。当由建文帝分道遣使，发兵收印。柏自焚宫室，弯弓跃马，投火身亡。榑逮锢京师，桂幽禁大同，均废为庶人。一波才平，一波又起，西平侯沐晟，又奏称岷王楩行事不法，得旨照齐、代例，亦削职为民，流徙漳州。连削诸藩，无怪燕王速反。随饬刑部侍郎暴昭，户部侍郎夏原吉，充采访使，分巡天下。暴昭到了北平，侦悉燕王阴谋，飞使告密，请即预防。建文帝方在踌躇，忽报燕世子高炽、高煦、高燧，因太祖小祥，来京与祭，当饬令传入，与帝相见。彼此问答，除高煦有矜色外，两世子执礼甚恭，建文帝稍觉心安。至小祥祭毕，齐泰拟留住三人，作为质信，因此一时未行。燕王正防这一着，急遣人驰奏，只说病危且死，速遣三子北归。明明是假。建文帝复召齐、黄二人，示以奏牍。齐泰仍主持原议，不欲遣回。黄子澄独启奏道："不若遣归，令他勿疑。"乃传旨令三子归国。旨方下，忽有魏国公徐辉祖入见。辉祖系徐达子，达女为燕王妃，燕王三世子，皆达女所出，与辉祖有甥舅谊。至是辉祖入奏道："臣三甥中，唯高煦勇悍无赖，非但不忠，且将叛父，他日必为后患，不如留住京中，免得胡行。"建文帝默然不答。建文之病，便在于此。辉祖退出，帝复召问辉祖弟增寿，及驸马王宁，都袒护高煦，保他无事。且云王言不宜反汗，乃悉听北去。高煦临行，潜入辉祖厩中，盗了一匹名马，加鞭疾驰。至辉祖察觉，遣人往追，已是不及。煦渡江而北，沿途乱杀吏民，至涿州，又杀驿丞，返见燕王。燕王也不及细问，唯满脸堆着笑容，并语三子道："我父子重得相聚，真是天助我了。"过了数日，忽有朝旨下来，严责高煦擅杀罪状，燕王置诸不问。又越数日，燕官校于谅、周铎等，被张昺、谢贵赚去，执送南京，燕王忙遣人探问，已而返报，两人都被戮京师，害得燕王懊丧异常，嗟叹不已。未几又奉旨切责，燕王遂佯狂披发，走呼街头，夺取市人酒食，语言颠倒，有时奄卧沟渠，竟日不起。亏他装作。张昺、谢贵，闻王病状，入邸问视。时方盛夏，红日炎炎，燕邸内独设着一炉，炽

炭甚烈，燕王身披羔裘，兀坐炉旁，还是瑟瑟乱抖，连呼天冷。张、谢二人，与他谈话，他却东掇西扯，满口荒唐。孙膑假疯，不是过也。张、谢信为真疾，辞别后，暗报朝廷。独燕长史葛诚，与张、谢莫逆，密语张、谢道："燕王诈疾，公等慎勿为欺。"张、谢尚似信非信。嗣燕王使百户邓庸，诣阙奏事，齐泰将邓庸拿住，请帝亲讯，具言燕王谋逆状。乃发符遣使，往逮燕府官属，并密令谢贵、张昺，设法图燕，使约长史葛诚及指挥卢振为内应。又以北平都指挥张信，旧为燕王信任，命他掩执燕王。

信受命不知所措，入内白母。母大惊道："不可不可。吾闻燕王当有天下，王者不死，岂汝一人所能擒他么？"张信之母，岂亦知术数语相卜耶？言未毕，京中密旨又到，催信赶紧行事。信艴然道："为什么性急至此？"乃往燕邸请见。燕王托疾固辞，三造三却。信却想了一计，易了微服，乘着妇人车，径入燕府，说有要事密禀。燕王乃召入，信见燕王卧着，拜倒床下。燕王仍戟指张口，作疯癫状。信顿首道："殿下不必如此，有事尽可告臣。"燕王尚瞪目道："你说什么？"信又道："臣有心归服殿下，殿下恰故意瞒臣，令臣不解。实告殿下，朝旨令臣擒王，王果有疾，臣当执王解京，否则应早为计，无庸深讳。"张信未免负主。言至此，猛见燕王起床下拜道："恩张恩张！生我一家，全仗足下。"信答拜不迭，彼此扶掖而起。信遂将京中密旨，和盘说出。燕王立召僧道衍等，入内密议。适天大风雨，檐瓦飞堕，燕王有不悦色。道衍进言道："这是上天示瑞，殿下何故不怿？"燕王谩骂道："秃奴纯是瞎说，疾风暴雨，还说是祥瑞么？"道衍笑道："飞龙在天，哪得不有风雨？檐瓦交堕，就是将易黄屋的预兆，为什么说是不祥？"燕王乃转忧为喜，徐问道衍，如何措置？道衍道："殿下左右，唯张玉、朱能两人，最为可恃，请速召入，令他募集壮士，守卫府中，再图良策未迟。"燕王称善，遂命张玉、朱能，依计行事。寻又与道衍等商定良策，方才散会。

越数日，朝使至北平，来逮燕府官属，张昺、谢贵等，遂亲督卫士，围住燕府，迫令将官属交出。朱能入报，燕王道："外兵甚众，我兵甚寡，奈何？"又是假话。朱能道："擒杀张昺、谢贵，余何能为？"燕王方道："教你募集壮士，共得若干人？"朱能道："已有八百人到此。"燕王道："已够用了。你与张玉分率四百人，潜伏两庑，待我诱入贵、昺，掷瓜为号，你等一齐杀出，便可除此二奸。"朱能领命而去。

燕王遂称疾愈，亲御东殿，受官僚谒贺。退殿后，即遣使往语贵、昺道：“朝廷遣使来收官属，可悉依所坐姓名，一一收逮，请两公速来带去！”贵、昺闻言，尚迟疑未至。燕王复遣中官往催，只说所逮官属，已经缚住，请即收验，迟恐有误。贵、昺乃带着卫士，径诣府门，司阍阻住卫士，但令贵、昺入内。贵、昺不便回身，只好令卫士在门外候着，自随中官径入。既到殿上，见燕王曳杖出来，笑脸相迎。两人谒见毕，便由燕王赐宴，酒过数巡，忽出瓜数盘，置于席上。燕王语两人道：“适有新瓜进献，愿与卿等共尝时味。”贵、昺称谢。燕王自进片瓜，忽怒詈道：“今编户齐民，对着兄弟宗族，尚相赒恤，乃身为天子亲属，性命偏危在旦夕，天下何事可为，亦何事不可为。”越是帝王家，越不能顾恤宗族，燕王乃犹未知耶？言毕，掷瓜于地。瓜方坠下，蓦见两庑杀出伏兵，鼓噪而入，捽住贵、昺，并葛诚、卢振下殿。燕王掷杖起立道：“我生什么病！我为奸臣所迫，以致于此。今已擒获奸臣，不杀何待！”遂命将贵、昺等四人，一律枭首。贵、昺被杀，门外关着的卫兵，尽行散逸。连围城将士也闻报溃散。

北平都指挥彭二闻变，急跨马入市，集兵千余人，欲入端礼门。燕王遣壮士庞来兴、丁胜等，麾众出斗，格杀数人，便即逃散。彭二见不可支，亦仓皇遁去。燕王遂收逮葛诚、卢振家族，尽行处斩。一面下令安民，城中大定。都督宋忠，得着此耗，自开平率兵三万，至居庸关，因胆怯不敢进攻，退保怀来。于是燕王誓师抗命，削去建文年号，仍称洪武三十二年，自署官属，以张玉、朱能、邱福为都指挥佥事，擢李友直为布政司参议，拜金忠为燕纪善，秣马厉兵，扬旗击鼓，居然造起反来。他恰自称为靖难军，小子有诗咏道：

北平兴甲似无名，发难偏称靖难兵。
如此强藩真跋扈，晋阳书叛岂从轻？

毕竟燕王能否成功，且看下回分解。

封建制度，莫盛于周，而东周之弱，实自此致之。厥后汉七国，晋八王，唐藩镇，元海都笃哇诸汗，皆尾大不掉，酿成祸乱。明祖不察，复循是辙，未几而

即有靖难之师。论者谓建文嗣祚，道贵睦亲，乃听齐泰、黄子澄之言，削夺诸藩，激成燕王之变，是其咎应属建文。说固似矣，但大都耦国，终为后患。削亦反，不削亦反，误在案验未明，屡兴大狱。周、齐、湘、代、岷诸王，连日芟除，豆煎釜泣，兔死狐悲，宁有智虑过人之燕王，甘心就废，束手归罪耶？且所倚以谋燕者，唯责之张昺、谢贵、张信诸人，信既反复不忠，贵、昺又未能定变，为燕所缚，如豚犬然。内乏庙谟，外无良弼，坐使靖难军起，一发难收，是不能不为建文咎也。本回所叙，即为建文启衅之源，福为祸倚，由来渐矣。

第二十二回　耿炳文败绩滹沱河
燕王棣诈入大宁府

却说燕王棣誓师抗命，下谕将士，大旨以入清君侧为名，招降参政郭资，副使墨麟，佥事吕震，及同知李浚、陈恭等，一面遣使驰驿，赍奏朝廷。其辞云：

皇考太祖高皇帝，艰难百战，定天下，成帝业，传至万世，封建诸子，巩固宗社，为磐石计。奸臣齐泰、黄子澄，包藏祸心，橚、榑、柏、桂、楩五弟，不数年间，并见削夺，柏尤可悯，阖室自焚。圣仁在上，胡宁忍此？盖非陛下之心，实奸臣所为也。心尚未足，又以加臣，臣守藩于燕，二十余年，寅畏小心，奉法循分。诚以君臣大义，骨肉至亲，恒思加慎，为诸王先。言重言重，恐怕未必。而奸臣跋扈，加祸无辜，执臣奏事人，箠楚交下，备极苦毒，迫言臣谋不轨，遂分派宋忠、谢贵、张昺等于北平城内外，甲马驰突于街衢，钲鼓喧阗于远迩，围守城府，视臣如寇仇，迨护卫人执贵、昺，始知奸臣欺诈之谋。窃念臣于孝康皇帝，同父母兄弟也，今事陛下如事天也，譬伐大树，先翦附枝，亲藩既灭，朝廷孤立，奸臣得志，社稷危矣。臣伏睹祖训有云："朝无正臣，内有奸恶，则亲王训兵待命，天子密诏诸王统领镇兵讨平之。"臣谨俯伏俟命。

书入，建文帝尚迟疑未决，总是因循致误。那燕王已出师通州，降指挥房胜，进陷蓟州，擒杀都督指挥马宣，乘夜趋遵化。指挥蒋云、郑亨等，又皆开城迎降，复遣锐卒击夺居庸关。守将余瑱，败走怀来。时都督宋忠，正在怀来驻扎，闻居庸关失守，忙率兵来援，并下令军中道："尔等家属，统在北平，现闻被燕兵屠戮，积尸盈途，快随我前行，报仇泄恨。"激怒之计，未始不善，但惜系诈言耳。军士闻了此言，个个怒目切齿，摩拳奋掌，争向居庸关杀去。一到关前，遥见燕军前队的旗帜，统系熟识，旗下列着士卒，不是父兄，就是子弟，彼此慰问，都称无恙。当下恼动军心，大呼宋都督欺我，一声哗噪，相率倒戈。宋忠列阵未定，不防这前军哗变，自相残杀，正在脚忙手乱，那燕军复乘势杀来，眼见得人仰马翻，不可收拾，当下全军大溃。都指挥孙泰，本是一员骁将，也被流矢所中，战死阵中。宋忠逃奔入城，门不及闭，被燕军一拥而入，四处搜杀，至厕间觅获宋忠，并擒住余瑱，一律杀死。诸将校先后受缚，共一百余人，统因主将已亡，情愿捐生，或自刎，或被杀，怀来遂陷。山后诸州皆震动。开平、龙门、上谷、云中诸守将，望风降附。谷王橞镇守宣府，也因地近怀来，恐遭兵祸，竟弃了国土，逃奔南京去了。

京中迭闻警耗，建文帝乃祭告太庙，削棣属籍，废为庶人，诏示天下，特命宿将耿炳文，为征虏大将军，驸马都尉李坚，都尉宁忠为副，率师讨燕。子澄又请命安陆侯吴杰，江阴侯吴高，都督都指挥盛庸、潘忠、杨松、顾成、徐凯、李文、陈晖、平安等，分道并进。且从狱中放出程济，擢为翰林院编修，充作军师，护诸将北行。一面传檄山东、河南、山西三省，合给军饷。临行时，建文帝谕令将士道："昔萧绎举兵入京，常号令军中，谓一门以内，自逞兵威，实属不祥。今尔等将士，与燕王对垒，亦须善体此意，毋使朕有杀叔父名。"湘东故事，何足取法。况湘东因此失国，建文宁未之闻乎？耿炳文等领命出师，共计三十万人，陆续至真定，当命徐凯率兵驻河间，潘忠率兵驻莫州，杨松率先锋九千人驻雄县，约忠为应。

燕王使张玉往探虚实，玉返报道："炳文年老，潘、杨有勇无谋，行军安营，统乏纪律，看来俱不足为。唯我军欲南下，宜先取潘、杨，方可通道。"宿将凋零久矣，只一炳文亦老羸不胜任，谁为为之？以至于此。燕王称善，即命移军涿州，进屯桑娄。时值中秋，天高月朗，燕军统渡过白沟河，直薄雄县

城下。杨松毫不防备，乘着中秋佳节，大家宰牛饮酒，醉饱酣眠，不料时至夜半，燕军缘城而上，大刀阔斧，砍入城中，等到杨松惊起，慌忙迎敌，已是不及措手，霎时间九千兵士，悉数战殁，杨松亦死于乱军之中。一班酒鬼，尽入冥途。燕王既得雄县，便谕诸将道："潘忠近在莫州，未知城破，必引众来援，我便好生擒他了。"妙算在胸。当下命千户谭渊，领兵千余，渡月漾桥，埋伏水中，俟潘忠兵过，据住桥梁，断他归路。谭渊受计去讫。燕王即麾兵出城，列阵待着。果然潘忠引兵前来，越过月漾桥，直趋雄县。将到城下，望见前面统是燕军，不禁心慌，一经交绥，燕军如生龙活虎，锐不可当，潘忠料不可支，只好且战且行。回至桥边，忽由水中跳出一人，大喝道："谭渊在此！何不受缚？"潘忠尚未看清，已被谭渊手起枪落，刺倒马下。谭渊手下诸兵士，抢步出水，把潘忠擒去。潘军腹背受敌，纷纷投水溺死。潘、杨俱了。

燕王遂趋入莫州，休息三日，复会议进兵所向。张玉道："何不径趋真定？彼众新集，我军乘胜进攻，一鼓可下。"燕王依言，即向真定进发。途次获得耿部下张保，由燕王好言抚慰，保自称愿降。燕王遂问耿军情形。保答道："耿军共三十万人，先到的有十三万，分营滹沱河南北岸。"燕王道："你既诚心归降，我纵你归去，只说是兵败被执，窃马逃归，所有雄、莫战状，及我兵直趋真定，统可直告炳文便了。"张保唯唯而去。诸将上前禀道："大王直趋真定，本欲掩他不备，奈何遣保返告？"我亦欲问。燕王笑道："诸将有所不知。前未知耿军虚实，因欲袭他不备，今知他半营河南，半营河北，南北互援，不易取胜，何若令他知我行踪，使他并南归北，才可一举尽歼。且使闻雄、莫败状，挫损锐气，这是兵法上所谓先声后实呢。"诸将方齐称妙计。燕王即带着数骑，径趋真定东门，擒住耿军二人，讯问耿军情状，果将南兵尽移北岸，随即遣张玉、谭渊、马云、朱能等，绕出城西南，连破耿军二营。炳文出城迎战，张玉等率军奋击，两下里喊杀连天，争个你死我活。不防燕王复亲率铁骑，沿城夹攻，横贯南阵，耿军大乱。炳文支持不住，慌忙逃回。朱能率敢死士后追，至滹沱河，炳文众尚数万，复列阵向能。能奋勇大呼，冲入炳文阵中，炳文军士，已经重创，无心恋战，相率披靡。一时践踏死的，不计其数。弃甲投降的，又有三千余人。副将李坚、宁忠，都督顾成，都指挥刘燧等，统被擒去。炳文逃入真定，闭门固

守。燕军攻城，三日不能下，引还北平去了。

建文帝闻炳文战败，很是懊恼，便召问齐泰、黄子澄道："炳文老将，尚且摧锋，为之奈何？"子澄道："胜败兵家常事，不足深虑，臣思曹国公李景隆，材堪大用，不如命代炳文。"齐泰道："景隆能文不能武，断不可用。"建文不听，即拜景隆为大将军，赐通天犀带，亲饯江浒，行推毂礼。景隆赴军，耿炳文卸任自归，监察御史韩郁，以出师无功，独愤然上疏道：

臣闻人主亲其亲，然后不独亲其亲。今诸王亲则太祖之遗体也，贵则孝康帝之手足也，尊则陛下之叔父也，乃竖儒偏见，病藩封太重，疑虑太深，于是周王既废，湘王自焚，齐、代相继被摧，为计者必曰兵不加则祸必稔，实则朝廷激之变也。今燕举兵两月矣，前后调兵不下五十万，而一矢无获，将不效谋，士不效力，徒使中原赤子，困于转输，民不聊生，日甚一日，臣恐陛下之忧方深也。谚曰："亲者隔之不断，疏者属之不坚"，此言深有至理。伏愿陛下鉴察，兴灭继绝，释齐、代之囚，封湘王之墓，还周王于京师，迎楚、蜀为周公，俾各命世子持书，劝燕罢兵守藩，慰宗庙之灵，笃亲亲之谊，不胜幸甚。是亦迂腐之谈。

建文帝得了此奏，置诸高阁。只催命景隆进兵。景隆至德州，收集炳文将卒，并调诸路兵五十万，进营河间。燕王闻报，喜谕诸将道："从前汉高祖用兵如神，还只能将兵十万，景隆竖子，有什么才能，乃给他五十万众？这正是自取败亡呢。"言未已，有探马报说："明将吴高、耿瓛、杨文等，进军永平"，燕王投袂遽起，即欲麾军往援，诸将入请道："大王出援永平，倘景隆乘虚来袭，如何是好？"燕王道："景隆不足畏，我出援永平，正欲诱他前来，先破吴高，后破景隆，统在此举。"当下令世子高炽居守，并戒他坚守勿战，自率军径诣永平。吴高本来胆小，忽闻燕军大至，竟弃了辎重，退保山海关，燕军从后追去，斩首数千级。景隆闻燕王出援永平，果引兵薄北平城下，筑垒九门，燕世子高炽，督城固守，连妇女也令登陴，乱掷瓦砾。景隆军令不严，竟尔骤退。瓦砾犹能退军，况矢石乎？景隆竖子，固不足畏。高炽又夜遣勇士，缒城劫营，营中自相惊扰，竟退到十里以外，方敢驻足。独有都督瞿能，愤怒交迫，自率二子及精骑千余，直攻张掖门，势且登城，偏

景隆因他擅出，满怀猜忌，勒令缓攻。既不知兵，又怀私意，不败何待？守兵连夜用水沃城，翌晨结水成冰，很是光滑，不能再登。两军相持不下，这时候，燕王已移师东北，潜袭大宁。原来大宁属宁王权镇守，东控辽左，西接宣府，所属朵颜三卫骑兵，都骁勇善战。燕军发难，明廷恐宁王与合，召还京师，宁王抗不受命，坐削护卫。燕王乘隙贻书，并潜师随后。诸将以大宁无患，北平垂危，请燕王熟权缓急，还救北平。燕王道："今从刘家口径趋大宁，数日可达，闻大宁城内，只有老弱居守，所有将士，均派往松亭关，我能袭取大宁，抚绥将士家属，松亭关自不战而降。若北平深沟高垒，纵有雄师百万，一时也难攻取，待我取了大宁，还援北平，尚是未迟。"陆续叙来，统见燕王妙算。遂从间道登山，驰抵大宁城下，暗令健卒四伏，自己单骑入城，一见宁王，握手大恸，只说建文负我，现在北平被围，旦夕且下，求吾弟设法救我，替我表谢请赦。真做得象，更兼宁王此时亦有狐兔之悲，能不堕其彀中耶？宁王也相对唏嘘，备加慰藉。一面代草表章，情词娓娓，请贷燕王一死。表发后，设宴相待，笑语殷勤。接连数日，城外的伏兵，多混迹入城，与三卫部长，互相联络。燕王方托故告辞，宁王送出郊外，置酒饯行。第一杯递与燕王，一饮而尽；第二杯复递到燕王手中，燕王忽将杯掷地道："伏兵何在？"人情反复，一至于此，煞是可叹。言甫毕，一声呼噪，燕军尽至，竟拥了宁王南行，三卫彍骑，袖手旁观，大宁都指挥朱鉴，上前争夺，竟被燕军杀死。燕王又麾兵入城，揭示安民，只把宁府妃妾世子，及所有宝货，一拥而出，驰至松亭关。关上将士，已接家属通报，有心归燕，统在马首迎降。燕王派兵分守要害，随驱着大宁降众，还向北平。至会州，简阅将士，设立五军，命都指挥张玉将中军，朱能将左军，李彬将右军，徐忠将前军，房忠将后军，每军各置左右副将，以大宁降众，分隶各军，浩浩荡荡，驰援北平。

是时天气严冷，雨雪纷飞，燕王兵至孤山，暂驻北河西，河水汪洋，无舟可渡。燕王望空默祝道："天若助我，今夜河水结冰。"这一语也是燕王希冀非分，不意上天竟似有耳，河伯也是效灵，一夕严风，将河冰结得甚固。天神果助逆乎？抑助顺乎？燕军凌晨探视，诧为奇异，反报燕王。燕王大喜，即麾兵渡河。适值李景隆移营河滨，先锋都督陈晖渡河截击，被燕军一阵驱杀，大败奔回。燕军渡河上岸，回视河冰复解，大家喜得神助，遂抖擞精神，直捣景隆大营。自午至申，连破七寨，景隆不能抵御，黄夜遁去。燕军

进抵城下，见城外尚有南军九垒，奋呼杀入，城中亦鼓噪出兵，内外夹攻，哪有不破之理？顿时杀得尸横遍野，血流成渠。有几个逃脱的兵士，星夜南奔，追上景隆残军，同返德州去了。景隆既至德州，不免懊怅得很，拟再调军马，期至来春大举，忽闻有朝旨下来，吓得面如土色，至开诏跪读，竟加封景隆为太子太师，这是事出意外，连景隆都莫名其妙呢。小子有诗叹道：

败军偾辙有明刑，谁料恩荣赐阙廷。
莫怪建文终逊国，误施赏罚失常经。

毕竟景隆如何邀赏，容至下回叙明。

明太祖杀戮功臣，几无噍类，至建文嗣位，所存者第一耿炳文。炳文系偏将才，非大帅才也，滹沱河一役，事事不出燕王所料，其才之劣，已可概见。然耿炳文败回真定，燕军攻城不下，三日即引还，意者其犹以炳文为宿将，未易攻取乎？至若景隆仅优文学，素未典兵，安可寄以干城之任？子澄误荐，建文误用，宜其丧师覆辙也。史称燕王善战，宁王善谋，燕宁接壤，燕既发难，正应优诏谕宁，令蹑燕后，为两面夹攻之计，乃复削其护卫，为渊驱鱼，即非燕王之计诱，恐燕宁亦必相联，兔死狐悲，谁不知之？建文帝不谋及此，而盈廷诸佐，又不闻举此以告，坐使燕藩日盛，祸及滔天，天下事之可长太息者，孰逾于是？读之令人作三日呕云。

第二十三回　折大旗南军失律　脱重围北走还都

却说李景隆败回德州，明廷反加封太子太师，赏罚倒置，究是何因？看官不要性急，待小子补叙出来。原来景隆败报到京，由黄子澄暗中匿住，反奏称交战获胜，不过因天气寒冷，未便行兵，所以暂回德州，俟春再举。建文信为实事，遂封景隆为太子太师，景隆受诏后，自己都是不解，嗣接子澄密书，方知子澄代为掩饰，真是感激不尽；且书中勉令再举，亦合己意。遂飞檄各处，招集兵士，到建文二年孟春，各处兵马齐集，差不多有五六十万人，止拟祭旗出发，忽报燕王出攻大同，亟督师往援，道出紫荆关，余寒尚重，冰雪齐封，军士各叫苦不迭。幸得侦骑反报，燕王已由居庸关，入返北平，于是相率趋归。军士南归情急，抛弃无数铠仗，以便速行。还有一班敝兵羸卒，不能熬受冻饿，多半死亡。未曾对仗，且如此狼狈，真令人短气。

景隆回军月余，又誓师德州，会同武定侯郭英，安陆侯吴杰等，进兵真定，得兵六十万，列阵数十里。燕王闻报，语诸将道："李景隆等都无能为，唯靠了数十万兵卒，想来谋我，哪知人多易乱，前后不相应，左右不相谋，将帅不专，号令不一，何能成事？尔等但严装待着，敌来即击，怕他什么？"虽是安定军心，恰亦寓有至理。张玉道："何不先往白沟河，扼住要害，以逸待劳？"燕王点头道："尔言却也有理。"遂麾众先往。到了三日，侦悉景隆前锋都督平安，已将驰到，燕王道："平安竖子，前曾从我出塞，今日敢来冲锋，我当前去破他。"当下拔营复进，渡过五马河，直抵苏家桥。猛闻

炮声骤响，伏兵猝起，当先一员大将，挺矛突阵，就是南军都督平安。随后又有都督瞿能父子，亦跃马而来，刀光闪闪，逢人便砍。燕兵猝不及防，向后倒退，几乎旗靡辙乱。忽有三员骁将，出阵拦阻，与平安交战起来，燕军望将过去，一是内官狗儿，一是千户华聚，一是百户谷允，三对儿盘旋厮杀，颇似棋逢敌手，将遇良材，战至日暮，方各鸣金收军。次日，景隆、英、杰等俱到，还有魏国公徐辉祖，亦奉命至师，数人商定一计，暗将火器埋着地下，然后出兵诱敌。燕军不知是诈，一鼓赶来，突觉火器爆发，烟焰冲天，燕军多烧得焦头烂额，连忙返奔，燕王也不能禁止，只好亲自断后。逃了一程，天色已昏，四顾手下，只有三骑，愁云惨淡，林树苍茫，竟不辨东西南北。俄闻水声潺潺，料知已到白沟河，急急跑到水滨，下马伏地，谛视河流，方得辨明方向，仓卒渡河，直达北岸，始见本营所在地，驰入帐中，才得安息。随谕诸将秣马蓐食，翌日再战。

转瞬天明，使张玉将中军，朱能将左军，陈亨将右军，房宽为先锋，邱福为后应，共率马步兵十余万，渡河列阵。南军营内的瞿能父子，约了平安，先后趋出，巧值房宽到来，两下相交，不到十合，平安怒马陷阵，宽众披靡，顷刻奔溃。张玉等见宽已败阵，统有惧色，独燕王大喝一声，自麾健卒数千人，先出阵前，舍命冲突，高煦率张玉等继进，一场恶战，真杀得山摇地动，日暗天昏。忽南军阵里，梆声一响，发出了无数硬箭，向燕军射来，这箭镞好象生眼，都到燕王马头旋绕，马屡被创，三易三蹶，南军复乘势相逼，急得燕王无法可施，也取强弩对付，连射一阵，箭又尽了，乃拔剑左右奋击，砍伤数人，剑又缺折不堪用，适身旁有骑兵中箭，倒毙马下，那马溜缰欲驰，被燕王一手拉住，纵身上马，加鞭北走。马甫上堤，忽听后面大呼道："燕王休走！徐能来擒你了。"燕王也不及回顾，只扬鞭作招呼状，情急智生，仿佛曹操之入濮阳城。徐能疑有伏兵，不敢穷追。约过片时，燕王得高煦等救兵，复回马杀来，巧值平安驰到，一枝矛神出鬼没，刺死北军统领陈亨，徐忠急来相救，又被平安拔剑乱斫，伤了二指，指头将断未断，忠忍痛将残指砍去，裂衣裹创，奋勇再战。高煦恐燕王有失，也当先奋斗，几杀得难解难分。时已晌午，燕军少懈，瞿能父子，乘隙上前，大呼灭燕，连砍燕骑百余人。越嶲侯俞通渊，陆凉卫指挥滕聚，见瞿能父子得手，也纵马随入，正在踊跃争先的时候，忽觉北风陡起，猛扑南军，沙石飞扬，迷人双

目，接连是一声怪响，把景隆身前的大纛，折做两段。天意可知。景隆料知不佳，正拟鸣金收军，忽然燕军队里，射出各种火具，火随风发，霎时燎原。南军有力难施，只好回马逃走，阵势一动，便至大乱。燕王趁这机会，亲率劲骑数千，绕出景隆阵后，突入驰击。前面的高煦，复督领将士，一齐纵火，顺风痛杀。可怜这瞿能父子，及俞通渊、滕聚等，俱战殁阵中，葬身火窟。平安独力难支，也只好匹马奔逃。南军大溃，势如山崩。燕王麾众奋追，直至月漾桥，除南军弃械投降外，被杀死的数不胜数。郭英向西遁去。郭英也是宿将，至此亦不中用，可见主有福，方觉将有力。景隆南走德州，抛弃器械辎重，好似山积，连御赐的玺书斧钺，也一并抛去。还亏徐辉祖率兵断后，方不致片甲不回。过了数日，燕王复进攻德州，未到城下，景隆先已出走，剩下储粮百余万石，至燕军入城，安安稳稳的得了粮草，声势越振。

是时山东参政铁铉，方督饷赴景隆军，闻景隆败还，忙驰入济南，与参军高巍，收集溃亡，共誓死守。景隆也遁至济南，扎营城外。燕军乘胜进攻，景隆众尚十余万，仓猝迎战，又被燕军杀败，单骑遁去。于是燕军筑垒围城，经铁铉、高巍两人，督众固守，围久不下。警报飞达南京，建文帝不免心慌，没奈何与齐泰、黄子澄商量，佯示罢免，遣使赴燕军议和。一面召李景隆还京，所有军务，饬左都督盛庸代理，并升铁铉为山东布政司使，帮办军事。看官！你想这燕王棣狠鸷心成，既已发难，哪肯半途罢手？见了朝使，置诸不理，只命将士奋力攻城，且射书城中，谕令速降。铁铉撕破来书，掷出城外，燕王大愤，令将士决水灌城，城内陡成泽国，顿时军民汹汹。铁铉下令道："军民无恐，本司自有良策，静守三日，便可破敌。"军民得了此令，也不知他葫芦中卖什么药，且依令安心待着。我亦张目瞧着。这位布政使铁铉，居然不慌不忙，暗中差遣干役，出城求降。及差人还报，燕王已允，约明日入城，铁铉佯撤守具，又召集父老数百人，密嘱一番，令出城赴燕王营。燕王闻有父老到来，未免诧异，遂出营巡视。只见父老等俱俯伏道旁，涕泣请道："奸臣不忠，使大王蒙犯霜露，跋涉至此，大王系高皇帝子，民等乃高皇帝百姓，哪敢违大王命？但民等不习兵革，骤见大兵压境，未识大王为国为民的苦心，还疑是有心屠戮。大王如真心爱民，请退师十里，单骑入城，民等当备具壶浆，欢迎大王。"燕王大喜。也入彀中，若非命不该绝，必死铁板之下。好言抚慰，令他回城。次日下令退军，只率劲骑数人，

跨马张盖，渡过吊桥，直达城下。城门果已大开，门内有无数兵民伏着，高呼千岁。燕王扬扬得意，徐行而入，方至门首，蓦听得踢踏一声，连忙上视，不瞧犹可，瞧了一眼，那城上竟放下一块铁板，差不多有数千斤，亏得眼明手快，勒马倒退，未及数尺，板已压下，正中马首，碎成齑粉。为燕王捏一把汗。燕王惊堕马下，旁有骑士扶起，另进一马，纵辔驰去。桥下本设有伏兵，见燕王将要过桥，出水来拆桥板，偏偏桥筑甚坚，一时不能遽毁，竟被燕王越桥逸去。真是天意。铁铉忙出城来追，已是不及。至回城后，叹息不已。

越宿闻炮声震天，燕军又到，铉忙督兵登陴，那炮石煞是厉害，弹着城墙，多成窟窿。燕军且击且攻，声势张甚，铉恐城被击破，又想了一计，悬出了一方神牌，上书“太祖高皇帝之灵”七字，想入非非。字样甚大，射入燕王目中，自觉难以为情，停止炮击。守兵得运土补隙，城复坚固。铉复密约盛庸，内外夹攻，击败燕众。燕王愤急得很，左思右想，一时无从得计。僧道衍进谏道：“顿兵坚城，师老且殆，不如暂归北平，容图后举。”燕王乃撤围北去。铉及盛庸等出兵追敌，直至德州，城内燕军，闻燕王北还，亦无心固守，弃城遁去，德州遂复。庸、铉拜表奏捷，有旨封庸为历城侯，擢铉为兵部尚书，寻复诏庸总兵北伐，拜平燕将军。副将军吴杰进军定州，都督吴凯进军沧州，遥为犄角，合图北平。

这消息传达燕王，燕王不以为意。恰下令出击辽东。又捣鬼了。诸将士各有异言，兵至通州，张玉、朱能入禀道：“大敌当前，正应抵御，乃出师辽东，舍近图远，窃为不解。”燕王闻言，屏退左右，乂与两人密语道：“如此如此。”两人方顿首称善，遂倍道趋天津，过直沽，下令将士，循河而南。将士复惊诧起来，燕王道：“尔等道我欲东反南，走错路头么？我夜见白气二道，东北至西南，占得南征大利，所以改道南行。”还要捣鬼。将士方才无言。燕王更引军疾趋，一昼夜行三百里，遇着南军侦骑，尽行杀毙。走到天明，已抵沧州城下。沧州镇帅吴凯，探得燕军出击辽东，毫不设备，只遣兵四出伐木，修筑城墙，不意燕兵猝至，亟督兵分守城堞，众皆股栗，不及穿甲，燕将张玉，遽率壮士登城东北隅，肉薄齐飞，仍不少却。吴凯料不能守，忙与都督程暹，都指挥俞琪、赵浒、胡原等，开城出走。行了里许，突遇着燕将谭渊，带着健卒，截住去路。吴凯等心忙意乱，勉强抵敌，可奈手下统已溃散，被燕军左擒右斫，伤毙了万余人。还有兵士三千名，见不是

路，都下马降敌，剩得吴凯、程暹等数员将官，如何抵挡，也只得束手就缚。谁知那谭渊凶险得很，佯收降卒，密令军士掘下坑堑，至夜间尽驱降卒入坑，活活埋死，只把那吴凯、程暹等，械送燕王。燕王见功成计遂，一语道破，举上文各种疑团，均已了明。很是喜慰，命将所有俘虏，所得辎重，悉数解运直沽舟中，送达北平。自率众循河而南，复抵德州。盛庸坚壁不出，燕王攻城不下，引兵掠临清、大名，越汶上，至济宁。盛庸遂大合铁铉、平安各军，出屯东昌，杀牛犒将士，誓师厉众，背城列阵，并排着火器毒弩，专待燕军到来。燕军仗着屡胜的威风，飞行而至，一见南军，即鼓噪杀入，怎禁得火器迭发，继以毒弩，不是糜烂，就是惨毙。燕王见前队将士，多半受伤，愤懑的了不得，竟亲率精骑，冒着险来冲南军。盛庸见燕王亲至，恰故意分开两翼，一任燕王杀入，待燕王冲入中坚，复纠兵包围，绕至数匝。燕王才知中计，慌忙夺路，左驰右突，好似铜墙铁壁一般，无从得脱。燕将朱能、周长等，望见燕王被困，急率番骑驰救，突入围中，奋力死斗，才杀开一条血路，护翼燕王出围。张玉还道燕王未脱，拼命杀入，突被南军一阵乱箭，射毙马下。看官览到此处，几疑南军能射死张玉，独不能射中燕王，难道燕王有避箭诀，所以南军不敢放箭，听他逃去么？我亦要问。这个原因，试回阅前叙建文帝的命令，便可晓得。建文帝曾饬临阵诸将，毋使朕负杀叔父名，应二十一回。因此诸将不敢加矢燕王，只想燕王窘迫自缚，投降军前，哪知燕王有帝王相，凭你如何设计，他总遇着救星，化凶为吉，所以全军虽败，恰令各将前奔，自己独匹马单刀，且战且退。南军纷纷追逼，又被他弯弓搭箭，射毙数人。等到南军齐上，却又来了高煦、华聚等，一阵击退南军，扬长而去。

燕王奔还北平，检阅将士，丧失二三万，复闻大将张玉战殁，不禁恸哭道："兵败不足虑，独丧我良辅，实可痛恨。"诸将闻言，亦涕下不已。燕王经此次大创，意欲少休，独道衍进言道："臣前谓师行必克，但费两日，两日就是东昌的昌字，今东昌遭败，已成过去，此后必获全胜。"于是燕王复搜卒补乘，俟至来年再举，暂且按下。

且说建文帝闻东昌大捷，欢慰非常，一面祭告太庙，一面开复齐泰、黄子澄原官，就是召还京师的李景隆，也赦罪勿问。有罪勿诛，如何振饬军纪？御史大夫练子宁，宗人府经历宋征，御史叶希贤，并奏言景隆失律丧师，且怀

贰心，须亟正刑典，然后可谢宗社，励将士。黄子澄亦上书请诛。是你举荐包庇，何不自请坐罪？各奏上去，只留中不发，是时已是建文三年，建文帝方大祀圜丘，行庆贺礼，忽报燕王棣又出师北平，由保定南下了。帝乃命盛庸各军严行堵御，正是：

捷书上达方相贺，敌骑重来又启争。

欲知两军决战情形，且至下回再表。

本回叙南北战事，一误于李景隆，再误于盛庸，白沟河之战，燕王矢尽剑折，逸走登堤，景隆不麾军追擒，使燕王得遇救杀回，转致败溃，是景隆之咎，固无可辞。若盛庸固明明奏捷东昌矣，乌得而言其误乎？曰，既诱燕王入围，何不仍用火器强弩，对待燕王。乃任其得救而逸，非误而何？或谓建文有诏，不杀叔父，盛庸不敢违命，以至于此。曰：将在外，君命有所不受。苟利于国，专之可也。使乘此得杀燕王，则燕军瓦解，大功告成，何至有再出之患乎？由斯以观，则李景隆固有误国之罪，盛庸亦不得谓非误国也。故吾谓盛庸之罪，不亚于李景隆。

第二十四回　往复贻书因使激怒
仓皇挽粟遇伏失粮

却说燕王棣信道衍言，于建文三年春月，复出师南犯，临行时，自撰祭文，哭奠阵亡将士张玉等，并脱下所服战袍，焚赐阴魂。将士家父兄子弟，无不感泣。燕王见人心奋激，即整兵至保定，与诸将议所向。邱福等请攻定州，燕王谓不如攻德州，乃移军东出。途次接着侦报，说盛庸已驻兵夹河。燕王便自率三骑，来觇庸阵。庸结阵甚坚，见燕王掠阵而过，忙遣千骑追赶。燕王仗着善射，连发数箭，射倒追骑五六人，加鞭驰脱。嗣又率步骑万余，来薄庸阵。庸军拥盾自蔽，矢刃不能入。燕王恰令壮士用着长矛，上前钩盾。两下牵扯，燕军即乘隙攻入。燕将谭渊，见敌阵内尘埃滚滚，想已蹂乱，急欲上前争功，策马而出，部下指挥董中峰，亦随着出来，正要冲入敌阵，兜头遇着一员敌将，执着长枪，来战谭渊。不数合，敌将虚晃一枪，勒马回阵，谭渊纵马追入，不防被敌将回枪一刺，适中咽喉，撞落马下。坑人者卒死人手。董中峰忙来相救，又被敌将拔剑一挥，砍作两段。这敌将叫作庄得，乃是盛庸麾下的都指挥，燕军见谭渊陷没，不觉惊退。庄得乘势驱杀，燕军大挫，燕王且战且行。可巧燕将朱能，率铁骑前来接应，燕王即让过两人，令他当先，自己从间道绕出，来袭南军背后。惯用此着。南军专向前面截杀，不防后面又有一军杀来，这是盛庸疏虞处。南军措手不及，顿时大乱。燕王击破庸阵，与朱能、张武等，合军喊杀，恼得这个庄指挥，不管死活，一味向前乱闯，还有骁将楚智、张能，也拼命相争。燕军见他勇悍，索性把他

围住，用了强弩毒矢，四面攒射，庄得身中数箭，竟致毙命，张能兀自搴着皂旗，往来冲突，不到片时，也集矢如猬，死于非命，他尚手执大旗，植立不仆，燕军素畏张能，呼他为皂旗张，及死后兀立，还不敢近前。唯楚智持着双刀，左劈右砍，杀死燕军数人，几已突出重围，谁知一箭飞来，正中右臂，箭头有毒，痛不可支，顿时晕倒在地，被燕军活捉而去，嗣后苏醒转来，乱骂燕王，遂致遇害。时已天暮，两边各敛兵入营。燕王检点将士，也伤了无数，又失了大将谭渊，悲愤交迫，竟带同十余骑，逼盛庸营，露宿一宵。意不可测。

到了天明，四面皆围着庸兵，左右请燕王急遁。燕王仍谈笑自若，待至日出，吹动画角，招集骑兵，从容上马，穿营而去。盛庸诸将，相顾愕眙，连一箭也不敢发，由他往返自如。燕王固奇，盛庸诸将，亦觉可怪。越日复战，燕军阵东北，盛庸阵西南，苦战一日，互有杀伤。两军统觉疲乏，各拟鸣金收兵，忽东北风大起，尘雾蔽天，砂砾击面，两军眯目，咫尺不见人影。风师又来助阵。燕王麾旗大呼，纵左右翼横击庸军，鼓声震地。庸军正思归休，哪禁得燕军杀来，不战而溃。燕军乘风追赶，至滹沱河口，逼庸军入水，践溺死的，不计其数。盛庸退保德州，没奈何据实申报。

建文帝正因宫嫔翠红，投缳自尽，颇为伤感，及接着败报，益觉惊惶无措。原来翠红姓王，临淮人，年十八入宫，二十得幸，貌既可人，才又轶众，早知燕王有异志，劝帝翦除，帝斥她离间骨肉，降隶宫娥。至燕兵发难，颇忆翠红前言，仍欲把她复位，偏宫中多怀妒忌，暗进谗言。翠红闻着，愤无可泄，竟取了三尺白绫，断送一条性命。还是死得干净。建文帝闻她自缢，也为悲泪不置，瘗葬水西门外的万岁冈。述翠红事，可补正史之缺。悲怀未了，警信复来，又只得召入齐泰、黄子澄，密商许久，令他出外募兵，恰故意下诏窜逐，遣使与燕王议和。燕王不从，且上书请罢盛庸、吴杰、平安各兵。建文帝又召问方孝孺。孝孺道："燕兵久叛大名，天将暑雨，势且不战自疲，今宜令辽东诸将，入山海关攻永平，真定诸将，渡芦沟桥捣北平，彼必归救，我用大兵蹑后，不难擒住燕王。现且佯与报书，往返数月，懈彼军心，谋定势合，便可进兵往蹴，一鼓荡平。"看似好计，奈不足欺骗燕王。建文帝连声称善，即遣大理寺少卿薛岩，持诏赦燕王罪，令即罢兵归藩。岩尚未至，燕王又与吴杰、平安等，交战藁城。吴杰、平安夹攻燕军，矢如雨

集，燕军多中箭阵亡，燕王所建大旗，亦被丛矢注射，七洞八穿。方惊虑间，空中大风倏至，又来帮助燕王，比夹河一战的风势，还要厉害，拔木飞沙，吼声如雷。燕王复麾兵四蹙，恁你吴杰、平安，如何勇力，也不得不弃兵遁走，可怜南兵走头无路，多被燕军杀死。骁将邓戬、陈鹏等，陆续被擒。吴杰、平安走入真定，丧师数万。燕王俘获南军万人，除将士外，悉数纵还。又分兵略顺德、广平、河北诸郡县，气焰越盛。

大理寺少卿薛岩，赍诏入燕营，燕王读诏毕，怒对薛岩道："汝临行时，上有何言？"岩答道："皇上有旨，殿下早晨释甲，朝廷暮即班师。"燕王狞然笑道："这语不能诳三尺小儿，乃欲来诳我么？"岩战栗不能对，使非其人，多辱君命。燕将大哗，群请杀岩。燕王道："两国相争，不斩来使，况他曾奉诏到此，尔等休得妄言！"既知有君，如何造反？这也是欺人之语。乃令岩遍观各营，戈矛旗鼓，相接百余里，吓得岩汗流浃背，跼蹐不安。燕王留岩数日，岩告别欲归，燕王语岩道："为我归语天子，我父即天子之大父，天子父系我同产兄，我为亲藩，富贵已极，尚复何望？无非望做皇帝，何必过谦？且天子待我素厚，只因权奸谗构，酿成衅隙，我为救死起见，不得已发兵南来，今幸蒙诏罢兵，不胜感戴。但奸臣尚在，大军未还，我军心存惶惑，未肯遽散，望皇上立诛权奸，遣散各军，我愿率诸子归罪阙下，恭候皇上处治。"一派甘言，恐亦不能欺三尺小儿。岩唯唯听命。燕王复令中使送他出境。

岩沿途不敢逗留，数日到京。方孝孺先与岩晤，详问燕事。岩把燕王所言，具述一遍，孝孺嘿然。及岩入见帝，亦备述前意，且言燕军甚盛，不易破灭。帝语孝孺道："果如岩言，是曲在朝廷，齐、黄二人，误朕太甚了。"孝孺道："陛下使岩宣谕燕王，岩反为燕王作说客，如何可信？"于是帝又游移未决。总是优柔寡断。既而吴杰、平安等，收集溃卒，往断北平饷道，燕王未免怀忧，乃遣指挥武胜，复驰奏到京，大略言朝廷已许罢兵，盛庸等独拥兵未撤，且绝臣饷道，显违诏旨，请从严惩办云云。建文帝得了此奏，颇有罢兵意，便将原奏示方孝孺，且语孝孺道："燕王为孝康皇帝同产弟，系朕亲叔父，若逼他过甚，如何对得住宗庙神灵？"孝孺抗奏道："陛下果欲罢兵么？兵罢不可复聚，若他长驱犯阙，如何对付？臣愿陛下毋为所欺，速诛武胜，与他决绝，那时士气一振，自必得胜。"前云佯与往来，今复请与决绝，且欲诛使以激其怒，自相矛盾，安望成功。建文帝又信了孝孺，缚胜下锦衣狱。忽

宽忽严，太无定见。

燕王闻报大怒，即遣都指挥李远等，率轻骑六千余人，改换南军衣甲，混入济宁、谷亭一带，与南军混杂，乘机纵火，把南军所积粮饷，一炬成灰。燕将邱福、薛禄，复合兵破济州城，潜遣兵抄掠沛县，又放起一把无名火，将南军粮船数万艘，一齐毁尽，所有军资器械，统成煨烬，河水尽热，鱼鳖皆浮死。仿佛曹军之焚乌巢。自是南军乏粮，愈觉短气，至盛庸闻耗，遣将袁宇率军邀截，又被李远设伏击败，斩首数千级。这消息传到京城，大为震动。方孝孺乃献上一计，欲离间燕王父子，请遗书高炽，允他王燕，令他父子相疑，自成乱衅。建文帝称为奇谋，慢着！即命孝孺草书，遣锦衣卫千户张安，赍书投燕。燕世子高炽，偏是乖巧，得书后并不启封，竟差了骑兵数名，卫着张安，送交军前。燕中官黄俨，本谄奉高燧，与高炽不甚相合，他闻知张安来意，即遣人驰报燕王，燕王颇也疑心，转问高煦。高煦本是个狠戾人物，管什么兄弟情谊，自然添些儿坏话。凑巧差骑已到，送入张安，并呈原书。燕王展阅毕，不禁惊喜道："险些儿杀我世子。"遂命将张安拘禁，更复书慰勉高炽，那时方孝孺一番计划，又徒成画饼了。计固未佳。

盛庸因饷道不通，焦闷异常，即檄大同守将房昭，引兵入紫荆关，据易州西水寨，窥伺北平。平安亦从真定出兵，拟向北平进击。燕王时在大名，遣将朱能等截击平安，自领大军往攻房昭。房昭被困多日，向真定乞援，真定发兵往救，被燕王设伏齐眉山下，一鼓击退，斩获无数。房昭势穷援绝，只得弃寨西遁，溃围时丧亡多人。平安到了半途，也被朱能杀败，走还真定。燕王得了许多辎重，凯旋北平。

建文帝屡闻败耗，无计可施，忽忆着太祖临崩，尝有遗嘱委托梅殷，要他力扶幼主，遂召他入朝，商决军事。梅殷系汝南侯梅思祖从子，通经史，善骑射，曾尚太祖女宁国公主，素得太祖宠眷，太祖弥留时，殷亦传侧，太祖嘱他道："诸王强盛，太孙稚弱，烦你尽心辅佐，如有犯上作乱，应为朕出师讨罪。"殷顿首受命。至是奉诏入朝，建文帝提起遗言，意欲命他出镇，殷直任不辞，遂受职总兵，出镇淮安，募集淮安兵民，号四十万，驻守淮上，防扼燕军。一面由宁国公主，致书燕王，责以君臣大义，燕王不答。是时朝廷中官，出使外省，多半侵暴百姓，怨言四起，台臣交章劾奏，建文帝格外懊恼，严旨斥责，并令所在地方官，逮系罪犯，尽法惩治。中官怨怼交

迫，索性丧尽天良，密遣人驰赴北平，具言京师如何空虚，如何可取。蠹国殃民，端在此辈。燕王不禁慨然道："频年用兵，何时得了？要当临江一决，不再返顾呢。"道衍亦劝燕王直趋南京，燕王遂大举誓师，择日出发。一路驰突，所向无前，连陷东平、济阳诸州县，断绝徐州饷道，并破萧沛及宿州。京师闻警，命徐辉祖往援山东。辉祖星夜前行，至小河，闻都督何福，与燕军交战，大获胜仗，平安转战至北阪，亦杀败燕军，两处胜仗，随笔写过。心下大慰。即驱众至齐眉山，与何福合兵，复与燕军厮杀。两下里舍命角逐，自午至酉，胜负相当。燕将李斌，冲锋突阵，忽被流矢射中马首，马倒被擒。斌系著名健将，受擒后尚格杀数人，方才毙命，燕军为之夺气，随即溃散。燕将王真、陈文，亦皆战死。燕王退走数十里，才得安营。众将因屡次败衄，请还师休养，俟衅再动。燕王道："兵事有进无退，稍稍失败，何可遽回？公等但顾目前，宁识大计？"言已，复下令军中道："欲渡河北归，请趋左！否则趋右。"此令殊误。众将多趋左。燕王大声道："尔等既不愿南行，任从自便！"言下很有怒容。朱能即出为调停道："诸君独不闻汉高遗事么？汉高十战九败，终有天下，今我军尚胜多败少，如何便有退心？"太祖屡效汉高，朱能亦以汉高拟燕王，父子皆思创业，安得不骨肉相戕耶？诸将始嘿然无言。燕王恐兵士哗变，好几日衣不解甲，夜不安寝。

这消息传将出来，南军很是相庆，还有京内一班廷臣，闻这捷报，争说燕军且遁，京师不可无良将镇守，应召魏国公还京等语。建文帝又疑惑起来，遂下诏召还辉祖。辉祖一返，何福势孤，燕王复遣朱荣、刘江等，率轻骑截南军饷道，且令游骑扰他樵采。何福支持不住，只得移营灵璧，以便就粮。平安运粮赴何福营，率马步兵六万为卫，令粮车居中，陆续进发，将到灵璧，不防燕军已预先待着，骤出邀击，竞来夺粮。平安慌忙抵敌，杀了半日，未能退敌，再命弓弩手更迭放箭，射倒燕军千余名，敌始稍却。平安方欲进行，忽见燕王督军亲到，来势很猛，一时不及拦阻，竟被燕军横贯入阵，分作两橛。说时迟，那时快，何福闻平安到来，也开壁来援，与平安合击燕军，酣战多时，杀伤相当，燕王又麾军退去。未败又退，仍是狡计。平安、何福两人，总道燕军已退，可无他虑，慢慢儿押着粮车，往灵璧营。约行数里，天色微昏，暮霭四合，野景苍茫，前面丛林错杂，浓绿成阴，只见黑压压的一团，辨不出什么枝干。既写夜色，又点夏景。各军正放心过去，猛闻胡

哨四起，钲鼓随鸣，林间杀出千军万马，冲断南军，当先驰入的统将，不是别人，就是燕王次子高煦。南军已经战乏，哪禁得这支生力军？况兼林深色暝，不知有多少人马，兵刃未交，心胆已碎，大家逃命要紧，还管那什么粮饷？平安、何福，尚想勉力抵御，后面又来了燕王的大军，眼见得不能抵敌，只好夺路逃走，及到灵璧，不但粮车尽失，且丧师万余人，伤马三千余匹。何福、平安以下，统是相对唏嘘，勉强闭寨拒守，是夜还幸没事，未见燕军进攻，只营中粮食已尽，势难复留，当由众将会议，移师至淮河就粮。何福也以为然，定于次日夜间，以放炮三声为号，一齐拔营。众将得令，好容易挨过一日，晚餐以后，各军收束停当，专待炮响起程。俄闻外面炮声已起，接连三响，正与号令相合，遂一齐开门，趋出营外。谁知四面八方，统列着燕军，一俟南军出营，捉一个，杀一个，好似砍瓜切菜一般。这一番，有分教：

全巢尽覆无完卵，巨劫难逃尽作灰。

未知南军能否逃生，且至下回交代。

燕王起兵三年，身临战阵，亲冒矢石，濒死者屡矣，而卒不死，虽曰天命，要莫非自建文帝纵之。燕王无君，建文帝亦不必有叔。如以为叔侄之谊，不忍遽忘，则曷若迎归燕王，让以大位，俾息兵安民之为愈乎？乃既削燕王属籍，废为庶人，又复下诏军前，毋使朕负杀叔父名，坐使燕王放胆，任意横行，无人敢制。且闻败即惧，闻捷即喜，喜怒无常，恩威妄用，当国家多难之秋，顾可若是之胸无定见乎？燕王始终不臣，建文游移失据，成败之机，胥于此分之。故本回以燕王为宾，以建文帝为主，而军事之胜败，尚不过为一种之形容。阅者赏其词，尤当识其意，庶不负作者苦心。

第二十五回　越长江燕王入京
出鬼门建文逊国

却说何福、平安等，拔营欲走，偏遇燕军薄垒，猝不及防，而且号炮三声，也是燕军所放。燕军并不知何福号令，只因夤夜袭营，鸣炮进攻，可巧与何福号令相合，福军误为自己鸣炮，争欲出走，这真所谓冤冤相凑呢。说明前回情事。燕军趁势乱杀，顿时全营纷扰，人马蹂躏，濠堑俱满。副总兵陈晖，侍郎陈性善等三十余人，或战殁，或被执，连骁将平安，也仓猝马蹶，为燕军获住，只有何福单身逃脱。这次战事，所有南军精锐，悉数伤亡，嗣是一蹶不振。黄子澄闻报大哭道："大事已去，我辈万死，不足赎误国罪名。"你也自悔么？乃上书请调辽兵十万，至济南与铁铉合，截击燕军归路。建文帝准奏，飞饬总兵杨文，调辽兵至直沽。不料又被燕将宋贵，兜头袭击，辽兵皆溃，杨文就擒，并没有一兵一将，得至济南。

燕王遂长驱至泗州，收降守将周景初。安民已毕，往谒祖陵。陵下父老，都来叩见。燕王遍赐酒肉，亲加慰劳。父老皆喜，拜谢而去。燕王即欲渡淮，闻盛庸领马步兵数万，战舰数千，列淮南岸，严阵以待，恰也不敢造次进兵，乃遣使至淮安，往见驸马梅殷。只说要进香淮南，恳他假道。梅殷道："皇考有训，禁止进香，不遵先命，便是不孝。"叱使令去。使人返报，燕王大怒，复致书梅殷，略言："本藩出兵到此，为入清君侧起见，天命有归，何人敢阻？不早见机，后悔无及。"殷得书亦愤，竟将来使耳鼻，尽行割去，并语来使道："暂留你口，归报殿下，君臣大义，可不晓得么？"这

语回报燕王，燕王无可奈何，另拟取道凤阳。凤阳知府徐安，闻燕王至淮，拆浮桥，匿舟楫，断绝交通。燕军又不能渡。

燕王踌躇一会，想出了一条好计，召邱福、朱能等入帐，密嘱令去，自引军至淮水北岸。指挥将士，舣舟扬筏，张旗鸣鼓，伪作欲渡状。南军对岸瞧着，整备兵械，严装设防，专待燕军南渡，袭击中流。哪知燕军鼓噪多时，并没有一舟一筏，渡越过来。明明有计，盛庸如何不防？南军瞪目遥望，差不多有小半日，各自还营暂息，忽营外喊声骤起，杀到许多燕军，人乱马嘶，吓得南军魂不附体。看官道这支燕军，从何而来？原来是邱福、朱能等，受了密计，带着骁勇数百人，西行二十里，从上流雇了渔舟，偷渡淮水，绕至南军营前，奋勇杀入。盛庸并不预防，还疑燕军飞到，慌忙出帐上马，意图逃走，不意马亦惊跃，反将盛庸掀了下来，庸跌仆地上，手足被伤，几乎不能动弹，亏得手下亲兵，把他扶起，掖登小舟，仓皇遁去。蛇无头不行，兵无主自乱，顿时全营大溃。燕王乘机飞渡，上岸夹击，立将南军扫净，尽获淮南战舰，遂下盱眙，陷扬州，杀死都指挥崇刚，及巡按御史王彬，别遣指挥吴庸，谕下高邮、通泰、仪真等城，遂进营高资港，舣舟江上，旗鼓蔽天。

京师震恐异常，建文帝忙遣御史大夫练子宁，侍郎黄观，修撰王叔英等，分道征兵。各镇观望不前，或且输款燕王，有意归附。还有朝上六卿大臣，恐在京遭困，多半吁请出守，以便四逸，京内越觉空虚。建文帝亦越觉惶急，没奈何下诏罪己，暗中恰召还齐泰、黄子澄，商决最后的要策。一误再误胡为乎？方孝孺入奏道：“今日事急，且许割地议和，暂作缓兵之计。俟至募兵四集，再决胜负。”此老又出迂谋。建文帝流泪道：“何人可使？”孝孺道：“不如遣庆城郡主。”建文帝点首，乃以吕太后命，遣郡主往燕营。郡主系燕王从姊，既见燕王，燕王先哭，真耶伪耶？郡主亦哭，彼此对哭一场。燕王方问道：“周、齐二王何在？”郡主道：“周王已召还京师，齐王仍在狱中。”燕王叹息不置。郡主徐申帝意，燕王道：“皇考分土，尚不能保，何望割地？且我率兵来此，无非欲谒孝陵，朝天子，规复旧章，请赦诸王，令奸臣不得蒙蔽主聪，我即解甲归藩，仍守臣礼，若徒设词缓兵，今日议和，明日仍战，徒令吾姊往返，反堕奸臣计中，我非愚人，赚我何为？”孝孺迂谋，又被燕王一口道破。郡主不便再言，只得告归。燕王送出营外，复语郡主道：

“为我归谢皇上，我与皇上至亲相爱，并无歹意。只恐未必。但请皇上从此悔悟，休信奸谋！且为传语弟妹，我几不免，赖宗庙神灵，佑我至此。相见当不远了。”是满意语。

郡主还白建文帝，帝复问方孝孺，孝孺道：“长江天堑，可当百万兵，陛下不必畏惧。”还是迂谈。言未毕，锦衣卫走报，苏州知府姚善，宁波知府王琎，徽州知府陈彦回，乐平知县张彦方，永清典史周缙，各率兵来勤王了。建文帝稍稍放心，便一一召见，温言慰勉，令各出屯城外。一面命兵部侍郎陈植，往江上督师。会燕王进军瓜州，命中官狗儿，不愧燕王功狗。偕都指挥华聚，领前哨兵，出浦子口。盛庸、徐辉祖，合兵逆击，杀败狗儿、华聚等。败兵返报燕王，燕王欲议和北还，凑巧次子高煦，引兵到来，燕王大喜，忙出营相见，抚煦背道：“世子多疾，转战立功，所赖唯汝。”此语足启高煦夺嫡之心，燕王乱国不足，尚欲传诸高煦耶。高煦闻命踊跃，遂努力来击庸军，庸军小却。会侍郎陈植到营，慷慨誓师，甚至痛哭流涕，可奈军心已变，凭你舌吐莲花，也是没效。都督佥事陈瑄，竟受燕王运动，领舟师往降燕王。还有陈植麾下的金都督，亦欲叛去，植窥破金意，召入诘责，不料反触动彼怒，竟将陈植杀死，率众降燕。燕王问明底细，立诛金都督，且具棺敛植，遣官送葬白石山。权术可爱。于是设祭江神，誓师竞渡。舳舻衔接，旌旗蔽空，微风轻飏，长江不波，钲鼓声远达百里，南军相率骇愕。盛庸等麾众抵御，未曾交战，已先披靡，燕军前哨登岸，只有健卒数百，来冲庸军，庸军大乱，霎时尽溃。至燕王渡江后，引军穷追，直达数十里。南军除被杀外，统已散逸，单剩盛庸一人一骑，落荒走脱。燕军乘胜下镇江，拟休养数日，进薄京城。

建文帝闻报，徘徊殿廷，束手无策，复召方孝孺商议。孝孺请速诛李景隆，建文不从。廷臣邹公瑾等十八人，闻孝孺言，即拥景隆上殿，各举象笏，没前没后的乱击，把他打得头破血流。景隆原是可诛，但事已至此，诛亦无益。一班廷臣，攒笏乱击，更失朝仪，可笑可叹！建文帝且喝住众官，只命景隆上前奏对。景隆俯伏丹墀，叩首不已。到了后来，方说出议和二字。亏他想着。建文帝即委任景隆，令与兵部尚书茹瑺，再至燕营议和。两人见了燕王，俱伏地顿首。卖诟无耻。燕王冷笑道：“公等来此何干？”景隆接连碰头道：“奉主上命，特来乞和，愿割地分南北。”燕王不待说毕，便道：“我从前未

有过举，无端加罪，削为庶人，公等身为大臣，未闻替我缓颊，今反来作说客么？我今救死不暇，要土地何用？况今割地何名？皇考已明明给我北藩，都由奸臣播弄，下诏削夺，总教缴出奸臣，我便罢兵。天日在上，决不食言！”敢问后来何故篡国？景隆等拜谢回京。建文帝令景隆再赴燕营，只说：“罪人已加窜逐，俟拿住后即当缴出。”景隆颇有难色，帝乃命诸王偕行。燕王见诸王到来，开营迎入。诸王具述帝意，燕王道：“诸弟试思上言，是真是假？”诸王齐声道：“大兄明鉴，想必不谬。”燕王道：“我此来但欲得奸臣，余无他意。”遂设酒宴饮。诸王遣使归报。廷臣以燕王不肯议和，多劝帝他徙，暂避兵锋。方孝孺独抗奏道：“京城里面，尚有劲兵二十万，城高池深，粮食充足，今宜尽撤城外民居，驱民运木入城，令北军无可依据，彼时将不战自走呢。”迂腐极矣。建文帝依计而行，令民撤屋运木。时方盛暑，居民不愿搬拆，各纵火焚屋，连日不息。孝孺复请令诸王分守都城，帝亦依言，命谷王穗、安王楹率着民兵，分段防守。齐泰、黄子澄，尚欲出外募兵，请命帝前，不待建文准奏，便即自去。泰奔广德州，子澄奔苏州，无非为避难计。建文帝不禁太息道：“事出若辈，乃弃朕远遁么？”这叫做罪归于主。正说着，外面已报燕军薄城，建文帝尚召方孝孺问计。孝孺请坚守待援，万一不济，当死社稷。”可与适道，未可与权。

帝闻奏，倍加惶急。御史魏冕，踉跄趋入，报称左都督徐增寿密谋应燕，帝尚未信，寻复有人接连入奏，乃命左右拿到增寿，面数罪状，亲自动手，掣出佩刀，把他砍死。怒尚未息，复见翰林院编修程济，跑入殿中，大呼道：“不好了，不好了，燕军已入城了！”建文帝道：“这么容易，莫非有人内应么？”程济道：“谷王穗、李景隆等，开金川门，迎入燕王，所以京城被陷。”建文帝流泪道：“罢！罢！朕未尝薄待王公，他竟如此负心，还有何说？”程济道：“御史连楹，曾伴叩燕王马前，欲刺燕王，不幸独力难成，反被杀死。”建文帝复道：“有此忠臣，悔不重用，朕亦知过，不如从孝孺言，殉了社稷罢。”言毕，即欲拔刀自尽。少监王钺在侧，忙伏奏道：“陛下不可轻生，从前高皇帝升遐时，曾有一箧，付与掌宫太监，并遗嘱道：“子孙若有大难，可开箧一视，自有方法。”程济插口道：“箧在何处？”王钺道：“藏在奉先殿左侧。”左右闻了此言，都说大难已到，快取遗箧开视。建文帝即命王钺取箧，须臾有太监四人，扛一红箧入殿，这箧很觉沉重，四围

俱用铁皮包裹。连锁心内也灌生铁。当由王钺取了铁锥，将箧敲开，大家注视箧中。统疑有什么秘缄，可以退敌，谁知箧中藏着度牒三张，一名应文，一名应能，一名应贤，连袈裟僧帽僧鞋等物，无不具备，并有薙刀一柄，白银十锭，及朱书一纸，纸中写着，应文从鬼门出，余人从水关御沟出行，薄暮可会集神乐观西房。建文帝叹息道："数应如此，尚复何言？"程济即取出薙刀，与建文祝发。想曾习过薙发司务。吴王教授杨应能，因名符度牒，愿与帝祝发偕亡。监察御史叶希贤道："臣名希贤，宜以应贤度牒属臣。"遂也把发薙下。三人脱了衣冠，披着袈裟，藏好度牒，整备出走；一面命纵火焚宫。顿时火光熊熊，把金碧辉煌的大内，尽行毁去。皇后马氏，投火自尽。妃嫔等除出走外，多半焚死，建文帝痛哭一场，便欲动身。在殿尚有五六十人，俱伏地大恸，愿随出亡。可云难得。建文帝道："人多不便出走，尔等各宜自便。"御史曾凤韶牵住帝衣，且叩头道："臣愿一死报陛下恩。"建文帝也不及回答，麾衣出走。那时誓死相从的，还有九人，从帝至鬼门。鬼门在太平门内，系内城一矮扉，仅容一人出入，外通水道。建文帝伛偻先出，余亦鱼贯出门。门外适有小舟待着，舟中有一道装老人，呼帝乘舟，并叩首称万岁。帝问他姓名，答称："姓王名昇，就是神乐观住持。"奇极怪极。且云："昨夜梦见高皇帝，命臣来此，所以舣舟守候。"想是太祖僧缘未满，故令乃孙再传衣钵。帝与九人登舟，舟随风驶，历时已至神乐观，由王昇导入观中。时已薄暮，俄见杨应能、叶希贤等十三人同至，共计得二十二人，由小子按着官衔，编次如下：

兵部侍郎廖平　刑部侍郎金焦　编修赵天泰、程济　检讨程亨　按察使王良　参政蔡运　刑部郎中梁田玉　监察御史叶希贤　中书舍人梁良玉、梁中节、宋和、郭节　刑部司务冯漼　镇抚牛景先、王资、杨应能、刘仲　翰林待诏郑洽　钦天监正王之臣　徐王府宾辅史彬　太监周恕

杨应能、叶希贤等见帝，尚俯伏称臣。建文帝道："我已为僧，此后应以师弟相称，不必行君臣礼了。"诸臣涕泣应诺。廖平道："大家随师出走，原是一片诚心，但随行不必多人，更不可多人，就中无家室牵累，并有膂力可以护卫，方可随师左右，至多不过五人，余俱遥为应援，可好么？"建文

帝点首称善。于是席地环坐，由王昇呈进夜膳，草草食毕。比御厨珍馐何如？当约定杨应能、叶希贤、程济三人，日随帝侧。应能、希贤称比邱，济称道人，冯漼、郭节、宋和、赵天泰、牛景先、王之臣六人，往来道路，给运衣食。六人俱隐姓埋名，改号称呼。余十数人分住各处，由帝顺便寓居。帝复与诸人计议道："我留此不便，不如远去滇南，依西平侯沐晟。"史彬道："大家势盛，耳目众多，况新主意尚未释，倘或告密，转足滋害，不如往来名胜，东西南北，皆可为家，何必定去云南？"帝随口作答，是夜便寄宿馆中。天将晓，帝足痛不能行，当由史彬、牛景先两人，步至中河桥，觅舟往载。适有一艇到来，舟子系吴江人，与史彬同籍。彬颇相识，问明来意，系由彬家差遣，来探消息。彬大喜，反报建文帝，愿奉帝至家暂避。帝遂出观驾舟，同行为叶、杨、程、牛、冯、宋、史七人，余俱作别，订后会期。及舟至吴江，彬奉帝还家，居室西偏曰清远轩，帝改名水月观。亲笔书额，字作篆文。越数日，诸臣复至，相聚五昼夜。帝命归省。至燕王即位，削夺逃亡诸臣官衔，并命礼部行文，追缴先时诰敕。苏州府遣吴江邑丞巩德，至史彬家索取诰敕等件，彬与相见，巩德谓，建文皇帝闻在君家，是否属实？彬答言未至，巩德微哂而去。建文帝闻着此信，知难久住，遂与杨、叶两比邱，及程道人，别了史彬，决计往云南去了。建文帝好文章，善作诗歌，曾记他道出贵州，尝题诗壁间，留有二律云：

风尘一夕忽南侵，天命潜移四海心。
凤返丹山红日远，龙归沧海碧云深，
紫微有象星还拱，玉漏无声水自沉。
遥想禁城今夜月，六宫犹望翠华临。

阅罢楞严磬懒敲，笑看黄屋寄团瓢。
南来瘴岭千层迥，北望天门万里遥。
款段久忘飞凤辇，袈裟新换衮龙袍。
百官此日知何处，唯有群乌早晚朝。

建文去国，京中作何情状，且待下回表明。

燕王渡淮，南京已不可守，此时除议和外，几无别法。然野心勃勃如燕王，岂肯就此议和，解甲归去？郡主之遣，诸王之行，益令燕王藐视。至若李景隆、茹瑺辈、伏地乞怜，更为国羞，尚何益乎？至金川门启，大内自焚，乃有建文出亡之说，红箧留贻，君臣祝发，事属怪诞不经，岂太祖果有先觉，预为乃孙计耶？或谓由青田刘基之预谋。考之正史，基亦无甚奇迹，不过建文出亡，剃度为僧，未必无据。就王鏊、陆树声、薛应旗、郑晓、朱国桢诸人，所载各书，皆历历可稽。即有外讹，亦未必尽由附会，唯红箧事或属诸子虚耳。乃祖以僧而帝，乃孙由帝而僧，往复循环，殆亦明史中一大异事耶？

第二十六回　拒草诏忠臣遭惨戮
善讽谏长子得承家

却说燕王棣入京后，只魏国公徐辉祖，尚抵敌一阵，兵败出走，此外文武百官，多迎谒马前。燕王接见毕，驰视周、齐二王，相见时互相慰问，涕泪满颐，随即并辔归营，召集官吏会议。兵部尚书茹瑺，先至燕王前叩头劝进。可丑。燕王道："少主何在？"茹瑺道："大内被火，想少主已经晏驾了。"燕王蹙额道："我无端被难，不得已以兵自救，誓除奸臣，期安宗社，意欲效法周公，垂名后世，不意少主不谅，轻自捐生，我已得罪天地祖宗，哪敢再登大位，请另选才德兼备的亲王，缵承皇考大业呢。"得罪是真，辞位是假。茹瑺复顿首道："大王应天顺人，何谓得罪？"言未已，一班文武官僚，都俯伏在前，黑压压跪满一地，齐声道："天下系太祖的天下，殿下系太祖的嫡嗣，以德以功，应正大位。"何功何德？燕王犹再三固辞，群臣固请不已。燕王道："明日再议。"翌晨，群臣又叩营劝进。燕王乃命驾入城，编修杨荣迎谒道："殿下今日先谒陵呢？先即位呢？"也是无聊之言。燕王闻言，即命移驾谒陵，一面令诸将守城，大索齐泰、黄子澄、方孝孺等，分别首从，悬赏通缉。至谒陵礼毕，复回京安抚军民，并谕王大臣道："诸王群臣，合词劝进，我实不德，未能上承宗庙，怎奈固辞不获，只得勉徇众志。王大臣等各宜协力同心，匡予不逮！"王大臣等唯唯听命。遂诣奉天殿即皇帝位，受王大臣朝贺。可谓如愿以偿。

先是建文中有道士游行都市，信口作歌道："莫逐燕，逐燕日高飞，高

飞上帝畿。”都人不解所谓，已而道士杳然。至燕王即位，方惊称道士为神，这也不必细表。单说燕王即位，下令清宫三日，诸宫人女官太监，多半杀死，唯前曾得罪建文，方得宽宥。燕王召宫人内侍，询以建文所在。宫人等无从证实，把马皇后残骸，称为帝尸。乃命就灰烬中拨出尸首，满身焦烂，四肢残缺，辨不出是男是女，只觉得惨不忍睹。燕王也不禁垂泪道：“痴儿痴儿？何为至此？”试问是谁致之？是时侍读王景在侧，由燕王问他葬礼。王景谓当以天子礼敛葬。燕王点首，便令将马后残尸，敛葬如仪。猫拖老鼠假慈悲。忽有一人满身缟素，趋至阙下，伏地大哭，声震天地。燕王闻着，即喝令左右速拿，当由镇抚伍云，拿住入献。燕王凝视道：“你就是方孝孺么？朕正要拿你，你却自来送死。”孝孺抗声道：“名教扫地，不死何为？”燕王道：“你愿就死，朕偏待你不死，何如？”言讫，命左右带孝孺下狱。原来燕王大举南犯，留僧道衍辅佐世子，居守北平。道衍送燕王出郊，跪启道：“臣有密事相托。”燕王问是何事？道衍道：“南朝有文学博士方孝孺，素有学行，倘殿下武成入京，万不可杀此人。若杀了他，天下读书种子，从此断绝了。”虽是器重孝孺，未免言之太过。燕王首肯，记在心里，所以大索罪人，虽列孝孺为首犯，意中恰很欲保全，迫他臣事。且召他门徒廖镛、廖铭等，入狱相劝。孝孺怒叱道：“小子事我数年，难道尚不知大义么？”廖镛等返报燕王，燕王也不以为意。

未几欲草即位诏，廷臣俱举荐孝孺，乃复令出狱。孝孺仍衰绖登陛，悲恸不已。燕王恰降座慰谕道：“先生毋自苦！朕欲法周公辅成王呢。”孝孺答道：“成王何在？”燕王道：“他自焚死了。”孝孺复道：“何不立成王子？”燕王道：“国赖长君，不利冲人。”孝孺道：“何不立成王弟？”燕王语塞，无可置词，勉强说道：“此朕家事，先生不必与闻。”遁辞知其所穷。孝孺方欲再言，燕王已顾令左右，递与纸笔，且婉语道：“先生一代儒宗，今日即位颁诏，烦先生起草，幸勿再辞！”孝孺投笔于地，且哭且骂道：“要杀便杀，诏不可草。”燕王也不觉气愤，便道：“你何能遽死？就使你不怕死，独不顾九族么？”孝孺厉声道：“便灭我十族，我也不怕。”说至此，复拾笔大书四字，掷付燕王道：“这便是你的草诏。”燕王不瞧犹可，瞧着纸上，乃是“燕贼篡位”四字，触目惊心，然孝孺也未免过甚。不由的大怒道：“你敢呼我为贼么？”喝令左右用刀抉孝孺口，直至耳旁，再驱使系狱。诏收孝孺九族，并及朋友门生，作为十族。每收一人，辄示孝孺。孝孺毫不一顾，遂

一律杀死。旋将孝孺牵出聚宝门外，加以极刑。孝孺慷慨就戮，赋绝命词道：“天降乱离兮，孰知其由？奸臣得计兮，谋国用犹。忠臣发愤兮，血泪交流。以此殉君兮，抑又何求？呜呼哀哉！庶不我尤。”孝孺弟孝友，亦被逮就戮，与孝孺同死聚宝门外。临刑时，孝孺对他泪下，孝友口占一诗道：“阿兄何必泪潸潸，取义成仁在此间。华表柱头千载后，旅魂依旧到家山。”都人称为难兄难弟。可惜愚忠。孝孺妻郑氏，及二子中宪、中愈，皆自经。二女年未及笄，被逮过淮，俱投河溺死。宗族亲友，及门下士连坐被诛，共八百七十三人，廖镛、廖铭等俱坐死。灭人十族，不愧燕贼大名。

齐泰、黄子澄先后被执，由燕王亲自鞫讯，两人俱抗辩不屈，同时磔毙。还有兵部尚书铁铉，受逮至京，陛见时毅然背立，抗言不屈。燕王强令一顾，终不可得，乃命人将他耳鼻割下，爇肉令熟，纳入铉口，并问肉味甘否？自古无此刑法。铉大声道：“忠臣孝子的肉，有何不甘？”燕王益怒，喝令寸磔廷中。铉至死犹骂不绝口，燕王复令人舁镬至殿，熬油数斗，投入铉尸，顷刻成炭。导使朝上，尸终反身向外。嗣命人用铁棒十余，夹住残骸，令他北面，且笑道：“你今亦来朝我么？”一语未完，镬中热油沸起，飞溅丈余，烫伤左右手足。左右弃棒走开，尸身仍反立如前。不愧铁铉。燕王大惊，乃命安葬。户部侍郎卓敬，右副都御史练子宁，礼部尚书陈迪，刑部尚书暴昭、侯泰，大理寺少卿胡闰，苏州知府姚善，御史茅大芳等，皆列名罪案，陆续逮至，彼此不肯少屈，备受惨毒，不是击齿，就是割舌，甚且截断手足，到了杀死以后，还要灭他三族。他如太常少卿廖昇，修撰王艮、王叔英，都给事中龚泰，都指挥叶福，衡府纪善周是修，江西副使程本立，大理寺丞邹瑾，御史魏冕，皆在燕王攻城时，见危自杀。又有礼部尚书陈迪，户部侍郎郭任，礼部侍郎黄观，左拾遗戴德彝，给事中陈继之、韩永，御史高翔、谢昇，宗人府经历宋徵，刑部主事徐子权，浙江按察使王良，漳州教授陈思贤等，先后死难。既而给事中黄钺，赴水死；御史曾凤韶，自经死；王度谪戍死；谷府长史刘璟，刘基次子。下狱死；大理寺丞刘端，被捶死；中书舍人何申，呕血死。小子也述不胜述，但就死事较烈的官僚，录写数十人。最奇怪的是东湖樵夫，姓氏入传，每日负柴入市，口不二价，一闻建文自焚，竟伏地大恸，弃柴投湖，这统叫作壬午殉难的忠臣义士。建文四年，岁次壬午，故称壬午殉难。唯左佥都御史景清，平时倜傥尚大节，至燕王即位，闻

他重名，令还旧任，他仍受命不辞，委蛇朝右。有人从旁窃笑，说他言不顾行，偷生怕死，他也毫不为意。迁延至两月余，钦天监忽奏称异星告变，光芒甚赤，直犯帝座。燕王颇为留意。八月望日，燕王临朝，蓦见景清衣绯而入，未免动疑。朝毕，景清忽奋跃上前，势将犯驾，燕王立命左右将他拿下，搜索身旁，得一利刃，便叱问意欲何为？清慨然道："欲为故主报仇，可惜不能成事。"燕王大怒，把他剥皮。清含血直喷御衣，谩骂至死，骨肉被磔，悬皮长安门。一日，燕王出巡，驾过门右，所悬的皮，自断绳索，扑向燕王面前。燕王很是诧异，立命取皮付火。既而昼寝，梦清仗剑入宫，突然惊觉，愤愤道："何物鬼魂，还敢作祟？"随令夷灭九族，辗转牵连，称为瓜蔓抄，株累甚众，村落为墟。淫刑以逞，何苦乃尔？自是建文旧臣，除归附燕王外，死的死，逃的逃，只魏国公徐辉祖，与燕王为郎舅亲，燕王不忍加诛，亲自召问。辉祖垂泪，不发一言，似受教桃花夫人，不免太怯。遂命下法司审治，迫他引罪自供。辉祖不言如故，唯索笔为书，写着父为开国功臣，子孙免死数字。难辞偷生之诮。燕王览后，越加动怒，转念他是元勋后裔，国舅至亲，究应特别从宽，只削爵勒归私第。追封徐增寿为武阳侯，进爵定国公，子孙世世袭爵。一来是悯他被杀，二来是令继中山。徐达封中山王，曾见前文。燕王又想到驸马梅殷，尚驻兵淮上，未免可虑，遂迫令宁国公主，啮指流血，作书招殷。殷得书恸哭，并问建文帝下落。来使答言出亡。殷喟然道："君存与存，我且忍死少待。"乃偕来使还京，燕工闻殷至，下殿迎劳道："驸马劳苦。"殷答道："劳而无功，徒自汗颜。"燕王默然，心中很是不乐，只因一时不便加罪，且令归私第，慢慢儿的设法，事见下文。直诛其隐。

且说燕王怀恨建文，始终未释，乃下诏革去建文年号，凡建文中所改政令条格，一概废去，仍复旧制。且追夺兴宗孝康皇帝庙号，仍谥懿文太子，迁太后吕氏至懿文陵，废兴宗子允熥、允熞为庶人，禁锢凤阳。只兴宗少子允熙，令随母居陵，改封瓯宁王，奉太子祀。四年后邸中被火，允熙暴卒，或疑为燕王所使，未知是否。建文帝长子文奎，曾立为皇太子，至是年才七龄，燕王遍觅不得，大约是随后马氏，投入火中。少子文圭，只二岁，时尚未死，幽住中都广安宫，号为建庶人。自命为周公者，乃作此举动乎？改建文四年为洪武三十五年，以明年为永乐元年，大祀天地于南郊，颁即位诏，大赦天下。命侍读解缙，编修黄淮，入直文渊阁，侍读胡广，修撰杨荣，编修杨

士奇，检讨金幼孜，同入直预机务，称为内阁。内阁之名自此始。参预机务亦自此始。“九天阊阖开宫殿，万国衣冠拜冕旒”，依然是升平盛世了。语带讽刺。后来燕王棣庙号成祖，史家都称他成祖皇帝，小子也不得不依样称呼，改名燕王为成祖。言下有不满意。且燕王即位有日，至是始呼成祖寓贬之意益见。成祖复大封功臣，公爵二人，侯爵十四人，伯爵亦十四人，叙次如下：

邱福 淇国公 朱能 成国公 张武 成阳侯 陈珪 泰宁侯 郑亨 武安侯 孟善 保安侯 火真 同安侯 顾成 镇远侯 王忠靖安侯 王聪 武成侯 徐忠 永康侯 张信 隆平侯 李远 安平侯 郑亮 成安侯 房宽 思恩侯 王宁 永春侯 徐祥 兴安伯 徐理武康伯 李浚 襄城伯 张辅 信安伯 唐云 新昌伯 谭忠 新宁伯 孙岩 应成伯 房胜 富昌伯 赵彝 忻城伯 陈旭 云阳伯 刘才广恩伯 王佐 顺昌伯 茹瑺 忠诚伯 陈瑄 平江伯

前此战死将士，尽行追封。周、齐、代、岷四王，统复原爵，各令归国。谷王橞以开门功，厚加赏赐，改封长沙。唯宁王权被诱入关，曾由成祖面许，事成后当平分天下。及成祖即位，搁置不提，但把他留住京师。想是贵人善忘。宁王权也不敢争约，只因大宁残破，势无可归，乃上书乞徙封苏州。成祖不许，权复乞徙封钱塘，又不许。两地逼近南京，所以成祖不许。宁王屡不得请，竟屏去从兵，只与老中官数人，偕往南昌，卧病城楼，久不还京。成祖乃把南昌封他，就布政司署为王邸，瓴甋规制，一无所更。权亦自是韬晦，唯构精庐一区，读书鼓琴，不问外事，才得保全性命。总算明哲保身。

成祖立妃徐氏为皇后，后系徐达长女，幼贞静，好读书，册妃后，孝事高皇后。高皇后崩，后蔬食三年。至靖难兵起，世子高炽居守，一切部署，多由后悉心规划。及立为皇后，上言：“南北战争，兵民疲敝，此后宜大加休息，所有贤才，皆高皇帝所遗，可用即用，不问新旧。”成祖深为嘉纳。当追封徐增寿时，后又力言椒房至戚，不应加封，成祖不从，竟封定国公，命子景昌袭爵。后闻命，以意所未愿，竟不致谢。悍如成祖，有此贤后，也是难得。成祖也不加诘责。唯成祖三子，统系后出，后位既定，应立太子，高煦从战有功，不免自负，意图夺嫡，暗中运动淇国公邱福，驸马王宁，密白

成祖，请立高煦。成祖亦以高煦类己，有意立储，独兵部尚书金忠，力持不可。金忠由道衍所荐，随军占卜，迭有奇验，应二十一回。至是已任职兵部，恰援古今废嫡立庶诸祸端，侃侃直陈，毫不少讳。守经立说，不得目为江湖人物。成祖颇信任金忠，因此左右为难，不能骤决。是时北平已改称北京，设顺天府，仍命世子高炽居守。高煦随侍南京，设谋愈亟。金忠知不利太子，尝与解缙、黄淮等，说及此事，共任调护。会成祖以建储事宜，问及解缙。解缙应声道："皇长子仁孝性成，天下归心，请陛下勿疑！"成祖不答。缙又顿首道："皇长子且不必论，陛下宁不顾及好圣孙么？"原来成祖已有长孙，名叫瞻基，系世子高炽妃张氏所生。分娩前夕，成祖曾梦见太祖，授以大圭，镌有"传之子孙永世其昌"八大字，成祖以为瑞征。既而弥月，成祖抱儿注视，谓此儿英气满面，足符梦兆，以此甚为钟爱。及成祖得国，瞻基年已十龄，嗜书好诵，智识杰出，成祖又誉不绝口。解缙察知已久，遂提及长孙瞻基，默望感动主心，可谓善谏。成祖果为所动，唯尚不能决定。隔了数日，成祖出一虎彪图，命廷臣应制陈诗。彪为虎子，图中一虎数彪，状甚亲昵，解缙见图，援笔立就，呈上成祖。成祖瞧着，乃是一首五绝，其诗道：

虎为百兽尊，谁敢触其怒？
唯有父子情，一步一回顾。

瞧毕，不禁暗暗感叹。究竟世子得立与否，且看下回续表。

方孝孺一迂儒耳，观其为建文立谋，无一可用，亦无一成功。至拒绝草诏，犹不失为忠臣，然一死已足谢故主，何必激动燕王之怒，以致夷及十族，试问此十族之中，有何仇怨，而必令其同归于尽乎？燕王任情屠戮，考诸历史，即暴如桀纣，亦不致若是之甚。一代忠臣义士，凌夷殆尽，而懿亲如徐辉祖、梅殷，亦不肯轻轻放松，甚至兄嫂之尊，亦视若仇雠，贬死侮生，不顾后议。唯于党恶诸臣，则不问是非，悉加封赏，翘首天阍，胡为使此阴贼险狠之叛王，得享其成耶？本回详叙死难诸臣，旌之也。历叙封赏诸臣，愧之也。后文立储一段，几又启骨肉相争之祸，微金忠、解缙之力谏，则喋血萧墙，燕王将及身见之矣。不令燕王得见此祸，吾犹恨天谴之未及也。昭昭者天，梦梦者亦天，读此回令人感慨无穷。

第二十七回　梅驸马含冤水府
郑中官出使外洋

却说成祖得解缙诗，知他借端讽谏，心中很是感叹。寻复问及黄淮、尹昌隆等，大家主张立嫡，乃决立世子高炽为皇太子，高煦封汉王，高燧封赵王。煦应往云南，燧应居北京，燧本与太子留守北平，奉命后没甚异议，独高煦怏怏不乐，尝对人道："我有何罪？乃徙我至万里以外。"于是逗留不行。成祖恰也没法，暂且听他自由，后文再表。

单说成祖杀戮旧臣，不遗余力，只盛庸留镇淮安，反封他为历城侯。想由前时屡纵燕王，因此重报。李景隆迎降有功，加封太子太师，所有军国重事，概令主议。导臣不忠，莫妙于此。又召前北平按察使陈瑛，为副都御史，署都察院事。瑛滁州人，建文初授职北平，密受燕府贿赂，私与通谋，为佥事汤宗所劾，逮谪广西，至是得成祖宠召，好为残刻，遇狱事，往往锻炼周纳，牵连无辜。狱囚累累，彻夜号冤，两列御史掩泣，瑛独谈笑自若，且语同列道："此等人若不处治，皇上何必靖难。"因此忠臣义士，为之一空。未几，又诬劾盛庸心怀异谋，得旨将盛庸削爵，庸畏惧自杀。不死于前，而死于后，死且贻羞。耿炳文有子名璇，曾尚懿文太子长女，建文帝授为驸马都尉，成祖入京，璇称疾不出，坐罪论死。炳文自真定败归，郁郁家居，瑛又与他有隙，捕风捉影，只说炳文衣服器皿，有龙凤饰，玉带用红鞓，僭妄不道。这一语奏将上去，正中成祖皇帝的猜忌，立饬锦衣卫至炳文家，籍没家产。炳文年将七十，自思汗马功劳，徒成流水，况复精力衰迈，何堪再去对簿，索

性服了毒药，往地下寻太祖高皇帝，替他执鞭去了。语冷而隽。李景隆做了一年余的太师，也由瑛等联结周王，劾他谋逆，遂致夺职，禁锢私第，所有产业，悉数归官。这却应该。

自此陈瑛势焰愈盛，迎合愈工，忽想到驸马梅殷，与成祖不协，应前回。遂又上了一道表章，略称殷畜养亡命，与女秀才刘氏朋邪诅咒等情。成祖即谕户部尚书，考定公侯伯驸马仪仗人数，别命锦衣卫执殷家人，充戍辽东。至永乐三年冬季，召殷入朝，都督谭深，指挥赵曦，奉成祖命，迎接殷驾，并辔至笪桥下，竟将殷挤入水中，殷竟溺死。谭、赵二人非密授成祖意旨，安敢出此？谭、赵二人，返报成祖，只说殷自投水，成祖不问。其情愈见。偏都督同知许成，备知二人谋杀底细，原原本本，据实陈奏。成祖不便明言，只得将谭、赵二人逮系，命法司讯实惩办。那时宁国公主，闻着凶耗，竟趋入殿中，牵衣大哭，硬要成祖赔她驸马。这一着颇是厉害。成祖好言劝慰，公主只是不受，一味儿乱哭乱撞。还是徐皇后出来调停，好容易劝她入宫，一面启奏成祖，立诛谭、赵，并封她二子为官，算做偿命的办法。成祖不好不从，即封她长子顺昌为中府都督同知，次子景福为旗手卫指挥使，并命把谭深、赵曦，限日正法。两人真十足晦气。一面遣中官送归公主，为殷治丧，赐谥荣定，特封许成为永新伯。偏他恰是交运。梅殷麾下，有降人名瓦剌灰，事殷有年，很是忠诚。殷死后终日恸哭。至谭、赵伏法时，他却伏阙呼吁，请断二人手足，并剖肠挖心，祭奠阴灵。成祖本已心虚，又不好不从他所请。瓦剌灰叩头谢恩，趋出朝门，立奔法场，把谭、赵二人的尸首，截断四肢，又破胸膛，挖出鲜血淋淋的一副心肠，跑至梅殷墓前，陈着祭案，叩头无数，且大哭了一场；随解下衣带，套颈自缢，一道忠魂，直往西方。不没义仆。宁国公主，至宣德九年始殁，这且搁下不提。

且说皇太子高炽，奉命南来，将职务交与高燧，自偕僧道衍等趋入京师。成祖见了高炽，不过淡淡的问了数声，及道衍进谒，恰赐他旁坐，推为第一功臣，立授资善大夫，及太子少师，并命复原姓，呼为少师而不名。好一个大和尚。道衍舞蹈而出，扬扬自得，至长洲探问亲旧，大家以道衍贵显，多半欢迎，独同产姊拒不见面，道衍不禁惊异，硬求一见。姊使人出语道："我的兄弟曾做和尚，不闻有什么太子少师。"是一个奇妇人。道衍没法，改易僧服，仍往见姊。姊仍拒绝，经家人力劝，方出庭语道衍道："你既做了和

尚，应该清净绝俗，为什么开了杀戒，闯出滔天大祸，害了无数好人？目今居然还俗，来访亲戚，人家羡你贵显，我是穷人，不配做你的阿姊。你去罢！休来歪缠！”快人快语，我读至此，应浮一大白。道衍不敢与辩，反被她说得汗流满面，踉跄趋出，惘惘然去访故友王宾。宾亦闭门不纳，但从门内高声道：“和尚错了！和尚错了！”八字足抵一篇绝交书。道衍乃归京，以僧寺为居宅，除入朝外，仍着缁衣。成祖劝他蓄发，不受命。赐第及两宫人，亦皆却还。至永乐十七年乃死，追封荣国公。

先是太祖在日，严禁宦官预政，在宫门外竖着铁牌，为子孙戒。建文嗣位，待遇内侍，亦从严核。至靖难兵起，宦官多私往燕营，报知朝廷虚实，应二十四回。所以成祖得决计南下，攻入京师。即位后封赏既颁，宦竖等尚嫌不足，弄得成祖无可设法。所谓小人难养。会镇远侯顾成，都督韩观、刘真、何福等，出镇贵州、广西、辽东、宁夏诸边，乃命有功的宦官，与他偕行，赐公侯服，位诸将上。既而云南、大同、甘肃、宣府、永平、宁波等处，亦各遣宦官出使，侦察外情。宦寺专横，实自此始。寻复派宦官郑和，游历外洋，名为宣示威德，实是踪迹建文。原来建文帝出亡云南，驻锡永嘉寺，埋名韬晦，人无从知，成祖疑他出亡海外，因命郑和出使，副以王景和等，特造大船六十二艘，载兵士三万七千余人，多赍金币，从苏州刘家港出发，沿海而南，经过浙、闽、两粤，直达占城。占城在交趾南，距南洋不远，当时地理未明，还道是由东至西，可以算作西洋，并呼郑和为三保太监，所以有三保太监下西洋之说。注释明晰。

郑和等既到占城，并不见有建文帝形迹，暗想建文无着，未免虚此一行，不如招致蛮方，令他入贡，方不负一番跋涉。当下与王景和等商议，决意遍历诸邦，自占城南下，直至三佛齐岛国。这岛系广东南海人王道明所辟，道明出洋谋生，得了此岛，开创经营，遂成部落，自为酋长。后为邻岛爪哇所灭，改名旧港。海盗陈祖义，又将爪哇兵民逐去，据有此地，南面称王。郑和到了旧港，别遣王景和等，率舟二十余艘，往谕爪哇婆罗洲，自领随从百人，往见祖义，并传大明天子命令，赐给金帛。祖义闻得厚赏，自然出迎，设酒款待，一住数日，郑和便劝他每岁朝贡。看官！你想这陈祖义是积年大盗，只知利己，不知利人，起初闻有金帛颁来，喜出望外，因此出迎郑和，嗣闻要他年年进贡，哪里肯割舍方物，便即出言拒绝。郑和拂袖而

出，回至船上，点齐兵士，往攻祖义。祖义也出来抵敌，究竟乌合之众，不敌上国之兵，战不多时，败北而逃。郑和据住海口，与他相持。祖义穷蹙得很，遣人至邻岛乞援。不意爪哇婆罗洲各岛，已受王景和诏谕，归服明朝。去使懊丧归来，祖义越加惶急，入夜潜逃，偏被郑和探悉情形，四面布着伏兵，一俟祖义出来，把他团团围住。祖义只乘一小舟，带了三十余人，哪里还能抵敌？眼见得束手就缚，俘献和前。问你再要金帛否？和便领兵上岸，直入岛中，召集居民，宣示祖义罪状，命他另举一人，作为岛主，按时入贡，永为大明属地。岛民顿首听命，和遂押解祖义，退出岛外。再向尼科巴、巴拉望、麻尼拉等处，宣扬诏命，示以罪犯，远近震慑，纷纷归附，多愿随和入贡。

和乃回京报命，一次出洋，算是得手。成祖大喜，又命他载着金帛，遍赐归化诸邦。一帆出海，重至外洋，自三佛齐国以下，统优礼相待，奉若神明。郑和给赏已毕，复发生奇想，纵舟西航。颇有冒险性质。烟波浩渺，海水苍茫，凭着一路雄风，直达西方的锡兰国。锡兰也是一岛，孤悬海表，岛中气候极热，不分冬夏，草木蕃盛，禽兽孳生。居民多系巫来由种，酋长叫作亚列苦柰儿，郑和到此，亚列苦柰儿恰也出迎，又是一个陈祖义。引和遍观猛兽，曲示殷勤。原来亚列苦柰儿，喜蓄虎豹狮象，遇着闲暇，辄弄狮为乐，居民得罪，便投畀虎豹，任他争食。郑和不知底细，经亚列苦柰儿与他说明，才觉惊异起来。越日，亚列苦柰儿复请和观狮斗，和恐他怀着异心，托疾不往，遣人探视，果得亚列苦柰儿狡情，意欲嗾狮噬和，和遂潜身遁去。看官阅此，或疑和在异域，语言不通，如何能察悉异谋？这是情理上应该表明。原来隋唐以后，已有我国商船，往来南洋，能通蛮语。此次郑和出使，即雇商人为向导，彼此语言，由他翻译，所以外域情形，不难侦悉。亚列苦柰儿自知谋泄，即发兵民数千，追捕郑和。和已早至舟中，运兵登陆，准备厮杀。亚列苦柰儿不识好歹，与他搏斗，有败无胜。后来又放出虎豹狮象，作为前驱，来冲和军。和军备有巨炮，轰将过去，这种虎豹狮象，忍不住苦痛，望后奔逸，反冲扰亚列苦柰儿的兵民。亚列苦柰儿大败逃归，和军乘胜进击，如入无人之境，不一日捣破巢穴，生擒亚列苦柰儿，几似《三国演义》中之木鹿大王，但彼系虚造，此实真事。并将他所有妻子，一古脑儿捉来，二次又得手了。槛送到京。成祖越加喜慰，至郑和谒见时，慰劳备至，厚给赏赐。

郑和休息数月，又自请出洋，成祖自然准奏，驾轻就熟，往至南洋一大岛中。这岛叫作苏门答剌，也有国王世子。世子名叫苏干利，得罪国王，将他下狱。世子的爪牙心腹，没命的跑至海口，适值郑和到来，与他相遇，他便一一详告，和遂乘机出兵，助他一臂。那时内应外合，岛中大乱，国王不能支持，立即远飏。苏干利出狱为王，和令他称臣入贡，苏干利恰又不允。和怒道："忘恩负义，如何立国？"遂麾兵进薄王宫，宫墙高峻得很，仿佛似一座大城，苏干利募兵固守，急切不能攻下。和四面布兵，把王宫围得水泄不通，宫中无粮可食，无水可汲，只有数十头牲畜，宰杀当粮，也不足一饱。苏干利无法可施，不得已夺门逃走，和军掩杀过去，顿将他一鼓擒住。当下抚定岛民，别立新主，与他订了朝贡的约章，然后敛兵退出，转至邻近各岛，无不望风投诚，愿遵约束。和复西南航行，绕出好望角东北，直至吕宋。吕宋国王，亦奉币称臣，然后还京。郑和三次出洋，屡擒番酋，论其功绩，不亚西洋哥伦布。

后来复屡往南洋，直至七次，有一次骤遇飓风，天地为昏，波涛汹涌，和所率六十余船，多半漂去，等到日暮风息，只剩了十多艘，所失不可胜计。唯成祖好大喜功，因郑和出洋以后，虽不获建文踪迹，却能使南洋各国，尽行归化，也要算他是一位佐命功臣，一切耗失，悉数不问。南洋商民，欣羡中国货物，多来互市，中国东南海中，尝有番舶出没，自是航路日辟，交通日盛，渐渐的成为华洋通商时代了。

这时候的安南国，适有内乱，又惹起一场南征的兵事来，说来话长，小子且略叙本末，方好说到战事。安南古名交趾，元时曾服属中国。洪武初，国王陈日煃，遣使朝贡，得太祖册封，仍使为安南国王。日煃卒，兄子日熞嗣位，熞兄叔明，弑熞自立，复遣使入贡明廷。廷臣以王名不符，请旨斥责，叔明乃上书谢罪，愿让位于弟日煓。日煓忽殂，弟日炜嗣。煓炜相继为王，暗中大权，实仍由叔明把持。叔明与占城构兵数年，战争不息，其女夫黎季犛，颇有智勇，击退占城兵，与叔明并执国政。叔明病死，季犛独相，竟弑了国王日炜，别立叔明子日焜。未几，又将日焜弑死，并将他二子颙窦，陆续杀毙，遂大戮陈氏宗族，立子苍为皇帝，自为太上皇，诈称系舜裔胡公满后人，国号大虞，纪元天圣。想只知一胡公满，故不惮改黎为胡。适值成祖即位，竟上表称贺，季犛改名胡一元，苍改名为奃，且诡言陈氏绝后，奃

是陈甥，为众所推，权署国事。成祖亦防他是诈，传谕安南国陪臣耆老，询明陈氏有无后嗣？胡遣使还奏，仍照前言，成祖乃循例加封。不意安南旧臣裴伯耆，诣阙告难，接连是故王日煃弟天平来奔，请兵复仇，成祖立遣使赴安南，责问胡奃篡弑罪状。胡奃与乃父商议，想出一条调虎离山的计策，愿请陈天平归国，成祖信为真言，命都督佥事黄中、吕毅，大理卿薛岩，率兵五千，护天平南归。既到芹站，山路奇险，林菁丛深，军行不得成列，突遇伏兵四起，鼓噪而前，天平不及防备，被他杀死，薛岩亦遇害，黄中、吕毅，夺路窜还，才得保全首领。当下拜表至京，恼动了成祖皇帝，遂发大兵八十万，命成国公朱能等，祃牙南征，正是：

不殊汉武开边日，犹是元廷黩武时。

欲知南征情状，且至下回再详。

本回前段是承接上文，大意已见前评，唯梅殷溺死，显系谭深、赵曦默承上意而为之，成祖之刻，于此益见。诛谭、赵，官梅殷二子，只足以欺妇人，不足以欺后世。且薄待懿亲，重用阉寺，酿成一代厉阶，更为失德之尤。呜呼成祖！倒行逆施，不及身而致乱，其殆徼有天幸乎？后半叙郑和出使事，虽宣威异域，普及南洋，为中国历史所未有，然以天朝大使，属诸阉人，亵渎国体，毋亦太甚。且广赍金帛，作为招徕之具，以视西洋各国之殖民政策，何其大相径庭耶？人称郑和为有功，吾独未信。

第二十八回　下南交杀敌擒渠
出北塞铭功勒石

却说成国公朱能，受命为征夷大将军，统师南行，西平侯沐晟，新城侯张辅为副，以下共有二十五将军，及兵士八十万，分道并进，一军出广西，一军出云南。朱能到了龙州，得病身亡，有旨以张辅升任。辅自广西出兵，进破隘留、鸡陵二关，南抵芹站，搜捕伏兵，造桥济师。沐晟亦由蒙自进军，拔木通道，斩关夺隘，立营白鹤江，遣使至张辅军，约期相会。胡奃闻明军入境，派兵四驻，依宣江、洮江、沱江、富良江四川，树栅筑寨，绵长九百里。且沿江置桩，尽取国中舟舰，排列桩内，所有江口，概置横木，严防攻击。张辅入次富良江，命骁将朱荣，往嘉林江口，击破敌兵，再进至多邦隘。沐晟亦沿洮江北岸，与多邦隘对垒，两军南北列峙，互为声援。

多邦隘已设土城。很是高峻，城下设有重濠，濠内密置竹刺，濠外多掘坎地，守具严备，人马如蚁。张辅下令军中道："安南所恃，莫若此城，此城一拔，便如破竹。大丈夫报国立功，就在今日，若能先登此城，不惮重赏。"从张辅口中述多邦隘之险要。将士踊跃听命。辅复以夜为期，是夜四鼓，遣都督佥事黄中，率锐骑数千，舁着攻具，衔枚疾走，越重濠，架云梯，缘城而上，指挥蔡福等先登，诸军后继，霎时间万炬齐明，铜角竞响，敌兵仓皇失措，矢石不得发，皆退走城下。蔡福入城破扉，放入大军，与敌兵巷战起来。敌驱大象出阵，尽力冲突，几不可当，谁知张辅军中，忽拥出无数猛狮，两旁护着神铳，随狮进去，接连击射。大象见了猛狮，立即返奔，自相

蹴踏，又被一阵铳击，害得人象并仆，血肉模糊，敌酋梁民猷、祭伯乐等，同时被杀，余众半死半逃，由辅军穷追数十里，斩馘了好几万名。

看官听着！这象阵是南方惯习，倒也没甚希奇，唯张辅阵中，如何得了许多猛狮？几令人莫明其妙。实在大象是真的，猛狮是假的。张辅身在军中，早探悉城栅中间，列有象阵，暗地里裂布绘狮，蒙在马上，一俟象阵冲来，便将假狮突出。究竟象是畜类，不知真假，蓦见狮至，尽皆却走。就是蒙马虎皮的法儿。辅军因获大胜，长驱薄东西两都。东都即古龙编城，西都即古九真城。张辅、沐晟至东都，一鼓即下，遣参将李彬向西都。西都守将，亦闻风遁去。三江州县，次第归降。辅、晟两军，复节节进剿，连败敌兵。到了胶水县闷海口，地势溽暑，不便驻兵，敌众却负嵎自固，辅与晟商定秘计，佯为退师，至咸子关，令都督柳升驻守，大军竟退至富良江。果然敌舰纷来，佐以步卒，水陆兵不下数万，辅麾兵回击，大败敌众，斩首无算，江水为赤。又南追入闷海口，季犁父子，仅率数小舟，向海门泾遁去，适遇水涸，弃舟登岸，辅等率舟师追至，被胶不得前，忽天大雷雨，水涨数尺，各舟毕渡。咸称天助，乃飞檄柳升夹攻，水陆并进。直至奇罗海口，由柳升部下王柴胡，擒住季犁及其子澄。次日，土人武如卿，亦缚献黎苍，及苍子芮，并苍臣黎季貑等，于是安南悉平。

辅奏称安南本中国地，陈氏子孙，已被黎氏戮尽，无一孑遗，不若改为郡县，如中国制，或得一劳永逸云云。成祖准奏，乃置交趾布政使司，都指挥使司，按察司，分十七府，设四十七州，一百五十七县，卫十二，所一，市舶司一，改鸡陵关为镇彝关，以尚书黄福兼布按二司，都督吕毅为都司，黄中为副。布置已定，先由都督柳升，槛送黎季犁父子至阙前。成祖御奉天门受俘，置季犁及子苍于狱，赦澄及芮。既而出季犁戍广西，释苍居京师，封张辅为英国公，沐晟为黔国公，所有将士，封赏有差。凯奏时，饮至受赏，成祖且亲制平安南歌，作为宠锡，这是永乐六年春间事。不遗年月。

孰料由春至秋，仅历半年，安南复乱，免不得又要劳师。夷性难驯。先是明军至安南，陈氏故官简定出降，随征黎氏，颇得战功。嗣因安南平定，不复立陈氏后，心中不服，乘间脱逃至化州，联合群盗邓悉等，自称日南王，国号大越。乘大军北还，出攻咸子关，扼三江府往来要道。简定对于陈氏，不可谓不忠，但反抗明朝，未免不度德，不量力。诸州县相率响应，黎氏余党，

亦多往附。内有陈季扩、邓景异等，尤称猖獗。交趾布政司黄福，飞奏至京，亟请增兵。成祖立命黔国公沐晟，发兵数万，由云南出征。且令兵部尚书刘儁，往赞军事。沐晟率军南下，至生厥江，与简定相遇，彼此交锋，简定佯败却走。刘儁等驱军追赶，不防陈季扩、邓景异等，两路杀出，冲动阵势，竟致大乱。刘儁马蹶被执，都督吕毅，及布政使参政刘昱等皆战死。这是狃胜而骄之故。沐晟仓猝收军，计已伤亡万人，没奈何奏报败状。成祖也出了一惊，只好再请出英国公张辅，令他前往。又命清远侯王友为副帅，率师二十万启行。这边尚在中途，那边情形又变，简定为陈季扩所逼，将王位让与季扩，自称上皇。季扩系蛮人，诡托陈氏后裔，号召全国。蛮人有何知识，信以为真，大众趋附，势愈猖獗。邓景异恰进攻盘滩，守将徐政阵亡。沐晟沿边固守，专待辅军到来。至永乐七年秋季，辅军方至，进薄咸子关。安南兵联舟蔽江，不下千艘，辅饬各军乘风纵火，猛烧敌舰。敌众惊溃，溺死无算。生擒敌目二百余人，获船四百余艘。邓景异等登岸狂奔，辅麾军追杀，景异返身接仗，各用短兵相击，又敌不过辅军，败投季扩。季扩自称陈氏后人，上书乞封，辅拒绝不受，进军清化，季扩远遁。简定迟了一步，不及远行，但匿迹美良山中。辅军入山搜寻，见简定缩做一团，当即牵出，送入大营。辅遂将简定槛送京师，至即伏法。再进军追陈季扩等，至冻潮州，生擒季扩党羽范友、陈原卿等二千人，悉数坑死，筑尸为京观。

会有朝使驰至，召辅还京，留沐晟镇守。辅引军自归，晟复追陈季扩至灵长海口，击败敌众。季扩穷蹙，奉表乞降。成祖以师劳日久，姑从所请，谕令季扩为交趾右布政使。季扩阳为受命，阴仍四掠，乃复令张辅往讨。辅至安南，严申军令，都督佥事黄中，违命不顺，立斩以徇，众皆股栗，相率用命。于是与沐晟合军，决计平寇，越月常江，渡神投海，过西心江，至爱子江，所有沿途敌众，尽行扫荡。敌将阮师桧，以象阵来攻，辅亲为前驱，连发二矢，一矢将象奴射落，再矢将象鼻射破，象惊跃四散，敌众大愕。前用象阵，为辅所败，至此复用象阵，真是呆鸟。经辅军乘势掩击，顿将敌兵冲成数截，乱斫乱剁，杀得尸横遍野，血流成渠。阮师桧窜入深山，由辅率将校徒步入捕，竟得寻获。邓景异也在山中，一并拿住，立刻磔死。陈季扩出走老挝，都指挥师祐蹑迹穷追，攻破老挝三关，蛮人溃散。只剩陈季扩及妻妾数人，生絷以归。辅命囚解至京，双双斩首。与妻妾同时伏法，可谓不愿同日生，只

愿同日死。自辅三下安南，三擒伪王，威震蛮服，无不畏怀。成祖暂命留守交趾，南陲得以无事。

小子且把南方搁下，再叙及北方时事。从前元嗣主脱古思帖木儿，为明将蓝玉所破，败走喀喇和林，应十九回。至土拉河畔，为长子也速迭儿所弑，部众不服，相率离散。是时蒙古疏族帖木儿，方平定中央亚细亚，统辖西域诸汗国，略印度，破埃及，声势大震。元初分封诸王，西北一带，有察合台、窝阔台、伊儿、钦察四汗国。窝阔台国先亡，余汗亦次第衰微。帖木儿起自察合台国，并有各地，参阅作者《元史演义》便见详情。闻元嗣为明军所逼，窜走一隅，不禁愤怒起来，遂招集残元部众，大举东征，竟欲恢复中原，统一世界。好大志向。军报直达南京，成祖忙饬西宁卫守将宋晟，统率陕甘各军，加意守御。幸帖木儿在道病殁，西徼少安。帖木儿子孙争位，无暇及明，蒙族终致不振。也速迭儿篡位后，国中弑戮相寻，数传至坤帖木儿，又为臣下鬼力赤一作郭勒齐。所弑，自去蒙古国号，别称鞑靼可汗。元室改号鞑靼，以此为始。部民以鬼力赤并非元裔，多不从命。元太祖弟溯只后裔阿噜台乘间杀鬼力赤，迎立坤帖木儿弟本亚失里为汗，自为太师，号召四方，渐臻强盛。鞑靼西边有瓦剌部，为元臣猛可帖木儿后裔，与鞑靼不睦，酋长叫作玛哈木，成祖起兵北平，曾防玛哈木内袭，与他通和。及入京为帝，封玛哈木为顺宁王。玛哈木恃有内援，遂常与鞑靼为难。借他人以敌同族，玛哈木也是失算。阿噜台往击瓦剌，反为所败。成祖闻他互相仇杀，亦欲乘此机会，收服鞑靼。永乐六年，特遣降臣刘铁木儿不花，持着玺书，并织锦文绮等物，往抚鞑靼汗本雅失里，本雅失里不受命。越年，又遣给事中郭骥往谕，竟为所杀。成祖不便罢手，遂授淇国公邱福为征虏大将军，偕王聪、火真、王忠、李远等，统兵十万，北征鞑靼。一面先谕瓦剌部，出兵夹攻。瓦剌部酋玛哈木，不待邱福兵至，已袭破鞑靼都城。本雅失里与阿噜台，徙居胪朐河旁。

邱福一至，探悉鞑靼已败，总道是势穷力蹙，立可扫灭，遂率轻骑千人先行，途次遇鞑靼游兵，迎头击破，追杀过河，擒住敌目一人，问明本雅失里下落。敌目答已仓皇北走，去此不过三十里。福大喜道："擒贼先擒王，此行定可得手了。"参将李远谏道："敌众恐有诈谋，须侦查确实，方可进兵。且后军尚未到齐，姑俟大兵会集，再进未迟。"福怒道："你敢挠我军心么？敌酋在前，不擒何待？"一闻谏言，便即动怒，活画邱福卤莽。李远又道：

"将军辞行时，皇上亦再三告诫，兵宜慎重，毋为敌给，难道将军忘了不成？"借李远口中，补出成祖嘱语。邱福愈怒道："将在外，君命有所不受，你妄托天子威灵，敢来哓舌。军法具在，莫怪无情。"李远不敢再言。王忠复力陈不可，福仍不从，麾众直入。蒙兵遇着，未战即走，诱至深林丛菁中，吹起胡哨，伏兵四起，把邱福等困住垓心，缳绕数匝。邱福、火真、王忠等，冲突不出，先后战殁。李远、王聪率五百骑突围出走，被敌兵追至，酣战了好几时，亦力尽身亡。后军闻警赶至，又被蒙兵大杀一阵，伤毙了一大半，余众遁还。

成祖闻报，因邱福不听良言，追夺封爵，下令来春亲征。转眼间已是永乐八年，遂率师北巡，命户部尚书夏元吉，辅皇长孙瞻基，留守北京，接运军饷。自领王友、柳升、何福、郑亨、陈懋、刘才、刘荣等，督师五十万出塞，至清水原，水多咸苦不可饮，人马皆渴，成祖方以为忧。忽西北二里许，有泉涌出，味甚甘冽，军中赖以不困。成祖赐名神应泉。再进至胪朐河，次苍山峡，前锋巡弋队获敌数人，箭一枝，马四匹，料知去敌不远，遂由成祖下令，渡河前进。本雅失里不敢接战，北走斡难河。即元太祖肇兴地。成祖饬众奋追，至斡难河畔，追及本雅失里，驱杀过去，大败敌众。本雅失里弃辎重牲畜，只率七骑遁去。先是本雅失里闻帝亲征，拟与阿噜台率众西遁，阿噜台不从，于是君臣离析，本雅失里走而西，阿噜台走而东。成祖以本雅失里远遁，不欲穷追，即命移师征阿噜台，时已盛暑，兵行沙漠，挥汗如雨，日间不便跋涉，只好乘夜东行。既渡飞云壑，侦悉阿噜台住处，便遣使持敕谕降。阿噜台诡言遵谕，即派数骑随使报命，自率精锐潜蹑于后。成祖得去使还报，即登高东望，遥见数里以外，尘土飞扬，差不多有千军万马，急奔而来，不禁瞿然道："阿噜台既云来降，为何带此重兵？莫非前来袭我么？"处处留心，确是智囊。亟命诸将严阵以待。阿噜台到了阵前。果然纵兵入犯，成祖麾令奋击，铳、矢齐发，射中阿噜台马首，阿噜台翻落马下，至部兵扶起阿噜台，众已大乱，阿噜台料知不支，易马返奔，被明军追杀过去，好似风扫落叶，顷刻而尽。成祖以天气过热，收军还营，休养一日，即命班师。阿噜台闻大军退去，又派残骑尾行，成祖正防他来袭，沿途设伏，佯令数人满载辎重，在后尾随。蒙骑贪掠货物，竞来争夺，猝遇伏发，四面围攻，杀得一骑不留，乃安安稳稳的奏凯而回。还次擒狐山，勒石

铭功，有“瀚海为镡，天山为锷，一扫风尘，永清朔漠”十六字。再还次清流泉，有“于铄六师，禁暴止侮，山高水清，永彰我武”十六字。至七月中旬，始至北京，御奉天殿，大受朝贺，论功行赏有差。

诸将方共庆功成，不意都御史陈瑛，竟劾奏宁远侯何福，私怀怨望。成祖以福为建文旧臣，未免动疑，福竟惧罪自缢。那时成祖闻知，未免怏怏不乐。过了秋季，启跸南归，行至山东临城县，侍妃权氏，忽得暴疾，竟尔逝世，累得成祖哀悼异常，小子有诗咏道：

赤日炎炎扈六飞，王师力敝始南归。

临城一恸红颜逝，不重功臣重爱妃。

欲知权妃来历，且至下回表明。

明代之好大喜功，莫如成祖，观其讨安南，征漠北，莫非穷兵黩武之举。彼盖因得国未正，惧贻来世口实，不得不耀武扬威，期盖前愆于万一，然已师不胜劳，财不胜费矣。成国公张辅，颇有远图，不特三擒番酋，叠著奇功，即如建设郡县，主张殖民，实不愧为拓边胜算。假令长畀镇守，教养兼施，吾知南人当不复反矣，何至后日之屡服屡叛乎？成祖志在张威，不在务本，故于张辅之三下安南，暂命留守，未几即行召还，而漠北一役，未曾平定蒙族，即铭功勒石，自夸功绩，谓非好大喜功不得也。成祖之成，殆不能无愧云。

第二十九回　徙乐安皇子得罪
闹蒲台妖妇揭竿

却说成祖南返临城，遇爱妃权氏病逝，不觉哀恸异常。小子欲述权氏来历，还须先将徐后事，补叙出来。徐皇后秉性贤淑，善佐成祖，成祖亦颇加敬爱，所有规谏，多半施行。后常召见各命妇，赐冠服钞币，并婉谕道："妇人事夫，不止馈食衣服，须要随时规谏。朋友的言语，有从有违，夫妇的言语，婉顺易入。我旦夕侍上，尝以生民为念，汝等亦宜勉力奉行"云云。嗣后复搜采女宪女诫，作内训二十篇，又类编古人嘉言懿行，作劝善书，颁行天下。永乐五年七月，忽然患病不起，竟致去世。成祖很是悲悼，特命于灵谷、天禧二寺间，荐设大斋，听群臣致祭。追谥仁孝皇后，历六年方安葬长陵。后有妹名妙锦，端静有识，成祖闻她贤名，欲聘为继后，偏偏妙锦不从。内使女官，络绎至第，宣示上意，妙锦固拒不纳。女官直入闺中，坚请妙锦出见。妙锦不得已，乃徐徐起立道："我无妇容，不足备六宫选，乞代奏皇上，另择贤媛。"女官敦劝再三，妙锦只是不答。及女官内使，还宫复命，妙锦竟削发为尼。姊为贤后，妹作贞女，可与中山王并传不朽。成祖懊丧得很，不复立后，只命王贵妃摄六宫事。曲摹乃父。

会朝鲜国贡美女数人，内有权氏，最为娇艳，肌肤莹洁，态度娉婷，端的是闭月羞花，沉鱼落雁；又有一种特别技艺，善吹玉箫，著名海曲。成祖当面试吹，抑扬抗坠，不疾不徐，到后来兴会入神，竟把那宛转娇喉，度入箫中，莺簧无此谐声，燕语无此叶律，确是美女吹箫，不得移作他用。惹得成祖

沉迷声色，击节称赏。曲罢入宫，即夕召幸，华夷一榻，雨露宏施，说不尽的倒凤颠鸾，描不完的盟山誓海。点染风流。越宿即列为嫔御，逾月复册为贤妃，授妃父永均为光禄卿，备极宠眷。到了成祖北征的时候，权妃请随驾同行，成祖也非她不欢，遂令她戎装偕往。至奏凯班师，权妃竟冒了暑气，恹恹成疾，红颜命薄，苶茝无灵，她尚勉强伴驾，挨到山东，至临城县行幄，实是支持不住，风凄月落，玉殒香消，可怜一载鸳俦，竟化作昙花幻影。成祖格外哀恸，赐葬峄县，亲自祭奠，予谥恭献。返京后，尚追念不置，复于朝鲜所贡美女中，选幸四人，各封女职。最美的为任顺妃，次为李昭仪，又次为吕倢伃，又次为崔美人。四女虽各具姿容，究竟色艺不及权妃，成祖无可奈何，只得将就了事。

其时有位王嫿姝，家住海南，才艺无双，永乐二年，召入宫掖，充为司彩。司彩系明宫女官，宫中聚藏缎匹，归她掌管。成祖有意召幸，尝命与权妃同辇。王氏跪启道："妾系嫠妇，不敢充下陈，请陛下收回成命！"成祖嘉她节烈，特赐金币，许令归家。她在宫时常作记事诗，流传禁掖。小子曾记得一绝云："璚花移入大明宫，一树芳香倚晚风。赢得君王留步辇，玉箫吹彻月明中。"此外佳句尚多，小子也记不胜记了。徐女王嫠，俱不见正史，得此阐扬，可作彤史数则。这且休表。

且说成祖次子高煦，本就封云南，煦不肯行，应二十七回。及成祖北征，煦亦随往，凯旋时，因嗣子尚留北京，请乘便挈还，暗寓深意。成祖听他所为。嗣又请得天策卫为护卫，自开幕府，未几复乘间请增两护卫，密语左右道："如我英武，难道不配做秦王李世民么？"居然欲杀建成、元吉。又尝自作诗云："申生徒守死，王祥枉受冻。"这两句诗，明明是挟恨乃父，流露夺嫡的意思。某日，成祖命太子高炽，偕煦谒孝陵，太孙瞻基亦随往。太子体肥重，且遇足疾，由两太监扶掖而行，尚屡失足，煦在后大言道："前人蹉跌，后人知警。"语未毕，忽后面有人应声道："还有后人知警哩。"煦闻言回顾，见是太孙瞻基发言，不禁失色。自己心虚。煦长七尺余，轻趫善骑射，两腋有龙鳞数片，以此自负。成祖虽已立储，心常不忘煦功，每与诸大臣微语东宫事，大臣总说是太子贤明，将来必是守成令主，因此成祖不便再言。贵妃王氏，又密受徐后遗命，始终保护太子。太子妃张氏，且亲执庖爨，事帝甚谨，为此种种原因，所以储位尚得保全。

会齐、岷二王，复以骄恣得罪，削爵废藩。两王之废，随笔带过。煦遂乘间进言，谮及侍读解缙，内外壅蔽，且漏泄禁中密语，应按罪惩罚等语。成祖余怒未息，便将缙谪徙广西，降为参议。会成祖北征，留太子居守南京，缙入谒太子，即还原任。无故归谒东宫，缙亦不能辞咎。这事被煦闻知，说他私觐东宫，必有隐谋。几危太子。顿时激怒成祖，立逮缙入京下狱，拷掠备至。还是缙自认罪状，一语不及太子，方得免兴大狱，但将缙囚禁天牢。后来锦衣卫掌管纪纲，受煦密嘱，令狱卒用酒饮缙，醉移雪中，活活冻毙。大理寺丞汤宗，宗人府经历高得旸，中允李贯，编修朱纮，检讨萧引高等，俱坐缙罪被系，庾死狱中。原来太子得立，由解缙力谏所致，事为高煦探悉，衔恨切骨，定欲置诸死地。缙被诬死，还有编修黄淮，亦曾预议立储，时已升任右春坊大学士，颇得帝眷，一时动弹不得，煦尤日夜计虑，谋去黄淮，本拟联结都御史陈瑛，伺隙弹劾，不料成祖自北还南，查得瑛平生险诈，诬陷多人，竟将他下狱论死，这是好谗的果报。天下称快。只高煦失一臂助，怏怏不已。至永乐十一年间，成祖北巡，命太子监国，留辅诸臣，除尚书蹇义，谕德杨士奇，洗马杨溥外，便是学士黄淮。越年，成祖还京，太子遣使往迎，稍迟一步，煦即构造蜚语，中伤太子。成祖亦起疑心，竟将黄淮、杨溥等逮问，意欲加诛。且密令兵部尚书金忠，按验太子罪状。亏得金忠极力挽救，愿以全家百口，为太子保证，太子乃得免祸。金忠名副其实。唯黄淮、杨溥，仍系狱中，终成祖世不得释。

高煦越加骄纵，私选各卫健士为爪牙，潜图变逆。成祖稍稍察觉，乃把煦改封青州，饬令就国。煦仍奏请留传左右，不愿就道。复经成祖申谕，煦尚迁延自如，且擅募军士三千余人，不使隶籍兵部，但终日逐鹰纵犬，骚扰京都。兵马指挥徐野驴，捕得一二人，按罪惩治，煦竟到署亲索，与野驴谈了一二语，不称己意，竟从袖中取出铁爪，挝杀野驴。骄横已极。廷臣尚不敢详奏，嗣煦复僭用乘舆车服，为帝所闻，乃密询尚书蹇义，义惧煦威焰，推辞未知。及复问杨士奇，士奇顿首道：“汉王初封云南，不肯行，复改青州，又仍不行，心迹可知，无待臣言。唯愿陛下早善处置，使有定所，保全父子恩亲，得以永世乐利。”还是他较为忠直。成祖默然不答。疑乎信乎？越数日，又访得高煦私造兵器，蓄养亡命，及漆皮为船，演习水战等事。于是勃然大怒，立召煦至，面诘各事。煦无可抵赖，一味支吾。当由成祖勒褫冠服，囚

絷西华门内，势且废为庶人，还是太子从旁劝解。太子义全骨月，所以后称仁宗。成祖厉声道：“我为你计，不得不割去私爱，你欲养虎自贻害么？”太子泣请不已，乃削高煦两护卫，诛左右数人，徙封山东乐安州，勒令即日前行。煦计无所出，只好拜别出京，一鞭就道了。下文再表。

且说成祖既平定南北，加意内治，命工部尚书宋礼浚会通河，兴安伯徐亨，工部侍郎蒋廷瓒、金纯，浚祥符县黄河故道。漕运既通，河流亦顺，又命平江伯陈瑄，督筑海门捍潮堤八十余丈。且于嘉定海岸，培筑土山，以便海舟停泊。山周四百丈，高五十余丈，立堠表识，远见千里。成祖赐名宝山，后来立邑于此，名宝山县，便是明永乐时的遗迹，略作纪念。唯沿海一带，屡有倭寇出没，频年未息。倭寇即日本国民，来华寇掠，所以叫作倭寇。日本在朝鲜国东境，距朝鲜只一海峡，元世祖时，威振四夷，独日本不服，世祖发兵十余万东征，途遇暴风，全军覆没。日本终抗命不庭。嗣日本南北分裂，时相攻伐，及南败北胜，南方残众，流寓海口，侵及朝鲜。朝鲜方拥李成桂为国王，成桂颇有智勇，力足防边，且遣使通好中国，得明太祖册封，为明外藩。朝鲜历史，亦从此处插入，是用笔销纳处。倭寇遂迁怒明朝，剽掠中国海岸。太祖尝贻书日本，请禁边寇，终不见答。乃特设沿海卫所，专意防倭。成祖时，日本足利义满氏，统一南北，航海入贡，受封为日本国王。成祖又饬令严禁海盗，怎奈海盗不服王化，足利氏亦无能为力，所以入寇如故。经明廷先后出师，如安远伯柳升，平江伯陈瑄，及总兵官刘江，皆破倭有功，沿海才得少安。为嘉靖时征倭作引。

会接贵州警报，思州宣慰使田宗鼎，与思南宣慰司田琛，构怨兴兵，仇杀不已。成祖密令镇远侯顾成，率兵前往，相机剿抚。先是明平云南，贵州土官，闻风归附，太祖嘉他效顺，概令原官世袭，赋税由他自输，不立制限，但设一都指挥使，择要驻守。永乐初年，镇守贵州的长官，便是镇远侯顾成。顾成既密受朝命，遂潜入思州、思南二境，出其不意，把宗鼎与琛，一并拿住，槛解京师。成祖将他二人斩讫，分贵州地为八府四州，设布政使司，及提刑按察使司，派工部侍郎蒋廷瓒，署贵州布政使事。陆续叙过，都是本回中销纳文字。

谁知到了永乐十八年，山东蒲台县中，忽出了一场乱事，为首的巨匪，乃是一个女妖名叫唐赛儿。下半回以此为主脑，故提笔较为注重。赛儿为县民林

三妻，并没有什么武略，不过略有姿首，粗识几个文字，能诵数句经咒。林三病死。赛儿送葬祭墓，回经山麓，见石隙中露有石匣，她即取了出来，把匣启视，内藏异书宝剑，诧为神赐。书中备详秘术及各种剑法，当即日夕诵习，不到数月，居然能役使鬼神；又剪纸作人马可供驱策，如欲衣食财物，立令纸人搬取，无不如意。她复削发为尼，自称佛母，把所得秘法，辗转传授，一班愚夫愚妇，相率信奉，多至数万。无非是平原吕母及平原女子迟昭平之类。地方官闻她讹扰，免不得派役往捕，唐赛儿哪肯就缚，便与捕役相抗。两下龃龉，当将捕役杀毙数人。有几个见风使帆的狡捕，见赛儿持蛮无礼，先行溜脱，返报有司，有司不好再缓，便发兵进剿。赛儿到此地步，索性一不做，二不休，竟纠集数万教徒，杀败官兵，据住益都卸石棚寨揭竿作乱。奸民董彦杲、宾鸿等，向系土豪，武断乡曲，一闻赛儿起事，便去拜会，见赛儿仗剑持咒，剪纸成兵，幻术所施，竟有奇验，遂不胜惊服，俱拜倒赛儿前，愿为弟子。佛母收佛徒，皆大欢喜。从此日侍左右，形影不离，两雄一雌，研究妖法，越觉得行动诡秘，情迹离奇。怕不是肉身说法。训练了好几月，便分道出来，连陷益都、诸城、安州、莒州、即墨、寿州诸州县，戕杀命官，日益猖獗。青州卫指挥高凤，带领了几千人马，星夜进剿，到了益都附近，时已三鼓，前面忽来了无数大鬼，都是青面獠牙，张着双手，似蒲扇一般，来攫凤军。凤军虽经过战阵，从没有见过这般鬼怪，不由的哗噪起来。董彦杲、宾鸿，率众掩至，凤军不能再战，尽被杀害，凤亦战死。莒州千户孙恭等，得悉败状，恐敌不住这妖魔鬼怪，只好遣人招抚，许给金帛，劝他收兵。董彦杲等抗命不从，反将去使杀毙。

那时各官错愕，不得不飞章奏闻，成祖敕安远侯柳升，及都指挥刘忠，率着禁卫各军，前往山东。各官统来迎接，且禀称寇有妖术，不易取胜。是为诿过起见。柳升冷笑道："古时有黄巾贼，近世有红巾寇，都是借着妖言，煽惑愚民。到了后来结果，无非是一刀两段。诸君须知邪不敌正，怕什么妖法鬼术？况是一个民间孀妇，做了匪首，凭她如何神奇，也不过么麽技俩，我自有法对待，诸君请看我杀贼哩。"言罢，即进击卸石棚寨，密令军士备着猪羊狗血，及各种秽物，专待临阵使用。途次遇着寇兵，当即接战，忽见唐赛儿跨马而来，服着道装，仿佛一个麻姑仙，年龄不过三十左右，尚带几分风韵。半老徐娘。两旁护着侍女数名，统是女冠子服式。赛儿用剑一指，口

中念念有词，突觉黑气漫天，愁雾四塞，滚滚人马，自天而下。柳升忙令军士取出秽物，向前泼去，但见空中的人马，都化作纸儿草儿，纷纷坠地，依旧是天清日朗，浩荡乾坤。妖术无用。赛儿见妖法被破，拨马便走，寇众自然随奔，逃入寨中，闭门固守。

柳升麾军围寨，正在猛攻，忽有人出来乞降，只说是寨中粮尽，且无水饮，情愿叩降军前，乞贷一死。柳升不许，且遣刘忠往据汲道。忠至东门，夜遇寇兵来袭，飞矢如蝗。忠不及预防，竟被射死。柳升安居营中，总道是妖术已破，无能为力，前言确是有识，至此偏独轻敌，遂至丧师纵寇，可见骄兵必败。不意夜半溃军逃还，报称刘忠陷没，慌忙往救，已是不及。还攻卸石棚寨，寨中已虚无一人，赛儿以下，尽行遁去。唯宾鸿转攻安邱，城几被陷，幸都指挥佥事卫青，方屯海上备倭，闻警飞援，与邑令张玙等内外合攻，杀败宾鸿，毙寇无数，剩了些败残人马，逃至诸城，被鳌山卫指挥使王贵，截住中途，一阵杀尽，只唐赛儿在逃未获。及柳升至安邱，卫青迎谒帐前，升反斥他无故移师，喝令捽出，于是刑部尚书吴中，劾升玩纵无状，由成祖召还下狱，擢卫青为都指卫使，一面大索赛儿，尽逮山东、北京一带的尼觋道姑，到京究辨。可怜大众无辜，枉遭刑虐，结果统是假赛儿，不是真赛儿。俄得山东军报，说是真赛儿已拿到了，盈廷官吏，相率庆贺，丑。正是：

篝火狐鸣天地暮，昆冈焰炽鬼神愁。

未知赛儿曾否伏诛，且至下回交代。

本回宗旨，内叙高煦夺嫡，外叙唐赛儿揭竿，而外此各事，俱用销纳法插入，但亦不致渺无关系。因高煦事叙入宫中，而徐后诸人之品节以彰，因唐赛儿事叙入畿外，而边疆诸事之叛服以著，如绳贯钱，有条不紊，此可见著述之苦心，非信手掇拾者比也。且高煦骄纵，弊由溺爱，赛儿诡秘，弊在重僧，于欲言之中，更得不言之秘，善读者自能知之。

第三十回　穷兵黩武数次亲征 疲命劳师归途晏驾

却说唐赛儿乱后，山东各司官，多以纵寇获谴，别擢刑部郎中段民为山东左参政。段民到任，颇能实心办事，所有冤民，尽予宽宥，唯密饬干役，往捕赛儿。不数日赛儿缚到，由段民亲讯，她却谈笑自若，直认不讳。段民觉有变异，命以利刃截她手足，谁知纯钢硬铁，反不及玉臂莲钩，刀锋已缺，手足依然，不得已严加桎梏，把她娇怯身躯，概用铁索缠住，然后置入囚车，派遣得力人员，解送京师。行到半途，天光渐黑，蓦见前后左右，统是狰狞厉鬼，高可数丈，大约十围，腰间系着弓矢，手中执着大刀，恶狠狠的杀将过来。看官！你想这等押解巨犯的兵役，如何抵敌？大家顾命要紧，弃了囚车，四散避开。何不用秽物解之。待至厉鬼已去，返顾囚车，里面只有一堆镣铐，并没有什么唐赛儿。彼此瞠目许久，只好回报段民。段民没法，也只得据实复奏。明廷一班官吏，方闻妖妇解京，都想前去验视，至段民奏至，越发诧为奇事。成祖也不加责问，但命将所拘尼媪，一律放还，这颇能知大体。连柳升亦释出狱中，释放柳升未免失刑。内外安谧，只唐赛儿究不知何处去了。

话分两头。且说成祖击败阿噜台，奏凯还京，越年，阿噜台却遣使贡马，且奉表称臣。成祖以他悔罪投诚，特命户部收受贡物，并厚犒来使，遣令去讫。会瓦剌部酋玛哈木，攻杀鞑靼汗本雅失里，另立答里巴为汗，自专政权。阿噜台复使人来告，成祖乃命驾北巡，亲探虚实。既至北京，复得

阿噜台表奏，略言："玛哈木弑主逞强，请天朝声罪致讨，臣愿率所部，效力冲锋"云云。成祖大喜，封阿噜台为和宁王，一面谕责玛哈木，且征使朝贡。玛哈木竟不受命，当由成祖下诏，再行亲征，仍带了柳升、郑亨、陈懋、李彬等，一班宿将，浩荡前行，太孙瞻基，亦随驾出发。成祖语侍臣道："朕长孙聪明英睿，智勇过人，今肃清沙漠，使他躬历行阵，备尝艰苦，才知内治外攘，有许多难处呢。"侍臣称颂不已。无非面谀。是年为永乐十二年，二月间启行，四月间至兴和，五月间出塞，次杨林城，六月间到三峡口。前锋刘江，遇着敌骑数千名，一鼓击退。成祖料敌必大至，严阵以待。寻获间谍数名，问明详细。得悉玛哈木离此不远，索性兼程前进：至忽兰忽失温地方，望见尘头大起，有无数蒙兵踊跃而来，后面拥着麾盖，蔽着两人，一是鞑靼汗答里巴，一是瓦剌酋玛哈木。成祖登高指挥，命柳升、郑亨等攻敌中坚，陈懋，王通攻右翼，李彬、谭青、马聚攻左翼。三军奉令进攻，火器齐发，声震天地。玛哈木恰也能耐，领着蒙兵，左拦右阻，并迭发强弩，射住明军。郑亨身中流矢，负痛退还。陈懋、王通，也被蒙兵截住，不能取胜。李彬、谭青等与敌酣斗，杀伤相当。都指挥满都，受伤过重，倒毙阵中。成祖见各队相持，未分胜负，遂自高阜跃下，亲率铁骑冲阵，横扫敌军。柳升以下，见主上躬冒矢石，也不得不舍命争先，大呼杀敌。俗语说得好："一夫拼命，万夫莫当。"况有数万人努力前驱，无论什么强敌，总是抵挡不住。玛哈木败阵而逃，部众自然溃散。明军追越两高山，直达土拉河，斩首数千级。成祖尚欲穷追，还是皇太孙叩马谏阻，才令班师。穷寇勿追，皇太孙恰是有识。还至三峰山，阿噜台遣头目锁住等来朝，且言阿噜台有疾，所以不至。成祖好言抚慰，并给米百石，驴百匹，羊百头，别赐他属部米五千石。锁住等拜谢而去。成祖还京，玛哈木也贡马谢罪，词极卑顺。勉效阿噜台。成祖又纳贡馆使，宥他前愆，唯玛哈木与阿噜台，始终不和，互相仇杀，亦互来报捷。成祖亦利他构衅，随意敷衍，毫不诘问。无非欲自做渔翁。既而玛哈木病死，子脱欢嗣位，遣使朝贡，仍许袭爵。独阿噜台生聚渐繁，兵储渐富，居然桀骜起来，每遇明使，箕踞谩骂，有时且把明使拘留。成祖一再驰谕，阿噜台全然不改，反驱众入寇边疆。

警报屡达京师，成祖以胡人反复，必为后患，决计迁都北京，就近控驭。永乐十九年春间，车驾北迁，特旨大赦。明迁北京自此始。廷臣以迁都不

便，纷纷有异言。未几忽发火灾，把奉天、谨身、华盖三殿，烧得墙坍壁倒，栋折榱崩，成祖未免惶悚，令群臣条奏阙失，直言无隐。僚属奉旨上言，多以迁都为非是。主事萧仪，及侍读李时勉，语尤痛切。成祖大怒，竟杀了萧仪，下李时勉于狱中，并将给事柯暹，御史郑维垣等，谪徙边疆。既令群臣直言，复以直言加罪，出尔反尔，殊属不情。一面再议北征。兵部尚书方宾，力言粮储支绌，未便兴师，乃复召户部尚书夏原吉，问边储多寡。原吉奏称所有边储，只足供戍卒，不足给大军。且言频年师出无功，戎马资储，十丧八九，灾眚间作，内外俱疲，应顺时休养，保境息民为要。即如圣躬少安，亦须调护，毋须张皇六师。成祖闻言，为之不怿，仍令原吉往查开平粮储。既而刑部尚书吴中入对，大旨与方宾同，成祖怒道："你亦学方宾么？我将杀宾，免你效尤。"宾闻言大惧，竟自经死。成祖竟命将吴中系狱，并饬锦衣卫逮原吉还京，再问亲征得失。原吉具奏如初。成祖益怒，亦饬令下狱。专制淫威，煞是厉害。遂命侍郎张本等，分往山东、山西、河南及应天诸府，督造粮车，发丁夫挽运，会集宣府，以次年二月为期。

光阴易过，倏忽新春，成祖即率军起程，师次鸡鸣山，探悉阿噜台远遁，诸将请率兵深入。成祖道："阿噜台非有他计，譬诸贪狼，一得所欲，即行遁去，追他无益。且俟草青马肥，出开平，逾应昌，出其不意，直抵敌巢，然后可破穴犁庭了。"前则执意亲征，兹复禁止深入，总之予智自雄，不欲群臣多口。嗣是徐徐进行，一路过去，不见有什么敌骑，如入无人之境。成祖命军士开枪猎兽，或临场校射，赐宴作乐。御制平戎曲，使全军歌唱节劳。至五月中旬，始度偏岭，发隰宁，至西凉亭。亭为故元往来巡幸地，故宫禾黍，野色萧条，成祖慨然道："元朝创筑此亭，本欲子孙万代，永远留贻，哪里防有今日？古人谓天命无常，总要有德的皇帝，方才保守得住。否则万里江山，亦化作过眼烟云，何况区区一亭呢。"乃下令禁止伐木。六月出应昌，次威远，开平探马走报，阿噜台进寇万全，诸将请分兵迎击，成祖道："这是阿噜台诈计，不能相信。他恐我直捣巢穴，佯为出兵，牵制我师。我若分兵往援，正中彼计。"遂疾驰而进，敌果遁去。成祖料敌可谓甚明。大兵进驻沙胡原，拿住阿噜台部属，一一讯问。据言："阿噜台闻大军到来，惶恐已极，他母及妻，统骂阿噜台昧良，无端负大明皇帝，所以阿噜台穷极无奈，已尽弃家属，及驼马牛羊辎重，向北远遁了。"成祖道："兽穷必走，也是常情，

但恐他挟有诈谋，不可不防。”嗣复获得敌骑数人，所言悉与前符。乃命都督朱荣、吴成等，尽收阿噜台所弃牛羊驼马，焚毁辎重，指日还师，乘便击兀良哈三卫。兀良哈三卫，即大宁属地，自辽沈起直，至宣府，延长三千余里，元置大宁路于此。元得大宁，即封皇子权为宁王，另封兀良哈三卫，处置降人，以阿北失里等为三卫都指挥同知。成祖起兵，诱执宁王权，应二十二回。并将宁王部属，悉数移入北平。兀良哈三卫，奉命唯谨，且发兵从战，所向有功。成祖即以大宁地尽畀兀良哈，作为犒赐。此是东周封秦之覆辙，成祖何故蹈之。

自此辽东宣府一带，藩篱撤去，门庭以外，就是异族。成祖约他为外藩，平居使侦探，有急使捍卫，无如异族异心，未免携贰。自阿噜台恃强抗命，遂与兀良哈三卫勾通。三卫中朵颜卫最强，次为泰宁卫，次为福余卫，既附合阿噜台，遂时入塞下。成祖北征旋师，语诸将道：“阿噜台恃兀良哈为羽翼，所以敢为悖逆，今阿噜台远遁，兀良哈势孤，应移师往讨，平定此寇。”当下简选精锐数万人，分五路捣入，自率郑亨、薛禄等，直入西路。师次屈裂儿河，兀良哈驱众数万，前来抵敌，忽被陷入泽中，成祖即指挥骑兵，冲杀过去，斩首数百级。敌自相践踏，势几散乱。成祖登高瞭望，见敌兵散而复聚，料有接应兵至，遂命吏士持神机弩，潜伏深林，自张左右翼出阵夹击。敌兵突冲左翼军，左翼军佯退，引敌入深林中，一声号炮，伏兵齐发，箭如飞蝗般射去，敌遂惊溃。左翼军反击敌腹，右翼军猛攻敌背，敌兵死伤无算，追奔三十余里，尽毁三卫巢穴，然后下令班师，还京受贺。又是一番跋涉了。

次年七月，又有阿噜台寇边消息，成祖笑道：“去秋亲征，渠意我不能复出，朕当先驻兵塞外，以逸待劳。”即命皇太子监国，车驾择日发京师。三次北征。师行月余，进至沙城，阿噜台属下，知院阿失帖木儿、古纳台等，率妻子来降，由成祖详问阿噜台情形。阿失帖木儿禀道：“今夏阿噜台为瓦剌所败，部属溃散，势日衰微。今闻大军远出，必疾走远避，哪里还敢南向呢？”成祖甚喜，赐他酒食，俱授千户。唯大军仍然前进，至上庄堡，由先锋陈懋来报，说是鞑靼王子也先土于，挈眷投诚。成祖大喜，语侍臣道：“远人来归，应格外旌异，方便招徕。”随即令陈懋引见，当面奖谕，特封他为忠勇王，赐名金忠。是时兵部尚书金忠已卒，岂成祖欲令他后继，所以不嫌复名欤？

并授他甥把罕台为都督，部属察卜等统为都指挥，赐冠带织金袭衣，一面下诏南旋。此次北征最属无谓。

越年，为永乐二十二年，即成祖皇帝末年，谍报阿噜台复寇大同，忠勇王金忠，请成祖发兵，愿为前锋自效，于是成祖复大举北征。第四次了。行抵隰宁，仍不见有敌人踪迹，心知边报不实，未免爽然。会有金忠部将把里秃，获到敌哨，具言阿噜台早已远飏，现闻在答兰纳木儿河。成祖即督军疾趋，直达开平，遣中官伯力哥，往谕阿噜台属部道："王师远来，只罪阿噜台一人，他无所问，倘若头目以下，输诚来朝，朕当优与恩赉，决不食言。"至伯力哥还报，阿噜台部落，亦多远遁，无可传命，成祖乃决计入答兰纳木儿河。沿途见遗骸甚众，白骨累累，因饬柳升督率军士，掇拾道殣，妥为瘗埋，自制祭文，具酒浆等物，奠爵酹土，聊慰孤魂。又进次玉沙泉，以答兰纳木儿河已近，即命前锋金忠、陈懋等先发，自为后应。金忠、陈懋等到了答兰纳木儿河，弥望荒芜，不特没有敌寨，就是车辙马迹，也是一律漫灭，无从端倪。大家瞭望一番，不知阿噜台所在，只好遣人复奏。成祖又遣张辅等穷搜山谷，就近三百里内外，没一处不往搜寻，也只有蔓草荒烟，并不见伏兵逃骑，张辅等亦只好空手复命。真是彼此捣鬼。成祖不禁诧异道："阿噜台那厮，究到何处去了？"张辅奏道："陛下必欲擒寇，愿假臣一月粮，率骑深入，定不虚行。"成祖道："大军出塞，人马俱劳乏得很，北地早寒，倘遇风雪，转恐有碍归途，不如见可而止，再作计较。"言未已，金忠、陈懋等亦已回营，奏称至白邙山，仍无所遇，以携粮已尽，不得不归。成祖叹息多时，便下令还京。又是白跑一次。

道出清水源，见道旁有石崖数十丈，便命大学士杨荣、金幼孜，刻石纪功，并谕道："使万世后知朕过此。"不见一敌，何功可言？然自知不再到此，亡征已见。铭功毕，成祖少有不豫，升幄凭几而坐，顾内侍海寿问道："计算路程，何日可到北京？"海寿答道："八月中即可到京。"出塞四次，连路程都不能计，不死何待？成祖复谕杨荣道："东宫涉历已久，政务已熟，朕归京后，军国重事，当悉付裁决。朕唯优游暮年，享些安闲余福罢了。"恐老天不肯许你，奈何？杨荣闻言，免不得谀颂数语。至双流泺，遣礼部尚书吕震，以旋师谕皇太子，并昭告天下。入苍崖戌，病已甚笃，夜不安寐，偶一闭目，便见无数冤鬼，前来索命。好杀之验。待至惊醒，但见侍臣列着左右，不禁唏嘘道：

“复原吉爱我！”再行至榆木川，气息奄奄，不可救药了。自知不起，遂召英国公张辅入内，嘱咐后命，传位皇太子高炽，丧礼一如高皇帝遗制。言讫，呼了几声痛楚，当即崩逝。张辅与杨荣、金幼孜商议，以六师在外，不便发丧，遂熔锡为椑，载入遗骸，仍然是翠华宝盖，拥护而行。暗中遣少监海寿，驰赴太子，太子遣太孙奉迎，太孙至军，始命发丧，及郊，由太子迎入仁智殿，加殓纳棺，举丧如仪。成祖卒年六十五，尊谥文皇帝，庙号太宗，至嘉靖十七年，复改庙号为成祖。太子高炽即位，以次年为洪熙元年，史称为仁宗皇帝，小子自然沿称仁宗了。本回就此收场，唯有一诗咏成祖道：

闲关万里有何求，财匮师劳命亦休。
车载沙邱遗恨在，枭雄只怕死临头。

欲知仁宗即位后情形，请看官再阅下回。

阿噜台、玛哈木等，叛服靡常，原为难驭之寇。然成祖一出，靡战不胜，其不足平可知矣。此后即有犯顺消息，可遣一智勇深沉之将，如英国公张辅者，出为战守，当亦足了此事。乃必六师远出，再三不已，万里闲关，甚至不见敌军踪影，何其仆仆不惮烦乎？况按夏原吉所奏，当日度支，已甚支绌，以全国之赋税，糜费于无足重轻之边事，可已不已，计毋太绌。要之一好大喜功之心所由致也，迨中道弥留，始言夏原吉爱我，晚矣。好酒者以酒亡，好色者以色亡，好兵者以兵亡，成祖诚好兵者哉！然以滥刑好杀之成祖，犹得令终，吾尚为成祖幸矣。

第三十一回　二竖监军黎利煽乱
六师讨逆高煦成擒

却说仁宗即位，改元洪熙，立命将夏原吉、黄淮、杨溥等，释出狱中，俱复原官。应二十九回。原吉入朝奏对，大旨以赈饥蠲赋，罢西洋取宝船，及云南交趾各路采办，仁宗一一依行。未几以杨荣、金幼孜、杨士奇、黄淮等，皆东宫旧臣，忠实可恃，遂进荣为太常卿，幼孜为户部侍郎，兼文渊阁大学士，士奇为礼部侍郎，兼华盖殿大学士，黄淮为通政使，兼武英殿大学士，杨溥为翰林学士。既而荣与士奇，统擢为尚书，内阁职务，自是渐重了。

先是仁宗少时，太祖未崩，尝命他分阅章奏。仁宗留意考察，凡关系军民利病，必先呈上览，至文字稍有错误，并未表出。太祖指示道："儿阅章奏，奈何不核及文字？"仁宗答道："偶有笔误，不足渎天听，所以未曾表明。"太祖点首不答。嗣复问及尧、汤时候，水旱连年，百姓如何生活？仁宗答以尧、汤仁政，惠及民生，因此水旱无忧。太祖大喜道："好孙儿！有君人度量了。"所谓少成若天性。嗣为皇太子，屡被高煦、高燧等谗构，终以诚敬孝谨，得免祸难。及即位，任用三杨，修明庶政，与民休息，俨然有承平景象。仁宗尝在池亭纳凉，吟成五律一首道："夏日多炎热，临池憩午凉。雨滋槐叶翠，风过藕花香。舞燕来青琐，流莺出建章。援琴弹雅操，民物乐时康。"引入此诗，注重结末二语。后人读到此诗，每想仁宗风仪，几似虞舜鼓琴，薰风解愠，不愧为守文令主。又尝在思善门外，建弘文馆，与儒臣讲论经史，终日不倦。夏日遍赐水果诸鲜，冬日遍赐貂狐等物。每语诸臣道：

“朕与诸卿讲论，觉得津津有味，若一入后宫，对着内侍宫人，便觉索然，未知卿等厌弃朕否？”诸臣闻命，顿首称颂，自不必说。皇后张氏，为彭城伯张麒女，册妃时，谨修妇道，成祖尝谓幸得佳妇，仁宗得保全储位，也亏着贤后从中调停，所以仁宗敬爱有加，宫闱中虽有妃嫔，没甚宠幸。除张后外，只谭妃一人，善承意旨，得蒙恩遇罢了，为殉主伏笔。这且慢表。

且说安南平定，曾设交趾布政司，留英国公张辅镇守，未几即召辅还京，从征漠北，别命丰城侯李彬继统军事，尚书黄福综理民政。福有威惠，颇得交人畏服。唯李彬麾下，曾有太监马骐任职监军，骐按定交趾贡物，每岁需扇万柄，翠羽万袭，正供以外，还要多方勒索。交民痛苦得很，互相怨恨，遂互相煽动，因复闯出一个渠魁，扰乱安南。都是小人坏事。这渠魁叫作何名？便是俄乐县土官黎利。

黎利初从陈季扩，充金吾将军，季扩就擒，利归降明军，令为巡检。至马骐肆虐，他即乘机驱胁，挟众作乱，自称平定王，用弟黎石为相国，段莽为都督，聚党范柳、范宴等，四出剽掠。参政侯保、冯贵，率军往讨，被他围住，力战身亡。明廷闻警，遣荣昌伯陈智为左参将，助李彬出剿，转战有年，才得削平乱党，唯黎利逃匿老挝，屡捕未获。嗣李彬应召还京，由陈智代任，监军亦另易中官，名叫山寿。去了一个，又来一个。这山寿贪财好货，与马骐相似。黎利乘间纳贿，潜自老挝遁还宁化州，诈言乞降。山寿得了贿赂，遂替他奏请朝廷，求赦黎利。适成祖崩逝，仁宗践位，寿入朝庆贺，且言利已愿降，若遣使往谕，定然来归。仁宗踌躇良久，方道：“蛮人多诈，不便深信。”山寿叩头道：“如利不来，臣当万死。”利令智昏。仁宗复道：“黄福有无异议？”山寿又奏道：“福居交趾，已十八年，从前马骐密奏先帝，谓有异志，臣不敢仍如骐言。但久居异域，与民同利，今交趾知有黄福，不知有朝廷，恐亦非怀柔本旨呢。”善于进谗，比马骐还要阴险。仁宗默然无语。俟山寿退出，即下旨召黄福还京，已为邪言所惑。饬兵部尚书陈洽，代掌交趾布按司事。福在交趾，编户籍，定赋税，兴学校，置官司，屡召父老宣谕德意。中官马骐，怙恩虐民，福辄遇事裁抑，骐怀恨在心，所以诬奏。成祖搁过不提，至山寿入谗，仁宗驰谕召归，福奉命即行，交人扶老携幼，相率走送，甚至挽辕号泣，不忍言别。福好言婉谕，只托称后会有期，才得离了安南，径还京师。

黎利闻黄福召还，谋变益急，遂纠众攻茶龙州。交趾都司方政，领兵往援，与战不利。指挥伍云阵殁，守将琴彭亦战死。利陷入茶龙，转寇谅山，杀死守吏易先，硬把谅山占去。荣昌伯陈智，懦弱无能，又与都司方政，不相辑睦，遂没法定乱，只好飞使驰奏，候旨定夺。全然不智，如何名智？仁宗方信山寿言，遣寿赍敕往谕，授黎利为清化知府。及接陈智奏报，还道是山寿有材，足以抚寇，即飞饬陈智按兵以待，候山寿到了交趾，协议以闻。于是陈智推诿上命，一任黎利猖獗，勒兵不发。尚书陈洽，见陈智迁延酿乱，甚是懊恼，即奏称贼首黎利，名虽求降，实是携贰，招聚逆党，日益滋蔓，乞饬统帅陈智，早灭此贼，绥靖边疆云云。仁宗乃复授陈智为征夷将军，出讨黎利。智尚在徘徊，至山寿入境，又一意主抚，贼势从此益张了。

且说仁宗既册定皇后，随立子瞻基为皇太子，余子瞻埈、瞻墉、瞻墡、瞻堈、瞻墺、瞻垲、瞻垍、瞻埏皆封王，命太子居守南京，意欲仍还南都，诏令北京都司，复称行在。一面宥建文诸臣，放还永乐时坐戍家属，并复魏国公徐钦原爵。钦系辉祖子，辉祖忤成祖意，夺爵归第。应二十七回。未几，辉祖病殁，子钦复得袭封。永乐十九年，钦入朝，不辞径去，成祖怒钦无礼，削职为民，至是乃给还故爵。且屡命法司慎刑，谕杨士奇、杨荣、金幼孜三人，审决先朝重囚，必往同谳，遇有冤抑，不惜平反云云。他如免租施赈，亦时有所闻。不意洪熙元年五月中，二竖为灾，帝躬不豫，才越两日，病竟垂危。忙饬中官海寿，驰召皇太子瞻基。海寿甫抵南京，仁宗先已归天。太子即日就道，自南而北，谣传汉王高煦，谋在途中设伏，邀击太子，左右请整兵为卫，或言应从间道北行。太子道：“君父在上，何人敢妄行？”当下驰驿入都。至良乡，太监杨瑛，偕尚书夏原吉、吕震，捧遗诏来迎，传位皇太子。太子受诏，入哭尽哀，越十日即皇帝位，追尊皇考为昭皇帝，庙号仁宗，皇后张氏为太后，又以谭妃投缳殉主，追赠为昭容恭禧顺妃。得未曾有。统计仁宗在位，仅越一年，享年四十有八。太子瞻基即位，改元宣德，史称他为宣宗。小子亦沿例称呼。宣宗立后胡氏，系锦衣卫百户胡荣女，并册孙氏为贵妃。并举贵妃，为后文废后张本。召翰林学士杨溥入内阁，与杨士奇等同参机务。命大理寺卿胡概，参政叶春，巡抚南畿。自是遇有灾乱，辄遣大臣巡抚，后来置为定员，三司职权，乃日渐从轻了，明初外省官制，置布政、按察、都指挥三司，分掌政、刑、兵三事。及巡抚设而三司失权。这却不必细说。

唯汉王高煦，自徙居乐安后，仍然不法，闻仁宗猝崩，召还太子，本欲发兵邀击，因迫于时日，不及举行。宣宗即位，恰奏陈利国安民四事，宣宗如奏施行。及改元初日，煦复遣人献元宵灯，侍臣入启宣宗道："汉府来使，多是窥探上意，心存叵测。前时汉王子瞻圻，留居北京，每将朝廷情事，潜报汉王，平均一昼夜间，多至六七次，先帝防他漏泄，徙至凤阳守陵。此次陛下登基，汉王又借口奏献，使人常至，诡情如见，不可不防。"仁宗徙瞻圻事，就此带出，以省笔墨。宣宗道："永乐年间，皇祖尝谕皇考及朕，谓此叔有异心，但皇考待他甚厚，朕亦应推诚加礼，宁他负我，毋我负他。"乃驰书报谢。煦日夜制造军器，籍丁壮为兵，出死囚，招亡命徒，夺府州县官民畜马，编立五军四哨，授指挥王斌为太师，知州朱恒，长史钱巽为尚书，千户盛坚，典仗侯海为部督，教授钱常为侍郎，遣人约山东都指挥靳荣为助，期先取济南，然后犯阙。

御史李濬，致仕归田，家住乐安，得着这个消息，急弃家易服，从间道驰入京师，上书告变。山东文武军民，与真定等卫所，亦飞报高煦乱状。适煦遣心腹枚青，往约英国公张辅，请为内应，辅絷青以闻。宣宗遣中官侯泰，赐高煦书，慰勉备至。煦反盛兵见泰，厉声道："靖难兵起，若非我出死力，哪有今日？太宗轻听谗言，削去护卫，徙我乐安，仁宗徒以金帛饵我，今又动言祖制，胁我谨守臣节，我岂能郁郁居此，毫无举动？你试看我士饱马腾，兵强力壮，欲要横行天下，也是不难。速归报你主，执送奸臣，免我动手！"竟欲效乃父耶？但福命不及乃父，奈何？泰不敢抗辩，唯唯而出；既还京，也含糊复命。

隔了数日，煦遣百户陈刚，赍奏入朝，奏中语多悖逆，且指夏原吉为罪首，定欲索诛。宣宗乃动愤起来，夜召诸大臣入议，拟遣阳武侯薛禄，往讨高煦。大学士杨荣抗言道："陛下独不见李景隆事么？"宣宗转顾原吉，原吉先免冠谢死罪。宣宗矍然道："卿何为作此态？莫非为高煦奏请么？煦无从启衅，只得借卿为口实，朕非甚愚，何至为煦所欺？"原吉谢恩毕，方奏道："为今日计，宜卷甲韬戈，星夜前往，方可一鼓荡平。若命将出师，迂远无济，转蹈李景隆覆辙。荣言甚是。"杨荣遂劝帝亲征。宣宗召张辅入内，与商亲征事，辅对道："高煦有勇无谋，外强中怯，今请假臣二万人，即可缚煦献阙，何必劳动至尊。"杨荣道："煦谓陛下新立，必不自行，所以肆行

无忌，若临以天威，事无不济，臣愿负弩前驱。”宣宗为之动容，乃决意亲征，以高煦罪状，申告天地宗庙山川百神，命阳武侯薛禄、清平伯吴成为先锋，少师蹇义，少傅杨士奇，少保夏原吉，太子少傅杨荣，太子少保吴中，尚书胡濙、张本，通政使顾成等，扈跸随征。留郑王瞻埈，襄王瞻墡居守。定国公徐永昌，彭城伯张昶，安乡侯张安，广陵伯刘瑞，忻城伯张荣，建平伯高远，及尚书黄淮、黄福、李友直等，协守京师。复敕遣指挥黄谦，暨平江伯陈瑄，出守淮安，防煦南窜。部署既定，遂统率大营五军将士，即日出京，钲鼓声远达百里。既至杨村，宣宗顾从臣道：“卿等料高煦今日，计将安出？”蹇义道：“乐安城小，不足展布，彼或先取济南，为根据地。”言未已，杨溥又插口道：“高煦前日，尝请居南京，今必引兵南去。”宣宗笑道：“卿等所料，未必尽然。济南虽近，未易攻取，且闻大军将至，亦不暇往攻。若防他走入南京，未始非高煦夙愿，但他的护卫军，家属多居乐安，岂肯弃此南走？高煦性多狐疑，今敢谋反，无非因朕年少新立，未能亲征；若遣将往讨，他得甘言厚利，作为诱饵，希图与他联合。今朕亲至，已出彼料，哪里还敢出战？朕意煦必成擒了。”料敌如神，然亦皆由杨荣等指导之力。从臣等唯唯听命。又向前行进，遇着乐安逃军，备述高煦情形，略如宣宗所料。宣宗大喜，发给揭帖数纸，令回乐安贴示，一面仍贻书高煦道：

朕唯张敖失国，本诸贯高，淮南受诛，成于伍被。自古小人事藩国，率因之以身图富贵，而陷其主于不义，及事不成，则反噬主以图苟安，若此者多矣。今六师压境，王能悔过，即擒倡谋者以献，朕与王削除前过，恩礼如初，善之善者也。王如执迷不悟，大军既至，一战成擒，又或麾下以王为奇货，执王来献，王何面目见朕，虽欲保全，不可得也，王之转祸为福，一反掌间耳。其审图之！

书发后，得前锋薛禄驰奏，报称高煦已下战书，约于明日出战。宣宗遂令大军蓐食兼行，夜半至阳信县，官吏皆入乐安城，无人迎谒。大军即趋至乐安，围攻四门。时已天明，守城兵慌忙登陴，举炮下击。宣宗命发神机铳箭，仰射城上。硝烟四散，声震如雷。守兵股栗，多半窜伏逃生。日光晌午，危城将堕，诸将拟攀城而入，宣宗不允，暂行停攻，复传书入城，谕高

煦出降。煦仍不答。宣宗又命书诏敕数道，令将士系诸箭上，射入城中，晓示祸福利害。城中人士，得了谕旨，多欲将高煦执献。煦狼狈失据，乃密遣心腹将士，缒城至御幄前，奏称限期一夕，与妻子诀别，即当出城归罪。前云可横行天下，如何未战即降？宣宗允准，来使去讫。是夜高煦尽取所造兵器，与各处交通文书，尽付一炬。火光烛天，通宵不绝。转眼间天已大明，煦拟出城听命，忽来一人阻住道："殿下宁一战而死，如何出降受辱？"煦视之，乃是太师王斌。煦怅然道："城池卑狭，不足御敌，奈何？"王斌再欲有言，煦复道："你且照常办事，容我细思。"斌乃退出。煦遂潜行出城，径至宣宗行幄前，席藁待罪。群臣奏谓正法，宣宗道："煦固不义，但祖宗待遇亲藩，自有成例，勿为已甚。"群臣复举大义灭亲四字，坚请加刑，宣宗不许，只令高煦入见，取群臣弹章视煦。煦略略瞧着，面色如土，忙顿首道："臣罪万死万死，生杀唯陛下命。"昔日威风，而今安在？宣宗令煦作书，召诸子同归京师。王斌、朱恒等倡导不轨，罪在不赦，亦一律系归。改乐安为武定州，令薛禄、张本二人镇守，余军凯旋。高煦父子家属，被系入京，宣宗命废为庶人，筑室西安门内，禁锢高煦夫妇，号为逍遥城，饮食供奉如常。王斌、朱恒等皆伏诛。煦被禁数年，宁王权上书，请赦煦父子，不获见允，煦大为怨望，宣宗亲往察视，见煦箕踞坐地上，免不得斥责数语。及宣宗转身欲归，煦竟伸出一足，把宣宗勾倒地上。宣宗大怒，俟起立后，令力士舁出铜缸，覆住煦身。缸重三百余斤，煦用力负缸，缸竟移动。宣宗复命积炭熏缸，越一时，炭炽铜熔，任你高煦力大无穷，也炙得乌焦巴弓了。好似竹管煨泥鳅。小子有诗叹高煦道：

> 庸才也欲逞强梁，暴骨扬灰枉自伤。
> 莫向釜中悲煮豆，追原祸始是文皇。

高煦炙死，诸子皆诛，还有赵王高燧，亦被嫌疑，是否能保全性命，且看下回叙明。

仁宗在位，不过一年，而任贤爱民，善不胜书。史称天假之年，俾其涵濡休养，则德化之盛，应与汉文景比隆，是仁宗固不愧为仁也。唯信用宦官山寿，召

还黄福酿成交趾之乱，不无微憾，然亦为安边息民起见，因为抚之一字所误，仁有余而智不足，略迹原心，其尚堪共谅欤。高煦不道，竟欲上效乃父，藉口除奸，幸宣宗从谏如流，决意亲征，六师一至，煦即失措，出城乞降，席藁待罪，彼才智不逮成祖，而君非建文，臣非齐黄，多见其速毙已也。厥后铜缸燃炭，身首成灰，何莫非煦之自取乎？明有仁宣，足与言守成矣。

第三十二回　弃交趾甘隳前功
易中宫倾心内嬖

却说赵王高燧，与高煦是一流人物，难兄难弟。从前亦常思夺嫡，与中官黄俨等，密谋废立，事泄后，黄俨伏诛，燧以仁宗力解，始得免罪，仁宗徙燧封彰德。及高煦抗命，暗中也勾结高燧，约同起事。煦既受擒，六师毕归。户部尚书陈山，出京迎驾，奏称应乘胜移师，袭执赵王。宣宗转问杨荣，荣很是赞成。复问蹇义、夏原吉，两人亦无异言。遂由杨荣传旨，令杨士奇草诏。士奇道："太宗皇帝唯三子，今上唯两叔父，罪无可赦，法应严惩，情有可原，还宜曲宥。若一律芟除，皇祖有灵，岂不深恫？"荣厉声道："此系国家大事，岂你一人所得沮么？"杨荣名为贤臣，胡亦执拗成性。士奇道："高煦受擒，赵王必不敢反，何苦要皇上自戕骨肉，士奇不敢草诏。"时杨溥在侧，与士奇意合，遂从容说道："且入谏皇上，再作计议。"荣闻溥言，艴然径去，即往见宣宗。溥与士奇，接踵而入，司阍只放入杨荣，不令二人入内。二人正彷徨间，适蹇义、夏元吉，奉召前来，士奇即浼令入谏。蹇义道："上意已定，恐难中阻。"士奇道："王道首重懿亲，如可保全，总宜调护为是。还望二公善为挽回！"蹇义颔首而入，即以士奇言转陈帝前。宣宗乃返入京师，不复言彰德事。既而廷臣犹有烦言，或请削赵王护卫，或请拘赵王入京，宣宗沉吟未决，复召士奇入问道："朝右多议及赵王，究应如何处置？"士奇道："今日宗室中，唯赵王最亲，陛下当曲予保全，毋惑群议！"宣宗道："朕今日只有一叔，怎得不爱？但欲为保全，须有良法。

朕意拟将群臣劾章，封示赵王，令他自处，卿意以为何如？”士奇道：“得一玺书，更为周到。”宣宗便命士奇起草，亲自阅过，盖好御印，即令驸马都尉广平侯袁容，与左都御史刘观，同赴彰德，示以玺书，并廷臣劾章。赵王喜且泣道：“我得更生了。”遂优待袁容、刘观，并上表谢恩，愿献护卫。自是群议始息。宣宗乃重用士奇，薄待陈山，且岁赐赵王，概如常例。赵王得以令终，于宣德六年去世，幸全首领。这且休表。

且说荣昌伯陈智，与都指挥方政，协守交趾，因黎利叛服无常，奉命往讨，续前回。至茶龙州，两人意见未洽，反为黎利所乘，吃了败仗。那时宣化贼周臧，太原贼黄菴，芙留贼潘可利，云南宁远州红衣贼长擎，俱蜂起作乱，遥应黎利。宣宗闻警，谕责智、政，削夺官爵，令在军中效力赎罪。特简成山侯王通，佩征夷大将军印，充交趾总兵官，都督马瑛为参将，率师南征。仍命尚书陈洽，参赞军务。通与瑛先后南下，瑛至清威，适黎利弟黎善，陷广威州，分军四扰，与瑛军相遇。被瑛军兜头痛击，纷纷败去，瑛方扎营休息。王通亦引兵到来，两下合军，进屯宁桥。通欲乘胜进击，尚书陈洽道：“前面地势险恶，宜慎重进行，不如择险驻师，觇贼虚实，再定行止。”通叱道：“兵贵神速，何得迟疑？”洽不便再谏。通即麾兵渡河。适遇天雨，道路泥泞，人马不能成列，霎时间伏兵骤起，纵横冲荡，通受创即走，全师大溃。陈洽愤起，怒兵突阵，身中数创，颠坠马下；左右掖起，愿与俱还，洽勃然道：“我身为大臣，见危致命，正在今日，难道可偷生苟免么？”足愧王通。随即挥刀复入，斫死贼兵数人，自知力竭，刎颈而死。通败回交州，尚得自言神速么？黎利即自率精兵，入犯东关。通闻报大惧，阴遣人与利议和，愿为利乞封，且割清化以南地，俾利管辖。利阳为受款，限日受地，通遂不待朝命，擅檄清化等州，令官吏军民，尽还东关，即以土地让与黎利。知州罗通，掷檄痛诋道：“名为统帅，擅敢卖城，看他如何复命？我只知守土，不知有他。”遂撄城拒守，黎利往攻不能下。

先是都督蔡福守义安，为黎利所围，未战即降，至是黎利令招致罗通。通见福至城下，厉声呵责，说他不忠不义。福羞惭满面，低头驰去。利知清化难下，移兵攻镇城平州。知州何忠怀，潜行出城，拟至交州乞援，中途为贼所执，押送黎利。利酌酒与饮道：“何知州的大名，我仰慕久了。能从我，不患不富贵。”忠怀大詈道：“贼奴！我乃天朝臣，岂食汝狗彘食？”当下夺

杯在手，掷中利面，流血盈颐。利大怒，遂将忠怀杀害，一面麾众寇交州。王通出兵与战，竟得胜仗，斩获伪官以下万余人，利惶惧遁去。诸将请王通追击，通又惮不敢发。一年怕蛇咬，三年烂稻索。利得整军复出，围攻昌江。都指挥李任、顾福，日夜拒战。至九阅月，粮尽援绝，竟被攻陷，任、福皆自刎毕命。中官冯智，北向再拜，与指挥刘顺，知府刘子辅，投缳殉难。冯智颇不愧忠臣。子辅有惠政，民素爱戴，子辅死后，阖家全节，吏民亦相率死难，无一降贼，全城为墟。阐扬忠节。

警报遥达京城，宣宗又命安远侯柳升，统兵往援，保定伯梁铭为副，都督崔聚充参将，尚书李庆参赞军务。且以黄福旧在交趾，深得民心，亦令随军同往，仍掌交趾布按二司。柳升会集诸军，进至隘留关，黎利与王通，已有和议，闻升等南下，诡称应立陈氏后裔，具书乞和。升得书，并未启视。只将原书奏闻，一面督军入境，连破关隘数十，直达镇夷关。梁铭、李庆皆因惫致病，唯升意气自若，尚欲长驱直入。郎中史安，主事陈镛，问李庆疾，且语庆道："主帅已涉骄矜，拥兵轻进，倘遇敌伏，易致挫衄。宁桥覆辙，可为前鉴，还望公代为谏阻，宁可持重，不可躁率。"庆倚枕称善，强自起床，走告柳升。升笑道："我自从军以来，大小经过百战，难道怕这么么小丑么？"轻敌甚矣。庆复言之再三，升含糊答应，令庆等留营养疴，自率百骑至倒马坡，跃马逾桥。后队正拟随上，桥梁猝断，迫不及渡，但见对岸伏兵猝起，把廾围住。廾左冲右突，竟不能脱，未几即中镖身死。所随百骑，尽行战殁。那时后军只好退回，梁铭、李庆竟致急死。崔聚复整军入昌江，与贼酣斗，贼驱众大至，飞矢攒射，聚受伤被执，史安、陈镛等皆阵亡，官军大溃，七万人只剩数千，逃入交州。

黄福至鸡鸣关，亦为贼所得，掣出佩刀，意欲自刎。贼众把刀夺去，且下马罗拜道："公系我生身父母，何可遽死？前时公若不归，我等哪敢出此？"福叱道："朝廷未尝负尔等，尔等为何从逆？"贼众复道："守土官僚，如果尽若我公。就使教我为逆，我等也不忍为。怎奈官逼民反，不得不然。"言下都有惨容，且语且泣，福亦为之下泪。贼目取出白金馃粮，作为馈物，并令数人舁着肩舆，送福出境。福至龙州，举所赠物尽归入官。

是时王通在交州，闻升军败没，越加惶惧，忙与黎利议和，出城筑坛，束帛载书，教利立陈皓为陈氏后，订约休兵。其实交趾并没有陈皓，全系王

通、黎利，串同捏造，借此蒙蔽明廷。通赠利绮锦，利赂通珍宝，彼此欢宴了一日，议定由黎利遣使，奉表献方物。通亦令指挥阙忠，偕黎使入朝，当由鸿胪寺代呈表章，其词云：

安南国先臣陈日烓三世嫡孙陈皓，惶恐顿首上言：曩被贼臣黎季犁父子。篡国弑戮，臣族殆尽。臣皓奔窜老挝，以延残息，历二十年。近者国人闻臣尚在，逼臣还国，众言天兵初平黎贼，即有诏旨访求王子孙立之，一时访求未得，乃建郡县。今皆欲臣陈情请命，臣仰视天地生成大恩，谨奉表上请，伏乞明鉴！

宣宗览毕，即召集廷臣会议，示以来表。英国公张辅道："这是黎利诈谋，必不可从，当再益兵讨贼，臣誓将元凶首恶，縶献阙下。"蹇义、夏原吉，也说是不可轻许。独杨荣、杨士奇，料宣宗有意厌兵，因言交趾荒远，不如许利，藉息兵争。宣宗乃决计罢兵，遂遣侍郎李琦、罗汝敬等，赍诏抚谕交趾，赦除利罪，令具陈氏后人事实以闻。一面召王通、马瑛，及三司卫所府州县官吏，悉数北还。于是三十年来经营创造的安南，一旦弃去。李琦等未到交趾，王通已由陆路还广西，陈智及中官马骐、山寿，由水路还钦州。及奉诏到京，群臣交章弹劾，统说通弃地擅和，骐恣虐激变，寿庇贼殃民，情罪最重，应即明正典刑。宣宗意存宽大，只把王通、马骐、山寿等，暂系狱中，便算罢休。宣宗号称英明，奈何姑息养奸？嗣李琦自交趾还京，黎利又遣人随至，奉表言陈皓已死，陈氏绝嗣，由臣利权时监国等语。宣宗明知有诈，只因事已至此，无可奈何，就将错便错的，混过去了。

是时已为宣德三年，边事总算搁起，宫中忽起暗争。小子于前回表过，宣宗立后胡氏，并册孙氏为贵妃。已见得后妃并重，隐肇争端。果然不到二年，即闹出废后问题来。原来孙贵妃出身颇微，系永城主簿孙忠女，幼时颖慧绝伦，貌亦姣美，天生丽质。偶为张太后母所见，大为称羡。张太后母，即彭城伯夫人，当张为妃时，已出入宫中，成祖拟为皇太孙择配，彭城夫人，即盛称孙氏贤淑，应选为太孙妃。当下传旨选入，见孙氏女尚仅十龄，乃令在宫抚养，从缓定夺。过了七年，太孙年长，奉旨选妃，司天官奏称星气在奎娄间，当自济河求佳女。适济宁人百户胡荣，生女七人，独饰第三女充

选。成祖见她贞静端淑，遂册为太孙妃。彭城夫人，闻了此信，以孙氏女既有定约，偏为胡氏女所夺，心中很是不平，即入宫启奏成祖，请他改命。成祖不便反汗，但命立孙氏女为太孙嫔。及仁宗嗣阼，张后正位，彭城夫人又向张后前喋喋不休。老媪煞是多事。张后素性寡言，任她如何怂恿，只是默然不答。到了宣宗登基，亦稍稍倾向孙嫔，所以册后礼成，便册孙嫔为贵妃。明初定例，册后用金宝金册，册贵妃有册无宝，宣宗特命尚宝司制就金宝，赐给贵妃，一如后制。已隐露并后匹嫡的意思。这位孙贵妃体态妖娆，性情狡黠，少成若天性。百般取悦上意，几把这位宣宗皇帝，玩弄在股掌中。宣宗年已三十，尚无嫡子，未免愁叹，尝语孙贵妃道："后有疾不育，卿无疾亦不育，难道朕命中应无子么？"孙贵妃闻言，猝然下跪，佯作羞态道："妾久承雨露，觉有异征，红潮不至，已阅月余，莫非是熊梦不成？"你难道定知生男？宣宗大喜道："卿如生男，当立卿为后。"孙贵妃佯惊道："后位已定，妾何敢相夺？愿陛下勿出此言！"宣宗道："好贵妃！好贵妃！"随亲为扶起，抱置膝上，喁喁与语，大约有厌恨胡后的意思。贵妃且曲为解劝，宣宗嘉她有德，益称叹不置。将欲取之，必固与之，此阴柔之所以可畏也。

流光易逝，倏忽间已八九月，孙贵妃居然分娩，生下一个麟儿，当由宫人报闻宣宗。宣宗喜出望外，即至贵妃宫中验视，经侍媪抱出佳儿，啼声响亮，觉为英物。后来庙号英宗，宜为英物。宣宗满面笑容，取儿名为祁镇，并慰劳贵妃数语，随即趋出，传旨大赦。看官！你道这皇子祁镇，果是贵妃所生么？贵妃想欲夺后，恰想出一条秘计，暗中与怀孕的宫人，定了易吕为嬴的密约。适值宫人生男，遂取作己子，诳骗宣宗。宣宗哪知秘谋，总道是贵妃亲生。才阅数日，即拟立乳儿为皇太子，廷臣希承意旨，也接连上章奏请。恐也由贵妃运动。宣宗遂召张辅、蹇义、杨荣、夏原吉、杨士奇入内，随谕道："朕有一大事，与卿等商议，卿等为我一决。朕三十无子，中宫有病不得育，据术士推算，谓中宫禄命，不能产麟，今幸贵妃有子，当立为嗣，朕闻母以子贵，乃是古礼，但不知何以处中宫？卿等为朕设一良法！"辅等奉旨，面面相觑，不发一言。宣宗又略举后过，杨荣矍然道："如陛下言，何妨废后呢？"荣前时欲拘赵王，及此又倡议废后，吾不知其具何肺肠。宣宗道："废后有故事么？"杨荣道："宋仁宗废郭后为仙妃，便是成例。"宣宗复顾辅等道："卿等何皆无言？"士奇忍耐不住，便顿首奏道："臣事帝后，犹子事父

母，母即有过，子当几谏，怎敢与议废母事？”辅与原吉，亦跪启道：“此乃宫廷大事，须待熟议。”宣宗复问道：“此举得免外议否？”士奇道：“宋仁宗废郭后，孔道辅、范仲淹等，力谏被黜，至今贻讥史册，怎得谓为无议？”还是士奇守正。宣宗不怿，拂袖竟入，辅等乃退。

越日，宣宗御西角门，复召杨荣、杨士奇至前，问以昨议如何？荣从怀中取出一纸，奉呈宣宗。宣宗瞧着，所书皆诬后过失，多至二十事，不禁变色道：“渠曷尝有此大过？这般诬毁，独不怕宫庙神灵么？”宣宗非无一隙之明，乃杨荣逢君诬后，罪实可杀。随顾士奇道：“尔意究应如何？”士奇道：“汉光武废后诏书，尝谓事出异常，非国家福。宋仁宗废后后，亦尝见悔，愿陛下慎重。”宣宗仍不为然，麾令退去。又越数日，仍召问张辅等数人，辅等仍依违两可。独士奇启奏道：“皇太后神圣，应有主张。”宣宗道：“与卿等协议，便是太后旨意。”我却未信。士奇不便多言。宣宗见士奇不答，遂令辅等皆退，独命士奇随入文华殿，屏去左右，密谕士奇道：“朕意非必欲黜后，但事不得已，总须卿为朕设策。”意亦太苦，无非为一孙贵妃。士奇固辞，经宣宗谕至再三，方仰顾道：“中宫与贵妃，有无夙嫌？”宣宗道：“彼此很是和睦，近日中宫有病，贵妃时常往视，可见深情。”这便是她狡诈。士奇道：“既然如此，不若乘中宫有疾，由陛下导使让位，尚为有名。”宣宗点首，士奇即退出。约过旬日，宣宗复召见士奇，与语道：“卿策甚善，中宫果欣然愿让，虽太后不许，贵妃亦不受，但中宫的让志，已甚坚决了。”恐亦由受迫所致。士奇道：“宋仁宗虽废郭后，恩礼不衰，愿陛下善保始终，无分厚薄。”无聊语。宣宗道：“当依卿奏，朕不食言。”于是废后议遂定，小子有诗咏道：

宁有蛾眉肯让人，诡言熊梦幻成真。
长门从此悲生别，一样皇恩太不均。

欲知废后立储详情，且俟下回续叙。

交趾一役，误在遣将之非人。王通、柳升，俱非将才，乃命为专阃，惘惘出师，通一蹶而不振，升再入而战殁。卒至下诏遣使，修好撤藩，城下之盟，耻同

新郑，割地之议，辱甚敌瑭，宣宗固不善筹边，而张辅、蹇义、夏原吉、三杨诸人，要亦不能辞其咎也。若夫废后之议，更属不经。后无可废之罪，乃堕狡谋而乖恩义，失德孰甚。士奇再三谏阻，卒不能格正君心，徒以劝让一策，曲为补苴，实则一掩耳盗铃耳。观此回乃知宣宗不得谓明，其臣亦不得谓良，宁特杨荣之足斥已哉？

第三十三回　享太平与民同乐
儆权阉为主斥奸

却说宣宗用士奇言，劝后退位，布置已定，先立子祁镇为太子，由礼臣奉上册宝。孙贵妃欣喜过望，恰故意禀白宣宗道："后病痊，自当生子，妾子敢先后子么？"口仁义而心鬼蜮，此等人最属可恨。宣宗道："朕当立你为后，休得过谦！"贵妃又佯为固辞，宣宗不允。会胡后已上表辞位，遂命退居长安宫。后性喜静，不好华饰，至是黄老学，益怀恬退。张太后深加怜悯，尝召居清宁宫。内廷朝会宴飨，必命后居孙后上，孙后尝怏怏不乐。无如太后隐为保护，也只好得过且过，不便与争。后来宣宗亦颇自悔，尝自解为少年事，年已逾壮，安得称为少年？因赐号故后为静慈仙师。至英宗正统七年，太皇太后张氏崩，后号恸不已。越年亦殂，这是后话不提。

且说宣宗既册立孙后，很是欣慰，遂设宴西苑，宴集大臣。西苑在禁城西偏，中有太液池，周十余里，池中架着虹梁，藉通往来。桥东为圆台，台上有圆殿，其北即万岁山，山上有殿亭六七所，统系金碧辉煌，非常闳丽。沿池一带，满植嘉树，所有名花异卉，更不胜数。池上玉龙盈丈，喷泉出水，下注池中，圆殿后亦有石龙吐水相应，仿佛与瀑布相似。宣宗更命在殿旁筑一草舍，作为郊天祭地时斋宫，虽是矮屋三间，恰筑得格外精雅，真个是琅嬛福地，差不多阆圃仙居。蹇义、夏原吉、杨荣、杨士奇等十八人，奉召入苑，宣宗已在苑中候着，由诸臣谒毕，命驾环游，先至万岁山，次泛太液池，宣宗亲指御舟道："治天下有如此舟，利涉大川，全赖卿等。"蹇义

诸人，闻命叩谢。宣宗令内侍举网取鱼，约得数尾，饬交司厨作羹，即在舟中小饮，遍及群臣。乘着酒兴，赋诗赓唱。你一语，我一句，无非是颂扬政绩，鼓吹休明。既而舍舟登殿，赐宴东庑，饮的是玉液琼浆，吃的是山珍海错，且由宣宗特旨，有君臣同乐，不醉无归二语，因此诸臣开怀畅饮，无不尽欢。席终，复各赐金帛绦环玉钩等物，大家顿首称谢，方才散归。

过了数旬，值张太后生辰。大受群臣朝贺。礼毕后，宣宗亲奉太后游西苑，词臣毕从。既至苑中，由宣宗亲掖慈舆，上万岁山，奉觞上寿，太后大悦，酌饮宣宗，且与语道："方今天下无事，我母子得同此乐，皆天与祖宗所赐。天下百姓，就是天与祖宗的赤子，汝为人君，能保安百姓，不使饥寒，庶几我母子可长享此乐了。"仁人之言。宣宗离席叩谢，是日亦尽欢始散。未几又奉太后谒陵，宣宗亲执櫜键，骑马前导，至清河桥，下马扶太后辇，徐徐行进，畿民夹道拜观，陵旁老稚，亦皆山呼迎拜。太后顾宣宗道："百姓爱戴皇帝，无非以帝能安民，应慎终如始，毋负民望！"宣宗唯唯遵教。俟谒陵已毕，复奉太后过农家。太后宣召村妇，问及生业安否？村妇应对俚朴，如家人然，太后喜甚，赐给钞币饮食。村妇亦进献野蔬家酿，太后取尝讫，复畀宣宗道："这是农家风味，不可不尝。"随事教导，不愧贤母。宣宗亦领食数味。及还，宣宗见道旁有耕夫，特向他取耒，亲自三推，随顾侍臣蹇义等道："朕三推已不胜劳，况长此劳动呢？"亦赐给耕夫钞币。其他所过农家，各有特赏，顿时欢声载道，交颂圣明。

嗣是励精图治，君臣交儆，兴利除弊，任贤去佞，仍以北京为帝都，免致重迁。仁宗意欲南迁，见三十一回中，本回特叙此文，补笔不漏。一面命工部尚书黄福，及平江伯陈瑄，经略南漕，妥为输运。又选郎中况钟、赵豫、莫愚、罗以礼，及员外郎陈本深、邵旻、马仪，御史何文渊、陈鼎等九人，出为知府，一律称职。况钟守苏州，锄强植良，号称能吏。赵豫守松江，恤贫济困，号称循吏。两太守遗爱及民，声名较著。嗣复用薛广等二十九人，亦多政绩。又擢曹弘、吴政、赵新、赵伦、于谦、周忱为侍郎，分任南北巡抚。谦在山西，忱在江南，任官最久，尤得民心。大书特书，不没贤能。"喜逢国泰民安日，又见承平大有年。"这位从容御宇的宣宗皇帝，制祖德歌，作猗兰操，吟织妇词，著豳风图诗，扬风扢雅，坐享安闲；有时且作画数张，所绘人物花卉，备极精工，尝画黑兔图，松云荷雀图，黑猿攀槛图，赏赐王公，

珍为秘宝。又敕造宣纸，至薄能坚，至厚能腻，裁剪成笺，有菊花笺、红牡丹笺、洒金笺、五色粉笺等名目。他若褐色香炉，蓝纱宫扇，青花脂粉箱，统由大内创制，流传禁外。香炉形式不一，炉底多用匾方印，阳铸大明宣德年制，印地光滑，蜡色可爱。宫扇用竹骨二十余，粘以蓝纱，承以木柄，可收可放，随意卷舒，尝有御制六字诗云："湘浦烟霞交翠，剡溪花雨生香。扫却人间烦暑，招回天上清凉。"所赋便是此物。青花脂粉箱系是磁质，花纹曼体，覆承两洼，子母隔膜，周围有小窦可通，灵妙无匹。或谓先由暹罗国贡入，宣宗饬匠仿造，穷年累月，仅成十具。两具给与孙后，余均分赏宫嫔。宫中又尝斗蟋蟀，宣宗最爱此戏，曾密召苏州地方官，采进千枚。当时有歌谣云："促织瞿瞿叫！宣宗皇帝要。"种种玩耍，无非因天下太平，有此清赏。好在宣宗未尝荒耽，不过借物抒怀，为消遣计，看官休要误视。当作宋徽宗、贾似道一流人物呢。点醒正意。

宣宗一日微行，夜漏已迟，尚带四骑至杨士奇宅。士奇仓皇出迎，顿首道："陛下一身，关系至重，奈何轻自到此？"宣宗笑道："朕思卿一言，所以亲至。"遂与士奇谈了数语，方才还宫。越数日，宣宗复遣内监范弘，往问士奇，谓微行有何害处？士奇道："皇上惠泽，未必遍洽寰区，万一怨夫冤卒，伺间窃发，岂不是大可虑么？"后过旬余，果由捕盗校尉，获住二盗，鞫供得实，乃欲乘帝出行，意图犯驾。宣宗方喟然吸道："今才知士奇爱朕呢。"以此益器重士奇。士奇亦知无不言，屡有献替。三杨中要推士奇。

宣德三年，宣宗出巡朔方，击败兀良哈寇众，五年及九年，又两出巡边，俱至洗马林。诸将请乘便击瓦特部，士奇与杨荣，极力奏阻，因此偃武而归。会夏原吉、金幼孜先后病殁，蹇义亦老病，国事悉赖三杨。宣宗优游一二年，忽然得病，竟至大渐，令太子祁镇嗣位，所有国家大事，禀白太后而后行。诏书甫就，竟报驾崩。统计宣宗在位十年，寿三十有八，生二子，长即太子祁镇，次名祁钰，为贤妃吴氏所出。祁镇年才九龄，外廷啧有烦言，争说太子年幼，不能为帝，甚至侵及太后，谓太后已取金符入内，将召立襄王瞻墡。杨士奇语杨荣道："嗣主幼冲，谣诼纷起，倘有不测，危及宫廷。我辈受先皇厚恩，理应力保幼主，扶持国祚。"荣允诺，遂率百官入临。适太后御乾清宫，女官佩刀剑值侍，召二杨入见。二杨叩首毕，即请见太子。太后道："我正为此事，特召二卿。二卿系先朝耆旧，须夹辅幼主，

毋负先帝！”二杨复顿首道：“敢不遵旨。”太后遂令二杨宣入百官，一面召太子出见，指示群臣道：“这就是新天子，年甫九龄，全仗诸卿调护！”群臣闻太后言，各伏谒呼万岁。戏剧中有二进宫一出。便是就此演出。当下奉太子登位，大赦天下，以明年为正统元年，是为英宗，追谥皇考为章皇帝，庙号宣宗。尊张太后为太皇太后，孙后为皇太后，封弟祁钰为郕王。

会吏部尚书蹇义已殁，旧臣除三杨外，资格最崇，要算英国公张辅。其次即尚书胡濙。太皇太后委任五臣，凡遇军国重务，悉付裁决。内侍请垂帘听政，太皇太后道：“祖宗成法，明定禁律，汝等休得乱言！”彭城伯张昶，都督张昇，皆太皇太后兄弟，但令朔望入朝，不得与闻国政。昇有贤名，杨士奇请加委任，终不见从。是时宫中有一个巨蠹，名叫王振，为司礼太监，特笔表明，隐寓惩恶之义。振狡黠多智，曾事仁宗于东宫，宣德时，已有微权。英宗为太子，振朝夕侍侧，及英宗即位，遂命掌司札监，格外宠任，且尝呼他为先生。振遂擅作威福，于朝阳门外筑一将台，请帝阅兵，所有京营各卫武官，校试骑射，名为阅武，其实是收集兵权，为抵制文臣起见。直诛其隐。且矫旨擢指挥纪广为都督佥事，广以卫卒守居庸，往投振门，大为契合，遂奏广为武臣第一，不待朝旨，即予超擢，宦官专政自此始。应第一回权阉之弊。振尚虑威权不足，意欲加谴大臣，隐示势力，适值兵部尚书王骥，及右侍郎邝埜，奉旨筹边，迟延未复。振遂潜导英宗，令召骥、埜二人入殿，面责道：“尔等欺朕年幼么？如此怠玩。成何国体？”随喝令左右，执二人下狱，右都御史陈智，希振意旨，亦劾张辅回奏稽延，并讦科道隐匿不发，应该连坐。那时九岁的小皇帝，晓得什么，自然由王振先生作主，振因张辅是历朝勋旧，不便加刑，只命将科道等官，各杖二十。及太皇太后闻知，忙令停杖，已是不及。唯王骥、邝埜，总算由太皇太后特旨，释出狱中。太皇太后甚是不悦，亲御便殿，召张辅、杨士奇、杨荣、杨溥、胡濙五人入见。英宗东首上立，五大臣西首下立。太皇太后顾英宗道：“此五大臣系先帝简任，留以辅汝，一切国政，应与五大臣共议，非得他赞成，不准妄行！”英宗含糊答应。太皇太后又回顾五臣，见杨溥在侧，召他至前道：“先帝念卿忠，屡形愁叹，不意今复得见卿。”溥不禁俯伏而泣，太皇太后亦流涕不止。原来仁宗为太子时，因僚属被谗，溥及黄淮等皆下狱，见第三十回。仁宗每在宫中言及，嗟叹不已，及即位，始一概释放。见三十一回。黄淮于宣德八年辞

归，唯杨溥擢任礼部尚书，与杨士奇等同直内阁。太皇太后感念前事，乃有是言。呜咽片时，复由太皇太后饬令女官，宣王振入殿。振向前跪伏，太皇太后勃然道："汝侍皇帝起居，多不法事，罪不可赦，今当赐汝死！"振闻言大惊，正拟复辩，那左右女官，已拔剑出鞘，架振颈上，吓得他魂不附体，连一句话都说不出。何不将他一刀杀死，免得后来闯祸。英宗见这情形，忙匍匐地上，替他求免，五臣亦依次跪下。太皇太后道："皇帝年少，不识此等小人，佐治不足，误国有余，我今姑听皇帝及诸大臣，暂将他头颅寄下，但从此以后，切不可令他干预国政！"随又命王振道："汝若再思预政，决不饶汝！"振叩首谢恩，太皇太后叱令退去，振战栗而出，五大臣亦奉旨退朝。

太皇太后挈英宗入宫，不劳细叙，唯王振经此一跌，不得不稍稍敛戢，约有三四年不敢预事。至正统五年，太皇太后老病，杨士奇、杨荣等，亦多衰迈，王振又渐萌故态，想乘此出些风头，便步入内阁，适与杨士奇、杨荣相见，徐问道："公等为国家任事，劳苦久了，但公等已皆高年，后事待何人续办？"与你何干？士奇道："老臣尽瘁报国，死而后已。"言未毕，荣复插入道："此言错了。我辈衰残，不能长此办事，当选举少年英材，使为后任，才得仰报圣恩。"振喜形于色，方告别而去。士奇与荣道："这等小人，如何与他谦逊？"荣答道："渠与我等，厌恨已久，一旦中旨传出，牵掣我等，势且奈何？不如速举一二贤人，入阁辅政，尚可杜他狡谋。"语虽近似，但三杨同心，尚不能去一奸珰，后人其如振何？士奇始释然道："如公高见，胜我一着，很是佩服。但应举贤人，如侍讲马愉、曹鼐等，何如？"荣答道："还有侍讲苗衷、高穀等，不亚愉、鼐，亦可保荐。"士奇唯唯，散值后即草好荐表，于次日进呈。有旨但令"马愉、曹鼐，入阁参预机务，苗、高二人罢议。"

未几杨荣病殁，阁臣中失一老成，王振又问士奇道："吾乡中何人堪作京卿？"无非欲市恩乡人。士奇道："莫若山东提举佥事薛瑄。"原来薛瑄籍隶山西，与王振同乡，振遂奏白英宗，召瑄为大理寺少卿。瑄至京，士奇使谒振，瑄瞿然道："拜爵公朝，谢恩私室，瑄岂敢出此么？"名论不刊。士奇赞叹不已。越数日，会议东阁，振亦在座，公卿见振皆趋拜，唯一人独立，振知为薛瑄，先与拱手，瑄始勉强相答，自是振衔怨乃深。会奉天、华盖、谨身三殿，修筑告成，永乐时，三殿被灾，至是始成。大宴群臣，独王振不得与宴。英宗如失左右手。潜命内侍往候王先生。内侍至王振宅，闻振方厉声道：

"周公辅成王，有负扆故事，我独不可一坐么？"前时永乐帝尝自命周公，此次轮着王振，正一蟹不如一蟹。内侍复命，英宗明知祖宗成制，宫内太监，不得与外廷宴享，奈心中敬爱王先生，只恐惹他动恼，不得不破例邀请，好一个徒弟。便命开东华中门，宣振入宴。振始扬扬自得，骑马而来，到了门前，百官已迎拜马前，振乃下马趋入，饮酣乃去。

正统七年，册立皇后钱氏，一切礼仪，免不得劳动王先生，王先生颐指气使，哪个还敢怠慢？司礼监应出风头。英宗反加感激。是年十月，太皇太后张氏病剧，传旨问杨士奇、杨溥，以国家有无大事未举。士奇忙缮好三疏，逐日呈递。第一疏言建文帝临御四年，虽已出亡，不能削去年号，当修建文帝实录。第二疏言太宗有诏，收方孝儒等遗书者论死，今应弛禁。第三疏尚未呈入，太皇太后已崩。士奇等入哭尽哀，独这位阴贼险狠的王先生，心中大喜，好似拔去眼中钉，从此好任所欲为了。小子有诗咏道：

误国由来是贼臣，权阉构祸更逾伦。
三杨甘作寒蝉侣，莫谓明廷尚有人。

欲知王振不法行为，且俟下回再叙。

本回叙宣宗事，过不掩功，亦善善从长之义。明代守文令主，莫若仁宣，著书人未尝讳过，亦未敢没功。律以董狐直笔，紫阳书法，庶几近之。且于太皇太后张氏，及大学士杨士奇，极力表彰，无美不著。至若况钟、赵豫诸贤吏，亦一律叙入，扬清激浊，殆有深意存焉。王振用事，祸启英宗，太皇太后洞烛其奸，令女官拟刃于颈，其明智更不可及。乃帝臣乞请，不即加诛，大奸未去，贻误良多。至于慈躬大渐，垂询国事，士奇拟上三疏，仅呈其二，而未闻列振罪恶，力请严惩，是士奇之谋国，尚不太皇太后若也。明多贤后。若太皇太后张氏者，其尤为女中人杰乎？

第三十四回　王骥讨平麓川蛮　英宗败陷土木堡

却说司礼监王振，因太皇太后既崩，遂得肆行无忌。先是太祖置铁牌于宫门，高约三尺，上铸“内官不得干预朝政”八字，振竟将铁牌携去。自在皇城筑一大宅，宅东建智化寺，竖碑祝厘，侈述功德。翰林院侍讲刘球，上言十事，大旨在勤圣学，亲政务，用正士，选礼臣，核吏治，慎刑罚，罢土木，定法守，息兵争，储武备，说得井井有条，颇切时弊，唯未尝劾及王振，振亦不以为意。偏有个钦天监正彭德清，倚振为奸，公卿多趋谒。球与同乡，独不为礼，德清恨甚，遂摘球疏中语，谓振道：“这便是有意劾公呢。”一语够了。振闻言大怒，遂逮球下狱，且嘱锦衣卫指挥马顺，置球死地。顺遂夜携小校入狱，令持刀杀球。球大呼太祖太宗，声尚未绝，首已被断，血流遍体，尚屹立不动。顺竟命将尸身支解，瘗狱户下。毕竟忠魂未泯，先祟小校，暴病毙命，次祟马顺子，病狂大哭，突捽顺发，拳足交下，并痛詈道：“老贼！我刘球并无大过，你敢趋附逆阉，害死我么？看你等将来如何？我先索你子去罢。”言已，两目上翻，仆地而死。事见正史，足为奸党者戒。顺附振如故，振且恣肆益甚。

会某指挥病殁，有一遗妾，很是妖艳，振从子山，与她勾搭，拟娶还家，偏为指挥妻所阻。山嗾妾诬妻毒夫，至都御史衙门，击鼓申诉。最毒妇人心。都御史王文，亲自讯究，初颇持正不阿，后竟受山运动，严刑胁供，迫令诬服。大理寺少卿薛瑄，洞悉冤诬，驳还谳案。文遂劾瑄受贿，故出人

罪，朝旨竟将瑄严谴，系狱论死。瑄有三子，上书以长子淳代死，次幼二子戍边，乞赎父罪。有诏不许，瑄将被刑。振有老仆，在爨下坐泣，为振所见，问明缘由。这老仆呜咽道："闻薛夫子将受刑，不禁心伤呢。"权阉家中，难得有此义仆。振意少解。会兵部侍郎王伟，亦上书申救，乃免死除名，放归田里。既而国子监祭酒李时勉，请改建国子监，由振奉旨往验，时勉不加礼貌，振竟怀恨，即坐时勉擅伐官树罪，枷号监门。太学生三千多人，上疏营救，并经孙太后父孙忠，为白太后，转述帝前，方才得释。是时杨士奇忧愤成疾，乞病告归。士奇子稷不肖，为言官所劾，逮入狱中。可怜士奇忧上加忧，竟尔逼死。还有大学士杨溥，孤掌难鸣，敷衍了两三年，亦得病谢世。士奇号西杨，溥号南杨，前时杨荣号东杨，并称三杨。三杨为四朝元老，尚为振所敬惮，至是陆续病终，振正好坐揽大权，任情生杀。内使张环、顾忠，匿名讦振，受了磔刑。驸马都尉石璟，偶詈了家阉吕宝，为振所闻，说他贱视同类，饬令下狱。大理寺丞罗绮，参赞宁夏军务，尝诋中官为老奴，由总兵官讨好王振，讦他罪状，坐戍边疆。监察御史李俨，谒振不跪，亦被戍。霸州知州张需，得罪中官，又被逮至京，箠楚几死。唯光禄寺卿余亨，诈称诏旨，日支御膳供振，得擢为户部侍郎。工部郎中王祐，拜振为义儿，不敢蓄须，尝对振言儿当似爷，亦得擢为工部侍郎。府部院诸大臣，及在外方面大僚，每当朝觐，必先至振第，最少纳百金，多则千金万金，称爷称父，不计其数。龌龊已极。

其时有麓川一役，也是王振始终主张，用兵数次，虽得获胜，究竟劳师数十万，转饷半天下，得不偿失，功不补患，待小子叙述出来，以便看官细评。麓川地接平缅，在云南西徼，洪武中沐英平云南，平缅酋思伦发，亦率众内附，太祖命兼统麓川，为平缅麓川宣慰司。应第十九回。已而思伦发复叛，复经沐英讨平，分地为三府，一名孟养，一名木邦，一名孟定，皆属云南管辖。思民失官，伦发病死，子思任发桀黠喜兵，谋复乃父故地，适孟养、木邦，与缅甸相仇杀，遂乘机出击，侵略麓川。黔国公沐晟，据实奏闻，且请发兵进讨。明廷会议，或主剿，或主抚，议论不一。王振欲示威荒服，决计出师，乃命都督方政，会集沐晟，及晟弟沐昂，率兵讨思任发。思任发闻大军将至，贻书沐晟，愿入贡输诚，晟信以为真，无出征意，政以为诈，必欲进击，且请造舟济师，晟皆不许。政独引兵渡龙川江，至高黎共山

下，击败蛮众，斩首三千余级，乘胜深入，拟捣思任发巢穴，转战力疲，遣使至晟处乞援，晟恨他违制，延不发兵。思任发料政疲乏，突出象阵冲击，政竟战死，全军覆没。明廷接到警耗，严旨责晟，晟惧罪暴卒，乃令昂代统各军，久亦无功。思任发却遣头目陶孟等，带着象马金银，入京贡献，且奉表谢罪。廷臣请就此罢兵，独王振定欲平蛮，调还甘肃总兵官蒋贵等，令在京待命。兵部尚书王骥，揣知振意，亦力主用兵。于是令蒋贵为平蛮将军，都督李安、刘聚为副，王骥总督军务，侍郎徐晞转输军饷，大发东南诸道十五万人，刻期并进。既至云南，由王骥部署诸将，分三路攻入。思任发立营龙川江，树栅固守，官军合攻不能下，会大风骤起，骥遂命纵火焚栅，蛮众乃溃，长驱抵木笼山，连破七寨，直捣蛮巢。思任发恰也狡黠，暗地分兵，从间道绕出，来袭官军背后，幸骥预先戒备，但令各营坚壁勿动。蛮众冲突数次，好似铜墙铁壁，不能挫损分毫。骥却令都指挥方瑛，潜攻敌寨，思任发排着象阵，来截方瑛，被方军矢射铳击，象阵溃散。思任发尚死守寨中，会右参将冉保，亦由东路击破诸寨，率兵来会，骥命截守西峨渡，自率诸将四面环攻，西风又作，复行纵火，敌寨立破，斩馘无算。思任发挈了二子，窜走缅甸，骥留兵屯守，奏凯班师。明廷饮至论赏，进封蒋贵为定西侯，王骥为靖远伯，余皆升赏有差。已发兵两次了。

思任发闻大军北旋，复自缅甸入寇，英宗语蒋贵、王骥等道：“蛮众未靖，死灰复燃，卿等为再行。”贵、骥等顿首受命，遂起兵如前。发卒转饷，多至五十万人。大军至金齿，檄缅人献思任发，缅人佯诺不遣。骥语贵道：“缅甸党贼，不得不讨。”贵亦赞成骥言，遂邀同都督沐昂，分道大进。贵身为前驱，麾众渡江，焚敌舟数百艘，大战一昼夜，杀敌几尽。再谕缅人缚献巨魁。缅人答书，以思任发子思机发，窃据者蓝，麓川别寨。恐他致仇为解。骥乃率兵赴者蓝，捣入思机发寨中，思机发遁去，只获他妻子，及部目九十余人，当即露布告捷。廷议以劳师已久，饬令还军。骥遂置陇川宣慰司，引师北归。三次往返。越年余，云南千户王政，奉敕币宣谕缅酋，令缴出思任发，否则大军且至。缅酋恐惧，乃执思任发及妻孥部属三十二人，付与王政。思任发不食垂死，政遂将他斩首，函献京师。唯思机发仍出据孟养，屡谕不从，诏令沐晟子沐斌往讨。晟死后，斌袭爵。斌至孟养，以粮尽瘴作引还。王振必欲生擒思机发，再怂恿英宗，仍命王骥总督军务，率都督宫聚，左右

副总兵张軏、田礼等，克日南征。四次用兵。骥渡龙川江，直抵金沙江，思机发列栅西岸，抵拒官军。官军造浮桥济师，大呼奋击，毁栅攻入。思机发不能支，退保鬼哭山巅，又被官军击破，落荒遁去。骥追至孟邮海，地去麓川千余里，土番皆望风惊顾道："自古汉人，从没有渡过金沙江，今王师到此，莫非天威不成？"骥沿途宣抚，因恐馈饷不继，收军引还。不意思机发少子思陆，复由蛮众拥戴，仍据孟养。骥知寇终难灭，乃与思陆约，立石金沙江为界，与他宣誓道："石烂海枯，尔乃得渡。"思陆亦惶惧听命，骥乃班师还朝。总计麓川一役，自正统四年出兵，直至十四年，方算做一场归束。文亦止此，作一归束。

但当时军书旁午，日有征发，免不得骚扰民间，东南一带的土匪，乘隙煽乱，统以诛王振为名，所在揭竿。闽贼邓茂七，据陈山寨，自称铲平王，攻陷二十余县，经御史丁瑄，集众往剿，驰击半年，才得荡平。矿盗叶宗留、陈鉴湖等，遥应茂七，剽掠浙江、江西、福建诸境，势日猖獗。茂七伏诛，鉴湖自欲为王，杀死宗留，居然建立伪号，纠众攻处州。浙江大理寺少卿张骥，遣人往抚，晓以利害，鉴湖还算听命，情愿归降。

东南才报平靖，西北陡起烽烟，先是兀良哈三卫，屡次入寇，宣宗北巡，曾击退寇众，后来仍出没塞下。英宗尝遣成国公朱勇等，勇系朱能子。分兵四出击兀良哈，连破敌营，斩获万计。兀良哈三卫寖衰，唯怀恨甚深，竟去连结瓦剌部。入犯边疆。瓦剌部长马哈木死后，子脱欢嗣，应三十回。与鞑靼部头目阿噜台，日相仇敌，阿噜台竟为脱欢所杀，余众东徙。鞑靼汗答里巴已死，脱欢立脱古思帖木儿曾孙脱脱不花，为鞑靼继汗，自为太师，专揽权势。既而脱欢又死，子也先嗣。也先亦作也先，《通鉴辑览》作额森。也先尝遣使入贡，王振以粉饰太平为名，赏赉金帛无数。至正统十四年，也先以二千人贡马，号称三千，振令礼部点验人数，按名给赏，虚报的一概不与，所有请求，只准十分之二，也先大愤，又经兀良哈三卫往诉，遂大举入寇。鞑靼汗脱脱不花，劝阻不从，也只好随他发兵。于是脱脱不花，率兀良哈部众，入寇辽东。阿拉知院寇宣府，并围赤城。也先自拥众寇大同。至猫儿庄，参将吴浩迎敌，一战败死。西宁侯宋瑛，武进伯朱冕，率兵往援，又均战殁宁和。

警报与雪片相似，飞入京城，英宗只信任王振先生，便向他问计。王振道："我朝以马上得天下，太祖太宗，都是亲经战阵，皇上春秋鼎盛，年力

方强，何不上法祖宗，出师亲征呢？”说得冠冕堂皇，奈后人不及前人何？英宗闻言大喜，便召集群臣，谕令随跸北征。是时荧惑入南斗，廷臣都防有他变，兵部尚书邝埜，侍郎于谦，遂力言六师不宜轻出，英宗不从。吏部尚书王直，又率百官再三谏阻，亦不见纳。先生之言，原不可违。竟下诏令郕王居守，自率六军亲征。英国公张辅，暨公侯伯尚书侍郎以下，一律随行，军士凡五十万人。王振侍帝左右，寸步不离，沿途命令，统由他一人主持。不愧为先生。及至居庸关，群臣请驻跸，俱被驳斥。进次宣府，连日风雨，人情汹汹，群臣又交章请留。振大怒道："朝廷养兵千日，用兵一时，难道未见一敌，便想回去么？语似近理，但问他有何把握？再有抗阻，军法不贷。"好象一位王军师。遂麾兵再进。一路上威风凛凛，无人敢撄。成国公朱勇等白事，皆膝行听命。尚书邝埜、王佐等，偶忤振意，罚跪草中，俯伏竟日。钦天监正彭德清，系振私人，入语振道："象纬示儆，不可复前，若有疏虞，危及乘舆，何人当此重责？"振又大声道："即或有此，亦是天命。"学士曹鼐进言道："臣子不足惜，主上系社稷安危，岂可轻进？"振终不从。至阳和，兵已乏粮，僵尸满路，众益危惧，振仍拟决计北行。直至大同，中官郭敬，向振密阻，振始有还意，下令班师。总是同类之言，还易入听，然亦迟了。大同总兵郭登，告学士曹鼐等，请车驾速入紫荆关，方保无虞。曹鼐转白振前，振又不听。振系蔚州人，初欲邀帝至家，向蔚州进发，嗣恐损及乡禾，复改道宣府。忽有侦骑来报，乜先率众来追，将到此地了。振不以为意，只遣朱勇率三万骑，往截乜先，勇轻率寡谋，仓猝就道，进军鹞儿岭，突遇敌兵杀出，左右夹攻，杀掠几尽。邝埜闻知此信，急请车驾长驱入关，严兵断后。奏牍上呈，并不见报。埜再诣行殿力请，振叱道："腐儒晓得什么兵事？再言必死。"难道腐竖反知兵事么？喝左右将埜推出。振偕英宗徐徐南还，至土木堡，日尚未晡，去怀来仅二十里。群臣欲入保怀来，振检点自己辎重，尚少千余辆，命驻兵待着。辎重可换性命否？时当仲秋，天气尚热，人马行了二日，很是燥渴，四处觅水，不得涓滴。及掘井二丈余，仍然干涸，军士惊慌得很，急遣侦骑远觅。返报南去十五里，有一小河，奈敌军前哨，已到河边，不便往汲了。诸将闻敌军将到，越觉慌乱，振尚意气自如。延至夜半，敌军纷纷趋至，都指挥郭懋等，急上马迎战，杀了半夜，敌越来越多，竟将御营团团围住。正在惶急，忽报乜先使至，持书议和。英宗命曹鼐草敕，遣通事二

名，随北使偕去。振急传令拔营，想是辎重已到，不然，前何迟迟？后何急急？将士等得此机会，好似重囚遇赦，赶先奔走。行不上三四里，行伍又乱，蓦闻炮声四起，敌骑又复杀到，大刀阔斧，奋砍官军。那时官军饥渴难当，逃归心急，还有什么气力，对付敌兵？敌兵左驰右骤，大呼快降。官军要命，弃甲投械不迭。英国公张辅，泰宁侯陈瀛，驸马都尉井源，都督梁成、王贵，尚书邝埜、王佐，内阁学士曹鼐、张益等百余人，还想勒兵抵御。哪知敌兵接连放箭，所有将士多被射死，连张辅等一班辅臣，也都中箭身亡。张辅老臣，至此始死于沙场，可谓建文帝吐气。英宗不禁慌张，只睁着眼顾视王振，振至此亦抖个不住。王先生威福享尽了。护卫将军樊忠，愤愤道："皇上遭此危难，都是王振一人主使，即如将士伤亡，生灵涂炭，亦何一不自他闯祸？我今为天下杀此贼子。"言至此，即袖出铁锤，猛击振首，扑蹋一声，头颅击碎，鲜血直喷，倒毙地上。快哉！快哉！当下请英宗上马，率领骑兵，冒死突围。怎奈敌兵层裹，竟没有一毫出路，忠竟力战身亡。英宗见忠已死，无法可施，重下雕鞍，坐地休息。忽有敌兵一队，破围竟入，竟将英宗一拥而去，正是：

滚滚寇氛敢犯驾，堂堂天子竟蒙尘。

未知英宗性命如何，且看下回续叙。

麓川之役，以一隅骚动天下，可已而不已者也。瓦剌入寇，决议亲征，张皇六师，亦菲无策，较诸麓川之劳师动众，宜较为有名矣。然王振擅权，威逾人主，公侯以下，俱受制于逆阉之手，几曾见刑余腐竖，能杀敌致果者耶？鱼朝恩监军，而九节度皆溃。智勇如郭子仪，且亦在溃散之列。况出塞诸将，不逮子仪远甚，安在其不败衄也。唯王振之决意劝驾，实肇自麓川之捷，彼以为麓川可胜，则瓦剌亦何不可胜，设能一战克敌，则功莫与匹，捽天子且如反掌，遑问张辅、朱勇诸人耶？然天道恶盈，佳兵不祥，古有明征，矧属阉竖？樊忠一锤，大快人心，惜乎其为时已晚也。

第三十五回　诛党奸景帝登极 却强敌于谦奏功

却说英宗被虏北去，警报驰达阙下，在京留守诸臣，将信未信，正与郕王议毕军情，退朝归第，忽见败卒累累，奔入京城。随后有萧维桢、杨善等，亦踉跄驰来，百官惊问道："乘舆归来么？"萧、杨统是摇首。百官又问道："你两人都随着乘舆，怎么你等已归，乘舆不返？"萧、杨被他诘住，瞠目不答。经百官再三究询，才说出乘舆被陷四字。百官忙入报郕王，郕王又转禀孙太后，那时宫廷鼎沸，男妇彷徨，孙太后、钱皇后等，更哭得似泪人儿一般。至穷究英宗下落，连萧、杨都不知情。喧攘了好几日，方接怀来守臣飞章，报称英宗被留虏廷，已有旨遥索金帛。于是太后搜括宫中珍宝，载以八骏名马，皇后钱氏，复添入金珠文绮，遣使诣乜先营，愿赎皇帝还京。看官！你想乜先既得了英宗，岂肯轻轻放还？所遗金宝马匹等物，老实收受，但羁住英宗不放。去使还报太后，太后无法，只好召集群臣，大开会议。侍讲徐珵上言道："京师疲卒羸马，不满十万，倘乜先乘胜进来，如何抵敌？愚意不若且幸南京。"尚书胡濙道："我能往，寇亦能往。某只知固守京师，不宜惧敌南迁。"侍郎于谦道："哪个敢倡议迁都？如欲南迁，实可斩首。试思京师为天下根本，京师一动，大事去了。北宋南渡，可为殷鉴。请速召勤王兵，誓死固守。"学士陈循道："于公所言，很是合理。"太监兴安大声道："京师中有陵庙，如或大众南去，何人再来守着？徐侍讲贪生畏死，不足与议国事，快与我出去！"言固甚当，但太监又来干政，实是不祥。理怀惭而

退，议遂定。太后遂命郕王总统百官，嗣复立皇长子见深为太子，见深甫二岁，令郕王翼辅，诏告天下道：

迩者寇贼肆虐，毒害生灵，皇帝惧忧宗社，不遑宁处，躬率六师问罪。师徒不戒，被留敌廷。神器不可无主，兹于皇庶子三人，选贤与长，立见深为皇太子，正位东宫，仍命郕王为辅，代总国政，抚安百姓，布告天下，咸使闻知。特录此诏，见得太子已定，后来景泰帝擅易，贪私可知。

郕王祁钰，既受命辅政，每日临朝议政，令于谦为兵部尚书，缮修兵甲，固守京城，谦直任不辞。一语已见忠忱。廷臣复交章追劾王振，言振倾危宗社，罪应灭族，若不奉诏，死不敢退。郕王迟疑未决。迟疑何为？指挥马顺，叱群臣道："王振已死，说他什么？"这语甫出，恼动了给事中王竑，越班向前，一把抓住顺发，怒目顾视道："汝仗着王振，倚势作威，今尚敢来多嘴么？"马顺还是不服，亦执住王竑，你一拳，我一脚，斗殴起来。众官见马顺倔强，都气得发竖冠冲，顿时一拥上前，交击马顺。顺虽武夫，奈双手不敌四拳，竟被众官拖倒，拳殴足踢，立刻打死。刘球之言验矣。朝仪大乱，郕王惊避入内，众复拥入，定要族诛王振。太监金英，传旨令退，众又欲捽英，英忙走脱。晦气了毛、王两中官，被众拖出门外，一阵乱殴，复致击毙。郕王又欲抽身，于谦抢进一步，扶住郕王，请即降旨，从众所请。郕王乃令都御史陈镒，率卫卒籍王振家，并将他阖门老幼，尽行拿下。镒奉命即往，不到一时，已把王振家族，及振从子王山，一概押到，山反缚跪庭中，众官都向他唾骂，呶呶不绝。此时某指挥妾，不知亦在列否。于谦即传郕王命令，驱出罪犯，尽行斩讫。至陈镒籍产复命，共得金银六十余库，玉盘百座，珊瑚树六七十株，其他珍玩无算。众官再请籍振党，郕王一一允从。自彭德清以下各家，次第籍没。中官郭敬，正自大同逃归。亦饬令下狱，抄没家资，众始拜谢退出。是日事起仓猝，赖谦镇定。谦排众翊王，累得袍袖俱裂。既退朝，吏部王直，执谦手道："朝廷幸赖有公，若如我等老朽，虽多何益？"谦逊谢而散。

话分两头，且说也先既虏住英宗，从部下伯颜帖木儿议，好生看待，并欲以女弟嫁给英宗。英宗侍臣，只有校尉袁彬，及译使吴官童等数人，官童

密语英宗道：“乜先欲以妹配陛下，殊不可从。陛下为万乘主，岂可下为胡婿么？”英宗踌躇半晌，方道：“身被羁絷，不便拒绝，奈何？”官童道：“臣自有言对付。”便往语乜先道：“令妹欲配给皇上，足见盛情，但皇上在此，不当野合，须俟车驾还都，厚礼聘迎，方为两全。”乜先乃止。嗣复欲选胡女荐寝，又由官童婉辞道：“留俟他日，为尔妹从嫁，当并以为嫔御。”语颇合体。乜先乃不复多言，唯总不肯放还英宗，且拥至宣府城下，伪传上命，饬守将杨洪、罗守信开门迎驾。杨洪令守卒答道：“臣只知为皇上守城，他事不敢闻命。”乜先见杨洪固拒，复拥至大同，坚索金币。广宁伯刘安，都督郭登，亦闭城不出，校尉袁彬，用首触门，大呼接驾，刘安等乃出城见英宗。英宗密语道：“乜先声言归我，情伪难测，卿等须严行戒备。”安等受命，献上蟒龙袍一袭。英宗转赐敌目伯颜帖木儿。乜先见了刘安，仍索资犒军。安以金至驾还为约。乃入城搜括金银，约得万余，送给乜先。郭登闻信，语手下亲信将弁道：“这是明明欺我呢，不若将计就计，劫还车驾，方为上策。遂募壮士七十余人，激以忠义，约事成畀他爵禄。士皆踊跃听命，正拟乘夜出劫，忽报乜先拥帝驰去，计遂不行。登乃练兵修械，誓死捍边，大同赖以保全。明廷擢他为总兵官，镇守大同。又封杨洪为昌平伯，镇守宣府。唯居庸关一带，尚属空虚，由于谦荐举员外郎罗通，令提督各军，尽力守御。乜先见边备日严，恰也不敢进攻，只拥着这位奇货可居的英宗，往来塞外，所有苏武庙、李陵碑诸名胜，统去游览。行至黑松林，乜先设宴款待英宗，且令自己妻妾，奉觞上寿，歌舞为乐。仿佛强盗请财神。英宗得过且过，除与乜先宴会外，常住在伯颜帖木儿营中，虽得伯颜夫妻，优礼相待，毕竟身在虏中，事事受制；兼且中外风俗，全然不同，所居的是毳幕韦帐，所食的是羶肉酪浆，状况凄凉，不劳细述。

唯郕王祁钰，留守京师，免不得有左右侍臣，怂恿为帝。郕王恰也有意，但一时不便即行。直揭郕王隐衷，并非深刻。会都指挥岳谦，出使瓦剌，回京后口传帝旨，令郕王继统。并无书证，安知非郕王暗中授意？郕王佯为谦让，廷臣复合辞劝进，俱说车驾北狩，皇太子幼冲，当此忧患危疑的时候，断不可不立长君，俾安宗社。郕王犹再三固辞，经群臣入奏太后，太后降旨，令郕王即位，郕王方才受命，喜可知也。遥尊英宗为太上皇帝，择日践阼。看官记着！这年是正统十四年九月，郕王登基，以次年为景泰元年。后来英宗

复辟，复将他削去帝号，仍称郕王。至宪宗成化十一年，追还尊称，立庙祭飨，谥为景帝。小子此后，也以景帝相称，暂称英宗为上皇，以存实迹。特别表明，俾清眉目。

话休叙烦，且说景帝即位，遣都指挥佥事季铎，诣上皇所，详述情事，并致书乜先，亦举即位事相告。乜先本挟上皇为奇货，至是闻景帝嗣立，似把上皇置诸度外，不由的失望起来。适有太监喜宁，从上皇北狩，叛附乜先，乜先遂与他商议。喜宁献计道："现在紫荆关一带，守备空虚，不如乘此叩关，诡言奉上皇还京，令守吏开关相迎，我等留下守吏，乘势入关，直薄京城，京城被攻，定要南迁，燕都可为我有了。"阉人之狡诈如此。乜先大喜，遂拥上皇至紫荆关，途次遇通政使谢泽。斗了一仗，泽败绩被杀。乜先直抵关下，诡传上皇谕旨，命守备都御史孙泽，都指挥韩青接驾。孙、韩率千骑出关，往迎上皇，不意伏兵骤起，把他困住垓心，两人冲突不出，自刎而亡。关吏闻主将战死，立时溃散。乜先率军入关，长驱东进，京师大震。

明廷赦成山侯王通罪，命为都督，升鸿胪寺卿，杨善为副都御史，协守京城。于谦复请释放石亨，令总京营兵马。石亨初守万全，因土木被围，勒兵不救，坐逮诏狱。景帝从于谦言，令他带兵赎罪。独任谦总督各营，令诸将均归节制，凡都指挥以下，有不用命，先斩后奏。谦乃召集军士，约得二十二万人，列阵九门外。石亨请毋出师，但坚壁以待，谦艴然道："寇势张甚，奈何示弱！"乃身先士卒，擐甲出城，自营德胜门，涕泣誓师，期以必死。于是人人感奋，勇气百倍。可见行军全在作气。乜先拥上皇过易州，至良乡，进次芦沟桥，沿途无人拦阻，只有父老接驾，进献茶果羊酒等物。上皇遥为抚慰，一面作书三封，一奉皇太后，一致景帝，一谕诸大臣，由番使递入京营。太监喜宁，并嘱番使传语，邀大臣迎驾。番使依词直达，并赍交上皇三书，当由于谦传报景帝，帝命通政司参议王复，为右通政，中书舍人赵荣，为太常少卿，出城朝见。喜宁又私语乜先道："来使官卑，当更易大臣。"乜先点首，遂与王复、赵荣道："尔皆小官，可速去，当令于谦、石亨、胡濙、王直等来。若要上皇还驾，除非金帛，万万不可。"王复、赵荣，无可答辩，只与上皇遥见一面，便被乜先勒归。

廷臣尚欲议和，遣人至军中问谦。谦答道："今日只知有军旅，他不敢闻。"乜先待了两日，不得议和消息，遂纵兵大掠，焚三陵殿寝祭器，自麾

劲骑攻德胜门。谦设伏空舍，但遣数百骑诱敌。也先弟博啰及平章卯那孩，率众轻进，伏兵从暗处觑着，待敌兵将近，一齐杀出，迭用火器击射，博啰当先受创，倒撞马下。卯那孩来救博啰，不防火箭射来，正中咽喉，立即毙命。余众纷纷逃去。石亨出安定门，来截逃兵，也先也遣兵接应，两下里又厮杀起来，亨与从子石彪，各持巨斧，劈入敌阵，敌向西溃走，追至西城，敌复却而南。也先乘官军拒战，潜袭西直门，都督孙镗，慌忙迎敌，力斩敌前队数人，乘势追逼。也先驱军大进，一场混战，镗渐觉不支，返身欲趋入城中。给事中程信，闭门不纳，只与都督王通，都御史杨善，在城上鼓噪助威，并用枪炮遥击敌军。镗见无归路，也只好麾军奋斗，人人血战，喊杀连天。正在拼命相持的时候，石亨亦率军驰到，两下夹攻，始将也先击退。也先曾奉上皇居土城，至是退还，为居民所击，乱投砖石。明将王竑、毛福寿等又至，也先望见旗帜，不敢复前。退至土城数里外，勉强安营。于谦探知上皇未去，命石亨等夜半出兵，往击也先营，出其不意，击死万人。也先复遁，一面召还土城兵，仍劫上皇西去。谦遣将穷追，石亨及从子彪，追至清风店，复败敌众。孙镗等追至固安，又得胜仗。也先愤无所泄，令伯颜帖木儿拥着上皇，出紫荆关，自引军攻居庸关。时已天寒，守将罗通，汲水灌城，水沍成冰，坚而且滑，敌不得近。也先住城下七日，料知城不易攻，只好还师。偏偏罗通追来，三战三北，伤亡无算，弄得也先神色沮丧，狼狈遁去。也先实是无能。上皇出紫荆关，连日雨雪，跋涉甚艰，亏得袁彬随侍，昼为执鞭，夜为温寝。还有蒙古人哈铭，及卫沙狐狸，亦镇日相随，侍奉不懈。也先劫上皇至瓦剌部，脱脱不花亦不甚得手，引众北归，见了上皇，也总算以礼相待，别遣使人赴京献马，意欲议和。景帝拟却还马匹，胡濙、王直道："闻脱脱不花，与也先有隙，名虽君臣，阴实猜忌，何妨收受献物，优待来使，这也是兵法上的反间计呢。"景帝称善，乃命来使入见，赐他酒馔，并赏金帛及衣服，来使欢谢而去。景帝以也先退走，京师解严，论功行赏，以于谦、石亨，立功最大，封亨为武清侯，加谦少保衔，总督军务。谦固辞不允，方才受命。既而也先复遣使来京，仍言欲送上皇还驾，廷臣又主张和议，谦独毅然道："社稷为重，君为轻，毋堕敌人狡计。"遂拒绝来使，一面申戒各边，专力固守，勿为敌愚。复加派尚书石璞守宣府，都御史沈固守大同，都督王通守天寿山，佥都御史王竑昌平，都御史邹来学，提督京都军务，

平江伯陈豫守临清，副都御史罗通守山西，此外防边诸将，概仍原职，暂不变迁。乘着朝廷少暇，尊皇太后孙氏为上圣皇太后，生母贤妃吴氏为皇太后，景帝生母，与英宗异，前文已详。立妃汪氏为皇后。典礼修明，宫廷庆贺。

过了残腊，就是景泰元年，也先复遣兵寇大同。总兵郭登，出师抵御，师行数十里，始与敌兵相值，登高遥望，敌兵如攒蚁一般，差不多有万余名。登手下只有八百骑，众寡悬殊，免不得各有惧色，遂纷纷禀请还军。登叱道："我军去城将百里，一思退避，人马疲倦，寇骑来追，还能自全么？"说至此，拔剑置案道："敢言退者斩。"此与前文王振意，自觉不同。言下即驱兵前进，径薄敌营。敌来迎战，登连发二矢，射毙敌目二人，乘势跃出，复手刃敌目一人，敌众披靡。登麾众继进，呼声震天地，吓得敌众心惊胆战，只恨爷娘少生两脚，逃的不快。一奔一赶，直至栲栳山，复斩首二百余级，尽夺所掠而还。自土木败后，边将无敢与寇战，登以八百骑破寇万人，推为战功第一。明廷闻他战捷，封为定襄伯，自是边将益奋，争思杀敌。朱谦在宣府得胜，杜忠在偏头关得胜，王翱在辽东得胜，马昂在甘州得胜，修城堡，简精锐，军气大振，无懈可击。还有一桩可喜的事情，那叛阉喜宁，竟被宣府参将杨俊擒送京师，小子也为明廷庆幸，然已是贻误多多了。因咏有一诗道：

> 引狼入室由王振，为虎作伥有喜宁。
> 恶贯满盈唯一死，诛奸尚恨乏严刑。

未知喜宁如何被擒，容至下回声明。

郕王祁钰，为英宗介弟，英宗被虏，由皇太后命，立英宗子见深为皇太子，以郕王为辅，是郕王只有摄政之责，监国可也，起而据天位，不可也。于少保忠诚报国，未闻于郕王即位，特别抗议，意者其亦因丧君有君，足以夺敌之所恃乎。昔太公置鼎，汉高尝有分我杯羹之语，而太公得以生还，道贵从权，不得以非孝目之。于公之意，毋乃类是。且诛阉党，拒南迁，身先士卒，力捍京师，卒之返危为安，转祸为福，明之不为南宋者，微于公力不及此。其次则即为郭登，于在内，郭在外，也先虽狡，其何能为？所未慊人心者，第郕王一人而已。书中叙述甚明，褒贬外更有微词，阅者于此，可以觇笔法矣。

第三十六回　议和饯别上皇还都
希旨陈词东宫易位

却说太监喜宁，自叛降乜先后，尝导他入边寇掠，且阻上皇南还。上皇恨宁切骨，辄与侍臣袁彬密议，谋杀叛阉，但急切不能下手。宁亦最忌袁彬，诱彬出营，把他困住，亏得上皇闻报，亲往解救，方得脱身。彬乃与上皇定一密计，只说遣喜宁还国，索取金帛，一面令卫士高磐，与宁偕行。宁不知是计，忙去通报乜先，愿为一往。临行时，袁彬暗授锦囊，内藏密书，令系髀间，投递宣府总兵官。磐唯唯从命，即与喜宁就道。不数日即到宣府，参政杨俊，闻上皇遣使到来，即出城迎接，把酒接风。磐已解下锦囊，暗付杨俊。俊托故离座，私下一阅，统已分晓，便潜令军士，小心伺候。喜宁恰也机警，见杨俊多时不出，防有他变，即立起身来，意欲逃席。不防高磐在旁，竟将他双手挟住，大呼杨参将快拿逆阉。俊正引兵出来，令数人齐上，似老鹰拖小鸡一般，立刻抓去，打入囚车，押送京师。那时还有何幸，自然问成极刑，磔死市曹。死有余辜。

高磐返报上皇，上皇大喜道："逆阉受诛，我南归有日了。"当命袁彬转达乜先，略言喜宁挺撞边吏，因此被擒，乜先愤愤，便遣兵入寇宣府，与喜宁报仇。偏遇着守将朱谦，纵兵奋击，杀得他七零八落，大败而逃。嗣复以奉还上皇为名，转寇大同。先锋队至城下，都仰首叫道："城内守将，速来迎驾！"定襄伯郭登，料知有诈，佯同镇将以下，各着朝服出迎，暗中却令人伏在城上，俟上皇入城，即下闸板，布置就绪，才开城高叫道："来将既

送归上皇，请令上皇先行，护从随后。”敌兵置诸不理，仍拥着上皇前来。郭登等返入门内，候着乘舆，不意敌兵竟尔停住，迟疑半刻，即奉上皇返奔，疾驰而去。登不便驰击，只好闭城自守罢了。也先见计又不行，越觉气沮，惘惘然还至部落，默思明廷已有皇帝，徒挟一废物，毫无用处，且脱脱不花，与阿拉知院，屡有龃龉，不若与明廷议和，送还上皇，既得市惠，尤可结援。计划已定，便令阿拉知院，遣参政完者脱欢，借贡马为名，来入怀来，互商和议。

边将转奏朝廷，廷臣拟遣使往报，太监兴安出呼群臣道：“公等欲报使，何人堪为富弼、文天祥？”太监又来出头，然窥他语意，实是希承风旨。尚书王直道：“据汝所言，莫非使上皇陷虏，再为徽、钦不成？”一语直诛其心，且以宋事答宋事，尤不啻以彼之矛，攻彼之盾。兴安语塞。乃命给事中李实为礼部侍郎，大理寺丞罗绮为少卿，及指挥马显等，令赍玺书，往谕瓦特君臣。既而脱脱不花及也先，先后遣使至京，决计送还上皇。景帝犹豫未决，尚书王直首先上疏，请即遣使恭迎。胡濙等又复联名奏请。景帝乃御文华殿，召群臣会议，且谕道：“朝廷因通和坏事，欲与寇绝，卿等乃屡言和议，是何理由？”王直跪奏道：“上皇蒙尘，理宜迎复。今瓦刺既有意送归，何不乘此迎驾，免致后悔。”景帝面色顿变，徐答道：“朕非贪此位，乃卿等强欲立朕，今复出尔反尔，殊为不解。”贪恋帝位，连阿兄俱可忘却，富贵之误人大矣哉！众闻帝言，瞠目不知所答。于谦从容道：“大位已定，何人敢有他议？唯上皇在外，理应奉迎，万一敌人怀诈，是彼曲我直，我得声罪致讨，何必言和。”景帝颜色少霁，乃对于谦道：“从汝从汝。”帝位不移，自可曲从。乃再拟遣使。右都御史杨善，慨然请行，中书舍人赵荣亦请往，乃命二人为正使，更以都指挥同知王恩，锦衣卫千户汤胤勣为副，赍金银书币；出都北行。适礼部侍郎李实等南归，中途相值，实述也先语，谓迎使夕来，大驾朝发。善额手道：“既如此，我等迎归上皇便了。”两下相别，南北分途，实等还京复命，不消细说。

善以此次出使，决不虚行，检阅所赍各物，除金币外无他赐，乃独捐资俸，添购各种新奇等件，随身带往。既至瓦刺，暂寓客馆。馆伴田氏亦中国人，留饮帐中。善与语甚欢，即以所赍各物，酌送田氏。田氏甚喜，即入语也先。越宿，善等与也先相见，亦大有所遗。也先亦大喜。善因诘问

道："太上皇帝在位时，贵国遣来贡使，多至二三千人，各有赏给，金币载途，相待不薄，乃反背盟见攻，果属何意？"也先道："何为削我马价？且所给币帛，多半翦裂，前后使人，多留京不返，难道非待我太薄么？"善答道："太师贡马，岁有增加，常常如此，恐难为继；又不忍固拒，所以给价略少。太师试自计算，总给价目，比从前多少何如？至若翦裂币帛，乃通事所为，朝廷亦时常查考，事发即诛。就是太师贡马，亦有劣弱，貂裘亦有敝坏，难道是太师本意吗？且太师贡使，多至三四千人，有为盗的，或犯法的，归恐得罪，潜自逃去，于我朝无干，我朝亦不欲留他，留他果有何用呢？"也先听着，也觉得语语合理，不由的辞色渐和。善又道："太师一再出兵，攻我边陲，戮我兵民数十万，太师部曲，料亦死伤不少，上天好生，太师好杀，难道不要犯天忌么？今若送还上皇，和好如故，化干戈为玉帛。宁不甚善？"善于词令，不愧善名。也先听了天忌二字，不禁失色。原来也先虏住上皇，尝欲加害，一夕正思犯驾，忽天大雷雨，把他乘骑击死，因此中沮。嗣复见上皇寝幄，每夜有赤光罩住，似龙蟠状，异谋为之益戢。是补笔。至是闻杨善言，适与所见相符，自然气馁色恭，当下复问杨善道："上皇归国，更临御否？"善答道："天位已定，不便再移。"也先复问道："中国古时有尧舜，称为圣主，究竟事实如何？"善答道："尧把帝位让舜，今上皇把帝位让弟，古今固一辙呢。"娓娓动人。也先益悦服。伯颜帖木儿劝也先留善，别遣使赴燕京，要求上皇复位。也先道："曩令遣大臣来迎，今大臣已至，不应失信。"遂引善见上皇。择定吉日，送上皇启行。也先早在营前，设宴祖饯，奉上皇上坐，自率妻妾等奉觞上寿，并弹琵琶侑酒。杨善旁侍，也先顾善道："杨御史何不就座？"善口中虽是答应，身子仍植立不动。上皇亦顾善道："太师要你坐，你何妨就坐？"善复启道："君臣礼节，不敢少违。"上皇笑道："我命你就座罢。"善乃叩头称谢，然后坐在偏席，少顷即起。也先赞道："中国大臣，确是有理，非我等所敢仰望呢。"当下开樽畅饮。上皇因指日得还，也饮得酩酊大醉，日暮各散归原营。到了次日，伯颜帖木儿等，也各轮流饯行。越日又饯饮各使，及随从诸臣。又越日，上皇才启驾南行。也先预筑土台，请上皇登座，自挈妻妾部长，罗拜台下。礼毕登程，也先及部长等，送至数十里外，各下马解脱弓箭战据，作为献礼，然后洒泪而别。独伯颜帖木儿，送上皇至野狐岭，携榼进酒，并挥泪道："上皇

去了，不知何日再行相见？”上皇感他供奉的私惠，一面称谢，一面也流泪两行。饮毕，伯颜帖木儿屏去左右，密语上皇侍臣哈铭道：“我等敬事上皇，已阅一年，但愿上皇还国，福寿康强，我主人设有缓急，亦得遣人告诉，请转达上皇，莫忘前情！”哈铭允诺。上皇劝伯颜帖木儿回马，伯颜帖木儿尚依依不舍，直送出野狐岭口，重进牛羊等物。上皇揽辔慰藉，彼此又复垂泪，经杨善等促驾南行，才与伯颜帖木儿言别。伯颜帖木儿大哭而归，如此气谊，实是难得，想与英宗前生，定有夙缘。仍命麾下头目，率五百骑护送上皇还京。

这消息早达京城，景帝不能不迎，命礼部具仪以闻。尚书胡濙，议定礼节，即日复奏。景帝偏从减省，只命以一舆两马，迎上皇入居庸关，待入安定门，方易法驾。给事中刘福，上言礼贵从厚，不宜太薄。景帝道：“朕恐堕寇狡计，所以从简。且昨得上皇书，曾言礼毋过烦，朕岂得违命？”言不由衷，然已如见其肺肝。群臣不敢再言。会千户龚遂荣，投书大学士高穀，略言：“上皇为兄，今上为弟，奉迎应用厚礼。且今上亦当避位恳辞，俟上皇固让，才得受命。唐肃宗故事，可为成法”云云。高穀袖书入朝，与王直等商议。尚书胡濙，即欲把原书上呈，都御史王文，独以为未可。两下里方在龃龉，给事中叶盛，已入内面奏，有诏索书。濙等即以书进，且言肃宗迎上皇礼，正可仿行。景帝怒道：“遂荣何人，敢议朝廷得失！”随传旨逮问遂荣。遂荣倒也硬朗，自缚诣阙，仍执前词，竟至下狱坐罪，一系数年，始得脱囚。景帝遣太常少卿许彬至宣府，翰林院侍读商辂至居庸，迎上皇入京。约过数日，上皇已至京城，景帝出东安门迎接，下马载拜。上皇亦下马答拜，相持悲泣，各述授受意。逊让良久，乃送上皇入南宫。百官随入，行朝见礼，随即下诏大赦。诏词中有数语道：“礼唯有隆而无替，义则以卑而奉尊，虽未酬复怨之私，庶稍遂厚伦之愿。”轻描淡写了几句，分明将监国二字，变成篡国，涕泣推逊，无非掩饰耳目，自欺欺人罢了。直书无隐。

上皇自居南宫后，名似尊崇，实同禁锢。闲庭草长，别院萤飞，遇着岁时生诞，并没有廷臣前来朝贺，虽有胡濙等上表申请，一概置诸不理。唯脱脱不花及乜先等，颇时时念及上皇，遣人贡献，上皇每次俱有答礼。景帝心滋不怿，即谕敕乜先道：“前日朝廷遣使，未得其人，飞短流长，遂致失好。朕今不复遣，设太师有使，朕当优礼待遇，但人数毋得过多，赏赉乃可从厚，唯太师鉴原，勿违朕意！”这道谕敕，方才颁发，适脱脱不花使人又

至，且还所掠招抚使高能等，请修旧好。景帝欲将他拒绝，还是王直等痛陈利害，始款待来使，赐他酒宴。但朝使依然不遣，只令来使赍书还报，算作了事。极写景帝懊怅情形。

会岷王楩子广通王徽煠，及弟阳宗王徽焟，以景帝构夺兄位，心中不服，竟煽诱诸苗，颁发伪敕，封苗酋杨文伯等为侯，令纠众攻武冈州。是时湖广总督侯琎，与副总兵田礼正，击破贵州叛苗，俘获甚众。杨文伯闻风畏惧，不敢受徽煠私敕，只遣部众二千名，随去使蒙能等赴武冈。事被徽煠兄徽煣所闻，急上表呈报。徽煣曾封镇南王，由景帝颁谕嘉奖，一面发兵拿逮徽煠，禁锢京师，徽焟亦被锢凤阳，皆废为庶人。及蒙能等至武冈，两王已就逮，那时顾命要紧，慌忙窜去，潜入粤西，勾结生苗，自号蒙王，骚扰了好几年，始由官兵荡平，这且慢表。

且说景帝迎还上皇，内外无事，苗众虽有乱耗，亦不日肃清。时已景泰三年，会当盛夏，景帝闲坐宫中，语太监金英道："东宫诞辰将到了。"英答道："尚未。"景帝道："七月初二日，不就是太子生日么？"英顿首道："是十一月初二日。"景帝默然不答。看官！你道景帝此言，果是记错日子么？他因世子见济，是七月二日生辰，年已十余岁，意欲立为太子，可继帝统，无如兄子见深，已立为青宫，一时不好改换，所以把见济生辰，充做太子生日，佯作错误，试探金英口气。偏金英据实申陈，好似未明意旨一般。实是以伪应伪。弄得景帝无词可说，又踌躇了数日，毕竟忍耐不住，再与中官兴安等熟商。安初亦颇以为难，经景帝再三谆嘱，不得不勉从上命，代为设法，暗中与陈循、高穀、江渊、王一宁、萧镃、商辂等，旦夕密议。各人依违两可，不敢遽决。事有凑巧，来了一道边疆的奏章，署名叫作黄玹，玹系广西土目，因平匪有功，得擢为都指挥使。他有庶兄黄𤥼，曾为思明土知府。𤥼年老，子钧袭官，玹谋夺世职，率领己子，及骁悍数千人，夜袭𤥼家，杀死𤥼父子，支解尸首，纳入瓮中，埋诸后圃。总道是无人发泄，谁知𤥼仆福童，竟走告宪司。巡抚李棠，及总兵武毅，联衔奏闻，有旨严捕黄玹父子。玹急得没法，忙遣千户袁洪，到京行贿，意图保全性命。当有内监被他贿通，令他奏请易储。当即倩了名手，缮就奏牍，呈入宫中，由景帝瞧着，其词道：

太祖百战以取天下，期传之万世。往年上皇轻身御寇，驾陷北廷，

寇至都门，几丧社稷。不有皇上，臣民谁归？今且逾二年，皇储未建，臣恐人心易摇，多言难定，争夺一萌，祸乱不息。皇上即循逊让之美，复全天叙之伦，恐事机叵测，反复靡常，万一羽翼长养，权势转移，委爱子于他人，寄空名于大宝，阶除之下，变为寇仇，肘腋之间，自相残蹙，此时悔之晚矣。语语打入景帝心坎。乞与亲信大臣，密定大计，以一中外之心，绝觊觎之望，天下幸甚！臣民幸甚！

景帝阅毕，不禁喜慰道："万里以外，不料有此忠臣。"兄且可杀，宁知有君。遂下旨令释玹罪，并将原书发交礼部，传示群臣集议；且命兴安赍着金银，分赐内阁诸学士，每人黄金五十两，白银百两。越日，礼部尚书胡濙，即召集百官，与议易储事。王直、于谦以下，各相顾眙愕。都给事中李侃、林聪，及御史朱英，抗言不可，议久未决。太监兴安厉声道："此事不能不行。如以为未可，请勿署名，何必首鼠两端？"王振已死，即有兴安继起，何明代之好用阉人耶？众官不敢再抗，只好唯唯署议。于少保未免模棱。乃由胡濙复奏，但称："陛下膺天明命，中兴邦家，绪统相传，宜归圣子，黄玹奏是。"这奏呈入，不到半日，即下旨报可，着礼部具仪，择吉易储，一面简置东宫官。官属既定，遂立皇子见济为皇太子，改封故太子见深为沂王，有诏特赦，宫廷宴贺。不料皇后汪氏，偏据着正理，力为谏阻，竟与景帝反目，又闹出一场废立的事情。小子有诗咏道：

监国翻成篡国谋，雄心未餍又忮求。
如何巽语犹难入，甘把中宫一旦休。

欲知废后底细，待至下回说明。

历述瓦剌饯别情状，见得也先、伯颜辈，尚有深情，而景帝之不欲迎驾，勉强举行，负愧多矣。继述景帝易储情形，见得金英、兴安辈，实为谋主，而廷臣之相率受赂，媕阿卑鄙，寡耻甚矣。若夫录杨善之才辩，益所以表其忠，载黄玹之疏词，益所以著其谲。外此或抑或扬，从详从简，具有微意，有心人吐属，固非寻常笔述家，所得与同日语也。

第三十七回　拒忠谏诏狱滥刑
定密谋夺门复辟

却说皇后汪氏，性颇刚正，力持大体，唯所生皆女，独无子嗣，皇子见济，系杭妃所出，景帝欲立见济为太子，汪后独谏阻道："陛下由监国登基，已算幸遇，千秋万岁后，应把帝统交还皇侄。况储位已定，诏告天下，如何可以轻易呢？"景帝不悦，后来决意易储。汪氏又复力谏，说至再三，惹得景帝动恼，竟奋然道："皇子非你所生，所以怀妒得很，不令正位青宫。你不闻宣德故例，胡后无出，甘心让位，前车具在，未知取法，反且多来饶舌，难道朕要你管么？"言毕，抽身而起，竟往杭妃宫中去了。汪后遭此诃责，心甚不甘，呜呜咽咽的哭了一夜，竟令女官代草一疏，愿将后位让与杭妃。景帝顺水行舟，自然照准，遂援了宣德废后的故事，颁告群臣，不待臣工议奏，即将汪后迁入别宫，改册杭妃为皇后。父作子述，可见贻谋不可不臧。

且因太监兴安，有易储功，格外宠用。兴安素性佞佛，建了一座大隆福寺，费至数十万，逾年始成，非常闳丽，便面请景帝临幸。礼部郎中章纶，上章奏阻，盐运判官杨浩，除官未行，亦直言申奏，景帝乃中辍不行。会御用监阮浪，在南宫服侍上皇，上皇爱他勤敏，赏给镀金绣袋，及镀金刀各一件。浪与内使王瑶，甚是亲昵，竟将赐物转赠。赐物安可赠人？阮浪太属莽浪。王瑶年龄尚轻，并无阅历，得了绣袋宝刀，欣然佩带身边，不意为锦衣指挥卢忠所见，隐为诧异，即邀瑶至家，设酒与饮，闲谈甚欢，渐渐问及宝刀绣袋。瑶和盘说出，卢忠索阅一番，不由的计上心来，便假意殷勤，且命妻出

为劝酒。瑶不便却情，并见他妻颇貌美，益觉目眩神痴，酒不醉人人自醉，色不迷人人自迷，不消多时，已将他灌得烂醉，东斜西倒，一步也走不得。忠令人扶瑶起座，就客厅睡下，轻轻的解了金刀绣袋，星夜打点公文，并呈入刀袋等物，具说阮浪受上皇命，以袋刀结瑶，意图复辟，瑶自醉中说出，因此飞章上告。景帝震怒，立降严旨，将阮浪、王瑶二人，逮系诏狱，令法司穷究。刑讯了好几回，浪、瑶不肯诬供，只把实情上诉。瑶此时酒已醒了。卢忠闻着，未免后悔，暗想他二人如此抗直，倘或反坐起来，还当了得，不如往询卜筮，预占吉凶。患得患失，自是小人情态。遂屏去侍从，独行至卜者仝寅家。仝寅少瞽，性聪敏，学占验术，所言多奇中。及与卢忠代卜，得了一个天泽履卦，忠尚未表明实情，寅不禁摇首道："易言：'履虎尾，咥人凶，'不咥人犹可，咥人则凶。"这一语说出，吓得卢忠面如土色，勉强答道："汝试依卦占断，不必隐讳。"寅复道："上天下泽为之履，天泽不分，凶象立见。敢问所为何事？请即示明。"忠见他语语中肯，仿佛似仙人一般，只好说明大略。寅笑道："无怪卦象甚凶，试思今上与上皇，前为君臣，今为兄弟，天泽素定，岂可紊乱？汝乃欲他叛君背兄，是明明所谓咥人了。此大凶兆，一死且不足赎罪。"大义微言，非江湖卖卜者比。忠闻言大惧，忙求寅替他禳解。寅答道："获罪于天，禳解何益？"忠再三哀恳，寅方道："履道坦坦，幽人贞吉，君能作幽人么？"忠战栗道："我为原诉，何从隐避？"寅想了一会，悄悄与忠附耳，说了几句，忠才拜谢而去。不数日，忽传卢忠病狂，在市上行走，满口胡言，歌哭无常，于是中官王诚，及学士商辂，入白景帝道："卢忠病风不足信，望陛下休听妄言，致伤大伦！"景帝意始少释，并逮卢忠下狱。未几又释出，谪戍广西，令他带罪立功。仍是有意回护。阮浪久锢，王瑶磔死，只他最是晦气，然亦可为好酒耽色者戒。一场大案，总算化作冰消了。

是年冬月，也先复遣使至京，贺来年正旦，且贡名马。尚书王直，请遣使答报，有诏饬兵部议决。于谦道："去年也先使来，臣闻他弑主为逆，尝请发兵讨罪，未邀俞允，今反欲遣使答报么？"原来景泰二年，也先曾弑主脱脱不花，于谦请讨逆复仇，景帝不从，至是乃复阻遣使，竟得罢议。唯脱脱不花被弑情由，亦须补叙明白。先是脱脱不花娶也先姊，生了一子，也先欲立以为嗣，脱脱不花未允，且与也先夙有违言。也先遂攻脱脱不花，脱脱不花败走，经也先追击，杀死脱脱不花，把他妻孥收没，自称监国。至景泰

四年，且僭立为汗，复遣使致书，称大元田盛可汗。田盛二字的音义，与天圣相似，末署添元元年。景帝答书，亦称他为瓦剌汗。景帝不从于谦之请，且称他为汗，亦是投鼠忌器之意。也先遂日渐骄恣，且据有脱脱不花的妃妾，左抱右拥，朝欢暮乐，害得朝政不理，部众分解。蛾眉误国，中外一辙。阿拉知院求为太师，也先不许，且将阿拉二子，尽行杀毙。阿拉大怒，纠众攻也先，也先沉湎酒色，毫不设备，竟被阿拉拿住，数他三罪道："汉儿血在汝身，脱脱不花汗血在汝身，乌梁海血亦在汝身。天道好还，今日汝当死。"也先无词可答，竟被阿拉一刀，挥作两段。阿拉欲继立为汗，忽被鞑靼部目孛来杀入，战败身死。孛来夺也先母妻，并玉玺一方，访得脱脱不花子麻儿可儿，仍拥立为鞑靼汗，号称小王子。自是瓦剌骤衰，鞑靼复炽，事见后文，姑且慢表。此段是承前启后文字。

且说皇子见济，立为东宫，仅阅一年有余，忽得奇疾，竟致不起。可谓没福。景帝悲恸得很，命葬西山，谥为怀献。礼部郎中章纶，及御史钟同，以东宫已殁，并无弟兄，不如仍立沂王，借定人心。凑巧两人入朝，途中相遇，彼此谈至沂王，甚至泣下，遂约定先后上疏，同为前茅，纶为后劲。退朝后，同即抗疏上陈，略云：

> 父有天下，固当传之于子。乃者太子薨逝，足知天命有在。今皇储未建，国本犹虚，臣窃以为上皇之子，即陛下之子，沂王天资厚重，足令宗社有托，伏望扩天地之量，敦友于之仁，择日具仪，复还储位，实祖宗无疆之休。臣无任待命之至！

疏入后，景帝心殊不悦，勉强发交礼部，令他议奏。礼部尚书胡濙等，窥上意旨，料知原奏难行，只把缓议二字，搪塞了事。那时章纶依着原约，因月朔日食，进呈修德弭灾十四事，差不多有数千言，内有悖孝悌一条云：

> 孝悌者百行之本，愿陛下退朝后，朝谒两宫皇太后，修问安视膳之仪。上皇君临天下，十有四年，是天下之父也。陛下亲受册封，是上皇之臣也。上皇传位陛下，是以天下让也。陛下奉为太上皇，是天下之至尊也。陛下宜率群臣，于每月朔望，及岁时节旦，朝见于延安门，以尽

尊崇之道，而又复太后于中宫，以正天下之母仪，复皇储于东宫，以定天下之大本，则孝弟悉敦，和亲康乐，治天下不难矣。

景帝览到此奏，不禁大怒。时已日暮，宫门上钥，有旨自门隙中传出，命锦衣卫执纶下狱。越日，复逮系钟同，饬刑部严究主使。同、纶两人，供称意由己出，并非人授。刑部说他抵赖，尽情拷掠，一连血比三日，语不改供。会大风扬沙，天地昼晦，伸手不辨五指，刑官也害怕起来，方将二人还系狱中，把狱案渐渐缓下。不意南京大理寺少卿廖庄，又遥上奏章，请景帝朝谒上皇，优待上皇诸子。景帝阅未终疏，即搁过一边。过了一年，庄因事到京，诣东角门朝见，顿触起景帝旧嫌，说他平时狂妄，饬杖八十，谪为定羌驿丞。可怜这廖庄无辜受灾，既受杖伤，还要奔波万里，辛苦备尝，正是祸来天上，变出意中。谁要你多嘴？内侍复入白帝前，言罪魁祸首，实自同、纶。景帝乃特取巨梃，交给法司，令就狱中杖同及纶，每人五百下。同竟杖毙，纶死而复苏，仍拘狱中。刑部给事中徐正，揣摩迎合，上言沂王尝备位储副，恐被臣民仰戴，不宜久居南宫，应徙置封地，以绝人望。这奏上去，总料是餍惬帝心，足邀宠眷，哪知降旨下来，语语驳斥，谪戍穷边。该死。自此廷右诸臣，统做了反舌无声，把建储事绝不提起。

忽忽间已是景泰七年，元宵甫届，皇后杭氏，竟罹了风寒，起初是寒热交侵，嗣后变成重症，一到仲春，呜呼哀哉，景帝又复悼亡，自不消说。其时宫中有个李惜儿，本系江南土娼，流转京师，姿态妖艳，色艺无双，都下狭邪子弟，评骘花榜，目为牡丹花。声誉传入禁中，为景帝所闻，更令内侍召入，一见倾心，即夕侍寝。惜儿是妓女出身，枕席上的奉承，比妃嫔等不啻天渊，景帝畅快异常，备极恩遇。可怜无德的女人，往往因宠生骄，因骄成悍，入宫不过两三年，与景帝恰反目数次。毕竟龙性难驯，耐不住妇女磨折，一场吵闹，逐出宫外。未免薄幸。杭皇后本得帝宠，又遭病殁，此外虽有妃嫔数人，仅备小星，没甚才貌，情怀恻恻，长夜漫漫，教景帝如何度日？当下采选秀女，得了一个丽姝，体态轻盈，身材袅娜，性情容止，都到恰好地位，惹得景帝越瞧越爱，越爱越宠，春风一度，无限欢娱，因她生父姓唐，遂封为唐妃。越半年又晋封贵妃。每游西苑，必令贵妃乘马相随。一日，马惊妃堕，几乎受伤。景帝鞭责马夫，打个半死，别令中官刘茂，拣选

良骏，控习以待。又增建御花房，罗致各省奇葩名卉，作为游赏处所。风流天子，绰约佳人，相对含欢，无夕不共，好一座安乐窝，尝遍那温柔味，无如好梦难长，彩云易散，到了景泰八年元旦，朝贺礼毕，忽觉龙体违和，好几日不能临朝。百官问安左顺门，太监兴安出语道："公等皆朝廷股肱，不能为社稷计，徒日日问安，有何益处？"众官语塞，诺诺而退。到了朝房，大众以兴安所言，意在建储，御史萧维桢等，拟请复沂王为太子。学士萧镃，以沂王既退，不便再立，须另择元良为嗣。彼此酌定，遂缮好奏折，呈请立储。待了数日，方有中旨颁下，谓朕偶有寒疾，当于十七日临朝，所请着无庸议。众官见了此旨，又面面相觑，莫名其妙。会将郊祀，帝舆疾出宿斋宫。明代故例，每岁正月大祀天地于南郊。因病日加剧，势难亲临，乃召武清侯石亨至榻前，命摄行祀事。

亨见帝病甚，退语都督张軏，及太监曹吉祥道："公等欲得功赏么？"张、曹二人闻言，不禁奇诧起来，便惊问何事？亨密语道："皇帝病已深了，立太子，何如复上皇。"吉祥跃起道："石公好计！石公好计！"小人无不好事。亨复道："此系我一人主见，还须得老成一决。"张軏道："商诸太常卿许彬，可好么？"亨点首称善。当下同至许彬宅，与商密计。彬矍然道："这是不世大功，事在速为，可惜我年已老，无能为力，唯意中恰有一人，何不往商？"亨问为谁？彬答道："便是徐元玉。"亨等喜谢而出。看官道徐元玉是何人？就是当年倡议南迁的徐珵。珵因南迁议，为景帝所薄，久不得迁，他却谄事大学士陈循，屡托保荐，循果屡登荐牍，景帝见徐珵名，好似一个眼中钉，辄摈不用。循语珵道："官家怕见你名，须改易为是。"珵乃易名有贞，别字元玉。无巧不成话，适值黄河决口，屡堙屡圮，循遂运动廷臣，荐举有贞。景帝果也忘怀，竟擢他为佥都御史，督治黄河。有贞福至心灵，把屡堙屡圮的决口，熔铁下水，竟得塞住。且疏浚下流，畅达河道，河患遂灭。还京复命，复邀奖叙，进左副都御史，寻调右副都御史。追溯徐有贞履历，要言不烦。及石亨等到有贞家，说及复辟大计，有贞很是赞成，并云须令南宫知此意。軏答道："昨已密达上皇了。"有贞道："俟得复报乃可。"越日为上元节，有贞夜至亨家，复密议了一宵。又越日黄昏，亨等又访告有贞，谓已得南宫复报，请早定计。有贞至屋后露台上，仰观天象已毕，即下对亨等道："紫薇垣已有变象，事在今夕，不可失机。"是否捣鬼？随又报语道："如

此如此，不患不成。”石亨、张軏、曹吉祥三人，当即趋出，自去筹备。有贞焚香祝天，默祷一番，随即与家人诀别道：“事成后功在社稷，共享富贵，否则祸必杀身，除非做鬼回来。”家人揽袪挽留，有贞不顾，挥手竟去。时当三鼓，禁中卫士，因有十七日视朝的旨意，已启禁门。有贞踉跄趋入，径至朝房候着，约历半时，亨、軏等率领群从子弟，一拥并入。依据《天顺实录》，不从《纪事本末》。是时天色晦冥，星月无光，亨、軏等左顾右盼，方见有贞，便问道：“事果济否？”有贞道：“必济无疑。”此时即不能济事，亦只好舍命做去。遂率众薄南宫门，门扃甚固，连叩不应。有贞命众取巨木至，悬绳于上，用数十人举木撞门。门右墙垣，陡被震坍，大众乘隙进去，入谒上皇。上皇时尚未寝，秉烛观书，见他排闼而入，不觉惊问道：“你等何为？”众俯伏称万岁。上皇道：“莫非请我复位么？这事须要审慎。”可见上皇已经接洽。有贞等齐声道：“人心一致，请陛下速即登舆！”言毕即起，呼兵士举舆入内。众兵士遑遽不能举，有贞等掖着上皇，出坐乘舆，助挽以行。忽见天色明霁，星月皎然，上皇顾问有贞等职名，有贞一一奏对。须臾至东华门，司阍厉声呵止。上皇亦厉声道：“我是太上皇，有事入宫，何人敢拒？”司阍闻声趋视，果然不谬，遂由他进去。直入奉天殿，有贞为导，两阶武士，用铁爪击有贞，也亏上皇呵叱，才行退去。时黼座尚在殿隅，由众推至正中，请上皇下舆登座，一面鸣钟擂鼓，大启诸门。百官方至朝房，候景帝视朝，闻奉天殿有呼噪声，呵叱声，继而有钟鼓声，相率惊骇。蓦见有贞出殿，大呼道：“太上皇复位了，众官何不进谒？”百官闻言益惊，但变出非常，事已至此，何人敢行抗拒？不得已各整衣冠，登殿排班，依次跪伏，三呼万岁。正是：

冕旒重见当王贵，嵩岳依然效众呼。

欲知复辟后事，请看官再阅下回。

景帝居上皇于南宫，情同禁锢，其蔑视上皇也久矣。卢忠假事生风，而阮浪、王瑶，遂致获罪，至于见济病殁，杭后随逝，景帝已无子嗣，亦可返躬愧省，复立沂王，乃犹拒谏饬非，淫刑以逞，奚怪石亨辈之再图复辟乎？唯景帝病已危笃，

神器岂能虚悬？他日立君，舍英宗其将奚属？石亨希邀功赏，结合徐有贞等，遽为复辟之计，行险侥幸，成亦无名。夺门二字，贻笑千秋，然亦何莫非景帝猜忌之深，始激而成此变也。若乜先弑主之不讨，李妓、唐妃之邀宠，犹其余事，然亦可以见景帝之深心，投鼠而辄忌器，纳妾而思毓麟，天不从人，蔑伦者其亦观此自返乎？

第三十八回　于少保沉冤东市
徐有贞充戍南方

却说景帝方卧疾斋宫，正值残梦初回。炉香欲烬，忽闻钟鼓声喧，来自殿上，不禁惊异起来，忙呼问内侍道："莫非是于谦不成？"此语颇奇。内侍错谔未答。既而内监走报，说及南宫复辟事。景帝连声道："好！好！好！"说着，气喘不已，面壁而卧。这边方独卧唏嘘，那边正盈廷庆贺，徐有贞复辟功成，即刻受命入阁，参预机务。一面与大学士陈循，草诏谕群臣，日中再正式即位，历史上复称英宗，小子也自然沿称英宗。文武百官，再行朝谒，由有贞宣读谕旨，略称："土木一役，乘舆被遮，建立皇储，并定监国，不意监国挟私，遽攘神器，易皇储，立己子，皇天不佑，嗣子先亡，殃及已身，遂致沉疾。朕受臣民爱戴，再行践阼，咨尔臣工，各协心力。"云云。朗读已毕，群臣顿首听命。忽又有诏旨传下，逮少保于谦，大学士王文、陈循、萧镃、商辂，尚书俞士悦、江渊，都督范广，太监王诚、舒良、王勤、张永下狱。谦等尚列朝班，当由锦衣卫一一牵去锢入狱中。迅雷不及掩耳。先是石亨为谦所荐，统师破敌，城下一役，亨功不如谦，独得封侯，未免内愧，乃疏荐谦子冕为千户。谦上言："国家多事，臣子不得顾私恩，石亨身为大将。未闻举一幽隐，乃独保荐臣子，理亦未协，臣决不敢以子滥功。"这数语传入亨耳，未免愤恨。亨从子彪，行为贪暴，又为谦所奏劾，出戍大同，因此亨益怨谦。徐有贞尝求官祭酒，浼谦先容，谦亦尝登入荐牍，卒不得用。有贞疑谦未肯尽力，亦生怨隙。及英宗复辟，两人得为功首，正好借

此报复，遂诬称于谦、王文，欲迎立襄王瞻墡，瞻墡系仁宗第五子，曾见三十一回中。应即下狱惩罪。陈循、萧镃、商辂等，从前尝倾向景帝，罪有所归，亦难宽贷。英宗正感念二臣，自然言听计从，不待群臣退朝，即将数人拿下。越日，即饬徐有贞等讯究。王文、于谦，出狱对簿，文抗辩道："迎立外藩，须有金牌符信，遣人必用马牌，究竟有无此事，内府兵部二处，可以查验，何得无故冤人？"有贞道："事尚未成，自无实迹，但心已可诛，应当定罪。"文复抗声道："犯罪必须证据，天下有逆揣人心，不分虚实，遂可陷人死地么？"说至此，辞色俱厉。谦顾语王文道："石亨等报复私仇，定欲我等速死，虽辩何益？"都御史萧维桢在座，也插口道："于公可谓明白。事出朝廷，承也是死，不承也是死。"专制之世，方有是语。当下将谦、文等还系诏狱，即由徐有贞、萧维桢诸人，以意欲二字，锻炼成词，仓猝入奏，英宗犹豫未忍道："于谦实有功，不应加刑。"有贞攘臂直前道："不杀于谦，今日事有何名誉？"杀了于谦，难道便有大名么？英宗乃诏令弃市。临刑这一日，愁云惨雾，蔽满天空，道旁人民，莫不泣下。岳王之死，称为三字狱，于少保之死，可称为二字狱。太后闻谦死，亦嗟悼累日。曹吉祥麾下，有一指挥名朵耳，亦作多喇。亲携酒醴，哭奠于谦死所。吉祥闻知，把他痛打一顿，次日复哭奠如故，吉祥亦无可奈何。谦妻子坐罪戍边，当锦衣卫查抄时，家无余资，只有正屋一间，封镉甚固，启门查验，都系御赐物件，连查抄的官吏，也为涕零。都督同知陈逵，收谦遗骸，归葬杭州西湖，后人称为于少保墓。每年红男绿女，至墓前拜祷，络绎不绝。相传祈梦甚灵，大约是忠魂未泯的缘故，这也不在话下。

且说谦、文既死，太监舒良、王诚、张永、王勤等，一并就刑。陈循、俞士悦、江渊谪戍。萧镃、商辂削职为民。范广与张軏有嫌，锢禁数日，复遭刑戮。軏复潜杀前昌平侯杨俊，以俊在宣府时，不纳英宗，所以坐罪。嗣軏入朝，途中猝得暴疾，舁归家中，满身青黑，呼号而死。或谓范广为祟，或谓杨俊索命，事属渺茫，难以定论。唯叙功论赏时，軏得封太平侯，贵显不过月余，即致暴毙，真所谓过眼浮云，不必欣羡呢。得保首领，还算幸事。其时石亨得封忠国公，张軏弟輗，得封文安侯，都御史杨善封兴济伯，石彪封定远伯，充大同副总兵。徐有贞晋职兵部尚书，曹吉祥等，予袭锦衣卫世职，袁彬为锦衣卫指挥同知，出礼部郎中章纶于狱，授礼部侍郎，召廖庄于

定羌驿，给还大理寺少卿原官，追赠故御史钟同，大理寺左丞，赐谥恭愍，并令一子袭荫，大家欢跃得很。唯有贞意尚未足，常向石亨道："愿得冠侧注从兄后。"侧注系武弁冠名，石亨为白帝前，乃晋封武功伯，嗣复录夺门功臣，封孙镗为怀宁伯，董兴为海宁伯，此外加爵晋级，共三千余人。一朝天子一朝臣，尚书王直、胡濙，及学士高穀，均见机乞归，英宗命吏部侍郎李贤，太常寺卿许彬，前大理寺少卿薛瑄，入阁办事。一面改景泰八年为天顺元年，大赦天下。复称奉太后诰谕，废景泰帝仍为郕王，送归西内。太后吴氏，复号宣庙贤妃，削皇后杭氏位号，改称怀献太子为怀献世子。钦天监正汤序，且请革除景泰年号，总算不允。未几郕王病殁，年仅三十，英宗命毁所营寿陵，改葬金山，与夭殇诸王坟，同瘗一处，且令郕王妃嫔殉葬。唐妃痛哭一场，当即自尽。毕竟红颜命薄。被废的汪后，曾居别宫，至是亦欲令殉葬，侍郎李贤道："汪妃已遭幽废，所生两女，并皆幼小，情尤可悯，请陛下收回成命。"皇子见深，此时已届十龄，粗有知识，备陈汪后被废，由谏阻易储事。英宗乃免令殉葬，寻复立见深为太子。太子请迁汪妃出宫，安居旧邸，所有私蓄，尽行携去。既而英宗检查内帑，记有玉玲珑一物，少时曾佩系腰间，推为珍品，屡觅无着，当问太监刘桓，桓言景帝曾取去，想由汪妃收拾。乃遣使向妃索归，只称无着。再三往索，终不肯缴。左右劝妃出还，妃愤愤道："故帝虽废，亦尝做了七年天子，难道这区区玉件，也不堪消受么？我已投入井中去了。"英宗因此衔恨。后有人言汪妃出携甚多，又由锦衣卫奉旨往取，得银二十万两，他物称是。可怜这汪妃身畔，弄得刮垢磨光，还亏太子见深，念着旧情，时去顾问，太子母周贵妃，与汪妃素来投契，亦随时邀她入宫，叙家人礼，汪妃方得幸保余生，延至武宗正德元年，寿终旧邸。这是守正的好处。郕王于成化十一年，仍复帝号，追谥曰景，修缮陵寝，祭飨与前帝相同。汪妃葬用妃礼，祭用后礼，合葬金山，追谥为景皇后，这都是后话不题。

单说襄王瞻墡，就封长沙，资望最崇，素有令誉。英宗北狩，孙太后意欲迎立，曾命取襄国金符，已而不果。襄王却上书太后，请立太子，命郕王监国。及英宗还都，襄王又上书景帝，宜朝夕省问，朔望率群臣朝谒，毋忘恭顺等语。英宗全然未知。复辟以后，信了徐有贞、石亨谗言，诬戮于谦、王文，且疑襄王或有异图，嗣检得襄王所上二书，不禁涕泪交下，忙赐书召

他入叙。有二书俱在，始信金縢等语。金縢系周公故事。襄王乃驰驿入朝，赐宴便殿，慰劳有加。且命添设护卫，代营寿藏。至襄王辞归，英宗亲送至午门外，握手泣别。襄王逡巡再拜，伏地不起。英宗衔泪道："叔父尚有何言？"襄王顿首答道："万方望治，不啻饥渴，愿省刑薄敛，驯致治平。"敢拜昌言。英宗拱手称谢道："叔父良言，谨当受教。"襄王乃起身辞行。英宗依依不舍，待至襄王行出端门，目不及见，才怏怏回宫。自是颇悔杀谦、文，渐疏徐、石。晓得迟了。

石亨自恃功高，每事辄揽权恣肆，嗣被英宗稍稍裁抑，心知有异，遂与曹吉祥朋比为奸，倚作臂助。独徐有贞窥伺帝意，觉得石亨邀宠，渐不如前，不得不微为表异，要结主眷，以此曹、石自为一党，与有贞貌合神离。凶终隙末，小人常态。可巧英宗与有贞密语，被内竖窃听明白，报知曹吉祥。吉祥见了英宗，却故意漏泄出来，引得英宗惊问，只说是有贞相告，英宗遂益疏有贞。会曹、石二人，强夺河间民田，御史杨瑄列状以闻，英宗称为贤御史，将加重用。吉祥大惧，忙至英宗前哭诉，说是杨瑄诬妄，应即反坐罪名，英宗不许，继而彗星示儆，掌道御史张鹏、周斌等，约齐同僚，拟交章请惩曹、石，挽回天变。事为给事中王铉所闻，密达石亨。亨急转告吉祥，同至英宗前，磕头无算。英宗不禁大讶，问明情由。曹、石齐声奏道："御史张鹏，为已诛太监张永从子，闻将为永报仇，结党构衅，陷害臣等。臣等受皇上厚恩，乞赐骸骨，虽死不忘。"说至此，又呜呜咽咽的哭将起来。亏他装诈。英宗道："陷害不陷害，有朕作主，张鹏何能死人？卿等且退！朕自留心便了。"两人拜谢而出。

隔了一宵，果然弹章上陈，痛诋曹、石，为首署名的便是张鹏，次为周斌，又次为各道御史，连杨瑄也是列名。英宗阅未终章，便出御文华殿，按着奏疏上的名氏，一一召入，掷下原奏，令他自读，明白复陈。斌且读且对，神色自若，读至冒功滥赏等语，英宗诘问道："曹、石等率众迎驾，具有大功，朝廷论功行赏，何冒何滥？"斌答道："当时迎驾，止数百人，光禄寺颁赐酒馔，名册具在，今超迁至数千人，不得谓非冒非滥。就使明明迎驾，也是贪天功为己有，怎得无端恣肆呢？"这数语理直气壮，说得英宗无词可答，但总不肯认错，仍命将瑄、鹏诸人，一律下狱。所谓言莫予违。刑官等讨好曹、石，搒掠备至，责问主使，词连都御史耿九畴、罗绮，亦逮系

狱中。石亨、曹吉祥，意欲乘此机会，一网打尽，复入陈御史纠弹，导自阁臣，徐有贞、李贤等，与臣有嫌，阴为主谋，所以瑄、鹏等有此大胆，诳奏朝廷。英宗闻言益愤，索性将徐有贞、李贤两人，并下囹圄。全狱冤气，上激天空，风发雨狂，电掣雷轰，下雹如鸡卵，击毁奉天门角，连正阳门下的马牌，都飞掷郊外。石亨家内，水深数尺，曹吉祥门前，大树皆折，闹得人人震恐，个个惊慌。大约是天开眼。钦天监正汤序，本系亨党，至是亦上言天象示儆，应恤刑狱。我谓其胆小如鼷。英宗乃释放罪囚，出徐有贞为广东参政，李贤为福建参政，罗绮为广西参政，耿九畴为江西布政使，周斌等十二人为知县。杨瑄、张鹏戍边卫。别命通政使参议吕原，及翰林院修撰岳正，入阁参预机务。尚书王翱，以李贤无辜被累，奏请留京，英宗亦颇重贤，乃从翱所请，并复原官，寻又擢为吏部尚书。

曹、石见李贤复用，很是懊丧，适值内阁中有匿名书帖，谤斥朝政，为曹、石二人闻知，遂奏请悬赏查缉。岳正入奏道："为政有礼，盗贼责兵部，奸宄责法司，哪有堂堂天子，悬赏购奸的道理？且急则愈匿，缓则自露，请陛下详察。"是极。英宗称善，不复深究。既而正复密奏英宗，言："曹、石二人，威权过重，恐非皇上保全功臣的至意。"英宗道："卿为朕转告两人。"正遂往语曹、石，曹、石复入内跪泣，免冠请死。曹系阉竖，宜有妇人性质，亨一武夫，何专学泣涕耶？英宗未免自愧，温言劝慰，一面责正漏言。既要他转告，又责他漏言，英宗之昏庸可知。正对道："曹、石二家，必将以背叛灭族，臣体陛下微旨，令他自戢，隐欲保全，他尚未识好歹么？"此语太激烈了。英宗默然无言。曹、石二人闻着，愈加忿恨。会承天门灾，命正草罪己诏，正历陈时政过失，曹、石遂构造蜚语，谓正卖直讪上，得旨贬正为钦州同知。正入阁仅二十八日，既被谪，道过本籍漷县，入家省母，留住月余，复为尚书陈汝言所劾，逮系诏狱，杖戍肃州。岳正去后，曹、石又追究匿名书，诬指徐有贞所为，英宗也不遑细察，竟令将有贞拿还，下狱搒治，终无供据。曹、石复入奏英宗道："有贞尝自撰武功伯券，辞云：'缵禹武功，禹受舜禅。'武功为曹操始封，有贞觊觎非分，罪当弃市。"捕风捉影，何其叵测。英宗迟疑半晌，令二人退出，转询法司马士权。士权道："有贞即有匿谋，亦不致自撰诰券，败露机关呢。"英宗方才省悟，乃命有贞免死，发金齿为民。后来石亨伏法，有贞得释归田里，放浪山水间，十余年乃死。了结有贞，然比曹、石之

诛，得毋较胜。礼部侍郎薛瑄，见曹、石用事，喟然道："君子见机而作，不俟终日，还欲在此何为？"遂乞归引去。江西处士吴与弼，由李贤疏荐，被征入朝，授为左谕德，与弼固辞。居京二月，托辞老病，亦引归。英宗尚为故太监王振立祠，封曹吉祥养子钦为昭武伯，宠幸中涓，始终未悟。唯有一事少快人心，看官道是何事？乃是释建庶人文奎于狱。文奎系建文帝少子，被系时年权二龄，见二十六回。至是始得释出，令居凤阳，赐室宇奴婢，月给薪米，并听婚娶出入。时文奎年已五十七，出见牛马，尚不能识。未几即病殁。小子有诗咏道：

> 王道由来不罪孥，乳儿幽禁有何辜？
> 残年始得瞻天日，牛马未知且乱呼。

欲知后事如何，且俟下回续叙。

英宗复辟以后，被杀者不止一于少保，而于少保之因忠被谗，尤为可痛。曹、石专恣以来，被挤者不止一徐有贞，而徐有贞之同党相戕，尤为可戒。于少保君子也，君子不容于小人，小人固可畏矣。徐有贞小人也，小人不容于小人，小人愈可畏，君子愈可悯也。故前回前半篇，以于少保为主，后半篇以徐有贞为主。与于少保同时就戮，及徐有贞同时被谪者，虽不一而足，要皆主中宾耳。标目之仅及于少保、徐有贞，可以知用意之所在矣。

第三十九回　发逆谋曹石覆宗　上徽号李彭抗议

却说兵部尚书陈汝言，与曹、石通同一气，平时甚趋奉曹、石，因得由郎中迁擢尚书，自是勾结边将，隐树爪牙，渐渐的威福自专，看得曹、石二人，平淡无奇，不肯照前巴结，且暗把曹、石过恶，入奏帝前。看官！你想这曹、石二人，靠了徐有贞的密计，得封高爵，后来还要排陷有贞，况陈汝言由他提拔，偏似狂狗反噬，如何不气？如何不恼？一报还一报，何必懊恨？当下嘱使言官，奏劾汝言贪险情形，即蒙准奏，把汝言逮狱，查抄家产，不下数十百万。英宗命将抄出财物，悉陈入内庑下，召石亨等入视，并勃然道："于谦仕景泰朝，何等优遇？到了身死籍没，并无余物。汝言在位，不过一年，所有财物，多至如此，若非贪赃受贿，是从哪里得来？"你才晓得吗？言下复连呼道："好于谦！好于谦！"亨等自觉心虚，不敢回答，只是垂头丧气，逼出了一身冷汗。英宗含怒而入，亨等扫兴而出。

既而鞑靼部头目孛来，见三十六回。入犯安边营。由大同总兵定远伯石彪，率众奋击，连败敌众，斩馘数百，获马驼牛羊二万余，遣使报捷。英宗依功行赏，进彪为侯。彪为亨侄，亨既封公，彪又封侯，一门鼎盛，表里为奸，那时权力越大，气焰越盛，无论内外官吏，统要向他叔侄前巴结讨好，才得保全官职。只是天下事盛极必衰，满极必覆，饶你如何显荣，结果是同归于尽。争权夺利者听之！石彪纵恣异常，免不得有人密奏，激动帝怒，遂有旨召彪还朝。彪贪恋权位，阴使千户王斌等，诣阙乞留。英宗料知有诈，收

斌等入狱，严刑拷问，果得实情，即飞饬石彪速归。彪既到京，立刻廷讯，并令王斌等对质，更供出他种种不法，藏有龙衣蟒服，违式寝床等情。还有一桩最大的要件，乃是英宗归国，乜先曾遵着前约，前约见三十五回。送女弟至大同，托石彪转献京师，彪见女姿色可人，佯为应允，暗中恰用强占住，自行消受。所以有违式寝床。其时英宗尚居南宫，内外隔绝，哪知此事？乜先也不遑问及，后来复为阿拉所杀，越觉死无对证，谁料天网恢恢，疏而不漏，竟被王斌等说明情伪，无从抵赖，于是英宗大怒，夺他未婚妻，安得不怒。置彪狱中。

石亨急得没法，只好上章待罪，请尽削弟侄官爵，放归田里，有旨不许。至法司再三鞫彪，辞连石亨，因交章劾亨恣肆，应置重典，于是勒亨归第，罢绝朝参。且召李贤入问道："石亨当日有夺门功，朕欲稍从宽宥，卿意以为何如？"贤答道："陛下尚以夺门二字，为美名么？须知天位系陛下固有，谓为迎驾则可，谓为夺门则不可。夺即非顺，如何示后？当日算侥幸成功，若使事机先露，亨等死不足惜，不审置陛下何地。"入情入理。英宗徐徐点首。贤又道："若景泰果不起，群臣表请复位，岂不名正言顺？亨等虽欲升赏，何从邀功？而且老成耆旧，依然在职，何至有杀戮黜陟等事，致干天象？就是亨等亦无从贪滥。国家太平气象，岂不益盛？今为此辈减削过半了。"英宗道："诚如卿言。"及贤退后，诏令此后章奏，勿用夺门字样，并饬查冒功受官诸人，得四千余名，一律黜革，朝署为清。

先是石亨得势，卖官鬻爵，每以纳贿多寡，作授职高下的比例。时人有朱三千龙八百的谣传。朱是朱诠，龙是龙文，两人都赂亨得官，所以有此传言。佥都指挥逯杲，也奔走石亨门下，钻营贿托，因得保举。至石彪得罪，石亨被嫌，杲遂独上一本，备陈石亨招权纳贿等情。想是可惜银钱，否则尔以贿来，如何劾人？英宗嘉他忠诚，遂令伺亨行动。他恐石亨复用，势且报复，遂专心侦察。也是石亨命运该绝，有一家人为亨所叱，遂将亨怨望情形，密告逯杲。适值天顺四年正月，彗星复现，日外有晕，杲遂上书奏变，说是石亨怨望日甚，与从孙石俊等，日造妖言，谋为不轨，宜赶紧治罪。英宗览奏，亟颁示阁臣。阁臣希旨承颜，自然说应正法。那时石亨无路可走，只得束手受缚，就系狱中。狱吏冷嘲热讽，朝拷暮逼，所谓打落水狗。害得石亨受苦不堪，活活的气闷死了。石亨一死，石彪的头颅，哪里还保得住？一道诏旨，

将他斩首。两家财产，尽行充公。何苦作威作福，唯乜先的妹子，不知如何下落？

一波未平，一波又起，太监曹吉祥，怀着兔死狐悲的想头，恐自己亦遭波及，不得不先行防备。他在正统年间，尝出监军，辄选壮士隶帐下。及归，仍将壮士蓄养家中，所以家多藏甲。养子钦得封昭武伯，手下亦多武弁。至是复招集死党，作为羽翼。千户冯益，曾与往来，钦尝问益道："古来有宦官子弟，得为天子么？"益答道："君家魏武帝，便是中官曹节后人。"钦大喜，留益宴饮，醉后忘形，密谈衷曲，且令他娇娇滴滴的妻妾，出侍厅中，与益把盏。不怕作元绪公耶？益擅口辩，且滔滔不绝，满口恭维，说得曹钦心花怒开，不啻身居九重，连他娇妻美妾，也吃吃痴笑，好几张樱桃小口，都合不拢来。涉笔成趣。等到酒阑席散，益又说是相机而行，幸勿躁率，钦连声称是，嘱益秘密。益自然从命，所以一时未曾举动，也未曾泄漏。

倏忽间又是一年，鞑靼部头目孛来等，分道入寇，攻掠山陕甘肃边境。明廷正拟遣尚书马昂，及怀宁伯孙镗，督军往讨。兵尚未发，孙镗等留待京中。英宗注意军务，日夕阅奏，忽见了一本奏章，乃是诸御史交劾曹钦，说他擅动私刑，鞭毙家人曹福来。心下一动，随即提起笔来，批了数语，大旨以朝廷法律，不得滥用，大小臣工，俱应懔遵。曹钦擅毙家人，殊属不合，当澈底查究云云。批好后，即将原奏颁发。一面令指挥逯杲按治，毋得徇情。曹钦闻知此事，不禁惊愕道："去年降敕捕石将军，今番轮着我了。若不早图，难免大祸。"祸已临头，早图何益？当下邀请冯益等，密谋大事。钦天监正汤序，亦在座中，报称七月二日，发遣西征师，禁城早辟，此时正可设法。冯益大喜道："机会到了，机会到了。"要杀头了。曹钦忙问良策，益答道："请伯爵密达义父，约他于朔日夜间，潜集禁兵，准备内应，伯爵号召徒众，从外攻入，内外合力，何患不成？"钦喜道："好极好极。我兵入殿，即可废帝，事成后，请冯先生为军师，可好么？"想是做梦。益称谢不尽。

计划已定，过了数夕，便是七月朔日，召党人夜宴，专待夜半行事。指挥马亮，曾与谋在座，酒过数巡，猛然触起心事，默念事若不成，罪至灭族，不若出首为是，遂逃席而去。奔入朝房，巧遇恭顺侯吴瑾，在朝值宿，竟一一告知。吴瑾大惊道："有这般事么？怀宁伯孙镗，明日辞行，今夜亦留宿朝堂，我去通报他便了。"言已，疾趋出室，往语孙镗。镗急草疏数语，从大内门隙塞入。英宗得了此疏，忙遣禁旅收逮曹吉祥，并敕皇城及京师九

门，勿得遽启。是时曹钦尚未及觉，马亮逃席，尚且未晓，还能成大事么？乘着数分酒兴，带了家将，及弟铉、𫓹、铎三人，跨马而出，直奔长安门。见门扃如故，料知事泄，即转身驰至逯杲家。杲方欲入朝，启门出来，突遇曹钦兄弟，手起刀落，毙于非命。钦斩下杲首，持奔西朝房，见御史寇深待朝，复一刀杀死了他。转入西朝房，正与吏部尚书李贤相遇，贤不及趋避，被钦手下家将，击伤左耳。幸钦在后喝住，并握贤手道："公系好人，我今日为此事，实由逯杲激变，并非出我本心，烦公代为奏辩！"情愿不做皇帝了。贤尚在惊疑，那曹钦竟掷下一个首级，大声道："你可看是逯杲么？"一面说，一面走入朝房，见尚书王翱，亦在内坐着，便不分皂白，上前击缚。贤忙趋入道："君不要这般莽撞！我与王公联衔入奏，保你无罪，何如？"钦大喜，乃释翱缚，当由贤索笔缮疏，模模糊糊的写了数语，交与曹钦。钦携疏至长安左门，从门隙投疏。门坚密，疏不得入，便令家将纵火焚门。守门兵士，拆卸御河砖石，将门紧紧堵住，一时烧不进去。钦等只在门外呼噪，声彻宫中。怀宁伯孙镗，看调兵不及，急语长次二子，令在长安门外，大呼有贼谋反。霎时间集得西征军二千人，奋击曹钦。工部尚书赵荣，亦披甲跃马，高呼杀贼有赏，也集得数百人。两边夹攻，钦等料难成功，且战且走。这时候天色大明，恭顺侯吴瑾，率五六骑出观，猝与贼遇，力战而死。尚书马昂，及会昌侯孙继宗，率兵陆续到来，才把钦兵杀死过半。钦弟铉、𫓹、铎等，都被击毙。天又大雨，钦狼狈奔归，投入井中。官军一齐追至，杀入钦家，不论男女长幼，统赏他一碗刀头面。曹钦妻妾想做后妃，不意变作这般结果。只不见逆贼曹钦，嗣至井中找寻，方见钦已溺毙，当将尸首捞出，拖至市曹，专待旨下。须臾英宗临朝，众官入奏，即命将曹吉祥绑赴市中，与曹钦兄弟四人尸首，一古脑儿聚在一处，鱼鳞寸割，万剐凌迟。极言重刑，为阅者一快。汤序、冯益等，自然连坐。所有曹氏的亲党，与钦同谋，尽问成死罪，先后伏诛。于是晋封孙镗为侯，马昂、李贤、王翱，并加太子少保，马亮告叛有功，擢为都督，将士等升赏有差。追封吴瑾梁国公，赠寇深少保，以擒贼诏示天下。曹、石两家，从此殄灭了。

且说内变粗定，西征军暂不出发，留卫京师，怎奈西北警报，日有数起，乃命都督冯宗充，及兵部侍郎白圭，代马昂、孙镗等职，统军西行，屡战获胜。孛来欲大举入犯，会鞑靼汗麻儿可儿，与孛来仍然未协，彼此仇

杀无虚日，因此孛来不能如愿，只好上书乞和。英宗遣指挥使唐昇，赍敕往谕。孛来乃允岁贡方物，总算暂时羁縻罢了。看似插叙之笔，实与前后统有关系，阅者幸勿错过。会粤西苗猺作乱，据住大藤峡，出掠民间，由都督佥事颜彪，奉旨往剿，连破七百余寨，猺势稍平。为后文韩雍征猺张本。英宗以内外平靖，免不得久劳思逸，便大兴土木，增筑西苑，殿阁亭台，添造无数。除奉太后游览，及率妃嫔等临幸外，亦尝召文武大臣往游，并赐筵宴。且于南宫旧居，亦增置殿宇，杂植四方所贡奇花异树，备极工雅。每当春暖花开，命中贵及内阁儒臣，随往玩赏，赐果瀹茗，把酒吟诗，仿佛与宣德年间，差不多的快活。怎奈光阴易过，好景难留，太后孙氏于天顺六年告崩。至天顺八年正月，英宗亦罹疾，卧病文华殿。适有内侍谗间太子，乃密召李贤入内，告明一切。贤伏地顿首道："太子仁孝，必无他过，愿陛下勿信迩言。"英宗道："依卿所说，定须传位太子么？"贤又顿首道："宗社幸甚！国家幸甚！"英宗蹶然起床，立宣太子入殿。贤扶太子令谢，太子跪持上足，涕泪交下。英宗亦为感泣。父子唏嘘一会，方才别去。越数日，英宗驾崩，享年三十八，遗诏罢宫妃殉葬，太子见深嗣位，尊谥皇考为英宗，以明年为成化元年，是谓宪宗皇帝。

当下议上两宫尊号，又惹起一番争论。原来英宗后钱氏无子，太子见深，系周贵妃所出，英宗雅重钱后，尝欲加封后族，后辄逊谢，因此后家未闻邀封。英宗北狩，钱后倾资送给，每夜哀泣吁天，倦即卧地，致折一股，并损一目。英宗还国，幽居南宫，行止不得自由，时常烦闷，亏得钱后随时劝慰，方能释忧。明多贤后，钱后亦算一人。至复辟后，太监蒋冕，入白太后，谓周贵妃有子，当升立为后。语为英宗所闻，当将蒋冕斥出。及孙太后崩逝，钱后复追述太后故事，且为胡废后白冤。应三十二回。英宗始知非孙后所生，且追上胡废后尊谥，称为恭让皇后。钱后弟钦钟，殉土木难，英宗欲封其子雄，后又固辞，有此种种贤德，遂令英宗敬爱有加。到龙体弥留时，尚顾命李贤，说是钱后千秋万岁后，应与朕同葬。李贤将遗言恭录，藏置阁中。宪宗即位，周贵妃密嘱太监夏时，令运动阁臣独立自己为太后。夏时遂倡言钱后无子，且损肢体，当视胡废后成例，独立上生母为太后。李贤力争道："口血未干，何得遽违遗命？"夏时道："先帝在日，不尝尊生母为太后么？难道治命尚不可从？"学士彭时道："胡太后以让位故，所以迟上尊号，

今钱皇后名位具在，未尝让去，怎得照办？”夏时道：“钱皇后亦无子嗣，何妨就草让表。”彭时道：“先帝时未曾行此，我辈身为臣子，乃敢迫太后让位么？”夏时厉声道：“公等敢有贰心么？难道不怕受罪？”情理上说不过去，便乃狐假虎威，小人之无忌惮如此。彭时拱手面天道：“太祖太宗，神灵在上，敢有贰心，不受显诛，亦遭冥殛。试思钱皇后不育，何所规利，必与之争，不过皇上当以孝治人，岂有尊生母，不尊嫡母的道理？”说至此，李贤复插入道：“两宫并尊，理所当然，彭学士言甚是，应请照此复命。”夏时不能与辩，负气径去。寻由中官覃包，奉谕至阁，命草两宫并尊诏旨。彭时又道：“两宫并尊，太无分别，应请于钱太后尊号，加入正宫二字，方便称呼。”覃包再去请命，未几即传谕准议，乃尊皇后钱氏为正宫慈懿皇太后，贵妃周氏为皇太后。草诏既定，包潜语李贤道：“上意原是如此，因为周太后所迫，不敢自主，若非公等力争，几误大事。”言已，持草诏去讫。越宿颁下诏旨，择日进两宫太后册宝，小子有诗咏道：

嫡庶哪堪议并尊，只因子贵作同论。
若非当日名臣在，一线纲常不复存。

两宫既上尊号，未知后事如何，请看官再阅下回。

石亨怨望，尚只凭家人数语，逯杲一疏，而谋逆实迹，尚未发现，安知非由落阱下石之所为者？且石彪镇守大同，威震中外，而飞诏促归，即行抵京，不闻拥兵以叛，是石彪尚知有朝廷，未若曹钦之居然肆逆也。钦为曹吉祥养子，吉祥籍隶中涓，竟令养子为逆，敢为内应，可见钦之逆谋，吉祥实属与闻，或且为之倡议，亦未可知，阉竖之祸人家国，固如此哉！宪宗即位，两宫并尊，本属应有之理，而贵妃阴恃子贵，密嘱内监夏时，参预阁议，时乃狐假虎威，呵叱大臣，若非彭时等守正不阿，鲜有不为所摇夺者。先圣有言，唯女子与小人为难养也，近之不逊，远之则怨，观于此而益信。

第四十回　万贞儿怙权倾正后
纪淑妃诞子匿深宫

却说两宫太后，既上尊号，第二种手续，便是册立皇后的问题。先是孙太后宫中，有一宫人万氏，小字贞儿，本青州诸城人氏，父贵为本县掾吏，坐法戍边，贞儿年仅四岁，没入掖廷，充小供役，过了十多年，居然变成一个绝色的女子，丰容盛鬋，广颊修眉，秀慧如赵合德，肥美似杨太真，万贵妃以体肥闻。孙太后爱她伶俐，召入仁寿宫，令司衣饰。宪宗幼时，尝去朝见孙太后，贞儿从旁扶掖，与宪宗相亲近，渐渐狎昵。到了宪宗复册东宫，贞儿年逾花信，依然往来莫逆，彼此无猜。天顺六年，孙太后崩，宪宗年已十四岁了，知识粗开，渐慕少艾，便召这位将老未老的万贞儿，入事东宫。贞儿年过三十，犹是处子，华色未衰，望将过去，不啻二十许人。她生平不作第二人想，因从前无机可乘，不能入侍英宗，未免叹惜，至此得服侍太子，便使出眉挑目逗的手段，勾搭储君。好在宪宗已开情窦，似针引线，如漆投胶，居然在华枕绣衾间，试那鸳鸯的勾当。一个是新硎初发，努力钻研，一个是久旱逢甘，尽情领受，半榻风光，占尽人间乐事。绝似《红楼梦》中之初试云雨，但宝玉、袭人年龄相当，不足为异，万妃之于宪宗，年几逾倍，居然勾合得未曾有，且彼幻此真，尤称奇事。自此相亲相爱，形影不离，英宗哪里知晓。只道儿年渐长，应与他选妃，当有中官奉旨，选入淑媛十二名，由英宗亲自端详，留住三人，一姓王，一姓吴，一姓柏，俱留居宫中，未曾册立。英宗崩后，两宫太后，以嗣主新立，年已十六，不可不替他册后，使为内助，遂命

司礼监牛玉，重行选择。玉以先帝时曾选入三人，吴氏最贤，可充后选，当由太后复加验视，见吴女体态端方，恰也忻慰。便命钦天监择吉，礼部具仪，册吴女为后。宪宗迫于母命，不好不从。

后位既定，即命万贞儿为贵妃，王氏、柏氏为贤妃。万贵妃虽然骤贵，心中很不自在，前时只一人专宠，至此参入数人，无怪芳心懊恼。每次谒见吴后，装出一副似嗔似怒的脸儿。惹得吴后懊恼，起初还是勉强容忍，耐到二十多日，竟有些忍受不住，免不得出言斥责。万贵妃自恃宠幸，半句儿不肯受屈，自然反唇相讥，甚至后说一句，她说两句，那时吴后性起，竟命宫监将她拖倒，由自已取过杖来，连击数下。吴后亦太卤莽。

看官！你想这万贵妃肯遭委屈么？回入已宫，哭泣不止，凑巧宪宗进来，益发顿足大哭，弄得宪宗莫名其妙，连呼贵妃，询明缘故。贵妃恰故意不说，经侍女禀明原委，顿时触怒龙心，挥袖奋拳，出门欲去。贵妃见宪宗起身，料必往正宫争闹。年少气盛，或反闹得不成样子，便抢上一步，牵住宪宗衣裙，返入房中，佯为劝慰。欲擒反纵。宪宗又是懊恨，又是怜恤，慢慢儿替贵妃解衣，见她雪肤上面，透露好几条杖痕，不由的大怒道："好一个泼辣货，我若不把她惩治，连皇帝都不做了。"万贵妃呜咽道："陛下且请息怒！妾年已长，不及皇后青年，还请陛下命妾出宫，休被皇后碍目。那时皇后自然气平，妾亦免得受杖了。"明是反激。宪宗道："你不要如此说法，我明日就把她废去。"万贵妃冷笑道："册立皇后，是两宫太后的旨意，陛下废后，不怕两太后动恼么。"再激一句。宪宗道："我自有计。"贵妃方才无言。计已成了。宪宗命内侍设酒，亲酌贵妃，与她消气。酒后同入龙床，又是喁喁私语，想无非是废后计划，谈至夜半，方同入好梦去了。

次日，宪宗起床，便入禀太后，只说吴后轻笑轻怒，且好歌曲，不足母仪天下，定须废易为是。钱太后一语不发，周太后却劝阻道："一月夫妇，便要废易，太不成体统了。"宪宗道："太后如不见许，儿情愿披发入山，不做皇帝。"肯抛弃万贵妃么？周太后沉吟半晌，方道："先帝在日，曾拟选立王女，我因司礼监牛玉，说是吴后较贤，且看她两人姿貌，不相上下，所以就立吴女，哪知她是这般脾气呢。现据我的意见，皇儿可将就了些，便将就过去，万一不合，就请改立王女便了。"总是溺爱亲生子。宪宗不便再言，只得应声而出。意中实欲立万贵妃。转身去报万贵妃，贵妃仍不以为然。宪宗一想，

且废了吴后，再作计议，遂出外视朝，面谕礼部，即日废后。礼部已受万贵妃嘱托，并不谏阻，遂承旨草诏。略云：

> 先帝为朕简求贤淑，已定王氏，育于别宫，待期成礼。太监牛玉，以复选进吴氏于太后前，始行册立。礼成之后，朕见其举动轻佻，礼度率略，德不称位，因察其实，始知非预立者。用是不得已请命太后，废吴氏退居别宫。牛玉私易先帝遗意，罪有应得，罚往孝陵种菜，以示薄儆。此谕！

这诏颁下，吴后只好缴还册宝，退居西宫。万贵妃尚觊觎后位，尝怂恿宪宗，至太后前陈请。宪宗恰也有心，替她说项。太后嫌她年长，始终不允。好容易过了两月，后位尚是未定，复经太后降旨，促立王氏，宪宗无奈，乃立王氏为皇后。好在王氏性情柔婉，与万贵妃尚是相安，因此迁延过去。王后亦恐蹈覆辙。成化二年，万贵妃生下一子，宪宗大喜，遣中使四出祈祷山川诸神，祝为默佑。谁知不到一月，儿竟夭殇。嗣是贵妃不复有娠，只一意妒忌妃嫔，不令进幸。宪宗或偷偷祟祟，得与妃嫔交欢一次，暗结珠胎，多被贵妃暗中察觉，设法打堕。宪宗不但不恨，反竭力奉承贵妃。贵妃所亲，无不宠用，贵妃所疏，无不贬斥。妃父贵授都督同知，妃弟通授锦衣卫都指挥使，还有眉州人万安，由编修入官礼部，与贵妃本非同族，他却贿通内使，嘱致殷勤，自称为贵妃子侄行。贵妃遂转达宪宗，立擢为礼部侍郎，入阁办事。

成化四年正月，宪宗命元夕张灯，将挈贵妃游览。翰林院编修章懋、黄仲昭，检讨庄泉，上疏谏阻。宪宗不从，且责懋等妄言，降谪有差。当时以懋等三人，与修撰罗纶，同著直声，称为翰林四谏。罗纶的谏诤，是因大学士李贤，以父丧起复，奏称非礼，触动帝怒，被黜为福建市舶司副提举。贤亦不为挽救，未几贤卒。贤历仕三朝，称为硕辅，唯居丧恋官，不救罗纶，为世所诟，因此罗纶成名，李贤减誉。插入此段，实为结束李贤起见，且彰四谏士美名。内侍梁芳、韦兴、钱能、覃勤、王敬、郑忠、汪直等，日进美珠珍宝，谄事万贵妃，外面且托言采办，苛扰民间，怨声载道。宪宗亦有所闻，终以贵妃宠任数竖，不敢过问。芳、兴等且为妃祈福，召集番僧羽流，侈筑祠庙

宫观，动用内帑，不可胜计，甚至府藏为虚，宪宗也未尝禁止，总教贵妃合意，无论什么事件，都可听他所为。贵妃年已四十，尚宠幸如此，想是善房中术耳。

会慈懿皇太后钱氏崩，周太后欲另营陵寝，不使与英宗合葬，万贵妃亦希承周太后意，劝帝从母后命，宪宗意颇怀疑，遂召群臣会议。彭时首先奏对道："合葬裕陵，英宗陵名。神主祔庙，此系故制，何必另议。"宪宗道："朕岂不知？但母后旨意，不以为然，奈何？"彭时复对道："皇上以孝事两宫，从礼即为大孝，祔葬何妨？"是时商辂已经召还，仍令入阁，并有学士刘定之等，亦在朝列，俱合词上奏道："皇上大孝，当以先帝心为心，今若将大行太后梓宫安厝左首，另虚右首以待将来，便是两全其美了。"宪宗略略点首，便即退朝。越日仍未见诏，彭时复恭上一疏，略云：

> 大行皇太后祔位中宫，陛下既尊之为慈懿皇太后，在先帝伉俪之情，与陛下母子之义，俱炳然矣。今复以祔葬之礼，反多异议。是必皇太后千秋之后，当与先帝并尊陵庙，唯恐二后同配，非本朝制耳。夫有二太后，自今日始，则并祔陵庙，亦当自今日始。且前代一帝二后，其并配祔者，未易悉数。即如汉文帝尊薄太后，虽吕后得罪宗社，尚得与长陵同葬。宋仁宗尊李宸妃，虽章献刘后无子，犹得与真宗同祭太庙。何则？并尊不相格也。今陛下纯孝，远迈前代，而祔葬一节，反出汉文、宋仁下，臣未之信。且慈懿既祔，则皇太后千秋之后，正足验两宫雍穆，在生前既共所尊，而身后更同其享，此后嗣观型所由起也。今若陵庙之制未合，则有乖前美，贻讥来叶矣。伏乞皇上采择施行！

宪宗得了此疏，复下礼部集议。礼部尚书姚廷夔。合廷臣九十九人，皆请如彭时言。宪宗尚召语群臣道："悖礼非孝，违亲亦非孝，卿等为朕筹一良法。"群臣执议如初，并由姚廷夔率百官等，跪文华门候旨。自巳至申，仍未降旨，只传谕百官暂退。百官伏地大哭道："若不得旨，臣等不敢退去。"廷臣哭谏自此始。商辂、刘定之等，复入内劝上降旨，如群臣议。群臣乃齐声呼万岁，依次退归。祔葬议行，盈廷无词。过了一年，成化五年。柏贤妃生下一子，取名祐极。又阅一年，成化六年。复由纪淑妃生下一子，这子便是后来的孝宗。生时无名，且亦不令宪宗与闻。看官欲问明原因，请看小子叙述！

原来纪妃系贺县人，本土官女，饶有姿色，性亦灵敏，蛮中推为女中选。成化三年，西南蛮部作乱，襄城伯李瑾及尚书程信等，督师往讨，先后焚蛮寨二千，俘获男女无算。随手带过征蛮事。纪女亦被俘至京，充入掖庭。王皇后见她秀慧，亲授文字，命守内藏。宪宗偶至内藏临幸，适与纪女相值，问及内藏多寡数目。纪女口齿伶俐，应对详明，顿时契合龙心，便就纪女寝榻中演了一出龙凤合串，雨露恩浓，熊罴梦叶。过了数月，纪女的肚腹，居然膨胀起来，不料被万贵妃侦知，令心腹侍婢，密往钩治。那侍婢颇有良心，复报贵妃，只说是纪氏病痞。贵妃疑信参半，唯勒令退出内藏，谪居安乐堂。目无皇后，任所欲为。纪氏十月妊足，分娩生男，料知不便抚养，忍着性把儿抱出，交与门监张敏，嘱使就溺。敏惊叹道："皇上未有子嗣，奈何轻弃骨血？"随将儿藏入密室，取些粉饵饴蜜，暗地哺养。万贵妃尚遣人伺察，始终未见动静，却也罢休。奇妒若此，亦是奇闻。幸喜废后吴氏，贬居西内，与安乐堂相近，颇知消息，往来就哺，才得保全婴儿生命。有十八年帝位可居，自然遇着救星。宪宗全未闻知，但知有皇子祐极一人，生长二龄，即命为皇太子。到了次年二月，太子竟患起病来，势甚凶猛，医药无灵，才越一昼夜，竟尔夭逝。宫人太监等，都知这事有些希奇，暗暗查访，果系万贵妃下的毒手。但因贵妃宠冠六宫，威行禁掖，哪个敢向虎头上去搔痒？确是个雌老虎。大家箝口结舌，还是明哲保身的上计。

时光易过，倏到了成化十 年，宪宗因受制贵妃，亦常怏怏，又兼思念亡子，更觉抑郁寡欢。一日召太监张敏栉发，揽镜自照，见头上忽有白发数茎，不觉愁叹道："老将至了，尚无子嗣，何以为情？"张敏伏地顿首道："万岁已有子了。"宪宗愕然道："朕子已亡，哪里还有子嗣？"敏又叩首道："奴言一出，性命不保，愿万岁为皇子作主，奴死不恨。"此时司礼监怀恩，亦在上侧，也跪奏道："张敏所言不虚。皇子久育西内，现已六岁了。因惧祸患，所以匿不上闻。"宪宗大喜，即日驾幸西内，遣张敏等至安乐堂，迎接皇子。纪氏抱儿大哭道："我儿既去，我命恐难保了。儿在此处潜养，已阅六年，今日前去，看见穿黄袍有须的，就是儿父，儿去恭谒便了。"说着时，即为儿易一小绯袍，抱上小舆，命张敏等拥护而去。及至西内阶下，儿尚胎发未翦，毵毵垂肩，竟自舆中趋下，投入宪宗怀中。宪宗抱置膝上，抚视良久，悲喜交集，垂着泪道："是儿类我，确是我子。"敏即将纪氏被幸

年月，及生子情状，详述一遍。宪宗并召见纪氏，握手涕泣，命居西内。一面命司礼监怀恩，往告内阁，阁臣无不欢喜。随即饬礼部定名，叫作祐樘，颁诏中外，越日册封纪氏为淑妃。大学士商辂，因此事揭露后，仍恐惹祸，蹈太子祐极的覆辙，但又不便明言，只好与同僚酌定一疏，呈将进去，略说："皇子聪明岐嶷，国本攸系，更得贵妃保护，恩逾已出。但外议谓皇子母因病别居，久不得见，宜移就近所，令母子朝夕相接，一切抚育，仍藉贵妃主持。"云云。宪宗准奏，移纪妃居永寿宫，且时常召见，与饮甚欢。嗣是宫内妃嫔，稍稍放胆，蒙幸怀妊，及已经分娩的皇子，次第报闻。邵宸妃生子祐杬，张德妃生子祐槟，还有姚安妃、杨恭妃、潘端妃、王敬妃等陆续进御，亦陆续生男，螽斯衍庆，麟趾呈祥，只万贵妃满怀痛苦，日夕怨泣，到了忍无可忍的时候，又用那药死太子的手段，鸩杀纪妃。有说是纪妃被逼自缢的，有说是贵妃遣人勒死的，这也不必细考，总之被贵妃害毙，无甚疑义。太监张敏，闻纪妃暴卒，情知不能免祸，即祷祝苍天，求佑皇子祐樘安康，自己也吞金死了。好中官。小子有诗咏道：

祸成燕啄帝孙残，雏子分离母骨寒。
瓜熟不堪经再摘，存儿幸有一中官。

宫中情事，已见一斑，此后要叙入外事了。看官少安毋躁，待小子续述下回。

以三十余岁之万贵妃，乃宠冠后宫，权倾内外，窃不知其何术而得此。意者其有夏姬之术欤？观其阴贼险狠，媢嫉贪私，则又与吕雉、武曌相似。天生尤物，扰乱明宫，虽曰气数使然，亦宪宗不明之所致耳。柏贤妃生子祐极，中毒暴亡，纪淑妃生子祐樘，至六龄而始表露，宫掖之中，几同荆棘，不罹吕武之祸，犹为宪宗幸事。然于人彘醉媪，已相去无几矣。本回主脑，纯为万贵妃着笔，而宫廷大小诸事，随手插入，尤得天衣无缝之妙。阅其钩心斗角之处，便知非率尔操觚者所得比也。

第四十一回　白圭讨平郧阳盗
韩雍攻破藤峡猺

却说宪宗即位以后，宫闱中的情事，前回已略见一斑，其间有荆襄盗贼，湘粤苗猺，平凉叛酋，亦时常出没往来，屡为民患。明廷亦发了好几次兵马，遣了好几回将帅，总算旗开得胜，渐渐敉平，小子亦不能含糊说过，只好一一叙明。荆襄上游为郧阳，地界秦、豫、楚三省，元季流贼啸聚，终元世不能制。洪武初，卫国公邓愈，出兵往讨，始得剿洗一空。怎奈是地多山，箐深林密，官军凯旋，流寇复聚。起初还不敢出头，到了成化元年，适遇年岁饥荒，流民日聚，遂闹出一场乱案来了。内中有个头目，姓刘名通，力能举千斤石狮子，绰号叫作刘千斤。刘千斤有个同伴，本名石龙，绰号叫作石和尚。两人纠集党羽数万，占据梅溪寺，高揭黄旗，推刘千斤为汉王，建元德胜，伪署将军元帅数十人，以石和尚为谋主，四出劫掠。无非明火执仗的强盗，安能成大事？指挥陈昇等，带了数千人马，前去征剿，反被他四面夹攻，杀得片甲不回。明廷接着警报，方知贼势猖獗，非同小可，乃命抚宁伯朱永，为讨贼总兵官，兵部尚书白圭，提督军务，太监唐慎、林贵为监军。处处不脱太监，我实不懂。别令湖广总督李震，副都御史王恕，会同三路兵马，直捣贼巢。白圭到了南阳，侦悉刘千斤等，在襄阳房县豆沙河等处，分作七寨，据险自固，遂拟用四路进军，一自南漳入，一自安远入，一自房县入，一自谷城入，犄角并进，互相策应。当下拜表奏闻，朝旨俞允，遂自率大军出南漳，派偏将林贵、鲍远等出安远，喜信、王信等出房县，王恕率指

挥刘清等出谷城。总兵官朱永有疾，留镇南阳。东西南北四路兵马，浩浩荡荡，杀奔贼寨。刘千斤自恃力大，亲来抵截大军。白圭用诱敌计，引刘千斤至临城山中，猝发伏兵，左右夹攻，杀得他七颠八倒。刘千斤夺路逃脱，方知官军厉害，千斤之力，不足恃了。意欲从寿阳窜出陕西，不意到了寿阳，已有官军截住，为首的统兵大将，系是明指挥田广。刘千斤知不是路，转身就走，由田广率兵尾追，直至古口山。刘千斤逃入山中，负嵎踞守。田广扼住山口，俟诸军陆续到来，一路杀入，人人奋勇，个个争先，当时格毙刘千斤子刘聪，及伪都司苗虎等一百余人。刘千斤退保后岩，山势愈峻，天又下雨，泥淖难行。适尚书白圭亲至，身先士卒，麾兵直进。山上的木石，如雨点般掷将下来，破头碎额，不计其数。白圭命刘清率千余骑，从间道绕出贼后，一面率诸军从前攻入。刘千斤率贼数万，迎头抵拒，只管前面，不管后面，方在酣战的时候，突闻后面喊声大震，鼓角齐鸣，各贼返身一顾，但见满山是火，烟焰冲天，不由的魂胆飞扬，纷纷乱窜。怎奈山路崎岖，七高八低，越性急，越踏空，坠崖堕涧，跌死过半。此外逃避不及的，统作刀头之鬼。刘千斤尚提着大刀，左右飞舞，官兵数百人上前，尚不能挨近身躯，反被他劈死数十人，嗣经强弩四射，面中数创，方大吼一声，倒在地上。各军一拥上去，把他揿住，用了最粗的铁链，缠住他身，才觉动弹不得，一任扛抬而去。恃勇无益。还有苗龙等四十人，亦一并擒住，囚解京师，眼见得是照叛逆例，磔死市曹了。唯石和尚、刘长子二人，越山遁去，转掠四川，招集败众，屯匿巫山。各军进逼，合围月余。石和尚在巢穴内，粮食俱尽，当由指挥朱英，奉白圭命，诱招刘长子，令他缚石和尚，解送军前。刘长子没法，遂将石和尚拿下，送交喜信营。喜信将石和尚打入囚车，佯慰刘长子，命诱执刘千斤妻连氏，及伪职常通、王靖、张石英等，六百余人。至诸人一一诱到，竟变过了脸，也把刘长子一并就缚，奏凯还朝。石和尚、刘长子磔死，余犯尽行斩首，荆、襄告平。朱永封伯，白圭进太子少保，余将各加官进禄。只指挥张英，为诸将所忌，进谗朱永，说他受贿，被永捶死，真所谓冤沉地下呢。朱永坐享成功，反捶死首功张英，可叹可恨。这是成化二年间事。

后至成化六年，刘千斤余党李胡子，复纠合小王洪、石歪膊等，往来南漳、内乡、渭南间，复集流民为乱，伪称太平王，立一条蛇、坐山虎等绰号。官军累捕不获，再命都御史项忠，总督河南、湖广、荆、襄军，四面

兜剿，擒李胡子于竹山县，擒小王洪等于钧州尤潭，俘斩二千人，编成万余人，遣还乡里，共四十万人。内中有许多流民，未尝为恶，亦不免玉石俱焚，弃尸江浒。项忠且自诩功绩，竖平刑、襄碑，或呼为堕泪碑，实是冷嘲热讽的意思。比羊祜堕泪碑何如？又越六年，经都御史原杰，经略郧阳，就地设府，垦荒田，编户籍，人民乐业，阖境帖然。杰劳苦成疾，奉旨召还，竟在驿舍中逝世。郧民闻讣，无不泣下，这且搁过不提。

且说荆、襄未平的时候，广西大藤峡苗猺，亦啸聚为乱，湖南、靖州苗，群起响应。右都督李震，受命讨靖州苗，连破八百余寨，威振西南。苗猺呼为金牌李，不敢复反。唯大藤峡在广西浔州境内，万山盘曲。有一大藤横亘两崖，仿佛似天造地设的桥梁，因此呼为大藤峡。峡中猺人，缘藤往来不绝。峡北岩洞，多至一百余处，最幽深险峻的，有仙人关、九层崖等洞。峡南有牛肠村、大岵村，亦称险要。英宗时，猺人作乱，经都督佥事颜彪，连破猺寨，猺患少息。应三十九回。唯猺酋侯大狗，始终未获。至颜彪班师，仍出掠广东高、廉、雷、肇等境，守臣无术剿平，上书待罪，且请选将征讨。兵部尚书王竑，奏称浙江左参政韩雍，文武全才，可令往讨，乃召雍为佥都御史，赞理军务。特简都督赵辅，为征夷将军，统兵南征。

雍先至南京，会齐诸将，共议进兵方略。诸将齐声道："两广残破，群盗屯聚，应分兵扑灭为是。为今日计，莫若令一军入广东，驱使散去，然后用大军直入广西，节节进剿，方可困贼。"雍闻言冷笑道："诸将只知其一，未知其二，试思贼已蔓延数千里，随在与战，适足疲我将士，何若仗着锐气，直捣大藤峡巢穴？心腹既溃，余贼如釜底游魂，怕他什么？"擒贼先擒王。的是行军要着。诸将不敢多言。至赵辅一到，与雍谈及军事，很是投机，便把一切行止，听雍调度。雍即带领诸军，倍道前进，由全州出桂林，途次遇着阳洞诸苗，即麾兵与战，势如破竹，洞苗大溃。唯指挥李英等四人，观望不前，立斩以徇，众皆股栗，壁垒一新。

雍披按地图，晓谕诸将道："贼众以修仁、荔浦为羽翼，宜先剿平二处，使孤贼势。"诸将此时，无不应命。乃督兵十六万人，分五路攻入，所向披靡。修仁先平，荔浦随下，遂乘胜向峡口进发。俄见道旁有数百人跪着，老少不一，老年服饰似里民，少年服饰似儒生，口称："我等百姓，苦贼已久，今闻大兵到此，愿为向导。"雍不待说毕，便喝兵役，将数百人一一拿

下，带入帐中。诸将皆诧异起来，但见雍升座怒叱道："你等统是苗贼，敢来谎我！左右快与我搜来！"兵士不敢违慢，把数百人身上一搜，果皆藏着利刃，锋芒似雪，便命推出辕门，尽行枭首。复饬把尸首支解，刳出肠胃，分挂林箐间，累累相属。猺众闻知，惊为天神。就是雍麾下将士，亦不禁叹服。我亦服他有识。

雍严肃如王公相等，营门设铜鼓数千，仪节详密。三司长吏见雍，皆长跪白事，悚慴如小吏。忽有新会丞陶鲁入见，长揖不拜，雍叱道："你来此何为？"陶鲁道："来与明公击贼。"雍复道："贼众据险自卫，非大兵不可入。我看部下文武数百人，无一可往，方在愁虑，你能当此重任么？"陶鲁道："不但言能，且很容易。"雍怒道："蕞尔小邑，尚不能理，今遇悍贼，反说得如此容易，正是大言不惭，快快退去，免得受笞！"鲁又道："明公不欲平贼么？从前蒋琬、庞统，辄废邑事，后乃为蜀汉名臣，公幸勿弃鲁，愿平贼自效。"雍见鲁神色自若，料有异才，不禁改容道："丞肯为国效力，尚有何说，但不知需兵多少？"并不执拗到底，韩雍可谓将才。鲁答道："三百人够了。"雍笑道："三百人哪里够用？"鲁复道："兵贵精不贵多，三百人已是多了。但必需严行选练，才可使用。"雍令他自择。鲁标式为约，号令军前道："有能力举百钧，矢射二百步者来！"是时大军共十五六万人，合式如约，只得二百五十名。得用之兵，其难如此。复另募数日，方得凑成三百名数目，自行督练，椎牛犒飨，共尝甘苦，士卒争愿为死，称为陶家军。

雍督诸将四面并进，猺酋侯大狗，闻大军齐至，把妇女辎重，安置贵州横石、李塘诸崖，自纠死党数万，悉力堵截峡南，排栅坚密，滚木礌石镖枪毒矢等，更番迭射。官军登山仰攻，煞费气力。雍申令军中，有进无退。阅数时，山上的猺众，及山下的官军，统有些疲倦起来，枪声箭声，若断若续，蓦见陶鲁拥盾而出，大呼道："麾下壮士，快从我来！"两语未毕，那三百名陶家军，都左手执盾，右手持刀，鱼贯以进，呼声震山峡。猺众急忙抵拒，乱下矢石，不料这陶家军，很是勇悍，兔起鹘落，狖迅猱升，任他矢石如雨，毫不胆怯，只管向前猛登。韩雍见前军得势，复督兵继进，猺众支持不住，逐步退后。至官军各上山冈，又由雍出令，纵火焚山，烈焰飞腾，可怜这猺众东奔西走，无处躲避，多烧得焦头烂额，剩得数千名悍猺，拥着侯大狗，窜入横石崖。雍饬兵穷追，道行数日，始见崖谷。侯大狗上九层楼

等山，绝崖悬壁，势控霄汉，且用着千斤礌石，滚压下来，响声若雷，岩谷皆应。雍令军士停住崖下，鼓噪不绝，一面遣陶家军绕出后山，潜陟巅顶，令他觑贼懈怠，举炮为号。自卯至未，贼渐渐力疲，木石亦尽。雍正拟进攻，隐隐间闻有炮声，急督将士冒险登山，大众援藤扳葛，蚁附而上。陶家军亦自后攻入，漫山奋击，连数日夜，鏖战百合，方把猺众削平，生擒侯大狗七百八十余人，斩首三千二百余级，磨崖勒石，载明平猺岁月，并将大藤斩断，绝猺人往来的孔道，改名大藤峡为断藤峡，复分兵捕雷、廉、高、肇诸寇，先后肃清。捷报驰抵京师，宪宗传旨嘉奖，即召赵辅还朝，晋封武靖伯，韩雍为右副都御史，提督两广军务，擢陶鲁为佥事，余亦按功给赏。嗣命雍开府梧州，令行禁止，盗贼屏息。至成化十年，为中官黄沁所谮，罢归乡里，越五年病殁。粤人怀念不忘，立祠致祭。正德中始追谥襄毅，也是褒功恤死的意思。

还有平凉一役，出了好几次大兵，才得奏捷。平凉在甘肃西境，从前明平陕西，故元平凉万户把丹，率众归附，太祖授为平凉卫千户，令仍旧俗，不起科徭。传孙满俊，与王豪、李俊相连结，挟赀称雄，土人称他为满四。平凉奸民，犯法避罪，往往倚满四为护符。有司饬役往捕，统由满四出头硬阻，日久成习，不得不劳动官军，前去搜剿。满四遂激众为乱，叛据石城，来与官军反抗。石城系唐吐蕃石堡城，高踞山巅，四壁削立，只有一线可通出入。官军屡次上山，都被击退。实是没用。满四遂与李俊分踞要害，四称招贤王，俊称顺理王，两下里各有万余人。俊攻固原千户所，中箭毙命，唯满四负嵎如故。都指挥邢瑞、申澄，率各卫军至石城，猛扑一昼夜，不意满四竟纠众杀下，由高临卑，势如建瓴，官军坠死无数，申澄也马蹶被杀，只有邢瑞狼狈逃归，贼势大盛，关中震动。明廷得耗，飞檄陕西巡抚都御史陈介，总兵宁远伯任寿，广义伯吴琮，及巡抚延绥都御史王锐，参将胡恺，会兵进剿。陈介等率军轻进，不待延绥兵至，便直趋石城，距城约十里许，忽有贼众数千，遮道出迎，佯称乞降。陈介颇为踌躇，吴琮道：“无论他是真降，或是假降，我军总有进无退为是。”遂麾兵直入。将到城下，只见贼驱着牛羊出来，望将过去，差不多有数千头，官军还道他是真心投降，用了牛羊犒劳，大家不及防备，忽听胡哨四起，前后左右，统是贼兵杀到，那时官军叫苦不迭，连忙招架，已是不及。陈介、任寿、吴琮等，舍命冲突，方

杀开一条血路，走保东山，遗失军资甲械，均以千计。事闻于朝，命将陈介、任寿、吴琮三人，逮解至京，按罪下狱。另授都督刘玉，为平虏副将军，副都御史项忠，总督军务，再讨石城。又起复前大理寺少卿马文升为都御史，巡抚陕西，调兵协剿。项忠、马文升先后至固原，分六路进兵，连败贼众。刘玉一至，见各军得胜，乘势长驱，进薄城下。满四倾寨出战，发矢如蝟，刘玉身中流矢，顿时惊退，诸军皆却。贼步步进逼，玉几被困。幸项忠停住不行，亲斩千户一人，作为众戒，于是全军复振，易退为进。满四料不可敌，敛众入城，刘玉乃裹痛徇军，下令合围。相持兼旬，尚不能下。项忠以持久非计，督兵急攻，贼颇恟惧，潜缒城出降。忠给票纵还，自是出降益众。会有贼目杨虎狸，乘夜出汲，为官军所擒，忠喝令斩首，杨虎狸俯伏乞命，乃劝令降顺。虎狸允诺，且请自效。忠知虎狸可用，赐以金带钩，纵使入城，诱满四出战东山，用了四面埋伏的计，专候满四到来。正是：

整备铁笼囚猛虎，安排香饵钓金鱼。

欲知满四曾否就擒？请看下回便知。

语有之："川泽纳污，山薮藏疾。"故林深箐密之中，往往为盗贼藏身之地，兵去则出，兵来则伏，非有善谋之将，敢死之士，犁其穴而扫其庭，则必不能绝其迹。刘千斤，莽夫耳，侯大狗，蠢奴耳，何足以称王争霸？不过有山可恃，有穴可藏，借此以抗王命，为一时负嵎计耳。有白圭之督师，而刘千斤失所恃，虽勇何益？有韩雍之主谋，而侯大狗失所据，虽险亦夷？萑苻之盗，必尽杀乃止，始知宁猛毋宽，公孙侨固有先见也。至若平凉一役，亦幸有项忠之为先驱耳。项忠擒李胡子、小王洪等，已见奇绩，而满四又为彼所擒，时人以堕泪讥之，吾谓一家哭何如一路哭也。刑乱国用重典，刑乱民亦何独不然乎？

第四十二回　树威权汪直窃兵柄　善谲谏阿丑悟君心

却说叛酋满四，正在穷蹙，见杨虎狸被擒复归，亟问他脱逃情由。虎狸随口胡诌，并说官军辎重，尽在东山停顿，不妨乘夜掩取，说得满四转忧为喜，即于夜间率众出城。行至东山附近，伏兵四起，竞前相扑。满四仓皇突阵，坠马就擒，余众多半受戮。项忠乘胜扑城，城中另立头目火敬为主，仍然拒守。忠令各军围住东西北三面，独留南面不围，鼓噪了一昼夜。火敬等料不能支，竟于夜半遁去。官军从后追蹑，复将火敬擒住。只有满四从子满能，逃入青山洞，渐被项忠侦悉，用火薰入洞中。满能仓皇出走，亦被擒获，并拿住满四家属百余口。诸军穷搜山谷，又获贼五百余人，男妇老幼共数千人，并将石城毁去，所有俘虏，就地正法。唯把满四、火敬两人，械送京师，按律伏诛，自在意中。项忠、刘玉班师到京，按功升赏，不消细说。

宪宗闻各处叛寇，依次荡平，心下很是喜慰。万贵妃殷勤献媚，每遇捷报，辄在宫中张筵庆贺。可谓善承意旨，无怪宠冠后宫。就中有个太监汪直，年少慧黠，善事贵妃，因得宪宗宠幸。为主及奴，真是多情天子。这汪直系大藤峡猺种，猺贼平定后，被俘入宫，充昭德宫内使。昭德宫便是万贵妃所居，汪直能伺贵妃喜怒，竭力趋承，贵妃遂一意抬举，密白帝前，令掌御马监事。第二个安禄山。先是妖人李子龙，妖言妖服，蛊惑市人，内使鲍石、郑忠等，非常敬信，常引子龙入宫游玩，并导登万岁山，密谋为逆。不意被锦衣卫闻知，预先举发，当将二监拿下，并诱执李子龙，一并枭首。嗣是宪宗欲

侦知外事，令汪直改换衣服，带领锦衣官校，私行出外，查察官民举动，但有街谈巷议，无不奏闻。宪宗益以为能，即于东厂外设一西厂，命汪直为总管。东厂系成祖时所建，专令中官司事，伺察外情。至是别张一帜，所领缇骑人数，比东厂加倍，因此声势出东厂上。锦衣百户韦瑛，职隶东厂，谄事汪直。直即倚为心腹，往往掀风作浪，兴起大狱，所有冤死的官民，不计其数。朝廷诸臣，虽皆侧目，莫敢发言。唯大学士商辂抗疏上奏道：

近日伺察太繁，政令太急，刑网太密，人情疑畏，汹汹不安。盖缘陛下委听断于汪直，而直又寄耳目于群小也。中外骚然，安保其无意外不测之变？往者曹钦之反，皆逯杲有以激之，一旦祸兴，猝难消弭。望陛下断自宸衷，革去西厂，罢汪直以全其身，诛韦瑛以正其罪，则臣民悦服，自帖然无事矣。否则天下安危，未可知也。臣不胜惶惧待命之至！

宪宗览疏大怒道："用一内监，何足危乱天下？"即命内监怀恩，传旨诘责。商辂并不慌忙，正色说道："朝臣不论大小，有罪当请旨逮问。汪直敢擅逮三品以上京官，是第一桩大罪。大同宣府，乃边疆要地，守备官重要，岂可一日偶缺？汪直擅械守备官，多至数人，是第二桩大罪。南京系祖宗根本重地，留守大臣，直擅自搜捕，是第三桩大罪。宫中侍臣，直辄易置，是第四桩大罪。直不去，国家哪得不危？"这数语侃侃直陈，说得怀恩为之咋舌，当即回去复旨。项忠已升任兵部尚书，也率九卿严劾汪直，宪宗不得已，令直仍归掌御马监，调韦瑛戍边卫，暂罢西厂，中外大悦。唯宪宗犹宠直未衰，仍令秘密出外，探刺阴事。适有御史戴缙，九年不迁，非常懊丧。至此见汪直仍邀宠眷，索性迎合上意，密奏一本，极言西厂不应停止，汪直所行，不但可为今日法，且可为万世法。竟视汪直为圣人，大小戴有知，必不认其为子孙。宪宗准奏，下诏重开西厂。汪直的气焰，从此益盛。

先是直掌西厂，士大夫无与往还，唯左都御史王越，与韦瑛结交，遂间接通好汪直。吏部尚书尹旻，也是个寡廉鲜耻的人物，想去巴结权阉，因浼越为介，谒直西厂中，甚至向他磕头。身长吏部，无耻若此，我为明吏羞死。直不禁大喜。独兵部尚书项忠，傲不为礼，一日遇直于途，直下舆相看，忠竟不顾而去。是亦太甚。直恨忠益深，王越谋代忠职，每与直言及忠事，作切齿

状。忠且倡率九卿，劾奏直不法事，先令郎中姚璧，请尹旻署名。尹旻道："兵部主稿，当由项公自署便了。"姚璧道："公系六卿长，不可不为首倡。"尹旻怒道："今日才知我为六卿长么？"不中抬举。当将草奏掷还，不肯签名。一方通报韦瑛，令他转达汪直。会西厂果停，直忿怒异常，与忠势不两立，至重设西厂，引用了一个吴绶，作为爪牙。吴绶曾为锦衣卫千户，尝从项忠讨荆、襄盗，违法被劾，致受谴责。他竟与忠挟嫌，至汪直处求掌书记，直即允诺。且因绶颇能文，密行保荐，有旨授他为镇抚司问刑。绶即嗾使东厂官校，诬忠受太监黄赐请托，用刘江为江西都指挥，宪宗真是糊涂，竟令忠对簿。看官！你想这项忠高傲绝俗，哪肯低首下心？当下抗辩大廷，毅然不屈。恼得宪宗性起，竟将他削职为民。汪直又谮商辂纳贿，辂亦乞罢，听令自归。尚书薛远、董方，右都御史李宾等，并致仕归田，于是蝇营狗苟的王越，居然升兵部尚书，兼左都御史掌院事。愈荣愈丑。王越以外，还有辽东巡抚陈钺。先是辽东寇警，陈钺因冒功掩杀，激变军民，明廷命马文升往抚，开诚晓谕，相率听命。汪直偏欲攘功，请命宪宗，挟同私党王英，驰向辽东，一路上耀武扬威，指叱守令，不啻奴仆，稍有违忤，立加鞭挞。各边都御史，左执鞭弭，右属橐键，趋迎恐后，供张极盛。既至辽东，陈钺郊迎蒲伏，恪恭尽礼，凡随从汪直的人员，各有重贿。汪直大喜，筵宴时穷极珍错，饮得汪直酩酊大醉，满口赞扬。难得邀他褒奖。越宿即赴开原，再下令招抚。文升知他来意，便把安抚功劳，推让与他，唯所有接待仪文，不如陈钺。汪直未免失望，草草应酬，即返辽东，且与陈钺述及文升简慢。钺不但不为解免，反说文升恃功自恣等情，小人最会逞刁。一面加意款待，格外巴结。酣饮了好几日，直欲辞归，复经钺再三挽留，竟住了数十天，方才回京。一入京城，即劾奏文升行事乖方，应加严谴。宪宗也不分皂白，竟逮文升下狱，寻谪戍重庆卫，并责诸言官容隐不发，廷杖李俊等五十六人。

是时鞑靼汗麻儿可儿已死，众立马固可儿吉思为汗，马固可儿吉思汗，与孛来不和，屡生嫌隙，阴结部属毛里孩等，使图孛来，偏为孛来所知，竟弑了马固可儿吉思汗。毛里孩不服，纠众攻杀孛来，遣使通好明廷。宪宗以无约请和，恐防有诈，竟却使不纳。毛里孩遂纠集三卫，见三十九回。屡寇山陕。抚宁侯朱永等，出师抵御，得了几次胜仗，毛里孩始退。谁料一敌甫退，一敌又来。长城西北境有河套，黄河由北绕南，与圈套相似，因得此

名，唐张仁愿曾筑三受降城于此。地饶水草，最宜耕牧。蒙古属部孛鲁乃、札加思兰、孛罗忽等，潜入套中，据地称雄，屡寇延绥。朱永移师往御，王越亦奉旨参赞。塞外未闻杀敌，京中屡得捷音，想是王越妙计。越等升赏有差，寇仍据套自若。既而越为三边总制，延绥、甘肃、宁夏为三边，设立总制，自王越始。札加思兰且迎元裔满都鲁为汗，自称太师，一意与明边为难，大举深入，直抵秦州、安定诸邑。总算王越出力，侦悉寇虏妻子畜产，俱在红盐池，潜率总兵官许宁，游击将军周玉，星夜前进，袭破敌帐，杀获甚众。及寇饱掠而返，妻子畜产，荡然无存，只好痛哭一场，狼狈北去。

嗣闻札加思兰，为部众脱罗干、亦思马因等所杀，满都鲁亦死，诸强酋相继略尽。越遂讨好汪直，怂恿北征，说是乘势平寇，大功无比云云。直喜甚，忙面奏宪宗，当即下诏，命朱永为平虏将军，王越提督军务，监军便是汪直。克期兴师，向西进发。越与直会着，恰劝直令朱永绕道南行，自与直带领轻骑，径诣大同。探悉敌帐在威宁海子，泊名。即挑选宣府、大同两镇兵马，共得二万名，倍道深入。适值天大风雨，兼以下雪，白昼晦冥，空山岑寂。越等直至威宁，寇众毫不防备，如何抵敌，纷纷溃散，只剩老弱妇女，作为俘虏，并马驼牛羊数千匹，一齐搬归，便驰书告捷。宪宗即封越为威宁伯，增直俸禄三百石。唯朱永迂道无功，不得封赏，怅怅的领兵回来。上了王越的当。

亦思、马因等以庐帐被袭，密图报复，待王越退师，复纠众出掠，且犯宣府。那时汪直、王越两人，又想借寇邀功，请旨出发，偏偏寇众狡诈，闻直等又至，移众西走，转寇延绥，直等赴援不及，亏得指挥刘宁，巡抚何乔新，千户白道山等，分道出御，各得胜仗，寇焰少衰。亦思、马因病死，谁知又出了一个悍酋，仍称小王子，率众三万，寇大同，连营五十里，声势张甚。总兵许宁，敛兵固守，小王子竟到处焚掠，毁坏代王别墅。代王成鍊，从宁出战，宁无奈出驻城外，与巡抚郭镗分营立栅，互为犄角。寻见有寇骑十余，控弦而来，太监蔡新部下，首出迎击，宁所部军士，亦次第杀出，寇骑拍马逃走，官军不肯舍去，猛力追赶。途中遇着伏兵，被杀得落花流水，幸参将周玺等驰至，才救出各兵，驰入城中。检点败卒，已丧失了千余人。许宁尚掩败报捷，奈寇众长驱直入，虽经宣府巡抚秦纮，总兵周玉，力战却敌，寇焰尚是未衰。巡按程春震，乃劾宁败状，宁得罪被谪，连郭镗、蔡

新统同获谴。一面颁诏，令汪直、王越严行防剿，毋得少懈。直与越方拟还京，得了这道诏旨，弄得进退两难，只好乞请瓜代，有诏不许。其时陈钺已入居兵部，复为代请，又经宪宗切责，把钺免官。未几罢西厂，又未几调王越镇延绥，降汪直为南京御马监，中外欣然。只王越、汪直两人，不知为什么缘故，竟失主眷，彼此叹息一番，想不出什么法子，没奈何遵着朝旨，分途自去。谁叫你喜功出外？谁叫你恃势横行？

小子细阅明史，才知汪直得罪的原因，复杂得很。若论发伏摘奸的首功，要算是小中官阿丑。一长可录，总不掩没。阿丑善诙谐，且工俳优，一日演戏帝前，扮作醉人的模样，登场谩骂，另有一小太监扮作行人，出语阿丑道："某官长到了。"阿丑不理，谩骂如故。小太监下场后，复出场报道："御驾到了。"阿丑仍然不理。及三次出报，说是"汪太监到了"。阿丑故作慌张状，却走数步。来人恰故意问道："皇帝且不怕，难道怕汪太监么？"阿丑连忙摇手道："休要多嘴！我只晓得汪太监，不可轻惹呢！"阿丑可爱。此时宪宗曾在座中，闻了这语，暗暗点首。阿丑知上意已动，于次日再出演剧，竟仿效汪直衣冠，手中持着两把大斧，挺胸而行。旁有伶人问道："你持这两斧做什么？"阿丑道："是钺，不是斧。"那人又问持钺何故？阿丑道："这两钺非同小可。我自典兵以来，全仗着这两钺呢。"那人又问钺为何名？阿丑笑道："怪不得你是呆鸟，连王越、陈钺，都不知道么？"宪宗闻言微哂。及戏剧演毕，又接览御史徐镛奏折，系劾奏汪直罪状，略云：

> 汪直与王越、陈钺，结为腹心，互相表里，肆罗织之文，振威福之势，兵连西北，民困东南，天下之人，但知有西厂，而不知有朝廷，但知畏汪直，而不知畏陛下，寖成羽翼，可为寒心。乞陛下明正典刑，以为奸臣结党怙势者戒！于此时始上弹章，亦是揣摩迎合之意。

宪宗览后，尚在踌躇。还是恋恋不舍。会东厂太监尚铭，以获贼邀赏，恐汪直忌功，不无谗构，遂探得汪直隐情，及王越交通不法情事，统行揭奏。宪宗乃决意下诏，迁谪直、越。礼部侍郎万安，及太常寺丞李孜省等，又先后纠弹直、越。遂并直奉御官，一体革去。削王越伯爵，夺还诰券，编管安陆州。直党陈钺，及戴缙、吴绶等，俱削职为民。韦瑛谪戍万全卫。瑛复自

撰妖言，诬指巫人刘忠兴十余人，暗图不轨，及到庭对质，全属子虚，方将瑛正法枭首。且起用前兵部尚书项忠，给还原官；召还前兵部侍郎马文升，令为左都御史，巡抚辽东。中外都喁喁望治。

其实一党方黜，一党复升，荧惑不明的宪宗，哪里能久任正士，尽斥忪人？万安内结贵妃，得邀宠眷，李孜省系江西赃吏，学五雷法，厚结中官梁芳、钱义，以符箓进，得授为太常寺丞。还有江夏妖僧继晓，与中官梁芳相识，自言精通房术，不亚彭篯。适宪宗春秋正高，自嫌精神未足，不足对付妃嫔，就是老而善淫的万贵妃，亦未免暗中憎恨。梁芳双方巴结，即将继晓荐入，令他指导宪宗，并广采春药，进奉御用。宪宗如法服饵，尽情采战，果然比前不同，一夕能御数女，喜得宪宗心满意足，亟封继晓为国师。继晓母朱氏，本娼家女，丧夫有年，免不得有暧昧情事。继晓却极陈母节，有旨不必勘核，立予旌扬。继晓精通房术，想是得诸母教。饮水思源，其母应得旌表。自是继晓所言，无不曲从。继晓愿为帝祈福，就西市建大永昌寺，逼徙民居数百家，糜费帑项数十万，这还不在话下。唯继晓淫狡性成，见有姿色妇女，往往强留入寺，日夜交欢，京中百姓，被他胁辱，自然怨声载道，呼泣盈途。刑部员外郎林俊，忿懑的了不得，遂上疏请斩继晓及太监梁芳。看官！你想宪宗如何肯听？阅疏才毕，立饬逮俊下狱，拷讯主使。都督府经历张黻，抗表救解，又被逮系狱中。司礼太监怀恩，颇怀忠义，便面奏宪宗，请释二人。宦官中非无善类。宪宗大愤，遽提起案上端砚，向怀恩掷去。幸怀恩把头一偏，砚落地上，未曾击中。宪宗拍案大骂道："你敢助林俊等谤朕吗？"恩免冠伏地，号哭不止。宪宗又把恩叱退。恩遣人告镇抚司道："你等谄事梁芳，倾陷林俊，俊死，看你等能独生么？"镇抚司方不敢诬罪，也为奏免。宪宗气愤稍平，乃释二人出狱，贬俊为云南姚州判官，黻为师宗知州。二人直声震都下，时人为之语道：

御史在刑曹，黄门出后府。

二人被谪，感动天阍。成化二十一年元旦，宪宗受贺退朝，午膳甫毕，忽闻天空有巨声，自东而西，仿佛似霹雳一般。究竟是否雷震，容小子下回表明。

汪直以大藤余孽，幼入禁中，不思金日磾宝瑟之忠，妄有安禄山赤心之诈，刺事西厂，倾害正人，酷好弄兵，轻开边衅，吏民之受其荼毒，不可胜计，要之皆万贵妃一人之所酿成也。王越、陈钺等，倚直势以横行，朝臣岂无闻见？乃皆箝口不言，反待一优孟衣冠之阿丑，借戏进谏，隐格主心，是盈廷寮宷不及一阿丑多矣。迨巨蠹受谴，始联章劾奏，欲沽直名，曾亦回首自问，觍颜目愧否耶？况劾奏诸人，仍不出万安、李孜省等，彼此同是憸邪，不过排除异党，为自张一帜计耳。观此回纯叙汪直事，我敢为述古语曰朝无人。

第四十三回　悼贵妃促疾亡身 审聂女秉公遭谴

却说宪宗闻空中有声，疑是雷震，亟出宫门瞻望，只见天空有白气一道，曲折上腾，复有赤星如碗，从东向西，轰然作响，不禁为之悚惧。是夜心神不安，越宿临朝，即诏群臣详陈阙失。吏部给事中李俊，应诏陈言，略云：

今之弊政最大且急者，曰近幸干纪也，大臣不职也，爵赏太滥也，工役过烦也，进献无厌也，流亡未复也。天变之来，率由于此。夫内侍之设，国初皆有定制，今或一监而丛十余人，一事而参六七辈，或分布藩郡，享王者之奉，或总领边疆，专大将之权，援引俭邪，投献奇巧，司钱谷则法外取财，贡方物则多端责赂，杀人者见原，偾事者逃罪，如梁芳、韦兴、陈喜辈，不可枚举。唯陛下大施刚断，无令干纪，奉使于外者，悉为召还，用事于内者，严加省汰，则近幸戢而天意可回矣。今之大臣，非夤缘内臣，则不得进。其既进也，非凭依内臣，则不得安。此以财贸官，彼以官鬻财，无怪其赂受四方，而计营三窟也。唯陛下大加黜罚，勿为姑息，则大臣知警，而天意可回矣。夫爵以待有德，赏以待有功，今或无故而爵一庸流，或无功而赏一贵幸，方士献炼服之书，伶人奏曼衍之职，掾吏胥徒，皆叨官禄，俳优僧道，亦玷班资，一岁而传奉或至千人，数岁而数千人矣。数千人之禄，岁以数十万计，是皆国之租税，民之脂膏，不以养贤才，乃以饱奸蠹，诚可惜也。如李孜省、

邓常恩辈，尤为诞妄，此招天变之甚者，乞尽罢传奉官，毋令污玷朝列，则爵赏不滥，而天意可回矣。都城佛刹，迄无宁工，京营军士，不复遗力，如国师继晓，假术济私，糜耗特甚。中外切齿，愿陛下内惜资财，外恤民力，不急之役，姑赐停罢。则工役不烦，而天意可回矣。近来规利之徒，率假进奉为名，或录一方书，市一玩器，购画图，制簪珥，所费不多，获利十倍，愿陛下留府库之财，为军国之备，则进献息而天意可回矣。陕西、河南、山西，赤地千里，尸骸枕籍，流亡日多，萑苻可虑，愿陛下体天心之仁爱，悯生民之困穷，追录贵倖盐课，暂假造寺资财，移赈饥民，俾苟存活，则流亡复而天意可回矣。臣奉明诏陈言，不敢瞻徇，谨乞陛下采纳施行，无任跂望之至！

疏入，宪宗却优诏褒答，竟降调李孜省、邓常恩等，且把国师继晓，革职为民，斥罢传奉官至五百余人。给事中卢瑀，御史汪莹，主事张吉，及南京员外郎彭纲等，见李俊入奏有效，都摭拾时弊，次第奏陈。今朝你一本，明朝我一本，惹得宪宗厌烦起来，索性不愿披览，只密令吏部尚书尹旻，此人尚在么？将奏牍所署的名衔，纪录屏右，俟有奏迁，按名远调。俊、瑀等遂相继出外，或以他事下吏。事君数，斯辱矣，孜省、常恩等仍复原官，得宠尤甚。

一日，宪宗查视内帑，见累朝所积金银，七窖俱尽。遂召太监梁芳、韦兴入内，诘责道：“糜费帑金，罪由汝等。”兴不敢对。芳独启奏道：“建寺筑庙，为万岁默祈遐福，所以用去，并非浪费。”宪宗冷笑道：“朕即饶恕你等，恐后人无此宽大，恰要同你等算账。”此语几启巨衅，若非贵妃速死，太子能不危乎？说得梁芳等浑身冰冷，谢罪趋出，忙去报知万贵妃。时贵妃已移居安喜宫，服物侈僭，与中宫相等。梁芳一入，即叩头呼娘娘不置。贵妃问为何事？梁芳将宪宗所言，传述一遍，并说道：“万岁爷所说后人，明明是指着东宫，倘或东宫得志，不但老奴等难保首领，连娘娘亦未免干连呢！”贵妃道：“这东宫原不是好人，他幼小时，我劝他饮羹，他竟对着我说，羹中有否置毒，你想他在幼年，尚如是逞刁，今已年将弱冠，怕不以我等为鱼肉。但一时没法摆布，奈何？”梁芳道：“何不劝皇上易储，改立兴王？”贵妃道：“是邵妃所生子祐杬么？”言下尚有未惬之意，奈己子已先夭殇何？梁芳道：“祐杬虽封兴王，尚未就国，若得娘娘保举，得为储君，他必感激无地，

难道不共保富贵么？”掀风作浪，统是若辈。贵妃点首。等到宪宗进宫，凭着一种蛊媚的手段，诬称太子如何暴戾，如何骄擅，不如改立兴王，期安社稷等语。你是个野狐精，安可充土神谷神。宪宗初不肯允，哪禁得贵妃一番柔语，继以娇啼，弄得宪宗不好不依。年将六十，尚能摇惑主心，不知具何魔力？次日，与太监怀恩谈及，怀恩力言不可。宪宗大为拂意，斥居凤阳，正拟下诏易储，忽报泰山连震，御史奏称应在东宫。宪宗览奏道：“这是天意，不敢有违。”遂把易储事搁起。万贵妃屡次催逼，宪宗只是不睬。贵妃挟恨在胸，酿成肝疾。成化二十三年春，宪宗郊天，适遇大雾，人皆惊讶，越日庆成宴罢，将要还宫，有安喜宫监来报道：“万娘娘中痰猝薨了。”宪宗大诧道：“为什么这般迅速？”官监默然无言。经宪宗至安喜宫，审视龙榻，但见红颜已萎，残蜕仅存，不禁涕泪满颐，再诘宫监，才知贵妃连日纳闷，适有宫女触怒，她用拂子连挞数十下，宫女不过觉痛，她竟痰厥致毙。宪宗怃然道：“贵妃去世，我亦不能久存了。”仿佛唐明皇之于杨玉环。当下治丧告窆，一切拟皇后例，并辍朝七日，加谥万氏为恭肃端慎荣靖皇贵妃。

丧葬既毕，宪宗常闷闷不乐，唯李孜省善能分忧，有时召对，多合帝心，乃擢为礼部侍郎。毕竟鸿都幻术，不能亲致红妆，春风桃李，秋雨梧桐，触景无非惨象，多忧适足伤身，是年八月，宪宗寝疾，命皇太子祐樘，视事文华殿，越数日驾崩，享年四十一。太子即位，是为孝宗，谥皇考为宪宗皇帝，尊皇太后周氏为太皇太后，皇后王氏为皇太后，以次年为弘治元年。赦诏未下，即降旨斥诸幸臣。侍郎李孜省，太监梁芳，外戚万喜，万贵妃弟。及私党邓常恩、赵玉芝等，俱谪戍有差。并罢传奉官二千余人，夺僧道封号千余人，宫廷一清，乃大赦天下，随立妃张氏为皇后。鱼台丞徐顼，疏请上母妃尊谥，并追究薨逝原因，孝宗饬群臣会议，或言宜逮万氏亲族究治。万安已擢为大学士，闻著廷议，惶急的了不得，忙对群僚道：“我、我久与万氏不通往来。”群僚皆相顾窃笑。有何可笑？恐大众多是如此。幸孝宗天性仁厚，恐伤先帝遗意，尽置不问，万安才得无事，方在欣慰，不意过了数日，太监怀恩到阁，手持一小木箧，付与万安道：“皇上有旨，这岂是大臣所为？”万安尚莫名其妙，发箧后见有小书一本，末尾署着臣安进三字，系是从前亲笔所写，才忆当日隐情，不禁愧汗浃背，俯伏地上。庶吉士邹智，御史姜洪、文贵等，正在阁中，窥见书中所列，俱系房中术，遂哄堂散去。怀

恩亦回宫复旨，万安仰首起来，见阁中已无一人，慌忙起身趋归。越二日宣安入朝，令怀恩朗诵弹章，起首署名，就是庶吉士邹智等人，读至后来，都开列万安罪状。安尚磕头哀求，毫无去志。恩读毕，走近万安身前，摘去牙牌，大声道："速去速去，免得加罪！"安始惶遽归第，乞休而去。实是便宜。

孝宗尝悲念生母，遣使至贺县访求外家，终不可得。其后礼臣上言，请仿太祖封徐王故事，拟定母后父母封号，且立祠桂林，春秋致祭。一面追谥生母纪氏为孝穆太后，有旨允准，并答复礼部道：

> 孝穆太后，早弃朕躬，每一思念，惄焉如割。初谓宗亲尚可旁求，宁受百欺，冀获一是，卿等谓岁久无从物色，请加封立庙，以慰圣母之灵。皇祖既有故事，朕心虽不忍，又奚敢违？可封太后父为庆元伯，母为伯夫人，立庙桂林府，饬有司岁时致祭，毋得少懈，以副朕报本追源之至意！

大学士尹直，奉旨撰册文，有云："睹汉家尧母之称，增宋室仁宗之恸。"孝宗记在心中，每当听政余暇，回环诵此二语，往往唏嘘泣下。又因宪宗废后吴氏，保抱维谨，具有鞠育深恩，一切服膳，概如太后礼，这也可谓孝思维则了。允宜褒扬。

且说宪宗末年，所用非人，当时有纸糊三阁老，泥塑六尚书的谣传。三阁老指万安、刘翊、刘吉，六尚书指尹旻、殷谦、周洪谟、张鹏、张鎣、刘昭，这九人旋进旋退，毫无建白，所以有此时评。及孝宗即位，励精图治，黜佞任贤，起用前南京兵部尚书王恕，为吏部尚书；进礼部侍郎徐溥，为礼部尚书，兼文渊阁大学士；擢编修刘健为礼部侍郎，兼翰林学士，入阁办事；召南京刑部尚书何乔新，为刑部尚书；南京兵部尚书马文升，为左都御史；礼部侍郎邱濬，进大学衍议补一书，得赉金币，下诏刊行，寻升为礼部尚书；令徐溥专理阁务；逮梁芳、李孜省下狱，孜省瘐死，梁芳充戍，流邓常恩、赵玉芝等至极边，诛妖僧继晓，所有纸糊泥塑的阁老尚书，淘汰殆尽。

唯刘吉尚存，右庶子张昇，上疏劾吉，说他口蜜腹剑似李林甫，牢笼言路如贾似道，应即予罢斥等语，未见俞允。庶吉士邹智，进士李文祥，监察御史汤鼐，又交章弹劾，鼐尤抗直，疏中所陈，不止刘吉一人，连王恕、马

文升等所为，亦具有微词。廷僚未免忌鼐，吉更衔恨刺骨，御史魏璋，系吉私人，密受吉命，日伺鼐短。适寿州知州刘槩，馈鼐白金，并遗以书云："梦一人牵牛陷泽中，得君手提牛角，引牛出泽。人牵牛，适像国姓朱字，大约是国势将倾，赖君挽救，因有此兆。"鼐得书甚喜，宣示友人。沾沾自足，适以取祸。璋闻风得间，遂劾鼐妖言诽谤，致逮入狱。槩亦连带被系。刘吉且诬鼐私立朋党，与邹智、李文祥等，统是一鼻孔出气，于是智与文祥亦坐罪。御史陈景隆等，与璋为莫逆交，希附吉意，奏请一体加刑，幸刑部尚书何乔新，及侍郎彭韶，坚持不可，王恕亦上疏申救。不念被劾之嫌，王恕不愧恕字。乃将鼐、槩戍边，邹智、李文祥贬官，魏璋反得擢为大理寺丞。唯刘吉以鼐等获生，都是何乔新主持，恨恨不已。会乔新外家与乡人争讼，遂暗唆御史邹鲁，劾奏乔新受贿曲庇。乔新知系刘吉挟嫌，拜疏乞归，既而穷治无验，邹鲁停俸，乔新竟致仕不起，刑部尚书一职，即由彭韶代任。吉复倾排异己，奏贬御史姜洪、姜绾，诬陷南京给事中方向等，中外侧目，呼他为刘棉花，因他屡弹屡起的缘故。

只是日中则昃，月盈必亏，从古无不衰的显宦，亦无不败的佞臣，可作达官棒喝。刘吉造言生事，免不得为孝宗所闻。渐渐的减损恩宠，吉尚恋栈不休。孝宗后张氏，系都督同知张峦女，册妃后，伉俪甚欢。及张氏进妃为后，父峦得封寿宁伯，峦卒，加赠昌国公，子鹤龄袭封侯爵，还有鹤龄弟延龄，未曾晋爵，孝宗亦拟加封，命吉撰诰券，吉请尽封周、王二太后家子弟，方可挨及后族。此语恰似有理。孝宗不怿，竟遣中宦至吉家，勒令致仕，吉乃谢病告归。既而王恕、彭韶等，多为贵戚近臣所嫉，先后引去。邱濬病殁，礼部侍郎李东阳，及少詹事谢迁，相继入阁。迁颇守法奉公，东阳第以文学著名，不及王恕、彭韶诸人的忠直，所以谏疏渐稀。

其时海内乂然，承平无事，贵州都匀苗，稍稍作乱，由巡抚邓廷瓒讨平。北方小王子，及脱罗干子火筛，虽偶为边患，又经甘肃总兵官刘宁，战守有方，敛众退去。边事用略笔叙过。孝宗政体清闲，自然逐渐怠弛。内监李广、杨鹏辈，得乘隙希宠，导帝游畋。太子谕德王华，入侍经筵，讲唐李辅国与张后表里用事，说得非常恳切。侍讲王鏊，详陈书义，至文王不敢盘于游田句，再三引伸，孝宗也颇感悟，优礼相答。可奈外臣的规讽，不若近侍的谄谀，一暴十寒，未见巨效，且因东厂未革，仍然由内侍作主，舞文

弄弊。凑巧有一件讼案，为刑部郎中丁哲，员外郎王爵承审，违犯了东厂意旨，竟欲将哲等论罪，拟定徒流，这案的曲直，待小子叙述出来，以便看官评断。先是千户吴能，生女名满仓儿，姿首妖冶，性情淫荡，能屡戒不悛。以女付媒媪，售与乐妇张氏，张妇又转售与乐工袁璘为妻。能妻聂氏，与能本非同意，至能死后，访女下落，前往领认。哪知满仓儿不认为母，白眼相待。聂氏愤甚，与子定计，诱劫满仓儿归家，藏匿秘室。袁璘往赎不允，告至刑部。丁哲、王爵，同讯得情，驳斥袁璘数语。璘竟信口谩骂，恼动了丁哲、王爵，竟饬衙役重笞袁璘。璘受笞归家，愤无所泄，数日病死。御史陈玉等，检验袁璘尸身，确系病毙，即填就尸格备案，由他埋葬了结。谁料杨鹏从子，素与满仓儿有染，满仓儿竟自秘室逸出，往诉冤情。杨鹏从子，引她进见叔父，只说是刑部枉断，袁璘屈死。杨鹏不知就里，但觉满仓儿楚楚可怜，为浼东厂镇抚司，奏劾丁哲、王爵杀人无辜，罪应论抵。有旨令法司再讯，细细盘诘。满仓儿无从抵赖，仍然水落石出，奈因东厂面子，不敢不委曲顾全，只将满仓儿予杖，嫩皮肉怎禁笞杖，我尚为满仓儿呼冤。且坐丁哲等杖人至死的罪状，奏拟徒流。刑部吏徐珪，代抱不平，竟抗疏奏道：

聂女之罪，丁哲等断之审矣。杨鹏暗唆镇抚司，共相欺蔽，陛下令法司审问得实，因惧东厂，莫敢公断。夫以女诬母，仅予杖责，丁哲等才能察狱，反坐徒流之罪，轻重倒置如此，皆东厂劫威所致也。臣在刑部三年，见鞫问盗贼，多东厂镇抚司缉获，或校尉挟私诬陷。或为人报仇，或受首恶赃，令旁人抵罪。刑官洞见其情，莫敢改正，以致枉杀多人。臣愿陛下革去东厂，以绝祸源，则太平可致。臣一介微躯，自知不免，与其死于虎口，孰若死于朝廷？愿陛下斩臣首，行臣言，虽死无恨！

言疏上去，朝旨非但不准，反斥他情词妄诞，革职为民。丁哲、王爵，亦一同放归。小子有诗叹道：

一朝纲纪出中官，腐竖刑余惯作奸。
抗疏甫陈严谴下，忠臣空自责心丹。

欲知后事若何，且看下回分解。

宪宗非无一隙之明，观其优答李俊，立斥佞人，何尝不辨明善恶。至于内帑用尽，责及中官，泰山连震，保全太子，虽得谓非明主之所为。误在小人日多，君子日少，内嬖近臣，互相炀蔽，于是中知之主，往往为所蛊惑，忽明忽昧，有始鲜终，宪宗其较著者也。若夫孝宗之明，远过宪宗。即位以后，勤求治理，置亮弼之辅，召敢言之臣，斥奸佞之竖，杜嬖幸之门，人才济济，卓绝一时，乃无何而外戚进，又无何而内竖横，老成引退，戚宦肆行，满仓儿一案，颠倒是非，罪及能吏。明如孝宗，犹蹈此辙，人君进贤退不肖之间，其关系为何如哉？读此能无慨然！

第四十四回　受主知三老承顾命
逢君恶八竖逞谗言

却说弘治八年以后，孝宗求治渐怠，视朝日晏，太监杨鹏、李广，朋比为奸，蔽塞主聪，广且以修炼斋醮等术，怂恿左右，害得聪明仁恕的孝宗，也居然迷信仙佛，召用番僧方士，研究符箓祷祀诸事。大学士徐溥，及阁臣刘健、谢迁、李东阳等，俱上书切谏，引唐宪宗、宋徽宗故事为戒，孝宗虽无不嘉许，心中总宠任李广，始终勿衰。广越加纵恣，权倾中外，徐溥忧愤得很，致成目疾。不能拔去眼中钉，安得不成目疾？三疏乞休，乃许令致仕。适鞑靼部小王子等，复来寇边，故兵部尚书王越，贬谪有年，复遣人贿托李广，暗中保荐，乃复特旨起用，令仍总制三边军务。越年已七十，奉诏即行，七十老翁，何尚看不破耶？驰至贺兰山，袭破小王子营，获驼马牛羊器仗，各以千计，论功晋少保衔。李广所举得人，亦邀重赏。广每日献议，无不见从。会劝建毓秀亭于万岁山，亭工甫成，幼公主忽然夭逝，接连是清宁宫被火。清宁宫为太皇太后所居，被灾后，由司天监奏称，谓建毓秀亭，犯了岁忌，所以有此祸变。太皇太后大恚道："今日李广，明日李广，日日闹李广，果然闹出祸事来了。李广不死，后患恐尚未了呢。"这句话传到李广耳中，广不觉战栗异常，暗语道："这遭坏了，得罪太皇太后，还有何幸？不如早死了罢！"也有此日。遂悄悄还家，置鸩酒中，一吸而尽，睡在床上死了。

孝宗闻李广暴卒，颇为惋惜，继思李广颇有道术，此次或尸解仙去，也未可知，他家中总有异书，何勿着人搜求。孝宗也有此呆想，可知李广蛊惑之

深。当下命内监等，至广家搜索秘籍，去不多时，即见内监挟着书簿，前来复命。孝宗大喜，立刻披览，并没有服食炼气的方法，只有那出入往来的账目，内列某日某文官馈黄米若干石，某日某武官馈白米若干石，约略核算，黄米白米，何啻千万，不禁诧异起来。黄米白米，便是服食炼气的方法，何用诧异？便诘问左右道："李广一家，有几多食口？能吃许多黄白米？且闻广家亦甚狭隘，许多黄白米，何处窖积？"真是笨伯。左右道："万岁有所未知，此乃李广的隐语，黄米就是黄金，白米就是白银。"孝宗听到此语，不觉大怒道："原来如此！李广欺朕纳贿，罪既难容，文武百官，无耻若此，更属可恶！"至此方悟，可惜已晚。即手谕刑部，并将簿据颁发，令法司按籍逮问。看官听说，李广当日，声势烜赫，大臣不与往还的，真是绝无仅有，一闻此信，自然一个个寒心，彼此想了一法，只好乞救寿宁侯张鹤龄，昏夜驰往，黑压压的跪在一地，求他至帝前缓颊。寿宁侯初不肯允，奈各官跪着不起，没奈何一力担承，待送出各官，即亲诣大内，托张后转圜，张后婉劝孝宗，才得寝事。

孝宗经此觉悟，乃复远佞臣，进贤良。三边总制王越，经言官交劾，忧恚而死，特召故两广总督秦纮，代王越职。纮至镇，练壮士，兴屯田，申明号令，军声大振。内用马文升为吏部尚书，刘大夏为兵部尚书。文升在班列中，最为耆硕，所言皆关治平。大夏曾为户部侍郎，治河张秋，督理宣大军饷，历著功绩。是时为两广总督，迭召始至，孝宗问何故迟滞？大夏顿首道："臣老且病，窃见天下民穷财尽，倘有不虞，责在兵部，恐力不胜任，所以迟行，意欲陛下另用良臣呢。"孝宗道："祖宗以来，征敛有常，前未闻民穷财尽，今日何故至此？"大夏道："陛下以为有常，其实并无常制，臣任职两广，岁见广西取铎木，广东取香药，费以万计，其他可知。"孝宗复道："今日兵士如何？"大夏道："穷与民等。"孝宗道："居有日粮，出有月粮，何至于穷？"大夏道："将帅侵克过半，哪得不穷！"孝宗叹息道："朕在位十五六年，乃不知兵民穷困，如何得为人主呢？"人君深居九重，安能事事尽知？故历代明主，必采纳嘉言。乃下诏禁止供献，及各将帅扣饷等情。

普安苗妇米鲁作乱，由南京户部尚书王轼，督师往讨，连破贼营，格杀米鲁。琼州黎人符南蛇，聚众为逆，经孝宗用户部主事冯颙计，以夷攻夷，悬赏购募土兵，归巡守官节制，令斩首恶。转战半年，遂得平定，南蛇

伏诛。孝宗益究心政务，尝与李东阳、刘健、谢迁三人，详论利害，三人竭诚尽虑，知无不言。遇有要事入对，又由孝宗屏去左右，促膝密谈，左右不得闻，从屏间窃听，但闻孝宗时时称善。当时有歌谣云："李公谋，刘公断，谢公尤侃侃。"还有左都御史戴珊，亦以材见知，与刘大夏宠遇相同。适小王子、火筛等入寇大同，中官苗逵贪武功，奏请出师。孝宗颇欲准奏，阁臣刘健等委曲劝阻，尚未能决，乃召大夏及珊，入问可否。大夏如刘健言。孝宗道："太宗时频年出塞，今何故不可？"大夏道："陛下神武，不亚太宗，奈将领士马，远不及前，且当时淇国公邱福，稍违节制，即举十万雄师，悉委沙漠，兵事不可轻举，为今日计，守为上策，战乃下策呢。"珊亦从旁赞决。孝宗爽然道："非二卿言，朕几误事。"由是师不果出。

一日，刘大夏、戴珊，同时入侍，孝宗与语道："时当述职，诸大臣皆杜门，廉洁如二卿，虽日日见客，亦属无妨。"言至此，即袖出白金赏给，且语道，"聊以佐廉，不必廷谢，恐遭他人嫉忌呢。"有功加赏，乃朝廷之大经，何必私自给与？孝宗此举，未免失当。珊尝以老疾乞归，孝宗不许，大夏代为申请，孝宗道："卿代为乞休，想是由彼委托。譬如主人留客，意诚语挚，客尚当为强留，戴卿独未念朕情，不肯少留吗？"也是意诚语挚。大夏顿首代谢，趋出告珊。珊感且泣道："上意如此，珊当死是官了。"到了弘治十八年，点明岁次，为孝宗寿终计数，与上文述成化二十三年事，同一笔法。户部主事李梦阳，上书指斥弊政，反复数万言，内指外戚寿宁侯，几为直言不讳。寿宁侯张鹤龄，即日奏辩，并摘疏中陛下厚张氏语，诬梦阳讪皇后为张氏，罪应处斩。孝宗留中未发。后母金夫人，复入宫泣诉，不得已下梦阳狱。金夫人尚吁请严刑，孝宗动怒，推案入内。既而法司上陈谳案，请免加重罪，予杖示惩。孝宗竟批示梦阳复职，罚俸三月。越日，邀金夫人游南宫，张后及二弟随侍，入宫筵宴，酒半酣，金夫人与张皇后皆入内更衣，孝宗独召鹤龄入旁室，与他密语，左右不得与闻，但遥见鹤龄免冠顿首，大约是遭帝诘责，惶恐谢罪的缘故。孝宗善于调停。自是鹤龄兄弟，稍稍敛迹。孝宗复召刘大夏议事，议毕，即问大夏道："近日外议如何？"大夏道："近释主事李梦阳，中外欢呼，交颂圣德。"孝宗道："若辈欲杖毙梦阳，朕岂肯滥杀直臣，快他私愤么！"大夏顿首道："陛下此举，便是德同尧舜了。"未免近谀。

孝宗与张后，始终相爱，别无内宠，后生二子，长名厚照，次名厚炜，

厚照以弘治五年，立为太子，厚炜封蔚王，生三岁而殇。孝宗宵旰忘劳，自释放梦阳后，仅历二月，忽然得病，竟至大渐。乃召阁臣刘健、李东阳、谢迁至乾清宫，面谕道："朕承祖宗大统，在位十八年，今已三十六岁，不意二竖为灾，病不能兴，恐与诸先生辈，要长别了。"健等叩首榻下道："陛下万寿无疆，怎得遽为此言？"孝宗叹息道："修短有命，不能强延，唯诸先生辅导朕躬，朕意深感，今日与诸先生诀别，却有一言相托。"言至此，略作休息，复亲握健手道："朕蒙皇考厚恩，选张氏为皇后，生子厚照，立为皇储，今已十五岁了，尚未选婚，社稷事重，可即令礼部举行。"健等唯唯应命。孝宗又顾内臣道："受遗旨。"太监陈宽扶案，李璋捧笔砚，戴义就前书草，无非是大统相传，应由太子嗣位等语。书毕，呈孝宗亲览。孝宗将遗诏付与阁臣，复语健等道："东宫质颇聪颖，但年尚幼稚，性好逸乐，烦诸先生辅以正道，使为令主，朕死亦瞑目了。"知子莫若父，后来武宗好游，已伏此言。健等又叩首道："臣等敢不尽力。"孝宗乃嘱令退出。翌日，召太子入，谕以法祖用贤，未几遂崩。又越日，太子厚照即位，是为武宗，以明年为正德元年。

是时太皇太后周氏已崩，崩于弘治十七年，此是补笔。太后王氏尚存，乃尊太后为太皇太后，皇后张氏为太后，加大学士刘健，及李东阳、谢迁等为左柱国，以神机营中军二司内官太监刘瑾，管五千营。叙武宗即位，便提出刘瑾，为揭出首恶张本。刘瑾本谈氏子，幼自阉，投入刘太监门下，冒姓刘氏，来意已是叵测。得侍东宫。武宗为太子时，已是宠爱。刘瑾复结了七个密友，便是马永成、谷大用、魏彬、张永、邱聚、高凤、罗祥七人，连刘瑾称为八党。后又号作八虎。这八人中，瑾尤狡狯，并且涉猎书籍，粗通掌故，七人才力不及，自然推他为首领了。武宗居苫块中，恰也不甚悲戚，只与八人相依，暗图快乐，所有应兴应革的事情，概置勿问。大学士刘健等，屡次上疏言事，终不见报。健乃乞请罢职，才见有旨慰留。兵部尚书刘大夏，吏部尚书马文升，见八虎用事，料难挽回，各上章乞赐骸骨，竟邀俞允。两人联袂出都，会天大风雨，坏郊坛兽瓦，刘健、李东阳、谢迁，复联名奏陈，历数政令过失，并指斥宵小逢君，甚是痛切。哪知复旨下来，只淡淡的答了闻知两字。转瞬间册后夏氏，大婚期内，无人谏诤。刘瑾与马永成等，日进鹰犬歌舞角觝等戏，导帝游行。给事中陶谐，御史赵佑等，看不过去，自然交章

论劾。原奏发下阁议，尚未禀复，户部尚书韩文，与僚属谈及时弊，唏嘘泣下，郎中李梦阳进言道："公为国大臣，义同休戚。徒泣何益！"文答道："计将安出？"梦阳道："近闻谏官交劾内侍，已下阁议，阁中元老尚多，势必坚持原奏，公诚率诸大臣固争，去刘瑾辈，还是容易，此机不可轻失哩。"文毅然道："汝言甚是。我年已老，一死报国便了。"随命梦阳草奏。稿成，更由文亲自删改。次日早朝，先于朝房内宣示九卿诸大臣，浼他一同署名，当由各官瞧着，略云：

伏睹近日朝政益非，号令失当，中外皆言太监马永成、谷大用、张永、罗祥、魏彬、邱聚、刘瑾、高凤等，造作巧伪，淫荡上心，击球走马，放鹰逐犬，俳优杂剧，错陈于前，至导万乘与外人交易，狎昵媟亵，无复礼体，日游不足，夜以继之，劳耗精神，亏损志德，此辈细人，唯知蛊惑君上，以便已私，而不思皇天眷命，祖宗大业，皆在陛下一身，万一游宴损神，起居失节，虽齑粉若辈，何补于事？窃观前古阉宦误国，为祸尤烈。汉十常侍，唐甘露之变，其明验也。今永成等罪恶既著，若纵而不治，将来益无忌惮，必患在社稷。伏望陛下奋乾纲，割私爱，上告两宫，下谕百僚，明正典刑，潜消祸乱之阶，永保灵长之祚，则国家幸甚！臣民幸甚！

大众瞧毕，便道甚好甚好，当有一大半署名签字。俟武宗视朝，即当面呈递。武宗略阅一周，不由的愁闷起来，退了朝，呜呜悲泣，过午不食。一派孩儿态。诸阉亦相对流涕。武宗踌躇良久，乃遣司礼监王岳、李荣等，赴阁与议，一日往返至三次，最后是传述帝意，拟将刘瑾等八人，徙置南京。刘健推案大哭道："先帝临崩，执老臣手，嘱付大事，今陵土未干，遂使宦竖弄权，败坏国事，臣若死，何面目见先帝？"谢迁亦正色道："此辈不诛，何以副遗命？"王岳见二人声色俱厉，颇觉心折，慨然道："阁议甚是。"遂出阁复旨。越日，诸大臣奉诏入议，至左顺门，当由刘健提议道："事将成了，愿诸公同心协力，誓戮群邪。"尚书许进道："过激亦恐生变。"健背首不答。许进之言，非无见地，刘健等亦未免过甚耳。忽见太监李荣，手持诸大臣奏牍，临门传旨道："有旨问诸先生。诸先生爱君忧国，所言良是，但奴辈入

侍有年，皇上不忍立诛，幸诸先生少从宽恕，缓缓的处治便了。”大众相顾无言。韩文独抗声数八人罪，侍郎王鏊亦续言道：“八人不去，乱本不除。”荣答道：“上意原欲惩治八人。”王鏊又道：“倘再不惩治，将奈何？”荣答道：“不敢欺诸先生，荣颈中未尝裹铁，怎得欺人误国？”刘健乃语诸大臣道：“皇上既许惩此八人，尚有何言？唯事在速断，迟转生变，明日如不果行，再当与诸公伏阙力争。”诸大臣齐声应诺，乃相率退归。

武宗意尚未决，由司礼监王岳，联络太监范亨、徐智等，再四密议，决议明旦发旨捕奸。时吏部尚书一职，已改任了焦芳，芳与瑾素来交好，闻得这般消息，忙着人走报。瑾正与七个好友密议此事，得报后，都吓得面如土色，伏案而哭。独瑾尚从容自若，冷笑道：“你我的头颅，今日尚架住颈上，有口能言，有舌能掉，何必慌张如此？”不愧为八虎首领。七人闻言，当即问计，瑾整衣起身道：“随我来！”七人乃随瑾而行。瑾当先引导，径诣大内，时已天暮，武宗秉烛独坐，心中忐忑不定。瑾率七人环跪座前，叩头有声。武宗正要启问，瑾先流涕奏陈道：“今日非万岁施恩，奴辈要磔死喂狗了。”说得武宗忽然动容，便道：“朕未降旨拿问，如何遽出此言？”瑾又呜咽道：“外臣交劾奴辈，全由王岳一人主使，岳与奴辈同侍左右，如何起意加害？”武宗道：“怕不是么！”瑾又道：“王岳外结阁臣，内制皇上，恐奴辈从中作梗，所以先发制人，试思狗马鹰犬，何损万机，岳乃造事生风，倾排异己，其情可见。就是阁臣近日，亦多骄蹇，不循礼法，若使司礼监得人，遇事裁制，左班官亦怎敢如此？”轻轻数语，已将内外臣工，一网打尽。武宗道：“王岳如此奸刁，理应加罪。只阁员多先帝遗臣，一时不便处置。”瑾又率七人叩首泣奏道：“奴辈死不足惜，恐众大臣挟制万岁，监督自由，那时要太阿倒持呢。”对症发药，真是工谗。武宗素性好动，所虑唯此，不禁勃然怒道：“朕为一国主，岂受阁臣监制么？”中计了。瑾又道：“但求宸衷速断，免致掣肘。”再逼一句，凶险尤甚。武宗即提起硃笔，立书命刘瑾入掌司礼监，兼提督团营，邱聚提督东厂，谷大用提督西厂，张永等分司营务，饬锦衣卫速逮王岳下狱。数语写毕，交与刘瑾，照旨行事。瑾等皆大欢喜，叩谢退出，当夜拿住王岳，并将范亨、徐智等，一律拘至，拷掠一顿。

到了天明，诸大臣入朝候旨，不意内旨传出，情事大变，料知事不可为，于是刘健、谢迁、李东阳皆上疏求去。瑾矫旨准健、迁致仕，独留李东

阳。东阳再上书道："臣与健、迁，责任相同，独留臣在朝，何以谢天下？"有旨驳斥。看官道是何故？原来阁议时健尝推案，迁亦主张诛佞，唯东阳缄默无言，所以健、迁被黜，东阳独留。究竟是少说的好，无怪忠臣短气。一面令尚书焦芳，入为文渊阁大学士，侍郎王鏊，兼翰林学士，入阁预机务。鏊曾议除八人，乃尚得入阁，想是官运尚亨。充发太监王岳等至南京。岳与亨次途中，为刺客所杀。唯徐智被击折臂，幸亏逃避得快，还得保全性命。这个刺客，看官不必细猜，想总是瑾等所遣了。刘健、谢迁，致仕出都，李东阳祖道饯行，饮甫数杯，即叹息道："公等归乡，留我在此，也是无益，可惜不得与公同行。"言毕为之泣下。健正色道："何必多哭！假使当日多出一言，也与我辈同去了。"东阳不禁惭沮，俟健、迁别后，怅怅而返。小子有诗咏道：

名利从来不两全，忠臣自好尽归田。
怪他伴食委蛇久，甘与权阉作并肩。

嗣是中外大权，悉归刘瑾，瑾遂横行无忌，种种不法情形，待至下回再叙。

自李广畏惧自杀，按籍始知其贪婪，于是孝宗又黜佞崇贤，刻意求治，此如日月之明，偶遭云翳，一经披现，则仍露清光，未有不令人瞻仰者也。惜乎天不假年，享年仅三十有六，即行崩逝。嗣主践阼，八竖弄权，刘健等矢志除奸，力争朝右，不得谓非忠臣，但瑾等甫恃主宠，为恶未稔，果其徙置南京，睽隔天颜，当亦不致祸国，必欲迫之死地，则困兽犹斗，况人乎？尚书许进之言，颇耐深味，惜乎刘健等之未及察也。要之嫉恶不可不严，尤不可过严，能如汉之郭林宗，唐之郭汾阳，则何人不可容？何事不可成？否则两不相容，势成冰炭，小人得志，而君子无噍类矣。明代多气节士，不能挽回气运，意在斯乎？

第四十五回　刘太监榜斥群贤　张吏部强夺彼美

却说刘瑾用事，肆行排击，焦芳又与他联络，表里为奸，所有一切政令，无非是变更成宪，桎梏臣工，杜塞言路，酷虐军民等情。给事中刘蒞、吕翀，上疏论刘瑾奸邪，弃逐顾命大臣，乞留刘健、谢迁，置瑾极典云云。武宗览疏大怒，立饬下狱。这疏草传至南京，兵部尚书林瀚，一读一击节道："这正是今世直臣，不可多得呢！"南京给事中戴铣，素有直声，闻林瀚称赏吕、刘，遂与御史薄彦徽，拜疏入京，大旨言元老不可去，宦竖不可任，说得淋漓感慨，当由刘瑾瞧着，忿恨的了不得。适值武宗击球为乐，他竟送上奏本，请为省决。恶极。武宗略阅数语，便掷交刘瑾道："朕不耐看这等胡言，交你去办罢！"昏愦之至。刘瑾巴不得有此一语，遂传旨尽逮谏臣，均予廷杖，连刘蒞、吕翀两人，亦牵出狱中，一并杖讫。南京御史蒋钦，亦坐戴铣党得罪，杖后削籍为民。出狱甫三日，钦复具疏劾瑾，得旨重逮入狱，再杖三十，旧创未复，新杖更加，打得两股上血肉模糊，伏在地上，呻吟不绝。锦衣卫问道："你再敢胡言乱道么？"钦忽厉声道："一日不死，一日要尽言责。"愚不可及。锦衣卫复将他系狱，昏昏沉沉了三昼夜，才有点苏醒起来，心中越想越愤，又向狱中乞了纸笔，起草劾瑾，方握管写了数语，忽闻有声出自壁间，凄凄楚楚，好象鬼啸，不禁为之搁笔。听了一回，声已少息，复提笔再书，将要脱稿，鬼声又起，案上残灯，绿焰荧荧，似灭未灭，不由的毛发森竖，默忖道："此疏一入，谅有奇祸，想系先灵默示，不

欲我草此疏呢。”当下整了衣冠，忍痛起立，向灯下祝道：“果是先人，请厉声以告。”祝祷方罢，果然声凄且厉，顿令心神俱灰，揭起奏稿，拟付残焰，忽又转念道：“既已委身事主，何忍缄默负国，贻先人羞？”遂奋笔草成，念了一遍，矍然道：“除死无大难，此稿断不可易呢。”鬼声亦止。钦竟属狱吏代为递入，旨下又杖三十，这次加杖，比前次更加厉害，昏晕了好几次。杖止三十，连前亦不过九十，安能立刻毙人，这明是暗中受嘱，加杖过重，令其速毙耳。至拖入狱中，已是人事不省，挨了两夜，竟尔毙命。唯谏草流传不朽，其最末一奏，小子还是记得，因录述于后。其词道：

臣与贼瑾，势不两立，贼瑾蓄恶，已非一朝，乘间启衅，乃其本志。陛下日与嬉游，茫不知悟，内外臣庶，懔如冰渊，臣昨再疏受杖，血肉淋漓，伏枕狱中，终难自默，愿借上方剑斩之。朱云何人，臣肯稍让。臣骨肉都销，涕泗交作，七十二岁之老父，不复顾养，死何足惜？但陛下覆国亡家之祸，起于旦夕，是大可惜也。陛下诚杀瑾，枭之午门，使天下知臣钦有敢谏之直，陛下有诛贼之明。陛下不杀此贼，当先杀臣，使臣得与龙逢、比干，同游地下，臣诚不愿与此贼并生也。临死哀鸣，伏冀裁择。

这时候的姚江王守仁，任兵部主事，王文成为一代大儒，所以特书籍贯。见戴铣等因谏受罪，也觉忍耐不住，竟诚诚恳恳的奏了一本。哪知这疏并未达帝前，由刘瑾私阅一遍，即矫诏予杖五十，已毙复苏，谪贵州龙场驿丞。守仁被谪出京，至钱塘，觉有人尾蹑而来，料系为瑾所遣，将置诸死，遂设下一计，乘着夜间，佯为投江，浮冠履于水上，遗诗有“百年臣子悲何极？夜夜江潮泣子胥”二语。自己隐姓埋名，遁入福建武夷山中。嗣因父华就职南京，恐致受累，乃仍赴龙场驿。那时父华已接到中旨，勒令归休去了。户部尚书韩文，为瑾所嗛，日伺彼短，适有伪银输入内库，遂责他失察，诏降一级致仕。给事中徐昂疏救，亦获谴除名。文乘一骡而去。瑾又恨及李梦阳，矫诏下梦阳狱中，因前时为文草疏，竟欲加以死罪。梦阳与修撰康海，素以诗文相倡和，至是浼康设法，代为转圜。康与瑾同乡，瑾颇慕康文名，屡招不往。此时顾着友谊，不得已往谒刘瑾。瑾倒屣出迎，相见甚欢。康乃替梦

阳缓颊，才得释狱。为友说情，不得谓康海无耻。嗣是阉焰熏天，朝廷黜陟，尽由刘瑾主持，批答章奏，归焦芳主政。所有内外奏本，分为红本白本二种。廷臣入奏，必向刘瑾处先上红本。一日，都察院奏事，封章内偶犯刘瑾名号，瑾即命人诘问，吓得掌院都御史屠滽，魂飞天外，忙率十三道御史，至瑾宅谢罪，大家跪伏阶前，任瑾辱骂。瑾骂一声，大众磕一个响头，至瑾已骂毕，还是不敢仰视，直待他厉声叱退，方起身告归。屠滽等原是可鄙，一经演述，愈觉龌龊不堪。瑾以大权在手，索性将老成正士，一古脑儿目为奸党，尽行摈斥，免得他来反对。当下矫传诏旨，榜示朝堂，其文云：

朕以幼冲嗣位，唯赖廷臣辅弼其不逮，岂意去岁奸臣王岳、范亨、徐智窃弄威福，颠倒是非，私与大学士刘健、谢迁，尚书韩文、杨守随、林瀚，都御史张敷萃、戴珊，郎中李梦阳，主事王守仁、王纶、孙槃、黄昭，检讨刘瑞，给事中汤礼敬、陈霆、徐昂、陶谐、刘蒞、艾洪、吕翀、任惠、李光翰、戴铣、徐蕃、牧相、徐暹、张良弼、葛嵩、赵仕贤，御史陈琳、贡安甫、史良佐、曾兰、王弘、任诺、李熙、王蕃、葛浩、陆昆、张鸣凤、萧乾元、姚学礼、黄昭道、蒋钦、薄彦徽、潘镗、王良臣、赵祐、何天衢、徐珏、杨璋、熊倬、朱廷声、刘玉翰、倪宗正递相交通，彼此穿凿，各反侧不安，因自陈休致。其敕内有名者，吏部查令致仕，毋俟恶稔，追悔难及。切切特谕！

榜示后，且召群臣至金水桥南，一律跪伏，由鸿胪寺官朗读此谕，作为宣戒的意思。群臣听罢诏书，个个惊疑满面，悲愤填膺。自是与瑾等不合的人，见机的多半乞休，稍稍恋栈，不遭贬谪，即受枷杖，真所谓豺狼当道，善类一空呢。到了正德三年，午朝方罢，车驾将要还宫，忽见有遗书一函，拾将起来，大略一瞧，乃是匿名揭帖，内中所说，无非是刘瑾不法情事，当即饬交刘瑾自阅。瑾心下大愤，仗着口材，辩了数语，武宗也无暇理论，径自返宫。想是游戏要紧。瑾即至奉天门，立传众官到来，一起一起的跪在门外，前列的是翰林官，俯首泣请道："内官优待我等，我等方感激不遑，何敢私讦刘公公？"哀求如此，斯文扫地。刘瑾闻言，把头略点，举起右肱一挥，着翰林官起去。后列的是御史等官，见翰林院脱了干系，也照着哀诉道：

“我等身为台官，悉知朝廷法度，哪敢平空诬人？”谏官如此，亦足齿冷。瑾闻言狞笑道：“诸君都系好人，独我乃是佞贼，你不是佞贼，何人是佞贼？如果与我反对，尽可出头告发，何必匿名攻讦，设计中伤。”说至此，竟恨恨的退入内室去了。众官不得发放，只好仍作矮人，可怜时当盛暑，红日炎蒸，大众衣冠跪着，不由的臭汗直淋，点滴不止。太监李荣看他狼狈情状，颇觉不忍，恰令小太监持与冰瓜，掷给众官，俾他解渴，一面低声劝慰道：“现时刘爷已经入内，众位暂且自由起立。”众官正疲倦得很，巴不得稍舒筋骨，彼此听了李荣言语，起立食瓜，瓜未食完，只见李荣急急走报道：“刘爷来了！来了！”大众忙丢下瓜皮，还跪不迭。犬豕不如。刘瑾已远远窥见情形，一双怪眼，睁得如铜铃相似，至走近众官面前，恨不得吞将下去。还是太监黄伟，看了旁气不服，对众官道，“书中所言，都是为国为民的事，究竟哪一个所写？好男子，一身做事一身当，何必嫁祸他人？”刘瑾听了为国为民四字，怒目视黄伟道：“什么为国为民，御道荡平，乃敢置诸匿名揭帖，好男子岂干此事？”说罢，复返身入内。未几有中旨传出，撤去李荣、黄伟差使。荣与伟太息而去。等到日暮，众官等尚是跪着，统是气息奄奄，当由小太监奉了瑾命，一齐驱入锦衣卫狱中，共计三百多名，一大半受了暑症。越日，李东阳上疏救解，尚未邀准，过了半日，由瑾察得匿名揭帖，乃是同类的阉人所为，乐得卖个人情，把众官放出狱中。三百人踉跄回家，刑部主事何钺，顺天推官周臣，礼部进士陆伸，已受暑过重，竟尔毙命。死得不值。

是时东厂以外，已重设西厂，应上文且补前未明之意。刘瑾意尚未足，更立内厂，自领厂务，益发喜怒任情，淫刑求逞。逮前兵部刘大夏下狱，坐戍极边，黜前大学士刘健、谢迁为民，外此如前户部尚书韩文，及前都御史杨一清等，统以旧事干连，先后逮系。经李东阳、王鏊等，连疏力救，虽得释出，仍令他罚米若干，充输塞下。众大臣两袖清风，素鲜蓄积，免不得鬻产以偿。还有一班中等人民，偶犯小过，动遭械系，一家坐罪，无不累及亲邻。又矫旨驱逐客籍佣民，勒令中年以下寡妇尽行再醮；停棺未葬的，一概焚弃。名为肃清辇毂，实是借端婪索。京中人情汹汹，未免街谈巷议。瑾且令人监谤，遇有所闻，立饬拿问，杖笞兼施，无不立毙。他还恐武宗干涉，乘间怂恿，请在西华门内，造一密室，勾连栉比，名曰豹房，广选谐童歌女，入豹房中，陪侍武宗，日夜纵乐。武宗性耽声色，还道是刘瑾好意，越

加宠任。因此瑾屡屡矫旨，武宗全然未闻。李东阳委蛇避祸，与瑾尚没甚嫌隙。王鏊初留阁中，还想极力斡旋，嗣见瑾益骄悖，无可与言，乃屡疏求去。廷臣还防他因此致祸，迨经中旨传出，准他乘传归乡，人人称为异数。鏊亦自幸卸肩，即日去讫。乞休都要防祸，真是荆棘盈涂。

此时各部尚书，统系刘瑾私人，都御史刘宇，本由焦芳介绍，得充是职，他一意奉承刘瑾，与同济恶。凡御史中小有过失，辄加笞责，所以深合瑾意。瑾初通贿赂，不过数百金，至多亦只千金，宇一出手，即以万金为贽仪。可谓慷慨。瑾喜出望外，尝谓刘先生厚我。宇闻言，益多馈献。未几即升任兵部尚书，又未几晋职吏部尚书。宇在兵部，得内外武官贿赂，中饱甚多，他自己享受了一半，还有一半送奉刘瑾。及做了吏部尚书，进帐反觉有限，更兼铨选郎张䌽，系刘瑾心腹，从中把持，所有好处，被他夺去不少。宇尝自叹道："兵部甚好，何必吏部。"这语传入瑾耳，瑾即邀刘宇至第，与饮甚欢，酒至数巡，瑾语刘宇道："闻阁下厌任吏部，现拟转调入阁，未知尊意何如？"宇大喜，千恩万谢，尽兴而去。次日早起，穿好公服，先往刘瑾处申谢，再拟入阁办事。瑾微哂道："阁下真欲入相么？这内阁岂可轻入？"想是万金，未曾到手。宇闻此言，好似失去了神魂一般，呆坐了好半天，方怏怏告别。次日即递上乞省祖墓的表章，致仕去了。腰缠已足，何必恋栈，刘宇此去，还算知机。

宇既去位，张䌽即顶补遗缺，不如馈瑾若干。变乱选格，贿赂公行，金帛奇货，输纳不绝。苏州知府刘介，夤缘张䌽，由䌽一力提拔，入为太常少卿。介在京纳妾，虽系小家碧玉，却是著名尤物。䌽素好色，闻着此事，便盛服往贺，介慌忙迎接，殷勤款待。饮了几觥美酒，䌽便要尝识佳人，介不能却，只得令新人盛妆出见，屏门开处，但见两名侍女，拥着一个丽姝，慢步出来，环珮声清，脂粉气馥，已足令人心醉，加以体态轻盈，身材袅娜，仿佛似嫦娥出现，仙女下凡，走至席前，轻轻的道声万福，敛衽下拜。惊得张䌽还礼不及，急忙离座，竟将酒杯儿撞翻。䌽尚不及觉，至新人礼毕入内，方知袍袖间被酒淋湿，连自己也笑将起来。描摹尽致。早有值席的侍役，上前揩抹，另斟佳酿，接连又饮了数杯。酒意已有了七八分，䌽忽问介道："足下今日富贵，从何处得来？"介答道："全出我公赏赐。"䌽微笑道："既然如此，何物相报？"介不暇思索，信口答道："一身以外，统是公物。凭

公吩咐，不敢有私。”綵即起座道：“足下已有明命，兄弟何敢不遵？”一面说着，一面即令随人入内，密嘱数语，那随役竟抢入房中，拥出那位美人儿，上舆而去。綵亦一跃登舆，与介拱手道：“生受了，生受了。”两语甫毕，已似风驰电掣一般，无从追挽。刘介只好眼睁睁的由他所为，宾众亦惊得目瞪口呆，好一歇，方大家告别，劝慰主人数语，分道散去。介只有自懊自恼罢了。到口的肥羊肉，被人夺去，安得不恼。

张綵夺了美人，任情取乐，自在意中。过了数月，又不觉厌弃起来，闻得平阳知府张恕家，有一爱妾，艳丽绝伦，便遣人至张恕家，讽他献纳。恕自然不肯，立即拒复。綵讨了没趣，怀恨在心，便与御史张袗密商。袗即运动同僚，诬劾恕贪墨不职，立逮入京。法司按问，应得谪官论戍，恕受此风浪，未免惊骇，正要钻营门路，打点疏通，忽见前番的说客，又复到来，嘻嘻大笑道：“不听我言，致有此祸。”恕听着，方知被祸的根苗，为珍惜爱妾起见，愈想愈恼，对了来使，复痛骂张綵不绝。来使待他骂毕，方插口道：“足下已将张尚书骂彀了，试问他身上，有一毫觉着么？足下罪已坐定了，官又丢掉了，将来还恐性命难保，世间有几个绿珠，甘心殉节，足下倘罹不测，几个妾媵，总是散归别人，何不先此回头？失了一个美人，保全无数好处哩。”说得有理。恕沉吟一回，叹了口气，垂首无言。来使知恕意已转，即刻趋出，竟着驿使至平阳，取了张恕爱妾，送入张綵府中，恕方得免罪。小子有诗叹道：

毕竟倾城是祸胎，为奴受辱费迟徊。
红颜一献官如故，我道黄堂尚有才。

阉党窃权，朝政浊乱，忽报安化王寘鐇，戕杀总兵官，传檄远近，声言讨瑾，居然造反起来。欲知成败情形，且待下回续表。

本回纯为刘瑾立传，见得刘瑾无恶不为，比前时王振、曹吉祥、汪直一流人物，尤为狠戾，读之尤令人切齿。李东阳委蛇其间，尚得久居相位，无怪世人以觍颜讥之。然陈太郎之吊张让，亦自有枉尺直寻之见，不得全为东阳咎也。刘宇、张綵，皆系阉党，刘宇去而张綵得势，两夺他人爱妾，无人讦发，明廷尚有公理

乎？吾谓明臣未必畏张綵，实畏刘瑾，金水桥之听诏，奉天门之跪伏，令人胆怵心惊，何苦为刘介、张恕一伸冤愤。且介亦自取其咎，恕复仍得好官，多得少失，无怪其尽为仗马寒蝉也。武宗不明，甘听阉党之播弄，国之不亡，犹幸事耳。

第四十六回　入槛车叛藩中计 缚菜厂逆阉伏辜

却说安化王寘𫓹，系庆靖王朱㮵曾孙，㮵为太祖第十六子，就封宁夏，其第四子秩炵，于永乐十九年间，封安化王，孙寘𫓹袭爵。寘𫓹素性狂诞，觊觎非分，尝信用一班术士，为推命造相体格，俱言后当大贵。还有女巫王九儿，教鹦鹉妄言祸福，鹦鹉见了寘𫓹，辄呼他为老皇帝，寘𫓹益自命不凡，暗结指挥周昂，千户何锦、丁广等，作为爪牙，招兵买马，伺机而动。会值正德五年，瑾遣大理寺少卿周东，至宁夏经理屯田，倍征租赋。原田五亩，勒缴十亩的租银，原田五十亩，勒缴百亩的租银，兵民不能照偿，敲扑胁迫，备极惨酷。更兼巡抚安惟学，系刘瑾私人，抵任后，一味行使威福，甚至将士犯过，杖及妻孥。必杖其妻何为？想是爱看白臀肉。部众恨至切骨。宁夏卫诸生孙景文，与寘𫓹素相往来，遂入见寘𫓹道："殿下欲图大事，何勿乘此机会，倡众举义？"寘𫓹大喜，即由景文家置酒，邀集被辱各武弁，畅饮言欢。席间说及寘𫓹素有奇征，可辅为共主，趁此除灭贪官，入清阉党，不但宿愤可销，而且大功可就。各武弁都欣然道："愿如所教。就使不能成事，死亦无恨！"当下歃血为盟，订定始散。景文即转告寘𫓹，寘𫓹遂密约周昂、何锦、丁广等，即日起事。

可巧陕边有警，游击将军仇钺，及副总兵周英，率兵出防。总兵姜汉，别简锐卒六十人为牙将，令周昂带领，何锦为副。昂、锦两人，遂与寘𫓹定计，借设宴为名，诱杀巡抚总兵以下各官。总兵姜汉，及镇守太监李增、邓

广汉等，惘惘到来，入座宴饮，唯周东及安惟学不至。大家正酣饮间，忽见周昂、何锦等，持刀直入，声势汹汹。姜汉慌忙起座，正要启问原因，谁知头上已着了一刀，顿时晕倒，再复一刀，结果性命。李增、邓广汉，无从脱逃，也被杀死。当下纠众至巡抚署，把安惟学一刀两段，转至周少卿行辕，又将周东拖出，也是一刀了结。杀得爽快。寘鐇遂令景文草檄，声讨刘瑾，及张綵诸人罪状，传布边镇，一面焚官府，劫库藏，放罪囚，夺河舟，制造印章旗牌，令何锦为讨贼大将军，昂、广为左右副将军，景文为军师，招平卤城守将张钦为先锋，定期出师，关中大震。

陕西守吏，忙遣使飞驿驰奏，瑾尚想隐瞒过去，暂不上闻，只矫旨饬各镇固守，命游击将军仇钺，及兴武营守备保勋，发兵讨逆。钺方驻玉泉营，闻寘鐇谋叛，率众还镇，途次遇寘鐇使人劝他归降，钺佯为应诺，及至镇，卧病不出。寘鐇因他久历戎行，熟悉边疆形势，随时遣何锦、周昂等，往询战守事宜。仇钺道："朝内阉党，煞是可恨，今由王爷仗义举兵，较诸太宗当日，还要名正言顺，可惜孱躯遇疾，一时不能效命，俟得少愈，即当为王前驱，入清君侧呢。"何锦颇也狡黠，恐他言不由衷，随答道："仇将军情义可感，现有贵恙，总宜保养要紧，唯麾下兵精士练，还乞暂借一用，幸勿推却！"钺不待思索，便答道："彼此同心，何必言借？"说着，即将卧榻内所贮兵符，交与何锦。锦喜形于色，接受而去。何锦乖，不知仇钺尤乖。

钺乃暗遣心腹，密约保勋兵至，里应外合。适陕西总兵曹雄，亦遣人持书约钺，具言杨英、韩斌、时源等，各率兵屯扎河上，专待进兵，请为接应等语。钺拈须半晌，计上心来，婉覆来人去讫，当即报告寘鐇，谓官军已集河东，请速派兵阻住，毋使渡河。寘鐇自然相信，亟遣何锦等往截渡口，仅留周昂守城。寘鐇复出城祭祀社稷旗纛等神，使人呼钺陪祭，钺复以疾辞。寘鐇祭毕返城，遣周昂往视钺病，钺暗中布置壮士，俟昂入寝室，由壮士握着铁锤，从后猛击，可怜他脑浆迸流，死于非命。钺即一跃起床，披甲仗剑，跨马出门，带着壮士百余人，直抵城下。城卒见是仇钺到来，只道他病恙已痊，前来效力，忙大开城门接入。钺等拥入安化王府，凑巧孙景文等出来迎接，钺竟指挥壮士，出其不意，将他拿下，一共捉住十余人，再大着步趋入内厅。寘鐇方闻外庭呼噪，抢步出视，兜头遇着仇钺，刚欲上前握手，不防钺右臂一挥，竟将寘鐇扑倒，壮士从后趋上，立刻把寘鐇揿住，绑缚起

来，寘鐇才晓得是中计，追悔也不及了。以百余人往执寘鐇如缚犬豕一般，此等庸奴，还想做皇帝，可笑！寘鐇子台溍，及党羽谢廷槐、韩廷璋、李蕃、张会通等忙来抢救，又被钺率着壮士，抖擞精神，将他打倒，一并擒住。统是不中用的人物。随即搜出安化王印信，钤纸书檄，命何锦速还。何锦部下，有都指挥郑卿，与仇钺素来认识，钺遣部将古兴儿，密劝郑卿反正，使图何锦。锦留丁广等守河，方率众退归，不防郑卿已运动军士，中途为变，事起仓猝，如何抵挡？锦只好孤身西走。其时曹雄、保勋等已渡河而西，杀败丁广、张钦诸人，丁、张等也向西窜去。适与何锦相遇，同奔贺兰山。官军陆续往追，至贺兰山下，堵住山口，分兵向山中搜索，把丁广、张钦等捉得一个不留。统计寘鐇倡乱，只有一十八日，便即荡平。

京中尚未接捷音，只闻着仇钺助逆消息，刘瑾也遮瞒不住，没奈何入报武宗。武宗忙集诸大臣会议，李东阳奏请宥充军罚米官员，停征粮草等件，冀安人心。刘瑾尚有难色，武宗此时，也不能顾及刘瑾，竟照东阳所奏，颁诏天下，复命泾阳伯神英充总兵官，太监张永监军，率京营兵前往讨逆。廷臣请起用前右都御史杨一清，提督军务，武宗亦唯言是从，立召一清入朝，托付兵权。急时抱佛脚，可见武宗全无成心。刘瑾与一清不合，独矫诏改户部侍郎陈震，为兵部侍郎，兼佥都御史，一同出征。明是监制一清。各将帅方出都门，仇钺等捷书已到，乃召泾阳伯神英还都，命张永及杨一清等，仍往宁夏安抚。时道路相传，总督率京营兵至，将屠宁夏，一清恐谣言激变，亟遣百户韦成赍牌晓谕，略称："大憝已擒，地方无事，朝廷但遣重臣抚定军民，断不妄杀一人。"云云。既至宁夏，又出示："朝廷止诛首恶，不问胁从，各部官员，不许听人诬陷，敢有流造讹言，当以军法从事！"于是浮言顿息，兵民安堵。太监张永，檄镇守抚按，逮捕党犯千余人。一清分别轻重，重罪逮系，轻犯释放，先遣侍郎陈震，押解寘鐇等入京，自与张永留镇待命。寘鐇等到京伏诛，有旨令张永回朝，封仇钺为咸宁伯，留杨一清总制三边军务。一场逆案，总算了清。

先是杨一清与张永西行，途中谈论军事，很是投机，至讲及刘瑾情状，永亦恨恨不平，一清探他口气，才知刘瑾未柄政时，原与张永等莫逆，到了专权以后，张永等有所陈请，瑾俱不允。又尝欲以他事逐永，永巧为趋避，方得免祸。密谈了好几日。一清方扼腕叹道："藩宗有乱，还是易除。宫禁

大患，不能遽去，如何是好？”永惊问何故？一清移座近永，手书一瑾字。连瑾字都不敢明言，阉焰可知，然他日仍假手阉党，除去此獠，益见有势不可行尽。永亦附耳语道：“瑾日夕内侍，独得恩宠，皇上一日不见瑾，即郁郁寡欢，今羽翼既成，耳目甚广，欲要除他，恐非易事。”一清悄悄答道：“公亦是皇上信臣，今讨逆不遣他人，独命公监军，上意可知。公若班师回朝，伺隙与皇上语宁夏事，上必就公，公但出寘鐇伪檄，并说他乱政矫旨，谋为不轨，海内愁怨，大乱将起，我料皇上英武，必听公诛瑾。瑾诛后，公必大用，那时力反瑾政，收拾人心，吕强、张承业后，要算公为后劲，千载间只有三人，怕不是流芳百世么？”说得娓娓动听，非满口阿谀者可比。永皱眉道：“事倘不成，奈何？”一清道：“他人奏请，成否未可知，若公肯极言，无不可成。万一皇上不信，公顿首哀泣，愿死上前，上必为公感动，唯得请当即施行，毋缓须臾，致遭反噬。”永听言至此，不觉攘臂起座道：“老奴何惜余年，不肯报主？当从公所言便了。”一清大喜，又称扬了好几句，方搁过不提。至张永奉旨还朝，一清饯别，复用指蘸着杯中余滴，在席上画一瑾字。永点首会意，拱手告别。将至京，永请以八月望日献俘，瑾故意令缓。原来瑾有从孙二汉，由术士余明，推算星命，据言福泽不浅，该有九五之尊。又是术士妄言致祸，可为迷信者戒。瑾颇信以为真，暗中增置衣甲，联络党羽，将于中秋起事。适值瑾兄都督刘景祥，因病身亡，不致杀身，好算运气。瑾失一帮手，未免窘迫。永又请是日献俘，与瑾有碍，所以令他延期。但天下事若要不知，除非莫为，京城里面，已哗传刘瑾逆谋，众口一词，只有这位荒诞淫乐的武宗，还一些儿没有知晓。昏愦至此，不亡仅耳。

张永到京，恰有人通风与他，他即先期入宫，谒见武宗。献俘已毕，武宗置酒犒劳，瑾亦列席，从日中饮到黄昏，方才撤席，瑾因另有心事，称谢而出。永故意逗留，待至大众散归，方叩首武宗前，呈上寘鐇伪檄，并陈瑾不法十七事。又将瑾逆谋日期，一一奏闻。武宗时已被酒，含糊答道：“今日无事，且再饮数杯！”祸在眉睫，尚作此言，可发一笑。永答道：“陛下畅饮的日子，多着呢。现在祸已临头，若迟疑不办，明日奴辈要尽成齑粉了。”武宗尚在沉吟，永又催促道：“不但奴辈将成齑粉，就是万岁亦不能长享安乐呢！”武宗被他一激，不觉酒醒了一大半，便道：“我好意待他，他敢如此负我么？”正说着，太监马永成亦入报道：“万岁不好了！刘瑾要造反哩。”

武宗道："果真吗？"永成道："外面已多半知晓，怎么不真？"永复插口道："请万岁速发禁兵，往拿逆贼。"武宗道："甚好，便着你去干罢！我到豹房待你。"永立即趋出，传召禁卒，竟至刘瑾住宅，把他围住。时已三鼓，永麾兵坏门直入，径趋内寝。瑾方在黑甜乡中，做着好梦，是否梦做太上皇？蓦地里人声喧杂，惊逐梦魔，披衣起问，一辟寝门，即遇张永，永即朗声道："皇上有旨，传你去呢！"瑾问道："皇上在哪里？"永答道："现在豹房。"瑾顾家人道："半夜三更，何事宣召？这真奇怪呢！"永复道："到了豹房，便知分晓。"瑾整了衣冠，昂然趋出。行未数步，即有禁兵上前，将他缚住，瑾尚是呵叱不休，禁兵不与计较，乱推乱扯的，牵了出去，连夜启东华门，缚瑾菜厂内。

越日早朝，武宗即将张永所奏，晓示阁臣，阁臣面奏道："非查抄刘瑾府中，不足证明谋反的真假，恐瑾尚不肯认罪呢。"武宗迟疑半晌道："待朕自往查抄便了。"言下尚有疑衷。即带着文武百官，亲至瑾宅，由锦衣卫一一搜索，自外至内，无不检取，共得金二十四万锭，又五万七千八百两，元宝五百万锭，一百五十八万三千六百两，宝石二斗，奇异珍玩，不计其救。还有八爪金龙袍四件，蟒衣四百七十件，衣甲千余，弓弩五百，最可怪的是两柄貂毛扇，扇柄上暗藏机栝，用手扳机，竟露出寒光闪闪的一具匕首。武宗不禁瞠目道："好胆大的狗奴！他果然谋逆了。"到此方深信吗？乃整驾回朝，立传旨下瑾诏狱，尽法审鞫，一面钩捕逆党，把吏部尚书张綵，锦衣卫指挥杨玉、石文义等，一并下狱。于是六科十三道，共劾瑾罪，一古脑儿有三四十条，就是刘瑾门下的李宪，也上书劾瑾，比别人更说得出透。大家打落水狗，如李宪辈，更是狗自相龁。刘瑾闻李宪讦奏，冷笑道："他是我一手提拔，今也来劾我么？"谁叫你去提拔他？越日廷讯逆案，牵瑾上阶。刑部尚书刘璟，见了瑾面，不由的脸红耳热，连一句话都说不出来。平日党附巨奸，至此不便落脸，我还说他厚道。瑾睁着两眼，厉声道："满朝公卿，尽出我门，哪个敢来审我？"不啻自供。众官闻言，多面面相觑，退至后列，独有一人挺身出语道："我敢审你。我是国家懿戚，未尝出入你门，怎么不好审你？"瑾瞧将过去，乃是驸马都尉蔡震，也不觉吃了一惊。蔡震又道："公卿百官，统是朝廷命吏，你乃云出你门下，目无皇上，应得何罪？"随叱左右道："快与我批颊！"左右不敢违慢，把刘瑾的两颊上，狠狠的挞了数十下，瑾

禁不住叫痛起来。笞杖别人，比你痛苦何如。震复叱道："你在家中，何故擅藏弓甲？"瑾支吾一会，方说道："这、这是保卫皇上呢！"震笑道："保卫皇上，须置在宫禁中，如何藏着你室？就是龙衮蟒袍，亦岂你等可服？若非谋为不轨，那得制此衣物？真迹已露，还有何辩？"这数语，说得刘瑾哑口无言，只好匍匐叩头。震即令牵还狱中，入内复旨。即日下诏，谓逆瑾罪状确凿，毋庸复讯，着即磔死。所有逆瑾亲属，一律处斩。于是威焰熏天的逆阉，竟遭脔割，都人士争啖瑾肉，以一钱易一脔，顷刻而尽。肉不足食，都人士独不怕腌臜吗？

瑾亲族十五人，一一伏法，从孙二汉，自然也赏他一刀。想做皇帝的结果。二汉临刑时，涕泪满颐道："我原是该死，但我家所为，统是焦芳、张綵两人，撺掇起来。张綵今亦下狱，谅他也不能幸免，独焦芳安然归里，未见追逮，我心实是未甘呢。"原来焦芳、张綵，先后附瑾，芳尝称瑾为千岁，自称门下，瑾妄作妄行，多半由芳嗾使，及张綵得势，芳势少衰，綵于瑾前举芳阴事，瑾即当众辱芳，芳惭沮乞归，距瑾死不过两月余。张綵狱成拟斩，他竟在狱毙命，下诏磔尸，指挥刘玉、石文义等，皆处死，唯芳止除名。芳子黄中，已由侍读升任侍郎，性甚狂恣。芳有美妾，系土官岑濬家眷，濬得罪没入，为芳所据。黄中也觉垂涎，平时在父左右，已不免与那美人儿，有眉挑目逗等情，及芳失势将归，愁闷成疾，他竟以子代父，把美人儿诱入己室，居然解衣同寝，做些无耻的勾当。那美人儿厌老喜少，恰也两相情愿，但外人已纷纷传播，至焦芳除名，黄中尚未曾受谴，御史等交章论劾，并把那子烝父亲的罪状，一并列入，乃将黄中褫职。美人儿仍得团圆，较诸张綵之死，不容二妾陪去，所得多矣。外如户部尚书刘玑，兵部侍郎陈震等，统削籍为民。小子有诗咏道：

一阳稍复化冰山，天道难云不好还。
到底恶人多恶报，刑场相对泪空潸。

罪人伏法，有功的例当封赏，张永以下诸人，又弹冠相庆了。欲知详细，请阅下回。

有刘瑾之不法，而后有寘鐇之叛。有寘鐇之为逆，而后有刘瑾之诛。两两相因，同归于尽，不得谓非武宗之幸事。天意不欲亡明，因使寘鐇作乱，以便张、杨二人之定谋，卒之处心积虑之二凶，一则未战而即成擒，一则甫出而遽就缚，外忧方弭，内患复除，谓非天祐得乎？不然，如昏迷沉湎之武宗，乃能仓猝定变耶？阅者乃于此觇恶报焉。

第四十七回　河北盗横行畿辅 山东贼毕命狼山

却说刘瑾等伏罪遭诛，张永以下，相率受赏，永兄富得封泰安伯，弟容得封安定伯，魏彬弟英，得封镇安伯，马永成弟山，得封平凉伯，谷大用弟大玘，得封永清伯，均给诰券世袭。张永等出了气力，可惜都给与兄弟。张永等身为太监，虽例难封爵，究竟权势烜赫，把持政权，不过较刘瑾时稍差一点。阁中换了两个大臣，一是刘忠，一是梁储，两人前日，俱为瑾所排斥，至是同召入阁，俱授吏部尚书兼文渊阁大学士。李东阳居官如故。弊政微有变更，大致仍然照旧，百姓困苦，分毫未舒，免不得有盗贼出现。

其时有个大盗张茂，窟穴霸州，家中有重楼复壁，可藏数十百人。邻盗刘六、刘七、齐彦名、李隆、杨虎、朱千户等都与他往来，倚为逃薮。茂又与太监张忠，对宇同居，结为兄弟，时常托忠纳贿权阉。马永成、谷大用诸人，得了好处，也引他为友，他竟假扮阉奴的模样，混入豹房，恣行游览。武宗哪里管得许多，镇日与三五美人，蹴踘为乐，就是有十个张茂，也只道是中官家人，不为张茂所刺，想是百神呵护。茂遂出入自由，毫无忌惮；有时手头消乏，仍去做那劫夺的勾当。一日在河间府出手，突被参将袁彪，率兵来捕，茂虽有同党数人，究因众寡不敌，败阵逃还，偏偏袁彪不肯甘休，查得张茂住处，竟带领多兵，要与他来算账。茂闻风大惧，忙向好兄弟张忠处求救。忠言无妨，便留住张茂，一面预备盛筵，俟袁彪到来，即请他入宴。彪不便推却，应召赴饮。忠竟令张茂陪宾，东西分坐。饮了数巡，张忠酌酒一

大觥，送与袁彪道："闻参戎来此捕盗，为公服务，足见忠心。但兄弟恰有一事相托！"说至此，即手指西座张茂，转语袁彪道："此人实吾族弟，幸毋相厄！"又举一卮与茂道："袁将军与你相好，今后勿再扰河间。"茂自然唯唯从命。彪亦没奈何应诺，饮尽作别，即率兵自归。茂幸得脱险，转瞬间故态复萌，仍是四出劫掠。可巧御史宁杲，奉命捕盗，到了霸州，察悉张茂是个盗魁，即召巡捕李主簿入见，饬他捕茂。李主簿知茂厉害，且素闻茂家深邃，一时无从搜捕，左思右想，情急智生，他竟扮了弹琵琶的优人，邀二三同伴，径诣张茂家弹唱。茂是绿林豪客，生性粗豪，不防他人暗算，遂召他入内侑酒。李主簿善弹，同伴善唱，引得张茂喜欢不迭，留他盘桓数日。他得自在游行，洞悉该家曲折，那时托故告别，即于夜间导着宁杲，并骁勇数十人，逾垣直入，熟门熟路的进去，竟将张茂擒住，用斧斫断茂股，扛缚而归。

余盗杨虎、齐彦名、刘六、刘七等闻张茂被擒，慌忙托张忠斡旋。忠入与马永成商议，永成索银二万两，方肯替他说情。强盗要掳人勒赎，不意明廷太监，反要掳盗索贿。看官！你想这强盗所劫金银，统是随手用尽，哪里来的余蓄？大家集议一番，不得主意，杨虎起言道："官库中金银很多，何不借些使用？"劫官偿官，确是好计。言尚未终，竟大踏步去了。是夕即邀集羽翼，往毁官署。署中颇有准备，一闻盗警，救火的救火，接仗的接仗，丝毫不乱，杨虎料难得手，一溜烟的走了。刘六、刘七闻杨虎失败，恐遭祸累，忙向官署自首。当由官署收留，令他捕盗自效，一住数月，也捉到好几个毛贼。但是盗贼性情，不喜约束，经不起官厅监督，又复私自遁去。嗣是抗官府，劫行旅，不到数旬，竟聚众至好几千人，骚扰畿南。

霸州文安县诸生赵鐩，颇有膂力，豪健自诩，人呼他为赵疯子。六等乱起，鐩挈妻女避难，暂匿河边芦苇中，不料被众贼所见，前来掳掠。鐩慌忙登岸，妻子亦随着同逃，无如三寸莲钩，不能速行，走不数步，被贼追及，把他妻女拉住，看她有几分姿色，竟欲借河岸为裀褥，与她做个并头花。那妻女等惊骇异常，大呼救命，鐩转身瞧着，怒气填胸，竟三脚两步，抢将过去，提起碗大的拳头，左挥右击，无人可当，众贼一哄而散，有两人逃得稍慢，被他格毙。凑巧刘六、刘七等，大队到来，见赵鐩如此威风，不由的愤怒起来，当即麾众上前，将赵鐩困在垓心。鐩孤掌难鸣，敌不住许多盗党，

不一时即被擒住。刘六顾镃道："你是何人？胆敢撒野。"镃张目叱道："好一个呆强盗，连赵疯子都不认识么？"颇有胆气。刘六闻言，亲与解缚，一面劝慰道："原来是赵先生，久仰侠名，惜前此未曾面熟，竟致冒犯，还乞先生原谅！"镃复道："你走你的路，我走我的路，何必与我客气？"刘六道："贪官污吏，满布中外，我等为他所逼，没奈何做此买卖。今得先生到此，若肯入股相助，指示一切，我情愿奉令承教呢！"刘六颇善笼络。赵镃一想，刘六颇有义气，不如将就答应，一来可保全性命，二来可保全妻孥，且到后来再说，随语刘六道："欲我入股，却也不难，但不要奸淫掳掠，须严申纪律，方可听命。"想为妻女受惊之故，因有此语。刘六道："全仗先生调度。"镃又道，"家内尚有兄弟数人，不若一并招来，免致受累。"六亦允诺。镃即率妻女还家，收拾细软，并与弟鐇、镐等，募众五百人，径诣河间，遣人通报刘六等，一同来会。于是畿南一带，统是盗踪。

是时承平日久，民不知兵，郡县望风奔溃，甚至开门揖盗，以故群盗无忌，越发横行。赵镃与杨虎、刘三、邢老虎等往掠河南，刘六、刘七与齐彦名等往掠山东，分道扬镳，所至蹂躏。明廷亟命惠安伯张伟充总兵官，都御史马中锡提督军务，统京营兵出剿流贼。伟系仁宗后侄曾孙，出自绔袴，素不知兵，中锡又是个白面书生，腐气腾腾，竟欲效汉龚遂治渤海故事，招抚贼众，沿途尽出榜示，大略谓："潢池小丑，莫非民生，所在官司，不得无故捕获，好好的供给劝导。如若悔过听抚，一律宥死。"确是迂腐。刘六等见了此示，倒也禁止杀掠，将信将疑。中锡至德州桑儿园，居然单车简从，直投贼垒。刘六出寨迎谒，由中锡开诚晓谕，六随口答应，唯命是从。待中锡已返，便拟遣散党羽，往降官军。刘七奋臂道："俗语说得好，'骑虎难下'，目今内官主政，国事日非，马都堂能自践前言么？"六乃不敢决议。潜令党人到京，探听中贵，并无招降消息。又将山东所劫金银，运送权倖，求下赦令，计复不行。刘六、刘七等遂大肆劫掠。唯至故城县中，相戒勿入马都堂家。马籍隶故城，举室独完。遂谤腾中外。廷臣统劾他玩寇殃民，连张伟一并就逮。伟革职闲住，中锡竟瘐毙狱中。

兵部尚书何鉴，以京军不能讨贼，请发宣府、延绥二镇兵助讨。有旨允准，且命兵部侍郎陆完，总制边军，所有边将许泰、郤永、冯祯等悉听调遣。师出涿州，忽报寇众已至固安，将犯京师。武宗闻着，也惶急得很。此

时尚清醒么？亟亲御左顺门，召大学士李东阳、梁储、杨廷和及尚书何鉴商议，且谕道："贼向东来，师乃西出，彼此相左，奈何？"何鉴道："陆侍郎去京不远，可飞驿召还，贼闻大军入卫，自然远遁了。"武宗鼓掌称善。鼓掌二字用得妙。鉴即饬使追还陆完，令他东趋固安，堵截贼众。许泰、郤永亦自霸州进攻，前后夹击，连破贼寨。完请再发大同、辽东兵协助，以便早日荡平，乃调大同总兵张俊，游击江彬等入征。江彬进来，又是一个大祸来。谷大用以贼势渐衰，自请督师，冀邀封赏。武宗遂以大用提督军务，伏羌伯毛锐为总兵官，太监张忠监神枪营，皆出会完。张忠为大盗张茂好友。如何令他监军？刘六等闻王师大出，避锐南下，连破日照、海丰、寿张、阳谷、曲阜等县城，进攻济宁，焚去粮船千二百艘。大用等到了临清，遥闻贼势浩大，观望不前。想是要追悔了。六料他没用，竟舍了济宁，从间道卷甲北趋，意欲乘武宗祀天，潜行劫驾，哪知被尚书何鉴侦觉，立刻奏闻，即夕严设守备，防得水泄不通。待至黎明，武宗召问何鉴，应否郊祀？鉴奏称："兵防严密，尽可无虑，不如早出主祭，借安人心。"武宗准奏，即乘辇出城，直抵南郊，从容礼成而还。六知有备，不敢入犯，西掠保定去了。

这时候的赵疯子等方转掠河南，横行而东，直至徐州，分众攻宿迁。淮安知府刘祥，率兵逆贼，未战先溃。贼众追逼至河，官军溺毙无算，祥马蹶被执。赵鐩审讯刘祥，尚无虐民情事，纵使归去，随即渡河南行，杀高邮等卫官军三百余人，劫住指挥陈鹏。转攻灵璧，突入城中，又把知县陈伯安缚住。赵鐩劝他入党，伯安不屈，反斥责贼众。刘三在旁，听不下去，竟拔出宝刀，奔向伯安，欲借他的头颅。鐩急忙拦阻，语刘三道："陈大令忠直可嘉，不如放他归去为是。"刘三乃停住了手，当由鐩放还伯安，并将指挥陈鹏，也释缚纵归。嗣是所过州县，先约官吏师儒，无庸走避，但教望风迎顺，一体秋毫无犯。疯子不疯，颇有儒者气象。后至钧州，以前吏部尚书马文升，家居城中，戒毋妄入，绕城径去，转入泌阳，至焦芳家搜掠一番。芳已远匿，鐩令束草为人，充作芳像，自持刀乱剁道："我为天下诛此贼。"言已，即令手下放火，把焦氏一座大厦，烧得干干净净。如此方真成焦氏。并将焦氏先冢，尽行铲平。官吏听者。复渡河北行，陷归德府。守备万都司，及武平卫指挥石坚，率兵千余，来击赵鐩。鐩收众南遁，将渡小黄河，还顾官军追至，返身接战，杀得官军七零八落，大败而逃。鐩令众休息一日，然后

渡河。杨虎自恃勇悍，独率死党杨宁等九人，临河夺舟，踊跃欲渡。不意武平卫百户夏时，率兵伏着，俟虎已下船，鼓噪而出，用了强弩巨石，一齐掷去，竟将杨虎的坐船，击沉河中，虎等溺毙。镃闻虎被溺，急忙驰救，但见流水潺潺，烟波渺渺，不但杨虎等无影无踪，就是官军亦不见一个，只得凭吊一番，整众南渡。刘三因杨虎已死，同党中没有鸷类，遂思拥众自尊，当下与赵镃商议，只说是无主必乱。镃已瞧透私意，索性顺风使帆，推他为主。他遂自称为奉天征讨大元帅，令镃为副，分众十三万为二十八营，说是上应二十八宿，各树大旗为号，又置金旗二面，大书："虎贲三千，直抵幽燕之地，龙飞九五，重开混沌之天。"尝见太平天国中亦有此联，唯混沌二字，改作尧舜，想是从此处抄来。这四语是赵疯子手笔，刘三为之大喜。复约刘六、刘七等分掠山东、河南，刘六复攻霸州。明廷召回谷大用、毛锐等，抵御刘六，途次与六相遇，大用骇急先奔，只配做太监，不配做监军。毛锐也随后趋避，官兵都走了他娘，管什么刘六、刘七。六与七反追杀一阵，夺了官兵许多甲仗。大用等狼狈回京，武宗也不去罪他，但别遣都御史彭泽，咸宁伯仇钺，接统军务。泽与钺颇有威望，既奉命出师，遂倡议按地圈剿。山东一方面，归兵部侍郎陆完征讨，自率军径趋河南。适赵镃等攻唐县，二十八日不能下，邢老虎得病身亡，得保首领，算是幸事。镃并有邢众，转掠襄阳、樊城、枣阳、随州等处，可巧彭泽、仇钺统军到来，与赵疯子遇着西河，两下交锋，混杀一阵。此次官军都是精锐，更兼泽、钺两人持刀督阵，退后立斩，所以人人效命，个个先驱，任你赵疯子如何权略，也吃了一大败仗，伤亡了二千余人，丧失马骡器械无数，剩了残兵败卒，向南急奔，至河南府地方，会同刘三，直攻府城。总兵冯祯，领军追至，鏖战了一昼夜，祯竟阵亡，贼亦被杀多人，夜奔汝、颍。朱皋镇官兵截击，斩馘甚众，贼仓皇渡河，先后淹毙，又不计其数。仇钺复率大军趋至，连战皆捷，逼至土地坡，由指挥王瑾，射中刘三左目。三痛不可忍，纵火自焚。只赵镃窜走德安，行至应山，料知事不能成，适遇行脚僧真安，因愿受剃度，怀牒亡命。其党邢本道等散奔随州，被湖广巡抚刘丙拿住，细细拷问，方知赵疯子做了和尚。前时不做和尚，至此已是迟了。乃檄各镇饬兵迹捕。赵疯子行至武昌，走入饭店中，要酒要肉，大饮大嚼，和尚吃荤，安得不令人瞧破？想是命中该死，所以有此糊涂。武昌卫军人赵成、赵宗等见他形迹可疑，跟入店中，等到赵疯子酒意醺醺，方相

约动手，前牵后扯，把他推倒店楼，抬至府署报功。当由府解入省中，搜出度牒，的系赵镃无疑，遂槛送京师，依大逆不道例，凌迟处死。群盗中还算是他，乃亦不免极刑，毕竟盗不可为。河南肃清。

彭泽、仇钺等移师山东，往助陆完。陆完正与刘六、刘七等往来争斗，互有杀伤。刘六、刘七复得了一个女帮手，很是厉害。这女盗为谁？便是杨虎妻崔氏。崔氏本系盗女，练习一身拳棒，兼带三分妩媚，平时尝骑着一匹黄骠马，往返盗窟，盗众见她勇过乃夫，送给一个混号，叫作杨跨虎。本是杨虎之妻，乃绰号叫作跨虎，可见雌虎更凶于雄虎。及杨虎死后，又称她为杨寡妇。清有齐寡妇，明有杨寡妇，诚不约而同。杨寡妇谋复夫仇，潜至山东招集旧好，投入刘六、刘七垒中。刘六等自然欢迎，是否存着歹心？相偕四掠，转入利津，偏偏遇着佥事许逵。这许逵很通兵法，前为乐陵知县，捍守孤城，屡次却敌，积功擢为佥事，此次引兵到来，个个如生龙活虎一般，恁你百战的刘六、刘七，跨虎的杨寡妇，也觉招架不住，败退枣林。途次复为督满御史张缙及千户张瀛截杀一阵，弄得七零八落，逃入河南，转至湖广，为官军所迫，刘六死水中，刘七与杨寡妇挟众东走，出没长江。侍郎陆完，自临清驰至江上，分扼要害，与贼相持。贼尚行踪飘忽，倏东倏西。仇钺又自山东驰至，还有副总兵刘晖率辽东兵，千总任玺率大同兵，游击郤永率宣府兵，一古脑儿齐集大江，与贼死战，且用火焚毁贼舟。刘七等走保狼山，各军陆续进攻。刘晖在山北，郤永在山南，皆拥盾跪行而上，手施枪炮，且上且攻，盾上矢集如蝟，仍然不退，遂攻入贼寨。刘七自山后逃下，身中流矢，赴水毙命。齐彦名中枪死，只有杨寡妇一人，不知下落，大约是死于乱军中了。小子有诗叹道：

为扫萑苻动六军，三年零雨始垂勋。
昆岗焚尽遗灰在，玉石谁为子细分。

盗魁尽死，余众皆殪，自正德五年至七年，用兵三载，方得平定，陆完、彭泽等奏凯还朝，以后情事，下回再表。

河北群盗之起，势似乌合，若得良将出剿，一鼓可以荡平，乃所用非人，议

抚不成，议剿无力，遂至盗贼横行，蔓延五省。幸得彭泽、仇钺等倡议分剿，各专责成，于是盗之在河南者，平定于先，盗之在山东者，亦逼入长江，歼除于后。盗虽削平，而五省生灵，鱼糜肉烂，又复竭诸道兵力，费若干帑项，经三载而始定，乃叹星星之火，易至燎原，非杜渐防微不可也。唯赵疯子假仁仗义，卒至身名两败，竟受极刑，最不值得。刘六、刘七、杨虎、齐彦名等不足诛焉。

第四十八回　经略西番镇臣得罪　承恩北阙义儿导淫

却说河北群盗，一体荡平，免不得又要酬庸。陆完、彭泽，俱得加封太子少保，仇钺竟封咸宁侯，内阁李东阳、杨廷和、梁储、费宏俱得加荫一子，连谷大用弟大宽也得封高平伯。还有太监陆訚内掌神枪营，说他督械有功，贻封弟永得为镇平伯。又是太监弟运气。方在君臣交庆的时候，忽由四川递到警报，乃是保宁贼蓝廷瑞余党连陷州县，势日猖獗，总制尚书洪钟无力剿平，乞即济师等语。先是湖广、江西、四川等省，连年饥馑，盗贼并起。湖广有沔阳贼杨清、邱仁等，江西有东乡贼王钰五、徐仰三等，桃源贼汪澄二、王浩八等，华林贼罗先权、陈福一等，赣州贼何积钦等，所至蔓延。明廷遣尚书洪钟，总制湖广、四川军务，左都御史陈金，总制江西军务。陈金到了江西，剿抚兼施，依次平靖。洪钟出湖广，檄布政使陈镐及都指挥潘勋，击破贼党，肃清湖湘，再移师入蜀。蜀寇蓝廷瑞自称顺天王，鄢本恕自称刮地王，廖惠自称扫地王，结众十万，纵掠川中。洪钟与巡抚林俊，总兵杨宏，相机剿捕，尚称得手。廖惠就擒，嗣复诱降蓝廷瑞、鄢本恕等，设伏邀宴，把他一并擒斩。余党廖麻子、喻思俸等在逃未获，不到数月，又复结成巨党，分劫州县。巡抚林俊，素得民心，至是与洪钟有嫌，且因中官弟侄，寄名兵籍，往往冒功求赏，拒不胜拒，遂疏乞致仕。朝旨准奏，蜀民乞留不允，因此民情愈怨，相率从盗。廖麻子、喻思俸等，结众至二十万。洪钟派兵分剿，日不暇给，乃奏请增兵。此段系是补叙，并及湖广、江西乱事，是补

笔中销纳法。武宗召群臣廷议，或请派兵助剿，或请简员督师，议论不一。独御史王绘，劾奏洪钟纵寇殃民，请即另易大员。于是将钟罢职，命太子少保都御史彭泽率总兵时源西征。

泽至四川，征集苗兵，圈剿贼众，但开东北一面，纵贼出走。廖麻子、喻思俸等遂窜入汉中。泽又逼他入山，四面围攻，竟将廖、喻诸贼，次第擒诛。复回军扫平内江、营昌等处，四川大定。蜀寇虽多，不及河北群盗之狡悍，所以用笔从略。有诏封彭泽为太子太保，授时源为左都督。泽请班师回朝，廷议未许，令他暂留保宁镇抚。未几即调任甘肃，令他提督军务，经理哈密。哈密一事，说来又是话长，不得不追溯源流，表明大略。边塞重事，特别表明。原来哈密在甘肃西北，即唐时伊吾庐地。今属新疆省。元末以威武王纳忽里镇守。明太祖定陕西、甘肃诸镇，嘉峪关以西，暂置不问，至永乐二年，方传檄招降。其时纳忽里已死，子安克帖木儿嗣，奉诏贡马，受封为忠顺王，即置哈密卫。忠顺王，再传为孛罗帖木儿，被弑无子，由王母代理国事。寻因鞑靼部加兵，避居赤斤苦峪，且遣使奏请明廷，愿以外孙把塔木儿，袭封王爵，镇守哈密。时已成化二年，宪宗览奏，颁发兵部议闻。兵部复请以把塔木儿为右都督，代守哈密，摄行王事。当下依议传旨，把塔木儿自然奉命。既而把塔木儿病死，子罕慎嗣职，哈密邻部土鲁番，适当强盛，头目阿力，自称速檀，一作苏勒坦，意即可汗之类。率众袭哈密，逐走罕慎，掳了王母，劫去金印。甘肃巡抚娄良以闻，廷臣主张恢复，因举高阳伯李文，右通政刘文，驰往征讨，将至哈密，闻众已溃散，不敢深入，止调集番兵数千，驻守苦峪。会速檀阿力，遣使入贡，且致书李文，只称王母已死，金印缓日归还。李文等不待朝命，即还兵复旨。过了半年，并不闻还印消息，乃更铸哈密卫印，颁赐罕慎，即就苦峪立卫，给他土田，俾得居住。越数年，速檀阿力死。罕慎得乘间进兵，复入哈密。嗣又为阿力子阿黑麻所诱，杀死城下。阿黑麻恐明廷诘责，遣人入贡，并请代领西域。有旨令归还城印，且饬哈密卫目写亦虎仙往谕。阿黑麻总算听命，缴上金印，及归还城池。于是兵部尚书马文升议别立元裔为王，借摄诸番，乃诏求忠顺王近裔。元安定王，从子陕巴，纳入哈密，阿黑麻复屡与构衅，陕巴复被擒去。经甘肃巡抚许进等，潜入哈密，逐去阿黑麻，留守牙兰，又绝土鲁番互市。阿黑麻始惧，乃将陕巴释归。至正德元年，陕巴去世，子拜牙郎袭爵，淫虐无道，不亲政事。土

鲁番酋阿黑麻亦死，子满速儿据位，用了甘言厚币，诱引拜牙郎。拜牙郎弃了哈密，投往土鲁番。甘心弃国，令人不解。满速儿夺他金印，即遣部目火者他只丁，往据哈密，又投书甘肃巡抚，辞多倨悖。都御史邓璋，方总制甘肃军务，当即奏闻。大学士杨廷和等，乃交荐彭泽可用，出略甘凉。

泽得调任消息，再辞不许，乃自川中启节，径抵甘州。适火者他只丁入掠赤斤、苦峪诸处，声言与我万金，当即卷甲退兵，返还哈密城印。泽正筹议剿抚事宜，忽报哈密卫目写亦虎仙到来，忙急召入，询及土鲁番与哈密近状。写亦虎仙道："满速儿势焰方强，一时恐难平定，不若啗以金帛，俾就羁縻，那时哈城可还，金印可归，比劳师动众，好得多了。"泽听了此言，暗思番人嗜利，失了些须金帛，免动多少兵戈，也未始非权宜计策，遂依了写亦虎仙所言，并遣他赍币二千匹，白金器一具，往给满速儿，说令和好，速还哈密城印。赂番使和，泽太失计。哪知写亦虎仙已与满速儿通同一气，此次见泽，实是为满速儿作一说客，泽不知是诈，反将金帛厚遗，他便往报满夷儿，教他再请增币，即还城印。泽以增币小事，遽从所请，一面上言番酋悔过效顺，不必用师，哈密城印，即可归还。武宗大喜，便召泽还京。巡按御史冯时雍，奏称彭泽讲和辱国，应加惩处，疏入不报。

满速儿探知彭泽还朝，兵事已寝，哪里肯归还城印？反且四出侵掠。甘肃巡抚李昆，遣使诘问满速儿，满速儿又遣写亦虎仙等，来索所许金币。俗语所谓你讨上船钱，我讨落船钱。昆欲遵原约，有兵备副使陈九畴，出阻道："彭总督处事模棱，今抚帅又欲赍寇么？不可不可！"昆答道："并非赍寇，不过原约在先，不便失信。"九畴道："欲要增币，必须归还城印，且令送拜牙郎归国，方可行得。但番人多诈，应留写亦虎仙为质，等到城印缴清，拜牙郎送归，才把写亦虎仙，放他回去。"昆乃留住写亦虎仙只令随使回去，给他杂币二百匹，令将拜牙郎及哈密城印，来换写亦虎仙。随使去后，好几日不得回报。李昆正在疑虑，忽有探卒入禀道："满速儿引兵万骑，来犯肃州了。"昆即召九畴商议，九畴道："火来水掩，将来兵挡，怕他什么？"遂调兵守城，遣游击芮宁出御。芮宁战死，番兵迫城下，九畴昼夜梭巡，渐闻哈密降回居肃州，有内应消息，即发兵掩捕，获得降回头目失拜烟答等，捶死杖下。潜于夜间缒兵出城，袭破番营。满速儿败走瓜州，又被副总兵郑廉邀击，狼狈不堪，驰还土鲁番，复遣人求和。九畴谓，满速儿狡黠不臣，应拒

绝来使，勿令与通。李昆不从，竟驰驿奏闻。

兵部尚书王琼，曾与彭泽有隙，方偕锦衣卫钱宁，设谋构陷，请穷诘增币主名，严加部议。适失拜烟答子米儿马黑麻，诣阙讼冤，说是陈九畴屈死乃父。王琼遂劾泽欺罔辱国，九畴轻率激变，一并逮鞫。连哈密卫目写亦虎仙亦解至京师。户部尚书石玠，谓："将在外，君命有所不受，彭泽、陈九畴，出镇边疆，为国定谋，功足掩罪，请免重谴！"王琼闻言大忿道："纳币寇廷，致贻后患，尚得谓功足掩罪么？"玠不能答。彭、陈二人，几不免死刑。幸杨廷和代为转圜，乃将彭、陈减死，削职为民。写亦虎仙竟得脱罪，留居京师。他本狡黠多诈，与米儿马黑麻，结为一党，趋奉锦衣卫钱宁，入侍宫廷。武宗爱他敏慧，逐渐宠幸，赐他国姓，列为义儿。当时义儿甚多，无论外吏中官，亡虏走卒，总教得武宗欢心，都得赐姓为朱，拜武宗做干儿子，统共计算，约有二百余人。可谓博爱。这二百余人中，第一个得宠，要算钱宁，第二个便是江彬。钱宁幼时，贫苦得很，寄鬻太监钱能家。能死后，宁年已长，转事刘瑾，因得入侍武宗。平居善承意旨，渐邀宠幸。甚至武宗昏醉，尝倚宁为枕，彻夜长眠。仿佛弥子瑕，想他面庞儿定亦俊白。有时百官候朝，待至晌午，尚未得武宗起居消息，从此君王不早朝。必须俟钱宁通报，方可入殿排班。宁以此得掌锦衣卫，招权纳贿，势倾百僚。江彬为大同游击，自调入剿盗后，班师获赏。应前回。他闻钱宁大名，靠着战争所得财物，私下投赠。财物自乾没而来，原不足惜。宁遂引彬入豹房，觐见武宗。彬本有口才，又经钱宁先容，奏对自然称旨。武宗大喜，升为左都督，嗣复与钱宁一同赐姓，充做义儿，留侍左右，与同卧起。又多一个陪夜。钱宁见彬夺己宠，替他作枕，还不好么。深悔从前引进，未免多事，谁教你爱财物。渐渐的有意排挤。彬从旁察觉，想了一计，入与武宗谈及兵事。武宗问长道短，正中彬意，遂乘机奏道："目今中原劲旅，要算边兵最强，京营士卒，远不及他。试看河北群盗，全仗边兵荡平，若单靠京营疲卒，恐至今尚未肃清哩！"徐徐引入。武宗动色道："京营如此腐败，哪足防患？若欲变弱为强，须用何法？"彬又奏道："莫妙于互调操练，京兵赴边，边兵赴京，彼此易一位置，内外俱成劲旅了。"武宗点首，极称妙计，遂饬调四镇兵入京师。大学士李东阳等极力谏阻，俱不见纳。四镇兵奉旨到京，四镇兵即宣府、大同、辽东、延绥。由武宗戎装披挂，亲临校阅，果然军容壮盛，手段高强，心中大悦，立

召总兵许泰、刘晖等，温言嘉奖，各赐国姓。嗣是称四镇兵为外四家军，又命江彬为统帅，兼辖四家。于是江彬权势越张，就使有十个钱宁，也不能把他扳倒了。江彬计划，至此说明。武宗且挑进宫监，教他习练弓箭，编成一军，亲自统率，与彬等日夕驰逐，呼噪声，弓马声，遍达九门，嘈杂不绝。宫廷内外，统是不安，独武宗欢慰异常，李东阳屡谏无效，乞休而去。也亏他熬练到此。杨廷和因丁忧告归，吏部尚书杨一清，入预阁务，不过办事几个月，已与江彬、钱宁等做了对头，情愿谢职归田。各大员多半归休，江彬益肆行无忌，导上纵淫。会延绥总兵官马昂，以奸贪骄横，革职闲居，闻江彬新得上宠，入京谒彬，希图开复原官。江彬沉思一会，带笑说道："足下能办到一事，保你富贵如故。"昂亟问何事，江彬笑道："不必说了。就是说明，恐你亦办不到。"故意不说，尤为奸险。昂情急道："除是杀头，没有办不到的事情。"彬乃密授昂计，昂欣然应声而去。看官道是何策？原来马昂有一妹子，容颜绝世，歌舞骑射，般般皆能，年甫及笄，嫁与指挥毕春。彬与昂同籍宣府，从前曾见过数次，暗中垂涎，偏偏弄不到手，此次因武宗渔色，嘱他采访佳人，彬遂借端设计，欲令昂送妹入宫，一则可销前日闷气，二则可固后来荣宠。昂也为得官要紧，竟依计照行，托词母病，诱妹归宁，及到家内，方说出一段隐情。那妹子闻入宫为妃，恰也情愿，只一时不好承认，反说阿哥胡闹。经昂央告多时，方淡扫蛾眉，由他送入京中。江彬接着，见她丰姿秀媚，比初见时尤为鲜艳，不禁色胆如天，搂住求欢。那美人儿本认识江彬，素羡彬威武出众，就也半推半就，任他玩弄，足足享受了三天，先尝后进，江彬毕竟效忠。方令她盛饰起来，献入豹房。武宗见了如花如玉的美人，管什么嫁过不嫁过，赐了三杯美酒，即令侍寝。妇女家心存势利，格外柔媚，惹得武宗视为珍奇，朝夕不离。当下将马昂开复原官，昂弟炅、炅等，都蒙宠赐蟒衣，又赐昂甲第于太平仓东，真所谓君恩汪涉，光耀门楣了。只是毕春晦气。御史给事中等，闻这消息，联表奏谏，甚且举以吕易嬴，以牛易马的故事，引为炯戒，武宗均搁置不报，美人情重国家轻。且时常与彬夜游，幸昂私第。君臣欢饮，适有一盘鱼脍，味甚佳美，武宗赞不绝口，并问由何人烹调？彬奏称为篷室杜氏承办。武宗道："卿妾至马家司肴，确见友谊。但君臣一伦，比友较重，朕亦欲暂借数天，可好么？"彬不防武宗有此一语，心中懊恼不及，但言既出口，驷马难追，只好唯唯从命。你也有这错

着么？次日硬着头皮，嘱杜氏装饰停当，辇送豹房。武宗见这位杜美人，比马美人差不多，日间命她烹鱼，夜间竟唤她侍寝，日调鱼脍，夜奉蛤汤，杜氏确是能手。从此久假不归，彬亦无可奈何，只徒呼负负罢了。唯武宗得陇望蜀，有了马、杜两美人，尚嫌未足。一日，召问江彬道："卿籍隶宣府，可知宣府多美人吗？"想是从马、杜两美人推类及之。彬答道："宣府本多乐户，美妇恰也不少。圣意如欲选择，何妨亲自游观。"武宗眉头一皱道："朕亦甚欲出游，但恐无故游幸，大臣要来谏阻，奈何？"彬又答道："秋狩是古时盛典，目今时当仲秋，何妨借出猎为名，暂作消遣。况乘此游历边疆，也可校阅兵备，何必郁郁居大内呢？"武宗沉吟半晌，又道："朕未曾举行秋狩事宜，今欲创行此典，必须整备扈跸，检选吉日，就使大臣们不来谏阻，也要筹备数天。况扈从人多，仍是不得自由，朕不如与卿微服出行，省却无数牵制呢。"彬应声遵旨，遂于正德十二年八月甲辰日，乘着月夜，与江彬急装微服，潜出德胜门去了。正是：

风流天子微行惯，篾片官儿护驾来。

欲知游幸后如何情形，容待下回再表。

彭泽一出平河北盗，再出平四川贼，不可谓非良将材。至后经略哈密，纳币土鲁番，致为所欺，岂长于平盗贼，短于驭番夷欤？毋亦由朝气已衰，暮气乘之，乃有此措置失当欤？然王琼以私嫌构衅，罪彭泽并及陈九畴，假公济私，情殊可恶。故吾谓彭泽非不当劾，劾彭泽由于王琼，乃正不应劾而劾者也。若夫钱宁、江彬本无大功，骤膺殊宠，彬尤导上不法，罪出宁上，武宗喜弄兵，彬即导以调练，武宗好渔色，彬即导以纵淫，甚至夺毕春之妻，进献豹房，一意逢君，无恶不为。然天道好还，夺人妻者，妾亦为人所夺，吾读至此，殊不禁为之一快也。然武宗之淫荒，自此益甚矣。

第四十九回　幸边塞走马看花　入酒肆游龙戏凤

却说武宗带着江彬，微服出德胜门，但见天高气爽，夜静人稀，皓月当空，凉风拂袖，飘飘乎遗世独立，精神为之一爽，两人徐步联行，毫不觉倦。转瞬间鸡声报晓，见路上已有行车，遂雇着舆夫，乘了车径赴昌平。是日众大臣入朝，待了半日，方侦得武宗微行消息，大家都惊诧起来。大学士梁储、蒋冕、毛纪等急出朝驾了轻车，马不停蹄的追赶，行至沙河，才得追及武宗，忙下车攀辕，苦苦谏阻。偏是武宗不从，定欲出居庸关。梁储等没法，只得随着同行。可巧巡关御史张钦，已得武宗到关音信，即驰使呈奏，其词道：

比者人言纷纷，谓车驾欲度居庸，远游边塞，臣谓陛下非漫游，欲亲征北寇也。不知北寇猖獗，但可遣将徂征，岂宜亲劳万乘？英宗不听大臣言，六师远驾，遂成土木之变，匹夫犹不自轻，奈何以宗社之身，蹈不测之险？今内无亲王监国，又无太子临朝，国家多事，而陛下不虞祸变，欲整辔长驱，观兵绝塞，臣窃危之！比闻廷臣切谏皆不纳，臣愚以为乘舆不可出者有三：人心摇动，供亿浩繁，一也；远涉险阻，两宫悬念，二也；北寇方张，难与之角，三也。臣职居言路，奉诏巡阅，分当效死，不敢爱死以负陛下。唯陛下鉴臣愚诚，即日返跸，以戢人言而杜祸变，不胜幸甚！

原来武宗出游时，鞑靼部小王子，颇有寇边的警耗。张钦不欲直指武宗的过失，因借边警为言，谏阻乘舆。可奈武宗此时，游兴正浓，任你如何奏阻，总是掉头不顾。行行复行行，距关不过数里，先遣人传报车驾出关。张钦令指挥孙玺，紧闭关门，将门钥入藏，不准妄启。分守中官刘嵩，拟往迎谒，钦出言阻住道："此关门钥，是你我两人掌管，如果关门不开，车驾断不能出，违命当死！若遵旨开关，万一戎敌生心，变同土木，我与君职守所在，追究祸源，亦坐死罪。同是一死，宁不开关，死后还是万古留名呢。"正说着，前驱走报，车驾已到，饬指挥孙玺开关。玺答道："臣奉御史命，紧守关门，不敢私启。"前驱返报武宗，武宗又令召中官刘嵩问话。嵩乃往语张钦道："我是主上家奴，该当前去，御史秉忠报国便了。"刘嵩尚算明白。钦见嵩去后，负了敕印，仗剑坐关门下，号令关中道："有言开关者斩！"相持至黄昏，复亲自草疏，大略言："车驾亲征，必先期下诏，且有六军护卫，百官扈从，今者寂然无闻，乃云车驾即日过关，此必有假托圣旨，出边勾贼的匪徒。臣只知守关捕匪，不敢无端奉诏"云云。疏已草就，尚未拜发，使者又至关下，催促开关。钦拔剑怒叱道："你是什么人，敢来骗我？我肯饶你，我这宝剑，却不肯饶你呢。"来使慌忙走还。武宗益愤，方拟传旨捕钦，忽见京中各官的奏疏，如雪片般飞来，就是张钦拜发的奏牍，亦着人递到，一时阅不胜阅，越觉躁急得很。江彬在旁进言道："内外各官，纷纷奏阻，反闹得不成样子，请圣上暂时涵容，且返京师，再作计较。"武宗不得已，乃传旨还朝。一语便能挽回，若彬为正人，岂非所益甚多？隔了数日，饬张钦出巡白羊口，别遣谷大用代去守关，随即与江彬易了服装，混出德胜门，加一混字，全不象皇帝行径。星夜赶至居庸关，只与谷大用打个照面，遂扬鞭出关去了。

一出了关，即日至宣府，是时江彬早通信家属，嘱造一座大厦，名为镇国府第，内中房宇幽深，陈设华丽，说不尽的美色崇轮。武宗到了宅中，已是百色俱备，心中大喜，一面饬侍役驰至豹房，辇运珍宝女御，移置行辕，一面与江彬寻花问柳，作长夜游。但见宣府地方，所有妇女，果与京中不同，到处都逢美眷，触目无非丽容，至若大家闺秀，更是体态苗条，纤秾得中。袁子才诗云："美人毕竟大家多，"于此益信。江彬导着武宗，驾轻就熟，每至夜分，闯入高门大户，迫令妇女出陪。有几家未识情由，几乎出言唐突，经江彬与他密语，方知皇帝到来，各表欢迎，就使心中不愿，也只好忍气吞

声，强为欢笑。武宗也不管什么，但教有了美人儿，便好尽情调戏，欢谑一场。有合意的，就载归行辕，央她奉陪枕席，江彬也不免分尝禁脔，真是恩周雨露，德溥乾坤。讽刺俱妙。

过了月余，复走马阳和，适值鞑靼小王子率众五万入寇大同，总兵官王勋登陴固守，相持五日，寇不能下，复移众改掠应州。应州与阳和密迩，警报纷至，武宗自恃知兵，便拟调兵亲征。江彬奏道："此系总兵官责任，陛下何必亲犯戎锋。"武宗笑道："难道朕不配做总兵官么？"彬又道："皇帝自皇帝，总兵官自总兵官，名位不同，不便含混。"武宗道："皇帝二字，有什么好处？朕却偏要自称总兵官。"言至此，又踌躇半晌，才接着道："总兵官三字上，再加总督军务威武大将军，便与寻常总兵官不同了。"彬不便再言，反极口赞成。这叫作逢君之恶。武宗遂把总督军务威武大将军总兵官十二字，铸一金印，钤入钧帖，调发宣大戍兵，亲至应州御寇，小王子闻御驾亲征，倒也吓退三分，引军径去。武宗运气，比英宗为佳，所以遇着小王子，不似也先厉害。武宗率兵穷追，与寇众后队相接，打了一仗，只斩敌首十六级，兵士却死伤了数百。幸喜寇众已有归志，只管远飏，不愿进取，所以武宗得饬奏凯歌，班师而回。全是侈汰。乘着便路，临幸大同。京中自大学士以下，屡驰奏塞外，力请回銮，武宗全然不睬，一味儿在外游幸。南京吏科给事中孙懋，闻武宗出塞未归，也赍疏至大同，略云：

> 都督江彬，以枭雄之资，怀憸邪之志，自缘进用以来，专事从谀导非，或游猎驰驱，或声色货利，凡可以蛊惑圣心者，无所不至。曩导陛下临幸昌平等处，流闻四方，惊骇人听，今又导陛下出居庸关，既临宣府，又过大同，以致寇骑深入应州。使当日各镇之兵未集，强寇之众沓来，几不蹈土木之辙哉？是彬在一日，国之安危，未可知也。伏乞陛下毋惑憸言，将彬置罪，即日回銮以安天下，然后斥臣越俎妄言，枭臣首以谢彬，臣虽死不朽矣！谨请圣鉴！

看官！你想京师中数一数二的大员，接连奏请，还不能上冀主听，指日还銮，何况一个小小给事中并且路途遥远，去睬他什么？录述奏疏，恰是为他卑远。会杨廷和服阕还京，得知此事，也拜疏一本，说得情理俱到，武宗虽

不见从，恰称他忠诚得很，仍令入阁。廷和即约了蒋冕，驰至居庸关，拟出塞促上还跸。偏是中官谷大用，预承帝嘱，硬行拦阻，廷和等无法可施，只好怏怏还京。武宗留驻大同，游幸数日，没有什么中意，想是没有美人。便语江彬道："我等不若到家里走罢！"原来武宗在宣府行辕，乐而忘返，尝信口称为家里，江彬已是惯闻，便饬侍从整备銮驾，驰还宣府。

一住数日，武宗因路途已熟，独自微行，连江彬都未带得，信步徐行，左顾右盼，俄至一家酒肆门首，见一年轻女郎，淡妆浅抹，艳丽无双，不禁目眩神迷，走入肆中，借沽饮为名，与她调遣。那女子只道他是沽客，进内办好酒肴，搬了出来，武宗欲亲自接受，女子道："男女授受不亲，请客官尊重些儿！"随将酒肴陈设桌上。武宗见她措词典雅，容止大方，益觉生了爱慕，便问道："酒肆中只你一人么？"女子答道："只有兄长一人，现往乡间去了。"武宗又问她姓氏，女子腼腆不言。武宗又复穷诘，并及乃兄名字，女子方含羞答道："奴家名凤，兄长名龙。"武宗随口赞道："好一个凤姐儿。凤兮凤兮，应配真龙。"绝妙凑趣。李凤听着，料知语带双敲，避入内室。武宗独酌独饮，不觉愁闷起来，当下举起箸来，向桌上乱敲，惊动李凤出问。武宗道："我独饮无伴，甚觉没味，特请你出来，共同一醉。"李凤轻詈道："客官此言，甚是无礼，奴家非比青楼妓女，客官休要错视！"武宗道："同饮数杯，亦属无妨。"李凤不与斗嘴，又欲转身进内。武宗却起身离座，抢上数步，去牵李凤衣袖。竟要动粗。吓得李凤又惊又恼，死命抵拒，只是一个弱女子，哪及武宗力大，不由分说，似老鹰拖鸡一般，扯入内室。李凤正要叫喊，武宗掩她樱口道："你不要惊慌，从了我，保你富贵。"李凤尚是未肯，用力抗拒，好容易扳去武宗的手，喘吁吁的道："你是什么人，敢如此放肆？"武宗道："当今世上，何人最尊？"李凤道："哪个不晓得是皇帝最尊。"武宗道："我就是最尊的皇帝。"李凤道："哄我作什么？"武宗也不及与辩，自解衣襟，露出那平金绣蟒的衣服，叫她瞧着。李凤尚将信未信，武宗又取出白玉一方，指示李凤道："这是御宝，请你认明！"李凤虽是市店娇娃，颇识得几个文字，便从武宗手中，细瞧一番，辨出那"受命于天既寿永昌"八字，料得是真皇帝，不是假皇帝，且因平时曾梦身变明珠，为苍龙攫取，骇化烟云而散，至此始觉应验。况武宗游幸宣府，市镇上早已传扬，此番侥幸相逢，怕不是做日后妃嫔，遂跪伏御前道："臣妾有眼无珠，望万

岁恕罪！”武宗亲自扶起，趁势抱入怀中，脸对脸，嘴对嘴，亲了一会美满甘快的娇吻。上方面舌度丁香，下方面手宽罗带，霎时间罗襦襟解，玉体横陈，武宗自己，亦脱下征袍，阖了内户，便将李凤轻轻的按住榻上，纵体交欢。正是庐家少女，亲承雨露之恩，楚国襄王，又作行云之梦。落殷红于寝褥，狼藉胭脂，沾粉汗于征衫，娇啼宛转。刚在彼此情浓的时候，李龙已从外进来，但见店堂内虚无一人，内室恰关得很紧，侧耳一听，恰有男女媟亵声，不由的愤怒起来，亟出门飞报弁兵，引他捉奸。不意弁目进来，武宗已高坐堂上，呼令跪谒。自作皇帝自喝道，煞是好看。弁目尚在迟疑，李凤从旁娇呼道：“万岁在此，臣下如何不跪？”弁目听得万岁两字，急忙俯伏称臣，自称万死。李龙亦吓得魂不附体，急跪在弁目后面，叩头不迭。武宗温谕李龙，着至镇国府候旨。一面命弁目起身，出备舆马，偕李凤同入镇国府中。李龙亦到府申谒，得授官职，蒙赐黄金千两。

转瞬间已是残冬，京内百官，又连篇累牍的奏请回銮。武宗亦恋着凤姐儿，无心启程，且欲封凤姐为妃嫔，令她自择。李凤固辞道：“臣妾福薄命微，不应贵显，今乃以贱躯事至尊，已属喜出望外，何敢再沐荣封？但望陛下早回宫阙，以万民为念，那时臣妾安心，比爵赏还荣十倍呢。”好凤姐比江彬胜过十倍。武宗为之颔首。且见李凤玄衣玄裳，益显娇媚，所以暂仍旧服，不易宫妆。李凤又尝于枕畔筵前，委婉屡劝，武宗乃择于次年正月，车驾还京。光阴似箭，岁运更新，武宗乃启跸回都，带着李凤及所有美人，一同就道，到了居庸关，忽天大雷雨，惊动娇躯，关口所凿四大天王，又是怒气勃勃，目若有光。毕竟李凤是小家碧玉，少见多怪，偶然睹此，不觉惊骇异常，晕倒车上。武宗忙把她救醒，就关外借着驿馆，作为行宫，令李凤养疾。李凤伏枕泣请道：“臣妾自知福薄，不能入侍宫禁，只请圣驾速回，臣妾死亦瞑目了。”我不忍闻。武宗亦对她垂泪道：“朕情愿抛弃天下，不愿抛弃爱卿。”李凤又呜咽道：“陛下一身，关系重大，若贱妾生死，何足介怀？所望陛下保持龙体，惠爱民生。”说至此，已是气喘交作，不能再言，过了片刻，两目一翻，悠然长逝了。化作烟云，应了梦兆，但观她将死之言，恰是一位贤女子。武宗大为震悼，命葬关山上面，待以殊礼，用黄土封茔，一夜即变成白色。武宗道：“好一个贤德女子，至死尚不肯受封，可惜朕无福德，不能使她永年，作为内助。但一女子尚知以社稷为重，朕何忍背她遗言？”当下命驾入关。

不数日即至德胜门，门外已预搭十里长的彩棚，悬灯结彩，华丽非常。还有彩联千数，尽绣成金字序文，以及四六对句，无非是宣扬圣德，夸美武功。最可笑的，是对联颂词上，所具上款，只称威武大将军，下款百官具名，也将臣字抹去，但列着职衔名姓，闻系武宗预先传示，教他这般办法，所以众官不敢违旨，一切奉令而行。真同儿戏。杨廷和、梁储等率领众官，备着羊羔美酒，到彩棚旁恭候，但见全副銮驾，整队行来，一对对龙旌凤翣，一排排黄钺白旄，所有爪牙侍卫，心腹中官，以及宫娥彩女，不计其数。随后是宝盖迎风，金炉喷雾，当中拥着一匹红鬃骏马，马上坐着一位威武大将军，全身甲胄，仪表堂皇，就是明朝的武宗正德皇帝。褒中寓贬。众官一见驾到，伏地叩头，照例三呼。武宗约略点首，随下坐骑，徐步入彩幄中，升登临时宝座。众官复随入朝谒，杨廷和恭捧瑶觞，梁储执斝斟酒，蒋冕进奉果榼，毛纪擎献金花，次第上呈，庆贺凯旋。想是战胜无数美人，所以具贺凯旋哩。武宗饮了觞酒，尝了鲜果，受了金花，欣然语众官道："朕在榆河，亲斩一敌人首级，卿等曾知道吗？"好算是虚前空后的武功。廷和等闻旨，不得不极力颂扬。正是无可奈何。武宗大喜，复下座出帐，驰马入东华门，径诣豹房去了。众官陆续归第。小子有诗咏道：

仗剑归来意气殊，百官蒲伏效嵩呼。
贾皋射雉夫人笑，我怪明廷尽女奴。

武宗还京以后，曾否再游幸，且俟下回说明。

武宗性好游嬉，而幸臣江彬，即觑其所好，导以佚游。彬之意，不但将顺逢迎，且欲避众攘权，狡而且鸷，已不胜诛；甚且多方蛊惑，使之流连忘返，怙过遂非，索妇女于夜间，称寓府为家里，失德无所不至；而又自称总兵，不君不臣，走马阳和，猝遇强敌，其不遭寇盗之明击暗刺，尚为幸事。然其行事，一何可笑也。游龙戏凤一节，正史不载，而稗乘记及轶闻，至今且演为戏剧，当不致事属子虚。且闻武宗还宫，实由李凤之死谏，以一酒家女子，能知大体，善格君心，殊不愧为巾帼功臣，杨廷和辈，且自惭弗如矣。亟录之以示后世，亦阐扬潜德之一则也。

第五十回　觅佳丽幸逢歌妇
罪直谏杖毙言官

却说武宗还京，适南郊届期，不及致斋，即行郊祀礼。礼毕，纵猎南海子，且令于奉天门外，陈设应州所获刀械衣器，令臣民纵观，表示威武。忙碌了三五天，才得闲暇。又居住豹房数日，猛忆起凤姐儿，觉得她性情模样，非豹房诸女御所及，私下嗟叹，闷闷不乐。江彬入见，武宗便与谈及心事，江彬道："有一个凤姐儿，安知不有第二个凤姐儿？陛下何妨再出巡幸，重见佳人。"武宗称善，复依着老法儿，与江彬同易轻装，一溜烟似的走出京城，径趋宣府。关门仍有谷大用守着，出入无阻。杨廷和等追谏不从，典膳李恭，拟疏请回銮，指斥江彬。疏尚未上，已被彬闻知，阴嗾法司，逮狱害死。给事中石天柱刺血上疏，御史叶忠，痛哭陈书，皆不见报。闲游了两三旬，忽接到太皇太后崩逝讣音，太皇太后见四十四回。不得已奔丧还京，勉勉强强的守制数月。到了夏季，因太皇太后祔丧有期，遂托言亲视隧道，出幸昌平。到昌平后，仅住一日，竟转往密云，驻跸喜峰口。

民间讹言大起，谓武宗此番游幸，无非采觅妇女，取去侍奉，大家骇惧得很，相率避匿。永平知府毛思义，揭示城中，略言："大丧未毕，车驾必无暇出幸，或由奸徒矫诈，于中取利，尔民切勿轻信！自今以后，非有抚按府部文书，若妄称驾至，借端扰民，一律捕治勿贷！"民间经他晓谕，方渐渐安居，不意为武宗所闻，竟饬令逮系诏狱；羁禁数月，才得释出，降为云南安宁知州。武宗住密云数日，乃返至河西务，指挥黄勋，借词供应，科扰

吏民。巡按御史刘士元，遣人按问，勋竟逃至行在，密赂江彬等人，诬陷士元。武宗命将士元拿至，裸系军门，杖他数十。可怜士元为国为民，存心坦白，偏被他贪官污吏，狼狈为奸，平白地遭了杖辱，无从呼吁。武宗管什么曲直，总要顺从他才算忠臣，例得封赏，否则视为悖逆，滥用威刑，这正所谓喜怒任情，刑赏倒置呢。实是专制余毒。

到了太皇太后梓宫，出发京师，武宗方驰还京中，仍著戎服送葬，策马至陵，就饮寝殿中。一杯未了又一杯，直饮得酒气薰蒸，高枕安卧，百官以梓宫告窆后，例须升主祔庙，不得不请上主祭。入殿数次，只听得鼾声大作，不便惊动，只好大家坐待；直至黄昏，武宗方梦回黑甜，起身祭主，猛听得疾风暴雨，继以响雷，殿上灯烛，一时尽灭，侍从多半股栗，武宗恰谈笑自如。此君也全无心肝。礼毕还宫，御史等因天变迭至，吁请修省。疏入后，眼睁睁的望着批答，不料如石沉大海一般，毫无影响。过了数日，恰下了一道手谕，令内阁依谕草敕，谕中言宁夏有警，令总督军务威武大将军朱寿，统六师往征，江彬为威武副将军扈行。可发一噱。大学士杨廷和、梁储、蒋冕、毛纪等见了这谕，大都惊愕起来，当下不敢起草，公议上疏力谏。武宗不听，令草诏如初。杨廷和称疾不出，武宗亲御左顺门，召梁储入，促令草制。储跪奏道："他事可遵谕旨，此制断不敢草。"武宗大怒，拔剑起座道："若不草制，请试此剑！"储免冠伏地，涕泣上陈道："臣逆命有罪，情愿就死。若命草此制，是以臣令君，情同大逆，臣死不敢奉诏。"武宗听了此语，意中颇也知误，但不肯简直认错，只把剑遥掷道："你不肯替朕草诏，朕何妨自称，难道必需你动草么？"言已径去。

越宿，并未通知阁臣，竟与江彬及中官数人，出东安门，再越居庸关，驻跸宣府。念念不忘家里，可谓思家心切。阁臣复驰疏申谏，武宗非但不从，反令兵户工三部，各遣侍郎一人，率司属至行第办事。一面日寻佳丽，偏偏找不出第二个凤姐儿。江彬恐武宗愁烦，又导他别地寻娇，乃自宣府趋大同。复由大同渡黄河，次榆林，直抵绥德州。访得总兵官戴钦，有女公子，色艺俱工，遂不及预先传旨，竟与江彬驰入戴宅。戴钦闻御驾到来，连衣冠都不及穿戴，忙就便服迎谒，匍匐奏称："臣不知圣驾辱临，未及恭迎，应得死罪。"武宗笑容可掬道："朕闲游到此，不必行君臣礼，快起来叙谈！"特别隆恩。戴钦谢过了恩，方敢起身。当即饬内厨整备筵席，请武宗升座宴饮，

彬坐左侧，自立右旁。武宗命他坐着，乃谢赐就坐。才饮数杯，武宗以目视彬，彬已会意，即开口语钦道："戴总兵知圣驾来意否？"戴钦道："敢请传旨。"江彬道："御驾前幸宣府，得李氏女一人，德容兼备，正拟册为宫妃，不期得病逝世。今闻贵总兵生有淑女，特此临幸，亲加选择，幸勿妨命！"戴钦不敢推辞，只好说道："小女陋质，不足仰觐天颜。"彬笑道："总兵差了，美与不美，自有藻鉴，不必过谦。"戴钦无奈，只得饬侍役传入，饰女出见。不多时，戴女已妆罢出来，环珮珊珊，冠裳楚楚，行近席前，便拜将下去，三呼万岁。武宗亟宣旨免礼，戴女才拜罢起来。但见她丰容盛鬋，国色天香，端凝之中，另具一种柔媚态度。是大家女子身分。当由武宗瞧将过去，不禁失声称妙。江彬笑语戴钦道："佳人已中选了，今夕即烦送嫁哩！"戴女闻着，芳心一转，顿觉两颊绯红。武宗越瞧越爱，还有何心恋饮，匆匆喝了数杯，便即停觞。江彬离座，与戴钦附耳数言，即偕武宗匆匆别去。过了半日，即有彩舆驰至，来迎戴女。钦闻了彬言，正在踌躇，蓦见彩舆已到，那时又不敢忤旨，没奈何硬着头皮，遣女登舆。生离甚于死别，戴女临行时，与乃父悲泣相诀，自不消说。去做妃嫔，还要哭泣吗？武宗得了戴女，又消受了几日，复命启跸，由西安历偏头关，径诣太原。

太原最多乐户，有名的歌妓，往往聚集。武宗一入行辕，除抚按入觐，略问数语外，即广索歌妓侑酒。不多时，歌妓陆续趋至，大家献着色艺，都是娇滴滴的面目，脆生生的喉咙，内有一妇列在后队，独生得天然俏丽，脂粉不施，自饶美态，那副可人的姿色，映入武宗眼波，好似鹤立鸡群，不同凡艳。当下将该妇召至座前，赐她御酒三杯，令她独歌一曲。该妇叩头受饮，不慌不忙的立将起来，但听她娇喉婉转，雅韵悠扬，一字一节，一节一音，好似那么凤度簧，流莺绾曲，惹得武宗出了神，越听越好，越看又越俏，不由的击节称赏。到了歌阕已终，尚觉余音绕梁，袅袅盈耳，江彬凑趣道："这歌妇的唱工，可好么？"武宗道："此曲只应天上有，人间难得几回闻。"溺情如许。说毕，复令该妇侍饮。前只赐饮，此则侍饮。那歌妇幸邀天眷，喜不自禁，更兼那几杯香醪，灌溉春心，顿时脸泛桃花，涡生梨颊，武宗瞧着，忍不住意马心猿，便命一班女乐队，尽行退去，自己牵着该妇香袂，径入内室，那妇也身不由主，随着武宗进去。看官！你想此时的武宗，哪里还肯少缓？当即将该妇松了钮扣，解了罗带，挽入罗帏，饱尝滋味。比侍饮又进

一层。最奇的是欢会时候，仍与处子无二，转令武宗惊异起来，细问她家世履历，才知是乐户刘良女，乐工杨腾妻。武宗复问道："卿既嫁过杨腾，难道杨腾是患天阉么？"刘氏带喘带笑道："并非天阉，实由妾学内视功夫，虽经破瓜，仍如完璧。"武宗道："妙极了，妙极了。"于是颠鸾倒凤，极尽绸缪。写刘女处处与戴女不同，各存身分。自此连宵幸御，佳味醰醰，所有前此宠爱的美人，与她相比，不啻嚼蜡。武宗心满意足，遂载舆俱归，初居豹房，后入西内，宠极专房，平时饮食起居，必令与俱，有所乞请，无不允从。左右或触上怒，总教求她缓颊，自然消释。宫中号为刘娘娘，就是武宗与近侍谈及，亦尝以刘娘娘相呼。因此江彬以下，见了这位刘娘娘，也只好拜倒裙下，礼事如母，尊荣极矣，想为杨腾妻时，再不图有此遇。这且慢表。

且说武宗在偏头关时，曾自加封镇国公，亲笔降敕，有云："总督军务威武大将军总兵官朱寿，统领六师，扫除边患，累建奇功，特加封镇国公，岁支录五千石，著吏部如敕奉行！"愈出愈奇。杨廷和、梁储等，联衔极谏，都说是名不正，言不顺，请速收回成命。武宗毫不见纳。又追录应州战功，封江彬为平虏伯，许泰为安边伯，此外按级升赏，共得内外官九千五百五十余人。及载刘娘娘还京，群臣奉迎如前仪，未几又思南巡，特手敕吏部道："镇国公朱寿，宜加太师。"又谕礼部道："威武大将军太师镇国公朱寿，令往两畿山东，祀神祈福。"复谕工部，速修快船备用。敕下后，人情汹汹，阁臣面阻不从。翰林院修撰舒芬，愤然道："此时不直谏报国，尚待何时？"遂邀同僚崔桐等七人，联名上疏道：

陛下之出，以镇国公为名号，苟所至亲王地，据勋臣之礼以待陛下，将朝之乎？抑受其朝乎？万一循名责实，求此悖谬之端，则左右宠幸之人，无死所矣。陛下大婚十有五年，而圣嗣未育，故凡一切危亡之迹，大臣知之而不言，小臣言之而不尽，其志非恭顺，盖听陛下之自坏也。尚有痛哭泣血，不忍为陛下言者：江右有亲王之变，指宁王宸濠事，见后。大臣怀冯道之心，以禄位为故物，以朝宇为市廛，以陛下为弈棋，以委蛇退食为故事，特左右宠幸者，智术短浅，不能以此言告陛下耳。使陛下得闻此言，虽禁门之前，亦警跸而出，安肯轻亵而漫游哉？况陛下两巡西北，四民告病，今复闻南幸，尽皆逃窜，非古巡狩之举，而几

于秦皇、汉武之游。万一不测，博浪柏人之祸不远矣。臣心知所危，不敢缄默，谨冒死直陈！

兵部郎中黄巩，闻舒芬等已经入奏，乞阅奏稿，尚以为未尽痛切，独具疏抗奏道：

陛下临御以来，祖宗纪纲法度，一坏于逆瑾，再坏于佞幸，又再坏于边帅之手，至是将荡然无余矣。天下知有权臣，而不知有陛下，宁忤陛下而不敢忤权臣，陛下勿知也。乱本已生，祸变将起，窃恐陛下知之晚矣。为陛下计，亟请崇正学，通言路，正名号，戒游幸，去小人，建储贰，六者并行，可以杜祸，可以弭变，否则时事之急，未有甚于今日者也。臣自知斯言一出，必为奸佞所不容，必有蒙蔽主聪，斥臣狂妄者，然臣宁死不负陛下，不愿陛下之终为奸佞所误也。谨奏！

员外郎陆震，见他奏稿，叹为至论，遂愿为联名，同署以进。吏部员外郎夏良胜，及礼部主事万潮，太常博士陈九川，复连疏上陈。吏部郎中张衍瑞等十四人，刑部郎中陈俸等五十三人，礼部郎中姜龙等十六人，兵部郎中孙凤等十六人，又接连奏阻。连御医徐鏊，亦援引医术，独上一本。武宗迭览诸奏，已觉烦躁得很，加以江彬、钱宁等人从旁媒蘖，遂下黄巩、陆震、夏良胜、万潮、陈九川、徐鏊等于狱，并罚舒芬等百有七人，跪午门外五日。既而大理寺正周叙等十人，行人司副余廷瓒等二十人，工部主事林大辂等三人，连名疏又相继呈入。武宗益怒，不问他什么奏议，总叫按名拿办，一律逮系。可怜诸位赤胆忠心的官员，统是铁链郎当，待罪阙下，昼罚长跪，夜系囹圄。除有二三阁臣，及尚书石玠疏救外，无人敢言。京师连日阴霾，日中如黄昏相似。南海子水溢数尺，海中有桥，桥下有七个铁柱，都被水势摧折。金吾卫指挥张英，慨然道："变象已见，奈何不言？"遂袒着两臂，挟了两个土囊，入廷泣谏。武宗把他叱退，他即拔刀刺胸，血流满地。卫士夺去英刃，缚送诏狱，并问他囊土何用。英答道："英来此哭谏，已不愿生，恐自刭时污及帝廷，拟洒土掩血呢。"也是傻话。嗣复下诏杖英八十。英胸已受创，复经杖责，不堪痛苦，竟毙狱中。复由中旨传出，令将舒芬等

百有七人，各杖三十，列名疏首的，迁谪外任，其余夺俸半年。黄巩等六人，各杖五十，徐鏊戍边，巩、震、良胜、潮俱削籍，林大辂、周叙、余廷瓒各杖五十，降三级外补，余杖四十，降二级外补。江彬等密嘱刑吏，廷杖加重，员外陆震，主事刘校、何遵，评事林公黼，行人司副余廷瓒，行人詹轼、刘槩、孟阳、李绍贤、李惠、王翰、刘平甫、李翰臣，刑部照磨刘珏等十余人，竟受刑不起，惨毙杖下。明之尽罪谏官，以此为始。武宗又申禁言事，一面预备南征，忽有一警报传来，乃由宁王宸濠，戕官造反等情，说将起来，又是一件大逆案出现。小子有诗叹道：

宁死还将健笔扛，千秋忠节效龙逄。
内廷臣子无拳勇，可奈藩王未肯降。

毕竟宸濠如何谋反，待小子稍憩片刻，再续下回。

观武宗之所为，全是一个游戏派，滑稽派。微服出游，耽情花酒，不论良家女子，及乐户妇人，但教色艺较优，俱可占为妃妾，是一游戏派之所为也。身为天子，下齿臣工，自为总兵官，并加镇国公及太师，宁有揽政多日，尚若未识尊卑，是一滑稽派之所为也。阁臣以下，相率泣谏，宁死不避，其气节有足多者，而武宗任情侮辱，或罚廷跪，或加廷杖，盖亦由奴视已久，处之如儿戏然。充类至尽，一桀而已矣，一纣而已矣，岂徒若汉武帝之称张公子，唐庄宗之称李天下已哉？书中陆续叙来，情状毕现，可叹亦可笑也。

历朝通俗演义　第九部

明史通俗演义

（下）

蔡东藩　著

中国书店

第五十一回　豢群盗宁藩谋叛
谢盛宴抚使被戕

却说宁王宸濠，系太祖子宁王权五世孙，宁王权为成祖所绐，徙封江西，见第二十二回及二十七回。历四世乃至宸濠，宸濠父名觐钧，尝纳娼女为妾，乃生此儿。及年长，轻佻无威仪，术士李自然、李日芳等，反说他龙姿凤表，可为天子。又是术士作祟。又谓南昌城东南，有天子气，因此宸濠沾沾自喜。当刘瑾得志时，曾遣中官梁安，辇金银二万到京，贿通刘瑾，朦胧奏请，准改南昌左卫为宁藩护卫，且准与南昌河泊所一处，宸濠遂得养兵蓄财，阴图潜窃。及刘瑾伏诛，兵部议奏，又将他护卫革去，他越觉心中怏怏，谋变益亟。

先是兵部尚书陆完，为江西按察使，与宸濠颇为投契，及完掌兵部，宸濠复馈遗不绝，求完代为设法，给还护卫。完复书宸濠，请他援引祖训，上书自请，方可代为申奏等语。适值伶人臧贤，得宠武宗，有婿在御前司钺，犯了国法，充南昌卫军，宸濠力为照拂，并托他转达乃翁，在京说项，臧贤自然应允。宸濠一面上疏，一面暗遣心腹，载宝入京，寓居臧贤家中，将所携的珍品，分馈权要，乞为疏通，大家亦无不心许。只有大学士费宏，籍隶江西，素知宸濠蓄有异谋，尝在朝中宣言道："闻宁王辇金入京，谋复护卫，若听他所为，我江西人必无噍类，我在阁一日，必不允行。"陆完、臧贤，闻费宏言，不敢卤莽行事，只好商诸钱宁。钱宁已得了厚赂，遂与陆完定计道："三月十五日，系廷试进士的日子，内阁与部院大臣，皆须至东阁读卷，

公可于十四日，投复宁王乞复护卫疏，我与杨公廷和说知，请他即日批准，那时还怕费宏反抗么？”陆完大喜，依计行事，果然手到成功，竟复宁藩护卫。嗣复恐费宏反对，大家进谗诬宏，勒令致仕。宏南归时，宸濠又遣人行劫，纵火焚宏舟，行李皆为灰烬，只宏挈眷走脱，还算幸事。

宸濠又讨好武宗，知武宗性爱玩具，特于元宵节前，献入奇巧灯彩，所有鱼龙人物，活动如生；且遣人入宫悬挂，代为装置，依檐附壁，张着数十百盏异灯。武宗见了，大加赞赏。及武宗回入豹房，猛听得人声鼎沸，警铎乱鸣，不知是何变故？忙驰向院中仰望，但见一片红光，冲达云霄，把全院照得通红，心中大为惊异。又走上平台观看，那火势越烧越猛，远近通明。内侍凭着臆测，即启奏武宗道："这失火的地方，怕不是乾清宫么？"武宗反笑说道："好一棚大烟火，想是祝融氏趁着元宵，也来点缀景色哩。"正是笑话。次日并不查勘，还是杨廷和等上疏，请武宗避殿修省，武宗才下了一道诏旨，略将遇灾交儆的套话，抄袭几句，便算了结。张灯失火，原不得谓天灾，修省何用？

宸濠已潜结内援，复私招外寇，剧盗杨清、李甫、王儒等百余人，统是江湖有名的响马，都受了宁藩招抚，入居府中，号为把势。宸濠以无人统率，未免散漫，又礼聘鄱阳湖盗首杨子乔，做了群盗的统领，并闻举人刘养正，读书知兵，延入府中，密访机务。刘举宋太祖陈桥兵变故事，作为谈资，听得宸濠孜孜忘倦，叹为奇材，就把那历年隐图，和盘说出，请他臂助。刘养正本是个篾片朋友，一味儿献谀贡媚，称他为拨乱真人，宸濠益喜，竟呼养正为刘先生，留居幕府，待若军师。江西按察司副使胡世宁，侦知宁府举动，不便隐忍，乃发愤上疏道：

> 宁王自复护卫以来，骚扰闾阎，钤束官吏，礼乐政令，渐不出自朝廷，臣恐江西之患，不止群盗也。伏乞圣明广集群议，简命才节威望大臣，兼任提督巡抚之职，假以陈金、彭泽之权，陈金、彭泽事见四十八回。销隙寝邪于无形；并饬王自主其国，仰遵祖训，勿挠有司以防未然，庶内有以安宗社，外有以保懿亲，一举两善，无逾于此。谨祈准奏施行！

这疏一上，武宗颇也疑惧，遂命河南左布政孙燧，为右副都御史，巡抚

江西。宸濠闻着，未免反侧不安，只得申奏朝廷，诿过近属，先将自已的罪状，洗刷一番；又奏胡世宁离间亲亲，妖言诽谤，请立刻逮问等说。这奏章方才拜发，朝旨已升世宁为福建按察使。宸濠佯为饯别，请他入宴，饮食中置着毒物，一时未曾发泄。至世宁就道后，腹痛异常，泻了几次恶血，几乎丧命。道经浙江，因家住浙境，就便省墓，哪知捕逮世宁的中旨，已至浙江，著巡浙御史潘鹏，就近拘拿。幸浙江按察使李承勋，与世宁交好，急留世宁入署，令他改姓埋名，从间道归命京师，免致暗算。世宁依计前行。果然潘鹏受了宸濠密托，遣人在要途守候，拟拿到世宁，即置死地。亏得世宁先事预防，不遭毒手。到京后又奏辩宁王必反，有旨驳斥，拘系狱中。世宁虽入囹圄，依旧孤忠未泯，接连上了三书，俱不见报。锦衣校尉，反受了中官密嘱，连番拷掠，害得世宁气息奄奄，仅存残喘。中官钱宁等，尚说他诬告亲王，定欲加他死罪。大理寺少卿胡瓒抗言道："宁王谋为不轨，幸得世宁举发，这般功臣，反欲加他死罪，奈何服天下？"未几，江西抚按孙燧、李润等，复奏称世宁无罪，乃得减死，仍谪戍辽东、沈阳卫。胡瓒夺俸受惩。

宸濠因武宗无嗣，糟蹋许多妇女，尚未得产一儿，可见寡欲生男之说，实有至理。复阴托钱宁，令取中旨，召己子入京，司香太庙。宁又替他面奏，但说宁王如何勤孝，怂恿武宗，用异色龙笺报赐。这异色龙笺，寻常罕用，只有御赐监国书牍，方用此笺。武宗也不分皂白，就依了钱宁言，裁答下去。宸濠得书大喜，遂欲拓建府居，制拟大内。左布政张嵿，以土地属自己管辖，不许侵占，宸濠乃送他食品四项，一系乾枣，一系鲜梨，一系生姜，一系芥菜。嵿启视毕，呼来使刘吉道："我知宁王的用意了。他欲我早离此地，免得与他反对。但臣子受命朝廷，行止一切，不得擅专，宁王也是人臣，难道得干预我么？"说得刘吉哑口无言。嵿即将原物退还，交给刘吉携归。宸濠没法，只好取出金帛，再去求钱宁设法。宁嘱吏部调嵿还都，升为光禄寺卿，嵿乃离任去讫。还是运气。

宸濠又令党羽王春、余钦等，招募剧盗凌十一、闵廿四、吴十三等五百余人，与杨清等同匿丁家山寺，劫掠民财商货，储入府库。复厚结广西土官狼兵，以及南赣、汀漳等处各峒蛮，使为外援。一面遣人往广东，收买皮帐，制成皮甲。且在邸第内私立冶厂，督造枪刀盔甲，并佛郎机铳等，砧锤丁当的声音，彻夜不绝。会吴十三等，往劫新建库银七千两，藏置窝主何

顺家中，事为巡抚孙燧闻悉，立饬南昌知府郑瓛，率役破窠，取归库银，拘戮何顺。孙燧复派兵捕盗，拿住吴十三等，械系南康府狱中。凌十一、闵廿四，竟往报宸濠，召集群盗，劫还吴十三。不愿做藩王，甘去做盗魁，想是做藩王的趣味，不如盗贼为佳。孙燧大愤，迭行奏闻，书凡七上，都被宸濠遣党邀截，无一得达。唯自劾乞休一疏，总算到京，也不见有什么批答。

时佥事许逵，见四十七回。就任江西按察司副使，密谒孙燧，请他先发制人。燧恐兵力未足，迟迟不发，适宸濠父死，居苦块间，矫情饰礼，阴嗾南昌生徒揄扬孝行，一面胁迫孙燧，据事奏闻。燧欲缓他逆谋，依言具奏。武宗览奏道："百官贤应该升职，宁王贤何必申奏，孙燧也太糊涂了。"糊涂皇帝，应有此糊涂臣子。太监张忠在旁，即启奏道："称宁王孝，便讥陛下不孝；称宁王勤，便讥陛下不勤。"武宗惊异道："孙燧敢如此么？"张忠道："这恐由钱宁、臧贤所主使。他两人交通宁王，早谋为逆，难道陛下尚未闻知么？"原来江彬与钱宁有隙，张忠素附江彬，所以乘间倾宁。都是好人。武宗被忠一说，为之动容。东厂太监张锐，大学士杨廷和，初亦党濠，无非有钱到手。至是知濠谋逆，且闻武宗已入忠言，乃议再削宁藩护卫，以免后患。御史萧淮，又尽情举发，并言宁藩侦卒，多寄匿臧贤家。于是诏饬校尉，至贤家搜查。贤家多复壁，外蔽木橱，内通长巷，宁藩侦卒林华，竟从复壁中逸去。校尉以形迹可疑四字，入复上命。杨廷和请仿宣宗处赵府故事，见三十二回。遣勋戚大臣往谕，叛迹已著，岂宣谕所得了耶？武宗准奏，因令太监赖义，驸马都尉崔元，都御史颜颐寿等，持谕戒饬，乘便收撤护卫。

这边方奉命登程，那边正开筵祝寿，原来宸濠生辰，系六月十三日，届期悬灯演戏，设宴征歌，宁府中非常热闹。所有镇守官，巡抚官，按察司，都御史等，都趋府祝贺，齐集一堂，大家欢呼畅饮，兴高采烈。忽报林华到来，当由宸濠传入，林华踉跄登堂，尚带三分气喘，意欲禀报京事，无奈众官满座，不便直陈，只得张皇四顾。宸濠心知有异，便召他入内，屏人与语。约历片时，方再出陪宾。大众正在酣醉时候，也无暇问及，等到酒阑席散，客去天昏，宸濠便召刘养正、刘吉密议，将林华所报情形，复述一遍。养正道："事急了，俗语有云，先下手为强，若再迟疑，要为人所制了。"宸濠即请他设计，由养正沉思一会，方道："有了有了。"随即与宸濠附耳道："如此如此。"两个有了，两个如此，好一对仗。说了数语，把一个宁王宸濠，引

得欢天喜地。当下召入盗首吴十三、凌十一、闵廿四等，授他密计，令各率党羽，带领兵器，分头埋伏去讫。

转瞬天明，即召致仕都御史李士实入府，将乘机起事的意思，与他说了。士实本与宸濠交游，听知此话，唯唯从命。辰牌将近，巡镇三司各官，陆续前来谢宴，依次拜毕，但见府中护卫，带甲露刃，尽入庭中。宸濠出立露台，大声道，“孝宗在日，为李广所误，抱民家养子，紊乱宗祧，我列祖列宗，不得血食，已是一十四年。昨奉太后密旨，令我起兵讨贼，尔等曾知道么？”众官闻言，面面相觑。独巡抚孙燧，毅然道：“密旨何在？取来我瞧！”宸濠叱道：“不必多言，我今拟往南京，你愿保驾么？”居然自称御驾。孙燧怒目视濠道：“你说什么？可知道天无二日，臣无二主，太祖法制俱在，哪个敢行违悖？”言未已，但听宸濠大呼道：“把势快来！”四字说出，吴十二、凌十一、闵廿四等，俱应声入内。当由宸濠发令，将孙燧绑缚起来，众官相顾失色。按察司副使许逵，上前指濠道：“孙都御史，是朝廷大臣，你乃反贼，擅敢杀他么？”复顾孙燧道：“我曾云先发制人，未邀允许，今已为人所制，尚有何言？”孙燧尚是忠臣，但不从逵言，亦嫌寡断。宸濠复指令群盗，缚住许逵，并问逵有何说？逵叱道：“逵只有一片赤心，哪肯从你反贼？”且缚且骂。燧亦痛詈不绝。宸濠大怒，令校尉火信等，把两人痛殴，击断孙燧左臂，逵亦血肉模糊，两人气息仅属，由宸濠喝令牵出城门，一同斩首。逵临死，尚痛骂道：“今日贼杀我，明日朝廷必杀贼。”至两人殉义时，天空中炎炎的烈日，忽被黑云遮住，惨淡无光，宸濠反借此示威，并将御史王金，主事马思聪、金山，右布政胡濂，参政陈杲、刘斐，参议许效廉、黄宏，佥事顾凤，都指挥许清、白昂，及太监王宏等，统行拘住，械锁下狱。马思聪、黄宏，绝粒死了。宸濠遂令刘养正草檄，传达远近，革去正德年号，指斥武宗，授刘养正为右丞相，李士实为左丞相，参政王纶为兵部尚书，总督军务大元帅。分遣逆党娄伯、王春等四出收兵，胁降左布政使梁宸，按察使杨璋，副使唐锦诸人。一面令吴十三、闵廿四等，夺船顺流，往攻南康，知府陈霖遁去，转攻九江，兵备副使曹雷，及知府汪颖等亦遁。数城俱陷，大江南北皆震。

为了这番乱事，遂引出一位允文允武的儒将，削平叛藩，建立奇功，这位儒将是谁？就是前时反对刘瑾，谪戍龙场驿的王守仁。大书特书。守仁自

谪居龙场，因俗化导，苗黎悦服。当刘瑾伏诛，调任庐陵知县，未几召入京师，累迁鸿胪寺卿。寻因江西多盗，擢他为佥都御史，巡抚南赣、汀、漳。既莅任，即檄闽、广两省会兵，先讨大帽山贼，连破四十余寨，擒贼首詹师富。复进讨大庾、横水、左溪诸贼，逐去贼首谢志山等，所在荡平。赣州知府邢珣，吉安知府伍文定，亦奉檄平定桶冈，招降贼首蓝廷凤，破巢八十有四，俘斩六千有奇。守仁又诱斩浰头贼首池仲容，及弟仲安，追余贼至九连山，扫清巢穴，芟雉无遗。数十年巨寇，一并肃清，远近惊服如神明。守仁因境内大定，往谒宸濠。濠留他宴饮，适李士实亦同在座，彼此谈论时政得失。士实道："世乱如此，可惜没有汤武。"已有煽动宸濠之意。守仁道："即有汤武，亦须伊吕。"宸濠道："有汤武便有伊吕。"守仁道："有了伊吕，必有夷齐。"彼此标示暗号，煞是机锋暗对。宴毕散去。宸濠知守仁不肯相从，屡欲加害，守仁也暗中防备，巧值福州三卫军人进贵等作乱，警报传至京师，兵部尚书王琼，语主事应典道："进贵事小，宁藩事大，我意欲调王守仁一行，借着进贵乱事，给他敕书，俾他得调动兵马，相机行事，他日有变，不患呼应不灵了。"王琼此言，恰是有识，然亦由守仁命不该死。应典很是赞成。遂奏请赐敕王守仁，令查处福州乱军。守仁奉命即行，所以宸濠起事，江西守臣，多遇害被执，独守仁得免。守仁行至丰城，丰城知县顾佖，已得宸濠反信，告知守仁，并说宸濠有悬购守仁的消息，守仁临机应变，立刻易服改装，潜至临江。知府戴德孺，闻守仁远来，倒屣出迎，请他入城调度，这一番有分教：

奇士运筹期破贼，叛藩中计倏成擒。

毕竟守仁如何定计，且看下回表明。

本回叙宸濠谋变始末，简而不漏，详而不烦。宸濠包藏祸心，已非一日，宫廷岂无所闻？误在当道得贿，暗中袒护，俾得从容布置，豢盗贼，制兵甲，直至戕害抚臣，名城迭陷，设无王琼之先行设法，王守仁之驰归决策，则大江上下，遍布贼党，明廷尚有豸乎？大学士杨廷和，身居重要，初亦与叛藩往来，至萧淮等举发奸谋，尚欲援宣德故事，遣使往谕，促使为变。孙燧、许逵之被害，未始非廷和致之。廷和之误国且如此，彼钱宁、臧贤辈，何足责乎？

第五十二回　守安庆仗剑戮叛奴
下南昌发兵征首逆

却说王守仁到了临江，与知府戴德孺接谈，德孺向守仁问计，守仁道："是处地濒大江，且与省会甚近，易攻难守，不若速趋吉安，还可整顿防务，抵御叛贼。"德孺又问道："我公晓畅军机，料敌如神，今日宸濠举兵，应趋何向？"守仁道："为宸濠计，恰有上中下三策：若他直趋京师，出其不意，最是上策。否则径诣南京，大江南北，亦必受害，虽非上策，亦是中策。如或专据南昌，不越雷池一步，便是下策。他日王师齐集，四面夹攻，便如瓮中捉鳖，束手成擒了。"确是料敌如神。德孺很是佩服。守仁即转赴吉安，与知府伍文定，筹商战守机宜。守仁道："贼若出长江，顺流东下，南京必不可保，我已定下计策，令他不敢东行。十日以后，各军调集，那时可战可守，便不足虑了。"文定道："宁王暴虐无道，久失人心，哪里能成大事？得公为国讨贼，何患不济？"守仁道："古人说的临事而惧，好谋而成，现在发兵伊始，须先备粮食，修器械，治舟楫，一切办齐，方免仓皇。"此是用兵要诀。文定道："公言甚是。某虽不才，愿为效力。"守仁大喜，即与文定筹备军事，一面遣骑四出，向各府州投递檄文，略言："朝廷早知宁王逆谋，已遣都督许泰率京军四万南下，两湖都御史秦金，两广都御史杨旦，及本都御史会兵，共十六万人，趋集南昌。大兵所过，沿途地方有司，应供军粮，毋得因循误事，自干罪咎"等语。一派虚言。这檄传出，早被宸濠侦悉，信为实事，但紧紧的守住南昌，不敢出发。

李士实与刘养正两人，恰日日怂恿宸濠，早攻南京，宸濠颇为心动。忽由侦骑递到蜡书，亟忙展视，不禁失色。原来蜡书一函，是巡抚南赣王守仁，密贻李士实、刘养正两人，内称："两公有心归国，甚是钦佩，现已调集各兵，驻守要害，专待叛酋东来，以便掩击，请两公从中怂恿，使他早一日东行，即早一日歼灭，将来论功行赏，两公要算巨擘呢。"这一封密书，若由明眼人瞧着，便料是守仁的反间计，宸濠哪里晓得，还道是李、刘二人，私通守仁，暗地里将书搁起，所有二人言语，从此皆不肯轻信。二人亦无可奈何，但暗暗嗟叹罢了。上文叙宸濠中计，从守仁一边着笔，此处从宸濠一边，着笔妙有参换。

宸濠坚守南昌，阅十余日，并不见有大兵到来，方知中了守仁的诡计，追悔不及，迟了。忙请李士实、刘养正商议，两人仍依着前言，劝宸濠急速东行。宸濠乃留宜春郡王拱樤，与内官万锐等守南昌，自率李士实、刘养正、闵廿四、吴十三等，共六万人，号称十万，分五哨出鄱阳湖，蔽江而下。令刘吉为监军，王纶为参赞，指挥葛江为都督，宸濠亲督中坚，所有妃媵、世子、侍从等，都载舟从行。比陈友谅还要呆笨。舟至安庆，投书城中，招守吏出降。猛闻城头一声鼓响，士卒齐登，顿时旗帜飞扬，刀矛森列，从刀光帜影中，露出三员大将，一个是都督佥事杨锐，一个是知府张文锦，一个是指挥崔文，统是满身甲胄，八面威风，写得精神奕奕。齐声道："反贼休来！"宸濠亦高声答道："本藩奉太后密旨，亲自讨贼，并非造反，你等休得认错，快快开城出降，免得一死！"知府张文锦道："我奉皇上命令，守土抚民，不似你反贼横行无状，你若自知罪恶，早些束手受缚，我等还好替你洗刷。如再执迷不悟，即日身首分离，宗祀灭绝，你休后悔！"宸濠大怒，即督众攻城。城上矢石雨下，把前列的攻卒，射伤多人，连宸濠的盔缨上面，也中了一箭，险些儿射破头颅。宸濠吃了一惊，麾众暂退。次日复进兵扑城，城上固守如故。自晨至暮，一些儿不占便宜。接连数日，城守依然。时浙江留守太监毕贞，起兵应濠，遣佥事潘鹏，即上文巡浙御史时，已就职佥事。到了安庆，助濠攻城。鹏本安庆人，遣家属持书入城，谕令速降。崔文撕碎来书，拔剑在手，将来使挥作两段。复枭下首级，掷出城外。宸濠复令鹏至城下，呼崔文等答话。崔文道："你食君禄，受君恩，为什么甘心降贼？我不配与你讲谈。"一言至此，复把使人的尸首，剁作数截，一块一块

的投将下来，并说道："叛奴请看！就是你日后的榜样。"鹏愤怒交迫，戟手指詈。文在城上拈弓搭箭，意欲射鹏，鹏慌忙走脱。既而城上缚着罪犯数十人，由张文锦亲自监斩，并呼城下军士道："你等皆朝廷兵士，朝廷也养你不薄，如何错了念头，反为叛贼效力？须知大逆不道，罪至灭族。看看！这是叛奴潘鹏的家属，今日为鹏受罪呢。"言毕，即喝令左右，把潘鹏家属，无论男妇老幼，都是一刀一个，枭首示众。宸濠的军士，眼睁睁的瞧着城上，颇有些悔惧起来，独潘鹏悲忿异常，请命宸濠，誓破此城。奈张文锦等协力同心，随机应变，饶你如何愤激，全不中用。宸濠不觉愁叹道："偌大一座安庆城，尚是攻不进去，还想什么金陵呢？"看似容易做似难，谁叫你造反。

王守仁在吉安，已征集各兵，出发漳树镇。临江知府戴德孺，袁州知府徐琏，赣州知府邢珣，端州通判胡尧元、童琦，推官王玮、徐文英，以及新淦知县李美，太和知县李楫，宁都知县王天与，万安知县王冕等，各率兵来会，共得八万人，悉听守仁号令，进抵丰城。守仁集众官会议，推官王玮进言道："现闻宁王攻安庆城，连日不能下，谅他必兵疲气沮，若率大兵往援，与安庆守兵，前后夹攻，必能破贼。宁贼一败，南昌可不战而下了。"此是行兵常道。守仁道："君但知其一，未知其二。试想我军欲救安庆，必越南昌，困难情形，且不必说，就是与宸濠相持江上，势均力敌，未见必胜，安庆城内的守兵，也可劳敝，但能自保，不足为我援应，彼时南昌贼兵，出我后面，绝我饷道，南康、九江的贼众，又合力谋我，使我腹背受敌，岂非自蹈危地么？依我意见，不如径攻南昌。"见识高人一筹。王玮又道："宁王经画旬余，方才出兵，他恃南昌为根据，势必留备甚严，我军进攻，未必一时可拔。安庆被围日久，孤城易陷，未得南昌，先失安庆，恐非良策。"守仁微笑道："你太重视这反贼了。他迟迟发兵，实是中了我计，徘徊未决，后知为我所给，忿激而出，精锐多已随行，所有南昌守兵，必甚单弱，我军新集，气势正锐，不难攻破南昌。他闻南昌危急，哪肯坐失巢穴，势必还兵自救，安庆自可撤围。等他到了南昌，我已把南昌夺下，贼众自然夺气。首尾牵制，贼必为我所擒了。"所谓知彼知己，百战百胜。王玮方才悦服，众官亦相率赞成。乃将全队人马，分为十三哨，每哨多约三千人，少约千五百人，伍文定愿为先锋，守仁应允，只嘱他次第薄城，各攻一门。九哨作正兵，四哨作游兵。正兵责成攻击，游兵往来策应。正在分嘱的时候，忽有侦骑来报，

宁王曾在南昌城南，预置伏兵，作为城援。守仁道："知道了。"布置从容，毫不着急。遂召知县刘守绪入内道："宸濠虽预置伏兵，谅不过数千人，我给你骑兵五千，夤夜出发，须从间道潜行，掩袭过去，不怕伏兵不灭，这就叫作将计就计。"守绪领命自去。

守仁遂于七月十九日发兵，至二十日黎明，齐至汎地，当即下令军中，一鼓薄城，再鼓登城，三鼓不登者斩，四鼓不登，戮及队将。一面写了檄谕，缚在箭上，射入城中，令城中百姓，各闭户自守，勿助乱，勿恐畏逃匿，遂饬各军整顿攻具，携至城下。霎时间鼓声大震，各军蚁附城下，把云梯绳索等物，一概扎缚停当，竖将起来，等到鼓声再响，都缘梯齐上，奋勇攀城。城上虽有守卒，抛下矢石，怎奈官军拼命而来，前仆后继，御不胜御。又远远望着城南伏兵，并不见到，但觉得一片火光，返射城头，料知伏兵亦遭截击，刘守绪一路用虚写。不禁魂飞魄散，大家呐喊一声，索性走了他娘，各逃性命。至第三通击鼓，各军已半入城内，开了城门，招纳外兵。守仁麾军大进，如入无人之境。刘守绪亦已扫荡伏兵，随入城中。全城已破，分帖安民告示，并严申军律，不准骚扰。赣州、奉新的兵马，多系收来降盗，一入城中，多行劫掠，不遵约束，事为守仁所闻，饬各将官捕获数人，立斩以殉，兵民才得相安。纪律不得不严。守仁复带领各兵，围搜王宫，忽见王宫高处，黑烟腾涌，如驱云泼墨一般，继而烟雾中钻出一道火光，冲上层霄，照得全城皆赤，顿时爆裂声，坍陷声，及嚎哭声，陆续不绝。守仁令各兵用水扑火，一时火势炎炎，无从扑灭。各兵正忙个不了，突见火光影里，拥出一群人来，疾走如飞，伍文定眼快，喝令军士，速即拿住。众兵追上，手到拿来，不曾走脱一人，献至军前审问，就是宜春郡王拱樤，以及逆党万锐等人，当将他系入槛车，再行灭火入宫。宫人多葬身火窟，有未曾被火的，一律拘系，讯系胁从吏民，尽行遣散。检点仓库，金银钱谷，存蓄尚多，这都由宸濠穷年累月，横征暴敛，所得百姓的脂膏，作为谋叛的费用。守仁取了一半，犒赏从征的将士，余剩的统检数登籍，严加封闭，这且慢表。

且说守仁在吉安时，已将宸濠反状，飞报京师，并疏请速黜奸邪，禁止游幸等情。武宗时在豹房，接到此奏，也觉慌张起来，当召诸大臣集议。许泰、刘晖等纷纷献计，议论不一，尚书王琼独宣言道："有王伯安在，不久自有捷报，虑他什么？"伯安便是守仁别字。琼前时请敕征调，正为防备宸

濠起见，所以有此一说。应上回。大众将信将疑，江彬独请武宗亲征，武宗早欲南巡，正好借此为名，好算凑巧。遂传旨内阁，略称："宸濠悖逆天道，谋为不法，即令总督军务威武大将军镇国公朱寿，统各镇边兵征剿，所下玺书，改称军门檄。"杨廷和等上疏谏阻，毫不见从，只收逮太监萧敬、秦用、卢朋，都督钱宁，优人臧贤，尚书陆完等，一并下狱，籍没家产。一面令江彬速发禁军，前驱出发，自己带着妃嫔人等，启跸出京。此时最宠爱的刘美人，适有微疾，不及随行，武宗与她密约，拟定车驾先发，遣使续迎。美人出一玉簪，交给武宗，作为日后迎接的证据。本是个乐妇出身，生就水性杨花，何需信物？武宗藏簪袖中，至芦沟桥，策马疾驱，簪竟失落，大索数日不得。到了临清州，遣中使往迎美人，美人辞道："不见玉簪，怎敢赴召？"中使返报，武宗独乘着单舸，昼夜疾行，驰至京师，才将美人并载，一同南行。内外从官，竟没有一人知觉，可见武宗的本意，并不在亲征宸濠，实是要亲选南威哩。驾才出京，王守仁捷音已到，武宗留中不发，只慢慢儿的南下。

小子且把南巡事暂搁，先将守仁擒宸濠事，叙述明白。插入武宗南征一段，以便下文接笋。守仁既得了南昌，休息二日，即拟遣伍文定、徐涟、戴德孺等，分道出兵。忽由侦卒走报，宁王宸濠，撤安庆围，来援南昌了，守仁道："我正要他还兵自救哩。"回应前言。众官道："此次叛王宸濠，挟怒而来，兵锋必锐，恐不可当，我军只宜坚壁固守，休与他战。待他久顿城下，粮尽援绝，势将自溃，那时可乘隙追擒了。"亦似有理。守仁道："诸君又说错了。宸濠兵马虽众，多系乌合，闻他所到的地方，徒恃焚掠，威驱势迫，并没有部勒的方法，严肃的号令。且自谋变以来，未曾经过大敌，与他旗鼓相当，一决胜负，所称士马精强，不过徒有虚名，毫不足惧。他所诱惑人心的要着，无非是事成封爵，富贵与共等套话。现在安庆不能取，南昌又被我攻下，进无可进，退无可退，众心懈乱，自在意中，试问世上哪一个人，肯平白地拼了性命，去求那不可必得的富贵呢？我今仗着机势，发兵邀击，他必不战自溃，岂尚能与我相持么？"正说着，帐外又报抚州知府陈槐，亦率兵到来，守仁喜道："兵厚力集，不擒逆藩，更待何时？"当下接见陈槐，温言慰劳，并检阅新兵，一一安顿，不消絮述。越宿，复得侦报，说是宸濠的先锋队，已至樵舍。守仁即登堂升座，召集各将士道："今日是叛藩就擒的日子，望诸君为国效劳，努力破贼！"众将士齐声应令。守仁传伍文定至

座前道："前驱的责任，仍然劳君，请君勿辞！"文定欣然应诺，便召余恩道："你去接应伍太守，我有锦囊一枚，内藏秘计。可至军前启视，与伍太守依计而行，不得有误！"言讫，遂取出锦囊，递与文定。两人领命去讫。又传邢珣近前道："我亦授你锦囊一个，你可照计行事，小心勿违！"邢珣亦受命而去。复语徐琏、戴德孺道："两公可分兵两队，作为左右翼，夹击贼兵，不患不胜。"两人亦唯唯去讫。上文用虚写，此处用明示，无非为笔法矫变计耳。守仁分遣诸将后，也带着亲兵数千名，出城驻扎，专待各路捷音。小子有诗咏道：

> 谁言文吏不知兵，帷幄纡筹似孔明。
> 试看洪都操胜算，千秋犹自仰文成。文成系守仁谥法。

欲知胜负如何，待小子下回续详。

宁藩之叛，料敌决胜，志平叛逆者，全赖一王守仁。而杨锐、张文锦、崔文等，亦不为无功。守仁计赚宸濠，俾其株守南昌，不敢东下者旬日，可谓巧矣。但旬日以后，宸濠出攻安庆，若非杨锐、张文锦等，以三人捍孤城，则安庆一陷，乘势东行，金陵岂尚可保乎？虽宸濠智谋有限，纪律不严，未必能划江自守，与钱镠比，然既得金陵，可战可守，如欲指日荡平，恐非易事。故守仁为本回之主脑，而杨锐、张文锦、崔文等，亦一宾中主也。观文中叙安庆之守，及南昌之下，皆写得有声有色，跃动纸上，有是事不可无是文，有是文不可无是笔。

第五十三回　伍文定纵火擒国贼
王守仁押俘至杭州

却说宸濠围攻安庆，相持半月有余，尚不能下，正拟督兵填濠，期在必克，忽接到南昌被围消息，不免心慌意乱，急令撤兵还救。李士实进谏道：“南昌守兵单弱，敌不过王守仁，我若还救，恐已不及了。”也有见识。宸濠道：“丞相欲再攻安庆么？”士实道：“这也不必。依着愚见，南昌无须还救，安庆亦可撤围。”宸濠道：“照你说来，此后到哪里去？”士实道：“何不径取南京，即位称尊？那时传檄天下，大江南北，容易平定，还怕江西不服么？”这便是守仁所说中策。宸濠沉吟半晌，复道：“南昌是我根本重地，金银钱谷，积储尚多，我若失去这项积储，何处再得军用？现在无论如何，只好还救南昌，顾全根本，然后再图别策。”已不劳你费心了。士实见进谏无益，默然退出，自叹道：“不用吾言，还有何望呢？”谁叫你明珠暗投。

宸濠见士实退出，即督率将士登舟，溯江而上，直抵阮子江口，先遣精兵二万，还救南昌，自率大兵后应。先锋队顺风扬帆，联舟直上，越过樵舍，进逼黄家渡，望见前面已有战船，分作两排列着，船上各插旗号，在前的是伍字旗，在后的是余字旗，伍、余两军出现。他也不管什么伍、余、元、卜，只仗着顺风顺势，鼓噪前进。伍、余两人，早已展阅锦囊，依着诱敌的秘计，佯为交战，斗不数合，返舟急走，一逃一追，逃的是假，追的是真。宸濠闻前军得利，也率众继进，只前军与后军，相隔尚远，前军亦不胜相顾，争先恐后，弄得断断续续。恰巧邢珣奉了密计，绕出敌军先锋队后

面，冲击过去，邢军出现。敌军不及防备，顿时忙了手脚，哪知前面的伍、余两军，又复翻身杀来，一阵扫荡，把敌船击沉无数。宸濠远远瞧见，即饬各舟赴援，不料行近战线，左右炮响，杀出两路兵船，左边兵船上，悬着徐字旗号，右边兵船上，悬着戴字旗号，徐、戴两军也出现。两翼官兵，拦腰截击。宸濠顾东失西，顾西失东，战不多时，撞舟折舵声，及呼号惨叫声，搅成一片，扰扰不已。伍、余各军，已将前行的敌船扫净，来助戴、徐。四五路的官兵，夹击宸濠。宸濠惶急异常，只好下令退走，好容易在官兵里面，冲开一条血路，向东逃生。官兵赶了数十里，擒斩二千余级，夺得船械无数，方才收兵。

宸濠退保八字脑，夜间泊舟，与黄石矶相对。宸濠见矶势颇险，问左右道："此矶叫作何名？"左右多云未知，唯有一小卒是饶州人，素悉地形，即上前答道："这地名黄石矶。"宸濠大怒道："你敢来讪笑我么？"言未毕，已拔出佩刀，把小卒杀死。咄咄怪事。刘养正进谏道："大王何故杀此小卒？"宸濠尚带着怒气，悍然道："他说是王失机，难道此矶已知我失败，不是明明讪笑我么？"养正道："他说的黄字，是黄色的黄字，不是大王的王字，他说的石字，是石板的石字，不是失败的失字，矶字与失机的机字，也是不同，幸勿误会。"宸濠方知为误杀，乃令军士将小卒尸首，舁瘗岸上，叹息罢了。但附从各将士，见宸濠如此昏瞆，料知不能成事，纷纷散去。

宸濠正愁闷无聊，忽又接着军报，守仁已遣知府陈槐、林械等攻九江，曾玙、周朝佐等攻南康。宸濠大惊道："曾玙是建昌知府，颇有材名，他也帮助王守仁，去攻南康么？借宸濠口中，叙出曾玙，省却文中转折。若南康、九江，被他夺去，我还有什么土地？奈何奈何！"养正道："事已至此，不必说了。现在只有振作军心，再图一战。若得战胜守仁，夺还南昌，即无他虑。"宸濠道："我看此间将士，为了前次一败，多已懈体，不如尽发南康、九江兵，与他一战，何如？"官军正图南康、九江，他却欲调兵助战，正是牛头不对马尾。养正道："重赏之下，必有勇夫，大王何惜些须金帛，不肯犒士？若悬赏购募，与守仁决一死战，当可得胜，何必调兵他处呢？"宸濠尚疑信参半，一面檄调南康、九江兵马，一面出了赏格，将士有当先效命的，赏千金，突阵受伤，加给百金。这令一下，果然人人拼死，鼓舟再进。

行未数里，已与官军相遇。两下对仗，宸濠的将士，比前日大不相同，

刀枪并举，炮铳迭发，一股锐气，直扑官军。官军被他杀伤，竟至数百名，稍稍退却。伍文定统领全师，瞧这情形，忙跃登船头，掣出佩剑，把临阵退缩的兵士，砍死了五六名；又把令旗一挥，率动各战船，向那枪林弹雨中，掩杀上去。是时战云密布，毒焰漫空，拳头大的火星，一颗颗，一点点，飞入伍文定舟中。文定毫不胆怯，仍然挺身矗立，督军死战，蓦然间火星爆裂，弹向文定面上，将文定连鬓长须，烧去一半。文定只用手一拂，坠落火星，一些儿没有惊惶，指挥如故。垂败的官兵，见主将如此镇定，毫不畏死，也不由的感愤起来。当下将对将，兵对兵，枪对枪，炮对炮，酣战多时。宸濠见不能取胜，也拨船突阵，不防有一炮射来，正中他坐船，一声怪震，把船头击得粉碎，江中波浪，随同震荡，各战船都摇动起来。宸濠在百忙中，移过别船，部众相率惊骇，顿时大溃。等到烟消火灭，只见官军尚在那里，所有宸濠的战船，已逃至樵舍去了。伍文定检查战功，复擒斩二千余级，申报守仁，预备再战。

宸濠吃了第二次败仗，懊怅得很，复收合余烬，联结残舟，成了一个方阵，连樯自守；尽出所有金帛，赏犒死士。这事被守仁闻悉，忙遣人致文定书，当由文定启视，书中没有别语，只有“急用火攻”四字。文定道：“我亦已有此意。”仿佛瑜、亮。遂邀集余恩、邢珣、徐涟、戴德孺等，议定埋伏夹击等计策，各携火具，分道并进。会宸濠召见群下，迭述败状，拟将临阵先逃的部目，牵出数人，斩首示惩。各部目多系剧盗，哪肯奉谕，枉送性命。遂一哄儿争辩起来，你推我诿，噪个不住。你要收罗盗贼，还你这般结果。探卒忽入船哗报道：“官军来了！官军来烧我舟了！”宸濠听着，大惊失色，忙推案出望，但见前后左右，已是火势炎炎，烧个正着。时值秋燥，江上的秋风大作，四面八方，火头乱越，就是要想救灭，急切也是不及。官军乘着火势，纷纷跃上舟阵。原来纵火的官军，便是余恩、邢珣、徐琏、戴德孺四路水师，与伍文定计议妥当，各驾轻舟，埋伏隐处，等到风色一顺，分头举火，所以东西南北，面面烧着。宸濠在船头上，痴望多时，只见邢珣自左杀来，戴德孺自右杀来，余恩攻后，伍文定攻前，自己部下的将士，纷纷投水，毫无抵御的能力，不禁流涕道：“大事去了！”正说着，副舟也已被火，吓得宸濠几乎晕倒，慌忙走入船舱，与妃嫔等相对痛哭。这等无用的人物，也想造反吗？正妃娄氏，挺身立起道：“妾前时曾谏止殿下，休负国恩，殿

下不从，乃有今日。罢罢！殿下负了皇上，妾不忍负着殿下。”说至此，疾步趋至船头，奋身一跳，投入水中。义烈可敬。各妃嫔见娄妃殉难，也都丢开性命，又听得哔哔剥剥，火势愈烧愈近，大家料难逃生，各启舟舱，陆续投水，统向龙宫处报到。只有宸濠泣涕涟涟，何不随妃嫔入水？挈着世子仪宾，兀在舟中坐住。官军四面跃入，即将宸濠父子，用着最粗的铁链，捆缚停当，牵出船外，移向伍文定坐船。宸濠举目一瞧，所有丞相、元帅等，都已两手反翦，缚置船中。这叫作患难与共。彼此吁叹，闭目待毙。伍文定等分头擒拿，将著名叛党，一应锁住，不曾漏脱一个。如李士实、刘养正、徐吉、涂钦、王纶、熊琼、卢行、罗璜、丁瞆、王春、吴十三、凌十一、秦荣、葛江、刘勋、何镗、王信、吴国士、火信等，尽行械系，共有数百余人。还有被执及胁从各官，如太监王宏，御史王金，主事金山，按察使杨源，佥事王畴、潘鹏，参政陈杲，布政司梁宸，都指挥郑文、马骥、白昂等人，也一并拘住。共擒斩叛兵三千余级，溺死的约三万人，烧死逃去的，无可计算。所有烧不尽的军械军需，以及溺水的浮尸，积聚江心，掩蔽数里。尚有数百艘贼船，临时斩断绳索，四散狂逃，经伍文定遣兵追剿，依次荡灭。

守仁所遣陈槐、曾屿等，亦攻复九江、南康二郡，并在沿湖等处，捕戮叛党二千余人。各将吏陆续返报，回到南昌。守仁尚在城外驻节，一一迎劳，彼此甚欢。伍文定手下将士，押住宸濠，推至守仁座前。守仁正欲诘责，宸濠忽开口哀呼道：“王先生！本藩被你所擒，情愿削去护卫，降为庶人，请先生顾着前谊，代为周全。”谈何容易？守仁正色道：“国法具在，何必多言！”宸濠方才无语。南昌士民，聚观道旁，齐声欢呼道：“这位叛王，酷虐无道，既有今日，何必当初。可见天道昭彰，报应不爽哩！”有几个江西官吏，本与宸濠相识，见了宸濠，也出言指示。宸濠泣语道：“从前商朝的纣王，信了妇言，致亡天下，我不信妇言，乃至亡国。古今相反，追悔已迟。娄妃！娄妃！你不负我，我却负你，死也晚了。家有贤妻，夫不遭祸，宸濠何独未闻？守仁闻了此言，也为叹息，随命水夫捞认娄妃尸骸，从丰殓葬。众将献上宸濠函箧，内贮书信，多系京官疆吏，往来通问，语中未免有勾结情形。守仁不暇细阅，悉付与祝融氏，托他收藏；力持大体，造福不浅。一面露布告捷，才率军入城。嗣闻武宗已启跸南征，应上回。急奏上封章，略云：

臣于告变之际，选将集兵，振扬威武，先收省城，虚其巢穴，继战鄱湖，击其惰归。今宸濠已擒，逆党已获，从贼已扫，闽广赴调军士已散，惊扰之民已定。窃唯宸濠擅作威福，睥睨神器，招纳流亡，辇毂之动静，探无遗迹，臣下之奏白，百不一通。发谋之始，逆料大驾必将亲征，先于沿途伏有奸党，期为博浪、荆轲之谋。今逆不旋踵，遂已成擒，法宜解赴阙门，式昭天讨，然欲付之部下各官，诚恐潜布之徒，乘隙窃发，或虞意外，臣死有余憾矣。盖时事方艰，贼虽擒，乱未已也。伏望圣明裁择，持以镇定，示以权宜，俾臣有所遵循，不胜幸甚！

这疏本意，明明是谏阻南巡，且请将逆藩就地正法，以免意外。不料武宗得奏，毫不采用，只饬令将逆藩看管，听候驾到发落。太监张忠，及安边伯许泰等，因守仁前日上疏，有罢斥奸邪，禁止游幸等语，应上回。心中未免挟嫌，想是贼胆心虚。入奏武宗，但云："守仁先曾通逆，虽有功劳，未足掩罪。"幸武宗尚有微明，不去理睬。忠、泰又贻书守仁，谓"逆藩宸濠，切勿押解来京。现在皇上亲征，须将宸濠纵入鄱湖，待皇上亲与交战，再行一鼓成擒，论功行赏。如此办理，庶几功归朝廷，圣驾不虚此行了。"煞是可笑，亏他写得出来。守仁不为之动，竟不待武宗旨意，自将宸濠押出南昌，拟即北发。偏偏忠、泰两人，遣使赍威武大将军檄文邀截途中，勒令将宸濠交付。守仁又复不与，避道走浙江，欲从海道押解至京，夤夜到钱塘，不料太监张永，又在杭州候着。守仁见了张永，先把那计除刘瑾的功绩，赞美一番，说得张永非常欢慰。见风使帆，不得不然。计除刘瑾，事见四十六回。守仁复进言道："江西百姓，久遭濠毒，困苦不堪；况且大乱以后，天复亢旱成灾，百姓有衣无食，有食无衣，若复须供给京军，将必逃匿山谷，聚众为乱。当日助濠，尚是胁从，他日揭竿，恐如土崩瓦解，剿抚两穷。足下公忠体国，素所钦佩，何不在京中谏阻御跸，免多周折呢？"委婉动人。张永叹道："王先生在外就职，怪不得未识内情。皇上日处豹房，左右群小，蛊惑主聪，哪个肯效忠尽言？我是皇上家奴，只有默辅圣躬，相机讽谏便了，我此次南行，非为掩功而来，不过由皇上素性固执，凡事只宜顺从，暗暗挽回；一或逆命，不但圣心未悦，并且触怒群小，谗言易入，孤愤谁知，王先生试想！于天下大计，有什么益处？"至情至理，令人心折。守仁点首道："足下如此忠

诚，令人敬服。”张永道：“我的苦心，也唯有先生知道呢。”守仁乃将忠、泰邀取宸濠，并从前致书等情，一一说明。张永道：“我所说的群小，便指若辈。王先生将若何处置？”守仁道：“逆藩宸濠，已押解到此，好在与足下相遇，现拟将这副重担，卸与足下，望足下善为处置，才毕微忱。”张永道：“先生大功，我岂不知，但不可直遂径行。有我在，断不使先生受屈，务请放心！”守仁乃将宸濠囚车，交付张永，乘夜渡浙江，绕道越境，还抵江西。

张永押解宸濠，即日就道，途次语家人道：“王都御史赤心报国，乃张忠、许泰、江彬等，还欲害他，日后朝廷有事，将何以教忠？我总要替他保全呢。”庸中佼佼，还算张永。是时武宗已至南京，命张忠、许泰、刘晖等，率京军赴江西，再剿宸濠余党。军尚未发，永已驰到，入见武宗，备说守仁如何忠勤，且奏明忠、泰诸人伪状，武宗方才相信。江彬等再进谗言，一概不准。张忠又入奏道：“守仁已至杭州，如何不来南京，谒见圣躬？就使陛下有旨召他，恐他也未必肯来。目无君上，跋扈可知。”谗入罔极。武宗又遣使江西，促召守仁。又被他蛊惑了。守仁奉召，驰至龙江，将要入见。张忠复遣人截住，不使进谒。守仁愤甚，即脱下朝衣，著了巾纶野服，避入九华山去了。张永闻知此事，又入奏武宗道：“守仁一召即来。中道被阻，今已弃官入山，愿为道士。国家有此忠臣，乃令他投闲置散，岂不可惜！”武宗乃驰谕守仁，即令还镇，授江西巡抚。擢知府伍文定为江西按察使，邢珣为江西布政司右参政，且令守仁再上捷书。守仁乃改易前奏，言奉威武大将军方略，讨平叛逆，复将诸嬖幸姓名，亦一一列入，说他调剂有功。江彬等方无后言。武宗遂于南京受俘，令在城外设一广场，竖着威武大将军旗纛，自与江彬等戎服出城。到了场中，饬令各军四面围住，方将宸濠放出，去了桎梏，令他兀立，亲自擂起鼓来，饬兵役再缚宸濠，然后奏凯入城。仿佛做猢狲戏。小子有诗咏道：

> 国事看同儿戏场，侈心太甚几成狂。
> 纵囚伐鼓夸威武，笑柄贻人足哄堂。

未知武宗何日回銮，且俟下回续表。

宸濠聚集嫔从百官，联舟江上，不特上中二策，未能举行，即下策亦不能用，直无策而已矣。李士实谋取南京，尚从大处落手，而宸濠恋恋南昌，自投死路，娄妃初谏不从，至于投水殉难，宸濠有此谋士，有此贤妃，而执迷不悟，宜乎速毙。但李士实误投暗主，娄妃误嫁叛王，士实尚自取其咎，娄妃并非自取，乃承父母之命而来，夫也不良，竟遭惨死，吾不能不为之痛惜也。守仁亲建大功，几为宵小所构，酿成冤狱，幸有太监张永，为之斡旋，岂忠可格天，彼苍不忍没其功，乃出张永以调护之耶？吾谓守仁智足达权，其心固忠，其忠非愚，故尚得明哲保身，否则不为岳武穆、于少保也几希。

第五十四回　教场校射技擅穿杨
古沼观渔险遭灭顶

却说武宗在南京受俘，本可即日回銮，但武宗南巡的本旨，实为着南朝金粉，羡慕已久，因此托词亲征，南来游幸，哪里肯指日回京？况路过扬州时，先由太监吴经，采选处女寡妇，供奉行在，武宗正乐得左拥右抱，图个尽欢；并生平最爱的刘娘娘，又载与俱南，体心贴意，般般周到，那时武宗安心行乐，还记得什么京师。有时觉得闲暇，即带着数骑，出外打猎。尝猎扬州城西，留宿上方寺，甚是满意。嗣后成为习惯，屡出驰逐。亏得这位刘娘娘，爱主情深，婉言劝阻，每经武宗出游，往往轻装随去。算一个女监督。武宗也不忍拂意，但身旁带着刘妃，未便东驰西骤，只好往各处寺观，游憩了事。所赐幢旛锦绣，梵贝夹册，悉署威武大将军名号，及刘娘娘的姓氏，或竟写着刘夫人。江彬等扈跸南京，巴不得武宗留着，多一日好一日，他好蹧蹋妇女，凌辱官民。

太监张忠，安边伯许泰，因前旨未曾取消，竟率京军赴江西，沿途逞着威风，任情勒索，且不必说，及到了南昌，与守仁相见，傲慢无礼。守仁却殷勤款待，备尽东道情谊，忠、泰毫不知感。还有给事中祝续，御史章纶，随军司事，望风附势，日与兵士等，造作蜚语，诬蔑守仁，由朝至暮，各呼守仁姓名，谩骂不绝。有时守仁出署，兵士等故意冲道，预备彼此争闹，可以乘隙启衅。守仁一味包容，非但置之不较，反且以礼相待。兵士无法，只好退去。守仁又密遣属吏，潜诫市人，令将所有妇女，暂徙乡间，免生事

端。一面安排牛酒，犒赏京军。许泰闻信，先往阻止，并饬军士勿受。守仁乃遍张揭帖，略称北军远来，离乡作客，自有各种苦处，本省居民，以主待宾，务宜尽礼，如有狎侮等情，察出勿贷。居民本敬服守仁，看了揭帖，无不唯命是从，因此与北军相处，格外退让。守仁以柔道待人，确是良法，但亦由平日爱民，民皆奉命维谨，故不致惹祸。守仁每出，遇见北军长官，必停车慰问，亲切异常。北军有病，随时给药，北军病殁，厚给棺葬。看官！你想人非木石，遭此优待，宁有不知感激的道理？插此数语，可见张忠、许泰不得齿列人类。大众统相语道："王都堂待我有恩，我等何忍犯他。"自此南昌城内，恰安静了许多。

会值冬至节日，居民新经丧乱，免不得祭奠亡魂，酹酒举哀。北军触景生悲，动了思家的念头，纷纷求归。张忠、许泰，概不准请，军士多出怨声，忠、泰佯若不闻，反欲往教场校阅。令出如山，谁敢不遵？先期这一日，由忠、泰赍书抚署，邀请守仁率军到场。守仁复书照允，越日昧爽，守仁带着江西军，先往教场候着。约阅片时，方见张忠、许泰，策马而来，后面随着的兵士，不下万人。守仁鞠躬相迎，忠、泰才下马答礼。三人步至座前，分了宾主，依次坐下。许泰开言道："今日天高气爽，草软马肥，正是试演骑射的时候，所有南北将士，统是军国干城，现在叛乱初平，惩前毖后，应互相校射，以示扬激，这也是我辈带兵官，彼此应尽的职务。"言毕，呵呵大笑。守仁暗想，昨日书中，只称校阅京军，并未叙及南北校射，今日到了教场，骤提出校射二字，明明是乘我未备，有意刁难。且罢！我自有对待的方法，何必多忧，忠、泰两人的暗计，借此叙出。随即答道："伯爵不忘武备，显见忠忱，但敝处所有精锐，统已遣派出去，分守要区，现今在城的兵弁，多半老弱，恐不堪一较呢。"张忠微哂道："王都堂何必过谦，如逆藩宸濠，聚众十万，横行江湖，阁下调集劲旅，奉行天讨，闻捷书上面，报称宸濠起事，只有三十五日，便即荡平。这三十五日内，与宸濠交战，想不过十多日，若非兵精将勇，哪有这般迅速哩？"三十五日平逆，亦借张忠口中补叙，唯张忠所言，看似誉扬，实多讽刺。守仁道："只全仗皇上的威灵，诸公的教导，守仁何力之有？"许泰道："一誉一谦，谈至何时，虚言不如实验罢。"遂传令校射，军士已鹄候多时，闻了令，即在百步外张着靶子，先请江西军射箭。守仁道："主不先宾，自然由京军先射呢。"京军闻言，当下选出善射的数十

人，接连发矢，十箭内约中七八箭，铜鼓声咚咚不绝，张忠也连声喝采，自觉面上生光。许泰却笑着道："十得七八，总算有数箭未中，不能算做什么精呢。"京军射毕，自然轮到江西军。江西军弓马生疏，不过十中四五，张忠不禁失笑道："强将手下无弱兵，为什么这般没用？"当面奚落。许泰道："有了强将，兵弱何妨？"守仁恰神色不变，便道："我原说不堪一较，两公休怪！"张忠又接口道："许公谓有了强将，兵不妨弱，想王都堂总有神技呢。"许泰道："王都堂能射箭么？"愈逼愈紧。守仁道："射法略知一二，唯素习文事，未娴武技，还祈两公原谅！"许泰道："既知射法，何妨试箭。"守仁道："班门之下，怎敢弄斧？"张忠道："有斧可弄，何畏班门？"两人一吹一唱，逼得守仁无词可答，遂奋身离座道："两公有命，敢不敬从，就此献丑便了。"言已，就走将下去，呼随从带马过来，当即一跃上马，先跑了一回蹚子，到了箭靶竖着，留神一瞧，然后返辔驰回，就众人发矢的位置，取了弓，拔了箭，不慌不忙，拈弓搭矢，左手如抱婴儿，右手如托泰山，喝一声着，那箭已放了出去，不偏不倚，正中红心。南北军士，齐声喝采，铜鼓声亦震得异响。一箭甫中，一箭复来，巧巧与第一支箭，并杆竖着，相距仅隔分毫。鼓声又震，喝采愈高。守仁跃下马来，拈着第三支箭，侧身续射，这一箭射去，正对准第二支箭杆，飕的一声，将第二支箭，送了出去，这箭正插入第二支箭原隙内。王公固擅绝技，文笔亦自不群。大众睹此奇异，没一个不踊跃欢呼，连鼓声都无人听见。守仁尚欲再射，不防背后有人拊着，急忙返顾，乃是安边伯许泰，便道："献丑了，献丑了。"许泰道："都堂神箭，不亚当年养由基，怪不得立平叛逆，我等已领教过了，就此歇手罢。"原来忠、泰两人，总道守仁是个文官，没甚武艺，可以借端嘲笑，谁知他竟有这般技射，这还不过出人意料；偏是守仁射中一箭，北军也同声喝采，声震远迩。于是张忠在座，密语许泰道："我军都输服他了，如何是好？"许泰闻言，即下座止住守仁，教他休射。守仁正好借此收场，遂撤队而归。守仁与忠、泰告别时，见两人面色，很是怏怏，不觉肚中暗笑。回署以后，过了一天，便闻忠、泰有班师消息，再阅一宵，果然两人同来辞行。守仁免不得设着盛筵，临歧饯别。总计忠、泰驻兵江西，共历五月有余，假肃清余孽为名，蟠据南昌，其实是叛党早歼，不劳再剿；北军并没有出城，只有忠、泰两人，捕风捉影，罗织平民，无辜株连，没收财产，人民受他荼

毒，不知凡几。待至班师令下，相率归去，真是人心喜悦，如去芒刺，这且搁下不提。

且说武宗驻跸南京，游行自在，大有乐不思蜀的形景。江彬又乘机怂恿，劝武宗游幸苏州，下浙江，抵湖湘。武宗在京时，尝闻苏州多美女，杭州多佳景，正欲亲往一游，饱看景色，闻着彬言，适中下怀。自正德十四年冬季至南京，至十五年正月，尚未言归，反饬群臣议行郊礼。此时大学士梁储、蒋冕等，亦随驾出行，接奉诏敕，谓郊礼一行，回銮无日，万不可依诏定议，乃极力谏阻。疏至三上，始得邀准。就是游幸苏、浙，倒也罢议，唯总不肯回銮。悠悠忽忽，过了半年，尚没有还京音信。但闻江彬倚势作威，驱役官民，如同走狗，成国公朱辅，因事忤彬，罚他长跪军门，才得了事。独魏国公徐鹏举，徐达七世孙。邀彬赴宴，中门不启，又不设座中堂，顿时惹动彬怒，大声问故。鹏举恰正襟拱手道："从前高皇帝曾幸私第，入中门，坐中堂，此后便将中门封闭，中堂也同虚设，没人再敢僭用的。今蒙将军辱临，怎敢亵慢？但若破了故例，便与大逆相等，恐将军也不愿承受哩。"彬听了此言，明知鹏举有心为难，但是高皇帝三字，抬压出来，如何抵抗得过？只好变嗔作喜，自认无知，勉勉强强的饮了数杯，即行告别。还有南京兵部尚书乔宇，守正不阿，彬尝遣使索城门锁钥，宇独正言拒绝，大旨以门钥一项，关系甚大，从前列祖列宗的成制，只令守吏掌管，虽有诏敕，不敢奉命。彬闻报无法，只得罢休。有时彬矫旨需索，宇又必请面复始行。究竟伪难作真，臣难冒君，任你江彬如何摆布，也不免情虚畏罪，自愿取消。直道事人也有好处。宇又倡率九卿台谏，三次上章，请即回銮。武宗召彬与商，彬请下诏严谴，武宗踌躇道："去年在京师时，加罪言官，未免太甚，今日何可再为，不如由他去罢。"彬乃嘿然。武宗只谕令各官，尽心治事，稍迟数日，便当回銮云云。各官接到此旨，没奈何再行恭候。过了一月，仍旧不见动静，唯行宫里面，屡有怪异传闻，或说有物如猪首，下坠御前，或说武宗寝室中，悬着人首，谣言百出，人情汹汹。大学士梁储语蒋冕道："春去秋来，再不回銮，恐生他变。况且谣诼纷纭，多非佳兆，我辈身为大臣，怎忍坐视。"蒋冕道："不如伏阙极谏，得请乃已。"梁储允诺，即于夜间缮疏，至次日，两人跪伏行宫外，捧着奏章，带哭带号，约历两三时，方有中官出来，把奏章取去。又阅一时，由中官传旨令退，两人叩首道："未蒙准奏，

不敢退去。”中官又入内代奏，武宗乃宣谕还京，两人方起身退出，即令扈从人等，筹备还跸事宜。又越数日，诸事都已备妥，申请启跸。武宗还想延挨，忽闻宸濠在狱，有谋变消息，乃起程北归。

是夕武宗亲祭龙江，驻跸仪征，次日至瓜州地面，大雨时行，暂就民家避雨。待雨过天霁，乃从瓜州渡江，临幸金山，遥望长江一带，气象万千，很觉快慰。隔了一日，登舟南渡，幸故大学士杨一清私第，饮酒赋诗，载赓迭和，又流连了两三日。一清从容婉谏，请武宗速回京师。武宗才离了杨宅，向扬州进发。到了宝应地界，有一巨浸，名叫泛光湖，武宗见湖光如镜，游鱼可数，不禁大喜道：“好一个捕鱼的地方。”遂传旨停舟。扬州知府蒋瑶，正来接驾，武宗即命备办网罟等物。蒋瑶不敢违慢，即日照办，呈交御船。偏偏太监邱得，有意索贿，一味挑剔，甚至召责蒋瑶，把他锁系起来。蒋瑶无奈，只好挽人疏通，奉了厚赂，方得销差脱罪。清官碰着贪竖，还有何幸。武宗命宫人侍从等，抛网湖心，得鱼较多的有赏，得鱼过少的则罚。大家划着坐船，分头下网，武宗开舱坐观，但见三三五五，揽网取鱼，不觉心旷神怡，流连忘倦，约历半日，各舟方摇荡过来，纷纷献鱼。武宗按着多寡，颁了赏赐，大众拜谢，乃下令罢渔。嗣见进献的鱼中，有一鱼长可数尺，暴睛巨口，比众不同，随即戏说道：“这鱼大而且奇，足值五百金。”江彬在侧，正恨蒋瑶未奉例规，此例安在？邱得已经妄索，江彬又要寻隙，正是好官难为。即启奏道：“泛光湖得来巨鱼，应卖与地方有司。”武宗准奏，着将巨鱼送与蒋瑶，守取价值复命。弄假成真，无非儿戏。过了一时，蒋瑶亲来见驾，叩首已毕，即从怀中取出簪珥等物，双手捧呈道：“臣奉命守郡，不敢妄动库银，搜括臣家所有，只有臣妻佩带首饰，还可上应君命，充做银钱，此外实属无着，只得束身待罪。”武宗笑道：“朕要此物做什么，适才所说，亦不过物归原主，应给赏银。你既没有余资，便作罢论。你所携来各物，仍赏与你妻去罢！”蒋瑶叩谢。可见武宗并非残虐，不过逢场作戏，喜怒任情而已，所有不法行为，俱为宵小导坏。武宗又道：“闻此地有一琼花观，究竟花状如何？”蒋瑶顿首道：“从前隋炀帝时，尝到此赏玩琼花，至宋室南渡，此花憔悴而死，今已绝种了。”武宗怏怏道：“既无琼花，可有另外的土产么？”蒋瑶道：“扬州虽号繁华，异产却是有限。”武宗道：“苧麻白布，不是扬州特产吗？”蒋瑶不敢多言，只好叩头道：“臣领命了。”武宗命退，瑶即返署，备办细布

五百四，奉作贡物，比较鱼价如何。武宗方下旨开船。

从扬州行抵清江浦，重幸太监张阳家，设宴张灯，征歌选色，君臣共乐，接连三日。武宗问张阳道："朕过泛光湖，观鱼自适，颇足快意，清江浦是著名水乡，谅亦有湖沼大泽，足以取鱼。"张阳奏对道："此间有一积水池，是汇集涧溪各流，水势甚深，鱼族繁衍，或者可以布网呢。"武宗喜道："你可先去预备网罟，朕择明日观渔。"张阳领旨，即去办就。到第二日，武宗带着侍从，即往积水池滨，瞧将过去，层山百叠，古木千章，环抱一沼，颇似洞壑清幽，别具一种雅致。武宗语张阳道："这池占地不多，颇觉幽静，但欲取鱼，不能驾驶大船，只好用着渔舟呢。"张阳道："池中本有小舟，可以取用。"武宗道："在哪里？"张阳道："多泊在外面芦苇中。"武宗道："知道了。"当下舍陆登舟，行不一里，果见两岸蒙茸，泊有渔船。武宗命侍从等，各驾小舟，四散捕鱼。武宗瞧了一会，不觉兴发，也拟改乘渔船，亲自捕鱼。张阳道："圣上不便亲狎波涛。"武宗道："怕什么？"遂仗着威武，跃登小舟，有太监四名，随着下船。二太监划桨，二太监布网，渐渐的荡入中流。那水中适有白鱼一尾，银鳞灿烂，晔晔生光，武宗道："这鱼可爱，何不捕了它去？"二太监领命张网，偏偏这鱼儿刁滑得很，不肯投网，网到东，鱼过西，网到西，鱼过东，网来网去，总不能取。武宗懊恨起来，竟从舟中取出鱼叉，亲自试投，不防用力太猛，船势一侧，扑咚扑咚数声，都跌落水中去了。小子有诗咏道：

千金之子不垂堂，况复宸躬系万方。
失足几成千古恨，观鱼祸更甚如棠。

未知武宗性命如何，且至下回续详。

有文事者必有武备，孔子所谓我战必克是也。王守仁甫立大功，即遭疑谤，幸能通变达机，方得免咎。至忠、泰校射，独令试技，夫身为大将，宁必亲执弓刀，与人角逐，诸葛公羽扇纶巾，羊叔子轻裘缓带，后世且盛称之，何疑于守仁？然此可为知者言，难与俗人道也。迨迭发三矢，无不中彀，宵小庶无所借口矣，此文事武备之所以不容偏废也。武宗任情游幸，偏爱渔猎，泛光湖观鱼，尚

嫌未足，积水池捕鱼，且欲亲试，岂得鱼数尾，便足为威武大将军耶？未懔冯河之戒，几占灭顶之凶，假令无王守仁之先平叛逆，而欲借张忠、许泰辈随驾亲征，其不蹈建文之覆辙者鲜矣。然则武宗不覆于鄱阳湖，仅溺于积水池，受惊成疾，返殂豹房，其犹为幸事乎。

第五十五回　返豹房武宗晏驾　祭兽吻江彬遭囚

却说武宗坠入水中，险些儿被水淹死，幸亏操舟的两太监，曾在京内太液池中，习惯泅水，虽遭覆溺，毫不畏惧，亟游近武宗身旁，将武宗手脚握住，推出水面。各舟闻警齐集，才将武宗搀入舟中，还有两太监入水，用力挣扎，也经旁人救起。唯武宗生平，并未经过游泳，并且日日纵欲，元气甚亏，寒秋天气，又是凛冽，所以身虽遇救，已是鼻息细微，人事不省了。威武大将军，乃不堪一溺么？那时御舟中曾带着御医，赶紧用着方法，极力施救，武宗才把池水吐出，渐渐苏醒，只元气总难挽回，龙体从此乏力。大学士杨廷和等，请速还京，武宗也觉倦游，遂传旨速归。轻舟荡漾，日行百里，不数日即抵通州，随召各大臣集议，处置宸濠。杨廷和等上言，请如宣宗处高煦故例，御殿受俘，然后议刑。独江彬谓应即诛逆，免滋他患。武宗正恐宸濠为变，北还时，每令濠舟与御舟，衔尾行驶，以防不测。至是用江彬言，遽令宸濠自尽。濠死后乃令燔尸，越三日，始还京师，大耀军容，首逆已死，耀军何为？辇道东西，列着许多兵士，盔甲森严，戈铤并耀，各逆党一并牵至，令他两旁跪着。尚书陆完，都督钱宁，统因逆案牵连，做了矮人，大家褫去上身衣服，赤条条的反缚两手，背上悬揭白帜，大书姓名罪状。还有逆党眷属，不问男妇长幼，都是裸体反接，挨次跪着。武宗戎装跨马，立正阳门下，阅视良久，才将附逆著名的奸党，饬令正法，悬首竿上，延长数里，余犯仍回系狱中，武宗方策马入内，还憩豹房。后来钱宁伏法，陆完谪戍，

只太监萧敬，独运动张忠，愿出二万金，买了一个性命。钱可通灵。余党多庾毙狱中，不消细说。

武宗以亲征凯旋，复降特旨，令定国公徐光祚，驸马都尉蔡震，武定侯郭勋，祭告宗庙社稷。越数日，又补行郊祀大典。武宗只好亲自主祭，驾至天坛，循例行礼，初次献爵，由武宗跪拜下去，不觉心悸目晕，支撑不住，侍臣连忙扶掖，半晌方起，哇的一声，吐出一口鲜血，自觉腥秽难当，浑身发颤，再也不能成礼了。当下委着王公，草草毕祭，自己乘着安舆，返入大内。转眼间已是残年，爆竹一声除旧，桃符万户更新，武宗因病体未痊，饬免朝贺。一病数月，又届季春，月朔适遇日蚀，阴霾四塞，都人士料为不祥，唯江彬等越加骄恣，竟矫传上旨，改西官厅为威武团营，自称兵马提督，所领边卒，也是狐假虎威，桀骜愈甚。都下汹惧，不知所为。武宗卧病豹房，懵然罔觉，经御医尽心调治，日进参苓，终不见效。真元耗损，还有何救？司礼监魏彬，密询御医，统已摇首，乃走至内阁，语大学士杨廷和道："皇上不豫，医力已穷，不如悬赏巨金，求诸草泽。"廷和闻着，知他言中有意，是何意思？请看官一猜。沉吟一会，方启口道："御医久侍圣躬，必多经验，譬如人生伦序，先亲后疏，亲近的人，关系痛痒，自然密切，疏远的人，万不能及。据我想来，总须亲近的人，靠得住呢。"哑谜中已表大旨。魏彬唯唯而去。过了两日，武宗病愈沉重，自知不起，从昏昏沉沉中，偶然醒来，开眼一瞧，见太监陈敬、苏进两人，侍着左右，便与语道："朕疾至此，已不可救了，可将朕意传达太后，此后国事，当请太后宣谕阁臣，妥为商议便了。"言至此，气不相续，喘息良久，复太息道："从前政事，都由朕一人所误，与你等无涉，但愿你等日后谨慎，毋得妄为！"武宗已知自误，则此次顾命，应即召大臣入嘱，何为仅及中官？况逢恶长非，全出若辈，乃云与他无涉，可见武宗至死，尚是未悟。陈敬、苏进，齐声遵旨，俟武宗安睡后，才去通报张太后。待张太后到了豹房，武宗已不能言，唯眼睁睁的瞧着太后，淌下几点泪珠儿。太后尚含泪慰问，谁知他两眼一翻，双脚挺直，竟自归天去了，寿仅三十一岁。笔下俱含刺意。

太后亟召杨廷和等至豹房，商议立储事宜。廷和请屏去左右，方密禀太后道："江彬不臣，势将谋变，若闻皇上晏驾，必且迎立外藩，挟主兴兵，为祸不浅。请太后先事预防呢！"太后道："如此奈何？"廷和道："现只有

秘不发丧，先定大计。此处耳目甚近，不如还至大内，好作计较。”太后闻言，也不及悲恸，即刻乘辇还宫。廷和随入宫中，略行筹议，便即赴阁。太监谷大用及张永，亦入阁探信。廷和道：“皇上大渐，应立皇储。”张永道：“这是目前最要的事情。”廷和即袖出祖训，宣示诸人道：“兄终弟及，祖训昭然。兴献王长子，系宪宗孙，孝宗从子，皇帝从弟，按照次序，当然继立。”梁储、蒋冕、毛纪等，齐声赞成道：“所言甚是，就这般办罢！”张永、谷大用，亦无异言，乃令中官入启太后。廷和等至左顺门，排班候旨。忽见吏部尚书王琼，率九卿入左掖门，厉声道：“立储岂是小事？我为九卿长，乃不使与闻么？”廷和等也无暇与辩，琼亦自觉没趣，正懊怅间，中官已传宣遗诏，及太后懿旨，颁诏群臣。遗诏有云：

> 朕绍承祖宗丕业，十有六年，有辜先帝付托，唯在继统得人，宗社生民有赖。皇考孝宗敬皇帝亲弟兴献王长子厚熜，聪明仁孝，德器夙成，伦序当立。遵奉祖训兄终弟及之文，请于皇太后与内外文武群臣，合谋同辞，即日遣官迎取来京，嗣皇帝位，恭膺大统。

群臣览此遗诏，方知武宗已经宾天，大家都相惊失色。只因遗诏已下，帝统有归，即欲辩论，也是无益，乐得含忍过去。吏部尚书王琼，也只好一言不发，随进随退罢了。还算见机。廷和等返入内阁，一面请命太后，遣谷大用、张永等，往豹房奉移梓宫，入殡大内，一面议遣官迎兴世子入都，明朝故例，奉迎嗣主，必须由中贵勋戚，及内阁一人偕行。勋戚派定寿宁侯张鹤龄，及驸马都尉崔光，中官派定谷大用、张锦，部臣派定礼部尚书毛澄，唯所有阁员，除廷和外，要算梁储、蒋冕二人，资望最优。廷和方握政权，无暇出使，蒋冕是廷和帮手，若遣他出去，转令廷和势孤。廷和暗中属意梁储，只怕他年老惮行，默默的想了一会，方顾着梁储道：“奉迎新主，例须派一阁员，公本齿德兼尊，应当此任，但恐年高道远，未便首途呢。”故意反激。储奋然道：“国家最大的政事，莫如迎主，我虽年老，怎敢惮行呢？”廷和大喜，遂遣发各人去讫。

是时国中无主，全仗廷和一人主持。廷和复入白太后，请改革弊政。太后一一照允，遂托称遗旨，罢威武团练诸营，所有入卫的边兵，概给重资遣

归，黜放豹房番僧，及教坊司乐人；遣还四方所献妇女；停不急工役；收宣府行宫金宝，悉归内库。还有京城内外皇店，一并撤消。原来武宗在日，曾令中官开设酒食各肆，称为皇店，店中借酒食为名，罗列市戏妓歌，及斗鸡逐犬等类，非常热闹。武宗时往店中游冶，至必微服，醉或留宪。中官且借店纳贿，官民为之侧目。补笔不漏。至是统令停罢，中外大悦。

独有一个倔强骜悍，睥睨宫闱的贼臣，闻了此事，甚是不乐，看官不必细问，便可知是提督兵马的江彬。彬自改组团营，日在外面办事，无暇入宫，就是武宗晏驾，他也尚未得闻，忽奉饬罢团营，及遣归边卒的遗诏，不禁动色道："皇上已宾天么？一班混账大臣，瞒得我好紧哩。"这正所谓晓得迟了。适都督李琮在侧，便进言道："宫廷如此秘密，疑我可知。为总戎计，不如速图大事，幸而成功，富贵无比，万一不成，亦可北走塞外。"为江彬计，确是引此策最佳。彬犹豫未决，即邀许泰商议。泰亦颇费踌躇，徐徐答道："杨廷和等敢罢团营，敢遣边卒，想必严行预备，有恃无恐，提督还应慎重为妙。"有此一言，江彬死了。彬答道："我不作此想，但未知内阁诸人，究怀何意？"许泰道："且待我去一探，何如？"彬乃点首。

泰即与彬别，驱马疾驰，直抵内阁，巧巧遇着杨廷和。廷和毫不慌忙，和颜与语道："许伯爵来此甚好，我等因大行皇帝，仓猝晏驾，正在头绪纷繁，欲邀诸公入内，协同办事，偏是遗诏上面，罢团营，遣边兵，种种事件，均仗公与江提督，妥为着叠，所以一时不敢奉请呢。"许泰道："江提督正为此事，令兄弟前来探问，究系军国重事，如何裁夺？"廷和道："奉太后旨，已去迎立兴世子了。来往尚需时日，现在国务倥偬，全无把握，请伯爵往报江公，可能一同偕来，商决机宜，尤为欢迎。"罢兵事归诸遗诏，立储事归诸太后，自己脱然无累，免得许泰多疑。许泰欣然允诺，告别而去。着了道儿。廷和料他中计，即招司礼监魏彬，及太监张永、温祥，共入密室，促膝谈心。事事靠着中官，可见阉人势力，实是不小。廷和先开口语彬道："前日非公谈及，几误大事。现已嗣统有人，可免公虑。但尚有大患未弭，为之奈何？"魏彬道："说了御医，便谈伦序，可见我公亦事事关心。借魏彬口中，补出前次哑谜，文可简省，意不渗漏。今日所说的大患，莫非指着水木旁么？"仍用半明半暗之笔。廷和尚未及答，张永接口道："何不速诛此獠？"快人快语。廷和道："逆瑾伏法，计出张公，今又要仰仗大力了。"张永微笑。廷和又将许泰问答一

节，详述一遍，复与张永附耳道："这般这般，可好么？"又用虚写法。永点首称善，转告魏彬、温祥，两人俱拍手赞成。计议已定，当即别去。魏彬遂入启太后，禀报密谋，太后自然允议。

过了一日，江彬带着卫士，跨马前来，拟入大内哭临。魏彬先已候着，即语彬道："且慢！坤宁宫正届落成，拟安置屋上兽吻，昨奉太后意旨，简派大员及工部致祭，我公适来，岂不凑巧么？"江彬闻着，很是欢喜，便道："太后见委，敢不遵行。"魏彬入内一转，即赍奉懿旨出来，令提督江彬及工部尚书李鐩，恭行祭典等语。江彬应命，改着吉服，入宫与祭。祭毕退出，偏遇着太监张永，定要留他宴饮。都是狭路相逢的冤鬼。江彬不便固辞，随了他去。即在张永的办事室内，入座飞觞。想是饯他死别。才饮数巡，忽报太后又有旨到，着即逮彬下狱。彬掷去酒杯，推案即起，大踏步跑了出去，驰至西安门，门已下钥，慌忙转身北行，将近北安门，望见城门未闭，心下稍宽，正拟穿城出去，前面忽阻着门官，大声道："有旨留提督，不得擅行。"彬叱道："今日何从得旨！"一语未了，守城兵已一齐拥上，将他揿翻，紧紧缚住。彬尚任情谩骂，众兵也不与多较，只把他胡须出气。彬骂一声，须被拔落一两根，彬骂两声，须被拔落三五根，待彬已骂毕，须也所剩无几了。倒是个新法儿。彬被执下狱，许泰亦惘惘到来，刚被缇骑拿住，也牵入狱中。还有太监张忠，及都督李琮等，亦一并缚到，与江彬亲亲昵昵，同住图圄。一面饬锦衣卫查抄彬家，共得金七十柜，银二千二百柜，金银珠玉，珍宝首饰，不可胜计。又有内外奏疏百余本，统是被他隐匿，私藏家中。刑部按罪定谳，拟置极刑，只因嗣皇未到，暂将此案悬搁，留他多活几天。既而兴世子到京，入正大位，乃将谳案入奏，当即批准，由狱中牵出江彬，如法捆绑，押赴市曹，凌迟处死。李琮为江彬心腹，同样受刑。钱宁本拘系诏狱，至是因两罪并发，一同磔死。又有写亦虎仙，亦坐此伏诛。唯张忠、许泰，待狱未决，后来竟夤缘贵近，减死充边，这也是未免失刑呢。了结江彬党案。

闲话休表，且说杨廷和总摄朝纲，约过一月有余，每日探听迎驾消息，嗣接谍报，嗣皇已到郊外了，廷和即令礼官具仪。礼部员外郎杨应魁，参酌仪注，请嗣皇由东安门入，居文华殿，择日即位，一切如皇太子嗣位故例。当由廷和察阅，大致无讹，遂遣礼官赍送出郊，呈献嗣皇。兴世子看了礼

单，心中不悦，顾着长吏袁崇皋说道："大行皇帝遗诏，令我嗣皇帝位，并不是来做皇子的，所拟典礼未合，应行另议。"礼官返报廷和，廷和禀白太后，由太后特旨，令群臣出郊恭迎，上笺劝进。兴世子乃御行殿受笺，由大明门直入文华殿，先遣百官告祭宗庙社稷，次谒大行皇帝几筵，朝见皇太后。午牌将近，御奉天殿，即皇帝位，群臣舞蹈如仪。当下颁布诏书，称奉皇兄遗命，入奉宗祧，以明年为嘉靖元年，大赦天下，是谓世宗。越三日，遣使奉迎母妃蒋氏于安陆州，又越三日，命礼臣集议崇祀兴献王典礼，于是群喙争鸣，异议纷起，又惹起一场口舌来了。正是：

多言适启纷争渐，贡媚又来佞幸臣。

欲知争论的原因，且从下回详叙。

武宗在位十六年，所行政事，非皆暴虐无道，误在自用自专，以致媚子谐臣，乘隙而入，借巡阅以便游幸，好酒色以致荒亡，至于元气孱弱，不克永年，豹房大渐之时，尚谓误出联躬，与群小无涉，何始终不悟至此？或者因中涓失恃，恐廷臣议其前罪，矫传此命，亦未可知，然卧病数月，自知不起，尚未禀白母后，议立皇储，置国家大事于不问，而谓甚自悟祸源，吾不信也。若夫江彬所为，亦不得与董卓、禄山相比，不过上仗主宠，下剥民财，逞权威，斥忠直，暴戾恣睢已耳。迨罢团营而营兵固安然，遣边卒而边卒又安然，未闻哗噪都中，谋为陈桥故事，然则彬固一庸碌材也。杨廷和总揽朝纲，犹必谋诸内侍，方得诛彬，内侍之势力如此，奚怪有明一代，与内侍同存亡乎？观于此而不禁三叹云。

第五十六回　议典礼廷臣聚讼
建斋醮方士盈坛

却说世宗即位，才过六日，便诏议崇祀兴献王，及应上尊号。兴献王名厚杬，系宪宗次子，孝宗时就封湖北安陆州。正德二年秋，世宗生兴邸，相传为黄河清，庆云现，瑞应休征，不一而足。恐是史臣铺张语，不然，世宗并无令德，何得有此瑞征？至正德十四年，兴献王薨，世宗时为世子，摄理国事，三年服阕，受命袭封。至朝使到了安陆，迎立为君，世子出城迎诏，入承运殿开读毕，乃至兴献王园寝辞行，并就生母蒋妃前拜别。蒋纪呜咽道："我儿此行，入承大统，凡事须当谨慎，切勿妄言！"世子唯唯受教。临行时，命从官骆安等驰谕疆吏，所有经过地方，概绝馈献，行殿供帐，亦不得过奢。至入都即位，除照例大赦外，并将正德间冒功鬻爵，监织榷税诸弊政，尽行革除。所斥锦衣内监旗校工役等，不下十万人。京都内外，统称新主神圣，并颂杨廷和定策迎立的大功。世宗遣使迎母妃，并起用故大学士费宏，授职少保，入辅朝政，朝右并无异议。只尊祀兴献王一节，颇费裁酌。礼部尚书毛澄，因事关重大，即至内阁中，向杨廷和就教。廷和道："足下不闻汉定陶王、宋濮王故事么？现成证据，何妨援引。"毛澄诺诺连声，立刻趋出，即大会公卿台谏诸官，共六十余人，联名上议道：

窃闻汉成帝立定陶王为嗣，而以楚王孙景后定陶，承其王祀，师丹称为得礼。今上入继大统，宜以益王子崇仁，益王名祐槟，宪宗第六子。主

后兴国，其崇号则袭宋英宗故事，以孝宗为考，兴献王及妃为皇叔父母，祭告上笺，称侄署名，而令崇仁考兴献，叔益王，则正统私亲，恩礼兼尽，可为万世法矣。

议上，世宗瞧着，勃然变色道："父母名称，可这般互易么？"言已，即令原议却下，着令再议。时梁储已告老归里，唯蒋冕、毛纪，就职如故，与大学士杨廷和坚持前议。重复上疏，大旨："以前代君主，入继宗祧，追崇所生，诸多未合。唯宋儒程颐，议尊濮王典礼，以为人后者谓之子，所有本生父母，应与伯叔并视，此言最为正当。且兴献祀事，今虽以益王子崇仁为主，他日仍以皇次子为兴国后，改令崇仁为亲藩。庶几天理人情，两不相悖了。"世宗览到此疏，仍是不怿，再命群臣博考典礼，务求至当。杨廷和等复上封章，谓："三代以前，圣莫如舜，未闻追崇瞽瞍。三代以下，贤莫如汉光武，未闻追崇所生南顿君。唯陛下取法圣贤，无累大德。"这疏竟留中不报。毛澄等六七十人，又奏称："大行皇帝，以神器授陛下，本与世及无殊。不过昭穆相当，未得称世。若孝庙以上，高曾祖一致从固，岂容异议？兴献王虽有罔极深恩，总不能因私废公，务请陛下顾全大义！"世宗仍然不纳。唯追上大行皇帝庙号，称作武宗，把崇祀濮王典礼，暂且搁起。适进士张璁，入京观政，欲迎合上旨，独自上疏道：

朝议谓皇上入嗣大宗，宜称孝宗皇帝为皇考，改称兴献王为皇叔父，王妃为皇叔母者，不过拘执汉定陶王、宋濮王故事耳。夫汉哀宋英，皆预立为皇嗣，而养之于宫中，是明为人后者也。故师丹、司马光之论，施于彼一时犹可。今武宗皇帝，已嗣孝宗十有六年，比于崩殂，而廷臣遵祖训，奉遗诏，迎取皇上入继大统，遗诏直日兴献王长子，伦序当立，初未尝明著为孝宗后，比之预立为嗣，养之宫中者，较然不同。夫兴献王往矣，称之为皇叔父，鬼神固不能无疑也。今圣母之迎也，称皇叔母，则当以君臣礼见，恐子无臣母之义。礼长子不得为人后，况兴献王惟生皇上一人，利天下而为人后，恐子无自绝父母之义。故皇上为继统武宗而得尊崇其亲则可，谓嗣孝宗以自绝其亲则不可。或以大统不可绝为说者，则将继孝宗乎？继武宗乎？夫统与嗣不同，非必

父死子立也。汉文帝承惠帝之后，则弟继，宣帝承昭帝之后，则以兄孙继，若必强夺此父子之亲，建彼父子之号，然后谓之继统，则古当有称高伯祖皇伯考者，皆不得谓之统矣。臣窃谓今日之礼，宜别为兴献王立庙京师。使得隆尊亲之孝，且使母以子贵，尊与父同，则兴献王不失其为父，圣母不失其为母矣。

世宗览到此疏，不禁心喜道："此论一出，我父子得恩义两全了。"即命司礼监携着原疏，示谕阁臣道："此议实遵祖训，拘古礼，尔等休得误朕！"杨廷和将原疏一瞧，便道："新进书生，晓得什么大体！"言已，即将原疏封还。司礼监仍然持入，还报世宗。世宗即御文华殿，召杨廷和、蒋冕、毛纪入谕道："至亲莫若父母，卿等所言，虽有见地，但朕把罔极深恩，毫不报答，如何为子？如何为君？今拟尊父为兴献皇帝，母为兴献皇后，祖母为康寿皇太后，卿等应曲体朕意，毋使朕为不孝罪人呢！"区区尊谥，未必果为大孝。廷和等不以为然，但奉召入殿，不便当面争执，只好默默而退。待退朝后，复由三阁臣会议，再拟定一篇奏疏，呈入上览，略云：

皇上圣孝，出于天性，臣等虽愚，夫岂不知。礼谓所后者为父母，而以其所生者为伯叔父母，盖不唯降其服而又异其名也。臣等不敢阿谀将顺，谨再直言渎陈！

疏入不报。给事中朱鸣阳、史于光，及御史王溱、卢琼等，又交章劾璁，其词云：

臣等闻兴献王尊号，未蒙圣裁，大小之臣，皆疑陛下垂省张璁之说耳。陛下以兴献王长子，不得已入承大统，虽拘长子不得为人后之说，璁乃谓统嗣不同，岂得谓会通之宜乎？又欲别庙兴献王于京师，此大不可。昔鲁桓僖宫灾，孔子在陈闻火，曰其桓僖乎？以非正也。如庙兴献王于京师，在今日则有朱熹两庙争较之嫌，在他日则有鲁僖跻闵之失，乞将张璁斥罚，以杜邪言，以维礼教，则不胜幸甚！

各疏次第奏入，世宗一味固执，始终不从。嗣兴献王妃蒋氏，已到通州，闻朝议欲考孝宗，不禁愤恚道："是我亲生的儿子，奈何谓他人父？谓他人母？"妇人尤觉器小。并谕朝使道："尔等受职为官，父母等犹承宠诰，我子为帝，兴献王的尊称，至今未定，我还到京去做什么？"说至此，竟呜呜咽咽的哭将起来。描摹尽致。朝使等奉命恭迎，瞧着这般形状，反致踢蹐不安，只好入报世宗。世宗闻报，涕泣不止，入禀张太后，情愿避位归藩，奉母终养。也会做作。张太后一面慰留，一面饬阁臣妥议，杨廷和无可奈何，始代为草敕，略言："朕奉圣母慈寿皇太后懿旨，慈寿皇太后即张太后，武宗五年，以寘鐇平定，上太后尊号曰慈寿。以朕缵承大统，本生父兴献王宜称兴献帝，母宜称兴献后。宪庙贵妃邵氏称皇太后，即兴献王母。仰承慈命，不敢固违"云云。在廷和的意思，以为这次礼议，未合古训，只因上意难违，不得已借母后为词，搪塞过去，显见得阁臣礼部，都是守正不阿，免得后人訾议了。谁知张璁得步进步，又上《大礼或问》一书，且谓："议礼立制，权出天子，应奋独断，揭父子大伦，明告中外。"于是世宗又复心动。适值礼官上迎母礼仪，谓宜从东安门入，世宗不待瞧毕，即将原议掷还。礼官再行具议，改从大明东门，世宗意仍未怿，竟奋笔批示道："圣母至京！应从中门入，谒见太庙。"总算乾纲奋断。这批示颁将下来，朝议又是哗然。朝臣也徒知聚讼。大众都说："妇人无入庙礼。太庙尊严，更非妇人所宜入。"那时张璁又来辩论道："天子虽尊，岂可无母？难道可从偏门出入么？古礼妇三日庙见，何尝无谒庙礼。九庙祭祀，后亦与祭，怎得谓太庙不宜入呢？"张璁之议，虽是拘泥，然廷议更属不通，无怪为张璁所扼。世宗又饬锦衣卫安排仪仗，出迎圣母。礼部上言，请用王妃仪仗，世宗不听，乃备齐全副銮驾；迎母自中门入都，谒见太庙。杨廷和以璁多异议，心甚怏怏，遂授意吏部，出除南京主事。璁虽南去，世宗已先入璁言，复颁下手诏，拟于兴献帝后，加一皇字。杨廷和等复上疏谏阻，世宗概置不理。巧值嘉靖元年正月，清宁宫后殿被火，廷和等趁这机会，奏称："宫殿被灾，恐因兴献帝后加称，未安列圣神灵，特此示儆"云云。给事中邓继曾，亦上言："天有五行，火实主礼，人有五事，火实主言。名不正即言不顺，言不顺即礼不兴，所以有此火灾。"恐怕未必。世宗颇为感惧，乃勉徇众请，称孝宗为皇考。慈寿皇太后为圣母，兴献帝后为本生父母，暂将皇字搁起。称孝宗帝后为继父母，称兴献帝后为本生父母，两言可决，

于义最协，聚讼何为乎？

过了两月，因世宗册后陈氏，特上两宫尊号，称慈寿皇太后为昭圣慈寿皇太后，武宗皇后为庄肃皇后，皇太后邵氏为寿安皇太后，兴献后为兴国太后，萱荫同春，夭桃启化，好算是两宫合德，一室太和。老天无意做人美，偏偏寿安皇太后邵氏，生起病来，医药无效，竟尔崩逝。这位邵太后本宪宗贵妃，为兴献王母，兴王就藩，母妃例不得行，仍住宫中。所以不必奉迎。及世宗入继大统，邵年已老，双目失明，喜孙为帝，摸世宗身，自顶至踵，欢笑不绝。至是得病归天，世宗仍欲祔葬茂陵，即宪宗墓。屡下廷议。礼官不敢固争。杨廷和等上疏，只托言："祖陵久窆，不应屡兴工作，惊动神灵。"世宗不纳，决意祔葬，只别祀奉慈殿罢了。礼部尚书毛澄，以议礼未协，忧恚成疾，抗疏乞休，至五六次，未邀允准。既而疾甚，又复申请，乃准奏令归。澄匆匆就道，舟至兴济，竟致谢世。先是澄在部时，申议大礼，世宗尝遣中官谕意，澄奋然道："老臣虽是昏耄，要不能隳弃古礼，只有归去一法，概不与闻便了。"以道事君，不合则去，毛澄有焉。唯世宗颇器重毛澄，虽再三忤旨，恩礼不衰。及闻澄病殁道中，犹加惋悼，赠为少傅，谥曰文简，这且休表。

且说世宗改元以后，除廷议大礼，纷纷争论外，甘肃、河南、山东数省，亦迭有乱警。甘肃巡抚许铭，与总兵官李隆不睦，隆唆部兵殴杀许铭，居然作乱。世宗起用陈九畴为佥都御史，巡抚甘肃，按验铭事，诛隆及叛党数人，才得平靖。河南、山东的乱事，系由青州矿盗王堂等，流劫东昌、兖州、济南，杀指挥杨浩。有旨限山东将吏，即日荡平，将吏等恐遭严谴，分道逐贼，贼不便屯聚，流入河南。嗣经提督军务右都御史俞谏，调集两畿、山东、河南各军，悉力围剿，方把流贼一律扫除。录此两事，以昭事实，否则嘉靖初年，岂竟除议礼外，无他事耶？

嘉靖二年夏季，西北大旱，秋季南畿大水，世宗未免忧惧。太监崔文，奏称修醮可以禳祸，乃召见方士邵元节等，在宫中设立醮坛，日夕不绝。香花灯烛，时时降召真仙，锣钹幢幡，处处宣扬法号。又拣年轻内监二十人，改服道装，学诵经忏等事，所有乾清宫、坤宁宫、西天厂、西番厂、汉经厂、五花宫、西暖阁、东次阁等，次第建醮，几将九天阊阖，变作修真道院。大学士杨廷和代表阁臣，吏部尚书乔宇代表部臣，俱请斥远僧道，停罢斋醮。给事中刘最，又劾崔文引进左道，虚縻国帑诸罪状，乞置重典。世宗

非但不从，且谪最为广德州判官，作为惩一儆百的令典。杨廷和、乔宇等，只好睁着双眼，由他醮祀。最被谪出京，崔文犹憾最不已，嗾使私人芮景贤，诬奏一本，内称刘最在途，仍用给事中旧衔，擅乘巨舫，苛待夫役。顿时激动帝怒，立将最逮还京师，拘系狱中，已而革职充戍。世宗之刚愎自用，于此益见。给事中郑一鹏，目击时弊，心存救国，因抗疏力谏道：

臣巡光禄，见正德十六年以来，宫中自常膳外，鲜有所取。迩者祷祀繁兴，制用渐广，乾清、坤宁诸宫，各建斋醮，西天、西番、汉经诸厂，至于五花宫、西暖阁、东次阁，亦各有之。或日夜不绝，或间日一举，或一日再举，经筵俱虚设而无所用矣。伤太平之业，失天下之望，莫此为甚。臣谓挟此术者，必皆魏彬、张锐之余党，曩以欺先帝，使生民涂炭，海内虚耗，先帝已误，陛下岂容再误？陛下急诛之远之可也。伏愿改西天厂为宝训厂，以贮祖宗御制诸书，西番厂为古训厂，以贮五经子史诸书，汉经厂为听纳厂，以贮诸臣奏疏，选内臣谨畏者，司其筦钥。陛下经筵之暇，游息其中，则寿何至不若尧舜？治何至不若唐虞乎？臣虽愚钝，千虑不无一得，敢乞陛下立停斋祀，放归方士，如有灾祸，由臣身当之。谨此具奏！

世宗览奏，方批答道："天时饥馑，斋祀暂且停止。"未几又颁内旨，令中官提督苏杭织造。杨廷和以监织已罢，仍命举行，实为弊政，当即封还敕旨，直言谏阻，世宗大为不悦。自世宗入都即位，廷和以世宗英敏，虽值冲年，颇足有为，自信可辅导太平，所以军国重事，不惮谏诤。及大礼议起，先后封还御批凡四次，执奏几三十疏，世宗虽示优容，意中已是衔恨；内侍遂从中挑衅，只说他跋扈专恣，无人臣礼，蟊贼未除，终为国害。说得世宗不能不信。至谏阻织造一事，大忤上意。廷和乃累疏乞休，正在君臣相持的时候，那南京刑部主事桂萼，忽遥上封章，请改称孝宗为皇伯考，兴献帝为皇考，兴国太后为圣母，并录侍郎席书，员外郎方献夫二疏以闻。为此一奏，复惹起一番争执，几乎兴起大狱来了。小子有诗咏道：

甘将唇舌作干戈，可奈无关社稷何。

一字争持成互斗，谁知元气已消磨？

毕竟桂萼所奏，有何理由，且看下回详叙。

明自太祖得国，至于武宗，盖已更十主矣。除景帝祁钰，因变即位外，皆属父子相传，无兄终弟及者。唯武宗崩后，独无子嗣，当时岂无武宗犹子，足承统绪，而必迎立世宗，惹起大礼之议，此实杨廷和等之第一误事也。世宗既已入嗣，于孝宗固有为后之义，然以毛里至亲，改称叔父叔母，于情亦有未安。诚使集议之初，即早定本生名号，加以徽称，使世宗得少申敬礼，则张璁等亦无由乘间进言；乃必强词争执，激成反对，此尤杨廷和等之第二误事也。不宁唯是，廷和等身为大臣，既因议礼龃龉，隐忤帝意，则此后宵小进谗，政令未合，亦无自绳愆纠谬，格正君心。盖君臣之际，已启嫌疑，虽有正论，亦难邀信。如斋醮一事，明为无益有损之举，而世宗惑于近言，以致遂非拒谏，其情弊已可见矣。故世宗之刚愎自用，不无可议，而吾谓激成世宗之刚愎者，杨廷和等实主之焉。

第五十七回　伏朝门触怒世宗
讨田州诱诛岑猛

却说南京主事桂萼，与张璁同官，璁至南京，与萼相见，谈及礼议，很是不平。萼极力赞成璁说，且主张申奏。适闻侍郎席书，及员外郎方献夫，奏称以孝宗为皇伯，兴献帝为皇考，俱由阁臣中沮，不得上达。萼乃代录两疏，并申明己意，运动京官，代为呈入。当由世宗亲阅，其词云：

臣闻古者帝王事父孝故事天明，事母孝故事地察，未闻废父子之伦，而能事天地主百神者也。今礼官以皇上与为人后，而强附末世故事，灭武宗之统，夺兴献之宗，夫孝宗有武宗为子矣，可复为立后乎？武宗以神器授皇上矣，可不继其统乎？今举朝之臣，未闻有所规纳者何也？盖自张璁建议，论者指为干进，故达礼之士，不敢遽言其非。窃念皇上在兴国太后之侧，慨兴献帝弗祀三年矣，而臣子乃肆然自以为是，可乎？臣愿皇上速发明诏，循名考实，称孝宗曰皇伯考，兴献帝曰皇考，而别立庙于大内，兴国太后曰圣母，武宗曰皇兄，则天下之为父子君臣者定。至于朝议之谬，有不足辩者，彼所执不过宋濮王议耳。臣按宋臣范纯仁告英宗曰："陛下昨受仁宗诏，亲许为仁宗子，至于封爵，悉用皇子故事，与入继之主不同。"则宋臣之论，亦自有别。今皇上奉祖训，入继大统，果曾亲承孝宗诏而为之乎？则皇上非为人后，而为入继之主明矣。然则考兴献帝，母兴国太后，可以质鬼神俟百世者也。臣

久欲上请，乃者复得见席书、方献夫二臣之疏，以为皇上必为之惕然更改，有无待于臣之言者。乃至今未奉宸断，岂皇上偶未详览耶？抑二臣将上而中止耶？臣故不敢爱死，再申其说，并录二臣原疏以闻。

世宗读一句，点一回首，读数句，把首连点数次，直至读毕，方叹赏道："此疏关系甚大，天理纲常，要仗他维持了。"遂下廷臣集议。尚书汪俊，正承乏礼部，会集文武众臣二百余人，并排萼议，世宗不听。给事中张翀等三十二人，御史郑本公等三十一人，又复抗章力论，以为当从众议。世宗斥他朋言乱政，诏令夺俸。修撰唐皋，上言宜考所后以别正统，隆所生以备尊称。后经内旨批驳，说他模棱两可，亦夺俸半年。汪俊等见帝意难回，乃请于兴献帝后，各加皇字，以全徽称。世宗尚未惬意，召桂萼、张璁，还京与议，并因席书督赈江淮，亦并召还。杨廷和见朝政日非，决意求去，世宗竟准他归休。言官交章请留，俱不见答。嗣遇兴国太后诞辰，敕命归朝贺，宴赏有加。至慈寿太后千秋节，独先期饬令免贺，修撰舒芬，疏谏夺俸，御史朱淛、马明衡、陈逅、季本，员外郎林惟聪等，先后奏请，皆遭谴责。原来兴国太后入京时，慈寿太后，犹以藩妃礼相待，兴国太后甚为失望。及世宗朝见，太后情亦冷淡，因此世宗母子，力遏众议，必欲推重本生，把兴献帝后的尊称，驾出孝宗帝后的上面，才出胸中宿忿。补叙此段，可见世宗母子，全出私情。都御史吴廷举，恐璁等入都，仍执前说，乃请饬诸生及耆德大臣并南京大臣，各陈所见，以备采择。璁、萼复依次上疏，申明统嗣不同的理由。璁且谓今议加称，不在皇与不皇，实在考与不考，世宗很是嘉纳。即召大学士蒋冕、毛纪、费宏等，谕加尊号，并议建室奉先殿侧，祀兴献帝神主。冕启奏道："臣愿陛下为尧舜，不愿陛下为汉哀。"又是隔靴搔痒之谈。世宗变色道："尧舜之道，孝悌而已，这两语非先贤所常称么？"冕等无词可答，只好唯唯而退。世宗遂敕谕礼部，追尊兴献帝为本生皇考恭穆献皇帝，上兴国太后尊号为本生圣母章圣皇太后。又谓："朕本生父母，已有尊称，当就奉先殿侧，别立一室，奉安皇考神主，聊尽孝思"云云。礼部尚书汪俊又上议道：

皇上入奉大宗，不得祭小宗。为本生父立庙大内，从古所无。唯汉

哀帝尝为共王立庙京师，师丹以为不可。臣意请于安陆庙增饰，为献皇帝百世不迁之庙，俟后袭封兴王子孙，世世奉享。陛下岁时遣官祭祀，亦足以伸至情矣。宁必建室为乎？乞即收回成命，勿越礼训！

世宗一概不纳，只促令鸠工建室，限日告成，俊遂乞休，奉旨切责，准令免官，遗缺命席书继任。书未到京，由侍郎吴一鹏权署部事。既而一鹏受命，与中官赖义等，迎主安陆。一鹏上疏奏阻，并不见纳，只好束装就道，迎主入京。时已建室工竣，即就室安主，名为观德殿。大学士蒋冕，以追尊建室，俱由世宗亲自裁决，未经内阁审定，不由的愤愤道："古人谓有官守，有言责，不得其职，便可去位？我备员内阁，不能匡救国事，溺职已甚，还要在此何用？"因连疏求罢。世宗以詹事石珤，素与廷和未协，拟引他入阁，赞成大礼，乃听冕致仕，即命珤为吏部尚书，兼文渊阁大学士，入预机务。珤入阁后，偏不肯专意阿容，一切政论，多从大体。适户部侍郎胡瓒，上言大礼已定，席书督赈江淮，实关民命，不必征取来京。珤亦以为言，并请停召璁、萼二人。世宗不得已准奏，饬璁、萼仍回原任。时璁、萼已奉召启程，途中闻回任消息，意大沮丧，乃复合疏上呈，极论两考为非是。且云："本生二字，对所后而言，若非将二字除去，则虽称皇考，仍与皇叔无异。礼官有意欺君，臣等愿来京面质"等语。世宗得疏后，心又感动，复令二人入都。璁、萼遂兼程至京，既入都门，闻京官与他反对，势甚汹汹，欲仿先朝马顺故事，激烈对待。马顺事见三十五回。萼惧不敢出，璁避居数日，方才入朝。退朝后恐仇人狙击，不敢走回原路，悄地里溜出东华门，避入武定侯郭勋家。勋为郭英五世孙。勋与璁晤谈，意见颇合，允为内助。偏偏给事中张翀等，连章劾璁、萼及席书、方献夫等，乞即正罪。有旨报闻。翀取群臣弹章，汇送刑部，令预拟璁等罪名。尚书赵鉴，私语翀道："若得谕旨，便当扑杀若辈。"翀大喜而退，免不得与同僚谈及。哪知一传十，十传百，竟被深宫闻悉，切责翀、鉴，并擢璁、萼为翰林学士，方献夫为侍讲学士。璁、萼与献夫，恐众怒难犯，奏请辞职，世宗不许。学士丰熙，修撰舒芬、杨慎、廷和子。张衍庆，编修王思等，均不愿与璁、萼同列，各乞罢归，有诏夺俸。给事中李学曾等，御史吉棠等，上疏申救，俱遭谴谪，甚至下狱。还有南京尚书杨旦、颜颐寿、沈冬魁、李克嗣、崔文奎，及侍郎陈凤

梧，都御史邹文盛、伍文盛等，复以为言，又被内旨斥责。员外薛蕙，著《为人后解》，力驳璁、萼奏议，也被世宗察知，逮系狱中。当下恼动了尚书乔宇，竟抗疏乞休，略言：“内降恩泽，先朝辄施诸佞倖小人，士大夫一经参预，即为清议所不容。况且翰苑清华，学士名贵，乃令萼、璁等居此，小人道长，君子道消，何人愿与同列？臣已老朽，自愧无能，愿赐罢黜，得全骸骨”云云。世宗责他老悖，听他归田。于是萼、璁两人，以臆说得售，益发兴高采烈，条陈十三事，差不多有数千言。小子述不胜述，但将十三条的大纲，列表如下：

（一）三代以前，无立后礼。（二）祖训亦无立后明文。（三）孔子射于矍圃，斥为人后者。（四）武宗遗诏，不言继嗣。（五）礼无本生父母名称。（六）祖训侄称天子为伯叔父。（七）汉宣帝、光武，俱为其父立皇考庙。（八）朱熹尝论定陶事为坏礼。（九）古者迁国载主。（十）祖训皇后治内，外事无得干预。（十一）皇上失行寿安皇太后三年丧。（十二）新颁诏令，决宜重改。（十三）台官连名上疏，势有所迫，非出本心。

这十三条纲目，奏将上去，世宗非常称赏，立遣司礼监传谕内阁，除去册文中本生字样。大学士毛纪，力持不可。世宗御平台，召毛纪等面责道：“此礼决当速改，尔辈无君，欲使朕亦无父么？”毛纪等免冠趋退。世宗遂召百官至左顺门，颁示手敕，更定章圣皇太后尊号，除去本生字样，正名圣母，限四日恭上册宝。百官不服，会同九卿詹事翰林给事六部大理行人诸司，上章力争。疏凡十三上，俱留中不报。尚书金献民、少卿徐文华倡言道：“诸疏留中，必改称孝宗为皇伯考了，此事不可不争。”吏部右侍郎何孟春道：“宪宗朝，议慈懿太后徽号，及合葬典礼，亏得先臣伏阙力争，才得邀准，今日又遇此举了。”回应三十九回。杨慎道：“国家养士百余年，仗节死义，正在今日。”言之太过。编修王元正，给事中张翀亦齐声道：“万世瞻仰，在此一举，今日如不愿力争，应共击勿贷。”当下大集群僚，共得九卿二十三人，翰林二十二人，给事二十人，御史三十人，诸司郎官及吏部十二人，户部三十六人，礼部十二人，兵部二十人，刑部二十七人，工部十五

人，大理寺属十二人，都跪伏左顺门，大呼高皇帝孝宗皇帝不置。世宗居文华殿，闻声才悉，即遣司礼监谕令退去，群臣跪伏如故。尚书金献民道："宰辅尤宜力争，如何不至？"即遣礼部侍郎朱希周，传报内阁。大学士毛纪、石珤，亦赴左顺门跪伏。自辰至午，屡由中官谕退，终不肯去。世宗大怒，命锦衣卫收系首事，得丰熙、张翀、余翱、余宽、黄待显、陶滋、相世芳、毋德纯八人，一律下狱。杨慎、王元正乃撼门大哭，一时群臣齐号，声震阙廷。几同病狂。世宗愈怒，索性一不做，二不休，命尽录诸臣姓名，拘住马理等一百三十四人。唯大学士毛纪、石珤，尚书金献民，侍郎何孟春等，勒令退归待罪。越数日，谪戍首事八人，四品以上夺俸，五品以下予杖，编修王相等十六人，因杖受伤，先后毕命。死得不值。大学士毛纪，请宥伏阙诸臣罪，被世宗痛责一番，说他要结朋奸，背君报私，纪遂致仕而去。世宗遂更定大礼，称孝宗为皇伯考，昭圣皇太后为皇伯母，献皇帝为皇考，章圣皇太后为圣母。嗣是修献皇帝实录，立献皇帝庙于京师，号为世庙，并命席书至京，编成《大礼集议》，颁示中外。到了嘉靖五年，章圣皇太后谒见太庙及世庙，大学士费宏、石珤，力谏不从，费宏入阁后，未尝出言规谏。至是才闻力谏，想是饭盌已满了。反被璁、萼等暗中进谗，害得他不能不去。自是辅臣丧气，引为大戒，终世宗朝，内阁大臣，大半委蛇朝右，无复强谏了。明朝气运，亦将衰亡了。再越二年，即嘉靖七年。《大礼集议》成，由世宗亲制序文，改名为《明伦大典》，刊布天下，且追论前议礼诸臣罪状，明降敕文道：

大学士杨廷和，谬主濮议，尚书毛澄，不能执经据礼，蒋冕、毛纪，转相附和，乔宇为六卿之首，乃与九卿等官，交章妄执，汪俊继为礼部，仍从邪议，吏部郎中夏良胜，胁持庶官，何孟春以侍郎掌吏部，煽惑朝臣，伏阙喧呼，朕不为已甚，姑从轻处。杨廷和为罪之魁，以定策国老自居，门生天子视朕，法当戮市，特宽宥削籍为民。毛澄病故，追夺前官。蒋冕、毛纪、乔宇、汪俊，俱已致仕，各夺职闲住。何孟春情犯特重，夏良胜酿祸独深，俱发原籍为民。其余南京翰林科道部属大小臣衙门各官，附名入奏，或被人代署，而已不与闻者，俱从宽不究。其先已正法典，或编戍为民者不问。尔礼部揭示承天门下，俾在外者咸自警省。

议罪以后，应即议功。以张璁为吏部尚书，兼文渊阁大学士。桂萼为礼部尚书，兼武英殿大学士。两人私自称庆，喜出望外，且不必说。

唯当变礼筑庙的时候，田州指挥岑猛作乱，免不得劳动王师，出定乱事。田州为广西土司，诸族聚处，岑氏最大，自称为汉岑彭后裔。明初，元安抚总管岑伯颜以田州归附，太祖嘉他效顺，特设田州府，令伯颜知府事。四传至猛，与思恩知府岑濬构衅。濬亦猛族，互争雄长。濬攻陷田州，猛遁走得免。都御史总督广西军务潘蕃，发兵诛濬，把思恩、田州两府，统改设流官，降猛千户，东徙福建。正德初年，猛赂刘瑾，得复为田州府同知，兼领府事，招抚遗众，觊复祖职。嗣从征江西流贼，所至侵掠，唯以流贼得平，叙功行赏，进授指挥同知。猛尚未满意，遂怀怨望。先是猛尝纳贿有司，自督府以下，俱为延誉。至受职指挥，未得复还原官，他想从前贿赂，多系虚掷，不如仗着兵力，独霸一方，免得趋奉官府，耗费金银。自是督府使至，骄倨相待，使人索贿，分毫不与，甚且侵夺邻境，屡为边患。巡抚都御史盛应期，奏猛逆状。请兵讨猛，尚未得报。应期以他事去官，都御史姚镆继任，甫至广西，即再疏请剿。得旨允准，乃檄都指挥沈希仪、张经、李璋、张佑、程鉴等，率兵八万，分五道进兵。别令参议胡尧元为监军，总督军务。猛闻大军入境，情殊惶急，不敢交战，竟出奔归顺州。归顺州知州岑璋，系猛妇翁，猛不喜璋女，与璋有嫌，想是同姓为婚之故。至此急不暇择，乃率众往投。姚镆闻猛奔归顺，悬赏通缉，又恐璋为猛妇翁，不免助猛，因召沈希仪问计。希仪道："猛与璋虽系翁婿，情不相洽，末将自有计除猛，约过数旬，必可报命。"胸有成竹，不待多言。姚镆甚喜，即令他自去妥办。希仪至营，与千户赵臣商议。臣与璋本来熟识，闻希仪言，愿往说璋，令诱猛自效。希仪即遣赴归顺，两下相见，寒暄甫毕，璋即设宴款臣，臣佯为不悦。璋再三诘问，臣终不言。璋心益疑，挽臣入内，长跪问故。臣潸然泣下，这副急泪，从何处得来？璋亦流泪道："要死就死，何妨实告。"中计了。臣又嗫嚅道："我为故人情谊，所以迂道至此，但今日若实告足下，足下得生，我反死了。"璋大惊道："君果救我，我决不令君独死。"言毕，指天为誓。臣乃语璋道："邻境镇安，非与君为世仇么？今督府悬赏缉猛，闻猛匿君处，特令我往檄镇安，出兵袭君。我不言，君死；我一出口，君必为自免计，我死。奈何奈何？"璋顿首谢道："请君放心。猛娶吾女，视同仇雠，我正欲

杀他，恐他兵众，所以迟迟。若得天兵相助，即日可诛猛了。猛子邦彦，现守隘口，我先遣千人为内应，君可驰报大营，发兵往攻，内外夹击，邦彦授首，杀猛自容易呢。”臣大喜而返，报知希仪，即夕往攻邦彦。果然内应外合，把邦彦的头颅，唾手取来。猛闻邦彦被杀，惊惶的了不得。璋反好言劝慰，处猛别馆，日没供张，环侍美女，令他解闷图欢。猛忧喜交集，日与美女为乐，比故妇何如？问及大兵，诡称已退。至胡尧元等到了归顺，檄索猛首，樟乃持檄示猛道：“天兵已到，我不能庇护，请自为计。”一面递与鸩酒，猛接酒大骂道：“堕你狡计，还有何说？”遂将鸩酒一口饮下，霎时毒发，七窍流血而死。璋斩下猛首，并解猛佩印，遣使驰报军前，诸将乃奏凯班师。猛有三子，邦彦败死，邦佐、邦相出亡，所有猛党陆绶、冯爵等俱被擒，唯卢苏、王受遁去。隔了一年，卢苏、王受，又纠众为乱，陷入田州城，正是：

芟夷未尽枝犹在，烽燧才消乱又生。

毕竟乱事能否再平，且至下回续表。

大礼议起，诸臣意气用事，以致世宗忿激，称宗筑庙，世宗固不为无失，而群臣跪伏喧呼，撼门恸哭，亦非善谏之道。事君数，斯辱矣，岂学古入官之士，尚未闻圣训耶？杨慎谓仗节死义，张翀谓万世瞻仰，几若兴邦定国，全赖此谏，试问于伏阙纷争之后，有何裨益？即令世宗果听其言，亦未必果能兴邦、果能定国也。明代士大夫，积习相沿，几成锢疾，卒之廷议愈滋，君心愈愎，有相与沦胥而已。田州一役，小丑跳梁，剿平固易。唯岑猛之被赚于妇翁，与世宗之被惑于本生父母，两两相对，适成巧偶，是亦文中之映合成趣者也。故善属文者，无兴味索然之笔。

第五十八回　胡世宁创议弃边陲
邵元节祈嗣邀殊宠

却说卢苏、王受，系岑猛余党，既陷田州，并寇思恩。右江一带，人情汹汹，或说岑猛未死，或说猛党勾结安南，已陷思恩州，正是市中有虎，杯影成蛇。姚镆力不能制。飞檄调兵，藩臬诸司，与镆有隙，又倡言“猛实未诛，镆为所绐”等语。御史石金闻悉，遂劾镆攘剿无策，轻信罔上，惹得世宗动怒，饬革镆职，授王守仁为兵部尚书，总督两广军务，往讨田州，一面即用御史石金为巡按，同赴广西。守仁到任，闻苏、受二寇，势焰颇盛，遂与石金商议，改剿为抚。乃使人招谕田州，令来谢罪。苏、受疑惧，不敢径至。守仁复遣使与誓，决不相欺。苏、受乃盛兵自卫，来辕赴约。经守仁开诚告诫，二人踊跃罗拜，自缚待罪。守仁数责罪状，各杖数十，才谕归俟命。已而驰入苏、受营中，抚定叛众，乃缮疏遥陈，略言：“田州外捍交趾，纵使得克，别置流官，亦恐兵弱财匮，易生他变，且岑氏世效边功，欲治田州，仍非岑氏子孙不可。现请降府为州，以猛子邦相为吏目，署行州事，设巡检司十九处，令苏、受等为巡检。唯思恩府未曾被陷，仍设流官，命他统辖田州。邦相以下，悉遵约束”云云。朝旨报可。守仁遂依疏处置，田州以安。

嗣守仁自田州还省，父老遮道攀辕，禀称断藤峡猺，又复猖獗，盘踞三百余里，大为民害。守仁乃留住南宁，佯为罢遣诸军，示不再用，暗中却檄令卢苏、王受，嘱他攻断藤峡，立功自赎。苏、受奉守仁令，潜军突出，

连破断藤峡诸寨，诛匪首，散胁从，藤峡复宁。守仁上苏、受功，赏赉有加。唯尚书桂萼，令乘机取交趾，守仁不应，桂萼遂劾守仁征抚交失，停止奖谕。未几守仁得疾，表乞骸骨，且举郧阳巡抚林富自代，朝命尚未复颁，守仁因病日加重，不及待命，离任竟归，行至南安，一瞑长逝。桂萼复说他擅离职守，请世宗毋予恤典，且停世袭。失志则夤缘当道，得志则媢嫉同僚，这是小人通病。独江西军民，素怀守仁德惠，灵辆所经，无不缟素哭临，香花载道，哀奠盈郊。直道尚在人心，忠魂亦堪自慰。至穆宗隆庆初年，始追谥文成。守仁系浙江余姚人，曾读书阳明洞中，当时号为阳明先生。平生学问，出入道佛，总旨以儒教为归。尝谓知是行的主要，行是知的工夫，知是行始，行是知终，人须知行合一，方为真道学。这数语，是阳明先生的学说，门徒多遵守不衰。就是海外日本国，也靠着阳明遗绪，实力奉行，才有今日。极力赞扬，不没大儒。这且不暇细表。

且说世宗践阼，曾逮兵部尚书王琼下狱，谪戍榆林，复起彭泽为兵部尚书，陈九畴为佥都御史，巡抚甘肃，这次黜陟，实因西番一役，王琼陷害彭、陈，经给事中张九叙追劾琼罪，才有此番变换。应四十八回。九畴到了甘州，适值土鲁番酋纠众入寇，由九畴督兵力御，战败满速儿，追至肃州，又与肃州总兵官姜奭，夹击一阵，杀死敌将火者他只丁，寇众仓皇遁去。边民哗传满速儿已死，九畴亦依据谣传，拜表奏捷。未免卤莽。明廷正遣尚书金献民，都督杭雄，统兵西讨，闻九畴得胜，寇已败退，乃自兰州折还。谁知满速儿依然无恙，西归后，休养了两三年，又遣部将牙木兰，出据哈密，并侵及沙州、肃州。世宗闻警，又起用前都御史杨一清，总制三边。一清至是三为总制，温诏褒美，比他为郭子仪。土鲁番闻一清威名，颇也知惧，稍稍敛迹。一清请权事招抚，先令他缴还哈密城印。既而一清奉召入阁，以尚书王宪代任，宪仍用一清计，遣使往谕土鲁番，命悔过伏罪，归还哈密。满速儿置诸不理。

会大礼议起，大学士杨廷和去位，廷和与彭泽、陈九畴等，本来莫逆，就是大礼申议，泽亦附同廷和，联名抗奏。廷和既去，泽亦乞休。张璁、桂萼，方仇廷和，恨不得将廷和党与，一网打尽，至土鲁番再据哈密，遂上书论西番事，谓："哈密不靖，自彭泽赂番求和始。彭泽复用，自杨廷和引党集权始。今日人才，实唯王琼可用。除王琼外，无人可安西鄙了。"世宗正

信任璁、萼，唯言是从，遂复召王琼为兵部尚书，代王宪总制三边。琼既被召，即奏言满速儿未尝战死，陈九畴诳报朦君，金献民党同欺上，俱应复按问罪。还有百户王邦奇，亦上疏弹劾陈九畴、金献民，以及杨廷和、彭泽等，说得痛激异常。再经张璁、桂萼两人，火上添油，自然激动世宗，立降手诏数百言，遣官逮九畴、献民下狱。璁、萼拟九畴坐斩，献民夺籍，杨廷和、彭泽，俱应加罪。谳案将成，独刑部尚书胡世宁，不肯照署，上言："九畴误信谣传，妄报贼死，罪固难免，但常奋身破贼，保全甘、肃二州，功足抵罪，应从轻议"云云。世宗乃命将九畴减死，谪戍极边，削夺献民、彭泽原官。只廷和未曾提及，总算涵容过去。所谓不为已甚，想即在此。

先是九畴在甘肃，力言土鲁番不可抚，宜闭关绝贡，专固边防。世宗尝以为然，因令将贡使拘系，先后凡数十人。及九畴得罪，琼督三边，竟遣还旧俘，且许通贡。满速儿气焰愈骄，遣部将牙木兰入据沙州，并限令转拔肃州。牙木兰转战愆期，致遭满速儿严责，并欲定罪加刑。牙木兰大惧，率膥帐兵二千，老稚万人，奔至肃州，叩关乞降。满速儿以讨牙木兰为辞，纠合瓦剌部众，入犯肃州。副使赵载，游击彭濬，发兵截击，复得牙木兰为助，审知敌人虚实，一场鏖斗，杀得他旗靡辙乱，马仰人翻。满速儿知机先走，还幸保存性命，越年复遣使贡狮，且赍呈译书，愿以哈密城易牙木兰。琼据实奏报，并欲从他所请。世宗饬群臣会议，或言哈密难守，不必索还，或言哈密既还，理宜设守。詹事霍韬，主张保守哈密，尚书胡世宁，主张弃置哈密，两人所议，各有理由，小子依次录述。霍韬议案有云：

置哈密者，离西北之郊以屏藩内郡，或难其守，遂欲弃之，将甘肃难守，亦弃不守乎？太宗之立哈密，因元遗孽，力能自立，借虚名以享实利，今嗣王绝矣，天之所废，谁能兴之？唯于诸戎中求雄力能守城印，戢部落者，因而立之，毋规规忠顺后可也。议亦有见。

胡世宁的议案，独云：

先朝不惜弃大宁交趾，何有于哈密？哈密非大宁交趾比也。忠顺后裔，自罕顺以来，狎比土鲁番，且要索我矣。国初封元孽和宁、顺

宁、安定俱为王，安定又在哈密之内，近我甘肃，今存亡不可知，一切不问，而议者独言哈密，何也？臣愚谓宜专守河西，谢哈密，无烦中国使，则兵可省而饷不虚糜矣。牙木兰本一番将，非我叛臣，业已归正，不当遣还，唐悉怛谋之事可鉴也。牙木兰固不应遣还，哈密亦岂可遽弃？

世宗瞧着两议，却以世宁所说，较为得当，一面命王琼熟计详审，再行复奏。琼再疏仍申前议，又经张璁等议定，留牙木兰不遣，移置诸戎于肃州境内。自是哈密城印，及哈密主拜牙郎，悉置不问，哈密遂长沦异域，旋为失拜烟答子米儿马黑木所据，并服属土鲁番，唯按年入贡明廷。土鲁番失一牙木兰，遂乏健将，满速儿虽然桀骜，却也不能大举，有时或通贡使，有时贡使不至，明廷也无暇理睬，但教河西无事，便已庆幸得很了。舌战甚勇，兵战甚弱，历朝衰季，统蹈此弊。

且说张璁、桂萼用事后，原有阁臣，先后致仕。御史吉棠，请征还三边总制杨一清，藉消朋党。世宗乃召一清入阁，张璁亦欲引用老臣，以杜众口，遂力举故大学士谢迁。迁不肯就征，经世宗遣官至家，持敕令起，抚按又敦促上道，不得已入京拜命。迁年已七十有九，居位数月，即欲乞归。世宗加礼相待，每遇天寒，饬免朝参。除夕赐诗褒美，勉勉强强的过了一年，再三告病，方准归休。归后三年乃殁，予谥文正。唯一清在阁稍久，即与璁、萼有隙，给事中孙应奎，疏论一清及璁、萼优劣，乞鉴三臣贤否，核定去留。王准、陆粲，与应奎同官，独劾奏璁、萼引用私人，日图报复，威权既盛，党羽复多，若非亟行摈斥，恐将来为患社稷，贻误不浅了。世宗乃免璁、萼官。詹事霍韬，尝与璁、萼约同议礼，及见两人去职，攘臂说道："张、桂既行，势且及我，我难道坐视不言么？"遂为璁、萼讼冤，且痛诋一清，说他嗾使王准、陆粲，诬劾璁、萼。并云："臣与璁、萼，俱因议礼见用，璁、萼已去，臣不能独留。"为这一疏，世宗又念及张璁前功，立命召还，贬王准为典史，陆粲为驿丞。说起议礼两字，世宗便不能不袒护，可知霍韬之言，无非要挟，居心实不可问矣。韬再劾一清，世宗令法司会集廷臣，核议一清功罪，张璁却佯乞宽假。看官！你想此时的杨一清，还有什么颜面？一疏乞休，再疏待罪。世宗准予致仕，一清即日出都。可巧故太监张永病死，永弟容代为介绍，求一清作墓志铭。一清与永为旧交，情不能却，至撰成后，免

不得受些馈礼。偏被张璁闻知，暗嘱言官劾奏，竟坐一清受赃夺职。一清还家，得知此信，不禁忿恨道：“我已衰年，乃为孺子所卖，真正令人气死。”果然不到数月，背上生一大疽，流血而亡。又阅数年，始复故官，寻又追谥文襄，但身已早殁，何从再知，也不过留一话儿罢了。一清也自取其咎。

璁既复用，萼亦召还，两人仍然入阁，参预机务。适世宗有意变法，拟分祭天地日月，建立四郊，商诸张璁，璁不敢决。给事中夏言援引周礼，奏请分祭，大合世宗意旨，璁亦顺水推舟，力赞言议。有几个主张合祭的，尽被驳斥。霍韬反抗最烈，竟致逮系。韬本与璁、萼毗连，此时何不党附？遂命建圜丘方丘于南北郊，以二至日分祭，建朝日夕月坛于东西郊，以春分秋分日分祭。郊祀已定，复更定孔庙祀典，定孔子谥号为至圣先师，不复称王，祀宇称庙不称殿，用木主不用塑像。以叔梁纥为孔子父，颜路、曾皙、孔鲤，为颜、曾、子思父，别就大成殿后，增筑一堂，祀叔梁纥，配以颜路、曾皙、孔鲤。是从献皇帝庙附会出来。所有祀仪，比郊天减轻一级，以汉后苍、隋王通、宋欧阳修、胡瑗、蔡元定从祀。御制正孔子祀典说，宣付史馆，又行禘祭，定配享，作九庙，改太宗庙号为成祖，尊献皇帝庙号为睿宗，升安陆州为承天府，种种制度，无非粉饰铺张，与国家治乱，毫无干涉呢。

桂萼再入阁后，在位年余，没甚议论，嗣因病乞归，未几即死。唯张璁规定各制，极蒙宠眷。璁因犯帝嫌名，奏请改易，世宗手书孚敬二字，作为璁名。世宗名厚熜，与张璁之璁，偏旁不同，璁乃自请改名，无非贡谀而已。廷臣因他得宠，相率附和，不敢生异。只夏言方结主知，与孚敬分张一帜，一切制作，多由夏言解决，世宗很是信从，孚敬反为减色，因此屡欲倾言，暗加谗间。谁料世宗反袒护夏言，斥责孚敬，孚敬无法，致仕而去。世宗命侍郎翟銮，尚书李时，先后入阁，升任夏言为礼部尚书。翟、李两人，遇着大政，必与言商。言虽未预闻阁务，权力且出阁臣上，李时、翟銮，不过备位充数罢了。

世宗因在位十年，尚无皇嗣，复拟设醮宫中，令夏言充醮坛监礼使，侍郎湛若水、顾鼎臣充迎嗣导引官，文武大臣，逐日排班进香。世宗亦亲诣坛前，虔诚行礼。主坛的大法师，便是前文所叙的邵元节。元节系贵溪人氏，幼得异人范文泰，传授龙图龟范的真诠，自言能呼风唤雨，驱鬼通仙。世宗闻他大名，征召入京，叩问仙术，元节只答一个静字诀，静字以外，便是无为二字。世宗甚为称赏，敕封真人。未几命他祷雪，果然彤云密布，瑞雪纷

飞。想是凑巧。看官！你想世宗到了此时，尚有不竭诚敬信么？当下加号致一真人，饬领金箓醮事，给玉金银象印各一枚，秩视二品，并封元节师元泰为真人，敕在都城建真人府，糜费巨万，两年始成，由夏言作记勒碑，赠田三十顷，供府中食用，遣缇骑四十人，充府中扫除的役使，真个是敬礼交加，尊荣备至。到了祈嗣设醮，当然由邵真人登坛，主持坛事，朝诵经，夕持咒，差不多有一两年。偏偏后宫数十，无一宜男。监察御史喻希礼，乞赦免议礼得罪诸臣，世宗大怒道："希礼谓朕罪诸臣，致迟子嗣么？"立命将希礼谪戍。编修杨名，劾奏邵元节言近无稽，设醮内府，尤失政体，又遭世宗怒斥，下狱戍边。元节以祈嗣无效，暂乞还山。且上言皇上心诚，不出一二年，定得圣嗣。世宗大喜，使中官至贵溪山中，督造仙源宫，俾资休养。宫既成，元节入朝辞行，世宗设筵饯别，凄然问道："真人此去，何时再得相见？"元节用指轮算，欣然答道："陛下多福多寿，兼且多男，草莽下臣，来谒圣躬？当不止一二次呢。"后来看似有验，吾总谓其偶中耳。世宗道："吾年已三十，尚无子嗣，他日如邀神佑，诞育一二，便已知足，何敢多求呢？"元节道："陛下宽心，试看麟趾螽斯，定多毓庆，那时方知所言不谬了。"言毕，举拂即行，飘然而去。

说也奇怪，元节出京数十日，后宫的阎贵妃，居然有娠。倏忽间又是数月，世宗因贵妃得产，还需祈祷，乃遣锦衣千户孙经，赍敕往召。元节奉命登程，舟至潞河，又有中使来迎，相偕入京。世宗在便殿召见，慰劳有加，即赐彩蟒衣一袭，并阐教辅国王印。次日再命设坛，世宗格外虔诚，沐浴斋戒，才诣坛前祷祀，但见香烟凝结，佳霭氤氲，大家说是庆云环绕，非常瑞征。世宗亦信为天赐。过了三日，阎妃分娩，果得石麟，群臣排班入贺。世宗道："这都是致一真人的大功呢。"慢着。遂加授元节为礼部尚书，给一品服俸，赐白金文绮宝冠，法服貂裘，并给元节徒邵启为等禄秩有差。元节果有道术，岂肯拜受虚荣？文成五利之徒，何足道乎？大修金箓醮于立极殿，凡七日夜，作为酬神的典礼。小子有诗叹道：

> 得嗣宁从祈祷来，胡为迷信竟难回？
> 卢生以后文成继，秦汉遗闻剧可哀。

皇嗣已生，后事果属如何，且看下回申叙。

弃大宁，弃交趾，并弃哈密，此皆明代衰微之兆。昔也闢国百里，今也蹙国百里，可为世宗咏矣。况封疆之寇未除，中央之争已起，陈九畴有御番才，乃为张璁所倾陷，代以王琼，满速儿请以哈密易牙木兰，竟欲勉从所请，胡世宁主张不遣，是矣，然必谓哈密可弃，得毋太怯。我退一步，寇进一步，玉关以外，从此皆戎，较诸明初之威震四夷，能毋生今昔之感耶？世宗不察，反日改祀典，藻饰承平，至于设坛修醮，礼延方士，祷雪而雪果降，祈嗣而嗣又生，世宗之迷信，由是深矣，然亦安知非一时之侥幸耶？国家将亡，必有妖孽，吾谓邵元节辈，亦妖孽类也。

第五十九回　绕法坛迓来仙鹤
毁行宫力救真龙

却说世宗既得皇嗣，取名载基，益信方士有灵，非常宠信。自是道教盛行，佛教衰灭，菩萨低眉，不能不让太上老君，独出风头。涉笔成趣。巧值大兴隆寺被灾，御史诸演，揣摩上意，奏请顺天心，绝异端。夏言又请除禁中佛殿，原来明宫里面，有大服千善殿神佛，藏有金银佛像，及各种器具，相传系元代敕建，至明未毁。世宗得夏言奏章，即命偕武定侯郭勋，大学士李时，先去察视。言等奉命入殿，殿中所列，无非是铜铸的如来，金装的观音，以及罗汉、韦驮、弥勒佛等类，恰也习见不鲜，没甚奇异。及步入最后一殿，但见壁上的蜃灰，半成污垩，檐前的蛛网，所在纵横，殿门关得甚紧，兽环上面，衔看大锁，锁上所积尘垢，差不多有数寸厚。当问殿中住持，索取锁钥，住持谓中有怪异，不宜轻启。夏言怒叱道："我等奉旨而来，怕什么妖怪不妖怪？"住持不得已，呈上钥匙，哪知钥已生锈，插入锁心，仍然推启不动。夏言更命侍役击断大锁，启门入内。门内黝黑深邃，差不多似酆都城，各人鱼贯进殿。凝神细瞧，并不见有丈六金身，庄严佛像，只有无数的奇形鬼怪，与那漆鬓粉脸的女像，抱腰亲吻，含笑斗眉；最看不过去的，是有数男像及数女像，统是裸着身体，赤条条一丝不挂，彼此伏着地上，作那交媾情状。秘戏图无此媟亵，欢喜禅竟尔穷形。夏言不禁愤愤道："佛门清净，乃有这等秽事么？"言毕，即与郭、李两人，一并出来，入廷复旨，直陈不讳，且请把所有的异像，瘗诸中野，不得渎留。世宗道："既

有这般邪移，应一律销毁，免得愚民无知，发掘供奉。”世宗识见，颇过夏言。随即发遣工役，尽行拆毁，把各种支离偶像。一一销熔，共得一万三千余斤。还有金函玉匣，内贮佛首佛牙等，统共毁去。殿宇遗址，改筑慈庆、慈宁宫，奉两宫太后居住，这也不消细说。

唯皇子载基，才生两月，忽然间生了绝症，竟至夭逝，想是诸佛作祟。世宗不胜哀悼。幸王贵妃又复怀孕。足月临盆，生下一男，取名载壡。接连是杜康妃、卢靖妃各生一男，杜妃子名载垕，便是后来的穆宗，卢妃子名载圳，后封景王，就国安陆，继迹兴藩。世宗连得二子，方减悲怀，只把那亡儿载基，赐谥哀冲，称为哀冲太子罢了。死了一子，生了二子。毕竟祈祷有灵。后来世宗又得四子，一名载𡎋，一名载墍，一名载壣，一名载𤪚，俱系妃嫔所出，并皆夭亡。看官听着世宗八子，统出妃嫔，想正宫皇后，当然是无子呢。小子查阅明史，世宗共有三后：第一后是陈氏，前文亦曾叙过，陈后性颇褊狭，一日与世宗同坐，张、方二妃进茗，世宗见二妃手似柔荑，握视不释，后投杯遽起，触怒天颜，大声呵斥。后适怀妊，坐是堕胎，惊悸成疾，一病即崩。第二后就是张妃，妃既继位中宫，从夏言议，亲蚕北郊，嗣又率六宫嫔御，听讲章圣女训，倒也有些淑德，不知何事忤了世宗，竟于嘉靖十三年废居别宫。十五年谢世，明史上未曾叙及被废情由，小子也不敢杜撰。第三后乃是方氏，世宗久无子嗣，用张孚敬言，广选淑女，为毓嗣计，即选方氏、郑氏、王氏、阎氏、韦氏、沈氏、卢氏、沈氏、杜氏九人，同册为九嫔。强依古礼。张后被废，方氏以九嫔首选，继立为后。旧制立后，第谒内庙，世宗独援庙见礼，率方氏谒太庙及世庙，仍本张孚敬议。颁诏天下，饬命妇入朝中宫。统计世宗册立三后，要算立方后时，礼节最繁，但玄鸟降祥，偏锡下陈，这也是命中注定，不能勉强呢。这一段叙明各后，万不能省。世宗以正宫无出，理应立长，遂于嘉靖十八年，立子载壡为太子，封载垕为裕王，载圳为景王。载壡事见后文，姑且慢表。

单说世宗既信任邵元节，屡命设醮，其时四方道流，趋集都下，江西龙虎山中的张天师，名叫彦頨，亦入都谒见。世宗与他谈论道法，他以清心寡欲四字为对，元节所对只三字，彦頨所对有四字，宗旨相去不远，应足齐名。颇合上意，遂加封为正一嗣教真人，赐金冠玉带蟒衣银币，留居京邸，令与元节分坛主事。元节多一敌手。坛场铺设，尤为繁备，上下共计五层：下一层，按照

五方位置，分建红黄蓝皂白五色旗；第二层，统是苍松翠柏扎就的亭台曲槛；第三层，有八十一名小太监，各穿法服，手执百脚长幡，按方排立；第四层，陈列钟鼓鼎彝等物；第五层上面，方是正坛，金童玉女，列队成行，四面环着香花，中央爇着巨烛，上供三清等像，青狮白象，跃跃欲生，香烟袅绕九霄中，清磬悠扬三界上。这位正一真人张天师彦頨，备叙名号，扬中寓抑。戴金冠，系玉带，服蟒衣，手秉象简，通诚祷告。世宗就坛行拜叩礼，只听张天师口中，念念有词，呼了几十回天尊，诵了两三次祝文，忽觉炉内香烟，冉冉上升，氤氲不散，凝成祥云；巧值红日当空，与那缥缈的云烟，映照成彩，红黄蓝白，回环交结，坛下文武各官，都说是卿云纠缦，捧日光华。世宗瞧着，亦很觉奇异，正在惊喜交集的时候，又听得空中嘹亮，声婉且清，举头上眺，恰有一双白鹤，从彩云深处，回翔而下，绕坛翩跹，三匝后，依旧冲天飞去。真耶幻耶。此时的世宗愈信仙人指化，望空拜谢。待至还朝，百官齐声称贺，三呼万岁。世宗益喜，赏赐张天师彦頨，金帛无算。彦頨遂请还山，世宗挽留不住，乃遣中使送归。天师归后，不意住宅被火，由中使复奏，忙发内帑万金，重与建筑。想无仙源宫，故意纵火索偿。给事中黄臣谏阻道："从前栾巴、郭宪，噀酒止火，彦頨果有道力，何致回禄临门？请陛下不必代治！"世宗不听。天师遂坐享华厦，禄养逍遥。未几天师病死，世宗命如列侯例，厚给恤典，且为之叹息数日。

已而世宗南幸承天，即安陆州。谒见显陵，即献皇帝墓。邵元节在京中，患病不从。病且死，语门徒邵启为道："我将逝世不能再赴行在，一见皇上，但烦你转达行辕，我死后，陶典真可继我任。"言讫即逝。邵启为谨遵师命，驰讣行在，世宗方驻跸裕州，闻报大恸。哭他什么？世宗若果聪明，应知仙人也要病死，更宜破涕为笑。亲书手谕，颁发礼部，所有营葬恤典，如伯爵例，并命中官护丧归籍。一面召陶典真至行在，加给禄俸，令他扈跸南行。

典真南冈人，一名仲文，少时为黄冈县掾吏，性喜神仙方术，尝在罗田万玉山中，练习符箓，颇得微验。邵元节微时，曾与往来。元节得宠，念着友谊，代为疏通，得除授辽东库大使，秩满至京，往谒元节，免不得恭维数语。元节叹道："你初次到京，哪知我的苦处？我年已老迈，精力欠佳，屡次上表乞归，偏是皇上不准，留我在京，演授法事，我实是力不能及了。神仙也怕吃力么？现在宫中兴妖作怪，惊惶的了不得，委我祷禳，我尤日夕无

暇，你来此正好，替我出力，我也可以息肩了。”仲文道：“果承荐举，尚有何说。”当下寄寓真人府内，由元节入宫面票，愿荐仲文自代，世宗自然准奏。仲文仗着道法，即日至宫中驱禳，焚符讽咒，祷告了三日三夜，果然妖氛不起，怪异潜踪。究竟这宫中有妖无妖，有怪无怪，据《明宫轶闻》，谓有黑气为祟，漫如浓烟，又每夜闻木鱼声，一宫娥颇有胆力，闻声夜起，到处细听，但闻怪声出自阶下，便用小石为记，待至黎明，面奏世宗，当命人移阶掘土，挖至数尺，果有木鱼一具，质已朽腐，投诸烈火，有绿烟一缕上冲，气甚臭恶，袅袅不绝。嗣经仲文入禳，黑眚消灭，禁掖平安。世宗虽颇信重仲文，但总道是元节传授，所以有此法力，灵效非常。及元节临终，复荐仲文，当即记着前事，立命召至，令他从行。

到了卫辉，时当白昼，天日清和，春光明媚，事见嘉靖十八年二月中。世宗心舒意惬，对景流连。猛然间有一阵旋风，从西北来，吹得驾前的节旄，都在竿头盘绕，沙飞石走，马鸣声嘶，护驾的官吏，都吓得面如土色。世宗忙召见仲文，问这旋风，主何朕兆？仲文跪奏道：“臣已推算过了，今夜防有火灾。”不知从何术推测，想是俗语所谓旗门遁呢。世宗惊道：“既有火灾，应该醮禳。”仲文道：“劫数难逃，禳亦无益。况行道仓猝，一时亦不及设坛呢。”世宗道：“这却如何是好？”仲文道：“圣驾应有救星。料亦无妨。唯请陛下饬令扈从，小心保护为要。”世宗点首。是夕黄昏，便令扈从等人，熄灯早睡，又饬值夜吏役，分头巡逻，不得怠慢。戒令已毕，世宗才入御寝，亦吹熄灯烛，早早的就寝安眠。谁知睡到夜半，行宫后面，忽然火起，熊熊焰焰，顷刻烛霄，宫中扈从各人，骤遇火灾，统是仓皇失措，夺门乱窜。又奈这火从外面烧入，竟将各门挡住，仿佛是祝融、回禄，代守宫门。宫内窜出各吏役，逃命要紧，管不及有火没火，统从火堆中越过，不是焦头烂额，也被燎发燃眉，有几个应罹火劫的，受着几阵浓烟，已皆晕倒，烧得乌焦巴弓。世宗本有戒心，闻外面是哔剥声，慌忙起床，启户一瞧，已是红光满目，照胆惊心，当有内监等前来扈驾簇拥而出，不防外面已成火圈，无路可走，只好重行退还。世宗因仲文言，自知无碍，便语内侍道：“休要惊慌！朕躬自有救星。”道言未绝，门外已有人抢入，不及行君臣礼，忙将世宗背在身上，从烟焰稍淡处，冲将出去，走至宫外，俱幸无伤，才将世宗息下。世宗瞧着，乃是锦衣卫指挥使陆炳。炳顿首问安，世宗亦慰谕道：“非卿救

朕，朕几葬身火窟了。但陶卿曾谓朕有救星，不料救星就是卿呢。”正说着，陶仲文亦踉跄奔至，须眉多被焚去。世宗与语道：“卿何故也遭此灾？”仲文道：“陛下命数，应罹小灾，臣适默祷，以身相代，所以把些须惊恐，移至臣身。陛下得安，臣何惜这须眉呢。”吾谁欺，欺天乎？世宗大喜。及火势已熄，回视行宫，已成焦土，检查吏役，伤亡了好几百人，世宗命循例抚恤。授仲文为神霄保国宣教高士，给予诰敕印绶，特准携带家属，随官就任。仙眷安可拆开？及至承天，谒显陵毕，命作新宫，以章圣太后合葬。是时章圣太后已崩，世宗有意南祔，所以南巡承天，阅视幽宫。至此南祔议决，才还京师。是年九月，奉葬章圣太后于显陵。世宗又送葬南下，不消细说，唯世宗南巡时，曾命太子监国，四岁小儿，何知监国？至还都后，陶仲文又进清净养心的道诀，身为人君，一日二日万几，如何清净？世宗甚是信从。一日临朝，谕廷臣道：“朕欲命太子监国一二年，俾朕在宫摄养，康强身体，再行亲政。”廷臣都错愕相顾，不知所对。太仆卿杨最，心中很是反对，因见廷臣无言，也只得暂时含忍，待退朝后，恰抗疏上奏道：

> 臣入朝时，闻圣谕由东宫监国，暂得静修，此不过信方士之言，为调摄计耳。夫尧舜性之，汤武身之，非不知修养可以成仙，以不易得也。不易得所以不学，岂尧舜之世无仙人？尧舜之智不知学哉？孔子谓老子犹龙，龙即仙也，孔子非不知老子之为仙，不可学也，不可学岂易得哉？臣闻皇上之谕，始则惊而骇，继则感而悲，犬马之诚，唯望陛下端拱穆清，恭默思道，不迩声色，保复元阳，不期仙而自仙，不期寿而自寿。若夫黄白之术，金丹之药，皆足以伤元气，不可信也，幸陛下慎之！

为这一疏，大忤帝意，竟下诏逮最下狱，饬镇抚司拷讯。最不胜搒掠，瘐毙狱中。冤哉！枉也。随进陶仲文为忠孝秉一真人，领道教事；寻加少保礼部尚书，晋授少傅，食一品俸。半官半道，煞是可笑。还有方士段朝用，交结武定侯郭勋，谓能化器物为金银，当将所化银杯，托勋进奉。世宗称为天授，立封朝用为紫府宣忠高士，即将所献银杯，荐享太庙，加郭勋禄米百石，嗣复加封翊国公。嗣是东宫监国，说虽不行，唯世宗常不视朝，日事斋

醮，工作烦兴。给事中顾存仁、高金、王纳言，皆以直谏得罪。监察御史杨爵，忍耐不住，竟上疏直陈五大弊：一由郭勋奸蠹，任用肆毒；二由工作不休，朘民膏血；三由朝御希简，经筵旷废；四由崇信方术，滥加保傅；五由阻抑言路，忠荩杜口。看官！你想这五大弊，都是世宗视为美政，瞧着此奏，能不震怒异常么？当下逮狱拷掠，血肉狼藉，死了一夜，方得苏醒。主事周天佐，御史溥鋐，上疏论救。皆下狱受刑，先后瘐死。因此群臣相戒，无敢再言。时大学士张孚敬，屡进屡出，于嘉靖十八年卒于家，世宗尚追悼不已，赠职太师。李时亦已病终，礼部尚书监醮使夏言，升任武英殿大学士；导引官顾鼎臣，升任文渊阁大学士。两人最得帝宠，所有建醮时的荐告文，尝由两人主稿，创用青藤纸书朱字，称为青词。青词以外，又有歌功颂德的诗章，亦多属两人手笔。顾鼎臣进步虚词七章，夏言进修醮诗，有“宫烛荧煌太乙坛”等句，均为世宗所称赏。内外官吏，彼此相效，盛称祥瑞，侈颂承平，风气一开，谀词竞进，遂引出一个大奸贼来。应首回奸贼专权。前此如江彬诸人，未尝不奸，但未及若人耳。正是：

方外诸人刚获宠，朝中巨猾又专权。

欲知奸贼为谁，待下回详述情由。

邵元节以外，有张彦頨，张彦頨以外，又有陶仲文，何仙人之多耶？或谓卿云绕日，白鹤绕坛，史策流传，非尽虚语。至若旋风示兆，果遇火灾，陶真人独能先觉，陆指挥即是救星，就令君非世宗，亦安得不为之敬信者？不知人君抚有天下，应以福国利民为本务，国而治，不言瑞而瑞自至；民而安，不求福而福自来。否则瑞反为妖，福转伏祸，宁有济耶？况乎法坛之鹤，宁知非彦頨之预储，故示灵应；行宫之毁，安知非仲文之纵火，借践妖言。古今来之欺世惑民者，往往如此，非必其果有异术也。本回陆续叙写凡方士之售欺，与世宗之受欺，尽在言中，明眼人自能知之，宁待明示乎？

第六十回　遘宫变妃嫔罹重辟
跪榻前父子乞私情

却说嘉靖中年，有一位大奸臣，乘时得志，盘踞要津，秉政二十余年，害得明朝元气，剥削殆尽，几乎亡国败家。这奸臣姓甚名谁，就是分宜人严嵩。大忠大奸，俱用特笔。弘治年间，嵩举进士，有术士替他相面，说他后当大贵，但有饿纹入口，恐至枵腹亡身。嵩笑道："既云大贵，又云饿毙，显见得自相矛盾，不足深信呢。"严嵩以进士成名，独不闻周亚夫故事耶？嗣是浮沉宦乡，没甚出色。他遂变计逢迎，多方运动，竟得了尚书夏言的门路。就职南京，洊任至吏部尚书。会值夏言入阁，遂调嵩入京，就任礼部尚书，所有一切礼仪，无不仰承上旨，深合帝心。又因建坛设醮，屡现庆云，遂仗着历年学问，撰成一篇《庆云赋》，呈入御览。世宗从头至尾的阅读一遍，觉得字字典雅，语语精工，就是夏、顾两大臣的青词，亦似逊他一筹，免不得击节称赏。未几，又献《大礼告成颂》，越觉镂金琢玉，摛藻扬芬，世宗遂大加宠眷，所有青词等类，概令严嵩主笔。夏、顾二人，转因此渐渐失宠。顾鼎臣不该遭祸，竟于嘉靖十九年，得病逝世，追赠太保，居然生荣死哀，完全过去。确是幸免。唯夏言自恃勋高，瞧不起这位严尚书，且因严嵩进阶，都由自己一手提拔，所以待遇严嵩，几与门客相等。严嵩与言同乡，科第比言为早，因须仗言援引，不得不曲意迎承。谁知言竟一味骄倨，意气凌人，嵩遂暗暗怀恨，不过形式上面，尚是格外谦恭。是谓奸臣。一日，置酒邀言，赍柬相请，言竟谢绝。嵩复自至夏第，入门求见，言复不出。这般做作，无怪速

死。嵩不得已长跪阶前，手展所具启帖，和声朗诵，委婉动人，言乃回嗔作喜，出来应酬，遂偕嵩赴宴，兴尽乃归。言以为嵩实谦抑，坦然不疑。俗语说得好："明枪易躲，暗箭难防"。严嵩是个阴柔险诈的人物，阴柔险诈四字，真是严嵩的评。受了这等暗气，哪有不私图报复？凑巧翊国公郭勋，与言有隙，嵩遂与勋相结，设计害言。先是言加封少师，特进光禄大夫上柱国，并蒙赐银章，镌"学博才优"四字，得密封白事。自世宗至承天谒陵，郭勋、夏言、严嵩等，俱扈驾随行，谒陵已毕，嵩请表贺，言请俟还京再议。世宗竟从嵩请，遽御龙飞殿求贺。嵩遂揣摩意旨，与郭勋暗伺言隙，一再进谗，顿时恼了世宗，责言傲慢不恭，追缴银章手敕，削夺勋阶，勒命致仕。既而怒意渐解，复止言行，把银章手敕，一并赏还。言知有人构陷，上疏谢恩，内有"一志孤立，为众所忌"二语，世宗复下诏切责。言再疏申谢，并乞归休，有旨不许。会昭圣太后病逝，世宗饬群臣酌议服制，言报疏未惬帝意，且间有讹字，复遭严旨驳斥。原来昭圣太后张氏，自世宗称为伯母后，奉待寖薄。后弟昌国公张鹤龄，及建昌侯张延龄，以僭侈逾制，为人所讦，先后下狱。张太后至席藁待罪，请免弟死，世宗不从。鹤龄瘐死狱中，延龄长系待决。张太后忿恚致疾，竟尔告终。世宗意欲减轻服制，偏夏言以礼相绳，仓猝间又缮错一二字，遂被世宗指毛索瘢，斥为不敬。言只好推称有疾，以致昏谬贻愆。世宗复勒令归田，言奉命将行，诣西苑斋宫叩辞。世宗又动了怜念，令还私第治疾，徐俟后命。夏言经此播弄，尚复恋栈，岂必除死方休耶？张太后的丧葬，草草完事，就是世宗父子，亦不过持服数日，便算了结。张延龄竟致弃市。第知尊敬父母，未及锡类之仁，安得为孝？插入张氏情事，以明世宗之负心。

时言官交劾郭勋，勋亦引疾乞假。京山侯崔元新得主眷，入直内苑，世宗与语道："郭勋、夏言，皆朕股肱，为什么彼此相妒呢？"元踌躇未答。世宗又问勋有何疾？元答道："勋实无疾，但忌夏言，言若归休，勋便销假了。"世宗为之颔首。御史等闻这消息，又联名劾勋，有诏令勋自省，并将原奏发阅，勋辩语悖慢，失人臣礼。给事中高时，乃尽发勋贪纵不法十数事，遂下勋锦衣狱。勋既得罪，言复被召入直。法司审谳勋案，多由言暗中指授，狱成议斩。世宗尚有意宽贷，饬令复勘，不意复勘一次，加罪一次，复勘两次，加罪两次，一个作威作福的翊国公，不被戮死，也被搒死，盈廷称快。只严嵩失一帮手，未免心中怏怏。

明代冠制，皇帝与皇太子冠式，用乌纱折上巾，即唐朝所称的翼善冠。世宗崇尚道教，不戴翼善冠，独戴香叶冠，嗣命制沉水香冠五顶，分赐夏言、严嵩等。夏言谓非人臣法服，却还所赐。严嵩独遵旨戴着，且用轻纱笼住，借示郑重。世宗遂嫉言亲嵩，适当日食，因诏称："大臣慢君，以致天象告儆，夏言慢上无礼，着即褫职，所有武英殿大学士遗缺，令严嵩补授！"这诏颁发，嵩遂代言入阁，跃登相位。时嵩年已六十余，不异少壮，朝夕入直西苑椒房，未尝一归洗沐，世宗大悦，赐嵩银章，有"忠勤敏达"四字。寻又陆续赐匾，遍悬嵩第，内堂曰延恩堂，藏书楼曰琼翰流辉，修道阁曰奉玄之阁，大厅上面独擘窠大书忠弼二字，作为特赏。嵩遂窃弄威柄，纳贿营私。长子世蕃，得任尚宝司少卿，性尤贪黠，父子狼狈为奸，朝野侧目。世宗之所谓忠者，得毋由是。嘉靖二十一年十月，宫中竟闹出谋逆的大变来。谋逆的罪首，乃是曹妃宫婢杨金英，一个宫婢，也入国史中，传播百世，可谓值得。原来世宗中年，因求储心切，广置妃嫔，内有曹氏，生得妍丽异常，最承宠爱，册为端妃。每遇政躬有暇，必至端妃宫内，笑狎尽欢，后宫佳丽三千人，三千宠爱在一身，差不多有这般情形。修道者固如是耶？端妃侍婢杨金英，因侍奉未周，屡触上怒，几欲将她杖死，还是端妃替她缓颊，才把性命保全，金英未知感恩，反且衔恨。可巧雷坛告成，世宗往祷雷神，还入端妃宫中，同饮数杯，酒酣欲睡，眠倒榻上，竟入黑甜。端妃替他覆衾，放下罗帏，恐怕惊动睡梦，因轻闭寝门，趋至偏厢去了。不料杨金英觑着闲隙，悄地里挨入寝门，侧耳细听，鼾声大起，她竟放着胆子，解下腰间丝带，作一套结，揭开御帐，把带结套入帝颈，正在用力牵扯，突闻门外有履舄声，不禁脚忙手乱，掷下带子，抢出门外。看官听着！这门外究系何人？原来是另一宫婢，叫作张金莲。又是一个救星。金莲正从寝门经过，偷视门隙，见金英解带作结，不知有什么勾当，她本欲报知端妃，转思金英是端妃心腹，或由端妃遣入，亦未可知，不如速报皇后，较为妥当。主意已定，遂三脚两步的趋至正宫，禀称祸事。方皇后闻言大惊，忙带着宫女数名，随金莲赶入西宫，也不及报知端妃，竟诣御榻前探视，揭帐一瞧，见世宗颈中，套丝带一条，惊得非同小可，忙用手向口中一试，觉得尚有热气，心下始放宽三分，随即检视带结，幸喜是个活结，不是死结。看官，这杨金英既欲弑帝，何以不用死结，恰用活结呢？小子想来，料系世宗命不该绝，杨金英忙中致误。

所以带结不牢，当用力牵扯时，反将带结扯脱一半，又经张金莲觑破，不及再顾，所以世宗尚未毕命。方后将带解去，端妃才闻报进来，这时候的方皇后，瞧着端妃，不由的柳眉倒竖，凤眼圆睁，用着猛力，将丝带掷向端妃面上，并厉声道："你瞧！你瞧！你敢做这般大逆事么？"平时妒意，赖此发泄。端妃莫明其妙，只吓得浑身乱抖，还算张金莲替她辩明，说是杨金英谋逆，方后即令内侍去捕金英，一面宣召御医，入诊世宗。至御医进诊，金英已是拿到，方后也不及审问金英，先由御医诊视帝脉，说是无妨，立即用药施治。果然世宗苏醒转来，手足展舒，眉目活动；唯项间为带所勒，虽未伤命，究竟咽喉被逼，气息未舒，一时尚不能出言。方后见世宗复生，料知无碍，便出外室严讯金英。金英初尚抵赖，经金莲质证，无从狡辩，只好低首伏罪。偏方后不肯罢手，硬要问她主谋。金英一味支吾，待至用刑胁迫，恰供出一个王宁嫔。方后遂命内监张佐，立将王宁嫔牵至，也不问她是虚是实，即用宫中私刑，打她一个半死。随召端妃入问道："逆犯金英，是你的爱婢，你敢与她通同谋逆，还有何说？"端妃匍匐地上，诉明冤屈。方后冷笑道："皇上寝在何处，你还想推作不知么？"便命张佐道："快将这三大罪犯，拖将出去，照大逆不道例，凌迟处死便了。"拔去眼中钉，快意何如？端妃闻言，魂灵儿已飞入九霄，几至不省人事，及惊定复苏，还想哀求，已被张佐牵出宫外。可怜她玉骨冰肌，徒落得法场寸磔，暴骨含冤。为美人恃宠者鉴。王宁嫔及杨金英，依例极刑，不消细说。世宗病痊，忆着端妃的情爱，遍诘宫人，都为称冤，哀悼不置。嗣是与后有隙，至嘉靖二十六年，大内失火，世宗方居西内，闻着火警，竟向天自语道："莫谓仙佛无灵，看那厮妒害好人，今日恐难逃天谴呢。"宫人请往救方后，世宗默然不答。及火已扑熄，接到大内禀报，皇后为火所伤，抱病颇重，世宗亦不去省视，后竟病殁。已而世宗又追悼亡后，流涕太息道："后尝救朕，朕不能救后，未免负后了。"又要追悔，愈见哀怒无常。乃命以元后礼丧葬，亲定谥法，号为孝烈，预名葬地曰永陵，这是后话慢表。

且说世宗既遭宫变，并将杨金英族属，逮诛数十人，遂以平定宫变，敕谕内阁道："朕非赖天地鸿恩，鬼神默佑，早为逆婢所戕，哪有今日？朕自今日始，潜心斋祓，默迓天庥，所有国家政事，概令大学士严嵩主裁，择要上闻。该大学士应曲体朕心，慎率百僚，秉公办事"等语。严嵩接到此

谕，欢喜的了不得，遇事独断，不问同僚，内外百司，有所建白，必先启嵩，然后上闻。嵩益贪婪无忌，恃势横行。大学士翟銮，以兵部尚书入阁办事，资望出严嵩上，有时与嵩会议，未免托大自尊，嵩竟因此挟嫌，阴嗾言官，疏论翟銮，并劾銮二子汝俭、汝孝，与业师崔奇勋，亲戚焦清，同举进士及第，营私舞弊，情迹昭然。世宗震怒，命吏部都察院查勘。翟銮上疏申辩，语多侵及严嵩，世宗益怒道："銮被劾待勘，尚敢渎陈么？他二子纵有才学，何至与私人并进，显见得是有情弊呢。"遂饬令翟銮父子削籍，并将崔奇勋、焦清，俱斥为民。一场欢喜一场空。又有山东巡按御史叶经，尝举发严嵩受赇事，嵩弥缝得免，怀恨在心，适经在山东监临乡试，试毕呈卷，嵩摘录卷中文字，指为诽谤。欲加之罪，何患无辞？世宗遂逮经入京，加杖八十，创重而死。试官周钎，提调布政使陈儒，皆坐罪谪官。御史谢瑜、喻时、陈绍，给事中王勰、沈良材、陈垲，及山西巡抚童汉臣，福建巡按何维柏等，皆以劾嵩得罪，嵩自是气焰益横。世宗命吏部尚书许瓒，礼部尚书张璧，入阁办事，各授为大学士，嵩看他们不在眼中，仍然独断独行，不相关白。瓒尝自叹道："何故夺我吏部，令我仰人鼻息。"遂上疏乞休，并言："嵩老成练达，可以独相，无烦臣伴食"云云。明是讥讽语。嵩知瓒意，亦上言："臣子比肩事主，当协力同心，不应生嫌，往岁夏言与郭勋同列，互相猜忌，殊失臣道，臣嵩屡蒙独召，于理未安，恐将来同僚生疑，致蹈前辙，此后应仿祖宗朝蹇夏三杨故事，凡蒙召对，必须阁臣同入"等语。以假应假，煞是好看。两疏皆留中不报。世宗自遭宫变后，移居西内，日求长生，郊庙不亲，朝讲尽废，君臣常不相见，只秉一真人陶仲文，出入自由，与世宗接见时，辄得旁坐，世宗呼为先生而不名。严嵩尝贿托仲文，凡有党同伐异的事件，多仗他代为陈请，一奸一邪，表里相倚，还有何事再应顾忌？不过大明的国脉，被他斫丧不少呢。

既而张璧去世，许瓒以乞去落职，严嵩竟思独相，不意内旨传出，复召回夏言入阁，尽复原官。言奉诏即至，一入阁中，复盛气凌嵩，既去何必再来？且盛气如故，不死何待？一切批答，全出己意，毫不与嵩商议。就是嵩所引用的私人，多半驱逐，嵩欲出词袒护，都被言当面指摘，反弄得噤不敢声。御史陈其学，以盐法事劾论崔元，及锦衣都督陆炳，炳时已升都督。世宗发付阁议。言即拟旨，令二人自陈。二人惶惧，径造嵩家乞救。嵩摇手道：

“皇上前尚可斡旋，夏少师处不便关说，两位只去求他罢了。”二人没法，先用三千金献纳夏第，言却金逐使，吓得二人束手无策，又去请教严嵩。嵩与附耳数语，二人领教出门，即至夏言处请死，并长跪多时，苦苦哀吁。言乃允为转圜，二人才叩谢而出。夏言已中嵩计。嗣因嵩子世蕃，广通贿路，且代输户转纳钱谷，过手时任情剥蚀，悉入贪囊，事被夏言闻悉，拟即参奏。有人报知世蕃，世蕃着急，忙去求那老子设法。严嵩顿足道：“这遭坏了！老夏处如何挽回！”世蕃闻言，急得涕泪交下，毕竟严嵩舐犊情深，踌躇半晌，方道：“事在燃眉，我也顾不得脸面了。好儿子！快随我来。”真是一个好儿子。世蕃应命，即随嵩出门驾舆，竟趋夏第，请见夏少师。名刺投进，好半日传出话来，少师有病，不能见客。严嵩听着，拈须微笑，曲摹奸态。袖出白银一大锭，递与司阍道：“烦你再为带引，我专为候病而来，并无他事。”阍人见了白镪，眉开眼笑，乐得做个人情，天下无难事，总教现银子。一面却说道：“丞相有命，不敢不遵，但恐敝主人诘责，奈何？”严嵩道：“我去见了少师，自有话说，请你放心，包管与你无涉。”阍人及导他入内，直至夏言书室。言见嵩父子进来，不便呵斥阍人，只好避入榻中，佯作病状，蒙被呻吟。严嵩走至榻前，低声动问道：“少师政体欠安么？”夏言不应。乐得摆架子。连问数声，方见言露首出来，问是何人？严嵩报明姓名，言佯惊道：“是室狭陋，奈何亵慢严相？”说着，欲欠身起来。嵩忙道：“嵩与少师同乡，素蒙汲引，感德不浅，就使嘱嵩执鞭，亦所甘心，少师尚视嵩作外人么？请少师不必劳动，尽管安睡！”言甘心辣。言答道：“老朽多病，正令家人挡驾，可恨家人不谅，无端简慢严相，老朽益难以为情。”嵩复道：“此非尊价违慢，实因嵩闻少师欠安，不遑奉命，急欲入候，少师责我便是，休责尊价。但少师昨尚康强，今乃违和，莫非偶冒寒气么？”言长吁道：“元气已虚，又遇群邪，群邪一日不去，元气一日不复，我正拟下药攻邪哩。”分明是话中有话。严嵩一听，早已觉着，急挈着世蕃，扑的一声，跪将下去。世蕃又连磕响头，惊得夏言起身不及，忙道：“这、这是为着何事，快快请起！”嵩父子长跪如故，接连是流泪四行，差不多似雨点一般，坠将下来。好一个老法儿。小子有诗讥严嵩父子道：

能屈能伸是丈夫，奸人使诈亦相符。

试看父子低头日，谁信将来被厚诬？

未知夏言如何对付，请看官续阅下回。

本回以严嵩为主，夏言及世宗为宾，内而方后、曹端妃等，外而翟銮、叶经、许瓒等，皆宾中宾也。世宗与夏言，皆以好刚失之，世宗唯好刚故，几罹弑逆之变，夏言唯好刚故，屡遭构陷之冤，独严嵩阴柔险诈，象恭滔天，世宗不能烛其恶，夏言反欲凌以威，此皆为柔术所牢笼，堕其术中而不之悟，无惑乎为所播弄也。宫变一节，虽与严嵩无关，而世宗因此潜居，使严嵩得以专柄，是不啻为嵩添翼。端妃屈死，而严氏横行，天何薄待红颜，而厚待奸相乎？吾故谓本回所叙，处处注意严嵩，余事皆随笔销纳，项庄舞剑，意在沛公，观此文而益信神妙矣。

第六十一回　复河套将相蒙冤
扰都门胡虏纵火

却说严嵩父子，跪在夏言榻前，泪珠似雨点一般，洒将下来，妇女惯会落泪，不意堂堂宰相，也与妇女相等，故孔子谓小人女子，皆为难养。夏言再三请起，严嵩道："少师若肯赏脸，我父子方可起来。"夏言明知为参奏事，恰不得不问着何故？严嵩方将来意说明，世蕃又磕头哀求，自陈悔过。夏言笑道："这事想是误传了，我并无参劾的意思，请贤桥梓一概放心！"严嵩道："少师不可欺人。"夏言道："大丈夫一言既出，驷马难追，尽管放心起来，不要折煞我罢！"言必践信，原是君子所为，但施诸小人，未免失当。严嵩父子，方称谢而起。彼此又谈数语，方才告别。夏言只说了"恕送"二字，依旧拥被坐着。架子太大。严嵩归家，暗想世蕃虽得免劾，总不免受言所辱，意中很是怀恨，日与同党阴谋，设计害言。言却毫不及觉。有时言与嵩入直西苑，世宗屡遣左右宫监，伺察二人动静，无非好猜。与言相遇，言辄傲然不顾，看他似奴隶一般；转入嵩处，嵩必邀他就座，或相与握手，暗中便把黄白物，塞入宫监袖中。本是傥来物，何足爱惜。看官！你想钱可通神，何人不爱此物？得人钱财，替人消灾，自然在世宗面前称赞严嵩的好处。那夏言不但没钱，还要摆着架子，逞些威风，大家都是恨他，背地里常有怨声，世宗问着，还有何人与言关切，略短称长；而且设醮的青词，世宗视为非常郑重，平日所用，必须仰仗二相手笔，言年渐衰迈，又因政务匆忙，无非令幕客具草，糊糊涂涂的呈将上去，世宗每看不入眼，弃掷地上。嵩虽年老，恰有儿子世蕃帮忙，

世蕃狡黠性成，善能揣摩帝意，所撰青词，语语打入世宗心坎中，世宗总道是严嵩自撰，所以越加宠幸。只世蕃仗着父势，并没有改过贪心，仍旧伸手死要，严嵩倒也告诫数次，偏世蕃不从，嵩恐夏言举发，上疏遣世蕃归家。世宗反驰使召还，加授世蕃太常寺少卿。世蕃日横，嵩因见主眷日隆，索性由他胡行罢了。这且慢表。

且说嘉靖三年，大同五堡兵作乱，诱鞑靼部入寇，虽经佥都御史蔡天佑等，抚定叛众，只鞑靼兵屡出没塞外。鞑靼势本中衰，至达延可汗嗣立，达延可汗系脱古思帖木儿六世孙。颇有雄略，统一诸部，自称大元大可汗，复南下略河套地，奄有朔漠，分漠南漠北为二部。漠北地封幼子札赉尔，号为喀尔喀部，漠南地分封子孙，令次子巴尔色居西部，赐名吉囊。亦作济农。吉囊二字，是副王的意思。嫡孙卜赤居东部，号为察哈尔部，达延汗殁，卜赤嗣为可汗，巴尔色亦病死，子究弼哩克袭父遗职，移居河套，为鄂尔多斯部的始祖，巴尔色弟俺答，居阴山附近，为土默特部的始祖，彼此不相统属。未几究弼哩克又死，俺答并有二部，势日强盛，与究弼哩克子狼台吉，屡寇明边。明将发兵抵御，互有胜负。约略叙明。嘉靖二十五年，兵部侍郎曾铣，总督陕西三边军务，锐意图功，辄有杀获。且建议规复河套，上书力请道：

寇居河套，侵扰边鄙，今将百年。出套则寇宣大三关，以震畿服；入套则寇延宁甘固，以扰关中，深山大川，势固在彼而不在我。臣枕戈汗马，切齿痛心，窃尝计之：秋高马肥，弓劲矢利，彼聚而攻，我散而守，则彼胜；冬深水枯，马无宿藁，春寒阴雨，壤无燥土，彼势渐弱，我乘其敝，则中国胜。臣请以锐卒六百，益以山东枪手二千，多备矢石，每当秋夏之交，携五十日之饷，水陆并进，乘其无备，直捣巢穴。材官驺发，炮火雷击，则彼不能支。岁岁为之，每出益励，彼势必折，将遁而出套之恐后矣。俟其远出，然后因祖宗之故疆，并河为塞，修筑墩隍，建置卫所，处分戍卒，讲求屯政，以省全陕之转输，壮中国之形势，此中兴之大烈也。夫臣方议筑边，又议复套者，以筑边不过数十年计耳。复套则驱斥凶残，临河作阵，乃国家万年久远之计，唯陛下裁之！

这疏呈入，有旨下兵部复议。兵部以筑边复套，俱系难事，两事相较，

还是复套为难，筑边较易，请先事筑边，缓图复套。世宗转问夏言，言独请如铣议。世宗乃颁谕道：“河套久为寇据，乘便侵边，连岁边民，横遭荼毒，朕每宵旰忧劳，可奈边臣无策，坐视迁延，没一人为朕分忧。今侍郎曾铣，倡议复套，志虑忠纯，深堪嘉尚，但作事谋始，轻敌必败，著令铣与诸边臣，悉心筹议，务求长算。兵部可发银三十万两与铣，听他修边饷兵，便宜调度，期践原议，勿懈初衷！”叙入此谕，见得世宗初意，本从铣奏。铣得谕后，自然募集士卒，添筑寨堡，忙碌了好几月，督兵出塞，击退寇众，斩馘数十人，获牛马橐驼九百有五十，械器八百五十余件，上表奏捷。世宗按功增俸，并赐白金纻币有差。曾铣遂会同陕西巡抚谢兰，延绥巡抚杨守谦，宁夏巡抚王邦瑞，及三镇总兵，协议复套方略，且条陈机要，附上营阵八图，世宗很是嘉纳。奏下，兵部尚书王以旗等，亦见风使帆，复陈曾铣先后奏请，均可施行云云。

会值大内失火，方后崩逝，应上回。世宗颇加戒惧，命释杨爵等出狱，应五十九回。一面诏求直言。那时阴贼险狠的严嵩，得了机会，疏陈：“灾异原因，由曾铣开边启衅，误国大计所致。夏言表里雷同，淆乱国事，应同加罪惩处，借迓天庥。”东拉西扯，毫没道理。嵩疏一上，廷臣遂陆续上本，大都归咎铣、言两人。明明是严嵩主使。世宗竟背了前言，别翻一调，谕言：“逐贼河套，师果有名否？兵食果有余，成功可必否？一曾铣原不足惜，倘或兵连祸结，涂炭生灵，试问何人负责”等语。大人说错话，话过便是这等举动。这谕一下，中外多诧异不置。接连是罢夏言官，逮铣诣京，出兵部尚书王以旗，凡从前与议复套官吏，分别惩罚。世宗自问应否加罚？一番攘外安内的政策，片刻冰消。

这严嵩心尚未足。定要借着此事，害死夏言，方肯罢休。先是咸宁侯仇鸾，仇钺子。镇守甘肃，素行贪黩，为铣所劾，逮入京师下狱。鸾与嵩本是同党，嵩遂从中设法，暗令子世蕃替鸾草疏，辩诉冤屈，并诬铣克扣军饷，纳贿夏言，由言继妻父苏纲过付，确凿无讹。世宗到此，也未尝彻底查究，便饬法司谳案，援照交结近侍律，斩铣西市，妻子流二千里。铣有智略，颇善用兵，性尤廉洁，死后家无余资，都人俱为称冤，唯严嵩以下一班走狗，扳倒曾铣，就是扳倒夏言。铣既坐斩，言自然不能免罪了。当下有诏逮言，言才出都抵通州，闻铣已定谳，吃一大惊，从车上跌下，忍痛唏嘘道：“这遭我死了。”在途次缮着奏疏，痛诋严嵩，略谓：“仇鸾方系狱中，皇上降谕，未及二日，鸾何从得知？此必严嵩等诈为鸾疏，构陷臣等。严嵩静言庸

违似共工，谦恭下士似王莽，奸巧弄权，父子专政，似司马懿，臣的生命，在严嵩掌握，唯圣恩曲赐保全。”你从前何不预劾，至此已是迟了。疏才缮定，缇骑已到，即就逮至京，把缮好的奏折，浼人呈入，世宗不理，无非是掷向地上。命刑部援曾铣律，按罪论死。尚书喻茂坚，颇知夏言的冤情，因世宗信嵩嫉言，不便替他诉冤，只好将议贵议能的条例，复陈上去，请将言罪酌减。世宗览毕，愤愤道：“他应死已久了，朕赐他香叶冠，他不奉旨，目无君上，玩亵神明，今日又有此罪，难道还可轻恕么！”尚记得香叶冠事，煞是可笑。随批斥茂坚，说他不应包庇。嵩闻刑部主张减罪，恐言或从此得生，正拟再疏架害，一步不肯放松，小人之害人也如此。适值掩答寇居庸关，边报到京，遂奏称居庸告警，统是夏言等主张复套，以致速寇。这道奏章，仿佛县夏言的催命符，竟由世宗准奏，置言重辟，言妻苏氏流广西，从子主事克承，从孙尚宝丞朝庆，尽行削籍。于是严嵩得志，独揽大权，世宗虽自南京吏部，召入张治，命为礼部尚书，兼文渊阁大学士，并命李本为少詹事，兼翰林院学士，两人入阁，一个是疏不间亲，一个是卑不敌尊，无非是听命严嵩，唯唯诺诺罢了。也是保身之道，否则即被逐出。

且说俺答入寇居庸，因关城险阻，不能得手，便移兵犯宣府，把总江瀚，指挥董旸，先后战死，寇遂进逼永宁。大同总兵官周尚文，督师截击，仗着老成胜算，杀败寇众，戮一渠帅，俺答乃仓皇遁去。严嵩父子，与尚文又有宿憾，屡图倾陷，幸喜边患方深，世宗倚重尚文，未遭谗害。哪知天不假年，将星遽陨，死后应给恤典，偏被严嵩中沮，停止不行。给事中沈束，上书代请，忤了严嵩，奏请逮狱。束妻张氏，留住京师，无论风霜雨雪，总是入狱探望，所有狱中费用，全仗十指的针绣，易钱缴纳，狱卒颇也加怜，不忍意外苛索。小卒犹怀悲感，大相偏要行凶。张氏一日上书道：

> 臣夫家有老亲，年已八十有九，衰病侵寻，朝不计夕。臣妾欲归奉舅，则夫之馇粥无资，欲留奉夫，则舅又旦夕待尽，辗转思维，进退无策，臣愿代夫系狱，令夫得送父终年，仍还赴系，实唯陛下莫大之德，臣夫固衔感无穷，臣妾亦叨恩靡既矣。

这疏求法司代呈，法司亦悚然起敬，附具请片，一并呈入。偏偏世宗不

许，原来世宗深嫉言官，每以廷杖遣戍，未足深创，特命他长系狱中，为惩一儆百计，且令狱卒日夕监囚，无论语言食息，一律报告，就是戏言谐语，亦必上闻。沈束一系至十八年，但闻狱檐上面，鹊声盈耳，束谩语道："人言鹊能报喜，我受罪多年，何来喜信，可见人言都是无凭呢。"这句话，报入大内，世宗忽记起张氏哀词，竟心动起来，当命将沈束释狱。夫妇踉跄回家，江山依旧，景物全非，老父已病死数年了。两人号啕恸哭，徙棺安葬，不消细叙。

单表周尚文病殁大同，朝旨令张达补授，俺答闻边将易人，复来犯塞。达有勇无谋，与副总兵林椿，带着边兵，出关接仗。两下里恶战一场，彼此各死伤多人，敌兵已经退去。达偏穷追不舍，中途遇伏，马蹶被戕。林椿麾兵往救，不及衣甲，也被敌兵攒刺，受了重伤，毙于非命。这是有勇无谋的坏处。俺答召集全部人马，大举入犯，边疆尤震。严嵩得仇鸾厚贿，竟代为保举，赦出狱中，授大同总兵官。鸾至大同，适值俺答到来，吓得手足无措。悔不如安居狱中。还是养卒时义、侯荣，替鸾设法，赍着金帛，往赂俺答，求他移寇他塞，勿犯大同。俺答得了贿赂，遗还剑纛，作为信据，允准移师，还算有情。遂东沿长城，至潮河川南下，直抵古北口。都御史王汝孝，悉众出御，俺答佯退，别遣精骑绕出黄榆沟，破墙而入。汝孝部下，不意敌兵猝至，相率惊溃，俺答遂掠怀柔，围顺义，长驱疾走，径达通州，巡按顺天御史王忬，先日至白河口，将东岸舟楫，悉数拢泊西岸，不留一艘，因此寇众大至，无舟可渡，只得傍河立寨，潜分兵剽掠昌平，蹂躏诸陵，奸淫劫夺，不可胜纪。

是时京城内外，已紧急的了不得，飞檄各镇勤王，分遣文武大臣各九人，把守京城九门，一面诏集禁军，仔细检阅，只有四五万人，还是一半老弱残兵，不足御敌。看官听说！自武宗晏驾后，禁军册籍，多系虚数，所有兵饷，尽被统兵大员没入私囊，有几个强壮兵丁，又服役内外提督及各大臣家，一时不能归伍，所以在伍各兵，不是老疾，就是疲弱，一闻寇警，统是哭哭啼啼，一些儿没有勇气。都御史商大节，受命统兵，只得慷慨誓师，虚言激励，兵民闻言思奋，颇也愿效驰驱。大节命各至武库，索取甲仗，不料各兵去了转来，仍然是赤手空拳。大节问明缘故？大众答道："武库中有什么甲械，不过有破盔数十顶，烂甲数百副，废枪几千杆罢了。"大节叹道："内使主库，弄到这般情形，教我如何摆布呢？"言下，沉吟了一会，复顾大众道："今日事在眉急，也说不得许多了，你等且再至武库，拣了几样，

拿来应用，待我奏请圣上，发帑赶制，可好么？”实是没法，只好搪塞。大众含糊答应，陆续退去。大节据实奏报，有旨发帑金五千两，令他便宜支付。大节布置数日，还是不能成军。幸是年适开武科，四方应试的武举人，恰也来的不少，便由大节奏准应敌，才得登陴守城。过了两天，俺答已潜造竹筏，饬前队偷渡白河，约有七百骑，入薄京城，就安定门外的教场，作为驻扎地。京师人心愈恐。世宗又久不视朝，军事无从禀白，廷臣屡请不应，礼部尚书徐阶，上书固请，方亲御奉天殿，集文武百官议事。谁知登座以后，并不闻有什么宸谟，只命徐阶严责百官，督令战守罢了。想是仗着天神保护，不必另设军谋。百官正面面相觑，可巧侍卫入报，大同总兵官仇鸾，及巡抚保定都御史杨守谦，统率本部兵到京，来卫皇畿了。世宗道：“甚好。仇鸾可为大将军，节制各路兵马，守谦为兵部侍郎，提督军务。兵部何在？应即传旨出去。”昏头磕脑，连兵部尚书都不认识。兵部尚书丁汝夔，忙跪奉面谕，世宗竟退朝入内去了。汝夔起身出外，私叩严嵩，应该主战主守。严嵩低语道：“塞上失利，还可掩饰，都下失利，谁人不晓。你须谨慎行事，寇得饱掠，自然远飏，何必轻战。”恰是好计，但如百姓何？汝夔唯唯而别。嗣是兵部发令，俱戒轻举。杨守谦以孤军力薄，亦不敢战，相持三日，俺答复至，竟麾众纵火，焚毁城外庐舍，霎时间火光烛天，照彻百里，正是：

寇众突来唯肆掠，池鱼累及尽遭殃。

未知京城能否保守，且至下回交代。

复套之议，曾铣创之于先，夏言赞之于后，固筹边之胜算也。河套即蒙古鄂尔多斯地，东西北三面，俱濒黄河，南与边城相接，黄河自北折南，成一大圈，因称河套。其地灌溉甚便，土壤肥美，俗有“黄河百害，只富一套”之说，设令乘机规复，发兵屯垦，因地为粮，倚河结寨，岂非西北之一大重镇耶？世宗初从铣议，后入嵩言，杀道济而自坏长城，死得臣而遂亡晋毒，一误再误，何其昏愦若此？及俺答入塞，直薄京城，朝无可恃之将帅，营无可用之兵戎，乃犹安居西内，至力请而后出，出亦不发一言，徒因仇鸾、杨守谦两人，入京勤王，即畀大权，身为天子，乃胸无成算，一至于此乎？读此回，令人作十日恶。

第六十二回　追狡寇庸帅败还
开马市荩臣极谏

却说俺答率众到京，沿途大掠，又放起一把无名火来，将京城外面的民居，尽行毁去，百姓无家可住，东逃西散，老的小的，多半毙命，年纪少壮的，遇着寇众，不是被杀，就是被掳，内中有一半妇女，除衰老奇丑外，尽被这班鞑奴，牵拉过去，任情淫污，最有姿色的几人，供俺答受用，轮流取乐。大将军仇鸾，本畏俺答，因听时义、侯荣言，讨好朝廷，勉强入援，既至京师，哪敢与俺答对仗？只得仍遣时义、侯荣，再去说情。两人至俺答营，见俺答踞坐胡床，左右陪着妇女数人，统是现成掳掠，临时妻妾，平常妇女，得做番王临时妻妾，也算交运。两人也顾不得什么气节，只好跪叩帐下。俺答道："你来做什么？想是又把金币送我，倒难为你主人好意。"眈眈逐逐，无非为了金帛。时义道："大王欲要金币，也是不难，但深入京畿，震动宫阙，恐我皇上动疑，反不愿颁给金币了。"俺答道："我并不愿夺你京城，我只教互市通贡，每岁得沾些利益，便可退兵。"可见俺答原无大志。时义道："这也容易，谨当归报便了。"两人返报仇鸾，鸾闻帝意主战，一时却不敢上闻。俺答待了三日，并无信息，乃遣游骑至东直门，闯入御厩，掠得内监八人，还至虏营。俺答也不去杀他，反将他一律释缚，好言抚慰道："烦你等作个传书邮，我有一书，寄与你主便是。"说罢，便将书信取出，交与八人。八人得了命，出了番帐，奔回东直门，入城禀见世宗，呈上番书。书中大意，无非是要求互市，请通贡使，结末有如不见从，休要后悔等语。世宗阅罢，

便至西苑，召见大学士严嵩、李本，尚书徐阶，出书使视道："卿等以为何如？"严嵩瞧着来书，语多恫吓，暗想此事颇不易解决，依他也不是，不依他也不是，当下眉头一皱，计上心来，便启奏道："俺答上书求贡，系关系礼部的事情，陛下可详问礼部。"火烧眉毛，轻轻扑去。礼部尚书徐阶，听了嵩言，暗骂道："老贼！你要嫁祸别人么？"心中一忖，也即启奏道："求贡事虽属臣部掌管，但也须仰禀圣裁。"你推我，我推别人，徐阶也会使刁。世宗道："事关重大，大家熟商方好哩。"阶踌躇半晌，方道："现在寇患已深，震惊陵庙，我却战守两难，不便轻举，似应权时允许，聊解眉急。"世宗道："他若果肯退去，皮币珠玉，俱不足惜。"阶复道："若只耗费些皮币珠玉，有何不可？但恐他得步进步，要索无厌，为之奈何？"世宗蹙额道："卿可谓远虑了，唯目前寇骑近郊，如何令退？"阶又道："臣却有一计在此。俺答来书，统是汉文，我只说他汉文难信，且没有临城胁贡的道理，今宜退出边外，别遣使赍呈番文，由大同守臣代奏，才可允行。他若果然退去，我却速调援兵，厚集京畿，那时可许则许，不可许，便与他交战，不为他所窘了。"此言只可欺小孩。世宗点头称善，命阶照计行事。

阶即遣使往谕，嗣得俺答复书，务须照准，令以三千人入贡，否则将添兵到此，誓破京师。阶见此书，先召百官会议，并宣布俺答来书，各官瞠目伸舌，莫敢发言。忽有一人高声道："我意主战，不必言和。"徐阶瞧将过去，乃是国子司业赵贞吉，便问道："君意主战，有何妙策？"贞吉道："今日若许入贡，他必拣选精骑三千，即刻入城，阳称通贡，阴图内应，内外夹攻，请问诸公如何抵敌？就使他诚心通好，无意外的变故，也是一场城下盟，堂堂中国，屈辱敌人，宁不羞死！"也是一番虚骄语。检讨毛起接口道："何人不知主战？但今日欲战无资，只好暂许要求，邀使出塞，然后再议战备。"贞吉叱道："要战便战，何必迟疑！况寇众狡诈异常，岂肯听我诱约么？"徐阶见两下龃龉，料知不能决议，索性起座而去，自行入奏。

是夕城外火光，越加猛烈，德胜、安定两门外，统成焦土，世宗在西内遥望，只见烟焰冲霄，连夜不绝，不禁搔首顿足，只唤奈何。内侍也交头接耳，互述日间廷议情状，适被世宗闻知，问明详细，即令宣诏赵贞吉入对。贞吉奉命即至，由世宗颁给纸笔，饬他条陈意见。贞吉即援笔直书，大旨："以寇骑凭陵，非战不可，陛下今日，宜亲御奉天门，下诏罪己，追奖故总

兵周尚文，以励边帅，释放给事沈束出狱，以开言路，饬文武百司，共为城守，并宣谕各营兵士，有功即赏，得一首功，准赏百金，捐金数万，必可退敌”云云。虽似理直气壮，亦嫌缓不济急。这疏一上，世宗颇也感动，立擢贞吉为左椿坊左谕德，兼河南道监察御史，饬户部发银五万两，宣谕行营将士。唯贞吉所请追励各条，仍未举行。是时俺答已纵掠八日，所得过望，竟整好辎重，向白羊口而去。有旨饬仇鸾追袭，鸾无奈，发兵尾随敌后，谁料敌兵竟返旆来驰，吓得仇鸾胆战心惊，急忙退步。部兵亦霎时溃散，等到敌兵转身，徐徐出塞，然后收集溃卒，检点人数，已伤亡了千余人。鸾反在途中枭斩遗尸，得八十余级，只说是所斩虏首，献捷报功，世宗信以为真，优诏慰劳，并加鸾太保，厚赐金帛。

京中官吏，闻寇众退去，互相庆贺。丑不可耐。不意有严旨下来，饬逮尚书丁汝夔，都御史杨守谦下狱。原来京城西北，多筑内臣园宅，自被寇众纵火，免不得一并延烧。内臣入奏世宗，统说是丁、杨二人，牵制将帅，不许出战，以致烽火满郊，惊我皇上，伏乞将二人治罪，为后来戒。都把皇帝做推头，这叫作朕受之愬。世宗闻言大怒，所以立刻传旨，将二人逮系起来。汝夔本受教严嵩，才命各营停战，至此反致得罪，连忙嘱着家属，向嵩乞救。嵩语来人道：“老夫尚在，必不令丁公屈死。”来人欢谢去讫。嵩驰入见帝，谈及丁汝夔，世宗勃然变色道：“汝夔负朕太甚，不杀汝夔，无以谢臣民。”这数语吓退严嵩，只好踉跄趋出，不发一言。至弃市诏下，汝夔及守谦，同被绑至法场，汝夔大哭道：“贼嵩误我！贼嵩误我！”言未已，刀光一下，身首两分。守谦亦依次斩首，毋庸细述。

过了一日，又有一道中旨颁下，着逮左谕德赵贞吉下狱。看官听说！这赵贞吉因奏对称旨，已得超擢，如何凭空得罪呢？先是贞吉廷议后，盛气谒嵩，嵩辞不见。贞吉怒叱阍人。说他有意刁难，正在吵嚷的时候，忽有一人走入，笑语贞吉道：“足下何为？军国重事，慢慢的计议就是了。”贞吉视之，乃是严嵩义子赵文华，官拜通政使，不禁愤恨道：“似你等权门走狗，晓得什么天下事？”言毕，悻悻自去？文华原不足道，贞吉亦属太傲。文华也不与多辩，冷笑而入，当即报知严嵩，嵩仇恨益甚。至俺答已退，遂奏称：“贞吉大言不惭，毫无规划，徒为周尚文、沈束游说，隐谤宸聪。”这句话又激起世宗的怒意，遂命将贞吉拘系数日，廷杖一顿，谪为荔波典史。

当贞吉主战时，廷臣俱袖手旁观，莫敢附和，独有一小小官吏，位列最卑，恰朗声道：“赵公言是。”吏部尚书夏邦谟，张目注视道：“你是何等官儿，在此高论？”那人即应声道：“公不识锦衣经历沈炼么？由他自己报名，又是一样笔墨。公等大臣，无所建白，小臣不得不说。炼恨国家无人，致寇猖獗，若以万骑护陵寝，万骑护通州军饷，再合勤王军十余万，击寇惰归，定可得胜，何故屡议不决呢？”邦谟道：“你自去奏闻皇上，我等恰是无才，你也不必同我空说。”炼益愤愤，竟拜表上陈，世宗全然不理。炼闷闷不乐，纵酒佯狂。一日，至尚宝丞张逊业处小饮，彼此纵论国事，谈及严嵩，炼停杯痛骂，涕泪交颐。既晚归寓，余恨未平，慨然太息道：“自古至今，何人不死？今日大奸当国，正忠臣拼死尽言的时候，我何不上书痛劾？就是致死，也所甘心。”计划已定，遂研墨展毫，缮就奏牍道：

昨岁俺答犯顺，陛下欲乘时北伐，此正文武群臣，所共当戮力者也。然制敌必先庙算，庙算必当为天下除奸邪，然后外寇可平。今大学士严嵩，当主忧臣辱之时，不闻延访贤豪，咨询方略，唯与子世蕃，规图自便，忠谋则多方沮之，谄谀则曲意引之，索贿鬻官，沽恩结客，朝廷赏一人，则曰由我赏之，罚一人，则曰由我罚之，人皆伺严氏之爱恶，而不知朝廷之恩威，尚忍言哉！姑举其罪之大者言之：纳将帅之贿，以启边陲之衅，一也；受诸王馈遗，每事隐为之地，二也；揽御史之权，虽州县小吏，亦皆货取，致官方大坏，三也；索抚按之岁例，致有司递相承奉，而闾阎之财日削，四也；隐制谏官，俾不敢直言，五也；嫉贤妒能，一忤其意，必致之死，六也；纵子受贿，敛怨天下，七也；运财还家，月无虚日，致道途驿骚，八也；久居政府，擅权害政，九也；不能协谋天讨，上贻君父忧，十也。明知臣言一出，结怨权奸，必无幸事，但与其纵奸误国，毋宁效死全忠。今日诛嵩以谢天下，明日戮臣以谢嵩，臣虽死无余恨矣。

写至此，读了一遍，又自念道：“夏邦谟恰也可恶，索性连他劾奏。”遂又续写数语，无非是吏部尚书夏邦谟，谄谀黩货，并请治罪等情。次日呈将进去，看官试想！一个锦衣卫经历，居然想参劾大学士及吏部尚书来，任你

笔挟龙蛇，口吐烟云，也是没有效力。况世宗方倚重严嵩，哪里还肯容忍？严旨一下，斥他诬蔑大臣，榜掠数十，谪佃保安。同时刑部郎中徐学诗，南京御史王宗茂，先后劾嵩，一并得罪。学诗削籍，宗茂贬官。还有叶经、谢瑜、陈绍，与学诗同里同官，俱以劾嵩遭谴，时称为上虞四谏官。此外所有忤嵩各官，都当京察大计时，尽行贬斥，真个是一网打尽，靡有孑遗。

唯仇鸾党附严嵩，愈邀宠眷，适值吏部侍郎王邦瑞，摄兵部事，以营政久弛，疏请整饬，略谓："国初京营，不下七八十万，自三大营变为十二团营，又变为两官厅，逐渐裁并，额军尚有三十八万余人。今武备积弛，现籍止十四万，尚是虚额支饷，有名无实。近届寇骑深入，搜括各营，只有五六万人，尚且老弱无用，此后有警，将仗何人"等语。何不叫中饱的官吏去？世宗览奏，立命废止团营两官厅，仍复三大营旧制，创设戎政府，命仇鸾为总督，邦瑞为副。鸾既揽兵权，并欲节制边将，因请易置三辅重臣，以大同总兵徐珏驻易州，大同总兵署授徐仁，宣府蓟镇总兵李凤鸣、成勋，亦彼此互易。并选各边兵更番入卫，分隶京营。塞上有警，边将不得征集，必须报明戎政府，酌量调遣云云。世宗一律允准，将原奏发下兵部。王邦瑞以为不可，极力谏阻，仇鸾所请，全是私意，即愚者亦知其非，世宗反深信之，邦瑞虽谏何益？不意反受了一番斥责。且特赐仇鸾封记，令得密上封章，一切裁答，俱由内批发行，不下兵部。邦瑞又屡疏争辩，恼动世宗，竟令削职。邦瑞归去，仇鸾益无忌惮，扬言将大举北征，命户部遣使四出，尽括甫都及各省积贮，并催征历年逋赋，作为兵饷，所在苛扰。经礼部尚书徐阶，从中奏阻，始得稍寝。

既而俺答又有入寇消息，鸾忙令时义出塞，赍了金币，贿结俺答义子脱脱，情愿互市通贡，不可动兵。脱脱禀知俺答，俺答自然乐许，遂投书宣大总督苏佑，转致仇鸾。鸾与严嵩定议，每岁春秋两市，俺答进来的货物，无非是塞外的马匹，因此叫作马市。马市既开，命侍郎史道掌领。兵部车驾司员外郎杨继盛，独抗疏陈奏道：

互市者，和亲别名也。俺答蹂躏我陵寝，虔刘我赤子，而先之曰和，忘天下之大仇，不可一；下诏北伐，日夜征缮兵食，而忽更之曰和，失天下之大信，不可二；堂堂天朝，下与边寇互市，冠服倒置，损

国家之重威，不可三；此语未免自大恶习。海内豪杰，争磨励待试，一旦委置无用，异时号召，谁复兴起，不可四；去岁之变，颇讲兵事，无故言和，使边镇将帅，仍自懈弛，不可五；边卒私通外寇，吏犹得以法裁之，今导之使通，其不勾结而危社稷者几希，不可六；盗贼伏莽，本摄国威，今知朝廷畏寇议和，适启睥睨之渐，不可七；俺答往岁深入，乘我无备，备之一岁，仍以互市终，彼谓我尚有人乎？不可八；俺答狡诈，出没叵测，我竭财力而輂之边，彼或负约不至，即至矣，或阴谋伏兵突入，或今日市，明日复寇，或以下马索上直，或责我以他赏，或责我以苛礼，皆未可知也，不可九；此条所见甚是。岁帛数十万，得马数万匹，十年以后，帛将不继，不可十。凡为谬说者有五：不过曰吾外假马市以羁縻之，而内足修我武备，夫俺答何厌之有？吾安能一一应之？是终兆衅也，且吾果欲修武备，尚何借于羁縻？此一谬也；又或曰互市之马，足资吾军，夫既已和矣，无事战矣，马将焉用？且彼亦安肯损其壮马以予我，此二谬也；抑或曰互市不已，彼且朝贡，夫至于朝贡，而中国之捐资以奉寇益大矣，此三谬也；或且曰彼既利我，必不失信，亦思中国之所谓开市者，能尽给其众乎？不给则不能无入掠，此四谬也；或又曰兵为危道，佳兵不祥，试思敌加我而我乃应之，胡谓佳兵？人身四肢皆痈疽，毒日内攻，而惮用药石，可乎？此五谬也。夫此十不可五谬，匪唯公卿大夫知之，三尺童子皆知之，而敢有为陛下主其事者，盖其人内迫于国家之深恩，则图幸目前之安以见效，外慑俺答之重势，则务中彼之欲以求宽。公卿大夫，知而不言，盖恐身任其责，而自蹈危机也。陛下宜振独断，发明诏，悉按言开市者。然后选将练兵，声罪致讨，不出十年，臣请得为陛下勒燕然之绩，悬俺答之首于藁街，以示天下后世。

世宗览到此疏，意颇感奋，下内阁及诸大臣集议，严嵩等不置可否，独仇鸾攘臂痛詈道："竖子目不识兵，乃说得这般容易。"遂自上密疏，力诋继盛。世宗意遂中变，遽下继盛锦衣狱，令法司拷讯。继盛持论不变，竟贬为狄道典史。小子有诗咏道：

朝三暮四等狙公，政令纷更太自蒙。

直谏翻遭严谴下，空令后世慨孤忠。

继盛既贬，马市大开，究竟俺答受驭与否，且至下回再详。

本回叙俺答入寇，以及议和互市，无非是幸臣误国，酿成寇患。夫俺答虽称狡诈，而未尝有入主中原之想，观其大掠八日，饱飏而去，可知赵贞吉之主战，未尝非策。果令宸衷独断，奋发有为，则岂竟不足却敌？于少保当土木之败，犹能慷慨誓师，捍守孤城，况俺答不及乜先，世宗权逾景帝，宁有不事半功倍乎？至若仇鸾之创开马市，取侮敌人，杨继盛抗疏极言，其于利害得失，尤为明畅，世宗几为感动，复因仇鸾密陈，以致中变，盖胸无主宰，性尤好猜，奸幸得乘间而入，而忠臣义士，反屡受贬戮，王之不明，岂足福哉？读屈原言而不禁同慨矣。

第六十三回　罪仇鸾剖棺正法　劾严嵩拼死留名

却说马市既开，由侍郎史道主持市事，俺答驱马至城下，计值取价，起初还不失信用，后来屡把羸马搪塞，硬索厚值，一经边吏挑剔，即哗扰不休。有时大同互市，转寇宣府，宣府互市，转寇大同，甚且朝市暮寇，并所卖的羸马，亦一并掠去。大同巡按御史李逢时，一再上疏，略称："俺答屡次入寇，与通市情实相悖，今日要策，唯有大集兵马，一意讨伐，请饬京营大将军仇鸾，赶紧训练，专事征讨，并命边臣合兵会剿，勿得隐忍顾忌，酿成大患。"兵部尚书赵锦，亦上言御寇大略，战守为上，羁縻非策。世宗乃令仇鸾督兵出塞，往讨俺答。

鸾本认严嵩为义父，一切行止，都由嵩暗中庇护，自总督京营后，权力与严嵩相埒，免不得骄傲起来，将严嵩撇诸脑后。严嵩怨他负恩。密疏毁鸾，鸾亦密陈严嵩父子贪横情状。凶终隙末，小人常态，至两下密疏，尤甚好看。世宗渐渐疏嵩，只命徐阶、李本等，入直西内，嵩不得与，其时张治已殁。嵩衔恨益甚。至是命鸾出兵，料知鸾是胆怯，因嗾使廷臣，请旨督促。看官！你想仇鸾身为大将，并未曾与外寇交绥，单靠着时义、侯宗等，买通俺答，遮盖过去，此刻奉命北征，真个要他打仗！他是无谋无勇，如何行军？况且有严嵩作对，老法儿统用不着，又不能托故不去，只好硬着头皮，祃纛出师。途中缓一日，好一日，挨一刻，算一刻。不料警报频来，边氛日恶，大同中军指挥王恭，战死管家堡，宁远备御官王相，又战死辽东卫。朝旨又

严厉得很，把大同总兵徐仁，游击刘潭等拿问，巡抚都御史何思削籍。内外情事，都从仇鸾一边叙入，省却无数笔墨。俗语所谓兔死狐悲，物伤其类，益发令仇鸾短气。好容易行到关外，探听得俺答部众，驻扎威宁海，他居然想出一计，乘敌不备，掩杀过去。当下麾兵疾走，甫至猫儿庄，两旁胡哨陡起，霎时间走出两路人马，持刀挺戟，旋风般的杀来，仇鸾叫声不好，策马返奔，部兵见大帅一走，还有何心恋战，纷纷弃甲而逃，逃不脱的晦气人物，被敌兵切菜般的举刀乱砍，所有辎重等物，挟了便走，驴马等物，牵着便行，不消多少工夫，敌兵已去得无影无踪了。仇鸾逃了一程，才有侦骑来报，说是："俺答的游击队，在此巡弋，并非全部巨寇，请大帅不必惊慌"云云。仇鸾闻言，又惭又恨，叱退侦卒，驰入关中。挖苦仇鸾，笔锋似刀。

嗣是羞恚成疾，恹恹床褥，蓦地里生了一个背疽，痛不可忍，日夕呼号。本拟上表告辞，奈顾着大将军印绶，又是恋恋难舍，没奈何推延过去。偏是礼部尚书徐阶，密劾鸾罪，兵部尚书赵锦又奏称："强寇压境，大将军仇鸾，病不能军，万一寇众长驱，贻忧君父不小，臣愿率兵亲往，代鸾征讨。"说得世宗性急起来，颁诏兵部，以尚书不便轻出，令侍郎蒋应奎，暂摄戎政，总兵陈时，代鸾为大将军，唯这大将军印尚在仇鸾掌握，饬赵锦收还。鸾得报后，即日返京，养病私第。赵锦夤夜亲往，持诏取印，仇鸾已病不能起，闻得此信，呵哟一声，倒在榻上，顿时疽疮迸裂，鼻息悠悠。家人忙了手脚，急将仇鸾叫醒，鸾开目一瞧，禁不住流泪两行，至印信缴出，赵锦别去，鸾即断气而亡。保全首领，实是侥幸。

世宗已知仇鸾奸诈，遣都督陆炳，密查遗迹。炳素嫉鸾，尝侦悉鸾事，因恐没有案证，未敢上闻。会鸾旧部时义、侯荣等，已冒功授锦衣卫指挥等官，闻鸾病死，料难安居，竟出奔居庸关，意欲往投俺答，可巧被陆炳知悉，着急足驰至关上，投书关吏，请发兵查缉鸾党。冤冤相凑，时义、侯荣等人，叩关欲出，被关吏一并拘住，押解京师。当下法司审讯，诱供逼招，尽发鸾通虏纳贿诸事。陆炳一一奏明，那时世宗大怒，暴鸾罪恶，剖鸾棺，戮鸾尸，并执鸾父母妻子，及时义、侯荣等，一体处斩。近报则在己身，远报则在妻孥。布告天下，立罢马市。俺答闻信，稍稍引去。世宗又命宣大总督苏佑，与巡抚侯钺、总兵吴瑛等，出师北伐。画蛇添足，未免多事。钺率万余人出塞，袭击俺答，又陷仇鸾故辙。谁料被俺答闻知，设伏待着，俟侯钺兵至，

伏兵四起，首尾夹击，杀死把总刘歆等七人，士卒死亡无算，钺等拼命逃还，才得保全性命。巡抚御史蔡朴，据实奏劾，留中不发。唯刘歆等死后恤典，总算命兵部颁发。既而俺答又犯大同，副总兵郭都出战，孤军无援，复遭战殁，乃逮侯钺至京，削籍为民。

世宗记恨仇鸾，尚是不置，因思杨继盛劾鸾遭贬，未免冤枉，遂召继盛还京，从典史四次迁升，复为兵部员外郎。严嵩与鸾有隙，以继盛劾鸾有功，也从中说项，改迁兵部武选司。继盛哪里知晓，就是知晓，恐也不肯感嵩。只是感激主知，亟图报国。抵任甫一月，即草疏劾嵩罪状，属稿未成，妻张氏入室，问继盛奏劾何人？继盛愤愤道："除开严嵩，还有哪个？"张氏婉劝道："君可不必动笔了，前时劾一仇鸾，被困几死，今严嵩父子，威焰熏天，一百个仇鸾，尚敌不过他，老虎头上搔痒，无补国家，转取祸戾，何苦何苦！"言亦近情。继盛道："我不愿与这奸贼同朝共事，不是他死，就是我死。"张氏道："君死无益，何若归休！"继盛道："龙逄、比干，流芳百世，我得从古人后，愿亦足了。你休阻我！"张氏知不可劝，含泪趋出。继盛草就奏疏，从头誊正，内论严嵩十大罪五奸，语语痛切，字字呜咽，正是明史上一篇大奏牍。小子节录下方，其词云：

方今在外之贼为俺答，在内之贼为严嵩。贼有内外，攻宜有先后，未有内贼不去，而外贼可除者。故臣请诛贼嵩，当在剿绝俺答之先。嵩之罪恶，除徐学诗、沈炼、王宗茂等，论之已详，然皆止论贪污之小，而未发其僭窃之大。去年春，雷久不声。占云："大臣专政"。夫大臣专政，孰有过于嵩者？又是冬，日下有赤色，占云："下有叛臣"，凡心背君者皆叛也。夫人臣背君，又孰有过于嵩者？如四方地震，与夫日月交食之变，其灾皆感应贼嵩之身，乃日侍左右而不觉，上天警告之心，亦恐殆且孤矣。臣敢以嵩之专政叛官十大罪，为陛下陈之！祖宗罢丞相，设阁臣备顾问，视制草而已。嵩乃俨然以丞相自居，百官奔走请命，直房如市，无丞相而有丞相权，是坏祖宗之成法，大罪一；陛下用一人，嵩曰："我荐也，"斥一人，曰："此非我所亲，"陛下宥一人，嵩曰："我救也，"罚一人，曰："此得罪于我，"群臣感嵩，甚于感陛下，畏嵩，甚于畏陛下。窃君上之大权，大罪二；陛下有善政，嵩必令子世

蕃告人曰："主上不及此，我议而成之，"欲天下以陛下之善，尽归于己，是掩君上之治功，大罪三；陛下令嵩票拟，盖其职也，岂可取而令世蕃代之？题疏方上，天语已传，故京师有大丞相小丞相之谣，是纵奸子之僭窃，大罪四；严效忠、严嵩厮役。严鹄，世蕃子。乳臭子耳，未尝一涉行伍，皆以军功官锦衣，两广将帅，俱以私党躐府部，是冒朝廷之军功，大罪五；逆鸾下狱，贿世蕃三千金，嵩即荐为大将，已知陛下疑鸾，乃互相排诋，以泯前迹，是引悖逆之奸臣，大罪六；俺答深入，击其惰归，大计也，嵩戒丁汝夔勿战，是误国家之军机，大罪七；郎中徐学诗，给事中厉汝进，俱以劾嵩削籍，厉汝进劾世蕃，窃弄父权，嗜贿张焰，嵩上疏自理，且求援中官，以激帝怒，遂廷杖削籍。内外之臣，中伤者何可胜计，是专黜陟之大权，大罪八；文武选拟，但论金钱之多寡，将弁唯贿嵩，不得不朘削士卒，有司唯贿嵩，不得不掊克百姓，毒流海内，患起域中，是失天下之人心，大罪九；自嵩用事，风俗大变，贿赂者荐及盗跖，疏拙者黜逮夷齐，守法度者为迂滞，巧弥缝者为才能，是敝天下之风俗，大罪十。嵩有此十大罪，昭入耳目，以陛下之神圣而若不知者，盖有五奸以济之。知陛下之意向，莫过于左右侍从，嵩以厚贿结之，凡圣意所爱憎，嵩皆预知，以得遂其逢迎之巧，是陛下左右，皆嵩之间谍，其奸一；通政司为纳言之官，嵩令义子赵文华为之，凡疏到必有副本，送嵩与世蕃，先阅而后进，俾得早为弥缝，是陛下之纳言，乃嵩之鹰犬，其奸二；嵩既内外周密，所畏者厂卫之缉谤也，嵩则令世蕃笼络厂卫，缔结姻亲，陛下试诘彼所娶为谁氏女，立可见矣，是陛下之爪牙，乃嵩之瓜葛，其奸三；厂卫既已亲矣，所畏者科道言之也。嵩于进士之初，非亲知不得与中书行人之选，知县推官，非通贿不得与给事御史之列，是陛下之耳目，皆嵩之奴隶，其奸四；科道虽入其牢笼，而部臣如徐学诗之类，亦可惧也，嵩又令子世蕃，将各部之有才望者，俱网罗门下，各官少有怨望者，嵩得早为斥逐，是陛下之臣工，多嵩之心腹，其奸五。夫嵩之十罪，赖此五奸以济之，五奸一破，则十罪立见，陛下何不忍割一贼臣，顾忍百万苍生之涂炭乎？陛下听臣之言，察嵩之奸，或召问景、裕二王，令其面陈嵩恶，或询诸阁臣，谕以勿畏嵩威，重则置之宪典，以正国法，轻则谕令致仕，以全国体，内贼去而后外贼

可除也。臣自分斧钺，因蒙陛下破格之患，不敢不效死上闻，冒渎尊严，无任悚惶待命之至！

世宗是时，正因众言官奏阻斋醮，下诏逮捕，继盛恐益触帝怒，将疏暂搁不上。更越十有五日，斋戒沐浴，才将此疏拜发。谁知朝上奏章，暮入诏狱，原来世宗览奏，已是懊恨，立召严嵩入示。嵩见有召问二王语，遂启奏道："继盛敢交通二王，诬劾老臣，请陛下明鉴！"两语够了。世宗益怒，遂饬逮继盛下狱，岂不忆谏阻马市，其言已验耶？命法司严讯主使。继盛道："发言由我，尽忠亦由我，难道必待他人主使么？"法司问何故引入二王，继盛又厉声道："满朝都怕严嵩，非景、裕二王，何人敢言？"景、裕二王，皆世宗子，已见五十九回。法司也不再问，只说他诬毁宰臣，杖至百数，送交刑部。刑部尚书何鳌，受嵩密嘱，欲坐继盛诈传亲王令旨罪，即欲将他杖死，郎中史朝宾进言道："奏疏中但说召问二王，并不说由亲王令旨，朝廷三尺法，岂可滥加么？"说得何鳌哑口无言，即去报达严嵩。严嵩确是厉害，竟立黜朝宾为高邮判官。又因奏中有严效忠、严鹄冒功情事，奉旨饬查，由世蕃自为辩草，送兵部武选司郎中周冕，嘱他依草上复。冕偏铁面无情，竟据实复奏道：

臣职司武选，敢以冒滥军功一事，为陛下陈之：按二十七年十月，据通政司状送严效忠，年十有六，考武举不第，志欲报效本部，资送两广听用。次年据两广总兵平江伯陈圭，及都御史欧阳必进，题琼州黎寇平，遣效忠奏捷，即援故事授锦衣卫镇抚。无何效忠病废，严鹄以亲弟应袭，又言效忠前斩贼首七级，例官加陞，遂授千户。及细察效忠为谁？曰："嵩之厮役也。"鹄为谁？曰："世蕃之子也。"不意嵩表率百僚，而坏纲乱纪，一至于此。今蒙明旨下本部查核，世蕃犹私创复草，架虚贻臣，欲臣依草复奏，天地鬼神，昭临在上，其草现存，伏望圣明特赐究正，使内外臣工，知有不可犯之法，国家幸甚！

这疏一入，朝右大臣，多为严嵩父子，捏一把冷汗，谁意严嵩竟有神出鬼没的手段，居然打通关节，传出中旨，说是周冕挟私捏造，朋比为奸，把

他下狱削职，且擢世蕃为工部左侍郎，愈加优眷。真正令人气煞。一面再令法司严讯继盛。继盛披枷带索，由狱入廷，道旁人士，两旁聚观，见继盛身受重刑，各叹息道："此公系天下义士，为何遭此荼毒？"又指着枷索，互相私语道："奈何不将这种刑具，带在奸相头上，反冤屈了好人？"公论难逃。国子司业王材，听着舆论，往谒严嵩道："人言也是可畏，相公何不网开一面，救出继盛，否则贻谤万世，也为我公不取哩。"王材本阿附严嵩，此番良心未泯，竟有此请，嵩颇有些悔悟，慨然答道："我亦怜他忠诚，当替他代奏皇上，恕他一点便是。"王材唯唯而出。嵩即与子世蕃商议，世蕃道："不杀继盛，何有宁日？"杀了继盛，难道可长久富贵么？这所谓其父行劫，其子必且杀人。嵩迟疑半晌，复道："你也单从一时着想，不管着日后哩。"世蕃道："父亲若有疑心，何不商诸别人？"嵩点头道："你去与胡植、鄢懋卿一商，何如？"世蕃领命，即至鄢懋卿宅中，说明就里。懋卿道："这便叫作养虎贻患哩。尊大人缜密一生，今反有此迟疑，殊不可解。"世蕃道："我也这般说，家父必欲问君，并及胡公，我不能不到此一行。"顺父之命，还算孝思。懋卿道："老胡怕也不赞成哩！我去邀他前来，一决可否便了。"当下令家人去招胡植，植与懋卿同出入严门，自然闻召即至。彼此会叙，谈及杨继盛事，也与懋卿同一见解。世蕃即匆匆告别，即将两人所说，还报严嵩。严嵩道："既然众论一致，我也顾不得什么了。"一个儿子，两个私人，便好算作公论吗？自是决定主意，要杀继盛。可巧倭寇猖獗，赵文华出视海防，与兵部侍郎张经等，互有龃龉，文华妒功忌能，构陷经等，严嵩任意牵扯，将继盛一并列入，可怜这赤胆忠心的杨老先生，竟不免就义市曹。曾记继盛有一遗诗云：

浩气还太虚，丹心照千古；平生未报恩，留作忠魂补。

继盛妻张氏，闻夫将被刑，独上疏营救，愿代夫死。继盛尽忠，张氏尽义。正是：

巾帼须眉同一传，忠臣义妇共千秋。

张氏一疏，不可不录，待小子下回续述。

世宗因严嵩提挈仇鸾，遂假重柄，至于丧师辱国，讳败为胜，尚一无闻知，反加宠眷，是正可谓养痈贻患矣。迨夺大将军印绶，致鸾背疮溃裂，是不啻国家之痈疮溃裂耳。盖严、仇互攻，严贼之势，虽一时未至动摇，然譬之治病者，已有清理脏腑之机会，杨继盛五奸十大罪之奏，正千金肘后方也，暂不见用，而后来剔除奸蠹，仍用此方剂治之，杨公虽死，亦可瞑目矣。且前谏马市，后劾严嵩，两疏流传，照耀简策，人以杨公之死为不幸，吾谓人孰无死，死而流芳，死何足惜？至若张氏一疏，附骥而传。有是夫并有此妇，明之所以不即亡者，赖有此尔。

第六十四回　却外寇奸党冒功 媚干娘义儿邀宠

却说杨继盛妻张氏，本是个知书达礼的贤妇，前此知劾嵩无益，劝阻继盛，嗣因继盛不从，竟致待罪诏狱。世宗本不欲加戮，因被严嵩构陷，附入张经案内，遂将他一同处决，急得张氏痛切异常，誓代夫死，遂草疏上奏道：

臣夫谏阻马市，预伐仇鸾，曾蒙圣上薄谪，旋因鸾败，首赐湔雪，一岁四迁，臣夫衔恩图报，误闻市井之语，尚狃书生之见，妄有陈说，荷上不即加戮，俾从吏议，杖后入狱，割肉二斤，断筋二条，日夜笼箍，备诸苦楚，两经奏谳，并沐宽恩，今忽阑入张经疏尾，奉旨处决，臣仰唯圣德，昆虫草木，皆欲得所，岂惜一回宸顾，下逮覆盆？倘以罪重，必不可赦，愿即斩臣妾首，以代夫诛。夫生一日，必能执戈矛，御魑魅，为疆场效命之鬼，以报陛下。与沈束妻张氏一疏，前后相应，但沈束尚得全生，杨继盛竟致毕命，是亦有幸有不幸耳。

原来继盛入狱，有人送与蚺蛇胆一具，说是可解血毒。继盛却谢道："椒山自有肝胆，无须此物。"椒山即继盛别号。嗣经数次杖笞，体无完肤，两股上碎肉片片，累坠不堪，而且筋膜被损，愈牵愈痛。继盛咬住牙根，竟用了手爪，将腐肉挖去，又把饭盌磕碎，拾了磁片，割断股筋二条。痛哉痛哉，我不忍闻。所以张氏疏中，列入此语，冀动天听。可奈妇人不便伏阙，只好

倩人代呈，那万恶死凶的严嵩，怎肯轻轻放过，令这奏疏呈入？张氏一片苦心，仍然白用，结果是法场流血，燕市沉冤。

但兵部侍郎张经等，如何被赵文华构陷，说来话长，待小子从头至尾，略述一遍。

中国沿海一带，向有倭寇出没。从前明太祖时，曾设防倭卫所，控遏海滨，及成祖年间，屡破倭兵，倭寇少戢。日本将军足利义满，遣使入贡，受封为日本国王，足利氏遂与中国交通，并代为诛逋海寇，只准商民入市，不准掳掠，因此沿海一带，尚称平安。到了世宗即位，有宁波鄞县人宋素卿，罹罪远飏，往投日本，适值义满去世，义植嗣位，阇弱不能制盗，盗众遂与素卿联络，借入贡为名，大掠宁波沿海诸郡邑。亏得巡按御史欧珠，及镇守太监梁瑶，诱执素卿，下狱论死，总算除了一个汉奸。谁知除了一个，反引出了好几个？什么汪五峰，什么徐碧溪，什么毛海峰，什么彭老生，统是中国人民，逸据海岛，勾结倭兵，劫掠沿海。历代都有虎伥，无怪外人诮我谓无爱国心。巡按浙江御史，已改任陈九德，当即拜本入京，请置沿海重臣，治兵捕讨。世宗乃以朱纨为右都御史，巡抚浙江，兼摄福州兴化、泉漳诸州事。纨莅任后，下令禁海，日夕练兵甲，严纠察，破毁舶盗渊薮，擒斩寇谍数百人，不料反中时忌，被御史周亮等，劾他措置乖方，专杀启衅。朝旨竟夺纨官职，还要把他审问起来，纨忿恚自杀。忠臣结果，往往如是。遂将巡抚御史的官职，悬搁不设。直至嘉靖三十一年，安徽人汪直，亡命海上，为寇舶巨魁，又有徐海、陈东、麻叶等，与汪直通同联络，直尤狡悍，纵横无敌，连海外的倭寇，都是望风畏服，愿受指挥。直遂登岸犯台州，破黄岩，扰及象山、定海诸处，浙东骚动。于是廷臣会议，复设巡视重臣，命王忬巡抚浙江，提督沿海军务。

忬方巡抚山东，既奉朝旨，即日至浙，察知参将俞大猷、汤克宽，材勇可任，招为心膂，一面召募士卒，激厉将校，夜遣俞、汤二将，率兵剿袭。汪直正结砦普陀山，踞岛自固。俞大猷带领锐卒，乘风先发，汤克宽为后应，径趋贼寨，四面放起火来。汪直等猝不及防，慌忙逃走，官军追击过去，斩首百五十级，生擒百余人，焚死溺死的，无从查核。直遁至闽海，又被都指挥尹凤，迎头痛击，杀得他七零八落，狼狈遁去。浙江经此一战，人心少定。哪知汪直刁狡得很，复去勾引诸倭，大举入寇，连舰数百，蔽海

而至，浙东西同时告警，忬遣汤克宽防东，俞大猷防西，两将如砥柱一般，捍卫中流，凭你汪直如何勇悍，也不能越雷池一步。直变计北犯，转寇苏、松，两郡素来饶沃，又无守备，被寇盗乘虚袭入，任情劫夺。还有贼目萧显，暴戾异常，率着劲倭数十人，屠上海、南汇、川沙，直逼松江城。余众围嘉定、太仓，所过残掠，惨不忍闻。敢问江南大吏，做什么事？王忬急遣都指挥卢镗，倍道掩击，突入萧显营内。萧显措手不及，顿被杀死，贼众大乱，由卢镗麾兵截杀，砍去了无数头颅。杀不尽的毛贼，奔回浙境，巧与俞大猷相遇，正好借着开刀，一刀一个，两刀两个。霎时间杀得精光，不留一人。只有汪直一路，破昌国卫，劫乍浦、青村、柘林等处，尚是沿途剽掠，大为民患。忬复调汤克宽北援，适疫气盛行，士卒多病，克宽无可奈何，只好任寇北窜。汪直复趋入江北，大掠通州、如皋、海门诸州县，焚毁盐场，进窥青、徐交界，山东大震。那时廷臣又要劾奏王忬，说他以邻为壑，坐视不救，可为一叹。还算世宗圣量包容，不遽加罪，讽刺语。只改忬为右副都御史，调抚大同，另命徐州兵备副使李天宠代任。

忬一去浙，浙复不宁，天宠力不能制，奏请改简重臣，乃命南京兵部尚书张经，前文俱追溯前事，至此方说到张经。为右都御史，兼兵部侍郎，总督江南北、浙江、山东、福建、湖广诸军，便宜行事。经尝总督两广，颇有威惠，为狼土兵所敬服，朝议欲征狼土兵剿倭，因有是命。并且擢俞大猷、汤克宽为总兵，归经节制，指日平寇。经颇慷慨自负，矜气使才，这也是致死之由。且以狼土兵夙听指挥，必得死力，遂飞檄往调，命各省统兵官，就汛驻守，不得擅动。看官！你想就地的将校，本是不少，偏要至远地去调狼土兵，这种命令，能使众将心服么？于是彼此观望，不复效力。那时汪直正导引倭寇，由北而南，仍回掠苏、松，驰入浙境，犯乍浦、海宁，陷崇德，转掠塘西、新市、横塘、双林、乌镇、菱湖等处，距省会仅数十里。李天宠居守省城，束手无策，但募人缒城，自毁附郭民居，算是防寇的妙法。张经时驻嘉兴，亦不闻发兵往援，幸副使阮鹗，佥事王询，协守省城，无懈可击，才将寇兵却退。

是时通政司赵文华，已升授工部侍郎，上陈备倭七事，第一条乃请遣官望祭海神，第一策，便不足道，余六事，不问可知。然亦无非因帝信斋醮，乃有此瞎说耳。世宗览着，即召问严嵩。嵩与文华结为父子，哪有不竭力撺掇的道理，

并说文华颇娴兵事，不妨令他往祀，乘便督察军情。世宗照准，遂命文华南下。文华得了这个美差，自然沿途索贿，恃宠横行，到了江南，祷祭已毕，便与张经晤谈军务，经自命为督军元帅，瞧文华不起，文华又自恃为钦差大臣，瞧张经不起，两人止谈数语，已是意气不投，互相冰炭。可巧广西田州土官妇瓦氏，引狼土兵数千，到了苏州，经尚按兵不动。巡按御史胡宗宪，谄事文华，彼此联同一气，促经发兵，经绝不答复。及再四催促，方复言永顺、保靖两处人马，尚未到齐，俟到齐后，出发未迟。原来张经恐文华轻浅，漏泄师期，所以模糊答复。文华忿甚，遂上疏劾经，只说经才足平寇，但因身为闽人，与海寇多属同乡，所以徇情不发，养寇失机云云。笔上有刀。疏方拜发，经已调齐永顺、保靖各兵，分道并进，适倭寇自柘林犯嘉兴，与参将卢镗相遇，镗此时已授参将。镗本率狼土兵，作为冲锋，两下交战，水陆夹攻，把寇众杀败石塘湾，寇众北走平望，又碰着总兵俞大猷，强将手下无弱兵，寇众勉强对仗，不到半个时辰，已杀伤了一半；转奔王江泾，又是两路兵杀到。一路是永顺兵，由宣慰使彭冀南统带，一路是保靖兵，由宣慰使彭荩臣统带，两路生力军，似虎似狼，前后互击，直令寇众上天无路，入地无门，拼着命敌了一阵，该死的统入鬼门关，还有一时不该死的，窜回柘林。四路得胜的大兵，一齐追杀，到了柘林贼砦，四面纵火，乱烧乱斫，寇众知是厉害，先已备好小舟，等到火势一发，大家都逃入舟中，飞桨遁去。这次战胜，斩首二千级，焚溺无数，自出师防海以来，好算是第一次战功。不没张经功绩，以见下文之冤死。张经大喜，立刻拜表告捷。这时候的明廷中，早接到文华劾奏，世宗正要派官逮经，不意捷报驰来，乃是张经所发，接连又是文华的捷奏，内称狼兵初至，经不许战，由臣与胡宗宪督师，出战海上，方有此捷。彼此所报异辞，惹得世宗也动疑起来，只好又召严相问明。偏又问这老贼。称为严相，是从世宗心中勘出。看官！试想仇人遇着对头，义儿碰着干爷，直也变曲，曲也变直，还要问他什么？当下遣使逮经，并李天宠、汤克宽等，一并拿问。到了京师，随你如何分辩，总说他冒功诬奏，尽拟处死。严嵩又把那杨继盛等，附入疏尾，共有一百余人。心同蛇蝎。当奉御笔勾掉九名，于是张经、李天宠、汤克宽及杨继盛等九名，尽死西市。缴足杨继盛死案。

经既被逮，改任周琉，天宠遗缺，就委了胡宗宪。未几，周琉复罢，以

南京户部侍郎杨宜为总督，杨宜恐蹈经辙，凡事必咨商文华，文华威焰愈盛。唯狼土兵只服张经，不服文华、杨宜等人，遂不受约束，骚扰民间，倭寇探悉内情，又入集柘林，分众犯浙东，转趋浙西，直达安徽，从宁国、太平，折入南京，出秣林关，劫溧阳、宜兴，抵无锡，趋浒墅，转斗数千里，杀伤四千人。应天巡抚曹邦辅，亟督兵出剿，与寇相遇，佥事董邦政，怒马突阵，连斩贼首十余级。邦辅麾军齐上，贼大败飞奔，被官军追至杨家桥，拦入绝地，会集各部兵，四面围住，见一个，杀一个，见两个，杀一双，所有柘林遣来的寇党，杀得一个不留。文华闻寇众被围，兼程趋赴，欲攘夺邦辅功劳，及行至杨家桥，寇已尽歼，邦辅已驰表告捷，归功邦政。不劳费心。文华愤甚，乃选集浙兵，得四千人，与胡宗宪一同督领，拟进剿柘林老巢，一面约邦辅会剿。江南兵分三道，浙兵分四道，东西并进。到了松江，闻柘林贼已进据陶家港，遂进营砖桥，贼悉锐冲浙兵，浙兵惊溃，文华等不能禁遏，只好退走。一出手，便献丑。江南兵也陷贼伏中，死了二百多人。文华只诿罪邦辅，及佥事邦政，奏言两人愆约后期，以致小挫等情。世宗又要下旨逮问。给事中孙濬、夏栻等，力言邦辅实心任事，前此杨家桥一役，尽歼流贼，功绩显然，此次愆期，定有别故。文华遽请罪斥，殊属非是。世宗乃申饬文华秉公视师。文华料贼未易平，乃萌归志，会川兵破贼周浦，总兵俞大猷，复破贼海洋，文华遂上言水陆成功，请即还朝，有旨准奏。及文华到了京师，又奏称余倭无几，杨宜、曹邦辅等，不足平贼，只有胡宗宪可以胜任，于是杨宜免职，邦辅谪戍，独进宗宪为兵部侍郎，总督东南军务。

已而东南败报，相继入京，世宗颇疑文华妄言，屡诘严嵩，嵩曲为解免。文华未免惊惶，又想了一法，推在吏部尚书李默身上，只说他与张经同乡，密图报复，所遣东南将吏，多不得人，以致败衄。世宗将信未信，会李默发策试士，试题中有“汉武征四夷，海内虚耗，唐宪复淮蔡，晚节不终”等语。文华又得了间隙，即将策题封入，劾奏李默讪谤朝廷。这奏上去，当即降旨，将李默夺职，下狱拷讯，坐罪论死。又屈死了一个。

先是文华自浙返京，携回珍宝，先往严府请安，见了严嵩及世蕃，当将上等奇珍，奉献数色，严嵩自然喜欢，文华又入内室，叩见嵩妻欧阳氏，复献上精圆的珍珠，翡翠的宝玉，且口口声声，呼欧阳氏为母亲，说了无数感激的话儿。妇人家最爱珍饰，又喜奉承，瞧着这义子文华，比世蕃要好

数倍，正是爱上加爱，喜上加喜。方在慰问的时候，严嵩适自外入内，文华忙抢步迎接，步急身动，腰间的佩带，两边飘舞，也似欢迎一般。至嵩入就座，与文华续谈数语，欧阳氏忽插口道："相公年迈，所以遇事善忘。"嵩惊问何故？欧阳氏微笑，指着文华的腰带道："似郎君为国效劳，奔走南北，乃仍服着这项腰带，难道相公不能替他更新么？"这句话，明明是暗讽严嵩，叫他为文华保举，升任尚书的意思。统是珠玉之力。嵩以手拈须道："老夫正在此筹划哩，夫人何必着忙。"文华急下拜道："难得义父母如此厚恩，为儿设法升官，这正所谓欲报之德，昊天罔极呢。"叫你多送点珍宝，便好报德。嵩随口说道："这没有什么难处。"欧阳氏复亲自离座，去扶文华，文华此时，非常快活，接连磕了几个响头，方才起来。这段描摹，惟妙惟肖。当即由嵩赐宴，加一赐字妙。两老上座，文华坐左，世蕃坐右，欢饮至晚，方才告别。

不到数日，即有李默一案发生，默与嵩本不相协，天然如此，不然，文华何敢劾奏。文华把他劾去，嵩亦暗中得意，乃入白世宗，极称文华的忠诚。世宗遂擢文华为工部尚书，并加封太子少保。文华喜出望外，忙去叩谢严嵩。嵩语文华道："我窥上头的意见，还是有些疑你，不过看我的颜面，加你官爵，你须想个法子，再邀主眷，方好保住这爵位呢。"文华复叩头道："还仗义父赐教。"嵩捻着须道："依我看来，不如再出视师。"文华道："闻得兵部议定，已遣侍郎沈良才出去，如何是好？"嵩笑道："朝旨尚可改移，部议算作什么！据此两语，可见严氏势力。你自去奏请视师，我再替你关说数语，保管易沈为赵了。"文华大喜，叩别回寓，即忙拜本自荐。嵩又为言良才不胜重任，不如仍遣文华，江南人民，感念文华德惠，现尚引领遥望呢。不是江南人感德，却是分宜人感馈呢。世宗乃命文华兼右副都御史，提督浙闽军务，再下江南，沈良才仍回原职，自不必说。小子有诗叹道：

> 黜陟权由奸相操，居然贼子得荣褒。
> 试看献媚低头日，走狗宁堪服战袍。

文华再出视师，果能平倭与否，且至下回叙明。

倭寇与海盗联络，屡犯江浙，自当以御击为先。朱绔、王忬，皆专阃材，足以办贼，乃先后去职，忬且饮恨自尽。至张经继任，虽傲然自大，不无可訾，然王江泾一役，斩馘至二千级，当时推为第一胜仗，要不得谓非经之功。赵文华何人？乃敢冒功诬奏乎？是回于张经功过，釐然并举，而功足掩过之意，即在言外。文华既诬死张经，复诿罪曹邦辅，回朝以后，复陷害李默，种种鬼蜮，仿佛一严嵩小影。嵩为义父，文华为义儿，臭味相投，无怪其然。故文华所为之事，嵩必曲护之，至叙入嵩妻欧阳氏一段，描摹尽致，尤见得龌龊小人，善于献媚，后世之夤缘内室，借此博官者，无在非文华也。试展此回读之，曾亦自觉汗颜否乎？铸奸留影，为后人戒，知作者之寓意深矣。

第六十五回　胡宗宪用谋赚海盗 赵文华弄巧忤权奸

却说赵文华再出视师，仗着监督的名目，益发耀武扬威，凌胁百官，搜括库藏，两浙、江淮、闽、广间，所在征饷，一大半充入私囊。不如是，不足馈严府。到了浙江，与胡宗宪会着，宗宪摆酒接风，格外恭谨。为报德计，理应如此。席间谈及军事，宗宪叹道："舶盗倭寇，日结日多，万万杀不尽的，若必与他海上角逐，争到何时，愚意不若主抚。"文华道："抚倭寇呢，抚舶盗呢？"据此一问，已见文华之不知兵。宗宪道："倭寇不易抚，也不胜抚，自然抚舶盗为是。"文华道："兄既有意主抚，何不早行筹办？"宗宪道："承公不弃，力为保荐，自小弟忝督军务，巡抚一缺，即由副使阮鹗继任，他偏一意主剿，屡次掣肘，奈何？"文华道："有我到此，可为兄作主，何畏一鹗？"宗宪道："舶盗甚多，也不是全然可抚呢。目下舶盗，汪直为魁，但他有勇无谋，尚不足虑，只有徐海、陈东、麻叶三人，刁狡得很，恰不可不先收服。"文华道："徐海等既系刁狡，难道容易收服么？"宗宪笑道："小弟自有计较，只待公到，为弟作主，便好顺手去办了。"言至此，即与文华附耳数语，宗宪颇有干才，只因他趋附严、赵所以失名。文华大喜，便将一切军事，托付宗宪，自己唯征发军饷，专管银钱要紧。这是他的性命。

话分两头，且说宗宪既议决军情，便放心安胆，照计行去，先遣指挥夏正，往说徐海。海系杭州虎跑寺僧，因不守清规，奸淫大家姬妾，为地方士绅所逐，他遂投奔海上，与海寇陈东、麻叶结合，自称平海大将军，东劫西

掠，掳得两个女子，作为侍妾，一名翠翘，一名绿珠，面貌很是妖艳，海遂左抱右拥，非常宠爱。夏正受宗宪计，拣了最好的珠宝簪珥，往赠翠翘、绿珠，嘱她们乘间说海，归附朝廷，一面竟入见徐海道："足下奔波海上，何若安居内地？屈作倭奴，何若贵为华官？利害得失，请君自择！"徐海沉思良久道："我亦未尝不作此想，但木已成舟，不便改图。就使有心归顺，朝廷亦未必容我呢。"已被夏正说动了。夏正道："我奉胡总督命，正为抚君而来，君有何疑？"海复道："我此时变计归顺，胡总督即不杀我，也不过做了一个兵士罢了。"夏正道："胡总督甚爱足下，所以命我到此，否则足下头颅，已恐不保，还要我来什么？"利诱威吓，不怕徐海不入彀中。海投袂起座道："我也不怕胡总督，你去叫他前来，取我头颅。"夏正道："足下且请息怒，容我说明情由。"一面说着，一面恰故意旁视左右，惹得徐海动疑起来，遂命左右退出，自与夏正密谈。夏正复道："陈东已有密约，缚君归降呢。"徐海大惊道："可真么？"正复道："什么不真！不过陈东为倭人书记，胡总督恐多反复，所以命我招君，君如缚献陈东、麻叶两人，归顺朝廷，这是无上的大功，胡总督定然特奏，请赏世爵哩。"徐海不禁沉吟。夏正道："足下尚以陈东、麻叶为好人么？君不负人，人将负君。"海乃道："待我细思，再行报命。"正乃告别。

徐海即令人窥探陈东消息，可巧陈东已闻他迎纳夏正，适在怀疑，见了徐海的差人，恶狠狠的说了数语，差人返报徐海，海默忖道："果然真了，果然真了。"入与二妾商议，二妾又竭力怂恿，叫他缚寇立功。贪小失大，妇女之见，往往如此。海遂诱缚麻叶，献至军前。宗宪毫不问讯，即令左右将他释缚，好言抚慰，且嘱他致书陈东，设法图海。麻叶方恨海入骨，哪有不唯命是从？立刻写就书信，呈缴宗宪。宗宪并不直寄陈东，偏令夏正寄与徐海，兵不厌诈，此等反间计，恰好用这三人身上。徐海即将麻叶原书，寄与萨摩王旁弟。萨摩王是倭寇中首领，陈东正在他亲弟幕中，充当书办，见了此书，恼怒非常，也不及查明虚实，竟将陈东拿下，解交徐海。徐海得了陈东，东尚极口呼冤，海却全然不睬，带领手下数百人，押住陈东，竟来谒见胡宗宪。宗宪邀同赵文华，及巡抚阮鹗，邀鹗列座，无非是自鸣得意。依次升堂。文华居中，胡、阮分坐两旁，传见徐海。海戎装入谒，叩头谢罪，并向宗宪前跪下。宗宪起身下堂，手摩海顶道："朝廷已赦汝罪，并将颁赏，你休惊恐，

快快起来！”海应声起立，当由海手下党羽，牵入陈东。宗宪只诘责数语，也未尝叱令斩首。此中都有作用。一面取出金帛，犒赏徐海。海领赏毕，请借地屯众，宗宪笑道：“由你自择罢。”海答道：“莫若沈庄。”宗宪道：“你去屯扎东沈庄，西沈庄我要驻兵呢。”海称谢自去。原来沈庄有东西两处，外海内河，颇称险固，徐海请就此屯扎，尚是一条盘踞险要的计划。早已入人牢笼，怕你飞到哪里去。

宗宪见徐海已去，却转问陈东道：“你与徐海相交多年，为何被他擒献呢？”反诘得妙。陈东正气愤填胸，便说徐海如何刁奸，并言自己正思归降，反被海缚献邀功，狡黠如此，望大帅切勿轻信！宗宪微笑道：“原来如此，你果有心归诚，我亦岂肯害你？纯是诳语。但你手下可有余众么？”陈东道：“约有二三千人。”宗宪道：“你去招他进来，扎居西沈庄，将来我仍令你统率，好伺察这徐海呢。”东大喜称谢。宗宪忙令解缚，令他即日发书招众至西沈庄，暗中恰诈为东书，往寄东党道：“徐海已结好官兵，指日剿汝，汝等赶紧自谋，不必念我。”这封书到了西沈庄，东党自然摩拳擦掌；要去与东沈庄厮杀。个个中宗宪计，好似猴人弄猴。徐海见东党来攻，与他交战几次，互有杀伤。东党退去，徐海方顿足大悟道：“我中计了。”晓得迟了。急忙修好密书，投递萨摩王，说明自己与陈东，皆被宗宪所赚，悔之无及，今反自相残杀，势孤力穷，请王速发大兵，前来相救，事尚可图等语。当下遣偏裨辛五郎，赍书潜往，谁知早被胡宗宪料着，遣参将卢镗，守候途中，辛五郎适与相遇，无兵无械，被卢镗手到擒来。徐海尚眼巴巴的望着倭兵，忽有党羽来报，赵文华已调兵六千，与总兵俞大猷，直趋沈庄来了。徐海忙了手脚，忙令手下掘堑筑栅，为自守计。文华所调兵士，先到庄前，望见守御甚固，一时不敢猛攻，只在栅外鼓噪。文华无用，连他所调兵士，也是这般。幸俞大猷从海盐进攻，竟从东庄后面，乘虚攻入。徐海不及防备，只好弃寨逃命，一直奔至梁庄，官军从后追击，巧值大风卷地，乘风纵火，把徐海手下的贼众，烧毙大半。徐海逃了一程，前面适阻着一河，无路可奔，没奈何投入水中，官兵内有认识徐海的，大声呼道：“不要纵逃贼首徐海，他已入水去了。”徐海方在凫水，听着此语，忙钻入水底，有善泅水的官兵，抢先入水，纷纷捞捉。此时残寇败众，陆续投水，横尸满河，打捞费事，等到捉着徐海，已是鼻息全无，魂灵儿早入水府去了。徐海已死，立即枭首，只翠翘、绿珠两美

女，查无下落，大约在东沈庄中，已经毙命。倒是同命鸳鸯。这也不在话下。

且说东沈庄已破，西沈庄亦立足不住，陈东余党，相率逃散，赵文华等奏称大捷。世宗命械系首恶，入京正法，文华乘此入朝，押解陈东、麻叶，到了京师，行献俘礼，陈东、麻叶磔死。加授文华为少保，宗宪为右都御史，各任一子锦衣千户，余将升赏有差。只阮鹗未曾提起。文华得此厚赏，又跑至严府叩谢，所有馈遗，比前次更加一倍，严嵩夫妇，倒也欢喜得很。独世蕃满怀奢望，闻得文华满载而归，料有加重的馈遗，文华恰知他生性最贪，平常物件，不必送去，独用了黄白金丝，穿成幕帐一顶，赠与世蕃，又用上好的珍珠，串合拢来，结成宝髻二十七枚，赠与世蕃的姬妾。原来世蕃贪淫好色，平时闻有美姝，定要弄她到手，所有爱妾，共得二十七人，几似天子二十七世妇。侍婢不计其数。这二十七位如夫人，个个享受荣华，鲜衣美食，寻常珍奇玩好，不足邀她一顾，此次文华还京，除馈献严嵩夫妇父子外，连他二十七个宠姬，都一一馈赠宝髻，在文华的意思，也算是不惜金钱，面面顾到，确是阔绰。哪知这种姬妾，瞧着宝髻，竟视作普通首饰，没有什么稀罕。世蕃见了金丝幕帐，也是作这般想，心上很是不足，只因不便讨添，勉强收受罢了。唯文华既得帝宠，一时的权位，几与严嵩相等，他暗想所有富贵，全仗严家提拔，自古说道盛极必衰，严氏倘若势倒，势必同归于尽。谁知自己势倒，比严氏还早。况且馈遗严氏珍物，共值数万金，世蕃对着自己，并不道谢，反装出一副懊恼的形容，长此过去，怕难为继，不如另结主知，免得受制严门。计非不是，其如弄巧反拙何？计划已定，遂一心一意的等候时机。

一日，至严嵩府第，直入书斋，只见严嵩兀坐小饮，文华行过了礼，便笑说道："义父何为独酌？莫非效李白举杯邀影么？"严嵩道："我哪里有此雅兴？年已老了，发都白了，现幸有人，传授我药酒方一纸，据言常饮此酒，可得长生，我照方服了数月，还有效验，所以在此独酌哩。"文华道："有这等妙酒，儿子也要试服，可否将原方借抄一纸。"严嵩道："这也甚便，有何不可？"即命家人将原方检抄一份，给与文华。文华拜别自去。到了次日，便密奏世宗，言："臣有仙授药酒方一纸，闻说依方常服，可以长生不老。大学士严嵩，试饮一年，很觉有效，臣近日才知，不敢自私，谨将原方录呈，请皇上如法试服，当可延年。"有翼能飞，便相啄母，奸人之不足恃如此。世

宗览疏毕，便道："严嵩有此秘方，未尝录呈，可见人心是难料呢。今文华独来奏朕，倒还有些忠心。"当下配药制酒，自不消说。

唯内侍闻世宗言，暗中将原疏偷出，报告严嵩，嵩不禁大怒，立命家人往召文华，不一时，已将文华传到。文华见了严嵩，看他怒容满面，心中一跳，连忙施礼请安。严嵩叱道："你向我行什么礼？我一手提拔你起来，不料你同枭獍，竟要坑死我么？"急得文华冷汗遍身，战兢兢的答道："儿，儿子怎敢！"丑态如绘。严嵩冷笑道："你还要狡赖么？你在皇上面前，献着何物？"文华支吾道："没，没有什么进献。"严嵩更不答语，取出袖中一纸，径向文华掷去。文华忙接过一瞧，乃是一张奏折，从头看去，不是别样文字，就是密奏仙方的原疏。这一惊非同小可，吓得面如土色，只好双膝跪地，磕头似捣蒜一般。严嵩厉声道："你可知罪么？"文华嗫嚅道："儿子知罪，求义父息怒！"嵩复道："哪个是你的义父！"文华尚是叩头，嵩顾着家人道："快将这畜生拖出去！我的座前，不配畜生跪伏！"连跪伏尚且不许，严家之威焰可知。家人听着此语，还有什么容情，当有两人过来，把文华拉出相府。

文华回到私第，左思右想，无法可施，可怜他食不得安，夜不得眠。到了次日，天明即起，早餐才毕，盘算了许多时，方命舆夫整车，怏怏的登车而行，舆夫问往何处？文华才说是快往严府。须臾即至，由文华亲自投刺，门上的豪奴，煞是势利，看见文华，故意不睬。文华只好低心下气，求他通报。门奴道："相爷有命，今日无论何人，一概挡驾。"文华道："相爷既如此说，烦你入报公子。"门奴道："公子未曾起来。"想与二十七姬共做好梦哩。文华一想，这且如何是好，猛然记起一人，便问道："萼山先生在府么？"门奴答道："我也不晓得他。"文华便悄悄的取出一银包，递与门奴，并说了无数好话，门奴方才进去。转瞬间便即出来，说是萼山先生有请，文华才得入内。看官！你道这萼山先生是何人？他是严府家奴的头目，呼作严年，号为萼山，内外官僚，夤缘严府，都由严年经手，因此人人敬畏，统称他为萼山先生。文华出入严府，所有馈遗，当然另送一份。此时彼此相见，文华格外客气，与严年行宾主礼，严年佯为谦恭，互相逊让一回，方分坐左右。一个失势的义儿，不及得势的豪奴。文华便问起严嵩父子。严年摇首道："赵少保！你也太负心了。该骂。相爷恨你得很，不要再见你面，就是我家公子，也与

你有些宿嫌，暗应上文。恐此事未便转圜哩。”文华道：“萼山先生！你无事不可挽回，此次总要请你斡旋，兄弟自然感激。”与家奴称兄道弟，丢尽廉耻。严年犹有难色，经文华与他附耳数语，才蒙点首。用一蒙字妙。时已晌午，严年方入报世蕃，好一歇，这一歇时，未知文华如何难过。始出来招呼文华。文华趋入，世蕃一见，便冷笑道：“吾兄来此何为？想是急时抱佛脚呢。”文华明知他语中带刺，但事到其间，无可奈何，只好高拱手，低作揖，再三告罪，再四哀恳，世蕃才淡淡的答应道：“我去禀知母亲，瞧着机缘，当来报知。”文华乃去。

过了两三日，不见世蕃动静，再去谒候，未得会面。又越两日，仍无消息，但闻严嵩休沐，料此日出入严府，定必多人，他也不带随役，独行至严府内，冲门直入。门役已屡受馈金，却也不去拦阻。到了大厅外面，停住脚步，暗从轩棂中探望，遥见严嵩夫妇，高坐上面，一班干儿子及世蕃，侍坐两旁，统在厅中畅饮，笑语声喧；正在望得眼热，忽见严年出来，慌忙相迎。严年低语道：“公子已禀过太夫人了，太夫人正盼望你呢！”文华即欲趋入，严年道：“且慢！待我先去暗报。”言毕自去。文华侧耳听着，又阅半晌，方闻嵩妻欧阳氏道：“今日阖座欢饮，大众都至，只少一个文华。”嗣又由严嵩接口道：“这个负心贼，还说他什么？”从文华耳中听出，叙次甚妙。文华心中一跳，又在棂隙中偷瞧，见严嵩虽如此说，恰还没甚怒容，随又听得欧阳氏道：“文华前次，原是一时冒失，但俗语说得好：‘宰相肚里好撑船，’相公何必常念旧恶呢。”接连是严嵩笑了一声。这时候的赵文华，料知机会可乘，也不及待严年回报，竟大着胆闯将进去；走至严嵩席前，伏地涕泣。严嵩正欲再责，偏是欧阳夫人，已令家婢执着杯箸，添置席上，并叫起文华，入座饮酒，一面劝慰道：“教你后来改过，相公当不复计较了。”文华叩谢而起，方走至坐位前，勉饮数巡。这番列座，趣味如何？未几酒阑席散，文华待外客谢别，方敢告辞。犹幸严嵩不甚诃责。总算放心归去。哪知内旨传来，令他督建正阳门楼，限两日竣工，文华又不免慌张起来。正是：

相府乞怜才脱罪，皇城限筑又罹忧。

欲知文华何故慌张，容待下回分解。

胡宗宪用谋赚盗，计划层出不穷，颇得孙吴三昧，徐海、陈东、麻叶，俱因此致戮，不得谓非宗宪之功。唯阿附赵文华，掠夺张经战绩，致为士论所不齿，可见有才尤须有德，才足办盗，而德不足以济之，终致身名两败，此君子之所以重大防也。文华患得患失，心愈苦，计愈左，纳宝髻反结怨世蕃，献酒方即得罪严嵩，彼岂竟顾前忘后，卤莽行事者？盖缘势利之见，横亘方寸，当其纳宝髻时，心目中只有严嵩，不遑计及世蕃，及献药方时，心目中只有世宗，不遑顾及严嵩，卒之左支右绌，处处受亏，所谓心劳日拙者非耶？一经作者演述，愈觉当日情形，跃然纸上。

第六十六回　汪寇目中计遭诛　尚美人更衣侍寝

却说嘉靖三十六年四月间，奉天、华盖、谨身三殿，偶然失火，损失甚巨，世宗下诏引咎，修斋五日。嗣用术士言，拟速建正阳门楼，作为厌禳。文华职任工部，无可推诿，奈朝旨命他两日竣工，一时仓猝，哪里办得成就，因此慌张起来。当下鸠工赶筑，早夜不绝，偏是光阴易过，倏忽间过了两天，门楼只筑成一半。适严嵩入直，世宗与语道："朕令文华督造门楼，兴工两日，只筑一半，如何这般懈弛，敢是藐朕不成？"嵩复奏道："文华自南征以来，触暑致疾，至今未愈，想是因此延期，并非敢违慢圣旨呢。"也算回护文华。世宗默然不答。嵩退直后，即饬世蕃报知文华，令他见几引疾，免得遭谴。文华自然遵行，拜疏上去，当由世宗亲自批答，令他回籍休养。文华接旨，只好收拾行装，谢别严府。欧阳夫人，尚是怜他，命他留住数日，文华也就此留京，意中还望复职。适世宗斋祀，停进封章，文华令荫子怿思，文华宗宪子，各任锦衣千户，已见上回。请假宫中，说是送父启程，无非望世宗再行留他。不料有旨传下，竟斥怿思顾家忘国，着即戍边；文华意存尝试，目无君上，应削职为民。又是弄巧成拙。文华见了此旨，不由的涕泪交流，形神俱丧，又经父子泣别，愁上加愁，没奈何带着家眷，雇舟南下。他平时本有蛊疾。遇着这番挫折，正是有生以来第一种失意事，哪得不故疾复发。一夕，忽胀闷异常，用手摩腹，扑的一声，腹竟破裂，肠出而死。想是中饱太多，致此孽报。所有娇妻美妾，扶丧归去，把从前富贵荣华，都付作泡

影了。

且说胡宗宪闻文华罢归，失了内援，心中未免懊怅，所应剿的海寇，虽已除了徐海、陈东诸人，尚有汪直未死，仍然纵横海上。宗宪与汪直，同系徽人，直为海寇，母妻未曾带去，被拘狱中，宗宪令同乡士卒，至徽州释直母妻，迎至杭州，馆待甚厚，且亲去慰问一次，嘱他母妻致书招直。直得家书，才知家属无恙，意颇感动。宗宪又遣宁波诸生蒋洲往说汪直，直喟然道："徐海、陈东、麻叶三人，统死在胡督手中，我难道也自去寻死么？"蒋洲道："此言错了。徐海、陈东等人，与胡督并非同乡，所以为国除害，不得不尔。君与他同籍徽州，应有特别情谊。现在足下宝眷，俱在杭州，一切衣食，统由胡总督发给，足下试思！若非念着乡亲，肯这般优待么？"直复道："据你说来，胡督真无意害我么？"蒋洲道："非但无意害君，还要替君保奏。"直踌躇半晌，方道："既如此，你且先去！我便率众来降了。"洲遂与他约期而别，返报宗宪，据事陈明！宗宪大喜，谁知待了数日，毫无影响。巡按周斯盛，入语宗宪道："此必汪直诈计，蒋洲被贼所给，反来诳报，也不能无罪呢。"当下将蒋洲系狱。洲复追述宣谕始末，并言汪直为人，粗鲁豪爽，不致无故失约，此次愆期，或为逆风所阻，亦未可知。供簿才毕，外面有骑卒禀报，称是："舟山岛外，有海船数艘，内有寇众多人，头目便是汪直，他虽说是来降，沿海将吏，因他人多滋疑，已经戒备，只禀大帅，如何处置便了。"宗先道："他既愿来投诚，何必疑他。"当与周斯盛商议，仍拟遣蒋洲招直。斯盛尚恐蒋洲难恃，请另遣别人。宗宪乃将蒋洲还系，蒋洲系狱，由斯盛一言，蒋洲得生，亦由斯盛一言，乃知塞翁失马，未始非福。另遣指挥夏正，往招汪直。直见将吏戒严，未免心慌，当问夏正道："蒋先生何故不来？"夏正道："蒋先生适有别遣，无暇到此。"汪直道："胡督疑我误期么？我因中道遇风，舟为所损，还易他舟，所以误期。"夏正道："胡督心性坦白，断不致疑。"直终未信，只遣养子王滶，随夏正见宗宪。宗宪问直何为未至？王滶道："我等好意投诚，乃闻盛兵相待，莫怪令人滋疑了。"宗宪解谕再三，王滶乃道："汪头目极愿谒见大帅，奈被左右阻住，如蒙大帅诚意招待，可否令一贵官同去。易我头目上来，以便推诚相见。"宗宪道："这也何妨。"仍着夏指挥同行便了。夏正奉命，只好再与王滶同往，当由王滶留住舟中，一面请汪直登岸，去见宗宪。宗宪居然开门相迎，直入门请

罪，跪将下去。宗宪忙亲自扶起，笑说道："彼此同乡，不啻弟兄，何必客气。"遂邀他坐了客位。直既坐定，慨然道："大帅不记前非，招我至此，身非木石，宁有不感激隆情？此后当肃清海波，借赎前罪。"宗宪道："老兄敢战有为，他日为国家出力，分土酬庸，爵位当在我辈之上。"直大喜道："这全仗大帅提拔呢。"宗宪遂盛筵相待，一面令麾下发给蔬米酒肉，送与直舟，即派夏正为东道主，款待舟中党目。直此时已喜出望外，感激十分，筵宴既罢，留直住居客馆，命文牍员缮好奏疏，请赦汪直前罪，即日拜发出去。

过了数天，复旨已到，由宗宪展开恭读，不禁皱起眉来，原来复旨所称："汪直系海上元凶，万难肆赦，即命就地正法"云云。宗宪一想："这事如何了得，但朝旨难违，只好将直枭首，夏指挥的生死，当然不能兼顾了。"随即不动声色，即日置酒，邀汪直入饮。酒至数巡，宗宪拱手道："我日前保奏足下，今日朝旨已转，足下当高升了。"直才说了"感谢"二字，但见两旁的便门齐辟，拥出无数持刀佩剑的甲士，站立左右，汪直甚为惊异。宗宪高声语直道："请足下跪听朝旨。"直无奈离座，当由宗宪上立，直跪在下面，宗宪依旨朗读，念到"就地正法"四字，即有甲士上前，竟将直捆绑起来。直厉声道："胡宗宪！胡宗宪！我原说你靠不住，不料又堕你计，你真刁狡得很！"骂亦无益。宗宪道："这恰要你原谅，奏稿具在，不妨检与你看。"直恨恨道："还要看什么奏稿，总之要我死罢了。"宗宪也不与多辩，当命刀斧手百名，将汪直推出辕门，号炮一声，直首落地。这信传到直舟，那班杀人不眨眼的党目，个个气冲牛斗，立把夏正拿下，你一刀，我一剑，剁作肉泥，无端为汪直偿命，这是宗宪误人处。当即扬帆自去。党众尚有三千人，仍然联络倭寇，到处流劫，宗宪也不去追击。夏正死不瞑目。竟奏称巨憝就诛，荡平海寇等语。世宗大悦，封宗宪为太子太保，余皆迁赏有差，这且慢表。

且说世宗闻外寇渐平，正好专心斋醮，且云："叛恶就擒，统是鬼神有灵，隐降诛殛。"因此归功陶仲文，加封为恭诚伯。唯紫府宣忠高士段朝用，伪谋被泄，下狱诛死。朝用由郭勋进身，勋已早死，朝用何能长生？一面命翰林院侍读严讷，修撰李春芳等，并为翰林学士，入直西内，代撰青词。内外臣工，统是揣摩迎合，阴图邀宠。徽王载埨，系英宗第九子见沛曾孙，承袭祖荫，嗣封钧州。他父厚爝，素与陶仲文结交，仲文称他忠敬奉道，得封真人，颁给金印。藩王加封真人，古今罕闻。厚爝死后，载埨嗣爵，奉道贡媚，世

宗仍命佩真人印。时有南阳方士梁高辅，年逾八十，须眉皓白，两手指甲，各长五六寸，自言能导引服食，吐故纳新。载垧遂请他入邸，虔求指教。高辅慨然应允，除面授吐导外，再替他修合妙药。看官！你道他药中用着何物？据《明史杂闻》上记及，是用童女七七四十九人，第一次天癸，露晒多年，精心炼制，然后可服。服食后，便有一种奇效，一夕可御十女，恣战不疲，并云："可长生不死，与地仙无异。"原来是一种春药。载垧依法服食，即与妃嫔等实地试验，果然忍久耐战，与前此大不相同。他恰不敢蔽贤，遂通书仲文，请为高辅介绍，荐奉世宗，世宗年已五十，精力寖衰，后宫嫔御，尚有数十，靠了一个老头儿，哪里能遍承雨露，免不得背地怨言，世宗也自觉抱歉，就使微有所闻，也只好含忍过去。此次由仲文荐入高辅，传授婴儿姹女的奇术，并彭祖、容成的遗方，一经服习，居然与壮年一般，每夕能御数妃，喜得世宗欣幸过望，立授高辅为通妙散人，且因载垧荐贤有功，加封为忠孝真人。载垧益自恣肆，擅坏民屋，作台榭苑囿，杖杀谏官王章，又微服游玩扬州，被巡兵拘住，羁留三月，潜行脱归，暗中却贻书高辅，托词借贷，私索贿赂，高辅搁置不报。载垧待了多日，未得复音，再拟发书诘责，凑巧高辅有信寄到，总道是有求即应，惠我好音，谁知展书一瞧，并没有什么财帛，载在书中，只说是皇上需药，一时不及提炼，忆尊处尚有余药，特遣人走取云云。那时载垧不禁大愤，勃然说道："兀那负心人，不有本藩，何有今日？我欲求他，他绝不提起，他欲求我，我还要答应他么？"当下复绝来使，只说是存药已罄，无从应命。来使去后，恰着人赍药入京，给与陶仲文，托他权词入献。你不送去也罢了，偏要多一周折，真是弄巧反拙了。高辅闻知此事，很是忿恨，便入奏世宗，把载垧在邸不法事，和盘说出。未免负心。世宗即隐遣中官密访，至中官还奏，所有高辅奏请的事情，语语是实。并说载垧诈称张世德，自往南京，强购民女等因，于是世宗震怒，夺去载垧的真人印。陶仲文虽爱载垧，也不敢代为辩护。冤冤相凑，有南中民人耿安，叩阍诉冤，告称载垧夺女事，安知非梁高辅主使。当下遣官按治，复得实据，狱成具奏。有诏废载垧为庶人，幽锢凤阳。载垧悔恨交迫，竟尔投缳自尽，妃妾等亦皆从死，想是房术的感念。子女被徙开封，徽王宗祀，从此中绝了。

载垧既死，世宗益宠信梁高辅。高辅为帝合药，格外忠勤，且选女八岁至十四岁的凡三百人，入宫豢养，待他天癸一至，即取作药水，合入药中。

由高辅取一美名，叫作先天丹铅。嗣又选入十岁左右的女子，共一百六十人，大约也是前次的命意。这四五百童女，闲居无事，或充醮坛役使，或司西内供奉。内中有个姓尚的女子，年仅十三，秀外慧中，选值西内，一夕黄昏，世宗坐诵经偈，运手击磬，忽觉困倦起来，打了一个磕睡，把击磬的槌，误敲他处，诸侍女统低头站着，不及瞧见，就使瞧着了他，也不敢发声。独尚女失声大笑，这一笑惊动天颜，不禁张目四顾，眼光所射，正注到尚女面上，梨涡半晕，尚带笑痕，本拟疾声呵叱，偏被她一种憨态，映入眼波，不知不觉的消了怒气，仍然回首看经。可奈情魔一扰，心中竟忐忑不定，只瞳神儿也不由自主，只想去顾尚女。尚女先带笑靥，后带怯容，嗣又俯首弄带，越显出一副娇痴情状。灯光下看美人，愈形其美。世宗越瞧越爱，越爱越怜，那时还有什么心思念经？竟信口叫她过来，一面令各侍女退出。各侍女奉旨退班，多半为尚女捏一把汗，偏这世宗叫过尚女，略问她履历数语，便掷去磬棰，顺手牵住尚女，令坐膝上。尚女不敢遽就，又不敢竟却，谁意世宗竟拢她笑靥，硬与她亲一个吻。想是甘美异常，比天癸还要可口。尚女急摆脱帝手，立起身来，世宗岂肯放过，复将她纤腕携住，扯入内寝。当下服了仙药，霎时间热气满腹，阳道勃兴，看官！你想此时的尚女，还从哪里逃避？只好听世宗脱衣解带，同上阳台；但嫩蕊微苞，遽被捣破，这尚女如何禁当得起？既不敢啼，又不敢叫，没奈何啮齿忍受。此时恐笑不出来。世宗亦格外爱怜，留些不尽的余地，偏是药性已发，欲罢不能，一时间狂荡起来，尚女无法可施，只得在枕畔哀求。毕竟皇恩隆重，不为已甚，勉强停住云雨，着衣下床，出令内侍宣召庄妃。庄妃事在此处插入，销纳无痕。庄妃姓王，从丹徒徙居金陵，由南都官吏选入，初未得宠，寂寞深宫，未免伤怀。她却幼慧能诗，吟成宫词数律，借遣愁衷。适被世宗闻知，因才怜色，遂召入御寝，春宵一度，其乐融融，遂册为庄妃。嗣加封贵妃，主仁寿宫事。先是方后崩后，应五十九回。正宫虚位，世宗属意庄妃，陶仲文窥知上意，暗向庄妃索赂，当为援助。偏偏庄妃不与，仲文因此怀恨，遂上言帝命只可特尊，不应他人敌体。世宗本信重仲文，况连立三后，依然中绝，想是命数使然，不便强为，遂将立后事搁起不提。唯宠爱庄妃，不让中宫，此番宣召，实是令她瓜代的意思。待至庄妃召至，尚女已起身别去，世宗也不遑与庄妃谈论，便令她卸妆侍寝，续梦高唐。庄妃年逾花信，正是婪尾春风，天子多情，佳

人擅宠，恰似一对好凤凰，演出两度风流事，这且不必琐述。已不免琐述了。越两宿，世宗复召幸尚女，尚女还是心惊，推了片时，无法违旨，只好再去领赐。不意此夕承欢，迥殊前夕，始尚不免惊惶，后竟觉得畅快，一宵欢爱，笔难尽描。世宗称她为尚美人，后复册封寿妃。又要大笑了。正在老夫少妻，如胶如漆的时候，忽有一内监趋入，呈上一幅罗巾，巾上有无数血痕，由世宗模模糊糊的，细览一番，方辨出一首七言的律句来。其诗道：

闷倚雕栏强笑歌，娇姿无力怯宫罗。
欲将旧恨题红叶，只恐新愁上翠蛾。
雨过玉阶天色净，风吹金锁夜凉多。
从来不识君王面，弃置其如薄命何？

世宗阅罢，不禁流下泪来，究竟此诗为谁氏所作，且看下回表明。

明有两汪直，一为宫役，一为海寇，两人以直为名，非但不足副实，且皆为罪不容死之徒。然彼此互较，吾宁取为海寇之汪直。直亡命有年，顾闻母妻之居养杭州，即有心归顺，似尚不失为孝义。后与蒋洲约降，中途遇风，仍易舟而来，其守信又可概见。宗宪为之保奏，使之清海自赎，亦一时权宜之计，明廷不察，必令诛戮降附，绝人自新之路，且使被质之夏正，为所支解，吾不禁为汪直呼冤，吾又不禁为夏正呼冤也。世宗有意修醮，乃好杀如彼，而好仙又如此，方士杂进，房术复兴，清心寡欲者，固如是乎？况年逾五十，竟逼十三龄之女子，与之侍寝，当时只图色欲，不计年龄，其后不肇武曌之祸者，犹其幸尔。或谓尚美人不见史传，或系子虚，然稗乘中固明载其事，夫庄妃且不载正传，况尚美人乎？史笔多从阙略，得此书以补入之，亦束晰补亡之遗义也。

第六十七回　海刚峰刚方绝俗 邹应龙应梦劾奸

却说世宗看罢血诗，不禁流泪。这血诗系宫人张氏所作，张氏才色俱优，入宫时即蒙召幸，但性格未免骄傲，平时恃着才貌，不肯阿顺世宗，当夕数次，即致失宠。秋扇轻捐，人主常态。嗣是禁匿冷宫，抑郁成疾，呕血数月，夭瘵而亡。未死前数日，便将呕出的余血，染指成诗，书就罗巾上面，系着腰间。明代后宫故例，蒙幸的宫人，得病身亡，小敛时必留身边遗物，呈献皇上，作为纪念。张氏死后，宫监照着老例，取了罗巾，赍呈世宗。世宗未免有情，哪得不触起伤感？当下便诘责宫监，何不早闻？宫监跪奏道："奴婢等未曾奉旨，何敢冒昧上渎？"这语并未说错。世宗闻言，不觉变悲为怒，斥他挺撞，喝令左右将他拿下，一面趋出西内，亲自去看张氏。但见她玉骨如柴，银眸半启，直挺挺的僵卧榻上，不由的叹息道："朕负你了。"说毕，揾着两行泪珠，叱将内侍撵出数人，与前时拿下的宫监，一同加杖。有几个负痛不起，竟致毙命，这且休表。

且说前锦衣卫经历沈炼，因劾奏严嵩，谪戍保安，炼独赴戍所，应六十二回。里中父老，闻悉得罪原因，共为扼腕，遂辟馆居炼，竞遣子弟就学。炼谆谆教诲，每勖生徒以忠孝大节，及严嵩父子作奸罔上等情，塞上人素来戆直，既闻炼语，交口骂嵩，且缚草为人像，一书李林甫，一书秦桧，一书严嵩，用箭攒射，拍手称快。炼或单骑游居庸关，登山遥望，往往戟手南指，詈嵩不已，甚至痛哭乃归。嫉恶太严，亦是取死之道。这事传达京师，嵩

父子切齿痛恨。适宜府巡按路楷，及总督杨顺，统系嵩党，世蕃遂嘱使除炼。路、杨两人，自然奉命唯谨。会蔚州获住妖人阎浩，连坐颇众，杨顺语路楷道："此番可以报严公子了。"路楷道："莫非将炼名窜入么？"一吹一唱，确是同调。杨顺点头，遂诬炼勾通妖人，意图不轨。奏牍上去。内有严嵩主持，还有什么不准。即日批复，着令就地正法。杨顺便命缚炼，牵入市中，将他斩首，籍没家产。嵩给顺一子锦衣千户，楷擢太常卿，顺意尚未足，怏怏道："严公不加厚赏，难道心尚未惬么？"复将链子襄、衮、褒三人，一同系狱。衮，褒不堪遭虐，先后致死。襄发戍极边。

未几，有鞑妇桃松寨，叩关请降，当由杨顺传入，桃松寨以外，尚有头目一人。桃松寨自言，系俺答子辛爱妾，受夫荼毒，因此来归。顺不及细讯，即将两人送入京师。其实两人是一对露水夫妻，恐被辛爱察出，或至丧命，所以同来降顺。辛爱遣使索妾，为顺所拒，遂集众二十万，入雁门塞，连破应州四十余堡，进掠大同，围右卫数匝。杨顺大恐，只得致书辛爱，愿送还桃松寨，乞令缓兵。一面申奏朝廷，诡言辛爱款关，愿以叛人邱富等，易还桃松寨，奏下兵部复讯。尚书许论，请如顺议，乃给桃松寨出塞，使杨顺阴告辛爱。辛爱捕戮桃松寨，仍然围攻大同右卫，且分兵犯宣、蓟，顺又大惧，贿巡按路楷七千金，求为掩蔽。楷爱财如命，自然代他遮瞒。可奈天下事若要不知，除非莫为，杨、路交蔽的情形，渐被给事中吴顺来察觉，抗疏并劾。世宗方怒顺召寇，见了此奏，立命逮顺及楷下狱。兵部尚书许论，亦连坐罢官，另简杨博为兵部尚书。廷议以博素知兵，欲御北寇，非博不办，乃命博出督宣、大军务。博驰檄各镇，谕诸帅克日会集，同仇御侮。辛爱闻知此信，引兵径去。博抵大同，励生恤死，筑堡浚濠，边境以固，寇不敢近。已而辛爱复号召诸部，入寇滦河，蓟辽总督王忬，发兵防剿，号令数易，遂致失利，寇大掠而去。

先是杨继盛冤死，王忬令子世贞，代为治丧，且作诗哀吊，暗刺严嵩，嵩因此恨忬。忬有古画一幅，为世蕃所闻，遣人丐取，得画而归。嗣因画系赝鼎，料知为忬所欺，心益不平。全是私意。至是滦河闻警，震动京师。都御史鄢懋卿，密承嵩嘱，令御史王渐、方辂等，交章劾忬，说他纵寇殃民，遂由嵩拟旨逮问，锻炼成狱，竟罹大辟。嵩以鄢懋卿构死王忬，得泄隐恨，意欲把他升官，作为酬报。适盐课短绌，遂乘机保荐懋卿，极称他熟悉鹾政，

可为总理。世宗立即允准，特命懋卿总督全国盐运。明制分设两浙、两淮、长芦、河东盐运司，各专责成，运司以上，无人统辖。懋卿总理盐政，乃是当时特设，格外郑重。自奉命出都后，挈着家眷，巡查各区，沿途市权纳贿，势焰熏天，所有仪仗，非常烜赫，前呼后拥，原不必说，唯后面又有五彩舆一乘，用十二个大脚妇女，充作舆夫，舆中坐着一位半老徐娘，金翠盈头，罗绮遍体，俊目四顾，旁若无人，这人不必细猜，料应是总理盐政鄢懋卿的妻室。抬出乃夫的官衔，不啻出丧时的铭旌。彩舆以后，又有蓝舆数十乘，无非是粉白黛绿，鄢氏美姬。一日不可无此。每至一处，无论抚按州县，无不恭迎，供张以外，还要贿送金钱，才得懋卿欢心。及巡至两浙，道出淳安，距城数里，并不见有人迎接，复行里许，才见有两人彳亍前来，前面的衣服褴褛，仿佛是一个丐卒，后面同行的，虽然穿着袍服，恰也敝旧得很，几似边远的驿丞模样。未述姓氏，先叙服色，仍是倒戟而出之法。两人走近舆旁，前后互易，由敝袍旧服的苦官儿，上前参谒。懋卿正在动怒，不由的厉声道："来者何人？"那人毫不畏怯，正色答道："小官便是海瑞。"久仰大名。懋卿用鼻一哼，佯作疑问道："淳安知县，到哪里去，乃令汝来见我。"海瑞复朗声道："小官便是淳安知县。"懋卿道："你便是淳安知县么？为何不坐一舆，自失官体？"海瑞道："小官愚昧，只知治理百姓，百姓安了，便自以为幸全官体。今蒙大人训诲，殊为不解。"驳得有理。懋卿道："淳安的百姓，都亏你一人治安吗？"当头一棒。险恶之甚。海瑞道："这是朝廷恩德，抚按规为，小官奉命而行，何功足录？唯淳安是一瘠县，并且屡遭倭患，凋敝不堪，小官不忍扰民，为此减役免舆，伏求大人原谅！"懋卿无言可责，只好忍住了气，勉强与语道："我奉命来此，应借贵署权住一宵！"海瑞道："这是小官理应奉迎。但县小民贫，供帐简薄，幸大人特别宽宥哩！"懋卿默然。当由海瑞前导，引入县署。瑞自充差役，令妻女充作仆婢，茶饭酒肉以外，没有什么供品。懋卿已怀着一肚子气，更兼那妻妾等人，都是骄侈成习，口餍膏粱，暗中各骂着混账知县，毫没道理。懋卿反劝慰道："今日若同他使气，反似量小难容，将来总好同他算账。我闻他自号刚峰，撞在老夫手中，无论如何刚硬，管教他销灭净尽呢。"海瑞别号，乘便带出。当下在淳安挨过一宿，翌日早起，便悻悻然登程去了。过了月余，海瑞在署中接到京信，闻被巡盐御史袁淳所劾，有诏夺职。海瑞坦然道："我早知得罪鄢氏，已把此官付诸

度外，彭泽归来，流芳千古，我还要感谢鄢公呢！”言下超然。便即缴还县印，自归琼山去了。海瑞以外，尚有慈溪知县霍与瑕，亦因清鲠不屈，忤了懋卿，一同免官。懋卿巡查已毕，饬加盐课，每岁增四十余万，朝旨很是嘉奖。懋卿得了重赂，自然与严家父子一半平分。南京御史林润，劾他贪冒五罪，留中不报。不加罪于林润，暗中已仗徐阶。

是时严嵩父子，权倾中外，所有热中士人，无不夤缘奔走，趋附豪门，独有翰林院待诏文征明，狷介自爱，杜绝势交。世蕃屡致书相招，终不见答。征明原名文璧，后来以字为名，能文工绘，与祝允明、唐寅、徐祯卿三人，同籍吴中，号为吴中四才子。祝允明别号枝山，唐寅字伯虎，号六如居士，徐祯卿字昌穀，三人皆登科第，文采齐名。祝善书，唐善画，徐善诗，放诞风流，不慕荣利，唯征明较为通融。世宗初年，以贡生诣吏部应试，得授翰林院待诏，预修武宗实录，既而乞归，张璁、杨一清等，俱欲延致幕下，一律谢绝。四方乞求征明书画，接踵到来，征明择人而施，遇着权豪贵阀，概不从命，因此声名愈盛。叙入吴中四子，于征明独有褒辞，是谓行文不苟。就是外国使臣，过他里门，亦低徊思慕，景仰高踪。严嵩父子，夙加器重，奸人亦爱高士，却也奇怪。至屡招不往，世蕃遂欲设法陷害。可谓险毒。可巧嵩妻欧阳氏患起病来，一时不及兼顾，只好把文征明事，暂且搁起。

欧阳氏为世蕃生母，治家颇有法度。尝见严嵩贪心不足，颇以为非，每婉言进谏道：“相公不记钤山堂二十年清寂么？”看官听着！这钤山堂，系严嵩少时的读书堂，嵩举进士后，未得贵显，仍然清苦异常，闭户自处，读书消遣，著有钤山堂文集，颇为士林传诵。当时布衣蔬食，并不敢有意外妄想，及躐入仕途，性情改变，所以欧阳氏引作规诫。不没善言。嵩未尝不知自愧，可奈近朱者赤，近墨者黑，既已习成贪诈，就使床笫中言，也是不易入耳。欧阳氏见嵩不从，复去训斥世蕃，世蕃似父不似母，闻着母教，亦当作耳边风一般，平时征歌选色，呼类引朋，成为常事；唯一经欧阳氏瞧着，究属有些顾忌，不敢公然纵肆。至欧阳氏病殁，世蕃当护丧归籍，嵩上言臣只一子，乞留京侍养，请令孙鹄代行。世宗准奏，于是世蕃大肆佚乐，除流连声色外，尚是干预朝事。唯名为居丧，究未便出入朝房，代父主议。嵩年已衰迈，时常记忆不灵，诸司遇事请裁，尝答道：“何不与小儿商议？”或竟云：“且决诸东楼。”东楼便是世蕃别字。可奈世蕃身在苫块，心在娇娃，自

母氏殁后，不到数月，复添了美妾数人，麻衣缟袂中，映着绿鬓红颜，愈觉俏丽动人。欲要俏，须带三分孝。那时衔哀取乐，易悲为欢，每遇朝臣往商，辄屏诸门外；至严嵩飞札走问，他正与狎客侍姬，酣歌狂饮，还有什么闲工夫，去议国家重事；就使草草应答，也是模糊了事，毫不经心。从前御札下问，语多深奥，嵩尝瞠目不能解，唯经世蕃瞧着，往往十知八九，逐条奏对，悉当上意。又阴结内侍，纤悉驰报，报必重赏，所以内外情事，无不闻知。迎合上意，赖有此尔。此次世蕃居丧，专图肉欲，所有代拟奏对，多半隔膜，有时严嵩迫不及待，或权词裁答，往往语带模棱，甚至前言后语，两不相符，世宗渐渐不悦；嗣闻世蕃在家淫纵，更加拂意。

适值方士蓝道行，以扶乩得幸，预示祸福，语多奇中，世宗信以为神。一日，又召道行扶乩，请乩仙降坛，问及长生修养的诀门。乩笔写了数语，无非是清心养性，恭默无为等语。世宗又问现在辅臣，何人最贤？乩笔又迅书道："分宜父子，奸险弄权，大蠹不去，病国妨贤。"十六字胜于千百本奏章。世宗复问道："果如上仙所言，何不降灾诛殛？"乩笔亦随书道："留待皇帝正法。"妙。世宗心内一动，便不再问。究竟蓝道行扶乩示语，是否有真仙下降，小子无从证实，请看官自思罢了。不证实处，过于证实。

隔了数日，世宗所住的万寿宫，忽遇火灾，一时抢救不及，连乘舆服御等件，尽付灰烬，御驾只得移住玉熙宫。玉熙宫建筑古旧，规模狭隘，远不及万寿宫，世宗悒悒不乐，廷臣请还大内，又不见从。自杨金英谋逆后，世宗迁出大内，故不愿还宫。严嵩请徙居南内，这南内是英宗幽居的区处。世宗生性，多忌讳，谨小节，览了嵩奏，怎得不恼，这也是严嵩晦运将至，故尔语言颠倒，屡失主欢。时礼部尚书徐阶，已升授大学士，与工部尚书雷礼，请重行营建，计月可成。世宗喜甚，即行许可。阶子璠为尚宝丞，兼工部主事，奉命督造，百日竣工。世宗心下大慰，即日徙居，自是军国大事，多谘徐阶，唯斋醮符箓等类，或尚及严嵩。言官见嵩失宠，遂欲乘机下石，扳倒这历年专政的大奸臣，御史邹应龙，尤具热诚。一夕，正拟具疏，暗念前时劾嵩得罪，已不乏人，此次将如何下笔？万一弹劾无效，转蹈危机，如何是好？想到此处，不觉心灰意懒，连身子也疲倦起来。忽有役夫入请道："马已备好，请大人出猎去。"应龙身不由主，竟离座出门，果然有一骏马，鞍鞯具备，当即纵身腾上，由役夫授与弓箭，纵辔奔驰，行了里许，多系生路，正在惊

疑交集，蓦见前面有一大山，挡住去路，山上并无禽兔，只有巨石岩岩，似将搏人，他竟左手拔箭，右手拈弓，要射那块怪石，一连三箭，都未射着，免不得着急起来。忽闻东方有鸟鹊声，回头一望，见有丛林密荫，笼住小邱，仿佛一座楼台，参差掩映，写得逼真。他恰不管什么，又复拈弓搭箭，飕的射去，但听得豁喇一声，楼已崩倒。为这一响，不由的心中一跳，拭目再瞧，并没有什么山林，什么夫马，恰只有残灯闪闪，留置案上，自身仍坐在书室中，至此才觉是南柯一梦。迷离写来，令人不可端倪，直到此笔点醒方见上文用笔之妙。是时谯楼更鼓，已闻三下，追忆梦境，如在目前，但不识主何吉凶，沉思一会，猛然醒悟道："欲射大山，不如先射东楼，东楼若倒，大山也不免摇动了。"解释真确，并非牵强。遂重复磨墨挥毫，缮成奏稿，即于次日拜发。小子曾记有古诗二语，可为严嵩父子作证。其诗道：

时来风送滕王阁，运退雷轰荐福碑。

欲知疏中如何劾奏，且待下回补录。

海瑞以刚直名，固明史中之所谓佼佼者，坊间小说，及梨园戏剧间，每演严嵩，必及海瑞，或且以严嵩之得除，由海瑞一人之力，是皆属后世之附会，不足采及。严氏专政，海瑞第宰淳安，即欲劾嵩，亦无从上奏。（后人且于严嵩时间，窜入吕调阳、张居正等，与嵩为难，尤属盲说。）唯鄢懋卿南下，道出淳安，瑞供帐简薄，抗言贫邑，不能容轩车，致为懋卿所嗛，嗾令巡盐御史袁淳，弹劾落职，是固备载史传，非子虚乌有之谈也。此外如蓝道行扶乩，邹应龙梦猎，俱见正史，亦非捏造，唯一经妙笔演述，则触处成春，靡不豁目。中纳文征明一段，旁及吴中四才子，尤足为文献之征。史家耶？小说家耶？合而为一，亦足云豪矣。

第六十八回　权门势倒祸及儿曹　王府银归途逢暴客

却说御史邹应龙，因得了梦兆，专劾东楼，拜本上去，当由世宗展览，疏中略说：

世蕃凭借权势，专利无厌，私擅爵赏，广致馈遗，每一开选，则视官之高下，而低昂其值；及遇升迁，则视缺之美恶，而上下其价；以致选法大坏，市道公行，群丑竞趋，索价转巨。如刑部主事项治元，以一万二千金而转吏部；举人潘鸿业，以二千二百金而得知州。至于交通赃贿，为之通关节者，不下十余人，而伊子锦衣卫严鹄，中书严鸿，家奴严年，中书罗龙文为甚，即数人之中，严年尤为狡黠，世蕃委以腹心，诸鬻官爵自世蕃所者，年率十取其一。不才士夫，竞为媚奉，呼曰萼山先生，不敢名也。遇嵩生日，年辄献万金为寿。嵩父子原籍江西袁州，乃广置良田美宅于南京、扬州等处，无虑数十所，而以恶仆严冬主之，押勒侵夺，怙势肆害，所在民怨入骨。尤有甚者，往岁世蕃遭母丧，陛下以嵩年老，特留侍养，令其子鹄，代为扶榇南旋，世蕃名虽居忧，实系纵欲。狎客曲宴拥侍，姬妾屡舞高歌，日以继夕。至鹄本豚鼠无知，习闻赃秽，视祖母丧，有同奇货，骚扰道路，百计需索。其往返所经，诸司悉望风承色，郡邑为空。今天下水旱频仍，南北多警，民穷财尽，莫可措手者，正由世蕃父子，贪婪无度，掊克日棘，政以贿成，

官以赂授，凡四方小吏，莫不竭民脂膏，偿己买官之费，如此则民安得不贫？国安得不竭？天人灾警，安得不迭至？臣请斩世蕃首，以示为臣不忠不孝者戒！其父嵩受国厚恩，不思报而溺爱恶子，弄权黩货，亦宜亟令休退，以清政本！如臣言不实，乞斩臣首以谢嵩、世蕃，幸乞陛下明鉴！

世宗览罢，即召入大学士徐阶，与他商议。阶密请道："严氏父子，罪恶昭彰，应由陛下迅断，毋滋他患。"世宗点首，阶即趋出，径造严府。此时严嵩父子，已闻应龙上疏，恐有不测，见阶到来，慌忙出迎，寒暄甫毕，即问及应龙劾奏事。阶从容答道："今日小弟入值西内，适应龙奏至，上头阅罢，不知何故大怒，立召小弟问话。弟即上言严相柄政多年，并无过失，严公子平日行为，应亦不如原奏的利害，务乞圣上勿可偏听，小弟说到此语，但见天威已经渐霁，谅可无他虞了。"这是徐阶弄巧处。嵩忙下拜道："多年老友，全仗挽回，老朽应当拜谢。"对付夏言故态，又复出现。世蕃亦随父叩头，惊得徐阶答礼不迭，连称不敢，一面还拜，一面扶起严嵩父子。世蕃且召出妻孥，全体叩首，阶又谦让不遑，并用好言劝慰，方才别去。

严嵩父子，送阶出门，还家未几，即有锦衣卫到来，宣读诏书，勒令严嵩致仕，并逮世蕃下狱。嵩跪在地下，几不能起，但见世蕃已免冠褫衣，被锦衣卫牵扯而去。嵩方徐徐起来，泪如雨下，呜呜咽咽的说道："罢了！罢了！徐老头儿明知此事，还来探试，真正可恶！"你也被人播弄么？转又自念："现在邀宠的大臣，莫如徐阶，除他一人，无可营救。"正在满腹踌躇，鄢懋卿、万寀等，都来探望。万寀为大理寺卿，懋卿时已入任刑部侍郎，两人都是严府走狗。见了严嵩，嵩方与交谈，不防锦衣卫又到，立索世蕃子严鹄、严鸿，及家奴严年，吓得严嵩说不出话，鄢、万两人，也是没法，只好将三人交出，由锦衣卫带去。忽又由家人通报，中书罗龙文，也已被逮了。真要急杀。这时候的严府内外，统是凄惶万状，窘迫十分，大众围住鄢懋卿、万寀，求他设法。懋卿搔头挖耳的，想了一会，方道："有了！有了！"与罢了罢了四字，相映成趣。大家闻了此语，忙问何法？懋卿道："你等休要慌张，自有处置！"说罢，便与严嵩附耳数语。嵩答道："这也是无法中的一法，但恐徐老头儿作梗，仍然不行。"万寀道，"何妨着人往探，究竟徐老

头儿是何主见？”嵩乃遣心腹往探徐阶，未几还报，传述徐阶言语，谓我非严氏，无从得高官厚禄，决不负心等语。懋卿道：“这老头儿诡计多端，他的言语，岂可深信，我等且照计去办再说。”随即匆匆别去。不一日。有诏将蓝道行下狱，原来道行扶乩，已被懋卿等察知，此次欲救世蕃，遂贿通内侍，倾陷道行，只说应龙上疏，由道行主唆所致。世宗果然中计，竟将道行拘系起来。懋卿等复密遣干役，嘱令道行委罪徐阶，便可脱罪。道行道：“除贪官是皇上本意，纠贪罪是御史本职，何预徐阁老事？”偏不受绐，鄢懋卿等奈何？严嵩父子奈何？这数语报知懋卿，弄得画饼充饥，仍然没法，不得已减等拟罪，只坐世蕃得赃八百两，余无实据，于是世蕃得谪戍雷州卫，其子鹄、鸿，及私党罗龙文，俱戍边疆，严年永禁，擢邹应龙为通政司参议，侍郎魏谦吉等，皆坐奸党，贬谪有差。

未几，御史郑洛，劾奏鄢懋卿、万寀，朋比为奸，鄢、万皆免官。又未几，给事中赵灼、沈淳、陈瓒等，先后劾工部侍郎刘伯跃，刑部侍郎何迁，右通政胡汝霖，光禄寺少卿白启常，副使袁应枢，湖广巡抚都御史张雨，谕德唐汝楫，国子祭酒王材，俱系严家亲故，陆续罢去。舆论大快。

已而朝旨复下，加恩有严鸿为民，令侍嵩归里。徐阶见诏，以世宗竟复向嵩，不无后患，急欲入内启奏。世宗望见徐阶，便召他上前，与语道：“朕日理万几，不胜劳敝，现在庄敬太子载壡，虽已去世，幸载垕、载圳，俱已年长，朕拟就此禅位，退居西内，专祈长生，卿意以为何如？”阶叩头极谏，力持不可，世宗道：“卿等即不欲违大义，但必天下皆仰奉朕命，阐玄修仙，然后朕可在位呢。”阶尚欲申奏，世宗又道：“严嵩辅政，约二十多年，他事功过不必论，唯赞助玄修，始终不改，这是他的第一诚心。今嵩已归休，伊子已伏罪，敢有再来多言，似邹应龙一般人物，朕决不宽贷，定当处斩！”欲禁止徐阶之口，故尔先言。阶不禁失色，唯唯而退。及归至私第，默念：“严嵩已去，一时未必起复，这且还是小事，唯裕王载垕，景王载圳，并出邸中，居处衣服无殊，载圳意图夺嫡，莫非运动内禅，致有今日之谕，此事不可不预防呢。”看官总还记着！小子于五十九回中，曾叙过世宗八子，夭逝五人，只载壡立为皇太子，载垕封裕王，载圳封景王，载壡年逾弱冠，又遭病殁，当时廷臣曾请续立裕王，世宗以两次立储，皆不永年，因拟延迟时日，再行册立。景王本册封安陆，只是留京不遣，徐阶乃潜结内侍，嘱他

乘间奏请，说是景邸在京，人言藉藉，应早事安排云云。此策一行，才有旨令景王就国。景王就封四年，尝侵占土地湖陂，约数万顷，既而病逝，世宗语徐阶道："此儿素谋夺嫡，今已死了。"言下似觉惬意，并无悲感。阶亦不过敷衍两语，暗中恰不免失笑，这是后话不表。复应第五十九回事，看似闲文，实是要笔。

且说严嵩就道后，尚密赂内侍，令讦发道行奸状。道行竟长系不放，瘐死狱中。乩仙何不助他一臂。及嵩到南昌，正值万寿期近，即与地方官商议，在南昌城内铁柱观中，延道士蓝田玉等，为帝建醮，祈求遐福。田玉自言能书符召鹤，嵩即令他如法施行，田玉登坛诵咒，捏诀书符，在炉中焚化起来，纸灰直冲霄汉，不到片刻，居然有白鹤飞来，绕坛三匝，望空而去。嵩遂与田玉交好，令授召鹤的秘法，一面制成祈鹤文，托巡抚代奏。时陶仲文已死，又死了一个神仙。朝命御史姜儆、王大任等，巡行天下，访求方士，以及秘书符箓等件。姜、王二人，到了江西，与嵩会晤，嵩便将蓝田玉所授符箓，浼他入献。旋得朝旨，温词褒奖，并赐金帛；随即上表谢恩，并乘机干请，略言："臣年八十有四，唯一子世蕃及孙鹄，赴戍千里，臣一旦填沟壑，无人可托后事。唯陛下格外矜怜，特赐臣儿放归，养臣余年"等语。谁料世宗竟怫然道："嵩有孙鸿侍养，已是特别加恩，还想意外侥幸么？"这语也出严嵩意外。嵩闻世宗谕旨，甚是怏怏，忽见世蕃父子，自外进来，不觉又惊又喜，便问道："你如何得放回家！"世蕃道，"儿不愿去雷州卫，所以暗地逃回。"嵩复道："回来甚好，但或被朝廷闻知，岂非罪上加罪么？"世蕃道："不妨事的。皇上深居西内，何从知悉？若虑这徐老儿，哼！哼！恐怕他这头颅，也要不保哩。"嵩惊问何谓？世蕃道："罗龙文亦未到戍所，现逃入徽州歙县，招集刺客，当取徐老头儿及应龙首级，泄我余恨。"嵩跌足道："儿误了。今幸圣恩宽大，俾我善归，似你赃款累累，不予重刑，但命谪戍，我父子仍然平安；尚未吃一点苦楚，他日君心一转，可望恩赦，再享荣华。如你所说，与叛逆何异？况且朝廷今日，正眷重厚升，徐阶别字。升迁应龙，倘闻你有阴谋，不特你我性命难保，恐严氏一族，也要尽灭了。"为世蕃计，尚是金玉之言。世蕃不以为然，尚欲答辩，忽闻人声鼎沸，从门外喧嚷进来。嵩大惊失色，正要命家人问故，但见门上已有人进报，说是伊王府内，差来三十名校尉，二十余名乐工，硬索还款数万金，立刻就要付他。嵩叹道：

"有这等事么？他也未免逼人了。"当下责备门役道："你所司何事，乃容他这般噪闹？"门役回答道："他已来过数次，声势汹汹，无理可喻。"嵩闻言，气得面色转青，拈须不语。看官！道这伊王是何人？原来是太祖二十五子厉王㰘的六世孙，名叫典楧，贪戾无状，性尤好色，尝夺取民舍，广建邸第，重台复榭，不啻宫阙；又令校尉乐工等人，招选民间女子，共得七百余人，内有九十名中选，留侍王宫，其余落选的女子，勒令民家纳金取赎，校尉乐工等，乐得从中取利，任情索价，并择姿容较美的，迫她荐枕。上下淫乱，日夕取乐，就是民间备价赎还，也是残花败柳，无复完璧。巡抚都御史张永明等，上言罪状，有旨令毁坏宫室，归还民女，并执群小付有司。典楧抗不奉诏，永明等又复奏闻，经法司议再加罪，照徽王载埨故例，废为庶人，禁锢高墙。载埨事见六十六回。典楧方才恐惧，即遣人赍金数万，求严嵩代为转圜。严嵩生平所爱的是金银，便老实收受，一口答应；哪知自己也失了权势，惘惘归来。典楧闻这消息，因令原差索还，不要加息，我说伊王还是厚道。接连数次，都被门上挡住，他乃特遣多人，登门硬索。严嵩不愿归还。又不好不还，沉吟了好一歇。怎禁得外面越噪越闹，不得已将原金取出，付还来使。乐工校尉等，携金自去，到了湖口，忽遇着绿林豪客，蜂拥而来，大都明火执仗，来夺金银，乐工等本是没用，彼此逃命要紧，管着什么金银，校尉三十名，还算有点气力，拔刀相向，与众盗交斗起来，刀来刀往，各显神通，究竟寡不敌众，弱不敌强，霎时间血染猩红，所有三十名校尉，只剩得八九人，看看势力不及，也只好弃了金银。落荒逃去。众盗攐金归还，顺路送到严府。看官阅此！这班绿林豪客，难道是严府爪牙么？据小子所闻，乃是世蕃暗遣家役，及带来亡命徒多人，扮作强盗模样，劫回原金。严氏父子，喜出望外，自不消说。世蕃狡险，一至于此。典楧已经得罪，还向何处申诉，眼见得这项劫案，没人过问了。

世蕃见无人举发，胆子越大，益发妄行，招集工匠数千人，大治私第，建园筑亭，豪奴悍仆，仍挟相府余威，凌轹官民。适有袁州推官郭谏臣，奉公出差，道过嵩里。但见赫赫华门，百工齐集，搬砖运木，忙碌非常，内有三五名干仆，狐裘貂袖，在场监工，仍然是颐指气使，一呼百诺的气象。谏臣私问随役道："这不是严相故第么？"随役答一"是"字，谏臣乘便过去，将入工厂，观察形景，不防厂中已有人喝道："监工重地，闲人不得擅

人，快与我退下去！”谏臣的随役，抢上一步，与语道：“家主是本州推官。”言未已，那人复张目道：“什么推官不推官，总教推出去罢了。”推官的名义，想是这般。谏臣听了，也不禁启问道：“敢问高姓大名？”那人复道：“谁不晓得是严相府中的严六？”谏臣冷笑道：“失敬失敬！”严六尚谩辱不绝，随役正要与他理论，被谏臣喝止，悄然走出。厂内也有稍稍知事的，语严六道：“地方有司，应该尊敬一点，不要如此待慢。”严六道：“京堂科道等官，伺候我家主人，出入门下，我要叱他数声，哪个敢与我抗？偌大推官，怕他什么？”谏臣踉跄趋走，工役等一齐嘲笑，随手拾起瓦砾，接连掷去，作为送行的礼物。放肆已极。那时谏臣忍无可忍，不能不发泄出来，小子有诗咏道：

意气凌人太不该，况遭州吏一麾来。
豪门转瞬成墟落，才识豪奴是祸媒。

毕竟谏臣如何泄愤，容俟下回表明。

徐阶之使诈，不亚于严嵩，然后人多毁嵩而誉阶，以阶之诈计，为嵩而设。明无阶，谁与黜嵩？然后知因地而施，诈亦成名。古圣贤之所以重权道者，正为此也。但严氏之被谴，何一不由自取？于阶固无尤焉。嵩以青词得幸，骤跻显位，柄政至二十余年，无功于国，专事殃民，而其子世蕃，贪黠尤过乃父，放利而行，怨愈丛，祸愈速，安得不倾？安得不亡？况逃戍所，豢恶客，劫还赃银，嵩之所不敢为者，而世蕃独为之。死已临头，犹且大肆，此而不遭覆殁，天下尚有是非乎？至于豪奴走狗，凌辱推官，恃势行凶，更不足道，然亦未始非严嵩父子之所酿成。有悍主乃有悍仆，敢告当世，毋挟强以取祸焉。

第六十九回　破奸谋严世蕃伏法
剿宿寇戚继光冲锋

却说袁州推官郭谏臣，因受严六的凌辱，无从泄愤，遂具书揭严氏罪恶，呈上南京御史林润。巧值林润巡视江防，会晤谏臣，又由谏臣面诉始末，把罗龙文阴养刺客事，亦一一陈明。林润遂上疏驰奏道：

> 臣巡视上江，备访江洋群盗，悉窜入逃军罗龙文、严世蕃家。龙文卜筑深山，乘轩衣蟒，有负险不臣之志，推严世蕃为主。世蕃自罪谪之后，愈肆凶顽，日夜与龙文诽谤朝政，动摇人心，近者假治第为名，聚众至四千人，道路汹汹，咸谓变且不测，乞早正刑章，以绝祸本！

疏入后，世宗大加震怒，立命林润捕世蕃等，入京问罪。林润得旨，一面檄徽州府推官栗祁，缉拿罗龙文，一面亲赴九江，与郭谏臣接洽。谏臣先白监司，将严府工匠四千人，勒令遣散，然后围住世蕃府第。罗龙文在徽州，闻有缉捕消息，急忙逃至严府，不防严府已围得水泄不通，此时自投罗网，还有什么侥幸？一声呼喝，已被拿住，严世蕃本无兵甲，所有工匠，已被遣散，只好束手受缚。林润乃谕袁州府，详访严氏罪状，汇集成案，复上疏劾严嵩父子道：

> 世蕃罪恶，积非一日，任彭孔为主谋，罗龙文为羽翼，恶子严鹄、

严鸿为爪牙，占会城廒仓，吞宗藩府第，夺平民房舍，又改厘祝之宫以为家祠，凿穿城之池以象西海，直栏横槛，峻宇雕墙，巍然朝堂之规模也。袁城之中，列为五府，南府居鹄，西府居鸿，东府居绍庆，中府居绍庠，而嵩与世蕃，则居相府，招四方之亡命，为护卫之壮丁，森然分封之仪度也。总天下之货宝，尽入其家，世蕃已逾天府，诸子各冠东南，虽豪仆严年，谋客彭孔，家资亦称亿万，民穷盗起，职此之由，而曰朝廷无如我富。粉黛之女，列屋骈居，衣皆龙凤之文，饰尽珠玉之宝，张象床，围金幄，朝歌夜弦，宣淫无度，而曰朝廷无如我乐。甚者畜养厮徒，招纳叛卒，旦则伐鼓而聚，暮则鸣金而解，明称官舍，出没江广，劫掠士民，其家人严寿二、严银一等，阴养刺客，昏夜杀人，夺人子女，劫人金钱，半岁之间，事发者二十有七。而且包藏祸心，阴结典横，在朝则为宁贤，居乡则为宸濠，以一人之身，而总群奸之恶，虽赤其族，犹有余辜。严嵩不顾子未赴伍，朦胧请移近卫，既奉明旨，居然藏匿，以国法为不足遵，以公议为不足恤，世蕃稔恶，有司受词数千，尽送父嵩。嵩阅其词而处分之，尚可诿于不知乎？既知之，又纵之，又曲庇之，此臣谓嵩不能无罪也。现已将世蕃、龙文等，拿解京师，伏乞皇上尽情惩治，以为将来之罔上行私，藐法谋逆者戒！

这疏继上，世宗自然动怒，立命法司严讯，世蕃在狱，神色自若，反抵掌笑道：“任他燎原火，自有倒海水。”龙文已经下狱，难道能请龙王么？严氏旧党，在京尚多，统为世蕃怀忧，暗中贿通狱卒，入内探望。世蕃道：“招摇纳贿，我亦不必自讳，好在当今皇帝，并未办过多少贪官，此层尽可无虑。若说聚众为逆，尚无实在证据，可讽言官削去。我想杨、沈两案，是廷臣常谈，据为我家罪案，今烦诸位当众宣扬，只说这两案最关重大，邹、林两人，并未加入奏疏，哪里能扳倒严氏？他们听以为真，再去上疏，那时我便可出狱了。”奇谈。大众道：“杨、沈两案，再或加入，情罪愈重，奈何谓可出狱？”我亦要问。世蕃道：“杨继盛、沈炼下狱，虽由我父拟旨，终究是皇上主裁，若重行提及，必然触怒皇上，加罪他们，我不是可脱罪么？”世宗脏腑，已被他窥透，故在京时所拟奏对，无不中彀，几玩世宗于股掌之上，此次若非徐阶，亦必中彼计，奸人之巧伺上意也如此。大众领计而去，故意的游说当道，扬言

都中，刑部尚书黄光升，左都御史张永明，大理寺卿张守直等，果然堕入狡谋，拟将杨、沈两案，归罪严氏，再行劾奏。属稿已定，走谒大学士徐阶，谈及续劾严氏的事情。徐阶道："诸君如何属稿，可否令我一闻？"光升道："正要就正阁老呢。"说罢，即从怀中取出稿纸，交与徐阶。阶从头至尾，瞧了一遍，淡淡的说道："法家断案，谅无错误，今日已不及拜疏，诸君请入内厅茗谈罢。"于是阶为前导，光升等后随，同入内厅，左右分坐。献茗毕，阶屏退家人，笑向光升等问道："诸君意中，将欲活严公子么？"奇问，恰针对世蕃奇谈。光升等齐声答道："小严一死，尚不足蔽罪，奈何令他再活？"阶点首道："照此说来，是非致死小严不可，奈何牵入杨、沈两案？"老徐出头，小严奈何。张永明道："用杨、沈事，正要他抵死。"阶又笑道："诸君弄错了，杨、沈冤死，原是人人痛愤，但杨死由特旨，沈死由泛旨，今上英明，岂肯自承不是吗？如果照此申奏，一入御览，必疑法司借了严氏，归罪皇上，上必震怒，言事诸人，恐皆不免，严公子反得逍遥法外，骑款段驴出都门去了。"仿佛孙庞斗智。光升闻到此言，才恍然大悟，齐声道："阁老高见，足令晚辈钦服，但奏稿将如何裁定，还乞明教？"阶答道："现在奸党在京，耳目众多，稍一迟延，必然泄漏机谋，即致败事，今日急宜改定，只须把林御史原疏中，所说聚众为非的事件，尽情抉发，参入旁证，便足推倒严氏了。但须请大司寇执笔。"光升谦不敢当，永明等复争推徐阶，阶至此，方从袖中取出一纸，示众人道："老朽已拟定一稿，请诸公过目，未知可合用否？"预备久了。众人览稿，见徐阶所拟，与林润原奏，大略相似，内中增入各条，一系罗龙文与汪直交通，贿世蕃求官；二系世蕃用术者言，以南昌仓地有王气，取以治第，规模不亚王阙；三系勾结宗人典楧，阴伺非常，多聚亡命，北通胡虏，南结倭寇，互约响应等语。光升道："好极！好极！小严的头颅，管教从此分离了。"徐阶即召缮折的记室，令入密室，阖门速写。好在光升等随带印章，待已写毕，瞧了一周，即用印加封，由光升亲往递呈，大众别去徐阶，专待好音。

是时世蕃在狱，闻光升、永明等，已将杨、沈两案加入，自喜奸计得行，语龙文道："众官欲把你我偿杨、沈命，奈何？"龙文不应。世蕃握龙文手，附耳语道："我等且畅饮，不出十日，定可出狱。皇上因此还念我父，再降恩命，也未可知。唯悔从前不先取徐阶首，致有今日，这也由我父养恶

至此，不消说了。功则归己，过则归父。今已早晚可归，用前计未迟，看那徐老头儿，及邹、林诸贼等，得逃我手吗？”除非后世。龙文再欲细问，世蕃笑道：“取酒过来，我与你先痛饮一番，到了出狱，自然深信我言，毋劳多说。”原来两人在狱，与家居也差不多。没有如夫人相陪，究竟不及家里。他手中有了黄金，哪一个不来趋奉，所以狱中役卒，与家内奴仆一般。两人呼酒索肉，无不立应，彼此吃得烂醉，鼾睡一宵。到了次日午后，忽有狱卒走报，朝旨复下，着都察院大理寺锦衣卫鞫讯，已来提及两公了。世蕃诧异道：“莫非另有变卦吗？”言未已，当有锦衣卫趋入，将两人反翦而去。不一时，已到长安门，但见徐老头儿，正朝服出来，三法司等一同恭迓，相偕入厅事中，据案列坐。两人奉召入厅，跪在下面，徐阶也未尝絜问，只从袖中取出原疏，掷令世蕃自阅。世蕃瞧罢，吓得面色如土，只好连声呼冤。徐阶笑道：“严公子！你也不必狡赖了，朝廷已探得确凿，方命我等质问，以昭信实。”世蕃着急道：“徐公！徐公！你定要埋死我父子吗？”何不立取彼首。徐阶道：“自作孽，不可活，怨我何为？”言毕，便语三法司道：“我等且退堂罢！”法司应命，仍令世蕃等还系。徐阶匆匆趋出，还至私第亲自缮疏，极言事已勘实，如交通倭寇，潜谋叛逆，具有显证，请速正典刑，借泄公愤！这疏上去，好似世蕃的催命符，不到一日，即有旨令将世蕃、龙文处斩。世蕃还系时，已与龙文道：“此番休了。”奸党齐来探望，世蕃只俯首沉吟，不发一言。还有何想？既而下诏处斩，两人急得没法，只得抱头痛哭。其时世蕃家人，多到狱中，请世蕃寄书回家，与父诀别。当下取过纸笔，磨墨展毫，送至世蕃面前。世蕃执笔在手，泪珠儿簌簌流下，一张白纸，半张湿透，手亦发颤起来，不能书字。也有今日。转瞬间监斩官至，押出两人，如法捆绑，斩决市曹。难为了数十个如夫人。朝旨又削严嵩为民，令江西抚按籍没家产。抚按等不敢怠慢，立至严府查抄，共得黄金三万余两，白金三百余万两，珍异充斥，几逾天府。更鞫彭孔及严氏家人，得蔽匿奸盗，占夺民田子女等状，计二十七人，一律发配，将严嵩驱出门外，家屋发封。嵩寄食墓舍后，二年饿死。相士之言，不为不验。二十余年的大奸相，终弄到这般结局，可见古今无不败的权奸，乐得清白乃心，何苦贪心不足哩。大声呼喝，不啻暮鼓晨钟。

嗣是徐阶当国，疏请增置阁臣，乃以吏部尚书严讷，礼部尚书李春芳，

并兼武英殿大学士，参预机务，一面再惩严党，将鄢懋卿、万寀，袁应枢等，充戍边疆，了结奸案。总督东南军务胡宗宪，因素党严嵩，心不自安，又见倭患未靖，恐遭谴责，乃于一岁中两获白鹿，赍献京师，并令幕下才士徐文长，附上表章，极称帝德格天，祥呈仙鹿等因。世宗览表，见他文辞骈丽，雅颂同音，不由的极口的赞赏，当晋授宗宪为兵部尚书，兼节制巡抚，如三边故事。且告谢元极宝殿及太庙，大受朝贺。已而宗宪复献白龟二枚，五色芝五茎，草表的大手笔，又仗着徐文长先生。名副其实。世宗越加喜欢，赐名龟曰玉龟，芝曰仙芝，告谢如前。赍宗宪有加礼。小子叙到此处，不得不将徐文长履历，略行叙述。越中妇孺，多道文长轶事，故不得不提出略叙。文长名渭，浙江山阴人氏，少具隽才，且通兵法，唯素性落拓不羁，所作文词，多半不中绳墨，因此屡试不合，仅得一衿。至宗宪出督浙东，喜揽文士，如归安人茅坤，鄞人沈明臣等，均招致幕府。文长亦以才名见知，受聘入幕，除代主文牍外，且屡为宗宪主谋。凡擒徐海，诱汪直，统由文长筹划出来，所以宗宪很是优待。后来宗宪被逮，文长脱归，佯狂越中，卒致病死。至今越中妇孺，谈及徐文长三字，多能传述轶闻，说他如何忮刻，其实都是佯狂时候的故事，文长特借此取乐，聊解牢骚呢。力为文长解免。

话休叙烦，且说胡宗宪位置愈高，责任愈重，他平时颇有胆略，与倭寇大小数十战，屡得胜仗，每临战阵，亦必亲冒矢石，戎服督师，不少畏缩。嘉靖三十八年，江北庙湾，及江南三川沙，连破倭寇，江、浙倭患稍息，流劫闽、广。宗宪既节制东南，所有闽、广军务，亦应归他调遣，凡总兵勋戚大臣，走谒白事，均从偏门入见，庭参跪拜。宗宪直受不辞，稍稍违忤，即被斥责。以此身为怨府，积毁渐多。且自严氏衰落，廷臣多钩考严党，宗宪虽然有功，总难逃严党二字。到了嘉靖四十一年，已经谤书满箧，刺语盈廷。世宗本是个好猜的主子，今日加褒，明日加谴，几成常事，至给事中陆宗仪等，劾他为严氏余党，始终自恣等罪，遂下旨夺宗宪职，放归田里。越年复有廷臣续弹，有诏逮问，宗宪被逮至京，自恐首领不保，服毒身亡。颇为宗宪下曲笔，然谓其难逃严党，已成定评。宗宪一死，倭益猖獗，竟陷入福建兴化府，焚掠一空。自倭寇蹂躏东南，州县卫所，屡被残破，从未扰及府城。兴化为南闽名郡，夙称殷富，既被陷入，远近震动，幸有一位应运而生的名将，为国宣劳，得破宿寇，终以此平定东南，这位名将是谁，就是定

远人戚继光。个儿郎齐声喝采。继光字无敬，世袭登州卫都指挥佥事，初隶胡宗宪部下，任职参将，能自创新法，出奇制胜。闽患日急，巡抚游得震飞章入告，且请调浙江义乌兵往援，统以继光。世宗准奏，并起复丁忧参政谭纶，及都督刘显，总兵俞大猷，合援兴化。刘显自广东赴援，部兵不满七百人，惮寇众不敢进，但在府城三十里外，隔江驻兵。俞大猷前被宗宪所劾，遣戍大同，至是复官南下，兵非素统，仓猝不便攻城，亦暂作壁上观，专待继光来会。倭寇据兴化城三月，奸淫掳掠，无所不至，既饱私欲，乃移据平海卫，都指挥欧阳深战死。事闻于朝，罢巡抚游得震，代以谭纶，令速复平海卫所。适戚继光引义乌兵至，乃令继光将中军，刘显率左，大猷率右，进攻平海。倭寇忙来迎战，第一路遇着戚继光，正拟摇旗呐喊，冲将过去，不防戚家军中，鼓角骤鸣，各军都执筒喷射，放出无数石灰，白茫茫似起烟雾，迷住眼目，连东西南北的方向，一时都辨不清楚。倭兵正在擦目，戚家军已经杀到，手中所执的兵器，并非刀枪剑戟，乃是一二丈长的筤筅，随手扫荡，打得倭兵头破血流，东歪西倒。这筤筅究是何物？据戚继光所著练兵实记上载著，系将长大的毛竹，用快刀截去嫩梢细叶，四面削尖枝节，锋快如刀，与狼牙棒、铁蒺藜相似，一名叫作狼筅，系继光自行创制的兵器。倭兵从未见过这般器械，惊得手足无措，急忙四散奔逃。哪知逃到左边，与刘显相遇，一阵乱砍，杀死无数。逃到右边，与俞大猷相值，一阵乱搠，又杀得一个不留。还有返奔的倭人，经继光驱军杀上，头颅乱滚，颈血飞喷，顿时克复平海卫，把余倭尽行杀死，转攻兴化，已剩得一座空城，所有留守的倭兵，统皆遁去。这番厮杀，共斩虏首二千数百级，被掠的丁壮妇女，救还三千人。小子有诗赞戚继光道：

偏师制胜仗兵韬，小丑么幺宁许逃。
若使名豪能代出，亚东何自起风涛？

欲知以后倭寇情形，且从下回再表。

严世蕃贪婪狡诈，几达极点，而偏遇一徐阶，层层窥破，着着防备，竟致世蕃授首，如庞涓之遇孙膑，周瑜之遇诸葛孔明，虽有谲谋，无从逃避，看似世蕃

之不幸，实则贪诈小人，必有此日。不然，人何乐为正直而不为贪诈乎？严氏党与，多非善类，唯胡宗宪智勇深沉，力捍寇患，不可谓非专阃材，乃以趋附严、赵，终至身败名裂。一失足成千古恨，有识者应为宗宪慨矣。书中褒贬甚公，抑扬悉当，而叙及戚继光一段，虽与俞大猷、刘显等，并类叙明，笔中亦自有高下，非仅仅依事直书已也。

第七十回　误服丹铅病归冥箓　脱身羁绁怅断鼎湖

却说戚继光等克复兴化，福州以南，一律平靖，唯沿海等处，尚有余倭万余人，往来游弋，扰害商旅，未几又进攻仙游。继光闻警，即引兵驰剿，与倭人相遇城下，一声号令，如风驰潮涌一般，突入敌阵。那倭酋见戚军旗帜，已是心惊胆落，略战数合，急奔向同安而去。继光挥兵追击，至王仓坪地面，杀敌数百。余寇奔漳浦。继光督各哨兵，直捣倭酋巢穴，擒斩殆尽；还有杀不尽的余党，都逃向广东潮州方面，又被俞大猷迎头截击，几无噍类。统计倭寇起了二十多年，攻破城邑，杀伤官吏军民，不可胜纪，转漕增饷，天下骚然，至是受了大创，才不敢入寇海疆，东南方得安枕了。归结倭患。

当下以海氛肃清，封章入告。世宗以为四方无事，太平可致，越发注意玄修。方士王金、陶仿、刘文彬、申世文、高守中等，陆续应募，先后到京，作伪售奸等事，不一而足。一夕，世宗方在御幄中，闭目趺足，演习打坐的工夫，忽闻席上有一物下坠，开目寻视，见近膝处有大蟠桃两枚，连枝带叶，色甚鲜美，随手取食，味甘如醴。次日临朝，与廷臣言及，都说皇上诚敬通神，所以仙桃下降，世宗愈加虔信，即命方士等建醮五日夜。醮坛未撤，又降仙桃。万寿宫内所畜白兔寿鹿，各生三子，群臣又复表贺。世宗下诏褒答，有三锡奇祥等语。上欺下朦，成何政体。并授各方士为翰林侍讲等官。得勿与清季牙科进士，工科举人，同类共笑乎？陶仲文子世恩，希邀恩宠，伪造五色灵龟灵芝，呈入西内，称为瑞征。又与王金、陶仿、刘文彬、申世文、高

守中等，杜撰仙方，采炼药品进御。其实此类药品，统非神农本草所载，燥烈秽恶，难以入口。世宗求仙心切，放开喉咙，服食下去。不料自服仙药后，中心烦渴，反致夜不成寐。问诸众方士，统说是服食仙药，该有此状，乃擢世恩为太常寺卿，王金为太医院御医，陶仿为太医院使，刘文彬等为太常寺博士。滥假名器，无逾此日。

时有陶仲文徒党胡大顺，得罪被斥，复希进用，竟伪造万寿全书一册，诡说由吕祖乩授，内有秘方，系用黑铅炼白，服饵后可以长生，名叫先天玉粉丸，当遣党徒何廷玉，赍送京师。可巧江西道士蓝田玉，由姜儆、王大任，邀他入京，屡试召鹤秘法，颇得世宗宠信。回应六十八回。廷玉遂走此门路，复贿通内侍赵楹，将方书进献。世宗披览数页，大半言词怪僻，情节支离，不由的奇诧起来，便问赵楹道，“既云乩示，扶乩的人，现在何处？”赵楹答说：“现住江西。”世宗不答。揣世宗不答意，恐已疑为严党。赵楹走报田玉，田玉转告廷玉道：“你师傅大喜了。皇上正在此惦念哩！”廷玉也欢喜不迭，即与田玉计较，诈传上命，征大顺入京。大顺到京后，往见田玉，自恐前时有罪，不便再入面君。田玉也不免迟疑起来，又去与赵楹商议。赵楹笑道：“这也何妨，皇上老眼昏花，难道尚能记得吗？就使记得姓名，亦不难改名仍姓。前名胡大顺，今名胡以宁，不就可没事么？”大顺心喜，当由蓝田玉出面，具疏上奏，只说是扶乩的人，已经到京。世宗随即召见，大顺硬着头皮，趋入西内，三呼舞蹈毕，跪伏下面。偏是世宗眼快，瞧见他的面目，似曾相识，只一时记不起来，略问数语，便令退去。

世宗的体质，本是不弱，精神也很过得去，平时览决章奏，彻夜不倦，自从服过仙方，遂致神经错乱，状类怔忡，白日间遇着鬼物，或有黑气一团，瞥眼经过，不见仙而见鬼，莫非遇着鬼仙。其实是真阳日耗，虚火上炎的缘故。世宗不知此因，反令蓝田玉等，入宫祈禳。可奈祷了数日，毫无灵验。这岂祈禳所能免的？田玉恐缘此得罪，只说是蓝道行下狱冤死，所以酿成厉鬼等语。同姓应该帮助，且为同业预防，田玉之计，可谓狡矣。世宗似信非信，不得不问大学士徐阶。徐阶奏道：“胡大顺不畏法纪，乃敢冒名以宁，混入斋宫。蓝田玉私引罪人，胆大尤甚，臣意请严行惩处，休信妄言！”世宗愕然道：“胡以宁便是大顺么？怪不得朕召见时，装出一种鬼鬼祟祟的模样，朕亦粗忆面目，似曾见过，这等放肆小人，岂可轻恕？”至此才知，想世宗已死了半

个。徐阶道："宫中黑眚，出现已久，亦岂因道行瘐死，致成鬼魅？况蓝田玉系严氏党羽，妄进白铅，居心很是叵测。甚至伪传密旨，外召大顺，若非执付典刑，何以惩恶？"说得世宗勃然奋发，立饬锦衣卫拿问蓝、胡两人，交付法司严讯。待至供证确实，拟成大辟，并因狱词牵连赵楹，一并问罪。不意世宗反悔惧起来，又欲把他宽宥，徐阶忙入谏道："圣旨一出，关系甚重，若听诈传，他日夜半发出片纸，有所指挥，势将若何？"世宗乃命将蓝田玉、胡大顺、赵楹三人，一概处斩。但世宗虽诛此三恶，斋醮事依旧奉行。是时前淳安知县海瑞，因严、鄢伏罪，复起为户部主事，见世宗始终不悟，独与妻孥僮仆等，预为诀别，竟誓死上疏，当由世宗展阅。其词云：

陛下即位初年，敬一箴心，冠履分辨，天下欣然。望治未久，而妄念牵之，谬谓长生可得，一意修玄，二十余年，不视朝政，法纪弛矣；推广事例，名器滥矣。二王不相见，人以为薄于父子；以猜疑诽谤戮辱臣下，人以为薄于君臣；乐西苑而不返，人以为薄于夫妇。吏贪官横，民不聊生，水旱无时，盗贼滋炽，陛下试思今日天下为何如乎？古者人君有过，赖臣工匡弼，今乃修斋建醮，相率进香，仙桃天药，同词表贺，建宫筑室，则将作竭力经营，购香市宝，则度支差求四出。陛下误举之，而诸臣误顺之，无一人肯为陛下言者，谀之甚也。自古圣贤垂训，未闻有所谓长生之说，陛下师事陶仲文，仲文则既死矣，彼不长生，而陛下何独求之？诚一旦幡然悔悟，日御正朝，与诸臣讲求天下利病，洗数十年之积误，使诸臣亦得自洗数十年阿君之耻，天下何忧不治？万事何忧不理？此在陛下一振作间而已。

世宗览到此处，竟致怒气直冲，将奏本掷至地上，顾语内侍道："竖子妄言，快与朕拿住此人，不要放走了他！"太监黄锦，方在帝侧，即还奏道："闻此人上疏时，已预买棺木，与妻子诀别，僮仆等亦皆遣散，坐待斧钺，决不遁走的。"当下传旨，命将海瑞系狱。锦衣卫奉命去后，黄锦复将原疏检起，仍置座右，世宗取疏重读，不觉心有所触，默念蓝田玉、胡大顺等，都是假药为名，蒙蔽朕躬，海瑞所言，亦有足取。遂自言自语道："这人可拟比干，但朕确非商纣呢。"相去无几。自是世宗遂患痼疾，渐将批奏事

搁起。自四十四年孟冬，心常烦懑，直到次年正月，服药无效，病反加重。这是仙药的灵效。意欲往幸承天，亲谒显陵，取药服气，遂召徐阶入见，问明可否？阶劝帝保重，不可轻出。世宗又道："朕觉得自己烦躁，不愿理事，因此欲闲游散闷。倘恐朕出外后，京都震动，朕却有一法在此。裕王年已及壮，不妨指日内禅，此后朕无所牵累，便好逍遥自在了。"阶又奏称："龙体违和，但教保养得宜，自可告痊，内禅一事，暂从缓议为是。"世宗又道："卿不闻海瑞詈朕么？朕不自谨惜，致此病困，若使朕得御便殿，坐决机宜，何至被他毁谤呢。"始终是恶闻直言。阶复奏道："海瑞语多愚戆，心尚可谅，还乞陛下格外恕他！"瑞之不死，赖有此言。世宗叹道："朕也不愿多杀谏臣了。"阶退出后，法司奏称海瑞讪上，罪应论死，世宗略略一瞧，便即搁过一边，并不加批，瑞因得缓死。

转眼间已是暮春，徐阶荐吏部尚书郭朴，及礼部尚书高拱，可任阁事。于是命朴兼武英殿大学士，拱兼文渊阁大学士，既而自夏入秋，世宗痼疾愈深，气喘面赤，腹胀便闭。求仙结果，如是而已。乃自西苑还入大内。太医等轮流诊治，无可挽回，延至冬季，竟崩于乾清宫，享寿六十，当由徐阶草就遗诏，颁示中外道：

> 朕奉宗庙四十五年，享国长久，累朝未有，一念惓惓，唯敬天勤民是务，只缘多病，过求长生，遂致奸人诳惑，自今建言得罪诸臣，存者召用，殁者恤录，现在监者即释复职，特此遗谕！

遗诏一下，朝野吏民，无不感激涕零，独郭朴、高拱两阁臣，以阶不与共谋，未免怏怏。朴语拱道："徐公手草遗诏，讪谤先帝，若照律例上定罪，不就要处斩么？"嗣是两人与阶有隙，免不得彼此龃龉，后文再表。

且说世宗既崩，承袭大统的嗣皇，当然轮着裕王戴垕。王公大臣，遂奉载垕即位，大赦天下，以明年为隆庆元年，是谓穆宗。上皇考尊谥为肃皇帝，庙号世宗，追尊生母杜氏为孝恪皇太后，立继妃陈氏为皇后。先是裕王元妃李氏，生一子翊釴，五岁即殇，李妃随逝，以陈氏为继妃，追谥李妃为孝懿皇后，翊釴为宪怀太子。凡先朝政令，未尽合宜，悉奉遗诏酌改，逮方士王金、陶仿、申世文、刘文彬、高守中、陶世恩下狱，一并处死，释户部

主事海瑞于狱。瑞自下狱后，早拼一死，世宗崩逝的消息，丝毫不及闻知，只有提牢主事，已得风闻，并因宫中发出遗诏，有开释言官等语，料知海瑞必然脱罪，且见重用，此人颇有特识。乃特设酒馔，携入狱中，邀瑞共饮。瑞见提牢官如此厚待，自疑将赴西市，倒也并不恐惧，依旧谈笑饮啖。酒至半酣，与提牢官诀别，托他看顾妻子。提牢官笑道："今日兄弟薄具东道，非与先生送死，乃预贺先生得官呢。"海瑞不禁诧异，急问情由。提牢官起身离座，低声语瑞道："宫车已晏驾，先生不日将大用了。"瑞惊起道："此话可真么？"提牢官道："什么不真！今已有遗诏下来，凡建言得罪诸官，存者召用，殁者恤录，现在监者释出复职。"瑞不待说毕，即丢了酒杯，大哭道："哀哉先皇！痛哉先皇！"两语出口，哇的一声，将所食的肴馔，尽行吐出，狼藉满地，顿时晕倒狱中，良久方苏，复从夜间哭到天明，知将死而反恣啖，闻驾崩而反恸哭，如此举动，似出情理之外。人谓海瑞忠君，吾谓此处亦未免矫强。果然释狱诏下，提牢官拱手称贺。瑞徐徐出狱，入朝谢恩。诏复原官，越数日，复擢迁大理寺丞。过了三年，除佥都御史，巡抚应天等府。

瑞轻车简从，出都赴任，下车后，即访查贪官污吏，无论大小，概登白简。并且微服出游，私行察访，以此江南属吏，咸有戒心。自知贪墨不职，早乞致仕归田。就是监督织造的中官，也怕他铁面无情，致遭弹劾，平日减去舆从，格外韬晦。一切势家豪族，把从前朱门漆户，都黝墨作黑，以免注目。或有在籍作恶的士绅，避往他郡，不敢还乡。瑞又力摧豪强，厚抚穷弱，下令雷厉风行，有司皆栗栗危惧，不敢延误。吴中弊政，自海瑞到后，革除过半。又疏浚吴淞白茆河，通流入海，沿河民居，无泛滥忧，有灌溉利，食德饮和，互相讴颂。历举政绩，不愧后人称述。只是实心办事的官吏，往往利益下民，触忤当道，其时秉政大臣，如资望最崇的徐阁老，与郭朴、高拱未协，屡有争议，又严抑中官，以致宵小侧目，他遂引疾乞归。郭朴亦罢。高拱去而复入。此外有江陵人张居正，尝侍裕邸讲读，穆宗即位，立命为吏部侍郎，兼东阁大学士，入参大政。拱与居正统恃才傲物，目空一切，闻海瑞峭直严厉，不肯阿容，暗中亦未免嫉忌。自己刚傲，偏不许别人刚直，所以直道难行。瑞抚吴仅半年，言官已迎合辅臣，劾瑞数次，有旨改瑞督南京粮储。吴民闻瑞去位，多半攀辕遮道，号泣乞留。瑞只挈一仆，乘夜出城，方得脱身。百姓留瑞不获，大家绘了瑞像，朝供香，暮爇烛，敬奉甚虔。瑞督

粮未几，又不免为言路所攻，乃谢病竟去。直至居正没后，始复召为南京右都御史。一行作吏，两袖清风，到了神宗十六年，病殁任中，身后萧条，毫无长物。佥都御史王用汲入视，只有葛帏敝籝，寥寥数事，不禁叹息异常，当为醵金棺殓，送归琼山原籍，买地安葬。发丧时，农辍耕，商罢市，号哭相送，数百里不绝。后来赐谥忠介，这就是海刚峰先生始末的历史。小子爱慕清官，所以一直叙下，看官不要认做一团糟呢。了却海瑞，免得后文另叙。且有佳句一首，作为海刚峰先生的赞词道：

由来贤吏自清廉，不慕荣名不附炎。
怎奈孤芳只自赏，一生坚白总遭嫌。

欲知后事如何，且从下回交代。

语云："服食求神仙，多为药所误。"世宗致死之由，即伏于此。夫辟谷为隐者之寓言，炼丹系方士之伪论，天下宁真有长生不老之术耶？况乎年将耳顺，犹逼幸尚美人，色欲熏心，尚望延寿，是不啻航舟绝港，而反欲通海，多见其不自量也。迨元气日涸，又服金石燥烈之剂，至于目眩神迷，白昼见鬼，且命蓝田玉等为之祈禳，至死不悟，世宗有焉。海瑞一疏，抉发靡遗，可作当头棒喝，而世宗乃目为诟詈，微内监黄锦，及大学士徐阶，几乎不随杨、沈诸人，同归地下乎？世宗崩而海瑞出狱，观其巡抚江南，政绩卓著，乃复不容于高拱、张居正诸人。张江陵称救时良相，乃犹忌一海瑞，此外更不必论矣。直道事人，焉往而不三黜，海刚峰殆亦如是耶？

第七十一回　王总督招纳降番
冯中官诉逐首辅

却说穆宗即位以后，用徐阶言，力除宿弊。及徐阶去位，高拱、张居正入掌朝政，拱与徐阶不协，专务修怨，遗诏起用诸官，一切报罢，引用门生韩揖等，并居言路，任情抟击。尚宝卿刘奋庸，给事中曹大野等，上疏劾拱，均遭贬谪。就是大学士陈以勤，与张居正同时入阁，见前回。亦为拱所倾轧，引疾归去。资格最老的李春芳，素尚端静，自经徐阶荐入后，见六十九回，当时与严讷同兼武英殿大学士，在位仅半年而罢，春芳于隆庆初任职如故。委蛇朝端，无所可否，因此尚得在位。先是嘉靖季年，谕德赵贞吉，由谪籍召入京师，贞吉被谪，见六十二回。曾擢为户部侍郎，旋复罢归。至穆宗践阼，又起任礼部侍郎，寻升授尚书，兼文渊阁大学士。贞吉年逾六十，性情刚直，犹是当年，穆宗颇加优礼，怎奈与高拱两不相下，彼此各张一帜。拱尝考察科道，将贞吉的老朋友，斥去二三十人，还是恨恨不已。归罪高拱，持论公允。阴嗾门生给事中韩揖，奏劾贞吉庸横。贞吉上疏辩论，自认为庸，独斥高拱为横，愿仍放归田里。有旨允贞吉归休，拱仍任职如故，气焰益张。春芳不能与争，依然伴食，只有时或出数言，从容挽救，后来复为高拱所忌，嗾使言官弹劾。春芳知难久任，一再乞休，至隆庆五年，也致仕归去了。

唯边陲一带，任用诸将，颇称得人，授戚继光为都督同知，总理蓟州、昌平、保定三镇练兵事宜。继光建敌台千二百座，台高五尺，睥睨四达，虚中为三层。每台驻百人，甲仗糗粮，一律齐备。险要处一里两三台，此外或

一里一台，二里一台，延长二千里，星罗棊置，互为声援。又创立车营，每车一辆，用四人推挽，战时结作方阵，中处马步各军。又制拒马器，防遏寇骑，每遇寇至，火器先发，寇稍近，用步军持拒马器，排次面前，参列长枪军，筤筅军，步伐整齐，可攻可守。寇或败北，用骑兵追逐，辎重营随后。且以北方兵性质木强，应敌未灵，特调浙兵三千人，作为冲锋。浙兵到了蓟门，陈列郊外，适天大雨，由朝及暮，植立不敢动。边兵见了，统是瞠目咋舌，以后始知有军令。自继光镇边数年，节制严明，器械犀利，无论什么巨寇，都闻风远避，不敢问津了。极写继光寥寥数语，胜读一部练兵实纪。复起曹邦辅为兵部侍郎，与王遴等督御宣府大同。都御史栗永禄守昌平，护陵寝，刘焘屯天津，守通州粮储，总督王崇古、谭纶，主进剿机宜，戴才管理饷运，彼此协力，边境稍宁。乃值鞑靼部酋俺答，为了色欲熏心，酿出一件萧墙祸隙，遂令明朝数十百年的寇患，从此洗心革面，归服大明，这也是明朝中叶的幸事。巨笔如椽。

原来俺答第三子铁背台吉，早年病殁，遗儿把汉那吉，年幼失怙，为俺答妻一克哈屯所育。哈屯一作哈敦，系鞑靼汗妃名号。既而长成，为娶比吉女作配，因相貌丑劣，不惬夫意。嗣自聘袄尔都司女，袄尔都司，即鄂尔多斯，为蒙古部落之一。号三娘子，就是俺答长女所生，依名分上论来，是俺答的外孙女，娶作孙妇，倒也辈分相当。《纪事本末》谓三娘子受袄儿都司之聘，俺答闻其美，夺之，别以那吉所聘兔扯金的女，偿袄儿，《通鉴》谓系直接孙妇，今从之。这位三娘子貌美似花，仿佛一个塞外昭君，天然娇艳。把汉那吉正为她艳丽动人，所以再三央恳，才得聘定。至娶了过门，满望消受禁脔，了却相思滋味。谁知为俺答所见，竟艳羡的了不得，他想了一计，只说孙妇须入见祖翁，行盥馈礼。把汉那吉不知有诈，便令三娘子进去。三娘子自午前入谒，到了晚间，尚未出来。想是慢慢儿的细盥，慢慢儿的亲馈。那时把汉那吉，等得烦躁起来，差人至俺答帐外探望，毫无消息，匆匆返报，把汉那吉始知有异，自去探听，意欲闯入俺答内寝，偏被那卫卒阻住，不令入内。把汉那吉气愤不过，想与卫卒斗殴，有几个带笑带劝道："好了好了，这块肥羔儿，已早入老大王口中了。此时已经熔化，若硬要他吐了出来，也是没味，何若由他去吃，别寻一个好羔儿罢。"俺答夺占孙妇，不配出艳语点染，但从卫卒口中，以调侃出之，最为耐味。把汉那吉闻了此语，又是恨，又是悔，转思此言亦似有理，况且双手不

敌四拳，平白地被他殴死，也不值得；想到此处，竟转身趋出，回到住所，与部下阿力哥道："我祖夺我妇，且以外孙女为妻，大彘不如，我不能再为他孙，只好别寻生路了。"阿力哥道："到哪里去？"把汉那吉道："不如去投降明朝，中原素重礼义，当不致有此灭伦呢。"恐也难必。阿力哥奉命，略略检好行囊，遂与把汉那吉，及那吉原配比吉女，夤夜出亡，竟奔大同，叩关乞降。大同巡抚方逢时，转报总督王崇古，崇古以为可留，命他收纳。部将谏阻道："一个孤竖，何足重轻，不如勿纳为是。"崇古道："这是奇货可居，如何勿纳？俺答若来索还，我有叛人赵全等，尚在他处，可教他送来互易；否则因而抚纳，如汉朝质子故例，令他招引旧部，寓居近塞。俺答老且死，伊子黄台吉不及乃父，我可命他出塞，往抗台吉，彼为蚌鹬，我作渔人，岂非一条好计么？"计固甚善。随命一面收纳降人，一面据实上奏，并申己意。廷议纷纷不决，独高拱、张居正两人，以崇古所议，很得控边要策，力主照行。穆宗亦以为外人慕义，前来降顺，应加优抚云云。于是授把汉那吉为指挥使，阿力哥为正千户，各赏大红纻丝衣一袭。

俺答妻一克哈屯，恐明廷诱杀爱孙，日夜与俺答吵闹，俺答亦颇有悔心，遂纠众十万，入寇明边。王崇古飞檄各镇，严兵戒备，大众坚壁清野，对待俺答。俺答攻无可攻，掠无可掠，弄得进退两难，不得已遣使请命。崇古命百户鲍崇德往谕，令缚送赵全等人，与把汉那吉互换。鲍崇德素通蒙文，至俺答营，俺答踞坐相见，崇德从容入内，长揖不拜。俺答叱道："何不下跪？"崇德道："天朝大使，来此通问，并没有拜跪的礼仪。况朝廷待尔孙甚厚，今无故称兵，岂欲令尔孙速死么？"开口即述及乃孙，足使俺答夺气。俺答道："我孙把汉那吉，果安在否？"崇德道："朝廷已封他为指挥使，连阿力哥亦授为千户，岂有不安之理？"俺答乃离座慰劳，并设酒款待崇德，暗中却遣骑卒驰入大同，正待禀报巡抚，入候那吉，猛见那吉蟒衣貂帽，驰马出来，气度优闲，居然一个天朝命吏。想是逢时特遣出来。当下与骑卒说了数语，无非是抱怨祖父，怀念祖母等情。骑卒回报俺答，俺答感愧交集，便语崇德道："我孙得授命官，足见上国隆情，但此孙幼孤，为祖母所抚育，祖母时常系念，所以吁请使归，还望贵使替我转报。"崇德道："赵全等早至，令孙必使晚归。"俺答喜甚，便屏退左右，密语崇德道："我不为乱，乱由全等，天子若封我为王，统辖北方诸部，我当约令称臣，永不复叛，我

死后，我子我孙，将必袭封，世世衣食中原，尚忍背德么？”已被恩礼笼络住了。崇德道：“大汗果有此心，谨当代为禀陈，想朝廷有意怀柔，断不辜负好意。”俺答益加欣慰，遂与崇德饯行。入席时，折箭为誓道：“我若食言，有如此箭！”崇德亦答道：“彼此一致，各不食言。”当下畅饮尽欢，方才告别。俺答复遣使与崇德偕行，返谒崇古，崇古亦厚待来使，愿如前约。俺答乃诱执赵全等九人来归。

先是山西妖人吕镇明，借白莲妖术，谋为不轨，事败伏诛。余党赵全、李自馨、刘四、赵龙等，逃归俺答，驻扎边外古丰州地，号为板升。已而明边百户张文彦，游击家丁刘天祺，边民马西川等，统往依附，有众万人，因尊俺答为帝。全治第如王府，门前署着开化府三字，声势显赫，且屡嗾俺答入寇，于中取利。为虎作伥，全等之肉，其足食乎？至是俺答托词进兵，诱令赵全等入见。全等欣然而来，不图一入大营，即被伏兵擒住，当由俺答遣众数千，押赵全等至大同。王崇古亦发兵收受，悉送阙下。鸷鸟入笼，暴虎投阱，还有什么希望？只落得枭首分尸，脔割以尽，死有余辜。这且不消细说了。

唯把汉那吉，有诏令归，那吉犹恋恋不欲行，崇古婉谕道：“你与祖父母，总是一脉的至亲，现既诚心要你归去，你尽管前行。倘你祖再若虐待，我当发兵十万，替你问罪。我朝恩威及远，近正与你祖议和，将来你国奉表通贡，往来不绝，你亦可顺便来游，何必怏怏呢。”那吉闻言，不由的双膝跪下，且感且泣道：“天朝如此待我，总帅如此厚我，我非木石，死生相感。如或背德，愿殛神明。”北人不复反了。崇古亲自扶起，也赐酒为饯，酒阑席散，那吉才整装辞行，挈妻偕归。阿力哥亦随同归去。俺答见了那吉，倒也不加诘责，依然照常相待，唯据住三娘子，仍不归还，亏他厚脸。只遣使报谢，誓不犯边。王崇古遂为俺答陈乞四事：一请给王印，如先朝忠顺王故事，二请许贡入京，比从前朵颜三卫，各贡使贡马三十匹；三请给铁锅，议广锅十斤，炼铁五斤，洛锅生粗每十斤，炼铁三斤，但准以敝易新，免他铸为兵器；四请抚赏部中亲族布匹米豆，散所部穷兵，僦居塞上，俾得随时小市。穆宗览奏，诏令廷臣集议。高拱、张居正等，请外示羁縻，内修战备，乃封俺答为顺义王，名所居城曰归化城。俺答弟昆都力，并其子辛爱等，皆授都督同知等官。封把汉那吉为昭勇将军，指挥如故。后来河套各部，也求归附，明廷一视同仁，分授官职。嗣是西塞诸夷，岁来贡市，自宣大至甘

肃，边陲晏然，不用兵革，约数十年，这且慢表。

且说穆宗在位六年，一切政令，颇尚简静，内廷服食，亦从俭约，岁省帑项数万金。唯简约有余，刚明不足，所以辅政各臣，互相倾轧，门户渐开，寖成积弊。这是穆宗一生坏处。高拱、张居正，起初还是莫逆交，所议朝事，彼此同心，后来亦渐渐相离，致启怨隙。想总为权利起见。拱遂荐用礼部尚书高仪，入阁办事，无非欲隐植党与，排挤居正。会隆庆六年闰三月，穆宗御皇极门，忽然疾作，还宫休养。又过两月，政躬稍愈，即出视朝政，不料出宫登陛，甫升御座，忽觉眼目昏黑，几乎跌下御座来。幸两旁侍卫，左右扶掖，才得还宫。自知疾不可为，亟召高拱、张居正入内，嘱咐后事。两人趋至榻前，穆宗只握定高拱右手，款语备至，居正在旁，一眼也不正觑。嗣命两人宿乾清门，夜半病剧，再召高拱、张居正，及高仪同受顾命，未几驾崩，享年三十六岁。穆宗继后陈氏无子，且多疾病，尝居别宫，隆庆二年，立李贵妃子翊钧为太子。五年，复立翊钧弟翊镠为潞王。翊钧幼颇聪慧，六岁时，见穆宗驰马宫中，他即叩马谏阻道："陛下为天下主，独骑疾骋，倘一衔橛，为之奈何？"小时了了，大未必佳。穆宗爱他伶俐过人，下马慰勉，即立为太子。陈皇后在别宫，太子随贵妃往候起居，每晨过从，很得皇后欢心。后闻履声，尝为强起，取经书琐问，无不响答。贵妃亦喜，所以后妃情好，亦甚密切，向无闲言。至是太子嗣位，年才十龄，后来庙号神宗，小子亦即以神宗相称。诏命次年改元，拟定万历二字。

这时候有个中官冯保，久侍宫中，颇得权力，本应依次轮着司礼监，适高拱荐举陈洪及孟冲，保几失位，遂怨高拱。独张居正与他相结，很是契合。当穆宗病重时，居正处分十余事，均用密书示保。拱稍有所闻，面诘居正道："密函中有什么大事？国家要政，应由我辈作主，奈何付诸内竖。"居正闻言，不禁面颊发赤，勉强一笑罢了。确有些难以为情。到了穆宗晏驾，保诈传遗诏，自称与阁臣等同受顾命。及神宗登极，百官朝贺，保竟升立御座旁，昂然自若，举朝惊愕，只因新主登基，不便多说。朝贺礼成，保即奉旨掌司礼监，又督东厂事务，总兼内外，权焰逼人。拱以主上幼冲，应惩中官专政，遂毅然上疏，请减轻司礼监权柄，又嘱言官合疏攻保，自己拟旨斥逐。计算停当，即遣人走报居正，嘱他从中出力。居正假意赞成，极口答应，暗地里却通知冯保，令他设法自全。居正为柱石大臣，谁意却如此叵测。保闻

言大惧，亟趋入李贵妃宫中，拜倒尘埃，磕头不绝。贵妃问为何事？保只磕头，不说话。待贵妃问了三五次，方流下两行眼泪，呜呜哭诉道：“奴才被高阁老陷害，将加斥逐了。高阁老忿奴才掌司礼监，只知敬奉太后皇上，不去敬奉他们，所以嗾使言官，攻讦奴才。高阁老擅自拟旨，将奴才驱逐，奴才虽死不足惜，只奴才掌司礼监，系奉皇上特旨，高阁老如何可以变更？奴才不能侍奉太后皇上，所以在此悲泣，请太后作主，保全蚁命。”无一语不中听，无一字不逞刁。说到此处，又连磕了几个响头。李贵妃怒道：“高拱虽系先皇旧辅，究竟是个臣子，难道有这般专擅么？”保又道：“高拱跋扈，朝右共知，只因他位尊势厚，不敢奏劾，还请太后留意！”贵妃点首道：“你且退去！我自有法。”保拭泪而退。越日召群臣入宫，传宣两宫特旨，高拱欣然直入，满拟诏中必逐冯保，谁知诏旨颁下，并不是斥逐冯太监，乃是斥逐一个高大学士。正是：

骑梁不成，反输一跌。
古谚有言，弄巧反拙。

高拱闻到此诏，不由的伏在地上，几不能起。欲知高拱被逐与否，且至下回说明。

俺答恃赵全等为耳目，屡犯朔方，城狐社鼠，翦灭不易，设非把汉那吉叩关请降，亦何自弭兵戢衅？而原其致此之由，则实自三娘子始。何来尤物，乃胜于中原十万兵耶？且为鞑靼计，亦未尝无利。中外修和，交通贡市，彼此罢兵数十年，子子孙孙，均得安享荣华，宁非三娘子之赐？然则鞑靼之有三娘子，几成为奇人奇事，而王崇古之因利招徕，亦明季中之一大功臣也。穆宗在位六年，乏善可纪，唯任用边将，最称得人，意者其亦天恤民艰，暂俾苏息耶？至穆宗崩而神宗嗣，中官冯保，又复得势，内蠹复萌，外奸乘之，吾不能无治少乱多之叹矣。

第七十二回　莽男子闯入深宫
贤法司力翻成案

却说高拱入朝听旨，跪伏之下，几乎不能起身。看官！你道这旨中如何说法，由小子录述如下：

> 皇后皇贵妃皇帝旨曰："告尔内阁五府六部诸臣！大行皇帝宾天先一日，召内阁三臣至御榻前，同我母子三人，亲受遗嘱曰：'东宫年少，赖尔辅导。'乃大学士高拱，揽权擅政，威福自专，通不许皇帝主管。我母子日夕惊惧，便令回籍闲住，不许停留。尔等大臣受国厚恩，如何阿附权臣，蔑视幼主？自今宜悉自洗涤，竭忠报国，有蹈往辙，典刑处之。"

还有一桩触目惊心的事件，这传宣两宫的诏旨，便是新任司礼监的冯保。高拱跪着下面，所闻所见，全出意料，真气得三尸暴炸，七窍生烟；可奈朝仪尊重，不容放肆，那时情不能忍，又不敢不忍，遂致跪伏地上，险些儿晕了过去。至宣诏已毕，各大臣陆续起立，独高拱尚匍匐在地，张居正不免惊疑，走近扶掖。拱方勉强起身，狼狈趋出，返入京寓，匆匆的收拾行李，雇了一乘牛车，装载而去。居正与高仪，上章乞留。居正、冯保，通同一气，还要假惺惺何为？有旨不许。嗣复为请驰驿归籍，才算照准。未几，高仪又殁，假公济私的张江陵，遂裒然为首辅了。

先是居正入阁后，由吏部侍郎，升任尚书，兼太子太傅，寻晋封少傅，

至是又加授少师。高仪的遗缺，任了礼部尚书吕调阳，唯一切典礼，仍由居正规定。追谥先考为庄皇帝，庙号穆宗。又议将陈皇后及李贵妃，各上尊号。明制于天子新立，必尊母后为皇太后，若本身系妃嫔所出，生母亦得称太后，唯嫡母应特加徽号，以示区别。是时太监冯保，欲媚李贵妃，独讽示居正，拟欲并尊。居正不便违慢，但令廷臣复议。廷臣只知趋承，乐得唯唯诺诺，哪个敢来拦阻？当下尊陈后为仁圣皇太后，李贵妃为慈圣皇太后，仁圣居慈庆宫，慈圣居慈宁宫。居正请慈圣移居乾清宫，视帝起居，当蒙允准。慈圣太后驭帝颇严，每日五更，必至御寝，呼令起床，敕左右掖帝坐着。进水盥面，草草供点，即令登舆御殿，朝罢入宫，帝或嬉游，不愿读书，必召使长跪，以此神宗非常敬畏。且与仁圣太后，始终亲切，每遇神宗进谒，辄问往慈庆宫去未？所以神宗谒慈圣毕，必往谒仁圣。至外廷大事，一切倚任阁臣，未尝干预。冯保虽承后眷，却也不敢导帝为非。居正受后嘱托，亦思整肃朝纲，不负倚畀，可见母后贤明，得使内外交儆。于是请开经筵，酌定三六九日视朝，余日御文华殿讲读，并进帝鉴图说，且在旁指陈大义。神宗颇喜听闻，即命宣付史馆，赐居正银币等物。万历改元，命成国公朱希忠，及张居正知经筵事。居正入直经筵，每在文华殿后，另张小幄，造膝密语。一日，在直庐感病，神宗手调椒汤，亲自赐饮，真所谓皇恩优渥，无微不至呢。

是年元宵，用居正言，以大丧尚未经年，免张灯火。越日早朝，神宗正出乾清宫，突见一无须男子，神色仓皇，从甬道上疾趋而入。侍卫疑是宦官，问他入内何干，那人不答。大众一拥上前，将他拿住，搜索袖中，得利匕首一柄，即押至东厂，令司礼监冯保鞫讯。保即刻审问，供称姓王名大臣，天下宁有自名王大臣者，其假可知。由总兵戚继光部下来的。保问毕，将他收系，即往报张居正，复述供词。居正道：“戚总兵方握南北军，忠诚可靠，想不致有意外情事。”保迟疑未答。居正微笑道：“我却有一计在此。”保问何计？居正附保耳低语道：“足下生平所恨，非高氏么？今可借这罪犯身上，除灭高氏。”何苦乃尔。保大喜道：“这计一行，宿恨可尽消了。还有宫监陈洪，也是我的对头，从前高拱尝荐为司礼，此番我亦要牵他在内，少师以为何如？”居正道：“这由足下自行裁夺便了。”保称谢而去，即令扫厕小卒，名叫辛儒，授他密言，往教罪犯王大臣。辛儒本是狡黠，趋入狱内，先

与大臣婉语一番。嗣后备了酒食，与大臣对饮，渐渐的问他履历。大臣时已被酒，便道："我本是戚帅部下三屯营南兵，偶犯营规，被他杖革，流落京师，受了许多苦楚。默念生不如死，因闯入宫中，故意犯驾，我总教咬住戚总兵，他也必定得罪。戚要杖我，我就害戚，那时死亦瞑目了。"犯规被斥，犹思报复，且欲加戚逆案，叵测极矣。辛儒道："戚总兵为南北保障，未见得被你扳倒，你不过白丧了一条性命，我想你也是个好汉，何苦出此下策？目今恰有一个极好机会，不但你可脱罪，且得升官发财，你可愿否？"大臣听到此言，不禁起立道："有这等好机会么？我便行去，但不知计将安出。"辛儒低声道："你且坐着！我与你细讲。"大臣乃复坐下，侧耳听着。辛儒道："你但说是高相国拱，差你来行刺的。"大臣摇首道："我与高相国无仇，如何扳他？"不肯扳诬高相国，如何怨诬戚总兵。辛儒道："你这个人，煞是有些呆气。高相国为皇太后皇上所恨，所以逐他回籍，就是大学士张居正，司礼监冯保，统是与高有隙，若你扳倒了他，岂不是内外快心，得邀重赏么？"大臣道："据你说来，我为高相国所差。我既愿受差使，岂不是先自坐罪么？"辛儒道："自首可以免罪。且此案由冯公审讯，冯公教我授你密计，你若照计而行，冯公自然替你转圜呢。"大臣听至此处，不禁离座下拜道："此言果真，你是我重生父母哩。"辛儒把他扶起，复与他畅饮数杯，便出狱报知冯保。

保即提出大臣复讯。大臣即一口咬定高拱，保不再细诘，即令辛儒送他还狱，并给大臣蟒袴一条，剑二柄，剑首都饰猫睛异宝，俟将来廷讯时，令说为高拱所赠，可作证据。并嘱使不得改供，定畀你锦衣卫官职，且赏千金，否则要搒掠至死，切记勿忘！大臣自然唯唯听命。冯保即据伪供上闻，且言内监陈洪，亦有勾通消息，已逮入狱中。一面饬发缇骑，飞速至高拱里第，拿回家仆数人，严刑胁供。居正亦上疏请诘主使，两路夹攻，高拱不死，亦仅矣。闹得都下皆闻，人言藉藉。

居正闻物议沸腾，心下恰也未安，私问吏部尚书杨博，博正色道："这事情节离奇，一或不慎，必兴大狱。今上初登大宝，秉性聪明，公为首辅，应导皇上持平察物，驯至宽仁。况且高公虽愎，何至谋逆，天日在上，岂可无故诬人？"居正被他说得羞惭，不由的面赤起来，勉强答了一二语，即归私第。忽报大理寺少卿李幼孜到来，李与居正同乡，当然接见。幼孜扶杖而入，居正便问道："足下曳杖来此，想系贵体违和。"幼孜不待说毕，就接口

道："抱病谒公，无非为着逆案，公若不为辩白，将来恐污名青史哩。"居正心中一动，勉强应道："我正为此事担忧，何曾有心罗织。"幼孜道："叨在同乡，所以不惮苦口，还祈见谅！"居正又敷衍数语，幼孜方才别去。

御史钟继英上疏，亦为高拱营救，暗中且指斥居正，居正不悦，拟旨诘问。左都御史葛守礼，往见尚书杨博道："大狱将兴，公应力诤，以全大体。"博答道："我已劝告张相国了。"守礼又道："今日众望属公，谓公能不杀人媚人，公奈何以已告为辞？须再去进陈，务免大狱方好哩！"博乃道："我与公同去，何如？"守礼欣然愿行，遂偕至居正宅中。居正见二人到来，便开口道："东厂狱词已具，俟同谋人到齐，便奏请处治了。"守礼道："守礼何敢自附乱党！但高公谅直，愿以百口保他。"居正默然不应。杨博亦插入道："愿相公主持公议，保全元气。东厂中人，宁有良心？倘株连众多，后患何堪设想？"居正仍坐在当地，不发一言。博与守礼，复历数先朝政府，如何同心辅政，弼成郅治，到了夏言、严嵩、徐阶、高拱等人，互相倾轧，相名坐损，可为殷鉴。居正甚不耐烦，竟忿然道："两公今日，以为我甘心高公么？厂中揭帖具在，可试一观！"说至此，奋身入内，取厂中揭帖，出投博前道："公请看来！与我有无干涉！"全是意气用事。博从容取阅，从头细瞧，但见帖中有二语云："大臣所供，历历有据。"这"历历有据"四字，乃是从旁添入，默认字迹，实系居正手笔。偏露出马脚来。当下也不明说，唯嗤然一笑，又将揭帖放入袖中。居正见一笑有因，猛忆着有四字窜改，只好支吾说道："厂中人不明法理，故此代易数字。"守礼道："机密重情，不即上闻，岂可先自私议？我两人非敢说公甘心高氏，但是目下回天，非仗公力不可！"杨、葛两公，可谓有心人，看出破绽，仍用婉言，不怕居正不承。居正至此，无可推诿，方揖谢道："如可挽回，敢不力任。但牵挽牛尾，很觉费事，如何可以善后呢？"杨博道："公特不肯力任呢！如肯力任，何难处置，现唯得一有力世家，与国家义同休戚，便可托他讯治了。"居正感悟，欣然道："待我入内奏闻，必有以报两公。"两人齐声道："这是最好的了，造福故家，留名史策，均在此举哩！"说罢，拱手告别。

居正送出两人，即入宫请独对，自保高拱无罪，请特委勋戚大臣，澈底查究。神宗乃命都督朱希孝，左都御史葛守礼，及冯保会审王大臣。希孝系成国公朱希忠弟，接了此旨，忙与乃兄商议道："哪个奏闻皇上，弄出这个

难题目，要我去做？一或失察，恐宗祀都难保了。”说着，掩面涕泣。正是庸愚。希忠也惶急起来，相对哭着。一对饭桶，不愧难兄难弟。哭了半晌，还是希忠有点主意，令希孝去问居正。居正与语道：“不必问我，但去见吏部杨公，自有方法。”希孝当即揖别，往谒杨博，且语且泣。博笑道：“这不过借公勋戚，保全朝廷大体，我等何忍以身家陷公？”希孝呜咽道：“欲平反此狱，总须搜查确证，方免谗言。”博又道：“这又何难！”当下与希孝密谈数语。希孝才改忧为喜，谢别而回，暗中恰遣了校尉，先入狱中，讯明刀剑来由。大臣始不吐实，经校尉威吓婉诱，方说由辛儒缴来，并将他指使改供事，略说一遍。是一个反复无常的罪犯，冯保也未免自误。校尉复说道：“国家定制，入宫谋逆，法应灭族，奈何自愿引罪？你不如吐实，或可减免。”大臣凄然道：“我实不知。辛儒说我持刀犯驾，罪坐大辟，因教我口供如此，不特免罪，且可富贵，谁知他竟是诳我呢！”说至此，大哭不止。校尉反劝慰一番，始行复命。

适高氏家人，已逮入京，希孝乃偕冯保、葛守礼，三人升厅会审。明朝故事，法司会审，须将本犯拷打一顿，叫作杂治。大臣上得法庭，冯保即命杂治，校尉走过，洗剥大臣衣服，大臣狂呼道：“已经许我富贵，为何杂治我？”校尉不理，将他搒掠过了，方推近公案跪下。希孝先命高氏家人，杂列校役中，问大臣道：“你看两旁校役，有无认识？”大臣忍着痛，张目四瞧，并无熟人，便道：“没有认识。”冯保即插嘴道：“你敢犯驾，究系何人主使，从实供来！”大臣瞪目道：“是你差我的。”保闻言大惊，勉强镇定了神，复道：“你不要瞎闹！前时为何供称高相国？”大臣道：“是你教我说的。我晓得什么高相国？”又证一句，直使冯保无地自容。保失色不语。希孝复问道：“你的蟒袴刀剑，从何得来？”大臣道：“是冯家仆辛儒，交给我的。”索性尽言，畅快之至。保听着这语，几欲逃座，两肩乱耸，态度仓皇。还是希孝瞧不过去，替保解围道：“休得乱道！朝廷的讯狱官，岂容你乱诬么？”遂命校尉将大臣还押，退堂罢讯。

保踉跄趋归，暗想此案尴尬，倘大臣再有多言，我的性命，也要丢去，便即遣心腹入狱，用生漆调酒，劝大臣饮下，大臣不知是计，一口饮讫，从此做了哑子，不能说话。此时宫内有一殷太监，年已七十多岁，系资格最老的内侍，会与冯保同侍帝侧，谈及此事。殷太监启奏道：“高拱忠臣，岂有

此事！”又旁顾冯保道：“高胡子是正直人，不过与张居正有嫌，居正屡欲害他，我辈内官，何必相助！”原来高拱多须，所以称为胡子。保闻言，神色渐沮。内监张宏，亦力言不可，于是狱事迁延。等到刑部拟罪，只把大臣斩决，余免干连。一番大风浪，总算恬平，这也是高拱不该赤族，所以得此救星。拱闻此变，益发杜门谢客，不问世事。拱本河南新郑人，嗣后出仕中州的官吏，不敢再经新郑，往往绕道而去。统是偷生怕死的人物。至万历六年，拱方病殁，居正奏请复拱原官，给与祭葬如例。又似强盗发善心。唯冯保余恨未释，请命太后一切赐恤，减从半数。祭文中仍寓贬词，后来追念遗功，方赠拱太师，予谥文襄。小子有诗咏高拱道：

自古同寅贵协恭，胡为器小不相容？
若非当日贤臣在，小过险遭灭顶凶。

欲知明廷后事，且俟下回续陈。

冯保一小人耳，小人行事，阴贼险狠，固不足责。张居正称救时良相，乃与内监相毗，倾害高拱，彼无不共戴天之仇，竟思戮高氏躯，赤高氏族，何其忮刻若此耶？设非杨、葛诸大臣，力谋平反，则大狱立兴，惨害甚众。居正试反己自问，其亦安心否乎？殷、张两内监，犹有人心，令居正闻之，能毋汗下。至于冯保讯狱，三问三供，世之设计害人者，安能尽得王大臣，使之一反噬乎？保益恚恨，且药哑王大臣，令之不能再说。小人之心，甚于蛇蝎，良足畏也！然观王大臣供词，令我心快不已，为之饮一大白。

第七十三回　夺亲情相臣嫉谏
规主阙母教流芳

却说张居正既握朝纲，一意尊主权，课吏治，立章奏，考成法，定内外官久任法。百司俱奉法守公，政体为之一肃。两宫太后，同心委任，凡遇居正进谒，必呼先生，且云皇上若有违慢，可入内陈明，当为指斥云云。于是居正日侍经筵，就是讲解音义，亦必一一辨正，不使少误。某日，神宗读《论语·乡党篇》，至“色勃如也”句，“勃”字误读作“背”字，居正在旁厉声道：“应作勃字读。”神宗吓了一跳，几乎面色如土。同列皆相顾失色，居正尚凛凛有怒容。后来夺官籍家之祸，即基于此。嗣是神宗见了居正，很是敬畏。居正除进讲经书外，又呈入御屏数幅，各施藻绘，凡天下各省州县疆域，以及职官姓名，均用浮签标贴，俾供乙览。一日讲筵已毕，神宗问居正道：“建文帝出亡，做了和尚，这事果的确否？”居正还奏道：“臣观国史，未载此事，只闻故老相传，披缁云游，题诗田州寺壁上，约有数首，有‘流落江湖四十秋’七字，臣尚记得。或者果有此事，亦未可知。”神宗叹息数声，复命居正录诗以进。居正道：“这乃亡国遗诗，何足寓目！请录皇陵石碑，及高皇帝御制文集，随时备览，想见创业艰难，圣谟隆盛呢。”神宗称善。至次日，居正即录皇陵碑文呈览。神宗览毕，即语居正道：“朕览碑文，读至数过，不觉感伤欲泣了。”居正道：“祖宗当日艰难，至于如此。皇上能效法祖宗，方可长保大业哩。”乃申述太祖微时情状，及即位后勤俭等事。神宗怆然道：“朕承祖宗大统，敢不黾勉，但也须仗先生辅导呢！”由是累

有赏赐，不可胜纪。最著的是银章一方，镌有“帝赉忠良”四字。又有御书匾额两方，一方是“永保天命”，一方是“弼予一人”。

居正以在阁办事，只有吕调阳一人，不胜烦剧，复引荐礼部尚书张四维。四维尝馈问居正，四时不绝，所以居正一力荐举。向例入阁诸臣，尝云同某人等办事，至是直称随元辅居正等办事。四维格外谦恭，对着居正，不敢自称同僚，仿佛有上司属吏的等级，平时毫无建白，只随着居正拜赐进宫罢了。卑屈至此，有何趣味。唯四维入阁后，礼部尚书的遗缺，就用了万士和。士和初官庶吉士，因忤了严嵩，改为部曹，累任按察布政使，并著清节，及入任尚书，屡上条奏，居正颇嫉他多言。会拟越级赠朱希忠王爵，士和力持不可，给事中余懋学，奏请政从宽大，被居正斥他讽谤，削籍为民。士和又上言懋学忠直，不应摧抑，自遏言路。种种忤居正意，遂令给事中朱南雍，奏劾士和，士和因谢病归休。

适蓟州总兵戚继光，击败朵颜部长董狐狸，生擒狐狸弟长秃，狐狸情愿降附，乞赦乃弟。继光乃将长秃释回，酌定每岁贡市，一面由巡按辽东御史刘台，上书奏捷。居正以巡按不得报军功，劾台违制。台亦抗章劾居正，说他擅作威福，如逐大学士高拱，私赠成国公朱希忠王爵，引用张四维等为爪牙，排斥万士和、余懋学等，统是罔上行私的举动，应降旨议处等情。居正自入阁秉政，从未遇着这种弹章，见了此疏，勃然大怒，当即具疏乞归。神宗急忙召问，居正跪奏道：“御史刘台，谓臣擅威福，臣平日所为，正未免威福自擅呢。但必欲取悦下僚，臣非不能，怎奈流弊一开，必致误国。若要竭忠事上，不能不督饬百官。百官喜宽恶严，自然疑臣专擅。臣势处两难，不如恩赐归休，才可免患。”说至此，随即俯伏，泣不肯起。无非要挟。神宗亲降御座，用手掖居正道：“先生起来！朕当逮问刘台，免得他人效尤。”居正方顿首起谢。当下颁诏辽东，逮台入京，拘系诏狱，嗣命廷杖百下，拟戍极边。居正反上疏救解，故智复萌。乃除名为民。未几，辽东巡抚张学颜，复诬劾台匿赎锾，想是居正嗾使。因复充戍浔州。台到戍所，就戍馆主人处，饮酒数杯，竟致暴毙。这暴毙的情由，议论不一，明廷并未诘究，其中弊窦，可想而知，毋庸小子赘说了。不说之说，尤胜于说。

到了万历五年，居正父死，讣至京师。神宗手书宣慰，又饬中使视粥止哭，络绎道路，赙仪格外加厚，连两宫太后，亦有特赙，唯未曾谕留视事。

时李幼孜已升任户部侍郎，欲媚居正，首倡夺情的议论。冯保与居正友善，亦愿他仍然在朝，可作外助，遂代为运动，传出中旨，令吏部尚书张瀚，往留居正。居正也恐退职以后，被人陷害，巴不得有旨慰留，但面子上似说不过去，只好疏请奔丧，暗中恰讽示张瀚，令他奏留居正。瀚佯作不知，且云：“首相奔丧，应予殊典，应由礼部拟奏，与吏部无涉。”居正闻言，很是忿恨。又浼冯保传旨，责瀚久不复命，失人臣礼，勒令致仕。于是一班趋炎附势的官员，陆续上本，请留首辅，奏中大意，无非把移孝作忠的套话，敷衍满纸。移孝作忠四字，岂是这般解法。居正再请终制，有旨不许。又请在官守制，不入朝堂，仍预机务，乃邀允准。连上朝都可免得，是居正死父，大是交运。居正得遂私情，仍然亲裁政务，与没事人一般。

会值日食告变，编修吴中行，及检讨赵用贤，刑部员外郎艾穆，主事沈思孝等，应诏陈言，均说居正忘亲贪位，炀蔽圣聪，因干天变云云。居正得了此信，愤怒的了不得，当下通知冯保，教他入诉神宗，概加廷杖。大宗伯马自强，急至居正府第，密为营解。居正见了自强，略谈数语，便扑的跪下，带哭带语道：“公饶我！公饶我！”自强正答礼不迭，忽闻掌院学士王锡爵到来，居正竟踉跄起身，趋入丧次。锡爵径至丧次中，晤见居正，谈及吴、赵等上疏，致遭圣怒等事。居正淡淡的答道：“圣怒正不可测哩。”锡爵道：“圣怒亦无非为公。”语尚未讫，居正又跪倒地上，勃然道：“公来正好！快把我首级取去，免致得罪谏官！”一面又举手作刎颈状，并道：“你何不取出刀来？快杀我！快快杀我！”好似泼妇撒赖。锡爵不防到这一着，吓得倒退倒躲，一溜烟的逃出大门去了。马自强亦乘势逃去。隔了数日，吴中行、赵用贤、艾穆、沈思孝四人，同受廷杖。侍讲于慎行、田一儁、张位、赵志皋，修撰习孔教、沈懋学等，具疏营救，俱被冯保搁住。进士邹元标，复上疏力谏，亦坐杖戍。南京御史朱鸿模，遥为谏阻，并斥为民。且诏谪吴、赵、艾、沈四人，吴中行、赵用贤即日出都，同僚相率观望，无一人敢去送行，只有经筵讲官许文穆赠中行玉杯一只，用贤犀杯一只，玉杯上镌着三语道：

斑斑者何？卞生泪。英英者何？蔺生气，追追琢琢永成器。

犀杯上镌着六语道：

文羊一角，具理沉黝，不惜刻心，宁辞碎首？黄流在中，为君子寿。

古人说得好："人心未泯，公论难逃"，为了居正夺情，各官受谴等事，都下人士，各抱不平。夤夜里乘人不备，竟向长安门外，挂起匿名揭帖来。揭帖上面，无非是谤议居正，说他无父无君，迹同莽、操。事为神宗所闻，又颁谕朝堂道：

奸邪小人，藐朕冲年，忌惮元辅，乃借纲常之说，肆为诬论，欲使朕孤立于上，得以任意自恣，兹已薄处，如此后再有党奸怀邪，必从重惩，不稍宽宥，其各凛遵！

这谕下后，王锡爵、于慎行、田一儁、沈懋学等，先后乞病告归。既而彗星现东南方，光长竟天，当下考察百官，赵志皋、张位、习孔教等，又相继迁谪，算作厌禳星变的计划，这正是想入非非了。越年，神宗将行大婚礼，令张居正充纳采问名副使。给事中李涞，奏称居正持丧，不宜与闻大婚事，乞改简大臣。神宗不允，传皇太后谕旨，令居正变服从吉，居正遂奉旨照办。等册后礼成，方乞归治葬。神宗召见平台，特赐慰谕道："朕不能舍去先生，但恐伤先生孝思，不得已暂从所请。唯念国事至重，朕无所依赖，未免怀忧。"居正叩首道："臣为父治葬，不能不去，只乞皇上大婚以后，应撙节爱养，留心万几。"说毕，伏地恸哭。恸哭何为？无非要结人主。神宗亦为之凄然，不禁堕泪道："先生虽行，国事尚宜留意。此后倘有建白，不妨密封言事。"居正称谢而起，进辞两宫太后，各赐赆金，慰谕有加。

居正归后，神宗复敕大学士吕调阳等，如遇大事，不得专决，应驰驿至江陵，听居正处分。既而由春入夏，又有旨征令还朝。居正以母老为辞，不便冒暑北行，请俟秋凉就道。神宗又遣指挥翟汝敬，驰驿敦促，更令中使护居正母，由水道启行。居正乃遵旨登程，所经州县，守臣多跪谒；就是抚按长吏等，亦越界送迎，身为前驱。及到京师，两宫又慰劳备至，赏赉有加。居正母至，概照前例。唯吕调阳自惭伴食，托病乞休，起初未蒙俞允，至居

正还朝，再疏告归，乃准令致仕，解组归田去了。还算有些气节。

是时神宗已册后王氏，伉俪情深，不劳细说。独李太后以帝已大婚，不必抚视，仍返居慈宁宫，随召居正入内，与语道："我不便常视皇帝，先生系国家元辅，亲受先帝付托，还希朝夕纳诲，毋负顾命！"居正唯唯而退。嗣是居正格外黾勉，所有军国要政，无不悉心筹划。内引礼部尚书马自强，及吏部侍郎申时行，参赞阁务，外任尚书方逢时，总督宣大，总兵李成梁，镇抚辽东。方逢时与王崇古齐名，崇古内用，逢时专任边事，悉协机宜。李成梁骁悍善战，屡摧塞外巨寇，积功封宁远伯，内外承平，十年无事。

居正又上肃雍殿箴，劝神宗量入为出，罢节浮费，复尽汰内外冗员，严核各省财赋。只神宗年龄寖长，渐备六宫，令司礼监冯保，选内竖三千五百人入宫，充当使令。内有孙海、客用两奄竖，便佞狡黠，得邀宠幸，嘉靖、隆庆两朝，非无秕政，而中官不闻横行，良由裁抑得宜之故。至此又复开端，渐成客、魏之弊。尝导神宗夜游别宫，小衣窄袖，走马持刀，仿佛似镖客一般。既而出幸西城，免不得饮酒陶情，逢场作戏。一夕，神宗被酒，命随侍太监，按歌新声。曲调未谐，竟惹动神宗怒意，拔出佩剑，欲斫歌竖头颅，还是孙、客两人，从旁解劝，方笑语道："头可恕，发不可恕。"遂令他脱下头巾，将发割去，想是从曹操处学来。唯彼割己发，而此割人发，不无异点。这事被冯保闻知，便去禀诉李太后。太后大怒，自着青布袍，撤除簪珥，此是姜后脱簪珥待罪之意。令宣神宗入宫，一面传语居正，速即上疏极谏。神宗得着消息，不免惊慌，可奈母命难违，只好硬着头皮，慢慢儿的入慈宁宫。一进宫门，便闻太后大声催促。到了望见慈容，形神服饰，与寻常大不相同，不觉心胆俱战，连忙跪下磕头。太后瞋目道："你好！你好！先皇帝付你大统，叫你这般游荡么？"神宗带抖带语道："儿、儿知罪了，望母后宽恕！"太后哼了一声道："你也晓得有罪么？"说至此，冯保已捧呈张居正谏疏，由太后略瞧一遍，语颇简直，便掷付神宗道："你且看来！"神宗取过一阅，方才瞧罢，但听太后又道："先帝弥留时，内嘱你两母教育，外嘱张先生等辅导，真是煞费苦心，不料出你不肖子，胆大妄为，如再不肯改过，恐将来必玷辱祖先，我顾宗社要紧，也管不得私恩，难道必要用你做皇帝么？"母教严正，不愧贤妃。又旁顾冯保道："你去到内阁中，取霍光传来！"保复应声而去。不一时，返入宫内，叩头奏道："张相国浼奴才代奏，据言皇上英明，但教自

知改过，将来必能迁善。霍光故事，臣不敢上闻！今不如草诏罪已罢了。”太后道：“张先生既这般说，就这般办罢，你去教他拟诏来！”保又起身趋出。未几，返呈草诏，太后叱令神宗起来，亲笔誊过，颁示朝堂。可怜神宗双膝，已跪得疼痛异常，更兼草诏中语多卑抑，不禁懊恨得很，偏是太后督着誊写，一些儿不肯放松，那时只好照本誊录，呈与太后览过，交冯保颁发去了。太后到了此时，禁不住流泪两行。神宗又跪泣认悔，方得奉命退出。京中闻了这事，谣言蜂起，统说两宫要废去神宗，别立潞王翊镠。见七十一回。后来杳无音信，方渐渐的息了浮言，这且休表。

且说李太后既训责神宗，复将孙海、客用两人，逐出宫外，并令冯保检核内侍，所有太监孙德秀、温泰等，向与冯保未协，俱被撵逐。神宗虽然不悦，终究是无可奈何，只好得过且过，再作计较。张居正恐神宗启疑，因具疏乞休，作为尝试。疏中有“拜手稽首归政”等语。居正自命为禹、皋。那时神宗自然慰留，手书述慈圣口谕：“张先生亲受先帝付托，怎忍言去，俟辅上年至三十，再议未迟。”居正乃仍就原职，请嘱儒臣编纂累朝宝训实录，分四十章，次第进呈，作为经筵讲义。大旨如下：

（一）创业艰难。（二）励精图治。（三）勤学。（四）敬天。（五）法祖。（六）保民。（七）谨祭祀。（八）崇孝敬。（九）端好尚。（十）慎起居。（十一）戒游佚。（十二）正宫闱。（十三）教储贰。（十四）睦宗藩。（十五）亲贤臣。（十六）去奸邪。（十七）纳谏。（十八）守法。（十九）敬戒。（二十）务实。（二十一）正纪纲。（二十二）审官。（二十三）久任。（二十四）考成。（二十五）重守令。（二十六）驭近习。（二十七）待外戚。（二十八）重农。（二十九）兴教化。（三十）明赏罚。（三十一）信诏令。（三十二）谨名分。（三十三）却贡献。（三十四）慎赏罚。（三十五）甘节俭。（三十六）慎刑狱。（三十七）褒功德。（三十八）屏异端。（三十九）饬武备。（四十）御寇盗。

看官！你想神宗此时，已是情欲渐开，好谀恶直的时候，居正所陈各种请求，实与神宗意见并不相符，不过形式上面，总要敷衍过去，当下优诏褒答，允准施行。待至各项讲义，次第编竣，由日讲官陆续呈讲，也只好恭己

以听。一俟讲毕，即散游各宫，乐得图些畅快，活络筋骸。一日，退朝罢讲，闲踱入慈宁宫，正值李太后往慈庆宫闲谈，不在宫中，正拟退出宫门，忽见有一个年少的女郎，袅袅婷婷的走将过来，向帝请安。这一番有分教：

浑疑洛水仙妃至，好似高唐神女来。

毕竟此女为谁，且由下回说明。

张居正所恃，唯一冯保，冯保所恃，不外张居正，观其狼狈相倚，权倾内外，虽不无可取之处，而希位固宠之想，尝憧扰于胸中。居正综核名实，修明纲纪，于用人进谏诸大端，俱能力持大体，不可谓非救时良相。然居父丧而思起复，嫉忠告而斥同僚，人伦隳矣，其余何足观乎！冯保闻神宗冶游，密白太后，为补衮箴阙起见，亦不得谓其下情，然窥其隐衷，无非挟太后以制幼主；至若孙德秀、温泰等，则又因睚眦之嫌，尽情报复，狡悍著矣，其他何足责乎？吾读此回，且愿为之易其名曰："是为冯保、张居正合传"，而是非可不必辨云。

第七十四回　王宫人喜中生子
张宰辅身后籍家

却说神宗踱入慈宁宫，巧遇一个宫娥，上前请安，磕过了头，由神宗叫她起来，方徐徐起身，侍立一旁。神宗见她面目端好，举止从容，颇有些幽娴态度，不禁怜爱起来，后来要做贵妃太后，想不致粗率轻狂。随即入宫坐下。那宫人亦冉冉随入，当由神宗问明太后所在，并询及姓氏，宫人答称王姓。神宗约略研诘，仔细端详，见她应对大方，丰神绰约，尤觉雅致宜人，不同俗态，当下沉吟半晌，复与语道："你去取水来，朕要盥手哩！"王宫人乃走入外室，奉匜沃水，呈进神宗。神宗见她双手苗条，肤致洁白，越觉生了怜惜，正要把她牵拉，猛记有贴身太监，随着后面，返身回顾，果然立在背后，便令他回避出去。王宫人见内侍驱出，料知帝有他意，但是不便抽身，只好立侍盥洗，并呈上手巾。由神宗拭干了手，即对王氏一笑道："你为朕侍执巾栉，朕恰不便负你呢。"王宫人闻言，不由的红云上脸，双晕梨涡。神宗见了，禁不住意马心猿，竟学起楚襄王来，将她按倒阳台，做了一回高唐好梦。恐就借太后寝床做了舞台。王宫人得此奇遇，正是半推半就，笑啼俱有，等到云散雨收，已是暗结珠胎，两人事毕起床，重复盥洗，幸太后尚未回宫，神宗自恐得罪，匆匆的整好衣襟，抽身去讫。次日即命随去的内侍，赍了头面一副，赐给王宫人，并嘱内侍谨守秘密，谁知那文房太监，职司记载，已将临幸王宫人的事情，登薄存录了。嗣是神宗自觉心虚，不便再去临幸，虽晨夕请安，免不得出入慈宁宫，只遇着王宫人，恰是不敢正觑。

王宫人怨帝薄幸，也只能藏着心中，怎能露出形迹？转眼数月，渐渐的腰围宽大，茶饭不思起来。太后瞧着，觉得王氏有异，疑及神宗，但一时不便明言，唯暗中侦查神宗往来。

这时候的六宫中，有个郑妃，生得姿容美丽，闭月羞花。神宗很是宠爱，册封贵妃，平时常在她宫中住宿，非但妃嫔中没人及她，就是正宫王皇后，也不能似她宠遇。太后调查多日，不见有可疑情迹，唯看这王宫人肚腹膨胀，行步艰难，明明是身怀六甲，不必猜疑，便召入密问。王宫人伏地呜咽，自陈被幸始末。好在太后严待皇帝，厚待宫人，也不去诘责王氏，只命她起居静室，好生调养，一面饬文房太监，呈进皇上起居簿录，果然载明临幸时日，与王宫人供语，丝毫无误。亏有此簿。当命宫中设宴，邀同陈太后入座，并召神宗侍宴。席间谈及王后无出，陈太后未免叹息。李太后道："皇儿也太不长进，我宫内的王氏女，已被召幸，现已有娠了。"神宗闻言，面颊发赤，口中还要抵赖，说是未有此事。王氏幸怀龙种，还得出头，否则一度临幸，将从此休了。李太后道："何必隐瞒！"随把内起居簿录，取交神宗，并云："你去看明，曾否妄载？"神宗到了此时，无言可辩，没奈何离座谢罪。李太后又道："你既将她召幸，应该向我禀明，我也不与你为难，叫她备入六宫，也是好的。到了今日，我已查得明明白白，你还要抵赖，显见得是不孝呢，下次休再如此！"神宗唯唯连声，陈太后亦从旁劝解。李太后又道："我与仁圣太后，年均老了，彼此共望有孙。今王氏女有娠，若得生一男子，也是宗社幸福。古云：'母以子贵'，有什么阶级可分哩？"保全王氏，在此一语。陈太后很是赞成。宴饮已毕，陈太后还入慈庆宫，神宗亦谢宴出来，即命册王宫人为恭妃。册宝已至，王宫人即拜谢两宫太后，移住别宫。既而怀妊满期，临盆分娩，果然得一麟儿，这就是皇长子常洛。后来嗣位为光宗皇帝。过了三日，神宗御殿受贺，大赦天下，并加上两宫太后徽号。陈太后加康静两字，李太后加明肃两字，喜气重重，中外称庆，且不必细述。

单说皇长子将生的时候，大学士张居正，忽患起病来，卧床数月，仍未告痊。百官相率斋戒，代为祈祷。南都、秦、晋、楚、豫诸大吏，亦无不建醮，均替他祝福禳灾。神宗命张四维等，掌理阁中细务，遇着大事，仍饬令至居正私第，由他裁决。居正始尚力疾从公，后来病势加重，渐觉不支，竟至案牍纷纭，堆积几右。会泰宁卫酋巴速亥，入寇义州，为宁远伯李成梁击

毙，露布告捷，朝廷归功居正，晋封太师。明代文臣，从未有真拜三公，自居正柄政，方得邀此荣宠。怎奈福为祸倚，乐极悲生，饶你位居极品，逃不出这生老病死四字。见道之言。居正一病半年，累得骨瘦如柴，奄奄一息，自知死期将至，乃荐故礼部尚书潘晟，及吏部侍郎余有丁自代。晟素贪鄙，不满人望，因冯保素从受书，特浼居正荐举，神宗立刻允准，命晟兼武英殿大学士，有丁兼文渊阁大学士。诏下甫五日，言官已交章劾晟，不得已将他罢官。未几，居正病逝，神宗震悼辍朝，遣司礼太监护丧归葬，赐赙甚厚。两宫太后及中宫，俱加赉金币，并赐祭十六坛，赠上柱国，予谥文忠。

只是铜山西崩，洛钟东应，居正一死，宫内的权阉冯保，免不得成了孤立。更兼太后归政已久，年力寖衰，也不愿问及外事，所以保势益孤。当潘晟罢职时，保方病起，闻报遽怒道："我适小恙，不致遽死，难道当今遂没有我么？"还要骄横，真是不识时务。是时皇长子已生，保又欲晋封伯爵。长子系神宗自生，与冯保何与，乃欲封伯爵耶？张四维以向无此例，不便奏议，只拟予荫他弟侄一人，作为都督佥事。保复怒道："你的官职，从何处得来？今日乃欲负我，连一个虚衔，都不能替我转圜，未免不情！"说得四维哑口无言。会东宫旧阉张鲸，素忌保宠，意图排斥。宗有同事张鲸，前被保放逐，至是复入。两人遂交相勾结，伺隙白帝，历诉保过恶，及与张居正朋比为奸等情。神宗本来恨保，一经挑拨，自然激动起来。御史江东之，又首劾保党锦衣同知徐爵，神宗遂将爵下狱，饬刑部定了死罪，算是开了头刀。言官李植，窥伺意旨，复列保十二大罪，统是神宗平日敢怒不敢言的事情。此时乾纲独断，毫无牵掣，遂谪保为南京奉御，不准须臾逗留；并令锦衣卫查抄家产，得资巨万。东之并劾吏部尚书梁梦龙，工部尚书曾希吾，吏部侍郎王篆，均为保私党，应即斥退。当下命法司查明，果得实证，遂下诏一一除名。看官！你道这实证从何处得来？原来冯保家中，藏有廷臣馈遗录，被查抄时一并搜出，梁、曾等姓氏骈列，所以无可抵赖，同时斥退。此外大小臣工，名列馈遗录中，不一而足。

独刑部尚书严清，与冯保毫无往来，且素不党附居正，因得神宗器重，名曰严清，果足副实。乃调任为吏部尚书，代了梁梦龙遗缺。清搜讨故实，辩论官材，自丞佐以下，都量能授职，无一幸进，把从前夤缘干托的情弊，尽行扫除。可惜天不假年，在任仅阅半载，得病假归，未几即殁。还有蓟镇总

兵戚继光，从前由居正委任，每事辄与商榷，动无掣肘，所向有功。及是居正已殁，给事中张鼎思，上言继光不宜北方，不管人才可否，专务揣摩迎合，这等人亦属可杀。阁臣拟旨，即命他调至广东，继光不免怏怏，赴粤逾年，即谢病回里，越三年乃殁。继光与兵部尚书谭纶，都督府佥事俞大猷，统为当时名将。谭纶卒于万历五年，俞大猷卒于万历八年，一谥襄敏，一谥武襄。继光至十一年乞归，十四年病终原籍，万历末追谥武毅，著有《练兵实纪》，《纪效新书》，所谈兵法，均关窾要，至今犹脍炙人口，奉为秘传，这也不消絮叙。已足与史传扬名不朽，且随笔叙结谭、俞两人，尤为一带两便。

且说冯保得罪，以后新进诸臣，又交攻居正，陆续不绝。有旨夺上柱国太师官衔，并将赐谥一并镌去。大学士张四维，见中外积怨居正，意欲改弦易辙，收服人心，何不述冯保语，质之曰："你的官职，从何处得来？"因上疏言事，请荡涤烦苛，宏敷惠泽，一面请召还吴中行、赵用贤、艾穆、沈思孝、余懋学等，奏复原官。神宗颇加采纳，朝政为之稍变。已而四维以父丧归葬，服将阕而卒。朝旨赠官太师，赐谥文毅。结果比居正为胜，足为四维之幸。嗣是申时行进为首辅，申时行见前回。引荐礼部尚书许国，兼任东阁大学士。许本是时行好友，同心办事，阁臣始沆瀣相投，不复生嫌，无如言路一开，台官竞奋，彼此争砺锋锐，搏击当路，于是阁臣一帜，台官一帜，分竖明廷。嗣复为了张居正一案，闹得不可开交，遂致朝臣水火，又惹出一种争执的弊端。明臣好争，统是意气用事。

先是居正当国，曾构陷辽王宪㸅，废为庶人。宪㸅系太祖十五子植七世孙，植初封卫王，寻改封辽，建文时又徙封荆州，七传至宪㸅，尝希旨奉道，得世宗欢心，加封真人，敕赐金印。穆宗改元，御史陈省劾他不法，夺去真人名号及所赐金印。居正家居荆州，故隶辽王尺籍，至宪㸅骄酗贪虐，多所凌轹，以此为居正所憾。且因宪㸅府第壮丽，暗思攘夺，可巧巡按御史郜光，奏劾宪㸅淫虐僭拟诸罪状，居正遂奏遣刑部侍郎洪朝选，亲往勘验，且嘱令坐以谋逆，好教他一命呜呼。待至朝选归京，只说他淫酗是实，谋反无据。朝旨虽废黜宪㸅，禁锢高墙，居正意尚未慊，密嘱湖广巡抚劳堪，上言朝选得贿，代为宪㸅掩饰。朝选遂因此获罪，瘐死狱中。那时辽王府第，当然为居正所夺，遂了心愿。至居正死后，辽府次妃王氏，运动言官，代为讼冤。当有御史羊可立，追论居正构害辽王事，正在颁下部议，王妃复上书

诉讼，大略言："居正贪鄙，谋夺辽王府第，因此设计诬陷。既将辽府据去，复将所有金宝，悉数没入他家。"神宗览奏，即欲传旨籍没，但尚恐太后意旨未以为然，一时不便骤行。可巧潞王翊镠，将届婚期，需用珠宝，无从采备。恐由神宗故意为此。太后召神宗入内，向他问道："名为天府，难道这些些珠宝，竟凑办不齐么？"神宗道："近年以来，廷臣没有廉耻，都把这外方贡品，私献冯、张二家，所以天府藏珍，很是寥寥了。"太后道："冯保家已经抄没，想可尽输入库。"神宗道："冯保狡猾，预将珍宝偷运去了，名虽查抄，所得有限。"太后慨然道："冯保是个阉奴，原不足责，但张居正身为首辅，亲受先皇遗命，乃亦这般藏私，真是人心难料呢！"太后虽明，亦为所愚。神宗复述及辽府讼冤，归罪居正等情，太后默然。嗣是张先生张太师的称号，宫中一律讳言，神宗知太后意转，亟命司礼监张诚等，南下荆州，籍居正家。张诚先遣急足，潜投江陵守令，命他速往查封，休使逃匿。守令得了此信，自然格外巴结，即召集全班人役，围住张氏府第，自己亲入府内，把他阖家人口，悉数点查，驱入一室，令衙役在室外守着。顿时反宾为主，一切服食，统须由衙役作主，可怜张氏妇女，多半畏馁，宁自绝粒，竟饿死了十数人。及张诚一到，尤觉凶横，饬役搜查，倒箧倾箱，并没有什么巨宝，就是金银财帛，也是很少，较诸当日严相府中，竟不及二十分之一。张诚怒道："十年宰相，所蓄私囊，宁止此数？此必暗中隐匿，或寄存亲族家内，别人或被他瞒过，我岂由他诳骗么？"遂召居正长子礼部主事敬修，迫令和盘献出。敬修答言，只有此数。张诚不信，竟饬虎狼卫役，把敬修褫去衣冠，拷掠数次；并将张氏亲族，一一传讯，硬说他有寄藏，不容剖白。敬修熬不住痛苦，寻了短见，投缳毕命。亲族等无从呼吁，没奈何各倾家产，凑出黄金一万两，白银十万两，不是查抄，竟是抢劫。张诚方才罢手。大学士申时行得悉此状，因与六卿大臣，联名上疏，奏请从宽。刑部尚书潘季驯，又特奏居正母年过八旬，朝不保暮，请皇上锡类推恩，全他母命云云。乃许留空宅一所，田十顷，赡养居正母。唯尽削居正官阶，夺还玺书诏命，并谪戍居正子弟，揭示罪状。有诏云：

张居正诬蔑亲藩，箝制言官，蔽塞朕聪，私占废辽宅田，假名丈量遮饰，骚动海内。迹其平日所为，无非专权乱政，罔上负恩，本当斫棺

戮尸，因念效劳有年，姑免尽法。伊弟张居易，伊子张嗣修等，俱令烟瘴地面充军，以为将来之谋国不忠者戒！

张居易曾为都指挥，张嗣修曾任编修，至是皆革职远戍，一座巍巍然师相门第，变作水流花谢，雾散云消，令人不堪回首呢。所谓富贵如浮云。张诚回京复命，御史丁此吕，又追劾侍郎高启愚，主试题系“舜亦以命禹”五字，实系为居正劝进，不可不惩。神宗得了此疏，颁示内阁，申时行勃然道：“此吕何心，陷人大逆，我再缄默不言，朝廷尚有宁日么？”当即疏陈此吕暧昧陷人，应加重谴等语。小子有诗咏道：

炎凉世态不胜哀，落穽还防下石来。
稍有人心应代愤，好凭只手把天回。

未知神宗曾否准奏，且看下回再表。

神宗临幸宫人，暗育珠胎，至于太后诘问，犹不肯实言，虽系积畏之深，以致如此，然使太后处事未明，疑宫人为外遇，置诸刑典，得毋沉冤莫白，终为神宗所陷害乎？一宵恩爱，何其钟情，至于生死之交，不出一言以相护，是可忍，孰不可忍？观于居正死后，夺其官，籍其产，戍其子弟，且任阉竖张诚，勒索财贿，株连亲族，甚至逼死居正子敬修，未闻查究。古云：“罪人不孥。”神宗习经有素，岂竟漫无所闻？况居正当国十年，亦非全无功绩，前则赏过于功，后则罚甚于罪，凉薄寡恩四字，可为神宗一生定评，唯居正之得遇宠荣，为明代冠，而身后且若是，富贵功名，无非泡影，一经借鉴，而世之热中干进者可以返矣。

第七十五回　侍母膳奉教立储
惑妃言誓神缄约

却说申时行上疏以后，尚书杨巍，又请将丁此吕贬斥，顿时闹动言官，统说时行与巍，蔽塞言路。御史王植、江东之交章弹劾两人，神宗为罢高启愚，留丁此吕。于是申、杨两大臣，抗疏求去。大学士余有丁，上言殿阁大臣，关系国体，不应为一此吕，遂退申、杨。许国尤不胜愤懑，亦专疏乞休。神宗乃将此吕外调。王植、江东之始终不服，遂力推前掌院学士王锡爵，可任阁务。锡爵曾积忤居正，谢职家居。见七十三回。至是因台官交推，重复起用，晋授礼部尚书，兼文渊阁大学士。又因日讲官王家屏，敷奏诚挚，由神宗特拔，命为吏部侍郎、兼东阁大学士。两人相继入阁，言官只望锡爵得权，抵制时行，不防锡爵却与时行和好，互为倚助，遂令全台御史，大失所望。万历十四年正月，郑妃生下一子，取名常洵，神宗即晋封郑妃为贵妃。大学士申时行等，以皇长子常洛，年已五岁，生母恭妃，未闻加封，乃郑妃甫生皇子，即晋封册，显见得郑妃专宠，将来定有废长立幼的事情，遂上疏请册立东宫。时行初意，原是不错。疏中有云：

> 臣等闻早建太子，所以尊宗庙，重社稷也。自元子诞生，五年于兹矣，即今麟趾螽斯，方兴未艾，正名定分，宜在于兹。祖宗朝立皇太子，英宗以二岁，孝宗以六岁，武宗以一岁，成宪具在。唯陛下以今春月吉，敕下礼部早建储位，以慰亿兆人之望，则不胜幸甚！

神宗览疏毕，即援笔批答道："元子婴弱，少待二三年，册立未迟。"批旨发下，户科给事中姜应麟，及吏部员外郎沈璟，复抗疏奏道：

> 窃闻礼贵别嫌，事当慎始。贵妃所生陛下第三子，神宗第二子常溆，生一岁而殇。犹亚位中宫，恭妃诞育元嗣，翻令居下，揆之伦理则不顺，质之人心则不安，传之天下万世则不正，请收回成命，先封恭妃为皇贵妃，而后及于郑妃，则礼既不违，情亦不废。陛下诚欲正名定分，别嫌明微，莫若俯从阁臣之请，册立元嗣为东宫，以定天下之本，则臣民之望慰，宗社之庆具矣。

这疏一上，神宗瞧了数语，便抛掷地上，勃然道："册封贵妃，岂为立储起见？科臣等怎得妄言谤朕呢！"当下特降手敕道："郑贵妃侍奉勤劳，特加殊封，立储自有长幼，姜应麟疑君卖直，着降处极边，沈璟亦降级外调，饬阁臣知之！"申时行、王锡爵等，接奉此敕，又入朝面请，拟减轻姜应麟罪名。神宗怫然道："朕将他降处，并非为了册封，只恨他无故推测，疑朕废长立幼。我朝立储，自有成宪，若以私意坏公论，朕亦不敢出此。"既不敢以私废公，何不径立皇长子。申时行等唯唯而出，遂谪应麟为广昌典史，沈璟亦降级外调。既而刑部主事孙如法，又上言："恭妃生子五年，未得晋封，郑妃一生皇子，即册贵妃，尢怪中外动疑"云云。神宗复动恼起来，立谪为朝阳典史。御史孙维城、杨绍程等，续请立储，统行夺俸。礼部侍郎沈鲤，再上书请并封恭妃，神宗实不耐烦，复召申时行入问道："朕意并不欲废长立幼，何故奏议纷纷，屡来絮聒？"时行道："陛下立心公正，臣所深佩，现请明诏待期立储，自当加封恭妃，此后诸臣建言，止及所司职掌，不得越俎妄渎，那时人言自渐息了。"时行此言，未免迎合意旨，与初意不符。神宗点首，遂命时行拟旨颁发。为了这事，言官愈加激烈，你上一疏，我奏一本，统是指斥宫闱，攻击执政。神宗置诸不理，所有臣工奏疏，都掷诸败字簏中。会郑贵妃父郑承宪，为父请封，神宗欲援中宫父永年伯王祎故例，拟封伯爵。礼部以历代贵妃，向无祖考封伯的故事，不便破例，乃只给坟价银五百两。

小子阅明朝稗史，载有郑贵妃遗事一则：据言贵妃父承宪，家甚贫苦，曾将女许某孝廉为妾，临别时，父女相对，不胜悲恸。某孝廉素来长厚，看

这情形，大为不忍，情愿却还，不责原聘。郑女感激万分，脱下只履，赠与孝廉，誓图后报。已而入宫，大得宠幸，虽是贵贱有别，终究是个侧室。追怀前情，耿耿未忘。不意孝廉名字，竟致失记，只有一履尚存，特命小太监向市求售，索值若干。过了一年，无人顾问，不过都下却传为异闻。某孝廉得着消息，乃袖履入都，访得小太监售履处，出履相证，果然凑合。小太监遂问明姓氏，留住寓中，立刻报知郑贵妃。贵妃泣诉神宗，备言前事，并云："妾非某孝廉，哪得服侍陛下？"算是知恩报恩。神宗为之动容，遂令小太监通知某孝廉，令他谒选，即拔为县令，不数年任至盐运使。这也是一种轶闻，小子随笔录述，作为看官趣谈，此外无庸细叙。

单说郑贵妃既身膺殊宠，又生了一个麟儿，意中所望，无非是子得立储，他日可做太后，便与李太后的境遇相同。有时宫闱侍宴，及枕席言欢，免不得要求神宗，请立己子常洵为太子。这也是妇人常态。神宗恩爱缠绵，不敢忤逆贵妃，用不敢忤逆四字甚妙。自然含糊答应。到出了西宫，又想到废长立幼，终违公例，因此左右为难，只好将立储一事，暂行搁起。偏偏礼科都给事王三馀，御史何倬、钟化民、王慎德，又接连奏请立储。还有山西道御史陈登云，更劾及郑宗宪骄横罪状。神宗看了这种奏折，只瞧到两三行，便已抛去，一字儿不加批答。独李太后闻了这事，不以为然。一日，值神宗侍膳，太后问道："朝廷屡请立储，你为什么不立皇长子？"神宗道："他是个都人子，不便册立。"太后怒道："你难道不是都人子么？"说毕，投箸欲起。神宗慌忙跪伏，直至太后怒气渐平，方才起立。原来内廷当日，统呼宫人为都人，李太后亦由宫人得宠，因有是言。神宗出了慈宁宫，转入坤宁宫，与王皇后谈及立储事，王皇后亦为婉劝。后性端淑，善事两宫太后，就是郑贵妃宠冠后宫，后亦绝不与较。所以神宗对于皇后，仍没有纤芥微嫌。此次皇后援经相劝，神宗亦颇为感动。

待至万历十八年正月，皇长子年已九岁，神宗亲御毓德宫，召见申时行、许国、王锡爵、王家屏等，商议立储事宜。申时行等自然援立嫡以长四字，敷奏帝前。神宗道："朕无嫡子，长幼自有次序，朕岂有不知之理？但长子犹弱，是以稍迟。"时行等复请道："元子年已九龄，蒙养豫教，正在今日。"神宗点头称善。时行等叩首而退，甫出宫门，忽有司礼监追止道："皇上已饬宣皇子入宫，与先生们一见。"时行等乃再返入宫。皇长子皇三子次

第到来，神宗召过皇长子，在御榻右面，向明正立，并问时行等道：“卿等看此子状貌如何？”时行等仰瞻片刻，齐声奏道：“皇长子龙姿凤表，岐嶷非凡，仰见皇上仁足昌后呢。”神宗欣然道：“这是祖宗德泽，圣母恩庇，朕何敢当此言？”时行道：“皇长子春秋渐长，理应读书。”王锡爵亦道：“皇上前正位东宫，时方六龄，即已读书，皇长子读书已晚呢。”神宗道：“朕五岁便能读书。”说着时，复指皇三子道：“是儿亦五岁了，尚不能离乳母。”乃手引皇长子至膝前，抚摩叹惜。时行等复叩头奏道：“有此美玉，何不早加琢磨，畀他成器？”神宗道：“朕知道了。”时行等方才告退。

谁料这事为郑贵妃所悉，一寸芳心，忍不住许多颦皱。用元词二句甚妙。遂对了神宗，做出许多含嗔撒娇的状态，弄得神宗无可奈何，只好低首下心，求她息怒。刚为柔克，古今同慨。贵妃即乘势要挟，偕神宗同至大高元殿，祇谒神明，设了密誓，约定将来必立常洵为太子。又由神宗亲笔，载明誓言，缄封玉盒中，授与贵妃。仿佛唐明皇之对于杨妃。自此贵妃方变嗔为喜，益发竭力趋承。神宗已入情魔，镇日里居住西宫，沉湎酒色，于是罢日讲，免升授官面谢，每至日高三丈，大臣俱已待朝，并不见神宗出来；或竟遣中官传旨，说是圣体违和，着即免朝。今日破例，明日援行，甚且举郊祀庙享的礼仪，俱遣官员恭代，不愿亲行。女蛊之深，一至于此。大理评事雒于仁，疏上酒色财气四箴，直攻帝失，其词略云：

> 臣备官岁余，仅朝见陛下者三，此外唯闻圣体违和，一切传免，郊祀庙享，遣官代行，政事不亲，讲筵久辍，臣知陛下之疾，所以致之者有由也。臣闻嗜酒则腐肠，恋色则伐性，贪财则丧志，尚气则戕生。陛下八珍在御，觞酌是耽，卜昼不足，继以长夜，此其病在嗜酒也。宠十俊以启幸门，时有十小阉被宠，谓之十俊。溺郑妃靡言不听，忠谋摈斥，储位久虚，此其病在恋色也。传索帑金，括取币帛，甚且掠问宦官，有献则已，无则谴怒，此其病在贪财也。今日搒宫女，明日抶中官，罪状未明，立毙杖下，又宿怨藏怒于直臣，如姜应麟、孙如法辈，一诎不申，赐环无日，此其病在尚气也。四者之病，胶绕身心，岂药石所能治？故臣敢以四箴献陛下。肯用臣言，即立诛臣身，臣虽死犹生矣。

神宗览疏大怒，几欲立杀于仁，还是申时行代为解免，才将他削职为民。后来吏部尚书宋纁，礼部尚书于慎行等，率群臣合请立储，俱奉旨严斥，一律夺俸。大学士王锡爵，素性刚直，尝与申时行言及，以彼此同为辅臣，总须竭诚报上，储君一日未建，国本即一日未定，拟联合阁部诸大臣，再行力奏云云。时行以曾奉上旨，稍延一二年，自当决议，此时不如暂行从缓。锡爵乃勉强容忍，既而耐不过去，特疏请豫教元子，并录用言官姜应麟等，说得非常恳切。谁知奏牍上陈，留中不报。锡爵索性申请建储，仍不见答。自知言终不用，乃以母老乞休，竟得准奏归林。神宗只知有妾，锡爵不能无母。未几，申时行等再疏请立东宫，得旨于二十年春举行。到了十九年冬季，工部主事张有德，请预备建储仪注，为帝所斥，夺俸示罚。适时行因病乞假，许国与王家屏语道："小臣尚留心国本，力请建储，难道我辈身为大臣，可独无一言么？"遂仓卒具疏，竟不待与时行商及，即将他名衔首列。神宗以有旨在前，不便反汗，似乎有准请立储的意思。看官！你想这郑贵妃宠冠六宫，所有内外政务，哪一件不得知晓！当下携着玉盒，跪伏神宗座旁，呜呜咽咽的哭将起来。但说是"生儿常洵，年小没福，情愿让位元子，把从前誓约，就此取消。"神宗明知她是有心刁难，怎奈神前密誓，口血未干，况看她一种泪容，仿佛似带雨海棠，欺风杨柳，就使铁石心肠，也要被她熔化。随即亲扶玉手，令她起立，一面代为拭泪，一面好言劝慰，委委婉婉的说了一番，决意遵着前誓，不从阁议。可巧申时行上呈密揭，略言臣在假期，同官疏列臣名，臣实未知等语。于是神宗顺风使帆，竟将许国等原疏，及时行密揭，一并颁发出来，故事阁臣密揭，悉数留中，此次神宗违例举行，明明是讽斥许国等人，教他自行检过。给事中罗大纮，奋上弹章，疏陈时行迎合上意，希图固宠，阳附廷臣请立之议，阴为自处宫掖之谋。中书舍人黄正宾，亦抗疏痛诋时行，有旨削大纮籍，廷杖正宾，亦革职为民。许国、王家屏又有"臣等所言，不蒙采择，愿赐罢职"等语，神宗因他迹近要挟，竟下旨斥责许国，说他身为大臣，不应与小臣为党，勒令免官。许国一去，舆论更不直时行。时行不得已求请解职，神宗一再慰留，到了时行三次乞归，并荐赵志皋、张位等自代，才邀神宗允准。时行之屡疏乞休，还算知耻。时行去后，即以赵志皋为礼部尚书，张位为吏部侍郎，并兼东阁大学士，参预机务。

至万历二十年，礼科给事中李献可，以宫廷并无建储消息，特请豫教元子，不意忙中有错，疏中误书弘治年号，竟被神宗察出，批斥献可违旨侮君，贬职外调。王家屏封还御批，具揭申救，大忤帝意。六科给事中孟养浩等，各上疏营救，神宗命锦衣卫杖孟百下，革去官职，此外一概黜退。王家屏知不可为，引疾归田。吏部郎中顾宪成、章嘉桢等，上言家屏忠爱，不应废置。神宗又恨他多言，夺宪成官，谪嘉桢为罗定州州判。宪成无锡人，里中旧有东林书院，为宋杨时讲道处，宪成曾与弟允成，发起修筑，至被谴归里，即偕同志高攀龙、钱一本、薛敷教、史孟麟、于孔兼等，就院讲学，海内闻风景附，往往讽议时政，裁量人物。朝士亦慕他清议，遥为应和，后来遂称为东林党，与大明一代江山，沦胥同尽。小子有诗叹道：

盛世宁无吁咈时，盈廷交哄总非宜。
才知王道泯偏党，清议纷滋世愈衰。

内本未定，外变丛生，欲知当日外情，请至下回再阅。

立嫡，古礼也。无嫡则立长，此亦礼制之常经。神宗溺于郑贵妃，乃欲舍长立幼，廷臣争之，韪矣，但必谓储位一定，即有以固国本，亦未必尽然。兄挚废而弟尧立，后世尝颂尧为圣人，不闻其有背兄之恶玷。然则择贤而嗣，利社稷而奠人民，尤为善策，宁必拘拘于立长耶？唯典学亲师，最关重大，士庶人之子，未有年逾幼学而尚未就傅者，况皇子耶？廷臣争请立储，致忤帝意，甚至豫教元子之请，亦遭驳斥，神宗固不为无失，而大臣之不善调护，徒争意气，亦未始不足疵也。至于东林讲学，朝野景从，处士横议，党祸旋兴，汉、唐末造，类中此弊，明岂独能免祸乎。

第七十六回　据镇城哱氏倡乱
用说客叛党骈诛

却说鞑靼部酋俺答，自受封顺义王后，累年通使，贡问不绝。万历九年，俺答病殁，朝旨赐祭七坛，采币十二双，布百匹，三娘子率子黄台吉上表称谢，并贡名马。黄台吉系俺答长子，年已渐老，不喜弄兵，且迷信佛教，听从番僧，禁止杀掠，因此西北塞外，相安无事。先是王崇古、方逢时次第督边，亦次第卸职，继任总督，叫作吴兑，兑颇驾驭有方，各部相率畏服，贡市无失期。三娘子尤心慕华风，随时款塞，尝至总督府谒兑。兑视若儿女，情甚亲昵。有时三娘子函索金珠翠钿，兑必随市给与，借敦睦谊。或各部稍稍梗化，三娘子总预先报闻，兑得筹备不懈。黄台吉袭封顺义王，改名乞庆哈，也恭顺无愆，奉命唯谨。唯黄台吉素性渔色，先配五阑比妓，后经西僧怂恿，纳妇一百八人，取象数珠。多妻若此，安得不病？怎奈百余番妇，姿色多是平常，没一个比得三娘子。黄台吉暗暗垂涎，欲据三娘子为妻。三娘子嫌他老病，不肯迁就，意将率属他徙，适吴兑卸任，另授郑洛为总督，洛抵任，闻知此事，私下叹念道："若三娘子别属，我朝封这黄台吉，有何用处？"乃遣使往说三娘子道："汝不妨归王，天朝当封汝为夫人。汝若他去，不过一个寻常妇人，有什么显荣呢？"子收父妾，胡俗固然，但不应出诸中国大员之口。三娘子为利害所逼，乃顺了黄台吉的意思，与他成为夫妇。两口儿和好度日，倏忽间已是四年。谁料黄台吉得病又亡，三娘子仍作哀嫠。那时黄台吉子扯力克，应分袭位，倒是一个翩翩公子，气宇轩昂，其时把汉那吉

已死，遗妻大成比妓，为扯力克所纳。三娘子曾生一儿，名叫不他失礼，本欲收比妓为妻，偏偏被扯力克夺去，心中很是不悦，连三娘子也有怨词，竟至挈子他徙。郑洛闻报，又欲替他调停，先遣人往说三娘子，劝她下嫁扯力克，三娘子颇也乐从，前时少妇配老夫，尚且肯允，至此老妇配少夫，自然格外乐从。只要扯力克尽逐诸妾，方肯应命。洛乃复传谕扯力克道："娘子三世归顺，汝能与娘子结婚，仍使你袭封，否则当别封他人了。"扯力克欣然应诺，且愿依三娘子规约，把所有姬妾，一并斥还；竟整了冠服，备齐舆马，亲到三娘子帐中，成合婚礼。三娘子华年虽暮，色态如前，眉妩风流，差幸新来张敞，脂香美满，何期晚遇韩郎，谐成了欢喜缘，完结了相思债。曾感念冰人郑总督否？郑洛为她请封，得旨封三娘子为忠顺夫人，扯力克袭封如旧。三娘子历配三主，累操兵枋，常为明朝保边守塞，始终不衰。山、陕一带诸边境，商民安堵，鸡犬无惊。

哪知到了嘉靖二十年，宁夏地方，竟出了一个哱拜，纠众作乱，又未免煽动兵戈。这哱拜本鞑靼部种，先时曾得罪酋长，叩关入降，隶守备郑印麾下，屡立战功，得任都指挥。未几以副总兵致仕，子承恩袭职。承恩初生时，哱拜梦空中天裂，堕一妖物，状貌似虎，奔入妻寝。他正欲拔剑除妖，不意呱呱一声，惊醒睡梦，起床入视，已产一男。他也不知是凶是吉，只好抚养起来，取名承恩。承恩渐长，狼状枭形，番人本多犷悍，哱拜视为常事，反以他狰狞可畏，非常钟爱。至哱拜告老，承恩袭为都指挥，凑巧洮河以西，适有寇警，巡边御史周弘禴，举承恩及指挥土文秀，并哱拜义子哱云等，率兵往征，正拟指日出发，会值巡抚党馨，奉总督郑洛檄文，调遣土文秀西援，哱拜时虽家居，尚多蓄苍头军，声言报国，至是闻文秀被调，不禁嗟叹道："文秀虽经战阵，难道能独当一面么？"遂亲诣郑洛辕门，陈明来意，并愿以所部三千人，与子承恩从征。洛极力嘉奖，乐从拜请。

于是文秀、承恩，陆续启行。偏这巡抚党馨，恨他自荐，只给承恩羸马。承恩怏怏就道，到了金城，寇骑辟易，追杀数百人。奏凯归来，取道塞外，见诸镇兵皆懦弱无用，遂藐视中外，渐益骄横。馨不以为功，反欲按名核粮，吹毛索瘢，嗣闻承恩娶民女为妾，遂责他违律诱婚，加杖二十。明是有意激变。看官！试想承恩骄戾性成，哪肯受这般委屈？就是他老子哱拜，亦觉自损脸面，怨望得很。还有土文秀、哱云两人，例应因功升授，偏也由馨

中阻，未得偿愿。数人毒气，遂齐向巡抚署中喷去。冤冤相凑，戍卒衣粮，久欠勿给，军锋刘东旸，心甚不平，往谒哱拜，迭诉党馨虐待情形。哱拜微笑道："汝等亦太无能为，怪不得被他侮弄。"两语够了。东旸闻言，奋然径去，遂纠合同志许朝等，借白事为名，哄入帅府，总兵张维忠，素乏威望，见众拥入，吓得手足无措。东旸等各出白刃，胁执副使石继芳，拥入军门。党馨闻变，急逃匿水洞中。只有此胆，何故妄行。旋被东旸等觅得，牵至书院，历数罪状，把他杀死。该杀。石继芳亦身首两分。遂纵火焚公署，收符印，释罪囚，大掠城中；硬迫张维忠，以侵粮激变报闻。维忠不堪受迫，自缢而亡。死得无名。

东旸遂自称总兵，奉哱拜为谋主，承恩、许朝为左右副将，哱云、文秀为左右参将，当下分道四出，陷玉泉营及广武，连破汉西四十七堡。唯文秀进围平卤，守将萧如熏，率兵登陴，誓死固守。如熏妻杨氏，系总督杨兆女，语如熏道："汝为忠臣，妾何难为忠臣妇。"可入女诫。遂尽出簪珥，慰劳军士妻女，由杨氏亲自带领，作为一队娘子军，助兵守城。文秀攻围数月，竟不能下。东旸复分兵过河，欲取灵州，且诱河套各部，愿割花马池一带，听他驻牧，势甚猖獗。总督尚书魏学曾，飞檄副总兵李昫，权署总兵，统师进剿。昫遣游击吴显、赵武、张奇等，转战而西，所有汉西四十七堡，次第克复。唯宁夏镇城，尚为贼据。河套部酋著力兔，带领番兵三千骑，来援东旸，进屯演武场。东旸益掠城中子女，馈献套部，套人大悦，扬言与哱王子已为一家，差不多有休戚与共的情形。哱云引着力兔再攻平卤，萧如熏伏兵南关，佯率羸卒出城，挑战诱敌。哱云仗着锐气，当先驰杀，如熏且战且行，绕城南奔；看看南关将近，一声号炮，伏兵尽发，将哱云困在垓心，四面注射强弩，霎时间将哱云射死。着力兔尚在后队，闻前军被围，情知中计，遂麾众北走，出塞遁去。利则相亲，害则相舍，外人之不足恃也如此。朝旨特擢萧如熏为总兵，调麻贵为副总兵，进攻宁夏，并赐魏学曾尚方剑，督军恢复，便宜行事。

御史梅国桢，保荐李成梁子如松，忠勇可任，乃命如松总宁夏兵，即以国桢为监军。会宁夏巡抚朱正色，甘肃巡抚叶梦熊，均先后到军，并逼城下。学曾与梦熊定计，毁决黄河大坝，用水灌城。内外水深约数尺，城中大惧，由许朝缒城潜出，径谒学曾，愿悔罪请降，学曾令还杀哱拜父子，方许

赎罪。许朝去后，杳无音信，如松遣骑四探，忽闻套部庄秃赖及卜失兔，纠合部落三万人，入犯定边小盐地，别遣万骑从花马池西沙湃口，衔枚疾入，为哱拜声援。那时如松飞报学曾，学曾才知他诈降缓兵，亟遣副总兵麻贵等，驰往迎剿，方将套众击退。既而着力兔复率众万余，入李刚堡，如松等复分兵邀击，连败套众，追奔至贺兰山，套众尽遁。官军捕斩百二十级，悬诸竿首，徇示宁夏城下，守贼为之夺气。独监军梅国桢，与学曾未协，竟劾他玩寇误兵，遂致逮问，由叶梦熊代为督师。梦熊下令军中，先登者赏万金，嗣是人人思奋，勉图效力。过了五日，水浸北关，城崩数丈，承恩、许朝等忙趋北关督守。李如松、萧如熏潜领锐卒掩南关，总兵牛秉忠，年已七十，奋勇先登。梅国桢大呼道："老将军且先登城，诸君如何退怯？"言甫毕，但见各将校一麾齐上，肉薄登城，南关遂下。承恩等惶急非常，急遣部下张杰，缒城出见，求贷一死。梦熊佯为允诺，仍然大治攻具。监军梅国桢，日夕巡逻，严行稽察。一日将晚，正在市中巡行，忽有歌声一片，洋洋入耳。其词道：

痈不决，毒长流。巢不覆，枭常留。兵戈未已我心忧，我心忧兮且卖油。

国桢听着，不禁诧异起来，使谕军士道："何人唱歌，快与我拘住！"军士奉命而去。未几即拿到一人，国桢见他状貌非凡，便问他姓氏职业。那人答道："小人姓李名登，因业儒不成，转而习贾。目今兵戈扰攘，无商可贩，只好沿街卖油，随便糊口。"此子颇似伍子胥。国桢道："你所唱的歌词，是何人教你的？"李登道："是小人随口编成的。"国桢暗暗点头，复语道："我有一项差遣，你可为我办得到么？"李登道："总教小人会干，无不效力。"国桢乃亲与解缚，赐他酒食，授以密计，并付札子三道，登受命驰去，缚木渡东门，入见承恩道："哱氏曾有安塞功，监军不忍骈诛，特令登赍呈密札，给与将军。将军如听登言，速杀刘、许自赎，否则请即杀登。"斩钉截铁，足动悍番之心。承恩沉吟半晌，旋即许诺。登趋而出，又从间道诣刘、许营。亦各付密札道："将军本系汉将，何故从哱氏作乱，甘心婴祸？试思镇卒几何，能当大军？将军所恃，不过套援，今套部又已被逐，区区杯水，怎

救车薪？为将军计，速除哱氏，自首大营，不特前愆可免，且有功足赏哩。”与刘、许言又另具一种口吻，李登洵不愧说客。刘、许二人亦觉心动，与登定约，登遂回营报命。

国桢仍督兵攻城，猛扑不已。未几，得东旸密报，土文秀已被杀死了，又未几，城上竟悬出首级三颗，一个是土文秀头颅，两个便是刘东旸、许朝首领。原来东旸既诱杀文秀，承恩知他有变，遂与部党周国柱商议。国柱与许朝曾夺一镇民郭坤遗妾，两不相让，遂生嫌隙。又为一妇人启衅。至是与承恩定计，托词密商军务，诱刘、许两人登楼，先斩许朝。东旸逃入厕房，被国柱破户搜出，一刀两段，于是悬首城上，敛兵乞降。李如松、萧如熏等遂陆续登城，揭示安民，并搜获宁夏巡抚关防，及征西将军印各一颗。哱拜尚拥苍头军，安住家中，总督叶梦熊方去灵州，闻大城已下，亟遣将校赍谕入城，大旨以诘旦不灭哱氏，应试尚方剑。时承恩正驰至南门，谒见监军梅国桢，为参将杨文所拘，李如松即提兵围哱拜家。拜知不能免，闭户自缢，家中放起一把无名火来，连人连屋，尽行毁去。参将李如樟，望见火起，忙率兵斩门而入，部卒何世恩，从火中枭哱拜首，生擒拜次子承宠，养子哱洪大，及余党土文德、何应时、陈雷、白鸾、陈继武等众。

总督叶梦熊，巡抚朱正色，御史梅国桢，先后入城，安抚百姓，一面慰问庆王世子帅锌。帅锌系太祖十六子栴七世孙，曾就封宁夏，哱拜作乱，曾向王邸中索取金帛，适值庆王伸域薨逝，世子帅锌，尚在守制，未曾袭封，母妃方氏，挈世子避匿窖中，既而惧辱自裁，所有宫女玉帛，悉被掠去。至梦熊等入府宣慰，帅锌方得保全。当下驰书奏捷，并将一切缚住人犯，押献京师。神宗御门受俘，立磔哱承恩、哱承宠、哱洪大等，颁诏令庆王世子帅锌袭封。王妃方氏，建祠旌表。不没贞节。给银一万五千两，分赈诸宗人，大赏宁夏功臣。叶梦熊、朱正色、梅国桢各荫世官。武臣以李如松为首功，特加宫保衔，萧如熏以下，俱升官有差。如熏妻杨氏，协守平卤，制敕旌赏。魏学曾亦给还原官，致仕回籍。其余死事诸将卒，亦各得抚恤。宁夏复平，哪知一波才静，一波随兴，东方的朝鲜国，复遭倭寇蹂躏，朝鲜王李昖，火急乞援，免不得劳师东出，又有一场交战的事情。正是：

西陲才报承平日，东国又闻抢攘时。

欲知中外交战情形，待小子下回再表。

宁夏之变，倡乱者为哱拜，而刘东旸、许朝等，皆缘哱拜一言而起，是哱拜实为祸首，刘、许其次焉者也。本回叙宁夏乱事，以哱拜为主，固有特识，而党馨之激变，以及萧如熏夫妇之效忠，备载无遗，有恶必贬，有善必彰，史家书法，例应如是。李登一卖油徒，乃得梅国桢之重任，今其往说叛寇，两处行间，互相残噬，羽翼已歼，哱拜仅一釜底游魂，欲免于死得乎？然则宁夏敉平，当推李登为首功，而明廷酬庸之典，第及将帅，于李登无闻，武夫攘功，英雄埋没，窃不禁为之长慨矣！

第七十七回　救藩封猛攻平壤
破和议再战岛山

却说朝鲜在中国东方，旧号高丽，明太祖时，李成桂为朝鲜国主，通好中朝，太祖授印封王，世为藩属。唯朝鲜与日本，只隔一海峡，向与倭人往来互市，交通颇繁。到了神宗时代，日本出了一个平秀吉，外史作丰臣秀吉。统一国境，遣使至朝鲜，迫他朝贡，且嗾使攻明，令为前导。国王李昖，当然拒绝。这平秀吉履历，当初是为人奴仆，嗣随倭关白　倭国官名，犹言丞相。信长代为划策，占领二十余州。会信长为参谋阿奇支所杀，秀吉统兵复仇，遂自号关白，劫降六十余州。因朝鲜不肯从命，竟分遣行长清正等，率舟师数百艘，从对马岛出发，直逼釜山。朝鲜久不被兵，国王李昖，又荒耽酒色，沉湎不治，一闻倭兵到来，大家不知所为，只好望风奔溃。倭兵进一步，朝鲜兵退一步，李昖料不能支，但留次子晖权摄国事，自己弃了王城，逃至平壤。未几又东走义州。倭兵陷入王京，劫王子陪臣，毁坟墓，掠府库，四出略地。所有京畿、江原、黄海、全罗、庆尚、忠清、咸镜、平安八道，几尽被倭兵占去。李昖急得没法，接连向明廷乞援。廷议以朝鲜属国，势所必救，急遣行人薛潘，驰谕李昖，扬言大兵且至，令他无畏等语。此亦列国中晋使解扬令宋无降楚之虚言。李昖信以为真，待了数日，只有游击队一二千人，由史儒等带领到来，惘惘的进抵平壤。天适霖雨，误陷伏中，仓猝交绥，史儒败死。副总兵祖承训统兵三千，渡鸭绿江，拟为后应，不防倭兵乘胜东来，锐不可当，承训忙策马回奔，还算天大侥幸，保全了一条生命。涉

笔成趣。

明廷闻报，相率震惧，丑。乃诏兵部右侍郎宋应昌，经略军务，出兵防倭。倭人仗着锐气，径入丰德等郡。明兵稍稍四集，倭行长清正等，狡黠得很，倭人狡黠，由来已久。遣使至军前，诡说不敢与中国抗衡，情愿易战为和。此时兵部尚书石星，向来胆怯，闻有求和的消息，忙募一能言善辩的说客，遣往倭营。可巧有一嘉兴人沈维敬，素行无赖，他竟不管好歹，遽尔应募。石星大喜，遂遣往平壤，与倭行长相见。行长执礼甚恭，且语维敬道："天朝幸按兵不动，我军亦不久当还，此后当以大同江为界，平壤以西，尽归朝鲜，决不占据。"满口诳言，这是倭人惯技。维敬即驰还奏闻，还是有几个老成练达的大臣，说是倭人多诈，不可轻信，于是促应昌等，只管进兵。偏石星惑维敬言，以为缓急可恃，命他暂署游击，参赞军谋。

宋应昌抵山海关，征调人马，一时难集，朝旨又特遣李如松为东征提督，与弟如柏、如梅等，鼓行而东，与应昌会师辽阳。沈维敬入见如松，复述倭行长言，如松怒叱道："你敢擅通倭人么？"旁顾左右，拟将他推出斩首。参谋李应试，力言不可，且密语如松道："阳遣维敬通款，阴出奇兵袭敌，这就是明修栈道，暗渡陈仓的计策。"如松不待说毕，便称好计，往语应昌。应昌亦一力赞成，乃留置维敬，一面誓师东渡。水天一色，风日俱清，倒映层岚，云帆绕翠。大众击楫渡江，差不多有乘风破浪的情势。烘染有致。监军刘黄裳慷慨宣言道："今日此行，愿大家努力，这便是封侯机会呢。"太觉踌躇满志。

先是沈维敬三入平壤，约以万历二十一年新春，由李提督赍封典到肃宁馆。是时大军到肃宁，倭行长疑为封使，遣牙将二十人来迎。如松饬游击李宁生缚住来使，不料遣来的牙将，也曾防变，个个拔刀格斗，一场奋杀，逃去了十七名，只有三人擒住。倭行长方伫风月楼，得知此信，急忙登陴拒守。如松到了平壤，相度形势，但见东南临江，西北枕山陡立，迤北有牡丹台，势更险峻。倭人列炮以待，如松料知厉害，先遣南兵往薄，果然炮火迭发，所当皆靡。如松麾南兵暂退，权在城外立营。到了夜间，倭兵来袭营盘，亏得如松预先防备，令如柏出兵迎击，一阵杀退。如松默默的筹思一番，翌日黎明，令游击吴惟忠，带兵攻牡丹峰，余将分队围城，独缺西南一角。如柏入问如松道："西南要害，奈何不攻？"如松笑道："我自有计。"

如柏退后，如松即召副总兵祖承训至帐前，密嘱数语，承训自去。又越一宿，如松亲率各将，一鼓攻城，那时牡丹台上的炮火，与平壤城头的强弩，仿佛似急雨一般，注射过来。各将校不免却步。如松手执佩剑，把先退的兵士，斩了五六名，大众方冒死前进，逼至城脚，取出预备的钩梯盘索，猱升而上。倭兵煞是厉害，各在城上死力撑拒，城内外积尸如山，尚是相持不下。忽然平壤城的西南隅，有明军蜂拥登城，吓得倭兵措手不迭，急忙分兵堵御，如松见倭兵纷乱，料知西南得手，遂督众将登小西门。如柏等亦从大西门杀入，火药并发，毒焰蔽空，这时候的吴惟忠，正猛攻牡丹峰，一弹飞来，洞穿胸臆，尚自奋呼督战，好容易占住牡丹台。如松入城时，在烟焰中指挥往来，坐骑被炮，再易良马，麾兵愈进。倭兵始不能支，弃城东逸，纷纷渡大同江，遁还龙山去了。逐层写来，见得倭人实是劲敌。

这次鏖战，还亏祖承训预受密计，潜袭西南隅，方能将倭兵杀退，夺还平壤。原来如松知倭寇素轻朝鲜，特令承训所部，尽易朝鲜民服，衷甲在内，绕出西南，潜行攻城。倭兵并不措意，等到承训登城，卸装露甲，倭兵才知中计，慌忙抵拒，已是不及。明军斩得倭寇头颅，共得一千二百八十余级。烧死的，溺死的，及跳城毙命的，尚不胜数。裨将李宁、查大受等率精兵三千，潜伏江东僻路，又斩倭首三百余。李如柏进复开城，也得倭首数百级。嗣是黄海、平安、京畿、江原四道，依次克复。

如松既连胜倭人，渐渐轻敌，趾高气扬。骄必败了。忽有朝鲜流兵，报称倭兵已弃王京，如松大喜，自率轻骑，趋碧蹄馆，察看虚实。那碧蹄馆在朝鲜城西，去王京只三十里，如松方驰至大石桥，隐约望见碧蹄馆，不防扑蹋一声，坐马忽倒，连人连鞍，堕于马下，可巧如松的右额，撞在石上，血流不止，险些儿昏晕过去。从行将士，忙上前扶掖，猛听得一声唿哨，四面八方，统有倭兵到来，把如松麾下一队人马，团团围住，绕至数匝，幸喜随征诸将，均是骁悍善战，左支右挡，舍命相争，自已牌战至午后，将士等尽汗透征袍，腹枵力敝，剑也缺了，刀也折了，弓袋内的箭干，也要用尽了，兀自援兵未至，危急非常。倭兵队中，有一金甲酋，抡刀拍马，前来击取如松。裨将李有升，亟挺身保护，舞起大刀，连刃数倭。谁料倭兵潜蹑背后，伸过铁铙钩，把有升从马上钩落，一阵乱剁，身如肉泥。亏得如柏、如梅，先后驰至，杀入垓心，金甲酋复来拦截，被如梅觑得亲切，只一箭射倒了

他，结果性命。是偿李有升的命。未几，又到杨元援军，协力冲杀，倭兵乃溃。

其时大雨滂沱，平地悉成泽国，骑不得骋，步不能行，明军又经了这番挫折，伤亡无数，不得已退驻开城。既而侦得倭将平秀嘉，屯兵龙山，积粟数十万。如松夜募死士，纵火焚粮，倭乃乏食。但兵经新败，未敢进逼，顿师绝域，渐觉气阻。宋应昌急欲了事，复提及沈维敬的原约，倭人因刍粮并烬，亦愿修和。应昌乃据实奏闻，明廷准奏，遂由应昌派遣游击源弘谟，往谕倭将，令献朝鲜王京，并归还王子。双方如约，纵他还国。倭将果弃了王京，退兵釜山。如松与应昌入城，检查仓粟，尚有四万余石，刍豆大略相等。安抚粗定，意欲乘倭退归，待势尾追。偏倭人晓明兵法，步步为营，无懈可击。祖承训、查大受及别将刘綎等，追了一程，知难而退。兵部尚书石星，力主款议，谕朝鲜国王还都王京，留刘綎屯守，饬如松班师。倭人从釜山移西生浦，送回王子陪臣等。宋应昌遂上书乞归，朝命顾养谦代为经略，更饬沈维敬出赴倭营，促上谢表。倭遣使小西飞入朝，定封贡议。神宗命九卿科道，会议封贡事宜，御史杨绍程独抗疏力争，略云：

> 臣考之太祖时，屡却倭贡，虑至深远。永乐间或一朝贡，渐不如约，自是稔窥内地，频入寇掠，至嘉靖晚年，而东土受祸更烈，岂非封贡为厉阶耶？今关白谬为恭谨，奉表请封之后，我能闭关拒绝乎？中国之衅，必自此始矣。且关白弑主篡国，正天讨之所必加，彼国之人，方欲食其肉而寝处其皮，特劫于威而未敢动耳。我中国以礼义统驭百蛮，恐未见得。而顾令此篡逆之辈，叨天朝之名号耶？为今计，不若饬朝鲜练兵以守之，我兵撤还境上以待之，关白可计日而败也。封贡事万不宜行，务乞停议！

这疏上后，礼部郎中何乔远，科道赵完璧、王德完、逯中立、徐观澜、顾龙、陈维芝、唐一鹏等，交章止封。还有蓟、辽都御史韩取善，亦奏称倭情未定，请罢封贡。独兵部尚书石星，始终主款。经略顾养谦，亦希承石星意旨，拟封关白平秀吉为日本国王，借弭边衅。嗣因廷议未决，养谦竟荐侍郎孙炉自代，托疾引归。倒是个大滑头。倭使小西飞入阙，廷臣多半漠视，唯石星优礼相待，视若王公。廷臣过亢，石星过卑，皆非外交之道。译官与他议约，

要求三事：一勒令倭众归国；二授封不必与贡；三令宣示毋犯朝鲜。小西飞一一允从。三条约款，倭使悉允，明廷尚是上风，可惜后来变卦。乃命临淮侯李宗城充正使，都指挥杨方亨为副，与沈维敬同往日本。宗城等奉命观望，迁延不进。直至万历二十四年，方相偕抵釜山。沈维敬托词侦探，先行渡海，私奉秀吉蟒袍玉带，及地图武经，又取壮马三百，作为馈礼；自娶倭人阿里马女，居然在日本境内，宜室宜家。真是可杀。还有李宗城贪色好财，沿途索货无厌，进次对马岛。岛官仪智格外欢迎，夜饬美女二三人，更番纳入行辕。宗城翻手作云，覆手作雨，镇日里恣意欢娱，竟把所任职务，搁起不提。如此蠢奴，奈何充作专使？仪智且屡招入宴，席间令妻室出见，宗城瞧着，貌可倾城，适有三分酒意，身不自持，竟去牵她衣袖，欲把她搂抱过来。看官试想！仪智妻系行长女，比不得营业贱妓，当即拂袖径去。仪智也不觉怒意陡生，下令逐客。得保首领，尚是万幸。宗城踉跄趋出，有倭卒随后追来，意图行刺，急得宗城落荒乱跑，情急失道，辨不出东西南北；且因玺书失去，料难复命，一时没法，只好身入树间，解带自缢。偏是命不该绝，由随卒觅到，将他救活，导奔庆州。副使杨方亨，上章讦奏，乃逮问宗城，即以方亨充正使，加沈维敬神机营衔，充作副使。

方亨渡海授封，秀吉初颇礼待，拜跪受册。嗣因朝鲜王只遣州判往贺，秀吉大怒，语维敬道："我遵天朝约款，还他二子三大臣三都八道，今乃令小官来贺，辱敝邦呢？辱天朝呢？我与朝鲜誓不两立，请为我还报天朝，速请天子处分朝鲜。"维敬慰谕百端，秀吉意终未释，遂留兵釜山，不肯撤还，所进表文，词多潦草，钤用图书，仍不用明朝正朔。方亨驰还，委罪维敬，并石星前后手书，奏请御览。神宗怒逮维敬，兼及石星，用邢玠为兵部尚书，总督蓟、辽；授麻贵为备倭大将军，经理朝鲜；命佥都御史杨镐，出驻天津，严申警备。

于是和议决裂，倭行长清正等复入据南原、全州，进犯全罗、清尚各道，更逼王京。杨镐率军驰救，倭兵始退屯蔚山。蔚山虽不甚高峻，但缘山为城，颇踞险要。镐会同邢玠、麻贵各军，协议进取，分兵三路，合攻蔚山。倭倾寨出战，明军佯败，诱他入伏，斩倭兵四百余级，倭人大败，奔据岛山。岛山在蔚山南，倭叠结三栅，坚壁固守。游击陈寅，身先士卒，冒险跃登，连破二栅，更攻第三栅，势将垂拔。偏杨镐鸣金收军，寅不得不退。

看官知道杨镐何故鸣金？据明史上载着，镐与李如梅为故交，如梅也奉命赴军，时尚未至，镐欲留住三栅，令如梅夺寨建功，因此鸣金暂退。全是私意，如何行军。等到如梅驰至，倭兵已经完守，围攻十日，竟不能拔。忽报倭行长清正，航海来援，镐不及下令，竟策马西奔，诸军相继溃败，被倭兵从后追击，杀死无数。游击卢继忠，率兵三千人殿后，死得一个不留。及镐奔还王京，反与邢玠、麻贵等，诡词报捷。参议主事丁应泰，入问善后计策，镐反自诩战功，恼得应泰性起，尽将败状列入奏牍，飞报明廷。神宗乃罢镐听勘，遣天津巡抚万世德，继镐后任。邢玠复招募江南水兵，筹划海运，为持久计。既而都督陈璘，以粤兵至，刘綎以川兵至，邓子龙以江、浙兵至，水陆军分为四路，各置大将，中路统带李如梅，东路统带麻贵，西路统带刘綎，水路统带陈璘，四路并进，直扑倭营。适值辽阳寇警，李如松出塞战殁，朝旨调如梅往援，乃命董一元代任。

小子只有一支笔，不能并叙辽阳事，只好将朝鲜军务，直叙下去。刘綎出西路，击毁倭舰百余艘，偏被倭行长潜师袭后，竟致腹背受敌，仓卒退师。陈璘亦弃舟遁还。两路已败。麻贵至蔚山，颇有斩获，倭人弃寨诱敌，贵不知是计，攻入寨中，见是空垒，慌忙退出，伏兵四起，旗帜蔽空，幸喜脚生得长，路走得快，才能逃出重围。一路又败。董一元进拔晋州，长驱渡江，迭毁永春、昆阳二寨，并下泗州老倭营，游击卢得功战殁阵前。一元复移攻新寨，寨栅甚固。正在挥兵猛扑，不期营内火药陡燃，烟焰冲天，倭兵乘势杀来，游击郝三聘、马呈文先溃，一元禁遏不住，也只得奔还晋州。四路尽败。时明廷方遣给事中徐观澜，查勘东征军务，闻四路丧败，据实奏报。有旨斩郝、马两人徇军，董一元等各带罪留任，立功自赎。诸将因连战皆败，统不免垂头丧气。迁延数月，忽报平秀吉病死，行长清正夜遁。那时陈璘、麻贵、刘綎、董一元等，又鼓勇出追，麻贵入岛山西浦，杀了几十名残倭。陈璘督水师邀击釜山，纵火毁敌舟数十，杀死倭将石蔓子，生擒倭党平秀政、平正成，唯前锋邓子龙战死。刘綎夺回曳桥砦，与陈璘水陆夹击，斩获无数，诸倭各无斗志，统抱头乱窜，奔入舟中，扬帆东去。自倭乱朝鲜七载，中国丧师数十万，糜饷数百万，迄无胜算。至平秀吉死，战祸始息。小子有诗叹道：

议封议剿两无成，七载劳兵困战争，
假使丰臣天假祚，明师何日罢东征？

倭乱已平，又有一番酬功的爵赏，容倭下回再详。

世尝谓中国外交，向无善策。夫外交岂真无策者？误在相庸将驽，与所使之不得其人耳。日本平秀吉，虽若为一世雄，然入犯朝鲜，骚扰八道，非真如后世之志在拓地，不夺朝鲜不止也。李如松计复平壤，骤胜而骄，遂有碧蹄馆之挫，是将之不得其人也可知。杨镐辈挟私忌功，更不足道矣。石星身为尚书，一意主款，对于倭使小西飞，待遇如王公，未识外情，先丧国体，赵志皋、张位诸阁臣，又不闻有所建白，相臣如此，尚得谓有人乎？沈维敬以无赖子而衔皇命，李宗城以酒色徒而驾星轺，应对乏材，徒为外邦腾笑。幸倭人尚未进化，秀吉又复病终，得令勍敌尽还，藩封无恙，东祸得以暂息。否则与清季中东之役，相去无几矣。观于此而叹明代外交之无人！

第七十八回　虎将征蛮破巢诛逆
　　　　　　　蠹鱼食字决策建储

却说倭寇已退，诸军告捷，明廷发帑金十万两犒师，叙功行赏，首陈璘，次刘綎，又次麻贵。陈、刘各擢为都督同知，麻贵升任右都督，邢玠晋封太子太保，予荫一子。万世德毫无战功，至是亦同膺懋赏，加右副都御史，并予世荫。董一元、杨镐，俱复原职。惟沈维敬弃市，石星瘐死狱中，所俘平秀政、平正成等，解京磔死，传首九边，总算了事。其时泰宁卫酋炒花，屡寇辽东，互有杀伤。炒花为巴速亥从弟，巴速亥被李成梁击毙，其子巴土儿，与炒花思复旧怨，数来侵边，先后皆为李成梁击退。成梁去职，总兵董一元代任，巴土儿、炒花等，且纠合土默特部，大举入犯。一元伏兵镇武堡，令羸卒诱敌深入，奋起搏击，大破敌众。巴土儿身中流矢，负创而逃，未几毙命。炒花情不罢休，且嗾使青海酋火落赤、永邵卜等，相继犯边。幸甘肃参将达云，伏兵要害，潜扼敌背，杀得青海部众，十亡八九，当时称为战功第一。云升总兵官，镇守西陲，寇不敢犯。及李如松自东班师，言路交章诋劾，说他和亲辱国，悉留中不报。会辽东总兵董一元调赴朝鲜，神宗特任如松继任，如松感激主知，率轻骑出塞。适值土默特部众内犯，便迎头痛剿，斩杀过当；乘胜进逼，势将捣入巢穴。那番众四面来援，竟把如松困住。如松孤掌难鸣，饷尽援绝，活活的战死沙场。总是骄愎之咎。有旨令李如梅往代，如梅惩兄覆辙，不敢进战，卒坐拥兵畏敌的罪名，被劾罢官。后来复起李成梁镇辽东。成梁素有威名，年已七十有六，莅任后，仍与番人

息战互市，番人乐就羁縻，以此再镇八年，辽左粗安。诸子究不逮乃父。当朝鲜鏖战时，播州宣慰使杨应龙，上书自效，愿率五千人征倭。朝旨报可，应龙方率众登程。会因倭人议和，中途截留，乃怏怏而返。看官！你道这应龙果有心报主么？他的祖宗叫作杨端，曾在唐乾符年间，据有播州，称臣中国。洪武初，其裔孙复遣使奉贡，太祖授为宣慰使。传至应龙，从征蛮夷，恃功骄蹇，历届贵州巡抚叶梦熊，及巡按陈效，迭奏应龙凶恶诸罪。明廷以边境多事，不暇查问。应龙益肆无忌惮，拥兵嗜杀，所居宅第，侈饰龙凤，擅用阉寺为使令。小妻田雌凤，妖媚专宠，与正室张氏不和，帷闼中屡有谮言，应龙竟诬称张氏卖奸，把她砍死，并杀妻母，屠妻家。残忍已极。妻叔张时照，上书告变，叶梦熊请发兵往讨，朝议令川、黔会勘。应龙赴重庆对簿，坐法当斩，他愿出二万金赎罪。长官不允，乃请征倭自效。及中道罢兵，有旨特派都御史王继光，巡抚四川，严提勘结。应龙似鱼脱网，怎肯复来上钩？至官军一再往捕，免不得纠众抗拒，杀死官军多名。王继光遂决意主剿，驰至重庆，与总兵刘承嗣参将郭成等，三道进兵，越娄山关，至白石口。应龙佯称愿降，暗中恰招集苗兵，袭破军营。都司王之翰全队皆覆。各路兵将，仓卒遁还。继光遭此一挫，职位自然不固，当下奉旨夺官，改任谭继恩为四川巡抚，且调兵部侍郎邢玠，总督贵州。玠檄重庆太守王士琦，前往宣谕，令应龙束身归罪。应龙囚服郊迎，委罪部下黄元、阿羔、阿苗等十二人，一体缚献；并愿输款四万金，先出次子可栋为质，金到回赎。士琦乃还，黄元等枭首市曹。可栋羁留重庆，事不凑巧，竟生起病来，卧床数日，遂至毕命。应龙不胜痛愤，领取尸棺，索性将四万认款，尽行抵赖。一子值四万金，似乎太贵。士琦催缴赎款，应龙复语道：“我子尚得复活否？若我子复活，当如数输金。”嗣是纠合诸苗，据险自守，焚劫草塘、余庆二司，及兴隆、都匀诸卫，进围黄平、重安，戕官吏，戮军民，奸淫掳掠，无所不为。适贵州巡抚一缺，改任江东之，东之令都司杨国柱，指挥李廷栋，率部兵三千，往剿应龙。到了飞练堡，应龙子朝栋，及弟兆龙等，率众来争。战不数合，纷纷倒退。国柱等追至天邦囤，陷入绝地，被朝栋、兆龙等，两翼包抄，左右猛击，三千人不值一扫，霎时间杀得精光。国柱、廷栋等统行战殁。江东之被谴夺职，代以郭子章。又特简前四川巡按李化龙为兵部侍郎，总督川、湖、贵州三省军务。檄东征诸将刘綎、麻贵、陈璘、董一元，悉赴

军前。

应龙闻大兵将至，先纠众八万，入犯綦江。綦江城中，守兵不满三千，哪里敌得住叛众？应龙督众围攻，绕城数匝，遍竖云梯，南仆北登，西坠东上，参将房嘉宠自杀妻孥，与游击张良贤，舍命防堵，终因众寡不敌，巷战身亡。应龙劫库犒师，屠城示威，投尸蔽江而下，流水尽赤。既而退屯三溪，更结九股生苗，及黑脚苗等，倚为臂助。李化龙驰至重庆，侦得应龙五道并出，已攻破龙泉司，乃大集诸路兵马，登坛誓师，分八路而进。共计川师四路，总兵刘綎，由綦江入，马孔英由南川入，吴广由合江入，副将曹希彬受广节制，由永宁入。黔师三路，总兵董元镇，出发乌江，参将朱鹤龄，受元镇节制，统宣慰使安疆臣，出发沙溪，总兵李应祥，出发兴隆。楚师一路，分作两翼，由总兵陈璘统辖，陈良玭为副。陈璘由偏桥进攻，良玭由龙泉进攻，每路兵约三万，十成之三为官兵，十成之七为土司。化龙自将中军，分头策应。又檄贵州巡抚郭子章屯驻贵阳，湖广巡抚支可大，移节沅州，扼守要区，防贼四逸。部署既定，刘綎师出綦江，进攻三峒，三峒皆峻岭茂箐，夙称奇险，贼首穆照等踞险自固，被刘綎手执大刀，斩关直入，依次破灭。应龙素闻刘綎威名，嘱子朝栋简选苗兵，从间道出击，巧与綎军相遇，綎怒马跃出，首先陷阵，一柄亮晃晃的大刀，盘旋飞舞，苗兵不是被砍，就是被伤，大众抵挡不住，相顾惊走道："刘大刀到了！刘大刀到了！"朝栋尚不知厉害，执戈来战，由刘綎大叱一声，已吓得脚忙手乱，说时迟，那时快，刀起戈迎，砉的一声，火光乱迸，朝栋手中的戈头，已被斫缺，慌忙掷去了戈，赤手逃命。綎大杀一阵，苗众多毙，乘胜拔桑木关、乌江关、河渡关，夺天邦诸囤，杀入娄山关，驻军白石。应龙情急万分，决率诸苗死战，潜令悍将杨珠，抄出后山，袭綎背后。都司王芬战死，綎大呼突阵，击退应龙，另遣游击周敦吉，守备周以德，杀退杨珠，追奔至养马城。巧值马孔英自南州杀到，曹希彬自永宁攻入，会师并进，大破海云囤，直逼海龙囤。海龙囤为贼巢穴，高可矗天，飞鸟腾猿，不能逾越。三道雄师，压囤为营，急切未能下手。已而陈璘破青蛇囤；安疆臣夺落蒙关，吴广从崖门关捣入，营水牛塘，连战败敌，截住贼巢樵汲诸路，于是应龙大窘，与子朝栋相抱大哭，一面上囤死守，一面遣使诈降。总督李化龙，斩使焚书，饬诸道兵速集囤下，限日破巢。当下八路大兵，一时并至，筑起长围，更番迭攻。叙

得烨烨有光。会化龙闻父丧，疏乞守制，诏令墨经从事。化龙歠粥草檄，督战益急，且授计马孔英，令从囤后并力攻入。应龙所恃，以杨珠为最，珠恃勇出战，为炮击毙，贼众益惧。适天大霖雨，数日不晴，将士往来泥淖，猛扑险囤，甚以为苦。一日，天忽开霁，刘綎奋勇跃上，攻克土城，应龙散金悬赏，募死士拒战，无一应命，乃提刀巡垒，俄见火光烛天，官军四面登囤，遂退语家属道："我不能再顾汝辈了。"遂挈爱妾二人，阖室自经。大兵入囤搜剿，获应龙尸，生擒朝栋、兆龙等百余人，并应龙妾田雌凤。为渠启衅，渠何不速死？总督化龙，露布奏闻，诏磔应龙尸，戮朝栋、兆龙等于市，分播地为遵义、平越二府。遵义属蜀，平越属黔。刘大刀叙功称最，奏凯还师。播州事了。

外事稍稍平静，朝内争论国本的问题，又复进行。先是万历二十一年，王锡爵复邀内召，既入朝，仍密请建立东宫，昭践大信。神宗手诏报答，略云："朕虽有今春册立的旨意，但昨读皇明祖训，立嫡不立庶，皇后年龄尚轻，倘得生子，如何处置？现拟将元子与两弟，并封为王，再待数年，后果无出，才行册立未迟。"原来王恭妃生子常洛，郑贵妃生子常洵，周端妃复生子常浩，所以有三王并封的手谕。锡爵想出一条权宜的计策，欲令皇后抚育元子，援引汉明帝马后，唐玄宗王后，宋真宗刘后，取养宫人子故事，作为立储的预备。议虽未当，不可谓非煞费苦心。神宗不从，仍欲实行前谕，饬有司具仪，顿时盈廷大哗。礼部尚书罗万化，给事中史孟麟等，诣锡爵力争。锡爵道："并封意全出上裁，诸公奈何罪我？"工部郎中岳元声，时亦在座，起对锡爵道："阁下未尝疏请并封，奈何误引亲王入继故例，作为储宫待嫡的主张。须知中宫有子，元子自当避位，何嫌何疑？今乃欲以将来难期的幸事，阻现在已成的诏命，岂非公争论不力么？"这一番话，说得锡爵哑口无言，不得已邀同赵志皋、张位等，联衔上疏，请追还前诏。神宗仍然不允。已而谏疏迭陈，锡爵又自劾求罢，乃奉旨追寝前命，一律停封。未几锡爵又申请豫教元子，于是令皇长子出阁讲学，辅臣侍班。侍臣六人侍讲，俱如东宫旧仪。

越年，锡爵又乞归，特命礼部尚书陈于升，南京礼部尚书沈一贯，入参阁务。于升入阁，与赵志皋、张位等，谊属同年，甚相投契，怎奈神宗深居拒谏，上下相蒙，就是终日入直，也无从见帝一面，密陈国政。当时京师地

震，淮水泛决，湖广、福建大饥，甚至乾清、坤宁两宫，猝然被火，仁圣皇太后陈氏又崩。陈皇后崩逝，就此叙过。天灾人患，相逼而来，神宗全然不省，且遣中官四处开矿，累掘不得，勒民偿费；富家巨族，诬他盗矿；良田美宅，指为下有矿脉，兵役围捕，辱及妇女。开矿本属不利，而举行不善，弊至于此。旋复增设各省税使，所在苛索。连民间米盐鸡豕，统令输税。直是死要，毫无法度。全国百姓，痛苦的了不得。于升日夕忧思，屡请面对，终不见报。乞罢亦不许，遂以积忧成疾，奄奄至毙。张位曾密荐杨镐，镐东征丧师，位亦坐谴，夺职闲住。赵志皋亦得病而终，另用前礼部尚书沈鲤、朱赓入阁办事，以沈一贯为首辅。惟是建储大事，始终未定。郑贵妃专宠如故，王皇后又多疾病，宫中侍役，预料皇后若有不讳，贵妃必正位中宫，其子常洵，当然立为太子。中允黄辉，为皇长子讲官，从内侍察悉情形，私语给事中王德完道："这是国家大政，恐旦夕必有内变。如果事体变更，将来传载史册，必说是朝廷无人了。公负有言责，岂可不说？"德完称善，即属黄辉具草，列名奏上。神宗览奏，震怒非常，立将德完下狱，用刑拷讯。尚书李戴，御史周盘等，连疏论救，均遭切责。辅臣沈一贯，方因病请假，闻了此事，忙为奏请。神宗意尚未怿，命廷杖德完百下，削籍归田，复传谕廷臣道："诸臣为德完解免，便是阿党，若为皇长子一人，慎无渎扰，来年自当册立了。"无非是空言搪塞。

会刑部侍郎吕坤，撰有《闺范图说》，太监陈矩，购入禁中，神宗也不遑披阅，竟搁置郑贵妃宫中。妃兄国泰，重为增刊，首列汉明德马后，最后把妹子姓氏，亦刊入在内。郑贵妃亲自撰序，内有"储位久悬，曾脱簪待罪，请立元子，今已出阁讲学，藉解众疑"等语。欺人耶，欺己耶？这书传出宫禁，给事中戴士衡，阳劾吕坤，暗斥贵妃，说是逢迎掖庭，菀枯已判。还有全椒知县樊士衡，竟大着胆纠弹宫掖，至有"皇上不慈，皇长子不孝，皇贵妃不智"数语。神宗却尚未动怒。想是未曾看明。郑贵妃偏先已含酸，凄凄楚楚的泣诉帝前。神宗正欲加罪二人，忽由郑国泰呈入《忧危竑议》一书，书中系问答体，托名朱东吉，驳斥吕坤原著，大旨言《闺范图说》中，首载明德马后，明明是借谀郑贵妃。马后由宫人进位中宫，郑贵妃亦将援例。贵妃重刊此书，实预为夺嫡地步。神宗略略览过，便欲查究朱东吉系是何人，经国泰等反复推究，谓东吉即指东朝，书名《忧危竑议》，实因吕坤尝有忧

危一疏，借此肆讥。大约这书由来，定出二衡手著。顿时恼动神宗，将二衡谪戍极边，就此了案。

到了万历二十八年，皇长子常洛，年将二十。廷臣又请先册立，再行冠婚各礼。郑国泰请先冠婚，然后册立。神宗一概不睬。越年，阁臣沈一贯，复力陈册储冠婚，事在必行。神宗尚在迟疑，郑贵妃复执盒为证，坚求如约。经神宗取过玉盒，摩挲一回，复揭去封记，发盒启视，但见前赐誓书，已被蠹鱼蛀得七洞八穿，最可异的，是巧巧把常洵二字，啮得一笔不留，不禁悚然道："天命有归，朕也不能违天了。"这语一出，郑贵妃料知变局，嗔怨齐生，神宗慰谕不从，只在地上乱滚，信口诬谤，好象一个泼辣妇。那时神宗忍耐不住，大踏步趋出西宫，竟召沈一贯入内草诏，立常洛为皇太子。一贯立刻草就，颁发礼部，即日举行。越宿，又有旨令改期册立。一贯封还谕旨，力言不可，乃于二十九年十月望日，行立储礼。小子有诗咏道：

谏草频陈为立储，深宫奈已有盟书。
堪嗟当日诸良佐，不及重缄一蠹鱼。

立储已定，冠婚相继，其余诸王，亦俱授封，欲知详细，请看下回。

本回前叙外乱，后及内政，两不相涉，全属随时顺叙文字。然应龙之叛，为宠妾田雌凤而起，神宗之阻议立储，亦无非为一郑贵妃耳，于绝不相蒙之中，见得祸败之由，多缘内嬖。应龙嬖妾而致杀身，一土官尚且如此，况有国有天下者，顾可溺情床第，自紊长幼耶？迨至蠹鱼食字，始决立皇长子为皇太子，天意尚未欲乱明，因假虫啮以儆之。不然，玉盒之缄封甚固，蠹何从入乎？或谓出自史家之附会，恐未必然。

第七十九回　获妖书沈一贯生风　遣福王叶向高主议

却说皇长子常洛，既立为皇太子，遂续封诸子常洵为福王，常浩为瑞王，还有李贵妃生子常润、常瀛，亦均册封。润封惠王，瀛封桂王，即日诏告天下，皇太子申行冠礼。次年正月，并为太子册妃郭氏。婚礼甫毕，廷臣方入朝庆贺，忽有中旨传出，圣躬不豫，召诸大臣至仁德门听诏。及大臣趋列仁德门，又见宫监出来，独召沈一贯入内。一贯随入启祥宫，直抵后殿西暖阁，但见神宗冠服如常，席地踞坐。李太后立在帝后，太子诸王跪着帝前，不由的诧异起来。当下按定了心，叩头请安。神宗命他近前，怆然垂谕道："朕陡遭疾病，恐将不起，自念承统三十年，尚无大过，唯矿税各使，朕因宫殿未竣，权宜采取，今可与江南织造，江西陶器，俱止勿行。所遣内监，概令还京。法司释久羁罪囚，建言得罪诸臣，令复原官。卿其勿忘！"言毕，即令左右扶掖就寝。一贯复叩首趋出，拟旨以进。是夕阁臣九卿，均直宿朝房。漏至三鼓，中使捧谕出来，大略如面谕一贯等语。诸大臣期即奉行。待至天明，一贯正思入内取诏，不期有中使到来，说是帝疾已瘳，着追取前谕，请速缴还。一贯闻言，尚在沉吟，接连又有中使数人，奉旨催索，不得已取出前谕，令他赍去。前曾封还谕旨，此时何不坚持？司礼太监王义，正在帝前力争，说是王言已出，不应反汗。神宗置诸不理，义尚欲再谏，见中使已持着前谕，入内复命，顿时气愤已极，奋然趋出，驰入阁中，适与一贯相遇，以涎唾面道："好一位相公，胆小如鼷！"一贯尚茫无头绪，瞠目不

答。义又道："矿税各使，骚扰已甚，相公独未闻么？今幸得此机会，谕令撤除，若相公稍稍坚持，弊政立去，为什么追取前谕，即令赍还呢？"不期太监中，也有此人，其名曰义，可谓不愧。一贯方才知过，唯唯谢罪。

嗣是大臣言官，再请除弊，概不见答。未几楚宗事起，又闹出一场狱案。楚王英燿，系太祖第六子桢七世孙，英燿殁后，遗腹宫人胡氏，孪生子华奎、华壁，一时议论纷纷，统言非胡氏所生。赖王妃力言无讹，事乃得寝。华奎袭爵，华壁亦得封宣化王。时已二十多年，偏有宗人华越，又讦奏华奎兄弟，系出异姓，罪实乱宗。奎系王妃兄王如言子，壁系妃族人王如绰家人王玉子。这疏呈入，沈一贯以袭封已久，不应构讼，嘱通政司暂行搁置。嗣由华奎闻知，劾奏华越诬告，乃一并呈入，诏下礼部查复。礼部侍郎郭正域，向系楚人，颇得传闻，此时正署理尚书，遂请勘明虚实，再定罪案。一贯以亲王不当行勘，但当体访为是。正域不可，乃委抚按查讯。俱复称事无左证，诬告是实。怎奈华越妻系王如言女，硬出作证，咬定华奎为胞弟，幼时曾抱育楚宫。华越妻为夫卸罪，不得不尔。唯华越拨灰燃火，未免多事。廷议再令复勘，卒不能决。嗣由中旨传出，略言楚王华奎，袭封已二十余年，何故至今始发？且夫讦妻证，情弊显然，不足为据。华越坐诬奏罪，降为庶人，禁锢凤阳。这旨一下，郭正域失了面子，自不消说。御史钱梦皋，又讨好一贯，劾奏正域陷害亲藩，应当处罪。正域亦讦发一贯匿疏沮勘，且说一贯纳华奎重贿，因此庇护等情。毕竟一贯势大，正域势小，苍蝇撞不过石柱，竟将正域免官。

一案未了，一案又起，阁臣朱赓，在寓门外，拾得一书，取名《续忧危竑议》。书中措词，假郑福成为问答，系说："帝立东宫，实出一时无奈，将来必有变更。现用朱赓为内阁，已见帝心。赓更同音，显寓更易的意思。"朱赓阅罢，取示同僚，大家揣测一番，统说郑福成三字，无非指郑贵妃及福王，成字是当承大统，无容细剖。大家目为妖书，朱赓即呈入御览。这等无稽谰言，宁值一辩，何必进呈御览，酿成大狱。神宗怒甚，急敕有司大索奸人。看官听说！自来匿名揭帖，只好置诸不理，将来自有败露的日子。若一经查办，愈急愈慢，主名愈不易得了。断制得妙。当日锦衣卫等，索捕多日，毫无影响。沈一贯方衔恨郭正域，且因同官沈鲤，素得士心，颇怀猜忌，当下与钱梦皋密商，嘱他伪列证据，奏称："此次妖书，实出沈鲤、郭正域手笔。"

梦皋遂遵嘱照行。御史康丕扬，亦联章迭上，不待下旨，便发兵往追正域。正域正整装出都，乘舟至杨村，追兵已到，将正域坐舟，团团围守，捕得正域家役十数人，到京拷讯。甚至正域所善医生沈令誉，及僧达观，琴士钟澄，百户刘相等，一同捕至，严刑杂治，终究不得实据。逻校且日至鲤宅搜查，胁逼不堪。幸皇太子素重正域，特遣左右往语阁臣，毋害郭侍郎。都察院温纯，代讼鲤冤，唐文献、陶望龄，先后至沈一贯宅，为鲤解免，鲤方得安。正域在舟观书，从容自若，或劝令自裁，免致受辱。想由一贯等嘱托。正域慨然道："大臣有罪，自当伏尸都市，怎得自经沟渎呢？"静待数日，还算未曾逮问。

最后由锦衣卫卒，拿住顺天生员皦生光。生光素行狡诈，往往胁取人财，不齿士类，曾有富商包继志，慕他才学，属令代纂诗集，刊入己名。胸中无墨，何妨藏拙。奈何冒名延誉，自取祸戾？生光有意敲诈，羼入五律一首，有"郑主乘黄屋"五字。包继志晓得什么，总道是字字珠玑，即行付梓。诗集出版，生光恰预将自己的写本，索回烧毁，一面密托好友，向继志索诈，说他诗集中，有悖逆语，指出黄屋二字，谓是天子所居，郑主二字，是指郑贵妃，及皇子常洵。若向当官出首，管教你杀身亡家。继志到此，方知被生光侮弄，欲待分说，集中已明列己名，无从剖白，只好自认晦气，出钱了结。生光又教书国泰，并将刻诗呈入，为恫吓计。国泰本来胆小，情愿输财了事。无缘无故，被生光赚了两次金银。哪知失马非祸，得马非福，妖书一出，国泰疑出生光手，因将他一并拘至，到庭审讯。问官故意诘问道："你莫非由郭正域主使么？"生光瞋目道："我何尝作此书。但你等硬要诬我，我就一死便了。奈何教我迎合相公意旨，陷害郭侍郎？"生光虽是无赖，恰还知有直道。问官不便再讯，命将生光系狱，延宕不决。中官陈矩，方提督东厂事务，屡次提讯，不得要领，因与同僚计议，恐不得罪人，必遭主怒。或更辗转扳累，酿成党祸，不如就生光身上，了结此案。于是迭讯生光，屡用酷刑，打得生光体无完肤，昏晕数次。生光乃凄然叹道："朝廷得我一供，便好结案，否则牵藤摘蔓，纠缠不休，生光何惜一身，不替诸君求活。罢罢！我承认便了。应斩应磔，尽听处断。"倒还直爽。陈矩乃将生光移交刑部，按罪议斩。神宗以生光谋危社稷，加罪凌迟，遂将生光磔死，妻子戍边。沈鲤、郭正域与案内牵连等人，尽得免坐。其实妖书由来，实出武英殿中书舍

人赵士桢手笔。士桢逍遥法外，至后来病笃，喃喃自语，和盘说出，肉亦碎落如礫，大约为皦生光冤魂所附，特来索命，也未可知。

话分两头，且说皇长子常洛，得立储嗣，生母王氏，仍未加封。王妃寂居幽宫，终岁未见帝面，免不得自叹寂寥，流泪度日，渐渐的双目失明，不能视物。至万历三十四年，皇太子选侍王氏，生子由校，为神宗长孙。明制太子女侍，有淑女选侍才人等名号，王选侍得生此子，神宗自然心惬，即上慈圣太后徽号，并晋封王恭妃为贵妃。唯名义上虽是加封，情分上仍然失宠，就是母子相关，也不能时常进谒。看官！你想妇女善怀，如何耐得过去？光阴易过，愁里消磨，自然恹恹成疾，渐致不起。子为太子，母犹如此，可为薄命人一叹。皇太子闻母病剧，请旨往省，不料宫门尚键，深锁不开，当下觅钥启锁，抉门而入，但见母妃惨卧榻上，面目憔悴，言语支离，睹此情形，寸心如割，免不得大恸起来。我阅此，亦几堕泪。可煞作怪，王贵妃闻声醒悟，便用手捺住太子衣服，呜咽道："你便是我儿么？"太子凄声称是。贵妃复以手摩顶，半晌方道："我儿我儿，做娘的一生困苦，只剩你一些骨血。"言至此又复咽住。那时皇太子扑倒母怀，热泪滔滔，流个不止。贵妃复哽咽道："我儿长大如此，我死亦无恨了。"说至恨字，已是气喘吁吁，霎时间瞀目重翻，痰噎喉中，张着口再欲有言，已是不能成声，转瞬间即气绝而逝。刻意描摹，实恨神宗薄幸。太子哭踊再三，泪尽继血。还是神宗召他入内，好言劝慰，方才节哀。

是时沈一贯、沈鲤，因彼此未协，同时致仕，续用于慎行、李廷机、叶向高三人，为东阁大学士，与朱赓同办阁务。慎行受职才十日，即报病殁，赓亦继卒，廷机被劾罢官，只叶向高独秉国钧，上言："太子母妃薨逝，礼应从厚。"折上不报。重复上疏，乃得允议，予谥温肃端靖纯懿皇贵妃，葬天寿山。郑贵妃以王妃已死，尚思夺嫡，福王常洵，应封洛阳，群臣屡请就藩，统由贵妃暗中阻住。神宗又为所迷，温柔乡里，亲爱如故。常洵婚娶时，排场阔绰，花费金钱，多至三十万。又在洛阳相地，建筑王邸，百堵皆兴，无异宫阙，用款至二十八万金，十倍常制。且在崇文门外，开设官店数十家，售卖各般物品，与民争利，所得赢余，专供福邸岁用。一切起居，似较皇太子常洛，更胜数筹。及洛阳府第，业已竣工，叶向高等奏请福王就邸，得旨俟明春举行，时已在万历四十年冬季。转眼间已是新春，礼部授诏

申请，留中不报。到了初夏，兵部尚书王象乾，又诚诚恳恳的奏了一本，神宗无可驳斥，只说是亲王就国，祖制在春，今已逾期，且待来年遣发云云。溺爱不明。未几，又由内廷传出消息，福王就藩，须给庄田四万顷，盈廷大骇。向例亲王就国，除岁禄外，量给草场牧地，或请及废壤河滩，最多不过数千顷。唯景王载圳，即世宗子，见六十九回。就封德安，楚地本多闲田，悉数赐给。又由载圳自行侵占，得田不下四万顷，不期福王亦欲援例，奏请照行。当由叶向高抗疏谏阻道：

> 福王之国，奉旨于明春举行，顷复以庄田四万顷，责抚按筹备，如必俟田顷足而后行，则之国何日。圣谕明春举行，亦宁可必哉？福王奏称祖制，谓祖训有之乎？会典有之乎？累朝之功令有之乎？王所引祖制，抑何指也。如援景府，则自景府以前，庄田并未出数千顷外，独景府逾制，皇祖一时失听，至今追咎，王奈何尤而效之？自古开国承家，必循理安分，始为可久。郑庄爱太叔段，为请大邑，汉窦后爱梁孝王，封以大国，皆及身而败，此不可不戒也。臣不胜忠爱之念，用敢披胆直陈！

这疏上后，批答下来，略云：“庄田自有成例，且今大分已定，尚有何疑？”向高又以：“东宫辍学，已历八年，且久已不奉天颜，独福王一日两见。以故不能无疑，但愿皇上坚守明春信约，无以庄田借口，疑将自释”等语。看官不必细猜，便可知种种宕约，无非是郑贵妃一人暗地设法，牵制神宗。可巧被李太后闻知，宣召郑贵妃至慈宁宫，问福王何不就国？郑贵妃叩头答道：“圣母来年寿诞，应令常洵与祝，是以迟迟不行。”狡哉贵妃，巧言如簧。太后面色转怒道：“你也可谓善辩了。我子潞王，就藩卫辉，试问可来祝寿么？”以矛刺盾，李太后可谓严明。郑贵妃碰了这个大钉子，只好唯唯而退。

既而锦衣卫百户王曰乾，讦奏奸人孔学、王三诏，结连郑贵妃、内侍姜严山等，诅咒皇太子，并用木刻太后皇上肖像，用钉戳目，意图谋逆。并约赵思圣东宫侍卫，带刀行刺等情。这奏非同小可，瞧入神宗目中，不由的震怒异常，即欲将原疏发交刑部，彻底究治。向高得悉，忙上密揭道：

王曰乾、孔学，皆京师无赖，诪张至此，大类往年妖书，但妖书匿名难诘，今两造俱在法司，其情立见。皇上第静以处之，勿为所动，动则滋扰。臣意请将乾疏留中，别谕法司治诸奸人罪。且速定福王明春之国期，以息群喙，则奸谋无由逞，而事可立寝矣。

神宗览到此揭，意乃稍解，久之概置不问。太子遣使取阁揭，向高道："皇上既不愿穷究，殿下亦无须更问了。"向高力持大体。去使还报皇太子，太子点首无言。寻御史以他事参王曰乾，系置狱中，事遂消释。神宗乃诏礼部，准于万历四十二年，饬福王就藩。翌年二月，李太后崩逝，宫廷内外，相率衔哀。郑贵妃尚欲留住福王，怂恿神宗，下谕改期，经向高封还手敕，再三力谏，不得已准期遣行。启程前一夕，郑贵妃母子相对，足足哭了一夜。翌晨福王辞行，神宗亦恋恋不舍，握手叮嘱。及福王已出宫门，尚召还数四，与约三岁一朝，赐给庄田二万顷。中州素乏腴田，别取山东、湖广田亩，凑足此数。又畀淮盐千三百引，令得设店专卖。福王意尚未足，又奏乞故大学士张居正所没家产，及江都至太平沿江荻洲杂税，并四川盐井榷茶银。多财自殖，必至召殃，后来为流贼所戕，已兆于此。神宗自然照允，且每常怀念不置。

那皇太子常洛，居住慈庆宫，非奉召不得进见，因此父子二人，仍然隔绝。越年五月，忽有一莽汉状似疯魔，短衣窄裤，手持枣木棍一根，闯入慈庆宫门，逢人便击，打倒了好几个宫监，大踏步趋至殿檐下。宫中呼喝声，号救声，扰成一片，亏得内官韩本用，带领众役，把他拿住。正是：

妖孽都从人事起，狂徒忽向副宫来。

未知此人为谁，且俟下回表明。

妖书之发现，巫蛊之讦发，以及梃击之突乘，何一非由郑妃母子所致。郑贵妃不得专宠，福王常洵当然无夺嫡思想，风恬浪静，诸案何由发生？然后知并后匹嫡，实为乱本，古语信不诬也。沈一贯力请立储，始颇秉正，乃以楚宗一案，衔恨郭正域，遂欲借妖书以报私仇，甚且牵累沈鲤。天下无论何人，一涉私念，

便昧公理，沈一贯其前鉴也。皦生光磔死而郭、沈脱罪，实为大幸。厥后王曰乾之讦奏，事涉虚无。其时幸一贯去位，叶向高进为首辅，奏请静处，大祸乃消。否则比妖书一案，当更烦扰矣。要之专制时代，责在君相，君相明良，国家自治。有相无君，尚可支持，君既昏庸，相亦贪私，鲜有不乱且亡者也。稽古者可知所鉴矣！

第八十回　审张差宫中析疑案 任杨镐塞外覆全军

却说内官韩本用等，既拿住莽汉，即缚付东华门守卫，由指挥朱雄收禁。越宿，皇太子据实奏闻，当命巡城御史刘廷元，秉公讯鞫。廷元提出要犯，当场审问。那罪犯自供系蓟州人，姓张名差。两语以外，语言颠倒，无从究诘。廷元看他语似疯癫，貌实狡猾，再三诱供，他总是信口乱言，什么吃斋，什么讨封，至问答了数小时，仍无实供，惹得廷元讨厌起来，立即退堂，奏请简员另审。乃再命刑部郎中胡士相、岳骏声等复审，张差似觉清楚，供称："被李自强、李万仓等，烧我柴草，气愤已极，意欲叩阍声冤，特于四月中来京，从东走入，不识门径，改往西走，遇着男子二人，畀我枣木棍一条，谓执此可作冤状，一时疯迷，闯入宫门，打伤守门官，走入前殿，被擒是实。"仍是模糊惝怳之谈。士相等以未得要领，难下断词，仍照廷元前奏，复旨了事。当时叶向高因言多未用，引疾告归，改用方从哲、吴道南为阁臣，资望尚轻，不敢生议。但与刑部商议，拟依宫殿前射箭放弹投石伤人律，加等立斩。草奏未上，会提牢主事王之寀，散饭狱中，私诘张差。差初不肯承，嗣复云不敢说明。之寀麾去左右，但留二吏细问。差乃自称："小名张五儿。父名张义，已经病故。近有马三舅、李外父，叫我跟一不知姓名的老公公，依他行事，并约事成当给我田地。"我跟他到京，入一大宅，复来一老公公，请我吃饭，并嘱咐我道："你先冲一遭，撞着一个，打杀一个，杀人不妨，我等自能救你。饭罢后，遂导领我由厚载门，入慈庆宫，为

守门所阻，被我击伤。后因老公公甚多，遂被缚住了。”之寀知老公公三字，系是太监的通称，复问马三舅、李外父名字，及所入大宅的住处。差又答非所问。且云：“小爷福大，就是柏木棍琉璃棍等，也无从下手，何况这枣木棍呢？”之寀问了数次，总无实供，乃出狱录词，因侍郎张达以闻。并云：“差不癫不狂，有心有胆。惧以刑罚不招，示以神明仍不招，啜以饮食，欲语又默。但语中已涉疑似，乞皇上御殿亲审，或敕九卿科道三法司会审，自有水落石出的一日。”户部郎中陆大受，及御史过庭训，复连疏请亟讯断，均留中不报。无非顾及郑贵妃。

庭训乃移文蓟州，搜集证据，得知州戚延龄复报，具言：“郑贵妃遣宫监至蓟，建造佛寺，宫监置陶造甓，土人多鬻薪得利。差亦卖田贸薪，为牟利计，不意为土人所忌，纵火焚薪。差向宫监诉冤，反为宫监所责，自念产破薪焚，不胜愤懑，激成疯狂，因欲上告御状，这是张差到京缘由。”廷臣览到此文，均说差实疯癫，便可定案。若果照此定案，便省无数枝节。员外郎陆梦龙，入告侍郎张达，谓事关重大，不应模糊了案，乃再令十三司会鞫。差供词如故。梦龙独设词劝诱，给与纸笔，命绘入宫路径，并所遇诸人姓名，一得要领，许他免罪，且准偿还焚薪。张差信为真言，喜出望外，遂写明：“马三舅名三道，李外父名守才，同住蓟州井儿峪。前云不知姓名的老公公，实是修铁瓦殿的庞保，不知街道的住宅，实是朝外大宅的刘成。三舅、外父，常到庞保处送灰，庞、刘两人，在玉皇殿前商量，与我三舅、外父，逼我打上宫中。若能打得小爷，吃也有了，穿也有了，还有姊夫孔道，也这般说。”写毕数语，复随笔纵横，略画出入路径，当即呈上。梦龙瞧毕，递示诸司道：“案情已露，一俟案犯到齐，便可分晓，我说他是未尝疯癫呢。”便佯慰张差数语，令还系狱中，即日行文到蓟州，提解马三道等。一面疏请法司，提庞保、刘成对质。庞、刘均郑贵妃内侍，这次由张差供出，饶你郑贵妃能言舌辩，也洗不净这连带关系。就是妃兄郑国泰，也被捏做一团糟，担着了无数斤两。我为贵妃兄妹捏一把汗。国泰大惧，忙出揭白诬。给事中何士晋，直攻国泰，且侵贵妃，疏词有云：

> 罪犯张差，挺击青宫，皇上令法司审问，原止欲追究主使姓名，大宅下落，并未直指国泰主谋。此时张差之口供未具，刑曹之勘疏未成，

国泰岂不能从容少待？辄尔具揭张皇，人遂不能无疑。若欲释疑计，唯明告贵妃，力求皇上速令保、成下吏考讯，如供有国泰主谋，是大逆罪人，臣等执法讨贼，不但贵妃不能庇，即皇上亦不能庇。设与国泰无干，臣请与国泰约，令国泰自具一疏，告之皇上，嗣后凡皇太子皇长孙一切起居，俱由国泰保护。稍有疏虞，即便坐罪，则人心帖服，永无他言。若今日畏各犯招举，一唯荧惑圣聪，久稽廷讯，或潜散党羽，使之远遁，或阴毙张差，以冀灭口，则国泰之罪不容诛，宁止生疑已耶？臣愿皇上保全国泰，尤愿国泰自为保全，用敢直陈无隐，幸乞鉴察！

先是巫蛊一案，词已连及郑贵妃内侍，至是神宗览到此疏，不禁心动，便抢步至贵妃宫中。当由贵妃迎驾，见帝怒容满面，已是忐忑不定，嗣经神宗袖出一疏，掷示贵妃，贵妃不瞧犹可，瞧着数行，急得玉容惨澹，珠泪双垂，忙向驾前跪下，对泣对诉。只有此法。神宗唏嘘道："廷议汹汹，朕也不便替你解免，你自去求太子便了。"言毕自去。贵妃忙到慈庆宫，去见太子，向他哭诉，表明心迹，甚至屈膝拜倒。太子亦慌忙答礼，自任调护。贵妃方起身还宫。太子即启奏神宗，请速令法司具狱，勿再株连。于是神宗亲率太子皇孙等，至慈宁宫，召阁臣方从哲、吴道南及文武诸臣入内，大众黑压压的跪满一地。神宗乃宣谕道："朕自圣母升遐，哀痛无已，今春以来，足膝无力，每遇节次朔望忌辰，犹必亲到慈宁宫，至圣母座前行礼，不敢懈怠。近忽有疯子张差，闯入东宫伤人，外廷遂有许多蜚议。尔等谁无父子，乃欲离间朕躬么？"说至此，又复执太子道："此儿极孝，朕极爱惜。"言未已，忽闻有人发声道："皇上极慈爱，皇太子极仁孝，无非一意将顺罢了。"神宗听不甚悉，问系何人发言，左右复奏道："是御史刘光复。"神宗变色道："什么将顺不将顺？"光复犹大言不止，此人亦似近狂。恼得神宗性起，喝称锦衣卫何在！三呼不应，遂令左右将光复缚住，梃杖交下。神宗又喝道："不得乱殴，但押令朝房候旨！"左右押光复去讫。方从哲等叩头道："小臣无知乱言，望霁天威！"神宗怒容稍敛，徐徐谕道："太子年已鼎盛，假使朕有他意，何不早行变置，今日尚有何疑？且福王已就藩，去此约数千里，若非宣召，他岂能飞至么？况太子已有三男，今俱到此，尔等尽可视明！"随命内侍引三皇孙至石级上，令诸臣审视道："朕诸孙均已长成，

尚有何说？”三皇孙从此处叙出。复顾问太子道：“尔有何语，今日可对诸臣尽言。”太子道：“似此疯癫的张差，正法便了，何必株连。外廷不察，疑我父子，尔等宁忍无君？本宫何敢无父？况我父子何等亲爱，尔等何心，必欲令我为不孝子么？”神宗待太子言毕，复谕群臣道：“太子所说，尔等均已听见否？”群臣齐称领诲，随命大众退班，乃相率叩谢而出。隔了数日，罪案已定，张差磔死，马三才等远流，李自强、李万仓，笞责了案。嗣将庞保、刘成，杖毙内廷。王之寀为科臣徐绍吉等所劾，削职为民。何士晋外调，陆大受夺官，张达夺俸，刘光复拘系狱中，久乃得释。仍是袒护郑贵妃。唯梦龙独免。总计神宗久居深宫，不见百官，已是二十五年，此番总算朝见群臣，借释众疑，这也不必细说。

越年，为万历四十四年，清太祖努尔哈赤，崛兴满洲，建元天命，后来大明国祚，便被那努尔哈赤的子孙，唾手夺去，这真是明朝史上，一大关键呢。为此特笔提明，隐寓涑水紫阳书法。相传努尔哈赤的远祖，便是金邦遗裔。金邦被蒙古灭亡，尚有遗族逃奔东北，伏处长白山下。清室史官，颂扬神圣，说有天女下降，共浴池中，长名恩古伦，次名正古伦，幼名佛库伦。会有神鹊衔一朱果，堕在佛库伦衣上，佛库伦取来就吃，竟致成孕，十月满足，生下一男，取名布库哩雍顺，姓爱新觉罗氏。爱新与金字同音，觉罗犹言姓氏，详见《清史通俗演义》。养了数年，渐渐长成。他用柳条编成一筏，乘筏渡河，流至一村，村中只有三姓，方在构衅，见有一人漂至，惊为异人，迎他至村，愿奉为主子，相率罢兵。巧有村中老丈，爱他俊伟，配以爱女伯哩，他便安心居住，部勒村民，成一堡寨，号为鄂多哩城。自是子孙相继，传至孟特穆，渐渐西略，移住赫图阿拉地。赫图阿拉即后来奉天省的兴京。孟特穆四世孙，名叫福满，福满有六子，第四子觉昌安，缵承基绪，余五子各筑城堡，环卫赫图阿拉城，统名宁古塔贝勒。觉昌安又生数子，第四子塔克世，即努尔哈赤父亲，努尔哈赤天表非常，勇略盖世。时明总兵李成梁镇守辽东，与图伦城尼堪外兰，合兵攻古埒城。古埒城主阿太章京的妻室，便是觉昌安的女孙，努尔哈赤的从姊。觉昌安恐女孙被陷，偕塔克世率兵往援，协守城池。成梁不能克，尼堪外兰诡往招抚，城中人为所煽惑，开门迎降。阿太章京及觉昌安父子，竟死于乱军中。叙述源流，简而能赅。努尔哈赤年方二十有五，闻祖父被害，大哭一场，誓报大仇，乃检得遗甲十五副，往攻尼堪外

兰。尼堪外兰屡战屡败，屡败屡走，及逃入明边，努尔哈赤遂致书明朝边吏，请归还祖父丧，及拿交尼堪外兰。明边吏转达明廷，明神宗方承大统，不欲鏖兵，便许归觉昌安父子棺木，并封努尔哈赤为建州卫都督，加龙虎将军职衔。努尔哈赤北面受封，只因尼堪外兰未曾交到，仍遣差官往索。明边吏也得休便休，索性拿住尼堪外兰，交给与他。他斩了仇人，才与明朝通好，岁输方物，可见努尔哈赤原是明朝臣子。一面招兵买马，拓地图强。

其时辽东海滨，共分四部，一名满洲部，努尔哈赤实兴于此。一名长白山部，一名东海部，一名扈伦部。扈伦部又分为四，首叶赫，次哈达，次辉发，次乌拉。叶赫最强，明廷亦随时羁縻，倚为屏蔽，称作海西卫。叶赫主闻努尔哈赤崛兴满洲，料他具有大志，意欲趁早翦除，遂纠合哈达、辉发、乌拉三部，并及长白山下的珠舍哩、纳殷二部，又去联络蒙古的科尔沁、锡伯、卦勒察三部，共得三万余人，来攻满洲。哪知努尔哈赤厉害得很，一场战争，被他杀得七零八落，大败亏输。各部陆续降顺努尔哈赤，只叶赫靠着明朝，始终不服。明廷屡发兵帮助，且遣使责备努尔哈赤。努尔哈赤心甚不平，就背了明朝，自做满洲皇帝，筑殿立庙，创设八旗制度，屏去万历正朔，独称天命元年。作者虽着有《清史演义》详述无遗，然此处亦不能尽行略过，故挈纲如上。过了二载，努尔哈赤竟决计攻明，书七大恨告天，详见《清史演义》。集兵二万，直趋抚顺。降守将李永芳，击死援将张承荫、颇廷相、蒲世芳等人，辽东大震。

大学士方从哲，保荐了一个人才，称他熟悉边情，可任辽事。看官道是何人？便是前征朝鲜，讳败为胜的杨镐。杨镐姓名上，加了八字头衔，已见保举非人。神宗遂起镐为兵部尚书，赐他尚方宝剑，往任辽东经略。镐到了辽东，满洲兵已克清河堡，守将邹储贤、张旆战死，副将陈大道、高铉逃回。镐请出尚方剑，将两逃将斩首示众，新硎立试，威风可知。随即四处传檄，令远近将士，赶紧援辽，自己恰按兵不动。次年新春，蚩尤旗出现天空，光芒闪闪，长可竟天。都下人士，料有兵祸。偏大学士方从哲，与兵部尚书黄嘉言等，迭发红旗，催镐进兵。镐不得已统兵出塞，幸四处已到了许多兵马，叶赫、朝鲜也各来了二万人。当下派作四路，分头前进。中路分左右两翼，左翼兵委山海关总兵杜松统带，从浑河出抚顺关，右翼兵委辽东总兵李如柏统带，从清河出鸦鹘关，开原总兵马林，与叶赫兵合，从开原出三岔口，称左

翼北路军，辽阳总兵刘綎，与朝鲜兵合，从辽阳出宽甸口，称右翼南路军。四路兵共二十多万，镐却虚张声势，号称四十七万，明是外强中干。约于季春初吉，至满洲境内东边二道关会齐，进攻赫图阿拉城。努尔哈赤亦倾国而来，凑足十万雄师，抵敌明军。杨镐徐徐东进，每日间四遣侦骑，探听各路消息，忽有流星马报到，杜总兵至吉林崖，被满洲伏兵夹击，中箭身亡，全军尽覆了。镐大惊道："有这等事么？"未几，又有败报到来，马总兵至三岔口，被满洲兵乘高奋击，大败而回。佥事潘宗颜阵殁了。镐越加惶惧，连坐立都是不安，暗想两路败亡，余两路亦靠他不住，不如令他回军为是。迟了。遂即发檄止刘、李两军。哪知李如柏最是没用，甫抵虎栏关，闻山上有吹角声，疑是满洲兵杀来，不待檄到，已先逃归。独有大刀刘綎，深入三百里，连破三寨，直趋栋鄂路，被满洲世子代善，改作汉装，混充杜松军士，捣乱綎军。綎不知杜军已覆，遂中他诡计，一时措手不及，竟死敌手。前二路用虚写，后二路用明写，笔法矫变，唯证以《清史演义》，觉得此处尚是略叙。叶赫兵伤亡大半，朝鲜兵多降满洲，马林奔还开原，又由满洲兵杀到，出城战殁，弄得杨镐走投无路，只好没命的跑回山海关。小子有诗叹道：

不才何事令专征，二十万军一旦倾。
从此辽东无静日，庸臣误国罪非轻。

杨镐到此，势不能诡报胜仗，只好实陈败状。毕竟明廷如何下旨，且至下回再详。

张差一案，是否由郑贵妃暗遣，明史上未曾证实，例难臆断。唯郑贵妃之觊图夺嫡，确有此情。内监庞、刘等，遂隐承意旨，欲假张差之一击，以快私意，以徼大功，然则谓非衅自贵妃，不可得也。神宗始终惑于女盅，故疑案叠出，不愿深究，阳博宽大之名，阴济帷房之宠，彼王之宷、何士晋、陆大受辈，得毋太好事乎？然内变尚可曲全，外患不堪大误，杨镐以伪报获谴，乃犹听方从哲之奏请，无端起用，欲以敌锐气方张之满洲太祖，几何而不覆没耶？明清兴亡，关此一举，作者虽已有《清史演义》，格外详叙，而此处亦不肯略过，书法谨严，于此可见矣。

第八十一回　联翠袖相约乞荣封　服红丸即夕倾大命

却说杨镐覆军塞外，败报上闻，盈廷震惧。言官交章劾镐，当下颁诏逮问，另任兵部侍郎熊廷弼，经略辽东，也赐他尚方宝剑，令便宜行事。廷弼奉命即行，甫出山海关，闻铁岭又失，沈阳吃紧，兵民纷纷逃窜，亟兼程东进。途次遇着难民，好言抚慰，令他随回辽阳。有逃将刘遇节等三人，缚住正法，诛贪将陈伦，劾罢总兵李如桢，督军士造战车，治火器，浚濠缮城，严行守御。又请集兵十八万，分屯要塞，无懈可击。满洲太祖努尔哈赤，探得边备甚严，料难攻入，遂改图叶赫。叶赫兵尽援绝，眼见得被他灭亡了。详见《清史演义》，故此处只用虚笔。

神宗仍日居深宫，就是边警日至，亦未见临朝。大学士方从哲，及吏部尚书赵焕等，先后请神宗御殿，召见群臣，面商战守方略。怎奈九重深远，竟若无闻，任他苦口哓音，只是闭户不出。半个已死，哪得长生。未几，王皇后崩逝，尊谥孝端，又未几，神宗得疾，半月不食，外廷虽稍有消息，未得确音。给事中杨涟，及御史左光斗等，杨、左两人特别提出。走谒方从哲，问及皇上安否？从哲道："皇上讳疾，即诘问内侍，亦不敢实言。"杨涟道："从前宋朝文潞公，问仁宗疾，内侍不肯言。潞公谓天子起居，应令宰臣与闻，汝等从中隐秘，得毋有他志么？内侍方说出实情。今公为首辅，理应一日三问，且当入宿阁中，防有他变。"从哲踌躇半晌，方道："恐没有这条战例，奈何？"涟又道："潞公事明见史传，况今日何日，还要讲究故例么？"

从哲方才应诺。实是一个饭桶。越二日，从哲方带领群臣，入宫问疾，只见皇太子踝蹬宫前，不敢入内。杨涟、左光斗，时亦随着，瞧这情形，急遣人语东宫伴读王安道："闻皇上疾亟，不召太子，恐非上意。太子当力请入侍，尝药视膳，奈何到了今日，尚踝蹬宫外？"王安转语太子，太子再四点首，照词入请，才得入内。唯群臣待至日暮，终究不得进谒。

又过了好几日，神宗自知不起，乃力疾御弘德殿，召见英国公张维贤，大学士方从哲，尚书周嘉谟、李汝华、黄嘉善、张问达、黄克缵，侍郎孙如游等，入受顾命。吴道南时已罢去，故未及与列。大旨勖诸臣尽职，勉辅嗣君，寥寥数语，便即命诸臣退朝。又越二日而崩，遗诏发帑金百万，充作边赏，罢一切矿税，及监税中官，起用建言得罪诸臣。太子常洛承统嗣位，是谓光宗，以明年为泰昌元年，上先帝庙号为神宗。总计神宗在位四十八年，寿五十八岁，比世宗享国，尚多三年。明朝十六主中，算是神宗国祚最长，但牵制宫帷，宴处宫禁，贤奸杂用，内外变起，史家谓为亡国祸胎，也并非深文刻论呢。独下断语，隐见关系。

话休叙烦，且说光宗登位以后，因阁臣中只一方从哲，不得不简员补入。从哲籍隶乌程，同里好友沈潅，曾为南京礼部侍郎，给事中亓诗教等，趋奉从哲，特上疏推荐，并及吏部侍郎史继阶。光宗遂擢沈、史两人为礼部尚书，入兼阁务。潅初官翰林，尝授内侍书。刘朝、魏进忠皆潅弟子，潅既入阁，密结二人为内援。后来进忠得势，闹出绝大祸祟，好一座明室江山，便被那八千女鬼，收拾净尽，当时都中有"八千女鬼乱朝纲"之谣，八千女鬼即魏字。这且到后再述，先叙那光宗时事。从前郑贵妃侍神宗疾，留居乾清宫，及光宗嗣位，尚未移居，且恐光宗追念前嫌，或将报复，因此朝夕筹划，想了一条无上的计策，买动嗣主欢心。看官道是何计？她从侍女内挑选美人八名，个个是明日善睐，纤巧动人，又特地制就轻罗彩绣的衣服，令她们穿着，熏香傅粉，送与光宗受用。另外配上明珠宝玉，光怪陆离，真个是价逾连城，珍同和璧。光宗虽逾壮年，好色好货的心思，尚是未减，见了这八名美姬，及许多珍珠宝贝，喜得心痒难搔，老老实实的拜受盛赐。当下将珠玉藏好，令八姬轮流侍寝，快活异常，还记得什么旧隙。八姬以外，另有两个李选侍，素来亲爱，也仍要随时周旋。一选侍居东，号为东李，一选侍居西，号为西李。西李色艺无双，比东李还要专宠。郑贵妃联络西李，日与

她往来谈心，不到数月，居然胶漆相投，融成一片，所有积愫，无不尽吐。女子善妒，亦善相感，观此可见一斑。但郑贵妃是有意联结，又与寻常不同。贵妃想做皇太后，选侍想做皇后，统是一厢情愿。两人商议妥当，便由选侍出头，向光宗乞求两事。光宗因故妃郭氏，应八十九回。病殁有年，也有心册立选侍，只对着郑贵妃一面，颇觉为难，怎奈选侍再三乞请，也只好含糊答应。不念生母王恭妃牵衣诀别时耶？一日挨一日，仍未得册立的谕旨，郑贵妃未免着急，又去托选侍催请。可巧光宗生起病来，旦夕宣淫，安得不病？一时不便进言，只好待病痊以后，再行开口。偏偏光宗的病，有增无减，急得两人非常焦躁，不得已借问疾为名，偕入寝宫，略谈了几句套话，便问及册立日期。此时光宗头昏目晕，无力应酬，禁不起两人絮聒，索性满口应承，约定即日宣诏，命礼部具仪。可恨贵妃老奸巨猾，偏要光宗亲自临朝，面谕群臣，一步不肯放松，煞是凶狡。光宗无可奈何，勉强起床，叫内侍扶掖出殿，召见大学士方从哲，命尊郑贵妃为皇太后，且说是先帝遗命，应速令礼部具仪，不得少缓。先帝遗命，胡至此时才说。言已，即呼内侍扶掖还宫。从哲本是个糊涂虫，三字最配从哲。不管什么可否，便将旨意传饬礼部。侍郎孙如游奋然道："先帝在日，并未册郑贵妃为后，且今上又非贵妃所出，此事如何行得？"遂上疏力谏道：

> 自古以配而后者，乃敌体之经，以妃而后者，则从子之义。故累朝非无抱衾之爱，终引割席之嫌者，以例所不载也。皇贵妃事先帝有年，不闻倡议于生前，而顾遗诏于逝后，岂先帝弥留之际，遂不及致详耶？且王贵妃诞育陛下，岂非先帝所留意者？乃恩典尚尔有待，而欲令不属毛离里者，得母其子，恐九原亦不无怨恫也。郑贵妃贤而习礼，处以非分，必非其心之所乐，书之史册，传之后禩，将为盛代典礼之累，且昭先帝之失言，非所为孝也。中庸称达孝为善继善述，义可行，则以遵命为孝，义不可行，则以遵礼为孝，臣不敢奉命！

此疏一上，光宗约略览过，便遣内监赍示郑贵妃。郑贵妃怎肯罢休，还想请光宗重行宣诏，无如光宗病势日重，势难急办，乃令内医崔文升，入诊帝疾。文升本不是个国医手，无非粗读过几本方书，便自命为知医，诊过帝

脉，说是邪热内蕴，应下通利药品，遂将大黄、石膏等类，开入方剂，撮与帝饮；服了下去，顿时腹痛肠鸣，泻泄不止，一日一夜，下痢至四十三次，送终妙手。接连数日，害得光宗气息奄奄，支离病榻。原来光宗肆意宣淫，日服春药，渐渐的阳涸阴亏，哪禁得杀伐峻剂，再行下去！一泄如注，委顿不堪，都下人士，啧有烦言。都说郑贵妃授意文升，致帝重疾。外家王、郭二戚，且遍谒朝臣，泣愬宫禁危急，郑、李交祟等情。于是杨涟、左光斗与吏部尚书周嘉谟，往见郑贵妃兄子养性，责以大义，要他劝贵妃移宫，并请收还贵妃封后成命。养性不得不从，便入宫禀闻。郑贵妃恐惹大祸，勉强移居慈宁宫，就是册尊贵妃的前旨，亦下诏撤消。寻命礼部侍郎何宗彦、刘一燝、韩炉，及南京礼部尚书朱国祚，并为礼部尚书，兼东阁大学士，入参机务。又遣使召用叶向高。韩、刘在京，先行入直，给事中杨涟，见阁臣旋进旋退，毫无建白，独抗疏劾崔文升道：

> 贼臣崔文升，不知医理，岂宜以宗社神人托重之身，妄为尝试？如其知医，则医家于有余者泄之，不足者补之，皇上哀毁之余，一日万几，于法正宜清补，文升反投相伐之剂。然则流言藉藉，所谓兴居之无节，侍御之蛊惑，必文升借口以盖其误药之奸，冀掩外廷攻击也。如文升者，既益圣躬之疾，又损圣明之名，文升之肉，其足食乎？臣闻文升调护府第有年，不闻用药谬误，皇上一用文升，倒置若此，有心之误耶？无心之误耶？有心则齑粉不足偿，无心则一误岂可再误？皇上奈何置贼臣于肘腋间哉？应请饬下法司严行审问，量罪惩处，以儆贼臣，则宫廷幸甚！宗社幸甚！

这疏上后，过了一天，光宗传锦衣官宣召杨涟，并召阁臣方从哲、刘一燝、韩炉及英国公张维贤，并六部尚书等入宫，众臣都为杨涟担忧，总道他抗疏得罪，将加面斥。独杨涟毫不畏惧，坦然入谒，随班叩见。光宗注目视涟，也没有什么吩咐。迟了半晌，乃宣谕群臣道："国家事机丛杂，暂劳卿等尽心，朕当加意调理，俟有起色，便可视朝。"群臣禀慰数语，奉旨退出。越日又复召见，各大臣鱼贯进去，但见光宗亲御暖阁，凭几斜坐，皇长子由校侍立座侧，当下循例叩安，由光宗面谕道："朕迭见卿等，心中甚慰。"说

毕微喘。从哲叩首道："圣躬不豫，还须慎服医药。"光宗道："朕不服药，已十多日，大约是怕泻之故。现有一事命卿：选侍李氏，侍朕有年，皇长子生母薨逝，也赖选侍抚养，王选侍之殁，就此带出。勤劳得很，拟加封为皇贵妃。"言甫毕，忽屏后有环珮声，铿锵入耳，各大臣向内窃窥，只见屏帏半启，微露红颜，娇声呼皇长子入内，隐约数语，复推他使出。光宗似已觉着，侧首回顾，巧与皇长子打个照面。皇长子即启奏道："选侍娘娘乞封皇后，恳父皇传旨。"光宗默然不答。皇长子侍立帝侧，李选侍得随意驱使，是真视光宗如傀儡者。各大臣相率惊诧，当由从哲奏请道："殿下年渐长成，应请立为太子，移居别宫。"光宗道："他起居服食，尚靠别人调护，别处如何去得？卿等且退，缓一二天，再当召见。"大众叩首趋出。

鸿胪寺丞李可灼，谓有仙方可治帝疾，居然上疏奏陈。光宗乃再宣召众大臣，入问道："鸿胪寺官说有仙方，目今何在？"从哲叩首道："李可灼的奏请，恐难尽信。"光宗痰喘吁吁道："且、且去叫他进来！"左右即奉命出召，少顷，可灼已到，谒见礼毕，便命他上前诊脉。可灼口才颇佳，具言致病原由，及疗治合药诸法。谚言"识真病，卖假药"，便是这等医生。光宗心喜，便令出去和药。一面复语群臣，提及册立李选侍，并云李选侍数生不育，只有一女，情实可怜。死在目前，还念念不忘选侍，光宗可谓多情。从哲等齐声奏称，当早日具仪，上慰圣怀。光宗复命皇长子出见，顾谕群臣道："卿等他日辅导朕儿，须使为尧、舜，朕亦瞑目。"从哲等方欲有言，但听光宗又谕道："寿宫尚无头绪，奈何？"从哲道："先帝陵寝，已经齐备，乞免圣虑！"光宗用手自指道："便是朕的寿宫。"从哲等复齐声道："圣寿无疆，何遽言此！"光宗唏嘘道："朕已自知病重了。但望可灼的仙药，果有效验，或可延年。"语至此，已气喘的了不得，用手一挥，饬诸臣退去。

诸臣甫出宫门，见可灼踉跄趋入，便一同问讯道："御药已办好么？"可灼出掌相示，乃是一粒巴豆大的红丸。吃下就死，比巴豆还要厉害。大众也不遑细问，让可灼进去，一群儿在宫门外小憩，听候服药消息。约过一时，有内侍趋出，传语："圣上服药后，气喘已平，四肢和暖，想进饮食，现在极赞可灼忠臣呢。"诸臣方欢跃退去。到了傍晚，从哲等又至宫门候安，适见可灼出来，亟问消息，可灼道："皇上服了丸药，很觉舒畅，唯恐药力易竭，更进一丸，服了下去，畅快如前，圣体应可无碍了。"从哲等才放心归去。

不期到了五鼓，宫中传出急旨，召群臣速进宫。各大臣等慌忙起床，连盥洗都是不及，匆匆的着了冠服，趋入宫中。但听宫中已经举哀，光宗于卯刻已经归天了。这是红丸的效力。

看官！你道红丸以内，是何药合成？原来是红铅为君，参茸等物为副，一时服下，觉得精神一振，颇有效验，但光宗已精力衰惫，不堪再提，况又服了两颗红丸，把元气一概提出，自然成了脱症，不到一夜，即至告终。这数语恰是医家正鹄，崔文升、李可灼等晓得什么？诸臣也无词可说，只得入宫哭临。谁知到了内寝，又有中官出来阻住，怪极。弄得群臣莫名其妙。杨涟上前抗声道："皇上大行，尚欲阻群臣入临，这是何人意见，快快说来！"中官知不可阻，乃放他进去。哭临礼毕，刘一燝左右四顾，并不见有皇长子，乃启问道："皇长子何在？"问了数声，没人回答。一燝愤愤道："哪个敢匿新天子？"言未已，东宫伴读王安，入白选侍，见选侍挽着皇长子，正与太监李进忠密谈。进忠何多？王安料他有诈，亟禀选侍道："大臣入临，皇长子正宜出见，俟大臣退去，即可进来。"选侍乃放开皇长子，当由王安双手掖引，疾趋出门。进忠暗令小太监等，追还皇长子，方在揽袪请返，被杨涟大声呵斥，才行退去。一燝与张维贤等，遂掖皇长子升辇，至文华殿，各向他俯伏，山呼万岁，返居慈庆宫，择日登极。李选侍与李进忠秘议，才不得行。原来李选侍奉侍帝疾，入居乾清宫，至光宗宾天，意欲挟持皇长子，迫令群臣，先册封自己为后，然后令他登位。偏被阁臣等强行夺去，急得没法，还想令进忠带同内侍，劫皇长子入宫，可奈锦衣帅骆思恭，受阁臣调遣，散布缇骑，内外防护，那时宫内阴谋，几成画饼。御史左光斗，复疏请选侍移宫，接连是御史王安舜，痛陈李可灼误投峻剂，罪有专归，于是移宫案、红丸案同时发生，纷纷争议。史官以前有梃击一案，后有移宫、红丸两案，共称三案。小子有诗叹道：

疑案都从内嬖生，盈廷聚讼至相争。
由来叔世多如此，口舌未销国已倾。

毕竟移宫、红丸两案，如何办理，容待下回表明。

光宗之昏淫，甚于神宗，即李选侍之蛊惑，亦甚于郑贵妃。郑贵妃专宠数十年，终神宗之世，不得为后。光宗甫经践祚，李选侍遽思册封，是所谓一蟹不如一蟹，每况而愈下者。然莫为之前，即无后起，有神宗之嬖郑贵妃，始有光宗之宠李选侍。且郑贵妃进献美姬，戕贼光宗，又令不明医理之崔文升，进以泄药，一泻如注，剥尽真元，虽无李可灼之红丸，亦难永祚。是死光宗者实郑贵妃，而贵妃之致死光宗，尤实自神宗贻之。至如李选侍之求为皇后，以及挟皇长子，据乾清宫，皆阴承贵妃之教而来。不有杨、左，庸鄙如方从哲辈，能不为选侍所制乎？故君子创业垂统，必思可继，不惑声色，不殖货利，其所以为子孙法者，固深且远也。

第八十二回　选侍移宫诏宣旧恶
庸医悬案弹及辅臣

却说移宫、红丸两案，同时发生，小子一时不能并叙，只好分案叙明。李选侍因前计不成，非常愤懑，必欲据住乾清宫，与皇长子同居。廷臣等均言非是，当由御史左光斗，慨然上疏道：

> 内廷有乾清宫，犹外廷之有皇极殿也，唯皇上御天居之。唯皇后配天，得共居之。其他妃嫔，虽以次进御，不得恒居，非但避嫌，亦以别尊卑也。今选侍既非嫡母，又非生母，俨然尊居正宫，而殿下乃退处慈庆，不得守几筵，行大礼，名分倒置，臣窃惑之。且殿下春秋十六龄矣，内辅以忠直老成，外辅以公孤卿贰，何虑乏人？尚须乳哺而襁负之哉？及今不早断决，将借抚养之名，行专制之实，窃恐武氏之祸，再见于今，此正臣所不忍言也。伏乞殿下迅速裁断，毋任迁延！数语未免太激，卒至祸及杀身。

疏入，为李选侍所闻，气得柳眉倒竖，杏靥改容，便与李进忠商量，借议事为名，邀皇长子入乾清宫。进忠奉命往邀，甫出宫门，巧与杨涟相值。涟即问选侍何日移宫？进忠摇手道："李娘娘正在盛怒，令我邀请殿下入议，究治左御史武氏一说。"涟故作惊诧道："错了错了！幸还遇我。皇长子今非昔比，李娘娘若果移宫，他日自有封号。你想皇长子年已渐长，岂无识见，

你等也应转禀李娘娘，凡事三思而行，免致后悔。”晓以利害，颇得戒儆之法。进忠默然退去。既而登极有期，仍未得选侍移宫消息，直至登极前一日，选侍尚安居如故。杨涟忍耐不住，即挺身上疏道：

先帝升遐，人心危疑，咸谓选侍外托保护之名，阴图专擅之实，故力请殿下暂居慈庆，欲先拨别宫而迁之，然后奉驾还宫。盖祖宗之宗社为重，宫帏之恩宠为轻，此臣等之私愿也。今登极已在明日矣，岂有天子偏处东宫之礼？先帝圣明，同符尧、舜，徒以郑贵妃保护为名，病体之所以沉重，医药之所以乱投，人言藉藉，至今抱痛，安得不为寒心？惩前毖后，断不能不请选侍移宫。臣言之在今日，殿下行之，亦必在今日。阁部大臣，从中赞决，毋容泄泄，以负先帝凭几辅殿下之托，亦在今日。时不可失，患宜预防，幸殿下垂鉴，迅即采行！

杨涟一面拜疏，一面往催方从哲，令速请选侍移宫。从哲徐徐道：“少缓几日，亦属无妨。”涟急语道：“天子不应再返东宫，选侍今日不移，亦没有移居的日子了，这事岂可少缓？”火焦鬼碰着慢医生，真要气煞！刘一燝、韩爌亦正在侧，也语从哲道：“明日系登极期，选侍亟应移宫，我等不如同去请旨便了。”从哲不得已，相偕至慈庆宫门。当有内侍出来，问明底细，便道：“难道不念先帝旧宠么？”涟随在后面，忙上前厉声道：“国家大事，怎得徇私？你等敢来多嘴，待要怎的。”涟本声若洪钟，更兼此时焦躁已极，越觉响激，震入宫中。皇长子令中官传旨，已请选侍移宫，诸臣少安无躁。大众闻言，竚立以待。嗣见司礼监王安趋出，语诸人道：“选侍娘娘，已移居仁寿殿了，改日当再徙哕鸾宫。现更奉殿下特旨，收系李进忠、田诏、刘朝等人，因他私盗宝藏，为此究办。”刘一燝等都有喜色，且以王安人素诚信，当无诈言，遂相率退归。越日皇长子由校，即皇帝位，是为熹宗，诏赦天下，当下议改元天启。唯神宗于七月崩逝，光宗于九月朔日又崩，彼时曾有旨于次年改元泰昌，至是又要改元，连泰昌二字，都未见正朔，或议削泰昌勿纪，或议去万历四十八年，即以本年为泰昌，或议以明年为泰昌，后年为天启元年，大家争议未决。还是御史左光斗，请就本年八月以前为万历，八月以后为泰昌，明年为天启，最是协情合理。众人也都赞成，熹宗随即

听从。朝贺礼成，没甚变事，过了数日，忽由御史贾继春，上书阁臣，书中略云：

> 天地之大德曰生，圣人之大德曰孝。先帝命诸臣辅皇上为尧、舜，尧、舜之道，孝弟而已矣。父有爱妾，其子当终身敬之不忘。先帝之于郑贵妃，三十余年天下侧目之隙，但以笃念皇祖，涣然冰释。何不辅皇上取法，而乃作法于凉？纵云选侍原非淑德，夙有旧恨，此亦妇人女子之常态。先帝弥留之日，亲向诸臣，谕以选侍产育幼女，唏嘘情事，草木感伤，而况我辈臣子乎？伏愿阁下委曲调护，令李选侍得终天年，皇幼女不虑意外，是即所谓孝弟之道也。唯陛下实图利之！

阁臣方从哲等，接到此书，又觉得左右为难，惶惑未定。左光斗得知此事，往见阁臣道："这也何难取决。皇上还居乾清，选侍自当移宫。唯移宫以后，不要再生枝节，多使选侍不安。现在李进忠、田诏等，既已犯法，应该惩治，此外概从宽政，便是仁孝两全了。"从哲等依违两可，光斗遂将自己意见，登入奏牍。哪知谕旨下来，竟暴扬选侍罪状，其词道：

> 朕幼冲时，选侍气凌圣母，成疾崩逝，使朕抱终天之恨。皇考病笃，选侍威挟朕躬，传封皇后，朕心不自安，暂居慈庆，选侍复差李进忠等，命每日章奏文书，先奏选侍，方与朕览。朕思祖宗家法甚严，从来有此规制否？朕今奉养选侍于哕鸾宫，仰遵皇考遗爱，无不体悉。其李进忠、田诏等，盗库首犯，事干宪典，原非株连，卿等可传示遵行。

方从哲等读完谕旨，相顾惊愕。乃由从哲主张，封还原谕，且具揭上言，陛下既仰体先帝遗爱，不应再有暴扬等情。熹宗不听，仍将原谕发抄，颁告天下。葬神宗帝后于定陵，追谥皇妣郭氏为孝元皇后，尊生母王氏为孝和皇太后。寻又葬光宗帝后于庆陵，具仪发丧，正忙个不了。李选侍已移居哕鸾宫，不料宫内失火，势成燎原，亏得内有宫侍，外有卫卒，从火光熊熊中，扶出选侍母女两人。这火起自夜间，仓猝得很，余物不及抢救，尽付灰烬。当时群阉惧谴，已造蜚言，又因这次猝不及防的火灾，愈觉谣诼纷起，

有说选侍母女，均被焚死，有说未火以前，选侍已经投缳，其女亦已投井，种种谣言，喧传宫禁。无非是李进忠一党人物。熹宗也有所闻，忙颁谕朝堂，略说："选侍、皇妹，均属无恙。"贾继春又致书阁中，竟有"皇八妹入井谁怜，未亡人雉经莫诉"等语。给事中周朝瑞，谓继春造言生事，具揭内阁。继春又不肯相下，双方打起笔墨官司来。杨涟恐异议益滋，申疏述移宫始末，洋洋洒洒，差不多有数千言，小子录不胜录，只好节述大略。其文云：

前选侍移宫一事，护驾诸臣知之，外廷未必尽知。移宫以后，蜚语忽起，有谓选侍徒跣踉跄，欲自裁处，皇妹失所，至于投井。或传治罪珰过甚，或称由内外交通。臣谓宁可使今日惜选侍，无使移宫不早，不幸而成女后垂帘之事。况迭奉圣谕，选侍居食，恩礼有加，哕鸾宫火，复奉有选侍、皇妹无恙之旨，方知皇上虽念及于孝和皇太后之哽咽，仍念及于光宗先帝之唏嘘。海涵天盖，尽仁无已。伏乞皇上采臣戆言，更于皇弟皇妹，时勤召见谕安，不妨曲及李选侍者，酌加恩数，遵爱先帝之子女，当亦圣母在天之灵所共喜也。

光宗阅毕，下旨褒奖，又特谕群臣，仍陈选侍过恶。略云：

朕冲龄登极，开诚布公，不意外廷乃有谤语，轻听盗犯之讹传，酿成他日之实录，诚如科臣杨涟所奏者，朕不得不再申谕以释群疑。九月初一日，皇考宾天，诸臣入临毕，请朝见朕，李选侍阻朕于暖阁，司礼官固请，既许而后悔。又使李进忠请回者，至再至三。朕至乾清宫丹陛上，大臣扈从前导，选侍又使李进忠来牵朕衣，卿等亲见，当时景象，危乎安乎？当避宫乎？不当避宫乎？初一日朕至乾清宫，朝见选侍毕，恭送梓宫于仁智殿，选侍差人传朕，必欲再朝见方回，各官皆所亲见，明是威挟朕躬，垂帘听政之意。朕蒙皇考命依选侍，朕不住彼宫，饮食衣服，皆皇祖皇考所赐，每日仅往彼一见，因之怀恨，凌虐不堪。若避宫不早，则彼爪牙成列，盈虚在手，朕亦不知如何矣。既殴崩圣母，又每使宫眷王寿花等，时来探听，不许朕与圣母旧人通一语，朕之苦衷，外廷不能尽知，今停封以慰圣母之灵，奉养以尊皇考之意，该部亦可以

仰体朕心矣。臣工私于李党，不顾大义，谕卿等知之，今后毋得植党背公，自生枝节！

这谕下后，御史王养浩等，又上言殴崩圣母四字，有伤先帝盛德，不宜形诸谕旨，垂示后世。此折留中不报。还有与继春同党的人，且诋涟内结王安，私图封拜，涟遂乞归。继春出按江西，且驰疏自明心迹。熹宗降旨切责，次年以继春擅造入井雉经等语，放归田里，永不叙用。后至魏阉专权，矫旨封李选侍为康妃，这系后话慢表。

唯有李可灼呈入红丸一案，当光宗初崩时，已由方从哲拟诏赏给可灼银五十两。总算酬谢他送命的功劳。朝臣啧有烦言，以可灼误下劫剂，不无情弊，却为何还要给赏？即由御史王安舜首先争论，上疏极谏道：

医不三世，不服其药。先帝之脉，雄壮浮大，此三焦火动，面唇赤紫，满面火升，食粥烦躁，此满腹火结。宜清不宜助，明矣。红铅乃妇人经水，阴中之阳，纯火之精也，而以投于虚火燥热之症，几何不速之死乎？然医有不精，犹可借口，臣独恨其胆之大也。以中外危疑之日，而敢以无方无制之药，假言金丹，轻亦当治以庸医杀人之条，乃蒙殿下颁以赏格，臣谓不过借此一举，塞外廷之议论也。夫轻用药之罪固大，而轻荐庸医之罪亦不小，不知其为谬，犹可言也，以其为善而荐之，不可言也。伏乞殿下改赏为罪，彻底究办！

看这疏中语味，还说李可灼不过误医，就是提及荐医的人，也未尝指出姓名，没有什么激烈。从哲乃改为夺可灼罚俸一年。及熹宗即位，御史郑宗周复劾崔文升罪，请下法司。从哲又拟旨令司礼监察处。于是御史冯三元、焦源溥、郭如楚，给事中魏应嘉，太常卿曹珖，光禄少卿高攀龙，主事吕维祺，交章论崔、李罪状，并言："从哲徇庇，国法何在！"给事中惠世扬，竟直纠从哲十罪三可诛，疏中有云：

方从哲独相七年，妨贤病国，罪一；骄蹇无礼，失误哭临，罪二；梃击青宫，庇护奸党，罪三；恣行凶臆，破坏丝纶，罪四；纵子杀人，

蔑视宪典，罪五；阻抑言官，蔽塞耳目，罪六；陷城失律，宽议抚臣，罪七；马上催战，覆没全师，罪八；徇私罔上，鼎铉贻羞，罪九；代营榷税，蠹国殃民，罪十。贵妃求封后，举朝力争，从哲依违两可，当诛者一；选侍乃郑氏私人，从哲受其宫奴所盗美珠，欲封为贵妃，又听其久据乾清，当诛者二；崔文升用泄药，伤损先帝，廷臣交章言之，从哲拟为脱罪，李可灼进劫药，以致先帝驾崩，从哲反拟加赏，律以春秋大义，弑君之罪何辞，当诛者三。如此尤任其当国，朝廷尚有法律耶？务乞明正典刑，以为玩法无君者戒！

看官！你想方从哲尚有人心，到了此时，还有什么脸面，在朝执政？当即上表力辞，疏至六上，乃命进中极殿大学士，赏银币蟒衣，允他致仕。从哲尚有廉耻，较之严分宜辈，相去多矣。但从哲虽已辞职，尚羁居京师。崔、李二人，终未加罪。御史焦源溥、傅宗龙、马逢皋、李希孔，及光禄少卿高攀龙等，又先后劾奏崔、李二人。既而礼部尚书孙慎行，又追劾李可灼进红丸事，并斥从哲为弑逆。略云：

李可灼进红药两丸，实原任大学士方从哲所进。未免锻炼。夫可灼官非太医，红丸不知何药，乃敢突然进呈，昔许悼公饮世子药而卒，世子即自杀，春秋犹书之为弑，然则从哲宜何居？速引剑自裁，以谢先帝，义之上也。合门席藁以待司寇，义之次也。乃悍然不顾，至举朝共攻可灼，仅令罚俸，岂以己实荐灼，恐与同罪，可灼可爱，而先帝可忍乎？纵无弑之心，却有弑之事，欲辞弑之名，难免弑之实。即有百口，亦无能为天下万世解矣。陛下以臣言有当，乞将从哲大正肆放之罚，速严两观之诛，并将李可灼严加考问，置之极刑。若臣言无当，即以重典治臣，亦所甘受，虽死何辞！

这疏上去，有旨令廷臣集议。大臣到了一百十余人，多以原奏为是，纷纷欲罪从哲。独刑部尚书黄克缵，御史王志道、徐景濂，给事中汪庆百数人，颇袒从哲。从哲也上疏辩驳，结末有“请削官阶，愿投四裔，以谢先帝并谢天下”等语。熹宗令阁臣六卿，再行慎议。大学士韩𤏡述进药始末，吏

部尚书张问达，户部尚书汪应蛟等，亦将始末具陈。大旨言："可灼自请进药，由先帝召问，命他和丸急进，非但从哲未能止，即臣等亦未能止。从哲坐罪，臣等均应连坐。唯从哲拟赏可灼，及御史王安舜争谏，仅令罚俸，论罪太轻，实无以慰先帝、服中外，宜如从哲请，削夺官阶，为法任咎。至可灼罪不容诛，崔文升先进大黄凉药，罪比可灼尤重，法应并加显戮，藉泄公愤"云云。熹宗乃命将可灼遣戍，文升放南京，唯从哲仍不加罪。孙慎行见公论难伸，引疾归田。后来尚宝司少卿刘志选，反劾孙慎行妄引经义，诬毁先帝，更及皇上。得旨令宣付史馆，且赦免可灼。看官！你道熹宗出尔反尔，是何理由？原来即位以后，宠用魏阉，可灼、文升等人，俱向魏阉贿托，魏阉权焰薰天，无论什么大事，均可由他主张，何论这文升、可灼两人呢？小子闻当时有一道士，作歌市中云：

委鬼当头立，茄花满地红。

委鬼二字，明指魏姓，茄花二字，应作何解，看官少安毋躁，容小子下回说明。

移宫、红丸两案，群议纷滋，直扰扰至明亡而止。平心论之，选侍之应即移宫，与红丸之应罪可灼，议之最正者也。杨、左等之主张此议，正大光明，何私何疑？但必斥选侍为武氏，与李可灼之有心弑逆，则太苛太激，未免不平。方从哲之过，在失之模棱，必谓其勾通选侍，授意可灼，亦觉深文周内，令人难堪。晋伯宗好直言，卒致及难，杨、左等读书有素，宁未闻之。熹宗不明，暴扬选侍过恶，不留余地，而可灼、文升之应加罪，反迁延不发，嗣虽一戍一放，乃久后复有赦免之旨，如此昏愦，不值一争。良禽择木而栖，良臣择主而事，如杨、左诸臣，毋乃失先几之智乎？

第八十三回　大吃醋两魏争风
真奇冤数妃毕命

却说道士作歌都市，有“委鬼当头立，茄花满地红”二语，委鬼二字相拼，便是魏字，茄花究属何指，据明史上说及，茄字拆开，便是客字。此语未免牵强。小子愚昧，一时未能明析，只好照史謄录，看官不要贻笑。闲文少叙，原来熹宗有一乳母，叫作客氏，本是定兴县民侯二妻室，生子国兴，十八岁进宫。又二年，侯二死了，客氏青年守孀，如何耐得住寂寞？况且她面似桃花，腰似杨柳，性情软媚，态度妖淫，仿佛与南子、夏姬，同一流的人物。比较确切。不过在宫哺乳，未能出外，朝夕同处，无非是宫娥太监等人，就使暗地怀春，也无从觅一雄狐，替她解闷。事有凑巧，偏司礼监王安属下，有一魏朝，性甚儇黠，颇得熹宗宠爱，随时出入宫中。他见客氏貌美，非常垂涎，趁着空隙，常与客氏调笑，渐渐的亲暱起来，遂至捏腰摸乳，无所不至。既而熹宗渐长，早已辍乳，客氏仍留居宫禁，服侍熹宗，唯职务清闲，比不得从前忙碌。一夕，正在房中闲坐，蓦见魏朝入内，寒暄数语，朝复施出故技，逗引客氏，惹得客氏情急，红潮上脸，恨恨的说道：“你虽是个男子，与我辈妇人相同，做此丑态何为。”朝嬉笑道：“妇人自妇人，男子自男子，迥不相同，请你自验！”客氏不信，竟伸手摸他胯下，谁知白鸟鹤鹤，与故夫侯二，毫无异样，奇哉怪哉！不禁缩手道：“哪里来的无赖，冒充太监，我当奏闻皇上，敲断你的狗胫。”还是割势最妙。言已，抽身欲走。魏朝四顾无人，竟尔色胆如天，把客氏牵住，拥入罗帏，小子不敢导

淫，就此截住亵语。但魏朝本由太监入宫，为何与侯二无二，莫非果真冒充么？若果可以冒充，宫内尽成真男，倒也普济宫娥。此中情节，煞费猜疑。相传魏朝净身后，密求秘术，割童子阳物，与药石同制，服过数次，重复生阳，所以与客氏入帏以后，仍然牝牡相当，不少减兴。魏朝既偿了夙愿，客氏亦甚表同情，相亲相爱，不啻伉俪。朝恐出入不便，教客氏至熹宗前，乞赐对食。什么叫作对食呢？从来太监净身，虽已不通人道，但心尚未死，喜近妇女，因此太监得宠，或亦由主上特赐，令他成家授室，只不能生育子女，但相与同牢合卺罢了，因此叫作对食。自汉朝以后，向有这个名目，或亦称为伴食，亦称菜户。客氏入奏熹宗，熹宗便即允从，自此与魏朝做了对食，名义上的夫妇，变成实质上的夫妇。实沾皇恩。

魏进忠与魏朝同姓，就此夤缘，得入宫中，进忠初名尽忠，河间肃宁人，书中唯大忠大奸，特表籍贯。少时善骑马射箭，尤好赌博，尝与悍少年聚赌，输资若干，无力偿还，被悍少年再三窘迫，愤极自宫。遂与魏朝认了同宗，由他介绍，至熹宗生母王选侍宫内典膳，改名进忠。熹宗省视生母，与进忠相见，进忠奉承唯谨，颇得熹宗欢心。及选侍逝世，进忠失职，魏朝又至王安前，替他说项，改入司礼监属下。嗣又托客氏进白熹宗，熹宗尚在东宫，记得进忠巧慧，便令他入宫办膳。进忠善伺意旨，见熹宗性好游戏，遂令巧匠别出心裁，糊制狮蛮滚球，双龙赛珠等玩物，进陈左右，镇日里与客氏两人，诱导熹宗，嬉戏为乐。熹宗大喜，遂倚两人为心腹，几乎顷刻难离。祸本在此。至熹宗登极，给事中杨涟，曾参劾进忠导上为非，进忠惧甚，泣求魏朝保护。魏朝转乞王安解免，安乃入奏熹宗，只说是杨涟所参，恐指及选侍宫中的李进忠，同名误姓，致此讹传。幸有李进忠代他顶罪，可见名与人同，有利有害。熹宗遂坦然不疑。且恐廷臣再有谬误，遂教进忠改名忠贤。忠贤深德魏朝，与朝结为兄弟，差不多似至亲骨肉一般。都为后文伏笔。魏朝受他笼络，所有宫中大小事件，无不与忠贤密谈，甚至采药补阳，及与客氏对食等情，也一一说知。逢人须说三分话，未可全抛一片心。忠贤正艳羡客氏，只虑胯下少一要物，无从纵欲，此时得了魏朝的秘授，当即如法一试，果然瓜蒂重生，不消数月，结实长大，仍复原阳。乘着魏朝值差的时候，与客氏调起情来。客氏见忠贤年轻貌伟，比魏朝高出一筹，也是暗暗动情，但疑忠贤是净身太监，未必有此可意儿，所以遇他勾引，不过略略说笑，初不在意。

哪知忠贤佯与扑跌，隐动机关，竟按倒客氏，发试新硎，一番鏖战，延长至二三时，客氏满身爽适，觉得忠贤战具，远过魏朝，遂把前日亲爱魏朝的心思，一古脑儿移至忠贤身上，嗣是视魏朝如眼中钉。魏朝觉得有异，暗暗侦察，才知忠贤负心，勾通客氏，好几次与客氏争闹。客氏有了忠贤，哪顾魏朝，当面唾斥，毫不留情。水性杨花，至此已极，可为世之轧姘头者作一棒喝。忠贤知此事已发，索性一不做，二不休，竟占据了客氏，不怕魏朝吃醋。一夕，忠贤与客氏正在房闼，私语喁喁，可巧魏朝乘醉而来，见了忠贤，气得三尸暴炸，七窍生烟，便伸手去抓忠贤。忠贤哪里肯让，也出手来抓魏朝，前日情谊，何处去了。两人扭做一团，还是忠贤力大，揿住魏朝，殴了数下。朝知敌他不过，慌忙闪脱，转了身竟将客氏扯去。忠贤不防这一着，蓦见客氏被拥出房，方才追出，魏朝且扯且斗，哄打至乾清宫西暖阁外。原来乾清宫东西廊下，各建有平屋五间，向由体面宫人居住。客氏魏朝，也住于此。时熹宗已寝，陡被哄打声惊醒，急问外面何事？内侍据实陈明，熹宗即将三人召入，拥被问讯。三人跪在御榻前，实供不讳。熹宗反大笑道："你等都是同样的人，为何也解争风？"三人都低头不答。熹宗又笑道："这件事朕却不便硬断，还是令客媪自择。"好一个知情的皇帝。客氏闻言，也没有什么羞涩，若稍有廉耻，也不致出此丑事。竟抬起头来，瞟了忠贤一眼。熹宗瞧见情形便道："哦哦！朕知道了。今夕应三人分居，明日朕替你断明。"三人方遵旨自去。越夕，竟颁下谕旨，立撵魏朝出宫。魏朝无可奈何，空落得短叹长吁，垂头自去。谁要你引用忠贤。那客氏真是很辣，想出了一条斩草除根的计策，竟令忠贤假传圣旨，将魏朝遣戍凤阳，一面密嘱该处有司，待魏朝到戍，勒令缢死。有司奉令遵行，眼见得魏朝死于非命。抢风吃醋之结果，如是如是。客、魏两人，从此盘踞宫禁，恃势横行，熹宗反越加宠倖，封客氏为奉圣夫人。其子国兴，荫袭官爵。授忠贤兄魏钊，及客氏弟客光先，俱为锦衣千户。

司礼监王安，持正不阿，目睹客、魏专权，不由的懊怅起来。御史方震孺曾劾奏客、魏，王安亦从中怂恿，请令客氏出宫，忠贤改过。熹宗颇也允从，当将忠贤发安诘责，客氏退出宫外。怎奈熹宗离此两人，寝不安席，食不甘味，一时虽勉从安请，后来复怀念不忘。客氏得知消息，复夤缘入宫，仍与忠贤同处，日夕谋害王安。也是王安命数该绝，内侍中出了一个王体乾，想做司礼监，与忠贤朋比为奸，往见客氏道："夫人比西李何如？势

成骑虎，无贻后悔。”客氏既有心图安，又遭体乾一激，忙与忠贤商议，嗾使给事中霍维华，弹劾王安。又令刘朝、田诏等上疏辨冤，说由王安诬陷成狱。再经客氏入内加谗，惹得熹宗怒起，饬令王安降职，由王体乾继任。忠贤更矫旨赦免刘朝，且命他提督南海子，降安为南海净军，勒令自裁。

先是光宗为太子时，忧谗畏讥，赖王安左右调护，始得免祸。及梃击案起，安又为属草下谕，解释群疑，神宗非常信任。及光宗即位，特擢为司礼监，劝行善政，内外称贤。熹宗嗣祚，又全亏他从中翼助，至是为客、魏陷害，竟至毙命。看官试想！冤不冤呢？善善从长，不以阉人少之。王安既死，忠贤益无忌惮，又有司礼监王体乾为耳目，及李永贞、石元雅、徐文辅等为腹心，李实、李明道、崔文升等为指臂，势倾内外，炙手可热。天启二年，册立皇后张氏，客、魏二人，自然在内帮忙。大婚礼成，忠贤得荫侄二人，客氏得赐田二十顷，作为护坟香火的用费。给事中程注、周之纲，及御史王一心等，相继奏阻，俱遭斥责。又有给事中侯震旸，亦奏斥客、魏，奉诏夺职。吏部尚书周嘉谟，上疏营救，留中不报。嘉谟以霍维华谄附忠贤，把他外调，忠贤益怒，遂阴嘱给事中孙杰，纠弹嘉谟朋比辅臣，受刘一燝指使，谋为王安复仇。熹宗遂将嘉谟免官，刘一燝因此不安，亦累疏乞休，特旨允准。叶向高奉诏起用，早已到阁，应八十一回。见刘、周相继归休，不能自默，遂上言：“客氏既出复入，一燝顾命大臣，反不得比保姆，令人滋疑，不可不防。”熹宗全然不睬。大学士沈潅，内通客、魏，令门客晏日华，潜入大内，与忠贤密议，劝开内操。忠贤大喜，遂令锦衣官召募兵士，得数千人，居然在宫禁里面，演操起来，钲鼓炮铳的声音，震动宫闼。皇长子生未满月，竟被惊死。既而内标增至万人，衷甲出入，肆行无忌。内监王进尝试铳帝前。铳炸伤手，余火乱爆，险些儿伤及熹宗。熹宗反谈笑自若，不以为意。所有正士邹元标、文震孟、冯从吾等，俱因积忤忠贤，一并斥逐。更引用顾秉谦、朱延禧、朱国桢、魏广微一班人物，入阁办事。秉谦、广微庸劣无耻，但知谄附忠贤，因得幸进。霍维华、孙杰等，且优升京堂。总之宫廷以内，知有忠贤，不知有熹宗，只教忠贤如何处断，便可施行。客氏尤淫凶得很，平日与光宗选侍赵氏，素不相容，她竟与忠贤设计，矫旨赐赵选侍自尽。选侍恸哭一场，尽出光宗所赐珍玩，罗列座上，拜了几拜，悬梁毕命。裕妃张氏，因言语不慎，得罪客氏，客氏蓄恨多时，会张妃怀妊，约已数

月，偏由客氏暗入谗言，只说张妃素有外遇，怀孕非真帝种，顿时惹动熹宗疑心，把她贬入冷宫。客氏禁膳夫进食，可怜一位受册封妃的御眷，活活的饿了好几日，竟至手足疲软，气息仅属。会值天雨，张妃匍匐至檐下，饮了檐溜数口，无力返寝，宛转啼号，竟死檐下。客氏之肉，其足食乎？冯贵人才德兼优，尝劝熹宗停止内操，为客、魏所忌，不待熹宗命令，竟诬她诽谤圣躬，迫令自尽。熹宗尚未曾知晓，经成妃李氏从容奏闻，熹宗毫不悲切，置诸不问。哪知客氏恰已得知，又假传一道圣旨，把成妃幽禁别室。幸成妃已鉴裕妃复辙，在壁间预藏食物，一禁半月，尚得活命。熹宗忽记及成妃，问明客氏，才知她幽禁有日。自思从前与成妃相爱，曾生过两女，虽一并未育，究竟余情尚在，向客氏前替她缓颊，始得放出，结局是斥为宫人，迁居乾西所。熹宗并未与客氏相通，乃受她种种挟制，反不能保全妾妃，令人不解。唯是张皇后素性严明，察悉客、魏所为，很是愤恨，每见熹宗，必痛陈客、魏罪恶。熹宗厌她絮烦，连坤宁宫中，都不常进去。一日，闲步至宫，后方据案阅书，闻御驾到来，忙起身相迎。熹宗入视案上，书尚摊着，便向后问道："卿读何书？"后正色答道："是史记中赵高传。"熹宗默然。随后支吾数语，便又出去。看官读书稽古，应知赵高指鹿为马，是秦二世时一个大权阉，二世信任赵高，遂至亡国，此次张后所览，未必定是赵高传，不过借题讽谏，暗指魏忠贤，提醒熹宗，熹宗昏迷不悟，倒也罢了，偏这客、魏两人，贼胆心虚，竟卖嘱坤宁宫侍女，谋害张后，是时后亦怀娠，腰间觉痛，由侍女替她捶腰，侍女暗施手术，竟将胎孕伤损。过了一日，遂成小产。一个未满足的胎形，堕将下来，已判男女，分明是一位麟儿，坐被客、魏用计打落，小人女子之难养，一至于此。熹宗从此绝嗣。小子有诗叹道：

> 王圣、赵娆无此恶，江京、曹节且输凶。
> 一朝遗脉伤亡尽，从此朱明便覆宗。

客、魏既计堕后胎，还要捏造谣言，汙蔑张后。说将起来，令人发指，小子演述下去，也不禁气愤起来，姑将秃笔暂停，少延片刻再叙。

是回历叙客、魏入宫，非法妄为等情事，魏忠贤与魏朝，同争客氏，明明是

宫中丑史，稍有心肝之人主，应早动怒，一并摈逐，何物熹宗，反将客氏断与忠贤，坐令秽乱而不之防！吾恐桀、纣当日，亦未必昏迷至此。客、魏见熹宗易与，自然日肆诪张，忠贤阴狠，客氏淫凶，两人相毗，何事不可为，如斥正士，引匪类，尚意中事，甚至欲斲丧龙种，于已生之皇长子，则震死之，于怀妊之裕妃张氏，则勒死之，于张皇后已孕之儿胎，则堕死之。熹宗均不加察，仍日加信任，此而欲不亡国绝种得乎？自古权阉，莫甚于魏贼，自古乳媪，亦莫甚于客氏，读此回而不愤发者，吾谓其亦无心肝。

第八十四回　王化贞失守广宁堡
朱燮元巧击吕公车

却说熹宗皇后张氏，本祥符人张国纪女，国纪由女得封，授太康伯，客、魏尝欲倾后，无词可谤，左思右想，竟造出一种蜚言，谓后非国纪女，乃是系狱海寇孙官儿所出，想入非非。且扬言将修筑安乐堂，遣后居住。安乐堂在金海桥西，从前孝宗生母纪氏，为万贵妃所构害，谪居于此。此时欲张后入居，明明是讽劝熹宗，实行废后故事。熹宗不愿允从，还算有一线明白。客氏还不肯罢休，适归家省母，母极力劝止，悚以危言，方才搁过一边。

看官听着！小子叙述客、魏行事，多半是假传圣旨，难道熹宗果耳无闻、目无见么？我亦动疑。原来熹宗颇有小慧，喜弄机巧，刀锯斧凿，丹青髹漆等件，往往亲自动手，尝于庭院中作小宫殿，形式仿乾清宫，高不过三四尺，曲折微妙，几夺天工。宫中旧有蹴圆亭，他又手造蹴圆堂五间，此外如种种玩具，俱造得异样玲珑，绝不惮烦。倒是一个工业家。唯把国家要政，反置诸脑后，无暇考询。忠贤尝趁他引绳削墨的时候，因事奏请，熹宗未免厌恨，随口还报道："朕知道了，你去照章办理就是。"至如廷臣奏本，旧制于所关紧要，必由御笔亲批；若例行文书，由司礼监代拟批词，亦必书遵阁票字样，或奉旨更改，用硃笔批，号为批红。熹宗一概委任魏阉，以此魏阉得上下其手，报怨雪恨，无所不为。

魏阉置第宫南，客氏置第宫北，两屋相去，不过数武，中架过廊一埭，以便交通往来。两人除每夕肆淫外，统是设计营谋，倾排异己。客氏又在凤

彩门，另置值房一所，或谓客氏虽私忠贤，尚嫌未足，免不得再置面首，就是大学士沈潅，也曾与客氏结露水缘，是真是假，且勿深考。唯客氏日间在宫，夜间必往私宅，无非寻欢。侍从如云，不减御驾。灯炬簇拥，远过明星。衣服华丽似天仙，香雾氤氲如月窟。既至私宅，仆媪等挨次叩头，或呼老太太，或呼千岁，喧阗盈耳，响彻宫廷。至五更入宫，仍然照旧铺排，丝毫不减，我说客氏夜来明往，不能与所欢日夕同居，还是失策。客氏又性喜妆饰，每一梳洗，侍女数辈，环伺左右，奉巾理发，添香簪花，各有所司，不敢少懈；偶欲湿鬓，即选三五美人津液，充作脂泽，每日一易。自云此方传自岭南老人，名群仙液，令人老无白发。天不容你长生，如何是好。又喜效江南妆，广袖低髻，备极妖冶，宫中相率模仿，唯张皇后很是厌薄，凡坤宁宫侍女，概禁时装，客氏尝引为笑柄，后虽微有所闻，仍然吾行吾素，不改古风。还有客氏一种绝技，是独得烹饪的秘诀。熹宗膳餐，必经客氏调视，方得适口，所以客氏得此专宠，恩礼不衰。相传熹宗不喜近色，所以宠幸客氏者，在此，故特别叙明。

话休叙烦，且说辽东经略熊廷弼，守辽三年，缮完守备，固若金瓯，唯廷弼索性刚正，不肯趋附内臣，免不得有人訾议。太监魏忠贤，心中也是恨他，当遣吏科给事中姚宗文，赴辽阅兵。宗文系白面书生，何知军务？此次奉遣，明是教他需索陋规，廷弼毫无内馈，并且薄待宗文，宗文失望回京，即上疏诬劾廷弼。廷弼便即免官，改任袁应泰为经略。应泰文事有余，武备不足，把廷弼所定的规律，大半变易，且招降满洲饥民，杂居辽、沈二城。满洲太祖乘势袭击，降人多为内应，据了沈阳，直逼辽阳。应泰登陴督御，偏偏城中自乱，将校潜遁，一时失措，竟被满洲兵陆续登城。应泰自缢，辽阳又失，辽东附近五十寨，及河东大小七十余城，尽被满洲兵占去。都是魏阉拱手奉送。朝议乃再用廷弼，赐宴饯行。急时抱佛脚。

廷弼到山海关，与辽东巡抚王化贞，商议军务。化贞主战，廷弼主守，彼此又龃龉起来，两造各持一说，奏报明廷。起初廷议颇赞成廷弼，嗣因辽阳都司毛文龙，取得镇江城，报知化贞，化贞遂奏称大捷，请即进兵。兵部尚书张鹤鸣，轻信化贞，令化贞专力图辽，不必受廷弼节制，一面偏促廷弼出关，为化贞后援。既教化贞专力图辽，为何又令廷弼接应？化贞五次出师，俱不见敌，廷弼请敕化贞慎重举止，化贞独上言得兵六万，可一举荡平满洲。大言不惭。叶向高为化贞座主，颇袒化贞，张鹤鸣尤信任不疑。化贞意气自豪，

出驻广宁，方拟大举，哪知满洲兵已西渡辽河，击死明副将罗一贯，长驱入境，势如破竹。化贞即遣爱将孙得功，及参将祖大寿，总兵祁秉忠往援，与满洲兵交战平阳桥。得功未败先奔，阵势大乱。秉忠战死，大寿遁去。得功潜降满洲，且欲缚住化贞，作为贽仪，好一个爱将。佯率败军逃回广宁，待满洲兵一到，即为内应。化贞全然不知，关了署门，整缮文牍。忽有参将江朝栋，排闼入报道："敌兵来了，请公速行。"化贞莫明其妙，尚在瞠目不答，当由朝栋一把掖住，出署上马，踉跄出城。好好一座广宁城，平白地奉送满洲，毫不言谢。趣语。

此时廷弼已奉命出关，进次闾阳驿，闻广宁已经失守，料想不及赴援，遂退屯大凌河。巧值化贞狼狈回来，下马相见，不禁大哭。绝似一个儿女子，如何去御敌兵？廷弼微笑道："六万军一举荡平，今却如何？"乐得奚落，难为化贞。化贞带哭带语道："还求经略即速发兵，前截满人。"廷弼道："迟了迟了。我只有五千兵，今尽付君，请君抵挡追兵，护民入关！"言未已，探马来报，孙得功已降满洲，锦州以西四十余城，统已失陷。廷弼急将麾下五千人，交给化贞，令他断后，自与副使高出、胡嘉栋等，焚去关外积聚，护送难民十万人入关。败报到了京中，一班言官，也不辨廷弼、化贞的曲直，但说他一概有罪，请即逮问。熹宗糊涂得很，当即照准，饬将二人逮押来京，即交刑部下狱。张鹤鸣惧罪乞休，寻即罢官。

御史左光斗，因广宁一失，辽事日棘，特荐一老成练达的孙承宗，督理军务。熹宗乃授为兵部尚书，兼东阁大学士，另用王之晋为辽东经略。王之晋莅任，请添筑重关，增设守兵至四万人，佥事袁崇焕，以为非计，入白叶向高，向高不能决。承宗自请往视，由熹宗特许，兼程到关，相度形势，与之晋所见未合，因还言之晋不足任，自愿督师。熹宗甚喜，遂命他督师蓟辽，赐尚方剑，御门亲饯，送他启程，承宗拜辞而去。及到了关外，定军制，明职守，筑堡修城，练兵十一万，造铠仗数百万，开屯田五十顷，兵精粮足，屹成重镇。满洲兵不敢窥视，相戒近边，俨然有一夫当关，万夫莫入的情形。为政在人。明廷少安，便拟讯鞫熊廷弼、王化贞的罪案。刑部尚书王纪，以廷弼守辽有功，足以赎罪，应从末减。独阁臣沈漼，劾他袒护罪臣，例应同坐。明是受意魏阉。王纪心中不服，亦奏称沈漼贪鄙龌龊，酷似宋朝的蔡京。熹宗初颇下旨调停，令两人同寅协恭，不得互相攻讦，嗣被魏忠贤

从中唆惑，竟将王纪削籍。纪去后，叶向高言：“纪、漼交攻，均失大臣体裁，纪独受斥，漼尚在位，怎得折服人心？”阁臣朱国祚，亦具揭论王纪无罪，漼心中颇不自安，引疾退归。魏忠贤衔恨朱、叶，屡欲陷害，国祚明哲保身，连上十三疏乞休，乃蒙允准。史继偕亦致仕而去。继偕两字，不愧尊名。小子因随笔叙下，无暇他及，致将内地两大乱事，一时无从插入，可巧明廷大臣，纷纷乞休，正好乘这空隙，补叙出来。此是作者欺人之笔。

天启元年，四川永宁土司奢崇明作乱，奢氏本猓猡遗种，洪武中入附明朝，命为永宁宣抚使。数传至奢崇周，殁后无嗣。崇明以族人继立，素性阴狡，内悍外恭，有子奢寅，骁桀好乱，明廷方募兵援辽，檄至四川，崇明父子，上疏请行，先遣土目樊龙、樊虎等，径赴重庆。巡抚徐可求点核土兵，见有老弱夹杂，拟加裁汰。樊龙不服，定要可求照数给饷。可求呵叱数语，龙即挺起槊来，刺杀可求，并击毙道府总兵官二十余人，占住重庆府城。是时川境久安，守备日弛，为了此弊，所以抚道各员，俱被杀死，然典守何事，乃竟令彼猖獗耶？闻得重庆警报，附近兵民，纷纷逃逸。樊龙等遂乘势出兵，攻合江、纳溪，复报知崇明父子，请即援应。崇明父子，踊跃而来，统率部众及徼外杂蛮，不下数万，破泸州，陷遵义、兴文，全蜀大震。播州杨应龙余孽，播州事见七十八回。及诸亡命奸人，随处响应，势日猖獗。崇明居然悬旗僭号，伪称大梁，设丞相以下等官，麾众进逼成都。蜀王至澍，为太祖第十一子椿八世孙，世袭藩封，见城内守兵寥寥，仅有镇远营七百人，如何守御得住？急忙檄调近地兵士，陆续到来，亦只有一千多人。偏偏左布政使朱燮元，正奉旨入觐，出城北上，燮元以知兵闻，当这军务吃紧的时候，哪可失此良佐，蜀王情急得很，忙率百姓驰出国门，追留燮元。燮元见遮道攀辕，非常恳切，遂慷慨返驾，入城誓师，热忱壮士。当下与右布政使周著，按察使林宰等，督励兵民，分陴固守。一面驰檄各道，飞调援兵。不意寇兵已至，四面环攻。燮元加意严防，督令士卒放炮擂石，昼夜不懈。贼拥革为蔽，被炮击毁，接竹为梯，被石击断，累攻不能得手，反死伤了数百人。适值冬濠水涸，贼率降民持蔑束薪，满填濠中，高如土垒，上筑蓬荜，形类竹屋，藉避铳石，暗中恰伏弩仰射，齐注城头。燮元已预备竹帘，撑架起来，挡住敌矢。夜半恰令壮士缒城而出，持刍涂膏，纵火焚薪，薪燃垒坏，上面倚据的贼兵，不被烧死，也遭跌死。燮元又遣人潜决江水，流满城濠，贼计

无所施，但射书入城，煽惑兵民。当有奸徒二百余人，谋为内应，被燮元一一查出，枭首悬城。贼又四面架起望楼，高与城齐，也由燮元暗遣死士，放火焚去，斩了贼目三人，相持至十余日，孤城兀峙，不损丝毫。可谓善守。

诸道援兵，次第趋集，就中有一个巾帼英雄，系石驻宣抚司女总兵秦良玉，也率队到来。良玉忠州人，曾嫁宣抚使马千乘，千乘病死，良玉英武知兵，代为统领。崇明夙慕英名，发难时曾厚遗良玉，乞为臂助，良玉语来使道："你不闻我秦氏世笃忠贞么？我兄邦屏、邦翰，奉旨援辽，俱死王事，只有我弟民屏，负伤归来，现在伤痕已痊，我当带领弟侄，效死报国，什么盗物，敢来污我！"英气勃勃，足愧须眉。秦良玉为明末女杰，故叙述履历，格外从详。言毕，将所遗金银，掷还来使。来使出言不逊，恼得良玉性起，拔出佩剑，砍作两段。爽快之至。当下率所部精兵，与弟民屏、侄翼明等，卷甲疾趋，潜越重庆，分兵为二。留翼明屯南坪关，截贼归路，又留兵一千，多张旗帜，护守忠州，作为南坪关的犄角。自率锐卒三千人，沿江而上，直抵成都，离城数里下寨。崇明父子，见援兵日至，也陆续募集党羽，分头拦阻。且督众更番攻城，自初冬至暮冬，岁已且尽，仍然围攻不辍。城中人伏腊不祭，岁朝不贺，一意同悍寇拼命，与城存亡。非燮元之抚驭有方，安能得此。元夕已过，贼攻少懈，燮元方下城少憩，忽城上来了守卒，大呼道："有旱船来了，请主帅速即登城！"燮元忙上城楼，但见有数千悍贼，自林中大噪而出，拥物如大舟，高可丈许，长约五百尺，内筑层楼数重，上面站着一人，披发仗剑，旁竖羽旗，中载数百人，各挟机弩毒矢，翼以两云楼，用牛牵曳，势将近城，较诸城楼上面，还高尺许。这是何物？费人疑猜。守陴的老幼妇女，顿时大哭起来。燮元忙即慰谕道："不妨不妨，这是吕公车，可以立破。"是谓知兵。随即命守卒道："我有巨木预备，搁置城下，无论大小，一并取来！"守卒忙即运至，由燮元亲自指点，长木为杆，短木为轴，轴上已有巨索，转索运杆，可发大炮。炮中有千斤石，飞射出去，好似弹丸。这边已装好大炮，那边吕公车适至，第一炮轰去，击毁车旁云楼，第二炮轰去，不偏不倚，正将这披发仗剑的贼目，一石打倒。看官听说！这全车的举动，全仗他一人指挥，他已被击，车中人都成傀儡了。燮元更用大炮击牛，牛负痛返奔，冲动贼阵。那时燮元乘势出击，大杀一阵，便即还城。

崇明父子，尚不肯退去，会有裨将刘养鲲，报称贼将罗乾象，遣私人孔

之谭输诚，情愿自拔效用。燮元即遣之谭复往，令与乾象俱来。及乾象既至，燮元方卧城楼，起与共饮，饮至酣醉，复呼令同寝，鼾声达旦。这是有诈，莫被燮元瞒过。不然，崇明未退，乾象新降，安得冒昧若此？乾象因此感激，誓以死报。燮元遂与他密约，令诱崇明登城，设伏以待。果然乾象去后，即于是夜偕崇明登城，甫有一人悬梯而上。守兵遽行鼓噪。崇明料知有备，跳身逸去，等到伏兵突出，追赶不及，只拿住他随卒数人。乾象即纵火焚营，崇明父子，仓猝走泸州，成都围解，乾象率众来归。燮元上书奏闻，朝旨擢为四川巡抚，于是复率诸军进讨，连复州县卫所四十余，乘胜攻重庆。

重庆为樊龙所据，已九阅月，贼守甚固，自二郎关至佛图关，为重庆出入要道，悍贼数万扼守，连营十有七座。总兵杜文焕，及监军副使邱志充、杨述程等，率兵进攻，连战不下。石砫女官秦良玉，请从间道绕出关后，两路夹击，定可破贼等语。燮元很是嘉许，遂命良玉带领部兵，觅路径去。贼兵只管前敌，不防后袭，谁知后面竟来了一位女将军，铁甲银枪，蛮鞢白马，在垒后麾军直入，乱杀乱戮，无人敢当。极写良玉。前面的杜文焕等，也踹入贼营，似削瓜刈稻一般，遮拦不住。那时贼众大溃，连拔二郎、佛图二关，直捣重庆。樊龙出战不利，守了数日，粮道被断，城中竟致乏食，只好开门潜遁。行不一里，但听得四面八方，都呼樊贼休走，正是：

将军巧计纵鹰犬，悍贼穷途陷网罗。

未知樊龙曾否就擒，请看下回分解。

熊廷弼为明季名将，守辽有功，乃为王化贞牵制，致同坐罪，此事为明廷一大失着。作者前著《清史演义》，叙述甚详，而此回亦不肯从略，盖嫉王化贞，惜熊廷弼，且以见明廷之刑罚不明，贤奸倒置，其亡国之征，所由来也。朱燮元亦一大将材，观其固守成都，卒却悍寇，破吕公车于城下，识罗乾象于寇中，智勇双全，难能可贵。而秦良玉之出身巾帼，远过须眉，尤为明代一人。本回从大处着笔，更写得烨烨有光，善必彰之，恶必瘅之，谓非良史家可乎？

第八十五回　新抚赴援孤城却敌
叛徒归命首逆伏诛

却说樊龙开门潜走，正遇着朱燮元的伏兵，四面围住，任你樊龙凶悍过人，至此也无从狡脱，只好束手就擒，余酋亦多被缚住。燮元遂克重庆，移兵攻泸州，崇明父子，弃城夜走，直奔遵义。遵义已为贵州兵所复，不防水西土目安邦彦，也揭竿起事，响应崇明。贵州兵调攻邦彦，遵义空虚，只剩推官冯凤雏居守。崇明父子，猝至遵义，凤雏无兵无饷，如何守得？当被崇明父子陷入，眼见得这位冯推官，杀身成仁了。崇明复破遵义，留子奢寅，及部目尤朝柄、杨维新、郑应显等占据，自率余众返永宁，这且慢表。

且说水西土目安邦彦，系宣慰使安尧臣族子，尧臣病殁，子位嗣职。位年尚幼，由尧臣妻奢社辉摄事。社辉系奢崇明女弟，尝与崇明子寅争地为仇，不通闻问。独邦彦与崇明往来，素怀异志，及崇明作乱，或说他已得成都。邦彦遂挟位母子叛应崇明，自称罗甸大王，纠合诸部头目安邦俊、安若山、陈其愚、陈万典等，进陷毕节。更分兵四出，西破安顺、沾益，东下瓮安、偏桥，邦彦自率水西部众，渡陆广河，直趋贵阳。适贵阳城中，藩臬守令，均已入觐，巡抚李枟，亦因乞休得请，专待后任交卸，陡闻此变，慨然督军，又是一个朱燮元。与巡按御史史永安，提学佥事刘锡元，悉力拒守。但虑城大兵单，不敷堵御，当由刘锡元号召学官，并及诸生，督促城中丁壮，分堞守护。邦彦率众攻城，城上矢石齐下，无隙可乘。他却想了一计，沿城筑栅，断绝城中出入，为久围计。流寇宜速不宜缓，乃筑栅久围，已非胜算。镇将

张永芳，闻省会被围，即率二万人入援，为邦彦所阻，不得进行。他将马一龙、白自强等，与贼兵交锋，战败阵亡。邦彦攻城愈急，占住城东山冈，搭设厢楼，登高俯击。李檩令兵士遥射火箭，迭毁贼楼，接连三日三夜，尚是火光熊熊。邦彦乃不敢登山，但据住各栅，不令放松。城中久持力惫，将校多病，更兼饷绝粮空，害得大家枵腹，先食糠粃，继食草本败革，后且食死人血肉，最后连尸骸俱被刮尽，不得已杀食生人，甚至亲属相啖。里居参政潘润民，一女被食，知县周思稷，且自杀饷军，幸得人心坚固，到了这个地步，还是以城为重，视死如归。比朱燮元之守成都，尤为坚忍。

明廷方注重辽事，不遑兼顾，只有新任巡抚王三善，已经简放，驰抵平越。巡按史永安飞檄敦促，且上疏诋三善观望不前，请朝旨星夜催迫。三善乃在平越募兵，大会将士，毅然面谕道："省城危急万分，不能久待，我辈若再不往援，他日省城失守，必至坐法。与其坐法论死，还不若驰往死敌，或尚可望不死呢。"是极。将士等齐声赞成，遂分三道进兵。道臣何天麟、杨世赏等，左右夹进，三善自与道臣向日升，从中路驰入，衔枚疾走，直抵新安，距贵阳只数十里。乃命刘超为前锋，自为后劲。超麾军大进，与寇相值，两下对垒，贼首阿成操着长槊，奋勇杀来。超兵遽退，超下马手斩二人，复上马冲出，亲当阿成。阿成已持槊飞舞，突被刘超用刀格住，方拟抽槊回刺，不防超背后闪出一人，趋近阿成身旁，拦腰一刀，挥作两段。贼兵失了主将，自然披靡，可巧三善亦驱军大至，乃奋呼杀贼，追了一程，收复龙里城。当由刘超禀报，掩杀阿成，乃是麾下亲兵张良俊。为叙明姓氏补笔。三善大喜，簿录首功，遂乘胜入援贵阳城。

邦彦闻新抚到来，防有数十万大兵，不禁手足无措，踌躇半晌，才语部众道："我当亲出调兵，与他决一胜负。"言毕自去。贼众待久不至，相顾惊诧，怎禁得官军杀到，似山崩地震一般，压入垒中，纷纷瓦解。贼将安邦俊，不管死活，还想上前招架，但听得扑的一声，已是中了一弹，洞胸殒命。大众顾命要紧，各将甲仗弃去，四散奔逃。官军直抵城下，先有五骑传呼道："新抚到了。"城中兵民，欢呼相和，共庆更生。贵阳被围十余月，城中户口十余万，至是只剩数百人，兀自守住，这全仗故抚李檩，及永安、锡元等的功绩呢。越数日，左右两部兵才至，又数日，楚、粤、蜀各兵亦到，李檩乃卸任而去。城已保全，才行卸任，我钦爱李公忠荩。

是时朱燮元已升任四川总督，兼兵部侍郎，再举讨贼，大集将佐等计议道："我与永宁贼相持已久，尚不得志，无非因贼合我分，贼逸我劳呢。今拟尽撤各防，会剿永宁，捣穴平巢，在此一举。"秦良玉首先允议，诸将亦拱手听命，遂令副将秦衍祚等，往攻遵义，自率大军进讨，历破诸险，将薄永宁。奢寅自遵义还援，带着樊虎等人，前来搏战，被燮元督军猛击，杀得弃甲曳兵。奋追至老君营、凉伞铺，尽毁贼垒。寅身中二枪，仓皇遁走，樊虎伤重即死。燮元还破青岗坪，进扑永宁城，一鼓齐上，生擒贼目周邦泰等，降贼二万。唯崇明得脱，败奔旧蔺州城。罗乾象已由燮元保举，擢为参将，愿率一军穷追崇明，燮元遣他去讫。乾象甫行，遵义捷音亦至，逐去贼目尤朝柄、杨维新、郑应显等，降贼党安銮，克复遵义全城。于是燮元再自永宁出师，为乾象后援，途次接到乾象军报，奢贼计穷，已走水西、龙场，向安氏借兵，再图报复。燮元乃长驱直进，与乾象会师，向蔺州进发，忽由探马报到，安邦彦已出兵两路，帮助奢氏，一窥遵义，一窥永宁，已过赤水河，向狮子山来了。燮元遂命罗乾象攻蔺州，自往狮子山截击贼锋。乾象督兵至蔺，用了火炮火箭，击射城中，把奢氏的九凤楼，片刻毁去。城中自相哗噪，当由乾象乘隙攻入，扫尽贼众。崇明父子时已转走龙场，无从缉获。蔺州方下，燮元至芝麻塘，遇着安氏所遣的贼众，一阵击退，再进兵至龙场，崇明已如惊弓鸟，漏网鱼，未战先逃，连妻弟都不及带去。官兵遂将他妻安氏，弟崇辉，一并擒住，斩首以千万计。复四处追觅崇明父子，嗣闻崇明父子，相继遁入水西，燮元以王三善方在得手，不欲攘功，便勒兵不追。申明燮元意旨，可见燮元之不追，并非畏怯。

那时三善正会师六万，进击水西，连战皆捷，遂渡渭河，直达大方。安邦彦逃入织金，安位及母奢社辉，窜居火灼堡，三善乃檄令安位母子，速擒安邦彦及崇明父子，解献军门，请旨赎罪。安位母子倒也惊慌，只恐三善未必践言，特遣人赴镇远，至总督杨述中处乞降，述中当即允许，致书三善，令他撤兵。三善以元凶未翦，不如即抚即剿，述中一意主抚，彼此辩论不明，反将军务搁起。安邦彦侦知情形，日夜聚兵，为再出计，且勾通四川乌撒土目安效良，作为外援，一面与悍党陈其愚密商，令他诈降三善。三善见了其愚，初颇怀疑，经其愚狡黠善辩，遂以为诚信可靠，引作参谋。燮元收降罗乾象，三善收降陈其愚，同一招抚，而结果迥异，是仍在知人与不知人耳。其愚

诈言邦彦远窜，势不足虑，不如撤还贵州。三善因出师连捷，颇有骄心，且久住大方，粮食将尽，遂信了其愚的计划，焚去大方庐舍，率兵东归。其愚自请断后，三善许诺，乃将各队兵马，陆续先发，自与副将秦民屏等，揽辔徐行。哪知其愚早已报知邦彦，令他发兵追击，等到邦彦兵至，恰密遣心腹，驰禀三善，只说是其愚遇贼，速请回援。三善返旆往救，遥见其愚跃马奔来，还道他被贼所追，急忙出马救护，说时迟，那时快，其愚见三善在前，故意的策马数鞭，马性起前蹿，竟将三善的坐骑撞翻，三善从马上跌将下来，自知有变，即将帅印掷付亲兵，自抽袜中小刀，横颈欲刎。其愚很是厉害，意欲生缚三善，便下马夺刀，三善怒骂不止。秦民屏正来相救，偏偏贼兵大至，围拥上来，民屏战死，三善被杀。秦佐明、祚明等，突围出走。贼兵尚并力追赶，还亏前行将校，回马迎击，方得杀退贼兵。监军御史傅宗龙，闻三善被戕，矢志复仇，独率壮士数百人，潜蹑陈其愚后尘。其愚正在得意，扬鞭归去，口唱蛮歌，不防宗龙赶到，一声唿哨，乱刀齐起，立将其愚斫落马下，连人带马，剁作数段。三善至此，亦堪瞑目。宗龙割下其愚首级，招呼壮士，飞马还走，贼兵闻警来追，那宗龙与壮士数百名，似风驰电掣一般，霎时间走得很远，无从追及了。

明廷闻王三善被害，命总督刘述中，回籍听勘，改任蔡复一为总督。复一遣总兵鲁钦、刘超等，捣织金贼巢。织金四面皆山，林深箐密，向称天险，官兵从未入境，鲁、刘二军，凿山开道，攀藤穿窦，用了好几月工夫，才得到了织金，途次遇着数千贼兵，由官军努力上前，斩杀千余人，余众溃败。及捣入贼巢，只是空空一寨，四面搜觅，并不见有邦彦踪迹，没奈何下令退兵。已中邦彦诡计。行了一程，忽由岩壑间钻出贼众，左右奔集，来击官军。鲁钦知事不妙，慌忙整军抵敌，怎奈路径崎岖，如鼠斗穴，贼兵驾轻就熟，官军路陌生疏，又兼意乱心慌，如何招架得住？不到数时，多半溃散。钦等急寻归路，且战且行，好容易杀出危途，手下的兵士，十成中已丧亡六七了。还是幸免。复一见钦军败还，只好上章自劾，朝旨责令罢官，特授朱燮元为兵部尚书，总督云、贵、湖、广、四川五省军务，出驻遵义。

适值乌撒土目安效良，南向入滇，纠合蔺州、水西、乌撒三部，入据沾益。云南巡抚闵洪学，急饬副总兵袁善，宣抚使沙源等，激励将士，血战沾益城下，相持五昼夜，屡出奇兵破贼，效良乃去。燮元闻云南有警，正拟调

兵往救，嗣得闵抚报捷，因即停遣。既而探知水西贼情，拟由三路入犯，一攻云南，一攻遵义，一攻永宁。永宁的贼将，就是奢崇明子奢寅。燮元语诸将道：“奢寅是抗命的首逆，此贼不除，西南哪有宁日？我当设法除他。”诸将请即进剿！燮元道：“且慢！可能不劳一兵，除灭此贼，那是最好的呢。”诸将不知何计，也不敢复问，但见燮元按兵不动，每日只遣将校数名，出外行事。约阅旬日，方拨兵千人，令他往迎降将。果然派兵往迓，降将随来，当即呈上首级一颗，看官道是何人首级？就是燮元所说首逆奢寅。点醒眉目，尚伏疑团。原来寅素凶淫，每见附近番妇，稍有姿色，即行强奸，遇豪家富室，往往尽情勒索，稍不如命，立杀勿贷。就是部下兵士，也是朝不保暮，因此兵民戒惧，多生变志。部目阿引，尝受奢寅鞭责，怀恨在心，燮元暗地探知，特遣总兵李维新，诱他降顺，歃血为誓。阿引很是欢洽，愿乘隙诛寅，作为报效，两下里非常秘密，偏被寅稍稍觉察，令左右将阿引缚去，拷问了好几次，且用利刃穿他左足，至一昼夜，阿引宁死不承，才得释放。蛮人究竟悍忍。看官！你想阿引受此痛苦，怎肯甘休？巧有同党苗老虎、李明山等，与阿引素来莫逆，代为不平，阿引遂与同谋，只苦足胫受伤，不便举事。苗、李两人，奋袂而起，愿当此任，密约已定，专待下手。一夕，奢寅与部众痛饮，传入几个蛮女，酣歌侑酒，自午至申，竟饮得酩酊大醉，登床熟寝。苗老虎佯为奢寅盖被，见寅方鼾睡，暗拔佩刀，向胸刺入。李明山乘势进去，也用刀助砍，眼见得恶贯满盈的首逆，肠破血流，霎时归阴。苗老虎割了寅首，与明山遁出帐外，邀同阿引，来投官军。待至贼党追来，已由官军接着，欢迎去了。首逆得诛，故特笔详叙。朱燮元喜诛奢寅，遂建议滇、蜀、黔三省进兵，共剿邦彦，自率大军出发遵义，满期一举荡平，廓清天日，不意家中来了急报，由燮元亲自启阅，瞧了数行，禁不住大恸起来，险些儿昏晕过去。这一番有分教：

将军归去循丧礼，悍贼余生稽显诛。

毕竟燮元为着何事，待至下回再详。

奢崇明先反，而安邦彦继之。蛮苗殊俗，叛服不常，固其天性然也。唯奢酋

窃发，尚止蜀道一隅，且未几即遭挫败，安氏则转战西南，勾通各部，至逃入织金后，且收拾余烬，再出骚扰，狡悍情形，盖比奢酋为尤甚矣。若夫王三善之才略，亦远逊朱燮元，三善因胜而骄，卒堕贼谋，致为所害。燮元独用兵如神，始降罗乾象而却崇明，继降苗老虎等而诛奢寅，并不闻有其愚之凶，猝遭反噬，是非驾驭有方，乌能使悍蛮之束身归命耶？他若李櫆之守贵阳。亦与燮元之守成都相似，无独有偶，是亦一《明史》之光欤。

第八十六回　赵中丞荡平妖寇
杨都谏纠劾权阉

却说朱燮元接着家报，系是父殁的讣音，燮元忠考性成，自然悲号不止。当由众将上前劝慰，才行停泪，即上疏乞归居丧，熹宗不得不准，特命偏沅巡抚闵梦得继任。奢、安两酋，因部众凋零，暂拟休养，彼此按兵不动，且至后文再提。且说西南鏖兵的时候，山东亦出一妖徒徐鸿儒，揭竿作乱。先是深州人王森，尝救一妖狐，藏狐断尾，颇有异香，以此煽惑愚民，敛钱聚众，号为闻香教，亦名白莲教，自称教主，收集徒侣，有大小传头及会王诸名目，蔓延各省。嗣森为有司所拘，下狱瘐死，遗有巨万家资，由森子好贤承受。好贤散财结客，与武邑人于弘志，及巨野人徐鸿儒互相往来，密图叛乱，好贤席有父产，何妨酒食逍遥，乃必结党营谋，自寻死路，真是何苦！约于天启二年八月望日，三方同起。鸿儒制造甲械，号召党羽，免不得泄漏风声，当由地方官吏，派兵往捕。鸿儒不及待约，先期发难，便在卞家屯刑牲誓众，令党徒各挈家属，寄居梁山泊，然后起兵两路，一攻魏家庄，一攻梁家楼。两处都被得手，遂进陷巨野县城，僭号中兴福烈帝，称大成兴胜元年。据一县城，便僭称帝，想亦自知不久，遂窃帝号以自娱。一时不及制办冠服，只令大众用红巾包头，算作标记便了。明太祖起兵，曾投入红巾党，鸿儒岂亦欲效明太祖耶？

巨野既陷，转趋郓城，郓城无兵可守，知县余子翼，偷生惜命，一溜烟的逃走。于是曹濮一带，相继震动。兖西道阎调羹，飞书至省会乞援，巡抚

都御史赵彦，忙檄同总河侍郎陈道亨，合兵剿办，一面奏报明廷。廷议以小丑跳梁，不甚可虑，只命赵彦赶紧荡平。赵彦职任疆圻，恰也无从推诿，怎奈山东武备久虚，重兵难集，且因辽事日亟，朝廷日括辽饷，几已把所有地皮，尽行剥去，此时饷缺兵稀，如何平乱？当下赵彦奉命，无法可施，不得已暮练乡勇，权时救急。既而邹、滕两县，警报迭传，邹县署印通判郑一杰，及滕县知县姚之胤，都逃得不知去向，两城俱被匪徒占去。赵彦即饬都司杨国盛、廖栋等，带着兵勇，前去截击。那匪徒本无纪律，亦无勇谋，不过借着一些江湖卖艺的幻技，说是能剪纸成人，撒豆成兵，哄骗这愚夫愚妇，吓走那庸吏庸官。此次杨、廖两都司，居然有点胆量，效力杀贼，一班乌合的党徒，哪里是两将对手？杀一阵，败一阵，纷纷如鸟兽散去，不数日便克复郓城，夺还巨野。但官军虽屡获胜仗，贼势终是未衰，这边奔散，那边啸聚，杨国盛、廖栋，日夕追剿，也不免疲于奔命。赵彦乃上言妖贼日众，官兵日敝，乞截住京操班军，及广东援辽军，留备征调。并荐故大同总兵杨肇基，统山东军讨贼，朝旨一一照准。

肇基尚未到山东，鸿儒已令贼党潜袭兖州，为知县杨炳所败，也有这个好知县。移犯夏镇、韩庄。夏镇近彭家口，为运河孔道，适有粮船四十余艘，运往京师，经过此地，偏为贼目诇知，纠众劫夺，粮船上没甚防兵，如何阻拦得住？不消半刻工夫，被他连船劫去，侍郎陈道亨闻警，飞章告急，亏得沙沟营姚文庆，招集军壮乡勇，临流阻截，擒贼十一人，杀贼五十余人，贼众窜走，方将漕艘夺回，运道复通。贼众奔回滕县，与邹县贼会合，同攻曲阜，共计马步四万余，拥至城下。知县孔闻礼，率城中丁壮，极力捍御，飞矢掷石，毙贼甚众。不愧孔氏后裔。贼料不能克，撤围引去。道经杨国盛军营，他竟出其不意，袭击过去。国盛措手不及，跳身走免，游击张榜等均战殁，营内粮草器械，俱没入贼中。贼焰复盛，扬言当先取兖州，继取济南。武邑于弘志，也杀人祭旗，起应鸿儒，王好贤亦倡乱深州，还有艾山贼赵大，奉刘永民为主，得死党二十八人，各用五色涂面，谓上应二十八宿，仿佛儿戏。聚众至二万余人，合邹、滕贼众，共得一十七支。省会中的警报，好似雪片相似。赵彦以悍贼聚邹、滕间，鸿儒复在邹县居住，拟先攻邹县，为擒渠计。副使徐从治进言道："攻坚不若攻瑕，捣实不如捣虚，去他羽翼，那两城悍贼，亦当胆落，渠魁办不难就擒了。"赵彦尚在迟疑，可巧杨肇基

到来，会商军务，亦赞同从治计划。当下发兵往剿，分徇武邑、艾山。已而武邑捷闻，于贼弘志击毙，接连又是艾山捷报，生擒了刘永明，赵彦即批令就地正法。永明临刑，尚自称寡人，官兵传为笑话。煞是可笑。彦即偕肇基同赴兖州，至演武场阅兵，蓦闻贼众已到城下，肇基即起身出战，命杨国盛为左翼，廖栋为右翼，两翼分击，毙贼千余人，贼众仓皇败退，复回滕县去了。实是无用。

肇基既获胜仗，遂与赵彦定计攻邹，大军齐发，共趋邹城，途次闻贼众精锐，麕集峄山，乃令游兵至邹，牵制城中守贼，自率大军径袭峄山。贼众未曾防备，突被杀入，多作刀头之鬼，有一小半逃回邹城，赵抚、杨总兵，即追薄城下，鸿儒自知穷蹙，与党魁高尚宾、欧阳德、鄄九叙、许道清等，誓死坚守，屡攻不下。邹、滕两县，相为犄角，赵彦料滕县未复，邹亦难克，遂遣杨国盛、廖栋等，攻拔滕县，又大破贼党于沙河，邹城乃成孤立。官军筑起长围，困得水泄不通，渐渐的城中食尽，守卒统有饥色。赵彦下令招降，除鸿儒外，一概免死。伪都督侯五，伪总兵魏七等，遂拔去城上旗帜，情愿投诚。鸿儒单骑夜走，甫出城闉，即被官兵擒住。赵彦等乃入城宣抚，安插乡民二万余人，收获军资无算，遂将鸿儒槛送京师，照例磔死。鸿儒受刑时，仰天叹道："我与王好贤父子，经营二十年，党羽不下二百万，乃先期泄谋，致遭此败，岂非天意？"项羽乌江自刎，称为天意，鸿儒亦欲援天自解，真是不度德，不量力。总计鸿儒举事，凡七阅月，尽行灭亡。王好贤闻鸿儒伏法，遁走蓟州，私挈家属二十余人，南奔扬州，后来事露被擒，也遭骈戮。该死。明廷录平贼功，擢赵彦为兵部尚书，杨肇基以下，进秩有差。赵彦查得五经博士孟承光，系亚圣后裔，邹城被陷时，为贼所执，不屈遇害，至是并上书奏闻。又经御史等申请抚恤，乃下旨准奏，修葺孟庙，光复孟祀，且不必说。

再说魏忠贤专宠怙权，由司礼秉笔监，提督东厂，车马仪卫，僭拟乘舆，任用同党田尔耕，掌厂卫事，许显纯为镇抚司理刑，罗织善类，屠害忠良，呼号敲扑的声音，昼夜不绝。杨涟已任左副都御史，目击忠贤不法情状，忍无可忍，遂劾忠贤二十四大罪。略云：

太监魏忠贤者，本市井无赖，中年净身，夤入内地，初犹谬为小忠

小佞以幸恩，继乃敢为大奸大恶以乱政，今请列其罪状，为陛下言之！祖制拟旨，专责阁臣，自忠贤擅权，多出传奉，或径自内批，坏祖宗政体，大罪一；刘一燝、周嘉谟，皆顾命大臣也，忠贤令其党论去，急于翦己之忌，不容陛下不改父之臣，大罪二；先帝宾天，实有隐憾，孙慎行、邹元标以公义发愤，悉为忠贤排去，顾于党护选侍之沈㴶，曲意绸缪，终加蟒玉，亲乱贼而仇忠义，大罪三；王纪为司寇，执法如山，钟羽正为司空，清修如鹤，忠贤构党斥逐，必不容盛时有正色立朝之臣，大罪四；国家最重，无如枚卜，忠贤一手握定，力阻首推之孙慎行、盛以宏，更为他词以锢其出，是真欲门生宰相乎？大罪五；爵人于朝，莫重廷推，去岁南太宰，北少宰，俱用陪推，一时名贤不安于位，颠倒铨政，掉弄机权，大罪六；圣政初新，正资忠直，乃满朝荐文震孟、江秉谦、侯震旸等，抗论稍忤，立行贬黜，屡经恩典，竟阻赐环，长安谓天子之怒易解，忠贤之怒难调，大罪七；然犹曰外廷臣子也，传闻宫中有一旧贵人，以德性贞静，荷圣上宠注，忠贤恐其露己骄横。托言急病，置之死地，即指冯贵人，《纪事本末》作胡贵人。大罪八；犹曰无名封也，裕妃以有娠传封，中外方为庆幸，忠贤恶其不附己，矫旨勒令自尽，大罪九；犹曰在妃嫔也，中宫有庆，已经成男，忽然告陨，虹流电绕之祥，变为飞星堕月之惨，传闻忠贤与奉圣夫人，实有谋焉，大罪十；先帝在青宫四十年，操心虑患，所以护持孤危者，唯王安一人，即陛下仓猝受命，拥卫防维，安亦不可谓无劳？忠贤以私忿矫旨，掩杀于南海子，是不但仇王安，而实敢仇先帝之老仆，略无顾忌，大罪十一；今日奖赏，明日祠额，要挟无穷，王言屡亵，近又于河间府毁人房屋，以建牌坊，镂凤雕龙，干云插汉，又不止于茔地擅用朝官，规制僭拟陵寝而已，大罪十二；今日荫中书，明日荫锦衣，金吾之堂，口皆乳臭，诰敕之馆，目不识丁，如魏良弼、魏良卿及傅应星等，滥袭恩荫，亵越朝常，大罪十三；用立枷之法以示威，戚畹家人，骈首毕命，意欲诬陷国戚，动摇中宫，若非阁臣力持，言官纠正，椒房之戚，又兴大狱矣，大罪十四；良乡生员章士魁，以争煤窑，伤忠贤坟脉，遂托言开矿而致之死，赵高鹿可为马，忠贤煤可为矿，大罪十五；王思敬以牧地细事，径置囚阱，草菅士命，使青燐赤壁之气，先结于璧宫泮藻之间，大罪十六；科

臣周士朴，执纠织监，原是在工言工，忠贤竟停其升迁，使吏部不得专铨除，言官不敢司封驳，大罪十七；北镇抚刘侨，不肯杀人媚人，忠贤以不善锻炼，遂致削籍，大明之律令可不守，忠贤之命令不可不遵，大罪十八；魏大中为吏科，遵旨莅任，忽传旨切责，及大中回奏，台省交章，又再亵王言，煌煌纶綍，朝夕纷更，大罪十九；东厂之设，原以缉奸，自忠贤任事，日以快私仇行倾陷为事，投匦告密，日夜未已，势不致兴同文之狱，刊党锢之碑不止，当年西厂汪直之僭，未足语此，大罪二十；边警未息，内外戒严，东厂缉访何事，前韩宗功潜入长安，侦探虚实，实主忠贤司房之邸，事露始去，假令天不悔祸，宗功事成，未知九庙祖灵，安顿何地？大罪二十一；祖制不蓄内兵，原有深意，忠贤与奸相沆瀣，创立内操，薮匿奸宄，安知无大盗刺客，潜入其中，一旦变生肘腋，可为深虑，大罪二十二；忠贤进香涿州，警跸传呼，清尘垫道，人以为御驾出幸，及其归也，改驾驷马，羽幢青盖，夹护环遮，则俨然乘舆矣，大罪二十三；夫宠极则骄，恩多成怨。闻今春忠贤走马御前，陛下射杀其马，贷以不死，忠贤不自伏罪，进有傲色，退有怨言，朝夕提防，介介不释，从来乱臣贼子，只争一念放肆，遂至不可收拾，奈何养虎兕于肘腋间乎？此又寸脔忠贤，不足蔽其辜者，大罪二十四。凡此逆迹，昭然在人耳目，乃内廷畏祸而不敢言，外廷结舌而莫敢奏，间或奸伏败露，又有奉圣夫人为之弥缝，更相表里，迭为呼应。伏望陛下大发雷霆，集文武勋戚，敕刑部严讯以正国法，并出奉圣夫人于外，以消隐忧，臣死且不朽矣！谨奏。

涟缮折已毕，本欲因熹宗早朝，当面呈递，偏偏次日免朝，涟恐再宿机泄，不得已照例封入，自己缮写奏稿，尚恐再宿机泄，可见魏阉心腹，已遍都门。当已有魏阉心腹，走漏风声。忠贤也颇惶迫，往谒阁臣韩炉，请代为解免。炉严行拒绝。忠贤不得已泣诉御前，并托客氏从旁洗饰。熹宗本是个麻木不仁的人物，总道客、魏理直，杨涟理曲，便令魏广微拟旨斥涟。广微虽备位辅臣，无异权阉走狗，所拟诏旨，格外严厉。忠贤且佯辞东厂，自愿出宫，又经熹宗再三慰谕，接连三日辍朝。至第四日，方御皇极门，两旁群阉夹侍，刀剑森立，涟欲对仗再劾，偏已有旨传下，勅左班诸臣，不得擅出奏

事。比周厉监谤，厉害十倍。于是廷臣大愤，罢朝以后，各去缮备奏章，陆续上陈。给事有魏大中、许誉卿等，御史有刘业、杨玉珂等，京卿有太常卿胡世赏，祭酒蔡毅中等，勋戚有抚宁侯朱国弼等，先后纠劾忠贤，不下百余疏，或单衔，或联名，无不危悚激切，均不见报。陈道亨调任南京兵部尚书，已引疾杜门，不与公事，乃见杨涟参疏，奋然出署，联合南京部院九卿诸大臣，剀切敷陈，拜表至京，只博得一顿训斥。道亨决计致仕，洁身引去。无道明隐，正在此时。大学士叶向高，及礼部尚书翁正春，请将忠贤遣归私第，聊塞众谤，熹宗仍然不从。工部郎中万燝，实在看不过去，便上言："内廷外朝，只知忠贤，不知陛下，岂可尚留左右"等语。忠贤正愤无所发，见了此疏，大怒道："一个小小官儿，也敢到太岁头上动土么？若再不严办，还当了得。"随即传出矫旨，廷杖万燝百下，一班腐竖，接了此谕，都跑到万燝寓中，把燝扯出，你一拳，我一脚，且牵且殴，及牵到阙下，已是气息奄奄，哪禁得刑杖交加，惨酷备至。小子有诗叹道：

古刑不上大夫身，何物权阉毒搢绅？
试看明廷笞杖日，恨无飞剑戮奸人。

未知万燝性命如何，且至下回续叙。

徐鸿儒一外妖也，魏忠贤一内孽也，古称在外为奸，在内为宄，奸宄交作，祸必随之。吾谓妖孽之萌，尤甚于奸宄，而内孽尤甚于外妖。鸿儒举事，仅七阅月，即报荡平，忠贤蟠踞宫禁，甚至内外大臣，弹劾至百余疏，尚不能动其分毫。伊古以来，殆未有得君如忠贤者。观都御史杨涟一疏，觉忠贤不法情状，罪不容死，外如群臣各奏，明史虽多未录述，而大致应亦从同，熹宗违众庇私，甘为蛊惑而不悟，是诚何心？窃不禁为之恨恨矣！

第八十七回　魏忠贤喜得点将录
许显纯滥用非法刑

却说万爆受杖阙廷，昏绝复苏，又经群阉任情蹴踏，哪里还保得住性命？阉党将他拖出，由家人舁归京寓，不到数日，便即去世。哪知忠贤又复矫旨，饬群阉去拿御史林汝翥，依万爆例惩治。这林御史系叶向高族甥，尝巡视都城，见有二阉夺人财物，互相斗殴，因即斥他闹事，薄笞了案。偏偏二阉入诉忠贤，忠贤正杖爆示威，索性将林汝翥一并逮办。想是并案处治。汝翥闻信，恐未受廷杖，先遭殴辱，即逃出城外。群阉无处拘拿，总道他避匿向高寓中，哄然直入，谩骂坐索。向高愤极，上言："国家二百年来，从没有中使鸱张，敢围阁臣私第。臣乃遭彼凌辱，若再不去，有何面目见士大夫？"熹宗总算温旨慰留，收回中使。已而林汝翥赴遵化军门，乞为代奏，愿自至大廷受杖，不愿受阉党私刑。奏入后，科道潘云翼等，疏救不从，仍执前旨如故。汝翥遂自诣阙下，受杖百下，不过吃了几日痛楚，还不致伤损大命。幸亏先逃后至。向高目睹时弊，料不可为，迭上二十余疏，无非是乞休回籍，乃命行人送归。总计向高两出为相，秉性忠厚，颇好扶植善类，至魏阉专权，尚且从中补救，为清流所倚赖。唯袒庇门生王化贞，贻误边疆，致惹物议，这是他平生第一缺憾；后三年病殁家中，崇祯初始追赠太师，予谥文忠。神宗以后诸相臣，应推叶向高，故总断数语。

向高既去，韩爌进为首辅，屡与魏广微等龃龉。爌亦抗疏乞归，中旨反责他悻悻自专，听令罢官。爌与向高，素为东林党所推崇。东林党见七十五回。

两人相继去职，只有吏部尚书赵南星，算是领袖。魏忠贤颇仰赵名，曾遣甥傅应星往谒，被拒不纳。阁臣魏广微，本为南星故友，魏允贞子，有通家谊，素相往来。及广微谄附忠贤，夤缘入阁，南星乃绝不与通，尝叹为见泉无子。见泉即允贞别字。广微闻言，未免怀恨。又尝三谒南星，始终不见，嫉恶太严，亦足取祸。遂与南星有隙，协比忠贤，设法排挤。南星在朝，以高攀龙、杨涟、左光斗、魏大中等，均系正人，引为知交，共期佐治。可奈忠贤在内，广微在外，均欲扰乱朝纲，暂倾正士，那时薰莸异器，臭味差池，渐渐的君子道消，小人道长。况明朝气运将尽，出了一个昏愦绝俗的熹宗，专喜小人，不喜君子，凭你如何方正，也是无益，反被那小人侧目，贻祸身家，说将起来，正令人痛恨无穷呢！慨乎言之，为下文作一总冒。

且说明朝故事，巡按御史回道，必经都御史考核称职，才得复任。御史崔呈秀，巡按淮扬，赃私狼藉，及还朝复命，凑巧高攀龙为左都御史，秉公考察，尽得他贪秽实迹，立行举发。赵南星职掌铨衡，上议应戍，有旨革职听勘。呈秀大惧，忙怀挟金宝，夜投忠贤私第，叩首献珍，且乞为义子。廉耻何存？忠贤自然喜欢，居然上坐，受他九拜。呈秀趁这机会，极言南星、攀龙等人，故意寻隙，此辈不去，我等将无死所。忠贤听一句，点一回首，便道："老子尚在，不怕他不落我手，你休要担忧呢！"呈秀拜谢而去。会山西巡抚出缺，南星荐举大常寺卿谢应祥，既邀俞允，偏是御史陈九畴，上言："应祥尝任嘉善知县，与魏大中谊属师生，大中为师出力，私托选郎夏嘉遇，谋任是缺，徇私当斥"云云。希承魏阉意旨，已在言中。大中、嘉遇，闻有此奏，自然上疏辩驳："南星、攀龙，亦奏称推举应祥，实协人望，大中、嘉遇，并无私情，九畴妄言，实是有人授意，请勿过听"等语。忠贤见了此奏，明知有意讽己，特矫旨降调大中、嘉遇，并将陈九畴一并议罪，镌去三级。俗所谓讨好跌一交。且责南星等朋谋结党，有负委任。南星遂乞罢，攀龙亦请归，有旨一一批准，立命免官，复议推选吏部尚书。侍郎于廷，推乔允升、冯应吾、汪应蛟等人，杨涟注籍不预，忠贤又矫旨责涟，坐他大不敬三字的罪名。是亦三字狱也。又以允升等为南星私人，斥责于廷徇私荐引，左光斗与涟朋比为奸，均应削籍，另擢徐兆魁为吏部侍郎，乔应甲为副都御史，王绍徽为佥都御史，这三人俱系南星所摈，转附魏阉，于是朝廷大权，尽归魏阉掌握了。

魏阉既得崔呈秀，相见恨晚，倚为腹心，日与计划。给事中李恒茂，趋奉魏阉，即为呈秀讼冤，忠贤遂矫旨复呈秀官。时矫旨迭下，浑称中旨，廷臣均以为未合。给事中李鲁生，独谓："执中者帝，宅中者王，谕旨不自中出，将属何处？"大众目为笑话，忠贤恰非常嘉许。阁臣顾秉谦、魏广微等，编造《缙绅便览》一册，如叶向高、韩爌、赵南星、高攀龙、杨涟、左光斗诸人，统称邪党，黄克缵、王永光、徐大化、贾继春、霍维华等，统算正人，私下呈与忠贤，用一呈字妙。令做进退百官的蓝本。呈秀复进《同志录》、《天鉴录》两书，《同志录》均属东林党，《天鉴录》均非东林党。最可笑的，是佥都御史王绍徽，编了一部《点将录》，无论是东林党，非东林党，但教与他未合，统列入东林党中，统计得一百八人，每人名下，系以宋时梁山泊群盗诸绰号：比叶向高为宋公明，就叫他作及时雨。此外号缪昌期为智多星，文震孟为圣手书生，杨涟为大刀，惠世扬为霹雳火，郑鄤为白面郎君，顾大章为神机军师，也按着天罡地煞，分类编列。天罡星部三十六，地煞星部七十二，用了洛阳佳纸，蝇头细楷，写得明明白白，浼呈秀献与忠贤。忠贤识字无多，正苦东林党人，记不胜记，唯梁山泊诸盗名目，从幼时得诸传闻，尚含着脑筋中，未曾失忆。此番有了《点将录》，正好两两对证，容易记着，便异常欢喜，目为圣书。究竟不及宋公明的天书。令王体乾等各抄一本，暗挟袖中。每阅廷臣章奏，先将《点将录》检览，录中姓氏相符，即粘纸条寸许，赍送忠贤直房。忠贤即除去纸条，奏请责处。但有时尚恐遗误，必与那位奉圣夫人细商，奉圣夫人入直处，统用红纱大幔遮蔽，幔上绣着花鸟，仿佛如生，幔中陈列寝榻几案，无不精巧。忠贤入幔对食，就把责处廷臣的方法，与她密谈。奉圣夫人有可有否，忠贤无不照允。到了宴笑尽欢的时候，便相抱相偎，做一回鸳鸯勾当，内廷中人，没一个不知晓。只因他权焰薰天，哪个去管这种闲事？大家都是过来人，原是不必多管。唯《天鉴录》中，统是魏阉门下士，崔呈秀、田吉、吴淳夫、李夔龙、倪文焕，与主谋议，时人号为五虎。田尔耕、许显纯、孙云鹤、杨寰、崔应元，代行杀戮，时人号为五彪。还有尚书周应秋，大仆寺少卿曹钦程等，出入阉门，时人号为十狗。此外又有十孩儿、四十孙名号，书不胜书。最有势力的，要算崔呈秀，自复官后，不二年即进职兵部尚书，兼左都御史，舆从烜赫，势倾朝野，因此前时客、魏并称，后来反变作崔、魏了。

先是神宗末年，朝局水火，党派纷争，有宣昆党、齐党、楚党、浙党诸名目。汤宾尹、顾天埈，为宣昆党魁首。亓诗教、周永春、韩浚、张延登，为齐党魁首。官应震、吴亮嗣、田生金，为楚党魁首。姚宗文、刘廷元，为浙党魁首。四党联成一气，与东林党为仇敌。至叶向高、赵南星、高攀龙等，入掌朝纲，四党气焰渐衰，又有歙县人汪文言，任侠有智，以布衣游京师，输赀为监生，党附东林，计破他党。向高嘉他同志，引为内阁中书。韩炉、赵南星、左光斗、魏大中等，俱与交游，往来甚密。适桐城人阮大铖，与光斗同里，光斗拟荐为吏科给事中，南星、攀龙等，以大铖轻躁，不足胜任，乃改补工科，另用魏大中为吏科给事。大铖遂与光斗、大中有嫌，暗托同寅傅櫆，劾奏文言，与光斗、大中，交通为奸。得旨将文言下狱。吏、工两部，虽少有分别，然名位相等，大铖即以此挟嫌，谋害左、魏，是之谓小人。幸镇抚司刘侨，从御史黄尊素言，只将文言廷杖除名，不及左、魏。忠贤正深恨东林党人，欲借此为罗织计，偏偏侨不解事，因将他削籍除名，改用许显纯继任。御史梁梦环，窥透忠贤意旨，复上疏申劾文言。当由中旨传出，再逮文言下狱，令许显纯鞫治。看官！你想显纯是魏阉门下有名的走狗，得了这个差使，自然极力承办，尽情锻炼，狱连赵南星、杨涟、左光斗等二十余人，还有故巡抚凤阳都御史李三才，也牵连在内。三才当神宗时，以都御史出抚凤阳，镇淮十年，颇得民心，尝与东林党魁顾宪成，深相结纳，宪成亦乐为揄扬。但材大气豪，不矜小节，多取多与，伐异党同，以此干触时忌，屡上弹章。三才倒也见机，累请辞官，甚至疏十五上，尚不得命，他竟挂冠自去。是为补叙之笔。王绍徽《点将录》中，亦曾列入，唯绰号加他托塔天王，不入梁山泊排行。熹宗暇时，亦由忠贤呈上《点将录》，看到托塔天王四字，懵然不解。忠贤代为解说，谓："古时有托塔李天王，能东西移塔，三才善惑人心，能使人人归附，亦与移塔相似。"牵强附会，确是魏阉口吻。熹宗微笑无言。至是亦拦入案中，都诬他招权讷贿，目无法律。这贿赂从何处得来？便把移宫一案，加在诸人身上。大理寺丞徐大化，至魏阉处献策道："选侍移宫，皇上亦尝赞成，何赃可指？不若说他纳杨镐、熊廷弼等贿赂，较为有名。且封疆事关系重大，即使一并杀却，后人也不能置议呢。"忠贤大喜，便嘱徐大化照计上奏，一面令许显纯照奏审问。等到徐疏发落，显纯即严鞫文言，迭加惨刑，令他扳诬杨、左诸人。文言始终不承，至后来不胜搒掠，

方仰视显纯道："我口总不似你心，汝欲如何？我便依你。"显纯乃令松刑，文言忍痛跃起，扑案厉声道："天乎冤哉！杨、左诸贤，坦白无私，宁有受赃情弊？我宁死不敢诬人。"说毕，仆倒地上，奄然无语。显纯料不肯供，自检一纸，捏写文言供状。文言复张目道："你不要妄写！他日我当与你对质。"显纯被他一说，倒也不好下笔，便令狱卒牵退文言。

是夕，即将文言掠毙，仍伪造供词，呈将进去。杨、左两人，各坐赃二万，魏大中坐赃三千，御史袁化中坐赃六千，太仆少卿周朝瑞坐赃一万，陕西副使顾大章坐赃四万。忠贤得此伪证，飞骑逮六人系狱，由许显纯非法拷掠，血肉狼藉，均不肯承。光斗在狱中私议道："他欲杀我，不外两法；我不肯诬供，掠我至死，或夜半潜令狱卒，将我等谋毙，伪以病殁报闻。据我想来，同是一死，不如权且诬供，俟移交法司定罪，再陈虚实，或得一见天日，也未可知。"周、魏等均以为然，俟再讯时，一同诬服。哪知忠贤阴险得很，仍不令移交法司，但饬显纯严行追赃，五日一比，刑杖无算，诸人始悔失计，奈已是不及了。自来忠臣义士，多带獃气，试想矫旨屡颁，已非一次，哪有天日可见？就使移交法司，亦岂能免死耶？

过了数日，杨涟、左光斗、魏大中，俱被狱卒害死，光斗、大中，死后均体无完肤，涟死尤惨，土囊压身，铁钉贯耳，仅用血衣裹置棺中。又逾月，化中、朝瑞亦毙，唯大章未死。群阉谓诸人潜毙，无以服人，乃将大章移付镇抚司定罪。大章已死得半个，料知不能再生，便招弟大韶入狱，与他永诀，各尽一巵，惨然道："我岂可再入此狱？今日当与弟长别了。"大韶号哭而出，大章即投缳自经。先是涟等被逮，秘狱中忽生黄芝，光彩远映，适成六瓣。或以为祥，大章叹道："芝本瑞物，乃辱生此间，是即为我等六人朕兆，还有什么幸事！"后来果如所言，世称为六君子。

六人已死，忠贤还饬抚按追赃，光斗兄光霁，坐累自尽，光斗母哭子亡身，家族尽破。大中长子学洢，微服随父入京，昼伏夜出，欲称贷赎父，父已毙狱，学洢恸哭几绝，强起扶榇，归葬故里，日夕哭泣，水浆不入口，竟致丧命。赵南星、李三才，亦坐是削籍，饬所在抚按追赃。未几，又将南星遣戍，终殁戍所。吏部尚书崔景荣，心怀不忍，当六君子未死时，曾请魏广微谏阻。广微本预谋此狱，不料天良未泯，居然听信景荣，上了一道解救的奏章，惹得忠贤大怒，召入私第，当面呵斥。广微汗流浃背，忙出景荣手

书，自明心迹，忠贤尚嘲骂不已。广微趋出，忙上疏求归，景荣亦乞罢，先后去职。阁臣中如朱国桢、朱延禧等，虽未尝反对魏阉，但亦不肯极力趋奉，相继免归。忠贤乃复引用周如磐、丁绍轼、黄立极，为礼部尚书，冯铨为礼部侍郎，入阁预事。绍轼及铨，均与熊廷弼有隙，遂以杨、左诸人，因赃毙狱，不杀熊廷弼，连杨、左一狱，也属无名，乃将廷弼弃市，传首九边。可怜明廷一员良将，只为积忤权阉，死得不明不白。他如轻战误国的王化贞，曾经逮问论死，反邀赦免，竟获全生。御史梁梦环，且奏言廷弼侵军赀十七万，刘徽又谓廷弼家赀百万，应籍没输军，中旨一概照准，命锦衣卫追赃籍产，络绎道途。廷弼子兆珪，受迫不堪，竟至自刎。所有姻族，连类破产。武弁蔡应阳为廷弼呼冤，立置重辟，太仓人孙文豸、顾同寅，作诗诔廷弼，又坐诽谤罪斩首。编修陈仁锡，修撰文震孟，因与廷弼同郡，亦均削籍。小子有诗叹道：

逆予者死顺予生，辗转钩连大狱成。
一部古今廿四史，几曾似此敢横行。

穷凶极恶的魏忠贤，意尚未足，还要将所有正人，一网打尽，说来煞是可恨，容小子下回再详。

予阅此回，予心益愤，于逆阉等且不屑再责矣。但予不屑责及小人，予且不忍不责备君子。古圣有言：“邦有道，危言危行，邦无道，危行言孙。”又曰：“所谓大臣者，以道事君，不可则止。”盖当炀灶蔽聪之候，正诸君子山林潜迹之时，非必其无爱国心也。天下事剥极必复，静以俟之，或得一贤君御宇，再出图治，容或未迟。乃必肆行掊击，酿成大狱，填尸牢狱，血骴交横，至怀宗践阼而朝野已空，人之云亡，邦国殄瘁，是诸君子之自速其亡，咎尚小，自亡不足，且致亡国，其咎为无穷也。或谓明之亡不亡于邪党，而亡于正人，言虽过甚，毋亦一春秋责备贤者之意乎？

第八十八回　兴党狱缇骑被伤　媚奸珰生祠迭建

却说魏忠贤既除杨、左诸人，遂拟力翻三案，重修光宗实录。御史杨维垣，及给事中霍维华，希旨承颜，痛诋刘一燝、韩炉、孙慎行、张问达、周嘉谟、王之寀，及杨涟、左光斗诸人，请旨将《光宗实录》，续行改修。又有给事中杨所修，请集三案章疏，仿《明伦大典》，编辑成书，颁示天下。《明伦大典》，见世宗时。于是饬修《光宗实录》，并作《三朝要典》，即神、光、熹三朝。用顾秉谦、黄立极、冯铨为总裁，施凤来、杨景辰、孟绍虞、曾楚卿为副，极意诋斥东林，暴扬罪恶。挺击一案，归罪王之寀，说他开衅骨月，既诬皇祖，并负先帝，虽粉身碎骨，不足蔽辜。红丸一案，归罪孙慎行，说他罔上不道，先帝不得正终，皇上不得正始，统由他一人酿成。移宫一案，归罪杨涟，说他内结王安，外结刘一燝、韩炉，诬蔑选侍，冀邀拥戴首功。大众咬文嚼字，胡言乱道，瞎闹了好几月，才得成书。忠贤令顾秉谦拟御制序文，载入卷首，刊布中外。

御史卢承钦，又上言："东林党人，除顾宪成、李三才、赵南星外，如高攀龙、王图等，系彼党中的副帅；曹于汴、杨兆京、史记事、魏大中、袁化中等，系彼党中先锋；丁元荐、沈正宗、李朴、贺烺等，系彼党中敢死军人；孙丕扬、邹元标等，系彼党中土木魔神，宜一切榜示海内，垂为炯戒。"忠贤大喜，悉揭东林党人姓名，各处张贴。是谓一网打尽。唯党中魁桀，已大半得罪，尚有高攀龙、缪昌期数人，在籍家居，未曾被逮。崔呈秀又欲杀死

数人，聊快己意，遂入白忠贤，先用矫旨去逮高攀龙，攀龙闻缇骑将至，焚香沐浴，手缮遗疏，封固函内，乃授子世儒，且嘱道："事急方启。"世儒未识情由，只好遵命收藏。攀龙复给令家人，各自寝息，不必惊慌。家人还道他有妙计安排，都放心安睡，到了夜半，攀龙四顾无人，静悄悄的着衣起床，加了朝服朝冠，望北叩头，未免太迂。自投池中。翌晨世儒起来，趋入父寝，揭帐省视，只剩空床，慌忙四觅，但见案上留有一诗，隐寓自沉的意思。遂走向池中捞取，果得父尸。适值缇骑到来，见了尸骸，无话可说。世儒泣启遗缄，乃是遗疏数行，略言："臣虽削籍，曾为大臣，大臣不可辱，辱大臣，与辱国何异？谨北向叩头，愿效屈平遗则，君恩未报，期结来生，望钦使驰此复命！"句句是泪。世儒瞧毕，便缴与缇骑，缇骑携疏自去。

攀龙，无锡人，学宗濂、洛，操履笃实，不愧硕行君子，死后无不悲感。唯呈秀尚以为恨，复命将世儒逮狱，问成徒罪，虺蝎无此险毒。再下手逮缪昌期。昌期尝典试湖广，策语引赵高、仇士良故事，暗讽魏忠贤。至杨涟劾忠贤二十四罪，或谓亦由昌期属稿。高攀龙、赵南星回籍，昌期又送他出郊，置酒饯行，执手太息。忠贤营墓玉泉山，乞昌期代撰碑铭，昌期又不允。以此种种积嫌，遂由呈秀怂恿，把他拘来。昌期慷慨对簿，词气不挠。许显纯诬他坐赃三千，五毒交加，十指堕落，卒死狱中。一道忠魂，又往西方。

第三着下手，是逮御史李应升、周宗建、黄尊素，及前苏松巡抚周起元，吏部员外郎周顺昌。应升尝劾魏忠贤，有"千罪万罪，千真万真"等语，宗建亦劾忠贤目不识丁，尊素素有智虑，见忌群小，以此一并被逮。会吴中讹言，尊素欲效杨一清诛刘瑾故事，联络苏、杭织造李寔，授他秘计，令杀忠贤。忠贤闻信，忙遣私人至吴，侦探真伪。其实李寔是贪婪无耻，平时尝谄附魏阉，并不及正德年间的张永，张永、杨一清事。均见前四十六回。一闻有人侦察，便寻邀入署，赠与金银若干，托他辩明。且言："自己与故抚起元，夙有嫌隙，或即由他造言污蔑，也未可知。"来人得了贿赂，自然依了李寔的言语，回报忠贤。忠贤翻阅《点将录》，曾有起元名氏在内，又遣人到李寔处，索取空印白疏，嘱李永贞伪为寔奏，诬劾起元抚吴时，乾没帑金十余万，且与攀龙等交好莫逆，谤毁朝廷，就中介绍人士，便是吏部员外郎周顺昌。

看官！这周顺昌时已辞职，返居吴县原籍，为何平白地将他牵入呢？原

来魏大中被逮过吴，顺昌留住三日，临别泪下，愿以女字大中孙。缇骑屡次促行，顺昌瞋目道："尔等岂无耳目？难道不知世间有好男子周顺昌么？别人怕魏贼，无非畏死，我周顺昌且不怕，任你去告诉阉贼罢！"也觉过甚。缇骑入京，一五一十的报告忠贤，忠贤怒甚，就在李寔伪疏中，牵连进去。御史倪文焕，并举顺昌缔婚事，奏了一本，当时魏阉权力，赛过皇帝，不过借奏牍为名目，好即出票拘人，当下缇骑复出，飞逮两周。宗建与顺昌同籍，先已逮去，不三日又有缇骑到来，吴中士民，素感顺昌恩德，至是都代为不平。苏抚毛一鹭，召顺昌到署，开读诏书，顺昌跪听甫毕，外面拥入诸生五、六百人，统跪求一鹭，恳他上疏解救。一鹭汗流满面，言语支吾，缇骑见议久不决，手掷锁链，琅然有声，并呵叱道："东厂逮人，哪个敢来插嘴！"语未已，署外又拥进无数市民，手中都执香一炷，拟为顺昌吁请免逮，可巧听着缇骑大言，便有五人上前，问缇骑道："圣旨出自皇上，东厂乃敢出旨么？"缇骑还是厉声道："东厂不出旨，何处出旨？"五人闻言，齐声道："我道是天子命令，所以偕众同来，为周吏部请命，不意出自东厂魏太监。"说着时，大众都哗噪道："魏太监是朝廷逆贼，何人不知？你等反替他拿人，真是狐假虎威，打！打！打！"几个打字说出，各将焚香掷去，一拥而上，纵横殴击，当场将缇骑殴毙一人，余众亦皆负伤，逾垣逸去。毛一鹭忙奔入内，至厕所避匿，大众无从找寻，始各散去。恨不令一鹭吃屎。

顺昌遂分缮手书，诀别亲友，潜自赴都，入就诏狱。宗建、应升、尊素三人，先已受逮，彼此相见，各自叹息。次日即由许显纯讯鞫，无非是笞杖交下，锁夹迭加。顺昌尤大骂忠贤，被显纯指令隶役，椎落门牙。他且噀血上喷，直至显纯面颊，呼骂益厉，无一语乞哀。显纯即于是夜密嘱狱卒，把他结果了性命。三日出尸，皮肉皆腐，仅存须发。宗建横受箠楚，偃卧不能出声，显纯尚五日一比，勒令交赃，并痛诋道："看你还能骂魏公不识一丁么？"寻即用沙囊压宗建身，惨毙狱中。尊素知狱卒将要害己，即啮指血为诗，书于枷上，并隔墙呼应升别字道："我先去了！"言已，即叩首谢君父，触墙而死。越日，应升亦死。起元籍隶海澄，离京较远，及被逮至京，顺昌等均已遇害，显纯更横加拷掠，迫令缴赃十万。起元两袖清风，哪里来此巨款？只把这身命相抵，朝笞夜杖，血肉模糊，自然也同归于尽了。时人以顺昌等惨死诏狱，与杨、左诸人相同，遂与高、缪两贤，并称为后七君子。

此外屈死的人，也属不少，但资望不及诸贤，未免声名较减，小子也不忍再录。唯前刑部侍郎王之寀，后来亦被逮入京，下狱瘐死。前礼部尚书孙慎行，坐戍宁夏，还是知府曾樱，令他从缓数月。慎行未行，忠贤已败，才得免罪。这两人关系三案，小子不能不详。又有吴中五人墓，合葬虎邱，传播人口，虽是市中百姓，恰也旌表万年。大书特书，隐为后人表率。看官听说！这五人便是吴中市民的代表，叫作颜佩韦、杨念如、周文元、马杰、沈扬。

先是缇骑被逐，毛一鹭即飞章告变，忠贤恰也惊心，忙饬一鹭查缉首犯。一鹭本魏阉义儿，好容易谋得巡抚，他本无才无能，干不了什么事，幸知府寇慎，及吴县令陈文瑞，爱民有道，颇洽舆情。当下由一鹭下书，令府县办了此案。寇、陈两官，自巡市中，晓谕商民，叫他报明首犯，余俱从赦。商民尚未肯说明，还是那五人挺身自首，直认不讳。寇慎不得不将他拘住，禀知一鹭。一鹭又报告忠贤，忠贤令就地正法。五人被缚至市，由知府寇慎监刑，号炮一声，势将就戮。五人回顾寇慎道："公系好官，应知我等好义，并非好乱呢。"说罢，延颈就刃，面色如生。寇慎恰也不忍，但箭在弦上，不得不发，只得令市民好好收尸，含泪回署去讫。唯缇骑经此一击，后来不敢径出都门，忠贤也恐人心激变，稍从敛戢，是恶贯满盈，天道有知，也不容他再横行了。这且表过不提。

且说苏、杭织造李寔，因前时被人造谣，几乎罹罪，嗣蒙忠贤开脱，任职如故，不由得感激异常。浙江巡抚潘汝桢，又是个篾片官儿，平时很巴结魏阉，寻见魏阉势力愈大，越想讨好，每与李寔商议，要筹划一个特别法儿，买动魏阉欢心。李寔很表同情，奈急切无从设法。汝桢日夜筹思，居然计上心来，不待与李寔商量，便即奏闻。看官道是何法？乃请就西湖胜地，辟一佳壤，为忠贤建筑生祠。却是妙法，为他人所未及。忠贤得疏，喜欢的了不得，当即矫旨嘉奖。湖上旧有关壮缪、岳武穆两祠，相距不过半里，中留隙地，汝桢遂择这隙地中，鸠工庀材，创建祠宇，规模宏敞，气象辉煌，比关、岳两祠，壮丽数倍。关、岳有灵，应该把他殛毁。李寔被汝桢走了先著，自悔落后，急忙补上奏章，乞授杭州卫百户沈尚文等，永守祠宇，世为祝厘崇报，中旨自然照准，并赐名普德，由阁臣撰文书丹，侈述功勋。祠已落成，李、潘两人，朔望尝亲去拈香，真个是必恭必敬，不愆不忘。挖苦得妙。孰意一人创起，百人效尤，各地寡廉鲜耻的狗官，纷纷请援例建祠，无不邀准。

且中旨命毁天下书院，正好就书院基址，改筑魏公祠，恰是一举两便。不到一年，魏忠贤的生祠，几遍天下，小子试录表如下：

苏州　普惠祠。松江　德馨祠。巡抚毛一鹭，巡按徐吉同建。淮安　瞻德祠。扬州　沾恩祠。总督漕运郭尚友，巡抚宋桢模、许其孝同建。芦沟桥　隆恩祠。工部郎中曾国桢建。崇文门　广仁祠。宣武门懋勋祠。顺天府通判孙如冽，府尹李春茂，巡抚刘诏，巡按卓迈，户部主事张化愚同建。济宁　昭德祠。河东　褒勋祠。巡抚李精白，巡按李灿然、黄宪卿，及漕运郭尚友同建。河南　戴德祠。成德祠。巡抚郭宗光，巡按鲍奇谋，守道周锵同建。山西　报功祠。巡抚牟志夔、曹尔桢，巡按刘弘光同建。大同　嘉德祠。巡抚王占，巡按张素养，汪裕同建。登莱　报德祠。巡按李嵩建。湖广　隆仁祠。巡抚姚宗文，巡按温皋谟同建。四川　显德祠。工部侍郎何宗圣建。陕西　祝恩祠。巡抚朱童蒙，巡按庄谦、王大中同建。徽州　崇德祠。知府颉鹏建。通州　怀仁祠。督漕内监李道建。昌平二镇亦属通州。崇仁祠。彰德祠。总督阎鸣泰建。密云　崇功祠。巡抚刘诏，巡按倪文焕同建。江西　隆德祠。巡抚杨廷宪，巡按刘述祖同建。林衡署中永爱祠。庶吉士李若林建。嘉蔬署中洽恩祠。上林署中存仁祠。上林监丞张永祚建。

上述各祠，次第建设，斗巧竞工，所供小像，多用沈香雕就，冠用冕旒，五官四肢，宛转如生人。腹中肺腑，均用金玉珠宝妆成。何不用狼心狗肺相代？髻上穴空一隙，俾簪四时香花。闻有一祠中像头稍大，不能容冠，匠人性急，把头削小，一阉抱头大哭，严责匠人，罚令长跪三日三夜，才得了事。统观上述诸祠，只供忠贤生像，惜未将奉圣娘娘一并供入，犹为缺点。每祠落成，无不拜疏奏闻。疏词揄扬，一如颂圣，称他尧天舜德，至圣至神，何不去尝忠贤粪秽？阁臣亦辄用骈文褒答，督饷尚书黄运泰，迎忠贤生像，甚至五拜五稽首，称为九千岁。独蓟州道胡士容，不愿筑祠，为忠贤所知，矫旨逮问。遵化道耿如杞，入祠不拜，亦即受逮，由许显纯讯问拷掠，都累得九死一生。所有建祠碑文，多半施凤来手笔，所有拟旨褒答，多出王瑞图手笔。忠贤均擢他为礼部尚书，兼东阁大学士，入预机务。冯铨、顾秉谦反为同党所轧，相继归休。到了天启七年，监生陆万龄，请以忠贤配孔子，忠贤父配启

圣公，疏中大意，谓："孔子作春秋，魏公作要典；孔子诛少正卯，魏公诛东林党人。理应并尊，同祠国子监。"司业林钎：见疏大笑，援笔涂抹，即夕挂冠自去。嗣经司业朱之俊代为奏请，竟得俞允，林钎反坐是削籍。小子有诗叹道：

媚奥何如媚灶灵，蛆蝇甘尔逐羶腥。
一般廉耻消磨尽，剩得污名秽简青。

建祠以后，有无荒谬事情，容俟下回续叙。

崔、魏力翻三案，非真欲翻三案也，为陷害东林党计耳。前六君子，与后七君子，合成十三人，为逆阉构陷，死节较著。而高攀龙之自溺池中，最为得当而死，无辜被逮，不死不止，与其死于黑索之下，何若死于白水之间？所谓蝉蜕尘秽，皭然泥而不滓者也。颜佩韦、杨念如等五人，率众殴击缇骑，虽似有干国法，实足为一时快意之举。逆阉可以擅旨，市民亦何尝不可擅为？况经此一殴，缇骑乃不敢轻出国门，牺牲者仅五人生命，保全者不止什百。虎邱遗垄，彪炳千秋，不亦宜乎？潘汝桢创筑生祠，遂致各地效尤，遍及全国，观其廉耻道丧，本不值污诸笔墨，但为世道人心计，不得不表而出之，为后世戒。语有之："豹死留皮，人死留名，"后之人毋污名节，庶不负记者苦心云。

第八十九回　排后族魏阉谋逆
承兄位信邸登基

却说天启六年三月间，有辽阳人武长春往来京师，寄迹妓家，好为大言，当由东厂探事人员，指为满洲间谍，把他拘住，当由许显纯掠治，张皇入奏。略说："是皇上威灵，厂臣忠智，得获敌间，立此奇功。"长春并非敌间，就使实为间谍，试问东厂所司何事？厂臣所食何禄？乃称为奇功，令人羞死。当即优诏褒美，并封忠贤从子良卿为肃宁伯，得予世袭，并赐养赡田七百顷。是时蓟、辽督师孙承宗，因魏阉陷害正士，拟入朝面奏机宜，阉党早已闻风，飞报忠贤。忠贤哭诉帝前，立传谕旨，饬兵部飞骑禁止。承宗已抵通州，闻命还镇，阉党遂痛诋承宗，目为晋王敦、唐李怀光一流人物。承宗遂累疏乞休，廷议令兵部尚书高第继任。第恇怯无能，一到关外，即将承宗所设各堡，尽行撤去。唯宁前参师袁崇焕，誓死不徙。果然满洲兵来攻宁远，声势张甚，高第拥兵不救，赖崇焕预备西洋大炮，击退满洲兵士。明廷闻报，乃将高第削职，另任王之臣为经略，且命崇焕巡抚辽东，驻扎宁远。此段是带叙之笔。熹宗正日忧辽事，闻魏忠贤得获敌间，差不多与除灭满洲同一功绩，因此格外厚赏。其实辽阳男子武长春，并不是满洲遣来，为了多嘴多舌，平白地问成磔刑，连骨肉尸骸，无从还乡，反弄好了一个魏忠贤。

是年满洲太祖努尔哈赤病殂，传位第八子皇太极，以次年为天聪元年，就是《清史》上所称的清太宗。载明清太宗嗣位，为清室初造张本。太宗一面与崇焕议和，一面发兵击朝鲜，报复旧恨。为前时杨镐出塞，朝鲜发兵相助之故。朝

鲜遣使，向明廷告急。明廷只责成袁崇焕，要他发兵往援。崇焕正拟遣将东往，偏东江总兵毛文龙，也报称满兵入境，乞调兵增守。那时足智多能的袁崇焕，明知满洲太宗，用了缓兵疑兵的各计，前来尝试，怎奈缓兵计便是和议，不便照允，疑兵计恐要成真，不能不防。乃派水师援文龙，另遣总兵赵率教等，出兵三岔河，不过是牵制满人，使他后顾。无如朝鲜的君民，实是无用，一经满兵杀入，势如破竹。朝鲜国王李倧，弃了王城，逃至江华岛，看看饷尽援绝，只好派使向满洲乞和，愿修朝贡。满洲太宗得休便休，就与朝鲜订了盟约，调兵回国。

既而崇焕与王之臣未协，明廷召还之臣，令崇焕统辖关内外各军。崇焕命赵率教守锦州，自守宁远，蓦闻满洲太宗，亲督大军，来攻锦州，他知率教足恃，一时不致失守，独遣总兵祖大寿，领了精兵四千，绕出满兵后面，截他归路。自督将士修城掘濠，固垒置炮，专防满兵来袭。果然满兵攻锦不下，转攻宁远，被崇焕一鼓击退。满洲太宗，再欲益兵攻锦州，闻有明军截他后路，不得已整队回去。祖大寿见满兵回国，纪律森严，也是知难而退。崇焕拜本奏捷，满望论功加赏，哪知朝旨下来，反斥他不救锦州，有罪无功，气得崇焕目瞪口呆，情愿乞休归里；奏乞解职，有旨照准，仍命王之臣继任。看官不必细猜，便可知是淫凶贪狡，妒功忌能的魏忠贤，弄出来的把戏。不是他是谁？原来各处镇帅，统有阉党监军，阉党只贪金钱，所得贿赂，一半中饱，一半献与忠贤。前时熊廷弼得罪，孙承宗遭忌，无非为这项厚礼，不肯奉送的原故。此次袁崇焕督师关外，也有太监纪用监军，崇焕只知防敌，哪肯将罗掘得来的饷项，分给阉人？纪用无从得手，忠贤何处分肥，以此宁、锦叙功，崇焕不预。解释明白，坐实魏阉罪状。

忠贤安坐京师，与客氏调情作乐，并未尝筹一边务，议一军情，反说他安攘有功，得旨褒叙。安字注解，即是安坐绣幔中；攘字注解，当是攘夺的攘，或训作攘内，意亦近是。还有王恭厂被火，又得叙功，王恭厂就是火药局，夏季遇雷，火药自焚，地中霹雳声，震响不已，烟尘蔽空，白昼晦冥，军民晕仆，死了无数。忠贤足未出户，阉党薛贞，偏说他扑灭雷火，德可格天，又获奖敕。余尝见有人慰失火书，说系吉人天相，薛贞所奏，毋乃类是。兵部尚书王永光，以天象告儆，请宽讼狱，停工作，慎票旨。给事中彭汝楠，御史高弘图，亦上书奏请，大致相似，中旨斥他迹近讽刺，一并罢官。又因皇极殿建筑告成，熹

宗御殿受贺，这殿系魏、崔两人督办，太监李永贞，即表奏忠贤大功，吏部尚书周应秋，相继奏陈，又是极力揄扬。熹宗大悦。竟破格加恩，特封忠贤为上公。忠贤从子魏良卿，前已晋封侯爵，至是又进授宁国公，加赐铁券。从孙鹏翼只二岁，封安平伯，从子良栋只三岁，封东安侯，崔呈秀为少傅。荫子锦衣卫指挥，吏部尚书周应秋等十八人，俱加封宫保衔，工部侍郎徐大化、孙杰，升任尚书，傅应星加太子太傅，魏士望等十四人，均升授都督佥事，各赐金银币有差。唯忠贤特别加赐，给他庄田二千顷。宁国公魏良卿禄米，照忠贤例，各支五千石。阁臣拟旨锡封，悉拟曹操九锡文。曹操为中常侍曹腾从子，援例比拟，亦尚相合。内外章奏，各称忠贤为厂臣，不得指名。要把大明江山，送与别人，原非容易，应该受此懋赏。会山东奏产麒麟，大学士黄立极等，上言厂臣修德，因致仁兽，何不径称尧舜，劝熹宗让位忠贤？正是贡媚献谀，无微不至，连忠贤自己，也不知自居何等呢。

忠贤以复仇修怨，均已快心，唯有一憾未了，免不得心存芥蒂。看官道是何憾？便是正位中宫的张皇后。张后深恨客、魏，因进谏不从，致疏宸眷。后亦无所怨望，唯以文史自娱，但熹宗生平，不喜渔色，待遇后妃，都不过淡淡相交，就是与后未协，亦无非怕她烦絮，并没有特别嫌疑，所以客、魏等虽有谗言，熹宗始终不睬。会厚载门外，有匿名揭帖，备列忠贤逆状，且及阉党七十余人，忠贤遂欲诬陷后父，即召私党邵辅忠、孙杰两人入商。两人闻言，陡然一呆，彼此相觑。忠贤猛笑道：“这有何难？教你两人合奏一本，只说后父国纪私张揭帖，且与中宫勾连，谋害厂臣，我想上头览奏，必要究治。后若因此被废，我侄儿良卿，生有一女，年已及笄，好进立为后了。”曹操只做国丈，魏阉想做太国丈，比曹操又高一筹。两人唯唯趋出，缮好一篇奏草，但心中总尚畏祸，不敢径呈。猛然想到顺天府丞刘志选，年老嗜利，可浼他出头。当下相偕往见，说明意思，并示他奏稿。志选暗想道：“我年已老，不妨一行。他日忠贤失势，我已不知死在何处？今日趁他专权，帮一个忙，必有重赏到来，我享了几年荣华富贵，再作计较。”到老尚不看破，势利之害人如此。随即欣然领命，录奏进呈。疏中极论后父国纪罪状，结末数语，有“毋令人訾丹山之穴，蓝田之种”云云。奏上数日，并不见有批答下来。御史梁梦环，复申论志选奏章，故意诘问丹山蓝田二语。熹宗仍然不答，唯密饬国纪自新。国纪知为忠贤所嫉，竟见几远引，飘然回籍去了。

忠贤见此计不成，又想了一策，暗募壮士数人，怀藏利刃，伏匿殿中，自己恰预报熹宗。至熹宗御殿视朝，先遣锦衣卫搜查，果然获住怀刃的壮士。当下缚交东厂，令忠贤发落。忠贤欲令壮士诬供后父，说他意图不轨，谋立藩王，可巧王体乾入白他事，忠贤即与熟商，体乾道："皇上诸事糊涂，独待遇兄弟夫妇，恰也不薄。倘若意外生变，我等恐无噍类了。"得此一沮，不知是阉党的运气，还是张后的运气？忠贤沉吟半晌，方道："这却也是可虑呢。但缚住的壮士，如何处置？"体乾道："速即杀却，免得多口。"忠贤复为点首，依计而行，只晦气了数名壮士。此着恰不及曹操，曹操能弑伏后，忠贤不能弑张后，这尚未免胆小呢。熹宗哪知就里，总教他已经处治，便算了事。魏忠贤心尚未死，暗想张后如此难除，不如做一番惊天动地的事业，索性连这糊涂皇帝，亦掇开了他。险毒小人，非此不止。但熹宗尚有三个叔父，留住京邸，一个是瑞王常浩，一个是惠王常润，一个是桂王常瀛，都是神宗皇帝的庶子，欲要举行大事，必须将他三位皇叔，尽行外徙，免得在此作梗。当下嗾令御史张讷，疏促就藩，于是瑞王赴汉中，惠王赴荆州，桂王赴衡州，仪物礼数，务从贬损。熹宗反听信邪言，嘉他节费为国，褒美厂臣。既而享祀南郊，祭荐太庙，竟遣宁国公魏良卿往代，居然做候补皇帝。且加封良卿为太子太师。太师两字，实可截去，不如竟称太子为是。世袭伯爵。魏良栋加封太子太保，魏鹏翼加封太子少师。良栋、鹏翼尚在襁褓，如何为东宫师保？此种命令，比演戏还要弗如。崔呈秀适遭父丧，诏令夺情视事，不用缞绖，且任他为兵部尚书，兼职少傅及太子太傅，并左都御史。明朝二百数十年间，六部九卿，从没有身兼重职，与呈秀相似，这都是熹宗宠任魏阉，推恩锡类，貤及义儿。又赐奉圣夫人金币无数，加恩三等，予荫子姪一人，世袭锦衣卫指挥。任你如何封赠，总未餍他欲望。

从前熹宗亲祀方泽，乘便游幸西苑，与客、魏并驾大舟，泛入湖中，畅饮为欢。偏是熹宗素性好动，饮至半酣，竟欲改乘小舟，自去泛棹，当由二小珰随帝易船，船前后各坐一阉，划桨而去。熹宗坐在船中，也手携片桨，顺流摇荡，不意一阵大风，刮将过来，竟把小舟吹覆，熹宗竟堕入波心，灌了一肚子的冷水。还亏湖中另有他船，船上载有侍从，七手八脚，得将熹宗救起，两小珰堕水多时，不及施救，竟至溺死。仿佛与正德皇帝相似。客、魏所乘的大舟，相去不过里许，他只对斟酣饮，佯作不知。两人正在行乐，还

顾什么皇帝？加一佯字，恐太锻炼。熹宗遭此一吓，染病了好几日，幸为张后所闻，宣召太医数人为帝医治，总算告痊，但病根自此种着，常有头晕腹泻诸疾。且熹宗好动恶逸，年已逾冠，尚有童心，或斗鸡，或弄猫，或走马，或捕鸟，或打秋千，或蹋毬蹴踘。又有两大嗜好，一喜斲削雕琢，斲削事已见前文，见八十四回。雕琢玉石，颇也精工，尝赐客、魏二人金印，各重三百两。魏忠贤的印中，刻有“钦赐顾命元臣”数字，客氏的印中，刻有“钦赐奉圣夫人”数字，相传俱由熹宗自刻。此外所刻玉石，随赐宫监，也不胜数。甚且随手抛弃，视作废物罢了。一喜看戏扮演，熹宗尝在懋勤殿中，设一隧道，召入梨园子弟，就此演剧，台榭毕具，暇时辄与客、魏两人，看戏为乐。一夕，演《金牌记》，至《疯僧骂秦桧》一出，魏阉匿入屏后，不敢正视。也有天良发现时。熹宗偏故意宣召，还是客氏设词应答，替他求免。又尝创演水傀儡戏，有《东方朔偷桃》，及《三保太监下西洋》等剧，装束新奇，扮演巧妙。熹宗每召张后同观，后屡辞不获，勉与偕行。熹宗却口讲指画，与后笑谈。后微笑无语，屡失帝欢。到了看戏尽兴的时候，竟挈内侍高永寿、刘思源等，亲自登台，扮演宋太祖夜访赵普故事。熹宗自装太祖，应仿雪夜戎装景象，虽当盛暑，也披兜服裘，不惮挥汗，为此种种嬉戏，遂酿成许多病症。二十多岁的人物，偏尫瘠异常，面少血色，尚书霍维华，制造一种灵露饮，说系特别仙方，久服可以长生。又有仙方出现。什么叫作灵露饮呢？相传用粳糯诸米，淘尽糠粃，和水入甑，用桑柴火蒸透，甑底置长劲空口大银瓶一枚，俟米溶成液，滗出清汁，流入银瓶，取出温服，味如醍醐，因此幐一美名，叫作灵露饮，进供御食。熹宗饮了数匙，清甘可口，遂令维华随时进呈。哪知饮了数月，竟成了一种臌胀病，起初是胸膈饱闷。后来竟浑身瘇肿，遂致奄卧龙床，不能动弹。煮米取汁，当不致酿成胀病，想此系别有隐疾，不得过咎维华。御医诊治无效，眼见得病象日危，去死不远了。熹宗无嗣，只有皇弟由检，曾封信王，尚居京师，当下召他入宫，自言病将不起，令承大统。信王固辞，经熹宗叮嘱再三，劝他不必谦让，勉为尧舜之君，信王始含泪受命。熹宗又道：“皇后德性幽闲，你为皇叔，嗣位以后，须善为保全。魏忠贤、王体乾等，均恪谨忠贞，可任大事。”善事中宫之谕，见得熹宗尚有恩情，至嘱及委任权阉，殊属至死不悟。信王也唯唯允诺。嗣复召各部科道入宫，约略面谕，大致仍如前言。信王及众大臣等，暂且退出，越宿大渐，又越宿驾

崩，共计在位七年，只二十三岁。

皇弟由检，系光宗第五子，为刘贤妃所生，刘妃早殁，由李选侍抚育成人。李选侍便是东李，应八十一回。名位本居西李上，独得宠不及西李。天启初曾册封庄妃，庄妃素嫉魏阉，恒呼他为女鬼。魏阉闻知，遂与客氏相连，交谮帝前，并将庄妃宫中应给服食，一概裁损。庄妃遂抑郁成疾，渐成痨症。皇五子每日晨起，叩首祷天，复退谒庄妃，庄妃抱病与游，至东宫后面，置有二井，皇五子戏汲井中，得一金鱼，再汲次井，仍有金鱼出现。庄妃稍开笑颜，语皇五子道："此乃异日吉兆。"语至此，复呜咽道："可惜我不得相见了。"皇五子随说梦征，谓："夜间熟寝时，见有金龙蟠着殿柱，陡被惊寤"云云。庄妃道："龙飞九五，也是祯祥，但不应泄漏为是。"皇五子亦私自心喜，随着庄妃回宫。到了熹宗归天，庄妃早已去世了。叙入此段，为庄妃封后伏线。

熹宗崩后，由魏忠贤夜召信王，信王素知忠贤奸邪，自觉背生芒刺，没奈何同他入宫。翌晨，诸大臣俱入宫哭临，忠贤凭棺大恸，双目并肿，既而呼崔呈秀入谈，密语多时，无人与闻。或云忠贤谋逆，呈秀以时机未至，才行罢议，或谓由张后保护信王，魏阉无从下手，这且不必细说。单说信王由检，择日即位，以次年为崇祯元年，世称为崇祯帝，后来号为怀宗，亦称毅宗。即位这一日，忽闻天空有声，惹得大众惊疑起来。至朝贺礼成，响声亦止。司天监谓为天鼓忽鸣，主兆兵戈。是明祚将终预兆。但因新主登极，相率讳言。魏忠贤上表辞职，有诏不许，唯奉圣夫人客氏，令出外宅。客氏就梓宫前，出一小函，用黄色龙袱包裹，内贮熹宗胎发痘痂，及累年落齿剃发等，一一检出焚化，痛哭而去，阉党稍稍自危。不意逆阉门下走狗杨维垣，竟先纠劾崔呈秀，不守父丧，显违礼制，解铃还是系铃人。奉旨免呈秀官，勒令回籍。呈秀一去，弹劾魏阉的奏章，陆续进呈，有分教：

妖雾常霾只畏日，冰山忽倒又回阳。

欲知魏阉得罪情形，待至下回再表。

本回叙熹宗绝续之交，见得魏阉实具逆谋，不过因种种障碍，以致中沮，说

者谓王体乾、崔呈秀辈，谏阻逆谋，不为无功。讵知自古以来，无逆阉篡国之理，王体乾、崔呈秀辈，并非效忠明室，不过援情度理，自知难成耳。然明朝元气，已为魏阉一人，斲削殆尽，魏阉虽未篡国，实足亡国，百世而下，犹播腥闻，不特为有明罪人已也。独怪熹宗之失，不过嬉戏，而贻祸至于如此，鲁昭公犹有童心，君子知其不终，观熹宗而益信矣。

第九十回　惩淫恶阉家骈戮　受招抚渠帅立功

却说怀宗嗣位以后，当有人弹劾魏、崔两人。崔呈秀已经罢官，那魏忠贤亦被廷臣纠弹。工部主事陆澄源，首先奏劾，次即主事钱元悫，又次为员外史躬盛，还有嘉兴贡生钱嘉征，更劾忠贤十大罪：一并帝；二蔑后；三弄兵；四无二祖列宗；五剋削藩封；六无圣；七滥爵；八掩边功；九伤民财；十通关节。均说得淋漓痛切，无恶不彰。魏阉何止十大罪？就是杨涟所奏二十四罪，也嫌未足。忠贤闻有此疏，忙入宫哭诉。此时却用不着。怀宗命左右朗读原疏，吓得忠贤惊心动魄，只是磕着响头，蓬蓬勃勃，大约有数十百个。随被怀宗叱退，忠贤急得没法，忙至私第取出重宝，往会信邸太监徐应元，贿托调停。应元本忠贤赌友，倒也一力担承，便入谒怀宗，替他说情。怀宗不待说毕，即把他一顿斥责，撵出宫门。次日即传出严旨，表明魏忠贤罪状，谪置凤阳，司香祖陵。徐应元亦谪守显陵，忠贤束装就道，护从尚数百人，复经言官讦奏，更颁谕旨，饬兵部发卒逮治。谕中有云：

> 逆恶魏忠贤，盗窃国柄，诬陷忠良，罪当死。姑从轻降发凤阳，不思自惩，犹畜亡命之徒，环拥随护，势若叛然。著锦衣卫速即逮讯，究治勿贷！

忠贤此时，方至阜城，寓宿驿舍，匆由京中密报谕旨，料知锦衣卫到

来，被拘入京，必至伏法，遂与乾儿李朝钦，对哭一场。双双解带，自缢身亡。怀宗闻忠贤自尽，饬将家产籍没，并逮魏良卿下狱。一面查客氏家资，搜得宫女八人，多怀六甲。看官道是何故？原来熹宗无子，属望颇殷，客氏出入掖廷，竟带出宫女若干名，令与子弟同寝，好使怀妊，再进宫中，谋为以吕易嬴，以牛代马的秘计。以吕易嬴，有秦时吕不韦故事。以牛易马，是晋朝小吏牛金故事。怀宗命太监王文政讯究，那一班弱不胜衣的宫女，怎禁得刑驱势迫，一经恫吓，便一一吐出实情，归罪客氏，文政据实奏陈，触起怀宗怒意，立命将客氏拘至浣衣局，掠死杖下。于是穷奢极欲，挟权怙势的老淫妇，把雪白的嫩肌肤，去受这无情刑杖，挨不到数十下，便已玉殒香销，惨赴冥司，与成妃李氏，裕妃张氏，及冯贵人等，对簿坐罪去了。也有此日，令人浮一大白。

客氏弟客光先，子侯国兴，一同拘到，与前封宁国公魏良卿，俱绑至法场，一刀一个，送他归阴。所有客、魏家属，无论长幼男女，尽行斩首。有几个乳儿婴孩，尚是盹睡未醒，也被刽子手一时杀尽。都下人士，统说是客、魏阴毒，应该受此惨报，并没有一人怜惜。可见福善祸淫，古今常理，君子乐得为君子，何苦陷害好人！肆行无忌，弄到这一番结果呢？当头棒喝。

客、魏已诛，阉党失势，给事中许可征，复劾崔呈秀为五虎首领，宜肆市朝。诏令逮治，并籍家产。呈秀归蓟州，闻这消息，罗列姬妾，及诸般珍玩，呼酒痛饮，饮尽一卮，立将酒卮掷去，随饮随掷，掷碎了数十卮，乃阖户自缢。山阴监生胡焕猷，越俎上书，极论黄立极、施凤来、张瑞图、李国楷等，身居揆席，一意媚阉，并应斥罢。怀宗以祖宗旧例，生监不得言事，便将焕猷论杖除名。黄立极料难久任，辞职归休。施凤来等尚是恋栈，怀宗颇也动疑，令九卿科道，另荐阁臣，仿古时枚卜遗典，将所荐阁臣姓名，贮入金瓯，焚香肃拜，依次探取，得钱龙锡、李标来、宗道、杨景辰四人。复因天下多事，更增二人，又得周道登、刘鸿训，遂并命入阁。同为大学士。辅臣以得人为主，全凭君主藻鉴，岂得暗中摸索，便称得人？怀宗首为此举，已是误事。罢施凤来、张瑞图、李国楷等。国楷在三人中，还算持正，就是罢官归去，也是他自己乞休。临行时，并荐韩炉、孙承宗自代，怀宗乃复召韩炉入阁。炉尚未至，阉党杨维垣等，又力诋东林党人，明斥韩炉。谓与崔、魏等，同为邪党。你算不是邪党，如何前时阿附崔、魏？编修倪元潞，上疏驳斥，且请毁《三

朝要典》，其词云：

> 梃击红丸移宫，三议哄于清流，而《三朝要典》一书，成于逆竖。其议可兼行，其书必当速毁。盖当事起议，与盈廷互讼，主梃击者力护东宫，争梃击者计安神祖；主红丸者仗义之言，争红丸者原情之论；主移宫者弭变于几先，争移宫者持平于事后。数者各有其是，不可偏非也。未几而魏阉杀人，则借三案，群小求富贵，则借三案，而三案面目全非矣。故凡推慈归孝于先皇，正其颂德称功于义父。批根今日，则众正之党碑；免死他年，即上公之铁券。由此而观，三案者天下之公议，《要典》者魏氏之私书，三案自三案，《要典》自《要典》，以臣所见，唯毁之而已。夫以阉竖之权，而役史臣之笔，亘古未闻，当毁一；未易代而有编年，不直书而加论断，若云仿佛《明伦大典》，则是魏忠贤欲与肃皇帝争圣，崔呈秀可与张孚敬比贤，悖逆非伦，当毁二；矫诬先帝，伪撰宸编，既不可比司马光《资治通鉴》之书，亦不得援宋神宗手制序文为例，假窃诬妄，当毁三；况史局将开，馆抄具备，七载非难稽之世，实录有本等之书，何事留此骈枝，供人唾骂？当毁四。愿敕部立将《要典》锓毁，一切妖言市语，如旧传点将之谣，新腾选佛之说，毋形奏牍，则廓然荡平，邪慝去而大经正矣。伏唯圣鉴施行！此折最为持平，故录述一斑。

先是魏阉伏法，所有历年奖敕，尽行收还，各处生祠，尽行撤除，至是复毁去《三朝要典》，乃将阉党所著邪议，一律推翻，遂赠恤天启朝被害诸臣，如前六君子，后七君子等，概赠官爵，悉予嘉谥，罢免追赃，释还家属。内外人心，喁喁望治。既而韩炉至京，命为首辅，令定魏阉逆案，炉不欲广搜穷治，仅列四十五人，呈入拟罪。怀宗不悦，命再钩考，且面谕韩炉道："忠贤不过一个内竖，乃作奸犯科，无恶不作，若非内外臣僚，助他为虐，哪有这般凶暴？现在无论内外，须要一律查明，共同加罪，才见得是明刑敕法呢。"炉复奏道："外廷臣工，未知内事，不便捉风捕影，任情罗织。"怀宗微笑道："只怕未必，大约不敢任怨，所以佯作不知。明日朕当示卿。"言毕，即退殿入宫。越日，又召见韩炉等人，指案上布囊，语炉等道："囊中章奏累累，统是逆阉旧党，赞导拥戴，颂美谄附，卿可一一案名，列表惩

处。”炉又叩首道：“臣等职司辅导，不习刀笔。”怀宗面有愠色，又顾吏部尚书王永光道：“卿系职掌铨衡，彰善瘅恶，应有专责。”永光亦回奏道：“臣部止任考功，未曾论罪。”阉党罪恶滔天，害人奚止十百？此次怀宗践阼，敕定逆案，正当罗列无遗，为后来戒，乃彼推此诿，果属何为？怀宗又回顾刑部乔允升，及左都御史曹于汴道：“这是二卿的责任，不要再推诿了。”当下命左右携下布囊，缴给允升，自己竟下座进内。允升不能再诿，只好与曹都御史，捧囊出来，启囊检视，按名列表，共得二百余人，呈入钦定。怀宗亲自裁夺，科罪七等。首逆魏忠贤、客氏，依谋反大逆律，枭首磔尸。次与首逆同谋，如崔呈秀、魏良卿、侯国兴等六人，立即斩决。又次为交结内侍，如刘志选、梁梦环、倪文焕、许显纯等十九人，均拟斩首，秋后处决。还有交结近侍次等，如魏广微、周应秋、阎鸣泰、杨维垣等十一人，及逆孽魏志德等三十五人，一并充军。再次为谄附拥戴，如太监李寔等十五人，亦俱充军。又有交结近侍末等，如顾秉谦、冯铨、王绍徽等一百二十八人，俱坐徒三年。最轻是交结近侍减等，如黄立极等四十四人，俱革职闲住。这二百多名罪人，统榜列姓名，各注罪状，刊布中外，且饬刑部照案惩办，不得再纵。于是客、魏两贼的尸首，再加寸磔，此外已经伏法，不必再核，未经伏法的罪犯，悉照钦定逆案，应斩应戍应徒应革职，处置了结。八千女鬼，化作春婆，不消细说。

且说怀宗生母刘贤妃，生前已经失宠，殁葬西山。怀宗年甫五岁，未识生母瘗所，及年渐长，询及近侍，方知窀穸所在，密付内侍金钱，具楮往祭。到了即位，追尊生母为孝纯皇后。且因东李庄妃，鞠育有恩，特上妃封号，并赐妃弟李成栋田产千顷，庙号大行皇帝为熹宗，尊熹宗后张氏为懿安皇后，立后周氏，册田氏、袁氏为妃，为下文伏笔。典礼粗定，谋修治术，起袁崇焕为兵部尚书，督师蓟、辽。崇焕至都，入见平台，怀宗咨及平辽方略，崇焕对道：“愿陛下假臣便宜，约五年可复全辽。”怀宗心喜，又问了数语，入内少憩。给事中许誉卿，便问崇焕道：“五年的限制，果可践言否？”崇焕道：“皇上为了辽事，未免焦劳，所以特作慰语。”誉卿道：“主上英明，岂可漫对？倘若五年责效，如何复命？”崇焕俯首不答。自知说错，所以俯首，然后来被置重辟，已伏于此。既而怀宗复出，崇焕又上前跪奏，略言：“辽事本不易奏功，陛下既已委臣，臣亦不敢辞难。但五年以内，户部转军饷，工部给器械，吏部用人，兵部调兵遣将，须内外事事相应，方能有济。”怀宗

道："朕知道了。朕当饬四部大臣，悉如卿言。"崇焕又奏称制辽有余，杜谗不足，一出国门，便成万里，设有妒功忌能的人员，便足坏事。怀宗闻言，为之起座道："卿勿疑虑，朕当为卿作主便了。"大学士刘鸿训等，复请赐崇焕尚方剑，令便宜从事。怀宗概行照允，即遣崇焕去讫。

忽接福建巡抚熊文灿奏章，内称海盗郑芝龙，已经招降，应乞加恩授职等语。小子叙到此处，不得不将芝龙来历，详述一遍。芝龙泉州人，父名绍祖，为泉州库吏。太守蔡善继公出，突被一石子击中额上，立饬卫卒查捕。嗣捕到一个幼童，问明姓氏，便是库吏绍祖子芝龙。绍祖闻报大惊，急忙入署待罪，巧值芝龙出来，谓已蒙太守释放，绍祖不知就里，再入谒太守，叩首请罪。善继笑道："芝龙便是你子么？我见他相貌非凡，他日必当富贵，现在年尚幼稚，稍有过失，不足为罪，我已放他去了。"以貌取人，失之芝龙。绍祖才叩谢回家。后来善继去任，绍祖病逝，芝龙贫不能存，竟与弟芝虎流入海岛，投海盗颜振泉属下，去做剽掠勾当。振泉身死，众盗无主，欲推一人为首领，一时不能决定。嗣经大众公议，祷天择帅，供起香案。案前贮米一斛，用一剑插入米中。各人次第拜祷，剑若跃出，即推何人为长。说也奇怪，别盗拜了下去，剑仍一毫不动，偏偏轮着芝龙拜祷，那剑竟陡然跃出，落地有声。真耶假耶？大众疑为天授，遂推芝龙为盗魁，纵横海上，官兵莫与抗衡。闽中长官，以善继有德芝龙，再调任泉州道，贻书招抚。芝龙颇也感德，复书愿降，独芝虎不从，率众人哗。芝龙没法，仍留踞海岛，劫掠为生。福建巡抚朱一冯，新任抚缺，决计剿捕，遂遣都司洪先春，从水路出师，把总许心素、陈文廉，从陆路出师，两路夹攻，总道是可灭芝龙，哪知陆军失道，只有洪先春舟师，进攻海岛，日间战了一仗，还是胜负相当，夜间由芝龙潜遣盗众，绕出先春后面，袭击先春，芝龙又从前面杀出，两下里夹击官军，害得先春跋前疐后，身被数刃，拼命走脱。芝龙也不追赶，擒住了一个卢游击，恰好生看待，释令还闽。

唯明廷接得败报，撤去朱一冯，改任熊文灿。文灿到任，温言招谕，且言归降以后，仍得统辖原部，移作海防。芝龙乃率众降顺，文灿即飞章奏闻。给事中颜继祖，上言芝龙既降，应责令报效，方可酌量授职。怀宗准奏，当将原疏抄发到闽，令文灿照办。文灿转谕芝龙，芝龙恰也允诺。当时海盗甚多，李魁奇、钟彬、刘香老等，统是著名盗目，出没海乡。芝龙先

击李魁奇，魁奇战败，走入粤中，被芝龙追杀过去，一炮轰毙。复移众攻钟彬，恰也战胜了好几仗，彬竟窜死。文灿又复奏闻，乃有旨授芝龙为游击。芝龙得了官职，复大击刘香老。香老为盗有年，寇掠闽广沿海诸邑，势甚猖獗。芝龙与他角逐海上，正是旗鼓相当，差不多的本领。香老因闽海边防，得一芝龙，恰是劲敌，不如窜入粤海，当下鼓行而南。粤中相率戒严。明廷升调熊文灿为两粤总督，文灿仍用招抚的老法儿，命守道樊云蒸，巡道康永祖，参将夏之本、张一杰等，同往抚谕。偏偏香老不从，竟把他四人拘住，急得文灿仓皇失措，飞调郑芝龙到粤，并拨粤兵相助，进击田尾远洋。香老见闽、粤联兵，战舰麕至，料知不是对手，遂硬胁樊云蒸出舟，止住来兵。云蒸大呼道："我已誓死报国了，诸君努力击盗，正好就此聚歼，切勿失此好机会呢！"数语甫毕，已被盗众杀死。参将复之本、张一杰等，自知难保，索性夺刀奋斗。芝龙见寇船大噪，飞行过去，登舟一跃，纵上盗船，部众次第跃上，乱杀乱剁，霎时间扫得精光，把康永祖及夏、张二参将，一齐救出，越是拼死，越是不死。遂上前围裹香老坐船。香老支撑不住，欲走无路，没奈何纵火自焚，与船同尽。小子有诗叹道：

海上横行已有年，一朝命绝总难全。
杀人寻亦遭人杀，果报循环自有天。此诗别具感慨，并非专指刘香老。

香老自尽，海氛顿息，芝龙得升任副总兵，欲知后事，且看下回。

魏忠贤恶贯满盈，中外切齿，但伪恭不及王莽，善诈不及曹操，无拳无勇，职为乱阶，故以年少之崇祯帝，骤登大位，不假手于他人，即行诛殛，可见当日明臣，除杨、左诸人外，大都贪鄙龌龊，毫无廉耻，魏阉得势，即附魏阉，魏阉失势，即劾魏阉，杨维垣之行事可鉴也。即如杨、左诸人，伉直有余，权变不足，故俱遭陷害；否则如韩琦之治任守忠，杨一清之除刘瑾，捽而去之，尚非难事，何至残善类而残国脉耶？若夫郑芝龙一海盗耳，善于驾驭，非必不可为我用，观其击杀群盗，所向有功，亦似一海外干城，但只可任之为偏裨，不能予之以特权，若终其身为游击副总兵，亦不致有日后事矣。故唯有大材智者乃足以御奸，亦唯有大材智者并足以使诈，惜乎明廷内外之未得其人也。

第九十一回　徐光启荐用客卿 袁崇焕入援畿辅

却说怀宗用枚卜遗制，采得钱龙锡、李标来、宗道、杨景辰、周道登、刘鸿训等六人，同时入阁，总道是契合天心，定可得人，哪知来、杨两臣，系魏阉余党，景辰且曾为《三朝要典》副总裁，一经授职，廷臣已是大哗，后来交章弹劾，乃将来、杨两人罢官。刘鸿训素嫉阉党，次第斥杨维垣、李恒茂、杨所修、孙之獬、阮大铖等，人心大快。独阉党余孽犹存，恨刘切骨。会惠安伯张庆臻，总督京营，敕内有“兼辖捕营”语，提督郑其心，谓有违旧例，具折讦陈。怀宗以所拟原敕，本无此语，因御便殿问诸阁臣，阁臣俱云未知。既而御史吴玉言：“由鸿训主使，兵部尚书王在晋，及中书舍人田嘉璧，统同舞弊。”乃将鸿训落职，谪戍代州，王在晋削籍，田嘉璧下狱。未免有人倾害，阁臣去了三人，免不得又要推选。廷臣列吏部侍郎成基命，及礼部侍郎钱谦益等，共十一人，呈入御定。礼部尚书温体仁，与侍郎周延儒，早已望为宰辅，偏偏此次廷推，两人均不在列，当下气愤填胸，遂将这廷推十一人中，吹毛索瘢，有心寻衅。巧巧查得钱谦益，曾典试浙江，略涉嫌疑，即劾他营私得贿，不配入阁。谦益后为贰臣，心术固不甚可取，但温、周二人，误明亡国，罪比谦益尤甚。原来天启二年，谦益为浙江典试官，适有奸人金保元、徐时敏等，伪作关节，用一俚句，有“一朝平步上青天”七字，谓嵌入七义结尾，定可中选。试士钱千秋，本是能文，因求名性急，遂依了金、徐两人的密嘱，入场照办。揭晓以后，果然中了第四名。后来探得

确音，本房拟荐第二，被主司抑置第四，料知关节非真，竟与保元、时敏相争，索还贿赂，猫口里挖鳅，也是多事。两造几至用武，闹得天下闻名。至部科磨勘，卷中实有此七字，报知谦益。谦益大惊，忙具疏劾奏二奸，并及千秋。有旨俱下狱论戍，谦益亦坐是夺俸。二奸瘐毙，千秋遇赦释还，案情已成过去。此次又为体仁讦发，当由怀宗召入谦益，与体仁对质。谦益虽未受赃，究竟事涉嫌疑，只好婉言剖辩。偏体仁盛气相凌，言如泉涌，且面奏怀宗道："臣职非言官，本不必言，会推不与，尤宜避嫌不言，但枚卜大典，关系宗社安危，谦益结党受贿，没人讦发，臣不忍见皇上孤立，所以不得不言了。"怀宗英明好猜，英明是好处；好猜是坏处。久疑廷臣植党，闻体仁言，再三点首。此时阁部科道，亦均被召，多为谦益辩白。吏部给事中章允儒，尤痛诋体仁，激得怀宗怒起，命礼部缴进千秋原卷，指斥谦益，谦益不得已引罪。怀宗叹道："今日若无体仁奏发，岂非误事？"体仁在天启初，已官礼部，彼时不闻纠弹，直至此时讦发，明是假公济私，怀宗奈何中计？遂叱令左右，缚允儒下狱，并切责诸大臣。周延儒又申奏道："廷推阁臣，名若秉公，奈暗中主持，实不过一二人，此外都随声附和，哪敢多言招尤？即如千秋一案，早有成谳，何必复问。"怀宗乃传令退班，即日降旨，罢谦益官，并罢廷推十一人，悉置不用。独用韩炉为首辅，且召炉面谕道："朕观诸大臣中，多半植党，不知忧国，卿为朕执法相绳。"炉叩首奏道："人臣原不应以党事君，人君也不可以党疑臣，总当详核人品，辨别贤奸，然后举错得当。若大廷上妄起戈矛，宫府中横分畛域，臣恐非国家幸福呢。"名论不刊。怀宗默然不答，不以炉言为然，是怀宗一生致病处。炉即见机叩退。未几，召见周道登，因奏对失言，又下旨放归。

崇祯二年五月朔，钦天监预报日食，届期失验时刻，怀宗遂严责钦天监官。原来中国历法，犹本唐尧旧制，相沿数千年，只墨守了一本旧书，不少增损。汉、唐及宋，岁时节气，及日蚀月蚀，往往相差至数时，甚且差至一二日。中国人不求进化，于此可见一斑。至元太史郭守敬，遍参历法，编造授时新历，推步较精，但中间刻数，尚有舛错，所以守敬在日，已有日月当食不食、不当食反食等事。一班吹牛拍马的元臣，反说日月当食不食，系帝后昭德回天，非常庆幸，日月不当食而食，说将若何？其实统是意外献谀，不值一辩。及明祖崛兴，太史刘基，上大统历，仍然是郭守敬的成书，以讹沿讹，

怎能无误？可见刘基犹是凡人，并不是神仙等侣。夏官正戈丰，据实复奏，略言："谨守成历，咎在前人，不在职等。"倒是善于卸责。独吏部左侍郎徐光启，上历法修正十事，大旨谓："中历未合，宜参西法"，并举南京太仆寺少卿李之藻，及西洋人龙华民、邓玉函，同襄历事。怀宗立即批准，饬召李之藻及龙、邓两西人入京，擢光启为礼部尚书，监督历局。中国用外人为客卿，及采行西洋新法，便是从此起头。大书特书。

看官！你道徐光启如何认识西人？说来话长，待小子略略补叙。自元代统一亚洲，东西两大洋，交通日繁，欧洲人士，具有冒险性质，往往航海东来。葡萄牙人，首先发现印度航路，从南洋麻六甲海中，附搭海船，行至中国，出没海疆，传教通商。嗣是愈来愈众，至明世宗四十三年，竟在粤海沿边的澳门地方，建筑商馆，创业经营，大有乐不思蜀的气象。粤省大吏，屡与交涉，方要求租借，每年出赁金二万两，彼此定约。此后荷兰国人，西班牙国人，英吉利国人，纷纷踵至，多借澳门为东道地。会意大利人利玛窦，亦航海来华，留居中国数年，竟能通中国语言文字，往来沿海各口，广传耶稣教福音。徐光启生长上海，与利玛窦会晤，谈论起来，不但畅陈博爱平等的教义，并且举天文历数，统是融会贯通。光启很是钦佩，引与为友，往往与他研究学术，通宵达旦，时人目为痴呆，光启全然不顾，竟把西学研通大半。实是一个热心人物，若后人尽如光启，中国也早开化了。到了入任侍郎，邀利玛窦入京，早思将他推荐。因利玛窦年已垂老，不愿任职，乃将他同志龙华民、邓玉函两人，荐修历法。李之藻亦热心西学，所以一并举用。光启且舍家宅为教堂，并请准在京师建会堂。寻又保举西人汤若望、罗雅谷等，同入历局，翻译天文、算术各书，约有数种。并制造仪器六式，推测天文。一名象限悬仪，二名平面悬仪，三名象限立运仪，四名象限座正仪，五名象限大仪，六名三直游仪，复有弩仪、弧矢仪、纪限仪诸器，统是适用要件，可法可传。光启又自著日躔历指，测天约说日躔表，割圜八线表，黄道升度，黄赤道距度表，通率表等书，又译《几何原本》一书，至今尚流传不绝，推为名著。利玛窦于崇祯三年，病殁京师，赐葬阜城门外。墓前建堂两重，堂前立晷石一方，上刻铭词，垂为纪念。铭词计十六字，分为四句，首二句是"美日寸影，勿尔空过"，次二句是"所见万品，与时并流"，遗迹至今尚存。光启卒于崇祯六年，后来清帝入关，汤若望等，尚在清廷为钦天监，这是后

话不提。

且说袁崇焕奉命赴辽，修城增堡，置戍屯田，规划了一年有余，颇有成效。只因毛文龙镇守东江，势大官尊，免不得跋扈难驯，不服崇焕节制。崇焕早欲除去文龙，适文龙亲来谒见，乃以宾礼相待。文龙也不谦让，居然分庭抗礼，与崇焕对坐谈天。崇焕约略问了数语，当即谢客令归，既而借阅兵为名，径至东江，就双岛泊船。文龙循例迎接，崇焕恰格外谦和，留他在舟宴饮。欢语多时，方才谈及军务。崇焕拟改编营制，别设监司，文龙心中，独以为东江一岛，本是荒凉，全仗自己一人，招集逃民，经营起来，此次来了袁崇焕，无端硬来干涉，哪肯低首忍受？当即将前因后果，叙述一番，并说是岛中兵民，全系恩义相联，不便另行编制。崇焕微笑道："我亦知贵镇劳苦，但目今外患交迫，兵务倥偬，朝中大臣，又未必肯谅苦衷，我是奉皇上特遣，不得已来此，为贵镇计，到不如辞职还乡，乐得安闲数年呢。"崇焕此时，尚不欲杀文龙。文龙勃然道："我亦久有此意，只是满洲事情，还没有办了，眼前知道边务的人，又是很少。据文龙的意思，平了满洲，夺得朝鲜，那时功成名立，归去未迟。"太属狂言。说至此，竟放声大笑起来。死在目前，还要笑甚。崇焕嘿然无语，勉勉强强的与他再饮数杯，即命左右收拾残肴，文龙也即告辞。临别时，崇焕与他订约，邀阅将士较射山上，文龙自应诺去讫。次日五更，崇焕已召集将校，授他密计，趁着晨光熹微的时候，便率众上山，一面遣人往催文龙。文龙尚高卧未起，一闻督师催请，没奈何起身盥洗，等吃过早点，催请的差人，已来过三五次，当下穿好衣冠，匆匆出署，带着护兵，趋上山来。只见这位袁督帅，早已立马待着，正欲上前参见，偏被他握住了手，笑容可掬道："不必多礼，且同行上山罢！"文龙便随了崇焕，拾级上升，护军要想随行，却被督师手下的将弁，出来拦住，不得并进。崇焕与文龙，到了半山，突语文龙道："我明日就要回去，今日特向贵镇辞行。贵镇膺海外的重寄，杀敌平寇，全仗大力，理应受我一拜。"说着，即拜将下去，吓得文龙答礼不迭。正是奇怪。崇焕又与他携手同行，到了帐中，忽变色道："谢参将何在？"参将谢尚政，应声即出，崇焕将文龙一推，便道："我将此人交代了你。"尚政背后，即跳出好几个健将，把文龙拿下。出其不意。文龙大呼道："我得何罪？"崇焕道："你的罪不下十种，就是本部院奉命到此，改编营制，你便抗命不遵，背了我还是小事，你心中早无

圣上，即此一端，已当斩首。”文龙此时，已似砧上肉，釜中鱼，只好叩头乞免。崇焕道：“不必说了。”便望着北阙，三跪九叩首，请出尚方宝剑，缴与谢尚政，令将文龙推出处斩。不一时献首帐前，崇焕即整辔下山，驰谕文龙部众道：“罪止文龙一人，余皆无罪。”又传唤文龙子承祚至前，面谕道：“你父违叛朝廷，所以把他正法，你本无罪，好好儿镇守此处，我为公事斩了你父，我私下恰很念你父。你果勉盖父愆，我当替你极力保举哩。”说至此，又召过副将陈继盛，令他辅翼承祚，镇守东江，分编部兵为四协。并到文龙灵前，哭奠一番，然后下船回去。崇焕所为，全是做作，怎得令人敬服？一面奏报明廷，怀宗未免惊疑，转念文龙已死，方任崇焕，只好优旨报闻。后来决杀崇焕，便是为此而起。

哪知文龙部下，有两大义儿，一个叫作孔有德，一个叫作耿仲明，二人素受文龙恩惠，到了此时，便想为文龙报复私仇，所有“忠君爱国”四大字，尽行抛去，竟自通款满洲，愿为前驱，除这崇焕。满洲太宗，自然准降，唯仍教他留住东江，阳顺明朝，阴助满洲，作为牵制崇焕的后盾。自己径率大军，用蒙古喀尔沁台吉布尔噶图，台吉系蒙古官名。作为向导，攻入龙井关，分两路进兵。一军攻洪山口，一军攻大安口，统是马到成功，长驱并进，浩浩荡荡的杀至遵化州。明廷闻警，飞檄山海关调兵入援，袁崇焕奉檄出师，遣总兵赵率教为先行，自率全军为后应。率教倍道前进，到了遵化州东边，地名三屯营，望见满洲军士，与蜂蚁相似。把三屯营困住，他却不顾利害，不辨众寡，单靠着一腔忠愤，杀入满兵阵中。满兵见有援师，让他入阵，复将两翼兵围裹拢来，把率教困在垓心。率教左冲右突，东斫西砍，恰杀死满兵多名。怎奈满兵越来越众，率教只领着孤军，越战越少，满望营中出兵相应，谁知营中守将朱国彦，只怕满兵混入，竟紧闭营门，拒绝率教。率教杀到营前，已是力竭声嘶，待至呼门不应，弄得进退无路，不禁向西遥呼道：“臣力竭了！”举剑向颈上一横，当即殉国，全军尽覆。满兵乘胜扑营，朱国彦知不可守，与妻张氏投缳自尽。等是一死，何不纳赵率教？

三屯营已失，遵化当然被兵，巡抚王元雅率同保定推官李献明，永平推官何天球，遵化知县徐泽，及前任知县武起潜等，凭城拒守，支撑了好几日。争奈满兵势大，援师不至，偌大一个孤城，哪里保守得住？眼见得城池被陷，相率沦亡。明廷闻遵化失守，惊慌的了不得，吏部侍郎成基命，奏请

召用故辅孙承宗，督师御敌。怀宗深以为然，立征承宗为兵部尚书，兼中极殿大学士，视师通州。并命基命为礼部尚书，兼东阁大学士，参预机务。承宗奉召入觐，具陈方略，即率二十七骑，驰入通州城，与保定巡抚解经传，总兵杨国栋等，整缮守具，协力抵御。是时勤王诏下，宣府、大同等处，各派兵入援，怎奈见了满兵，统是畏缩不前，甚且半途溃散。满洲太宗遂连破蓟州、三河、顺义，直薄明京，都中大震。亏得总兵满桂，由崇焕遣他入援，已至德胜门下营。满桂也是一员猛将，见满兵到来，即率五千骑卒，与满兵交锋起来，战了半日，不分胜负，城上守将，发炮助威，满兵霎时驰退，满桂手下的兵士，反被炮弹轰死数百名，桂亦负伤收军。怀宗正遣中官赍送羊酒，慰劳满桂，令入休瓮城。忽闻袁崇焕亲率大军，偕总兵祖大寿、何可纲等入卫，怀宗大喜，立刻召见平台，温言慰勉。崇焕请入城休兵，偏不见许，再请屯兵外城，如满桂例，亦不见答。这是何意？崇焕乃出屯沙河门外，与满兵遥遥对垒，暗中在营外布着伏兵，防备满兵劫营。果然满兵乘夜袭击，着了道儿，还亏援应有人，步步为营，才得卷甲回去。怀宗遂命崇焕统辖诸道援师，崇焕料满兵远来，不能久持，意欲按兵固守，养足锐气，等到满兵退还，方才尾击。这是以逸待劳的上计。于是相度地势，择得都城东南角上，扼险为营，竖木列栅，竟与满兵久抗起来。满洲太宗正防这一着，忙率兵来争，崇焕坚壁相待，任他如何鼓噪，只令将士射箭放炮，挡住满兵，独不许出营一步。满兵驰去，越日又来攻营，崇焕仍用这老法儿对付，那时满兵又只得退去。如是相持，有好几日，蓦然间接奉诏旨，命他入见。当下驰入平台，叩谒怀宗，不意怀宗竟换了一张脸色，责他擅杀毛文龙，及援兵逗留的罪状。崇焕正欲剖辩，偏被怀宗喝住，只叱令锦衣卫缚住了他，羁禁狱中。小子有诗叹道：

率师入卫见忠贞，固垒深沟计亦精。
谁料君心太不谅，错疑道济坏长城。

欲知崇焕下狱详情，且至下回交代。

怀宗能用西洋人为客卿，独不能容一袁崇焕，岂外人足恃，而内臣不足恃

耶？盖由怀宗好猜，所重视者惟将相，所歧视者亦惟将相，即位甫期年，已两易阁臣，阁臣虽未尽胜任，然如温体仁、周延儒辈挟私寻隙，反信而不疑，偏听失明，已见一斑。崇焕为明季将材，诱杀毛文龙，固近专擅，然文龙亦非足恃之人，盘踞东江，虚张声势，安保其始终不贰乎？且满兵西入，京畿大震，崇焕奉旨派兵，随即亲自入卫，不可谓非忠勇之臣。乃中外方倚为干城，而怀宗即拘令下狱，临阵易将，犹且不可，况以千里勤王之良将，而骤遭械系乎？制全辽有余，杜众口不足，我闻崇焕言而不禁太息矣！

第九十二回　中敌计冤沉碧血
遇岁饥啸聚绿林

却说袁崇焕被系诏狱，实堕满洲太宗的反间计。崇焕抚辽时，曾与满洲往来通使，有意议和，嗣因两造未协，和议乃破。朝中一班大臣，全然不识边情，统说是和为大辱，有战无和，此次满兵到京，反诬称崇焕召他进京，为胁和计。冤哉！枉也！怀宗渐有所闻，心中不能无疑。满洲太宗足智多谋，侦得明廷消息，遂写好两封秘密书信，暗投明京德胜门外及永定门外。可巧被太监拾得，呈与怀宗。怀宗折书一阅，第一行即列着满洲国主，遗书袁督师麾下，顿时大诧起来。及看到后文，无非是两下和议，偏又写得模模糊糊，隐隐约约，在可解不可解之间。若经明眼人一瞧，便已知是反间计。再三复阅，越觉动疑，意欲立召崇焕，诘问底细，无如京都危急，还想靠他保护，不得已暂时容忍。嗣有被敌擒去的杨太监，私下逃来，入谒怀宗，报称："督师袁崇焕，已与满洲主子，潜订和约，将为城下盟了。"怀宗沉着脸道："可真么？"杨太监道："敌将高鸿中等，自行密谈，由奴才窃听得实，所以乘夜潜逃，特来奏闻。"怀宗愤愤道："怪不得他按兵不动，停战了好几天。他已擅杀毛文龙，难道还要擅自议和么？"杨太监又说了几句坏话，惹得怀宗忍无可忍，遂召入崇焕，把他系狱。成基命慌忙入请，叩求怀宗慎重，怀宗怒道："慎重二字，就是因循的别名，有损无益。"不因循，便有益吗？基命复叩头道："兵临城下，非他时可比，乞陛下三思后行！"怀宗不待说毕，竟拂袖而起，返身入内。基命撞了一鼻子灰，只好退出。总兵祖大寿、何可

纲，闻崇焕被系，恐亦坐罪，遂拥众出走，径向山海关外去了。

满洲太宗计中有计，不乘势攻打明京，反分兵游弋固安、良乡一带，掳掠些子女玉帛，复回军至芦沟桥。明廷却用了一个游方僧，名叫申甫，能制造战车，由庶吉士金声上荐，说他善长兵事，特旨召见，擢为副总兵，令募新军。看官！你想申甫平日，并没有经过战阵，无非靠了一些小聪明，造了几辆车儿，哪里能抵挡大敌？况要他仓猝募兵，更是为难的事情。当下开局召募，所来的多是市井游手，或是申甫素识的僧侣，一时乌合，差不多有四五千人，竟到芦沟桥列着车营，阻截满军。是谓不度德，不量力。满洲将士，呐喊一声，驱杀过来，申甫忙饬众抵敌，哪知所有新兵，全然不懂打仗的格式，闻着号令，吓得心胆俱裂，就是推车的人，事前本东驰西骤，无往不宜，此刻竟麻木不仁，仿佛手足已染了疯病，不能动弹。那满兵似狼如虎，提起大刀阔斧，杀入车营，见车就劈，见人就杀，不到一时，已将申甫手下的新兵，扫除净尽，连申甫也不知下落，大约已直往西方去了。白送性命。

满兵乘胜薄永定门，怀宗惶急得很，特设文武两经略，文经略一职，简任尚书梁廷栋，武经略一职，就命总兵满桂充当，分屯西直、安定二门。满桂主张坚守，与崇焕一样的规划，怎奈怀宗此时，以廷臣多不足恃，仍在阉党余孽中，拣出曹化淳、王应朝、吕凤翔等，作为心腹，不到两年，就易初志，怀宗之致亡，即在于此。这班刑余腐竖，晓得什么战略，只望两经略杀退敌兵，便好放下愁肠，安享富贵，因此怂恿怀宗，屡促两经略出师。廷栋是个文职，当然由满桂当冲，满桂不便抗命，只得带领总兵官孙祖寿等，出城三里，与敌交绥。自午牌起，杀到酉牌，尚是胜败未决。满洲太宗确是能军，潜令部兵伪作明装，趁着天昏地黑时，闯入明军队里，捣乱一场，满桂措手不及，竟与孙祖寿等，仓猝战殁，同作鬼雄。

明京危急异常，偏这满洲太宗，下令退军，竟率令全队，向通州而去。原来满洲太宗的意见，因明京急切难下，就使夺得，也是不能长守，一旦援军四集，反恐进退两难，不若四处骚扰，害得他民穷财尽，方好大举入京，占住那明室江山，所以得了胜仗，转自退去。怀宗本传宣密旨，饬备布囊八百，且令百官进马，意欲避敌迁都，嗣闻满兵退赴通州，方才罢议。

御史高捷、史䇲，本是魏阉党中的人物，不知如何漏网，仍得在职，大学士钱龙锡，平时很瞧不起这两人，两人怀恨在心，遂因崇焕下狱，讦奏龙

锡。略说："崇焕通款杀将，都由龙锡主使，当与崇焕并罪。"龙锡抗章申辩，高、史再疏力攻，那时龙锡心灰意懒，当即引疾告退。怀宗还算有恩，准他归休，不遑加谴。尚宝卿原抱奇，又劾奏首辅韩爌，谓爌系崇焕座师，也是主和误国，应并罢官。怀宗想去龙锡，已为群小所卖，所以劾奏韩爌，接踵而至。怀宗颇斥他多言，夺俸示罚。不防左庶子丁进，及工部主事李逢申，弹章又上。韩爌乐得引退，三疏乞归。爌先后入相，老成慎重，引正人，抑邪党，中外称贤。怀宗命定逆案，爌不欲刻意苛求，以致阉党尚存，终为所诬。怀宗也无意慰留，任他归去，当命礼部侍郎周延儒，尚书何如宠，侍郎钱象坤，俱为礼部尚书，入阁办事。

转眼间已是崇祯三年，满兵由通州东渡，克香河，陷永平，副使郑国昌，知府张凤奇等，一概殉节。兵部侍郎刘之纶，约总兵马世龙、吴自勉等，赴永平牵制满兵，自率部众直趋遵化，屯娘娘庙山。世龙等违约不赴，满兵竟趋击之纶，似樯并至。之纶带有木炮，出自手制，初发时，击伤满兵数十名，再发出去，那弹子不向前行，反向后击，自己打倒自己，顿时哗乱起来。天意耶？人事耶？满兵乘隙进攻，之纶拼死再战，足足的斗了一日，矢尽力穷，之纶知不可为，大呼道："死，死！负天子恩！"遂解佩印付与家人，令他走报朝廷。家人才走数步，之纶已身中两矢，倒毙地上，所剩残兵，被满兵一扫而空。满洲太宗复进拔迁安、滦州，直至昌黎，却由守令左应选，誓死守城，屡攻不下。有此邑令，不愧应选二字。这时候的孙承宗，已早由通州奉旨，调守山海关，继崇焕后任。此笔补叙，甚是要紧，不然，满洲太宗至通州时，承宗岂竟作壁上观耶？满洲太宗夙闻承宗重名，恐他截断后路，当即匆匆收兵，回国去了。承宗正招谕祖大寿、何可纲，令他敛兵待命，大寿亦上章自请，愿立功赎督师罪，明廷传旨宣慰，才免瓦解。嗣闻满兵退归，承宗乃派兵西出，收复滦州、迁安、永平、遵化四城，这也不在话下。

且说周延儒既夤缘入阁，遂替温体仁帮忙，竭力说项，大学士李标见周、温毗连，不愿与伍，索性见机致仕。成基命也辞职归里，体仁遂得奉旨入阁，居然为大学士了。应该奚落。先是崔、魏擅权，体仁尝与相往来，杭州建魏阉生祠，他曾作诗数首，颂扬魏阉功德。又尝私赂崔呈秀，求为援引。言官交章讦发，怀宗还道他无党，攻讦愈众，信任愈专。真是南辕北辙。阉党高捷、史堃，遂仗体仁为护符，大出风头，他已弹去钱龙锡，意尚未足，复

由史𡋯上疏言："龙锡主使崇焕，卖国欺君，罪浮秦桧。且闻他罢职出都，尚将崇焕所畀重赂，转寄姻家，谋为开复地步。"怀宗览疏动怒，立敕刑官定谳，限期五日。刑部力为持平，呈上谳案谓："斩将是崇焕擅杀，议和闻龙锡未许，罪坐崇焕，与龙锡无涉。"怀宗尚不肯信，召谕廷臣，饬置崇焕极刑。且逮龙锡下狱，命群臣议罪。可怜这功多罪少的袁督师，竟磔死市曹，平白无辜的钱故辅，复拘案待质。温体仁与史𡋯等，且欲力翻逆案，把逆字的恶名，移加袁、钱两人身上，以袁为逆首，钱为次逆，还有一班持正不阿的大臣，均依次附名，更立一逆案，网尽群贤，商诸兵部尚书梁廷栋。廷栋不敢赞成，何不将他亦列入逆案？乃议龙锡大辟，立即取决。中允黄道周，上书为龙锡讼冤，怀宗把他贬秩外调，但心下颇也感动，只命将龙锡长系，既而减等论罪，遣戍定海卫，但已是冤屈得很了。论断平允。

且说明朝赋税，颇折衷古制，不尚烦苛，自神宗创行矿税，中官四出，任意诛求，海内为之渐困。至辽东事起，岁需边饷，又不得不尽情罗掘，加派民间，百姓益困苦得很。明廷又裁节内地兵饷数十万，减省各处驿站又数十万，兵不得饱，驿无遗粮，那时逃兵戍卒，往往亡命山谷，啸聚为盗，且乘时胁迫良民，同入盗薮，百姓既无恒产，哪有恒心？乐得投奔绿林，还好劫夺为生。自古祸乱，多原于此。天意也是奇怪，又迭降灾祲，只恐百姓未肯为乱，偏令他今岁水荒，明岁旱荒，弄得他寸草无生，只得相偕从盗，于是极大的乱端，就从崇祯改元以后，发生出来。

先是云南、贵州等处，蛮众作乱，首领奢崇明与安邦彦，统同一气，负嵎自固，总督闵梦得，敷衍了两三年，未曾奏效。应八十五回。怀宗即位，奢、安两酋，越发鸱张，崇明自号大梁王，邦彦称四裔大长老，出巢四扰，到处掳掠。怀宗复起用朱燮元为总督，调集云南、四川、贵州三路大兵，直捣贼巢，枭崇明，斩邦彦。安位穷蹙乞降，由燮元分设土司，筹垦荒田，筑堡置戍，立驿通道，庐井毕备，苗汉相安，西南一带，才得无事。承前启后，是最好销纳法。唯西北又复遭劫，连年饥荒，陕西巡抚乔应甲，延绥巡抚朱童蒙，又统是魏阉余党，专务虐民，不加体恤，遂酿成一班流贼，四出为殃，把大明一座完好江山，扰得东残西缺，地坼天崩。应首回流贼横行。第一个作乱的盗魁，就是府谷民王嘉胤。嘉胤部下又有两大剧贼，一个就是李自成，一个就是张献忠。提出李、张独握纲领。献忠延安人，阴贼多智，尝与嘉

胤往来。嘉胤劫富家粟，被有司悬赏缉捕，遂揭竿为盗，献忠纠众往从，尤称骁桀，贼中号为八大王。自成米脂人，狡黠善走，并能骑射，因家贫投为驿卒，驿站裁并，自成无所得食，亦奔投嘉胤。嘉胤拥众五六千人，聚居延庆府中的黄龙山，又有白水贼王二，宜川贼王左挂，安塞马贼高迎祥，饥民王大梁，逃兵周大旺等，率众响应，三边饥军，亦群起为盗，剽掠四方。陕西巡抚，已改任刘廷宴，衰迈无能，讳言盗贼，至州县相继告警，尚叱退来使道："这是地方饥民，有何大志？略缓数日，自然解散了。"请你等着。嗣是贼氛愈炽，所在遭殃，刘廷宴无可如何，只好据实奏闻。怀宗授左副都御史杨鹤，为兵部尚书，出督三边军务，剿捕流贼。杨鹤抵任，商洛道刘应遇，已击毙王二，追斩王大梁；督粮道洪承畴，亦击破王左挂，捕斩周大旺，贼渠半就诛灭。偏杨鹤主张从抚，檄令各军不得妄杀，遂至余灰复燃，转衰为盛。会满军入犯京畿，诏令各省派兵入卫，陕甘兵奉调东下，中途逃散，山西兵哗溃良乡，巡抚耿如杞逮狱论死，一班窜走的溃兵，不是向东，就是向西，结果是挺身走险，同为匪类。游兵不戢，必为国殃。

明廷复起前总兵杜文焕，督延绥、固原各兵，便宜讨贼。文焕檄谕王嘉胤、王左挂二寇，令他投诚，左挂时方穷蹙，与党羽王子顺、苗美等请降，独嘉胤不肯受抚，竟陷入府谷，据城抗命。总督杨鹤，反匿不上闻，只遣官四出招贼，黠盗王虎、小红狼、一丈青、掠地虎、混江龙等，托词求抚，俱授给免死牌，安插延绥、河曲间。其实盗性未改，淫掠如故，不过形式上面，算是不放火，不杀人，就自称为安分的良民。百姓忍气吞声，无从控诉，孤男弱女，束手待毙，有一半刁狡强悍的，都随贼而去。朝旨复擢洪承畴为延绥巡抚，与副总兵曹文诏，协力搜剿。文诏忠勇过人，仗着一杆蛇矛，东西驰击，贼众似羊遇虎，多半被诛。王嘉胤不自量力，竟率众与他对垒，一场鏖战，杀得嘉胤大败而逃。文诏追至阳城，再与嘉胤接仗，嘉胤招架不住，遂被文诏刺死。八大王张献忠，率属二千人，奔降洪承畴，李自成走依高迎祥，迎祥为自成母舅，当然收留。还有嘉胤余党，另推李自用为首，绰号紫金梁，仍是暋不畏死，出没西陲，并且纠合群贼，多至三十六营。这三十六营的贼目，真姓名多不可考，只有绰号相传，仿佛与梁山泊群盗一般。小子试录述如下：

神一元　不沾泥　红军友　老回回　八金刚　扫地王

闯塌天　破甲锥　邢红狼　乱世王　混天王　显道人

乡里人　活地草　革里狼　左金王　曹　操　关　索

混天星　过天星　独行狼　蝎子块　一字王　射塌天

混十万　可天飞　混天飞　点灯子　王老虎　金翅鹏

一条龙　满天星　混天猴　上天龙　马老虎　独头虎

上天猴　黑煞神　飞山虎　一只虎　撞天王　翻山鹞

整齐王　紫微星　托天王　十反王　小秦王　混世王

上天王　一连莺　一盏灯　钻天哨　开山斧　一座城

通天柱　爬天王　抓地虎　滚地龙　滚地狼

以上诸贼，或一人为一营，或二三四五人，合为一营，分作三十六营。李、献两贼，不在其内，外此幺么小丑，尚不胜数。小子有诗叹道：

区区三户足亡秦，况值关中尽乱民。
大好江山同瓦裂，半由天意半由人。

毕竟群盗能否扑灭，且至下回续详。

戮逆阉，定逆案，是怀宗第一英断，后人之推重怀宗，就在此着。乃曾几何时，而复用阉人，贻误国事，何始明而继又暗耶？杨太监既遭敌掳，安能骤然脱逃，况拘系敌营，宁肯以秘密军机，被其窃听？此在中智之主，当已可知为敌人狡计，陈平之间项羽，周瑜之间曹阿瞒，流传史册，怀宗宁独未闻？乃误信阉言，自坏长城若此。崇焕死而全辽危，谓非怀宗之自误，其可得乎？至宠任曹化淳、王应朝、吕凤翔等，尤属昏谬，阉党得志，善类复空，不特名将满桂，致陷沙场已也。厥后天怒人怨，相逼而来，陕西闹荒，嘉胤发难，星星之火，竟致燎原，天其既厌明德矣，彼偏听好猜之怀宗，尚能拨乱反正乎？论者谓明之亡，咎在熹宗不在怀宗，吾未敢信！

第九十三回　战秦晋曹文诏扬威
闹登莱孔有德亡命

却说三边总督杨鹤，专事招抚，如王左挂等一班盗目，概令免死。左挂复叛，后乃伏诛。鹤复招降神一元弟神一魁。一元陷保安，为副总兵张应昌击败，受伤身死。一魁以弟承兄，代领贼众，寻为总兵贺虎臣、杜文焕所围，弃城南走，转攻庆阳，陷合水。杨鹤遣使招降，一魁果至，伏地谢罪。别贼金翅鹏、过天星、独头虎、上天龙等，亦先后求抚，均至固原谒见。鹤命在城楼上虚设御座，遍竖旌旄，贼皆罗拜城下，齐呼万岁。当下传宣诏谕，令设誓解散，或归伍，或归农，贼众勉强应命，那心目中恰藐视杨鹤，见他军容未整，只仗着一个虚名皇帝，空作威福，有什么可怕呢？抚难于剿，全恃威德服人，方能就我范围，否则无不酿祸？随即起身同行，仍去做那盗贼生涯。就是一魁住城数日，因杨鹤诱诛同党刘金，也即叛去。御史谢三宾，及巡按御史吴甡，交劾杨鹤纵盗殃民，乃将杨鹤逮问，坐罪谪戍，特调延绥巡抚洪承畴，总督三边。承畴方收降张献忠，编为部曲，献忠奉命维谨，还道他真心诚意，不妨援例主抚，因此调往总督，也是随剿随抚，恩过于威。会高迎祥、李自成等，收集山西溃卒，有众万人，推迎祥为闯王，自成为闯将，转寇山西、河南。且潜遣人勾结献忠，献忠遂叛了承畴，与高迎祥联合，横行山西，于是秦贼为一路，晋贼为一路，秦、晋世为婚姻，谁知变成盗薮？所过淫戮，惨不忍闻。或淫人妻女，令妇与夫面缚相观，稍一违忤，即被杀死。或令父淫女，或迫子淫母，待他淫毕，一概斩首。或掳住孕妇，剥去衣服，共

猜腹中胎产，是男是女，剖腹相验，偶得猜中，大家贺饮，否则罚酒。又用大锅煮人油，掷入小孩，看他跳跃啼号，作为乐事，否则用矛刺入儿股，高举空中，令他盘旋矛上，叫号而死。或列木为台，令男妇共登台上，四面纵火焚烧，惨声震地，贼反拍手称快，狂笑不已。又或杀人剖腹，挖去脏腑，纳入人血米豆，用以喂马，使马肥壮，足以冲敌。最可恨的，是攻城不下，必使所掠妇女，裸体辱骂，稍一愧阻，乱刀交下，砍为肉泥。见有姿色的妇女，彼此轮奸，至奄奄就毙，即割去首级，把尸首倒埋土中，令下体向上，谓可压制炮火。唯一入人家，妇女欣然从淫，或还可以免死，因此贼兵过境，妇女不得不首先出迎，甚至自褫衣裳，供他侮弄，淫声秽语，遍达里闾，贼兵方才心欢，扬长而去。这真是古今罕有的奇劫，不知这明明在上的老天，何苦令若辈小民，遭此惨毒呢？我亦云然，大约天阍已闭，不见不闻。

且说总督洪承畴，与总兵曹文诏，先拟剿除秦贼，次及晋贼，文诏转战而前，连败绥德、宜君、清涧、米脂诸贼，擒斩了点灯子，杀死了扫地王，再从鄜州间道，绕出庆阳，与甘肃总兵杨嘉谟、副将王性善合军，掩击红军友、李都司、杜三、杨老柴等，大战西濠。贼三战三北，杜三、杨老柴就擒，红军友、李都司脱走，转陷华亭，攻庄浪。文诏与嘉谟，从后追及，纵反间计，给令贼党攻杀红军友，复乘势击败贼众，贼众奔据唐毛山。游击曹变蛟，系文诏从子，鼓勇先登，余军随上，把贼众捕斩殆尽，唯李都司得脱，邀集可天飞、独行狼，及他盗郝临庵、刘道江等，围攻合水。文诏又星夜往援，将至城下，有羸贼千骑逆战，不到数合，纷纷退走。文诏麾众直进，已抵南原，忽闻胡哨四起，贼兵遍野而来，将文诏四面围住。城上守兵，互相惊告道："曹将军陷没贼中了，奈何奈何？"言未已，但见文诏挺着长矛，左驰右突，匹马盘旋，万众披靡。极写文诏。守兵暗暗喝采，也被他振起精神，鼓噪杀出，夹击贼兵，杀得尸横遍野，血流成渠。李都司等且战且走，到了铜川桥，十停中少去七八停，方抱头窜去。文诏乃收兵回城，翌日黎明，复与宁夏总兵贺虎臣，固原总兵杨骐，会师追贼，驰至甘泉县的虎兕凹，贼众方才造饭，不期官军到来，惊得魂飞天外，大众弃了甲仗，拼命飞逃。可巧总督洪承畴，带着锐卒，整队前来。原来承畴一军，与文诏分道扬镳，转战至平凉，途中适遇可天飞，便迎头痛击，可天飞正在逃命，怎禁得这支生力军，略略一战，当即毙命。李都司见不是路，慌忙下马乞降，独

郝临庵、独行狼等，落荒窜去，遁匿耀州锥子山，由文诏率军进攻，围堵山麓，贼众槁饿垂毙，自相残杀。独行狼、郝临庵等，为众所戕，函首出降。适承畴督军继至，令贼众解甲缴械，把大小头目四百人，正罪伏法，余均遣散。是时神一魁叛据宁塞，为同党黄友才杀毙，友才又为副总兵张应昌击死，混世狼占据襄乐，亦被守备马科击败，授首部兵。关中巨寇，多半就诛，巡抚范复粹，上书奏报，极言文诏为第一首功，应该优叙。巡按御史吴甡，亦推奖备至，独洪承畴奏中，绝不提及。已蓄异志，无怪后来甘为贰臣。复粹再疏申请，兵部仍将他抑置，不得叙功，唯饬令赴剿晋贼。

闯王高迎祥及李自成、张献忠等，方分头四出，连陷大宁、隰州、泽州、寿阳诸州县，还有绰号紫金梁的李自用，绰号曹操的罗汝才，并邢红狼、上天龙各贼，骚扰太原、汾州等处。宣大总督张宗衡，出堵平阳，巡抚许鼎臣，出堵汾州，分地设汛，防贼阑入。已而参将李卑、贺人龙、艾万年，率关中兵援晋，鼎臣檄令自卫，宗衡恨他专擅，独驱使还陕。群盗如毛，尚不协力堵御，何能底定？三将无所适从，坐看贼众鸱张，横行无忌。老回回、过天星、混世王等，皆乘隙窜入，大肆劫掠，亏得曹文诏渡河而东，越霍州，抵汾河，与贼众相值，屡战屡胜。贼众逃至盂县，又被文诏击败，转走寿阳，正与许鼎臣麾下张宰，兜头撞着。张宰系鼎臣谋士，所率从骑，也只有一二千人，他不过在途巡哨，并未尝有意堵贼，贼反被他吓退，随处乱窜。混世王纵马飞奔，冤冤相凑，碰了对头，被他一矛刺来，由胸贯背，好象一个穿心国内的人物，立刻坠马身死。来将非别，就是总兵官曹文诏。另换一种笔墨，益令文诏生色。文诏既刺死混世王，又奋力驰击，把寿阳、泽州的贼众，尽行逐去。紫金梁、老回回、过天星各贼，见了文诏大旗，便即飞遁。连高迎祥及李、献两盗，亦立脚不住，一古脑儿流入河北，有几股潜逾西山，大掠顺德、真定间，扰及畿南，为大名兵备副使卢象升，一鼓击退。有几股从摩天岭西下，直抵武安，副将左良玉率河南兵，驰往拦截，为贼所诱，陷入伏中，所有六七千兵士，死亡殆尽。良玉退走，贼氛大炽，河北怀庆、彰德、卫辉三府，所属州县，焚掠一空，潞王常淓，系穆宗孙，父名翊镠，曾就封卫辉，常淓袭封，闻流贼逼境，飞章告急，有诏遣总兵倪宠、王朴，率京营兵六千往援，并命内阉杨进朝、卢九德监军，复用太监干预戎政，煞是可叹。一面促曹文诏移师会剿。文诏奉命，自山西趋河北，到了怀庆，那

贼首滚地龙，正在奸淫掳掠，非常高兴，猛闻文诏到来，不及遁走，却硬着头皮，上前抵敌，怎禁得曹军一股锐气，大刀阔斧，杀将过来，一时遮拦不及，好好一个头颅，被他砍去。滚地龙应改名滚头龙。余贼四散，由文诏追至济源，老回回望尘远遁。嗣与李卑、艾万年、汤九州、邓玘，及左良玉诸将，迭破高迎祥、李自成、张献忠、罗汝才诸贼，方拟圈地兜剿，杀他片甲不留，哪知巡按御史刘令誉，挟着夙嫌，竟劾文诏恃胜心骄，致挂部议，调回大同。李广数奇，千古同慨。高迎祥等闻文诏调还，去了一个劲敌，心宽了一大半。但前面有河南兵，后面有京营兵，戈铤蔽空，无从飞越，他又想出假降的计策，把沿途所夺金帛，密赂各处带兵官，伪词乞降。各将不敢作主，独太监杨进朝，伸手要钱，代为入奏，且檄各将停战。总是若辈坏事。会值天寒冰合，高迎祥等潜从毛家寨渡河，狡脱而去。河南兵寂处寨中，无一出阻，等到渑池、伊阳、卢氏三县，相继告警，巡抚元默，始督军会剿，贼众竟窜入卢氏山中，从间道入内乡，大掠南阳、汝宁，窜入湖、广去了。

小子叙了西边，又不能不夹叙东边。当西寇紧急的时候，登州游击孔有德、耿仲明等，竟纠众作乱。孔有德与耿仲明，同为毛文龙义子，文龙被杀，他曾通款满洲，逗留东江。见九十一回。东江参将刘兴治，戕害副将陈继盛，拥众叛去。有德与他异志，逃入登州。登、莱巡抚孙元化，尝居官辽东，素言辽东人可用，遂授有德、仲明为游击。还有孔耿同党李九成，亦得为偏裨。会满洲兵复寇辽东，围大凌城，元化遣有德赴援，有德佯为出师，至吴桥，天大雨雪，众不得食，顿时大哗。李九成与子应元，诱众为乱，入劫有德。有德本蓄异图，自然顺水推舟，拱手听命。李九成之主使，恐亦由有德主使。当下还兵大掠，陷陵县、临邑、商河，残齐东，围德平，转破新城、青城。山东巡抚余大成，遣兵往御，均为所败，正要亲自出师，忽来了登、莱巡抚孙元化，两下晤谈，元化尚力主抚议，前既误用，还要主抚，真是笨伯。大成也乐得少安。至元化归署，飞饬所属郡县，不必邀击，另派人驰谕有德，速即归诚。有德佯允来使，即与李九成直抵登州，总兵官张可大，方驻军城外，以有德狡诈宜防，不待元化命令，竟去截击有德，有德倒也一惊，两下交锋，斗了多时，眼看有德的军马，将要败阵下去，偏元化遣将张焘，谕令停战，可大军心一乱，反被有德杀了一阵。可大气愤愤的回入城中，有德尚在城外，见天色已暮，略略休息。夜餐毕后，忽见城内火光四起，料有

内应，忙率众薄城。可巧东门大开，门首迎接的，却有三人，为首的就是同党耿仲明，余二人乃是都司毛承禄、陈有时。有德大喜，进了城门，忙奔抚署，一入署中，见元化正图自尽，也要自尽么？当即阻住，且云："蒙大帅恩，决不加害！"元化默然。此外同城各官，均被九成等拘住，唯总兵张可大，已将妾陈氏杀死，悬梁殉节了。不可有二，不能无一。有德推九成为主，自居次位，又次为仲明，又次为承禄、有时，即用巡抚的关防，檄征州县兵饷。且令元化移书大成，再行求抚。大成据事上闻，怀宗命将大成、元化，一并褫职候勘，另简徐从治为山东巡抚，谢琏为登、莱巡抚，并驻莱州，协力讨贼。

有德等已破黄县，陷平度，集兵攻莱，四面围住。从治屡出兵掩击，颇有斩获，只有德等终不肯退。相持数月，忽闻明廷特简侍郎孙宇烈，总督山东，统马步兵二万五千，浩荡东来。徐从治、谢琏等，总道是大军来援，可以即日解围，哪知这孙宇烈逗留中道，只管遣使议抚。有德等只把议抚条款，与他敷衍，且纵还故抚元化，及所拘官吏，表明就抚的意思，一面暗运西洋大炮，猛轰莱城。徐从治方登陴督守，不料炮弹无情，击中要害，立时殒命。莱城益危，又固守了月余，宇烈不至，城中已力竭难支。有德侦知消息，因遣人伪约降期，请文武官出城守抚。谢琏也料他有诈，留总兵杨御蕃守城，自与知府朱万年，出城招降。有德与九成、仲明等，见了谢琏，下马跪拜，佯作叩首涕泣状。谢琏、朱万年，也下马慰谕。未及数语，有德等陡然起身，指麾左右，把两人牵拥而去。杨御蕃见两人中计，忙紧闭城门，登陴守御，果然叛军大至，猛力扑城，城上矢石交下，才得击却。俄由叛军拥着万年，推至城下，胁令呼降。万年厉声道："我死了！汝等宜固守！"我闻其言，如见其人。御蕃俯视万年，不禁垂泪。万年又道："我堕贼计，死不瞑目。杨总兵！你快发大炮，轰死几个叛贼，也好替我复仇。"说到"仇"字，首已落地。一死成名，死也值得。御蕃大愤，即令军士开炮，扑通扑通的放了数声，击死叛军多人，有德乃收兵暂退。谢琏竟绝粒自尽。怀宗闻这警耗，大加痛愤，遂逮宇烈下狱，诛元化，戍大成，命参政朱大典为佥都御史，巡抚山东，一意主剿。饬中官高起潜监护军饷，兼程而进。又是一个监军的太监。

大典令副将靳国臣、参将祖宽为前锋，直至沙河，孔有德督军迎战。祖宽跃马突出，挺枪死斗，勇不可当。国臣驱军大进，一当十，十当百，饶你孔有德如何枭桀，也被杀得大败亏输，拨马奔走。祖宽等追至城下，有德等

料不可敌，夜半东遁。莱州被围七阅月，至是始解，阖城相庆。越日，总兵金国奇等，进复黄县，斩首万三千级，活擒了八百多名。别将牟文绶驰救平度，阵斩贼魁陈有时。有德、九成、仲明等，窜归登州，大典会集全师，进薄登州城下，亲自督攻。登州城三面倚山，一面距海，北有水城，与大城相接。水城有门，可通海舶，叛军恃此通道，所以屡攻不下。及被围日久，李九成出城搏战，中矢毙命。祖宽等乘胜驱杀，攻破水门外面的护墙，于是城中汹汹。孔有德忙收拾财帛，携挈子女，航海遁去。耿仲明、毛承禄，及九成子应元等，相继出走，登州遂下。有德等奔至旅顺，忽由岛中驶出战舰数十艘，最先一舰，立着一位铁甲银盔的大将，持槊高叫道："叛贼休走！"正是：

濒海围城方幸脱，冤家狭路又相逢。

毕竟来将为谁？请看下回表明。

流贼不可抚，叛军愈不可抚。庸帅之所以纵寇，明廷之所以覆国，皆抚之一字误之也。观曹文诏之勇敢无前，所向有功，其得力全在一战字。朱大典一意进兵，不数月间，即荡平登、莱，其得力全在一攻字。可知流贼揭竿，叛军据险，并非不易剪除，其所以蔓延日甚，痈溃日深者，俱由于将不得人，志在苟安故也。是回叙剿流寇，而注意唯一曹文诏，叙讨叛军，而结局在一朱大典，此外不过就事论事，作为衬笔而已。藉非然者，满盘散沙，成何片段耶？

第九十四回　陈奇瑜得贿纵寇
秦良玉奉诏勤王

却说孔有德等北走旅顺，偏被一舰队截住，当先一员大将，乃是岛帅黄龙。有德令毛承禄、李应元等，上前迎敌，自与耿仲明东走，投降满洲。毛承禄等敌不过黄龙，均被击倒。应元已死，承禄尚未毕命，当被黄龙生生擒住，押献京师。大逆不道的罪状，还有何幸？无非是问成极刑，磔死市曹。登、莱一带，总算平定了。

小子前回曾叙入满兵攻大凌城，未曾交代明白，不得不补叙清楚。自孙承宗督师关上，收复滦州、迁安、永平、遵化四城，复整缮关外旧堡，军声大振，偏来了辽东巡抚邱禾嘉，与承宗常要龃龉。承宗拟先筑大凌城，禾嘉恰要同时筑右屯城。工分日久，两城均未完工，满兵已进薄城下。禾嘉率总兵吴襄、宋伟，往援大凌，连战皆败，逃回锦州。大凌城守将，便是祖大寿、何可纲两人，坚守了两三月，粮尽援绝，满洲招降书，屡射入城，大寿欲降，可纲不从，大寿竟坏了良心，把可纲杀死，开城出降。满洲太宗即班师回国。邱禾嘉被劾罢去，孙承宗亦致遭廷议，乞休回籍。叙此一段，注意在孙承宗免归，承宗去后，守辽自此无人。

那孔有德、耿仲明两人，奔降满洲，即怂恿满洲太宗，袭取旅顺。他的本意，无非恨着岛帅黄龙，想借了满洲兵力，灭龙复仇。虎伥可恨。满洲太宗乐得应允，先出兵鸭绿江，作为疑兵，然后令孔、耿两人，导引满兵，潜袭旅顺。黄龙果然中计，遣水师阻截鸭绿江，岛中仅存千余人，至满兵到

来，仓猝堵御，已是寡不敌众。兼之军械军储，诸多单薄，孤守数日，竟至不支，龙自刎死，部将李惟鸾、项祚临、樊化龙等均战殁，满兵稳稳得了旅顺。旅顺岛外，有一广鹿岛，互为犄角，副将尚可喜居守。可喜亦系毛文龙旧部，由孔有德贻书相招，也率众出降满洲。当由满洲太宗，留可喜仍守二岛，令孔、耿率兵归去。孔、耿以两岛为贽见仪，当然叙功给赏，孔得封满洲都元帅，耿得封满洲总兵官，后来可喜亦得封满洲总兵，事且慢表。

且说洪承畴调督三边，延绥巡抚一缺，用了一个陈奇瑜，分遣诸将，擒斩贼目金翅鹏、一条龙等，又进攻延水关。关前阻大山，下临黄河，势甚险固。贼首钻天哨、开山斧等，据关负嵎，屡却官军。奇瑜佯遣兵他攻，自率精骑衔枚疾走，夜入山寨。钻天哨、开山斧两人，正拥着妇女，大被长眠，蓦闻寨外喊杀连天，揭帐一瞧，但见红光四绕，火星迸射，急得呼叫不及，都赤条条的跃出床外，百忙中觅得短刀，出来迎敌。那官军已如潮涌入，长枪巨槊，攒刺过去，两贼统是赤膊身体，禁得住几多创痛，不到片刻，两贼中死了一双。贼众走投无路，不是被火烧死，就是被官兵杀死。逆巢已破，大关随下，偏冒冒失失的来了贼党一座城，带着悍徒千人，居然想抢还大关。奇瑜麾军出击，不到一两个时辰，已把贼徒扫尽，一座城也驰入鬼门关去了。鬼门关中形势，比延水关何如？延水盗平，奇瑜威名大振。会值闯王高迎祥等，窜入湖、广，大掠襄阳、郧阳诸境，老回回、过天星等，又自郧阳入四川，径陷夔州。明廷遂擢奇瑜兵部侍郎，总督河南、山、陕、川、湖五省军务。又以大名道员卢象升知兵，调抚郧阳，奇瑜乃驰至均州，分檄陕西巡抚练国事，河南巡抚元默，湖广巡抚唐晖，及郧阳巡抚卢象升，四面蹙击，大小数十战，擒住贼渠十余人，斩首至万余级。夔州贼驰还郧阳，来援楚贼，又被卢象升击败。贼众狂奔乱窜，或入河南，或趋浙、川，或走商雒，张献忠亦向商雒遁去，只高迎祥、李自成等，奔入汉中的车厢峡。峡在万山中间，有进路，无出路，里面山岭复杂，绵延数十里不断，闯王闯将，误入此处，已陷绝地；贼众并无粮饷，单靠着四处劫掠，随夺随食，此时窜入山中，满山统是荆棘，何从得粮？这天空中又接连霪雨，淋漓了三四十日，弓脱胶，箭离干，马乏刍，弄得智尽力穷，无法可施，要想越出原路，那峡口外统是官军，枪戟层层，炮石累累，就是插翅也难飞去。高迎祥惶急万状，束手待毙，还是李自成集党商议，得了顾君恩诡计，搜集重宝，出赂奇瑜左

右。洮令转达降意。奇瑜见贼众被困，渐有骄色，便命他面缚出降。自成竟自缚双手，大胆出来，叩首奇瑜马前，哀乞免死。何不一刀两段？奇瑜趾高气扬，率尔轻许，检阅贼众，共得三万六千余人，悉数遣归原籍。每贼百名，用一安抚官押送，且命所过州县，给发馔粮。高迎祥、李自成等，均叩谢而去。贼众出峡已尽，离开大军，差不多有数十里，自成突起，刺杀安抚官，余贼也一同下手，把所有安抚官五十多人，尽行杀毙。沿途残戮，饱掠而西，一拥入秦中去了。

给事中顾国宝，御史傅永淳，交章劾奇瑜受贿纵贼，有旨逮问，戍边了事，别饬洪承畴代任。承畴不过一寻常将材，既要总督三边，又要兼辖五省，凭他如何竭力，也顾不得许多。并且山、陕、河南一带，不是水荒，便是旱荒，遍地哀鸿，嗷嗷中泽，怀宗虽下诏发仓，再三筹赈，怎奈区区粟帛，救不活几千百万饥民。还有黑心中使，奉旨经理，一半儿施赈，一半儿中饱。不诛群阉，能无亡国。俗语说得好："饿杀不如为盗"。一班饥民，统成千成万的去跟流贼。至闯王闯将，还走陕西，亡命无赖，随路收集，多至二十余万，蹂躏巩昌、平凉、临洮、凤翔诸府，惨无天日。承畴檄山西、河南、四川、湖广各路兵马，分道入陕。迎祥、自成，复东走河南。副将左良玉，方扼守新安、渑池，裹甲自保，任贼逸出。灵宝、汜水、荥阳诸处，又聚贼踪。承畴以秦中少靖，拟亲出潼关，督军讨贼。群贼闻得此信，遂大会荥阳，共计得十三家七十二营，列述如下：

高迎祥　李自成　张献忠　老回回　曹操　革里眼　左金王　改世王　射塌天　横天王　混十万　过天星　九条龙　顺天王

这十三家七十二营，都是著名贼目，当下会集一处，议敌官军，彼此谈论纷纷，许久未决。李自成悍然进言道："匹夫尚思自奋，况众至一二十万，岂有半途自废的道理？官兵虽多，未必个个可用，为今日计，我辈宜各定所向，分认地点，与官兵决一雌雄，胜负得失，听诸天数，有什么顾虑哩！"自成此言，恰是一个乱世豪雄，但何不申明纪律，收拾人心，所谓知其一不知其二，终弄到没有结局。大众见他意气自豪，都不禁磨拳擦掌道："闯将此言，很是有理，我等就这么办罢。"遂议定革里眼、左金王，抵挡川、湖兵，横天王、混

十万抵挡陕西兵，过天星扼住河上，抵挡河南兵，迎祥、自成及献忠，出略东方，老回回、九条龙，往来策应，还恐陕兵势锐，更令射塌天、改世王，帮助横天王、混十万两人。所破城邑，子女玉帛，照股均分，总算公道。大家允议。迎祥、自成、献忠三人，率众东出，陷霍州，入颍州，径趋凤阳。贼众至凤阳，留守朱国相，偕指挥袁瑞征、吕承荫等，领兵三千名，拼死抵截，卒因众寡不敌，为贼所乘。国相自刎身亡，余皆战殁。贼遂焚皇陵，楼殿为烬，燔松三十万株，杀守陵太监六十余人，纵高墙罪宗百余人，因知府颜容暄，由迎祥、自成、献忠三人，高坐堂上，张乐鼓吹，把容暄活活杖死。又杀推官万文英等数十人，毁公私邸舍二万二千六百余间，光烛百里。献忠掠得皇陵小阉，颇善鼓吹，自成向他索请，献忠不与。自成遂怒，竟偕迎祥走还，西趋归德。献忠独东陷庐江、巢县、无为、潜山，及太湖、宿松诸城邑，每陷一城，掠得妇女，必由献忠先择，拣取绝色数人，轮流伴寝。上半身令之艳妆，下半身褫去亵衣，令之裸体。或着五色背心一件，无论昼夜，一经淫兴勃发，立使横陈，任情污辱。宠爱数日，即将她们洗剥干净，杀死蒸食。至若掠得婴儿，亦视作羔儿豚儿一般，炮燔烹炙，用以佐酒。贼中残忍，无过献忠。献忠东掠数月，巡按凤阳御史吴振缨方将皇陵被祸，具奏上闻。怀宗素服避殿，饬逮凤阳巡抚杨一鹏及振缨下狱。一鹏弃市，振缨遣戍。别命侍郎朱大典，总督漕运，巡抚凤阳。

献忠闻大典将至，颇慑威名，更兼江北诸邑，素多山民，所在结寨，药弩窝弓，与贼相角，颇多杀伤。遂西出麻城，取道汉口，仍入陕西。高迎祥、李自成等，因归德一带，官兵四集，也窜入陕境，秦中复为贼壑。往来无定，是之谓流贼。副将艾万年、柳国镇等，先后阵亡。总兵曹文诏，自调赴大同后，复奉命剿贼，至是闻秦中贼警，急趋信阳，谒见承畴，自请入陕一行。承畴怡然道："非将军不能灭此贼，但我兵已分，无可策应，将军若行，我当由泾阳趋淳化，自为后劲。"孤军深入，兵法所忌，承畴虽有后劲之言，然缓不济急，观前日抑功不奏，可知承畴之许，未必定怀好意。文诏乃只率三千人，从宁州进发，抵真宁县的湫头镇。见前面贼旗招展，蜂拥而来，当即布阵迎敌。从子变蛟，带着前队，跃马出阵，横扫贼兵，斩首五百级，追奔三十里。文诏率步兵继进，天色骤晚，忽然贼兵大集，四面合围，流矢似飞蝗一般，射将过来。文诏左右跳荡，用矛刺杀百余贼，贼初不知为文诏，有叛卒大呼道：

“这是曹总兵，怪不得有此神勇呢。”贼目闻知曹总兵三字，怎肯轻轻放过？指麾群贼，合围益急。文诏尚挺矛乱刺，砉然一声，矛头竟断，身上复中了数矢，忍痛不住，竟拔出佩刀，自刎而死。游击平安以下，共死二十余人，唯变蛟得脱。贼众乘胜掠地，到处纵火，西安城中，光同白日。及承畴到了泾阳，文诏已战死数日，不过扼住中途，贼不得越。献忠仍出关东走，唯高迎祥、李自成尚留秦中。怀宗闻文诏阵殁，深为痛悼，钦赐祭葬，世荫指挥佥事。一面命卢象升为兵部侍郎，总理江北、河南、山东、湖广、四川军务，与洪承畴分头讨贼。承畴办西北，象升办东南，双方各有责成，军务稍有起色。

承畴击迎详自成，大战渭南、临潼间，自成大败东走，迎祥亦屡败，与自成分道东行，由河南至江北，围攻庐州，累日不下，转陷含山、和州，进犯滁州。总理卢象升，方招集诸将，出师凤阳，闻庐州被围，即率总兵祖宽，游击罗岱，驰抵滁州城下，击走贼众，追杀无算，伏尸蔽野，滁水为赤。迎祥、自成复渡河西走，再入陕西，时已崇祯九年了。百忙中标明年历，为下文接入清主称尊张本。

是年满洲太宗平定察哈尔部，收复内蒙古属境，获得元朝遗下的传国玺，遂自称为帝，易国号为大清，改天聪十年为崇德元年。唯察哈尔部酋林丹汗，向西遁走，清太宗恐死灰复燃，复派兵追赶，直到归化城，未见下落。军士捉不住林丹汗，遂顺路突入明边，骚扰宣州、应州、大同等处，夺得人口牲畜七万六千，唱着凯歌，返旆自去。嗣又遣将入喜峰口，由间道至昌平，巡关御史王肇坤战殁。清兵连下畿内各州县，顺义知县上官荩，宝坻知县赵国鼎，定兴教谕熊嘉志及在籍太常少卿鹿善继，安肃知县郑延任，统同殉节。

警报飞达明廷，给事中王家彦，因陵寝震惊，奏劾兵部尚书张凤翼，不知预备，有负职守。凤翼乃自请督师，命与中官罗维宁，宣大总兵梁廷栋，互为犄角，防堵敌军。其实凤翼是畏葸无能，只因言路纠弹，没奈何请命出师，杜塞众口。离都以后，仍然逗留不进，作壁上观。那时畿辅告警，仍与雪片相似，当由怀宗下诏，飞饬各镇兵入京勤王。且谕廷臣助饷，并括勋戚文武诸臣马匹，作为军需。粮马等物，索及廷臣，实乖政体，何不将所有中官，一律查抄，较有着落。各镇或退缩不前，或为流贼牵制，无暇入援。唐王聿键，系太祖第二十三子柽七世孙，袭封南阳，尝斶金筑城，捍御流贼，至是独仗义勤王。行至裕州，谁料朝命特下，反说他擅离封土，居心叵测，勒令退还。

聿键摸不着头脑，只好遵旨南归。后来部议加罪，竟把他废为庶人，幽锢凤阳。叙入聿键，隐伏后文闽中拥立事。且申明怀宗政令，出尔反尔，令人莫测。总理卢象升，鞠躬报主，闻近畿各镇，多半观望，不由的慷慨洒泣，誓众入援。还有一位出类拔萃的女丈夫，不惮千里，星夜奔波，竟自川东起程，入卫怀宗。看官道是何人？便是前时助剿蛮酋，连破贼寨的秦良玉。应八十四回。原来良玉自永宁、水西，依次荡平以后，叙功加赏，得授三品朝服。良玉遂撤去钗珥，除去环珮，竟改易男装，峨冠博带，居然扑朔迷离，做了一个美貌的男子。并且挑选健妇，得三五百人，也令她们易服相随，作为亲兵。当流贼窜入蜀道，进陷夔州，她已出兵扼险，阻贼西进。应前回。及闻勤王诏下，竟召集各部士兵，勉以忠义，倍道驰援。入都后，清兵已饱掠飏去，京师解严。怀宗闻她到来，也觉诧异，立即传旨召见。良玉仍朝服朝冠，登阶叩首，山呼万岁。当由怀宗温言慰勉，她却不慌不忙，从容奏对。不但怀宗大悦，连朝右一班大臣，均为改容起敬。当下颁布纶音，晋封良玉一品夫人，复由怀宗亲制诗章，作为特别的宠赐，小子尚记得一绝句云：

蜀锦宫袍手制成，桃花马上请长缨。
世间不少奇男子，谁肯沙场万里行？

后人诬谤良玉，说她勤王入都，公然带美貌男妾十余人，哪知她貌是男装，体属女身，并没有亏辱名节呢！力为良玉辩白，是替奇女子吐气。良玉拜赐后，仍带兵还蜀去了。欲知后事，且看下回表明。

闯王闯将，误入车箱峡，正陈奇瑜歼贼奏绩之时。况自成面缚乞降，不诛何待？设戮渠魁，赦胁从，则自成授首久矣，何至有甲申之惨变。然则纵寇误国之罪，实不容诛。崇焕磔死，奇瑜乃减至谪戍，功罪之倒置如此，几何而不亡国也。曹文诏忠勇冠时，复为群小挤排，陷入大敌，不死于滥刑，即死于贼寇，良将尽而国祚危矣。至清军入塞，勤王诏下，张凤翼、梁廷栋辈，毫无经济，徒事畏缩，各镇又多观望，入援者唯一义士卢象升，及一奇女秦良玉。象升固忠，并世尚有之，独如良玉者实难多得，特笔加褒，为女界吐气，即为男子示愧，有心人下笔，固自不苟也。

第九十五回　张献忠伪降熊文灿　杨嗣昌陷殁卢象升

却说卢象升奉诏入卫，至已解严，适宣、大总兵梁廷栋病殁，遂命象升西行，总督宣、大、山西军务，象升受命去讫。唯自崇祯三年至九年，这六年中，阁臣又屡有变易，如吴宗达、钱象坤、郑以伟、徐光启、钱士升、王应熊、何吾驺、文震孟、林钎等，差不多有一二十人，内中除郑、徐、林三人，在职病逝外，统是入阁未久，即行退免。看官听着！这在任未久的原因，究是为着何事？原来都是那材庸量狭的温体仁，摆布出来。体仁自崇祯三年入阁，似铜浇铁铸一般，毫不更动，他貌似廉谨，遇着国家大事，必禀怀宗亲裁，所以边境杂沓，中原纷扰，并未闻他献一条陈，设一计议。怀宗自恃刚断，还道他温恭将事，任为首辅，哪知他专排异类，善轧同僚，所有并进的阁臣，无论他智愚贤否，但与他稍有违忤，必排斥使去。钱象坤系体仁门生，先体仁入阁，至体仁辅政，他便执弟子礼，凡事谦让，唯不肯无端附和，体仁以为异己，竟排他出阁。就是暗为援引的周延儒，应九十二回。也中他阴谋，致失上意，引疾告归。先是体仁见怀宗复任中官，遂请起用逆案中的王之臣等，讨好阉人。怀宗转问延儒，延儒谓："若用之臣，崔呈秀亦可告无辜。"延儒辅政，唯此二语，最为明白。说得怀宗为之动容，立将体仁奏牍，批驳下来。体仁由是挟嫌，阴嗾言官交劾延儒。延儒还望体仁转圜，体仁反暗中下石，及延儒察知，乃乞休而去。谁教你引用小人？给事中王绍杰，员外郎华允诚，主事贺三盛等，连疏弹劾体仁，均遭谴责。工部侍郎

刘宗周，累疏指陈时弊，语虽激切，尚未明斥体仁，体仁竟恨他多言，拟构成宗周罪状，宗周因乞假出都。适京畿被兵，道梗不通，乃侨寓天津，再疏论政刑乖舛，至数百言，结末有“前后八年，谁秉国成，臣不能为首揆温体仁下一解语”云云。体仁大怒，竟入奏怀宗，情愿辞官。怀宗正信任体仁，自然迁怒宗周，当即传旨将宗周削籍。宗周山阴人，襆被归里，隐居讲学去了。后来宗周讲学蕺山，世称蕺山先生，殉节事见后文。体仁又倡言密勿宫廷，不宜宣泄，因此所上阁揭，均不颁发，亦未尝存录，所以廷臣被他中伤，往往没人知晓。但天下事若要不知，除非莫为，自己陷害别人，免不得为别人陷害。冤冤相报，总有一日。世人其听之！常熟人张汉儒，希体仁旨，讦奏钱谦益居乡不法，体仁遂拟旨逮问谦益。谦益惧甚，贿通关节，向司礼监曹化淳求救。化淳故王安门下，谦益曾为安作碑铭，一脉相关，颇有意为他解免。汉儒侦悉情形，密告体仁，体仁复白怀宗，请并坐化淳罪。化淳系怀宗幸臣，竟泣诉帝前，自请案治。最后查得体仁、汉儒，朋比为奸，乃始邀怀宗省悟，觉他有党，先将汉儒枷死，继将体仁免官。体仁还退食委蛇，自谓无虑，哪知免官诏下，惊得面如土色，连匕箸都失坠地下。弄巧成拙，安得不悔？归未逾年，即行病逝。不死何为？

怀宗复另用一班阁臣，如张至发、孔贞运、贺逢圣、黄士俊、刘宇亮、傅冠、薛国观等，大都旅进旅退，无所匡益，甚至内外监军，统是阉人柄政。京外的监军人员，以太监高起潜为首，京内的监军大员，以太监曹化淳为首。旋复召杨嗣昌为兵部尚书，兼东阁大学士，参预机务。嗣昌曾巡抚永平，丁父忧回籍，诏令夺情视事，当即入朝受职。他胸中没甚韬略，单靠一张利嘴，能言善辩，觐见时奏对至数百言，且议大举平贼，分各省官军为四正六隅，号为十面罗网，与景延广十万横磨剑相似。所任总督总理，应从贼征讨，复上筹饷四策：一因粮，每亩加输六合，岁折银八钱；二溢地，土田须核实输赋；三开捐，富民输资，得为监生；四裁驿，原有驿站，概属军官管理，裁节各费，悉充军饷。四策无一可取。统共预算，可增饷二百八十万，增兵十二万，怀宗一一照行，诏有“暂累吾民一年，除此腹心大患”等语。嗣昌复留意将才，引荐一人，就是陈奇瑜第二，叫作熊文灿。文灿就职广西，怀宗因嗣昌推荐，即遣中使往觇虚实，留饮十日，得贿数百金。开手即用贿赂，已足觇知品概。席间谈及中原寇乱，文灿酒酣耳热，不禁拍案痛詈道：“都是庸臣误国，贻祸至

此。若令文灿往剿，何异鼠辈？”中使起立道：“上意方欲用公，公果有拨乱才，宠命且立下了。”文灿尚是抵掌狂谈，说个不休。次日酒醒，自悔失言，又与中使谈及，有五难四不可条件。中使疑他谦慎，敦劝再三而别。

过了数日，诏命果下，即授文灿为兵部尚书，总理南畿、河南、山西、陕西、湖广、四川军务，文灿也直受不辞，既知五难四不可，何勿上表辞职？大募粤人，用以自卫。弓刀甲胄，很是整齐，乃就道北行，东出庐山，谒僧空隐。空隐素有才学，因痛心世乱，弃家为僧，文灿与为故交，两下相见，空隐也不致贺，但对他唏嘘道：“错了错了！”文灿觉言中寓意，即屏去从骑，密询大略。空隐道：“公此番受命将兵，自问能制贼死命么？”当头一棒，不啻禅偈。文灿踌躇半晌，答称未能。空隐复道：“剿贼各将，有可属大事，独当一面，不烦总理指挥，自能平定剧贼么？”文灿道：“这也难必。”空隐道：“公既无一可恃，如何骤当此任？主上望公甚厚，若一不效，恐罪遭不测了。”文灿闻言，不禁色变，却立数步，嗣又问道：“议抚何如？”空隐道：“我料公必出此计，但流寇与海寇不同，公宜慎重，幸勿自误误国！”文灿尚似信未信，即行别去。空隐说法，不亚生公，独顽石不知点头奈何？到了安庆，左良玉率兵来会，叙谈一番，很是投契。两人俱善大言，所以意气相投。当由文灿拜疏，请将良玉所部六千人，归自己直接管辖，得旨俞允。看官！你想良玉桀骜不驯，果肯受文灿节制么？彼此同住数日，良玉部下，已与粤军不和，互相诟詈，文灿不得已遣还南兵，只与良玉同入襄阳。

是时闯王高迎祥，为陕抚孙传庭所擒，解京磔死，贼党共推自成为闯王。自成欲由陕入川，甫出潼关，总督洪承畴，檄令川陕各兵，南北夹击，斩贼数千级，将自成所有精锐，杀戮殆尽。连自成妻小，也都失去。自成走脱，欲依献忠，忽闻献忠已降熊文灿，没奈何窜走浙、川，投入老回回营，卧病半年，仍率众西去。看官谅可记着，前时献忠曾降顺洪承畴，旋即叛去。此次何故又降熊文灿？原来文灿驰抵襄阳，沿途刊布抚檄，招安群贼。献忠狡黠善战，独率众截击，不肯用命，偏被总兵左良玉、陈洪范二军，两路夹击，一败涂地，额上中了流矢，血流满面，险些儿被良玉追及，刀锋所至，仅隔咫尺，亏得坐骑精良，纵辔跳免。贼目闯塌天，与献忠有隙，竟诣文灿处乞降。献忠闻知，恐他导引官军，前来复仇，自己又负创过重，不堪再战，遂遣人至洪范营，献上重币，纳款输诚。献忠初为盗时，曾为洪范所

获，因他状貌奇伟，释令归伍，他竟暗地逃去，至是复由来人传述，谓夙蒙大恩，愿率所部自效，杀贼赎罪。洪范大喜，转告文灿，受献忠降。文灿不鉴承畴，已是大误，洪范且不知自鉴，比文灿罪加一等。献忠遂至文灿营，匍匐请罪。文灿命起，详询余贼情状，献忠自言能制郧、襄诸贼，文灿信以为真，遂命他仍率旧部，屯驻榖城。献忠又招降罗汝才，汝才绰号曹操，狡悍不亚献忠，当时湖、广、河南贼十五家，应推他两贼为魁桀。两贼既降，余贼夺气，文灿很是欢慰，拜表请赦，特旨准奏。哪知他两贼悍鸷性成，并非真心愿降，他因连战连败，进退无路，特借此投降名目，暂息奔波。暗中仍勾结爪牙，养足气力，那时再行叛逸，便不可当，这就所谓欲取姑与，欲奋先敛的秘计呢。议抚之足为贼利，阐抉无遗。

中原稍得休息，东北又起战争。清太宗征服朝鲜，又大兴兵甲，命亲王多尔衮、岳托，同为大将军，率左右两翼，分道攻明，入长城青山口，至蓟州会齐。蓟、辽总督吴阿衡败死，监军官太监邓希诏遁走，清兵乘势攻入，抵牛阑山，适遇总监高启潜，带着明兵扼守，启潜晓得什么兵事，平安时擅作威福，紧急时马上奔逃，一任清兵杀入，由芦沟桥直趋良乡，连拔四十八城，高阳县亦在其内。前大学士孙承宗，在籍家居，服毒自尽。子孙十余人，仗着赤手空拳，与清兵搏击，杀伤了数十人，次第毕命。明季将才，只熊廷弼、袁崇焕、孙承宗三人，至此无孑遗了。清兵又从德州渡河，南下山东，破州县十有六，并陷入济南。德王由枢，系英宗子见潾六世孙，在济南袭封，竟被掳去。布政使张秉文，巷战中矢，力竭自刎。妻方氏，妾陈氏，投入大明湖中，一同殉节。巡按御史宋学朱，及副使周之训等，或被杀，或自尽，大小忠魂，统归冥漠。只有巡抚颜继祖，已由杨嗣昌调赴德州，途中与清兵相左，因得免祸。但济南防兵，多随继祖北去，城内空虚，遂致仓猝失守，这也不能不归咎嗣昌呢。

嗣昌复檄宣、大总督卢象升，督兵入援，象升方遭父丧，固辞未获，遂缞绖从戎，忘家赴难，甫入京师，闻杨嗣昌与高启潜，有议和消息，心中甚以为非。会怀宗召对平台，咨询方略，象升慨然道："皇上命臣督师，臣意主战。"一味主战，也觉愚戆。怀宗不禁色变，半晌方道："廷议或有此说，朕意何尝照准。"象升复历陈守御规划，怀宗也为点首，只命与嗣昌、起潜，会议战守事宜。象升退朝，与两人晤谈，当然未合，复入内复旨，即日陛辞。既出

都门，又疏请与杨、高二人，各分兵权，不相节制。廷议以宣、大、山西三师属象升，山海关、宁远兵士属启潜。象升得晋职尚书，感念主恩，拟即向涿州进发。不意嗣昌亲到军前，与商和议，戒毋轻战。象升道：“公等坚持和议，独不思城下乞盟，春秋所耻。长安口舌如锋，难道不防袁崇焕覆辙么？”嗣昌被他一说，顿时面颊发赤，徐徐方言道：“如公所言，直欲用尚方剑加我了。”象升又愤愤道：“卢某既不奔丧，又不能战，尚方剑当先加己颈，怎得加人？”语固近正，未免过激。嗣昌道：“公休了！愿勿以长安蜚语陷人。”象升道：“周元忠赴边讲和，往来数日，全国皆知，何从隐讳？”嗣昌无词可对，怏怏而去。原来周元忠曾在边卖卜，与边人多相熟识，所以嗣昌遣他议和，但亦未得要领，不过敷衍塞责。既要议和，亦须选一使才，乃委诸江湖卖艺之流，不特无成，且不免为敌人所笑。象升心直口快，索性尽情说透。越日，象升复晤着起潜，两下谈论，越发龃龉。象升遂一意进行，道出涿州，进据保定，闻清军三路入犯，即遣将分头防堵。怎奈象升麾下，未及二万人，不敷遣调，清兵又疾如暴雨，驰防不及，列城多望风失守。嗣昌竟奏劾象升调度失宜，削尚书衔，仍以侍郎督师，象升恰不以为意。最苦是兵单饷薄，没人援应，每至夜间，独自饮泣，及到天明，又督厉部卒，有进无退，一面檄兵部输粮，偏被嗣昌阻住不发，看看粮饷已尽，将士皆饥，自知去死不远，遂于清晨出帐，对着将士下拜，并含泪道：“我与诸君同受国恩，只患不得死，不患不得生。”言之痛心。众将士闻言，个个感泣，都请与敌军决一死战。象升乃出发巨鹿，检点兵士，只剩五千名。参赞主事杨廷麟，因起潜大营，相距只五十里，拟前去乞援。象升道：“他、他肯来援我吗？”廷麟坚请一行，象升握廷麟手，与他诀别道：“死西市，何如死疆场？我以一死报君，犹自觉抱歉呢。”

廷麟去后，象升待了一日，毫无音信，遂率兵径趋嵩水桥，遥见清兵如排墙一般，杀将过来，部下总兵王朴，即引兵逃去，只留总兵虎大威、杨国柱两人，尚是随着。象升分军为三，令大威率左，国柱率右，自率中军，与清兵拼死相争，以一当十，兀自支持得住。大战半日，杀伤相当。傍晚各休战小憩，到了夜半，象升闻鼓声大震，料知敌兵前来，出帐一望，见自己一座孤营，已被清兵团团裹住，忙率大威、国柱等，奋力抵御。迟至天明，清兵越来越众，围至三匝，象升麾兵力战，炮尽矢穷，大威劝象升突围出走，象升道：“我自从军以来，大小数十百战，只知向前，不知退后。今日内扼

奸臣，外遇强敌，死期已至，尚复何言？诸君请突围出去，留此身以报国，我便死在此地了！”言已，竟手执佩剑，杀入敌阵，身中四矢三刃，尚格杀清兵数十人，力竭乃亡。一军尽没，唯大威、国柱得脱。起潜闻败，仓皇遁还，杨廷麟徒手回营，已成一荒郊惨野，暴骨盈堆，中有尸首露着麻衣，料是象升遗骸。惨心椎血，有如是耶？乃邀同顺德知府于颖，暂为掩埋，并联衔入奏。嗣昌已闻败耗，犹匿不上闻，及廷麟疏入，不便隐讳，反说象升轻战亡身，死不足惜。怀宗竟误信谗言，不给恤典。及言官交劾起潜，说他拥兵不救，陷没象升，乃将起潜下狱，审讯得实，奉旨伏诛。直至嗣昌败后，乃加赠恤，这且慢表。

且说象升已死，清兵未退，明廷急檄洪承畴总督蓟、辽，孙传庭总督保定、山东、河北军务。传庭疏请召见，嗣昌恐他奏陈己过，拟旨驳斥，只令他速即莅任。传庭愠甚，引疾乞休。嗣昌又得了间隙，遂劾传庭逆旨偷生。怀宗也不辨皂白，竟逮传庭下狱，削籍为民。还幸清兵只来骚扰，无意略地，一经饱掠，即班师回去，明祚尚得苟延了五六年。小子有诗叹道：

一蚁凭堤尚溃防，况令孤鼠握朝纲。
忠良惨死群阴沍，国祚何由不速亡。

清兵退后，中原流贼，又乘隙猖獗起来，待小子下回再表。

读此回，见怀宗之为国，非唯不得人，抑且不得法。寇不可抚而抚之，清可与和而不和，是实为亡国之一大祸苗。推怀宗之意，以为流寇吾民也，叛则剿，服则抚，抚则安民。清国吾敌也，只可战，不可和，和则怯敌。讵知寇已跳梁，流毒半天下，人人欲得而诛之，尚可言抚乎？清主本非同族，远峙关外，暂与言和，亦属何伤？设令一面与和，一面会剿，待扫平流寇，休养数年，再俟关东之隙，出师征讨，清虽强，不足平也，乃内则主抚，外则讳和，流寇忽降忽叛，清兵自去自来，顾西失东，顾东失西，将士疲于奔命，而全国已瓦解矣，欲不亡得乎？或谓主抚者为熊文灿，不主和者为卢象升，皆非怀宗之咎，不知庙谟失算，众将纷呶，贷死之诏，自谁发乎？耻和之言，与谁语乎？尚得谓怀宗无咎乎？至若温体仁、杨嗣昌之得邀宠任，并及中官之滥用监军，贤奸倒置，是非不明，我更不欲责矣。

第九十六回　失襄阳庸帅自裁
走河南逆闯复炽

却说熊文灿既收降张、罗二贼，余贼胆落，湖、广、河南一带，稍稍平静。文灿遂上言“兵威大震，潢池小丑，计日可平”等语，怀宗优诏报答。至洪承畴调督蓟、辽，孙传庭无辜下狱，关、陕中失两统帅，张献忠遂密图自逞，拥兵索饷，日肆劫夺。穀城知县阮之钿，屡禀文灿，乞为预防，文灿不省。献忠遂杀之钿，毁穀城，胁众复叛。罗汝才闻献忠动手，自然起应，与献忠同陷房县，杀知县郝景春，及其子鸣鸾。左良玉率兵追剿，至罗睺山，遇伏败绩，丧士卒万人，并亡副将罗岱。杨嗣昌闻报大惊，亟面奏怀宗，请自出督师讨贼。无非恐文灿得罪，自己连坐，因请自出以试怀宗，自谋不可谓不巧，但人有千算，天教一算，奈何？怀宗乃削文灿官，降良玉职，命嗣昌代文灿任，赐尚方剑，及督师辅臣银印。临行时，由怀宗亲饯三爵，赐诗勒石。又弄错了。嗣昌拜谢而出，驰抵襄阳，此行恐非初志。入文灿军。文灿方在交卸，缇骑忽至，把他逮解京师，寻即弃市。空隐之言验矣。

嗣昌大会诸将，誓师穷剿，左良玉、陈洪范等毕至，良玉英姿特达，词辩生风，大受嗣昌赏识。以貌以言，宁可取人。嗣昌即奏良玉有大将才，请破格任用，应拜为平贼将军，有旨报可。良玉即佩将军印，偕诸将至枸平关，与献忠遇，出师合击，战败献忠。献忠遁入蜀界。良玉复从后追蹑，正驱军大进，忽接嗣昌来檄，令他驻兵兴平，遣别将贺人龙、李国安等，入蜀追贼。良玉愤愤道：“我正要乘胜图功，剿灭此贼，乃无端阻我前进，真是何

意？”言毕，把来檄掷诸地上，仍饬进兵，似此骄将，安肯受嗣昌笼络？直抵太平县境的玛瑙山。山势险峻，方拟倚险立营，蓦闻山上有鼓噪声，仰首眺望，见贼已踞住山巅，乘高大呼。良玉戒军士轻动，自己从容下马，周览一番，才分兵为三队，三面登山，且下令道：“闻鼓声乃上。”各将踊跃听令，等了半晌，尚不闻有鼓声。大众惊疑参半，遥望山上各贼，或坐或立，阵势错乱，都不禁交头私议，谓此时不上山进攻，更待何时？偏偏中军帐下，仍寂无音响，大众未免焦躁。倏已天晚，突闻鼓声大起，随即三面齐登，直上山顶。献忠也拟乘夜下山，不防良玉已先驰上，且分军三路，堵不胜堵，顿时脚忙手乱起来。官军冲突入阵，锐厉无前，献忠料不可支，策马先奔。贼众见献忠一走，都是逃命要紧，纷纷四窜。怎奈天色已昏，忙不择路，有坠崖的，有陨涧的，稍稍仔细，徐行一步，便被官军杀死。贼党扫地王曹威，白马邓天王等十六人，统不及逃避，陆续毙命。只献忠逃至山后，回顾残众，仅得数百人，连自己的妻妾，也不知去向了。此时无暇寻觅，但急急忙忙的遁入兴归山中。罗汝才自旁道出，犯蜀夔州，偏遇石柱女官秦良玉，率众来援，智曹操碰着勇貂蝉，一些儿没有胜着，大纛旗被她夺去，所率勇悍贼目，又被她斫死六人，没奈何遁入大宁。

杨嗣昌闻两贼穷蹙，飞檄左良玉及贺人龙，令他穷搜会剿，指日歼除。哪知左良玉不肯深入，贺人龙也是逗留。原来玛瑙山未战以前，嗣昌以良玉违令进兵，拟夺良玉封印，给与人龙，且曾与人龙面谈，嘱令尽力。至玛瑙山捷报驰至，嗣昌又左右为难，不得已婉告人龙，静待后命。主见未定，如何做得统帅？良玉虽未曾夺印，闻着这个消息，心中很是怏怏。人龙也好生怨望，遂致你推我诿，把贼寇搁起一边。献忠复遣人游说，至良玉营，与语道：“献忠尚在，所以公得见重，否则公亦无幸了。”木朽蛀生，即此可见。良玉也以为然，乐得观望徘徊，按兵不动。献忠遂得潜收溃卒，西走白羊山，与罗汝才会合，再出渡江，陷大昌，攻开县，沿途迫胁，气焰又张。

嗣昌闻贼又啸聚，自出赴蜀，驻节重庆。监军评事万元吉，入白嗣昌谓：“左、贺两军，均不足恃，贼或东窜，必为大患，须亟从间道出师，截他去路，方为万全。”嗣昌不从，只檄令左、贺各军，蹙围贼众，毋令他逸。人龙本屯兵开县，托词饷乏，引军西去，良玉迟久方至。嗣昌拟水陆并进，追击献忠，且下令军中道：“汝才若降，免罪授官。献忠罪在不赦，若得献

忠首，立赏万金，保举侯爵。”此令下后，过了一日，那行辕里面，四处张着揭帖，上面写着，“能斩督师杨嗣昌，赏银三钱”。妙不可言。嗣昌瞧着，不胜骇愕，还道左右皆贼，遂限令进兵，军心已变，速进何益？自统舟师下云阳，令诸将陆行追贼。总兵猛如虎，参将刘士杰，奋勇前驱，与献忠相值。士杰当先突阵，贼众辟易。献忠遁入山中，凭高俯瞰，但见如虎一军，有前无继，遂想了一计，命部下悍贼，绕道山谷中，抄出官军后背，自率众从高驰下，夹击官军。士杰与游击郭开，先后战死。唯如虎突围而出，甲仗军符，尽行失去。良玉军本在后面，不但不肯进援，反且闻风溃走。献忠遂席卷出川，复入湖北，途次虏嗣昌使人，从襄阳返四川，询知襄阳空虚，遂将他杀死，取得军符，密令二十八骑，改易官军衣饰，令持符入襄城，潜为内应。

襄阳为嗣昌军府，军储军械，各数十万，每门设副将防守，监察颇严。及贼骑夜至城下，叩门验符，果然相合，遂启城纳入。是时城内官民，未得开县败报，个个放心安睡，不意到了夜半，炮声震地，火光烛天，大家从睡梦中惊醒，还是莫名其妙，至开门四望，好几个做了无头之鬼，才知贼兵入城，霎时间阖城鼎沸，全局瓦解，知府王承曾，潜自出走，望见城门洞开，一溜烟的跑了出去。兵备副使张克俭，推官郦曰广，游击黎民安，仓猝巷战，只落得临阵捐躯，表忠千古。旌扬忠烈，阐发幽光。贼众纵火焚襄王府，襄王翊铭，系仁宗子瞻墡六世孙，嗣爵袭封，至是被虏，由贼众拥至南城楼。献忠高坐堂皇，见襄王至，命左右持一杯酒，劝王令饮，且语道：“王本无罪，罪在杨嗣昌。但嗣昌尚在川境，不能取他首级，只好把王头一借，令嗣昌陷藩得罪，他日总好偿王性命，王宜努力尽此一杯！”悍贼亦解调侃。襄王不肯遽饮，顿时恼动献忠，将他杀害，投尸火中。宫眷殉节，共四十三人。还有未死宫女，都被贼众掠去，任意淫污。所有军资器械，悉为贼有。献忠觅得自己妻妾，尚在狱中，不禁喜慰，遂发银十五万两，赈济难民。乐得慷慨。留居二日，又渡江陷樊城，破当阳，入光州。杨嗣昌方追贼出川，至荆州沙市，闻襄阳失陷，急得魂魄俱丧，飞檄左良玉军往援，已是不及。寻又闻李自成陷河南府，福王常洵被害，不禁掩泣道：“我悔不听万元吉言，今已迟了。”言已，呕了好几口鲜血，又自叹道：“失二名郡，亡两亲藩，此系何等重事，皇上岂肯赦我？我不若自尽，免得身首两分。”遂绝粒数日，竟致饿死。还算硬朗。

看官听说！前回说到李自成穷蹙无归，亏得老回回留他在营，卧病半年，才得逃生，此时何故势焰复盛，陷入河南呢？说来话长，且听小子说明底细。自成率领残众，窜入函谷关，又被官军围住，不得他逸，意图自尽。经养子李双喜力劝乃止。官军围攻甚急，杨嗣昌时在襄阳，独檄令军中道："围师必缺，不若空武关一路，令他出走，追擒未迟。"又是他的妙计，放令出柙。诸将依令而行。自成将所掠妇女，尽行杀毙，单率五十骑，从武关逃出郧阳，纠合诸贼，再出淫掠。总兵贺人龙等，屡剿屡胜，擒滚地狼，斩蝎子块，所有混十万、金翅鹏、扫地王、小秦王、托天王、过天星、关索、满天星、张妙子、邢家米，及自成部将火天王、镇天王、九条龙、小红狼、九梁星等贼，相继投诚。唯自成始终不降。

自成有骁将刘宗敏，本蓝田县锻工，随从自成，独得死力，至是见众势日蹙，亦欲归降官军，自成察得隐情，便邀他走入丛祠密语道："人言我当为天子，不意一败至此。现有神明在上，且向神一卜，如若不吉，你可断了我首，往投官兵。"宗敏闻言，即与自成一同叩祷，三卜三吉。神明亦助剧贼，想是劫数难逃。宗敏跃起道："神明指示，谅必不差，我当誓死从汝。"自成乃道："官军四逼，除非人自为战，无可突围。我的妻小，前已失去，所掠妇女，亦都杀死，单剩一个光身子，倒也脱然无累。只兄弟们多带眷属，未免累坠，一时不能尽走，奈何？"宗敏道："总教你得做皇帝，撇去几个妻妾，亦属何妨。"随即相偕归营。到了次日，宗敏携着两颗首级，入见自成。自成问首级何来？宗敏道："这是我两妻的头颅，杀死了她，可同你突围，免生罣碍。"自成大喜道："好！好！"人家杀死妻妾，还连声称好，可见得是盗贼心肠。宗敏把两妻首级，掷示余党道："古人说的妻子如衣服，衣服破碎，尽可改制，我已杀死两妻，誓保闯王出围，诸君如或同志，即请照办。他日富贵，何愁没有妻妾，否则亦任令自便。"贼党被他激动，多半杀死妻孥，誓从闯王。又是许多妇女晦气。自成又尽焚辎重，微服轻骑，从郧阳走入河南。适河南大饥，斗斛万钱，自成沿路鼓煽，不到一月，又得众数万人，破宜阳，陷永宁，连毁四十八寨，势又猖獗。

杞县举人李信，系逆案中李精白子，尝出粟赈济饥民，百姓很是感德，争呼李公子活我。会绳妓红娘子作乱，把李信掳去，见他文采风流，硬迫他为夫妇。李信勉强应允，趁着空隙，孑身逃归。地方官糊涂得很，说他是

盗，拘系狱中。红娘子闻知，竟来劫牢，饥民相率趋附，戕官破狱，把信救出。信见大祸已成，不得不求一生路，遂与红娘子及数百饥民，往投自成，备陈进行规划。自成大喜，与他约为兄弟。同是姓李，应做弟兄。信改名为岩，且遗书招友，得了一个牛金星。金星系卢氏县举人，因磨勘被斥，颇怨朝廷，既得信书，遂挈了妻女，往依自成，为主谋议。自成初妻韩氏，本属娼家出身，在米脂时，与县役盖君禄通，被自成一同杀死，旋即为盗，掠得邢家女郎，作为继妻。邢氏趫健多智，自成令掌军资，每日发给粮械，必由贼目面领。翻天鹞高杰，曾在自成部下，尝至邢氏营领械支粮，邢氏看他状貌魁梧，躯干伟大，不由的意马心猿，暗与他眉来眼往。高杰也是个色中饿鬼，乐得乘势勾引，遂瞒着自成，背地苟合。既有红娘子，又有邢氏，正是无独有偶。两人情好异常，想做一对长久夫妻，竟乘夜潜遁，降顺官军。自成失了邢氏，又掠得民女为妻，潼关一战，仍然失去。牛金星既依自成，情愿将自己爱女，奉侍巾栉，又荐一卜人宋献策。献策长不满三尺，通河洛数，见了自成，陈上谶记，有“十八子主神器”六字。十八子隐寓李字。自成大喜，封为军师。李岩又劝自成不妄杀人，笼络百姓，复将所掠财物，散给饥民。百姓受惠，不辨为岩为自成，但浑称：“李公子活我。”岩又编出两句歌谣，令儿童随处唱诵，歌词是“迎闯王，不纳粮”二语。前六字，后亦六字，语不在多，已足煽乱。百姓方愁加税，困苦不堪，听了这两句歌词，自然欢迎闯军。

自成遂进攻河南府，府为福王常洵封地，母即郑贵妃，受赏无算，豪富甲天下。应七十九回。先是援兵过洛，相率哗噪，统称王府金钱山积，乃令我等枵腹死贼，殊不甘心。前尚书吕维祺，在籍家居，适有所闻，即劝王散财饷士，福王不从。至自成进攻，总兵陈绍禹等，入城守御，绍禹部兵多变志，从城上呼贼，贼亦在城下相应，互作笑语。副使王胤昌厉声呵禁，被绍禹兵拘住。绍禹忙为驰解，兵士竟噪道：“敌在城下，还怕总镇什么？”自成见城上大哗，立命贼众登城，贼皆缘梯上升，城上守兵，并不堵御，反自相戕害，绍禹遁去。贼众趁势拥入，竞趋福王府。福王常洵，与世子由崧，慌忙逸出，被贼众入府焚掠，所有金银财宝，一扫而空。守财虏听者！自成大索福王，四处搜寻，福王正匿迎恩寺，遇前尚书吕维祺。维祺道：“名义甚重，王毋自辱！”语尚未毕，贼众大至，将福王一把抓住，连那尚书吕维祺，也一并被拘。唯福王世子由崧，赤身走脱。后来就是弘光帝。自成怒目数

福王罪，吓得他觳觫万状，匍匐乞命。维祺又羞又恼，不由的愤怒交迫，诟骂百端。自成大怒，喝将维祺杀死，一面见福王体肥，指语左右道："此子肥壮，可充庖厨。"侍贼应命，将福王牵入厨中，洗剥脔割，醢作肉糜。又由自成命令，羼入鹿肉，并作菹酱，随即置酒大会，取出肉菹，令贼目遍尝，且与语道："这便是福禄酒，兄弟们请畅饮一卮！"言毕大笑。贼众无不雀跃。欢宴三日，又搜掘富室窖藏，席卷子女玉帛，捆载入山，令书办邵时昌为总理官，居守府城，自率众围开封。巡抚李仙风，正率军阻贼，与贼相左，那时开封城内，只留巡按高名衡，及副将陈永福等数人，幸城高且坚，尚得固守。周王恭枵，系太祖第五子橚十世孙，嗣爵开封，因发库金五十万，募死士击贼，贼毙甚众，退避数舍。可巧李仙风收复河南府，复督军还援，内外夹击，一日三捷，自成乃解围引去。福王惜金被虏，周王发金解围，得失昭然。道遇罗汝才率众来会，势复大震。

汝才本与献忠合，因献忠陷入襄阳，所得财帛，悉数自取，遂为之不怿，自引部众投自成。自成已拥众五十万，至是益盛。会献忠东犯信阳，为左良玉等所败，众散且尽，所从止数百骑，亦奔投自成。自成佯为招纳，暗中却有意加害。还是汝才入白自成，谓不如使扰汉南，牵制官军，自成点首称善。汝才乃分给五百骑，纵使东行，自偕闯众掠新蔡。陕西总督傅宗龙，与保定总督杨文岳，方率总兵贺人龙、李国奇等，出关讨贼，途次为闯、罗二贼所袭，人龙先走，国奇继溃，文岳亦径白驰去。单剩宗龙孤军当贼，被围八日，粮尽矢绝，夜半出走，宗龙马蹶被执，贼拥宗龙攻项城，大呼道："我等是秦督官军，快开门纳秦督！"宗龙亦奋呼道："我是秦督傅宗龙，不幸堕入贼手，左右皆贼，毋为所绐！"贼怒甚，抽刀击宗龙，中脑立仆，尚厉声骂贼。寻被贼劓鼻削耳，遂惨死城下。小子有诗叹道：

> 杲卿骂贼光唐史，洪福詈奸报宋朝。
> 明季又传傅总督，沙场应共仰忠标。

宗龙被杀，贼众遂猛攻项城，毕竟项城是否被陷，且至下回表明。

本回全叙闯，献事，闯、献两贼，非有奇材异能，不过因饥煽乱，啸聚为患

耳。假令得良将以讨伐之，则贼焰未张，其势可扑；贼锋屡挫，其弱可擒；贼党自离，其衅可间。虽百闯、献，不难立灭。乃献忠屡降而不之诛，李闯屡败而不之掩，一误于陈奇瑜，再误于熊文灿，三误于杨嗣昌，而闯、献横行，大局乃瓦解矣。襄阳陷而粮械空，河南失而财帛尽，腹心既敝，手足随之，观于此回，而已决明之必亡矣。

第九十七回　决大河漂没汴梁城
通内线恭进田妃舄

却说陕督傅宗龙，惨死项城，全军覆没。项城孤立无援，怎禁得数十万贼兵？当即被陷，阖城遭难。贼又分众屠商水、扶沟，进陷叶县，杀死守将刘国能。国能就是闯塌天，初与自成、汝才结为兄弟，旋降官军，为汝才所恨，遂乘胜入城，拘住国能，责他负约，把他杀害。再进攻南阳，总兵猛如虎，正在南阳驻守，凭城拒战，杀贼数千，嗣因众寡不敌，城被贼陷。如虎尚持着短刀，奋力杀贼，血满袍袖，力竭乃亡。唐王聿镆，系太祖第二十三子桱七世孙，袭封南阳，至是亦为所害。贼众连陷邓县等十四城，再攻开封。开封巡抚李仙风，已坐罪被逮，由高名衡代为巡抚。名衡及副将陈永福，登陴力御，矢石齐下。李自成亲自招降，被永福拈弓搭箭，飕的一声，正中自成左目。自成大叫一声，几晕马下，经贼众掖住，始得回帐，便勒众退至朱仙镇养病去了。惜不射死了他。

先是陕抚汪乔年，接奉密旨，令掘自成祖茔。乔年即饬米脂县令边大绶，遵旨速行。大绶募役往寻，一时无从搜掘，嗣捕得李氏族人，讯明地址，乃迫令导引，去县城二百里，乱山中有一小村，叫作李氏村，约数十家，逾村又里许，蹊径愈杂，荒塚累累，有十六塚聚葬一处。内有一塚，谓系自成始祖坟，穴由仙人所造，圹内置有铁钉檠，仙人言："铁钉不灭，李氏当兴"云云。大绶即督役开掘，穴发过半，但见蝼蚁围集，火光荧荧，再斫棺验视，尸骨犹存，黄毛遍体。脑后有一穴，大如制钱，中蟠赤蛇长三四

寸，有角隆然，见日飞起，高约丈许。经兵役奋起力劈，蛇五伏五起，方才僵毙。乔年乃拾尸颅骨，并腌腊死蛇，遣官赍奏。未几，自成即被射中左目，伤瞳成瞽，世人因称为独眼龙。堪舆之言不可尽信，若果风水被破，则自成应被射死，何至仅中左目？

汪乔年以李坟已破，遂会师出讨，得马步军三万名，令贺人龙等分领各军，兼程东下，直抵襄阳城。襄阳新遭兵燹，守备未固，乔年迟疑不敢入。襄城贡士张永祺，率邑人出迎，不得已屯扎城下，立营才定，贼兵大至，贺人龙等未战即溃，余众骇散，只剩乔年亲卒二千名，随乔年入城拒守。贼尽锐猛攻，历五昼夜，守兵伤亡过半，遂被陷入。乔年自刎未死，猝遇贼兵，将他絷去，骂贼罹害。自成立索永祺，永祺匿免。吕氏本支共九家，杀得一个不留。又因此恨及诸生，捕得二百人，一半刖足，一半割鼻，并杀守将李万庆。万庆就是射塌天，弃贼降官，因遭杀死。贼众一住数日，复出陷河南各州县，进攻开封。贺人龙等溃入关中，沿途淫掠，不亚流寇。左良玉逗兵郾城，只说是防堵献忠，并不赴援。

河南警报到京，日必数起，急得怀宗没法，只好向诏狱中释出孙传庭，再三奖劳，授为兵部侍郎，令督京军援开封。急时抱佛脚，毋乃太晚。传庭行至中途，又接旨令任陕督，且密谕诛贺人龙。原来自成再围开封，仍然未克。开封军报少纾，乃调传庭入陕，另简兵部侍郎侯恂，出援开封。传庭不敢违慢，便驰入秦中，召集各将。固原总兵郑家栋，临洮总兵牛成虎，援剿总兵贺人龙等，均率兵来会，传庭不动声色，一一接见，至人龙参谒，即叱令左右，将他拿下。人龙自称无罪，传庭正色道："你尚得称无罪么？新蔡、襄城迭丧二督，都是你临阵先逃的缘故。就是从前开县噪归，献贼出柙，迄今尚未平定。你自己思想，应该不应该么？"遂不由人龙再辩，将他斩首，诸将均战栗失容。人龙勇力过人，初出剿寇，杀贼甚众，贼呼为贺疯子，及为杨嗣昌所欺，始有变志，正法以后，贼众酌酒相庆，争说贺疯子已死，取关中如拾芥了。贺人龙之罪应该论死，但亦为杨嗣昌所误，我嫉人龙，我尤嫉嗣昌。

孙传庭既诛贺人龙，即命将人龙部兵，分隶诸将，指日讨贼。适朝旨又下，命他速率陕军，驰援开封。开封佳丽，为中原冠，贼众久欲窥取，只因城坚守固，急切难下。自成前后三攻，总想把他夺去。明廷恰也注意开封，令河南督师丁启睿，保定总督杨文岳，及左良玉、虎大威、杨德政、方国安

四总兵，联军赴援。再命兵部侍郎侯恂，作为后劲，总道是兵多势厚，定可胜贼，哪知各军到了朱仙镇，与贼垒相望，左良玉先不愿战，拔营径去，诸军继溃，启睿、文岳也联骑奔汝宁，是谓土崩，是谓瓦解。反被贼众追击，掠去辎重无数。朝旨逮问启睿，谴责文岳，仍促孙传庭出关会剿。此段是承上起下文字。传庭上言："秦兵新募，不能速用，应另调别军。"廷议只促他出师，传庭不得已启行。甫至潼关，接得河南探报，开封失陷。传庭大惊，问明侦骑，才知开封被陷详情。开封被围日久，粮械俱尽。人且相食。周王恭枵，先后捐金百余万，复捐岁禄万石，赡给守兵，仍不济事。高名衡因城濒大河，密令决河灌贼，期退贼军，偏偏被贼骑侦悉，移营高阜，亦驱难民数万决河。河水自北门灌入，穿出东南门，奔声如雷，士民溺死数十万。名衡猝不及防，忙与副将陈永福等，乘舟登城，城内水势愈涨，周王府第，尽成泽国。王率宫眷及世子，从后山逸出，露栖城上七昼夜。幸督师侯恂，率舟迎王，王乃得脱。这尚是捐金的好处，否则不为贼虏，百姓亦未必容他自走。名衡等见不可守，亦航舟出城，贼遂浮舟突入，搜掠城中，只有小山土阜，及断垣残堞上面，尚有几个将死未死的难民，一古脑儿掳将拢来，不过数千人。此外满城珍宝，尽已漂没，贼亦无可依恋，但将所遗子女，掠入舟中，驶出城头。河北诸军，遥用大炮轰击，贼舟或碎或沉，或弃舟逸去，被掠子女，夺回一半。

贼众竟移攻南阳，传庭因得此警报，倍道至南阳城，用诱敌计，杀败自成。自成东走，沿路抛弃粮械。陕军正愁冻馁，态意拾取，无复纪律。不意贼众又转身杀来，一时措手不迭，当即奔溃。传庭也禁喝不住，没奈何回马西走，驰入关中。自成声势大震，老回回、革里眼、左金王、争世王、乱世王五营，统归入自成，连营五百里，再屠南阳，进攻汝宁，总兵虎大威中炮身亡。保定总督杨文岳，正走入汝宁，城陷被执，大骂自成。自成令缚至城南，作为炮的，几声轰发，可怜这文岳身中受了无数弹子，洞胸糜骨，片刻而尽。兵备佥事王世琮，前屡却贼，中矢贯耳，仍不为动，贼呼为王铁耳，至是亦被执不屈，均遭杀害。知府傅汝为以下，一同殉难。河南郡县，至此尽行残破，朝廷不复设官。遗民各结寨自保，如洛阳李际遇，汝宁沈万登，南阳刘洪起兄弟，自集民兵数万，或受朝命，或通贼寨，甚或自相吞并，残杀不已，中原祸乱，已达极点。张献忠且乘隙东走，据亳州，破舒城，连陷

庐州、含山、巢、庐江、无为、六安诸州县，径向南京，下文再行交代。

且说清太宗雄据辽沈，闻中原鼎沸，不可收拾，正好来作渔翁，实行收利。当下入攻锦州，环城列炮，抢割附近禾稼，作为军粮。城中守兵出战，统被击退。蓟、辽总督洪承畴，及巡抚邱民仰，调集王朴、唐通、曹变蛟、吴三桂、白广恩、马科、王廷臣、杨国柱八总兵，统兵十三万赴援，到了松山，被清兵截击，败了一阵。最要紧的是辎重粮草，屯积塔山，也被清兵劫去。承畴部军大溃，八总兵逃去六人，只有曹变蛟、王廷臣两总兵，随着洪、邱两督抚，被困松山，相持数月，粮尽援绝，副将夏承德，竟将松山城献了清军，开门延敌。邱民仰自杀，曹变蛟等战殁，承畴被掳，杏山、塔山一齐失守。怀宗闻警，不胜惊悼，且闻承畴已经死节，诏令设坛都城，赐承畴祭十六坛，民仰六坛，并命建立专祠，洪、邱并列，正拟亲自临奠，那关东传来奏报，承畴竟叛降清廷，不禁流涕太息，愁闷了好几日。松山战事，详见《清史演义》，故此特从略。

兵部尚书陈新甲，以国内困敝，密奏怀宗，与清议和，怀宗颇也允从，嘱令新甲缜密，切勿漏泄。何必如此。新甲遂遣职方郎中马绍愉，赍书赴清营，与商和议。清太宗倒也优待，互议条款。绍愉当即密报新甲，新甲阅毕，置诸几上，竟忘检藏，家僮误为塘报，付诸钞传，顿时盈廷闻知，相率大哗。言官交劾新甲，到了此时，还要意气用事，口舌相争，实是可杀！怀宗以新甲违命，召入切责，新甲不服，反诩己功，遂忤了上意，下狱论死。清太宗以和议无成，攻入蓟州，分道南向，河间以南多失守。至山东连下兖州等府，攻破八十八城，鲁王以派，为太祖第十子檀六世孙，袭封兖州，被执自杀。清兵又回入京畿，都城大恐。

复由大学士周延儒，奉命督师，出驻通州。这延儒曾为温体仁所排，回籍有年，此时何复入相。见九十五回。原来体仁免官后，即用杨嗣昌为首辅，所有旧任阁臣，如张至发、孔贞运、黄士俊、傅冠、刘宇亮、薛国观等，或免职，或得罪，另用程国祥、蔡国用、方逢年、范复粹及姚明恭、张四知、魏照乘、谢陞、陈演等一班人物，尤觉庸劣不堪，朝进暮退。怀宗复记及周延儒，可巧延儒正夤缘复职，私结内监，贿通宠妃，遂因此传出内旨，召延儒重为辅臣。看官欲问宠妃为谁？就是小子九十回中叙及的田贵妃。田妃陕西人，后家扬州，父名弘遇，以女得贵，受职左都督。弘遇以商起家，素

好佚游，购蓄歌妓，恣情声色，田妃生而纤妍，长尤秀慧，弘遇遂延艺师乐工，指授各技，一经肄习，无不心领神会。凡琴棋书画，暨刺绣烹饪诸学，俱臻巧妙。尤善骑射，上马挽弓，发必中的，确是个神仙俦侣，士女班头。既入信邸，大受怀宗宠幸。如此好女，我愿铸金拜之，无怪怀宗宠爱。怀宗即位，册为礼妃，嗣进皇贵妃，每谳见时，不尚妆饰，尤觉得鬒发如云，美颜如玉，芳体如兰，巧舌如簧，有时对帝鼓琴，有时伴帝奏笛，有时与帝弈棋，无不邀怀宗叹赏。又尝绘群芳图进呈，仿佛如生，怀宗留供御儿，随时赏玩。一日，随怀宗校阅射场，特命她骑射，田妃应旨上马，六辔如丝，再发并中。内侍连声喝采，怀宗亦赞美不已，赏赉有加。

唯田妃既受殊遇，自炫色泽，免不得恃宠生骄，非但六宫妃嫔，看不上眼，就是正位中宫的周皇后，及位次相等的袁贵妃，亦未曾放入目中。这是妇女通病。如秀外慧中之田贵妃，犹蹈此习，令人叹惜！周皇后素性严慎，见她容止骄盈，往往裁以礼法。一年，元日甚寒，田妃循例朝后，至坤宁宫庑下，停车候宣。等了半晌，并没有人宣入，庑下朔风猎猎，几吹得梨涡成冻，玉骨皆皴。周后亦未免怀妒，累此美人儿受寒。及密询宫监，才知袁贵妃先已入朝，与后坐谈甚欢，因将她冷搁庑下。至袁妃退出，方得奉召入见。后竟华服升座，受她拜谒，拜毕亦不与多言，令即退去，气得田妃玉容失色，愤愤回宫。越日得见怀宗，即呜呜泣诉，经怀宗极力劝慰，意乃少解。

过了月余，上林花发，怀宗邀后妃赏花，人众俱至，田妃见了周后，陡触着前日恨事，竟背转娇躯，佯若未见。周后瞧不过去，便走近上前，诉称田妃无礼。怀宗亦佯若不闻，周后仍然絮述，反至怀宗惹恼，挥肱使退。怀宗颇有膂力，且因心中恼恨，挥手未免少重，周后立足不住，竟跌仆地上，宫人慌忙搀扶，走过了十二名，才将周后掖起。后泣道：“陛下不念为信王时，魏阉用事，日夜忧虑，只陛下与妾两人，共尝苦境，今日登九五，乃不念糟糠妾么？妾死何难？但陛下未免寡恩。”言讫，径返坤宁宫。越三日，怀宗召坤宁宫人，问后起居，宫人答言：“皇后三日不食。”怀宗为之恻然，即命内监持貂裀赐后，传谕慰解，且令田妃修省。后乃强起谢恩，勉为进餐。唯田妃宠眷，仍然未衰。周延儒得悉内情，遂向田妃处打通关节，托为周旋。怀宗因四方多事，夜幸西宫，亦常愁眉不展，田妃问长道短。由怀宗说入周延儒，遂旁为怂恿，即日传旨召入延儒，仍为大学士。

怀宗非常敬礼，尝于岁首受朝毕，下座揖延儒道：“朕以天下托先生。”言罢，复总揖诸阁臣。怎奈延儒庸驽无能，阁臣又只堪伴食，坐令中原涂炭，边境丧师，驯至不可收拾。到了清兵入境，京都戒严，延儒也觉抱愧，自请视师。怀宗尚目为忠勤，比他为召虎裴度，并赐白金文绮上驷等物。延儒出驻通州，并不敢战，唯日与幕友饮酒自娱，想学谢安石耶？一面伪报捷状。怀宗信以为真，自然欣慰，进至西宫，与田妃叙欢。宫中后妃，要算田妃的莲钩，最为瘦削，如纤纤春笋一般。差不多只有三寸。是日应该有事，怀宗瞧见田妃的绣舄，精巧异常，不由的将它举起。但见绣舄上面，除精绣花鸟外，恰另有一行楷书，仔细一瞧，乃是“周延儒恭进”五字，也用金线绣成，顿时恼动了怀宗皇帝，面责田妃道：“你在宫中，何故交通外臣？真正不得了！不得了！”田妃忙叩头谢罪，怀宗把袖一拂，掉头径去。后人有诗咏此事道：

花为容貌玉为床，白日承恩卸却妆。
三寸绣鞋金缕织，延儒恭进字单行。

未知田贵妃曾否遭谴，且至下回再详。

李自成灌决大河，汴梁陆沈，腹心已溃，明之亡可立足待矣。说者多归咎高名衡，谓名衡自溃其防，坐令稽天巨浸，反资贼手。吾以为名衡固未尝无咎，但罪有较大于名衡者，左良玉诸人是也。四镇赴援，良玉先走，开封被围日久，饷尽援穷，至于人自相食，名衡为决河计，亦出于万不得已之策，其计固非，其心尚堪共谅。假使此策不用，城亦必为贼所陷。自成三攻乃下，必怒及兵民，大加屠戮，与其汗刃而死，何若溺水而死？且精华尽没，免赍寇盗，不犹愈于被掠乎？唯怀宗用人不明，坐令蹇帅庸相，丧师失地，殊为可痛。至清兵入犯，复令一庸鄙龌龊之周延儒，出外督师，讳败为胜，推原祸始，实启宠妃。传有之：“谋及妇人，宜其死也。”怀宗其难免是责乎？

第九十八回　扰秦楚闯王僭号
掠东西献贼横行

却说田贵妃所着绣鞋，上有“周延儒恭进”五字，顿时恼动天颜，拂袖出去，即有旨谴谪田妃，令移居启祥宫，三月不召。既而周后复侍帝赏花，袁妃亦至，独少田妃。后请怀宗传召，怀宗不应。后令小太监传达懿旨，召使出见，田妃乃至。玉容憔悴，大逊曩时，后也为之心酸，和颜接待，并令侍宴。夜阑席散，后劝帝幸西宫，与田妃续欢，嗣是和好如初。可见周后尚持大度。唯田妃经此一挫，常郁郁不欢，且因所生皇五子慈焕，及皇六七子，均先后殇逝，尤觉悲不自胜，渐渐的形销骨立，竟致不起。崇祯十五年七月病殁。怀宗适祷祀群望，求疗妃疾，回宫以后，入视妃殓，不禁大恸。丧礼备极隆厚，且加谥为恭淑端慧静怀皇贵妃。亏得早死二年，尚得此饰终令典，是美人薄命处，亦未始非徼福处。

田妃有妹名淑英，姿容秀丽，与乃姊不相上下，妃在时曾召妹入宫，为帝所见，赠花一朵，令插髻上。及妃病重，亦以妹属托怀宗。怀宗颇欲册封，因乱势愈炽，无心及此，只命赐珠帘等物，算作了事。国破后，淑英避难天津，珠帘尚在，寻为朝士某妾，这也不在话下。

且说周延儒出驻数月，清兵复退，延儒乃还京师。怀宗虽心存鄙薄，但因他却敌归朝，不得不厚加奖励。嗣经锦衣卫掌事骆养性，尽发军中虚诈情事，乃下旨切责，说他蒙蔽推诿，应下部议。延儒亦席藁待罪，自请戍边。怀宗怒意少解，仍不加苛求，许令驰驿归田。还是田妃余荫。又罢去贺逢圣、

张四知，用蒋德璟、黄景昉、吴甡为大学士，入阁办事。

是时天变人异，不一而足，如日食、地震，太白昼现，荧惑逆行诸类，还算是寻常变象。最可怪的，是太原乐静县民李良雨，忽变为女，松江莫翁女已适人，忽化为男，密县民妇生旱魃，河南草木，有战斗人马及披甲持矛等怪状。宣城出血，京师城门哭，声如女子啼。炮空鸣，鬼夜号。蕲州有鬼，白日成阵，行墙屋上，揶揄居人，奉先殿上，鸱吻落地，变为一鬼，披发出宫。沅州、铜仁连界处，掘出古碑，上有字二行云："东也流，西也流，流到天南有尽头。张也败，李也败，败出一个好世界。"又于五凤楼前得一黄袱，内有小函，题词有云："天启七，崇祯十七，还有福王一。"到了崇祯十六年正月，京营巡捕军，夜宿棋盘街，方交二鼓，忽来一老人，嘱咐巡卒道："夜半子分，有妇人缟素泣涕，自西至东，慎勿令过！若过了此地，为祸不浅，鸡鸣乃免。我系土神，故而相告。"言毕不见。

巡卒非常诧异，待至夜半，果见一妇人素服来前，当即出阻，不令前行，妇人乃返。至五鼓，巡卒睡熟，妇已趋过，折而东返，蹴之使醒，并与语道："我乃丧门神，奉上帝命，降罚此方，你如何误听老人，在此阻我：现有大灾，你当首受！"言讫自去。行只数武，也化气而去。巡卒骇奔，归告家人，言尚未终，仆地竟死。既有丧门神，奉天降罚，土地也不能阻挠。且土地嘱咐巡卒，虽系巡卒自误，也不致首受疫灾，此事未能尽信。疫即大作，人鬼错杂，每届傍晚，人不敢行。商肆贸易，多得纸钱，京中方哗扰未已，东南一带，又迭来警报。李自成已陷承天，张献忠又占武昌，闯、献僭号，自此为始，故另笔提出。小子唯有一枝秃笔，只好依次叙来。

自成连陷河南诸州县，复走确山，向襄阳，并由汝宁掳得崇王由樻，令他沿路谕降。由樻系英宗第六子见泽六世孙，嗣封汝宁，自成把他执住，胁令投降。由樻似允非允，暂且敷衍度日。自成乃带在军间，转趋荆、襄诸郡，迭陷荆州、襄阳，进逼承天。承天系明代湖广省会，仁宗、宣宗两皇陵，卜筑于此。巡抚宋一鹤，偕总兵钱中选，副使张凤翥，知府王玑，钟祥令萧汉固守，相持数日。偏城中隐伏内奸，暗地里开城纳贼，贼众一拥入城。宋一鹤下城巷战，将士劝一鹤出走，一鹤不听，挥刀击杀贼数人，身中数创而死，总兵钱中选等亦战殁。唯萧汉被执，幽禁寺中。自成素闻汉有贤声，戒部众休犯好官，并嘱诸僧小心服侍，违令当屠。剧贼亦推重贤吏。汉自

贼众出寺，竟自经以殉。自成改承天府为扬武州，自号顺天倡义大元帅，称罗汝才为代天抚民德威大将军，遂率众犯仁宗陵。守陵巡按李振声迎降，钦天监博士杨永裕，叩谒自成马前，且请发掘皇陵。天良何在？忽闻陵中暴响，声震山谷，仿佛似地动神号一般，自成恰也惊慌，饬令守护，不得擅掘。明代令辟，无逾仁宗，应该灵爽式凭。

先是自成毫无远图，所得城邑，一经焚掠，便即弃去。至用牛金星、李岩等言，也行点小仁小义，收买人心，且因河南、湖、广，已为所有，得众百万，自以为无人与敌，俨然想称孤道寡起来。牛金星献策自成，请定都荆、襄，作为根本，自成甚以为然，遂改襄阳为襄京，修葺襄王旧殿，僭号新顺王，创设官爵名号，置五营二十二将，上相左辅右弼六政府，要地设防御使，府设尹，州设牧，县设令，降官降将，各授伪职。并封故崇王由樻为襄阳伯，嗣因由樻不肯从令，把他杀害。杨永裕且觍然劝进，牛金星以为时尚未可，乃始罢议。自成以革、左诸贼，比肩并起，恐他不服，遂用李岩计，佯请革里眼、左金王入宴，酒酣伏发，刺死两人。兼并左、革部众。又遣罗汝才攻郧阳，日久未下，自成亲率二十骑，夜赴汝才营，黎明入帐，汝才卧尚未起，自成即饬骑士动手，把汝才砍作数段，一军皆哗，七日始定。于是流寇十三家七十二营，降死殆尽，唯李自成、张献忠二寇，岿然独存，势且益炽。

河南开州盗袁时中，最为后起，横行三年，全是欲通款明廷，亦被自成分兵击死。自成行军，不许多带辎重，随掠随食，饱即弃余，饥且食人。所掠男子，令充兵役，所掠妇女，随给兵士为妻妾。一兵备马三四匹，冬时用裀褥裹蹄。割人腹为糟，每逢饲马，往往将掠得人民，割肉取血，和刍为饲。马已见惯，遇人辄锯牙欲噬。临阵必列马三万，名三垛墙，前列反顾，后列即将它杀死，战久不胜，马兵佯败，诱敌来追。步卒猝起阻截，统用长枪利槊，击刺如飞。骑兵回击，无不大胜。自成所著坚甲，柔韧异常，矢镞铅丸，都不能入。有时单骑先行，百万人齐跟马后，遇有大川当前，即用土囊阻塞上流，呼风竞渡。攻城时更番椎凿，挖去墙中土石，然后用柱缚绳，系入墙隙，再用百余人猛力牵曳，墙辄应手坍倒，所以攻无不陷，如或望风即降，入城时概不杀戮；守一日，便杀死十分中的一二；守两日，杀死加倍；守三日，杀死又加倍；三日以上，即要屠城，杀人数万，聚尸为燎，叫

作打亮。各种残酷情状，惨不忍闻。

自成有兄，从秦中来。数语未合，即将他杀死。唯生平纳了数妻，不生一子，即以养子李双喜为嗣。双喜好杀，尤过自成，自成在襄阳，构殿铸钱，皆不成，令术士问紫姑，数卜不吉。紫姑亦知天道耶？因立双喜为太子，改名洪基，铸洪基年钱，又不成，正在愤闷的时候，闻陕督孙传庭督师出关，已至河南，他即尽简精锐，驰往河南抵御。前锋至洛阳。遇总兵牛成虎，与战败绩，宝丰、唐县，皆为官军克复。自成忙率轻骑赴援，至郏县，复被官军击败，自成狂奔得脱。贼众家眷，多在唐县，自唐县克复，所有流贼家口，杀戮无遗，贼因是恸哭痛恨，誓歼官军。孙传庭未免失计。会天雨道泞，传庭营中，粮车不继，自成复遣轻骑出汝州，要截官军粮道。探马报知传庭，传庭即遣总兵白广恩，从间道迎粮，自率总兵高杰为后应，留总兵陈永福守营。传庭既行，永福兵亦争发，势不可禁，遂为贼众所乘，败退南阳。传庭即还军迎战，贼阵五重，已由传庭攻克三层，余二重悉贼精锐，怒马跃出，锐不可当。总兵白广恩，引八千人先奔，高杰继溃，传庭亦支持不住，只好西奔。为这一走，被自成乘胜追击，一日夜逾四百里，杀死官军四万余人，掠得兵器辎重，不计其数。传庭奔河北，转趋潼关，自成兵随踪而至。高杰入禀传庭道："我军家属，尽在关中，不如径入西安，凭坚扼守。"传庭道："贼一入关，全秦糜烂，难道还可收拾么？"遂决意闭关拒贼。已而自成攻关，广恩战败，传庭自登陴，督师力御，不料自成遣侄李过，绰号一只虎，从间道缘山登崖，绕出关后，夹攻官军，官军大溃。传庭跃马挥刀，冲入贼阵，杀贼数十名，与监军副使乔迁高。同时死难。传庭一死，明已无人。自成遂长驱入秦，陷华阴、渭南，破华商、临潼，直入西安，据秦王宫，执秦王存枢，令为权将军。存枢系太祖次子樉九世孙，嗣封西安，至是竟降自成，唯王妃刘氏不降，语自成道："国破家亡，愿求一死。"自成不欲加害，独令存枢遣还母家。存枢无耻，何以对妻？巡抚冯师孔以下，死难十余人。传庭妻张氏在西安，率三妾二女，投井殉节。不没烈妇。布政使陆之祺等皆降，总兵白广恩、陈永福等亦降。永福曾射中自成目，踞山巅不下，经自成折箭为誓，乃降自成。自成屡陷名城，文武大吏，从未降贼，至此始有降布政，降总兵，唯高杰曾窃自成妻，独走延安，此时邢氏若在，应有悔心。为李过所追，折向东去。自成遂改西安为长安，称为西京。牛金星劝

令不杀，因严禁杀掠，民间颇安。自成复率兵西掠，乃诣米脂县祭墓，改延安府为天保府，米脂为天保县，唯凤翔、榆林，招降不从，自成亲攻凤翔，数日被陷，下令屠城，转攻榆林。兵备副使都任，督饷员外郎王家禄，里居总兵汪世钦、尤世威、世禄等，集众守陴，血战七昼夜，妇人孺子，皆发屋瓦击贼，贼死万人，城陷后阖城捐躯，无一生降，忠烈称最。贼复降宁夏，屠庆阳，韩王亶塉，系太祖第二十子松十世孙，袭封平凉，被贼掳去，副使段复兴一门死节。贼复移攻兰州，雪夜登城。巡抚林日瑞，总兵郭天吉等战死，追陷西宁、甘肃，三边皆没。越年，自成居然僭号，国号顺，改元永昌，以牛金星为丞相，改定尚书六府等官，差不多似一开国主了。

明总兵左良玉，因河南陷没，无处存身，遂统帅部兵东下。张献忠正扰乱东南，为南京总兵刘良佐、黄得功等所阻，未能得志。又闻良玉东来，恐为所蹙，即移众泝江而上，迭陷黄梅、广济、蕲州、蕲水，转入黄州，自称西王。黄州副使樊维城，不屈被杀，官民尽溃，剩下老幼妇女，除挑选佳丽数名，入供淫乐外，余俱杀死，弃尸填堑。复西破汉阳，直逼武昌，参将崔文荣，凭城战守，颇有杀获。武昌本楚王华奎袭封地，华奎系太祖第六子桢七世孙，前曾为宗人华越所讦，说系抱养楚宫，嗣因查无实据，仍得袭封。应七十九回。华奎以贼氛日逼，增募新兵，为守御计，哪知新兵竟开城迎贼，城遂被陷。文荣阵亡，华奎受缚，沉江溺死。故大学士贺逢圣，罢相家居，与文荣等同筹守备，见城已失守，仓猝归家，北向辞主，载家人至墩子湖，凿舟自沉，妻危氏，子觐明、光明，子妇曾氏、陈氏，孙三人，同溺湖中。逢圣尸沉百七十日，才得出葬，尸尚未腐，相传为忠魂未泯云。历述不遗，所以劝忠。献忠尽戮楚宗，惨害居民，浮胔蔽江，脂血寸积；楚王旧储金银百余万，俱被贼众劫去，辇载数百车，尚属未尽。何不先行犒军，免为内应？献忠改武昌为天授府，江夏为上江县，据楚王府，铸西王印，也居然开科取士，选得三十人，使为进士，授郡县官。

明廷以武昌失守，飞饬总兵左良玉，专剿献忠。良玉召集总兵方国安、常安国等，水陆并进，夹攻武昌，献忠出战大败，弃城西走。良玉遂复武昌，开府驻师。黄州、汉阳等郡县，以次克复。献忠率众攻岳州，巡抚李乾德，总兵孔希贵等，三战三胜，终以寡不敌众，出走长沙。献忠欲北渡洞庭湖，向神问卜，三次不吉，他竟投筊诟神，麾众欲渡；忽然间狂风大作，巨

浪掀天，湖中所泊巨舟，覆没了百余艘。何不待献忠半渡，尽行覆没，岂楚、蜀劫数未终，姑留此贼以有待耶？献忠大怒，尽驱所掠妇女入舟，放起大火，连舟带人，俱被焚毁，光延四十里，夜明如昼，献忠方才泄忿，由陆路赴长沙。长沙系英宗第七子见浚故封，七世孙慈煃嗣爵，料知难守，与李乾德会商，开门夜走；并挈惠王常润，同趋衡州，投依桂王常瀛。常润、常瀛皆神宗子，常润封荆州，为李自成所逐，奔避长沙。常瀛封衡州，见三人同至，自然迎入。偏贼众又复驰至，桂王情急得很，忙与吉王、惠王等走永州。献忠入衡州城，拆桂王宫殿材木，运至长沙，构造宫殿，且遣兵追击三王。巡抚御史刘熙祚，令中军护三王入广西，自入永州死守。永州复有内奸，迎贼入城，熙祚被执，囚置永阳驿中。熙祚闭目绝食，自作绝命词，题写壁上，贼再三谕降，临以白刃，熙祚大骂不已，遂为所害。献忠又陷宝庆、常德，掘故督师杨嗣昌墓，枭尸见血。再攻辰州，为土兵堵住，不能行进，乃移攻道州。守备沈至绪，出城战殁，女名云英，涕泣誓师，再集败众，突入贼营。贼众疑援军骤至，仓皇骇散。云英追杀甚众，夺得父尸而还，州城获全。事达明廷，拟令女袭父职，云英辞去，后嫁昆山士人王圣开，种梅百本，阶隐以终。也是一个奇女。献忠复东犯江西，陷吉安、袁州、建昌、抚州诸府，及广东南韶属城，嗣因左良玉遣将马士秀、马进忠等，夺还岳州，进复袁州，遂无志东下，转图西略，竟将长沙王府，亦甘心弃去，挈数十万众，渡江过荆州，尽焚舟楫，窜入四川去了。献忠志在偏隅，不及自成远甚。

怀宗以中原糜烂，食不甘味，寝不安席，默溯所用将相，均不得人，乃另选吏部侍郎李建泰，副都御史方岳贡，以原官入直阁务。寻闻自成僭号，惊惶益甚，拟驾出亲征，忽接得自成伪檄一道，其文云：

新顺王李，诏明臣庶知悉！上帝监视，实唯求莫，下民归往，祇切来苏。命既靡常，情尤可见。尔明朝久席泰宁，寖弛纲纪，君非甚暗，孤立而炀蔽恒多；臣尽行私，比党而公忠绝少。赂通官府，朝端之威福日移；利擅宗神，闾左之脂膏殆尽。公侯皆食肉纨袴，而倚为腹心，宦官悉龁糠犬豕，而借其耳目。狱囚累累，士无报礼之心；征敛重重，民有偕亡之恨。肆昊天聿穷乎仁爱，致兆民爰苦乎祲灾。朕起布衣，目击憔悴之形，身切痌瘝之痛，念兹普天率土，咸罹困穷，讵忍易水燕山，

未甦汤火，躬于恒冀，绥靖黔黎。犹虑尔君若臣未达帝心，未喻朕意，是以质言正告，尔能体天念祖，度德审几，朕将加惠前人，不吝异数。如杞如宋，享祀永延，用章尔之孝；有室有家，民人胥庆，用章尔之仁。凡兹百工，勉保乃辟，绵商孙之厚禄，赓嘉客之休声，克殚厥猷，臣谊靡忒。唯今诏告，允布腹心，君其念哉！罔怨恫于宗公，勿阽危于臣庶。臣其慎哉！尚效忠于君父，广贻谷于身家。檄到如律令！

怀宗阅罢，不禁流涕涔涔，叹息不止。可巧山东佥事雷演祚入朝，讦奏山东总督范志完，纵兵淫掠，及故辅周延儒招权纳贿等情，怀宗遂逮讯志完，下狱论死，并赐延儒自尽。籍没家产。晓得迟了。一面集廷臣会议，欲亲征决战。忽有一大臣出奏道："不劳皇上亲征，臣当赴军剿贼。"怀宗闻言，不禁大喜。正是：

大陆已看成巨浸，庸才且自请专征。

未知此人是谁，且看下回交代。

语曰："不嗜杀人者能一之。"李闯为乱十余年，忽盛忽衰，终不得一尺寸土，迨用牛金星、李岩等言，稍稍免杀，而从贼者遂日众。可见豪杰举事，总以得民心为要领，凶狡如李闯，且以稍行仁义，莫之能御，况其上焉者乎？张献忠则残忍性成，横行东西，无恶不作，卒至长江一带，无立足地，厥后窜入西蜀，尚得残逞二三年。盖由中原无主，任其偏据一方，莫之过问，蜀中受其涂毒，至数百里无人烟，意者其劫数使然欤？然国必自亡而后人亡之，闯、献之乱，无非由明自取，观李闯伪檄，中有陈述明弊数语，实中要肯，君子不以人废言，读之当为怅然！

第九十九回　周总兵宁武捐躯
明怀宗煤山殉国

却说怀宗令群臣会议，意欲亲征，偏有一大臣自请讨贼。这人就是大学士李建泰。建泰籍隶曲沃，家本饶富，至是以国库空虚，愿出私财饷军，督师西讨。若非看至后文，几似忠勇过人。怀宗喜甚，即温言奖勉道："卿若肯行，尚有何言？朕当仿古推毂礼，为卿一壮行色。"建泰叩谢，怀宗遂赐他尚方剑。越日，幸正阳门，亲自祖饯，赐酒三卮。建泰拜饮讫，乘舆启程，都城已乏健卒，只简选了五百人，随着前行。约行里许；猛闻得砉然一声，舆杠忽断，险些儿把建泰扑跌，建泰也吃了一惊，不祥之兆。乃易舆出都。忽由山西传来警报，闯军已入山西，连曲沃也被攻陷了。这一惊非同小可，方悔前日自请督师，殊太孟浪，且所有家产，势必陷没，为此百忧齐集，急成了一种怔忡病，勉勉强强的扶病就道，每日只行三十里。到了定兴，吏民还闭城不纳，经建泰督军攻破，笞责长吏，奏易各官，一住数日，复移节至保定。保定以西，已是流贼蔓延。没有一片干净土，建泰也不敢再行，只在保定城中住着，专待贼众自毙。完了。

怀宗以建泰出征，复命少詹事魏藻德，及工部尚书范景文，礼部侍郎邱瑜，入阁辅政。景文颇有重名，至是亦无法可施。小人之使为国家，菑害并至，虽有善者，亦无如之何矣！怀宗虚心召问，景文亦唯把王道白话，对答了事。此时都外警耗，日必数十起，怀宗日夜披阅，甚至更筹三唱，尚赍黄封到阁。景文等亦坐以待旦，通宵不得安眠。一夕，怀宗倦甚，偶在案上假寐，梦

见一人峨冠博带，入宫进谒，且呈上片纸，纸上只书一“有”字，方欲诘问，忽然醒悟，凝视细想，终不识主何兆验。次日与后妃等谈及，大家无非贡谀，把大有富有的意义，解释一遍。嗣复召问廷臣，所对与宫中略同。独有一给事中上言道：“有字上面，大不成大，有字下面，明不成明，恐此梦多凶少吉。”可谓善于拆字。怀宗闻言，尚未看明何人，那山西、四川的警报，接连递入，便将解梦的事情，略过一边。当下批阅军书，一是自成陷太原，执晋王求桂，巡抚蔡懋德以下，统同死节。一是献忠陷重庆，杀瑞王常浩，巡抚陈士奇以下，统同遇害。怀宗阅一行，叹一声，及瞧完军报，下泪不止。各大臣亦面面相觑，不发一言。怀宗顾语景文道：“这都是朕的过失，卿可为朕拟诏罪己便了。”言已，掩面入内。景文等亦领旨出朝，即夕拟定罪已诏，呈入内廷，当即颁发出来。诏中有云：

朕嗣守鸿绪，十有七年，深念上帝陟降之威，祖宗付托之重，宵旦兢惕，罔敢怠荒。乃者灾害频仍，流氛日炽，忘累世之豢养，肆廿载之凶残，赦之益骄，抚而辄叛；甚至有受其煽惑，顿忘敌忾者。朕为民父母，不得而卵翼之，民为朕赤子，不得而怀保之，坐令秦、豫丘墟，江、楚腥秽，罪非朕躬，谁任其责？所以使民罹锋镝，陷水火，殣量以壑，骸积成邱者，皆朕之过也。使民输刍挽粟，居送行赍，加赋多无艺之征，预征有称贷之苦者，又朕之过也。使民室如悬磬，田卒污莱，望烟火而凄声，号冷风而绝命者，又朕之过也。使民日月告凶，旱潦荐至，师旅所处，疫疠为殃，上干天地之和，下丛室家之怨者，又朕之过也。至于任大臣而不法，用小臣而不廉，言官首窜而议不清，武将骄懦而功不奏，皆由朕抚驭失道，诚感未孚，中夜以思，跼蹐无地。朕自今痛加创艾，深省厥愆，要在惜人才以培元气，守旧制以息烦嚣。行不忍之政以收人心，蠲额外之科以养民力。至于罪废诸臣，有公忠正直，廉洁干才尚堪用者，不拘文武，吏兵二部，确核推用。草泽豪杰之士，有恢复一郡一邑者，分官世袭，功等开疆。即陷没胁从之流，能舍逆反正，率众来归，许赦罪立功，能擒斩闯、献，仍予封侯九赏。呜呼！忠君爱国，人有同心，雪耻除凶，谁无公愤？尚怀祖宗之厚泽，助成底定之大功，思免厥愆，历告朕意。

这道谕旨，虽然剀切诚挚，怎奈大势已去，无可挽回。张献忠自荆州趋蜀，进陷夔州，官民望风逃遁。独女官秦良玉驰援，兵寡败归，慷慨誓众道："我兄弟二人，均死王事，独我一孱妇人，蒙国恩二十年，今不幸败退，所有余生，誓不降贼。今与部众约！各守要害，贼至奋击，否则立诛。"部众唯唯遵令。所以献忠据蜀，独石柱免灾。全国将帅，不及一秦良玉，我为愧死。四川巡抚陈士奇已谢事，留驻重庆，适神宗第五子瑞王常浩，自汉中避难来奔，与士奇协议守御。献忠破涪州，入佛图关，直抵重庆城下。城中守御颇坚，贼穴地轰城，火发被陷。瑞王、士奇等皆被执。指挥顾景，亦为所掳，泣告献忠道："宁杀我！无杀帝子！"献忠怒他多言，竟杀瑞王，并杀顾景，又杀士奇等。天忽无云而雷，猛震三声，贼或触电顿死。献忠指天诟詈道："我要杀人，与你何干！"遂令发巨炮，与天角胜。帝阍有灵，何不殛死这贼？复大杀蜀中士人，尸如山积。后更攻入成都，杀死巡抚龙文光，及巡按御史刘之勃。蜀王至澍，系太祖第十一子椿九世孙，袭封成都，闻城已被陷，率妃妾同投井中，阖室被害。献忠更屠戮人民，惨酷尤甚。男子无论老幼，一概开刀，甚且剥皮醢酱。所掠妇女，概令裸体供淫，且纵兵士轮奸，奸毕杀死。见有小脚，便即割下，叠成山状，名为莲峰。随命架火烧毁，名为点朝天烛。又大索全蜀绅士，一到便杀，末及一人，大呼道："小人姓张，大王也姓张，奈何自残同姓？"献忠乃命停刑。原来献忠好毁祠宇，独不毁文昌宫，尝谓："文昌姓张，老子也姓张，应该联宗。"且亲制册文，加封文昌。不知说的什么笑话，可惜不传。此次被执的人，自己并不姓张，因传闻此事，遂设词尝试，也是命不该绝，竟得活命。献忠复开科取士，得张姓一人为状元，才貌俱佳，献忠很是宠爱，历加赏赐，忽语左右道："我很爱这状元，一刻舍他不得，不如杀死了他，免得记念。"遂将状元斩首。复又悬榜试士，集士子数千人，一齐击死。相传张献忠屠尽四川，真是确凿不虚。或谓献忠是天杀星下凡，这不过凭诸臆测罢了。

献忠入蜀，自成亦入晋，破汾州、蒲州，乘势攻太原。巡抚蔡懋德，与副总兵应时盛等，支持不住，与城俱亡。晋王求桂，系太祖第三子㭎十世孙，嗣封太原，竟为所掳，后与秦王存枢，俱不知所终。秦王被掳事见前。自成遂进陷黎晋、潞安，径达代州，那时尚有一位见危致命，百战死事的大忠臣，姓周名遇吉，官拜山西总兵，驻扎代州。硕果仅存，不得不郑重出之。他

闻自成兵至，即振刷精神，登城力御，相持旬余，击伤闯众千名。无如城中食尽，枵腹不能杀贼，没奈何引军出城，退守宁武关。自成率众蹑至，在关下耀武扬威，大呼五日不降，即要屠城。遇吉亲发大炮，更番迭击，轰毙贼众万人。自成大怒，但驱难民当炮，自率锐卒，伺隙猛攻。遇吉不忍再击难民，却想了一条计策，密令军士埋伏门侧，亲率兵开关搦战。贼众一拥上前，争来厮杀，斗不上十余合，遇吉佯败，返奔入关，故意的欲闭关门。巧值贼众前队，追入关中，一声号炮，伏兵杀出，与遇吉合兵掩击，大杀一阵。贼众情知中计，不免忙乱，急急退出关外，已伤亡了数千人。自成愤极，再欲督众力攻，还是牛金星劝他暂忍，请筑起长围，为久困计。果然此计一行，城中坐敝。遇吉遣使四出，至宣、大各镇，及近畿要害，请饷增兵，偏偏怀宗又用了一班腐竖，如高起潜、杜勋等，分任监军，统是观望迁延，掯住不发。怀宗至此尚用这班腐竖，反自谓非亡国之君，谁其信之？遇吉料难久持，只是活了一日，总须尽一日的心力，看看粮食将罄，还是死守不懈。自成知城中力敝，也用大炮攻城，城毁复完，约两三次；到了四面围攻，抢堵不及，遂被贼众捣入。遇吉尚率众巷战，徒步跳荡，手杀数十人；身上矢集如蝟，才晕仆地上，仓猝中为贼所得，气息尚存，还喃喃骂贼不已，遂致遇害。遇吉妻刘氏，率妇女登屋射贼，贼纵火焚屋，阖家俱死。城中士民，无一降贼，尽被杀毙。

自成入宁武关，集众会议道："此去历大同、阳和、宣府、居庸，俱有重兵，倘尽如宁武，为之奈何？不如且还西安，再图后举。"牛金星、李岩等，亦踌躇未决，但劝他留住数日，再作计较。忽大同总兵姜瓖，及宣府总兵王承允，降表踵至，自成大喜，即督众起行，长驱而东，京畿大震。左都御史李邦华，倡议迁都，且请太子慈烺，抚军江南，疏入不报。大学士蒋德璟，与少詹事项煜，亦请命太子至江南督军，李建泰又自保定疏请南迁，有旨谓："国君死社稷，朕知死守，不知他往"等语。一面封宁远总兵吴三桂、唐通，及湖广总兵左良玉，江南总兵黄得功，均为伯爵，召令勤王。唐通率兵入卫，怀宗命与太监杜之秩，同守居庸关。又是一个太监。自成至大同，姜瓖即开门迎降，代王传济被杀。传济系太祖第十三子桂十世孙，世封大同，阖门遇害。巡抚卫景瑗被执，自成胁降，景瑗以头触石，鲜血淋漓，贼亦叹为忠臣，旋即自缢。大同已失，宣府当冲，太监杜勋，蟒玉鸣驺，出城三十

里，恭迎贼兵。巡抚朱之冯登城誓众，无一应命，乃南向叩头，缢死城楼下。自成遂长驱至居庸关，太监杜之秩，首议迎降，唐通亦乐得附和，开关纳贼。怀宗专任内监。结局如是。贼遂陷昌平，焚十二陵。总兵李守锛战死，监军高起潜遁去，督师李建泰降贼，贼遂直扑都城。都下三大营，或降或溃。

襄城伯李国桢，飞步入宫，报知怀宗，怀宗即召太监曹化淳募兵守城，还要任用太监，可谓至死不悟。且令勋戚大珰，捐金助饷。嘉定伯周奎，系周皇后父，家资饶裕，尚不肯输捐，经太监徐高，奉命泣劝，仅输万金。国戚如此，尚复何言？太监王之心最富，由怀宗涕泣而谕，亦仅献万金，余或千金、百金不等。唯太康伯张国纪，输二万金。怀宗又搜括库金二十万，充作军资，此时守城无一大将，统由太监主持。曹化淳又托词乏饷，所有守陴兵民，每人只给百钱，还要自己造饭。大众买饭为餐，没一个不怨苦连天，哪个还肯尽力？城外炮声连天，响彻宫禁，自成设座彰仪门外，降贼太监杜勋侍侧，呼城上人，愿入城见帝。曹化淳答道："公欲入城，当缒下一人为质，请即缒城上来。"杜勋朗声道："我是杜勋，怕什么祸祟，何必用质？"降贼有如此威势，试问谁纵使至此？化淳即将他缒上，密语了好多时。无非约降。勋又大胆入宫，极言自成势大，皇上应自为计，怀宗叱令退去。还不杀他。诸内臣请将勋拘住，勋笑道："有秦、晋二王为质，我若不返，二王亦必不免了。"乃纵使复出。勋语守阉王则尧、褚宪章道："我辈富贵自在，何必担忧？"穷此一念，何事不可为？当下缒城自去。曹化淳一意献城，令守卒用空炮向外，虚发硝烟，尚挥手令贼退远，然后发炮。就中只有内监王承恩，所守数堵，尚用铅弹实炮，击死贼众数千人。兵部尚书张缙彦，几次巡视，都被化淳阻住，转驰至宫门，意欲面奏情形，又为内待所阻。内外俱是叛阉，怀宗安得不死？怀宗还是未悟，尚且手诏亲征，并召驸马都尉巩永固入内，令以家丁护太子南行。也是迟了。永固泣奏道："亲臣不得藏甲，臣那得有家丁。"怀宗麾使退去。再召王承恩入问，忽见承恩趋入道："曹化淳已开彰义门迎贼入都了。"怀宗大惊，急命承恩迅召阁臣。承恩甫出，又有一阉入报道："内城已陷，皇上宜速行！"怀宗惊问道："大营兵何在？李国桢何往？"那人答道："营兵已散，李国桢不知去向。"说至"向"字，已三脚两步，跑了出去。待承恩转来，亦报称阁臣散值。是时夜色已阑，怀宗即与王承恩步至南宫，上登煤山，望见烽火烛天，不禁叹息道："苦我百姓！"言下黯然。徘

徊逾时，乃返乾清宫，亲持硃笔写着："成国公朱纯臣，提督内外诸军事，夹辅东宫。"写毕，即命内侍赍送内阁。其实内阁中已无一人，内侍只将硃谕置诸案上，匆匆自去。怀宗又命召周后、袁贵妃，及太子永王、定王入宫，原来怀宗生有七子，长名慈烺，已立为皇太子，次名慈烜，早殇，三名慈炯，封定王，这三子俱系周后所出；第四子名慈炤，封永王，五名慈焕，早殇，俱系田贵妃所出，还有第六第七两子，亦产自田妃，甫生即逝。百忙中偏要细叙，此为详人所略之笔，即如前时所述诸王，亦必表明世系，亦是此意。此时尚存三子，奉召入宫。周后、袁贵妃亦至，怀宗嘱咐三子，寥寥数语，即命内侍分送三人，往周、田二外戚家。周后拊太子、二王，凄声泣别，怀宗泣语周后道："尔为国母，理应殉国。"后乃顿首道："妾侍陛下十有八年，未蒙陛下听妾一言，致有今日，今陛下命妾死，妾何敢不死？"语毕乃起，解带自缢。怀宗又命袁贵妃道："你也可随后去罢！"贵妃亦叩头泣别，自去寻死。怀宗又召长公主到来，公主年甫十五，不胜悲恸。怀宗亦流泪与语道："你何故降生我家？"言已，用左手掩面，右手拔刀出鞘，砍伤公主左臂，公主晕绝地上。袁贵妃自缢复苏，又由怀宗刃伤左肩，并砍死妃嫔数人。乃谕王承恩道："你快去取酒来！"承恩携酒以进，怀宗命他对饮，连尽数觥，遂易靴出中南门，手持三眼枪，偕承恩等十数人，往成国公朱纯臣第，阍人闭门不纳，怀宗长叹数声，转至安定门，门坚不可启。仰视天色熹微，亟回御前殿，鸣钟召百官，并没有一人到来。乃返入南宫，猛记起懿安皇后，尚居慈庆宫，遂谕内侍道："你去请张娘娘自裁，勿坏我皇祖爷体面。"内侍领旨去讫，未几返报，张娘娘已归天了。怀宗平时，颇敬礼张后，每届元日，必衣冠朝谒。后隔帘答以两拜，至是亦投缳自尽。或谓懿安后青衣蒙头，徒步投成国公第，殊不足信。怀宗复啮了指血，自书遗诏，藏入衣襟，然后再上煤山，至寿皇亭自经，年只三十五岁。太监王承恩，与帝对缢，时为崇祯十七年甲申三月十九日。特书以志明亡。

李自成毡笠缥衣，乘乌骏马，入承天门，伪丞相牛金星，尚书宋企郊等，骑马后随。自成弯弓指门，语牛、宋两人道："我若射中天字，必得一统。"当下张弓注射，一箭射去，偏在天字下面插住，自成不禁愕然。金星忙道："中天字下，当中分天下。"自成乃喜，投弓而入，登皇极殿，大索帝后不得。至次日，始有人报帝尸所在，乃令舁至东华门，但见帝披发覆面，

身著蓝袍，跣左足，右朱履，襟中留有遗诏，指血模糊，约略可辨。语云：

朕凉德藐躬，上干天咎，致逆贼直逼京师，此皆诸臣误朕，朕死无面目见祖宗于地下。自去冠冕，以发覆面，任贼分裂朕尸，毋伤百姓一人。

自成又索后尸，经群贼从宫中舁出，后身著朝服，周身用线密缝，容色如生，遂由自成伪命，敛用柳棺，覆以蓬厂，寻移殡昌平州，州民醵钱募夫，合葬田贵妃墓。先是禁城已陷，宫中大乱，尚衣监何新入宫，见长公主仆地，亟与费宫人救醒公主，背负而出。袁贵妃气尚未绝，亦另由内侍等救去。宫人魏氏大呼道："贼入大内，我辈宜早为计。"遂跃入御河。从死的宫人，约有一二百名。唯费宫人年方十六，德容庄丽，独先与公主易服，匿智井中，至闯贼入宫，四觅宫娥，从智井中钩出费氏，拥见自成。费宫人道："我乃长公主，汝辈不得无礼。"自成见她美艳，意欲纳为妃妾，乃问及宫监，言非公主，乃赐爱将罗某。罗大喜，携费出宫，费宫人又道："我实天潢贵胄，不可苟合，汝能祭先帝，从容尽礼，我便从汝。"罗立从所请，于是行合卺礼。众贼毕贺，罗醉酣始入，费宫人又置酒饮罗，连奉数巨觥，罗益心喜，便语费道："我得汝，愿亦足了。但欲草疏谢王，苦不能文，如何是好？"费宫人道："这有何难，我能代为，汝且先寝！"罗已大醉，欢然就卧。费乃命侍女出房，挑灯独坐，待夜阑人寂，静悄悄的走至榻前，听得鼾声如雷，便从怀中取出匕首，卷起翠袖，用尽平生气力，将匕首刺入罗喉。罗颈血直喷，三跃三仆，方才殒命。读至此，稍觉令人一快。费氏自语道："我一女子，杀一贼帅，也算不徒死了。"遂把匕首向颈中一横，也即死节。小子有诗咏费宫人道：

裙钗队里出英雄，仗剑枭仇溅血红。
主殉国家儿殉主，千秋忠烈仰明宫。

还有一段明亡的残局，请看官再阅下回。

怀宗在位十七年，丧乱累累，几无一日安枕，而卒不免于亡。观其下诏罪己，

闻者不感，飞檄勤王，征者未赴，甚至后妃自尽，子女沦胥，啮血书诏，披发投缳，何其惨也？说者谓怀宗求治太急，所用非人，是固然矣。吾谓其生平大误，尤在于宠任阉珰，各镇将帅，必令阉人监军，屡次失败，犹未之悟。至三边尽没，仍用阉竖出守要区，宁武一役，第得一忠臣周遇吉，外此无闻焉。极之贼逼都下，尚听阉人主张，勋戚大臣，皆不得预。教猱升木，谁之过欤？我读此回，为怀宗悲，尤不能不为怀宗责。臣误君，君亦误臣，何怀宗之至死不悟也？

第一百回　乞外援清军定乱
覆半壁明史收场

却说费宫人刺死罗贼，便即自刎，贼众排闼入视，见二人统已气绝，飞报自成。自成亦惊叹不置，命即收葬。太子至周奎家，奎闭门不纳，由太监献与自成，自成封太子为宋王。既而永、定二王，亦为自成所得，均未加害。当时外臣殉难，叙不胜叙，最著名的是大学士范景文，户部尚书倪元潞，左都御史李邦华，兵部右侍郎王家彦，刑部右侍郎孟兆祥，左副都御史施邦曜，大理寺卿凌义渠，太常少卿吴麟征，右庶子周凤翔，左谕德马世奇，左中允刘理顺，检讨汪伟，太仆寺丞申佳允，给事中吴甘来，御史王章、陈良谟、陈纯德、赵谟，兵部郎中成德，郎中周之茂，吏部员外郎许直，兵部员外郎金铉等，或自刎，或自经，或投井亡身，或阖室俱尽。勋戚中有宣城伯卫时春，惠安伯张庆臻，新城侯王国兴，新乐侯刘文炳，驸马都尉巩永固，皆同日死难。襄城伯李国桢，往哭梓宫，为贼众所拘，入见自成，自成令降，国桢道："欲我降顺，须依我三件大事。"自成道："你且说来！"国桢道："第一件是祖宗陵寝，不应发掘；第二件是须用帝礼，改葬先皇；第三件是不宜害太子及永、定二王。"自成道："这有何难？当一一照办！"遂命用天子礼，改葬怀宗。国桢素服往祭，大恸一场，即自经死。还有一卖菜佣，叫作汤之琼，见梓宫经过，悲不自胜，触石而死。江南有一樵夫，自号髯樵，亦投水殉难。又有一乞儿，自缢城楼，无姓氏可考，只衣带中有绝命书，是："身为丐儿，也是明民，明朝既亡，我生何为"十余字。

正是忠臣死节，烈士殉名，樵丐亦足千秋，巾帼同昭万古，有明一代的太祖太宗，如有灵爽，也庶可少慰了。插此转笔，聊为明史生光。统计有明一代，自洪武元年起，至崇祯十七年止，凡十六主，历十二世，共二百七十七年。结束全朝。

李自成既据京师，入居大内，成国公朱纯臣，大学士魏藻德、陈演等，居然反面事仇，带领百官入贺，上表劝进。文中有“比尧、舜而多武功，迈汤、武而无惭德”等语。无耻若此，令人发指。自成还无暇登极，先把朱纯臣、魏藻德、陈演诸人，拘系起来，交付贼将刘宗敏营，极刑搒掠，追胁献金。就是皇亲周奎，及豪阉王之心各家，俱遣贼查抄。周奎家抄出现银五十二万，珍币也值数十万，王之心家抄出现银十五万，金宝器玩，亦值数十万。各降臣倾家荡产，还是未满贼意，仍用严刑拷逼，甚至灼肉折胫，备极惨酷，那时求死不遑，求生不得，嗟无及了，悔已迟了。卖国贼听者！未几自成称帝，即位武英殿，甫升座，但见白衣人立在座前，长约数丈，作欲击状，座下制设的龙爪，亦跃跃欲动，不禁毛骨俱悚，立即下座。又命铸永昌钱，字不成文，铸九玺又不成，弄得形神沮丧，不知所措，唯日在宫中淫乐，聊解愁闷。

一夕，正在欢宴，忽有贼将入报道：“明总兵平西伯吴三桂，抗命不从，将统兵来夺京师了。”自成惊起道：“我已令他父吴襄，作书招降，闻他已经允诺，为什么今日变卦呢？”来将四顾席上，见有一个美人儿，斜坐自成左侧，不禁失声道：“闻他是为一个爱姬。”自成会意，便截住道：“他既不肯投顺，我自去亲征罢！”来将退出，自成恰与诸美人，行乐一宵。次日，即调集贼众十余万，并带着吴三桂父吴襄，往山海关去了。

看官听着！这吴三桂前时入朝，曾向田皇亲家，取得一个歌姬，叫作陈沅，小字圆圆，色艺无双，大得三桂宠爱。嗣因三桂仍出镇边，不便携带爱妾，就在家中留着。至自成入都，执住吴襄，令他招降三桂，又把陈圆圆劫去，列为妃妾，实地受用。三桂得了父书，拟即来降，启程至滦州，才闻圆圆被掳，怒从心上起，恶向胆边生，当即驰回山海关，整军待敌。可巧清太宗病殂，立太子福临为嗣主，改元顺治，命亲王多尔衮摄政，并率大军经略中原。这时清军将到关外，闯军又逼关中，恁你吴三桂如何能耐，也当不住内外强敌。三桂舍不掉爱姬，索性一不做，二不休，便遣使至清营求

援。为一美人，甘引异族，这便叫作倒行逆施。多尔衮得此机会，自然照允，当下驰至关前，与三桂相见，歃血为盟，同讨逆贼。闯将唐通、白广恩，正绕出关外，来袭山海关，被清军一阵截击，逃得无影无踪。多尔衮又令三桂为前驱，自率清军为后应，与自成在关内交锋。自成兵多，围住三桂，霎时间大风刮起，尘石飞扬，清军乘势杀入，吓得闯军倒退。自成狂叫道："满洲军到了！满洲军到了！"顿时策马返奔，贼众大溃，杀伤无算，沟水尽赤。三桂穷追自成，到了永平，自成将吴襄家属，尽行杀死，又走还京师。怎禁得三桂一股锐气，引导清军，直薄京师城下。自成料知难敌，令将所得金银，熔铸成饼，每饼千金，约数万饼，用骡车装载，遣兵先发，乃放起一把无名火来，焚去宫阙，自率贼众数十万，挟太子及二王西走。临行时，复勒索诸阉藏金，金已献出，令群贼一一杖逐。阉党号泣徒跣，败血流面，一半像人，一半像鬼。阉党昧尽天良，狗彘不若，处以此罚，尚嫌太轻。那时京师已无人把守，即由三桂奉着大清摄政王整辔入城。三桂进了都门，别事都无暇过问，只寻那爱姬陈圆圆。一时找不着美人儿，复赶出西门，去追自成。闯军已经去远，仓卒间追赶不上，偏偏京使到来，召他回都，三桂无奈，只好驰回。沿途见告示四贴，统是新朝安民的晓谕，他也无心顾及，但记念这圆圆姑娘，一步懒一步，挨入都中，复命后返居故第，仍四处探听圆圆消息。忽有一小民送入丽姝，由三桂瞧着，正是那日夕思念的心上人，合浦珠还，喜从天降，还管他什么从贼不从贼，当下重赏小民，挈圆圆入居上房，把酒谈心，格外恩爱，自不消说。唯此时逆闯已去，圆圆如何还留？闻说由圆圆计骗自成，只说是留住自己，可止追兵。自成信以为真，因将她留下。这是前缘未绝，破镜重圆，吴三桂尚饶艳福，清朝顺治皇帝，也应该入主中原，所以有此尤物呢。冥冥中固有天意，但实由三桂一人造成。清摄政王多尔衮，既下谕安民，复为明故帝后发丧，再行改葬，建设陵殿，悉如旧制。就是将死未死的袁贵妃，及长公主，也访知下落，令她辟室自居。袁贵妃未几病殁，长公主曾许字周世显，寻由清顺治帝诏赐合婚，逾年去世。独太子及永定二王，始终不知下落，想是被闯贼害死了。结过怀宗子女。京畿百姓，以清军秋毫无犯，与闯贼迥不相同，大众争先投附，交相称颂。于是明室皇图，平白地送与满清。清顺治帝年方七龄，竟由多尔衮迎他入关，四平八稳，据了御座，除封赏满族功臣外，特封吴三桂为平西王，敕赐册印。还有前时降清的汉

员，如孔有德、耿仲明、尚可喜、洪承畴等，各封王拜相，爵位有差。

清廷遂进军讨李自成，自成已窜至西安，屯兵潼关。清靖远大将军阿济格，定国大将军多铎，分率吴三桂、孔有德诸人，两路夹攻，杀得自成走投无路，东奔西窜，及遁至武昌，贼众散尽，只剩数十骑入九宫山，村民料是大盗，一哄而起，你用锄，我用耜，斫死了独眼龙李自成，并获住贼叔及妻妾，及死党牛金星、刘宗敏等，送与地方官长，一并处死。李岩已为牛金星所谮，早已被自成杀死，不在话下。红娘子未知尚在否？自成已毙，清廷又命肃亲王豪格，偕吴三桂西徇四川，张献忠正在西充屠城，麾众出战，也不值清军一扫。献忠正要西走，被清将雅布兰，一箭中额，翻落马下。清军踊跃随上，一阵乱刀，剁为肉浆。闯、献两贼，俱恶贯满盈，所以收拾得如此容易。

河北一带，统为清有，独江南半壁，恰拥戴一个福王由崧。由崧为福王常洵长子，自河南出走，见九十六回。避难南下。潞王常涝，亦自卫辉出奔，与由崧同至淮安。凤阳总督马士英，联结高杰、刘泽清、黄得功、刘良佐四总兵，拥戴由崧，拟立为帝。南京兵部尚书史可法，秉性忠诚，独言福王昏庸，不如迎立潞王。偏这马士英意图擅权，正想利用这昏庸福王，借他做个傀儡，遂仗着四总兵声势，护送福王至仪真，列营江北，气焰逼人。可法不得已，与百官迎入南京，先称监国，继即大位，改元弘光，用史可法、高弘图、姜曰广、王铎为大学士，马士英仍督凤阳，兼东阁大学士衔。这谕甫下，士英大哗，他心中本思入相，偏仍令在外督师，大违初愿，遂令高杰等疏促可法誓师，自己拥兵入觐，拜表即行。既入南京，便与可法龃龉，可法乃自请督师，出镇淮扬，总辖四总兵。当令刘泽清辖淮海，驻淮北，经理山东一路；高杰辖淮泗，驻泗水，经理开归一路；刘良佐辖凤寿，驻临淮，经理陈杞一路；黄得功辖滁和，驻庐州，经理光固一路，号称四镇。分地设汛，本是最好的布置，怎奈四总兵均不相容，彼此闻扬州佳丽，都思驻扎，顿时争夺起来。还是可法驰往劝解，才各归汛地。未曾遇敌，先自忿争，不亡何待？可法乃开府扬州，屡上书请经略中原。弘光帝独信任马士英，一切外政，置诸不理。士英本是魏阉余党，魏阉得势时，非常巴结魏阉，到魏阉失势，他却极力纠弹，做一个清脱朋友。至柄政江南，又欲引用私亲旧党，作为爪牙。会大学士高弘图等，拟追谥故帝尊号，称为思宗，士英与弘图不合，遂运动忻城伯赵之龙，上疏纠驳，略言："思非美谥，弘图敢毁先帝，有失臣

谊。”乃改“思”为“毅”。先是崇祯帝殉国，都中人士，私谥为怀宗，小子上文叙述，因均以怀宗相称，至清廷命为改葬，加谥为庄烈愍皇帝，所以后人称崇祯帝，既称怀宗，亦称思宗、毅宗，或称为庄烈帝，这也不必细表。

且说马士英既反对弘图等人，遂推荐旧党阮大铖。大铖冠带陛见，遂上守江要策，并自陈孤忠被陷，痛诋前时东林党人。他本有些口才，文字亦过得去，遂蒙弘光帝嘉奖，赐复光禄寺卿原官。大学士姜曰广，侍郎吕大器等，俱言大铖为逆案巨魁，万难复用，疏入不报。士英又引用越其杰、田卿、杨文骢等，不是私亲，便是旧党，吕大器上书弹劾，大为士英所恨，遂阴召刘泽清入朝，面劾大器，弘光帝竟将大器黜逐。适左良玉驻守武昌，拥兵颇众，士英欲倚为屏蔽，请旨晋封良玉为宁南侯。良玉与东林党人，素来联络，闻士英斥正用邪，很以为非，即令巡按御史黄澍，入贺申谢，并侦察南都动静。澍陛见时，面数士英奸贪，罪当论死。士英颇惧，潜赂福邸旧阉田成、张执中等，替他洗刷，一面佯乞退休。弘光帝温谕慰留，且令澍速还湖广。澍去后，诏夺澍官，且饬使逮问。良玉留澍不遣，且整兵待衅。

弘光帝是个糊涂虫，专在酒色上用功，暗令内使四出，挑选淑女。内使仗着威势，见有姿色的女子，即用黄纸贴额，牵扯入宫。居然用强盗手段。弘光帝恣情取乐，多多益善。且命太医郑三山，广罗春方媚药，如黄雀脑、蟾酥等，一时涨价。阮大铖又独出心裁，编成一部《燕子笺》，用乌丝阑缮写，献入宫中，作为演剧的歌曲。复采集梨园弟子，入宫演习。弘光帝昼看戏，夜赏花，端的是春光融融，其乐无极。乐极恐要生悲，奈何？刘宗周在籍起用，命为左都御史，再三谏诤，毫不见从。姜曰广、高弘图等，为了一个阮大铖，不知费了多少唇舌，偏弘光帝特别加宠，竟升任大铖为兵部侍郎，巡阅江防。曰广、弘图，及刘宗周等，不安于位，相继引退。士英且再翻逆案，重颁三朝要典，一意的斥逐正人，蒙蔽宫廷。史可法痛陈时弊，连上数十本章疏，都是石沉大海，杳无复音。清摄政王多尔衮闻可法贤名，作书招降，可法答书不屈，但请遣兵部侍郎左懋第等，赴北议和。此时中原大势，清得七八，哪肯再允和议？当将懋第拘住，胁令归降。懋第也是个故明忠臣，矢志不贰，宁死毋降，卒为所害。

清豫王多铎，遂率师渡河，来夺南都，史可法飞檄各镇，会师防御。各镇多拥兵观望，只高杰进兵徐州，沿河设戍，并约睢州总兵许定国，互相

联络，作为犄角。不意定国已纳款清军，反诱高杰至营，设宴接风，召妓侑酒，灌得高杰烂醉如泥，一刀儿将他杀死，翻天鹞做了枉死鬼，但未知邢氏如何？定国即赴清营报功。清军进拔徐州，直抵宿迁，刘泽清遁去。可法飞书告急，南都反促可法入援。原来宁南侯左良玉，以入清君侧为名，从九江入犯，列舟三百余里。士英大恐，因檄令可法入卫。可法只好奉命南旋，方渡江抵燕子矶，又接南都谕旨，以黄得功已破良玉军，良玉病死，令他速回淮扬。可法忙返扬州，尚拟出援淮泗，清兵已从天长、六合，长驱而来。那时扬州城内的兵民，已多逃窜，各镇兵无一来援，只总兵刘肇基，从白洋河赴急，所部只四百人。至清军薄城，总兵李栖凤，监军副使高岐凤，本驻营城外，不战先降，单剩了一座空城，由可法及肇基，死守数日，饷械不继，竟被攻入。肇基巷战身亡，可法自刎不死，被一参将拥出小东门。可法大呼道："我是史督师！"道言未绝，已为清兵所害，戎马蹂躏，尸骸腐变。直至次年，家人用袍笏招魂，葬扬州城外的梅花岭，明史上说他是文天祥后身，是真是伪，不敢臆断。南都殉难，以史公为最烈。

唯扬州已下，南都哪里还保得住？清兵屠了扬州，下令渡江，总兵郑鸿逵、郑彩守瓜州，副使杨文骢驻金山，闻清兵到来，只把炮弹乱放，清兵故意不进，等到夜深天黑，恰从上流潜渡。杨、郑诸位军官，到了天明，方知清兵一齐渡江，不敢再战，一哄儿逃走去了。警报飞达南京，弘光帝还拥着美人，饮酒取乐，一闻这般急耗，方收拾行李，挈着爱妃，自通济门出走，直奔芜湖。马士英、阮大铖等，也一并逃去。忻城伯赵之龙，与大学士王铎等，遂大开城门，恭迎清军。清豫王多铎，驰入南都，因是马到即降，特别加恩，禁止杀掠。休息一天，即进兵追弘光帝，明总兵刘良佐，望风迎降。

是时江南四镇，只剩了一个黄得功，他前曾奉命攻左良玉，良玉走死，乃还屯芜湖。会值弘光帝奔到，不得已出营迎驾，勉效死力。隔了一日，清兵已经追到，得功督率舟师，渡江迎战，正在彼此鏖斗的时候，忽见刘良佐立马岸上，大呼道："黄将军何不早降？"得功不禁大愤，厉声答道："汝为明将，乃甘心降敌么？"正说着，突有一箭飞来，适中喉间左偏，鲜血直喷，得功痛极，料不可支，竟拔箭刺吭，倒毙舟中。史公以外，要推黄得功。总兵田雄，见得功已死，起了坏心，一手把弘光帝挟住，复令兵士缚住弘光爱妃，送至对岸，献入清营，一位风流天子，只享了一年艳福，到了身为俘

虏，与爱妃同解燕京，眼见得牺牲生命，长辞人世。江南一带，悉属清朝，遂改应天府为江宁府。大明一代，才算得真亡了。点醒眉目，作为一代的结局。

后来潞王常淓，流寓杭州，称为监国，不到数月，清兵到来，无法可施，开门请降。故明左都御史刘宗周，绝粒死节。鲁王以海，自山东航海避难，转徙台州，由故臣张国维等，迎居绍兴，亦称监国，才历一年，绍兴为清兵所陷，以海遁入海中，走死金门。唐王聿键，前因勤王得罪，幽居凤阳，南都称帝，将他释放，他流离至闽，由郑芝龙、黄道周拥立为帝，改元隆武。明贼臣马士英、阮大铖二人，私降清军，导入仙霞关，唐王被掳，自尽福州。马、阮两贼，也被清军杀死。马、阮之死，亦特别提明，为阅者雪愤。唐王弟聿𨮁，遁至广州，由故臣苏观生等，尊他为帝，改年绍武，甫及一月，清军入境，聿𨮁又被掳，解带自经。桂王由榔，系神宗子常瀛次子，常瀛流徙广西，寓居梧州，南都已破，在籍尚书陈子壮等，奉他监国，未几病殁，子由榔曾封永明王，至是沿称监国，寻称帝于肇庆府，改元永历。这永历帝与清兵相持，迭经苦难，自清顺治三年起，直熬到顺治十六年，方弄得寸土俱无，投奔缅甸。居缅两年，由清降将平西王吴三桂，用了兵力，硬迫缅人献出永历帝，把他处死。明室宗支，到此始尽。外如故明遗臣，迭起迭败，不可胜记，最著名的是郑芝龙子郑成功，芝龙自唐王败殁，降了清朝，独成功不从，航海募兵，初奉隆武正朔，继奉永历正朔，夺了荷兰人所占的台湾岛，作为根据，传了两世，才被清军荡平。小子前编《清史通俗演义》，把崇祯以后的事情，一一叙及。清史出版有年，想看官早已阅过，所以本回叙述弘光帝，及鲁、唐、桂三王事，统不过略表大纲，作为《明史演义》的残局。百回已尽，笔秃墨干，但记得明末时代，却有好几首吊亡诗，凄楚呜咽，有巫峡啼猿的情景，小子不忍割爱，杂录于后，以殿卷末。诗曰：

盈廷抛旧去迎新，万里皇图半夕沦。
二百余年明社稷，一齐收拾是阉人。

画楼高处故侯家，谁种青门五色瓜？
春满园林人不见，东风吹落故宫花。

风动空江羯鼓催，降旗飘飐凤城开。
将军战死君王系，薄命红颜马上来。

词客哀吟石子冈，鹧鸪清怨月如霜。
西宫旧事余残梦，南内新词总断肠。

本回举三桂乞援，清军入关，闯、献毙命，南都兴废，以及鲁、唐、桂三王残局，统行包括，计不过五千余字，得毋嫌其略欤？曰非略也。观作者自道之言，谓已于《清史演义》中一一叙明，此书无庸复述。吾谓即无清史之演成，就明论明，亦应如是而止，不必特别加详也。盖明史尽于怀宗，《明史演义》，即应以怀宗殉国为止，后事皆与清史相关，当列诸清史中以分界限。不过南都半壁，犹可为明室偏安之资，假令弘光帝励精图治，任贤去邪，则即不能规复中原，尚可援东晋、南宋之例，绵延十百年，谓为非明不可得也。自南都破而明乃真亡，故本回犹接连叙下。至如鲁、唐、桂三王，僻处偏隅，万不足与满清抗衡，约略叙及，所以收束全明宗室，简而不漏，约而能赅，全书以此为终回，阅者至此，得毋亦叹为观止乎？

历朝通俗演义 第十部

清史通俗演义

（上）

蔡东藩 著

中国书店

图书在版编目（CIP）数据

清史通俗演义 / 蔡东藩著；—北京：中国书店，2012.6（2019.10重印）
（历朝通俗演义）
ISBN 978-7-5149-0386-7

Ⅰ.①清… Ⅱ.①蔡… Ⅲ.①章回小说－中国－现代 Ⅳ.①I246.4

中国版本图书馆 CIP 数据核字（2012）第 108394 号

责任编辑 辛 迪
策 划 人 张凌文
装帧设计 肖晋兴
制作统筹 陈 辉

清史通俗演义
蔡东藩 著

出 版 中国书店
地 址 北京市西城区琉璃厂东街115号
邮 编 100050
发 行 全国新华书店经销
印 刷 天津东辰丰彩印刷有限公司
开 本 680毫米×980毫米 1/16
印 张 46.75
字 数 741,000
版 次 2012年8月第1版
印 次 2019年10月第11次印刷
书 号 ISBN 978-7-5149-0386-7
定 价 598.00元（全十一部，共二十一册）

出版说明

蔡东藩先生从1915年开始创作《清史通俗演义》。此后历经十年，先后完成《元史通俗演义》、《明史通俗演义》、《民国通俗演义》、《宋史通俗演义》、《唐史通俗演义》、《五代史通俗演义》、《南北史通俗演义》、《两晋通俗演义》、《前汉通俗演义》、《后汉通俗演义》。

蔡先生的小说除极具故事性、趣味性之外，还极其重视史料的真实性。不但可以作为一般的休闲读物，也可以作为历史爱好者的参考书。

本套书由上海会文堂新记书局陆续出版，至1926年9月全部出齐。初版11部全部是有光纸石印线装本。1935年5月，会文堂进行改版，全部改为铅印，分装44册，增加了许廑父续写的《民国通俗演义》后40回。全套书书名为《历朝通俗演义》，共11部，600余万字。

此次出版，是以会文堂1935年的铅印本为底本，将繁体竖排改为简体横排。在编辑过程中，尽量保持原书风貌，仅对个别的错字、标点等做了调整和修改。原书的一大特色，蔡东藩自己批注的注释、夹批和后批，全部按原文保留。

希望能带给读者原汁原味的阅读感受。

自序

革命功成，私史杂出，排斥清廷无遗力；甚且摭拾宫闱事，横肆讥议，识者喟焉。夫使清室而果无失德也，则垂至亿万斯年可矣，何至鄂军一起，清社即墟？然苟如近时之燕书郢说，则罪且浮于秦政隋炀，秦隋不数载即亡，宁于满清而独永命，顾传至二百数十年之久欤？昔龙门司马氏作《史记》，蔚成一家言，其目光之卓越，见解之高超，为班范以下诸人所未及，而后世且以谤史讥之；乌有不问是非，不辨善恶，并置政教掌故于不谭，而徒采媟亵鄙俚诸琐词，羼杂成编，即诩诩然自称史笔乎？以此为史，微论其穿凿失真也，即果有文足征，有献可考，亦无当于大雅；劝善惩恶不足，鬻奸导淫有余矣。

鄙人自问无史才，殊不敢妄论史事，但观夫私家杂录，流传市肆，窃不能无慊于心，憬然思有以矫之，又自愧未逮；握椠操觚者有日，始终不获一编。而孰知时事忽变，帝制复活，筹安请愿之声，不绝于耳，几为鄙人所不及料。顾亦安知非近人著述，不就其大者立论，胡人犬种，说本不经，卫女狐绥，言多无据；鉴清者但以为若翁华胄，夙无秽闻，南面称尊，非我莫属；而攀鳞附翼者，且麕集其旁，争欲借佐命之功，博封王之赏，几何不易君主为民主，而仍返前清旧辙也。

窃谓稗官小说，亦史之支流余裔，得与述古者并列；而吾国社会，又多欢迎稗乘。取其易知易解，一目了然，无艰僻渊深之虑。书籍中得一良小

说，功殆不在良史下；私心怦怦，爰始属稿而勉成之。自天命纪元起，至宣统退位止，凡二百九十七年间之事实，择其关系最大者，编为通俗演义，几经搜讨，几经考证，巨政固期核实，琐录亦必求真；至关于帝王专制之魔力，尤再三致意，悬为炯戒。成书四册，凡百回，都五六十万言，非敢妄拟史宬，以之供普通社会之眼光，或亦国家思想之一助云尔。稿甫就，会文堂迫于付印，未遑修饰，他日再版，容拟重订，阅者幸勿诮我疏略也。是为序。

中华民国五年七月古越蔡东藩自识于临江书舍。

清代世系图

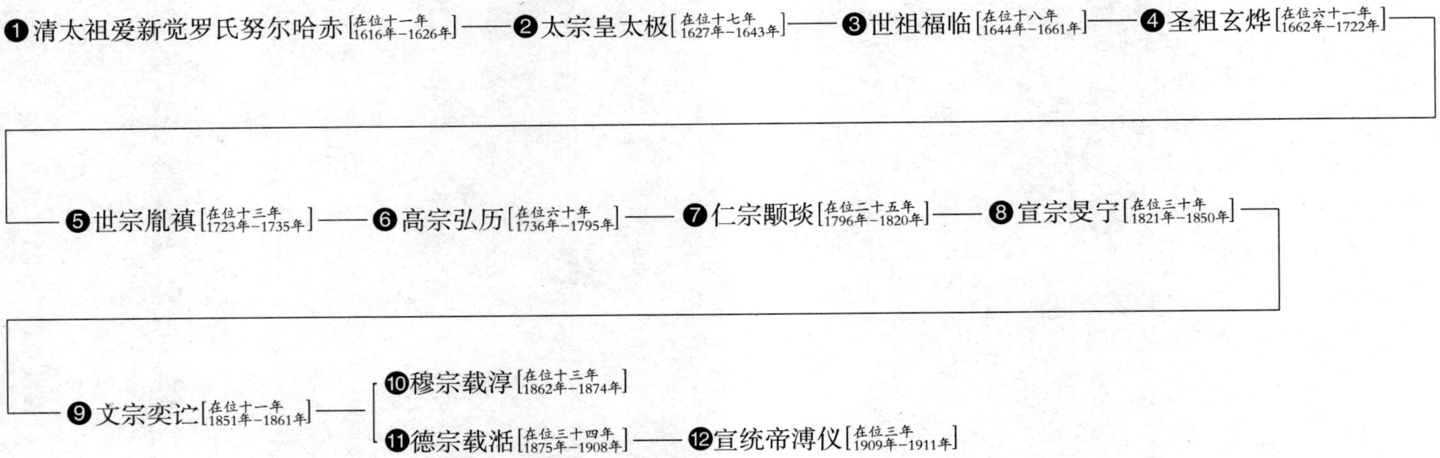
❶清太祖爱新觉罗氏努尔哈赤[在位十一年 1616年–1626年]
❷太宗皇太极[在位十七年 1627年–1643年]
❸世祖福临[在位十八年 1644年–1661年]
❹圣祖玄烨[在位六十一年 1662年–1722年]
❺世宗胤禛[在位十三年 1723年–1735年]
❻高宗弘历[在位六十年 1736年–1795年]
❼仁宗颙琰[在位二十五年 1796年–1820年]
❽宣宗旻宁[在位三十年 1821年–1850年]
❾文宗奕詝[在位十一年 1851年–1861年]
❿穆宗载淳[在位十三年 1862年–1874年]
⓫德宗载湉[在位三十四年 1875年–1908年]
⓬宣统帝溥仪[在位三年 1909年–1911年]

目　录

第一回　溯往事慨谈身世　述前朝细叙源流

“帝德乾坤大，皇恩雨露深。”开场白若庄若谐，寓有深意，读者莫被瞒过。这联语是前清时代的官民，每年写上红笺，当作新春的门联，小子从小到大，已记得烂熟了。曾记小子生日，正是前清光绪初年间，当时清朝虽渐渐衰落，然全国二十余行省，还都是服从清室，不敢抗命；士读于庐，农耕于野，工居于肆，商贩于市，各安生业，共乐承平，仿佛是汪洋帝德，浩荡皇恩。比今日何如？到小子五六岁时，尝听父兄说道：“我国是清国，我辈便是清朝的百姓。”因此小子脑筋中，便印有清朝二字模样。嗣后父兄令小子入塾，读了赵钱孙李，念了天地元黄，渐渐把清朝二字，也都认识。至《学庸论孟》统共读过，认识的字，差不多有三五千了，塾师教小子道：“书中有数字，须要晓得避讳！”小子全然不懂，便问塾师以何等字样，应当避讳？塾师写出玄字，晔字，胤字，弘字，颙字，泞字，指示小子道：“此等字都应缺末笔。”又续写歷字，宁字，淳字，随即于歷字，宁字，淳字旁，添写一厯字，甯字，湻字，指示小子说道：“歷字应以厯字恭代，宁字应以甯字恭代，淳字应以湻字恭代。”小子仍莫名其妙，直待塾师详细解释，方知玄字晔字是清康熙帝名字，胤字是清雍正帝名字，弘字歷字是清乾隆帝名字，颙字是清嘉庆帝名字，宁字泞字淳字是清道光咸丰同治帝的名字，人民不能乱写，所以要避讳的。这等塾师也算难得了。

后来入场考试，益觉功令森严，连恭代的字，都不敢写，方以为大清统

一中原，余威震俗，千秋万岁，绵延不绝，可以与天同休了。虚写得妙。谁知世运靡常，兴衰无定，内地还称安静，海外的风潮，竟日甚一日。安南缅甸，是中国藩属，被英法两国夺去，且不必说。清朝原是慷慨得很。忽然日本国兴兵犯界，清朝遣将抵御，连战连败，没奈何低首求和，银子给他二百四十兆两，又将东南的台湾省，澎湖群岛，双手捧送，日本国方肯甘休。过了两三年，奉天省内的旅顺大连湾，被俄国租占了去，山东省内的胶州湾，被德国租占了去，胶州湾东北的威海卫，被英国租占了去，广东省内的广州湾，被法国租占了去，而且内地的矿山铁路，也被各国占去不少。这便叫作国耻。

嗣是清朝威势全失，外患未了，内忧又起，东伏革命党，西起革命军，扰乱十多年，清廷防不胜防；后来武昌发难，各省响应，竟把那二百六十八年的清室推翻了，二十二省的江山光复了。自此以后，人人说清朝政治不良，百般辱骂；甚至说他是犬羊贱种，豺虎心肠，又把那无中生有的事情，附会上去，好象清朝的皇帝，无一非昏淫暴虐，清朝的臣子，无一非卑鄙龌龊，这也未免言过其实呢。平心之论。我想中国的人心，实在是靠不住的，清朝存在的时候，个个吹牛拍马，说他帝德什么大，皇恩什么深，到了清室推翻，又个个批他一钱不值，这又何苦？帝王末路大都如是。小子无事时，曾把清朝史事，约略考究，有坏处，也有好处；有淫暴处，也有仁德处；若照时人所说，连两三年的帝位，都保不牢，如何能支撑到二百六十多年？是极是极。不过转到末代，主弱臣庸，朝政浊乱，所以民军一起，全局瓦解。现在清朝二字，已成过去的历史，中国河山，仍然照旧，要想易乱为治，须把清朝的兴亡，细细考察，择善而从，不善则改，古人说的“殷鉴不远”便是此意。揭出全书宗旨，何等正大光明，不比那寻常小说家，瞎三话四，乱造是非。

闲文少表，且说清朝开基的地方，是在山海关外沈阳东边，初起时，只一小小村落，聚群而居，垒土为城，地名鄂多哩，人种叫作通古斯族，他的远祖，相传是唐虞以前，便已居住此地，称为肃慎国，帝舜二十五年，肃慎国进贡弓箭，史册上曾见过的。传到后代，人口渐多，各分支派，大约每一部落，戴一首领，多生得骨格魁梧，膂力强壮，并且熟习骑射，百步穿杨；赵宋时代，金太祖阿骨打，是他族内第一个出色人物，开疆拓土，直到黄河两岸，宋朝被他搅扰的了不得。后来蒙古兴起，金邦渐衰，蒙古与南宋联

兵，将他吞灭，还有未曾死亡的遗族，逃奔东北，伏处海滨，经过了二百多年，又产出一个大人物来；这个人物，说是天女所生，真正奇事！天女如何下降，不知与天孙织女作何称呼？小子尚不敢凭空捏造，是从史籍上翻阅得来：天女生在东北海滨长白山下，有姊妹三人，长名恩古伦，次名正古伦，幼名佛库伦，三人系出同胞，相亲相爱，只是塞外风俗，与内地不同，男子往来游牧，迁徙无常，女子亦性情活泼，最爱游玩。一日，姊妹三人，散步郊原，到了长白山东边，有一座布库里山，洞壑清幽，别有一种可人的景致；那时正是春风澹荡，春日迷离，黄鸟双飞，绿枝连理，暗藏春色。三人欢喜非常，便从山下蹀躞前行，约里许，但见一泓清水，澄碧如镜，两岸芳草茸茸，铺地成茵，真是一副好床褥。就假此小坐。佛库伦天真烂漫，春兴正浓，就约两姊妹解衣洗浴。浴未毕，忽闻鸟声嘤喈来，三人昂首上观，约有两三只灵鹊，仿佛象姊妹花一般。绝妙对偶。就中有一鹊吐下一物，不偏不倚，正坠在佛库伦衣上，佛库伦眼快手快，急忙拾取，视之，乃一可口的食物。是何物耶？试掩卷猜之！她也不辨名目，就衔在口内，两姐问她所拾何物，她已从口中囫囵咽下，模糊答道："是一颗红色的果子。"拾到便吃，真是一个半开化的女子。两姐也不及细问，遂各上岸，着好衣服，缓步同归。谁知佛库伦服了此药，肚子竟膨胀起来，她自己也不知所以。到十个月后，竟产出一男，不但状貌魁奇，并且语言清楚，佛库伦不忍抛弃，就在家中抚养。

光阴迅速，襁褓婴儿，竟作髫年童子，只是佛库伦无夫而孕，未免惹人议论，幸而穷荒草昧，人迹稀少，始得抚育成人。可见天女之说，本来荒诞。儿名叫作布库里雍顺，系是佛库伦所取，因她在布库里山下，食了朱果，以致孕育，所以特地将布库里三字，作为儿名，留一纪念。布库里雍顺，到了十多岁，颖悟非凡，自念有母无父，当属何族，遂问他母亲佛库伦。佛库伦命以爱新觉罗四字。爱新觉罗，是长白山下居民的土音。其后布库里雍顺遗裔建一满洲国，遂相传为满洲语，若作汉文解说，爱新与金字同音，觉罗即姓氏意义，布库里雍顺的族系，即此可以明白了解。佛库伦是否天女，小子也不消细说了，以不解解之。

且说布库里雍顺渐渐长大，也学些骑马射箭的技艺，闲暇时又在河边折柳编筏。看官！你道他折柳编筏，是何意思？他是具有大志，暗想穷居草莽，终究没有生色，若将柳条编成一筏，可以驾筏出游。果然天下无难事，

总教有心人，柳条越编越多，越多越大，居然成了一叶扁舟，布库里雍顺喜不自禁，就轻轻在筏上坐住，顺着河流，飘扬而去。英雄冒险，胆大敢为，冥冥中亦象有风伯河神，当先引导，竟把那布库里雍顺送到一个安乐的地方。这是乘风破浪的模样。

原来长白山东南有一大野，名叫鄂谟辉，野中有一村落，约数十百家，这数十百家内，只分三姓，习成强悍，专喜械斗，因此自相残杀，连岁不休。近时中国内地村民，亦有好械斗者，岂亦为三姓遗风所传染耶？一笑。一日，有女子汲水，见一柳筏，随流漂至，其间有青年男子，端坐在内，顿时骇异非常，急忙回告父兄。那时父兄即临河眺望，果然岸傍有一少年，头角峥嵘，仪表英伟，不觉失声道："这是天生神人。"随即引之登陆，问从何来？布库里雍顺从容对答，说是天女所生，由长白山下至此。霎时间哄动乡间，无论男女老幼，一齐出观，见了布库里雍顺，都道这个好郎君，真正难得。于是各邀布库里雍顺至家，彷佛一桃花源。东牵西扯，几至大家争论起来，还是布库里雍顺从旁劝解，说我初到此地，辱承待爱，自当次第谒候。又指汲流女子的父兄道："我与他相见最早，理应先到他家，问候起居。"众人见他举止谦恭，吐属风雅，便个个叹服，一无异言。布库里雍顺就随了汲流女子的父兄，直至家内。那家格外优待，饷以酒食；饮半酣，座上老人更详问氏族，布库里雍顺一一还答。老者又问以婚未？布库里雍顺答言未婚。老者即起身入室，半晌间引一少女出室来前。走近视之，虽是乡村弱质，倒也体态端方。未知亦是天女否？仔细端详，就是汲流女子。老者嘱女子对答行礼，布库里雍顺亦离座作答。礼毕，女子转身入室，老者便对布库里雍顺道："小女伯哩年将及笄，如蒙不弃，愿附姻好。"布库里雍顺不得不推逊一番。老者执意不允，布库里雍顺方与老者行翁婿礼。老者拟择日成婚，自是布库里雍顺就住在此家。暇时到村中各家问讯，村人见他彬彬有礼，无不欢迎。

到了吉日，一对小夫妻，谐了眷属，大众都到老者家贺喜。顿时高朋满座，佳客盈门，就中有一个白发朱颜的老丈，对主人道："好一个小郎君，被你家夺作女婿。"又向众人道："这是圣人出世，到吾村内，也算是阖村幸福。吾村连岁械斗，弄得家家不安，人人耽忧，现在不若奉此小郎君为主，一切听他指挥，倒可解怨息争，安居乐业，大众以为何如？"众人听这一席言语，个个鼓掌赞成，欢声如雷。也不待布库里雍顺允与不允，竟一齐请

他上坐，奉他作为部长，呼为贝勒。布库里雍顺得此天假的奇缘，遂运用智谋，部勒村居人民，建设堡寨，创造鄂多哩城，成了一个爱新觉罗部，作满州开基的始祖。后人有诗赞道：

峨峨长白映无垠，朱果祥征佛库伦。
集庆星源三百载，觉罗禅亦衍云礽。

布库里雍顺后，传了数代，又出一个惊天动地的人物，比布库里雍顺似还强得多哩。看官！你道是谁？且少待片刻，容小子下回报名。

是回为全书总冒，将下文隐隐呼起；并将作书总旨，首先揭示。入后叙满洲源流。运实于虚，亦有弦外深意，确是开宗明义之笔。

成为帝王，败即寇贼，何神之有？我国史乘，于历代开国之初，必溯其如何祯祥？如何奇异？真是谬论。是回叙天女产子、朱果呈祥等事，皆隐隐指为荒诞，足以辟除世人一般迷信，不得以稗官小说目之。

第二回　丧二祖誓师复仇
合九部因骄致败

却说布库里雍顺所建的鄂多哩城，在今辽宁省勒福善河西岸，去宁古塔西南三百多里，此地背山面水，形势颇佳，究竟是小小部落，无甚威名。当时明朝统一中原，定都燕京，只在山海关附近设防，塞外荒地，视同化外；就是比鄂多哩城，阔大几倍，也不暇去理保，何况这一个小小土堡呢？谁知深山大泽，实生龙蛇，自布库里雍顺开基后，子子孙孙，相传不绝，其间虽迭有兴衰，到了明朝中叶，出了一个孟特穆，智略过人，把祖基格外恢拓，渐渐西略，移住赫图阿拉地。赫图阿拉在长白山脉北麓，后来改名兴京便是。

孟特穆四世孙名叫福满，福满有六子，第四子觉昌安，继承先业，居住赫图阿拉城，还有五子，亦各筑城堡，环卫赫图阿拉统称宁古塔贝勒。觉昌安率领各贝勒，攻破邻近部落，拓地渐广，生了数子，四子名塔克世，娶喜塔喇氏为妇，这喜塔喇氏并非天女，呼应得妙。偏生出一个智勇双全、出类拔萃的儿子来。这人就是大清国第一代皇帝，清朝子孙，称为太祖，努尔哈赤是他英名。众儿郎喝一声采。他出世时，祖、父俱存。他有一个堂姐，是觉昌安女孙，出嫁与古埒城阿太章京，已有数年，不料明朝遣总兵李成梁，驻守辽西，阴忌觉昌安，招诱图伦城主尼堪外兰，合兵围攻古埒城。这古埒城地方狭小，哪里当得住大军，连忙差人到觉罗部求救。觉昌安得报，恐女孙被陷，遂与塔克斯带领全部兵士，驰救古埒城，与敌兵接仗，不分胜负。阿太章京见救兵已到，开城迎入，城中得了一支生力军，人心少安。

觉昌安上城巡视，不分昼夜，每日指挥部众，极力防御。忽见城下一人，扣马而至，大呼开门，觉昌安从上俯视，其人非他，乃图伦城主尼堪外兰也。原来尼堪外兰，旧隶觉昌安部下，因此相识。便问汝来何意？答言闻主子到此，特来禀见。觉昌安见无随兵，即开门纳入。尼堪外兰既入城，至觉昌安前，即抱膝请安。觉昌安命之起坐，问何故联明攻城？尼堪外兰婉言谢罪，并云："前未知古埒城主，与主子有亲，故敢冒犯，今闻主子远道驰救，方识有婚姻关系；现已向明李总兵前，盛说主子威德及人，不宜与敌，李总兵已愿退兵，若主子再令古埒城主，向明廷岁献方物，李总兵且当上表明廷，请给主子封爵，管领建州。"明称长白山部为建州卫。觉昌安道："汝言果真么？"尼堪外兰急得发誓道："如有狂言，愿死乱刀之下。"大诈似信。觉昌安大喜，令阿太章京设宴相待，席间叙谈。尼堪外兰极力趋承，越说得天花乱坠，什么龙虎将军印，什么建州卫都督敕书，不由觉昌安不信。喜人家拍马屁，总要吃亏。饮毕，辞去。次日城下各军，果然齐退。阿太章京见敌军退尽，拜谢觉昌安父子救援之恩，一面备办盛筵，款待觉昌安父子，一面烹羊宰猪，犒飨军士。大众饮得酩酊大醉，至晚各自鼾睡。醉死梦生。谁知蓦地里炮声大震，喊杀连天，众人从睡梦中惊醒，不识何处大兵，从天而下，身不及披衣，而头已断，手不及持刃，而臂已离，纷纷扰扰的一夜，城中的兵民，多半向鬼门关上挂号报到；觉昌安父子及阿太章京两夫妻，也亲亲热热，一淘儿归阴去了。趣语。古人说得好："福兮祸倚，乐极悲生。"只为觉昌安误信奸言，遂中了尼堪外兰的诡计。到此方说出原因。

是时努尔哈赤年方二十五岁，因祖父二人往援古埒城，常着人探听消息，先接到明军撤围的音信，颇自安心，嗣后续闻警耗，至祖父被害一节，不觉大叫一声，晕倒于地。颇有孝思。及众人救醒，放声大哭。连他伯叔兄弟，都各凄然。当下检查武库，只留遗甲十五副，一一携出，指示伯叔兄弟，提出复仇二字，哀恳臂助。那时伯叔兄弟，自然感愤得很，分着遗甲，一拥出城，向东而去。君父之仇，不共戴天，此举不谓无名。

且说尼堪外兰用诡计袭破古埒城，掳了些金银财宝，搬回图伦，终日流连酒色，任情取乐。想是活得不耐烦了。忽报努尔哈赤兵到，顿觉仓皇失措，勉强招集部众，出城对敌。努尔哈赤不待图伦兵列阵，即纵马直出。当先踹入敌阵中，部众乘势跟上，逢人便杀，见首辄斫，仿佛是生龙活虎一般，图

伦兵从未见过这般厉害，霎时间纷纷退走。尼堪外兰见事不妙，忙拍转马头，落荒逃走。此时恰无计可施了。努尔哈赤追赶不及，收兵入图伦城，下令降者免死。城内外兵民，闻此号令，都投首乞降。休息一天，复发兵追寻尼堪外兰，终无下落。旋探知尼堪外兰已窜入明边，乃回赫图阿拉城，修书致明朝边吏，书中大意，是请归祖父丧，及拿交尼堪外兰。明边吏将此书上达明廷，此时正在明朝万历年间，老成凋谢，佞人用事，文武各官，多半是酒囊饭袋，误国该死。见了此书，就纷纷议论起来：有的说是万不能允的；有的说是允他一半。嗣经执掌朝纲的大员，以李成梁无故兴兵，亦属非是，但执送尼堪外兰，有损国威，不若归丧给爵，买他欢心为是。神宗皇帝准了此议，遂令差官奉敕三十道，马三十匹，建州卫都督册书一函，龙虎将军印一颗，并送还觉昌安父子的棺木。若此，努尔哈赤，也算是万分荣幸了。

差官到了赫图阿拉城，努尔哈赤以礼迎入，北向受封。是已有君臣之分了。只因尼堪外兰未曾拿交，仍央差官回请。差官去后，待至数月，毫无音响，努尔哈赤复仇心切，镇日里招兵买马，大修战具，分黄红蓝白四旗，编成队伍，旌旗变色，壁垒生新。一日升帐宣令，饬部下头目，排队出发，直指明边。众头目请道："此去攻明，必须经过某某部落，须先向假道方可。"努尔哈赤道："不必！有我当先开路，汝等紧随便是。"大众无言可说，便跟着努尔哈赤出城。车驰马骤，风掣电驰，所过各部落，毫无防备，由他进行；稍强横的部民，拦阻马头，不是被刀杀死，便是被箭射死。太不讲理！行了数日，距明境只三十里，努尔哈赤便命部众停住，扎好了营，令队长齐萨率壮士数十人，往明境叩关，索交尼堪外兰。是时明总兵李成梁，已由明廷谴责，说他无端启衅，褫职回籍。掉了一个新总兵，懦弱无能，闻觉罗部遣众叩关，惊慌得了不得，不得已派一属弁，与军士百人，出城与齐萨会议。齐萨所说的，无非是索交尼堪外兰，否则兵戎相见，差弁无可辩驳，只得唯唯而还。也是尼堪外兰恶贯满盈，命数该绝，正在城中探听消息，踯躅前行，无巧不成话，偏与差弁相遇；差弁即将他骗入署中，禀明总兵，一声呼喝，将尼堪外兰反绑起来，推入囚车，遣两役舁出，象扛猪的扛了去，趣绝。扛到郊外，送交清营。当由垂辫的兵役数名，从囚车内一把抓出，拖入帐中，尼堪外兰已魂飞天外，但闻得一声惊堂木，接连有"你这骗贼，也有今日"两语，正思开目张望，可奈乱刃交下，血晕心迷，霎时间一道魂灵，归入地

府，适应了前日誓言。一报还一报，骗子究竟做不得，假愿也是罚不得。

自是努尔哈赤与明朝和好，每岁输送方物，明廷亦岁给银八百两，蟒缎十五匹，并许彼此人民互市塞外。

这觉罗部渐渐富强，名为明朝藩属，实是明朝敌国；句中有眼。远近部落，又被他并吞不少。那时这雄心勃勃的努尔哈赤，乘着这如日方升的气象，想统一满洲，奠定国基，当命工匠兴起土木，建筑一所堂子，作为祭神的场所；工匠等忙碌未了，忽掘起一块大碑，上有六个大字，忙报知努尔哈赤。努尔哈赤不见犹可，见了碑文，暗觉惊诧异常。他却阳为镇定，仔细摩挲了一回，突然向工人道："这妖言不足信，快与我击断此碑！"确肖雄主口吻。看官！你道这碑文是如何说？乃是"灭建州者叶赫"六字。煞是可惊，隐为后文伏笔。此碑既由工人击断，努尔哈赤始退回帐中，心中却闷闷不乐。次日来了一个外使，说是奉叶赫贝勒命，来此下书，努尔哈赤暗想道："偌大这叶赫部，乃竟来与我作对么？"踌躇了一会，方唤来使入帐。来使呈上书信，努尔哈赤展视之，但见书上写着：

> 叶赫国大贝勒纳林布禄，致书满洲都督努尔哈赤麾下：尔处满洲，我处扈伦，言语相通，势同一国，今所有国土，尔多我寡，盍割地与我？

努尔哈赤看到此句，不由的怒气上冲，将来书扯得粉碎，掷还来使；并向来使说道："我国寸土寸金，就使汝主首级来换，也是不允。"说罢，命左右逐出来使。使者抱头鼠窜而去。努尔哈赤即于次日出城阅兵，严行部勒，详申军律，并命军士日夜操练，专待叶赫兵到，与他厮杀。有备无患。

且说叶赫国在满洲北方，与哈达辉发乌拉三部，互为联络，名扈伦四部，明朝称他为海西卫。又以哈达居南，叫作南关，叶赫居北，叫作北关。叶赫为扈伦大国，清灭叶赫，始及明境，故叙述较详。叶赫最强，又与明朝互通聘问，明朝亦略给金帛，令他防卫塞外。叶赫主纳林布禄闻努尔哈赤统一满洲，料他具有大志，宜趁势力未足的时候，翦灭了他，方无后虞，思想也自不错，可惜没有能力。只是无故不能发兵，遂想出下书的计策，借些因头，作为发兵的话柄。到了差人回国，将努尔哈赤的言语，一一传达，纳林布禄勃然道："有这样大言，我明日便去灭除了他。"差人道："主子不要轻觑满洲，

他部下多是勇夫，不容易对仗呢！”纳林布禄道：“你休长他人志气，灭自己威风！看你爷明日踏平满洲哩。”越会说大话，越是没用。次日，便差各将弁四路下书，纠合远近各部，合攻满洲，事成当平分满洲土地。过了数日，哈达、辉发、乌拉三部，各率三千兵到叶赫；又过了数日，长白山下的珠舍哩讷殷二部，已有复书，说已各发兵二千，在中途等候；又过了数日，蒙古的科尔沁锡伯卦勒察三部，或发兵一千，或发兵一千五百，也到叶赫境内。是时纳林布禄欢喜异常，忙把部下的兵卒，一齐发出，除老弱不计外，统计有一万多人，会合各部联军，祭旗出发。途中又会着长白山下二部兵士，共得三万多人，浩浩荡荡，杀奔满洲来。写得有声有色，以衬下文努尔哈赤之能。

惊报传到努尔哈赤耳中，即饬兵士驻守札喀城，阻住叶赫各部兵来路。纳林布禄到了札喀城，望见城上旗帜鲜明，刀枪森竖，料知有备，令军士退后三里，扎定营寨。次日，有探马来报，说满洲主努尔哈赤带领全部人马，扎住古埒山，纳林布禄全不在意。原来札喀城在赫图阿拉西北六十里，城右有古埒山，蜿蜿蜒蜒，包围大城。兵法云：“倚山为寨。”所以努尔哈赤在山下立营。纳林布禄不知占夺此山，已输了一着。又次日，纳林布禄正准备迎敌，闻报敌兵已到，即出帐上马，率军对仗。但见前面来的满洲军，只有百余骑，老少不一，带兵的头目，也没有十分骁勇。分明是诱敌的兵。他在马上大笑道：“这样小妮子，也想同我对仗，真是满洲的气数。”慢着！话未毕，旁闪出一将道：“人人说满洲强盛，看这等老弱残兵，教咱们一队兵士，已杀他片甲不留，各部将弁，都可休息，主子更不必劳动呢。”纳林布禄视之，乃是叶赫西城统领，名叫布塞，即大喜道：“你去罢！”布塞便率队上前，呐一声喊，直扑满洲军，满洲军不与交战，竟向后退去。其诈可知。布塞一马当先，乘势追赶，只见满洲军都退入山谷中，布塞也不管好歹，追入山谷。粗莽之至。忽喊声大起，一彪军从谷内拥出，截住布塞厮杀，正酣斗间，科尔沁部统领明安亦率部兵追至，他恐布塞得了首功，故急急赶来。满洲军见布塞得了援军，又纷纷退走。此路伏兵，乃是诱敌。布塞仍策马前进，明安率兵紧随，转了一坡，又过一坡，越走越险，越险越窄。走入死路去了。刺斜里喊声又起，复来一彪军，将布塞、明安的兵，截作两段，前面的满洲军，也回转身来，夹攻布塞。布塞军顿时大乱，忽有一将持刀突入，到布塞马前，布塞措手不及，被他一刀劈于马下。部下军士，无处逃生，都做了刀头之鬼。

真正片甲不留。明安知前军被截，急忙退走。确是胜不相让、败不相救的情形。不想满洲军已满山遍野的掩杀前来，明安只得纵马而逃，不顾山路上下，拼命的奔走。忽闻扑搨一声，马被陷入淖中，明安急忙下马，轻轻的抓上山壁，已是拖泥带水的要不得，他便弃了鞍马，带扒带走的逃了去。要想争功，便落到这般田地。

当时纳林布禄信了布塞的言语，回入帐中，满望捷报，忽听帐外喊声震地，急上马出视，正遇着一彪雄军，为首的一员大将，眉现杀气，眼露威棱，手中持一大刀，旋风般杀将来。看官！你道是谁？就是满洲主努尔哈赤。此处方现。纳林布禄忙拔刀对敌，战了三五回合，不是努尔哈赤的对手。正惶急间，旁边走过了布占泰，是乌拉部贝勒的兄弟，见纳林布禄刀法散乱，忙向前敌住，纳林布禄才一歇手，猛听得大喝一声，布占泰已被努尔哈赤活擒了去。这纳林布禄吓得魂不附体，忙转身向寨后逃走，各部兵见主寨已破，尚有何心再与抵敌，人人丧魄，个个逃生。正是：

一声鼙鼓喧天日，八面威风扫地时。

不知纳林布禄得逃脱与否，且待下回说明。

图伦城主尼堪外兰，与叶赫部主纳林布禄，名为满洲之仇敌，实皆满洲之功臣。自古英雄豪杰，不经心志之拂乱，未必能奋发有为，故敌国外患之来，实磨砺英豪之一块试金石也。本回上半截，叙努尔哈赤之勇，下半截，述努尔哈赤之智，智深勇沉，信不愧为开国主，然皆由激历而成。古所谓生于忧患、死于安乐者，于此可见矣。文中运实于虚，写得英采动人，确是妙笔。

第三回　祭天坛雄主告七恨
战辽阳庸帅覆全军

却说纳林布禄从寨后逃走，直驰至数十里，不见满洲军，方教停住。少顷，喘息已定，各部兵亦逐渐趋集，约略检点，三停里少了一停，自己部下，且丧失一半；正在垂头丧气，忽见一人踉跄奔入，正是科尔沁部统领明安，尚未行礼，即大哭道："全部军士都败没了，贵统领布塞闻已战死了。"纳林布禄也忍不住垂泪道："可惜可恨！不想努尔哈赤有这般厉害。"晓得迟了。旋与各部统领，商量和战事宜，大众怵于前创，都是赞成和议。纳林布禄无计可施，只得遣使求和，彼此往来商议，约定和亲，叶赫主的侄女，拟嫁与努尔哈赤的代善，西城统领布塞的遗女，即献与努尔哈赤为妃，才算暂时了结。陪了夫人又折兵。

努尔哈赤得胜班师，尚恨长白山下二部，结连叶赫，趁势蚕食，把他灭亡。前时擒住的布占泰，因他降顺，给了他一个宗女，放他回国。嗣后布占泰复被叶赫主煽惑，服从叶赫，叶赫主又故意出攻哈达，令哈达向满洲借兵，唆使半路埋伏，歼灭满军。谁知努尔哈赤已瞧破机关，暗率部兵，绕道至哈达城，混入城中，活擒了哈达部长孟格布禄。叶赫主闻此计不成，遣使到明朝，令归还哈达部长，努尔哈赤因明使相请，将孟格布禄子武尔古岱放还，武尔古岱从此归服满洲，努尔哈赤又收服了辉发部，并乘势讨布占泰，攻入乌拉城。布占泰逃至叶赫，努尔哈赤接还宗女，差人向叶赫索布占泰。叶赫主不允，反把这许字满洲的侄女，另嫁蒙古。看官！你想这努尔哈赤，

到此还肯忍耐吗？此段看似琐屑，却是不能不叙。只是努尔哈赤想攻叶赫，偏这明朝屡次出来帮护，努尔哈赤就背了明朝，自己做了满洲皇帝，比做建州卫都督，原强得多了，然不可谓非背明。筑造宫殿，建立年号，叫作天命元年，这正是明朝万历四十四年的事情。前数回不点年号，此处因满洲已建国称帝，故大书特书。自此以后，努尔哈赤就是清国太祖高皇帝，小子作书到此，也只得称他作满洲太祖，把努尔哈赤四字，暂时搁起。此后都说满洲太祖，为醒目计，非贡谀也。

太祖有十多个儿子，第八子皇太极最聪颖，太祖便立他为太子。还有二子，亦是非常骁勇，一名多尔衮，一名多铎，后来入关定鼎，全仗这二人做成，这且慢表。单说满洲太祖，自建国改元后，招兵添械，日事训故，除黄红蓝白四旗外，加了镶黄镶红镶白镶蓝四旗，共成八旗，分作左右两翼，整备了两年有余，锐意出发，他想不入虎穴，焉得虎子，欲灭叶赫，不如先攻明朝，遂于天命三年四月，择日誓师，决意攻明。命太子皇太极监国，自率二万劲旅，到天坛祭天。当由司礼各官，爇烛焚香，恭行三跪九叩首礼，读祝官遂朗诵祝文道：

满洲国主臣努尔哈赤谨昭告于皇天后土曰：“我之祖父，未尝损明边一草寸土，明无端起衅边陲，害我祖父，恨一也；明虽起衅，我尚修好，设碑立誓，凡满汉人等，无越疆圉，敢有越者，见即诛之，见而故纵，殃及纵者。讵明复渝誓言，逞兵越界，卫助叶赫，恨二也；明人于清河以南，江岸以北，每岁窃逾疆场，肆其攘夺，我遵誓行诛，明负前盟，责我擅杀，拘我广宁使臣纲古里方吉纳，胁取十人，杀之边境，恨三也；明越境以兵助叶赫，俾我已聘之女，改适蒙古，恨四也；柴河三岔抚安三路，我累世分守，疆土之众，耕田艺谷，明不容刈获，遣兵驱逐，恨五也；边外叶赫，获罪于天，明乃偏信其言，特遣使臣遗书诟詈，肆行凌侮，恨六也；昔哈达助叶赫二次来侵，我自报之，天既授我哈达之人矣，明又党之，胁我还其国，已而哈达之人，数被叶赫侵掠，夫列国之相征伐也，顺天心者胜而存，逆天意者败而亡，岂能使死于兵者更生，得其人者更还乎？天建大国之君，即为天下共主，何独构怨于我国也？初扈伦诸国，合兵侵我，天厌扈伦启衅，唯我是眷，今助天谴之叶赫，抗天意，倒置是非，妄为剖断，恨七也。欺凌实甚，情所难

堪，因此七大恨之故，是以征之。谨告。”

诵毕，便望燎奠爵，外面已吹起角声，催师出发。太祖离了天坛，骑了骏马，御鞭一指，部众齐行，一队一队的向西进发。

师行数日，由前队报说，距明边抚顺城，只二三十里了。太祖便扎住营帐，正拟遣将攻城，忽有一书生求见，自称系明朝秀才；太祖唤入，见他状貌魁奇，已有三分羡慕；及与他谈论，语语中入心坎，不由的击节叹赏；就赐他旁坐，问及姓氏里居。秀才道：“仆姓范名文程，字宪斗，沈阳人氏。清朝得国，都是汉人引导进来，范文程就是首魁。太祖道：“我闻得中原宋朝，有个范文正公，名叫仲淹，是否秀才的远祖？”文程答道：“是。”太祖道：“我已到此，距抚顺城不远，抚顺的守将，姓甚名谁？”文程道：“姓李名永芳。”太祖问李永芳本领如何？文程道：“没甚本领。”太祖道：“这是一鼓可下了。”文程道：“以力服人，何如以德服人？确是书生口吻。明主且不必用兵，请先给他一封书信，劝他投降，他若顺从，何劳杀伐。”太祖喜道：“这却仗先生手笔。”文程应命作书，一挥而就。太祖大悦，便道：“我国正少一个文馆的主持，劳你任了此责，参赞军机。”文程叩首谢恩。次日，太祖即遣将到抚顺城下，射进书信，率队而退。这抚顺守将李永芳，本是个没用的人物，他闻满洲军入境攻城，已吓得没了主意，及见此信，召集文武各官，会议了一夜，竟商就了“唯命是从”四字。亏他大众想出。翌晨开城迎接，为首的跪在城下，恭递降册，就是为明守土的李永芳。太挖苦人。太祖命侍卫接了降册，策马入城，部军一齐随入。幸亏得范先生一言，城中的百姓，总算不遭杀戮，太祖便记范文程为首功，更命诸贝勒格外敬礼，称先生而不名，从此大家都呼文程为范先生。保全百姓之功，也不可没。

满洲兵休息三日，忽报广宁总兵张承荫，领了三路兵马，来夺抚顺了。太祖问李永芳道：“张承荫系何等样人？”李永芳答言：“是一员勇将。”太祖道：“既是勇将，想必不肯投顺，不若先发制人为妙。”遂一面派兵守城，一面发兵迎敌。离城约十里，闻报明军已相去不远，太祖仍命部众前进。此时明总兵张承荫，正与左翼副将颇廷相，右翼参将蒲世芳，率军前来，两阵对圆，人人酣战。恰是棋逢敌手，将遇良材，张承荫也是不弱。自日中至傍晚，两边都余勇可贾，不肯退兵。忽然天色昏暗，一阵大风从西北吹来，猛扑明

军，明军正支持不住，接连又是数阵狂飙，把明军的旗帜，刮去了好几面。岂非天乎？满洲军占住上风，格外精神抖擞，如泰山压顶般驱入明军，那时明军不由的退走，任你张承荫胆力过人，也自禁止不住。当下且战且退，适值路旁有山，正思觅径而入，为扼守计。忽山侧闪出一支满洲军，大叫道："满洲贝勒多铎在此，敌将何不下马受缚？"来得突兀。原来满洲太祖见战明军不下，特派多铎绕出后面，夹攻明军。承荫腹背受敌，无心恋战，只得杀开血路，领兵前走。可奈天色昏暮，不辨南北，满洲军又紧追不舍，惹起承荫血性，与颇、蒲二将道："战亦死，不战亦死，不如与他拼命，就使死了，也不失为大明忠臣。"可敬可佩。于是三将复转身抵敌，舍命冲突。满洲军恰不防他出此一着，前面的兵士，被他杀死无数。俄听一声鼓响，满洲军阵内万弩齐发，箭如飞蝗，可怜三员勇将见危致命，俱死于乱箭之下。死且不朽。

这败报传到明京，神宗大惊，召见群臣，问京外将帅，何人可御胡虏？大学士方从哲保荐了一个人才，姓杨名镐。神宗准奏，立即召见，授兵部尚书，赐他尚方宝剑，往任辽东经略。看官！你道这杨镐是什么脚色？他是河南商邱县人，前任佥都御史，曾充朝鲜经略，万历二十五年的时候，倭寇犯朝鲜，杨镐奉朝命往援，打了一个败仗，诡词报捷；后来调抚辽东，又是乱杀边民，被御史奏参，革去官职；此时，复起任边防，难道他的谋略，能敌得过清太祖努尔哈赤么。堂堂一个大明帝国，偏用了这等欺君罔上的臣子，去做统兵的元帅，哪得不破？哪得不亡？极大议论。

杨镐既到辽东，闻报沈阳南面的清河堡，又被满洲军夺去，守将邹储贤张旆两人，统已战死。副将陈大道高炫逃回辽东，见了杨镐，杨镐却仗着声威，请出尚方宝剑，把二逃将斩首示众。逃将可诛，不当死于杨镐之手。每日檄令附近将士，赶紧援辽！自己却按兵不动。大学士方从哲，闻他逗留不进，常发红旗催他出战。杨镐没法，只得领兵出塞，好在四处已到了许多兵马。叶赫兵也来了二万名，朝鲜兵又来了二万名，杨镐便派作四路，分头前进。中路分左右两翼，左翼兵委山海关总兵杜松统带，从浑河出抚顺关。右翼兵委辽东总兵李如柏统带，从清河出鸦鹘关。又令开原总兵马林，合了叶赫兵，从开原出三岔口，叫作左翼北路军。辽阳总兵刘铤合了朝鲜兵，从辽阳出宽甸口，叫作右翼南路军。四路军共二十多万，他却虚张声势，说有四十七万，吓不倒努尔哈赤，奈何？满望仗此大兵，攻入满洲。预先与四路将

官，定约于满洲国东边二道关会齐，进攻赫图阿拉，这正明万历四十七年二月间时事。这次战事，为明清兴亡关键，所以详叙时日。

先一月间，天空中出现一颗长星，光芒四射，天文家称作蚩尤星，说是主兵，又说是不祥之兆。小子未曾研究星学，只援据历史，人云亦云便了。说明得妙。到了二月，塞外一带，大雪飘飘，明军在途，受了无数辛苦，人马大半冰冻，只好缓缓前行。独有山海关总兵杜松，仗着膂力，想立首功，令军士冒雪西进；到了浑河，冰冻未开，杜松驱兵径渡，河中冰冻忽解，溺死军士多名。渡至对岸，有满洲军两三小队，上前拦截。怎禁得杜军一股锐气，乱杀乱斫，顿时纷纷退走。杜军争先追赶，约里许，见前面有座高山，满洲败军，统向山谷中退去。杜松恐山内设有埋伏，暂止不追，令军士堵住谷口。也自仔细，然作者因恐与前回重复，故作此活笔。一面饬役侦探，回报满洲兵聚集界藩城。杜松遂把军士分作两支，一支仍令堵住谷口，一支由自己亲领，直攻界藩城。

原来杜军屯留山谷，叫作萨尔浒山，此山距界藩城，约有数里。界藩城筑在铁背山上，系满洲要塞，满洲太祖正令兵役一万五千，运石添筑，此时闻杜军进攻，急遣长子代善，引二旗兵去防界藩城，自率六旗兵四万五千人，直攻萨尔浒明营。到了萨尔浒山正当日中，两军相遇，不及答话，便列阵开战，霎时天地晦冥，咫尺间不辨人影。明军点起火炬，与满洲军酣斗，谁知明军从明击暗，箭弹只射中柳林，满洲军由暗击明，箭弹都射着明军，这明军不知不觉的倒毙了无数。满洲军乘势驱杀过来，刀斩斧劈，好象削瓜切菜一般，眼见得明军七零八落了。

这时候的杜松正领兵到吉林崖，与铁背山相近，忽听后面喊声大起，满洲大贝勒代善，带了二旗兵杀来。杜松急命后军作前军，前军作后军，与满洲军混战。未分胜败，骤闻后军复纷纷大乱，界藩城的兵役，也一齐杀到。杜松忙命后军又作前军，迎截界藩城兵。杜松也算能手。正在你死我活的相拼，不料深林中又冲出一支人马，把杜军夹断。杜军已是腹背受敌，哪里禁得三面夹攻？杜松方舍命突围，飕的来了一箭，正中心窝，坠马而死。众军见无主帅，逃的逃，死的死，弄得干干净净。完了一路。看官！你道深林中人马，从哪里来的？这便是满洲太祖扫平萨尔浒明营，派来夹攻杜松的兵。至此叙明。

开原总兵马林方出三岔口，闻得杜军败没，一面飞报杨镐，一面倚山立营，停止前进。天色将晚，山上忽驰下满洲军，杀入营内，马军不及防备，自相溃乱；监军潘宗颜，还想整军前敌，不意向前数步，头颅已被削去了半个。马林急忙奔窜，还算逃出了一个性命。完了二路。

这个辽东总兵李如柏，最是没用，说将起来，益发可笑。百忙中着此闲笔。他是慢慢的出了清河，到了虎栏关，猛听得关外山上，吹起螺来，山谷响应，木叶震动，仿佛有千军万马，追杀前来。李如柏忙令退军，军士也道满洲兵杀到，各自逃生，互相践踏，恰死了一千多人。其实山上并没有什么敌兵，只满洲军二十名，上山侦探，见明军出关，作鸣螺状，偏偏这个没用的李如柏上了他的当。完了三路。

独有辽阳总兵刘铤，曾经过数十百战，有万夫不当之勇，手持镔铁刀百二十斤，绰号叫作刘大刀，他已深入三百里，连攻下三个营寨，直入栋鄂路，望见前面有一山，山上有一军扎住，龙旗凤旆，护着銮驾，他想这不是满洲国王的扈军么？当即横刀跃马，跳上冈来，来杀满洲太祖。满洲太祖正由萨尔浒移兵至此，猛见刘铤上冈，急命军士下迎。刘铤舞起镔铁大刀，左右盘旋，确是有些凶勇，即满洲军抵死拦阻，只杀得一个平手。刘铤暗想仰面上攻，实是费力，不如退至冈下，与他鏖战，便将大刀一摆，率军士下冈。满洲军亦随下，自午至暮，杀得难解难分，两军都有些疲倦起来。唯刘铤越战越勇，全无惧怯。忽有一彪军杀到，万炬齐明，刘铤从火光中望将过去，但见大旗上书一杜字，不觉喜道："杜总兵到来助我，是天使我灭满洲了。"休作妄想！话未毕，一将已到马前，头戴金盔，身穿铁甲，正是一员明将，只面目恰不认识，刚思动问。那来将先问道："你莫非就是刘大刀？"刘铤应声未完，来将手起刀落，劈刘铤于马下。奇极怪极。众军急来相救，已是不及，只见杀入的杜军，随手乱杀，弄得明军茫无头绪，自相屠戮，一时间全军尽没。四路都完结了。小子凑了四句俚言，作为刘大刀的定论：

奉命西征胆气豪，大刀示勇姓名高。
臣心原是忠明者，可惜胸中欠六韬。

毕竟杀刘铤者是谁，看官不必滋疑，待小子下回道来。

满洲太祖以七恨誓师，未必无深文周内之言，然明之无端起衅，亦不得谓无咎。自满洲出兵以后，复用一庸驽之杨镐，经略辽东，委二十万军于辽塞，是非明之自取其亡耶？明之亡在此，满洲之兴亦即在此。是此回为明清兴亡关键，故作者亦叙述独详，不稍渗漏。

第四回　熊廷弼守辽树绩
王化贞弃塞入关

却说刘铤被杀，全军丧亡，大众入枉死城中，还是莫明其妙。实则夹入的杜军，统是满洲军假冒。满洲大贝勒代善，杀尽杜军，得了盔甲旗帜，教军士改装，扮作杜军模样，从界藩城来应太祖，巧巧碰着两军恶战，他便竖起杜字旗帜，踹入刘铤军中。刘铤深入敌境，尚未悉杜军败耗，还道来的是真杜军，因此中计，猝被杀死。从此刘大刀已化作两段，明朝失去了一员勇将，防边愈觉无人。可为朱氏一哭。

那时经略杨镐，还因马林败报，飞速檄止刘铤、李如柏两军，过了数日，只有李如柏领军回来。还算是他。马林因逃还开原后，坚守不出；是年六月，满洲军乘胜进攻，马林颇效死抵御，其后内无粮草，外无救兵，终被满洲军攻破，马林巷战死节，开原失守，铁岭亦不保了。明廷御史交章劾奏杨镐，说他丧师误国，罪无可赦。杨镐固无可赦，而言官亦只能以成败论人，奈何？朝命拿杨镐入京，令兵部侍郎熊廷弼代任经略。

熊廷弼系湖北江夏人氏，身长七尺，素有胆略，至是奉命出京，途中闻开原失守消息，叹道："盈廷大臣，不知边事，一味主战，以致如此。"遂即缮就奏折，遣使赍京，折中略道：

> 臣闻辽左京师肩背，河东辽镇腹心，开原又河东根本，开原今已破，则北关难保，朝鲜亦不可恃，辽河亦何可守？乞速遣将备刍粮，修

器械，毋窘臣用，毋缓臣期，毋中格以阻臣气，毋旁挠以掣臣肘，毋独遗臣以艰危，以致误臣误辽兼误国也。谨奏。

奏入，神宗报允，并赐尚方宝剑，令便宜行事。

廷弼出山海关，见难民纷纷逃来，停车细问，方知铁岭又失，沈阳吃紧，居民为避难计，因此西奔；遂用好言抚慰，令他随回辽阳，不必惊慌。难民乃随了前行。将到辽阳，遇着逃将数人，缚住正法；逃兵令回城赎罪。既入城，复劝告百姓一番。当即督率军士，造战车，备火器，修葺城池，招集流亡；复冒雪出巡，至沈阳修城阅兵，并自制一篇痛哭淋漓的祭文，亲祭阵亡将士。随祭的军士，都感激涕零。自有此一番振作，辽沈得以渐固。不愧将材。又请聚兵十八万，分守要地，任他智勇双全的满洲太祖，也没法摆布，这正是熊经略守辽的政绩。有此良将，不能长用，明之亡也无疑。

满洲太祖见辽沈无隙可乘，便移兵去攻叶赫。叶赫主纳林布禄已死，其弟金台石袭位，闻满洲军将到城下，忙集兵保守东城，并知照西城贝勒布扬古赶紧守御，互相援应。不几日满洲军已到，直逼东城，一攻一守，两不相下，满洲太祖固是能军，金台石颇也不弱。适西城遣军来援，被满洲太祖分兵杀败，追至城下，围住西城，东城守兵，望见满洲军已去了一半，略一宽懈，不防满洲军已缘梯而上，城上急掷矢石，已是不及，反被满洲军残杀多人，未死的守兵，统下城逃走。金台石闻城已被陷，登台死守，并纵火自焚屋宇。奈满洲军蜂拥前来，一齐杀入台中，金台石冒死突围，猛被一箭射倒，被满洲军擒拿而去。全城已破，满洲太祖入城升帐，由军士推上金台石。金台石怒气勃勃，语多不逊，恼得太祖性起，喝令枭首。但听金台石厉声道："我生前不能抗满洲，我死后无知则已，死若有知，定不使叶赫绝种，将来无论传下一子一女，总要报此仇恨。"颇是好汉，且预为后文伏笔。语未竟而首已落。太祖即令多尔衮拾起金台石首级，挑在竿上，往西城招降。

西城贝勒布扬古，系布塞的儿子。布塞的女儿，曾献与满洲太祖为妃，上回已交代明白，此番闻东城已破，惶急的了不得，经多尔衮在城下招降，用了一片顾念亲谊的话儿，说动了布扬古的心，又把金台石的首级，示作榜样，威吓利诱，不怕布扬古不拜倒马前。布扬古降了妹丈，忘却父仇，有愧金台石多矣。西城一降，叶赫遂亡，满洲太祖心已快慰，把从前的碑文，撇在脑后，哪

里晓得二百年后，复生出一桩大祸祟呢？这且慢表，小子又要讲那熊廷弼了。

熊廷弼守辽三年，人民安堵，鸡犬不惊，偏偏神宗光宗，相继晏驾，嗣位的称号熹宗，用了一个太监魏忠贤，搅乱朝纲，暗中嫉忌熊廷弼，遣吏科给事中姚宗文，到辽沈阅兵。白面书生，何知军务？这分明是遣他需索。偏这熊廷弼抗傲性成，不但没有馈献，抑且不甚礼貌，姚宗文甚为恚恨，阳为阅兵，阴已定稿；回朝后，即结了一班狐群狗党，诬劾廷弼。廷弼闻知，大加叹息，便拜本辞职。朝旨允准，换了一个袁应泰来代廷弼。

应泰是进士出身，曾升任巡抚，为人颇是精敏，但不是用兵能手。既到辽东见廷弼待下甚严，他却格外放宽，把旧制更张了好几条。适值蒙古大饥，部民多入塞乞食，应泰抚慰饥民，令在部下当兵，居住辽沈二城。小不忍则乱大谋，为此一大失着，辽沈人民，又要遭劫了。妇人之仁，安可为将？

这满洲太祖灭了叶赫，正愁没法图辽，得了这个消息，喜不自胜，即发兵进攻沈阳。沈阳总兵贺世贤，忙登陴守御，并着人飞报袁应泰。应泰刚想三路出师，规复清河、抚顺，得了此报，急调集诸军，拟援沈阳。忽一探马来报道："沈阳失守，贺总军殉节。"此处用虚写。应泰大惊，及问明细底，方知沈阳有蒙人内应，贺世贤为他所卖，以致与城俱亡；这都是应泰害他。当下顿足自悔，急饬亲兵搜查城内蒙民，果得了好几封通敌书信，当即一一正法，令军士沿城掘濠，沿濠环列火器，以便守御，自率总兵侯世禄、姜弼、梁仲善等，出城五里迎战。

满洲军前队已到，梁仲善不分皂白，拍马杀入，侯世禄、姜弼恐梁有失，即上前接应，不料敌兵放进梁仲善，截住侯世禄、姜弼。侯、姜二人，几次冲阵，都被敌阵中射回。霎时间一声呐喊，满洲军并力上前，突入明军阵内。明军支撑不住，往后退走，袁应泰手刃逃兵数人，仍不济事，用宽的坏处。只得退入城中；检点军士，已丧失三分之一，侯、姜二将，又身负重伤，梁仲善一去不还，想总是阵亡了。火焦鬼安得复生？

袁应泰还仗着城濠深广，分陴固守，谁知到了次日，满洲军已将城西大闸掘开，把濠中水一泄无余，军士竟渡濠攻城，分作左右两翼，左翼兵奋勇直上，时已日暮，应泰列矩拒战，自暮至旦，守城兵士，多半伤亡，兵官牛维曜高出等，不知去向，城中大乱。翌晨，右翼兵又陆续登城，应泰避入城北镇远楼，邀巡按御史张铨至，流涕道："我为经略，城亡俱亡。公文官无城

守责，宜急去，退保河西，图后举。”张铨道：“公知忠国，铨岂未知？”应泰无言，挂了剑印，悬梁毕命。还是忠臣。张铨见应泰已死，亦解带自缢。满洲军上镇远楼，见两人高悬梁上，就一齐解下，抬至满洲太祖前。太祖失声道：“好两个忠臣！”语尚未已，但见张铨两眼活动，尚有生气，忙令军士用姜汤灌救。张铨徐徐醒来，望见上面坐着一位大头目，料是满洲主子，便道：“何不杀我？”太祖劝他归降，张铨道：“生作大明臣，死作大明鬼。”可敬！太祖道：“忠臣忠臣，杀之何忍？”遂纵令还署。张铨既返署中，北向辞阙，西向辞父母，复自缢死。背主事仇者，对此曾知愧否？太祖命军士好好埋葬。

辽阳既下，辽东附近五十寨，及河东大小七十余城，皆望风投降。这信传到明廷，众明臣又记起熊廷弼来，熹宗亦有悔意，悔已迟了！命将姚宗文削职，仍召熊廷弼还朝，出任辽东经略。廷弼上三方布置策，以广宁一方为陆路界口，拟用马步军驻守，以天津登莱二方为沿海要口，拟各用舟师驻守。熹宗准奏，仍赐尚方宝剑，且于五里外赐宴饯行。

廷弼谢恩出朝，即日就道，出山海关，到了广宁，文武各官，统出城迎接，辽东巡抚王化贞亦来相见，寒暄既毕，共商战守事宜。化贞拟分兵防河，廷弼欲固守广宁，言下未免争论起来。廷弼慨然道：“今日之事，只有固守广宁一策，广宁能守，关内外自可无虞，若分兵防河，势单力弱，一营不支，诸营皆溃，尚能守么？”言之甚当。化贞终不以为然，怏怏而退。廷弼申奏朝廷，请实行三方分置策，化贞亦上沿河分守议。明廷依廷弼言，把化贞奏议搁起，化贞愈加不乐。廷弼又致书化贞，再言沿河分守之非，化贞不答。

歇了数天，辽阳都司毛文龙，有捷报到广宁说，已攻取镇江堡，化贞大喜，亟议乘胜进兵。廷弼不可，化贞径自出奏。大略谓：“东江有毛文龙可作前锋，降敌之李永芳。今已知悔，愿作内应，蒙古兵可借助四十万，此时不规复辽沈，尚待何时？愿假臣六万精兵，一举荡平，与景延广十万横磨剑相似。唯请朝廷申谕熊廷弼毋得牵掣。”此奏一上，廷弼已探闻消息，遂由广宁回山海关。化负专待朝旨一下，指日进兵。不多日朝使已到，令化贞专力恢复，不必受熊廷弼节制。廷弼亦受朝命，令他进驻广宁，作化贞后援。化贞带了广宁十四万兵士，渡河西进，廷弼不得已，亦出驻右屯。此时廷弼兵只有五千，徒拥经略虚名，心中愤闷已极，遂抗奏道：

臣以东西南北所欲杀之人，适遘事机难处之会，诸臣能为封疆容，则容之，不能为门户容，则去之，何必内借阁部，外借抚道以自固！

奏上，明廷留中不发。廷弼连章数上，大旨谓：“经抚不和，恃有言官；言官交攻，恃有枢部；枢部佐斗，恃有阁臣。今无望矣。”语语切直，激怒政府，正欲罢廷弼，专任化贞，不防化贞已经败回。看官！欲知化贞败回的缘故，待小子一一叙来：

化贞率领大兵渡河，满望得胜奏凯，第一次出兵，走了数十里，并不见敌，只得引回；第二三次，也是这般；直到五次，依旧不见一人。李永芳毫无信息，蒙古兵也没有到来，化贞却安安稳稳的过了一年。至熹宗二年正月，满洲军西渡辽河，进攻西平堡，守堡副将罗一贯飞报化贞，化贞亟遣游击孙得功、参将祖大寿、总兵祁秉忠，带兵往援。至半途遇总兵刘渠，奉廷弼命来援西平堡，四将会师前进，到平阳桥，闻报西平堡失守，副将罗一贯阵亡，得功欲走回广宁，刘渠、祁秉忠二人，却是血性男儿，不肯中止，且欲进复西平堡，得功勉强相随，陆续过桥。不数里，见前面尘头大起，满洲军已整队而至。刘渠、祁秉忠等，忙率兵前敌，独得功按兵不动。刘、祁二将，正与满洲军厮杀，忽闻梆子声响，敌军中万矢齐发，伤了明军数百名。明军方拟持盾蔽矢，后面大声叫道：“兵已败了，为何不逃？难道兄弟们不要性命吗？”这声一发，好象楚歌四起，人人惊惶，霎时间逃去一半，刘渠、祁秉忠舍命遮拦，已是截留不住，眼见得兵残力竭，以死报国。人生自古谁无死？留取丹心照汗青。但是后面的大声，发自何人？诸君一猜，便晓得是狼心狗肺的孙得功。该骂。得功本是王化贞心腹，化贞倚作长城，谁料他见了满兵，吓得心胆俱落；又恨刘、祁二公，硬要争先杀敌，因此未败叫败，摇乱军心。他却早早逃回，扬言敌兵薄城，居民闻信惊惶，相率移徙出城。得功暗想，一不做，二不休，索性缚住了王化贞，作为贽仪，做个满洲的大员，也自威风，就在城内扎定了兵，专待满洲兵到，作为内应。化贞视他为心腹，他却要化贞的脑袋，险极奸极！

化贞尚全然不知，阖着署门，整理文牍，从容得很。忽有人排闼入道："事急矣，请公速行！"化贞仓皇失措，也不知为着何故？只是抖个不住。那人也不及细讲，竟拉住化贞上马，策鞭出城。行了数里，化贞方望后一看，随着的是总兵江朝栋，并仆役两人，他尚莫明其妙，只管自摸头颅。直到了大凌河，见有一支人马疾驱前来，为首的一员大帅，威风凛凛，正是辽东经略熊廷弼，写熊廷弼处，仍不减声色。化贞到此，方稍觉清楚，仔细一想，惭愧了不得，顿时下马大哭。是村妇丑态，不意得之王化贞。廷弼笑道："六万军一举荡平，今却如何？"快人快语，然却是廷弼短处。化贞闻了此言，益发号啕不止。廷弼道："哭亦何益？熊某只有五千兵，今尽付君，请君抵挡追兵，护民入关。"化贞此时，进退两难，欲与廷弼回救广宁。廷弼道："迟了迟了。"语未毕，探马来报，孙得功已将广宁献与满洲，锦州大小凌河松山杏山等城，都已失陷。廷弼急令化贞尽焚关外积聚，护难民十万人进山海关。败报达明京，给事中侯震旸、少卿冯从吾、董应举等，奏请并逮廷弼化贞以伸国法。熹宗也不明功罪，即日降旨，将化贞、廷弼拿交刑部下狱。黑暗之至！

当日御史左光斗，推荐东阁大学士孙承宗，督理军务。熹宗准奏，遂命承宗为兵部尚书。承宗高阳人，素知兵，既受兵部职，即上表奏道：

> 迩年兵多不练，饷多不核，以将用兵，而以文官操练，以将临阵，而以文官指挥，以将备边，而日增置文官于幕，以边任经抚，而日问战守于朝，此极弊也。今当重将权，择沉雄有气略者，授之节钺，如唐任李郭，自辟置偏裨以下，边事小胜小败，皆不必问，要使守关无阑入，而徐为恢复之计。

熹宗览奏，深为嘉纳。喜怒不常，确肖庸主状态。是时王在晋继任辽东经略，请于山海关八里铺地方，添筑重关；并请岁给粮饷百万，招抚关外诸蒙部。朝议未决，承宗自请往视，由熹宗特许，出关相度形势，与在晋所见不合，回奏在晋不足恃，筑重关不如筑宁远城。原来宁远城为关外保障，宁远有失，山海关亦觉孤危，所以孙承宗主筑宁远，不筑重关。熹宗准奏，就令孙承宗督师蓟辽，照例赐尚方剑一口，由御跸亲送承宗启行。

承宗拜辞御驾，径至宁远，更定军制，申明职守；以马世龙为总兵官，

令游击祖大寿守觉华岛，副将赵率教守前屯，遂于宁远附近，筑堡修城，练兵十一万，造铠仗数百万，开屯田五十顷，兵精粮足，壁垒森严。他在辽坐镇四年，关内外固若苞桑，不失一草一木。偏这妒功忌能的魏忠贤，又在皇帝老子前，阴行媒蘖。他起初尚想联络承宗，固结权势，暗中私馈无数物品，嗣经承宗尽行却还，反抗疏弹劾。此老别有肺肠。看官！你想这魏忠贤尚肯甘休么？第一着下手，先谗杀熊廷弼，传首九边；冤哉枉也。第二着就泣谮承宗，说他兵权太重，将有异图。自此承宗迭次奏陈，大半束诸高阁，一腔热血，无处可挥，自然不安于位。小子曾有绝句一首，以纪其事：

坐镇边疆见将材，四年安堵两无猜。
如何自把长城撤？甘使胡人牧马来。

欲知孙承宗后来情事，且待下回再说。

熊廷弼、孙承宗二人，为明季良将，令久于其位，何患乎满洲？廷弼可杀，承宗可罢，镇辽无人，满军自乘间而入。明之祸，满洲之福也。虽曰天命，宁非人事？本回章法，实是一篇熊、孙合传，而袁应泰、王化贞等，皆陪宾也。

第五回　猛参政用炮击敌
慈喇嘛偕使传书

却说孙承宗在辽，因朝中阉宦用事，刑赏倒置，心中懊怅异常；适届熹宗寿期，意欲借祝贺为名，入朝面劾阉竖。到了圣寿前一日，偕御史鹿善继，同到通州，忽兵部发来飞骑三道，止其入朝。承宗知计不成，急急回关，不意朝右阉党，已劾其擅离职守，交章论罪。承宗大愤，遂累疏求罢，熹宗便糊糊涂涂的许他免官，改任高第为经略。高第一到山海关，就把关外守具，尽行撤去。自弛守备，适启戎心，又请他满洲太祖出来了。人必自侮而后人侮之，国必自伐而后人伐之。

且说满洲太祖自闻孙承宗守辽，数载不敢犯，但派兵丁至沈阳营造城池，招募良匠，建筑宫殿，把沈阳城开了四门，中置大殿，名笃恭殿，前殿名崇政殿，后殿名清宁宫，东有翔凤楼，西有飞龙阁，楼台掩映，金碧辉煌，虽是塞外都城，不亚大明京阙。太祖定议移都，遂率六宫后妃，满朝文武，齐至沈阳，犒饮三日。后来改名盛京，便是此地。移都事毕，专着人探听明边消息，嗣闻孙承宗免职，改由高第继任，正思发兵犯边，旋接到守备尽撤的实信，顿时投袂而起，立宣号令，饬大小军官，召集兵队，出发沈阳；途中一无阻挡，渡过辽河，直达锦州，四望无营垒城堡，私幸关外可以横行，遂命军士倍道前进。到了宁远城，遥见城上旗帜鲜明，戈矛森列，中架大炮一具，更是罕见之物，太祖不觉惊异起来，命军士退五里下寨。

次日，太祖率部众攻城，将到城下，但听城楼上一声鼓角，竖起一面大

旗，旗中绣着一个大大的袁字，点出袁字，已有声色。旗下立一员大将，金盔耀目，铁甲生光，面目间隐隐露着杀气，描写威容，不可逼视。太祖见了此人，却暗暗称赞。英雄识英雄。旁有一贝勒呼道：“你是守城的主将么？”城上大将答道：“我是东莞人袁崇焕，大名鼎鼎。逐节叙来，至此始现姓名，愈为崇焕生色。现任殿前参政，为国守城，不畏强敌。”二语雄壮。贝勒道：“关外各城，已成平地，只有区区宁远，成什么事？我劝你不如献了城池，降我满洲，到不失高官厚禄，否则督军围攻，立成齑粉。请你三思！”崇焕厉声道：“尔满洲屡次兴兵侵我边界，无理已甚，吾奉天子命，来治此土，誓死守城，宁肯降你鞑子么？”语语成金石声。说毕，梆声一响，矢石雨下。太祖急率军队，一齐回寨。众贝勒请就此进攻，太祖道：“我看这袁蛮子，不是好惹的，我等且休养一天，来日誓拔此城。”

是夕，袁崇焕与总兵满桂，会集军士，泣血立誓。军士见主将如此忠诚，莫不感愤。崇焕即与满桂分陴固守，坐待天明。鸡声初唱，东方渐白，百忙中叙此闲文，格外生采。遥听敌营中吹起画角，随发炮声，料知敌军将来攻城，越发抖擞精神，指麾军士。不多时，敌骑蔽野而来，将近城濠，城上的矢石，如飞蝗般射去，满军前队，伤亡多名，后军复一拥而上，又受一阵矢石，伤亡无数，只是抵死不退。刚相持间，忽见满军中拥出一队盾牌兵，把盾牌护住头颅，跃过城濠，城上射下的矢石，被盾牌隔住，不生效力。这盾牌兵便聚集城脚，架起云梯，攀援而上。崇焕急命军士缒下大石，杂以火器，把云梯拆毁殆尽。盾牌兵不能登城，复在城脚边用器凿穴。崇焕命开大炮。这大炮，是西洋人所造，初入中国，当时崇焕手下，只有闽卒罗立，颇能开放，闻崇焕命，随即燃炮，轰然一声，炮弹立发，把满洲前队的兵士，弹向空中，随弹飞舞。可怜这满洲鞑子，未曾遇着这等利器，霎时间烟雾蔽天，血肉遍地。太祖急挥众逃走，脚长的方逃了一半性命。奇语。众贝勒经此厉害，不愿再攻，各劝太祖返驾，再图后举。太祖无法，只得应允。到了沈阳，检点军士，丧失数千，不禁叹息道：“我自二十五岁起兵，战无不胜，攻无不取，不料今日攻一小小宁远城，遇着这袁蛮子，偏吃了一场大亏，可恨可恼！”处顺境者，最忌逆风。众贝勒虽百般劝慰，无奈这满洲太祖好胜，终自纳闷。古语道：“忧劳所以致疾。”满洲太祖又是六十多岁的老人，益发耐不起忧劳，因此遂恹恹成病。到天命十一年八月，一代雄主，竟尔长逝，

传位于太子皇太极。

皇太极系太祖第八子，状貌奇伟，膂力过人，七岁时，已能赞理家政，素为乃父所钟爱。满俗立储，不论嫡庶长幼，因此遂得立为太子。家法未善，故卒有康、雍之变。大贝勒代善等，承父遗命，奉皇太极即位，改元天聪，清史上称他为太宗文皇帝。详清略明，所以标示清史也。太宗嗣位后，仍遵太祖遗志，把八旗兵队，格外简练，候命出发。一日，适与诸贝勒商议军务，忽报明宁远巡抚袁崇焕，遣李喇嘛等来吊丧，并贺即位。看官！你想明、清本是敌国，袁崇焕又是志士，为什么遣使吊贺？这却有一段隐情，待小子叙明底细。原来袁崇焕自击退满军后，疏劾经略高第撤去守备、拥兵不救之罪，朝旨革高第职，命王之臣代为经略，升崇焕为辽东巡抚，仍驻宁远，又命总兵赵率教镇守关门。崇焕欲复孙承宗旧制，与赵率教巡视辽西，修城筑垒，屯兵垦田，正忙个不了，会闻满洲太祖已殁，遂思借吊贺的名目，窥探满洲虚实；又以满俗信喇嘛教，并召李喇嘛偕往。李喇嘛等既到满洲，由满洲太宗召入，相见后递上两道文书，与吊贺礼单。太宗披阅一周，见书中有释怨修和的意思，便向李喇嘛道："我国非不愿修好，只因七恨未忘，失和至今。今袁抚书中，虽欲敛兵息怨，尚恐未出至诚，请喇嘛归后，劝他以诚相见为是。"李喇嘛亦援述教旨，请太宗慈悲为念，免动兵戈。太宗乃令范文程修好答书，交与部下方吉纳，命率温塔石等，偕李喇嘛赴宁远，同见袁崇焕，当由方吉纳递上国书，崇焕展开读之，其书云：

> 大满洲国皇帝，致书于大明国袁巡抚：尔停息兵戈，遣李喇嘛等来吊丧，并贺新君即位，既以礼来，我亦当以礼往，故遣官致谢。至两国和好之事，前皇考至宁远时，曾致玺书，令尔转达，尚未见答。汝主如答前书，欲两国和好，当以诚信为先；尔亦无事文饰。

崇焕读到此语，将书一掷，面带怒容，对方吉纳道："汝国遣汝等献书，为挑战么？为请和么？"方吉纳见他变色，只得答言请和。崇焕道："既愿请和，何故出言不逊？余且不论，就是书中格式，汝国欲与我朝并尊，谬误已甚。今着汝回国，借汝口传告汝汗，欲和宜修藩属礼，欲战即来。本抚宁畏汝等么？"闻其声，如见其人。说毕，起身入内。

方吉纳等快快退出，即日东渡，回报太宗。太宗即欲发兵，众贝勒上前进谏，说是："国方大丧，不宜动众，现不若阳与讲和，阴修战备，俟明边守兵懈怠，然后大举未迟。"话虽中听，其实是怕袁崇焕。太宗乃自草国书，命范文程修饰誊写，仍差方吉纳、温塔石等投递。方、温二人，迫于上命，硬着头皮，再至宁远，先访着李喇嘛，邀同进见袁崇焕，捧上国书。崇焕复展读道：

大满洲国皇帝，致书明袁巡抚：吾两国所以构兵者，因昔日尔辽东广宁臣高视，尔皇帝，如在天上，自视其身，如在云汉，俾天生诸国之君，莫能自主，欺藐陵轹，难以容忍，用是昭告于天，兴师致讨。唯天不论国之大小，止论事之是非，我国循理而行，故仰蒙天佑。尔国违理之处，非止一端，可与尔言之：如癸未年，尔国无故兴兵，害我二祖，一也。癸巳年，叶赫哈达乌拉辉发与蒙古会兵侵我，尔国并未援我，后哈达复来侵我，尔国又未曾助我；己亥年，我出师报哈达，天以哈达畀我，尔国乃庇护哈达，逼我复还其人民，及已释还，复为叶赫掠去，尔国则置若罔闻；尔既称为中国，宜秉公持平，乃于我国则不援，于哈达则援之，于叶赫则听之，偏私至此，二也。尔国虽启衅，我犹欲修好，故于戊申年勒碑边界，刑白马乌牛，誓告天地，云："两国之人，毋越疆圉，违者殛之。"乃癸丑年，尔国以卫助叶赫，发兵出边，三也。又曾誓云："凡有越边境者，见而不杀，殃必及之。"后尔国之人，潜出边境，扰我疆域，我遵前誓杀之，尔乃谓我擅杀，缧系我使臣纲吉礼、方吉纳，索我十人，杀之边环，以逞报复，四也。尔以兵备助叶赫，俾我国已聘叶赫之女，改适蒙古，五也。尔又发兵焚我累世守边庐舍，扰我耕耨，不令收获，且移置界碑于沿边三十里外，夺我疆土，其间人参貂皮五谷财用产马，我民所赖以生者，攘而有之，六也。甲寅年，尔国听信叶赫之言，遣我遗书，种种恶言，肆我侮慢，七也。我之大恨，有此七端，至于小忿，何可悉数？陵逼已甚，用是兴师。今尔若以我为是，欲修两国之好，当以金十万两，银百万两，缎百万匹，布十万匹，为和好之礼。既和之后，两国往来通使，每岁我国以东珠十颗，貂皮千张，人参千斤馈尔；尔国以金十万两，银十万两，缎十万匹，布三十万匹报

我。两国诚如约修好，则当誓诸天地，用矢勿渝。尔即以此言转奏尔皇帝，不然，是尔仍愿兵戈之事也。

崇焕览毕，不由的心中愈愤；转思辽西一带。守备尚未完固，现且将计就计，婉词答复，待一二年后，无懈可击，再决雌雄。笔法变换，然必如此互写，方显得有胆有谋。若说得一味粗莽，便不成为袁崇焕矣。遂命左右取过笔砚，伸纸疾书道：

辽东提督部院，致书于满洲国汗帐下：再辱书教，知汗渐息兵戈，休养部落，即此一念好生，天自鉴之，将来所以佑汗而昌大之者，尚无量也。往事七宗，抱为长恨者，不佞宁忍听之。但追思往事，穷究根因，我之边境细人，与汗家之部落，口舌争竞，致起祸端，今欲一一辨晰，恐难问之九原。不佞非但欲我皇上忘之，且欲汗并忘之也。然十年苦战，为此七宗，不佞可无一言乎？今南关北关安在？辽河东西，死者宁止十人？仳离者宁止一老女？辽沈界内之人民，已不能保，宁问田禾？是汗之怨已雪，而志得意满之日也，唯我天朝难消受耳。今若修好，城池地方，作何退出？官生男妇，作何送还？是在汗之仁明慈惠，敬天爱人耳。天道无私，人情忌满，是非曲直，原自昭然。一念杀机，启世上无穷劫运，一念生机，保身后多少吉祥，不佞又愿汗图之也！若书中所开诸物，以中国财用广大，亦宁靳此，然往牒不载，多取违天，亦汗所当酌裁也。我皇上明见万里，仁育八荒，唯汗坚意修好，再通信使，则懔简书以料理边情，有边疆之臣在，汗勿忧美意不上闻也。汗更有以教我乎？为望！

写毕，视李喇嘛在旁，令他亦作一书，劝满洲永远息兵。两书一并封固，遣使杜明忠，偕方吉纳同去沈阳。

过了数日，去使未回，警信纷至：一角文书，是平辽总兵毛文龙来报，说满洲入犯东江，一角文书，是朝鲜国王李倧，因满军入境，向明乞援。崇焕一一阅毕，立命赵率教等，领了精兵，驻扎三岔河，复发水师往救东江。方调遣间，见杜明忠入帐，呈上满洲复书。崇焕约略一阅，大约分作三条：

不叙原书，免与上文重复。第一条，是画定国界；山海关以内属明，辽河以东属满洲。第二条，是修正国书；满洲国主让明帝一格，明诸臣亦当让满洲主一格。第三条，是输纳岁币；满洲以东珠、参、貂为赠。明以金银布缎为报。崇焕道："他犯我东江，并出兵朝鲜，一味蛮横，还有什么和议可言？"遂置之不答，但饬水陆各军，赶紧出发。无奈朝鲜路远，一时不及驰救，崇焕至此，也觉焦急，眼见得朝鲜要被兵祸了。正是：

玉帛未修，杀机又促；
虽鞭之长，不及马腹。

毕竟朝鲜能抵挡满洲否？且看下回分解。

本回全为袁崇焕一人写照。崇焕善战善守，较诸熊廷弼、孙承宗，尤为出色。初为殿前参政，誓守宁远，继为辽东巡抚，遗书议和，非前勇而后怯，盖将藉和以懈满军，为修复辽西计也。读《明史袁崇焕传》，曾奏称守为正著，战为奇着，和为旁着，可知崇焕之心，固非以议和为久计者。然清太宗亦一英雄，与崇焕不相上下，书牍往还，无非虚语，读其文，可以窥其心。

第六回　下朝鲜贝勒旋师　守宁远抚军奏捷

且说朝鲜国地滨东海，古时是殷箕子分封地，后来沿革不一，到了明朝，朝鲜国王李成桂，受明太祖册封，累年进贡，世为藩属。当杨镐四路出塞的时候，朝鲜曾出兵相助。应第四回。杨镐败还，朝鲜兵多被满洲擒获，满洲太祖释归朝鲜部将十数人，令他遗书国王，自审去就。此番太祖逝世，朝鲜国亦未尝差人吊问，太宗即位半年，方欲出兵报复，适值朝鲜人韩润、郑梅，得罪国王，逃入满洲，愿充向导。虎伥可恨！太宗遂命二贝勒阿敏为征韩大元帅，当日点齐军马，逐队出发。临行时，阿敏入辞太宗。太宗道："朝鲜得罪我国，出师声讨，名正言顺。只是明朝总兵毛文龙，蟠踞东江，遥应朝鲜，不可不虑！"阿敏道："依奴才愚见，须两路出师。"太宗道："这且不必。"就向阿敏耳边，授了密计，虚写。阿敏领命去了。

探子报到东江，说是满洲兵入犯，这东江是登莱海中的大岛，一名叫作皮岛，岛阔数百里，颇踞形势。自从明都司毛文龙，招集辽东逃民，随时教练，建寨设防，遂成了一个重镇。明朝封他为平辽总兵，他心中也自得意。有时出攻满洲，互有胜负，他却屡报胜仗。取死之由。此次闻满兵入犯，急忙发兵出防，一面向宁远告急。其实满兵此来，并非欲夺东江，不过是声东击西的计策。点明太宗密授之计。文龙只知固守东江，严防海口，不料满洲军已纷纷渡过鸭绿江，直攻朝鲜的义州。及袁崇焕调发水师，到了东江，满洲太宗恐明兵窥破虚实，就亲自出巡，到辽河左岸，扎了好几天的营寨，实在也

是虚张声势，牵制宁远的援兵。太宗确是能手。

那时满洲军入攻朝鲜，势如破竹，初陷义州，府尹李莞被杀，判官崔明亮自尽；随后又攻破定州，占据汉山城，任情杀戮，到处抢劫，吓得朝鲜兵民，屁滚尿流。微词。这朝鲜国王李倧，一向靠着明朝的威势，偷安半岛，靠人终归无益。此次闻满军进攻，边要尽失，正惊慌得了不得，忽有一大臣来报，安州又失，满军已长驱到国都，急得李倧目瞪口呆，如死人一般。还是这位大臣有点主见，一请遣使求和，一请国王速奔江华岛。原来这江华岛在朝鲜内海中，四面环水，称作天险。李倧闻了此言，忙召集妃嫔，踉跄出走；随命大臣修好国书，遣使求和。朝鲜使到满营，被阿敏训斥一顿，不允和议。嗣经贝勒济尔哈朗等，与阿敏密商，以明与蒙古两路相伺，国兵不应久出，彼既乞和，不若就此修好，收兵回国。阿敏迫于众议，方语朝鲜使臣，令他谢罪订约。朝鲜使才应命而去。

阿敏又发令进攻都城，诸贝勒复入帐谏阻，阿敏不从。帐后来了李永芳，也抗言进谏，被阿敏拍案大骂，斥他降臣走狗，不配与议，该骂！说得永芳面红耳赤，哑口无言。良心发现了。当下将令如山，莫敢违拗，便拔寨前进，直指平山。看官！你道这阿敏执意进兵，是为何故？他自领兵攻入朝鲜，战无不克，沿途掳掠，得了许多子女玉帛，金银财宝，他想朝鲜都内，总还要繁华一点，趁此攻入，抢一个饱，岂不是大大的一桩利市么？画龙点睛。满军既到平山，离朝鲜国都不远，阿敏拟夤夜入城，忽报朝鲜国王，遣族弟李觉求见。阿敏召入，见李觉献上礼单，内开马百匹，虎豹皮百张，棉䌷苧布四百匹，布万五千匹，不由的喜动眉睫，令军士检收。便遣副将刘兴祚，偕李觉同往，并嘱兴祚道："若要议和，总须待我入都。"念兹在兹。兴祚告辞出帐，帐外已立着贝勒济尔哈朗，与兴祚密谈许久。兴祚点头会意，遂随李觉赴江华岛去了。故作疑团，惹人索解。

且说阿敏自遣刘兴祚后，仍饬军士攻城，军士虽不敢不去，却只在城下鼓噪，并没有什么大举动。接连好几日，仍未攻入，恼得阿敏性起，日夕詈骂不休。济尔哈朗等婉言解劝，没奈何耐住性子。一日，又拟亲督攻城，适值刘兴祚回来，先见了济尔哈朗，说明朝鲜已承认贡献，现偕李觉同来订约。济尔哈朗道："如此便好订盟。"兴祚道："须禀过元帅。"济尔哈朗说是不必。兴祚道："倘元帅诘责，奈何？"济尔哈朗微笑道："有我在，不妨。"

胸有成竹。便召李觉进见，与他订定草约，随后入见阿敏，说已定盟。阿敏怒道："我为统帅，如何全未报知？"济尔哈朗道："朝鲜已承认贡献，理应许和，何苦久劳兵众？"阿敏道："你许和，我不许和。"铜气攻心。济尔哈朗仍是微笑。忽帐下来报道："圣旨到，请大帅迎接！"阿敏急令军士排好香案，率大小官员出帐跪迎。差官下马读诏，内称："朝鲜有意求和，应即与订盟约，克日班师，毋得骚扰。"阿敏无奈，起接圣旨，饯送差官毕，方把盟约签字；暗中却埋怨济尔哈朗，料知此番旨到，定是他秘密奏闻；从阿敏意中想出，以便回应上文。他要硬做名誉，钳制咱们，咱们偏要掳掠一回。就暗暗嘱咐亲信军队，四出抢夺，又得了无数子女玉帛，金银财宝，满载而归。只苦了朝鲜百姓。

李觉随了满兵入朝。满主太宗出城犒军，与阿敏行抱见礼，便赐阿敏御衣一袭，诸贝勒马一匹；李觉随即叩见，命他起坐，并赏他蟒衣一件，大开筵宴，封赏各官。过了数天，李觉回国去了。

太宗既征服朝鲜，遂一意攻明，传令御驾亲征，命贝勒杜度阿巴泰居守，自己带领八旗，由贝勒德格类济尔哈朗、阿济格、岳托、萨哈廉、豪格等作为前队，攻城诸将，携着云梯盾牌，并橐驼负着辎重，作为后队。前呼后拥，渡过辽河，向大小凌河进发。

是时辽东经略王之臣，与崇焕不睦，明廷召还之臣，命崇焕统领关内外各军。崇焕闻满兵又来犯边，急令赵率教率师往援。率教到了锦州，由探马报说："大凌河已陷。"率教急命军士濬濠掘堑，多运矢石上城；复遣人向宁远告急。次日，忽来明兵一二千人，在城下大叫开门。率教上城探视，问所自来？城下兵士，答称从大凌河逃至。率教见彼无狼狈情形，竟喝声道："养兵千日，用兵一时，难道叫汝等临阵逃走么？汝等既负了朝廷豢养之恩，还有何颜入城见我？"义正词严。说毕，城下兵士，尚哗噪不已。率教拈弓搭箭，射倒兵目一人，并厉声道："汝等再如此喧嚷，教你人人这般。"于是城下兵士，一哄而散。原来这等兵士，有一半是被满兵获住的明军，有一半是满兵伪服汉装，冒充明军来赚锦州，幸亏率教窥破，不中他计。写赵率教机智。率教下城，暗想："满主诡计，虽已瞧破，然明日必来猛攻，现在守兵不足，援师未至，倘有疏虞，如何是好。"踌躇良久，忽猛省道："有了。"当命亲卒请钦差纪用商议。

纪用本是明廷太监，因钻入魏阉门路，得了巡视锦州的差使，太监也预军事，实是明朝气数。不料满兵前来，一时不能出城，正在着急，闻率教相请，勉强出来应酬。率教与他耳语一番，纪用本来没用，只好答道："遵命！"率教大喜，遂修好文书，由纪用署名，差人赍往满营。满洲太宗阅毕，问道："尔是纪钦差遣来的么？"明使答道："是。"太宗道："纪钦差既欲求和，可出城面陈衷曲。尔边将平日欺我，正思与尔钦差言明，转奏尔主，就使攻破尔城，我亦不妄加杀害。纪钦差可自立记号，别居他所，免致误伤。"说罢，令差官回报。率教闻知，命差官再往满营，传说："明日当出城议和。"明日纪用不出。又次日，满营遗书诘责，率教令纪用优待来人，设词延约。接连三日，太宗未免动疑，夜睡时辗转不寐；忽心中猛悟，披衣起坐道："错了，错了！我中他计了！"到底聪明，然亦晚矣。原来率教令纪用求和，分明是缓兵之计，他要纪用出名，一面是阳为推崇，使纪用心欢，一面因太监署名求和，易使敌人相信，待至满洲太宗窥破兵谋，援师已到城下，这正是赵率教的机智。极力褒奖。

是夕，满洲太宗即传集军士，夤夜薄城，一声觱栗，三军齐动，直向锦州城扑来。迟了。赵率教也曾防着这一层，日夜留心，猛听得远远角声，料是满营出发，忙上城指麾守兵，四面防守。霎时间满军已到，急麾众齐掷矢石。满军受伤颇多，忽向城西聚集，抵死猛攻。城上守兵，亦分队来援，满兵少却。此时天色黎明，两造军士，都有倦容，蓦见满军后面，队伍自乱，隐约露出明军旗帜。率教见援军已到，一声号炮，开城出攻，满军前后受敌，只得突围而退，且战且走。明军趁势会合，并力追杀，约五里许，方鸣金收军而去。这一阵，杀得满军七零八落，幸亏太宗素有约束，不致全军溃散。语有分寸。

太宗见明军已退，扎住了营，遣人至沈阳调发军队，报恨泄忿。不多日，沈阳兵到，太宗令新军作了前锋，乘夜间寂静时候，偷越锦州，去袭宁远。也是妙计。此时正是仲夏天气，草木阴浓，虫声嘈杂，满军衔枚疾进，直达宁远城北冈，太宗先上冈了望，见城上旌旗不整，刁斗无声，便命军士倚冈下寨。众贝勒请速攻城，太宗道："这是袁蛮子驻守的城池，难道没有防备么？此中必有诡计。"也自精细。立营未定，忽西北来了一彪人马，挂着袁字旗号，疾驱而至。太宗命军士迎敌，两边混战起来。不一时，明军望后而

退，太宗乘势追赶，将到城下，忽刺斜里杀出一员大帅，手执令旗，指挥杀敌。这人非别，正是统辖关内外的袁崇焕。此老又复出现。他自锦州开仗，便防着满军分袭宁远，是日由密探报知，便令城内掩旗息鼓，诱引满兵攻城，他却分兵两路，埋伏左右，俟满军一到，出来夹击。偏偏太宗倚冈立寨，逗军不进。崇焕见此计不中，就暗令左翼兵上前挑战，自己尚埋伏城右。此次太宗却上他的当，追赶前来，他就从右侧杀出，横截满军。被追的明军，又转身奋斗，太宗忙分兵抵御，可奈明军越战越勇，看看有些支持不住；猛见袁崇焕带领诸将，冲入中军，太宗急命阿济格、萨哈廉等，上前抵敌，阿、萨二人，正奉命出战，不防一矢前来，正中阿济格右肩，险些儿落下马来，幸亏萨哈廉猛力救护，阿济格方逃入军中。太宗见阿济格受伤，别令部将瓦克达，率精兵接应萨哈廉，一面令军士向后渐退。崇焕被萨、瓦二人牵制，不及追赶。太宗退军数里，检点军士，已丧失不少。只萨、瓦二人未回，待了好多时，始见二人身负重创，带着残兵，踉跄奔还。太宗咬牙切齿道："这个袁蛮子，真正厉害！怪不得先考在日，也吃一场大亏。此人不除，哪里能夺得明朝江山？"为后文伏笔。当下令济尔哈朗断后，把败军徐退锦州。满军虽败，仍有节制，写太宗，亦是写袁崇焕。崇焕闻满军退去，料想太宗定有准备，也收兵不追。

太宗过了锦州，仍令后队猛攻一番，这是假作攻势，以进为退之计。自己却排齐队伍，一队一队的退归沈阳。话分两头，单说袁崇焕逐退满军，遣使告捷，满望明廷降旨叙功，不料朝旨下来，反斥他不救锦州之罪。真正发昏。崇焕接旨大愤，即上表乞休。圣旨准奏，仍命王之臣代崇焕。满洲太宗探得此信，方额手称庆，意图再举，只因兵士新败，不得不休养一年，拟至来岁出兵。到了冬季，探报明熹宗崩，皇五弟信王嗣位，魏忠贤伏诛，太宗尚不介意。至明崇祯元年四月，探报袁崇焕复督师蓟辽，太宗顿足道："我刚想发兵攻明，如何这袁蛮子又来了？"看官！你道袁崇焕如何再出督师？原来崇焕免官，都由魏忠贤暗中反对，至崇祯帝嗣位，开手便放戮魏阉，召用袁崇焕。崇焕陛见时，崇祯帝问他治辽方略，他却奏称假臣便宜，五年可复全辽。未免自夸。当时给事中许誉卿，已说他言过其实。崇焕复奏称五年以内，户部发军饷，工部给器械，吏部用人，兵部调兵遣将，须中外事事相应，方能济事。但恐一出国门，便成万里，忌能妒功的人，即不明掣臣肘，亦能暗

乱臣谋云云。崇焕之言，虽确中时弊，然语近要挟，后来动帝之疑，实伏于此。崇祯帝为之动容，援为兵部尚书，赐尚方剑，命他即日启行。

崇焕到了关上，复缮折奏称恢复之计，应以辽人守辽土，以辽土养辽人，守为正着，战为奇着，和为旁着，法在渐不在骄，在实不在虚，愿至尊任而勿贰，信而勿疑，毋偏听左右，毋堕敌反间等语。崇焕所虑在末二语，乃后文偏如所料，令人长叹！奏上，复由崇祯帝优诏褒答。崇焕方渐渐放心，遂将关内外紧要地方，修城增堡，置戍屯田，不到一年工夫，已有成效，正是一夫当关，万夫莫入。

那时满洲太宗闻了这信，不敢轻动，只自嗟叹不已，光阴易过，转眼间便是明崇祯二年，满洲国天聪三年，编年亦不可少。太宗无聊已甚，并恐军心懈怠，时常出猎校阅，既便消遣，又资搜讨。到了初秋，太宗正出猎回来，有亲卒报道："明朝来了两员将官，说是到我国投降，现有名单在此。"太宗接单一阅，写着孔有德、耿仲明二名。太宗迟疑一回，便召贝勒多尔衮，及内阁学士范文程入帐，将名单与他传阅，多尔衮道："恐是明朝奸细。"范文程道："闻他不带兵马，只有两个光身子，何必惧他？不如召他进来，一问便知。"太宗点头称善，即命手下召入。二人入见太宗，即伏地大哭。正是：

窥辽方虑名臣在，作伥偏逢降将来。

未知二人何故愿降，且看下回便知。

满洲太宗确系能手，观其声东击西，征服朝鲜，其兵谋不亚乃父。朝鲜一失，明之左臂已断，袁崇焕虽智，至此亦穷于应付，然满军出攻宁、锦，袁、赵二将，计却强敌，满洲太宗亦遭败衄，可见明有袁崇焕，辽西未易动也。是故国家不可无良将。至五年复辽之语，虽近虚夸，要不得为崇焕咎。满洲所畏者唯崇焕一人而已。本回写满洲太宗处，即是写袁崇焕处。

第七回　为敌作伥满主入边
因间信谗明帝中计

却说孔耿二明将，见了满洲太宗，伏地大哭。太宗问为何事？二人奏道："臣等都是东江总兵毛文龙部将，因袁崇焕督师蓟辽，无故将我毛帅杀死，恳求大皇帝发兵攻明，替毛帅报仇，袁崇焕杀毛文龙事，从明朝二降将口中叙出，省却无数笔墨。臣等愿为前导，虽死无恨。"朝鲜有韩润、郑梅，明朝有孔有德、耿仲明、尚可喜，何虎伥之多也！原来毛文龙蟠踞东江，素性倔强，崇焕恐他跋扈难制，借阅兵为名，诱文龙往迎。文龙见了崇焕，语多傲慢。崇焕便赚文龙登岀阅兵，帐下伏了军士，把文龙拿住，数他十二大罪，请出尚方剑，将文龙斩首。这孔、耿二人，统认文龙为义父，因文龙被杀，随即逃往满洲甘作虎伥。为私灭公，二人可诛。太宗道："照汝等说来，是真心投降么？"二人便设誓道："如有异心？神人殛之！"太宗道："汝二人欲我报仇，也可代为出力，但山海关内外，有袁崇焕把守，不易进取，汝等可有良策否？"二人沉吟吟许久，耿仲明先开口道：关内外不易得手，何不绕道西北，从"龙井关攻入？"太宗道："龙井关在何处？"孔有德接口道："龙井关是明都东北的长城口，此去须经过蒙古，方可沿城入关。此关若入，便可向洪山、大安二口，分路进捣，直入遵化，遵化一下，明京便摇动了。"仿佛《三国演义》中，张松献益州地图。太宗喜形于色，便道："汝等愿作向导么？"二人齐声称愿。旁闪出多尔衮道："二将弃逆归顺，正是识时俊杰，但二将前来，曾被明廷察觉否？"二人齐声答道："我等潜踪而来，不但明廷未知，连关上的

袁崇焕，也未必晓得。”多尔衮道：“既如此，请尔等速还登州。”太宗道：“我要他作攻明的向导，你如何教他速还登州？”此事我亦要问。多尔衮道：“我军此次攻明，料非一二个月可以回国，若被袁崇焕闻知，从登莱调遣水师，潜入我境，岂不是顾彼失此？好在二将前来，彼尚未晓，现仍回据登州，阳顺明朝，阴助我国，倘袁崇焕令他攻我，他可逗留勿进，若差了别将，他可预先报知，以便堵截，岂不是好？”太宗道：“好是好的，但无人导入龙井关，奈何？”多尔衮道：“蒙古喀尔沁部，已归顺我国，我军到了蒙古，择一熟路的作了向导，便可入龙井关。从前蒙古尝入贡明廷，岂无人熟识路径？”太宗大喜，便手指多尔衮，对孔、耿二人道：“这是皇弟多尔衮，足智多谋，计出万全，现请汝等依了他计，仍回登州，秘密行事，将来为我立功，不吝重赏。”孔、耿二人领命去讫。多尔衮此计，仍是未信孔、耿二人，意欲借此试二人虚实，用心更细，设计更险。《明史》崇祯四年，载登州游击孔有德叛事，此处尚是崇祯二年，故有此斡旋之笔。

是年十月，太宗亲率八旗劲旅，大举攻明，方欲启行，闻报蒙古喀尔沁部，遣台吉布尔噶图入贡。太宗接见，就问龙井关路径，曾否认识？布尔噶图道：“奴才数年前，曾去过一次，略识路程。”太宗即令他作为向导，顿时满城文武，除居守外，尽随驾出发。戈铤耀日，旌旗蔽天，一程行一程，一队过一队，回环曲折，越水穿林，在途中过了数天，方到喀尔沁部。喀尔沁亲王，迎宴犒劳，不待细说。

太宗即日抵龙井关，关上不过几百名守卒，见满洲军蜂拥而来，都吓得魂飞天外，四散逃去。满军整队而入，遂分两路进攻，一军攻大安口，由济尔哈朗岳托为统领。共四旗；一军攻洪山口。太宗亲率四旗兵队，连夜进发。此时明军专防守山海关，把大安、洪山二口，视作没甚要紧的区处，空空洞洞，毫不设备，一任满军攻入，浩浩荡荡的杀奔遵化州。

明廷闻警，飞檄山海关调兵入援，总兵赵率教，奉檄出兵，星夜前进，到了遵化州东边，地名三屯营，望见前面密密层层的都是满军，把三屯营围得铁桶相似。率教自顾部众，不及他四分之一，眼见得不是对手，只是忠臣不怕死，有进尺，无退寸，当下激厉将士，分为数队，呐喊一声，竟向满军中冲入。满军见有援师，让他入阵，复将两面的兵合裹拢来，把率教困在垓心。率教全无惧怯，率众血战，见一个，杀一个，见两个，杀一双，自辰至

午，也杀了满军多名。怎奈满军越来越众，率教只领着孤军，越战越少，满望城中出兵相应，谁知寂无声响。又复死战多时，看看日光已暮，不由的愤急起来，索性拍马当先，杀开一条血路，直奔城下，大声叫道开城。城上乱下矢石，率教大叫道："我是山海关总兵，来援此城，请速放入！"但闻城上守兵答道："主将有令，不论敌兵援兵，一概不得入城。"率教此时已身受重创，至此进退无路，视部下残兵，亦受伤过半，不能再战，便下马向西再拜道："臣力竭矣。"把剑自刎而亡。可敬可悲。

那时满兵已逼到城下，把残兵扫得精光，不留一个，当即乘胜登城。城中守将朱国彦，只守着闭关的主见，不纳援军，害得赵率教自刎身亡，到了满军登城，他已无能抵御，忙回署穿好冠带，望阙叩头，与妻张氏并投缳毕命。愚不可及。

满军夺了三屯营，又攻遵化，巡抚王元雅昼夜巡守，满军竖起云梯，四面进攻，守兵措手不及，被满军一拥而上。王元雅以下文武各官，统同殉节。满洲太宗入城，命军士检埋元雅尸首，杀牛犒饮，庆赏一天。翌日即率师进发，所过皆墟。不到一月，蓟州、三河、顺义、通州等处，都被满军占踞，乘胜直到明都城下。明廷大震，幸亏关上满桂，带兵入援。满桂也是明朝有名的猛将，见满军大至，亟麾兵迎战。两军厮杀了半日，不分胜负。忽城上放了一声大炮，弹丸四迸，烟雾蔽天，满军霎时驰退，满桂军猝不及防，反被打伤了数百名。满桂也中了一弹。冤枉得很！

太宗收了兵马，就在城北土城关的东面，扎定了营，令明日奋力攻城。忽见贝勒豪格及额驸恩格德尔两人，匆匆走入道："袁崇焕又来了。"太宗惊道："袁蛮子当真又来么？"所留意者此人。原来明京自满军深入，飞诏各处迅速勤王，袁崇焕奉旨，立遣赵率教、满桂等率军入援，自己亦带领祖大寿、何可纲两总兵，随后启程。所过各城，都留兵驻守。及到明京，各道援师，亦渐渐云集。崇焕入见崇祯帝，帝大加慰劳，命他统率诸道援师，立营沙河门外，与满军对垒。满洲太宗闻崇焕又至，不觉惊叹失声。豪格及恩格德尔见太宗不悦，便仗着胆道："袁蛮子没有三头六臂，何故畏他？他现在率兵初到，未免劳苦，趁此机会，劫他营寨，何愁不胜？"太宗道："汝言虽是有理，但袁蛮子饶智有略，宁不预先防备？汝等既愿劫营，须处处防他埋伏。左右分军，互相策应，方是万全之策。"可谓小心。豪格等应命出兵。

这时满营在北，袁营在南，由北趋南，须经过两道隘口，恩德格尔自恃勇力，一到右隘，就带了本部人马，从隘口进去。卤莽可笑。豪格一想，彼从右入，我应从左进，但若两边都有埋伏，那时左右俱困，不及救应，岂不是两路失败么？现不若随入右隘，接应前军为是。亏此一想。便命军士随入右隘，起初还望见恩格德尔的后队，及转了几个湾头，前军都不见了。正惊疑间，猛听得一声号炮，木石齐下，把去路截断。豪格料知前面遇伏，忙令军士搬开木石，整队急进。幸喜山上没有伏兵下来，尚能疾行无阻。行未数里，见前面聚着无数明军，把恩格德尔围住，恩格德尔正冲突不出。当由豪格催动前骑，拼命杀入，方将明军渐渐杀退，保护恩格德尔出围。非写豪格，实写袁崇焕。随令恩格德尔前行，自己断后，徐徐回营。明军见有援应，也不追赶。

恩格德尔回见太宗，狼狈万状，禀太宗道："袁蛮子真是厉害，奴才中了他计，若非贝勒豪格相救，定然陷入阵中，不能生还。"太宗道："我自叫你格外小心，你如何这等莽撞？本应治罪，念你一点忠心，恕你一次。"恩格德尔叩首谢恩，又谢过了豪格。太宗道："袁蛮子在一日，我们忧愁一日，总要设法除他方好。"令军士分头出哨，严防袭击。

当夜无话，次日满洲探马，来报敌营竖立栅木，开濠掘沟，比昨日更守得严密了。太宗道："他是要与我久持，我军远道而来，粮饷不继，安能与他相持过去？"当即开军士会议，文武毕集，太宗令他们各抒所见。诸将纷纷献议，或主急攻，或主缓攻，或竟提出退师的意见。太宗都未惬意。旁立一位文质彬彬的大臣，一言不发，只是微笑。别有成算。太宗望着，乃是范文程，便问先生有何良策？文程道："有一策在，此刻不可泄漏，容臣秘密奏明。"太宗即命文武各官，尽行退出，独与文程秘密商议。帐外但听得太宗笑声，都摸不着头脑。是何妙计？看官试一猜之！好一歇，文程亦出帐而去。过了一天，传报明京德胜门外，及永定门外，遗有两封议和书，系是满洲太宗致袁崇焕的。疑案一。又过一天，满军捉住明太监二名，太宗不命审问，就令汉人高鸿中监守。疑案二。又过一天，满军退五里下寨。疑案三。又过一天，高鸿中报明太监脱逃，太宗也不去罪他。疑案四。又过一天，高鸿中面带喜色，入报明督师袁崇焕下狱，总兵祖大寿、何可纲奔出关外去了。疑案五。太宗道："范先生好似一个智多星，此番得除掉袁蛮子，真是我国一桩大幸事。"

看官！你道这位神出鬼没的范先生，究竟是何妙策？说将起来，乃是兵书上所说的反间计。原来明京两门外的议和书，都是范文程捏造情由，遣人密置。守门的兵目，得了此书，飞报崇祯帝，崇祯帝便命亲近太监，出城访查，不料途中伏着满兵，被他拿去两名。这两名太监，拿入满营，由高鸿中监守。高系汉人，与明太监言语相通，渐渐说得投机，非但不加刑具，并且好酒好肉的款待。是夕，鸿中与二太监酣饮，有一兵官模样，入会鸿中见二太监在座，慌忙退出。鸿中假作酒醉，忙起座追出门外，与兵官密谈。二太监见无人在座，便掩到门后窃听，模模糊糊的，听得袁崇焕已经允议，明晨我兵退五里下寨。末后这一语，是休令明太监闻知。言毕，匆匆径去。二太监以目相视，忙即回座，鸿中亦入门再饮数巡，说是要摒挡行李，恕不陪饮。鸿中别去，二太监趁这时光，走出帐外，见帐外无人把守，便一溜烟的跑回明京，详禀崇祯帝。崇祯帝因崇焕擅杀毛文龙，已自不悦，及闻了私自议和的消息，便召见崇焕，责他种种专擅，立命锦衣卫缚置狱中。总兵祖大寿、何可纲，闻主帅无故下狱，顿时大愤，率兵驰回山海关。你想满洲太宗得了此信，有不格外喜欢么？陈平间范增，周瑜弄蒋干，都是这般计策，崇祯帝号称英明，应亦晓明史事，乃竟堕入敌计，自坏长城，真正可叹！

明军失了主帅，惊惶的了不得。偏这满洲太宗计中有计，不乘势攻打明京，反向固安、良乡一带，去游弋了一回。明廷还道是满兵退去，略略疏防，不料满兵复回转北京，直逼芦沟桥。此时守城大将，只有满桂一人，还靠得住，此外都是酒囊饭袋，全不中用。崇祯帝封满桂为武经略，屯西直、安定二门，统辖全军，一面命各官保荐人才。好好一个大将才，缚置狱中，还要人才何用。当由庶吉士、金声保荐两人，一个是游僧申甫，想是会念退兵咒。一个是翰苑出身刘之纶。崇祯帝立刻召见，适刘之纶未曾在京，应召的只有申甫一人。陛见时问他有何才具？申甫答称："能造战车。"当场试验，颇觉灵动，遂擢他为副总兵，令他招募新军，即日赴敌。急时抱佛脚，有何益处？申甫奉了上命，就在京中开局招兵，所来的无非市井游手，或是申甫素识的僧徒，全然不晓得临阵打仗的格式，冒冒失失的领了出城，战车在前，步兵在后，大喊一声，向满营冲将过去。满军守住营寨，全然不动，前面的战车，也在途中停住了。蓦闻满营中一声战鼓，把寨门一开，千军万马，拥杀过来，申甫还催战车急进，怎奈推车的人，早已不知去向。满军将战车尽行

拨倒，提起大刀阔斧，杀入明军，好象削瓜切菜一般。这等游手僧徒，只恨爹娘少生两脚，没命的夺路乱跑。申甫也转身逃走，不到数步，被一满员赶到，刀起头落，把申甫一道魂灵，送到西方极乐世界去了。调侃得妙。

崇祯帝闻申甫败死，越加惶急，命满桂出城退敌。满桂奏言众寡悬殊，未可轻战。偏这明廷的太监，日日怂恿崇祯帝，催令速战。是满桂催命符。崇祯帝既诛魏阉，如何尚用奄寺？令人难解。满桂只得督领兵官孙祖寿等，出城三里，与满军搏战。这场厮杀，与申甫出战，全然不同，兵对兵、将对将，赌个你死我活，自早晨起，竟杀得天昏地黑。叙满桂处亦是不苟。满洲太宗见部队战明军不下，想了一计，令侍卫改作明装，就夜黑时混入明军队里。满桂不防，误作城内援兵，不料这伪明军专杀真明军，一阵骚扰，明军大乱。可怜这临阵惯战的满桂，竟死于乱军之中。满桂又死，明其危矣。满军大获胜仗，个个想踊跃登城，不意太宗竟下令退军，弄得众贝勒都疑惑起来。小子且停一停笔，先诌成一诗，以纪其事云：

大好京畿付劫灰，强胡饱掠马方回，
谁云明社非清覆，内讧都从外侮来。

毕竟满洲太宗何故退军，请到下回交代。

袁崇焕杀毛文龙，后人多议其专擅，愚意不然。将在外，君命有所不受，有利于国，专之可也。况崇祯帝固许其便宜行事乎！唯文龙被杀，部下多投奔满洲，甘为虎伥，绕道入塞，不得谓非崇焕疏忽之咎。然勤王诏下，即兼程前进，忠勇若此，而崇祯帝多疑好猜，竟信阉竖之谗，误堕敌人之计，崇焕下狱，满桂阵亡，明之不亡亦仅矣。读此回令人嗟叹不置。

第八回　明守将献城卖友
清太宗获玺称尊

却说满洲太宗下令退军，众贝勒都来谏阻，太宗把意见详述一番，说得众贝勒个个叹服。原来太宗的意思，恐师老日久，有前无继，转犯兵家之忌。就使乘胜攻城，应手而下，也是万不能守。一旦援军四集，反致进退两难，所以决意离京，把畿辅打扰一番，扰得他民穷财尽，激起内乱，方好乘隙而入，唾手夺那明室江山。这正是亟肆以敝的计策。确是妙算。当下率领全军，退至通州，是时已天聪四年了。点目。到通州后，复渡河东行，克香河，陷永平；将到遵化，忽见前面有明军拦住，历历落落的炮弹，向满军打来。太宗方令军士退后，猛听得豁喇一声，明军这边的大炮，无故炸开，弄得自己打自己。太宗趁这机会，再令军士向前猛进，此时明军已纷纷自乱，哪里当得住满军。只是这位统兵大员，偏不肯逃走，麾军士拼命拦截，自辰至酉，明军已矢尽力穷，这统兵大员，中了满兵两箭，坠马身亡。看官！你道这明将是谁？就是金声保荐的刘之纶。之纶平日颇研究武备，尝借贷百金，造成木质大炮；又造独轮车、偏箱车、兽车，都是轻便利用，因闻崇祯帝召见的信息，夤夜到京，入奏称旨，超擢兵部侍郎，协理京营戎政，闻得满营齐退，之纶誓师出追，到了通州，闻满军东去，料他必取道遵化，退出关外，遂约总兵马世龙、吴自勉二人，尾满军后，趋向永平，自己由间道到遵化，截满军归路，与马、吴两总兵前后夹攻。计亦甚善。谁知马、吴两人，违约不追，之纶只领了一支孤军，驻扎娘娘庙山。待满军到来，两边相较，已

是众寡不敌；偏这大炮又炸，越加危急。左右请结阵徐退，之纶怒道：“吾受天子厚恩，誓捐躯以报，战若不胜，愿死，敢言退者斩。”好汉子。到了矢尽力穷的时候，之纶见不可支，大呼道：“死死！负天子恩！”急解佩印付给家人道：“持此归报朝廷。”不一时，即被满军射倒。又死了一个忠臣。所剩残兵，霎时间一扫而空。

太宗复领兵攻陷迁安、滦州，进至昌黎，却由该县左应选，率兵民固守，连番进攻，都被击退。倒难为他。寻闻明廷复起用孙承宗，代袁崇焕守山海关，恐他遣将前来，截断归路，遂匆匆的收兵回国。既至国都，文武各官，都上表庆贺，唯太宗犹有忧色。众贝勒各来进问，太宗道：“袁蛮子虽已下狱，终究未死，倘或赦罪出来，又要与我国做死对头，所以放心不下。待他死了，汝等贺我未迟。”过了数日，侦察明京大事的探子，密书驰报，略说：“袁崇焕已经磔死，连家产亦被籍没。”太宗方欣然道：“难得此公已死，咱们可长驱入明了。”自折股肱，适以利敌。是时范文程在旁，太宗复顾着道：“这是范先生第一功。”文程道：“崇焕虽死，承宗尚在，山海关尚未易下。”太宗道：“待来年再行图他。只是明兵惯用大炮，我国恰无此火器，须赶紧制造，方可攻明。”文程道：“这正是最要紧的事情。”遂招募工匠，铸起红衣大炮，命军士沿习燃放。

转瞬间又是一年，众贝勒复请攻明，太宗约以秋高马肥，方可进兵。是时孙承宗督师关上，收复滦州、迁安、永平、遵化四城，复整缮关外旧地，军声大震。怎奈来了一个邱禾嘉，做了辽东巡抚，偏与承宗意见不合。狭路相逢，无非冤家。承宗议先筑大凌河城，以渐而进，禾嘉恰要同时筑右屯城。工程日久，两城都未曾完工，满军已进薄城下，这是天聪五年八月内的事情。

太宗带领精骑，到了大凌河，掘濠竖栅，四面合围，令贝勒阿济格等率兵往锦州，遮击山海关援兵。邱禾嘉闻满军已至，急率总兵吴襄、宋伟等，自宁远趋锦州，是时阿济格军尚在中途，锦州城下，未见敌人踪迹。禾嘉令吴襄、宋伟，率兵进发，到长山口，遇着满军，彼此交战，不分胜负。两边鸣金收军，各扎住营寨，准备明日厮杀。是夕，满洲太宗亦到阿济格营内，亲自督战。次日，天色微明，满兵已张开两翼，向明营扑来。明总兵宋伟，坚垒不动。满军连冲数次，都被宋伟的营兵，枪炮打回。宋伟亦能。太宗命转攻吴襄营，吴襄忙令营兵，齐放枪炮，满兵亦枪炮迭施。正轰击间，忽

东北角上，刮起一阵狂风，顿时飞石扬沙，天昏如墨，襄军乘风举火，烈焰腾腾，扑入满军。满军正在着急，俄见大雨奔下，风随雨转，火势反向襄军扑回。襄军出其不意，霎时大乱，满军乘风猛攻，杀得襄军零零落落，吴襄忙率残兵逃走。岂真天意。满军复驰向宋伟营，此时伟军见襄军败走，已自胆怯，怎禁得满军踊跃前来？不消一个时辰，被满军冲入营内，宋伟左右阻拦，争奈支撑不住，也只得向后退下。满军随后赶来，两路残军，抱头疾走。约数里，忽前面来了一支人马，统是满洲服式，当住去路，后面追兵又至，吴襄、宋伟只得拼了性命，向前冲突；等到杀出重围，已失去了监军张道春，副将祖大乐，将士伤亡，不计其数。疾忙趋回锦州。邱禾嘉见了败军，惊惶万状，弄得束手无策；自是大凌河城，虽连章告急，禾嘉装作痴聋一般，全不理睬了。这样无能，何苦与孙承宗反对。且说大凌城守将，便是祖大寿、何可纲二人。他们本是怨恨明帝，只因孙承宗面上，坚守此城。闻援兵已经败还，格外懊丧。只大寿有一兄弟名叫大弼，曾官副总兵，有万夫不当之勇，军中称为万人敌；又因他素性粗莽，不管死活，别号作“祖二疯子”。他仗着勇力，一意主战，夜率死士百二十人，易服辫发，缒城而下，来袭满营。此公颇有机智，不是一味疯癫。适值太宗未寝，在帐中阅视文书，大弼执着大刀，当先入帐，把大刀左右乱劈，斫倒满侍卫两员。太宗见大弼入帐行凶，忙拔腰下佩剑，挡住大弼的大刀。幸亏太宗有些武力。当下交战数合，太宗力不逮大弼，渐渐退后。大弼手下的死士，亦陆续入帐，太宗正在着忙，亏得阿济格等带领侍卫十员，赶来护驾。一场酣斗，满侍卫中，尚有一人被斫断半臂。极写大弼。至满军越来越众，大弼始呼啸一声，冲围而出，此时大寿始知大弼出城劫营，出兵接入城去。大弼检点党与，不折一人，只有数名负伤。甘宁百骑劫曹营，祖大弼可谓媲美。次晨，太宗遂下令急攻，大寿可纲抵死击退。又过数日，满军运红衣大炮至，击坏城外数堡，复接连轰城。城上短堞，一半被毁，城中犹是固守。直到冬季，大凌粮尽，食牛马；牛马又尽，人自相食。大寿日盼援师，只是不至。唯满主招降书，屡射入城来，大寿未免动心，与可纲密议。可纲不从，大寿此时，也顾不得可纲了。卖国卖友，我恨大寿。夜间令部下亲兵，缒城至满营，投书愿降，即于次夕献城。可纲闻知，急来拦截，被大寿一箭射倒，由满军擒捉而去。城内兵士，非降即走。可纲见了太宗，劝降不允，从容就刑。算一个烈士。大弼不服兄意，早率同志

出城去了。

大寿叩见太宗，太宗格外优待，命之起坐，亲赐御酒一樽。是夕，大寿仍宿大凌城，梦寐间只见何可纲索命。贼胆心虚。及至惊醒，自觉卖友求荣，于情理上很过不去。想是夜气发现。当时踌躇了一回，又忏悔了一回。翌晨，起见太宗，正值太宗升帐，会议进取锦州。大寿献计道："取锦州不难。臣的家小，亦在锦州，现在锦州的守将，尚未知臣降顺天朝，若臣佯作溃奔状，归赚锦州，作为内应，陛下发兵为外合，取锦州如反掌。臣的家小，亦可藉此取来。"言甘心苦。太宗道："你不要诳语！"大寿设誓允诺，太宗当即命出发。到了锦州，闻邱禾嘉已经被劾，调往南京。关上督师孙承宗亦被言官弹击，乞休回里。承宗又罢。大寿又把锦州缮城固守，诡报满洲太宗，说是："心腹人甚少，各处客兵甚多，巡抚巡按，防守甚严，请缓发兵为是。"太宗乃班师而去。

是年冬，孔有德大闹登州，逐登莱巡抚孙元化，杀总兵张可大。越年，明兵四万攻登莱，有德等不能敌，驰书满洲告急。太宗以朝鲜已服，登莱无用，复书令有德等仍返满洲。有德遂偕耿仲明把子女玉帛载了数船，直到沈阳，应前回。见了太宗说："辽东旅顺，乃是要塞，现在守备空虚，可以袭取。"太宗遂发兵千名，偕孔、耿二人往袭旅顺。过了数日，军中报捷，说是旅顺已下，杀死明总兵黄龙，招降副将尚可喜。太宗大悦，即令孔、耿二人回国，留尚可喜居守旅顺。孔、耿奉命回国，孔受封为都元帅，耿受封为总兵官，嗣后可喜亦得封总兵。从此耿、尚、孔三将，居然做满洲开国功臣了。讥讽得妙。

话休叙烦，且说满洲太宗自大凌城班师，养精蓄锐，又历一年。一日，校阅军队毕，饬令随征察哈尔部，并征集各部蒙古兵，向辽河进发。这察哈尔部在满洲西北，源出蒙古，就是元朝末代顺帝的子孙。当满洲太祖起兵时候，察哈尔势颇强大，曾做内蒙古诸部的盟长。他的头目，叫作林丹汗。天命四年，尝遗书满洲，自称统领四十万众蒙古国主，致书水滨三万满洲国主。这便是自大的口吻。嗣后尝胁掠蒙古诸部，诸部受苦不堪，多来归服满洲，请满洲出兵讨伐。太宗趁兵马强壮，遂发兵渡了辽河，绕越兴安岭，向察哈尔背后攻入。林丹汗只防前面的境界，不料满军从后面扑来，蒙古本无大城，不过有几个小小的土圍，便算是头目所居的都城。满军扑到城下，林

丹汗似梦初觉，仓猝不及抵敌，只得徒步飞逸。满军乘势追杀，直到了归化城，捉不住林丹汗，反把明朝边境的百姓，拿来出气。明民何辜？当下由太宗命分四路兵入明边：第一路从尚方堡进宣州，到山西省大同应州；第二路从龙门口进长城，到宣州与第一路会齐；第三路从独石口进长城，到应州；第四路从得胜堡进朔州。四路的兵，长驱直入，好象一群豺狼虎豹，钻入犬羊队里，乱咬乱嚼，随心所欲，明边的百姓，无缘无故的遭此大劫。语语含有深意。幸亏宣大总督张宗衡，总兵曹文诏、张全昌等，固守城池，击退满兵，城中的百姓，还算保全身家性命。满兵掳了人口牲畜七万六千，已是满意，遂即唱了得胜歌，出关而去，不料明廷反将张宗衡、曹文诏等，革职坐戍。功罪不明，刑赏倒置，眼见得明室不久了。

只这位满洲太宗两次入明，所得财帛，不计其数。又把内蒙古各部落，统已收服，正是府库日充、版图日廓的时候。一日，有察哈尔部遗族来降，太宗问明情由，方知林丹汗逃奔青海，一病身亡，其子额哲，势孤力竭，只得率领家属，向满洲乞降。当下开城纳入，行受降礼。额哲叩见毕，献上一颗无价的宝物。看官！你道是什么宝贝？乃是元朝历代皇帝的传国玺。太宗得玺后，焚香告天，非常得意，于是大开朝贺。诸贝勒联名上表，请进尊号。边外诸国，亦都遣使奉书，愿为臣属。蒙古各部，且挑选几个有姿色的女子，献入满洲，甘作太宗的妾媵。吹牛拍马，一至于此。太宗遂创设三院：一名内国史院，一名内秘书院，一名内弘文院。国史院是编制实录，记注起居，秘书院是草拟敕书，收发章奏，弘文院是讨论古今政事得失，命范文程作为总监，汇集三院文员，恭定称尊典礼。复营建天庙天坛，添造宫室殿陛，不到数月，大礼已定，建筑告成，遂尊太宗为宽温仁圣皇帝，易国号为大清，改天聪十年为崇德元年。这是清室初造，所以叙述独详。择了吉日，祭告天地。当命在天坛东首，另筑一坛，排齐全副仪仗，簇拥御驾，登坛即真。适值天气晴和，晓风和煦，满洲文武百官，都随太宗至天坛，司礼各官，已鹄候两旁，焚起香烛。太宗下了御驾，龙行虎步的走近香案，对天行礼。拜跪毕，由司礼官读过祝文，于是诸贝勒拥着太宗，从中阶升上即真的坛上，到中间绣金团龙的大座椅前，徐徐坐下。但觉得万人屏息，八面威风。今而知皇帝之贵。诸贝勒大臣，及外藩各使，都恭恭敬敬的向上行三跪九叩礼。孔有德、耿仲明等降将，格外谨肃，遵礼趋跄，不敢稍错分毫。可愧可耻。宣诏

大臣，捧了满、汉、蒙三体表文，站立坛东，布告大众，坛下军民人等，黑压压的跪了一地。等到宣诏官读完谕旨，一齐高呼万岁万岁的声音，远驰百里。确是威阔，怪不得人人想做皇帝。礼毕，太宗慢慢下坛，由众贝勒大臣扈跸还宫。次日，上列代帝祖尊号，谥努尔哈赤为承天广运圣德神功肇纪立极仁孝武皇帝，庙号太祖，追封功臣，配享太庙。名宫殿正门为大清门，东为东翊门，西为西翊门，大殿正殿，仍遵太祖时所定名目，唯后殿改名中宫，皇后居之。中宫两旁，添置四宫，东为关睢宫，西为麟趾宫，次东为衍庆宫，次西为永福宫，罗列妃嫔，作为藏娇的金屋。册封大贝勒代善为礼亲王，贝勒济尔哈朗为郑亲王，多尔衮为睿亲王，多铎为豫亲王，豪格为肃亲王，岳托为成亲王，阿济格为武英郡王。此外文武百官，都有封赏。拜范文程为大学士，作为宰相。孔有德、耿仲明、尚可喜三降将，亦因劝进有功，得了什么恭顺王、怀顺王、智顺王的称号。看似铺叙，实则奚落。盈廷大喜，独太宗尚未尽惬意。看官！你道为何？当日称尊登极，外藩各使，统行跪拜礼，只有一国使臣，不肯照行，因此逆了太宗的意思，又想出一条以力服人的计策来了。正是：

　　南面称尊，居然天子；
　　西略东封，雄心莫止。

欲知何国得罪太宗，请向下回再阅。

满军攻明，起初是专攻辽西，迨得了向导，始由蒙古入塞，多一间道，从此左驰右突，飘忽无常。明兵则处处设防，以劳待逸，胜负之势，已可预决。至察哈尔折入满洲，长城以北，皆为满洲所有，明已防不胜防。虽无李闯之肇乱，而明亦不可为矣。若夫满洲太宗之获玺，论者谓天意攸归，故假手额哲以贵献之。夫玺之得不得，亦何关兴替？孙坚袁术，尝得汉家之传国玺矣，试问其果终为帝耶？然则满洲太宗之改号称尊，实为图明得志，借获玺之幸，而作成之耳。虽曰天命，宁非人事？唯清室二百数十年之国祚，由太宗之获玺称尊始。故书中特详述之，所以志始也。

第九回 朝鲜主称臣乞降 卢督师忠君殉节

却说清太宗登极之日，称清太宗自此始。有不愿跪拜的外使，并非别国，乃是天聪元年征服的朝鲜。朝鲜国王李倧，本与满洲约为兄弟，此次遣使来贺，因不肯行跪拜礼，即由太宗当日遣还，另命差官贻书诘责。过了一月，差官回国，报称朝鲜国王，接书不阅，仍命奴才带回。太宗即开军事会议，睿亲王多尔衮，与豫亲王多铎，请速发兵出征。太宗道："朝鲜贫弱，谅非我敌，他敢如此无礼，必近日复勾结明廷，乞了护符，我国欲东征朝鲜，应先出兵攻明，挫他锐气，免得出来阻挠。"仍是声东击西之计。多尔衮道："主上所虑甚是，奴才等即请旨攻明。"太宗道："汝二人当为东征的统帅，现在攻明，但教扰他一番，便可回来，只令阿济格等前去便了。"是日即召阿济格入殿，封为征明先锋，带兵二万，驰入明畿，并授他方略，教他得手便回，阿济格即领命而去。不到一月，阿济格遣人奏捷，报称入喜峰口，由间道趋昌平州，大小数十战，统得胜仗，连克明畿十六城，获人畜十八万等语。太宗即复令阿济格班师，阿济格奏凯而回。此次清兵入明，不过威吓了事，明督师兵部尚书张凤翼，宣大总督梁廷栋，闻得清兵入边，把魂灵儿都吓得不知去向，一个不如一个，大明休矣！日服大黄药求死，听清兵自入自出。瘟官当道，百姓遭殃，实是说不尽的冤屈。

话分两头，且说清廷自阿济格班师后，即发大兵往讨朝鲜。时已隆冬，太宗祭告天地太庙，冒寒亲征，留郑亲王济尔哈朗居守，命武英郡王阿济格

屯兵牛庄，防备明师，睿亲王多尔衮豫亲王多铎，率领精骑作了冲锋的前队。太宗亲率礼亲王代善等，及蒙旗汉军，作为后应。这次东征，是改号清国后第一次出师，比前时又添了无数精彩。清太宗穿着绣金龙团开气袍，外罩黄缎绣龙马褂，戴着红宝石顶的纬帽，披着黄缎斗篷，腰悬利剑，手执金鞭，脚下跨一匹千里嘶风马，左右随侍的，都是黄马褂宝石顶双眼翎，亲王贝子，前后拥护的，都是雄纠纠气昂昂的满蒙汉军，画角一声，六军齐发，马队、步队、长枪队、短刀队、强弩队、藤牌队、炮队、辎重队，依次进行，差不多有十万雄师，长驱东指。描写军容，如火如荼。

到了沙河堡，太宗命多尔衮及豪格，分统左翼满蒙各兵，从宽甸入长山口，命多铎及岳托，统先锋军千五百名，径捣朝鲜国都城。这朝鲜国兵，向来是宽袍大袖，不经战阵，一闻清兵杀来，早已望风股栗，逃的逃，降的降，义州、定州、安州等地，都是朝鲜要塞，清兵逐路攻入，势如破竹，直杀到朝鲜都城。朝鲜国王李倧，急遣使迎劳清兵，奉书请罪，暗中恰把妻子徙往江华岛。那时朝鲜使臣，迎谒太宗，呈上国书。太宗怒责一番，把来书掷还，喝左右逐出来使。即以其人之道，还治其人之身。李倧闻了这个信息，魂不附体，早知今日，何必当初。亟率亲兵出城，渡过汉江，保守南汉山，清兵拥入朝鲜国都，都内居民，还未曾逃尽，只得迎降马前，献上子女玉帛，供清兵使用。覆巢之下，岂有完卵？幸亏太宗有心怀远，谕禁奸淫掳掠。假仁假义。入城三日，已是残腊，太宗就在朝鲜国都，大开筵宴，祝贺新年。好快活。

又过数天，复率大兵渡过汉江，拟攻南汉山，适朝鲜国内的全罗、忠清二道，各发援兵，到南汉城，太宗遂命军士停驻江东，负水立寨。先锋多铎，率兵迎击朝鲜援兵，约数合，朝鲜兵全不耐战，阵势已乱，多铎舞着大刀，左右扫荡，好象落叶迎风，飕飕几阵，对面的敌营，成了一片白地。造语新颖。李倧闻援兵又溃，再令阁臣洪某，到满营乞和。太宗命英俄尔岱、马福塔二人，赍敕往谕，令李倧出城亲觐，并缚献倡议败盟的罪魁。李倧答书称臣，乞免出城觐见，缚献罪魁两事。太宗不允，令大兵进围汉城。

是时多尔衮、豪格二人，领左翼军趋朝鲜，由长山口克昌州，败安黄、宁远等援兵，来会太宗。太宗命多尔衮督造小舟，往袭江华岛，一面令杜度回运红衣大炮，准备攻城。多尔衮即派兵伐木，督工制船，昼夜不停，约数

日，造成数十号，率兵分渡。岛口虽有朝鲜兵船三十艘，闻得清兵到来，勉强出来拦阻，怎禁得清兵一股锐气，踊跃登舟。不多时，朝鲜兵船内，已遍悬大清旗帜，舟中原有的兵役，统不知去向。大约多赴龙王宫内当差。

清兵夺了朝鲜兵船，飞渡登岸，岸上又有鸟枪兵千余名，来阻清兵，被清兵一阵乱扫，逃得精光。清兵乘势前进，约里许，见前面有房屋数间，外面只围一短垣，高不逾丈。那时清兵一跃而入，大刀阔斧的劈将进去，但觉空空洞洞，寂无人影。多尔衮令军士搜寻，方搜出二百多人，大半是青年妇女，黄口幼儿，当由清兵抓出，个个似杀鸡般乱抖。多尔衮也觉不忍，婉言诘问，有王妃，有王子，有宗室，有群臣家口，还有仆役数十名，即命软禁别室，饬兵士好好看守，不叫妇女侍寝，算是多尔衮厚道，然即为下文埋根。一面差人到御营报捷。

是时杜度已运到大炮，向南汉城轰击，李倧危急万分，又接到清太宗来谕，略说："江华已克，尔家无恙，速遵前旨缚献罪魁，出城来见。"至是李倧已无别法，只得上表乞降，一一如命。清太宗又令献出明廷所给的诰封册印，及朝鲜二世子为质。此后应改奉大清正朔，所有三大节及庆吊等事，俱行贡献礼；此外如奉表受敕，与使臣相见礼，陪臣谒见礼，迎送馈使礼，统照事明的旧例，移作事清，若清兵攻明，或有调遣，应如期出兵，清兵回国，应献纳犒军礼物，唯日本贸易，仍听照旧云云。李倧到此，除俯首受教外，不能异议半字。当即在汉江东岸，筑坛张幄，约日朝见，届期率数骑出城，到南汉山相近，下马步行，可怜！行至坛前，但见旌旗灿烂，甲仗森严，坛上坐着一位雄主，威稜毕露，李倧又惊又惭，当时呆立不动。到此实难为李倧。只听坛前一声喝道："至尊在上，何不下拜！"慌得李倧连忙跪下，接连叩了九个响头。可叹！两边奏起乐来，鼓板声同磕头声，巧巧合拍。作书者偏要如此形容，未免太刻。乐阕，坛上复宣诏道："尔既归顺，此后毋擅筑城垣，毋擅收逃人，得步进步，又有两条苛令。每年朝贡一次，不得逾约。尔国三百年社稷，数千里封疆，当保尔无恙。"较诸今日之扶桑国，尚算仁厚。李倧唯唯连声。太宗方降座下坛，令李倧随至御营，命坐左侧，并即赐宴。是时多尔衮已知李倧乞降，带领朝鲜王妃王子，及宗室大臣家眷，到了御营。太宗便命送入汉城，留长子溰次子淏为质。次日，太宗下令班师，李倧率群臣跪送十里外，又与二子话别，父子生离，惨同死别，不由的凄惶起来，无奈清军在

前，不敢放声，相对之下，暗暗垂泪。太宗见了这般情形，也生怜惜，遂遣人传谕道："今明两年，准免贡物，后年秋季为始，照例入贡。"猫哭老鼠假慈悲。李倧复顿首谢恩。太宗御鞭一挥，向西而去。清军徐徐退尽，然后李倧亦垂头丧气的归去了。弱国固如是耳。

太宗振旅回国，复将朝鲜所获人畜牲马，分赐诸将。过了数日，朝鲜遣官解送三人至沈阳，这三人便是倡议败盟的罪魁，一姓洪，名翼溪，原任朝鲜台谏，一姓尹名集，原任朝鲜宏文馆校理，一姓吴名达济，原任朝鲜修撰，尝劝国王与明修好，休认满洲国王为帝，也是鲁仲连一流人物，可惜才识不及。此次被解至满洲，尚有何幸，自然身首异处了。清太宗既斩了朝鲜罪首，无东顾忧，遂专力攻明。适值明朝流寇四起，贼氛遍地，李闯张献忠十三家七十二营，分扰陕西河南四川等省，最号猖獗。明朝的将官，多调剿流贼，无暇顾边，太宗遂命孔有德、耿仲明、尚可喜三降将，攻入东边，明总兵金日观战死，复于崇德三年，授多尔衮为奉命大将军，统右翼兵，岳托为扬武大将军，统左翼兵，分道攻明，入长城青山口，到蓟州会齐。

这时明蓟辽总督吴阿衡，终日饮酒，不理政事，还有一个监守太监邓希诏，也与吴阿衡性情相似，真是一对酒肉朋友。至清兵直逼城下，他两人尚是沉醉不醒，等到兵士通报，阿衡模模糊糊的起来，召集兵将，冲将出去，正遇着清将豪格，冒冒失失的战了两三回合，即被豪格一刀，劈于马下。到冥乡再去饮酒，恰也快活。麾下兵霎时四散，清兵上前砍开城门，城中只有难民，并无守兵，原来监守太监邓希诏，见阿衡出城对敌，已收拾细软，潜开后门逃去，守兵闻希诏已逃，也索性逃个净尽。还是希诏见机，逃了性命，可惜美酒未曾挑去。清兵也不勾留，进行至牛阑山，山前本有一个军营，是明总监高起潜把守。高起潜也是一个奄竖，毫无军事知识，闻清兵杀来，三十六策，走为上策。崇祯帝惯用太监，安得不亡？清兵乘势杀入，从芦沟桥趋良乡，连拔四十八城，高阳县亦在其内。故督师孙承宗，时适家居，闻清兵入城，手无寸柄，如何拒敌？竟服毒自尽。子孙十数人，各执器械，愤愤赴敌，清兵出其不意，也被他杀了数十名，嗣因寡不敌众，陆续身亡。完了孙承宗，完了孙承宗全家。此外四十多城的官民，逃去的逃去，殉节的殉节。

清兵又从德州渡河，南下山东，山东州县，飞章告急，兵部尚书杨嗣昌，仓猝檄调，一面檄山东巡抚颜继祖，速往德州阻截，一面檄山西总督卢

象昇，入卫京畿。继祖奉到檄文，忙率济南防兵，星夜北趋，到了德州，并不见清兵南来，方惊疑间，探马飞报清兵从临清州入济南，布政使张秉文等，统已阵亡，连德王爷亦被掳去。看官！你道德王爷是何人？原来是大明宗室，名叫由枢，与崇祯帝系兄弟行，向系受封济南，至此被掳，这统是杨嗣昌檄令移师，以致济南空虚，为敌所袭，害了德王，又害了济南人民。颜继祖闻报大惊，又急率兵回济南，到了济南，复是一个空城，清兵早已渡河北行。继祖叫苦不迭，只得据实禀报。杨嗣昌至此，惶急异常，密奏敌兵深入，胜负难料，不如随机讲和。崇祯帝不欲明允，暗令高起潜主持和议，适卢象昇奉调入京，一意主战，崇祯帝令与杨嗣昌、高起潜商议，象昇奉命，与二人会议了好几次，终与二人意见不合。未曾出兵，先争意见，已非佳兆。象昇愤甚，便道："公等主和，独不思城下之盟，春秋所耻。长安口舌如锋，宁不怕蹈袁崇焕覆辙么？"嗣昌闻言，不禁面赤，勉强答道："公毋以长安蜚语陷人。"象昇道："卢某自山西入京，途次已闻此说，到京后，闻高公已遣周元忠与敌讲和，象昇可欺，难道国人都可欺么？"是一个急性人物。随即怏怏告别。寻奏请与杨、高二人，各分兵权，不相节制。折上，由兵部复议，把宣大山西兵士属象昇，山海关宁远兵士属高起潜。崇祯帝准议，加象昇尚书衔，克日出师。

象昇麾下，兵不满二万名，只因奉命前驱，也不管好歹，竟向涿州进发。忠而近愚。途中闻清兵三路入犯，亦遣别将分路防堵，无如清兵风驰雨骤，驰防不及，列城多望风失守。嗣昌即奏削象昇尚书衔，又把军饷阻住不发。象昇由涿州至保定，与清兵相持数日，尚无胜败，奈军饷不继，催运无效，转瞬间军中绝食，各带菜色。象昇料是杨嗣昌作梗，自知必死，清晨出帐，对着将士四向拜道："卢某与将士同受国恩，只患不得死，不患不得生。"众将士被他感动，不由的哭作一团。我看到此，亦自泪下。旋即收泪，愿随象昇出去杀敌。象昇出城至巨鹿，顾手下兵士，只剩五千名，参赞主事杨廷麟，禀象昇道："此去离高总监大营只五十里，何不前去乞援？"象昇道："他只恐我不死，安肯援我！"廷麟道："且去一遭何如？"象昇不得已，令廷麟启行。临别时执着廷麟手，与他一诀，流涕道："死西市，何如死疆场？吾以一死报国，犹为负负。"语带寒潮呜咽声。廷麟已去，象昇待了一日，望眼将穿，救兵不至。象昇道："杨君不负我，负我者高太监，我死何

妨，只要死在战场上面，杀几个敌人，偿我的命，方不徒死。”遂进至嵩水桥，正见清兵蜂拥前来，胡哨一声，把象昇五千人围住。象昇将五千人分作三队，命总兵虎大威领左军，杨国柱领右军，自己领中军，与清兵死斗。清兵围合数次，被象昇杀开数次，十荡十决。清兵亦怕他厉害，渐渐退去。象昇收兵扎营。是夜三鼓，营外喊杀连天，炮声震地，象昇知清兵围攻，忙率大威、国柱等，奋力抵御，可奈清兵越来越多，把明营围得铁桶相似。两下相持，直到天明，明营内已炮尽矢竭，大威劝象昇突围出走。象昇道：“吾受命出师，早知必死。此处正我死地。诸君请突围而出，留此身以报国！卢某内不能除奸，外不能平敌，罢罢！从此与诸君长别。”此恨绵绵无尽期。遂手执佩剑，单骑冲入敌中，乱斫乱劈，把清兵杀死数十百名，自身也被四箭三刀，大叫一声，呕血而亡。如此忠臣。为权阉所陷没，可恨！

象昇自擢兵备，与流寇大小数十战，无一不胜，且三赐尚方剑，未曾戮一偏裨，爱才恤下，与士卒同甘苦，此次力竭捐躯，部下亲兵，都随了主帅殉难，大威、国柱，因象昇许他突围，方杀开血路而去。象昇既死，杨廷麟始徒手回来，到了战场；已空无一人，只见愁云如墨，暴骨成堆，二语可抵一篇吊古战场文。廷麟不禁泪下。检点遗尸，已是模糊难辨，忽见一尸首露出麻衣，仔细辨认，确是卢公象昇。原来象昇新遭父丧，请守制不许，无奈缞绖从戎。廷麟既得遗尸，痛哭下拜，我亦欲拜之。亲为殓埋，遂会同顺德知府于颖，联名奏闻。杨嗣昌无可隐讳，只说象昇轻战亡身，死不足惜。崇祯帝误信谗言，竟没有什么恤典。到了高起潜星夜遁回，廷臣始知起潜拥兵不救，交章弹劾。起潜下刑部狱，审问属实，有旨正法。这杨嗣昌仍安然如故，后来督师讨贼，连被贼败，始畏惧自杀。小子曾有一诗吊卢公象昇云。

慷慨誓师独奋戈，臣心未死耻言和。
可怜为国捐躯后，空使遗人雪涕多。

欲知后事如何，下回再行表明。

朝鲜之不敌满洲，固意中事，然亦由朝鲜漫无防备之故。乞盟城下，屈膝称臣，受种种胁迫之条约，真是可怜模样，然亦未始非其自取耳。若明廷统一中原，

宁不足与满清敌？顾于熊廷弼、袁崇焕，则杀之磔之，于孙承宗则免职回里，任其殉节。独遗一善战之卢象昇，又为权阉所忌，迫死疆场。谁为人主，而昏愦至死？故人谓亡明者熹宰，吾谓熹宗犹不足亡明，亡明者实崇祯帝。

第十回　失辎重全军败溃
迷美色大帅投诚

却说清兵屡次得胜，正拟进取，忽由太宗寄谕，命回本国。多尔衮、多铎等，因不敢违命，只得率领兵士，仍取道青山口而归；归国后，问太宗何故班师？太宗道："欲夺中原，必须先夺山海关，欲夺山海关，必须先夺宁、锦诸城。否则我兵深入中原，那关内外的明兵，把我后路塞断，兵饷不继，进退失据，岂不是自讨苦吃么？"多尔衮、多铎等，即奏请出攻宁、锦，太宗准奏，即令发兵，直抵锦州。锦州守将，还是祖大寿，多方抵御，屡却清兵，相持两年，仍屹然不动，反伤亡了清朝大将岳托。崇德五年，太宗亲征，攻锦州不下，遗书责大寿欺罔之罪。大寿不答。太宗把锦州城外四面的禾稼，尽行刈获，捆载而归。即是釜底抽薪之计。

六年，太宗大发兵攻锦州，大寿闻知。急向蓟辽总督处乞援。蓟辽总督洪承畴，巡抚邱民仰，带了王朴、唐通、曹变蛟、吴三桂、白广恩、马科、王廷臣、杨国柱八个总兵，统兵十三万，马四万匹，由蓟州东指，直到宁远，所带粮草，足支一年。探马飞报清太宗，太宗即令拔营，向松山进发，不多日已到松山。原来松山在锦州城南十八里，西南一座杏山，两峰相对，作为锦州城的犄角，向有明兵屯扎，保护锦州。太宗率范文程等，上山了望，见冈峦起伏，曲折盘旋，遥望杏山的形势，与松山也差不多，只有杏山后面，还有一层隐隐的峰峦。太宗把鞭遥指，问范文程道："杏山外面的峰峦，叫什么山？"文程答道："便是塔山。"太宗望了许久，又俯瞰山麓，见

远远的有旗帜飘扬，料是明军大营，便下山回帐，令全军摆成长蛇一般，自松山至杏山，接连扎寨，横截大道。明军见清营挡住去路，忙来冲突，被清兵一阵炮箭出退。次日，清兵亦去冲突明营，明军照例对敌，也将清兵射回。

是夜太宗复与范文程等商议军务，太宗道："我兵依山据险，立住营寨，尽可无虑，只是彼此相持，旷日持久。如何是好？"文程道"何不前去袭他辎重。"这一番把太宗提醒，便道："他的粮草，我想定在杏山后面，莫非就在塔山这边。"回应上文，方知上文不是闲笔。文程道："据臣所料，也是如此。"太宗道："此去塔山，未知有无间道？"文程把辽西地图，仔细审视，寻出一条僻径，乃是从杏山左首，曲折绕出，可通塔山，忙将地图呈阅。太宗阅过地图，见有间道，心下大喜，便召多尔衮、阿济格入帐，令率领步卒，夤夜去袭明军辎重，并将地图付给，嘱他按图觅路，不得有误。二人领命，急选健卒数千名，静悄悄的出营，靠着杏山左侧，盘旋过去。可巧星月双辉，如同白昼，疾走数十里，到了塔山，正交四鼓，昂头四望，并没有什么粮草。故作一折。阿济格道："这都是老范主使出来，叫咱们白跑了许多路程。"多尔衮道：且待上山一望，再定行止。二人便令军士停住山下，只带亲兵数十名，上山探视，见前面复有一冈，冈上林木蓊翳，辨不出有无辎重，只冈下有七个营盘扎住，寂静无声。多尔衮对阿济格道："我看前面七营，定是护着粮草的人马，正好乘他不备，杀将过去。"遂即下山把部兵分作两翼，阿济格率左，多尔衮率右，向明营扑入。这明营内军士，因有松山大营挡住敌兵，毫不防备，正是鼾声四起的时候，猛被清兵捣入，人不及甲，马不及鞍，连逃走都是无暇，哪里还能抵敌？霎时间七座营盘，统已溃散，清兵驰至冈上，见有数百车辎重，立即搬运下山，从原路驰回。至洪承畴闻报，率兵追赶，已是不及，急得洪承畴面如土色。承畴之才，已可概见。

当承畴出师时，颇小心谨慎，不肯卤莽，既到宁远，又由祖大寿遣卒缒城，传语切勿浪战，只宜步步立营，逐渐出境。谁知兵部尚书，已换了陈新甲，屡遣人促承畴出战，承畴只得出师松山，把粮草运至笔架冈，留兵七营守护，此次闻被劫去，安得不恼？安得不悔？迟了。没奈何进逼清营，拟与清兵大战一场，分个胜负。清太宗料知明军前来，必舍命冲突，只饬部下坚壁不动。承畴率将士冲杀数次，毫不见效，想出一个偷营的法子，故意的退兵十里下寨。随令军士饱了夜餐，扎束停当，静待中军号令。是夕天色

微黑，谈月无光，到了三鼓，传令王朴、唐通为第一队，白广恩、王廷臣为第二队，马科、杨国柱为第三队，曹变蛟、吴三桂为第四队，依次进发，后先相应，自己与巡抚邱民仰守住大营。也算持重。王朴、唐通，率兵到清营附近，先叙第一队。只见清营中裹着一股杀气，阴森逼人。王朴素来胆怯，向唐通道："我看清营有备，不如退归。"唐通道："奉命前来，有进无退，安可中道折回？"于是唐通在前，王朴在后，整队望清营扑入。猛听得一声号炮，骨辘辘的弹子，豁喇喇的箭杆，从清营齐射出来，把前队冲锋的明军，一半打倒。王朴、唐通，急令军士退回，行不数步，两边突出两支清兵，左系多尔衮，右系多铎，以两将对两将。将明军冲作两截。唐通、王朴忙夺路逃走，清兵随后赶来。正危急间，白广恩、王廷臣已到，明军第二队出现。放过唐通、王朴，把清军截住。两边酣斗起来，互有杀伤。忽刺斜里又杀到一支人马，为首的有三员大将，红顶花翎，乃是清降将孔有德、耿仲明、尚可喜。以明将攻明将，是清军二次接应。白广恩、王廷臣，见有清兵续至，无心恋战，遂且战且走，清兵不住的追赶，幸亏马科、杨国柱兵到，明军第三队出现。得了援应，方得走脱。

那时曹变蛟、吴三桂一军，本是明营内的后应兵，待三队兵马统行出发，方率兵出营。约里许，见唐通、王朴，率领残兵回来，两下晤谈，始知清营有备。第一队军已经败还，二将急策马前进，接应第二、三队人马。叙明军第四队，另换笔法。忽听后面鼓角声喧，炮声迭发，吴三桂回头一望，向曹变蛟道："莫非清兵攻我大营。"曹变蛟道："如何我们一路行来，并不见有清兵？"语尚未毕，忽一卒从背后赶到，气喘吁吁的报说大帅有令，请二将军速回。吴三桂问他情由，答说清兵闯入大营，所以调回二将军，速去救应。吴、曹二人，忙令军士转身驰归。到了大营相近，见有无数清兵，往来冲阵，洪承畴亲自督战，唐通、王朴等，亦协力抵御，左阻右拦，尚是招架不住。曹变蛟一马当先，杀入清兵队里，吴三桂率兵继入，与清兵驰战多时，清兵尚是气势蓬勃，不肯退回。待白、王、马、杨四将齐到，方并力将清兵杀退。这一场恶战，明军损伤多人，方识得清兵厉害，人人畏惧。

原来清太宗料明营未败而退，必有诈谋，令豪格、阿济格等，从间道绕出明军背后，袭击明营，一面令多尔衮、多铎，伏在寨外，孔有德、耿仲明、尚可喜接应两边，所以明军不能得手，反被清兵前后攻击，受了损失。

迤逦写来，至此方一归宿。太宗又料明军经此一挫，势必退走，当令得胜诸将，于次夜抄出杏山、塔山，分路埋伏，并一一授以密计；自己却亲督大军，严阵以待。一朝易过，渐渐天昏，约值初更时候，探报明营已动，太宗即率军驰向明营，明洪承畴、邱民仰，率领曹变蛟、王廷臣两总兵，当即迎战。那时唐通、白广恩、马科、杨国柱、王朴、吴三桂六总兵，因营中饷绝，奉命退回宁远。六总兵更番断后，陆续退去，将到杏山，忽山侧冲出一彪清军，截住去路。明军因前次劫营，受了苦恼，至此复见清兵在前，都吓得毛发直竖，勉强上前冲突，方交战间，这胆小如鼷的王朴，已率部队扒过山头，逃入杏山城去了。剩下五个总兵，与清兵相持，但见清兵刀削剑剁，勇悍异常，不由的心惊胆战，争先逃走，当即旗靡辙乱，无复行列。蓦听山腰里鼓声如雷，驰出一支人马，高扯明军旗号，五总兵各自惊异，还疑是宁远救兵，前来接应，谁知到了面前，这支人马，不杀清兵，专杀明军，前授密计，至此始觉。弄得五总兵茫无头绪，叫苦不住。霎时间七零八落，眼见得不能驰回宁远，只得同王朴一般思想，奔入杏山城内。清兵见他们奔入杏山城，也不追赶，只将明兵所弃的甲胄炮械，搬运一空，向别处去了。不回清营，暗伏下文。

且说洪承畴邱民仰等，向清兵混战许久，清兵有增无减，明军有减无增，方思向西退走，谁知清兵厚集西面，无从杀出；营盘又站立不住，没奈何退入松山城，鳖入瓮中了。清兵将松山城围住。过了一日，从杏山回来的清兵，都到御营报功，说是杏山兵欲奔宁远，被我军杀得四散，由杏山到塔山，积尸无数，逼入海里的，也不可胜计。吴三桂、王朴等人，只带了几个残兵，落荒逃去。此处恰从虚写，免与上文重复。太宗大喜，命范文程一一记功，随道："此番洪承畴已中我计，恐插翅也难飞去，现请先生写一招降书，令他来降。"文程道："招降洪承畴，恐还没有这般容易，现只有多写数书，分致他部下各将，先扰惑他的军心，方可下手。"太宗称善，即连写招降书，逐日射进城去。城中只是坚守，毫不回答。太宗令军士猛攻，也未见效。这日，李永芳上帐献计道："城内有副将夏承德，与臣向系故交，不如臣去一书，饵他高官厚禄，令他献城。"太宗道："既有此人，速即修书为是。"永芳写就书信，呈上太宗。太宗欲召人射入城中，永芳道："这且不便，须要秘密行事方好。"太宗道："这是又费周折了。"范文程在旁道："这也不难。"太宗问他何计？文程道："臣料松山现已食尽，应想突围出走，只因我军四

面围住，无隙可钻，所以闭城固守，现请暂开一面，令他出来突围，我即伏兵堵截，不许放出，他定然走回城中，趁此开城的机会，令干员假扮汉装，混入城内，便可致书夏承德，暗中行事。”太宗道：“好好！依计而行。”立命豪格授计城西将士，令他遵办。

是夜，松山城西面围兵，撤去一角，果然曹变蛟开城出走，被伏兵截住，仍然回城。当时投书的干员，乘隙混入。次夜干员回营，报称与夏承德之子，缒城同来，当于明日夜间献城。太宗喜甚，命将承德子留住营内，专待明日破城。是时松山城内，粮食已尽，洪承畴等束手无策，只待一死，何不便死？是日上城巡阅一周，因清兵围攻略懈，到了傍晚，下城晚餐，到了黄昏时候，忽报清兵已经登城，承畴急命曹变蛟、王廷臣，率兵抵截。自己方思上马督战，蓦见军士来报道：“王总兵阵亡。”承畴大惊。少顷，邱民仰又踉跄趋入，说是：“曹变蛟亦已战死，公宜自行设法。邱某一死报君便了。”道言未绝，拔出佩刀自刎。可敬。承畴此时，亦拔剑向项，转思我死亦须保全尸首，不如投缳为是，要死就死，全尸何用？就解下腰带，挂在梁上。不防背后来了一人，将他一把抱住，旁边又转出数人，把承畴捆缚而去。这抱住承畴的人，便是夏承德，捆缚承畴的人，便是李永芳等。承畴知己身被擒，闭目无语，被夏承德等牵到清太宗前。太宗忙令范文程代为解缚，并劝令归降。承畴道：“不降！不降！”范文程即接口道：“洪先生既到此地，徒死无益，不如归顺清朝，图后半生的事业。”承畴道：“我知有死，不知有降。”此时恰是满怀忠义。旁边恼了多铎、豪格等，齐说道：“他既要死，赏他一刀就是，何必同他絮聒。”文程以目示意，多铎、豪格等全然不睬，想拔刀来杀承畴。太宗喝令出帐。即将承畴交与范文程，令他慢慢劝降。原来承畴颇有威望，素为孔、耿诸人所推重，禀明太宗，此次太宗费尽心机，方将承畴擒住，必欲降他以资臂助，所以把他交付文程。文程引承畴到自己营中，把什么时务不时务，俊杰不俊杰，足足的谈了半夜。偏这洪老先生垂着头，屏着息，象死人一般，随你口吐莲花，他终不发一语。次日，仍自闭目危坐，饭也不吃，茶也不喝。范文程又变了一套言语，与他谈论许久，他总是一个没有回答，文程也不觉懊恼起来。唯御营内接连报捷，锦州下了，祖大寿投降了，数年倔强，又出此着。如何对得住何可纲？杏山塔山但已攻克了。太宗命拔营回国，范文程带了洪承畴，同到国都，又劝了承畴一回，只是不

理，回报太宗，太宗也无可如何。但因得胜回来，文武百官，上朝称贺，原是照例的规矩，宫里各妃嫔，亦打扮得花枝招展，迎接太宗，一齐的贺喜请安。太宗最爱的，是永福宫庄妃，生得轻盈娥媚，聪明伶俐，她本是科尔沁部贝勒寨桑的女儿，姓博尔济吉特氏，大书特书。自献与清太宗后，列为西宫，生下一子，就是入关定鼎的世祖章皇帝福临。是夕，太宗便宿在永福宫。次日辰刻，太宗出宫视事，问范文程道："洪承畴如何？"文程答道："此老固执太甚，看来是无可晓谕了。"太宗道："且慢慢再商。"忽报明朝遣职方司郎中马绍愉等，持书乞和，现在都城二十里外。太宗道："明朝既来乞和，理应迎接。"便命李永芳、孔有德、祖大寿三人出城，迎接明使。李永芳等去讫，太宗亦退入便殿。才过午牌，有永福宫太监入见，跪报洪承畴已被娘娘说下了。太宗惊喜道："果有此事么？"连我也自惊异。

原来洪承畴人本刚正，只是有一桩好色的奇癖。这日正幽在别室，他是立意待死，毫无他念，到了巳牌，红日满窗，几明室净，正是看花时节。听门外叮当一声，开去了锁，半扉渐辟，进来了一个青年美妇，袅袅婷婷的走近前来，顿觉一种异香，扑入鼻中。承畴不由的抬头一望，但见这美妇真是绝色，髻云高拥，鬟凤低垂，面如出水芙蕖，腰似迎风杨柳，更有一双纤纤玉手，丰若有余，柔若无骨，手中捧着一把玉壶，映着柔荑，格外洁白。妖耶仙耶。承畴暗讶不已，正在胡思乱想，那美妇樱口半开，瓠犀微启，轻轻的呼出将军二字。承畴欲答不可，不答又不忍，也轻轻的应了一声。这一声相应，引出那美妇问长道短，先把那承畴被掳的情形，问了一遍。承畴约略相告。随后美妇又问起承畴家眷，知承畴上有老母，下有妻妾子女，她却佯作凄惶的情状，一双俏眼，含泪两眶，亏她装得象。顿令承畴思家心动，不由的酸楚起来。那美妇又设词劝慰，随即提起玉壶，令承畴喝饮。承畴此时，已觉口渴，又被她美色所迷，便张开嘴喝了数口，把味一辨，乃是参汤。美妇知已入彀，索性与他畅说道："我是清朝皇帝的妃子，特怜将军而来。将军今日死，于国无益，于家有害。"承畴道："除死以外，尚有何法？难道真个降清不成？"其心已动。美妇道："实告将军，我家皇帝，并不是要明室江山，所以屡次投书，与明议和，怎奈明帝耽信邪言，屡与此地反对，因此常要打仗。今请将军暂时降顺，为我家皇帝主持和议，两下息争，一面请将军作一密书，报知明帝，说是身在满洲，心在本国。现在明朝内乱相寻，闻知将军

为国调停，断不致与将军家属为难。那时家也保了，国也报了，将来两国议和，将军在此固可，回国亦可，岂不是两全之计么？”娓娓动人，真好口才。这一席话，说得承畴心悦诚服，不由的叹息道：“语非不是，但不知汝家皇帝，肯容我这般举动否？”五体投地了。美妇道：“这事包管在我身上。”言至此，复提起玉壶，与承畴喝了数口，令承畴说一允字，遂嫣然一笑，分花拂柳的出去。看官！你道这美妇是何人？便是那太宗最宠爱的庄妃。因闻承畴不肯投降，她竟在太宗前，作一自荐的毛生，不料她竟劝降承畴，立了一个大大的功劳。只小子恰有一诗讽洪承畴道：

浩气千秋别有真，杀身才算是成仁。
如何甘为娥眉劫，史传留遗号贰臣？

从此清太宗益宠爱庄妃，竟立她所生子福临为太子，以后遂添出清史上一段佳话。诸君试看下回，便自分晓。

杨镐率二十余万人山塞，洪承畴率十三万人赴援，兵不可谓不众，乃一遇清军，统遭败衄。清军虽强，岂真无敌？咎在将帅之非材。且镐止丧师，洪且降清，洪之罪益浮于镐矣，读《贰臣传》，可知洪承畴之事迹，读此书，更见洪承畴之心术。

第十一回　清太宗宾天传幼主　多尔衮奉命略中原

前卷说到洪承畴降清，此回续述，系承畴降清后，参赞军机，与范文程差不多的位置；又蒙赐美女十人，给他使用，不由的感激万分。只因家眷在明，恐遭杀害，就依了吉特氏的训诲，自去施行。当时明朝的崇祯帝，还道承畴一定尽忠，大为痛悼，辍朝三日，赐祭十六坛；又命在都城外建立专祠，与巡抚邱民仰等一班忠臣，并列祠内。崇祯帝御制祭文，将入祠亲奠，谁知洪承畴密书已到，略说："暂时降清，勉图后报，"崇祯帝长叹一声，始命罢祭。阅书中有勉图后报之言，遂不去拿究承畴家眷。崇祯帝也中了美人计。并因马绍愉等赴清议和，把松山失败的将官，一概不问。吴三桂等运气。

且说马绍愉等到了清都，由李永芳等迎接入城，承接上回。见了太宗，设宴相待，席间叙起和议，相率赞成，彼此酌定大略。及马绍愉等谢别，太宗赐他貂皮白金，仍命李永芳等送至五十里外。马绍愉等回国先将和议情形，密报兵部尚书陈新甲，新甲阅毕，搁置几上，被家僮误作塘报，发了抄，闹的通国皆知。朝上主战的人，统劾新甲主和卖国，那时崇祯帝严斥新甲，新甲倔强不服，竟被崇祯帝饬缚下狱。不数日，又将新甲正法。看官！你道这是何故？原来新甲因承畴兵败，与崇祯帝密商和议，崇祯帝依新甲言，只是要顾着面子，嘱守秘密，不可声张。若要不知，除非莫为。况中外修和，亦没有多少倒霉，真是何苦！所以马绍愉等出使，廷臣尚未闻知。及和议发抄，崇祯帝恨新甲不遵谕旨，又因他出言挺撞，激得恼羞成怒，竟冤冤枉枉的把他斩

首。从此明清两国的和议，永远断绝了。

太宗得知消息，遂令贝勒阿巴泰等率师攻明，毁长城，入蓟州，转至山东，攻破八十八座坚城，掠子女三十七万，牲畜金银珠宝各五十多万。居守山东的鲁王以派，系明廷宗室，仰药自尽。此外殉难的官民，不可胜计。是时山海关内外设两总智，昌平、保定又设两总督，宁远、永平、顺天、保定、密云、天津六处，设六巡抚，宁远、山海、中协、西协、昌平、通州、天州、保定设八总兵，在明廷的意思，总道是节节设防，可以无虞，谁知设官太多，事权不一，个个观望不前，一任清兵横行。阿巴泰从北趋南，从南回北，简直是来去自由，毫无顾忌。

明廷乃惶急的了不得，拣出一个大学士周延儒，督师通州。周本是个龌龊人物，因结交奄寺，纳贿妃嫔，遂得了一个大学士头衔。当时明宫里面，传说延儒贡品，无奇不有，连田妃脚上的绣鞋，也都贡到。绣鞋上面用精工绣出“延儒恭进”四个细字，留作纪念。想入非非。这田妃是崇祯帝第一个宠妃，暗中帮他设法，竭力抬举。此次清兵入边，延儒想买崇祯帝欢心，自请督师，到了通州，只与幕客等饮酒娱乐，反日日诡报胜仗。这清将阿巴泰等抢劫已饱，不慌不忙的回去，明总兵唐通、白广恩、张登科和应荐等，至螺山截击，反被他回杀一阵。张和二将，连忙退走，已着了好几箭，伤发身死，那清兵恰鸣鞭奏凯的回去了。清兵快活，明民晦气。

清太宗闻阿巴泰凯旋，照例的论功行赏，摆酒接风。宴飨毕，太宗回入永福宫，这位聪明伶俐的吉特氏，又陪了太宗，饮酒数巡。是夕，太宗竟发起寒热，头眩目晕。想亦爱色过度了。次日，宣召太医入宫诊视，一切朝政，命郑亲王济尔哈朗睿亲王多尔衮暂行代理；倘有大事，令多尔衮到寝宫面奏。又数日，太宗病势越重，医药罔效，后妃人等，都不住的前来谒候。多尔衮手足关怀，每天也入宫问候几回。句中有眼。一夕，太宗自知病已不起，握住吉特氏手，气喘吁吁道：“我今年已五十二岁了，死不为夭。但不能亲统中原，与爱妃享福数年，未免恨恨。现在福临已立为太子，我死后，他应嗣位，可惜年幼无知，未能亲政，看来只好委托亲王了。”吉特氏闻言，呜咽不已。太宗命宣召济尔哈朗、多尔衮入宫。须臾，二人入内，到御榻前，太宗命他们旁坐。二人请过了安，坐在两旁。太宗道：“我已病入膏肓，将与二王长别，所虑太子年甫六龄，未能治事，一朝嗣位，还仗二王顾念本

支，同心辅政。”二人齐声道：“奴才等敢不竭力。”太宗复命吉特氏挈了福临，走近床前，以手指示济尔哈朗道：“他母子两人，都托付二王，二王休得食言！”二人道：“如背圣谕，皇天不佑。”多尔衮说到皇天二字，已抬头偷瞧吉妃，但见她泪容满面，宛似一枝带雨梨花，不由的怜惜起来。偏这吉特氏一双流眼，也向多尔衮面上，觑了两次。心有灵犀一点通。多尔衮正在出神，忽听得一声娇喘道：“福哥儿过来，请王爷安！”那时多尔衮方俯视太子，将身立起，但见济尔哈朗早站立在旁，与小太子行礼了，自觉迟慢，急忙向前答礼。礼毕，与济尔哈朗同到御榻前告别，趋出内寝。回邸后，一夜的胡思乱想，不能安睡。寤寐求之，辗转反侧。

次晨，来了内宫太监，又宣召入宫。多尔衮奉命趋入，见太宗已奄奄一息，后妃人等拥列一堆，旁边坐着济尔哈朗，已握笔代草遗诏了。他挨至济尔哈朗旁，俟遗诏草毕，由济尔哈朗递与一瞧，即转呈太宗。太宗略略一阅，竟气喘痰涌，掷纸而逝。当时阖宫举哀，哀止，多尔衮偕济尔哈朗出宫，令大学士范文程等，先草红诏，后草哀诏。红诏是皇太子即皇帝位，郑亲王济尔哈朗睿亲王多尔衮摄政。哀诏是大行皇帝，于某日宴驾字样。左满文，右汉文，满汉合璧，颁发出去，顿时万人缟素，全国哀号。未必。济尔哈朗多尔衮一面率各亲王郡王贝勒贝子，暨公主格格福晋命妇等，齐集梓宫前哭临，一面命大学士范文程，率大小文武百官，齐集大清门外，序立哭临。接连数月，用一百零八人请出梓宫，奉安崇政殿，由部院诸臣，轮流齐宿，且不必细说。

单说太子福临，奉遗诏嗣位，行登极礼，六龄幼主，南面为君，倒也气度雍容，毫不胆怯。登极这一日，由摄政两亲王，率内外诸王贝勒贝子及文武群臣朝贺，行三跪九叩首各仪。当由阁臣宣诏，尊皇考为太宗文皇帝，嫡母生母并为皇太后，以明年为顺治元年。王大臣以下，各加一级。王大臣复叩首谢恩。新皇退殿还宫，王大臣各退班归第。自是皇太后吉特氏，因母以子贵，居然尊荣无比；但她是聪明绝顶的人，自念孤儿寡妇，终究未安，不得不另外划策。画什么策？幸亏这多尔衮心心相印，无论大小事情，一律禀报，并且办理国事，比郑亲王尤为耐劳。正中太后心坎。过了数日，又由多尔衮举发阿达礼硕托诸人，悖逆不道，暗劝摄政王自立为君，当经刑部讯实，立即正法，并罪及妻孥。吉特太后闻知，格外感激，竟特沛殊恩，传出懿

旨，令摄政王多尔衮便宜行事，不必避嫌。叫他上钩。多尔衮出入禁中，从此无忌，有时就在大内住宿。宫内外办事人员，不谅皇太后摄政王两人苦衷，就造出一种不尴不尬的言语来。连郑亲王济尔哈朗也有后言。正是多事。多尔衮奏明太后，令济尔哈朗出师攻明，此旨一发，济尔哈朗只得奉旨前去，涉辽河，抵宁远。适值明吴三桂为宁远守将，严行抵御，急切难下。济尔哈朗也不去猛攻，越过了宁远城，把前屯卫中前所中后所诸处，骚扰一番，匆匆的班师回国。

过了一年。便是大清国顺治元年，明崇祯帝十七年，是年为明亡清兴一大关键，故特叙明。元旦晴明，清顺治帝御殿，受朝贺礼，外藩各国，亦遣使入觐。“九天阊阖开宫殿，万国衣冠拜冕旒”，别有一种兴旺气象。过了一月，太宗梓宫奉安昭陵，辒辌首辙，辂仗庄严，旌旜亭盖，车马驼象，非常热闹。皇太后皇帝各亲王郡王贝子贝勒，暨文武百官，以及公主格格福晋命妇，都依次恭送。正是生荣死哀，备极隆仪。偏这摄政王多尔衮，格外小心服侍吉特太后；又见太后后面，有一位福晋，生得如花似玉，与太后芳容，恰是不相上下。多尔衮暗想道：“我只道太后是个绝代佳人，不料无独有偶。满洲秀气，都钟毓在两人身上，又都是咱们自家骨肉，倘得两美相聚，共处一堂，正是人生极乐的境遇，还要什么荣华富贵？可笑去年阿达礼硕托等人，还要劝我做皇帝。咳！做了皇帝，还好胡行么？”看官！你道这位福晋是何人眷属？我亦正要问明。乃是肃亲王豪格的妻，摄政王多尔衮的侄妇。正名定分，暗伏下文。

小子且把多尔衮的痴念搁过一边，单说奉安礼毕，清廷无事，郑亲王济尔哈朗，仍令军士修整器械，储粮秣马，俟塞外草木蕃盛，大举攻明。时光易逝，又是暮春，济尔哈朗拟出师进发，多尔衮恰不甚愿意，因此师期尚未决定。这日，多尔衮在书斋中，批阅奏章，忽来了大学士范文程，向多尔衮请过了安，一旁坐下，随禀多尔衮道：“明京已被李闯攻破，闻崇祯帝已自尽了。”多尔衮道：“有这等事。”文程道：“李闯已在明京称帝，国号大顺，改元永昌了。”多尔衮道：“信个李闯，忽做中原皇帝，想是有点本领的。”文程道：“李闯是个流寇的头目，闻他也没甚本领，只因明崇祯帝不善用人，把事情弄坏，所以李闯得长驱入京。现听得李闯非常暴虐，把城中子女玉帛，掳掠一空，又将明朝大臣，个个绑缚起来，勒令献出金银；甚至

灼肉折胫，备诸惨毒。金银已尽，一一杀讫。明朝臣民，莫不切齿痛恨。若我国乘此出师，借着吊民伐罪的名目，布告中国，那时明朝臣民，必望风归附，驱流贼，定中原，正在此举。”明社之屋，借范文程口中叙出，免与本书夹杂。多尔衮听罢，沉吟半晌，方答道：“且慢慢商量！”文程又竭力怂恿，说是此机万不可失。可奈多尔衮恰另有一番隐情，只是踌躇未决。所为何事？范文程怏怏告别，次日，复着人至睿亲王邸第，呈上一书，多尔衮拆书视之，只见上写道：

> 大学士范文程敬启摄政王殿下：迺者有明流寇，踞于西土，水陆诸寇，环于南服，兵民煽乱于北陲，我师燮代其东鄙，四面受敌，君臣安能相保？良由我先皇帝忧勤肇造，诸王大臣祗承先帝成业，夹辅冲主，忠孝格于苍穹，上帝潜为启佑，此正欲我摄政王建功立业之会也。窃唯成丕业以垂休万禩者此时，失机会而贻悔将来者亦此时，盖明之劲敌，唯在我国，而流寇复蹂躏中原，我国虽与明争天下，实与流寇角也。为今日计，我当任贤抚众，使近悦远来。曩者弃遵化，屠永平，两经深入而返，彼地官民，必以为我无大志，纵来归附，未必抚恤，因怀携贰。是当严申纪律，秋毫勿犯，复宣谕以昔日守内地之由，及今进取中原之意，官仍其职，民仍其业，录其贤能，恤其无告，将大河以北，可传檄而定也。河北一定，可令各城官吏，移其妻子，避患于我军，因以为质；又拔其德誉素著者，置之班行。俾各朝夕献纳，以资辅翼。王于众论择善酌行，则闻见可广，而政事有时措之宜矣。此行或直趋燕京，或相机攻取，要于入边之后，山海关以西，择一坚城顿兵，以为门户，我师往来甚便，唯我摄政王察之！

多尔衮阅毕，叹道：“这范老头儿的言语，确是不错，但我恰有一桩心事，不能与范老头儿说明，我且到夜间入宫，与太后商量再说。”

是夕，多尔衮入宫去见太后，便把范文程的言语，叙述一遍。太后吉特氏道：“范老先生的才识，先皇在时，常佩服他的。他既主张出师，就请王爷照他行事。”多尔衮道：“人生如朝露，但得与太后长享快乐，已自知足，何必出兵打仗，争这中原？”太后道：“这却不是这样说，我国虽是统

一满洲，总不及中国的繁华，倘能趁此机会，得了中国，我与你的快乐，还要加倍。况你不过三十多岁的人，多尔衮的年纪，就太后口中叙出，无怪太后特沛殊恩。来日正长，此时出去立场大功，何等光辉？何等荣耀？将来亲王以下，人人畏服，还有哪个敢来饶舌？”此妇见识，毕竟胜人一筹。多尔衮尚是沉吟，太后见他不愿出师，便竖起柳眉，故作怒容道：“王爷要什么，我便依你什么。今天要你出师攻明，你却不去，这是何意？”慌得多尔衮连忙陪罪，双膝请安道：“太后不必动怒，奴才愿去！”太后便对多尔衮似笑非笑的瞅了一眼，多尔衮道：“奴才出师以后，只有一事可虑。”太后问他何事？多尔衮道：“只豪格那厮，很与我反对，屡造谣言，恐于嗣君不利。”太后道：“这却凭你处置便是。”多尔衮应命出宫。便召固山额真何洛会，秘密商议了一回。次晨，何洛会即联络数人，共奏肃亲王豪格言词悖妄，恐致乱政。多尔衮即偕郑亲王等，公同审鞫。豪格不服，仍出词挺撞。多尔衮遂说他悖妄属实，废为庶人。无端遭黜，请阅者猜之。于是多尔衮奏请南征，由顺治帝祭告天地太庙，不日启行。启程这一日，范文程恭拟诏敕。便在笃恭殿中，颁给多尔衮大将军敕印，敕曰：

> 朕年冲幼，未能亲履戎行，特命尔摄政和硕睿亲王多尔衮代统大军，往定中原。特授奉命大将军印，一切赏罚，便宜行事。至攻取方略，尔王钦承皇考圣训，谅已素谙。其诸王贝勒贝子公大臣等，事大将军当如事朕，同心协力以图进取，庶祖考英灵，为之欣慰。钦此。

多尔衮叩首受印，随同豫亲王多铎，武英郡王阿济格，恭顺王孔有德，怀顺王耿仲明，智顺王尚可喜，贝子尼堪博洛，辅国公满达海等，率领八旗劲旅，蒙汉健儿，进图中原，陆续登程，向山海关去了。正是：

> 虽有智慧，不如乘势。
> 天道靡常，一兴一替。

欲知多尔衮出师后事，且待下回再详。

和战未定，尚非致亡之因，误在崇祯帝所用非人，卒致外患日迫，内讧乘之。甲申之变，谁谓非崇祯自召耶？若清则国势方盛，太宗晏驾，以六龄之幼主，安然即位，多尔衮等忠心辅幼，竟尔匕鬯无惊。至于明社已屋，又由多尔衮出师，唾手中原。后人谓多尔衮之肯出死力，皆孝庄后有以笼络之，然则孝庄后固一代尤物乎？明亡清继，成于一妇人之手，吾訾其德，吾服其才。

第十二回　失爱姬乞援外族
追流贼忍死双亲

且说山海关内外的守将，就是明总兵吴三桂，其时三桂已封平西伯。驻守宁远，因有廷旨促他入援，遂率众西行。到山海关，闻京师已陷，明帝殉国，遂令军士扎住营寨，徘徊不进，忽探马来报道："爵帅家属，尽被李闯拿去了。"三桂大怒，率兵入关。适李闯派降将唐通，赍白银五万两，并三桂父吴襄书札，来招降三桂，途次遇三桂军，便入帐进见。三桂问明来意，唐通取出吴襄书，交与三桂，三桂拆阅，大略说是："君逝父存，汝宜早降，不失通侯之赏，犹全孝子之名"云云。三桂迟疑未决，唐通又说道："崇祯已殁，明已无君，君不能使再生，父宁可以再死？不如归降为是。"三桂道："既如此，我为老父故，无奈投降，请君先行回复，我当入京来见新主。"唐通复索回书，三桂便潦潦草草，写了几句，并加了封，交与唐通带回。来往书信，无关紧要，故略之。遂即召集众将，把降顺李闯的缘故，约略说明。部将冯鹏谏阻，三桂不从，即在关上守候交卸。不数日，李闯差来的守关将吏，已率兵赶到，三桂把关上事务，交与来将，遂带了数千精兵，望燕京进发。

到了滦州，有家人求见。三桂唤入，详问家中近状。家人便将吴襄被掳，家产被抄情形，详细告禀。三桂道："这倒无妨。我现到京，我父自然释放，家产也自然发还了。"家人道："现在京内是闹得不象样子，闯王入京，拷逼大臣，苛索财物，且不必说。宫内的皇后妃嫔，多半随崇祯帝殉节，还有未死的宫娥彩女，都被闯王收为妃妾，日夕奸淫。昨闻我家的姨太

太，亦被这闯王选入后宫，不知死活哩。”三桂急问道：“哪个姨太太？”家人道：“便是陈，……”三桂便接口道：“是否陈圆圆姑娘？”家人道：“不是陈圆圆姑娘，还有谁人？”三桂不听犹可，听了此语，叫了一声爱姬，望后便倒。爱姬重于亲父。

小子要述陈圆圆历史，且把吴三桂生死，略搁一搁，请诸君先听我说这位圆圆姑娘。圆圆本太原故家，姓陈名沅，能诗能画，又善弹琴，因遭乱流落，鬻为玉峰歌伎，艳帜高张，缠头价重。吴三桂在京师时，曾与她有一面缘，彼此企慕。嗣后沅娘艳名，为藩府田畹所闻，千金购艳，充入下陈，遂改名圆圆。田畹系崇祯帝宠妃父亲，仗着皇亲势力，蓄有数百万家私，自得了陈圆圆，百般爱宠，怎奈老夫少妇终嫌非匹。“石崇有意，绿珠无情”，田畹亦无可如何。

适值李闯陷西安，秦王存枢被执，转陷太原，晋王求枢又被杀。秦、晋二邸，累代积蓄，都扫得干干净净。田畹暗暗着急，终日愁眉不展，圆圆窥破情景，便乘机进言，说是：“宁远总兵吴三桂部下都是精锐，国丈何不与他结交，作为护符？”已寓深意。田畹大喜，可巧吴三桂入京觐见，遂设宴相请。三桂正忆着陈圆圆，闻她身入田邸，苦难会面，一闻田畹相邀，忙即赴席。席间说起清兵强悍，与流寇猖獗的事情，田畹便把全家托他保护。三桂谦让一番，田畹恐他不允，格外殷勤，向后房叫出众歌姬，奏曲侑酒。三桂仔细一瞧，虽是个个妖艳，但不见那可人儿圆圆姑娘，便问田畹道：“前闻玉峰歌伎陈沅娘，曾入贵邸，如何众歌姬中，独无此人？”田畹听三桂提起圆圆，呆了半晌，只因有事相干，不得不召圆圆出来。少顷，圆圆应召而出，田畹令向三桂行礼。三桂举手相让，一面瞧那圆圆，宛似宝月祥云，别具神采，比当年初见时，虽稍清减，却越显出玉质娉婷。圆圆见三桂瞧她，恰嫣然一笑，低垂粉颈，另有一种娇羞态度。作书者亦另具一种笔墨。三桂便转眼看众歌姬，觉得蠢俗异常，仿佛嫫盐，便向田畹道：“西子在前，难为众艳，请国丈令众姬入室，免得多劳，吴某只请沅姬鼓琴一曲，静心领悟，便感国丈厚谊。”田畹即令众姬退出，命圆圆侧坐鼓琴。侍女抱琴与圆圆，圆圆便轻舒皓腕，默运慧心，弹了一曲湘妃怨。弦外寓音。三桂系将门之子，颇识琴心，料知圆圆自怨非偶，不由的自念道：“可惜可惜。”

田畹方欲启问，忽见家人呈进邸报，接过一瞧，不觉魂驰魄落。三桂从

旁遥望，邸报上写着是：“代州失守，周遇吉阵亡”九个大字，便道：“代州一失，京畿要戒严了。”田畹道：“老夫风烛残年，偏要遭此丧乱，奈何？”三桂趁此机会，竟借着酒意，慨然答道：“吴某蒙国丈雅爱，愿力护尊邸，但有一事相求，请国丈见赐！”田畹问他何事？三桂道：“便是这位沅姬，若承国丈赐与吴某，吴某誓为国丈效死。”田畹听到此语，又是怒，又是悔，勉强答道：“老夫也不惜一歌伎，但未知圆圆愿否？”此时圆圆琴已弹完，就禀告田畹道：“妾随国丈数年，安忍轻离国丈，但贱妾事小，国丈事大，国丈有命，敢不敬从！”三桂大笑道：“沅姬愿了，沅姬愿了。”忙起身向田畹谢赐，随命自己仆役，抬进暖轿，令陈圆圆拜别皇亲，押着圆圆上轿，出了藩府，自己上了马，扬鞭径去。这位田国丈，弄得目瞪口呆，既不忍割舍，又不好拦阻，只得眼睁睁的由他劫去。

那三桂劫娶圆圆回家，象活宝贝的看待。圆圆又素羡他是当世英雄，三生有幸，两意相同，真个是你贪我爱，说不尽的绸缪。不料明廷谕旨，饬三桂迅速出关。军中不能随带姬妾，三桂硬着头皮，别了爱姬，率兵赶到关上，心中恰时时思念这陈姑娘。儿女情长，英雄气短，自古皆然，不足为三桂责。但为一爱妾故，背了君父，将何以自解？此番得了家人的传报，知陈姑娘被李闯劫夺了去，顿时魂灵儿飞在九霄云外，立即晕倒。你要劫人妾，人亦劫你妾，天道循环，何必着急。幸亏家人相救，苏醒转来，便咬牙切齿，誓报此恨。妻妾之仇，也是不共载天，礼经上须加入一条。当即率诸将驰回山海关，逐去关上的闯将，令军士为崇祯帝服丧，设座遥奠，啮血结盟，决志扫灭李闯，为明复仇。这消息传达燕京，李闯方在宫中取乐，三日不朝，想是得了陈圆圆，格外荒淫。及接到此报，不觉大惊，亟发兵二十万，下令亲征。又命降将唐通白广恩，率二万骑绕出关外，夹攻三桂。

三桂方整备抵御，忽报清国摄政王多尔衮，带领雄兵十万，将到宁远。三桂惶急道：“内有闯贼，外有清兵，叫我如何对付？”转念道：“与其把明室江山，送与闯贼，不若送与满洲人。闯贼闯贼！你要夺我爱姬，我也顾不得许多了。”本心已坏。遂修好一书，令副将杨坤、游击郭云龙，赴清军乞援。此时清摄政王多尔衮正领兵到了翁后，距宁远城只数里，闻报平西伯吴三桂遣使求见，乃传令入帐。由杨坤呈上书信，多尔衮即展阅道：

明平西伯山海关总兵吴三桂，谨上书于大清国摄政王殿下：三桂初蒙先帝拔擢，以蚊负之身，荷辽东总兵重任，弃宁远而镇山海者，正欲坚守东陲，而巩固京师也。不意流寇逆天犯阙，京城人心不固，奸党开门纳款，先帝不幸，九庙灰烬，贼首僭称尊号，掳掠妇女财帛，罪恶已极，天人共愤，众志已离，败可立待。我国积德累仁，讴思未泯，各省宗室，如晋文光武之中兴者，容或有之。远近已起义兵，山左江北，密如星布，三桂受国厚恩，悯斯民之罹难，欲兴师以慰人心，奈京东地小，兵力未集，特泣血求助。我国与北朝通好二百余年，今无故而遭国难，北朝应恻然念之，夫除暴翦恶，大顺也。拯颠扶危，大义也。出民水火，大仁也。兴灭继绝，大名也。取威定霸，大功也。流贼所聚金帛子女，不可胜数，义兵一至，皆为王有，又大利也。王以盖世英雄，值此摧枯拉朽之会，诚难再得之时也。乞念亡国孤臣忠义之言，速选精兵，直入中协西协，三桂自率所部，合兵以抵都门，灭流寇于宫廷，示大义于中国，则我朝之报北朝者，岂唯财帛？将裂地以酬，不敢食言。

多尔衮阅毕，见范文程、洪承畴在旁，便将书递阅。两人阅过了书，范文程先开口道："王爷大喜，此番可手定中原了。"不枉前番苦劝。多尔衮道："这且仗先生等费心。"洪承畴道："此去中原，何患不灭李闯？但此番是为明讨贼的义师，与前次入塞不同，还请王爷发令，申谕将士，经过各府州县，毋屠人民，毋焚庐舍，毋掠财物。有敢违令，照军法从事。如此施行，中原人民，定当望风投诚，万里江山，唾手可下。求王爷明鉴！"多尔衮点点头，随道："吴三桂的来书，如何答复？"范文程道："请先招降三桂，令他与李闯交战，待他两边困乏，我却率领精锐，援应三桂，驱逐李闯，定卜大胜。"一鼓一吹，描尽虎伥。多尔衮道："好好！就请先生写了复书便是。"这位才学深通的范老先生，就濡墨拈毫，伸纸疾书道：

大清国摄政王，复书吴平西伯麾下：向欲与明修好，屡行致书，曾无一言相答，是以三次逃兵攻略，欲明国之君，熟筹而通好也。若今日则不复出此，唯有底定国家，与明休息而已。予闻流寇攻陷京师，明主惨亡，不胜发指，用是率仁义之师，沉舟破釜，誓必灭贼，出民水火。

及伯遣使致书，深为喜悦，遂统兵前进。夫伯思报主恩，与流贼不共戴天，诚忠臣之义也。伯虽向与我为敌，今亦勿因前故怀疑。昔管仲射桓公中钩，后为仲父以成霸业。今伯若率众来归，必封以故土，晋为藩王，一则国仇得报，一则身家可保，世世子孙，长享富贵，当如带砺河山，永永无极！

文程写毕，呈与多尔衮。多尔衮看了一遍，命文程加封，交给来使去讫。多尔衮遂拔营进发，到了连山，遇明使复来，催清兵入关。多尔衮应允，遣回来使。

那时吴三桂日盼清兵到来，不料清兵未至，李闯先到，三桂急将关内的百姓，驱入营中，复挑选精锐，登关固守。正筹备间，猛听得一声大炮，如雷震耳，三桂向西了望，但见尘头起处，千军万马，向东而来，后面隐隐有一黄盖，簇拥着一个须眉如戟，鹰目鹳鼻的主帅。三桂料是李闯，恨不得一手抓来，把他碎尸万段；你的爱姬，倒被他受用久了。当即激厉将士，开关出战。李闯见三桂出来，驱众直上，把三桂困在垓心。三桂毫不惧怕，率着铁骑，左冲右突，顿时喊杀连天，山摇地动。从早晨杀到日暮，闯军尚是未退，三桂恐兵士疲乏，无奈冲开敌阵，率兵入关。李闯也不敢紧逼，令部下一齐下寨。

三桂入关，升堂检点军士，已伤亡多人，不禁号啕大哭。非哭军士，实哭爱姬。众将士亦皆感泣。忽报闯将唐通、白广恩，昔为明将，今为闯将，何无心肝乃尔？已带兵二万，从关外杀来，三桂大惊，即登陴遥望，果见东南角一军，悬着大顺旗号，旋风般的过来。三桂自语道："真个贼将又来了，内外受敌，奈何？"急煞！语未毕，听得东北角上，又炮声震天，一军复疾驰而至，旗帜飞扬，隐隐有红黄蓝白四色，三桂又自语道："莫非清兵已到么？"方在踌躇，见探子已上城飞报，说是清豫王多铎、英王阿济格，已率前队兵到此。三桂不禁转悲为喜，谢天谢地，为公乎？为私乎？便下关用过夜膳，命众将士道："清军已到，可以无虑。今夜请诸位一意守关，明日我当出见清军。"

是夕，各军都休息勿动。至翌晨，唐通、白广恩进兵攻关，三桂选了五百精兵，携着大炮，开关东出。关门甫辟，炮弹随发，冲开一条血路，直到清营，即下马求见，当由多尔衮遣将迎入。三桂既入帐，见上面坐着威风

凛凛的多尔衮，即倒身下拜。为爱姬故，何妨屈膝。多尔衮出座相扶，请三桂起坐。三桂即哭诉李闯不道、残毁宫阙、故主自尽、全家被掳的情形。多尔衮道：“说来也是可恨。我到此地，即为贵爵雪仇雪恨而来。”三桂忙接着道：“王爷仗义兴师，为吴某报仇雪恨，某非木石，敢负鸿慈？”好入贰臣传了。多尔衮道：“如天之福，得定中原，当以王爵相报。”三桂称谢，并请速发兵相救。多尔衮点头，命多铎阿济格入帐，先与三桂相见，随即对二人道：“你二人带兵五千，去杀退关外贼军！”二人奉命前去。多尔衮召进洪承畴、祖大寿等，与三桂共叙寒暄。承畴是三桂故帅，大寿是三桂母舅，至此谈及明室情形，各自叹息。叹息而已，何足道哉？

不多时，多铎、阿济格二人，入帐报捷，说贼将唐通、白广恩已逐走了。原来唐通、白广恩，自松山一战，早识清兵厉害，今见清兵来援山海关，早已望风生畏，鼠窜而去。关外未曾大战，正好虚写。三桂便请多尔衮入关，守关将士，由三桂点名参谒，复祭告天地，歃血为盟，当下多尔衮命分列坐次，会议军事。洪承畴道：“现在闯贼率众东出，都城必然空虚，若潜军从关外绕道，逾入居庸，袭破京师，待贼回援，我在关之军蹙其后，在京之军扼其前，任他李闯非常凶悍，也要一鼓成擒，这却是万全的计策。”若从承畴之计，三桂家属，或犹可保。三桂听这番议论，暗暗着急，忙说道：“关内人民，望大军如望云霓，若潜师袭京，多费时日，转失民望，现不如乘着锐气，驱逐逆闯，况王爷以顺讨逆，正应用着堂堂正正的举动，义师所至，无人不服，何必用这秘谋？”三桂心中，只为那人入京，早一日好一日，所以闻承畴计，极力阻挠，然亦亏他说得圆到。多尔衮道：“闯贼的兵势如何？”三桂道：“贼兵虽多，统是乌合之众，三桂只有七千人马，尚能与他杀个平手，何况王爷带来大队，个个英雄，哪有杀不过闯贼的道理？三桂不才，愿冲头阵。”多尔衮道：“既如此，明日与他决一胜负，再作计较。”

翌晨，多尔衮升帐，令吴三桂率领本部人马，攻贼右面，自己的兵马，攻贼左面，一声鼓号，开关出战。两边排着阵势，李闯的兵，约多一倍。多尔衮向吴三桂道：“贵爵愿冲头阵，请先攻入！”三桂得令，领着本部人马，向闯兵最多处，杀进去了。多尔衮恰领着英、豫二王，驰上东山，立马观战。洪承畴、祖大寿、孔有德、尚可喜等，也随着多尔衮上山，但见对面山上，李闯亦挟着明太子诸王等，指麾贼众，贼众张开两翼，把三桂军围了

四五重。三桂军人人血战，冲荡数十回，呼杀声震动海峤。多尔衮道："好厉害！好厉害！自我带兵以来，入塞也好几次，从没有经过这般恶斗。"对异族则怯，对同室则勇，明朝所以终亡。说时迟，那时快，海滨忽起了一阵怪风，把地土尘沙，卷入空中，顿觉天昏地暗，不辨彼此。多尔衮惊道："不好了！吴三桂要陷没阵中了，快去救他！"多铎、阿济格应声而出，跃马下山，洪承畴、祖大寿、孔有德、尚可喜等亦随下，一声号召，万马奔腾，齐向敌阵冲入。

李闯正在山上督战，见大风过处，飞尘四散，霎时尘开见日，有无数辫发兵，横跃入阵，督兵的都是红顶花翎，不觉失声道："这是满洲兵，如何到此？"急麾盖向山下退走。贼军不见主子，纷纷大乱，满汉各军，追赶四十里，斩首数万级，方收兵回关。

多尔衮令关内兵民，尽行剃发，吴三桂首先遵令，发可剃，爱姬不可失。剃发已毕，即请作前驱，多尔衮命率兵二万名，即日就道，星夜前进。李闯奔一城，三桂捣一城。李闯遣使求和，三桂只是不允。一逃一追，直抵燕京城下。李闯驰入京中，令部众扎在城外，分作十二寨，抵敌三桂。哪禁得三桂当先踹营，无人可当，不到半日，十二寨已攻破八寨，余四寨亦绕城遁去。李闯又遣兵出城迎战，又被三桂一阵杀退，真是一夫拚命，万夫莫当。李闯大惧，复遣使求和，愿与三桂平分中原。三桂见了来使，也不令他开口，急喝令斩讫，当即命军士猛攻京城。忽听得城上一片哭声，由三桂抬头一望，乃是自己的亲父母，并妻子等三十多名，都是两手被缚，负带刑具，向城下哀告道："阖家性命，都在呼吸，你不如投降了罢！"三桂到此，愤气填胸，大呼不降。城上复答道："你莫非连爹娘都不管么？你身从何而来？今日为爹娘的，为你一人，要身死刀下，你心何忍！"惨不忍闻。三桂抗声道："父母深恩，儿非不知。但儿与闯贼誓不两立，今日有闯无儿，有儿无闯。若闯贼敢害我父母，儿誓把闯贼生擒活剥，偿我父母的命。"忍哉三桂！道言未绝，听城上扑的一声，掷下一颗血淋淋的首级，接连又是二三十颗。三桂令军士拾起一瞧，不由的从马上坠下。小子叙到此处，又有一诗咏吴三桂道：

秦庭痛哭亦忠臣，可奈将军为美人。

流贼未诛家已破，忍看城上戮双亲。

欲知三桂性命如何，请诸君再阅下回。

“恸哭三军皆缟素，冲冠一怒为红颜。”此系后人咏吴三桂诗。缟素句是宾，红颜句是主。不有红颜，何有缟素？是三桂之心，本不可问。且清师入关，不与定酬劳之约，竟尔臣事满清，甘心剃发，且愿为先导，拼命穷追，激成李闯之怒，戮其父母妻孥。不忠不孝，三桂一人实兼之。读本回如燃犀照奸，直穷其隐。

第十三回　闯王西走合浦还珠
清帝东来神京定鼎

却说吴三桂见城上掷下首级，拾起一看，正是他父母妻子的首级，惊得面色如土，从马上坠下。当由军士扶起，不禁捶胸大哭。想是不见陈圆圆首级，故尚未曾晕倒。恰好清兵亦赶到城下，闻报三桂家属被害，多尔衮即下了马，劝三桂收泪，并安慰他一番。三桂谢毕，清兵乘着锐气，攻了一回都城，到晚休息。城内的李闯王，闻满洲兵也到城下，急得屁滚尿流，忙与部下商议了一夜，除逃走外无别法。遂命部下将所索金银，及宫中帑藏器皿，夤夜收拾，铸成银饼数万枚，载上骡车，用亲卒拖着，出后门先发，自率妻妾等开西门潜奔。临走时，放了一把火，将明室宫殿，及九门城楼，统行烧毁，这是何意？并把那明太子囚挟而去。

时已黎明，清兵方出寨攻城，忽见城内火光烛天，烈焰飞腾，城上的守兵，已不知去向；随即缘城而上，逾入城内，把城门洞开。吴三桂一马冲入，军士亦逐队进城。外城已拔，内城随下，皇城已开得洞穿。三桂率兵到宫前，只见颓垣败瓦，变成了一个火堆。三桂遂令军士扑灭余焰，自己恰急急忙忙的，到了家内。故庐尚在，人迹杳然。转了身，向各处搜寻一番，只有鸠形鹄面的愚夫愚妇，并没有这个心上人儿。我亦替他一急。他亦无心去迎多尔衮，竟领兵出了西门，风驰电掣般追赶李闯。到了庆都，见李闯后队不远，便愤愤的追杀过去。李闯急令部将左光先、谷大成等，回马迎战，不数合，已被三桂军杀败，勒马逃走。抛弃甲仗无数，拥积道旁，三桂军搬不胜

搬，移不胜移。等到拨开走路，眼见得闯军已去远了。三桂尚欲前进，祖大寿、孔有德等，已从京城赶到，促令班师。三桂道："逐寇如追逃，奈何中止？"大寿道："这是范老先生意见，说是穷寇勿追，且回都再议。"三桂犹自迟疑，大寿言："军令如山，不应违拗。"三桂无奈，偕大寿等回见多尔衮。多尔衮慰劳一番，三桂道："闯贼害我故君，杀我父母，吴某恨不立诛此贼。只因军命难违，姑且从归，现请仍行往追！"口头原是忠孝。多尔衮道："将军原不惮劳，军士已经疲乏，总须休养几天，方可再出。"三桂无言可答，只得辞别到家，仍密遣心腹将士，探听陈圆圆消息。念念不忘此人。接连两日，毫无音信，三桂短叹长吁，闷闷不乐。忽有一小民求见，三桂召入。那小民叩见毕，呈上一书，三桂即展读道：

> 贱妾陈沅谨上书于我夫主吴将军麾下：妾以陋姿，猥蒙宠爱，为欢三日，遽别征旌，妾虽留滞京门，魂梦实随左右。陌头之感，不律难宣。三月终旬，闯贼东来，神京失守，妾以隶于将军府下，遂遭险难，以国破君亡之际，即以身殉，夫亦何惜？第以未见将军，心迹莫明，不敢遽死。闯贼屡图相犯，妾以死拒。幸闯贼犹畏将军，未下毒手，令妾得以瓦全。妾之偷息以至于今者，皆将军之赐也。及闯贼举兵西走，妾得乘间脱逃，期一见将军之面，捐躯明志。乃闻将军复出追寇，不得已暂寓民家，留身以待。今幸将军凯旋，将别后情形，谨陈大略。伏维垂鉴，书不尽意，死待来命。

看官！这陈圆圆既被李闯掳去，如何李闯西奔，恰把圆圆撇下呢？前未提起，阅者早已怀疑。原来圆圆秉性聪明，闻三桂来追，李闯欲走，她思破镜重圆，故意的向李闯面前，说明三桂心迹。李闯以留住圆圆，可止追军，并因妻妾多与相嫉，阴阻其行，故圆圆犹得留京，流徙民家。

三桂得了圆圆书，不禁大喜，忙赏小民二百金，这小民恰得了一注横财。今兵役肩舆至民家，接回圆圆。不一时，圆圆已到，款步而入，三桂忙起身相迎。文姬归来，丰姿如旧。圆圆方欲行礼，三桂已将她一把掖住，拥入怀中，与她接了一回吻，真是活宝贝。才对圆圆道；"不料今日犹得见卿。"圆圆道："妾今日得见将军，已如隔世，唯妾身虽幸保全，左右不无疑虑，请

今日死在将军面前，聊明妾志。”说毕，已垂下珠泪数滴，把三桂双手一推，意图自尽。一哭一死，这是妇女惯技。三桂将她紧紧抱住，便道：“我为卿故，间关万里，日不停驰，今日幸得重会，卿乃欲舍我而死。卿死，我亦不愿再生。”比君父何如？圆圆呜咽道：“将军知妾，未必人人知妾。”三桂急忙截住道：“我不疑卿，谁敢疑卿！”圆圆道：“将军如此怜妾，妾不死，无以自白，妾死，又有负将军，正是生死两难了。”三桂着急道：“往事休提，今日是破镜重圆的日子，当与卿开樽畅饮，细诉离情。”于是命侍役安排酒肴，到了上房对酌，叙这数月的相思。妾貌似花，郎情如蜜，金缸影里，半亸云鬟，秋水波中，微含春色。既而夕阳西下，更鼓随催，携手入帐，重疗相如渴病，含羞荐枕，长令子建倾心。此时三桂的心中，全把君父忘却，未知这位陈圆圆，还记念李闯否？过了数日，少不得从宜从俗，替吴襄开丧受吊。白马素车，往来不绝。嗣闻多尔衮保奏为王，又是改吊为贺，小子也不愿细叙了。

且说清摄政王多尔衮入京后，一切布置，都由范文程、洪承畴酌定。特志两人，是《春秋》书法。范、洪二人，拟就两道告示，四处张贴。一道是揭出“除暴救民”四字，羁縻百姓，一道是为崇祯帝发丧，以礼改葬，笼络百姓。那时百姓因李闯入京，纵兵为虐，受他奸淫掳掠的苦楚，饮恨的了不得，一闻清兵入城，把闯贼赶出，已是转悲为喜。又因清兵不加杀戮，复为故帝发丧，真是感激涕零，达到极点，还有哪个不服呢？小信小惠，已足服人。多尔衮见人心已靖，急召集民夫，修筑宫殿。武英殿先告竣工，多尔衮升殿入座，摆设前明銮驾，鸣钟奏乐，召见百官。故明大学士冯铨，及应袭恭顺侯吴维华，亦率文武群臣，上表称贺。富贵固无恙也。是日，即缮好奏摺，令辅国公屯齐喀和托，及固山额真何洛会，到沈阳迎接两宫。

两大臣去讫，多尔衮退了殿，忽由部将呈上密报。多尔衮一瞧，即召入范文程、洪承畴递阅。二人阅毕，范文程道：“福王朱由崧在南京监国，将来定与我为难，这事颇要费手。”洪承畴道：“朱由崧是个酒色之徒，不足深虑，只是南京兵部尚书史可法，素具忠诚，未知他曾任要职否？”多尔衮道：“洪先生谅识此人。”承畴道：“他是祥符县人，素来就职南京，所以不甚熟识。唯他有一弟在京，日前已会晤过了。”多尔衮道：“最好令伊弟招降了他。”承畴道：“恐他未必肯降。但事在人谋，当先与商议便是。”多尔衮点头，二人随即退出。

过了数日，迎銮大臣饬人回报，两宫准奏，择于九月内启銮。多尔衮遂派降臣金之俊为监工大臣，从京城至山海关，填筑大道，未竣工的宫殿，加紧筑造；又招集侍女太监，派往各宫承值，宫中需用的器具物件，特遣专员往各处采办；多尔衮当政务余闲的时候，亦亲去监察，吉特太后所居之宫，想必监察较周。一日，由探马报称明福王称帝南京，改元弘光，命史可法开府扬州，统辖淮扬凤庐四镇，江淮一带，都驻扎重兵了。多尔衮闻报，仍延这洪老先生密议邸中。此时这洪老先生，已托史可法兄弟寄书招降，又与多尔衮代作一书，寄与史公。此书曾载入史鉴，首末无非通套，中间恰说得委婉动人。其文云：

予向在沈阳，即知燕京物望，咸推司马。及入关破贼，与都人士相接，识介弟于清班，曾托其手书奉致衷绪，未知以何时得达。比闻道路纷纷，多谓金陵有自立者，夫君父之仇，不共戴天，《春秋》之义，有贼不讨，则故君不得书葬，新君不得书即位，所以防乱臣贼子，法至严也。闯贼李自成，称兵犯阙，手毒君亲，中国臣民，不闻加遗一矢。平西王吴三桂，介在东陲，独效包胥之哭，朝廷感其忠义，念累世之宿好，弃近日之小嫌，爰整貔貅，驱除狗鼠。入京之日，首崇怀宗帝后谥号，卜葬山陵，悉如典礼。亲郡王将军以下，一仍故封，不加改削。勋戚文武诸臣，咸在朝列，恩礼有加。耕市不惊，秋毫无扰。方拟秋高天爽，遣将西征，传檄江南，联兵河朔，陈师鞠旅，戮力同心，报乃君父之仇，彰我朝廷之德。岂意南州诸君子，苟安旦夕，弗审时机，聊慕虚名，顿忘实害，予甚惑之。国家抚定燕都，乃得之于闯贼，非取之于明朝也。贼毁明朝之庙主，辱及先人，我国家不惮征缮之劳，悉索蔽赋，代为雪耻，孝子仁人，当如何感恩图报？兹乃乘逆寇稽诛，王师暂息，遂欲雄踞江南，坐享渔人之利，揆诸情理，岂可谓平？将谓天堑不能飞渡，投鞭不足断流耶？夫闯贼为明朝祟，未尝得罪于我国家也，徒以薄海同仇，特申大义，今若拥号称尊，便是天有二日，俨为劲敌，予将简西行之锐，转旝东征，且拟释彼重诛，命为前导。夫以中华全力，受制潢池，而欲以江左一隅，兼支大国，胜负之数，无待蓍龟矣。予闻君子之爱人也以德，细人则以姑息，诸君子果识时知命，笃念故主，厚

爱贤王，宜劝令削号归藩，永绥福禄，朝廷当待以虞宾，统承礼物，带砺山河，位在诸王侯上，庶不负朝廷仗义，兴灭继绝之初心。至南州群彦，翩然来仪，则尔公尔侯，有平西之典例在，唯执事实图利之！晚近士大夫，好高树名义，而不顾国家之急，每有大事，辄同筑舍。昔宋人议论未定，兵已渡河，可为殷鉴。先生领袖名流，主持至计，必能深维终始，宁忍随俗浮沉，取舍从违，应早审定，兵行在即，可西可东，南国安危，在此一举。愿诸君子同以讨贼为心，毋贪瞬息之荣，而重故国无穷之祸，为乱臣贼子所笑，予实有厚望焉。记有之："唯善人能受尽言。"敬布腹心，伫闻明教。江天在望，延跂为劳，书不尽意。

书成，命故明副将韩拱薇，及参将陈万春，赍书去讫。多尔衮照常办事，除处理国务外，仍是监视工作，足足忙了两个多月，方报竣工。一日，接到沈阳谕旨，知两宫已经启銮，遂派阿济格、多铎等，率兵出城巡察。嗣是连接来报，圣驾已到某处某处了。多尔衮令于通州城外，先设行殿，命司设监去设帷幄御座，尚衣监去呈冠服，锦衣卫去监卤簿仪仗，旗手卫去陈金鼓旂帜，教坊司去备各种细乐。大致齐备，传闻御驾已入山海关，进次永平，即传集满汉王大臣，统穿着吉服，往行殿接驾。是日銮驾已到通州，龙旗焕采，鸾辂和铃，两旁侍卫拥着一位七龄天子，生得秀眉隆准，器宇非凡，七岁童子，入做中原皇帝，想必器宇非凡。后面便是两宫皇太后。这位吉特氏，华服雍容，端严之中，偏露出一种妩媚。想从多尔衮眼中看出。多尔衮忙率王大臣等，排班跪接。由太监传旨平身，始一齐起立，随銮驾进了行殿。七龄天子，升了御座，旁立鸿胪寺官，俟王大臣等依次排列，一一唱名，赞行五拜三叩首礼。礼毕，退殿少息，约两三小时，复命起銮，从永定门入大清门，王大臣等仍送迎如仪。是时城内的居民，早已奉到命令，家家门前，各设香案，烟云缭绕，气象升平。銮驾徐徐经过，入了紫禁城，王大臣等始起身而退，只多尔衮随驾而入。猛见那已革的肃亲王豪格，仍然翎顶辉煌，昂头进去，多尔衮满腹狐疑，当时不便明问，只好随驾入宫。肃亲王的福晋，想尚在后未到。

接连忙了数日，无非是安顿行装，排设器具，毋庸细说。到了十月朔，顺治帝亲诣南郊，祭告天地社稷，并将历代神主，奉安太庙，随即升武英

殿，即中国皇帝位。满汉文武各官，拜跪趋跄，高呼华祝，正是说不尽的热闹。汉代衣冠一旦休。礼毕，遂颁诏天下，大旨为“国号大清，定都燕京，纪元顺治”等语。这是满清入主中原之始，故不惮详述。是日，即加封多尔衮为叔父摄政王，因他功迹最高，特命礼部建碑勒铭，并定摄政王冠服宫室各制。另定摄政王宫室制度，恐多尔衮尚未快意。又加封济尔哈朗为信义辅政叔王，名为加封，实是降级。晋封阿济格为武英亲王，复肃亲王豪格爵，赐吴三桂平西王册印。谕旨一下，多尔衮因豪格复爵，心中未免不乐，恰又不便拦阻，只好缓缓设法。是日亲王及各大臣家属，亦统同到京。前文未叙及肃王福晋，故特补叙一笔，非闲文也。畿内已定，复令直隶巡抚卫国允等，平定畿外，于是决议远略。闻李闯西奔入陕，遂授阿济格为靖远大将军，率同吴三桂、尚可喜等，由大同边外，会诸蒙古兵，入榆林延安，攻陕西的背后。多铎为定国大将军，率同孔有德等，由河南趋潼关，攻陕西的前面。两路进兵，都用汉将为前导，以汉攻汉，的是妙计。只可惜这平西王又要与爱姬话别了。两将军率兵去讫，多尔衮又遣豪格出师山东，语首特加多尔衮三字，阅者勿滑过。豪格不敢违慢，亦即奉令而去。

那时朝政始稍稍闲暇，多尔衮随时入宫，与吉特太后共叙离情。一日，正自大内回邸，忽由洪承畴入见，报称江南遣使左懋第、陈洪范、马绍愉等，携带白金十万两，绸缎数万匹，来此犒师。多尔衮道：“何处的军士，要他犒赏？”承畴道：“说来可笑。他说是犒我朝军士呢。还有史可法一封复书。”说至此，即袖出一书呈上，多尔衮拆开一阅，不禁惊叹起来。正是：

河山半壁留残局，简牍千秋表血诚。

毕竟书中如何说法，且看下回自知。

顺治帝之入关，人谓由多尔衮之力，吾不云然。不由多尔衮，将由吴三桂乎？应之曰唯唯否否。三桂初心，固未尝欲乞援满洲也，为一爱姬故，迫而出此。然则导清入关者，非陈圆圆而谁？圆圆一女子耳，乃转移国脉如此。夏有妺喜，商有妲己，周有褒姒，圆圆殆其流亚欤？若多尔衮之经略中原，入关定鼎，亦自吉特太后激厉而来，是又以一妇人之力，肇成大统者，孰功孰罪，阅此书者当于夹缝中求之。

第十四回　抗清廷丹忱报国
屠扬州碧血流芳

且说清摄政王多尔衮，展阅史可法复书，不禁惊叹，因史公来书，是洋洋二大篇，比原书字数还要加倍。当即交洪承畴朗诵，承畴遂徐声念道：

大明国督师兵部尚书，兼东阁大学士史可法顿首，谨启大清国摄政王殿下：南中向接好音，法随遣使问讯吴大将军，未敢遽通左右，非委隆谊于草莽也，诚以大夫无私交，春秋之义。今倥偬之际，忽奉琬琰之章，真不啻从天而降也。循读再三，殷殷致意，若以逆贼尚稽天讨，烦贵国忧，法且感且愧。惧左右不察，谓南中臣民偷安江左，竟忘君父之怨，敬为贵国一详陈之：我大行皇帝敬天法祖，勤政爱民，真尧舜之主也。以庸臣误国，致有三月十九日之事，法待罪南枢，救援无及，师次淮上，凶问随来。地坼天崩，山枯海泣。嗟夫！人孰无君？虽肆法于市朝，以为泄泄者戒，亦奚足谢先皇帝于地下哉？尔时南中臣庶，哀恸如丧考妣，无不拊膺切齿，欲悉东南之甲，立翦凶仇；而二三老臣，谓国破君亡，宗社为重，相与迎立今上，以系中外之心。今上非他，神宗之子，光宗犹子，而大行皇帝之兄也。名正言顺，天与人归。五月朔日，驾临南都，万姓夹道欢呼，声闻数里。群臣劝进，今上悲不自胜，让再让三，仅允监国，迨臣民伏驾屡请，始以十五日正位南都。从前凤集河清，瑞应非一，即告庙之日，紫云如盖，祝文升霄，万目共瞻，欣传盛

事。大江涌出枏梓数十万章，助修宫殿，岂非天意哉？越数日，遂命法视师江北，克日西征，忽传我大将军吴三桂，借兵贵国，破走逆成，为我先皇帝后发丧成礼，扫清宫阙，抚辑群黎，且罢薙发之命令，示不忘本朝，此等举动，震古铄今，凡为大明臣子，无不长跪北向，顶礼加额，岂但如明谕所云，感恩图报已乎？谨于八月薄治筐篚，辽使犒师，兼欲请命鸿裁，连师西讨，是以王师既发，复次江淮，乃辱明诲，引春秋大义，来相诘责，善哉言乎！然此为列国君薨，世子应立，有贼未讨，不忍死其君者立说耳。若夫天下共主，身殉社稷，青宫皇子，惨变非常，而犹拘牵不即位之文，坐昧大一统之义，中原鼎沸，仓卒出师，将何以维系人心？紫阳纲目，踵事春秋，其间特书如莽移汉鼎，光武中兴，不废山阳，昭烈践祚，怀愍亡国，晋元嗣基。徽钦蒙尘，宋高嗣统，是皆于国仇未翦之日，亟正位号，纲目未尝斥为自立，率以正统予之。甚至如玄宗幸蜀，太子即位灵武，议者疵之，亦未尝不许以行权，幸其光复旧物也。本朝传世十六，正统相承，自治冠带之族，继绝存亡，仁恩遐被，贵国昔在先朝，夙膺封号，载在盟府，宁不闻乎？今痛心本朝之难，驱除乱逆，可谓大议复著于春秋矣。昔契丹和宋，止岁输以金缯，回纥助唐原非利其土地，况贵国笃念世好，兵以义动，万代瞻仰，在此一举。若乃乘我蒙难，弃好崇仇，规此幅员，为德不卒，是以义始而以利终，为贼人所窃笑也。贵国岂其然？往者先帝轸念潢池，不忍尽戮，剿抚互用，贻误至今，今上天纵英武，刻刻以复仇为念，庙堂之上，和衷体国，介胄之士，饮泣枕戈，忠义民兵，愿为国死，窃以为天亡逆闯，当不越于斯时矣。语曰："树德务滋，除恶务尽。"今逆贼未服天诛，谍知卷土西秦，方图报复，此不独本朝不共戴天之恨，抑亦贵国除恶未尽之忧。伏乞坚同仇之谊，全始终之德，合师进讨，问罪秦中，共枭逆贼之头，以泄敷天之恨，则贵国义闻，照耀千秋，本朝图报，唯力是视，从此两国世通盟好，传之无穷，不亦休乎？至于牛耳之盟，则本朝使臣，久已在道，不日抵燕，奉盘盂从事矣。法北望陵庙，无涕可挥，身陷大戮，罪应万死，所以不即从先帝者，实为社稷之故。《传》曰："竭股肱之力，继之以忠贞。"法处今日，鞠躬致命，克尽臣节，所以报也。唯殿下实昭鉴之！弘光甲申九月日。

洪承畴读毕，随道："据书中意思，史可法是不肯降顺我朝，但照陈洪范传说，现在明福王用了马士英、阮大铖等人，入阁办事，恐怕就要灭亡呢。"多尔衮问他何故？承畴道："马士英向来贪鄙，阮大铖是魏阉的干儿，这等人执掌朝纲，还有何幸？"多尔衮道："有史可法在。"承畴道："单靠这史老头儿，也不中用。"史老头儿不中用，洪老头儿恰很中用。多尔衮道："此外有无别说。"承畴道："来使左懋第恰有四件事要求我朝：第一件，是要在天寿山特立园陵，改葬崇祯帝；第二件，是要索还北京，只肯把山海关外，割畀我朝，每年赠我岁币，只有十万两；第三件，我朝与他国书，只许称可汗，不能称帝；第四件，来使聘问，要照故明会典，不肯屈膝。"多尔衮勃然道："左懋第何人？敢说这样话！"承畴道："闻他为兵部右侍郎，兼右佥都御史。左懋第系南朝忠臣，故特借承畴口中表明官职，这也是紫阳书法。多尔衮想了一回，便道："且令他三人暂居鸿胪寺中，再作计较。"

歇了几天，承畴因染病乞假，不去上朝，忽闻朝中已遣回南使，大吃一惊，忙来见多尔衮，问道："王爷把南使都遣回了么？"多尔衮道："两国相争，不斩来使，自然令他回去。"承畴道："老臣已与陈洪范密约，愿招降江南将士。洪范可去，左、马二人不应遣归。"多尔衮道："你日前未曾声明，今已遣归，奈何？"承畴道："请速派得力人员，追回左、马二人，只放陈洪范回南。"多尔衮点头，即令学士詹霸，带着禁军，飞骑南追，不到两三日工夫，即将左、马二人截回。

多尔衮正思遣将南下，忽接西征捷报，说西安已攻下了，不禁大喜。原来李闯率众入陕，攻陷长安，复令部众分扰四川、河南等省，寻闻清豫王多铎已下河南，急遣部将张有声守洛阳，张有曾守灵宝，不防清兵势大，二张具被击败，退回关中。李闯又命骁将刘宗敏，带着人马，出守潼关，与清兵战了数次，有败无胜。李闯复亲率铁骑到关，两下都是百战精兵，一攻一守，杀伤相当。这时候，清英王阿济格等，已向长城遶边入保德州，结筏渡河，入绥德，克延安，下鄜州，直趋西安。警报传至李闯，李闯又只得回援，途次正遇阿济格军，被他大杀一阵，急急的遁入城中。那时潼关也由多铎攻破，降了闯将马世尧，乘胜来会阿济格，李闯急上加急，仍如在京时放火而逃。始终是一强盗行径，如何能统中原？这一场，被清兵前截后追，杀得尸横遍野，血流成渠，是恶贯满盈之报。只剩了几十百个残卒，保着李闯，落荒逃

走去了。李闯入陕，已如强弩之末，故书中叙述，亦约略及之。

阿济格既逐去李闯，与多铎相会，即联名报捷。多尔衮大喜过望，即奏请顺治帝御殿受贺。此时已是顺治二年春天了。受贺毕，由多尔衮等会议，令阿济格仍遵前旨，追剿李闯，多铎移师下江南。小子只有一支笔，不能并叙，且先述多铎下江南事。

且说南朝的福王，系明神宗孙，福恭王常洵长子，崇祯十六年袭封。因流寇四扰，偕从叔潞王常淓，避难淮安。崇祯帝殉国，凤阳总督马士英拟迎立福王，独南京兵部尚书史可法，以福王有七不可立，一贪，二淫，三酗酒，四不孝，五虐下，六不读书，七干预有司，一之为甚，其可七乎？拟迎立潞王常淓。偏这马士英硬要推戴，勾结总兵高杰、刘泽清、黄得功、刘良佐四人，备齐甲杖，护送福王到仪真。可法无奈，与百官迎入南京，先监国，继称尊，以次年为弘光元年。士英带兵入南京，与可法同为东阁大学士，两人心术不同，屡有龃龉。可法乃自请出镇淮扬，率总兵刘肇基于永绶等，同到江北，建议分徐泗、淮海、滁和、凤寿为四镇，即命高杰、刘泽清、黄得功、刘良佐四总兵，分地驻扎。名目上归可法节制，其实统是士英羽翼，哪个肯听可法号令？史阁部死矣！四总兵闻扬州华丽，争思居住，先到扬州城下，自杀一场。亏得可法驰往劝解，方各至泛地。自是史可法在扬州驻节，屡上书请经略中原，都被马士英搁留不报。这位弘光皇帝，偏信马士英，一切政务，全然不管，专在女色上用心。宫中不足，取诸外府。时命太监出城搜寻，见有姿色的女子，一把扯去。可怜母哭儿号，生离惨别，那弘光帝恰左拥右抱，非常快活。广罗春方服媚药，尽情取乐，无愁天子。谁知春宵不永，好事多磨，霓裳之曲未终，鼙鼓之声已起。北朝的豫亲王多铎，已分军南下了。

多铎自奉了移师的上谕，便别了阿济格，把军士分作三支，望河南进发。一出虎牢关，一出龙门关，一出南阳，约至归德府会齐。时河南尚为南朝属地，巡按御史陈潜夫，保奏汝宁宿将刘洪起，可为统领，令他号召两河义旅，阻截清兵。马士英不许，反召回陈潜夫，清兵长驱河上，如入无人之境。史可法闻警，亟令高杰出师徐州，沿河筑墙，专力防御。寻因清兵已下河南府，复促高杰进屯归德。高杰欲与睢州总兵许定国，互相联络，作为犄角，不意定国已纳款清兵，送二子渡河为质。高杰尚在梦中，领了数骑，从

归德趋睢州，被定国赚入城内，设宴接风，召妓侑酒。灌得高杰烂醉如泥，连从骑也没人不醉，大家挟妓酣寝。一声鼓号，伏兵齐起，高杰从醉梦中惊醒，被四妓揿住，手足动弹不得，刀锋一下，身首两分。其余从骑，也一一被他杀死。一班风流鬼，都入森罗殿去了。牡丹花下死，做鬼亦风流。

定国即至多铎处报功，多铎随进取归德，三路兵陆续会集。适清都统准塔，随豪格至山东，因山东已平，奉朝命接应多铎，亦到归德来会多铎军。多铎令准塔率本部军出淮北，自率部队出淮南。又是二路。准塔到徐州，守将李成栋乞降，进攻宿迁，刘泽清率步兵四万，船千余，夹淮相拒。准塔令兵士放炮遥击，自己恰潜渡上游，遶出泽清背后。泽清不及防备，顿时骇退。准塔追至淮安，泽清遁入海。淮北一带，望风降清。多铎由归德趋泗州，明淮河守将李际遇，焚桥遁去。清兵遂安安稳稳的渡了淮河。

那时赤胆忠心的史可法，闻高杰被杀，流涕太息，忙令高杰甥李本身，往收部众，又立杰子元爵为世子，抚定军心。忽报清兵已渡淮河，急督师出御；行至半途，又报泗州紧急，复移师向泗州；行未数里，南京又飞檄召还，说是左良玉谋反，从九江入犯，赶即入卫。风鹤惊心，楚歌四面，可法因勤王事急，不得已舍了泗州，折回江南。史公可怜！

看官！你道这左良玉何故入犯？左良玉夙有战功，福王封他为宁南侯，驻守武昌，节制长江上游，作为南都屏障。这马士英偏暗中嫉忌，遇事裁抑，恼得良玉性起，索性借入清君侧为名，引兵东下，从汉口到蕲州，列舟三百多里。士英大惊，一面命阮大铖等，率兵至江上，会同黄得功防堵，一面飞召史可法、刘良佐等入援。可法方渡江抵燕子矶，又遇南京差官，传来谕旨，以黄得功已破良玉军，令可法速回淮扬。可法犹欲趋援泗州，探报泗州已失，急还扬州。好象磨盘心。谁知清兵已从天长、六合长驱而来，距扬州城只三十里。扬州守兵，多半逃窜，至可法入城，城中已无兵可守。飞檄各镇入援，只一总兵刘肇基，从白洋河趋赴，报称："军心多变，刘泽清已潜降清军，"弄得可法战无可战，只得决计死守。

当时有清室降将李世春，奉多铎命，入城劝降。看官！你想这效死勿贰的史督师，肯甘心降敌么？愧杀洪、吴诸人。世春尚未详说，已被可法叱逐出城。世春去后，可法急令总兵李栖凤监军，副使高岐凤扎营城外，作为援应，自率刘肇基登城巡阅。猛见清兵如江潮海浪一般，推涌前来，倒也不慌

不忙，待清兵将临城下，一声号令，炮弹矢石，统向清兵打去。清兵前队，多半死伤，方略略退去。相持两昼夜，可法望见城外两营，杳无声响，只有虚幌幌两座营帐；隔了一宿，连营帐都没有了。凤兮凤兮，何德之衰？可法叹道："文官三只手，武官四只脚，奈何奈何？"刘肇基献策道："城内地高，城外地低，可决淮河之水，灌入敌军，不怕敌军不退！"可法道："民为贵，社稷次之。敌军未必丧亡，淮扬先成鱼鳖，于心何忍？"到了此时，还顾恋百姓，可谓仁人。遂不从肇基之言，专务固守。

多铎接连攻城，已是数日，兵士已被伤无数，顿时愤不可遏，督兵猛扑数次，都被守兵击退。可法检点守兵，亦已许多受伤，料知城孤援绝，终难持久，啮了指血，草定遗表，还劝这位弘光皇帝去谗远色，勉力图存。又作书寄与母妻，不及家事，但云我死当葬我高皇帝陵侧。精忠报国，如见其心，读此为之泫然。遂交与副将史得威，令他逸出城外驰报去讫。到了第七日，城内的炮弹矢石，所剩无几，可法正在着急，陡闻炮声突发，城堞随崩，凭你史督师忠心贯日，也是无法可施，只好拼着命与他血斗。两下激战许久，城内外尸如山积，清兵践尸入城，刘肇基率士民巷战，杀伤十余人而死。可法见清兵已入，肇基阵亡，忙拔剑自刎。忽来了参将张友福把剑夺去，拥可法出小东门。可法大呼道："我便是史督师。"此时城内外统是清兵，闻可法自呼，不问真伪，一阵乱剁，可怜柱石忠臣，已成碧血，从此精诚浩气，直上青云。逾年，家人以袍笏招魂，葬于扬州城外的梅花岭。明史上说他是文文山后身，小子曾有《梅花岭吊古诗》道：

> 休言史乘太荒唐，燕市扬州一样芳。
> 留得忠魂埋此土，岭梅万树益馨香。

多铎既得了扬州，下令屠杀十日，这般惨戮的情形，小子恰有些不忍说了。后人著有《扬州十日记》，看官可以参阅，小子且停一停笔，待下回再叙。

史阁部一书，义正词严，可夺敌人之气，惜所主非人耳。向使明福王任贤勿贰，去邪勿疑，则正位南京，犹仍汉代衣冠之旧。吾正望其不亡，乃淫荒无度，

黜正崇邪；马阮用事，援引奄党；中书随地有，都督满街走，监犯多如羊，职方贱如狗，相公只爱钱，皇帝但吃酒。胡儿南下，四镇抛戈，徒一憖遗之史阁部，怀才莫试，茹苦含辛，卒抗节扬州城下，岂不哀哉？本回全为史阁部写照，历表忠悃，令人不忍卒读。

第十五回　弃南都昏主被囚　捍孤城遗臣死义

却说扬州被清兵攻入，警报传至南京，与雪片相似。马士英急遣总兵郑鸿逵，副使杨文骢，率师堵截江上。这郑杨两人，统是马党，钻营奔去，得了一个高官，晓得什么兵略，只把炮弹隔江乱放，诡报胜仗。偏这清兵故意趋避，到了炮弹声歇，他却乘着黑夜，渡江而来。待明营惊醒，清兵已经杀入，郑杨二人不知所措，只得率兵逃走。杨文骢逃至苏州，郑鸿逵越加胆小，直奔到杭州，好算是逃将军第一。清兵遂进陷镇江。那时弘光皇帝恰罗列美女，饮酒取乐，不让当年陈叔宝。至镇江失守的信息，报入宫中，他还拥着美人，不住的饮酒。亏他镇定。次日，又由太监入报，清兵自丹阳句容，迤逦前来，至是弘光帝方有些着急，连唤奈何。太监道："现闻黄得功屯兵芜湖，请皇上赶紧前去，叫他保驾才好。"弘光帝忙收拾行装，挈了爱妃，潜开通济门出走。次晨，马士英入朝，闻弘光帝已经逃去，忙入宫中，见太后皇后，正在着忙，哭得似泪人儿一般。太后都不管，弘光帝全无心肝。士英命侍卫备驾出宫，自与阮大铖率亲兵数千名，挟了太后皇后等，匆匆逃去。

南京城内，人心惶惶，总督京营圻城伯赵之龙，束手无策，与大学士王铎等，密议了一条救急的妙法，倒也大家心安。过了两日，清兵始到城下，赵之龙即将议定的法子，施行出来，令属员写了降书一道，赍赴清营。多铎大喜，准其投降。赵之龙即率十七侯伯，开了城门，匍匐道旁，迎接清兵，衣冠扫地。多铎入城安民。因马到即降，破格宽宥，禁止部兵掳掠，所以南京

还算安静。特别提出，想见其掳掠多矣。休息一天，即遣贝勒尼堪，贝子屯齐，进兵芜湖，追擒弘光帝。适明将刘良佐，奉檄入援，途次遇着清兵，并不抵御，当即迎降。尼堪令为前驱，直达芜湖江口。

是时江南四镇，高杰被杀，二刘降清，单剩了一个黄得功，他前时奉命去攻左良玉，良玉已死，其子梦庚败走，得功因回屯芜湖。忽见弘光帝狼狈奔到，大惊道："陛下何故轻身到此？"弘光帝流泪道："南京无一人可恃，唯卿秉性忠诚，所以冒死前来，仗卿保护。"何不叫马士英、阮大铖等保护？得功道："陛下死守京城，臣等尚可尽力，奈何轻身来此？且臣方对敌，何能扈驾？"弘光帝不禁大哭。得功无法，只得留住弘光帝，愿效死力。

不数日，清兵已到江口，得功戎装披挂，执了佩刀，坐下小舟，督部下渡江迎战。遥闻对岸有人大叫道："黄将军何不早降？"视之，乃刘良佐，不觉怒叱道："汝乃甘心降敌么？"言未毕，忽有一箭射来，正中喉间左偏，鲜血直喷，得功痛极，将佩刀掷去，拔去箭镞，大叫一声，晕绝舟中。总兵田雄，见得功已死，起了坏心，一手将弘光帝掖住，复令兵士缚住弘光爱妃，送至对岸，献入清营。尼堪命将弘光帝及爱妃，推入囚车，解至南京，多铎即遣使献俘。可怜这位风流天子，只享了一年艳福，到此身为俘虏，与爱妃同毕命燕京，长辞人世去了。与爱妃同死，冥中有伴了。

江南已定，范文程、洪承畴等，撰颂词，修贺表，又有一番忙碌。过了数日，又有两处捷报，一是英亲王阿济格，报称追逐李闯，无战不胜，闯贼遁至武昌，入九宫山，被村民斫毙，获住贼叔及妻妾，并死党左光先、刘宗敏等，俱审实正法了。了结李闯，即从阿济格奏报中叙明，以省笔墨。一是豫亲王多铎，报称安庆、宁国、常州、苏州、松江各府，统已降顺，别遣贝勒博洛，及新授援浙闽总督张存仁，南下杭州去了。此时佳音迭至，喜气盈廷，皇太后吉特氏，及摄政王多尔衮，统喜欢得了不得。偏提出他两人，笔亦尖刻。两人复私下商议，南征西讨诸将帅，在外多时，应召他回朝休养，再作后图，国家大事，偏称私议，句中有句。遂令英、豫两亲王，奏凯还朝。

是时英亲王阿济格，正由武昌顺流东下，略定江西，降左良玉子梦庚，得师十万，闻廷寄到来，仍自江西回湖北，规定全省，随即北还。豫亲王多铎，接到召还的谕旨，收拾金银财帛，并选了江南美妇数名，带同北返。那时美妇中有一个孀姝，姓刘名三季，后来做了豫王福晋，便是从这次挈去，

稗史中曾称作孀姝奇遇，小子不得不略略说明：这个刘三季，系虞邑黄亮功的继妻。亮功病殁，三季守孀，被清军掠献多铎。多铎见她天然秀媚，不同凡艳，就要逼她侍寝。三季抵死不从，把头触柱，险些儿作了血污美人。幸亏婢媪众多，把她拦住。她尚大哭大踊，弄得乱头散发，别个妇女，到这般田地，也没甚可观，偏这三季发长委地，万缕香丝，光同黑漆，尤觉动人怜爱。多铎不敢相强，只令婢媪小心服侍，多方劝解。到了回京的时候，便带了三季同还，居以大厦，被以华縠，奉以珍馐，三季毫不转意，随后闻她有个爱女，名叫珍儿，流落江南，遂令清兵沿途访觅，竟被寻着，致书三季，三季始渐渐解忧。事有凑巧，豫邸福晋忽喇氏，一病身亡，多铎又令能说能话的婢媪，许她作为继室。毕竟妇女心肠，未免势利，不由的化刚为柔。妇女失贞，大都如此。多铎遂派良工制就凤冠命服，赐与三季，三季亲手收了。多铎喜极，就命侍女十余名，把三季换了穿戴，簇拥登堂，成就大礼。从此下邑孤孀，居然做极品命妇了。

当时英、豫二王还朝后，与摄政王多尔衮相见，俱蒙殷勤款待，独肃王豪格，自山东还京，见了摄政王，偏碰着许多钉子，竟不知所为何因。读者试猜之！摄政王平日，喜欢中亦带着三分愁闷，一班攀龙附凤的功臣，从旁窥测，无从捉摸；可巧贝勒博洛的捷音，又到北京，原来马士英自南京出走，奉了弘光帝母妃，南走杭州，适潞王常淓，流寓在杭，马士英就劝他监国。潞王尚未允洽，不意清贝勒博洛，已率兵抵余杭，马士英与总兵方国安，上前迎敌，连战连败，向西窜逸。清兵追至钱塘江，沿江立营，杭人料他潮至必没，谁知潮神也趋奉清兵，竟三日不至。清兵渡江攻城，潞王无兵无饷，哪里还能固守？只好与巡抚张秉贞等，开门乞降罢了。摄政王看了捷报，也无甚得意，淡淡的搁过一边，他的心思，无非与豪格反对，苦于无法可除，正在踌躇。忽报故明兵部尚书张国维等，奉了鲁王朱以海，监国绍兴，故明礼部尚书黄道周等，奉了唐王朱聿键，称帝福建，多尔衮皱了一回眉，便召范文程、洪承畴等会议，并问："鲁唐二王，是否前明嫡派？"承畴答称："鲁王是明太祖十世孙，世封山东，唐王是明太祖九世孙，世封南阳。"多尔衮道："明朝的子孙，为何有这般多呢？一个弘光，方才除掉，偏偏又兴起两个来。"言未毕，复有警报传到，明给事中陈子龙，总督沈犹龙，吏部主事夏允彝，联合水师总兵黄蜚、吴志葵，起兵松江，明兵部尚书

吴易，举人沈兆奎，起兵吴江，明行人卢象观，奉宗室子瑞昌王盛沥，起兵宜兴，明中书葛麟，主军王期昇，奉宗室子通城王盛澂，起兵太湖，明主事荆本彻，员外郎沈廷扬，起兵崇明，明副总兵王佐才，起兵昆山，明通政使侯峒曾，进士黄淳耀，起兵嘉定，明礼部尚书徐石麟，平湖总兵陈梧，起兵嘉兴，明典吏阎应元陈明遇，起兵江阴，明佥都御史金声，起兵徽州，有几个是通表唐王，遥受封拜，有几个是近受鲁王节制，还有明益王朱由本据建昌，永宁王朱慈炎据抚州，明兵部侍郎杨应麟据赣州，各招五岭峒蛮，冒险自守等语。螳斧虽不足当车，然皆为故明宗室遗臣，不谓无志，故每条上皆系以明字。多尔衮皇然起立道："这么，这么！起兵的人，东数支，南数支，看来东南一带，是不容易到手了。"范文程道："爝火之光，何足以蔽日月？总教天戈一指，就可一概荡平。"多尔衮道："英豫二王，甫命还朝，不便再发，现在驱遣何人？"文程道："莫如洪老先生。他能文能武，请他督理南方军务，定能奏效。"承畴闻言，谦逊一番。多尔衮不允，承畴方唯唯听命。既作贰臣，何必强辞？拟令贝勒博洛，仍驻杭州，贝勒勒克德浑暨都统叶臣，出守江南。三人议定，便照例奏请，即于次日下旨。承畴以下，除博洛在杭外，各奉命去讫。

越宿复下一谕，令海内军民人等，薙发易服，违者立斩。原来清帝入关，政从宽大，薙发与否，暂听民便，此次谕下，怕死的人，哪个敢以头易发？自然奉旨遵行。是时江南使臣左懋第，尚羁居北京太医院，他的随员艾大选，也遵旨薙发，被懋第杖死。多尔衮闻了此事，命懋第弟懋泰进去诘责。懋第正色道："汝乃满清降官，何得冒称吾弟？"叱出懋泰，懋泰回报多尔衮，多尔衮亲自提审，懋第直立不跪。多尔衮喝令跪下，懋第道："我乃天朝使臣，安肯屈膝番邦？"多尔衮道："汝国已亡，汝主已戮，尚有何朝可说？"懋第道："大明宗支，散处东南，一日不尽，一日不亡，就使绝灭，我是明臣，甘为明死，要杀就杀。"多尔衮道："汝已食清粟一年，还得自称明臣么？"懋第道："汝夺明粟，无理已甚，反说我食清粟，真是强横！"可杀不可劫，确是纯儒。多尔衮道："你何故杀你随员？"懋第道："我杀随员，与你何干！"多尔衮道："你为何不肯薙发？"懋第道："头可断，发不可断。"如闻其声。多尔衮道："好个倔强的男子！"颇识英雄。语未毕，左侧闪出一人道："懋第为崇祯帝来，可饶命，为福王来，不可饶命。"懋第怒

目道："你是大明会元陈名夏，有何面目敢来插嘴？你怕死，我不怕死。"多尔衮道："你不怕死，就令你死。"命左右推出宣武门外处斩。懋第已死，多尔衮暗暗叹息道："明朝的臣子，如此忠义，恐怕中原是未能平定呢。"

不言多尔衮担忧，且说清贝勒勒克德浑率兵南下，沿途所经，多望风迎降。苏州巡抚王国宝，松江提督吴兆胜，吴淞总兵李成栋，统遣使奉书，愿效麾下。勒克德浑用以汉攻汉的计策，令降臣前驱，出兵略地。到了常州，击败松江水师黄蜚、吴志葵，进略昆山，战胜王佐才，旁陷崇明，又破了荆本彻，乘胜到嘉定，围攻数日。偏这侯峒曾、黄淳耀二人，激厉兵民，死守不下。那时为虎作伥的李成栋，运到大炮数尊，接连攻城，守兵犹随缺随修，毫不退怯。可奈天意偏不令固守，一阵阵的大雨，似倾盆的下来，雨过炮发，随处崩陷，成栋引着清兵，一拥入城。侯、黄二人，犹率死士巷战，自朝至暮，峒曾力竭，挈二子投水死。淳耀入僧舍自缢死。城中尚有未死的兵民，被成栋下令屠戮。今日屠，明日屠，后日又屠，接连三天，共死了数万人，遍地皆血肉了。成栋之肉，其足食乎？幸亏勒克德浑檄成栋攻松江，方才罢手，率兵离城。后人称为嘉定三日屠，便是这场惨剧。

成栋既离了嘉定，便与清将马喇希恩格图会合，进袭松江，松江系沈犹龙把守，成栋恰想出一条赚城计，令兵士伪作汉装，冒充黄蜚、吴志葵军，黄夜叩城。犹龙堕入狡谋，开城放入。成栋饬兵士乱杀乱斫，并一阵乱箭，射死了沈犹龙。松江既陷，成栋复出师攻江阴，正在发兵，忽有清兵入报，将黄蜚、吴志葵二人，由金山获到。看官！你道这吴、黄二人，如何被获呢？原来吴、黄二人，自常州退至松江，被马喇希恩格图，分兵追袭，连战连败，船既被焚，身亦遭擒。成栋恰视为奇货，竟带了二人至江阴。暗伏下文。江阴故典史阎应元，夙谙兵法，为城中士绅推举，一意抗清，清将军勒克德浑，曾遣降将刘良佐往攻。那城上的守具，一是毒矢，一是火砖，一是木铳，毒矢射人即死，火砖着人即燃，木铳中储火药，投下时，机发木裂，火药猛爆，所当立靡，这都是阎应元监工造成，用御敌军。良佐的部兵，围攻数日，多烧得焦头烂额。良佐想得一法，用牛皮帐遮蔽兵士，令之穴城，不意城上掷下巨石，牛皮洞穿。良佐复将牛皮帐作三层，用九梁八柱，架将起来，挡住巨石。那时城上恰用烧滚的桐油，拨将下去，帐篷又破。良佐正急得了不得，李成栋已到，率生力军去猛扑一番，也被守兵击退。成栋大

怒，将黄蜚、吴志葵，推至城下，令他劝降。读至此，始知成栋用意。黄、蜚缄口无言，还是吴志葵说了数语。应元答道：“大明有降将军，无降典史。”降将军听着。良佐亦拍马向前，遥语应元道：“区区江阴，宁能久守，若变计降清，爵位不在良佐下，请足下三思！”应元道：“大明养士三百年，不料出汝等侯伯，毫无廉耻。应元犹有心肝，宁为义死，不为利生。”言毕，一声梆响，火箭齐发，慌得良佐连忙倒退，拍马而回。黄蜚、吴志葵已被火箭射伤，由军士牵回清营，未儿病殁。会江宁运到大炮数十尊，马喇希恩格图，亦率兵赶到，四面夹攻，守兵死伤无数，仍是抵死勿动。奈老天又连日霪雨，把城堞冲坏数处，守兵防不胜防，竟被清兵攻入后门。应元血战一场，身中数箭，乃下马投入水中。清兵追至，将应元曳出，牵至刘良佐、李成栋前，应元骂不绝口，遂被杀。陈明遇举家自焚，满城男妇，无一降者。李成栋又倡议屠城，将城内外居民，一一杀讫，尸如山积，共计城内死九万七千余名，城外死七万五千余名。后来江阴遗民，只有五十三人，躲避寺观塔上，方得保全。自从清兵南下，杀戮最惨的地方，扬州、嘉定以外，要算江阴。坚强不屈的好男儿，要算故典史阎应元。大书特书。小子曾记江阴城楼，有阎典史绝笔一联云：

八十日带发效忠，表太祖十七朝人物。
十万人同心死守，留大明三百里江山。

欲知以后情事，且看下回分解。

弘光帝之死不足惜。四镇中有黄得功，使臣中有左懋第，临难捐躯，足为南朝官吏留一气节。至鲁王监国，唐王称帝，故明遗老，多投袂而起，力图规复，事虽不成，志实可嘉。阎典史以区区微官，死守孤城八十日，尤见忠诚。本回直叙事实，而详略不同，亦费斟酌。

第十六回　南下麾兵明藩覆国
西征奏凯清将蒙诬

却说江阴被陷，明遗臣已亡了一半，只有宜兴、太湖、吴江、徽州等处，尚有抗清的明臣。至是势孤力危，眼见得要保不住了。宜兴的瑞昌王盛沥，是由卢象观拥戴，象观谋潜袭南京，密约城内同党，作为内应；适洪承畴到江南，搜出奸细，设伏城外，待象观率兵到来，伏兵四起，把象观的兵，杀得七零八落，连瑞昌王也遭擒戮。只象观夺路乱窜，奔投葛麟王期昇，象观方到太湖，清降将吴兆胜，已奉洪承畴命令，率兵踵至。两下打了一仗，葛麟王期昇的兵舰，统被清兵火箭射入，随风延烧，葛王等跃岸逃去。通城王盛澂，已随了火德星君，归位去了。又亡了两个明宗室。

吴兆胜又进攻吴江，途中遇着吴易伏兵，杀得大败亏输，失去兵船二十艘。当贝勒博洛，自杭州北还，击败徐石麟于嘉兴，逐走陈梧于平湖，沿途略地，直至吴江，遇着吴兆胜败军，与之联合，再攻吴易。吴易总道兆胜败走，不复防备，谁知清兵四面分攻，炮击火燃，将吴易军舰，烧得一只不留。

江南民兵，至此已尽，洪承畴遂遣都统叶臣，总兵张天璜，进攻徽州。故明佥都御史金声，方招募义勇，分驻要塞，联络故巡抚邱祖德，职方郎中尹民兴，推官温璜吴应箕等，互为援应，并遣使通表福州。是时唐王在福州称帝，年号隆武，接阅金声奏牍，喜不自胜，命他为右都御史，兼兵部右侍郎，总督诸道兵马。金声亦感激图报，取旌德，拔宁国，声威颇振。怎奈人心未死，天意难违，节守忠操，行不让乎孤竹，志图规复，事更棘于匡山。

清兵从间道入丛山关，直趋绩溪，绕出金声背后，金声急麾兵回援，正与清兵相持。忽来了贼心贼肝的黄澍，口口声声，说要恢复大明，金声道他是故明臣子，可共患难，不意他竟暗通清将，乘夜开城，放入清兵。一班遗老，被杀被擒，只逃脱一个尹民兴。内中有个江天一，系金声高足弟子，同时被清兵擒住，见了承畴，说承畴是个死人，竟将崇祯帝祭承畴文朗诵起来。身虽临危，语总快意。承畴听得面红耳赤，不禁老羞成怒，将擒住的人，一一斩讫。

此时建昌抚州，已被清降将金声桓，率兵攻克。益王朱由本、永宁王朱慈炎俱窜死。长江上下游略定，捷报纷纷到京，提心吊胆的摄政王，又稍稍称快。只鲁、唐二王，尚踞浙闽，不得不再行进攻。意欲遣豪格前去，适流贼张献忠，盘踞四川，任情屠掠，难民流徙他处，纷纷泣吁清廷。多尔衮遂趁这机会，命豪格为靖远大将军，不如加他绿头巾。令偕平西王吴三桂等西略四川。浙闽的军事，仍令博洛前行，封他为征南大将军，偕都统图赖，贝子屯齐，南下杭州。

小子不能并叙，只好先叙博洛南下事：博洛奉命南下，仍到杭州，闻鲁、唐二王，自相水火，不觉大喜。看官！你道这鲁、唐二王，何故相仇呢？唐王是叔，鲁王是侄，唐王欲鲁王退就藩属，尝遣使赍饷银十万两，犒劳浙东军士，鲁王不纳。这饷银却被方国安劫去，强盗行为，何知礼义？浙、闽遂成仇敌。博洛闻此消息，正好乘隙进攻，渔人来了。率兵渡钱塘江涉江将半，东南风起，来了一只乘风鼓浪的大舰，舰首立着一位盔甲鲜明的主将，正是故明兵部尚书张国维。特为表暴。两下麾众抟战，不一时，博洛的坐船，被明军击了一个大窟窿，惊驶回岸，清兵亦相率奔回，登岸返城。国维乘胜至城下，竭力攻打，忽报方国安拥了鲁王已至东岸，国维只得退回迎驾，暂时休息。可巧马士英、阮大铖二人，亦奔到国安营，国安与他臭味相投，便在鲁王面前，力为保荐，又要这两贼来送浙东了。又请调国维守义乌。国维一去，清兵遂运舟载炮，大举渡江。国安不敢力拒，亟挟鲁王遁回绍兴。清兵渡江而进，国安大恐，马、阮二人，遂劝他降清，且嗾执鲁王以献。幸亏鲁王察觉，单身走脱，至石浦，遇着故定西侯张名振，航海东去。方国安竟率马士英、阮大铖等，赴清营投降。

大铖复导清兵进攻金华，金华城守未坚，被清兵用炮轰入，杀戮甚惨，故明大学士朱大典阖门殉节。转攻义乌，张国维抵死守御，无如势孤力弱，

饷匮兵虚，相持数日，渐渐支撑不住。国维知不可为，遥望江南，拜别明陵，作了绝命诗三章，投水而死。浩气千秋。清兵遂入义乌，进拔衢州，明知府伍经正等皆死节。浙东已定，博洛遂下令移师福建，眼见得唐王也保不住了。唇亡齿寒。

且说唐王据守福建，颇思振作，不似弘光帝的昏庸，宫内也没有什么嬖宠，只有王妃曾氏，知书达礼，好算一位贤内助。当时长江下游的民兵，统已沦亡，只杨廷麟尚固守赣州，受唐王封为兵部尚书，又有故湖广总督何腾蛟，收降李闯余众，与湖南巡抚堵胤锡，上书唐王，力谋恢复。唐王封腾蛟为定兴伯，兼东阁大学士，胤锡为兵部右侍郎，兼右佥都御史。

腾蛟请唐王移都湖南，被郑芝龙等所阻。芝龙系海盗出身，崇祯初，始投降明朝，代平海寇，明朝擢封为南安伯。他仗着拥戴功劳，握了重权，挟制唐王。唐王无奈，命大学士黄道周出关募兵，为扈卫计。道周手无寸铁，只带着幕客数员，闲关跋涉，直抵婺源。偏这洪承畴侦悉行踪，竟遣兵袭击中途，将他截获。那时忠诚贯日的黄道周，怎肯做承畴第二？迫降不允，但从容赋诗，书绝命词于衣带间。临刑这一日，过东华门，立住不走，向监斩官道："此处与高皇帝陵寝相近，便是道周死地，不必他去。"监斩官怜他忠烈，就在东华门外行刑，幕下士赖雍、蔡绍谨、赵士超等皆从死。

唐王闻道周殉难，痛哭一场，决意冒险赴湘，自福州出发，直至延平。其时杨廷麟亦遣使迎驾，怎奈郑芝龙嗾使军民，劫王留闽，自愿出关拒敌。唐王行推毂礼，送他出关。他一到关前，适洪承畴遣使招降，许他侯爵，他遂假托海寇入犯，须往备御，拜疏即行。何不叫唐王再行推毂礼。守关将士，多随了芝龙前去，仙霞岭二百余里，空无一人。清贝勒博洛遂自衢州出发，率兵过岭，长驱入关。方国立、马士英、阮大铖三人，引导入金衢，未得褒赏，怏怏失望，有不愿随行的意思。清兵迫令速行，大铖稍为迟慢，被清兵推入崖下，脑裂身死。该死久了。国安、士英，随至建宁，密议通闽，被博洛搜出私书，将二人双双斩首。好为崇祯弘光出气。

博洛既陷了建宁，直指延平，唐王闻报大惊，急召左右商议，延平知府王士和请唐王速奔汀州，唐王欲士和扈跸，士和道："臣有守城责，当与城存亡，只求圣驾无恙，臣死亦瞑目了。"于是唐王急挈了曾妃，并拥十余簏残书，仓皇出走。是梁湘东一流人物。士和闻清兵将到，亦麾众出避，自己退

入内署，整冠自缢。清兵入城后，复西追唐王。唐王奔至汀州，从骑已多半溃散，只有故总兵姜正希，率兵来卫，方得入城守御。清前锋统令努山，阅七日始抵汀州城下，正希出战不利，退回城中。忽报城西有明军数百名，竖帜前来，正希只道是遗老入卫，开城相应，谁料来者都是敌兵，急忙挥众抵敌，已是不及。那时清兵蜂拥入城，霎时间已将唐王曾妃等掳去。正希还思截夺，可奈箭如飞蝗，不能上前，部兵多被射伤，只得遁走。清兵掳了唐王等，东渡九泷江，渡将半，忽听得一声呜咽道："陛下宜殉国，妾先去了。"清兵忙各注视，见曾妃已跃入水中，捞救无及，只落了汪汪碧水，渺渺贞魂。贤哉曾氏，不愧知书达礼。曾妃已死，清兵监守愈严，唐王屡思自尽，苦无觅死地，遂想了一个绝粒的法子，沿途不食半菽。连寻死也要用计，可怜可叹。既到福州，城内外已统是清兵扎驻，贝勒博洛早袭占福州了。努山牵唐王见博洛，博洛也不细问，令幽系别室。这唐王已槁饿数日，奄奄垂尽，是夕便滴下血泪几许，长叹一声，瞑目而逝。福唐桂三王中，还算唐王死得明白。博洛分兵下漳泉诸郡，闽地尽为清有。郑芝龙即奉表降清，独芝龙的儿子成功，前蒙唐王赐姓，封为御营中军都督，受明厚恩，不肯携贰，竟约了郑鸿逵、郑彩，出奔海岛去讫。犁牛之子骍且角。博洛在闽休养数天，尚想发兵下赣，嗣接到洪承畴咨文，说已遣降将金声桓，攻拔吉安及赣州，明守将杨廷麟投水自尽，江西郡县已次第肃清了。杨廷麟殉节事，于此处叙明。博洛遂拜本告捷，静待后命。

话分两头，且说清肃亲王豪格偕平西王吴三桂，发兵西行，到了陕西，适明旧将孙守法、王光恩、武大定、贺珍等，起兵兴安、汉中，进踞西安。豪格令总督孟乔芳和洛辉，率兵攻破西安，连下兴安、汉中，孙守法等遁走，遂留贝子满达等，搜陕西余孽。自与吴三桂进军四川，此时四川人民，已被张献忠杀死大半。献忠自得四川后，僭号大西国王，无一日不杀人民，将卒以杀人多少论功，小孩多被蒸食，妇女被掳，令部众轮流奸淫，并割下弓足，聚成一大堆，号称莲峰。缠足妇女其听之！伪府中养獒数千，部下朝会，必纵獒使嗅，被嗅者立斩，叫作天杀。又立出一种剥皮刑，皮未剥尽，其人已死，就将司刑的人，剥皮抵罪。伪都督张君用、王明等数十人，杀人最少，即加剥皮刑，并屠全家。自古以来，无此残贼。因此兵民交愤，常欲暗杀献忠。献忠闻知，不问谁何，一意屠戮；复尽毁成都宫室，拆去城墙，自率

部众出川北，欲尽杀川北守兵。伪将刘进忠遁入陕西，到汉中遇着清兵，下马乞降，愿为向导。豪格遂令进忠前行，部兵后随，日夕催趱，直达四川西充县界，扎下营盘，饬前哨往探。回报献忠正在西充屠城，豪格立命拔营，到了凤凰山，正值漫天大雾，晓色迷濛，遂即逾山前进。适献忠屠尽西充，麾众出城，两下相遇，被清兵冲杀过去，一阵乱劈，献忠不知清兵多少，还拿着杀人的手段，左抵右挡。霎时间日光微逗，大雾渐开，献忠左右四顾，手下所剩无几，连义子孙可望、刘文秀、李定国等人都不知去向，此时方着急起来，大吼一声，杀开血路，望西而走。献忠嗜杀人粗莽可知，故作者又另具一种叙法。清章京雅布兰见献忠脱逃，忙抽弓搭箭，觑住献忠头颅，射了过去，一声喝着，献忠已翻身落马。雅布兰即纵马上前，拔刀去杀献忠，清兵踊跃随上，刀斩枪戳，把这穷凶极恶的剧贼，菹为肉酱。不足偿川民之命。豪格遂分兵四剿，计破贼营百有三十,四川略定。

吴三桂忙向豪格贺喜，偏这豪格闷闷不乐。三桂问故？豪格只是不答，反滴下几点泪来。三桂越加动疑，只是呆看豪格。迟了半晌，方见豪格答道："兔死狗烹，也是常事，但我又不在此例。"三桂惊异道："莫非功高招忌么？"豪格叹道："并非功高招忌，乃是色上有刀。"说至此，又复停住。三桂已是猛悟，不敢再提此事，另说拜本奏捷等情。豪格道："劳你嘱咐文稿员，办一奏折便了。"写尽豪格牢骚。三桂应声退出，饬缮奏疏，与豪格联衔报捷。

过了一月，谕旨已下，命豪格还朝，留吴三桂镇守汉中，特简总兵李国英为四川巡抚，豪格就把一切政务，交与李国英，自偕吴三桂回至汉中，复与三桂话别。临别时握三桂的手道："汝宜保重！咱们恐不复相见了。"断头语。三桂劝慰一番，并托豪格寄书家中，择日迁移家眷。沅姬有福，豪格可怜。豪格应允，就带了本旗人马，回京复命。

顺治帝御殿慰劳，赐宴回邸。征夫远归，陌头宜慰，谁知香衾未稳，缇骑忽来，蓦地将豪格牵入宗人府，缚置囹圄，说他克扣军饷，浮领兵费。豪格欲上书辩诬，偏偏被上峰阻抑，好似哑子吃黄连，说不尽的苦恼。又闻得福晋博尔济锦氏，竟日夜留住摄政王府中，原来为此。那时羞愤交并，免不得恹恹成病。不到一月，把生龙活虎的英雄，变作了骨瘦形枯的病鬼。

是时郑亲王济尔哈朗，英亲王阿济格，统纷论摄政王的过失，连他兄弟

多铎，也有后言。弟偎红，兄亦倚翠，何庸后言？不意贝子屯齐，竟讦告郑亲王罪状，有旨革去亲王爵，降为郡王，罚银五千两。英亲王张盖午门，又犯大不敬的罪名，亦降为郡王。豫亲王把黄纱衣一袭，赠与吴三桂子应熊，复说他私馈礼物，罚银二千两，这几个豪贵勋戚，为了细故，或贬或罚，还有何人敢忤摄政王？自然人人吹牛，个个拍马，今日一本奏疏，说是摄政王如何大功，宜免跪拜礼，明日又上一本奏疏，说是摄政王视帝如子，帝亦当视王如父。此时顺治帝不过十余龄，外事统由摄政王主持，内事都由太后吉特氏处置，这数本奏折呈入太后眼中，不由的满怀欢喜，就降下两道懿旨，一道是说摄政王勋劳无比，不应跪拜，着永远停止，一道是说叔父古称犹父。此后皇上宜尊摄政王为皇父。名足副实。从此摄政王多尔衮，毫无拘忌，凡宫中什物，及府库财帛，随意挪移，太后尚赐他禁脔，遑论什物财帛。日间在宫与太后叙旧，夜间在邸，与肃王福晋取乐，好算是清皇亲内第一个福星了。小子曾有一诗为豪格呼冤云：

欲加之罪岂无辞；缧绁横施不自知。
为语人休贪艳福，由来祸水出娥眉。

欲知后事如何，且待下回续叙。

南中义旅，屡仆屡兴，其弊在散而无纪，涣而不群。唐，鲁二王。以叔侄之亲，亦自相水火，独不思辅车相依，唇亡齿寒。曩令戮力同心，共图兴复，则清将虽勇，亦多属酒色之徒，岂必不可敌者，乃满盘散沙，不值一扫，鲁王遁，唐王俘，东南遗老，大半沦亡，宁不可恫？若张献忠之残虐，自古罕匹，史称川中人民，被杀亦万万有奇，天道好生，胡不早为诛殛，而必假手于清军耶？清豪格为明诛马阮，复为川民戮献忠，系清帅中之最得人心者，乃偏令其衅起帷房，不得其死，天耶人耶？帝阍何处，欲问无从，读本回，令人感叹不置。

第十七回　立宗支粤西存残局
殉偏疆岩下表双忠

且说明唐王败没后，其弟聿𨮁，逃至广州，故明大学士苏观生等，倡议兄终弟及，奉聿𨮁为帝，改年绍武，招海上，徐、马、郑、石四姓盗魁，授为总兵，又去招安海盗，太属不鉴覆辙。冠服不及裁制，就假诸优伶，暂时服用。正是一班优孟，可笑！同时肇庆恰拥立桂王由榔。桂王系明神宗孙，世封梧州，由故明兵部尚书丁魁楚，及兵部侍郎瞿式耜，迎驾劝进，改年永历，颁诏湖南云贵等省。湖广总督何腾蛟，与湖南巡抚堵胤锡，奉诏称臣，愿为拥护。那时桂土恰遣给事中彭耀，主事陈嘉谟，敕谕广州，令聿𨮁退就藩王礼，并与苏观生争叙伦次，断断抗辩，恼得观生性起，将彭、陈二人杀讫，即日发兵攻肇庆，令番禺人陈际泰督师。桂王亦遣兵部林嘉鼎，率兵赴三水拒敌。比闽、浙情形，又降一等。这陈际泰用了诱敌计，杀败林嘉鼎，乘势薄肇庆，亏得瞿式耜督兵至峡口，力御际泰，肇庆方安。

观生得了捷报，不由的意气扬扬，大作威福。小胜即骄，何足成事？忽闻清降将李成栋，奉贝勒博洛命，由闽趋粤，连下潮州惠州，观生尚毫不在意。过了数日，城外炮声四起，始出署探望，蓦见清兵已拥进东门，急忙召兵持战。仓猝调遣，哪里还来得及？就使来了几个兵卒，也统做了无头之鬼。观生没法，逃至给事中梁鍙家，邀鍙同死。鍙佯为应诺，分室投缳，观生已直挺挺的悬在梁上，梁鍙恰慢腾腾的踱出房中，妙对。当即解下观生尸首，献与清军，复导清军追擒聿𨮁。观生以此等人为友，安得不死？聿𨮁用此等人

为臣，安得不亡？聿镈被获，清卒仍照常馈食。聿镈道："我若饮汝一勺水，何以见先人于地下？"挥去食具，夜间乘守卒不备，即解带自缢。与乃兄聿键相似，可谓难兄难弟。

成栋既得广州，分兵攻高雷各州，自督军进攻肇庆。此时瞿式耜尚在峡口，即奏请增兵，决一死战。偏偏桂王左右，有个司礼监王坤，只劝桂王西走。丁魁楚也附和王坤，遂不从式耜言，连夜出奔。式耜闻信，急回军挽驾。到了肇庆，闻桂王已西去数日；驰至梧州，又闻桂王已奔平乐；及抵平乐见桂王，那时肇庆梧州，统已失陷。复由王坤倡议，转走桂林。式耜想出言劝阻，转思桂林通道湖广，可与何腾蛟相倚，亦非无策，乃扈驾前行。

独丁魁楚迟迟不发，密遣人至成栋处求降，比王坤且不如。数日未得回音，只得收拾财帛，挈领妻妾子女出城。城外雇了四十号船，装载眷属及行李，一帆风顺，直达岑溪，巧与成栋船相遇，魁楚便投刺请谒，总道成栋以礼相待，既过了成栋船，但见成栋端坐不动，忽一声拍案道："左右与我拿下这匹夫！"魁楚尚欲有言，可奈两手已被反缚。又见有数十人绑缚过来，仔细一望，不是别人，正是自己的娇妻美妾，宠子爱女，不由的心如刀割，忙即跪下，哀求饶命。晚矣晚矣！成栋道："你的主子，哪里去了？"魁楚道："已去桂林。"成栋道："你为何不随去？"魁楚道："闻得将军到此，特来投诚。"成栋道："我处却不容你贪诈的贼子。"魁楚道："魁楚并没有什么贪诈？"成栋笑道："你不贪诈，哪里有许多金帛？你今不必狡赖，吃我一刀便了。"魁楚哭道："愿尽献船中所有，赎我老命！"早知命重财轻，何必贪财坏命？成栋道："你的金帛，已在我处，还劳你献什么？"魁楚大哭道："愿乞一子活命！"成栋不由分说，喝令左右，将魁楚子斩讫，接连又将他妻女斩讫，妾四人斩了两个，留了两个。以两妾代一子，总算成栋有情，然被人受用，何如尽付刀下？魁楚吓得魂飞天外，跌倒船中，砉然一声，化为两段。可为贪诈者鉴。

成栋既杀了魁楚，即入据平乐，越宿复进攻桂林。桂王闻报大恐，适武冈镇将刘承胤，奉何腾蛟命，率兵到全州。王坤复请桂王往投，式耜苦谏不从，自愿留守桂林，桂王乃命麾下焦琏为总兵，助式耜守城，当偕王坤等走全州。不二日，清兵已到桂林城下，总督朱盛浓，巡按御史辜延泰，皆杳如黄鹤，只式耜仗着一片忠心，激厉将士，由焦琏带领出城，与清兵连战两昼

夜。式耜亦出城督阵，再接再厉，连却清兵。及回城后，苦乏库帑，将夫人邵氏的簪珥，尽行取出，充作军饷。守兵感激涕零，誓杀退清兵。是夕，即捣入清营，人自为战，把清兵杀得落花流水，弃甲而逃，当即追赶数十里而回。越是拼命，越是得生。

式耜又命焦琏收复平乐梧州，遣人至桂王处报捷。时桂王已至全州，镇将刘承胤开城出迎，起初尚未尽礼，后来渐渐跋扈，自称安国公，党羽爪牙，统封伯爵，将司礼监王坤，逐出永州，王坤该逐，只是桂王吃苦。且扬言清兵将至，瞿式耜已降清，迫桂王徙武冈州。既到武冈，承胤愈加专恣，桂王不堪胁迫，密遣人求救于何腾蛟。是时清廷正命孔有德为平南大将军，偕耿仲明、尚可喜等，进兵湖南，所向皆克。腾蛟麾下的镇将，或遁或亡，连腾蛟也不能抵御，自长沙走衡州，堵胤锡亦出走永定卫。清兵连拔长沙湘阴，进薄衡州，腾蛟又自衡奔永，寻又被清兵追逼，直走白牙市。途次接桂王密函，匆匆走谒。桂王与他密议良久，怎奈腾蛟只赤手空拳，没有能力可除承胤。适赵印选、胡一青两将从赣州到武冈，桂王乃命二将隶属腾蛟，密令后图。腾蛟领命，辞还白牙，途次被承胤党羽围住，亏得赵、胡两人，前护后拥，杀出重围。既还白牙市，闻瞿式耜战胜桂林，并规复广西全省，遂徒步往依。到了桂林，与式耜相见，情投意合，稍稍安心。寻闻刘承胤已降清兵，武冈被陷，免不得一番惊惶，式耜愈加着急。嗣探得桂王已潜走象州，乃联名奏请还驾。至桂王已回桂林，即开了一番会议，命湘粤诸将分路出守，互相接应，诸将领命去讫。

这清将军孔有德，降了武冈，进拔梧州，正拟入攻桂林，忽闻金声桓、李成栋统已附明，江西、广东两省，复为明有，不觉大惊，忙引兵趋还湖南。途中已接到促归的上谕，别命尚可喜、耿仲明移师救江西，他乐得半途歇舵，匆匆北上去了。

单说金声桓本左良玉部将，清师南下，声桓自九江趋降，清廷授声桓为总兵，令取江西全省。江西已定，声桓自恃功高，欲升巡抚，不意清廷却简任章于天抚赣，一场大功，化作流水，免不得怏怏失望，密与党羽王得仁，拟通款永历。事尚未发，被巡按御史董学成察悉，告知章于天。声桓得此消息，索性一不做，二不休，令王得仁闯入抚署，杀了学成，缚住于天，迎在籍故明大学士姜曰广入城，号召全省，通表桂王，又做那故明臣子。反复小

人，不足道也。

此事传到广东，广东提督李成栋，与声桓的境遇，大略相似。成栋本高杰部将，以徐州降清，奔走东南，屡作功狗，自桂林败退后，又击死明遗臣陈邦彦、张家彦、陈子壮等，还扎广州，未沐重赏，总督佟养甲，复遇事抑制，忿懑的了不得。一日，接到金声桓密函，约他反正，他尚踌躇未定；是夕，入爱妾珠圆室，闷闷不乐。这珠圆是云间歌伎，被成栋掳掠得来，宠号专房，一双慧眼，煞是厉害，窥破成栋情形，即喁喁细问。成栋将声桓密函，递与一阅。珠圆阅毕，便问成栋道："据将军看来，反正的事情，应该不应该？"成栋沉吟不语。珠圆道："清朝是满族，我辈是汉人，为什么帮了满清，自戕同种？妾看反正事情，极是正当办法。况将军曾为明臣，如何甘降异族？妾实难解。"这妇人大有见识，与陈圆圆判若天渊。成栋不觉起立道："看你不出，你却有这番议论，我非无意反正，但恐反正后，清兵到来，胜负难料，万一战败，如卿玉质娉婷，也恐殃及。"珠圆也起立一旁，柳眉微蹙道："将军为妾故，甘心遗臭，这反是妾累将军，妾请即死，以成将军之志。"言毕，将成栋身上的佩剑拔出，刺入颈中。成栋连忙拦阻，已是血溅蛸蛴，遗蜕委地，遂抱尸大哭一场，随说道："女子，女子，是了，是了！"煞是可佩！遂取了前明冠服，对着珠圆的尸首，拜了四拜，该拜。命即入殓。

次晨，令部兵齐集教场，声言索饷，佟养甲出城抚辑，成栋劫养甲叛清，一面传檄远近，一面上表桂王。此报一传，四方骚动，蜀中故将李占春，及义勇杨大展等起兵，分据川南、川东，张献忠余党孙可望、李定国等，率众据云南、山西，大同镇将姜瓖据山陕，皆上表桂王，愿为臣属。何腾蛟复自桂林出发，乘湖南空虚，攻克衡、永各州，联络湖南诸镇将。鲁王以海，亦遣张名振等进略闽、浙海滨。风云变色，斥骑满郊，弄得清廷遣将调兵，非常忙碌。

当由摄政王多尔衮，大开军事会议，以汉将多不可恃，应派亲贵重臣，分地征剿。遂命都统谭泰为征南大将军，同着都统和洛辉，自江宁赴九江，会了耿仲明、尚可喜，专攻江西、广东，复济尔哈朗亲王原爵，封勒克德浑为顺承郡王，会了孔有德，专攻湖南、广西，连孔、耿、尚三王，亦差亲贵监守，真是严密得很！进博洛为端重郡王，尼堪为敬谨郡王，令攻大同，吴三桂、李国翰等，分征川陕，洪承畴仍留镇江宁，经略沿海各地。大兵四出，昼夜不停。

谭泰等到了江西，连拔九江、南康、饶州诸府，直达南昌省城。金声桓方攻赣州，闻报急返，谭泰令精兵四伏，另率羸卒诱敌，遇着声桓前队，一战便走。声桓驱兵前进，到了七里街，伏兵尽起，四面放箭，将声桓射下马来。清兵正上前来杀声桓，忽闪出一员丑将，面目漆黑，发具五色，手执一柄大刀，盘旋左右，把清兵吓得个个倒退。眼见得声桓被救，走入城中。这丑将尚与清兵酣斗一场，从容回城。清兵探得丑将姓名，就是王得仁，因呼他为王杂毛。谭泰命军士用锁围法，掘濠载版，遍筑土垒，为久攻计。声桓大窘。王得仁请出袭九江，断敌饷道，声桓不从，只遣人缒出城外，向李成栋处求救。谁知待了月余，杳无音信，城中粮食又将告尽，不由的紧急万分。

这王杂毛日夕巡城，始终不懈，清兵怕他厉害，不敢猛攻。可巧城东武都司署内，有一年轻女子，身容窕窈，楚楚动人，被王杂毛窥见，即到都司署求为继室，不由武都司不肯，巧凤随鸦，难为都司女。克日成婚，大开筵宴。自金声桓以下，都去贺喜，不是贺喜，直是贺死。各尽欢而散。居围城中，有何欢喜？大约都是祈死。三更将尽，城外炮声大震，声桓亟登陴探视，见清兵群集得胜门，忙率众抵御，不料有清兵一队，暗从进贤门缘梯而上，城遂陷。声桓率众巷战，身中两箭，旧时的箭疮复发，遂投水死。姜曰广亦赴水自尽，清兵即搜剿余众，到了王杂毛署内，还是闭门高卧。此时王杂毛想尚在研究箭法。当即斩门而入，猛见王杂毛裸体出来，清兵晓得厉害，一阵乱箭，把杂毛身上，插成刺蝟一般，可怜这武都司女，亦死于乱军之中。箭尚不怕，何惜开刀。原来清兵已侦得王杂毛娶妇消息，先数日故意缓攻，到了杂毛娶妇这一夕，始下令攻城，却又佯攻得胜门，暗令奇兵从进贤门入，遂得了南昌城。

南昌既下，进趋赣州，赣州守将王进库，本未归明，前时金声桓攻赣，进库伪称愿降，只是诱约不出。后来声桓向粤乞援，李成栋亦越岭来攻，进库仍用老法子，去赚成栋。成栋还军岭上，嗣因进库背约，复大举攻赣，进库乘其初至，突出精骑拒战，击退成栋。成栋走信丰，清兵由赣州南追，警报达成栋左右，佥议拔营归广州。成栋不允，部下大半亡去。那时成栋进退两难，只命左右进酒痛饮；饮尽数斗，醺然大醉，左右挽他上马，到了河边，不辨水陆，策马径渡，渡至中流，人马俱沉，明时遗臣，多亡于成栋之手，一死不足赎罪，但是有负珠圆。部兵四散，清兵遂进陷广州。

是时清郑亲王济尔哈朗亦率兵下湖南，湖南诸镇将，望风奔溃。何腾蛟

闻警，亟自衡州趋长沙，到了湘潭，探悉清兵将到，遂入湘潭城居守。城内虚若无人，正想招集溃兵，忽有旧部将徐勇求见，腾蛟开城延入，徐勇带数骑入城，见了腾蛟，低头便拜。拜毕，劝腾蛟降清。腾蛟道："你已降清么？"徐勇才答一"是"字。腾蛟已拔剑出鞘，欲杀徐勇，勇跃起，夺去腾蛟手中剑，招呼从骑，拥腾蛟出城，直达清营。腾蛟不语亦不食，至七日而死。湘、粤诸将，闻腾蛟凶信，多半逃入桂林。桂王复欲南奔，式耜力谏不听，遂走南宁。一味逃走，真不济事。

会清恭顺王孔有德，已转战南下，克衡、永各州，进逼桂林。式耜檄诸将出战，皆不应；再下檄催促，相率遁去。桂林城中，至无一兵，只有明兵部张同敞，自灵州来见。式耜道："我为留守，理应死难，尔无城守责，何不他去？"同敞正色道："昔人耻独为君子，公乃不许同敞共死么？"可谓视死如归。式耜遂呼酒与饮，饮将酣，式耜取出佩印，召中军徐高入，令赍送桂王。是夕，两人仍对酌。至天明，清兵已入城，有清将进式耜室，式耜从容道："我两人待死已久，汝等既来，正好同去，"倒也有趣。便与偕行。至清营，危坐地上。孔有德对他拱手道："哪位是瞿阁部先生？"式耜道："即我便是，要杀就杀。"有德道："崇祯殉难，大清国为明复仇，葬祭成礼，人事如此，天意可知。阁部毋再固执。我掌兵马，阁部掌粮饷，与前朝一辙，何如？"式耜道："我是明朝大臣，焉肯与你供职？"有德道："我本先圣后裔，时势所迫，以致于此。"同敞接口大骂道："你不过毛文龙家走狗，递手本，倒夜壶。安得冒托先圣后裔？"骂得痛快，读至此应浮一大白。有德大愤，自起批同敞颊，并喝左右刀杖交下。式耜叱道："这位是张司马，也是明朝大臣，死则同死，何得无礼？"有德乃止，复道："我知公等孤忠，实不忍杀公等，公等何苦，今日降清，明日即封王拜爵，与我同似，还请三思。"式耜抗声道："你是一个男子汉，既不能尽忠本朝，复不能自起逐鹿，靦颜事虏，作人鹰犬，还得自夸荣耀么？本阁部累受国恩，位至三公，夙愿殚精竭力，扫清中原，今大志不就，自伤负国，虽死已晚，尚复何言。"语语琳琅。有德知不可屈，馆诸别室，供帐饮食，备极丰盛。臬司王三元，苍梧道彭扩，百端劝说，只是不从，令薙发为僧，亦不应，每日唯赋诗唱和，作为消遣。过了四十余日，求死不得，故意写了几张檄文，置诸案上，被清降臣魏元翼携去，献诸有德。有德命牵出两人就刑，式耜道："不必牵缚，待我

等自行。”至独秀岩，式耜道：“我生平颇爱山水，愿死于此。”遂正了衣冠，南面拜讫。同敞在怀中取出白网巾，罩于身上，自语道：“服此以见先帝，庶不失礼。”遵同就义。同敞直立不仆，首既坠地，犹猛跃三下。时方隆冬，空中亦霹雳三声。浩气格天。式耜长孙昌文，逃入山中，被清降将王陈策搜获，魏元翼劝有德杀昌文，言未毕，忽仆地作吴语道：“汝不忠不孝，还欲害我长孙么？”须臾，七窍流血死，但闻一片铁索声。有德大惊，忙伏地请罪，愿始终保全昌文。也只有这点胆量。一日，有德至城隍庙拈香，忽见同敞南面坐，懔懔可畏，有德奔还，命立双忠庙于独秀岩下。瞿张二人唱和诗，不下数十章，小子记不清楚，只记得瞿公绝命诗一首道：

从容待死与城亡，千古忠臣自主张。
三百年来恩泽久，头丝犹带满天香。

式耜一死，自此桂王无柱石臣，眼见得灭亡不远了，容待下回再叙。

何腾蛟、瞿式耜二公，拥立桂王，号召四方，不辞困苦，以视苏观生之所为，相去远矣。梁鋆、丁魁楚、刘承胤辈，吾无讥焉。然何、瞿二公，历尽劳瘁，至其后势孤援绝，至左右无一将士，殆所谓忠荩有余，才识未足者。至若金声桓、李成栋二人，虽曰反正，要之反复阴险，毫不足取，即使战胜，亦岂遂为桂王利？是亦梁鋆、丁魁楚、刘承胤等之流亚也。本回为何、瞿二公合传，附以张司马同敞，余皆随事叙入，为借宾定主之一法，看似夹杂，实则自有线索，非徒铺叙已也。

第十八回　创新仪太后联婚
报宿怨中宫易位

却说清郑亲王济尔哈朗，及都统谭泰两军，俱已奏捷清廷，郑亲王且奉旨还朝，独博洛尼堪，出征大同，尚与姜瓖相持不下，且四处接到警耗，统是死灰复燃的明故官，招集数百人，或千人，东驰西突，响应姜瓖。博洛不得不分兵堵御，一面遣人飞报北京，请速添兵。摄政王多尔衮，竟率英王阿济格等，自出居庸关，拔去浑源州，直薄大同，多时不出风头，想是心中又痒了。与博洛相会。攻扑数日，城坚难下。适京中赍来急报，因豫王多铎出痘，病势甚重，促多尔衮班师。多尔衮得了此信，遣人招姜瓖投降，瓖答以阖城誓死，乃留阿济格帮助博洛，自率军退还。到了居庸关，闻多铎已殁，忙入京临丧。刘三季仍要守孀，大约是个孤寡命。越日，肃亲王豪格亦毙狱中，多尔衮许豪格福晋，往狱殓葬。侄妇葬夫，必由其叔允许，想是满清特别法。又数日，孝端皇太后崩，孝端太后，系顺治帝嫡母，她生平不预政治，所以宫内大权，统由吉特氏主张，此次崩逝，宫廷内应有一番忙碌。惟吉特太后，前时虽握大权，总不免有些顾忌，到此始毫无障碍，可以从心所欲了。伏笔。

多尔衮因太后崩逝，召阿济格还，令贝子吴达海往代。过了月余，始接到大同军报，略称各处叛兵，多半平定，只大同仍然未下。多尔衮未免焦急，再遣阿济格西行。阿济格一到大同，城内已经食尽，守将杨振威，刺杀姜瓖，开城降清。阿济格入城，恨城内兵民固守，杀戮无数，并铲去城墙五尺，当即上书奏捷。朝旨令诛杨振威，即日班师。阿济格奉旨，将杨振威绑

出正法，该杀。随将政务交与地方官，奏凯还朝。

摄政王多尔衮，既接山陕捷音，心中自然舒畅，在邸无事，正好与肃王福晋，朝欢暮乐。偏这摄政王元妃，屡与摄政王反目。醋瓶倒翻了。摄政王看她似眼中钉，气得元妃终日发抖，酿成一种鼓胀病。心病还须心药治，心药难求，心病日重，到了临危时候，欲与摄政王诀别。怎奈贵人善忘，待久不至，那元妃越发气闷，霎时间痰涌而逝。死不瞑目。当时大小官员，得此消息，忙去吊丧。太后亦赠了许多赙仪。两白旗牛录章京以上各官，及官员妻妾，都为服孝，其余六旗统去红缨。发靷这一日，车马仪仗，不亚梓宫。送葬的大员，拟了敬、孝、忠、恭四字，作为元妃的谥法。想又是范老先生手笔。摄政王也无心推究，遂将这四字封赠元妃，算是饰终的道礼。以后继室的问题，不言可知，总轮着这位袅袅婷婷的侄妇了。

丧事已毕，摄政王拟择定吉日，与肃王福晋成婚，成就了正式夫妇。忽来了宫监二人，说是奉太后命，召王爷入宫。摄政王不敢违慢，即随了宫监入见太后。太后屏去宫女，与摄政王密谈半日，摄政王方出宫回邸。是何大事？既到邸中，即着人去请范老先生，又令邀同内院大学士刚林，及礼部尚书金之俊议事。三人应召而至，摄政王格外谦恭，将三人邀入内厅，命左右进酒共饮。饮到半酣，摄政王令左右至外厢伺候，自与范老先生耳语良久。说话时，摄政王面目微赪，范老先生也觉皱眉。刻画尽致，令人费解。语毕，由范老先生转告刚林、金之俊。毕竟金之俊职掌礼部，熟谙仪注，说是这么办，这么办，便好成功。愈叙愈迷。摄政王闻言大喜，即向三人拱手道："全仗诸位费心！"三人齐声道："敢不效力。"次日即由金之俊主稿，推范老先生为首，递上那从古未有的奏议。看官！你道奏说什么话？小子尚记大略。内称皇父摄政王新赋悼亡，皇太后又独居寡偶，秋宫寂寂，非我皇上以孝治天下之道。依臣等愚见，宜请皇父皇母，合宫同居，以尽皇上孝思。伏维皇上圣鉴云云，原来为此，真是从古未有。此本一上，奉批王大臣等议复。郑亲王济尔哈朗等，向知多尔衮厉害，不敢不随声附和。复命礼部查明典礼，由金之俊独奏一本，援引比附，说得尽善尽美。如何援引，如何比附，惜著书人未曾录明。当于顺治六年冬月，由内阁颁发一道上谕，略云：

朕以冲龄践祚，抚有华夷，内赖皇母皇太后之教育，外赖皇父摄政

王之扶持，仰承大统，幸免失坠。今皇母皇太后独居无偶，寂寂寡欢，皇父摄政王又赋悼亡，朕躬实深歉仄。诸王大臣合词吁请，佥谓父母不宜异居，宜同宫以便定省，斟情酌理，具合朕心。爰择于本年某月某日，恭行皇父母大婚典礼，谨请合宫同居，着礼部恪恭将事，毋负朕以孝治天下之意！钦此。

上谕即颁，太后宫内及礼部衙门，忙碌了好几天。到了皇父母大婚这一日，文武百官，一律朝贺，内阁复特颁恩诏，大赦天下。各省风化案，不唯宜赦，还应加赏，金之俊何见不及此？京内外各官加级，免各省钱粮一年。

太后与摄政王倍加恩爱，不必细说，只是摄政王尚忆念侄妇，未免偷寒送暖，嗣经太后盘诘，无可隐讳，不知摄政王如何恳求，始由太后特恩，许为侧福晋。顺治七年春月，摄政王多尔衮复立肃王福晋博尔济锦氏为妃，百官仍相率趋贺。后人曾有数句俚词道："汉经学，晋清谈，唐乌龟，宋鼻涕，清邋遢，"即指此事，唯《东华录》上，只载摄政王纳豪格福晋事，不及太后大婚，闻由乾隆时纪昀所删。

闲文少叙，单说摄政王多尔衮，既娶了太后，又娶了肃王福晋，真是一箭双雕，非常快乐。此外妃嫔，虽尚有一、二十人，多尔衮都视同嫫母，不去亲幸。旁人各自艳羡，无如好色的人，有一种癖病，得了这一个，又想那一个，得了那一个，又想把天下美人，都收将拢来，藏在一室。销金帐里，夜夜试新，软玉屏中，时时换旧，方觉得心满意足。俗语说得好："痴心女子负心汉。"多尔衮也未免要作负心人了。偷汉者其听之！

一日，朝鲜国王李淏，遣使进贡，并呈一奏折，内称："倭人犯境，欲筑城垣，因恐负崇德二年之约，故特吁请，俾免残破之患"等语。多尔衮览了一遍，猛触起一件情绪来，即命朝鲜来使，暂住使馆，候旨定夺。又宣召内大臣何洛会入府，授了密语，到使馆中，与朝鲜使臣相见。两下商议多时，朝使唯唯听命，别饬随员驰禀国王。这国王李淏，前曾入质清朝，因其父李淏殁后，得归国嗣位，深感多尔衮厚恩，此时不得不唯命是从，立命返报。当由何洛会禀知多尔衮，次日即发下朝鲜国奏牍，批了"准其筑城钦此"六字。使臣即奉命而回。著书人又故作秘密，令阅者猜疑。

过了月余，摄政王府内，竟发出命令，率诸王大臣出猎山海关。王大臣

奉命齐集，等候出发。越宿，摄政王出府，装束得异样精彩，由仆从拥上龙驹；一鞭就道，万马相随，不多日，已到关外。此时正是暮春天气，日丽风和，草青水绿，一路都是野花香味，四面蜂蝶翩翩，好象欢迎使者一般。语带双关，非寻常稗官家笔墨。经过了无数高山，无数森林，并不闻下令驻扎，到了宁远，方入城休息。一住三日，亦没有围猎命令。醉翁之意不在酒。诸王大臣纷纷议论，统是莫明其妙。只何洛会出入禀报，与摄政王很是投机。王大臣向他诘问，也探不出什么消息。何洛会捣鬼，著书人亦捣鬼。次日，又下令往连山驿，诸王大臣一齐随行。到了连山，何洛会已经先到，带了驿丞，恭迎摄政王入驿。但见驿馆内铺设一新，五光十色，烂其盈门，把王大臣弄得越发惊疑。我亦越疑。摄政王直入内室，何洛会也随了进去。歇了片刻，始见何洛会出来，招呼诸王大臣略谈原委，王大臣俱相视而笑，阅者尚在梦中，无从笑起。随即偕何洛会同赴河口，迤逦前行。淡光映目，但见岸侧有一大船，岸上有两乘彩舆，舆旁有朝鲜大臣站立，见王大臣至，请了安，便请舱中两女子登陆上舆。两女子都服宫装，高绾髻云，低垂鬓凤，年纪统将及笄，仿佛一对姊妹花。当由何洛会及诸王大臣，导引入驿，下了舆，与摄政王交拜，成就婚礼。诸王大臣照例恭贺，便在驿中开起高宴。这一夕间，巫峡层云，高唐双雨，说不尽的欢娱。

但这两女究系何人？恐阅者已性急待问，待小子从头叙来。这两女子系朝鲜公主，崇德年间，多尔衮随太宗征朝鲜，攻克江华岛，将朝鲜国王家眷，一一拿住，当面检验，曾见有幼女二人，年仅垂髫，颇生得丰姿楚楚。多尔衮映入眼波，料知长成以后，定是绝色。及朝鲜乞盟，发还家属，多尔衮亦搁过不提。此次朝鲜国奏请筑城，陡将十年前事，兜上心来，遂遣何洛会索娶二女，作为允许筑城的交换品。朝鲜国此番筑城，应称作公主城。朝鲜国王无可奈何，只得饬使臣送妹前来。多尔衮恐太后闻知，所以秘密行事，假出猎为名，成就了一箭双雕的乐事。一箭双雕四字，格外确切。住驿月余，方挈了朝鲜两公主入京。此时对了肃王福晋，未免薄幸，多尔衮也管不得许多，由她怨骂一番，便可了事。只太后这边，不便令知，当暗嘱宫监等替他瞒住。

自是多尔衮时常出猎，临行时，定要朝鲜两公主相随。不耐福晋怨骂，所以挈艳出猎，可惜瞒不住阎罗奈何？青春易过，暑往寒来，多尔衮一表仪容，渐渐清减，旦旦而伐之，可以为美乎？只出猎的兴趣，尚是未衰。是年十一月，往喀

喇城围猎，忽得了一种咯血症，起初还是勉强支持，与朝鲜两公主，研究箭法，后来精神恍惚，竟至上床闭着眼，只见元妃忽喇氏，开了眼，乃是朝鲜两公主。多尔衮自知不起，但对了如花似玉的两公主，怎忍说到死字？可奈冥王不肯容情，厉鬼竟来索命，临危时，只对着两公主垂泪，模模糊糊的说了“误你误你”四字。半年恩爱，即成死别，确是误人不少。

多尔衮已殁，讣至北京，顺治帝辍朝震悼。越数日，摄政王柩车发回，帝率诸王大臣缟服出迎。太后未知在列否？奠爵举哀，命照帝制丧葬。帝还宫，令议政诸王，会议睿亲王承袭事。是时已值残腊，王大臣照例封印，暂从搁置。至顺治八年正月，始议定睿亲王袭爵，归长子多尔博承受。只是人在势在，人亡势亡，当多尔衮在日，势焰熏天，免不得有饮恨的王大臣，此次正思乘间报复，适值顺治帝亲政，下诏求言。王大臣遂上折探试，隐隐干涉摄政王故事。唯皇太后尚念摄政王旧情，从中调护，折多留中不发。王大臣探悉此情，复贿通宫监，令将多尔衮私纳朝鲜公主禀白太后。太后方悟多尔衮时常出猎，就是借题取巧，竟发恨道：“如此说来，他死已迟了。”王大臣得了此句纶音，便放胆做去，先劾内大臣何洛会，党附睿亲王，其弟胡锡，知其兄逆谋，不自举首，应加极刑。得旨，何洛会及弟胡锡，着即凌迟处死。要捣媒酱了。

原来顺治帝已十五龄，窥破宫中暧昧，亦怀隐恨，方欲于亲政后加罪泄愤，巧值王大臣攻讦何洛会，便下旨如议。王大臣得了此旨，已知顺治帝隐衷，索性推郑亲王列了首衔，追劾睿亲王多尔衮罪状。虽是多尔衮自取，然亦可见炎凉世态。大略说他种种骄僭，种种悖逆，并将他逼死豪格，诱纳侄妇等事，一一列入。又贿嘱他旧属苏克萨哈詹岱穆济伦，出首伊主私制帝服，藏匿御用珠宝等情，顺治帝不见犹可。见了这样奏章，就大发雷霆，赫然下谕道：

> 据郑亲王济尔哈朗等奏，朕随命在朝大臣，详细会议，众论佥同，谓宜追治多尔衮罪，而伊属下苏克萨哈詹岱穆济伦，又首伊主在日，私制帝服，藏匿御用珠宝，曾向何洛会吴拜苏拜罗什博尔惠密议，欲带伊两旗，移驻永平府，又首言何洛会曾遇肃亲王诸子，肆行骂詈，不述肃王福晋事，想系为吉特太后遮羞。朕闻之，即令诸王大臣详鞫皆实，除将何

洛会正法外，多尔衮逆谋果真，神人共愤，谨告天地太庙社稷，将伊母子并妻，所得封典，悉行追夺。布告天下，咸使闻知。

此谕下后，复诏雪肃亲王豪格冤，封豪格子富寿为显亲王。郑亲王富尔敦，亦受封为世子。又将刚林、祁充裕二人，下刑部狱，讯明罪状，着即正法。大学士范文程，也有应得之罪，命郑亲王等审议。吓得这位范老头儿，坐立不安，幸亏他素来圆滑，与郑亲王不甚结怨，始议定了一个革职留任的罪名。范老头儿免不得向各处道谢，总算是万分侥幸。

话休叙烦，且说顺治帝尚未立后，由睿亲王在日，指定科尔沁卓礼克图亲王吴克善女为后。是年二月，卓礼亲王吴克善送女到京，暂住行馆，当由巽亲王满达海等，请举行大婚典礼。顺治帝不许。明明迁怒。延至秋季，仍没有大婚消息。这位科尔沁亲王在京，已六七月，未免烦躁起来，只得运动亲王，托他禀命太后，由太后降下懿旨，令皇帝举行大婚礼。顺治帝迫于母命，不好違违，只得命礼部尚书准备大典，即于八月内钦派满、汉大学士尚书各二员，迎皇后博尔济锦氏于行辕。龙旌凤辇，倍极辉煌，宫娥内监侍卫执事人等，分队排行，簇拥皇后入宫，至丹墀降舆。这时候天子临轩，百官侍立，诸王贝勒六部九卿，没有一个不到，正是清室入关后第一次立后盛举。大书特书。宫女搀扶皇后，徐步上殿，那皇后穿着黄服绣帔，满身都是金凤盘绕，珍翠盈头，珠光耀目，当即面北而立，由礼部尚书捧读玉册，鸿胪寺正卿赞礼，导皇后跪伏听命。册读毕，鸿胪寺导皇后起立，文华殿大学士，捧上皇后宝玺，武英殿大学士，捧上玺绶，由坤宁宫总监跪接，转授宫眷，佩在皇后身上。皇后再向帝前俯伏，口称臣妾博尔济锦氏，谨谢圣恩。谢讫，帝退朝，皇后正位，群臣朝贺。礼毕入宫，笙箫迭奏，仙乐悠扬，随与皇帝行合卺礼。次日，帝率后到慈宁宫请安，遂加上皇太后尊号，称为昭圣慈寿恭简皇太后。叙立后事，已见大礼齐备，不应无端废立。只是顺治帝终究不乐，隔了两年，竟将皇后降为静妃，改居侧宫。大学士冯铨等，奏请“深思详虑，慎重举动，万世瞻仰，将在今日。”帝不省，反严旨申饬。礼部尚书胡世安等复交章力谏，奉旨“皇后博尔济锦氏，系睿王于朕幼冲时，因亲定婚，册立之始，即与朕意志不协，宫阃参商。该大臣等所陈，未悉朕意，着诸王大臣再议。”郑亲王济尔哈朗复奏圣旨甚明，无庸再议。全是私意。于是

改册科尔沁镇国公绰尔济女为后，从前的正宫博尔济锦氏，竟自此不见天日，幽郁而死。

小子曾有诗咏顺治帝废后事云：

国风开始咏雎鸠，王化由来本好逑。
为怨故王甘黜后，伦常缺憾已先留。

清宫事暂且按下，小子又要叙那明桂王了。诸君少安，请看下回。

本回全叙多尔衮事，纳肃王福晋与娶朝鲜二女，《东华录》纪载甚明，固非著书人凭空捏造。至如母后下嫁事，乾隆以前，闻亦载诸《东华录》。胡人妻嫂，不以为怪，嗣闻为纪昀删去。此事既作为疑案，然证以张苍水诗，有“春官昨进新仪注，大礼恭逢太后婚”二语，明明指母后下嫁事，是固无可讳言者也。多尔衮好色乱伦，罪状确凿，但身殁以后，诸王弹劾，竟为其暗蓄逆谋，此则罗织成文，未足深信。以手握大权之多尔衮，捽孤儿如反掌，何所顾忌而不为乎？彼投阱下石之徒，诬陷成案，吾转为多尔衮慨矣。若顺治帝为隐怨故，至废其后博尔济锦氏，尤失人君之道。观其敕谕礼臣，谓后办睿王所主议，册立之始，即与朕意志未协，是则后固明明无罪者，特嫉睿王而迁怒于后耳。迁怒于后而废之，谓非冤诬得乎？冤诬臣子且不可，况夫妇乎？本回历历表明，于睿王之功过，顺治帝之得失，已跃然纸上。

第十九回　李定国竭忠扈驾　郑成功仗义兴师

却说明桂王自窜奔南宁后，湖广各省，已为清有，清封孔有德为定南王，镇守广西，耿仲明为靖南王，尚可喜为平南王，镇守广东。为后三藩伏根。旋耿仲明死，其子继茂袭爵，镇守如旧。桂王势日穷蹙，不得已求救于孙可望。这可望系张献忠党羽，认献忠为义父，本是个杀人不眨眼的魔星，献忠伏诛，他即窜入云南。云南本故明黔国公镇守地，被土官沙定洲所逐，夫人焦氏自焚死，可望伪称焦夫人兄弟，助天波复仇，击退定洲，乘势蟠踞。其党李定国、刘文秀、艾能奇、白文选、冯双礼等，推可望为部长。可望遣定国追杀定洲，定洲死，云南全省，统归可望，可望遂僭称为王，国号后明，以干支纪年，铸兴国通宝钱，居然称孤道寡起来。南面王人人想做，何怪可望？只是李定国与可望同等，可望称尊，定国不乐，可望借阅武为名，到了操场，专寻定国隙头，将定国杖了五十，定国愤恨不已。可望恐人心离散，思借名服众，遂备黄金三十两，琥珀四块，马四匹，遣使至桂王处求封。桂王命可望为景国公，定国文秀等封列侯。可望不受，自称秦王，竟派兵袭黔东，陷川南，把故明的镇将，杀逐得干干净净。强盗管什么忠义。桂王穷窜南宁，朝不及夕，没奈何再遣钦使，封可望为冀王，可望仍不受。又加封真秦王，乃令部将到南宁迎驾。一面派李定国冯双礼等，率步骑八万，由全州攻桂林，一面派刘文秀、王复臣、张光壁等，率步骑六万，分道出叙州重庆，直攻成都。

这李定国一枝兵，锋利无前，所到之处，无人敢当。沅靖武岗全州，统被定国攻破，孔有德忙檄部将沈永忠，出去抵截，不值定国一扫。永忠退至桂林，定国亦接踵追至。桂林兵少，有几个守陴将士，瞧见定国兵到，都静悄悄的溜脱。有德不能守御，奔入府中，偕其妻痛哭一场，双双自缢。可偿瞿式耜等性命。百姓献了城，定国飞章告捷，使者回来，报称永历帝已移驾安隆，封主帅为西宁郡王，定国倒也心喜。忽报清亲王尼堪，率队至湘，清经略洪承畴，又自江宁至长沙，湖南危急。定国立率步骑往救，到了辰州，阵斩清降将徐勇，可偿何腾蛟性命。进至衡州，遇着清尼堪大兵。两下对仗，定国佯败，诱清兵追至丛林，一声号炮，推出无数伟象，张牙舞爪，向清兵乱扑。这清兵向来没有见过，顿吓得魂胆飞扬，逃命都来不及，还管什么主帅？尼堪正想拍马回奔，突遇一象冲到，将马推翻，把尼堪掀倒地下，这象便从尼堪身上腾过，霎时皮破血流，死于非命。极写定国，为后文扈驾张本。

定国得了胜仗，暂驻武岗，方思进攻衡州，忽报秦王有使命到来，请至沅州议事。定国欲行，右军都督王之邦，出帐谏阻。定国问他缘由，之邦道："近闻秦王劫了永历帝，居安隆所，阳为尊奉，实是禁锢，每日肴馔，很是恶劣，他早已有心篡逆，只怕你王爷一人，此番请至沅州，有何好意？倘或前去，必遭毒手。"定国道："我若不去，孙可望必定追来，衡州尚有清兵，两面夹攻，如何对待？"之邦道："不如退回广西，再作后图。"定国点头，谢绝来使，竟引本部向广西退去，冯双礼自回。

孙可望得去使回信，不由的心中愤怒，亲率人马追赶；途次遇着刘文秀败还，方知入川各军，已被吴三桂杀败，复臣中箭身亡，川中打仗，用虚写实，为李定国抬高身份。惊愕之余，越加懊恼，没奈何带了文秀，向宝庆进发。中道又会着冯双礼一同进行。到了宝庆，巧与清兵相遇。这清兵就是尼堪部众，由贝勒屯齐接领，南徇衡永，望见可望军中的龙旗，随风飘舞，屯齐即拔箭在手，搭在弓上，飕的一箭，射倒龙旗，立率精骑冲入敌阵。可望部下，不见帅旗，已自慌张，又经清兵捣入，锐不可当，便拥着可望逃走。文秀双礼，本是不得已相随，至此亦一齐退去。可望吃了一场大亏，遁至贵州，搜获故明宗室，一律杀死，贼性复发。遂自率内阁六部等官，立太庙，定朝仪，改邱文为八叠，尽易旧制。一心思想做皇帝。

桂王在安隆闻报，料知可望心变，与中官张福禄，阁老吴贞毓等密商，

遣林青阳至广西，召李定国前来扈驾。青阳出发，托词乞假归葬，一去不还。桂王等得不耐烦，又差翰林院孔目周官。前往催促，不料被马吉翔得知消息。马本孙可望心腹，自然暗报可望，可望立派部将郑国至安隆，迫桂王交出首谋，曹操、司马懿尚亲自逼宫，可望只令部将进逼，可谓每况愈下。桂王战慄不能答。还亏中官福禄自出承认，明末总算这个中官。与吴贞毓等同受械系，由郑国严刑拷讯，共得通谋十八人，即将福禄凌迟，吴贞毓处绞，其余斩首。冤冤相凑，林青阳回来复命，亦被郑国杀死。郑国回报可望，可望即遣白文选至安隆劫驾。桂王闻文选到来，吓得魂不附体，只是呜呜哭泣。活象一儿女子状态，安得成中兴事业？文选进宫，见桂王神色惨沮，也觉黯然，遂跪奏道："孙可望遣臣迎驾，原来不怀好意。臣闻西宁王将到，令他护驾，尚可无虑。"桂王扶起文选道："得卿如此，不愧忠臣。但可望势力浩大，奈何？"文选道："可望蓄谋不轨，部下都说他不是，刘文秀已通款西宁了。他逆我顺，何必畏他？"桂王才放了心。

过了数日，果闻定国兵到，即开城延入。定国恰恭恭敬敬的行了臣礼，桂王喜出望外，亲书诏敕，封定国为晋王。定国即请桂王驾幸云南，并言刘文秀在云南待驾，可以无虞。桂王恨不得立刻脱险，即令定国文选等扈跸，克日出发，安安稳稳的到了云南。刘文秀果不爽旧约，排队迎入；进了城，把可望府第改作行宫。文秀受封为蜀王，文选受封为巩昌王。部署甫定，警报遥传，孙可望兴兵犯阙，桂王命文选驰谕可望，与他议和。可望将文选拘住，伪上奏章，请归妻孥。桂王即派人送还可望妻子。可望因妻子还黔，遂大起兵马，入犯云南。可望部将马进忠等，多不直可望，与文选定了密计，进说可望道："文选威名服众，欲要攻滇，非令他为将不可。"可望道："他与李定国勾通，如何可使为将？"马进忠道："闻他现已悔过，愿为大王效力。"可望遂命进忠引入文选，文选佯作恭顺状态，一味趋承，喜得可望手舞足蹈，立命文选为大元帅，马进忠为先锋，发兵十四万先行。留冯双礼守贵州，自率精兵为后应。

警报飞达滇中，桂王下旨削可望封爵，命晋王李定国，蜀王刘文秀，发兵讨贼。定国文秀，不过带了万人，甲仗又不甚完全，到了三岔河，望见敌军已扎住对岸，众寡相去，不啻数倍。定国与文秀商议，文秀拟借交趾地界，作战败退处地，定国慨然道："永历孤危，全仗你我两人，协力御敌，若未战先

怯，是自丧锐气，何以行军？现在只有拼命与战，决一雌雄。我想孙贼部下，多半离心，未必定是他胜我败。”定国、文秀的心术，可见一斑。计议已定，即于翌晨渡河前进。那对岸的敌军，却退后数里，一任定国兵上岸。定国望将过去，见敌阵中悬有龙旗，龙旗又来了。料知可望亦到，遂率兵径捣中坚。此冲彼阻，才交得三、五合，定国部将李本高身中两箭，跌毙马下。定国大惊失色，方欲退兵，忽见可望阵后纷纷大乱。左有马进忠，右有白文选，旗帜鲜明，从可望军内自行杀出，招呼定国挥兵大进。弄得可望神志昏乱，忙拍马而逃。定国驱杀至十里外，方与白文选、马进忠两人，并辔而回。看官！你想这次打仗，不是白文选等暗中用计，哪肯容定国渡河、战胜可望呢？

可望奔回贵州，遥望城门紧闭，城上竖着的旗帜，大书明庆阳王冯字样，不觉惊讶起来，正思呼城上人答话，猛见冯双礼上城俯视道：“我已归顺永历帝了，永历帝封我为庆阳王，命守此城，与你无涉。”这数语气得可望发昏，回顾手下残骑，所剩无多，不能再战；且妻子统在城中，若与他争闹起来，定是性命难保，不得已忍气吞声，求双礼还他妻子。老贼也有今日。双礼乃开了半扉，就门隙中放出数人，可望一瞧，妻孥如故，财物荡然，禁不住垂下泪来。他的妻子更不必说。半生抢劫，一旦全休。可望痴立一回，方挈着妻子径奔长沙，投降清经略洪承畴去了。

这事且搁过一边，小子要叙出一个海外英雄来。看官！你道海外英雄，姓甚名谁？就是郑芝龙的儿子郑成功。应第十六回。芝龙降清，成功独航海赴厦门，募兵兴义，仍奉隆武正朔；至隆武帝殉国，永历帝正位，复遣使奉表永历，受封为延平郡公。成功竟大举攻闽，连陷漳浦、海澄等县，进围长泰。清闽、浙总督陈锦，自舟山移师赴援，一场海战，被成功杀得大败亏输，不但长泰被陷，连平和、诏安、南靖等处，统被成功夺去。陈锦惶急万状，急向清廷求援，清封芝龙为同安侯，令作书劝成功归降。成功接阅文书，看到“父既归清，儿亦宜薙发投诚”等语，不禁愤愤道：“今来一薙发国，当即薙发，倘来一穿心国，我亦将遵命穿心么？”快人快语。即拒绝来使，下令进攻漳州，并悬赏购陈锦首。

歇了几天，忽来了两个闽人，献上陈锦首级。成功问两人姓名职务，一个是陈锦记室李进忠，一个是陈锦仆人库成栋。成功又问是谁杀陈锦，成栋应声是我，说声未绝，两手已被成功亲卒反缚，由成功喝令处斩，怪极！吓

得成栋跪求饶命，连进忠亦跪倒叩头。成功指成栋道："你与陈锦有主仆之谊，如何忍心害主，把他首级来献？我原是悬赏购陈锦首，但你不应杀他，所以我特罪你。"复问进忠道："这罪奴有妻子否？"进忠道："有的，现亦随来。"成功道："好好。他妻子到来，应照赏格发给，教他死亦瞑目。"赏罚确得当，是英雄作用。便命左右推出成栋斩讫，随将赏银付与进忠，令他转交成栋妻子。进忠领了赏银，不敢多说，就退出帐外去了。保全性命，还算幸事。忽厦门又来使人，报称鲁王以海，自舟山逃到厦门，应否接待？成功道："鲁、唐叔侄，自相鱼肉，太属可恨。"应该责备。使人说："鲁王已奉表永历，削去监国名号了。"成功道："既如此，应照明宗室例优待便是。"看官！你道鲁王何故到厦门，他自窜身海外，随身只有张名振一人，应十六回。很是萧条，幸浙中遗臣张肯堂等，渡海奔赴，约得十余人，遂把南澳作了根据地。嗣后袭踞舟山，约故行人张煌言，共图恢复。不料清总督陈锦，都统金砺，提督田雄等，驾着大舰，来攻舟山。鲁王也遣张名振、张煌言等，率兵迎敌。开了几仗，倒也没甚胜负，怎奈天不容明，海面上陡起大雾，罩住舟山。清兵乘雾攻入，守兵措手不及，相率溃散。名振、煌言，亟奉鲁王出走。名振弟名扬，阖室自焚。张肯堂自缢死。鲁王的妃子张氏，及礼部尚书吴钟峦、兵部尚书李向中等，皆殉难。清兵复分追鲁王，鲁王穷蹙无归，不得已走依成功。成功遣使人回厦门，自督军围攻漳州，适清都统率兵至璋，与城中守兵夹攻成功。成功腹背受敌，只得退保海澄。金砺追至城下，被成功一阵击退，乃留兵守海澄，自回厦门见鲁王，复与张名振、张煌言晤谈。两下各述已志，二张是始终为鲁，成功是始终为唐，彼此不便节制，商定了一个分地驻扎、互相援应的计策。二张奉鲁王移驻金门，煌言复招集遗众，进窥南京，到了吴淞口，袭夺清舰数十艘，进破崇明，转趋丹阳，谒明太祖陵，激厉军士，直指南京进发。忽闻鲁王逝世，只得折回吴淞，寻又闻名振病亟，驰回金门。到金门后，名振已死，仅留遗书一函，劝他勉图恢复。主丧友歿，日暮途穷，煌言至此，不禁涕泪交并。天实为之，谓之何哉？没奈何为主发丧，为友营葬，把出兵的念头，暂时搁置。

这且慢表，且说郑成功驻节厦门，改称厦门为思明州，分所部为七十二镇，设立储贤馆、储才馆、察言司、宾客司、印局、军器局等，井井有条。厅间供永历帝位，有所封拜，必向座奏闻。部下感他忠义，无不敬服。当张

煌言带兵入江，正拟出师策应，嗣闻鲁王名振相继谢世。煌言退回金门，也自叹息一番，专使吊唁，暂休兵不动。一日，清廷派了两位钦差，赍敕来厦，封成功为海澄公。成功道："我只知奉明帝敕，不知有清帝敕。"将来使遣回。隔了一月，成功弟渡，随了清使三人，又到厦门。成功与清使相见于报恩寺中，清使令成功跪受诏书，成功道："成功系大明臣子，不受清诏。"直截了当。清使阿山道："今日奉皇上圣旨，赐汝福、兴、泉、漳四府地，皇恩不可谓不重，汝宜受诏，薙发投诚。"成功正色道："四府本是明地，何劳尔国赏赐？尔国旧封，只建州一区，如今踞我中原，太属无理，成功愧不能为明恢复，还说要我薙发降敌么？海不枯，石不烂，成功不降清。"言毕，拱手自回。光明磊落。是晚，郑渡入见成功，出其父芝龙书，并略说"兄若不降，父命难保。"成功阅父书毕，慨然道："忠孝不能两全，为禀老父，乞谅愚忠。"郑渡再三相劝，成功只是不从，郑渡痛哭而出。次日，清使挈郑渡北去，成功忙写了复书，遣郑说追上郑渡，将书交讫，郑说自回。郑渡随清使归报芝龙，呈上复书。芝龙拆书瞧阅，上写道：

儿以孤身僻居海隅，尝欲效秀夫之节，修包胥之忠，藉报故国，聊达素志。不意清廷海澄公之命，突然而至，儿不得已按兵以示信，继而四府之命又至，儿又不得已按兵以示信；谈席未终，敕使乃哓哓以薙发为请。嗟嗟！今中国土地数万里，亦已沦陷，人民数万万，亦已效顺，官吏亦已受命，衣冠礼乐，制度文物，亦已更易，所仅留为残明故迹者，儿头上数根发耳。今而去之，一旦形绝身死，其何以见先帝于地下哉？且自古英雄豪杰，未有可以威力胁者，今乃啧啧以薙发为词，天下岂有未称臣而轻自去发者乎？天下岂有彼不以实许，而我乃以实应者乎？天下岂有不相示以信而遽请薙发者乎？天下岂有事体未明，而遂欲糊涂了事者乎？父试思之！儿一薙发，将使诸将尽薙发耶？又将使数十万兵士皆薙发耶？中国衣冠相传数千年，此方人性质，又皆不乐与满夷居。一旦尽变其形，势且激变，尔时横流所激，不可抑遏，儿又窃窃为满夷危也。昔吾父见贝勒时，甘言厚币，父今日岂尽忘之？父之尚有今日，天之赐也，非满夷之所赐也。儿志已决，不可挽矣。倘有不讳，儿只缟素复仇，以结忠孝之局。儿成功百拜。

芝龙阅毕，蹙着眉道："我的老命，看来要断送在他手中了。"随将原书呈奏顺治帝。顺治帝本封芝龙为同安侯，至是将他削职圈禁。一面命沿海督抚，固守汛界；一面饬郑亲王世子济度为定远大将军，率师防闽。济度出京，闻成功已连扰闽、浙海滨，进据舟山，遂兼程南下。到闽后，与成功连战数次，一些儿没有便宜，反失了战舰几艘，丧了战将几员。成功连获胜仗，遂大治兵马，锐意规复。从征甲士，选定十五万,五万习水战，五万习骑射，五万习步击，另外挑选万人，来往策应。适自滇中来使，封成功为延平郡王，招讨大将军、金门张煌言亦率兵来会，成功大喜，遂竖起奉旨招讨的大旗，命中军提督甘辉为先锋，总兵马信万礼为第二队，亲统大军为后援，请张煌言前导。扬旍鼓棹，陆续前进，行到羊山，忽遇着数阵飓风，撞沉巨舰数十艘，漂没士卒数千名，不祥之兆。于是只好停泊舟山，修理舟楫。

忽接到数处警报，海澄守将黄梧及旧部将施琅，俱背郑降清，清兵三路攻滇，成功不觉大愤，忙将舟楫修竣，扬帆再出。张煌言统领前部，由崇明入江，至金、焦二山，但见江中横截铁索，舟不能前。煌言令人泅水，暗把铁索斫断，遂乘着风潮，联樯而进。到了瓜洲，与清提督管效忠相遇。两下酣斗，郑军奋勇齐上，效忠寡不敌众，凫水而逃，被郑军水师统领罗蕴章，入水追擒，推出斩首，当下扫清瓜洲敌舰，直逼镇江，炮声隆隆，震惊天地，城外北固山上，驻有清兵，下山来救，由郑军一阵乱斫，杀得马仰人翻，濠平尸积。败兵逃入城中，门未及闭，郑军一拥而入，城遂陷。镇江属邑，望风迎降。成功命直捣南京，帐下一人大叫道："不可，不可！"正是：

斗力不如斗智，用兵先在用谋。

未知此人是谁，待下回再行交代。

有孙可望之跋扈，适形李定国之忠，有郑芝龙之卑鄙，益见郑成功之义，一则扈跸滇中，一则兴师海外，虽其后赍志以终，卒鲜成效，然忠义固有足多者。成功心迹光明，尤加定国一等，故叙述亦格外生色。张煌言、张名振二人夹写在内，即为明捐躯诸遗老，亦并叙姓名，作者风世之心，可概见矣。文字之不苟作如此。

第二十回　日暮途穷寄身异域
水流花谢撒手尘寰

却说郑成功欲进攻南京，帐内有部将谏阻，这部将便是中军提督甘辉，当下献计道："我军深入南京，清廷必发兵来救，前有守兵，后有援兵，我军孤处其间，岂非陷入重围？现不如将我军分作两路，一路取扬州，堵住山东来军，一路据京口，截断两浙漕运，严扼咽吭，号召各郡，南畿不战自困，那时可以唾手而得了。"甘辉之说，未始非策，然必须云贵未破，方用得着，否则能保清军不自江而下耶？成功道："此计未免太迂。据我看来，南京清兵，多已调往云贵，现在不乘胜攻取，更待何时？况清提督马进宝，已自松江遣人通款，南京城虚援绝，还有多大本领，敢与我对敌？自然是马到成功了。"遂不听甘辉之言，命水军泝江而上，直至南京。先向孝陵前率军祭奠，随后作了一篇檄文，传布远近；令张煌言别率所部，由芜湖进取徽、宁各路，自率兵攻南京。

两江总督郎廷佐闻郑军已至，急遣将分守要害，成功围攻不下，唯接连得煌言捷报，说是太平、宁国、徽州、池州等府，都已攻克，成功不胜欣喜，料想南京一城，不日可拔。成功之心已骄矣。忽报郎廷佐遣人下书，成功传见，把来书阅看，乃是愿献城池，唯城内人心不一，须要慢慢劝导，限期半月，方可献纳。成功喜甚，即批回照准。其实郎廷佐的书信，乃是缓兵之计，他已闻得云、贵获胜，桂王远遁，清兵可自西返东，来援南京，因此托词献城，宽延时日。成功不知是诈，竟堕入他计中，按兵不攻了。

小子且把云、贵获胜的事情，插叙数行：自孙可望降了洪承畴，具述桂王庸弱的情形，承畴遂上表清廷，请乘机大举。清政府本无心西略，欲弃云、贵两省，给与桂王偏安，及得了承畴奏疏，承畴为灭永历之魁。遂定议西征，命贝子洛讬为宁南靖寇大将军，会同经略洪承畴，从湖南进发；命平西王吴三桂为平西大将军，偕都统墨尔根李国翰，从汉中四川进发；命都统卓布泰为征南大将军，率提督钱国安，向广西进发。三路兵马，拟至贵州会齐，同入云南。洛讬、承畴一军，出靖沅、镇远，至贵阳，击走守将马进忠，遂入据贵阳城。三桂一军，由重庆至遵义，击退守将刘镇国，获粮三万石，降兵五千，遂入占遵义城。卓布泰一军，亦连陷南丹、那地、独山诸州，至贵阳来会。三路连章告捷，清廷复授豫王子信郡王铎尼为安远大将军，率禁旅至贵州，总统三路兵马。铎尼令洛讬、承畴，略屯贵阳，办理粮饷，自督诸军三路入滇。每路兵五万，各带着半月粮草，浩荡前进。

是时，桂王部下刘文秀已死，军政统归李定国执掌。定国闻贵州已陷，亟遣白文选至七星关，抵住西路，冯双礼至鸡公背，抵住中路，张光璧至黄草坝，抵住东路，自守北盘江铁索桥，居中策应。清兵三路，明兵亦三路。七星关系滇、蜀交界的要险，峭岸阻江，山同壁立，三桂到了关外，见关内已有人守住，料难攻入，他却佯作攻状，别遣部将绕出苗疆，掩击背后，文选只防前面进攻，不料后面复有清兵出现，顿时惊溃，窜入霑益州。明军一路已败。黄草坝在南盘江右岸，由张光璧率师扼守，将江中各船，一概击沉，阻住清军渡江。卓布泰到了左岸，无船可济，便在岸上扎营。两边隔江发炮，未曾接仗，适有泗城土司岑继禄，到卓布泰前献策，教他绕道下游，渡过对岸。卓布泰从土司言，遂于夜间分兵，直走下游，用人泅水，把凿沉各船，扛至岸侧，塞好漏洞，乘夜潜渡。张光璧尚呆守南盘江，谁知清兵已至北盘江。李定国闻清兵过河，急率兵三万，堵住双河口。清兵杀奔前来，定国挥军死战，击退清兵。到了次日，清兵复至，乘风纵火，火随风卷，野燎烛天，定国抵挡不住，只得退走。明军二路俱败。到了北盘江见冯双礼亦狼狈奔回，报称清兵势大，不胜抵御，鸡公背已被夺去。明军三路俱败。定国惊惧，将江内铁索桥烧断，与双礼走回云南，清兵追至北盘江，见对岸已无明军，便搭造浮桥，逾江而进。

明桂王闻定国败还，拟连夜出奔，行人任国玺独请死守，尚在未决，只

见定国进来，泣奏一切，桂王便与议去守情形，定国道："行人议是；但前途尚宽，今暂移跸，卷土重来，犹为未迟。"桂王听了此语，遂决意出走永昌，命定国断后。行未数里，白文选自霑益追至，定国遂把殿后军，付与文选，自率精骑扈驾前去。清兵三路会齐，直入云南城，洪承畴亦自贵阳趋云南。铎尼令诸军进追桂王至玉龙关，遇着白文选军，乘势猛扑。文选部下，只有数千人马，哪里禁得住三路大军？苦战多时，人马将尽，便拍转马头，率领残卒，逃出右甸去了。

警报传至永昌，桂王复匆匆逃走。定国令总兵靳统武，带兵四千扈驾，自率精兵六千，据住磨盘山，专待清兵。磨盘山在永昌城东，一名高黎贡山，为西南第一穹岭，山路崎岖，仅通一骑，定国料清兵穷追，必从此山经过，遂把六千兵分作三支，令部将窦名望，率兵二千伏住山口，高文贵率兵二千伏住山腰，王玺率兵二千伏住山后。自己高坐山巅，管着号炮。遥望清兵迤逦前来，正是漫山遍野，不辨多少，他却自言自语道："任你无数人马，到了此地，恐怕虎落槛阱，无能为力了。"慢着！

歇了半晌，见清兵已从山口进来，因山口狭隘，将横队变作直队，鱼贯而进，不禁大喜。约历一、二时，清兵入山，还不过一万多名，猛听得一声炮响，清兵个个下马，停住不进。接连又是无数炮声，霎时烟雾迷蒙，只觉得鼓角声、喊杀声、兵器碰撞声，合着天上的风声，山谷的回声，闹成一片，正自惊疑不定，突然来了一个飞炮，向空坠下，不偏不倚的，在定国头上滚将下来，故作惊人之笔。吓得定国心头乱跳，急忙把头一偏，那飞炮恰恰在定国身边擦过，坠落脚边。前面尘土，被这飞炮一激，扬起空中，任你定国智勇深沉，也自镇定不住，忙回身逃落山下，向西急走。到了半路，始见高文贵踉跄奔来，手下残兵，只剩一千多人，报称："清兵迭放巨炮，烟火满山，我军无从暗伏，不得已出来对仗，可奈清兵势大，窦、王二将，已经阵亡，六千人已失四千，某只得冲围前来。"定国道："可恨可恨，不知谁人泄漏消息。"随即合兵而去。

原来清兵自云南出发，渡过路江，沿途经过，不遇一敌，他即仗着锐气，越岭进行，适有故明大理寺卿卢桂生，热心富贵，竟至铎尼军前，报说山上有伏。桂生可恶。铎尼急令前队，舍骑而步，以炮发伏。伏兵齐起，与清兵鏖斗一场，杀死清都统以下十余员，精兵数千。窦名望、王玺亦战死。此

次若非桂生泄计，就使不能杀尽清兵，也要大大吃亏，只是天已亡明，不容定国成功，所以清兵得转败为胜。可为长太息者此也。

那时桂王西走腾越，为从官李国泰、马吉翔所阻，转走南甸，顺着江流前去。到一大河，四望无际，招问土人，答称此河名囊木河，过河即是缅甸国界。靳统武请走还腾越，李国泰、马吉翔不从。桂王恐清兵追来，亦不愿退回，巧值故黔国沐天波前来扈驾，说与缅人相识，遂决议渡河。唯靳统武不愿，仍奔觅定国去了。

桂王至缅甸境，缅人令从官尽去兵器，方许前行。桂王无奈，命从官抛弃兵械，雇了车马，进蛮暮，缅人具四舟来迎。行三日，至缅都，不令桂王登岸。又五日，至赭硁停舟，方导桂王上陆，引入草屋中。屋外编竹为城，左右都是缅妇贸易。缅人多短衣赤足，桂王从官，亦忘却本来面目，杂入缅妇贸易场中，坐地喧笑，呼奴纵酒，正是孱君无志，徒成失国之寓公，从吏贪生，甘作穷途之丐卒，这且按下慢提。

且说清信郡王铎尼，因桂王已奔缅甸，奏捷北京，得旨令大军回朝，留吴三桂镇守云南，封三桂妻为福晋，命其子应熊在京供职，妻以太宗第十四女和硕公主，清降将中，要算是第一优待了。顺治帝以荡平云、贵，方拟郊迎功臣，饮至策赏，不期江南警报，纷纷递到，顺治帝大惊，忙召满廷文武，商议退敌，便道："朕即位十数年，南征北讨，没有一日安息，现闻云、贵已捷，明宗垂尽，朕道是舆图一统，得享承平，不料这个郑成功，又来作祟，江南四府三州二十二县，都报失守，南京危在旦夕，看来还不能安枕。朕想做皇帝很没趣味，倒不如做个和尚，象西藏的达赖、班禅，安闲也安闲，尊荣也尊荣，岂不快活自在么？"顺治帝自知苦趣，颇已悟道，奈何后人偏喜做皇帝？当时文武百官都跪奏道："天子英武圣明，古今无两，区区小丑，不日敉平，何庸过劳圣虑。"确肖马屁朋友的口吻。顺治帝道："朕拟简率六师，自去亲征，除绝那厮逆众，然后脱卸万儿，择个安静地方，去享清福。明日各王大臣，随朕至南苑阅师，不得有误！"文武百官，齐声遵旨而出。次日，各官都先集南苑，恭候御驾，到了辰牌时候，御驾已至，两旁文武站立，俟顺治帝登座，个个请过了安，遂命满汉健儿，八旗劲旅，整整的操练了一天。操毕，御驾回宫，次晨升殿，拟择日出师。适兵部尚书呈递驿奏，系是江南总督郎廷佐拜发，内称崇明总兵梁化凤，击退郑逆，阵斩贼将

甘辉等，镇江、瓜州俱已克复。世祖大喜，命梁化凤为江南提督，先图形进呈，并授内大臣达素为安南将军，会同闽、浙总督李率泰进击厦门，务绝根株。旨下，文武百官，又皆叩贺，随即退朝不表。

唯这梁化凤如何击退郑成功？应由小子表明。上文说到郑成功进薄南京，中了郎廷佐的缓兵计，按兵不攻，这是成功第一失着。郎廷佐恰飞檄调兵，梁化凤即奉檄往援，两边相持数日，化凤登高望敌，遥见敌营不整，樵苏四出，军士都在后湖嬉游，郑军如此怠玩，安得不败？然亦由骄盈而致。便入署禀明廷佐，夤夜袭营。是夕，化凤带了劲骑五百，潜出神策门，先捣白土山，出郑军不意，冲入前锋余新寨内。余新从睡梦中惊醒，仓卒起来，不及持械，被化凤活擒而去。成功闻报，忙率军相救，化凤已自入城，无从夺回余新。次晨，成功因廷佐失信，令甘辉守营，自出江上调发水师，夹攻南京。不料成功去后，清兵倾城出来，杀入郑营，甘辉上前拦阻，两下酣战，胜负未分。突闻营后射入铳炮，后队不战先乱。甘辉前后受敌，只自死战不退，无奈部将多已逃走，仅剩数百残兵，东冲西突，哪里还支持得住？清兵执着长枪，四面攒聚，甘辉尚竭力招架，无如马已被搠，蹶倒前蹄，眼见得甘辉坠地，不得生存了。

此时成功适在江上，见败军陆续奔来，方知大营已破，长叹一声，命残兵次第下船，自己亦匆匆下舱。未曾坐定，梁化凤已率水师追到，把火箭火球抛掷过来。成功无心恋战，急饬军舰东走，驶到崇明，已丧失了好几艘。遂扬帆出海，逃回厦门，张煌言尚在徽宁，闻报郑军败退，刚在惊疑，忽长江上游，来了一支清兵，乃是从贵州凯旋，还援江南。煌言挥兵奋击，打沉敌舰数艘，余舰退去。谁知夜间炮声震天，煌言登舟四望，前后左右，都是敌舰，连忙换坐小船，偷出重围。回头一瞧，自己的舰队，尽由祝融氏替他收拾，也无暇顾惜，只命水手驶入小港，舍舟登陆，逾山过岭，绕出浙省，仍渡钱塘江出海。到了海外，闻郑成功去夺台湾，顿足浩叹，遂贻书成功，略说道：

中原板荡，明社为墟，仅存思明州一块土，为四海所属望，遗民所依归。殿下奈何弃此十万生灵，而与红毛夷争海岛乎？且苟安一隅，将来金、厦两门，亦不可守。古人云："宁进一寸死，毋退一尺生。"唯殿

下实图利之！

原来闽海中有一大岛，名叫台湾，直长二千五百里，横阔五百里，倒是一个海外桃源。成功父芝龙为海盗时，曾恃此岛为出没地，芝龙入降，此岛为荷兰人所据。荷兰向称红毛夷，在岛中寄泊市舶，并筑土城数十处，屯住侨民。成功自江南败归，以进取无成，谋夺台湾为窟穴，适清靖南王耿继茂，自广东移镇闽地，与将军达素，总督李率泰，分出漳州、同安，合攻厦门，被成功一鼓击退。回应前文。成功遂移师至台湾，巧值潮涨风顺，艨舰进鹿耳门，荷人仓卒难支，遂与成功议和，愿即迁让。荷人已去，成功遂入居台湾，与金、厦作为犄角。独这张煌言恐他无志恢复，因作书相劝，待了多日，不见回音，乃浮海至台州，到南田岛停泊，入居岛中，暂且慢表。

再说吴三桂留守云南，本没有什么大事，可以安稳度日，他偏欲剪灭明宗，上了一本奏章，这奏叫作“三患二难疏”。他说：“李定国、白文选等，托名拥戴，引着溃众，肆扰边境，患在门户；土司易被煽惑，偏地蜂起，患在肘腋；投诚将士，或系念故明，边闻有警，携贰乘机，患在腠理；这便叫作三患。”又说：“滇中米粮腾踊，输挽络绎，在在需资，养兵难，安民亦难；这便叫作二难。”总结是：“当及时进剿，净尽根株，方得一劳永逸。”等语。顺治帝因中原混一，已存一厌世心，不欲再劳兵众，清不欲除永历，偏这三桂硬要出头，真正可杀！览了此奏，犹在迟疑。朝上一班大臣，都赞成三桂议论，乃命内大臣爱星阿为定西将军，赴滇会剿。爱星阿到滇后，与三桂进兵木邦，擒住白文选，直入缅境。一面传谕缅酋，索献桂王，一面飞报捷音。

顺治帝得此捷奏，料知大功告成，已在旦夕，悠然远念，有心高蹈。只是宫中有位董鄂妃，乃是南中汉人，被虏北去，没入宫内，顺治帝见她身材窈窕，秀外慧中，竟把她格外宠幸，封为贵妃。“回头一笑百媚生，六宫粉黛无颜色。”少年天子，未免多情，为此一缕丝牵，未忍遽辞尘网。这老天偏要成全顺治帝初志，竟降了二竖下来，陪着董妃左右，从此董妃日渐瘦弱，一病不起，膏肓成痼，药石无灵，可怜一朵娇花，竟与流水同逝。顺治帝十分悲痛，辍朝五日，特谕礼部，略称：“皇贵氏董鄂妃薨逝，奉圣母皇太后懿旨，宜追封为皇后，以示褒崇。朕仰承慈谕，用特追封，加以谥号，

谥曰孝献庄和至德宣仁端敬皇后。”顺治帝颇称英武，只废后宠妃两大案，为一生缺憾。礼部奉旨，办理丧葬事宜，自必格外从丰，无庸细说。这是顺治十七年仲秋事。梧桐叶落，翡翠衾寒，转眼间霜雪连天，益增忉怛。顺治帝经此惨事，益看破世情，遂于次年正月，脱离尘世，只留重诏一纸，传出宫中。诏曰：

太祖太宗创垂基业，所关至重，元良储嗣，不可久虚。朕子玄晔，佟氏所生，八岁岐嶷颖慧，克承宗祧，兹立为皇太子；即遵典制，持服二十七日，释服即皇帝位，特命内大臣索尼苏克萨哈遏必隆鳌拜为辅臣。伊等皆勋旧重臣，朕以腹心寄托，其勉矢忠荩，保翊冲主，佐理政务，布告中外，咸使闻知。

此诏一传，各王大臣非常惊疑，都说昨日早朝，皇上康健如恒，怎么今日会晏起驾来？且遗诏上面，亦并没有说起病源，正是奇怪得很。当下照例哭临，辅政四大臣及信郡王铎尼、大学士洪承畴等，奉了八龄的新主，即帝位于太和殿，这便是皇三子玄晔嗣位。拟定年号叫康熙，次年改元，尊为清圣祖仁皇帝。后人有清凉山赞佛诗，相传是咏清世祖事，其诗道：

双成明靓影徘徊，玉作屏风璧作台。
薤露雕残千里草，清凉山下六龙来。

诗中有双成及千里草字样，是暗指董鄂妃，清凉山是五台山上一峰，是暗指世祖出家，小子也不能辨别真假，只好作为疑案。顺治朝事已终，下回开篇，要说康熙朝了。

翦灭明宗之策，尸之者洪承畴，成之者吴三桂。二人旧为明臣，何无香火情乃尔？清世祖颇称知足，本欲留片土以存明祀，而洪、吴二臣，先后怂恿，箭在弦上，不得不发，其初心固堪共谅也。厥后中原大定，敝履尊荣，借过眼之昙花，证前途之觉果，斯正所谓大解脱者。明眼人浏览本章，应知所褒贬矣。

第二十一回　弑故主悍师徼功
除大憝冲人定计

却说康熙帝即位，由四位辅政大臣，尽心佐理，首拟肃清宫禁，将内官十三衙门，尽行革去。什么叫作十三衙门？即司礼监、尚方司、御用监、御马监、内官监、尚衣监、尚膳监、尚宝监、司设监、兵仗局、惜薪司、钟鼓司、织染局便是。这十三衙门中，所用的都是太监，顺治帝在日，曾立内十三衙门铁牌，严禁太监预政，只因衙门未撤，终不免鬼鬼祟祟，暗里藏奸，康熙帝即位，就裁撤十三衙门，宫廷内外，恭读上谕，已自称颂不置。清圣祖为一代令主，所以开场叙事即表明德政。到了元年三月，平西王吴三桂、定西将军爱星阿先书三桂，特标首恶。奏称："奉命征缅，两路进兵，缅酋震惧，执伪永历帝朱由榔献军前，滇局告平。"此奏一上，特降殊旨，进封三桂为亲王，镇守如故，命爱星阿即日班师。原来桂王寄居缅甸，本已困辱万分。李定国时在景线，连上三十余疏，迎驾往彼，都被缅人阻住。定国复出军攻缅城，缅人固守不下，忽闻清兵亦来攻缅，只得引还景线。适缅酋巴哇喇达姆摩弑兄自立，欲借清朝的势力，压服缅人，遂阴使通款清兵，愿执献桂王。三桂应允，限期索献。缅酋遂发兵三千，围住桂王住所，托名诅盟，令从官出饮咒水。马吉翔先出，开了头刀，李国泰作了吉翔第二，接连是走出一个，杀死一个，共死四十二人。唯沐天波与将军魏豹，格死缅人数名，自刎而亡。马、李等死有余辜，唯沐天波似觉可惜。桂王自知不免，含泪修书，遣人投递清营，交与吴三桂，其辞非常沉痛，详录如下：

将军新朝之勋臣，亦旧朝之重镇也。世膺爵秩，封藩外疆，烈皇帝之于将军，可谓厚矣。国家不造，闯贼肆恶，覆我京城，灭我社稷，逼我先帝，戮我人民，将军志兴楚国，饮泣秦庭，缟素誓师，提兵问罪，当日之初衷，固未泯也。奈何遂凭大国，狐假虎威，外施复仇之名，阴作新朝之佐？逆贼既诛，而南方土宇，非复先朝有矣。诸臣不忍宗社之颠覆，迎立南阳，枕席未安，干戈猝至，弘光北狩，隆武被弑，仆于此时，几不欲生，犹暇为社稷计乎？诸臣强之再三，谬承先绪，自是以来，楚地失，粤东亡，惊窜流离，不可胜数。犹赖李定国迎我贵州，接我南安，自谓与人无患，与世无争矣。而将军忘君父之大德，图开创之丰功，提师入滇，覆我巢穴，由是仆渡荒漠，聊借缅人以固我圉，山遥水长，言笑谁欢，只益悲矣。既失山河，苟全微息，亦自息矣。乃将军不避阻险，请命远来，提数十万之众，穷追逆旅，何以视天下之不广哉？岂天覆地载之中，犹不容仆一人乎？抑封王赐爵之后，犹欲歼仆以徼功乎？既毁我室，又取我子，读鸱鸮之章，能不惨然心恻乎？将军犹是世禄之裔，即不为仆怜，独不念先帝乎？即不念先帝，独不念列祖列宗乎？即不念列祖列宗，独不念已之祖若父乎？不知大清何恩何德于将军，仆又何仇何怨于将军也？将军自以为智，适成其愚，自以为厚，适成其薄，千载而下，史有传，书有载，当以将军为何如也？仆今日兵衰力弱，茕茕之命，悬于将军之手矣，如必欲仆首领，则虽粉骨碎身，所不敢辞；若其转祸为福，或以遐方寸土，仍存三恪，更非敢望，苟得与太平草木，同沾雨露于新朝，纵有亿万之众，亦当付于将军矣。唯将军命之！

这封书信，若到别人手中，也要存点恻隐，为桂王顾恤三分，偏这忍心害理的吴三桂，毫不动心，仍檄催缅酋速献桂王。桂王方等三桂复书，忽见缅兵七、八十名，蜂拥而入，不问情由，把桂王连人带座，抬了就走。还有桂王眷属二十五人，号哭相随。桂王此时精神恍惚，由他抬着，经过了若干路程，满望是荆蔓葛藤，无情一碧。正是荆天棘地。到了缅都城外，见有大营数座，旗帜分悬，右首是平西大将军字样，左首是定西大将军字样，缅兵从平西大将军营内进去，放下桂王，出营自去。这里自有营兵接住，桂王问此

处是哪里？营兵道："是清平西大将军吴王爷大营。"桂王道："是否平西王吴三桂。"营兵应了一个"是"字，桂王叹了数声。又见眷属多蓬头赤足，被缅兵押令入营，到桂王前，个个放声大哭。营内走出一员部将，大喝道："王爷出来，休得胡闹！"狐假虎威。眷属被他一吓，噤住哭声。

少顷，一位雄纠纠气昂昂的大员，带了数名护卫，缓步出来，对了桂王，一个长揖。桂王见他头戴宝石顶，身穿黄马褂，早料着是大将军模样，恰故意问是谁人？答称"清平西王吴，……"说到吴字，停住。桂王道："你便是大明平西伯吴三桂么？"偏要提出大明二字，桂王也算辣口。三桂闻得"大明"二字，好象天雷劈顶一般，顿时毛骨俱悚，不由的双膝跪下，颤声道："是。"天良终自难泯。桂王道："好一个平西伯，果然能干！可惜是忘本了。但事到如今，也不必说，朕正思北去，一谒祖宗十二陵寝，你能替朕办到，朕死亦瞑目了。"三桂仍颤声道："是。"桂王命他起来。三桂即辞归营内，对众将道："我自从军以来，大小经过数百战，并没有什么恐惧，不意今日见这末代皇帝，偏令我踽踽难安，真正不解，真正不解。"有何难解？随令部将护着桂王及桂王家眷，簇拥前行，自己邀同爱星阿，拔营归滇。不几日到了云南省城，将桂王拘禁别室，与爱星阿商议处置桂王的法子。爱星阿拟献俘北京，听朝廷发落。吴三桂道："倘中途被劫，奈何？据我愚见，不如奏请就地处决为是。"爱星阿系满人，尚不欲死永历，何物三桂，悍忍至此？爱星阿不便抗议，照三桂意拜发奏折。到了四月十四日，奉了清圣祖谕旨："前明桂王朱由榔，恩免献俘，着即传旨赐死。钦此。"志明月日，作为明宗绝灭一大纪念。三桂立即升帐，传齐马、步各军，将桂王及眷属二十余人，都拥到篦子坡法场，令即绞决。桂王也不多说。只有桂王储嗣，年只十二龄，大骂三桂道："三桂黠贼！我朝何负于汝？我父子何仇于汝？乃竟置我死地。天道有知，必不令黠贼善终！"是日，天昏地暗，风霾交作，滇人无不悲悼，改唤篦子坡为迫死坡。福、唐、桂三藩事，至此结局。

时李定国方联结暹罗、古剌诸国，拟大举攻缅，索还桂王，忽闻缅人已把桂王献与吴三桂，急引兵追截；途次，又闻桂王被弑，望北大哭，呕血数升。兵士见主帅已病，请即退还。回到猛猎，病势日重一日，临危时，尚三呼永历帝，悠然而逝。还算是他。

定国已死，西陲无遗患，独东南尚有张煌言、郑成功。煌言隐居南田

岛，随从只有数人，明知大势已去，无能为力，只是忠心未泯，还与台湾常通音问，屡促成功进兵。不料成功一病身亡，煌言闻讣大哭道："延平一殁，还有何望？"从此深岛屏居，谢绝一切，暇时或著书遣闷，借酒消愁。一日，方在门外闲眺山水，见有数人着了明装，走到煌言面前，瞧了又瞧。煌言方自惊诧，但听来人道："君非张煌言先生么？"煌言不便道出姓名，却转问来人。来人道："我等皆故明遗民，因闻先生居此，特来拜谒。先生何必隐匿名姓，难道疑我等为奸细么？"煌言便邀到窟穴，彼此各道姓字，无非是张三、李四一流人物。坐谈之顷，满口思明，声声忠义，与煌言说得非常投机，并云："岛口有来舟数号，舟中同志，约数百人，一成一旅，也可中兴，请先生出去一会，订定盟约，共图恢复便是。"煌言热心复明，便随了来人，步至岛口，果见口外泊船数艘，将要上船，舟中突起数人，都是辫发的清兵，煌言始知中他诡计。清兵提起铁索来缚煌言，煌言厉声道："士可杀不可辱！"道言未绝，岸上引诱煌言的来人，即摇手阻住。当下偕煌言上船，乘着风势，到了宁波，复由宁波转达杭州，由清兵上岸，雇了肩舆，抬煌言入署。巡抚赵廷臣下阶迎接，请他上坐，便唠唠叨叨的劝他降清。煌言道："如公厚谊，非不足感，但煌言义不事清，有死无二。任他辩如秦、仪，不能摇动方寸，还是早日就死，完我贞心。"廷臣见无可说，便从他志愿，送出清波门，令他就义，把遗骸送入凤凰山中。迄今凤凰山有张苍水先生墓，就是煌言遗冢。

这时候，镇守闽地的耿继茂，复与闽督李率泰，水师提督施琅，借了荷兰国夹板船数艘，攻克金、厦二岛，复名思明州为厦门。郑军退保台湾，由成功子经据守台地，仍奉永历正朔，效节海外。清廷将郑芝龙正法，并其子郑成恩、世恩、世荫等，亦一律斩首。芝龙临刑时，长叹道："早知如此，何必投降。"悔已迟了。郑经闻芝龙受刑，痛乃祖之被戮，悲厥考之无成，抢地呼天，枕戈饮血，可奈逋地徒成孤立，衔石不足填波，只得遵晦养时，再作计较。

那时八龄天子，坐享承平，归马放牛，修文偃武，太常纪绩，颁世禄以报功，胜国搜贤，予隆谥以表节。光阴荏苒，已是四年，天子大婚，册内大臣噶布喇女何舍里氏为皇后，龙凤双辉，满廷庆贺。太皇、太后与皇太后，各上徽号，虽是照例应有的事情，免不得锦上添花，愈加热闹。只范文

程、洪承畴等一班勋臣，先后逝世，朝纲国计，统归辅政四大臣管理。这四大臣中，索尼是四朝元老，资格最优，人品亦颇公正。遏必隆苏克萨哈勋望较卑，凡事俱听索尼主裁。独这鳌拜随征四方，自恃功高，横行无忌，连索尼都不在眼中，他想把索尼诸人，一一除掉，趁着皇帝冲幼，独揽大权，因此暗中设法，先从苏克萨哈下手。苏克萨哈系正白旗人，鳌拜乃镶黄旗人，顺治初年，睿亲王多尔衮曾把镶黄旗应得地，给与正白旗，别给镶黄旗右翼地，旗民安居乐业，已二十多年。鳌拜倡议，欲将原地各归原旗，明明是借题生衅。宗人府会议照准，遂命直隶总督朱昌祚，巡抚王登联，会同国史馆大学士苏纳海，经理易地事宜。俗语说道："多一事不如少一事。"这安居乐业的旗民，无缘无故要他迁徙，不免要多费财力；况且原地易还，屯庄亦须互换，彼此各有损失，各有困难，自然而然的怨恨起来。苏纳海、朱昌祚、王登联等，俯顺舆情，奏请停止，康熙帝召见四大臣，将原奏交阅。鳌拜怒道："苏纳海拨地迟误，朱昌祚阻挠国事，统是目无君上，照例应一律处斩。"这是鳌拜自创的律例。康熙帝问索尼等人道："卿等以为何如？"遏必隆连忙答道："应照辅臣鳌拜议。"索尼亦随即接口道："臣意也是如此。"口吻略有不同，然都是敲顺风锣。只苏克萨哈俯首无言。鳌拜怒目而视，恨不将苏克萨哈吞入肚中，转向康熙帝道："臣等所见皆同，请皇上发落！"康熙帝犹在迟疑，鳌拜即向御座前，检出片纸，提起御用的朱笔，写着："苏纳海、朱昌祚、王登联，不遵上命，着即处斩"十七个大字，匆匆径出。索尼等亦随了出来。鳌拜就将矫旨付与刑部，刑部安敢怠慢，即提到苏纳海、朱昌祚、王登联三人，绑出市曹，一概枭首。暗无天日。

康熙帝见鳌拜这副情形，遂有意亲政，阴令给事中张维赤等联衔奏请。贝勒王大臣同声赞成，独鳌拜不发一词。康熙帝又延了年月，直到康熙六年秋季，始御乾清门听政。隔了数日，索尼病逝，鳌拜欲加专恣，苏克萨哈恐不能免祸，遂呈上奏折，略云：

> 臣以菲材，蒙先皇帝不次之擢，厕入辅臣之列，七载以来，毫无报称，罪状实多。兹遇皇上躬亲大政，伏祈令臣往守先皇帝陵寝，如线余息，得以生全，则臣仰报皇上豢育之恩，亦得稍尽。谨此奏闻。

帝览奏，即用另纸写就朱谕道：

尔辅政大臣等，奉皇考遗诏，辅朕七载，朕正欲酬尔等勤劳。兹苏克萨哈奏请守陵，如线余息，得以生全，不识有何偪迫之处？在此何以不得生？守陵何以得生？着议正王贝勒大臣会议具奏。

此谕一下，鳌拜已经闻知，遂至议政王处运动。这时候，议政王中，要算康亲王杰书，位望较高，然见了鳌拜，亦非常畏惧。鳌拜便授意杰书，教他如此如此，杰书唯唯听命，遂照鳌拜意奏复。康熙帝见了复陈，不觉惊异起来。看官！你道他复奏中是什么说话？他说："苏克萨哈系辅政大臣，不知仰体遗诏，竭尽忠诚，反饰词欺藐主上，怀抱奸诈，存蓄异心，本朝从无犯此等罪名，应将苏克萨哈官职，尽行革去，即凌迟处死，所有子孙，俱着正法"云云。查清朝律例，凌迟处死，乃是大逆不道的处分，苏克萨哈请守陵寝，不过语言激烈一点，如何可加他凌迟，并且还要灭族？康熙帝幼年岐嶷，哪有不惊异之理，便召康亲王杰书等，及遏必隆鳌拜二人入内，说他复奏谬误。鳌拜即上前辨驳，康熙帝道："你与苏克萨哈，不知有什么仇隙，定要斩草除根，朕意恰是不准。"总算圣明。鳌拜道："臣与苏克萨哈并无嫌隙，只是秉公处断。"康熙帝道："恐怕未必。"鳌拜道："若不如此办法，将来臣下都要欺君罔上了。"康熙帝道："欺君罔上的人，眼前何曾没有？朕看苏克萨哈倒还是有些规矩。"鳌拜仍是力请，康熙帝坚执不允。鳌拜不禁大怒，攘臂直前，欲以老拳相饷。康熙帝究属少年，吓得惶恐失色，便支吾道："就要办他，亦不应凌迟处死。"鳌拜抗声道："即不凌迟，也应斩道。"鳌拜真穷凶极恶。康熙帝战栗不答，还是杰书同遏必隆，参了末议，定了绞决。亏他调停。鳌拜方无言而出。可怜苏克萨哈七载勤劳，竟被权奸构陷，惨死法场。专制之世，其惨如此。

康熙帝经此一激，到慈宁宫内去见太后，泣述鳌拜不法情状。太后女流，无计可施，只用好言抚慰。究竟圣明天子，别有心思，他向各王邸中，选了百名亲王子弟，年纪多与康熙帝仿佛，一班儿练习武艺，研究拳术，将门之子，骨种不同，不到一年，都学得拳术精通，武艺高强，连康熙帝也得了一点本领。于是康熙帝不动声色，先封鳌拜为一等公，歇了数日，单召鳌

拜入议事。鳌拜欣然前往，到了内延，见康熙帝端坐上面，两旁站立的，便是一班少年的贵胄。鳌拜昂着头，走至康熙帝前。死在目前，还是这般桀傲。说道："皇上召臣何事！"康熙帝竖起龙目，怒向鳌拜道："你知罪么？"劈头劈脑的一句。熬拜毫不畏惧，直答道："臣有何罪？"康熙帝道："你结党树私，妨功害能，罪不胜举，还说无罪！"鳌拜听了此语，恼着性子，忍耐不住，仍旧发作攘臂故态。原是要你如此。康熙帝索性激他一激，便道："左右与我拿下！"鳌拜厉声道："哪个敢来拿我！"言未毕，一少年应声而出，走近鳌拜，鳌拜即拍面一拳，那少年不慌不忙，把鳌拜拳头接住，喝一声道："走。"鳌拜站立不住，倒退数步。众少年趁这机会，拥住鳌拜，你一拳，我一脚，鳌拜不防这童子军，竟有如许能力，方想极力招架，谁知已被众少年掔翻，打得皮破血流，奄奄一息。康熙帝便召杰书遏必隆入内，痛骂一顿。两人连忙下跪，捣头如蒜。康熙帝便命两人拖出鳌拜，叫他们据实讯鞫，不得徇私。这两人魂胆消扬，自然遵旨勘实，奏复鳌拜罪状共三十款。末后有鳌拜为勋旧大臣，正法与否，出自皇上圣裁等语。还想回护这贼子。正是：

当道豺狼遭失势，满城狐鼠亦寒心。

未知鳌拜性命如何，且看下回分解。

吴三桂率军南下，严檄缅人，令献永历帝自効，此实三桂之一失计，若稍有远识，谁肯悍然不顾，冒大不韪之名？迨缅人献出永历，复手自加弑，彼以为可免清帝之嫌。不知愈中清帝之忌。康熙帝固英断有余。观其不动声色，立除鳌拜，鳌拜能除，宁不能除三桂耶？篇中虽依次叙事，然钩心头角处，隐具匣剑帷灯之妙。微而显，明而晦，吾于是书亦云。

第二十二回　蓄逆谋滇中生变　撤藩镇朝右用兵

却说清康亲王杰书等，既审问鳌拜，明白复奏，不日，由内阁传下谕旨。其词道：

鳌拜系勋旧大臣，受国厚恩，奉皇考遗诏，辅佐政务，理宜精白乃心，尽忠报国。不意鳌拜结党专权，紊乱国政，纷更成宪，罔上行私，凡用人行政，鳌拜欺藐朕躬，恣意妄为。文武官员，欲令尽出其门。内外要路，俱伊之奸党。班布尔善、穆里玛塞本得、阿思哈、噶褚哈讷莫、泰壁图等，结为党与，凡事先于私家商定乃行；与伊交好者，多方引用，不合者即行排陷，种种奸恶，难以枚举。朕久已悉知，但以鳌拜身系大臣，受累朝宠眷甚厚，犹望其改行从善，克保功名以全始终。乃近观其罪恶日多，上负皇考付托之重，暴虐肆行，致失天下之望。遏必隆知其恶，缄默不言，意在容身，亦负委任。朕以罪状昭著，将其事款命诸王大臣公同究审，俱已得实，以其情罪重大，皆拟正法。本当依议处分，但念鳌拜效力多年，且皇考曾经倚任，朕不忍加诛，姑从宽免死，着革职籍没，仍行拘禁。遏必隆无结党事，免其重罪，削去太师职衔及后加公爵。班布尔善、穆里玛、阿思哈、噶褚哈塞本得、泰壁图、讷谟，或系部院大臣，或系左右侍卫，乃皆阿附权势，结党行私，表里为奸，擅作威福，罪在不赦，概令正法。其余皆系微末之人，一时苟图

侥幸，朕不忍尽加诛戮，宽宥免死，从轻治罪。至于内外文武官员，或有畏其权势而倚附者，或有身图幸进而依附者，本当察处，姑从宽免。自后务须洗心涤虑，痛改前非，遵守法度，恪共职业，以期副朕整饬纪纲、爱养百姓之至意。钦此。

刑部奉到谕旨，即遵照办理，自是文武百官，方晓得康熙帝英明，不敢肆无忌惮。这事传到外省，别人倒还不甚介意，只有那两朝柱石功高望重的吴三桂，偏觉心中不安起来。事有凑巧，广东镇守平南王尚可喜，因其子之信酗酒暴虐，不服父训，恐怕弄出大祸，遂用了食客金光计，奏请归老辽东，留子镇粤，他的意思，无非望皇上召还，得以面陈一切，免致延累。适值康熙帝除了鳌拜，痛恨权臣，见了此奏，即令吏部议复。吏部堂官，早窥透康熙的意思，议定藩王现存，儿子不得承袭，尚可喜既请归老，不如撤藩回籍等语。康熙帝遂照议下谕。

吴三桂在云南，日日探听朝廷消息，他的儿子吴应熊曾招为驸马，在京供职，所有国事，朝夕飞报。尚可喜还未接谕，吴三桂早已闻知，当下写了密函，寄到福建。此时靖南王耿继茂已死，由其子靖忠袭封，仍镇守福建地方，得了三桂密书，就照书中行事，上了折子，奏请撤兵。折奏到了北京，吴三桂奏折亦到，大致与靖忠相同。如此恭顺，殊出意料。及看到后文，始知吴、耿命意。康熙帝召集廷臣会议，各大员多胆小如鼷，主张勿撤；又命议政王及各贝勒议决，也是模棱两可。康熙帝道："朕阅前史，藩镇久握重兵，总不免闯出祸来，朕意还是早撤。况吴三桂子应熊，耿精忠弟昭忠、聚忠等，都在京师供职，趁此撤藩，彼等投鼠忌器，尚不致有变动。"独具见解。兵部尚书明珠，户部尚书米思翰，刑部尚书莫洛，听到此语，就随声附和起来，不是说圣意高深，就是说圣明烛照。极力谄媚。康熙帝遂准奏撤藩，差了侍郎哲尔旨，学士博达礼往云南，户部尚书梁清标往广东，吏部左侍郎陈一炳往福建，经理各藩撤兵起行事宜。

三桂闻了此信，大吃一惊，暗想道："我去奏请撤藩，乃是客气说话，不料他竟当起真来。"遂密与部下夏国相马宝计议。马宝道："这乃调虎离山之计，王爷若愿弃甲归田，也不必说，否则当速谋自立，毋再迟疑。"夏国相道："马公之言甚是。但现在且练兵要紧，等待朝使一到，激动军心，便

好行事。”一吹一唱，吴氏香火，要被他断送了。三桂便于次日升帐，传齐藩标各将，往校场操演。各部将遵着号令，不敢懈怠。以后日日如此，除夏国相、马宝及三桂两婿郭壮图、胡国柱外，统是莫明其妙。

一日，传报钦使到来，三桂照常接诏，一面留心腹部员款待两使，一面部署士卒，检点库款，宛似办理交卸的样子。整顿已毕，便召众将士齐到府堂，令家人抬出许多箱笼，开了箱盖，搬出金银珠宝，细缎衣服各类，摆列案前，随向将士说道：“诸位随本藩数十年，南征北讨，经过无数辛苦，现今大局渐平，方想与诸位同享安乐，不期朝廷来了两使，叫本藩移镇山海关，此去未知凶吉，看来是要与诸位长别了。”并不要他就死，如何说是长别？众将士道：“某等随王爷出生入死，始有今日，不知朝廷何故下旨撤藩？”三桂道：“朝旨也不便揣测，大约总是‘鸟尽弓藏，兔死狗烹’的意思。本藩深悔当年失策，辅清灭明，今日奉旨戍边，不知死所，这也是本藩自作自受。确是自作自受。只可怜我许多老弟兄，汗马功劳，一旦化为乌有。”说到此处，恰装出一种凄惶的形状；并把手指向案前道：“这是本藩历年积蓄，今日与诸位长别，各应分取一点，留个纪念。他日本藩或有不测，诸位见了此种什物，就如见了本藩。罢罢罢，请诸位上来，由我分给！”众将士都下泪道：“某等受王爷厚恩，愿生死相随，不敢再受赏赐。”三桂见众将士已被煽动，随即说道：“钦使已限定行期，不日即当起程，诸位还要这般谦逊，反使本藩越加不安。”众将士方欲再辞，忽从大众中闪出两人，抗声道：“什么钦使不钦使？我等只知有王爷，不知有钦使。王爷若不愿移镇，难道钦使可强逼么？”三桂视之，乃是马宝、夏国相，却假作怒容道：“钦使奉圣旨前来，统宜格外恭敬，你两人如何说出这等言语，真是瞎闹！”马宝、夏国相齐声道：“清朝的天下，没有王爷，哪里能够到手？这语是极。今日他已非常快乐，反使王爷跋涉东西，再尝苦味，这明明是不知报德。王爷愿受清命，某等恰心中不服！”三桂道：“休得乱言！俗语说道：‘君要臣死，不得不死。’只我前半生是明朝臣子，为了闯贼作乱，借兵清朝，报了君父大仇。你尚知有君父么？本藩因清朝颇有义气，故尔归清，至永历帝到云南时，本藩也有意保全，无如清廷硬要他死，不能违拗，只得令他全尸而亡，亏他饰词。把他好好安葬。现在远徙关外，应向永历帝陵前祭奠一回，算作告别，诸位可愿随去么？”众将士个个答应。

三桂入内更衣，少顷，即出。众将士见他蟒袍玉带，竟浑身换了明朝打扮，所谓反复小人。又都惊异起来。三桂令家人扛了牛羊三牲，带同将士，到永历帝坟前酬酒献爵，伏地大哭。这副急泪，如何预备？众将士见他哭得悲伤，也一齐下泪，正在悲切之际，不料两钦差又遣使催行。三桂背后跃出胡国柱，拔了佩刀，把来人砍翻。三桂大哭道："你如何这般卤莽？叫我如何见钦使？军士快与我捆了国柱，到钦使前请罪！"众将士呆立不动，三桂催令速捆。马宝上前道："王爷如要捆绑国柱，不如将某等一齐捆去。"三桂道："你们如此刁难，难道钦使不要动气么？"马宝道："两个京差，怕他什么！"三桂道："钦使不怕，还有抚台，你可怕么？"胡国柱道："不怕不怕，我就去杀他！"众将士道："我等同去！"三桂连忙拦阻，只拦得一半，一半随着国柱忿忿前去。不消多少工夫，胡国柱提着血淋淋的人头，向地下一掷。三桂拾起一看，正是巡抚朱国治的首级，复恸哭道："朱中丞！朱中丞！本藩并不要害你，九泉之下，休怨本藩！"分明叫国柱去杀朱抚，还说不要害他，哪个相信？复对众将士道："你等无法无天，叫我如何办理？"众将士同声道："请王爷做了主子，杀往北京便了。"满盘做作，都为这两句说话。三桂收泪道："当真么？当真可做此事么？"众将士道："王爷系明朝旧臣，复明灭清，乃堂堂正正的事情，如何不可？"此语乃三桂所厌闻。三桂道："北兵到来，奈何？"众将士道："火来水淹，将来兵挡，有什么害怕？"三桂道："你等陷我至此，肯为我尽力么？"大家统大呼道："愿尽死力！"这一声，仿佛象雷声一般，震惊百里。三桂率兵回府，急命手下将哲博两钦差捉住，拘禁狱中，写了旗帜，竖起府前。旗上写的是"天下都招讨兵马大元帅吴"十一字。一面赶撰檄文，其文道：

> 本镇深叨明朝世爵，统镇山海关，一时李逆倡乱，聚众百万，横行天下，旋寇京师，痛哉毅皇烈后之崩摧，痛矣东宫定藩之颠跌。文武瓦解，六宫纷乱，宗庙邱墟，生灵涂炭，臣民侧目，莫敢谁何，普天之下，竟无仗义兴师。本镇独居关外，矢尽兵穷，泪血有干，心痛无声。不得已许虏藩封，暂借夷兵十万，身为前驱，斩将入关，李贼遁逃，誓必亲擒贼帅，斩首以谢先帝之灵，复不共戴天之仇。幸而渠魁授首，方欲择立嗣君，更承宗社，不意狡虏再逆天背盟，乘我内虚，雄踞燕京，

窃我先朝神器，变我中国冠裳，方知拒虎进狼之非，追悔无及。将欲反戈北逐，适值先皇太子幼孩，故隐忍未敢轻举，避居穷壤，艰晦待时，盖三十年矣。彼夷君无道，奸邪高位，道义之士，悉处下僚，斗筲之辈，咸居显爵。君昏臣暗，彗星流陨，天怨于上，山岳崩裂，地怒于下。本镇仰观俯察，正当伐暴救民，顺天听人之日也。爰率文武共谋义举，卜甲寅正月元旦，推奉三太子，水陆兵并发，各宜懔遵诰诫！

上首署衔，就是大旗上面的十一字，只是檄文中有推奉三太子一语，他是凭空捏造，说是崇祯帝三太子，留在周皇亲家，当迎他为主，自己权称元帅以便号召。遂以甲寅年为周元年，甲寅年乃康熙十三年。令军民蓄发易服，改张白帜，择日祭旗出兵。

三桂处置已毕，时已夜深，退入内寝，甫抵寝门，忽一妇人号啕前来，扯住三桂袍袖道："你要杀我儿子了。"三桂一看，乃是继室张氏。原来三桂元配，被李闯所杀，三桂即继配张氏为妻，应熊即张氏所出。后来重得陈圆圆，不甚宠爱继室。三桂瞋目道："死一儿子何妨，叫我不死便好。"君父尚且不管，管什么儿子？把袖一扯，摔倒张氏，张氏放声大哭。这时陈圆圆早到云南，正在内室，闻得门外吵闹，急移步出来，两面劝解，一面扶起张氏，劝慰一番，令侍女送回正寝，一面迎三桂入卧室，问明原委。三桂将当日情形，叙述一遍，圆圆俯首长叹。三桂问道："爱妃亦以此举为未然否？"圆圆道："妾自出世以来，起初遭家不造，鬻为歌伎，辗转流离，得侍王爷。每忆当年留住京师，为寇所掠，心中尚时常震恐，到了今日，安荣已极。妾闻知足不辱，知止不殆，长此奢华，恐遭天忌，愿王爷赐一净室，俾妾茹素修斋，得终天年，实为万幸！"三桂道："我正思创立帝业，册你为后，你却欲净室修斋，令我不解。"圆圆道："自古到今，都为了争帝争王，扰得人民不宁，实在是做了皇帝，一日万几，也是没甚趣味。妾少年时，自顾姿容，亦颇不陋，常有非分的妄想，目今身为王妃，安享荣华，反觉尘俗难耐。为王爷计，倒不如自卸兵权，偕隐林下，做个范大夫泛舟五湖，宁不快乐？何苦争城夺地，再费心力，再扰生灵？"陈圆圆颇已了解，可惜三桂不醒。三桂默然不答。圆圆复再三相劝，怎奈三桂已势成骑虎，不能再下，喟然道："不能流芳百世，亦当遗臭万年。"为此一念，误尽人心。圆圆知无可挽回，

便于次晨起来，向三桂前求一僻室静居。三桂此时心乱如麻，便即应允。当下圆圆即出游城外，见城北一带地方空敞，枕水倚山，中间有一沐氏废园，甚为幽雅，便入园布置，令奴仆等就地整刷，作为净修的居室。一住数年，三桂也不去缠扰，别选美人，充了下陈。圆圆毕竟有福，到三桂将败时，一病身逝，三桂命葬在商山寺旁。绝代尤物，倒安安稳稳的与世长辞了。

这也不在话下，单说三桂既叛了清朝，号召远近，贵州巡抚曹申吉，提督李本深，云南提督张国柱，亦起兵相应。独云贵总督甘文焜，得了此信，仓猝出贵阳府，带了一子及十余从骑，兼程赶至镇远，调兵守城。偏这兵士不从号令，反把甘文焜围住。文焜先将儿子杀死，然后自刎。兵部郎中党务礼，户部员外郎萨穆哈，正在贵州办差，迎接三桂眷属至京，一闻警信，吓得魂不附体，忙坐上快马，疾忙加鞭，星夜趱行，一口气跑到北京，下了马，闯入午内。守门侍卫，拦阻不住。他二人直到殿下，大声报道："不好了！不好了！吴三桂反！"说到反字，已神昏气厥，扑倒阶前。适值早朝未罢，殿上百官下阶俯视，回奏是党务礼、萨穆哈二人，康熙帝即命侍卫将二人抹入。二人尚是神昏颠倒，歇了半晌，方渐渐醒转，开眼一看，乃在殿上。这二人官微职卑，从没有上殿启奏的故例，到了此时，悚惶万状，急忙跪伏丹墀，口称："奴才万死，奴才万死。"康熙帝传旨，叫他们据实奏来！二人把三桂造反，抚臣朱国治，督臣甘文焜被杀事，详奏一遍。复称："奴才昼夜疾驰，一路到京，已十二日，只望奏渎天听，不意神魂不定，闯入殿前，自知谬戾，求皇上处重！"康熙帝道："尔等闻警驰报，星夜前来，倒也忠实可嘉。只是欠镇定一点，以致如此。朕特赦尔罪，下次须谨饬方好！"两人忙谢恩趋出。

康熙帝问王大臣道："这事应如何办理？"大学士索额图奏道："奴才前日曾虑撤藩太速，致生急变，现在事已如此，只好安抚三桂，令世守云南，当可了事。"康熙帝道："三桂已反，难道尚肯听命么？"索额图道："三桂若不肯听命，请将主张撤藩的人，从重治罪，这也是釜底抽薪的一法。"米思翰、明珠、莫洛三人，亦在殿上，听到治罪一语，不觉面如土色。既要谄媚，何必畏缩？康熙帝道："胡说！徙藩是朕的本意，难道朕先自己治罪，谢这叛贼？"索额图连忙跪伏，自称不知忌讳，该死该死。康熙帝叱退索额图，立命兵部尚书明珠，在殿前恭录上谕，命都统巴尔布，率满洲精

骑三千，由荆州驰守常德，都统珠满率兵三千，由武昌驰守岳州，都督尼雅翰、赫叶席布根、特穆占、修国瑶等，分驰西安、汉中、安庆、兖州、郧阳、汝宁、南昌诸要地，听候调遣。写到此处，外面又递到湖广总督蔡毓荣，加紧急报，也是奏闻云南变事。康熙帝旁顾顺承郡王勒尔锦道："劳你一行，就封你为宁南靖寇大将军，统师前敌！"勒尔锦遵旨谢恩。又顾莫洛道："命你为经略大臣，督理陕西军务！"莫洛亦遵旨谢恩。康熙帝复命明珠，录写三桂罪状，削除官爵，宣布中外；并令锦衣卫拿逮额驸吴应熊下狱。明珠恭录圣旨毕，即奏道："闽、粤两藩，如何处置，应乞圣旨明示！"康熙帝道："暂令勿撤可好么？"明珠奉命续录，随即退朝。自是羽檄飞驰，劲旅四出，周太尉发兵泗上，乘传前来，裴节度进捣蔡州，轻车夜至，这一场有分教：

荡荡中原开杀运，隆隆方镇挫强权。

欲知战事如何，请诸君续看下回。

自古藩镇，鲜有不生变者。撤亦反，不撤亦反；与其迟撤而养祸益深，不若早撤而除患较易。清圣祖力主撤藩，正英断有为之主。洎乎仓卒告警，举朝震动，圣祖独从容遣将，镇定如恒，且不允索额图之请，自损主威，圣祖诚可谓大过人者。或谓满汉相猜，由圣祖始，不知满人入关，汉人实为之伥，罪在汉人，不在满人。吴三桂为汉贼之魁，天道有知，断不令其长享安荣也。本回叙三桂狡诈，及圣祖英明，非颂圣祖，实病三桂，插入陈圆圆一段，尤足令三桂愧死。

第二十三回　驰伪檄四方响应
失勇将三桂回军

却说吴三桂既据了云贵，遂遣部将王屏藩攻四川，马宝等自贵州出湖南，陷了沅州。三桂闻湖南得胜，复令夏国相、张国柱等，引兵继进。湖南守将，已十多年不见兵革，弓马战阵，统已生疏，此番遇着吴军，个个望风奔窜。吴军直逼长沙，巡抚卢震，即调提督桑额入援，谁知桑额早已逃去。卢震仓皇无措，也只得弃了长沙，奔往他方。清都统巴尔布、珠满等，奉命出师，行至途次，闻报吴军已得长沙，惊慌得了不得，遂扎住营寨，逗留不进。满员多是没用。于是常德、岳州、衡州、澧州一带，先后失陷，四川巡抚罗森，因王屏藩攻入境内，急就近向湖广乞救，寻闻湖南已经失守，清兵不敢前进，他暗想吴军势大，清兵不能救湖南，哪里能救四川？遂召提督郑蛟麟，总兵谭洪、吴之茂等商议。郑蛟麟已受三桂密札，方想动手，到了巡抚署内，遂怂恿降吴，罗森正中下怀，命通款吴军，联络王屏藩，背叛清朝。眼见得四川全省，又为三桂所有了。

耿精忠镇守福建，本与三桂通同一气，至是闻三桂已得湘、蜀，欲起兵遥应，是时福建总督范承谟，系三朝元老文程之子，与精忠谊关亲戚，精忠也管不得许多，把他拘禁起来；易了汉装，三路出兵，派总兵曾养性出东路，攻打浙江省内的温州、台州，白显忠出西路，攻打江西省内的广信、建昌、饶州，又令都统马九玉出中路，攻打浙江省内的金华、衢州。滇、闽、粤三藩中，已是两路构变，独尚可喜始终事清，毫无叛志。三桂通书招诱可

喜，可喜将来使拘住，把来书呈奏清廷。三桂闻使人被拘，大怒，急密函致耿精忠，令攻击广东。精忠遂勾通潮州总兵刘进忠，差他进兵图粤，复约台湾郑经，夹攻粤海。中原大震，各地告急本章，象雪片般传达清廷。康熙帝复令贝勒尚善为安远靖寇大将军，出助顺承郡王勒尔锦，由鄂攻湘，贝勒洞鄂为定西大将军，出助经略大臣莫洛，由陕攻蜀，这两路是协攻吴三桂。又命安亲王岳乐为定远平寇大将军，出师江西，康亲王杰书为奉命大将军，贝子傅喇塔为宁海将军，出师浙江，这两路是攻耿精忠。另授简亲王喇布为扬威大将军，镇守江南。这一路是策应四路。

诏旨甫下，忽报广西将军孙延龄戕杀巡抚，降顺三桂，康熙帝叹气道："不料孙延龄也是这般。"原来延龄系故定南王孔有德女婿，有德殉难广西，阖门死事，仅遗一女，名四贞，留养宫中，视郡主食俸，及长，嫁与延龄为妻。夫以妻贵，因命他镇守广西，管辖南藩，禄位与滇、闽、粤三王，相去无几。只是这位孔郡主，仗着自己势力，常要挟制延龄，延龄屡与他反目。三桂起事，密使相招，延龄想背了清朝，免受闺房压制，为了河东狮，甘从滇南狼，延龄殊不值得。因此降顺三桂。康熙帝还道是待他厚恩，无端背义，谁知他却是为厚恩所迫，生了异心。

闲文少表，单说康熙帝闻延龄附逆，急封尚可喜为亲王，授可喜子之孝为平南大将军，之信为讨寇将军，会同广西总督金光祖，进讨延龄。四面八方，派遣停当，满望旗开得胜，马到成功，不料湖南、四川、江西、浙江、广西诸省，还没有克复消息，陕西的警报，又纷达北京了。

先是清经略大臣莫洛入陕西境，提督王辅臣，总兵王怀忠，先去迎接。莫洛自以为身任经略，节制全省，要摆点威风出来，镇压军心，见了王辅臣、王杯忠两人，并不用好言抚慰，反责他观望迁延，不即赴敌。速死之兆。辅臣等怏怏退出。莫洛到了西安，西安将军瓦尔喀与莫洛同是满人，两下会叙，颇觉亲热。莫洛发议，欲把提督以下，尽易满员，还亏瓦尔喀谏阻，说是"用兵之际，难易生手。"因此辅臣、怀忠，官职如旧，但心中已未免怀恨了。

莫洛令瓦尔喀出师汉中，自己留守西安。瓦尔喀带了辅臣、怀忠，兼程前进，到汉中，尚无敌踪，遂一路进至保宁。忽有探马来报，敌将王屏藩已出略阳，分扼栈道了。瓦尔喀大惊，与王辅臣等商议行止。辅臣道："略阳

一断，水运阻塞，栈道一断，陆运阻绝。我军无饷可运，不战亦困，看来只好急退广元，向经略处催饷，免致意外疏虞。”瓦尔喀依了辅臣的计议，退至广元驻扎，遣人到西安催饷。西安饷道亦断，哪里还发得出？分明是辅臣狡谋。待了月余，毫无音响。军中你言我语，互相怨望。瓦尔喀令王怀忠出去劝谕，兵士反哗噪起来，都说没有粮饷，如何打仗？怀忠制服不住，只得回禀瓦尔喀。又令王辅臣出帐抚慰，辅臣甫出帐外，外面顿时大闹，喧声四起，吓得瓦尔喀惊魂不定，身子都发抖起来。幸王怀忠犹有良心，一手扯住瓦尔喀，从帐后逃走。还是保全官职的好处。外面的兵士，随辅臣入帐，见瓦尔喀不知去向，也不喧哗了。显见是辅臣授意。

辅臣向兵士道：“将军已逃，将来劾奏一本，我等都要受罪，奈何？”兵士道：“闻得平西王优礼将士，到处传檄，现在不如前去通款，免得受死。”辅臣道：“汝等既有此心，我可为汝等成全。吾初意欲事一而终，今事已至此，只得与汝等共生死了。”道言未绝，帐外递进驿报，乃是莫经略出发西安，将到宁羌州。辅臣道：“莫洛前来，如何是好？”兵士道：“大家上前抵御，杀死这混账经略，便可了事。”辅臣道：“既如此，快随我前行。”兵士都踊跃愿从，星夜赶到宁羌，分头埋伏；又在大路中立了虚营，竖着大清旗帜，专等莫洛到来。

莫洛因清廷屡次催战，又遣贝子洞鄂来陕，他想洞鄂一到，我若仍在西安，显是逗留不进，没奈何带兵出城，一步懒一步，一日缓一日。辅臣等得不耐烦，着人催逼，只说是：“保宁兵变，急求援应。”莫洛方催兵趱程。这日正到宁羌，已近日暮，宁羌四面皆山，径路崎岖，树木丛杂。莫洛上冈瞭望，见山下有清营驻扎，料是辅臣遣来接应，忙令部队向前接进。猛听得一声号炮，伏兵四起，箭弹齐发，统向莫洛军中射来。莫洛茫无头绪，只是率兵前进。不向后退，偏望前进，想是责人观望，所以如此。他想过了此地，便好与辅臣合军，就使伤折几个人马，也没甚要紧。原来为此。行出山口，巧遇辅臣前来，莫洛大喜，不防一弹射中咽喉，翻身落马。死得爽快。辅臣杀了莫洛，便大叫道：“降者免死！”莫洛部兵，见无路可逃，只得投降。

贝子洞鄂，方到西安，适瓦尔喀逃回，已知保宁兵变；旋又闻莫洛被戕，哪里还敢出来？都是一班饭桶。忙饬八百里加紧驿报，飞递入京。

辅臣即与王屏藩会合，乘势攻陷各郡。三桂闻陕南得手，发银二十万，

犒赏辅臣部下，命与王屏藩分扰秦陇，自率大兵出发云南，赴常澧督战。临行时，其妻张氏复要向三桂索还儿子，三桂乃放出哲、博二钦使，浼他回京复奏，愿与清廷议和，清廷如肯裂土分封，不杀应熊，当即罢兵。哲、博二使唯唯连声，回京去讫。算是明哲保身。三桂又通使西藏，请达赖喇嘛代为奏陈，大约不外息事罢兵数语。康熙帝连接警报，也焦灼万分；又因哲、博二使复奏，及达赖喇嘛疏陈，越加忐忑不定，复开军士会议。

此时明珠已升任协办大学士，上前奏道："三桂不除，朝廷断没有安枕日子，乞皇上始终用兵，勿为摇动。"康熙帝道："朕意亦是如此，可惜各路将士，都不肯用力。"明珠道："各路将士，受了国恩，亦未必个个无良；但将士固应效劳，军械亦贵精利，奴才闻得西洋人南怀仁，善造火炮，比我国红衣大炮厉害得多，并且非常轻便，可以越山渡水。若令他多制此炮，运到军前，不怕三桂不败。"康熙帝道："南怀仁么？是否现任钦天监副官？"明珠应了声是。康熙帝忙谕兵部传旨，户部发银，叫南怀仁招募西人，赶紧制炮。明珠又奏道："三桂子应熊，现已监禁，应即处死，俾各路将帅，晓得天威震赫，不敢观望。就是西藏达赖，亦应严旨申斥方好。"康熙帝便命将吴应熊处绞，及应熊子世霖，亦俱绞死。一面传旨严斥达赖，复向明珠道："陕西兵变，辅臣附逆，莫洛闻已被戕，恐怕洞鄂亦靠不住。"明珠道："辅臣子继贞，前曾举发逆札，驰奏来朝，怎么今朝甘心附逆？"康熙帝道："莫非与莫洛有隙么？"明珠道："继贞尚在京中，请召他一问便知。"康熙帝即令侍卫召入继贞，继贞只道是为父受罪，跪在阶下，身子乱抖。驸马且要处绞，怪不得继贞发抖。康熙帝见他觳觫情形，反怜恤起来，随问道："你父与莫洛，是否有隙？"继贞战声道："是。"康熙帝道："你父果与莫洛有隙，朕意还可恕他。"继贞仍答称："是是。"康熙帝又道："朕命你持敕招抚，叫你父速即归诚。"继贞不说别话，只接连说了好几个"是"字。多说"是，"少说话，是清吏秘诀。明珠向继贞道："何不谢恩？"继贞被明珠提醒，方磕头道："谢万万岁隆恩！"康熙帝命他急速动身，继贞还是俯伏谢恩。外面呈进驿奏，乃是甘肃提督张勇，奏称："斩了伪使，附缴伪札。"康熙帝即命张勇为靖逆将军，便宜行事，交来使领诏回去。康熙帝退朝，王大臣散班，只有王继贞在阶下，还象犬儿一般的伏着；确是犬儿。幸得太监通知，方起身趋出，向内阁领了诏敕，匆匆奔回。脚膝倒还不痛吗？

且说三桂既到湖南，夏国相等连请渡江北犯，三桂不从，他只望清廷允他要求，划江为国；嗣闻其子应熊被戮，勃然大愤，遂留兵七万，守住岳澧诸水口，又分兵七万，守住长沙及湘、赣交界，亲率精骑赴湖北松滋县，遥应西北，拟从陕西绕攻京畿。是时王辅臣已由陕入陇，攻陷平凉、巩昌、秦州一带，烽火四彻。甘肃提督张勇，偕总兵王进宝，急至巩昌阻遏敌军，两边相持不下，忽闻宁夏提督陈福，为标兵所戕，急向清廷告急。清廷遣天津总兵赵良栋，驰赴宁夏，并命大学士都统图海为抚远大将军，任西征事，节制洞鄂以下诸军。图海颇谙兵略，为满大臣中翘楚。因闻王辅臣占据平凉，当即向平凉进发，一面约张勇夹攻。到了平凉，张勇亦率王进宝来会，图海道："王辅臣在平凉，王屏藩在汉中，两人隐为犄角，我军围攻平凉，王屏藩必来相救，现请两将军轻骑入陕，截住屏藩，此处待老夫督兵围攻，不患不胜。"张勇、王进宝奉命去讫。

图海扎住了营，自去相度形势，回帐召集部将，各授密计。是夜严装以待，到了二更时候，闻城内隐隐有号炮声，随率部将出营。不多时，王辅臣开城潜出，率兵到清营前，一声喊杀，突入清寨，不料寨中毫无人影，只有灯光数点，辅臣知是中计，急率军退出，见寨外已布满清兵，好象天罗地网一般。辅臣一马当先，提起大刀，左斫右劈，把清兵冲开两边，剩出一条血路，率军逃走。奔至城下，见有一军前来接应，辅臣一看，乃是虎山墩守兵，忙道："谁叫汝等前来？"守兵答道："适有一卒来报，据言主帅劫营被困，所以特来援应。"辅臣顿足道："吾中图海诡计，看来此城难保了。"部将问明情由，辅臣道："此城保障，全在虎山墩，我故用精兵扼守，不料清兵冒充我卒，调兵离山，他却不费气力，占住此墩，居高望下，城内虚实，都被瞧见，如何能守？"图海密计，从辅臣口中叙出。部将道："某等前去夺回便好。"辅臣道："他用心占住此墩，还肯被我夺回么？"部将执意要去，辅臣乃派兵五千，前去夺墩，自率兵入城防守。不到数时，果然五千兵只剩一半，踉跄逃回。辅臣忙差人去汉中乞援，数日不见回音，复派兵出城冲突数次，都被清兵杀退。图海分兵断敌饷道，城中益加惶恐。又闻炮声隆隆，溜弹飞入城中，守兵多被打伤。辅臣恐兵心溃变，没奈何上城弹压，昼夜不懈。

这日正在巡城，见城下来一清将，叫开城门，辅臣开城延入，通问姓名，乃是参议道周昌，奉抚远大将军命，前来招抚。辅臣踌躇未决，周昌

道："将军困守孤城，身处绝地，此时不亟图反正，尚待何时？况圣恩高厚，前曾遣令郎特敕抚慰，格外体恤，将军当早接洽。趁此自返，朝廷决不加罪，将军仍可完名，岂不甚善？"辅臣道："犬子继贞，曾持敕到来，某亦尝具疏谢罪，但至今未蒙赦诏，恐怕一旦归降，仍遭不测。"继贞持敕事，即从两人口中补叙。周昌道："将军如虑及此事，尽可放心。现在抚远大将军，因前日一战，将军能杀出重围，格外爱重，曾嘱某致意将军，倘虑天威不测，愿力为担保，誓不相负。"周昌也算能言。辅臣道："既如此，请阁下先回！某当遣部将前来订约。"

周昌随出城回营，禀报图海。图海道："现已接得固原捷报，张勇等将王屏藩击退，辅臣内乏粮草，外无救兵，不怕他不降。"到了次日，果然来了谢天恩，由辅臣遣至乞降。图海召入天恩，呈上辅臣书，内称如蒙保全，即愿投诚。图海当即批回。辅臣即开城迎入清兵。图海入城，表闻清廷，并请特颁赦诏，康熙帝自然应允，这也不在话下。

时三桂已到松滋，方遣降将杨来嘉等进略陨阳，命与王辅臣、王屏藩联络进兵。忽传到王屏藩败报，接连又闻平凉失守，辅臣降清，三桂面色骤变。正惊疑间，有一将匆匆奔入，递上急报，三桂连忙拆阅，乃是留守长沙夏国相乞援，即问道："常澧并没有警信，如何长沙告起急来？"我亦要疑。来将道："现因江西军大至，运到西洋大炮数十尊，我军不能抵挡，所以前来告急。"三桂道："江西的耿军，已被清兵杀退么？"来将道："耿军没有什么确实消息，大约总是败仗。现闻江西的清兵，乃是什么安亲王岳乐统带，来攻湖南的。"三桂道："军情如此，看来只好回援湖南，再作计较。"于是拔营回湘，先令胡国柱、马宝火急前进，去守长沙，自率水师顺流而下。途次，闻勒尔锦出虎渡口，尚善入洞庭湖，江湖险要，多被清兵占去，不觉大惊；忙令舟子扬帆飞驶，到了虎渡口，见岸上已无清兵，略略放心；转入洞庭湖，亦没有什么尚善，越加宽慰。原来勒尔锦、尚善等，闻三桂回军援湘，早已遁去，因此三桂由江入湖，毫无阻挡。到了长沙，马宝已扎营城外，四围浚掘重濠，布满铁蒺藜。三桂见守法严密，大加奖励。入城见胡国柱，方知夏国相往醴陵御敌，遂命部将高大节，带领精骑四千，往助夏国相，高大节骁勇善战，乃是三桂部下最得用的大将，此番出赴醴陵，又有一番恶战。正是：

彼思逐鹿，此愿从龙；
不有天甲，谁戢元凶。

未知高大节能得胜否，请向下回再阅。

本回以吴三桂为主脑，耿精忠、孙延龄、王辅臣等，皆旁枝也。然叙辅臣事独详，盖三桂既得湖南，非不欲涉江北上，只因清兵云集荆襄，不得已按兵常澧，待衅而动。王辅臣兵变之日，正有衅可乘之时，若使通道秦晋，潜袭燕京，则荆襄重兵，几成虚设，勒尔锦、尚善辈，又皆庸懦无能，未必能返斾回援。是知辅臣之叛降，实三桂成败之关键。叙辅臣，即所以叙三桂也。阅本回，方见详略之间，自费斟酌。

第二十四回　两亲王因败为功
诸藩镇束手听命

却说高大节到了醴陵，来助夏国相，相见毕，国相道："前时我军已入江西，夺了萍乡县，方思与耿军会合，直攻南昌，不料清安亲王岳乐，杀败耿军，把广信、建昌、饶州等处，都占了去，他又从袁州来攻长沙。我领军至江西阻御，因他有西洋大炮数十尊，很为厉害，所以敌他不过，退回醴陵。"高大节道："岳乐前来，江西必然空虚，末将不才，愿带本部兵四千，绕出岳乐背后，公击其前，我掩其后，必获全胜。"夏国相道："此计甚妙！但将军只有四千部兵，恐怕不够，须就我处拨添兵马方好。"大节道："兵在精不在多，从前岳飞只有嵬兵五百，能破金人数万。况部下的兵，已有四千，哪里还不够用？"的是将才。国相大喜，即令大节去讫。

且说清安亲王岳乐，奉命南征，到了建昌，适值闽藩总兵白显忠，攻陷城池，岳乐督攻不下。嗣从北京运到西洋大炮，接连轰城，显忠大恐，弃城遁去，岳乐乘胜克复广信、饶州。会清廷命他进攻湖南，遂从袁州进发，遇着夏国相前锋，一阵炮弹，把他击退，乃在袁州休息三日，进攻湖南，一面咨请简亲王喇布，移镇江兵至南昌，在后策应，也算精细。自是放心大胆，督兵前进。将至醴陵，忽闻流星马来报，敌将高大节已率兵数万，从间道去攻袁州了。岳乐惊道："袁州是吾后路，若被占领，大有不便，这却如何是好？"部将伊坦布道："看来只好催简王爷进守袁州，我军方可前进。若不如此，恐要腹背受敌哩。"岳乐依议，扎住营寨，差人飞咨简亲王。不防前

面又有探子前来，报称夏国相从醴陵来了。岳乐急传令回军，霎时大营齐拔，卷旆还辕，约行百余里，天色已晚，见前面有一大山，岳乐便命倚山扎营，待明日再行。这时候军心已懈，巴不得扎营留宿，部署已毕，埋锅造饭，饱餐一顿，正欲就寝，突闻山下炮声响亮，全营大惊。岳乐急命侦骑探望，回报这山名螺子山，山形如螺，树木蓊翳，也不知敌兵多少，只是偏插伪周旗号，岳乐道："山势既如此峭峻，我军不宜上山，速发大炮向山轰击。"营兵得令，就扛着西洋大炮出营。岳乐亲自督放，对着山上，扑通扑通的放着无数弹子。等到烟雾飞散，遥望过去，大周旗帜，仍然如旧。岳乐再命放炮，又是扑通扑通的一阵，山上旗帜，虽打倒了数十面，还有多半竖在那里。岳乐道："不好了，我中了敌计了。"伊坦布惊问缘由，岳乐道："这分明是疑兵，你听山下并没影响，反使我军失却无数弹子。"晓得迟了，炮弹已放完了。便止住兵士放炮，命将大炮抬还营内。甫入营，忽山上鼓声乱鸣，矢石齐发。岳乐复出营观望，见山上有一队敌兵驰下，当先一骑，大叫道："岳乐休走！"此时岳乐魂胆飞扬，急上马逃走。营兵见统帅已逃，还有哪个敢去截阵，自然没命的乱跑了。一阵乱窜，自相践踏，竟死了无数人马，连伊坦布也不知下落，西洋大炮，更不必说。

岳乐既逃过了螺子山，天已黎明，惊魂渐定，遂收拾残兵，奔回袁州，满望简亲王喇布，在袁州接应，不料袁州城上，已插了大周旗帜。周帜又见，能不惊心。岳乐正在惊疑，又听城东北角有一片喊杀声音，岳乐忙登高遥望，正是周兵追杀清兵。岳乐捏了一把汗，暗想："此时不上前救应，我军亦没有站足地了。"遂下山部勒队伍，绕城驰救。周兵见后面有清军杀到，只得回马来敌岳乐。岳乐驱兵掩杀，怎奈周兵队里的大将，一支枪神出鬼没，竟把清兵刺倒无数。岳乐知不能取胜，领兵杀出，望东北而去。那将也不追赶，收兵入袁州城。原来那将正是高大节，他从间道绕出袁州，把袁州城夺下，当下遣了百骑，埋伏螺子山，作为疑兵。他料岳乐回军，必从此山经过，见了旗帜，定要放炮，炮弹已尽，那时回到袁州，可以截击。适值清简亲王喇布，来应岳乐，到了大觉寺，大节即出兵对仗，杀得喇布大败而逃。总算岳乐去挡了一阵，大节方才退回。只是大节部兵，仅有四千，为什么探马报称，恰有数万？这叫作兵不厌诈，大节欲恐吓清军，所以有此诈语。

语休叙烦，这一句是说部常套，实则上文数语，乃是要言，若非如此表明，阅者都

要不明不白。且说岳乐迤逦奔回，喇布等还道是敌军追赶，后来见了清帜，方把部兵扎住，与岳乐相会。两下细叙，岳乐始知高大节厉害，叹道："此人若在江西，非朝廷福。"言未毕，探报吉安亦已失守。岳乐与喇布道："看来我等只好暂回南昌，再图进取。"喇布已经丧胆，自然依了岳乐，同到南昌去了。

那边高大节既得了全胜，复分兵占据吉安，飞遣人至醴陵、长沙告捷。此时吴三桂已移师衡州，只留胡国柱居守。国柱得了捷报，也自欢喜。不意国柱部下，有副将韩大任素与大节不睦，入见国柱道："大节确是勇将，但恐不能保全始终。"国柱道："你何以见得？"大任道："平凉的王辅臣，非一员勇将么？援此进谗，不怕国柱不信。为什么转降清朝？"国柱道："他前时本是清臣，所以仍旧降清。"大任道："清臣且不怕再降，何况大节？前闻大节在王爷下，常自谓智勇无敌，才力出王爷上，若使清廷遣人招致，封他高爵，哪有不变心之理，"谗人之口，偏是格外中听。国柱道："据你说来，如何而可？"大任献了调回的计策，国柱道："调回大节，何人去代？"大任又做了自荐的毛遂，国柱遂令大任去代大节，大节不服，大任也不与争论，遣人飞报国柱，说他拥兵抗命。四字足矣。国柱大怒，飞檄召回，大节无奈，把军事交与大任，出城叹道："周家气运，看来要断送在他们手中了。"随即怏怏而回。既到长沙，又被国柱痛斥一番。大节愤无可泄，遂致得疾。临危时，函报夏国相，请他注意袁州，末署"大节绝笔"四字。也是伤心，可惜事非其主。

国相接读来函，大为叹息，急向长沙添兵，拟再进江西略地。忽接江西警信，袁州已失，韩大任退守吉安，不禁顿足道："大节若在，何至于此？"正欲发兵赴援，适长沙遣马宝、王绪带兵九千来到，国相遂命两人去救吉安。两人行了数日，已抵洋溪下游，隔溪便是吉安城，遥见城下统扎清营，布得层层密密，城上虽有守兵，恰不十分严整。马宝向王绪道："我看清兵很多，城中应危急万分，为什么城上守兵，不甚起劲？"王绪道："我们且先开炮，遥报城中。若城中有炮相应，我军方可渡河。"马宝点了点头，便命兵士开炮，接连数响，城中恰寂然无声。马宝道："这正奇怪！莫非韩大任已降清兵么？"王绪道："大任害死大节，刁狡可知，难保今日不投降清兵？"马宝道："他若已经降清，我等不宜深入，还须想个善全的法子。"言未毕，见清营已动，忙道："不好了！清兵要过河来了。"忙令后军作了前军，前军作了后军。马宝与王绪亲自断后，徐徐引退。行未数里，后面喊声

大起，清兵已经追到。马宝令军士各挟强弩，等到清兵相近，一声号令，箭如雨发，清兵只得站住。马宝能军。马宝复退数里，清兵又追将过来，马宝仍用老法子射住清兵。此法用了数回，清兵仍依依不舍，马宝恼了性子，大喝一声，领兵回马厮杀。这边清兵，系简亲王喇布统带，喇布本是个没用人物，因见敌军退走，想趁此占些便宜，立点功劳，不防马宝回身酣斗，眼见得敌他不过，即拍马驰回，军士都跟了退去，反被马宝杀了一阵，夺了许多甲仗，从容归去。

喇布仍退到吉安城下，也不敢急攻。城内的韩大任，并未曾投降清兵，只因隔河鸣炮，还疑是清兵诱他出来，所以寂然不动，嗣闻清兵追击马宝，已自懊悔不及，遂于昏夜间开城逃去。喇布还道大任出来劫营，只令部兵守住营寨，由他渡河去讫。康熙帝用了这等庸将，反能逐去敌军，一来是康熙帝洪福齐天，二来是吴三桂恶贯满盈，天道不容，所以转败为胜。

江西略定，浙江亦迭报胜仗，康亲王杰书等，起初到了浙江，亦没有什么得利，幸亏总督李之芳，扼守浙西，连败曾养性、马九玉等军，敌势少衰。无如马九玉固守衢州，之芳累攻不下，曾养性固守温州，杰书等亦围攻无效，清廷屡次诘责，杰书焦急异常，还亏贝子傅喇塔，请移师衢州，与之芳并力合攻，免得兵分力弱。杰书依议，便舍了温州，连夜赶到衢州，与之芳合军攻打。时马九玉拥兵数万，占住衢河南岸的九龙山，保护城池，又分兵万人屯扎大溪滩，保护饷道。傅喇塔复献了截击敌饷的计策，带了精骑，冲破大溪滩敌营。九玉闻饷道被截，急下山来救，巧遇杰书、李之芳两军，渡河过来，九玉欲乘流邀击，偏这清兵连放西洋大炮，伤了九玉兵数百，九玉立足不住，引兵退还。杰书、之芳渡河追杀，九玉急收兵回营，可奈山下密布木桩，前时想阻住清兵，到此反把自己阻住，须要鱼贯而入，不能骤进。清兵又接连放炮，可怜九玉部下的兵，不是折脰，便是断臂。之芳复令兵士纵火，烈烈腾腾的烧将起来，大小木桩，一概燃着，顿时飞焰扑叠，焚去营帐无算。九龙山变作火焰山。九玉见势不支，忙领了步骑数百，从山后逃下。冤冤相凑，碰着傅喇塔回军接应，数百残兵，不值喇塔一扫，九玉没命的乱跑，走了数里，见喇塔不来追赶，方才停住。检点手下，只剩了三十骑，长叹一声，逃回福建去了。

杰书等立拔衢州，令李之芳回军攻击曾养性，自偕傅喇塔南下，转西攻

仙霞关。这时候的耿精忠，方联络郑经，去攻广东，陷潮州、惠州二郡，平南亲王尚可喜，急命其子之孝，趋惠州拦截耿军，不料广西提督马雄，与孙延龄通同一气，来攻高、雷二州，总兵祖泽清，又望风迎降。可喜东西受敌，一面向江西乞援，一面促其子之信拒敌。之信本不服父训，至是已隐受三桂伪札，运动部兵，把可喜幽禁起来，可喜忠清不忠明，故受逆子之信之报应。也自易帜改服，叛了清朝。可喜气愤已极，呕血身亡。

之信越加猖獗，江西将军舒恕，及都统莽依图，率兵援广州，反被之信用炮击退。总督金光祖及巡抚佟养巨，亦与之信相连，通款三桂。三桂封之信辅德亲王，命他助款充饷，又遣董重民来代金光祖，冯苏来代佟养巨。这信传到之信耳中，暗想三桂索饷遣款，分明是来箝制，忙与金光祖商议，仍旧背周降清。等了董重民等到粤，把他拘住，率军民薙发反正，西出兵拒马雄，东出兵拒耿精忠。

精忠方拟对敌，闻报清兵已破马九玉，攻入仙霞关，急回军福建，途次，又闻曾养性、白显忠二将，统已降清，不觉魂飞天外。原来李之芳回军浙东，适遇白显忠自江西败回，声言将由浙趋闽，断绝康亲王后路，之芳颇觉惊恐。随营委员陆孔昭入帐禀道："某与白显忠二裨将，素来相识，请前去说降，教他擒献白显忠。"之芳大喜，立命前去。隔了数日，果然把白显忠擒来。之芳召入，当由陆孔昭引二将进来，代为绍介。一姓范名时荣，一姓王名镐，之芳奖慰一番，随后将白显忠推入。之芳下座，亲解其缚，劝他悔过投诚，显忠便即依允。之芳与显忠同到温州，又命显忠入城劝降。曾养性势孤力蹙，哪有不愿降之理。看官！你想耿精忠三路出兵，至此尽归乌有，能不进退维谷吗？赶到福州，又闻清兵将到，精忠忙檄令各处总兵严守。檄差回报，建宁、延平等郡，已投降清军，漳州、泉州、汀州等郡，已献降郑经，精忠经此一吓，晕绝于地。左右用姜汤灌醒，下泪道："这遭休了！"

坐定后，见府外递进文书，精忠拆阅，乃清康亲王前来劝降。精忠一想，欲要不降，如何抵敌清军？欲要降清，总督范承谟尚在，定要陈他逆迹，将来仍难保全。左思右想，毫无计策，忽想了一条两头烧通之计。一面遣他儿子显祚，赴延平去接清兵，并献出伪总统印，一面将范承谟绞死，省得将逆迹表扬。到了此时，还要杀害范承谟，煞是凶狡过人，然亦是速死之道。康亲王杰书，遂进据福州，耿精忠率文武百官属出城迎降，愿随大兵立功赎罪。杰

书当将实迹奏闻，同时尚之信亦遣人赴江西，到清简亲王喇布军前乞降，喇布亦据实上奏。康熙帝因三桂未除，不便声罪，仍留耿尚爵位，命他立功抵罪。

于是浙江、福建、广东三省，次第略定，只广西尚在未靖，孙延龄降周叛清时，受临江王封爵，曾瞒住郡主孔四贞。后来被四贞闻知，劝他反正，他却不从。适故庆阳知府傅宏烈，旧被三桂攻讦，谪戍苍梧，此时独招集民夫，力图恢复。莽依图复出师广东，去会宏烈，延龄闻了此信，未免悔恨，又因闽、粤二藩，统已降清，越加着急。踌躇再四，只有请教娘子军一法，当下入见四贞，四贞却满脸怒容，不去理睬。延龄挨至四贞面前，轻轻的叫了几声郡主。四贞道："你叫我什么？"延龄道："我从前不听你言，弄错主意，目下危急万分，求郡主怜念夫妇恩情，为我解围。"四贞含嗔道："象你的负恩忘义，还念什么夫妻？我从前再三相劝，叫你不要叛清，你不但一句不听，反从此不入我室，离开了我，去做什么王爷。好好！你去做王爷去！我是没福的人，不要再来惹我！"说毕，将身子扭转一边。唯妙唯肖。延龄到了此时，也顾不得什么气节，只得向郡主脚边，跪了下去，做一出梳妆跪地。一面扯着郡主衣衫，千姊姊万姊姊的哀告。从来妇女的性情，容易发恼，亦容易转软，又况延龄丰姿俊美，与四贞本是一对璧人，两美并头，卿卿我我，只因意见微异，渐致乖离，此次经延龄一番温柔，自然回过心来，便道："你悔已迟了，叫我如何解围？"延龄道："我已仍愿降清，但恐皇上罪我，求郡主入京去见太后，暗中转圜，免我受罪，我死亦感激你了。"无端说一死字，亦是谶语。四贞闻延龄说一死字，顿时泪下，毕竟还是夫妇。便道："你是好好儿活着，为什么自己咒死，你既然要我赴京，事不宜迟，我就明日动身。"延龄喜极，忙与郡主料理行装。是夕，就在郡主前极力报效一宵，只此一宵欢聚，嗣后无相见期了。次日，即送孔郡主北上。

事有凑巧，傅宏烈亦致书相劝，邀他共迓清军。延龄答书："请宏烈先至广东，导达悔意，此外一律遵命。"这等事情，传达湖南，三桂急调胡国柱、马宝二将，速出广东，复嘱从孙吴世琮密计，驰赴广西。世琮倍道前进，径至桂林，仍用给临江王文书，教他前来领饷。就是密计。延龄正缺饷项，还道三桂未悉彼情，乐得取些饷银，聊救眉急，当即开城出迎。世琮诱他入营，暗中却已布满伏兵，等到延龄入帐，世琮方数他背叛的罪状。延龄即欲退出，被伏兵一阵乱斫，砍为肉泥。我为孔四贞一哭。世琮入据桂林，复

进占平乐。

时清将莽依图，正由广东赴广西，闻胡国柱、马宝奉三桂命，来夺广东，亟回军赴援，适遇于韶州城下，与战不利，退入韶州固守。胡国柱等极力攻扑，莽依图巡视城北，见城堞未坚，令部卒筑起一层土墙，两重守护。果然胡国柱兵，登高发炮，把城堞毁去，唯土墙无恙，城得不陷。莽依图正在焦灼，突闻城东鼓角喧天，回头一望，遥见清兵如飞而至，前面的大纛，绣着"江宁将军"四大字。莽依图趁这机缘，领兵杀出，内外互应，将胡国柱等杀退，追斩无算，遂接江宁兵入城。江宁将军，叫作额楚，奉廷命来援广东，巧与莽依图合军，并力杀退胡、马二人，遂留额楚守韶州，莽依图赴广西去讫。

胡国柱、马宝两人，奔回湖南，三桂大惊，又闻清廷命将军穆占，来助岳乐，连拔永兴、茶陵、攸县、酃县、安仁、兴宁、郴州、宜章、临武、蓝山、嘉禾、桂东、桂阳十三城，益自震恐。他却在恐惧的时候，发生一个痴念，竟想做起皇帝来了。不做皇帝死不休。小子又发了诗兴，凑成七绝一首，咏吴三桂道：

燕北甘招强虏入，滇南又执故皇还。
君亲陷尽思为帝，可惜皤皤两须斑。

这时候，三桂已六十七岁了。他想势力日蹙，年纪又衰，得做了一番皇帝，就使不能传世，也算英雄收场。遂令军士在衡山筑坛，居然郊天即位，小子暂停一回笔，俟下回再行细表。

陕西入清，三桂已失攻势，至江西复为清有，断湖南之右臂，三桂且不能守湖南，遑言攻耶？闽、粤二藩，更不足论。延龄辈尤出闽、粤下，小胜即喜，小挫即惧，安能为三桂臂助？三桂既失陕西、闽、粤诸奥援，其领地自云、贵以外，只存四川、湖南，及广西之一部，反欲南面称帝，岂以一称帝号，遂足笼络人心，令诸将乐为之用乎？皇帝皇帝！误尽天下英雄，害尽世间百姓，吾愿自今以后，永远不复闻此二字。本回叙江西事，是记三桂之失势，叙闽、粤及广西事，是记三桂之失援，末以称帝作总写，尽三桂一生魔障，炎炎者灭，隆隆者绝，世人可以醒矣。

第二十五回　僭帝号遘疾伏冥诛
集军威破城歼叛孽

却说吴三桂起事以来，已历五年，康熙十三年创建国号，假称迎立明裔，其实称周不称明，早已存了帝制自为的思想。所以争战五年，并没见有什么三太子。到了康熙十七年，竟在衡州筑坛，祭告天地，自称皇帝，改元昭武，称衡州为定天府，置百官，封诸将，造新历，举云贵川湖乡试，号召远近。殿瓦不及易黄，就用黄漆涂染，搭起芦舍数百间，作了朝房。这日正遇三月朔，本是艳阳天气，淑景宜人，不料狂风骤起，怒雨疾奔，把朝房吹倒一半，瓦上的黄漆，亦被大雨淋坏，莫谓天道无知。三桂未免懊恼，只得潦草成礼，算已做了大周皇帝。黄袍已经穿过，可谓心满意足。当下调夏国相回衡州，命他为相，令胡国柱、马宝为元帅，出御清兵。

是时清安亲王岳乐，由江西入湖南，前锋统领硕岱，已攻克永兴。永兴县系衡州门户，距衡州只百余里，胡国柱、马宝等，奋勇杀来，清兵出城抵敌。两下混战一场，清兵不能取胜，仍退入城中。歇了数日，清兵又出城掩击，复被胡国柱等杀回。接连数战，总是周军得胜。原来清前锋统领硕岱，也是满族中一员骁将，只因永兴是周军必争的地方，永兴一失，衡州亦保不住，所以胡国柱等冒死力争，硕岱虽勇，总不能敌，只得入城固守，静待援兵。岳乐闻周军猛攻永兴，即遣都统伊里布，副都统哈克山，前来援应，就在城外扎营，作为犄角。不防马宝分军来攻，个个是踊跃争先，上前拼命，伊里布哈克山，本没有什么勇力，遇了周军，好象泰山压顶一般，连逃走都

来不及。一阵厮杀，两人都战殁阵中。硕岱出城接应，又被胡国柱截住，没奈何退入城内。将军穆占，自郴州发兵来援，因闻伊里布等战殁，不敢前进，只远远的立住营寨。胡国柱三面环攻，止留出城东一角，因有河相阻，不便合围。还亏硕岱振刷精神，昼夜督守，城坏即补，且筑且战。胡国柱又与马宝分军，马宝截住援兵，不能并力攻城，清营虽是远立，倒也还算有力。因此城尚不陷。

康熙帝恐师老日久，屡欲亲征，议政王大臣纷纷谏阻，有的说是："京师重地，不宜远离。"有的说是："贼势日蹙，无劳远出。"于是令诸将专力湖南，暂罢亲征的计策。唯这三桂因即位的时候，冒了一点风寒，时常发寒发热，由夏及秋，没有爽适的日子。好汉只怕病来磨，又况三桂年近古稀，生了几个月的病，如何支持得起？到了八月初旬，痰喘交作，咯血频频，有时神昏颠倒，谵语终宵。夏国相领了文武各员，日日进内请安。

这日，国相又复入内，到卧榻前，见三桂双目紧闭，只是一片呻吟声。国相向诸将道："永兴未下，军事紧急，皇上反病势日重，如何是好？"诸将尚未回答，忽见三桂睁开双目，瞪视国相多时，失声道："阿哟！不好了！永历皇帝到了！"寻复闭目惨呼，大叫"皇上饶命！皇上饶命！"国相等闻此惨声，都吓得毛发森竖，只得到三桂耳边，轻轻叫道："陛下醒来！"连叫数声，三桂方有些醒悟，又开眼四顾，见了夏国相等人，忍不住流泪道："卿等都系患难至交，朕还没有什么酬劳，偏这……"说到"这"字，触动中气，喘作一团。国相道："陛下福寿正长，不致有什么不测，还请善保龙体为是。"三桂把头略点一点。国相复请太医入内，诊了一回脉，退与国相耳语道："皇上脉象欠佳，看来只有一日可过了。"国相把眉一皱，也不言语。三桂气喘略平，又向国相道："朕非不欲生，但这冤鬼都集眼前，恐要与卿等长别，未识目前军事如何？"国相道："永兴已屡报胜仗，谅不日可以攻下，请陛下宽心！"三桂道："陕西、广西，有警信否？"国相等答道："没有。"三桂道："卿等且退！容朕细思，到晚间再商。"国相等奉命退出，将到二更，复一同入宫，但觉宫门里面，阴风惨惨，鬼气森森，作者素乏迷信，因三桂作恶多端，理应有此果报。国相等助桀为虐，贼胆心虚，当亦因虚生幻，因幻成真。甫入宫门，见众侍妾团聚一旁，不住的发颤。猛闻三桂作哀鸣状，一声是"皇上恕罪！"一声是"父亲救我！"大书君父。又模模糊糊的说了数

语，仿佛是不忠不孝不仁不义八字。就三桂口中自述，笔愈透辟。国相等听了半晌，心头都突突乱跳。大家站了一回，三桂似又清醒起来，咳嗽了好几声，侍儿撩起床帐，捧过痰盂，接了三桂好几口血。三桂见帐外有许多官员，命侍儿悬起半帐，国相等复上前请安。三桂道："卿等少坐，待朕细嘱。"国相等告了坐，三桂一丝半气的说道："朕神气恍惚，时患昏晕，自思生平行事，大半舛错，今日悔已无及。人之将死，其言也善。长子应熊，也是为朕所害，目下只一孙世璠，留居云南，可惜年幼，朕死后，劳卿等同心辅助！"国相等齐声应命。三桂歇了一歇，又道："湘、滇遥隔，朕当亲书遗嘱。"命侍儿取笔墨过来，自己欲令侍儿扶起，可奈浑身疼痛，片刻难支，复睡下呻吟一回。国相便请道："陛下不必过劳，臣可恭录圣谕。"三桂点头，国相便展笺握管，待了许久，三桂一言不发，仔细一看，已自晕了过去。国相即命众侍妾上前调护，自率百官出了宫门。好一歇，复偕太医同入宫中，但听宫内已动了哭声。国相忙对大众摇手，大家方把哭声止住。国相复目示太医，令太医临榻诊视，诊毕，太医道："皇上此时，不过稍稍痰塞，还未宴驾，大家切勿再哭！"痰塞不死，这是话里有话。言毕，即匆匆退出。国相命侍儿放下御帐，朝夕守护，只是大忌哭声。众侍妾莫明其妙，只得唯命是从。

国相退出宫外，忙令人召回胡国柱、马宝。胡、马二人，自永兴急归，由国相延入，屏去左右，密语二人道："主上已宴驾了。"胡、马二人，大吃一惊，问道："何时宴驾？"国相道："就在昨夜。主上命太孙世璠嗣立，我已夤夜令人去迎，阅此方知上文出去一歇的事情。并命宫中秘不发丧。主上遗嘱，要我等同心辅助，还请两公遵旨。"胡、马二人，自然答应。国相又道："我前时劝先帝疾行渡江，全师北向，先帝不从，今日敌兵四合，较前日尤觉困难，依我愚见，只好仍行前计，越是拼命，越不会死，越是退守，越不得生。这四语却是名言。不但云南、贵州可以弃去，连湖南也可不管，目前只有北向以争天下。陆军应出荆襄，会合四川兵马，直趋河南，水军顺下武昌，掠夺敌舰，据住上游。那时冒险进去，或可侥幸成功，二公以为何如？"马宝道："这且不可！先帝经过百战，患难余生，尚不肯轻弃滇、黔，自失根本，目下先帝又崩，时事日非，哪里还可冒险轻举？况滇、黔山路崎岖，进可战，退可守，万一为敌所败，还可退据一方。"国相不待马宝说毕，便叹道："我能往，寇亦能往，恐怕敌兵云集，就使重谷深岩，也是保守不住。"

马宝还欲争辩，胡国柱道：“现在且暂主保守，俟有机会，再图进取。”国相见识颇高，但此时清兵四合，北上亦非善策。国相默然。

过了数日，世璠已到衡州，就在衡州即位，国相率百官叩贺，议定明年为洪化元年，随发哀诏，颁布国丧。胡国柱等因新帝尚幼，不宜久居衡州，仍令随员郭壮图、谭延祚等，迎丧扈驾，还处云南。郭壮图等挈了世璠，回滇而去。

清兵闻三桂已死，人人思奋，个个图功，安亲王岳乐，简亲王喇布，统率大兵入湖南，克复岳州、常德，顺承郡王勒尔锦，驻扎荆州，已好几年，此时亦胆大起来，渡过长江，攻取长沙。千军万马，直逼衡州，任你夏国相足智多谋，胡国柱、马宝冲锋敢战，也只得弃城遁走。广西巡抚傅宏烈，与将军莽依图，又攻破平乐，进复桂林，吴世琮败死陕西。大将军图海，偕提督王进宝、赵良栋等，攻破汉中，连拔保宁，王屏藩穷蹙自杀，王进宝、赵良栋复乘胜入川。川地自归三桂后，只担任周军粮饷，未见兵革，忽闻王、赵二将，率军杀来，逃的逃，降的降，成都一复，川西川南，势如破竹，迎刃而下。于是吴世璠所有的地方，只剩得云、贵两省了。兔起鹘落，是一手好笔仗。

康熙帝迭接捷报，把亲征的议论，原是搁起不谈，且因康亲王杰书、安亲王岳乐在外久劳，召还京师，复逮回顺承郡王勒尔锦、简亲王喇布、贝子洞鄂、贝勒尚善、都统巴尔布珠满将军舒恕等，说他劳师糜饷，误国病民，一律治罪。另命贝子彰泰为定远平寇大将军，代岳乐后任，自湖南趋云、贵，又以云、贵多山，当令步兵绿营居前，满骑居后，特授湖广总督蔡毓荣为绥远将军，节制汉兵先进。另授赵良栋为云、贵总督，统川师进捣，贝子赖塔为平南将军，统闽、粤兵进攻。三路大兵，浩浩荡荡，统向云、贵进发。彰泰既到湖南，与蔡毓荣相会，督兵进攻枫木岭，击死守将吴国贵，进攻辰龙关。径狭箐密，只容一骑，夏国相等自衡州败还，留胡国柱守住隘口，一夫当关，万夫莫入。相持数月，彰泰焦急起来，悬了重赏，招募敢死士卒，潜逾峻岭，绕入关后，袭破国柱营寨。国柱败走，退至贵阳，这枫木岭与辰龙关，系是由湘通黔的要隘，二隘既破，清兵由险入夷，勇往直前。忽又接到清廷诏旨，略道：

军兴数载，供亿浩繁，朕恐累民，不忍加派科敛，因允诸臣条奏，

凡裁节浮费，改折漕贡，量增盐课杂税，稽查隐漏田赋，核减军需报销，皆用兵不得已之意，事平自有裁酌。至满洲、蒙古汉军，久劳于外，械朽马毙，朕深悉其苦，其迅奏肤功，凯旋之日，所有借贷，无论数百万，俱令户部发币代还。朕不食言，昭如日月，其宣示中外，咸使闻知。

此诏一下，军士格外效命，遂自平越趋贵阳。胡国柱出战不利，退守数日。清兵用西洋巨炮，连日轰放，城陷数丈，清兵一鼓而上，国柱又弃城遁去。蔡毓荣率兵径进，彰泰暂屯贵阳，分兵复遵义、安顺、石阡、都匀、思南等府。别命提督桑格，进攻盘江。盘江守将李本深，毁去铁索桥，向后退走。桑格招土官速搭浮桥，允给重资。土司齐集江边，争来搭造，众擎易举，一夕便成。钱可通灵。桑格率兵渡过对岸，急追李本深，本深还是慢慢退去，只道清兵筑桥，断没有这等迅速，谁知清兵已经追到，吓得本深心胆俱碎，忙下了马，匍匐乞降，总算蒙桑格收受了。

这时候，蔡毓荣进兵黔西，直指平远，夏国相自云南调集劲旅，练成象阵，与王会、高起隆同至平远城抵御。平远西南多山，国相令部兵依山扎营，掩住象阵，专候毓荣到来。毓荣仗着战胜的锐气，驱兵大进，路上毫不停留，既到平远，见山下敌营林立，便上前冲突，国相令营兵坚壁勿动。待清兵冲突数次，锐气少懈，然后发了密令，把营兵分开左右，推出象阵。毓荣急令兵士发炮，怎奈兵士已心慌意骇，脚忙手乱，炮未燃着，象已冲来，那时只顾保全性命，还有何心放炮？兵士逃得快，象愈赶得快，顷刻间倒毙无数，尸如山积，毓荣也没命的逃去，直退了三十里，方收拾残兵，扎住了寨。

隔了两日，复进军十里立营。又次日，复进军十里。兵士都怕象阵厉害，未敢前进，只因军令如山，不得不硬着头皮，勉强上前。是夕，毓荣升帐，召诸将听令。将士还道又要出战，个个胆战心惊，到了帐下，但见毓荣向诸将道："云南多产野象，从前敬谨亲王尼堪，为象阵所迫，身殁阵中，应前一十九回事。我前次失记，中了敌计，为他所败，部下多遭惨死，今已有计破他象阵，众将应同心敌忾，为我弟兄们复仇。"诸将听得有破敌的谋划，又复鼓舞起来，一齐喊声得令。毓荣又道："野象非人力可敌，当用火攻的计策，今夜先在营外密布火种，待明日前去诱敌，引了敌兵至此，纵火烧他，

象必返奔，转为我用，乘此追杀，必得全胜。”诸将遵令自去，分头布置。

次晨，毓荣手执红旗，督兵进战，国相等开营接仗，约战数合，又把营兵两旁分开，毓荣即掉转红旗，望后急走。国相又驱出象阵，猛力追赶，毓荣佯作惊慌之状，令兵士四散奔窜。敌军恃有象阵，只望前追，约行十里，不防火种骤发，势成燎原，那些野象，已有好几只跌入火坑，余象都向后返奔，反冲动敌军本队。国相知是中计，忙令军士分列两旁，让各象奔过，勒兵再战，怎奈军心已经恐慌，队伍不免错乱，这边蔡毓荣又合兵杀来，顿时全军溃窜，国相无法阻住，令王会、高起隆率军先走，自领精骑断后，一边且战且走，一边且追且击。毓荣又传令穷追，把国相逐出贵州境界，方才收军。从此吴世璠又失贵州了。叙次明白。

且说贝子赖塔，自广西攻云南，令傅宏烈在后策应，是时马雄已死，其子马承荫降清，留守南宁，部下多桀骜不驯，仍有变志。宏烈奏请马军随征，免为内地患，未接复旨，不料为承荫所闻，邀宏烈亲往部勒。宏烈即行，部将多说承荫狡悍，不如勿去。宏烈道：“承荫已降，奈何疑他？”径领数十骑往南宁。承荫率众出迎，格外恭顺。宏烈偕承荫入城，城门陡阖，伏兵齐起，竟将宏烈拿下囚送云南。吴世璠劝宏烈降，宏烈大骂道：“尔祖未叛时，我即劾奏，早知尔家必要造反，我恨不早灭尔家，难道还肯从你么？”世璠命左右将宏烈处斩，宏烈骂不绝口而死。此信传到赖塔军中，赖塔急檄莽依图攻南宁，承荫也率象阵迎敌。亏得莽依图已闻蔡军消息，也照毓荣计策，击败承荫。承荫入城拒守，莽依图围攻数日，总督金光祖亦率兵前来，两下合军攻破南宁。活擒承荫，解京磔死。

广西已定，赖塔遂一意进攻，与蔡毓荣军相遇，直趋云南。贝子彰泰继进，沿途相率迎降。各军至归化寺，距云南只三十里，世璠惶急万状，方拟遣夏国相等再出拒敌，忽报赵良栋由川赴滇，乃令夏国相、胡国柱、马宝等，移阻赵军，别命郭壮图领步骑数万迎战三十里外。郭壮图向守云南，未尝御敌，至是亦驱野象数百头，列为前军。部将武安时谏道：“夏国相曾用象阵，为敌所败，驸马何故复循覆辙？”郭壮图道：“夏国相贪功追敌，是以致败，吾不过令象冲锋，并非靠象追敌，有何不可。”谁知不然。于是直趋归化寺，与清兵接仗。清贝子彰泰在左，赖塔在右，两路夹攻，郭壮图率军死战，自卯至午，五却五进，蔡毓荣见不能取胜，忽生一计，纵火焚林，林

中烈焰上腾，吓得众象纷纷乱窜。彰泰赖塔，乘势掩击，郭壮图只得败走。三用象阵，都被击退，可谓至死不悟。

清兵遂进逼云南省城，世璠复调夏国相等回救，赵良栋又尾追而来。孤城片影，四面楚歌，吴世璠保守五华山，饬健卒乞师西藏，又被赵良栋查获，眼见得围城援绝，指日灭亡。夏国相、马宝、胡国柱、郭壮图等，明知灭亡不远，只因身受遗命，以死自誓，两边复血肉相薄，延续数月。到康熙二十年十月中，城中粮尽，军心遂变，南门守将方志球，阴与蔡毓荣相通，放蔡军入城，由是诸军齐进，胡国柱急来拦阻，一炮飞来，正中面颊，立即毙命。夏国相、马宝犹督兵巷战，被清兵围裹，大叫："降者免死。"部兵遂倒戈相向，把夏国相、马宝都戳下马来，擒献清军。蔡毓荣即驰上五华山，守将郭壮图自杀，余兵统已溃散，当即冲入世璠住所，见世璠已悬梁自尽，侍女等一齐下跪，哀乞饶命。毓荣约略一顾，忽觉侍女中间，有两人生得非常美丽，泪容满面，犹自倾城。毓荣仔细询问，方知是三桂遗下的宠姬，便命军士好生保护，不得有违。正嘱咐间，将军穆占亦率兵进来，听见毓荣嘱咐的言语，忙道："蔡将军不要独得，须留一个与我。"这样东西，原来人人欢喜。毓荣无法，遂将一美姬分与穆占，一美姬带出自用。随后诸军齐到，争取子女玉帛，只赵良栋严禁部下掳掠，仅取藩府簿籍，留献京师。捷报传达清廷，下旨析三桂骸骨，颁示海内。世璠首级及夏国相等，解送北京。后来夏国相、马宝等，尽被凌迟处死，吴氏遂亡。小子又有一诗道：

滇南一破籍长沦，天定由来竟胜人。
假使吴宗能永古，人生何必重君亲。

滇藩已灭，还有闽、粤二藩，尚在未撤，究竟作何处置，且俟下回再说。

三桂称帝之日，天大风雨，虽属适逢其会，要不可谓非天怒之兆。称帝以后，未几遘疾，曩昔冤厉，丛集而来，此亦作者烘托笔墨，然固一神道设教之苦心也。三桂已死，大局瓦解，作者故作简笔，一一收束，愈见灭亡之速。三寸不律，缭绕烟云，忽如万岫迷濛，忽如长空迅扫，不可谓非神且奇云。

第二十六回　台湾岛战败降清室
尼布楚订约屈俄臣

却说诸清将歼灭滇藩，陆续班师，到了北京，闻尚之信、耿精忠，亦已逮到治罪。原来尚之信归命后，清廷屡促出师，他只逗留不进，及三桂已死，始从征广西，驻军宣武，会之信弟之孝，谋袭藩位，遣藩下人张士选赴京告密。清京遂遣侍郎宜昌阿等，驰往按问，当由都统王国栋出证罪状。之信闻知，自广西驰归，袭杀国栋。宜昌阿便檄粤军，擒归之信，有旨赐死。之孝亦坐罪革职。尚藩完了。耿精忠亦为诸弟所劾，召至京师，交部议罪。大学士明珠首言精忠应加极刑，遂把精忠磔死。耿藩又了。唯孙延龄妻孔四贞，为太后义女，且劝夫反正，先至京师声明，有旨实封郡主，禄赡终身。于是大赦天下，诏户部发帑代偿宿负，并减免用兵各省赋税，特下一道明谕道：

> 当滇逆初变时，多谓撤藩所致，欲诛建议之人以谢过者。朕自少时，见三藩势焰日炽，不可不撤，岂因三桂背叛，遂诿过于人？今大逆削平，疮痍未复，其恤兵养民，与天下休息。

三藩已平，中国本部十八省，及关东三省，都属大清版图，真成了浩荡乾坤，升平世界。独有台湾郑经，抗志海外，偏不受清朝命令。海外田横。先是精忠叛清时，与经同攻广东，精忠归闽降清，汀州、泉州、漳州等郡，皆为经所据。精忠与清亲王杰书，合军攻经收复各郡。经退守厦门，嗣复令部

将刘国轩等，分路入犯，攻陷海澄，围攻漳泉，巡抚吴兴祚与将军赖塔，出兵泉州，总督姚启圣与提督杨捷，出兵漳州，郑军始退。只海澄仍为国轩所据，湖南水师万正色，督率战舰二百艘，由海赴闽，与兴祚、启圣等，水陆夹攻，遂复海澄，并夺回金、厦二岛。郑经及国轩，仍退据台湾。将军赖塔意欲招抚郑经，省得再来缠扰，遂着人致书郑经道：

> 自海上用兵以来，朝廷屡下招抚之令，而议终不成，皆由封疆诸臣，执泥削发登岸，彼此龃龉。台湾本非中国版籍，足下父子，自辟荆榛，且眷怀胜国，未尝如吴三桂之僭妄。本朝亦何惜海外一弹丸地，不听田横壮士，逍遥其间乎？今三藩殄灭，中外一家，豪杰失时，必不复思嘘已灰之焰，毒疮痍之民。若能保境息民，则从此不必登岸，不必薙发，不必易衣冠，称臣入贡可也。不称臣，不入贡，亦可也。以台湾为箕子之朝鲜，为徐福之日本，与世无患，与人无争，而沿海生灵，永息涂炭，唯足下图之！

郑经得书，复请如约，只要把海澄县作为互市公所。赖塔倒也有意允许，不意总督姚启圣，偏说出许多后患，坚持不可。偏是汉人作梗。一场和议，化作飞灰。

郑经有子数人，长子克壆，最贤，颇知礼贤下士，经连年出外，一切国事，都交克壆管理，并不闻有什么失政。只克壆乃是乳婢所生，并非嫡出，家人统看他不起，不过郑经爱宠克壆，又无过可摘，只得大家隐忍。嗣郑经连为清军所败，退归台湾，郁郁不得志，乃效战国时信陵君故事，日近醇酒妇人，藉消愁闷，哪里晓得酒能伐性，色足戕身，警世名言。天下没有流连酒色的人，能延年益寿，不到一二年，酿成一种头昏目眩的病症，心肾两亏。日渐加重，竟致不起。遗言命克壆嗣位，奈家人素来轻视克壆，群小又惮他明察，合力构谋，不怕克壆不死。侍卫冯锡范甘作祸首，勾通内外，此时成功妻董氏尚存，听了左右谗言，平白地将克壆鸩死，拥立郑经次子克塽为主，袭爵延平郡王。克壆幼弱，不能理事，诸事统由冯锡范决断。锡范骄横不法，大失人心。台湾要保不牢了。谍报传入内地，闽督姚启圣非常得意，想乘此吞灭台湾了。

姚启圣系浙江会稽人，证明汉族。少年时已胆大敢为，后来从征有功，康亲王杰书竭力保奏，竟擢为福建总督。福建迭遭兵燹，十室九空，康亲王收服耿藩，驱逐郑氏，表面看是平靖，内容实是撩乱。当时闽中住着一王、一贝子、一公、一伯，及将军、都统各员，都带着皇室禁旅、满洲健儿。这班兵士，吃了百姓的粮米，占了百姓的房屋，还要百姓的子弟，给他当差，百姓的妻女，畀他侍寝，可怜这等小百姓，敢怒而不敢言。到了康亲王奉旨班师，兵士们掳去金帛，不可胜计，还有眉清目秀一班俊仆，娇娇滴滴的一班妇女，兵士不肯舍去，也要把他们带回。姚启圣假义行仁，面请康亲王下令禁止，暗地里设法偿还，计捐金二十万两，拔还难民二万多人，这不可谓非姚氏功德。因此闽人感激异常，多摆着长生禄位，供奉这位总督姚公。人人说乱世时难以做官，吾谓乱世时做官反易，如若不信，请看姚启圣。启圣暗想，人民已受笼络，功劳还是寻常，总要做一件大大的事业，方不愧为清家柱石。适值台湾内乱，立即奏了一本，说是台湾主少国危，时不可失。康熙帝便令王大臣会议，内阁学士李光地请即照准，康熙帝遂降旨准奏。启圣复力保降将施琅，材可大用，得旨授施琅为福建水师提督，加太子太保衔。武将加文衔，也是清朝创举。

施琅本郑氏旧将，习知海上险要，到任后，日夕督操，练成水师军二万，分载战船三百艘，指日攻打台湾。会彗星出现，尚书梁清标，及给事中孙蕙，疏陈天象告警，不宜用兵，有诏暂停进剿。施琅力主出师，朝议又迁延数月。到康熙二十二年，因施琅屡次上奏，遂如所请。又是一个卖主求荣。台湾在福建东北，姚启圣欲候北风进取台湾，施琅独请乘南风先取澎湖。且言："澎湖不破，台湾无取理，澎湖失，台湾不战自溃。"遂疏请力任讨贼，留督臣在厦门济饷。康熙帝又言听计从，于是施琅遂进兵澎湖。守将刘国轩四面筑垣，环列火器，把澎湖守得格外严密。施琅遣游击蓝理为先锋，乘潮进薄，自乘楼船继进。国轩令守兵连放火炮，间以矢石，自昼至夜，相持不下。忽然飓风大起，波如山立，战船随流簸荡，支撑不住。国轩驾船而出，直冲楼船，施琅急督兵迎敌，猛被一箭射来，正中琅目，琅不禁失声，几乎跌倒。幸亏总兵吴英，见主帅受伤，一面令亲卒保护施琅，一面率军士力战，炮矢齐发，射退国轩，大风亦渐渐平息，两边鸣金收兵。

次晨，施琅定计分攻，力惩前创，命总兵陈蟒，率五十艘攻鸡笼屿，总

兵魏明，率五十艘攻牛心湾，自督五十六艘分作八队，直捣中坚，仍用蓝理为先锋，另具八十艘为后应。国轩见清军继出，正拟坚守，仰见东南角上，微云渐合，立命发兵。部长曾遂道："施琅再来，必惩前辙，我军不如固守为是。"国轩道："今日必有大风，正可一鼓歼敌，何为不出？"曾遂问道："主帅何以知有大风？"国轩以手指东南角，示曾遂道："汝在海上多年，难道不知海上气候，云合风生，雷鸣风止么？"曾遂喜跃而出，率领战舰，先来迎敌。适遇一清舰驶至，舟上大书蓝理二字，曾遂知清军前锋已到，喝令水兵接仗。此时正值盛暑，蓝理裸着半体，立在船头，两手执着双刀，先把敌兵劈下了数十个，敌兵见蓝理凶猛，各执长枪刺来，蓝理将双刀乱削，削断枪杆无数，又砍了好几个敌兵。自身也着了十多枪。谁叫你裸体？陡遇一弹飞来，掠过蓝理肚腹，蓝理向后而倒。那边曾遂大呼道："蓝理死了！"突见蓝理跃起，持刀大吼道："蓝理尚在，曾遂死了。"应对有趣。复连呼："杀贼，杀贼！"震声如雷。施琅闻蓝理被伤，急率军舰上前，见蓝理腹破肠出，鲜血淋漓，忙令蓝理弟蓝瑗、蓝珠，翼蓝理下了小舟，掬肠入腹，裹好创处，载回营中。

说时迟，那时快，国轩已联樯而来，接应曾遂，奋力相扑。施琅命各队分列，人自为战，枪戟并举，箭弹互施，真杀得天日无光，风云变色。突然间天空中一声霹雳，响彻海滨，国轩不胜骇愕，曾遂以下诸将士，都相顾失色，军心一乱，哪里还愿抵敌？眼见得败阵退还。清军乘势掩杀，焚毁敌舰百余艘，毙敌兵万余名，国轩仓卒退至牛心湾，遇清将魏明杀来，不敢抵挡，另走鸡笼屿，又遇着清将陈蟒，前后左右，统是清兵，没奈何逃奔台湾去了。

施琅乘胜至台湾，舟泊鹿耳门，胶浅被搁，敌舰复来攻击。施琅连忙对仗，火箭火弹，互掷一阵，怎奈敌兵如蚁而来，施琅舟不能动，被他四面围住。正紧急间，蓝理摇舟来救。敌大惊，相率披靡。蓝理左手执盾，右手执刀。跃上敌船，连斩巨魁十余人，敌兵凫水遁去。乃请施琅易舟，琅执理手，并问创疾。蓝理笑道："主帅有急，就使创裂至死，亦顾不得许多。"副将义务，理应如此。遂与施琅轰击郑军，郑军退去。

次晨，海上大雾迷濛，潮高丈余，施琅、蓝理等鼓舟而入，国轩方在岛上督守，见清军随潮进来，推案起立，叹道："闻先王得台湾，鹿耳门潮涨，

今又这般，岂非天数么？”遂遣使迎降，缴出延平郡王招讨大将军印，献出台湾版籍。自顺治十八年，成功据台湾独立，二十三年而亡。

施琅遣人由海道告捷，七日至京，康熙帝大喜，封施琅为靖海侯，命克塽等入都，授克塽海澄公，刘国轩、冯锡范亦封伯爵。克塽以下，皆得受封，康熙帝算是厚道，然冯锡范亦得伯爵，未免赏罚不当。遂于台湾辟地垦荒，设一府三县，隶属福建省。自是清朝威力，远达海外，琉球、暹罗、安南诸国都，遣使朝贡，连欧洲的意大利、荷兰等国，亦通使修好，请开海禁，求互市。廷议准海滨通商，设粤海、闽海、浙海、江海四关，置吏榷税，这就是沿海通商的基础，小子且按下慢表。

且说中国北方，有个俄罗斯国，元朝时，已被蒙古兵灭掉大半，到了元朝衰微，俄罗斯又渐渐强盛起来，把蒙人尽行驱逐，独霸一方。满清初兴，遣兵略黑龙江，俄罗斯亦发远征军，越外兴安岭，到黑龙江北岸。会清兵入关，无暇远略，俄将喀巴罗领了几百个俄兵，将黑龙江北岸的雅克萨地占据了去，用土筑城，屯兵把守，复分兵下黑龙江，被清都统明安达礼及沙尔呼达，先后击退，只是雅克萨城占据如故。

康熙二十一年，三藩削平，海内无事，康熙帝想驱除俄人，略定东北，先差副都统郎坦，托名出猎，渡过黑龙江，侦探雅克萨城形势。郎坦回奏俄兵稀少，容易扫除，康熙帝乃决意征俄，预命户部尚书伊桑阿，赴宁古塔督造大船，并筑造墨尔根、齐齐哈尔两城，添置十驿，以便水陆通饷。又遣萨布素为黑龙江将军，筹划战备，令蒙古车臣汗，断绝俄人贸易。二十二年，俄将模里尼克率可萨克兵六十多人，自雅克萨城出发，直到黑龙江下流。适遇清船巡弋，一鼓而起，把六十多个可萨克兵，尽行拿住。模里尼克没有飞毛腿，自然一并捉来，送到齐齐哈尔拘禁。

二十三年，清兵至雅克萨城劝降，俄兵不从。

二十四年，清都统彭春率水陆两军北征，陆军约万人，随带巨炮二百门，水军五千人，战舰百艘，从松花江出黑龙江，齐集雅克萨城下，俄将图尔布青严行拒守，部下兵只四百多名，彭春令他把城退让，引兵归国，图尔布青恃着骁勇，不肯听命，清兵始用巨炮轰城，图尔布青开城接战，以一抵十，以十抵百，倒也一番鏖斗，确是一员勇将。怎奈众寡悬殊，究不相敌，只得弃了土城，退至尼布楚。彭春令军士将土城毁去，率兵凯旋，谁知到了次

年，图尔布青偕了陆军大佐伯伊顿，又到雅克萨地，不怕死的硬头皮。筑起土垒，驻兵守御。彭春复引兵八千，运大炮四百门进攻，图尔布青令伯伊顿守住土垒，自率部兵抵死拒战。他手下不过四百多人，前次伤亡了数十名，只剩得三百多人，他独能与八千清兵往来冲突，清兵围住了这边，他冲到那边，围住了那边，复冲到这边。清初劲旅，尚难把三百俄兵，一鼓歼灭，可见俄兵强悍情形。彭春焦躁起来，督令开炮。图尔布青还不管死活，来夺炮具。轰的一声，图尔布青中弹倒毙，俄兵方逃入垒中。

伯伊顿部下，亦只一、二百名，同了图尔布青部下遗兵，死守不去。清兵放炮轰垒，他却掘了地洞，令部兵穴居避弹，弹来躲入，弹止钻出，垒有残缺，随时修补，弄得清兵没法。适荷兰贡使在都，自称与俄罗斯毗邻，愿作居间调人。康熙帝遂命荷兰使臣，遗书俄国，责他无故寇边。旋得俄皇大彼道复书，略言："中俄文字，两不相通，因致冲突。现已知边人构衅，当遣使臣诣边定界，请先释雅克萨围兵。"康熙帝因穷兵徼外，未免过劳，遂允与议和，饬彭春解围暂退。于是俄遣全权公使费耀多罗，到外蒙古土谢图汗边境，遣人至北京，请派官与议。康熙帝命内大臣索额图等往会，途次闻土谢图与准噶尔构兵，不便交通，复折回京师，再遣从官绕道出境，通信俄使，议定以尼布楚为会场。索额图又奉使至尼布楚，带领西洋教士张诚、徐日升作为译官，另备精兵万余人，水陆并进，直达尼布楚城外。俄使费耀多罗亦率千人到尼布楚，见清使兵卫甚盛，颇有惧色。外交全恃兵力。次日在城外张幕开会，两国公使及从人毕集，护兵各二百余人，手执兵刃，侍立两旁。俄使开议，语言钩磔，索额图全然不懂，经张诚翻译，始知俄使要求，以黑龙江南岸归清，北岸界俄。索额图道："哪有此理？今日俄欲议和，须东起雅克萨，西至尼布楚，凡俄领黑龙江及后贝加尔湖殖民地，一律归我方可。"以尼布楚归中国，足阻俄人东来之锋，索额图初议，很是有理。俄使费耀多罗也不懂索额图的说话，复由张诚译出，交与俄使。俄使阅毕，只是摇头。索额图见和议不谐，径自回营。翌日复会，索额图稍稍退让，拟把尼布楚地，作为两国分界。俄使亦不允，索额图又盛气回营。张诚等往来调停，复由索额图少让，北以格尔必齐河及外兴安岭为界，南以额尔古纳河为界，俄人所有额尔古纳河南堡寨，当尽移河北。俄使尚坚执不从，索额图遂召水陆两军，会齐城下，拟即攻城。俄使不得已照允。遂于康熙二十八年订约互换，约凡

六条，大旨如下：

一　自黑龙江支流格尔必齐河，沿外兴安岭以至于海，凡岭南诸川，注入黑龙江者，属中国，岭北属俄。

二　西以额尔古纳河为界，河南属中国，河北属俄。

三　毁雅克萨城，雅克萨居民及物用，听迁往俄境。

四　两国猎户人等，不得擅越国界，违者送所司惩办。

五　两国彼此不得容留逃人。

六　行旅有官给文票，得贸易不禁。

约成，勒碑格尔必齐河东及额尔古纳河南，作为界标，用满、汉、蒙古、拉丁及俄罗斯五体文字，这叫作中俄《尼布楚条约》。正是：

外交开始成和约，后盾坚强怵外人。

自是中俄修好，百余年不兴兵革。蒙古以北，已断轇轕，只蒙古尚未平靖，且待下回再说平定蒙古的方略。

台湾孤悬海外，向未入中国版图，郑成功占踞二十余年，至其孙克塽降清，台湾始为清有，风止潮涨，一战成功，岂真天意使然？亦强弱不敌之一证也。至若尼布楚议和，清史上称为最荣誉之条约，实则俄兵远来，势孤而弱，清军近发，势盛而强。此约之成，宁非强弱不同之再证乎？然彭春再出，穷年累月，不能破一雅克萨土垒。索额图原议不谐，终至让步，俄之强已可知已。文中一鳞一爪，莫非叙述，亦莫非眉目，在善读者默会可耳。

第二十七回　三部内哄祸起萧墙
数次亲征荡平朔漠

上回说到索额图赴会时，本自蒙古通道，因土谢图与准噶尔构兵，中道被阻，以致折回。索额图与俄订约，已于上回叙毕，只准噶尔构兵一事，还未说明，本回正要续说下去。却说中国长城外，就是蒙古地方，分作三大部：一部与长城相近，叫作漠南蒙古，亦称内蒙古；内蒙古的北境，又有一部，叫作漠北喀尔喀蒙古，亦称外蒙古，这两部统是元太祖成吉思汗的后裔；还有一部在西边，叫作厄鲁特蒙古，乃是元太师脱欢，及瓦剌汗也先的后裔。漠南蒙古，内分六盟，清太宗时已先后归附，独喀尔喀、厄鲁特两大部，尚未帖服。喀尔喀还遣使乞盟，厄鲁特从未通使，清朝亦视同化外，不去过问。只厄鲁特自分四部，一名和硕特部，一名准噶尔部，一名杜尔伯特部，一名土尔扈特部。准噶尔部最强，顺治年间，准噶尔部长巴图尔浑台吉，并吞附近部落，势力渐盛。康熙初，浑台吉死，其子僧格嗣立。僧格死，其子索诺木阿拉布坦嗣立。僧格弟噶尔丹，把侄儿杀死，篡了汗位，（外人称头目为汗）并将和硕特、杜尔伯特、土尔扈特等部，尽行霸据；于是向东略地，欲夺喀尔喀蒙古。

喀尔喀蒙古，旧分土谢图、札萨克、车臣三部，土谢图与札萨克相连，札萨克汗，娶了一妾，人人说她是西施转世，天女化身；此女又来作祟。艳名传到土谢图部，土谢图汗，竟成了一个单相思病，他却想出了一个计策，阳称到札萨克部贺喜，令部下包裹军械，分载橐驼身上，假说是贺喜的送

礼，随带了部役数百名，向札萨克部进发。这蒙古地方，本没有什么宫室城郭，就使是头目住所，也不过立个木栅，叠些土垒，便算了事。土谢图汗既到，就有札萨克部役接着，通报头目。札萨克汗出来迎入，席地而坐。土谢图汗便道："闻得贵汗新纳宠姬，特来道贺！"札萨克汗答道："不敢当，不敢当！小妾已娶得多日了。"土谢图汗道："敝处与贵部，虽系近邻，有时也消息不通，直到近日方知，特备薄礼相遗，尚祈笑纳。"札萨克汗道："这是更不敢拜领了。"土谢图汗道："这也何必客气！只是贵姬艳名远噪，叨在邻谊，可否一容相见？"札萨克汗道："这又何妨。"说罢，便召爱姬出室，与土谢图汗行相见礼。土谢图汗见她颀长白皙，楚楚可人，不觉心旌摇曳，魂魄飞扬，即定一定神，召部役解囊入内，喝声道："何不动手？"札萨克汗茫无头绪，但见土谢图汗的部役，从橐中取出物件，光芒闪闪，都是腰刀。好一分贺礼。札萨克汗也管不得爱姬，转身就逃。那位爱姬，正想随走，怎奈两脚如钉住一般，不能前行，被土谢图汗拦腰抱住，出外就跑。喜可知也。这等部役一声吆喝，赶了橐驼，都回去了。

札萨克汗既失爱姬，顿时大怒，召齐部役，来攻土谢图部。土谢图汗知札萨克汗不肯甘休，急遣人联络车臣汗与札萨克汗对敌。札萨克汗不能抵挡，率众败走。三部相哄，遂惹出一个大祸祟来。祸首非别，就是准噶尔部大头目噶尔丹。其实祸首不是噶尔丹，乃是札萨克的美姬。噶尔丹闻了此信，差人到札萨克部，愿与调停。札萨克汗大喜，便叫原使到土谢图部，索还爱妾。覆水难收，索还何用？原使应命至土谢图，坐索札萨克汗的爱姬。看官！你想土谢图汗费了好些心机，把这个美人儿，抱回取乐，哪里肯原璧归赵？已非全璧。偏这使人恶言辱骂，恼了土谢图汗，将使人杀死。噶尔丹借词报复，扬言借俄罗斯兵，来攻土谢图。土谢图汗大惧，忙整守备，待了数月，毫无影响，到边界窥探，亦没有俄兵入境，只有几个外来喇嘛，四处游牧。蒙俗向以游牧为生，邻境往来，也是常事，土谢图汗毫不在意。镇日里与抢来的美人调情饮酒，不防噶尔丹领了三万劲骑，道出札萨克部，越过杭爱山，直入土谢图境，与游牧喇嘛会合，使为前导，引至土谢图汗住所。时正夜静，土谢图汗拥着美人，酣卧帐中，忽觉得火焰飙起，呼声震天，宛如千军万马排山倒海而来，他也不辨是何处人马，忙从帐后窜去。噶尔丹杀入帐中，不见一人，到处搜寻，只剩得一个美人儿，睡在床上，缩做一团。噶尔丹也不

去惊她，命部骑在帐外驻扎，自回内室，做了札萨克汗第三，慢慢的抱住娇娃，享受个中滋味。一夕换得二郎君，毕竟美人有福。到了次日，复分兵为两路，一路东出，袭破车臣部，一路西出，袭破札萨克部。假虞伐虢，噶尔丹颇有狡谋。他便踞着喀尔喀王庭，募集兵士数十万，声势大张。

这喀尔喀三部人民，穷蹇无归，只得投入漠南，到中国乞降。康熙帝命尚书阿尔尼发粟赈赡，且借科尔沁水草地，暂界游牧。噶尔丹也遣使入贡，康熙帝便令阿尔尼劝谕噶尔丹，要他率众西归，尽还喀尔喀侵地。噶尔丹拒绝清命，反日夕练兵，竟于康熙二十九年，借追喀尔喀部众为名，选锐东犯，侵入内蒙古。尚书阿尔尼急率蒙古兵截击。噶尔丹佯败，沿途抛弃牲畜帐幙。蒙古兵贪利争取，队伍错乱，噶尔丹返身来攻，阿尔尼不及整队，被他一阵掩击，杀得大败亏输，鼠窜而遁。

康熙帝得了败报，定议亲征，先命裕亲王福全为抚远大将军，率同皇子允禔，出长城古北口，恭亲王常宁为安北大将军，率同简亲王雅布，出长城喜峰口，并命阿尔尼率旧部，会裕亲王军，听裕亲王节制。又别调盛京吉林及科尔沁兵助战。车驾拟亲幸边外，调度各路大兵。是年七月，康熙帝启銮出巡，方出长城，忽得探报，恭亲王军在喜峰口九百里外，被噶尔丹杀败回来，康熙帝命诸军急进；途次，又闻噶尔丹前锋，已到乌兰布通，距京师只七百里，康熙帝倒也惊愕起来，飞诏征调裕亲王军，到乌兰布通，会截敌兵。旋得裕亲王军报，已至乌兰布通驻扎，帝心少安。

且说噶尔丹乘胜南趋，到乌兰布通，遇着清营阻住，遂遣使入见裕亲王，略言追喀尔喀仇人，阑入内地，非敢妄思尺土，但教执界土谢图汗，即当班师。裕亲王福全，把来使叱回。次日，两军对仗，噶尔丹用了驼城，依山为阵。什么叫作驼城？他用橐驼万余，缚足卧地，背加箱垛，蒙盖湿毡，环列如栅，作为前蔽，所以名叫驼城。前有象阵，后有驼城，倒是极妙巧对。清军隔河立阵，前面纯立火炮，遥轰中坚，自午至暮，驼皆倒毙，驼城中断。清军分作两翼，越河陷阵，遂破敌叠，噶尔丹乘夜遁去。次日，遣喇嘛至清营乞和。福全飞报行在，有诏"速即进兵，毋中他缓兵之计"，于是福全急发兵追赶，已自不及。噶尔丹奔回厄鲁特，遗失器械牲畜无算，复遣人赍书谢罪，誓不再来犯边，康熙帝偶有不适，遂谕来使回报噶尔丹，嗣后不得犯喀尔喀一人一畜，来使唯唯而去，遂诏诸王班师。第一次亲征，第一次班师。

三十年，康熙帝以喀尔喀新附部众数十万，应用法令部勒，且准部寇边，由土谢图汗启衅，不能不严加训斥，乃议出塞大阅，先檄内外蒙古各率部众，豫屯多伦泊百里外，静候上命。过了数日，车驾出张家口，至多伦泊，盛设兵卫，首召土谢图汗，责他夺妾开衅。土谢图汗顿首谢罪，帝乃加恩特赦，留他汗号。复谕车臣、札萨克二汗，约束本部，永远归清，二汗亦叩首谢恩。于是编外蒙古为三十七旗，令与内蒙古四十九旗同例，又因蒙俗素信佛教，命在多伦泊附近，设立汇宗寺，居住喇嘛，仍听蒙人游牧近边，自此外蒙归命。

隔了两年，拟遣三汗各归旧牧，谁知噶尔丹又来寻衅，屡奉书索土谢图汗，并阴诱内蒙古叛清归己，科尔沁亲王据实奏闻，康熙帝令科尔沁亲王，复书噶尔丹，伪许内应，诱令深入。噶尔丹果选骑兵三万名，沿克鲁伦河南下。克鲁伦河在外蒙古东境，他到了河边，竟停住不进。康熙帝又令科尔沁致书催促，去使还报，噶尔丹声言借俄罗斯鸟枪兵六万，等待借到，立刻进兵。真是乖刁。科尔沁复驰奏北京。康熙帝道："这都是捏造谣言，他道是前次败走，因火器不敌我军的缘故，所以佯言借兵，恐吓我朝，朕岂由他恐吓的？"料敌颇明。遂召王大臣会议，再决亲征。

康熙三十五年，命将军萨布素，率东三省军出东路，遏敌前锋。大将军费扬古，振武将军孙思克等，率陕、甘兵出宁夏西路，断敌归道。自率禁旅出中路，由独石口趋外蒙古，约至克鲁伦河会齐，三路夹攻。是年三月，中路军已入外蒙古境，与敌相近，东西两军，道阻不至，帝援兵以待。讹言俄兵将到，大学士伊桑阿惧甚，力请回銮。康熙帝怒道："朕祭告天地宗庙，出师北征，若不见一贼，便即回去，如何对得住天下？况大军一退，贼必尽攻西路，西路军不要危殆么？"叱退伊桑阿，不愧英主。命禁旅疾趋克鲁伦河，手绘阵图，指示方略。从行王大臣，还是议论纷纷，各执一见，帝独遣使噶尔丹促他进战。噶尔丹登高遥望，见河南驻扎御营，黄幄龙纛，内环军幔，外布网城，护卫兵统是勇猛异常，不由的心惊脚痒，拔营宵遁。狡黠的人，往往胆小。翌日，大军至河，北岸已无人迹，急忙渡河前追，到拖诺山，仍不见有敌踪，乃命回军；独命内大臣明珠，把中路的粮草，分运西路，接济费扬古军。

是时噶尔丹奔驰五昼夜，已到昭莫多，地势平旷，林箐丛杂，噶尔丹防

有伏兵，格外仔细，步步留心。俄闻林中炮声突发，拥出一彪兵来，统是步行，约不过四百多名，噶尔丹手下尚有万余人，统是百战剧寇，遇着这厮小小埋伏，全不在意。大众争先驰突，清兵不敢抵抗，且战且走，约行五六里，两旁小山夹道，清兵从山右趋入。噶尔丹勒马，遥见小山顶上，露出旗帜一角，大书大将军费字样，便率众上山来争。清兵据险俯击，矢铳迭发，敌兵毫不惧怯，前队倒毙，后队继进，幸亏清兵阵前，设列拒马木，阻住敌骑，噶尔丹乃止住东崖，依崖作蔽，一面令部兵举铳上击，声震天地，自辰至午，死战不退。忽山左绕出清兵千名，袭击噶尔丹后队，后队统是驼畜妇女，只有一员女将，身披铜甲，腰佩弓矢，手中握着双刀，脚下骑着异兽，似驼非驼，见清兵掩杀过来，她竟柳眉直竖，杀气腾腾，领着好几百悍贼，截杀清兵，清兵从没有与女将对仗，到了此时，也觉惊异，便与女将战了数十回合，只杀得一个平手。不料噶尔丹竟败下山来，冲动后队，山上清兵，从高临下，把子母炮接连轰放。山脚下烟雾迷漫，但见尘沙陡起，血肉纷飞，敌骑抱头乱窜，约有两三个时辰。山上山下，只留清兵，不留敌骑。清兵停放铳炮，天地开朗，准部兵倒地无数，连穿铜甲的这位女将，也头破血流，死于地下。红颜委地，吊古战场文中，却未曾载入。看官！你道这员女将是哪一个？就是噶尔丹妃阿奴娘子，准部呼她为可敦。此时札萨克汗的爱姬，未知尚生存否？若尚存在，倒可升作可敦了。可敦善战，力能抵住清兵，只因噶尔丹闻后队被袭，返顾却退，清兵乘势杀下，敌兵大乱，自相凌藉，遂至可敦战殁，只逃去了噶尔丹。

费扬古止诸将穷追，收兵回营，当即置酒高会，与诸将道："今日战胜，都是殷总兵化行之力，殷总兵劝我如此设伏，方得一鼓破敌，还请殷总兵多饮数杯，聊申本帅敬意。"说毕，亲自酌酒，递与殷化行。化行双手捧杯，一饮而尽，接连又是两杯，化行统共饮干，离座道谢。化行是宁夏总兵，上文曾叙说费扬古率陕、甘兵出宁夏西路，化行随征献计，得此胜仗，所以费扬古特别奖劳。当时清营中欢声雷动，由费扬古飞报捷音。康熙帝大悦，慰劳有加，仍命费扬古留防漠北，遣陕、甘军凯旋，自率禁旅还京。第二次亲征，第二次班师。

噶尔丹复奔回厄鲁特，途中闻报僧格子策妄阿布坦，为兄报仇，占据准噶尔旧疆，拒绝噶尔丹。噶尔丹欲归无所，窜居阿尔泰山东麓。康熙帝闻噶

尔丹穷蹙，召使归降，噶尔丹仍倔强不至。越年，康熙帝复亲征，渡过黄河，到了宁夏，命内大臣马思哈，将军萨布素，会费扬古大军深入，并檄策妄阿布坦助剿。噶尔丹闻大军又出，急遣子塞卜腾巴珠，到回部借粮。回部在天山南路，当噶尔丹强盛时，亦归服噶尔丹，至是回人将其子拘住，囚献清军。噶尔丹待粮无着，不知所为，左右亲信，又相率逃去，或反投入清营，愿为清兵向导。噶尔丹连接警信，有的说："清兵将到。"有的说："策妄阿布坦亦领部众来攻。"有的说："回部亦助清进兵。"好象打落水狗。一夕数惊，徬徨达旦。噶尔丹自言自语道："中国皇帝，真是神圣，我自己不识利害，冒昧入犯，弄得精锐丧亡，妻死子虏，目今进退无路，看来只好自尽罢了。"遂即服毒而死。

帐下只遗一女，他的族人丹吉喇，便挈了他的女儿，随带噶尔丹骸骨，拟至清营乞降，札萨克汗爱姬不知下落，想已被噶尔丹弄死了。不想中途被策妄阿布坦截住，将丹吉喇等捆绑起来，送交行在。康熙帝颁诏特赦，命丹吉喇为散秩大臣，噶尔丹子塞卜腾巴珠，也得了一等侍卫，俱安插张家口外，编入察哈尔旗。土谢图、车臣、札萨克三汗，遣归旧牧。此时土谢图汗与札萨克汗相遇，不知应作何状。辟喀尔喀西境千余里，增编部属为五十五旗，朔漠悉定，康熙帝铭功狼居胥山而还。第三次亲征，第三次班师。既至京师，大飨士卒，俘得老胡人数名，能弹筝，善作歌，帝赏以酒，各使奏技。中有一人能作汉语，笳歌凄楚，音调悲壮，但听他呜呜咽咽的唱道：

"雪花如血扑战袍，夺取黄河为马槽。灭我名王兮，虏我使歌，我欲走兮无骆驼，呜呼黄河以北奈若何！呜呼北斗以南奈若何！

康熙帝闻歌大笑，并赏他金银数两，橐驼一匹。小子读这歌词，又技痒起来，随作诗一首道：

绝北亲征耀六师，往还三次始平夷；
镌碑勒石夸奇绩，算是清朝全盛时。

看官欲知后事，请至下回再阅。

天生尤物，必倾人国，既亡札萨克，复亡土谢图，至车臣部亦遭累及，甚至噶尔丹亦因此兴师，因此覆灭。是可知妹喜祸夏，妲己祸商，褒姒祸周，史册垂戒，非无因也。康熙帝为有清一代英主，三次亲征，卒平朔漠，挞伐之功，未始不盛；但必镌碑纪绩，沾沾自喜，毋乃骄乎！秦始皇琅琊刻石，窦车骑燕然勒铭，殊不足训。以康熙帝之明，胡为效此？假故事以警世，揭心迹以垂讯。作者之用意深矣。

第二十八回　争储位冢嗣被黜
擢文网名士沉冤

却说康熙帝聪明英武，算作绝顶，即位以后，灭明裔，扫叛王，降台湾，和俄罗斯，服喀尔喀，平准噶尔，他的圣德神功，小子已叙述大略。他还巡幸五台山，共计五次，南巡又六次。巡幸五台的缘故，有人说他是出去省亲，因顺治皇帝即位十八年，看破红尘，到五台山削发为僧，康熙帝屡去探视，每到五台，必令从骑停住寺外，单身进谒，直至顺治帝已死，方才不去。这件事只可付作疑案，小子未曾目见，不敢信为实事。若讲到巡幸东南，《东华录》上，明明说为治河的缘故，其实康熙帝意思，亦并不是单为治河，当时治河能手，有于成龙、靳辅等人，专管河务，都是考究地理，熟悉水性，难道康熙帝真是生而知之的圣人，略略巡阅，便能将河道大势，了然目中，格外筹划得精密么？他的深意，无非是昭示威德，笼络人心；所以禅山谒陵，蠲租免税，凡经过的地方，威德并用；东南的小百姓，从此怕他的威严，感他的德惠，把前明撇在脑后，个个爱戴清朝，清朝二百多年的基业，就此造成。若呆读《东华录》上文字，不加体会，便是笨伯，哪里晓得康熙帝的作用？小说中有这般大议论，可谓得未曾有。但本书于叙述间，亦常夹有微议，我请将原文略换数字，指示阅者云，若呆读此书的文字，不加体会，便是笨伯，哪里晓得著书人的作用。只是康熙帝恰有一大失着，晚年来弄得懊丧异常，到去世的时候，反致不明不白，待小子细细道来：康熙帝有二十多个儿子，长子名叫允禔，就是初征噶尔丹时，作裕亲王福全的副手。古语道：“立嫡以长”，论起

年纪来，允禔应作太子，但他乃妃嫔所生，不由皇后产出。皇后何舍里氏，只生一子允礽，允礽生下，皇后便殁，康熙帝夫妇情深，未免心伤；且因允礽是个嫡长，宜为皇储，就于允礽二岁时，先立为皇太子。二岁立储，未免太早。后来重立皇后，妃嫔亦逐渐增加，一年一年的生出许多儿子，内中有四皇子胤禛，秉性阴沉，八皇子允禩，九皇子允禟，更生得异常乖巧，康熙帝格外爱宠一点。但既立允礽为太子，自然没有掉换的心思。允礽渐长，就令大学士张英为太子师傅，教他诗书礼乐，又命儒臣陪讲性理，南巡北幸时，亦尝带了允礽出去游历，总算是多方诱导；至亲征噶尔丹，又要太子监国，宫廷中也没有生出事来。

噶尔丹既平，东西南北，都已平靖，万民乐业，四海澄清，康熙帝春秋渐高，也想享点太平弘福，有时读书，有时习算，有时把酒吟诗，选了几个博学宏词老先生，陪侍左右，与他评论评论。这老先生辈，总是极力揄扬，交口称颂。康熙帝又叫他纂修几种书籍，什么《佩文韵府》，什么《渊鉴类函》，什么《数理精蕴》，什么《历象考成》，什么《韵府拾遗》，什么《骈字类编》，还有《分类字锦》，《子史精华》，《皇舆全览》等书；就是人人购买的《康熙字典》，也是这时候编成的。开了书橱，一律搬出。每种书籍，统有御制序文，究竟是皇帝亲笔，也不知是儒臣捉刀，涉笔成趣。小子无从深考。但日间与儒臣研究书理，夜间总与后妃共叙欢情，枕边衾里，免不得有阴谋夺嫡、媒孽允礽的言语。起初康熙帝拿定主意，不听妇言，后来诸皇子亦私结党羽，构造蜚语，吹入康熙帝耳中，渐渐动了疑心。宫中后妃人等，越发摇唇鼓舌，播弄是非，你唆一句，我挑一语，简直说到允礽蓄谋不轨，窥伺乘舆，可笑这个英武绝伦的圣祖仁皇帝，竟被他内外蛊惑，把允礽当作逆子看待。怪不得周幽、晋献。康熙四十七年七月，竟降了一道上谕，废皇太子允礽，并将他幽禁咸安宫，令皇长子允禔及皇四子胤禛看守。于是这个储君的位置，诸皇子都想补入。皇八子允禩，模样儿生得最俊，性情亦格外乖刁，在父皇面前，越自殷勤讨好，暗中却想害死允礽，绝了后患。

事有凑巧，有一个相面先生，叫作张明德，在都中卖艺骗钱，哄动一时。贝子贝勒等，统去请教，明德满口趋奉，统说他是什么富，什么贵。看官！试想社会中人，有几个不喜欢奉承？因此都说这明德知人休咎，仿佛神仙一般。允禩怀着鬼胎，暗想自己相貌，究竟配不配做皇帝，遂换了衣

装，去试明德，谁知明德一边，早已有人知风通报，等到允禩进去，明德即向地跪伏，口称万岁。允禩连忙摇手，明德见风使帆，导允禩入内室，细谈一番，一面说允禩定当大贵，一面又俯伏称臣。允禩喜甚，不但露出真面，反与明德密定逆谋。明德伪称有好友十余人，都能飞檐走壁，他日有用，都可招致出来效劳。允禩遂与他定了密约，辞别回宫；甫入禁门，遇着大阿哥允禔，被他扯住，邀至邸中，原来允禔曾封直郡王，另立府邸，当时屏去左右，向允禩道："八阿哥从哪里来？"满俗向称皇子为阿哥，所以允禔沿习俗语，叫允禩为八阿哥。允禩道："我不过在外边闲游，没有到什么地方去？"允禔笑道："你休瞒我！张明德叫你万岁呢。"允禩惊问道："大阿哥如何晓得？"允禔道："我是个顺风耳，自然听见。"允禩道："你既晓得，须要为我瞒过父皇。"允禔道："这个自然，只可惜允礽不死，昨日闻有消息，父皇欲仍立允礽为太子。"允禩顿足道："这恰如何是好？"允禔道："我恰有一个妙法，但不知你做皇帝，什么谢我？"允禩道："我若得了帝位，当封大阿哥为并肩皇帝。"允禔道："不好不好，世上没有并肩皇帝。况我仍要受你的封，不如勿做为是。"急得允禩连忙打恭，恳求妙策。允禔道："你既要我设法，现在牧马厂中，有个蒙古喇嘛，精巫蛊术，能咒人生死，若叫他害死允礽，岂不是好？"允禔非真心待弟，观下文便知。允禩喜甚，便托允禔即日照行，揖别而去。想做皇帝，便要弄杀阿哥，帝位之害人甚矣。

允禔即去与蒙古喇嘛商议，蒙古喇嘛，名叫巴汉格隆，与允禔为莫逆交，至是允禔与商，便取出镇压物十多件，交与允禔。允禔携归，想去通知允禩，转念道："我明明是皇长子，太子既废，我宜代立，为什么去助允禩？"当下踌躇一会，忽跃起道："照这样办法，好一网打尽了。"葫芦中卖什么药？遂匆匆入宫，见了康熙帝，把允禩与张明德勾通事，密奏一遍。康熙帝即令侍卫捉拿张明德，霎时间，明德拿到，立召内大臣问过口供，绑出宫门，凌迟处死。张明德面貌中，定要犯凌迟罪，但明德自会相面，何不趋吉避凶？一面饬宗人府将允禩锁禁，允禩一想，这事只有大阿哥得知，我叫他瞒住父皇，他莫非转去密奏么？他要我死，我亦要他死，一班犬子，奈何奈何？遂对宗人府正道："愿见父皇一面！"宗人府落得容情，便带入宫内。

康熙帝见了允禩，勃然大怒，把他批颊两下。允禩泣道："儿臣不敢妄为。都是大阿哥教儿臣行的。"康熙帝怒道："胡说！他教你行，还肯告诉我

么？”允禩道：“父皇如若不信，可去拿问牧马厂内的蒙古喇嘛。”康熙帝又命侍卫将蒙古喇嘛拿到，严刑拷讯，得供是实，随差侍卫至直郡王府，不由允禔分说，竟入内搜索，连地板尽行掘起，果然有好几木人头儿，埋在土内。侍卫取出，回宫奏复，康熙帝震怒得了不得，拔出佩刀，叫侍卫去杀允禔。侍卫至此，也不敢径行奉命，跪伏帝前，代允禔求恕。此时早有宫监报知惠妃，惠妃系允禔生母，得了此信，三脚两步的趋入，跪在地下，膝行而前，连磕了几个响头，口称求皇上开恩开恩。康熙帝见此情状，不由的心软起来，便道：“爱妃且起！”惠妃谢过了恩，起立一旁，粉面中珠泪莹莹，额角上已突起两块青肿。美人儿乎急杀，天子未免有情，遂将佩刀收入，命侍卫起来，带出允禩拘禁；又对惠妃道：“看你情面，饶了允禔，但我看他总不是个好人，须派人看管方好。”惠妃不敢再言，谢恩回宫。康熙帝即亲书硃谕，将允禔革去王爵，即在本府内幽禁，领班侍卫，奉旨去讫。

康熙帝经此一怒，便激出病来，是晚遂不食夜膳，次日，微发寒热，便令御医诊治。诸皇子亲视汤药，皇四子胤禛晨夕请安，且从中婉说废皇太子的冤枉，深惬帝意，于是释放废太子，亦令入宫侍疾。越数日，帝疾渐愈，乃令废皇太子及诸皇子近前，并宣召诸王入内，随即申谕道：“朕暇时披览史册，古来太子既废，往往不得生存，过后人君又莫不追悔。朕自拘禁允礽后，日日挂念。近日有病，只皇四子默体朕心，屡保奏废皇太子允礽，劝朕召见。朕召见一次，愉快一次，嗣命在朕前守视汤药，举止颇有规则，不似从前的疏狂，想从前为允禔镇魇，所以如此迷惑，现在既已改过，须要从此洗心。古时太甲被放，终成令主，有过何妨改之。即是今日诸臣齐集，或为内大臣，或为部院大臣，统是朕所简用，允礽应亲近伊等，令他左右辅导。崇进德业，方不负朕厚望。四皇子胤禛，幼年时微觉喜怒不定，目下能曲体朕意，殷勤恳切，可谓诚孝。五皇子允祺，七皇子允祐，为人淳厚，蔼然可亲，允礽亦应格外亲热。自此以后，朕不再记前愆，但教允礽日新又新，朕躬何憾！尔王大臣等须为我教导允礽，毋致再蹈覆辙！”诸王大臣未曾答复，只见皇四子跪奏道：“儿臣奉皇父谕旨，说儿臣屡保奏废皇太子，儿臣实无其事。蒙皇父褒嘉，儿臣不敢承受。”故意推辞，所谓秉性阴沉。康熙帝微哂道：“尔在朕前，屡为允礽保奏，尔以为没有证据，所以当众强辩。尔果不欲居功，尔衷尚堪共谅；尔如畏允禔、允禩，故意图赖，便非正直，转大

失朕意了。”知子莫若父。皇四子叩首称谢，又奏道：“十年前侍奉皇父，因儿臣喜怒不定，时蒙训诫，近十来年，皇父未曾申饬，儿臣省改微诚，已荷皇父洞鉴，今儿臣年逾三十，大概已定，喜怒不定四字，关系儿臣身上，仰恳皇父于谕旨内，恩免记载，儿臣深感鸿慈。”康熙帝便对王大臣道：“近十年来，四阿哥确已改过，不见有忽喜忽怒形状，朕今不过偶然谕及，令他勉励，不必尽行记载便了。”喜怒不定四字，都要争辩，显见阴鸷。不知《东华录》已俱登出，争辩何益？

诸王大臣遵旨退出，私自议论，都料废太子又要重立，果然到了次年，复立允礽为皇太子，颁诏天下，遣官祭告天地宗庙社稷，并封皇三子允祉为诚亲王，皇四子胤禛为雍亲王，皇五子允祺为恒亲王，皇七子允祐为淳郡王，皇十子允䄉为敦郡王，皇九子允禟、皇十二子允裪、皇十四子允禵俱为固山贝子。又追究魇魅事，将蒙古喇嘛巴汉格隆，处以磔刑，人家不怕他魇死，他却被人剐死了。这事暂算了结。不料翰林院编修戴名世，作了一部《南山集》，又兴起大狱来了。

先是康熙初年，浙江湖州府庄廷鑨，素习儒业，平时颇留心史籍，一日，到市上闲游，见有一爿旧书坊，他却踱将进去，随手翻阅，旧书内中有一抄本夹入，视之，乃是明故相朱国桢的稿本。稿中记录明朝史事，自洪武至天启，都有编述，他即将此稿买回。招了几个好朋友，互览一番，友人统未曾见过，个个说是秘本。文人常态，专喜续貂，就各搜集崇祯年间事情，补入卷末，并将自己姓名，及友人姓名，一一附记，算是生平得意之作。廷鑨死后，家人将此书刊行，适故归安县令吴之荣，失业家居，见了此书，读到崇祯朝，有毁谤满人等语。之荣遂上书告讦，清廷即令浙江大吏，按书中姓名，一一搜捕。已死的开棺戮尸，未死的下狱正法。廷鑨是个首犯，开棺戮尸，不消说得，还把他兄弟骈戮，家产籍没，真是可怜。吴之荣复职升官，为了此事，士人多钳口结舌，不敢妄谈。偏这戴名世身居翰苑，清闲无事，著了一部《南山集》出来，集中采录明桂王事，乃抄袭桐城人方孝标遗书，并不是名世创造的。都察院御史赵申乔，竟指使是诽谤朝廷，拜疏奏发。又是一个拍马屁的官吏。康熙帝准了奏章。即饬拿名世下狱，命六部九卿会审。名世供词抄录方孝标《滇黔纪闻》是实。当由六部九卿议奏，内说戴名世有心抄录，作大不敬论，应置极刑，方孝标亦应戮尸，方、戴族人，俱

应坐死。此奏一上，自然照准，可怜名世为这文字因缘，身被寸磔，戴氏族中，与名世五服相连，统皆斩首。进士方苞，因是方孝标同宗，亦系狱论死。幸亏大学士李光地极力洗释，方苞得以出狱。方氏族人，除孝标子弟外，也总算矜全了几个。这是康熙五十年间事。自此体制愈严，蒙蔽愈重。康熙帝年已六旬，精神亦渐渐衰退，比不得壮年时候，事事明察。到了五十一年，皇太子允礽，又不知为着什么事，触怒了康熙帝，又把允礽废黜，禁锢起来。小子但闻有御笔硃谕一道，略云：

前因允礽行事乖戾，曾经禁锢，继而朕躬抱疾，念父子之恩，从宽免宥。朕在众前，曾言其似能悛改，伊在皇太后众妃诸王大臣前，亦曾坚持盟誓，想伊自应痛改前非，昼夜警惕。乃自释放之日，乖戾之心，即行显露，数年以来，狂易之疾，仍然未除，是非莫辨，大失人心。朕今年已六旬，知后日有几，天下乃太祖、太宗、世祖所创之业，传至朕躬，非朕所创立，恃先圣垂贻景福，守成五十余载，朝乾夕惕，耗尽心血，竭蹶从事，尚不能详尽，如此狂易成疾，不得众心之人，岂可付托乎？故将允礽仍行废黜禁锢，为此特谕。

允礽再废后，康熙帝立定主意，不再言立太子事。诸皇子个个窥测，探不出什么消息，便浼王大臣上书奏请。谁知上一次书，受一次训责，甚且还要治罪。诸王大臣方在疑虑，忽西域来了警信，报称策妄阿布坦杀进西藏去了。正是：

大内未曾蠲宿衅，极边又已启兵争。

西藏系清朝藩属，遇着外侮，又要劳动清兵了。诸君试看下回，便自分晓。

冢嗣被黜，名士沉冤，皆专制之焰使然。唯专制故，天下始羡皇帝之尊严。官民受皇帝之压制，不敢妄想，独众皇子济济比肩，皆有世袭之望，于是勾通内外，觊觎储位，虽以清圣祖之英明，不能免巫蛊咒诅之祸。唯专制故，天下始怨皇帝之刻毒，一语失检，罪及妻孥，祸延宗族，生固难免，死且戮尸，当时畏其

威而不敢动，后世必有起而报复者，虽以清圣祖之德惠，不能逃千秋万世之讥。本回为清圣祖病，抑且为清圣祖惜。且隐悬一专制影子，留戒后世，是文字有关国体者，可谓稗官中上乘文字。

第二十九回　闻寇警发兵平藏卫
苦苛政倡乱据台湾

却说中国西偏，有最高的大山一座，名叫喜马拉雅。喜马拉雅山北，有一种图伯特人，聚族而居，号为西藏，古时与中国不相通，唐朝时部众渐盛，入侵中华，唐史上称它为吐蕃国。唐太宗李世民，因它屡次寇边，没有安靖的日子，不得已将宗女文成公主，嫁他国王噶木布，算是两国和亲，干戈得以少息。这文成公主素信佛教，在西藏设立佛寺，供奉释迦牟尼佛像，自此西藏臣民，个个皈依，变成了一个佛教国。传到元朝时候，元世祖南下吐蕃，邀请吐蕃拔思巴为帝师，册封大宝法王，令他管领藏地，总握政教两大权。他的子孙，取名萨迦胡土克图。萨迦就是释迦的转音，胡土克图乃是再世的意义。服饰尚红，得娶妻生子，世人称为红教。传到明朝，红教徒渐渐不法，信用日衰，甘肃西宁卫中，出了一个宗喀巴，入大雪山修行得道，别立一派，禁娶妻生子，衣饰尚黄，称作黄教。蕃众大加敬信，势力不亚法王。宗喀巴死，有两大弟子，一名达赖，一名班禅，统居前藏拉萨地。他因教中严禁娶妻，不得生子，遂另创一嗣续法，说是达赖、班禅两喇嘛，喇嘛即高僧之意。世世转生，达赖死后，第一世转生，是敦根珠巴，第二世转生，是根敦坚错。传到第三世转生，是锁南坚错，较有高行，蒙古诸部，入藏欢迎，邀他至漠南说教，黄教遂流传蒙古。第四世转生，是云丹坚错，势力越加扩张，漠北蒙古，因居地荒僻，不得亲承教旨，另奉宗喀巴第三弟子哲卜尊丹巴后身，为大胡土克图，总理外蒙古教务，居住库伦。第五世达赖转

生，叫作罗卜藏坚错，用他近亲桑结为第巴。什么叫作第巴？便是中国所称管理政务的官员。达赖喇嘛，只理教务，不管政事，自第二世达赖起，已另置第巴等官，代理国政。是时红教未绝，后藏地方护法教主，叫作藏巴汗，藏巴汗反对黄教，桑结欲除灭了他，省得出来作梗，遂联络厄鲁特蒙古，遣和硕特部长固始汗，引兵入后藏，袭杀藏巴，另奉班禅喇嘛移驻后藏。从此藏地分前后二部，前藏属达赖管辖，后藏属班禅管辖。叙述详明。

固始汗本居青海，曾受清太宗册封，康熙三十七年，固始汗第十子达什巴图尔，来京朝贡，康熙帝又封他为亲王。固始汗得清廷援助，声势颇强，至是有功黄教，复得了前藏东部喀木地，命子达责镇守，渐渐干涉前藏事情。桑结一想，杀了一个藏巴汗，又来了一个达延汗，未免引狼入室，自取祸殃。适值噶尔丹威振西域，桑结复阴与连结，叫他出兵青海，袭破和硕特部。桑结初意，颇高于吴三桂等，但仍不能脱离外人，终非善策。达赉势力，亦因此一挫。未几达赖五世殁，桑结秘不发丧，伪传达赖命令，任意妄行。噶尔丹入寇中国，桑结亦阴为怂恿，至噶尔丹败走，乃遣使入贡，诈称奉达赖命，求赐桑结封爵。清廷未察真伪，封桑结为图伯特国王，到了噶尔丹走死后，丹吉喇等来降，方报桑结矫伪情状，康熙帝赐书切责，桑结还诈称部属未靖，不敢遽泄达赖丧事，今当另立达赖，择日发丧。康熙帝因道途辽远，不便细查，且由他将错便错的过去。桑结又欲去毒杀拉藏汗，事泄无成。拉藏汗即和硕部达赉侄儿。达赉死，拉藏汗嗣，闻桑结有意害他，遂集众潜入拉萨，将桑结捉来，一刀两段。刁狡的人，总归速死。复把桑结所立的达赖，指为赝鼎，擒献清廷，另立新达赖伊西坚错为第六世。

康熙帝嘉他恭顺，封拉藏为翼法恭顺汗。偏这青海诸蒙古，不信伊西坚错为真达赖，另立了一个噶尔藏坚错，在青海坐床，请清廷速赐册印。自是达赖变了两个，谁真谁假，不能辨悉，倒象一出双包案。两下争论，遂引出策妄阿布坦的兵祸来了。策妄截献噶尔丹骸骨，奉表清廷，非常逊顺，康熙帝命划阿尔泰山西麓至天山北路一带，给彼游牧。策妄得此广土，竟想做第二个噶尔丹，并吞诸部。第一着下手，是娶了土尔扈特部阿玉奇汗女，做了妻室，复诱他妻弟背了阿玉奇，将父逐出俄罗斯。他假称发兵帮助，竟把土尔扈特部占据起来。土尔扈特部势本衰弱，自然也服了他。第二着下手，又是依样画葫芦，拉藏汗有一姊，年近花信，不知经策妄如何运动，复许嫁了

他。我怪拉藏汗的阿姊，何故甘心做小老婆？想是策妄定有媚内手段，一笑。策妄娶了拉藏姊，又把那元配生的女儿，许与拉藏汗子丹衷，令他入赘伊犁，不即放归。亲上加亲，外面似非常亲热，谁知他满怀鬼蜮，诡计多端，丹衷离国日久，欲挈妇偕回，策妄许他归国，发兵护送。行了好几个月，方入藏境，拉藏汗闻子妇回来，率领次子苏尔札，到达穆阿附近，一面迎接新妇，一面犒赏护送军。两下相遇，丹衷夫妇，谒见已毕，拉藏汗便命在行帐开筵，令护送军一律与宴。拉藏汗素性嗜酒，至此因子妇回国，格外畅饮，一杯未了又一杯，接连是十百千杯，饮得酩酊大醉，酣卧床上。这边的护送军，饮毕出外，就在拉藏汗行帐外扎好了营。

是夜准部将官大策零又至，部下有六千兵马，会合护送军，杀入拉藏帐内。拉藏汗手下卫兵，本是不多，况又大家吃得沉醉，还有何人抵挡？准部兵一拥而入，杀死了拉藏汗，把他次子苏尔札捆绑起来，余外不是被杀，便是被捆，只剩了一对新夫妇，一个是策妄娇婿，一个是策妄娇儿，总算用些情面，不去缚他。丹衷还算运气。随即潜到拉萨，骗入拉萨城，把个半真半假的新达赖拘入暗室，做个坐关和尚。妙语解颐。

这信传到清廷，康熙帝本已遣靖逆将军富宁安，率兵驻扎巴里坤，防备西域，至是急命傅尔丹为振武将军，祁里德为协理将军，出阿尔泰山，会合富宁安军，严备准噶尔入寇，另遣西安将军额鲁特，督兵入藏，侍卫色棱为后应，康熙五十七年，两军次第渡木鲁乌苏河，分道深入。大策零分军迎战，只数合便退。明是诱敌。额鲁特率兵追入，色棱继进，到喀喇乌苏河岸，大策零留有伏兵，顿时四起，截住清兵。额鲁特等料知陷入重地，率兵猛扑，怎奈这番敌军，纯是精锐，与前时接仗，大不相同。额鲁特不能前进，只得退后，不料后面流星马又到，报称准兵绕出后路，把军饷截夺去了。清兵闻军饷被劫，不战自乱，额鲁特、色棱两人，极力弹压，勉强镇定。过了数日，粮尽矢穷，准兵四面聚集，好似天罗地网一般，一阵攻击，清兵全营覆没，都做了沙场之鬼。虽是战死，幸而死在西方，免得童男童女接引。

康熙帝接了败报，再命皇十四子允禵为抚远大将军，驻节西宁，升任四川总督年羹尧，备兵成都，拟分道进发。敕封噶尔藏坚错为达赖六世，檄蒙古兵扈从达赖，随大军直入西藏，于是蒙古各汗王贝勒，各率部兵至青海，恭候清兵出塞。康熙五十九年春，诏移允禵移驻木鲁乌苏河治饷，令将西宁

军付都统延信出青海，年羹尧仍坐镇四川，令将川军付护军统领噶尔弼出打箭炉，分趋藏境。大策零闻清兵分出，自拒青海军，另遣部兵三千余人，抵挡噶尔弼。噶尔弼副将岳钟琪，素有胆略，领亲兵六百名，首先开路，至三巴桥，系入藏第一险要。岳钟琪招募番众，许他重赏，令诈降守桥兵，里应外合，竟把三巴桥占住。噶尔弼率军来会，忽闻准部兵来夺三巴桥，头目叫作黑喇玛，有万夫不当之勇，噶尔弼颇惊慌起来。岳钟琪道："有钟琪在，就使来了红喇玛，也不怕他，待明日擒他便是。"是夕，岳钟琪率兵出营，潜掘陷坑，上用青草盖住，令兵士带了钩索，伏在陷坑里面。部署已定，然后回营。次晨，黑喇玛仗着勇力，飞奔前来，岳钟琪出兵对敌，诱黑喇玛至陷坑旁。黑喇玛有勇无谋，但知上前追杀，不料脚下有坑，一脚蹈空，坠入坑内，任你黑喇玛膂力过人，至此被伏兵钩住，急切不能展身。伏兵紧紧捆缚，扛入清寨。黑喇玛受擒，余众不战自降，方拟鼓行入藏，忽来了大将军檄文，令待青海军并进。噶尔弼踌躇未决，岳钟琪道："我兵只赍两月粮饷，从川西到此，已过了四十多日，若再待青海军，粮饷食尽，如何入藏？现不如乘机疾进，沿途招抚番众，用番攻番，约十日可抵拉萨，出其不意，容易荡平。"噶尔弼欲集众议决，钟琪道："事在必行，何须多议！钟琪不才，愿喷此一腔热血，仰报朝廷，请于明晨即行。"钟琪系岳武穆王二十一世孙，武穆仇金，钟琪忠清，似不能善绳祖武，唯为清攻藏，恰有可原。噶尔弼也不多言。

次晨，岳钟琪即用皮船渡河，直趋西藏，途中遇土司公布，用好言抚慰，公布很为感激，遂代为招集番兵七千，引钟琪入拉萨。钟琪观番兵可恃。遂分部兵三千名，绕截大策零饷道，自领番众趋拉萨城。拉萨城内，只有几个准兵，见岳军大至，尽行逃散。钟琪长驱入城，号召大小第巴，宣示威德，除助逆喇嘛的，杀了五人，并幽禁九十多人，其余一概赦免，那时僧俗都顶礼膜拜，感谢再生。

这时候，青海军统领延信，正与大策零相持，连败大策零数阵，策零欲退回拉萨，又被岳军截住，进退两难，遂扒山过岭，遁回伊犁，途中崎岖冻馁，死了大半。延信遂送新达赖入藏登座，令拉藏汗旧臣康济鼐，掌前藏政务，颇罗鼐掌后藏政务，留蒙古兵二千驻守，奉诏班师，各回原地镇守，西藏暂归平靖。康熙帝又要咬文嚼字，亲制一篇平定西藏碑文，命勒石大招寺中，小子也不暇细录。

只是康熙帝安乐一次，总有一次忧愁，相逼而来。忧乐相循，祸福相倚，是颠扑不破的事理。入藏军已报凯旋，台湾忽报大乱。说来可笑，台湾乱首，乃是一个贩鸭营生的小百姓，名叫一贵，他的姓恰与大明太祖皇帝相同。尝见人家婚丧事，排列仪仗，每借同姓的头衔，书入头行牌，以示烜赫。一贵虽是贩鸭，然与明祖同姓，亦自足夸。自施琅收服台湾后，台民虽稍有蠢动，事发即平，至康熙晚年，用了一个贪淫暴虐的王珍，实授台湾知府，没有税的要加税，没有粮的要征粮，百姓不服，就要拿来打屁股，或枷号几个月，还有一切诉讼事件，有钱即赢，无钱即输，因此台民怨愤异常。官逼民反。这个朱一贵，虽是贩鸭为生，他却有几个酒肉朋友，一叫黄殿，一叫李勇，一叫吴外，这三人素不安分，与朱一贵恰很是莫逆，一日，到了酒楼，一面吃酒，一面谈论平日事情，黄殿问一贵道："近日朱大哥生意可好？"一贵摇头道："不好不好！现在这个混账知府，棺材里伸手，死要铜钱，连我贩卖几只鸭，也要加捐。我此番贩鸭一千只，反蚀了好几千本钱，看来只好罢休哩。"小本经营，不应加重捐，观此便知。李勇、吴外齐声道："这般狗官，总要杀掉他方好。"该杀！一贵道："只有我等几个小百姓，哪里能杀知府？"黄殿道："要杀这个混账知府，也是不难，只此处非讲事堂，兄弟们不要多嘴。"黄殿乖。言毕，以目示意。大家饮完了酒，由一贵付了酒钞，遂同至一贵家内，彼此坐定，黄殿道："朱大哥你道是贩鸭好，是做皇帝好？"一贵醉醺醺的笑道："黄二弟真吃醉了，贩鸭的人，怎么好同皇帝去比？"黄殿道："朱大哥想做皇帝否？"一贵大笑道："象我的人，只能贩鸭，哪里会做皇帝？"黄殿道："明太祖朱元璋曾充庙祝，后来一统江山，好端端的做了皇帝。大哥也是姓朱，贩鸭虽贱，比庙祝要略胜三分，水无斗量，人无貌相，要做皇帝，何难之有？"一贵听了此言，不觉手舞足蹈起来，便道："我就做皇帝，黄二弟等须要帮助我。"黄殿道："总教大哥不要惊慌，明日就请大哥南面为王。"一贵乘着醉意，便道："我果有一日为王，就使千刀万剐，亦是甘心。"赌什么气？罚什么咒？天道昭彰，不容妄说。黄殿道："一言为定，不要图赖。"一贵道："自然不赖。"黄殿便邀同李勇、吴外，告别而去。

到了次日，黄殿复同李勇、吴外，带了一、二百个流氓，抬了箱笼，匆匆到一贵家来。一贵不知何故，慌忙问道："黄二弟！你同这许多人，到我家何干？"黄殿道："请你即日做皇帝。"一贵此时，已把昨日的酒话，统共

忘记，至此始恍惚记忆起来，便笑道："昨日乃是酒后狂言，如何作准？"黄殿道："不能，不能！昨日你已认实，今朝不能图赖。就使你要不做，也不容你不做。"说毕，就命手下开了箱衣，取出黄冠黄袍，把朱一贵改扮起来。一贵道："你等太会戏弄我了。"黄殿道："哪个来戏你？"顿时七手八脚，将朱一贵旧服扯去，穿了黄冠黄服，一个贩鸭的小民，居然要他坐在南面，做起强盗大王来了。看官！你道这套黄冠黄袍，是哪里来的？他是从戏子那里借来，暂时一穿，还有一套蟒袍宫裙，续行取出。黄殿趋入内室，扶出一个黄脸婆子，教她改装。可怜这黄脸婆子，吓得发抖，哪里敢穿这衣服？黄殿也顾不得什么嫌疑，竟将蟒袍披在黄脸婆子身上，引她至一贵左侧坐下。不与她系宫裙，黄殿未算周到。于是大众取出衣服，一律改扮，穿红着绿，挤作一堆，向朱一贵夫妇叩起头来。煞是好看。弄得朱一贵夫妇受也不是，不受也不是，索性象木偶一般。大家拜毕，竟去外边劫掠，掳些金银财帛，做起旗帐，造了军器，占了民房数十间，就揭竿起事。

一夫作俑，万人响应，不到十日，竟招集了数千人。台湾总兵欧阳凯，急议发兵往剿，游击刘得紫素称知兵，至是请行。欧阳凯不许，偏遣一个庞大无能的周应龙，领兵前去。敌寨距府城只三十里，周应龙沿途停止，三十虽路，走了三日，敌众依山拒守，应龙也不去攻击，反纵兵焚掠近村。村民大愤，相率从贼。南路奸民杜君英，亦乘此作乱，与朱一贵连合，袭杀凤山参将苗景龙，府城大震。欧阳凯带了刘得紫，及副将许云，率兵一千五百，亲剿一贵，黄殿、李勇、吴外等，出寨迎敌，许云跃马陷阵，贼皆辟易，黄殿等都逃入山中。会水师游击游崇功，亦自鹿耳门入援，欧阳凯大喜，只道是敌众胆落，毫不设备。过了两日，朱一贵、杜君英合军大至，遥见尘头起处，约有数万人马，迤逦前来。清兵先已胆寒，面面相觑。欧阳凯急出抵御，正接仗间，把总杨泰立在欧阳凯背后，忽然跃起，将欧阳凯刺落马下。刘得紫急忙趋救，不防杨泰又一枪刺来，得紫急闪，坐骑已中了一枪，那马负痛踣地，把得紫掀落地上，也被叛兵擒住。霎时官军大乱，许云、游崇功拦阻不住，贼军又围裹拢来，只得拼命血战。到了日中，矢炮俱尽，各手刃数十人，自刎而亡。

于是水师游击张贤、王鼎等，率兵千余，战舰数十艘，逃出澎湖。台湾道梁文煊，知府王珍等，尽驱港内商舶渔艇，逃出鹿耳门。周应龙逃得更

快，竟遁入内地。朱一贵进陷台湾府，大掠仓库，复得郑氏旧贮炮械硝磺铅铁等，非常欢喜。北路奸民赖池、张岳，亦同日陷诸罗县，击杀参将罗万仓，凡七日而全台陷。朱一贵大会部众，犒宴三日，自称中兴王，国号永和，封黄殿为辅国公，兼衔太师，李勇、吴外等为侯，以下封了许多将军总兵。袍服不及裁制，戴了一顶明朝冠，便算了事。里面掳了无数妇女，充作妃嫔。一贵左拥右抱，说不尽的快活。比黄脸婆子何如？台湾百姓，编出一种歌谣道：

头戴明朝冠，身衣清朝衣。
五月称永和，六月还康熙。

看了这种谣传，朱一贵的王位，恐怕是不稳固了。究竟朱一贵做了几日台湾王，下回再行详叙。

达赖转生，明是佛教欺人之说，狡黠诸徒，利用之以揽权势，于是真伪达赖之问题生。内哄未休，外侮已至，卒至全藏大乱，欺人者适以自欺，亦何益乎？清圣祖既遣将平藏，何不于此时设置贤吏，昌明政教，有以移其风而易其俗？乃复送一无知无识之达赖，入藏坐床，平一时之乱或有余，平一世之乱则不足，此所谓敷衍目前之计，无怪其旋平旋乱也。若台湾收入版图，已数十年，芟荆棘，夷溪洞，用夏变夷，推行风教，吾知数十年内，亦可收功。乃所用非人，徒知殃民，不知化民，一贩鸭徒揭竿作乱，仅七日而全台俱陷，何扰乱之速耶？有清一代，唯圣祖最号英明，而于绝域政教，不甚厝意，遑问自郐以下乎？阅本回，应令人叹惜。

第三十回　畅春园圣祖宾天
乾清宫世宗立嗣

却说朱一贵既陷台湾，逃官难民，尽至澎湖，澎湖守将，仓猝不知所为，亦尽室登舟，将渡厦门，百姓惊惶得了不得。独守备林亮决计固守，驰赴海滨，拦住官民家眷，不准内渡，人心稍稍镇定。水师提督施世骠，自厦门至澎湖，南澳总兵蓝廷珍，奉闽督檄令，亦至澎湖来会。于是命守备林亮，千总董芳为先锋，率领舰队八千人，直捣鹿耳门。适朱一贵与杜君英争长，自相残杀，确是强盗行为。乡民愤一贵暴掠，又各结民团，保护村落。清兵闻一贵内乱，百姓不附，顿时勇气百倍；到了鹿耳门，岸上大炮迭发，林亮、董芳，冒死直进，遥望岸上炮台，火药累积，林亮饬水兵用炮还击，注射火药，炮声过处，火药上冲，震得海水陡立，天地为昏。那时岸上的守兵，统弹得不知去向。林亮、董芳，即舍舟登岸，率兵直入。施世骠、蓝廷珍，亦带领大军随进，节节进攻，随剿随抚。看官！你想这等朱一贵、杜君英的混账东西，哪里敌得住几员虎将？连战连败，连败连走，清兵乘势追杀，直薄台湾城下，东西南北，布满兵队，大炮的声音，镇日不息。朱一贵束手无策，只躲在伪宫内，对了一班王妃王妾，哭泣不止。此时究竟是贩鸭好？是做皇帝好？还是外面的军师黄殿，想了一个劫营的计策，于夜间潜开城门，突击清营，谁知早被蓝廷珍料着，摆了一个空营计，待李勇、吴外等杀入，伏兵一齐掩击，象砍瓜切菜一般。林亮斩了李勇，董芳刺死吴外，只剩了后队的黄殿，急忙逃回，转身一望，城门已闭，城上立着一员大将，不是

别人，乃是清游击刘得紫。突如其来。原来刘得紫被杨泰擒去，献与一贵，一贵颇重得紫名，不去杀他，把他禁住学宫。得紫不食三日，情愿饿死。诸生林皋、刘化鲤，密劝得紫受食，徐图恢复，得紫乃饮食如常，此次黄殿出城劫营，把城中部众，尽行拔出，林、刘二生，遂邀集良民，拥得紫出学宫，闭了城门，请得紫上城拒守。黄殿进退无路，投濠自尽。施世骠下令，降者免死，于是叛众尽降。刘得紫开城迎入，把前情叙说一遍，世骠即令导入伪宫，擒出朱一贵，审问属实，推入囚笼。室内的伪妃伪嫔，统教民间自认，令他带去。做了数日妃嫔，滋味如何？统计清兵攻入鹿耳门，进复台湾府城，也是七日。世骠复分兵搜剿南北两路，擒到杜君英等，与朱一贵槛送北京，一概凌迟处死。千刀万剐之言验了，一贵自思，甘心不甘心。复将弃台逃走的道府厅县，尽行治罪。只王珍已惧罪自尽，命即剖棺枭示。王珍是个首恶，可惜不把他凌迟。施世骠等各邀奖叙，也不必细说了。

且说康熙帝因台湾再平，八荒无事，自己又年将七旬，明知风烛草霜，衰年易迈，索性开了一个盛会，凡满、汉在职官员，及告老还乡，得罪被谴的旧吏，年纪六十五以上的人，统召入乾清宫，一一赐宴。这时候，正是康熙六十一年春间，天气晴和，不寒不暖，一班老头儿，团坐两旁，差不多有一千个，围住这个老皇帝，饮起酒来，皇帝又特别加恩，叫他们不要拘谨，大众奉谕，开怀畅饮。酒兴半酣，老皇帝动了诗兴，做成七律诗一首，命与宴诸臣，按律恭和。这班老头儿，把诗文一道，多半束诸高阁，满员是简直未曾用过工夫，至此要他个个吟诗，几乎变成一种虐政，幸亏这班老人有些乖刁，预料这老皇帝召他饮酒，免不得咬文嚼字，因此早打好通关，先与几个能诗作赋的老朋友，商量妥当，倩他作了抢替，一面复贿通宫监，托令传递，所以当场都吟成一诗，恭呈御览，虽是好歹不一，总算不致献丑。诗中大意，千首一律，无非是歌功颂德一套烂语。等到诗已做成，日近黄昏，大众散席，谢了圣恩，出宫而去。这场盛宴，叫作千叟宴，康熙帝倒也非常得意。太监得了银子，还要得意。可奈盛筵不再，好景难留，转瞬间已是冬月，大学士九卿等，方拟次年圣寿七旬，预备大庆典礼，谁料天有不测风云，人有旦夕祸福，康熙帝竟生起病来。这场病非同小可，竟是浑身火热，气急异常，太医院内几个医官，轮流入内诊脉，忙个不了。服药数剂，稍稍减退，身子渐觉爽快，气喘也少觉平顺，只是精神衰迈，一时未能回复，所以未便

起床。诸皇子朝夕问安，皇四子胤祯，此次侍奉，却不见十分殷勤，每遇夜间，总要到理藩院尚书府内，密谈一回。有何大事。这理藩院尚书名叫隆科多，乃是皇四子的母舅。句中有眼。过了数日，康熙帝病体，又好了一些，因卧床多日，未免烦躁，要出去闲逛一番。皇四子胤祯入奏，父皇要出去散心，不如至畅春园内，地方宽敞，又是近便，最好静养。康熙帝道："这也是好，只冬至郊天期已近了，朕躬不能亲往，命你恭代，须预先斋戒为是。"皇四子胤祯闻了此谕，未免踌躇。为什么事踌躇？康熙帝见他情形，便问道："你敢是不愿去？"胤祯即跪奏道："儿臣安敢违旨，但圣体未安，理应侍奉左右，所以奉命之下，不觉迟疑。"康熙帝道："你的兄弟很多，哪个不能侍奉？你只管出宿斋所，虔诚一点便好。"胤祯无奈，遵旨退出。是夜，又与这个母舅隆科多，密议了一夕大事。

次日，康熙帝到畅春园，诸皇子随驾前往，隆科多本是皇亲，也随同帮护。独皇四子胤祯已去斋所，不在其中。有隆科多作代表，已经够了。又过了数天，康熙帝病症复重，御医复轮流诊治，服了药全然无效，反加气喘痰涌，有时或不省人事，诸皇子都着了忙，只隆科多说是不甚要紧。是夜，康熙帝召隆科多入内，命他传旨，召回皇十四子，只是舌头蹇涩，说到十字，停住一回，方说出四子二字。隆科多出来，即遣宫监去召皇四子胤祯，翌晨，胤祯至畅春园，先见了隆科多，与隆科多略谈数语，即入内请安。康熙帝见他回来，痰又上涌，格外喘急。诸皇子急忙环侍，但见康熙帝指着胤祯说道："好！好！"只此两字，别无他嘱，竟两眼一翻，归天去了。诸皇子齐声号哭，皇四子胤祯，大加哀恸，比诸皇子尤觉凄惨。真耶假耶？

隆科多向诸皇子道："诸阿哥且暂收泪，听读遗诏！"此时诸皇子中，唯允禵远出未归，允禔仍被拘禁，未能擅出奔丧，允禩先已释放，一同在内，听得遗诏二字，先嚷道："皇父已有遗诏么？"隆科多道："自然有遗诏，请诸阿哥恭听！"便即开读道："皇四子人品贵重，深肖朕躬，必能仰承大统，着继朕登基，即皇帝位。"允禩、允禟齐声道："遗诏是真么？"隆科多正色道："谁人有几个头颅，敢捏造遗诏？"于是嗣位已定，皇四子趋至御榻前，复抚足大恸，亲为大行皇帝更衣，可谓诚孝。随即恭奉大行皇帝还入大内，安居乾清宫。丧事大典，悉遵旧章，不必细表。后人有满清宫词一首，纪此事道：

新月如钩夜色阑，太医直罢药炉寒。斧声烛影皆疑案，是是非非付史官。

统计康熙帝在位六十一年，守成之中，兼寓创业，南征北讨的事情，上文已经详叙，若讲到内外各大吏，也算是清正的多，贪污的少。自鳌拜伏罪后，后来只有大学士明珠，佐命有功，得康熙帝信任，未免露出骄恣情状，然总不如鳌拜的专横。此外名臣如魏裔介、魏象枢、李光地、汤斌等，都通理学，于成龙、张伯行、熊赐履、张鹏翮、陆陇其等，都守清操，彭孙遹、高士奇、朱彝尊、方苞等，虽没有什么功业，也要算治世文臣，有的通经，有的能文，肚子中含有学问，与一班酒囊饭袋，究竟两样。康熙帝也好学不倦，上自天象地舆音乐法律兵事，下至骑射医药，蒙古西域拉丁文书字母，无乎不窥，无乎不晓；兼且自奉勤俭，待民宽惠，六十年间，蠲租减赋的谕旨，时有所闻，所以全国百姓，统是畏服；满族中得此奇人，总要算出乎其类，拔乎其萃了。评论确当。

可惜晚年来储位未定，遂致宴驾后，出了一桩疑案。这位秉性阴沉的四阿哥，竟登了大宝，拟定年号是雍正两字，以次年为雍正元年，是为世宗宪皇帝。第一道谕旨，便封八阿哥允禩，十三阿哥允祥为亲王，令与大学士马齐，舅舅隆科多，总理内外事务。第二道谕旨，命抚远大将军允禵，回京奔丧，一切军务，由四川总督年羹尧接续办理。两谕俱有深意，休作闲文看过。

过了残腊，就是雍正元年元日。雍正皇帝升殿，受朝贺礼毕，连下谕旨十一道，训饬督抚提镇以下文武各官，大致意思是“守法奉公，整躬率物，倘有不法情事，难逃朕衷明察，毋贻后悔！”次日复视朝，百官俱至，雍正帝问百官道：“昨日元旦，卿等在家，作何消遣。”众官员次第回答，或说饮酒，或说围棋，或说是闲着无事；只有一个侍郎，脸色微赪，听众人俱已答毕，不能再推，只得老老实实的说道：“微臣知罪，昨晚与妻妾们玩了一回牌。”雍正帝笑道：“玩牌原干例禁，昨日乃是元旦，你又只与家中人消遣，不得为罪。朕念你秉性诚实，毫无欺言，特赏你一物，你持回去，与妻妾并看罢！”说毕，掷下小纸包一个。侍郎拾在手中，谢恩而退；回到家中，遵着上谕，取出御赐的物件，叫妻妾同看；当即拆开纸包，大家一瞧，个个吓得伸舌，复将昨日玩过的纸牌，仔细一检，恰恰少一张。看官试掩卷一猜！

应知这纸包中，不是别物，定是昨日所失的一张纸牌儿。那时有一位姨太太道："昨日的纸牌，是我收藏，当时也不及细检，不知如何被皇帝拿去一张？难道当今的圣上，是长手佛转世么？"侍郎道："不要多嘴，以后大家留意便是。"这位姨太太偏要细问，侍郎走出户外，四周围瞧了一番，方入户闭门，对妻妾道："我今日还算大幸，圣上问我昨日的事，我晓得这个圣上，不比那大行皇帝，连忙老实说了，圣上方恕我的罪，赐我这张纸牌；若少许欺骗，不是杀头，便是革职哩！"众妻妾又都伸舌道："有这么厉害！"侍郎道："当今皇上做皇子时，曾结交无数好汉，替他当差办事，这班人藏有一种杀人的利器，名叫血滴子。"说到此处，忽听檐上一声微响，侍郎大惊失色，连忙把头抱住。疑心生暗鬼。众妻妾不知何故，有几个胆小的，忙躲入桌下。歇了半晌，一物从窗中纵入，侍郎越加胆怯，勉强一顾，乃是一只狸斑猫。侍郎至此，不觉失笑，随令众妻妾各归内室。众妻妾经此一吓，也不敢再问这血滴子。

小子恐看官尚未明白，只好补说数语，再入正传。这血滴子是什么东西？外面用革为囊，里面却藏着好几把小刀，遇着仇人，把革囊罩他头上，用机一拨，头便断入囊中，再用化骨药水一弹，立成血水，因此叫做血滴子。这乃雍正皇帝同几位绿林豪客，用尽心机想出来的。

这班绿林豪客的首领，便是四川总督年羹尧，羹尧系富家之子，幼时脾气乖张，专喜耍枪弄棍，他的父亲年遐龄，请了好几个教书先生，教他读书，都被羹尧逐去。后来得了一个名师，能文能武，把羹尧压服，方才学得一身本领。这名师临别赠言，只有"就才敛范"四字。羹尧起初倒也谨佩师训，嗣后与皇四子胤禛结交，受他重托，招罗几个好汉，结拜异姓兄弟，帮助这位皇四子。皇四子就保荐年羹尧，说他材可大用。康熙帝召见，果然是一个虎头燕颔，威风凛凛的人物，遂连次超擢，从百总、千总起，直升至四川总督。皇四子外恃年羹尧，内仗隆科多，竟得了冠冕堂皇的帝位。他恐人心不服，有人害他，遂用了这班豪客，飞檐走壁，刺探人家隐情。抚远大将军允禵，督理西陲军务，是雍正帝第一个对头，不但怕他带兵，还要防他探悉隐情。因此借奔丧为名，立刻调回，令年羹尧继任。上文第二道谕旨，已自表明。至允禵回京后，免不得有点风声闻知，且允禩、允禟辈，又要同他细叙前情，语言之间，总带了三分怨望，谁知早已有人密奏，雍正帝即调往盛京，

令他督造皇陵。允禵已去，又降了一道上谕，命总理王大臣道：

贝子允禵，原属无知狂悖，气傲心高，朕屡加训诲，望其改悔，以便加恩，但恐伊终不知改，而朕必欲俟其自悔，则终身不得加恩矣。朕唯欲慰我皇妣皇太后之心，着晋封允禵为郡王，伊从此若知改悔，朕自叠沛恩施，若怙终不悛，则国法具在，朕不得不治其罪。允禵来时，尔等将此旨传谕知之！

这道上谕，真正离奇，既要封他为郡王，又说他什么无知，什么不悛，这是何意？古人说得好："将欲取之，必姑与之。"雍正帝登位，先封允禩为亲王，也是这个用意。不过允禩本得罪先帝，人人晓得他的罪孽，所以加他封爵，绝不多谈。上文第一道谕旨，更自表明。独这允禵，乃先帝爱宠的骄子，前时并没有什么处分，只可先把他无影无踪的罪名，加在身上，一面假作慈悲，封为郡王，令臣民无从推测，然后好慢慢摆布。

过了数月，又想出一个新奇法子，召集总理王大臣及满汉文武官员，齐集乾清宫。大众不知有什么大事，都捏着一把汗。雍正威权，已见一斑。到了宫内，但见雍正皇上，南面高坐，谕众官道："皇考在日，曾立二阿哥为太子，后来废而又立，立而又废。皇考晚年，常闷闷不乐，朕想立储系国家大计，不立不可，明立亦不可。尔等有何妙策？"王大臣齐声道："臣等愚昧，凭圣衷定夺便是！"雍正帝道："据朕想来，建立太子，与一切政治不同。一切政治，须劳大众参酌，立太子的事情，做主子的理应独断。譬如朕有几个皇子，倘必经大众议过，方可立储，恐怕这个王大臣，说是这个阿哥好，那个王大臣，说是那个阿哥好，岂不是筑室道旁，三年不成么？既如此说，何必召王大臣会议？只是明立太子，又未免兄弟争夺，惹出祸端，朕再三筹划，想出一种变通的法子，将拟定皇储的诏旨，亲写密封，藏在匣内。"说到此处，把头向上面一望，手向上面一指，随即道："便安放在这块正大光明匾额后面，可好么？"诸王大臣等，自然异口同声，都说思虑周详，臣下岂有异议？雍正帝遂命诸臣退出，只留总理事务王大臣在内，自己密书太子名字，封藏匣内，令侍卫缘梯而上，把这锦匣安放匾额后面，总算储位已定。这方匾额，悬在乾清宫正中，正大光明四字，乃是雍正帝御笔亲书，这

也不在话下。

总理事务王大臣，只看见这匣子，不晓得里面的名字，究竟是哪一位阿哥，后来雍正帝晏驾，方将此匣取下，开了匣子，才识密旨中写着皇四子弘历，正大光明，恐未必是这样讲法。这弘历是皇后钮祜禄氏所出，相传钮祜禄氏，起初为雍亲王妃，实生女孩，与海宁陈阁老的儿子，是同年同月同日生的。钮祜禄氏恐生了女孩，不能得雍亲王欢心，佯言生男，贿嘱家人，将陈氏男孩儿抱入邸中，把自己生的女孩子，换了出去。陈氏不敢违拗，又不敢声张，只得将错便错，就算罢休。后人也有一首宫词，隐咏这事道：

果然富贵亦神仙，内使传呼敞御筵。
不辨吕嬴与牛马，上方新赐洗儿钱。

立储事已毕，忽接到川督年羹尧八百里紧报，“青海造反”，为这四字，又要劳动兵戈了。看官少憩，待小子续编下回。

本回起首二十行，只结束台湾乱事，不足评论。接续下去，便是清圣祖晏驾事，后人互相推测，议论甚多。或且目世宗为杨广，年羹尧、隆科多为杨素、张衡，事鲜左证，语不忍闻，作书人所以不敢附和也。唯圣祖欲立皇十四子允禵，皇四子窜改御书，将十字改为于字，此则故父老皆能言之，似不为无因。但证诸史录，亦不尽相符。作者折衷文献，语有分寸。至世宗嗣位，开手即鬼鬼祟祟，绘出一种秘密情状，立储，大事也，乃亦以秘密闻，然则天下事亦何在不容秘密耶？司马温公云：“事无不可对人言，”清之世宗，事无一可对人言，以视乃父之宽仁，盖相去远矣。

第三十一回　平青海驱除叛酋
颁朱谕惨戮同胞

却说青海在西藏东北，本和硕特部固始汗所居地，固始汗受清朝册封，第十子达什巴图尔，又受清封为和硕亲王，前文已经表过。应二十九回。达什死，子罗卜藏丹津袭爵。罗卜藏丹津阴谋独立，欲脱清廷羁绊，遂于雍正元年，召集附近诸部，在察罕罗陀海会盟，令各复汗号，不得再遵清廷封册，自己叫作达赖浑台吉，统率诸部。又暗约策妄阿布坦为后援，拟大举入寇。偏是丹津的同族额尔德尼，及察罕丹津两人，不愿叛清，被丹津用兵胁迫，两人竟挈众内奔。是时清兵部侍郎常寿，适驻西宁，管理青海事务，因额尔德尼来奔，奏闻清廷。雍正帝尚未探悉隐情，只道是青海内哄，即遣常寿往青海调停，常寿到了青海，丹津不由分说，竟将常寿拘禁起来。川督年羹尧，飞草奏报，奉命授年羹尧为抚远大将军，进驻西宁，四川提督岳钟琪，任奋威将军，参赞军务。年羹尧分兵两路，北路守疏勒河，防丹津内犯，南路守巴塘里塘，阻丹津入藏，又檄巴里坤镇守将军富宁安等，见上第二十九回。出屯吐鲁番，截住策妄援兵。丹津三路援绝，只号召远近喇嘛二十万众，专寇西宁。岳钟琪自四川出发，沿途剿抚，解散丹津党羽，西陲一带，统已廓清，乘势至西宁，遥见西北郭隆寺旁，聚集番僧无数，钟琪即令兵士前进，驱杀番僧。那时番僧并没有十分勇略，不过一点劫掠的伎俩，忽见大军纷至，势甚凶猛，哪里还敢抵敌？呼啸一声，四散奔逃，被岳军追过三条峻岭，焚去十七寨及庐舍七千余，斩首六千级，余众都窜还青海，丹津闻败大

惊，送归常寿，奉表请罪。原来是银样镴枪头。清廷不许，益促年羹尧进兵。

羹尧拟集兵四万余名，由西宁松潘甘州疏勒河，四面进攻，约于雍正二年四月内出发。岳钟琪请道："青海地方寥阔，寇众不下十万，我军四路会攻，彼若亦四散诱我，击彼失此，击此失彼，恐要四面受敌哩。愚见不如先期发兵，乘春草未生时，捣其不备，方为上策。"羹尧迟疑未决，钟琪飞驿上奏，并愿率精兵四千，自去杀贼。颇有胆略。雍正帝准奏，把西征事专任钟琪。钟琪遂于二月出师，途次见野兽奔逸，料知前面定有间谍，严阵前行，果遇敌骑数百,四面兜围，杀得一个不剩；复连夜进兵，沿路歼敌数千，于是敌无哨探，钟琪令部兵蓐食衔枚，宵行百六十里，直抵丹津帐外，拔栅而入。这时丹津正抱着两三个番妇，并头睡熟，不料清兵扑至，仓猝之中，扯了一件番妇衣，披在身上，从帐后逃出，骑了白驼，向西北逃去。男装女扮，倒也好看。钟琪一阵追剿，杀毙无数，真个是尸横遍野，血流成渠，一面扫穴犁庭，搜出丹津的弟妹，及敌党头目数十人，头目杀讫，弟妹押解京师，招降男女数万，夺得驼马牛羊器械甲仗无算。自出师至破敌，凡十五日，往返两月，好算奇捷。诏封年羹尧一等公，岳钟琪三等公，勒碑太学，如康熙时征准部例。岳钟琪又进剿余党，以次荡平，先后拔青海地千余里，分其地赐各蒙古，分二十九旗，设办事大臣于西宁，改西宁卫为府城。青海始定。

雍正帝既平外寇，复一意防着内讧，这日召舅舅隆科多入内议事，议了许久，隆科多始自大内退出。众王大臣闻这消息，料知雍正帝必有举动。到了次日，降旨派固山贝子允禟往西宁犒师，王大臣亦看不出什么异事。过了两日，又命郡王允䄉巡阅张家口，王大臣也没有什么议论。只是廉亲王允禩未免闷闷不乐。调虎离山，其兆已见。又过了十余日。兵部参奏，"允䄉奉使口外，不肯前往，捏称有旨令其进口，竟在张家口居住"云云。有旨："着廉亲王允禩议奏。"恶！允禩复陈，应由兵部速即行文，仍令允䄉前往，并将不行谏阻的长史额尔金，交部议处。有旨："允䄉既不肯奉差，何必再令前往，额尔金无关轻重，何必治罪，着允禩再议具奏。"专寻着允禩，其意何居？允禩无法，只得再奏："允䄉不肯前往，捏旨进口，应革去郡王，逮回交宗人府禁锢。"于是雍正帝批交诸王贝勒贝子公，及议政大臣，速议具奏。诸王大臣已俱知圣意，不得不火上添油，井中投石，把一个郡王，逮回圈禁宗人府去了。拿了一个。允䄉罪状已定，不料宗人府又上一本，弹章内称："贝子允

禟，差往西宁，擅自遣人往河州买草，踏看牧地，抗违军法，横行边鄙，请将允禟革去贝子，以示惩儆。”当即奉旨：“允禟革去贝子，安置西宁。”拿下两个。

是年冬月，废太子允礽，忽在咸安宫感冒时症，雍正帝连忙着太医诊治，复派舅舅隆科多，前往探问。废太子见了隆科多愈加气恼，病势日增，服药无效。雍正帝又许他入内侍奉，不到十天，废太子竟死了。雍正帝立即下旨，追封允礽为和硕理密亲王，又封弘晰母为理亲王侧妃，命弘晰尽心孝养。理亲王侍妾曾有子女者，俱令禄赡终身。又亲往祭奠，大哭一场。并封弘晰为郡王。一班拍马屁的王大臣，都说圣上仁至义尽，就是雍正帝自说：“二阿哥得罪皇考，并非得罪朕躬，兄弟至情，不能自已，并非为邀誉起见。”吾谁欺，欺天乎？只郡王弘晰奉了遗命，在京西郑家庄辟一所私第，奉母宁居，不闻朝事，总算一个明哲保身的贵胄。

雍正三年春，廉亲王允禩，怡亲王允祥，大学士马齐，舅舅隆科多，奏辞总理事务职任，得旨照允，唯廉亲王允禩怀挟私心，遇事阻挠，不得议叙。看官！试想人非木石，哪有不知恩怨的道理？这雍正帝对待兄弟，这般寡恩，这般树怨，自然那兄弟们满怀忿恨，也想报复，偏这雍正帝刻刻防备，凡允禩、允禟、允䄉、允禔的秘密行为，令随带血滴子的豪客，格外留心侦察。一日，西宁探客来报，说：“九阿哥允禟在西宁，用西洋人穆经远为谋主，编了密码，与允禩往来通递，大约是蓄谋不轨，请圣上密防！”随呈上一封密函，乃是九阿哥与八阿哥的书信，被探客窃取得来。雍正帝反复观看，任你聪明伶俐，恰是一句不懂；当即收藏匣中，令探客再去细察。又一日，盛京探客亦到，报称：“十四阿哥允禵，督守陵寝，有奸民蔡怀玺，到院投书，称允禵为真主，允禵并不罪他，反将书上要紧字样，裁去涂抹，所以特来报闻。”雍正帝夸奖一番，打发去讫。这个探客已去，那个探客又来，据言，“八阿哥允禩，日夜诅咒，求皇上速死。”雍正帝勃然大怒，诏大学士等撰文，告祭奉先殿，削允禩王爵，幽禁宗人府，移允禟禁保定，逮回允禵治罪。复阴令廷臣上本参奏，不到数天，参劾允禩、允禟、允禵的奏章，差不多有数十本。隆科多等尤为着力，胪陈罪状，允禵四十大罪，允禟二十八大罪，允禩十四大罪，俱乞明正典刑。雍正帝恰令诸王大臣，再三复议。诸王大臣再三力请，尧曰宥之三，皋陶曰杀之三，本出苏东坡论说，想雍正帝定

是读过，所以作此情状。方才下旨，把允禩、允禟削去宗籍，允禵拘禁，改允禩名为阿其那，允禟名为塞思黑。“阿其那”、“塞思黑”等语，乃是满洲人俗话，“阿其那”三字，译作汉文，就是猪。“塞思黑”三字，译作汉文，就是狗。还有数道长篇大论的硃谕，小子录不胜录，只好将着末这一道，录供众览如下：

我皇考聪明首出，文武圣神，临御六十余年，功德隆盛，如征三藩，平朔漠，皆不动声色，而措置帖然。凡属凶顽，无不革面洗心，望风响化。而独是诸子中，有阿其那、塞思黑、允禵者，奸邪成性，包藏祸心，私结党援，妄希大位，如鬼如蜮，变幻千端，皇考曲加矜全宽宥之恩，伊等并无感激悔过之意，以致皇考震怒，屡降严旨切责，忿激之语，凡为臣子者，不忍听闻。圣躬因此数人，每忧愤感伤，时为不豫，朕侍奉左右，安慰圣怀，十数年来，费尽苦心，委曲调剂，此诸兄弟内廷人等所共知者。及朕即位，以阿其那实为匪党倡首之人，伊若感恩，改过自新，则群邪无所比暱，党与自然解散，是以格外优礼，晋封王爵，推心任用。且知其素务虚名，故特奖以诚孝二字，鼓舞劝勉之。盖朕心实望其迁善改过也。乃伊办理事务，怀私挟诈，过犯甚多，朕俱一一宽免，未罚伊一人之俸，未治伊家下一人之罪，亦始终望其迁善改过耳。迄今三年有余，而悖逆妄乱，日益加甚，时以蛊惑人心，扰乱国政，烦朕心激朕怒为事。而公廷之上，诸王大臣之前，竟至指誓天日，诅咒不道，不臣之罪，人人发指。朕思此等凶顽之人，不知德之可感，或知法之可畏，故将伊革去王爵，拘禁宗人府，而阿其那反向人云：“拘禁之后，我每饭加餐，若全尸以殁，我心断断不肯。”似此悖逆之言，实意想所不到，古今所罕有也。总之伊自知从前所为之事，久为朕心洞悉，且为天地所必诛，扪心自问，殊无可赦之理，遂以伊毒忍之性度朕，故为种种桀骜狂肆之行，以激朕怒，但欲朕置伊于法，使天下不明大义之人，或生议论，致朕之声名，有损万一，以快其不臣之心，遂其怨望之意。朕受皇考付托之重，统御寰区，一民一物，无不欲其得所，以共享皇考久道化成之福，岂于兄弟手足，而反忍有伤残之念乎？且朕昔在藩邸时，光明正大，诸兄弟才识，实不及朕，待朕悉皆恭

敬尽礼，不但不敢侮慢，并无一语争竞，亦无一事猜嫌，此历来内外皆知者，不待朕今日粉饰过言也。今登大位，岂忽有藏怒匿怨之事，而欲修报复乎？无奈朕昆弟中，有此等大奸大恶之徒，而朕于家庭之间，实有万难万苦之处，不可以德化，不可以威服，不可以诚感，不可以理喻，朕展转反复，无可如何，含泪呼天，我皇考及列祖在天之灵，定垂昭鉴。阿其那与塞思黑、允禵、允禩、允禵结为死党，而阿其那阴险诡谲，实为罪魁；塞思黑之恶，亦与相等；允禵等狂悖糊涂，受其笼络，听其指挥，遂至胶固而不解。总之此数人者，希冀非分，密设邪谋，贿结内外朋党，煽惑众心，行险徼幸之辈，皆乐为之用，私相推戴，而忘君臣之大义。此风渐积，已二十余年，唯朕知之最详最确。若此时不将朕所深知灼见者，分晰宣谕，晓示天下，垂训后人，将来朕之子孙，欲明晰此逆党之事，恐年岁久远，或有怀挟私心之辈，借端牵引，反致无罪之人，枉被冤抑。况朕之所深知者，在廷诸臣，未必能尽知之，三年以来，朕遇便则备悉训示，明指伊等居心行事之奸险；今在廷诸臣，虽知之矣，而天下之人，未必能知之。此是非邪正，所关甚大，朕所以不得不反复周详，剖悉晓谕也。诸王大臣胪列阿其那、塞思黑、允禵各款，合词纠参，请正典刑以彰国法，参劾之条，事事皆系实迹，而奏章中所不能尽者，尚有多端，难以悉数。今诸王大臣以邪党不翦，奸宄不除，恐为宗社之忧，数次力引大义灭亲之请者，固为得理，但朕受皇考付托之重，而手足之内，遭遇此等逆乱顽邪，百计保全而不得，实痛于衷，不忍于情。然使姑息养奸，优柔贻患，存大不公之私心，怀小不忍之浅见，而不筹及国家宗社之长计，则朕又为列祖列宗之大罪人矣。允禵、允禩、允禵，虽属狂悖乖张，尚非首恶，已皆拘禁，冀伊等感发天良，悔改过恶。至阿其那复塞思黑治罪之处，朕不能即断，俟再加详细熟思，颁发谕旨，可将诸王大臣等所奏，及朕此旨颁示中外，使咸知朕万难之苦衷，天下臣工，自必谅朕为久安长治之计，实有不得已之处也。特谕。

这谕下后，不到数日，顺承郡王锡保入奏，阿其那死了。雍正帝故作惊讶道："阿其哪有什么重病，竟致身死？看守官也太不小心，既见阿其哪有

病，为何不先报知？”锡保道：“据看守官说，昨日晚餐，阿其那还好好儿吃饭，不料到了夜间，暴疾而亡。”雍正帝顿足道：“朕想他改过迁善，所以把他拘禁，不忍加诛，谁知他竟病死了。”正嗟叹间，宗人府又来报道：“塞思黑在保定禁所，亦暴疾身死。”雍正帝叹道：“想是皇考有灵，不是皇考乃是血滴子。把二人伏了冥诛，若使不然，他二人年尚未老，为什么一同去世呢？”次日，诸王大臣合词奏请，阿其那、塞思黑逆天大罪，应戮尸示众，其妻子应一律正法。同党允禵允䄉亦应斩决。允禩允禟等即果不法，究是雍正帝兄弟，允禩允禟已死，允禵允䄉不过残喘苟延，诸王大臣还要奏请斩决，连妻子都要正法，若非暗中唆使，哪有这般大胆？奉旨：“阿其那、塞思黑已伏冥诛，应毋庸议！其妻子从宽免诛，逐回母家，严加禁锢。允禵允䄉，尚非首恶，暂缓正法，后再定夺。”王大臣等见了此旨，方不再奏。后人有诗咏此事道：

阿其那与塞思黑，煎豆燃萁苦不容。
玄武门前双折翼，泰陵毕竟胜唐宗。

允禩允禟死后，雍正帝已除内患，复想出一种很毒的手段，连年羹尧、隆科多一班人物，也要除灭了他，这真算是辣手。下回表明一切，请看官往后续阅！

荡平青海，功由岳钟琪，年羹尧第拱手受成而已，封为一等公，酬庸何厚？且闻其父年遐龄，亦晋公爵，其长子斌列子爵，次子富列男爵，赏浮于功，宁非别有深意耶？后人谓世宗之立，内恃隆科多，外恃年羹尧，不为无因。作者既于前回表明，本回第据事直叙，两两对勘，已见隐情。若允禩允禟等，不过于圣祖在日，潜谋夺嫡而已，世宗以计得立，即视之若眼中钉，始则虚与委蛇，继则屡加呵责，匪唯斥之，且拘禁之；匪唯禁之，且暗杀之。改其名曰阿其那，曰塞思黑，曾亦思阿其那、塞思黑为何人之子孙？自己又为何人之子孙乎？辱其兄弟，与辱己何异，与辱及祖考又何异。虽利口喋喋，多见其忍心害理而已。作者仅录硃谕一道，已如见肺肝，王大臣辈无讥焉。

第三十二回　兔死狗烹功臣骈戮
鸿罹鱼网族姓株连

却说抚远大将军年羹尧，本是雍正帝的心腹臣子，青海一役，受封一等公；其父遐龄，亦封一等公爵，加太傅衔，赐缎九十匹；长子斌封子爵；次子富亦封一等男，古人说得好："位不期骄，禄不期侈"，年羹尧得此宠遇，未免骄侈起来。况他又是雍正帝少年朋友，并有拥戴大功，自思有这个靠山，断不致有意外情事，因此愈加骄纵。平时待兵役仆隶，非常严峻，稍一违忤，立即斩首。他请了一个西席先生，姓王字涵春，教幼子念书，令厨子馆僮，侍奉维谨。一日，饭中有谷数粒，被羹尧察出，立即处斩。又有一个馆僮，捧水入书房，一个失手，把水倒翻，巧巧泼在先生衣上，又被羹尧看出，立拔佩刀，割去馆僮双臂。吓得这位王先生，日夜不安，一心只想辞馆，怎奈见了羹尧，又把话儿噤住，恐怕触忤东翁，也似厨子馆僮一般，战战兢兢，过了三年，方得东翁命令，叫幼子送师归家。这位王先生，离开这阎罗王，好像得了恩赦，匆匆回家；到了家门，蓬荜变成巨厦，陋室竟作华堂，他的妻子，出来相迎，领着一群丫头使女，竟是珠围翠绕，玉软香温，弄得这位王先生，茫无头绪，如在梦中。后经妻子说明，方知这场繁华，统是东家年大将军，背地里替他办好，真是感激不尽。那位年少公子，奉了父命，送师至家，王先生知他家法森严，不敢叫他中道折回；到了家中，年公子呈上父书，经先生拆阅，乃是以子相托，叫幼子居住师门，不必回家。先生越发奇怪，转想年大将军既防不测，何不预先辞职，归隐山林？这真不

解！其实羹尧总难免一死，即使归隐，亦恐雍正不肯放过。当时亦不便多嘴，便将来书交年公子自阅。公子阅毕，自然遵了父命，留住不归。先生也自然格外优待，且不必说。

只年将军总是这般脾气，喜怒无常，杀戮任性，起居饮食，与大内无二，督抚提镇，视同走狗，在西宁时，见蒙古贝勒七信的女儿，姿色可人，遂不由分说，着兵役抬回取乐，一面令提督吹角守夜，提督军门，总道他得了娇娃，无暇巡察，差了一个参将，权代守夜。谁知这位年大将军，精神正好，上了一次舞台。又起身出营巡逻，见守夜的乃是参将，并不是提督，遂即回营，把提督参将，一齐传到，喝令斩决示众。但他既残忍异常，如何军心这般畏服？他杀人原是厉害，他的赏赐，也比众不同，一赐千万，毫不吝惜，所以兵士绝不谋变。唯这赏钱从哪里得来？未免纳贿营私，冒销滥报。雍正帝未除允禩允禟等人，虽闻他种种不法，还是隐忍涵容，等到允禩允禟，已经拘禁，他索性把同与秘谋的人，也一律处罪，免得日后泄漏。手段真辣。一日下谕，调年羹尧为杭州将军，王大臣默窥上意，料知雍正帝要收拾羹尧，便合词劾奏。雍正帝大怒，连降羹尧十八级，罚他看守城门。他在城门里面，守得格外严密，任你王孙公子，丝毫不肯容情，因此挟怨的人，愈沿愈多。王大臣把他前后行为，一一参劾，有几条是真凭实据，有几条是周内深文，共成九十二大罪，请即凌迟处死。还是雍正帝记念前劳，只令自尽，父子等俱革职了事。唯年富本不安本分，着即处斩，所有家产，抄没入官。

年羹尧已经伏法，还有隆科多未死，雍正帝又要处治他了。都察院先上书纠劾隆科多，说他庇护年羹尧，例应革职。得旨："削去太保衔，职任照旧。"嗣刑部又复上奏，劾他挟势婪赃，私受年羹尧等金八百两，银四万二千二百两，应即斩决。有旨："隆科多才尚可用，恰是有才。免其死罪，革去尚书，令往理阿尔泰边界事务。"隆科多去后，议政王大臣等，复奏隆科多私钞玉牒，存贮家中，应拿问治罪。奉旨准奏，即着缇骑逮回隆科多，饬顺承郡王锡保密审，锡保遵旨审讯，提出罪案，质问隆科多。隆科多道："这等罪案，还是小事，我的罪实不止此。只我乃是从犯，不是首犯。"锡保道："首犯是哪一个？"隆科多道："就是当今皇上。"锡保道："胡说！"隆科多道："你去问他，哪一件不是他叫我做的。他已做了皇帝，我等自然该

死。”仿佛隋朝的张衡。锡保不敢再问，便令将隆科多拘住，一面锻炼成狱，说他大不敬罪五件，欺罔罪四件，紊乱朝政罪三件，奸党罪六件，不法罪七件，贪婪罪十七件，应拟斩立决，妻子为奴，财产入官。雍正帝特别加恩，特下谕旨道：

隆科多所犯四十款重罪，实不容诛，但皇考升遐之日，召朕之诸兄弟，及隆科多入见，面降谕旨，以大统付朕。是大臣之内，承旨者唯隆科多一人，不啻自认。今因罪诛戮，虽于国法允当，而朕心实有所不忍。隆科多忍负皇考及朕高厚之恩，肆行不法，朕既误加信任于初，又不曾严行禁约于继，唯有朕身引过而已。在隆科多负恩狂悖，以致臣民共愤，此伊自作之孽，皇考在天之灵，必昭鉴而默诛之。何不用血滴子。隆科多免其正法，于畅春园外，附近空地，造屋三间，永远禁锢。伊之家产，何必入官，其妻子亦免为奴。伊子岳兴阿着革职，玉桂着发往黑龙江当差。钦此。

雍正帝本是个刻薄寡恩的主子，喜怒不时，刑赏不测，他于年羹尧、隆科多二人，一令自尽，一饬永禁，唯家眷都不甚株累，分明是纪念前功，格外矜全的意思。只前回说这年大将军，系血滴子的首领，此次年将军得罪，难道这种侠客，不要替他复仇么？据故老传说：雍正帝既灭了允禩、允䄉一班兄弟，复除了年羹尧、隆科多一班功臣，他想内外无事，血滴子统已没用，索性将这班豪客，诱入一室，阳说饮酒慰劳，暗中放下毒药，一古脑儿把他鸩死，绝了后患，所以血滴子至今失传。这种遗闻，毕竟是真是假，小子无从证实，姑遵了先圣先师的遗训，多闻阙疑便了。

只是年羹尧案中，还牵连文字狱两案：浙人汪景祺，作西征随笔，语涉讥讪，年羹尧不先奏闻，目为大逆罪，把汪景祺立即斩决，妻子发往黑龙江为奴。还有侍讲钱名世，作诗投赠年羹尧，颂扬平藏功德，谄媚奸恶，罪在不赦，革去职衔，发回原籍。榜书“名教罪人。”悬挂钱名世居宅，总算是格外宽典。此外文字狱，亦有数种：江西正考官查嗣庭，出了一个试题，系大学内“维民所止”一语，经廷臣参奏，说他有意影射，作大逆不道论。小子起初也莫名其妙，后来觅得原奏，方知道他的罪证，原奏中说“维”字

“止”字，乃“雍”字“正”字下身，是明明将“雍正”二字，截去首领，显是悖逆。可怜这正考官查嗣庭未曾试毕，立命拿解进京，将他下狱，他有冤莫诉，气愤而亡。还要把他戮尸枭示，长子坐死，家属充军。欲加之罪，何患无辞！又有故御史谢济世，在家无事，注释《大学》，不料被言官闻知，指他毁谤程、朱，怨望朝廷。顺承郡王锡保参了一本，即令发往军台效力。这个谢济世竟病死军台，不得生还。秦皇焚书坑儒，亦是此意。相传雍正年间，文武官员，一日无事，使相庆贺，官场如此，百姓可知，这真叫法网森严呢。

另有一种案子，比上文所说的，更是重大，待小子详细叙来：浙江有个吕留良，表字晚村，他生平专讲种族主义，隐居不仕。大吏闻他博学，屡次保荐，他却誓死不去。家居无事，专务著作，到了死后，遗书倒也不少，无非论点夷夏之防，及古时井田封建等语。当时文网严密，吕氏遗书，不便刊行，只其徒严鸿逵、沈在宽等，抄录成编，作为秘本。湖南人曾静，与严、沈两人，往来投契，得见吕氏遗著，击节叹赏。寻闻雍正帝内诛骨肉，外戮功臣，清宫里面，也有不干不净的谣传。他竟发生痴想，存了一个尊攘的念头。中了书毒。他有个得意门生，姓张名熙，颇有胆气，曾静与他密议，张熙道：“先生之志则大矣，先生之号则不可。”曾静道：“《春秋》大义，内夏外夷，若把这宗旨提倡，哪有不感动人心？你如何说是不可？”张熙道：“滔滔者，天下皆是也，靠我师生两个，安能成事？”曾静道：“居！吾语汝！”满口经书，确是两个书瘾子。遂与张熙耳语良久。张熙仍是摇头，曾静道：“他是大宋岳忠武王后裔，难道数典忘祖么？况满廷很加疑忌，他亦昼夜不安，若有人前往游说，得他反正，何愁大业不成？”张熙道：“照这样说来，倒有一半意思，但是何人可去？”曾静道：“明日我即前往。”张熙道：“先生若去，吉凶难卜，还是弟子效劳为是。”有事弟子服其劳，张熙颇不愧真传。曾静随写好书信，交与张熙，并向张熙作了两个长揖，张熙连忙退避。次日，张熙整顿行装，到业师处辞行。曾静送出境外，复吩咐道：“此行关系圣教，须格外郑重！”迂极。张熙答应，别了曾静，径望陕西大道而去。

这时川陕总督正是岳钟琪，张熙昼行夜宿，奔到陕西，问明总督衙门，即去求见。门上兵役，把他拦住，张熙道：“我有机密事来报制军，敢烦通报。”便取出名帖，递与兵役。由兵弁递进名帖，钟琪一看，是湖南靖州生员张熙八个小字，随向兵弁道：“他是个湖南人氏，又是一个秀才，来此做

什么？不如回绝了他！”兵弁道：“据他说有机密事报闻，所以特地前来。”钟琪道：“既如此，且召他进来！”兵弁出去一会，就带了张熙入内。张熙见了岳钟琪只打三拱，钟琪也不与他计较，便问道：“你来此何干？”张熙取出书信，双手捧呈。钟琪拆阅一周，顿时面色改变，喝令左右将张熙拿下。左右不知何故，只遵了总督命令，把张熙两手反绑。张熙倒也不甚惊惧，钟琪便出坐花厅，审问张熙，两旁兵弁差役，齐声呼喝，当将张熙带进，令他跪下。钟琪道：“你这混账东西，敢到本部堂处献书，劝本部堂从逆，正是不法已极，只我看你一个书生，哪有这般大胆，究竟是被何人所愚，叫你投递逆书？你须从实招来，免受刑罚！”张熙微笑道：“制军系大宋忠武王后裔，独不闻令先祖故事么？忠武王始终仇金，晓明攘夷大义，虽被贼臣搆陷，究竟千古流芳。公乃背祖事仇，宁非大误，还请亟早变计，上承祖德，下正民望，做一番烈烈轰轰的事业，方不负我公一生抱负。”钟琪大喝道：“休得胡说！我朝深恩厚泽，浃髓沦肌，哪个不心悦诚服？独你这个逆贼，敢来妄言。如今别话不必多说，但须供出何人指使，何处巢穴。”张熙道：“扬州十日，嘉定三日，这是人人晓得的故事，我公视作深恩厚泽，真正奇闻。我自读书以来，颇明大义，内夏外夷，乃是孔圣先师的遗训，如要问我何人指使，便是孔夫子，何处巢穴，便是山东省曲阜地方，所供是实。”诙谐得妙。钟琪道：“你不受刑，安肯实供？”喝左右用刑。早走上三四个兵役，把张熙掌翻，取过刑杖，连挞臀上，一五一十的报了无数，连臀血都浇了出来。张熙只连叫孔夫子，孔老先生，终没有一句实供。钟琪复命左右加上夹棍，这一夹，比刑杖厉害得多，真是痛心彻肺，莫可言状。张熙大声道：“招了，招了。”兵役把夹棍放宽，张熙道：“不是孔夫子指使，乃是宋忠武王岳飞指使的。”妙语。钟琪连拍惊堂木，喝声快夹。兵役复将夹棍收紧，张熙哼了一声，晕绝地上。兵役忙把冷水喷醒，钟琪喝问实供不实供？张熙道：“投书的是张熙，指使的亦是张熙，你要杀就杀，要剐就剐。哼、哼、哼！我张熙倒要流芳百世，恐怕你岳钟琪恰遗臭万年。”钟琪暗想道：“我越用刑，他越倔强，这个蠢汉，不是刑罚可以逼供的。”当命退堂，令将张熙拘入密室。

过了两夕，忽有一个湖南口音，走入张熙囚室内，问守卒道：“哪个是张先生？”守卒便替他指引，与张熙照面。张熙毫不认识，便是那人开口

道："张兄久违了！"张熙不觉惊异起来。那人道："小弟与张兄乃是同乡，只与张兄会过一次，所以不大相识。"张熙问他姓名。那人道："此处非讲话之所。唯闻张兄创伤，特延伤科前来医治，待张兄伤愈，再好细谈。"说毕，便引进医生，替他诊治，外敷内补，日渐痊可。那人复日夕问候，张熙感他厚谊，一面道谢，一面问他来历。那人自说现充督署幕宾，张熙越加惊疑。那人并说延医诊治，亦是奉制军差遣，张熙道："制军与我为仇，何故医我创伤？"那人起身四瞧，见左右无人，便与张熙附耳道："前日制军退堂，召我入内，私对我说道：'你们湖南人，颇是好汉。'我当时还道制军不怀好意，疑我与张兄同乡，特来窥探，我便答道：'这种人心怀不轨，有什么好处？'制军恰正色道：'他的言语，倒是天经地义，万古不易，只他未免冒失，哪里有堂堂皇皇，来投密书，我只得把他刑讯，瞒住别人耳目，方好与他密议。'随央我延医诊治。我虽答应下来，心里终不相信，所以次日未来此处。处处反说，不怕张熙不入彀中。不意到了夜间，制军复私问延医消息，并询及张兄伤痕轻重如何？我又答道：'此事请制军三思，他日倘传将出去，恐怕未便，况当今密探甚多，总宜谨慎为是。'制军怅然道：'我道你与他同乡，不论国防，也须顾点乡谊，你却如此胆小，圣言微义，从此湮没了。'随又取出张兄所投的密书，与我瞧阅，说着：'书中语语金玉，不可轻视。'我把书信阅毕，缴还制军，随答道：'据书中意思，无非请制军发难，恐怕未易成功。'这一句话，恼了制军性子，顿时怒容满面道：'我与你数年交情，也应知我一二，为什么左推右阻？'我又答道：'据制军意见，究属如何？'制军道：'我是屡想发难，只惜无人帮助，独木不成林，所以隐忍未发，若得写书的人，邀作臂助，不患不成。你且将张某医好，待我前去谢罪，询出写书人姓字，前去聘他方好。'又叫我严守秘密，我见制军诚意，并因张兄同乡，所以前来问候。"张熙听他一派鬼话，似信非信，便道："制军如果有此心，我虽死亦还值得。但恐制军口是心非。"那人便接口道："现今皇上也很疑忌制军，或者制军确有隐衷，也未可知。"故作腾挪之笔，可谓善餂。说毕辞去。

隔了一宿，那人竟与岳制军同至密室。岳制军谦恭得了不得，声声说是恕罪；又袖出人参二支，给他调养，并说道："本拟设席压惊，只恐耳目太多，不便张皇，还请先生原谅！"叙了许久，也不问起写书人姓字，作别而

去。嗣后或是那人自来，或是制军同至，披肝露胆，竭尽真诚。张熙被他笼住，不知不觉的把曾静姓名，流露出来。岳钟琪当即飞奏，并移咨湖南巡抚王国栋，拿问曾静。雍正帝立派刑部侍郎杭弈禄，正白旗副都统海兰，到湖南会同审讯。曾静供称生长山僻，素无师友，因历试州城，得见吕留良评论时文，及留良日记，因此倾信。又供出严鸿逵、沈在宽等，往来投契等情。杭弈禄等据供上闻，雍正帝复飞饬浙江总督李卫，速拿吕留良家属，及严鸿逵、沈在宽一干人犯，并曾静、张熙，一并押解到京，命内阁九卿谳成罪案。留良戮尸，遗书尽毁。其子毅中处斩，鸿逵已病殁狱中，亦令枭首。在宽凌迟处死。罪犯家属，发往黑龙江充军。曾静、张熙，因被惑讹言，加恩释放。唯将前后罪犯口供，一一汇录刊布，冠以圣谕，取名大义觉迷录，颁行海内，留示学宫。可怜吕留良等家眷，被这虎狼衙役，牵的牵，扯的扯，从浙江到黑龙江，遥遥万里，备极惨楚，单有一个吕四娘，乃留良女儿，她却学成一身好本领，奉着老母，先日远飏去了。小子凑成七绝一首道：

文字原为祸患媒，不情惨酷尽堪哀。
独留侠女高飞去，他日应燃死后灰。

雍正帝既惩了一干人犯，复洋洋洒洒的下了几条谕旨，小子不暇遍录，下回另叙别情。

年羹尧、隆科多二人，与谋夺嫡，罪有攸归，独对于世宗，不为无功。世宗杀之，此其所以为忍也。且功成以后，不加裁抑，纵使骄恣，酿成罪恶，然后刑戮有名，斯所谓处心积虑成于杀者。读禁隆科多谕旨，不啻自供实迹。言为心声，欲盖弥彰，矫饰亦奚益乎？文狱之惨，亦莫过于世宗时，一狱辄株连数十百人，男子充戍，妇女为奴，何其酷耶？本回于雍正帝事，仅叙其大者，此外犹从阙略，然已见专制淫威，普及臣民，作法于凉，必致无后。吕嬴牛马，亶其然乎？

第三十三回　畏虎将准部乞修和
望龙髯苗疆留遗恨

却说罗卜藏丹津远窜后，投奔准噶尔部，依策妄阿布坦。清廷遣使索献，策妄不奉命。是时西北两路清军，已经撤回，唯巴里坤屯兵，仍旧驻扎。雍正五年，策妄死，子噶尔丹策零立，狡黠好兵，不亚乃父。雍正帝拟兴师追讨，大学士朱轼，都御史沈近思，都说时机未至，暂缓用兵，独大学士张廷玉，与上意相合。乃命傅尔丹为靖远大将军，屯阿尔泰山，自北路进，岳钟琪为宁远大将军，屯巴里坤，自西路进，约明年会攻伊犁。雍正帝亲告太庙堂子，随升太和殿，行授钺礼，并亲视大将军等上马启行。是日天本晴朗，忽然阴云四合，大雨倾盆，旌纛不扬，征袍皆湿。不祥之兆。沿途露餐风宿，到了汛地，驻扎数月。会罗卜藏丹津，与族属舍楞，谋杀噶尔丹策零，夺据准部。事泄，丹津被执。身作寓公，还想吞灭主人翁，真正该死！噶尔丹策零遣使特磊到京，愿执丹津来献。于是有旨令两大将军暂缓出师，回京面授方略。令提督纪成斌，副将军巴赛，分摄两路军事。不料噶尔丹策零闻将军召还，竟遣兵二万，入袭巴里坤南境科舍图牧场，抢夺牲畜。纪成斌仓卒无备，不及赴援，幸亏总兵樊廷、副将冶大雄，急率二千兵驰救。总兵张元佐亦领兵来会。力战七昼夜，方杀退敌众，夺回牲畜大半。诏奖樊廷、张元佐等，降纪成斌为副将，仍令傅尔丹、岳钟琪各赴军营。

傅尔丹容貌修伟，颇有雄纠气象，无如徒勇寡谋，外强中干。一个绣花枕头。先是与岳钟琪同时出师，沿途扎营，两旁必列刀槊，钟琪问他何用？

傅尔丹道："这种刀槊，统是我的家伙，摆立两旁，所以励众。"钟琪微笑，出了营，语自己的将佐道："将在谋不在勇，徒靠这个军器，恐不中用。这位傅大将军，未免要临阵蹉跌呢！"此次奉命再出，亟至科尔多，策零遣大小策零敦多布，率兵三万，进至科尔多西边博克托岭。傅尔丹闻报，命部将往探，捉住番兵数名回来，由傅尔丹讯问。番兵答道："我军前队千余人，已至博克托岭，带有驼马二万只，后队现尚未到。"傅尔丹道："你等愿降否？"番兵道："既已被捉，如何不降？"傅尔丹大喜，令为前导，即发兵万人随袭敌营。忽有数人入谏道："降兵之言不可信，大帅宜慎重方好！"傅尔丹视之，乃是副都统定寿、永国、海寿等人，便道："你等何故阻挠？"开口便说他阻挠，活肖卤莽形状。定寿道："行军之道，精锐在先，辎重在后，断没有先后倒置的道理，况据降兵报称，敌兵前队，只千余名，驼马恰有二万头，这等言语，显是不情不实，请大帅拷讯降卒，自得真供。"已经道破，人人可晓，偏这傅尔丹不信。傅尔丹叱道："他已愿降，如何还要拷讯？就使言语不实，他总有兵马扎住岭上，我去驱杀一阵，逐退贼兵，亦是好的。"总是恃勇轻敌。便令副将军巴赛，率兵万人先进，自率大兵接应。巴赛挑选精骑四千，跟降卒前行，作为先锋，三千为中军，三千为后劲，勒马衔枚，疾趋博克托岭。去寻死了。到了岭下，望见岭上果有驼马数十头，番兵数十名，巴赛忙驱兵登岭，番兵立刻逃尽，剩下驼马，被清兵获住。是钓鱼的红曲蟺。复向岭中杀入，山谷间略有几头驼马，四散吃草，仍是诱敌。前锋不愿劫夺，大抵嫌少。只管疾行。后队见有驼马，争前牵勒，猛听得胡笳远作，番兵漫山而来。巴赛亟想整队迎敌，各兵已自哗乱，霎时毡裘四合，把清兵前后隔断，前锋到和通泊陷入重围，只望后队援应，后队的巴赛又望前队回援，两不相顾，大众乱窜。番兵趁这机会，万矢齐射，清兵前锋四千名陷没和通泊，巴赛身中数箭，倒毙谷中。六千人不值番兵一扫，荡得干干净净。

这时候，傅尔丹已到岭下，暂把大兵扎住，拟窥探前军情形，再定进止。忽见番兵乘高而下，呼声震天，傅尔丹亟命索伦蒙古兵抵御，科尔沁蒙古兵，悬着红旗，土默特蒙古兵，悬着白旗，白旗兵争先陷阵，红旗兵望后遁走。索伦兵惊呼道："白旗兵陷没，红旗兵退走了。"各军队闻了此语，吓得心惊胆战，你也逃，我也走，只恨爹娘少生两条腿子，拼命乱跑。傅尔丹惊惶失措，也只得且战且走。勇在哪里？番兵长驱掩杀，击毙清兵无数，伤亡清

将十余员，只傅尔丹手下亲兵二千名，保住傅尔丹逃回科尔多。番兵俘得清兵，用绳穿胫，盛入皮囊内，系在马后，高唱胡歌而去。清兵都做了入网之鱼。

败报传到北京，雍正帝急命顺承郡王锡保代为大将军，降傅尔丹职。别遣大学士马尔赛，率兵赴归化城，扼守后路。那边大小策零，既败傅尔丹，遂乘胜进窥喀尔喀，绕道至外蒙古鄂登楚勒河，惹出一个大对头来。这个大对头，名叫策凌，他是元朝十八世孙图蒙肯的后裔，幼时曾居北京，侍内廷，尚公主，后来带了家眷，还居外蒙古塔米尔河。他的祖宗蒙肯，尊奉黄教，达赖喇嘛给他一个三音诺颜的美号。藏俗叫善人为三音，蒙古俗叫官长为诺颜，蒙藏合词，译作汉文，就是好官长的意义。策凌袭了祖宗的徽号，隶入土谢图汗下，他因喀尔喀与准部毗连预练士卒，防备准寇，适值小策零绕道来攻，策凌先遣六百骑挑战，诱他追来，自率精骑，跃马冲入。敌将喀喇巴图鲁，勇悍善战，持刀来迎，被策凌大喝一声，立劈喀喇巴图鲁于马下。小策零部众，见喀喇被杀，无不股栗，当即退走。策凌追出境外，俘馘数千名，方令退兵。驰书奏捷，奉旨晋封亲王，命他独立，不复隶土谢图。自是喀尔喀蒙古内，特增三音诺颜部，与土谢图、札萨克、车臣三汗，比肩而立了。

小策零败还后，屯兵喀喇沙尔城，至雍正十年六月，纠众三万，偷过科尔多大营，复图北犯。顺承郡王锡保，急檄策凌截击，策凌兼程前进，将至本博图山，忽接塔米尔河警信，准兵从间道突入本帐，把子女牲畜，尽行掠去，策凌愤极，对天断发，誓歼敌军，一面返旆驰救，一面告急锡保，请师夹攻。策凌部下，有一个脱克浑，绰号飞毛腿，一昼夜能行千里，他浑身穿着黑衣，外罩黑氅，每登高峰，探敌虚实，用两手张开黑氅，好像老鹰一般，敌兵就使望见亦疑是塞外巨鹰，不去防备，他却把敌兵情势，望得明明白白，来报策凌。活似戏子中一个开口跳。策凌至杭爱山西麓，得脱克浑报知，敌兵就在山后，便令部兵略略休息，到夜间逾山而下，如风如雨，杀入敌营。这等番兵得胜而归，饱餐熟睡，迨至惊觉，摸刀的不得刀，摸枪的不得枪，也有钻出头而头已落，也有伸出脚而脚已断，也有掣出刀，却杀了自己头目，点起铳，却打了自己部兵，只有脚生得比人长的，耳生得比人灵的，先行疾走，方得逃出。策凌奋力追赶，杀到天明，追至鄂尔昆河，左阻山，右逼水，中间横亘一大喇嘛庙，叫作额尔德尼寺，敌无去路，仍冒死回

扑。策凌跃出阵前，也不顾死活，恶狠狠的与敌相搏。究竟敌兵已败，未免胆怯，蒙兵方胜，来得势盛，两下拼命，也有分别。这一场恶战，敌兵一半被杀，一半挤入水中，不但掠去的子女牲畜，尽被策凌夺回，就是小策零带来的辎重甲杖，亦统行丢弃。小策零率领残骑，扒山遁去。策凌满望锡保出兵邀击，谁知锡保所遣的丹津多尔济，观望却避，竟被小策零生还。马尔赛已奉命移守拜达里克城，亦约束诸将，闭门不出。小策零沿城西走，城内将士，请马尔赛发令追袭，马尔赛仍是不允。将士大愤，自出追敌，怎奈敌已走尽，只得了少许敌械，回入城中。策凌一一奏闻，诏斩马尔赛，革锡保郡王爵，封策凌为超勇亲王，授平郡王福彭为定边大将军，代锡保职，用策凌为副手，守住北路。

时西路将军岳钟琪，驻守巴里坤，按兵不动，只檄将军石云倬等，赴南山口截准兵归路。石云倬迁延不进，纵令溃兵远飏。岳钟琪劾奏治罪，大学士鄂尔泰并劾岳钟琪拥兵数万，纵投网送死之贼，来去自如，坐失机会，罪无可贷，遂诏削岳钟琪大将军号，降为三等侯，寻复召还京师，命鄂尔泰督巡陕甘，经略军务，并令副将军张广泗，护宁远大将军印。广泗奏言准夷专靠骑兵，岳钟琪独用车营，不能制敌，反为敌制，因此日久无功，雍正帝复夺钟琪职，交兵部拘禁。

张广泗受任后，壁垒一新，无懈可击，准酋噶尔丹策零，亦遣使请和。雍正帝召王大臣会议，或主剿，或主抚，还是雍正帝乾纲独断，对王大臣道："朕前奉皇考密谕，准夷辽远，不便进剿，只有诱他入犯，前后邀截，方为上策。现经上年大创，他已远徙，不敢深入，我两路大兵，暴露已久，不如暂时主抚，再作远图。"这谕一下，诸王大臣同声赞成，乃降旨罢征，遣侍郎傅鼐，及学士阿克敦，往准部宣抚。准酋欲得阿尔泰山故地，超勇亲王策凌，坚持不可，往复争论，直到乾隆二年，始议定阿尔泰山为界，准部游牧，不得过界东，蒙人游牧，不得过界西，总算勉就和平，这且按下慢表。

且说中国西南，有一种苗民，很是野蛮，相传轩辕黄帝以前，中国地方，本是苗民居住，后来轩辕黄帝，与苗族头目蚩尤，战了一场，蚩尤战败被杀，余众窜入南方，后复逐渐退避，伏处南岭，名目遂分作几种：在四川的叫作僰；在两广的叫作獞；在湖南贵州的叫作猺；在云南的叫作猓。这数省中的苗民，要算云、贵最多，官长管不得许多，向来令他自治。地方自治

制，要算由苗民发起。他族中有几个头目，总算归官长约束，号为土司。吴三桂叛乱时，云、贵土司颇为所用，事平后，清廷也无暇追究，苗民不服王化，专讲劫掠，边境良民，被他骚扰得了不得，雍正皇帝用了一个镶黄旗人鄂尔泰，做了云、贵总督，他见苗民横行无忌，竟独出心裁，上了一本奏折，内说："苗民负险不服，隐为边患，要想一劳永逸，总须改土为流，所有土司，应勒令献土纳贡，违者议剿。"这奏一上，盈廷王大臣，统吓得瞠目伸舌，这也是寻常计策，王大臣等诧为奇议，可见满廷多是饭桶，毫无远见。只雍正帝服他远识，极力嘉奖道："奇臣，奇臣！这是天赐与朕呢。"因饬铸滇、黔、桂三省总督印，颁给鄂尔泰，令他便宜行事。鄂尔泰剿抚并用，擒了乌蒙土司禄万钟，及威远土目札铁匠，镇远叛首刁如珍，降了镇雄土司陇庆侯，及广西土府岑映震，新平土目李百叠，于是云、贵生苗二千余寨，一律归命，愿遵约束。自从雍正四年，到了九年，这五年内，鄂尔泰费尽苦心，开辟苗疆二三千里，麾下文武，如张广泗、哈元生、元展成、韩勋、董芳等，统因平苗升官，鄂尔泰亦受封伯爵，雍正帝连下批札，有"朕实感谢"等语。这位鄂伯爵的功劳，真正是独一无二了。功劳恰也不小。

雍正十年，召鄂尔泰还朝，授保和殿大学士，旋因准部内侵，命督巡陕、甘，经略军务。张广泗又早调任西北，护理宁远大将军事，自是苗疆又生变端，雍正十三年春，贵州台拱九股苗复叛，屯兵被围，营中樵汲，都被断绝。军士掘草为食，凿泉以饮，死守经月，方得提督哈元生援兵，突围出走。哈元生拟大举进剿，怎奈巡抚元展成，轻视苗事，与哈元生意见不合，只遣副将宋朝相，带兵五千，进攻台拱，甫至半途，遇苗民倾寨而来，众寡不敌，相率溃退。苗民遂迭陷贵州诸州县，有旨发滇、蜀、楚、粤六省兵会剿，特授哈元生为扬威将军，副以湖广提督董芳，嗣又命刑部尚书张照为抚苗大臣，熟筹剿抚事宜。

哈元生沿途剿苗，迭复名城，颇称得手，不想副将冯茂，诱杀降苗六百余名，暨头目三十余人，余苗逃归传告，纠众诅盟，先把妻女杀死，誓抗官兵，遍地蔓延，不可收拾。张照到了镇远，还是腐气腾腾的密奏改流非计，不如议抚。哈元生、董芳，亦因政见不同，互相龃龉。寻议分地分兵，滇、黔兵隶哈元生，楚、粤兵隶董芳，彼此不相顾应，一任苗民东冲西突，没法弭平。朝上这班王大臣，争说鄂尔泰无端改流，酿成大祸，专事咎人，实属可

恨！鄂尔泰时已还朝，迫于时论，亦上表请罪，力辞伯爵，雍正帝允如所请，只仍命鄂尔泰直宿禁中，商议平苗的政策。

张广泗闻鄂尔泰被贬，心中也自不安，奏请愿即革职，效力军前，雍正帝尚在未决。一日，正与庄亲王允禄，果亲王允礼，大学士鄂尔泰、张廷玉，在大内议事，自未至申，差不多有两个时辰，方命退班。鄂尔泰因苗族未平，格外掂念，回到宅中，无情无绪的吃了一顿晚餐。忧心君国，是爱新觉罗氏忠臣。忽见宫监奔入，气喘吁吁，报称："皇上暴病，请大人立刻进宫！"鄂尔泰连忙起身，马不及鞍，只见门外有一煤羸，跨上疾走，驰入宫前，下了马，疾趋入内，但见御榻旁人数无多，只皇后已至，满面泪容。鄂尔泰揭开御帐，不瞧犹可，略略一瞧，不觉哎哟一声，自口而出。正在惊讶，庄亲王果亲王亦到，近瞩御容，都吓了一大跳。庄亲王道："快把御帐放下，好图后事。"一面并请皇后安，皇后呜咽道："好端端一个人，为什么立刻暴亡？须把宫中侍女内监，先行拷讯，有究原因方好。"还是鄂尔泰顾全大局，随道："侍女宫监，未必有此大胆，此事且作缓图，现在最要紧的是续立嗣君。"庄亲王接口道："这话很是，乾清宫正大光明匾额后，留有锦匣，内藏密谕，应即祗遵。"随督率总管太监，到乾清宫取下秘匣，当即开读，乃"皇四子弘历为皇太子，继朕即皇帝位。"二语。是时皇子弘历等，已入宫奔丧，随即奉了遗诏，命庄亲王允禄，果亲王允礼，大学士鄂尔泰、张廷玉辅政。经四大臣商酌，议定明年改元乾隆。乾隆即位，就是清高宗纯皇帝。但雍正帝暴崩的缘故，当时讳莫如深，不能详考，只雍正以后，妃嫔侍寝，须脱去衵衣，外罩长袍，由宫监负入，复将外罩除去，裸体入御。据清宫人传说，这不是专图肉欲，乃是防备行刺、惩前毖后的缘故。小子不敢深信，雍正帝能侦探内外官吏，宁独不能制驭妃嫔？唯后人有诗一首道。

重重寒气逼楼台，深锁宫门唤不开；
宝剑革囊红线女，禁城一啸御风来。

据这首诗深意，系是专指女侠，难道是上文所说的吕四娘为父报仇么？是真是假，一俟公论。下回要说乾隆帝事情了。

唯战而后能和，唯剿而后可抚。对待外人之策，不外乎此。准部入犯，非战不可，清世宗决意主剿，善矣。乃误任一有貌无才之傅尔丹，致有和通泊之败，若非策凌获胜，不几殆甚。至苗疆之变，罪不在鄂尔泰，张照、董芳辈实尸其咎。不能剿，安能抚？此将才之所以万不可少也。世宗自矜明察，而所用未必皆材，且反以明察亡身，蒲留仙《聊斋志异》载有侠女一则、或说即吕四娘轶事，信如斯言，精明之中，须含浑厚，毋徒效世宗之察察为也。

第三十四回　分八路进平苗穴
祝千秋暗促华龄

却说乾隆帝即位后，朝政颇尚宽大，凡宗室人等，旧被圈禁，至是一律释放。封允祧、允禵公爵，复阿其那、塞思黑红带，收入玉牒。自己的兄弟骨肉亦均封为亲王。已故弟兄，各追封赐谥。尊母钮祜禄氏为皇太后。册立元妃富察氏为皇后。母族后族，都另眼相看。又把岳钟琪、陈泰等释出狱中。赦汪景祺、查嗣庭家属罪，命他回籍。因此宗室觉罗，勋戚故旧官吏人民，没一个不颂扬仁德。确能干蛊。只云、贵叛苗，未曾平靖，乾隆帝初次用兵，不得不稍示威严，特逮回张照、哈元生、董芳治罪，哈元生似属可免。别授张广泗为七省经略，节制各路人马。广泗本是治苗的熟手，到了贵州，统盘筹算，想了一个暂抚熟苗、力剿生苗的计策，握定宗旨，自易下手。随即上奏道：

臣到任后，巡阅大势，默观夫叛苗之所以蔓延，张照等之所以无功者，由分战兵守兵为二，而合生苗熟苗为一也。兵本少而复分之使单，寇本众而复殴之使合，其谬可知。且各路首逆，咸聚于上下九股清江丹江高坡诸处，皆以一大寨，领数十百寨，雄长号召，声势犄角，我兵攻一方，则各方援应，彼众我寡，故贼日张，兵日挫。为今日计，若不直捣巢穴，歼渠魁，溃心腹，断不能涣其党羽。唯暂抚熟苗，责令缴凶献械，以分生苗之势，而大兵四出，同捣生苗逆巢，使彼此不能相救，则

我力专而彼力分，以整击散，一举可灭，而后再惩从逆各熟苗，以期一劳永逸，庶南人不复反矣。伏乞圣鉴！

乾隆帝览毕，命他照奏办事。张广泗遂调集贵州兵马，齐屯镇远，扼守云、贵通衢，特选精兵万余人，用四千兵攻上九股，四千兵攻下九股，自统五千余名，攻清江下流各寨。号令严明，所向克捷。

乾隆元年春，复檄调各省援兵，分作八路，一齐发动，如潮前进。那时苗民虽奋死抗拒，究竟一隅草寇，不敌七省大兵，风飘雨扫，瓦解土崩，所有未死的逆苗，都逃入宿巢去了。广泗会集大军，进攻巢穴，行了数日，遥见一座大山，挡住去路，危崖如削，峻岭横空，四围又都是小山攒住，蜿蜿蜒蜒的约有数百里。好称山国。广泗扎住了营，召进熟苗数名，问道："这个地方叫作什么？"熟苗道："这名牛皮大箐，广阔得了不得，北通丹江，南达古州，西拒都匀八寨，东至清江台拱，差不多有五百里方圆，向系生苗老巢。幽密得很，就是近地苗蛮，亦没有晓得底细。"广泗道："据你说来，简直是无人可入的，本经略却是不怕，偏要进去。"不入虎穴，焉得虎子？便令熟苗退出。

次日，召集部将，令攻牛皮大箐，将士统有难色，广泗拍案道："养兵千日，用兵一时，国家费了无数军饷，所为何事？难道叫你坐食不成？本经略受国厚恩，图报正在今日，如得一战成功，好与你等同膺巨赏，万一失败，本经略亦不忍独生，愿与大众同死此地。天下事不患不成，但患不为，果使戮力同心，生死与共，何怕这牛皮大箐？何惮这待死苗民？"慷慨激昂。将士见主帅发怒，自然唯唯从命。广泗又道："据熟苗言这牛皮大箐内，险恶异常，本经略岂肯冒昧从事，叫你前去寻死？但我来彼入，我去彼出，旷日持久，何时得了，好在各处已无叛苗，我军粮饷尚足，正应设法搜掘，谋个一劳永逸的善策。现在令各军分守箐口，先截叛苗出路，他向来不知耕作，料想箐内，决无良田，不出一月，他自坐困，我们却节节进攻，步步合围，何愁不济？"将士听了此言，方个个欢喜起来，争愿效力。是所谓好谋而成。

广泗遂传令诸军，密堵箐口，又在箐外四布伏兵，严防逋逸，围了半月，始渐渐进逼，得步进步，得尺进尺，叛苗无处觅食，多在箐中饿毙。起初还有几个强悍的，出来驰突，统被围军斩捕，后来不见苗踪。广泗遂驱军

大进，行入箐内，但见丛莽塞径，老樾蔽天，雾雨冥冥，瘴烟幂幂，极大的蛇虺，极恶的野兽，出没其间。广泗令军士纵火焚林，霎时间火势腾上，满山满野，统是浓烟，动植各物，无不烧死。就是这等叛苗，也躲无可躲，窜出峒外，一半被杀，一半被捉，还有这种苗妻苗女，苗子苗孙，都已饿得骨瘦如柴，跪在峒旁，抱着头惨呼饶命。官兵也无暇分辨，乱砍乱戳，覆巢下无完卵，游釜中无生鱼，幸亏广泗下令禁止惨戮，还算保存了几个。红顶子都由人血染成。

大箐已破，又搜剿附逆熟苗，分首恶次恶胁从三等，首恶立诛，次恶严办，胁从肆赦。约历数月，先后扫荡，共毁除一千二百二十四寨，赦免三百八十八寨，阵斩苗民一万七千余名，俘二万五千有零，获铳炮四万六千五百具，刀矛弓弩标甲，多至十四万八千件。宥其半俘，收其叛产，设九卫屯田，养兵驻守。乾隆帝闻报大喜，命广泗总督贵州，兼管巡抚事，赐轻车都尉世职，并豁免苗疆钱粮，永不征收。苗民诉讼，仍从苗俗习惯，不拘律例。自是云、贵边境，才算平靖。

苗疆已定，海内承平，乾隆帝乃偃武修文，命大学士等订定礼乐，鄂尔泰、张廷玉两大臣，悉心斟酌，规据三礼，考正八音，把朝仪定得格外严密，乐章采得格外整齐。又复连年五谷丰登，八方朝贡，真个是全盛气象，备极荣华。此时做个皇帝，方称踌躇满志。乾隆帝记起世宗遗旨，令在京三品以上，及各省督抚学政，保荐博学鸿词，嗣因世宗晏驾，不及举行，至此正好缵成先志，开试文科。遂命各省文士，一律进京，计得一百七十六员，在保和殿考试。吟风弄月，摛藻扬华，篇篇是锦绣文章，个个是鼓吹盛世。当由大总裁等评定甲乙，恭呈御览。乾隆帝拔取隽才十五员，遵照康熙年例，一等五人，授翰林院编修，二等十人，授翰林院检讨及庶吉士。各员谢恩任职，也不在话下。

只这乾隆帝坐享太平，垂裳而治，未免要想出这欢娱的事情来。禁城里面的花园，算是畅春园最大，前明时懿戚徐伟作为别墅，园内花木参差，亭台轩敞，别具一番风景。圣祖在日，曾赐名畅春，复命于园内北隅，筑屋数间，赐名圆明，令皇子在此读书。世宗未登位时，最喜在圆明园饮酒吟诗，登位后，大兴建筑，楼台亭榭，添了无数。畅春园附近，又有一长春仙馆，比畅春园规模略小，馆中倒也异样精致，乾隆帝踵事增华，令把三处并为一

处，发出库中存款，命工部督工改造。这一场建筑，比世宗时阔大得多。东造琳宫，西增复殿，南筑崇台，北构杰阁，说不尽的巍峨华丽。又经这班文人学士，良工巧匠，费了无数心血，某处凿池，某处叠石，某处栽林，某处莳花，繁丽之中，点缀景致，不论春秋冬夏，都觉相宜。又责成各省地方官，搜罗珍禽异卉，古鼎文彝，把中外九万里的奇珍，上下五千年的宝物，一齐陈列园中，作为皇帝家常的供玩。略略数语，金银已不知费得多少了。从前秦始皇筑阿房宫，陈后主起临春、结绮、望仙三阁，隋炀帝营显仁宫芳华苑，料想也不过如此。以秦始皇、陈后主、隋炀帝相比，价值何如？这年园工告成，乾隆帝奉了皇太后，到园游览，并下特旨，自后妃以下，凡公主福晋，宗室命妇，以及椒房眷属，概令入园玩赏，于是大家遵旨入园。是日，春光蔼蔼，晓色融融，乾隆帝护着皇太后銮驾，到了园内，后妃公主等，一律相随，两旁迎驾的人，统已站着。乾隆帝龙目一瞧，一半是风鬟雾鬓，素口弯腰，此时也不暇评艳。直至行宫里面，下了舆，随太后步入，大众向两宫磕头，除老年妇人外，都装扮得天仙相似，独有一位命妇，眉似春山，眼如秋水，面不脂而桃花飞，腰不弯而杨柳舞，真个是闭月羞花，沉鱼落雁。乾隆帝顾了这个丽人，暗想道："这人很有些面善，未识是谁家眷属？"只是当众人前，不好细问，便呆呆的坐着。众人又转向皇后处，请过了安，但见皇后起立，与那丽人握手道："嫂嫂来得好早！"丽人却娇滴滴道："应该恭候！"乾隆帝听了两人问答，方记起这位丽人，乃是皇后的亲嫂子，内务府大臣傅恒的夫人。当由太后传下懿旨道："今日来此游览，大家不必拘礼。"众人都又谢恩。太后又谕道："游览不如徐步，坐了舆，反没甚趣味。"乾隆帝恰不听见，心不在焉，听而不闻。还是皇后答了"恐劳圣体"四字。太后道："我虽年老，徐步数里，想亦不致吃力。"乾隆帝方禀道："圣母既要步行，叫辇驾跟着便是。要徐步，便徐步，要乘舆，便乘舆。"太后道："这倒很好。"宫监献茶，太后以下，统已饮毕，遂出来四处闲游。皇帝皇后紧紧的跟着太后。皇后后面，便是傅夫人。皇帝频频回顾，傅夫人颇有些觉得，也有意无意，瞻仰御容。到一处，小憩一处。日中在离宫午餐，直到傍晚，太后方兴尽回宫，皇帝皇后，亦一同随返。皇后与傅夫人，又是握手叙别，皇帝更恋恋不舍，临别时还回顾数次。傅夫人站立了好一歇，等到两宫不见，方坐轿回去。一缕情丝，已经牵住。

乾隆帝自此日起，常掂念着傅夫人，镇日里无情无绪，连皇后也不晓得他的心思，请问数次，不见回答。一日，遇着皇后千秋节，由太后预颁懿旨，令妃嫔开筵祝寿。乾隆帝竟开心起来，忙至慈宁宫谢恩，皇后更不必说。乾隆帝回到坤宁宫，对皇后道："明日是你生辰，何不去召你嫂子入宫，畅饮一天？"皇后道："她明日自应到来，何必去召？"乾隆帝道："总是去召她稳当。前日去逛圆明园，我见你两人很是亲热，此番进来，好留她盘桓数日，与你解闷。"恐要增闷。皇后嘿然。乾隆帝即传宫监，叫他奉皇后命，明晨召傅夫人入宫宴赏。宫监去了一回，复奏傅夫人正预备祝千秋节，明日遵旨入宫。是夕，乾隆帝便宿在皇后宫内。次日早起视朝，不见有什么大事，当即辍朝入宫。文武百官，随驾至宫门外，祝皇后千秋。祝毕，大众散去。乾隆帝到坤宁宫，见众妃嫔及公主福晋等，齐集宫中，傅夫人亦已在内。此时乾隆帝目中，只见有傅夫人。因御驾进来，个个站立，按照仪注行礼。乾隆帝忙道："一切蠲免。今日为皇后生辰，奉皇太后懿旨赐宴，大家好欢饮一天。若仍要拘牵礼节，倒反自寻苦恼，朕却不愿吃这苦头。"随令大家卸了礼服，一概赐坐。偏是傅夫人换了常服，越加妖艳，头上梳就旗式的髻子，发光可鉴，珠彩横生；身上穿一件桃红洒花京缎长袄，衬着这杏脸桃腮，娇滴滴越显红白；袄下露出蓝缎镶边的裤子，一双天足，穿着满帮绣花的京式旗圆。乾隆帝目不转睛的瞧著了她，她却嫣然一笑道："寿礼未呈，先蒙赐宴，这都是皇太后皇上的厚恩，臣妾感激不尽。"理应以身报德。乾隆帝道："姑嫂一体，何用客气。"嫂可代姑，原是一体。当下传旨摆宴，乾隆帝请傅夫人上坐。傅夫人道："哪有冠履倒置的道理？"于是皇帝坐首席，皇后坐次席，第三席应属傅夫人。傅夫人又谦让一番，各位公主福晋等因傅夫人系皇后亲嫂，自然格外尊崇，定要傅夫人坐第三席，傅夫人仍坚执不肯。乾隆帝道："此处不是大廷上面，须按品列次，嫂子就坐了罢！"傅夫人无奈遵旨。比坐位重大的事情，亦应遵旨，但只一坐何妨。公主福晋等依次坐下，众妃嫔亦侍坐两旁。这次寿筵，正是异常丰盛，说不尽的山珍海味。饮到半酣，大众都带着酒意，脱略形迹，乾隆帝发了诗兴，要大家即事联诗。公主福晋等嚷道："这个旨意，须要会吟诗的方可遵从，若不会吟诗，只得违旨。就使皇上要治罪，也是无可奈何了。"乾隆帝道："不会吟诗，罚饮三杯，只皇后与嫂嫂，却不在此例。"大众方各无言。当由乾隆帝起句道："坤闱设帨

庆良辰。”皇后即续下道：“奉命开筵宴众宾。”乾隆帝闻皇后吟毕，便道：“第三句请嫂嫂联吟！”傅夫人道：“这却不能，情愿遵旨罚饮三杯。”乾隆帝道：“前说过嫂嫂不在此例，就使不会吟诗，也要硬吟的。况且姑姑能诗，嫂嫂没有不能的道理。”这是从姑嫂一体语推阐出来。傅夫人只得想了一想，便吟道：“臣妾也叨恩泽逮。”乾隆帝道：“我接罢，‘两家并作一家春’，这句好不好？”恰是妙句。傅夫人极口赞扬。此心已许君皇了。乾隆帝又命众人拇战一回，钗声钏声，及一片呼三喝四的娇声，挤成一番热闹。傅夫人连饮了几杯，酡颜半晕，星眼微饧，一片春意。乾隆帝见她已醉，命宫女扶至别宫暂寝，复令大家闲散一番，乾隆帝也出宫而去。

隔了一小时，大家重复入席，饮酒数巡，时已未刻，皇后令宫女去视傅夫人，宫女去了，好一歇，未见回报。等到大家用过了膳，宫女始含笑而来，报称傅娘娘卧室紧闭，不便入内。皇后道：“皇上呢？”宫女道：“皇上么？”说了两声皇上，停住后文。皇后已微觉一半，不问下去。隐忍得妙。大家散了宴，少坐片刻，日影西沉，宫中统已上灯，便各谢宴退出。是晚只傅夫人不胜酒力，留住宫中。不胜酒力，却胜人力。次晨，乾隆帝仍出视朝，不愧英主。傅夫人方至坤宁宫告辞，皇后对她一瞧，云鬟半亸，犹带睡容，昨宵的况味如何？便微哂道：“嫂子恭喜！”已含醋意。这一语，说得这位傅夫人，不知不觉，面上一阵一阵的热起来了，当即匆匆辞去。

自此皇后见了乾隆帝，不似前日的温柔，乾隆帝也觉暗暗抱愧，少往坤宁宫。昭阳殿里，私恨绵绵，谁知祸不单行，皇后亲生子永琏，竟于乾隆三年，一病不起，医药无灵。这位琏哥儿，本已由乾隆帝遵照家法，密立皇储，至此溘逝，这皇后恨上加恨，痛上加痛，哭得死去活来。乾隆帝趁这时机，打叠起温柔功夫，百般劝解，再三引咎，允她再生嫡子，定当续立为储，并谥永琏为端慧皇太子，赐奠数次，皇后方才回心转来，过了数年，又生下一子，赐名永琮，总道他长命长寿，克承大统，怎奈生了两年，陡出天花，又致夭折。看官！你想这富察皇后，此时还有趣味么？乾隆帝想了一法，借东巡为名，奉皇太后率皇后启銮，暗中实为皇后忧闷，借此消遣。伉俪情也算从重。谒了孔陵，祭了岱岳，凡山东名胜的地方，统去游览，奈这皇后悲悼亡儿，无刻去怀，外边虽强自排遣，内里不知怎样难过。沿途山明水秀，林静花香，别人看了，都觉襟怀爽适，入她眼中，独成惨绿愁红；又复

冒了一些风寒，遂在舟中大发寒热。乾隆帝即令随带医官，诊脉进药，服了下去，好似饮水一般，复征召山东名医，尽心诊治，亦是没效，连忙下旨回銮，甫到德州，皇后已晕了数次，乾隆帝随时慰问，也没有一言相答；到皇太后来视，方模模糊糊的说了“谢恩”二字。临终时，对着乾隆帝，只滴了数点红泪。后人有诗惋叹道：

星霓苍龙失国储，巫阳忽又叫苍舒。
长秋从此伤尽落，云黯纤阿返桂舆。

皇后已崩，乾隆帝念自结褵以来，与皇后非常恩爱，只为了傅夫人，稍稍乖离，后来又复和协，不想中道沦亡，失了一位贤后，正是可痛，遂对棺大恸一场。皇太后闻知，忙令乾隆帝先归，自己与庄亲王允禄、和亲王弘昼，缓程回京。乾隆帝遵了母训，带同大行皇后梓宫，兼程回去。欲知后事，下回再讲。

苗疆未平，清高宗无此愉快，皇后千秋节，亦无此闹热，虢姨不来，内蛊何从而起？皇后富察氏之犹得永年，未可知也。本回叙平苗事，写得声威震叠，叙祝寿事，写得喜气汪洋，而最后尾声，则又写得哀痛动人。欢容变作啼容，好景无非幻景，读此可以悟往复平陂之理。

第三十五回　征金川两帅受严刑　降蛮酋二公膺懋赏

却说乾隆帝自德州回京，途次感伤，不消细说；到京后，命履亲王允祹等，总理丧事，奉安皇后梓宫于长寿宫，诸王大臣，免不得照例哭临；宫中妃嫔及福晋命妇，统为皇后服丧。傅夫人系皇后亲嫂子，自然格外尽礼。乾隆帝见她淡装素服，别具丰神，未免起了李代桃僵的思想，可惜罗敷有夫，不能强夺，只得背地里做个襄王，重证高唐旧梦。好在傅夫人每日伴灵，在宫内留宿，不是伴死，却是伴生。柳暗抱桥，花欹近岸，费长房暂缩相思地，女娲氏勉补离恨天，这位乾隆帝，方渐渐解了悼亡的忧痛。嗣因皇太后还宫，恐乾隆帝悲伤过甚，要替他续立皇后，乾隆帝以小祥为期，太后也不便勉强。因此坤宁宫中，尚是虚左以待，只册谥大行皇后为孝贤皇后，并把大行皇后母家，格外恩遇，晋封后兄富文公爵。余外不是封侯，就是封伯，共得爵位十四人，并升任傅恒为保和殿大学士，兼户部尚书。一大半为了令正。“外家恩泽古无伦”，这句满清宫词，就是为此而作。

内丧粗了，外衅复起，大金川土司莎罗奔，忽又侵入川边来了。这个金川土司，是四川省西边土司中的一部，本系吐蕃领地，明朝时，部酋哈伊拉本内附，因他信奉喇嘛教，封为演化禅师。嗣后分为二部，一部居大金川，一部居小金川。顺治七年，小金川酋卜儿吉细，与川吏往来，由川吏保为土司，康熙五年，复授大金川酋嘉勒巴演化禅师印。嘉勒巴孙莎罗奔，从清将军岳钟琪征藏，颇有功，清廷又升他为金川安抚司。乾隆初，莎罗奔势渐强

盛，令旧土司泽旺，管辖小金川部，又把他爱女阿扣，嫁与泽旺为妻。阿扣貌美性悍，憎泽旺粗鄙，不甚和睦，泽旺事事依从，她总闷闷不乐；只泽旺弟良尔吉，生得姿容壮伟，阿扣见了，未免动心。良尔吉正在青年，哪有不知风月的勾当？与阿扣眉来眼去，非止一日，奈因泽旺在旁，不便下手，这日应该有事，泽旺拟出外游猎，良尔吉托病不从，等到泽旺已去，他即闯入内寝，想与阿扣调情。色胆天来大。阿扣正手托香腮，呆坐出神，见良尔吉进来，便起身相迎。良尔吉久蓄邪念，管什么叔嫂嫌疑，竟似饿鹰一般，将阿扣搂住求欢。阿扣假作推开，急得良尔吉下跪道："我的娘！今日须救我一救！"阿扣道："我不是观世音菩萨，如何救你？"良尔吉道："阿嫂正是救苦救难的观世音。"阿扣瞅了良尔吉一眼，便道："好一个急色儿，起来罢！"良尔吉站起身来，不由分说，竟将阿扣抱入帐中，你半推半就，我又惊又爱，小子若再描绘情状，要变作诲淫导奸，只说一句良尔吉盗嫂便了。到了步武陈平地步。

泽旺游猎回来，那时叔嫂二人，早已云收雨散，内外分居。但天下事若要不知，除非莫为，闺房中暧昧事情，免不得要传到泽旺耳中，泽旺不得不少加管束。阿扣及良尔吉，不能常续旧欢，心中未免懊恼，会闻莎罗奔侵略打箭炉土司，颇得胜仗，良尔吉乘间与阿扣商量，拟请莎罗奔调泽旺从军，省得阻拦好事。阿扣大喜，佯托归宁，密禀她老子莎罗奔，献了调遣泽旺的计策。莎罗奔遂着人征调泽旺，泽旺向来懦弱，不愿与别部土司启衅，当即辞却。来人回报莎罗奔，莎罗奔大怒，饬部众去拿泽旺。阿扣忙出帐请道："要拿泽旺，何须兴动部众，只叫着数人，随女儿前去，包管泽旺拿到。"回去续欢，也是要紧。莎罗奔遂依他女儿的计策，挑选头目二人，率健婢数十名，送女回小金川。泽旺接着，只得款待来使，犒饮已毕，来使辞归，由泽旺送出帐外；忽来使变了脸，命手下健卒擒住泽旺，泽旺大叫我有何罪。来使道："你奉调不至，所以特来请你。"泽旺部下，攘臂而起，方想夺回泽旺，当由良尔吉拦阻道："我兄系大金川女婿，此去当不致受辱，若一动兵戈，大家伤了和气，反不得了。"小金川部众，闻了此语，遂束手不动，由大金川来使，劫了泽旺而去。

良尔吉回入帐中，忙至内寝，但见阿扣含笑道："我的计策好不好？"良尔吉道："今日当竭力报效。"阿扣啐了一声，便整顿酒肴，对酌起来。饮

酣兴至，两人又宽衣解带，做那鸳鸯勾当。从此名为叔嫂，暗实夫妇。

清廷闻莎罗奔内侵，遂命张广泗移督四川，相机勦治。广泗入川后，率兵至小金川驻扎，忽报良尔吉求见，当由广泗召入。良尔吉跪在地下，假作大哭道："莎罗奔不道，将长兄泽旺擒去，现在生死未卜，恳大帅急速发兵，攻破大金川，夺回长兄，恩同再造。"张广泗不知是诈，便叫他起来，劝慰一番，令作前军响导，往讨莎罗奔。

这大金川本是天险，西滨河，东阻大山，莎罗奔居勒乌围，令他兄子郎卡，居噶尔厓，勒乌围、噶尔厓两处，非常险峻，四川巡抚纪山，曾遣副将马良柱等，率兵进，未得深入。张广泗奏调兵三万，分作两路，一由川西入攻河东，一由川南入攻河西；河东又分四路，两路攻勒乌围，两路攻噶尔厓，以半年为期，决意荡平。怎奈河东战碉林立，易守难攻。什么叫作战碉？土人用石筑垒，高约三四丈，仿佛塔形，里面用人守住。四面开窗，可放矢石，每夺一碉，须费若干时日，还要伤死数百人。这碉虽毁，那碉复立，攻不胜攻，转眼间已是半年，毫无寸效。张广泗急得没法，牛皮大箐不足畏，遇着战碉，反致没法，军事之难可知。命良尔吉另寻间道。良尔吉道："此处无间道可入，只有从昔岭进攻，方可直入噶尔厓，但昔岭上面，恐已有人固守，进攻亦是难事。"张广泗道："从前贵州的苗巢，何等艰险，本制军还一鼓荡平，何怕这区区昔岭呢？倘若畏险不攻，何时得平大金川？"遂命部将宋宗璋、张应虎，及张兴、孟臣等，分路捣入，仍用良尔吉作为前导，谁知这良尔吉早已密报莎罗奔，令他赶紧防御，等到清兵四至，番众鼓噪而下，把清兵杀得四分五裂。张兴、孟臣战死，宋宗璋、张应虎逃回。广泗还道良尔吉预言难攻，格外信用。良尔吉两面讨好，莎罗奔竟将爱女充赏，令与良尔吉为夫妇。良尔吉快活异常，只瞒住张广泗一人，日间到了清营，虚与周旋，夜间回入本寨，偕阿扣通宵行乐。乐固乐矣，如天道难容何？广泗毫不觉察，唯仍用以碉逼碉的老法子，自乾隆十二年夏月攻起，到十三年春间，只攻下一二十个战碉，此外无功可报。

会闻故将军岳钟琪到来，广泗出营迎接，因他老成望重，虽起自废籍，倒也不敢轻视。钟琪入广泗营，两下会议，广泗愿与钟琪分军进攻。钟琪攻勒乌围，广泗攻噶尔厓，方在议决，忽报大学士讷亲，奉命经略，前来视师。张、岳两人，又至十里外远迎，但见讷亲昂然而至，威严得了不得，见

了两帅，并不下马。两帅上前打拱，他只把头略点一点。该死的东西。既到战地，扎住大营，广泗等又入营议事，讷亲把广泗饬责一番，广泗大不谓然，负气而出。讷亲遂调齐诸将，下令限三日取噶尔厓，总兵任举，参将贾国良，最号骁勇，奉讷亲命，领兵急进。此时良尔吉得了此信，忙遣心腹到噶尔崖，报知郎卡，教他小心抵御。郎卡遂挑选劲卒，埋伏昔岭两旁，自率精骑下噶尔崖，专待清兵厮杀。任举、贾国良驱军直入，如风驰电掣一般，到了昔岭，山路崎岖，令军士下马前行，任举在前，贾国良在后，任举兵已逾岭而进，贾国良兵尚在岭中，忽两边突出两路番兵，把清兵冲断。任举令前军排齐队伍，与番兵角斗，互有杀伤，只贾国良的后军，截留岭内，无可施展，番兵用箭乱射，任你贾国良武艺绝伦，也被无情的箭镞，攒集身中，伤重而亡，这边任举还不知国良战死，抖擞精神，驱杀番兵，不想郎卡又到，一支生力军杀入，任举不能支持，奈前后无路，自知不能生还，便拼了命，杀死番兵数十名，大叫一声，呕出狂血无数。番兵围将拢来，复格死数人，方才晕绝，兵士亦大半做了刀头之鬼。

讷亲闻了败报，方识大金川厉害，亟召张广泗等商议，随向广泗道："任举、贾国良，两员骁将，统已阵亡，我不料区区金川，有这般厉害。还请制军等别图良策！"广泗道："公爷智深勇沉，定能指日灭贼，如广泗辈碌碌无能，老师縻饷，自知有罪，此后但凭公爷裁处，广泗奉命而行便了。"这番言语，分明是讥讽讷亲。这亦是广泗短处。讷亲暗觉惭愧，勉强道："凡事总须和衷办理，制军不应推诿，亦不可别生意见。"广泗道："据愚见想来，只有用碉逼碉一法，待战碉一律削平，勒乌围、噶尔厓等处，便容易攻入了。"俟河之清，人寿几何？广泗未免呆气。岳钟琪接口道："据大金川地图看来，勒乌围在内，噶尔厓在外，若从昔岭进攻，就使得了噶尔厓，距贼巢还有数百里，道迂且长，不如改寻别路为是。"广泗道："昔岭东边，尚有卡撒一路，亦可进兵。"钟琪道："从卡撒进兵，中间仍隔噶尔厓，与昔岭也差不多。愚见不如另攻党坝，党坝一入，距勒乌围只五、六十里，山坡较宽，水道亦通，破了外隘，便可进攻内穴，敢请公爷与制军斟酌！"讷亲茫无头绪，不发一言。广泗复道："党坝一方，已着万人往攻，但亦不能得手。且泽旺弟良尔吉等，都说取道党坝，不如从昔岭卡撒，两路进兵便当。良尔吉是此地土人，应熟悉地理，况又有志救兄，谅不致误。"钟琪微笑道："制

军休再信良尔吉，良尔吉与他嫂子，暗里通奸，土人多已知晓，制军不可不防！”广泗道：“良尔吉与嫂子犯奸，不过是个人败德，于军事没甚关系。”广泗不致这般呆，大约受了马屁的滋味。钟琪道：“嫂可盗，要什么兄长，难道还肯真心助我么？”广泗道：“如此说来，都是我广泗不好，嗣后广泗不来参与军情，那时定可成功呢。”说毕，起身别去。钟琪亦辞了讷亲，回到营中，暗想广泗这般负气，将来恐累及自己，遂修了一本奏折，劾广泗信用汉奸，防生他变。讷亲亦奏劾广泗老师糜饷各事。乾隆帝览奏大怒，立命逮广泗回京，又因讷亲旷久无功，另遣傅恒代任经略，亲赐御酒饯行，并命皇子及大学士，送至良乡。内嫂子已叠受厚恩，内兄自应加礼。

傅恒去后，张广泗已逮解到京，先由军机大臣审问。广泗把许多错误，都推在讷亲身上。乾隆帝亲自复讯，广泗仍照前复对。乾隆帝怒道：“你果好好布置，克日奏功，朕亦不令讷亲到川，你既失误军机，还要诿过别人，显是负恩误国。朕若赦你，将来如何御将？”便问军机大臣道：“张广泗应如何处罪？”军机大臣道：“按律应斩。”乾隆帝即命德保勒尔森为监刑官，把广泗绑出午门斩讫。负气的人，终归自苦。随传旨令讷亲明白复奏。

过了月余，复奏已到，也是一派诿过的话头，乾隆帝又恼了性子，将原奏掷地，饬侍卫至讷亲家，取出讷亲祖父遏必隆的遗剑，发往军前，令讷亲自裁。川内三大帅，只剩岳钟琪一人，还算保全，将士们都吓得胆战心惊。

傅恒至军，由岳钟琪密禀良尔吉罪状，遂召良尔吉入帐。良尔吉从容进见，傅恒喝左右拿下。良尔吉忙道：“大帅何故拿我？”傅恒喝道：“你蔑兄奸嫂，漏泄军机，本经略已探闻的确，今日叫你瞑目受死。”良尔吉还想抗辩，傅恒喝左右斩讫报来。霎时间献上首级，傅恒令悬竿示众，一面摆队出营，入小金川寨中，令军士擒出阿扣，比良尔吉拥抱时趣味何如？责她背夫淫叔的罪名。阿扣哀乞饶命，恁你如何长舌，已不中用。傅恒道：“万恶淫妇，还想求生么？”责人固明，责己若何？亦喝左右斩讫。可怜一对露水夫妻，双双毕命。是淫恶的果报。

敌间已除，军容复整，傅恒又定了直捣中坚的计策，随即上表奏道：

臣经略大学士傅恒跪奏。金川之事，自臣到军以来，始知本末。当纪山进讨之始，唯马良柱转战直前，其锋甚锐，斯时张广泗若速济师策

应，乘贼守备未周，殄灭尚易，乃坐失机会，宋宗璋逗留于杂谷，张应虎失机于的郊，致贼将尽据险要，增碉备御，七路十路之兵，无一路得进。及讷亲至军，未察情形，唯严切催战，任举败没，锐挫气索，晏起偷安，将士不得一见，不听人言，不恤士卒，军无斗志，一以军务委张广泗，广泗又听奸人所为，唯恃以卡偪卡，以碉偪碉之法。无如贼碉林立，得不偿失，先后杀伤数千人，尚匿不实奏。臣查攻碉最为下策，枪弹唯及坚壁，于贼无伤，而贼不过数人，从暗击明，枪不虚发，是我唯攻石，而贼实攻人，且于碉外开濠，兵不能越，而贼得伏其中，自上击下，又战碉锐立，高于中土之塔，建造甚巧，数日可成，随缺随补，顷刻立就。且人心坚固，至死不移，碉尽碎而不去，炮方过而又起。客主劳佚，形势迥殊，攻一碉难于克一城。即臣所驻卡撒左右山顶，即有三百余碉，计半月旬日得一碉，非数年不能尽，且得一碉辄伤数十百人，较唐人之攻石锋堡，尤为得不偿失。如此旷日持久，老师糜饷之策，而讷亲、张广泗尚以为得计，臣不解其何心也。兵法："攻坚则瑕者坚，攻瑕则坚者瑕"，唯有使贼失其所恃，而我兵乃得展其所长。臣拟俟大兵齐集，同时大举，分地奋攻，而别选锐师，旁探间道，裹粮直入，逾碉勿攻，绕出其后，即以围碉之兵，作为护饷之兵，番众无多，外备既密，内守必虚，我兵即从捷径捣入，则守碉之番，各怀内顾，人无斗志，均可不攻自溃。卡撒为攻噶尔厓正道，岭高沟窄，臣既身为经略，当亲任其难。至党坝一路，岳钟琪虽称山坡较宽，可以水陆并进，兼有卡里等隘，可以间道长驱，但臣按图咨访，隘险亦几同卡撒，且泸河两岸，贼已阻截，舟难径达，唯可酌益新兵，两路并进，以分贼势，使其面面受敌，不能兼顾，虽有深沟高垒，汉奸不能为之谋，逆酋无所恃其险矣。至于奋勇固仗满兵，而向导必用土兵，土兵中小金川尤骁勇。今良尔吉之奸谍已诛，驱策用之，自可得力。前此讷亲、张广泗，每得一碉，即拨兵防守，致兵力日分，即使毁除，而贼又于其地立卡，藏身以伤我卒，是守碉毁碉，均为无益。近日贼闻臣至，每日各处增碉，犹以为官兵狃于旧习，彼得恃其所长，不知臣决计深入，不与争碉，唯俟大兵齐集，四面布置，出其不意，直捣巢穴，取其渠魁，约四月间当可奏捷矣。谨此上奏。

这篇大文，乃是乾隆十四年正月奏闻，乾隆帝留中不发。过了数日，反促傅恒班师回朝。傅恒复奏：“贼势已衰，我兵且战且前，已得险要数处，功在垂成，弃之可惜。若不扫穴擒渠，臣亦无颜回京”等语。乾隆帝复颁寄谕旨，反复数千言，且说：“蕞尔土司，即扫穴犁庭，不足示武。”看官！你道乾隆帝是何命意？他因兴师以后，已经二年，杀了两个大臣，又失了任举良将，未免懊悔，因此屡促班师。

此时大金川酋莎罗奔，已断内应，并因连年抵御，部众亦死了不少，遂释归泽旺，遣师至清营谢罪。傅恒叱退来使，与岳钟琪分军深入，连克碉卡，军声大震。莎罗奔又遣人至岳钟琪营，愿缴械乞降，钟琪因前征西藏，莎罗奔旧隶麾下，本来熟识，遂轻骑往抵勒乌围。莎罗奔闻钟琪亲至，遂率领部众，出寨恭迎，罗拜马前。钟琪责他背恩负义，莎罗奔叩首悔过，愿遵约束，随遣番人至大营前，辟地筑坛，预设行幄。坛成，莎罗奔父子，从钟琪坐皮船出峒，及到坛前，清经略大学士傅恒已高坐坛上，莎罗奔等俯伏坛下，由傅恒训责一番，令返土司侵地，献凶酋，纳兵械，归俘虏，供徭役。莎罗奔一一听命，乃宣诏赦罪。诸番焚香作乐，献上金佛一尊，首顶佛经，誓不复反。傅恒始下坛归营，莎罗奔率众退去。讷亲，张广泗连战无功，傅恒独一鼓平蛮，想系傅夫人的帮夫运。捷报奏达京师，乾隆帝大悦，优诏褒奖，比傅恒为平蛮的诸葛武侯，盟回纥的郭汾阳，遂封他为一等忠勇公，何不封他元绪公。岳钟琪为三等威信公，立召凯旋，命皇长子及诸王大臣郊劳。既入禁城，乾隆帝御紫光阁，行饮至礼，赐经略大学士忠勇公傅恒，及随征将士宴于丰泽园，复赏他御制诗章。中有一联云：

两阶干羽钦虞典，大律官商奏采薇。

傅恒既归，傅夫人不能时常进宫，乾隆帝要继立皇后了。继后为谁？容待下回叙明。

讷亲、张广泗二人，处罪从同，而罪状不同。广泗信汉奸，比匪人，轻视讷亲，积不相容，固有难逭之罪，然金川艰险，战碉林立，非广泗之出兵捣毁，则傅恒分路深入之计，恐亦未能骤行。且广泗逮还，高宗亲讯，以其抗辩而杀之，

尤为失当。广泗有罪，理屈词穷，杀之可也，乃广泗尚有可辨之处，而高宗不问曲直，立置重刑，刑戮任情，得毋太过！况广泗有平苗之大功，尤应曲为赦宥乎？傅恒一出，叛酋乞降，虽由间谍之被诛，然其时金川精锐，已皆伤亡于张广泗之手，广泗不幸而冲其坚，傅恒特幸而乘其敝耳。莎罗奔旧隶岳钟琪麾下，至此亦由钟琪轻骑往抚，始悔罪投诚，是则金川之平，功亦多出岳钟琪，傅恒因人成事，得沐荣封，兼邀诸葛、汾阳之誉，宁能无愧？意者其殆由虢姨承宠，特别贻恩欤？本回叙金川战事，实隐指高宗刑赏之失宜。至良尔吉蔑兄盗嫂，阿扣背夫淫叔，不过作为渲染词料，然其后授首军前，揭竿示众，亦可见天道祸淫之报，于世道人心，不无裨益云。

第三十六回　御驾南巡名园驻跸
王师西讨叛酋遭擒

却说孝贤后崩逝后，已是小祥，乾隆帝至梓宫前亲奠一回。奠毕，慈宁宫传到懿旨，宣召乾隆帝进宫。到太后前请过了安，太后道："现在皇后去世，已满一年，六宫不可无主，须选立一人方好。"乾隆帝嘿然不答。其将谁语？太后道："宫内妃嫔，哪一个最称你意？"乾隆帝道："妃嫔虽多，没一个能及富察，奈何？"富察二字，含糊得妙。太后道："我看娴贵妃那拉氏，人颇端淑，不妨升她为后。"乾隆帝沉吟半晌，便道："但凭圣母主裁！"太后道："这也要你自己愿意。"乾隆帝平日颇尽孝道，至此也不欲违逆母命，没奈何答了一个"愿"字。退出慈宁宫，又辗转思想了一番，想什么？乃于次日下旨，册封娴妃那拉氏为皇贵妃，摄六宫事。那拉氏不即立后，乾隆帝之意可知。直到孝贤皇后二周年，尚未册立正宫，经太后再三催促，方立那拉氏为皇后。参商之兆，已萌于此。此时鄂尔泰已死，张廷玉亦因老乞归，鄂、张二人，本受世宗遗旨，身后俱得配享太庙，嗣因鄂、张各存党见，朝官依附门户，互相攻讦，事为乾隆帝所闻，心滋不悦。廷玉乞归时，又坚请身后配享，触忤龙颜，严旨诘责，追缴恩赐物件，革去伯爵，并不令配享。硬要做满族奴才，致触主怒，何苦何苦！廷玉惊慌得了不得，后来一病身亡，总算乾隆帝优待老成，仍令配享太庙，廷玉好瞑目了。这是后话。

乾隆帝因宫廷中事，都未惬意，不免烦恼，便想到别处闲游，借作排遣。十五年春季，奉了皇太后，巡幸五台山，秋季又奉皇太后临幸嵩岳，两

处游玩，仍不见有什么消遣的地方。他想外省的景致，还不及一圆明园，就时常到圆明园散闷，这日，在园中闲逛，起初是天气阴沉，不甚觉得炎热，到了午后，云开见日，遍地阳光，掌盖的忘携御盖，被乾隆帝大加申斥，忽随从中有人说道："典守者不得辞其责。"乾隆帝便问道："谁人说话？"那人便跪倒磕头。乾隆帝见他唇红齿白，是一个美貌的少年，随问道："你是何人？"那人禀道："奴才名和珅，是满洲官学生，现蒙恩充当銮仪卫差役，恭奉御舆。"乾隆帝道："你是官学生，充这舁舆的差使，未免委屈，朕拔你充个别样差使，可好么？"和珅感激的了不得，便磕了九声响头，朗声道："谢万岁万万岁天恩！"和珅初蒙主知，已极意贡谀，望而知为妄臣。乾隆帝便令他跟住身后，有问必答，句句称旨，引得龙心大开，回到宫中，竟命他作宫中总管。这和珅骤膺宠眷，打叠精神，伺候颜色，乾隆帝想着什么，不待圣旨下颁，他已暗中觉察，十成中总管八九成，因此愈加宠任，乾隆帝竟日夜少他不得，后人说他是弥子瑕一流人物，小子无从搜得确据，不敢妄说。

只乾隆帝素爱冶游，得了和珅以后，越加先意承志，说起南边风景，很是繁华。乾隆帝道："朕亦想去游幸一次，只虑南北迢遥，要劳动官民，花费许多金钱，所以未决。"和珅道："圣祖皇帝六次南巡，臣民并没有多少怨咨，反都称颂圣祖功德。古来圣君，莫如尧舜。《尚书·舜典》上，也说五载一巡狩，可见巡幸是古今盛典，先圣后圣，道本同揆，难道当今万岁，反行不得么？况且国库充盈，海内殷富，就使费了些金银，亦属何妨。"乾隆帝生平，最喜仿效圣祖，又最喜学着尧舜，听了和珅一番言语，正中下怀，自来英主多愿爱民，后来亦多被小人导坏，汉武、唐玄与清高宗皆此类也。便道："你真是朕的知己！"遂降旨预备南巡。和珅讨差，督造龙舟，建得穷工奇巧，备极奢华，把康、雍两朝省下的库储，任情挥霍，好象用水一般；和珅从中得了数十万好处，乾隆帝还奖他办事干练，升他做了侍郎。这叫做升官发财。和珅复飞咨各省督抚，赶修行宫，督抚连忙募工修筑，又把水陆各道，一律疏通，准备巡幸。乾隆十六年春正月，乾隆帝奉皇太后启銮，宫中挑选了几个妃嫔，作为陪侍，皇后独没福随游，伉俪之情可想。外面除留守人等，尽令扈从，仪仗车马，说不胜说，数不胜数。开路先锋，便是新任侍郎和珅，御驾所经，督抚以下，尽行跪接，一切供奉，统由和珅监视。和珅说好，乾隆帝定也说好，和珅说不好，乾隆帝定也说不好。督抚大员，都乞和珅代为周旋，

因此私下馈遗，以千万计。

两宫舍陆登舟，驾着龙船，沿运河南下，由直隶到山东，从前已经游历，没甚可玩，只在济宁州耽搁一日。由山东到江苏，六朝金粉，本是有名，乾隆帝为此而来，自然要多留几天。扬州住了好几日，苏州又住了好几日，所有名胜的地方，无不游览。苏杭水道最便，复自苏州直达杭州，浙省督抚，料知乾隆帝性爱山水，在西湖建筑行宫，格外轩敞。两宫到了此地，游遍六桥三竺，果觉得湖山秀美，逾越寻常。乾隆帝非常喜悦，不是题诗，就是写碑；有时脑筋笨滞，命左右词臣捉刀，并召试诸生谢墉等，赏给举人，授内阁中书。又亲祭钱塘江，渡江祭禹陵，复回至观潮楼阅兵。

忽报海宁陈阁老，遣子接驾，乾隆帝奇异起来，还是太后叫他临幸一番，太后应已觉着了。遂自杭州至海宁。此时陈阁老闻御驾将到，把安澜园内，装潢得华丽万分，陈府外面的大道，整治得平坦如镜，随率领族中有职男子，到埠头恭候。隔了数时，遥见龙舟徐徐驶至，拍了岸，便排班跪接，奉旨叫免。陈阁老等候两宫上岸登舆，方谢恩而起，恭引至家。陈老夫人，亦带了命妇，在大门外跪迎，两宫又传旨叫免，乃起导两宫入安澜园，下舆升坐。接驾的一班男妇，复先后按次叩首。两宫命陈阁老夫妇，列坐两旁，陈阁老夫妇又是谢恩。余外男妇等奉旨退出。于是献茶的献茶，奉酒的奉酒，把陈家忙个不了。幸亏随从的人，有一半扈跸入园，有一半仍留住舟中，所以园内不致拥挤，两宫命陈阁老夫妇侍宴，随从的文武百官，宫娥彩女，亦分高下内外，列席饮酒，大约有一、二百席，山南海北的珍味，没一样不采列，并有戏班女乐侑宴，这一番款待，不知费了多少金钱。只乾隆帝御容，很有点像陈阁老，陈老太太有时恰偷觑御容，似乎有些惊疑的样子，究竟乾隆帝天亶聪明，口中虽是不言，心中恰是诧异，酒阑席散，奉了太后，与陈阁老夫妇，到园中游玩一周，回入正厅。乾隆帝谕陈阁老夫妇道：“这园颇觉精致，朕奉太后到此，拟在此驻跸数天。但你们两位老人家，年力将衰，不必拘礼，否则朕反过意不去，只好立刻启行了。”陈阁老忙回道：“两宫圣驾，不嫌亵陋，肯在此驻跸数日，那是格外加恩，臣谨遵旨！”皇帝到了家里，陈阁老以为光宠，我说实是晦气。太后亦谕道：“此处伺候的人很多，你两老夫妇，可以随便疏散，不必时时候着。”阁老夫妇谢恩暂退。

是夕，乾隆帝召和珅密议，说起席间情况，嘱和珅密察。和珅奉旨，屏

去左右，独自一人在园间踱来踱去，假作步月赏花的情形。更深夜静，四无人声，和珅不知不觉，走到园门相近，仍不闻有什么消息，正想转身回至寝室，忽见园角门房内，露出灯光一点，里面还有唧唧哝哝的声音，便轻轻的掩至门外，只听里面有人说道："皇上的御容，很像我们的老爷，真是奇怪。"接连又有一人道："你们年纪轻轻，哪里晓得这种故事？"前时说话的人又问道："你老人家既晓得故事，何不说与我们一听。"和珅侧着耳朵，要听他对答，不料下文竟尔停住，只有一阵咳嗽声，咯痰声，不肯直叙，这是文中波澜。不免等得焦躁起来。亏得里面又在催问，那时又闻得答语道："我跟老爷已数十年，前在北京时，太太生了一位哥儿，被现今皇太后得知，要抱去瞧瞧，我们老爷只得应允，谁料抱了出来，变男为女，太太不依，要老爷立去掉转，老爷硬说不便，将错就错的过去。现在这个皇上，恐怕就是掉换的哥儿呢。"这两句话，送入和珅耳中，暗把头点了数点。忽听里面又有人说道："你这老总管亦太粗莽，恐怕外面有人窃听。"和珅不待听毕，已三脚两步的走了。路中碰着巡夜的侍卫，错疑和珅是贼，的确是个民贼。细认乃是和大人，想上前问安，和珅连忙摇手，匆匆的趋回寝室。睡了一觉，已是天明，急起身至两宫处请安。乾隆帝忙问道："有消息么？"和珅道："略有一点消息，但恐未必确实。"乾隆帝道："无论确与不确，且说与朕听！"和珅道："这个消息，奴才不敢奏闻。"乾隆帝问他缘故，和珅答称："关系甚大，倘或妄奏，罪至凌迟。"乾隆帝道："朕恕你罪，你可说了。"和珅终不敢说，乾隆帝懊恼起来，便道："你若不说，难道朕不能叫你死么？"和珅跪下道："圣上恕奴才万死，奴才应即奏闻，但求圣上包涵方好！"乾隆帝点了点头，和珅便将老园丁的言语，述了一遍。乾隆帝吃了一惊，慢慢道："这种无稽之言，不足为凭。"聪明人语。和珅道："奴才原说未确，所以求圣上恕罪！"乾隆帝道："算了，不必再说了。"忽报陈阁老进来请安，乾隆帝忙叫免礼，并传旨今日启銮，还是陈阁老恳请驻跸数天，因再住了三日，奉太后回銮，陈阁老等遵礼恭送，不消细说。

两宫仍回到苏州，复至江宁，登钟山，祭孝陵，泛秦淮河，登阅江楼，又召试诸生蒋雍等五人，并进士孙梦逵，同授内阁中书。驻跸月余，方取道山东，仍还京师。回京后，乾隆帝欲改易汉装，被太后闻知，传入慈宁宫，问道："你欲改汉装么？"乾隆帝不答，太后道："你如果要改汉装，便是不

忠不孝，不仁不义，我亦要让你了。”乾隆帝连称不敢，方才罢议。冕旒汉制终难复，徒向安澜驻翠蕤。

日月如梭，忽忽间又过三年，理藩院奏称准噶尔台吉达瓦齐，遣使入贡，乾隆帝问军机大臣道：“准部长噶尔丹策零，数年前身死，嗣后立了那木札尔，又立了喇嘛达尔札，扰乱数年，朕因他子孙相袭，道途又远，所以不去细问。什么今日，换了个达瓦齐？”军机大臣道：“那木札尔，系噶尔丹策零次子，策零死，那木札尔立，后来因昏庸无道，被他女儿的丈夫弑掉了，另立策零庶长子喇嘛达尔札，现在喇嘛达尔札，又被部众弑掉，改立达瓦齐，这达瓦齐闻是准部贵族大策零子孙呢。”乾隆帝道：“照这般说，达瓦齐系策零仆属，胆敢篡立，实是可恨，朕拟兴师问罪，免他轻视天朝。”正商议间，又接边臣奏折，内称：“辉特部台吉阿睦撒纳，为达瓦齐所败，愿率众内附”等语。乾隆帝即命阿睦撒纳来京陛见，并却还达瓦齐贡使。阿睦撒纳奉了上谕，当即到京求见，由理藩院尚书带入，阿睦撒纳叩首毕，乾隆帝问道：“你便是辉特部台吉么？”阿睦撒纳答道：“是。”乾隆帝又问道：“你如何与达瓦齐开战？”阿睦撒纳道：“达瓦齐篡了准部，还想蚕食他方，臣本与他划疆自守，毫无干涉，他无端侵入臣境，臣与他战了一场，被他杀败，因此叩关内附，仰乞大皇帝俯赐矜全！”乾隆帝见他身材雄伟，言语爽畅，不觉喜悦，便道：“朕正想发兵讨达瓦齐，你来得很好。”阿睦撒纳道：“大皇帝果发义师，臣愿作为前导。”乾隆帝道：“你肯为朕尽忠，朕却不吝重赏。”阿睦撒纳谢恩而出。乾隆帝即召集王大臣，会议发兵计划，并言荡平准部，就在阿睦撒纳身上。军机大臣舒赫德奏道：“臣看阿睦撒纳相貌狰狞，必非善类，请圣上不要信他！”乾隆帝怫然不悦，便厉声道：“据你说来，达瓦齐是不应讨么？”舒赫德道：“达瓦齐非不应讨，但阿睦撒纳，乞皇上不可重用！”乾隆帝复厉声道：“阿睦撒纳是生长彼地，地理人情，都应熟悉，朕若不去用他，难道用你不成！”舒赫德素性刚直，还要接口道：“圣上要用这阿睦撒纳，请将他部下余众，徙入关内，免得后患。”乾隆帝怒道：“你这般胆小，如何好做军机大臣？”叱侍卫逐出舒赫德。舒赫德叹息而去。忠言逆耳，令人呜咽。傅恒见乾隆帝发怒，忙上前道：“圣上明烛万里，此时正好出征准部，戡定西陲。”这等拍马屁的伎俩，想是从闺训得来。乾隆帝怒容渐霁，徐答道：“究竟是你有些智谋。但还是今年出兵，明年出兵？”傅

恒道："据臣愚见，今年且先筹备起来，待明年出兵未迟。"乾隆帝准奏，遂下旨饬八旗将士先行操练，并封阿睦撤纳为亲王。

看官！你道这阿睦撒纳，究竟是何等样人？他的言语，究竟可靠不可靠？小子须要补述一番方好。阿睦撒纳是丹衷的遗腹子，丹衷系策妄女婿，策妄借结婚政策，灭了丹衷的父亲拉藏汗，应第二十九回。丹衷穷无所归，寄食准部，免不得怨恨策妄，策妄又把丹衷害死，将自己的女儿，改醮辉特部酋，只五、六月生了一个男孩子，就是阿睦撒纳。阿睦撒纳长大起来，继了后父的位置，见准部内乱，蓄志并吞，先帮助达瓦齐，杀了喇嘛达尔札，自己迁至额尔齐斯河，胁服杜尔伯特部。达瓦齐也阴怀疑忌，大举攻阿睦撒纳，阿睦撒纳乃托名内附，想借清朝兵力，灭掉达瓦齐，自己好占据准噶尔。巧遇乾隆帝好大喜功，听了阿睦撒纳的言语，决计用兵。会准部小策零属下萨拉尔，及达瓦齐部将玛木特，先后降清，阿睦撒纳又促请出师。于是乾隆二十二年春，命尚书班第为定北将军，出北路。陕甘总督永常为定西将军，出西路。北路用阿睦撒纳为前导，授他做定边左副将军。西路用萨拉尔为前导，授他做定边右副将军。玛木特做了北路参赞，西路参赞，用了内大臣鄂容安。两副将军各领前锋先进，将军参赞等次第进行。浩浩荡荡，直达准部。沿途经过的部落，望见两副将军大纛，多识是前时故帅，望风崩角，拜谒马前。到了夏间，两路大军并至博罗塔拉河，距伊犁只三百里。达瓦齐闻报，慌做一团，仓猝征兵，已来不及，只带了亲兵万人，向西北出奔，走入格登山去了。清军长驱追袭，将到格登山，夜遣降将阿玉锡等，率领二十余骑，往探路程。阿玉锡想夺头功，竟乘夜突入敌营，拍马横矛，威风凛凛，达瓦齐部众，还道是清军齐到，四散奔逃。真不济事。达瓦齐也落荒窜去，扒过大山，投入回疆。他想平日要好的回酋，只有乌什城主霍吉斯，一口气奔到乌什城。霍吉斯也出城迎接，谁知进了城门，一声胡哨，伏兵尽发，把达瓦齐拿住。达瓦齐向霍吉斯道："我与你一向至交，如何缚我？"霍吉斯也不与多说，取出清帅檄文，与他细瞧。达瓦齐道："好好！你总算卖友求荣了。"该骂！当下被霍吉斯推入囚车，解送清营。清两帅回到伊犁，这时候，罗卜藏丹津还絷在伊犁狱中，遂一并擒出，与达瓦齐槛送京师。

乾隆帝得了红旗捷报，召两军凯旋，亲御午门，行献俘礼。达瓦齐及罗卜藏丹津，觳觫万状，捣头如蒜。隆乾帝大笑道："这样人物，也想造反，

正是夜郎自大，不识汉威哩。”遂传旨赦他死罪。一面大封功臣，首奖大学士傅恒襄赞有功，再加封一等公。马屁又被他拍着了。定北将军班第封一等诚勇公，副将军萨拉尔，封一等超勇公，副将军阿睦撒纳，晋封双亲王，食亲王双俸，参赞玛木特封为信勇公，铭功勒石，说不尽的夸耀。永常鄂容安等未沐荣封，不识何故。又拟复额鲁特四部遗封，封噶尔藏为绰罗斯汗，巴雅特为辉特汗，沙克都为和硕特汗，还有杜尔伯特部，就封了阿睦撒纳。乾隆帝的意思，无非是犬牙相错、互生箝制的道理，谁知阿睦撒纳雄心勃勃，竟想雄长四部，渐渐的跋扈起来。正是：

非我族类， 其心必异；
过严则怨， 过宽则肆。

不数月，留守伊犁大臣，奏报阿睦撒纳造反了，乾隆帝闻报大惊，究竟阿睦撒纳如何谋反，且看下回分解。

此回叙陈阁老事，非传陈阁老，传高宗也。叙阿睦撒纳事，非传阿睦撒纳，亦传高宗也。高宗第一次南巡，便觉挥霍不赀，厥后南巡复数次，劳民费财，可想而知。陈阁老事，尚是本回之宾，不过假故老遗传，作为渲染耳。南巡以后，复议西征，写出高宗好大喜功气象，阿睦撒纳来降，乃是适逢其会，是阿睦撒纳亦一宾也，达瓦齐则成为宾中宾矣。阅者当如此体会，方见作书人本旨。

第三十七回　灭准部余孽就歼
荡回疆贞妃殉节

却说达瓦齐就俘后，清师奉旨凯旋，只留班第、鄂容安二人，带了随兵五百名，与阿睦撒纳，办理伊犁善后事宜。阿睦撒纳移檄邻部，讳言降清，阳称清廷命他统领各番，来平此地；又暗嘱党羽四布流言，欲安准部，必须立阿睦撒纳为大汗。班第鄂容安遣使密奏，乾隆帝亦付他密旨，令诱诛阿睦撒纳。看官！你想阿睦撒纳率众西行，已似大鱼纵壑，哪里还肯来入网呢？况班第鄂容安，手下只有五百名随兵，也不好冒昧举事。接了朝旨，按住不发，唯促阿睦撒纳入朝。阿睦撒纳竟号召徒众，来攻班第鄂容安。班第鄂容安且战且走，驰了三百余里，死的死，逃的逃，只剩了数十骑，番兵却有数千追来，班第料不能脱，拔刀自刎，鄂容安也只得步他后尘了。这是乾隆帝害他。

是时定西将军永常，已奉朝旨出驻木垒，闻报番兵大至，退兵巴里坤，移粮哈密，因此阿睦撒纳，声焰愈盛。清廷逮回永常，命公爵策楞前代，玉保富德达尔党阿为参赞，出巴里坤进剿。玉保分军先进，忽有番卒来报，阿睦撒纳已由他部下诺尔布擒献，玉保大喜，即向策楞处报捷。策楞也不辨真伪，飞章奏闻，不想过了数日，毫无影响。将军参赞，先后驰至伊犁，阿睦撒纳，已远飏至哈萨克了。原来阿睦撒纳闻大兵前进，恐不能敌，特差了番卒，驰到清营，假称被擒，他却望西遁去。策楞玉保中了他的缓兵计，到了伊犁，你怨我，我怨你，怨个不了，总归无益。策楞玉保统是没用人物，还亏阿

睦撤纳不用诱敌计，只用援兵计，尚得安抵伊犁。

乾隆帝闻知消息，复将策楞玉保革职。令达尔党阿为将军，飞速追剿，又命巴里坤办事大臣兆惠，为定边右副将军，出兵赴援，满望旗开得胜，马到成功。谁知达尔党阿，到哈萨克边界，又被阿睦撤纳骗了一回，佯称哈萨克汗愿擒献阿酋。往返驰使，仍无要领，额鲁特三部新封台吉，反一律谋变，与阿睦撤纳通同一气。阿睦撤纳间道驰还，大会诸部。这达尔党阿还在哈萨克边境，檄索罪人，正是可笑。只定边右副将军兆惠，率兵千五百人，已至伊犁，探得额尔特诸部，已皆叛乱，自知孤军陷敌，不能久驻，忙领兵驰回。沿途一带，统是敌垒，兆惠拼命冲突，走一路，杀一路，杀到乌鲁木齐，刀也缺了，弹也完了，粮也尽了，可怜这等兵士，身无全衣，足无全袜，每日又没有全餐，只宰些瘦驼疲马，勉强充饥，正苦得了不得。老天又起风下雪，非常严冷，兆惠想遣人乞援，也不知何处有清兵，驿传声息，到处隔断。忽闻番兵又踊跃前来，把乌鲁木齐围得铁桶相似，兆惠泣向军士道："事已至此，看来我辈是不得活了。但死亦要死得合算，狠狠的杀它一场，方值得死哩。"军士道："大帅吩咐，安敢不从！但粮尽马疲，奈何？"正在危急，忽东北角鼓声喧天，有一支兵马到来，兆惠登高一望，遥见清军旗帜，不禁大喜，谢天谢地。番兵见援兵已到，不知有多少大兵，一声吆喝，解围而去。番众实是无能。兆惠出寨迎接，乃是侍卫图伦楚，因兆惠久无音信，率兵二千来探信息，无意中救了兆惠。兆惠与他握手进营，住了一日，便同回巴里坤。当下飞书告急。

乾隆帝命逮达尔党阿回京，授超勇亲王策凌子成衮扎布，为定边左副将军，出北路，仍令兆惠出西路往剿。此次兆惠惩鉴前辙，挑选精骑，带足粮草，誓师进发，决平叛寇。巧值绰罗斯部噶尔藏汗，被兄子噶尔布篡弑，噶尔布又被部下达瓦杀死。辉特和硕特两部中，痘疫盛行，多半死亡，兆惠趁这机会，杀将过去，好象摧枯拉朽一般。番众战一阵，败一阵，诸部酋长先后败死，阿睦撤纳又弄得仓皇失措，急急如丧家犬，漏网鱼，仍窜至哈萨克。兆惠率兵穷追，到哈萨克界，哈萨克汗阿布赉，遣使至军，愿擒献阿睦撤纳。兆惠对来使道："你主愿擒献阿逆，须于三日内缴到，过了三日，本将军恰是不依，驱兵进攻，玉石俱焚，那时不要后悔！"来使唯唯而去。越二日，哈萨克又遣使到军，报称阿睦撤纳，狡黠万状，我国正欲擒献，不料

被他走脱，逃入俄罗斯去了。现奉汗命，前来请罪，并贡献方物，仰求大帅赦宥！”兆惠见他惶迫情状，料知语言无欺，只得略加训斥，命他回去。一面即飞奏清廷，由理藩院行文俄国，索交叛酋。后来俄国饬人搜捕，阿睦撒纳已患痘身亡，只把尸首送交清吏。于是命成衮扎布归镇乌里雅苏台，留兆惠搜剿余孽。自乾隆二十二年至二十五年，清兵先后追剿，自山谷僻壤及川河流域，没一处不寻到，没一处不搜灭，统计额鲁特二十余万户，出痘死的约四成，窜走俄罗斯哈萨克等处约二成，被清兵剿灭的约三成，还有一成编入蒙古籍，不过二万户，而且妇女充赏，丁壮为奴，额鲁特遗民，自此寥落了。阿睦撒纳料是绝大的扫帚星转世。

准部既平，清廷乃画疆分土，设官筑城，驻防用满兵，屯粮用旗兵，特简任伊犁将军，作了一个统辖的元帅。天山北路，方入清室版图，免不得镌碑勒石，旌德表功，费了几个儒臣笔墨，成了几篇煌煌大文，这也不消细说。

但乾隆帝得陇望蜀，平了准部，又想南服回疆。这回疆就在天山南路，与准部只隔一山，起初系元太祖次子察哈台领土，传了数世，回教祖摩诃末子孙，由西而东，争至天山南路，生齿渐蕃，喧客夺主，察哈台的后裔，反弄到没有主权。因此天山南路，变作回疆。康熙时，噶尔丹强盛，举兵南侵，把元裔诸汗，迁到伊犁，并将回教头目阿布都实特，亦拘去幽禁。噶尔丹败死，阿布都实特脱身归清，圣祖赏他衣冠银币，遣官送到哈密，令还故地。阿布都实特死，其子玛罕木特，想自立一部，不受准噶尔约束。策妄又遣兵入境，将玛罕木特及他两个儿子，统拿至伊犁，幽禁起来。及清将军班第等到伊犁后，玛罕木特已死，长子布那敦，次子霍集占，尚被拘絷。班第奏闻清廷，得旨释布那敦归叶尔羌，令他统辖旧部，留霍集占居住伊犁，职掌教务。不到数月，阿睦撒纳谋反，准部复乱，霍集占反率众助逆，等到清副将军兆惠，攻入伊犁，阿睦撒纳西走，霍集占亦遁入回疆。兆惠剿平准部，奏遣副都统阿敏图，南往招抚。

这个那布敦胆子颇小，愿遵清朝指挥，偏偏胞弟霍集占，自北路遁归，谏那布敦道：“我远祖摩诃末，声灵赫濯，天下闻名，传到我辈子孙，反受人家压制，真是惶愧万分。现在准部已亡，强邻消灭，不谋独立，更待何时？”语颇不错，可惜不度德，不量力。那布敦道：“清兵来攻，如何抵挡？”霍集占道：“清军新得准部，大势未定，料他无暇进兵，就使率军南来，我也

可据险拒守，等他兵疲粮绝，逃去都来不及，怕他什么？”那布敦尚在迟疑，霍集占又道：“哥哥若要降清，恐怕从今以后，世世要做奴仆过去，他要我的金钱，我只得将金银奉去，他要我的妻子，我只得将妻子送去，他要我的头颅，我也只得把头颅献去。我们兄弟两人，还有安静的日子么？”我亦要问霍集占道，你不降清，金银管得住么？妻子守得牢么？头颅保得定么？这叫做自去寻死。那布敦被他说得动心，遂依了阿弟的计划，错了，完了。便召集回众，自立为巴图尔汗，传檄各城，戒严以待。

回户数十万众，向来迷信宗教，因那布敦兄弟，的是摩诃末后裔，称他为大小和卓木，和卓木三字，乃是回语，译作汉文，便是圣裔的意义，至此得了圣裔的檄文，自然望风响应。只库车城主鄂对，恐怕强弱不敌，率了党羽，拟奔伊犁，途次与阿敏图相遇，仍令回转库车，同去招抚。不料霍集占闻鄂对出走，已遣部下阿布都驰到库车，把鄂对亲族一一杀死，登陴固守。鄂对闻报，大哭一场，嗣与阿敏图商议，请亟归伊犁，添兵复仇。阿敏图道：“我是奉命招抚，今不见叛众，便想回去，叫我如何对将军？”鄂对再三谏阻，阿敏图只是不从，也是一个不识时务。且令鄂对先回伊犁。他只带了百余骑，驰到库车，阿布都诱他入城，一阵乱剁，凭你阿敏图如何忠诚，也入阎罗宝殿去了。清廷因兆惠剿抚准部，尚未竣事，别命都统雅尔哈善为靖逆将军，率兵征回。雅尔哈善自吐鲁番进攻库车，大小和卓木引军数千，越大戈壁来援，与清兵战了两次，都被打得落花流水，大小和卓木，退入城中；清兵乘势围攻，城坚难拔，提督马得胜，募敢死兵六百名，暗掘地道，昼夜不息，将及城中，守兵闻地下隐有响声，料是穿穴，便循途按索，到了城脚边，掘下一洞，适通地道守兵，把草塞住，用火燃着，烟焰冲入穴中，可怜六百个清兵，不能进，不能退，都被烧得乌焦巴弓。好象竹管里煨泥鳅。雅尔哈善经此大创，不敢力攻，大小和卓木乘机遁还，阿布都也率众逃去。

清兵只得了一个空城，乾隆帝闻知大怒，饬将雅尔哈善马得胜等，尽行正法，仍命兆惠移师南征。兆惠檄调各路兵，尚未到齐，因朝旨催促，即率步骑四千余先进，过了天山，收复沙雅尔阿克苏乌什等城，住阿克苏城数日。后兵未至，兆惠性急如火，留副将军富德驻阿克苏，等待后军，他竟带了二、三千人，冒险前行。途中侦知大和卓木那布敦，在叶尔羌，小和卓木霍集占在喀什噶尔，乃再分兵八百名，使副都统爱隆阿，遏住喀什噶尔

援路，自率千余骑，径趋叶尔羌。叶尔羌城东有河，叫作叶尔羌河，亦称黑水，兆惠兵少，不能进攻，便倚水立营。遥见叶尔羌城南驼马往来，是个阔大的牧场，兆惠欲夺作军用，径命兵士渡河，河上本有木桥，清兵跨桥而过，桥未拆断，诱敌可知。方过了四百骑，谁知桥下暗有伏兵，铙钩齐起，将木桥钩断，城中出回兵五千骑，前来邀击。隔河清兵，不能相救，河西四百骑，哪里当得住回兵？急忙弃了马匹，凫水逃回。贪小失大。回兵复搭好了桥，逾桥东来，后面又添了步兵万人，张着两翼，来围清兵。兆惠左右冲突，马中枪，再毙再易，总兵高天喜战殁，参赞明瑞亦受伤，虽杀了番兵千名，究竟众寡悬殊，支持不住，只得退入营中，赶紧筑垒，准备固守。番兵亦筑起长围，四面攻打，枪炮如雨，幸亏清营靠着丛林，枪弹多飞入林中，清兵伐树，得了铅弹数万枚，还击回兵，又复掘井得水，掘窖得粟，赖以不困。

兆惠遣了五卒，分路赴阿克苏告急，又檄爱隆阿还军阿克苏，催援军同至。爱隆阿未到阿克苏，富德已接警报，忙率军三千，冒雪赴援，到了呼拉玛，距叶尔羌尚三百余里，忽遇喀什噶尔回兵，截住去路，转战四昼夜，回兵越来越多，将富德军围住，接连数日，杳无援兵，富德急得了不得，一日，天气昏黑，入夜尤甚，回兵各燃着火把，轮流进扑，富德连忙抵御，拼命鏖斗，突闻一片喊声，自东而至，回兵纷纷倒退。富德乘势杀出，火光中来了一员清将，乃是爱隆阿，富德大喜，即与爱隆阿合兵。爱隆阿道："巴里坤参赞阿公，亦到。"富德忙拍马去会阿大臣，这位阿大臣，名叫阿里衮，他奉了廷旨，领兵六百名，解马二千匹，驼一千头，至阿克苏，适值爱隆阿去催援军，遂合军前来，解了富德的围。回兵在夜间不辨多少，四散溃遁。富德爱隆阿，与阿里衮两下相见，欣喜过望，也不及休息，同趋叶尔羌。兆惠日望援军，遥闻炮声大作，料知援军已至，即勒兵突围，内外夹攻，杀敌千余，毁了敌垒，同还阿克苏。

过了冬，已是乾隆二十四年。阿克苏已集清兵新旧军凡三万人，分道进行，兆惠由乌什攻喀什噶尔，富德由和阗攻叶尔羌，每路兵各万五千，大小和卓木闻清兵大至，不敢迎敌，带了妻孥仆从，并携辎重，逾葱岭西遁，清兵奋勇追赶，到阿尔楚山，前面见有回众，大半是老弱残兵，富德料是诱敌，令明瑞阿桂为左翼，阿里衮巴禄为右翼，先据了左右二峰，然后富德领着中军，从山口进去。进了山口，果然伏兵四起，那时清兵左右两翼，从上

杀下，把伏兵一齐杀退，追攻二十余里，戮回兵无数，并斩他骁将阿布都，大小和卓木逃至巴达克山，大和卓木那布敦，挈了家眷先走，小和卓木霍集占，手下还有万人，倚山为阵，率众死战。富德又分军两路，左右夹攻，用了大炮，向敌轰击，霍集占不能支，逾山而遁，谁知前面山路逼促，又有辎重塞住，一时急走不脱；后面又被清军追上，进退两难。富德令降人鄂对等，竖起回纛，大呼招降，回众情愿投顺，蔽山而下，声如奔雷，霍集占忙夺路逃脱，偕那布敦急入巴达克山。巴达克山部酋，闻大小和卓木，拥众而至，遣使探问，霍集占见了来使，命回报酋长，立刻亲迎。来使出语不逊，霍集 占拔出佩刀，把他斩首。穷蹙至此，还要妄为，真正该死。于是巴达克山部酋，兴兵拒战，和卓木兄弟，连妻孥旧仆，只有三四百人，被巴达克兵围住，上天无路，入地无门，都束手就缚，个个被他擒去。巴达克部酋，为使臣报仇，将大小和卓木，一齐枭首，还想将他家属，统行处死，适清使持到檄文，索献罪犯，他乐得卖个人情，把大小和卓木的头颅，及他家眷等，尽行缴出。金银也丢了，妻子也抛了，头颅也断送了。富德命军士押着回酋家属，驰归大营，与兆惠联衔奏捷。乾隆帝命陕甘总督杨应琚，筹办回疆善后事宜，兆惠等俱召还京师，遂封兆惠为一等公，加赏宗室公品级鞍辔，富德封一等侯，并赏戴双眼翎，参赞大臣阿里衮明瑞等，俱赏戴双眼翎，又记起从前舒赫德的忠直，还他原职，其余在事各官员，俱交部议叙。又做了几篇平定回部的碑文，内外勒石，称颂功德。

到次年二月，兆惠等奏凯还朝，乾隆帝亲至良乡，举行郊劳典礼。兆惠富德等领队到坛，格外严肃。乾隆帝下坛迎接，兆惠以下，都下马见驾，叩首谢恩。乾隆帝亲自扶起，说了许多慰劳话儿，遂一同登坛。乾隆帝升了御幄，当由军士将大小和卓木家眷，推到坛前。这时乾隆帝龙目俯瞧，见有一位绝色妇女，也是两手反绑，列入罪犯队里，乾隆帝不禁怜惜起来，便问道："这是叛回的家眷么？"兆惠应了声"是。"乾隆帝道："妇女无知，也遭此缧绁，瞧她情状，很是可怜，朕拟一律赦宥。"兆惠忙道："罪人不孥，乃是圣主仁政，皇上恩赦了她，她定然感激不浅。"拍马屁的又到了。乾隆帝传旨释缚，众回家眷，叩首谢恩，独这绝色女子，虽是随班俯伏，她口中恰绝不道谢。比众不同。

郊劳礼毕，御驾还宫，立召和珅入见，和珅进内请安毕，乾隆帝问道：

"朕见叛回眷属中，有个绝色妇人，未知是谁？"和珅道："待奴才探问的确，再来奏闻！"说毕，趋出，不一时又入大内，奏称绝色妇人，乃是小和卓木霍集占的妃子，回人叫她香妃，因她身上有一种奇香，天然生成，所以有此佳号。"乾隆帝叹道："朕做了天朝皇帝，不及那回部逆酋。"和珅道："逆酋已死，这个佳人，被我军拿来，圣上要如何处置，便作如何处置。据奴才想来，回酋的幸福，究竟不及我天朝皇帝哩。"乾隆帝道："朕想把她叫入宫中，但恐外人谈论，奈何？"和珅道："罪妇为奴，本是我朝成例，今将香妃没入掖廷，有何不可？"小人最喜逢君之恶。乾隆帝大喜，便命宫监四名，随和珅去取香妃，好一歇，这三字乃从乾隆帝心中勘出。和珅已到，宫监导入香妃，玉容未近，芳气先来，既不是花香，又不是粉香，别有一种奇芬异馥，沁人心脾。走近御座前，乾隆帝见她柳眉微蹙，杏脸含颦，益发动人怜爱。宫监叫她行礼，她却全然不睬，只是泪眼莹莹。乾隆帝道："她生长外域，未识中朝礼制，不必多事苛求。"便命宫监引入西苑，收拾一所寝宫，令她居住，并命宫监小心伺候。宫监已去，和珅亦退。次日，乾隆帝视朝毕，又召和珅入内，和珅见乾隆帝面带愁容，暗暗惊异，只听乾隆帝谕道："香妃不从，如何是好？"和珅道："她蒙恩特赦，又承圣上格外抬举，如何不从？"乾隆帝道："她口中说的回语，朕却不能尽懂，幸宫中有个番女，颇谙回文，朕命她翻译出来，据言：'国破君亡，情愿一死。'朕亦不好强逼，你可有什么计策？"和珅想了一会，便道："从前豫亲王多铎，得了刘三季，起初也很是倔强，后来好好儿做了豫王福晋，和睦得了不得。应二十二回。妇人家大都如此，总教待得她好，她自然回心转意。"乾隆帝道："恐不容易。"和珅道："她是做过回妃，一切饮食起居，统是回部格式，现若令她吃回式的菜蔬，穿回式的衣服，居回式的房屋，另择回部老妇，伺候了她，不怕她不渐渐服从。"乾隆帝依了和珅的计策，凡香妃服食，概募回教徒供奉，又在西苑造起回式房屋，并筑回教礼拜堂，选了数名老回妇，导香妃出入游览。怎奈香妃情钟故主，泪洒深宫，一片贞心，始终不改。乾隆帝百计劝诱，她却寂然漠然。有一日，被宫女苦劝不过，她竟取出一柄匕首来，刀光闪闪，冷气逼人，宫女都吓得倒躲。这事传到慈宁宫，太后恐乾隆帝被害，趁着乾隆帝郊天，住宿斋所，竟传旨宣召香妃，问她志趣。她只说了一个"死"字，太后遂勒令殉节。后人有诗咏香妃事道：

雏鬟生长大苑西，钿合无情宝剑携，

帝子不来花已落，红颜黄土玉钩迷。

香妃已死，乾隆帝尚未闻知，后来得了音耗，究竟伤感与否，容小子下回表明。

阿睦撤纳及大小和卓木，统不过胁惑徒众，盗弄潢池，故卒为兆惠所歼灭耳。不然，兆惠一卤莽武夫，只知猛进，动辄被围，得一智勇兼全之敌帅，吾恐兆惠将为塞外鬼，安能生还玉门，昂然为座上公乎？唯香妃以一被虏之妇人，临以天子之尊威，始终不为所辱，凛节捐躯，临难不苟，番邦中有是妇，愧煞世人多矣。作者亟为表扬，可作彤史一则。

第三十八回　游江南中宫截发
征缅甸大将丧躯

却说乾隆帝郊天礼毕，回至宫中，闻报香妃已死，这一惊非同小可，忙走入香妃寝室，但见室迩人远，凄寂异常。便把侍过香妃的宫监，传来问话，宫监就将太后赐香妃自尽事，说了一遍。乾隆帝道：“可曾入殓么？”宫监道：“早经入殓，且已埋葬得两日了，”乾隆帝道：“为什么不来报知？”宫监道：“奉太后娘娘命，因圣上郊天，不准通报。”乾隆帝顿足道：“这件事情，太后也太辣手了，”宫监道：“太后娘娘，恐香妃不怀好意，所以把她赐死。”乾隆帝道：“香妃死时，形状如何？”宫监道：“香妃虽死，面色如生，全不见有惨死形状。”乾隆帝道：“可敬，可敬，毕竟是朕没福消受。”乾隆帝得了香妃，未尝强暴，嗣闻太后赐香妃自尽，也不与太后呕气，这等举动，尚是难得。当下凭吊了一回，洒了几点惜花的眼泪。

自此闷闷不乐，几乎激成一种急病，还亏御医早日调治，方能渐渐平安。只是悲怀未释，无从排解，偏偏皇十四子永璐，皇三子永琪，又接连病逝；正是花凄月冷，方深埋玉之悲，芝折兰摧，又抱丧明之痛，未免有情，谁能遣此？傅恒和珅等百计替他解闷，总不能得乾隆帝欢心，还是和珅知心着意，想出重幸江南的计议来，乾隆帝颇也愿意，到慈宁宫禀知太后，太后正因皇帝过伤，没法劝慰，闻了此语，便道：“我也想出去散闷。俗语说得好：‘上有天堂，下有苏杭，’这苏杭地方的风景，很是可玩。只前次南巡，皇后未曾随去，她已正位数年，也应叫她去玩耍一番，你意何如？”乾隆帝

不敢违命，只得答道："圣母命她随去，谨当遵旨！"

当下定了日子，启跸南巡，一切仪仗，仍照前时南巡成制，不过多备了皇后凤辇一乘，龙舟等略加修饰，水陆起程，概如上年旧例。各省督抚，接驾当差，格外勤谨，只山东济宁州颜希深，下乡赈饥，擅令开仓发粟，把供奉皇差的事情，反一律搁起。两宫到了济宁州，御道上并没有什么供张，也不见知州迎驾。和珅道："哪个混账知州，敢如此藐法么？"便令役从立传知州颜希深，回报颜希深下乡赈饥去了。和珅大怒，方想饬拿知州家属，适山东巡抚前来接驾，和珅向他发怒道："你的属官，为什么这般糊涂？想你前时忘记下劄的缘故。"山东巡抚道："卑职于月前下劄，早饬他恭迓銮舆，哪里敢忘记一点？"和珅道："他下乡赈饥，应有公文申详，你既叫他办差，哪里还有工夫赈饥？这件事显见得老兄糊涂了。"山东巡抚道："卑职也没有允他赈饥，他亦没有公事上来，真正不解。"和珅微笑道："一点点知州官儿，不奉抚台札饬，擅敢发仓赈饥，自来也没有的。老兄欺我，我去欺谁，你自己去奏明皇上罢！"写出和珅威势。这句话，吓得山东巡抚屁滚尿流，一面令仆役去拿颜希深，一面下了龙舟，跪在两宫面前，只是磕头，口称奴才该死，奴才该死。奴膝婢颜，无逾于此。两宫倒惊疑起来，问他何故？这时和珅已踱了进来，代奏道："济宁知州颜希深，目无皇上，既不来供差，又不来迎驾，奴才正问这山东抚臣哩。"乾隆帝道："颜希深到哪里去了？"和珅答道："闻说颜希深下乡赈饥，抚臣糊涂，佯作不知，求圣上明察！"寥寥数语，比上十款还要厉害。乾隆帝正想亲鞫山东抚臣，遥听岸上隐隐有哭泣声，便问和珅道："岸上何人哭泣？"和珅出外探望，回奏："颜希深的老母，由山东抚役拘到，是以哭泣。"乾隆帝怒道："令她进来！"一声诏谕，外面即推进一个白发老妪，眼泪汪汪，向前跪下，口称臣妾何氏叩头。太后见她老态龙钟，暗加怜恤，急开口问何氏道："你是济宁知州的母亲么？"何氏微应道："是。"太后又问道："你儿子到哪里去？"老妪道："前日河工出了险，地方绅士，环请急赈，臣妾儿子颜希深，因预备恭迓圣驾，不敢离身，怎奈难民纷纷来署，哀吁不休。臣妾见他凄惨万状，令儿子希深发粟赈饥，希深因未奉省饬，不敢擅行，臣妾素仰圣母仁慈，圣上宽惠，一时愚见，竟把仓粟开发，嘱子希深下乡施赈，快去快回。不料希深今尚未到，将供差接驾的大礼，竟致延误，臣妾自知万死，伏乞慈鉴！"老妇颇善口才。太后见她

应对称旨，不禁喜形于色道：“你倒是一片婆心。古语说道：‘国无民，何有君？’就使礼节少亏，亦应赦宥。”说到这句，便顾乾隆帝道：“赦了她罢！”不愧孝圣二字。乾隆帝尚未回答，和珅却见风使帆，忙道：“圣母仁恩，古今罕有。”忽而作威，忽而贡谀，这种人最是可恨。乾隆帝至此，自然也说出“遵旨”二字。太后便令何氏起来，何氏谢恩起立。这时山东巡抚，还是俯伏一旁，仿佛犬儿一般，太后也命他退出。山东巡抚，真是蒙着皇恩大赦，连磕数头，起身退出。外面又禀报济宁知州颜希深，恭请圣安，太后问道：“颜希深来了么？”便传旨着令进见。希深膝行而进，匍匐近前，急得“微臣该死”四字，都说不清楚。太后却笑起来道：“你不要这般惊慌！皇上已加恩赦你。本来巡幸到此，亦没有这般迅速，巧巧遇着顺风，所以先到一二天，想你总道是来得及的，因此贻误。”好太后。颜希深闻已恩赦，便放下了心，慢慢的奏道：“微臣下乡赈饥，总道事已速了，不意饥民很多，误了日子，微臣因胥吏放赈，恐致乾没，不敢不亲自监察，今日返署，敬闻圣驾已巡幸到此，不及恭迎，罪当万死。幸蒙恩赦，感激莫名！”太后道：“你的母亲，亦已在此，你起来罢！”颜希深谢过了恩，慢慢起身，方见老母也站立一旁。太后复赐何氏旁坐，问了年龄子女等情，由何氏一一奏明。太后复道：“你回署去，须常教你儿子爱国爱民，方不失为贤母。”何氏连声遵旨。太后又命宫监两名，扶他上船，令颜希深随母回署。后来颜希深历级上升，做到河南巡抚，且不必细表。

单说两宫自济宁启行，一路上看山玩水，颇觉爽适，乾隆帝命先幸江宁，一面向和珅道：“江宁是个名胜的地方，前次南巡，只留驻了几日，闻得秦淮灯舫，传播一时，究竟不知如何？”和珅道：“此次皇上可多留数天，奴才谨当探察。”到了江宁，文武各官，照例迎驾，不消细说。和珅见了江宁总督，密令他饬办秦淮画舫，预备游览。是日两宫登陆，驻跸江宁，隔了一宵，和珅借观风问俗的名目，导皇上微行。乾隆帝早已会意，不带随员，只命和珅扈从前往，行到秦淮河岸边，早泊有绝大画舫一艘，和珅引乾隆帝登舟，舟中都是花枝招展的美人儿，一拥上前，磕头请安。乾隆帝与和珅，虽不道出真相，假名假姓的说了一番。那班美人儿，统是有名的妓女，见多识广，料知不是俗客，况经地方官饬他当差，定然是扈跸南巡的著名人物，还差一着。便格外殷勤，奉了乾隆帝上坐，大家四围簇拥。乾隆帝龙目四瞧，

这一个绰约芳姿，那一个窈窕丽质，默默的品评了一回，随向和珅道："北地胭脂，究不及南朝金粉，你道如何？"和珅应了声："是。"当下摆好酒席，乾隆帝面南而坐，和珅面北而坐，君臣礼总算不乱。东西两旁，统是美人儿挨次坐下。席间备极丰腆，浅斟缓酌，微逗轻颦，已而酒热耳红，兴高采烈，一面令舟子划入江心，一面令众妓齐唱艳曲，娇声婉转，响遏行云，耳鬓撕磨，魂消新雨。迨至夕阳西下，已近黄昏，万点灯光，荡漾水面，仿佛此身已入仙宫，别具一番乐境。此时乾隆帝已自醺然，免不得色迷心醉，左拥右抱，玉软香温，和珅亦趁这机会，分尝数脔。好一个篾片。到了次日，尚恋恋不舍，仍在舟中饮酒言欢，忽闻外面一片闹声，送入耳中，和珅即到后舱探望，见外面有一来船，船中有数人与舟夫争闹，和珅忙探头舱外，向邻船摇手，邻船中人，见是和珅，方欲开口，和珅忙道："知道了，你等去罢！"原来邻船不是别人，乃是两个侍卫及太监数名，奉太后命，来寻皇帝。和珅早已猜着，不便与他细说，所以含糊回答。邻船得了消息，自然回去。和珅入舱，与乾隆帝附耳数语，便命舟夫摇船拢岸，饮完了酒，起岸而返。

太后见皇帝已回，也不暇细究，便命起銮至杭，乾隆帝遂传旨明日启跸，次晨即自江宁启行，直达杭州。途次为了秦淮河事，与皇后反目起来。皇后自正位后，没有什么恩遇，心中早已郁闷，此次秦淮河事，被宫监泄漏，忍耐不住，便与乾隆帝斗口。乾隆帝本不爱这皇后，自然没有好话，皇后气愤不过，竟把万缕青丝，一齐翦下。这也未免过甚。满俗最忌翦发，发已翦去，连仁爱的太后，也不便回护。乾隆帝大加忿怒，竟命宫监数名，将皇后送回京师，两宫到杭，又游览数日。乾隆帝因皇后挺撞，余怒未息，也不愿久留在外，便奉太后匆匆回京。自此与皇后恩断义绝，皇后忧愤成疾，延了一载，泪尽血枯，临危时候，乾隆帝反奉皇太后，到木兰秋狝去了。皇后闻知此信，痰喘交作，霎时气绝。当由留京王大臣奏闻行在，乾隆帝下谕道：

据留京办事王大臣奏：皇后于本月十四日未时薨逝。皇后自册立以来，尚无失德，去年春，朕恭奉皇太后巡幸江浙，正承欢洽庆之时，皇后性忽改常，于皇太后前，不能恪尽孝道；比至杭州，则举动尤乖正理，迹类疯迷，因令先程回京，在宫调摄。经今一载余，病势日剧，遂尔奄逝。此实皇后福分浅薄，不能仰承圣母恩眷，长受朕恩礼所致，若

论其行事乖违，即予以废黜，亦理所当然，朕仍存其名号，已为格外优容，但饰终典礼，不必复循孝贤皇后大事办理，所有丧仪，止可照皇贵妃例行，交内务府大臣承办，着将此宣谕中外知之！

这是乾隆二十九年八月内的谕旨。乾隆帝罢猎回京，满大臣力争后仪，只是留中不报，自是乾隆帝竟不立后，到乾隆六十年，禅位嘉庆帝，其时嘉庆帝生母魏佳氏，已经病殁，乃追封为孝仪皇后。这且慢表。

且说中国南徼的缅甸国，自执献永历后，与中国毫无往来，不臣不贡。至乾隆十八年，云南石屏州民吴尚贤，赴缅东卡瓦部开矿，立了一个茂隆银厂。尚贤运动部酋，请将矿税入贡。中国复劝缅王莽达喇上表称藩，缅王遂遣使进贡，呈上驯象数匹，涂金塔一座，乾隆帝也颇加赏赉。不料云南大吏，诱尚贤回国，说他中饱厂课，拘入狱中。尚贤一片爱国心，被疆吏无端诬陷，有冤莫诉，愤极而亡。滇吏可杀。茂隆银厂，当即闭歇。嗣后缅甸内乱，木疏地方的土司，名叫雍藉牙，率众入缅，杀平乱党，自立为缅甸王，称新缅甸国，缅都无人反对，只桂家木邦两土司，不肯服他，联兵进攻。雍藉牙命子莽纪瑞率兵迎战，把桂家木邦部众，尽行杀败。木邦土司罕底莽被杀，桂家土司宫里雁，窜入滇边。桂家本明桂王官属后裔，尝设波龙银厂，很有资财，云南总督吴达善，闻他巨富，令他倾囊以献。贪官可杀。宫里雁不允，吴达善命边吏驱逐出境。宫里雁没法，走入孟连土司。这孟连土司刁派春，素与吴达善交通，闻知宫里雁入境，潜率部众，邀击宫里雁。宫里雁不及防备，被他擒住，并将宫里雁妻孥金银，一并拿去。

刁派春将宫里雁缚献云南，复将宫里雁的金银，一半分送吴达善，一半留作自用。只宫里雁妻囊占，颇有三分姿色，他却不忍割爱，想她做小老婆，不愧姓刁。遂于夜间召囊占入室，逼她同寝。囊占不从，他竟想用强暴手段，急得囊占路绝计生，佯言愿侍巾栉，但须释放仆役，并择吉行礼，方好从命。刁派春中了她计，遂将仆役放出，令仍侍囊占，又命大设筵宴，与囊占成婚。囊占装出柔媚态度，侍刁派春饮酒。刁派春乐的要不得，由囊占接连代斟，灌得酩酊大醉。囊占召齐故仆，将刁派春剁作几段，刁派春算刁，谁知别人比他更刁。遂命故仆引导，启户窜去。此时孟连部众，因吃了喜酒，都已睡熟，哪个去管他这种闲帐。到了次日，始知头目被杀，急忙去追囊占。

谁知她早已逃入孟艮土司去了。

囊占到了孟艮，探闻丈夫已被吴达善杀死，哭得死去活来；好一个智女好一个烈女。既怨缅甸，复怨中国，遂吁请孟艮土司，要他入犯滇边，为夫报仇。孟艮部酋，见她悲惨，也不论什么强弱，便入侵滇边。总督吴达善只知搜括金银，此外毫无本领，闻报滇边不靖，忙遣人到京运动调任。俗语道："钱可通神。"用了几万金银，便奉旨调任川陕，令湖北巡抚刘藻，往督云南。

刘藻到任，令总兵刘得成，参将何琼诏，游击明洪等，三路防剿，没有一路不败。刘藻束手无策，朝旨严行诘责，并命大学士杨应琚往滇督师。杨应琚到云南，刘藻恐他前来查办，忧惧交并，自刎而死。这是乾隆三十年间事。

会滇边瘴疠大作，孟艮士兵退去，杨应琚乘间派兵进攻孟艮，孟艮兵多半病死，不能抵御，一半逃去，一半迎降。应琚见事机顺手，欲进取缅甸，腾越副将赵宏榜且言："缅酋新立，木邦蛮莫诸土司，统愿内附，应乘胜急进。"应琚即上疏奏闻，极陈缅甸可取状。一面移檄缅甸，号称天兵五十万，大炮千门，将深入缅境，如该酋畏威知惧，速即投降，免致涂炭。大言何益？一面分遣译人到孟密木邦蛮莫景线各土司，诱使献土纳贡，并为具表代陈。其时缅酋雍藉牙早死，再传至次子孟骏，他见了应琚檄文，毫不畏惧，反率众略边。各土司又首鼠两端，并不是诚心内附，于是赵宏榜领兵五百，由腾越出铁壁关，袭据蛮莫土司的新街。新街系中缅交通要道，缅兵不肯甘休，水陆并进。陆兵攻陷木邦景线，水军进攻新街，赵宏榜闻缅兵突至，急抛了器械，烧了辎重，走还铁壁关。惯说大话的人，最是没用。缅兵尾追宏榜，直至关外。

应琚得了败耗，又惊又悔，顿时痰喘交作，飞章告病。清廷急令两广总督杨廷璋赴滇襄办，又遣侍卫傅灵安，带了御医，往视应琚疾，并察军事。杨廷璋驰入滇境，遣云南提督李时升，率兵万四千人，进防铁壁关，时升又分道出兵，遣总兵乌尔登额出木邦，朱仑出新街。缅酋闻清兵分出，率众佯退，遣使乞和。时升信为真情，停止两路进兵，与缅人议款。杨应琚闻了议和消息，喜欢起来，病也渐愈，遂与时升联衔奏捷。又要做假戏文了。杨廷璋知缅事难了，乐得退职，遂奏言应琚病痊，臣谨归粤，得旨召还京师。应琚也巴不得廷璋离滇，省得窥破隐情。廷璋去后，忽闻缅兵绕入万仞关，纵掠

腾越边境，应琚又惶急万分，飞檄乌尔登额，及总兵刘得成赴援。缅兵见有援军，向铁壁关退走，铁壁关本由李时升等把守，不敢截击，由他杀出，应琚反匿不上闻。会傅灵安密奏赵宏榜朱畚失地退守，李时升临敌畏避，未亲行阵，于是清廷始悉军情，严旨诘责应琚。应琚反尽推到乌尔登额刘得成身上，得旨一并逮问，令伊犁将军明瑞，移督云、贵，明瑞未至时，由巡抚鄂宁代理。鄂宁奏称应琚贪功启衅，掩败为胜，欺君罔上各情形，乾隆帝大怒，立逮应琚到京，迫他自尽。此时杨应琚不知作何状。

及明瑞到滇，先后调满洲兵三千，云、贵四川兵二万余名，大举征缅，令参赞额尔景额，及提督谭五格，率兵九千名出北路，由新街进行，自率兵万余人，由木邦南下，约会于缅都阿瓦。启行时，连旬淫雨，泥泞难行，明瑞只得缓缓前进，自夏至冬，始至木邦。木邦守兵，闻风早遁，明瑞留兵五千驻守，使通饷道，自率军渡锡箔江，进攻蛮结，连破缅兵十二垒，军威大振。乾隆帝闻报捷音，封明瑞诚勇嘉毅公。明瑞越加感奋，向缅都进发；途次险峻异常，马乏草，牛踣途，缅人又坚壁清野，无粮可掠。走入绝路。将士请结营驻守，俟北路军有消息，再定进止，明瑞不允，仍督兵前趋。这时向导乏人，屡次迷路，旋绕了好几日，方到象孔，部兵疲惫已极，北路军仍无音信。像孔距缅都尚有七十里，明瑞因兵劳食尽，料知难达，乃回兵至猛笼，得了敌粮少许，留驻数日，待北路军；北路军仍旧不至，乃拟由原路退归，不防缅酋率众来追，声势浩大，明瑞且战且行，令部将观音保哈国兴等，更番殿后，步步为营，每日只行三十里。缅兵虽不敢围攻，奈总尾追不舍，每晨听清军吹角起行，他也起身追逐，行至蛮化，山路丛杂，明瑞令部兵扎营山顶，缅兵亦扎营山腰。明瑞传集诸将道："敌兵藐我太甚，须杀他一阵方好。"观音保哈国兴等，唯唯听命。当下明瑞令观音保等分头埋伏，次日五鼓，命兵士接连吹角，呜呜之声，震彻山谷。缅兵只道清兵启行，争上山追逐，忽遇伏兵突出，万枪齐发，那时连忙奔逃，走得快的，失足陨崖，走得慢的，中枪倒毙，趾顶相藉，坑谷皆满。小胜不足喜。自是缅兵不敢近逼，每夜必遥屯二十里外。明瑞饬将士休息数日，徐徐退回。到了小猛育，已与木邦相近，猛听得胡哨齐起，四面敌兵蝟集，约有好几万人，明瑞大惊道："罢了！罢了！"正是：

瓦罐不离井上破，将军难免阵中亡。

未知明瑞性命如何，请看下回分解。

高宗南巡，皇后截发，当时史官讳恶，只载迹类疯迷之谕，实则伏有原因，中宫固非无端疯迷也。著书人把赏花饮酒诸事，显为揭橥，虽或言之过甚，然亦出自故老传闻，未尝凭空蜮射。且多归罪和珅，和珅固导帝微行者，不得谓事无左证也。下半回叙征缅事，与上文不相关涉，乃是从编年体裁，接连叙下。吴达善、刘藻、杨应琚等，无一胜任，赇帅当道，蠹吏盈边，清室盖中衰矣。明瑞猛将，孤军征缅，徒自丧躯，可为太息。高宗不悟，犹以好大喜功为事，其亦可以已乎。

第三十九回　傅经略暂平南服　阿将军再定金川

却说明瑞到小猛育，见缅兵四集，不觉大惊，急忙扎住了营，召诸将会议。将士自象孔退回，途中已行了六十日，这六十日内，昼夜防备追兵，没有一刻安闲，此时四面皆敌，眼见得不能抵挡，当下会议迎敌诸将，面面相觑。明瑞道："敌已知我力竭，所以倾寨前来，但不知北路军情，究竟如何？难道是统已覆没么？我现在只决一死战，明知不能脱身，然到援绝势孤的时候，还没有一人不尽力，没有一人不致死，将来敌人亦知难而退，我死后，继任的人，当容易办理了。诸将以为何如？"观音保道："大帅且不怕死，何况我辈？唯我辈死在沙场，内地还没人知晓，这到可虑。"明瑞道："我拟乘夜突围，令兵士前行，我愿断后，那时敌兵追来，我好死挡一阵，前面的兵士，总可逃脱几个，通报内地，叫他严守边疆，奏调别帅，岂不是好？"倒是赤胆忠心。当下议决，人人已知必死，倒也没有什么伤感。

转瞬间已是黄昏，鼓角不鸣，拔寨齐出，哈国兴率领前队，观音保率领中队，明瑞与侍卫数十人，率领亲兵数百名断后。哈国兴一马当先，冲杀出来，缅兵不及措手，竟被他冲开血路，杀出重围。及观音保继进，缅兵已四面包围，把观音保围住，明瑞见中队被围，急率后军援应，舍命相争，人自为战，以一当十，以十当百，怎奈缅兵密密层层，旋绕上来，明瑞观音保等，冲破一重，又被第二重截住，冲破第二重，又被第三重截住。从黄昏杀到天明，四面一望，仍旧是铜墙铁壁一般，手下将士，已伤亡过半，再接再

厉，酣斗了两小时。观音保中枪倒毙，明瑞带领的侍卫，丧失殆尽。明瑞亦着了枪弹数粒，大吼一声而死。这场死战，只哈国兴带兵数百名逃归，余都覆没，真是可痛。

但北路的额尔景额一军，究竟到哪里去呢？原来额尔景额从新街南行，进次老官屯，被缅兵阻住，相持月余，额尔景额病死，他的阿弟额尔登额代统全军，屡战屡败，退至旱塔。缅兵由间道袭击木邦，木邦兵守五千人，出战不利，飞书至滇中告急。总督鄂宁，七檄额尔登额往援。额尔登额不应，反迂道回铁壁关，再从明瑞出师的路程，往救木邦。古语说道："救兵如救火。"他却不走近路，转回关内，远绕而出，那时木邦早已陷没。留守参赞珠鲁讷等，早已阵亡。缅兵从木邦回到小猛育，适值明瑞退到彼处，遂乘机邀击。后面追赶明瑞的缅兵，又乘势追上，还有老官屯及旱塔诸处的缅众，也一并趋至，四面楚歌，遂把明瑞逼入鬼箓。补叙得明明白白。总督鄂宁，飞报败耗，乾隆帝大怒，立命鄂宁押解额尔登额，及谭五格到京治罪，另授傅恒为经略大臣，阿里衮阿桂为副将军，舒赫德为参赞大臣，迅速赴滇，再议大举。傅恒等遵旨起程，额尔登额谭五格已解到，有旨将额尔登额凌迟处死，谭五格立斩决，罪犯亲族，一律充戍。

旋因鄂宁不亲援明瑞，降补福建巡抚，戴罪自效。云、贵总督，著阿桂补授。阿桂先至云南，闻缅甸与西邻暹罗国开衅，拟约暹罗夹攻缅甸，旋因交通不便，复至罢议。乾隆三十四年四月，经略傅恒至云南边境，拟分兵三路，水陆并进，调满汉精锐五六万名，骡马六万余匹，凡京城之神机火器，河南之火箭，四川之九节铜炮，湖南之铁鹿子，及在滇制造的军装药械，靡不齐备。直到新秋，经略祭纛启行，渡过金沙江上游的戛鸠江，由西而南，孟拱孟养各土司，献象献牛，还算效顺。无如南方炎热未退，暑雨熏蒸，士马已多僵病；又未识道路，愈难深入。傅恒无可如何，退归蛮莫。

先是阿桂在蛮莫造舟，及是舟成，得战舰百艘，闽粤水师，陆续趋集，遂由蛮莫江出伊腊瓦底河，遥望缅兵，舣舟对岸，并有陆兵驻扎沙滩。阿桂阿里衮率步兵登岸，专攻敌营，副将哈国兴，侍卫海兰察，率舟师专攻敌舟。缅兵出营截击，阿桂令步兵齐放矢铳，复用劲骑左右冲入，缅兵抵敌不住，哗然溃散。哈国兴亦乘上风进攻敌舟，正欲迎敌，被风簸荡，自相撞击，覆溺数千，江水为赤。阿里衮经此一役，积劳成病，傅恒亦病不能兴，

虑深入非计，令转攻老官屯敌垒。

老官屯本额尔登额屯兵处，敌垒甚坚，编竖木栅，栅外掘濠，濠外又横卧大树，锐枝外向，清兵用大炮轰击，弹丸都被树枝隔住，不得奏效；再伐箐中数百丈老藤，系以巨钩，夜往钩栅，又被敌人斫断；复用盾牌兵持了油柴，沿栅纵火，适值反风，栅不能爇，反烧了自己的盾牌，只得却下。阿桂百计绸缪，想不出破敌法子，最后用了穴地埋药的计策，药线一燃，药性猛发，敌栅突起丈余。清兵鼓噪而前，总道这次可以破栅，谁知栅忽平落，俄顷栅复突起，旋又平落，如是三次，栅不复动。仍旧无效。缅兵也颇危惧，阿桂又遣战舰越过木栅，阻截西岸敌援，于是缅兵有乞和意，老官屯非敌根据地，傅恒出了全力去攻老官屯，已非胜算，况又不能攻入乎？强弩之末，难穿鲁缟，信然。遣使议款。傅恒令进表纳贡，返土司侵地。缅使欲归他木邦蛮莫孟拱孟养诸土司。议未协，缅使竟去。会阿里衮病殁，傅恒病亦加重，乃遣哈国兴单骑入栅，与缅帅议定和约：缅甸对中国行表贡礼，归俘虏，返土司侵地，中国将木邦蛮莫孟拱孟养诸部人口，还付缅甸。傅恒遂焚舟熔炮，匆匆班师。

这番出征，先后糜饷数千万，明瑞战死，傅恒阿桂等，虽称胜敌，其实也不算有功。所订和议，两边仍未尝实行，缅人索还土司，清廷征他入贡，双方仍然龃龉。傅恒回京后，忧恚而亡。夫人尚在否。乾隆帝令阿桂备边，酌出偏师，略缅边境，阿桂探闻缅酋孟骏，破灭暹罗，气势张甚，奏言："偏师不足济事，不如休息数年，复图大举。"乾隆帝因他忤旨，将阿桂召还，遣尚书温福往代。

缅事未了，两金川警报复至，自大金川酋莎罗奔乞降后，川边平静了十多年，莎罗奔老病，兄子郎卡主土司事，渐渐桀骜，侵扰邻境，不受四川总督的命令。乾隆帝命川督阿尔泰，檄川边九土司，环攻郎卡，九土司中，唯小金川与绰斯甲，还算强大，其余如松冈梭磨卓克基沃日革布什咱党坝巴旺七土司，统是弱小，不是大金川敌手。阿尔泰虽奉了上谕，他意中只想苟且息事，命郎卡释怨修和。郎卡遂与绰斯甲联婚，并以女嫁小金川酋僧格桑。僧格桑即泽旺子，泽旺昏耄，由僧格桑代主土司。未几，郎卡病死。郎卡子索诺木，与僧格桑为郎舅亲，订立攻守同盟的条约。番人专恃结婚政策，为并吞邻部计，两金川以和亲故，独结攻守同盟，知识程度，颇出准部诸酋上，但其不利清室则一也。索诺木诱杀革什布咱土司，僧格桑亦屡攻沃日，阿尔泰因沃日被侵，发

兵往援，僧格桑竟与川军开仗，川军退还。乾隆帝闻报，责阿尔泰养痈贻患，罢职召回，寻即赐死。另调滇督温福，自云南赴四川督师征讨，又命侍郎桂林为川督，襄赞军事。

温福桂林，先后到川，温福由汶川出西路，桂林由打箭炉出南路，夹攻小金川，南路副将薛琮，恃勇轻进，入黑龙沟，被番兵围住。薛琮向桂林处求救。桂林逗留不进，薛琮战死，全军陷没，桂林还隐匿不报。旋由温福奏闻，乃授阿桂为参赞大臣，代桂林职。阿桂至军，督兵渡小金川，连夺险要，直抵美诺。美诺系小金川巢穴，僧格桑出战不利，遂带了妻妾数人，逃入大金川，只留老父泽旺，病卧床中。宁可无父，不可无妻妾。阿桂入帐，把泽旺缚献京师，另檄索诺木缴出僧格桑。索诺木不奉命，当由温福阿桂，请旨清廷。廷命温福为定边将军，阿桂为副将军，移师讨大金川，仍分两路进发。

大金川地本险恶，从前讷亲、张广泗，屡遭失败，至此温福进兵，也被番众阻住。温福令提督董天弼，还守小金川，自率军驻扎木果木地方。番众照昔年故事，遍筑碉卡，抗拒清兵。温福也徒知攻碉，得不偿失。两边正相持不下，忽有探马飞报："番众入小金川，董军门兵溃散了。"温福令他再探，忽又报道："粮台被劫了。"温福仍饬令再探，粮已被劫，还探什么？他却视若无事，仍不设备。如此从容，不念退兵咒，定念往生咒。俄闻枪声四起，番众如潮涌至，先夺炮局，继断汲道，清营内运粮夫役，纷纷避入。温福令营兵闭住垒门，一概不准入营。于是内外鼓噪，军心大震。番众乘势突进，枪如雨发，温福茫无头绪，一弹飞来，适中要害，当即晕毙。营兵见主将已死，霎时四散，被番众兜杀一阵。幸亏海兰察闻警往援，救出溃兵万数千名，且战且退。

此时阿桂方出河东，闻报小金川复陷，忙整军驰回，出屯翁古尔垄，奏报温福阵亡情形，得旨命阿桂为定西将军，丰伸额明亮为副将军，调发键锐火器营二千名，至川助剿。阿桂再与明亮等，分攻小金川，转战五昼夜，仍抵美诺，驱出番兵，再复小金川地，仍奏请力攻大金川。乾隆帝以土司恃险反复，重劳用兵，非大举深入不可，遂先将泽旺磔死，阿扣待久了。随饬阿桂等扫穴犁庭，方许蒇事。阿桂誓师进讨，复分三路进行：一军由东路入，阿桂自为统帅，一军攻大金川西南，一军攻大金川西北，由丰伸额明亮各为统领，三道并进，如火如荼。怎奈大金川里面，重重筑垒，层层设隘，自乾隆

三十九年正月，阿桂出师，奋力杀入，节节进攻，击破敌垒无数，大小数百战，直到七月，始至勒乌围附近。勒乌围前面皆山，番兵据险扼守，第一重名博瓦山，第二重名那穆山，最是险峻，阿桂令海兰察额森特海禄三路绕攻博瓦山后，福康安成德特成额三路仰攻博瓦山前。猛搏三昼夜，方杀上博瓦山，占了第一重门户。休息二日，复进攻那穆山。这山地势尤险，防守越严。阿桂仍令前后分攻，数日无效。适西北路统领明亮。亦已杀到，会集阿桂军，并力攻扑，仍是不下，海兰察向称骁勇，至是大愤，遥望那穆山上，守兵布得密密层层，只西边最高峰上，虽有两个大战碉，碉里恰空若无人，他独带领死士六百名，乘昏夜时候，猱升而上，趾顶相接，直到黎明，六百人都登了高峰，捣入碉中。每碉不过数十名番兵，一阵狂扫，立刻歼除。余外守山的番众，总道是绝壁峭立，没人可上，谁料上面插起大清旗号，错疑是飞将军从天而下，顿时人心大乱，被山下的清兵，杀上山腰，番众除逃窜外，概被杀死。第二重门户又破，勒尔围已无可守，索诺木没法，鸩杀僧格桑，并将僧格桑家属，一并献出，请停止攻击。阿桂讯验僧格桑的尸首，的确是真，只僧格桑的家属内，只有僧格桑的妾，没有僧格桑的妻，索诺木颇有手足情。怒斥来人，勒兵再入。索诺木无从乞和，命部下极力防守。

这时已是秋末冬初，天气阴寒，雨雪霏霏，恁你阿桂奋厉无前，也不能直捣敌穴。过了年，又过了春季，渐渐冰雪消融，路上方可行动。阿桂等转战而前，只一二十里地面，却攻了三四个月，方到乌勒围。丰伸额军亦至，三路会攻，又足足一月，方破入乌勒围。可谓艰险。索诺木已与从祖莎罗奔，先期走噶尔崖，清兵整队复进，番兵又分道拒战，接连又是数月，始抵噶尔崖城下。阿桂自启行以来，至此已历两年，途中几经艰苦，恨不得立平噶尔崖，稍泄胸中忿气，奈攻了三五日，毫不见效，又攻了一二十日，虽轰坏城堞数处，仍被敌兵补好。直至乾隆四十一年二月，城中食尽，索诺木始与莎罗奔，挈家族二千余人出降，阿桂立饬人献俘京师，乾隆帝御午门受俘，因索诺木莎罗奔等罪大恶极，着凌迟处死。其余家族人等，或斩或绞，或永远监禁，或充发为奴。封阿桂为一等诚谋英勇公，丰伸额本袭公爵，加赏继勇字号，明亮封一等襄勇伯，海兰察摧坚夺隘，格外超擢，封为一等超勇侯，额森特福康安等，均各封赏有差，留明亮为四川将军，改大金川为阿尔吉厅，小金川为美诺厅，直隶四川省，令明亮镇守。阿桂等一律凯旋，郊劳饮

至，如傅恒例。

越数月，再令阿桂赴云南，与总督李侍尧，勘定边界，严守战备，拟再图缅甸。缅酋孟炮，闻风知惧，原奉表入贡，献还俘虏，唯求开关互市。阿桂令先将俘虏释放，他只放出了一半，阿桂不允，仍移檄诘责。偏这孟炮病殁，嗣子赘角牙继立，国内大乱，叛臣孟鲁，弑了赘角牙，孟鲁又被国人杀死，迎立雍藉牙少子孟云。西邻暹罗，因缅甸内讧，背缅独立，推戴侨民郑昭为国王，规复旧土，驱逐缅甸守兵，移都盘谷，复兴兵攻缅甸，报复旧怨，并遣使航海入贡中国。郑昭殁，子华嗣，清封郑华为暹罗国王。孟云恐清廷联络暹罗，夹攻缅甸，乃由木邦赍金塔一，驯象八，及宝石番毯等，款关来贡，并将俘虏一并送还。清廷乃敕赐册印，封孟云为缅甸国王，并谕暹罗缅甸，不得继续用兵。自是暹罗缅甸，统服属清朝，小子曾有七绝一首云：

连番降旨命征诛，一将功成万骨枯。
为问紫光遗像在，可曾顶上血模糊？

俚句中有紫光二字，乃是指紫光阁故事。乾隆帝命绘功臣列像于紫光阁，前傅恒，后阿桂，是乾隆朝最智勇的大将。紫光阁上，后先辉映。方在纪实铭勋，忽接台湾警报，土豪林爽文作乱；一波才平，一波又起，欲知台湾肇乱情形，请诸君续阅下回。

傅恒阿桂系乾隆朝名将，抑亦乾隆朝福将。有明瑞之丧师小猛育，而后傅恒乃慎重将事，有温福之战死木果木，而后阿桂乃坚忍成功。天下事经一度失败，始增一番惩创，明瑞温福之不幸，即所以成傅、阿二人之幸耳。傅、阿二人殁，嗣后有名将，少福将，故乾隆朝为清室极盛时代，亦即清室中衰时代。此回传傅、阿二人事，实隐伏清史关键云。

第四十回　平海岛一将含冤　定外藩两邦慑服

却说台湾自朱一贵乱后，清廷因地方辽阔，添设彰化县及北淡水同知，政府意思，总道多设几个官吏，可以勤求民隐，哪里晓得多一个官，只多一分剥削，与百姓这方面，反有损无益呢？乾隆五十一年，台湾土豪林爽文乱起，这林爽文本没有什么势力，只因台民半是土著，半是客籍，彼此不睦，时常械斗，地方官不去弹压，爽文假和解为名，结了几个党羽，设起一个天地会来，起初入会的人，不过数十名，后来越结越多，连官署的差役，也都入会。官吏虽有些风闻，终究得过且过，不愿查究，因循坐误，是官吏老手段。因此天地会竟横行了数十年。适值总兵官柴大纪，受职到台，闻知天地会横行无忌，遂令台湾知府孙景燧，彰化知县俞峻，副将赫生额，游击耿世文，带兵缉捕。这孙景燧等统是酒囊饭袋，哪里敢去缉捕会匪？奈因上峰督饬，没奈何前去搜查。

林爽文本住彰化县的大理杙，地方很是险僻，孙景燧等不敢深入，只在五里外扎营，无缘无故，将五里外的村落，纵火焚毁，兵役乘势抢掳，劫夺一空。村中的百姓，并非天地会党羽，无罪遭祸，铤而走险，都逃入大理杙中，哭报爽文，哀求保护。又是一场官逼民反。爽文乃纠众出来，黉夜攻营，孙景燧等连忙逃走，带去的兵士，多被杀死，爽文遂进陷彰化，破诸罗，扰淡水，贪官污吏，死的死，逃的逃。柴大纪忙令兵备道永福，固守府城，自率兵出城五十里，到盐埕桥，遇着爽文前锋，奋力杀退，府城总算保全。大

纪派人到福建告急，水师提督黄仕简，陆路提督任承恩，副将徐鼎士，陆续带兵渡海，来援台湾。大纪接着，由黄仕简分派将士，督令恢复诸城，不想福建的援兵，统是没用，都被爽文杀败；任承恩亲攻敌巢，见了路途险僻，也畏惧不前；只柴大纪收复诸罗，浚濠增垒，力任守御。

清廷因黄任无功，严旨召还，命提督常青为靖逆将军，往台湾督师；又命署浙闽总督李侍尧，调粤兵四千，浙兵三千，驻防满兵一千，赴台助剿。且因江南提督蓝元枚，系蓝廷珍子，素习台事，调赴军前，与福州将军恒瑞，同为参赞，各将吏次第进行，蓝元枚到台病卒，常青恒瑞率兵数千，至府城相近，与林爽文相遇，望将过去，旗戟隐隐，队伍层层，不知有多少人马，吓得常青恒瑞拍马而逃，走入城中。林爽文料他没用，不去攻城，只蚕食村落，胁令入会，旬日得十余万众，围攻诸罗。

诸罗当南北要冲，为府城屏蔽，爽文因大纪扼守，最称勇悍，誓要破灭此城，免他作梗，因此把诸罗城团团围住，并分了一支党羽，截他饷道。大纪率守兵四千，昼夜防御，看了敌势少懈，复引兵突出，夺他辎重。城中粮饷，赖以不绝。爽文想截人饷道，谁知自己的饷，反被人夺去，所谓乌合之众，不敌纪律之师。爽文遣人诈降，又贿通内应，都被大纪察出，一一斩首。

这时候，常青也遣总兵魏大斌，参将张万魁，游击田蓝玉，副将蔡攀龙等，往援诸罗，三次进兵，三次败退。恒瑞督兵进援，亦因敌势浩大，在途中扎住。清廷屡次催问，常青恒瑞只请添兵，乾隆帝又将他革职，命福康安代常青，海兰察代恒瑞，升柴大纪为陆路提督参赞大臣，密令大纪卫民出城，再图进取。大纪奏言："诸罗为府城北障，诸罗失陷，府城亦危，且半年来深沟高垒，守御甚固，一朝弃去，难以克复。城箱内外的百姓，不下四万，也不忍一概抛弃，任贼蹂躏，只有死守待援"等语。好总兵，好提督，好参赞大臣。乾隆帝览了奏章，眼泪都熬不住，一点一滴，湿透奏本；真耶假耶！随即传旨到台湾，嘉奖大纪，封大纪为义勇伯，改诸罗县为嘉义县，俟克复台湾，与福康安同来瞻觐云云。

福康安是傅恒的儿子，乾隆帝非常眷爱，未知是否龙种？他随阿桂出征有功，曾封三等嘉勇男，嗣复出定回疆，平了几个小小回匪，晋封侯爵。福康安往援台湾，途次闻爽文势盛，也奏请增兵，奉旨严饬。亏得海兰察愿当前敌，飞速进兵，仗着顺风，越海抵港，帆樯列数里，各村民见大兵云集，望

风解散，争为乡导。海兰察扬言攻大理杙，暗中拟直趋嘉义城。爽文恐大理杙有失，分兵回救，海兰察遂进兵嘉义，沿途遇着几处埋伏，统由海兰察冲散，怒马直入，所向披靡。到嘉义城下，奋战一场，杀退敌围。福康安闻前锋得胜，自然胆大起来，也领兵到嘉义城，柴大纪出城相迎，只向福康安请安，不行跪拜礼，福康安心中已是不悦，佯为谦逊，叫大纪并马入城。大纪也不推辞，跨马导入，照清朝军制，下属迎接上司，须要身执櫜鞬，不能并马入城，柴大纪屡受褒封，身膺伯爵，自思与福康安也差不多，少许失礼，料亦不妨。岂知这福康安度量浅狭，挟恨怀仇，柴大纪的性命，要断送在福康安手中了。

福康安入城后，休息一昼夜，仍命海兰察先进，自率兵为后应，往捣大理杙巢穴。到了大理杙，时已昏暮，大理杙中，冲出一支人马，烈炬迎战。海兰察分兵千余，暗伏沟塍间，候敌近来，铳矢齐发。从暗击明，发无不中，敌众连忙灭火，鸣鼓来攻。海兰察复命军士按声冲击，毙敌无数，敌众倒也抵死不退。海兰察跃马入阵，冲出敌背，竟赴大理杙。部众想回马去追，福康安兵已到，此时敌众仓皇失措，霎时溃散。海兰察入大理杙，林爽文拦截不住，携家属走集埔，大理杙巢穴，一鼓荡平。只林爽文遁入集埔间，依险窜伏，垒石为垒，回环数里，海兰察偕侍卫数十名，易服缉捕，寻至集埔，已得敌踪，遂暗伐箐中老藤，扳垒而上，林爽文不及防备，被他擒住，爽文家属，没一个走脱，献至京师，尽行磔死。

福康安海兰察，俱晋封公爵，独柴大纪偏革职拿问。读至此语，令人吃惊。自福康安入嘉义城后，已着人驰递密奏，说大纪诡谲取巧，奏报不实，乾隆帝倒也圣明，料知大纪屡蒙褒奖，稍涉自满，对福康安失礼，因被参劾，遂将这种旨意，批发出来，福康安受了几句申饬。看官！你道福康安肯就此罢手么？接连又是几本弹章，复运动那奉旨查办的德成，复奏：“大纪如何贪黩，如何宽纵，”乾隆帝尚在未信，命浙、闽总督李侍尧查奏。李侍尧畏福康安威势，自然随声附和，乾隆帝又将任承恩、恒瑞等，逮回亲讯，任承恩、恒瑞等一干人犯，都说大纪酿成祸乱，暗中掣肘，凭你乾隆帝什么英明，柴大纪什么义勇，至此昏蔽诬蔑，就降了革职拿问的圣旨。

柴大纪自念无辜，到京被讯，宁有凭空自诬的道理，自然呼冤不置。乾隆帝亲加复讯，大纪仍微诉枉曲，龙颜动怒，竟命正法，可怜一片忠心的

柴大纪，无罪遭刑，横尸燕市。比杀张广泗还要冤枉，可见做皇帝的人，多是没良心。任承恩、恒瑞等，反得保全性命，还有这位谄媚取容的和珅，前已屡次超升，授职大学士，至此说他办理军机，勤劳懋著，封他为三等伯，赏用紫缰。悬空夹入。

乾隆帝又命将功臣图像，方亲制功臣像赞，镇日里咬文嚼字，忽接两广总督孙士毅奏报，略称："安南内乱，国王黎维祁出亡，遗臣阮辉宿，奉王族二百多人，叩关乞援"等语。这安南国在暹罗东边，明时尝服属中国，嗣分为大越、广南二部，黎氏主大越，阮氏主广南。清顺治末年，吴三桂等定云南，大越王黎维禔，曾遣使劳军。康熙五年，嗣王黎维禧，又奉表入贡，受清册封。后来黎氏渐衰，摄政郑栋，阴图篡立，恐广南王干涉，乃阴嗾广南土酋阮文岳，举兵作乱，自为外援。文岳与弟文惠、文虑，乘此发难，转战十数年，竟将广南王攻灭，分北部三州与郑栋。文惠自称泰德王，郑栋也自称郑靖王。隔了几年，郑栋死了，栋子二人，一名宗，一名斡，争夺父位。文惠引文岳趋入，阳称排解，诱杀宗斡兄弟，遂进至大越。大越王黎维禔，惊慌的了不得，忙与他议和，给他两郡；又把娇娇滴滴的爱女，送与文惠，畀他受用。文惠总算罢休，在大越称臣拜相。越年，黎维禔卒，嗣孙黎维祁立，文惠载了许多珍宝，及驯象百头，还归广南，留郑氏遗臣贡整，镇守都城。贡整想扶黎抗阮，夺回象五十头，文惠大怒，发广南兵攻大越，贡整战死，维祁出走。文惠攻入黎京，尽毁王宫，把宫内妃嫔及金银财宝，搜括而去。一个爱女尚且不足，又添了许多妃嫔，许多金帛，大越总算晦气。

高平府督阮辉宿，挈了黎氏宗族二百口，遁至广西求救。乾隆帝览了孙士毅奏章，暗想黎氏守藩奉贡，理应保护，遂命孙士毅安抚黎氏家属，发兵代黎氏复仇。这旨一下，孙士毅立即调兵，与提督许世亨出镇南关，至凉山分路而进，沿途得土民欢迎，进薄富良江。阮文惠派兵扼住南岸，据险列炮，阻截清军。许世亨见江势缭曲，望不及远，遂令军士佯运竹木，筑桥待渡，他自己率兵二千，恰绕道潜渡。南岸守卒，只防对岸的清兵，用炮轰击，不料世亨绕出背后，乘高大呼，声震山谷。是夕，天色黑暗，广南兵陡闻喊声，只道清兵大至，霎时溃退。黎明，清兵毕济，整队至大越国都，城中百姓，都来迎接，跪伏道旁。孙士毅、许世亨入城宣慰，见宫室拆毁殆尽，已平成瓦砾场，不便留驻，仍出城还营。黎维祁避匿民村，到夜间方敢

出来，诣营见孙士毅，九顿首谢援。

先是乾隆帝因安南道远，奏报需时，特豫撰册封，邮寄军前，令孙士毅便宜从事。士毅遂宣诏封维祁为安南国王，且驰报广西，归黎家属。捷奏到京，乾隆帝促令班师，士毅以阮氏未俘，还想深入广南，执渠立功。贪心不足。阮文惠暗筹军备，阳言乞降，士毅信以为真，悬军黎城，专待降人。痴心妄想。乾隆五十四年元旦，士毅令军士饮酒张乐，庆祝新年，大帅逍遥，万人醺醉，自旦至暮，筵席始散。众人正要就寝，营外炮声震天，阮兵蜂拥而至。士毅即率军出营，火光中见前面排着象阵，蹀躞而来，士毅知是厉害，急令军士退走。黑夜间不辨彼此，自相践踏，当下抛戈弃甲，奔至富良江。士毅一马当先，逾桥径渡，随着的兵士，三停中只过一停，士毅回顾，对岸追兵，奋勇杀来，忙命军士将桥拆去。是时许世亨等尚未逾桥，弄得进退无路，那边追兵上前围攻，许世亨等都战死。官兵夫役万余人，一半被杀，一半落水。逃还镇南关的残兵，只剩了三千名。士毅上疏自劾，你要保全性命，还装出什么矫情？乾隆帝恰说他变出意外，罪有可原，这正是特别殊恩，令人莫测。

福康安时适督闽，奉旨调任两广，代孙士毅，福康安方到任，阮文惠已遣兄子光显，奉表请降，他的降表上改名光平，略言："世守广南，与安南乃是敌国，并没有君臣名分。文惠曾在大越摄政，尚得谓非君臣么？且只蛮触自争，非敢抗衡上国，请来年亲觐京师，并愿立庙国中，祀中国死绥将士。"福康安得了降表，遂奏请阮光平恭顺输诚，不必用兵。乾隆帝准奏，只责他两件事情：第一件，因次年八旬万寿，饬光平来京祝嘏；第二件，饬他在安南地方，为许世亨等立祠。他已自己情愿，何用复饬？光平一一应允。遂赐光平敕印，封安南国王，黎维祁的家属，光平算不去灭他，由他投入广西。乾隆帝以天厌黎民，不堪扶植，天何言哉？命他挈属来京，编入汉军旗籍。

次年，乾隆帝八旬万寿，举行庆典，礼部定出祝嘏仪注，比从前万寿圣节，格外繁华，格外郑重。届了诞辰，阮光平遵旨入觐，先行到京，暹罗、缅甸、朝鲜、琉球及西藏两喇嘛，蒙古各盟旗，西域各部落，俱遣使表祝。乾隆帝御太和殿，受庆贺礼。八荒环叩，万众嵩呼，礼毕入宫，皇子皇孙皇曾孙皇玄孙，依次舞彩，称祝如仪。宫廷内外，大宴三日，特旨普免天下钱粮，表示普天同庆的意思。真是千载一时，可惜极盛难继。

只西藏虽遣使祝釐，境内恰非常扰乱，驻藏大臣保泰，专务蒙蔽，经藏使来京详陈，始悉藏境情状。西藏自康熙晚年，服属中国，不侵不叛，雍正初，复设驻藏大臣，监察政治，达赖、班禅两喇嘛，不能自由行动，因此安静了数十年。乾隆帝七旬万寿时，第六世班禅喇嘛，曾至京祝寿，内廷赏赐，及王公大臣布施，约数十万金，还有许多珍品宝物。班禅欣喜过望，方拟西还，忽病痘而死。随从僧侣，奉骸骨归藏，所有遗资，统行带回。班禅兄仲巴胡土克图，向为班禅管理内库，得了这种竟外财帛，一古脑儿收入私囊，不但没有布施寺院，分给将士，连自己的阿弟，也分文不与。知利己不知利人，世人皆然，无怪仲巴。他的阿弟玛尔巴，愤懑的了不得，遂南入廓尔喀，诱使入寇。阿兄原是无情，阿弟也是不义。廓尔喀在喜马拉耶山南麓，与藏境毗连，向系蛮民杂居，分叶楞布颜库木三部，嗣为西境酋长布拉吞并，合作一国，称廓尔喀。廓酋因玛尔巴的诉请，遂兴兵犯藏边，驻藏大臣保泰，檄问廓酋起衅的缘故，他却借商税增额，食盐糅土等事，作为话柄。保泰尚未奏闻，只欲与廓人议和，会藏使在京祝嘏，奏陈一切，乾隆帝始命保泰据实陈奏，一面令侍卫巴忠，将军鄂辉成德等，援藏征廓。去了数月，巴忠等奏称廓人畏罪投诚，愿入贡乞封。乾隆帝览奏，疑是真话，召还巴忠，留鄂辉为四川总督，成德为四川将军。

次年，廓人又大举入藏，保泰奏称敌势浩大，请移班禅至前藏。班禅亦飞章告急，略说：仲巴胡土克图，已挈资遁去。后藏被廓人骚扰，有“日夕待援”等语。是时乾隆帝在热河行围，连接警报，大加惊疑，适巴忠正在扈驾，忙召入讯问，巴忠言语支吾，只说前时办理不善，愿驰赴藏地，效力赎罪。乾隆帝严加申斥，巴忠即投水寻死。乾隆帝越加怀疑，飞饬鄂辉、成德，明白复奏。鄂辉、成德不敢隐瞒，始将前时办理隐情，和盘托出，唯只称于己无与，都推在死人巴忠身上。原来巴忠、鄂辉、成德三人，前时到藏，按兵不战，只与廓人调停贿和，阳嘱廓人奉表入贺，阴令西藏许给岁币五千金，廓人乃退。达赖班禅尚在梦里，后来廓人索交岁币，杳无回音，因再举深入，大掠后藏。乾隆帝既悉此情，方知鄂辉、成德，也是靠不住的人物，遂命嘉勇公福康安为将军，超勇公海兰察为参赞，调索伦满兵，及屯练士兵进讨。

乾隆五十七年二月，福康安等由青海入后藏，廓人已饱掠财帛，陆续运

回，只留千余人驻守，探得清兵入剿，退至铁索桥，断桥相拒。福康安与敌相持，海兰察潜由上游结筏，渡河登山，绕出敌营后面，廓兵见前后受敌，自然窜去。福康安等直入廓境，廓酋遣使乞和，福康安不许，三路进兵，六战六捷，逾大山二重，先后杀敌数千，入敌境七百多里。将近廓尔喀都城，两面皆山，中隔一河，廓兵分扎山上，互为犄角，福康安采悉南岸山后，即廓尔喀国都，拟渡河直攻南山。海兰察请扼河立营，阻住北岸廓兵，福康安仗着锐气，渡过南岸，冒雨登山。山上木石雨下，隔河隔山的敌兵，又三路来犯，福康安不能支，且战且却。亏得海兰察率着后队，未曾前进，当即奋力杀敌，救还福康安。福康安的功劳，纯是海兰察帮他造成，富察氏实有天幸。

廓人赴印度行援，印度已为英吉利属国，设有总督，允他出兵，无如待久不至，廓人恐清军复攻，再遣使卑词请和。福康安乃与订和议，令献还所掠财宝，定五年一贡例，随即班师回藏，留番兵三千名，汉、蒙兵一千名，驻守藏境，余师凯旋。乾隆帝复赏福康安世袭一等轻车都尉，海兰察旧系二等公爵，晋封为一等公，随征将士，交部议叙。又因达赖、班禅的嗣续法，积久生弊，兄弟子姓，相继擅权，弄出仲巴兄弟，慢藏诲盗的祸祟来，此时惩前毖后，立了一个掣签的法子，将藏俗所称达赖、班禅的化身，书名签上，插入瓶中。等到前绝后继，掣签为定。这瓶供在西藏大招寺，叫作金奔巴瓶，无非是神道设教，笼络藏民的政策。乾隆帝遂自称十全老人，御制十全记，用满、汉、蒙、藏四种文字，刊碑立石，留作乾隆朝的大纪念。什么叫作十全？小子有杜撰的歌词道：

清高宗，六十年，为了准噶尔，两次征边。
定回疆，再定金川，靖台湾，服安南缅甸，紫光阁上竞凌烟。
又有那廓尔喀，先后乞怜，功也全，福也全，这才算十样完全。

一年一年的过去，乾隆帝已六十年了。乾隆帝年已八十五岁，想出一个内禅的计议来，欲知内禅情事，请俟下回披露。

本回为福康安立传，平台湾，曰福康安之功，平安南，曰福康安之功，平廓尔喀，曰福康安之功，其实福康安亦安得谓有功者，台湾一役，赖海兰察奋勇争

先，一战破敌，即日解诸罗围，叛党夺气，大乱以平。至若廓尔喀之战，福康安冒险轻进，微海兰察在后援应，彼且无生还之望，遑能平敌耶？最可恨者，柴大纪忠勇绝伦，第以不执櫜鞬礼，必欲置诸死地，良将风度，断不若是。高宗极加宠眷，无怪后世以龙种疑之。读本回，可以知福康安之为人，可以知清高宗之驭将。

第四十一回　太和殿受禅承帝统
白莲教倡乱酿兵灾

却说乾隆帝在位六十年，多福多寿多男子，把人生荣华富贵的际遇，没一事不做到，没一件不享到。他的武功，上文已经略叙，他的文字亦非常讲究。即位的第一年，就开博学鸿词科；第二年又令未曾预考各生，一律补试。十四年，特旨命大学士九卿督抚保举经儒，授任国子监司业；南巡数次，经过的地方，尝召诸生试诗赋，举人进士中书等头衔，赏了不少，又编造巨籍，上自经注史乘，下至音乐方术语学，约有数十种，比康熙时还要加倍。三十六年，开五库全书馆，把古今已刊未刊的书籍，统行编校，汇刻一部，命河间才子纪昀，做了总裁。

纪昀字晓岚，博古通今，能言善辩，乾隆帝特别眷遇，别样事情，讲不胜讲，只据“老头子”三字的解释，便见纪昀的辩才。他身子很是肥硕，生平最畏暑热；做总裁时，在馆内校书，适值盛夏，炎酷异常，他便赤着膊圈了辫，危坐观书。巧逢乾隆帝踱入馆门，他不及披衣，忙钻入案下，用帷自蔽，不料已被乾隆帝瞧见，传旨馆中人照常办事，不必离座，馆中人一齐遵旨。乾隆帝便踱到纪昀座旁，静悄悄的坐着。纪昀伏了许久，汗流浃背，未免焦躁起来，听听馆中人寂静无声，就展开了帷，伸首问众人道：“老头子已去么？”语方脱口，转眼一瞧，座旁正坐着这位首出当阳的乾隆帝，这一惊正是不小。向着他道：“纪昀不得无礼。”纪昀此时只得出来穿好了衣，俯伏请罪。乾隆帝道：“别的罪总可原谅，你何故叫我老头子？有说可生，无说

即死。”众人听见这句上谕，都为纪昀捏一把汗。谁知纪昀却不慌不忙，从容奏道：“老头子三字，乃京中人对着皇帝的统称，并非臣敢臆造，容臣详奏。皇帝称万岁，岂不是老？皇帝居兆民之上，岂不是头？皇帝便是天子，所以称子。这‘老头子’三字，从此流传了。”聪明绝顶。乾隆帝拈须笑道：“你真是个淳于髡后身，朕便赦你起来罢。”纪昀谢恩而起。自此乾隆帝越加优待，等《四库全书》告竣，连番擢用，任总宪三次，长礼部亦三次。此外如沈德潜彭元瑞诸人，也蒙乾隆帝恩遇，然总不及纪昀的信任。

只是乾隆帝虽优礼文士，心中恰也时常防备：内阁学士胡中藻，著《坚磨生诗》集，内中有触犯忌讳等语，遂把他枭首；鄂尔泰侄儿鄂昌，做了一篇《塞上》吟，称蒙古为胡儿，也说他暗斥满人，将他赐死；沈归愚录有《黑牡丹》诗，身后被讦，追夺官阶；江西举人王锡侯，删改《康熙字典》，别著字贯，又饬逮下狱；浙江举人徐述夔，著一《柱楼》诗，不知如何吹毛索瘢，指他悖逆，他已经病死，还要把他戮尸。乾隆朝的文字狱，比雍正朝也差不多。

总之专制时代，皇帝是神圣无比，做臣子的能阿谀谄媚，多是好的，若是主文谲谏，便说他什么诋毁，什么叛逆，不是斩首，就是灭族，所以揣摩迎合的佞臣，日多一日。到乾隆晚年，佥壬之徒，贿赂公行，乾隆帝只道是安富尊荣，威福无比，谁知暗地里已伏着许多狐群狗党，这狐群狗党的首领，系是谁人？就是大学士和珅。

无论皇亲国戚，功臣文士，没有一个及得来和珅的尊宠。乾隆帝竟一日不能离他，又把第十个公主，嫁他儿子丰绅殷德。未嫁时候，乾隆帝最爱惜十公主，幼时女扮男装，常随乾隆帝微行，乾隆帝又常带着和珅扈驾。十公主见着和珅，叫他丈人，和珅格外趋奉。十公主要什么，和珅便献什么。一日，同行市中，见衣铺中挂着红氅衣一件，十公主说了一声好，和珅便向铺中买来，费了二十八金，双手捧与十公主。乾隆帝微笑，对着公主道：“你又要丈人破钞。”十公主原是欢喜，和珅却比十公主还要得意。这件故事，都人传为趣谈，其实常人家的用人，也多是趋奉东家儿女，不足为和珅责。后来十公主长成，就配了丰珅殷德，丰珅殷德比男妾差不多。和珅与乾隆帝竟作了儿女亲家。一个抬轿夫，宠荣至此，可谓古今罕闻。因此和珅肆行无忌，内外官僚，多是和珅党羽，把揽政柄三十年，家内的私蓄，乾隆帝还不及他。他的美妾娈童，艳

婢仆，不计其数。还有一班走狗，仗着和珅威势，在京城里面，横冲直撞，很是厉害。御史曹锡宝，为了他家奴刘全，借势招摇，家资丰厚，劾奏一本；乾隆帝令廷臣查勘，廷臣并不细查，只说锡宝风闻无据，反加他妄言的罪名。一个家奴，都参他不倒，何况和珅呢？

一日，乾隆帝召诸王大臣入内，拟把帝位传与太子，自己称太上皇。诸王大臣，倒也没甚惊疑，不过表面上总称圣上康颐，内禅事还可从缓。独和珅吃了一大惊，他想嗣王登位，未免失却尊宠，急忙启奏道："内禅的大礼，前史上虽是常闻，然也没有多少荣誉。唯尧传舜，舜传禹，总算是旷古盛典。但帝尧传位，已做了七十三载的皇帝；帝舜三十征庸，三十在位，又三十余载，始行受禅。当时尧舜的年纪，都已到一百岁左右，皇上精神矍铄，将来比尧舜还要长寿，再在位一二十年，传与太子，亦不算迟，况四海以内，仰皇上若父母，皇上多在位一日，百姓也多感戴一日，奴才等近沐恩慈，尤愿皇上永远庇护；犬马尚知恋主，难道奴才不如犬马么？"情现乎词。这番言语，说得面面圆到。从前的时候，和珅如何说，乾隆帝便如何行，偏这次恰是不从，也是和珅数到。只听乾隆帝下谕道："你等只知其一，不知其二。朕二十五岁即位，曾对天发誓，若得在位六十年，就当传位嗣子，不敢上同皇祖六十有零的年数。今蒙天佑，甲子已周，初愿正偿，何敢再生奢望？皇子永琏，不幸早世，唯皇十五子颙琰，克肖朕躬，朕已遵守家法，书名密缄，藏在正大光明匾额后面，现即立颙琰为皇太子，命他嗣位；若恐他初登大宝，或致丛脞，此时朕躬尚在，自应随时训政，不劳你等忧虑。"和珅无词可说，只得随王大臣等一同退出，暗中复运动和硕礼亲王永恩等，联名汇券，请乾隆帝暂缓归政。乾隆帝仍把对天发誓的大意，申说一番，并拟定明年为嘉庆元年，即饬礼部恭定典礼。

于是内禅已决，礼部因内禅制度，乃是创例，清朝未曾行过，须要参酌古制，揆合时宜，定得冠冕堂皇，方餍乾隆帝的心目。巧于迎合。足足忙碌了一个月，才把内禅大典，录奏圣裁。乾隆帝见得体制尊崇，立批照行。先册立颙琰为皇太子，追封皇太子生母令懿皇贵妃为孝仪皇后，位居孝贤皇后之次。候嘉庆元年元旦，举行归政典礼。和珅知事无可挽，忙到皇太子处贺喜，说了无数恭维的话。偏这皇太子不甚喜欢，只淡淡的对答数语。和珅随即辞退。马屁拍错了。皇太子传进长史官，命嗣后和珅来见，不必进报，和珅

颇为惊惧。还亏乾隆帝虽拟归政，仍是大权在手，乾隆帝活一日，和珅也活一日，因此和珅早夜祝祷，但愿乾隆帝永远活着，免生意外的危险。

话休叙烦，且说湖南贵州交界的地方，有一大山，绵亘数百里，叫作苗岭，统是苗民居住。康、雍、乾三朝，次第招徕，苗民多改土归流，与汉民往来交接，汉民亦渐渐移居苗地，嗣后喧宾夺主，不免与苗民涉讼。地方官单论财势，不讲曲直，苗民多半吃亏，心很不悦。适贵州铜仁府悍苗石柳邓，素称桀黠，倡议逐客民，复故地。苗众同声附和，遂揭竿叛清。湖南永绥苗石三保，镇筸苗吴陇登，吴半生，乾州苗吴八月，各聚众响应，四出劫掠，骚扰川、湖、贵三省边境。于是湖南提督刘君辅，驰保镇筸，湖广总督福宁，亦调集两湖诸军，援应刘君辅，云、贵总督大学士福康安，又督云、贵兵进铜仁府，四川总督和琳，复统川兵至贵州，与福康安会攻石柳邓，柳邓败走，苗寨四十余被毁，贵州苗略定。福康安遣总兵花连布，率兵二千人攻永绥，刘君辅亦自永绥转战而至，两军相会，攻破石三保，解了永绥的围。只乾州已由吴八月等陷没，各军分道进攻，多被苗民截住，只刘君辅因乾州险阻，绕出西北，得了两三回胜仗，怎奈兵单饷寡，一时未能规复。旋经福康安迭破要塞，逐走石三保，生擒吴半生，永绥镇筸的悍苗，稍稍平定，一意规复乾州。不料石三保石柳邓等，都窜依吴八月，吴八月复进据平陇，居然称起吴王来了。吴八月也要发赚。

清廷方定期内禅，急望福康安等剿平叛苗，首封福康安贝子，和琳一等伯，加赐从征兵丁一月饷银，限期荡平。福康安亦悬赏招抚，添兵会剿，吴陇登虽已愿降，并诱擒吴八月，奈吴八月的儿子廷礼廷义，后与陇登等仇杀不休，福康安手下将士，又触冒瘴雨，病的病，死的死，弄得剿抚两穷。海兰察已死，福康安何能为。

转眼间已是残冬，过了除夕，便是嘉庆元年第一日。乾隆帝御太和殿，举行内禅大典，亲授皇太子御宝。皇太子敬谨跪受，率诸王大臣先恭贺太上皇，贺毕，太上皇还宫，皇太子遂登帝位，受群臣朝贺，随颁行太上皇传位诏书，普免全国钱粮，并下大赦诏。是日的繁华热闹，不消细说。授受成礼，内外开宴，欢呼之声，遍达宫廷。越数日，奉太上皇帝命，册立嫡妃喜塔腊氏为皇后。又越数日，侍太上皇帝御宁寿宫开千叟宴。正在兴高采烈的时候，外面递进湖北督抚的奏折，内说枝江、宜都二县，白莲教徒聂杰人、

刘盛鸣等，纠众滋事，请派兵迅剿等语。嘉庆帝总道是区区教匪，有什么伎俩？即饬湖北巡抚惠龄，专办剿匪事宜，谁知警报接续传来，林之华发难当阳县，姚之富发难襄阳县，齐林妻王氏发难保康县，郧阳、宜昌、施南、荆门、来凤、酉阳、竹山、邓州、新野、归州、巴东、安陆、京山、随州、孝感、汉阳、惠临、龙山数十州县，同时扰乱。教徒的声势，几遍及湖北了。

嘉庆帝大惊，忙禀知太上皇，与太上皇商议妥当，即传旨命西安将军恒瑞，率兵趋湖北当阳县，剿林之华，都统永保，侍卫舒亮，鄂辉，剿姚之富及齐王氏，枝江教匪，专饬鄂督毕沅，及惠龄剿办。诸军奉诏并进，自正月至四月，先后奏报，杀贼数万，其实多是虚张功绩。只枝江教徒聂杰人，总算被总兵富志那擒住，余外的教徒，反越加鸱张。

看官！你道这等教徒，为什么这般厉害呢？白莲教的起源，也不知始自何时，小子参考史策，元末有韩林儿，明季有徐鸿儒，相传是白莲教中人，后来统归剿灭，追溯源流，方是历史小说。但总没有搜除净尽。已死的灰，尚且复燃，何况是未尽死呢？

乾隆年间，有一个安徽人，姓刘名松，他是白莲教首领，在河南鹿邑县传教，借持斋治病的名目，伪造经咒，诳骗钱财，即是黄巾贼一流人物。官吏因他妖言惑众，把他捕着，问成重罪，充发甘肃。他的徒众刘之协、宋之清等，未曾被获，仍分投川、陕、湖北一带，传播邪教，呆头呆脑的百姓，受他欺骗不少。到乾隆晚年，教徒竟多至三百万人。刘之协复捏造谣言，遣徒四播，传说劫运将至，清朝又要变作明朝，百姓若要免祸，须亟求真命天子保护。可怜这种呆百姓，闻了此言，统求刘之协指出真命天子，刘之协遂奉了鹿邑同党王姓的孩子，本名发生，冒充朱明后裔，作为真命天子。煽动流俗，择日竖旗。忽被官吏探悉，将王发生一干人犯，统同擒住，刘之协亦提拿在内，由吏役押至半途，得了刘之协重贿，将之协放走，只解到了王发生。年犹乳臭，乾隆帝格外开恩，把他充军了事，还有几个叛徒，尽行斩首。另下旨大索刘之协。河南、湖北、安徽三省的官吏，得了圣旨，遂命一班狼心狗肺的差役，骂得很是。下乡搜缉，挨户索诈，有钱的百姓，还好用钱买命，无钱的百姓，被差役指作叛徒，下狱受苦。武昌同知常丹葵，更糊涂得了不得，不怕罪人多，只怕罪人少，索性将无辜百姓，捉了数千人，罗织成罪，因此百姓大加怨愤。适值贵州、湖南、四川等处，兴师征苗，沿途

不无骚扰，贩盐铸钱的愚民，又因朝旨严禁私盐私铸，穷困失业，遂仇官思乱，把“官逼民反”四字，作了话柄，趁着教民四起，一律往投；从此向入教的，原是结党成群，向未入教的，也是甘心从逆。

这班统兵剿匪的大员，又都变作和珅党羽，总教和珅处恭送金银，就使如何贻误军事，也属不妨。豺狼当道，安问狐狸。嘉庆帝略有所闻，因太上皇宠爱和珅，不好就用辣手，只得责成统兵各官，分地任事。保康的教徒，归永保恒瑞剿办，当阳的教徒，归毕沅、舒亮剿办，枝江、宜都的教徒，归惠龄、富志那剿办，襄阳的教徒，归鄂辉剿办。

永保奏言教匪现集襄阳，异常猖獗，姚之富、齐王氏俱在此处，刘之协亦在其中，为各路教匪领袖，应调集诸军，合力并攻等语。嘉庆帝览奏，复命直隶提督庆成，山西总兵德龄，各率兵二千往会。无如官多令杂，彼此推诿，姚之富狡悍异常，且不必说，独这齐林妻王氏，虽是一个妇人，她却比男子还要厉害。

齐林本是教徒，起事的时候，还未曾死，经了一回小小的战仗，便中了弹子，把性命送脱。齐王氏守了寡，却继着先夫遗志，组织一大队，由襄阳府冲出安陆府，直向武昌，头上带着雉尾，身中围着铁甲，脚下穿着小蛮靴，跨了一匹骏马，仿佛是戏中装扮的一员女将军。她的脸面颇也俊俏，性情颇也贞烈，手中一对绣鸾刀，颇也有数十人敌得住，可惜迷信邪教，弄错了一个念头，徒然作了叛众的女头目。若使不然，那南宋的梁夫人，晚明的秦良玉，恐怕不能专美呢。平心之论。只是官兵遇着了她，往往望风遁走，究竟是怕她的娇力，抑不知是惧她的色艺，幸亏天公连日大雨，洪水暴发，阻住她的行踪，不令进薄武昌，湖北省城还算平静。清廷屡加诘责，命永保总统湘北诸军，打了几个胜仗，方把姚之富、齐王氏驱回西北。当阳、枝江等处，亦屡破教徒，陕、甘总督宜绵，又奉旨助剿，略定郧阳一带。湖北境内，只襄阳及宜昌二府，尚有余寇未靖，其余已统报肃清了。谁知四川达州民徐天德，与太平县民王三槐、冷天禄等，又纠众作乱，告急奏章，又似雪片一般，飞达京师。正是：

日中则昃，月盈则蚀；
乱机一发，不可收拾。

未知嘉庆帝如何处置，且待下回表明。

清高宗决意内禅，自谓不敢拟圣祖，此是矫饰之论。高宗好大喜功，达于极点，十全备绩，五世同堂，谕旨中屡有此语；但尊不嫌至，贵不厌极，因发生一内禅计议，举帝位传与仁宗，自尊为太上皇，大权依然独揽，名位格外优崇，高宗之愿，于是偿矣。岂知累朝元气，已被和珅一人，斵丧殆尽，才一内禅，才一改嘉庆年号，白莲教徒，即骚然四起，岂仁宗之福，果不逮高宗？若酿之也久，则发之也烈，谁为之？孰令致之？吾则曰唯和珅，吾又曰唯清高宗。本回处处指斥和珅，即处处揭橥高宗。用人不慎，一至于此，固后世之殷鉴也。

第四十二回　误军机屡易统帅
平妖妇独著芳名

却说四川的乱事，也是从搜捕教徒而起。先是金川一役，温福阵亡，官兵溃散，一班游勇，欲归无所，与失业夫役，无赖悍民，互相勾结，四处剽掠。官吏闻警往捕，遂收入白莲教会，冀他援应。适达州知州戴如煌，老昏颠倒，饬胥吏搜缉教徒，把富户拘了无数，乘势勒索。徐天德也被拘去，费了些钱财，方得释放。戴如煌仿佛常丹葵，徐天德仿佛刘之协，可谓无独有偶。天德本达州土豪，平日与教徒隐通声气，至是越加愤激，乘襄阳教徒窜入川东，遂结连举事。王三槐、冷天禄等，亦是天德要好朋友，天德倡乱，他亦闻风而起。四川总督英善，成都将军勒礼善，出兵防剿，毫无功效。徐天德等反由川入陕，大掠兴安，陕督宜绵闻警，急回军至陕，与教徒相遇，大战于兴安城外，教徒败走，陕边虽已略靖，川省仍然糜烂。警信达至北京，嘉庆帝正急得没法，幸湖南、贵州的叛苗，已由内大臣额勒登保、将军明亮等，先后剿平，乃命额勒登保移赴湖北，明亮移赴达州。

但前回说的征苗大员，乃是云、贵总督福康安，暨四川总督和琳，此次忽变作额勒登保等人，小子须要交代明白。嘉庆元年五月，福康安始擒住苗酋石三保。吴八月子廷礼亦病死，官兵遂进逼乾州。城将破，福康安竟卒于军中。和琳代福康安任，攻陷乾州，乃遣内大臣额勒登保等，专攻平隆。隔了两月，和琳又殁，额勒登保复奉旨继任。湖北将军明亮，亦接清廷命令，往会额勒登保，助攻平陇，到了冬天，才把平陇攻破，将吴氏庐舍，尽行焚

毁。又擒斩石柳邓父子及吴廷义等，苗乱算已肃清。嘉庆帝封额勒登保为威勇侯，明亮为襄勇伯，移剿教匪。

额勒登保驰赴湖北，明亮驰赴达州，是时湖北方面，由永保剿办襄阳教徒，惠龄剿办宜昌教徒。永保部兵最多，本可兜围叛众，一鼓歼敌，奈永保专知尾追，不知迎击，教徒忽东忽西，横躏无忌，嘉庆帝怒他纵敌，逮京治罪，命惠龄总统军务。惠龄至襄阳，拟圈地聚剿，飞檄河南巡抚景安，发兵截击。景安系和珅族孙，仗着和珅势力；升任抚台，得了惠龄檄文，率兵四千出屯南阳，表面上算是发兵，其实逍遥河上，无非喝酒打牌。部下的弁兵，不见有什么军令，乐得坐酒肆，嫖妓女，消遣时日。有几个狡黠的，还要去奸淫掳掠，畅所欲为，景安也不过问。因此教徒分作三队，直趋河南，姚之富、齐王氏出中路，李全出西路，王廷诏出北路，到处掳胁。不整队，不迎战，不走平原，只数百为群，忽分忽合，忽南忽北，牵制官兵。此之谓流寇。景安反避匿城中，闭门不出。湖北追兵，也是随意逗留，由他冲突。一班糊涂虫。嘉庆帝随下旨切责诸将道：

> 去岁邪教起长阳，未几及襄郧，未几及巴东归州，未几四川达州继起。至襄阳一贼，始则由湖北扰河南；继且由河南入陕西，若不亟行扫荡，非但老师糜饷，且多一日蹂躏，即多一日疮痍。各将军督抚大臣，身在行间，何忍贸无区画？若谓事权不一，则原以襄阳一路责惠龄，达州一路责宜绵，长阳一路责额勒登保，若言兵饷不敷，已先后调禁旅及邻省兵数万，且拨解军饷及部帑，不下二千余万。昔明季流寇横行，皆由阉宦朋党，文恬武嬉，横征暴敛，厉民酿患；今则纪纲肃清，勤求民隐，每遇水旱，不惜多方赈恤，且普免天下钱粮五次，普免漕粮三次，蠲免积逋，不下亿万万。此次邪匪诱煽，不过乌合乱民，若不指日肃清，何以奠九寓而服四夷？其令宜绵惠龄额勒登保等，各奏用兵方略，及刻期何日平贼，并贼氛所及州县若干，难民归复若干，疮痍轻重，共十分之几，善筹恤以闻。钦此。

这诏一下，各路统兵将帅，未免有些注意起来。彼议分剿，此议合攻，忙乱了一会子，仍旧没有结果。

只将军明亮，及都统德楞泰，引征苗军赴达州，连败徐天德、王三槐等。四川乡勇罗思举，亦助清兵奋击，先后毙教徒数万名。徐、王、冷三人，止剩残众一二千，势少衰。忽河南教徒，将三队并为一队，趋入陕西，复由陕西渡过汉水，仍分道入川，徐天德等得了这路援兵，又猖獗起来。嘉庆帝复责惠龄、恒瑞等，追贼不力，防汉不严，尽夺从前封赏，令戴罪效力。改命宜绵总统川陕军务，惠龄以下，悉听节制。连易三帅，统是没用。

宜绵既任了统帅，仍立定合围掩群的计议，想把教徒逼至川北，一古脑儿杀个净尽，偏这齐王氏、姚之富等人，也会使刁，只怕清帅行这一策，他自突入川北，见路径崎岖，人烟稀少，掠无可掠，夺无可夺，便急急忙忙的想窜回陕西。不料川陕交界地方，清兵密密层层，截住去路。齐王氏、姚之富、王廷诏、李全等，当下会议，拟仍走湖北，独李全仍欲留川。于是齐王氏、姚之富作了头队，王廷诏作了后队，纠众东走，与李全相别。两队各带万余人，出夔州，趋巴东，破兴山，再分路疾趋。齐王氏、姚之富由东北行，出保漳南康，直向襄阳，王廷诏由东南行，出远安当阳，直窥荆州。叙述处笔颇豪壮。清帅宜绵，急檄明亮、德楞泰等，带了精兵健马，兼程追蹑，留惠龄、恒瑞等，在川中防御李全。明亮、德楞泰，遂追入湖北，沿途转战而前，到也歼敌数千名。恐怕齐王氏等仍还据老巢，遂分作水陆两路，紧紧赶上，德楞泰自水路径趋荆州，明亮自陆路径赴宜昌。

适朝旨发吉林、黑龙江索伦兵三千，察哈尔马八千匹，令侍卫惠伦，都统阿哈保，带至河南湖北。阿哈保至宜昌，刚与明亮接着，忽报王廷诏已到宜城东北，明亮令阿哈保为后应，自率兵先去邀击，两下相遇，兵对兵，枪对枪，酣战一场。自辰至午，不分胜败，阿哈保怒马而来，随着东三省劲旅，冲入敌阵，左荡右决，所向无敌。王廷诏乃败窜入山，由官兵追奔二十里，杀得尸横遍野，血流成渠，德楞泰至荆州，亦杀败齐王氏、姚之富等，令村民沿江树栅，筑堡自固。因此齐王氏、姚之富回到湖北，不比前次在荆襄时候，可以沿途焚掠，只得折回西走。

适留川教徒李全，与川中王三槐，互有龃龉，亦欲由陕还楚，沿汉水东行，到了兴安南岸，齐王氏、姚之富亦到，王廷诏又复窜至湖北，教徒复合为一。清将明亮、德楞泰，从东边追到西边，惠龄、恒瑞，从西边追到东边，两路大军，云集兴安，齐王氏、姚之富等，尚欲渡汉北扰，因被清军截

住，不能前进，当由齐王氏定了一计，佯折军南回，暗遣党羽高均德，从间道绕出宁羌州，偷渡汉水。

明亮、惠龄等，正追赶齐王氏，忽接到宜绵札子，调恒瑞回川。恒瑞去后，又接陕西警报，闻高均德渡汉。明亮大惊道："这番中了贼计了。"齐王氏智略，确是过人，可惜误入歧途。急与德楞泰等商议。明亮道：论起贼情，要算齐王氏首逆，但高均德已渡过汉水，陕西又要遭殃。不但陕西又危，就是河南、湖北，亦随在可虑。看来我军只得先入陕西，截住高均德，再作计较。德楞泰等各无异议，遂引大兵驰入汉中。

齐王氏亦由南返北，督马步二万，分道踵渡汉水，复密令高均德，引清兵向东北追去，自与姚之富、李全、王廷诏，大掠郿县盩厔县等处，将乘势进薄西安。亏得清总兵王文雄，带了兵勇三千名，奋力击退。齐王氏等复折回东南，从山阳趋湖北。明亮、德楞泰闻报，复引兵急追，到郧西界上，飞檄郧阳乡勇，扼住敌兵前面，并悬重赏募齐王氏首。一妇人头，须重赏悬募，这个妇人，也是特钟戾气。

适四川东乡县人罗思举桂涵，赴营投效，受扎令斩齐王氏首级。罗思举智谋出众，胆略过人，尝率乡勇数十名，劫破丰城王三槐巢穴，教徒称为罗家将。桂涵曾为大盗，能飞檐走壁，两足尝裹铁沙数十斤，行千里外，闻官募义勇，因愿效力。至是受了清帅的扎子，易服而往，探得齐王氏屯大寺内，遂到寺前后伏着，等到夜半，越墙进去，展使绝技，寻着内室。室外有数十人守护，都执着明晃晃的刀，料室内定是齐王氏卧处，二人轻轻的纵上屋檐，翻瓦一瞧，室内红烛高烧，中垂纱帐，帐外有一足露出，不过三寸有余。令人销魂。两人因室外有人，不敢径入，等了好一歇，室外人仍然未去，两人不耐久待，破檐下去，趋到床前，从帐隙窥入，海棠春睡，芍药烟笼，两语用在此处，尤觉艳丽。两人暗想道："这样齐整的妇人，也会造反，今日命合休了。"便各执巨斧，劈入帐内，突见帐中一足飞出，亏得桂涵眼明手快，一边将头让过，一边用斧劈去，削下莲钩一只，只听帐中啊唷一声。两人恐外人入救，拾了莲钩，纵上了屋，三脚两步的走了。回到清营，已交五鼓，明亮、德楞泰，尚在帐中等候，二人入帐禀见，献上莲钩一只，视之，不过三四寸左右，但已是血肉模糊，未便细辨。明亮令二人出外候赏，一面立传号令，命诸军速攻敌寨。

此时齐王氏将死未死，昏晕床上，部众正惊惶得了不得，陡闻帐外一片喊声，料知清兵已来攻营，急忙舁了齐王氏，由姚之富开路，杀出寨外。清兵围攻一阵，击毙敌众数千，尚有八九千悍敌，走据山中。明亮、德楞泰大呼道："今日不要再失机会，将士须一齐努力，杀净贼众方好！"诸军闻了此语，正是人人效命，个个争先，追入山内，遥见敌众分据左右两峰，矢石齐下。明亮与德楞泰道："首逆齐王氏等，不知在左在右，我等还是分攻还是并力一处？"德楞泰道："适有一贼目获住，尚未处斩，现不如饬他遥望，指定首逆处向，并力合攻，免他逃脱。"明亮点头称善。德楞泰遂饬军士推倒贼目，问他姓名，叫作王如美，并把好言劝诱，令他探明首逆处向。王如美仔细探瞧，回报现驻左山，德楞泰拍马上冈，诸将顺势随上，只留后队在山下，防备右山敌众。那时左山的教徒，已知身陷重围，拼命拦阻。德楞泰亲冒矢石，左手执着藤牌，右手握着短刀，连步直上。这班兵士，藤牌队在前，枪炮队在后，以次毕登，仿佛明朝常遇春破鸡头山一般，涉笔成趣。把教徒逼得无路可走，乱向峻崖窜下。这峻崖本是削壁，窜将下去，不是头破，就是脚断，有几个还跌得一团糟。齐王氏已成独脚仙，一跌便死，姚之富跳到崖下，辗转晕毙。霎时间，左山上面，杀死的一半，坠崖的一半，落得干干净净，回顾右山上面的敌众，已逃得不知去向。明亮、德楞泰令军士缒崖下去，检点尸首，只有齐王氏、姚之富，是著名首逆，军士将两尸首级割下，又把他尸身支解，直一刀，横一刀，不计其数，就使三十六刀鱼鳞剐，也没有这般惨酷。还有齐王氏莲钩一只，如何不取来成对？传首三省，争说渠魁就戮，可以指日荡平。

谁知死了一个头目，又出了两个头目，死了两个头目，又出了四个头目。湖北一方，稍稍安静，四川教徒，偏日盛一日。川督宜绵，自明亮、德楞泰、惠龄、恒瑞等，先后东去，势成孤立，部下兵又不敷调遣，王三槐、徐天德等，乘间驰突，骚扰川东，又有罗其清、冉天俦等，复蠢起川北。州县十余处乞援，宜绵即檄调恒瑞回川，又咨调额勒登保等，自湖北入川会剿，并奏请别简大臣，总统军务，自己愿专任一方讨贼事宜。嘉庆帝以宜绵不善办理，回督陕甘，改命威勤侯勒保督师，兼四川总督，调度诸军。

这勒保系满洲人氏，是永保的胞兄，本没有什么韬略。他的侯爵，是一个蛮寨佳人帮他造成的。这个蛮寨佳人，乃是黔中土司龙跃的妹子，小名么

妹，清史上不甚提起，小子倒要替她表扬。阐幽扬隐，是稗官本分。原来苗疆自额勒登保平定后，善后事宜，无暇办理，即移师湖北。当时洞洒寨苗妇王囊仙，与当丈寨苗目韦七绺须勾通，号召徒众，扰乱南笼。清廷命勒保驰往剿捕，及到南笼后，闻得王囊仙挟有妖术，不敢急进，妖术二字，就吓住勒保，显见无能。只檄黔中各土司助剿。龙跃的曾祖，是有名的苗长，康熙初，曾帮辅清军，剿平滇乱，圣祖封他为总兵官，传到龙跃，世职递降，只剩了一个千总职衔。他的妹子龙么妹，颇生得才貌兼全，能文能武，此次接到勒保檄文，偏值龙跃生病不能充役，龙么妹便代兄当差，竟跨了骏马，带了数十苗女，及数百苗兵，赴清营听调。巧值王囊仙韦七绺须，至南笼与清军对仗，两路夹攻，把勒保围住，龙么妹飞骑陷阵，杀退王韦，救出勒保，是晚便作为向导，引勒保兵袭洞洒寨。寨主王囊仙，因出兵得胜，留住韦七绺须筵宴，正乘着酒兴，裸体讲经，肉身说法，应妖术。不防龙么妹引着清兵，突入寨中，王、韦二人，连穿衣都来不及，韦七绺须赤身接战，王囊仙只着了一件小衫，也来助阵。龙么妹匹马当先，巧与王囊仙遇着，两下厮杀，颇是一对敌手。么妹亦防她有妖术，把手中宝剑，绕住王囊仙不放，囊仙不觉着急，只得拼命相扑。王囊仙对着韦七绺须，或有笼络的幻术，偏偏遇了龙么妹，以女对女，哪里还使得出幻术来？此时韦七绺须，已被清兵围住，不能脱逃，你一枪，我一刀，双拳不敌四手，被清兵活捉了去。囊仙见七绺须遭擒，心中着忙，刀法散乱，么妹一手舞着宝剑，隔开囊仙的刀，一手把囊仙腰下的丝绦用力一扯，囊仙支持不住，跌倒地上。么妹手下的苗女，一拥上前，将她捆缚停当，扛抬去了。洞洒寨已破，当丈寨自然随陷，勒保修本报捷，只说是自己的功劳，并不提起么妹。九重深远，哪里知晓？只命将王囊仙、韦七绺须，就地正法，封勒保为威勤侯。么妹的官绩，都付诸流水而去。后人陈云伯留有长歌一阕，赞龙么妹道：

罗旗金翠翻空绿，鬟云小队弓腰束。
乐府重歌花木兰，锦袍再见秦良玉。
甲帐香浓丽九华，玉颜龙女出龙家。
白围燕玉天机锦，红压蛮云鬼国花。
小姑独处春寒重，正峡云间不成梦。

唤到芳名只自怜，前身应是洞花凤。
一卷龙韬荐褥薰，登坛嫓婳自成军。
金阶台榭森兵气，玉寨阑干起阵云。
昔年叛将滇池起，金马无声碧鸡死。
水落昆池战血斑，多少降旛尽南指。
铜鼓无声夜渡河，独从大师挽天戈。
百年宣慰家声在，铁券声名定不磨。
起家身袭千夫长，阿兄意气凌云上。
改土归流近百年，传家犹赛龙台丈。
雪点桃花走玉骢，李波小妹更英雄。
星驰蓬水鱼婆剑，月抱罗洋凤女弓。
白莲花压黔云黑，九驿龙场堠烽逼。
一纸飞书起段功，督帅羽檄催军急。
阿兄卧病未从征，阿妹从容代请缨。
元女兵符亲教战，拿龙小部尽媌娙。
红玉春营三百骑，美人虹起鸦军避。
战血红销蛱蝶裙，军符花甃鸳鸯字。
秋夜谈兵绣裾凉，白头老将愧红妆。
围香共指花鬟市，趯骑争看云辫娘。
敌中妖女金蚕蛊，甲仗弥空胜白羽。
金虎宵传罗鬘力，红罗夜演天魔舞。
八队云旂夜踏空，擒渠争向月明中。
晋阳扫净无传箭，都让肃娘第一功。
春山雪满桃花路，铸铜定有铭勋处。
八百明驼阿槛归，三千铜弩兰珠去。
当年有客赋从戎，亲见傜仙玉帐中。
珠髻翠毦天人样，艳夺胭脂一角红。
军书更有簪花格，蛮笺小幅珍金碧。
谁傍相思寨畔居，铃名红军芙蓉石。
功成归去定何如，跳月姻缘梦有无?

惆怅金钟花落夜，丹青谁写美人图。

南笼已平，清廷总道勒保很有智略，就调任四川，命他督师。究竟勒保的战略如何，容待下回分解。

川楚变起，宿将凋零，初任永保为统帅，而永保无功，继以惠龄，而惠龄无功，代以宜绵，而宜绵仍无功。此由和珅当道，专阃者多系庸将，第知迎合，未娴韬略，以至于此。勒保平一区区苗寨，犹仗龙么妹之力，始得成功。么妹战绩，不获上闻，赖陈云伯先生作歌赞美，始知蛮寨中有此奇女子。可见天下不患无才，一蛮女且足千秋，何况丈夫？弊在上下蒙蔽，妒功忌能，庸驽进，骐骥退，衰世之兆成矣。君子闻鼓鼙声，则思将帅之臣。读此回，应为太息，不第阐幽索隐已也。

第四十三回　抚贼寨首领遭擒
整朝纲权相伏法

却说勒保驰驿入川，川中教徒，势甚猖獗，勒保率兵进剿王三槐，擒杀几个无名小卒，便虚张功绩，连章奏捷。嘉庆帝下旨嘉奖，说他入川第一功，专令搜捕王三槐。这时候湖北教徒，因齐姚已死，谋与川北教徒联络，悉众南趋，李全高均德一股，由陕入川，还有张汉潮刘成栋一股，也是齐姚余党，由楚入川。朝旨以陕楚各贼，均逼入川境，四川满汉官兵，不下五万，勒保宜会同诸将，齐心蹙贼，毋致窜逸。其令额勒登保明亮，专剿张汉潮刘成栋，德楞泰专剿高均德李全，并会同惠龄恒瑞，夹剿罗其清冉天俦，宜绵专守陕境，毋使川寇入陕，景安专守楚境，毋使川寇入楚，勒保于专剿王三槐徐天德外，仍兼侦各路敌情，相机布置，务期荡平等语。勒保接了此旨，自思身任统帅，总要擒住一二首逆，方好立功扬名，初意恰是不错。遂接连发兵先攻王三槐。怎奈三槐据守东乡县的安乐坪，地势很险，手下党羽又多，官兵不能进去，反被他出来攻击，伤毙不少。勒保还是一味谎奏，今天杀贼数百，明天杀贼数千，不想嘉庆帝有些觉察，竟下谕责他徒杀胁从，不及首逆，官兵阵亡，以多报少，杀贼乃以少报多，无非妄冀恩赏，有意欺上，此后不得再行尝试。这数语正中勒保心病，勒保见了，吓得浑身是汗。

想了一日，又定出一个妙计，广募乡勇，令冲头阵，绿营兵，八旗兵，吉林，索伦兵，以次列后，再教他去攻三槐。他的意思，是乡勇送死，不必上报，免得朝廷有官兵阵亡，以多报少的责罚。好主见！起初如罗思举桂涵

等人，颇也为他尽力，杀败敌兵一二阵，后来闻知自己的功劳，统被别人冒去了，也未免懊恼起来。自此乡勇同官兵，互相推诿，索性由教徒自由来往。勒保的妙策，又遭失败。朝旨复严责勒保老师养贼，勒保忧闷已极，左思右想，毫无计策。勒公也智尽能索了。无奈与几个心腹人员，私下密议，各人都蹙了一回眉头，无词可对。

忽有一个办文案的老夫子，起立道："晚生倒有一条计策，未知可行不可行？"勒保喜形于色，便拱手问计。那人道："朝廷的谕旨，是要大帅专剿王三槐，若得擒住了他，便可复命。"勒保道："这个自然。"那人道："现任建昌道刘清，前做南充知县时，曾奉宜制军命，招抚王三槐，三槐尝随他至营，嗣因宜制军放他回去，他复横行无忌，现在不如仍命刘清前往招抚，诱他前来，槛送京师，那时岂不是大大的功劳？"勒保大喜，随命他办好文书，传刘道台速即来营。

刘清是四川第一个清官，百姓呼他为刘青天，王三槐罗其清等，也素尝敬服，若使四川官员，个个似刘青天，就使叫他造反，也是不愿。无如贪污的多，清廉的少，所以激成大祸。此次刘清奉了统帅的文书，遂带了文牍员贡生刘星渠，星夜赶来，到大营禀见。勒保立即召入，见面之下，格外谦恭。刘清便问何事辱召。勒保便把招抚王三槐计策，叙说一遍。刘清道："三槐那厮，很是刁蛮，卑职前次曾去招抚，他明允投降，后来又是变卦，这人恐不便招抚，还是用兵剿灭他才好。"勒保道："朝廷用兵，已近三年，人马已失掉不少，军饷已用掉不少，仍然不能成功。若能招抚几个贼目，免得劳动兵戈，也是权宜的计策。老兄大名鼎鼎，贼人曾佩服得很，现请替我去走一趟！三槐如肯投顺，我总不亏待他。贼目一降，贼众或望风归附，也未可知，岂非川省的幸福么？"口是心非，奈何？刘清无可推诿，只得应允，当下即起身欲行。勒保令派都司一员，随同前往。

三人到了安乐坪，通报王三槐。三槐闻刘青天又到，出寨迎接，非以德服人者不能。请刘清入寨，奉他上坐。刘清就反复劝导，叫他束手归诚，朝廷决不问罪。三槐道："青天大老爷的说话，小民安敢不遵？但前次曾随青天大老爷，到宜大人营里，宜大人并没有真心相待，所以小民不敢投顺。现在换了一个勒大人，小民未曾见过，不知他是否真意？倘将我骗去斩首，还当了得。"颇肖强盗口吻。刘清道："这却不用忧虑。勒大帅已经承认，决不亏

待。”三槐尚是迟疑，刘清心直口快，便道：“你既有意外的疑虑，就请你同了我的随员，往见勒大帅，我便坐在此处，做个抵押，可好么？”三槐道：“这却不敢，我愿随青天大老爷同往，如青天大老爷，肯将随员留在此处，已是万分感激。”刘清应诺。

三槐即随了刘清，动身出寨，安乐坪内的徒党，素知刘青天威信，也不劝阻三槐，于是刘清在前，三槐在后，直到勒保大营。先由刘清入帐禀到，勒保即传集将士，站立两旁，摆出一副威严的体统，好看不中用。传王三槐入帐。三槐才入军门，勒保就喝声拿下，两旁军士，应命趋出，如狼如虎，将王三槐捆住。刘清忙禀道：“王三槐已愿投降，请大帅不必用刑！”谁知这位勒大帅，竖起双眉，张开两目，向着刘清道：“呸！他是大逆不道的白莲教首，还说是不必用刑么？”刘清道：“大帅麾下的都司，卑职属下的文案生，统留在安乐坪中，若使将王三槐用刑，他两人亦不能保全性命，还求大帅成全方好。”勒保转怒为笑道：“你道我就将他正法么？他是朝廷严旨拿捕，自然解送京师，由朝廷发落。朝旨要赦便赦，要杀便杀，不但老兄不能作主，连本帅也不敢作主呢。若为了一个都司官，一个文案生，就把他释放，将来，朝旨诘责下来，哪个敢来担任？”总教自己官职保牢，别人的性命都又不管。刘清道：“卑职愿担此责。”到底不弱。勒保哈哈大笑道：“今朝捕到匪首，也是老兄功劳。本帅哪里好抹煞老兄，请你放心！”以小人之心，度君子之腹。刘清道：“功劳是小事，信实是大事。今朝王三槐来降，若将他槛送京师，将来贼众都要疑阻，不敢投诚，那时恐要多费兵力，总求大帅三思！”勒保道：“这恰待日后再说，且管目前要紧。”随令军士将三槐监禁，自己退入后帐，命这位定计诱贼的老夫子，修折奏捷去了。

刘清叹息而退，待了一日，文牍员刘星渠逃回，刘清问他如何得脱？答称：“贼众因三槐未归，欲将贡生及都司偿命，贡生无法，只得哄称勒公要重用三槐，自当暂时留住。贼众因贡生是刘青天属员，半疑半信，贡生就与他说代探消息，溜了出来。都司也欲同回，被众贼留住。如果勒公变计，恐怕都司的性命，是不保了。”刘清道：“勒公无信，我亦上他的当，将来办理军务，必较前为难。我们且回任去罢！”随即写了辞行的禀单，饬役夫投递大营，自己带了刘星渠，匆匆去讫。

过了数日，上谕已下，内称据勒保奏攻克安乐坪贼巢，生擒贼首王三

槐，朕心深为喜悦，着晋封勒保为威勤公，伊弟永保，前因剿匪不力，革职逮京，交刑部监禁，现并加恩释放，以示权衡功罪，推恩曲宥至意。接连又是一道上谕，晋封军机大臣大学士和珅公爵，户部尚书福长安侯爵，这个旨意，显见是太上皇诰敕，嘉庆帝难违父命，方有这道谕旨。勒保遂令部将把王三槐解送京师，一面再攻安乐坪。其时安乐坪余党，闻王三槐押解进京，将都司杀死，另奉冷天禄为头目，抗拒官兵。官兵昼夜围攻敌寨，盐粮将尽，冷天禄诈请投降，夜间却偷袭清营，官兵不及防备，顿时败退。

徐天德亦屡攻川东州县，骚扰不休，勒保再想招抚，奈教徒防着王三槐覆辙，个个拼出性命，不来上钩，反比从前越加刁悍。人而无信不知其可。只川北的罗其清，被额勒登保擒获，冉其俦被德楞泰惠龄击毙，川北巨酋，总算授首。此外如陕督宜绵，专在教匪不到的地方，安营立寨，终年未曾一战。他倒享福。景安越加无事，寇至则避，寇去则出，军中号他迎送伯。肇锡嘉名。

悠悠忽忽，已是嘉庆四年了。四年以前，外间军事，日日吃紧，宫廷里面，没甚大事，只皇后喜塔腊氏病逝，改册皇贵妃钮祜禄氏为皇后，未免忙碌了一回，四年正月，太上皇生起病来，嘉庆帝侍疾养心殿。吁天祈祷，倍切虔诚。无如寿数已终，帝阍梦梦，太上皇的病，陡然沉重，名医都束手没法，竟尔“呜呼哀哉，”嘉庆帝擗踊大恸，颇尽孝思；越四日，即命军机大臣拟了一道谕旨，颁给四川湖北陕西诸将帅道：

我皇考临御六十年，四征不庭，凡穷荒绝徼，无不指日奏凯，从未有劳师数年，糜饷数千万，尚未蒇事者。自末年用兵以来，皇考宵旰勤劳，大渐之前，犹时望捷音，追至弥留，亲执朕手，频望西南，似有遗憾。若教匪一日不平，朕即一日负不孝之疚，内而军机大臣，外而领兵诸将，同为不忠之臣，迩年皇考春秋日高，从事宽厚，即如贻误军事之永保，严交刑部治罪，仍旋邀宽宥。其实各路纵贼，何止永保一人，奏报粉饰，揜败为功，其在京谙达侍卫章京，无不营求赴军，其归自军中者，无不营置田产，顿成殷富，故将吏日以玩兵养寇为事。其宣谕各路领兵大小诸臣，戮力同心，刻期灭贼，有仍欺玩者，朕唯以军法从事。

这旨一下，内外大臣，已觉得嘉庆亲政第一道上谕，便已严厉异常，不同前日，暗料数日以内，必有一番大大的黜陟。不防嘉庆帝格外迅速，过了两日，便令侍卫锁拿大学士公和珅，户部尚书侯爵福长安下狱。

自太上皇崩后，和珅原是栗栗危惧，不过想不到这般辣手，这日正与姬妾们谈论后事，忽有十数个侍卫。直入府中，豪仆还不知死活，上前喝阻。众侍卫大声道："有圣旨到来，请你相爷接读！"豪仆闻圣旨二字，方个个伸舌，入内通报。和珅此时，心里已七上八下，勉强出来接旨。当由宣诏官站在上面，和珅跪在下边，但听宣诏官朗诵上谕道："和珅欺罔擅专，情罪重大，着即革职，锁交刑部严讯！钦此。"和珅不听犹可，听了数句上谕，魂灵儿飞入九霄？正在没法摆布，那侍卫铁面无情，将他牵曳而去。还有好几个侍卫，留管前后门，准备查抄。早知今日何必当初。里面的老太太姨太太驸马爷少公子少奶奶等，都哭哭啼啼，急得没法，只得请出乾隆帝的十公主来，一班儿跪在地上，向他磕头求救。额驸丰绅殷德，且抢上几步，也顾不得夫妻名义，忙向公主绣鞋边跪下，捣头如蒜，床下踏板想亦跪惯，此次也不算奇怪。弄得公主难以为情，忙叫大众从长商议。大家方才起来，统是泪容满面，万分凄惶。公主也不禁流泪，情愿入宫转圜，当即带了侍女四名，乘舆出门。侍卫见了公主，不便拦阻，由她去讫。

谁想过了两日，又有数行谕旨道：

> 和珅受大行太上皇帝特恩，由侍卫拔擢至大学士。在军机处行走多年，叨沐殊施，无有其比。朕亲承付托之重，猝遭大故，苫块之中，每思三年无改之义，皇考简用重臣，断不肯轻为变易。今和珅情罪重大，并经科道诸臣，列款参奏，实有难以刻贷者。是以朕于恭颁遗诏日，即将和珅革职拿问，胪列罪状，特谕众知，除交在京王公大臣会审定拟外，着通谕各督抚，将指出和珅各款，应如何议罪？并此外有何款迹？各据实复奏。

原来嘉庆帝素恨和珅因太上皇在日，不好显斥，廷臣也不敢参奏。到太上皇已崩，御史广兴，给事中广泰王念孙等，窥破嘉庆帝意旨，一个说和珅偷改硃谕，一个说和珅擅取宫女，一个说和珅私藏禁物，一个说和珅漏泄机

密，此外如遇事把持，贪赃不法，勾结党羽，残害贤良等款，不计其数。共列成二十大罪，惹得嘉庆帝怒气勃勃，立欲将和珅治罪。适值十公主入宫面请，嘉庆帝越加懊恼。嗣经公主再三哀求，只准饶了和珅家属，不饶和珅，因此遂下了这道谕旨。公主倒脸。和珅家内，还道公主不肯着力，其实公主到嘉庆帝前，也似丰绅殷德一般，下跪磕头，无如皇帝不允，公主也没奈何。嘉庆帝遂令刑部严讯，二十款大罪中，和珅虽赖了一半，有一半寻出证据，无可抵赖，只得招认。当下就着钦差查抄，钦差到和珅宅内，便将前堂后厅，内室寝房，统行查阅。但见和珅的房屋，统用楠木造成，体剩仿佛宁寿宫，华丽仿佛圆明园，陈列的古玩奇珍，却比大内还多一二倍，顿时由侍卫带同番役，一一抄出。计开

赤金首饰共三千六百五十七件，东珠八百九十四粒，珍珠一百七十九挂，散珠五斛，红宝石顶子七十三个，祖母绿翎管十一个，翡翠翎管八百三十五个，奇楠香朝珠六百九十八挂，赤金大碗五十对，玉碗十对，金壶四对，金瓶两对，金匙四百八十个，金盆一对，金盂一对，水晶缸五对，珊瑚树二十四株，玉马一只，银杯四千八百个，珊瑚筷四千八百副，镶金象箸四千八百副，银壶八百个，翡翠西瓜一个，猞猁狲皮八十张，貂皮二百六十张，青狐皮三十八张，黑狐皮一百二十张，玄狐皮统十件，白狐皮统十件，洋灰皮三百张，灰狐腿皮一百八十张，海虎皮三十张，海豹皮十六张，西藏獭皮五十张，细缎四千七百三十卷，纱绫五千一百卷，绣蟒缎八十三卷，猩红洋呢三十匹，哔叽三十匹，各色布四十九捆，葛布三十捆，各色皮衣一千三百件，绵夹单纱绢衣三千二百件，御用纬帽二顶，织龙黄马褂二件，酱色缎四开褉袍二件，白玉玩器六十四件，西洋钟表七十八件，玻璃衣镜十架，小镜三十八架。铜锡等物七千三百余件，纹银一百零七万五千两，赤金八万三千七百两，钱六千吊，房屋一千五百三十间，花园一所，房地契文五箱，借票二箱，杂物不计。

统共一百零九号，除金银铜钱外，有二十六号，当时估起价来，已值银二万二千三百八十九万余两。另外八十三号，还未曾估价。若照样计算，差

不多有八九万万两。自古以来，无论王崇石恺，不及和珅十分之一，就是中外的皇帝，也没有这种大家私。嘉庆帝见了查抄的数目，也不觉暗暗惊异，下旨赐和珅自尽。福长安事事阿奉和珅，着收监，候秋后处决。和珅弟和琳，追革公爵，只额驸丰绅殷德，因顾着十公主脸面，曲加体恤，免他罪名，叫他在家安住，不许出外滋事。和珅次子丰绅殷绵等，概革去封爵，回本旗当闲散差。大学士苏凌阿，系和琳姻亲，和珅引他入相，年逾八十，老迈龙钟，勒令休致。侍郎吴省兰李潢，太仆寺卿李光云等，统系和珅引用，黜革有差。此旨一下，眼见得和珅休了。贪刻一生，徒归泡影。丰绅殷德，亏是娶了一个公主，还好安耽度日。应该补磕几个响头。就是和珅的妻妾家眷，也都是公主暗中保全。小子有诗咏和珅道：

权奸贪冒古来无，一死何曾足蔽辜？
毕竟犹留郎舅谊，九重特旨赦妻孥。

和珅伏法后，嘉庆帝振刷精神，又有一番作为，姑俟下回再详。

王三槐无端起乱，假邪教以惑民，川中生灵，因之涂炭，律以应得之罪，固无可贷。但既诱之来降，不宜再行槛送，兵不厌诈，此事恰不宜诈也。勒保急功近利，但顾目前，不顾日后，当时封为上公，固觉显赫，然勒保所恃者，唯和珅，勒保封公，和珅亦封公，内外蒙蔽，不问可知，和珅败而勒保亦无幸矣。和珅为相二十余年，家中私蓄，几乎不可胜算。乾隆时，清政府岁入，止七千万，和珅家产，适当清廷二十年岁入之一半而强，然卒之全归籍没，贪官污吏之结局如此。后之身为公仆者，亦何不奉为殷鉴耶？炎炎者灭，隆隆者绝，况为贪官？况为污吏？读此回，可为居官鉴。

第四十四回　布德扬威连番下诏　擒渠献馘逐载报功

却说和珅伏诛之日，正王三槐押解到京之时。嘉庆帝命军机大臣等，审问三槐，供称“官逼民反”四字。嗣经嘉庆帝亲讯，三槐仍咬定原供。嘉庆帝道：“四川的官吏，难道都是不法么？”三槐道：“只有刘青天一人。”三槐被刘清诱擒，仍然不怨，供出刘青天行状，可见良心未泯，公论自存，贪官污吏，不如盗贼远甚。嘉庆帝道：“哪个刘青天？”三槐道：“现任建昌道刘清。”嘉庆帝又道：“只有一个刘青天么？”三槐道：“刘青天外，要算巴县老爷赵华，渠县老爷吴桂，虽不及刘青天，还算是个好官，另外是没有了。”嘉庆帝听了此言，不由的感慨起来，随命将三槐下狱，暂缓行刑。又下谕道：

国家深仁厚泽百余年，百姓生长太平，使非迫于万不得已，安肯不顾身家，铤而走险？皆由州县官吏朘小民以奉上司，而上司以馈结和珅。今大憝已去，纲纪肃清。下情无不上达，自当大法小廉，不致复为民累。唯是教匪迫胁良民，及遇官兵，又驱为前行以膺锋镝，甚至剪发刺面，以防其逃遁，小民进退皆死，朕日夜痛之。自古唯闻用兵于敌国，不闻用兵于吾民，其宣谕各路贼中被胁之人，有能缚献贼首者，不唯宥罪，并可邀恩；否则临阵投出，或自行逃出，亦必释回乡里，俾安生业。百姓困极思安，劳久思息，谅必一见恩旨，翕然来归。其王三槐所供川省良吏，自刘清外，尚有知巴县赵华，知渠县吴桂，其量予优擢

以从民望。至达州知州戴如煌，老病贪劣，胥役五千，借查邪教为名，遍拘富户，而首逆徐天德、王学礼等，反皆贿纵，民怨沸腾，及武昌府同知常葵，奉檄查缉，株连无辜数千，惨刑勒索，致聂人杰拒捕起事，其皆逮京治罪。难民无田庐可归者，勒保即督同刘清，熟筹安置，或仿明项忠原杰，招抚荆襄流民之法，相度经理。遍谕川楚陕豫地方，使咸知朕意。

自此谕下后，内外官吏，方知嘉庆帝平日，实是留心外事，并非没有知觉。且谕旨中含有慈祥恻怛意思，颇不愧庙号仁宗的仁字。仁宗二字，就此补出。但当时统兵的将帅，一时不能全换，嘉庆帝逐渐改易，另有数道谕旨，并录于后。

和珅压阁军报，欺罔擅专，致各路领兵大臣，恃有和珅蒙庇，虚冒功级，坐糜军饷，多不以实入奏。姑念更易将帅，一时乏人，勒保仍以总统授为经略大臣，其川陕湖北河南督抚，及领兵各大将咸受节制，以一事权。明亮额勒登保，均以副都统授为参赞大臣，别领官军，各当一路，有不遵军令者，指名参奏。川楚军需，三载经费，至逾七千余万，为从来所未有，皆由诸臣内恃和珅护庇，外踵福康安和琳积习，在军唯笙歌酒肉自娱，以国帑供其浮冒，而各路官兵乡勇，饷迟不发，致枵腹无裈，牛皮裹足，跌行山谷。此弊始于毕沅在湖北，而宜绵英善在川，相沿为例。今其严行察核，毋得再蹈前愆，致干重咎！

宜绵前后奏报，皆屯驻无贼之处，从未与贼交锋，且已老病，令解任来京。惠龄旷久无功，为贼所轻，着即回京守制。景安本和珅族孙，平日趋奉阿附，每于奏事之便，禀承指使，恃为奥援，剿堵皆不尽力，驻军南阳，任楚贼犯豫，直出武关，唯尾追，不迎截，致有迎送伯之号。甚至民裹粮请军，拒而不纳，武员跪求击贼，不发一兵，为参将广福面诮，反挟愤诬劾，其获封伯爵，亦攘道员完颜岱捕浙川邪教功，张皇入奏，欺君罔上，误国病民，着即拿解来京，照律惩办！

数道上谕，真似雷厉风行，统兵各官，不寒而栗。勒保也只得打叠精

神，悉心筹划，令额勒登保德楞泰，剿徐天德冷天禄，明亮剿张汉潮，自己驻扎梁山，居中调度。自嘉庆四年正月至六月，只额勒登保一军，斩了冷天禄，德楞泰一军，与徐天德相持，追入郧阳，明亮一军，徒奔走陕西境内，未得胜仗。勒保虽有所顾忌，不敢全行欺诈，然江山可改，本性难移，终究是见敌生畏，多方诿饰。新任湖广总督倭什布，据实参奏，嘉庆帝复下谕道：

勒保经略半载，莫展一筹，唯汇报各路情形，按旬入告。近据倭什布奏，川贼接踵入楚，不下二万，有北趋荆襄之势，既不堵截，又不追剿，是勒保竟择一无贼之处，驻营株守，罪一；且屡奏均言不必增兵，而附奏又请拨饷五百万，若迫不及待，自相矛盾，意图浮冒，罪二；各路奏报，多王三槐余党，勒保止将首逆诱擒，而置余匪于不问，罪三；军营报奏，大半亲随之人，而兵勇钱粮，并不按期给发，以致枵腹跣行，冻馁山谷，几同乞丐，士马何由饱腾，罪四。勒保上负两朝委任之恩，下贻万民倒悬之苦，着即令尚书魁伦，副都御史广兴，赴川逮问治罪！其经略事务，暂由明亮代理。钦此。

勒保逮回京师，永保偏出署陕抚，这也奇怪。因明亮剿办张汉潮，迟延无功，陕西未能肃清，于自己方面，大有不便，因劾明亮观望，明亮亦劾永保推诿，双方互讼，嘉庆帝命陕督松筠密查。松筠上疏，大略言："经略明亮素号知兵，所言似合机宜，究无实效。将军恒瑞前在湖北，战迹称最，但年近六旬，精力大减，恐不胜任。提督庆成，身先士卒，颇有胆量，奈中无主见，只能带领偏师，不能出谋发虑。署陕抚永保无谋无勇，专图利己，过辄归人，独额勒登保英勇出群，其次唯德楞泰，若要平贼，非用此二人不可。"松公颇有知人之识。于是朝旨命尚书那彦成，佩钦差大臣关印，赴陕监明亮军，兼会同松筠勘问。那彦成到陕后，细探情实，两人俱有不合，遂与松筠联衔奏参。明亮永保褫职逮问，连庆成也在其内。适明亮追斩张汉潮，朝旨以挟嫌偾事，功不蔽罪，仍令逮解至京，命额勒登保代任经略。

额勒登保系满洲正黄旗人，旧隶海兰察麾下，讨台湾，征廓尔喀，尝随海公建功立业，每战必策马当冲，争先陷阵。海公曾对他道："你真是个将

材，可惜不识汉字。我有一册兵书，叫你熟读，他日自然会成名将。”额勒登保得了赠书，遂日夕揣摩，居然熟练，能出奇制胜。看官！你道这兵书是什么典籍？原来是一册《三国演义》，由汉文译作满文，海公也曾作为枕中秘本，赠了额勒登保，无非是传授衣钵的意思。仿佛范仲淹授狄青《左氏春秋》。额勒登保手下，且有汉将两员，统是姓杨，一名遇春，四川崇庆州人，一名芳，贵州松桃厅人。遇春梦神授黑旗，故以黑旗率众，敌望见即知为杨家军。杨芳好读书，通经史大义，应试不售，乃出充行伍，为遇春所拔识。阵斩冷天禄，实出二杨的功势。额勒登保为经略时，遇春已授任总兵，杨芳尚只一都司官，额公特保举遇春为提督，杨芳为副将。二人得额公知遇，尤为出力。就是罗思举桂涵两乡勇，亦因额公做了统帅，有功必赏，愿效驱驰。可见为将不难，总在知人善任呢。

话休叙烦，单说额勒登保受了经略的印信，大权在手，不患掣肘，便统筹全局，令文案员修好奏折，独自上疏道：

臣数载以来，止领一路偏师，今蒙简任经略，当通筹全局，教匪本内地编氓，原当招抚以散其众，然必能剿而后可抚，且必能堵而后可剿。从前湖北教匪多，胁从少，四川教匪少，胁从多，今楚贼尽逼入川，其余川东巫山大宁接壤者，有界岭之险可扼，是湖北重在堵而不在剿；至川陕交界，自广元至太平千余里，随处可通，陕攻急则折入川，川攻急则窜入陕，是汉江南北，剿堵并重；川东川北，有嘉陵江以阻其西南，余皆崇山峻岭，居民大半依山傍水，向无村落，惩贼焚掠，近俱扼险筑寨，大者数千人，小亦数百名，团练守御，而川北形势，更便于川东，若能驱各路之贼，逼归川北，必可聚而歼旃，是四川重在剿而不在堵；虽贼匪未必肯逼归一处，但使所至俱有堡寨，星罗棋布，而官兵鼓行随其后，遇贼即迎截夹击，所谓以堵为剿，宁不事半功倍？此则三省所同。臣已行知陕楚，晓谕修筑，并定赏格，以期兵民同心蹙贼。至从征官兵，每日遄征百十里，旬月尚可耐劳，若阅四五年之久，无冬无夏，即骡马尚且踣毙，何况于人？而续调新募之兵，不习劳苦，更不如旧兵之得力，臣之一军所以尚能得力者，实以兵士所到之处，亦臣所到之处；兵士不得食息，臣亦不得食息。自阖营将弁，无不一心一力，而

各路不能尽然。近日不得已将臣所领之兵，与各提镇互相更调，以期人人精锐，足以歼敌。恐劳圣虑，特此奏闻。

据这奏牍看来，确是老成谋划，不比凡庸，自是军务方有起色。

会德楞泰追逐徐天德，转战陕境，与高均德等相遇，德楞泰乘着大雾，袭击高均德，把他擒住，有旨授德楞泰为参赞大臣。高均德死后，不料复有冉天元，收集均德残众，与徐天德合，非常厉害。额勒登保亲自督剿，令杨遇春领左翼，穆克登布领右翼，穆克登布也是一员骁将，但与杨遇春不甚相合。遇春因天元善战，非他贼比，须先用全力相搏，杀败了他，方好分队追击。额公亦赞成此议，独穆克登布意不为然。到了苍溪，闻与冉天元相近，穆克登布竟恃勇先进，绕出冉天元前面，忽伏兵齐起，前后夹攻，将穆克登布围住。穆克登布猛力冲突，不能出围，幸亏山寨乡勇，出垒救应，始拔出穆克登布，将士伤了不少。穆克登布经此大创，别人料他总要小心，谁知他依然如故，仍力追冉天元，驰至老虎垩，旁有大山，穆克登布跃马径上，直据山巅。杨遇春据山腰，天元正伏山中，先出攻杨遇春军。遇春坚壁不动，天元无可奈何。转身攻穆克登布，冒死突上，山巅促狭，凭你穆克登布如何骁勇，也施展不出什么伎俩。天元进一步，穆克登布退一步，愈逼愈紧，穆克登布的营帐，自山巅坠下，顿时军中大乱，陷死副将十余名，兵士不能悉计。

右翼军败溃，天元再攻左翼军，乘高下压，遇春抵死力战。自傍晚杀到天明，天元始退。遇春部下，也伤亡了若干名。师克在和，不和必败。额勒登保大愤，檄德楞泰夹击冉天元，不防川北的王廷诏一股，竟由川北入汉中，西窥甘肃，额勒登保闻报，又引军星夜赴援，并令德楞泰随后策应。冉天元复东渡嘉陵江，分犯潼川锦州龙安，将北合甘肃诸寇。川陕甘一带，同时告警。清廷不得已，再用明亮为领队大臣，赴湖北，赦勒保罪，授任四川提督，赴四川，屡黜屡陟，清廷可谓无人。并诏德楞泰回截冉天元，命为成都将军。

德楞泰奉命回南，探得冉天元在江油县，急由间道邀击。天元层层设伏，德楞泰步步为营，十荡十决，连夺险隘，转战马蹄岡。时已薄暮，德楞泰见伏兵渐稀，正思下马稍憩，偶见东北角上，赤的的一枝枝号火腾起，直上云霄，德楞泰惊道："我兵已陷入伏中了。"一急。话言未绝，西北角上，又见起了两支号火，再急。德楞泰忙令众兵排开队伍，分头迎敌。转身一望，

西南角及东南角上，都是闪闪火光，冲天四起，马声杂乱，人声鼎沸。三急。德楞泰料知伏兵不止一、二路，亟分作四路抵御，布置才毕，敌兵已由远及近，差不多有七、八路。四急。德楞泰传令齐放矢铳，放了一阵，敌兵毫不退怯，反围裹拢来。德楞泰见敌兵各持竹竿，竿上缠绕湿絮，矢中的箭镞，铳中的弹丸，多射在湿絮上，不甚伤敌，所以敌仍前进，于是传令人自为战。五急。官兵知身入重围，也不想什么生还，恶狠狠的与他鏖斗，血战一夜，天色黎明，敌兵仍是不退。六急。再战一日，方渐渐杀退敌兵。官兵埋锅造饭，蓐食一餐，餐毕，四面喊声又起，忙一齐上马，再行厮杀，又是一日一夜。七急。是日官兵又只吃了一顿饭，夜间仍是对敌。八急。德楞泰暗想道："敌兵更番迭进，我乒尚无援应，若再同他终日厮杀，必至全军覆没呢。"遂下令且战且走。

官兵阵势一动，冉天元料是败却，麾众直进，行得稍慢的，多被悍目自行杀死，此时敌众不得不舍命穷追。官兵战了三日三夜，气力已尽，肚子又饥，没奈何纷纷溃散。九急。德楞泰亦觉得人困马乏，便带了亲兵数十名，跃上山巅，下马喘息，自叹道："我自从军以来，从没有遇着这等悍贼，看来此番要死在此地了。"正自言自语间，猛听得一声大叫道："德楞泰哪里走？"这一句响彻山谷。德楞泰忙上马了望，见山下一人，挥着鞭，舞着刀，冲上山来。这人为谁？正是冉天元？十急。德楞泰胸中已横着一死字，倒也没甚惊恐，且因走上山来，只有一冉天元，越发胆壮，便也大呼道："冉贼！你来送死么？"一面说话，一面拈弓搭箭，飕的一声，正中冉天元的马。那马负着痛，一俯一仰，把冉天元掀落背后，骨碌碌滚下山去。德楞泰拍马下山，亲兵亦紧随而下，见冉天元正搁住断崖藤上，德楞泰忙从亲兵手中，取了钩头枪，将冉天元钩来，掷在地上，亲兵即将他缚住。山下的兵，正上山接应冉天元，见天元被擒，拼命来夺，德楞泰复与交战，忽山后又有一支人马，逾山而至，从山顶冲下。又为德楞泰一急。德楞泰连忙细瞧，认得是山后的乡勇，德楞泰大喜。此中真是天幸。敌兵见乡勇驰到，转身复走。德楞泰偕乡勇下山招集余兵，逐北二十里。这一场恶战，自古罕有，德将军三字惊破敌胆，另外带兵官，多冒德将军旗帜，教徒不辨真假，一见辄逃。川西肃清，川东北虽有余孽，不足为患。适勒保至川，遂将肃清余党事，交付勒保，自赴额勒登保军。

额勒登保追王廷诏，沿途屡有斩获，王廷诏复自甘返陕，那彦成堵剿不力，有旨严谴，会河南布政使马慧裕，缉获教主刘之协于叶县，槛送京师，立正典刑。并谕军机大臣道：

前据马慧裕奏宝丰郏县地方，有匪徒焚掠之事，旋据叶县禀，缉获首犯刘之协，本日马慧裕驰奏，已收宝丰等处，白莲教匪徒千余名，悉数歼除，并提到眼目，认明刘之协属实，刘之协为教匪首逆，勾连蔓延，荼毒生灵，乃该犯仍敢在豫省纠结，潜谋起事，并欲为陕楚教匪接应，实堪痛恨。仰赖昊穹垂慈，皇考默佑，俾豫省新起教匪一千余人，立时剿捕净尽，擒获首逆，明正刑诛，可见教匪劫数已尽，从此各路大兵，定可刻期蒇事。朕于欣慰之余，转觉恻然不忍，盖教匪本属良民，只因刘之协首先簧鼓，附从日众，征兵剿办，已阅数年，无论百姓无辜，横遭杀戮，被胁多人，迫于不得已，即真正白莲教，皆我大清赤子，只因一时愚昧，致罹重罪。至各股贼首，先后就诛者，无不身受极刑，全家被戮，虽孽由自作，亦系听从刘之协倡教而起。白莲教获罪于天，自取灭亡，其顽梗可恶，其愚蠢可怜。朕仰体上天好生之仁，于万无可贷中，宽其一线，着经略额勒登保，参赞德楞泰，及各路带兵大员，与各督抚等，将刘之协擒获一事，广为宣传，并传谕贼营，伊等教首，已就诛戮，无可附从。至于裹胁之人，本系良善百姓，何苦为贼所累，自破身家，如能幡然悔悟，不但免诛，并当妥为安置。即实系同教，畏罪乞命，弃械归诚，亦必贷其一死。若经此番晓谕之后，仍复怙恶不悛，则是伊等甘就骈诛，大兵所到，诛戮无遗，亦气数使然，不能复加矜贷。额勒登保等鼓励将士，务期迅归贼氛，奠安黎庶，同膺懋赏，将此通谕知之。

嘉庆帝又亲制一篇邪教说，有“但治从逆，不治从教”的意旨。自是教徒失所倚靠，逐渐变计，化作良民。此时剧寇，只有王廷诏在陕西，徐天德在湖北，德楞泰由川赴陕，与额勒登保合军，追袭王廷诏。杨遇春为先锋，至龙池场，分兵埋伏，诱廷诏追来，一鼓擒住，并获散头目十数人，余众走湖北，由德楞泰引兵追剿，与明亮夹击、圈逼徐天德、樊人杰于均州。天

德、人杰，先后投水溺死。川楚陕三省的悍目，斩俘殆尽，不过还有余孽未靖了。此时已是嘉庆六年的夏季。正是：

万丈狂澜争一霎，七年征伐病三军。

诸君欲知后事，且待下回再阅。

仁宗初政，颇有黜佞崇忠扶衰起敝之象。和珅一诛，而军务已有起色，勒保一黜，而寇氛以次肃清，可见立国之道，全恃元首，元首明则庶事康，元首丛脞则万事隳，彼额勒登保德楞泰之得建奇功，莫非元首知人之效，然七年劳役，万众遭殃，不待洪杨之变，而清室衰兆见矣。故善读满史者，皆以高宗之末为清室盛衰关键云。

第四十五回　抚叛兵良将蒙冤
剿海寇统帅奏捷

却说川楚陕三省的教徒，头目虽多归擒戮，余孽尚是不少。额勒登保德楞泰，又往来搜剿，直到嘉庆七年冬季，始报大功戡定。嘉庆帝祭告裕陵，高宗陵。宣示中外，封额勒登保一等威勇侯，德楞泰一等继勇侯，均世袭罔替，并加太子太保，授御前大臣。勒保封一等伯，明亮封一等男，碌碌因人。杨遇春以下诸将，爵秩有差。

自此以后，裁汰营兵，遣散乡勇，兵勇或无家可归，或归家不敷食用，又经发放恩饷各官吏，层层克剥，七折八扣，煞是可恨。因此游兵冗勇，又纠众戕官，出没为患。复经额德两将帅，东剿西抚，忙了一年，事始大定。自教徒肇乱，劳师九载，所用兵费，竟至二万万两，杀伤的教徒不下数十万，清兵乡勇的阵亡，五省良民的被难，且算不胜算，无从查考。和珅之肉，其足食乎？只这位嘉庆帝，当军事紧急时，很是审虑周详，励精图治，到西北平定，内外官吏，又是歌功颂德，极力铺张，嘉庆帝也道是功德及民，渐渐的骄侈起来。逸豫忘身，中主多半如此。庆赏万寿，下嫁公主，挑选妃嫔，仪注都非常繁备，金银也用了许多。

还有一桩赏罚倒置的事情：川楚陕平靖后，因地势阻奥，增设营汛，陕西省中添了一个宁陕镇，就用杨芳做了镇台，宁陕的地方，地险粮贵，当时创议的人，因例饷不足兵用，酌定每月加给盐米银，每人五钱，三年递减，次年届期应减一钱，布政使朱勋，以未奉部文，并四钱也都停发，兵士大

哗。会陕西提督杨遇春，方奉旨入觐，宁陕总兵杨芳调署提督，副将杨之震护宁陕镇，将哗噪的兵士，不问曲直，统拿来笞杖一顿，一味蛮做。兵士愈加怨愤。内有两个小头目，都是姓陈，一名达顺，一名先伦，居然纠众抗命，杀死副将游击，劫了库中的银两，放出狱中的罪犯，趁势大乱。时杨遇春尚未出境，朝旨即命他回剿，另简成都将军德楞泰为钦差大臣，赴陕督师，遇春到方柴关，叛兵设伏以待，推蒲大芳为首领，大芳骁桀善战，竟将遇春围住，官兵叛卒，互相认识，竟不肯听遇春号令，纷纷四散。遇春止率亲兵数十名，登山断后，见大芳策马而来，大声叱道："你何故造反？"大芳见是遇春，就下马遥跪，哭诉营官克饷的情形。遇春道："营官克饷，你可上诉，何苦做此大逆不道的勾当。"大芳道："现在已处骑虎之势，不能再下，须求大帅谅我！"言毕，起身径去。还亏遇春平日恩信及人，不致被迫。

是时杨芳亦驰来相救，遇春与他商议，杨芳道："叛兵都经过百战，并非一时乌合，若要除灭了他，很不容易。况官兵九载勤劳，疮痍未复，又前时与叛兵多系同功一体，以兵攻兵，终无斗志。闻叛首蒲大芳见了大帅，尚下马遥跪，卑镇家属，亦由大芳送至石泉。可见大芳虽叛，还有旧部情谊。卑镇愿亲自出抚，若得大芳归降，便可迎刃而解。"遇春喜甚，即命杨芳去抚大芳。到了大芳营前，敌矛林立，军垒森严，杨芳的背后，有随员数名，都吓得战战兢兢，请杨芳折回。杨芳道："天佑苍生，我必不死。且为国息兵，虽死何恨。汝等若果畏惧，不妨退还。让我一人前去便了。"遂扬鞭独进，直入大芳营。大芳忙出来迎见，杨芳向着大芳，恸哭失声道："我与汝等戮力数年，同患难，共生死，仿佛如家人骨肉一般，今朝两下对垒，反同仇敌，我不忍见汝等身陨族灭，所以单骑前来，请你等先杀了我，免得见你惨祸。"蒲大芳等听了这番言语，不由的不感激，便道："我等小兵，安敢冒犯镇台大人？大人真心相待，大芳也有天良，宁不知感。只朝廷未必肯赦前罪，奈何？"杨芳道："你果诚心悔过，我当于钦差大人前，极力保免，要生同生，要死同死，要犯罪同犯罪，不使你等独受灾殃。"沉痛语，亦刻挚语，安得不令大芳敬服？大芳到此，不禁涕零，即声随泪下道："镇台大人，真是我的生身父母。我若再自逆命，恐怕皇天也不容我呢。"已五体投地了。当下对众人道："大芳今日已悔前过，情愿听这位杨镇台大人，杨镇台令我活，我就活，杨镇台要我死，我亦甘死，若兄弟们不以为然，一概听便。"大众齐

声道："愿随杨大人。"杨芳见叛兵都愿就降，便道："众位都愿相随，乃是很好的了。但倡乱的人，曾在此处么？"大芳道："不在此处。"杨芳道："这却不便赦他。他戕了官，劫了库，破了狱，无法无天，若不照律究办，还要什么政府？"先宽后紧，可谓善于操纵。大芳道："这都在大芳身上，请大人放心！"杨芳随即回营。

过了两日，大芳果诱缚陈先伦陈达顺二人，献至清营，束手归命，这次乱事，若非杨芳单骑招抚，以诚服人，眼见得叛兵四出，如火燎原，比川楚陕三省的教徒，还要厉害几倍呢。德楞泰将二陈磔死，其余依了杨芳的议论，尽行赦宥，释归原伍。只奏折上却说是叛卒穷蹙乞命，把杨芳招抚事，搁起不提。

讵料嘉庆帝忽下严旨，说德楞泰宽纵专擅，竟要将他严谴。德楞泰急得没法，又上了一篇奏章，推在杨芳一人身上。德公尚且不德，何况别将。嘉庆帝遂将杨芳革职充戍，蒲大芳二百余人，亦命随杨芳发充伊犁，又密令伊犁将军松筠，将蒲大芳等诱诛。杨遇春亦坐罪降为总兵，德楞泰处罚罪轻，总算革职留任。后德楞泰调任陕西，剿平西乡叛兵，赏还原职。德公也天良发现，密奏杨芳功，方将杨芳赦回，然已受侮不少了。忠而被谤，最堪愤惋。西北一带，经数次痛剿，已算无事，偏偏东南的海寇，又兴起波，掀起浪来。海洋开禁，自康熙年间起头，康熙帝尝任用客卿，如西洋人汤若望、南怀仁等，俱命司历务，外洋商船，得了内援，便在中国海滨互市，往来江浙闽粤间。乾隆末年，安南阮光平父子，窃位据国，国库中很是缺乏，他却想了一个盗贼政策，招集沿海无赖，给他兵船，封他官爵，叫他在海中劫掠商船，充作国用，这种政策，倒是特色。于是海寇日盛一日。嘉庆五年，海寇驾艇百余艘，聚逼台州，居然想上岸劫夺，浙江定海镇总兵李长庚，生长闽海，素识海中险要，且忠勇得了不得，是日闻警，带领三镇水师，出口抵御，巧值飓风陡起，雷雨大作，寇艇多半撞溺，有几百个海寇，避风上岸，被长庚捉得一个不剩，当场审讯，内中有四个头目，系是安南总兵，佩有安南王敕印。长庚大怒，把四人磔死，并行文安南，将敕印掷还。

会安南又有内乱，广南王后裔阮福映，自暹罗入国，得暹人援助，恢复旧土，灭了新阮，方思联络清朝，遂一面声明纵寇诲盗，系阮光平父子所为，与己无涉，一面奉表入贡，求清册封，乞仍以越南名国。嘉庆帝封他为

越南国王，令严杜海寇，阮福映遵敕照办。怎奈海寇已是不少，虽失了安南政府的保护，终究野心未戢，仍然出没海上。就中有两个悍头目，叫着蔡牵朱渍，兼并群盗，号令一方。蔡牵有百数十艇，朱渍也有百艇，把闽海作了根据，无论何国的商船，一出海洋，须要缴通行税四百圆，进港加倍，就是买路钱的别名。因此他二人竟做了海上富豪。又交通陆地会匪，使阴济兵械，饷械充足，猖獗万分，官兵都奈何他不得。

只一智勇深沉的李长庚，还好与他酣战几场，但长庚单知忠国，不善逢迎，不如是，不足为忠臣。往往为上司所忌。可恨可叹！嘉庆帝因长庚有功，擢他为福建提督，闽督玉德，偏与长庚反对，奏称长庚籍隶福建，须要回避，似乎名正言顺。朝旨乃调任浙江。浙江巡抚阮元，系江苏仪征县人，素擅文名，兼通武略，见了李长庚，谈了一回剿寇事宜，甚为合意，遂大加赏识。惺惺惜惺惺。长庚献造船制炮两大策，阮抚台一律采用，即为筹款十余万两，交与长庚。天下无难事，总教现银子，长庚得了这项巨款，就放着胆子，造起大船三十艘，名叫霆船，铸就大炮四百尊，就各船配搭，乘风破浪，所向披靡，连败蔡牵于岐头东霍等洋，擒住贼目张如茂等，兵威大振。嘉庆八年，蔡牵至定海，到普陀山进香，长庚探悉，将霆船一齐放出，四面掩击。蔡牵不及防备，忙跳下小船，单舸逃去。余外大艇，多被长庚一阵炮弹，打得篷穿桅折；并传令舟师追赶。

此时的蔡牵，正如丧家犬，漏网之鱼，逃至闽洋，又见霆船追至，据着上风，不能冲突，他连忙取了数万银子，遣人至闽督玉德处乞降。玉德见了银子，好似苍蝇见血，叮住不放，为了此物，误尽天下官吏。还管什么真假，立饬兴泉道庆徕，赴海口招抚。蔡牵与庆徕约，如果许降，须令李长庚退兵回港，勿得穷追。庆徕飞报玉德，玉德飞饬李长庚回兵。长庚明知蔡牵诈降，无如提督的位置，要受督抚节制，总督有命，不得违拗，未免落了几点英雄泪，带兵回港。

蔡牵恰慢慢儿修好樯桅，备好糇粮，扬帆遁去。暗地里恰贿通奸商，替他制造巨舰，比霆船还要高大，只说载货出洋。一出了口，便交与蔡牵。蔡牵得此巨舰，又纵横海上，劫得台湾米数千担，接济朱渍，与渍合势，再犯温州。温州总兵胡振声，仓皇失措，领了一班不整不齐的水师，出去截击，不值牵、渍两人一扫，非但全军覆没，连胡振声亦溺毙水中。牵、渍连艅

八十余，返驰入闽，闽中没有一人敢上前抵敌。

嘉庆帝闻悉情形，命长庚总统闽浙水师。长庚感恩图报，令温州海坛二镇为左右翼，日夕操练，于嘉庆九年仲秋，向马迹洋出发。净海无波，水天一色，正好行军时候。兵行数十里，遥见前面有一海岛，左右两翼，泊着敌船，帆樯矗立，簇隐如林，差不多一二百艘。长庚把令旗一挥，大小战舰，并行而进，看看敌船将近，令各舰队齐放巨炮。蔡牵、朱渍也将战船驶开，一字儿的排着，用炮还击。霎时间烟雾迷濛，波飞浪立。长庚仔细一瞧，右边是蔡牵战船，左边是朱渍战船。他却把自己坐船，直冲中心，轰的一炮，把敌阵中间的船篷，打落半边，那船向后倒退。长庚乘势突入，将敌阵冲作两段。朱渍见阵势已乱，率舰逃走。蔡牵势成孤立，也转舵前奔。长庚扯满风篷，追杀过去，击沉敌船二艘，并将蔡牵的坐船篷索，亦都击断。亏得蔡牵的船身高大，船篷虽坏，尚能驰驶，拼命逃了出去。长庚方传令收兵。

是年冬，败朱渍于甲子洋。次年夏，又败蔡牵于青龙港，蔡牵屡败屡奋，索性聚船百余艘，东犯台湾，攻入鹿耳门，沉舟塞港，截阻官兵援应，并结连土匪万余人，围攻府城，自称镇海王。全台大震。闽督玉德，飞报清廷。嘉庆帝忙饬成都将军德楞泰，佩钦差大臣关防，调四川兵三千赴剿，将军赛冲阿为副，令速出兵。

两将军尚未出境，李长庚已到台湾，总是他捷足。他见鹿耳门已被塞住，寻出一条小港来，这港名叫安平港，可以直入府城，于是令总兵许松年、王得禄，驾了小舟，率兵潜入，自己守住南汕北汕两口，堵住蔡牵出路。蔡牵只道鹿耳门已经塞住，尽可向前进攻，谁料许松年、王得禄，已从间道攻入。蔡牵急分兵抵御，五战都败，失了三十多号小战船，并党羽千余人。蔡牵料台湾难下，急从北汕港遁走，将要出口，见口外有大舰数艘堵住，最高的舰上，立着一位大帅，手执令旗，威风凛凛，望将过去，不是别人，正是生平最怕的李长庚。蔡牵想上前冲突，后面的追兵又至，前后都用大炮轰击，蔡牵管了前，不能管后，管了后，又不能管前，急得叫苦连天，投身无路。长庚下令道："今日不擒蔡逆，更待何时，诸将士宜乘此努力。"这令一下，诸将士奋力前攻，巴不得立擒蔡牵。

怎奈将士固已齐心，老天偏不做美，一阵怪风，从海中掀起，波涛怒立，战舰飘摇，官兵急切不能自主，被蔡牵夺路逃走。一出海外，辽廓无

垠，长庚只率兵三千，哪里阻截得住？仅夺了十多号战船。嘉庆帝还说他任贼远飏，夺去翎顶，皇帝总没良心。德楞泰等一律截回，长庚愤极，复率兵力剿，退至福宁，岸上无一卒夹击，蔡牵、朱濆，复连合来攻。长庚猛力杀退，蔡牵又与朱濆分兵，窜入浙海。只台州到定海，长庚尾追不舍，专击牵舟，牵受创又遁，有旨赏还翎顶。长庚愤怒少舒。

不防浙抚阮公，丁忧去任，长庚慨然太息，与三镇总兵商议道："我自统领水师以来，全仗阮公帮助，稍得舒展。今阮公又去，知我无人，看来是难望成功呢？"三镇总兵道："浙抚已去，闽督尚在，统帅何必忧虑。"长庚道："不要提起这位闽督玉公，我要造船，他说无银；我要调军，他说无兵。台湾一役，我与诸君尽力截住蔡逆，虽是天公不公，起了飓风，被他走脱，然使玉公出兵相助，这蔡逆已被我杀败，狼狈万状，何患不能追擒？就令玉公不愿出兵。却肯预先给发银两，畀我造成大船，那时船身高大，究竟抵得住风潮，不妨冲风追袭。你看蔡逆的坐船，比我的坐船，要高五六尺，他在惊风骇浪中，尚能驾驶自如，我却不能，睁着眼由他逃去，真正可恨！"良将无功，多被上峰掣肘之故，不独李公为然。三总兵听到此语，也不禁忿恨起来，便一齐道："统帅既要造船，某等愿捐廉相助。"长庚道："诸君美意，煞是可敬。但我亦早有此意，还恐玉帅不允。"三总兵道："且禀报玉帅，再作计较。"长庚修好禀单，饬呈闽督，得了回批，果然说造船需时，朝廷有旨速剿，不便久待，毋得濡滞干咎。妒功忌能，莫逾于此。长庚忙召三总兵，将回批与他瞧阅，三总兵愤愤道："统帅本可专折奏陈，何不详报皇上呢？"长庚叹道："我辈统是汉人，汉人十句话，不及满人一句。朝廷总是信玉帅，不信长庚，如何是好？"满汉界限，区画早分。三总兵道："今上圣明，或不致此，统帅总是奏陈为是。"长庚不得已，便将平日情形，据实列奏。嘉庆帝果真圣明，把闽督玉德革职拿问，另命阿林保继任闽督。

阿林保到任，长庚免不得到闽贺喜，阿林保置酒款待，席间叙起剿寇事。这位新总督阿公，拈着几根鼠须，沉吟一回，已露奸象。随笑嘻嘻的向长庚道："大海捕鱼，何时入网？我兄弟恰有一策，不知可用得否？"长庚道："敢不请教。"我亦要请教。阿林保道："海外辽阔，事无左证，李总统但斩了一酋，即说是蔡牵首级，报至我兄弟衙门，我兄弟便可飞章报捷，余外的贼子，统归善后办理。照这样处置，你受上赏，我亦得邀次功，比穷年累

月的跋涉鲸波，侥幸万一，岂不是较好么？”原来如此！长庚不禁勃然道：“大帅叫长庚杀贼，长庚恰不怕死，久视海舶如庐舍，若照这样捏诈虚报的办法，长庚不敢闻命。”阿林保道：“我也无非为你打算，你定要擒真蔡牵，兄弟也不便多管。”长庚道：“长庚誓与贼同死，不与贼同生。”阿林保不待长庚言毕，便道：“算了！好好一个人，如何情愿求死？要死何难，要死不难。”长庚至此，不能不死。长庚满腹愤怒，只是不好发泄，勉强饮了几杯，谢宴趋出。阿林保即密劾长庚，不到一月，弹章三上，不是说长庚恃才，就是说长庚怯战，一心想置长庚于死地，小子叙说到此，也满怀愤激，吟成一绝句道：

岳王功败遭秦桧，道济名高嫉义康，
自古忠奸不两立，但凭人主慎端详。

未知嘉庆帝如何发落，且待下回再叙。

康熙以后，已乏练达之满员，而满汉畛域，反日甚一日。盖满员渐成无用，内而政务，外而边事，多仗汉人赞助，相形之下，未免见绌，由愧生妒，由妒生忌，于是汉员立功，往往为满员所侧目，不加残害不止。张广泗、柴大纪等事，见于乾隆朝，杨芳充戍，李长庚殉难，见于嘉庆朝，后人或目为专制之毒，实则不仅专制而已。汉人十语，不及满人一语，即为本回中眼目。德楞泰已负杨芳，后且求如德楞泰者，尚不可得，此汉满之所以终成水火也。

第四十六回　两军门复仇慰英魄
八卦教煽乱闹皇城

却说嘉庆帝连得阿林保密疏，也未免疑惑起来，只因前时阮元等人，都极力保荐李长庚，且海上战功，亦唯长庚居多，半信半疑，暂且留中不发，密令浙抚清安泰查复。清安泰虽不及阮元，恰不是阿林保的糊涂，但看他复奏一本的文词，已略见一斑了。大旨说道：

长庚熟海岛形势，风云沙线，每战自持柁，老于操舟者不能及；且忘身殉国，两载在外，过门不入，以捐造船械，倾其家资，所俘获尽以赏功，故士争效死；且身先士卒，屡冒危险，八月中剿贼渔山，围攻蔡逆，火器雨下，身受多创，将士亦伤百有四十人，鏖战不退，故贼中有"不畏千万兵，只畏李长庚"之语。唯海艘越二三旬，即须燂洗，否则苔粘蛰结，驾驶不灵，其收港并非逗留。且海中剿贼，全凭风力，风势不顺，虽隔数十里，旬日尚不能到也，是故海上之兵，无风不战，大风不战，大雨不战，逆风逆潮不战，阴雨濛雾不战，日晚夜黑不战，飓期将至，沙路不熟，贼众我寡，前无泊地，皆不战。及其战也，勇力无所施，全以大炮相轰击，船身簸荡，中者几何？我顺风而逐，贼亦顺风而逃，无伏可设，无险可扼，必以钩镰去其皮网，以大炮坏其舵牙篷胎，使船伤行迟，我师环而攻之，贼穷投海，然后获其一二船，而余船已飘而远矣。贼往来三省，数千里皆沿海内洋，其外洋灏瀚，则无船可掠，

无暴可依，从不敢往。唯遇剿急时，始间以为逋逃之地，倘日色西沉，贼直窜外洋，我师冒险无益，势必回帆收港，而贼又逭诛矣。且船在大海中，浪起如升天，落如坠地，一物不固，即有覆溺之忧。每遇大风，一舟折桅，全军失色。虽贼在垂获，亦必舍而收泊，易桅竣工，贼已远遁；数日追及，桅坏复然，故尝累月不获一贼。夫船者，官兵之城郭营垒车马也。船诚得力，以战则勇，以守则固，以追则速，以冲则坚。今浙省兵船，皆长庚督造，颇能如式。唯兵船有定制，而闽省商船无定制，一报被劫，则商船即为敌船。愈高大，多炮多粮，则愈足赍寇。近日长庚剿贼，使诸镇之兵，隔断贼党之船，但以隔断为功，不以擒获为功；而长庚自以己兵专注，蔡逆坐船围攻，贼行与行，贼止与止；无如贼船愈大，炮愈多，是以兵士明知盗船货财充足，而不能为擒贼擒王之计。且水陆兵饷，例止发三月，海洋路远，往返稽时，而事机之来，间不容发，迟之一日，虽劳费经年，不足追其前效，此皆已往之积弊也。非尽矫从前之失，不能收将来之效；非使贼尽失其所长，亦无由攻其所短，则岸奸济贼之禁，尤宜两省合力，乃可期效。谨奏。

这篇奏牍，说得剀切真挚，把李长庚一生经济，及海上交战情形，统包括在内。确是前清奏牍中罕见之作。嘉庆帝览了此奏，方悉阿林保妒功情状，下旨切责。略说："阿林保甫莅任旬月，专以去长庚为事，倘联误听谗言，岂非自杀良将？嗣后剿贼事宜，责成长庚一人，阿林保不得掣肘！若再忌功诬劾，玉德就是前车之鉴。"谕旨也算严切，无如巨奸未去，忠臣总无安日。并饬造大梭船三十艘，未成以前，先雇大商船助剿。阿林保见弹劾无效，反遭诘责，气得暴跳如雷，独自一人乱叫道："有我无长庚，有长庚无我，我总要他死。他死了，方出我胸中的气。"遂飞檄催战。

原来清廷定例，总督多兼兵部尚书职衔，全省水陆各军，统归节制。长庚虽总统水师，不能不受阿林保命令。长庚方思修理船只，整备军械，为大举出洋的计划，那阿林保的催战文书，三日一道，五日两道，长庚休战，不到一月，他恰下了十数道檄文。秦桧用十二金牌，促岳武穆班帅，阿林保恰用十数道檄文，促李忠毅出战，行迹不同，用心则一。长庚叹道："我不死在海贼手里，也难逃奸臣计中，看来不如与贼同死罢！"遂召集诸将克日出师，一面修好

家书，寄与夫人吴氏，内说："以身许国，不能顾家。"并将落齿数枚，一同缄固，着人送回家中。这次出发，凭着一股怒气，驶船出港。敌船见长庚出来，望风趋避，都逃至粤海中。长庚追至竿塘，方寻着敌船数只，接连放炮，击坏敌船两艘，活擒盗目一名，系是蔡牵侄儿，名叫天来。蔡牵因长庚至粤，复北航至浙，长庚也追到浙江，到温州海面，把他击败。他又自浙窜粤，自粤窜闽，盘旋海上，长庚只是不舍。遇着了他，便首先冲阵，不管死活，与他争战，弄得蔡牵走头无路，连败数次。

嘉庆十二年，命总兵许松年等击朱濆，自率精兵专剿蔡牵，朱濆被许松年击败，势已穷蹙，长庚亦连败蔡牵数阵，蔡牵只剩得海船三艘，长庚拟一鼓歼敌，檄福建水师提督张见升一同穷追。蔡牵逃至黑水洋，长庚率水师追及，蔡牵逃无可逃，与长庚决一死战。长庚亲自擂鼓，督众围攻，约战了两个时辰，牵船上的风帆，触着弹子，霎时破裂，长庚令兵士乘势纵火，直逼牵船后艄，火势炎炎，燔及牵船，兵士各握着兵器，想随着火势，扑将过去。猛听得蔡牵船后，一声炮发，弹丸穿入长庚船中，兵士向后一顾，见统帅长庚，已跌倒在船板上，连忙施救，咽喉中已鲜血直流，无可救药。阿林保闻报，谅必得意非凡。军中失了主帅，自然慌乱。本来张见升跟着后面，不妨过船代督士卒，少持半日，即可歼贼，谁知他是阿林保心腹，不愁蔡牵生，但愿长庚死，当下便引船径退，众兵船亦相率退驶。蔡牵带了残船三艘，竟遁安南。这信传达京师，嘉庆帝大为震悼，何益？特旨追封壮烈伯，赐谥忠毅，饬地方官妥为保护，送柩回籍，俾立专祠。已经死了，特恩何用？随命长庚裨将王得禄、邱良功二人，升任提督，分率长庚旧部，叫他同心敌忾，为长庚报仇。

是时蔡牵、朱濆，俱已势衰力竭，闽督又改任方维甸，浙抚又重任阮元，军机大臣复换了戴衢亨，将相协力，内外一心，歼除这垂亡小丑，自然容易得很。许松年在闽海击毙朱濆，濆弟朱渥，率众乞降。王、邱二提督，闻松年已立大功，自己恐落人后，随慷慨誓师，决擒蔡牵，蔡牵已招集残众，再入闽浙海面，直到定海的渔山，二提督蹑踪追剿，乘着上风，奋呼轰击，转战至绿水洋，天已昏黑，纵火烧贼舟，不想风浪大起，蔡牵复乘浪脱走。二提督愤极，当晚商议，邱良功对王得禄道："前日临行时，抚帅阮公，曾教我等分船隔攻，专注蔡逆，明日要擒蔡牵，须用此策。"王得禄

道："此计甚好。"次晨复出师穷追，蔡牵一见即逃，驶出黑水洋，邱良功赶忙追上，令舰队各自分堵，自己坐的船，与蔡牵坐船并列，专攻蔡牵。王得禄坐船亦至，与邱良功船并列，接应邱良功。两下里誓死猛扑，烟硝蔽天，忽良功坐船上的风篷，与蔡牵坐船上的风篷，结成一块，蔡众持着长矛，将良功的风篷扯毁，复用椗札住良功坐船。良功大喝一声，执了雪亮的宝刀，去劈敌椗，说时迟，那时快，敌众的长矛，已刺入良功脚上，血流如注。良功部下，见主帅受伤，毁椗脱出。蔡牵正思逃走，王得禄又挥众直上，弹如贯珠，蔡牵仍誓死抵拒，战至日暮，牵船中弹丸已尽，待别舟相援，又被闽浙二军隔住，自顾不暇。王得禄料敌势已蹙，纵火焚牵船尾楼，忽身上中了数颗炮弹，虽觉得疼痛，却没有弹丸的猛烈。仔细一瞧，并不是弹丸，那是外洋通用的银圆。得禄大呼道："贼船内弹药已完，打过来统是银圆，不能伤人。军士替我尽力向前，擒渠受赏。"军士一看，果见船板上面，银圆爆入不少，顿时胆子愈壮，气力愈大，一面放火，一面用枪矛钩断牵船篷桅。牵知无救，遂首尾举炮，将坐船自裂，连人连船，沉落海中。积年逋寇，逃入龙王宫里去躲避，余党大半乞降。王得禄、邱良功收兵而回，忙用红旗报捷。诏封王得禄二等子，邱良功二等男，于是闽浙二洋，巨盗皆灭。若叙首功，当推李长庚第一，阮元为次。粤洋尚存几个艇盗，被粤督百龄严断接济，饬兵搜剿，弄得个个穷蹙，情愿投诚乞命，粤盗亦平。

嘉庆帝内惩教匪，外惩海盗，遂下旨严禁西洋人刻书传教，适粤民陈若望，私代西洋人德天赐，递送书信地图，事发被拿，下刑部讯鞫，究出传教习教多人，遂把德天赐充发热河，幽禁额鲁特营房，陈若望充发伊犁，给额鲁特人为奴，传教习教一干人犯，亦照例充配。过了数年，西洋人兰月旺，又潜入湖北传教，被耒阳县查悉，将他获住，解入省中，报闻刑部，又照律治罪，处以绞决。教案萌芽。

这时候，英吉利人屡乞通商，亦奉旨批斥，忽广东沿海的澳门岛外，来英舰十三艘，舰长叫作度路利，投书粤督，声明愿协剿海寇，只求通商为报。粤督吴熊光，以海寇渐平，抗词拒绝，英舰仍逗留未去，反入澳门登岸，分据各炮台。熊光据事奏闻，有旨责熊光办理迟延，革职留任。并说："英舰如再抗延，当出兵剿办。"熊光通知英将，英将乃起椗回国。五口通商之朕兆。

已而英国复遣使臣墨尔斯，直入京师，与政府直接交涉，愿结通商条约，清廷迫他行跪拜礼，他恰不从，当即驱逐回国。英人未识内情，暂时罢手，清廷还道是威震五洲，莫余敢侮。夜郎自大。嘉庆帝方西幸五台，北狩木兰，消遣这千金难买的岁月，到嘉庆十六年，彗星现西北方，钦天监奏言星象主兵，应预先防备，嘉庆帝复问星象应在何时？经钦天监细细查核，应在十八年闰八月中，应将十八年国八月，移改作十九年闰二月，或可消弭星变。天道远，人道迩，徒将闰月移改，难道便可弭变么？嘉庆帝准奏，又诏百官修省，百官为重，君为轻，也是当时创例。这等百官，多是麻木不仁的人物，今朝一慌，明朝没事，就罢了。

忽忽间已是二年，嘉庆帝也忘了前事。七月下旬，秋狩木兰，启銮而去，不想宫廷里面，竟闹出一件大祸祟来。原来南京一带，有一种亡命之徒，立起一个教会，叫作天理教，亦名八卦教，大略与白莲教相似，号召党羽，遍布直隶河南山东山西各省，内中有两个教首：一个是林清，传教直隶；一个是李文成，传教河南。他两人内外勾结，一心思想谋富贵，做皇帝，眼目。闻得钦天监有星象主兵，移改闰月的事情，便议乘间起事，捏造了两句谶语，说是："二八中秋，黄花落地。清朝最怕闰八月，天数难逃，移改也是无益。"这几句话儿，哄动愚民，很是容易。又兼直隶省适遇旱灾，流民杂沓，聚啸成群，林清就势召集，并费了几万银子，买通内监刘金高广福阎进喜等作为内应，京中发难，比外省尤为厉害，我为嘉庆帝捏一把汗。一面密召李文成作为外援。

文成到京两次，约定九月十五日起事，就是钦天监原定嘉庆十八年闰八月十五日。但天下事若要不知，除非不为，林、李两人密干的谋划，只道人不知，鬼不觉，谁料到滑县知县强克捷，竟探闻这种消息，飞速遣人密集巡抚高杞，卫辉知府郎锦麒，请速发兵掩捕。那高抚台与郎知府，疑他轻事重报，搁过一边。克捷急得了不得，申详两回，只是不应。

克捷暗想："李文成是本县人民，他蓄谋不轨，将来发泄，朝廷总说我不先防备。抚台府宪，今朝不肯发兵，事到临头，也必将我问罪，哪个肯把我的详文宣布出来？我迟早终是一死，还是先发制人为妙。就使死了，也是为国而死，死了一个我，保全国家百姓不少。"好一个知县官。主见已定，待到天晚，密传衙役人众，齐集县署听差。衙役等闻命，当即赶到县衙，强克

捷已经坐堂，见衙役禀到，便吩咐道："本官要出衙办事，你等须随我前去，巡夜的灯笼，拿人的家伙，统要备齐，不得迟误！"衙役不敢怠慢，当即取出铁索脚镣等件，伺候强克捷上轿出衙。

克捷禁他吆喝，静悄悄的前行，走东转西，都由强克捷亲自指点。行到一个僻静地方，见有房屋一所，克捷叫轿夫停住，轿夫遵命停下。克捷出了轿，分一半衙役，守住前后门，衙役莫名其妙，只得照行。有两三个与李文成素通声气，也不敢多嘴。还有一半衙役，由克捷带领，敲门而入。李文成正在内室，夜餐方毕，闻报县官亲到，也疑是风声泄漏，不敢出来。克捷直入内室，文成一时不能逃避，反俨然装出没事模样。强克捷原是精细，李文成恰也了得。克捷喝声拿住，衙役提起铁链，套入文成颈上，拖曳回衙。

克捷即坐堂审问，文成笑道："老爷要拿人，也须有些证据，我文成并不犯法，如何平空被拿？"克捷拍案道："你私结教会，谋为不轨，本县已访得确确凿凿，你还敢抵赖么？好好实招，免受重刑！"文成道："叫我招什么？"克捷道："你敢胆大妄为，不用刑，想也不肯吐实。"便喝令衙役用刑。衙役应声，把夹棍碰的掷在地上，拖倒文成，脱去鞋袜，套上夹棍，凭你一收一紧，文成只咬定牙关，连半个字都不说。强克捷道："不招再收。"文成仍是不招。克捷道："好一个大盗，你在本县手中，休想活命！"吩咐衙役收夹加敲，连敲几下，刮的一声，把文成脚胫爆断。文成晕了过去，当由衙役禀知。克捷令将冷水喷醒，钉镣收禁。

克捷总道他脚胫已断，急切不能逃走，待慢慢儿的设法讯供，怎奈文成的党羽，约有数千人，闻得首领被捉，便想出劫狱戕官的法子。于九月初七日，聚众三千，直入滑城，滑城县署，只有几个快班皂役，并没有精兵健将，这三千人一拥到署，衙役都逃得精光，只剩强克捷一门家小，无处投奔，被三千人一阵乱剁，血肉模糊，都归冥府。是清宫内的替死鬼。乱众已将县官杀死，忙破了狱，救出李文成。文成道："直隶的林首领，约我于十五日到京援应，今番闹了起来，前途必有官兵阻拦，一时不能前进，定然误了林大哥原约，奈何奈何？"众党羽道："我等闻兄长被捉，赶紧来救，没有工夫计及后事，如今想来，确是太卤了。"文成道："这也难怪兄弟们，可恨这个强克捷误我大事，我的脚胫，又被他敲断，不能行动，现在只有劳兄弟们，分头干事，若要入都，恐怕来不及了。林大哥！我负了你呢。"当下众

教徒议分路入犯，一路攻山东，一路攻直隶，留文成守滑养病。

嘉庆帝在木兰闻警，用六百里加紧谕旨，命直隶总督温承惠，山东巡抚同兴，河南巡抚高杞，迅速合剿；并饬沿河诸将弁，严密防堵。这旨一下，眼见得李文成党羽，不能越过黄河，只山东的曹州定陶金乡二县，直隶的东垣长明二县，从前只散布教徒，先后响应，戕官据城，余外防守严密，不能下手。京内的林清，恰眼巴巴望文成入援，等到九月十四日，尚无音信，不知是什么缘故？焦急万分。他的拜盟弟兄曹福昌道："李首领今日不到，已是误期，我辈势孤援绝，不便举动。好在嘉庆帝将要回来，闻这班混账王大臣，统要出去迎驾，这时朝内空虚，李首领也可到京，内外夹攻，定可成功。"林清道："嘉庆回京，应在何日？"曹福昌道："我已探听明白，一班王大臣，于十七日出去接驾。"林清道："二八中秋，已有定约，怎好改期？"曹福昌道："这是杜撰的谣言，哪里能够作准？"林清道："无论准与不准，我总不能食言，大家果齐心干去，自然会成功的。"强盗也讲信实。他口中虽这般说，心中倒也有些怕惧，先差他党羽二百人，藏好兵器，于次日混入内城，自己恰在黄村暂住，静听成败。

这二百个教徒，混入城内，便在紫禁城外面的酒店中，饮酒吃饭，专等内应；坐到傍晚，见有两人进来，与众人打了一个暗号，众人一瞧，乃是太监刘金高广福，不觉喜形于色，就起身跟了出去，到店外分头行走。一百人跟了刘金，攻东华门，一百人跟了高广福，攻西华门，大家统是白布包头，鼓噪而入。东华门的护军侍卫，见有匪徒入内，忙即格拒，把匪徒驱出门外，关好了门。西华门不及防御，竟被教徒冲进。反关拒绝军禁，一路趋入，曲折盘旋，不辨东西南北，巧值阎进喜出来接应，叫他认定西边，杀入大内，并用手指定方向，引了几步。进喜本是贼胆心虚，匆匆自去。这班教徒向西急进，满望立入宫中，杀个爽快，夺个净尽，奈途中多是层楼杰阁，挡住去路，免不得左右旋绕，两转三转，又迷住去路。遥见前面有一所房屋，高大的很，疑是大内，遂一齐扑上，斩关进去，里面没有什么人物，只有书架几百箱，教徒忙即退出，用火把向门上一望，扁额乃是文颖馆，复从右首攻进，仍然寂静无声，也是列箱数百具，一律锁好，用刀劈开，箱中统是衣服。又转身出来，再看门上的扁额，乃是尚衣监，写出昏瞆形状，真是绝妙好辞。不由的焦躁起来，索性分头乱闯。有几个闯到隆宗门，门已关得紧闭，

有几个闯到养心门，门亦关好。内中有一头目道："这般乱撞，何时得入大内？看我爬墙进去，你等随后进来，这墙内定是皇宫呢。"言毕，即手执一面大白旗，猱升而上，正要爬上墙头，墙内爆出弹丸，正中这人咽喉，哎的一声，坠落墙下去了。正是：

顺天者存，　逆天者亡；
天不亡清，　宁令猖狂？

毕竟墙内的弹丸。是何人放的？待小子下回表明。

海寇剿平，未几即有天理教之变，内乱相寻，清其衰矣。要之皆内外酣嬉，用人未慎之故。闽有玉德阿林保，于是蔡牵朱渍，扰攘海上数年，良将如李长庚，被迫而死。迨疆吏得人，内廷易相，王邱二提督，即以荡平海寇闻。迨教徒隐伏直豫，温承惠高杞等，又皆漫无觉察，尸位素餐；强克捷既已密详，高杞尚不之应，微克捷之首拘李文成，则届期发难，内外勾通，清宫尚有幸乎？然克捷被戕，高杞蒙赏，死者有知，宁能瞑目？以视李长庚事，不平尤甚。且煌煌宫禁，一任奄竖之受贿通匪，直至斩关而进，尚未识叛党之由来，吾不识满廷大吏，所司何事？嘉庆帝西巡北幸，方自鸣得意，而抑知变患生于肘腋，干戈伏于萧墙，一经爆发，几至倾家亡国，其祸固若是其酷也。展卷读之，令人感慨不置。

第四十七回　闻警回銮下诏罪己　护丧嗣统边报惊心

却说教徒中弹坠下，放弹的人，是皇次子绵宁。皇次子时在上书房，忽闻外面喊声紧急，忙问何事？内侍也未识请由，出外探视，方知有匪徒攻入禁城，三脚两步的回报。皇次子道："这还了得！快取撒袋鸟铳腰刀来！"内侍忙取出呈上。皇次子佩了撒袋，挂了腰刀，手执鸟铳，带了内侍到养心门。贝勒绵志，亦随着后面，皇次子命内侍布好梯子，联步上梯，把头向外一瞧，正值匪徒爬墙上来，皇次子将弹药装入铳内，随手一捺，弹药爆出，把这执旗爬墙的人，打落地上，眼见得不能活了。一个坠下，又有两个想爬上来，皇次子再发一铳，打死一个，贝勒绵志，也开了一铳，打死一个，余众方不敢爬墙，只在墙外乱噪，打死一两个人，便见辟易，这等教徒，实是没用。齐声道："快放火！快放火！"大家走到隆宗门前，放起火来。皇次子颇觉着急，忽见电光一闪，雷声隆隆，大雨随声而下，把火一齐扑灭。有几个匪徒，想转身逃去，天色昏黑，不辨高低，失足跌入御河。当时内传来报，说是天雷击死，皇次子方才放心。

此时留守王大臣，已带兵入卫，一阵搜剿，擒住六、七十名，当场讯问，供称由内监刘金高广福阎进喜等引入。随命兵士将三人拿到，起初供词狡展，经教徒对质，无可报赖，始供称该死。皇次子一面飞报行在，一面入宫请安，宫中自后妃以下，都已吓得发抖，及闻贼已净尽，始改涕为欢。嘉庆帝接到皇次子禀报，立封皇次子为智亲王，每年加给俸银一万二千两，绵

志加封郡王衔，每年加给俸银一千两，并下罪己诏道：

朕以凉德，仰承皇考付托，兢兢业业，十有八年，不敢暇豫。即位之初，白莲教煽乱四省，黎民遭劫，惨不忍言，命将出师，八年始定。方期与我赤子，永乐升平。忽于九月初六日，河南滑县，又起天理教匪，由直隶长垣，至山东曹县，亟命总督温承惠率兵剿办，然此事究在千里之外；猝于九月十五日，变生肘腋，祸起萧墙，天理教匪七十余众，犯禁门，入大内，有执旗上墙三贼，欲入养心门，朕之皇次子亲执鸟枪，连毙二贼，贝勒绵志，续击一贼，始行退下，大内平定，实皇次子之力也。隆宗门外诸王大臣，督率鸟枪兵，竭二日一夜之力，剿捕搜拿净尽矣。我大清国一百七十年以来，定鼎燕京，列祖列宗，深仁厚泽，爱民如子，圣德仁心，奚能缕述？朕虽未能仰绍爱民之实政，亦无害民之虐事，突遭此变，实不可解。总缘德凉愆积，唯自责耳。然变起一时，祸积有日，当今大弊，在'因循怠玩'四字，实中外之所同，朕虽再三告诫，奈诸臣未能领会，悠忽为政，以致酿成汉唐宋明未有之事。较之明季梃击一案，何啻倍蓰？言念及此，不忍再言。予唯返躬修省，改过正心，上答天慈，下释民怨。诸臣若愿为大清国之忠良，则当赤心为国，竭力尽心，匡朕之咎，移民之俗；若自甘卑鄙，则当挂冠致仕，了此残生，切勿尸禄保位，益增朕罪。笔随泪洒，通谕知之。

这次禁城平乱，除皇次子及贝勒绵志外，要算仪亲王永璇，成亲王永瑆，最为出力。两亲王都是嘉庆帝的阿哥，嘉庆帝对待兄弟，颇称和睦，不象那先祖的薄情，所以平日仪成两邸，很有点势力。此次留守禁城，督剿教匪，又蒙嘉奖，将所有未经开复的处分，一概豁免。革步军统领吉纶，及左翼总兵玉麟职，命尚书托津英和回京，查办余逆，饬陕西总督那彦成为钦差大臣，督兵飞剿河南，然后从白涧回銮。

托津英和到了黄村，闻教首林清，已经擒住，赶即进京。自九月十五日起，至十九日，雷电不绝，风霾交作，镇日里尘雾蔽天，昼夜差不多的光景，因此京城里面，人心恐慌，谣言四起，亏得托津英和等，已经到京，方晓得銮舆无恙，到嘉庆帝回宫，遂渐渐镇定。都是巡幸的滋味。二十三日，嘉

庆帝亲御瀛台，讯明教首林清，及通匪诸太监，证供属实，均令凌迟处死，传首畿内。

是时李文成胫疾未愈，不能远出，众教徒又为官兵所阻，只聚集道口镇，钦差大臣那彦成，偕提督杨遇春，率兵至卫辉府。遇春向来英勇，即日带亲兵数十名，由运河西进，直至道口，遇着教徒一队，约有数千人，当即大呼突击，策马先驱。教徒见他黑旗远扬，知是杨家军，先已惊慌得很，纷纷渡河遁回。遇春追过了河，擒斩教徒二百多名，方拟回营；检点亲兵，尚少二人，复冲入敌队，夺还二尸，始暂归北岸，待那彦成到来，一齐进兵。

不想等了两日，那钦差竟不见到，原来那彦成到了卫辉，本想即日进兵，因接高抚台来文，内说教徒势大，未免也有些胆怯，高杞自己胆怯，还要去吓别人。拟俟调山西甘肃吉林索伦兵来助，然后进战。遇春是个参赞，拗不过大帅，只得日日等着，亏得嘉庆帝闻知消息，严促那彦成进兵，方不敢违慢，驰至军营。

杨遇春进攻道口镇，教徒出营探望，瞧见杨家军又至，齐声叫道："不好了！不好了！髯将军又来了！"遇春年已将老，颏下多髯，因此教徒称他作髯将军。髯将军一到，教徒弃营而遁，一边逃，一边追，那钦差又渡河策应，克复桃源进围滑城。

忽探马来报，尚书托津，已平定直隶教匪，所带的索伦兵，已奉旨来助剿滑城了。接连又有人报道："山东的教匪，也被盐运使刘清，剿杀净尽。"那彦成向杨遇春道："直隶山东统归平靖，只河南未平，滑县又是古滑州旧治，城坚土厚，一时不能攻下，奈何？"遇春道："刘清文吏，尚建奇功，参赞受国厚恩，誓破此城，擒这贼首。"那彦成道："刘清向称刘青天，不特能文，兼且能武，真不愧本朝名臣。老兄亦是本朝人杰，成功应在目前，不必着急。"这且颇得激将之法。

正谈论间，索伦兵已到，由那彦成召入，命随杨遇春攻城。遇春督兵开炮，弹丸迭发，打破城墙外面，中间恰是不动，反把弹丸颗颗裹住；经遇春仔细察看，方知墙土裹沙，炮遇土则入，遇沙则止，所以不能洞穿。遇春连攻数日，总不能破，又用了掘隧灌水的计策，亦被守兵察觉，统归无效。是时杨芳仍任总兵，也在营中，便献计道："这城坚固难下，若要攻入，必须多费时日，愚意不如三面围攻，留出北门，待他出走，掩杀过去，方可得

手。”遇春依计，便将北门留出不攻。果然这日黄昏，桃源贼首刘国明，从北门潜入，护李文成出城，将西走太行山，为流寇计。杨芳连忙追击，文成走入辉县山，据住司寨，经杨芳奋勇杀入，正在乱剁乱斫的时候，猛见里面火光冲起，直透云霄，教徒统已四散。由杨芳驰入寨中，扑灭了火，拨出文成尸首，已是乌焦巴弓，当下收兵回到滑城。滑城尚未攻入，杨芳佯向北门筑栅，似乎要四面兜围，守兵专力攻御，他却到西南角上，暗掘旧隧，装满火药，等到夜半，令官兵退下三里，甲骑以待，自率亲卒燃着药线，引入地道，药性暴发，宛似天崩地陷，把城墙轰坍二十多丈，砖石上腾，尸骸飞掷，官兵争先夺城，蚁附而入。守城首领牛亮臣、徐安国等，巷战许久，都就擒获，槛献京师磔死，滑县平定，天理教徒，悉数殄灭，那彦成得晋封三等子，授太子太保，杨遇春三等男，杨芳刘清等，赏赉有差。强克捷首发逆谋，为贼所害，赐谥忠烈，世袭轻车都尉，饬于滑县及原籍韩城，建立专祠。

那彦成拟请入觐，朝旨命移剿陕西三才峡贼。三才峡贼，多是木商夫役，岁饥停工掠食，地方官下令捕缉，他即推了万二为首领，纠众抗命。巡抚朱勋，张皇入告，托词教匪作乱，因此朝命那彦成迅速赴剿。及那彦成到陕，这个万二的小丑，已由总兵祝廷彪、吴廷刚两人破灭掉了。此后各地乱民，亦时思蠢动：江西百姓胡秉辉，买得残书一本，内有阵图及俚语，假称天书，拥朱毛俚为首领，居然设立国号，叫作后明，适阮元调任赣抚，率兵密捕，把朱毛俚、胡秉辉等，一齐捉住，首犯凌迟，从犯斩决。安徽百姓方荣升，伪造匿名揭帖，上印九龙木戳，散布大江南北，江督百龄，多方侦探，竟得首从主名，拿到百数十人，先后正法。云南边外夷民高罗衣，聚众万人，劫掠江外土司，自称窝泥王，被滇督百龄击破，罗衣走死；从子高老五，又袭称王号。渡江攻临安府，又由百龄派兵擒获，立即正法。虽是癣疥之疾，总非承平之兆。

到嘉庆二十五年，嘉庆帝闲着无事，循例秋狩木兰，亲王贝勒，免不得出去扈驾。不意嘉庆帝到木兰后，驻跸避暑山庄，竟生了一种头痛发热的病症。起初总道偶冒暑气，不足为患，仍然照常治事，嗣后日日加重，竟尔大渐。召御前大臣赛冲阿，索特那木多布齐，军机大臣托津，戴均元，庐荫溥，文孚，内务府大臣禧恩和世泰，恭拟遗诏。嘉庆帝回光返照，心中尚是清楚，传示诸大臣，说于嘉庆四年，已遵守家法，密立次子绵宁为皇太子，

现在随跸至此，着即传位于皇太子绵宁，即皇帝位。未几驾崩，皇次子智亲王，稽颡大恸，擗踊无算，当命御前侍卫吉伦，驰驿回哀，请母后安，尊母后钮钴禄氏为皇太后，封弟惇郡王绵恺为惇亲王，绵愉为惠郡王，绵忻已封瑞亲王，无从加封，仍从旧称。皇太后懿旨，传谕留京王大臣驰寄皇次子，即正大位，皇次子因梓宫未回，命即起程，奉梓宫回京，方行即位礼。八月中旬，梓宫至京师，奉安乾清宫，皇次子始即帝位于太和殿，颁诏天下，以明年为道光元年，是为宣宗，尊谥大行皇帝为仁宗睿皇帝，卜葬昌陵。

道光帝即位数日，想起自己的名字，上一字与兄弟相同，若要避讳，未免不便，遂改“绵”为“旻,”叫作旻宁。旻宁二字，饬臣民不得妄写，绵字不讳。专从小节上着想，道光帝行谊可知。他又念着乾隆、嘉庆两朝，东征西讨，南巡北幸，把库款用尽，只好格外俭省，把宫中需用的银两，省而又省，自己服食一切，也比从前的皇帝，减下若干；后妃以下，统教屏去繁华，概从朴实；宫娥彩女，又放了许多出宫。且命亲王贝勒等，务从节俭，不得广纳姬妾，任意挥霍。用意颇善，可惜不知大体。朝上一班王大臣，揣摩迎合，上朝的时候，格外装出节俭的样子，朝冠朝服，多半敝旧，道光帝瞧着，颇也喜欢，谁知他退朝回府，仍旧是锦衣美食，居移气，养移体呢?

还有一个豫亲王裕兴，酗酒渔色，竟闹出一桩风化案来。豫邸中有一使女，名叫寅格，年方二八，楚楚动人，裕兴看上了她，时常向她调戏，她却怀着玉洁冰清的烈志，始终不肯顺从。落花有意，流水无情，惹得裕兴懊恼，情急计生，趁着大行皇帝几筵前行大祭礼，亲王贝勒及福晋命妇，统去磕头，他也不能不去按班排列；轮着了他，匆匆忙忙的行过了礼，赶即乘车先回。别人还道他染着急病，谁知他的病证，不是什么受寒冒暑，乃是一种单思病。到了邸中，不叫别人，只叫那心上人儿寅格。寅格不知何故，忙即趋入，裕兴哄她跟入内室，将门关住。寅格方慌张起来，裕兴道:“你也不必慌张，今日不由你不从。”随手去扯寅格，急得寅格脸色通红，只说“王爷动不得”五字。裕兴见她红生两颊，愈觉可爱，色胆如天，还管什么主仆名义，竟将她推倒炕上，不由分说，乱褫下衣。寅格极力撑拒，怎奈窈窕女儿，不敌裕兴的蛮力，霎时间，被裕兴剥得一丝不挂，恣意轻薄，约过了一个时辰，方才歇手。既要磕老头，又要磕小头，裕兴此日也忙极了。寅格负着气，忍着痛，开门走出，回入自己房中，越想越羞，越羞越恨，哭了一会，闻

得外面一片喧声，料是福晋等归来，急忙解带悬梁，自缢而死。身虽被污，心实无愧。这时福晋等不见寅格，正饬婢媪使唤，一呼不应，两呼三呼又不应，撬开房门，向内一瞧，吓得乱跑，顿时满屋鼎沸，通报裕兴，别人都甚惊异，独裕兴视作平常。经众人留心探视，才晓得强奸情由，一传十，十传百，被宗人府得知，据实参奏。道光帝大怒，欲将裕兴赐死，还是惇瑞两亲王，替他挽回，从轻发落，革裕兴王爵，交宗人府圈禁三年，期满释放。强奸逼死，照清朝律例，应置大辟，裕兴从轻发落，总未免顾全面子，只难为了寅格。

道光帝余怒未消，回疆又来警报。据说回酋张格尔，纠众滋事，屡寇边界，道光帝即召集王大臣问道："回疆已安静多年，为什么又会作乱？莫非参赞大臣斌静，昏庸失德，不能安治回民么？"王大臣道："圣上明见，洞烛万里，大约总是斌静不好，惹出这个张格尔来。现在且令伊犁将军就近查勘，再定剿抚事宜。"道光帝准奏，即令伊犁将军庆祥，往勘回疆。

庆祥奉旨，即日出发，一到回疆，回民争来控诉，不是贪虐，就是奸淫，又是一个闯祸的祖宗。当即据实奏闻。原来回疆自大小和卓木死后，各城统设办事领队大臣，独喀什噶尔，设一参赞大臣，统辖各城官吏。参赞大臣的上司，就是伊犁将军，每年征收贡赋，十分中取他一分，以前时准部的苛求，两和卓的骚扰，宽得许多。清廷又尝慎选边吏，或是由满员保举，或是由大吏左迁，抚驭得法，回民赖以休息，视朝使如天人。到嘉庆晚年，保举不行，派往回疆各官，多用内廷侍卫，及口外驻防，这班人员，偏把回疆作了利薮，与所属司员章京，任情剥削，一切服食日用，统向回城伯克征索。伯克系回城土官的名目，他与清吏狼狈为奸，借着供官的话柄，歛派回户，需索百端，回疆通用赤铜普尔钱，钱形椭圆，中无孔，每一枚当内地制钱五文，大约如近今通用的铜圆。喀什噶尔每年征收普尔钱八九千缗，叶尔羌征收万余缗，和阗征收四五千缗，还有各种土产，如毡裘金玉缎布等类，统要随时奉献，只嫌少，不嫌多。伯克得四成，章京得四成，办事大臣得二成，大家作福作威，肆行无忌；甚且选有姿色的回女，入置署中，要陪酒，就陪酒，要侍寝，就侍寝。这位参赞大臣斌静，乐得同他混做一淘，司员章京及各城伯克，又向参赞大臣处竭力讨好，采了上等的子女玉帛，供奉进去。回女本没甚廉耻，见了参赞大臣，仿佛如天上神仙，斌静又是个色中饿鬼，多多益善，竟至白昼宣淫，裸体相逐。好做参赞大臣肉屏风。只是回女的父兄丈

夫，既受了层层克剥，还要把家中女眷，由他糟塌，正是痛上加痛，气上加气。适值大和卓木孙子张格尔，随父萨木克，遁居浩罕国边境，通经祈福，传食部落，闻知参赞斌静荒淫失众，遂思报复祖仇，声言替回民雪愤，纠众寇边。头目苏兰奇忙来通报，章京绥善，反说他无风生浪，叱逐出去。苏兰奇大愤，出寨从贼，反做了张格尔的向导。当时领队大臣色普征额，领兵防御，打了一回胜仗，将张格尔驱逐出境，擒了百余人，回入喀城，与斌静同赏中秋节。斌静先将擒住各人，一概斩首，然后肆筵设席，坐花赏月。司员把盏，回妇侑歌，正高兴得了不得。讵料庆将军暗查密访，把他平日所做的事情，和盘托出，奉旨将斌静革职逮问，派永芹代任，正是：

昨日酣歌方得意，今朝铁链竟加头。

嗣后永芹接任，能安抚回民与否，且看下回分解。

木兰秋狝，本清代祖制，所以示农隙讲武之意。但观兵第为末务，耀德乃是本原，仁宗连番北狩，一变而乱兴宫禁，再变而驾返鼎湖，可见讲武之举，不足为训。及宣宗嗣位，力自撙节，清帝中之以俭德闻者，莫宣宗若。然亦徒齐其末，未揣其本，省衣减膳之为，治家有余，治国不足。内如裕兴，外如斌静，荒淫失德，宁知体黼座深衷，随时返省乎？读此回，可以知人君务末之非计。

第四十八回　愚庆祥败死回疆　智杨芳诱擒首逆

却说永芹到了回疆，也是没有摆布，虽不比斌静荒淫，无如庸庸碌碌，总不能立平匪乱。张格尔却外集党羽，内通回户，屡次骚掠近边，清兵出塞，他即远遁；又或诡词乞降，变端百出，弄得永芹束手无策，因循迁延，直达三年。道光五年夏季，边报张格尔大举入寇，领队大臣巴彦图，自恃勇力，率兵二百人，出塞掩捕，走了四百里，并没有张格尔踪迹，他竟勃然大愤，行到布鲁特地方，见有回众游牧，率妻挈子，约有二、三百人，遂纵兵杀将过去。回众吓得四散，只有青年妇女，黄口儿童，一时不能急走，被他见一个，杀一个，可怜这班无罪无辜的妇孺，都做了身首异处的尸骸。大约命中注定，要被巴彦图杀死。巴彦图愤已少泄，当下回军，逾山越岭而还，无复行列。谁知逃走的回民，因妇子被杀，哭诉回酋汰列克，汰列克大怒，领部众二千名前来追袭，把巴彦图围住，十个杀一个，霎时间把清兵扫光，随即与张格尔联合进兵，势甚猖獗。永芹无可隐讳，慌忙拜本乞援。道光帝召还永芹，令伊犁将军庆祥往代。又命大学士长龄往代庆祥。

庆祥到喀什噶尔，召集司员章京，及各城伯克会议。伯克中有个阿布都拉，自称详悉回务，庆祥便把张格尔情形，详细问他。他却说张格尔乃是假名，冒充和卓木后裔，前时乃是阿奇木王努斯谎报，遂至哄动一时，为丛殴爵。参赞大人现到此处，不必劳动兵戈，只教声明张格尔不是回裔，那时回众自不去从他，乱事便可消灭了。庆祥信以为真，一面出示晓谕回民，一面

奏劾阿奇木王努斯谎报的罪状。纯是呓语。张格尔得了此信，也恐众心离散，带了五百多人，突入回城，拜奠他先祖和卓木坟墓。回徒叫和卓坟为玛杂，非常敬信。玛杂在喀城外，距喀城约八十多里，乾隆时，大小和卓木被诛，所有喀城外旧存和卓等墓，仍奉旨令回户看守，毋得樵采污秽，下此谕时，实是为了香妃。张格尔欲借祭祖为名，固结众心，因有这番举动，协办大臣舒尔哈善，领队大臣乌凌阿，忙入报庆祥。庆祥急召阿布都拉，阿布都拉已不知去向，想也去拜奠和卓墓了。顿时仓皇失措，还是舒乌两人禀道："张格尔深入喀境，非发兵驱逐不可。"庆祥点头，命二人带兵千余名，去攻张格尔。朝发夕至，仗着锐气，击杀回众四百人，张格尔退入大玛杂内，倚着三重墙垣，誓死固守；复遣人出布谣言，说清军要铲除圣墓，屠尽回族子孙。回民闻言大恐，遂聚集数千人，去救张格尔。舒乌两大臣，正围攻玛杂，忽见回众如潮涌至，急分兵抵御，不防张格尔也乘势杀出，内外夹攻，把清兵杀得七零八落。舒大臣阵亡，乌大臣踉跄奔回，入见庆祥。庆祥急调各营卡兵，尽集喀什噶尔，保守喀城。

张格尔倒还不敢进逼，饬人往浩罕国乞援。浩罕王摩诃末阿利，新即位，知人善任，威服附近哈萨克诸部，当时有百回兵不如一安集延的传闻。安集延就是浩罕东城。张格尔联约浩罕，俟得回疆西四城后，子女玉帛，情愿公分，还许割让喀城，作为酬劳。浩罕王大喜，即允发兵，令去使先回。张格尔知有后援，遂率军大进，前哨到了浑河，探得喀域外面，只有三座清营，报知张格尔，张格尔道："这么说来，天山北路的清军，尚未南下，我等赶紧前进方好。"遂下令渡河。

忽报浩罕王率兵亲到，不由的惊疑道："浩罕兵来得这般迅速，真出意外，我初意总道清兵大集，所以通使浩罕，乞师相助，现在喀城守兵甚少，旦夕可下，还要浩罕兵何用？"就想抵赖。随遣使赴浩罕军前，叫他不必前进。浩罕王愤怒，竟率军渡河，围攻喀城。张格尔却止住不行，暗中密布兵队，阻截浩罕王归路。太觉阴险。浩罕王攻城数日，急切难下，又探知张格尔不怀好意，恐腹背受敌，乘夜遁回。才渡过浑河对岸，树林中杀出一班回众，大叫浩罕王休走，吃我一刀。浩罕王不瞧犹可，瞧了一瞧，正是张格尔，气得无名火高起三丈，麾兵接战，黑夜里不辨回众多少，越杀越多，只觉得四面八方，统是回子旗帜，凭尔安集延兵马精锐，到此也心慌胆怯，败

阵而逃。浩罕王夺路走脱，还有安集延兵二三千名，被张格尔围住，无可投奔，没奈何缴械乞降。

张格尔收为亲兵，进攻喀城，此时喀城外面的清营，抵御安集延兵，已是数日，累得人疲马倦，药尽刀残，哪里禁得起张格尔这支生力军，又复杀到，领队大臣乌凌阿，穆克登布，统同战殁。庆祥坐守孤城，左思右想，无能为计，只认定了一个死字，投缳自尽。还算忠臣。喀城无主，即被张格尔攻破，张格尔又分据英吉沙尔叶尔羌和阗三城。回疆西四城俱陷。

清廷连接警信，遣兵调将，忙个不了。圣旨下来，命署陕甘总督杨遇春为钦差大臣，统陕甘兵五千，驰赴回疆，会诸军进剿。署陕西巡抚卢坤，赴肃州理饷。这旨方下，又接到伊犁将军长龄急奏，内称："逆酋已踞巢穴，全局蠢动，喀城距阿克苏二千里，四面回村，中多戈壁，断非伊犁乌鲁木齐六千援兵，所能克复，恳请速发大兵四万，以一万五千分护粮台，以二万五千进战"等语。道光帝览奏毕，即硃批授长龄为扬威将军，颁给印信，军营大小官员，悉听节制，伊犁将军职务，暂由德英阿代理。又命山东巡抚武隆阿，率吉林黑龙江三千骑，出嘉峪关，与陕甘总督杨遇春，同为参赞大臣，进剿逆回。

统计回疆分八城，西四城已俱失陷，还有东四城未失，一名喀喇沙尔，一名库车，一名乌什，一名阿克苏。阿克苏为东方屏蔽，张格尔遣兵入犯，直至浑巴什河，距阿克苏只四十里，城中兵不盈千，人心惶惶，亏得办事大臣长清，遣参将王鸿仪，领兵六百，扼住河岸，再战再胜，回众始却。会援兵亦云集阿克苏，东四城方得保全。

道光帝又饬长龄查办历任回疆各吏，长龄复奏斌静色普徵额巴彦图绥善各人情状，有旨拘斌静色普徵额下狱，拟斩监候，绥善充发黑龙江，巴彦图滥杀偾事，不得因阵亡例，列入恤典。又诏令办理粮饷大臣，定则例，绘图说，核实开销，不准妄费。并开回疆铜山，铸普尔钱，拨乌里雅苏台及伊犁各牧厂中牛马橐驼，接济军用。自是回疆军务，渐有起色。

道光七年，扬威将军长龄，率步骑二万二千名，由阿克苏出发，一路进行，未见敌踪。至洋阿巴特沙漠，时已半月，粮且食尽，方惶急间，忽探报五六里外，有敌营数座，长龄下令道："我兵自阿克苏到此，粮食将尽，现闻敌营已在前面，不乘此杀贼囤粮，尚待何时！"将士得了此令，个个摩拳

擦掌，踊跃愿往。长龄分军士为三队，自与杨遇春督率中军，武隆阿领左翼，杨芳领右翼，三路进攻。回众据冈迎敌，由高临下，声势颇锐。清兵夺粮心急，不顾矢石，拼命杀上，回众不能抵抗，纷纷溃窜，遗下牲畜糗粮，尽被清兵搬回。清兵得食，勇气百倍，追至沙布都特，地多苇湖，回徒四处分扎，决水成沮，阻住清兵去路。长龄命步卒冒险越渠，用短兵接战，复麾骑兵绕左右浅渠，横截入阵。回营见清兵骤至，忙开铳迎击，不料贮药失火，把自己营帐燃着，那时救火都来不及，还有何心接仗。清兵趁势杀入，射死回徒头目，夺了回徒旗鼓，回众又复四窜，追北数十里，擒馘万计。回众实是没用。

清兵复进至阿瓦巴特，见有侦骑数百，遇清兵，慌忙反走，长龄恐有埋伏，饬兵止追，夜遣吉林劲骑，从左右间道绕出敌后，次日方拔营齐进，用枪炮兵为前列，藤牌兵为后劲，沿途果遇埋伏，两下酣斗，枪炮迭施，回众也冒死撑拒。藤牌兵自清阵内驱出，个个穿着虎衣，跃入敌阵，回众尚是死战，怎奈回马疑虎至，向后倒退，顿时辙乱旗靡。吉林劲骑，又从后面杀到，回众大溃。安集延二帅，亦被清兵杀死。

清兵再进至浑河北岸，张格尔亲率众十余万，阻河列阵，横亘二十余里，筑垒为蔽。凿穴列铳，鼓角震天。长龄望见敌势浩大，未免心怯，上文逐层叙来，长龄颇有韬略，此次见敌势浩大，便自心怯，所谓一鼓作气，再衰三竭者欤？忙与杨遇春商议，遇春道："贼势果然浩大，但我兵且坚垒不动，夜遣死士分扰敌营，不要杀人，只叫他扰乱贼心，使他自眩，便好相机进攻。"长龄依计而行，遂遣死士数百人，乘筏夜渡，鼓噪河中。张格尔屡出巡哨，喧嚣达旦。次夜，长龄拟仍用疑兵，忽西南风起，撼木扬沙，天昏如墨，不辨南北，长龄急令退营。杨遇春入帐道："大帅退营何故？"长龄道："贼据形势，逼近咫尺，且彼众我寡，恐不相敌，倘因天昏地黑，渡河而来，四面蹙我，岂不要全军覆没么？所以我拟退营十余里，俟明晨天霁，再进未迟。"总不脱一怯字。遇春道："大帅所虑虽是，据愚见想来，乃是天助我兵的时候，要擒张格尔，就在今夜。"有胆有识。长龄不觉起立，便道："参赞有何妙计？"遇春道："贼军虽众，只知并作一队，依垒自固，兵略疏浅，可想而知。我兵远来，利在速战，若与他隔河相持，今日不战，明朝不攻，师老粮竭，那时不能进，不能退，反中了深沟高垒的贼计。现在天适昏暗，贼不

防我急渡，我竟渡河过去，出其不意，攻其无备，不怕张格尔不败。看杨某仗剑为大帅杀贼哩！”写得精彩。长龄道：“参赞此言，也是有识，但我军渡河，倘被他半渡邀击，如何是好？”遇春道：“这也不难。大帅可遣索伦兵千骑，绕趋下游，牵制贼势，遇春愿自率亲兵，向上游急渡，据住上风，两路得手，大帅自可从容过河了。”长龄尚在踌躇，遇春道：“寇不可玩，时不可失，请大帅急速准行！”于是长龄把退营的军令，改作进兵的军令，照遇春计划，先从上下游潜渡，乘风破浪，直达彼岸。遇春令前队扛着巨炮，直薄敌营。张格尔尚在梦里，被炮声震醒，忙起床督战，这时候，炮声与风沙声相杂，宛似数十万大兵，摧压垒门，弄得人人丧胆，个个惊心。到了天明，索伦兵从下游趋至，长龄亦亲督大兵，逾河前来，风止雾霁，乘势冲入敌垒，张格尔率众窜去。回俗统着高履，履后无跟，行走时许多不便，且各裹糗粮，负载累重，至此为逃命要紧，抛了重负，弃去高履，遍地统是橐舄。清军遂进薄喀什噶尔城下，一鼓登城，擒住张格尔甥侄，及安集延两伪帅，并从逆伯克等，杀敌无算，活擒回徒四千多名。

长龄即将克复喀城情形，由六百里加紧驰奏，满望朝廷论功行赏，不想朝旨批回，略说：“命将出师，期歼元恶，今乃临巢免脱，弃前功，留后患，罪无可辞，长龄夺紫缰，杨遇春夺去太子太保衔，武隆阿夺去太子少保衔，仍着勒限捕获！”这谕旨也出人意外。长龄未免怏怏，杨遇春倒不在意，仍率师攻克英吉沙尔及叶尔羌，又使杨芳复和阗。西四城都已规复，乃出塞觅捕张格尔。二杨各率兵四千，分道西进，遇春屯色勒库，芳屯阿赖，南北相去十余站。阿赖系葱岭山脊，乃回疆通浩罕要道，浩罕留兵驻守，闻清兵骤至，据险阻截，杨芳当先突阵，浩罕兵且战且退，才行一二里，岭路越险，伏兵遽发，鏖战一昼夜，清兵损失甚众，还亏杨芳素有节制，步步为营，严阵出险，方得生还。长龄复据事陈奏，有旨责“诸将孤军深入，劳师糜饷，不如罢兵。姑留官兵八千防喀城，余兵九千，即随杨遇春出关，杨芳代为参赞，与长龄武隆阿筹划善后事宜，明白奏闻！”这旨下后，遇春自然遵旨东还，长龄与两参赞筹议一番，武隆阿议将西四城仍归回徒，长龄意见亦同，杨芳因新任参赞，不便力争，由长龄武隆阿分上奏折，驿呈清廷。道光帝见有二奏本，先展开长龄的奏折，把官衔等不去细瞧，单瞧那善后的筹划道：

愚回崇信和卓，犹西番崇信达赖喇嘛，已成不可移之锢习，即使张逆就擒，尚有其兄弟之子在浩罕，终留后患，势难以八千留防之兵，制百万犬羊之众。若分封伯克，令其自守，则如伊萨克玉素普等，助顺官兵，均非白回所心服之人，唯有赦故回酋那布敦之子阿布都里，乾隆中羁在京师者，令归总辖西四城，庶可以服内夷，制外患。

道光帝览到此处，大怒道："长龄想是老昏颠倒了。高宗纯皇帝，费了无数心力，方将逆酋那布敦除灭，逆裔阿布都里囚解进京，给功臣家为奴，朕即位时，照例恩赦，畀脱奴籍。此番因张逆作乱，照亲属缘坐例，正应将他治罪，长龄反要朕释归阿布都里，不是老昏颠倒，哪里有这种谬论？但不知武隆阿什么计法，想总说长龄的不是呢。"随即将武隆阿奏折，续行展开，大略瞧道：

善后之策，留兵少则不敷战守，留兵多则难继度支。前次大兵进剿，贼即有外袭乌什，内由和阗直驱阿克苏之谋，幸克捷迅速，奸谋始息。臣以为西四城各塞，环逼外夷，处处受敌，地不足守，人不足臣，非如东四城为中路必不可少之保障，与其縻有用兵饷于无用之地，不若归并东四城，不须西四城兵费之半，即巩若金瓯，似无需更守西四城漏卮。

道光帝不待览毕，将两奏折统行掷下，随召军机大臣入内道："长龄昏谬，欲归逆裔阿布都里，使长旧部，武隆阿趋奉长龄，亦是这样说话。你去拟旨，将他二人革职，暂时留任，另授直隶总督那彦成为钦差大臣，速赴回疆，代筹善后，方不误事。"军机大臣，当即照面谕拟定，由道光帝阅过，始行颁发。道光帝又道："阿布都里，须发往边省监禁，你可咨文刑部，立即发配。"军机大臣唯唯而退。

长龄接到革职消息，大吃一惊，不由的坐立不安，谁叫你想出纵虎归山之策？忙请杨参赞商议，杨参赞想了一回，说出了一个反间的计策，长龄方喜形于色。忽忧忽喜，患得患失。看官！你道杨参赞的反间计，从何处入手？原来回徒向分两派，一派叫做白山党，一派叫做黑山党。张格尔是白山党首领，据喀城时，尝滥用威权，虐杀黑山党，黑山党大愤，多阴通清营，长

龄奏折中所说的伊萨克玉素普等，统是黑山党徒，与白山党互有嫌隙。解释上文白回二字，笔不渗漏。杨芳遂就此生计，密遣黑山党出卡造谣，扬言官兵全撤，喀城空虚，诸回统望和卓转来。这语传入张格尔耳中，顿时喜出望外，遂纠合残众，复来窥边。先令侦骑入探，果不见官兵踪迹，遂潜入阿尔古回城。时近岁暮，张格尔拟待除夕日，袭喀什噶尔，昼夜整备军械，忙个不了。是夕，张格尔亲出巡城，遥见东北角上，隐隐有人马行动，不觉失声道："不好了！不好了！清兵来了！"急忙开城出走。后面已报清军杀到，为首大将，正是杨芳。张格尔无心恋战，拼命奔逃，杨芳也拼命追赶，至喀尔铁盖山，回徒奔散殆尽，只剩张格尔三十余骑，弃马登山。杨芳忙令副将胡超，都司段永福，绕出山后，堵住去路，自率亲卒从前面登山，兜拿张格尔。张格尔扒过山头，向山后乱跑，猛听得有人叫道："张贼快来受死！"张格尔心中一急，脚下一绊，向后便倒。正是：

准备铁笼擒虎豹，安排陷阱絷豺狼。

未知张格尔果否遭擒，容至下回叙明。

张格尔之倡乱，与大小和卓木不同。大和卓木有管辖回部之权，张格尔无之；小和卓木有主持回教之权，张格尔又无之。彼从挟嗙经祈福之伎俩，传食部落，势不能偏惑愚民，捽而去之，本易事耳。乃斌静以后，继以永芹，永芹以后，继以庆祥，不能平乱，反致酿乱，数百回徒，直入玛杂，响应者以数万计。回疆西四城，接续被陷，何其速耶？庆祥死事，长龄继任，转战而前，连败回众，张格尔之无能可知。然浑河一役，长龄又欲折回，幸赖杨遇春之定计渡河，驱逐回酋，以次规复西四城，是长龄亦不过一庆祥之流亚，微杨忠武，吾知其亦无功也。厥后捐西守东之议，尤属悖谬，西四城为东四城之屏蔽，无西四城，尚可有东四城乎？宣宗严词诘责，迫令歼敌，而掩捕之功，复出杨芳，满员无材，事事仗汉将为之，而清廷犹以右满左汉为得计，亦安怪乱世之相寻不已耶。本回宗旨，实为二杨合传，以满员相较，尤见二杨功绩。二杨固人杰矣哉！

第四十九回　征浩罕王师再出
剿叛猺钦使报功

却说张格尔失足坠地，就被清将捆缚而去，清将不是别人，就是杨芳所遣的副将胡超，都司段永福，当下红旗报捷，道光帝大喜，立封大学士长龄为二等威勇公，陕西固原提督杨芳，为三等果勇侯，命长龄率师凯旋，留杨芳驻扎回疆，与那彦成筹办善后事宜。乾隆中叶以来，久不行献俘礼，此次擒获张格尔，道光帝思绳祖武，踵行盛举，遣官告祭太庙社稷，亲御午门楼受俘，仪仗森严，不消细说。受俘后，廷讯张格尔罪状，着即寸磔枭示。又命庆祥子文辉，乌凌阿子忠泰，随监刑官同往市曹，看视行刑，并把张格尔心肺取出，交与文辉忠泰，到该父墓前致祭，用慰忠魂。威武极了。杨遇春、武隆阿等，亦传旨嘉奖，自长龄以下，得有功将士四十人，一律绘图紫光阁。并因军机大臣曹振镛王鼎玉麟诸人，办事勤劳，亦许附入紫光阁列像。

满廷官员，歌功颂德，合词请加上尊号，道光帝已渐骄盈，怎禁得这班饭桶又来拍马。奉旨："以康熙乾隆年间，尚未允行，势难俯准，唯念铭功偃武，皆由圣母福庇，国有大庆，允宜祇循令典，备极显扬，朕谨当躬率王大臣等，加上皇太后徽号，共伸贺悃，所有应行典礼，饬所司敬谨详议"等语。于是礼部又有一番忙碌，自夏至冬，筹备了好几月，方得举行恭上皇太后徽号，称作恭慈康豫安成皇太后。礼成颁诏天下，覃恩有差。越年，又亲制碑文，勒石大成殿外，比康熙乾隆两朝，尤觉得踵事增华，备极夸耀。共计出师至献俘，用去帑银约数千万两，节省多年不够一掷。正热闹间，那彦成奏本到京，

略说："张逆就擒后，曾檄谕浩罕布哈尔等国，缚献逆裔家属，今浩罕遣使来贺，只言俘虏可返，和卓子孙不可献，究应如何处置？仰求圣训，以便遵行。"道光帝便提起朱笔，批在折后，其词道：

逆孥幺么，无关边患，那彦成杨芳等，只应严守卡伦，禁其贸易，俟夷计穷蹙，自将缚献求市，毋须檄索！

看这数句批示，便可见道光帝心思了。那彦成窥破意旨，先后奏善后章程数十条，什么安内策，什么制外策，说得津津有味，其实多是纸上谈兵，空中楼阁。纸糊中国。道光帝闻内外安静，遂召那彦成杨芳二大臣还朝。

二大臣于道光九年回京，安集延即于道光十年入寇。当时那彦成的制外策中，把浩罕留居内地的侨民，一概驱逐，且并他财产收没。倒是理财妙策，惜似盗贼行为。侨民愤甚，探知大兵已归，即一面禀报浩罕王摩诃末阿利，一面至布哈尔，迎奉张格尔兄摩诃末玉素普为和卓，纠众入边。浩罕王又遣将哈库库尔，及勒西克尔等，率兵策应。警报传到回疆，回郡王伊萨克，飞报参赞大臣札隆阿。札隆阿是个终日不醒的酒鬼，斌静第二。接到警报，恰糊糊涂涂道："张逆家属，统已授首，还有什么阿哥？这都是伊萨克贪功妄报，在本大臣手里，休使这般伎俩，"遂叱回来使，并恐伊萨克先行驰奏，也修好奏章，略言："南路如果有事，唯臣是问。"该死！过了数日，边城的告急文书，陆续递到，札隆阿被他吓醒，方命帮办大臣塔新哈，副将赖永贵，分路迎击。二将去讫，札隆阿复安然饮酒，昏昏沉沉的过了数天。忽外面又递到紧急公文，札隆阿恰有意无意的，取过一瞧，但见上面写着帮办大臣塔新哈，副将赖永贵，误中贼计，遇伏阵亡，顿时面如土色，把一张关公脸，变做了温元帅脸，趣语。好一歇儿不说话。外面又递进叶尔羌禀报，更觉惶急万分，展开一阅，乃是叶尔羌办事大臣璧昌，驰报胜仗，不禁失声道："还好还好。"于是督兵守城，方有一些兴会起来。

是时那彦成子容安，为伊犁参赞大臣，奉旨统伊犁兵四千。驰赴阿克苏督剿，闻敌兵势盛，拟俟乌鲁木齐兵至，然后进军。统是畏生怕死。叶尔羌又复被攻，幸亏璧昌决河灌敌，出城痛击，敌兵始不敢近城，只是沿途掳掠，转入喀什噶尔。见城上守兵，颇还严整，也无意进攻，专劫城外回庄，把子

女玉帛，搜掠殆尽。札隆阿忙向阿克苏乞援，容安拥重兵八九千，反绕道乌什，趋向敌兵不到的和阗去屯驻了。会寻快活。清廷闻容安逗兵不进，下旨革职，命哈丰阿继任，又遣大学士公长龄，陕甘总督杨遇春，固原提督杨芳，参赞大臣哈朗阿，调兵赴援。哈丰阿先至喀什噶尔，敌兵解围而去，饱飏出塞。迨杨芳哈朗阿等到喀城，已无一敌。

札隆阿恐朝廷问罪，与幕中老夫子商量一条诿过的法子，只说伊萨克通贼，潜袭南路，所以前此未曾闻知，有南路无事的奏报。及见了杨芳哈朗阿，仍把这样话儿，搪塞过去。杨、哈两人，被他蒙混，也代札隆阿上奏洗刷。札隆阿钻营之力，颇也不小。会大学士长龄，行至叶尔羌，接读上谕，令与伊犁将军玉麟，会审札隆阿伊萨克案，乃折回阿克苏。玉麟亦奉命而至，当下会谳，究出主谋草奏的幕友，得坐实札隆阿罪状，奏达清廷。部拟札隆阿斩监候，令先枷示阿克苏两月。长龄依议办法，把札隆阿枷出署门，连这位谋划刁狡的老夫子，也一律枷示。都赏他吃独桌，依旧是主宾相陪。调授璧昌为喀什噶尔参赞大臣。

长龄拟由伊犁乌什喀城三路，出讨浩罕，浩罕王慌张起来，亟通贡俄罗斯，乞兵相助。俄人拒绝去使，不许入境。浩罕王无奈，乃遣使臣三人到喀城，备述七十余年通商纳贡的旧好，及五年来闭关绝市的苦累，请修好如旧。长龄提出和议两条，第一条缚献叛酋，第二条放还被虏兵民。浩罕使臣，因未奉汗命，俟还报后，方与订约。长龄将来使留住一人，遣还二使，并命伯克霍尔敦同往。等了两月，霍尔敦始回，报言被虏兵民，可以释还，唯缚献回酋，回经所无，只可代为监守，唯要求通商免税，及给还侨民资产二事。长龄即上奏道：

> 臣闻安边之策，振威为上，羁縻次之。浩罕与布喀尔达尔丸斯喀拉提锦诸部落，犬牙相错，所属塔什及安集延等七处，均无城池，其临战皆以骑贼冲阵，然不能于马上施铳，倘遇连环鸟枪，则骑贼先奔。又卡外布鲁特哈萨克，皆受其欺凌，争求内徙。而卡内回众，亦俱恨其掳掠，遂欲声罪致讨，但选精锐三四万人，整旅而出，并于伊犁乌什边境，声称三路并进，先期檄谕布哈尔等部，同时进攻，则不待直捣巢穴，而其附近伪部，已群起乘衅，四面受敌，可一举扫荡。唯是一出塞

后，主客殊形，自喀浪圭卡伦，至浩罕千六百余里，中有铁列克岭，为浩罕布鲁克交界，两山夹河，仅容单骑，两日方能出山，此路最险，不值劳师远涉。拟遣还所留来使一人，令伯克霍尔敦寄信开导，为相机羁縻之计，如此，则师不劳而浩罕亦就范矣。谨奏。

道光帝准奏，命长龄从浩罕要请，定了和约。浩罕大喜过望，又遣使至喀城，抱经立盟，通商纳贡，西城事总算了结。后来喀什噶尔参赞大臣，移至叶尔羌，驻满汉兵六千，居中控驭，别留伊犁骑兵三千，陕甘步兵四千，分驻各城。回疆的防御，方渐渐稠密了。

偏偏国家多难，湖南永州猺目赵金龙，又纠众作乱。先是永州有一种奸民，结起一个天地会。强劫猺寨牛谷，猺民向官厅控诉，奈官署中的胥吏，统与天地会连结，不但状词不准，反加他诬告罪名。胥吏不杀，天下无治日。气得猺民发昏，个个去请教赵金龙。金龙倡言复仇，差他同党赵福才，招集广东散傜三百余人，湖南九冲猺四百余人，焚掠两河口，杀死会党二十多名。江华知县林光梁，永州镇左营游击王俊，率兵役往捕，被猺众击退。总兵鲍友智调兵七百，偕永州知府李铭绅，桂阳知州王元凤等，分头夹击，乘风纵火，毁坏猺巢，毙猺三百名。赵金龙收拾残众，窜往蓝山，所至虏胁，竟得二三千人。蓝山官吏，向省中告急，巡抚吴荣光，飞檄提督海凌阿往援，海凌阿点了五百名将士，风驰雨骤的赶援蓝山，见前面有去路两条，一是大路，一是小路，副将马韬等，请从大路进兵，海凌道："救兵如救火，大路总是迂回，不如由小路进去，较为直截。"正议论间，路旁有役夫数名，被海凌阿瞧见，传至军前，问大路通蓝山，与小路有无远近？役夫答称小路近十多里，海凌阿遂由小路进发，并令役夫前导，谁知役夫乃是猺民假扮，引海凌阿走入绝路，才走数里，两旁统是仄径，天又下起雨来，满路泥泞，狼狈不堪，只路旁役夫，却是很多，都愿替官兵代舁枪械，官兵乐得快活，弯弯曲曲，行将过去。好称作酆都城。一步狭一步，一路险一路，忽然山顶吹起胡哨，有无数傜匪，乘高冲下，官兵赤手空拳，如何对敌？忙教役夫转来。那班役夫，携着官兵枪械，反转身来杀官兵，官兵上天无路，入地无门，只好伸了头颈，一个个由他开刀。海凌阿以下，统被杀死。

赵金龙既得胜仗，声势张甚，桂阳常宁诸土猺，都来归附，号称数万。

清廷急命湖广总督卢坤，湖北提督罗思举，督师往讨，又移贵州提督余步云助剿。增调常德水师，及荆州满骑数千，归卢坤节制。卢坤偕罗思举至永州，闻报赵金龙率八排猺，及江华锦田各寨猺为一路，赵福才率常宁桂阳猺为一路。还有赵文凤率新田宁远蓝山谷猺为一路，三路都出没南岭，互为犄角。罗思举遂献策道："猺皆山贼，倚山为窟，我兵与他山战，他长我短，定难取胜，看来只好诱入平原，逼归一路，令他技无可施，方可歼灭。"卢坤鼓掌称善，且道："照这样说，常德水师，荆州满骑，统是没用，不如改调镇筸苗疆兵，前来助剿方好。"罗思举道："大帅明见极是。但此处未设粮台，输运不便，现应派兵勇护送粮饷，步步为营，一面坚壁清野，檄将弁分路防堵。贼无可掠，自然散入平原，容易中计。"卢坤道："老兄谋略，本宪很是佩服，就请照行便了。"从善如流，可称良帅。当下奏罢常德荆州调兵，另调苗疆兵助剿，又将罗思举计议，统行列入，末说思举定能灭贼，不致有负委任等语。思举格外感激，卢坤且叫他便宜行事。将帅乘和，帅必有大功。

于是思举分兵进逼，将西南各路扼住，免他窜入两粤，单留东面一路，由他出来。当时三路猺四五千人，及虏胁妇女三四千，都被官兵驱逼出山，东窜常宁县属的洋泉镇。这镇为常宁水口，有溪通舟，市长数里，墙垣坚厚，叛猺把市民逐出，拥众占守。思举从后追至，笑道："虎落平原，虾遭浅水，不怕他不绝灭了。"忙檄各守隘兵，速来合围。适镇筸兵已调到，思举亲自督阵，率镇筸兵猛扑敌垣。镇筸兵素称趫捷，跳跃如飞，有数十名跃上墙头，乱砍叛猺，叛猺倒也了得，与镇筸兵相持，始终不退。镇筸兵前队伤堕，后队继登，毙猺数百，猺众兀自守住；争杀两日，各守隘兵统已到齐，猺众登墙，大呼乞降。思举不允，督攻益力。诸将道："叛猺已降，何必再攻？"思举道："这是明明诈计，他不缴军械，不献首逆，但凭一声呼降，便好允他么？我欲允他，他仍窜入山中，那时前功尽弃，还当了得。"诸将个个敬服，遂奉思举命令，合力进攻。毁墙巷战，叛猺虽是呼降，仍然死斗。究竟寡不敌众，被清兵击毙六千，只散猺八九百，拒守市内大宅。思举料宅内定匿匪首，禁用大炮；定要活擒该逆，将士冒死攻入，搜寻宅内。只获头目数十名，妇女数十名，单不见赵金龙。经思举当场讯问，方知赵金龙已中枪身死，急忙饬军士寻金龙尸首，一面饬人至卢坤处报捷。

卢坤忙即奏闻，过了三日，帐外报钦差大人到来，由卢坤出营相迎，钦

差不是别个，乃是户部尚书宗室禧恩，盛京将军瑚松额。卢坤先请过圣安，随接钦差入营，寒暄已毕，禧恩先开口道："兄弟奉命视师，到此已闻大捷，真是可贺。"卢坤道："不敢不敢，这都仗皇上洪福，将士勤劳，所以一举成功呢。"禧恩道："现在逆首赵金龙，想已擒住。"卢坤道："这却尚未。据提督罗思举来报，已讯过赵逆妻子，说是中枪身死了。"禧恩道："罗思举太也糊涂，未曾擒住赵金龙，如何报捷？老兄现已出奏否？"卢坤道："坤已照思举来文，于三日前出奏。"禧恩道："倘将来赵逆未死，反变了欺君罔上，兄弟定要得了真犯，方可复旨。"说现成话，最是容易。卢坤道："现闻思举已搜访逆尸，不患不得确据。"瑚松额插嘴道："卢制军亦太相信属将了。逆首未得，如何奏捷？"一吹一唱，无非妒功。卢坤默然不答。忽报罗思举回营求见，卢坤命即传入，思举入帐，向钦差前请了安。禧恩便问道："你就是提督罗思举么？"思举答了一个"是"字，转对卢坤行礼。卢坤起立还礼，命他旁坐。思举未曾坐定，禧恩复问赵逆已拿住否？思举道："赵逆已死，只有遗尸。"禧恩摇头道："尸首哪里靠得住？"总要寻隙。思举道："现已得了真尸，身上尚佩剑印，请钦差大人验明。"赖有此耳。禧恩便同瑚松额出帐验尸，并验剑印是实，再命俘虏细认，都说无讹。禧恩还想驳诘，只一时想不出话。

忽蓝山又来急报，由卢坤接过一瞧，捧交禧恩，禧恩阅毕，笑道："赵金龙算是真死，赵仔青又来了。我说叛猺还没有净尽呢。"卢坤道："幸逢大人到此，就请大人出令，坤亦愿效前驱。"禧恩道："大家同去可好。"当下同至衡州，由禧恩命，仍令罗思举为前锋，余步云为后应，往剿蓝山。两人方领命前去，京中诏旨已到，卢坤罗思举平猺有功，赏戴双眼花翎，并世袭一等轻车都尉。禧恩见了此诏，免不得称贺一番。隔了几天，罗思举捷音已至，说是生擒赵仔青，禧恩便向卢坤道："罗提督确是一员良将，不枉老兄青眼。"越是小人，越会转风。卢坤道："这也全仗大人栽培！"自是置酒高会，朝夕谈心，与卢坤格外莫逆，卢坤也只得虚与周旋。及罗思举回到衡州，禧恩瑚松额，都出来相迎，非常客气。思举道："赖钦差大人威灵，得活擒赵逆仔青。"禧恩道："这是罗提督的功劳，何必谦逊。"前后大不相同。当下推出赵仔青，讯明确实，命即磔死。

忽京中又来诏旨，命禧恩瑚松额率余步云，赴广东剿连州八排猺。禧恩

瑚松额不敢不去，只得与卢坤相别，移师广东。原来八排猺的作乱，也是为奸民衙役激迫而起。八排猺向有黄瓜寨，被奸民衙役劫夺，因到官厅起诉，连州同知蔡天培，断民役偿猺千二百金，民役不偿，寨猺遂出掠报复。天培即向粤督处告变，粤督李鸿宾，令提督刘荣庆，署按察使庆林，率兵二千堵御。荣庆主抚，庆林主剿，意见不合。会新任广东按察使杨振麟到省，闻楚师告捷，将士同膺懋赏，遂也起了贪利徼功的思想，怂恿李鸿宾出师。鸿宾遂偕提督率兵进剿，八排猺首八人，出山跪迎，愿将黄瓜寨逆猺献出，请即回师。鸿宾佯为应允，至逆猺缚献到军，一律斩讫，兵仍不退，反奏称："杀贼七百名。"猺众大愤，负嵎死拒，官兵进攻，峒险箐密，接连遇伏，自相惊溃。三路皆败，游击都司等官，死了数十。兵士死了千数。清廷因褫李鸿宾、刘荣庆职，命禧恩瑚松额移师往剿。

禧恩等到粤，初意也想奋力进攻，嗣后探得猺峒奇险，不易深入，只是虚报捷音，所奏杀贼，皆数百计，其实按兵不动，并未尝经过一仗。专会说人，要自己去做，却如此搪塞。会闻卢坤移督广东，计程将至，心中未免焦灼起来。他在湖南时诘责卢坤，未获首逆，此次恐卢坤要来报复，你也要慌了，然何不效阿林保的计策。忙令杨振麟赴猺寨招抚。猺众惩八人故事，不肯出来，官兵又惩李刘前败，不敢进去，旬日不见一猺，禧恩愈加着急，只催振麟克日招降，迟则严参。一派官话。振麟无法，只得把库内银子取来乱用，出示布告叛猺，如肯投诚，当有重赏。猺众还疑是诳言，振麟又令熟猺赴寨，作了抵质，猺众方有一二人出来尝试，果得银洋盐布，领受而归。于是猺众贪利踵至，十日间得数百人。并缚黄瓜寨附近猺，三人出献，算作首逆。禧恩遂奏报肃清，不欺君者如是，不罔上者如是，令人可笑可恨。俟卢坤一到，交印即行。可称狡猾。

南北暌违，道光帝自称明察，终究被他瞒过，加封禧恩为不入八分辅国公，赏戴三眼孔雀翎，瑚松额余步云，均世袭一等轻车都尉。王大臣等，又上表庆贺，还有宫内的全妃钮祜禄氏，用了七巧板儿，排出"六合同春"四大字，献呈御览。道光帝大喜，即封钮祜禄氏为皇贵妃。后人有宫词一首道：

蕙质兰心并世无，垂髫曾记住姑苏。

谱成“六合同春”字，绝胜璇玑织锦图。

全贵妃得此宠遇，未知后来如何，下回再行续叙。

中国大患所在，第一项是个欺字。夸诞铟蔽，皆由自欺而致。宣宗一平西域，即铺张扬厉，行受俘礼，绘功臣像，上母后尊号，勒石大成殿外，夸耀达于极点，要之一欺人而已。上欲欺下，下亦欺上，札隆阿容安禧恩瑚松额等，无在非欺，即那彦成长龄诸人，当时称为功首，亦曷尝实事求是乎？幸而浩罕小国不足道，土猺乌合尤不足道，苟且即可了事，敷衍尚能塞责。宫廷上下，且以为河清海宴，可以坐享承平，庸讵知大患之隐伏其间耶？回猺平，宣宗愈骄，朝臣愈佞，上下愈以欺饰为务，而中国始多难，本回固一束上起下之转捩文也。

第五十回　饮鸩毒姑妇成疑案
焚鸦片中外起兵端

却说皇贵妃钮祜禄氏，系侍卫颐龄的女儿，幼时尝随官至苏州，苏州女子，多年慧秀，通行七巧板拼字，作为兰闺清玩，钮祜禄氏随俗演习，后来熟能生巧，发明新制，斫了木片若干方，随字可以拼凑，人人羡她聪明，称她灵敏，且生就第一等姿色，模样与天仙相似，天仙的容色如何？我欲一问作者。艳名慧质，传诵一时。道光时亲选秀女，颐龄便把女儿送入，这样如花似玉的芬容，哪得不中了圣意？当下选入宫中，就沐恩幸。美人承宠，天子多情，立即封为贵人。这钮祜禄氏，本是伶俐得很，侍侧承欢，善窥意旨，道光帝越瞧越爱，越爱越宠，不一年就升为嫔，再一年复升为妃：因她才貌双全，特赐一个“全”字的封号。偏老天亦怜爱佳人，特地下一个龙种，于道光十一年六月初九日，生了一子，取名奕詝，就是后来嗣位的咸丰帝。而且事有凑巧，皇后佟佳氏，竟尔病故，全妃钮祜禄氏，既封为皇贵妃，与皇后只差一级，皇后崩逝，自然由全妃补缺。

道光十三年，大行皇后百日服满，皇贵妃钮祜禄氏，奉皇太后懿旨，总摄六宫事务，越一年册为皇后，追封皇后父故乾清门二等侍卫，世袭二等男，颐龄为一等承恩侯，谥荣禧，由其孙瑚图哩袭爵，册后典礼，一律照旧。只道光帝心中恰比第一次册后时，尤为欣慰。

又过一年，皇太后六旬万寿，命礼部恭稽祝典，格外整备。届期这一日，道光帝率王公大臣，诣寿康宫行庆贺礼，皇后钮祜禄氏，亦率六宫妃

嫔，诣太后前祝嘏，奉皇太后命，宫廷内外，一概赐宴。

道光帝素知孝养，见皇太后康健逾恒，倍加喜悦，亲制皇太后六旬寿颁十章。皇后钮祜禄氏，向来冰雪聪明，诗词歌赋，无一不能。这会因御制皇太后寿颂，她也技痒起来，恭和御诗十章，献上太后，道光帝越加快意。

独这皇太后别寓深衷，当时虽不露声色，后来恰与道光帝闲谈，说起皇后敏慧过人，未免有些惋惜模样。道光帝甚为惊异，细问太后。太后恰道出缘由。略说："妇女以德为重，德厚乃能载福，若仗着一点材艺，恐非福相。"太后未免迂腐，然也不无见识。这句话，亦不过一时评论，没甚介意，偏偏传到皇后耳中，竟不以为然。她想："本身已做国母，又生了一个皇子弈詝，虽是排行第四，然皇长子皇次子皇三子等，统已夭殇，将来欲立太子，总轮着自生的皇儿，皇儿嗣位，自己若是在世，便也挨到太后的位置，难道还算没福么？"为此一念，遂不知不觉的，与太后成了嫌隙。

胸中有了三分芥蒂，面上总要流露出来；每日遵着宫制，到太后前请安、说长道短的时候，不免含着讥刺。看官！你想太后是个帝母，又是钮祜禄氏的亲姑，岂肯受这恶气？有时当面训斥，有时或责道光帝不善教化。帝后两人，素来恩爱，道光帝得了懿旨，免不得通知皇后。那时皇后越加懊恼，见了皇太后，也越加挺撞。妇人多半固执，观此益信。两宫嫔监，又播弄是非，摇唇鼓舌，无风尚是生浪，况明明婆媳不和呢？

蹉跎数载，诽语流言，布满宫闱，到道光十九年腊月，皇后偶患寒热，皇太后亲自临视，详问疾苦，颇也殷勤。过了年已是元旦，皇后病已少瘥，起至太后前叩头贺喜。过了二日，太后特派太监，赐皇后一瓶旨酒，皇后谢过了恩，把酒酌饮，很是甘美，竟一饮而尽，到夜间不知怎么竟崩逝了。毕竟红颜薄命。当时宫中传出上谕道：

> 皇后正位中宫，先后事朕多年，恭俭柔嘉，壶仪足式，窃冀侍奉慈帏，藉资内佐，遽尔长逝，痛何可言！着派惠亲王绵愉，总管内务府大臣裕诚，礼部尚书奎照，工部尚书廖鸿荃，总理丧仪。钦此。

相传道光帝遇了后丧，非常痛悼，心中也很自动疑，但因家法森严，不便异论；且素性颇知孝顺，只好隐忍过去，皇太后却去亲奠三次。猫哭老鼠

假慈悲。道光帝命皇四子弈詝守着苫块大礼，居侍梓宫。是年冬，封静贵妃博尔济锦氏为皇贵妃，就将皇四子交代了她，命她小心抚字。静贵妃奉了上命，自不敢违，又兼皇后在日，曾蒙皇后另眼相看，至此皇四子年甫十龄，一切俱宜照顾，便提起精神，朝夕抚养。只这位道光帝伉俪情深，时常哀戚，特谥大行皇后为孝全皇后，嗣后不另立中宫，暗报多年情谊。并拟立皇四子为皇太子，这是后话。后人却有宫词记孝全皇后事，其诗列后：

如意多因少小怜，蚱杯鸩毒兆当旋。温成贵宠伤盘水，天语亲褒有孝全。

丧事才了，忽东南疆吏报称西洋的英吉利国，发兵入寇，为此一场兵祸，遂弄得海氛迭起，贻毒百年。堂堂华夏，竟被外人窥破，把我五千年来的古国，看做一钱不值呢。言之痛心。这英吉利是欧罗巴洲中的岛国，平时政策，专讲通商。本国内的交通，固不必说，他因环国皆水，造起许多商舶，驶出外洋，这边买卖，那边贩运，得了利息，运回本国，遂渐渐富强起来。

明末清初的时候，欧洲的葡萄牙国、荷兰国、西班牙国、法兰西国、美利坚国，多来中国海面互市，英吉利人，也扬帆载货，随到中国，适值亚洲西南的印度国，为了英人通商，互生嫌隙，两边开仗，印度屡败，英人屡胜，印度没法，竟降顺英国。印度的孟加拉及孟买地方，专产鸦片，英人遂把这物运到中国，昂价兜销。

这物含有毒质，常人吸了，容易上瘾，起初吸着，精神陡长，气力倍生，就使昼夜干事，也不疲倦；及至吸上了瘾，精神一天乏一天，气力一日少一日，往往骨瘦如柴，变成饿鬼一般，此时欲要不吸，倒又不能。半日不吸这物，眼泪鼻涕，一齐迸出，比死还要难过。因此上瘾的人，只会进步，不会退步，从前明朝晚年，已有此物运入，神宗曾吸上了瘾，呼为福寿膏，晏起晚朝，把国事无心办理。但输入不多，百姓还轮不着吸，到英国得了印度，遍地种植，专销别国，他自己的百姓，不准吸食，单去贻害外人。外洋的国度，晓得此物利害，无人过问，独我中国的愚夫愚妇，把它作常食品，你也吸，我也吸，吸得身子瘦弱，财产精光。既剥我财，又弱我种，英人真是妙算。嘉庆时，英国遣使至京，乞请通商，因不肯行跪拜礼，当即驱逐，通商

事毫无头绪，应四十六回。只鸦片竟管进来。道光帝即位，首申鸦片烟禁，洋艘至粤，先由粤东行商，出具所进货船，并无鸦片甘结，方准开舱验货，如有欺隐，查出加等治罪。随又饬海关监督，有无收受鸦片烟重税，应据实奏闻；又申谕海口各关津，严拿夹带鸦片烟；又定失察鸦片罪名。三令五申，也算严厉得很，无如沿海奸民，专为作弊，包揽私贩，仍然不绝。且因清廷申禁，那包卖的窑口，反私受英人贿赂，于中取利，大发其财。自道光初年到了中叶，禁令无岁不有，鸦片烟的输入，无岁不增，每岁漏银约数千万两，于是御史朱成烈，鸿胪寺卿黄爵滋，先后奏请严塞漏卮，培固国脉。道光帝令各省将军督抚，各议章程具奏，当时没有一人不主张严禁。湖广总督林则徐，说得尤为剀切，大略言："烟不禁绝，国度日贫，百姓日弱，数十年后，不唯饷无可筹，并且兵无可用。"道光帝览奏动容，下旨吸烟贩烟，都要斩绞；并召林则徐入京，面授方略，给钦差大臣关防，令赴广东查办。

这位林公系福建侯官县人，素性刚直，办事认真，自翰林院庶吉士，历级升官，做到总督，无论何任，他总实心实力的办去，一点没有欺骗。实是难得。此番奉旨赴粤，自然执着雷厉风行的政策，恨不把鸦片烟毒，立刻扫除。两广总督邓廷桢，也是个正直无私的好官，与林则徐相见，性情相似，脾气相投，遂觉得非常莫逆。则徐问起鸦片事件，廷桢答称已奉廷旨，吸烟罪绞，贩烟罪斩，现在已拿得无数烟犯，禁住监中，专待钦使大人发落。则徐道："徒拿烟犯，也不济事，总要把鸦片趸船，一概除尽，绝他来源，方是一劳永逸呢。"廷桢道："讲到治本政策，原是要这般办理，但恐洋人不允，奈何？"则徐道："鸦片趸船，现有多少艘数？"廷桢道："闻有二十二艘，寄泊零丁洋中。"则徐道："零丁洋虽是外海，终究与内海相近。他不过是暂时趋避，将来总要把鸦片烟设法贩卖。据兄弟意见，先令在洋趸船，把鸦片悉数缴销，方准开舱买卖。"廷桢闻言，踌躇半晌，方答道："照这么办，非用兵力不可。"则徐道："这也何消说得。鄙见先令沿海水师分路扼守，然后与他交涉便了。"两人计议已定，随传令水师提督，派兵扼守港口。林则徐本有节制水师的全权，下了几个劄子，提镇以下，唯唯听命，顿时调集兵船，分布口门内外。

广东向有十三家洋行，贩运外洋货物，则徐把洋行司事，统同传到，叫他传谕洋商，限三日内尽缴出趸船内的鸦片。各司事领了谕帖，只得转递英

商，英商忙禀知英领事义律，义律毫不着急，反到澳门出逛去了。狡猾。各英商观望迁延，你推我诿，只道中国官吏，都是虎头蛇尾，没甚要紧，谁料这个林钦差，言出法随，到三日期满，见英商没有复音，便移咨粤海关监督，封闭各商舶货物，停止贸易；又将洋人雇用的买办，拿捕下狱。此事沿海商船，不止一国，为了英人违禁，把别国也都停止，免不得埋怨英人，英领事义律，无可避匿，勉强来省，入洋馆中，照会中国，愿缴出鸦片烟一千零三十七箱。则徐又把义律来文，持与邓廷桢察阅，廷桢道："鸦片趸船有二十多艘，哪里止一千多箱。"则徐道："每艘趸船，约装若干？"廷桢道："每艘装载，差不多有一千箱。"则徐不禁愤怒起来，便道："英领事太觉可恶！取了二十分中的一分，想来搪塞，林某不比别人，难道任他戏弄？"遂发陆军千名；围住洋馆，又令水师出发，截住趸船饷道，恁他狡黠万端的义律，到此亦束手无法，愿将鸦片二万零二百八十三箱，一概缴出。林则徐遂会同邓廷桢，及粤抚怡良，赴虎门验收。零丁洋内的趸船，计二十二艘，陆续驶至虎门，缴出烟箱，每箱偿茶叶五斤，复传集外洋各商，令他具永不售卖鸦片甘结，如再营私贩卖，人即正法，货船入官。

则徐遂与邓怡两督抚，联衔入奏。将先后查办鸦片烟情事，据实陈明；并请将鸦片送京销毁。道光帝召集王大臣商酌，王大臣等，多说广东距京甚远，途中恐有偷漏抽换的弊端，不如就粤销毁为便。道光帝准奏，遂传谕道：

> 奏悉！所缴鸦片烟土，饬即在虎门外销毁完案，无庸解送来京，俾沿海居民，及在粤夷人，共见共闻，咸知震詟。该大臣等唯当仰体朕意，核实稽查，毋致稍滋弊混！钦此。

林则徐等奉到此旨，就令在虎门海岸，把鸦片二万零二百八十三箱，统共堆积，下令焚毁。这焚毁的法儿，并不是真用一把火，将鸦片一箱一箱的烧掉，他就虎门海岸，凿起两个方塘，直十五丈，横十五丈，前设涵洞，后通水沟，先将食盐投入，引水成滷，再加石灰，使水腾沸，方把鸦片一一投下，烟随灰燃。自然溶化，开了涵洞，令随潮出海，连烟灰都荡灭无踪了。海龙大王，未知爱吸鸦片否？若爱吸这福寿膏，这个机会，很是难得。

这次焚毁鸦片，沿海居民，统来瞧看，人潮人海，拥挤不堪，内中拍手称快的，倒有一大半；只上了烟瘾的愚夫愚妇，一时没得吸，未免难过；还有运售的洋商，私贩的奸民，心中更加怏怏。英领事义律，因英国商民，无端失此大利，痛恨得了不得。则徐布告各国商人，如愿通商，须具甘结，这甘结内，便是："此后如夹带鸦片，船货没官，人即正法"数语。别国统愿照约，唯义律不愿，由广州退出，航赴澳门，请则徐至澳门会议。则徐不许，禁绝薪蔬食物入澳，义律挈妻子及流寓英人五十七家，聚居尖沙嘴商船，潜招英国兵船数艘，借名索食，突攻九龙岛。被清参将赖恩爵用炮击沉一艘兵船，义律倒也有些惊慌。葡萄牙浼人出来转圜，愿遵清国新律，唯请削"人即正法"一语。则徐飞奏清廷，道光帝批回奏折云：

既有此番举动，若再示柔弱，则大不可。朕不虑卿等孟浪，但诫卿等不可畏葸，先威后德，控制之良法也，特此手谕。

林则徐接此谕后，回绝英领事义律。义律再派兵船，寄泊口外，拦住遵结各船，不准入口。则徐闻报，令水师提督关天培，率领兵船五艘，出洋查办。英船见中国兵船出口，先开炮轰击，天培发炮还应，击坏英船柁楼，死了好几个水手。英船转入官浦，由天培尾追，一阵击退。天培乘胜追至尖沙嘴，把英船逐出老万山外洋。清廷连闻胜仗，王大臣遂多半主战，大理寺卿曾望颜，且请封关禁海，尽停各国贸易。全然不知世事。道光帝令则徐议奏，则徐复陈英国违禁，与他国无与，现只有禁英通商，不便一例峻拒等语。道光帝乃只停英人贸易，谕旨如下：

英吉利夷人，自议禁烟后，反复无常，若准其通商，殊属不成事体，至区区关税，何足计较。我朝抚绥外国，恩泽极厚，英夷不知感戴，反肆鸱张，我直彼曲，中外咸知。自外生成，尚何足惜？其即将英吉利国贸易停止！钦此。

中英两国，自此绝交，义律报达英国政府，请速发兵。英国政体，是君主立宪，向设上下两议院，当时即开议院会议，有几个力持正道的人，颇说

鸦片贸易，殊不正当，若为此事开战，有损英吉利名誉。英政府因此踌躇三日，怎奈议员宗旨不一，彼此投票解决，主战派多占九票，遂下令印度总督，调集屯兵万五千人，令加至义律统陆军，伯麦统海军，直向中国进发。正是：

过柔则弱，　过刚必折；
滚滚海氛，　一发莫遏。

欲知后来胜负，待小子停一停笔，下回再行录叙。

鸩毒一案，千古传疑。不敢信其必有，亦不敢谓其必无。但钮祜禄氏挟才自恃，因宠生骄，姑妇之间，总不免有勃豁之隐，所以暴崩之后，遂生出种种疑议。宫中之疑团未释，而海外之战衅又开。宣宗始终自大，卒至海氛一发，不可收拾。古人有言："刑于寡妻，至于兄弟，以御于家邦。"刑于之化未端，无怪家邦之多事也。本回前后叙事，截然不同，而从夹缝中窥入隐微，实足互勘对证，宣宗之为君可知矣。

历朝通俗演义　第十部

清史通俗演义

（下）

蔡东藩　著

中国书店

第五十一回　林制军慷慨视师
琦中堂昏庸误国

却说英国发兵的警报，传到中国，清廷知战衅已开，命林则徐任两广总督，责成守御；调邓廷桢督闽，防扼闽海。则徐留心洋务，每日购阅外洋新闻纸，阴探西事，闻英政府已决定主战，急备战船六十艘，火舟二十只，小舟百余只，募壮丁五千，演习海战；自己又亲赴狮子洋，校阅水师，军容颇盛。能文能武，是个将相材。道光二十年五月，特书年月，志国耻之缘起。英军舰十五艘，汽船四艘，运送船二十五艘。舳舻相接，旌旗蔽空，驶至澳门口外，则徐已派火舟堵塞海口，乘着风潮出洋，遇著英船，放起一把火来。英船急忙退避，已被毁去杉板船两只。

英将伯麦，贿募汉奸多名，令侦察广东海口，何处空虚，可以袭入。无奈去一个，死一个，去两个，死一对。最后有几个汉奸，死里逃生，回报伯麦，说海口布得密密层层，连渔船蜑户，统为林制台效力，不但兵船不能进去，就使光身子一个人，要想入口，也要被他搜查明白，若有一些形迹可疑，休想活着。看来广东有这林制台，是万万不能进兵呢。伯麦道："我兵跋涉重洋，来到此地，难道罢手不成？"汉奸道："中国海面，很是延长，林制台只能管一广东，不能带管别省，别省的督抚，哪里个个象这位林公，此省有备，好攻那省，总有破绽可寻；而且中国的京师，是直隶，直隶也是沿海省份，若能攻入直隶海口，比别省好得多哩。"为虎作伥，煞是可恨！伯麦闻言大喜，遂率舰队三十一艘，向北进驶。

则徐探悉英舰北去，飞咨闽、浙各省，严行防守。闽督邓廷桢，早已布置妥帖。预募水勇，在洋巡逻，见英船驶近厦门，水勇便扮做商民模样，乘夜袭击，行近英舰，突用火罐喷筒，向英舰内放入，攻坏英舰舵帆，焚毙英兵数十。英兵茫无头绪，还道是海盗偷袭，连忙抵敌，那水勇却荡着划桨，飞报内港去了。伯麦修好舵帆，复进攻厦门。金厦兵备道刘曜春，早接水勇禀报，固守炮台，囊沙叠垣，敌炮不能洞穿，那炮台还击的弹力，很是厉害，响了数声，把敌舰轰坏好几艘。伯麦料厦门也不易入，复趁着东北风，直犯浙海。

浙海第一重门户，便是舟山，四面皆海，无险可扼。浙省官吏，又把舟山群岛，看作不甚要紧的样子。英舰已经驶至，还疑外国商舶，毫不防备。当沿海戒严时，就使是外国商舶，亦须稽查，况明明是兵舰乎？英人经粤、闽二次惩创，还不敢陡然登岸，只在海面游弋。过了两三天，并没有兵船出来袭击，遂从群岛中驶入，进薄定海。定海就是舟山故地，因置有县治，别名定海，后来遂把定海舟山，分作两地名目。定海设有总兵，姓张名朝发，平时到也怀着忠心，只谋略却欠缺一点，褒贬无私。不去袭击外洋，专知把守海口。英舰二十六艘，连樯而进，朝发方下令防御。中军游击罗建功，还说外洋炮火，利水不利陆，请专守城池，不必注重海口。越是愚夫，越说呆话。朝发道："守城非我责任，我专领水师，但知扼住海口，不令敌兵登岸，便算尽职。"随督师出港口。

英将遣师投函，略说："本国志在通商，并非有意激战，只因广东林、邓二督，烧我鸦片烟万余箱，所以前来索偿。若赔我烟价，许我通商，自应麾兵回国"等语。朝发叱回，令军士开炮轰击，英舰暂退。翌晨，英舰复齐至港口，把大炮架起桅樯上面，接连轰入，势甚凶猛。港内守兵，抵挡不住，船多被毁。朝发尚冒死督战，左股上忽中一弹，向后晕倒，亲兵赶即救回，于是纷纷溃退。英兵乘胜登岸，直薄定海城下。定海城内无兵。知县姚怀祥，遣典史金福，招募乡勇数百，甫至即溃。怀祥独坐南城上，见英兵缘梯上城，奔赴北门，解印交仆送府，自刎死。朝发回至镇海，亦创重而亡。

败报到京，道光帝即命两江总督伊里布，赴浙视师。伊里布尚未抵浙，英将伯麦，复遣书浙抚，浙抚乌尔恭额，料知书中，没甚好话，不愿拆阅，竟将原书发还。伯麦方拟进攻，适领事义律至军，请分兵直趋天津。伯麦依

言，遂与义律率军舰八艘，向天津进发。

道光帝因定海失守，未免忧虑，常召王大臣会议。军机大臣穆彰阿以谄谀道宠，平时与林则徐等，本不相和协，至是遂奏林则徐办理不善，轻开战衅，宜一面惩办林则徐，一面再定和战事宜。又是一个和珅。道光帝尚在未决，忽由直隶总督琦善，递上封奏一本，内称："英国兵船，驶至天津海口，意欲求抚。我朝以大字小，不如俯顺外情，罢兵息事为是。此等言语，最足荧惑主听。且粤督林则徐，办理禁烟，亦太操切，伏乞皇上恩威并济，执两用中"等语。道光帝览了奏牍，又去召穆彰阿商量。穆彰阿与琦善，本是臭味相投的朋友，穆彰阿要害林则徐，琦善自然竭力帮忙。况且这班奸臣，屈害忠良，是第一能手，欲要他去抵御外人，他却很是怕死，一些儿没能耐。

相传义律到津，直至总督衙门求见，琦善闻英领事来署，当即迎入，义律取出英议会致中国宰相书，交与琦善。琦善本由大学士出督直隶，展开细瞧，半字不识，随令通事译读。首数句无非说东粤烧烟，起自林、邓二人，春间索偿，被他诟逐，所以越境入浙，由浙到津。琦善听了，尚不在意。后来通事又译出要约六条，随译随报。看官！你道他要求的是什么款子？小子一一开录如下：

第一条　赔偿货价。
第二条　开放广州、福建、厦门、定海、上海为商埠。
第三条　两国交际，用平等礼。
第四条　索赔兵费。
第五条　不得以英船夹带鸦片累及居留英商。
第六条　尽裁洋商（经手华商）浮费。

琦善听毕，沉吟了好一会，方向义律道："汝国既有意修和，那时总可商议。明日请贵兵官来署宴叙便了。"义律别去，次日，琦善令厨役备好筵宴，专待客到。约至巳牌时候，英国水师将弁二十余人，统是直挺挺雄纠纠的走入署中。琦替接入，见他威武非凡，不由的心头乱跳。见了二十多人，便已畏惧，若多至十倍百倍，定然向他下拜了。英兵官虽不能直接与他谈论，然已瞧透他畏怯情状，便箕踞上坐，命随来的通事传说，"本国已发大兵若干万，

炮船若干艘，即日可到中国。若中国不允要求，请毋后悔！”这番言语，吓得琦善面色如土，忙央通事说情，愿为转奏。英将弁眉飞色舞，乐得大嚼一回，吃他个饱。席散后，琦善便据事奏陈，当由穆彰阿一力推荐，道光帝便命琦善赴粤查办。琦善闻命，即与英领事义律，约定赴粤议款。义律等徐返舟出，琦善入京听训，造膝密陈，廷臣多未及闻知。迨琦善出京，部中接山东巡抚托浑布奏报，略称：“义律等自津回南，路过山东，接见时很是恭顺。大约为自己写照。今因琦中堂赴粤招抚，彼亦返粤听命”云云。嗣又接到伊里布奏本，据说：“与英人订休战约，愿还我定海”等语。部臣方识琦善、伊里布，统是一班和事老。有几个见识稍高，已料到后来危局，然内有穆彰阿，外有琦善、伊里布，内外朋比，说亦无益，还是得过且过，做个仗马寒蝉。这也难免误国之罪。

这且慢表，且说林则徐方加意海防，严缉私贩，每月获到贩烟人犯，总有数起，则徐一一奏闻。起初接到廷寄，多是奖勉的话头，一日，传到京抄，上载大学士琦善奉旨赴粤查办，则徐不禁浩叹，正扼腕间，又接批发奏折的硃谕道：

> 外而断绝通商，并未断绝；内而查拿犯法，亦不能净尽。无非空言搪塞，不但终无实济，反生出许多波澜。思之曷胜愤懑，看汝又以何词对朕也。特谕。

则徐览毕无语。幕友在旁瞧着，不禁气愤，随道：“大帅这般尽力，反得这般批谕，令人不解。”则徐叹道：“信而见疑，忠而被谤，古今来多出一辙。林某自恨不能去邪，所以遭此疑谤。现既奉谕申斥，不得不自去请罪。”随即磨墨濡毫，草拟请罪折子，并加附片，愿戴罪赴浙，投营效力，当下交给幕友誊清，即日拜发。甫发奏折，又来严旨一道：

> 前因鸦片烟流毒海内，特派林则徐驰往广东海口，会同邓廷桢查办。原期肃清内地，断绝来源，随地随时，妥为办理。乃自查办以来，内而奸民犯法，不能净尽；外而私贩来源，并未断绝。本年福建、浙江、江苏、山东、直隶、盛京等省，纷纷征调，糜饷劳师。此旨林则徐

办理不善之所致。林则徐、邓廷桢着交部分别严加议处。两广总督，着琦善署理，未到任以前，着怡良暂行护理。钦此。

越数日，大学士署理两广总督琦善到任，此时粤督印信，已由林则徐交与怡良；怡良复交与琦善。琦善接印在手，别样事不暇施行，先查刺林则徐罪状，怎奈遍阅文书，无瑕可摘；随召水师提督关天培，总兵李廷钰等入见，责他首先开衅，此后须要格外谨慎，方可免咎。关、李等气愤填胸，只因总督系顶头上司，不好出言辩驳，勉强答应而退。琦善摆着钦差架子，也不出送。

忽巡捕传进英领事义律来文，琦善忙即展阅，阅罢，急下令将沿海兵防，尽行撤退；并旧募之水勇渔艇，一律解散。还是怡良闻着此信，赶到督署探问，琦善把义律来书，交与怡良瞧阅，口中却说道："兄弟并不是趋奉洋人，只圣上已经主抚，不得不从圆一点。照英领事的书中，要我退兵，我只得把兵撤退，推诚相与，方好成全抚议。"明明是畏敌如虎，反说得与己无涉。怡良道："夷情叵测，不可不防，还求中堂明察！"琦善拈须笑道："兄弟在直隶时，已与义律面约休战，还怕什么？"小骗碰着大骗。怡良无可再说，随即告别。

琦善方欣欣得意，专等义律来署议款。等了数日，毫无消息，只有属员来报，或说是获住汉奸，或说是捕到私贩，或说是英舰出入海口，侦探虚实。惹得琦善性起，大怒道："好好一个中国，都被这等混账东西，闹成这种模样。是自己说自己。此后若再来尝试，定不姑贷！"属员碰着这个顶子，大家都回到衙中，吃着睡着，乐得安逸，不管闲账。

琦善又招了一个粤人鲍鹏，作为翻译官，差他往来传信。鲍鹏曾在西商处，充过买办，为义律所奴视，琦中堂偏当他作奇才看待，言无不听，计无不从，因此义律越知琦善无能，日夜增船橹，造攻具，招纳叛亡，准备角战。琦善却一些儿不防，一些儿不备，只叫鲍鹏催促义律复音。

这日，鲍鹏带来复文一角，琦善即命鲍鹏译出，内说："前索六款，统求准议，还请割让香港一岛，畀英国兵商寄居，是否限三日答复！"这封书，便是外人所说哀的美敦书，是挑战的意思。琦善顿足道："这都是林则徐闯出来的祸祟，他既要我准他六款，还要什么香港一岛，如何是好？"鲍

鹏道："香港是海口荒岛，就使允给了他，也没甚要紧。"分明是个汉奸。琦善道："这个却未便照准。"鲍鹏道："书中限期，只有三日，三日不复，他便要率兵进港来了。"琦善道："你却去对英领事说，叫他静心伺候，待我出奏，再行答复。"鲍鹏应命而去。琦善却令幕宾修了一个模糊影响的奏折，拜发出去。

隔了两宿，鲍鹏回报义律不肯遵命，说是："且开了仗，再好议和。"琦善大惊，正在慌张，沙角炮台将陈连升，赍文请援，琦善不愿发兵，仍遣鲍鹏赴英舰议和。鲍鹏阳虽应命，暗中却往别处耽搁了好几天，琦善还道他磋磨和议，不加着急，忽由飞骑来报："陈副将连升，与英兵开战，轰毙英兵四百多人，后因火药倾尽，力竭身亡，连升子举鹏与千总张清鹤，统已阵殁。沙角炮台，已失陷了。"琦善道："有这么事！"竟象作梦。接连又报："大角炮台，亦被英人陷没，千总黎志安，受伤出走。"琦善皱眉道："我已着鲍鹏去止英兵，什么鲍鹏不来，英兵只管进攻。"

语未毕，署外传进手本，乃总兵李廷钰求见。琦善道："我没有传他回省，他来做什么？"真心昏蛋。传递手本的巡捕，答称李镇台说有紧急事情，因此进省禀见。琦善方命传入，相见毕，廷钰禀道："沙角、大角两炮台，俱已陷落，英兵已进攻虎门，请大帅急速发兵，由卑镇带去把守！"琦善道："我奉旨前来议抚，并不是与英开战，怎好添兵寻衅？"梦人说梦话。廷钰道："英兵不愿就抚，奈何？"琦善道："我已着鲍鹏前去相商，谅无不成，明后日便可没事，老兄不必过虑！"廷钰道："大帅不要过信鲍鹏，鲍鹏前曾私贩烟土，犯过罪案，倘再被他通洋舞弊，恐怕祸患不浅。"琦善闭着目，只是摇头。廷钰下泪道："虎门系粤东门户，虎门一失，省城万不能保。廷钰等死不足惜，大帅恐亦未便。"说到这一句，琦善方张目道："据你说来，是必要添兵的。现调兵二百名，给你带去，可好么？"廷钰道："二百名不够分布。"琦善道："再添三百，凑成五百，想总够了。"好象买卖人论价，可笑之至。廷钰方起身告辞，琦善又道："老兄带了五百兵出去，只可黑夜中潜渡，若被英人得知，责我添兵，那时万不肯就抚了。"廷钰又气又笑，告别出外，急赴虎门守威远炮台去了。

琦善正遣发廷钰出署，见鲍鹏进来，好象得了宝贝，忙问抚议如何？鲍鹏答称义律必欲照约，方许退兵。琦善道："你如何今日才来？"鲍鹏道：

“卑职前日奉命前去，义律只是不见，守候数日，方得见他，磋商许久，仍无成议。只是请大帅允准要约，非但把炮台归还，连定海亦即交付。”琦善道：“你再去与他商议，前六款中，烟价偿他若干，广州可以开放，香港亦可婉商，余事待后再谈。”鲍鹏去了一会，又回报：“义律已经首肯，请大帅出订和约。”琦善道：“话虽如此，但我尚未奏准，如何与他订约？”鲍鹏道：“可去订一草约，然后奏准未迟。”琦善从鲍鹏言，借查阅炮位为名，与义律会于莲花城，愿偿烟价七百万圆，并许开放广州，割让香港。义律亦许归还定海，及沙角、大角两炮台。双方议定草约，琦善还署，即咨伊里布接收定海，一面即据义律来文，说出不得不抚情形，奏达清廷。

道光帝未经大创，安肯遽允？即命御前大臣弈山为靖逆将军，提督杨芳、尚书隆文为参赞大臣，赴粤剿办，并降旨道：

览奏，曷胜愤懑。不料琦善怯懦无能，一至于此！该夷两次在浙江、粤东肆逆，攻占县城炮台，伤我镇将大员，荼毒生民，惊扰郡邑，大逆不道，覆载难容。无论缴还定海，献出炮台之语，不足深信。即使真能退地，亦只复我疆土，其被戕之官兵，罹害之民人，切齿同仇，神人共愤；若不痛加剿洗，何以伸天讨而示国威？弈山、隆文兼程前进，迅即驰赴广东，整我兵旅，歼兹丑类！务将首从各犯，通夷汉奸，槛送京师，尽法处治。至琦善身膺重寄，不能声明大义，拒绝要求，竟甘受其欺侮，已出情理之外；且屡奉谕旨，不准收受夷书，胆敢附折呈递，代为恳求，是何居心？且据称同城之将军、都统、巡抚、学政及司道府县，均经会商，何以折内阿精阿、怡良等，并未会衔？所奏显有不实，琦善着革去大学士，拔去花翎，仍交部严加议处！钦此。

琦善接旨，不由的身子发抖，又闻伊里布亦奉饬回任，料知朝廷变了和议，将来如何答复英人？惶急了数天，忽又接到京中家报，说是家产都要籍没了，心中一急，昏晕倒地，不省人事。家不可忘，国恰可卖。正是：

内家而外国， 义本同休戚；
误国即误家， 身败名亦裂。

未知琦善性命如何，请看下回分解。

焚烟之举，虽未免过激，然使省省有林、邓，则善战善守，英何能为？且但患畏葸，不患孟浪，本出自宣宗之口，林、邓二公，不过奉上而为之耳。何物穆彰阿，敢行炀蔽，妨贤病国，纵敌殃民，弛一日之大防，酿百年之遗毒。不知者谓鸦片之祸，起自林文忠，其知者则固谓在彼不在此也。琦善奸党，右穆左林，隳车实，长寇仇，莫此为甚。读此回，令人惋惜，又令人愤激；虽本事实之不平，亦由抑扬之得体。

第五十二回　关提督粤中殉难 奕将军城下乞盟

却说琦善闻家产籍没，顿时昏绝，经家人竭力施救，方渐渐苏醒，垂着泪道：“早知英人这样厉害，朝局这样反复，穆中堂这样坐视，我也不出来了。”悔已无及。于是再召鲍鹏密议。鲍鹏道：“大人不必着急！总叫得英人欢心，不与大人为难。后事归后人处置，大人即可脱然无累了。”琦善思前想后，亦没有救急法子，只得搜罗歌女，摆列盛筵，时常请英使享宴，迁延时日，这英领事义律，及英将伯麦等抱着始终不让的宗旨，外面却与琦善周旋，大饮大吃，酒酣耳热，还抱着歌女取乐。广东咸水妹，想是从此而起。正在花天酒地时候，朝旨已下，琦善接读朝旨，方悉家产籍没的原因，实是怡良一奏而起。小子先录登当时的上谕道：

香港地方紧要，前经琦善奏明，如或给与，必致屯兵聚粮，建台设炮，久之觊觎广东，流弊不可胜言；旋又奏请准其在广东通商，并给与香港泊舟寄住。前后自相矛盾，已出情理之外；况此时并未奉旨允行，何以该督即令其公然占踞。览怡良所奏，曷胜愤懑！朕君临天下，尺土一民，莫非国家所有，琦善擅予香港，擅准通商，胆敢乞朕格外施恩，且伊被人恐吓，奏报粤省情形，妄称地理无要可扼，军器无利可恃，兵力不坚，民心不固，摘举数端，危言要挟，不知是何肺腑？如此辜恩误国，实属丧尽天良。琦善著即革职拿问，所有家产，即行查抄入官！钦此。

琦善读毕，眼泪复如泉水涌下，随道："我与怡良，无仇无隙，如何把我参奏？且他的奏稿中，不知说的什么说话，真是可恨！"责人不责己。当下着人到抚署中，抄出怡良奏稿，回报琦善，由琦善接瞧道：

自琦善到粤以后，如何办理，未经知会到臣，忽外间传说："义律已在香港出有伪示，逼令彼处民人，归顺彼国"等语。方谓传闻未确，蛊惑人心，随据水师提督转据副将禀抄伪示前来，臣不胜骇异。唯大西洋自前明寄居香山县属之澳门，相沿已久，均归中国之同知县丞管辖，而议者犹以为非计，今该夷竟敢胁天朝士民，占踞全岛，该处去虎门甚近，片帆可到，沿海各州县，势必刻刻防闲，且此后内地犯法之徒，必以此为藏纳之薮，是地方既因之不靖，而法律亦有所不行；更恐犬羊之性，反复无常，一有要求不遂，必仍非礼相向，虽欲追悔从前，其何可及？伏思圣虑周详，无远不照，何待臣鳃鳃过计。但海疆要地，外夷公然主掌，并敢以天朝百姓，称为英国之民，臣实不胜愤憾！第一切驾驭机宜，臣无从悉其颠末，唯于上年十二月二十八日，钦奉谕旨，调集兵丁，预备进剿，并令琦善同林则徐、邓廷桢妥为办理，均经宣示。臣等晤见时，亦请添募兵勇，以壮声威，固守虎门炮台，防堵入省要隘。今英夷窥伺多端，实有措手莫及之势。现既见有夷文伪示，不敢缄默，谨照录以闻。

琦善瞧完，又气又惧，急得手足冰冷。忽有水师提督关天培，递来急报，说："英舰复来攻虎门，请派兵速援！"琦善此时，已如死人一般，还有什么心思去顾虎门？随把急报搁起，一概不管。

原来英领事义律，已闻清廷主战消息，与伯麦定议续攻，趁奕山、杨芳、隆文等未曾到粤，即调齐兵舰，高扯红旗，向虎门进发。水师提督关天培，正守靖远炮台，一面飞速请援，一面督军防御；遥见英舰如飞而至，天培督令军士开炮，炮声数响，倒也击着英舰数艘，可恨未中要害，只把铁甲上面，打破了几个窟窿。英舰冒险冲人，两下里炮声震天，轰个不住。天培手下，多中炮倒毙，只望援军前来接应，谁知相持多时，毫无援音。英舰得步进步，所发炮弹，越加接近，宛如雨点雷声，没处躲避，蓦然间一颗飞

弹，从天培头上落来，天培把头一偏，那弹正中左臂，接连又是数颗弹丸，把天培身边几个亲兵，大半击倒。兵士便哗乱起来，你逃我走，个个要管自己的性命。天培左臂受伤，已忍痛不住，又见兵士纷纷溃败，大呼道："英人可恶，琦善可恨！天培从此殉国了。"一恨千古。就将手中的剑，向颈上一抹，一道魂灵，直升天府。

英人乘胜登岸，占据了靖远炮台，转攻威远、横档两炮台。两炮台上的守兵，已自闻风奔溃，总兵李廷钰，副将刘大忠，禁止不住，也只得退走。眼见得两炮台尽陷，虎门失守，英人将虎门各隘，所列大炮三百余门，及上年林则徐购得西洋炮二百余门，统行夺去；并且长驱直入，进薄乌涌。乌涌距省城只六十里，镇守员是总兵祥福，率同游击沈占鳌，守备洪连科，竭力拒战。杀了一两日，寡不敌众，弹药又尽，祥总兵及麾下二将，临敌捐躯，同时毕命，大帅怕死，裨将虽死无益。省城大震。幸亏参赞大臣杨芳，率湖南兵数千至城内，杨参赞素有威名，人心赖以少安。

是时畏懦无能的琦善，已由副都统英隆，奉旨押解进京，只怡良尚任巡抚，即与杨芳相见。当下谈起琦中堂议抚事情，怡良道："琦中堂在任时，单信任汉奸鲍鹏，堕了英领事义律诡计，一切措置，力反林制台所为。林制台处处筹防，琦中堂偏处处撤防，所以英人长驱直入。现在虎门险要，已经失去，乌涌地方，又复陷落，省城危急异常。幸逢参赞驰至，还好仗着英威，极力补救。"杨芳道："琦中堂太觉糊涂，抚议未成，如何就自撤藩篱？现在门户已撤，叫杨某如何剿办？看来只好以堵为剿，再作计较。"怡良道："英兵已入乌涌，海面不必讲了，现只有堵塞省河的办法。"杨芳道："省河有几处要隘？"怡良道："陆路的要隘，叫作东胜寺；水路的要隘，叫作凤凰冈。"杨芳道："这两处要隘，有无重兵防守？"怡良道："向来没有重兵，被琦中堂层层撤掉，琦中堂被逮，兄弟方筹议防守。但陆兵尚敷调遣，水师各船，被英人毁夺殆尽，弄到无舰可调，无炮可运，兄弟正在焦急哩。"杨芳道："舰队已经丧失，且扼守河岸要紧。"遂派总兵段永福，率千兵扼东胜寺；总兵长春，率千兵扼凤凰冈。两将才率师前去，探马已飞报英舰闯入省河。杨芳拟自去视师，遂起身与怡良告别，带了亲兵数百名，亲到河岸督战；行近凤凰冈，遥闻炮声不绝，知已与英兵开仗，忙拍马前进到凤凰冈前，见总兵长春，正在岸上耀武扬威，督兵痛击，英舰已向南退去。杨

芳一到，长春方前来迎接，由杨芳下马慰劳一番，再偕长春沿河巡视，远望南岸河身稍狭，颇觉险要，便向长春道："那边却是天然要口，为什么不见守兵？"长春答道："河身稍狭的区处，便是腊德及二沙尾，闻林制军督师时，曾处处驻兵，后来都由琦中堂撤去，一任英使出入，所以空空荡荡，不见一兵。"杨芳刚在叹息，忽见南风大起，潮水陡涨，忙道："不好！不好！"急传令守兵，一齐整队，排列岸上。杨果勇，不愧将材，可惜大势已去。长春问是何意？杨芳向南一指，便道："英舰又乘潮来也。"长春望将过去，果见一大队轮船，隐隐驶入，比前次更多一二倍，连忙令军士摆好炮位，灌足火药，准备迎击。

顷刻间，英舰已在眼前，即令开炮出去，扑通扑通的声音，接连不断，河中烟雾迷蒙，弹丸跳掷。那英舰仗着坚厚，只管冲烟前进，还击的飞炮火箭，亦很猛烈。杨芳、长春两人，左右督战，不许兵士少懈。两边轰击许久，潮亦渐退，英舰方随潮出去。杨芳道："真好厉害！外人这般强悍，中国从此无安日了。"知几之言。是夜，即在凤凰冈营内暂宿。

次晨，美国领事，到营求见，由兵弁入报。杨芳道："美领事有什么事情，要来见我？"迟了半晌，方命兵弁请美领事入营。两下相见，分宾主坐定，各由通事传话。美领事先请进埔开舱。杨芳道："我朝与贵国，本没有失好意见，上谕原准贵国通商，只是英人猖獗异常，与我寻衅，所以连累贵国。这是英人不好，并非我国无情。"美领事道："闻英人亦不欲多事，只因天朝不准通商，两边误会，才有此战。窃想通商一事，乃天朝二百年来恩例，何妨一例通融，仍循旧制。"杨芳道："我朝原许各国通商，宁独使英人向隅？奈英人私卖违禁的鸦片，不得不与他交涉。且英人很是刁狡，今朝乞抚，明朝挑战，如何可以通融？"美领事道："这倒不妨。英领事义律，已有笔据呈交呢。"随取出义律笔据，交与杨芳。杨芳瞧着，乃是几行汉文，有"不讨别情，唯求照常贸易，如带违禁货物，愿将船货入官"等语，便道："照这笔据，似还可以商量。但英商再有贩运违禁货物，那便怎么处置？"美领事道："英国商人，并未随同兹事，若准他通商，货船便即入口，就使英兵要战，英商也是不肯，反可制服兵船，岂不是敛兵息争的好事么？"杨芳道："贵领事既与他说情，本大臣就替他奏请便是。只英舰不得无故闯入，须等上谕下来，或和或战，再行答复。"美领事应诺而去。

杨芳回省与怡良商议，彼此意见相同，遂联衔会奏，大旨以敌入堂奥，守具皆乏，现由美领事为英缓颊，姑借此羁縻，为退敌收险之计。此奏很是。这奏一上，总道廷旨允从，失之东隅，还可收之桑榆，谁知道光帝偏偏不依，真正气数。竟下旨严斥道：

> 览奏，愤懑之至！现在各路征调兵丁一万六千有余，陆续抵粤！杨芳乃迁延观望，有意阻挠，汲汲以通商为请，是复蹈琦善故辙，变其文而情则一，殊不可解。若如此了结，又何必命将出师，征调官兵。且提镇大员，及阵亡将弁，此等忠魂，何以克慰？杨芳、怡良等，只知迁就完事，不顾国家大体，殊失朕望，着先行交部严议。弈山、隆文经朕面谕一切，必能仰体朕意，现已到粤，兵多粮足，自当协力同心，为国宣劳，以膺懋赏，断不准提及通商二字，坐失机宜，此次批折，着发给阅看。钦此。

是时靖逆将军弈山，及参赞隆文，还有总督祁埙，俱已到粤，杨芳接见，便与叙起战事利害，及奏请羁縻缘由。弈山道："皇上的意思是决计主剿，所以参赞出奏，致遭严斥。兄弟亦知粤东空虚，但难违上命，奈何？"祁埙道："闻得前时林制军，办理的很是严密，何妨请他一议！"弈山点头称善，当由祁埙取出名刺，去请林则徐。

原来林则徐虽已被谴，尚未离粤，闻祁埙相邀，随即入见。祁埙引他见了弈山，弈山便问防剿事宜。则徐道："现在寇入堂奥，剿堵两难。省城又是卑薄得很，无险可扼，欲要挽回大局，很不容易。只有暂时设法羁縻，计诱英舰，退至猎德二沙尾外面，连夜下桩沉船，用重兵大炮把守，令他无从闯入。一俟风潮皆顺，苇筏齐备，再议乘势火攻，方出万全。"弈山默然不答。意中还不以为然，想总要吃个败仗，方觉爽快。祁埙道："闻省河一带，都有英船出没，如何诱他出去？"则徐道："那总有法可想。"祁埙道："这却还仗大力。"则徐道："林某在粤待罪，恨不将英人立刻驱逐，奈因琦中堂处处反对，无能为力，负罪愈深。今日得公等垂青，林某敢不效死。"忠忱贯日。言未毕，外面报圣旨下来，要林公出接。则徐忙出去接旨，系授则徐四品京堂，驰赴浙江会办军务。则徐束装即行，粤东失了臂助。

义律待了多日，未见杨芳复音，复来催索烟价。弈山叱回，即欲发兵出战。杨芳谏道："兵船未备，水勇未集，此时不宜浪战，还请固守为是！"弈山道："各省兵士，已调集一万七千名，粤兵亦有数万，若再顿兵不战，上头亦要诘责，只好与他拼一死战便了。"若能与他拼一死战，也不失为忠臣，只怕是空说大话。于是令提督张必禄，屯西炮台，出中路，杨芳由泥城出右路，隆文屯东炮台，出左路；并遣四川客兵，及祁𡎴所募水勇三百名，驾着小舟，携火箭喷筒，驶出省河，突攻英船。英船不及防备，被焚桅船二只，杉板船二只，小船五只，英兵亦毙了数百名，并误伤美人数十。又开罪美国了。弈山闻报，正欣喜过望，慢着！忽递到败耗，说是英兵来打回复阵，把我兵轮三艘毁去，我兵败退，英舰已闯入十三洋行面前，弈山又忧虑起来。忽喜忽忧，活绘出一个庸帅。次日，探马又飞报英兵大至，天字炮台守将段永福败走，炮台被陷，炮台上面的八千斤大炮，都被英人夺去；接着又报泥城炮台守将岱昌及刘大忠，亦已败退。弈山搓手道："不得了！不得了！"何不出去死战？忙檄两参赞及张必禄回守省城。自己不敢出战，到也罢了，还要调回别人保护自己，真是没用的东西！

公文才发，又接到紧急军报，据称："港内筏材油薪船，并水师船六十多艘，统被英兵及汉奸烧尽。现在英兵已进攻四方炮台了。"弈山此时，好象兜头浇下冷水，一盆又一盆身子都冷了半截，免不得上城了望。目中遥见火光烛天，耳中隐闻炮声震地，他在城上踱来踱去，急得愁肠百结；突见东南角上有旗号展出，后面随着许多人马，不觉大惊，险些儿跌下城来；仔细一瞧，乃是自己兵队，方略定了一定神。等到兵马已到城下，后队乃是两参赞押著，忙即下城，开门延入。杨芳道："四方炮台，据省城后山，为全城保障，现闻英兵进攻，参赞等正思驰援，因奉调回来，不敢违命。好在城中尚无要事，待杨某出去救应。"奕山道："不，不必。昨日闽中到有水勇，已由祁督遣调往援，此刻城中吃紧，全仗诸公保护，千万不要离城。"

正议论间，探报四方炮台，又被英人夺去。杨芳着急道："怎么如此迅速！杨芳都着急起来，我知这位弈将军，恐怕连话都说不出了。四方炮台一失，敌兵据高临下，全城军民，如坐穽中，奈何奈何？"弈山道："这这这，全仗杨杨果勇侯，出出力保全。"杨芳不暇答应，急率军士登城固守，布置才毕，城北的火箭炮弹，已陆续射来。杨芳亲至城北督防，兀坐危楼，当着箭弹，

终日不退。老天恰也怜他忠心，镇日里大雨倾盆，把英人射来的火器，沾湿不燃。城中人心，稍稍镇定。

看官！你道英人何故这么强？粤兵何故这么弱？小子细查中外掌故，方知英领事义律，虽是求抚，暗中却屡向本国调兵。水军统帅伯麦，早到中国，经过好几次战仗，上文统已叙明；陆军统帅加至义律，亦到粤多日；这时候复来了陆军司令官卧乌古，带了好几千雄兵，来粤助阵，所以英兵越来得厉害。这边粤中将弁，因海口已失，心中早已惶惧；弈山又是个纸糊将军，名目新鲜。并不敢出去督战。大帅安坐省城，将弁还肯尽力么？因此英兵进一步，粤兵退一步；英兵越进得猛，粤兵越退得远。炮台失了好几个，兵船军械，夺去无数，将弁恰是一个不伤。应为将弁贺喜。弈山住在围城中，既不敢战，又不敢逃，只好虚心下气，向属员问计。苦极！还是广州知府余保纯，献了一个救急的妙法子，无非是"议和讲款"四字。当由余保纯出去议款，经了无数口舌，复由美利坚商人，居中调停，定了四条款子，开列如下：

第一条　广东允于烟价外，先偿英国兵费六百万圆，限五日内付清。

第二条　将军及外省兵，退屯城外六十里。

第三条　割让香港问题，待后再商。

第四条　英舰退出虎门。

余保纯回报弈山，弈山唯唯听命。遂搜括藩运两库，得了四百万圆，还不够二百万圆，由粤海关凑足缴付英人。一面又下令出城，退屯六十里外的小金山。杨芳敢怒而不敢言，只请留城弹压，弈山也没有工夫管他，径自出去。隆文随着出城，心中也愤恚万分。到了小金山，隆文生起病来，竟尔逝世。小子叙到此处，也叹息不置，随笔成一七绝道：

主和主战两无谋，庸帅何能建远猷？
城下乞盟太自馁，西江难濯粤中羞。

和议已定，英人曾否退兵？且待下回再详。

去了一个琦善，又来了一个弈山。清宣宗专信满人，以致专阃诸帅，多属庸驽，虽以老成历炼之杨芳，屡建奇绩，洊膺侯爵，至此发言建议，犹不能邀宣宗之信用；彼关天培辈，宁尚值宸衷一顾？忠愤者徒自捐躯，狡黠者专图幸免，边事之坏，自在意中。观琦善之被逮，为之一快；继任者为一弈山，又为之一叹。关天培等之殉难，为之一恸；杨芳、怡良会奏之被斥，尤为之一惜。至城下乞盟，愿允四款，更不禁涕泪交垂矣。书中自成波澜，阅者心目中，应亦辘轳不置。

第五十三回　效尸谏宰相轻生
失重镇将帅殉节

却说英国兵舰，自收到兵费后，总算拔椗出口，慢慢儿的退去，从佛山镇取道泥城，经萧关三元里。三元里里民，因英人沿途肆掠，愤愤不平，遂纠众拦截，竖起平英团旗帜，把英兵围住。英兵终日冲突，不能出围，统帅伯麦亦受伤。义律亟遣汉奸混出围场，遣书余保纯求救。保纯亟率兵往解，翼义律等出围，始得脱去。弈山不敢实奏，捏称："焚击英船，大挫凶锋，义律穷蹙乞抚，只求照旧通商，永不售卖鸦片，唯追交商欠六百万圆。当由臣等与他议约，令他退出虎门外面。"道光帝高居九重，只道弈山是亲信老臣，不致捏饰，当下准奏，谁知他是一片鬼话。杨芳奏请抚议，并不要六百万偿银，反加申斥；弈山饰词上告，将赔偿兵费之款，捏称追交商欠，虽改重从轻，而偿银总是确实，乃反准奏不驳，谓非重满轻汉而何？

朝中只恼了一个大学士王鼎，上了一道奏章，说："抚议万不可恃，将军弈山，其偿银媚外罪，较琦善尤重。"这篇奏牍，好似朝阳鸣凤，曲高和寡，哪里能回动圣听？况王鼎是山西蒲城人氏，并非皇帝老子戚族，凭你口吐莲花，总是不肯相信。当时留中不发，后来细问内监，方知道光帝览了奏牍，倒也有点动容，经权相穆彰阿袒护弈山，不说弈山有罪，反说弈山有功，因此把奏章搁起不提。王中堂得此消息，已自愤恨，适廷议追论林则徐罪状，谪戍伊犁，协办大学士汤金钊，因保荐林则徐材可重用，亦遭严谴，连降四级。王中堂料是穆彰阿暗中唆使，气得满腹膨胀，随即嘱咐家人，愿

效史鱼尸谏，草了遗疏数千言，历述穆彰阿欺君误国，不亟治罪，大局无安日，海疆无宁岁。结尾有“臣请先死以谢穆彰阿”等语。遗疏写毕，读了一遍，便叹道：“奸贼若除，我死亦瞑目了。”当下将遗疏恭陈案上，并用另纸一条，留嘱家人，饬他明日拜发；随望北谢恩，悬梁自尽。其迹似迂，其心无愧。

这一死传到王大臣耳中，很是惊异。穆彰阿是个多心人，料得王中堂无病而逝，必有缘故，然而凭空悬想，总不能摸着头脑，搔头挖耳的想了一会，暗道：“有了，有了！”忙饬家仆去召一个谋士。谋士非别，乃是户部主事军机章京聂澐。聂澐一到，穆彰阿嘱他探听王中堂死事。聂澐与王中堂儿子王伉，向来熟识，此番受穆彰阿嘱托，遂借吊丧为名，当夜前去侦察。行过吊礼，由王家仆役引入客厅。聂澐遂私问王中堂死状，王仆遂一五一十，告诉聂澐，并说出遗疏大略。聂澐道：“我与你家大少爷，素来莫逆，你去取出遗疏，令我一瞧！”王仆道：“现在少爷忙得很，不便通报。”聂澐道：“你不必通报少爷，你私下去取了出来，我一瞧过，便好归还。”王仆尚是为难，聂澐允给他千金。俗语说的好：“重赏之下，必有勇夫，”况不过盗取一张文牍，稍费手脚，坐得千金，哪里有做不到的道理？王仆去了片刻，即将遗蔬取来。聂澐一瞧，吓得瞠目伸舌，便向王仆道：“这篇遗疏，亏得未上，若上了这疏，贵东人要惹大祸了。”王仆知识有限，也吃了一惊。聂澐道：“我既允你千金，快随我去取！这遗疏由我取去，另换一张方好。”当下不及告辞，匆匆径去。王仆随到聂寓，由聂澐取出笔墨，另写数行，假作王鼎遗疏，付与王仆，复检出银票千两，作为赠资。王仆称谢而去。

聂澐忙把遗疏，转呈穆彰阿。穆彰阿瞧了一遍，说道：“险极，险极！这事幸亏有你，你是拔贡出身，还好应试，将来我总设法谢你一个状元。”双手瞒天，无事不可为，区区状元，值得什么。聂澐欢喜异常，把千金都不提起，直到后来为穆彰阿所闻，方照数给还。待至礼部试期，穆彰阿不忘前言，替他暗通关节。总算信实。偏同考官中有个山西人，本充御史，得了聂澐试卷，竟藏好箧中，上了锁，绝不提起，到填榜时候，主司房考，不得聂卷，相顾错愕。还是御史自说：“某夕阅卷，不戒于火，有一卷为火所烬，想来便是聂卷。榜发后，当自议请处了。”好好一个状元，被这侍御送掉，应为聂澐扼腕。嗣

后御史自请处分，解职回籍，这位权势赫弈的穆中堂，到也没法害他，只一手提拔聂澐，历任至太常侍卿，这是后话慢表。

且说弈山与英人议和，单就广东一省，议定休兵息战，此外全不相关。清廷只道是和议已定，可以没事，令江、浙各省裁兵节饷。不意英人仍不肯罢兵，一面率军舰退出虎门，经营香港，规复广东贸易，一面复思借战胜余威，率军北进。适伯麦调印度战舰至粤，遂与义律等决议北犯，途次遇着飓风，撞破坐船。弈山祁埙等，张皇入告，说："英舰漂没无数，浮尸蔽海。"道光帝还疑是海神有灵，饬颁藏香，令祁埙敬谢祷天。可笑！

英政府令大使璞鼎查，代义律职，海军少将巴尔克，代伯麦职，义律、伯麦回国。璞鼎查、巴尔克，会同卧乌古，带领军舰九艘，汽船四艘，运送船二十三艘，于道光二十一年七月，游弋闽海，进犯厦门。此时邓廷桢已得罪革职，与林则徐同戍伊犁，闽浙总督换了颜伯焘。这位颜制台，颇热心拒外，到任后方督修战备，奈朝旨反令他裁兵节饷，只好缓缓布置。忽闻英兵入犯，急驰至厦门防御；甫到厦门，英舰已闯入鼓浪屿口。颜制台急饬兵开炮，接连炮响，轰沉英国火轮船五艘。英舰反蜂拥齐进，弹丸如雨点般打来。他的炮弹，不是望空乱发，只并力攻一炮台。一台破，再攻一台。厦门口岸，本有炮台三座，起初颜制台防他分攻，也派兵分守，谁知他却一座一座的攻打，这座被毁，那座早已震动。兼且炮台统用砖石砌成，未叠沙垣，弹丸飞至，不是击坍，便是击破。自辰至酉，炮台多半毁坏。英兵用小船驳到岸边，分路登岸，官军不能抵御，水陆皆溃。金门镇总兵江继芸，身中炮弹，落水溺死。副将凌志，署淮口都司王世俊，水师把总纪国庆，杨肇基，季启明等，各力战而亡。英兵据了炮台，反将炮台上面的大炮，移转向北，对着厦门官署轰击，房屋七洞八穿，兴泉永道刘曜春，同知顾效忠，皆遁走。颜制台也只得退守同安。

英兵乘势劫掠，厦民大愤，推陈姓为首，聚集五百人，抗英五千众。英兵用大炮，厦民用抬枪，打了一仗，英兵死了百人，厦民只死三人，因此英兵不敢久驻，仍退泊鼓浪屿。越数日，又进攻厦门，副将林大椿，游击王定国，又被击毙。还亏提督普陀保，总兵那丹珠，督兵力御，击沉英舰一艘，方扬长而去。颜制台初奏厦门失守，旋即报称收复，奉旨责他先事疏防，降三品顶戴留任。

闽海少安，英舰转入浙海。适两江总督裕谦，继伊里布后任，至浙视师。裕钦差任事刚锐，可惜未娴武备。先是调林则徐到浙，亦系由他密荐，则徐方感他知遇，竭力筹防，怎奈遣戍命下，不能逗留。两下相别，彼此洒了几点热泪。裕谦虽非将才，然存心很是忠诚，著书入秉公褒贬，并不以满人少之。会裁兵节饷的上谕，颁到浙江，裕钦差心中，大不谓然，时常遣人侦探英舰动静。忽报英兵在粤，新增战舰，声言将移兵入浙，连忙写好奏本，请清廷转饬弈山，问明英人何故有入浙传言？该英人是否诚心乞抚，抑仍是得步进步故智？谁料廷旨批回，反说："英人赴浙，出自风闻，不足为据，著裕谦仍遵前皆，酌量撤兵，不必为浮言所惑，以至糜饷劳师。"这位裕钦差，看到此语，不禁叹气道："敌常增兵，我反撤兵，两不抖头，可笑可恨！想来总是穆中堂主见。穆彰阿穆彰阿！你要误尽国家了！"

随赴镇海阅防。途中接厦门失陷消息，飞檄定海镇总兵葛云飞，处州镇总兵郑国鸿，安徽寿春镇总兵王锡朋，统兵五千，严守定海。这三位总兵，统是忠肝义胆，葛公云飞，尤智勇双全。云飞系浙江山阴人氏，是武进士出身，超擢至定海镇总兵；道光十九年，丁父忧回籍；二十年，海疆事棘，夺情起用。他因定海先尝陷落，收复后，守备空虚。云飞到任，请三面筑城，环列巨炮，堵住竹山门深港，使不复通舟；且增筑南路土城，与五奎山诸岛相犄角。裕钦差到浙时，颇有心采用，奈朝廷叫他裁兵，嘱他节饷，他若还要筑城增垒，岂不是违拗圣旨？因此把筑城事中止。这时三总兵同到定海，手下兵只有五千。三总兵阅视形势，议扼要驻守。王锡朋愿守晓峰岭，郑国鸿愿守竹山门，道头街一带，归葛云飞扼守。唯晓峰岭背面负海，有间道可入，三镇兵只三千名，不敷分派，且炮火亦不够用。由王、葛二公商议，请增派兵船及大炮，堵住间道。

当下飞详镇海，裕谦接到详文，邀浙江提督余步云，共议添兵事宜。步云道："浙江要口，第一重是定海，第二重是镇海，镇海比定海，尤为要紧。现在镇海防兵，亦只数千，自顾不暇，还有什么兵马炮火，可以调遣？"王、葛两总兵，亦有详文到步云处，步云已戒他死守，毋望援兵。三总兵死了。裕谦道："这么一个要紧海口，只有几千兵马！"余步云道："上年恰不止此数，因朝旨屡促裁兵，所以减去三分之一，现在只四千名营兵了。"裕谦道："这正没法可想，只得听天由命。天若不亡浙江，定海应保得住，镇

海也可无虑。本大臣以身许国，到危急时，拼死报君便了。”忠有余而智不足，即此可知。

步云退出，战信已到，英兵已来攻定海，驶进竹山门，被我军奋勇迎击，轰断英船大桅杆，英兵已退去了。裕谦稍稍放心。过了两日，又报英兵绕出吉祥门，入攻东港浦，被我炮击却，现英人改由竹山嘴登岸。郑镇台正在截击哩。接连又到紧急文书两角：一角是王总兵锡朋详文，一个是葛总兵云飞详文。裕谦展开一瞧，统是请大营济师，便道："怎么处？怎么处？定海兵尚有五千，此处兵恰只四千，难道三总兵未曾知悉么？若我亲去督战，恐怕镇海没人把守，我看这余军门步云，事事推诿，很是刁猾，恐怕也靠不住呢。现在没处调兵，奈何，奈何？”就将详文搁过一边，只自一人愁眉兀坐。

适值天气沉阴，连日霪雨，弄得越加愁闷，遂出了营，上东城眺望。突见城外招宝山，悬著白旗，不由的慌张起来，便下城去召总兵谢朝恩。朝恩未至，警信又到，乃是晓峰岭失陷，王总兵锡朋，中枪阵亡，寿春营溃散。裕谦正在惊愕，朝恩已踉跄进来，报称竹山门失守，郑总兵亦战殁了。裕谦道："莫非讹传。把王总兵误作郑总兵。"郑王二姓，百家姓上本是联接，王已先死，郑何能免？道言未绝，外面已递进败耗，确是郑国鸿又死。裕谦道："三总兵已死二人，单剩一个葛云飞，想总支持不住。好！好！三总兵不要怨我不救，看来我也是难保了。"说毕，泪如雨下。朝恩见主帅伤心，也陪了两三点泪珠，一面恰勉强劝慰。裕谦道："我恰不是怕死，若怕死也不来督师了。只可惜三员大将，一朝俱尽，国家从此乏才。还有一桩可疑的事情，招宝山上，如何竖起白旗来？”朝恩道："招宝山上，乃是余提督军营，为什么竖起白旗？卑镇倒也不解。"裕谦道："开战挂红旗，乞和挂白旗，这是外洋各国通例。现在本帅并不要乞和，英兵还未到镇海，那余军门偏先悬白旗，情迹可知。我朝养士二百年，反养出这般卖国的大员来，越叫人痛惜三总兵。"朝恩道："待卑镇去问明提台，再作区处。"朝恩趋出，外面又传报葛总兵云飞阵亡。统用虚写，比实写尤觉凄惨。裕谦此时又悲又恼，悲的是三总兵阵殁，恼的是余步云异心。踌躇一夜，想出一个盟神誓众的法儿。儿戏何益？

待到天明，忽见巡捕进来，呈上手本，说是义勇徐保求见。裕谦问徐保隶何人部下？巡捕答称是葛镇台部下。裕谦遂传令入见。徐保入帐，请过

了安，便禀道："葛镇台阵殁，现由小兵舁尸内渡，已到此处。"裕谦问葛镇台阵殁情状，徐保答道："英人从晓峰岭间道攻入，先破晓峰岭，次陷竹山门，王、郑二镇台，先后阵亡，葛镇台扼住道头街，孤军激战，镇台手掇四千斤大炮，轰击英兵，英兵冒死不退。镇台持刀步斗，阵斩英酋安突得，无如英兵来得越多，我镇台拼命督战，刀都斫缺三柄，英兵少却。镇台拟抢救竹山门，方仰登时，突来两三员敌将，夹攻镇台，镇台被他劈去半面，鲜血淋漓，尚且前进；不防后面又飞来一弹，洞穿胸前，遂致殒命。小兵到夜间寻尸，见我镇台直立崖石下，两手还握刀不放。左边一目，睒睒如生，小兵欲负尸归来，那尸身兀立不动，不能挪移。随由小兵拜祝一番，请归见太夫人，然后尸身方容背负，驾着小船，潜渡至此。"裕谦叹道："好葛公！好葛公！"当下命随员偕了徐保，往去祭奠，并檄大吏护丧还葬，一面飞章出奏。

料理已毕，遂召集部将，设著神位，饬同宣誓，总兵以下，统共到来，独余步云不到。裕谦正思启问，谢朝恩已近前禀道："余军门已差武弁伺候。"裕谦冷笑道："想是本帅不曾亲邀，所以不到。"那边提辕武弁，闻了此语，急忙上前请安，禀称军门现患足疾，特来请假。裕谦摇头道："敌兵到来，那足自然会好了。"既晓得步云异心，如何不先为撤换？叱退武弁，随至神位前祭告。此时牲醴早陈，香烛齐爇，当由裕钦差行跪叩礼，众将官亦随同跪叩。裕钦差亲读誓文，无非劝勉属下文武，同仇敌忾，倘有异心，神人共殛等语。不求己而求神，简直是捣鬼。方才读罢，猛听得隐隐炮声，自远至近，不由的惊讶起来，便即起身誓众道："本帅的誓文，想大家都已听明，不日间英兵到来，须靠大家同心抵御，有功立赏，有罪立刑。"总兵谢朝恩，先应了声"得令"，众将士也随声附和。裕谦方命军士们撤了神位祭礼，正思向谢朝恩追问招宝山白旗缘故，探马忽报英兵来了。谢朝恩即抽身告辞，裕谦执着朝恩手道："这城屏障，便是招宝山及金鸡岭两处。老兄驻守金鸡岭，本帅很是放心，只有招宝山放心不下。"朝恩道："这要看朝廷洪福，卑镇愿以死报。"当下由裕谦亲送出营，朝恩匆匆别去。

裕谦遂登陴守城，城下忽来了余步云，由兵士将弁，启门放入。步云径上城来见裕谦，裕谦便道："军门足疾已愈么？"步云道："足疾尚未痊可，因敌兵入境，不得不前来请教。"裕谦道："誓死对敌，此外没有什么法子。"

步云道："敌兵很是厉害，万一挫失，全城要糜烂了。"裕谦道："这也没法。依你怎么处？"步云道："据步云愚见，只可暂事羁縻。外委陈志刚人颇能干，不如叫他前去议抚。"裕谦笑道："我道军门有什么妙策，城下乞盟的事件，本帅却不愿闻。"步云道："大帅既不愿议抚，此处恐守不住，只好退守宁波。"裕谦正色道："敌到镇海，便退宁波，敌到宁波，将退何处？我与军门都受朝廷重任，难道叫我逃走么？"步云碰了一个钉子，下城自去。

约过两三个时辰，遥见招宝山上，已换了英国旗号，裕谦大惊道："不好了！余步云卖去招宝山了。"果然探马报来，招宝山被陷，余军门不知下落。接着，又报："英兵攻金鸡岭，谢朝恩击死英兵数百，因招宝山失守，军士惊溃，谢镇台身中数创，也即殉难，金鸡岭又被英人夺去了。"裕谦道："罢罢罢！"言未毕，英兵已到城下。城外守兵，逃避一空。裕谦下城，解下城防，交副将丰伸泰送与浙抚，自己投奔学宫前，跳入泮池。经家人捞救，已剩得奄奄一息。文武官员，闻裕谦投水，都弃城逃走。只有县丞李向南，冠带自缢。临死对，还有两首绝命诗。其诗道：

有山难撼海难防，匝地奔驰尽犬羊；
整肃衣冠频北拜，与城生死一睢阳。

孤城欲守已仓皇，无计留兵只自伤，
此去若能呼帝座，寸心端不听城亡。

英兵遂乘胜入城，踞了镇海。欲知后事，且看下回。

本回以王相国鼎及裕钦差谦为主脑，两人皆清室忠臣，惜乎其为愚忠。王鼎尸谏，无论其遗疏未上，为奸党用贿取去，即使不然，穆彰阿方沐君宠，能一击即倒乎？古人有为国除奸者矣，宁必尸谏？裕谦明知余步云之奸，不能立申军法，如穰苴之斩庄贾，已成大错；且定海孤悬海外，与其万不可守，曷若内捍镇海，自固堂奥，乃以三镇敢死之将，置诸必不可守之城，以两端怀异之人，授以险要必争之地。用隋侯珠，弹千仞雀，卒至两城迭陷，力竭躯捐，虽曰见危授命，于国事究何补焉？故忠固足悯，忠而愚，盖不能无疵云。

第五十四回　弈统帅因间致败　陈军门中炮归仁

却说英兵入镇海城，悬赏购缉裕谦，因裕谦在日，尝将英人剥皮处死，且掘焚英人尸首，所以英人非常忿恨。其时裕谦经家人救出，舁奔宁波，闻到这个信息，又由宁波奔余姚，裕谦一息余生，至此方才瞑目。进至萧山县的西兴坝，浙抚刘韵珂差来探弁，接着裕钦差尸船，替他买棺入殓。当由刘韵珂据事入奏，奏中并叙及余步云心怀两端等情。看官！你道这余步云究往何处去呢？步云自入城见裕谦后，回到招宝山，见英兵正向山后攀登，他竟不许士卒开炮，即弃炮台西走，先到宁波，继走上虞。生了三只脚，还假称有病。英兵攻入宁波，复犯慈溪，还恐内地有备，焚掠一回，出城而去。

清廷闻警，特旨授弈经为扬威将军，侍郎文蔚，都统特依顺为参赞，驰赴浙江防剿；粤抚怡良为钦差大臣，移驻福建，调河南巡抚牛鉴，总督两江，分任南北沿海的守御。弈经奏调川、陕、河南新兵六千，募集山东、河南、江淮间义勇，及沿海亡命徒数万。下手便错。以道光二十二年元旦至杭州，大小官员，出城迎接，不消细说。弈经格外起劲，留参赞特依顺驻守杭州，自己偕参赞文蔚，督兵渡江，进次绍兴。沿途颇也留意招徕，故福建水师提督王得禄，愿至军前投效，弈经嫌他年老，劝他回籍。前泗州知州张应云，入营献计，弈经虚心下问。应云道："英人深入内地，都由汉奸替他导引，其实汉奸所为，不过贪图贿赂，并没有什么恩义相结。现闻宁波绅民，统延颈盼望大军，那班汉奸，又都是本地百姓，若大帅亦悬重赏招抚，汉奸

可变作洋谍，大军出剿，使他作为内应，定卜成功。这便是兵法上所说的‘因间’二字，敢乞大帅明鉴！”张应云因间之计，并非全然纰谬，但亦视乎善用不善用耳。弈经道：“这策恰是很妙，但叫谁人去招呢？”应云道：“卑职不才，愿当此任。”弈经大喜，遂议定进兵方略：令参赞文蔚率兵二千，出屯慈溪城北的长溪岭；副将朱贵，参将刘天保，率兵二千，出屯慈溪城西的大宝山，专图镇海；总兵段永福率兵勇四千，偕张应云出袭宁波；故总兵郑国鸿子鼎臣，统率水勇东渡，规复定海；海州知州王用宾，出驻乍浦，雇渔舟渡岱山，策应鼎臣；弈经自率兵勇三千，驻扎绍兴东关镇，接运粮饷，调度兵马。

计划已定，各路同时出发，只望旗开得胜，马到成功。谁知郑鼎臣航海东去，遇著大风颠簸，先荡得七零八落，没奈何收兵回来，帆樯已损破不少，总算数千名水勇，还幸生全。王用宾出渡岱山，因鼎臣遇风回航，反致孤军深入。到定海附近，被英人侦悉，放炮的放炮，纵火的纵火，连忙逃回，渔船已一半被毁了。一路完结。

段永福与张应云居然招集许多义勇，又收买汉奸，令为内应，先由段永福伏兵城外，约期正月晦日攻城，偏这汉奸反复无常，阳与张应云联络，暗中却把师期通报英将。两面赚钱，不愧汉奸二字。英将巴尔克，忙与濮鼎查商议。濮鼎查是英国有名的谋士，便定了一个将计就计的法子，先期佯开城门，诱段永福入城。亏得永福刁猾，只令前队五百人进去，一入城中，两旁火弹雨下，英兵左右杀出，段军转身就逃。脚长的人，逃出了一半性命，还有一半，统做了宁波城中的炮灰。永福、应云，不敢再战，先后奔回东关。两路完结。

还有出屯慈溪的两将，素称骁勇，刘天保欲立首功，先自发兵，甫至镇海城外，就大声呼噪。英兵闻警登城，接三连四的开放大炮，招宝山上的英兵，又发炮相应，凭你刘天保如何勇力，究竟血肉身子，敌不过两边炮弹，只得退回大宝山。朱贵接着埋怨他不先通知，以致败退，刘天保尚倔强不服。不想英兵反水陆并进，来攻大宝山。刘天保扎营山左，朱贵率长子昭南，扎营山右。英兵自右攻入，朱贵麾兵迎击，前队用抬炮数十，更迭激射，击毙英兵三四百名，英兵前仆后继，只是不退。朱贵父子，亦拼命相搏，从辰时战到申时，朱军饥渴交加，单望天保军相救，天保军竟镇日

不到。忽来了一支人马，冲阵而入，朱贵还道是天保军至，谁知他一入阵中，倒戈相向，才识是洋人卖通的乡勇，前来抗拒官军。朱贵怒极，下令搜杀，奈队伍已被冲乱，洋人乘间抄袭，后面导引水师登岸，巨炮火筒，射烧营帐，烟焰蔽天。这时候，天保军亦受冲击，反从山左窜到山右，弄得朱军越乱。朱贵见势不支，犹誓死格斗，把手中所执大旗，插在地上，抢着一柄大刀，拍马驰赴敌阵，见一个，杀一个，大约杀了几十个英人，身上亦着了数创，马亦受伤。朱贵被马掀下，英兵统用着长矛，来戳朱贵，不防朱贵突然跃起，把敌矛夺住两杆，左右冲荡，吓得英兵纷纷倒退。英将见战朱贵不下，暗中携着手枪，乘朱贵杀入，陡发一弹，可怜盖世英雄，倒毙沙场上面。长子昭南，见父已倒地，忙冲出父尸前，猛力抗拒，意中想保护父尸；怎奈英兵攒聚，双拳不敌四手，虽格杀英兵数名，已是身无完肤，大叫一声而亡。父忠子孝，朱氏有光。手下亲兵二百五十人，没一个不殉难。还有知县颜履敬，在后面督粮，距大宝山二里，闻报朱军鏖斗，登高观战，遥见朱军危急，奋然道："我与朱协台交好多年，理应出去帮助。"忙脱了外衣，拔出佩刀，下山驰赴，仆从上前谏阻，履敬道："我此去明知一死，但能上报君恩，下全友谊，死亦甘心，何足惧哉？"仆从见主子不允，也只得随着，驰入阵中，死斗一场，统中炮身死。死友义仆，足垂千古。

刘天保奔回长溪岭，促文蔚往援朱贵，文蔚不允，部下亦代为力请，始许发兵二百。时已薄暮，传报朱军覆没，慌得面如土色，急令截回二百兵，夤夜逃走。我不解道光帝何故专用这等人物，想总由平时会拍马屁。到了东关，那位扬威将军弈经，早已接得败耗，遁到杭州去了。

先是两江总督伊里布，奉旨回任，因家人张喜往来英船，事涉通番，被逮入都，按律遣戍。浙抚刘韵珂，与伊里布素有感情，上了一道奏章，说他因公得罪，心实无他。英人向来器重伊里布，就是伊仆张喜，亦素得洋人倾服，倘令伊里布来浙效力，该英人不复内犯，亦未可定，伏望俯赐采纳等语。保荐伊里布，无非叫他议和。道光帝竟言听计从，赦伊里布罪，赏他七品顶戴，令赴浙营效力。并授宗室尚书耆英署杭州将军，连宗室都任命出来，道光帝之心如揭。与参赞齐慎，一同赴浙。又密谕弈经，叫他注意防堵，暂勿出战，静俟机会。英将见浙省不敢发兵，遂欲转略长江，断绝南北交通，威吓中国，先勒索宁波绅士，犒军银一百二十万元，才许退兵。绅士无奈，东凑西

借，方得如数交去。英舰乃退，只留兵千余名，轮船四艘，驻守定海。

弈经忙奏陈收复宁波，刘韵珂亦照样驰奏。奏折才发，乍浦的警报又到。乍浦系浙西海口，向属嘉兴府管辖，驻有汉兵六千三百人，满兵千七百人，副都统长喜，及同知韦逢甲，率兵抵御，遥见英舰列阵而来，好象山阜一般，满汉兵先已气索，弄得脚忙手乱。英舰尚未近岸，他却乱放枪炮，一颗儿都没有放着。等到英舰拢岸，弹药已经用尽。那边英兵，蓬蓬勃勃，炮弹如雨点般打来，岸上的官兵，赤手空拳，焉能抵挡？自然败北而逃。长喜、韦逢甲禁喝不住，也只得退回城中。英兵登陆进攻，猛扑东门，城上炮石齐发，击伤英兵多名，英兵绕攻南门，长喜亦由东至南，奋力督守。忽见城中火起，烟尘抖乱，长喜料知汉奸内应，欲下城搜捕，那时英兵已缘梯登城，长喜左拦右阻，致受重伤，遂下城投水。经亲兵救出，隔宿乃亡。韦逢甲力战多时，炮伤左胁，亦即毙命。佐领隆福额特赫，翼领英登布，骁骑校该杭阿等，统同殉难。佐领果仁布妻塔塔拉氏，惧城陷被辱，与二女投井死。生员刘楙被虏，由英人逼写告示，不从被杀。佣工陆贵，遇着英兵，叫他抬炮，他反大骂，被英兵一枪戳死。木工徐元业，也被英人执住，令他引搜妇女，他却自刎而尽。还有庠生刘东藩女，年二十二，尚未出嫁，英兵见她生有姿色，用刀胁刘，令女受污，女不从，也投入井中。刘进女凤姑，年十九，出城避难，遇英兵尾追，不能急走，反回身痛詈，甘心受刃。余外殉难的人，多不知名姓，无从纪载，相传共七百多人。扬忠表节，是好稗官。自从英人犯浙，别处城邑百姓，多望风先避，独乍浦猝遭失陷，趋避不及，罹祸最酷。上自官弁，下至工役妇女，宁为玉碎，毋为瓦全，也算是历史上光荣呢。古道犹存，今亡矣夫。

适值伊里布至浙，巡抚刘韵珂，亟令赴英舰议款，英将巴尔克未许。还是家人张喜下船一谈，巴尔克只索还俘虏十数名，扬帆退去。张喜有这般能力，真也奇怪。当由刘韵珂一一奏明，伊里布遂由七品衔，升至副都统了。承蒙家人抬举。英舰自乍浦退出，转入江苏，驶至吴淞口，江南提督陈化成，夙具将略，本系福建同安县人，清廷鉴他忠勇，特破回避本乡的故例，超擢厦门提督。嗣因江防紧急，调任江南。方才到任，即迭接定海、镇海败耗。江、浙是毗连省份，浙省遇警，江南应该戒严。吴淞又是长江南面的要口，向设东西两炮台，互为犄角，化成督兵把守，三阅寒暑，与士卒同甘苦，就使风

霜雨雪，他也同将弁们，在营住宿，军中感他惠爱，呼他作为陈佛，及英兵进逼吴淞，总督牛鉴，也到宝山县督防。牛鉴胆气很小，忙召化成熟商。宝山距吴淞只六里，一召便到，牛鉴见了，别事不闻提起，单问保全生命的法儿。化成道："大帅不要惊慌！吴淞口向设炮台，用炮扼险，可决胜仗。只叫大帅坐镇宝山，不可轻出轻入！那时化成自能退敌。"牛鉴道："可靠得住么？"化成道："兵家胜负，虽是不能预料，但一夫拼命，万夫莫当。总叫上下将弁，戮力同心，何愁不胜？"牛鉴道："全仗！全仗！"化成告退，仍回吴淞。参将周世荣接着，问制军有无对敌方略？化成微笑道："老哥别问！只我与你的福气，统是不薄。"世荣不觉惊讶，化成道："明日与英人开战，得了胜仗，我与你同受上赏；万一战败，死且不朽，非福而何？"当夜，遣别将守东炮台，自与周世荣守西炮台。

次日，化成手执红旗，登台挥战。英舰先发炮射来，化成亦发炮出去。一边仰攻，一边俯击，两下里喊杀震天，烟雾蔽日。相持多时，化成走到最大的炮门后面，亲自动手，望准英舰，放将出去，不偏不歪，正中英舰的烟囱，一声炸裂，沉下海底去了。台上的官兵，齐声欢呼。化成又开第二炮，这一炮，却没有前时的准，只击断了英舰的桅杆；放到第三炮，仍不过击断船桅；第五六回放炮，却是射不着；接连打了数十回，虽击死英兵数百名，终不能打沉英船。化成性急起来，把住镭头，仔细窥着，适有一舰鼓轮驶入，化成连击两炮，一炮击着敌舰的汽锅，一炮击着敌舰的轮叶，那舰向下一沉，又望上一跃。一跃一沉，钻入水底，只剩了桅杆的头梢，微露海面。笔笔曲折，真好笔仗。这边台上鼓噪如雷，比第一炮越发欢跃。化成亦欣喜非常。

这位牛大帅，闻知官兵得胜，也想到军前扬威，跨上宝马，驰出南门。不要他轻出，他偏轻出。徐州兵亦随着前来，由总兵王志元押阵。牛大帅意气扬扬，只道英舰已退出口外，他来虚张声势，托词策应。纵着马上了海塘，见两边正在酣战，你一炮，我一枪的轰击，他已惊得目瞪口呆；突然面前落下一颗流弹，险些儿把灵魂飞去，转身就跑。这一跑，跑出大祸祟来了。不要他轻入，他偏轻入。原来台上兵弁，闻制台亲来督战，正格外奋勇，忽见牛制台奔回，徐州兵统同骇散，海塘上杳无人迹，还道后面伏着英兵，不禁慌乱；心中一慌，手中渐渐疏懈。这时英兵攻西炮台不下，方转攻东炮台，东

炮台守兵，闻西炮台炮声渐稀，错疑西炮台已经失守；又经牛大帅一逃，不由的魂销魄丧，弃台而走。

英兵乘势登岸，踞了东炮台，复来夹攻西炮台。化成前后受敌，危急万分，周世荣请化成退兵，化成拔剑叱道："庸奴，庸奴！我误识汝。"世荣易服潜逃。这位陈提台化成，尚竭力支撑，手燃巨炮，猛击英兵，怎奈顾前不能顾后，后面的炮弹，接连打来，化成受了数弹，喷下几口狂血，舍生取义去了。守备韦印福，千总钱金玉、许林、许攀桂，外委徐大华、姚雁字等，见提台阵亡，感他平时的恩惠，情愿随死，乃与英兵鏖战许久，究竟众寡不敌，先后战殁。武进士刘国标，趁这血战的时候，夺出陈化成尸身，背负而出，藏在芦苇里面，嗣经嘉定县令练廷璜，遣人舁至关帝庙殡殓。百姓多扶老携幼，争来哭奠，生荣死哀，陈提台也好瞑目。只牛制军奔回宝山，未曾喘息，忽报东西两炮台，统已失陷，提督以下，多半殉难，英兵已来攻宝山了。牛鉴不待听毕，忙带亲兵若干，拼命出走。英兵势如破竹，直入宝山，转陷上海，又扬帆入长江口，去追这位牛大帅。江浙有几句童谣道：

一战甬江口，　制台死，　提台走；
再战吴淞口，　提台死，　制台走；
死的死，走的走，沿海码头多失守。

究竟牛鉴能逃得性命否，容待下回再表。

弈经、牛鉴，平时本无功绩可言，乃用以作折冲之选，其致败也宜矣。朱贵父子，及陈提台化成，皆骁勇善战，一误于文蔚之不救，一误于牛鉴之猝逃，弈经于无可诿之中，犹可强诿，牛鉴则胆小如鼷，闻炮惊走，坐乱军心，徒委陈化成于敌手，为国家失一良将，其罪殆不可胜诛矣。本回于朱、陈战状，极力形容，即所以甚弈经、牛鉴之罪。旁及死事诸将弁，及殉节诸工役妇女，尤足愧煞庸奴。

第五十五回　江宁城万姓被兵
静海寺三帅定约

却说牛鉴自宝山逃走，沿路不暇歇脚，一直奔回江宁。英兵即溯江直入，径攻松江。松江守将姓尤名渤，乃是寿春镇总兵，从寿春调守松江城。他闻英兵入境，带着寿春兵二千，到江口待着。英兵见岸上官军，一队一队的排列，严肃得很，他也不在心上，仗着屡胜的威势，架起巨炮，向岸上注射。尤总兵见敌炮放来，令兵士一齐伏倒；待炮弹飞过，又饬兵士尽起，发炮还击。这二千寿春兵，是经尤总兵亲手练成，坐作进退，灵敏异常，俄而起，俄而伏，由尤总兵随手指挥，无不如意。英兵放来的炮弹，多落空中，官兵放去的炮弹，却有一大半击着。相持两日，英兵不得便宜，转舵就走，分扰崇明、靖江、江阴境内，都被乡民逐出。

当下英将巴尔克、卧乌古，及大使濮鼎查，密图进兵的计策。卧乌古的意思，因长江一带，水势浅深，沙线曲折，统未知晓，不敢冒昧深入，还是濮鼎查想了一个妙计。看官！你道他的妙计是怎样？他无非用了银钱，买通沿江渔船，引导轮船驶入。中国人多是贪财，所以一败涂地。沿途进去，测量的测量，绘图的绘图，查得明明白白，并探得左右无伏，遂决意内犯。

镇江绅士，得此消息，忙禀知常镇通海道周项。周项同绅士巡阅江防，绅士指陈形势，详告堵截守御事宜。周项笑道：“诸君何必过虑！长江向称天堑，不易飞渡，江流又甚狭隘，水底多伏暗礁，我料英兵必不敢深入。他若进来，必要搁浅。等他搁浅的时候，发兵夹击，便可一举成功，何必预先

筹备，多费这数万银钱呢？”敌已在前，他还从容不迫，也是可哂。遂别了绅士，径自回署。谁知英舰竟乘潮直入，追薄瓜洲，城中兵民，已经逃尽，无人抵敌。英兵转窥镇江，望见城外有数营驻扎，就开炮轰将过去。这镇江城外的营兵，乃是参赞齐慎，及提督刘允孝统带，闻得敌炮震耳，没奈何出来对敌，战了一场。敌炮很是厉害，觉得支持不住，还是退让的好，一溜风跑到新丰镇去。又是两个不耐战。

城内只有驻防兵千名，绿营兵六百，老弱的多，强壮的少，军械又不甚齐备，副部统海龄，恰是个不怕死的硬汉，率兵登城，昼夜守御，英兵进薄城下，攻了两日，不能取胜。又是卧乌古等想出声东击西的诡计，佯攻北门，潜师西南，用火箭射入城中，延烧房屋。海龄正在北门抵御，回望西南一带，火光冲天，英兵已经上城，料知独力难支，忙下城回署，将妻妾儿女，一古脑儿，锁入内室，放起火来，霎时间阖门一炬，尽作飞灰。海龄在大堂上，投缳殉节。英兵入城，把余火扑灭，搜捕官吏，已经一个不留。沿江上下的盐船估舶，或被英兵炮毁，或被枭匪焚掠，一片烟焰，遮满长江。扬州盐商，个个惊恐，想不出避兵法儿，只得备了五十万金的厚礼，恭送英兵，才蒙饶恕。英舰直指江宁，东南大震。

牛制台奔回江宁，总道是离敌已远，可以无恐，城中张贴告示，略称：“长江险隘，轮船汽船，不能直入，商民人等，尽可照常办事，毋庸惊惶！”这班百姓见了文告，统说制台的言语，总可相信。那时电报火车，一些儿都没有，但叫官场如何说，百姓亦如何做，到了镇江失守，南京略有谣传，牛制军心里虽慌，外面还装出镇定模样，兵也不调，城也不守。简直是个木偶。忽然江宁北门外，烽火连天，照彻城中，城内外的居民，纷纷逃避。牛制军遣人探听，回报英兵舰八十多艘，连樯而来，已至下关。牛制军被这一吓，比在宝山海塘上那一炮，尤觉厉害。

呆了好一歇，忽报伊里布由浙到来，方把灵魂送回，才会开口，好一个救星。道了“快请”二字。伊里布入见，牛鉴忙与他行礼，献茶请坐，处处殷勤。便道：“阁下此来，定有见教。”伊里布道：“伊某奉诏到此，特来议抚。”牛鉴道：“好极，好极！中英开衅，百姓扰得苦极了，得公议抚，福国利民，还有何说？”伊里布道：“将军耆英，亦不日可到，议抚一切，朝旨统归他办理。伊某不过先来商议，免得临时着忙。”牛鉴听罢，便道：“耆将

军尚未到来，英兵已抵城下，这且如何是好？”伊里布道：“小价张喜，与英人多是相识，现不如写一照会，差他前去投递，便可令英人缓攻。”牛鉴道：“照会中如何写法？”伊里布道：“照会中的写法，无非说钦差大臣耆英，已奉谕旨，允定和好，请他不必进兵。再令小价张喜，与他委婉说明，包管英人罢兵。”牛鉴喜极，随令文牍员写好照会，即挽伊里布叫入张喜，亲自嘱托，即刻令投送英船。张喜唯唯而去。老家人又出风头。去了半日，才来回报，牛鉴不待开口，忙问道：“抚议如何？”张喜道：“据英使濮鼎查说，和议总可商量，但耆将军到此无期，旷日持久，兵不能待，须就食城中方可。”牛鉴闻他和议可商，已觉放心；及听他就食城中的要约，又着急起来，便道：“据这句话，明明是要来攻城，这却如何使得？”张喜道：“家人亦这样说，同他辩驳多时，他说要我兵不入城，须先办三百万银子送我，作了兵饷，方好静候耆将军。”大敲竹杠。牛鉴道：“这也是个难题目。银子要三百万，哪里去办？”

道言未绝，外面报副将陈平川禀见，牛鉴传入。平川请过了安，向牛鉴道：“寿春镇的援兵，已到城下，求大帅钧示，何日开战？”牛鉴道：“要开战么？这事非同儿戏，倘一失败，南京难保，长江上游，处处危急，岂不是可怕么？”平川道：“不能战，只好固守，请下令闭城，督兵登陴方好。”牛鉴道：“你又来了。前日将军德珠布，闻英兵已到，饬十三城门统行关锁。你想朝廷现主抚议，如何可闭城固守，得罪英人？我与伊都统费尽口舌，才争得‘已启申闭’四字。德将军掌管全城锁钥，我没奈何去恳求他，你如何也说出这等话来？”平川道：“耆将军尚在未到，抚议尚无头绪，倘英人登岸攻城，城中没有防备，如何抵敌？”牛鉴不禁变色道：“英将并不来攻城，你却祝他攻城，真正奇怪！本帅自有办法，不劳你们费心！”当下怒气勃勃，拂衣起座，返身入内。不愧姓牛。平川只得退出。

牛鉴到了内厅，亲写了一封急信，叫干役两名，把信付他，令他加紧驰驿，去催耆钦使。一面又命张喜，再赴英舰，与他附耳谈了数语。什么秘计，诸君试一猜之！张喜领命又去。

看官！你道这个家人张喜，真能够与英帅面谈么。原来英舰中有个末弁，叫作马利逊，能作汉语，张喜与马利逊认识，数次往返，统由马利逊介绍；此次仍由马利逊引见濮鼎查，两边言语，也由马利逊传译。濮鼎查就问

三百万兵饷，可曾备齐么？张喜道：“耆将军即日可到，和事就可开议。牛大帅恐贵使性急，特遣张某前来相告。贵国初意，无非为了通商的事情，现我朝愿允许通商，贵国当可罢兵了。”濮鼎查道：“要我罢兵，也是容易，但须依我几件事情。第一件须赔偿烟价，要一千二百万元。”张喜道：“广东已给过六百万元，如何今日还要倍索？”濮鼎查道：“那是兵费，不是烟价。现在我兵由粤到此，饷项又用去数千万，亦须照例赔偿。”张喜不禁伸舌，便道：“还要赔兵费么？”濮鼎查道：“烟价、兵费外，香港是要割让的。香港以外，还要把广州、福州、厦门、宁波、上海五港口，开埠通商。”张喜道：“款子有这么多！”濮鼎查道：“还有，还有。讲和以后，俘虏是要放还；将来两国通使，应用平等款式。此外如我国的商民，损失颇多，也应酌量赔偿。烦你去通报贵国公使，如肯照允，当即退兵。”濮鼎查真是泼辣。张喜不敢辩论，便辞别了濮鼎查，当由马利逊送他登岸。张喜向马利逊道：“议和的条件，这般厉害，恐怕是不易办到。”马利逊道：“我与你向来熟识，不妨对你直言。这是我国所索，并非中国所许。此次我国兴兵，通商为主，不在银钱，但得两三港贸易，已能如愿，余事由中国裁酌便了。”张喜点头告别。相传马利逊本是中国人，因在英领事处，服役多年，投入英籍。英领事嘉他勤慎，所以拔他作了英官。马利逊这番言语，也算是暗地关会，格外有情。

张喜据实回报，牛鉴不好遽复，又延挨了两三天，忽闻钦差大臣耆英到了，牛鉴忙出城迎接。耆英入城，谈起和战事宜，与牛鉴很是投机。也是牛类。刚拟去拜会英帅，英帅的照会已到，大略照前时所说的款子。耆英按照各款，稍稍驳诘，即行咨复。不料英使濮鼎查，定要件件依他，方许讲和，否则明日开战。这个照会答复过来，急得耆英、牛鉴、伊里布，没法摆布。忽报英舰高悬红旗，声势汹汹，准备开仗。耆英不得已，复遣张喜赴英船，与约翌朝会商。濮鼎查却翻着脸道：“还要商议什么？允与不允，一言可决。闻汝大帅还添调寿春兵，与我接仗，我却不怕，明日同你交锋便了。”张喜忙说：“没有这事。”濮鼎查不信，还是马利逊从旁缓颊，方说：“明日辰刻，如再不允，我兵一齐登岸，运炮至钟山顶上，轰碎你的全城，休要后悔！”分明恫吓。张喜还报。

翌晨，耆英遣侍卫咸龄，藩司黄恩彤，宁绍台道鹿泽长，往英舰会商。两边磋议了一回，由濮鼎查定出数款：第一款，是清、英两国，将来

当维持平和。这一条是面子上语，无关得失。第二款，是清国须给英兵费洋一千二百万圆，商欠三百万圆，赔偿鸦片烟六百万圆，共二千一百万圆，限三年缴清。第三款是，开广州、厦门福州、宁波、上海五港，为通商口岸，许英人往来居住。第四款，是割让香港。第五款，是放还英俘。第六款，是交战时为英兵服役的华人，一律免罪。第七款，是将来两国往复文书，概用平行款式。第八款，是条约上须由清帝钤印。咸龄等见了此款，明知厉害得很，但是耆将军等一意主和，不好再行申驳，只说：即日照奏，请俟政府批回，即可定约。"濮鼎查道："须要赶紧，迟则不便。"咸龄等唯唯趋出，急报知耆英等，将条约草案呈上。耆英也不待瞧明，即与牛、伊二人会衔，饬文牍员写好奏章，由八百里加紧驿使，驰奏北京。

道光帝览奏，未免懊恼，立召军机大臣会议。军机大臣不敢多嘴，只大学士穆彰阿道："兵兴三载，糜饷劳师，一些儿没有功效，现在只有靖难息民的办法。等到元气渐苏，再图规复不迟。唯钤用御宝一条，关系国体，不便允准，应饬耆英等改用该大臣关防，便好了案。"见小失大，忽近图远，真好相才。道光帝迟疑一会，才道："照你办罢！"当由军机处拟旨，饬耆、牛、伊三人遵行。

耆、牛、伊三人，奉到上谕，见各款都已照准，只有钤用御宝，须改易三大臣关防，暗想这是最后一款，谅来英使总可转圜，遂令张喜至英舰知会，约期相见。马利逊先问张喜道："议和各款，已批准么？"张喜道："件件批准，只钤用御宝事不允。"马利逊道："我国最重钤印，这事不允，各议款都无效了。"张喜突然一惊，半晌道："且待三帅等会过英使，再作计较。"马利逊道："我国礼节，与中国不同，钦使制府，必欲来会，请用我国的平行礼。"张喜道："是否免冠鞠躬？"马利逊道；"免冠鞠躬，仍是平时的礼节，军礼只举手加额便是。"张喜道："简便得很，我去禀明便了。"

两人别后，转瞬届期，耆、牛、伊三帅，带领侍卫司道，径往英舟。濮鼎查出来相见，两下用了平行礼，分宾主坐定，订定盟约，倒也欢洽异常。耆、牛、伊回城后，又想了一桩拍马屁的法子，备好牛酒，于次日亲去犒师，到了英舟，濮鼎查忽辞不见。真会做作。三人驰回，急令张喜去问马利逊，一时回报，据英使意见，日前议定各款，一字不能改易，如或一字不从，只好兵戎相见，毋烦犒劳！耆英道："他如何知我消息？我昨日与英使

相会，因初次见面，不好骤提易印二字，今日是借了犒师的名目，去议这件款子。偏偏他先知觉，不识有哪个预报详情？”张喜在旁，垂头不答。牛鉴道：“为了这事仍要用兵，殊不值得，想圣上英明得很，且再行申奏，仰乞天恩俯准，当无不可。”耆英道：“如何说法？”伊里布道：“奏中大意，只叫说钤用御宝，乃是彼此交换的信用。我国用御宝，彼国君主，亦应照办，讲到平行款式，尚属可行。这么说来，想皇上亦不致再行申斥。况内有穆中堂作主，我们备一密函，先去疏通，自然容易照准了。”耆英依言照办，奏折上去，果然降旨依议。耆英等再赴英舰，与濮鼎查申明允议，约定仪凤门外的静海寺中，两下换约。届期免不得有一番手续，小子不欲再详，只好大书道光二十二年七月二十四日，即西历一千八百四十二年八月二十九日，清英结南京条约，和议告成，便算完案。第一次国耻。但英舰尚未退去，兵弁多上岸游览，江南华丽，远胜他省，青年妇女，妆扮得百般妖艳，英兵不懂中国禁忌，就上前去握手相亲，吓得妇女们大叫救命，恼了许多男子汉，说他怎么无礼，将英兵围住，手打脚踢，着实的敲了一顿。这一场瞎闹，几乎又惹起大交涉来。英将要下令赴斗，耆、牛、伊三人，亟遣黄藩司前去道歉。那英将不肯甘休，定欲按问，没奈何将闹事的百姓，拿了几个，枷号示众。不愿作元绪公，恰要他吃独桌。并出示晓谕军民，只说：“外洋重女轻男，握手所以示敬，居民不要误会，致启嫌隙！”若比握手更亲一层，便是相敬如宾了。众百姓似信非信，因内外交相胁迫，只得忍气吞声罢了。

到八月终旬，英兵先得六百万圆偿金，方退出江宁，还屯舟山。长江一带无英兵，唯舟山及鼓浪屿，英兵尚不肯撤退，须俟偿款交清，方行撤去。清廷无可奈何，只好一期一期的解他赔款。道光帝痛定思痛，想惩办一二庸帅，遮盖自己脸面。廷臣窥伺意旨，参本弹章，陆续投呈，于是道光帝连下谕旨牛鉴革职逮问，命耆英代任江督。弈山、弈经、文蔚，亦仿牛鉴例逮治，余步云正法。独伊里布特沐重恩，升任钦差大臣，赴粤议互市章程，这是议和的功绩，清廷原特别优待他的。

转瞬间又是一年，春王正月，诏闽督怡良谳台湾狱。革台湾总兵达洪阿，兵备道姚莹职，海内哗然。这件案情，也是从英兵入境而起。英舰入犯的时候，曾遣偏师窥台湾，达洪阿、姚莹督率参将邱镇功，守御鸡笼口，见英舰驶入，开炮抵敌，轰退英兵。当下捷报到京，道光帝下旨嘉奖。

嗣后英兵又窥大安港，达洪阿、姚莹，预设埋伏，诱敌进口，英舰鼓轮直入，巧巧触着暗礁，霎时间伏兵齐起，奋勇上船，擒住白人二十四名，黑人一百六十五名，炮二十门，及英兵所得浙军器械，约数百件。捷报再上，道光帝亲书硃谕，赏达洪阿太子少保衔，加姚莹二品顶戴。达、姚二人，将英俘监住，请旨正法，有旨批准。达洪阿等也算谨慎，把黑人一百六十四名斩首，留白人不杀。到了江宁议和，两国当交还俘虏，台湾只交出白人。英使濮鼎查，寻了闲隙，遍诉江、浙、闽粤诸大吏，略说："台中两次俘获，均系遭风难民。镇台达洪阿、道台姚莹，垂危邀功，请会奏惩处！"这位和事老耆英，连忙上奏，洋奴，洋奴！达洪阿闻这消息，也具奏声明原委，最后的一篇奏牍，恰是自请开缺，候钦派大臣查办。道光帝遂饬怡制台渡台讯究，一面将达、姚二人撤任。正是：

功罪不明先受谴，忠奸未辨已蒙冤。

毕竟怡制台讯究后，达、姚二人得罪与否，请看下回分解。

中英开衅，为禁烟而起，屡战屡败，直至江宁受困，情见势绌，不得已而乞和。种种条款，令人难堪，耆、牛、伊三大臣，唯唯诺诺，不敢少违。英人始愿，且不及此，何其怯欤？顾后人以此为五口通商之始，目为耆、牛、伊罪案，吾谓通商尚不足病，重洋洞辟，万国交通，中国宁能长此闭关乎？但战事为禁烟而起，至和议成后，于禁烟二字，绝不提及，是真可怪。英人未尝不允禁烟，我既事事如约，则禁烟二字，应不难乘此提议，数十百年之积毒，不致长遗，尚足为万一之补救。乃议和诸臣，见不及此，清宣宗亦屡败而惧，含糊了事。虎头蛇尾，能毋为外人窥破耶？本回写牛鉴，写伊里布，写耆英，暗中实写宣宗。语重心长，隐含无数感慨。

第五十六回　怡制军巧结台湾狱 徐总督力捍广州城

却说闽浙总督怡良，本是达、姚二人的顶头上司，只回军务倥偬，朝廷许他专折奏事，达、姚遂把始末战事，直接政府，闽督中不过照例申详，多未与议，因此怡良亦心存芥蒂。此次奉旨查办，大权在手，乐得发些虎威，聊泄前恨。外不能御侮，内却偏要摆威，令人可恼！到了台湾，驺从杂沓，仪仗森严，台中百姓，闻得怡制台为办案而来，料与达镇台、姚道台一方面，有些委屈，途中先拦舆鼓噪，争说达、姚二官员的好处，制台大人，不必查究。达洪阿得了此信，连忙亲往驰谕，百姓们才渐渐解散。

怡制台一入行辕，门外又有一片闹声，经巡捕来报，外面的百姓，每人各执香一炷，闯入行辕来了。怡良问为何事？巡捕答称，百姓口中，无非为达镇台、姚道台伸冤。此时达、姚二人，见过怡制台，已自回署，怡良忙着人传见。不一时，达、姚俱到，百姓分开两旁，让两人入辕。怡良此时，只得装出谦恭模样，起身相迎，与两人行过了礼，随说："两位统是好官，所以百姓这般爱戴。现仍劳两位劝慰百姓，禁止喧闹，兄弟自然与二位伸冤。"达、姚二人忙禀道："大帅公事公办，卑职等自知无状，难道为了百姓，便失朝廷赏罚么？"正答议间，外面的喧声，越加闹热。怡良忙道："二位且出去劝解百姓，再好商量。"达、姚二人，只好奉命出来，婉言抚慰。众百姓道："制台大人，既已到此，何不出来坐堂，小百姓等好亲上呈诉。"达姚二人，乃再请怡制台坐出堂去，晓谕百姓。怡良没法，亲自出堂，见外面有

无数百姓，执着香，黑压压的跪了一地。前列的首顶呈词，由巡捕携去，呈与怡良。怡良大略一瞧，便道："本宪此来，原是与达镇、姚道伸冤，汝等百姓，好好静候，千万不要喧哗。"众百姓尚是不信，又经达姚二人，再三劝慰，百姓方才出去。

怡良又邀达、姚二人入内，便道："二位的政声，兄弟统已知悉，但上意恐有误抚议，所以遣兄弟前来。"一面取出密旨，交与二人阅看，内有"此案如稍有隐饰，致朕赏罚不公，必误抚局，将来朕别经察出，试问怡良当得何罪"等语。炀灶蔽聪，前后多自相矛盾。两人阅过上谕，便道："卑职等的隐情，已蒙大帅明察，甚是感德不忘，现只请大帅钧示便了！"怡良道："现在英人索交俘虏，台中擒住的英人，已多半杀却，哪里还交付得出？兄弟前时曾有公文寄达两位，叫两位不要杀戮洋人，两位竟将他杀死一大半，所以今日有这种交涉。"达洪阿道："这是奉旨照办，并非卑镇敢违钧命。"怡良道："君要臣死，不得不死。专制时代的谰语。现在抚议已成，为了索交俘虏一事，弄得皇上为难，做臣子们也过意不去。为两位计，只好自己请罪，供称：'两次洋船破损，一系遭风击碎，一系被风搁沉，实无兵勇接仗等事。前次交出白人数十名，乃是台中救起的难民，此外已尽逐波臣，无处寻觅。'照此说来，政府可以藉词答复，免得交涉棘手了。"计策恰好，只难为了达、姚。达洪阿不禁气忿道："据大帅钧意，饬卑镇等无故认罪，事到其间，卑镇等也不妨曲认。但一经认实，岂非将前次奏报战仗，反成谎语？欺君罔上，罪很重大，这却怎么处？"怡良道："这倒不妨，兄弟当为二位转圜。"遂提笔写道："此事在未经就抚以前，各视其力所能为。该镇、道志切同仇，理直气壮，即办理过当，尚属激于义愤。"写到此处，又停了笔，指示两人道："照这般说，两位便不致犯成大罪，就使稍受委屈，将来再由兄弟替你洗刷，仍好复原。这是为皇上解围，外面不得不把二位加罪，暗中却自有转圜余地。兄弟准作保人，请两位放心！"如此做作，可谓苦心孤诣。达、姚二人，没奈何照办。

怡良就将写好数语，委文牍员添了首尾，并附入达、姚供状，驰驿奏闻。道光帝一并瞧阅，见怡良奏中，末数语，乃是："一意铺张，致为借口指摘，咎有应得"三语。总不肯放过。遂密逮达、姚二人入都，交刑部会同军机大臣审讯。隐瞒百姓，阳谢英人，苦极苦极！道光帝自己思想，无故将好人加

罪，究竟过意不去，刑部等的定谳，也是不甚加重，遂由道光帝降旨道：

该革员等呈递亲供，朕详加披阅，达洪阿等原奏，仅据各属文武士民禀报，并未亲自访查，率行入奏，有应得之罪。姑念在台有年，于该处南北两路匪徒，叠次滋扰，均迅速蒇事，不烦内地兵丁，尚有微劳足录。达洪阿、姚莹，著加恩免其治罪！业已革职，应毋庸议！钦此。

台湾的交涉，经这么一办，英人算无异言。这是怡制台的功劳。奈自洋人得势后，气焰日盛一日，法、美各国，先时尝愿作调人，江宁和约，不得与闻，免不得从旁讥议；况且中国的败象，已见一斑，自然乘势染指。是时钦差大臣伊里布赴粤，与英使濮鼎查，开议通商章程，尚未告成，伊已病殁。清廷命两江总督耆英，继了后任，订定通商章程十五条。自此英人知会各国，须就彼挂号，方可进出商船，输纳货税。法、美各商，以本国素未英属，不肯仰英人鼻息，遂直接遣使至粤，请援例通商。耆英不能拒，奏请许法、美互市，朝旨批准，随于道光二十四年，与美使柯身，协定中美商约三十四款，又与法使拉萼尼，协定中法商约三十五款，大旨仿照英例。唯约中有“利益均沾”四字，最关紧要。耆英莫名其妙，竟令他四字加入，添了后来无数纠葛，又上法、美的当。这且待后再详。

只江宁条约，五口通商，广州是排在第一个口岸，英人欲援约入城，粤民不肯，合词请耆英申禁。耆英不肯，众百姓遂创办团练，按户抽丁，除老弱残废，及单丁不计外，每户三丁抽一，百人为一甲，八甲为一总，八总为一社，八社为一大总，悬灯设旗，自行抵制英人，不受官厅约束。会英使濮鼎查，自香港回国，英政府命达维斯接办各事。达维斯到粤，请入见耆英。耆英晓得百姓厉害，即遣广州知府刘浔，先赴英舰，要他略缓数日，等待晓谕居民，方可入城相见。

知照后打道回衙，适有一乡民挑了油担，在市中卖油，冲了刘本府马头，被衙役拿住，不由分说，撳倒地上，剥了下衣，露出黑臀，接连敲了数十百板。市民顿时哗闹，统说官府去迎洋鬼子入城，我们百姓的产业，将来要让与洋人，应该打死。这句话，一传两，两传十，恼得众人性起，趁势啸聚，跟了刘本府，噪入署中。刘本府下了舆，想去劝慰百姓，百姓都是恶

狠狠一副面孔，张开臂膀，恨不得奉敬千拳。吓得刘本府转身就逃，躲入内宅。百姓追了进去，署中衙役，哪里阻拦得住？此时闯入内宅的人，差不多有四五千。幸亏刘本府手长脚快，扒过后墙，逃出性命，剩得太太、姨太太、小姐、少奶奶等，慌做一团，杀鸡似的乱抖。百姓也不去理他，只将他箱笼敲开，搬出朝衣朝冠等件，摆列堂上。内中有一个赳赳武夫，指手画脚的说道："强盗知府，已经投了洋人，还要这朝衣、朝冠何用？我们不如烧掉了他，叫他好做洋装服色哩！"众人齐声赞成。当下七手八脚，将朝衣、朝冠等，移到堂下，简直一把火，烧得都变黑灰。倒是爽快，但也未免野蛮。又四处搜寻刘本府，毫无踪迹。只得罢手，一排一排的出署。

到了署外，督抚已遣衙役张贴告示，叫百姓亟速解散，如违重究。众百姓道："官府贴告示，难道我们不好贴告示么？"奇闻。当由念过书的人，写了几行似通非通的文字，贴在告示旁边，略说："某日要焚劫十三洋行，官府不得干预，如违重究！"趣极。这信传到达维斯耳内，也不敢入城，退到香港去了。百姓越发高兴，常在城外寻觅洋人，洋人登岸，不是著打，就是被逐。英使愤甚，迭贻书耆英，责他背约。耆英辩无可辩，不得已招请绅士，求他约束百姓，休抗外人。绅士多说众怒难犯，有几个且说："百姓多愿从戎，不愿从抚，若将军督抚下令杀敌，某虽不武，倒也愿效前驱。"越说越远！耆英听了，越加懊恨，当即掇茶谢客。返入内宅，眉头一皱，计上心来，展毫磨墨，拂笺写信，卜笔数行，折成方胜，用官封粘固，差了一个得力家人，付了这信，并发给路费，叫他星夜进京，到穆相府内投递。家人去讫，过了月余，回报穆相已经应允，将来总有好音。耆英心中甚喜，只英使屡促遵约，耆英又想了一个救急的法儿，答复英使，限期二年如约。于是耆英又安安稳稳的过了一年。

道光二十七年春月，特召耆英入京，另授徐广缙为两广总督，叶名琛为广东巡抚。这旨一下，耆英额手称庆，暗中深感穆相的大德，前信中所托之事，读此方知。日日盼望徐、叶二人到来。等了数月，徐、叶已到，耆英接见，忙把公事交卸，匆匆的回京去了。撒了一泡烂屎。

光阴如箭，倏忽间又是一年。英政府改任文翰为香港总督，申请二年入城的契约，旧事重提，新官不答。广东绅士，已闻知消息，忙入督署求见，由徐广缙延入。绅士便开口道："英人要求无厌，我粤万不能事事允行。粤

民憾英已久，大公祖投袂一舍，负杖入保的人，立刻趋集，何虑不胜？”广缙道：“诸君既同心御侮，正是粤省之福，兄弟自然要借重大力。”

绅士辞去，忽由英使递来照会，说要入城与总督议事。广缙忙即照复，请他不必入城，若要会议，本督当亲至虎门，上船相见。过了两日，广缙召集吏役，排好仪仗，出城至虎门口外，会晤英使文翰。相见之下，文翰无非要求入城通商，广缙婉言谢却。当即回入城中，与巡抚叶名琛，商议战守事宜。名琛是个信仙好佛的人，一切事情，多不注意；况有总督在上，战守的大计划，应由总督作主。此时广缙如何说，名琛即如何答。城中绅士，又都来探问，争说：“义勇可立集十万，若要开仗，都能效力，现正伫候钧命！”广缙道：“英人志期入城，我若执意不许，他必挟兵相迫，我当预先筹备。等他发作，然后应敌，那时便彼曲我直了。”绅士连声称妙。

不想隔了一宿，英船已闯入省河，连樯相接，轮烟蔽天，阖城人民，统要出去堵截。广缙道：“且慢！待我先去劝导，叫他退去。他若不退，兴兵未迟。”随即出城，单舸往谕。文翰见广缙只身前来，想劫住了他，以便要求入城。两下方各执一词，忽闻两边岸上，呼声动地，遂往舱外一望，几乎吓倒。原来城内义勇，统已出来，站立两岸，好象攒蚁一般，枪械森列，旗帜鲜明，眼睁睁的望着英船，口内不住的喝逐洋人。文翰一想，众寡情形，迥不相同，万一决裂，恐各船尽成齑粉，于是换了一副面庞，对着徐制台虚心下气，情愿罢兵修好，不复言入城事。中国百姓，能时时如此，何患洋人？广缙亦温言抚慰。劝他休犯众怒，方好在广州海口，开舱互市。文翰应允，就送广缙回船，下令将英船一律退去。

广缙遂与名琛合奏，道光帝览奏大悦，即手谕道：

> 洋务之兴，将十年矣。沿海扰累，糜饷劳师。近年虽累臻静谧，而驭之之法，刚柔不得其平，流弊以渐而出。朕深恐沿海居民蹂躏，故一切隐忍待之，盖小屈必有大伸，理固然也。昨因英使复申粤东入城之请，督臣徐广缙等，迭次奏报，办理悉合机宜。本日又由驿驰奏，该处商民，深明大义，捐资御侮，绅士实力匡勷。入城之议已寝。该英人照旧通商，中外绥靖，不折一兵，不发一矢，该督抚安内抚外，处处皆抉摘根源，令外人驯服，无丝毫勉强，可以历久相安。朕嘉悦之忱，难以

尽述，允宜懋赏以奖殊勋。徐广缙著加恩赏给子爵，准其世袭，并赏戴双眼花翎。叶名琛着加恩赏给男爵，准其世袭，并赏戴花翎以昭优眷。发去花翎二枝，着即分别祗领！穆特恩、乌兰泰等，合力同心，各尽厥职，均着加恩照军功例，交部从优议叙。候补道许祥光，候补郎中伍崇曜，着加恩以道员尽先选用；并赏给三品顶戴。至我粤东百姓，素称骁勇，乃近年深明大义，有勇知方，固由化导之神，亦其天性之厚；难得十万之众，利不夺而势不移。朕念其翊戴之功，能无恻然有动于中乎？着徐广缙、叶名琛宣布朕言，俾家喻户晓，益励急公亲上之心，共享乐业安居之福。其应如何奖励，及给予扁额之处，着该督抚奖其劳勚，锡以光荣，毋稍屯恩膏以慰朕意。余均着照所议办理！钦此。

这道上谕，已是道光二十九年四月内的事情。道光帝以英人就范，从此可以无患，所以有小屈大伸的谕旨。谁知英人死不肯放，今年不能如愿，待到明年；明年又不能如愿，待到后年；总要达到目的，方肯罢手。外人的长处，便在于此。这且慢表。

且说道光帝即位以来，克勤克俭，颇思振刷精神，及身致治，无如国家多难，将相乏才，内满外汉的意见，横着胸中，因此中英开衅，林则徐、邓廷桢、杨芳等，几个能员，不加信任，或反贬黜。琦善、弈山、弈经、文蔚、耆英、伊里布等，庸弱昏昧，反将更迭任用。埼善、弈山、弈经、文蔚四人，虽因措置乖方，革职逮问，嗣后又复起用。御史陈庆镛，直言抗奏，竟说是刑赏失措，未足服民。道光帝也嘉他敢言，复夺琦善等职。怎奈贵人善忘，不到二年，又赏弈经二等侍卫，授为叶尔羌参赞大臣，弈山二等侍卫，授为和阗办事大臣，琦善二等侍卫，授为驻藏大臣，后竟升琦善四川总督，并授协办大学士，弈山也调擢伊犁将军。林、邓二人，未始不蒙恩起复，林督云贵，邓抚陕西，然后究贤愚杂出，邪正混淆，又有权相穆彰阿，仿佛乾隆年间的和珅，妒功忌能，贪赃聚敛，弄得外侮内讧，相逼而来。道光帝未免悒悒。俗语说得好："忧劳足以致疾。"道光帝已年近古稀，到此安能不病？天下事往往祸不单行，皇太后竟一病长逝，道光帝素性纯孝，悲伤过度。皇四子福晋萨克达氏，又复病殁。种种不如意事，丛集皇家，道光帝痛上加痛，忧上加忧，遂也病上加病了。总括一段，抑扬得体。正是：

天有不测风云，人有旦夕祸福。

究竟道光帝的病体，能否痊愈，待至下回续叙。

道光晚年，为民气勃发之时。台湾谳案，达洪阿、姚莹，几含不白之冤，闽督怡良，又思借端报复，微台民之合词诉枉，达、姚必遭冤戮。虽复奏案情，仍有“一意铺张，致遭指摘”等语，然上文恰谕其志切同仇，激于义愤，于谴责之中，曲寓保全之意，皆台民一争之效也。至若广州通商，为江宁条约所特许，英人入城，粤民拒之，以约文言，似为彼直我曲之举，然通商以海口为限，并非兼及城中，立约诸臣，当时不为指出界限，含糊其词曰广州，固有应得之咎，而于粤民无与。耆英诱约而去，徐广缙衔命而来，微粤民之同心御侮，广缙且被劫盟，以此知吾国民气，非真不可用也。但无教育以继其后，则民气只可暂用，而不可常用。本回于台、粤民气，写得十分充足，实为后文反击张本。满必招损，骄且致败，作者已寓有微词矣。

第五十七回　清文宗嗣统除奸　洪秀全纠众发难

却说道光帝身体违和，起初尚勉强支持，日间临朝办事，夜间居圆明园慎德堂苫次。孝思维则。延至三十年正月，病势加重，自知不起，乃召宗人府宗令载铨，御前大臣载垣、端华、僧格林沁，军机大臣穆彰阿，赛尚阿，何汝霖，陈孚恩，季芝昌，内务府大臣文庆，入圆明园苫次，谕令诸大员到正大光明殿额后，取下秘匣，宣示御书，乃是“皇四子弈詝”五字，遂立皇四子弈詝为太子。道光帝时已弥留，遂下顾命道：“尔王大臣等，多年效力，何待朕言。此后夹辅嗣君，总须注重国计民生，他非所计。”诸臣唯唯听命。一息残喘，延到日中，竟尔宾天去了。皇四子遂率内外族戚，及文武官员，哭临视殓，奉安入宫，不烦细叙。

这皇四子弈詝，本是孝全皇后所出，前文已经叙过。道光帝早欲立为皇储，嗣后又钟爱皇六子弈䜣，渐改初意，不过孝全崩逝，疑案未明，道光帝始终悲悼，倘若不把皇四子立为太子，总有些过意不去，因此逡巡未决。是时滨州人侍读学士杜受田，在上书房行走，授皇子读书，他与皇四子感情最深，满拟皇四子入承宗社，将来稳稳是个傅相。旋因道光帝意有别属，未免替皇四子捏一把汗。一日，皇四子到上书房请假，适值左右无人，只一位杜老先生，兀坐斋中，皇四子便向他长揖，并说请假一日。杜老先生问他何事？皇四子答称奉父皇命，赴南苑校猎。杜老先生便走至皇四子前，与他耳语道：“四阿哥至围场中，但坐观他人驰射，万勿可发一枪一矢；并当约束

从人，不得捕一生物。”皇四子道：“照这么说，如何覆命。”杜老先生道：“覆命时，四阿哥须如此如此，定能上邀圣眷。这是一生荣枯关头，须要切记！”笔下半现半隐，令人耐读。皇四子答应而去。行到围场，诸皇子兴高采烈，争先驰逐，独他一人呆呆坐着，诸从人亦垂手侍立。诸皇子各来问道：“今日校猎，阿哥为什么不出手？”皇四子只说是身子未快，所以不敢驰逐。猎了一日，各回宫复命，诸皇子统有所得，皇六子弈䜣，猎得禽兽，比别人更多，入报时，尚露出一种得意模样。偏偏皇四子两手空空，没有一物。道光帝不禁怒道：“你去驰猎一镇日，为何一物没有？”皇四子从容禀道：“子臣虽是不肖，若驰猎一日，当不致一物没有。但时当春和，鸟兽方在孕育，子臣不忍伤害生命，致干天和；且很不愿就一日弓马，与诸弟争胜。”道光帝听到此语，不觉转怒为喜道：“好！好！看汝不出有这么大度，将来可以君人。我方放心得下哩。”于是遂密书皇四子名，缄藏金匣。

道光帝崩，皇四子为皇太子，即皇帝位，以明年为咸丰元年，是谓文宗。即位后，尊谥道光帝为宣宗成皇帝。又因生母孝全皇后，早已崩逝，咸丰帝素受静皇贵妃抚养，至此尊为康慈皇贵太妃，奉居寿康宫；后尊为太后，奉居绮春园，就是宣宗颐养太后的住所。以七阿哥弈谖生母琳贵妃，温良贤淑，亦尊为琳贵太妃，奉居寿安居西所，统格外敬礼，一体孝养。随封弟弈誴为惇亲王，弈䜣为恭亲王，弈谖为醇郡王，弈詥为钟郡王，弈譓为孚郡王；且追念杜师傅的拥戴大功，立擢为协办大学士。知恩报恩，确不愧君人之度。杜师傅更力图报称，所有政务，时常造膝密陈，因此求贤旌直的诏旨，连篇迭下。起擢故云贵总督林则徐，漕督周天爵，总兵达洪阿，道员姚莹等，多是杜协揆暗中保荐，中外翕然称颂。还有一种最得人心的上谕，由小子录述如下：

> 任贤去邪，诚人君之首务。去邪不断，则任贤不专。方今天下因循废坠，可谓极矣。吏治日坏，人心日浇，是朕之过。然献替可否，匡朕不逮，则二三大臣之职也。穆彰阿身任大学士，受累朝知遇之恩，不思其难其慎，同德同心，乃保位贪荣，妨贤病国；小忠小信，阴柔以济奸回，伪学伪才，揣摩以逢主意。从前戎务之兴，穆彰阿倾排异己，深堪痛恨。如达洪阿、姚莹之尽忠宣力，有碍于己，必欲陷之。耆英之无耻

丧良，同恶相济，尽力全之。似此之固宠窃权者，不可枚举。我皇考大公至正，唯知以诚心待人，穆彰阿得以肆行无忌，若使圣明早烛其奸，则必立寘重典，断不姑容。穆彰阿恃恩益纵，始终不悛，自本年正月，朕亲政之初，遇事模棱，缄口不言。迨数月后，则渐施其伎俩，如英船至天津，伊犹欲引耆英为腹心，以遂其谋，欲使天下群黎，复遭涂炭。其心阴险，实不可问。潘世恩等保林则徐，伊屡言林则徐柔弱病躯，不堪录用；及朕派林则徐驰往粤西，剿办土匪，穆彰阿又屡言林则徐未知能去否。伪言荧惑，使朕不知外事，其罪即在于此。至若耆英之自外生成，畏葸无能，殊堪诧异。伊前在广东时，唯抑民以媚外，罔顾国家。如进城之说，非明验乎？上乖天道，下逆人情，几至变生不测。赖我皇考洞悉其伪，速令来京，然不即予罢斥，亦必有待也。今年耆英于召对时，数言及如何可畏，如何必应事周旋，欺朕不知其奸，欲常保禄位，是其丧尽天良，愈辩愈彰，直同狂吠，尤不足惜。穆彰阿暗而难知，耆英显而易著，然贻害国家，厥罪维钧。若不立申国法，何以肃纲纪而正人心？又何以使朕不负皇考付托之重欤？第念穆彰阿系三朝旧臣，若一旦竟寘之重法，朕心实有不忍，着从宽革职，永不叙用。耆英虽无能已极，然究属迫于时势，亦着从宽降为五品顶戴，以六部员外郎候补。至伊二人行私罔上，乃天下所共见者，朕不为已甚，姑不深问。办理此事，朕熟思审度，计之久矣，实不得已之苦衷，尔诸臣其共谅之！嗣后京外大小文武各官，务当激发天良，公忠体国，俾平素因循取巧之积习，一旦悚然改悔，毋畏难，毋苟安，凡有益于国计民生诸大端者，直陈勿隐，毋得仍顾师生之谊，援引之恩，守正不阿，靖共尔位，朕实有厚望焉。布告中外，咸使知朕意，钦此。

原来咸丰帝即位时，天津口外，突来英船两艘，只说是赴京吊丧。直隶总督据事奏闻，咸丰帝召问穆彰阿及耆英两人，统答称英人请助执绋，无非为修好诚意，不如命他入京。独咸丰帝心中不以为然，随命直隶总督婉言谢却。英船亦起椗退去。于是咸丰帝因英人恭顺，回忆前次海疆肇衅，实由议抚诸臣，未战先怯，酿成种种失败的结果，遂追论前罪，将穆、耆二人，分别谴责。穆、耆二人，罪无可逭，但为英人吊丧起见，亦未免近于周内，两国通好，吊贺

固宜，乃以却之使去，即目为恭顺，因追论疆事失败之罪，揆情度理，殊嫌失当。穆、耆二人，虽因新主当阳，未免有些寒心。然一年还没有过得，就使上头变脸，也不致这般迅速。谁料迅雷不及掩耳，革职夺级的上谕，陡然下来，穆彰阿欲想挽回，已经没法，只得除下了红宝石顶子，脱下了一品仙鹤补服，没情没绪的领了一班妻妾子妇，回入自己的旗籍去了。还算运气。耆英做过大学士，一落千丈，降到五品顶戴，自想也没有脸面在朝打诨，也谢职而去。这且不必细表。

但咸丰帝谕旨中，有派林则徐驰赴粤西，剿办土匪等语，小子叙到这事，竟要大大的费一番笔墨了。先是道光二十八年，两广岁饥，盗贼蜂起，广西的东南一带，做了强盗窠，变成一个强梁世界。庆远府有张家福、钟亚春，柳州府有陈亚葵、陈东兴，浔州府有谢江殿，象州有区振祖，武宣县有刘官生、梁亚九，统是著名的盗魁，四处劫掠，横行乡里。巡抚郑祖琛年老多病，很是怕事，偏偏这强盗东驰西突，没有一日安静，百姓苦的了不得，到各处地方官禀报。地方官差了几个衙役，下乡查缉，捕风捉影，简直是一个没有拿到。还有一班猾吏，与强盗多是同党，外面似奉命缉盗，暗里实坐地分赃，百姓越加焦急，又推了就地绅士，向抚院呈诉。这位吃饭不管事的老抚台，见了数起呈文，都是详报盗案，免不得叫出几位老夫子，令他写好了几角公文，饬府州县严行捕盗。公文发出，郑老抚台又退入内室，吃着睡着，享那自在的闲福。笔笔成趣。这班府州县各官，早知郑抚台没甚严峻，也学那郑抚台模样，糊糊涂涂的过去，凭他什么申饬，仍旧毫不在意。百姓没法，不得已自办团练，守望相助。从此百姓自百姓，官吏自官吏，官吏不去过问百姓，百姓也不去倚靠官吏。自郑老抚台以下各官，乐得在署中安享荣华，拥着娇妻美妾，吸尽民膏民脂。不意桂平县金田村中，起了一个天空霹雳，直把那四万万方里的中国，震得荡摇不定，闹到十五六年，方才平靖，这也是清朝的大关煞，中国的大劫数。叙入洪杨乱事，应具这副如椽大笔。

金田村内，有个大首领，姓洪名秀全，本系广东花县人氏，生于嘉庆十七年。早丧父母，年七岁，到乡塾中读书，念了几本四书五经，学了几句八股试帖，想去取些科名，做个举人进士，便也满愿，怎奈应试数场，被斥数场。文字无灵，主司白眼。他家中本没有什么遗产，为了读书赶考，更弄得两手空空，没奈何想出救急的法子，卖卜为生，往来两粤把洪氏历史，叙得

格外明白，就可定实洪氏一生行谊。忽闻有位朱九涛先生，创设上帝教，劝人行道，自言平日尝铸铁香炉，铸成后就可驾炉航海。秀全疑信参半，就邀了同邑人冯云山，去访九涛。见面胜于闻名，便拜九涛为师，诚心皈依。九涛旋死，铁香炉曾铸成否？秀全继承师说，仍旧布教。适值五口通商，西人陆续来华，盛传基督教义，基督教推耶稣为教主，也尊崇上帝，有什么《马太福音》，及《耶稣救世记》等书。秀全购了一二部，暇时瞧阅，与自己所传的教旨，有些相象，他就把西教中要义，采了数条，羼入己意，汇成一本不伦不类的经文。谬称上帝好生，在一千八百年前，见世人所为不善，因降生了耶稣，传教救世。现在人心又复浇薄，往往作恶多端，上帝又降生了我，入世救人。上帝名叫耶和华，就是天父，耶稣乃上帝长子，就是天兄。异想天开。这派说话，已是戛戛独造了。

后来与云山赴广西，居桂平、武宣二县间的鹏化山中，借教惑民，结会设社，会名叫作三点会，取洪字偏旁三点水的意义。桂平人杨秀清，韦昌辉，贵县人石达开、秦日纲，武宣人萧朝贵，争相依附。秀全与萧朝贵，最称莫逆，就把妹子许嫁了他。洪妹名叫宣娇，倒有三分色艺，朝贵很是畏服；为此一段姻缘，越发鞠躬尽瘁，帮助秀全。秀全得亲这几个党羽，遂差他分投各邑，辗转招集，运动了桂平富翁曾玉珩，入会输资，信教受业。秀全趁这机会，开起教堂，更立会章，不论男女，皆可入会传教，更不论尊卑老幼，凡是男人，统称兄弟，凡是妇女，统称姊妹。越是混账。每人须纳香镫银五两，作为会费。这桩是第一要紧。起初被诱的人，尚是寥寥，秀全与冯云山、萧朝贵等，密议了一个计策，装成假死。外面不知是假，听说洪先生已死，都来吊唁。萧朝贵因是妹婿，做了丧主，受吊开丧。秀全便直挺挺的仰卧在灵床上，但见灵帏以外，有几个上来拜奠，有几个焚化纸钱，有几个会中妇女，还对着灵帏，娇滴滴的发作哀声，你也哭声洪哥哥，我也哭声洪哥哥，这位洪哥哥，听到此处，暗中笑个不了，勉强忍住了数日。倒也亏他。日间装作死尸模样，夜间与几个知己，仍是饮酒谈心。过了七天，突把灵帏撤去，灵床抬出外面焚掉。当下惊动无数乡民，都来探问。萧朝贵答称洪先生复生，因此人人传为异事。

洪先生复遍发传单，说要讲述死时情状，叫乡民都来观听。看官！你道这等愚夫愚妇，能够不堕他术中么？当下就在堂中设起讲坛，摆列桌椅，专

等乡民听讲。到开讲这一日，远近趋集，齐入教堂，比看戏还要闹热。只见上面坐著一位道冠道服，气宇轩昂，口中叨叨说法，这个不是别人，就是已死复生的洪秀全。但听秀全说道："我死了七日，走遍三十三天，阅了好几部天书，遇了无数天神天将，并朝见天父，拜会天兄，真是忙的了不得。世间一年，天上只有一日，列位试想这七日内，天上能有多少时候？我见天上的仙阙琼宫，正是羡煞，巴不得在天父殿下，充个小差使，做个逍遥自在的仙人。怎奈天父说我尘限未满，仍要回到凡间，劝化全国人民，救出全国灾厄，方准超凡归仙；余外还有无数训辞，都是未来的世事。天机不可泄漏，我所以不便详告。最要紧的数句，不能不与列位说明："清朝气数将尽，人畜都要灭绝，只有敬拜天父，尊信天兄，方可免灾度厄。我前时设会传教，还是凭着理想，今到天上见过天父天兄，才信得真有此事。列位如愿入会忏悔，定能趋吉避凶，我可与列位做个保人，不要错过机会。"说到此处，即由冯云山、萧朝贵等，取出一本名簿，走到坛下，朗声呼道："列位如愿入会，赶紧前来报名。"于是听讲的人，统愿报名入会，只愁会费没有带来，与冯、萧诸人商量暂欠。冯云山道："暂欠数日不妨，但已经报过了名，会费总当缴纳，限期七日一律缴清，如或延宕，要把姓名除没，将来灾难万不能逃呢。"那班愚民齐声答应，一一报名，登录会簿，随退出堂外。有钱的即刻去缴，没有钱的就典衣鬻物，凑足五两数目，赶至堂内缴讫。愚民可怜。

秀全开讲数日，入会的人，累千盈万。党徒也多了，银子也够了，留住广西，秀全遂蓄着异谋，想乘机发难，遂令冯云山募集同志，自己返到广东，招徕几个故乡朋友，共图起事。秀全已去，云山且招兵买马，日夕筹备，渐被地方官吏察觉，出其不意，将云山拿去。云山入狱，富翁曾玉珩等，费了无数银钱，上下纳贿，减轻罪名，递解回籍。此时秀全已招了好几个朋友，方想再赴广西，巧遇云山回来，仍好同行。转入广西省平南县，遇着土豪胡以晃，意气相投，又联作臂助，各人在以晃家一住数日。杨秀清、韦昌辉、石达开、秦日纲诸人，聚居金田村，日俟秀全到来，望眼将穿。旋探得秀全寄居在以晃家内，忙率众迎至金田。秀全见金田寨内，多了几个新来的豪客，互通姓名，一个系贵县人林凤祥，一个系揭阳县人罗大纲，一个系衡山县人洪大全，谈吐风流，性情豪爽，喜得洪秀全心花怒开，倾肝披胆的讲了一会，当下杀牛宰豕，歃血结盟，誓做异姓弟兄，大有桃园结义，梁

山泊拜盟的气象。当下第一把椅子，就推了洪秀全，第二把椅子，推了杨秀清。洪、杨慨然不辞，竟自承诺，随令众人蓄发易服，托词兴汉灭胡，竟就金田村内，竖起大元帅洪的旗帜来了。小子记得石达开有一诗云：

大盗亦有道，诗书所不屑。
黄金似粪土，肝胆硬如铁。
策马度悬崖，弯弓射胡月。
人头作酒杯，饮尽仇雠血。

这一首诗中，已写尽这班人物粗莽豪雄的状态。但推那洪秀全作为首领，也未免择错主子，小子不欲细评，且至下回叙述洪杨起事的战史。

高宗用一和珅，酿成川、楚、陕之乱凡九年。清宣宗用一穆彰阿，酿成洪杨之乱凡十五年。养奸之祸，若是其甚欤！曰：一奸人进，群奸亦连类而升，内而公卿庶尹百执事，外而督抚道府州县，皆奸党也。无在非奸党，即无在非乱源，掊克聚敛，激成民怨，伏处草泽者，乘间而起，天下无宁日矣。迨至奸谋败露，菑害已至，虽诛夺元凶，亦觉其晚。齐王氏一妇人耳，犹能扰攘四五省，洪秀全传会西教，诈死惑民，一发而不可收拾。非跳梁者之果有异能，殆权奸当道，小民铤走之所由致也。本回可与五十一回参看，而用笔则详略褒贬，具见苦心。

第五十八回　钦使迭亡太平建国
悍徒狡脱都统丧躯

却说洪秀全杨秀清等，蟠踞了金田村，气焰日盛，桂平知县差了几个皂班快班，前往缉捕，不是被杀，就是被逐；而且风声日紧，有戕官据城的谣传。桂平县官，连忙申详府道，府道又申详巡抚。郑抚台祖琛，杜门不出，方喜盗案渐稀，清闲度日，忽接桂平警报，内说洪杨蓄谋不轨，与寻常盗贼不同，他不禁忧虑起来，搔头挖耳的思想。想了半日，尚无妙策，就邀了几位幕宾，同议剿匪事宜。三个缝皮匠，比个诸葛亮，竟想出一个奏报北京迅派大员的计策。当由幕友修好奏折，即日拜发。咸丰帝览奏之下，便召杜协揆受田入议，受田力保故云贵总督林则徐，及故提督向荣。于是朝旨特下，派林则徐为钦差大臣，向荣为广西提督，迅赴粤西剿办；一面令郑祖琛出省督师。郑抚台接到此旨，一喜一惧：喜的是有人接替，可以少卸肩子；惧的是钦使未到，仍要出省剿匪。左思右想，无可奈何，只得带了绿营兵数千，出了省城，慢慢的南下，行至平乐府，竟就此屯驻了。原来平乐府西南，就是浔州府，桂平是浔州首县，郑老抚台明哲保身，暗想平乐府尚是安靖，若再南行，便要近着盗窠，倘或被围，恐怕老命都要送脱；因此半途中止，裹足不前。这个妙策，想也是幕友教他。

会提督向荣驰到桂林，闻巡抚已出省督师，料想金田一面，由抚台亲自督剿，当不致蔓延四出，自己不如向柳州、庆远一带，先剿土匪，翦灭洪杨羽翼，然后夹攻金田，较易荡平。主见一定，遂饬弁飞陈郑抚台。郑抚台不

知可否，令他便宜行事。于是向荣遂出柳州、庆远，转入思恩、南宁，沿途杀逐无数盗贼，颇有摧枯拉朽的威势。

怎奈郑抚台安驻平乐，洪杨等也暂不出发，只是蓄粮备械，从容布置，方思克日大举，忽探得钦差大臣林则徐，奉旨前来，秀全大惊道："罢了罢了！林公一到，我辈休了。"石达开在旁道："大哥何胆怯至此？难道不闻水来土掩，将到兵迎么？"秀全道："并非愚兄胆怯。这林公智勇双全，英人尚敌他不过，何况我辈？"石达开道："弟亦晓得林公厉害，但我军饷械充足，总可支撑数月。倘果不能支撑，兄弟们尚可航海逃命，且待林公到来，再图进止！"秀全听说，略略放心，只差人窥探林钦差行程。

过了一二天，探报林钦差已到潮州普宁县，广西巡抚郑祖琛，革职遣戍，由林钦差兼任巡抚事。秀全愈加惶急，正踌躇间，见洪大全趋入，笑容满面道："大哥恭喜！林钦差死了。"秀全不觉跃起，便问道："可真么？"大全道："自然真的。现闻满清政府，已命前两江总督李星沅，继任钦差大臣，广西藩司劳崇光，署理巡抚了。"秀全道："这全仗上帝保佑，上帝偏偏保佑他们，想是中国百姓，该遭大劫。但不识李星沅是何等人物？"大全道："想总不及林钦差能耐。鄙意不若乘他未到，赶速发兵。"秀全道："很好很好。"忙召杨秀清等定议出发。石达开道："若要出兵，预先做张檄文，声明贪官污吏的罪孽，才算得师出有名呢。"秀全道："这须劳老弟大笔！"石达开道："论起文字一道，还要让大全兄。"秀全随令大全草檄，不到一时，草成檄文道：

奉承天道吊民伐罪大元帅洪谨以大义布告天下：窃以朝右奸臣，甚于盗贼；署中酷吏，无异豺狼，利己殃民，剥闾阎以充囊橐，卖官鬻爵，进谄佞而抑贤才；以致上下交征，生民涂炭。富贵者稔恶不究，贫穷者含愤莫伸。言者痛心，闻者裂眦。即以钱漕一事而论，近加数倍，三十年之税，免而复征，重财失信，挖肉敲脂，民财竭矣。剧盗四起，嗷鸿走鹿，置若罔闻，外敌交攻，割地赔钱，视为常事，民命穷矣。朝廷恒舞酣歌，讳乱世而作太平之宴，官吏残良害善，掩毒焰而陈人寿之书，萑苻布满江湖，荆棘遍丛道路，民也何罪？遭此鞠凶！我等志士仁人，伤心恻目，用是劝人为善。设教牖蒙，乃当道斥为莠民，诬为匪

类，欲逞残民之焰，遽操同室之戈。我等环顾同胞，义难袖手，因之鼓励同志，出讨巨奸。凡我百姓兄弟，不必惊惶！商贾农工，各安生业！富者助饷，贫者效力，智者协谋，勇者仗义，共襄盛举，再造升平，则虎狼戢而天日清，蟊贼除而苗禾殖矣。倘有愚民助桀为虐，怙恶不悛，天兵所到，必予诛夷，凛之慎之！檄到如律令。

檄文一发，便制定旗帜，取炎汉以火德旺的意义，全用红色，更令人人用红布包头，扎束妥当，各执军械，排齐队伍，从金田村出发，进屯大黄江，遂分攻桂平、武宣、贵县、平南等县，前锋直到象州。清廷再授周天爵署广西巡抚，加总督衔，迅赴广西办理军务。既遣李星沅，复遣周天爵，初次着手，已嫌骈枝。复命两广总督徐广缙，派兵夹剿。广缙遣副都统乌兰泰，赴广西佐理军事，与向提督荣，分统二军，进剿洪杨。又是歧出。

向荣兵至马鹿岭。马鹿岭在大黄江对面，由秀全遣兵堵守。向荣一鼓而上，驱散洪军，追至武宣，又与洪军酣战。洪军败走，入紫荆山。此时乌兰泰军亦到，分头攻截，又因李星沅已驰抵柳州，周天爵亦驰抵桂林，俱派兵协剿。无如李、周二人，意见未合，李星沅素重向荣名，所遣各军，统令归向荣节制。周天爵兼任督务，以权出向荣上，派遣将弁，暗中授意，令直接抚辕管辖，不受提辕干涉。乌兰泰又为广东总督所派遣，更与向荣各竖一帜，各分门户。向荣迭遭牵掣，自然要向李钦使处哓哓申诉。李钦使飞咨周署抚，又遭周署抚辩驳，李钦使也未免愤激，疏请简派统帅，一面进次武宣，忧心内焚，遂致病作。星沅系湖南湘阴人氏，秉性忠孝，叠任封疆大员，累建政绩。道光帝晏驾，他自江南入京，哭临尽礼。咸丰帝即位，召对大廷，语多称旨，并因母老乞归。咸丰帝鉴他诚挚，允他暂归省亲。适林则徐病殁普宁，乃复下旨令为钦差大臣。星沅入告母陈太夫人，即驰赴粤西，至是病日增剧，竟致不起。遗疏言："贼不能平，不忠；养不能终，不孝；殓用常服，以彰臣咎。"咸丰帝见他遗疏，也不禁垂泪，推重李星沅，便阴贬周天爵。一面优旨嘉悯，赐予祭葬；一面令大学士赛尚阿，率都统巴清德，副都统达洪阿，督京师精兵四千人，赴粤视师。周天爵闻星沅病故，遂劾奏向荣不遵节制。咸丰帝因星沅疏中有隐怨天爵等语，遂罢天爵督师，褫总督衔，改用邹鸣鹤为广西巡抚。

赛尚阿至军，即饬各路进攻紫荆山。紫荆山前面，叫作新墟，后面叫作双髻山，猪仔峡，统是异常险隘。当下达洪阿攻西南，乌兰泰攻西北，总兵李能臣经文岱攻东南，巴清德会集向荣军，自紫荆山后路攻入，直登猪仔峡，据住要口。洪杨等拼命抵敌，究因要口已失，不能支持，遂率众倒退。向荣等步步紧逼，进夺双髻山要隘。洪军乃弃了紫荆山，分水陆两路，窜入永安州。赛尚阿即驰疏奏捷，得旨嘉奖。当时总道巢穴已破，可以指日肃清。不想永安失守的警信，又报入清营。原来永安本乏守备，洪杨等窥他空虚，竟率众攻入守城，官吏早逃得不知去向。秀全既得了永安城，遂与会党拟定国号，叫作太平天国。国名亦不伦不类。自称天王，封杨秀清为东王，萧朝贵为西王，冯云山为南王，韦昌辉为北王，石达开为翼王，洪大全为天德王，秦日纲、胡以晃等四十余，各称丞相军师，居然要与大清国抗衡了。纯是皇帝思想，安知援救同胞？清军因他蓄发易服，称为发逆；亦叫他作长毛贼。他却呼清军为妖。

赛尚阿闻洪杨已入永安，急移屯阳朔县，督诸军追剿。诸军统领，总要算向荣、乌兰泰最勇，追至永安城下，立营数十。向荣统北路，乌兰泰统南路，旗帜鲜明，刀枪密布，险些儿要踏破城池。怎奈两将素不相容，你要速，我要缓；你要合，我要分；一连数月不下。失机在此。乌兰泰麾下，有故秀水知县江忠源，素为知兵，至是往返调停，总未能解嫌释怨。会都统巴清德病殁，兵士亦多触暑瘴，锐气渐衰。江忠源夜出巡逻，见永安城北角独阙围兵，忙入营禀乌兰泰道："现在长毛都聚集城内，全靠今日合围，悉数歼除，方免后患。卑职巡绕四周，见城北独留出不围，倘被他窜逸，将来四出为殃，大为可虑。"乌兰泰道："城北归向军门督攻，我却不便干涉。"忠源道："这事关系甚大，还请大人与向军门熟商。"乌兰泰默然不答。忠源道："大人若不便与商，待卑职自去见向军门，只请大人命下便是。"热诚可敬。乌兰泰道："这却不妨听便。"忠源奉命，径至向营求见，由向军门召入，行过了礼，便献上合围的计议。向荣道："古人说得好：'困兽犹斗。'若将这城四面围住，贼众无路可走，定然誓死固守。现已攻了两三个月，未能破入，兄弟所以撤去一隅，诱他出来，以便截击。一则得城较易，二则亦不怕他遁去，岂非两全之策么？"忠源道："大人明见，未始不能破贼，但我现有三万多人，贼众不过万余，我众彼寡，尽可合围。若恐血肉相搏，所失亦

多，何不断他樵采，绝他水道，使他自乱？不出十日，包可攻入了。”向荣仍是不依，忠源退出，自叹道：“此计不用，我辈难逃大劫了。”遂回报乌兰泰，歇了数天，托病自去。可惜！

洪秀全见城北无兵，便有意溃围，自己带领杨秀清、冯云山、石达开出北门，令洪大全、秦日纲等出东门，萧朝贵、韦昌辉等出南门，林凤祥、罗大纲出西门，乘着黑夜，一声呐喊，便向四门杀出。清军虽也日夜防备，怎奈全城悍党，猛扑出来，好象饿虎饥鹰一般，这边围住，那边被他冲出，那边围住，这边被他冲出。乌兰泰适在东门，望见洪大全等出来，忙率兵抵敌，大全亦转寻乌兰泰角斗，两下酣战，毕竟乌兰泰勇力过人，奋战数合，将洪大全活捉过去。天德王要归天了。秦日纲忙来抢救，已是不及，复恶狠狠的与乌兰泰相扑。乌兰泰麾军四逼，把秦日纲困在垓心。日纲正在危急，巧逢萧朝贵、韦昌辉两路杀入，救出日纲，清总兵长瑞、长寿二人，忙去拦阻，怎禁得萧韦一军，大刀阔斧，逢人便砍，二总兵措手不及，都丧掉了性命。萧朝贵、韦昌辉、秦日纲等，合众东走，乌兰泰尚不肯舍，只饬人押解洪大全入京，自率兵尾追而去。

是时北门无兵，由洪杨等拍马驱出，行了一二里，突遇清兵拦住，为首大将，正是向荣。当下火光如炬，枪声如雷，两军混战多时，杀得地惨天愁，尘昏月暗。秀全部下，统是异常精锐，凭你向军门如何能耐，不过杀了一个平手。不防林凤祥、罗大纲等，又从西边杀到，秀全得了这军，格外抖擞精神，与向军死战。向荣尚拼命拦截，谁知老天又偏偏下起雨来，弄得官兵拖水带泥，有力难使。总兵董先甲、邵鹤龄，又先后战殁，眼见得这位洪天王，要被他窜去了。向荣收兵入城，检点队伍，已伤亡不少，慨然道：“悔不听江忠源计策，相持数月，只得了一座空城，目下贼众北窜，定去窥伺省会，省会一失，广西全省统难保了。”前策已失，此策亦只得了一半。随即整顿兵队，出了永安城，从间道驰赴桂林去讫。

这边乌兰泰尾敌东追，遥望萧韦各军，绕山北走，料知敌众将犯省垣，遂命军士竭力赶上，将到六塘墟，敌众已不知去向，当下扎住了营，令侦骑四探，回报贼兵已踞住墟中。乌兰泰升帐，传集将弁，便道：“本都统受国厚恩，愿与贼同生死，现闻贼众已踞六塘墟，想必是休养数日，出犯省城，不乘此奋力邀击，省城定要遭殃。”说到此处，令部下取过一盂，突拔

佩刀，向臂上刺入，顿时血洒盂中，复令搅入清水，陈于案上，向将弁道："诸君如热忱报国，请饮此血！"将弁等不敢违慢，便个个向前，各呷一口。饮毕，拔营北进，直指六塘墟，急如电掣，疾若星驰。勇有余而智不足。行入墟口，夕阳已是西下，但见树木丛杂，路径纷歧。副将金玉贵上前禀请，拟就此暂驻，待明晨进兵。乌兰泰道："行军全靠锐气，若待至明日，气便衰了。本都统定要今日歼贼，虽死不辞。"谶语。金玉贵不敢多言，即随乌兰泰前进。愈入愈险，愈险愈暗，一声鼓响，长毛从暗中杀出。左有秦日纲，右有韦昌辉，乌兰泰全然不惧，列炬开战。你一刀，我一枪，争个你死我活。相搏多时，韦、秦二人率众退去，乌兰泰仍驱军穷追。直到将军桥，日纲、昌辉逾桥过去，乌兰泰亦怒马当先，跑过了桥，官兵逐队随上，甫过一半，豁喇一声，桥梁中断，坠水的人，不计其数。恼得乌兰泰怒气冲天，索性向前，不顾后面，忽见前面来了一大队长毛，打着东王、南王旗号，让过韦秦，截住乌兰泰。乌兰泰不管死活，上前冲突。此时天尚未明，猛听得一阵炮响，弹子如飞蝗般射来，乌兰泰身先士卒，毫无遮护，身中竟着了三弹，跌下马来。部将田学韬，疾忙趋救，巧巧一弹飞到面前，躲闪不及，正中脑袋，脑浆迸出，死于非命。乌兰泰亦狂喷鲜血，大叫一声而亡。可为勇者鉴。霎时间乌军前队，统被长毛杀毙，只后队还在桥南，由金玉贵带着，正思渡水接应，见长毛兵已回杀前来，料知主将陷没，忙令部兵整阵而退。自己独怒目横矛，立于桥侧，大呼道："长发贼敢过来斗三百合否？"长毛见他单骑直立，不觉惊异，便去禀报杨秀清。秀清拍马趋出，在桥北遥望，见玉贵身穿白袍，威风凛凛，不由的暗暗惊叹，随道："这位白袍将，好象唐朝薛仁贵，我等不要惹他，让他去罢！"长毛思想，不过尔尔。当下麾兵退去。玉贵亦舒徐不迫，回呼部兵，改道趋桂林。

原来洪秀全出永安时，相约北趋，至此会合韦秦各军，得了胜仗，遂直犯桂林，进逼城下。抬头一望，守城兵统已严列，防备的非常周到。秀全对众人道："这个邹妖，到很有点来历。你看他防兵密布，好严肃得很哩。"话尚未毕，城上的枪炮，已一齐射来，秀全转身就走，退五里下寨。次日，复遣石达开、韦昌辉等，率众进攻，又被守兵击退。回报妖将向荣，亦在城中，秀全道："怪不得！怪不得！我道邹妖哪有这般厉害！"又接连攻了数日，一些儿不得便宜，俄报东岸鸬鹚洲又有妖兵来了，秀全忙令冯云山前去

迎敌。云山去讫，达开献计道："广西僻处偏隅，无足轻重，我军不如悉锐北上，道出两湖，据江为守，相机以争中原，方为上策。"秀全鼓掌道："好计，好计！"遂下令拔寨都起，东出鸬鹚洲，想去接应冯云山。忽接前哨来报，南王追妖兵至蓑衣渡，中炮身亡。秀全不听犹可，听了云山死信，魂灵儿都飞入九霄云外。接连又报天德王被解入京，惨遭极刑。秀全大叫道："痛哉，痛哉！"一语出口，两眼直视，竟向前扑倒。真耶假耶？正是：

揭竿才托中兴号，闻耗先惊死党亡。

洪秀全倒地后，若果身死，倒也风平浪静了；但秀全是个乱世魔王，人叫他死，天偏叫他不死，这正没法，容小子下回接叙。

洪杨发难金田，尚是幺魔小丑，林公不亡，洪杨徒航海出走，与波臣为伍已耳。林公即亡，继起者果同心协力，合图扑灭，则聚而歼之，尚为易事。乃李、周相嫉，乌、向不睦，坐使入网之鱼，终致漏网；陷阱之兽，又复脱阱。虽曰天数，宁非人事？本回叙洪杨四出之原因，以见将帅不和之大弊。语曰："和气致祥，乖气致戾。"观此益信。

第五十九回　骆中丞固守长沙城　钱东平献取江南策

却说洪秀全晕厥过去，经众人七手八脚，扶起灌救，半晌才渐渐醒来，不禁长叹道："出师未捷，先伤两将，使我如失左右手，真是可痛可恨！"众人极力解劝。秀全又问道："哪个妖将，伤我兄弟云山？"探弁答称是"江忠源。"看官！你道这江忠源何故又来？他自托病告归后，料得长毛必逸出永安，北犯桂林，桂林有失，必入湖南。湖南系忠源原籍，为保全桑梓起见，不得不募勇赴援。适有同里刘长佑，与忠源意气相投，忠源遂邀为臂助，招集乡勇千人，出援桂林，甫到鸬鸶洲，已被冯云山截住。忠源佯退，诱云山至蓑衣渡，千枪并发，将云山击死。秀全闻到江忠源姓名，还不晓得他的智略，便道："什么江妖，敢伤我南王？兄弟们替我前去，除灭江妖，报复大仇。"众人齐声得令，个个摩拳擦掌，向蓑衣渡杀去。

只见江军扎在蓑衣渡对岸，部下甚是寥寥。秀全命部众劫夺民船，渡将过去；才到中流，这船竟停住不动。对岸开了一炮，四面八方，小船齐集，统用火枪火箭，向长毛船上掷去。秀全仗着多人，冒火死斗。不想南风陡起，火势愈猛，一船被焚，那船又燃；要想回船逃生，恁你划桨摇橹，总是窒碍难行。秀全不信，令死党泅水窥探，回报："船底统是大树，七枒八杈，把船只牵住，所以不便行动。"从悍党口中述出，才识江忠源妙计。秀全急弃掉大船，改乘小船，驶到岸旁，登陆东窜。这一仗，烧死了许多长毛兵，乃是洪秀全出兵以来，未曾受过的大亏。不过长毛可以随处掳胁，沿途经过，村落

为墟，战败时只剩残兵疲卒，转眼间又是士饱马腾。行为如此，还称他作义兵，谁其信之？

江忠源闻长毛东走，飞禀钦差大臣赛尚阿，出师拦截。这赛大臣的行踪，小子久不提起，只好从此处补叙。原来赛大臣无他谋略，专工趋避，自长毛逸出永安后，他已从阳朔潜返桂林。嗣闻桂林又要被兵，复从桂州退至永州。永州系湖南门户，此番长毛东走，正望永州进发，所以江忠源飞请出师。忠源着急万分，那赛大臣却雍容坐镇，视作没事模样，因此洪秀全掠地攻城，势如破竹。提督余万清，驻守道州，闻长毛将至，弃城遁去，秀全等从容入城。占踞月余，复分兵破江华、永明、嘉禾、蓝山等县，转入桂阳州郴州。

警报直达长沙。长沙是湖南省城，巡抚骆秉章，与秀全本是同乡，幼时又与秀全同学，尝在暑夜同浴鱼池。秀全出了一课，要秉章属对。秀全的出句，是“夜浴鱼池，摇动满天星斗，”秉章的对句，是“早登麟阁，挽回三代乾坤”。两人志趣，少小时已见一班。两人各自惊叹。此次成为仇敌，秀全未免畏惧三分，遂在郴州逗留不进。萧朝贵上帐请道：“大哥何不去夺长沙？留在此地做什么？”秀全道：“长沙有骆秉章守住，非可轻敌，只好慢慢进兵。”朝贵道：“一日过一日，等到妖兵四集，我们要坐困了，还是赶紧进兵为是。”秀全尚在迟疑，被朝贵催逼不过，只得移攻永兴。永兴城内的县官，闻敌先溃，秀全复长驱直入。朝贵仍请进攻长沙，秀全道：“妹夫！你不要性急，骆秉章非同小可，不应冒昧进攻。”朝贵道：“大哥休张他人锐气，灭自己威风！我兵从广西到湖南，只蓑衣渡吃了场亏，此外战无不胜，攻无不取，简直是不曾费力。骆妖系湖南巡抚，湖南一省，统归他管辖，为什么不派重兵分守？据我看来，毫不中用。大哥怕他，朝贵却不怕他呢。”言未毕，探马来报，骆秉章已罢官了，现在继任的巡抚，叫作张亮基。朝贵便起身道：“大哥所怕的骆妖，已经罢职，这是天意叫我去取长沙，小弟愿去走一遭。”秀全道：“你既要去，须多带人马。”朝贵道：“不必，不必，小弟部下有锐卒千人，已经敷用，包管可得长沙。”秀全应允。朝贵入内，别了洪宣娇，宣娇嘱他小心，朝贵道：“区区长沙城，有何难取？若不取得，誓不回军。”你道还想生还么？随与宣娇作别，竟带了千名死士，出永兴城，向东北进发。

这萧朝贵果然厉害，一经出兵，好似风驰雨骤的过去，破安仁县，转陷

攸县，及醴陵县，进薄长沙城下。湖南新任巡抚张亮基，尚未到省，旧抚骆秉章，因总督程矞采出驻衡州，无从交卸，所以还在城中，突闻长毛已来攻城，忙率提督鲍起豹，登陴守御，并飞檄各镇入援。城内兵民，不道长毛来得这般迅速，统惊慌的了不得，幸亏骆秉章昼夜巡查，随时抚慰，鲍起豹留心防堵，甚至向城隍庙中，舁出神像，置诸城楼，与他对坐，藉安民心。想入非非。朝贵攻了数日，没有效果，气得暴跳如雷，喝令部兵猛扑。城上守兵，险些儿抵挡不住，忽见清总兵和春、常禄、李瑞、德亮等，率军驰至，朝贵才停住勿攻，固垒自守。和春等见朝贵壁垒森严，军械环列，到也不敢惹他，只在城外扎住了营，相持又数日。

会清廷因长毛围急，赛尚阿、程矞采二人坐驻衡永，畏缩不前，严旨把他革职，调徐广缙驰督两湖，并促广西提督向荣，速援湖南。向荣尝轻视赛尚阿，不愿受他节制，所以桂林围解，他便托病安居，不肯前敌，至赛已革职，方才启行。向荣未抵长沙，江忠源已倍道驰至，两人相较，优劣自见。遥望朝贵兵分据城外天心阁，立栅甚坚。忠源道：“阁上地势甚高，贼众据此，长沙危了。”急领兵争夺天心阁，一场恶战，方把朝贵兵杀退。朝贵愤极，仍督众攻南门，手执令旗，当先跃登；不防城上飞下一弹，对准朝贵头上，扑的一声，把头颅轰破，坠地而死。西王应归西天。

死信传至永兴，秀全大吃一惊，与秀清道：“我说骆秉章有些才智，不可轻敌，偏这萧妹夫硬要前去，被他击毙，宁不痛心！”秀清未答，洪宣娇已号哭入帐，问阿哥来讨丈夫，弄得秀全无言可答。还是秀清从旁劝解，并许率众复仇，宣娇方肯止哭，于是率众北行，飞扑长沙。宣娇亦领了一班大脚妇女，自成一队，跟随军后。不愧强盗婆。其时张亮基及向荣，统到长沙城内，援军大集，数近五万。秀全屡攻无效，复广募矿夫，屡凿地道。地雷两发，俱被向荣麾下邓绍良、瞿腾龙等，抢险堵塞，反伤毙长毛数百名。秀全没法，潜令解围。宣娇尚不肯从，秀全许他另置男妾，方随同西去。

江忠源率兵驰逐，途遇秀全断后军，鏖战被刺，伤腓坠马，逃免回营。入城见新抚亮基，力陈河西一带，兵备空虚，请调兵扼堵，亮基也依计调遣。奈河西诸将，都畏长毛声势，作壁上观。秀全遂从容走宁乡，破益阳，出湘阴，渡洞庭，直达岳州。岳州文武各官，自提督博勒恭武以下，统已逃去。秀全整队而入，得了武库一所，启门细瞧，甲仗炮械，不计其数，乃是

吴三桂遗物。秀全喜出望外，传令进攻汉阳，先向江口劫夺商船五千余艘，驾载部众，舳舻蔽江，旌旗耀日，顺流而下，直抵汉阳。知府董振铎，死守三日，救兵不至，城被陷，振铎率家丁巷战而死。知县刘宏庚自缢。秀全转向汉口焚掠五昼夜，百货为空。

时值隆冬，江水已涸，中涨巨洲，秀全令部众连舟为梁，环贯铁索，从汉阳接到武昌，环城设垒。巡抚常大淳，督兵数百拒守。向荣自湖南驰救，至洪山下寨。洪山在武昌城东，向荣因汉口已失，不欲并守孤城，所以在洪山立营，与城中遥为犄角。驻扎才定，杨秀清率众夹攻，见向营坚壁勿动，几回冲突，统被击退。是夕月色无光，秀清总道向军初到，不敢袭击，便安心睡着。谁料到了夜半，寨外人马喧天，鼓声震地，秀清从梦中惊觉，忙起来抵敌，见向军如潮涌入，一将跃马入营，舞着大刀，左右乱砍，秀清不见犹可，见了这人，大喝道："好个背义负盟的张嘉祥，来！来！来！我与你拼三百合罢。"随拍马向前，持刀力战，约十数合，耳边但听得一片呼声，都道："快捉杨贼！"秀清心怯，转身便逃。怎奈向军紧追不舍，部众已被他杀得七颠八倒，正在危急，幸石达开、林凤祥前来救应，与向军恶斗一场，还杀不过向军，又来了陈坤书、郜云官等一枝新兵，方才战退向军。这番败仗，长毛兵死了不少，被毁营垒十几座，失去枪炮二千有余。秀清咬牙切齿，恨煞张嘉祥，连石达开等，亦愤愤不已。这是张国梁第一次立功。

看官！你道张嘉祥是何等样人？他本是广东高要县的大盗，洪杨倡乱，召张入党。初次与向荣对垒，秀清令嘉祥率二百人，至向营诈降，向荣探知来意，留住二百人，另易二百壮士，从嘉祥出战，大败贼众。秀清遂将嘉祥妻子，一并杀讫。嘉祥不能转去，遂投顺向荣，改名国梁，向荣亦格外优待。只秀清还不晓得他改名，所以曾叫他为嘉祥。

向荣得此大胜，正思进兵援城，忽天雨如注，朔风凛冽，兵士不能前进，只好缓待数天。经这一雨，武昌城被地雷轰破，常大淳以下藩臬各官，统同殉难。清廷闻警，因徐广缙逗留湘潭，延不到任，以致寇势日炽，遂革职逮问。授向荣为钦差大臣；起故大学士琦善，选兵驻河南。此老又现。调张亮基署湖广总督；潘铎署湖南巡抚；截住骆秉章回京，令署抚湖北。原来骆秉章前次罢官，实被赛尚阿劾奏。赛尚阿奉命督师，道出湖南，供张独薄，遂劾他吏治废弛，因此夺职。补足上文，且贬赛尚阿。嗣因赛尚阿得罪，朝旨乃

仍令抚楚。这时候，已是咸丰二年十二月了。

秀全便在武昌度岁，居然御朝受贺，大开盛宴。适外面来报，有一书生求见，递上名刺，秀全一瞧，乃是浙江归安人钱江，便道："白面书生，何知大事。"已露骄态。言下有拒绝意。还是石达开上前说："现时正要延揽人才，不宜谢客。"因命召入。钱江进内，长揖不拜。秀全见他气度雍容，到也有些器重，便令钱江旁坐，问他来历。钱江答道："钱某前时曾充林则徐幕宾，林公罢职，英兵入境，钱某集众明伦堂，鼓励绅民，方思联合上下，出去抵敌，乃混账官府，主张和议，反说钱某无端滋事，饬知县梁星源，捕某下狱，后被押解回籍，郁郁久居。今闻大王起义，是以不远千里，前来求见。"明珠暗投，也是可惜。秀全道："你既来此，有何见教？"钱江道："大王欲手定中原，此处非久居之所，还应亟图进取，方可得志。"秀全道："我亦作这般想。但闻满廷怕我北伐，已遣什么琦善，率大兵阻截河南。看来河南非急切可攻，只好暂住武昌，相机行事。"钱江道："武昌居四战之地，万难长守。况向荣现逼城下，设或清兵再集，那时四面受困，如何是好？"秀全道："进兵四川可好么？"钱江道："也是不好。为大王计，第一著是取江南，第二著是取河南，第三著是取山东。从前明太祖破灭胡元，也是从这三路进发，大王现欲破灭满清，何不仿行此策？"计划未尝不是，马屁也算会拍了。秀全闻到此言，不禁眉飞色舞，便道："先生真是异才！今日正在开宴，请先生畅饮三杯，再当领教。"钱江也不推辞，只与几位头目，行过相见礼，便在洪天王侧侍宴。天王便问他表字，叫作东平。饮至半酣，议论风生，乐得秀全手舞足蹈，仿佛如刘备遇孔明，苻坚遇王猛一般。兴尽席散，钱江乘夜做了一篇好文字，于次日入呈秀全，秀全展阅道：

> 草莽臣钱江上言：伏维天王起义之初，笄发易服，欲变中国二百年胡虏之制，筹谋远大，创业非常，知不以武昌为止足也明矣。今日之举，有进无退，区区武昌，守亦亡，不守亦亡；与其坐以待亡，孰若进而冀其不亡？不乘此时长驱北上，徒苟安目前，懈怠军心，甚无谓也。或谓武昌襟带长江，控汴梁而引湘鄂，据险自固，然后间道出奇。以一军出秦川，定长安，或以一军趋夔州，取成都，不知秦陇四塞，地错边鄙，人悍物啬，粮食艰难；且重关叠险，纵我攻必克，必大费兵力；劳

而无成，固贻后悔；得不偿失，亦弃前功，况削其支爪，究不若动其腹心之为愈也。至于四川一局，今昔异形。其在蜀汉之时，先以诸葛之贤，继以姜维之志，六出九伐，不得中原寸土，赖吴据长江之险以为唇齿，尚难得志，况今日哉？方今天下财库，大半聚于东南，当此逐鹿于宁谧之时，欲以四川一隅敌天下，江知无能为也。以江愚昧，不如舍西而东，金陵建业，皆帝王建都之所。淮泗汴梁，实真人龙起之方。宜先取金陵，以为基本，次取开封以为犄角，终出济南以图进取。握齐鲁之运河，可以坐困通仓之食，截南北之邮传，可以牵制勤王之师。如此而有不成功者，江未信也。故为今日计，莫若急趋江南。南京底定，招集流亡，秣厉兵马，扼要南堵，挥军北上。左出则趋江北以进战，急则可调淮扬之军以继之；右出则据黄河以拒敌，急则可调开归之军以应之。再发锐卒以图西略，徇行河内州县，直抵燕翼无返旆；更遣偏师以收南服，戡定浙东郡邑，闲窥闽粤无轻举。兵不止于一路，计必出于万全。外和诸戎，内抚百姓，秦蜀一带，自可传檄而定，此千载一时之机会也。自汉迄明，天下之变故多矣。分合代兴，原无定局。晋乱于胡，宋亡于元，类皆恃彼强横，赚盟中夏，然皆不数十年而奔还旧部，从未有毁灭礼义之冠裳，削弃父母之毛血，如今之甚且久者。帝王自有真，天意果谁属？复我文物，扫彼腥膻，阵堂旗正，不必秘诈，军行令肃，所至如归。彼纵有满洲蒙古殚精竭虑之臣，吉林索伦精骑善射之将，虽欲不望风投顺，我百姓其许之乎？更有期者，草茅崛起，缔造艰难，必先有包括之心，寓乎宇宙，而后有旋乾转坤之力。知民之为贵，得民则兴；知贤之为宝，求贤则治。如汉高祖之恢廓大度，如明太祖之夙夜精勤。一旦天人应合，不期自至。否则分兵而西，武昌固不能久守，且我之势力一涣，即彼之势力复充。久而久之，大势一去，不能复振，噬脐之悔，诚非江所忍言者矣。管见所及，不敢自隐，伏乞采择施行！

秀全阅毕，便道："奇才，奇才！"钱江开口称臣，已中秀全之意，故极口奖赏。遂封钱江为军师，即于咸丰三年正月元旦，连舟万余，载资粮军火财帛，及所掠男妇五十万，弃武昌东下。沿江守卒，望风披靡，只寿春总兵恩长，奉江督陆建瀛命，在中流截击，麾下只松江兵二千名，不值长毛一扫，

恩长战死，舟师尽溃。陆建瀛方率兵数千，移舟上驶，才到九江，接到恩长死耗，从兵恟惧，霎时溃散。建瀛手下，只有十七人，驾着二舟，踉跄走江宁。真不济事。秀全遂于正月初九日破九江，十七日陷安庆，安徽巡抚蒋文庆自尽。秀全留安庆三日，得藩库银三十余万两，漕米四十余万石，又掠得子女玉帛无数。驱运入舟，乘胜东指，连破太平芜湖等县，击毙福山总兵陈胜元，至正月二十九日，已到江宁城下。连营二十四座，列舟自大胜关达七里洲，水陆兵号称百万，昼夜兼攻，凭南京城如何坚固，也要被他踏平了。小子有诗记事道：

天昏地黯鬼神愁，百万强徒出石头，
想是东南应遇劫，欃枪一现碎金瓯。

究竟江宁被陷否，下回再行分解。

本回前半截是传骆秉章，后半截是传钱东平。骆秉章系清室名臣，长沙一役，骆已罢职，犹督兵固守，始终保全。洪秀全解围西去，虽渡洞庭，陷武汉，而后路卒为所握。湖南不下，湘北宁能长有乎？且其后洪氏之灭，多出湘勇力，假使当时无骆秉章，则长沙已去，即有曾、罗诸人，何所恃而募勇？何所据而练军？以此知长沙之幸存，实为保障大江之锁钥。清有骆公，清之幸也。钱东平掉三寸舌，献取江南之计，不得谓其非策。明太祖尝建都金陵矣，安得谓江南之不必取耶？唯弃武昌而不守，殊为失算。武昌据长江下游，可南可北，可东可西，洪氏有兵百万，何不分兵东下，一守武昌，一取江南，联络长江上下以固根本，而顾劝其舍西取东也，奚为乎？助洪氏者，东平也，误洪氏者，亦东平。东平固不足道哉！

第六十回　陷江南洪氏定制
攻河北林酋挫威

却说江宁被困，总督陆建瀛率绿营兵守外城。将军祥厚，副都统霍隆武，率驻防兵守内城。城外商民，亦自募义勇队出击，守陴官兵发炮助战。义勇兵系临时召募，究竟不谙战阵，被长毛杀败，转身逃回，城上的炮声，还是不绝，一阵弹子，把义勇打死无数，余众骇溃。长毛兵乘势扑城，陆制台本是个文吏出身，不善督兵，勉强守了七八日，外援不至，弹丸又尽，长毛在仪凤门外，暗穴地道，埋藏地雷，一声爆发，城崩数丈。守门兵连忙抢筑，连驻守别门的将弁，也闻声赶集，专堵一隅。不防长毛别队，偏从三山门越城而入，外城遂陷。陆制台自杀，秀全等进了外城，复攻内城，祥厚、霍隆武，又拼命防御，阅两昼夜，力竭身亡，内城亦破。长毛不问好歹，不管亲仇，见财便夺，逢人便砍，遇有姿色的妇女，拖的拖，拉的拉，奸淫强暴，无所不至。岂是兴汉人物？城中官绅及兵民死难，多至四万余人，时咸丰三年四月十日也。从洪氏东下以来，连书月日，一以见各城之易失，一以志洪氏之极盛。

秀全出所获赀财，大犒将士，部众都称他万岁，他亦居然称朕，称部下头目为卿。皇帝想到手了。随召集东王杨秀清，北王韦昌辉，翼王石达开等，及军师钱江会议。钱江复上兴王策，大旨在注重北伐；此外如设官开科，抽厘助饷，通商睦邻，垦荒开矿诸条，一一申明。秀全道："先生的奏议，统是因时制宜的良策，朕自当次第施行。但金陵系王气所钟，朕即欲建都定鼎，可好么？"钱江尚未回答，东王杨秀清道："弟意本欲进攻河朔，昨闻

老舟子言，河南水少无粮，地平无险，倘战被困，四面受敌。此处以长江为天堑，城高池深，民富食足，正是建都的地方，何必异议！”钱江因东王势大，不好多言，只说：“东王计划，很是有理，只镇江、扬州一带，亟宜攻取，方可隔断南北清军，巩固金陵根本。”秀清道：“这著原是要紧。”遂不待秀全下令，竟向大众道：“何人敢去取镇江、扬州？”丞相林凤祥应声愿往。秀清道：“林丞相胆略过人，此去必定获胜。但一人却是不足，还须数人同去方好。”当下罗大纲、李开芳、曾立昌等，都愿随凤祥前行。秀清道：“甚好，甚好！”遂请秀全发令，命众人率众去讫。

秀全复道：“朕既在此地建都，难道仍称为南京么？”秀清道：“我朝既名天国，何不就称为天京？”长毛口吻。秀全大喜，就把总督衙门，改为王宫，拣择故家大宅，作为诸王府，募集工匠，大兴土木，修筑得非常华丽。于是定官制，立朝仪，订法律官制，以王位为最大，统辖一切政务，次为丞相，有天官、地官、春官、夏官、秋官、冬官等名目，兼理文武。行军则专属武职，叫作天将，有三十六检点，及七十二指挥。又设立女官，分充宫府中女簿书，算是男女平等。朝仪设君臣座位，免去一切拜跪仪文；会议时依次坐定，言者起立，方许发言；法律如蓄妾有禁，卖娼有禁，缠足有禁，鬻奴有禁，吸鸦片有禁，略似西国的摩西十诫，号为天条，犯者立诛。以三百六十六日为一年，有闰日，无闰月。每七日一礼拜，赞美上帝。另建说教台，高数丈，演说宗教，常作天父附身的模样。总之是不古不今不中不西的一般制度。确评！宫殿既成，正殿叫作龙凤殿，匾额是“龙凤朝阳”四字，旁有两联，一联是：“虎贲三千，直扫幽燕之地；龙飞九五，重开尧舜之天。”一联是：“拨妖雾而见青天，重整大明新气象；扫蛮氛以光祖国，挽回汉室旧江山。”这两联，大约是钱军师手笔。秀全把掠取女子，选择好几十名，充作妃嫔，遂诹吉行升御礼，戴紫金冕，前后垂三十六旒，穿黄龙袍，浑身统用绣金盘成，当下升了御座，受文武百官朝贺。总算如愿。礼毕，就在殿中大飨群臣。

忽报清钦差大臣向荣，统率大兵数万，已到城东孝陵卫扎营了。秀全大惊道：“这个向妖，怎么惯与我作对？总要设法除灭了他，方可安心。”道言未绝，又报清钦差大臣琦善，统率直隶、陕西、黑龙江马步各军，与直隶提督陈金绶，内阁学士胜保，已自河南出发，来攻天京了。秀全道：“怎么

好？怎么好？”钱江起座道：“陛下不必着急！扬州一带，已由老将林凤祥等出去攻略，当能截住北军；况琦善那厮，前在粤时，很是没用，这路兵不足为虑。只向荣很是耐战，又有张国梁为助，声势浩大，须要派遣重兵，屯驻城外，才可无虞。”正议论间，镇江扬州的捷音，络绎前来，并接林凤祥奏议，略说：“二月二十一日，拔镇江，二十三日，陷扬州，一路进行，毫无阻碍。现得金银若干，子女若干，赍送天京，伏祈赏收。唯满廷遣琦善到此，统率各妖，约有数万，臣观他营伍不整，攻城不力，毫不足惧，但留臣指挥曾立昌，防守扬州，已足堵御，臣愿率兵北伐”等语。秀全向钱江道：“果不出军师所料。”钱江道：“林丞相虽是雄才，唯孤军深入，未免疏虞，应请添派大兵，作为后应方好。”秀清道：“就派吉丞相文元前去。”钱江道：“吉丞相么？”言下有不足意。秀清道：“吉文元系北王亲戚，当不致有异心。”钱江道：“并非防他有异心，但为北伐计，非计出万全不可。”秀清道：“方今满清精锐，已聚南方，北省地面，料必空虚，有林、吉二人前去，何虑不胜？”钱江不便再争，遂由秀清派吉文元去讫。原来吉文元妹子，嫁与北王韦昌辉，韦为北王，杨为东王，两人势力相当，杨欲独揽大权，恐韦从旁牵掣，因此先把吉文元调开，削他羽翼，以便将来篡立。钱江窥破此意，只因洪杨为患难交，疏不间亲，只得嘿然。韦杨内哄张本。

秀全便道：“江北妖营，已不足虑，江南妖营，如何抵御？”钱江道：“第一着是添派重兵，分堵要口，只叫坚守得住，不必与他开仗；待他旷日持久，兵心懈弛，自有破敌之策。第二着是分扰安徽、江西，截他后路，断他饷道，凭他如何骁勇，不能耐久，将来总是难逃吾手。”秀全亟称妙计。秀清道：“安徽、江西，系江南上流，关系甚大。看来安徽一带，须劳翼王，江西一带，须劳北王，我愿与天王共守此城。现在我军部下，如李秀成、陈玉成等，统是后起英雄，叫他分堵江南，何怕向、张二妖。”仍是私意。秀全道：“好！好！”遂命北王韦昌辉出兵江西，翼王石达开出兵安徽。诸王统已调开，秀清可横行无忌了。两王各带天将数十人，长毛数万众，分路而去。

秀清又遣派部下各将，分堵雨花台、天保城、秣陵关各要口，密布得铜墙铁壁相似，遂一味骄淫奢佚，恢拓府第至周围四五里，服食起居，概与秀全相等；搜取城内美女三十六人，充作妾媵，号为王娘，统是破瓜年纪，绰约丰神；又与天妹洪宣娇私相来往，亦未免有苟合勾当；每一出门，前后

拥护数千人，金鼓旌旄等类数十件，又有洋绉五色巨龙一大条，长约百丈，高亦丈余，行不见人，随着音乐，大吹大打的过去；然后继以大轿，轿夫五十六人，轿内左右，立着一对男女，右系娈童，左系娇妾，一捧茗瓯，一执蝇拂，仿佛神仙相似。每晨高坐府中，官属先以次进见，随后去朝洪天王。这位天王，亦耽情酒色，镇日里在后宫取乐，十日中只有一二日视朝，军事文报，刑赏黜陟，一任秀清所为。秀清又是个色中饿鬼，渐渐弄得形神尫弱，还要怂恿天王，速开男女各科，由秀清主试，钱江为副。男状元取了池州人程文相，女状元取了金陵人傅善祥。男状元乃是陪宾，秀清注意在女状元。男科题为《蓄发》檄，程文相文中有云："发肤受父母之遗？无翦无伐；须眉乃丈夫之气，全受全归。忍看辫发胡奴，衣冠长玷，从此簪缨华胄，髦弁重新。"由钱江拔为男状元。女科题为《北争》檄，傅善祥文中有云："问汉官仪何在？燕云十六州之父老，已呜咽百年；执左单于来庭，辽卫八百载之建胡，当放归九甸。今也天心悔祸，汉道方隆，直扫北庭，痛饮黄龙之酒；雪仇南渡，并摧北伐之巢。"由钱江拔为女状元。秀清本不甚通文，统归钱江取录，只看中这女状元，才貌俱全，便叫她充东王府女簿书，日司文牍，夜共枕席。女状元感恩图效，格外婉媚恭顺，太无廉耻。秀清非常合意。不料积宠生娇，批判牋牍，信口诋骂，屡言首事诸酋，狗矢满中，甚至秀清亦被她批得一文不值。秀清愤怒起来，竟说她嗜吸黄烟，枷号女馆。状元二字扫地了。红颜女子，受了这般凌辱，免不得恹恹成病。病中上书秀清。内称："素蒙厚恩，无以报称，代阅文书，自尽心力，缘欲夜遣睡魔，致干禁令，偶吸烟草，又荷不加死罪，原冀恩释有期，再图后效，讵意染病三旬，瘦骨柴立，似此奄奄待毙，想不能复睹慈颜，谨将某日承赐之金条脱一，金指圈二，随表纳还，藉申微意。"秀清阅毕，又动了怜惜之意，忙令释放，并令闲散养疴，许她游行无禁。原来长毛定制，除诸王丞相及大小官吏外，男归男馆，女归女馆，不得夹杂；就使本是夫妇，也不得同宿，违犯天条，双双斩首。傅善祥得任意游行，乃是秀清特令，后来善祥竟不知去向，大索不得，颇称狡狯，可惜失身于贼。这是后话。

且说林凤祥带领二十一军出滁州，据临淮关，进破凤阳，兵锋锐甚。吉文元又由浦口攻亳州，与凤祥合军，北趋河南。江北清营，亟令胜保分兵追蹑，那林吉两人，率着悍党，兼程前进，好似狂风骤雨，片刻不停。胜保未

入河南，林、吉已陷归德，河南巡抚陆应谷，督兵出城，向归德防剿，谁料警报到来，长毛已由间道趋开封。开封系河南省会，陆抚台安能不急？飞檄藩司沈兆云等，登陴固守。沈兆云才接抚劄，整备守城，林凤祥前队，已扑到城下。城中守兵，仓猝聚集，正在惊惶，亏得新任江宁将军托明阿，方督三镇兵过河南，乘便入援，与城兵内外夹击，足足战了两昼夜，才把长毛兵杀退。林、吉小挫。

林凤祥因开封难下，直趋河北，分兵围郑州荥阳县，牵制南岸的清兵，自己却与吉文元潜收煤艇，夤夜渡河，进捣怀庆府城。清廷已授直隶总督讷尔经额为钦差大臣，与尚书恩华，率精兵数千，驰赴河南。到了怀庆，正与林、吉相遇，林凤祥方穴隧攻城，见援军已至，只得分兵抵截。城中闻有援兵，知府以下，个个胆壮，格外奋力，坚守不懈。凭他如何设法，总被城中堵住。隔了数日，郑州荥阳的长毛，亦败窜过河，托明阿尾追而到。李开芳谏林凤祥道："顿兵城下，兵家所忌，我军不如转旆东趋，从大名进逼天津，攻心扼吭，方为上策。"凤祥道："怀庆扼黄河要害，怀庆不下，转向东行，倘若腹背受敌，如何是好？"遂不听李开芳言，一面饬人至江宁乞援，一面竖栅为城，一面深沟高垒，为自固计。两下相持复十日，胜保又到，开芳仍请变计，凤祥只是不从。失计在此。先后与清兵血战，计十数次，凤祥总不能稍占便宜。驹光如驶，竟逾月余，清廷下旨严责各军，讷尔经额与恩华、托明阿、胜保三人，不免焦灼，遂督励将士，誓破长毛。当下分兵三路，夺攻敌栅，那边开炮，这边纵火，霎时间烟焰蔽空，积成红光一片。林凤祥等固守不住，只得弃栅出来，抵死相扑。那官军亦拼命拦截，飞炮流弹，简直在各兵头下乱滚。吉文元躲避不及，中弹倒毙。长毛见伤了一个主将，只杀得一条血路，拥着林凤祥北走。林、吉大挫。

这一战，凤祥麾下的精锐，几已死尽。讷尔经额凯旋直隶，托明阿南赴江宁，单由胜保追击凤祥。凤祥后无退路，竟窜入山西。

山西巡抚哈芳，一些儿都没有预备，边境空虚得很。凤祥又乘虚突入，从垣曲县出曲沃县，连拔平阳府城，进至洪洞县，适江宁援兵二万人，由曾立昌、许宗扬等统带，自东而来，与凤祥相会。凤祥大喜，再合军东趋，寻出潞城、黎城两县间的小路，卷旗掩鼓，疾驱至临洺关。临洺关在直隶邯郸县北，系直隶省要隘。讷尔经额率军凯旋，方在关内驻扎，忽有探马来报，

说西南角上有一大队人马，悬着大清旗号，向关上赶来。讷钦差茫无头绪，便道："这枝兵从何而至？难道是胜保的兵么？"饬令再探！探马才出，那支兵已蜂拥而至，不管三七二十一，竟冲入关中，讷军摸不着头脑，有几个上前拦阻，不料来军一齐动手，把拦阻的官军杀得一个不剩。讷尔经额尚在营内，闻外面一片喊杀声，出来探望，才叫得一声苦。原来冲入关内的人马，前队服着清装，后面统是红布包头的长毛，当时失声叫道："长毛到了！长毛到了！"兵士闻着"长毛"两字，不由的胆战心摇，三十六着，走为上着，统抱头窜去。讷尔经额也是逃命要紧，跨马疾走。这一大队长毛，正是林凤祥用了诡计，掩袭讷军，凤祥也算聪明，无如天不容他。当下乘势追杀，把清兵击死多人，一径驰到深州。深州各官，早已遁去，无阻无碍，听长毛入城。

深州距京师只六百里，警报递入清廷，与雪片相似。咸丰帝亟命惠亲王绵愉为大将军，科尔沁郡王僧格林沁为参赞大臣，督京旗及察哈尔精兵，星夜驰剿。时胜保已收复山西平阳府，自山西趋入直隶，亦奉旨代讷尔经额后任，与惠亲王、僧郡王等，夹攻长毛。这位僧郡王有万夫不当之勇，是蒙旗第一个人物，手下的亲兵，也似生龙活虎一般，这番奉命视师，仗着一股锐气，连破敌营十数座，击毙长毛七八百人，杀得林凤祥不能住足，弃了深州，东走天津，又被胜保夹击一阵，凤祥不敢攻天津城，退据静海，渐渐穷蹙了。三次大挫，不死何待？

北方稍静，南方偏骚扰异常。安徽省城安庆府，被石达开再陷，江西省城南昌府，又被韦昌辉围攻。杨秀清又遣豫王胡以晃，丞相赖汉英石祥贞等，分头接应。皖赣两省，糜烂不堪，几无一人与长毛对手。只有升任按察使江忠源，奉命赴江南大营帮办，行次九江，闻南昌围急，倍道往援，才算得了一回胜仗，入南昌城助守。不意吉安又起了土匪，联络长毛，围困府城，江忠源飞书至湖南告急，为这一书，激出一位清室中兴的大功臣来。看官！你道大功臣是谁？就是湖南湘乡人曾国藩。

国藩字伯涵，号涤生。他降生的时候，家人梦见巨蟒入室，鳞甲灿然，尝相传为异事。道光十八年中进士，至道光末年，已升至礼部右侍郎。咸丰元年，诏求直言，国藩应诏，有详陈圣德三端，预防流弊一折，语语切直，几干罪谴。还亏大学士祁寯藻，及国藩会试时房师季芝昌，极力解救，方得

免罪。二年丁母忧回籍，适洪杨四扰，烽火弥天，有旨令他帮助巡抚张亮基，督办团练，搜查土匪。他本是理学名家，拟请守制终丧，不欲与闻军事，适友人郭嵩焘，劝他墨绖从戎，不违古礼，于是投袂而起，募农夫为义勇，用书生为营官，仿明朝戚继光束伍成法，逐日操练，遂创成团练数营。湘军发轫。已而张亮基移督湖北，骆秉章回抚湖南，国藩与秉章很是投契，练勇亦愈集愈多，是时得忠源乞援书，遂入见骆抚道："江岷樵系戡乱才，不可不救。"原来江忠源表字岷樵，国藩在京时，江适会试，谒见国藩，谈了一会方去。国藩曾说他后必立名抗节，至此与骆抚议妥，遂遣湘勇千二百，楚勇二千，营兵六百，属编修郭嵩焘，及道员夏廷樾，知县朱孙诒，带领赴援。忠源弟忠济，暨诸生罗泽南，亦各率子弟乡人，随同前去。湘军出境剿敌，好算破题儿第一遭了。看官记着。正是：

建州一脉延王气，衡岳三湘出辅臣。

湘军出境以后，胜败如何，当于下回交代。

洪氏之不终也宜哉！定都江宁，尚无关得失，乃安居纵乐，荒淫无度，军国大事，尽归杨秀清掌握，秀清专权自恣，淫佚与洪氏同，而骄纵且倍之。君相若是，宁能成功乎？林凤祥等率众北犯，本系洪氏胜算，越淮入汴，所向无前，可谓锐矣。然不乘清军未集之时，驰入齐鲁，进窥燕都，而乃西趋怀庆，迂道力争，复从山西间道，绕入直隶，师劳力竭，安能不败？宁待深州大挫，始知其无成耶？然观洪杨之皮相西法，屠毒同胞，即使北犯而胜，亦无救于亡。故本回为洪杨惜，亦为洪杨病。林凤祥、吉文元辈，犹为本回之宾。项庄舞剑，意在汉王，阅者当于言外求之。

第六十一回　创水师衡阳发轫　发援卒岳州鏖兵

却说湘军出援江西，到了南昌，长毛即上前抵敌，两下酣战起来。究竟湘军是初次出山，敌不过百战余生的悍卒。罗泽南等又统是文质彬彬的书生，凭他如何奋勇，受着这厉害的枪弹，不是倒毙，就是受伤，亏得江忠源引兵杀出，才接应湘军入城。检点兵士，湘楚军及营兵，已丧失一二百名，罗泽南的朋友，亦死了七人。当下与江忠源商议，忠源道："钢非炼不成，剑非磨不锐，湘楚各勇，仗义而来，很是可敬，但未经磨炼，不能与悍党争锋。目下不如出击土匪，先求经验；若能把土匪剿平，也可翦长毛羽翼。那时长毛少了援应，解围而去，亦未可知。"老成远见。众人齐声赞成。于是夏廷樾出攻樟树镇，罗泽南出攻安福县，江忠济及刘长佑，出攻泰和县，留郭嵩焘、朱孙诒两人，偕江忠源守城。不到半月，各路土匪统已平靖，各军亦陆续归来。忠源遂会集将士，督率出城，与长毛恶斗一场，竟将长毛杀退，追至十数里外乃回。湘楚军始有喜色。

郭嵩焘道："这城虽已解围，无如贼势飚忽，来往无定。且东南各省，多半阻水，江中统是贼舟，一日遇风，可行数百里，解了这边的围，就向那边围住，我若驰救那边，他又到这边来了。他由水路，我由陆路；他用舟楫，我用营垒；他逸我劳，何能平贼？现在须亟办长江水师，沿江剿堵，方能取胜。"忠源鼓掌称善，遂令嵩焘回湖南，请国藩代为奏请。国藩具疏详陈，主张造船购炮，募兵习操，洋洋洒洒数千言，无非是肃清江面的大计

划。朝旨准奏，即命国藩照奏施行。国藩奉命，自长沙移至衡州，赶造战船，创办水师，经过无数手续，问过无数熟手，才造成战船三种：一种叫作快蟹，船式最大，用桨工二十八人，橹八人；一种叫作长龙，比快蟹略小，用桨工十六人，橹四人；一种叫作三板，船最小，用桨工十人。每船各置舱长一名，炮手三名，头工二名，柁工一名，副柁二名。快蟹系营官坐船，长龙作为正哨，三板作为副哨，募集水师五千人，日夕操练，共成十营。六营兵自衡州募来，即令成名标、诸殿元、杨载福、彭玉麟、邹汉章、龙献琛六人，作为营官。四营兵由湘潭募来，即令褚汝航、夏銮、胡嘉垣、胡作霖四人，作为营官。褚汝航曾任粤省同知，颇谙水师情形，遂兼任水师总统。又增募陆师五千人，分为十三营，派周凤山、储玫躬、林源恩、邹世琦、邹寿璋、杨名声及国藩季弟国葆等，分营统带。并特保举游击塔齐布为副将，充作先锋。极力叙写，为殄灭长毛张本。水陆共得万余人，由国藩总辖，一俟船炮办齐，粮械完备，即拟沿湘而下，与长毛决一雌雄。

忽报长毛攻陷九江，分股窜湖北。署湖广总督张亮基，兵溃田家镇，江忠源赴援，亦被杀败，长毛已进趋武昌了。国藩道："前阅京报，湖广总督，已由吴老先生补授，张署督已调抚山东，为什么出兵打仗，还是张署督主持呢？"过了数日，接到湖广总督紧急公函，拆开一瞧，乃是新督吴文熔乞援手书。原来吴文熔系国藩座师，闻武汉危急，乃驰抵武昌，张亮基才得交卸。此时长毛兵已连破黄州汉阳，武昌吃紧万分，因向国藩处求救。国藩苦炮械未齐，一时不能出发，奈朝旨亦来催促，上奉君命，下顾师恩，不得不酌遣数营，赴鄂救急。正在派遣，又递进吴督文书，总道是二次促援，及展阅后，方知长毛已经击退，并说衡湘水师，关系全局，宜加意训练，毋轻赴敌。国藩才放下了心，停军不发。

谁知安徽的警信，又日紧一日。自石达开攻破安庆，安徽文武大吏，皆避至庐州，权作省治。奈长毛酋秦日纲又至，连陷舒、桐二城，在籍侍郎吕贤基殉难，日纲直趋庐州。朝旨授江忠源巡抚安徽，且饬国藩出兵，与忠源同援庐州。国藩拟部署大定，始行出发，而忠源已由鄂赴皖，冒雨前进，到六安州，将士多病，忠源亦疲惫不堪。六安吏民，遮道乞留。忠源不可，留总兵音德布统千人入守，自率数百人，力疾至庐州。庐州城内的官吏，已多半逃去，粮械一无所有，只有千余名营兵，及千余名团勇，连忠源带去亲卒

数百，统得三千人，忙督率登陴，誓死守城。才隔一宵，秦日纲已薄城下，忠源仗着一片热诚，激厉将士，日夜捍御，日纲倒也无法可施，方思撤围东去，忽胡以晃自安庆驰至，步骑约十余万，来助日纲，密结城中知府胡元炜，作为内应，从水西门掘了地道，埋药爇火，轰陷城墙十多丈。忠源犹拼死堵塞，且战且筑，不想胡元炜已潜开南门，放长毛入城，霎时间火势燎原，阖城鼎沸。忠源知不可为，掣佩刀自刎。手下一仆，从后面抽去佩刀，背忠源出走。忠源啮仆耳，血流及肩，仆不堪痛苦，将忠源委地。长毛亦已追及，忠源复徒手搏战，格杀长毛数人，身中七枪，投水自尽。果不出国藩所料。败报传至衡州，国藩叹息不已，正悲悼间，黄州又来警耗，报称湖北总督吴文熔阵亡，国藩大惊。原来吴文熔初到武昌，巡抚崇纶，拟移营城外，阴谋脱逃，文熔即至抚署，约与死守，崇纶不以为然。文熔愤甚，拔出佩刀，掷诸案上，厉声道："城存与存，城亡与亡，司道以下敢言出城者，污吾刀！"于是崇纶不敢异议。至武昌围解，崇纶虑不相容，私念不如先发制人，遂奏劾文熔闭城坐守。朝廷信崇纶言，信汉人，总不如信满人。促文熔出省剿贼，文熔方调贵州道员胡林翼，率黔勇六百人会剿。林翼未至，朝命已到，不得已带了七千人，出赴黄州，适值残腊雨雪，满途军士，相率僵毙，崇纶又遇事掣肘，军械辎粮，不肯接应。文熔叹道："吾年过六十，何惜一死？可惜死得不明不白。"随进薄黄州，休息数日，已是咸丰四年正月中。文熔探得长毛张灯高会，遂发兵袭击，不料反堕敌计，中途遇伏，官军哗溃。文熔率都司刘富成，往来冲突，手刃长毛数十名，究因军心懈散，寡不敌众，竟下马叩辞北阙，投河而亡。国藩闻座师凶信，复探悉崇纶倾陷状，便切齿道："可恨崇纶，我若得志，必诛此人。"

忽又有朝旨到营，令速率炮船兵勇，出援武昌。国藩乃传集水陆兵马，从衡州起程，到长沙取齐。水师沿湘而下，陆师分道而前，这一队击楫中流，那一队扬鞭大道，正有如火如荼的声势。表扬处具有深意。途次闻长毛兵已陷岳州，破湘阴，入宁乡，不禁失声道："了不得！了不得！"遂命水师趋湘阴，陆师趋宁乡，褚汝航率数船先进，湘阴城内的长毛，望风退去。国藩闻前队得利，督战船继进，才到洞庭湖口，十八姨忽然作怪，狂飚陡作，白浪滔天。这班战船内舱长柁工，连忙下帆抛锚，尚且支撑不住。一阵乱荡，两船相撞，慌乱了许多时辰，方有些风平浪静。检点船只，已损失好几

十号，勇丁亦溺毙了数百名。国藩令收入内港，暂缓出师。

忽接陆军详报宁乡得胜，长毛遁去，国藩道："这是还好。"言未毕，又有兵目来报，储统领玫躬逐北阵亡，国藩连叫可惜。接连又有人报称："邹统领寿璋。杨统领名声等，杀败长毛，追至岳州，不料王统领鑫，自羊楼司溃回，冲动我军，长毛又乘势杀来，我军亦被杀败了。"国藩道："王璞山专喜大言，我前时曾劝他敛抑，他竟不信，反与我别张一帜，今朝失败，咎由自取，可惜我军亦被牵动，应亟去接应方好。"遂令褚汝航率领水师三营，赴岳州援应陆师，汝航甫去，警信又来，长毛复杀入湘江，踞住靖港，别遣一队绕袭湘潭，占住长沙上游，顿时触动了国藩的忠愤，口口声声埋怨王璞山。小子前次叙述水陆各将，未曾说起王璞山，不得不补叙明白。璞山即王鑫表字，与国藩同里，国藩治团练时，尝相助为理。嗣因王鑫负才恃气，与国藩意见不合，遂自募乡勇二千多人，别为一军，至此闻长毛窜入湖南，独率乡勇阻截，才抵羊楼司，遇着长毛大队扑来，乡勇胆怯，不战自溃。国藩既与他微有嫌隙，又因邹杨各军。被他牵扰，长毛乘胜长驱，掩入上游，心中遂越加懊恨，于是檄塔齐布回援湘潭，自督舟师迎击靖港。

方才出发，贵州道胡林翼到来。林翼字贶生，号润芝，湖南益阳县人氏，也是个进士出身，素有韬略。吴文熔初督云贵，正值林翼需次贵州，相见之下，大加赏识。及文熔移督湖广，因调林翼为助。曾、胡齐名，叙述所以独详。林翼到湖南，闻吴督已经战殁，途中又被长毛阻隔，只得来见曾国藩。国藩延入，抵掌高谈，吐弃一切，说得国藩非常倾心，当下令林翼率了黔勇，偕塔齐布同往湘潭。塔齐布系旗籍中翘楚，胡林翼系汉员中巨擘，一个膂力过人，一个智谋出众。两将直至湘潭，打一仗，胜一仗，长毛头目，没有一个是他敌手。

只曾国藩出师靖港，遇着西南风，水势湍急，被长毛乘风杀来，战船停留不住，纷纷奔溃。国藩愤极，猝投水中，亏得左右赶紧捞救，总算不死。两次出湖，第一次遭风漂没，第二次遇敌溃散，可见治事甚不容易。随退驻省城南门外妙高峰寺，定了一回神，便召众将弁商议道："靖港一败，北面受困，倘或湘潭失守，南面又要吃紧，岂不要前后受敌么？"杨载福起身道："今日的时势，只有添兵去救湘潭，湘潭得胜，后路无虞，方可并力驱逐敌船。载福不才，愿带水师一营，去助塔副将。"国藩尚在踌躇，彭玉麟道："杨君之计甚是，此处且坚守勿动，待湘潭收复，水陆夹攻，不怕长毛不败。彭某也

愿同去一走！”国藩见彭、杨二人，主见相同，便即依从。彭、杨遂整集船舶，扯起风帆，命柁工水手向南速驶。

到了湘潭附近，遥听岸上一片战鼓声，震得波摇浪动，料知此时定在开战，令更加樯急进，直薄湘潭城下，见长毛水陆两路，夹攻湘军，塔齐布、胡林翼两人，分头抵敌，正是血肉相薄的时候，杨载福出立船头，当先冲入，彭玉麟继进。长毛不意水师猝至，相顾愕眙，刚思回船相扑，不防火弹火药，飞入船中，烟焰冒空直上，船内的长毛，脚忙手乱，这边未曾救灭，那边又被烧着。长毛见不是路，多半弃船登岸，剩得小船数艘，划桨飞奔，也被彭、杨手下追及，开炮轰沉，逃上岸的长毛，碰着塔、胡两军，正在截杀，杨载福、彭玉麟已烧尽敌船，也摆船近岸，跃登岸上，用刀一招，水师陆续随上，杀得长毛遍地是血，死了四五千人。长毛知湘潭难保，一溜风逃得精光。塔、胡、彭、杨四营官，收复湘潭城，差专弁至长沙报捷。

国藩日盼消息，接到捷书，乃奏陈靖港、湘潭胜负各情，并自请交部议罪。奉旨："靖港败衄，不为无咎，姑念湘潭全胜，加恩免罪，赶紧杀贼自赎。湖南提督鲍起豹，未闻带兵出省，仅知株守，有负委任，著即革职，所有提督印信事务，暂由塔齐布署理"等语。国藩接旨，即檄塔齐布回省。塔齐布入见，国藩就告知恩眷，并慰劳一番。塔齐布亦深为感谢。国藩复将水陆各军，汰弱留强，重整规模，指日进剿。

适值广西知府李孟群，率水勇千名，广东副将陈辉龙，率战舰数艘，同到长沙，都向曾营内投递手本，由国藩同时接见。国藩本是虚心下气，延揽人才的主帅，无论何人进谒，总叫他不要拘束，随便自陈。这是曾公第一好处。两人纵谈了一回，统是意气自豪，不可一世，辉龙尤睥睨一切。国藩暗暗嗟叹，只嘱咐他小心两字。暗伏二人结果。

辞出后，军弁来报，华容、常德、龙阳各县城，统被贼陷。国藩道："贼势至此，我军不能再缓了。"言未已，澧州、安乡等城，又报失守，接连来了一枝湖北败兵，保着湖北巡抚青麟，逃至长沙。国藩道："巡抚有守城的责任，为什么逃至此地？莫非武昌已失守么？"看官记着湖北巡抚，本是崇纶，崇纶丁艰去职，由学政青麟摄篆，总督乃是台涌，接吴文熔职任。台涌出省剿贼，长毛偏泝江而上，连破安陆府、荆门州，直逼荆襄。幸亏荆州将军官文，遣游击王国才，率兵勇千七百人，击退长毛，长毛重复下窜，转

攻武昌。青麟未谙军旅，又因城中饷匮，不能固守，只得弃了城奔到长沙。武昌再陷。青麟投刺曾营，国藩拒不见面，入城去见骆巡抚，骆秉章亦不甚款待，遂绕道奔赴荆州，途次奉旨正法，台涌亦革职，并命曾国藩迅速进剿。于是国藩分水师为三路，褚汝航、夏銮等为第一路，陈辉龙、何镇邦、诸殿元等为第二路，国藩自率杨载福、彭玉麟等为第三路。陆师亦分三路，中路属塔齐布，西路属胡林翼，东路属江忠淑、林源恩。六路大兵，一齐出发。

早有细作通报长毛，长毛倒也惊慌，退出常澧，专守岳州。褚汝航、夏銮，鼓棹直前，驶至南津，长毛出港迎战，正杀得难解难分，陈辉龙、何镇邦、诸殿元复到，两路夹攻，长毛渐却。杨载福、彭玉麟，又督战船驶入，把长毛的战船，冲作四五截，眼见得长毛大败，弃掉战船十数艘，拼命的逃去了。水师乘胜驱至岳州，守城的长毛，还想抵御，谁知塔齐布亦自陆驰到，与水师夹击岳州城，一阵鼓噪，把长毛赶得无影无踪。随即迎曾帅入城。安民已毕，当令前哨侦探敌踪，回报长毛水军在城陵矶，陆军在擂鼓台。国藩道："这两处离城不远，仍旧在岳州门口，还当了得。"急命水师攻城陵矶，陆师攻擂鼓台，各将都奉命出发。只国藩在城留守，眼望旌旗，耳听消息。第一次军报，城陵矶水师大胜，获战船七十六艘，毙长毛千余，生擒一百三十名；第二次军报，陆师已薄擂鼓台，战败贼酋曾天养。国藩自语道："这次可直达湖北了。"过了一日，接到第三次军报，水师追长毛至螺矶，途遇南风，为敌所乘，褚汝航、夏銮、陈辉龙、何镇邦、诸殿元等，先后战殁，国藩大惊失色，正是：

胜败靡常，　佹得佹失；
军情变幻，　不可预测。

欲知后来胜负情形，试看下回分解。

曾国藩始练湘勇，继办水师，沿湖出江，为剿平洪杨之基础，后人目为汉贼，以其辅满灭汉故。平心而论，洪杨之乱，毒痛海内，不特于汉族无益，反大有害于汉族，是洪杨假名光复，阴张凶焰，实为汉族之一大罪人。曾氏不出，洪杨其能治国乎？多见其残民自逞而已。故洪杨可原也而实可恨，曾氏可恨也而实可原。著书人秉公褒贬，无私无枉，笔致曲折淋漓，犹其余事。

第六十二回　湘军屡捷水陆扬威
畿辅复安林李授首

却说褚汝航等进兵螺矶，遇着逆风，被长毛顺风纵火，烧掉了三十多艘战船，褚汝航等不肯退走，硬要与长毛拼命。陈辉龙越加气愤，从火中跳进跃出，指挥部下；究竟水火无情，一众英雄，陆续毕命。这信传达岳州，试想这再接再厉的曾大帅，能不惊心动魄么？亏得杨、彭二将，又差军弁飞速进见，报称退守陵矶，扼住要口，长毛已经退去，国藩稍稍放心，只想褚汝航等患难至交，到此尽行战殁，未免痛心；随令同知俞晟代汝航，令他收拾余烬，再图大举。愈失败，愈激厉，遗大投艰，端恃此举。

正布置间，军报又到，塔军门大破擂鼓台，阵斩贼目曾天养。国藩一想，陆师得此大胜，正好抄至城陵矶，会合水师，进攻长毛，只恐塔齐布势孤，不敷调遣；方在踌躇，忽报周凤山、罗泽南自长沙到来，国藩大喜，立即延入。周、罗二人行礼毕，便道："骆中丞闻水师新挫，特遣某等前来听差。"原来二人本留守长沙，奉骆抚命来助国藩，国藩遂令周凤山赴擂鼓台，罗泽南赴城陵矶。二人甫去，李孟群又到。孟群父卿谷，曾官湖北按察使，武昌再陷，卿谷殉难，孟群得此凶信，日夜泣血，禀请骆抚，愿前敌报仇；当下入见曾帅，号淘大哭。国藩也陪了数点眼泪，随即温言劝慰，令他驶至城陵矶，帮助水师。

自是水陆两军，齐集城陵矶。城陵矶附近有高桥，长毛扎下营寨，作为城陵矶犄角。塔军门奉国藩檄，匹马单刀，直趋高桥，长毛率众来扑，

塔军门把刀一招，后面的罗、李各军，统赶上来杀长毛。长毛斗不过，败奔城陵矶。湘军乘势追上，城陵矶的长毛，约有二万余名，倾巢出来，恶狠狠的来敌湘军。塔军门一马当先，冲入长毛队里，打长毛时，满人中之最得力者，只一塔齐布，可谓硕果仅存。湘军随后杀入。适天雨如注，东南风大作，湘军乘风猛扑，人人拼命，个个争先，拔去竹签数丈，跃过濠沟两重，杀声与风雨声相应，震动天地，吓得长毛步步倒退。湘军越发奋勇，连毁敌垒十余坐，水师亦击沉敌船数十艘，从城陵矶杀到螺山，从螺山杀到金口，简直是没有歇手，任他长毛凶悍，总是敌不住湘军。战了两三日，把东岸的旋湖港，芭蕉湖，道林矶，鸭栏矶，又西岸的观音洲，白螺矶，阳林矶，各处地方的敌垒，一扫而空。从此由岳入湘的门户，方稳固无虞了。保全湖南，亏此一战。

国藩接着捷报，就从岳州出发，进驻螺山，拜疏奏捷。有旨赏给三品顶戴。国藩上疏力辞，并附陈李孟群忠勇奋发，思报父仇，现在服尚未阕，请从权统领水师，借专责成。朝旨擢孟群为道员，不准国藩辞赏。国藩复出驻金口，饬水陆两军，乘胜穷追，声势撼天，所向无敌。适荆州将军官文，亦遣将魁玉、杨昌泗等，率五千人来会，军容愈盛，遂复蒲圻、嘉鱼等县，直入武汉境内。是时湖北总督，换了杨霈，亦收复蕲水、罗田，及黄州府属各城，北路亦渐次肃清。

国藩遂召集诸将，商取武昌。罗泽南袖出一图，指示诸将道："欲攻武昌，须出洪山、花园两路，花园濒江环城，闻悍贼悉众死守，洪山贼势少减，然亦屯有重兵。罗某愿攻洪山。"塔齐布微笑道："罗山先生，避难就易，未免不公。"原来罗泽南字罗山，素讲理学，湘乡人多执贽为弟子。罗山从军，弟子亦多半相随，军中多称为罗山先生。只罗山向来持重，不轻出战，塔齐布屡次挑激，此次因花园一路，要塔往攻，所以出言诮让。国藩忙道："罗山亦并非胆怯，只虑部下不足，现加派兵二千，令罗山弟子李迪庵，统带接应，罗山便好往攻花园了。"代为解围，真好主帅。泽南应允，随率兵去讫。

塔齐布去攻洪山，泽南自为前锋，令弟子李续宾为后应。续宾即迪庵名，与泽南同隶湘乡县籍，身长七尺，膂力过人，至此始独率一军，随泽南进行。泽南将到花园，长毛已出来迎截，两造正鏖战不下，忽北岸火光

烛天，大炮声陆续不绝。长毛恐江面失败，无心恋战，慌忙退入垒中。原来花园北濒大江，内枕青林湖，长毛南北列营，置炮累累，向北者阻清水师，向南者阻清陆军。国藩既遣去泽南，复令杨载福、俞晟、彭玉麟、李孟群、周凤山等，率水师前后进击，纵火焚敌船，火炮火球，飞掷如雨，敌船被毁几尽。长毛的尸首，浮满江滨。泽南趁势攻敌垒，垒有九,四面立栅，上列巨炮，泽南令军士携着手枪，俯伏而进。长毛开枪轰击，军士毫不畏惧，执枪滚入，近垒始起。前列奋登，后队继上，自辰至酉，连克八垒，还有一垒，是长毛大营，悉众来争。泽南手下，已觉疲乏，几乎不能支持，巧值李续宾到来，一支生力军，横厉无前，将长毛一阵击退。长毛尚据营自固，适俞晟、杨载福等，已自江登陆，夹攻长毛大营。长毛至此，已势穷力竭，只得弃营逃走。极写花园之不易攻入。泽南进薄武昌，塔齐布亦攻克洪山，随后踵至，城内长毛宵遁，遂复武昌。隔岸的汉阳城，由荆州军统领杨昌泗，奉曾公命，渡江收复，相距只一小时。还有黄州府城，亦由知府许赓藻，率团勇攻克，侥幸生存的长毛，四散窜去。

国藩驰至武昌，奏报武昌、武汉的情形，由咸丰帝下谕道：

> 览奏，感慰实深。获此大胜，殊非意料所及。朕惟兢业自持，叩天速救民劫也。钦此。

隔了一日，又有谕旨一道，寄至武昌。其辞云：

> 此次克复两城，三日之内，焚舟千余，蹋平贼垒净尽，运筹决策，甚合机宜。尤宜立沛恩施，以彰劳功。曾国藩著赏给二品顶戴，署理湖北巡抚，并加恩赏戴花翎，塔齐布着赏穿黄马褂。钦此。

国藩奉诏后，疏称母丧未除，不应就官，坚辞巡抚职任。奉旨照允，仍赏给兵部侍郎衔，另授陶恩培为湖北巡抚，饬曾国藩顺流进剿。国藩遂统领水陆各军，沿江东行，下大冶，拔兴国，破蕲州，直达田家镇。田家镇系著名险隘，东面有半壁山，孤峰峻峙，俯瞰大江，一夫为守，万夫莫开。长毛复从半壁山起，置横江铁锁四道，栏以木簰，遍列枪炮，另置战

船数千艘，环为大城，好象一座巨岛，岸上又有敌垒二十余座。湘军自蕲黄东下，陆师先至，塔、罗二将为统领，与田家镇长毛，开了一仗，虽擒斩了数千名，尚不能越雷池一步。

至杨载福、彭玉麟等踵至，定议分水师为四队：第一队用洪炉大斧，熔凿铁锁；第二队挟炮进攻，专护头队；第三队俟铁锁开后，驶至下游，乘风纵火；第四队守营各勇，依令并举。四队排齐，杨载福率副将孙昌凯，作为第一队先导，熔斩铁锁，驶舟骤下，余三队陆续继进。开炮的开炮，放火的放火，逼得长毛上天无路，入地无门。那时岸上的塔、罗二军，望见水师已经得手，亦各宣军令，急攻敌垒，先进者赏，退后者斩。各军士拼命向前，刀削枪截，尚不济事，也顺风纵起火来。于是江中纵火，岸上亦纵火，烧了一日一夜，就使铜墙铁壁，也变成了一片焦炭。不亚当年赤壁情景。可怜红巾长发，死于水，死于火，死于刀兵枪弹，都向鬼门关上报到。还有一小半长毛，不该死在此地，统纷纷逃命。这次乃是湘军同长毛第一次恶战，岸上的长毛营二十三座，江中的长毛船五六千艘，被祝融氏收得精光，遂拔田家镇。自是湘军威名震天下。

长毛首领陈玉成，窜至广济，联合秦日纲、罗大纲等，分守各要隘，怎禁得塔、罗二军，乘胜前来，步步逼人，节节进剿，连趋避都来不及，还有何心抵挡？广济不能守，转走黄梅。黄梅乃湖北、江西、安徽三省总汇的地方，陈、秦、罗三个头目，并力死拒，挑选悍卒数万名，驻扎城西的大河埔，分遣万余名守小池口，万余名扼城北，数千名游戈水陆，互为援应。塔军才至双城驿，距大河埔十里，尚未立营，玉成已率众杀来，亏得塔军素有纪律，奋登山冈，立住脚跟，养足锐气，冲杀而下。正酣斗间，杨、彭等已攻进小池口，不由玉成不走。湘军水陆齐进，立毁大河埔敌营，城北的长毛，已望风遁去。塔齐布猛扑城头，首受石伤，裹创再攻，长毛不能支，缒城窜去，遂复黄梅。

国藩进驻田家镇，连日奏捷，又附陈吴文熔被陷状，应前回。奉旨令崇纶自尽，并优奖国藩。国藩因湖北略平，遂督军顺流东下，直攻九江。湖北下窜的长毛，纠合安庆新到的长毛，固守九江城，急切不能攻下。那时河北的长毛，恰有肃清的消息，小子只好将九江战事，暂搁一搁，别叙那河北情形。笔似分水犀。

长毛丞相林凤祥，自深州败走，返据静海，分兵屯独流及杨柳青二镇，作为犄角。清将胜保，进攻不能下，且被长毛杀败一阵。咸丰四年正月，清郡王僧格林沁，亦率军趋至，会合胜军，先攻独流镇。独流镇的长毛，最是犷悍，固垒抗拒，清军连冲数次，都被击退，恼了有进无退的僧郡王，严申军法，留胜保军堵住杨柳青，自率精骑踹入敌营。长毛更番堵御，奈见了僧王虎威，都已心惊胆栗，且战且走。这边僧军更抖擞精神，上前奋杀，不一时已将敌营踏破。僧军转旆攻杨柳青，见胜军已经杀入，接踵而进，立刻荡平。二镇已破，静海的长毛，自然立脚不住，由凤祥挈领南窜，入踞阜城。

阜城县外，有堆村、连村、林家场三处，俱占要害，凤祥就分兵屯驻，连寨以待。僧王一到，相度地势，立派副都统郭什讷、达洪阿、副将史荣椿、侍卫达崇阿等，分头纵火。东延西燃，把三村房屋，烧得一间不留，逃得慢的长毛，都做了火烧鬼，逃得快的，还算走入城中。僧王正围攻阜城，满拟指日克复，忽报安徽长毛，由金陵遣至山东，偷渡黄河，攻陷金乡县，于是急遣将军善禄等，分兵驰援。

过了一日，廷寄复下，令胜保速赴山东，堵剿匪目曾立昌、许宗扬。原来曾立昌、许宗扬二人，由凤祥派遣，暗使往会山东长毛，攻扰临清州，冀解阜城的围困，凤祥确是多智，奈势已穷蹙何？所以清廷有此谕旨。胜保到了山东，临清州闻已失陷，山东巡抚张亮基，奉旨革职遣戍，连胜保、善禄等，亦遭褫革，戴罪自效。胜保气的了不得，偕善禄驰攻临清，日夜轰击。城内的长毛，颇有能耐，一味坚守，胜保大愤，督军士三面猛攻，单剩南面一隅，放走长毛。长毛因有隙可逃，渐渐松懈，被清兵一拥登城，城立拔，长毛纷纷南奔。

胜保不及安民，即出城追赶，到了冠县，一蓬火，烧死长毛头目陈世保。曾立昌、许宗扬等，落荒而逃，遁至曹县，四面筑起木城，为固守计。胜保追至曹县，与善禄密议道："曾、许两贼，已是穷蹙，定不能固守此城；但彼窜我追，何时方能住手？必须想一斩草除根的计策，方便收军。"善禄踌躇一会，也无良法，只请胜保周视地形。胜保留善禄攻城，自率轻骑数十名，往各处巡阅一天。是晚回营，即与善禄附耳数语，令善禄分兵去讫。

到了夜半，胜保传军士各执火具，往焚木栅，霎时间烟焰蔽天，吓得长毛四散奔逃，胜保恰趁这黑雾迷漫的时候，麾众上城，曾、许二人，知不可守，即弃城出窜。胜军恰紧紧追赶。时已黎明，曾、许两人，逃至漫口，见前面水色微茫，料无去路，正思沿河窜逸，忽河侧有一支兵杀到，视之，乃系清将军善禄所领的马兵。善禄于此处出现，上文附耳数语，即此可见。曾、许急忙回头，胜保又率步兵追到，马步夹攻，就使曾、许两人有三头六臂，也是抵挡不住，“咽咚咽咚”数声响，曾立昌、许宗扬，都投入水中，眼见得两道灵魂，随河伯当差去了。差使不断，尚是幸事，恐怕河伯要带去问罪，奈何？其余的长毛，不是赴水，定是身死刀下，悉数殄除，无一漏网。

东境业已肃清，胜保整军而回，途次闻林凤祥，已窜入连州。看官！你道林凤祥何故入连州呢？他闻曾、许已攻入临清，拟乘此还军，联络曾、许，遂弃了阜城，南窜连州，占踞连镇。僧王率众南追，胜保也移师会剿，总道林凤祥已成瓮鳖，不日可平。谁知凤祥真来得厉害，自知无生还望，索性拼着老命，坚持到底。僧王攻一日，凤祥守一日，僧王攻一月，凤祥守一月，僧王方焦躁的了不得，忽有长毛自南门杀出，势甚凶悍，僧王急麾兵拦阻，已是不及，被他突围而去。这突围的长毛统领，乃是李开芳。原来凤祥尚未知山东败耗，特遣开芳南走，接应曾、许，合军来援。开芳到了山东，曾、许已溺毙多日，无处求救，疯狗噬人，不管好歹，窥见高唐州守备空虚，竟一鼓陷入，杀死知州魏文翰，他尚思分踞村庄，陡闻城外鼓角喧天，清将胜保，已率军追至城下，没奈何登陴死守。自是胜保围高唐，僧格林沁围连镇，此攻彼守，足足相持了半年。

僧王本是个骁悍人物，到此也无可奈何，看看冬季将尽，两湖的捷报，连日传来，僧王恨不得立破敌垒，昼攻夜扑，一息不停，方将连镇踏平了一半。连镇系东西二砦，联络而成，所以叫作连镇，僧王费了无数气力，才将西镇攻破。凤祥收拾余烬，坚守东镇，直至咸丰五年正月，粮尽力穷，方被僧军猛力攻入。凤祥尚是死战，可奈前后左右，统是僧军，此牵彼扯，活活的被他擒住，槛送京师。僧王再移军攻高唐，高唐自胜保围攻，也是半年有奇，李开芳的坚忍，不亚凤祥，僧王仗着初到的锐气，攻扑一番，仍然无效。他却想了一计，令全军一律退去。是时城内闻僧军到来，到也惊惶，及见城外的清兵，尽行退去，不得不乘机出窜。讵料行未数里，清

兵竟漫山蔽野的掩杀过来，开芳知不能敌，回头狂奔，直到茌平县属的冯官屯，入村踞守。那时开芳手下的长毛，只有五百多人，尚与僧、胜两军，坚持了两个月。僧王决河灌敌，开芳始无路可走，终被僧军擒去，解往京师，与凤祥并受凌迟罪。河北肃清，洪天王的兵力，从此只限于南方，不能展足了。林、李一死，已定洪氏兴亡之局。小子又有俚句一首，咏林凤祥、李开芳道：

北上鏖兵固善谋，孤军转战死方休。
如何所事偏非主，空把明珠作暗投。

僧王凯旋，清廷行凯撤典体，免不得有一番热闹。那时咸丰帝喜慰非常，遂酿出一场大公案来，小子且至下回叙明。

本回为洪氏兴亡之关键，自曾国藩战胜江湖，而湘军遂横厉无前；自僧格林沁肃清燕鲁，而京畿乃完全无缺。南有曾帅，北有僧王，是实太平军之劲敌，而清祚之所赖以保存者也。林凤祥、李开芳二人，为太平军之佼佼者，转战河北，至死方休。令洪氏子一入金陵，用以攻北，即亲率全军为后应，则河北之筹备未足，江南之牵掣无多，一鼓直上，天下事殆未可料。不此之图，徒令林、李两头目，孤军图河，至京畿被困，已挽救无方，林、李死而洪氏已亡其半矣。读此回已见洪氏子之必亡。

第六十三回　那拉氏初次承恩　圆明园四春争宠

且说咸丰帝迭闻捷报，心中欣慰。少年天子，蕴藉风流，只因长毛蔓延，烽烟未靖，不免宵旰勤劳，连那六宫妃嫔，都无心召幸。这番河北肃清，江南复连报胜仗，自然把忧国忧民的思想，稍稍消释。大凡一个人，遇着安逸时候，容易生出淫乐的念头，况咸丰帝身居九五，年方弱冠，哪里能抛除肉欲？若抑若扬，绝妙好辞。即位二年，曾册立贵妃钮祜禄氏为皇后。皇后幽娴静淑，举止行动，端方得很，咸丰帝只是敬她，不甚爱她。此外妃嫔，虽也不少，都不能悉如上意。只有一位那拉贵人，芙蓉为面，杨柳为眉，模样儿原是齐整，性情儿更是乖巧；兼且通满汉文，识经史义，能书能画，能文能诗，满清二百多年宫闱里面，第一个能干人物，要算这位那拉氏。就使顺治皇帝的母亲，相传是色艺无双，恐怕还不能比拟呢。回应孝庄后。

这位那拉氏籍贯，说将起来，恰要令人一吓，她就是被清太祖灭掉的叶赫国后裔。回应第二回。太祖因掘出古碑，上有“灭建州者叶赫”六字，所以除灭叶赫。只因太祖皇后，本是叶赫国女儿，为了一线姻亲，特令苟延宗祀，但不过阴戒子孙，以后休与结婚。顺治后颇谨遵祖训，传到咸丰时候，已是年深月久，把祖训渐渐忘怀；且因那拉氏的祖宗，并非勋戚出身，入宫时只充一个侍女，后来渐遭宠幸，封为贵人。清制：皇后以下，一妃二嫔，贵人列在第三级，与皇后尚差四等，本来是不甚注意，谁知后来竟作了无上贵妇。命耶数耶！

那拉氏幼名兰儿，父亲叫作惠征，是安徽候补道员，穷苦得不可言状，遗下一妻二女，回京乏资，亏了个清江知县吴棠，送他赙仪三百两，方得发丧还京。看官！你道这吴知县何故送他厚赙？吴宰清江时，曾有副将奔丧回籍，与吴有同僚旧谊，因副将舟过清江，乃遣使送给厚仪，不意去使误送邻船。这邻船就是那拉氏姊妹北归，正虑川资不继，忽来了这项白镪，喜从天降。那是吴县官得知误送，几欲索还，旋闻系惠征丧船，从前也有一面缘，就将错便错的过去，不过把去使训斥了一顿。谁知后来的高官厚禄，都是这三百两银子的报酬。失之东隅，收之桑榆，也是吴县官运气。兰儿曾语妹道："他日吾姊妹两人，有一得志，休要忘吴大令厚德。"志颇不小。

回京后，过了一二年，正值咸丰改元，挑选秀女，入宫备使。兰儿奉旨应选，秀骨姗姗，别具一种丰韵，咸丰帝年少爱花，自然中意，当即选入宫中，服侍巾栉。兰儿素好修饰，到此越装得秀媚。娥眉不肯让人，狐媚偏能惑主。用讨武曌檄中语，已寓深意。只因咸丰帝政躬无暇，兰儿的佳运，尚未轮着，所以暂屈辕下。到了咸丰四年，这兰儿命入红鸾，缘来福辏，竟居然得邀天宠了。一日，咸丰帝退朝入宫，面上颇有喜色，适值皇后奉太后召，赴慈宁宫。宫嫔竞上前请安，兰儿也在后面随着跪下，被咸丰帝瞧见，不由的惹起情肠，当下令宫嫔各回原室，独留兰儿问话。兰儿一寸芳心，七上八下，也不知是祸是福，遂向咸丰帝重行叩见。咸丰帝温颜悦色道："你且起来，立在一旁！"兰儿复叩首道："谢万岁爷天恩。"这六个字从兰儿口中吐出，仿佛似雏燕声，黄莺语，清脆得了不得。待兰儿遵谕起侍，由咸丰帝仔细端详，身材体格恰到好处，真个是增之太长，减之太短，亭亭玉立，无一不韵。那满头的万缕青丝，尤比别人格外润泽，玄妻鬒发，不过尔尔；还有一双慧眼，俏丽动人，格外可爱。情人眼里出西施，况兰儿确是可人。顿时把这位少年天子，目不转瞬的注着兰儿。兰儿不觉俯首，粉脸上晕起桃红，含着三分春意，愈觉秀色可餐。咸丰帝瞧了一回饱，方问她年岁姓名。兰儿一一婉答，咸丰帝猛然记忆道："不错不错，你入宫已一两年了。朕被这长毛闹得心慌，将你失记，屈居宫婢，倒难为你了。"这数语传入兰儿耳膜，感激得五体投地，又叩谢温语优奖的天恩。咸丰帝见她秀外慧中，越加怜爱，恨不得立命承御；适值皇后回宫，不得不遣发出去。看官记着！这一夕，咸丰帝就在别宫，召进兰儿，特沛恩膏。兰儿初承雨露，弱不胜娇，输万转之柔

肠，了三生之夙孽。绮丽中带讥讽语。一宵恩爱，曲尽绸缪，把咸丰帝引入彀中，翌日，即封她为贵人。她从此仗着色艺，竭力趋承，不到一两年工夫，竟由圣天子龙马精神，铸造出一个小皇帝来。

这且慢表，单说清宫挑选秀女，不限年例。咸丰帝因宠幸那拉贵人，免不得续添宫娥，准备服役，遂又下旨重选秀女。满蒙各族女孩儿，年在十四岁以上，二十岁以下，一概报名听选。只有财有势的旗员，不忍抛儿别女，方贿赂宫中总监，替他瞒住，余外不能隐蔽。一日，正是皇上亲视秀女期限，一班旗下的女子，都与父母哭别，随了太监，往坤宁宫门外，排班候驾。自辰至未，车驾不至，诸女来自民间，骤睹宫卫森严，已是心中忐忑；兼且站立多时，饥肠辘辘，未免怨恨起来。嗟叹声，呜咽声，杂沓并作。总监怒喝道："圣驾将至，汝等倘再哭泣，触动天威，恐加鞭责，那时追悔无及。"诸女被他一喝，越发慌张，战栗无人色。

忽有一女排众直前，朗声道："我等离父母，绝骨肉，入宫听选，统是圣旨难违，家贫莫赎，没奈何到此。就使蒙恩当选，也是幽闭终身，与罪犯囚奴相似。人孰无情，试想父母鞠育深恩，无以为报，生离甚于死别，宁不可惨？况现在东南一带，长毛遍地，今日称王，明日称帝，天下事已去大半，我皇上不知下诏求贤，慎选将帅，保住大清江山，还要恋情女色，强攫良家女，幽闭宫禁中，令她们终身不见天日，一任皇上行乐，历朝以来的英主，果如是么？我死且不怕，鞭扑何惧？满清一代的奏议，多是婞阿取容惶悚感激的套话，铺写满纸，不意有此女丈夫，真正难得。这一番话，说得宫监们个个伸舌。事有凑巧，咸丰帝御驾适到，太监料已听见，忙将这女子缚住，牵至咸丰帝前请罪，叫她下跪。她偏不跪，仍抗言道："奴一女子，粗知大义，不比你们龌龊小人，专知逢君之恶。今日特来请死，何跪之有？"咸丰帝龙目一瞧，见她庄容正色，英气逼人，不禁心折，便令太监替她释缚，温言谕道："你前番的说话，朕在途中，只听得一半，你再与朕道来！"那女子照前复述，毫无嗫嚅情状。咸丰帝道："你真不怕死么？"那女子道："圣上赐奴死，奴死了，千秋万古，颇识奴名，但不知圣上将自居何等？"说到此句，便欲把头触柱。王鼎尸谏，不及此女。咸丰帝忙令太监拦住，便极口赞道："奇女，奇女！朕命宫监送你回家便了。"并召诸秀女上前，问愿入选否？诸女皆不敢答。咸丰帝道："汝等都没有答应，想是不愿入选，宫监可一一送还，

不准无礼！”咸丰帝之不亡，赖有此耳。于是直言的女子，领了众女俯伏谢恩，随众太监出去。

咸丰帝回宫，尚记念这奇女子，等到太监复旨，便问此女何人？太监奏称：“此女出身寒微，他父是个骁骑校官职，是小得很哩。”咸丰帝道：“你不要轻视此女，此女若不识文字，断不能为此言。”太监道：“万岁爷真是圣明。闻女家甚贫，全靠这女课童度日，得资养亲哩。”咸丰帝道：“忠孝两全，确是奇女，不意我旗人中，恰有这般闺秀，朕倒要设法玉成，保全她一世方好。”自是咸丰帝时常留意，嗣因某亲王丧偶，遂代为指婚。小子并非杜撰，可惜这女子姓氏，一时无从搜考，只好待他时查出，再行补叙。

且说咸丰帝闻了旗女直言，颇思励精图治，日夕听政，连那拉贵人都无心召幸。一日朝罢，接阅兵部侍郎曾国藩奏报：“水陆各军，合攻九江城，贼坚守不能下，臣督水师三板船驶入鄱阳湖，毁去贼船数千艘，追贼至大姑塘，被贼抄袭后路，将内湖外江隔断，贼复夜袭臣船，仓猝抵御，竟致败衄，臣座船陷没，案卷荡然。臣自知失算，愧对圣上，愿驰敌死难，经臣罗泽南劝臣自赎，臣是以待死候旨，伏乞交部严加议处！臣虽死，且感恩不朽”云云。咸丰帝瞧了又瞧，不禁长叹，便召军机大臣入内，将奏报递阅。内中有个满军机文庆，阅奏毕，便道：“曾国藩确是忠臣，即如此次败仗，毫不隐讳，据实自劾，已见他存心不欺。现在东南一带，如国藩的忠诚，实无几人，皇上果加恩宽宥，他必愈加感激，时思报称。奴才愚见，欲灭发逆，总在这国藩身上呢。”文庆颇独具真鉴。咸丰帝沉吟半晌，方道：“你说亦是，你去拟旨罢！”文庆便草拟上谕，略说：“曾国藩自出岳州后，与塔齐布等协力同心，扫除群丑，此时偶有小挫，尚于大局无损。曾国藩自请严议之处，着加恩宽免”等语。拟毕，由咸丰帝瞧过，随即颁发。

只咸丰帝心中，未免怏怏，有几个先意承志的宫监，便导咸丰帝去逛圆明园。这圆明园是全国著名的灵园，园中一切布置，没有一件不玲珑精巧，豁目赏心。所有楼台殿阁，不计其数；昔人所谓五步一楼，十步一阁，也差不多的景象。作者惯将亡国殷鉴作为比拟，可为善讽。此外如青松翠柏，瑶草琪花，碧涧清溪，假山幻嶂，更觉得密密层层，迷离心目。咸丰帝朝罢余闲，尝去游玩。这日到了园中，正值隆冬天气，花木多半萧疏，不免闹中带寂，咸丰帝转湾抹角，向各处逛了一周，终觉得无情无绪。行一步，叹一声。宫

监知龙心未悦，只得曲意奉承，多方凑趣。有一慧且黠的某总管，竟启口禀奏道："这园内的花草，得邀宸盼，也算是修来幸福。可惜经冬凋谢，不能四时皆春，现应续选名花入园，令它颜色常新，方不负圣躬宠眷。"咸丰帝闻言微笑道："世上没有不凋的花草，任它万紫千红，一遇风霜，便成憔悴，除非是有美人儿，或者还可代得。"某总管道："本年挑选秀女，万岁爷圣德如天，叫她们个个回家。倘若不然，令群女入值园内，岂不是众美毕具了？"咸丰帝道："一班都是旗女，也不见什么好处。"总管道："万岁爷贵为天子，富有天下，只叫一道圣旨，令各省选女入侍，就使西子太真，亦可立致。"历代主子，统由此辈教坏。咸丰帝道："祖制不准采选汉女，哪里可由朕作俑？"总管又道："宫里应遵祖制，园内想亦无妨。"硬要逢君之恶，殊属可恨！咸丰帝想了一回，便道："这也须秘密办理，不宜声张。"某总管说声遵旨，俟咸丰帝游毕，即随驾回宫。

不到半年，南中已献入汉女数十名，供值圆明园，分居亭馆，个个是纤秾合度，修短得中。更有那裙下双弯，不盈三寸，为此金莲瘦削，越觉体态轻盈。咸丰帝得了许多美人，每日在园中游赏，巧遇艳阳天气，春色争妍，悦目的是鬓光钗影，扑鼻的是粉馥脂芳。酒不醉人人自醉，花不迷人人自迷。香国蜂王，任情恣采，今夕是这个当御，明夕是那个侍寝，内中最得宠幸的，计有四人，咸丰帝赐她们芳名，叫作牡丹春，杏花春，武林春，海棠春。

牡丹春住在圆明园东偏，宫院名牡丹台，嗣改名镂月开云；杏花春住在圆明园西室，宫院名杏花村馆；武林春住在圆明园南池，池上建起一座寝宫，天然佳妙，池名武林春色，宫院亦就池出名；海棠春住在圆明园北面，宫院恰不是海棠名号，偏叫作绮吟堂。在咸丰帝的意思，乃是将四春佳丽，分居四隅，绾住那一年春色，自己作为护花使者。乐将极矣。无如雨露虽是宏施，膏泽总难遍及，重门寂寂，夜漏迟迟，听隔院之笙歌，恼人情绪，看陌头之杨柳，倍触愁肠。由悲生怨，由怨生妒，酸风醋雾，迷漫全园。谁意四春夺宠之时，正值太后弥留之日，咸丰帝入侍慈躬，好几日不到圆内，羊车望幸，愈觉无期。接连又是太后崩逝，哭临奉安的手续，忙了两三个月。咸丰帝颇尽孝思，百日以内，未尝入园。至易夏为秋，时日已多，哀思渐杀，方再入园中游幸。当时四春娘娘，都已料圣驾将临，眼巴巴的在园探望。偏这杏花春慧心独运，捷足先登，数日前已遍赂值园宫监，叫他留意迎驾。那

宫监得了好处，自然格外献功，咸丰帝未入园门，狡太监已先探报。杏花春即带领宫眷等，至要路迎迓，遥见御驾徐徐过来，早已轻折柳腰，俯伏在地。是时因太后丧期，妃嫔等都遵制服孝，杏花春浅妆淡抹，越显得云鬟鬓黑，玉骨清芬。咸丰帝瞧将过去，好似鹤立鸡群，分外夺目，多日不见，益令人醉。忙龙行虎步的走将拢来，令她起立。杏花春珠喉婉转，先禀称臣妾迎驾，继禀称臣妾谢恩，然后站起娇躯，让咸丰帝先行，自率宫眷等后随。到了寝宫，又复叩首请安。咸丰帝叫她不必多礼，并赐旁坐。这时候的杏花春自然提足精神，殷勤献媚，把这咸丰帝笼住不放。留连至晚，即留宿在杏花村馆。翌日，复由咸丰帝特旨，开群芳宴，传谕各宫妃子贵人，都到杏花村馆领宴。那时六院三宫，接奉圣谕，就使心中未惬，也只好联翩前来。园内的牡丹春、武林春、海棠春，满肚子含着醋意，终究不敢不到。只有钮祜禄后，领袖宫闱，天子不能妄召，所以未尝与宴。还有一位那拉贵人，奉了命，竟叫宫监回奏，称病不赴。咸丰帝圣度汪洋，总道她身怀六甲，无暇责备，谁知入宫见嫉，她已别有心肠。那拉氏之心术，已露一班。是日，杏花村馆，大集群芳，“花为帐幄酒为友，云作屏风玉作堆”，说不尽的绮腻风光，描不完的温柔情态。咸丰帝至此，乐得不可言喻。恐怕此时的欢乐，只有咸丰帝一人，杏花春或尚得其半，此外则阳作欢娱，阴怀妒忌，未必尽如帝意也。但天下无不散的筵席，圆则易缺，满则易倾，咸丰帝一生，也只有这场韵事，算作极乐的境遇了。后人曾有诗咏道：

纤步金莲上玉墀，四春颜色斗芳时；
圆明劫后宫人在，头白谁吟湘绮词？

咸丰帝罢宴后，次日早朝，忽接到六百里加紧奏章，忙拆开一阅，乃是荆州将军官文，奏称武昌复失，巡抚陶恩培以下，大半殉难，不禁大惊。看官！要知武昌失守情形，待小子下回说明！

酒色财气四字，为人生最大之魔障，而色之一关，尤为难破，其酿祸亦最甚。士大夫之家无论已，试观历朝以来，亡国之朕，大半由于女色。若仅仅酗酒，仅仅嗜财，仅仅使气，虽不能无弊，国尚不致于亡。咸丰帝颇号英明，当时称为小

尧舜，观其闻选女之谠言，不加以罪，反褒奖之，其器识已可见一班，然卒未能屏除肉欲，幸那拉，嬖四春，为主德累，四春尚未足亡清，而那拉实为亡清之张本，夫岂真遗碑成谶，非人力可以挽回者？主德可以格天，主不德，天数始不能逃也。本回专载清宫事，于咸丰帝之明昧，或抑或扬，隐寓劝惩之义，而于前后各回历述战事外，列此一回，尤足令人醒目。

第六十四回　罗先生临阵伤躯　沈夫人佐夫抗敌

却说湖北巡抚陶恩培，莅任两月，因省城初复，元气中枵，兵民寥落，守备空虚，陶抚方赶紧筹防，不料长毛大至，连破汉口、汉阳，直达武昌。小子于六十二回中，曾叙武昌克复事，由曾国藩苦心孤诣，塔齐布以下将弁，效死前驱，方得杀败长毛，夺回武汉，为什么长毛又得达武昌呢？看官不必动疑，小子即要详叙。自曾国藩战败鄱阳，内湖外江，水师隔绝，长毛复分军趋长江上游。湖北总督杨霈，本有兵勇二万名，驻扎广济，适值咸丰四年除夕，营中置酒高会，总道长毛麕集九江，一时不致复来，且安安稳稳的过了残腊，再作计较。失之毫厘，谬以千里。正在欢饮酣呼的时候，营外忽然火起，急忙出营了望，那火势已经燎原，火光中跃出无数红巾，个个是执着大刀，横着长枪，向营内扑来。营兵醉眼模糊，错疑是祝融肆虐，带来的火兵火卒，涉语成趣其实是长毛掩袭，纵火攻营，等得营兵回报，还有何人敢去抵敌？杨霈仓皇失措，吓得魂不附体，连逃走都来不及，幸亏将官李士林，效死抗敌，截住营前，杨霈方得向营后走脱。士林本是个长毛出身，经杨霈招降，恩礼相待，所以得他保护，逃了性命。亏此一着。奔到汉口，暗料长毛必进薄武汉，不如择个僻静处，将就安身，遂借防敌北窜的名目，一溜风趋至德安府，才住了脚。

这时长毛泝江而上，如风驰电掣一般，陷汉口，破汉阳，竟到武昌省城。巡抚陶恩培麾下，只有兵勇二千，连守城尚且不足，哪里能出城堵截？

等到长毛已逼城下，勉率司道等登陴固守，一面遣人至江西求援。曾国藩正被长毛截入鄱阳，不能展足，至此闻武昌危急，只得飞檄外江水师统领俞晟，带了几艘战船，去援武昌；又保荐胡林翼为湖北臬司，付他陆军六千名，从间道赴武昌。水陆两军，星夜前进，至小河口、鹦鹉洲、白沙洲等处，被长毛阻住。开了数仗，小小获胜，谁知长毛另股，复由兴国上窜，径扑省城。陶抚台已困守多日，怎禁得长毛麕集，一时迫不及防，竟被长毛攻入。陶抚以下，如知府多山。游击陶德焘等，皆力战阵亡。武昌三陷。胡林翼等驰救无及，只得扼守金口，收集溃卒，再图恢复。

廷旨擢林翼为湖北巡抚，更饬曾国藩分军赴援。国藩想弃了江西，转援湖北，一时不能解决，乃召幕宾会议。湘乡生员刘蓉，向与国藩友善，国藩许他为卧龙，至是适襄戎幕，遂起座道："江西形势，上下受敌，我军孤悬此地，如在瓮中，决非万全计策。但今欲往援湖北，坐弃江西，亦属非计。我军一去，九江贼众，必内破南昌，上走鄂岳，乃是越不得了。看来眼前只可整缮水师，接应陆师，务期攻克九江，才得西援东剿。"国藩点头称善；遂檄塔军门，仍围九江，不可轻动，自己驰抵南昌，添置船炮。

忽报饶州、广信两府城，接连失陷，国藩颇为惊惶，罗泽南时正在营，投袂而起，愿往一剿。国藩遂拨他高弟李续宾军，一同去讫。可见为主帅者，不可无良将为辅。去了数日，得广信捷音，报称："罗李两军，连克大水桥、陈家山，乘胜追剿，击毙长毛首领，立复广信府城"等语，国藩稍稍心安。

杨载福、彭玉麟，因船炮尚未备齐，暂时乞假回湖南，国藩应允。杨、彭二人甫去，九江陆师，又来了一封烧角文书，报称塔军门病殁了。又是一惊。这位塔军门齐布，由侍卫拣发外任，从都司荐擢提督，所向有功。鄱阳湖一战，水师陷入湖中，四面皆敌，几乎全军覆没，亏得他带领陆军，截住岸上长毛，血战获胜，遥为声援。那时鄱阳湖内的长毛，多自去救应陆兵，于是杨、彭诸将，方得收拾残师，退扼上游。前回叙鄱阳战事，只录曾国藩奏报中数语，未曾详明，故此处复补入事迹。这回围攻九江，计已多日，愤激的了不得，致患心病，半日即剧，死于军中。国藩闻信，不暇哀悼，忙出城下船，率领水师出发九江。途中遇敌船来扑，由国藩一声号令，纷纷杀出。长毛见他来势凶猛，也即退让。国藩无心追赶，竟至九江陆师营内，哭奠一番。并闻塔军门部曲童添云，先日阵亡，免不得也去祭奠。随令几员将士，拥护丧车回

籍；并命周凤山暂代塔任，用好言抚慰部众，叫他继述塔公遗志。塔军门待下有恩，与士卒同甘苦，因此塔虽病殁，军心不变。满人中得此良将，也算奇特。

国藩复遣水师攻湖口，初次得胜，继复失利，退扎青山，又由国藩驰抚。部署已定，回驻南康。途次闻义宁县失陷消息，又拟调兵往救；嗣复接到罗泽南来书，知已由广信驰还，收复义宁，书中复陈述厉害，称："东南大势在武昌，得武昌乃可控制江皖，江西亦得屏蔽。若株守江西，徒与贼搏战，无益大局，请自率所部，径出湖北，规复武昌，再引军东下，取登高建瓴局势，会合水陆各军，合力攻湖口，截住敌船上下，方可肃清江西。"国藩服他议论，但因江西三面皆敌，塔军门已死，杨、彭尚未到来，一旦有急，无人可使，所以迟迟未答。

泽南等待数日，未见复音，遂单骑至南康，面陈机宜，国藩允准派五千精卒为助。刘蓉进见道："大帅麾下，唯恃塔、罗两君，塔公已亡，罗公又令他远行，将来缓急谁恃？"国藩道："我也晓得这个苦况，但为东南大局计，不得不然。倘罗军能迅复武昌，自可回救江西。我是虽困犹荣了。"刘蓉道："照此说来，原是不能不去，刘某不才，愿随罗公一行，或可少资臂助。"援湖北即是救江西，刘霞轩毕竟不弱。说着，罗泽南已来辞行，国藩即遣刘蓉同去。泽南道："得刘君为助，还有何说！但九江一带的陆师，只宜坚守，不宜屡攻，愿明公转饬诸将。"国藩道："敬听忠告。"于是泽南启程，经国藩送出城外，握手依依，犹有留连不舍之状，曾、罗二人，自此永诀。国藩道："罗山此去，为国立功，不负大丈夫壮志。后会有期，谨从此别！"泽南道："不复武昌，誓不见公。"壮士一去不复还，大有易水悲歌气象。国藩闻言，神经为之怅触，但号令已出，不好收回，便叹息而别。郭嵩焘又送了一程，至柴桑村，泽南请嵩焘回去，嵩焘道："曾帅坐困江西，君去必不能支，如何是好？"泽南道："曾公所治水师，幸能自立，但教曾公常在，便无他患。俗语说得好：'谋事在人，成事在天'，天苟不亡清朝，此老断不致死。"确论。随与嵩焘揖别，至义宁领了部卒，向西进发。

沿途叠接探报，杨载福，彭玉麟二将，已由湘抚骆秉章遣募水师，赴鄂助剿，鄂署抚胡林翼，已自金口进薄武昌。泽南颇为喜慰，遂分军为三，自领中营，李续宾领左营，刘蓉领右营，风驰雨骤的赶入湖北，一战克通城，再战克崇阳，进拔蒲圻，并复咸宁。适胡林翼军，自汉阳败退，渡江

而南，与泽南相会。林翼道：“长毛真厉害得很，我屡攻武昌不下，转攻汉阳，几陷贼中，幸鲍都司春霆，划船相救，方得免祸，看来长毛还不易除灭哩。”泽南道：“鲍都司非即鲍超么？他系四川奉节县人氏，曾隶塔军门部下，后由曾帅拔充哨官，随战洞庭，异常骁勇，确是一员猛将，将来必立奇功。”鲍超历史，从泽南口中叙出，笔法善变。林翼道：“罗山兄所见，与弟相同。”泽南道：“现在德安一路，消息如何？”林翼道：“从前杨制军回屯德安，欲遣我驻扎汉川，截贼北走。罗山兄！试想武汉为长江咽喉，武汉不复，贼将四出，哪里还能堵截？我便具疏力争，亏得圣明在上，俯从愚见，所以在此相持。不意杨制军弃了德安，直走枣阳，真是畏缩得很。现在改任荆州将军官文为湖广总督，西凌阿为钦差大臣，进攻德安，比从前稍有起色了。”借此数语，了结杨霈。正谈论间，忽报伪翼王石达开，率众数万，将到蒲圻城下了。泽南起身道：“蒲圻新復，又来悍寇，真个了不得。罗某且去杀他一阵再说。”林翼道：“君为前驱，我为后应，能够杀退此贼，还好合攻武汉。”于是泽南在前，林翼在后，两军趋至蒲圻，正遇石达开前锋。泽南鼓勇而前，英风锐气，辟易千人。长毛前队散去，后队继上。胡军队亦到，接应罗军。两下酣斗，直杀到天昏地暗，鬼哭神愁，石达开才麾众退去。罗、胡收军入城，次日出探，石达开已驰入江西去了。泽南道：“贼去江西，曾帅越加危急，看来我军只可急攻武昌，必待武昌克復，方得返援江西。”林翼亦以为然，遂合军直趋武昌，分屯城东洪山，及城南五里墩。

是时钦差大臣西凌阿，攻德安不克，有旨革职，令官文代任督师。官文连破德安、汉川，进薄汉阳。长毛坚守武汉，屡攻不下，江西警报，日甚一日，泽南愤极，誓死攻城。长毛亦不甘退让，每夜遣悍卒出城袭营。泽南设伏数处，诱敌进来，伏兵陡起，将长毛围住。长毛拼命杀出，已有四百个头颅，向地上滚去。妙语。自咸丰六年正月至二月，大小百数十战，罗军虽胜多败少，总不能扑入城中。

三月朔，忽有大星陨落西北。晨起，大雾漫天，长毛蜂拥出城，与罗军决一死战。这番对仗，不比往日，那长毛都是舍了命，前来猛扑，险些儿把罗军杀退。罗军多是乡里子弟，夙负气谊，不肯相弃，总算还抵挡得住。泽南执旗指挥，凭他枪林弹雨，总是不退一步。怎奈枪弹无情，射中左额，血下沾衣，泽南忍痛收军，长毛亦退入城去。

胡林翼闻泽南受伤，忙来视病，起初见泽南还可支持，到三月八日，病不能起，汗出如瀋，林翼入视，不禁流涕。泽南张目，见林翼在侧，握住林翼手，便道："武汉未克，江西复危，不能两顾，正是可恨。我死不足惜，弟子迪庵，可承我志，愿公提挈，期灭此贼。"林翼点头，泽南遂瞑目而逝。泽南已受布政使职衔，至此出缺，由林翼疏奏，优旨照巡抚阵亡例抚恤，并赐祭葬，予谥忠节。罗山是兴清功臣，且以书生赴大敌，其志可嘉，故叙述独详。

林翼遂令李续宾代统罗军，仍扎洪山，林翼亦仍驻五里墩。会江西乞师文书，星夜投递，林翼不得已，派兵四千往援。援师未至，江西省已大半糜烂。先是太平国翼王石达开，攻入安徽省城，颇知联结民心，张榜安民，斟定赋税，百姓颇有些畏服。既而秦日纲又至，攻破庐州，击毙江忠源，安徽全省，几尽入长毛手。达开遂率众旁出，驰至湖北，被胡、罗二军击退，转入江西，连破义宁，新昌，瑞州，临江各城。广东土寇，复逃出湖南，侵入江西边境，陷安福、分宜、万载等县，联络长毛，合趋袁州，南昌戒严。

国藩飞檄周凤山军，解九江围，回驻樟树镇，屏蔽省会。此时江西陆师，只有周凤山一支人马，水师统将，如杨、彭等，又皆在湖北助剿。国藩危急万分，唯驰檄两湖，乞济援师，奈远水难救近火，一时总盼望不到。忽有一人敝衣草履，跨着大步，走入曾营。营弁欲去通报，他迫不及待，径入内见曾国藩。国藩一瞧，乃是彭玉麟，不觉大喜，便道："雪琴来得真好。"雪琴系玉麟表字，呼字不呼名，系朋友通例。玉麟答称："因江西紧急，徒步来此，七百里路，走得两日半，今日才到。"国藩道："你真是我的好友！"遂派领水师，赴临江县扼剿。

正在调遣，周凤山败报已到，乃是兵溃樟树镇。国藩忙自南康趋南昌，助巡抚文俊守城，奈吉安府、抚州府等，又陆续失守，江西七府一州五十余县，统被陷没。只南昌、广信、饶州、赣州、南安五郡，尚为清属。广信府在抚州东，长毛酋杨辅清，由抚州进攻，亏得一员女将军，佐夫守城，激厉兵民，才将府城保住。这位女将军是谁？乃是林文忠公则徐女，署广信知府沈葆桢妻。大书特书。

沈葆桢自御史出任知府，原任是九江，未到任，九江已陷，乃改署广信。此时正在河口办粮，城中吏民，闻长毛将至，逃避一空。及葆桢闻信，驰归署中，只剩了一个夫人。外而幕僚，内而仆婢，统已星散。葆桢问道：

"你何故独留？"林氏道："妾为妇人，义当随夫。君为臣子，义当守城。君舍城安往？妾舍夫安适？"大义凛然，不愧林公令爱。葆桢道："区区孤城，如何能守？"林氏道："内署尚有金帛，妾已检出，准备犒军。大堂上已设巨锅一只，可以炊爨，准备饷军。现在且令军民暂时守城，再作计较。"葆桢道："幕友已去，仆婢已散，何人办理文书？何人充当厨役？"林氏道："这个不难，妾都可以代劳。"

于是葆桢召兵民入署，取出内署金帛及簪珥等属，指示兵民道："长毛将到，这城恐不可守，汝等可取此出走，作为途中盘费。我食君禄，只能与城存亡，从此与汝等长别。"遣将不如激将，葆桢也有智谋。兵民齐声答道："我等愿随大老爷同守此城，长毛若来，杀他几个，亦是好的。就使杀他不过，也愿与城同尽。"葆桢道："汝等有此忠诚，应受本府一拜。"随即起座，恭恭敬敬的向兵民一揖。兵民连忙跪下，都道："小的哪里敢当！总凭大老爷使唤便是。"葆桢令兵民起立，遂将金帛等分给，兵民不肯受赐。葆桢执意不允，兵民遂各受少许，一一拜谢。

当下林夫人出堂，荆布钗裙，左手携米，右手汲水，到大锅前司炊。兵民望见，便道："太太如何执爨？"林夫人道："汝等为我守城，我应为汝造饭。"兵民道："城是国家的城，并非老爷太太应该守城，小人们不必守城；老爷太太这般恩待，小人们如何过意得去？"林夫人道："但得诸位尽力，我与老爷已感激多了。少许劳苦，何足挂齿？"随即造好了饭，令兵民饱食一餐。兵民各执了军械，踊跃登城，葆桢自去巡视一周，返入署内，与夫人林氏道："兵民等虽已感我恩义，情愿死守，但寡不敌众，奈何？"林氏道："此去至玉山，约九十里，有浙江总兵饶廷选驻守，他系先父旧部，当可乞援。"葆桢道："如此甚好，待我修起书来。"林氏道："君是巡城要紧，文牍一切，由妾代理。"随即入内修书，修好后，出交葆桢。葆桢取来一瞧，字字作淡红色，既不是墨，又不是硃，忙看下款，乃是林氏血书四字，即张着目呆看林氏。林氏道："君毋过虑！这是指血书成，不甚要紧。"葆桢闻言，也为堕泪。

此书一发，那总兵饶廷选，自然兼程驰到。饶廷选入城，长毛才薄城下，遥见城上旌旗严整，已自惊心，不想城中复杀出一员饶镇台手下将士，统似生龙活虎一般，一当十，十当百，杀得长毛大败亏输，退五里下寨。次

日，饶镇台又来攻营，后面是沈本府押队，带来兵勇越多，呼声震动天地，长毛先已胆怯，战了几个回合，便即逃去。这番胜仗，传入曾国藩耳中，自然将夫妇共守事，奏达清廷，廷旨擢葆桢为兵备道，后且升任江西巡抚。文肃公自此成名，夫人城并垂不朽。士民感颂慈荫，至今不绝。

这且慢表，且说江西警报，遍达两湖，经湖北巡抚胡林翼，遣兵四千，驰至湖南，巡抚骆秉章，亦派刘长佑、萧启江，分道赴援。国藩弟国华，又募兵数千，转战而东，连克新昌、上高各城，直抵瑞州。国藩乃再遣李元度、刘于浔、黄虎臣等，分头接应。自是江西与两湖，渐渐通道，军务方有起色。谁知江南大营，竟于咸丰六年五月间败溃，向荣忧死，洪天王气焰骤涨一倍，正是：

貔虎合群方逞勇，鲸鲵得势又扬鬐。

欲知大营溃败情形，且至下回再表。

塔、罗二人，为曾氏麾下之最著名者。但塔本武夫，从军是其天职，罗为文士，独能组成一旅，亲当大敌，亦古今来之罕见者也。且以理学名家，具兵学知识，尤为难能可贵。或者犹以反抗洪氏少之，抑知洪氏盗也，生平行事，无一足取。试问明火执仗，杀人越货诸徒，为民间害，设处圣明之世，其有不立杀无赦乎？周公诛管蔡，犹不失为圣人，盖乱贼必诛，无论亲疏，不得恕罪。执是以论，于罗山何病？若沈夫人以一妇女身，具伟丈夫胆略，是殆所谓巾帼而须眉者非耶？林公家法，可于其女见之。是回为名士杰女合传，可以作士气，可以当女箴。

第六十五回　瓜镇丧师向营失陷
韦杨毙命洪酋中衰

却说江南大营，系是钦差大臣向荣统辖，张国梁为辅，自咸丰三年起，驻扎南京城外孝陵卫，与江北大营相犄角。江北大营统帅琦善，本是个没用人物，围攻扬州几一年，兵饷用得不少。左副都御史雷以諴，正奉命巡阅河防，闻琦善师久无功，请旨剿贼，捐资募勇，自成一军，扎营扬州城东面，与琦善大营作为犄角。又复仿江都仙女镇抽厘章程，创设板厘活厘的名目，收充军需。板厘是取诸坐贾，按月征收，活厘是取诸行商，设卡征收，看货物的贵贱，作为等差；大约每百文中，取他两三文，商贾尚不致病累，军饷恰赖是接济，当时称他为妙法，都照样循行。此特一时权宜之策，乃军兴以后，相沿未绝，至今益厉，商民交怨，不得谓非雷氏之作俑。琦善大营，自然照办，不必细说。

当下士饱马腾，正期一鼓歼敌，朝旨又责成琦善，叫他克日破城，歼除务尽，毋使旁突滋扰。会洪秀全遣丞相赖汉英援扬，为副都统萨炳阿等所败，琦善因胜而骄，自谓无恐，哪知赖汉英竟赴瓜洲，杀退参将冯景尼，师长镳及盐大使张翊国。扬州长毛，得知瓜洲道通，遂率全股冲出扬城，会合赖汉英，占据瓜洲，琦善徒得了一个空城，有旨责琦善不力，革职留效，冯景尼正法，师长镳等遣戍。琦善惶急异常，令总兵瞿腾龙进剿瓜洲，腾龙阵亡。警报传至扬州，急得琦善成病，不数月而逝。江宁将军托明阿，奉旨代琦善任。托明阿的才识，与琦善也差不多，只浦口一战，稍获胜仗，然亦亏向荣派员夹攻，方得此胜。嗣后拥兵自固，毫无进取，因此江北大营，远不

及江南大营的威望。但向荣、张国梁，虽是有些智勇，暂复金陵，究竟金陵城大而坚，洪杨又作为根据地，悉锐固守，被围两三年，仍旧负嵎抗拒；兼且遣众四扰，牵动官兵，向荣又不能坐视不救，只得分兵援应。以故转战频年，迄无成效。褒贬处煞有分寸。

会上海一带，土匪蜂起，占住县城，与长毛勾通。江苏巡抚吉尔杭阿，督总兵虎嵩林，参将富安，守备向奎等，水陆进攻，足足攻了好几个月，始由江宁府知府刘存厚，挖地成穴，埋入地雷，轰蹋城垣二十多丈，方得克复上海县。上海既复，进攻镇江，镇江已由提督余万青，奉向大臣檄，率兵万余，攻打数月。吉抚领兵八九千人，到镇江城下，与余提督分营对立，仍用了老法儿，开隧种火，轰去了一小段城墙角。正拟督兵入城，不料城中长毛，已探悉轰城的计策，遣悍卒潜出，绕至吉营背后，鼓噪而入，幸亏吉营尚有纪律，一时不致溃乱，当下返身拒敌，鏖斗一场，方将长毛杀退。回望城头，轰陷的城隙，已由长毛用土塞住。料知进攻无益，只得退休，白费了掘地埋药的工夫，蹉跎蹉跎，又是一年。镇江的长毛，与瓜洲的长毛，不但蟠踞如故，并且双方联络，气焰越盛。

金、焦两山，虽有总兵周士法、陈国泰两部，率舰分泊，怎奈逍遥坐视，一任长毛往来。长毛藐视已久，一面把两处勾结，暗袭扬州，一面遣人知会南京，请发兵接应。扬州知府世琨，安坐城中，总道瓜洲、镇江，都已围住，长毛虽插翅不能飞来，忽闻城外喊杀连天，忙上城探望，已是满地红巾，仓猝调兵，应者寥寥；只有参将祥林，领了数百个羸兵弱卒，前来听令。世琨令他登陴守御，不到一日，已被长毛攻陷。祥林巷战许久，力竭身亡。世太守也算殉城毕命。善善从长，不掩其美。这位托大臣得知此信，遣了几员将官，来救扬州。扬州城已于前日失守，援军初到城下，尚未住脚，长毛忽自城内冲出，汹汹的杀将过来。一阵乱扫，把援军扫得四散。

隔了几天，诏书特下，革托明阿及陈金绶、雷以诚职，令都统德兴阿代任。德兴阿骤遭宠遇，格外效力，亲督兵至扬州城西北隅，猛扑城头，一当十，十当百，任你长毛如何凶悍，也只得缩着手，抱着头，弃城出走。可见用兵全在冒死。扬州算是再克，镇江、瓜洲，仍然不下。苏抚吉尔杭阿，颇具血诚，默念城下顿兵，何日方了，踌躇再四，想出了一条釜底抽薪的计策，竟欲截断长毛的粮道。当下与知府刘存厚商议道："野战不如扼要，攻坚不若

断粮，这是军法上最要秘诀。我闻发贼运粮，全恃高资为通道，高资一断，贼技自穷，非但镇江、瓜洲，可以立复，即金陵逆首，亦只能束手受擒。老兄以为何如？”存厚道：“抚帅所言，确是制贼的妙策，卑职很是赞成。”吉抚道：“我欲截彼粮道，彼岂不防此一着，必须有坚忍能耐的干员，方能当此重任。”存厚慨然起立道：“卑职愿去。”吉抚道：“老兄肯去最好。万一有急，兄弟定来救应。”存厚即辞了吉抚，带领知县松寿，盐大使张翊国，飞驰而去。

看官！这粮道是全军的性命，长毛闻存厚前往，哪有不出兵力争之理？存厚既到高资，就烟墩山倚冈为寨，扎了品字式三个营盘。过了一天，已来了镇江长毛数千名，前来扑营，被存厚一阵击退。又过了两日，复来了无数长毛，乃是金陵遣来的精锐，如蝇逐臭，如蚁附膻，争向烟墩山扑来。刘存厚到了此时，明知众寡悬殊，不是对手，只因奉命到此，早把生死置诸度外。长毛拼命攻扑，存厚拼命抵御，炮声震地，烟雾迷天，战了两三个时辰，忽报松寿、张国翊，均已阵亡，三营中失去二营，不由不令存厚心惊，只得收兵入寨，守住孤营，专待援应。极写刘存厚。

这消息传到吉抚军中，吉抚立率兵前往，将到高资，遥见黄旗红巾，满坑满山，连刘营都望不清楚，诸将都已失色。吉抚即欲杀入，有一偏将拦马禀道：“贼为护粮而来，生死所关，安肯轻去？我军不过万人，主客情形，相去悬绝，看来不如退守为是。”吉抚忼然道：“我以一部郎，不数年任开府，仗节麾，受恩深重，何敢贪生？今若一战而胜，贼粮可断，逆穴可平，上抒天子的忧思，下解生民的疾苦。万一失败，愿捐躯报知遇恩。况我与刘知府曾面约往援，岂可失信？”怀忠履信，吉抚可谓完人。言毕，即当先冲入，众将亦不得不随往，前驰后骤，竟将长毛冲倒数百名，劈开一条血路，直入刘存厚营。长毛见吉抚入内，霎时四合，百炮齐鸣，千弹并发，吉抚闻这声耗，登高四望，正觑那长毛的隙处，意欲舍坚攻瑕，俄闻蚩的一声，忙睁睛瞧着，忽有滚圆的一粒炮子飞将前来，撞着脑袋，如石击卵，顿时鲜血直流，痛极而仆。众军见主帅晕毙，统是惊骇异常，长毛即一拥前进，杀的杀，劈的劈，军士见不可敌，大家是逃命要紧。有几百名随着刘存厚左右冲突，欲翼吉抚尸身出围，可奈长毛围绕得紧，杀一重，又一重，存厚力竭气喘，大吼一声而亡。这是一场血战，故叙述较详。吉、刘两人，都已殉难，围攻

镇江的余万青，也立脚不定，自然撤围，长毛遂四出纷扰。

钦差大臣向荣亟命张国梁驰剿。国梁系江南大营的栋柱，自围攻金陵后，转战无虚日，金陵悍酋屡次出犯，都由国梁杀退；各处闻警，得国梁驰救，亦无不克复。此时正收复江浦，渡江回营，接向大臣命令，不及休息，率兵即行，至丁卯桥遇着长毛，一鼓荡平；进至五峰口，又杀掉了数百名长毛；再进至九华山，见长毛驻扎较多，他却偃旗息鼓，佯为退走；至夜间挥兵前往，把敌营踏平好几座。这一股英风锐气，正足辟易千人。

长毛战不过国梁，都窜回金陵。国梁正尾追西归，遥见大营火起，营内的兵勇，狼狈奔来，料知营中遇变，加鞭疾行。到了孝陵卫不见大营，只见遍地是火，长毛正杀得高兴，仗火肆威，当下不知向公下落，只拣着长毛多处，挥刀直入，左冲右荡，尚寻不着向大帅。忽见东南角上，火光荧荧，尚现出向字旗帜，忙奋勇杀将过去。那长毛如蜂如蚁，裹将拢来，他恰不管利害，仗着一柄大刀，东劈西削，无不披靡。杀了好一歇，方逼近向字旗边，见向帅正危急万分，急呼道："国梁在此，保大帅出围！"向荣闻国梁兵到，气为一振，即众将士亦变怯为勇，拼着命随了国梁，突出重围。长毛亦不敢追赶，由国梁保着向公，自淳化镇退保丹阳。为张国梁写生，故江南大营失陷，仍写得烨烨有光。这次大营失陷，是由向大臣分兵四出，麾下兵寡将单，镇江长毛，与金陵长毛，窥破向营情形，互约夹攻，前后纵火，向军腹背受敌，以致大溃。这是顿兵坚城的坏处。

向荣至丹阳后，婴城固守，长毛分途逼围，重营叠垒，势甚鸱张。向荣忧愤成疾，由国梁收集散卒，激厉将士，开城再战，连破长毛营寨，斩首数千级，丹阳方转危为安。无如向荣病终不起，临危时，以军事付国梁，并嘱咐道："汝才足办贼，我死何憾！"国梁垂泪受命，忽向荣自床上跃起道："终负朝廷恩。"言毕而仆，遂殒。江南提督和春，奉旨代向荣督师，国梁以提督衔帮办军务，人心稍固。

独这位洪天王秀全，闻江南大营，都被击退，向荣又死，遂自以为强盛无匹，越加骄淫。杨秀清手握大权，至此益妄作妄行，每日掠夺佳丽，轮班入侍，可怜三吴好女子，被这杨贼糟蹋无数。有崇拜洪杨者，心中所慕，亦是为此，不然，何以有杨梅都督，花界大王。奈秀清最宠的是傅善祥，善祥逸去，秀清大索不得，怅望异常，恰巧扬州献一个美人儿，姓朱名九妹，年十九，能

诗文，才貌与善祥相似。秀清是欢喜极了，即令入值东王府，代善祥职。夜间即要她侍寝。九妹不从，娉婷弱质，不敌混世魔王，卒被他强暴胁迫，恣意淫污。九妹恨甚，阳作欢笑容，暗中誓不与俱生，趁着秀清饮酒，偷放砒毒。不料被秀清察破，迫她自饮，毒发而毙。又有江宁李氏女，选入东王宫，亦遭淫辱，她在髻内藏小刀寸许，伺秀清醉酒酣睡，直刺其喉。秀清适转身，误中左肩，秀清大怒，立呼左右用点天灯刑。什么叫作点天灯？系用布帛将人束住，渍油使透，倒绑杆上，烧将起来。看官！你道惨不惨呢？又有一个赵碧娘，丰姿秀美，年仅十五六，初被掳充绣馆女工，碧娘本是一手好针绣，制了二冠，呈诸东王。秀清见她精致绝伦，称赏不置。不意被同馆所妒，说她内衬秽布，裂视果然。即令馆监先加杖责，讯是何人指使？碧娘矢口自承，遂令于明晨点天灯示众。时碧娘已经昏晕，弃桂树下，夜半始醒，醒即自缢，才免惨焚。秀清怒无所泄，竟杀守者，及知情不举的数十人。看官！你道惨不惨呢。再加一语，益令人发指，崇拜洪杨者其听之！

秀清一想，民女多是靠不住，只有天妹洪宣娇，素与交好，不如娶她过来，巧值秀清妻死，便娶天妹作了继室，天妹倒也愿意成亲。这日是个伏天，秀清饬制大凉床，穷工极巧，四面玻璃，就中注水，养大金鱼百数，荇藻交横，微风习习，秀清、宣娇裸体交欢，一对淫夫淫妇，只嫌夜短，不虑昼长。但秀清本有许多姬妾，自从宣娇娶入，都成了有夫的寡妇，长夜绵绵，令人难耐。适有东府承宣陈宗扬，生得一表人才，面如冠玉，惹得这班王娘，统愿屈体俯就，要宗扬来替秀清。宗扬没有分身法儿，久之久之，自然闹出事来。淫恶之报。

秀清下令，斩了宗扬。宗扬是韦昌辉妻弟，昌辉时在江西，得了此信，暗暗怀恨。正值秀清恶贯已满，由秀全降下密旨，召昌辉回南京。昌辉率众回来，秀清不许入城，由昌辉再三恳请，愿留部下在城外，只带随从数十名进来，乃为秀清所许，入见秀全。秀全佯怒道："现在天国军权，归东王执掌，你岂不知？东王不要你回来，你何得擅回？快去东王府请罪！东王若肯赦你，你宜速赴泛地。"言毕，恰暗暗垂泪。昌辉觑见，料知天王见迫，不便明告，随往东王府请谒求赦。秀清立即延入，昌辉央恳向天王前缓颊。秀清道："弟事自当代请，但我将以八月生日，进称万岁，弟知之否？"昌辉道："四兄勋高望重，巍巍无比，早宜明正位号。不过弟在外征妖，未敢明

请哩。”当即跪下，叩称万岁，并令随从各员，亦跪称万岁，秀清大喜，命即赐宴，昌辉以下，一律犒饮。昌辉入席，起初还是极力趋承，嗣见秀清微醉，便起立道：“天王有命，秀清谋逆不轨，着即加诛！”秀清闻言欲避，昌辉从员，已一拥而上，将他砍死。想做皇帝，谁料遭此结果。拥入内室，把他子女侍媵，一一斩首，只剩了天妹洪宣娇，由昌辉搂抱而去。返入北王府内，先与宣娇合欢，然后报知天王。

不意东王余党，集众攻北王府。昌辉复开城召入部众，与东王党互斗，你杀我，我杀你，两下相杀，城河为赤。忽翼王石达开，自江西驰回，燕王秦日纲，亦自安徽趋至，两人俱奉天王密旨，入靖内乱。既入城，闻秀清已被昌辉杀死，两党鏖战不休，遂相与调停。昌辉不服，定要杀尽东王余党，当下恼了石达开，便大声道：“你既杀了东王，也好罢手，为什么灭他家族？你灭他家族，还嫌不足，定要除他余党，我天国不为东王而亡，恐要为你而亡了。”昌辉不答，达开愤愤而出。是夜翼王、燕王两府，统被昌辉手下围住，秦日纲出问被杀，翼王府内，竟是全家被害。独达开不知如何察觉，竟缒城出走，将纠合部众入犯。昌辉去报秀全，秀全不觉失声道：“汝不听达开言，倒也罢了，今将他全家杀死，莫怪他不肯甘休。昌辉嘿然，竟自趋出，反戈围天王府。天王兄弟仁发、仁达，暗与东王党讲和，同攻昌辉。昌辉败走，东王党趁势入北王府，见一个，杀一个，不特昌辉妻妾，统做了刀头之鬼，就是宣娇玉骨，也被大众剁成肉泥。想被天父召去了。昌辉出城，手下只剩数十人，渡江至清江浦，适遇前使在外的东王党，将他擒住，押送江宁。秀全命即磔死，将首级送与达开，温词召达开回来。

达开怨愤少泄，返入江宁，大家推他辅政，如秀清故事。怎奈秀全心怀疑忌，只恐达开如韦、杨一般，仁发、仁达，又与达开意见不合，达开就辞别天王，出城径去。这次秀全谋除秀清，密召韦、石诸人，还是钱军师代他决策，后见韦、杨内哄，他竟不知去向。从此秀全失了一个参谋，内外政事，都由仁发、仁达主持，越加棼乱。了结诸王，并了结钱江。

是时曾国藩在江西，得两湖援军，攻克南康，曾国华等亦收复瑞州，李元度、刘于淳诸将，复取宜黄、崇仁、新淦等县，江西军务，渐有起色。会官文拔汉阳城，击毙长毛军的钟丞相，刘指挥；胡林翼拔武昌城，生擒长毛检点古文新等十四人，武汉三失三复。湘军遂乘胜收黄州、兴国、蕲州、蕲

水、广济等处，仅十日间，肃清湖北。于是杨载福率领水师四百余艘，李续宾率领陆师八千余人，沿江东下，连战皆克，直达九江。国藩在南昌闻报，亲赴九江劳师，途次闻萧启江、刘长佑二军，已夺得袁州；其弟国荃，亦组成一部吉字军，由萍乡入会周凤山，攻取安福。喜信迭来，精神益爽。到了九江，但见水陆两军，声势甚盛，杨、李两统领，都来迎谒。那时这位奔走仓皇的曾大帅，不禁喜逐颜开，携了杨、李两将手，慰劳一番，并传见水陆将弁，一一慰谕；又出饷银分犒兵士。三湘豪杰，七泽健儿，个个欢腾，人人效命，立思踏平九江城。怎奈攻了月余，仍未见效。转瞬已是咸丰七年，国藩在营中度岁，过了正月，拟移节瑞州，忽由湘乡发来讣闻，乃是国藩父竹亭封翁寿终。国藩大恸一回，立即奔丧。瑞州的曾国华，吉安的曾国荃，亦先后驰归，到家中守制去了。正是：

出则尽忠，入则尽孝。
吁嗟曾公，无忝名教。

国藩既归，朝议令他墨绖从戎，由国藩固请终制，此是正理。乃诏令总兵杨载福，道员彭玉麟，就近统领兵勇，并命两湖巡抚，酌派陆军赴江西助剿。这回已可作结束，待小子休息一刻，再叙下回。

琦善之不逮向荣，人尽知之。顾向荣顿兵三年，师老日久，亦犯兵家之忌。行军之要素有二：一仗气势，二仗纪律。三年无功，气势馁矣，纪律亦安望常严？即非分兵四出，亦安保其不倾覆者？或谓苏抚吉尔杭阿，不攻高资，则镇江不致撤围，城内之太平军，无自纠合金陵，夹攻向营，向营即可以不覆，是说似是而实非。高资既为敌军运粮之处，则向荣早宜设法要截，宁必待吉抚乎？吉抚之不成，众寡不敌致之也。就令吉抚不死，向营宁能长保乎？唯金陵韦、杨二酋，一胜即骄，自相残杀，此可以见盗贼之必亡。不然，金陵之围已解，向荣殁，曾国藩被困南昌，洪氏正可乘势而逞，天下事，未可知也。本回前半截叙向营之被陷，有以见专阃之非才，后半截叙韦、杨之自残，有以见剧盗之必灭。

第六十六回　智统领出奇制胜
愚制军轻敌遭擒

却说湖北巡抚胡林翼，奉旨派兵援赣，即遣李续宾赴瑞州，文翼赴吉安。湖南巡抚骆秉章，亦遣江忠义、王鑫赴临江。是时吉安、临江两处，尚在长毛手中。临江方面，由刘长佑、萧启江进攻，相持不下；吉安方面，自曾国荃去后，诸将各存意见，积不相容。适江西巡抚文俊罢职，代以耆龄，耆龄恐临江失守，遂一面调王鑫至吉安，一面奏起曾国荃，仍统吉安军。王鑫既到吉安，长毛酋石达开前锋正到，两下交战一场，互有胜负。这位王鑫颇有才名，他亦以安邦定国自命，至此与长毛另股，相搏数日，一些儿没有便宜，反伤失军士数百名，未免心中怏怏；其言之不怍，则为之也难。自是忧愤成病，终日在床上呻吟。忽报石达开自至，军中大愕，急禀知王鑫，急得王鑫冷汗交流，霎时间口吐白沫，竟到阎罗殿去报到。暗寓讥刺。亏得国荃驰至，军心方定。

国荃即率军击石达开，达开是长毛中一个黑煞星，至是因韦、杨内哄，孤军出走，悲愤得了不得，还有何心恋战？既到吉安，见国荃军容甚整，他竟不战而去。先到的长毛，因后队无故退回，自然一哄随行，走得稍慢的长毛，反被国荃追至，杀毙了好几百名。嗣因长毛去远，仍回军围攻吉安。

这时杨、彭二将围九江，已将一年，守城悍酋林启荣，屡出兵相扑，都被杨、彭击败；他却一意固守，始终不懈，杨、彭二将，倒也无法可施。且因外江内湖的水师，被阻三年，仍然不能沟通。杨、彭商议多日，由玉麟建

议，力攻石钟山。这石钟山是江湖的要口，长毛布得密密层层，作九江城的保障，所以湘军内外隔绝。杨、彭二人，悬军九江城下，左首要防着九江，右首要防着石钟山，两面兼顾，为碍甚多，于是决意攻石钟山，密遣人暗约内湖水师，里应外合，又与陆军统领李续宾，商定秘谋，令他照行。此处用暗写，以免平衍。

发兵这一日，内湖水师，先冒死冲出湖口，依山列阵，长毛无日不防他出来，自然率众堵御；但长毛内也有能人，一则恐杨、彭夹攻，二则恐李续宾也舍陆登舟，前来接应，故写长毛防备，以显杨、彭妙策。旋探知李续宾已先日拔营，往宿太等地方去了，长毛遂专力御两面水师。杨、彭二将，闻内湖水师已出湖口，遂将战船分作两翼，鼓棹疾进。那时山上山下的长毛，已分头抵敌，这里方击楫渡江，那边已投鞭断水，两军接仗，都是把性命丢在云外，恶狠狠的搏战，自午至暮，足足斗了四、五个时辰，喊杀之声，尚然未绝；两下列炬如星，再接再厉，你不让，我不走，直杀到天愁地惨，鬼哭神号。猛然见山上火起，照彻江中，映着水波，好象火龙一条，夭矫出没，顷刻间烟焰迷腾，满江皆赤。长毛都惊愕不知所措，回望山顶，恍如一座火焰山，矗起江面，凭他浑身是胆，到此也不寒而栗。一夫骇走，万夫却行，湘军趁这机会，把长毛杀得四分五裂，如摧枯，如拉朽，未及天明，已夺得战舰八十九艘，炮千二百尊，杀毙长毛万余人。外江内湖的水师，并合为一。这一场恶战，若非李续宾佯赴宿太，乘夜渡江，绕出石钟山后，登山纵火，尚未见水师定获大胜。叙明前次秘谋，可谓兵不厌诈。杨、彭至天明收军，检点部下，十分中亦死了两分，伤了三分，正是由性命换了出来。后来由曾国藩奏闻，就石钟山上建昭忠祠，便是因伤亡太多，借祠立祭，妥侑忠魂，这且慢表。

且说湖口既克，下游六十里，就是彭泽县。彭泽县南有小孤山，也是挺立江中，长毛据高为垒，就南北两岸，修筑石城，环以深濠，密排桩木，藉此守彭泽县，作为九江声援。长毛酋赖汉英，踞城扼守，已历四年，杨载福合军进取，到彭泽县南岸，饬兵士登陆，佯修营垒，作长围状。长毛出城猛扑，筑营的兵士，都纷纷逃走。那时长毛争先追赶，直到急水沟，只听得一声号炮，万马奔腾，杨载福亲统大军，于长毛背后杀到。长毛知势不妙，连忙回军，已是不及，没奈何与杨军接战，无如后面又有兵至，把长毛冲作数

截。长毛心慌意乱，只得人人自顾性命，各寻生路，奔回城中。这长毛后面的敌兵，看官不必细问，就可晓得是筑营佯败的兵士了。杨载福率众掩杀，擒斩无算，立即围住彭泽城，四面攻打了一日。次日撤去两隅，单从西南两面猛攻，赖长毛汉英，亦令长毛并力抵御，自辰至暮，两造军士，都有些困乏起来。攻城的兵士，渐渐懈手，守城的兵士，亦渐渐放松。赖酋也总道无虞，不防城东突有清军登陴，拔去赖字的长毛旗，换了李字的清军旗，吓得赖酋手足失措，只好招呼部众，开了北门，一齐逃走。看官记着！杨军单攻西南，已是明明有意，留出东北两面，一面约李续宾夜袭，一面放赖汉英出逃，这有勇无谋的赖长毛，正中了杨提督的妙计。名为汉英，实是汉愚，不败何待？赖汉英出了彭泽城，拟逃往小孤山，到了江边，张目一望，只叫得一声苦，正思拍马回走，沿江已有清兵杀来，一片喊杀的声音，震动江流，不知有多少清兵。幸汉英忙中有智，急脱去军装，除下红巾，一溜烟的逃脱，所遗部众，被清兵杀得一个不留。阅至此处，方知杨载福放走赖酋，亦自有计，只赖酋尚不该死耳。后人有诗咏这事道："彭郎夺得小姑回。"小孤山亦称小姑山，彭郎就指玉麟。

杨载福攻城时，彭玉麟已分兵攻小孤山，夺山破城，可巧是同一日，只相隔了几小时。赖酋逃至江岸，上山下水，已统悬彭字大旗，此时除微服潜逃外，还有何法？杨、彭、李既连拔要害，扫清九江上下游敌垒，遂专力攻九江。

这时候，和春、张国梁自丹阳合兵，复进攻江宁属县，攻克句容、溧水等城，仍逼镇江。镇江是金陵犄角，前次余、吉二人，围久无功，都因金陵屡次出援，所以失利。这番张国梁来攻镇江，仍用吉尔杭阿旧法，自率兵营高资，扼敌粮道，长毛屡次来争，国梁竭力抵拒。长毛战一仗，败一仗，连败四次，方不敢来敌国梁，只扼守运河北岸，筑垒相拒。可见吉抚之计，未尝不是，但兵力不逮国梁，故成败异势。国梁亦不去硬夺，但蓄养了数天，密约总兵虎嵩林、刘季三、余万青、李若珠等，合力攻城。镇江长毛，狃于前胜，不甚措意，至四总兵杀到，如狂风骤雨一般，震撼城垣，气腾貔虎，锋刓蛇虺，草木皆兵，风云变色，长毛见了这般军容，不觉大惊，急率众堵御，开炮掷石，忙个不了。怎奈顾了东管不到西，顾了西管不到东，方在走投无路，那赫赫威灵的张军门大旗，亦乘风飘到。长毛望见旗号，越加股栗，城

外的清兵，偏格外起劲，城墙也似骇他的威望，竟一块一块的坠将下来。清兵即溃垣而入，破了城，搜杀数千人，只寻不着长毛酋吴知孝，追到江边，也没有踪迹，料是逸围而去。

国梁收复镇江城，德兴阿也克复瓜洲。原来德兴阿驻节扬州，闻镇江长毛，与清军相持，料知江南的长毛，无暇兼顾江北，遂益勒兵攻瓜洲，四面兜裹，突将土城攻破；长毛无路可逃，多被清兵杀毙。有几十百个长毛窜出城外，又由清水师截击，溺毙无遗。叙德兴阿克瓜洲，与张国梁事，简略不同，已可见两人之优劣。

南北捷书相望，和春、张国梁仍进规江宁，又组成一个江南大营。事有凑巧，江西的临江府，也由湖南遣来的援军，一鼓攻入，刘长佑积劳成病，乞假暂归，代以知府刘坤一，与萧启江军同向抚州，江西已大半平定，眼见得九江一带，亦不日可平了。暂作一束。

谁想内乱方有转机，外患又复相逼，广东省中，又闹出极大的风波来。广东的祸胎，始自和事老耆英。英商入城一案，经粤督徐广缙单舸退敌，英使文翰，才不复言入城事，接五十六回。广东安静了几年。长毛倡乱，广东亦不被兵革，只徐广缙调任湖广后，巡抚叶名琛，就升为总督，会英政府召回文翰，改派包冷来华。包冷复请英商入城，名琛不许，包冷屡次相嬲，名琛竟不答复。有时连咨请别事，他也束诸高阁，清廷因广东数年无事，总道他坐镇雍容，定有绝大才略，授他体仁阁大学士，留任广东，名琛益大言自负。咸丰六年，英政府复遣巴夏礼为广东领事，巴夏礼又来请入城，名琛仍用老法子，一字不答。巴夏礼素性负气，竟日夜寻衅，谋攻广东。适值东莞县会党作乱，按察使沈棣辉，督官绅兵勇，把会党击退，棣辉列保兵勇战功，请名琛疏荐，名琛也搁置不提，兵勇自是懈体，一任党匪逃去。党首关巨、梁楫等，遁居海岛，投入英籍，献议巴复礼，请攻广东。名琛原是糊涂，党匪亦太丧心。巴复礼遂训练水手，待时发作。

冤冤相凑，海外来了一只洋船，悬挂英国旗帜，船内却统是中国人。巡河水师，疑是汉奸托英保护，登船大索，将英国旗帜拔弃，并将舟子十三人，一概锁住，械系入省，以获匪报。名琛也不辨真假，交给首县收禁。忽由巴夏礼发来照会一角，名琛有意无意的，接来一瞧，内称贵省水师，无故搜我亚罗船，殊属无理。舟子非中国逃犯，即使得罪中国，亦应由华官行文

移取，不得擅执。至毁弃我国国旗，有污我国名誉，更出意外等语。当下名琛瞧毕，便道："我道有什么大事，他无非为索还水手，唠唠叨叨的说了许多，哪个有这般空工夫，与他计较？"随召入巡捕，叫他知照首县，发放舟子十三人，送还英领事衙门。不意到了次晨，首县禀见，报称："昨日着典史送还英船水手，英领事匿不见面，只由通事传说，事关水师，不便接受。"名琛道："听他便是，你且仍把水手监禁，不必理他。"首县唯唯而退。

不到三日，水师统领，遣人飞报英舰已入攻黄埔炮台。名琛道："我并不与英人开衅，为什么攻我炮台？"好象做梦。正惊讶间，雷州府知府蒋音印，到省求见，由名琛传入。名琛也不及问他到省缘故，便与他讲英领事瞎闹情形。蒋知府道："据卑府意见，还是向英领事处，问明起衅情由，再行对付。"名琛道："老兄所见甚是，便烦老兄去走一遭。"蒋知府不好推辞，就去拜会英领事，相见之下，英水师提督亦在座。蒋知府传总督命，问他何故寻衅？两人同答道："传言误听，屡失两国和好，请知府归语总督，一切事情，须入城面谈。"蒋知府回报名琛，名琛道："前督徐制军，已与英使定约，洋人不得入城，这事如何通融？"蒋知府不敢多言，当即退出。巴夏礼又请相见期，名琛以入城不便，谢绝来使。巴复礼再请入城相见，名琛简直不答。于是巴夏礼召集英兵，由水师提督统带，入攻省城，只听一片炮声，震天动地。名琛并不调兵守城，口中只念着吕祖真言宝训。巡抚柏贵，藩司江国霖，急忙进见，共问退敌的计策。名琛道："不要紧！洋人入城，我可据约力争，怕他怎么？"柏贵道："恐怕洋人不讲道理。"名琛道："洋人共有多少？"柏贵道："闻说有千名左右。"名琛微笑道："千数洋人，成什么事！现在城内兵民，差不多有几十万，十个抵一个，还是我们兵民多。中丞不闻单舸赴盟的徐制军么？英使文翰，见两岸有数万兵民，便知难而退，况城内有数十万兵民，他若入城，亦自然退去。"道言未绝，猛听得一声怪响，接连又是无数声音，柏、江两人，吓得什么相似，外面有军弁奔入，报称城墙被轰坍数丈，柏贵等起身欲走，名琛仍兀坐不动。镇定工夫要算独步。柏贵忍不住，便道："城墙被轰坍数丈，洋兵要入城了，如何是好？"名琛假作不闻，柏江随即退出。是夜洋人有数名入城，到督抚衙门求见，统被谢绝，洋人也出城而去。名琛闻洋人退出，甚为欣慰，忽报城外火光烛天，照耀百里。名琛道："城外失火，与城内何干？"歇了半日，柏巡抚又到督辕，

说："城外兵勇暴动，把洋人商馆及十三家洋行，统行毁去，将来恐更多交涉。"名琛道："好粤兵！好粤兵！驱除洋人，就在这兵民身上。"柏抚道："闻得法兰西、美利坚商馆，亦被烧在内。"名琛道："统是洋鬼子，辨什么法不法，美不美？"柏抚台又撞了一鼻子灰，只得退出。柏贵比叶名琛虽稍明白，然亦是个没用人物。

是时已值咸丰六年冬季，倏忽间已是残腊，各署照例封印，名琛闲着，去请柏、江二人谈天。二人即到，名琛延入，分宾主坐下。名琛开口道："光阴似箭，又是一年，闻得长江一带，长毛声势少衰，但百姓已是困苦得很，只我广东，还算平安，就是洋人乱了一回，亦没甚损失，当时两位都着急得很，兄弟却晓得是不要紧呢。"柏抚道："中堂真有先见之明。"名琛掀髯微笑道："不满二位，我家数代信奉吕祖，现在署内仍供奉灵像，兄弟当日，即乞吕祖飞乩示兆，乩语洋人即退，所以兄弟有此镇定呢。"原来如此。柏抚道："吕祖真灵显得很。"名琛道："这是皇上洪福，百神效灵。闻得本年新生皇子，系西宫懿嫔所出，现懿嫔已晋封懿妃，懿妃夙称明敏，有其母，生其子，将来定亦不弱。看来我朝正是中兴气象，区区内乱外患，殊不足虑。"随即谈了一会属员的事情，何人应仍旧，何人应离任，足足有两个时辰，方才辞客。看官！你道名琛所说的懿妃，是什么人？便是上回叙过的那拉氏。那拉氏受封贵人后，深得咸丰帝欢心，情天做美，暗孕珠胎，先开花，后结果，第一次分娩，生了一个女孩儿，第二次分娩，竟产下一位皇儿，取名载淳。咸丰帝时尚乏嗣，得此儿后，自然喜出望外，接连加封，初封懿嫔，晋封懿妃，比皇后只差一级了。此咸丰六年事，所以夹叙在内。

这且慢表，且说英领事巴夏礼，因入攻广州，仍不得志，遂驰书本国政府，请派兵决战。英国复开上下议院，解决此事。英相巴米顿力主用兵，独下议院不从。嗣经两院磋商定议，先遣特使至中国重定盟约，要索赔款，如中国不允，然后兴兵。于是遣伯爵额尔金来华，继以大轮兵船，分泊澳门、香港；又遣人约法兰西连兵，法人因商馆被毁，正思索偿，随即听命。额尔金到香港，待法兵未至，逗留数月，至咸丰七年九月，方贻书名琛。名琛方安安稳稳的在署诵经，忽接英人照会，展开一瞧，乃是汉文，字字认识，其词道：

查中英旧约，凡领事官得与中国官相见，将以联气谊，释嫌疑。自广东禁外人入城后，浮言互煽，彼此壅阏，致有今日之衅。粤民毁我洋行，群商何辜，丧其资斧？拟约期会议偿款，重立约章，则两国和好如初，否则以兵戎相见，毋贻后悔，西历一千八百五十七年十月日。大英国二等伯爵额尔金署印。

名琛阅毕，自语道："混账洋人，又来与我滋扰了。"接连递到法、美领事照会，无非因毁屋失赀，要求赔款，只后文独有"英使已决意攻城，愿居间排解"二语。名琛又道："一国不足，复添两国，别人怕他，独我不怕。"有吕祖保护，原可不怕。遂将各照会统同搁起，仍咿咿唔唔的诵经去了。到了十一月，法兵已至，会合额尔金，直抵广州，致名琛哀的美敦书，限四十八小时内，答复偿款换约二事，否则攻城。名琛仍看作没事一般。将军穆克德讷，巡抚柏贵，藩司江国霖，闻着此信，都来督署商战守事。名琛道："洋人虚声恫吓，不必理他。"穆将军道："闻英、法已经同盟，势甚猖獗，不可不防！"名琛道："不必不必。"穆将军道："中堂究有什么高见，可令弟等一闻否？"名琛道："将军有所不知。兄弟素信奉吕祖，去岁洋兵到来，兄弟曾向吕祖前扶乩，乩语洋兵即退，后来果然。前日接到洋人照会，兄弟又去扶乩，乩语是十五日，听消息，事已定，毋着急。祖师必不欺我，现已是十二日了，再过三四日，便可无事。"将军等见无可说，只得告退。

是日英兵六千人登陆，次日，据海珠炮台，千总邓安邦，率粤勇千人死战，杀伤相当，奈城内并无援兵，到底不能久持，竟致败退。又越日，英、法兵四面攻城，炮弹四射，火焰冲霄，城内房屋，触着流弹，不是延烧，就是摧陷，总督衙门也被击得七洞八穿。名琛此时颇着急起来，捏了吕祖像，逃入左都统署中。吕祖不来救驾，奈何？柏巡抚知事不妙，忙令绅士伍崇曜出城议和，一面去寻名琛，等到寻着，与他讲议和事宜，名琛还说"不准洋人入城"六字。倔强可笑。柏抚不别而行，回到自己署中，伍崇曜已经候着，报称洋人要入城后，方许开议。柏抚急的了不得，正欲去见将军，俄报城上已竖白旗，洋兵入城，放出水手，搜索督署去了。柏抚正在没法，只见洋兵入署，迫柏抚出去会议。柏抚身不由主，任他拥上观音山。将军、都统、藩

司等，陆续被洋人劫来。英领事巴夏礼亦到，迫他出示安民，要与英、法诸官一同列衔。此时的将军、巡抚，好似猢狲上锁，要他这么便这么。安民已毕，仍导军抚都统回署，署中先有洋将占著，竟是反客为主。柏抚尚记念名琛，私问仆役，报称被洋将拥出城外去了。于是军抚联衔，劾奏名琛，奉旨将名琛革职，总督令柏抚署理，这是后话。

且说名琛匿在都统署，被洋人搜着，也不去难为他，还是吕祖暗中保佑。仍令他坐轿出城。下了兵轮，从官以手指河，教他赴水自尽，名琛佯作不觉，只默诵吕祖经。先被英人掳到香港，嗣又被解至印度，幽禁在镇海楼上。名琛却怡然自得，诵经以外，还日日作画吟诗，自称海上苏武。他的诗不止一首两首，小子曾记得二律道：

镇海楼头月色寒，将星翻怕客星单；
纵云一范军中有，争奈诸军壁上观。
向戍何心求免死，苏卿无恙劝加餐；
任他日把丹青绘，恨态愁容下笔难。

零丁飘泊叹无家，雁札犹传节度衔；
门外难寻高士米，斗边远泛使臣槎。
心惊跃虎笳声急，望断慈乌日影斜；
唯有春光依旧返，隔墙红遍木棉花。

名琛在印度幽禁，不久即死。英人用铁棺松椁，收殓名琛尸，送回广东。广东成为清英法三国公共地，英人犹不肯甘休，决议北行。法、美二使，亦赞成，连俄罗斯亦牵入在内，当下各率舰队，离了广州，向北鼓轮去了。欲知后事、请阅下回。

行军之道，固全恃一智字，即坐镇全城，对待邻国，亦曷尝可不用智。杨载福之屡获胜仗，迭据要害，虽非尽出一人之力，然同寅协恭，和衷共济，卒能出奇制敌，非智者不及此。若叶名琛之种种颟顸，种种迁延，误粤东，并误中国，不特清室受累，即相沿至今，亦为彼贻误不少。列强环伺，连鸡并栖，皆自名琛

启之。误中国者名琛，名琛之所以自误者，一愚字而已。且一智者在前，则众智毕集，彭、李诸人之为杨辅是也。一愚者在上，则众愚亦俱至，穆、柏诸人之为叶辅是也。此回前后分叙，一智一愚，不辨自明。

第六十七回　四国耀威津门胁约　两江喋血战地埋魂

却说英法俄美四国舰队，自广东驶至上海，各遣员赍书赴苏州，见江苏巡抚赵德辙。德辙把来书瞧阅，乃是致满大学士裕诚书，当即与洋员说明，愿将来书投递北京，叫他在上海候复，洋员答应自去。赵德辙即咨送江督何桂清，何桂清时驻常州，接德辙咨文，并四国来书，遂飞驿驰奏？咸丰帝立召大学士裕诚，及军机大臣会议。议了半日，方定计简放黄宗汉为钦差，赴粤办理交涉，一面由裕诚署名，答复英法两国，是令他速赴广东，与黄宗汉会商；并说本大臣参谋内政，未预外事，不便直接。复美使书，也是令他赴粤，不过有要他排解的意思。复俄使书，略说中俄原约，只在黑龙江互市，如有相争事件，可速赴黑龙江，自有办事大臣接商，无庸与本大臣交涉。这等复书，仍饬江督何桂清转交。偏这英使额尔金，法使噶罗，不肯照行，仍牵率俄美两使，向天津进发。

咸丰八年三月，四国军舰，云集白河口，投书直督谭廷襄，仍请转达首相。廷襄是照例奏闻，诏令户部侍郎崇礼，内阁学士乌尔焜泰，驰赴天津，会同直督，照会各国使臣，约期开议。不意英法两使，复称钦差非中国首相，不便和议，决词拒绝。外人得步进步，原是狡狯，然亦由中国自召。只俄美两使，算是接见，相与往来，但不过是空言敷衍，毫无效果。这位谭制台，恰格外巴结，差了武弁，驾着小船，引导洋人进出。洋人本未识大沽险要，至此往来窥测，探悉路径，又见大沽防务疏忽得很，突于四月初八日，驶入小

轮船数艘，悬起英法两国红旗，开炮击大沽炮台。守台官游击沙春元、陈毅等，仓猝迎战，卒以众寡不敌，次第殉难，前路炮台陷。副都统富勒登太，守住后路，猝闻前军失守，逃得不知去向，后路炮台又陷。这一仗战争，提督张殿元，总兵达年，副将德奎，在大沽附近，吃粮不管事，由他捣入。咸丰帝闻警大怒，把提督、总兵、副将各人，革职拿问，特命亲王僧格林沁，带兵赴天津防守；又命亲王绵愉，总管京师团防事务，严行巡逻。

僧亲王抵天津后，俄美二使，愿居间排解，只乞改派相臣议款。僧亲王复据实陈奏，咸丰帝不得已，命大学士桂良，吏部尚书花沙纳，再赴津议款。这时候，清廷大臣，如惠亲王绵愉，尚书端华，大学士彭蕴章等，关心和议，记起这位和事老耆大臣来，当即联衔保奏。要送他老命了。咸丰帝立命陛见，和事老耆英，挺然出来，造膝密陈，似乎有绝大经济，不由咸丰帝不信，叫他自展谋猷，不必附合拘泥，随赏给侍郎衔，饬至天津商办。耆英抵津，坐着绿呢轿，径去拜会英使，投刺进去。等候了好一歇，由翻译出来，说声挡驾。耆英私问翻译，为什么不见？翻译道："耆大人想忘记广东的事情了。原约许英人二年入城，什么到了四五年，尚未践约。耆大人！你还是回去的好，免得多劳往返。"讥讽之言，不堪入耳。耆英回见桂良，便将此事说明，挽桂良奏请召回。桂良随即出奏，耆英即收拾行李，驰还通州。忽有廷寄颁到，令他仍留天津，自行酌办。耆英回京心急，仍自启行；到了京师，巧遇巡防大臣绵愉，问他未奉谕旨，如何回来？耆英便说英使怀恨，不便在津，是以急回。绵愉恐坐保举失察罪，即上本参劾。咸丰帝本不悦耆英，接阅此奏，便降旨诘责，说他离差罪小，诿过罪大，有负委任，赐令自尽。可怜这位和事老，白发苍颜，还不得善终，这也是甘心误国的报应。外交官听着！

谁知耆英虽死，衣钵恰传出不少，桂良、花沙纳，统是得着耆英的秘诀。英人要约五十六条，法人要约四十二条，都一一照奏。小子于英法要求各条款，也记不胜记，只最关紧要的，约有数条：第一是各派公使驻京；第二是准洋人持照至内地游历通商；第三是增开牛庄、登州、台湾、潮州、琼州等处为商埠；第四是长江一带，自汉口至海滨，由外人选择三口，以便往来通货；第五是洋人得挈眷属在京居住；第六是偿英国商耗银二百万两，军费亦二百万两，法国减半。奏折一上，廷臣鼓噪，都主张驳斥。你一本，我一本，大半痛哭陈辞，赛过贾长沙、陈同甫一流人物，其实统是纸上空

谈，无裨实用。还是咸丰帝晓明大局，料知无人能战，无地可守，没奈何忍痛许和。

俄使公普，美使列卫廉，据利益均沾的通例，亦要求订约，桂良、花沙纳，仍行奏请。咸丰帝无话可说，只传旨准奏，钦此，便算了事。四国使臣，与清国两钦差，各订约签押，因要钤用国宝，须费一番手续，定期来年互换，于是各国舰队，次第退出，这叫作天津和约。

是年，江南军事，亦胜败不一。九江城为林启荣所据，坚忍能军，十易寒暑，固守如故。杨、彭、李会集水陆各军，浚濠环攻，连番猛扑，终不能下；复开地道数处，迭毁东南二门，登城者再，卒被击退。李续宾痛励将士，再行掘隧，曾国华亦自长沙趋至，助续宾连夜掘穴，地道又成。乃饰水陆军十六营，四门进攻，攻至夜半，由地道举火，地雷骤发，砖石飞腾，迤东而南的城垣，轰坍一百多丈；湘军痛两次伤亡的惨剧，誓死复仇，人人思奋，踊跃先登，呼声动天地，冲锋掩杀，约两三时，击毙长毛一万七千多名，积尸如山，流血成渠；凭启荣怎么强悍，双手不敌四拳，终被他剁为肉泥。还有悍酋李兴隆，也随了启荣，为洪天王殉节，九江乃平。李续宾因功邀赏，得加巡抚衔，专折奏事。曾国华亦得同知衔。

抚州、建昌，同时肃清，只吉安长毛，尚是死守，曾国荃屡攻未克，回湘添募营勇，大举进攻。也是吉安长毛，该当数尽。先是守城的长毛首领，计有二人，一为先锋李雅凤，一为丞相翟明海。李、翟连番出城，冲击曾营，屡被杀败，翟明海败仗尤多。两人互相埋怨，恼了李雅凤，竟将明海杀死。明海的部下，开城窜去。李雅凤势孤力弱，由国荃乘间攻入，巷战许久，将雅凤擒住，解省正法。自相鱼肉，断没有好结果，大则韦杨，小则翟李，可为前鉴。

江西已平，于是朝旨令李续宾军图安徽，再起曾国藩督师。国藩至江西，闻长毛分窜浙、闽，督师往援，途次闻浙西一带，长毛不多，尚无大碍，只闽省浦城、崇安、建阳、松溪、政和各县，窜入红巾，烽火相寻。国藩令萧启江、张运兰赴闽剿办，兵甫出发，忽有大股长毛，回扑江西抚州、建昌，两府戒严。亏得刘长佑出来督军，截住新城，把长毛击退，长毛仍还入闽境，萧张两路兵马，分道趋闽，因天雨连绵，岭路泥泞，军士又复遇疫，中道折回。

天下不如意事，十常八九，闽中未闻报捷，皖中先已丧师。山龙过脉，自成一线。自洪天王建都江宁，恃安徽为门户，兵粮军械，全仗安徽接济，所以安徽境内的长毛，个个是几经挑选，方许驻守。督率守兵的头目，起初是翼王石达开，素称骁将，嗣后是英王陈玉成，骁勇几出达开上。玉成眼下有双疤，官军叫他四眼狗。这四眼狗，确是厉害，清将闻他悍名，个个吐舌，偏这不怕死的李续宾，硬要与他反对。与狗作死对头，殊不值得。续宾沿江入皖，仗着勇气，倍道而前，平太湖，拔潜山，下桐城、舒城，千百个小长毛，都抱头窜去。忽闻四眼狗攻扑庐州，遂麾军急进，一意赴援。部将谏道："现在安庆未克，若进攻庐州，恐怕安庆长毛，要截我后路，不如在桐城休养数日，相机而行。"续宾道："安庆方面，已有都将军马队进攻，长毛必并力守城，无暇与我为难，我军正可进攻庐州。"原来荆州将军都兴阿，方奉旨图皖，接应续宾，前锋为鲍超、多隆阿，正进趋集贤关，所以续宾有此计议。部将道："都将军既至安庆，我军正好与他联络，先把安庆克复，再图庐州未迟。"续宾瞋目道："救急如救火，庐州危急万分，安能不救？倘庐州一陷，狗贼回援安庆，连都将军也站立不住，我军在此何为？"部将又道："我军不过数千人，前无导，后无继，孤军直入，万一遇险，奈何？"续宾道："这可发书湖北，请兵援应便是。"当下写了一书，遣人驰送，另派兵驻守舒、桐各城，简了精锐，星夜前驰，直抵三河镇。这镇系宁皖交通的要道，距庐州只五十里，长毛环筑大城，厚屯兵马，防守得非常严密，诸将又请续宾择地驻营，等待援兵。续宾才驻扎了一天，到了次日，湖北杳无援音。原来此时的胡林翼，已丁忧去位，总督官文，得续宾书，不以为意，简直是一兵不发。毕竟是个满员。续宾又待了一日，不觉焦躁起来，复麾军欲出。诸将又再三劝阻，续宾愤愤道："我自用兵以来，只知向前，不知退后。就使死敌，也是我辈带兵的本分。明日定要破他坚垒，除死方休！"可以死，可以无死，死伤勇。诸将始不敢多言。

翌晨，即下令进逼敌垒，续宾执旗当先，将士紧紧随着，不管他枪弹飞来，总是冒死冲入。自昼至夜，连平长毛九座营盘，检点部下，死了参将萧意文，都司胡在位，及兵勇千余人。忽后面战鼓喧天，喊声大震，长毛如墙而至，遥望旗号，乃是太平天国英王陈、太平天国侍王李。续宾道："四眼狗到了。什么还有侍王李？想是李世贤的狗头。"随即列好阵脚，专待敌

军。说时迟，那时快，四眼狗前锋已到，与续宾部下，血战起来。长毛兵有十多万，续宾兵只有四五千人，眼见得长毛陆续趋上，把续宾军围住，围了一重，又是一重。重重围住，直围到数十重。续宾还拼命冲突，怎奈四面如铜墙铁壁，有力也没处使，将士又逐渐倒毙。续宾叹道："今日败了，是我殉节之日了。"回顾诸将，令各自逃生。诸将道："公不负国，我等岂可负公？"续宾乃传令见月出走。未几月出，续宾争先陷阵，长毛丛集，哪怕续宾三头六臂，到此也不能脱免。参将彭友胜，游击胡廷槐、饶万福、邹玉堂、杜延光，守备赵国梁，先后战死。续宾亦力竭身亡。续宾一死，军心大乱，越要急走，越是先死。同知曾国华，及知府王忠骏，知州王揆一，同知董容方，知县杨德闾等，皆殉难。道员孙守信，同知丁锐义，坚守中右营三日，弹药水火都尽，营破死之。次第叙来，可见续宾之死，亦由刚愎之咎。桐、舒、潜、太四邑，复被陷没。都兴阿也撤安庆围，退屯宿松，皖楚大震。

湖广总督官文，湖南巡抚骆秉章，飞章入告，请调曾国藩移师援皖。朝旨令国藩统筹全局，斟酌具奏。国藩乃具疏上陈，最要紧的数语，录述如下：

> 就数省军务而论，安徽最重，江西次之，福建又次之。计唯大口南岸，各置重兵，水陆三路，鼓行东下。剿皖南则可以分金陵之贼势，剿皖北则可以分庐州之贼势。北岸须添足马步三万人，都兴阿、李续宜、鲍超等任之；南岸须添足马步二万人，臣率萧启江、张运兰任之；中流水师万余人，杨载福、彭玉麟任之。至江西军务，亦分两路，臣与抚臣耆龄任之，臣任北路，耆龄任南路，闽省兵力，足以自了，尚可无虑。

奉旨准议。唯起复胡林翼，仍任湖北巡抚。林翼受任，出驻黄州，拊循士卒，严防长毛入犯。长毛果欲泝江而上，被多隆阿、鲍超击退。国藩正拟出图皖南，忽报长毛大酋石达开，率众趋江西，攻陷南安县城。国藩急檄萧启江等往援。才到南安，达开已弃城出走。捷书方至，国藩幕下，接连又闻庐州失守，李孟群殉难。孟群自战胜湘鄂，即由朝旨令他援皖，独当一面，以累功擢安徽布政使，兼署安徽巡抚事。其实孟群的才识，也没什么过人，闻他的妹子素贞，恰是熟谙兵法，饶有胆力。孟群出军，素姑必戎装相从。一日，孟群被围，别将都不敢往援，独素姑怒马跃入，手斩数十人，护

孟群归，甲裳都赤，军中惊为天神，连长毛亦怕她雌威。比洪宣娇何如？嗣是孟群格外敬服，有所讨伐，必令素姑相随。至官、胡两军攻汉阳，孟群兄妹偕往，一场血战，素姑阵亡，年才二十岁。清廷重男不重女，到武汉克复后，把素姑的血战功，也并加在孟群身上，所以孟群由知县出身，迭次超擢，竟至方面。表扬闺阃，独显幽光。唯孟群自丧妹后，失去一个臂助，惘惘的到了安徽，正值连天烽火，遍地寇氛；到了庐州，适四眼狗纠众大至，连战数日，卒因众寡不敌，败退官亭，扎了数营，挡住庐州的西面的长毛。至李续宾战死三河，都兴阿撤围安庆，四面无援，只剩孟群一军，孑然孤立，哪里还支持得住？不到数日，庐州失守，长毛大股，都来扑孟群营，副将邓清，知县李孟政两营，先被攻破，纷纷溃散。长毛并力攻中营，从早起战到晚间，中营复陷。孟群持矛屹立，厉声骂贼，长毛一拥而上，尚被孟群刺死三名，未几遇害。千总沈国泰觅获遗骸，始得归葬。国藩闻这凶耗，悲他父子殉节，格外伤心。谁知还有一妹。

寻又报石达开窜入湖南，湖南系国藩故里，桑梓攸关，急个不了。忙咨湘抚骆秉章，令他赶紧堵御。秉章正在筹防，为这一场匪警，又引出一个大人物来。为人最要立点事业，看后世稗官家，要叙一出色人物。下笔且是不苟。这位大人物是谁？乃是湘阴县人左宗棠。闻名久矣。宗棠字季高，少年倜傥不羁，常以王佐才自许，骆抚曾招致幕下，待以上宾礼。属僚有事禀白，都付他裁决。名高致谤，权重招忌，几乎把宗棠性命，断送在骆抚手中。可为有才者叹。永州总兵樊燮，刚愎自用，骆抚劾他骄倨，有旨革职，不意樊燮运动都察院，奏称无罪。廷旨令湖广总督官文查办，官文隐袒樊燮，密查骆抚弹章，出宗棠手，竟召宗棠对簿武昌，拟他重辟。骆抚疏争不得，亟函致在京编修郭嵩涛，令他向军机大臣肃顺处说情。嵩涛与宗棠同乡，自然暗中关说，并挽南书房行走潘祖荫，疏救宗棠；接连又是曾、胡二公，上疏荐宗棠才可大用。内外设法，始得将宗棠保全，脱罪回籍。险哉宗棠！至达开窜入湖南，击败总兵刘培元、彭定泰等，陷桂阳及兴宁、宜章等县，骆抚夙重宗棠，再请出山，委以军事。宗棠亟檄刘长佑、江忠义、田兴恕等还援，一月内成军四万人，泽隘设守。官、胡二督抚，复飞咨都兴阿将军，调拨吉林、黑龙江马队回鄂，驰赴湘南，并派知府肃翰庆，率水师炮船三十二只，克期会长沙。

时石达开沿途裹胁，挟众二三十万，意欲踞险自雄，与洪天王另张一帜。大约仍是帝王思想。初攻武冈祁阳，城坚不能拔，转攻宝庆，连营百余里。刘长佑、田兴恕各援军，先后踵至，与石达开血战数次，杀伤相当。胡抚以宝庆重地，不可无良将为统帅，乃遣李续宜统五千人往，所有援军，悉归节制。达开颇惮续宜威名，闻他前来，亟挑选精悍，裹三日粮，誓破宝庆。续宜兼程而至，与刘长佑会商军务，为避实击虚计，从北路进攻，遂渡资水而西，击达开背后。达开正誓死攻城，不防续宜从后掩入，或横截，或包抄，或旁敲，或侧击，弄得达开茫无头绪，只得且战且走。清军已经得势，如旋风一般的追将过去。达开又回战几仗，总是当不住兵锋。战一回，伤亡几千长毛。战两回，又伤亡几千长毛。看看已毙了二万多人，料难住足，不得已呼啸一声，向西南逃窜去了。达开亦如强弩之末。

湖南解严，续宜还鄂，曾国藩闻桑梓无恙，方才安心。忽朝旨促他入川，令他堵截达开，国藩不敢违慢，急率兵泝江而上。及到湖北，探闻无达开入蜀消息。看官！你道达开到哪里去？他已经窜入广西，都是这位官制军，闻风虚报，奏调曾军，弄得这位曾侍郎奔波不息，官制军恰暗里笑着呢。官文人品，如是如是。

国藩行抵黄州，与林翼会叙，握手道故，非常亲昵。国藩道："官制军的脾气，煞是可怪。不知吾兄如何对付？"林翼道："为了一位官制军，左季高几丧了性命。此次石逆入湘，若非季高尚在，兄弟倒措手不及了。"国藩道："季高得生，闻仗肃军机暗中挽回，肃公颇还知人。"林翼道："这也是季高不该死。肃军机哪里靠得住？不然，本年顺天乡试，正考官柏中堂，如何被他葬死呢？"国藩叹息道："明珠和珅，闹得如此厉害，未罹重辟，柏葰究是一个大学士，偏为了科场舞弊，竟致身首两分，天下事原有幸有不幸哩！"林翼道："科场中的弊端，闻柏中堂并未预知，榜发后查勘原卷，说是硃墨不符，误中了一个唱戏的平龄。究竟平龄是否唱戏？是否冒名？是否柏中堂家人，暗中掉卷？兄弟不在朝中，无从确查。论起理来，不过一个失察的处分，偏这肃尚书顺，定议按律处斩，与同考官程炳采同死市曹，若是一位满大员，断不至此。"柏葰处斩，是咸丰九年间事，曾胡二公口中叙明，以省笔墨，是简略得当处。国藩道："议亲议贵，古今一辙，恰也莫怪。但吾兄与官制军同处，颇称莫逆，此中必有良法，倒要请教。"林翼道："说来可笑。那日

官制军的姨太太，做三十岁生辰，分柬请客，司道等都不愿往贺，我为时局计，不得不例外通融，赴贺督辕。司道们见我前往，也不好不去，乐得官制军喜笑颜开，要与我约为兄弟。次日，他的姨太太亲来谢步，拜我母亲为义女，从此以后，遇着军国大事，总算承他协力同心。涤公！你想可笑不可笑么？”毕竟胡公有才。国藩道：“这是枉尺直寻的办法，我也要照样一学，到武昌去走一遭。”林翼道：“涤公！你去做什么？”国藩道：“我现在决计图皖，恐怕官制军同我作对，几句奏语，又要我忙着。”林翼闻言，不禁失笑。国藩道：“安徽长毛，厉害得很，我若往剿，兄须助我。”林翼道：“这个不劳嘱咐，同为朝廷办事，可以相助，无不尽力。”国藩告别，径趋武昌，与官文谈论皖事，格外谦恭。官文亦格外敬礼。自是国藩不虑牵掣，由湖北还趋宿松去了。平勃交欢，即是此意。小子曾有诗道：

满人当道汉人轻，汉满由来是不平；
毕竟通儒才识广，好从权变立功名。

国藩去后，林翼亦移驻英山，协图安徽，将来总有一番战仗，小子下回表明。

本回叙事，看似丛杂，实则上半回是叙战将之不力，以致大沽失守，迫允要求，下半回是叙战将之尽忠，因之两江屡败，仍未退缩。至其关键处，则仍注重将相。桂良、花沙纳无外交才，唯唯诺诺以外，无他技也，若曾、胡二公，文足安邦，武能御侮，清之不亡，赖有此耳。肃顺官文，吾亦拟诸自郐以下。

第六十八回　战皖北诸将立功
退丹阳大营又溃

却说胡巡抚林翼，移驻英山，即命多隆阿总统诸军，用鲍超为前锋，蒋凝学为后援，浩浩荡荡，杀奔太湖。四眼狗陈玉成，闻清军大集，急纠合捻匪首领龚瞎子、张洛型等，由庐州上攻，有众十多万。捻匪是什么人物？相传捻字是捏聚的意义，无赖亡命，捏聚成群，肆行劫掠，因此叫他捻匪；或又因他明火劫人，捻纸捻脂，叫作捻匪。这种匪徒，起自山东，康熙年间，已是四伏，但当清朝兴盛，官吏严行缉捕，所以随聚随散，未敢称乱；延到洪杨发难，骚扰东南，捻匪亦乘机起事。首领龚瞎子、张洛型等，占据安徽蒙城县雉河集，恣意出没。清廷曾命太仆寺卿袁甲三，率军剿办。但捻匪性质，与长毛不同，长毛有争城夺地的思想，专从险要上着手，所踞城池，总派人防守，捻匪以雉河集为根据，称作老巢，老巢以外，不去占据；有时四出掳掠，所得金银财宝，统是搬归老巢。当出发时，先传令整顿行具，名曰整旗，临行则用马前驱，叫作边马。边马在先，大股在后，遇着官兵，可战便战，不可战，就四散走开，不留人影。独老巢恰四面固守，依险负嵎，就使有千军万马，一时也攻不进去。所以这位袁太仆，剿办了好几年，仍旧不见平静。袁太仆也是没用。此次陈玉成欲犯江淮，暗中勾结龚、张两捻首，同敌清军。捻匪出现。多隆阿正到太湖，接这警信，忙令鲍超回军小池驿，阻住发捻，适与陈玉成相遇。鲍超兵只有数千，玉成兵恰有数万，那时狗性狂发，又似三河围李续宾一般，把小池驿团团围住。鲍超本是一员猛将，竭力

搏战，总不能杀出重围；飞书至多隆阿处告急。多隆阿撤去太湖的围师，星夜赶援，仍被敌军隔断，不能前进。鲍超被围数日，不见援军，急得眼中出火，鼻窍生烟，忙取出两纸，各随便写了几笔，差几个得力将弁，赶至曾、胡二处乞援。

国藩时在建昌，正拟探听各军消息，忽由外面递进告急书，不瞧犹可，瞧着时，便道："鲍春霆危急极了！"急传令调发营军，火速进援。后来幕府阅鲍超来书，乃是一个斗大的包字，包字外一个大圈，大圈外面，又有无数小圈，都是莫名其妙。还是曾公替他解释，讲明包字即鲍字右旁，外加大圈小圈，乃是被敌重重围住的意思。春霆若非危急异常，断不出此，所以赶派援军救应。嗣闻胡抚亦发兵驰援，便道："胡润芝毕竟聪明，也晓得春霆用意。"润芝系胡抚林翼表字，春霆就是鲍总兵超。亏有曾、胡二公，方识鲍超书意，否则鲍其休矣！鲍超得了援军，遂出兵大战，两边抖擞精神，打了一日一夜，不分胜败。巧值东南风大起，清军适当上风，放起火来，风猛火烈，熊熊焰焰，扑入敌垒。长毛捻众，顿时大乱。四眼狗陈玉成，拥着黄盖羽葆，尚是兀立指挥，鲍超杀得性起，驰马直前，大呼道："四眼狗快来受死！"刀随声下，望玉成脑袋上劈下，亏得玉成眼明手快，忙用刀架住。战了数合，见长毛已经溃散，玉成也虚掩一刀，落荒败走。龚瞎子、张洛型等，也都遁去。敌垒七十余座，成为焦土。四眼狗数年积蓄，统被祝融氏收去，狗威才渐渐落风了。

太湖城内的长毛，闻玉成败耗，弃城夜遁，窜入潜山。多隆阿等督兵进剿，距城数里，长毛已悉众扑来。多隆阿治军有律，见长毛大至，令部众严阵以待。长毛冲突数次，只受了无数枪弹，不动清兵分毫。蓦然间鼓角齐鸣，清军分两翼杀出，勇壮的了不得，尘埃滚滚，杀气腾腾，此时长毛锐气已衰，哪里还能抵敌？三脚两步的向北而逃。将到城下，见前面排着马队，悬着清军旗号，一铡齐的立着，吓得长毛胆战心摇，不敢入城，只好从斜刺里逃将过去。清军马步合队，向后尾追，直至青草塥，连人带草的乱刈，把长毛的头颅，砍落无数；有几个脚生得长，命不该绝，才得漏脱。

看官阅此，方知多隆阿严阵不动的时候，已暗遣马队截敌归路，瘟长毛管前不管后，自然中计。长毛已死得许多，还要说他是瘟，冤哉！于是太湖、潜山二县，都由多隆阿收复。接连克凤阳，复建德，拔太平、石埭及泾县，各路

捷书，先后纷驰。老成练达的曾国藩，遂决议率部军攻安庆。适四弟国荃，复自湖南募勇驰至，国藩即分部众与国荃，令他出集贤关，规复安庆去了。

忽报江南大营又溃，张国梁战死，和春退走常州，亦伤重身亡，国藩不禁叹息。原来和春、张国梁，自组成大营，直指江宁后，第一仗，攻克秣陵关，第二仗，大破长毛于七瓮桥、雨花台等处。洪天王汹惧异常，令在安徽的长毛，占踞来安县城，作大江南北的声援。偏这和大臣派了总兵成明，协领博奇等，潜师夜袭，竟将来安城克复，江宁愈形危蹙。复遣沿江驻扎的长毛，出兵四扰。怎奈清水师已随处密布，总兵李德麟、吴全美等，分头截击，又杀毙长毛二千多名。洪天王愤恚已极，饬众出太平、神策两门，分犯大营。副将张玉良、冯子材等，踊跃入阵，夺得长毛大纛，竟将悍目的头颅，借了数颗。趣语。长毛虽称强悍，也是怕死，没奈何退回城中。和春又定了一计，令军士沟濠筑垣，把江宁周城百余里，都用短垣围住，然后将部下八万人，星罗棋布，环绕四周。江中复用舢舨联络，成一水营，水陆兼顾，内外相维，竟把一座江宁城，围得水泄不通。故作反笔。

俗语起得好："狗急跳墙"，这洪秀全做了十几年天王，难道竟没有一点主见吗？况且手下有一班党羽，三个缝皮匠，比个诸葛亮，到了无可奈何的时候，穷思极想，毕竟也有一条救急的方法出来。说得入情入理。当下由李秀成献议，仍用多方误敌的计策，对付江南的大营。秀成乃是长毛中后起人杰，虽然是仍抄老文章，但欲解江宁的围困，舍此更无别法。洪天王信用了他，就命江西、安徽的长毛，分扰浙闽，牵制江南大营，总教江宁解围，不吝重偿。江西长毛酋应命，遂出兵犯浙江。果然浙中大吏，向江南大营乞援，和春只好分兵南下，派周天受援浙，忽闻长毛又窜入闽省，浙闽是毗连的行省，既援浙，不得不援闽，复派周天培赴援。孤军转战，往往累月不归。又蹈向荣复辙。

会四眼狗陈玉成自皖东败走，回攻浦口，德兴阿猝不及防，竟被四眼狗捣入，全营溃退，走入扬州。江浦、天长、仪征等县，次第失陷。四眼狗余威尚在，竟长驱至扬州，攻西北门，这时候的德兴阿，恰在江口水师舟中，安安稳稳的坐着，一任扬州受敌。扬州没有一定的主帅，见长毛围攻西北，便由营总富明阿，守备詹启纶，分率马步各军，出北门对敌，守备张德彪出西门迎战。两边正酣斗不下，那四眼狗刁滑得很，窥南门守御空虚，竟

分兵逾城而入。城既被破，富、詹等人，自然不敢恋战，夺路而逃。德兴阿闻这消息，倒也惊惶起来，惊惶何用。急走邵伯湖，收集溃卒，扎营万福桥，扼守东北，一面向江南大营乞师。你的江北大营何处去了？和春不得已，遣张国梁渡江而北，会集江北军，攻扬州城。突有长毛开城出敌，由国梁飞马迎击，单刀直上，勇不可当。长毛狂奔回城，城尚未闭，国梁已一马跃入，麾兵前进，立复扬州。移攻仪征县，亦随手而下。只六合县在江宁北面，一介孤城，独当劲敌，自县令温绍原募勇居守，已历六年，这六年间，大小百战，屡歼红巾，至德兴阿退驻邵伯，扬州叠陷，六合益危。这次张国梁已克扬州，自然统兵往援。到陈板桥，距城尚十余里，长毛知张军且至，分锐出阻，一面穴隧轰城。国梁方与长毛接仗，六合城已被轰坍，绍原投水死，妻孥亦殉节。这信传至张军，恼了这位张军门，恨不把长毛立刻荡平。无如长毛来得很多，一队杀退，一队又来，杀败了数十队，方没有挡路的长毛，正思进攻六合。忽由大营传檄，令他速援溧水，军令如山，不得不南辕前往。至溧水，城早被陷，总兵张玉良，已奉调进攻。国梁巡视形势，见城西有高古山，冈峦环抱，仿佛画屏，遂依山立营，踞住要害，姑把围城的事情，责成玉良。看似国梁推诿，实则让首功于玉良，看官不要错过！玉良遂着副将冯子材、陈朝宗等，竖梯登城。城上矢石如飞，由冯、陈二将，裹创力战，卒将守陴兵杀退，率兵入城。是时正有大股长毛，来救溧水，到高古山，由张国梁带兵杀出，左冲右突，如入无人之境。长毛阵中，有个黄衣头目，不知死活，执刀来斗，战未数合，被国梁手起刀落，劈于马下。头目已毙，部众立即溃散。国梁击退援军，令玉良得复县城，可见国梁之功，亦是不小。当由两张合军穷追，各处兜截，生擒了几个长毛酋，什么洪国宗，什么铜天侯，都就军前正法，叫他到天父天兄处，销差去了。妙语解颐。

怎奈江南得捷，皖北丧师，正值李续宾战死三河，四眼狗异常猖獗，皖南的告急文书，又叠至江南大营。和春复派总兵江长贵往都门青阳，总兵戴文英，副将朱承先赴宁国，营内的兵士，又分去了万人。长毛复从九洑洲率众而来，那时仍劳动这位张军门，躬率大队，前去横扫了一阵。和春因屡次告捷，未免骄盈，遂劾奏德兴阿师久无功，清廷谏行言听，竟夺德兴阿职，令和春兼辖大江南北，自是辖地益广，军事益繁。德兴阿固是当劾，但和春立营江南，也只靠了张国梁，算不得什么大才。和春既受了兼辖的重任，不得不出些风

头，当下令总兵李若珠攻六合，偏偏不如所愿，若珠败还，长毛乘胜至浦口，列营皆溃。前时援闽的周天培，正回军驻扎浦口，力战身亡，余军退保江浦。此时的长毛军，气焰越张，东伺扬仪，西逼江浦，南窥溧水，亏得张国梁渡江督剿，三战三捷，击走江浦长毛，下浦口，破沿江敌垒八大座，纵火焚九洑洲，把长毛老巢，烧得乌焦巴弓。

国梁回江南，与和春定议招降，解散贼党，申明大义，谕令去逆就顺，有七里洲守营长毛谢茂廷，寿德洲守营长毛秦礼国，俱暗约投诚，愿为内应。这寿德洲系江宁上关的屏蔽，七里洲系江宁下关的藩篱，两洲内溃，待张军门国梁一到，外杀进，里杀出，弄得长毛不知头路，只好弃了关，逃命要紧。不到一昼夜，连克重关，平长毛营垒数十，获大炮百余，战船六十，拔难民男妇五千余人。自这场战胜长毛，金陵城外的犄角，削除殆尽。和春以下诸将士，满意攻克金陵，易如反手。谁知天有不测风云，人有旦夕祸福，为山九仞，功亏一篑，竟令一座威耀无比的大营，倏忽间化作子虚乌有的幻境。见道名言。

闲话休表，单说洪天王秀全，闻上下关接连失守，焦急万分，就近饬皖南军，陷泾县、旌德县，并破广德州，由广德州窜入浙湖安吉县境，道出武康，直扑浙江省城。浙抚罗遵殿，分路乞援，待久未至。长毛在清波门外，暗掘地道，轰塌城垣三十余丈，罗抚麾兵抵敌，可奈众寡悬殊，战了半日，只落得忠魂千古，阖属捐躯。独有杭州将军瑞昌，与副都统来存，勒兵坚守满城，鏖战六昼夜，尚未被陷。适值张玉良奉和春命，到了杭城，长毛本无意据杭，不过为江宁撤围计，牵掣江南大营，使他分兵四顾，免注全力，所以闻玉良援浙，即开城出走，向余杭上窜，连陷长兴、建平、溧阳等县。至清军尾追痛击，他又随取随舍，把占据的县城，一概弃去。明明是亟肄以疲，多方以误之计。和春既兼辖南北，复奉旨遥督浙江军，正是趾高气扬的时候，况迭接浙江捷音，自谓无敌不摧，无战不克，麾下将士，亦逐渐骄蹇，营规日弛，防守日懈；又因饷运艰难，每四十五日，只发一月的粮饷，俟大功成后，一律补给，兵勇满怀不服，未免退有后言。咸丰十年闰三月七日，皖浙的长毛，分道并进，纷扑大营。张国梁昼夜拒战，一些儿没有休息，接连八日八夜，长毛越来越多；究竟人生只有一副血肉，一副精神，要这般的打仗，凭你无上的好汉，也闹得筋疲力衰，支持不住。十四日天大雷雨，至夜

奇寒，国梁尚统兵搏战，忽营中无故火起，一刹那间，遍及各营。国梁知军心已变，急翼和春出营，退守丹阳。长毛并力追来，破了溧阳，据了宜兴，进攻丹阳城。当时尚惮国梁威名，不敢逼近，遍筑土垒，步步为营。嗣后令死士潜入清营，伺国梁出战，从后狙击，中国梁腰，国梁回刺死士，背上又中了数枪，受创甚深。尚握着刀连斫数人，冲开一条血路，至丹阳滨，下了马，向北再拜，一跃入水。水波一动，这烈烈轰轰的张军门，已漩沉水底，与世长辞了。可惜！

国梁已死，偌大的丹阳城，眼见得保守不住，当由众将士保着和春，突围出走。将抵常州，回顾后面的长毛，尚是紧追不舍。和春返身迎战，突来一粒枪弹，不偏不倚，正中胸前，当即拍马回走，退至浒墅关，狂血直喷，顿时身死。营务处湖北提督王俊，寿春总兵熊天喜，俱阵亡。独江督河桂清，率司道逃至苏州，被苏抚徐有壬所拒，桂清走上海。长毛夺了常州，进攻苏州，苏州兵不满四千，还是老弱居多，不习战事。徐抚激厉拊循，勉强支持了数日，终被长毛攻入，徐抚死之。小子有诗寄慨道：

红巾四扰太披猖，百战将军饮血亡；
怪底后人偏不谅，诬称汉贼实荒唐。

警耗传至京师，朝旨把死事诸臣，一一抚恤，独将何桂清革职拿问，另简大臣为江督。朝右纷议未决，这次倒是军机大臣肃顺，保着了一个大才，后来果如所言。欲知此人是谁？看官且猜一猜，待小子下回说明。

江皖相依，隐为唇齿。皖不复，江宁必不克。曾胡二公，决议图皖，不以三河之覆辙为惧者，攻其所必救，兵法固然，无能避也。和春顿兵城下，蹈向荣覆辙，而骄蹇且过之。师劳必惰，将骄必败，大营之溃，固意中事，所惜者亡一良将耳。读是回，可知行军之得失。

第六十九回　开外衅失律丧师　缔和约偿款割地

却说清廷拟简放江督，廷臣多推胡林翼，独肃顺奏称林翼未可轻动，不如任用曾国藩。肃顺以骄恣闻，推重楚贤，是其特识。咸丰帝从肃顺言，遂命国藩任两江总督，督办江南军务。国藩奉旨，即具奏道：

目下安庆一军，已薄城下，为克复金陵张本，不可遽撤。臣奉恩命权制两江，驻扎南岸，以固吴会之人心，而壮徽宁之声援。臣亟商官文、林翼，酌拨万人，先带起程，仍分遣员弁回湘募勇，赶赴行营，以资分拨。至于粮糈军械，必以江西、湖南为根本，臣咨商两省抚臣，竭两省之力，办江楚三省之防，布置渐定，然后可以言剿矣。是否有当？伏乞圣鉴！

奏上，奉谕照所拟办理；并因胡林翼奏保左宗棠，特给四品京堂，襄办国藩军务。国藩复与胡林翼会商，调鲍超部下六千人，及朱品隆、唐义训等所领三千人，渡江而南，驻扎徽州祁门县。

秀全闻曾国藩出驻皖南，料知东图江宁，遂封李秀成为忠王，带同古隆贤、赖裕新等，率长毛数万，直入安徽。时左宗棠、鲍超各军，尚未到皖，李秀成已由广德州趋宁国府，守将周天受战死，宁国被陷，徽州戒严，国藩即遣李元度接办徽防。元度甫至徽州，长毛酋侍王李世贤，率大股长毛又

至，元度不能支，退保开花。世贤破徽州府城，进逼祁门，国藩惶急万分，幸亏鲍超率军到来，张运兰亦闻警驰援。于是遣鲍超出守洹亭，张运兰出守黟县，正在难解难分之际，忽由北京递来八百里加紧排单，促国藩带兵勤王。实如其来，令人莫测。小子只有一枝笔，不能双方并叙，只好把祁门军事，暂搁一歇，先将那北京紧急军情，叙述一番。

上回说的天津和约，须至次年互换，次年便是咸丰九年，各国舰队，驶赴天津，遵例换约。适值僧格林沁，在大沽口经营防务，修筑炮台，丛植木桩，遥见洋舰飞驶前来，忙遣员荡舟出口，往晤各国使臣，告以大沽设防，请改由北塘驶入。使臣多半听命，独英舰长卜鲁士，系额尔金兄弟，抗不遵行，竟驶入大沽，把截住港口的铁链，用炮炸裂，卜鲁士坐船当先，随后有英俄法小轮船十三艘，鱼贯而进，居然竖起红旗，要与中国开战。外人论力不论理，可为一叹。僧王也传下军令，俟外人逼近炮台，方开炮轰击。卜鲁士竟将港内的铁锁木桩，一概毁掉，进攻炮台。守兵开炮还击，把英舰轰沉数艘，余船亦中炮不能行动，只有一艘逸去。英兵死了数百，炮台上面的武弁，亦伤亡数人。只美使华若翰遵约，改道行走，才得换约。

清廷狃于小胜，方私相庆贺，不料英人暗图报复，在广东修造船只，招募潮勇，再图入犯。咸丰十年六月，英使额尔金，法使噶罗，复率舰队，北犯天津，僧格林沁料洋人必取道大沽，或由北塘袭入大沽后路，遂派重兵守住大沽南岸，一面在北塘密埋地雷。英将额尔金狡猾异常，先将各船在口外游弋，一步儿不敢放入，暗中却派遣汉奸，入口侦探。岸上守兵，总道英舰未曾拢岸，没甚要紧，谁知里面的虚实，早已被汉奸窥去。英人用了舢舨小船，乘夜入北塘口，挖去地雷，长驱而进。副都统德兴阿驻守北塘里面的新河，率兵拒战，连吃败仗，英法联兵万八千人，追入内港。适潮水退出，舟被胶住，额尔金、噶罗颇惊慌起来，连忙竖起白旗，佯称请款，僧格林沁还道他有意议和，不敢邀击。大误。谁知潮水一涨，英法各舰，鼓棹直前，僧王尚不在意，等他傍岸登陆，方麾劲骑堵御，英法联兵，排成一大队，各执精利火器，专俟清军过来，一声号令，众枪兢发，发无不中，清兵都从马上坠下，霎时间三千铁骑，如墙齐陨，只剩七人逃回。僧格林沁始悔失策，然已不可救药了。

英法联兵，遂自后面攻北岸炮台，提督乐善，忙上前迎敌，英兵连掷开

花弹，飞入火药库，訇然一声，好似天崩地裂，不但守台兵弁，向空飞去，连那炮台都坍陷一半。此时的乐提台，也不知冲至何处，连尸首都不见了。僧格林沁尚兀守南炮台，朝旨飞促退还，僧王不敢违旨，遂退军张家湾。遇着大学士瑞麟，统京旗兵九千出防，僧王道："我守南岸炮台，还好保护津门，不知上头听了何人，令我退守。我退一步，敌进一步，如何是好？"僧王之言，亦未必由衷。瑞相道："现在顺亲王端华，尚书肃顺，都主张抚议，所以上头召王爷退守，且已令侍郎文俊，前粤海关监督恒祺，往天津议款去了。"正议论间，探报天津被陷，僧格林沁顿足不已。这是自悔失计，并非怨及召还，看官莫被瞒过！忽又报文俊、恒祺，被洋人拒回，朝旨已改派桂良前往。僧王道："此时议和，恐怕没有这般容易。"随与瑞麟同驻通州，静待后命。

桂良抵津与英人开议抚事，英使额尔金，及参赞巴夏礼，提出要求条款：一是要增军费，二是要天津通商，三是要各国公使，酌带洋兵数十名，入京换约。桂良以闻，咸丰帝严旨拒绝，饬僧格林沁、瑞麟，严防外人内犯。京师亦饬令戒严。英使见和议不就，复从天津派兵北上，扰及河西务，京城里面，一日数惊。端华、肃顺，想了一个避难的法儿，请咸丰帝驾幸木兰。这语一传，廷臣大哗，十个人中到有六七个不赞成。咸丰帝踌躇未决，因召南军入援。

副都统胜保，时在河南，接旨最早，急会同贝子绵勋，调九旂禁兵万人，驰赴通州助剿。且闻咸丰帝有北狩信息，上疏谏阻，力请咸丰帝坐镇京师，不可为一二奸佞所误。咸丰帝优诏褒答。胜保正拟出师，英法兵已逼张家湾，胜保未曾与外人交战，还道外人没有能耐，遂上马驰去，不意洋人一见面，就扑通扑通的枪声，放将过来。胜保起初倒也不怕，麾军上前，往来督战。英法领队官，望见胜保戴着红顶子，穿着黄马褂，料知是督兵大帅，命军士丛枪注击，胜保防不胜防，一粒弹子，飞到面前，适中右颊，胜保忍不住痛，颠落马下。亏得亲军救起，上马逃走。主帅一逃，将士自然溃散。僧、瑞二营，不战先怯，也从通州退还北京，驻扎城外。

咸丰帝闻报，一面遣怡亲王载垣，再赴通州议和，一面收拾行李，出驻圆明园。载垣驰至通州，由桂良接着，议好照会，请英法两使入城议和。英法两使，答于次日相见。越日，载垣、桂良等，在通州城内天岳庙，预备筵宴，恭候英法使臣。约至巳牌，始报英法使臣到来。载垣等慌忙迎接，但见

一排儿洋兵，护着两乘绿呢大轿，直入庙中。轿子歇下，跨出两人，一个是法使噶罗，一个不是英国正使，乃是参赞巴夏礼。英使额尔金，真会摆架子。两下相见毕，载垣便命开宴，两下分宾主坐定，酒至数巡，载垣方谈到和议。法使噶罗，倒还和颜悦色，口中说是情愿修和，独巴夏礼攘袂起道："今日的事情，须面见中国皇帝，方可定约。"载垣、桂良两人，面面相觑，不能回答。巴夏礼又道："我等远居欧洲，久欲观光上国，现拟每国各带千人入京觐见。但两国礼节不同，此番请用军礼罢了。"舌剑唇枪，巴夏礼真英国能臣。载垣沉吟半晌，想出了"请旨定夺"四字，回答巴夏礼。巴夏礼露出不悦情状，宴毕，傲然径出。法使噶罗，总算还欢然道别。适值僧王带兵进来，探听和议消息，载垣与他谈起巴复礼情形，僧王跃起道："待我去拿住了他再说。"当即跳上马鞍，一鞭径去。活写卤莽。桂良恐干和议，忙上马随了出来，行未数里，遥见僧王已将英法二使截住，急加鞭赶到。僧王正把巴夏礼捆缚停当，并要去缚法使噶罗。桂良连忙遥手，向僧王道："法使恭顺，不可缚他。"僧王道："桂中堂替他恳情，就饶他去罢！"噶罗才得脱身，由桂良送了一程，道歉告别。

英使额尔金，闻参赞被擒，不由的愤怒起来，便率洋兵长驱而北。警报递入圆明园，雪片相似，端华、肃顺一班大臣，惊惶万状，唯怂恿咸丰帝北狩。于是咸丰帝命端华入宫，密挈后妃等出幸。此时康慈王太后，早已去世，补笔不漏。只由皇后钮祜禄氏，皇贵妃那拉氏以下，统随端华至圆明园，约有一百多人，皇长子载淳亦在其内。咸丰帝又令四春娘娘，也收拾完备，于咸丰十年八月八日，启銮北狩，后妃以下，皆随驾同行。端华、肃顺及军机大臣穆荫、匡源、杜翰等，一律扈跸。途次始传旨到京，命恭亲王弈䜣为全权大臣，留守京师，僧格林沁、瑞麟、胜保各军，仍驻城外防剿。

此时京内居民，闻皇帝出走，纷纷迁避。禁旅多奉调扈驾，剩下几个老弱残兵，也渐渐逃散。连僧、瑞等麾下兵弁，亦都解体。偏这英法兵不肯罢手，扬旗鸣炮，直逼京城。恭王忙召在京王大臣商议，王大臣主见不一，唯大学士周祖培，尚书陈孚恩等，仍拟主抚。恭王没法，也只有讲和的计策。忽由桂良递入英照会，索交巴夏礼，恭王再与王大臣会商，许久不决。恭王道："巴夏礼于前日解到，我曾谓僧、怡二王，未免卤莽，现在不放不可，欲放又不能，恰是为难得很。"恒祺此时在京，便禀恭王道："巴夏礼不

放，抚议断无成日。且两国相争，不斩来使，本是我国古礼，现在不如放他回去，借他的口，去报英使额尔金，速来换约。”恭王道：“照你说来，也是有理，就着你去办罢。”到此地步，实是为难，无怪恭王多疑少决。恒祺去了半日，回报巴夏礼已放出城外，叫他去问抚议了。恭王稍稍放心。又阅半日，突闻外面人声马嘶，闹成一片，接连是隆隆的炮声，拍拍的枪声，不绝于耳。正欲派人出探，忽一内监踉跄奔入，报道：“不好了！洋兵攻入内城了。”恭王道：“僧王、瑞相、胜副都统等，到哪里去了？”内监道：“这也不知底细。但闻城外各军，见了洋兵，统已逃去，剩得僧王爷、瑞中堂、胜大人三个，赤手空拳，无可迎敌，只得由洋人入城了。”恭王大惊失色，忽见恒祺又趋入道：“洋人纵火烧圆明园。”恭王顿足道：“怎么好？”恒祺道：“现在只好向洋人说情，叫他不要纵火。”恭王道：“劳你前去一说便是。”恒祺不敢违慢，跨着马驰到圆明园，园外统是洋兵守住，恒祺会说几句英语，说是前来请和，洋兵始放他进去。一入园门，见祝融氏正在肆威，兰宫桂殿，凤阁龙楼，已被毁去数座。恒祺向没火处走入，劈面正碰着巴夏礼同一个洋装的中国人，巴夏礼佯作不见，还与那人指手画脚，导引放火。刁恶。恒祺忍着一股气，先与那洋装的中国人，搭讪起来，问他姓名籍贯。他却大声道：“谁人不晓得我龚孝拱，还劳你来细问！”看官！你道龚孝拱是何人？他是晚清文人龚定庵长子，他的学问，不亚乃父，旅居上海多年，各国语言文字，统知一二，只性情怪僻得很，不屑与人谈话，巧遇了英人威妥玛，在上海开招贤馆，延为秘书，月致千金。孝拱得了修脯，便去孝敬歌妓，父母妻子，一概不管，只纳了一个妓女为妾，颇称眷爱，时人叫他龚半伦，他亦以半伦自号。半伦的意义，说他生平不知五伦，只宠爱一个小老婆，算作半伦。此人可杀。这次英人北犯，他恰跟了入京，烧圆明园，实是他唆使。巴夏礼是外人，恃强逞威，尚不足怪，半伦何物，乃敢出此？恒祺见不是路，乃与巴夏礼扳谈，巴夏礼才脱帽行礼。阎王好见，小鬼难当。恒祺便道：“现在我国与贵国议和，何故在此纵火？”巴夏礼道：“你们中国人，专会放刁，今日议和，明日又议和，终究没有结果，还要把我去监禁数日，你想天下有无此理？所以我在此纵火泄忿。”恒祺再向他谢罪，巴夏礼道：“如中国果真心议和，限你三日开紫禁城，迎我入议。再我被执的时候，还有几个从员，也被拿去，现应立刻放还，方可议和。”恒祺唯唯从命，但请他不再放火。巴夏礼也含糊答应。

恒祺忙回报恭王，恭王再命恒祺释放英俘，不想到了狱中，已有英人数名倒毙。恒祺这一急，真急得手足冰冷，也不暇去问狱卒，转身就飞报恭王。恭王又呆得木偶一般，还是恒祺想了一法，照会巴夏礼，说是待和议成后，一律释放。偏这巴夏礼耳朵很长，已探悉英人监毙数名，索性大烧圆明园，把这一二百年的建筑，几千百间的殿阁，连那点缀的亭台花木，摆设的器皿什物，烧了三日三夜，变成了一堆瓦砾场。只有珍奇古玩，由龚半伦带领洋兵，搜取净尽。半伦得了百分之一，运到上海变卖，作为嫖费，嫖光吃光，发狂而死，这是后话。

且说巴夏礼既毁圆明园，复声言要攻紫禁城，恭王又召入恒祺，商量救急的法儿。恒祺想了一会，方道："法使噶罗，倒还和平，若去请他排解，或可转圜。"恭王闻言，又欲令恒祺往会法使。恒祺道："这个差使，还是请桂中堂去罢。桂中堂与法使有些投机，可以去得。"于是恭王遂遣桂良去见法使，法使颇肯居间调停。这是礼送法使的好处。桂良先回，随后法使的照会亦到，内说英使额尔金，索抚恤监毙英人银五十万两，须立即付过，方可莅盟修好。恭王不得已，大加搜括，凑足五十万两银子，解至英营，并约于礼部衙门内恭候议和。

九月九日，与英使议约，免不得又要设宴。恭王太苦，遭此重阳。是日黎明，恭王弈䜣，率同大学士贾桢，周祖培，尚书赵光，陈孚恩，侍郎潘曾莹，宋晋等，具了仪卫甲仗，先至礼部衙门等候。好一歇，才见英使额尔金，参赞巴夏礼，乘舆而至。恭王率众官迎入，行过了礼，分东西坐定。额尔金提议换约，除八年原议五十六条外，还要加添数条，赔偿兵费，增开口岸，派驻领事。经恭王再四磋磨，通事往返传命，议定偿他兵费一千二百万两，增辟天津为商港，各口许驻英国领事。总不外谨遵台命四字。双方允妥，彼此入席，酒酣兴尽而散。翌日，复请法使噶罗，至礼部共商和议。法使算是有情，只索兵费六百万两。恭王一口应承，也照英使例盛筵相待，迎送如仪。

十一日与英使换约，恭王据实奏闻。咸丰帝已至热河，览奏未免叹息，但木已成舟，不能再变，只好降旨允准。独俄使伊格那替业幅，圆滑得很，所得权利，比英法要加数倍，他表面还非常和平，暗中却厚索利益。中俄通商，向止恰克图一处，咸丰三年，始行文中国，假勘界为名，阴图占地，清政府征剿长毛，且来不及，还有何心对付外人，自然把此事搁起。俄人竟自

由行动，直入黑龙江，通过爱珲。黑龙江将军弈山，派员禁阻，俄人不听，乃奏闻清廷。政府命弈山与他交涉，俄人索龙江北岸地，弈山竟唯唯从命，订了爱珲条约。后来英法兴兵，俄使也率领舰队，随在后面，大沽一战，英法各舰，多遭损失，退还广东，独俄使入京，于咸丰十年五月，另订专约十二条，大致是两国往来，平等相待，海口通商，照英法例。还要派遣领事，随带兵船，这叫作天津专约。到了英法联军入京，硬要入城开议，恭王胆小，不敢照允，俄使伊氏，趁这机会，入劝恭王叫他在礼部衙门会议，可以无患。原来礼部衙门，与俄使馆相近，所以担任保护。恭王才放着胆，与英法使臣相见。和议成后，俄使便来索酬，再订北京条约，举乌苏里河东岸地，统划归俄人。看官！你道这俄使乖不乖？巧不巧？正是：

鹬蚌相争，渔翁得利；
哀我中华，蹙国万里。

外患稍平，有旨阻南军入援，于是太平天国气数将尽了。小子且停一歇笔，再叙详情。

本回专叙外交事情，为国耻上增一纪念，即为交涉上广一见闻。当时内乱方亟，外患复来，为清廷计，万无可战之理。秉国诸公，早应审时度势，认定方针，天津之创，已昭覆辙，彼来换约，只好以礼相迎，不宜再开战衅。虽劝令改道，名正言顺，英使不从，曲固在英，然我果善为调停，则必不致有后此之结果。乃忽战忽和，忽和忽战，小胜即喜，小败即怯，我之伎俩，早为所窥，犹且首鼠两端，茫无定见，至于京师陷没，海橤被焚，始俯首乞盟，偿款不足，则益之，商埠不足，则增之，增之益之而又不足，则割地以畀之。谁秉国政，辨不早辨耶？长沙尚在，当不致痛哭流涕长太息而已。

第七十回　闻国丧长悲国士
护慈驾转忤慈颜

却说曾国藩驻节祁门，接到勤王诏命，与胡林翼往复驰书，筹商北援的计策。怎奈安徽军务，正在吃紧，一时不能脱身；且长毛目的，专注祁门，分三路来攻：一出祁门西边，陷景德镇，一出祁门东边，陷婺源县，一出祁门北边，逾羊栈岭，直趋国藩大营。国藩麾下，只有鲍超、张运兰二军，还是得用，奈已调发出去，弄得孤营独立，危急万状。国藩不得已自去抵敌，行至途次，闻长毛数万到来，军心大恐，霎时溃退，只得回转祁门。国藩能将将，不能将兵，所以屡出屡败。亏得左宗棠驰至婺源，六战六胜，把长毛驱逐出境，东路始通。鲍超、张运兰，复破长毛于羊栈岭，长毛亦即遁走，北路方才安靖，国藩心中稍慰。廷寄亦于此时到来，阻住入援。自是国藩益加意防剿。到咸丰十一年春季，左宗棠与鲍超合军，克复景德镇，军威大振。左宗棠得赏三品京堂，鲍超得赏珍物。已而张运兰攻克徽州，左宗棠收复建德，祁门解严。

国藩移驻东流县，檄鲍超助攻安庆。安庆为长江重镇，自曾国荃进攻，长毛遂各处窜扰，冀国荃撤围自救。偏这国荃不肯撤围，日夜攻扑；就是当祁门紧急时，国藩受困，他也无心顾及，硬要攻破此城。长毛恨极，遂集众十万，由陈玉成统带，来援安庆。国荃趁他初到，分军围城，自己却督率精锐，出其不意，冲入敌营。长毛自远道会集，方在劳乏的时候，勉强抵敌，心志未定，没有不败的道理。当被国荃一阵杀退，玉成尚思整队再战，忽报

胡林翼移营太湖，遣多隆阿、李续宜等前来安庆，玉成料是不佳，改图上攻，从间道绕出霍山，一鼓攻入，接连破了英山，直趋湖北，拔了黄州，分兵取德安、随州。四眼狗到底不弱。胡林翼急檄李续宜回援，玉成留党羽守德安，自率众三万复回安庆，扑攻国荃营数日。国荃凭濠堵御，好似长城一般，玉成不能克；鲍超自南岸进攻，多隆阿自东岸进攻，玉成走踞集贤关，忙调集杨辅清等，再至安庆，筑起十九垒，援应城中；留悍酋刘玱林，屯驻关内，作为后应。国藩檄鲍超攻集贤关，杨载福率炮船水师助国荃，守住营濠；多隆阿移驻桐城，截剿长毛后援。自四月至七月，相持不下。胡林翼复遣成大吉助鲍超，两军夹攻，猛扑七昼夜，方得攻入，擒住悍酋刘玱林，解京正法。集贤关已下，陈、杨两酋，断了后应，曾国荃气焰越张，会合杨载福炮船，水陆攻击，连毁敌垒十九座，陈玉成、杨辅清等遁去。安庆城内的长毛，至是始孤立无助。到七月下旬，粮又告绝，守城悍酋叶芸来，悉锐突围，被国荃截住，无路可钻，只得退回。国荃逼城筑垒，掘隧埋药，于八月朔日，地雷暴发，轰坍城墙，国荃率军杀入，城内长毛，没有一个逃避，大家冒死巷战。等到筋疲力尽，枪折刀残，方个个毕命。自叶芸来以下，共死一万六千人。安庆被长毛占据，已历九年，国荃得此雄都，戡定东南的基础，才得立定。

国藩闻捷，驰至安庆受俘，当下飞章奏告。奏折甫发，忽接到一角咨文，乃是从热河发来，拆开一瞧，顿时大哭。原来七月十七日，咸丰帝驾崩热河，国藩深感知遇，悲动五中，怪不得涕泪俱下。只咸丰帝年方及壮，如何就会宴驾？待小子细细叙来：咸丰帝即位初年，颇思励精图治，振饬一新，无如国步艰难，臣工玩愒，内而长毛，外而洋人，摇动江山，日劳睿虑。咸丰帝日坐愁城，免不得寻些乐趣，借以排闷。那拉贵妃，四春娘娘，就因此得宠。但蛾眉是伐性的斧头，日日相近，容易斫丧精神；况且联军入京，乘舆出走，朝受风霜，暮惊烽火，到这个时候，就使身体强壮的人，也要急出病来。褒贬得当。至和议告成，恭王遣载垣奏报行在，并请回銮日期，咸丰帝详问京中情形，载垣便据实复陈，圆明园烧了三日三夜，内外库款，掳括净尽，你想咸丰帝得此消息，心中难过不难过呢？咸丰帝心灰意懒，自然不愿回銮，便说天气渐寒，朕拟暂缓回京，待明春再定行止。载垣也不规谏，反极口赞成，便令随行的军机大臣，录了上谕，颁发到京。载垣

留住行在，算是扈驾，他与郑亲王端华，协办大学士户部尚书肃顺，本是要好得很，至此遂同揽政权，巩固权势。这三人中，肃顺最有智谋，载垣、端华的谋划，都仗肃顺主持。景寿、穆荫、匡源、杜翰、焦祐瀛五个军机，随驾北行，便是肃尚书一力保举，作为走狗。肃顺所最忌的有两人，一个是皇贵妃那拉氏，一个是恭亲王奕䜣。那拉贵妃，是个士女班头，宫中一切事务，多由那拉指使，咸丰帝非常宠任，皇后素性温厚，不去预闻。恭王系咸丰帝介弟，权出怡、郑二王上，所以肃顺时常忌他。北狩的主见，也是肃顺主张，他想离开恭王，叫他去办抚议。办得好，原不必说；办得不好，可以加罪。且恭王在京，距热河很远，内中只有一个那拉贵妃，究系女流，不怕她挟持皇帝，因此在京王大臣，陆续奏请回銮。肃顺与怡、郑二王，总设法阻止。冬季说是太寒，夏季说是太热，春秋二季，无词可藉，只说是京中被了兵燹，凄惨得很。咸丰帝得过且过，一挨两挨，挨到十一年六月，竟生成一场不起的病症。二竖相煎，便成绝症，况三竖乎。病已大渐，即召载垣、端华、肃顺、景寿、穆荫、匡源、杜翰、焦祐瀛八人，入受顾命，立皇子载淳为皇太子；并因太子年幼，淳淳嘱咐，要他尽心竭力，夹辅幼君。八人奉命而出，过了一日，咸丰帝竟崩于避暑山庄行殿寝宫，享年三十一岁。载垣、端华、肃顺等，即扶六岁的皇太子，在柩前即了尊位，便是穆宗毅皇帝。当下尊皇后钮祜禄氏，及生母皇贵妃那拉氏，都为皇太后。拟定新皇年号，是祺祥二字。后来尊谥大行皇帝为文宗显皇帝，并上皇太后徽号，叫作慈安皇太后，生母皇太后徽号，叫作慈禧皇太后。后人呼她们为东太后、西太后。这且慢表。

单说载垣、端华、肃顺等，扶新皇帝嗣位，自称为参赞政务王大臣，先颁喜诏，后颁哀诏。在京王大臣，多至恭王府议事。恭王奕䜣道："现在皇上大行，嗣主年幼，一切政权，想总在怡、郑二王，及尚书肃顺了。"言至此，叹了数声。王大臣等多与肃顺不合，且见恭王有不足意，便齐声道："王爷系大行皇帝胞弟，论起我朝祖制，新皇幼冲，应由王爷辅政，轮不到怡、郑二王身上，肃尚书更不必说呢。"恭王虽没有回答，头已点了数点。

正筹议间，忽报宫监安得海自热河到来。安得海系那拉太后宠监，恭王料有机密事件，便辞退王大臣，独召安太监进府。安太监请过了安，恭王引入秘室，与他讲了一日，别人无从听见，小子也不敢虚撰。安太监于次晨匆

匆别去，恭王即发指日奔丧的折子。这折子递到热河，怡、郑二王，先去展阅，阅毕，递与肃顺。肃顺大略一瞧，便道："恭王借口奔丧，突来夺我等政权，须阻住他方好。"怡亲王道："他是大行皇帝胞弟，来此奔丧，名正言顺，如何可以阻他？"肃顺道："这有何难？即说京师重地，留守要紧，况梓宫不日回京，更无庸来此奔丧。照这样说，难道不名正言顺么？"肃顺的机谋，恰也不劣，无如别人还要比他聪明，奈何？怡亲王大喜，便令肃顺批好原折，颁发出去。

这事方布置妥帖，忽御史董元醇，遽上一折，请两宫皇太后垂帘训政。怡亲王一瞧，便道："放屁！我朝自开国以来，并没有太后垂帘的故例，哪个混账御史，敢倡此议？"肃顺道："这是明明有人指使，应严加驳斥，免得别人再来尝试。"于是再由肃顺加批，把祖制两字，抬了出来，将原折驳得一文不值。末后有"如再莠言乱政，当按律加罪"等语。批发以后，三人总道没有后患，哪里晓得这等批语，统是没效？咸丰帝临终时，这世传受命的御宝，早被西太后取去，肃顺虽是聪敏，这件事恰先输了一着。一着走错，满盘是输，所以终为西太后所制。西太后见怡亲王等独断独行，批谕一切，并未入禀，遂去与慈安太后商议。慈安太后，本无意垂帘，被西太后说得异常危急，倒也心动起来，便道："怡、郑诸王，怀着这么鬼胎，如何是好？"西太后道："除密召恭王弈䜣外，没有别法。"慈安太后点头，遂由西太后拟定懿旨，请慈安太后用印。慈安太后道："前日先皇所赐的玉玺，可用得么？"西太后道："正好用得。"随取玉玺钤印，乃是篆文的同道堂印四字，仍遣安得海星夜趱程，去召恭王。

约越一旬，恭王弈䜣，竟兼程驰至。肃顺留意侦探，闻恭王到来，忙报知怡、郑二王。怡、郑二王，大吃一惊，正想设法对付，忽报恭王弈䜣来见。三人只得出迎，接入后，先由载垣开口，问："六王爷何故到此？"弈䜣道："特来叩谒梓宫，并慰问太后。"载垣道："前已有旨，令六王爷不必到来，难道六王爷未曾瞧过？"弈䜣说是未曾接到，并问何时颁发？载垣屈指一算道："差不多有十多天了。"弈䜣道："这且怪不得，兄弟出京，已七八天了。"这是诡语。肃顺即插口道："六王爷未经奉召，竟自离京，京城里面，何人负责？"弈䜣道："这且不妨。在京王大臣，多得很哩。现在京内安静如常，还怕什么？况兄弟此来，一则是亲来哭临，稍尽臣子的道理；二

则是来请两宫太后安，明后日即拟回京。这里的事情，有诸公在此，是最好的了。兄弟年轻望浅，还仗诸位指教。”肃顺尚未回答，忽从载垣背后，走出一人，朗声道：“叩谒梓宫原是应该的，若要入觐太后，恐怕未便。”弈䜣瞧将过去，乃是军机大臣杜翰，便道：“为何不便？”杜翰道：“两宫太后，与六王爷有叔嫂的名义，叔嫂须避嫌疑，所以不应入觐。”弈䜣不觉奇异，正想辩驳，奈载垣、端华、肃顺三人，都随声附和，好似杜翰的言语，当作圣经贤传。恭王一想，彼众我寡，不便与他争执，还是另外设法为是。随道：“诸位的说法，却也不错，拜托诸位代为请安便了。”这是恭王深沉处。

当下辞出，回到寓所，巧值安得海已在寓守候，弈䜣又与他密议一番，安得海颇有小智，竟想出一个妙法，与弈䜣附耳低言。弈䜣眉头一皱，似乎有不便照行的意思。复经安得海细说数语，弈䜣方才应允。安得海辞去，是日傍晚，夕阳西下，暮色沉沉，避暑山庄寝门外，来了一乘车子，车中坐着的，仿佛是个宫娥，守门侍卫，正欲启问，安太监已自内出来，走到车前，搴动帘帷，搀着一位宫装的妇人下来。侍卫瞧着，确是妇女，由她随安太监进去。次日黎明，宫门一开，这位宫装的妇人，仍由安太监引导出门，乘舆径去。约到辰牌时候，恭王弈䜣，又复出现，赴梓宫前哭临。次日，即至怡、郑两王处辞行。看官！你想恭王弈䜣，奉太后密召而来，难道不见太后，便匆匆回去么？上文说的宫装的妇人，来去突兀，想来总是恭王巧扮，由安得海引他出入，暗中定计，瞒过侍卫的眼珠；若是明眼人窥着，自能瞧破机关。那班侍卫，虽是怡、郑二王的爪牙，毕竟没甚智识，总道是个妇人，也不去通报怡、郑二王，所以竟中了宫内外的秘计。叙述清楚。

恭王去后，两宫太后便传懿旨，准即日奉梓宫回京。载垣、端华、肃顺三人，又开密议。载垣意思，迟一日，好一日，肃顺道：“我们且入宫去见太后，再行定议。”三人遂一同入宫，对着两位太后，请了安，两旁站定。西太后便谕道：“梓宫回京的日子，已拟定么？”载垣道：“闻得京城情形，尚未安静，依奴才愚见，不如展缓为是。”西太后道：“先皇帝在日，早思回銮，因京城屡有不靖的谣言，以致迁延岁月，赍恨以终。现若再事逗留，奉安无期，岂不是我等的罪孽？你们统是宗室大臣，亲受先皇帝顾命，也该替先皇帝着想，早些奉安方好。”三人默然不答。西太后瞧着慈安太后道：“我们两人，统系女流，诸事要靠着赞襄王大臣，前日董御史奏请训政，赞襄王

大臣，也未与我辈商量，骤加驳斥，我也不去怪他。但既自命赞襄，为什么将梓宫奉安，都不提起？自己问自己，恐也对不起先皇帝呢。”慈安太后也不多说，只答了一个“是”字。肃顺此时忍耐不住，便道：“母后训政，我朝祖制，未曾有过，就使太后有旨垂帘，奴才等也不敢奉旨。”西太后道：“我等并不欲违犯祖制，只因嗣王幼冲，事事不能自主，全仗别人辅助，所以董元醇一折，也不无可采处。你等果肯竭诚赞襄，乃是很好的事，何必我辈训政！但现在梓宫奉安，嗣主回京的两桩大事，尚且未曾办就。哼！哼！于赞襄二字上，恐有些说不过去。”载垣听了此语，心中很不自在，不觉发言道：“奴才等赞襄皇上，不能事事听命太后，这也要求太后原谅。”西太后变色道：“我也叫你赞襄皇上，并不要你赞襄我们，你既晓得‘赞襄皇上’四个字，我等便感你不浅。你想皇上是天下共主，一日不回京，人心便一日不安，皇上也是一日不安，所以命你等检定回京日子，劳你等奉丧扈驾，早日到京，乃就是赞襄尽职了。”端华也开口道：“梓宫奉安，及太后同皇上回銮，原是要紧的事情，奴才等何敢阻难。不过恐京城未安，稍费踌躇呢。”西太后道：“京中闻已安静，不必多虑，总是早日回去的好。”三人随退即出。

肃顺气的要不得，又与怡、郑二王，回寓会商，定了一计，拟派怡亲王侍卫兵丁，护送后妃，在途中刺杀西太后，聊以泄忿；就拟定九月二十三日，皇太后皇上，奉梓宫回京。到了启行这一日，由怡、郑二王扈从皇太后皇上，肃顺、穆荫等护送梓宫。照清室礼节，大行皇帝灵榇启行，皇帝及后妃等，都行礼奠酒，礼毕，立即先行，以便在京恭迎，此次自然照例办理，銮舆在前，梓宫在后。载垣等预定的密计，拟至古北口下手，偏这西太后机警得很，密令侍卫荣禄，带兵一队，沿途保护。那拉后才具确是不小。荣禄系西太后亲戚，有人说西太后幼时，曾与荣禄订婚，后因选入宫中，遂罢婚约，这话未免虚诬。但荣禄生平，忠事西太后，西太后得此人保驾，凭你载垣、端华，如何乖巧，竟不敢下手。及至古北口，大雨滂沱，荣禄振起精神，护卫两宫，自晨至夕，不离两宫左右，一切供奉，统由荣禄亲自检视。载垣、端华二人，只有瞪着两目，由他过去。

九月二十九日，皇太后皇上，安抵京城西北门，恭王弈䜣，率同王大臣等，出城迎接，跪伏道旁。当由安太监传旨，令恭王起来。恭王谢恩起身，随銮舆入城，载垣、端华，左右四顾，见城外统是军营驻扎，两宫经过

时，都俯伏行礼，不由的心中忐忑。只因梓宫尚未到京，想一时没有变动，便各回原邸安宿一宵。翌晨起来，刚思入朝办事，忽见恭王奕䜣，大学士桂良、周祖培，带了侍卫数十名，大着步进来。载垣接着便问何事？奕䜣道："有旨请怡王解任。"载垣道："我奉大行皇帝遗命，赞襄皇上，哪个令我解任？"奕䜣道："这是皇太后皇上谕旨，你如何不从？"正在争论，端华亦走入厅来，约载垣同去入朝，见了奕䜣、载垣两人相争，还不知是何故，只见奕䜣对着他道："郑王已到，真正凑巧，免得本邸往返。现奉谕旨，着怡、郑二王解任！"端华嗤的一笑，随道："上谕须要我辈拟定，你的谕旨，从哪里来的？"奕䜣取出谕旨，令二人瞧阅。二人不暇读旨，先去瞧那钤印。但见上面钤着御宝，末后是"同道堂印"四字。载垣问此印何来？奕䜣道："这是大行皇帝弥留时，亲给两宫皇太后的。"载垣、端华齐声道："两位太后，不能令我等解任。皇帝冲幼，更不必说。解任不解任，由我等自便，不劳你费心！"奕䜣勃然大愤道："两位果不愿接旨么？"两人连说："无旨可接。"奕䜣道："御宝不算，有先皇帝遗传的'同道堂印'，也好不算么？"奕䜣此时，也只知太后了。喝令侍卫将两人拿下。后人有诗咏同道堂玺印道：

北狩经年跸路长，鼎湖弓剑望滦阳；
两宫夜半披封事，玉玺亲钤同道堂。

毕竟两人被拿后，如何处置，且至下回续叙。

以国士待我，当以国士报之，曾公之意，殆亦犹是。若载垣、端华、肃顺辈，以宗室懿亲，不务安邦，但思擅政，何其跋扈不臣若此？无莽操才，而有莽操之志，卒之弄巧成拙，反受制于妇人之手，宁非可媿？唯慈禧心性之敏，口给之长，计虑之深，手段之辣，于本回中已崭然毕露。吴道子摹孔子像，道貌如生，作者殆亦具吴道子之腕力矣乎？

第七十一回　罪辅臣连番下诏　剿剧寇数路进兵

却说载垣、端华两人，被弈䜣饬侍卫拿下，载垣端华道："我两人无故被谴，究系如何罪名？"弈䜣道："你听著！待我宣旨。"遂捧着谕旨朗读道：

上年海疆不靖，京师戒严，总由在事之王大臣等，筹划乖方所致。载垣等复不能尽心和议，徒诱获英国使臣，以塞己责，致失信于各国，淀园被扰，我皇考巡幸热河，实圣心万不得已之苦衷也。嗣经总理各国事务衙门王大臣等，将各国应办事宜，妥为经理，都城内外安谧如常，皇考屡召王大臣议回銮之旨，而载垣、端华、肃顺，朋比为奸，总以外国情形反复，力排众论。皇考宵旰焦劳，更兼口外严寒，以致圣体违和，竟于本年七月十七日，龙驭上宾，朕抢地呼天，五内如焚，追思载垣等从前蒙蔽之罪，非朕一人痛恨，实天下臣民所痛恨者也。朕御极之初，即欲重治其罪，唯思伊等系顾命之臣，故暂行宽免，以观后效。孰意八月十一日，朕召见载垣等八人，因御史董元醇敬陈管见一折，内称请皇太后暂时权理朝政，俟数年后，朕能亲裁庶务，再行归政；又请于亲王中简派一二人，令其辅弼；又请在大臣中，简派一二人，充朕师傅之任。以上三端，深合朕意。虽我朝向无皇太后垂帘之仪，朕受皇考大行皇帝付托之重，唯以国计民生为念，岂能拘守常例？此所谓事贵从权，特面谕载垣等著照所请传旨。该王大臣等哓哓置辨，已无人臣之

礼；拟旨时又阳奉阴违，擅自改写，作为朕旨颁行，是诚何心？且载垣等每以不敢专擅为词，此非专擅之实迹乎？纵因朕冲龄，皇太后不能深悉国政，任伊等欺蒙，能尽欺天下乎？此皆伊等辜负皇考深恩，若再事姑容，何以仰对在天之灵？又何以服天下公论？载垣、端华、肃顺，著即解任！景寿、穆荫、匡源、杜翰、焦祐瀛，着退出军机处！派恭亲王会同大学士六部九卿翰詹科道，将伊等应得之咎，分别轻重，按律秉公具奏！至皇太后应如何垂帘之仪，一并会议具奏！钦此。

载垣、端华听毕，便道："恭王！你是西后的腹心，总算是亡清的功臣。灭清朝者叶赫，这句话要应验了。罢！罢！罢！我等与你同去。"句中有眼。当下恭王弈䜣，令侍卫等牵出载垣、端华，到宗人府署，交宗令看管，即入宫复旨。西太后毕竟辣手，就命将载垣、端华、肃顺，革去爵职，著宗人府会同大学士九卿等，严行议罪。一面派睿亲王仁寿，醇郡王弈譞，迅将肃顺拿问。

睿、醇两王，奉了懿旨，遂带领侍卫番役百名，出了京城，两人在途中密商，托词迎接梓宫，以便诱擒肃顺。计划已定，行了百余里，正与梓宫相遇，扈送梓宫的第一大员，趾高气扬，正是御前大臣肃顺。两王下了马，与肃顺拱手，肃顺亦下马相迎，随即由肃顺导至梓宫前，行过了礼。两王复对了肃顺，好言慰劳，肃顺正欲探銮舆消息，便问两宫皇太后及皇上安。睿亲王仁寿，说了一个"安"字，醇郡王弈譞，独说是到了驿站，再好细谈。三人同行了一程，已至梓宫停歇的地点，大众停住。仁寿、弈譞便在站中吃了晚餐，餐毕，又历数小时，各人都要安寝，唯肃顺尚与二王闲谈。弈譞不觉起立道："有旨拿革员肃顺！"肃顺大惊，但见侍卫、番役等，已一齐进来，将肃顺按住，上了锁。肃顺喧嗓道："我犯何罪？"弈譞道："你的罪多得很，且至宗人府再说。"肃顺道："哪个叫你来拿我？"弈譞道："奉上谕拿你"，肃顺道："六岁小儿，何知拿人？无非是里面的那拉氏，同我作对。你等都是那拉氏走狗，她要这么？你便这么！吕雉、武曌出世，我等老臣，原是该死。"从肃顺口中讥刺慈禧，用笔便灵。弈譞也不与多辩，便命侍卫带着肃顺，夤夜进京。次日巳牌，便降旨道：

前因肃顺跋扈不臣，招权纳贿，种种悖谬，当经降旨将肃顺革职，派令睿亲王仁寿，醇郡王弈谖，即将该革员拿交宗人府议罪。乃该革员接奉谕旨后，咆哮狂肆，目无君上，悖逆情形，实堪发指。且该员恭送梓宫，由热河回京，辄敢私带眷属行走，尤为法纪所不容。所有肃顺家产，除热河私寓，令春佑严密查抄外，其在京家产，着即派西拉布前往查抄，毋令稍有隐匿！钦此。

是日即授恭王弈䜣为议政王，在军机处行走。何不派他西后处行走？越二日，梓宫已抵得胜门，两宫皇太后及皇上，出得胜门跪迎，奉梓宫入紫禁城，停乾清宫。于是大学士贾桢，副都统胜保等，亟请太后训政。大学士周祖培，奏改建元年号，因原拟祺祥二字，意义重复，应请更正。一班拍马屁朋友，都应时出来。当由两宫下谕，命议政王、军机大臣等，改拟新皇年号。议政王等默窥慈怀，恭拟同治二字进呈。西太后瞧这两字，暗寓两宫同治的意义，私心窃慰，遂命以明年为同治元年，颁告天下。翌日复降旨一道，其辞云：

载垣、端华、肃顺，于七月十七日皇考升遐，即以赞襄政务王大臣自居，实则我皇考弥留之际，但面谕载垣等，立朕为皇太子，并无令其赞襄政务之谕。载垣等乃造作赞襄名目，诸事并不请旨，擅自主持，即两宫皇太后面谕之事，亦敢违阻不行。御史董元醇条奏皇太后垂帘事宜，载垣等独擅改谕旨，并于召对时，有伊等系赞襄朕躬，不能听命于皇太后，伊等请皇太后看折，亦系多余之语，当面咆哮，目无君上情形，不一而足。且每言亲王等不可召见，意存离间，此载垣、端华、肃顺之罪状也。肃顺擅坐御位，于进内廷时，当差时，出入自由，目无法纪，擅用行宫内御用器物，于传取应用物件，抗违不遵，并请两宫皇太后应分居召对，词气之间，互有抑扬，意在构衅，此又肃顺之罪状也。一切罪状，均经母后皇太后，圣母皇太后，面谕议政王、军机大臣，逐款开列，传知会议王大臣等知悉，兹据该王大臣等，按律拟罪，请将载垣、端华、肃顺凌迟处死，当即召见议政王弈䜣，军机大臣户部左侍郎文祥，右侍郎宝鋆，鸿胪寺少卿曹毓瑛，惇亲王弈誴，醇郡王弈谖，钟郡王弈诒，孚郡王弈譓，睿亲王仁寿，大学士贾桢、周祖培，刑部尚书

绵森，面询以载垣等罪名，有无一线可原？据该王大臣等，佥称载垣、端华、肃顺，跋扈不臣，均属罪大恶极，于国法无可宽宥。朕念载垣等均属宗人，遽以身罹重罪，悉应弃市，能无泪下。唯载垣等前后一切专擅跋扈情形，实属谋危社稷，是皆列祖列宗之罪人，非独欺凌朕躬，为有罪也。在载垣等未尝不自恃为顾命大臣，纵使作恶多端，定邀宽宥，岂知赞襄政务，皇考并无此谕？若不重治其罪，何以仰副皇考付托之重？亦何以饬法纪而示万世？即照该王大臣所拟，均即凌迟处死，实属情真罪当。唯国家本有议亲议贵之条，尚可量从末减，姑于万无可贷之中，免其肆市。载垣、端华，均着加恩赐令自尽！肃顺悖逆狂谬，较载垣等尤甚，本应凌迟处死，现著加恩改为斩立决。至景寿身为国戎，缄默不言，穆荫、匡源、杜翰、焦祐瀛，于载垣等窃权政柄，不能力争，均属辜恩溺职。穆荫在军机大臣上行走最久，班次在前，情节尤重。该王大臣等，拟请将景寿、穆荫、匡源、杜翰、焦祐瀛革职，发往新疆，效力赎罪，均属咎有应得。唯以载垣等凶焰方张，受其钳制，均有难于争衡之势，其不能振作，尚有可原。御前大臣景寿，着即革职，加恩仍留公爵，并额驸品级，免其发遣。兵部尚书穆荫，着即革职，加恩改为发往军台效力赎罪。吏部左侍朗匡源，署礼部右侍郎杜翰，太仆寺卿焦祐瀛，均着即行革职，加恩免其发遣。钦此。

是旨一下，即派肃亲王华丰，刑部尚书绵森，往宗人府逼令载垣、端华二人自杀。又派睿亲王仁寿，刑部右侍郎载龄，至宗人府拿出肃顺，至午门监斩。三人临死时，都痛骂西太后及恭王弈䜣。肃顺越骂得厉害，索性连西太后历史，背了一遍，方才就刑。自己失策，骂亦何益？三人已死，盈廷大吏，哪个还敢违忤母后？遂于十月甲子日，六龄幼主，在太和殿重行即位礼，受王大臣等朝贺。十一月朔日，奉两宫皇太后，在养心殿垂帘听政。同治元年二月十二日，皇帝在弘德殿入学读书，特简礼部尚书前大学士祁隽藻，管理工部事务前大学士翁心存，工部尚书倭仁，并翰林院编修李鸿藻授读。嗣是清廷政治，都由两宫太后主张，慈安后本无意训政，垂帘后不过挂个名目，万事都是慈禧专断，慈安坐受其成。慈禧后煞是英明，用人行政，多有特识。东南军务，专责成两江总督曾国藩，令他统辖江苏、安徽、江西三省，

并浙江全省军务，所有四省巡抚提镇以下，悉归节制。这般重大的责任，自清朝开国以来，连皇亲国戚，都没有受此异数。国藩是个汉员，独邀朝廷重眷，岂不是慈禧太后的慧眼么？

是时湖北巡抚胡林翼，自太湖还援湖北，收复黄州、德安等处，积劳成疾，得咯血症，竟病殁武昌，遗疏荐李续宜为代。朝旨即命续宜为湖北巡抚。曾国藩以辖地太大，恐怕疏忽，特荐左宗棠督办浙江军务，奉旨令左宗棠赴浙剿贼，浙省提镇以下，均归左宗棠调遣，岂不是慈禧后的从谏如流么？

只安徽知府吴棠，经慈禧垂帘后，累次超擢，不几年竟授四川总督，这是未免私意。然古来漂母一饭，韩信犹报千金，慈禧幼年，受过吴公的大德，知恩报恩，乃是慈禧后的厚道，不足为怪。圆明园内四春娘娘，后来竟不知下落，或说是发放出宫，或说是被慈禧处死。大约处死一说，不足为据。汉朝人彘，唐室醉妪，言者惨鼻，独清宫恰未闻有此惨剧，也总算是慈禧的好处。

话休烦絮，这一段是叙西太后初政时行谊。且说曾国荃克复安庆，满拟沿江而下，直捣江宁，只滨江两岸各要隘，驻扎的长毛，尚是不少，国荃会同杨载福水师，节节进剿，连克敌垒。长毛酋忠王李秀成，侍王李世贤，窜入江西，复陷瑞州。国藩飞檄鲍超赴援。鲍超兼程驰去，前面悬红绫丈余，中间大书一“鲍”字，沿途经过，长毛望见“鲍”字旗帜，即纷纷逃去。秀成、世贤，还想与他对敌，无如部众胆落，一战即溃，被鲍超连破七十余营，驱逐出境。江西又报肃清。强弩之末，难穿鲁缟。

国荃闻江西已平，上游安靖，遂与国藩会商，进攻江宁。国藩恐兵勇不足，令国荃回至湖南，添募乡勇。奉旨赏国荃头品顶戴，任浙江按察使，授鲍超浙江提督，恰是令他援浙的意思。浙江自张玉良收复后，长毛仍四扰不休，且因和春兵溃，苏、常相继沦陷，江浙交界的嘉兴县，至此也遭殃及。玉良率兵往援，连战不利，退入杭城，属县多失守。李秀成、李世贤，又自江西入浙境，攻陷严州。玉良复自省城出剿，总算将严州克复。秀成等窜至湖州，城绅赵景贤，募集团勇，一阵击退。李世贤走入江西，李秀成走入安徽。世贤被左宗棠击败，秀成被鲍超杀退，两人仍窜入浙境，复陷严州及金华，顺道浦阳江，从临浦镇攻萧山、诸暨，势如破竹，进据绍兴，转攻杭州。是时浙江巡抚，已改任王有龄，坚守两月，援绝，乃啮指写成血书，飞

至安徽乞援。国藩注重江皖，不愿分师，唯促左宗棠由赣赴浙，左军未入浙境，省城已是不支。张玉良师至江干，又被长毛列炮击毙，城内粮尽援绝，遂致失守。巡抚王有龄，将军瑞昌，及总兵饶廷选，一概死难。

国藩闻浙江被陷，自请严议，诏从豁免，反授他协办大学士职衔；西太后权术，可爱可敬。并命左宗棠为浙江巡抚，令与曾国藩统筹大局，亟图补救等语。国藩感激异常，越思竭力报效，适朝旨因杭城陷没，淞沪戒严，饬国藩派员防剿。国藩物色人才，又保举一员大人物，看官道是谁人？就是后来的傅相李鸿章。鸿章字少荃，安徽合肥县人，道光年间进士，曾任福建省道员。国藩闻他多才，招为募宾，尝疏请简于江北，兴办淮扬水师，事未果行。至是因政府旁求将帅，遂荐他才大心细，劲气内敛，堪膺封疆重寄，奉旨报可。国藩即令鸿章回募乡勇，照湘军成制，练淮徐兵丁，又选湘军名将程学启、郭松林，做他帮手。鸿章初出茅庐，悉心训练，遂组成乡勇一大队，称为淮军，作湘军的后劲。淮军出现。同治元年二月，鸿章率淮勇至安庆，国荃与弟国葆，亦率湘勇驰至，于是统辖东南的曾大帅，显出生平绝大的抱负，调遣精兵猛将，分路出剿，进攻江宁的兵马，归国荃统带，佐以杨载福、彭玉麟二路水师，规取江苏的兵马，归李鸿章统带，佐以黄翼升的水师；恢复浙江的兵马，归左宗棠统带。另调广西臬司蒋益沣，率所部至浙助剿；庐州一带，归多隆阿剿办；宁国一带，归鲍超剿办；李续宜已调抚安徽，颖州一带，归他戡定。数路大军，统由曾大帅节制。余外还有淮上的袁甲三，扬州的都兴阿，镇江的冯子材，虽未经曾帅调遣，亦由曾帅统筹兼顾。正是马援聚殿前之米，张华推局上之枰，金玦分颁，铁骑四出，眼见得太平天国，要保不住了。好一部点将录。

国藩驻节安庆，居中指挥，军书旁午，捷报飞传。都兴阿获胜天长，左宗棠克复遂安，曾国荃、国葆，会合水陆各军，一破长毛于荻港，再破长毛于望城岗，三破长毛于铜城闸。拔巢县、含山县、繁昌县及和州，乘势夺西梁山，复太平府城。彭玉麟入金柱关，袭据东梁山，收复芜湖县，与国荃合逼江宁。

多隆阿进攻庐州，击败四眼狗陈玉成，缘梯登城，玉成遁去。玉成为太平天国名将，至此被多军击走，日暮途穷，往依练总苗沛霖。沛霖系安徽凤台县人，尝为团练头目，时人叫他苗练，颇有威名。太平天国诱他叛清，畀

以封爵，旋由清副都统胜保，招抚沛霖，奏擢道员。沛霖首鼠两端，居心叵测，适胜保复出驻颍州，沛霖感胜保荐擢，遂诱四眼狗入城，出其不意，把他捆住，并将他家眷部属，尽行拿下，解送颍州胜保营。胜保劝降，玉成不从，乃槛送京师，有旨令在河南卫辉府伏法。只玉成妻很有姿色，中胜保意，留住营中，作为侍妾。妇人家水性杨花，有几个晓得贞烈？昨日偶玉成，今日偶胜保，总教是个有情男子，就是袍衾与裯，亦所甘愿。好一个雌狗娘。胜保怜她秀媚，非常宠爱。后来苗练复叛，胜保被逮，连侍妾押解过河，为德愣额所见，说是陈玉成贼妇，不得随行，将侍妾轧住。其实德楞额也爱她美色，截住这个淫妇，自己受用去了。一般是狗，一般是贼。

玉成既死，楚皖间遂没有剧寇。鲍超又攻克宁国府城，走太平辅王杨辅清，降其将洪容海。曾国荃亦连克秣陵关、大胜关，进驻雨花台，距江宁城仅四里；分军与国葆，留屯三汊河江东桥一带，傍水筑垒，输通饷道。好一座金陵城，至此既失了皖南的犄角，复受水陆各军的围困，洪秀全焦急万状，亟促李秀成、李传贤还援。两李未至，国荃军忽遭疾疫，病的病，死的死，国藩令国荃退守，国荃执意不允。忽报李秀成率苏、常悍党二十万人，还救江宁，要去攻扑国荃大营了。国藩闻警，亟奏请另简大臣，驰赴江南，有“分重大之责任，挽艰难之气数”等语。旋奉上谕，节录如左：

> 朝廷信用楚军，以曾国藩忠勇，发于至诚，倚以挽救东南全局。今疾疫流行，将士摧折，深虞隳士气而长寇氛，此无可如何之事，非该大臣一人之咎。意者朝廷政事多阙，是以上干天和，我君臣当痛自刻责，实力实心，勉图禳救之方，为民请命，以冀天心转移，事机就顺。刻下在京，固无可简派之人，环顾中外，才力气量，如曾国藩者，一时实难其选。该大臣素尝学问，时势艰难，尤当任以毅力，矢以小心，仍不容一息少懈也。钦此。

国藩接旨，知京中已无意发兵，飞檄调苏州程学启军，浙江蒋益沣军，驰救国荃大营。怎奈接得覆书，都说军务吃紧，不能应命，竟令这足智多谋的曾大帅，弄得无法可施。正是：

帷幄方闻成算定，疆场可奈寇氛深。

究竟国荃大营，果被长毛陷没否？看官不要性急，续阅下回自知。

载垣、端华、肃顺，非无可杀之罪，但为抗争垂帘事，骤置重辟，则未免冤诬。母后临朝，历代所戒，至若两宫垂帘，尤为历代所未有。即谓嗣主冲幼，专贵从权，究不得因故旧谏诤，横加诛戮。本回迭录谕旨，正以明三人罪案，无非为抗争垂帘而致。且谕中有两宫皇太后，将三人罪状，面谕议政王、军机大臣，是所谓罪状者，俱出皇太后之私意，慈安本无意构成此狱，主其事者，实为慈禧，哲妇固可畏也。独信用曾国藩，实为慈禧之卓识，畀以重任，言听计从，卒能削平大难，戡定东南，清之不亡于洪氏，慈禧与有力焉。然吾闻狄仁杰姨卢氏云："吾止有一子，不愿使事女主"，令曾公闻之，得毋为之汗颜乎？若以剿灭长毛，目为汉贼，吾尚无取此说云。

第七十二回　曾国荃力却援军
李鸿章借用洋将

却说曾国荃进攻江宁，长毛酋李秀成，率众驰援，国藩恐其弟有失，檄江浙军助剿，许久不至，此时江宁及苏浙三处，都在血战的时候，小子只有一枝笔，不能并叙，只好先接着上文，叙述国荃对敌事。国荃兵不满万，合杨、彭两路水师，尚不满二万人，加以瘟疫盛行，死亡相继，正危急的了不得。突闻李秀成带了数十万长毛，自苏常到来，国荃誓众固守，预浚营濠，坚筑壁垒，准备抵敌。布置才毕，秀成已经驰到，麾众猛扑。国荃坚壁勿动，秀成不能入，乃结成营垒二百余座，围住国荃营。国荃昼不得安，夜不得眠，只指挥三军，竭力堵御。秀成令部众更迭进攻，前队不胜，后队继上；后队不胜，前队复上。无如国荃真是能耐，凭他如何攻法，总是守定营盘，一动都没有动。接连十昼夜，彼此未曾休息，到第十日早起，炮声陡发，山鸣谷应，震得营盘都摇摇不定。国荃部将倪桂，亟率军堵截，突来了一颗炮弹，滴溜溜滚将下来，扑的一声，弹丸炸开，遍地都是火星。倪桂被火触着，立即倒毙。军士汹汹道："这是开花炮！这是开花炮！"言未绝，国荃已怒马直出，把首叫开花炮的人，一刀削去脑袋，竟上前亲当炮弹。写得突兀。恰值第二个炮弹又至，国荃将手中令旗对弹一拂，那弹堕入濠中，偏偏不炸。实是天幸。军士瞧着，才知开花炮弹，也不是个个会炸的，胆气一壮，自然向前。国荃下令，用火箭火球，飞掷出去，长毛到死了不少，只是抵死勿退。次日，天气阴沉，间以微雨，开花炮越发没效。一连下雨好

几日，长毛用枪来攻，国荃令军士持枪还击，相持之下，国荃面上受了一粒弹子，血流交颐，他忍着痛，益向前督战。军士见主帅如此奋勇，自然努力效死。到第十六日间，李世贤又自浙赶来，拥着无数人马，来助秀成，望将过去，差不多有十数万，一到濠外，就来猛扑。这时候，曾营里面，已是九死一生，逃又没处逃，躲又没处躲，索性拼了命去，与长毛死斗，杀了两昼夜，方得稍稍休息。除已死的军士外，也没一个不汗透重衣，腿臂麻木。解开战袍，有重伤的，也有轻伤的，国荃亲与将弁裹创，将弁又与部下裹创，指臂相联，痛痒相关。因此人人感德，个个齐心。带兵官听者！

过了数天，长毛反不甚起劲，似乎有些懈怠的样子，国荃向众将道："此必有诈，须格外小心！"果然到了次晨，一声怪响，土石上飞，壁垒坍去数丈，长毛逾垣而进，前仆后继，国荃亟命将士乱掷火球，夹以枪炮，足足支撑了三个时辰，方将进来的长毛，击毙了几千名，缺口亦堵塞完工。长毛又白费心思，懊丧回营。嗣后长毛仍暗开地道，私埋火药。国荃分军为三，一军专务防堵，一军增筑内墙，一军专伺地道。长毛掘地洞七处，都被曾营发觉，抢险塞住，长毛已自心灰，守兵尚有余力。国荃竟开壁出战，鼓号一响，如潮冲出，长毛见了，无不失色。当下被国荃冲破营盘十余座，斩首数百级，方才回营。长毛见曾营难下，分兵去截饷道，饷道系国葆保护，早已防得严密，只国葆也遭时疫，寒热交乘，此时力疾从公，强起督战，与长毛打一仗，胜一仗。国荃复分军接应，又将长毛杀退。自同治元年闰八月十九日起，直至十月初四日，共计四十六天，国荃目不交睫，衣不解带，与长毛相持，愤恨已极，军士也怒气填胸。初五日黎明，长毛又来环攻，国荃率全营军士，开壁出来。这次比前次厉害，真是一当百，百当千，千当万，踏破敌营数十座，长毛望风披靡，好象瓦解土崩一般，秀成、世贤，支持不住，分途溃去。国荃大营之围始解，这是湘军第一场恶战。著书人亦精心结撰。

曾营内的将士，狞目髹面，皮肉几尽；国荃亦疲惫不堪；国葆竟一病不起，于十一月十八日卒于军。国葆字季洪，易名贞幹，系本籍诸生，从军后累战有功，晋同知衔，此次复擢升知府，因积劳病殁，由李鸿章奏请逾格优恤，特旨照二品例饰终，予谥靖毅，敕建专祠，宣付史馆立传。

这且按下，且说李鸿章带领淮勇，正拟出发，适江苏绅士钱鼎铭、潘馥等，备银十八万两，至皖迎师。鸿章遂乘了便船，与程学启、郭松林诸将，

同抵上海。上海系各国通商码头，与苏州相近，长毛既据苏州，并欲东图上海，苏松太道吴煦，联合英法各军，设立会防局，分头防御。美人华尔，出守松江，连破长毛，尤为出力，及鸿章至上海，部下各兵，统是衣冠朴陋，不禁大笑。鸿章道："兵贵能战，不在华美，待吾一试，笑也未迟。"忽有吴县诸生王韬求见，由鸿章召入，王韬献计道："此处大吏，屡借洋兵攻敌，愚意以招募洋兵，人少饷费，不如令本国壮勇充数，只雇洋人教练火器，自可收效。"鸿章甚以为是。王韬去后，道员吴煦进谒，鸿章便问洋将优劣？吴煦道："英国水师提督何伯，法国水师提督卜罗德，统愿帮助中国，但他是外国舰长，不受我国驾驭。最好是美人华尔，他是获罪本国，逃匿上海，经吴某与美领事商洽，替他洗刷罪名，代我教练洋枪。他已死心塌地，为我出力，若招他练兵，必无变志。"鸿章大喜，便命吴道台檄调华尔。不到二日，华尔驰至，鸿章好言劝勉，令他竭诚练勇。华尔一口应承，遂募乡勇三千人，归华尔督练，叫作常胜军。

适朝旨命鸿章署理江苏巡抚，鸿章初受兵事，兼辖疆圻，遂令参将李恒嵩，会同华尔，并联络英法兵，攻克嘉定、青浦二城。英提督何伯，请鸿章会攻浦东厅县，乃令程学启、刘铭传、郭松林、滕嗣武、潘鼎新诸将，进兵南汇县的周浦镇，作为北路；英提督何伯，法提督卜罗德，自松江进金山卫，作为南路。两军才发，忽闻李秀成出攻太仓州，知州李庆琛兵溃，秀成进攻嘉定，洋兵败走，嘉定复陷，青浦垂危。鸿章急调程学启，移扼虹桥，截击秀成，复咨英法两提督，驰救青浦。时英法两提督，正攻克奉贤，接鸿章咨文，移师青浦，适遇秀成部众，两下开战，卜罗德中枪身死，何伯惊退。华尔正守青浦城，见英法各军败溃，亦突围出走松江。秀成直犯上海，薄程学启营。学启兵只八百人，秀成兵不下十万，众寡悬绝，学启毫不畏惧，亲登营墙，见长毛围营数十匝，他却自放开山炮，轰击长毛。长毛九却九进，尸与濠平，将藉尸登墙；忽东北角上，来了一支大队，旗帜飘扬。学启用远镜窥望，见旗上大书"署江苏巡抚李"六字，知是鸿章来援，大呼出击。长毛骇愕起来，随即却走。鸿章与学启，合军追杀过去，刀斩斧劈，好似削瓜切菜，杀得沿途尽是血水。秀成带来有十二个悍酋，都抱头鼠窜而去。这场大胜，映入洋人眼帘，传到洋人耳鼓，才晓得淮军勇敢，李抚英伟，不敢揶揄了。合肥自此著名。

嗣是复南汇，复金山卫，复青浦、嘉定。长毛酋慕王谭绍洸，听王陈炳文，复纠苏、杭、嘉兴长毛，从昆山、太仓入犯，鸿章檄诸军堵截，听程学启指挥。学启分道进击，谭、陈二酋，退据三江口，绍洸屯江北，炳文屯江南。鸿章亲去督战，令刘铭传当中坚，郭松林当左，程学启当右，自辰至未，长毛坚守勿退，松林、铭传，率军士冒死逾濠，匍匐而前。有黄衣酋登墙迎战，被松林觑准要害，一枪洞胸，黄衣酋堕地，长毛骇噪。学启乘势攻入，身中数伤，仍裹创疾前，长毛不能抵挡，且战且走。官军三面掩杀，长毛大败而遁，松沪解严，诏实授鸿章江苏巡抚。

时宁绍台道史致鄂，因长毛攻陷慈谿，向沪上乞救。鸿章令华尔率常胜军往援，复慈谿城，华尔中炮死，常胜军还松江，由美人白齐文，代为统带。不料白齐文闭城索饷，随处劫夺，鸿章解白齐文兵柄，勒令归国，另用英将戈登续统常胜军。白齐文反投入李秀成处，阴为谋主，旋被浙军擒住，解至上海讯治，中途舟覆溺死，这是后话。外人之不可滥用如此。

鸿章既解松沪围，遂进规苏常，招降常熟长毛骆国忠，及太仓长毛钱寿仁，捣福山，取昆山，逼苏州。李秀成自江宁败还，趋入江北，闻宁国府城已被鲍超攻破，东西梁山，又由国荃分军守御，遂回走苏州。适值李鸿章督兵进攻，秀成倍道来援，径至常熟，但见城上刀枪齐列，为首一员将官，面目很熟，仔细一瞧，确是骆国忠，不过已改服清装。秀成便大呼道："你如何背叛天朝？"国忠道："忠王！你也是一时豪杰，难道不识时务么？洪氏灭亡在迩，你不如下马乞降，免得玉石俱焚。"为秀成特留身分。秀成瞋目叱道："我是烈烈丈夫，宁效汝等昧良！"道言未绝，两旁鼓声乱鸣，左有李鸿章，右有刘铭传，两路军蜂拥而来。秀成忙分军迎敌，炮声枪声，闹成一片。杀了三四个时辰，长毛毫不懈怠，越战越悍，越悍越战，不防后面杀入郭松林，戴板挥刀，十荡十决，浑身都被人血汗渍，好象一个血人儿。长毛相顾惊愕，霎时溃退。官军追至无锡，秀成入城拒守，调战舰百艘，云集城外，作为犄角。郭松林会合黄翼升水师，定议火攻，巧巧遇着顺风，一把火起，烈焰腾空，把长毛百艘战舰，烧得一只不留。李秀成兀坐城楼，见江中火发，料知战舰失守，忽报战船已被烧尽，水兵死了万余，不由的涕泪交垂，便道："这是天绝我天国了。"何不上诉天父？

正欲弃城出走，城外来了白齐文，在上海掠得轮船二艘，入献秀成，并

说："船中载有巨炮，很是厉害。"秀成也管不得好歹，便出城下船，亲去一试，对著黄翼升水师，突开巨炮，一炮甫发，对面的战船，果轰破了数艘。再令开第二炮，不防对面来了两三艘划船，约离秀成座船丈许，为首的执着短刀，一跃而过，随后又有数十名兵士，陆续跳上，来杀秀成。秀成认得首领，是钱寿仁，便道："钱寿仁！你做什么？"寿仁道："哪个是钱寿仁？我却是周寿昌，特来取你首级。"这人比骆国忠更凶。原来钱寿仁却是假姓名，降清朝后，复姓名为周寿昌。秀成也不再多说，便持刀对敌。无如清水师越来越多，索性纵火焚船，秀成见事机已急，只得弃了座船，跳至白齐文船，拔舵遁去。

清军夺了无锡，乘胜追至苏州，秀成已先入城，与谭绍洸等固守。清军运至炸炮二十具，把城外敌垒，统行毁去。学启攻城南，戈登攻城北，鸿章亲自指麾，誓破此城，城中恟惧。秀成、绍洸，率悍党万人。突出娄门拒战，学启令骁将王永胜，陈忠德，陈有升，周良才，龚生阳，朱宝元等，分头拦截，自已至未，将城中长毛杀回。鸿章令将士射书入城，略说："降者免死，斩酋出降者有赏。"于是城中悍将郜云官，缒城夜出，径诣副将郑国魁营，甘心投诚。国魁引至程学启处，双方订约，愿斩谭绍洸首以献。学启并命杀李秀成，云官不忍，只允杀谭而去。自此学启一面攻城，一面专等内应，接连数日，毫无影响。忽一夜，天黑如墨，胥门水渎，隐约有鼓棹声。学启闻报，忙亲自巡阅，已不见片影，因天昏月暗，不便追袭，只命军士格外留心，谁知李秀成已于是夜出走。秀成心灵眼快，窥透郜云官异谋，三十六着，走为上着，遂将城守事付与绍洸，对他恸哭一场，握手为别。秀成已做了铩羽之鸟。秀成已去，绍洸势孤，苦守数日，郜云官令部将汪有为，随绍洸巡城，出其不意，从绍洸背后一枪，贯入心窝，霎时倒毙。绍洸手下，还有亲从千余人，与云官奋斗，怎禁得云官同志，多至数万人，不到一时，统与绍洸背包裹去了。

云官开齐门迎降，学启入城，抚视降酋，共有八人，都是容貌狰狞，仿佛魔鬼。八人至学启前，仍傲然自若。学启按名检阅，第一个是太平国纳王郜云官，第二个是比王伍贵文，第三个是康王汪安均，第四个是宁王周文佳，还有范启发、张大洲、汪怀武、汪有为四人，俱自署天将。学启眉头一皱，计上心来，便好言抚慰。郜云官道："李帅既准我等投诚，应该替我等

保举，大的是总兵，小的是副将。”学启道：“这个自然，兄弟应代白李帅。”云官道：“还有一桩要求，我等部下，差不多有二十营，须仍归我八人统带，驻扎阊胥盘齐四门。盗贼心肠，总是不改。学启也随口答应，言甘心苦。匆匆出城，与李鸿章谈了一夜。次晨入城，令八人出谒受赏，八人欣然领诺。学启先出城，部署诸军，张设营幄，约至午牌，鸿章在营高坐，候八人入见。八人骑马出城，到营方才下马，由学启导入，行过了礼，鸿章令两旁坐定。学启出营，带兵径入，八人方在惊愕，不料鸿章下令，将八人拿下。八人手无寸铁，如何抵挡？即被学启部兵擒住。八人大呼无罪，学启道：“你托名投降，居心狡诈，妄想拥兵弄权，恃众横行，还说无罪么？”便请军令将八人正法。鸿章尚在犹豫，学启道：“虎已缚住，万难再放，他甘心负谭绍洸，宁不敢负我大帅？”鸿章点头，当下把八人推出，霎时间献上血淋淋的八颗首级。学启将首级悬出，传令城内外长毛，各缴军械，不得再生异心，否则以此为例。长毛觳觫万状，多将军械缴出，只有二千余人，不肯遵行，又被学启一一杀讫，遂整众入苏州城。独戈登以杀降非义，痛詈学启，誓不相容，洋人尚义，不无可敬。亏得鸿章委曲调停，才肯罢手。

鸿章加太子少保衔，戈登亦得赏头等功牌，并银万两。这是鸿章作用。遂分军两路，一路由程学启，刘秉璋，潘鼎新，李朝斌统带，兜剿浙西长毛，遥应左宗棠，蒋益沣军，肃清江浙通道：一路由鸿章自行督领，率李鹤章，刘铭传等，进攻常州，与曾国荃、鲍超军相呼应。两路大兵，分头出发，势如破竹，所向无敌。学启下平湖、乍浦、海盐、澉浦，直攻嘉兴，太平堵王黄文金，自湖州趋援，由学启一鼓击退，遂促将士登嘉兴城。城上枪炮雨下，血肉枕藉，学启愤甚，持矛亲登，额上中了一弹，复坠城下。部将刘士奇、王永胜，见主将受伤，怒气填胸，麾众继上，人声鼎沸，炮弹纵横，长毛酋挺王刘得功，荣王廖发寿，不能阻拦，被他一拥而入，城遂破，刘、廖二酋战死。学启负创回苏州，医治渐愈，只额下留有败骨，饮食不便。学启非常忿懑，竟将败骨剜出，创口复裂，大叫数声而亡。这是好杀降人之报。

此时鸿章已克宜兴，拔溧阳，进围常州，水陆炮声如雷。太平守将护王陈坤书，烈王费天将，凶狠有名，至是与鸿章连战数次，无一得胜。城外营垒，陆续被毁，只好入城死守。鸿章督兵猛扑，连日不下，又值春雨绵绵，越生阻碍。鸿章调回嘉兴军，并力攻城，等到天已大晴，风向城内，遂乘风

放炮，烟焰迷天。这城墙已受大雨浸渍，不甚坚固，被炮一击，顿时坍坏数十丈。陈、费二悍酋，用人塞缺，炮过弹炸，手足旗帜砖石，飞扬天中，盘旋空际。长毛原是忍心，鸿章亦乏仁术。鸿章令郭松林、王永胜、刘永奇、周盛波，携藤牌喷筒，冒死杀入，在城上接战良久，松林生擒陈坤书，周盛波生擒费天将，长毛见头目被擒，各弃械乞降。常州以咸丰十年四月六日失陷，越四年克复，月日时都不爽，时人称为奇事。苏常已复，江苏全省，除江宁外，已都平靖。长毛多分窜江西，由曾国藩檄鲍超军还援，李鸿章亦分军代堵，独撤去常胜军，遣戈登归国。自是淮军名誉，推重世界，并称李鸿章能善驭洋将，鸿章的功劳，算是很大了。语下有不足意。小子有诗咏此事云：

淮军练就扫红巾，百战贤劳算荩臣；
可惜诛锄非异种，犹留惭德笑欧人。

这诗末韵，系指李鸿章使德，与德相俾斯麦闲谈，盛述自己打长毛的功劳。俾斯麦道："欧洲人以杀异种为荣，若专杀同种，反属可耻。"鸿章不禁自惭。良心发现。这且不必细说，下回续叙江浙的事情，请看官接阅便了。

本回叙曾、左二人之战功，亦即叙李秀成之败史。太平军中，后起骁将，无如李秀成，率数十万众，驰救江宁，围攻曾国荃营，四十余日，终被国荃击退，众不敌寡，讵不可怪？迨转援苏州，一筹莫展，遇战即怯，临敌即溃，何其困惫若此？盖一鼓作气，再而衰，三而竭，左氏之言，其明证也。以长毛之暮气，当湘淮各军之朝气，其败亡也宜矣！曹操至赤壁而蹶，苻坚至淝水而挫，宁特一秀成然哉？若借洋将，杀降酋，第一时权宜之策耳，不足以为训。

第七十三回　战浙东包团练死艺　克江宁洪天王覆宗

却说李鸿章克复苏常的时候，左宗棠在浙，亦屡获胜仗。宗棠自克复遂安后，严州一带，依次肃清。太平侍王李世贤，率金华大股长毛，围衢州，宗棠亲自往援，杀败世贤，世贤回金华。台州为闽将林文察所复，宁波为宁绍台道史致鄂，及英将丢乐德克等所复。唯湖州被太平堵王黄文金，辅王杨辅清攻破，团绅赵景贤被执，不屈死。宗棠以浙省长毛，金华最众，决计由衢州攻金华，乃遣蒋益沣等，拔龙游兰溪，金华长毛，亦弃城遁去。

看官！你道金华长毛，为什么不战而溃？他因诸暨有个包立身，很是厉害，遂一齐拔营，去围包村。真是呆鸟！包立身世务农业，膂力过人，他幼时曾习奇门遁甲，上知天象，下知地理，他因长毛犯浙，聚集村人，筑塞设堡，专与长毛相抗。长毛去一千，死一千，去二千，死二千，因此长毛大愤，纠众围攻，有“宁失南京，毋失包村”的意义。以包村抵南京，未免拟不于伦。时苏松兵备道吴晓帆，本系浙人，代理藩司事，闻包立身有异能，欲招致幕下，引为己助，苦无人前去致意。适佐杂班中，有个冯仰山，自称系立身姑表兄弟，晓帆令他蓄发三月，备文前往。到了包村附近，见四面都扎长毛营垒，冯逡巡不敢入，巧遇包村勇目，逸出村外，与仰山素识，引他绕道二百里，始得入村。仰山单身前进，被村中巡勇捉住，疑为长毛细作，亏得仰山认包至戚，乃引冯入见，各道艰苦。是时包村附近数百里居民，都搬至包村避难，倚包先生若长城，连仰山家眷，也在其内。仰山与家族相见，不

觉欣慰，便备述吴公所招意。立身叹道：“我亦知孤村无援，势难固守，且兵粮仅支两月，安能持久。只村内百姓群集，弃之不忍，欲要一同出围，恐不容易，是以尚在踌躇。”包先生颇具婆心。

正议论间，忽闻村外炮声隆隆，料是长毛猛攻，便邀仰山登高瞭望，遥见前山上面，设有大炮，正对村施击。立身轮指一算道：“这炮在艮方，今日月神适犯我村，恐于我不利。”言未已，急推仰山伏地，自己亦向地伏着。但听得一声响亮，炮子簌簌然从上飞过，仰山吓得乱抖。立身道：“嗣后不妨，可以起来。”立身遂脱帽散发，跣足仗剑，如道家步罡状，选了勇目三名，衣皂随行，自己喃喃诵咒，飞行而去。勇目紧随不舍，仰山犹立在高阜，只见立身出村，竟驰至前山，把剑向前一指，守炮的长毛，纷纷扑地。立身即令勇目三人，将炮抬归。仰山即驰下迎迓，立身已在前面。三人所抬的炮，不下四五百斤，仰山不禁奇异，便道：“弟与兄自幼同学，并未识兄有异术，后来弟赴苏州，远离乡井，闻兄尝韬晦田园，罕至城市，何时得六甲真传，具此神妙？”立身道：“我于二十年前，曾遇异人授我秘册，虽非全帙，然天文地理，略知一二，此刻去取敌炮，就是六丁缩地法，可惜我所学习，还是皮毛，若能尽知底细，虽有千万长毛，亦何足虑！”仰山又问长毛何时可平？立身道：“我夜观星象，并占易数，江浙长毛，不久即平。只我村恐保不住。”两人随谈随走，已至营中。

立身升帐，传集村勇，即发令道：“明日当有大雨，汝等出战，向西杀去，定能冲破贼营，虽然不能大胜，也可杀贼数百，挫他凶锋。”仰山因天久不雨，疑信参半。到了次日，村勇三千人，执五色旂，分作五队，奉令出去。启行时，天色犹霁，一出村门，忽然黑云层合，大雨滂沱，仰山瞠目良久。约一小时，村勇已整队回来，报称破贼西营，得牲口器械数十具。仰山忙问立身道：“既已得胜，何不追杀一阵？”立身道：“贼势犹旺，不应追杀，追杀必败。”俄有长毛入村求见，立身命他进来，长毛说：“奉天将令，愿以绍兴府城相让，嗣后毋与天兵作对。”立身笑道：“这明明是诱我的计策，无论浙东俱陷，孤城难守，且入城后，如入陷阱，粮草更易断绝，将来恐无人得脱了。”喝令立斩来使，仰山请道：“来使不要杀他，不如放他回去，叫他解围为是。”立身摇头道：“他哪里就肯解围？杀了他，免得再来尝试。”太属粗莽！当下将通使的长毛，推出斩讫。

长毛酋闻了此信，越发调兵进攻，仰山未免焦急，遂请回报吴公，发兵接应，并欲挈眷同行。立身道："试为一卜。"卜得吉占，便道："老弟启行，便在今夕。"是夜大雨，立身命仰山束装，携眷出村，只饬护勇六人，仿着长毛服色，改装相送。仰山不敢多请，只与立身订约，速定行期。立身应允，与仰山握别。仰山冒雨而出，黑暗中见有无数卫兵，戴着红帽，穿着皂衣，站立两旁。仰山怯甚，私问护勇，勇但摇手，引仰山绕出小径，匆匆别去。

仰山去后，长毛愈集愈众，防立身有异术，遍掠民间妇女，将她们上下衣服褫去，赤身露体，驱作前队。妇女活活遭劫。又用鸡羊狗血，盛入喷筒，向村中乱射。立身被他厌禳，所用法术，未免不灵，遂决计突围。先占一卦，大惊道："细察卦象，唯今夜二鼓可出，若交子正，便无出围的日子，大祸且不远了。"遂令团勇速即收拾，约黄昏启程。夜餐已毕，便令团勇四千人，分作五队，队各八百人，用红旗队作先锋，次白旗队，又次是青黄两队，皂旗殿后。时值戌初，红旗队已发，远闻金鼓震天，枪炮声相续不绝，立身正调发白旗队，忽见村中百姓，扶老携幼，聚哭包门，都说包先生若去，我等从亦死，不从亦死，现在只有留住包先生，仗他保护，或可苟延性命。立身出来劝慰，怎奈人声鼎沸，连包先生的说话，没有一人听得清楚，只是阻住门前，不容出去。立身顿足道："这是天数，时将错过，大限难逃，奈何奈何？"因令后队暂停不发。这时红旗队已冲围而去，白旗队随后继进。长毛料村人绝粮夜遁，不去追赶前队，独率众捣入村中，喷筒火箭，接连射入。顿时火光烛天，杀声震地，村勇已无斗志，又值难民纷扰，不战先乱，当下被长毛毁门冲入，见屋便烧，逢人便刃，满村尽被烟焰迷住，进退无路。杀到天明，村中已鸡犬不留，包先生亦不知去向，大约已死在乱军中。有人谓包先生已经遁去，只包先生有一妹子，也知兵法，被长毛擒住，五马分尸，这也不知是真是假，小子不敢妄断。恃术者卒以术败。

包军一破，蒋益沣军已到，长毛已打得筋疲力尽，闻左军到来，料知抵敌不住，霎时逃散。有几个逃得慢的，被蒋军截住，没奈何匍匐乞降，遂复诸暨。宁波军亦进克上虞、台州，并复绍兴府城。朝命授左宗棠为闽浙总督，兼署浙江巡抚。宗棠檄蒋益沣军，自诸暨直下，取道临浦义桥，直趋萧山，渡钱塘江，规取杭州。复令水师骁将杨政谟，与益沣会杨政谟把江上敌舟，纵火烧尽，遂薄望江门。太平守将听王陈炳文，飞调附近各长毛，会援

杭州，益沣遣康国器、魏喻义等，分头堵截，自督高连陞等，屯六和塔万松岭，俯瞰杭城。既而左宗棠亦自严州移驻富阳，征法国总兵德克碑，率洋枪队攻陷富阳城。宗棠进薄余杭，命德克碑转助益沣，这时苏军已克嘉兴，海宁守将蔡元隆，向蒋益沣处纳款请降，于是杭城饷绝援穷。陈炳文出城死战，自晨至暮，不能取胜，仍回城督守。德克碑用炸炮轰凤山门，城塌三丈。炳文率众堵塞，益沣不能入，再令德克碑昼夜炮击，城中危急万分，炳文知不可守，遂夤夜开北门出走。杭城遂复。余杭守将康王汪海洋，亦弃城走德清。宗棠乃移驻省城，与益沣经营善后事宜，全浙百姓，方渐渐苏息。后人有《闻见篇》四章，古节古音，不减杜少陵《哀江头》诸作。小子走笔至此，记将起来，不忍割爱，爰次第录成，供诸君一读。

《猪换妇》朝作牧猪奴，暮作牧猪妇，贩猪过桐庐。睦州妇人贱于肉，一妇价廉一斗粟，牧猪奴牵猪入市廛，一猪卖钱十数千，将猪卖钱钱买妇。中妇少妇载满船，篷头垢面清泪涟，我闻此语坐长吁。就中亦有千金躯，嗟哉妇人猪不如?

《屋劈柴》屋劈柴，一斧一酸辛，昔为栋与梁，今成樵与薪。市儿诋价苦不就，行行绕遍江之滨。江风射人天作雪，饥腹雷鸣皮肉裂，江头逻卒欺老人，夺柴炙火趋城闉。老人结舌不能语，逢人但道心中苦，明朝老人无处寻，茫茫一片江如银。

《娘煮草》龙游城头枭鸟哭，飞入寻常小家屋。攫食不得将攫人，黄面妇人抱儿伏，儿勿惊！娘打鸟，儿饥欲食娘煮草。当食不食儿奈何?江皖居民食草多。儿不见门前昨日方离离，今朝无复东风吹。儿思食稻与食肉，儿胡不生太平时。

《船养姑》月弯弯，动高柳，乌篷摇出桐江口。邻舟有妇初驾船，乱头粗服殊清妍，橹声时与歌声连。月弯弯，照沙岸，明星耿耿夜将半。谁抱琵琶信手弹，三声两声摧心肝，无穷幽怨江漫漫?或言妇本江山女，名隶江花第一部，头亭巨舰属官军，两妹亦被官军掳，妇人无夫唯有姑，有夫陷贼音信无。富商贵胄聘不得，妇去姑老将安图?呜呼!妇去姑老将安图?妇人此义羞丈夫。

浙江本是僻处东南的海疆，与全局没甚关系，长毛起初并不注意，后来江宁被困，长毛才窜入浙省，欲分江宁围军的势力，因此浙省被兵，百姓辛苦流离，已到这样地步。看官！你想江西、安徽的地方，三五次吃这长毛苦头，比浙江的情形，更如何呢？后人还说长毛乃是义兵，实是革命的大人物，小子万万不敢赞同。索性驳倒长毛，免得盗贼藉口。

话休烦絮，小子且要补述石达开事情。应六十七回。石达开自江宁出走，初至江西，与曾国藩相持；旋走湖南，被骆秉章遣将击走；驰入广西，又为蒋益沣等所破。达开此时，已自张一帜，与洪秀全不通闻问。自思湖广一带，无可驻足，不如窜入滇蜀，还可独霸一方。其时川寇蓝大顺、李永和，方四出劫掠，达开与他勾通，乘机入蜀。清廷因骆秉章剿寇有功，令他移督四川。秉章督师西上，先剿平蓝、李二寇，然后专力围攻达开。达开生平，奔突万余里，蹂躏百余城，专以出没边地，避实蹈瑕为能事。秉章遂将计就计，与暮僚刘蓉定议，决逼达开入边，四面兜剿，使他无路可走，自入罗网。达开果率大队西渡金沙江，拟向越隽厅出发。秉章遣重兵潜蹑其后，并檄邛部土司岭承恩横截其前。达开避入小径，至柴打地方，想由大渡河过去。适值天雨如注，山水暴发，不能径渡。天意亡项，何由免脱。川将唐友耕追至，达开奔老鸦游，友耕会合土兵，左右环逼，达开尚欲渡河，甫至半渡，为诸军所蹙，大半溺死。达开妻妾五人，及幼子俱沉于河。只达开凫水而遁，直至对岸，巧遇岭承恩候着，乘他上来，一鼓擒住，槛送军前。友耕押达开至成都，对簿时犹侃侃谈论，口若悬河。自称年三十三，凡太平天国诸将，及清军诸帅，都加贬辞，独推重曾国藩，说他知人善任，规划精严，实是得未曾有的大帅。英雄识英雄，可惜达开自误。后竟被磔于成都市。

嗣是洪氏所有的要地，只一江宁城，余外虽尚有党羽，分扰赣皖，势已成为弩末。秀全自知穷蹙，将各处头目，一律封王，满望他感激图效，谁意封王越多，纪律越乱，一切号令，转不得行。曾国荃闻苏浙俱已得手，独江宁未克，日夜奖厉诸军，节节进攻。李秀成领败众数万，分布丹阳、句容间，自率数百骑入江宁，劝秀全弃都避难。秀全不从，秀成贻书李世贤，约他就食江西，自留江宁助守，屡出死党扑国荃营。国荃添募兵勇，先夺雨花台，次平聚宝门外石垒九座，分军扼孝陵卫，只九洑洲为江宁对岸重镇，长毛集数百战舰，严行拥护，一面接应城中，一面遏截长江。又有阑江矶，草

鞋峡，七里洲，燕子矶，上关，下关诸隘，都竖长毛旗号，气势甚盛。杨载福已改名岳斌，率水师至九洑洲，与彭玉麟分队夹击。彭玉麟自草鞋峡进，杨岳斌自燕子矶进，各带火枪火弹，随掷随入。洲两岸纯是芦荻，岳斌用油浇灌，遍地纵火，大江南北，煽成一片火光，长毛屯船，多被烧着。彭玉麟率总兵成发翔，冒烟直上，先登南岸，北岸长毛，尚与杨岳斌死战，总兵胡俊友中炮死，岳斌大愤，传令洲破乃还师，否则传餐而战，必破此洲乃已。部将俞俊明、王吉、任星元等，更番迭攻，战至日暮，将士乘暗登洲，冒炮争上，践尸而过，九洑洲竟破，万余寇无一脱死，并获马三百余匹。

自此洲破后，江宁益困，国荃乘势攻克钟山石垒。这钟山石垒，长毛叫作天保城，乃是江宁城外第一保障。天父想已死了，所以保守不住。国荃得了此隘，遂得合围。鲍超又攻克句容、金坛，长毛溃走江西，鲍超会合杨岳斌水师，同追长毛，向江西而去。彭玉麟又移驻九江。清廷恐国荃势孤，亟令李鸿章助攻江宁。看官！你想曾国荃自进攻江宁以后，费了无数心血，吃了无数辛苦，才得把江宁城团团围住，此时功成八九，偏有人出来分功，非但国荃不愿，就是国荃部下诸将士，也是没一个情愿呢。李鸿章本是国藩保荐，自然不欲夺国荃功劳，只推说有病在身，延久不至，将轮船经费五十万两，拨充国荃营饷。国荃复鼓励将士，攻克龙脖子山阴坚垒，这垒比钟山还要坚固，长毛叫作地保城。天也不保，地也不保，洪天王不死何待？地保城得手，就在城上造起炮台，日发大炮射击城中。可怜城中粮草早绝，饥民嗷嗷，天王府内，供给葱韭菜菔白菜，几与黄金同价。始而米尽，继之以豆；豆尽，继之以麦；麦尽，继之以熟地薏米黄精，或牛羊猪犬鸡鸭等物。复尽，用苎根草根，调糖蒸熟，糊成药丸一般，取了一个美名，称作甘露疗饥丸，还想骗人。名目虽好，无济实事。这班饥民，夜间私自缒城，出来就食，嗣后长毛也禁止不住，白日里亦缒城而出。

到同治三年五月，洪天王挨不得苦，仰药自尽。洪仁发、仁达等，拥立幼主福瑱即位，年纪不过十五六龄。国荃闻这消息，饬军士轮流苦攻，连凿地道三十余穴，俱被城内堵住。复由国荃部将李臣典，率吴宗国等，从敌炮极密处，重开地道。至六月十六日，地道告成，国荃悬不次之赏，严退后之诛，安放引线，用火燃着。不到一刻，蓦地火发，声如霹雳，轰开城垣二十余丈。烟尘蔽空，砖石如雨，李臣典率官军蚁附争登，从缺口冲入，长毛用

火药倾盆而下，军队少却。彭毓橘、萧孚泗等，手刃数人，弁勇皆奋，分路齐进。王远和、王仕益、朱洪章、罗雨春、沈鸿宾、黄润昌、熊上珍等进击中路，直扑天王府。刘连捷、张诗日、谭国泰、崔文田等，进击右路，由台城趋神策门，适朱南桂、朱惟堂、梁美材诸人，亦从神策门缘梯而入，兵力益厚，鏖战至狮子山，夺取仪凤门。左路由彭毓橘、武明良等，自内城旧址，直击至通济门。萧孚泗、熊登武、萧庆衍、萧开印等，复分途夺取朝阳、洪武二门，时太平忠王李秀成，率众巷战，见大势已去，拟向旱西门夺路冲出，不料清将陈湜、易良虎等，正由旱西门攻进，被他拦住，不得已折回清凉山，隐匿民房。黄翼升率水师攻夺中关，拦江矶石垒，进薄旱西门，遂与陈湜、易良虎，夺取水西、旱西两门，全城各门皆破。

天色已晚，只天王府尚未攻入，国荃令军士暂行休息，唯督王远和、王仕益、朱洪章等，夤夜搏战。三更时，天王府突然举火，冲出悍党千余人，手执洋枪，向民房街巷狂奔。官军也不去追赶，齐入天王府内，扑灭烟焰，检点遗尸，多是府内宫女，单不见秀全尸首，及幼主福瑱。时已天明，国荃复下令闭城，搜杀三日夜。毙长毛十余万人。这也太惨。到十九日，萧孚泗搜获洪仁发、李秀成等，讯得实供，方识秀全尸首，瘗埋宫内，幼主福瑱，乘官兵夜战时，已由缺口遁走。当下飞报曾国藩，由国藩主稿，推湖广总督官文居首，连衔入告。随奉上谕道：

本日官文、曾国藩，由六百里加紧红旗奏捷，克复江宁省城一折，览奏之余，实与天下臣民，同深嘉悦。发逆洪秀全，自道光三十年倡乱以来，由广西窜两湖三江，并分股扰及直隶山东等省，逆踪几遍天下。咸丰三年，占踞江宁省城，僭称伪号，东南百姓，遭其荼毒，惨不忍言。罪恶贯盈，神人共愤。我皇考文宗显皇帝，赫然震怒，恭行天罚，特命两湖总督官文为钦差大臣，与前任湖北巡抚胡林翼，肃清楚北上游，胡林翼驻扎宿松一带，筹办东征；复特授曾国藩为两江总督，并命为钦差大臣，东征江皖，号令既专，功绩日著。十一年七月，我皇考龙驭上宾，其时江浙郡县，半就沦陷，遗诏谆切，以未能迅殄逆氛为憾。朕以冲幼，寅绍丕基，祇承先烈，恭奉两宫皇太后垂帘听政，指示机宜，授曾国藩协办大学士，节制四省军务，以一事权。该大臣自受任

以来，即建议由上游分路剿贼，饬彭玉麟、杨岳斌、曾国荃等，水陆并进，叠克沿江城隘百余处，斩馘外援逆匪十数万人，合围江宁，断其接济。本年六月十六日，曾国荃率诸将克复江宁，多年悍贼，经各将士于十七八日，搜杀净尽。三日之内，毙贼十余万人，伪王伪主将伪天将，及三千余名，无一得脱者。此皆仰赖昊苍眷佑，列圣垂庥，两宫皇太后孜孜求治，识拔人才，用能内外一心，将士用命，成此大功。上慰皇考在天之灵，下孚溥海人民之望。自维藐躬凉德，何以堪此？追思先皇未竟之志，不克亲见成功，悲怆之怀，何能自已？此次洪逆倡乱粤西，于今十有五载，窃踞金陵，亦十有二年，蹂躏十数省，沦陷百余城，卒能次第荡平，殄除元恶，该领兵大臣等，栉风沐雨，艰苦备尝，允宜特沛殊恩，用酬劳勋。钦差大臣协办大学士两江总督曾国藩，自咸丰三年，在湖南首倡团练，创立舟师，与塔齐布、罗泽南等，屡建殊功，保全湖南郡县，克复武汉等城，肃清江西全郡。东征以来，由宿松克潜山太湖，进驻祁门，叠复徽州郡县，遂拔安庆省城，以为根本，分檄水陆将士，规复下游州郡。兹幸大功告蒇，逆首诛锄，实由该大臣筹策无遗，谋勇兼备，知人善任，调度得宜。曾国藩著赏加太子太保衔，锡封一等侯爵，世袭罔替，并赏戴双眼花翎。浙江巡抚曾国荃，以诸生从戎，随同曾国藩剿贼数省，功绩颇著。咸丰十年，由湘募勇，克复安庆省城。同治元二年，连克巢县、含山、和州等处，率水陆各营，进逼金陵，驻扎雨花台，攻拔伪城，贼众围营，苦守数月，奋力击退；本年正月，克钟山石垒，遂合江宁之围，督率将士鏖战，开挖地道，躬冒矢石，半月之久，未经撤队，克复全城，殄除首恶，实属坚忍耐苦，公忠体国。曾国荃著赏太子少保衔，锡封一等伯爵，并赏戴双眼花翎。记名提督李臣典，于枪炮丛中，开挖地道，誓死灭贼，从倒口首先冲入，众即随之，因而得手，实属谋勇过人，著加恩锡封一等子爵，并着赏穿黄马褂，戴双眼花翎；萧孚泗督办炮台，首先夺门而入，并搜获李秀成、洪仁发，实属勋劳卓著，加恩锡封一等男爵，并赏戴双眼花翎。钦此。

其余文武一百二十余员，亦论功进秩有差，一场大乱，总算从此结束。曾国藩由安庆至江宁，始发掘洪秀全尸首，遍体统用绣龙黄缎包裹，头

秃无发，须已闲白，遵尚异教，不用棺木。国藩令即戮尸，焚骨扬灰，并将洪仁发、李秀成等处死。只洪福瑱不知下落，国藩奏称大约已死，其实洪福瑱已出走广德，转入湖州去了。小子又有一诗道：

覆巢自古无完卵，密网由来少漏鱼；
为语暴徒应反省，天心彰瘅果何如？

毕竟洪福瑱能逃出性命否，容下回续叙详情。

包立身以一隅团勇，抗数十万劲寇，事虽不成，亦足自豪。然天下唯正可以胜邪，断未有以邪克邪者。后世以异术推包立身，吾谓包之败，正坐此异术之害也。独怪长毛不图挽大局，徒甘心于寸土，不胜为笑，胜之不武。死一包立身，若九牛亡一毛，于官军无损，于洪氏无益，何其愚顽若此？洪氏至死不悟，尚欲以苎麻草根，取名甘露疗饥丸，令民间如法泡制。百姓无长物久矣，即有草根，何处得蔗浆？“天下饥，何不食肉糜”，自古有此笑语，洪氏子亦其流亚也。江宁一陷，毙长毛十数万众，杀戮固未免太过，抑亦长毛冥顽不灵，自致死地，强梁者不得其死，观此益信。

第七十四回　僧亲王中计丧躯
曾大帅设谋制敌

前回说到洪福瑱出走，自广德转入湖州。其时浙江诸郡县，次第克复，独湖州尚为长毛酋黄文金所守，苏浙官军，会攻未下。文金迎幼主福瑱，至湖州就食，左宗棠、李鸿章探知消息，急檄部将努力图功。于是浙将高连升，王月亮、蔡元吉、邓光明等，攻湖州东南，苏将郭松林、刘士奇、王永胜、杨鼎勋等，攻湖州西北，迭毁城外石垒，连破敌众。黄文金率悍党数万，启西门出战，郭松林督水陆军攻其左，王永胜由山径攻其右，文金袒露两臂，衔刀狂突，往返数回，终被枪炮截住。文金尚冒死力争，忽报浙军已攻入湖州东门，顿时心慌意乱，拥福瑱西走，遁至宁国府山中，不料兜头碰着鲍超，大杀一阵，歼毙无算，没奈何回走浙江淳安。途中又遇浙将黄少春，弄得文金无路可奔，舍命相扑，身被数十创，方突出重围。闻李世贤、汪海洋等在江西，决计由浙赴赣。约行数十里，文金创病大发，呕血而亡，遗命兄弟黄文英，力卫福瑱入江西境。文金亦晋荀息流亚。

文英遂挟福瑱至广信，浙军紧追不舍，前面又有江西军要击，只得转趋石城。记名按察使席宝田，方在崇仁攻李世贤，探闻洪福瑱已入江西，防他与世贤军联合，急率轻骑由间道出截，至石城县杨家牌地方，危崖盘郁数十里，夕阳已衔挂山麓，暮色如画。前锋逗留不进。宝田召前锋前校，问伊何故逗留？将校以日暮对。宝田怒道："过岭即逋寇所在，汝何懈我军心？"喝令推出斩首，诸将股慄，奋勇而上。走了一夜，岭路渐平，东方亦渐明亮，

遥见岭下有一簇长毛，正在早炊，军士大呼而下，长毛错愕相顾，不及逃避。黄文英勉强格拒，马蹶被擒；还有洪族中洪仁玕、洪仁政，及他渠酋数十人，亦被宝田军擒住，单不见了洪福瑱。宝田讯问黄文英等，都不肯实供，只俘虏中有一牧马小儿，由宝田诱出供词，说小天王逃遁不远，尚在山中。宝田乃分兵堵住谷口，自督部将沿山搜寻，瓮中捉鳖，网里捕鱼。不到二日，部将周家良，报称已擒住洪福瑱，当下由宝田亲鞫，可怜十五六岁的童子，杀鸡似的乱抖，只答了一个“是”字。宝田即将洪福瑱及黄文英等押解南昌。巡抚沈葆桢，迅速奏闻，上谕下来，叫他就地正法。自是福瑱被磔，黄文英、洪仁玕、洪仁政等，都随了小天王，同登鬼箓去了。了结洪氏。

是时太平酋康王汪海洋，正纠合余众十万，来迎福瑱，距战处仅百里，闻得福瑱被虏，众心解散，海洋气夺，窜入福建。李世贤亦自赣入闽。闽省空虚无兵，不意穷寇猝至，汀漳二郡，尽被蹂躏。按察使张运兰，率五百人拒战，众寡不敌，陷没阵中，被他支解而死；提督林文察，亦战死漳州，闽省大震。左宗棠飞檄黄少春、刘明灯，自衢州趋延平为中路军；刘典、王德榜，自建昌趋汀洲为西路军；高连升自宁波泛海，趋福州出兴泉为东路军。三路官军至闽，不甚得手，李鸿章亦遣郭松林、杨鼎勋，统军乘轮船至闽，合围漳州，鲍超亦自江西至武平，各军会集。李世贤、汪海洋，乃由闽窜粤。海洋攻入镇平，李世贤亦至，由海洋郊迎入城。两人议论军事，意见不合，海洋竟刺杀世贤，到此还要相杀，可谓至死不悟。又欲返走江西，为席宝田所阻，杀了一场。海洋背受矛伤，仍回广东，陷嘉应州。左宗棠促鲍超率军赴粤，自己亦入粤督师。由是浙军围嘉应州东南，鲍军当州城西面，北面由粤军方耀军环攻，唯南面驻扎敌营。海洋倾寨出战，官军失利，嗣复出攻浙军，黄少春、刘典、王德榜等亦败却。长毛得胜，可谓回光返照。海洋乘胜追赶，黄少春等选枪炮队抵御海洋，更番注射，长毛反奔。诸军闻浙营得胜，三面夹攻，海洋中炮死，余党败入城中，推僧王谭体元主城守事。谭体元懦弱无能，开南门出走，官军追至黄沙嶂，山回谷绝，荒僻无人，将长毛逼入谷内，四围兜剿，长毛胆落，环跪乞降，体元及诸魁皆被诛，太平军才杀尽无遗。时已同治四年十二月了。了结长毛余众。

长毛尽歼，捻子尚骚扰山东、河南、陕西等省，清廷命科尔沁亲王僧格林沁，及湖广总督官文会剿捻子。官文本是个因人成事的脚色，虽然出省督

师，却只迁延观望，独僧亲王骁悍善战，所向无前，同治二年，攻破雉河集老巢，擒斩捻酋张洛型，只洛型从子张总愚遁去，适苗练沛霖复叛，陷寿州，围蒙城，攻临淮，众号百万。僧王毫不畏惧，直向蒙城进发。那时苗练部下，闻到僧格林沁四个大字，统已魂驰魄丧，望风归降。苗沛霖势成孤立，被僧王逼得无路可走，为部下所杀。另有沛霖一班义儿，个个生得眉清目秀，仿佛美人儿一般，遇着这粗豪勇莽的僧王，偏生成一种好杀的奇癖，每获一人，总叫刽子手细细剐碎，他却当作一样乐事，坐在上面，斟酒畅饮。犯人越哀号，他越快活。所以苗练一死，这班狡童俱同归于尽。南风固不足爱，其如惨无人道何？

僧王复回军河南，驰入湖北，降长毛余党蓝成春、马融和等，逼死扶王陈得才，独捻匪张总愚，纠合党羽任柱、赖文洸，东奔西窜。僧王追到东，他却走到西，僧王追到西，他又走到东，凭你僧王勇悍过人，他竟不与一战，专寻山谷沮洳，峰回路阻的地方，分队匍匐。僧王手下，统是满蒙铁骑，在平原旷野间，无人敢挡，若逢着山路崎岖，骑不得骋，马不得驰，真是有力也没处用。独僧王不管厉害，只饬诸将追入，诸将稍有违慢，他便鞭责杖笞，不肯少恕，所以诸将闻令，无一敢怠。奈一入山中，屡遇贼伏，良将恒龄、舒通额、苏克金等，统同战死。僧王愈怒，日夕驰二三百里，宿不入馆，衣不解带，席地而寝，天未明，即令军士造饭，早餐一顿，余外尽带干粮，僧王执鞭在手，上马疾驰，主帅一动，将士自个个随上。奈这捻子狡猾得很，从湖北窜河南，又从河南窜山东，弄得僧军昼夜穷追，气竭力弱。总兵陈国瑞、何建鳌，叩马谏阻。僧王哪里肯从，只命将士尽力追赶，一程复一程，直到曹州。已是英雄末路。此时已是同治四年四月，天气微炎，南风习习，僧军多追得气喘吁吁，汗流浃背，遥听山后隐隐有号炮声，僧王传令速进，当下爬山过岭，越了几个峦头，仍不见敌踪，只小坳内有樵夫数名，不待僧军往问，他已走谒马前，报称捻匪在前，愿为前导。分明有诈。僧王大喜，便令樵夫前行，自率军紧紧相随，但见暮霭横空，落霞散绮，孤鸦觅队，倦鸟归林，叙入暮景，另有一番描写。军士不及夜餐，已是面带饥容，勉强前进。忽闻四面呐喊，前后左右，拥出无数捻子，把僧军困在垓心。僧王尚不在意，只督令诸将杀贼，捻众偏不与力敌，专用枪炮乱击，相持一二时，天色昏黑，僧军汹汹欲溃。诸将请突围出走，僧王不许，再三固请，乃饬召

引路的樵夫，仍拟从原路杀出。樵夫恰也不逃，只说王爷随小的出去，决不有误。僧王尚命亲兵进酒，饮了数斗，吃得酒气醺醺，才提鞭上马，那马偏无故倔强，兀立不动。僧王加了几鞭，马反跳跃起来，险些儿把僧王掀下。马亦有知，人不如马奈何？僧王易马突围，眼睁睁望着樵夫，杀将出去。

谁意樵夫引着僧王，偏向捻子最多处引入，总兵陈国瑞，见捻子重重拦阻，料知樵夫心怀不良，忙叫王爷速回。那樵夫闻国瑞大呼，霎时变脸，怒目相向，反叫捻子围杀僧王，国瑞忙挺身出救，无如捻子如蜂拥上，把僧王、国瑞冲作两截。国瑞舍命上前，连突数次，统被捻子击回。此时国瑞知无可救，只得自己寻条血路，冲杀出来。等到国瑞杀出，天色已经微明，检点手下残卒，只剩了数百人，方思下马暂憩，见有一队败卒，踉跄而来。国瑞忙问王爷何在？有一败卒道："黑夜中人自为战，未识王爷下落。但百忙中见有贼首戴着三眼花翎，扬扬而去。贼首哪里来的花翎，想总是王爷殉难了。"国瑞道："我等且再向前去探寻王爷踪迹，果得确实消息，方可奏闻。"部兵总不敢前行，由国瑞登高瞭望，已不见捻子片影，遂带部兵趋回原地。沿途尸如山积，仔细检视，觅得总兵何建鳌，及内阁学士全顺尸身，未免叹息。复寻将过去，只见一尸，卧丛箐中，有身无首，旁有一尸，却还身首俱全。国瑞令军士辨认，才识身首俱全的死尸，乃是僧王帐前马卒，无首的死尸，不是别人，正是亲王僧格林沁，身上已受了八创。国瑞相对泪下，遂率军士罗拜，舁尸归省。连何总兵、全学士的尸身，也一同载回。当下飞章奏告，两宫太后亟下懿旨，从优议恤，准建专祠，并令配享太庙，予谥曰忠。

小子叙到此处，于上文樵夫底细，尚未详述，究竟樵夫是真是假？不得不补叙数语。樵夫实是捻子桂三假扮，导僧王走入绝地，僧王一味粗莽，不暇详辨，所以中计。缴足上文。

这时曾国藩正在南京，闻僧王轻骑追敌，每日夜行三百里，国藩叹道："兵法忌之，必蹶上将军。"方拟草疏密陈，忽报廷寄到来，僧王在曹州战殁，令他携带钦差大臣关防，赴山东剿捻，所有直隶、山东、河南三省绿旗各营，及文武官弁，统归节制。两江总督职任，由李鸿章暂署，另命刘郇膏护理江苏巡抚。先是朝旨赐国藩为毅勇侯，国荃为威毅伯，官文为果威伯，左宗棠为恪靖伯，李鸿章为肃毅伯。国藩持盈戒满，自思于功臣中，独膺侯爵，未免高而益危，至此接节制三省的上谕，遂上疏力辞，朝旨不许，只催

他速赴山东，国藩不得已受命。是时捻众方战胜僧王，鸱张益甚，自山东编造木筏，搜劫民船，蓄意北犯，畿辅戒严。两江署督李鸿章，恐直隶兵单，亟遣布政使潘鼎新，统带鼎字淮军十营，由海道赴天津，与直督刘长佑，筹固京防。捻众乃还集亳州一带，窥伺雉河。又想归老巢来了。曾国藩闻这警耗，急调刘铭传、周盛波等，率本部淮军往援。刘周两统领，向在鸿章麾下，系淮军中著名健将，此次奉调出剿，纵横扫荡，所向无前。捻首任柱、赖文洸，虽竭力抗拒，究竟不是他对手，霎时间阵势已乱，分头窜去，雉河得转危为安。

朝旨奖赏有差，并促曾国藩克期平捻。国藩老成持重，复陈目下情形，万难迅速，一因楚勇裁撤殆尽，仅存三千作为亲兵外，现只留刘松山一军，及刘铭传淮勇各军，不敷调遣，当另募徐州勇丁，就楚军规模，开齐兖风气，最快亦须数月，方可成军；二因捻匪战马极多，单靠步兵，断不足当骑贼，须派员赴古北口采办战马，在徐州添练马队，乃可进兵；三因扼贼北窜，全恃黄河天险，现办黄河水师，亦须数月，始可就绪；四因直隶一省，应另筹防兵，分守河岸，不宜令河南兵卒，兼顾河北。末后最要紧数语，乃是齐豫苏皖四省，不能处处顾到，山东只能办兖沂曹济四郡，河南只能办归陈两郡，江苏只能办徐淮海三郡，安徽只能办庐凤颍泗四郡。这十三府，系捻匪出没的地方，可以责成臣办，此外须责成本省督抚，屯驻泛地，各有专属等语。确是老成持重之言。两宫太后方倚重国藩，自然照准。

国藩恰安排多日，方出驻徐州。那时捻众恰东驰西突，随地蔓延，忽扰安徽，忽走山东，忽入河南，虽由官军四处追剿，总难圈住敌锋。朝旨免不得诘问国藩，又由国藩复奏，大致谓："捻匪已成流寇，官兵不能与之俱流，现唯择要驻军，不事驰逐，军饷器械，由水道转运，江南作根本，清江浦作枢纽，溯淮颍而上，可达临淮关，溯运河而上，可达徐州济宁，目下正分设四镇重兵，安徽以临淮为老营，归刘松山驻扎，山东以济宁为老营，归潘鼎新驻扎。河南以周家口为老营，归刘铭传驻扎，江苏以徐州为老营，归张树声驻扎。一处有急，三处往援，首尾相应，或可以拙补迟，徐图功效。"清廷也不能驳他，只好听他缓缓的布置。曾侯不求速效，隐惩僧邸覆辙，然平捻之机，实自此始。

会张总愚窜入南阳，两宫太后又焦急起来，令李鸿章督带杨鼎勋等军，

驰赴一带防剿。结末又有“与曾国藩妥同商酌，不必拘泥谕旨，务期计出万全”云云。国藩恰奏称：“河洛无可剿之贼，淮勇亦无可调之师，李鸿章若果入洛，岂肯撤东路布置已定之兵，挟以西行，坐视山东江苏之糜烂而不顾？”等语。看曾侯此奏，似愤懑得很。还有李鸿章一奏，更说得剀切恳挚，他奏疏中有三大纲，曾由小子忆着，节录以供众览，便知当日用兵的情形。其文云：

臣按我朝从前武功，专恃兵力，此次军务，全资勇力。臣初至军营，习闻周天爵、福济、琦善、向荣、和春诸臣之议论，皆谓绿旗弁兵，驯谨而易调遣，各省勇丁，桀骜而少纪律，其不得已而用勇，就地召募，随时遣汰，尚无甚流弊，若远调数千里外，终必哗溃误事。咸丰初年，广西所募潮勇最多，向荣、张国梁，带赴江南，沿途骚扰，卒至十年三月金陵之变，一溃而不可收拾矣。自曾国藩、江忠源、胡林翼、李续宾等创练楚勇，不用一兵，盖深知绿营废弛已久，习气太深，万不足以杀敌致果。而以楚将练楚勇，恩信素孚，法制严密，又由湖南北转战江皖，一水可通，人地相宜，是以历久而能成功。然李续宜、唐训方以楚勇剿淮北之捻，刘长佑以楚勇剿直隶之骑马贼，均未大著功效，则以离乡太远，南北异宜，勇性未能驯服，何能得其死力？曾国藩有鉴于斯，故于金陵克复，东南军事将竣，即将所部湘勇，全行遣撤，但属臣暂留淮勇，以备中原剿捻，自系因地制宜。

夫捻匪系皖豫东三省无赖纠合而成，其隶皖籍者，大都蒙亳颍宿人，皆在淮北。臣籍隶庐州，实在淮南。所部淮勇，则庐州，六安，安庆，扬州人居多，皆滨江之处，于长江上下防剿最宜。军士战于其乡，亦较得力。若赴河洛山陕，水土不习，诚恐迁地勿良，勇心涣散。朝廷期望于臣，欲以西北军事相属，不过以臣在吴，粗立战功，而臣亦唯赖所部将士，踊跃用命。若令臣去，而平素所用之健将劲兵，不得随行，臣复何能为役？曾国藩筹设徐州、济宁、周家口等处防军，皆臣部最出力者。臣若不调西行，则声势不能大振。若全调他往，则东皖无以自立。若另图添募马步，而随身先无亲信可恃之兵勇，必致偾事，无裨全局，此兵势不能遽分者一也。

凡欲灭贼，必先治兵，欲强兵，必先足饷，欲筹饷，必先得人与地。臣自咸丰三年至八年，皆在皖北军中，窃见和春、郑魁士之军，战阵颇勇，旋因饷缺而溃。袁甲三、翁同书继之，更因饷绝而败。即十年江南大营之溃，十一年浙江之陷，皆由于粮饷断绝。官文、胡林翼，筹鄂饷以供东征，曾国藩进图江皖，以江西、湖南、广东厘金为饷源，左宗棠以浙饷办闽浙之贼，臣以苏沪入款，办江浙之贼，皆能自我为政，转谕不匮，幸而蒇事。从古至今，言兵事未有不先筹饷糈者也。曾国藩夏间奉命剿捻，臣忝署江督，即以后路筹饷，引为己任以安其心。数月来分屯豫东苏皖千余里，湘淮兵勇四万余，粮运供支，源源接济，又兼筹苏松扬州留防各陆营，长江外海各水师，皖南江西防剿遣撤各湘军之饷，虽以入抵出，不敷尚多，竭力匀拨，幸无贻误。臣若奉命西征，则现在进图剿捻后路分防各军之饷，尚无专责之人，即臣带兵远出，饷源当居于何处？筹饷当责成何人？且欲图兜灭北捻，必须多练马队以备冲突，广置车骡以资转运，饷需甚钜，豫中蹂躏已久，力难供应。若专指苏饷，目下苏沪税厘，分供前敌，淮军已虞饥溃，再添练马步，人数益多，道路益远，势必不支。臣一经离任，恐亦不能遥制，此饷源不能专恃者二也。

臣军久在江南剿贼，习见洋人火器之精利，由是尽弃中国习用之抬枪鸟枪，而变为洋枪队，现计出省及留防陆营五万余人，约有洋枪三四万杆，铜帽月需千余万颗，粗细洋火药，月需十余万斤，均按月在上海、香港各洋行，先期采买，陆续供支。臣每亲自料理，又有开花炮队四营，一为潘鼎新带往济宁，一交刘秉璋镇守苏州，其副将罗荣光、刘玉龙两营为臣亲兵，现分守金陵城外之下关江东桥两处江口，以杜奸人觊觎。臣若出省督师，必须酌量调往，藉壮声势。唯炮队所用器械子弹，尽仿洋式，所需铜铁木煤各项工料，均来自外国，故须就近设局制造。苏州先设有三局，嗣因丁日昌在沪购得机器铁厂一座，将丁日昌、韩殿甲两局，移并上海铁厂，曾经奏明欲再移设金陵，为久远计。臣若远赴他省，则炮局与铁厂，久必废弛，不但技艺不能渐精，且虑工费多有缺乏，而臣军接济，亦有断绝之时，此军火不能常常接济者三也。

臣所虑者只此三端，倘蒙皇上天恩，俯悯愚忱，熟思审处，俾微臣

带兵远出，日后无掣肘之患，臣得效命疆场，帮同曾国藩，为国家歼此残孽，万死何辞！谨奏。

奏入，奉谕照旧办理，毋庸更张。于是曾国藩在徐州，除分设四镇外，添练马队一支，令李鸿章弟昭庆统带，作为一队游击兵，令他先赴河南，然后移节前进，驻扎周家口，居中调度。捻众闻报，竟另辟一路，窜入湖北，任柱、赖文洸向黄冈，张总愚向襄阳，蕲黄一带，遍地寇氛。曾国藩急调刘铭传援鄂。铭军一至，任张两大股捻子，又并窜山东，连扑运河，被潘鼎新军击败。又入河南，遇着铭军回援，复东走淮徐，忽东忽西，忽分忽合，弄得官军疲于奔命。当由从容坐镇的曾大帅，想一个防河圈捻的计策出来，正是：

欲防兽逸先施阱，为恐鸿飞且设罗。

毕竟曾侯所设的计策，是否有效，且看下回分解。

捻众四出滋扰，纯系盗贼性质，无争城夺地之思想，其知识更出洪杨下。然其东西驰突，来去飘忽，比洪杨尤为难平。以此伏迹者一二百年，构乱者十三四年。僧亲王锐意平捻，所向无前，戮张洛型，诛苗沛霖，铁骑所经，风云变色，乃其后卒为张总愚等所困，战殁曹南。盖有勇无谋，以致于此。曾李二公，更事既多，行军自慎，读其奏疏，不啻举二十年战事，尽绘纸上，故本回可为轻躁者戒，慎重者勖云。

第七十五回　溃河防捻徒分窜
毙敌首降将升官

却说钦差大臣曾国藩，因捻众四出为患，决议扼守沙河、贾鲁河，逼捻众入西南，为竭泽而渔之计。自河南周家口以下，至槐店止，这一带属沙河，自周家口以上至朱仙镇止，这一带属贾鲁河，两处统设重兵扼守。自朱仙镇以北四十里，至汴梁省城，又北三十里，至黄河南岸，无河可扼，挖濠设防。自槐店以下至正阳关，尚是沙河余流，亦派重兵驻扎。自正阳关以下，统滨淮河，由水师与皖军会防。各分泛地，逐层布置，依次紧逼，免得捻众四溢。规划已定，遂檄刘铭传、潘鼎新、周盛波各军，分防沙河，严扼要隘，遍筑墙堡。捻首张总愚与牛老红，正渡沙河南下，任柱与赖文洸，亦渡淮并趋南路，这防河圈捻的计策，正用得着。各镇官军，方拟四面兜剿，不料夏雨过多，水势盛涨，南阳微山等湖，与运河连成一片，各路所筑堤墙，多半坍毁。想系捻众尚未该绝，所以如此。兼且积潦盈途，深过马腹，军中米粮子弹，输运迟滞，文报往来，亦多延误，民庐漂没，饿莩盈野，捻势因之益横。张、牛、任、赖，并合全力，由汴梁省城附近，排墙而进，直犯豫军。豫军只有抚标二营，敌不住大股捻匪，立时溃退。那捻众夷堑填濠，向东驰去。

是时刘铭传方在朱仙镇，遥望火光渐迤西北，料知豫中泛地有警，忙令乌尔图那逊，带领马队向东驰援，唐殿魁带领步军，望北截剿。两军到开封境内，捻众大股，已渡过黄河，窜入山东，只有几个小捻匪，剩落后面，做

了刀头之鬼。当下山东告警，菏泽、曹县、郓城、钜野一带，纷纷乞援。警报迭达清廷，这种酒囊饭袋的王大臣，遂交章弹劾国藩，说他暮气已深，不能再当重任。惯说现成话。事为国藩所闻，未免气愤，竟至成疾，因上疏请假。朝命李鸿章携带关防，驰赴徐州，调度湘淮各军，防卫淮徐以东，并与山东巡抚阎敬铭，商办山东军务，互相策应。

及鸿章到徐州后，刘铭传、潘鼎新两军，已蹑捻众至郓北，与捻众战了一仗，大获全胜。捻众复折回西窜，又入河南，谋决黄河，断流徒涉，方在薄河掘堤，铭鼎两军，先后追至，捻众分路散走，张总愚由河南窜陕西，任柱、赖文洸由河南窜安徽，自是张称西捻，任、赖称东捻。这位忧谗畏讥的曾侯，已告假了数日，索性再上奏章，自称剿捻无功，愿即开缺撤封，降为散员，留营效力。曾侯亦思效张子房耶？两宫太后垂念旧勋，不从所请，令他在营调理，赏假一月，这一月内，着李鸿章署理钦差大臣，国藩尚请开缺另简，以专责成。李鸿章也上疏推辞，仍把分兵筹饷的两样难处，申奏一番。朝议遂将曾李二人，易一位置，两人不便再违，遂遵旨奉行。

当曾李交替的时候，东捻复从安徽回河南，从河南窜湖北。国藩弟国荃，时为湖北巡抚，闻东捻窜入，出驻德安，飞咨钦差大臣李鸿章，调兵进剿。鸿章急檄刘铭传、刘秉璋等，自周家口拔队进固始商城，与周盛波张树珊、各军，分道入鄂。任柱、赖文洸，本思由湖北入陕西，联合西捻，因被曾国荃所扼。不能前进，遂率众直趋德安，绵亘数十里。周盛波、张树珊军，正自河南驰至，与捻众开仗，任、赖麾众冲突，由周、张开放炸炮，连环轰击，捻尚未退。前者仆，后者继，自未至戌，鏖战四时，周、张两军，抛了无数炸炮，遍地爆裂，毙捻无数，捻众始折奔西北。张树珊与盛波军，东西分追，相距约二十余里。树珊至德安府境王家湾，遥见捻众在前，尚不下数万名，当即麾兵直上，至新家闸。捻众列阵以待，树珊分两翼夹进，自督副队居中，用马队为外护，奋勇杀入，毙敌无算，捻众复回头窜去。兵法有云："穷寇莫追，"树珊仗着锐气，满望得当歼敌，仍率兵踊跃前进，为这一追，适中兵法所忌，又蹈僧王覆辙了。好勇者其听之！树珊前追数十里，忽后面喊声大起，有大队捻子杀到，前面的捻子，也转身夹击，把张军前后队冲断。树珊久战无继，免不得穷蹙起来，战至夜半，不得出围，所督副队及亲兵，伤亡殆尽。树珊自知必死，大呼陷阵，杀伤略当，力尽堕马，遂遇

害。树珊庐州人，系张树声兄弟，自咸丰四年，随兄至皖北带勇，隶李鸿章麾下，树声以谋胜，树珊以勇胜，相辅而行，故所向有功。至同治四年，树声赴徐海道任，树珊已洊升至右江镇总兵，此次奉命援鄂，鸿章颇虑其轻敌，令与周盛波合进。不意树珊偏孤军追敌，竟堕了捻子前后夹攻的诡计。叙明树珊履历，犹是旌忠之意。

刘铭传闻树珊败没，驰至德安，会周盛波军，追踪进蹑，击败捻众于下沙港，捻众东窜枣阳，西折至安陆府属的尹滏河。时鲍提督超，正驻军樊城，铭传与他函商，约期夹击。铭军由北而南，先至尹滏河，望见捻众均扎驻对岸，遂留王德成、龚元友两营，护守辎重，自率大众渡河。至中流，捻众作要击状，被铭军炮弹击退。铭军既登对岸，捻众不战而走，由铭军追杀五六里。铭传老将，胡犹不知捻匪诈计？此可见行军之难。忽有紧报传来，说是捻子已渡河劫辎重，铭传大惊，急分前敌步队三营，马队三营回顾后路，六营方发，任赖二捻，竟悉众回扑铭军，铭传即分中左右三军迎敌。战不多时，左军统带刘盛藻，败退过河，捻子并力攻中右两军，中军营官李锡增，中弹身亡，铭传也不能支，只得且战且退。右军统带唐殿魁被困，战没阵中，于是捻众乘势掩杀，亏得王德成、龚元友两营，沿河救应，方得护铭传过河。捻众又渡河追来，铭传正在危急，幸鲍超亲率霆军来援，两军齐奋，方将捻众杀退，向安陆西路窜去。铭传收拾余军，五停中已丧失一停，询问王龚两营官，才知抢劫辎重乃是捻子谣言，故意误人，摇动铭传军心之计，铭传懊丧不迭，奏闻清廷，自请处分。有旨加恩宽免，只责刘盛藻督队不力，拔去花翎，撤去勇号，仍令带罪图功。其余阵亡将士，各赐恤有差。捻匪计中有计，不可谓无人。

同治六年，李鸿章抵徐州，朝旨令他任湖广总督，仍著在营督军剿捻。鸿章接旨后，复自徐至周家口，定议先剿东捻，后剿西捻，又因树珊战殁，铭传败退的缘故，料得穷追无益，决计用曾老旧谋，仍主圈地。闻任、赖等尚在鄂境，劫掠裹胁，乃檄各路统领，陆续赴鄂，围攻捻众。赖文洸刁猾得很，与任柱商议，由鄂窜豫，至信阳州。刘铭传急统军回防，周盛波亦随后踵至，两路夹击，阵擒捻党汪老魁、陈大狗、祝老伏等十八人，斩余捻二千余名，只阵亡总兵刘启福。任、赖经此大创，只得折回，转而图皖，又被刘秉璋、杨鼎勋等击败。任、赖急得没法，还想下窜，由刘铭传驰入鄂边，拦

头痛剿，连败数阵。适时当仲夏，天久不雨，湖河尽涸，人马转战疲惫，无水不足以制敌。水溢不足制敌，水涸又不足制敌，流寇确是难剿。鸿章正在忧虑，俄闻捻众又逼近南阳，忙檄刘铭传尾追，周盛波迎截，潘鼎新、刘士奇等分路兜剿。任、赖闻风东趋，竟自河南窥山东，日夕驰数百里，势如飙发。各军驰追不及，竟被他冲破运防，直达济宁。运防是什么要隘？因前次曾侯督师时，除豫省贾鲁河、沙河两岸设防外，又于山东省的运河东岸，修堤筑墙，防捻东窜。豫防溃陷，运防尚屹然如故。任、赖等远窜鄂中，距运防已远，戍卒多懈，不防捻众突然驰至，冲过运河东岸长墙，把东军防营内的军械，抢掠殆尽，并掳胁民船，迫渡全师。东军统带王心安，水师统带赵三元，都逃得不知去向，一任捻众所为，这叫作蝗虫吃稻，蚱蜢当灾。王心安太安心了，赵三元想是癞头鼋转世，故凫水隐去。

鸿章闻报，亟自周家口赴归德，调集淮军全营，赴东防堵。刘铭传、潘鼎新为淮军领袖，因捻众渐趋登莱，遂建倒守运防，进扼胶莱的计议，鸿章甚为赞成，遂派铭军由济宁向泰安、莱芜，径趋青州为中路，鼎军由潍县昌邑赴莱州为北路，又派徐州镇董凤高，昭通镇沈宏富马步十五营，由郯城兰山进莒州为南路，三路兜截而前，期逼二捻酋到海滨，使他进退无路，束手就毙。于是将大略疏陈，复旨命他移驻东境，就近调度。鸿章乃再自归德趋济宁，又调周盛波、刘秉璋、杨鼎勋各军，分戍运河，并咨河南巡抚李鹤年，派张曜、宋庆两军扼东平，并约安徽巡抚英翰，派黄秉钧、张得胜、程文炳各军。扼守宿迁上下游一带，并调水师三营，入运巡护。乃弟李昭庆，亦令守韩庄八闸。各军陆续到防，旌旗飘荡，戈戟森然。就中有坍陷的河堤，毁坏的墙垣，令弁勇赶紧修筑，不论炎风烈日，统是昼夜不停。这一番布置，真是密密层层，象铜墙铁壁一般，一些儿没有渗漏。鸿章复亲去巡视，东至运河，西至胶莱河，都已筹防完固。只潍河西岸，统是沙滩，接近海口，一时不及筑墙，当遣东军十营防堵，想亦无妨。遂回驻济宁，眼睁睁的望着捷报。布置妥帖，总望有成，谁料尚有缺点。

第一次报到，捻匪窜即墨县，由东抚率军击退；第二次报到，捻匪犯新河，由潘鼎新军击退；第三次报到，捻匪大股扑豫军，由宋庆等并力杀败，追奔二十余里。鸿章暗想道："这番的捻匪，已入我笼中，就使插翅也难飞去了。"过了两三日，接到一角紧要文书，拆开一瞧，乃是捻匪全股，从海

神庙扑渡潍河，王心安营溃，营官胡祖胜等阵亡，亡字未曾看完，不由的将来文掷下，勃然道："混账的王心安，前次为运防失陷，已经革职，只望他效力赎罪；他又溃走，误我大事，真正可恨！但尚有王成谦十营，为什么坐视不救呢？"看官听着！这王成谦系候补道员，就是东军十营的统领，潍河西岸，归他防堵，他因营墙未成，不免心虚，左思右想，只有已革总兵王心安，原扎辛安庄，颇有营墙掩护，遂与他商议，令他移驻海神庙。海神庙系在海口，心安总道捻匪不来，便亦允商。都是避难就易的想头。当下将所部四营移扎，偏这任柱、赖文洸，与他作对，竟从此冲出，心安又跳身遁去。王成谦袖手旁观，竟被捻众一拥过河。心安善走，成谦善避，真是一对好同宗。至刘铭传、潘鼎新，及董凤高、沈宏富等，闻警驰至，那捻众已似漏网鱼，脱笼鸟，远飏而去。恼得李鸿章无自泄愤，一口气都喷在王成谦身上，拜表弹劾，立即革职。一面专顾运防，亲赴台庄，妥慎布置。

清廷的王大臣，又疑议起来。一班饭桶，又想出头。说是："胶莱且溃，何论运河？"即寄谕询问李鸿章。鸿章复奏："胶莱河防三百余里，尚不可靠，沿运千里，似更难恃，但从前议守运河，原恐胶莱河防，仓猝难成，所以画一圆圈，扼捻归路，檄皖豫鄂各军，出境守运，既便顾外，尤便顾内。若自撤运防，令捻匪得以窜逸，将来流毒数省，贻害无穷。"这数语感动天听，有旨报可。果然任赖二酋，急欲突出运河，窜至宿迁，幸亏刘铭传、潘鼎新、周盛波各军拦住厮杀，截回捻众。任、赖又图扑苏境，经各军前截后追，打一仗，输一仗，没奈何仍返山东。是时已秋尽冬初，捻酋闻潍县有粮，想掳掠一番，为御冬计，不意铭军急急追来，任柱等方到潍县，铭军潜蹑而至，乘其不备，夤夜攻入，把捻巢截作三段，捻众大乱。捻党王双如等被斩，张斯、潘德、杨三洼等受擒，任柱、赖文洸，尚抵死拒战，当由铭军叠放排枪，中者死，着者伤。又毙捻众数千人，获住好几个头目。任、赖也几乎成擒，只得落荒逃走。任柱等经此一战，吃亏的了不得，所有精悍，多半被歼。奔到日照县，那刘铭传仍不肯舍，率马步两队追至，枪弹无情，又将任柱右耳击伤，任柱再向南窜，径奔江苏赣榆县境。遥望后面尘头又起，料知铭军杀到，不禁大愤，向手下党羽道："今日定要决一死战，有他无我，有我无他。汝等如不从令，先血吾刃。"一味蛮抗，有何益处？当下选捻子数万名，设伏城东丛林中，自己恰裹创以待。刘铭传追至赣榆，也防

任柱设伏，分兵两路，一路由城东进，派副都统善庆、温德勒克统带，一路由城西进，派总兵陈振邦及副将徐邦道、勇目陈凤楼等统带。陈振邦等甫过西关，正遇着赖文洸，率马步数千人前来，两下接仗，不到数合，赖捻即退，振邦麾众尾追，甫及里许，喊声大起，有一大股捻子，都执着长矛，相夹而进。赖捻也转身杀来，振邦颇觉心寒，幸来了刘盛休、唐定奎两将领着步队，接应振邦，夹击捻众。捻众毫不畏怯，奋勇死斗，正杀得难解难分。刘铭传亲督全军，摇旗而至，那边暋不畏死的任柱，望见铭传亲来，就将丛林内的伏捻，一齐号召，向刺斜里杀出。说时迟，那时快，善庆、温德勒克一支人马，也从城西绕到，敌住任柱。东来西应，颇觉好看。这时候炮声飚发，弹焰星攒，一面是只思脱险，猛鸷异常，一面是满望立功，悍勇无匹。酣斗了好几时，尚是不分胜负。忽然烟雾四塞，昏不见人，赖文洸一股，纷纷退走，刘铭传趁这机会，派刘克仁步队六营，及丁寿昌、滕学义等，乘着雾，由城北绕出，攻任捻的背后。自率各军会合善庆等，专攻任柱。任柱分股相拒，越斗越狠，瘌狗一般不管死活，一味乱噬。不到数刻，刘克仁、丁寿昌等，从背后冲入捻阵，捻众始乱。独任柱指麾自若，仍一些儿没有惊慌。刘铭传下令，得任贼首，立膺上赏，军士越加感奋，踊跃上前。怎奈任柱手下的悍捻，煞是能耐，左挡右拦，无隙可入。猛听得一声大叫道："任柱中枪死了。"这声传出，捻众惊噪，乃大奔。铭传挥军掩杀，穷追二十余里，擒斩千余名，夺得骡马器械无数，方才收军。

当下拜表奏捷，叙明降人潘贵升的首功。有旨自铭传以下，均加赏赉。独降人潘贵升，补用千总，并赏加游击衔，又给银二万两。看官！你道这潘贵升，何故独蒙优赏呢？原来贵升见任捻势蹙，曾向陈凤楼马队营内，密信乞降，愿杀任捻为进身阶。这日两边接仗，战久不下，贵升混入清营，密报哨官邓长安，计歼捻首。长安为语铭传，令他立功受赏。贵升即返，也是任柱命数该绝，天大烟雾，前后迷濛，被贵升施枪洞胸，顿时毙命。贵升大呼而出，至铭军处报功。捻众无头自乱，焉有不溃之理？补叙任柱中枪之原因，是作者惯手。小子曾戏作十六字道：

任柱不任，贵升偏贵。
天道昭彰，贼死无悔。

任柱已死，只剩了一个赖文洸，独木不成林，不怕他不死了。欲知后事，且看下回。

圈地剿捻之谋，实是制捻胜算。曾国藩刱之于前，李鸿章踵之于后，萧规曹随，不是过也。乃一溃河防，而言官文劾曾侯，再溃河防，而言官群诋李督，众口铄金，积毁销骨，设非老成人，坚持到底，鲜有不隳成谋，破全局者。阃外之事，将军主之，此乃颠扑不破之至理，悠悠之口无取焉。任柱为捻徒各股总头目，桀黠称最，自被其下潘贵升所刺，而捻众乃瓦解矣。然非圈地制捻之计行，则任柱之势不蹙，贵升固捻党耳，岂肯反噬乎。读此回吾服李督，吾尤服曾侯。

第七十六回　山东圈剿悍酋成擒
河北解严渠魁自尽

却说捻众自任柱死后，推赖文洸为首领，文洸激厉众捻，为任柱复雠，自赣榆县奔至海州，收拾余烬，再图大举。会清军营内又添了一员郭松林，郭向隶李督麾下，平苏常有功，应七十二回。任福建陆路提督，前时因病乞假，此番病愈来营，由李鸿章派拨马步二十营，交他统带，令赴前敌。松林与刘铭传是老同寅，自然竭力帮助，会泮昇新至海州，击败赖文洸于上庄镇，降捻党五营头目李宗诗，复追入山东诸城县境，途次遇边马游弋，亟饬将士前进，步步为营；行不数里，果见捻众数百骑，如飞而至，被鼎军一阵痛击，都拍马逃去。鼎新向步军各统领道："这是捻匪惯技，明明诱我，使我中伏，我恰偏要追去，汝等须步步留意，倘或伏贼齐来，不要惊惶，只教立定脚跟，静待号令。"捻匪惯技，已被清将瞧破，这叫作鼯鼠技穷，安能不毙？诸将齐声答应，鼎新即自率马队，分东西两路追入，步军随后徐进，一声胡哨，捻众从冈岭三路压下，好象风卷潮涌，飚忽而来，鼎新恰从容指挥，令前后马步两队，各自严列，用枪对敌，不得妄动，违令者斩。此令一出，各军士屹立不动，凭捻众如何冲突，只用枪弹对付，捻众无法可施，所有锐气，已自不战而挫。鼎新见捻众已怠，鸣鼓进军，前马队，后步兵，纵横驰突，锐不可当，杀得捻众叫苦连天，一霎时跑得精光。

自是赖文洸一筹莫展，只向寿光，昌邑，潍三县交界处，往来盘旋，到潍县东北安堌地方，又想抄袭陈文，从海滩窜渡内地。突见清军大队，摇旗

而来，旗上都大书一刘字，不是旧日的王心安。文洸到此，逃已不及，仓皇整队，迎拒铭军。方交战间，但闻四面八方，都是清军杀到，口口声声的呼杀赖贼，文洸不免慌张，忙冲开血路，向东狂奔，一口气驰至杞城，旗靡辙乱，毫无纪律。蓦闻前面有炮声枪声，振响空中，清军随声而出，当头拦截，为首一员大将，红顶花翎，跃马突入。这位大将是谁？就是郭军门松林。文洸尚不知他厉害，呼众迎战，被郭松林手刃数人，方晓得不是等闲，正思回走原路，谁知铭军又复赶到。文洸势成死地，不得不力战求生，遂令步队居中，马队分两翼，翕张凶焰，恶狠狠的相扑，究竟弱不敌强，被铭、松各军，追至河曲，群捻自相残踏，尸横狼藉，后路的捻众多凫水逃去，赖文洸也总算幸脱。想还有几日好活。

各官军复跟踪追剿，直至胶州县的小南沟，趁他未备，又尽力掩杀一阵，只剩了几个老捻子，及七八千残众随着赖酋，窜至寿光县界，官军四路相逼，蹙至海隅，圈入南北洋河巨弥河中间，河水甚深，捻众背水死战，松林、鼎勋两军，从东面攻入，铭传率大军从西面攻入，把捻众冲得四分五裂。文洸死斗一日，看看支撑不住，索性把马匹辎重，尽行弃掉，轻骑东奔。铭军令兵士不得妄取，专力追赶，由洋河追至弥河，捻众已零星四散，文洸还想冲突运防，奔至沭阳，遇着皖军程文炳，略战数合，当即折回，复至淮安，有李昭庆、刘秉璋、黄翼升水陆各军驻扎，眼见得不能过去，再窜扬州。适道员吴毓兰，奉李督檄，统带淮勇防戍，闻捻徒突至，出队迎击，文洸不敢恋战，仍且战且奔，追杀至瓦窑铺，天大风雨，昏黑莫辨，战至五鼓，毙捻数百名。此时文洸已入围中，无路可窜，竟纵火焚毁民屋，想借此摇惑官军，以便漏网。毓兰正防这一着，麾军冒火搜剿，但见火光中有一巨酋，骑着黄马，手执黄旗，指挥残捻，料知是赖文洸，叠发数枪，击中文洸马首，文洸随马仆地，毓兰急督亲卒突进，生生的将他擒住。审讯是实，就地正法，余捻不过数百人，擒斩殆尽，就使有几个逃出，也被各军搜杀无遗。

东捻各股，一律荡平，朝达捷书，夕颁赏典。李鸿章蒙赏加一骑都尉世职，提督刘铭传以下，均沐厚赉，曾国藩筹饷有功，已升授体仁阁大学士，至此亦加一云骑尉世职。清廷待遇功臣，也算不薄了。红顶子都从人血染出。就中一位勾通捻匪的张七先生，占踞山东省肥城县的黄崖山，也被官军入山穷剿，杀得一个不留。这位张七先生名叫积中，本江南仪征县人，少时曾读

过诗书，应试不隽，他穷极思迁，竟去投贽周星垣门下，拜他为师。周称太谷先生，素讲修炼采补术，门徒颇盛。积中学了五六年，尽得师承。太谷被江督百龄，拿去正法，门徒统行逃匿，积中也避至山东，寻闻禁缉渐宽，遂借传教为名，不论男女，尽行收录。有时占候风角，推测晴雨，颇觉有验，因是被惑的人，日多一日；连一班莫名其妙的官僚，也有些将信将疑，远近遂称他为张圣人。不知是文圣人，是武圣人。事有凑巧，捻匪骚扰山东，他恰托词筹防，占住黄崖山，叠石为砦，依山作垒，引诱愚民，说是北方将乱，只此间可以避兵。乡民越加信从，趋之若骛。他偏装腔作势，不轻易见人，平日讲授教旨，无非叫他高徒赵伟堂、刘耀东等，作为代表，他自己只同两个女弟子，深居密室，也不知研究什么经典。大约是闺门秘术戏图之类。这两个女弟子的芳名，一名素馨，相传是太谷孙妇；一名蓉裳，系一个吴家新孀。山中每月必设祭一二次，每祭必在深夜，香烟缭绕，满室皆馨。积中仗剑居中，两女盛装夹侍，庄严的了不得。非教中人，不能入窥，乡里都称为张圣人夜祭。谁知后来竟约会捻徒，揭竿起事。捻徒失败，一座孤危的黄崖山，哪里还保得住？被官军一阵乱杀，覆巢下无完卵，不特积中就戮，连素馨、蓉裳两女侍，也没有着落，大约不是逃，就是死，一场好因缘，都化作劫灰了。死则同穴，可以无恨。

话分两头，且说东捻失势的时候，正西捻蔓延的日子。西捻首领张总愚，自河南窜入陕西，适值叛回骚扰陕甘，遂与他联络一气。陕回的头目，叫作白彦虎，甘回的头目，叫作马化隆。他因发捻肇乱，亦乘机扰清，清廷曾赦胜保旧罪，令他往讨，师久无功，逮问赐死，应第七十一回。更调多隆阿往代。多隆阿迭破回砦，嗣后亦伤重身亡，再命杨岳斌督师，又因病乞归。西警频闻，恼了这位恪靖伯左宗棠，自请往讨，为国效力。两宫太后，欣然批准，立命移督陕甘。

宗棠到了陕西，闻捻回勾结，上疏剿捻宜急，剿回宜缓，朝旨自然照办。宗棠即令提督刘松山，及总兵郭宝昌、刘厚基等，率军驱捻，不令捻回合势。张总愚遂自秦入晋，自晋入豫，自豫入燕，直扰保定、深州等处，京畿戒严。盛京将军都兴阿，奉命赴天津，严行防堵；并调李鸿章督师北上，会剿西捻。鸿章不敢迟慢，即檄各路兵马，启程前进。唯刘铭传创疾骤发，不能乘骑。乞假养疴，因此未与。

鸿章既到畿南，以河北平原旷野，无险可守，只得坚壁清野，令捻徒无处掠食，然后再用兜剿的法子。于是劝令就地绅民，赶筑圩寨，一遇寇警，即收粮草牲畜入寨内，免为匪掠。绅民倒也遵谕筹办，无如张捻已四处窜突，连筑堡也来不及。第一次接仗，郭松林、潘鼎勋各军，破张捻于安平城下；第二次接仗，河南陕西各军亦到，与郭松林等会合，蹑捻至饶阳县境，袭斩捻党邱德才、张五孩；第三次接仗，捻偷渡滹沱河，松林、鼎勋兼程追到，陕军统领刘松山，豫军统领张曜、宋庆，亦先后踵至，各路截击，渡河各捻，杀毙甚众，张捻向南窜逸；第四次接仗，捻自直隶窜河南，复自河南回直隶，各军截剿于滑县的大伾山，又获大胜；第五次接仗，仍在滑县，捻用诱敌计引诱官军，记名提督陈振邦阵亡，其余各军，也伤失不少。讨东捻用详叙，讨西捻用简述，并非详东略西，实因东西捻之情势，大略相同，为避重复计，不得不尔。朝旨遂易宽为严，左宗棠先已被谴，至是李鸿章亦罣吏议，连直隶总督官文，及河南巡抚李鹤年，统革职留任。

左宗棠向负盛气，督军前敌，亲至畿声，与李鸿章会商军务，决议严守运防，蹙贼海东。统是抄袭曾文。规划方定，张捻已直走天津，亏得郭松林等冒雨忍饥，日夜驰数百里，抄出敌前，击败张捻，捻始折回。从前张捻的计策，很是厉害，他从陕西到京畿，飚疾异常，本拟马到成功，立夺津沽，不期淮勇亦倍道来援，日夕争逐，未能逞志。他又故意窜至河南，牵掣淮军南下，然后疾卷回犯津沽，出人不意，掠夺奥区。偏这郭松林等，与捻众角逐已久，熟悉狡谋，防他回袭，与之并趋而北，且比他赶向上风。一场酣斗，竟得胜仗，自此敌谋乃沮，折入运东。总叙数语，申明上文。

李鸿章遂力主防运，拟先扼西北运河，联筑长墙，绝捻出路。适郭松林等追捻南下，道出沧州，沧州南有捷地坝，在运河东岸，当减河口，以时启闭，蓄泄济运，减河水深，足限敌骑窜津之路。鸿章飞饬郭松林，腾出潘鼎新、扬鼎勋两军，筑减河长墙八十余里，分兵扼守，津防以固。再调淮直豫陕皖楚各军，各守运河泛地，运防亦因是告成。鸿章又亲率周盛波行队，由德州沿运河，察勘形势，尚未回辕。张捻果率众扑减河长墙，见淮军整队出迎，料不可敌，不战即走；至盐山附近，突遇两支大军，一支是湘军刘松山，一支是豫军张曜、宋庆，由陕督左宗棠统率前来。两下对垒，张捻大吃其亏，由盐山遁去，走入茌平高唐境内。嗣是捻中无一步队，专恃马军，每

人备马三四，倏忽易骑，势如飘风疾雨，遇敌即奔，追亦难及。鸿章只饬各军添筑长墙，一层紧一层，一步紧一步，圈地益蹙，捻势亦益衰。嗣至沙河左近，被松林等探悉行踪，乘雨潜袭，列阵而进，行十余里，渡过沙河。捻方起队欲走，行列未定，蓦见官军突至，不觉大惊，急思策马前奔，怎奈泥淖载途，骑不能骋，此时前有松林，后有鼎新，前后夹击，马步连环迭进，无不以一当百，枪丸如雨而下，呼声雷动。捻众大衄，官军乘势压追，直抵商河城下。自沙河至商河三十里，沿途伏尸，顶趾相接，张总愚尚亲率黑旗队，回战数次，被官军排枪齐放，着了弹子数粒，坠落马下。旁有骑卒数十名，忙将总愚扶起，翼之而遁。这一场大战，毙捻徒二三千名，生擒千余名，还有五千余骑，向东驰脱。

鸿章复奏调刘铭传赴军，联络各路，逼捻入山东省，至济阳境内，斩尾捻二百余级，生获捻党郑文起，余捻折向南遁，窜入黄河沿岸的老海洼，凫水狂奔。各官军亦凫水进逼，由水登陆，把捻中最悍头目程二老坎、程三老坎、张锦泗、周六等，统共杀死。张捻辗转至德州，连番抢渡运河，都由炮船民团击溃。著名悍捻张正邦、张正位、张可师、张九临、尹汤成、李老怀、邱麻子等，率旧伙缴械乞降。张总愚再窜商河，已零零落落，不能成队。刘铭传等复率队来追，迫总愚于黄河运河间，八面围攻，生擒总愚爱子张葵儿，及其兄宗道、弟宗先、侄正江，并悍目程四老坎、马老三、樊人等，统就阵前枭首。总愚丁乱军逸出，东北走至徒骇河滨，顾手下只有八骑，不禁涕泗横流，下马与八人永诀，投水而逝。全尸而死，还是张捻之幸，看官莫以项羽相比。及官军追至，六骑死矛刃下，两骑被擒，西捻亦就此肃清。当由六百里驰驿奏捷，李鸿章、左宗棠等，自然官还原职，其余得力将弁，亦奖叙有差。军机大臣恭亲王弈䜣，暨文祥、宝鋆、沈桂芬诸人，也因赞襄机务，昕夕慎勤，得邀特赏。就是亲郡王贝勒贝子公，及内外文武，大小臣工，概蒙赏加一级。拨开云雾，重睹承平，又是一番好景象了。语中有刺。

只陕甘叛回，尚未平靖，由左宗棠入觐，奏称五年以后，定可报绩。两宫太后非常欣慰，令他即日还陕。宗棠受命，风驰电掣而去。左公好大喜功，言下自见。还有云南一带，亦有叛回滋扰，云贵总督潘铎，被叛回马荣杀死，亏得代理藩司岑毓英，密抚回酋马如龙，合击马荣，一鼓歼除。毓英本粤西诸生，带勇入滇，累著战功，潘铎死后，朝命劳崇光继任。崇光一见毓英，

大加赏识，遂将云贵军事，委任毓英。会黔苗陶新春兄弟，无端倡乱，毓英又出省讨平。师出未归，迤西回酋杜文秀，聚众数十万，连陷二十余城，直犯省会。劳制军急檄毓英回援，毓英倍道返省，戈矛耀日，旌旆迎风，叛回闻他威名，先已股栗，待至交战，岑军果个个勇猛，大小回垒数十，被岑军一一踹破。文秀回踞大理府，毓英遂晋升云南巡抚。两宫皇太后，及同治皇上，料知陕甘云贵一带，不日可以荡平，遂将平日宵旰忧劳的心思，改作安闲自在的态度。慈安太后素性贞淑，倒也没甚变态，独这花容月貌，聪明伶俐的慈禧后，未免放荡起来，宠了一个安得海，闹出一场招摇撞骗的笑话。正是：

安者危之机，逸者欲之渐；
宵小伏宫闱，怪象从此现。

欲知安得海招摇情形，待下回再行表明。

东西捻同一性质，所以制东捻者在圈地，则制西捻应亦如之。本回叙东捻事较详，述西捻事少略，为省繁避复起见，细评中已言及之，阅者应自默会也。或谓洪氏子有帝王思想，与著书人寓意不同，故特加贬笔，东西捻则来去飚忽，未尝踞一城，占一地，似较洪氏为可原。不知洪氏为大盗，东西捻为流寇，大盗不可恕，流寇其可恕乎？同一病国，同一殃民，何分之有？著书人仍深斥之，所以遏乱萌，防流弊也。张积中言波行诡，恶似较浅，而心更可诛，故特附入篇中，以垂炯戒。

第七十七回　戮权阉丁抚守法
办教案曾侯遭讥

却说慈禧太后在宫无事，静极思动，未免要想出消遣的法子。她生平最喜看戏，内监安得海，先意承志，替太后造了一座戏园，招集梨园子弟，日夕演戏。安得海亦侍着太后，日夕往观，仿佛唐宫，只慈禧厚福，恰比杨玉环要加十倍。因此安太监愈得太后欢心。安太监于两宫垂帘时，曾有参赞秘谋的功绩，至此权力越大，除两宫太后外，没一个敢违忤他，就是同治皇帝，也要让他三分。宫中称他小安子，都奉他如太后一般。慈禧后有时高兴，连咸丰帝遗下的龙衣，也赏与小安子。直视小安子如咸丰帝，比武后宠张昌宗何如？当时有个御史贾铎，素性鲠直，闻得小安子擅权，专导慈禧后看戏，每演一日，赏费不下千金，他心中愤懑得很，竟切切实实的上了一本，奏中不便指斥慈禧，只说是“太监妄为，请饬速行禁止，方可杜渐防微”等语。慈禧太后览奏，却下了一道懿旨，责成总管太监，认真严察。如太监有不法等情，应由总管太监举发，否则定将总管太监革退，还要从重治罪。内外臣工，见了此旨，都称太后从谏如流，歌颂的了不得。其实慈禧是借此沽名，宫中仍按日演戏，且令小安子为总管，权柄日盛一日。

适值粤捻荡平，海内无事，小安子活不耐烦，想出京游赏一番；恰巧同治皇上，年逾成童，两宫欲替他纳后，派恭亲王等，会同内务府及礼工二部，预备大婚典礼。小安子乘机密请，拟亲往江南，督制龙衣。慈禧太后道：“我朝祖制，不准内监出京，看来你还是不去的好。”小安子道：“太后

有旨，安敢不遵？但江南织造，向来进呈的衣服，多不合式，现在皇上将要大婚，这龙衣总要讲究一点，不能由他随便了事。而且太后常用的衣服，依奴才看来，也多是不合用的，所以奴才想自去督办，完完全全的制成几件，方好复旨。”慈禧后素爱装扮，听小安子一番说话，竟心动起来。只是想到祖制一层，又不便随口答应，当下狐疑未决。究竟是个女流。小安子窥透微意，便道：“太后究竟慈明，连采办龙衣一件事，都要遵照祖制，其实太后要怎么办，便怎么办，若被祖制二字，随事束缚，连太后都不得自由呢。”慈禧后性又高傲，被这话一激，不禁发语道：“你要去便去，只这事须要秘密，倘被王大臣得知，又要上疏奏劾，连我也不便保护。”小安子闻慈禧应允，喜得叩首谢恩。慈禧又嘱他沿途小心，小安子虽口称遵旨，心中恰不以为然。随即辞了太后，束装就道，于同治八年六月出京，乘坐太平船二只，声势烜赫，船头悬着大旗一面，中绘一个太阳，太阳中间，又绘着三足乌一只。这是何意？大约是天子当阳的意义。两旁插着龙凤旗帜，随风飘扬。船内载男女多人，前有娈童，后有妙女。安得海是个阉人，要娈童妙女何用？我却不解。品竹调丝，悠扬不绝。

道出直隶，地方官吏，差人探问，答称奉旨差遣，织办龙衣。看官！你想这班地方官，多是趋炎附膻的朋友，听得钦差过境，自然前去奉承。况又是赫赫有名的小安子，慈禧太后以下，就算是他，哪个敢不唯命是从？小安子要一千金，便给他一千金，小安子要一万金，也只得如数给他。安得海喜气洋洋，由直隶南下山东，总道是一路顺风，从心所欲，不意恶贯满盈，偏偏碰着一个大对头。这大对头姓丁，名宝桢，贵州省平远州人，问起他的官职，便是当时现任的山东巡抚。剿捻寇时，曾随李鸿章等，防堵有功，连级超擢。生平廉刚有威，不喜趋奉。一日，在签押房亲阅公牍，忽接到德州详文，报称钦差安得海过境，责令地方供张，应否照办？宝桢私讶道：“这安得海是个太监，如何敢出都门？莫非朝廷忘了祖训么？”当即亲拟奏稿，委幕友赶紧抄就，立差得力人员，嘱他由六百里驰驿到京，先至恭王邸报告，托他代递奏章。

原来恭王奕䜣，见安得海威权太重，素不满意，接着丁抚奏折，立刻入宫去见太后。可巧慈禧后在园观剧，不及与闻，也是安得海该死。恭王便禀知慈安太后，递上丁宝桢密奏，由慈安后展阅一周，便道：“小安子应该正法，

但须与西太后商议。”恭王忙奏道：“安得海违背祖制，擅出都门，罪在不赦，应即饬丁宝桢拿捕正法为是。”慈安太后尚在沉吟，半晌才道：“西太后最爱小安子，若由我下旨严办，将来西太后必要恨我，所以我不便专主。”慈安懦弱。恭王道：“西太后么？以祖制论，西太后也不能违背。有祖制，无安得海，还请太后速即裁夺。若西太后有异言，奴才等当力持正论。”慈安后道：“既如此，且令军机拟旨，颁发山东。”恭王道：“太后旨意已定，奴才即可谨拟。”当下命内监取过笔墨，匆匆写了数行，大致说：“安太监擅自出都，若不从严惩办，何以肃宫禁而儆效尤？着直隶、山东、江苏各督抚速派干员，严密拿捕，拿到即就地正法，毋庸再行请旨”等语。拟定后，即请慈安太后盖印。慈安竟将印盖上，由恭王取出，不欲宣布，即交原人兼程带回。

直隶、山东，本是毗连的省份，不到三天，已至济南。丁抚接读密谕，立饬总兵王正起，率兵追捕，驰至泰安县地方，方追着安太监坐船。王总兵喝令截住，船上水手毫不在意，仍顺风前进，忙在河边雇了民船数只，飞棹追上，齐跃上安太监船中。安得海方才闻知，大声喝道：“哪里来的强盗，敢向我船胡闹？”王总兵道：“奉旨拿安得海，你就是安得海么？”安得海却冷笑道：“咱们是奉旨南下，督办龙衣，沿途并没有犯法，哪有拿捕的道理，你有什么廷寄，敢来拿我！”王总兵道：“你不要倔强，朝旨岂可捏造么？”便令兵弁锁拿安得海。安得海竟发怒道：“当今皇帝也不敢拿我，你等无法无天，妄向太岁头上动土，难道寻死不成？”兵弁被他一吓，统是不敢上前，气得王总兵两目圆睁，亲自动手，先挥去安得海的蓝翎大帽，然后将安得海一把扯倒，令兵弁取过铁链，把他锁住。兵弁见主将下手，不敢不从，当将安得海捆缚停当，余外一班人众，统行拿下。随令水手回驶济南。

丁抚正静候消息，过了两天，王总兵已到，立即传见，接谈之下，知安得海已经拿到，即传集两旁侍役，出坐大堂。兵弁带上安得海，便喝问：“安得海就是你么？”安得海道：“丁宝桢！你还连安老爷都不认得，作什么混账抚台？”丁抚也不与辩驳，便离了座，宣读密谕，读至“就地正法”四字，安得海才有些胆怯，也只有这点胆量。徐徐道：“我是奉慈禧太后懿旨，出来督办龙衣的。丁抚台！你敢是欺我么？”渐渐口软。丁抚道：“这是何事，敢来欺你！”安得海道：“朝旨莫非弄错，还求你老人家复奏一本，然后安某死也甘心。”丁抚道：“朝命已说是毋庸再请，难道你未听见？”安得海还

想哀求，迟了。怎奈丁抚台铁面无情，竟饬刽子手将他绑出，一声号炮，安得海的头颅，应刃而落，其余一干人犯，暂羁狱中，候再请旨发落。

复奏到京，又由恭王禀报慈安太后，一不做，二不休，索性令将随从太监，一并绞决。还有一道严饬总管的谕旨，联翩而下。丁抚自然遵旨办理，将安得海随从陈玉麟、李平安等，讯系太监，立即处绞。此外男女多名，充戍的充戍，释放的释放，总算完案。

这件事情，慈禧后竟未曾得知，直至案情已了，方传到李莲英耳中，急忙转告慈禧。李莲英是什么人物？也是一个极漂亮的太监。安得海在时，莲英已蒙慈禧宠幸，只势力不及安得海。此时安得海已死，莲英心中，恰很快活，因巴结慈禧要紧，便去详报。慈禧后大惊道："有这件事么！为何东太后全未提起？想系是外面谣传，不足凭信。"莲英道："闻得密谕已降了数道，当不致是谣言。"慈禧后道："你恰去探明确凿，即来禀报。"莲英得了懿旨，径往恭邸探问。恭王无从隐讳，只好实告。莲英道："慈禧太后的性子，王爷也应晓得，此番水落石出，恐怕慈禧太后是不应许呢。"恭王道："遵照祖制，应该这样办法。"莲英微笑道：笑里藏刀。"讲到祖制两字，两宫垂帘，也是祖制所没有，如何你老人家却也赞成？"以矛攻盾，煞是厉害！恭王被他驳倒，一时回答不出。莲英便要告辞，做作的妙。恭王未免着急，顺手扯着莲英，到了内厅，求他设法。莲英方才献策道："大公主在内，很得太后欢心，可以从中转圜。若再不得请，奴才也可替王爷缓颊。"恭王喜道："这却全仗……"莲英不待说完，即接口道："奴才将来要靠王爷照拂时候，恰很多哩。区区微效，何足挂齿？"随又请恭王缴出密谕稿底，恭王即检付一纸，那是东后的谕旨，临别时还叮咛嘱托。莲英一肩担任，连说："王爷放心，总在奴才身上。"内侍母后，外结亲王，莲英开手，便比安得海高一着。当下别了恭王，匆匆回宫，将密谕呈上。由慈禧后瞧阅道：

本月初三日，丁宝桢奏，据德州知州赵新禀称，有安姓太监乘坐大船，捏称钦差，织办龙衣，船旁插有龙凤旗帜，携带男女多人，沿途招摇煽惑，居民惊骇等情。当经谕令直隶山东各督抚，派员查拿，即行正法。兹按丁宝桢奏，已于泰安县地方，将该犯安得海拿获，遵旨正法。

慈禧后阅到此语，不禁花容变色，几乎要堕下泪来。随又阅下道：

> 其随从人等，本日已谕令丁宝桢分别严行惩办。我朝家法相承，整饬官寺，有犯必惩，纲纪至严。每遇有在外招摇生事者，无不立治其罪。乃该太监安得海，竟敢如此胆大妄为，种种不法，实属罪有应得。经此次严惩后，各太监自当益加儆慎，仍着总管太监等，嗣后务将所管太监，严加约束，俾各勤慎当差。如有不安本分，出外滋事者，除将本犯照例治罪外，定将该管太监一并惩办。并通谕直省各督抚，严饬所属，遇有太监冒称奉差等事，无论已未犯法，立即锁拿奏明惩治，毋稍宽纵！钦此。

慈禧后阅罢，把底稿撕得粉碎，大怒道："东太后瞒得我好，我向来道她办事和平，不料她亦如此狠心，我与她决不甘休。"说着，便命李莲英随往东宫。莲英道："这事也不是东太后一人专主。"索性和盘托出，免得后来枝节。慈禧后道："此外还有何人，除非是弈䜣了？可恨可恨！"莲英道："太后一身关系社稷，不应为了安总管，气坏玉体。"随即替慈禧捶背。言动皆善于迎合。约半小时，见慈禧气喘少息，随道："安总管也太招摇，闻他一出都门，口口声声，说奉太后密旨，令各督抚州县报效巨款，所以闹出这桩案情。"归罪安得海，便好开脱恭王。慈禧后道："有这等事么？他亦该死！但东太后等不应瞒我。"

正絮语间，忽由宫监来报，荣寿公主求见。这荣寿公主，便是恭王女儿，宫中称她大公主，她为文宗所宠爱，文宗崩后，慈禧后因自己无女，就认她为乾女儿，入侍宫中，封她为荣寿公主，莲英与恭王密谈，说起大公主，就是指她。回宫后，即密递消息，叫她前来恳求。慈禧正欲发泄怒意，便道："叫她进来！"荣寿公主入见，请过了安。慈禧后道："你父亲做得好事！"公主佯作不解，莲英从旁插口道："就是安总管的事情，大公主应亦好晓得了。"公主忙向慈禧跪下，叩头道："臣女在宫侍奉，未悉外情，今日方有宫人传说，臣女即回谒臣父，据称安总管招摇太甚，东抚丁宝桢，飞递密奏，刚值圣母观剧，恐触圣怒，不敢禀白，所以仅奏明慈安太后，遵照祖制办理。"慈禧后道："你总是为父回护。"公主再碰头乞恩，慈禧后道："这次姑开恩饶免，你去回报你父，下次瞒我，不可道我无情。"公主谢恩趋出。

慈禧后还欲往东宫，莲英道："太后圣度汪洋，恭王爷处尚且恩释，难道还要与东太后争论么？有心不迟，不如从长计议。"伏后案。慈禧后见莲英伶俐，语语中意，遂起了桃僵李代的意思，把他擢为总管。莲英感太后厚恩，鞠躬尽瘁，不消细说。包括无穷。

光阴如箭，又过一年，天津地方，闹出一场教案，险些儿又开战衅，总算由曾国藩等委曲调停，方免战祸。原来中外互市以后，英法俄美诸商民，纷纷来华，时有交涉。天津和约，复订保护传教的条约，通商以后，又来了许多教士，更未免与华民龃龉。清廷特建总理各国衙门，并在各口岸设通商大臣专管外交。嗣是德意志、丹麦、荷兰、西班牙、比利时、意大利、奥大利、日本、秘鲁等国，各请互市，均由总理衙门与订条约。曾国藩、李鸿章等，留心外事，自愧不如，乃迭请刱办新政，改习洋务。廷臣又据了用夏变夷的古训，先后奏驳。满首相倭仁，尤为顽固，事事梗议。夏虫不可语冰。幸两宫太后信用曾、李，次第准行。同治二年，在京师立同文馆；三年，遣同知容闳出洋，采办机器；四年，命两江总督，兼充南洋大臣，设江南制造局于上海；五年，置福建船政局；七年，派钦差大臣志刚、孙家榖，偕美人蒲安臣，游历西洋，与美国订互派领事，优待游学等约；九年，命直隶总督兼充北洋大臣，增设天津机器局。总叙一段，以志中国新政。在清廷方面，也算是破除成例，格局一新，其实还是洋务的皮毛，只好作为外面粉饰。评论的确。而且办事的人，统是敷衍塞责，毫无实心。内地的百姓，又是风气不通，视洋人如眼中钉。适值天津有匪徒武兰珍迷拐人口，被知府张光藻，知县刘杰缉获，当堂审讯，搜出迷药，供称系教民王三给与。民间遂喧传天主教堂，遣人迷拐幼孩，挖目剖心，充作药料。当时一传十，十传百，以讹传讹，并将义冢内露出的枯骨，均为教堂弃掷；人情汹汹，都要与教堂反对。通商大臣崇厚，及天津道周家勋，往会法国领事丰大业，要他交出教民王三，带回署中，与兰珍对质。兰珍又翻掉原供，语多支离，无可定谳。崇厚饬役送王三回教堂，一出署门，百姓争骂王三，并拾起砖石，向王三抛击，弄得王三皮破血流。王三哀诉教士，教士转诉丰大业，丰大业不问情由，一直跑到崇厚署，咆哮辱詈。崇厚用好言劝慰，他却不从，竟向袋中取出手枪，击射崇厚。崇厚忙避入内室，一击不中，愤愤出署。途中遇着知县刘杰，正在劝解百姓，他又用手枪乱击，误伤杰仆。百姓动了公愤，万眦齐裂，顿时一拥而

上，把他推倒，你一拳，我一脚，不到半刻，竟将这声势赫弈的丰大业，殴毙道旁。丰大业固由自取，百姓亦属无谓。随即鸣锣聚众，闯入教堂，看见洋人及教民，便赠他一顿老拳。至若器具什物等件，尽行捣毁。百姓忿尚未泄，索性放一把火，将教堂烧得精光，眼见得闹成大祸了。

是时曾国藩已调任直隶总督，方因头晕请假，朝命力疾赴津，与崇厚会同办理。曾侯到津，主张和平解决，不欲重开兵端，蹈道咸年间的覆辙。又因崇厚就职多年，久习洋务，凡事多虚心听从。怎奈崇厚非常畏缩，见了法使罗淑亚，竟不能据理与辩。罗淑亚要求四事：一是赔修教堂，二是安葬领事，三是惩办地方官，四是严究凶手。崇厚含糊答应，为了含糊二字，贻误交涉不少。报知曾侯。曾侯拟允他两三条，独惩办地方官一事，因与主权有碍，不肯照允。法使罗淑亚，得步进步，反来一照会，竟欲将府县官，及提督陈国瑞抵偿丰大业性命，否则有兵戎相见等语。曾侯到此，也未免踌躇起来。崇厚又从旁撺掇，似乎非允他照办，不能了事。于是奏劾府县官的弹章，即日拜发。有旨"逮知府张光藻，知县刘杰，交部治罪。"这旨一下，天津绅民大哗，争詈崇厚及曾国藩。曾侯因亦自悔。那崇厚还欲巴结外人，力主府县议抵，并昌言洋人兵坚炮利，不许即将发难。惹得曾侯懊恼，当即发言道："洋人道我没有防备，格外怕死么？我已密调队伍若干，粮饷若干，暗中设防。就使事情决裂，也管不得许多。况我自募勇剿贼以来，此身早已许国，幸赖朝廷洪福，将帅用命，得以扫尽狂氛。日下旧勋名将，虽止十存四五，然还有左宗棠、李鸿章、杨岳斌、彭玉麟诸人，志切时艰，心存君国，且久经战阵，才力胜我十倍。我年过花甲，有渠等在，共匡帝室，我虽死亦可瞑目了。"崇厚撞了一鼻子灰，嘿然退出，单衔独奏。略说"法国势将决裂，曾国藩病势甚重，请由京另派重臣来津办理。"曾侯亦因谕旨垂询，据实复奏道：

查津民焚毁教堂之日，众目昭彰，若有人眼人心等物，岂崇厚一人所能消灭？其为讹传，已不待辨。至迷拐人口，实难保其必无。臣前奏请明谕，力辨洋人之诬，而于迷拐一节，言之不实不尽，诚恐有碍和局。现在焚毁各处，已委员兴修。教民王三，由该使坚索，已经释放。查拿凶犯一节，已饬新任道府，拿获九名，拷讯党羽。唯罗淑亚欲将三

人议抵，实难再允所求。府县本无大过，送交刑部，已属情轻法重，彼若不拟构衅，则我所不能允者，当可徐徐自转。彼若立意决裂，虽百请百从，仍难保其无事。谕旨所示，弭衅仍以起衅，确中事理，且佩且悚。外国论强弱，不论是非，若中国有备，和议或稍易定。窃臣自带兵以来，早矢效命疆场之志。今事虽急，病虽深，此心毫无顾畏，不过因外国要挟，尽变常度。区区微忱，伏乞圣鉴。

奏上，清廷派兵部尚书毛昶熙等，到津会办教案。一面调湖广总督李鸿章，及在籍提督刘铭传，到京督师，防卫近畿。毛昶熙随员陈钦，素有胆略，到津后，与法使侃侃力辨。法使不能诘，只固执前说，径行回京。崇厚奉旨出使法国，即由陈钦署理通商大臣。曾侯遂与陈钦会奏罗淑亚回京缘由，请中外一体坚持定见，并将连日会议情形，具报总理衙门。当由总理衙门转奏，奉谕着李鸿章驰赴天津，会同曾国藩等迅速缉凶，详议严办，及早拟结。曾、李乃分别定拟，把滋事人民十五人正法，军流四人，徒刑十七人。朝旨又命将张光藻、刘杰充戍黑龙江，教案才结。

一事甫了，一事又起，两江总督马新贻，被刺客张汶祥刺毙，凶信到京，这老成练达的曾侯爷，又要奉旨调动了。小子有诗咏曾侯云：

天为清廷降荩臣，百端尽付宰官身。
从知舆论难全信，后世如曾有几人？

欲知曾侯调动情形，且待下回再叙。

安得海之伏法，予服丁宝桢，予尤佩慈安太后。丁宝桢不畏疆御，敢于弹劾，其胆量诚有过人之处。慈安太后遇事温厚，独于安得海一案，经恭王怂恿，即密令拿捕正法，此为慈安太后一生明断，迄今都人士，称颂不衰。至若天津教案，曾国藩办理少柔，致遭物议，实则当时有不得不柔之势。粤捻初平，西陲未靖，海内伤痍，方资休养，岂尚可轻开边衅，蹈昔时旋战旋和之失耶？予读此回，于前半见丁抚之能刚，于后半见曾侯之能柔，且以见两宫垂帘之时，廷旨多满人意，不可谓非慈安之力，谁谓慈安非贤后哉？

第七十八回　大婚礼成坤闱正位　撤帘议决乾德当阳

却说天津教案，甫行办竣，江督马新贻被戕，有旨授李鸿章总督直隶，调曾国藩回督两江。是年适当国藩六十寿辰，御赐“勋高柱石”匾额一面，福寿字各一方，梵佛铜像一尊，玉如意一柄，蟒袍一袭，还有吉绸线绉等件。国藩入朝谢恩，当由慈禧太后问他天津情形，并令他速赴江南。国藩一一应答，随即退出，于同治九年十月出都，沿途无事，直至江宁督署接印视事。清廷以前督被刺，事关重大，并命钦差郑敦谨南下，会同审问，传集中军官，旗牌官，巡捕官，王命司，护印司，护勅司，刀斧手，捆绑手，刽子手，洋枪队，马刀队，钢叉队，排得密密层层，异常威赫。曾侯爷与郑钦使，同升公座，喝令带上张逆犯。当由两旁兵役，一声吆喝，推上张汶祥当面。曾、郑两公，先用威吓，后用刑讯。这张汶祥毫无实供，只说是刺死马新贻，可以泄忿，大事已了，愿即受死。曾侯又问他是何人主使，他却大声道：“要刺马新贻是我，刺杀马新贻也是我，好汉做事一身当，凭你如何处治便了。”郑钦差还想设词诱骗，他索性说主使的人，便是你们。弄得曾、郑二公无法可施，只得奏称该犯实无主使，应处极刑。廷旨准奏，即着凌迟处死。

列位看到此处，应该问作书的人，究竟这张汶祥，为着何事，去刺马新贻？小子也无从实考，只听得故老相传，马新贻未显达时，曾与一个结义兄弟，非常莫逆。嗣因义兄弟娶了一位妻房，生得柳腰杏脸，妩媚过人，他就

觑在眼中，艳羡的了不得。一时不便勾搭，日思夜想，几乎害成一种单思病。冶容诲淫。但他在宦途中，是个钻营的能手，由县丞起马，不数年连升总督。看官！你想中国有几个总督大员，一朝权在手，就把事来行。他外面装出一副义重情深的形状，把义兄弟立刻提拔，差他出外办公，又令他把家眷搬入衙门，说是便于照管，叫他放心前去。他义兄弟感谢不尽，即将家眷安顿督署内，奉委就道。这马新贻已摆好迷阵，不怕他妻房不上勾当，他妻房究系女流，哪里晓得这种圈套？一入署中，即被他灌得烂醉，扯入寝室，宽衣解带，无所不至。等到醒来，悔已无及。马新贻又拿出温存手段，妇人家总带三分势利，暗想马新贻是现任总督，比自己的丈夫要尊贵数倍；又兼性情相貌，都比丈夫胜过几筹，事已如此，索性由他摆弄，自己也乐得快活。总是马新贻不好。后来马新贻越加宠爱，她也越加柔媚，鹣鹣比翼，合力同心，只愿地久天长，谐成眷属，单怕她丈夫回来。一年复一年，她丈夫惹动儿女情肠，屡次申文请假，马新贻不但不准，且下了一角密札，给他办事地方的长官，说他勾通大盗，证据确凿，不必审讯，饬即密捕正法。这义兄弟茫无头绪，冤冤枉枉的拿去斩首。谁叫你娶了艳妻？密报到省，喜得马新贻手舞足蹈，总道是大患已除，可以安心取乐，谁料他义兄弟竟有好友，闻知这事，动起义愤，竟到两江督署左右，专等马新贻出门，托词拦舆诉冤。三脚两步的走到舆前，手持利刃，刺入新贻胸膛。随役连忙拿住，新贻已不省人事，抬回署内，见他情妇模模糊糊的说了“我害你，你害我”两语，两眼一翻，双足一蹬，竟呜呼哀哉了。那时情妇一想，为了自己一人，害死两条性命，天良发现，也悬梁自尽。嗣经臬司审问刺客，只答称“好汉张汶祥，刺死马新贻”，余外全无实供。后经曾、郑二大员复审，供语已见上文，不必重叙。侠客做事，往往不欲宣布，这事可见一斑。近来说张汶祥也是革命人物，如徐锡麟刺恩铭相同，恐怕未必确实。将来清史告成，或有真传，也未可知，小子只好借此了案，再叙别事。好笔墨！

且说同治帝即位后，悠悠忽忽，过了十年。同治帝的年纪，已十七岁了。寻常百姓人家，也要替他授室，何况是至尊无上的天子？满蒙王公，有几个待字的女儿，哪一个不想嫁入宫中，做个椒房贵戚？只慈禧太后单生了这个儿子，那得不细心择妇，成就一对佳偶？自八年间起，筹备大婚典礼，已是留意调查，直到十年冬季，方才挑选了几个淑媛。一个是状元及第现任

翰林院侍讲崇绮的女儿，系是阿鲁特氏；一个是现任员外郎凤秀的女儿，系是富察氏；一个是旧任知府崇龄的女儿，系是赫舍哩氏；一个是前任都统赛尚阿的女儿，也系阿鲁特氏，才貌统是差不多。慈禧后已经选定，免不得与慈安后商量。慈安后道："女子以德为主，才貌到还是第二层，未知这四女中，哪个德性最好，堪配中宫？"的是正论。慈禧后道："闻得这四个女子，崇女年纪最大，今年已十九岁，凤女年纪最轻，今年才十四岁。"慈安后即接口道："皇后母仪天下，总是年长的老成一点。"慈禧后呆了一呆，随道："凤女虽是年轻，闻她很是贤淑。"慈安后道："皇后册定，妃嫔也不可少，这等女孩子，都选作妃嫔便了。"慈禧后道："且去传弈䜣进来，叫他一酌。"慈安点头，即命宫监去召恭王。不一时，恭王入见，向两太后行礼毕，慈禧后就说起立后情事，恭王也主张年长。名正言顺，说得慈禧不好不依，后来嘉顺不终，伏线在此。随于次年仲春降谕道：

> 钦奉慈安皇太后，慈禧皇太后懿旨，皇帝冲龄践阼，于今十有一年，允宜择贤作配，正位中宫，以辅君德，而襄内治。兹选得翰林院侍讲之女阿鲁特氏，淑慎端庄，著立为皇后，已著钦天监诹吉，于本年九月举行。所有纳采大征，及一切事宜，著派恭亲王弈䜣，户部尚书宝鋆，会同各该衙门详核典章，敬谨办理！特谕。

这谕一下，恭亲王等揣摹慈禧后性情，很爱奢华，所定典制，比往时繁缛数倍。正在预备的时候，忽由江苏巡抚奏报，两江总督曾国藩出缺，恭亲王也吃了一惊，急忙入奏两宫太后。两宫太后很为叹息，命同治帝辍朝三日，即下谕追赠太傅，照大学士例赐恤，予谥文正，入祀京师昭忠祠、贤良祠；并于湖南原籍，江宁省城，建立专祠；生平政绩，宣付史馆。一等侯爵，著伊子曾纪泽承袭，次子附贡生曾纪鸿，长孙曾广钧，均着赏给举人。还有曾广钧、曾广铨一班孙儿，亦赏给员外郎主事等职衔。并派穆腾阿等，接连往祭。有御赐祭文碑文等，都是翰苑手笔，小子录不胜录，但抄述两篇如下：

> 御赐祭文曰：朕唯功懋懋赏，信圭表延世之勋，思赞赞襄，雕俎厚

饰终之典。爰申畀奠，用贲丝纶。尔原任大学士两江总督一等毅勇侯赠太傅曾国藩，赋性忠诚，砥躬清正，起家词馆，屡持节而沦才，洊陟卿曹，辄上书而陈善。值皇华之载赋，闻风木而遄归。忽乡邻有斗之频惊，潢池盗弄，懔战阵无勇之非孝，墨绖师兴。奇功历著于江淮，大名永光于玉帛。俾正钧衡之位，仍兼军府之尊。一等酬庸，锡侯封于带砺；双轮曳羽，飘翠影于云霄。重锁钥而任北门，百僚是式；还徽戒而惠南国，万众腾懽。方期硕辅之延年，岂意遗章之入告？老成忽谢，震悼良深！颁厚赙于帑金，遣重臣而奠辍。特易名于上谥，赠太傅之崇阶。列祀典于昭忠贤良，建专祠于金陵湘渚。彝章载考，祭典特颁。天不慭遗一老，永怀翊赞于元臣，人可赎兮百身，用寄咨嗟于典册。灵其不昧，尚克钦承。

又御赐碑文曰：朕唯台衡绩懋，树峻望于三公，钟鼎勋垂，播芳徽于百世。宠颁紫綍，色焕丹珉。尔原任大学士两江总督一等毅勇侯赠太傅曾国藩，秉性忠纯，持躬刚正，阐程朱之精蕴，学茂儒宗；储方召之勋猷，器推公辅。登木夭而奏赋，清表风规；历芸馆而迁资，诚孚日讲。屡持使节，兼校春闱，荐擢卿班，允谐宗伯。溯建言之直节，荷殊遇于先朝。凡兹靖献之丹忱，早具忠诚之素志。乃突来夫粤匪，俾训练夫楚军。拔岳郡而克武昌，功成破竹；靖章江而平皖水，威振援枹。两江尊总制之权，九伐重元戎之命，朕丕承基绪，眷念成劳，荣衔特畀以青宫，峻望更登诸黄阁。辞节制于三省四省，弥见寅恭；精调度于湘军淮军，务严申令。联苏杭为犄角，坚垒同摧；倚昆季为爪牙，逆巢早捣。金陵奏凯，慰皇考知人善用之明；玉诏酬庸，褒元老决胜运筹之略。既析圭而列爵，亦垒翠以飘缨。既而畿辅量移，因之阙廷展觐。汲黯近戆，实推社稷之臣；杨震厚遗，无惭清白之吏。唯是疮痍未复，每廑念夫天南，锁钥攸司，仍遄归于江左。方谓功资坐镇，何期疾遽沦殂？赠太傅而阶崇，祀贤良而誉永。专祠遍祭，世赏优颁。易名以表初终，核实允孚文正。于戏！松楸在望，倍怀麟阁之遗型；金石不磨，长荷鸾纶之锡宠。钦兹巽命，峙尔丰碑！

从此这效忠清室的曾侯爷，长辞人世，其生也荣，其死也哀，也算是千

古不朽了。此老系清代伟人，所以叙述独详。曾侯出缺，继任的便是肃毅伯李鸿章，倒也不在话下。

日月如梭，已届同治帝大婚吉期，先封皇后父崇绮为三等承恩公，母宗室氏瓜尔佳氏均为公妻一品夫人。九月十二日甲午，因大婚期迩，遣官祭告天地太庙。次日乙未，同治帝御太和殿，阅视皇后册宝，遣惇亲王弈谅为正使，贝勒弈劻为副使，持奉册宝诣皇后邸，册封阿鲁特氏为皇后。又遣大学士文祥为正使，礼部尚书灵桂为副使，赍册印至员外郎凤秀第，封富察氏为慧妃。是夕，复命惇亲王弈谅，及贝子载容，行奉迎皇后礼。越日子刻，皇后在邸中拜辞祖先，出升凤舆，前陈鼓乐，后拥仪卫，由大清中门行御道，至乾清宫降舆。皇上穿好礼服，在坤宁宫等着。宫眷引进皇后，行合卺礼。皇后奉觞，皇上赐践，两旁细乐悠扬，笙箫迭奏。此曲只应天上有，人间哪得几回闻。都为下文反射。又越日丁酉，皇上率皇后诣寿皇殿行礼，诣慈安皇太后、慈禧皇太后前行礼。礼毕，上御乾清宫。适慧妃亦送入宫中，由皇后带领朝贺。又越日戊戌，皇后朝两太后于慈宁宫，盥馈醴飨如仪。嗣是上两宫徽号，受群臣庆贺，赐皇后亲属，暨满汉王大臣，及蒙古外藩使臣等宴，并赏赉办事诸臣有差。知府崇龄女赫舍哩氏，及副都统赛尚阿女阿鲁特氏，亦次第入宫。崇龄女受封瑜嫔，赛尚阿女受封珣嫔，少年天子，左抱右拥，今夕到这边，明夕到那边，皇恩浩荡，雨露普施，愉快得莫可言喻。这一段文字，统为嘉顺皇后叙写。

隔了数天，内阁复传出上谕道：

> 钦奉两宫皇太后懿旨，前因皇帝冲龄践阼，时事多艰，诸王大臣等不能无所禀承，姑允廷臣垂帘之请，权宜办理。皇帝典学有成，当春秋鼎盛之时，正宜亲统万几，与中外大臣共求治理，宏济艰难，以仰副文宗显皇帝付托之重。著钦天监于明年正月内选择吉期，举行皇帝亲政典礼，一切应行事宜，及应复旧制之处，着军机大臣大学士会同六部九卿，敬谨妥议具奏！钦此。

看官！这慈禧太后，本是个贪揽大权的英雌，为什么即肯归政呢？大约发生此议，总由慈安后主张。慈安后本不愿垂帘，被慈禧后抬上此座，这时

皇后已经册立，皇帝已值成年，慈安后意欲息肩，遂倡议归政。慈禧后不便辩驳，又想同治帝是亲生儿子，将来如有大政，总要禀白母后，暗中仍可揽权。当即随声附和，下了懿旨。钦天监遵旨择吉，定于次年正月二十六日举行，礼部衙门又要敬谨筹备起来。部曹不患没饭吃。事有凑巧，皇上亲政的日子，甫行颁布，云南督抚的捷报，陆续奏闻。是时云贵总督劳崇光，在任病殁，以前任滇抚刘岳昭升任总督，与巡抚岑毓英合剿回匪。岳昭坐镇省中，仍委岑毓英出省剿办。回酋杜文秀，占踞大理府城，僭拟王制，附近各郡县，多被吞并。岑毓英既抚回酋马如龙，荐任提督，令他招降群回，又联结云南苗酋，协攻杜文秀。文秀渐渐穷蹙，所据各郡县，次第失去，只剩大理一城，孤危得很。岑军复四面兜围，百计攻扑，文秀自知无辜，把子女分寄大司衡杨荣，大经略蔡廷栋家中，托他照顾，自己与妻妾数人，服毒自尽。部下见他将死，舁出城外，投降岑军。毓英先验明杜酋正身，枭首示众，随问城中情形，知回众尚有数万，恐他后来反复，传令三日内齐缴军械，回众以半年为期，毓英佯为应诺，密令部将杨玉科，选死士数百，同太和县官入城受降。城外恰严布重兵，掘了大坑，专等回众出迎，玉科入城后，驱回众出城，可怜回众无知无识，个个陷入重围，跌下坑内。被岑军活活埋死。毓英仿佛李鸿章，玉科仿佛程学启。杨荣、蔡廷栋，统由岑军擒住，一律磔死。只有文秀女儿秋娘，与母何氏，逃出城外，孤身只影，流落天涯，就使有志报雠，究竟是一个女孩子，哪个肯去帮助？延了数年，老母何氏先死，秋娘也玉碎香沉，同归于尽。只留有一封书信，相传是秋娘遗墨，小子还约略记得其词云：

妾，家亡国破之人也。先君子早年，悯满人之虐，因众志，倡义旗，保固一方，以待清宴。外抗边夷，内静狂寇，比于窦融张轨，岂遑多让？妾生长深宫，略谙诗礼，亦俨然金枝玉叶也。昊天不吊，苗贼助凶，四十万人，一齐解甲。先君既抱恨臬路，弱女遂零落天涯。嗟乎！覆巢之下，岂有完卵？所含辛茹苦，苟且偷生者，希冀手屠苗贼之脰，以复不共之仇也。不意薄命人，命薄于纸，辗转风尘，所遭辄不如意，岂以平生志节犹存，不甘屈下之故耶？秣陵仓猝，沪渎流离，蹉跎之痛，遂及老母。闲关来粤，乃复逢君。欲述苦衷，难于倾吐。畴昔一

夕话，君忆之否？盖改弦易辙之志，于此决矣。果也雏儿浅躁，入我彀中，不幸诟起禧闱，事机不遂，老贼狡猾，遂动猜疑。记先君子方盛之时，苗贼亲来纳款，当时妾侍于侧，贼遽以奏箫为请，先君爱妾，不欲委之虎口，以少长相远为词。彼乃愤怒，中夜斩关而出。衅起于妾，遂致覆祀灭宗。嗟乎！此耻则西江不濯，此恨则万世不复，哀哉！天下丈夫，唯君尚能垂怜薄命，用敢略述腹心，使君知区区清白身，非甘心作河间妇者也。计书达时，妾魂当散为轻尘，淹为虫沙久矣。天长地久，蒙耻饮恨，痛如之何！魂与笔销，无多赘述！

据这书看来，秋娘的大雠，实是苗酋。苗酋本与杜文秀相联，因欲求秋娘为妾，被文秀所拒，遂降服岑毓英，灭了文秀。秋娘逃出后，委身柳巷，留意英雄，得了一个如意郎君，仍不能替她报雠，秋娘自己亦不能成事，终至赍志以殁，其间曲折，苦无信史可据，只剩了一鳞一爪，遗传后世，说来也甚可怜。唯清廷得这捷音，说圣天子洪福齐天，才拟亲政，就有云南肃清的好消息，两宫太后也非常欢悦。转瞬间过了残腊，又是新年，八方昇平，四海无事，宫廷内外，喜气洋洋，免不得照例庆贺，又有一番忙碌。到了二十日外，又降了上谕数行道：

钦奉慈安端裕皇太后、慈禧端佑皇太后谕旨：皇帝寅绍丕基，于今十有二载，春秋鼎盛，典学有成，兹于本月二十六日，躬亲大政。欣慰之余，倍深兢惕。因念我朝列圣相承，无不以敬天法祖之心，为勤政爱民之治。况数年来东南各省，虽经底定，民生尚未乂安。滇陇边境，及西北路军用未蒇，国用不足，时事方艰。皇帝日理万机，敬念唯天唯祖宗所以托付一人者，至重且巨。祗承家法，夕惕朝乾，于一切用人行政，孳孳讲求，不敢稍涉怠忽。视朝之暇，仍略讨论经史，深求古今治乱之源。克俭克勤，励精图治，此则垂帘听政之初心，所夙夜跂望而不能或释者也。在廷王大臣等，允宜公忠共矢，勿避怨嫌，本日召见时，业已谆谆面谕。其余中外大小臣工，亦当恪恭尽职，痛戒因循，宏济艰难，弼成上理，有厚望焉。钦此。

到了二十六日，两宫撤帘，同治帝亲政，王大臣们，又有一番歌功颂德的贺表。看似挖苦，实是真相。两宫太后，又加上徽号。东太后加了康庆二字，西太后加了康颐二字。亲政数月，陕甘总督左宗棠，又收降靖边县土匪董福祥，迭复各城，逐陕回叛酋白彦虎，擒甘回叛酋马化隆，奏报关内肃清，有旨赏给左宗棠一等轻车都尉世职。将军金顺，提督徐占彪以下，俱邀升叙。并饬左宗棠督师出关，征抚西域，当下龙心大悦，遂想出及时行乐的念头来。正是：

人逢喜事精神爽，时际承平逸欲多。

未知同治帝如何行乐，请看下回便知。

本回叙事，以立后归政为大纲。有清十数传，立后事多矣，是书独于顺治立后，同治立后，叙述较详，因顺治后无故被废，同治后不得令终故也。悲于终，不得不详于始。治国之道，本自齐家，家不齐，国能治乎？至若归政之举，所以志两宫垂帘，初次告蒇。慈安太后秉性冲和，倡言归政，无可讥议；慈禧太后犹在试验之期，一切用人行政，皆几经审慎，故称颂者多而毁谤者少。训政十年，东南戡定，西北渐平，两宫之力居多焉。然曾侯殁而清廷少一伟人，已有人亡政息之慨，左岑效绩边陲，反以酿九重之纵欲，外宁必有内忧，朕兆其已见乎？故本回事略，作清廷之过渡时代观可也。

第七十九回　因欢成病忽报弥留
以弟继兄旁延统绪

却说同治帝亲裁国政，一年以内，倒也不敢怠忽，悉心办理。只是性格刚强，颇与慈禧太后相似。慈禧太后虽已归政，遇有军国大事，仍著内监密行查探，探悉以后，即传同治帝训饬，责他如何不来禀白。偏这同治帝也是倔强，自思母后既已归政，为什么还来干涉？母后要他禀报，他却越加隐瞒，因此母子之间，反生意见。独慈安太后静养深宫，凡事不去过问，且当同治帝进谒时候，总是和容愉色，并没有一毫怒意。同治帝因她和蔼可亲，所以时去省视，反把本生母后，撇诸脑后。慈禧太后愈滋不悦，有时且把皇后传入宫内，叫她从中劝谏。皇后虽是唯唯遵命，心中恰与皇帝意旨相合。花前月下，私语喁喁，竟将太后所说的言语，和盘托出，反激动皇帝懊恼。背后言语，总有疏虞，传到慈禧太后耳中，索性迁怒皇后，衔恨切骨。皇后死了。

同治帝亦很是懊怅。内侍文喜、桂宝等，想替主子解忧，多方迎合，便怂恿同治帝，重建圆明园。这条计划，正中同治帝下怀，自然准奏，即饬总管内务府择日兴工。谕中大旨却说是备两宫皇太后燕憩之用，所以资颐养，遂孝思，其实暗中用意，看官自能明白，不烦小子絮述。含蓄语，尤耐意味。唯恭亲王奕䜣，留心大局，暗想国家财政，支绌得很，如何兴办土木？便进谏同治帝，请他中阻。同治帝一番高兴，被这老头儿出来絮聒，心中很不自在。那奕䜣反唠唠叨叨，把古今以来的君德，如何勤，如何俭，说个不休，

惹得同治帝暴躁起来，便道："修造圆明园，无非为两宫颐养起见。我记得孟子说过：'尊亲之至，莫大乎以天下养。'恭王要把古训规劝，所以同治帝也引古语回驳。现拟造个小园子，还不好算得养亲，皇叔反说有许多窒碍，我却不信。"弈䜣还想再谏，同治帝怒形于色，拂袖起身，踱入里边去了。弈䜣只得退出。

冤冤相凑，弈䜣退出宫门，他儿子载澂，却入宫来见同治帝，原来载澂会在宏德殿伴读，自小与同治帝相狎，到同治帝亲政，退朝余暇，常令载澂自由入宫，谈笑解闷。这日载澂求见，内侍即入内奏闻，偏偏同治帝不令进谒。载澂莫名其妙，仍旧照往时玩笑的样子，说道："皇上平日，非常豁达，为什么今天摆起架子来？"说毕，扬长而去。内侍未免多事，竟将载澂的说话，一一奏明。同治帝大怒道："他的老子，刚来饶舌，不料他又来胡闹。他说我摆架子，我就摆与他看。"便宣召军机大臣大学士文祥进见，文祥奉旨趋入，同治帝道："恭王弈䜣，对朕无礼，他儿子载澂，更加不法，朕意将他父子赐死，叫你进来拟旨。"文祥不听犹可，听了此谕，连忙跪下，只是磕头。同治帝道："你做什么？"文祥道："恭、恭亲王弈、弈䜣，勤劳素著，就使他犯了罪，也求皇恩特赦！"同治帝冷笑道："朕晓得了！你等都是他的党羽，所以事事回护。"文祥又磕了几个头，随答道："奴才不、不敢。"同治帝又道："赐死太重，革爵便了。"文祥到此，不敢违旨，只好草草拟就，捧呈御览。同治帝阅毕，点了点头，便道："你将这稿底取去，明日就照此颁布罢！"文祥领旨退出，也不回府，一直跑到恭王邸中，密报恭王。恭王也是着急，忙邀几个知己商议。三个缝皮匠，比个诸葛亮，一面由文祥飞禀慈禧太后，一面由御史沈淮、姚百川出头，拟定奏折，内称："圣上饬造圆明园，颐养圣母，实是以孝治天下之盛德，但圆明园被焚毁后，一切景致，尽付消沉，不如三海名胜，近在宫掖，饬工修筑，易于观成"等语。巧于措词。折才拟就，文祥已自宫中出来，回报恭王。据说："草定谕旨，已由西太后取去，谅可搁置。"恭王才稍稍放心，次日沈、姚两御史，又把奏折呈上，同治帝阅到'易于观成'一语，方有些回心转意，当命内阁拟诏，即日宣布道：

前降旨谕令总管内务府大臣，将圆明园工程，择要兴工，原以备两

宫皇太后燕憩，用资颐养而遂孝思。本年开工后，闻工程浩大，非克期所能蒇功，现在物力艰难，经费支绌，军务未甚平安，各省时有偏灾，朕仰体慈怀，不欲以土木之工，重劳民力，所有圆明园一切工程，均着即行停止，俟将来边境乂安，库款充裕，再行兴修。因念三海近在宫掖，殿宇完固，量加修理，工作不致过繁。著该管大臣查勘三海地方，酌度情形，将如何修葺之处，奏请办理！钦此。

过了数日，同治帝视朝，巧值恭王弈䜣，随班朝见，由同治帝瞧著，翎顶依然照旧，不由的诧异起来。退朝后，立召文祥入见，问前次谕旨，已将弈䜣革去亲王，何故翎顶照常？文祥无可辩说，只推在西太后一人身上。奏称："圣母闻知，饬收成命，所以恭王爷爵衔照旧。"同治帝怒道："朕既亲政，你等须遵朕谕旨，难道知有母后，不知有朕么？"随将文祥斥骂一顿，叱令滚出，立刻提起朱笔，写了数行，令内侍张示王大臣道：

传谕在廷诸王大臣等，朕自去岁正月二十六日亲政以来，每逢召对恭亲王时，语言之间，诸多失仪，著革去亲王，世袭罔替，降为郡王，仍在军机大臣上行走。并载澂革去贝勒郡王衔，以示薄惩。

这谕才行宣布，不到数时。西太后处，已由弈䜣、文祥二人，进去泣诉。当蒙西太后劝慰，令他退出，即传同治帝入内，严词训责，令给还恭王父子爵衔。气得同治帝哑口无言，只好出命内阁，于次日再行降旨道：

朕奉慈安端裕康庆皇太后、慈禧端祐康颐皇太后懿旨，昨经降旨将恭亲王革去亲王世袭罔替，降为郡王，并载澂革去贝勒郡王衔，在恭亲王于召对时，言语失仪，原为咎有应得，唯念该亲王自辅政以来，不无劳勋足录，著加恩赏还亲王，世袭罔替。载澂贝勒郡王衔，一并赏还。该亲王仰体朝廷训诫之意，嗣后益加儆慎，宏济艰难，用副委任！钦此。

自有这番手续，同治帝连日怏怏。文喜、桂宝二人，又想出法子，导同治帝微行，为这一著，要把十三年的青春皇帝，断送在他两人手中了。宵小

可畏。

京师内南城一带，向是娼寮聚居的地方，酒地花天，金吾不禁。同治帝听了文喜、桂宝的说话，带了两人，微服出游，到了秦楼楚馆，尝试温柔滋味，与宫中大不相同。满眼娇娃，个个妖艳，眉挑目语，无非卖弄风骚，浅透轻颦，随处生人怜惜。开琼筵以坐花，飞羽觞而醉月。灯红酒绿，玉软香温。既而玉山半颓，海棠欲睡，罗襦半解，芗泽先融，衣扣轻松，柔情欲醉。描不尽的媚态，说不完的绸缪，倒凤颠鸾，为问汉宫谁似？尤云殢雨，错疑神女相逢。从此巫峰遍历，帝泽皆春，愿此生长老是乡，除斯地都非乐境。春光漏泄，谏草上呈，当时内务府中，有一个忠心为主的满员，名叫桂庆，因帝少年好色，恐不永年，请将蛊惑的内侍，一并驱逐。至若祸首罪魁，应立诛无赦。且请皇太后保护圣躬，毋令沉溺。真是语语剀切，言言沉挚。有此谏官，还是满廷余泽。同治帝原是厌闻，西太后恰也不怿。西太后是何用心？想是左袒内监的缘故。桂庆即辞职回籍。以道事君，不可则止，桂庆颇有古大臣风度。嗣是同治帝每夕出游，追欢取乐，到了次晨，王大臣齐集朝房，御驾尚未返阙。恭亲王以下，统已闻知，因鉴前时圆明园事情，不敢犯颜直谏，只暗中略报西太后，西太后恰也训戒数次。嗣因同治帝置诸不闻，忤了慈容，索性任他游荡，唯朝廷大事，叫恭亲王等格外留心。同治帝越加惬意，适西太后四旬万寿，总算在宫中住了两天，照例庆贺。

是年没甚要政，只与中国通商的日本国，有小田县民，及琉球国渔人，航行海外，遇风漂至台湾，被生番劫杀，日本遣使诘责，清廷答称生番列在化外，向未过问。明明台湾百姓，如何说是化外？日本遂派中将西乡从道，率兵至台，攻击生番。闽省船政大臣沈葆桢，及藩司潘蔚，往台查办，又说台湾系中国属地，日本不得称兵。语多矛盾，煞是可笑！西乡从道哪里肯允，且言琉球是他保护国，所有被杀的渔人，统要中国赔偿。葆桢遂函商直督李鸿章，令奏拨十三营，赴台防边。日本见台防渐固，又遣专使大久保利通至京，与总理衙门交涉。当由英使威妥玛居间调停，令中国出抚恤银十万两，军费赔款银四十万两，才算了事，日兵乃退出台湾。其实琉球亦是中国藩属，并非日本保护国，清廷办理外交的大员，单叫台湾没有日兵，便是侥幸万分，哪里还要去问琉球？琉球已失去了。

同治帝一意寻花，连什么台湾，什么琉球，一概不管。朝朝暮暮，我

我卿卿，不意乐极悲生，受了淫毒，起初还可支持，延到十月，连头面上都发现出来。宫廷里面，盛称皇上生了天花，真也奇怪。御医未识受病的缘由，只将不痛不痒的药味，搪塞过去，庸医杀人。因此蕴毒愈深，受病愈重。十一月初，御体竟不能动弹，冬至祀天，遣醇亲王奕𫍽恭代行礼，所有内外各衙门章奏，都呈两宫皇太后披览裁定。王大臣等，总道是皇上染了痘症，没有什么厉害，况且年未弱冠，血气方刚，也不致禁受不起，大家不过循例请安，断不料变生意外，帝疾竟至大渐，到十二月初五日，崩于养心殿东暖阁。慈禧太后飞调李鸿章淮军入都，自己与慈安太后，同御养心殿，立传惇亲王奕誴、恭亲王奕䜣、孚郡王奕譓、惠郡王奕详、贝勒载治、载澂、一等公奕谟、御前大臣伯彦讷、谟祜、军机大臣宝鋆、沈桂芬、李鸿藻、总管内务府大臣英桂、崇纶、魁龄、荣禄、明善、桂宝、文锡、弘德殿行走徐桐、翁同和、王庆祺、南书房行走黄钰、潘祖荫、孙贻经、徐郙、张家骧等入见。亲王以下，尚未悉皇帝宾天情事，但见宫门内外，侍卫森列，宫中一带，又是排满太监，布置严密，大异往日状态，不禁个个惊讶；行至养心殿内，两宫太后已对面坐定，略带愁惨面色。王大臣等不暇细想，各按班次请安，跪聆慈训。慈禧后先开口道："皇上病势，看来要不起了，闻皇后虽已有孕，不知是男是女，亦不知何日诞生，应预先议立皇嗣，免得临时局促。"诸王大臣叩头道："皇上春秋鼎盛，即有不豫，自能渐渐康泰，皇嗣一节，似可缓议。"慈禧后道："我也不妨实告，皇帝今日已晏驾了。"这语一传，王大臣等，哭又不好，不哭又不好，有几个忍不住泪，似乎要垂下来形状。其实都是做作，但此时倒也为难。慈禧后道："此处非哭临地方，须速决嗣主为要。"诸王大臣不敢发议，只有恭王奕䜣，仗着老成，便抗言道："皇后诞生之期，想亦不远，不如秘不发丧。如生皇子，自当嗣立，如所生为女，再议立新帝未迟。"慈禧后大声道："国不可一日无君，何能长守秘密？一经发觉，恐转要动摇国本了。"军机大臣李鸿藻，弘德殿行走徐桐，南书房行走潘祖荫，都碰头道："太后明见，臣等不胜钦佩。"慈安太后也插口道："据我意见，恭亲王的儿子，可以入承大统。"恭王闻言，连称不敢，随奏道："按照承袭次序，应立溥伦为大行皇帝嗣子。"慈禧后又不以为然，便道："溥伦族系，究竟太远，不应嗣立。"原来溥伦系过继宣宗长子奕纬，血统上稍差一层，所以被慈禧后驳去。恭王尚要启奏，慈禧后毕竟机警，便对

慈安后道："据我看来，醇王弈谖子载湉可以继立，应即决定，不可耽延时候。"恭王心中，很不赞成，连我也不赞成，无怪恭王。即向弈谖道："立长一层，好全然不顾么？"不特立长而已，且置大行皇帝于何地？弈谖便叩头力辞，慈禧后道："可由王大臣投票为定。"慈安太后没有异言，当由慈禧后命众人起立，记名投票。投讫发阅，只醇王等投溥伦，有三人投恭王子，其余皆如慈禧意，投醇王子，于是大位遂决。不必运动，而众大臣多投醇王子，慈禧之权力可知。看官！你道慈禧太后，何故定要立醇王子？第一层意思，是立了溥字辈为嗣，便是入继同治帝，同治帝有了嗣子，同治后将尊为太后，自己反退处无权，因此决意不愿；第二层意思，醇王福晋，便是慈禧后的妹子，慈禧入宫，作为媒妁，她想亲上加亲，必无他虞。兼且醇王子年仅四龄，不能亲政，自己可以重执大权，所以不顾公论，独断独行。众大臣竭力逢迎，才成了这样局面。这时候已当夜间九句钟，狂风怒号，沙土飞扬，天气极冷，慈禧后即派兵一队，往西城醇王邸中，迎载湉入宫，又派恭亲王留守东暖阁，不是亲他，实是防他。宫内外统用禁旅严卫，督队的便是步军统领荣禄。随即颁布遗诏道：

朕蒙皇考文宗显皇帝覆育隆恩，付畀神器，冲龄践阼，仰蒙两宫皇太后垂帘听政，宵旰忧劳，嗣奉懿旨，命朕亲裁大政，仰唯列圣家法，一以敬天法祖，勤政爱民为本，自维薄德，敢不朝乾夕惕，惟日孜孜。十余年来，禀承懿训，勤求上理，虽幸官军所至，粤捻各逆，次第削平，滇黔关陇，苗匪回匪，分别剿抚，俱臻安靖。而兵燹之余，吾民创痍未复，每一念及寤寐难安。各直省遇有水旱偏灾，凡疆臣请蠲请赈，无不立沛恩施。深宫兢惕之怀，当为中外臣民所共见。朕体气素强，本年十一月适出天花，加意调护，乃迩日以来，元气日亏，以致弥留不起，岂非天乎？顾念统绪至重，亟宜传付得人，兹钦奉两宫皇太后懿旨，醇亲王之子载湉，（此二字贴黄）著承继文宗显皇帝为子，入承大统为嗣皇帝。嗣皇帝仁孝聪明，必能钦承付托。天生民而立之君，使司牧之，惟日矢忧勤惕厉，于以知人安民，永保我丕丕基。并孝养两宫皇太后，仰慰慈怀，兼愿中外文武臣僚，共矢公忠。各勤厥职，用辅嗣皇帝郅隆之治，则朕怀藉慰矣。丧服仍依旧制，二十七日而除。布告天

下，咸使闻知！

同治帝崩，年只十有九岁，新帝载湉，入嗣文宗，尊谥同治帝为穆宗，封皇后阿鲁特氏为嘉顺皇后，改元光绪，即以明年为光绪元年，是谓德宗。当下诸王大臣，希旨承颜，奏请两宫皇太后重行训政。慈安太后颇觉讨厌，并不免有三分伤感，独慈禧太后，因同治帝不肯顺从，时常怀恨，此时重出训政，颇慰初念，倒也没甚悲痛。所最伤心的，莫如同治皇后，入正中宫，只有两年，突遭大丧，折鸾离凤，已是可惨，还有慈禧太后，对着她很不满意。这番立嗣，非但不令她预闻，而且口口声声，骂她狐媚子，狐媚子。她哭得凄惨一点，越触动慈禧太后恶感，戟指骂道："狐媚子！你媚死我儿子，一心思想做皇太后！哼哼！象你这种人，想做太后，除非海枯石烂，方轮到你身上。"这番言语，已是令人难堪。嗣复下了一道懿旨，内称大行皇帝无嗣，俟嗣皇帝后生皇子，即承继大行皇帝为子，牵强得很。这正是断绝皇后希望。当时嗣皇改元，两宫训政，盈廷庆贺，热闹得很。只同治后独坐深宫，凄凉万状，暗想腹中怀妊，未识男女，即使生男，亦属无益，索性图个自尽，还是完名全节。主意已定，只望见父一面，与他诀别。巧值宫内赐宴，承恩公崇绮亦在其内，宴毕，顺道入视。父女相持大哭，到临别的时光，皇后只说了一声，儿本薄命，望父亲不必记念。阅者不忍卒读。次晨，宫内即传出皇后凶信，这般下场，何如民家？满廷臣工，很是惊异，大臣不言，小臣却忍耐不住，呈上谏章，第一个是内阁侍读学士广安奏道：

窃唯立继之大权，操之君上，非臣下所得妄预。若事已完善，而理当稍为变通者，又非臣下所可缄默也。大行皇帝，冲龄御极，蒙两宫皇太后垂帘励治，十有三载，天下底定，海内臣民，方得享太平之福。讵意大行皇帝，皇嗣未举，一旦龙驭上宾？凡食毛践土者，莫不吁天呼地。幸赖两宫太后，坤维正位，择继咸宜，以我皇上承继文宗显皇帝为子，并钦奉懿旨，俟皇帝生有皇子，即承继大行皇帝为嗣，仰见两宫皇太后宸衷经营，承家原为承国，圣算悠远，立子即是立孙。不唯大行皇帝得有皇子，即大行皇帝统绪，亦得相承勿替。计之万全，无过于此。唯是奴才尝读宋史，不能无感焉。宋太后遵杜太后之命，传弟而不传

子，厥后太宗偶因赵普一言，传子竟未传侄，是废母后成命，遂起无穷驳斥。使当日后以诏命铸成铁券，如九鼎泰山，万无转移之理，赵普安得一言间之？然则立继大计，成于一时，尤贵定于一代。况我朝仁让开基，家风未远，圣圣相承，夫复何虑。我皇上将来生有皇子，自必承继大行皇帝为嗣，接承统绪，第恐事久年湮，或有以普言引用，岂不负两宫太后贻厥孙谋之至意？奴才受恩深重，不敢不言，请饬下王公大学士六部九卿会议，颁立铁券，用作弈世良谟。谨奏。

这篇奏牍，言人所不敢言，满员以内，好算得庸中佼佼，铁中铮铮了。偏偏懿旨说他冒昧渎陈，殊甚诧异，著即申饬。于是王公以下，乐得做了仗马寒蝉，哪个还敢多嘴？同治帝的丧礼，还算照着旧制，勉强敷衍，同治后的丧礼，简直是草草了事，不过加了孝哲二字的谥法，掩饰人间耳目。光绪四年，葬穆宗毅皇帝孝哲毅皇后于惠陵，大小臣工，照例扈送。有一个小小京官，满腔不平，欲言不可，不言又不忍，他竟抱了尸谏的意见，殉义于惠陵附近的马神桥，上了一本遗折，比广安所奏，尤为痛切。正是：

古道犹存，臣心不死；
效节史鱼，直哉如矢！

未知折中有何言论，尸谏的究是何人，且待下回再叙。

同治帝之崩，相传为游荡所致，天花之毒，明系饰言，作者固非诬毁。但慈禧后为同治帝生母，不应以帝稍忤颜，遂成闲隙，寻常民家，母子不和，犹关家计，况帝室乎？且纵帝游荡，酿成淫毒，得疾以后，又不慎重爱护，以致深沉不起。母子之间，殊不能无遗憾焉。若光绪帝之立，种种原因，备见书中，无非为慈禧一人私意。嘉顺皇后，由此自尽。“昭阳从古谁身殉，彤史应居第一流。”我为嘉顺哭，犹为嘉顺幸，而慈禧之手段，于此益见。吕武以后，应推此人。

第八十回　吴侍御尸谏效忠　曾星使功成改约

却说当时尸谏的忠臣，乃是甘肃皋兰人吴可读。可读旧为御史，因劾奏乌鲁木齐提督成禄，遭谴落职，光绪帝即位，起用可读，补了吏部主事。因见帝后迭丧，后嗣虚悬，早思直言奏请，但是广安一奏，犹且被斥，自己本是汉人，又系末秩微员。若欲奏陈大义，必遭严谴；且吏部堂官，也必不肯代奏，于是以死相要，将遗折呈交堂官。堂官谅他苦心，没奈何替他代奏，当由两宫太后展阅道：

> 奏为以一死泣请懿旨，预定大统之归，以毕今生忠爱事。窃罪臣闻治国不讳乱，安国不忘危，危乱而可讳可忘，则进苦口于尧舜，为无疾之呻吟，陈隐患于圣明，为不祥之举动。罪臣前因言事愤激，自甘或斩或囚，经王大臣会议，奏请传臣质讯，乃蒙先皇帝曲赐矜全，既免臣于以斩而死，复免臣于以囚而死，又复免臣于以传讯而触忌触怒而死。犯三死而未死，不求生而再生，则今日罪臣未尽之余年，皆我先皇帝数年前所赐也。乃天崩地坼，忽遭十三年十二月初五日之变，钦奉两宫皇太后懿旨，大行皇帝龙驭上宾，未有储贰，不得已以醇亲王之子，承继文宗显皇帝之子，入承大统，为嗣皇帝，俟嗣皇帝生有皇子，即承继大行皇帝为嗣。罪臣涕泣跪诵，反复思维，以为两宫皇太后，一误再误，为文宗显皇帝立子，不为我大行皇帝立嗣。既不为我大行皇帝立嗣，则今

日嗣皇帝所承大统，乃奉我两宫皇太后之命，受之于文宗显皇帝，非受之于我大行皇帝也。而将来大统之承，亦未奉有明文，必归之承继之子，即谓懿旨内既有承继为嗣一语，则大统之仍归继子，自不待言。罪臣窃以为不然。自古拥立推戴之际，为臣子所难言，我朝二百余年，祖宗家法，子以传子，骨肉之间，万世应无间然，况醇王公忠体国，中外翕然，称为贤王，王闻臣有此奏，未必不怒臣之妄，而怜臣之愚，必不以臣言为开离间之端。而我皇上仁孝性成，承我两宫皇太后授以宝位，将来千秋万岁时，均能以我两宫皇太后今日之心为心。而在廷之忠佞不齐，即众论之异同不一，以宋初宰相赵普之贤，犹有首背杜太后之事，以前明大学士王直之为国家旧人，犹以黄竑请立景帝太子一疏，出于蛮夷，而不出于我辈为愧。贤者如此，遑问不肖？旧人如此，奚责新进？名位已定者如此，况在未定，不得已于一误再误中，而求归于不误之策，唯仰祈我两宫皇太后再行明白降一谕旨，将来大统，仍归承继大行皇帝嗣子，嗣皇帝虽百斯男，中外及左右臣工，均不得以异言进。正名定分，预绝纷纭，如此则犹是本朝祖宗来子以传子之家法。而我大行皇帝，未有子而有子；即我两宫皇太后，未有孙而有孙。异日绳绳缉缉，相引于万代者，皆我两宫皇太后所自出，而不可移易者也。罪臣所谓一误再误，而终归于不误者此也，彼时罪臣即以此意拟成一折，呈由都察院转递，继思罪臣业经降调，不得越职言事。且此何等事？此何等言？出之大臣重臣亲臣，则为深谋远虑，出之小臣疏臣远臣，则为轻议妄言。又思在廷诸臣忠道最著者，未必即以此事为可缓，言亦无益而置之，故罪臣且留以有待。洎罪臣以查办废员内，蒙恩圈出引见，奉旨以主事特用，仍复选授吏部，迩来又已五六年矣。此五六年中，环顾在廷诸臣，仍未念及于此者。今逢我大行皇帝永远奉安山陵，恐遂渐久渐忘，则罪臣昔日所留以有待者，今则迫不及待矣。仰鼎湖之仙驾，瞻恋九重；望弓剑于桥山，魂依尺帛。谨以我先皇帝所赐余年，为我先皇帝上乞懿旨于我两宫皇太后之前。唯是临命之身，神志瞀乱，折中词意，未克详明，引用率多遗忘，不及前此未上一折一二，缮写又不能庄正。罪臣本无古人学问，岂能似古人从容？昔有赴死而行不成步者，人曰："子惧乎？"曰："惧！"曰："既惧何不归？"曰："惧吾私也，死吾

公也。”罪臣今日亦犹是。鸟之将死，其鸣也哀；人之将死，其言也善。罪臣岂敢比曾参之贤？即死，其言亦未必善。唯望我两宫皇太后我皇上，怜其哀鸣，勿以为无疾之呻吟，不祥之举动，则罪臣虽死无憾。宋臣有言：“凡事言于未然，诚为太过；及其已然，则又无所及，言之何益？可使朝廷受未然之言，不可使臣等有无及之悔。”今罪臣诚愿异日臣言之不验，使天下后世笑臣愚，不愿异日臣言之或验，使天下后世谓臣明。等杜牧之罪言，虽逾职分，效史鳍之尸谏，只尽愚忠。罪臣尤愿我两宫皇太后我皇上，体圣祖世宗之心，调剂宽猛，养忠厚和平之福，任用老成，毋争外国之所独争，为中华留不尽！毋创祖宗之所未创，为子孙留有余！罪臣言毕于斯，愿毕于斯，命毕于斯。再罪臣曾任御史，故敢昧死具折，又以今职不能专达，恳由臣部堂官代为上达。罪臣前以臣衙门所派随同行礼司员内，未经派及罪臣，是以罪臣再四面求臣部堂官大学士宝鋆，始添派而来。罪臣之死，为宝鋆所不及料，想宝鋆并无不应派而误派之咎。时当盛世，岂容有疑于古来殉葬不情之事？特以我先皇帝龙驭永归天上，普天同泣，故不禁哀痛迫切，谨以大统所系，贪陈缕缕，自称罪臣以闻。

两宫皇太后阅毕，慈禧太后心中很是不乐，外面恰装出一种坦适样子，向慈安太后道：“这人未免饶舌，前已明降谕旨，嗣皇帝生有皇子，即承继大行皇帝为嗣，还要他说什么？”慈安太后道：“一个小小主事，敢发这般议论，且宁死不讳，总算难得！”慈安究竟持平。慈禧后歇了半晌，方道：“且著王大臣等会同妥议，可好么？”慈安后应了声好，遂命内阁拟旨，着将吴可读原折交廷臣会议。王大臣等合议许久，多以清代家法，自雍正后，建储大典，未尝明定，此次若从可读奏请，明定继统，即与建储没甚分别，未免有违祖制。此时还有什么祖制？又因可读尸谏，确是效忠清室，一概辩驳，心中亦属难安。当下公拟了一番模糊影响的言语，复奏上去。最好是这种手段。嗣后徐桐，翁同和，潘祖荫三人。又联衔上了一折，宝廷、张之洞，且各奏一本，两宫太后参酌众议，随降懿旨道：

前于同治十三年十二月初五日降旨，俟嗣皇帝生有皇子，即承继大

行皇帝为嗣，原以将来继统有人，可慰天下臣民之望。第我朝圣圣相承，皆未明定储位，彝训昭垂，允宜万世遵守。是以前降谕旨，未将继统一节宣示，具有深意。吴可读所请颁定大统之还，实与本朝家法不合。皇帝受穆宗毅皇帝付托之重，将来诞生皇子，自能慎选元良，缵承统绪，其继大统者，为穆宗毅皇帝嗣子，守祖宗之成宪，示天下以无私，皇帝亦必能善体此意也。所有吴可读原奏，及王大臣等会议折，徐桐、翁同和、潘祖荫联衔折，宝廷、张之洞各一折，并闰三月十七日及本日谕旨，均著另录一分，存毓庆宫。至吴可读以死建言，孤忠可悯，著交部照五品官例议恤！钦此。

此旨一下，同治帝一生事情，化作烟云四散，吴可读慷慨捐躯，也不过留个名儿罢了。

驹光如驶，倏忽间已是光绪五年。琉球国被日本灭掉，改名冲绳县，这信传到中国，总理衙门的人员，才记得琉球是我属国，与日本交涉。日本简直不理，只好作为罢论。忽又接到伊犁交涉消息，好大喜功的左宗棠，决意主战，于是总署诸公，又有一番绝大的忙碌。先是陕回叛酋白彦虎，出走西域，依附安集延酋阿古柏，安集延系浩罕东城，阿古柏即安集延城主。他因回疆蠢动，中国政府专剿粤捻，无暇西略，遂乘机攻入，踞了喀什噶尔，胁服回徒，自称毕调勒特汗。清廷以时艰饷绌，拟暂弃关外地，独左宗棠已平陕甘，决计进兵，借了华洋商款，充作军饷。光绪二年，督办新疆军务，自驻肃州调度，令都统金顺，提督张曜，率兵驻哈密，京卿刘锦棠，及提督谭上连，谭拔萃，余虎恩等，分道进攻，连败阿古柏兵，克复乌鲁木齐，及附近各城，北路略定。到光绪四年，刘锦棠军自北趋南，张曜军自西趋东，夹击阿古柏。阿古柏想走回安集延，奈浩罕全国，统被俄罗斯占夺，欲归无路，仰药而亡。只阿古柏长子伯克胡里，尚据英吉沙尔，喀什噶尔，叶尔羌，和阗四城，白彦虎又窜往依附。适遇锦棠等进剿，胡里不能抵敌，偕白彦虎遁入俄境，南路亦平。左宗棠晋封二等侯，刘锦棠加封二等男，随征将士，统邀奖叙。

只新疆西北有伊犁城，地味饶沃，俄人乘乱进来，把伊犁占去，阳称帮中国暂时保管。天下无此好人。至回乱已平，清政府欲索回伊犁，遂派吏部侍

郎崇厚，出使俄国，畀他全权，商办伊犁事宜。这位崇钦使素来胆怯，天津教案，已见过他的伎俩，清廷还认是专对能手，要他前去办理这案。列位试想如虎如狼的俄国，能给他一点便宜么？果然双方开议，俄人要索很奢，崇钦使不能答辩，格外迁就，订了十八条约章，只归还伊犁一城，西境的霍尔果斯河左岸，及南境的帖克斯河上流两岸，都要割让俄人，还要中国给偿俄银五百万卢布。俄币制名，价有涨跌，价涨时一卢布约合中国规银九钱三分一厘，价跌时约七钱左右。而且增开口岸，添设领事，凡勘界行轮运货免税等条件，统是夺我权利。崇钦使不问政府，仗着全权行事的招牌，竟骤然决然的签定了押，语颇沁脾。咨报总理衙门。王大臣等把约文细阅，统说是不便照行，当下有一班意气嚣凌，文采焕发的言官，洋洋洒洒挥成千万言，奏闻两宫。你主调兵，我主调将，都要与俄开战。最利害的，是请诛崇厚，仿佛是崇厚一诛，俄人即可吓倒。书生之见。两宫太后，大为感动，令总署驳斥原约，将崇厚褫职逮问，一面垂询左宗棠和战情形。宗棠慷慨激昂，上了一篇奏章，好似苏东坡万言书。小子笔不胜录，只录他后半篇道：

察俄人欲踞伊犁为外府。为占地自广，借以养兵之计。久假不归，布置已有成局。我索旧土，俄取兵费巨资，于俄无损而有益。我得伊犁，只剩一片荒郊，北境一二百里间，皆俄属部，孤注万里，何以图存，况此次崇厚所议第七款，接收伊犁后，霍尔果斯河及伊犁山南之帖克斯河归俄属，无论两处地名，中国图说所无，尚待详考，但就方向而言，是划伊犁西南之地归俄也。自此伊犁四面，俄部环居，官军接收，堕其度内，固不能一朝居耳。虽得必失，庸有幸乎？武事不竞之秋，有划地求和者矣，兹一矢未闻加遗，乃遽议捐弃要地，餍其所欲，譬犹投犬以骨，骨尽而噬仍不止。目前之患既然，异日之忧何极？此可为叹息痛恨者矣！金顺锡纶，拟缓收伊犁，而以沿边喀什噶尔、乌什、精河、塔尔巴哈台四城，宜足兵力，浚饷源，广屯田，坚城堡，先实边备，自非无见，唯伊犁沿边无定议，谋新疆者非合南北两路通筹不可。现在伊犁界务未定，则收还一节，自可从缓计议。喀什噶尔乌什，规划已周，毋庸再议，其塔尔巴哈台，精河，急须加意绸缪，应由金顺锡纶，自行陈奏请旨外，所有崇厚定议画押十八款内偿费一节，业经奉有谕旨，第

八款所称塔城界址，拟稍改，照同治三年界址，尚只电报，应俟崇厚奏到再议。第十款于旧约喀什噶尔库伦设领事官外，复议增设嘉峪关，乌里雅苏台，科布多，哈密，吐鲁番，乌鲁木齐，古城七处，十四款并有俄商运俄货，走张家口嘉峪关，赴天津汉口，过通州西安汉中，运土货回国，均经总理衙门奏奉谕旨接驳外，第二款中国允即恩赦居民，业经遵旨照办，被贼官截阻赍示委员，不准张帖。第三款伊犁民人迁居俄国，入籍者，准照俄人看待，意在胁诱伊犁民人归俄。而以空城贻我，与阻截赍示委员，同一用心。第四款俄人在伊犁，准照管旧业，虽伊犁交还，中外商民杂处，无界限可分，是包藏祸心，预为再踞之计。至商务允其多设口岸，不独夺华商生理，且以启蚕食之机。总理衙门原奏，筹虑深远，实已纤细毕周。谕旨允行，则实受其害，先允后翻，则曲仍在我，应设法挽回以维全局。窃维邦交之道，论理亦论势，本山川为疆索，界画一定，截然而不可逾。彼此信义相持，垂诸久远者理也；至争城争地，不以玉帛而以兴戎，彼此强弱之分，则在势而不在理。所谓势者，合天时人事言之，非仅直为壮而曲为老也。俄踞伊犁，在咸丰十年同治三年定界之后，旧附中国与中国民人杂处各部落，被其胁诱，俄官即视为所属，借以肆其凭陵。俄之取浩罕三部也，安集延未为所并，其酋阿古柏畏俄之逼，率其部众，陷我南疆，我复南疆，阿古柏死，逆子窜入俄境。俄乃认安集延为其所属，欲借为侵占回疆腹地之根，现冒称喀什噶尔住居之俄属，本随帕夏而来之安集延余众。俄之无端冒为己属，实与交还伊犁，仍留复踞地步，同一居心，观其交还伊犁，而仍索南境西境属俄，其诡谋岂仅在数百里土地哉？界务之必不可许者此也。俄商志在贸易，本无异图，俄官则欲借此为通西于中之计，其蓄谋甚深，非仅若西洋各国，只争口岸可比。就商务言之，俄之初意，只在嘉峪关一处，此次乃议及关内，并议及秦蜀楚各处，非不知运脚繁重，无利可图，盖欲借通商便其深入腹地，纵横自恣，我无从禁制耳。嘉峪关设领事，容尚可行，至喀什噶尔通商一节，同治三年虽约试办，迄未举行，此次界务未定，姑从缓议。而乌里雅苏台，科布多，哈密，吐鲁番，乌鲁木齐，古城等处，广设领事，欲因商务蔓及地方，化中为俄，断不可许。此商务之宜设法挽回者也。此外俄人容纳叛逆白彦虎一节，

崇厚曾否与之理论，无从悬揣，应俟其复命时，请旨确询，以凭核议。臣维俄人自占踞伊犁以来，包藏祸心，为日已久。始以官军势弱，欲诳荣全入伊犁，陷之以为质，继见官军势强，难容久踞，乃借词各案未结以缓之。此次崇厚全权出使，俄臣布策，先以巽词饵之，枝词惑之，复多方迫促以要之，其意盖以俄于中国，未尝肇启战端，可间执中国主战者之口。又忖中国近或厌兵，未便即与决裂，以开边衅，而崇厚全权出使，便宜行事，又可牵制疆臣，免生异议。是臣今日所披沥上陈者，或尚不在俄人意料之中。当此时事纷纭，主忧臣辱之时，苟心知其危，而复依违其间，欺幽独以负朝廷，耽便安而误大局，臣具有天良，岂宜出此？就事势次第而言，先之以议论委婉而用机，次之决战阵坚忍而求胜，臣虽衰庸无似，敢不勉旃！

两宫太后依议，特遣世袭毅勇侯出使英法大臣大理寺少卿曾纪泽，备述官衔，隐寓紫阳书法。使俄改约，并命整顿江海边防，北洋大臣李鸿章，筹备战舰。山西巡抚曾国荃，调守辽东，派刘锦棠帮办西域军务，加吴大澂三品卿衔，令赴吉林督办防务，饬彭玉麟操练长江水师，起用刘铭传、鲍超一班良将，内外忙个不了。俄国亦派军舰来华，游弋海上，险些儿要开战仗，亏得曾袭侯足智多谋，能言善辩，与俄国外部大臣布策反复辩难，弄得布策无词可答，只是执着原约，不肯多改。巧值俄皇被刺，新主登基，令布策和平交涉，布策始不敢坚持原议。曾袭侯虽是专对才，亦亏机缘相凑。两边重复开谈，足足议了好几个月，方才妥洽，计改前约共七条：

一　归还伊犁南境。

二　喀什噶尔界务，不据崇厚所定之界。

三　塔尔巴哈台界务，照原约修改。

四　嘉峪关通商，照天津条约办理，西安汉中及汉口字样，均删去。

五　废松花江行船至伯都讷专条。

六　仅许于吐鲁番增一领事，其余缓议。

七　俄商至新疆贸易，改均不纳税为暂不纳税。此外添续卢布四百万元。

签约的时候，已是光绪七年，虽新疆西北的边境，不能尽行归还，然把崇厚议定原约改了一半，也总算国家洪福，使臣材具了。我至此尚恨崇厚。沿江沿海，一律解严，改新疆为行省，依旧是升平世界，浩荡乾坤。王大臣等方逍遥自在，享此庸庸厚福，不意宫内复传出一个凶耗，说是慈安太后骤崩，小子曾有诗咏慈安后云：

牝鸡本是戒司晨，和德宣仁誉亦真。
十数年来同训政，慈安遗泽尚如春。

这耗一传，王大臣很是惊愕，毕竟慈安太后如何骤崩，且至下回分解。

本回录两大奏摺，为晚清历史上生色。吴说似迂，左议近夸，但得吴可读之一疏，见朝廷尚有效死敢谏之臣工，得左宗棠之一折，见疆臣尚有老成更事之将帅。光绪初年之清平，幸赖有此。或谓吴之争嗣，何裨大局？俄许改约，全恃曾袭侯口舌之力，于左无与？不知千人诺诺，不如一士谔谔，盈廷谐媚，而独得吴主事之力谏，风厉一世，岂不足令人起敬乎？外交以兵力为后盾，微左公之预筹战备，隐摄强俄虽如曾袭侯之善于应对，能折冲樽俎乎？直臣亡，老成谢，清于是衰且亡矣。人才之不可少也，固如此夫！

第八十一回　朝日生嫌酿成交涉 中法开衅大起战争

却说慈安太后的崩逝，很是一桩异事。为什么是异事呢？慈安太后未崩时，京师忽传慈禧病重，服药无效，诏各省督抚进良医，直督李鸿章，江督刘坤一，鄂督李瀚章，都把有名的医生，保荐进去。慈禧一病数月，慈安后独视朝，临崩这一日，早晨尚召见恭亲王奕䜣，大学士左宗棠，尚书王文韶，协办大学士李鸿藻等，慈容和怡，毫无病态，不过两颊微赤罢了。恭亲王等退朝后，约至傍晚，内廷忽传慈安后崩，命枢府诸人速进，王大臣等很为诧异，都说："向例帝后有疾，宣召御医，先诏军机大臣知悉，所有医方药剂，都命军机检视，此次毫无影响，且去退朝时候，止五小时，如何有此暴变？"但宫中大事，未便揣测，只好遵旨进去。一进了宫，见慈安后已经小殓，慈禧后坐矮凳上，并不象久病形状，只淡淡的说道："东太后向没有病，近日亦未见动静，忽然崩逝，真是出人意外。"对人言只可如此。众王大臣等，不好多嘴，唯有顿首仰慰。左宗棠意中不平，颇思启奏，只听慈禧后传谕道："人死不能再生，你等快出去商议后事！"善箝人口。于是左宗棠亦默然无语，偕王大臣等出宫，暗想后妃薨逝，照例须传戚属入内瞻视，方才小殓，这回偏不循故例，更觉可怪。奈满廷统是唯唯诺诺，单仗自己一片热诚，也是无济于事，因此作为罢论。

天下事若要人不知，除非莫为。相传光绪帝幼时，亦喜欢与慈安后亲近，仿佛当日的同治帝，慈禧后已滋不悦。到光绪六年，往东陵致祭，慈安

太后，以咸丰帝在日，慈禧后尚为妃嫔，不应与自己并列，因令慈禧退后一点。慈禧不允，几至相争，转想在皇陵旁争论，很不雅观，且要招亵渎不敬的讥议，不得已忍气吞声，权为退后；回到宫中越想越气，暗想前次杀小安子，都是恭王怂恿，东后赞同，这番恐又是他煽动，擒贼先擒王，除了东后，还怕什么弈䜣？只有一事不易处置，须先行斟酌，方好下手。看官！你道是什么事情？咸丰帝在热河，临危时，曾密书硃谕一纸，授慈安后，略说："那拉贵妃如恃子为帝，骄纵不法，可即按祖制处治。"后来慈安后取示慈禧，令她警戒一二。慈禧后虽是刚强，不敢专恣，还是为此。东陵祭后，她想消灭遗旨，正苦没法，巧遇慈安后稍有感冒，太医进方，没甚效验，过了数日，不药而愈。慈安后遂语慈禧，说服药实是无益。慈禧微笑，慈安不觉暗异。忽见慈禧左臂缠帛，便问她何故？慈禧道："前日见太后不适，进葠汁时，曾割臂肉片同煎，聊尽微忱。"真乎假乎，我还欲问慈禧。慈安闻了此言，大为感动，竟取出先帝密谕，对她焚毁，隐示报德的意思，其实正中了慈禧的隐谋。一著得手，两著又来。慈安后竟致暴崩，谣言说是中毒，小子姑就轶闻，略略照叙，也不知是真是假。只慈禧后并不持服，乃是实事。笔里藏刀。

话休絮述，且说慈安后已崩，国家政治，都由慈禧太后一人专主，不必疑忌。慈禧至此，方觉得心满意足，任所欲为。国丧期未满，奉安未届，暂命恭王弈䜣等照常办事。越年，慈安太后合葬东陵，加谥孝贞，生荣死哀，临时又有一番热闹。

葬礼才毕，东方的朝鲜国，忽生出一场乱事，酿成中日的交涉。原来朝鲜国王李熙，系由旁支嗣立，封生父李应罡为大院君，主持国柄。李熙年长，亲裁大政，大院君退处清闲，党与亦渐渐失势。王妃闵氏，才貌兼全，为李熙所宠幸，闵族中倚着王妃的势力，次第用事，尽改大院君旧政。大院君素主保守，拒绝日本，闵族公卿，多主平和，与日本结江华条约，开元山津与仁川二口岸，给日本通商。朝鲜本中国藩属，总理衙门的大员，偏视为无足重轻，绝不过问。朝鲜恰暗生内讧，一班守旧派，又请大院君出头，与闵族反对。时当光绪八年，朝鲜兵饷缺乏，军士哗变，守旧派遂趁势作乱，扬言入清君侧，闯进京城，把朝上大臣及外交官，杀死了好几个，并杀入王宫，搜寻闵妃，可巧闵妃闻风避匿，无从搜获，遂鼓噪至日本使馆，戕杀日

本官吏数人。真是瞎闹。警报传至中国，署直隶总督张树声，亟调提督吴长庆等，率军入朝鲜。长庆颇有才干，到了汉城，阳说来助大院君。大院君信为真言，忙到清营会议。大鱼自来投网，正好被长庆拿住，立派干员，押解天津；还有百余个党首，亦由长庆捕获，尽置诸法。这时候日本亦发兵到来，见朝鲜已没有乱事，只得按住了兵，索偿人命。当下由长庆代作调人，令朝鲜赔款了事。日本还要屯兵开埠，朝鲜国王唯唯听从，自己与日本立约，才算了案。自后中日两国，各派兵驻扎朝鲜京城。朝鲜既为我属，日本何得驻兵？当时以吴长庆等执归大院君称为胜算，于日本驻兵事置诸不论，可谓懵然。大院君到天津后，由张树声请旨发落，奉旨李应罡着在保定安置。后来朝鲜又复闹事，比前次还要瞎噪，小子本好连类叙下，只中间隔了一场中法开衅的战史，依着年月日次序，只好将中法战史开场，表叙明白。

中法战衅，起自越南，越南王阮光缵，为故广南王阮福映所灭，仍认中国为宗主国，入贡受封。唯阮福映得国时，曾赖法教士帮助，借了法国兵士，灭掉阮光缵，原约得国以后，割让化南岛作为酬谢，且许通商自由。后来越南不尽遵约，且无故戕害教民，法人愤怒，遂派军舰至越南，破顺化府沿岸炮台，乘胜阑入，夺南方要口的西贡，并陷嘉定、边和、定祥三州。越南国王，无法可施，没奈何割地请和，这是咸丰年间事。同治初，复开兵衅，再订和约，又割永隆、安江、河仙诸州，畀之法国，南圻尽为法据。法人得步进步，得尺进尺，不到几年，又说越南虐待教士，要求越南允他二事：第一条，要越南王公，信奉天主教；第二条，要在越南北圻的红河通航。两国尚未定约，法人已托词保商，派兵驻河内、海防等处。目无全虏。

是时越南有一个惯打不平的好汉，姓刘名永福，系广西上思州人氏，乃是太平国余党。他部下有数百悍卒，张著黑旗，叫作黑旗军，或叫他黑旗长毛。刘永福素性豪爽，见越南被法所逼，以大欺小，很是无礼，遂带了黑旗兵，帮越南王抗拒法人。法将安邺，勾结越匪黄崇英，谋踞全越。永福闻安邺屯兵河内，竟由间道绕赴，出其不意，攻破法兵，将法将安邺杀死。越南王闻报，一喜一惧，喜的是刘永福战败法人，惧的是法人将来报复。于是再与法国议和，于同治末年，协订和约数条，大致认越南为独立国，令断绝他国关系，以及河内通商，红河通航等条件。一面檄刘永福罢兵，封为三宣副都督，管辖宣光、兴化、山西三省，越南暂就平静。

独越匪黄崇英，尚出没越南北境，进窥南宁。两广总督刘长佑，率师巡边，连破崇英党羽，蹑崇英至河阳，一鼓擒住，并将他妻子一律骈诛。长佑奏凯入关，只留驻千人防边。光绪五年，越边又有吴终及苏咽汉等，倡乱殃民，越南王又求助清廷，清政府即命粤督刘长佑，再出越南，替他靖乱。长佑遂率提督冯子材，由龙州出发，旗开得胜，马到成功，不数月间，乱党已无影无踪了。越南王很为感激，怎奈法人得知此信，据约诘责，约章上是越南独立，既认与他国断绝关系，如何请清军代平乱事？越南王绝不答复。法国遣将李威利，进攻河内，黑旗军又来出头，一阵厮杀，非但将法人击败，直把李威利杀毙。法人大举入越，海陆并进，陷河内、南定、河阳等地，只山西一带，由刘永福扼守，不能攻入。法海军转趋顺化府，顺化系越南都城，守城兵统是饭桶，一些儿都没用，闻报法兵来攻，吓得魂飞天外，保着越南王出都避难。法兵遂入据越都，越南王再向法乞和，法人要越南降为保护国，且割让东京与法。越南王但求息事，不管好歹，竟允了法人的要约。

清廷接信大惊，飞檄驻法公使曾纪泽，与法交涉，不认法越条约，又令岑毓英调督云贵，出关督师，与刘永福协力防法，擢彭玉麟为兵部尚书，特授钦差大臣关防，驰驿赴粤；故山西巡抚曾国荃，赴署粤督，筹备军糈；东阁大学士两江总督左宗棠，督办军务，兼顾江防。一班老臣宿将，分地任事。廉将军犹能强饭，马伏波再出据鞍。劲气横秋，余威慑敌，法人倒也不敢暴动，差了舰长福禄诺等，直到天津，去访直督李鸿章，无非说些愿归和好等语，但越商总要归法保护。咬定一桩宗旨，有何和议可说。李鸿章既不照允，也不坚拒，只用了模棱两可的手段，对付外交。此老未免油滑，然已带三分暮气。适粤关税司美国人德摧林，愿作毛遂，居间调停，竟与李鸿章订定五条草约，准将东京让法，清军一律撤回。唯法越改约，不得插入伤中国体面语。越南已去，还有什么体面？双方允议，鸿章当即奏闻，总理衙门的王大臣，也与李爵帅一般见识，总教体面不伤，管什么万里越南？随即核准，批令鸿章签押。

这边玉帛雍容，方与法使互订和局，那边云南兵将，已进至谅山，尚未接到和好消息，法将突勒，亦入谅山驻扎。两下相遇，滇军磨拳擦掌，专待角斗，突勒亦不肯让步，顿时开了战仗，你开枪，我放炮，相持半日，法兵受了好多损失，向后退去。中国人向来自大，闻了这场捷音，个个主战，几乎有灭此朝食的气概，偏偏法人行文总署，硬索偿款一千万磅，总署不允，

法愈增兵至越南，攻陷北宁。岑毓英退驻保胜，扼守红河上游，法复派军舰至南洋，袭攻台湾，把基隆夺去。幸亏故提督刘铭传，奉旨起复，督办台湾军务，他即兼程前进，到了台湾，以守为战，法人才不敢入犯，把基隆守住。

法提督孤拔，转入闽海，攻打马尾。马尾系闽海要口，驻守的大员，叫作张佩纶，佩纶是个白面书生，年少气盛，恃才傲物，本在朝上任内阁学士官职，谈锋犀利，没人赛得他过，讲起文事来，周召不过如此，讲起武备来，孙吴还要敬避三舍。其言之不怍则为之也难。清廷大加赏识，特简为福建船政大臣，会办海疆事宜。以言取人失之宰予。中外官僚，方说朝廷拔取真才，颂扬圣哲。合肥伯相李鸿章，也因他多才多艺，称赏不置。这张佩纶更睥睨不群，目空一切，既到福州，与总督何璟，巡抚张兆栋会叙，高谈阔论，旁若无人，督抚等也莫名其妙。因闻他素负才名，谅来必有些学识，索性将全省军务，都推到佩纶身上。佩纶居然自任，毫不推辞；任事数月，并没有整顿军防，单是饮酒吟诗，围棋挟妓。有的说是名将风流，大都这样，有的说是文人狂态，徒有虚名。

这年秋季，在值法孤拔率舰而来，直达马江。好象是一块试金石。海军将弁，闻风飞报，佩纶毫不在意，简直如没事一般。过了一宵，法舰仍在马江游弋，尚未驶入口内，那时张佩纶谈笑自若，反邀了几个好友，畅饮谈心，忽报管带张得胜求见，佩纶道："我们喝酒要紧，不要进来瞎报！"才阅片刻，又报管带张成入谒，佩纶张开双目，向传报的军弁叱道："我在此饮酒，你难道不晓得么？为什么不挡住了他？"军弁道："张管带说有紧急军情，定要面禀，所以不敢不报。"佩纶道："有什么要事？你去问来。"军弁去了半晌，回称法兵轮已驶入马尾，应预备抵敌，恳大人速谕机宜。佩纶冷笑道："法人何从欲与我接仗，不过虚声恫吓，迫我讲和，我只按兵不动，示以镇定，法人自然会退去的。我道他是何等高见，谁知恰是如此。你去传谕张管带，叫他不要妄动便好。"军弁唯唯，刚欲退出，佩纶又叫他转来，便道："你去与张管带说明，第一着是法舰入口，不准先行开炮，违令者以军法从事。"军弁又答应连声，自去通知张管带，佩纶仍安然痛饮，喝得酩酊大醉，兴尽席残，高朋尽散。佩纶一卧不醒，法舰已自进口，准备开炮轰击。中国兵轮，也有十多艘，船上管带，各着弁目走领军火，请发军令。不意佩纶尚在黑甜乡玩耍，似乎可高枕无忧的样子。门上因昨日碰了钉子，不敢通报，

弁目只在门房伺候，那边兵轮内的管带，急切盼望，杳无回音，欲要架炮迎击，既无军令，又无弹丸，真正没法得很。约到巳牌时候，尚不见军令领到，法舰上已将大炮架起，红旗一招，炮弹接连飞来。中国兵轮里面，毫无防备，管带以下，急得脚忙手乱，不消一个时辰，已被击破四五艘，还有未曾击坏的兵轮，只是逃命要紧，纷纷拔椗，向西北逃命。奈法舰不稍容情，接连追入，炮声越紧，炮弹越多，中国兵轮，又被击沉了好几艘。海军舰队，丧亡几尽。这时候佩纶才醒，听得炮声震耳，还说何人擅自放炮，起床出来。外面已飞报兵轮被毁，接续传到七艘，于是轻裘缓带的张大臣，也焦灼起来，急命亲兵二人，随着开了后门一溜烟的逃去。确是三十六策中的上策。法舰乘胜进攻，夺了船坞，毁了船厂，复破了福州炮台，占领澎湖各岛。廷旨令左宗棠飞速赴闽，与故陕甘总督杨岳斌，帮办闽省军务，调曾国荃就江督任，续办江防。左宗棠到闽后，奉旨查办张佩纶，佩纶已由督抚访寻，在彭田乡觅着，畴昔豪气，索然而尽，只有笔底下却还来得，草了一篇奏牍，自请处分。内中有"格于洋例，不能先发制人，狃于陆居，不能登舟共命"等语。巧于脱卸。左宗棠怜他是个名士，也为他洗刷回护。大约是惺惺惜惺惺。清廷以佩纶罪无可逃，责左宗棠袒护罪员，甘陷恶习，着传旨申斥。佩纶逮京治罪，充戍黑龙江完案。

马江方报败仗，谅山又闻失守，镇南关守将杨玉科阵亡。慈禧不禁震怒，把统兵的大员，议处的议处，镌级的镌级，并有一道罢免恭王的懿旨，亦蝉联而下，处心积虑久矣。立言颇极微妙，今录述如下：

> 钦奉慈禧康颐昭豫庄诚皇太后懿旨：现值国家元气未充，时艰犹巨，政多丛脞，民未敉安。内外事务，必须得人而理，而军机处实为内外用人行政之枢纽，恭亲王奕䜣等，始尚小心匡弼，继则委蛇保荣；近年爵禄日崇，因循日甚，每于朝廷振作求治之意，谬执成见，不肯实力奉行。屡经言者论列，或目为壅蔽，或劾其委靡，或谓簠簋不饬，或谓昧于知人。本朝家法綦严，若谓其如前代之窃权乱政，不唯居心所不敢，亦实法律所不容。只以上数端，贻误已非浅鲜，若仍不改图，专务姑息，何以仰副列圣之伟业贻谋？将来皇帝亲政，又安能臻诸上理？若竟照弹章一一宣示，即不能复议亲贵，亦不能曲全耆旧，是岂宽大之政

所忍为哉？言念及此，良用恻然。恭亲王奕䜣，大学士宝鋆，入直最久，责备宜严，姑念一系多病，一系年老，兹特录其前劳，全其末路，奕䜣著加恩仍留世袭罔替亲王，赏食亲王全俸，开去一切差使，并撤去恩加双俸，家居养疾！宝鋆着原品休致！协办大学士吏部尚书李鸿藻，内廷当差有年，只为囿于才识，遂致办事竭蹶，兵部尚书景廉，只能循分供职，经济非其所长，均着开去一切差使，降二级调用！工部尚书翁同龢，甫直枢庭，适当多事，唯既别无建白，亦有应得之咎，着加恩革职留任，仍在毓庆宫行走，以示区别！朝廷于该王大臣之居心办事，默察已久，知其决难振作，诚恐贻误愈重，是以曲示矜全，从轻予谴。初不因寻常一眚之微，小臣一疏之劾，遽将亲藩大臣，投闲降级也。嗣后内外臣工，务当痛戒因循，各摅忠悃。建言者秉公献替，务期远大，朝廷但察其心，不责其迹，苟于国事有补，无不虚衷嘉纳，倘有门户之弊，标榜之风，假公济私，倾轧攻讦，甚至品行卑鄙，为人驱使，就中受贿，必当立抉其隐，按法惩治不贷，将此通谕知之！

恭亲王既已罢免，军机处另用一班人物。恭亲王的替身，就是礼亲王世铎。还有户部尚书额勒和布、阎敬铭、刑部尚书张之万，也都命在军机上行走。工部侍郎孙毓汶，因与李莲英莫逆，亦得厕入军机。慈禧太后又下特旨："军机处遇有紧要事件，着会同醇亲王奕譞商办。"国子监祭酒盛昱，左庶子锡钧，御史赵尔巽？见了这谕，以醇亲王系光绪帝父亲，入直军机，殊非所宜，是极。遂援古斟今，联翩入奏，请收回成命。慈禧后思想灵敏，把垂帘二字提出，说："当垂帘时代，不得不用亲藩，俟皇帝亲政，再降懿旨。在廷诸臣，当仰体上意，毋得多渎！"这旨一下，言官等又箝口无言。

只是海氛未靖，边报相寻，朝旨调湖南巡抚潘鼎新，移至广西，与岑毓英联军迎剿，并令提督苏元春与冯子材、王孝祺、王德榜等，率军援镇南关。冯王诸将，恰是异常奋勇，一到了关，即开关出战。任凭法人枪炮厉害，他却督着人马，冒死进去。枪炮越多的地方，清车越加不怕。星驰飚卷，岳撼山摇，直至两军接近，连枪炮都成没用，当下各用短兵，互相搏击。法人虽是强悍，至此已失所长，不得不渐渐退下。清军勇气，陡增十倍，杀得尸横遍野，血流成川。自从中法开衅，这场恶斗，独出法人意外。

法人才有点怕惧，弃了谅山。岑毓英闻谅山克复，亦秣马厉兵，亲督大军，鼓行前进，连败法兵，迭克要隘。临洮一战，阵斩法将七人，杀毙法兵三千数百名，获辎重枪炮军械无算，进捣河内，威声大振。法提督孤拔，困守澎湖，连接越南败耗，已是郁愤，上书政府，请速派兵再战。适值法内阁连番更迭，主战主和，毫无定见。孤拔大愤，索性带了兵舰，闯入浙江三门湾，夜深月朗，孤拔轻轻的扒上桅竿，窥探内地形势，不防一声怪响，竟将孤拔击落船中。正是：

明枪容易躲，暗箭最难防。

未知孤拔性命如何，待小子下回再说。

朝鲜越南，皆中国藩属，安能与日法两国私立条约？总理衙门人员，不闻则已，既已闻之，势不能袖手旁观，置诸不问。乃得过且过，坐听藩属之日削，一若秦越肥瘠，漠不相关者。然朝鲜之乱，吴长庆等急入汉城，诱执大院君以归。日本师至，乱事已靖，于此不惩前毖后，犹令朝日自行结约，宁非大误？法越之争有年矣，中国不闻援据公法，与法交涉，法入越境，越南王再三乞和，清廷又不过问。迨越南请兵平乱，始由粤督刘长佑等，代为戡定，其误与对待朝鲜，同出一辙。天津和约，不与法争宗主权，乃尚欲保存体面，掩耳盗铃，煞是可笑。曲突徙薪之不早，至于焦头烂额晚矣！迨焦头烂额而仍无效，不且晚之又晚耶！谅山失守，马江败绩，焦头烂额，尚且无成。谁司外交，一至于此！读此令人痛惜不置！

第八十二回　弃越疆中法修和
平韩乱清日协约

却说孤拔入袭浙境，浙江提督欧阳利，已先机预防，飞檄海口炮台守将，严行堵御。守将静候数天，未见动静，未免懈怠起来。也是孤拔命运该绝，闯入三门湾的时候，遥望岸上刁斗无声，未知有备无备，因此猱升桅竿，窥探内容。适值炮台上面，有一巡卒，见敌舰连樯而来，暗想不及通报，他竟仗着胆子，径去开炮。扑通一声，不偏不倚，正中桅竿上的孤拔。孤拔受着弹丸，脑子一晕，自然坠落。此时炮台守将，闻有炮声，惊讶的了不得，忙饬弁目查明。弁目到了炮台，那放炮的巡卒，还是接连开放。弁目厉声道："你如何未奉军令，擅自试炮？"巡卒至此，才觉得弁目来前，回头行礼，禀明原委。弁目向外了望，果见有兵舰数艘徐徐退去。随道："你虽击退敌舰，然总是未奉军令，恐干军法，快到军署内请罪为是！"巡卒默然，随了弁目，去见统领。亏得统领还有些明白，仍饬查明，再定功罪。次晨，闻报法舰轰坏二艘，法提督孤拔亦已毙命，不禁喜出望外，向提督欧阳利去报捷。一面赦了巡卒擅令的罪名，拔为弁目。大约运气到了。浙江海面，浪静风平，提督欧阳利，免不得虚张战绩，奏达清廷，当即奉旨嘉奖，欧阳利以下多蒙优叙。欧阳利还是运气。

孤拔一死，法军夺气，谅山粤军及临洮滇军，都是雄心勃勃，恨不得立刻规复全越，扫除法人，正在耀武扬威的时候，忽又传到天津议和的消息。众战将疑信参半，个个扼腕兴嗟。还有钦差大臣督办粤东海防的彭玉麟，接

到此信，气得白胡须根根竖起，连声叫道："哪一个和事老专要议和？"随即拈纸抒毫，缮就奏疏数千言，大致说："有五不可和：法人无端生衅，不加惩创，遽与议和，不可一；法人未受惩创，即来请款，是必中藏诡谲，不可二；法人即不索兵费，但求越境通商，恐将来取偿于后，必加十倍，不可三；就外强中干的法人，不问情罪，降心求和，恐各国将环向而起，不可四；云南物产富饶，西人垂涎已久，若与议和，必许通商，广传邪教，密布羽翼，一旦窃发，将何以支，不可五。"又言："有五可战：揣敌情可战；论将才可战；察民情可战；采公法可战；卜天理可战。"言言激烈，语语忠诚。这奏拜发后，出使法国的曾纪泽，也有密电到京，说法国内阁迭更，宗旨若不定，与我国议和，必须还我越南宗主权，方可允议。谁知中外大臣的奏牍，终不敌一全权大臣肃毅伯李鸿章。鸿章与法使巴特纳，竟在天津磋定和约，共计十款，最要紧的几条：一、是法人占领东京。二、是越南归法人保护。三、是法兵不得过越南北圻，与中国边界，中国亦不派兵至北圻。四、是留据台湾的法兵，一律撤回。五、是中国允于保胜以上，谅山以北，辟商埠二处。这约订后，一二百年来的南藩，拱手让与法人，法人不索兵费，还算他的情谊。后来开龙州、蒙自两商场，许法人互市，就是彼此有情的对待。从此赫赫有名的肃毅伯，遂负了秦桧、贾似道的大名。这也未免过甚。彭左岑冯诸公，心中都是怏怏，只因廷旨许和，停战撤兵，没奈何收兵敛伍，赋了一篇归去来辞。

但这肃毅伯李鸿章，也是个中兴名臣，为什么硬主和议？他为了中外交涉，杂沓而来，法越事情，正在着紧，朝鲜又发生乱事。上次朝日交涉，朝鲜国臣朴咏孝赴日本谢罪，鉴日本国维新的效果，归谋变法，联络一班有名人物，如金玉均、洪英植等，组成维新党，主张倚靠日本。独朝内执政诸大臣，多主守旧，领袖闵咏骏，系椒房贵戚，素来顽固，愿事清朝，与维新党反对。这维新党中人，统是少年志士，意气凌人，仗着日本作了靠山，时思推倒政府，日本国趁这机会，复用外交手段，勾结维新党，劝他独立，愿为臂助。维新党总道他情真意切，一些儿不疑心，这叫作引虎自卫。居然率领党人，发起难来，召日本兵入宫，先搜闵族贵官，自闵咏骏以下，一律杀死，连闵妃也饮刃而亡。只有国王李熙，尚未杀死，党人胁他速行新政。李熙变作鸡笼内的鸡儿，无论要他什么，只得唯唯听命。朴咏孝揽了大权，兼任兵

部，金玉均为左相，洪英植为右相，其余一班党人，统授要职。

此时驻扎朝鲜的吴长庆，因法越事起，调至金州督防。继任的提督，也与长庆同姓，名叫兆有，闻了朝鲜宫内的乱事，急召总兵张光前商议。光前推举一人，说他智勇深沉，定有妙计，应邀他解决这问题。看官！你道是谁？就是当时帮办营务，近时民国大总统袁世凯。大名鼎鼎。世凯名慰亭，河南项城县人，袁总督甲三，便是他的从祖。捻匪肇乱，他曾出驻皖豫，奉旨剿办，倒也立过战绩。世凯父名保庆，本生父名保中，少时倜傥不羁，昂藏自负。段学士靖川，有知人名，尝说他非凡品；嗣因乡试不第，弃举子业，纳粟得同知衔。提督吴长庆闻他多才，延作幕宾，襄办营务。在营时，曾替长庆约束军士，号令一新。朝鲜国王常问长庆借将练兵，长庆就荐他出去。至长庆调任，还有部兵截留朝鲜，便奏请委他管带。张总兵亦很是器重，所以经军门垂询，便欲邀他会商。吴兆有忙着亲兵携刺往招，世凯昂然而至，彼此行过了礼，两旁坐定。兆有就谈及朝鲜情形，商议救护的计策。世凯道："不入虎穴，焉得虎子。现在请急速发兵，捣入朝鲜宫内，除了乱党，护出朝王，再作计较！"此公原有胆有识。吴兆有道："闻得朝鲜宫内，有日本兵守卫，恐怕不易攻入。"世凯道："几个日本兵，怕他什么？"张光前道："袁公议论，颇是先声夺人的计策，未知军门大人以为何如？"吴兆有道："计非不是，但必须至北洋请示，方好举动。"世凯道："救兵如救火，若要请示北洋，必至迟慢，倘被别人走了先着，反为不妙。"吴张二人尚面面相觑，世凯见他没有决断，便道："既要到北洋请示，请立办好文书，饬快轮飞递为要。"二人应允，即办就公文，派泰安轮船飞递。

兵轮才发，朝鲜国王，已密遣金允植、南廷哲至清营求救。吴张二人，仍不敢遽允，嗣由探马密报，党人拟废去国王，改立幼君，依附日本，背叛清朝，吴兆有才有些着急，可奈北洋回音未转，自己部兵不多，恐怕不敌日本，尚是迟疑不决。外面又来了袁公世凯，未曾坐下，即向吴张二人道："乱党的消息，两公想亦闻知。若再不发兵入宫，不但朝鲜已去，连我辈归路，都要被他截断，只好在朝鲜作鬼了。"吴张二人，被他一激，倒也奋发起来，实是保全性命要紧。随道："据老兄高见，究竟如何办法？"世凯道："为今日计，只有迅速调兵，分路进攻，能够一鼓攻入，肃清朝鲜宫禁，我们便占上风，不怕日本出来作梗。"吴兆有道："应分几路？"世凯道："该

分三路进攻。军门大人领中路，镇台大人领右路，袁某不才，愿当左路。”吴兆有尚有难色，世凯不禁愤懑，奋然道：“二公如以中路为费手，袁某愿当此任！吴军门率左，张镇台率右，彼此接应，不愁不胜。”吴兆有道：“就如这议，今夜发兵。”

是夜天色微明，三路清军，衔枚出发，严阵而行，到了朝鲜宫门，已是残夜将尽，袁世凯督令猛攻，里面枪声，也劈劈拍拍的放将出来。袁军前队，伤了数十名，似乎要向后却避，世凯传令，不准退后，违令立斩。这令一传，军法如山，军士方冒险前进，霎时间攻破外门，进至内门。忽后面抄到日本兵，来攻袁军，世凯分兵抵挡，这时腹背受敌，胆大敢为的袁公，倒也吃惊不小，唯队伍恰依然不乱。巧值提督吴兆有，已从左路杀到，一阵夹击，才将日本兵杀退。清军抖擞精神，再接再厉，枪声陆续不绝，震得屋瓦齐飞，宫墙洞陷。刚在得势的时候，又来了朝鲜兵数百名，由世凯一瞧，乃是曾经自己教练过的兵卒，熟门熟路，同德同心，当下把内门破入。维新党不管死活，还要前来阻拦，被清军排枪迭击，毙了几十人。洪英植亦战死在内。朴咏孝，金玉均等，方从宫后逃去。

吴袁二人，整队而人，张光前右路兵亦到。人家得胜，他方到来，可谓知几之士。朝鲜宫内，已是空空洞洞，不见有什么人物。清军仔细搜寻，只有几个宫娥女仆，躲匿密室，余外统已不知去向。当由吴袁张三人，诘闻国王世子踪迹，据说：“乘宫中大乱时，逃出宫外。”世凯令军士赶即找寻，在王宫前后左右，寻了一周，杳无影响。世凯未免焦灼。忽有朝鲜旧臣来报：“国王世子，在北门关帝庙内。”世凯大喜，遂与吴张二人，会议往迎。这个差使，吴提督恰直任不辞，确是好差使。忙率部兵前去。袁张已扫清宫阙，收兵回营，不一会，朝鲜国王及世子，也随了吴提督进来。国王见了袁世凯，很是感谢，并请追缉朴咏孝、金玉均等。世凯道：“朴金诸叛党，现在想总逃至日本使馆，不如先照会日使竹添进一郎，叫他即速交出，否则用兵未迟。”张吴连声称善，随即写好照会，遣兵弁送与日使。未几兵弁还报，日本使馆内，已无人迹，公使竹添进一郎，闻已逃回本国，往济物浦去了。于是袁吴张三人，送朝鲜国王还宫，一场大乱，化作烟销日出，总算是袁公世凯的大功。

无如日本人煞是厉害，遣了全权大使井上馨，到朝鲜问罪，又令宫内大臣伊藤博文，农务大臣西乡从道，来与中国交涉。这三位日本大员，统是明

治维新时紧要伟人，这番奉命出使，自然不肯舍脸。井上馨到了朝鲜，仍直接与朝鲜开议，要索各款，无非要朝鲜偿金谢罪等语。朝鲜国王无可奈何，别人又不便与议，只好暗中讯问袁世凯。世凯正接北洋来信，说是伊藤、西乡两日员，到了天津，声言清军有意寻衅，不肯甘休，朝廷已派吴大澄、续昌二人，东来查办。看官！你想袁公是个英挺傲岸的人物，哪里肯受这恶气？当即请了假，回到北洋。谒见肃毅伯李鸿章，极陈利害，大意是："要监督朝鲜，代操政柄，免得日人觊觎"。李鸿章颇为叹赏，但心中恰是决计持重，不愿轻动，反教世凯敛才就范，休露锋铓。老袁后半生行事，实是承教合肥。世凯太息而出。

这位李肃毅伯，已受朝命，为余权大臣，与日本使臣议约。肃毅伯专讲国家体面，摆设全副仪仗，振起全副精神，在督署中请日使进见。难为后继。日使伊藤博文及西乡从道，瞻仰威仪，倒也没甚惊慌，坦然直入，侃侃辩论。议定款约两大条：第一条，清日两国，派驻朝鲜的兵，一律撤去；第二条，两国将来，若派兵到朝鲜，应互先通知，事定后即行撤回，彼此依议签约，中日已定和议。清廷吴兆有等，都遵约归国，连大院君亦放回去，朝鲜国王李熙势孤援绝，对了日本要索各款，无非是谨遵台命四字，赔了银洋十一万元，向他谢罪了案。从此日人得步进步，已认朝鲜为保护国，中国如肃毅伯等，还说朝鲜是我藩属，两不相对，各有见解，总不免后来决裂，只好算作暂时结束。暗伏下文。

越南已去，朝鲜亦半失主权，法日两国，满意而归，英吉利不甘落后，遂乘此胁取缅甸。缅甸当乾隆年间，国王孟云，受清廷册封，定十年一贡的制度，久为中国藩属。道光初年，英并印度，与缅甸西境相接，缅甸西境有阿剌干部，适有内乱，向缅甸乞援，缅甸借出援为名，竟占据阿剌干部。阿剌干部众不服，复向印度英总督处求救。英总督遂发兵攻缅。缅人连战连败，没奈何与他讲和，愿割让阿剌干地，并偿英国兵费二百万磅。缅人不图自强，徒然衔怨英人，遇着英商入境，任意凌辱。亡国之由，多在于此。英人愤无可遏，又起兵攻略缅甸，把缅甸南境的秘古地方，占夺了去。到光绪十一年，法取越南，日图朝鲜，英人闻中国多事，索性起了大兵，直入缅京，废了国王，设官监治。中国无事时，尚不过问，多事时，还有什么工夫。光绪十二年，英人兼并上下缅甸，编入英领印度内。云贵总督岑毓英奏闻，清廷

王大臣，又记起昔年档册，缅甸为我属国。事事如此，大约由贵人善忘的缘故。此时驻法使臣曾纪泽，因争论中法和约，调任英使，总署衙门又发电到英京，命他至英廷抗议。猫口里挖鳅。英人已将缅甸全部列入版图，布置得停停当当，哪里还肯交还？曾纪泽费尽心力，据理力争，起初是要他归还缅甸，英人不理，后来复要他立君存祀，仍守入贡旧例，英人又是不从。可叹这位曾袭侯说得舌敝唇焦，谈到山穷水尽，才争得“代缅入贡”四字。其实也是有名无实的条约。当时还按期进呈方物，嗣因清室愈衰，把此约亦撇在脑后。此非曾袭侯无能，乃王大臣因循之误。英人得了缅甸，还要入窥云南，滇缅勘界，屡费周折，后来结果，终究是英人得利，中国吃亏，云南边徼又被英人割去无数。昔也日辟国百里，今也日蹙国百里，这也是中国的气数。

越南，缅甸的中间，还有一暹罗国，也是中国藩属，按年朝贡，洪杨乱后，贡使中绝。自从越南归法，缅甸归英，英法各想并吞暹罗，势均力敌，互生冲突，旋由两国会议，许暹罗独立自主，彼此不得侵略。只暹罗所辖的南掌地方，取来公分，至今暹罗尚算幸存，不过与中国早脱关系。从此中国的南服屏藩，丧失无余了，说来真是可叹！清廷王大臣，多是醉生梦死，不顾后患。慈禧太后逐渐骄侈，还想起造颐和园来，做个享福的区处。小子叙述至此，殊不能为慈禧讳了。有诗咏道：

东南迭报海氛来，割地偿金不一回；
圣母独饶颐养福，安排仙阙竞蓬莱。

颐和园的风景，真是一时无两，欲知建筑的原因，容待下回续述。

合肥伯李鸿章，非真秦桧、贾似道之流亚也，误在暮气之日深，与外交之寡识。越南一役，中国先败后胜，法政府又竞争党见，和战莫决，彼心未固，我志从同，乘此规复全越，料非难事。乃天津订约，将与法使议和，但求省事，不顾损失，暮气之深可知矣。朝鲜再乱，维新党召日本兵入宫，日本未尝知照中国，遽尔称兵助乱，其曲在彼，不辨自明。袁世凯倡议入援，偕吴张二将，代逐乱党，翊王免难，日使竹添进一郎，至遁回济物浦，我已一胜，日已一挫，斯时日本，犹未存与我决裂之想。为合肥计，亟应声明朝鲜之为我属，一切交涉，当由中国

主持，胡为井上馨至朝鲜，仍任朝鲜自与订约？伊藤西乡至天津，乃与订公同保护之约乎？光绪三四年间，日本咨照清廷，称朝鲜为自主国，不认为我藩属，经总理衙门抗辩，内称："朝鲜久隶中国，其为中国所属，天下皆知。即其为自主之国，亦天下皆知。日本岂能独拒？"妙语解颐，日本人尝一笑置之。合肥知识，殆亦犹此。即或稍胜，亦百步与五十步之比耳。外交无识，宁有善果？越南去，朝鲜危，缅甸暹罗，相继丧失，不得谓非合肥之咎。本回实为合肥写照，暗寓讥刺之意。书法不隐，足继董狐直笔矣。

第八十三回　移款筑园撤帘就养
周龄介寿闻战惊心

却说颐和园开工，乃是光绪十一二年的时候，耗去经费，约不下三千万金。这时国帑支绌，三千万金的巨款，从何而来？相传是从海军款项下，调拨过去。中法一战，马江败绩，闽海舰队，丧亡殆尽，清廷因海氛日恶，决议大兴海军，整顿海防，将台湾划为一省，改福建巡抚为台湾巡抚，原有福建巡抚事，归浙闽总督兼管。并在北京设海军衙门，命醇亲王弈谖作为总办，弈劻、李鸿章作为会办，善庆、曾纪泽作为帮办。五大臣公同商酌，拟先从北洋入手，督练第一支海军，择定盛京旅顺口，山东威海卫为军港。醇亲王弈谖，本没有海军经验，弈劻、善庆，不消说起，只有李鸿章、曾纪泽二人，素称是究心洋务，曾纪泽又时常出使外洋，主持海军的要人，自然要推李鸿章。但海军问题，繁费得很，免不得要筹集巨资。鸿章苦心筹划，接连奏请，朝上总是驳的多，准的少。巧妇难为无米炊，妙手空空，如何兴得起海军？鸿章没法，亲自入觐，密探内廷意旨。当由太后身旁的宠监李莲英，传出消息，说是："太后近年，有意静居，拟造个园子，以便颐养，苦无的款可筹，时常烦躁，所以遇着各省筹款的事项，往往有驳无准。"鸿章沉吟一会，便与李莲英附耳数语，莲英点了好几回头。要造颐和园，恐亦是他怂恿出来。鸿章即回至天津，嗣凡有所奏请，无不照准。

看官！你道这位李伯爷，是什么妙想？他与李莲英定议，欲借海军名目，责成各疆吏岁拨定款，就中提出一半，作了造园经费，一半作了海军经

费，两事都可成就。确是筹款妙法。慈禧太后闻言欣慰，于是大兴土木，把清漪园旧址，辟地建筑，改名叫颐和园。造了两三年，方才告竣。园中的楼台殿阁，亭轩馆榭，实是数不胜数。最著名的是乐寿堂正殿，即慈禧太后住所，规模很是壮丽。又有仁寿殿亦相仿佛，系召见王大臣处。还有颐乐殿，是太后听戏的地方，更造得穷工极巧。殿外就是戏台，分上中下三层，上层颜曰庆演昌辰，中层颜曰承平豫泰，下层颜曰欢胪荣曝。将戏台叙得更详，作者之意可知。此外有知春亭，夕佳楼，芸碧馆，藕香榭，养云轩，瞰碧台，宝云阁，云松巢，邵窝，贝阙，石舫，荇桥等佳境，无妙不臻，有美毕具。这园本倚万寿山，泉清水秀，草长花香，山巅更建一佛香阁，轩厂华丽，上出云霄。慈禧太后在园时，每日必登阁游览，俯瞰全园，气象万千。下有千步廊，曲折而下，直达殿门，所以往来甚便。历述园中胜景，写尽当时奢侈。园已告成，慈禧太后将移居园内，降了一道懿旨，即日归政。醇亲王奕譞，礼亲王世铎，先后上疏，无非因帝年尚幼，恳请太后再行训政数年。太后俯准所请，随带同光绪帝，幸颐和园，把内阁军机处以下各机关，都迁入园内办理，就是梨园子弟，也与官僚一同居住。直把官场作戏场。这也不在话下。

且说北洋海军，办了一二年，既集了好多经费，总要掩饰全国耳目，购了几只战船，募了几千舰队，才报成立。奉旨派醇亲王奕譞，到天津巡阅，肃毅伯李鸿章，即饬干员办差，布置行辕，务期完美。不料内廷又来了密函，由李鸿章展阅一周，忙召办差的委员入内，叫他在行辕里面，再布置一个房间。体制虽略逊一筹，装饰须格外精雅，不得疏忽！委员不敢多问，只得小心办理，一切铺设，已觉妥当，方回辕禀报。经李伯爷自去察视，到了正厅，系预备醇亲王居住，他倒不过大略一瞧，便算了事。转入厢房，反留心检点，那一件还嫌粗率，这一件更嫌简慢。委员暗暗惊讶，私自揣测，究竟是何人来此居住，要这般仔细挑剔？我亦不解。但奉上司命令，不得不再行掉换。过了数日，醇亲王已到码头，当由李鸿章亲去迎迓，办差的委员，亦随同前去，留心窥伺。见李伯爷谒过醇亲王后，即与醇亲王旁边的随员，殷勤问话，很带着谦恭样子。委员未曾认识，嗣闻李伯爷称他总管，方晓得是赫赫有名的太监李莲英。从旁面写入，比实叙还要厉害。醇亲王与李莲英，一齐上岸，直抵行辕，由李鸿章送入，周旋一番。又引李莲英到厢房，满口说是委屈，李莲英左右一瞧，只淡淡的答了费心二字。宿了两宵，醇亲王临场校

阅，李莲英随侍在后，当由李鸿章传出军令，饬海军会操。舰队排樯而至，或分或合，或纵或横，映入醇亲王眼帘中，只觉得整齐错落，如火如荼。无异盲人。阅毕，极力褒奖。李鸿章只是拈须微笑。这一笑恰有微意。又过数天，醇亲王与李莲英，方辞别回京。这次阅操，又糜费了许多银两，李莲英处又须安置妥贴，一古脑儿在海军里报销，连委员都是瞠目伸舌。

李莲英回京后，威势愈盛，宫中称他九千岁。御史朱一新，偏呆头呆脑的奏了一本，内有“李莲英随醇亲王阅兵，恐蹈唐朝监军覆辙”等语。慈禧后勃然震怒，立命降级，调补主事。这旨下后，还有哪个敢冲撞李莲英？一班蝇营狗钻的人物，总教钻入李总管门路，不怕没有官做。转眼间已是光绪十四年，光绪帝年已十八，大婚期届，册立皇后。这皇后是谁家淑女？说将起来，又与慈禧后大有关系。从前立同治皇后时，慈禧后的主张，原是属意凤秀的女儿。旋由东太后决立年长，因把崇绮女为皇后，后来常与慈禧后反对，至死方休。这次光绪帝又要立后，慈禧后自然加意拣选。她想胞弟桂祥，曾任副都统，生有一女，与光绪帝年纪相仿，遂与光绪帝指婚。是年十月间，特降懿旨，立副都统桂祥女叶赫那拉氏为皇后，并选侍郎长叙两女，备作妃嫔。次年二月，光绪帝大婚，一切排场，与前代略同，小子若再叙述，笔意未免重复，不如概从简略。大婚礼毕，即封长叙长女那拉氏为瑾嫔，次女为珍嫔。慈禧后即下谕撤帘。归政典礼，虽是照同治朝依样举行，总要另画一个葫芦，费点手续。况慈禧后是个喜欢热闹的人，踵事增华，自在意中。归政后连加太后徽号，于“慈禧端祐康颐昭豫庄诚”外，添了“寿恭钦献”四字，凑成了十四个。慈禧后喜溢眉宇，格外畅适。又因中外无事，没甚牵挂，遂率同李莲英等，颐养园中，或是登山，或是游湖，或是听戏，或是抹牌，有时随作书画，消遣光阴。皇后本不善书，经慈禧太后指教，亦能了悟草法，得心应手。后来能书擘窠大字，尝自署斋名，叫作延春阁。她本是慈禧后侄女，平时能得慈禧欢心，因此慈禧游玩，常令皇后随从。慈禧后既有可意的内侍，又有如愿的佳妇，左右侍奉，正是快乐得很。

忽由河道总督吴大澄，呈上奏折，乃是请尊醇亲王称号，善拍马屁？内称醇亲王督办海军，功绩卓著，且自为帝父，应予尊崇。先引孟子“圣人人伦之至”的遗训，后引史事，谓宋朝的濮议，王珪司马光，与欧阳修所议不合，从前高宗纯皇帝御批，以欧说为是。又明朝的世宗，欲追尊生父兴献王

帝号，群臣争执，高宗御批，亦加驳斥。应请皇太后特旨，加醇亲王徽号，遂皇上孝敬之忱，塞薄海臣民之望云云。奏上，太后即降旨如下：

本日据吴大澄奏请饬议尊崇醇亲王典礼一折，皇帝入继文宗显皇帝，寅承大统，醇亲王弈譞，谦卑谨慎，翼翼小心，十余年来，深宫派办事宜，靡不殚竭心力，恪恭尽职。每遇优加异数，皆再四涕泣恳辞。前赏杏黄轿，至今不敢乘坐，其秉心忠赤，严畏殊常。非从深宫知之最深，实天下臣民所共谅。自光绪元年正月初八日，醇亲王即有豫杜妄论一奏，内称历代继统之君，推崇本生父母者，以宋孝宗不改子偁秀王之封为至当，虑皇帝亲政后，佥壬幸进，援引治平嘉靖之说，肆其奸邪，预具封章，请俟亲政时，宣示天下，俾千秋万载，勿再更张。其披沥之忱，自古纯臣居心，何以过此？此深宫不能不嘉许感叹，勉从所请者也。兹当归政伊始，吴大澄果有此奏，若不将醇亲王原奏，及时宣示，则后此邪说竞进，妄希议礼梯荣，其患何堪设想？用特明白晓谕，并将醇亲王原奏发抄，俾中外臣民，咸知我朝隆轨，超越古今，即贤王心事，亦从此可以共白。嗣后阚名希宠之徒，更何所容其觊觎乎？将此通谕中外知之！

越年，醇亲王病殁。未殁时，慈禧太后屡率光绪帝至醇邸问疾，因醇亲王福晋，本是太后亲妹子，醇亲王又始终忠事太后，恭邸罢职，醇邸即续揽军机，一切政务，随时请太后指示，不敢独断独行。怪不得太后格外亲信，格外优待。临殁，太后极为痛惜，定称号曰皇帝本生考，予谥曰贤。丧葬一切，典礼特崇。唯谕中有“不可过事奢侈，致伤王生时恭俭盛德”。仍是防他僭越。并令将醇邸分为二处，一处崇祀醇亲王祖宗，一处为光绪帝发祥地点。醇亲王次子载沣袭爵，三子载洵，四子载涛，皆封公。醇亲王薨后，光绪帝虽然亲政，凡事仍禀白慈宫，不敢专主。慈禧太后亦尝令皇后及李莲英，暗中监察，免蹈同治覆辙。光绪帝恰也养晦遵时，没甚违忤。

自十五年至二十年，只有与英吉利、俄罗斯，稍有交涉。英国为了哲孟雄，启衅构兵，哲孟雄在西藏南境，介居布丹，廓尔喀两部中间，布、廓两部，同为西藏藩属，廓、哲失和，英人尝助哲败廓，令哲王割让大吉岭，及

附近印度的平原，作为己有。算是出兵的酬谢费。嗣后屡有要索，哲人愤恨，竟将英人囚住。英人遂发兵攻哲，哲王哪里能抵挡英人？免不得肉袒牵羊，乞降大不列颠旗下。引虎者终为虎噬，亚洲诸小国皆蹈此失。英人得了哲孟雄，又把布丹亦收为属部。哲、布已失，西藏藩篱被撤，藏人震惧，日思规复，至哲部隆吐地方，设立卡房。英人安肯甘休？自然要与西藏为难，攻毁卡房，并据藏南要隘。中国的驻藏大臣，向不中用，至是令帮办大臣升泰赴任，与英国总理印度大臣兰士丹，在印度孟加拉会议，定藏印条约八款，承认哲为英属，勘定藏哲分界，才得和平了结。后来复把藏南的亚东地方，开为商埠，许英人互市，这也是司空见惯，不足为奇。

至与俄国交涉的事情，系为帕米尔高原。帕米尔为新疆西南边徼，在葱岭外面，北通浩罕安集延，为亚洲最高的陆地。亚洲大山，多自帕米尔发脉，中国曾建设卡伦，并据伊犁西境，遂迫中国将卡伦撤去，中国不允。已而英人复降服阿富汗，嗾阿人逐中国卡伦兵，俄国以英人复来染指，忙出兵据帕米尔。于是中俄英三国，皆有违言。经中国出使大臣洪钧、许竹筠，先后会议，结果是俄人得了大利，英人次之，中国最是吃亏，把帕米尔高原，尽行弃掉，只以葱岭为界，清政府因中国幅员，素号辽廓，割了一些儿荒徼，也没有十分痛苦。总教身家保住，管什么边疆荒地？到光绪二十年，是慈禧太后六旬万寿。又是天大的喜事。寿辰在十月十日。正二月间，就饬王大臣预备祝嘏典礼，仿照康熙、乾隆时故例。着各省将军督抚，先期派员来京，庆祝圣母万寿，一面饬内务府督率工役，自大内至颐和园，统要盖搭灯棚，点缀景物，并要沿途建设经坛，由喇嘛僧带领僧众，唪诵寿生真经。颐和园内，还要造大牌楼，作圣母万寿纪念。内务府因库款支绌，授意内外大员，预送寿礼，大员们哪个不想巴结？彼此会议各捐俸银二十五成，作了万寿的送费，聊表微忱。内中有个西安将军荣禄，于俸银二十五成外，更献了许多金银珍宝，顿时喜动慈颜，立召内用。荣禄本太后功臣，热河回跸，全仗荣禄随扈，为什么外任西安，就了闲散的职任？原来荣禄扈驾回京，慈禧后记念大功，擢为内务府总管，宫廷得自由出入。每有要事，慈禧后亦常与商量，同治帝宾天时，荣禄尚入直宫中，很邀宠眷。到了光绪六年，忽由光绪帝师傅翁同和密白太后，劾荣禄浊乱宫禁的罪状，慈禧后不信，暗中恰是加意侦查，果然事出有因。这位有胆有识的荣大臣，竟在某妃房中，竭忠效

力，确是有胆，确是有识。被慈禧后亲见亲闻，当下怒气勃发，立将荣禄驱逐出京，革去官职。慈安崩后，慈禧后又记起荣禄，疑是慈安设计陷害，俾折臂助，但因荣禄犯罪太重，不欲骤然起用。自是荣禄失官数年，嗣后不知荣禄如何运动，又超擢为西安将军。想来总是李总管的大力。此番奉召入都，再任步军统领，寿礼确是多送。自然格外小心，格外勤谨。预备祝寿期内，他亦着力帮忙。慈禧太后复降恩旨，晋封瑾、珍二嫔为妃，此外贵人等，亦照例递升。宗室外藩王公，及中外文武大臣都驰恩覃封，官上加官，爵上晋爵，满拟届了寿期，做一场普天同庆的旷典。谁料一到五月，朝鲜又闯起大祸，弄得中日开衅，陡起战云。清军连战连败，慈禧太后懊怅异常，不得不另降懿旨，罢除庆贺。小子曾记当时有一上谕云：

朕钦奉慈禧端佑康颐昭豫庄诚寿恭钦献皇太后懿旨：本年十月，予六旬庆辰，率士胪欢，同深忭祝。届时皇帝，率中外臣工诣万寿山行庆贺礼，自大内至颐和园，沿途跸路所经，臣民报效，点缀景物，建设经坛。予因康熙隆乾年间，历届盛典崇隆，垂为成宪，又值民康物阜，海宇乂安，不能过为矫情，特允皇帝之请，在颐和园受贺。讵意自六月后，倭人肇衅，侵予藩封，寻复毁我舟船，不得已兴师致讨。刻下干戈未戢，征调频仍，两国生灵，均罹锋镝。每一念及，悯悼何穷？前因念士卒临阵之苦，特颁内帑三百万金，俾资饱腾。兹者庆辰将届，予亦何心侈耳目之观，受台莱之祝耶？所有庆辰典礼，著仍在宫中举行。其颐和园受贺事宜，即行停办！朕仰承懿旨，孺怀实有未安，再三吁请，未蒙慈允。敬维盛德所关，不敢不仰遵慈意，为此特谕！钦此。

一场盛举，化作烟销，日本太是无情，海军真也不力。届寿辰时，只在园内排云殿受贺，就算完结。后人有宫词一绝道：

别殿排云进寿觥，慈怀日夕轸边情。
诸州点景皆停罢，馈饷频闻发大盈。

究竟中日何故开战，且到下回续叙。

母后训政，既非美事，亦非易事。历代有此成例，乃因主少国疑，不得已而出此耳。然阎窦临朝而常侍横，武韦专政而奄竖兴，郑李恃宠而珰祸炽。后妃专政，往往为中官所播弄，堕其术中而不之觉。以慈禧太后之英明，而前有安得海，后有李莲英。李莲英之擅权，较诸安得海，尤专且久。颐和园之建筑，李莲英导之也，六旬万寿之侈备典礼，何一非自李莲英等，曲意逢迎，隐图中饱耶？贵胄若醇亲王，元老若李肃毅伯，犹且不敢忤李莲英，遑论他人？故慈禧二次之训政，几与李莲英训政无异。本回叙慈禧，实即叙李莲英。叙李莲英，即不啻叙慈禧。清朝二百数十年之国祚，斫丧于李总管一人之手，内监之祸烈矣哉！慈禧后殆犹可原焉。

第八十四回　叶志超败走辽东
丁汝昌丧师黄海

却说朝鲜自迭遭乱事，国势愈衰，国王李熙，又是个贪安图逸的人，凡事都因循苟且，不愿振作，因此日贫日弱，寇盗纷起，日本尤为垂涎，独中国置若罔闻。驻英法德俄使臣刘瑞芬，明察外事，思患预防，曾致书北洋大臣李鸿章，建了两策：上策欲乘他内敝，收他全国，改为行省；次策应约同英美各国，公同保护，方足保全朝鲜。结尾是朝鲜安全，东三省亦可无虞等语。莫谓秦无人。李鸿章亦以为然，将刘书上之总署，总署诸公，多是酒囊饭袋，醉生梦死，管什么朝鲜存亡。应骂！鸿章孤掌难鸣，也只能得过且过。

光绪二十年，朝鲜国全罗道东阜县，有东学党起事，党魁叫作崔时亨，自号纬大夫。这东学党徒，并不是留学东瀛，乃是剽窃佛老绪论，妄参己意，辗转传授。国王因他妖言惑众，出兵捕治。崔时亨遂揭竿起事，连败王兵，复从全罗道转攻忠清道，声势非常厉害。国王李熙，忙向中国告急，并咨照中国驻使。看官！你道这驻使系是谁人？便是当年帮办营务的袁世凯。世凯接读咨文，飞电北洋，当由北洋派遣提督叶志超，及总兵聂士成等赴援。李鸿章颇也精细，遵守天津条约，电告驻日钦使汪凤藻，叫他知照日本。日本真是厉害，不肯后人一著，派大岛圭介率兵赴朝鲜。两国兵队，先后出发，钦差袁世凯，闻叶提督已到牙山，随即致书叶提督，请他出示晓谕，解散乱党。乱党究系是乌合之众，见了一纸文告，吓得四散奔逃。朝鲜失守的地方，不战自复。清军拟即撤回，只日本兵，恰有进无退。袁钦使照

会大岛圭介，仍援天津约文，谓彼此撤兵。此次中日交涉，中国原未违约。大岛圭介含糊照复，暗中反添兵派将，陆续运到朝鲜，分守釜山仁川的要害。日本因两番落后，故此次用着全力来。袁钦使复电达北洋，请预防决裂，速筹战备。无如肃毅伯李鸿章，明知中日开衅，必须海战，北洋海军，虽然办了好几年，恰是外强中干，不堪一战，谁叫你把海军经费，拨造颐和园。因此复袁使电文，只要他据约力争，并咨照总理衙门，与驻华的日使小村寿太郎，速即和平办理。

总署王大臣，统是糊涂颟顸，尚说朝鲜是我藩属，所以发兵平乱，日本不得干涉。为了这语，又被日使藉口，他道是朝日两国，有直接条约，中日两国，为了朝鲜，亦曾订有天津约章。朝鲜明明自主国，不过他国度很小，未能自保，所以由我两国共同保护，何得说我国不得干涉？据他的说话，很象理直气壮。总署王大臣，无可辩驳，反仗着自己余威，要与日本开战。你上一折，我上一本，统说区区日本，无理如此，宜亟发海陆两军，声罪致讨。光绪帝少年好胜，瞧了各大臣奏章，也锐意主战，催促北洋大臣李鸿章，速剿倭寇。统是自大的口吻。此时这李伯爷，好象哑子吃黄连，说不出的苦楚。复飞电驻日汪使，叫他诘问日本外部，何故违背天津专约，不肯撤兵？日外部又提出条件，是要与中国同心协力，改革朝鲜内政。又是个冠冕堂皇的题目。汪使电复李鸿章，李鸿章尚是持重，不肯主战，奈内外官员，不识外情，不是说李伯爷胆怯，就是说李伯爷面软，连袁钦使世凯，也总道北洋海军，可以一试，请命北洋，愿即回国，决与日本开仗。李鸿章尚未答复，日本兵已入朝鲜王宫，幽禁国王李熙，推大院君主持国柄，并宣告朝鲜独立。那时连翼翼小心的李伯爷，也只得开战，召袁钦使回国。朝旨又三令五申，派副都统丰伸阿，提督马玉昆，总兵卫汝贵，左宝贵等，各带大兵，由陆路进发。

日本用先发制人的手段，乘清军尚未云集，即进攻牙山的清军。叶军门志超，恇弱无能，镇日里饮酒高卧，忽报日兵将来攻击，连忙向北洋求救。李鸿章闻警，还恐自己先行发兵，将来要被日本指摘，想了一计，向英商处租了高升轮船，载兵二营，出援牙山。不意到了丰岛，日本已暗伏军舰，截住去路，连珠炮发，将高升轮船击沉。船内的兵士，统行漂没。可怜可怜！叶志超待了数日，不见援兵到来，正急得没有摆布，还是总兵聂士成，有些

胆量，慷慨誓师，愿决一战。忽由探马来报日兵已到成欢，士成即持鞭请行，见志超面色如土，半晌才说了两语道："老兄小心前去！兄弟当守……守住此地。"言下已有逃意。士成领命赴敌，不半日已到成欢，恰遇日兵整队前来，士成即传令开枪，两下里杀了一阵，只见烟雾迷天，弹丸蔽日。约战了两个小时，日兵恰向后退去，士成追袭一程，方收队扎营，即差兵弁往牙山报捷。到的次晨，差去的兵弁，尚没有回来，日本大队又到。这次日本兵，不似前次的怯战，遥望过去，已是精锐得很。士成倒也不怕，仍下令开营迎敌。营门甫开，炮弹已到，聂军连忙还击，正在酣战时候，差去的兵弁才到，报称牙山已没有大兵，闻叶军门已退驻平壤去了。这语一传，兵心渐懈，日本兵又是漫山遍野，杂沓而来。士成到此，未免心惊，料知支持不住，乃命部兵移前作后，严阵而退。士成好算不弱。日本兵恰不敢进逼，由士成退去。士成回到牙山，果然不见一卒，长叹了数声。暗想部下只有数千兵马，万不能保守这地，与其孤军死敌，不如全师早返，于是传令退兵，齐回平壤，眼见得牙山要地，被日兵占去。罪在叶志超，不在聂士成。

士成到了平壤，谒见叶志超，问他何故退兵？志超支吾了一会，士成又道："成欢已败日兵，军门大人若果多留数天，牙山也可保得住。"也未可必。志超道："老兄战功，兄弟已经探闻，报告朝廷，现在辽东派来的人马，已会集此处，总教此处得胜，牙山虽失，还可无虞。"士成也不敢多说，随即退出。志超仍然日坐营中，并没有什么举动。丰伸阿、马玉昆、左宝贵、卫汝贵等，见了志超，无非说的应酬常套，也未闻商及机宜。士成背地嗟叹，暗自灰心。日兵闻清军云集平壤，倒也扎住牙山，一时不敢进发，叶志超乐得快活几天。忽接到北京电报，令他节制各军，拜为统帅。聂士成擢为提督，将弁获奖数十员，军士得赏银二万两。志超喜出望外，设筵庆贺，置酒高会。各路统领，少不得亲自贺喜，热闹了好几天。

但志超本非将才，骤升统帅，哪个去畏服他？所有号令一切，多半是阳奉阴违，连志超营内的将弁，也是逐队四出，奸淫掳掠，无所不为。朝鲜百姓，本是爱戴清朝，箪食壶浆，来迎王师，不料清兵都妄作妄行，反致朝民失望。志超的意思，总教守住平壤，余事都可不问，因此划分守泛，令丰伸阿、马玉昆、左宝贵、卫汝贵各将，驻扎平壤城四面。看看中秋将近，日兵尚没有消息，正拟大排筵席，宴赏良辰。突闻哨卒来报，日将野津，已统兵

来攻平壤，人马很是不少。志超大吃一惊，急传丰伸阿、马玉昆、左宝贵、卫汝贵，各将商议。志超道：“日兵已要逼近，诸位可有退敌的计策么？”各将的资格，要算丰伸阿，他先开口答道：“全凭统帅调度！”志超道：“据兄弟看来，还是深沟高垒，不战为妙。”各将尚未见答，就中恼了左宝贵，向志超道：“现在的战仗，不比从前刀枪时代，炮火很是厉害，断非土石所能抵挡，不如趁日本未逼近时，先行迎截，方为上计。”叶志超脸色忽变，半晌才道：“我意主守，老兄主战，想老兄总有绝大勇力，可以退敌，不妨请老兄自便！”陷死左宝贵，就在此数语内。宝贵道：“统帅是节制各军，卑镇安敢自由进退？但是这次开战，关系国家不少，卑镇奉命东来，早已誓死对敌，区区寸心，要求统帅原谅！”志超道：“老兄晓得国家，难道兄弟不晓得国家么？”未曾开战，先自争论，焉得不败？丰伸阿等见两人闹起意见，只得双方劝解，谈论了好一歇，并没有什么定议，外边的警报，恰络绎不绝。宝贵勃然起座，对诸将道：“宝贵食君禄，尽君事，敌兵已到，只有与他死斗的一法。若今日不战，明日又不战，等到日兵抄过平壤，截我归路，那时只好束手待毙了。诸公勉之！宝贵就此告辞！”已甘永诀！当即忿忿而出。丰伸阿、马玉昆亦别了志超，自回营中。只卫汝贵少留片刻，与志超密谈数语，不知是何妙计，大约总是预谋保身的秘诀。

且说左宝贵到了营中，遥闻炮声隆隆，料知日兵已近，当命部下各兵，排齐队伍，鸣角出营。宝贵当先领阵，行不一里，已见火焰冲霄，日兵的炮弹，如雨点般打将过来。宝贵自然督军还击，砰砰訇訇，扑扑簌簌，互轰了大半天。日兵煞是厉害，前敌残缺，后队补入，枪子射得越急，炮弹放得越猛。左军这边前队亦多伤亡，后队的兵士，亦督令照补。宝贵喝令一齐放枪，自己越小心督察，忽见后队所持的军械，多是手不应心，有的是放不出弹，有的是弹未放出，枪已炸破。宝贵还道他是操练未精，手执快刀，斫了几个，后来见兵士多是这般，他急从兵士手中夺过了枪，亲自试放，用尽气力，也不见弹子出来。仔细一瞧，机关多已锈损，不禁失声道：“罢了罢了。”看官！你道这种枪械，为何这般不中用？原来中国枪械，多从外国购来，北洋大臣李鸿章，闻德国枪炮最利，就向他工厂内订购枪械若干，不想运来的枪械，一半是新，一半是旧。当时只知检点枪支，哪个去细心辨认？这番遇着大战仗，便把购备的枪杆，陆续发出。左军前队的兵士，乃是临阵

冲锋的上选，所用枪械，时常试练，把废窳的已经剔去，后队的或系临时招募，随便给发枪械，因此上了战仗，有此蹉跌。部将请宝贵退兵，宝贵叹道：“本统领早知今日，所愿多杀几个敌人，就是一死也还值得。不料来了一个没用的统帅，又领了一种没用的枪支，坐使敌军猖獗，到了这个地步。”道言未绝，突然飞到一弹，宝贵把头一偏，正中在肩膀上。日本兵又如潮涌上，冲动左军阵势。宝贵尚忍痛支持，怎奈敌炮接连不断，把左军打倒无数。宝贵身上，又着了数弹，口吐鲜血，晕倒地上。可怜可怜！蛇无头不行，兵无将自乱，霎时间全军溃散，逃得一个不留。

这时候日本兵三路进攻，丰都统、马提督也分头抵截，丰伸阿本没有能耐，略略交绥，便已却退。马玉昆颇称骁勇，督领部众，鏖战一回，只因枪械良窳不齐，打出去的枪弹，不及日本的厉害。日本的枪子，一发能击到百数步，中国的枪子，只有六七十步可击，已是客主不敌。况又有机关不灵，施放不利的弊病，哪里能长久支持？凭你马提督如何勇悍，也只得知难而退。甫到平壤城，见城上已竖起白旗，好称救命旗。马玉昆驰入城内，见叶统帅坐在厅上，身子兀自乱抖。玉昆便问高竖白旗的缘故？志超道：“左宝贵已经阵殁，卫汝贵已经走掉，阁下与丰公，闻又不能得利，偌大的平壤城，如何能守得住？只好扯起白旗，免得全军覆没。”玉昆见主帅如此怯战，也是无法可想。聂士成本随着志超，守住平壤城，一再谏阻，终不见从，也是说不尽的愤闷。

日本兵直薄城下，望见城上已竖白旗，守着万国公法，停炮不攻。志超恰趁这机会，夤夜传令，静悄悄的开了后门，率诸将遁还辽东。这计恰用著了。这诸路兵士，一半是奉军，一半是淮军，都经李鸿章训练，日人颇惮他威名，到此始觉得清军没用，益放胆进攻。据了平壤，又占了安州、定州，得机得势，要渡过鸭绿江，来夺辽东了。清朝的陆军，已一败涂地，统退出朝鲜境，还有黄海沿岸的海军，悬着龙旗，随风飘荡，日本军舰十一艘，驶出大同江，进迫黄海，清海军提督丁汝昌，闻日舰到来，也只得列阵迎敌。当时清舰共有十二艘，定远、镇远，最大；致远、靖远、经远、来远、济远、平远次之；广甲、广丙、超勇、扬威又次之。汝昌传令，把各舰摆成人字阵，自坐定远舰上，居中调度，准备开战。遥望日舰排海而来，仿佛如长蛇一般，大约是个一字阵。汝昌即饬将弁开炮，其实两军相隔，尚差九里，

炮力还不能及，凭空的放了无数炮弹，抛在海中。开手便已献丑。日舰先时并不回击，只是开足汽机，向前急驶。说时迟，那时快，日本的游击舰，已从清军左侧驶入，抄袭清军后面，日本主将伊东祐亨，驾着坐船，带领余舰，来攻清军前面。那时炮才迭发，黑烟缭绕，迷濛一片。不到一时，中国的超勇舰，着了炮弹，忽然沉没。清军少见多怪，惹起了兔死狐悲的观念，顿时慌乱起来。一经慌乱，便各归各驶，弄得节节分离，彼此不相援应。这舰队中管带，只有致远管带邓世昌，经远管带林永升，具着赤胆忠心，愿为国家效死。日舰浪速，与致远对轰，两边方在起劲，又来了一艘日本巨舰，名叫吉野，比浪速舰还要高大，也来轰击致远。致远船身受伤，恼得邓世昌性起，亲督炮架，测准吉野敌楼，一炮一炮的轰去。吉野舰内的统带官，急忙驶避，世昌饬令追去，舱中报弹药已尽，不便再追，世昌慨然道："陆军已闻败绩，海军又要失手，堂堂中国，被倭人杀得落花流水，还有何颜见江东父老？不如拼掉性命，撞沉这吉野舰，与他俱尽，死亦瞑目，便令鼓轮前进。看看将追上吉野，不意触着鱼雷，把船底击碎，海水流入船内，渐渐的沉入海去。世昌以下，一律殉难。可怜可怜！

经远管带林永升，与日本赤城舰相持。赤城舰的炮火，攒射经远，经远中弹突然火发，林永升不慌不忙，一面用水扑火，一面窥准敌舰，轰的一炮，正中敌舰要害，成了一个大窟窿。敌舰回身就走，永升死不放松，传令追袭，也是气数该绝，追了一程，又被水雷触裂，沉下海中。可怜可怜！两员虎将，同时死难，余外的战舰，越加心慌。济远管带方伯谦，向来胆小，本是在旁观望，遥见致远经远，都被击沉，还有何心观战？忙饬舵工转舵，机匠转机，向东逃走。冤冤相凑，撞在扬威舰上，扬威已自受伤，经不起这么一撞，随波乱荡，不能自主。海水泼入船内，随即沉没。济远舰只管着自己，逃入旅顺口内，广甲、广丙两舰，也跟着逃遁，只留了定远、镇远、靖远、来远、平远五艘，尚在战线范围内，被日舰围住奋击。丁汝昌还算坚忍，迭放大炮，轰沉日本西京丸一艘，并击伤日本松岛舰。奈定远舰也中了五六炮，失战斗力，靖远、平远、来远三舰，亦受了重伤，突围出走，单剩定远、镇远，势孤力竭，不得已冲出战域，驶入口内。丁汝昌尚肯自尽，故书中叙述海战，比叶志超陆军较有声势。这一场海战，兵舰失掉五艘，余舰亦多伤损。二十余年经营的海军，不耐一战，正是中国莫大的耻辱。小子叙述到此，泪

随笔下，立成悲悼诗一绝道：

海滨一战覆全师；太息烟云起灭时。

我为合肥应堕泪，构园贻误少人知。

海陆军统已失败，中日的胜负已定，日本还不肯罢战，竟想把中国并吞下去。小子要洒一番痛泪，只好把笔暂停一停，待下回再行详叙。

中日一战，为清室衰亡张本，即为中国孱弱张本。世人皆归咎合肥，合肥固不得为无罪，但不得专咎合肥一人。海军经费，屡请屡驳，合肥不得已，移其半以造颐和园，而海军才有眉目。否则甲午一役，虽欲求一败衄之海战，亦不可得，宁非尤足羞者。唯选将非人，购械不慎，不得谓非合肥之咎。叶志超、丁汝昌辈，多由合肥一手提拔，彼皆非专阃才，胡为而推毂乎？当时勇毅如左宝贵，忠愤如邓世昌、林永升，俱足为干城选，仅令其率偏师，充管带，受制于一二庸夫之下，徒令其战死疆场，饮恨以殁，以视曾文正之知人善任，合肥多惭色矣。若讥其迁延观望，不愿开战，至于内外交迫，孤注一掷，以至败亡，说虽近似，而吾且以此为合肥原。盈廷虚憍，交口主战，合肥犹知开战之非策，不可谓非一隙之明。知彼知己方足与言对外，假使当日从合肥言，勉从和议，尚不致失败若此。此回为合肥一生恨事。叙叶志超，叙丁汝昌，无一非为合肥写照。作者固别蓄深意，阅者亦当别具眼光，毋滑口读过！

第八十五回　失律求和马关订约
市恩索谢虎视争雄

却说叶志超既逃归辽东，丁汝昌又败回旅顺，警报迭达北京，光绪帝大为懊恼，即命将叶志超、丁汝昌革职，卫汝贵、方伯谦拿问，并严责北洋大臣李鸿章。李鸿章只得自请议处，又把海军败绩的缘由，推在方伯谦等身上。奉旨令将方伯谦军前正法。迟早一死，为何要逃。李鸿章咎亦难辞，拔去三眼翎，褫去黄马褂，改命提督宋庆出兵旅顺，提督刘盛休出兵大连湾，将军依克唐阿出兵黑龙江。三路兵驻守辽东，防堵日本。嗣又命宋庆统制各路人马。各路统领，与宋庆资格多是不相上下，忽接朝廷旨意，要归他节制，免不得郁郁寡欢。又是败象。宋庆到了九连城，收集平壤败兵，倚城下寨。九连城濒鸭绿江口，为辽东第一重门户，这重门户不破，辽东自可无恙。宋庆把守此处，也算是因地设险。当下传集各统将，分守泛地，叫他努力防御。各统将虽是面从，心中很是不悦，出了大营，满肚里都受着委曲，你也不愿尽力，我也不肯效命，勉强起程，按着所派泛地，率军进行。

那边的日本兵，确是勇迅，闻鸭绿江西岸，清军未曾严守，当即率兵飞度。过了鸭绿江，浩浩荡荡，杀奔九连城。这时刘盛休、依克唐阿、马玉昆、丰伸阿、聂士成诸将，沿途抵敌，都杀不过日兵。清军退一里，日兵进一里，清兵退十里，日兵进十里，待日军进薄九连城，各路统将，统已远远的避去，只剩了城中一个老宋。老宋闻诸军皆溃，独力难支，没奈何弃城出走，退守凤凰城。嗣又因凤凰城孤悬岭外，不便扼守，复弃城西遁。统帅一

走，各将愈闻风而逃，日本兵遂进占凤凰城，复分三路。一路出西北，扑连山关；一路出东北，攻岫岩州；一路出东南，窥金州大连湾。不到数日，各路都已得手，只连山关一路，被依克唐阿与聂士成两军，南北夹攻，得而复失，并伤毙中尉一员。凤凰城日军来援，又被依军杀退。依将军是久败思奋，所以尚得一二回胜仗，聂军门本是个出色当行的人才，当中国初次发兵时，已拟率陆军进捣韩城，调海军进扼仁川港口。这是先发制人的妙计，可惜当时不用。嗣因空言无补，没人见用，到了牙山，又为叶提督所制，愤愤而退。此次见清军连溃，彼此不相照应，连自己也只得节节退步。后来得了依将军一臂之力，遂得转败为胜。随又行文各帅，愿自率部下人马，抄袭敌军后面，断他饷道，令他不久自乱，那时首尾夹攻，定能克敌。此计亦妙，可惜又不见用。各路将帅，有一半说是危计，有一半简直不答。适廷旨又调他入关，保护畿辅，将行的时候，还杀败日兵数次，所以凤凰城东北一带，尚没有名城失陷。东路自岫岩州陷落，日兵又连陷海城，清军都退到辽西，靠了辽河，作为防蔽，总算暂时敷衍过去。

独东南一隅，既无良将，又无重兵，只有旅顺口向称天险，内阔外狭，层山环抱，有一夫当关，万夫莫入的形势。丁汝昌反认作绝地，且因战舰待修，转入威海卫，暂避敌焰，只留了总办龚照屿居住旅顺。日兵既陷了金州大连湾，拟乘势攻旅顺，但恐旅顺险峻，不易攻入，遂先勾引汉奸，令他混入口内，四贴日人告示，声言日兵于某日取旅顺，居住的兵士，应及早投降，否则大兵一到，玉石俱焚，无贻后悔。明明是虚声恫喝。龚照屿得着此信，吓得魂不附体，忙坐了鱼雷艇，顺风逃去。还有一班驻守的人员，见照屿已遁，个个慌乱，带了枪械，各自逃生。一个重大的要口，变作杳无人影的空谷。至日兵入港，清军已逃去两日了。日兵不费一弹，不发一枪，把北洋第一个军港，唾手而得，真是绝大的喜事。

这时候日本兵舰，已纵横辽海，北面的盖平营口，已在囊中，南面的荣城登州，又仿佛握在掌内。狼狈不堪的丁汝昌，方困守威海卫外的刘公岛，只望日兵饶恕了他，不来作对。谁知日兵偏不许他独生，鼓着大舰，驾起巨炮，又向刘公岛进攻。可怜汝昌手下，只有几片败鳞残甲，一阵轰击，定远、威远、来远三艘，又被打沉，丁汝昌亦受了弹伤，刘公岛势处孤危，万不能守。日兵还是接连开炮，四围攻打。汝昌到此，垂头丧气，饬兵士竖起

白旗，一面致书日将，约不得伤害地方民命，自己哭了三四次，仰药自尽。还是好汉。日兵遂据刘公岛，并入威海卫，于是北洋第二个军港，亦被日本夺去。所有败残军舰，统归日兵占领。清廷还起恭亲王弈䜣，总理海军事务，其实辽海沿岸大小兵轮，只有旭日旗招飐，并没有龙旗片影，还要管理什么海军？

光绪帝迭闻败报，召王大臣会议，从前锐意主战，慷慨激昂的诸人物，至此都俯首无言。独有二个满员，上书言事，煞是可笑。一个满御史，请起用檀道济为大将，檀道济是刘宋时人，死了一二千年，为什么奏请起用？他因同僚拟用董福祥，假名檀道济以示意。他即问檀道济三字，如何写法？经同僚书示，遂冒昧照奏。又有一个满京堂，奏称日本东北，有两个大国，一是缅甸，一是交趾，日本畏他如虎，请遣使约他夹攻，必可得志。想是做梦。光绪帝见了这等奏章，又气又恨，只得与恭王等商议，定了一个请和的计策，命侍郎张荫桓、邵友濂，赴日本议和。日本很是厉害，拒绝两使。他说这等小官，不配讲和。弄得张邵二人，垂头丧气，踉跄归来。清廷方议改派，恼了一个安御史维峻，抗词上奏，虽不似满员的荒谬，也多牵强附会，都下偏传诵一时，小子将原奏详录，以供看官一粲，道：

奏为疆臣跋扈，戏侮朝廷，请明正典刑，以尊主权而平众怒，恭折仰祈圣鉴事。窃北洋大臣李鸿章，平日挟北洋以自重，当倭贼犯顺，自恐寄顿倭国之私财，付之东流，其不欲战，固系隐情。及诏旨严切，一意主战，大拂李鸿章之心，于是倒行逆施，接济倭贼煤米军火，日夜望倭贼之来，以实其言。而于我军前敌粮饷火器，故意勒掯之。有言战者，动遭呵斥。闻败则喜，闻胜则怒。淮军将领，望风希旨。未见贼，先退避，偶遇贼，即惊溃，李鸿章之丧心病狂，九卿科道亦屡言之，臣不复赘陈。唯叶志超、卫汝贵均系革职拿问之人，藏匿天津，以督署为逋逃薮，人言啧啧，恐非无因。而于拿问之丁汝昌，竟敢代为乞恩，并谓美国人有能作雾气者，必须丁汝昌驾驭。此等怪诞不经之说，竟敢陈于君父之前，是以朝廷为儿戏也，而枢臣中竟无人敢为争论者。良由枢臣暮气已深，过劳则神昏，如在云雾之中。雾气之说，入而俱化，故不觉其非耳。张荫桓、邵友濂为全权大臣，未明奉谕旨，在枢臣亦明知和

议之举，不可对人言，既不能以死生争，复不能以去就争，只得为掩耳盗铃之事，而不知通国之人，早已皆知也。倭贼与邵友濂有隙，竟敢索派李鸿章之子李经方为全权大臣，尚复成何国体？李经方为倭贼之婿，以张邦昌自命，臣前劾之。若令此等悖逆之人前往，适中倭贼之计。倭贼之议和，诱我也。我既不能激厉将士，决计一战，而乃俯首听命于倭贼，然则此举非议和也，直纳款耳，不但误国而且卖国。中外臣民，无不切齿痛恨，欲食李鸿章之肉。而又谓和议出自皇太后意旨，太监李莲英实左右之，此等市井之谈，臣未敢深信。何者、皇太后既归政皇上矣，若犹遇事牵制，将何以上对祖宗，下对天下臣民？至李莲英是何人斯？敢干预政事乎？如果属实，律以祖宗法制，李莲英岂复可容？唯是朝廷被李鸿章恫喝，未及详审利害，而枢臣中或系李鸿章私党，甘心左袒，或恐李鸿章反叛，姑事调停。初不知李鸿章有不臣之心，非不敢反，实不能反。彼之淮军将领，皆贪利小人，无大伎俩，其士卒横被克扣，则皆离心离德，曹克忠天津新募之卒，制服李鸿章有余，此其不能反之实在情形，若能反则早反耳。既不能反，而犹事挟制朝廷，抗违谕旨，彼其心目中，不复知有我皇上，并不知有皇太后，而乃敢以雾气之说戏侮之也。臣实耻之，臣实痛之！唯冀皇上赫然震怒，明正李鸿章跋扈之罪，布告天下，如是而将士有不奋兴，倭贼有不破灭，即请斩臣以正妄言之罪。祖宗监临，臣实不惧。用是披肝胆，冒斧锧，痛哭直陈，不胜迫切待命之至！谨奏。

奏上，有旨“安维峻呈进封奏，肆口妄言，著即革职，发往军台效力！”是日恭亲王适请假。次日入朝，始知这事，斥同僚道：“这等奏折，不值一嚎，付诸字簏内，便好了事。诸公欲令竖子成名么？”恭亲王尚是有识。正议论间，朝旨又下，派李鸿章为全权大臣，速赴日本议和。恭王即饬军机处办事人员，电达天津。李鸿章接着此旨，明知战败求和，还有什么光彩？但事已如此，欲救眉急，不得不硬着头皮，指日前往。方就道时，先电商各国驻华公使，请为臂助。俄使喀希尼，慨然答复，愿保全中国疆土，代拒日本。言太甘者心必苦。李鸿章始航行而东，到日本山阳道海口，地名马关，日本已遣专使伊藤博文，及陆奥宗光，在马关守候。鸿章在途中，屡接中国警

耗，日本北据营口，南占澎湖，心中正焦灼，见了伊藤、陆奥两人，寒暄已毕，便请停战。伊藤、陆奥不允，必欲先订和约，方许停战，经鸿章再三磋商，才提出停战条件。看官！你道条件是什么要约？他说要山海关、大沽口及天津三处，作了抵押品。这三处乃是京畿要口，押与日本，简直是引狼入室，叫这位李钦差如何答应？没奈何把停战问题，暂时搁起，先把和款商量起来。伊藤、陆奥煞是厉害，要索各款，统是不堪忍受。鸿章与他辩论，他却绝不理会，反将冷语谐词，调侃鸿章。鸿章此时，既不敢反唇相讥，又不便屈意俯就，只得熬了一肚子气闷，拿出迁延手段，敷衍他们。今朝说，明朝再议，明朝说，后日再议。未免有情，谁能遣此？一日，自会所返寓，鸿章因连日会议，毫无效果，坐在马车中，正自忐忑不定，突听得枪声一发，忙从左边一顾，不防劈面来了一颗弹子，正中左颧。鸿章忍着痛，急呼日本警察，日警过来，见鸿章颧血直喷，忙去捉拿刺客。鸿章也不及问刺客情状，匆匆回寓。病了好几日，警闻直达欧美，各国新闻纸，争说日人无理，大有攘臂直前，代鸣不平的意见。日本始自知理屈，遣使谢罪，并饬日医替他调治。伊藤、陆奥亦至李寓道歉，随允转圜和议。鸿章即要约停战，伊藤、陆奥亦即照允。日本刺客，恰是清国功臣。嗣后申定和议，伊藤、陆奥终究不肯多让，李鸿章无可如何，勉依条约十一款。大纲如下：

一　认朝鲜为自主国。

二　偿日本兵费二百兆两。

三　割让辽东半岛，及台湾澎湖。

四　开沙市、重庆、苏州、杭州为商埠。

五　中日旧订之约章，一律废止，嗣后日货进口，运往内地，得暂行租栈，免纳税钞。并于通商各口，得自由制造。

日本全权大使伊藤博文、陆奥宗光，中国全权大使李鸿章，于光绪二十一年三月二十三日签约。国耻！两江总督张之洞，凭着书生意见，谏阻和议，内有“赂倭不如赂俄，所失不及一半，就可转败为胜，恳请饬总署及出使大臣，急与俄国商定条约，如肯助我攻倭，胁倭尽废全约。即酌量划分新疆，或南路数城，或北路数城”等语。非我族类，其心必异，张之洞读书有素，

难道转忘此说么？这奏虽留中不发，王大臣等多以为是，纷纷主张亲俄政策。

俄使喀希尼，居然请政府仗义责言，联合德法二国，替清廷索还辽东，先用三国联名公文，直致日本外部，迫他把辽东还清，日皇睦仁，本是全球著名的英主，到手的辽东，哪里肯归还中国？免不得直言抗驳。俄德法三国，遂各派舰队东来，有几艘寄泊辽海，有几艘直薄长崎，声势汹汹，要与日本决战。日本自与中国开衅后，虽连战连胜，势如破竹，究竟劳师縻饷，伤亡了若干人，耗费了若干银子，也弄得财力两竭。况俄德法统是有名强国，不似中国的空虚，大丈夫能屈能伸，只好暂时抱屈，允还辽东，唯增索赎辽东费一百兆两。嗣经三国公断，减至三十兆两成议。日使林董至北京，与李鸿章订还辽东半岛约，中日战事，至此才了。

只日本收领台湾时，台民大骇，恳请收回成命。清廷不答，台民推巡抚唐景嵩为总统，驻守台北，拒绝日人。日本发兵赴台湾，景嵩方拟抵敌，不意抚署兵叛，焚署劫库，扰得景嵩手足无措，仓猝内渡。台北既失，台南系总兵刘永福驻扎，厉兵秣马，亦思与日本一战。终因寡不敌众，弃台奔还。台湾版图，遂长被日兵占领了。得易失亦易。

中国经此大挫，方归咎李鸿章，罢直督职，令他入阁。俄使喀希尼，欲来索谢，因李闲居，暂缓申请。越年春，俄皇行加冕礼，各国都派头等公使往贺，中国亦拟派王之春作贺使。喀希尼入见总署，抗言："俄皇加冕，典礼最崇，王之春人微望浅，出使我国，莫非藐视我国不成？"总署王大臣，吓得面色如土，急问喀希尼，须何等大员，方配贺使？喀希尼道："非资望如李中堂不可。"朝旨乃改派李鸿章。喀希尼复贿通宫禁，转禀太后，说是还辽义举，必须报酬，请假李鸿章全权，议结这案。鸿章出使时，由慈禧太后特别召见，密谈半日，方辞别出都。一到俄都圣彼得堡，加冕期尚未至，俄大藏大臣微德，佯与李鸿章格外交欢，时常过谈，暗中恰利诱威迫，提出条约数件，令鸿章画押。鸿章方恨煞日人，自思联俄拒日，也是一策，遂草草定议。俄国不用外务大臣出头，反差了大藏大臣，与鸿章密议，实是避各国的耳目。明修栈道，暗度陈仓，不怕李伯相不堕计中。巧极狡极！

等到加冕期过，李鸿章游历欧洲，俄使喀希尼，竟将俄都所定的草约，递交总署，要中国皇上亲钤御宝。全署人员，统是惊愕，不得不进呈御览。光绪帝龙目一瞧，见草约中所列条件，开口是中俄协力御日六字，颇也心

慰。仿佛是钓鱼的红曲鳣。看到后面，乃是吉林、黑龙江两省铁路，许俄国专造，复准俄驻兵开矿，暨借俄员训练满洲军队并租借胶州湾为军港。光绪帝不禁大怒道："照这几条约文，是把祖宗发祥的地方，简直卖与俄国了。"便将草约搁过一边，不肯钤印。俄使喀希尼，闻光绪帝拒绝草约，不肯钤印，日来总理衙门胁迫。一连几天，还没有的确的回报，即告总署王大臣道："此约若不批准，当即日下旗回国。"王大臣听了这语，好似雷劈空中，惊惶万状，忙即禀报太后，说俄使要下旗回国，明明示决裂的意思。中国新遭败衄，哪堪再当强俄？慈禧后已与李鸿章，密定联俄政见，至是命交军机处，与俄使定约，不由总理衙门，也是掩耳盗铃。并亲迫光绪帝签押。光绪帝逆不过太后，勉强盖印，眼中恰忍不住泪，好象珍珠一般，累累下垂。独慈禧后面色如常，毫不动容。印已盖定，草约变作真约，由军机处发交俄使，俄使似得了活宝，即日携约就道，亲自送还俄都。东三省的幅员，轻轻断送，遂酿成日俄战争的结果。

法国亦得了滇边陆地，及广西镇南关至龙州铁路权，并辟河口思茅为商埠，与中国订了专约，也算有了酬报。独德国未得谢礼，隐自衔恨，中国亦绝不提起。三国牵率而来，独令德国向隅，必要待他开口，也是愦愦。过了一年，山东曹州府地方，偏偏出了教案，杀伤德国教士二人。总理衙门得着此信，方虑德使出来要索，又有一番大交涉，不料德使海靖，虽是行文诘责，倒也没有什么严厉，总署还道是德使有情，延挨了好几天。忽接山东电报，德国兵舰突入胶州湾，把炮台占据去了。正是：

漏屋更遭连夜雨，破船又遇打头风。

欲知中德和战的结局，小子已写得笔秃墨干，俟下回分解。

马关议和为合肥一生最失意事，敦请再四，毫无成效，至被刺客所击，始得以颧血博和议，可为痛心！然果以此事为足辱，则应返国图强，日申儆讨，卧薪尝胆，苦心焦思以为之，安见十年生聚，十年教训，不能如范大夫之霸越沼吴乎？乃受日本之压迫，愤而求逞，反欲丐俄人以为助，张之洞等书生管见，尚不足责，合肥名为老成，顾亦作此拒虎进狼之计，殊不可解！俄索辽东，纠合德法，

三国何爱于清室，肯作此仗义执言之侠举，此宁待智者而始知之耶？与日本和，割地偿金，所患者犹仅一日本，至俄德法牵率而来，名为助我，实则愚我，我得辽东半岛，而仍费三万万两之巨款，受惠不多，而索酬者已踵相接，种种要挟，贻害无穷，此则合肥最大之咎；而中日一役，全军皆没，其为失固犹浅也。观于此，可知恃人不恃己之失计。

第八十六回　争党见新旧暗哄
行新政母子生嫌

却说德国兵舰突入胶州湾内，占据炮台，惊报传至总理衙门，总署办事人员，都异常惊愕，忙派员去问德使海靖。海靖提出六条要约，大致是将胶州湾四周百里，租与德国，限期九十九年。何不凑成一百年？还要把胶州至济南府的铁路，归他建筑，路旁百里的矿山，归他开采。若有半语不从，立刻要夺山东省。看官！你想中国的海军，已化为乌有，陆军又一蹶不振，赤手空拳，无可打仗，除奉令承教外，还有何策？只好一律照允。但胶州湾的地方，照中俄密约，已允租与俄国，此番又转给德人，俄使自然不肯甘休，急向总署诘问。总署无词可答，奈何奈何！好似哑子吃黄连，说不尽的苦楚。亏得李伯爷一场老脸，出去抵挡，把胶州湾一处，换了旅顺、大连湾二处，还算是中国便宜，租期二十五年，与德国相较，少了七十四年，这才是中国的真便宜，可惜不好算数。准他建筑炮台，并展长西伯利亚路线，通过满洲，直到旅顺为终点，才算了结。

总署人员，因俄德交涉，已经议妥，方想休息数天，饮酒看戏，挟妓斗牌，不意英使又来了一个照会，略说：德国租了胶州湾，俄国租了旅顺、大连湾，如何我国终没有租地？难道贵国不记得从前约章，有“利益均沾”四字么？可见从前约文，都有伏笔，苦在中国不懂，铸成大错。总署不好回驳，只得仍请这位李伯爷，与英使商议。英使索租威海卫，并要拓九龙司租界。九龙司在广东海口，北京和约，割界英国，英人屡思展拓租界，苦无相当机会，此

次适得要挟地步，遂与威海卫一同索租。李鸿章允展九龙租界，拒绝威海卫。两下争论多时，英使拍案道："贵国何故将旅顺、大连湾租与俄人？胶州湾租与德国！俄德据了这数处地方，储兵蓄械，一旦南下，是要侵占长江的范围。长江一带，是我国通商的势力圈，若被他侵占，还当了得。所以我国索租威海卫，防他南来，并非我国硬要租借这地。"鸿章还要辩论，英使怫然起座道："你若能索还旅顺、大连湾、胶州湾三处，我国不但不租威海卫，连九龙司也奉还中国。如若不能，休要固执！"言毕，碧眼骤张，虬髯倒竖，简直是要开仗的情形。比马关议约，还要难受。鸿章无可奈何，结果是唯唯听命。前日英名，而今安在。威海卫租期，照俄国旅顺、大连湾二处。九龙司展拓租界，照德国租胶州湾年限，这都是光绪二十四年的事情。

翌年，广州附近，突有法国兵官，被中国人民戕害，法人效德国故智，把兵舰闯进广州湾，安然占踞。总理衙门料知无力挽回，乐得客气，与法使订约，将广州湾租与法国，限期如德租胶澳例。国耻重重，何时一洒。

俄德英法都得了中国的良港，顿时惹起欧美各国的观感，欧洲南面的意大利国，无缘无故，也来索租浙江的三门湾，总署这番倒强硬起来，简直不允。意大利国总算顾全友谊，不愿硬索。廷臣以各国纷索海口，不如自己一律开放，索性给各国通商，还可彼此牵制，免生觊觎，虽非上策，却不失为下策。乃自把直隶省的秦皇岛，江苏省的吴淞口，福建省的三都澳，尽行开埠。各国见海口尽辟，无从要索，才算罢休。自此以后，中国腐败的情状，统已揭露，朝野排外的气焰，索然俱尽，且渐渐变成媚外风气。外国侨民，势力益张，华民与有交涉，不论曲直，官府总是袒护洋人。郁极思奋，愤极思通，中国从此多事了。暗为拳匪伏线。

且说光绪帝亲政，已是数年，这数年内丧师失地，一言难尽。光绪帝很是不乐，默念衰弱至此，非亟思变法不可。只朝臣多是守旧，一般顽固的官员，恐怕朝廷变法，必要另换一种人物，自己禄位不能保住，因此百计营谋，私贿李莲英，托他在太后前极力转圜，不可令皇上变法。太后因中日一役，多是皇帝主张，未经慈命，轻开战衅，弄得六旬万寿的盛典，半途打消，未免生恨；又经宠监李莲英，从旁撺掇，遂与皇帝暗生嫌隙。只是外有恭王弈䜣，再出为军机大臣领袖，老成稳练，内有慈禧后妹子醇王福晋，系光绪帝生母，至亲骨肉，密为调停，所以宫闱里面，还没有意外变动。光绪二十四

年二月，恭王得了心肺病，逐日加重，太后率光绪帝视疾，前后三次，又命御医诊治，统是没效。四月初旬，病殁邸中，遗折是规劝皇上应澄清仕途，整练陆军；又言一切大政，须遵太后意旨，方可举行。恭王虽亦阿附太后，然心地尚称明白，遗折劝光绪帝遵奉慈命，亦是地位使然。若恭王尚存，戊戌之变，庚子之乱，当可不作。太后特降懿旨，临邸奠䤋，赐谥曰忠，入祀贤良祠，即令恭王孙溥伟承袭亲王。光绪帝亦随附一谕，命臣下当效法恭王竭尽忠悃。懿旨在前，太后之有权可知。但天下事福不双行，祸不单至，醇王福晋又生成一不起的病症，缠绵床褥，服药无灵，竟尔溘逝。慈禧后未免伤心，光绪帝尤为悲恸，外失贤辅，内丧慈母，从此光绪帝势成孤立，内外没有关切的亲人。

当时军机处重要人才，一个是礼亲王世铎，一个是刑部尚书刚毅，一个是礼部尚书廖寿丰，一个是户部尚书翁同和。这四个军机大臣内，刚毅最是顽固，翁同和要算维新。刚毅在刑部时，与诸司员闲谈，称皋陶为舜王爷，驾前刑部尚书皋大夫，“陶”本读如“遥”，他却仍读本音；每遇案牍中有“庾毙”字样，常提笔改“瘦”字，反叱司员目不识丁；到了入值军机，阅四川奏报剿办番夷一折，内有‘追奔逐北’一语，连说川督糊涂，拟请传旨申斥。适翁同和在旁，问他何故？他道：“‘追奔逐北’一语，定是‘逐奔追比’四字误写。”翁同和仍茫然不解。他又说道：“人人称你能文，如何这语还没有悟到？逆夷奔逃，逐去捕住，追比他往时劫掠的财物，方是不错。若作逐北字样，难道逃奔的逆夷，不好向东西南三面，一定要向北么？”讲的有理，我倒很佩服他。翁不禁失笑，勉强忍住，替他解明古义。他尚摇头不信，只不去奏请。算他知几。

翁同和系光绪帝师傅，帝五岁时，翁即入宫。他本是江苏省常熟县人，江苏系近世人文荟萃的地方，翁又学问淹博，看了迂疏愚蠢的满员，好似眼中钉，满员遂与翁有隙。光绪二十年，翁曾奏参军机孙毓汶等，经光绪帝准奏，罢斥孙毓汶，此外亦有数人免职，遂将翁补入军机。还有李鸿藻，潘祖荫二人，亦同时补入。李鸿藻系直隶人，与同治帝师傅徐桐友善。两人为北派领袖，素主守旧。潘祖荫亦江苏人，与翁同和友善，为南派翘楚，素主维新。两派同直军机，互争势力。守旧派联结太后，维新派联结皇帝。于是李党翁党的名目，变称后党帝党。后党又浑名老母班，帝党浑名小孩班。门户纷争，不祥之兆。

光绪二十三年，潘、李统已病故，徐桐失了一个臂助，遂去结交刚毅、荣禄诸人。刚与翁本无夙怨，不过刚毅生平，素有满汉界限，他脑中含着十二字秘诀。看官！你道他是那十二字？乃是：“汉人强，满人亡；汉人疲，满人肥”十二字。无论什么汉人，他总是不肯相容。徐亦汉人，何故友善。荣禄因翁曾讦发私事，应八十三回。暗地怀恨，徐桐与他联络，势力益固。这边翁师傅孤危得很，恭王在日，尚看重他的学问，另眼相待，恭王一死，简直是没有凭藉，单靠了一个师傅的名望，有什么用处？况这光绪皇上，名为亲政，实事事受太后压制；还有狐假虎威的李莲英，常与光绪帝反对，从中播弄。这李莲英本是宫监，专务迎合，为什么单趋承太后，不趋承光绪帝？其间也有一个原因，小子正在追述祸根，索性也叙了一叙。

莲英有个妹子，貌甚美丽，性尤慧黠，并识得几个文字。莲英得宠，挈妹入宫，慈禧太后见她韶秀伶俐，极力赞美；入侍数月，太后的一举一动，一颦一笑，统被她揣摩纯熟，曲意承欢。慈禧太后怜爱异常，比李莲英尤加宠幸，常叫她为大姑娘，每日进膳，必令她侍食，且赐旁坐。连太后自己的胞妹，还没有这般优待。六旬万寿的时节，醇王福晋蒙懿旨特召，入园看戏，福晋因自己身分，反敌不过莲英妹子，佯称有疾，不肯赴召。嗣经懿旨再三催促，勉强入园。慈禧后还按礼接待，那莲英妹子，却昂然列坐，连身子都不抬一抬。福晋眼中，实在看不过去，仍托疾避席，还归邸中。但莲英献妹的意思，不是单望太后爱宠，他想仗着阿妹的恣色，蛊惑皇上，备选妃嫔，将来得生一子，作慈禧太后第二，自己的后半生，还好比前半生威显几倍。第二个李延年。因此光绪帝入园请安时，他的妹子，起初遵兄吩咐，很献殷勤，眉挑目语，故弄风骚。偏偏这假痴假呆的光绪帝，对了这种柔情，好象守着佛诫，无眼耳鼻舌生意，恁她什么美艳，什么挑逗，总是有施无报，惹得美人儿生了懊恼，遇着皇帝入园，索性一眼不睬。这还是笼络手段，莫认她是无情。光绪帝才窥透心肠，暗想李莲英如此阴险，不可不防，辜负美人厚情，皇帝真也少福。于是把莲英也渐渐疏远。

莲英一计不中，又生一计，时常到太后面前，捏报光绪帝过失。慈禧后起初倒也明白，遇皇上请安，只劝他性情和平，宽待下人。后来经莲英兄妹，百端谗构，遂添了太后恶感。太后回宫，皇帝必在宫门外跪接，稍一迟误，便生间言。若皇帝到园省视，也不能直入太后室中，必跪在门外，候太

后传见。李莲英又作了一条新例，不论皇亲国戚，入见太后，必须先索门包，连皇上也要照例。外面还道皇上什么尊贵，谁知光绪帝反受这样荼毒，积嫌之下，不免含恨。本可与别人谈叙，借为排遣，奈内外左右，多是太后心腹，连皇后也是个女侦探，替太后监察皇帝。旁皇四顾，郁将谁语？只有翁师傅素来密切，还好与他密谈两三语。翁师傅见皇帝忧苦，遂保荐一个人才。看官！你道是谁？就是南海康先生有为。

此时康先生才做了工部主事，他生平喜新恶旧，好谈变法事宜，只因官卑职小，人微言轻，没有一人服他伟论。独翁师傅竟垂青眼，一手提拔。光绪帝特别召见，奏对时洋洋数千言，仿佛淮阴侯坛上陈词，诸葛公隆中决策，每奏一语，光绪帝点一点头，良久方令退出。自从清朝开国以来，召见主事，乃是二百数十年来罕有的际遇。康主事感怀知己，连上三疏，统是直陈利弊，畅所欲言。光绪帝本有意变法，经他迭次陈请，自然倾心采用，遂于二十四年四月中，接连降旨，废时文，设学堂，裁冗员，改武科制度，开经济特科，又下决意变法的上谕道：

数年以来，中外臣工，讲求变法自强。迩者诏书数下，如开特科，裁冗兵，改武科制度，立大小学堂，皆经一再审定，筹之至熟，妥议施行。唯是风气尚未大开，论说莫衷一是。或狃于老成忧国，以为旧章必应墨守，新法必当摈除。众喙哓哓，空言无补。试问时局如此，国势如此，若仍以不练之兵，有限之饷，士无实学，工无良师，强弱相形，贫富悬绝，岂真能制梃以挞坚甲利兵乎？朕唯国是不定，则号令不行，极其流弊，必至门户纷争，互相水火，徒蹈宋明积习，于国政毫无裨益。即以中国大经大法而论，五帝三王不相袭，譬之冬裘夏葛，势不两立。用特明白宣示，中外大小诸臣，自王公以及士庶，各宜努力向上，发愤为雄，以圣贤义理之学，植其根本，又须博采各学之切于时务者，实力讲求，以救空疏迂谬之弊。专心致志，精益求精，毋徒袭其皮毛，竞腾其口说，务求化无用为有用，以成通经济变之才。京师大学堂，为各行省之倡，尤应首先举办，着军机大臣总理各国事务王大臣，会同妥速具奏！所有翰林院各部院司员。各门侍卫，候补候选道府州县以下，各官大员子弟，八旗世职，各武职后裔，其愿入学堂者，均准入学肄习，以

期人才辈出，共济时艰。不得敷衍因循，徇私援引，致负朝廷谆谆告诫之至意，将此通谕知之！

这谕未下的时候，光绪帝也预备一着，先往颐和园禀白太后，太后亦未尝阻挠，恰说：“变法也是要紧，但毋违背祖制，毋损满洲权势，方准施行。”太后自问，曾毋违祖制否？又言：“翁同和断不可靠，应及早罢官为是。”光绪帝唯唯而出，遂一意饬行新政，特设勤政殿，谘商政要。常召康主事密议一切，拟旨多出康手，康荐同志数人，如内阁候补侍郎杨锐，刑部候补主事刘光第，内阁候补中书林旭，江苏候补知府谭嗣同，统称他才识淹通，可以重用。光绪帝便各赏四品卿衔，令在军机章京上行走。康有高弟梁启超，及胞弟康广仁，亦经康主事荐引。因他未曾出仕，一时不能超拔，只好缓缓录用。但这班维新党人，统是资卑望浅，一旦擢用，盈廷大员，靡不侧目。且朝变一制，暮更一令，所有改革事宜，多需礼部核议，弄得礼部人员，日无暇晷。礼部尚书怀塔布，系太后表亲，又有许应骙，亦是太后平日信任，两人素来守旧，见了这番手续，愤闷已极，恨不得将维新党人，立刻撵逐。因此一切新政，关系礼部衙门，免不得暗中搁置。御史宋伯鲁、杨深秀，与康有为等气味相投，上书参劾许应骙，说他阻挠新政。光绪帝览奏震怒，本拟即行革职，因碍着太后面子，令他明白复奏。许即按照原奏，逐条辩驳，并劾康有为妄逞横议，勾结朋党，摇惑人心，混淆国事，请即斥逐回籍。光绪帝见许复奏，揭康短处，心滋不悦。过了数日，御史文悌，又参奏：“宋伯鲁、杨深秀二人，欺君罔上，若非立加罢斥，必启两宫嫌隙。”顿时触怒天颜，斥他莠言乱政，挑动党争，命即夺职。

文悌忙求怀塔布往颐和园乞救。太后不答，但迫令光绪帝速斥翁同和。一经下手，便剧本根，太后手腕，毕竟不同。光绪帝没法，只得令开缺回籍。次日，又由太后特降懿旨，令简荣禄为直隶总督，裕禄在军机处行走。光绪帝又不能不允。两禄揽权，明夺光绪帝天禄。暗中探听消息，乃是从怀塔布谗构所致，遂也赫然下谕，把礼部尚书怀塔布、许应骙，及侍郎坤岫、徐会沣、溥颋、曾广汉等六人，一律免职。守旧党见了这旨，吓得神志颓丧，陆续至颐和园，钻营运动，求太后重执朝政。太后恰从容不迫，谈笑自若，城府深沉。暗地里恰着着安排。

还有一个不自量力的王照，次第上书，先请薙发易服，继请皇帝奉太后游历日本。这等奏牍，守旧党闻所未闻。又有最关重要的一着，触犯李总管莲英。维新党人，以欲行新政，必斥太监，光绪帝深恨李莲英，正想乘此开刀，急得李莲英走头无路，率着娇娇滴滴的妹子，泣诉太后，磕头无数。不由太后不从，当下与莲英密议，定了一个秘计，密寄荣禄。荣禄随即上折，请帝奉太后往天津阅兵。光绪帝览到此奏，满腹踌躇，即到颐和园禀闻太后。太后很是喜欢，命光绪帝即行下谕，定期九月初五日，奉太后赴津阅操。光绪帝回宫，虽遵照慈命，准即阅操，心中总怀疑不定，遂传召一班维新人物，到勤政殿面议。康主事造膝密陈："此去阅操，前途很险，预乞圣裁！"光绪帝连忙摇手，令他出外商妥，入宫详奏。康主事退出，与同志暗地商量，议定一釜底抽薪的计策，先杀荣禄于天津督署内，既杀荣禄，即调陆军万人，星夜入都，围住颐和园，劫太后入城，圈禁西苑，俾终余年。无权无勇，奈何得行此策。商定后，即由康主事入宫密奏，光绪帝沉吟不答。经康力劝，方说待天津事定后再办。康乃退。

这时候，朝旨已命全国立官报局，任康为上海总局总办。又设译书局，命康徒梁启超总办。康梁因密图大事，尚留住京师。光绪帝听了康主事秘计，筹划了好几日，暗想畿内兵权，握在荣禄手中，不便轻举，除非得一胆大心细的人物，先夺荣禄兵权，万难成事。日思夜想，觅不出这样人才。适值直隶按察使袁世凯入觐，光绪帝闻他胆大敢为，当即召见，先问他新政是否合宜，袁极力赞扬。光绪帝不得不信，随又问道："倘令汝统带军队，汝肯忠心事朕否？"袁即磕头道："臣当竭力报答皇上厚恩。一息尚存，必思图效。"未必未必。次日即降谕道：

> 现在练兵紧要，直隶按察使袁世凯，办事勤奋，校练认真，着开缺以侍郎候补，责成专办练兵事务。所有应办之事宜，着随时具奏！当此时局艰难，修明武备，实为第一要务。袁世凯当勉益加勉，切实讲求训练，用副朝廷整饬戎行之至意！钦此。

守旧党见了此谕，彼此猜疑，急去禀报太后。其实宫廷内外，太后已密布心腹，时令传达，就是康有为入宫，亦经内监密报。只谋围颐和园的事情，

尚未闻知。太后曾令光绪帝下谕，凡二品以上官授任，当亲往太后处谢恩，此番袁世凯擢任侍郎，官居从二品，理应照敕奉行。到颐和园谢恩时，太后立即召见，细问召对时语。袁一一照奏，太后道："整顿陆军，原是要紧，但皇帝也太觉匆忙，我疑他别有深意，你须小心谨慎方好！"袁自然答应。到八月初五日，袁请训往天津，光绪帝出乾清宫召见，用尽方法，不使言语漏泄。殿已古旧黑暗，晨光透入颇微，光绪帝坐在龙座，已是末次了。告袁密谋，命袁往津，即向督署内捉杀荣禄，随即带兵入都，围执太后；俟办事已竣，当续任直隶总督，千万勿误！袁唯唯趋出。临行时付他小箭一支，作为执行证据。袁即坐第一次火车出京。光绪帝总道是委任得人，十有九稳，不意下午五句钟，荣禄竟乘专车入京。人耶鬼耶？俗语有道：

不如意事常八九，可与人言无二三。

毕竟荣禄何故入京，容待下回说明。

清室不竞，外患迭乘，此时不革故鼎新，万不能挟强返弱。顽固诸徒，迂腐荒谬，固不足责，无论刚毅之显分畛域，自速其亡，即如徐桐、李鸿藻、怀塔布、许应骙辈，但务株守，各争党见，亦何在不足误国。但维新党人，锐意更张，亦未免欲速不达。善医者诊治弱症，必先培其元，然后可以袪邪，元气未培，猛加以克伐之剂，恐转有立蹶之弊。为政之道，何以异是？且围园劫后之谋，名不正，言不顺，慈禧究非武曌，维新党人之力，宁及五王？乃欲冒天下之不韪，以皇帝作孤注，其为计不亦太疏乎？经著书人按事铺叙，随手抑扬，益知守旧派固无所逃罪，维新派亦不能免讥。一击不中，十日大索，可悯亦可惜也。

第八十七回　慈禧后三次临朝
维新党六人毕命

却说袁世凯上午赴津，荣禄下午抵京，此中隐情，不烦小子说明，看官当一目了然。含糊得妙。荣禄抵京这一日，正值慈禧后还宫，亲祭蚕神。祭毕，退入西苑。照清朝故例，外省官员入京，非奉有召见特旨，不得入宫。荣禄不管禁令，他不用人引导，径至西苑叩谒。当由守门人阻住，荣禄忙道："咱们有机密要事，入禀太后，恳迅速引见。"守门人本是太后心腹，与荣禄联同一气，且荣禄系太后亲戚，仓猝入宫，必有特别大事，便引了荣禄直至太后前。荣禄急忙下跪，磕头如捣蒜，太后忙问何故？荣禄泣道："求老佛爷救命！"老佛爷三字，乃是满人尊称帝后的徽号。荣禄因乞命要紧，所以不称太后，直呼老佛爷。太后道："禁城里面，你有什么事要我救命？这里没有什么危险？宫里也不是你避难的地方，你如何冒昧前来？"荣禄请屏去左右，太后即令内监退出，只留李莲英一人。荣禄即将皇帝密谋，一一陈奏。太后问："此事可真么？"荣禄从靴中取出小箭一支，作为确证。这支小箭，系光绪帝亲授袁侍郎，如何落在荣禄手中？太后大怒，立命荣禄传集满亲贵数人，并守旧党首领世铎、刚毅等俱到，又有怀塔布、许应骙二人，亦蒙特召，皆会集太后前，黑压压的跪满一地，叩请太后速出训政，挽救危机。太后准议，饬荣禄带兵入卫。荣禄答称亲兵已有数千人来京，大约此时可到。荣禄确有智识，无怪太后宠任。太后道："甚好，甚好！"随令荣禄召兵进来，将禁城内的侍卫，一律调出。再命荣禄仍回天津，截住康党，毋任狡脱。荣禄奉命而去。

不防会议的时候，有个孙姓太监，素为光绪帝所亲信，得了这个消息，忙去报知光绪帝。光绪帝知事已泄漏，恐康有为必遭逮捕，忙自草一谕，令孙太监密递康主事。其谕道：

> 谕工部主事康有为：前命其督办官报局，此时闻尚未出京，实堪诧异！朕深念时艰，思得通达时务之人，与商治法。康有为素日讲求，是以召见一次，令其督办官报，诚以报馆为开民智之本，职任不为不重，现筹有的款，着康有为迅速前往上海，毋再迁延观望！钦此。

康主事瞧罢，见确是皇帝手笔，且谕中有召见一次的话儿，亦系掩饰耳目，暗伏机关，明人不用细说，便谢了孙太监，送别出门，自己匆匆随出，不暇通报同志，连阿弟广仁，也不及详告。行至车站，天已微明，当即乘火车出京，一抵塘沽，忙搭轮直往上海。及荣禄到京，康有为已乘轮南下。荣禄忙电饬上海道速即查拏。

这时候，光绪帝已被撤政柄，幽禁瀛台。原来八月初六日清晨，光绪帝登太和殿，方阅礼部奏折，预备秋祭典礼，忽由宫监传出懿旨，宣召帝至西苑。帝出殿，宫监已在殿门外竚候，引帝入西苑内，即由李莲英带领阉党，簇拥光绪帝登舟，直达瀛台。瀛台系西苑湖中一个小岛，环岛皆水，光绪帝到了此间，料知没有好结果，不禁泪下。李莲英厉色道："太后即来，皇后亦至，难道万岁爷还怕寂静么？"言毕自去，留内监守卫。约一时许，太后已到，皇后珍妃等亦在后相随。光绪帝忙即跪接，太后怒目视帝，戟指叱道："你入宫时，年只五岁，立你为帝，抚养成人，今已将二十年，不是我一力保护，你哪得有今日？你要变法维新，我也不来阻你，你为什么听人唆弄，忘我大德，还要设计害我？你试细想一想，应该不应该的？"光绪帝跪伏地上，战栗不能出声。我为光绪帝道，此后愿生生世世，勿生帝王家。太后又叹道："我想你的薄命，有何福气做皇帝，现在亲贵重臣，统请我训政，没有一人向你。就使汉大臣中，有几个助你为恶，你还道是好人，其实统是奸臣，我自然有法处治。"说至此，恨恨不已，似乎有即行废立的形状。恼了一个珍妃，突出皇后前面，向太后跪下，吁请太后宽恕帝罪，勿加斥责。太后怒道："象你这种狐媚子，也配着与我讲话么？"珍妃愤极，不觉大胆道："皇帝系一国共

主，圣母亦不能任意废黜。”这句话尚未说完，面上已扑的一声，受着一个嘴巴，粉靥陡起桃花，不禁垂首。但听太后厉声道：“快与我将这狐媚子，牵了出去，圈禁宫内。”当由内监请珍妃起来，带领回宫，引到一个密室，把她幽闭。长门寂寂，谁慰寂寥，免不得珠泪莹莹，长此愁苦，这且慢表。

单说慈禧后尚在瀛台，痛责光绪帝，经李莲英从旁解劝，只有他还配讲话。方命还跸，令皇后留住帝处，监视皇帝言动，此外不准擅召一人。太后回宫，飞饬步军统领，逮捕维新党人，当时拿住杨深秀、谭嗣同、杨锐、林旭、刘光第、康广仁等六人，下刑部狱中，一面密议废立事件。王大臣等都不敢决议，慈禧后究属聪明，暗想骤然废立，恐惹起中外干涉，乃即以帝名降谕道：

> 现在国事艰难，庶务待理，朕勤劳宵旰，日综万几，兢业之余，时虞丛脞。恭溯同治年间以来，慈禧端佑康颐昭穆庄诚寿恭钦献崇熙皇太后，两次垂帘听政，办理朝政，弘济时艰，无不尽美尽善。因念宗社为重，再三吁恳慈恩训政，仰蒙俯如所请，此乃天下臣民之福。由今日始在便殿办事，本月初八日，朕率诸王大臣，在勤政殿行礼，一切应行礼仪，著各该衙门敬谨预备！钦此。

这谕下后，眼见得光绪皇上，与废立无异了。只是维新党首康有为未曾拿获，太后哪里肯饶恕他？再饬步军统领，挨户搜查，务期拿获严办。十日大索，仍无影响。时康已乘轮赴沪，全然不知京内消息，轮船上又毫无风声，自己更不便探听，只好闷坐房舱中，消磨时日。过了三四天，轮船已到吴淞口，有为正开窗了望，但见有小火轮一艘，迎面而来。小轮上站着西人，喝令大轮停止，他即驶近大轮，一跃而上。手中持有照相片一纸，向舱内四处寻人，寻到康有为，将照片对证。形容毕肖，便将他一把扯住。有为未免着忙，随问何事？这个西人已通华语，便道：“你在京中闯什么祸，由上海道严密捉拿。”有为颇谙西国法律，便说：“奉旨来办官报局，出京时，并没有这般消息，现在不知何故被逮。想因康某倡行新政，被旧党挟嫌的缘故。”西人道：“你便是维新党首康先生么？据你说来，也不过是政治犯，西国律例上不便引渡，你且放心，快随我前去！”有为不便多说，即随着西人，换坐小轮。

吴淞口本是西人范围，哪个敢来过问？有为一走，大轮自然放汽进口，到了码头，见沪兵已布列岸上，遇客登岸，加意侦察。谁知这位康先生，早随西人到关上，改坐英国威海司军舰，直赴香港去了。命不该死，总有救星。

还有梁启超闻风尚早，逃出塘沽，径投日本兵船，由日本救护，直往日本，至横滨上岸，借宿旅馆，专探康先生下落。歇了好几天，康自香港到来，师弟重逢，好如隔世。谈起诸同志被拿，不胜叹息，泪下沾襟。从此师弟两人，逋亡在外，游历各地，组织报馆，倒也行动自由，言论无忌。直到宣统三年，革命军起，方才归国，这是后话。

且说八月八日，清廷大集朝臣，请出这位威灵显赫的皇太后三次临朝，光绪帝也暂出瀛台，入勤政殿，向太后行三跪九叩礼，恳请太后训政。太后俯允，仍命遵昔时训政故例。退朝后，光绪帝仍返瀛台。嗣后虽日日临朝，却是不准发言，简直同木偶一般。这班顽固老朽的守旧党，统是欣欣得意，喜出望外。太后又借了帝名，屡次下谕，托言朕躬有恙，令各省征求名医。当有几个著名医生，应征入都。诊治后，居然有医方脉案，登录官报。实在光绪帝并没有病，不过悲苦状况，比生病还要厉害。医生视病时，又由太后监视，拜跪礼节，繁重得很，已弄得头昏脑晕，还有什么诊视心思？况医生视病，不外望闻问切四字，到了这处，四字都用不着。临诊时不好仰视，第一个望字，是抹掉了。屏气不息，系臣子古礼，医官何得故违？第二个闻字，又成没用。医官不能问皇帝病，只由旁人代述，第三个问字，也可除去。名为切脉，实是用手虚按，不敢略重，寸关尺尚不可辨，何况脏腑内的病症？第四个切字，有什么用处？诸名医视病后，未免得了贿赂，探出帝病形状，遂模模糊糊的写了脉案，开了医方，把无关痛痒的药味，写了几种，上呈军机处转奏帝前，也不知光绪帝曾否照服，这也不在话下。

只是海内的舆论，儒生的清议，已不免攻击政府，隐为光绪帝呼冤。有几个胆大的，更上书达部，直问御疾。一手不能掩天下目，奈何？其时上海人经元善，夙具侠忱，联络全体绅商，颁发一电，请太后仍归政皇上，不必以区区小病，劳动圣母。倘不速定大计，恐民情误会，一旦骚动，适召外人干涉，大为可虑。这样激烈的话头，确是得未曾有，到了太后眼中，顿时大怒，降旨严斥。还有密旨令江苏巡抚拿办。元善恰预先趋避，走匿澳门。太后又密电各省督抚下询废立事宜。两江总督刘坤一守正不阿，首先反对。高冈鸣凤。

各督抚遂多半附和。各国使臣，闻着这信，亦仗义力争，于是二十多年的光绪帝，实际上虽已失政，名义上尚具尊称。太后还欲临幸天津，考察租界情形，兼备游览，经荣禄力阻，乃收回天津阅操的成命。召荣禄入都，授军机大臣，节制北洋军队，兼握政治大权。直隶总督一缺，着裕禄出去补授。隐伏拳匪祸乱。太后遂与荣禄商议，处置维新党事，荣禄力主严办，遂由刑部提出杨深秀、谭嗣同等六人，严加审讯，六人直供不讳，又在康寓中抄出文件甚多，无非攻讦太后隐情。六人寓中，亦有排议太后案件。太后闻报，非常震怒，不待刑部复奏，已将六人处斩，并于次日借帝名下谕道：

近因时事多艰，朝廷孜孜图治，力求变法自强，凡所设施，无非为宗社生民之计。朕忧勤宵旰，每切兢兢，乃不意主事康有为，首创邪说，惑世诬民，而宵小之徒，群相附和，乘变法之际，隐行其乱法之谋，包藏祸心，潜图不轨。前日竟有纠约乱党，谋围颐和园，劫制皇太后，陷害朕躬之事，幸经觉察，立破奸谋。又闻该乱党私立保国会，言保中国不保大清，其悖逆情形，实堪发指。朕恭奉慈闱，力崇孝治，此中外臣民之所共知。康有为学术乖僻，其平日著述，无非离经叛道，非圣无法之言。前因讲求时务，令在总理各国事务衙门章京上行走，旋令赴上海办理官报局，乃竟逗留辇下，搆煽阴谋，若非仰赖祖宗默佑，洞烛几先，其事何堪设想？康有为实为叛逆之首，现已在逃，着各省督抚一体严密查拿，极刑惩治。举人梁启超与康有为狼狈为奸，所著文字，语多狂谬，着一并严拿惩办。康有为之弟康广仁，及御史杨深秀、军机章京谭嗣同、林旭、杨锐、刘光第等，实系与康有为结党，阴图煽惑，杨锐等每于召见时，欺蒙狂悖，密保匪人，实属同恶相济，罪大恶极。前经将各该犯革职，拿交刑部讯究，旋有人奏，若稽时日，恐有中变，朕熟思审虑，该犯等情节较重，难逃法网，倘语多牵涉，恐致株累，是以未俟覆奏，于昨日谕令将该犯等即行正法。此事为非常之变，附和奸党，均已明正典刑，康有为首创逆谋，罪恶贯盈，谅亦难逃法网。现在罪案已定，允宜宣示天下，俾众咸知。我朝以礼教立国，如康有为之大逆不道，人神所共愤，即为覆载所不容。鹰鹯之逐，人有同心。至被其诱惑，甘心附从者，党类尚繁，朝廷亦皆察悉，朕心存宽大，业经明降

谕旨，概不深究株连。嗣后大小臣工，务当以康有为为炯戒，力扶名教，共济时艰，所有一切自强新政，胥关国计民生，不特已有者，亟应实力举行；即尚未兴办者，亦当次第推广，于以挽回积习，渐臻上理，朕实有厚望焉。将此通谕知之！

看官读这上谕，似除六人正法，严拿康梁外，不再株连，并言新政亦拟续行，表面上很是明恕，不想假名的上谕，又是联翩直下。尚书李端棻、侍郎张荫桓、徐致靖、御史宋伯鲁、湘抚陈宝箴，或因滥保匪人，或因结连乱党，轻罪革职，重罪充军，及永远监禁。又夺前尚书翁同和官职，交地方官严加管束。嗣是停办官报，罢撤小学，规复制艺，撤消经济特科，所有各种革新机关，一概反旧，这便是戊戌政变，百日维新的结果。后人推谭嗣同等六人，为杀身成仁的六君子，并有诗吊他道：

不欲成仁不杀身，浏阳千古死犹生。
即人即我机参破，斯溺斯饥道见真。
太极先天周茂叔，三闾继述楚灵均。
洞明孔佛耶诸教，出入无遮此上乘。

东汉前明殷鉴在，输君巨眼不推袁。
爱才岂竟来黄祖，密诏曾闻讨阿瞒。
十日君恩嗟异数，一朝缇骑遍长安。
平戎三策何多事？抔土今还湿未干。

太后既尽除新党，力反新政，遂貌托镇静，安定了一年。这一年内所降谕旨，不是说母子一体，就是说母子一心，再加几句深仁厚泽的套语，抚慰百姓。百姓倒也受他笼络，没甚变动。不意到光绪二十五年十二月中，竟立起大阿哥溥儁来，究竟是何理由，待至下回再说。

维新诸子之功过，已见上回总评。至若慈禧太后之所为，一经叙述，并未周内深文，而已觉强悍泼辣，仿佛吕武，非经绅商之电争，江督之抗议，各国使臣

之反对，几何而不如吕后之私立少帝，武后之擅废中宗也。夫慈禧以英明称，初次垂帘，削平大难，世推为女中尧舜，胡为历年愈久，更事益多，反不顾物议，倒行逆施若此？意者其亦由新党之过于操切，激之使然乎？密谋被发，全局推翻，幸则窜迹海邦，不幸则杀身燕市，自危不足，且危及主上，危及全国，操切之害，一至于此，吾不能为维新诸子讳矣！

第八十八回　立储君震惊匕鬯　信邪术扰乱京津

却说大阿哥溥儁，系道光帝曾孙，端郡王载漪的儿子，虽与光绪帝为犹子行，然按到支派的亲疏，论起继承的次序，溥儁不应嗣立。且光绪帝年方及壮，何能预料他没有生育，定要立这储君？就使为同治帝起见，替他立嗣，当时何不早行继立，独另择醇王子为帝呢？这等牵强依附的原因，无非为母子生嫌而起。慈禧后三次训政，恨不得将光绪帝立刻捽去，只因中外反对，不能径行，没奈何勉强含忍，蹉跎了一载光阴。但心中未免随时念及，口中亦未免随时提起。端郡王载漪，本没有什么权势，因太后疏远汉员，信任懿亲，载漪便乘间幸进。他的福晋，系阿拉善王女儿，素善词令，其时入直宫中，侍奉太后，太后游览时，常亲为扶舆，格外讨好，遂得太后宠爱。溥儁年方十四，随母入宫，性情虽然粗暴，姿质恰是聪敏。见了太后，拜跪如礼，太后爱他伶俐，叫他时常进来，随意顽耍，因此溥儁亦渐渐得宠。载漪趁这机会，觊觎非分，一面嘱妻子日日进宫，曲意承欢，一面运动承恩公崇绮，及大学士徐桐，尚书启秀。崇绮自同治后崩后，久遭摈弃，闲居私第，启秀希望执政，徐桐思固权位，遂相与密议，定了一个废立的计策，想把溥儁代光绪帝。利欲薰心，不遑他顾。只因朝上大权，统在荣禄掌握，若非先为通意，与他联络，断断不能成事。当下推启秀为说客，往谒荣第，由荣禄迎入。寒暄甫毕，启秀请密商要事，荣禄即导入内厅，屏去侍从，便问何事待商？启秀便与附耳密谈如此如此，这般这般，荣禄大惊，连忙摇首。启秀

道："康党密谋，何人先发，太后圣寿已高，一旦不测，当今仍出秉政，于公亦有不利。"荣禄踌躇一会，其心已动。随道："这事总不能骤行。"启秀又道："伊霍功勋，流传千古，公位高望重，言出必行，此时不为伊霍，尚待何时？"先以祸怵之，后以利动之，小人真善于措词。荣禄道："这般大事，我却不能发难。"启秀道："崇、徐二公，先去密疏，由公从旁力赞，何患不成？"荣禄还是摇首，半晌才道："待吾细思！"启秀道："崇、徐二公，也要前来谒候。"荣禄道："诸公不要如此卤莽，倘或弄巧成拙，转速大祸。崇、徐二公，亦不必劳驾，容我斟酌妥当，自当密报。"启秀随即告别，回报崇、徐二人，崇、徐仍乘舆往见荣禄。到了荣第，门上出来挡驾，快快退回。又与启秀商议道："荣中堂不肯见从，如何是好？"启秀道："荣中堂非没有此心，只是不肯作俑，二公如已决计，不妨先行上疏，就使太后不允，也决不致见罪，何虑之有？"是夕，二人遂密具奏折，次晨入朝，当即呈递。

退朝后，太后览了密奏，即召诸王大臣入宫议事。太后道："今上登基，国人颇有责言，说是次序不合，我因帝位已定，不便再易，但教他内尽孝思，外尽治道，我心已可安慰。不料他自幼迎立，以至归政，我白费了无数心血，他却毫不感恩，反对我种种不孝，甚至与南方奸人，同谋陷我，我故起意废立，另择新帝，这事拟到明年元旦举行。汝等今日，可议皇帝废后，应加以何等封号？曾记明朝景泰帝，当其兄复位后，降封为王，这事可照行否？"诸王大臣面面相觑，不发一言。独大学士徐桐，挺然奏道："可封为昏德公。从前金封宋帝，曾用此号。"丧心之言。太后点头，随道："新帝已择定端王长子。端王秉性忠诚，众所共知，此后可常来宫中，监视新帝读书。"端王闻了此语，比吃雪还要凉快，方欲磕头谢恩，忽有一白发苍苍的老头子，叩首谏道："这事还求从缓！若要速行，恐怕南方骚动。太后明睿，所择新帝，定必贤良，但当待今上万岁后，方可举行。"太后视之，乃是军机大臣大学士孙家鼐，陡然变色，向孙道："这是我们一家人会议，兼召汉大臣，不过是全汉大臣体面，汝等且退！待我问明皇帝，再宣谕旨。"王大臣等遵旨而退。独端王怒目视孙，大有欲得甘心的形状，孙即匆匆趋出，于是端王等各回邸中。

是时荣禄尚在宫内，将所拟谕旨，恭呈御览。太后瞧毕，便问荣禄道："废立的事情，究属可行不可行？"荣禄道："太后要行便行，谁敢说是不

可。但上罪不明，外国公使，恐硬来干涉，这是不可不慎！”太后道：“王大臣会议时，你何不早说？现在事将暴露，如何是好？”荣禄道：“这也无妨，今上春秋已盛，尚无皇子，不如立端王子溥儁为大阿哥，继穆宗后，抚育宫中，徐承大统，此举才为有名，未知慈意若何？”太后沉吟良久，方道：“我言亦是。”遂于十二月二十四日，召近支王贝勒，御前大臣，内务府大臣，南上两书房翰林，各部尚书，齐集仪銮殿。景阳钟响，太后临朝，光绪帝亦乘舆而至，至外门下舆，向太后拜叩。太后召帝入殿，帝复跪下，诸王公大臣等仍跪在外面。太后命帝起坐，并召王公大臣皆入，共约三十人，太后宣谕道：“皇帝嗣位时，曾颁懿旨，俟皇帝生有皇子，过继穆宗为嗣，现在皇帝多病，尚无元嗣，穆宗统系，不便虚悬，现拟立端王子溥儁为大阿哥，承继穆宗，免致虚位。”言至此，以目视光绪帝道：“你意以为是否？”光绪帝哪敢多说，只答“是是”两字。随命荣禄拟旨，拟定后，呈太后阅过，发落军机，次日颁发。太后即命退朝，翌晨即降旨道：

朕冲龄入承大统，仰承皇太后垂帘训政，殷勤教诲，巨细无遗，迨亲政后，正际时艰，亟思振奋图治，敬报慈恩，即以仰副穆宗毅皇帝付托之重。乃自上年以来，气体违和，庶政殷繁，时虞丛脞，唯念宗社至重，前已吁恳皇太后训政。一年有余，朕躬总未康复，郊坛宗庙诸大祀，不克亲行。值兹时事艰难，仰见深宫宵旰忧劳，不遑暇逸，抚躬循省，寝食难安。敬溯祖宗缔造之艰难，深恐勿克负荷，且入继之初，曾奉皇太后懿旨，俟朕生有皇子，即承继穆宗毅皇帝为嗣。统系所关，至为重大，忧思及此，无地自容。诸病何能望愈，用再叩恳圣慈，就近于宗室中，慎简贤良，为穆宗毅皇帝立嗣，以为将来大统之界。再四恳求，始蒙俯允，以多罗郡王载漪之子溥儁，继承穆宗毅皇帝，钦承懿旨，欣幸莫名。谨敬仰遵慈训，封载漪之子为皇子，将此通谕知之。

旨下后，大阿哥入居青宫，仍辟弘德殿，命崇漪充师傅，徐桐充监管。大阿哥不喜读书，只有两只洋狗，是他所钟爱，入宫第二日，即带了进去，有识的人，已料他是不终局了。只大阿哥正位青宫，端王权力，从此益大。徐桐、刚毅、启秀等，极力赞助，遂闯出一场古今罕有的奇祸。看官！你

道是什么祸祟？便是拳匪肇乱，联军入京，两宫出走，城下乞盟，订约十数款，偿金数百兆，弄得清室衰亡，中国贫弱，一点儿没有生气。说将起来，正是伤心！小子未曾下笔，身已气得发颤，泪已落了无数，若使贾太傅、陈同甫一班人物，犹在此时，不知要痛哭到哪样结果？愤激到什么地步？拳匪之祸，关系中国兴亡，故不得不慨乎言之。

话休叙烦，待小子细细表明。拳匪起自山东，就是白莲教遗孽。本名梅花拳，练习拳棒，捏造符呪，自称有神人相助，枪炮不能入。山东巡抚李秉衡，人颇清廉，性质顽固，闻得拳匪勾结，他却不去禁阻，反许聚众练习。秉衡奉调督川，继任的名叫毓贤，乃是一个满员，比秉衡还要昏谬，竟视拳匪为义民，格外优待。因此拳匪遂日盛一日，蔓延四境。当中东开战的时候，直隶、山东，异常恐慌，官商裹足，人民迁徙，未免有荡析流离的苦趣。到了马关约成，依然无恙，官商人民等，方渐渐安集。适天津府北乡，开挖支河，掘起一块残碑，字迹模糊，仔细辨认得二十字，略似歌诀，其文道："这苦不算苦，二四加一五。满街红灯照，那时才算苦。"众人统莫名其妙。及拳匪起事，碑文方有效验。难道真有天数么？拳匪中有两种技艺，一种叫作金钟罩，一种叫作红灯照。金钟罩系是拳术，向来习拳的人，有这名号，说是能避刀兵。只红灯照的名目，未经耳闻，究竟红灯照是什么技术？原来红灯照中，统是妇女，幼女尤多。身着红衫裤，挽双丫髻，年长的或梳高髻，左手持红灯，右手持红巾，及红色折扇，先择静室习踏空术，数日术成，持扇自煽，说能渐起渐高，上蹑天空，把灯掷下，便成烈焰。时人多信为实事，几乎众口一词，各称目睹，其实统是谣传。所造经咒，尤足令人一噱。唐僧、沙僧、八戒、悟空八字，乃是无上秘诀。八字念毕，猝然倒地，良久乃起，即索刀械，捏称齐天大圣等附体，跳跃而去。又有几个，说是杨香武、纪小唐、黄飞虎附身，怪诞绝伦，不值一辩。偏偏这巡抚毓贤，尊信得很。

毓贤本系端王门下走狗，趋炎附热，得放东抚，他即密禀端王，内称："东省拳民，技术高妙，不但刀兵可避，抑且枪炮不入。这是皇天隐佑大阿哥，特生此辈奇才，扶助真主，望王爷立即招集，令他保卫宫禁，预备大阿哥即真"等语。端王接禀，喜欢的了不得，暗想太后不即废立，实是怕洋人干涉，若得这种拳民保护，便可驱逐洋人，那时大阿哥稳稳登基，自己好

作太上皇，连慈禧后都可废掉，何况这光绪帝呢？如见肺肝。便即入宫告知太后。太后起初不信，援述张角、孙恩故事，拒驳端王。若说是立刻轻信，便不成为通文达史的慈禧后？端王道："老佛爷明见千里，钦佩莫名！但据抚臣毓贤密报，的确是真。毓贤心性忠厚，或不致有欺罔等情。奴才愚见，不如饬直督裕禄，招集拳民数十人，先行试验。果有异术，然后添募，选择忠勇诸徒，送到内廷供奉，传授侍卫太监，将来除灭洋人，报仇雪恨，老佛爷得为古今无二的圣后，奴才等亦得叨附旗常，宁不甚妙？"太后闻他说得天花乱坠，不由的不动心，便道："这语也是有理，就饬裕禄查明真伪便了。"误入迷途，可恨可叹。

端王退出，即命军机拟旨，密饬裕禄招集拳民，编为团练，先行试办。裕禄与端王，又是一鼻孔出气，忙行文到山东咨照毓贤，毓贤即将大队拳民送至，由裕禄一一试验，只见他个个强壮，人人精悍，红巾红带，挥拳如筹。唯枪炮有关性命，不便轻试，只好模糊过去。便令设立团练局，居住拳民，竖起大旗一面，旗中大书义和团三字。拳民辗转勾引，逐渐传授，不数月间，居然聚成数万，裕禄竟当他作十万雄师。光绪二十六年春，山东直隶一带，已成拳匪世界。在天津的匪首，第一个叫作王德成，第二个叫作曹福田，第三个叫作张德成。王自称老师傅，曹称大师兄，张称二师兄，其余还有许多首领，叙不胜叙。团练局中，不敷居住，遂分居庙宇。庙宇又不足，散入民宅。令家家设坛，人人演教。见有姿色妇女，强迫她们习红灯照，日间阳令学习，夜间恣意奸淫。令人发指。又姘识津门土娼，推了一个淫妓为红灯照女首领，托名黄连圣母，能疗团民伤痛。这位糊涂昏瞆的裕制军，闻圣母到津，竟朝服出迎，恭恭敬敬的接入署内，向她参拜。圣母傲然上坐，绝不少动。好看得很。制军行礼毕，由团民簇拥出署，入神庙中，仿佛如城隍娘娘一般，上供神食，黄幔低垂，红烛高烧，一班愚民，跪拜拥挤，几乎没有插足地。圣母以下，又有三仙姑、九仙姑等，年纪统不过二十岁上下，面上各带妖态，其实多是平康里中人物。后来津城失陷，圣母仙姑，都不知去向，大约已升入仙班去了。涉笔成趣。

天津拳匪，越聚越多，寻至四散，于是涞水戕官的警报，接沓而来。涞水县有天主教堂，招收教徒，某乡民与教徒涉讼，始终不胜，挟嫌成仇，适拳匪散入涞水，即在某乡民家，招众习拳。某乡民想藉他势力，报复教徒，

教徒也预防祸害，密禀涞水县官。县官祝芾，据情详报大宪，由大宪札复，说是愚民无知，不必剿捕，日久自当解散。祝大令奉了此札，自然不敢剿办。旋经教士再四禀恳，又经领事照会大吏，乃由省中派出杨副将福同，率领马步兵数百人，到场弹压。杨尚未到，拳匪已号召徒党，围住教堂，攻进大门，见人便杀，不论男女长幼，统是乱刀齐下，砍成肉酱。霎时间火焰冲霄，尸骨塞路。拳匪手舞足蹈，欢声雷动。适杨副将兼程驰到，先用劝谕手段，令他抛弃兵械，便是良民。拳匪不从，各执刀枪相向。官兵仅执空枪，未及装弹，只得退后数步。不料拳匪纠众直上，乱击乱刺，杨副将饬兵士装弹，弹一装好，枪声齐发，拳匪多应声倒毙，当即溃散。既曰枪炮不入，何故应声倒毙？次日，杨副将率兵进剿，又毙拳匪数十名。匪徒到处号召，分途四伏，用了诱敌的计策，引杨入伏。杨副将身先士卒，冒险直进，经过好几个村落，树尽匪起，蜂拥而来。杨副将连忙抵敌，不料马惊踣地，把杨副将掀翻地上，匪徒乘势乱戮，眼见得一位协戎，死于非命。官军失了主将，自然奔回。拳匪得胜，越加骄横，蔓延各处。裕禄不得已奏闻，朝旨虽令严拿首要，解散胁从，暗中恰饬直督妥为安插，并令协办大学士刚毅及顺天府尹兼军机大臣赵舒翘，出京剿办。

刚毅、赵舒翘到了涿州，正值涿州地方官，缉捕拳匪，拿住数人。刚毅即命放还，赵舒翘亦不敢多嘴，随同附和。当由刚毅带了许多拳匪，回到京师。二人入朝复旨，请太后信任义和团，用为军队，抵制洋人，断不致有失败等事。总管太监李莲英，也在内竭力赞助，屡述义和团神奇。六十多岁的老太后，至此遂误入迷团，变成守旧党的傀儡。只大学士荣禄，独说义和团全系虚妄，就使有小小灵验，亦系邪术，万不可靠，屡将此意禀白太后。怎奈太后左右，统是端王党羽，满口称赞义和团，单有荣禄一人反对，彼众我寡，哪里还能挽回？太后又令端王管辖总理衙门，启秀为副，对付交涉。庄王载勋，协办大学士刚毅，统率义和团，准备战守。于是京城里面，来来往往，无非拳匪，骚扰的了不得。

是时京畿设武卫前后左右四军，由宋庆、聂士成、马玉崐、董福祥四人分领。董福祥本甘肃巨匪，经左宗棠收抚后，超擢甘肃提督，调入内用，统带武卫后军，驻扎蓟州。董军部下，纯系甘勇，董又一粗莽武夫，受端王暗中笼络，命他率军入卫。看官！你想此时的拳匪，已是横行京都，肆无忌

惮，又加那一班轻躁狂妄，毫无纪律的甘勇，成群结队，驱入京中，这京城还能安静么？当下毁铁路，拆电线，捣洋房，纷纷扰扰，闹个不休。并拥到正阳门内东交民巷，把各国公使馆，团团围住，镇日攻打。各公使拼命防守，一面咨照总署，严词诘问。总署已归端王管理，所有洋人公文，简直不理。正阳门内外，被焚千余家，独使馆仍岿然存在，不被攻入。一个使馆尚不能攻入，还想抵制联军，煞是可笑。清廷还要降旨，嘉奖拳民及甘勇，拳匪越加得势，甘勇也越发胡行。那个意气扬扬的端郡王，坐在总署，只望攻入使馆的捷音，忽报日本使馆书记官杉山彬，被甘勇杀死永定门外，端王大叫道："杀得好，杀得好。"随又报德国公使克林德男爵，拟来总署，途次由拳民击毙，端王喜极，又连声叫道："好义民！好义民！"正在说着，由外面递进一角紧急公文，乃直督裕禄所发。端王拆开一瞧，皱了皱眉，与启秀密谈数语，遂入宫奏报太后。太后道："洋人真是可恶，联络八国，来索大沽炮台，这事倒不易处置。"端王道："有这班义民效力，还怕什么洋鬼子？请太后即降旨宣战便了。"太后迟疑未决，端王道："这事已成骑虎，万难再下。老佛爷若瞧着外交团照会，就要不战，也是不能。"太后道："什么照会？"端王道："奴才已着启秀进呈，在门外恭候懿旨。"太后立命宣入，启秀行过了礼，即把照会呈上。太后不瞧犹可，瞧了一瞧，不觉大怒，把照会一掷，起座拍案道："他们怎么敢干涉我的大权？这事可忍，何事不可忍？我也顾不得许多了。拼死一战，比受他们的欺侮，还强得多哩。"随命端王启秀，预召各王大臣，于明晨会议仪銮殿，二人唯唯退出。看官！你道这照会中是什么言语，激怒太后？小子探听明白，乃是端王嘱启秀假造出来，内说："要太后归政，把大权让还皇帝，废大阿哥，并许洋兵一万入京。"太后不辨真伪，因此大怒，决意主战。正是：

既不知己，又不知彼；
以一敌八，何往不殆？

欲知王大臣会议情形，俟至下回续叙。

端王不见用，则大阿哥不立，大阿哥不立，则亦无拳匪之乱。拳匪系白莲教

余孽，种种荒诞，稍有识者，即知虚妄，宁以聪明英毅之慈禧后，独见不及此？就令一时误听，偶信邪言，而最蒙亲信之荣禄，再三谏阻，则应亦幡然悔悟，胡为始终不悛，长此执迷乎？盖一念之误，在憎光绪帝，再念之误，在爱大阿哥，爱憎交迫，憧憧往来，于是聪明英毅之美德，均归乌有，而为端王辈所播弄，开古今未有之大祸，斯即欲为慈禧讳，要亦无能讳矣。诗曰："哲妇倾城"。妇既哲矣，何故有倾城之祸？观于此而始知诗言之非诬也。

第八十九回　袒匪殃民联军入境
见危授命志士成仁

却说清廷会议这一日，军机大臣世铎、荣禄、刚毅、王文诏、启秀、赵舒翘皆到。天色将明，太后独御仪銮殿，垂询开战事宜。荣禄含泪跪奏道："中国与各国开战，原非由我启衅，乃是各国自取；但围攻使馆，决不可行，若照端王等主张，恐怕宗庙社稷，俱罹危险。且即杀死使臣数人，也不能显扬国威，徒费气力，毫无益处。"太后怒道："你若执定这个意见，最好是劝洋人赶快出京，免至围攻，我不能再压制义和团了。你要是除这话外，再没有别的好主意，可即退出，不必在此多话。"荣禄叩头而退。启秀由靴中取出所拟宣战谕旨，进呈慈览。太后随阅随语道："很好，很好！我的意思，也是这样。"又问各军机大臣是否同意？军机大臣不敢异言，都说："诚如圣意。"

太后乃入宫早膳，约过一二小时，复御勤政殿，召见各王公。光绪帝亦到，候太后轿至，跪接而入。端王载漪、庆王奕劻、庄王载勋、恭王溥伟、醇王载沣、贝勒载濂、载滢，及端王弟载澜、载瀛，并军机大臣，六部满汉尚书，九卿，内务府大臣，各旗副都统，黑压压的挤满一殿。饭桶何多。但听太后厉声道："洋人此次侮我太甚，我不能再为容忍。我始终约束义和团，不欲开衅，直至昨日看了外交团致总理衙门的照会，竟敢要我归政，才知此事不能和平解决。皇帝自己承认不能执掌政权，外国何得干预？现在闻有外国兵舰，驶至大沽，强索大沽炮台，无礼已极，如何忍耐得住？诸王大臣等如有所见，不妨直陈！"言毕，坐待了好一歇，不见有什么奏请。太后又侧

视光绪帝，问他意见。光绪帝迟疑良久，方说："请圣母听荣禄言，勿攻使馆，应即将各国使臣，送至天津。"言至此，仰瞻太后容貌，已是略变。太后后面站着李莲英，好象护法韦驮，威棱四射。光绪帝不禁震慑，回看各王公，正对着端王眼光，仿佛如恶煞神一般，非常凶悍，吓得战战兢兢，急回脸禀太后道："这乃最大的国事，不敢决断，仍请太后作主。"做这种皇帝，实是可悯。太后不答。

时赵舒翘已升任刑部尚书。当即上奏，请明发上谕，灭除内地洋人，免作外国间谍，泄露军情。太后命军机大臣斟酌复奏。于是兵部尚书徐用仪、户部尚书立山、吏部左侍郎许景澄、内阁学士联元、太常寺卿袁昶，依次进谏，统说："与世界各国宣战，寡不敌众，必至败绩。外侮一入，内乱随发，后患不堪设想，恳求皇太后皇帝圣明裁断"等语。袁昶并言："臣在总理衙门当差二年，见外国人多和平讲礼，不致干涉中国内政、据臣愚见，请太后归政的照会，未必是真。"这句话，正打动端王心坎，即勃然变色，斥袁昶道："好胆大的汉奸，敢在殿中妄说！"随又向太后道："老佛爷肯听这汉奸的说话么？"太后命袁昶退出，并责端王言语暴躁，不应面辱廷臣。面辱不可，擅杀其可乎？随命军机颁发宣战的谕旨，电达各省，又令荣禄明白通知各使，如愿今晚离京，即应派兵保护，妥送至津。各王公陆续退出，只端王及弟载澜，尚留殿中，奏对多时，大约是密陈战术，外人无从闻知，小子亦无从臆造。

只许、袁二公自退朝后，又联衔上奏，极陈拳匪纵横恣肆，放火杀人，激怒强邻，震惊宫阙，实属罪大恶极，万不可赦。请责成大学士荣禄，痛行剿办，并悬赏缉获拳匪首领，务绝根株，然后可阻住洋兵，削平巨患。正是语语剀切，言言沉挚。奏上后，好似石投大水，毫无影响，此外都作仗马寒蝉；许、袁二公不胜焦灼，方拟续上谏章，忽闻外省督抚，亦通电力阻，因此暂行搁笔，再探宫廷消息。

看官！你道外省督抚，是哪个最识时务？最矢忠忱？待小子一一表来：原来这时的山东巡抚毓贤已调任山西，后任便是袁世凯。世凯知拳匪难恃，决意痛剿，只因端王等袒护拳匪，不好违背，他却想了一个妙法，札饬属吏，略说："真正拳民，已赴京保卫宫廷，若留住本省，练拳设坛，必是匪徒冒托，应立惩无赦！"于是山东省内文武各官，日夕搜捕，所有拳匪，死

的死，逃的逃，不到数日，全省肃清。此公恰是多材。还有两广总督李鸿章，老成练达，他自中东战后，调入内阁，做个闲官，因见溥儁入嗣，端王专权，宫中必生乱端，将来左右为难，不如讨个差使，离开宫禁，免致牵连。天缘凑巧，两广总督谭钟麟开缺，他正好乘机运动，果然得旨外放，补授粤督，权势自然不弱。此公恰是多智。又有一个总督张之洞，文采风流，善观时势，朝野想望丰采，也算是总督中的翘楚。此公实是狡猾。这三省外，最忠诚的要算两江总督刘坤一。刘系湖南人，洪杨乱时，曾随曾左彭杨诸人，屡立战功。曾左彭杨，次第病殁，单剩他管辖两江，与李伯相同为遗老。光绪帝未遭废立，全亏他倡议保全，这番闻拳匪肇乱，已经愤激万分。一日，正在签押房阅视文书，忽由京中传到电报，急忙译出，低声读道：

我朝二百数十年深仁厚泽，凡远人来中国者，列祖列宗，罔不待以怀柔。迨道光咸丰年间，俯准彼等互市，并乞在我国传教，朝廷以其劝人为善，勉允所请，初亦就我范围，遵我约束，讵料三十年来，恃我国仁厚，一意拊循，乃益肆枭张，欺凌我国家，侵犯我土地，蹂躏我人民，勒索我财物，朝廷稍加迁就，彼等负其凶横，日甚一日，无所不至。小则欺压平民，大则侮慢神圣，我国赤子，仇怨郁结，人人欲得而甘心。此义勇焚烧教堂，屠杀教民所由来也。

读至此，不禁失色道："这等乱民，还说他是义勇，真正奇怪！"随又读道：

朝廷仍不开衅，如前保护者，恐伤我人民耳。故再降旨申禁，保卫使馆，加恤教民，故前日有拳民教民，皆我赤子之谕，原为民教解释宿嫌，朝廷柔服远人，至矣尽矣。乃彼等不知感激，反肆要挟，昨日公然有杜士立照会，令我退出大沽口炮台，归伊看管，否则以力袭取，危词恫喝，意在肆其猖獗，震动畿辅。平日交邻之道，我未尝失礼于彼，彼自称教化之国，乃无礼横行，专恃兵坚器利，自取决裂如此乎？朕临御将三十年，待百姓如子孙，百姓亦戴朕如天帝，况慈圣中兴宇宙，恩德所被，浃体沦肌，祖宗凭依，神祇感格，旷代所无。朕今涕泣以告先庙，

慷慨以誓师徒，与其苟且图存，贻羞万古，孰若大张挞伐，一决雌雄？

读到这句，又大惊道："阿哟！不好了！竟要同各国开战么，这事还当了得。"随即停住读声，一目瞧下：

连日召见大小臣工，询谋佥同。近畿及山东等省义兵，同日不期而集者，不下数十万人，下至五尺童子，亦能执干戈，卫社稷。彼尚诈谋，我恃天理；彼凭悍力，我恃人心。无论我国忠信甲胄，礼义干橹，人人敢死，即土地广有二十余省，人民多至四百余兆，何难翦彼凶焰，张国之威？其有同仇敌忾，临阵冲锋，抑或仗义捐资，助益饷项，朝廷不惜破格懋赏，奖励忠勋。苟其自外生成，临阵退缩，甘心从逆，竟作汉奸，即刻严诛，决无宽贷。尔普天臣庶，其各怀忠义之心，共泄神人之愤，朕实有厚望焉！钦此。

阅毕，叹息一会，即令办理折奏的老夫子，先拟电稿，后拟奏折，统是力阻战事，次第拜发。一面分电各省督抚，详询意见，经李鸿章、张之洞、袁世凯等复电，都说："拳匪难恃，不应开战，已发电谏阻。"刘制军稍稍放心。忽闻大沽炮台失守，罗提督荣光逃回天津，警报如雪片相似，拟再上书极谏；适前川督李秉衡，奉旨巡阅长江，亦电复到来，大致与各督抚相同，接连又来了北京电报，译出后，又有一道催办兵饷的上谕。其辞道：

昨已将团民仇教，剿抚两难，及战衅由各国先开各情形，谕李鸿章、李秉衡、刘坤一、张之洞矣。尔各督抚度势量力，不欲轻构外衅，诚老成谋国之道。无如此次义和团民之起，数月之间，京城蔓延已遍，其众不下数十万，自民兵以至王公府第，处处皆是，同声与洋教为难，势不两立。剿之则即刻祸起肘腋，生灵涂炭，只合徐图挽救。奏称："信其邪术以保国"，似不谅朝廷万不得已之苦衷。尔各督抚知内乱如此之急，必有寝食难安，奔走不遑者，安肯作一面语耶？此乃天时人事，相激相随，遂至如此。尔各督抚勿再迟疑观望，迅速筹兵筹饷，立保疆土。如有疏失，唯各督抚是问！特此电谕。

刘制军览到此谕，料知朝廷已执意主战，非笔舌可以挽回，就使屡次谏争，也是无益。但北方已经开仗，各国兵舰，必陆续来华，将来游弋海面，东南亦必吃紧，牵动全局，涂炭生灵，在所不免。当下左思右想，苦无良策，正踌躇间，接各国领事来文，都是："中外开衅，祸由拳匪，洋人在华，仍求保护"等情。刘制军忽然触悟，想出一个保护东南，为民造福的法子来。亏得有此一着。随即电达各督抚商议大计。又由东南各督抚回电，极力赞成，遂由自己倡首，联合李鸿章、张之洞、袁世凯三总督，与各国领事开议，东南一带，决不开战，洋人亦不得无故侵扰。各国领事，统言："须请命政府，猝难定约。"巧值联军统帅英提督西摩尔，简率轻军，自大沽进攻杨村，被董军及拳匪击退，中国哗传大捷。外人确遭小挫，各国领事，未免惊心动魄，遂竭力怂恿政府，与中国东南各督抚定约。此约一定，东南才得安枕。到了后来议和的时节，还可援为话柄，这也是东南不该遭劫，中国不应灭亡，方得此救国救民的好督抚，主持大计，这且按下慢表。各省独立之机，亦未始不萌芽于此。且说各国兵舰，自齐集大沽口后，即索让炮台，提督罗荣光婉词拒绝，洋兵即开炮轰击。罗提督不能守，奔回天津。是时天津一带，统被拳匪蟠据，山东拳匪，为巡抚袁世凯驱逐，亦相率到津，勒民供给，兼索官饷，稍有不从，肆行掳掠。并至紫竹林租界，杀人放火，见有洋行洋房，立即焚毁；并四处张贴俚词，语多不伦不类。有"天兵天将，八月齐降，重阳灭尽洋人，神仙归洞"等语。此等无稽之言，大半为小说所误。各国联军统帅西摩尔，登陆驰援，带兵不多，遇着大股拳匪，及董福祥部下甘勇，略开战仗，死了几个洋兵，西摩尔以寡众不敌，当即折回。在津拳匪，越发兴高采烈，似乎洋人已被他灭尽。总督裕禄，连忙奏捷，朝旨格外褒奖，赏拳匪及甘军银子各十万两。自是兵匪联结，抢夺不休，只有聂提督士成，素嫉拳匪，饬部众不得袒护，拳匪亦仇视聂军。当战事未开的时候，聂军门驻扎芦台，保护铁路，拳匪拟把铁路烧毁，正在倾浇煤油，沿轨放火，不料聂军门猝至，勒令解散。拳匪佯为听令，乘聂不备，挺刃而起，猛扑聂军。亏得聂军素有纪律，结阵自固。拳匪四面围攻，一匪首猱上电杆，执旗指挥，被聂军门望见，开枪遥击。初击不中，再击，正中匪首股中，颠踣地上。遂有军门亲卫跃马而出，刃及匪首腰际，匪首随仆随起，连受数刃，仍不见毙，卫卒亦惊为神；迨至下马追及，猛斫匪首项领，领始随手而落，才

知拳匪实无异术，不过与江湖卖艺，稍知运气者相同，这是拳匪真本领。随即携首返报。拳匪见首领被杀，连忙逃遁，已被聂军击死数百人，拳匪遂恨聂不置。

后来大沽失守，聂奉旨赴津防守，途遇拳匪，各持刀奔至，急驰入督署；拳匪亦直入署中，指名硬索。裕禄先为剖辩，继为缓颊，复邀聂与匪首相见。匪首尚欲挟聂至坛，聂坚持不往，匪首悻悻而去。自此聂军每为拳匪所戕，诉诸裕禄。裕禄阳出排解，暗中恰上疏弹劾，朝命革职留任。聂军愤无可泄，会马提督玉昆，随宋庆来津防守，聂入马营诉苦。马玉昆道："君斯时疑谤交乘，只有直前赴敌一法，若能胜敌，原是最妙，否则马革裹尸，也算是以身报国的大丈夫。是非千古，听诸后人。今欲与拳匪争论，实是无益。九重深远，呼吁无闻，请明见裁察！"聂闻言，亦料得进退两难，只好谨遵友教。会闻洋兵又鼓勇杀来，势如破竹，将薄天津城下，遂与母太夫人诀别，命护卫亲校，送太夫人回里，仿佛周遇吉别母。并挥将弁使去。将弁跪请效命。聂军门不禁泪下，随道："我死是分内事，汝等进不死于敌，退必死于匪，既死还被通洋的恶名，汝等何必随我俱尽？"将弁仍不肯去，随聂出营。行了数十里，遇着洋兵前锋，聂已自知必死，当先冲敌，将校随上，勇气百倍，互击了四五时，敌已少却，战颇得手。不防后面喊声大起，枪弹齐飞，聂军道是洋兵掩袭，回首一望，乃是头裹红巾，腰扎红带的拳匪，急呼将校道："汝等杀退拳匪，自行逃生，我死于此便了。"将校牵着马缰，乞军门回营，军门用刀将马缰割断，冲入敌阵，身中数弹而亡。洋人嘉他勇敢，不忍伤尸，听部卒负归。拳匪反挟刃相向，意欲猝尸万段，方足泄忿。幸亏洋兵赶上，击退拳匪，始得全尸归葬。朝命还说他："督师多年，不堪一试，殊堪痛恨！姑念他为国捐驱，着加恩开复处分，照提督阵亡例赐恤！"这正是冤枉到底呢。

聂军已败，只马玉昆统率数营，扼守京津车道，并令拳匪协力对敌。洋兵节节攻入，拳匪跳舞而前，一遇枪炮，立即反奔，反致冲动官军。官军还要让他归路，否则拳匪且倒戈相向，因此官军越加困难。会马军统带草笠，拳匪指为洋奴。屡向裕禄哓哓，欲与马军开仗，裕禄与马军门婉商数次，不得已将草笠除去。马军门亦愤恨异常，与洋人交战，常拼命相争，愿随聂军门于地下。洋兵见他奋勇，倒也惧怯三分。一日，马军又与洋兵对垒，酣战

多时。马军前仆后继，一往无前，把洋兵逼还租界，正拟乘胜追逐，忽东南风大起，暴雨骤下，马军被雨扑面，不能开目，反被洋兵顺风轰击，大半伤亡，只得退回原地。自聂军门阵亡，善阵善战，要算马军门部下，亦谨守军法，临敌不避，非义不取，洋兵推为中国名将。这次败挫，全因草笠不戴，无从蔽雨，致为洋兵所乘，伤毙甚众。不特军门痛恨拳匪，即将校也辱骂不止。时宋庆已奉旨节制各军，闻马军败退，已知津城难守，三十六着，走为上着，复檄马军退守北仓，防洋兵北上。马军奉檄退守，洋兵遂进薄津城。宋庆本是无能，中日一役，已是可鉴。

裕禄不胜惊慌，忙请拳首商议守御，拳首还说："不妨，已遣神团守护城南，定可无虑。"裕禄深信不疑。至死不变，强哉矫！拳首自去，次日召集匪党，托词开城出战，一出了城，哄然四散。洋兵趁这机会，攻入城南，裕禄尚在署中，恭候义民捷音，忽由巡捕入报，洋兵已经入城。裕禄起身便逃，耳中但闻一片枪炮声，吓得心胆俱裂，驰出北门，径投马营。只罗荣光已先服药自尽，天津既陷，联军大振。日本兵最多，计万二千人，俄兵八千人，英美兵各二千五百人，法兵千人，德兵二百五十人，奥兵一百五十人，意兵最少，只五十人。适德国统领瓦德西，复率德奥美军继至，联军遂改推瓦德西为统帅，长驱北向。

宫廷中屡闻惊耗，军机大臣，还不敢据实奏闻，只端王仗胆入奏道："天津已被洋鬼子占去，都是义和团不肯虔守戒律，以致战败。现闻直督裕禄，与宋庆、马玉昆等，退守北仓，洋鬼子颇占势力。但北京极其坚固，鬼子决不能来。"太后怒道："今晨荣禄上奏，据言前日外国照会，现已查出，乃是军机章京连文冲捏造，你同启秀唆使，现在弄到这个地步，你有几个头颅，敢这般大胆？"端王连忙叩头道："奴才不、不敢！"太后道："我今朝才晓得你的心肝了。你想儿子即位，你好监国，这等痴心妄想，劝你趁早罢休！我一天在世，一天没有你做的，放小心点，再不安分，就赶出宫去，家产充公。象你的行为，真配你的狗名！"端王名载漪，乃是犬旁，所以有如此云云。端王自用事以来，从没有太后呵斥，此番是破题儿第一遭，俯伏在地，只是磕头。由内监奏闻太后，报称甘军统领董福祥求见。太后厉色道："叫他进来！"董入内跪下，太后道："你好！你好！从上月起，已来奏过十多次，都说围攻使馆的胜仗，为什么到今朝还不攻破呢？"董福祥答道："臣

来求见，正为这事。臣闻武卫军中有大炮，若攻使馆，立即片瓦不留，臣向他索取几回，荣禄立誓不肯借用。并言老佛爷即使有旨，也是不从。请老佛爷速即罢斥荣禄！”太后大怒道：“不许说话！你是强盗出身，朝廷用你，不过叫你将功赎罪，象你这狂妄样子，目无朝廷，仍不脱强盗行径，大约活得不耐烦了。快滚出去！以后非奉旨意，不准进来！”董谢恩趋出，太后命速召荣禄，内监奉旨而去。

太后见端王尚是跪着，亦令滚出。端王出宫，正值荣禄趋入，端王在外探听消息，约有两三小时，方闻荣禄出来。当由内监密报，太后令荣中堂速办礼物，送与使馆，并要他转饬庆王，前往慰问。又命调李鸿章补授直督，由荣中堂拟旨电发。连忙回头，已经迟了。端王道：“迅雷不及掩耳，真是出人意外。”那密报端王的内监道：“还有许侍郎、袁京卿二人，又上疏参劾各大臣，闻连王爷亦被劾在内”。端王闻言，不禁气冲牛斗，大声道：“都是这班汉奸，蒙蔽太后，所以太后痛责我们，我总要杀死了他，才见老子手段。”次晨，已由军机处发出奏稿，端王不待瞧毕，便请徐桐、刚毅、赵舒翘、启秀等密议，定下计策。徐桐等方去，忽报李秉衡进谒，即由端王迎入，谈论间颇为款洽。端王又密嘱周旋，李秉衡应命而退。原来李秉衡应诏勤王，一入北京，把从前袒匪的故态，又流露出来。太后召见时，禀称：“愿自赴敌，决一死战。”太后喜甚，大加信任，因此端王托他臂助，秉衡即密奏：“许、袁二人，擅改谕旨，从前太后颁发各谕，于待遇洋人事件，杀字统改为保护字样，专擅不臣，应加诛戮。”太后又勃然怒发，斥为赵高复生，应加极刑。这语一传，端王不待奉旨，便令刑部尚书赵舒翘，拿许、袁二人下狱，绝不审讯，即于次日押赴市曹，令刑部侍郎徐承煜监斩，两公都以直谏得祸。袁公文学治术，尤称卓绝，所上奏本，统系袁主稿。后人有诗三章吊之云：

八国联兵竟叩阙，知君却敌补青天。
千秋人痛晁家令，曾为君王策万全。

民言吴守治无双，士道文翁教此邦。
黔首青衿各私祭，年年万泪咽中江。

西江魔派不堪吟，北宋新奇是雅音。

双井半山君一手，伤哉斜日广陵琴。

欲知二公临刑情状，请看官续阅下回。

拳匪乱起，京津涂炭，八国联兵，合从而来，犹逞其一时意气，愤然主战，真令人不可思议。中东之役，以一敌一，尚且全军覆没，乃反欲以一服八耶？就使拳匪果有异术，亦未便轻于尝试，外人并未尝与我启衅，而我乃毁教堂，戕教士，甚至围攻使馆，甚且杀害公使，野蛮已甚，无一合理。证诸有史以来，从未闻有此背谬者。聂、马二军门，良将也，以仇匪而致败，聂且甘心殉难。许侍郎、袁京卿二人，名臣也，以忠谏而致祸，同罹惨刑。丹心未泯，碧血长埋。谁为为之，以至于此？或谓东南督抚，不奉朝命，徒令一隅开战，致陷孤危。是不然。中国孱弱久矣，宁有以一服八之理？且幸得此督抚之反抗，始得障护东南，保全大局，再造之恩，殊不在曾左下。故吾谓清之亡，实皆自满人使之，于汉人无尤焉。

第九十回　传谏草抗节留名
避联军蒙尘出走

却说许、袁二公，被刑部饬赴市曹，刑部侍郎徐承煜，系徐桐子，比乃父还要昏愦，至是奉端王命，作监斩官，既到法场，叱褫二公衣。许侍郎道："未曾奉旨革职，何为褫衣？"承煜不能答。袁京卿道："我等何罪遭刑？"承煜道："你乃著名的汉奸，还要狡辩什么？"袁京卿道："死也有死的罪名。我死不足惜，只是没有罪证。汝等狂愚，乱谋祸国，罪该万死！我死之后，看汝等活到几时？"又转语许景澄道："不久即相见地下，将来重见天日，消灭僭妄，我辈自能昭雪，万古留名。"说着，两边已是拳匪环绕，拔刀拟颈。袁京卿亦厉声道："士可杀不可辱，我辈大臣，自有朝廷国法，何烦汝等动手？"言至此，号炮已发，二公从容就刑。忠臣殉国，谏草流传，参劾通匪各大臣，已是第三次奏章。第一疏已略见上文，第二疏是请保护使馆，万勿再攻；第三疏尤为切直，小子不忍割爱，录出如下：

奏为密陈大臣信崇邪术，误国殃民，请旨严惩祸首，以遏乱源而救危局，仰祈圣鉴事：窃自拳匪肇乱，甫经月余，神京震动，四海响应，兵连祸结，牵掣全球，为千古未有之奇事，必酿成千古未有之奇灾。昔咸丰年间之发匪捻匪，负嵎十余年，蹂躏十数省，上溯嘉庆年间之川陕教匪，沦陷三四省，窃据三四载，当时兴师振旅，竭中原全力，仅乃克之。至今视之，则前数者为手足之疾，未若拳匪为腹心之疾也。盖发匪

捻匪教匪之乱，上自朝廷，下自闾阎，莫不知其为匪。而今之拳匪，竟有身为大员，谬视为义民，不肯以匪目之者。亦有知其为匪，不敢以匪加之者。无识至此，不特为各国所仇，且为各国所笑。查拳匪揭竿之始，非枪炮之坚利，战阵之训练，徒以“扶清灭洋”四字，号召群不逞之徒，乌合肇事，若得一牧令将弁之能者，荡平之而有余。前山东抚臣毓贤，养痈于先，直隶总督裕禄，礼迎于后，给以战具，傅虎以翼。夫“扶清灭洋”四字，试问何从解说？谓我国家二百余年深恩厚泽，浃于人心，食毛践土者，思效力驰驱，以答覆载之德，斯可矣。若谓际兹国家多事，时局艰难，草野之民，具有大力，能扶危而为安，扶者倾之对，能扶之即能倾之，其心不可问，其言尤可诛。臣等虽不肖，亦知洋人窟穴内地，诚非中国之利，然必修明内政，慎重邦交，观衅而动，择各国中之易与者，一震威棱，用雪积愤。设当外寇入犯时，有能奋发忠义，为灭此朝食之谋，臣等无论其力量何如，要不敢不服其气概。今朝廷方与各国讲信修睦，忽创灭洋之说，是谓横挑边衅，以天下为儿戏。且所灭之洋，指在中国之洋人而言，抑括五洲之洋人而言。仅灭在中国之洋人，不能禁其续至。若尽灭五洲各国之洋人，则洋人之多于华人，奚啻十倍？其能尽灭与否，不待智者知之。不料毓贤、裕禄，为封疆大吏，识不及此。裕禄且招揽拳匪头目，待如上宾，乡里无赖棍徒，聚千百人，持义和团三字名帖，即可身入衙署，与该督分庭抗礼，不亦轻朝廷羞当世士耶？静海县之拳匪张德成、曹福田、韩以礼、文霸之、王德成等，皆平日武断乡曲，蔑视官长，聚众滋事之棍徒，为地方巨害，其名久著，土人莫不知之，即京师之人，亦莫不知之。该督公然入诸奏报，加以考语，为录用地步，欺君罔上，莫此为甚。又裕禄奏称：“五月二十夜戌刻，洋人索取大沽炮台屯兵，提督罗荣光，坚却不允，相持至丑刻，洋人竟先开炮攻取，该提督竭力抵御，击坏洋人停泊轮船二艘。二十二日，紫竹林洋兵分路出战，我军随处截堵，义和团分起助战，合力痛击，焚毁租界洋房不少。”臣询由津来京避难之人，佥谓击沉洋船，焚毁洋房，实属并无其事。而我军及拳匪，被洋兵击毙者，不下数万人，异口同声，决非谣传之讹。甚有谓：“二十日洋人攻击大沽炮台，系裕禄令拳匪攻紫竹林先行挑衅”等语。此说或者众怨攸归，未

可尽信，而诳报军情，竟与提督董福祥，诈称使馆洋人，焚杀净尽，如出一辙。董福祥本系甘肃土匪，穷迫投诚，随营战力，积有微劳，蒙朝廷不次之擢，得有今职，应如何束身自爱，仰答高厚鸿慈？乃比匪为奸，形同寇贼，迹其狂悖之状，不但辜负天恩，益恐狼子野心，或生他患。裕禄屡任兼圻，非董福祥武员可比，而竟昏愦乃尔，令人不可思议。要皆希合在廷诸臣谬见，误为我皇太后皇上圣意所在，遂各倒行逆施，肆无忌惮，是皆在廷诸臣欺饰锢蔽，有以召之也。大学士徐桐，索性糊涂，罔识利害；军机大臣协办大学士刚毅，比奸阿匪，顽固性成；军机大臣礼部尚书启秀，胶执己见，愚而自用；军机大臣刑部尚书赵舒翘，居心狡狯，工于逢迎。当拳匪甫入京师之时，仰蒙召见王公以下，内外臣工，垂询剿抚之策。臣等有以团民非义民，不可恃以御敌，无故不可轻与各国开衅之说进者。徐桐、刚毅等，竟敢于皇太后皇上之前，面斥为逆说。夫使十万横磨剑，果足制敌，臣等凡有血气，何尝不欲聚彼族而歼旃。否则自误以误国，其逆恐不在臣等也。五月间，刚毅、赵舒翘奉旨前往涿州，解散拳匪，该匪勒令跪香，语多诬妄。赵舒翘明知其妄，语其随员人等，则太息痛恨，终以刚毅信有邪术，不敢立异，仅出告示数百纸，含糊了事，以业经解散覆命。既解散矣，何以群匪如毛，不胜猕薙？似此任意妄奏，朝廷盍一诘责之乎？近日天津被陷，洋兵节节进逼，曾无拳匪能以邪术阻令前进，诚恐旬日之间，势将直扑京师。万一九庙震惊，兆民涂炭，尔等作何景象？臣等设想及之，悲来填膺，而徐桐、刚毅等，谈笑漏舟之中，晏然自得，一若仍以拳匪可作长城之恃，盈廷惘惘，如醉如痴。亲而天潢贵胄，尊而师保枢密，大半尊奉拳匪，神而明之。甚至王公府第，闻亦设有拳坛，拳匪愚矣，更以愚徐桐、刚毅等。徐桐、刚毅等愚矣，更以愚王公。是徐桐、刚毅等，实为酿祸之枢纽，若非皇太后皇上，立将首先袒护拳匪之大臣，明正其罪，上伸国法，恐廷臣佥为拳匪所惑，疆臣之希合者，接踵而起，又不止毓贤、裕禄数人。国朝数百年宗社，将任谬妄诸臣，轻信拳匪，为孤注之一掷，何以仰答列祖列宗在天之灵？臣等愚谓时止今日，间不容发，非痛剿拳匪，无词以止洋兵。非诛袒护拳匪之大臣，不足以剿拳匪。方匪初起时，何尝敢抗旨辱官，毁坏官物？亦何敢持械焚劫，杀戮

平民？自徐桐、刚毅等称为义民，拳匪之势益张，愚民之惑滋甚，无赖之聚愈众。使去岁毓贤能力剿该匪，断不致为蔓延直隶，使今春裕禄能认真防堵，该匪亦不致阑入京师。使徐桐、刚毅等，不加以义民之称，该匪尚不敢大肆焚掠杀戮之惨。推原祸首，罪有攸归，应请旨将徐桐、刚毅、赵舒翘、启秀、裕禄、董福祥、毓贤，先治以重典，其余袒护拳匪，与徐桐、刚毅等谬妄相若者，一律治以应得之罪。不得援议亲议贵，为之末减，庶各国恍然于从前纵匪肇衅，皆谬妄诸臣所为，并非朝廷本意。弃仇寻好，宗社无恙，然后诛臣等以谢徐桐、刚毅诸臣。臣等虽死，当含笑入地。无任流涕具陈，不胜痛愤惶迫之至，伏乞皇太后皇上圣鉴！

小子统观清朝奏议，谄媚居多，切直很少，就使君相有失，也是乱拍马屁，不是说钦佩莫名，就是说莫名惶悚，哪个犯颜敢谏呢？许、袁二公，弹劾当道，不避权贵，老虎头上抓痒，虽被老虎吞噬，究竟直声义胆，流传千古，好算替清史增光了。端王杀了许袁，又想汉尚书徐用仪、满尚书立山，及学士联元，也是与我反对，一不做，二不休，索性也把他除灭。只有荣禄得宠太后，不好妄动，暂且寄下头颅，再作计较。不论满汉，一概斩首，很是妙法。当下密嘱拳匪矫诏逮捕，将徐用仪、联元、立山三人，次第拿到，送刑部狱。徐用仪居官四十多年，谨慎小心，遇事模棱，本没有什么肝胆，此次因拳匪事起，恰也忍耐不住，谁知竟触怒权奸，陷入死地。联元本崇绮门下士，起初亦鄙塞不通，嗣因女夫寿富，与言欧美治术，始渐开明，至是因反抗端王，疏劾拳匪，亦同罹祸。立山内务府旗籍，任内府事二十年，积资颇饶，素性豪侈，最爱的是菊部名伶，北里歌伎，都下有名伎绿柔，与立山相暱，载澜亦暱绿柔，红粉场中，惹起醋风。且载澜虽封辅国公，入不敷出，所费缠头，不敌立山，妓女见钱是血，遇着有钱的阔老，格外巴结，载澜相形见绌，挟嫌成恨。与许袁二公相较，亦有优劣。立山死后，门客星散，独伶人十三旦，往收尸首，经理丧事。立尚书生平得了这个知己，也不枉做官一场。奚落立山，亦讽刺门客。

端王杀了五大臣，余怒尚未平息，暗地里还排布密网，罗织成文。到了七月初旬，闻报北仓败绩，裕禄退走杨村，随又报杨村失陷，裕禄自杀，端

王虽然着急，心中还仗一着末尾的棋子。看官！你道是哪一着残棋？原来李秉衡奏请赴敌，朝旨遂命他帮办武卫军务，所有张春发，陈泽霖各军，统归节制。李秉衡出京督师，端王日盼捷音，谁料李秉衡到河西务，用尽心力，招集军队，张春发、陈泽霖等阳听调遣，阴怀携贰。洋人日逼日近，官兵转日懈日弛，恁你爱戴端王，有志灭洋的李秉衡，也是没法，只好服了毒药，报太后、端王的恩遇。秉衡一死，不但张、陈各军，纷纷溃退，就是各路武卫军队，也四散奔逃。还有这班义和团，统已改易前装，大肆抢掠。可怜溃兵败匪，挤做一糟，百姓不堪骚扰，反眼巴巴的专望洋兵。洋兵到一处，顺民旗帜，高悬一处。百姓虽乏爱国心，然非权奸激变，亦决不致此。

七月十七日联军入张家湾，十八日进陷通州，二十日直薄京城。荣禄连日入宫禀报太后，太后自悔不及，只有对着荣禄，呜呜哭泣。啜其泣矣，何嗟及矣！荣禄道："事已至此，请太后不必悲伤，速图善后事宜！"太后止泪道："前已电召李鸿章入京议和，奈彼逗留上海，不肯进来，反来一奏，说我议和不诚，硬要我先将妖人正法，并罢斥信任拳民的大臣。他是数朝元老，还作这般形态，奈何，奈何？"说着，即检出李鸿章原奏，递交荣禄。荣禄接着瞧道：

自古制夷之法，莫如洞悉虏情，衡量彼己，自道光中叶以来，外患渐深，至于今日，危迫极矣。咸丰十年，英法联军入都，毁圆明园，文宗出走，崩于热河，后世子孙，固当永记于心，不忘报复；凡我臣民，亦宜同怀敌忾者也。自此以后，法并安南，日攘朝鲜，属地渐失，各海口亦为列强所据。德占胶州，俄占旅顺、大连，英占威海、九龙，法占广湾，奇辱极耻，岂堪忍受？臣受朝廷厚恩，若能于垂暮之年，得睹我国得胜列强，一雪前耻，其为快乐，夫何待言！不幸旷观时势，唯见忧患之日深，积弱之军，实不堪战，若不量力，而轻于一试，恐数千年文物之邦，从此已矣。以卵敌石，岂能幸免？即以近事言之，聚数万之兵，以攻天津租界，洋兵之为守者，不过二三千人，然十日以来，外兵之伤亡者，仅数百人，而我兵已死二万余人矣。又以京中之事言之，使馆非设防之地，公使非主兵之人，而董军围攻，已及一月，死伤数千，曾不能克。现八国联军，节节进攻，即得京师，易如反掌。皇太后皇上

即欲避难热河，而今日尚无胜保其人，足以阻洋兵之追袭者。若至此而欲议和，恐今日之事，且非甲午之比。盖其时日本之伊藤，犹愿接待中国之使，如今日任田拳匪，围攻使馆，犯列强之众怒，朝廷将于王公大臣中，简派何人，以与列强开议耶？以宗庙社稷为孤注之一掷，臣思及此，深为寒心！若圣明在上，如拳匪之妖术，早已剿灭无遗，岂任其披猖为祸，一至于此？历览前史，汉之亡，非以张角黄巾乎？宋之削，非以信任妖匪，倚以御敌乎？臣年已八十，死期将至，受四朝之厚恩，若知其危而不言，死后何以见列祖列宗于地下？故敢贡其戆直，请皇太后皇上立将妖人正法，罢黜信任邪匪之大臣，安送外国公使至联军之营，臣奉谕速即北上，虽病体支离，仍力疾冒暑遄行。但臣读寄谕，似皇太后皇上仍无诚心议和之意，朝政仍在跋扈奸臣之手，犹信拳匪为忠义之民，不胜忧虑！臣现无一兵一饷，若冒昧北上，唯死于乱兵妖民，而于国毫无所益。故臣仍驻上海，拟先筹一卫队，措足饷项，并探察列强情形，随机应付，一俟办有头绪，即当兼程北上，谨昧死上闻！

荣禄瞧毕，呈还原奏，便道：“李鸿章的奏折，恰也不错。现在欲阻止洋人，只好将袒护拳匪的罪魁，先行正法，表明朝廷本心，方可转圜大局。”太后默然，忽见澜公踉跄奔入，大声叫道：“老佛爷！洋鬼子来了。”言未已，刚毅也随了进来，报称有洋兵一队，驻扎天坛附近。太后道：“恐怕是我们的回勇，从甘肃来的。”刚毅道：“不是回勇，是外国鬼子，请老佛爷即刻出走。不然，他们就要来杀了。”太后迟了半晌，才道：“与其出走，不如殉国。”荣禄道：“太后明见很是。”太后道：“你快去收集军队，准备守城，待我定一会神，再作计较。”荣禄应命退出。载澜、刚毅亦退。

是日召见军机，接连五次，直到夜半，复行召见。光绪帝亦侍坐太后旁，等了好一会，只刚毅、赵舒翘、王文韶三人进来。太后道：“他们到哪里去了，想都跑回家去了。丢下我母子二人不管，真是可恨！”刚毅道：“洋兵已经攻城，皇太后皇上不如暂时出幸，免受洋鬼子恶气！”太后道，“荣禄叫我留京，我意尚在未定。”刚毅道：“洋鬼子厉害得很，闻他带有绿气炮，不用弹子，只叫炮火一燃，这种绿气喷出，人一触着，便要僵毙，所以我兵屡败，两宫总宜保重要紧，何苦轻遭毒手。”何不叫拳匪前去抵敌？太后

道："照此说来，只好暂避。但你们三人总要跟随我走。"三人齐声遵旨。太后复向王文韶道："你年纪太大了，我不忍叫你受此辛苦，你随后赶来罢！"王文韶道："臣当尽力赶上。"光绪帝闻言，亦开口道："是的，你总快快尽力赶上罢！"太后又语刚毅、赵舒翘道："你们两人会骑马，应该随我走，沿路照顾，一刻也不能离开！"二人又唯唯连声。太后令他退出，整备行装，候旨启行。三人才退，宫监来报洋鬼子已攻进外城了，太后忙回入寝宫，卸了旗装，唤李莲英梳一汉髻，太后平时最爱惜青丝，乌云压鬓，垂老不白一茎。相传同治年间，李莲英曾得何首乌，献入太后蒸服，因有此效，每当梳洗，必令莲英篦刷，莲英做了梳头老手，每日不损太后一发。又善替太后装饰，向例宫中梳髻，平分两把，叫作叉子头，垂后的叫作燕尾，莲英为太后梳成新式，较往时髻样尤高。油光脂泽，不亚玄妻。淡淡点缀，已见慈禧后性质。这时改作汉髻，太后尚顾影自怜道："讵料今天到这样地步。"当下叫宫监取一件蓝夏布衫，穿在身上，又命光绪帝、大阿哥，及皇后瑾妃，统改了装，扮作村民模样，随召三辆平常骡车，带进宫中，车夫也没有官帽。众妃嫔等，统于寅初齐集，太后谕众妃嫔道："你们不必随去，管住宫内要紧！"又命崔太监至冷宫，带出珍妃。珍妃到太后前，磕头请安。太后道："我本拟带你同行，奈拳众如蚁，土匪蜂起，你年尚韶稚，倘或被掳遭污，有损宫闱名誉，你不如自裁为是。"珍妃到此，自知必死，便道："皇帝应该留京。"太后不待说完，大声道："你眼前已是要死，还说什么？"便喝崔某快把她牵出，叫她自寻死路。光绪帝见这情形，心中如刀割一般，忙跪下哀求。太后道："起来，这不是讲情时候，让她就死罢，好惩戒那不孝的孩子们，并叫那鸱枭看看。羽毛尚未丰满，就啄他娘的眼睛。"光绪帝向外一顾，见崔太监已牵出珍妃。珍妃还是向帝还顾，泪眼莹莹，惨不忍睹。我且不忍读此文，况在当局？不到一刻，崔监回报，已将珍妃推入井中。一个凶到底，一个硬到底。光绪帝吓得浑身乱抖。太后道："上你的车子，把帘子放下，免得有人认识。"光绪帝上了车，太后令溥伦跨辕，自己亦坐入车内，放下帘子，叫大阿哥跨辕，令皇后瑾妃亦同坐一车。又命李莲英道："我知道你不大会骑马，总要尽力赶上，跟我走。"始终不忘老李。莲英应命。太后复饬车夫，先往颐和园，倘有洋鬼子拦阻，你就说是乡下苦人，逃回家去。车夫唯唯，天尚未明，三辆骡车，已自神武门出走，只端王载漪，及刚毅、赵舒翘，乘马

随行。途中幸没有洋兵拦阻，一直到颐和园，太后等入园坐了片刻，略用茶膳。外面又有太监来报，洋鬼子追来了。太后忙率着皇帝等，上车急奔。

行了六七十里，日已西斜，还没有吃饭的地方。又行数里，到了贯市。贯市是个荒凉市镇，只有一个回回教堂，有几个回子居住。太后见天色将晚，便令车夫向教堂借宿，回子还算有情，慨然应允。进了教堂，便饬车夫觅购食物，怎奈贯市地方，寻不出什么佳点，只有绿豆粥一物，由车夫买了一大盂，呈上两宫。太后、皇帝等人，见了这物，既是龌龊，又是冰冷，本想不去吃它，怎奈饥肠辘辘，没奈何吃了一碗，勉强充饥。这等美味，应该叫他一尝。教堂中本没有被褥等件，太后又不说真名真姓，哪个来侍奉老佛爷，到了夜间，随地卧着，只太后睡一土炕，忍冻独眠，朦朦胧胧的睡了一回。比宁寿宫况味何如？光绪帝寤不成寐，辗转反侧，未免自言自语道："这等况味，统是义民所赐。"太后偏偏听见，便嗔道："你岂不知属垣有耳么？休要多嘴！"翌晨早起，出了教堂，又坐着骡车赶路。接连三日，尚无官厅，统是随便歇宿，无被无褥，无替换衣服，也无饭吃，只有小米粥充饥。直到怀来县，县令吴永，起初未得报告，毫无预备。忽闻太后到署，手忙脚乱，连朝服都不及穿着，即由便衣跪接，迎入署中。太后住县太太房，皇上住签押房，皇后住少奶奶房。太后至房中，手拍梳头桌道："我腹饥得很，快弄点食物来吃！无论何物，都可充饥。"吴大令哪敢怠慢，嘱厨子备了上等菜蔬，虽不及宫中的美备，比途次的粗茶稀粥，何止十倍？这时李莲英早到，太后急命他改梳满髻，梳毕进膳。正大嚼间，庆亲王奕劻及军机大臣王文韶赶到。太后极喜，并分燕窝汤赏给，且道："你们三日内所受困苦，大约与我等相同，我等已狼狈不堪了。"庆王、王文韶，谢过了恩，太后命庆王回京，与联军议和。庆王支吾了一会，太后道："看来只好你去。从前英法联军入都，亏得恭王奕䜣，商定和议，你也应追效前人，勉为其难罢了。"庆王见太后形容憔悴，言语凄楚，不得已硬着头皮，遵了懿旨，在怀来县休息一天，即告别回京。后人有诗咏两宫西狩道：

宫车晓出凤城隈，豆粥芜蒌往事哀。

玉镜牙梳浑忘却，慈帏今夜驻怀来。

欲知两宫西狩详情，及京中议和略状，统在下回表明，请看官再行续阅。

本回两录谏草，一为许、袁二公文，一为李伯相文。当时宫廷昏愦情状，两谏草中已备载无遗，阅者读之，不能不为慈禧咎。迨联军入京，仓猝西走，犹必置珍妃于死地，然后启程，妇人情性，辄蹈偏端，爱之则非常宠幸，虽为所播弄，至身败名裂而不恤；恶之则非常痛恨，当艰难困苦之遭，且出一泼辣手段，殄绝私仇，以泄昔时之忿。故牝鸡司晨，唯家之累，古人有深戒焉。西走之时，三日薄粥，一饱难求，曾不足以示罚，冥冥中殆隐有主宰，不欲因此毙后，必俟瓦解土崩，而后促登冥箓欤？天道无凭若有凭，叶赫亡清之谶，其信也夫！

第九十一回　悔罪乞和两宫返跸
撤戍违约二国麇兵

却说两宫西狩，京城已自失守，日本兵先从东直门攻入，占领北城，各国兵亦随进京城，城内居民，纷纷逃窜。土匪趁势劫掠，典当数百家，一时俱尽，这北城先经日兵占据，严守规律，禁止骚扰，居民叨他庇护，大日本顺民旗，遍悬门外。可为一叹。各国兵不免搜掠，却没有淫杀等情，比较乱兵拳匪，不啻天渊。紫禁城也亏日兵保护，宫中妃嫔，仍得安然无恙。满汉各员，也有数十人殉难。联元女夫寿富，慷慨赋诗，与胞弟仰药自尽。大学士徐桐，也总算自缢。承恩公崇绮，偕荣禄同奔保定，住莲花书院。崇绮亦赋绝命诗数首，投缳毕命。荣禄先取崇绮遗折，着人驰奏，自己亦赶赴行在。太后闻崇绮自尽，甚为伤悼，降旨优恤。等到荣禄赶到，两宫已走太原，召见时，先问崇绮死时情状，既杀其女，焉用其父？慈禧之意，无非一顺我生逆我死之私见耳。然后议及善后计策。荣禄答道："只有一条路可走。"太后问是哪一条路？荣禄道："杀端王及袒拳匪的王公大臣，以谢天下，才好商及善后事宜。"太后不答。总是左袒。光绪帝亦独传荣禄入见，嘱他快杀端王，不可迟缓。荣禄答道："太后没有旨意，奴才何敢擅行？皇上独断下谕的时候，现在业已过了。"满口怨愤，难为光绪帝。

太后侨居太原，山西巡抚毓贤，殷勤供奉，太后也不加诘责，还道他是忠心办事，只是要瞒中外耳目，不得不推皇帝出头，颁发几句罪己话头，并令直督李鸿章为全权大臣，会同庆王弈劻，与各国议和。李伯相虽是个和事

老，但到这个地步，要与各国协议和局，正是千难万难，所以卸了广东督篆，行至上海，只管逗留，等到联军入京，行在的诏旨，屡次催逼，不得已启程北上，由海道至天津，由天津至北京。但见京津一带，行人稀少，满目荒凉，未免叹息。大有箕子过殷之感。既到京中，庆王弈劻先已在京，两人商议一番，遂去拜会这位瓦德西统帅。

瓦德西自入京后，占居仪銮殿。当时联军驻京，多守规则，唯德军较为狠鸷，苛待居民，留守王大臣，哪个敢去争论？甚且肆筵设席，供应外国兵官，把自己的姨太太，请出侍宴，巴结的了不得，廉耻丧尽。德军益任意横行。就中有个名妓赛金花，借色迷人，居民倒受了好些厚惠。赛金花原姓傅名彩云，籍隶皖省，年十三，侨居沪上，艳帜高张，里门如市。洪学士钧，一见倾心，慨出重金，购为篷室，携至都下，宠擅专房。旋学士升任侍郎，持节使英，一双比翼，飞渡鲸波。英女皇维多利亚年垂八十，雄长欧洲，见了彩云，亦惊为奇艳，曾令她并坐照像。青楼尤物，居然象服雍容。学士卸任后，载回京邸。相如固然消渴，文君别具琴心，两三俊仆，替学士夜半效劳，学士作了元绪公，于心不甘，于情难舍，忧瘵而死。彩云不惜降尊，竟与洪仆结成腻友，既而私蓄略尽，所欢亦殀，仍返沪作卖笑生涯，改名赛金花。苏人公檄驱逐，转入津门，徐娘半老，丰韵依然。会值瓦德西统军过津，心喜猎艳，得了赛金花，很加宠爱。大清的仪銮殿，作了德帅的藏娇屋。帐中密语，枕畔私盟，瓦将军无不俯从。赛金花乘间进言，愿为京民请命，因此瓦帅严申军法，部勒各军，京民赖以少靖。王大臣的姨太太，反不及一淫妓，可愧可丑！后来联军撤回，赛金花仍入歌楼，虐婢致死，被刑官押解回籍。既知保民，何故虐婢？妇女究竟难恃？瓦将军返国，德皇闻他秽行，亦加严谴，这也不在话下。尤物毕竟害人。

且说庆王、李相拜会德帅瓦德西，瓦德西颇为欢迎。李相又曾与瓦德西会过，彼此握手，欢颜道故。及谈到和议，瓦德西亦曾首肯，不过说要与各国会议。庆王、李相又去拜会各国公使，各公使接见后，主张不一，嗣后与瓦帅协议，先提出两大款：第一条是严办罪魁，第二条是速请两宫回京。两条照允，方可续议和款。庆王、李相只得电奏行在，太后犹豫未决。各国联军，因未见复音，整队出发，攻陷保定，旁扰张家口。庆、李急得没法，一面飞电报闻，一面再晤瓦帅，极力劝阻。瓦帅拥艳寻欢，恰还无意西进，只

要求速允前议。偏偏慈禧太后，闻联军从北京杀来，越奔越远，竟由太原转趋西安。临行时接着庆、李电奏，勉强敷衍，毓贤开缺，又命大臣拟谕一道，电复北京，其词云：

此次开衅，变出非常，推其致祸之由，实非朝廷本意，皆因诸王大臣纵庇拳匪，开衅友邦，以致贻忧宗社，乘舆播迁。朕固不能不引咎自责，而诸王大臣等无端肇祸，亦亟应分别重谴，加以惩处。庄亲王载勋、怡亲王溥静、贝勒载濂、载滢，均着革去官职！端郡王载漪，着从宽撤去一切差使，交宗人严加议处，并着停俸！辅国公载澜、都察院左都御史英年，均着交该衙门严加议处！协办大学士吏部尚书刚毅、刑部尚书赵舒翘，着交都察院交部议处，以示惩儆！朕受祖宗付托之重，总期保全大局，不能顾及其他。诸王大臣等谋国不臧，咎由自取，当亦天下所共谅也！钦此。

这道上谕，明明是袒护罪魁，并没一个严刑重罚。各国公使，不是小孩子，哪里肯听他搪塞，就此甘休呢？庆、李二大臣，宣布电谕，各使臣当即拒绝。庆、李不得已，再行电奏。是时两宫已到西安，刚毅在途中病死，得全首领，要算万幸。又接庆、李奏牍，方将端王革职圈禁，毓贤充戍边疆，董福祥革职留任。这谕颁到北京，各使仍然不允，庆、李两大臣，因屡次迁延，一年已过，只好遵着便宜行事的谕旨，决意将各国提出两事，径行照允，然后商订和议。议了数次，听过了多少冷话，看过多少脸面，方才有些头绪，共计十二款，录下：

一　戕害德使，须谢罪立碑。

二　严惩首祸，并停肇祸各处考试五年。

三　戕害日本书记官，亦应派使谢罪。

四　污掘外人坟墓处，建碑昭雪。

五　公禁输入军火材料凡二年。

六　偿外人公私损失，计四百五十兆两，分三十九年偿清，息四厘。

七　各国使馆划界驻兵，界内不许华人杂居。

八　大沽炮台及京津间军备，尽行撤去。

九　由各国驻兵，留守通道。

十　颁帖永禁军民仇外之谕。

十一　修改通商行船条约。

十二　改变总理衙门事权。

以上十二大纲，经双方议定，由庆、李电奏，预请照行。太后到此，无可如何，即命两人全权签定草约，随又降惩办罪魁的上谕道：

京师自五月以来，拳匪倡乱，开衅友邦，现经奕劻、李鸿章与各国使臣在京议和，大纲草约，业已画押。追思肇祸之始，实由诸王大臣等，昏谬无知，嚣张跋扈，深信邪术，挟制朝廷，于剿办拳匪之谕，抗不遵行，反纵信拳匪，妄行攻战，以致邪焰大张，聚数万匪徒于肘腋之下，势不可遏。复主令卤莽将卒，围攻使馆，竟至数月之间，酿成奇祸。社稷阽危，陵庙震惊，地方蹂躏，生民涂炭。朕与皇太后危险情形，不堪言状，至今痛心疾首，悲愤交深。是诸王大臣等信邪纵匪，上危宗社，下祸黎元，自问当得何罪？前经两降谕旨，尚觉法轻情重，不足蔽辜，应再分别等差，加以惩处。已革庄亲王载勋，纵容拳匪，围攻使馆，擅出违约告示，又轻信匪言，枉杀多命，实属愚暴冥顽，着赐令自尽！派署左都御史葛宝华，前往监视。已革端郡王载漪，倡率诸王贝勒，轻信拳匪，妄言主战，致肇衅端，罪实难辞，降调辅国公！载澜随同载勋，妄出违约告示，咎亦应得，着革去爵职！唯念俱属懿亲，特予加恩，均着发往新疆，永远监禁，先行派员看管。已革巡抚毓贤，前在山东巡抚任内，妄信拳匪邪术，至京为之揄扬，以致诸王大臣，受其煽惑，又在山西巡抚任，复戕害教士教民多名，尤属昏谬凶残，罪魁祸首。前已遣发新疆，计行抵甘肃，着传旨即行正法！并派按察使阿福坤监视行刑。前协办大学士吏部尚书刚毅，袒庇拳匪，酿成巨祸，并曾出违约告示，本应置之重典，唯现已病故，着追夺原官，即行革职！革职留任甘肃提督董福祥，统兵入卫，纪律不严，又不谙交涉，率意卤莽，虽围攻使馆，系由该革王等指究，难辞咎使，本应重惩，姑念在甘肃素

著劳绩，回汉悦服，格外从宽降调。都察院左都御史英年，于载勋擅出违约告示，曾经阻止，情尚可原，唯未能力争，究难辞咎，着加恩革职，定为斩监候罪名。英年、赵舒翘两人，均着先行在陕西省监禁！大学士徐桐、降调前四川总督李秉衡，均已殉难身故，唯贻人口实，均着革职，并将恤典撤消！经此次降旨后，凡我友邦，当其谅拳匪肇祸，实由祸首激迫而成，决非朝廷本意。朕惩办祸首诸人，并无轻纵，即天下臣民，亦晓然于此案之关系重大也。钦此。

过了数日，已是新年，行在虽停止庆贺，随驾的王大臣们，总不免有一番忙碌。忽又接到北京电奏，说是各国使臣，还嫌惩办罪魁，处罚不严，应酌请加重等语。于是英年、赵舒翘也不能保全了，当下赐令自尽。又有启秀、徐承煜于京城被陷时，不及逃避，被日本兵拘住，囚禁顺天府署中。庆、李两全权密奏，启、徐俱国家重臣，与其被外人拘戮，不如自请正法，还得保全主权。太后允奏，命庆、李照会日本兵官，将两人索回，行刑菜市口。启秀还神色自若，转语日本兵官道："中日本唇齿相依，同文同种，与他国异，自悔从前错误，卤莽从事，此后望贵国助我中华，变通治法，渐图自强，我死亦感德了。"日本兵官倒也好言劝慰。只徐承煜已面如死灰，口中还极称冤枉。可记监斩许、袁二公否？启秀向承煜道："你还要说什么？我两人奉旨就刑，不是洋人的意思，死亦何怨？"言毕，即由刽子手动刑，霎时身首异处，算是袒护拳匪的结果。毓贤在甘肃正法，临刑时尚自作挽词一联道：

臣死君，妻妾死臣，谁曰不宜？最堪怜老母九旬，孤女七龄，耄稚难全，未免致伤慈孝治。

我杀人，朝廷杀我，夫复何憾？所自愧奉君廿载，历官三省，涓埃莫报，空嗟有负圣明恩。

后人说毓贤居官时，操守廉洁，声名颇盛，死后贫无一钱，也没有一件新衣，足以备殓，可惜为攘夷一说所误，至于庇护拳匪，倒行逆施，终至首领难保，身死边疆，这真所谓失之毫厘，谬以千里了。有一善可录处，著书人总代为表扬，即此可见公道。

两宫西幸，已将一年，袒护拳匪的罪魁，死的死，杀的杀，或遣戍，或夺职，已是不留一个。只日夜随侍太后的李莲英，依然无恙。驾出走时，却也有些害怕。后来和议告成，还恐洋人指名坐罪，因此中外各官，力请两宫回銮，莲英尚从中暗阻。嗣闻洋人索办罪魁，单上不及己名，庆王又密函相告，力保无事，李总管幸逃法网，权势犹存，阻止回銮的计划，才行作罢。唯京中财产多半遗失，也就怂恿太后，催解贡银。太后本是个嗜利妇人，料得联军入京，私积已尽，正思借此规复，既为太后，还要私产何用？遂听了李总管言，竭力搜括。李总管乐得分润，中饱了若干万两，方与两宫一同还京。回銮以前，先把大阿哥废黜，复将徐用仪、立山、许景澄、联元、袁昶五人，追复原官。又命醇亲王载沣赴德，侍郎那桐赴日本，遵约谢罪。改总理衙门为外务部，班出六部上。此外如保护洋人，改易新政，旁求贤才的上谕，亦接连下了几道。各国见清廷悔祸，命将联军撤回，只酌留洋兵一二千人，保护使馆。太后闻京中已经安靖，复得最好消息，宫中储藏的宝物，亦未被掠去，遂决意回京。

溽暑已过，正值秋凉，太后挈着光绪帝等，由西安启跸，驺从极多，沿途供张，备极完美。比北京出走时情形，大不相同。行未数程，闻报全权大臣李傅相鸿章病殁，太后下旨优恤，除各省曾经立功的地方，许立专祠外，并在京师准立一祠，赐谥文忠，备极荣典。命王文韶继任李职，商订和约未了事宜。两宫在途中行了两三月，无甚可纪，直到冬季，始至北京，接见各国公使及公使夫人，都是殷勤款待。太后此时，颇欲引用贾谊五饵三表的法子，驾驭洋人，其实大错铸成。外洋各国，非匈奴比，五饵三表之法，实用不着。只恨自己未习洋文，一切应酬，不便直接，未免心中怏怏。可巧来了两个闺媛，本是旗员女儿，随父出洋好几年，能通数国语言文字，至此归国入觐，做了宫中招待员，把一个痴心妄想的西太后，喜欢极了。看官听着！待小子报明两位闺媛的姓名。这两闺媛，系同胞姊妹，一名德菱，一名龙菱，乃是曾任法钦使裕庚的女公子。裕庚系满洲镶白旗人，字朗西，由军功洊封公爵，他曾出使日本，又使法国，使节所临，眷属亦都随着。此时正卸任回国，入觐太后，太后闻他二女秀慧，遂当面传旨，令饬二女至颐和园陛见。当由裕夫人带领二女，遵旨入园。德菱、龙菱从未到过颐和园中，此次随母入觐，自然格外注意。但见园中广敞异常，所有布置，都是异样精彩，目

不胜睹。第八十三回中，已将园中景致，大略叙明，故此处不复复叙。既到仁寿殿外，由太监导入殿侧耳房，陈列着紫檀桌椅，统是雕镂精工，壁上悬着各式自鸣钟，短针正指到五点五十分，母女三个，少憩片时，旋有李总管到来，居然穿着二品公服，戴着红顶孔雀翎。太监亦阔绰至此，不亚当年魏忠贤。裕夫人颇有些认识，即挈女起迎，那总管也笑容可掬，与裕夫人谈了数句，无非是循例寒暄，及太后就要召见等语，语毕即去。二女问明裕夫人，方知这位翎顶辉煌的总管，就是赫赫有名的李莲英。随后又有几位宫眷，导他母女三人出了耳房，经过三重院落，到了正殿，殿额上大书乐寿堂三字，应八十三回。殿内立着妇女数人，大约年轻的居多。就中有一位旗妇，装束略异，且髻上戴着金凤凰，与别人更觉不同。裕夫人瞧着，认得是光绪皇后，正欲入殿请安，忽见数宫女护着太后，从屏后出来，到了宝座间，将身坐定。后面踱出李总管，即传旨陛见。当下裕夫人率同二女，趋跄入殿，一例拜跪报名，由特旨叫他起立。太后略问一番，裕夫人一一答述，太后又仔细瞧那二女，不觉生爱，起握二女手道："你两人煞是可爱，难为这裕钦使，生就这粉妆玉琢的两女儿。你两人可愿在此伴我么？"两女本伶俐得很，即欲跪下谢恩。太后便道："不必拘礼，你肯遵我的意旨，叫我做老祖宗，晨夕侍着，我就喜欢你了。"两女连声遵旨。太后复命皇后等，与她们相见，母女三人，先请过皇后的安，嗣与各宫眷一一行礼，这等宫眷们，无非是各邸的郡主，相见后，太后复嘱皇后道："你可引她母女们，入内玩耍，我且到朝房一转，再来与她们叙谈便是。"皇后唯唯听命，太后即举步出殿。殿外早已备着露舆，俟太后上舆后，前后左右，统是很体面的太监，簇拥而去。这位李总管莲英，本与太后时刻不离，至此随着同行，更不必说了。微词。皇后以下，恭送太后上舆毕，即引裕家母女三人，转身入内，闲谈消遣，至太后回园后销差。未几太后回来，赐母女三人午餐，午后复赏她们听戏。太后最爱的是梆子调，与德菱姊妹，谈论腔调的好处。德菱姊妹，不敢不随声附和。其实一片征声，已寓亡国之音，后人有诗叹道：

泼寒妙乐奏昇平，南府新开散序成。
不是曲终悲伴侣，似嫌激征杂秦声。

未知德菱姊妹，曾否在园侍奉，且看下回分解。

中外议和，订约十二款，不必一一推究利弊，即此四百五十兆之赔款，已足亡中国而有余。原约赔款计四百五十兆两，分三十九年偿清，息四厘，子母并计，不啻千兆。此千兆巨款，尽由中国人负担，以二三权贵之顽固昏谬，酿成莫大巨祸，以致四万万人民，俱凋瘵捐瘠，千载以后，不能不叹息痛恨于若辈也。载漪以下，黜戮有差，其实万死不足蔽辜。阉竖李莲英，且安然无恙。孔子言妇人为难养，况可使之屡次临朝，庇护此肉不足食之狐鼠耶？迨回銮以后，不能悔过图强，且反欲援五饵三表之计，驾驭洋人。当时贾长沙犹徒托空言，无当实用，况如近今之外洋各国，其智识远出匈奴上乎？至如裕家二女之入园，本属无关得失，但就微论著，可见慈禧后之心，无非为便嬖使令起见。国已危矣，卧薪尝胆且不暇，尚爱他人之希旨承颜，自图快活耶？德菱姊妹，尚有学问，非李莲英妹比，故未闻有浊乱宫禁之弊，否则不入嬖幸传者几希。

第九十二回　居大内闻耗哭遗臣
处局外严旨守中立

却说裕朗西夫人，及德菱姊妹，陪着太后，足足一日。俄见夕阳西下，天也将瞑，太后方命裕家母女回家，并嘱她即日来宫。裕夫人不好违拗，自然连称遵谕。临别时，太后又赐她衣料食物等件，母女叩首谢恩，不必细说。母女回家后，即把入觐情形，及太后促召入宫的意旨，与裕庚说明。掌上双珠，虽不欲使离左右，无如煌煌懿旨，不敢有违，只得略略收拾，指日入宫。光阴似箭，倏忽两天，裕夫人仍率领二女，入宫觐见。太后见她遵旨前来，愉快得不可言喻；叫人家好儿女入宫当差，使之无暇事亲，恐非以孝治天下之道。当下引她到仁寿宫右侧房内，命她住着，所有应用各物，都叫宫监置备；唯衣服被褥等，已由裕家母女，随身带入。太后令裕夫人指导宫监，随意安排，自己带着德菱姊妹入宫，随即嘱咐德菱道："看你聪明伶俐，恰是我一个大帮手。闻你通数国方言，倘有外妇入觐，你可与我做翻译。平日无事，好与我掌管珠宝首饰。我这里宫眷虽多，看来都不及你呢！"德菱复奏道："老祖宗特恩，命臣女当这重差。只恐臣女年龄尚稚，更事无多，万一有误，反致辜负天恩，还请老祖宗俯鉴微忱，令臣女退就末班，学着办事便是！"太后笑道："你亦何用自谦，我看你不致荒谬，你且试办数天，再作处置！"德菱只得谢恩受职。太后复顾龙菱道："你年纪较轻，可跟着你姊，随便办事。"龙菱也谢过了恩。此时光绪帝适来请安，德菱欲趋前行礼，转思太后在前，恐于未便。至光绪帝趋出，德菱随着出来，循例谒驾，不料被

太后觉着，已大声呼德菱名。德菱连忙走入，虽未遭太后斥责，仰见太后面上，已含有怒容。爱之欲其生，恶之欲其死，是惑也。从此德菱格外小心，一切举止，都是三思而后行。

一住数日，忽报俄使夫人勃兰康觐见，太后即令德菱迎宾，自己带着李总管，至仁寿堂受觐。光绪帝也总算与座。德菱引着勃夫人，到了殿中，行觐见礼，太后亦起与握手。两下寒暄数语，统由德菱传译。勃夫人又与光绪帝行礼，光绪帝亦答礼如仪。太后下了座，引勃夫人入宫，叙谈片刻，又命德菱导她去见皇后。周旋已毕，即令赐勃夫人午餐，由众宫眷陪食。席间略仿西式，每人都设专菜。德菱奉太后命，坐了主席，殷勤款待，与勃夫人宴饮尽欢。席散后，勃夫人复进谒太后，谢了宴，由太后赐她宝玉一方。勃夫人谢了又谢。慈禧后之意，以为优待西妇，可以联络邦交，不知外人所欲，并不在此，岂区区宴赐所能笼络耶？待勃夫人去后，太后语德菱道："你随父出使法国，并不是俄国，为何恰懂俄国语言？"德菱道："俄语本不甚解，但俄人亦惯操法语，所以尚堪应对。"太后道："你与勃夫人所说，统是法国语么？"德菱道："多半是法国语。"太后道："勃夫人的装束，也总算华丽了，但我恰不甚喜欢西装。她满身不著珠宝，总觉装潢有限。我生平恰最爱珠宝呢，可惜西幸一次，丧失甚多。目下只剩下数百盒，你应与我收管方好。"爱珠宝不爱才德，总不脱妇女习气。随起身道："你且跟我来！"

德菱遵旨随着，偕太后入储珍室，但见室内箱橱林列，左首标着黄签，是珍藏内府的秘笈，右首标着红签，是供奉老佛的珠宝。太后命宫监取钥，叫德菱启视右橱，橱开后，里面都是金镶玉嵌的盒子，大小不一，有长有方。盒外只标着号码，不列物名。第一盒奉命取出，启视盒内，贮有精圆的明珠，晶莹的宝石，光芒闪闪，统是无上奇珍。第二盒又奉命取视，乃是珠玉扎成的饰物，虫鱼花草，色色玲珑。第三四盒，系玛瑙珊瑚等类，光怪陆离，无不夺目。第五六盒藏着簪环，第七八盒藏着钗钏。镂金刻玉，美不胜收。看到第十盒，方觉金饰居多，珠玉较少。太后语德菱道："这十盒算是上选，余外亦无甚足观了。若非庚子之变，何止于此！"谁叫你信端王，谁叫你用拳匪？言下有懊丧状。亏得德菱伶牙俐齿，婉婉转转的劝慰几句，太后方从这十盒内，拣了两三件佩物，悬在身上，随令德菱藏盒扃橱，寻复向德菱道："拳匪的乱事，外人总道我暗中作主，其实统是载漪那厮的主张。到了

联军入京，我初意是愿殉社稷，经刚毅等力劝出京，方才西幸，途中受了无数苦楚。及次年回京，差不多换了个世界。我累年积蓄，被洋人携去不少，我想洋人也好知足了。未必！目下我国新败，元气难复，只好与洋人略略周旋，我的心中，总不甚相信洋人，洋人所制的器械，我国或不及他，洋人所讲的政教，难道我国果不及他吗？”可见回銮以后，所行新政，全不由衷。德菱正思回答，忽有宫监踉跄奔入，报称荣中堂已出缺了，太后惊愕道：“我昨日尚差宫监探视，闻他还不甚要紧，如何今日就死？咳！他死后，哪个还有象他忠诚？”言至此，竟似鲠在喉，扑簌簌的垂下泪来。太后一生，多仗荣禄保护，无怪闻死垂泪。德菱不好不劝，只得禀请道：“老祖宗慈体，亦请保重，祈勿过伤！”太后道：“你哪里知我的苦衷，他是我患难与共的大臣。”德菱不敢再劝，由太后凄惋许久，方见太后吩咐道：“今日你也疲乏了，你可随意出外，不必侍着！”德菱闻此数语，恍似皇恩大赦，退回自己的房中去了。这位老祖宗，实是不易侍奉。

次日太后临朝，由内务府递上荣中堂遗折，太后即启视道：

为病处危笃，恐今生不能仰答天恩，谨跪上遗折，恭请圣鉴事：窃奴才以驽下之才，受恩深重，原冀上天假以余年，力图报称。追思奴才起身侍卫、咸丰十年，国势岌岌，内则奸臣蓄谋不轨，外则英法联军，占据京师，宗庙震惊，官驾出狩，驻跸热河。奴才备位侍从，文宗显皇帝圣躬不豫，渐至弥留，奴才乘间进言于皇太后，发觉郑、怡二王之阴谋。及圣驾宾天，奸王僭称摄政，图谋不轨，皇太后身处危险之中，有非臣下所忍言者。幸上天佑助，皇太后沉几默运，宗社危而复安。自此之后，两宫太后垂帘听政，叛乱削除，升平复睹，奴才蒙恩升任内务府大臣。当穆宗毅皇帝宾天之际，皇太后亲命奴才迎请皇上入宫，以社稷重大之事，付之奴才。受命之下，惶悚感激，易可言喻！奴才虽竭尽心力，岂能仰报于万一耶？其后受任步军统领，触犯圣怒，七年之中，闭门思罪。皇上亲政，复蒙慈恩出任西安都统，既而仍回原职。光绪二十四年，皇太后皇上鉴于国势之弱，决意采行新法，以图自强，皇上召见奴才，蒙恩简任直肃总督，命以破除积习，励行新政。孰意康有为借口变法，心怀逆谋，致为新政之阻。皇上误信夸诞之词，一时之间，

偶亏孝道，亲笔书谕，言变法之事，为皇太后所阻，又谓皇太后干预国政，恐危国家，对于奴才，数动天威，几罹斧锧之诛。奴才密见皇太后，陈述康党逆谋；皇太后立允奴才等所请，再出垂帘，以迅雷之威，破灭奸党。光绪二十六年，诸王大臣昏愚无识，尊信拳匪，蒙蔽朝廷，虽以皇太后之圣明，不免为其所动，直至宗庙沦陷，社稷阽危，竟以国家之重，轻徇妖术，奴才屡请皇太后睿识独断，不蒙信纳，数奉申斥，忧惧无术。四十日中，静候严罚。然皇太后仍时时召奴才垂询，虽圣意未能全回，而得稍事补救，各国公使，不致全体遇害，故事过之后，时荷天语感谢。自西安回銮之初；即将肇祸之王公大臣，分别定罪，渐次改革庶政，不得急激，期臻实效。两年以来，改革已不少矣。圣驾回京，如日再中，东西各国，亦均感皇太后之仁慈。奴才自去年以来，旧病时发，勉强支撑，两月之前，请假开缺，蒙皇太后时派内侍慰问，赏赐人参，传谕安心调理，病痊即行销假，恩意叠沛，无奈奴才命数将尽，病久未痊，近复咳嗽喘逆，呼吸短促，至今已濒垂绝之候，一息尚存。唯愿皇太后皇上励精图治，续行新政，使中国转弱为强，与东西各国并峙。奴才在军机之日，见朝廷用人，时有人地不宜者，此乃中国致弱之源。奴才以为改革之根本，尤在精选地方官吏，及顾恤民力，培养元气之一端。皇太后皇上深居九重之中，闾阎疾苦，难以尽知，拟请仿行康熙乾隆两朝出巡之故事，巡行各省，周知民情。奴才方寸已乱，不能再有所陈，但冀我皇太后皇上声名愈隆，得达奴才宿愿，则虽死之日，犹生之年。谨将此遗折，交奴才嗣子桂良呈请代递。临死语多纰缪，伏祈圣鉴赦宥！奴才荣禄跪上。备录遗折，可见以上各回之录荣禄事，无一虚诬。

太后览遗折毕，即谕王大臣道："荣禄一生忠诚，庚子乱时，尤为尽力。现在不幸病故，须格外优恤方好！"庆亲王弈劻在侧，便奏请赐陀罗经被，及赏银三千两治丧。太后点着头，并道："据他功绩，应否入贤良祠！"庆王连忙赞成。太后又道："应派亲王前去祭奠否？"庆王又奏称应派。于是派恭王率领侍卫十人，前往致祭，此恭王乃弈䜣子，看官莫误作弈䜣。并令礼部拟谥，随即退朝。越日，由礼部拟上谥法数则，太后即圈出文忠二字，复再赐

祭席一桌，并命将荣禄事绩，宣付国史馆立传。在任一切处分，均予开复，并赏其子以优等袭职等语。太后待遇荣禄，好算是始终尽礼了。句中有句。

过了多日，太后把忆念荣禄的哀思，渐渐减杀，爰仍往颐和园，游览自娱。一年容易，又是春宵，园中花木盛开，太后遍邀各国公使眷属，入园游宴。美公使康格夫人，作为外眷的领袖，还有美参赞韦廉夫人，也随着前来。此外如西班牙公使佳瑟夫人，日本公使尤吉德夫人，葡萄牙代理公使阿尔密得夫人，法参赞勘利夫人，英参赞瑟生夫人等，联翩踵至，随身各带女眷，黑踏踏的聚集一堂，先行了觐见礼，然后到别宫赐宴。宴毕，统在园中游览一周。大众推康格夫人作了代表，至太后处道谢。康格夫人带着一个女子，生得细腰绰约，身态苗条，太后瞧着，觉得她俏丽绝伦，遂欲问她姓氏。当由康格夫人代答，德菱传译，叫作克姑娘，乃是个女画士。太后问她能否写真？又经德菱与克姑娘谈了一会，然后详禀太后，说是："写真系克姑娘惯技，她正欲绘就慈容，送到路易博览会去。"太后踌躇半晌，方道："她既欲绘我肖像，叫她缓日前来便好。"德菱把这语传达，然后两人兴辞而去。

太后便语德菱道："我朝旧例，帝后的像，须俟万岁千秋后，方可照绘。今克姑娘欲为我画像，我又不便当面回复，如何是好？"德菱道："现在世界开通，越是圣明的帝后，越得肖像流传各国，俾作纪念。英女皇维多利亚的肖像，几乎传遍地球，如老祖宗福寿双全，何妨破例一绘！"太后听到此语，方有些高兴起来，无非喜谀。便道："既如此，且择个吉辰，令她来绘。"当即取出历本，选了一个黄道吉日，饬人至美使馆，通知克女士。届期克姑娘入宫，对太后行礼毕，即请太后端坐开绘。太后此时已服盛装，肃容上坐，约数刻钟，见克姑娘并不开手，专睁着绿色的眸子，向太后呆瞧。太后语德菱道："她眈眈视我，何故？"德菱道："外人绘像与华人不同，外人落笔，先就神情上注意，所以绘成后，格外生色。闻她是画中名手，临池审慎，无怪其然。"确是游过外洋，见多识广，故言之了了。太后道："照汝说来，待她画成，费时不少，我恰是不耐久坐的。"德菱道："待臣女与她商量，或者可简便一点。"当下与克女士商议，传述太后的意思，克女士颇能体会，格外迁就，每日临绘一小时，绘至两星期才罢。及呈与太后，果然眉目如生。与拍照相似。太后很是喜欢，命赏千金。古人千金买骨，慈禧后独千金买容。谁知忧喜相寻。一喜之后，又是一忧。宫监报到消息，说是日俄将要开战，把东

三省作交战场。东三省是中国幅员，如何被外人作为战场？太后又未免焦劳。

这日俄开战的事情，从何而起？小子先将原因表明。原来拳匪扰乱时，黑龙江将军寿山，阿附端王，立意排外。适俄兵入黑龙江，欲假道黑龙江省城，至哈尔滨保护铁路。哈尔滨在省城西南，系满洲铁路的中心点，寿山非但不允，反出兵去攻哈尔滨，一面厉兵秣马，反由受珲城侵入俄境。自讨苦吃。俄人正苦无隙可乘，得了这个好机会，遂磨拳擦掌，分三路进发。东路由珲春，中路由三姓，两路趋援哈尔滨。西路陷爱珲，击毙副都统凤翔，并将中俄交界的屯驻旗人，统驱入黑龙江，进攻齐齐哈尔。即黑龙江省城。寿将军束手无策，只有一条死路，还可走得，遂仰药自尽，俄军合趋吉林，转向奉天，所至蹂躏。清兵及官吏，无一敢抗，东三省几尽归俄人掌握。奉天将军增祺，鉴了寿山覆辙，遇着俄兵，事事听命。俄兵陆续增添，多至十八万人。等到北京议和后，俄使特别要挟，拟把东三省利权，一概取去。李相不从，俄使多方恫喝，强迫李相签押。东南督抚及士绅，联电力争，英日两国，也有违言，李相气愤成病，竟至不起。东三省事，暂从缓议。

至光绪二十八年，始由庆王弈劻，大学士王文韶，与俄使雷萨尔，订交收东三省条约。东三省的俄兵，限十八个月内，分三期撤退。此约定后，总道俄国如约撤兵，谁知俄国狡猾得很，第一次届期，只略略减退几名。第二次届期，俄兵一个不去，反在吉林增加兵额，中国不敢诘责。那时虎视东业的日本国，与英国密订攻守同盟，又联合了美国，劝清政府急开放满洲，作为各国通商场，免得俄人垄断。清政府就将此言照会俄使，俄使百计阻挠，俄兵又迁延未撤。于是日人不肯坐视，自与驻日俄使，直接会商，硬要俄国撤兵。俄使不允所请，竟致两国决裂，于光绪二十九年十二月宣战，把辽东作了战场。

看官！你想这女掌男权，统辖全国的慈禧太后，女掌男权，统辖全国八字，正是西太后的好头衔。焉有不耽忧之理？立召满汉王大臣入宫，面议这事。当时满大臣领袖，要算庆亲王弈劻，汉大臣领袖，要算孙家鼐、瞿鸿玑。各人谈论多时，议定了一个良法，奏闻太后。太后道："东三省系祖宗陵寝所在，关系甚大。汝等议定这么计策，可保陵寝无碍么？"庆王道："俄日战线，想必不惹着陵寝，当可无虞。"太后道："且电问各省疆吏，是否赞同？"庆王遵旨，即命军机处拟电拍发。隔了一天，各省将军督抚，多覆电赞成，复

由庆王汇禀太后，太后就令拟好谕旨，颁发出去。谕云：

日俄两国，失和用兵，朝廷轸念彼此均系友邦，应按局外中立之例办理，着各省将军督抚，通饬所属文武，并晓谕军民人等，一体钦遵，以笃邦交而维大局，勿得疏误！特此通谕知之！钦此。

这道谕旨，乃就万国公法，援引局外中立一条，做了火烧眉毛的挡牌。两客交斗于门内，主人反作鼾睡，也是千古奇闻。复谕令驻扎俄日两国的钦使，咨照他外部，宣布中立意旨。俄国没甚答复，只日本恰声请中国仍须防守，由驻日杨钦使电闻。太后遂派马提督玉昆带兵十营驻山海关，郭总兵殿辅带兵四营，驻张家口，复令驻日杨钦使，与日本郑重交涉，凡东三省的陵寝宫殿，及城池官衙，人命财产，交战国不得损伤。战后无论谁胜，东三省的主权，仍应归中国云云。日本总算应允，然后酌定全国中立章程，及辽东战地界限规则，颁布中外。

不到几日，辽左方面，鼓声冬冬，炮声隆隆，日俄两国的海陆军，竟开起战仗来了。太后甚注意日俄战事，每日饬人采购西报，叫德菱译呈。开战的起手，是海军交绥，仁川的俄舰，统被日军击沉。旅顺口黄金山下的俄舰，又遭日军轰没。嗣后乃是陆军对垒，日军入辽东半岛，连败俄兵，九连、凤凰、牛庄、海城等处，次第被日军占据。太后向德菱道："俄大日小，不意反为日败。"德菱道："行军全仗心力，不论众寡。日人此番打仗，上下一心，闻得男子荷械从军，妇人尽撤簪珥，充作军饷，所以临阵无前，屡次获胜。"太后点头，随又道："日胜俄败，远东尚可保全，我的忧心，到也可消释一二了。"恃人不恃己，何足解忧？言未已，外面又递进西报，由德菱译出，呈与太后。太后接着，不觉惊异，正是：

优胜劣败，弱肉强食。
国运靡常，所视唯力。

欲知太后惊异缘由，试看下回自知。

慈禧后之喜谀好奢，曾见近今印行之《清宫五年》记，原书即德菱女士所著。本回第节录一二，而慈禧后之性情举止，已可概见。拳匪之乱，联军入京，为慈禧后一大惩创，至回京以后，不思发愤图强，犹恋恋于珠宝首饰，宝非所宝，不亡何待？荣禄为慈禧一生之忠仆，荣禄死而慈禧失一臂助，恤典特优，固无足怪。唯遗折中有精选官吏，及顾恤民力，培养元气等语，人之将死，其言也善，慈禧胡不力行之耶？至如日俄之战，祸仍胎自拳乱，清庭不敢袒俄，又不敢袒日，仅守局部中立，坐视关东之横被兵革，未由保护，天下之痛心疾首，孰逾于此？当时或有以日人仗义，出于抗俄，为中国幸者。夫日本何爱清室？又何爱中国？不过报宿愤，争权势。昔俄以索还辽东抗日本，今日本遂亦以迫还关东抗俄，要之皆利我之东三省耳。观此回不能无恨于拳乱，并不能无憾于慈禧后。

第九十三回　争密约侍郎就道
返钦使宪政萌芽

却说德菱译出的新闻，乃是日韩特订条约。韩国疆域，由日本政府保护，一切政治，亦由日本政府赞襄施行。太后阅毕，便道："韩国就是朝鲜国，当日马关条约，曾迫我国承认朝鲜自主，为何今日要归日本保护呢？可见外国是没有什么公法，如此过去，朝鲜恐保不住了。"何不切唇亡齿寒之惧？正在惊愕的时候，庆王弈劻，忽入宫禀报，俄舰逸入上海，由日使照会我外务部，迫令退出，现在双方交涉，尚未议妥，因此入奏太后。太后道："现闻日胜俄败，一切交涉，总须顾全日本休面为是。"庆王道："据奴才愚见，诚如圣训。"太后道："我国虽弱，究竟是个独立国，也不宜令俄舰逸入，坏我中立。你去饬知外务部，电令南洋大臣，速迫俄舰出口！"庆王遵旨退出。太后复自语道："外人论力不论理，辽东战局，究不知如何结果，京师相距不远，未免心寒。早知日俄有这番争端，不如暂住西安，稍觉安逸呢。"德菱在旁，也不敢多谈。

当日无别事可记，到了次日，京中谣言不一，盛传两宫又要西幸。有一个汪御史凤池，竟信为实事，做了一篇奏疏，阻止西巡，待太后临朝时，率尔上陈。太后阅毕，怒道："日俄战事，我国严守中立，京城内外，一律安堵，为什么我要西巡？这等无稽之言，如何形入奏牍？"遂向庆王弈劻道："速叫军机处传旨申饬，嗣后如有谣言惑众，应着步军统领衙门顺天府五城御史，一体拿办！"谁叫你想念西安？庆王唯唯遵谕，自然令军机处照旨恭拟，

即日颁发。这也不在话下。

过了一年，日俄战事，还是未息，中国总算没有出险，不过将各省官职，裁并了好几处，且废制艺，试策论，兴办京师大学堂，把新政办了好几桩。又派商约大臣吕海寰，与葡使新订商约二十条，出使英国大臣张德彝，与英外部会订保工章程十五条，约中大旨，无非是保护两国工商，彼此统有些利益。只驻藏大臣有泰，恰来了一道紧急公电，报称英将荣赫鹏入藏，与藏官私自订约，请朝廷速与交涉，于是外务部又要着忙。是谓急时抱佛脚。原来日俄未战的时候，俄人曾南下窥藏，密遣员联络达赖，令他亲俄拒英。达赖颇被他运动，阴与英人龃龉。从前光绪十九年，清参将何长荣，与英使保尔，订定藏印条约，承认亚东开关，许英人通商。亚东在西藏南境，毗连印度，此约订后，英人尝从印度入境，至藏互市。达赖偏同他反对，种种梢阻，英商未免吃苦。只因俄人暗中袒护，英政府也未便发难。会日俄战起，英政府乘机图藏，令印度总督，遣将荣赫鹏率兵深入。荣赫鹏遂带了英兵三千，印兵八千，廓尔喀兵三千，及工兵二千，长驱北向，攻入藏境。看官！你想这腐败不堪的藏民，哪里能敌他纪律森严的英将？达赖不知厉害，竟召集一班番官，向释迦佛前，祈祷了好几次，居然仗着佛力，令番官一齐出来，与英将接仗。两下对垒的时光，相距还差数百步。那英兵的枪炮，已是扑通扑通的乱响，藏官不知何故遭瘟，都是应声而倒。想是佛来接引，令往西方享福，故无病而亡。前队既毙，后队自然逃走。英将率众追赶，自江孜北进，所向披靡，如入无人之境。及到拉萨，这位主持佛教的达赖喇嘛，早已闻警远飏，逃到库伦去了。何不请韦驮保护？达赖一遁，城中无主，还亏噶尔丹寺的长老，仗着胆出迓英军，与他讲和。英将荣赫鹏，遂趁势恫喝，迫他立约十条，不由寺长不允。签约后，方经驻藏大臣有泰探悉，电达清廷，清外务部茫无头绪，由尚书侍郎，会议一番，定出一个主见，仍复电令有泰就近开议。

这位有大臣，本是个糊涂人物，他当英藏开战的时候，未尝设法劝解，等到两造定约，木已成舟，还有何力挽回？况且英将荣赫鹏，已奏凯回去，再与何人商议？当下召到噶尔丹寺长，令他抄出密约，仍行电达，并奏称达赖贻误兵机，擅离招地，应革去封号。身任驻藏大臣，坐令英兵压藏，不知应革职否？清廷知他没用，也不去依他奏请，只令外务部讨论约章的利害。侍郎唐

绍仪素来研究外交，遂指出约中的关碍。原约共有十条，最要紧的是除前约亚东开埠外，更辟江孜、噶大克为商埠，此后是印度边界，至亚江噶三处，藏人不得设卡，须添英员监督商务。所有英国出兵费用，应由藏人赔偿五十万磅。偿款未清以前，英兵酌留春丕，俟偿清后方得撤回。还有一条定得更凶，乃是藏地及藏事，非经英国照允，无论何国不得干预。看官试想！西藏是中国领土，兵权财权，统归驻藏大臣管辖，此次英藏私自立约，有无论何国不得干预的明文，是全把西藏占夺了去，哪里还是中国的管辖权呢？唐侍郎指出此弊，外务部堂官，自然着急，当据实奏闻，并保荐唐绍仪为全权大臣，赴藏改约。唐使至藏，照会英国，派员会议，辩论了好几年，英员坚执不允，直到三十二年，英始承认中国有西藏领土权，允不占并藏地，及干涉藏政，此外不肯改易。唐侍郎也无可奈何，只得将就画押。这是后话。

且说日俄交战，已是一年，俄国的海陆军，屡战屡败，日本战舰，进陷旅顺口，奉天省城，也被日本陆师占住，俄人尚不肯甘休，竟派波罗的海舰队，大举东来。波罗的海，在欧洲北面，系俄国西境的领海，他要从西到东，绕越重洋，路有一万八千里。今日到某处，明日到某处，早被日人探悉。就是舰队中一切情形，日人也耳熟能详，因此养精蓄锐，预先筹备。知己知彼，百战百胜。俄舰远道而来，舰中人已疲乏得很，兼且未谙路径，未识险要，贸贸然驶到日本海，即使有通天手段，一时也用不出。况日本系三岛立国，四周都是海峡，海峡里面，正好设伏，掩击俄舰。他闻俄舰将至，料必从对马海峡驶入，暗集水师，密为布置，不怕俄舰不堕入计中。这俄舰也防着险要，无如势不能避，只好闯入对马峡。一入峡中，四面八方的日舰，统行驶集，把俄舰困在垓心，你开枪，我放炮，一齐动手，弄得俄兵防不胜防，御不胜御。恶龙难斗地头蛇，打了一仗，被日兵杀得大败亏输，战无可战，逃无可逃，只得束手归降，做了俘虏。日俄战事，虽与中国大有关系，然究与中外开战不同，故叙笔概从简略。

日俄胜负已决，于是美国大统领罗斯福，出来调停，劝日俄休兵息战。俄人此时，因鞭长莫及，不能再事调兵，日人以俄国究系强大，迁延非计，得休便休，遂各允了美统领的布告，各派公使到美国会议，就朴子茅斯作会议场。日使小村氏，提出要索各款共计十一条：第一条是索偿战费；第二条是承认朝鲜主权；第三条是要俄国割让桦太岛；第四条是旅顺大连湾的租借

权，要让与日本；第五条是俄国撤退满洲兵；第六条是承认保全清国领土，及开放门户；第七条是哈尔滨以南的铁路，亦须割让；第八条是海参崴的干线，应作为非军事的铁道；第九条是窜入中立港的兵舰，当交与日本；第十条是限制东洋的俄国海军；第十一条是沿海州的渔业权等，亦应归与日本。这十一条款子，经俄使槐脱抗议，所有赔偿兵费，割让桦太，中立港窜入军舰的交与，及限制俄国海军四大问题，概不承诺。再四磋商，方允将桦太岛南半部，让与日本，余三条一概取消。日本亦总算承认，和议遂成。东三省的俄兵，才如约撤退，领土权交还中国，唯路矿森林渔业边地，各项交涉，仍日日相逼。清廷不敢不允，从此北满洲为俄人的势力圈，南满洲为日人的势力圈，名为中国的东三省，实则已归日俄的掌握了。总是中国晦气。

自日俄战争后，中国人士，统说专制政体，不及立宪政体的效果。什么叫作专制政体？全国政权，统归君主一人独断，所以叫作专制。什么叫作立宪政体？君主只有行政权，没有立法权，一国法律，须由国会中的士大夫议定，所以叫作立宪。日本自明治维新，改行新政，把前时专制政体，改作君主立宪，国势渐渐强盛，因此一战败清，再战胜俄，俄国政体，还是专制，终被日本战败。自是中国人的思想言论，骤然改变，反对专制的风潮，日盛一日。这是中国人惯技。慈禧太后虽然不愿，也只得依违两可，与王公大臣，商定粉饰的计策，停止科举，注重学堂，考试出洋学生，训练新军，革除枭首凌迟等极刑，并禁刑讯。复派遣载泽、绍英、戴鸿慈、徐世昌、端方五大臣出洋，考察政治，于光绪三十一年七月启行。临行这一日，官僚多出城欢送，五大臣联翩出发，才到正阳门车站，方与各同寅话别。忽听得豁喇一声，来了一颗炸弹，炸得满地是烟硝气，五大臣急忙避开，还算保全性命。大幸。载泽、绍英，已受了一些微伤，吓得面色如土，立即折回。

看官！你道这颗炸弹，从哪里来的？说来又是话长，小子略略叙述，以便看官接洽。原来康梁出走时，立了一个保皇会，号召同志，招集党徒，散放富有贵为等票，传布中外。在外游学的学生，与充工贩货的侨民，倒被他联络不少。独有一个广东人孙文，表字逸仙，主张革命，与康梁意见不同。他童年时在教会学堂肄毕，把平等博爱的道理，印入脑中，后来又到广州医学校内，学习医术。学成后，在广州住了两三年，借行医为名，结识几个志士，立了一个秘密会社。嗣因同志渐多，改名兴中会，自己做了会

长。李鸿章未没时，他竟冒险到京，访到李寓，与李谈了一回革命事情。李以年老为辞，他遂回到广州，凑集几个银钱，向外国去购枪械，竟想指日起事。事不凑巧，秘谋被泄，急航海逃至英国。粤督谭钟麟，拿他不住，探听他遁至外洋，飞电各国公使，密行查拿。驻英使臣龚照玙，诱他入馆，把他禁住，亏得从前有位教师，是个英国人，名叫康德利，替他设法救出。自此以后，这位孙会长格外小心，遍游欧美各国，遇有寓居外洋的华人，往往结为好友。有几个志士，愿入党的，有几个富翁，愿助饷的。他住在海外，倒也不愁穿，不愁吃，单愁革命不成，欲想回国，又恐怕自投罗网，只得时常与同志通信。有广东人史坚如，与中山是莫逆朋友，结了几个党人，要去借两广总督德寿的头颅。不料德寿的头颅，保得很牢，反将史坚如的头颅，借得去了。这是革命流血第一个志士。嗣后又有湖南人唐才常，想在汉口起事，占据两湖，又被鄂督张之洞查悉，拿获正法。才常死后，广东三合会首领郑弼臣，受孙文运动，愿听指挥，发难惠州，又遭失败。过了一年，湖南人黄兴，在长沙密谋革命，亦被泄漏。黄遁走日本，嗣又潜回上海，邀了同志万福华，刺杀前桂抚王之春。福华被拿，黄亦就获，经问官审讯，黄无证据，始得释，乃航海东去。浙江人蔡元培、章炳麟，在上海组集会社，开设报馆，鼓吹革命。四川人邹容，又著了一册《革命军》，被江督魏光焘闻知，饬上海道密拿。元培走脱，章、邹二人被捉，邹容在狱病故，章炳麟幽禁数年，方得释放。到光绪三十一年，湖商人胡瑛、湖北人王汉，谋刺钦差铁良，尾至河南彰德府，无隙可乘，王汉愤极，将手枪对着自己胸前，一发而毙。胡瑛料知无成，亦遁往日本。历历写来，简而不漏。接连又有五大臣出洋事，恼动了一位志士吴樾。樾系皖北桐城人，生得慷慨激昂，自命为暗杀党先锋，他与五大臣毫无私仇，只为了排满主义，挟着炸弹，潜身进京。这日闻五大臣乘车出发，他先在车站坐待，等到五大臣陆续入站，将上火车，就取出炸弹，突然抛去。五大臣到底有福，未遭毒手，那仆役们恰死了好几个。误中仆役，恰难为一颗炸弹。当下大起忙头，由全班巡警，分路搜查，竟不见有可疑人物，只火车外面，有好几具尸首，仔细检查，除被炸的仆役外，有一血肉模糊的尸骸，粗具面目，恰没有人认识，复将衣服内一一检查，怀中尚藏有名片，大书吴樾姓名，名下又有皖北人三字，烈士徇名。大众料是革命党中人物，彼此相戒，几乎风声鹤唳，杯弓蛇影。闹了月余，始渐平静。

徐世昌、绍英不愿出洋，清廷只得改派了尚其亨、李盛铎。五大臣驾舰出游，自日本达美国，转赴英德。考察了数国政治，吸受些文明气息，遂从外洋拟了一折，把各国宪政大略，叙述进去。差不多如王荆公万言书，结末是请速改行立宪政体，期以五年。中国人的热心。这奏折传达清廷，皇太后尚迟疑未决，至次年七月，五大臣回国，由两宫召见数次，他五人各畅所欲言，说得非常痛切。太后也为动容，遂于光绪三十二年七月十三日，颁发预备立宪的上谕道：

朕奉慈禧端佑康颐昭豫庄诚寿恭钦献崇熙皇太后懿旨：我朝自开国以来，列圣相承，谟烈昭垂，无不因时损益，著为宪典。现在各国交通，政治法度，皆有彼此相因之势，而我国政令，积久相仍，日处阽危，忧患迫切，非广求智识，更订法制，上无以承祖宗缔造之心，下无以慰臣庶治平之望，是以前简派大臣分赴各国，考查政治。现载泽等回国陈奏，皆以国势不振，实由于上下相睽，内外隔阂，官不知所以保民，民不知所以护国。而各国之所以富强者，实由于实行宪法，取决公论，君民一体，呼吸相通，博采众长，明定权限，以及筹备财用，经画政务，无不公之于黎庶。又兼各国相师，变通尽利，政通民和，有由来矣。时处今日，唯有及时详晰甄核，仿行宪政，大权统于朝廷，庶政公诸舆论，以立国家万年有道之基。但目前规制未备，民智未开，若操切从事，徒饰空文，何以对国民而昭大信？故廓清积弊，明定责成，必从官制入手。亟应先将官制分别议定，次第更张，并将各项法律，详慎厘订，而又广兴教育，清理财政，整顿武备，普设巡警，使绅民明悉国政，以预备立宪基础。着内外臣工切实振兴，力求成效，俟数年后规模粗具，查看情形，参用各国成法，妥议立宪实行期限，再行宣布天下。视进步之迟速，定期限之远近。着各省将军督抚，晓谕士庶人等，发愤为学，各明忠君爱国之义，合群进化之理，勿以私见害公益，勿以小忿败大谋，尊崇秩序，保守和平，以预备立宪国民之资格，有厚望焉！钦此。

这篇谕旨，在清廷以为空前绝后的政策，其实纸上空谈，连实行的期限，尚且未定，已可见慈禧后的粉饰手段了。当下派载泽等编纂新官制，停

捐例，禁鸦片，创设政务处及编制馆等，似乎锐意维新，不涉空衍。并命庆亲王弈劻为总核大臣，这庆亲王仰承慈眷，把懿旨格外凛遵，不到几日，就将京内外官制，核定崖略，具折奏陈：徒改官制，摆成一个空架子，究于国家何益？内阁军机处，暂仍旧贯，把六部改作十一部，首外务部，次吏部，次民政部，次度支部，次礼部，次学部，次陆军部，次法部，次农工商部，次邮传部，次理藩部，每部设尚书一员，侍郎二员，不分满汉，都察院改为都御史一员，副都御史二员，大理寺改为大理院，太常光禄鸿胪三寺，并入礼部，国子监并入学部，太仆寺并入陆军部，这算是京内官制的改革。各省督抚下，设布政、提法、提学三司，交涉纷繁的省分，增交涉使，有盐省分，仍留盐法使，或盐法道与盐茶道，东三省设民政、度支两使，代布政使职任。又裁撤分巡分守各道，添设巡警劝业二道，分设审判厅，增易佐治员，这算是外省官制的改革。换汤不换药，何足医国。官制粗定，复开宪政编查馆，建资政院，中央立统计处，外省立调查局，并派汪大燮、于式枚、达寿三大臣，分赴英德日三国考察宪法。正在忙碌时候，忽报革命党人赵声肇乱萍乡，清政府方道是宣布立宪，可以抵制革命，谁知革命党仍旧横行，免不得意外忧虑。嗣闻萍乡县已经严防，党人无从侵入，有几个已拿下了，有几个已枪毙了，只主张起事的赵声，恰远飏得脱，遍索无着。有人查得赵声履历，乃是江苏丹徒人，表字伯先，系南洋陆师学堂第一次毕业生，与吴樾很是投契。吴樾未死的时候，曾遗书赵声，有“君为其难，我为其易”的密约。赵声也有赠吴的诗章，小子曾记得二绝云：

淮南自古多英杰，山水而今尚有灵。
相见尘襟一潇洒，晚风吹雨大行青。

一腔热血千行泪，慷慨淋漓为我言。
大好头颅拼一掷，太空追攫国民魂。

清廷闻萍乡已靖，又渐渐放心，不意御史赵启霖，平白地上了一折，竟参劾黑龙江署抚段芝贵，连及农工商部尚书载振，又惹起一番公案来，看官欲明底细，请向下回再阅。

光绪之季，清室已不可为矣。外则列强环伺，以辽东发祥地，坐视日俄之交争而不能止，西藏服属二百年，又被英人染指，剥丧主权。外交之失败，已不堪问。内则党人蜂起，昌言革命，纷纷起事，前仆后继，子房之椎，胜广之竿，皆内溃之朕兆。内外交迫，不亡可待？清廷即急起图治，实行立宪，亦恐未足固国本，树国防，况徒凭五大臣之考察，数月间之游历，袭取各国皮毛，而即谓吾国立宪，已十得八九，不暇他求，其谁信之？本回依事直书，而夹缝中屡寓贬笔，是固所谓皮里阳秋者耶。

第九十四回　倚翠偎红二难竞爽
剖心刎颈两地招魂

却说农工商部尚书载振，系庆亲王弈劻子，他因庆王执掌朝纲，子以父贵，曾封镇国将军及贝子衔。自官制改更，把工部易名农工商部，就令他作为部长。一介贵公子，只可管领花丛，如何能主持实业？少年显达，倜傥风流，前时未任部长，尝悦妓女谢珊珊，招至东城余园侑酒，备极媟亵。御史张元奇曾专折奏参，说他为珊珊傅粉调脂，失大臣体。折上留中，庆王心中似乎过不下去，令封闭南城妓馆，尽驱诸妓出京。莺莺燕燕，纷纷逃避，也算是红粉小劫，奈振贝子最爱赏花，遇着这般禁令，暗中未免埋怨。正是太杀风景。亏得境随时易，旧事渐忘，两宫宠眷，较前益隆。公子竟冠部曹，美人复来都下。一班袅袅婷婷的丽姝，渐集京津。内京有个杨翠喜，破瓜年纪，妩媚动人，又生就一副好歌喉，专演花旦戏，登台一唱，满场喝采，且将戏中淫媟情状，描摹得唯妙唯肖，顿时哄动都人。振贝子闻这艳名，哪得不亲去赏鉴？相见之下，果然名不虚传。那杨美人本藉此为生，晤着这般阔老，位尊多金，年轻貌秀，自然格外巴结。一醉留髡，愿谐白首。好一出卖胭脂。振贝子虽然应允，但总不免有些顾忌，未便遽贮金屋。忽被黑龙江道员段芝贵闻知，竟替翠喜赎出歌楼，充为侍婢，献进相府，喜得振贝子心花怒开，忙替他运动一个署抚缺，报他厚德。不料河南道监察御史赵启霖，竟闻风上疏，劾他私纳歌妓，并参段署抚夤缘亲贵，物议沸腾。在赵御史恰也多事，慈禧后不得不派官调查。醇亲王载沣、大学士孙家鼐等，奉派查办，把振贝子巧

为开脱，只将“事出有因，查无实据”八字，做了回话手本。官场通病。赵启霖遂以谎奏革职，只这位揣摩迎合的段署抚，已先时撤去重差，未由复任，也算暂时倒运。案结后，言路大哗，庆王又令振贝子具疏辞职，奉旨虽准他开缺，恰仍温语褒奖，说他年富力强，才识稳练，有此本领，故善作护花铃。仍应随时留心政治，以资驱策。那时都御史陆宝忠、御史赵炳麟等，还是不服，上了宽容台谏一折。苍蝇碰石廊柱，终究是不生效力。

振贝子一场趣案，既瓦解冰消，他的兄弟载搏，也有好花癖性，访艳藏娇，成为常事。此次见阿兄无累，格外放胆做去，偏来了一个苏宝宝，与搏二爷有些因果，合做露水姻缘。宝宝别号情天楼，幼时本骙稚愚笨，不甚出色。乃姊叫作媛媛，在上海操卖淫业，名盛一时，宝宝私心艳羡，极力模仿乃姊，巧为妆饰。到了十四五岁，居然尽态极妍，一个黄毛丫头，竟变成了盛鬋丰容的丽女。还有一桩媚骨柔声，超出乃姊上。乃姊因妒成嫉，横加摧折，同胞寻仇，系中国人恒态，无怪苏媛媛。宝宝发愤为雄，偏离了阿姊，独张一帜。只因时运未至，操业不能称心。可巧有一老妓从北京回来，见了宝宝，视为奇货，即挈她北上。时来运转，迁地果良，竟结识了一个搏二爷，彼此定情，你贪我爱，这一段风流趣史，流传都中，报纸上又为他夸扬，一传十，十传百，连他老子弈劻，也都闻知，把他严词训责。搏二爷无可奈何，只得忍痛割爱，暂避讥嘲。过了数月，旧性复发，又与一个名妓洪宝宝结不解缘，搏二爷专爱宝宝。与阿兄适成匹敌，真个是难兄难弟。当时某酒楼有题壁诗四绝，很有趣味，第一首云：

翠钿宝镜订三生，贝阙珠宫大有情；
色不误人人自误，真成难弟与难兄。

第二首云：

竹林清韵久沉寥，又过衡门赋广骚；
转绿回黄成底事，误人毕竟是钱刀。

第三首云：

红巾旧事说洪杨，惨戮中原亦可伤；
一样误人家国事，血脂新化口脂香。

第四首云：

娇痴儿女豪华客，佳话千秋大可传；
吹皱一池春水绿，误人多少好姻缘。

这四诗所指，即咏女伶杨翠喜，名妓洪宝宝事。后来御史江春霖，又劾直隶总督陈夔龙，及安徽巡抚朱家宝儿子朱纶，说陈是庆王的干女婿，朱纶是振贝子的干儿子，朝旨又责他牵涉琐事，肆意诬蔑，着回原衙门行走。时人又拟成一副谐联云：

儿自弄璋爷弄瓦，
兄会偎翠弟偎红。

这联传诵一时，推为绝对。正是一门盛事。只台谏中有了二霖，反对庆邸父子，免不得恼了老庆。江春霖籍隶福建，赵启霖籍隶湖南，此时汉大学士瞿鸿玑，与赵同乡，老庆暗怨赵启霖，遂至迁怒瞿鸿玑。肚疼埋怨灶司。满汉相轧，汉相敌不过满相，已在意中。待至运动成熟，竟由恽学士毓鼎出头，参劾瞿鸿玑四大款：什么授意言官，什么结纳外援，什么勾通报馆，什么引用私人，恼动了慈禧太后，竟欲下旨严谴。幸而查办大臣孙家鼐、铁良等，代瞿洗释，改大为小。这瞿中堂算得免斥革，有旨以“开缺回籍”四字，了结此案。二霖扳不倒，老庆一鼎已足压双木，可见清廷敝政。

自是全台肃静，乐得做仗马寒蝉，哪个还出来寻衅？这慈禧太后恰清闲了不少，每日与诸位宫眷，抹牌听戏。戏子谭鑫培，是伶界中泰斗，专唱老生戏，入园供直，相传谭演《天雷报》一剧，唱得异常悱恻，居然空中应响，起了一个大霹雳，时人因称他作谭叫天。太后呼他为叫天儿。叫天儿上

台，没一个不表欢迎，所以京中人都着谭迷，几乎举国若狂。当时肃亲王善耆，任民政部尚书，在宗室中称是明达，也未免嗜戏成癖。先时与叫天儿作莫逆交，得了几句真传，竟微服改装，与名伶杨小朵，合演《翠屏山》，善耆扮石秀，杨扮潘巧云，演到巧云斥逐石秀时，杨斥善耆道："你今天就是王爷，也须与我滚出去！"听戏的人，有认得善耆的，都为杨伶捏一把汗，偏这善耆毫不介意，反觉面有喜容，所以谭叫天亦极口称赞，说是可授衣钵，唯他一人。官场原是戏场，肃王旷达，何妨小试。

一班梨园子弟，正极承慈眷的时候，忽一片骇浪，发自安徽。一个管辖全省的恩巡抚，被一候补道员徐锡麟，手枪击死。这警电传到北京，吓得这位老太后，也出了一回神，命即停止戏剧，匆匆回宫，连颐和园都不敢去。"渔阳鼙鼓动地来，惊破霓裳羽衣曲"，想清宫情景，也如唐宫里差不多哩。小子闻那道员徐锡麟，系浙江绍兴人，曾中癸卯科副贡，科举废后，在绍兴办了几所学堂，得了两个好学生，一姓陈名伯平，一姓马名宗汉，嗣因自己未曾习武，复赴德国入警察学堂，半年毕业，匆匆回国。适他表亲秋女士瑾，也从日本留学回家，秋女士的仪表，不亚男子，及笄时，曾出嫁湖南人王某，两人宗旨不同，竟成怨偶。不意天壤间乃有王郎。她即赴东留学，学成归国，至上海遇着徐锡麟，谈起宗旨，竟尔相同，无非是有志革命。当下徐锡麟创设光复会，叫陈、马两学生做会员，自任为会长，联络各处同志，结成一个小团体。既而偕秋女士同回绍兴，把前立的大通学校，认真接办，注重体操，隐储作革命军，嗣接同乡好友陶成章来书，劝他捐一官阶，厕入仕途，以便暗中行事。锡麟深以为然，他家本是小康，又经同志帮助，凑成了万余金，捐了一个安徽候补道，银两上兑，执照下颁，锡麟领照到省，参见巡抚恩铭，恩抚不过按照老例，淡淡的问了几句。锡麟口才本是很好，见风使帆，引磁触铁，居然把恩抚一副冷肠，渐渐变热。官场中的迎合，亏他揣摩。传见数次，就委他作陆军小学堂总办；旋又因他警察毕业，兼任他做巡警会办。他得了这个差使，尽心竭力，格外讨好，暗中恰通信海外，托同志密运军火，相机起事。恩抚全然不知，常赞他办事精勤。不想两江总督端方，来了密电，内称革命党混入安徽，叫恩抚严密查拿。恩抚立传徐锡麟进见，示他译出的电文，锡麟一瞧，不由的吃了一惊。这电文内所称党首，第一名就是光汉子，幸下文没有姓名，还得暂时瞒住，佯作不解状，从容对恩抚道：

"党人潜来，应亟加防备，职道请大帅严饬兵警，认真稽查！"恩抚道："老兄办事，很有精神，巡警一方面，要托老兄了。"锡麟应声而别，回寓后与陈、马二人密商，主张速行起事，先发制人，是年已是光绪三十三年。锡麟拟赶办学堂毕业，请恩抚到堂，行毕业礼，乘间刺杀恩铭。议定后，遂备文申详，定于五月二十八日行毕业礼，经恩抚批准，锡麟即密招党人，届期会集安庆，内应外合，做一番大大的事业。谁料到二十八日外，忽由恩抚传见，命他改期。锡麟惊问何故？这一惊比前更大。恩抚说二十八日，系孔子升祀大典，须前去行礼，无暇来堂，所以要提早两日。锡麟踌躇了一会，只推说文凭等件，都未办齐，恐不能提早。恩抚微笑，半晌才道："赶紧一些，便好办齐，有什么来不及哩！"锡麟观形察色，未免有些尴尬，不好再说。恩抚已举茶辞客，锡麟回寓，又与陈、马二人密议多时，统是没法，只得拼了性命，向前做去。到了二十六日，锡麟命在学堂花厅内，摆设筵席，预埋炸药，俟恩抚到堂，先行请宴，索性连巡抚以下各官，一概炸死，以便发难。辰牌时候，司道等俱至堂中，恩抚亦乘轿到来，由锡麟一一迎入。献茶毕，恩抚便命阅操，锡麟忙回禀道："请大帅先饮酒，后阅操！"恩抚道："午后有事，不如先阅操为便。"便传集全堂学生，齐立阶下。恩抚率司道坐堂点名，忽走入学务委员顾松，请恩抚就座少缓。锡麟听着，疑顾松已知密谋，遂不管好歹，从怀中取出炸弹，向前抛去，偏偏炸弹不炸。想是司道等不该死。

恩抚听见响声，忙问何事？顾松接口道："会办谋反。"说时迟，那时快，恩抚面前，又是一弹飞至。恩抚忙把右手一遮，刚刚击中右腕，这颗枪弹，是马宗汉放出来的。锡麟见未中要害，竟取出手枪两支，用两手连放，击射恩铭。恩铭受了数创，最厉害的一弹，穿过小腹，立即晕倒。文巡捕陈永颐忙去救护，一弹中喉，又复毙命。武巡捕德文，也身中五弹，顿时堂中大乱。恩抚手护军将恩铭背出，恩铭尚未至毙，一声呼痛，一声叫拿徐锡麟。藩司冯煦，带了各官，越门而逃，锡麟忙叫关门，奈被顾松阻住，竟放各官出门。锡麟大愤，执了马刀，赶杀顾松，顾松欲逃，被陈伯平开了一枪，了结性命。锡麟见各官已去，与陈、马二徒胁迫学生多名，趋占军械所。城内各兵，已奉藩司命围攻，锡麟命伯平守前门，宗汉守后门，内外轰击了一回，被官兵攻入，击死陈伯平，捉住马宗汉，单单不见徐锡麟。就近

搜查，到方姓医生家，竟被搜着。冤家相遇，你一手，我一脚，把锡麟打至督练公所。当由藩司冯煦，臬司毓钟山，坐堂会审。锡麟立而不跪。冯煦厉声喝道："恩抚是你的恩帅，你到省未几，即委兼差，你应感激图报，为什么下此毒手？且有同党几人？"锡麟道："这是私恩，不是公愤，你等也不配审我，不如由我自写。大丈夫做事，当磊磊落落，一身做事一身当，何容隐讳？"冯煦道："很好。"便命左右取过纸笔，令他自书。锡麟坐在地上，提笔疾书道：

我本革命党大首领，捐道员，到安庆，专为排满而来。满人虐我汉族，将近三百年，综观其表面立宪，不过牢笼天下人心，实主中央集权，可以膨胀专制力量。满人妄想立宪便不能革命，殊不知中国人之程度，不够立宪。以我理想，立宪是万万做不到的。若以中央集权为立宪，越立宪的快，越革命的快。我只拿定革命宗旨，一旦乘时而起，杀尽满人，自然汉人强盛，再图立宪不迟。我蓄志排满，已十余年，今日始达目的，本拟杀恩铭后，再杀端方、铁良、良弼，为汉人复仇，乃杀恩铭后，即被拿获，实难满意。我今日之举，仅欲杀恩铭与毓钟山耳。恩抚想已击死，可惜便宜了毓钟山。此外各员，均系误伤，唯顾松系汉奸，他说会办谋反，所以将他杀死。尔言抚台是好官，待我甚厚，诚然。但我既以排满为宗旨，即不能问满人作官好坏。至于抚台厚我，系属个人私恩，欲杀抚台，乃是排满公理。此举本拟缓图，因抚台近日稽查革命党甚严，恐遭其害，故先为同党报仇。且要当大众面前，将他打死，以成我名。尔等再三问我密友二人，现已一并就获，均不肯供出姓名，将来不能与我大名并垂不朽，未免可惜，所论亦是。但此二人皆有学问，日本均皆知名，以我所闻，在军械所击死者，为光复子陈伯平，此实我之好友。被获者，或系我友宗汉子，向以别号传，并无真姓名。此外众学生程度太低，无一可用之人，均不知情。你们杀我好了，将我心剖了，两手两足斩了，全身砍碎了，均可。不要冤杀学生，学生是我诱逼去的。革命党本多，在安庆实我一人。为排满故，欲创革命军，助我者仅光复子、宗汉子两人，不可拖累无辜。我与孙文宗旨不合，他也不配使我行刺，我自知即死，因将我宗旨大要，亲书数语，使天下后

世，皆知我名，不胜荣幸之至！徐锡麟供。

写毕，掷交公案。藩臬两司，已得实供，复闻恩铭已死，便商议一番，拟援张汶祥刺马新贻案，惩办锡麟。一面电奏北京，一面将锡麟钉镣收禁。隔了两天，京中复电照办，并命冯煦署理皖抚，冯煦即命将锡麟挪出正法，复剖胸取心，致祭恩抚灵前。刑已减轻，如何仍此惨酷？复将马宗汉讯问得供，亦推出枭首。又传电浙江，查办徐氏家属，浙江巡抚张曾扬，接着此信，忙饬绍兴府贵福遵行。锡麟父徐梅生，向来守旧，曾告锡麟忤逆，至是到会稽县自首。县令李端年调查旧卷，果有梅生控子案，遂不去逼迫，只饬交捕厅管押。锡麟弟伟，正去安徽访兄，被冯署抚拿住，供称与兄意见不合。今欲到表伯俞巡抚处省视，路过安庆，顺道访兄，不意被拿，兄事实不知情。冯抚察无虚语，又因他供与湘抚俞廉三有亲，未免袒护一点，遂把他减轻罪名，监禁十年。只绍兴府贵福，本系满人，格外巴结，不但将徐氏家产，抄没入官，并把大通学堂，也勒令封闭；并令差役入内检查。适值秋瑾女士，偶憩校中，差役不由分说，竟将她拿入府署，给她纸笔，逼令供招。秋瑾提笔写一“秋”字，经堂下令她写下，她又续书六字，凑成了一句诗，乃是“秋风秋雨愁煞人”一语。贵福道：“这句便是谋反的意想。”不知所据何典？所引何律？遂夤夜电禀张抚，说是：“秋瑾勾通徐锡麟，谋叛已有实据，现在拿获，应请正法！”张抚闻有谋叛确证，复电就地处决。可怜这位秋女士，被绑至轩亭口，愤无从泄，竟尔受刑。同善堂发棺收殓，以免暴骨。那贵福既杀了秋瑾，复令兵役到处搜查，忙乱了好几日，查不出有革命党踪迹。兵役异想天开，遇着居民行客，任意敲诈，连秃头和尚，天足妇人，统说他是徐秋二人党羽，得了贿赂，方才释手。约有一两个月，兵役已经满意，始复称没有革命党。贵福照禀张曾扬，曾扬电达安徽，并奏报北京，才算了案。杭绍的百姓，只有三魂六魄，已吓去了一半。至民国光复后，方把徐氏家产发还，并将秋女士遗骸改葬西湖，碣书鉴湖女侠秋璿卿墓。璿卿即秋瑾表字，鉴湖女侠，乃秋瑾别号。后人有挽徐志士并秋女侠对联两副，颇觉可诵：挽徐志士一联云：

铁血主义，民族主义，早已与时俱臻；未及睹白帜飘扬，地下英灵

应不瞑。

只知公仇，安识私恩，胡竟为数所厄？幸尚有群雄继起，天涯草木俱生春。

挽秋女士一联云：

今日何年？共诸君几许头颅，来此一堂痛饮。

万方多难，与四海同胞手足，竞雄廿纪新元。

皖浙事方了，粤省又有会党起事，正是一波才平，一波又起，清室江山，总要被他收拾了。待小子下回再叙。

立宪之伪，于改革官制见之。官制虽更，而一班绔袴少年，以涂脂抹粉之手段，竟尔超升高位，欲其改良政治也得乎？迨御史攻讦，老羞成怒之弈劻，不知整饬家法，反令迁谪言官，甚至同寅大僚，亦受嫌被黜，周厉监谤，不是过也。徐锡麟谓越立宪的快，越革命的快，斯言实获我心。疆吏趋承上旨，加以惨戮，激之愈烈，发之办愈速。徐死后仅阅五年，而鄂军发难，清社墟矣。书有之："四海困穷，天禄永终"，信然！

第九十五回　遘奇变醇王摄政　继友志队长亡躯

却说粤东西两省，自洪杨荡平后，尚有余党孑遗，当时虽幸逃性命，本心终是未改，隐名韬姓的溷了几年，联络几个老朋友，免不得又来出头。什么三点会，三合会，统是藏着洪天王的姓，想与洪天王复仇。革命党人，利用这班会党，密与通信，叫他起事，因此广东韶平县的会党，攻黄冈协镇衙门；惠州府的会党，谋变七女湖；钦州的会党，也闻风踵起，攻陷防城。只是乌合之众，终究不能济事。革命党联络会党，也太觉拉杂。官兵一出马，两三仗便把会党击败，四散逃走。清廷以为癣疥微疾，不足深虑，独直督袁世凯，以内忧外患，交迫而起，奏请实行立宪。鄂督张之洞，以各校学生，日趋浮嚣，好谈革命，奏请设存古学堂，冀挽颓风。一促维新，一拟存古，看似两歧，实是同一般用意。清廷遂召两督入京，统补授军机大臣，另下诏化除满汉畛域，令内外各官条陈办法。当下各官吏应诏陈言，有说宜许满汉通婚，有说要实行立宪，筹定年限。慈禧太后，倒也无乎不可，遂改考查政治馆为宪政编查馆，叫他按年筹备。宪政编查馆诸公，遂提出九年的期限，拟自光绪三十四年起，至四十二年止，将预定各事，陆续办齐，按年列表，上陈慈鉴。日月逝矣，岁不我与，奈何？奉谕："逐年筹备事宜，照单察阅，统是立宪要政，必须秉公认真，次第推行"云云。宫廷中的意见，总道是谕旨迭下，可以销弭隐祸，笼络人心，徒托空言，何济于事？偏偏民情愈奋，民气益张。苏浙两省，为了沪杭甬铁路，决议自办，拒绝英国借款；山西人为了外人开

矿，有失利权，决立矿务公司，力图抵制；安徽又开铁矿大会，协争江浙铁路借款，并力请自办浦信铁路；广东人因外务部许税司管理西江捕权，会议力争。这一桩，那一件，都来与政府交涉。军机处的王大臣，及各部堂官，忙得日无暇晷，磋磨又磋磨，调停复调停，方才敷衍过去。

忽闻广西镇南关，又有革命党攻入，夺去右辅山炮台三座。有旨切责桂抚，令他指日克复。桂抚连忙调兵派将，运械输粮，与革命军对垒。官兵的饷械，陆续前来，革军的饷械，只是孤注。相持了好几日，革军已是械尽粮空，没奈何仍走外洋。桂抚遂上折报功，有几个有运气的将士，升官蒙赏，又沐了好些皇恩。这些甜味儿也要吃完了。

勉勉强强过了一年，已是光绪三十四年了。过年的时候，宫中照例庆祝，又有一番热闹。初十日是皇后千秋节，除太后皇帝外，众人统向皇后祝寿。元宵这一日，花灯绚彩，烟火幻奇，宫中复另具一番景色。不意日本公使，来了一个照会，内称粤海关擅扣汽船，侮辱国旗，要求外务部赔偿损失，吓得外务部瞠目结舌，正拟拍电去粤，粤省的大吏，已有电文传到，照电译出，系日本汽船二辰丸私运军火，接济民党，由粤海关查出，搜得枪枝九十四箱，子弹四十箱，当将二辰丸扣留，卸去日本国旗。外务部据事答复，偏偏日使不认，硬要同清廷呕气，彼此舌战了一回，日使竟取出强权手段，欲以武力对待。外务部无如彼何，只好事事应允，释船惩官，赔款谢罪，才算了结。强国有公理，弱国无公理，可为一叹。粤民大愤，拟停止日货交易，日使又强迫外务部，令粤督严禁，中国人虎头蛇尾，五分钟热心，不久即消灭净尽，日货仍充塞街中了。我同胞听着。

那时西陲的廓尔喀尼泊尔两国，恰遣使入贡，达赖喇嘛，前次避入库伦，至是闻英藏案结，回至西宁，亦上表入觐。太后特旨嘉许，命地方官优礼相待。到京后，赐居雍和宫，加封为诚顺赞化西天大善自在佛。徒事羁縻，不足以服达赖。会太后诞辰将至，便留达赖替他祝寿，自己畅游颐和园万寿山，图个尽欢。大约自己亦知不永。到了万寿期内，城内正街，装饰一新，宫中设一特别戏场，演戏五日，这是拳匪以后第一次盛典。达赖喇嘛亦带领属员，向太后叩祝，外国使臣，各遣员祝贺。只光绪帝已经抱病，不能率王大臣行礼，但于万寿日早晨，由瀛台至仪銮殿，勉强拜祝。太后见他颜色憔悴，形容枯槁，亦未免动了慈心，命太监扶掖上轿，令帝回入瀛台。是日下

午，太后挈后妃福晋太监等，泛舟湖中，天气晴和，湖光一碧，太后老兴勃发，命妃嫔福晋等，改着古衣，扮做龙女善男童子，李莲英扮韦驮，自己扮观音大士，拍一照相，留作纪念。七十余年的历史，统作幻影观可也。游至日暮，兴尽方归。归途中凉风拂拂，侵入肌骨，又多吃乳酪苹果等物，竟至病痢。翌日尚照常理事，批阅奏折多件。又越日，太后皇帝都不能御殿。达赖闻太后染疾，呈上佛像一尊，禀称可镇压不祥，应速往太后万年吉地，妥为安置。太后喜甚，病几少瘥。翌日仍御殿，召见军机大臣，命庆王送佛像至陵寝。庆王闻命，迟疑一会，才奏称："太后皇上，现皆有病，奴才似不便离京。"太后道："这几日中，我不见得就会死，我现在已觉得好些了。无论怎样，你照我话办就是。"庆王不敢违旨，始奉佛像去讫。次日，太后皇帝同御便殿，直隶提学使傅增湘陛辞，太后道："近来学生，思想多趋革命，此等颓风，断不可长。你此去务尽心力，挽回末习方好。"言下颇为伤感，傅增湘应令趋退，太后即宣召医官入内诊病。

自是光绪帝不复视朝，太后亦休养宫中，未曾御殿。御医报告两宫病象，均非佳兆，请另延高医诊视。军机处特派员请庆王速回，一面增兵卫宫，稽查出入，伺察非常。庆王接信，兼程入京，一到都下，闻光绪帝病重，太后已拟立醇王子溥仪为嗣，当下入宫谒见太后。太后即向庆王道："皇上病重，看来要不起了。我意已决，立醇王子溥仪。"庆王道："就支派上立嗣，溥伦是第一个应继，其次还是恭正溥伟。"太后道："我意已定，不必异议。从前我将荣禄的女儿，与醇王配婚，便等她生下儿子，立为嗣君，报荣禄一生的忠心。荣禄当庚子年防护使馆，极力维持，国家不亡，全仗彼力。那个主张攻使馆，请太后下一转语来。今年三月，曾加殊恩与荣禄妻室，现已饬迎醇王子溥仪入宫，授醇王为监国摄政王了。"庆王闻言，暗想木已成舟，无可再说，便道："太后明见，想亦不错。"太后又道："皇上终日昏睡，清醒时很少，你去看他一看，倘或醒着，可将此意传知。"

庆王便转至瀛台，到光绪帝寝榻前，但见光绪帝双目睁着，气喘吁吁，瘦骨不盈一束。榻下只有一两个老太监，充当服役，连皇后瑾妃都不在侧，未免触景生悲，暗暗堕泪。当时请过了安，光绪帝亦两泪含眶，便有气无气的向庆王道："你来得很好！我已令皇后往禀太后，恐不能长侍慈躬，请太后选一嗣子，不可再缓。"庆王便婉述太后旨意，光绪帝半晌才道："立一长

君，岂不更好？但不必疑惑，太后主见，不敢有违。”到死还不敢批评太后，惊弓之鸟，煞是可怜！庆王道：“醇王载沣，已授为监国摄政王，嗣君虽幼，可以无虑。”光绪帝道：“这且很好，但我……”说到我字，喉中竟哽咽起来。庆王连忙劝慰，便道：“皇上不必怆怀，如有谕旨，奴才当竭力遵办。”光绪帝道：“你是我的叔父行，不妨直告。我自即位以来，名目上亦有三十多年，现在溥仪入嗣，还是承继何人？”庆王闻了此语，倒也踌躇了一会；想定计划，才道：“承继穆宗，兼祧皇上。”光绪帝道：“恐怕太后未允。”庆王道：“这在奴才身上。”言未毕，太监报称御医入诊，当由庆王替光绪帝传入。医官行过了礼，方诊御脉。诊罢辞退，庆王亦随了出来，问御医道：“脉象如何？”御医道：“龙鼻已经煽动，胃中又是隆起，都非佳兆。”庆王问尚有几日可过？御医只是摇头。

庆王料是不久，便别了御医，径禀太后。太后道：“各省不知有无良医，应速征入都方好。”还要良医何用？庆王道：“恐来不及了。”太后道：“你却去叫军机拟旨，如有良医，速遣入诊，我也病重得很。”庆王退出。还有宫监们旁构谗言，说皇帝前数日，闻太后病，尚有喜色。太后发怒道：“我不能先他死。”小人之可恶如此。是日下午，太后闻报帝疾大渐，便亲至瀛台视疾，光绪帝已昏迷不省，太后命宫监取出长寿礼服，替帝穿着，帝似乎少醒，用手阻挡，不肯即穿。向例皇上弥留，须着此礼服，若崩后再穿，便以为不祥。太后见帝不愿穿上，便令从缓，延至五句钟驾崩，是日为光绪三十四年十月二十一日。太后、皇后、妃嫔二人，及太监数人在侧。太后见帝已崩逝，匆匆回宫，传谕降帝遗诏，并颁新帝登基喜诏。庆王闻耗，急趋入宫，见遗诏已经誊清，忙走前瞧阅道：

> 朕自冲龄践阼，寅绍丕基，荷蒙皇太后帱育仁慈，恩勤教诲，垂帘听政，宵旰忧劳，嗣奉懿旨，命朕亲裁大政，钦承列圣家法，一以敬天法祖，勤政爱民为本。三十四年中，仰禀慈训，日理万机，勤求上理，念时势之艰难，折衷中外治法，辑和民教，广设学堂，整顿军政，振兴工商，修订法律，预备立宪，期与薄海臣庶，共亨升平。各直省遇有水旱偏灾，凡疆臣请赈请蠲，无不恩施立沛。本年顺直东三省，湖南、湖北、广东、福建等省，先后被灾，每念我民满目疮痍，难安寝馈。朕躬

气血素弱，自去岁秋间不豫，医治至今，而胸满胃逆，腰痛腿软，气壅咳喘诸证，环生迭起，日以增剧，阴阳俱亏，以致弥留，岂非天乎？顾念神器至重，亟宜传付得人，兹钦奉慈禧端佑康颐昭豫庄诚寿恭钦献崇熙皇太后懿旨，以摄政王载沣子溥仪，入承大统，在嗣皇帝仁孝聪明，必能仰慰慈怀，钦承付托，忧勤惕厉，永固邦基。尔京外文武臣工，其清白乃心，破除积习，恪遵前次谕旨，各按逐年筹备事宜，切实办理！庶几九年以后，颁布立宪，克终朕未竟之志。在天之灵，藉稍慰焉。丧服仍依旧制，二十七日而除。布告天下，咸使闻知。

庆王瞧毕，便禀太后道："新皇入嗣，是否承继穆宗？"太后道："这个自然。吴可读曾至尸谏，难道竟忘记么？"庆王道："承继穆宗，原应该的，但大行皇帝，亦不可无后，应由嗣皇兼祧。"太后不应，庆王再请，太后且有怒容。庆王叩头道："从前穆宗大行，未曾立嗣，因有吴可读尸谏。现今皇上大行，若非筹一兼顾的法子，仍如穆宗无嗣，安得没有第二个吴可读，仍行尸谏故事？将来应如何对待，还乞太后圣裁。"太后被他驳住，才忍着性子道："你去拟旨来，待我一阅。"庆王即起，取纸笔，草拟遗诏道：

钦承慈禧端佑康颐昭豫庄诚寿恭钦献崇熙皇太后懿旨：前因穆宗毅皇帝，未有储贰，曾于同治十三年十二月初三日降旨，皇帝生有皇子，应承继穆宗毅皇帝为嗣。今大行皇帝龙驭上宾，亦未有储贰，不得已以摄政王载沣之子溥仪，承继穆宗毅皇帝为嗣，兼承大行皇帝之祧。

兼祧之制已定，光绪帝才算有嗣。最感激的，乃是光绪皇后。庆王等退出，时已夜半，太后才得安寝。次日尚召见军机与皇后摄政王，及摄政王福晋，谈论多时。复用新皇帝名目，颁一上谕，尊太后为太皇太后，皇后为太后，其时尚谈及庆祝尊号，及监国授职的礼节。到了午膳，太后方饭，忽然间一阵头晕，猝倒椅上。李莲英等忙扶太后入寝宫，睡了好一歇，方才醒转，令召光绪皇后、摄政王载沣，及军机大臣等齐集，咐吩各事，从容清晰。并云："病将不起，此后国政应归摄政王办理。"随令军机大臣拟旨，大略如下：

奉太皇太后懿旨：昨已降谕，以醇王为监国摄政王，禀承予之训示，处理国事。现予病势危急，自知不起，此后国政，即完全交付监国摄政王。若有重要之事，必须禀询皇太后者，即由监国摄政王禀询裁夺。

看这道上谕，可见慈禧后爱怜侄女，与待同治皇后，大不相同。不但爱怜侄女，且暗蓄那拉族势力。慈禧后叮嘱既毕，喉中顿时痰壅，咯了几口，休养了好一会。军机大臣，尚未趋退，当下命草遗诏。军机拟诏毕，呈慈禧后，慈禧后还能凝神细阅，从头至尾，看了一遍。又命军机加入数语，才算定稿。到了傍晚，渐渐昏沉，忽又神气清醒，谕王大臣道："我临朝数次，实为时势所迫，不得不然。此后勿再使妇人预闻国政，须严加限制，格外防范！尤不得令太监擅权，明末故事，可为殷鉴。"说到末句，已是不大清楚。临终时偏有此遗嘱，所谓人之将死，其言也善。喉中的痰，又壅塞起来。面色微红，目神渐散，随即逝世。时仅两日，遭了两重国丧，宫廷内外，镇定如常，这还是慈禧一人的手段。越日即传布遗诏道：

予以薄德，祗承文宗显皇帝册命，备位宫闱。迨穆宗毅皇帝，冲年嗣统，适当寇乱未平，讨伐方殷之际，时则发捻交讧，回苗俶扰，海疆多故，民生凋敝，满目疮痍，予与孝贞显皇后，同心抚视，夙夜忧劳，秉承文宗显皇帝遗谟，策励内外臣工，暨各路统兵大臣，指授机宜，勤求治理，任贤纳谏，救灾恤民，遂得仰承天庥，削平大难，转危为安。及穆宗毅皇帝即世，今大行皇帝入嗣大统，时事愈艰，民生愈困，内忧外患，纷至沓来，不得不再行训政。前年宣布预备立宪诏书，本年颁示预备立宪年限，万机待理，心力俱殚，幸予气体素强，尚可支持。不期本年夏秋以来，时有不适，政务殷繁，无从静摄，眠食失宜，迁延日久，精力渐惫，犹未敢一日暇逸。本年二月一日，复遭大行皇帝之丧，悲从中来，不能自克，以致病势增剧，遂致弥留。回念五十年来，忧患迭经，兢业之心，无时或释。今举行新政，渐有端倪，嗣皇帝方在冲龄，正资启迪，摄政王及内外诸臣，尚其协心翊赞，固我邦基！嗣皇帝以国事为重，尤宜勉节哀思，孜孜典学，他日光大前谟，有厚望焉！丧服二十七日而除，布告天下，咸使闻知！

遗诏既下，准备丧葬典礼，务极隆崇。加谥曰孝钦显皇后，谥光绪帝为德宗景皇帝。越月，嗣皇帝溥仪即位，年甫四龄，由摄政王扶掖登基，以明年为宣统元年，上皇太后徽号曰隆裕皇太后，并颁摄政王礼节，及覃恩王公大臣有差。

京中一吊一贺，方在热闹得很，忽报安徽省又起革命风潮。大众还道徐锡麟复生，惊疑不定，后来探听的确，方知发难的首领，乃是炮队队官熊成基。成基因徐锡麟惨死，心怀不平，适值前炮营正目范传甲，与锡麟乃是故交，锡麟死时，曾对着尸首，恸哭一回，被抚院卫队撞见，飞奔得脱。是时闻两宫崩逝，遂潜至安庆，运动熊成基起事。成基应允，密召部下营兵，宣告革命。部众倒也赞成，当即编成命令十三条，定于十月二十六日颁布。处置既定，又暗约弁目薛哲在城内接应。届期十点钟，炮营内全队俱发，先至陆军小学堂，破门而入，直趋操场军械室，取得枪杆；又至火药库，夺了子弹，正想长驱入城，不料城门已是紧闭。成基还待薛哲接应，等了许久，毫无影响，遂在沿城小山上架炮轰城。连放数炮，城不能破，反被城上轰击过来，死伤部众数十人。正在着忙，忽闻长江水师，已奉江督端方命令，来救安庆，成基料知事泄，便率众向西北遁走。途中解散部众，只身独行。沿路记念范传甲，不知如何下落。行到山东，适遇一位好友从安庆来，两下相叙，才知范传甲谋刺大吏，未成被获，已是就义，不禁涕泪交横。友人复劝他远走辽东，免被缉获，成基应诺而去。

到了宣统二年，贝勒载洵，出使英国，贺英皇加冕，道出哈尔滨，成基想把他刺死，偏偏载洵的卫队，布得密密层层，孑身无从下手，只得眼睁睁由他过去。不过成基心总未死，拟乘载洵回国，再行着手。一面联络石往宽、喻培伦二人，做了臂助。无如谋事在人，成事在天，载洵从原路归来，成基方与石、喻二友，执着手枪，拼命入刺，哪知枪还未发，已被巡警捉住。三个人拿住了一双半，解到吉林，由巡抚审讯，三人直供不讳，眼见得性命难保了。军官也要革命，虽不中，不远矣。

这且搁下不提，单说皖乱已平，江督端方，即报知摄政王，摄政王稍觉安心。只光绪帝曾有遗恨，密嘱摄政王，摄政王握了大权，便想把先帝恨事，报复一番。正是：

遗命不忘全友爱，宿仇未报速安排。

毕竟所为何事，且从下回叙明。

慈禧太后之殁，距光绪帝崩，仅一日耳，后人啧有烦言，或谓光绪帝已崩数日，宫内秘不发丧，直至嗣皇定位，慈禧复逝，因次第宣布。或谓光绪帝之崩，实在太后临终之后，守旧党人，恐光绪帝再出亲政，不免于祸，遂设法置诸死地。以讹传讹，成为千古疑案。予考中外成书，于两宫谢世，并无异论，是则悠悠之口，不足为凭。著书人据事叙录，未尝羼入谬论，存其实也。独慈禧太后两立幼君，至于光绪帝崩，复迎立四龄幼主，入宫践阼。意者其尚望延年，仍行训政欤？否则为光绪后留一地步，维持叶赫族永久权势，而因有此举也。后人曾有咏宫词云：

纳兰一部首歼诛，婚媾仇雠箧脱弧。
二百年来成倚伏，两朝妃后侄从姑。

即是以观，叶赫亡清之谶，不特应于慈禧后一人之身，隆裕后亦与焉。皖中革命，先徐后熊，影响及仕途军界，清之不亡无几矣。隆裕后尚无亡国之咎，不过慈禧当国数十年，天人交怨，特假隆裕以泄其忿耳。慈禧考终，不及见逊位之祸，慈禧其亦幸矣哉！

第九十六回　二显官被遣回籍　众党员流血埋冤

却说摄政王载沣，因记起光绪帝遗恨，亟图报复，遂密召诸亲王会议。庆王弈劻等，都至摄政王第中，由摄政王取出光绪帝遗嘱，乃是的确亲笔，朱书五个大字。庆王弈劻瞧着，便道："这事恐行不得。"摄政王道："先帝自戊戌政变以后，幽居瀛台，困苦的了不得，想王爷总也知道。现在先帝驾崩，遗恨终身，在天之灵，亦难瞑目。"言毕，面带泪容。庆王道："畿辅兵权，统在他一人手中，倘欲把他惩办，以致禁军激变，如何是好？"故抱含蓄之笔。摄政王嘿然不答。庆王又道："闻他现有足疾，不如给假数天，再作计议。"摄政王勉强点头。看官，你道光绪帝恨着何人？遗嘱内是什么要语？小子探明底细，乃是"袁世凯处死"五字。一鸣惊人。原来戊戌变政时，光绪帝曾密嘱袁世凯叫他赴津去杀荣禄。袁去后，荣禄即进京禀报太后，照应八十七回。太后再出训政，把帝幽禁终身，不能出头。你想光绪帝的心中，如何难过？能够不引为深恨么？荣禄本系太后心腹，光绪帝还原谅三分，只老袁奉命赴津，不杀荣禄，反令荣禄当日赴京，那得不气煞恨煞？荣禄死后，老袁复受了重任，统辖畿内各军，权势益盛。太后复格外宠遇，因此光绪帝愈加愤闷。临危时，闻胞弟载沣，已任摄政王，料得太后年迈，风烛草霜，将来摄政王总有得志日子，所以特地密嘱。摄政王奉了兄命，趁这大权在手，自然要遵照施行。可奈庆王从中阻止，只得照庆王的计划，从宽办理。那老袁亦得着风声，便借足疾为名，疏请辞职。摄政王便令他开缺回

籍，他即收拾行李，竟回项城县养疴。摄政王因老袁已去，将端方调任直督，保卫京畿。

宣统改元，半年无事，隆裕太后在宫娱养，免不得因情寄兴，想拣个幽雅地方，闲居消遣。适大内御花园左侧，有土阜一区，很是爽敞，向由堪舆家言，不宜建筑。隆裕后性颇旷达，破除禁忌，竟饬工匠在土阜上兴筑水渠，四围浚池，引玉泉山水回绕殿上。窗棂门户，无不嵌用玻璃，隆裕太后自题扁额，叫作灵沼轩，俗呼为水晶宫。土木初兴，中元复届，太皇太后梓宫，尚未奉安，隆裕记念慈恩，特饬造大法船一只，用纸扎成，长约十八丈有零，宽二丈，船上楼殿亭榭，陈设俱备，侍从篙工数十人，高与人等，统穿真衣。上设宝座，旁列太监宫女，及一切器用，下面跪着身穿礼服的官员，仿佛平日召见臣工的形状。中悬一黄缎巨帆，上书“普渡中元”四大字。船外围绕无数红莲，内燃巨烛，都人推为巨制。统是民血，何苦如此？摄政王用皇帝名致祭舟前，祭毕，将大法船运至东华门外，敬谨焚化。一时男妇老幼，都来观集，叹为古今罕见。这项报销，闻达数十万金。过了两月，奉安届期，前三日间，又焚去纸扎人物，驼马器用等，不可胜计。

奉安这一日，车马喧阗，旌旗严整，簇拥着太皇太后金棺，迤逦东行。摄政王载沣，骑马前导。隆裕太后率领嗣皇及妃嫔人等，乘舆后送。两旁都是军队警吏，左右护卫，炫耀威赫景象，几乎千古无两。极盛难继。全队向东陵进发，东陵距京约二百六十多里，四面松柏蓊蔚，后为座山，与定陵相近。定陵就是咸丰帝陵寝，从前由荣禄监陵工，只东陵一穴，共费银八百万两，这场丧费，比光绪帝丧费，要加二倍有余。光绪帝梓宫奉安，较早半年，彼时只费银四十五万两有零。太后奉安，费银一百二十五万两有零。相传摄政王曾拟节省糜费，因那拉族不悦，没奈何摆了一场体面，不过国库支绌，未免竭蹶得很，这也不必细表。

单说隆裕太后到了东陵，下舆送窆，忽见旁边山上，有一摄影器摆着，数人穿着洋装，对准新太后拍相。隆裕太后大怒，喝令速拿，侍从忙赶将过去，拿住洋装朋友两名，当场讯鞫。供称系奉直督端方差遣，隆裕太后勃然道：“好胆大的端方，敢这么无礼，我定要把他惩办！”隆裕当时，很欲效法慈禧。送窆礼毕，愤愤回京，即命摄政王加罪端方，拟将他革职拿问。还是摄政王从旁婉解，极称：“端方已是老臣，乞太后宽恕一点。”于是罪从末减，

定了革职回籍，才算了案。端既革职，王大臣们，方识得隆裕手段，不亚乃姑。只端方素爱滑稽，最好用联语嘲人，同官中被他侮弄，未免衔恨，见了革职的谕旨，也很为畅快。小子曾记得端方有二联语，趣味独饶，一是嘲笑同官赵有伦，一是嘲笑同官何乃莹。二人姓名，也是天然对偶。赵有伦系京师富家儿，目不识丁，赖他母舅张翼，提拔入资郎，累得阔差，至充会典馆纂修。一块没字碑，看作藏书簏，已未免遭人谤议。赵又出了千金，购一妓女为妾，偏偏他大妇是个河东吼，立刻撵逐，不得已赁一别舍，居住小星。大妇又侦悉赵谋，禁赵自由出门，归家少迟，辄遭诟谇。端方遂做了一联，嘲笑有伦云：

一味逞豪华，原来大力弓长，不仅人夸富有。

千金买佳丽，除是明天弦断，方教我去敦伦。

又代著一额，乃是“大宋千古”四字。有伦闻知，还极口称赞。每出遇人，常诩诩自述，嗣经好友替他讲解，方绝口不谈了。何乃莹曾官副宪，性甚顽固，戊戌政变，规复八股，由何所奏，后因袒庇拳匪革职，何本庚辰翰林馆改部，签分工曹。妻室某氏，因何失翰林，大发雌威，何无言可答，直至长跪榻前，方蒙饶恕。既入工部，往拜某尚书，具贽百金。某尚书嫌他礼薄，呵斥备至，端方又撰一联道：

百两送朱提，狗尾乞怜，莫怪人嫌分润少。

三年成白顶，蛾眉构衅，翻令我作丈夫难。

清例，翰林七品戴金顶，改为部曹，已成六品，例戴白顶。

额曰：“何若乃尔”。这两联确是有味，但滑稽谈，容易肇祸，所以同僚中也常嫉视。此次遣人至陵前摄影，亦太儿戏，所以触怒太后，竟致革职。若长此革职回籍，倒也安然，可惜还想做官，终至身死西蜀。

端方去后，京中没甚大事，忽然间又到残冬。只京中虽是平安，外面恰很危险。英法日俄诸国，各订立关系中国的密约。俄人增兵蒙古，英人窥伺西藏，法人觊觎云南，中国大局，危迫万分，满廷亲贵，还是麻雀叉叉，姨

娘抱抱，妓女嫖嫖，简直是痴聋一样。是年各省已开谘议局，舆论以速开国会，缩短立宪期限，为救亡的计策，遂推举代表。齐赴京师，要求速开国会，至都察院递请愿书。都察院置不理，竟将请愿诸书搁过一边。各代表又遍谒当道，竭力陈请。旗籍亦举了代表，加入请愿团，都察院无可推诿，始行入奏。奉旨因不及筹备，且从缓议。各代表无可如何，只好纷纷回籍，拟至次年申请。翌年，朝鲜国又被日本并吞，国王被废，亚东震动。各省政团商会，及外洋侨民，各举代表，联合谘议局代表议员，再赴北京，递呈二次请愿书，清政府仍然不允。于是革命党人，密谋愈急。

粤人汪兆铭，曾肄业日本法政学校，毕业后，投入民报馆，担任几篇报中文字。原来民报馆正是革命党机关，报中所载的论说，无非是痛詈清廷，鼓吹革命。兆铭在此办理，显见得是个同志。他闻得载沣监国，优柔寡断，所信用的，无非叔侄子弟，已是愤激得很，会民报馆又被日本警察干涉，禁止发行，兆铭决计回国，干这革命的事业。他想擒贼必先擒王，不入虎穴，焉得虎子？便离了日本，潜赴北京，并邀同志黄树中，同至京内。树中在前门外琉璃厂，开了一爿照相馆，做了侨寓的地点，每日与兆铭往来奔走，暗暗布置，幸未有人窥破。约过数月，忽有外城巡警多人，围住照相馆，警官似虎如狼，趋入馆内，搜缉汪兆铭、黄树中。汪黄二人，料知密谋已泄，毫不畏惧，立随巡警出门，到了总厅。厅长问明姓名，二人便直认不讳，由总厅送交民政部。民政部尚书善耆，坐堂审讯，先问两人姓名，经两人实供后，随问地安门外的地雷，是否你两人所埋。两人直捷应声道："确是我们埋着。"善耆道："你埋着地雷何用？"两人答道："特来轰击摄政王。"浑身是胆。善耆道："你与摄政王何仇？"汪兆铭答道："我与摄政王没甚仇隙，不过摄政王是个满人首领，我所以要杀他。"善耆道："本朝开国以来，待你汉人不薄，你何故恩将仇报？"兆铭大笑道："夺我土地，奴我人民，剥我膏血，已经二百多年，这且不必细说；现在强邻四逼，已兆瓜分，摄政王既握全权，理应实心为国，择贤而治。大大的振刷一番，或尚可挽回一二。讵料监国两年，毫无建树，中外人民，请开国会，一再不允，坐以待亡。将来覆巢之下，还有什么完卵？我所以起意暗杀。除掉了他，再作计较。"善耆本号旷达，听了此言，也似有理，便道："你们两人，必分首从，究竟哪个是主谋？"黄树中忙说"是我。"汪兆铭怒对树中道："你何尝主张革命？你

曾向我劝阻，今朝反来承认，为我替死，真正何意？”回头对善耆道：“主谋的人，是我汪兆铭，并非黄树中。”树中也说：“是我主谋，并非汪兆铭。”善耆见他二人争死，也不禁失声道：“好烈士！好烈士！”又向二人道：“你两人果肯悔过，我可赦你不死。”两人齐声道：“你等满亲贵如肯悔祸，让了政权，我死亦无他恨。”善耆不能辩驳，令左右将二人暂禁，自己至摄政王第中，报明底细。摄政王道：“地安门外，是我上朝的出入要路，他敢在此埋着地雷，谋为不轨，若非探悉密谋，我的性命，险些儿丧在他手，请即重办为是！”善耆道：“革命党人，都不怕死，近年以来，枭首剖心，也算严酷，他们反越聚越多，竟闹到京中来了。依愚见想来，就使将他立刻正法，余外的革命党又至，办也办不完，还是暂从宽大，令他感我恩惠，或可销除怨毒，也未可知。”摄政王道：“难道汪、黄两人，竟好释放么？”善耆道：“这也不能，且永远监禁，免他一死。”摄政王点头，善耆退出，便令将汪、黄送交法部狱中。法部尚书廷杰愤愤道：“肃王爷也太糊涂，夺我权柄，饶他死罪，是何道理？”命司狱官拣一黑狱，将汪、黄钉了镣铐，羁黑狱中。

不言二人在狱受苦，且说革命党闻汪、黄失败，又被拿禁，大家都是悲愤。赵声，黄兴，一班首领，仍拟集众大举，先夺广东为根据地。原来广东是中国富饶的地方，兼且交通便当，所以革命党人，屡次想夺广东，立定脚跟，渐图扩张。无如广东大吏，防备严密，急切不得下手，只好相时而动。暗中从南洋办到二十多万金，购到外洋枪药炸弹，因恐路中有人盘查，专用女革命党，运入广州，租了房屋，藏好火器。门条上面，统写某某公馆，或写利华研究工业所，或写学员寄宿舍。又把各种文书，如营制饷章军律札符安民告示，保护外人告示，照会各国领事文，取缔满人规则，预先属草。筹备了好几月，已是宣统三年，清廷方开设资政院，赞成缩短立宪期限下，旨以宣统五年为期，实行开设国会，并令民政部饬国会请愿团，即日解散。请愿团尚欲继续要求，当由清廷下令驱逐，如再逗留，还要拿办，各代表踉跄出京。大廷专制，物议沸腾，革命党以为机会已到，公推黄兴为总司令，招集义友，约于宣统三年四月朔举行。

适值粤人冯如，在美国学造飞行机，竣工回国，往见粤督张鸣岐，自言在美国学制飞艇，已二十多年，现更自出心裁，造成一艇，能升高三百五十尺，载重四百余吨，此番回国，已将飞机运归，准备试验。张督即命冯如再

往海口，载回飞艇，择日试演。这个消息传出，省城官绅商民，争欲先睹为快。冯如择定日期，拟于三月初十日，在燕塘试放。届期这一日，远近到者数万人，红男绿女，络绎途中，真个是少见多怪，哄动全粤。广州将军孚琦，系荣禄从侄，闻得燕塘试演飞机，亦想一广眼界，当下坐了绿呢大轿，排仗出城。清制，将军不能擅自出城，孚琦欲广目界，违制私出，只道清廷无由遥制，谁知冥官偏不留情。一到燕塘，张督等统已出场，相见毕，彼此坐定。霎时间飞艇上升，越腾越高，但听得大众惊诧声，鼓噪声，谈笑声，闹成一片。不但百姓齐声喝采，连大小文武各员，也称为奇物。孚琦更为快慰，只因身任将军，有守城责，不便多留城外，便起身辞了各官，先行入城。甫至城门口，忽闻轰的一声，孚琦探头出望，巧巧一颗子弹，飞中额上。可谓一广额界。孚琦慌忙大喝道："有革命党，快快拿住！"这话一说，反把手下亲兵，吓得四散，连轿夫也弃轿远走。孚琦正在惊慌，那枪弹还是接连飞来，凭你浑身是铁，也要洞穿，弹声中止，放弹的人，跳跃而去。适值张督等回来截住，刺客一时不能逃避，枪弹又未装就，即被兵警擒住。这时才去看孚将军，早已鲜血淋漓，全无气息，轿子已打得七洞八穿，玻璃窗亦碎作数片。广州府正堂，及番禺县大令，忙饬轿夫抬回尸首，一面押着刺客，随张督等一同进城。张督立饬营务处审讯，刺客供称："姓温名生财，曾在广九铁路做工，既无父母，又无妻小，此次行刺将军，系为四万万同胞复仇。今将军已被我击死，我的义务尽了，愿甘偿命！"问官欲究诘同党，温生财道："四万万汉人，便是我同党。"问官又欲诘他主使，温生财道："击死孚琦是我，主使也就是我，何必多问！"视死如归。问官得了确供，便向督署中请出军令，立刻用刑。

温生财既死，官场中格外戒严，纷纷调兵入城。黄兴等闻这消息，顿足不已，大呼为温生财所误。当下秘密会议，有说目下未便举动，且暂时解散，再作后图。独黄兴主张先期起事，提出三大理由：

第一条是说我等密谋大举，不应存畏缩心。

第二条是说大军入城，有进无退，若半途而废，将失信用，后来难以作事。

第三条是蓄谋数年，惹起各国观瞻，若不战而退，恐被外人笑骂。

众人闻这三条理由，恰是确实情形，不得不举手赞成，遂决计起事。到了三月二十九日，官场也微悉风声，防守越严。黄兴谓束手待毙，不如冒险进取，遂於是日下午六点钟出发，他们先想了一个计策，着敢死团坐了轿子，向总督衙门内，一直抬入。管门的人，还道他是进见总督，不敢上前拦住，哪敢死团已闯进衙门，便乱掷炸弹，将头门炸坏，击毙管带金振邦。敢死团复向二门捣进，直到内房，并不见有总督，也不见有总督家眷。原来总督张鸣岐，闻风声紧急，早将家眷搬在别处，只有自己留住署内。是日听得衙门外面，枪声大作，忙令巡捕探悉。巡捕未出内室，外面已报革命党进衙，不免心慌意乱，亏得巡捕扯住了他，从室中走上扶梯，开了窗，正是当铺后墙，他两人即攒出窗门，越过当铺后檐，径入当铺中。众朝奉认得张督，自然接待，张督不暇安坐，急令朝奉引出偏门，三脚两步的，走入水师统领署内。水师统领李准，已闻督署起火，正拟调兵救护，忽报张督微服前来，便迎进花厅，作揖才罢，张督即令发兵拿革命党。李准请张督暂住书室，自己忙调动城内防营，速救督署，复亲自上马出衙，赶至督辕前，见营兵已与革党酣战。党人气焰很盛，枪杆统是新式，看看防营中人，有点抵挡不住，李准大喝一声，催各兵竭力向前，能获住党人一名，便有重赏。那时众兵听见有赏二字，争先杀敌，党人虽拼命死战，究竟寡不敌众，有几个中弹死了，有几个跌倒地上，被拿去了，渐渐的剩了数十人，只得望后退走。李准带了营兵，追向前去，到了大南门，又遇着一队党人，混战一场，党人又死了一半，四散奔逃。李准见四面统有火光，复分营兵为数队，向各处兜拿。火起处不得赴救，总教要路拦住，不使党人逃窜，就算有功。所以党人无从得利，次日清晨，还有党人一大群，去夺军械局，又被营兵杀退。营兵到处搜索，党人无路可走，竟拥入米肆中将米袋运至店口，堆积如山，阻住营兵。营兵搬不胜搬，枪弹又打不进去，正在没法，李准下令，用火油浇入店中，烧将起来。可怜党人前后无路，多被烧死。这日党人死了无数，城中损失，恰不甚多。因党人不肯骚扰居民，见有老幼妇女，尝扶他回家，就是街中放火，也不过是摇惑军心的计策，往往自放自救。到了四月朔日，城中已寂静无声了。那时张鸣岐已回到督署，将捉到党人若干名，一一审讯。党人统是慷慨直陈，无一抵赖。张督便命一半正法，一半收监。旋由同善堂内检点各处尸首，向黄花冈埋葬。后来经党人自己调查，阵亡的著名首领，约

有八十九人，姓名录下：

林　文	林觉民	林尹民	林常拔	方声洞	陈与桑
陈更新	陈汝环	陈文波	陈可均	陈德华	陈　敏
陈启言	陈　福	陈　才	冯超骧	冯仁海	冯　敬
冯雨苍	刘六湖	刘元栋	刘　锋	刘钟群	刘　铎
李　海	李　芳	李雁南	李　晚	李　生	李海书
李文楷	徐满凌	徐培汉	徐礼明	徐日培	徐保生
徐广滔	徐沛流	徐应安	徐钊良	徐　端	徐容九
徐松根	徐廉辉	徐茂苗	徐培深	徐习成	徐林端
徐进台	罗　坤	罗　俊	罗　联	罗　干	罗仲霍
石经武	石庆宽	荣肇明	劳　培	马　侣	马　胜
周　华	韦云卿	梁　纬	喻纪云	庞　鸿	庞　雄
何天华	王　明	姚国梁	宋玉琳	饶辅廷	余东鸿
日　全	雷　胜	黄鹤鸣	杜凤书	萧盛跻	游　祷
秦大诱	伍吉三	郭继梅	洗　选	程耀林	葛郭树
黎　新	吴　润	彭　容	廖　勉	江继厚	

这八十九人内，有七十二人葬在黄花冈，只黄兴，赵声，及胡汉民，李燮和数人，总算逃出香港，才免拿获。赵声恨事不成，病痈而死，与黄花冈诸君相见地下，这是广州流血大纪念。民国纪元，当三月二十九日，为黄花冈志士周年期，上海某报，曾有一副挽联云：

黄花冈下多雄鬼，五色旗中吊国殇。

广州流血后，水师提督李准，得了黄马褂的重赏，清政府也以为泰山可靠，越加放心。从此阳说立宪，阴加专制，不到数月，又想出一个铁路国有的计策，闯出一件大大的祸事来了。欲知后事，请看下回。

摄政王载沣，监国三年，未闻大有失德，而国势日危，实由于变乱已深，不

可救药。故谓亡清之咎，专属摄政王，我不敢信。但必以摄政王可告无罪，亦岂其然？当其监国之始，严谴袁端二大臣，似觉刚克有余，乃其后太阿倒持，政权旁落，叔侄子弟遍要路，无一干济才，但唯是贪婪淫欲，掊克为生，是岂恐其亡之不速，而故速其亡耶？谁秉国政，顾任其骄纵若此？革命党人乘机骚动，一败而清廷相庆，再败而清廷益相贺，三败四败，而清廷且自以为无恐矣。抑知败者愈奋，胜者愈骄，革命革命之声喧传海外，虽欲不亡，不可得也。故广州一役，人为革党悲，吾为清室惧，天夺之鉴而益其疾，觇国者于此决兴亡焉。

第九十七回　争铁路蜀士遭囚
兴义师鄂军驰檄

却说清政府闻广州捷报，方在放心，安安稳稳的组织新内阁。庆王弈劻，资望最崇，作为总理，自不消说。汉大臣中，如孙家鼐、鹿传霖、张之洞等，先后逝世，只有徐世昌，历任疆圻，兼掌部务，算是一位老资格，遂令他与那尚书桐，作为内阁总理的副手。内阁以下，如外务、民政、度支、学务、吏、礼、法、陆军、农工、邮传、理藩各部，统设大臣、副大臣各一员，从前尚书、侍郎的名目，悉行改革。凡旧有的内阁军机处，亦一律撤去。又增一海军部，命贝勒载洵为大臣，并设军谘府，命贝勒载涛为管理。洵、涛统是摄政王胞弟，翩翩少年，丰姿原是俊美，可惜胸中并没有军事知识，只仗着阿兄势力，占居枢要。一对绣花枕，好看不中用。各省谘议局联合会上书，略称："内阁应负责任，不宜任懿亲为总理，请另简大员，改行组织。"折上，留中不报。联合会再上书续请，方接复旨，据言："用人系君主大权，议员不得干预！"顿时全国大哗。

还有邮传部大臣盛宣怀，倡起铁路国有的议论，怂恿摄政王施行。中国的铁路，自造的只有三四条，余外多借外款建筑，甚且归外人承办。光绪晚年，各省商民，知识新开，才听得借款筑路，由外人监督，连土地权也保不住，于是创议自办，把京汉、北京至汉口。粤汉广东至汉口。两大干路，集款赎回，又由四川到汉口一线，亦由川汉商民，自行兴筑，这也是保全铁路的良策。偏偏这位盛大臣宣怀，要收归国有，难道果有绝大款项，能买回这铁路

么？据盛大臣奏章，说是：“川粤铁路，百姓无钱续办，不如收为国有，借债造路。此路一成，偿了外债，还有盈余。”说话似乎中听，其实只好去骗摄政王。除摄政王外，若非与盛大臣串同舞弊，简直是骗不进的。盛大臣是常州人，他家私约几百万，也算是中国一个富翁。他的钱财，多半从做官来的，已经到了这个地步，也好知足，还要做什么邮传部大臣？还要想什么铁路国有的计策？无如他总想不通，看不破，家中的姨太太，弄了好几十个，费用浩大，挥金如土。他的子弟们，又是浪吃浪用，不肯简省，累得这位盛老头儿，还不能回家享福。他运动了一个邮传部缺分，本是很好，可奈晚清路航邮电各局，多抵外债，进款也是有限，他从没法中想出一法，借铁路国有的名目，去贷外款几千万，一来可以敷衍目前，二来有九五回扣，可入私囊。等到外人讨还，他已早到棺材里去了。就使寿命延长，尚是未死，借主是清朝皇帝，与己无涉，中人勿赔钱，乐得眼前受用。摄政王视事未久，不甚晓得暗中弊端。庆亲王弈劻，总教有点分润，也与盛大臣一样想头，此倡彼和，居然把盛大臣原奏，批准下来。这段文字，写得淋漓尽致。

盛大臣遂与英美德法四国，订定借款，办粤汉川汉铁路。外人正想做些投资事业，一经盛大臣与他商议，把路作押，自然谨遵台命。那时盛大臣又想出办法，把从前川粤汉的百姓已垫路本，统作七折八扣的计算，从中又好取利若干，而且不必还他现钱，只用几张钞票，暂时搪塞，便好将百姓的路本，取作国用，一举数得，真是无上妙法。谁知百姓不肯忍受，竟要反抗政府。咨政院也奏请开临时会，参议四国借款。各省谘议局，直接申请，要请政府收回铁路国有成命。盛大臣一概不理，且怂恿摄政王，下了几道上谕，说什么不准违制，说什么格杀勿论，百姓看了这等话头，越加气恼。川人格外愤激，开了一个保路大会，定要与政府为难。川督赵尔丰，与将军玉昆，将川中情形，联衔上奏。这时盛大臣已有二三百万回扣到手，哪里还肯罢休？巧值端方入京，运动起复，费了十万金，得着一个铁路总办的缺分。盛大臣本帮他运动，所以同他商议，要他去压制川民，就可升任川督。端方利令智昏，居然满口答应，要去送掉老命了。草整行装，立即启程。行抵武昌，闻川民闹得不可开交，商人罢市，学堂罢课，不觉暗想道：“赵尔丰如此无能，一任民人要挟，如何可作总督？”遂夤夜拟一奏折，叫文稿员缮就，翌晨出发，奏中极说：“赵督庸懦，须另简干员”，大有舍我其谁的意思。嗣得

政府复电，令他入川查办，端方遂向鄂督瑞澂，借兵两队，指日入川。此时可算威风。

川督赵尔丰，本是著名屠户，起初见城内百姓，捧着德宗景皇帝的牌位，到署中环跪哀求，心中也有些不忍，因此有暂缓收回的奏请。旋闻端方带兵入川，料是来夺饭碗，不禁焦急起来。欲利人，难利己；欲利己，难利人。两利相权，总是利己要紧。人人为此念所误。忽外面传进了一纸，自保商榷书，列名共有十九人，他正想把这十九人传讯，那十九人中，竟有五人先来请见。尔丰阅五人名片，是谘议局议长蒲殿俊、副议长罗纶、川路公司股东会长颜楷、张澜、保路会员邓孝可，不由的愤愤道："都是这几人作俑，牵累老夫，非将他们严办不可！"遂传令坐堂。巡捕等茫无头绪，只因宪命难违，不得不唤齐卫队，立刻排班。赵屠户徐踱出来，堂皇上坐，始唤五人进见。五人到了堂上，瞧这情形，大为惊异。但见赵屠户大声道："你五人来此何为？"邓孝可先发言道："为路事，故来见制军，请制军始终保全。且闻端督办带兵入川，川民惶惧的了不得，亦乞制军奏阻。"赵屠户道："你等敢逆旨么？本部堂只知遵旨而行！"愿为满奴。这句话恼动了蒲殿俊，便道："庶政公诸舆论，这明是朝廷立宪的谕旨，制军奈何不遵？况四川铁路，是先皇帝准归商办，就是当今皇上，亦须继承先志，可容那卖国卖路的臣子，非法妄为吗？"观此可知川民捧景帝牌位之用意。说得赵屠户无言可驳，益发老羞成怒，强词夺理道："你等欲保全路事，亦须好好商量，为什么叫商人罢市，学堂罢课？你等心犹未足，且闻要抗粮免捐，这非谋逆而何？"殿俊道："这是川民全体意旨，并非由殿俊等主张。"赵屠户取出自保商榷书，掷示五人道："你们自去看来！这书上明明只书十九人，你五人名又首列。哼哼！名为绅士，胆敢劫众谋逆，难道朝廷立宪，就可令你等叛逆么？"五人瞧着，尚思抗辩，赵屠户竟喝令卫弁，将五人拿下。卫弁奉令来缚五人，忽听大门外一片哗声，震动天地，望将过去，约不下千人。头上都顶着德宗景皇帝神牌，口口声声，要释放蒲罗等。惹得屠户性起，命卫队速放洋枪，这令一下，枪声四射，起初还是开放空枪，后来见百性不怕，竟放出真弹子来，把前列的伤了数名。大众越加动怒，反人人拼着性命，闯入署中。正在不可开交的时候，亏得将军玉昆，飞马前来，下了马，挨入督辕，先抚慰民人一番，然后进商赵屠户，劝他不要激变。屠户铁石心肠，还是坚执一词，

玉昆不待应允，竟命将蒲罗等五人，释了缚，随身带出，又劝大众散归、大众才陆续归去。

赵屠户愤犹未息，竟奏称乱民围攻督署，意图独立，幸先期侦悉，把首要擒获；嗣复联络鄂督瑞澂，迭上奏章，说如何击退匪徒，说如何大战七日，其实不过用兵监谤，与乡间百姓闹了两三场，他便捕风掠影，捏词陈奏，想就此冒点功劳，可以保全禄位。川民自保，赵督亦自保，势已分裂，如何持久？鄂督瑞澂，闻川省议员萧湘，由京过鄂，潜差人将他拘住，发武昌府看管。原来萧在京时，曾反对借债筑路，瑞澂把他拘禁，无非巴结政府，与赵屠户心计，彼此一律。看官！试想民为国本，若没有百姓，成何国度？况且清廷已筹备立宪，凡事统在草创中，难道靠了几个虎吏，就可成事么？大声疾呼。清政府阅赵督奏折，还道川境大乱，仍用前两广总督岑春煊，前往四川，会同赵尔丰办理剿抚事宜。岑意主抚，行到湖北，与鄂督商议，意见相左。又与赵尔丰通信，尔丰大惊，想道："既来了端老四，又来了岑老三，正是两路夹攻，硬要夺我位置。"夺他位置，其患犹小，将来恐不止此，奈何？连忙写了复书，婉阻岑春煊，说是日内即可肃清，毋庸劳驾等语。岑得书，也不欲与他争功，便上书托疾，暂寓武昌，借八旗会馆，作为行辕，这是宣统三年八月初的事情。

转瞬间，已到中秋，省城戒严，说有大批革命党到了，春煊还不以为意。后来闻知总督衙门内，拿住几个革命党，他也不去细探。至十九夜间，前半夜还是静悄悄的，到了一两点钟时候，忽听得有劈劈拍拍的声音，接着又是马蹄声，炮声，枪声，嘈杂不休。连忙起床出望，外面已火光烛天，屋角上已照得通红。方惊疑间，但见仆人踉跄走来，忙问何事？仆人报称："城内兵变。"春煊道："恐怕是革命党。我是查办川路，侨居此地，本没有地方责任，不如走罢。"使命仆人收拾行装，挨到天明，自己扮了商民模样，只带了一个皮包，挈仆出门。到了城门口，只见守门的人，臂上都缠着白布，他也莫明其妙，混出了城，匆匆的行到汉口，趁了长江轮船，径回上海去了。倒也清脱。

原来这夜的扰乱，正是民军起事，光复武昌的日子。是历史上大纪念日。鄂督瑞澂，未出仕时，在沪曾犯拐骗珠宝案，公廨出票拘提，他即遁去。后来不知如何钻营，迭蒙拔擢，相传与泽公有葭莩谊，因此求无不应。他本识

字无多，肄业的肄字，尝读作肆音，士人传为笑柄。此次擢任鄂督，除逢迎政府外，别无他能。八月初九日，接到外务部密电，略说："革命党陆续来鄂，私运军火，并有陆军第三十标步兵，作为内应，闻将于十五六日起事，宜速防范"云云。他见了这种电文，飞饬陆军第八镇统领张彪，分布军队，按段巡查。督署内外，布满军警，又命文武大小各官，不得赏中秋节，连自己亦无心筵宴，日夜不得安枕。过了十五六两日，毫无动静，方才有些安心。十七日晚间，始与妻妾，补赏中秋，大家格外欢乐。宴毕，十二巫峰，任他游历，也总算是乐极了。乐极以下，便是生悲。翌日，接到荆襄巡防队统领沈得龙电文，说："在汉口英租界拿获革党刘汝夔、邱和商两名，已着护军解省。"瑞澂将电文交与巡捕，令颁发营务处，俟刘、邱两人解到听审。次日，又接张彪电话，说："在小朝街拿革党八人，内有一女革党，叫作龙韵兰，又有陆军宪兵队什长彭楚藩，内通革党，亦已查出拿下。同时在雄楚楼北桥高等小学堂间壁洋房内，拿获印刷告示缮写册子的革党五人。"接连又接到关道齐耀珊禀，说："洋房公所吴恺元，于汉口俄租界宝善里内，捉到秦礼明、龚霞初二名，并搜出炸弹、手枪、旗帜、印信、札文底册、信件甚多。"刚在一起一起的举发，外面又解到革党杨宏胜一名，说在黄土陂千家街地方小杂货店内，捉了来的。瑞澂被他闹昏，咐吩巡捕道："如有革党解到，不必琐报，总叫暂收狱中，我索性总审一堂，尽行将他正法，免得耽忧。"巡捕应声而出。是晚督署内复查出炸药一箱，有教练队军兵二人形迹可疑，拿讯时，果然由他运入，立即枭首。十九辰刻，瑞澂坐了大堂，审讯革党，有几个直认不讳，把他正法，有几个尚无实供，仍令收禁。

审讯已毕，适张彪到署，瑞澂把搜出名册，交他详阅。并说："名册中牵连新军，应即严查！"张彪告别回营，便饬将弁向各营查诘，营兵人人自危，遂密约起事，一火烧熟。定于十九夜间九点钟后，放火为号，一齐到火药局会齐，先搬子弹，后攻督署。可怜瑞澂、张彪等，尚在睡梦中。是晚月色微明，满天星斗悬在空中，听城楼更鼓，已打二下，忽然红光一点，直冲九霄。工程第八营左队营中，列队齐出，左右手各系白巾，肩章都已扯去。督队官阮荣发、右队官黄坤荣、排长张文澜等，出营阻拦。大家统说："诸位长官，如要革命，快与我辈同去！"阮黄诸人，还是神气未清，大声喝阻。语尚未绝，枪弹已钻入胸膛，送他归位。当下逐队急趋，遇着阻挡，一律不

管，只请他吃弹子。到了楚望台边，有旗兵数十人拦住，被他一阵排枪，打得无影无踪，遂扑入火药局内，各将子弹搬取。此时十五协兵士，已齐集大操场，随带弹药，同工程营联合，去攻督署。适遇防护督署的马队，阻止前进，兵士齐叫道："彼此都系同胞，何苦自相残杀？"倘令长存此心，何患国家不治？马队中听得此言，很是有理，遂同入党中。于是分兵三处，一向凤凰山，一向蛇山，一向楚望山，各将大炮架起，对着督署轰击，霎时间将督署头门毁去，各兵从炮火中，奔入督署，找寻瑞澂，谁知瑞澂早已率同妻妾，潜逃出城，到楚豫兵轮上去了。转身去寻张彪，也与瑞澂同一妙法，逃得不知去路。亏得会逃，保全老命。

各兵拥集督辕，天色渐明，大众公推统领，倒是齐声一致的，愿戴一位黎协统。乱世出英雄。这黎协统名元洪，字宋卿，湖北黄冈县人，从前是北洋水师学堂的学生，毕业后，娴陆海军战术，中东一役，黎曾充炮船内的兵目，因见海军败没，痛愤投海，为一水兵救起，由烟台流入江南，适值张之洞为江督，一见倾心，立写"智勇深沉"四大字，作为奖赏。嗣张督调任两湖，黎亦随去。及张入京，未几病逝，黎仍留鄂，任二十一混成协协统，为人温厚和平，待士有恩，所以军队无不乐戴。众议既定，都奔到黎营内，请出黎协统，要他去做都督。黎公起初不允，旋由大众劝迫，才说："要我出去，须要听我号令：第一条，不得在城内放炮。第二条，不得妄杀满人。此外如抢劫什物，奸淫妇女，捣毁教堂，骚扰居民等事，统是有干法律，万不可行！诸位从与不从，宁可先说，免得后悔。"大众齐声遵令，遂拥着黎公到谘议局，请他立任都督，把谘议局改作军政府，邀议长汤化龙，出任民政。

部署渐定，遂发了密令，命统带林维新带兵去袭汉阳。林统带连夜渡江，袭据了兵工厂，随向汉阳城进发。汉阳知府，不待兵到，早已远飏，正是不劳一炮，不血一刃，唾手得了汉阳城。旋又分兵过河，占住了汉口镇。汉口有各国租界，当由鄂军政府，照会各国领事，请他中立，并愿力任保护外人生命财产。各领事见他举动文明，也是钦佩，遂与军政府声明中立条约三件：

一　是无论何方面，如将炮火损害租界，当赔偿一亿七万两。

二　是两方交战，必在二十四点钟前，通告领事团。

三　是水陆军战线，必距离租界十英里外。

鄂军政府一一承认，遂由各国领事团，宣布中立文，并与军政府订定条约，凡从前清政府，与各国约章，继续有效，此后概当承认。赔款外债，照旧担负，各国侨民财产，一概保护。唯各国如有阴助清政府，及接济满清政府军械，应视为仇敌。所获物品，尽行没收。双方签定了押，遂由鄂军政府，撰布檄文，传达全国。其文道：

中华开国四千六百零九年八月□日，中华民国军政府檄曰：夫春秋大九世之仇，小雅重宗邦之义，况以神明华胄，匍匐犬羊之下，盗憎主人，横逆交逼，此诚不可一朝居也。唯我皇汉遗裔，弈叶久昌，祖德宗功，光被四海。降及有明，遭家不造，蕞尔东胡，曾不介意。遂因缘祸乱，盗我神器，奴我种人者，二百六十有八年。凶德相仍，累世暴殄，庙堂皆豕鹿之奔，四野有豺狼之叹。群兽嘻嘻，羌无远虑。慢藏诲盗，遂开门揖让，裂弃土疆，以苟延旦夕之命，久假不归，重以破弃。是非特逆胡之罪，亦汉族之奇羞也。幕府奉兹大义，顾瞻山河，秣马厉兵，日思放逐，徒以大势未集，忍辱至今。天夺其魄，牝鸡司晨，块然胡雏，冒昧居摄，遂使群小俱进，黩乱朝纲，斗聚金璧，以官为市，强敌见而生心，小民望而蹙额。犬羊之性，好食言而肥，则复有伪收铁道之举，丧权误国，劫夺在民。愤毒之气，郁为云雷。由鄂而湘而粤而川，扶摇大风，卷地俱起。土崩之势已成，横流之决，可翘足而俟。此真逆胡授命之秋，汉族复兴之会也。幕府总摄机宜，恭行天罚，惧义帅所指，或未达悉，致疑畏之徒，遇事惶惑，僻远诸彦，莫知奋起，用先以独立之义，布告我国人曰：在昔虏运方盛，则以野人生活，弯弓而斗，瞚目鴂舌，习为豺狼，是以索伦凶声，播越远近。入关之初，即择其强梁，遍据要津，而令吾民输粟转金，豢其丑类，以制我诸夏。传且九叶，则放诞淫侈，夤缘苟偷，以袭取高位。枯骨盈廷，人为行尸，故太平之战，功在汉贼，甲午之役，九庙俱震。近益岌岌。祖宗之地，北削于俄，南夺于日，庙堂阒寂，卿相嘻嘻，近贵以善贾为能，大臣以卖国相长，本根已斩，枝叶瞀乱。虎皮蒙马，聊有外形。举而蹴之，若拉

枯朽，是虏之必败者一。昔三桂启关，汉家始覆，福酋定鼎，益因缘汉贼，为之佐命。稍浴汉风，遂事羁縻，维时中邦，大势已去，义士窜伏，迂儒小生，勿能自固，遂被迫胁，反颜事仇，渐化腥膻，遂忘大义，合薰于莸，以逆为正，孑孑贪夫，时效小忠。虏遂奄然高踞，骄吸民脂，浸淫二百年，汉族义师，屡蹶不起，爰及洪王，几复汉土，曾胡左李，以本族之彦，倒行逆施，遂使虏危而复安，久留不去，此实孝孙之已醉，非逆胡之可长也。方今大义日明，人心思汉，觥觥硕士，烈烈雄夫，莫不敬天爱祖，高其节义。虽有缙绅，已污伪命，以彼官邪，皆舆金辇璧，因货就利，鄙薄骄虚，毋任艰巨。虏实不竞，汉臣复匮，盲人瞎马，相与徘徊，是虏之必败者二。邦国迁移，动在英豪，成于众志，故杰士奋臂，风云异气，人心解体，变乱则起。十稔以还，吾族巨子，断脰决腹者，已踵相接。徒以民习其常，毋能大起，虏遂起持其间，因以苟容，迁延至今，乃以立宪改官，诈为无信，借款收路，重陷吾民，星星之火，乘风燎原。川湘鄂粤之间，编户齐民，奔走呼号，一夫奋臂，万姓影从，颓波横流，败舟航之，是虏之必败者三。昔我皇祖黄帝，肇造中夏，奄有九有。唐虞继世，三王奋迹，则文化彬彬，独步宇内，煌煌史册，逾四千年。博大宽仁，民德久著，衡之西欧，则逊其条理已耳。先觉之民，神圣之胄，智慧优渥，宜高踞土疆，折冲宇宙，乃锐降其种，低首下心，以为人役，背先不孝，丧国无勇，失身不义，潜德幽光，望古遥集。瞻我生身，吊景惭魂。返性则明，知耻则勇，孝子不匮，永锡尔类，则汉族之当兴者一。大道之行，天下为公，国有至尊，是曰人权。平等自由，乐天归命。以生为体，以法为界，以和为德，以众为量。一人横行，谥曰独夫，凉彼武王，遂有典刑。满虏僭窃，更益骄恣，分道驻防，坐食齐民。厚禄高官，皆分子姓。胁肩谄笑，武断朝堂，国土国权，断送唯意。束我言论，遏我大群，扰我闾阎，诬我善良，锄我秀士，夺我民业，囚我代表，杀我议员，天地晦盲，民声消沉。牧野洋洋，檀车煌煌，复我自由，还我家邦，则汉族之当兴者二。海水飞腾，雄强参会，弱国孱种，夷为犬豕。民有群德，朝有英彦，威能达旁，乃竞争而存耳。唯我中华，厄于逆虏，根本参差，国力遂糜。虏更无状，鱼馁肉败，腥闻四布，遂引群敌，乘间抵隙，边

境要区，割削尽去，拊背扼吭，及其祖庙，卧榻之间，鼾声四起，耳目蔀覆，手足縶维，遂使我汉土堂奥尽失，民气痿痺，将破碎颠连，转餍封豕，不去庆父，鲁难未已，廓而清之，骏雄良材，握手俱见，万几肃穆，群敌销声，则汉族之当兴者三。维我四方猛烈，天下豪雄，既审斯义，宜各率子弟，乘时跃起，云集响应。无小无大，尽去其害，执讯获丑，以奏肤功。维我伯叔兄弟，诸姑姊妹，既审斯义，宜矢其决心，合其大群，坚忍其德，绵系其力，进战退守，与猛士俱。维尔失节士夫，被逼军人，尔有生身，尔亦汉族，既审斯义，宜有反悔，宜速迁善，宜常怀本根，思其远祖，宜倒尔戈矛，毋逆义师，毋作奸细。维尔胡人，尔在汉土。尔为囚徒，既审斯义，宜知天命，宜返尔部落，或变尔形性，愿化齐民，尔则无罪，尔乃获赦宥。幕府则与四方俊杰，为兹要约曰："自州县以下，其各击杀虏吏，易以选民，保境为治。又每州县，兴师一旅，会其同仇，以专征伐，击杀虏吏。肃清省会，共和为政，幕府则大选将士，亲率六师，犁庭扫穴，以复我中夏，建立民国。"幕府则又为军中之约曰："凡在汉胡苟被逼胁，但已事降服，皆大赦勿有所问。其在俘囚，若变形革面，愿归农牧，亦大赦勿有所问。其有挟众称戈，稍抗颜行，杀无赦；为间谍，杀无赦；故违军法，杀无赦。"以此布告天下，如律令。

又有一阕兴汉军歌，尤觉得慷慨异常，小子备录于此，以供众览道：

地发杀机，中原大陆蛟龙起，好男儿濯手整乾坤；拔剑斫断胡天云。复我皇汉，完我自由，家国两尊荣。乐利蒸蒸，世界大和平，中外禔福乐无垠。好男儿！撑起双肩肩此任！

鄂军一起，清廷大震，立命陆军部及军谘府，派兵赴鄂，欲知谁胜谁负；请至下回表明。

盛宣怀为亡清罪魁，实足为民国功臣。铁路国有之策不倡，则争路之风潮不起，鄂军即或起义，其成功与否，尚未可知。故谓盛为民国功臣可也。赵端诸人，

皆为渊驱鱼，为丛驱雀之流，清无此人，乌乎亡？民国无此人，乌乎兴？然则赵端诸人，其亦皆民国功臣耶？鄂军之起，实自天怒人怨致之。檄文一篇，说得淋漓酣鬯，足为吾华生色。而本回叙事，亦气势蓬勃，抑扬得当，是固皆好手笔也。

第九十八回 革命军云兴应义举
摄政王庙誓布信条

却说清廷闻武昌兵变，即派陆军两镇，令陆军大臣荫昌督率前往，所有湖北各军及赴援军队，均归节制调遣。一闻鄂耗，即派陆军大臣前往，势成孤注，可见清政府之卤莽。又令海军部加派兵轮，饬萨镇冰督驶战地，并饬程允和率长江水师，即日赴援。一面把瑞澂、张彪等革职，限他克日收复省城，带罪图功。种种谕旨，传到武昌。黎都督元洪，恰也不慌不忙，只分布军队，严守武汉，专待北军到来，一决雌雄。从容布置，便见老成。有弁目献计军政府，请拆京汉铁路若干段，阻止北军前来。黎都督道："我军将要北上，如何拆这铁路？目前所虑，只患兵少，不敷防御，现拟暂编步兵四协，马队一标，炮队两标，工辎队各一营，军乐队一营，权救眉急。"于是出示招兵，不到三日，已有二万人入伍，遂令各队长日夕操练，预备对垒。复出一翦发命令，无论军民人等，一律翦辫，把前清时候的猪尾巴，统行革去。翦辫是第一快事。当下择定八月二十五日祭旗，立红黄蓝白黑五色旗为标帜，届期天气晴明，黎都督率同义师，诚诚恳恳的祷了天地，读过祝文，然后散祭。大家饮了同心酒，很有直捣黄龙的气势。

是日闻北军统带马继增，已率第二十二标抵汉口，驻扎江岸。清陆军大臣荫昌，亦出驻信阳州，海军提督萨镇冰，复率舰队到汉，在江心下椗。双方战势，渐渐逼紧。黎都督先探听汉口领事团，知已与清水陆军，签定条约，不准毁伤租界。租界本在水口一带，水口挡住，里面自可无虞，清水师

已同退去一般。黎都督就专注陆战，于二十六日发步兵一标，赴刘家庙，布列车站附近。是时张彪军尚在此驻扎，鄂军放了一排枪，张军前列，伤了数十人，随即退去。鄂军也不追赶，收队回营。

次日，鄂军复分队出发，重至刘家庙接仗，那边仍来了张彪残兵，与河南援军会合，共约一镇，载以火车。鄂军队里的督战员，是军事参谋官胡汉民，令军队蛇行前进，将要接近，见河南军猛扑过来，气势甚锐，汉民复下一密令，令军队闪开两旁，从后面突开一炮，击中河南兵所坐的火车头，车身骤裂。河南兵下车过来，鄂军再开连珠炮，相续不绝，慌似千雷万霆，震得天地都响。两下相持了数点钟，河南兵伤了不少，方哗然退走，避入火车，开机驰去。一刹那间，又复驰了转来，不意扑塌一声，车竟翻倒，鄂军乘机猛击，且从旁抄出一支奇兵，把河南兵杀得落花流水，大败而逃。看官！这河南兵去而复回，明明是出人不意，攻人无备的意思，如何中途竟致覆车呢？原来河南兵初次退走，有许多铁路工人在旁，倡议毁路，以免清军复来。当时一齐动手，把铁轨移开十数丈。河南兵未曾防备，偏着了道儿，越弄越败，懊悔不迭。这便是倒灶的影子。至傍晚两军复战，清军在平地，鄂军在山上。彼此轰击，江心中的战舰，助清陆军，开炮遥击，约有二小时，鄂军队中发出一炮，正中江元炮船，船身受伤，失战斗力，遂驶去。各舰亦陆续退出，直至三十里外。翌日再战，各舰竟遁回九江去了。清水师虽是无用，亦不致怯敌若此，大约是不愿接仗之故。

至第三次开战，鄂军复夺得清营一座，内有火药六车，快枪千支，子弹数十箱，白米二千包，银洋十四箱，以及军用器物等，都由鄂军搬回。第四次开战，鄂军复胜，从头道桥杀到三道桥，得着机关炮一尊。第五次开战，鄂军用节节进攻法，从三道桥攻进滠口。清军比鄂军，虽多数倍，怎奈人人解体，全不耐战，一大半弃甲而逃，一小半投械而降。陆军大臣督兵而来，恰如此倒脸，真是气数。

自经过五次战仗，鄂军捷电，遍达全国，黄州府，武昌县，沔阳州，宜昌府，沙市，新堤，次第响应，竖满白旗。到了八月三十日，湖南民军起义，逐去巡抚余诚格，杀毙统领黄忠浩，推焦达峰为都督，陈作新为副都督，只焦达峰是洪江会头目，冒托革命党人，当时被他混过，后来调查明白，民心未免不服，暂时得过且过，徐作计较。同日，陕西省亦举旗起义，

发难的头目，系第一协参谋官，兼二标一营管带张凤翽，及三营管带张益谦，两人统是日本士官学校毕业生，一呼百应，攻进抚署。巡抚钱能训，举枪自击，扑倒地下。两管带攻入后，见钱抚尚在呻吟，倒不去难为他，反令手下扶入高等学堂，唤西医疗治。其余各官，逃的逃，避的避，只将军文瑞，投井自尽，全城粗定，正副两统领，自然推举两张了。

余诚格自湖南出走，直至江西，会晤赣抚冯汝骙，备述湖南情形，且叙且泣。冯抚虽强词劝慰，心中恰非常焦灼，俟诚格别后，劳思苦想，才得一策，一面令布政使筹集库款，倍给陆军薪饷，一面命巡警道饬役稽查，旦夕不怠，城内总算粗安。偏偏标统马毓宝，举义九江，逐去道员保恒，及九江府朴良。九江系全赣要口，要口一失，省城也随在可虞，不过稍缓时日便了。铜山西奔，洛钟东应。

此时各省警报，纷达清廷，摄政王载沣，惊愕万状，忙召集内阁总理老庆，协理徐世昌，及王大臣会议。一班老少年，齐集一廷，你瞧我，我瞧你，面面相觑，急得摄政王手足冰冷，几乎垂下泪来。老庆睹此情形，不能一言不发，遂保荐一位在籍的大员，说他定可平乱。看官！你道是何人？乃系前任外务部尚书袁世凯。摄政王嘿然不答。老庆道："不用袁世凯，大清休了。"用了袁世凯，大清尚保得住么？摄政王无奈下谕，着袁世凯补授湖广总督。又有一大臣道："此次革党起事，全由盛宣怀一人激变，他要收川路为国有，以致川民争路，革党乘机起衅，为今日计，非严谴盛宣怀不可。"于是盛大臣亦奉旨革职。过了两三天，袁世凯自项城复电，不肯出山。内阁总理老庆，又请摄政王重用老袁，授他为钦差大臣，所有赴援的海陆各军，并长江水师，统归节制。又命冯国璋总统第一军，段祺瑞总统第二军，均归袁世凯调遣。袁世凯仍电奏足疾未愈。乐得摆些架子。摄政王料他纪念前嫌，不欲再召。忽由广州来电，将军凤山，被革命党人炸死。凤山在满人中，颇称知兵，清廷方命任广州将军，乘轮南下，既抵码头，登岸进城，到仓前街，一声奇响，震坍墙垣，巧巧压在凤山轿上，连人带轿，捣得粉碎。临时只有一党人毙命，闻他叫作陈军雄，余皆遁去。摄政王闻知此信，安得不惊？没奈何依了老庆计策，令陆军大臣荫昌，亲至项城，敦请袁世凯出山。那时这位雄心勃勃的袁公，才有意出来。时机已至。荫昌见他应允，欣然告别，返至信阳州，趁着得意的时候，竟想出一条好计，密令在湖北军队，打仗时先挂

白旗。假作投降，待民军近前，陡起轰击，便可获胜。湖北带兵官，依计而行，果然鄂军不知真伪，被他打死了数百人，败回汉口，把刘家庙大智门车站各地，尽行弃去。荫昌闻这捷音，乐不可支，忙电奏京都，说民军如何溃败，官军如何得胜，并有可以进夺武汉等语。摄政王稍稍安心。

嗣闻瑞澂、张彪，都逃得不知去向，遂下令严拿治罪。其实鸿飞冥冥，弋人何篡，摄政王也无可奈何。默思川湖各地，必须用老成主持，或可平乱，来不及了。遂命岑春煊督四川，魏光涛督两湖。岑、魏都是历练有识的人，料知大局不可收拾，统上表辞职。那时只有催促这位老袁，迅速赴敌。老袁至此，始从彰德里第动身，渡过黄河，到了信阳州，与荫昌相会。荫昌将兵符印信，交代明白，匆匆回京复命。卸去肩子了。

这位袁老先生，确是有点威望，才接钦差大臣印信，在湖北的清军，已是踊跃得很，磨拳擦掌，专持斯杀。总统第一军的冯国璋，又由京南下，击退民军，纵火焚烧汉口华界，接连数日，烟尘蔽天，可怜华界居民，或搬或逃，稍迟一步，就焦头烂额。更可恨这清军仗着一胜，便奸淫掳掠，无所不为。见有姿色的妇女，多被他拖曳而去，有轮奸致死的，有强逼不从，用刀戳毙的。就是搬徙的百姓，稍有财产，亦都被他抢散。正在兴高采烈的时候，忽有鄂军敢死队数百人，上前拦截，清军视若无睹，慢腾腾的对仗。不意敢死队突起奋击，如生龙活虎一般，吓得清军个个倒退。还有后面的鄂军，见敢死队已经得势，一拥而前，逢人便杀，清军逃得快的，还保住头颅，略一迟缓，便已中枪倒毙。这场恶战，杀死清军三千五百多名，在汉口华界的清军，几乎扫荡一空。有在街头倒毙的兵，腰中还缠着金银洋钱，哪里晓得恶贯满盈，黄金难买性命，扑通一枪，都伏维尚飨了。可为贪利者作一棒喝。

清军还想报复，不意袁钦差命令到来，竟禁止他非法胡行，此后不奉号令，不准出发。各军队也莫名其妙，只好依令而行。原来袁世凯奉命出山，胸中早有成竹，他想现今革命军，且万万杀不完的，死一起又有一起，我如今不若改剿为抚，易战为和。只议抚议和的开手，也须提出几条约款，方可与议。当下先上奏折，大旨是开国会，改宪法，并罢斥皇族内阁等件，请朝廷立即施行。摄政王览了此奏，又不觉狐疑起来。正顾虑间，山西省又闻独立，巡抚陆钟琦死难。陆钟琦系由江南藩司升任，到任不过数月，因陕西已

归革命军，恐他来袭边境，遂派新军往守潼关。新军初意不愿，故设种种要求，有心激变。陆抚恰一一答应，新军出城而去。次日偏又回来，闯进抚署，迫陆抚独立。陆抚说了一个不字，那新军已举枪相向，待陆抚说到第二个不字，枪弹立发，适中陆胸。陆子亮臣，系翰苑出身，曾游学外洋，至是适来省父，劝父姑从圆融，谁意祸机猝发，到署仅隔宿，竟见乃父丧躯。父子恩深，如何忍耐，即取出手枪还击。此时的革命军，还管着什么余地，顺我生，逆我死，众枪齐发，又将亮臣击毙。陆抚父子殉难，虽是尽忠一姓，心迹尚属可原，故文字间独无贬笔。再拥进内署，把陆抚眷属，复枪毙了好几人。抚署已毁，转至藩臬两署，拥藩司王庆平、提法使李盛铎至谘议局，迫他独立。两司不从，被禁密室，另推协统阎锡山为都督。锡山受任后，婉劝李盛铎出任民政，盛铎乃允。只王庆平执意如故，由锡山释放使归。

山西省的警信方来，江西省的耗音又至。江西自九江兵变后，省城戒严，勉强维持了几天。绅商学各界，组织保安会，将章程呈报抚署，请冯汝骙做发起人。冯抚倒也承认。嗣军界亦入保安会，请冯抚即举义旗，冯抚不允，于是各军队夜焚抚署，霎时间火光烛天，冯抚自署后逃出，匿入民房。藩司以下，亦皆走避。革命军出示安民，方拟公举统领，适马毓宝自九江驰至，由各界欢迎入城，当于教育会开会，以高等学堂为军政府，仍举冯汝骙为都督。汝骙闻这消息，料军民都无恶意，遂出来固辞，乃改举协统吴介璋任都督，刘起凤任民政长，汝骙交出印信，挈眷归去。马毓宝亦返九江。江西独立，最称安稳。

这时候的云南省，也由协统蔡锷倡义，与江西省同日独立。云南边隅，次第为英法所占，是年英兵复占踞片马，滇民力争不得，未免怨恨政府，兼以各省独立，军界跃跃欲试，遂由协统蔡锷开会，召集将弁，同时发作，举火为号。第一营统带丁锦不从，被他驱逐，随攻督署，迫走总督李经羲，即改督署为军政府，举蔡锷为都督。各军搜捕各官吏，拿住世藩司，因他不肯降顺，一枪结果了他的性命。只李督在滇，颇有政绩，经各军搜出后，蔡锷独优礼相待，劝他为民军尽职。李督心有未安，情愿回籍。蔡锷不便强留，由他携眷回去。可见做官不应贪虐，到变起时，尚得保全性命。且因督署总是老衙门，舍旧谋新，将都督府迁至师范学堂，会同起事诸人，组织各种机关，并电各州县即日反正。不到数日，云南大定。

这数省的电音，传至摄政王座前。正急个不了，内廷的王公大臣，又纷纷告假，连各机关办事人，十有九空。老庆、载泽等并没有法子，还是各争意见，彼此上奏，愿辞官职。贝勒载涛，也辞去军谘大臣的缺分，弄得这个摄政王，呆似木雕，终日只是泪珠儿洗面；到无可奈何之际，不得不请老庆商量。老庆只信任一个袁世凯，便把内阁总理的位置，一心让与袁公，且劝摄政王概从袁议。摄政王已毫无主意，遂授袁为内阁总理大臣，叫他在湖北应办各事，布置略定，即行来京。越重任，越将清社送脱。一面取消内阁暂行章程，不用亲贵充国务大臣，并将宪法交资政院协议。资政院的老臣，先请下诏罪己，速开党禁，然后好改议宪法。摄政王唯言是从，下了罪己诏，开了党人禁；方由资政院拟定宪法大纲十九条，择定十月初六日，宣誓太庙。可奈各省民气，日盛一日，凭你如何改革，他总全然反对。

上海的制造局，系东南军械紧要地，九月十三日，被革命党人陈其美，率众攻入，复占了上海道县各署，公举其美为沪军都督，吴淞口随即起应，遍悬白旗，宝山县亦即光复。沪上人民，欢声如雷。正在相庆，贵州独立的电报，亦到沪渎，说是巡抚沈瑜庆以下，尽行驱逐，现举杨荩诚为正都督，赵德全为副都督，全境安谧等语，沪军政府越觉欢跃，立派军士五十余人，至苏州运动军营，共建义旗。各军官一律应允，夤夜出发军队，齐集城下。十四日天明时，城门一开，各军鱼贯而入，径至抚署喧呼革命。苏抚程德全，仗胆登堂，问他来意。各军齐请程抚独立。程抚没法，只好赞成，但饬军队勿扰百姓。各军大呼万岁，即在门外连放九炮，悬起江苏都督府大旗。至十五日，苏城内外，就遍悬白旗，程抚居然改做都督，选绅士张謇、伍廷芳、应德闳等，分任民政、外交、财政等事，并截断苏宁铁路，派兵扼守，以防南京。江苏系官长独立，真是不血一刃，较江西尤为快利。

江苏既定，沪上复遣敢死队到杭州，浙抚增韫，正焦愁万分，每日召官绅会议，绅士以独立二字为请，增抚总是不从。至敢死队到杭，密寓抚署左近，约各营乘夜举事。于是笕桥大营的兵士，入艮山门占住军械局，南星桥大营的兵士，入清波门占住藩运各署。敢死队怀着炸弹，猛扑抚署，一入署门，第一个抛弹的首领，乃是女志士尹锐志，闻她系绍兴嵊县人，尝在外洋游学，灌入革命知识，此次挈她妹子锐进，同来效力。首掷炸弹，毁坏抚署，卫队及消防队不敢抵敌，统行入党。急得增抚避匿马房，被党人一把

抓出，拖至福建会馆幽禁。藩司吴引孙等，一律逃去。未及天明，全城已归革命军占领，推标统周赤城为司令官，以谘议局为军政府。临时都督，举了童训，童训自请取消，另举前浙路总理汤寿潜。汤尚在沪，由周赤城派专车往迎。只杭州将军德济，尚不肯投顺，几乎决裂，两边要开炮相斗，幸海宁士民杭幸斋，至满营妥议，方才停战。等到汤督到杭，复与满人订了简约：（一）改籍，（二）缴械，（三）暂给饷项，徐图生活。满人料不可抗，唯唯听命，自是全城遂安。浙江独立，也算迅捷，且有女志士先入抚署，尤为特色。后来增抚等人，都由汤都督释回。

长江流域各省，多半光复，只湖南都督，改推议长谭延闿。焦、陈二人，被革军查出违法的证据，将他枭首，复枪毙焦党数名，稽查数天，仍归平靖。回应上文。只驻扎信阳的袁大臣，奉了回京组阁的谕旨，先遣蔡廷干、刘承恩到武昌，与黎都督议和。黎都督定要清帝退位，方肯弭兵。经蔡、刘二员再四商榷，终不见允，只得回复袁大臣。袁大臣见议和无效，默默的筹划一番，复召冯、段二统领，密议办法，将军事布置妥当，才拟启程北上。成算在胸，可南可北。袁未到京，宣誓太庙的日期已至，摄政王率领诸王大臣到太庙中，焚香爇烛，叩头宣誓。誓文云：

> 维宣统三年十月六日，监国摄政王载沣，摄行祀事，谨告诸先帝之灵曰：唯我太祖高皇帝以来，列祖列宗，贻谋宏远，迄今将垂三百年矣。溥仪继承大统，用人行政，诸所未宜，以致上下睽违，民情难达，旬日之间，寰逼纷扰，深恐颠覆我累世相传之统绪。兹经资政院会议，广采列邦最良宪法，依亲贵不与政事之规制，先裁决重大信条十九条。其余紧急事项，一律记入宪法，迅速编纂。且速开国会，以确定立宪政体，敢誓于我列祖列宗之前。

随即颁布宪法信条十九条。

一　大清帝国之皇统，万世不易。

二　皇帝神圣，不可侵犯。

三　皇帝权以宪法规定为限。

四　皇帝继承之顺序，于宪法规定之。

五　宪法由资政院起草议决，皇帝颁布之。

六　宪政改正提案权，属于国会。

七　上院议员，由国民于法定特别资格公选之。

八　总理大臣由国会公选，皇帝任命。其他国务大臣，由总理推举，皇帝任命。皇族不得为总理及其他国务大臣，并各省行政官。

九　总理大臣受国会弹劾，非解散国会，即总理大臣辞职，但一次内阁，不得解散两次国会。

十　皇帝直接统率海陆军，但对内使用时，须依国会议决之特别条件。

十一　不得以命令代法律。但除紧急命令外，以执行法律，及法律委任者为限。

十二　国际条约，非经国会议决，不得缔结。但宣战构和，不在国会会期内，得由国会追认之。

十三　官制官规，定自宪法。

十四　每年出入预算，必经国会议决，不得自由处分。

十五　皇室经费之制定及增减，概依国会议决。

十六　皇室大典，不得与宪法相抵触。

十七　国务员裁判机关，由两院组织之。

十八　国会议决事项，由皇帝宣布之。

十九　第八条至第十六各条，国会未开以前，资政院适用之。

颁布以后，在清室已算让到极点，与民更始。可奈民心始终不服。两广、安徽、福建等省，又次第举起独立旗来，正是：

人意难回天意去，民权已现帝权终。

看官欲知后事，请至下回再阅。

鄂师一起，四方响应，中国之不复为清有，已可知矣。荫昌、萨镇冰辈，率全国之师，对付一隅，屡战未捷，是岂皆荫、萨二人，韬略未娴，不堪与黎军敌

耶？周武有言："纣有亿兆夷人，离心离德，予有乱臣十人，同心同德。"观于清末，而古人之言益信。至若载沣摄政，仅二年余，此二年间，亦非有大恶德，但以腐败之老朽，痴呆之少年，使操政柄，猝致激变，载沣亦不得谓无咎焉。迨各省告警，云集响应，始有宣誓告庙之举，晚矣。故本回只据事直书，而瓦解土崩之状，已令人目不胜接，徒有浩叹而已。

第九十九回　易总理重组内阁
夺汉阳复失南京

却说广西巡抚沈秉坤，系湖南善化人，闻湖北早起义师，湖南亦告独立，长江下游，大半响应，广西虽处偏隅，势不能免，不如由我倡起，免受黎军压制。当下召文武各官，密谋独立。藩司王芝祥、提督陆荣廷，首先赞成。再开谘议局会议，通过多数，遂举沈为广西都督，改抚署为军政府，谘议局为议院。司道府县，暂仍旧贯。原有军队，统称广西国民军。组织粗定，秉坤愿任北伐事，将都督印信，让与王芝祥、陆荣廷，自挈家眷回籍。临行时有留别父老书，说得缠绵恺切，小子也无暇详述。广西独立，较江苏尤举动文明，沈秉坤功成即退，尤为难得。

只广东尚无独立消息，王芝祥因唇齿相依，意图联络，遂发电劝粤督张鸣岐，两三日未接复音。又过了好几天，始探得广东也独立了。原来广东自凤山炸毙后，早有人提倡独立，因粤督张鸣岐，模棱两可，忽愿独立，忽又不愿独立，弄得军民各界，无从捉摸。迁延一日，闻粤西赶先起义，大众始忍无可忍，各到谘议局开会，决议用和平手段，要求独立。仍推张鸣岐为都督，提督龙济光为副手。当下办就印信公文，送到督署。不意署中已空无一人，张鸣岐不知去向，转送与龙济光。济光因张督不到，亦不愿就任，于是改推革命党人胡汉民为都督。时胡汉民甫离湖北尚未到粤，由协统蒋尊簋暂代。胡到后，乃将都督印信交出。广东独立的音信，尚未北达，安徽独立的音信，先已南来。安徽居长江下游，巡抚叫作朱家宝。朱是幕府出身，人品

素来圆滑。他起初还首鼠两端，嗣为军民所迫，不得已任为都督。后来安庆稍有变乱，朱缙城出走，大众请九江分府马毓宝莅任，人心乃安。

此时东南一带，只有南京及福建两处，尚未反正。南京由各省联军进讨，福建恰乘机响应，新军统制孙道仁，与谘议局副议长刘崇佑，联络兴师，先照会总督松寿，另立新政府，所有闽省政务，应归新政府施行。再照会将军朴寿，迫驻防兵缴出军械火药。两寿统是满人，松寿犹豫未决，朴寿偏决意主战。民军闻他不允，遂出占各署，松寿仰药自尽，朴寿饬满兵对仗，恃于山为根据，开炮轰击民军。民军偏冒险登山，前仆后继，竟将满兵杀退。朴寿还不肯罢手，亲率满兵来攻汉界，螳斧当车，不自量力，战到结果，弄得一命呜呼。两寿不寿，唯满人殉主，不谓无名，后人作史，书法应在陆钟琦上。满兵既无统帅，只可缴械投诚，当下推孙道仁为都督，受印悬旗，与各省大致相似，不必细说。

只这位摄政王载沣，迭接警耗，正似哑子吃黄连，有说不尽的苦楚。老庆也不胜着急，默念东南半壁，尽付乌有，所恃山东、河南，尚无变动，京畿总还保得住。不意来了一个急电，系山东巡抚孙宝琦，奏请独立，不觉魂魄飞扬，几致晕倒。独立二字，形诸奏牍，更属闻所未闻。看官！你道是何故？因孙抚乃庆王儿女亲家，老庆总道靠得住，陡接此奏，正是事出意外。哪里晓得孙抚恰也有苦心，他受军民胁迫，不好力拒，又不便赞成，无策中想了一策，阳允军民设临时政府，暗中把苦情奏达清廷。老庆未曾详阅，险些儿几被吓煞。嗣经复电细问，方晓得孙抚意思，倒也少慰。

无如警报又逐渐到来，山东烟台商埠，真个独立，这还是一隅小事。至接到海军各舰归附民军的消息，又是不胜骇愕。原来清军舰退出鄂境，悬着白旗，拟顺流行至九江，偷过青山炮台，迫抵田家镇，该镇开空炮示警，清军舰无都督护照，不敢停泊待验，乃重复折回。唯镜清、保民、楚观、江元、江亨、建威、通济、楚同、楚泰、飞鹰、楚谦、虎威、江平及张字号鱼雷艇，共十四艘，竟沿江而下，直达镇江。看官！你道十四艘兵舰如何能畅行无阻呢？相传是镜清船上，有帮管带陈复，与同志刘樾、刘勋名、杨砥中、常光球等三十余人，响应民军，暗中联络，是以途中无阻，竟一律开往镇江。镇江是时，亦已与苏州相应，推林述庆为都督，闻陈复已至，派员接收，至此清军舰十失六七，只海容、海琛、海筹、湖鹗及鱼雷艇等，孤立江

心，不复成军。提督萨镇冰，见大势已去，另乘大通轮船，避往上海。那时海容、海琦、海筹三舰长，除效顺民军外，无他良法，遂向九江马都督处投诚。马都督毓宝，自然欢迎。接见后，置酒款待，彼此尽欢。唯海容舰长喜昌，海琛长荣续均，系满人，辞职回里，马都督各给洋五六百元，派人送沪去讫。

只老庆急上加急，每日电促袁世凯到京。袁大臣在途，请足疾假，咳嗽假，逗留又逗留，至缓无可缓，方率兵两大队，冠冕堂皇的到了京都。这也是步步为营之计。京中官民，闻袁大臣到来，相见恨晚，就是摄政王载沣，亦蠲除宿怨，极诚迎迓。两下相见，立开军事会议，袁大臣先将议和不成的情形，说了一遍。摄政王皱着眉道："鄂军既不肯议和，看来只好主战。"袁大臣道："主战亦是，但没有军饷，如何是好？"此时庆王在座，百忙中想出一法，乃是孝钦太后留有遗积，现在隆裕太后手中，要摄政王入宫支取。袁大臣竭力赞成，当由摄政王入见隆裕太后。隆裕太后，方宠幸太监小德张，又是一个李莲英。安排水晶宫装设，想步孝钦后后尘，不幸福气淡薄，革命党举事武昌，竟致四方响应，不可收拾。摄政王屡次进陈，已是愁闷得很，忽又要支取内帑，弄得无词可答，只有珠泪双垂。摄政王也相对而泣，哭了一场，总是无法可施，勉强取出若干万，交付摄政王，由摄政王交给袁大臣。袁大臣遂组织内阁，选了几个有名的人才，请旨颁布道：

梁敦彦为内务大臣，赵秉钧为民政大臣，严修为度支大臣，唐景崇为学务大臣，王士珍为陆军大臣，萨镇冰为海军大臣，沈家本为司法大臣，张謇为农工商大臣，杨士琦为邮传大臣，达寿为理藩大臣。

这道旨意，颁发下来，满拟人才毕集，挽救时艰。谁知有一半不肯出山，有一半供职清廷，也上表力辞，不愿担任危局。升官发财，人之所欲，何图此时，反相衲啬？袁大臣再请任各省宣慰使，选出几位耆硕，去当此任，偏偏又无人应命。且闻吉林、黑龙江，各设保安会，奉天也杂入革命军，举党人蓝天尉为都督，消息日恶一日。江南第九镇统制徐绍桢，又召集浙沪苏宁各军，攻打南京。江督张人骏，将军铁良，及提督张勋，虽尚服从清室，与徐绍桢等相抗，究竟城孤兵少，四面楚歌，免不得向清廷乞救。袁大臣至此，

亦愤闷的了不得，他想民军气焰逼人，总不肯就我羁勒，能战然后能和，射人必先射马，欲想处处兼顾，势有未能，不如力攻武汉，杀他一个下马威，令他见我手段，方才逞志。洞见肺腑。遂将内帑运至鄂中，令冯、段两统领，奋击汉阳。

冯、段二人，接此命令，果然格外效力，亲率全军赴汉阳，鄂军方面，由黄兴督师，两下连战两昼夜，清军先挫。梅子山一带，为鄂军所占。嗣清军潜渡汉江，改服鄂军衣装，各持白旗，来袭美娘山。鄂军不及预防，还道是武昌遣来援军，至清军前队登山，见人辄斫，方晓得系清军伪充，连忙对仗，已是不及。恶斗了半日，清军越来越众，炮火越猛，鄂军死伤千余人，只好把美娘山弃去，退至龟山。清军乘胜追至，被鄂军一阵杀退，不意龟山方幸保全，雨淋山又闻失守。恼了这班敢死队，纠众进攻，冒死上登，竟将雨淋山夺回，并乘间渡江，拟占刘家庙。才至汉口，清军突来，战了一仗，不分胜负。清军退至歆生路，两下收军。越宿，清军又拔营齐出，群往雨淋山，用全力争汉阳。那时两军已连战五昼夜，雨淋山的鄂军，只道清军已退，令招来新兵把守。新兵未经战阵，骤见清兵如蚁而来，哗然四散。清军遂据雨淋山，突闻山下枪炮齐发，由清军俯视，只见来势勇猛，正是鄂军里的敢死队。清军也怕他骁悍，胆已先怯，勉强下迎，毕竟敢死队以少胜多，又将雨淋山夺去，并夺得清军机关枪两尊。翌日黎明，两军统帅，都亲自督阵，大战于十里铺。自辰至午，清军炮火甚烈，鄂军不能取胜，方收队休息。忽后面大起炮声，回头一望，乃是清军全队，猛力扑来。民军前后受攻，任你什么敢死团也是不济，只好退归汉阳。这支清军，如何在鄂军后面？看官听着！待小子叙明。原来汉阳城外有扁担山，系全城保障，山上有一员炮队管带，姓张名振臣，系张彪的儿子，张彪遁去，振臣尚在，黄兴未曾察破，被他勾通清军，竟将这山奉送。复卖嘱黑山、龟山、四平山、梅子山的炮弁，把炮闩除去，并将地雷火线绝断。霎时间，清军四路分攻，守山的将士，放炮炮不响，爇线线无灵，徒靠着血肉之躯，与枪弹相搏，哪有不败之理？眼见得四座峻岭，被清军陆续占去。为一张振臣，几致全军皆没，可见用人不可不慎。

这时候的汉阳总司令黄兴，早回城中，败兵入城，犹待总司令宣布军号，以便防守。谁知待了许久，杳无音响，到总司令府谒问，只剩了一间空

屋，室迩人远，弄得大众面面相觑，城外又鼓声大震，清军齐来薄城。城中已无主帅，不由的军心大乱，纷纷出城。等到武昌闻警，发兵来援，全城已为清军占领，还有什么效力？但见汉阳城外的人民，夺路奔逃，渡船如蚁，飞向武昌驶去。溃军也杂民中，争船而走。军械辎重，漂流江面，不计其数。这皆由黄司令之力。黎都督闻汉阳已失，不禁叹惜道："我道这位黄司令，总有些能耐，不料懦弱如此。"忙出城抚慰兵民，并言："黄司令已往上海，去集援军，计日可至。汉阳虽失，尽可无虑，武昌有我作主，总要拼命保守"等语。兵民闻言，方觉心安。于是续派军队，沿江分驻，上自金口，下至青山，皆立栅置炮，日夜严防，武昌才算稳固。

冯、段两统领，既得汉阳，即向清廷告捷，且拟指日攻复武昌，清廷王大臣，又相庆贺，独这袁总理心中，恰另有一番计划。此公浑身是计。正筹踌间，又来了三道警电：第一道是第六镇统制吴禄贞，奉清命去攻山西，被麾下周符麟、吴鸿昌等刺死，袁见了尚不以为意，因吴禄贞是革命党人，命攻山西，乃由军咨使良弼发议，明是以毒攻毒，此次见刺，安知非从良弼授意，当即将电文搁过一旁。第二道是四川独立，端方在资州被杀，其弟端竞，亦遭惨戮，不由的太息道："端老四何苦费了数万金，卖个身首异处，真不值得。"不如公固远甚。亦将此电搁起。第三道是南京危急万分，火速求援。这电文映入袁总理眼帘，恰瞧了又瞧，默想片时，竟取出两笺，各书数字，交左右至电报处拍发。一电系寄往南京，说急切无兵可援。明明是叫他弃城。一电系寄往汉阳，说是暂且停战。明明是有意讲和。

冯、段两统领，向来尊信袁公，自然停兵勿进。独南京张人骏等，接到袁电，未免有些怨恨。张勋更暴躁得很，还要与民军争个雌雄。那时攻打南京的徐绍桢，因出战不利，退回镇江，改推苏督程德全为海陆军总司令，出驻高资。程遂召集各军司令官，带兵前进。宁军总司令，仍是徐绍桢，镇军总司令，就是林述庆，还有浙军总司令朱瑞，苏军总司令刘之杰等，会集部兵三万余人，一齐杀去。南京清提督张勋，确是能耐，督率十八营如狼似虎的防军，前来对垒。交绥数次，联军未见胜仗，反伤了无数士卒，嗣经济军统领黎天才，率兵六百余人，来攻南京。黎素以勇毅闻，见各军相率逡巡，勃然大愤，即慨请先行，请浙军司令官朱瑞，派兵为后应。当下进攻乌龙山，下令首先登山者，赏银千元。军士闻令踊跃，争先抢占。清军不能支，

立被占住，再攻幕府山。下令如前，一声呐喊，猛力前进。清军马步队，方在炮台上了望，见民军来势汹涌，行动如飞，台兵不慌不忙，也不开炮，竟下来欢迎，请天才登山。天才检点将士，共四百余员，咸请："我辈湘人，不愿与同胞为难。"天才大喜，登山遥望，正与城内狮子山相对。狮子山也有炮台守兵，颇有整肃气象，蓦闻狮子山开炮轰来，天才颇为一惊。旋见射来的炮弹，都落山外，不觉动疑起来，问明降军，方知狮子山的守兵，亦系湘人，彼此同心，不愿轰击，所以随便开放。天才也令炮兵停击，竟分兵去夺下关。下关炮弁何明焕，度势不支，有心反正，遂悬起白旗，以示降顺。天才喜出望外，把下关两座炮台，一律收入，复会合苏浙联军，往攻孝陵卫。张勋亲率部将三员，分四路出城迎敌，联军奋力齐进，击毙张军千余名。张勋知不可胜，退入朝阳门，负嵎死守。

只张勋有个爱妾，芳名小毛子，生得妩媚动人，秦淮河畔，无此丽姝，白下城中，群推绝色。佳人配悍帅，尚嫌非耦。那张大帅好勇性成，生死恰付诸度外，唯瞧着这蔽月羞花的篷室，未免生愁。小毛子以张勋威望素著，起初倒也不怕，只教张勋固守；寻闻险要已失，孤城坐困，也觉得忧虑起来。美人颜色，易致憔悴，怎禁得起连日警耗，渐渐腰围瘦损，华色枯凋，张勋见她形容，也无心恋战。张人骏、铁良等，毫无成见，凡事都由张勋作主，张勋要战，不得不战，张勋要逃，不得不逃。张勋一面求救清廷，一面令小毛子收拾细软，派得力兵队，潜护出城。过了两日，接袁总理复电，无兵可援，不禁懊悔道："大家坐视，独我奋力，我也无此耐烦。"会联军又夺天保城，张勋遂与张人骏、铁良密商，不如带兵北上，徐图后举，此时且与联军议和。张、铁无计可施，遂允勋议。

当下拟定四大纲，令部将胡令宣，出城请和。苏军司令刘之杰，接阅和款：一是不得伤人民生命，二是不得杀旗人，三是准张勋率兵北上，四是准令张人骏、铁良北上。刘之杰瞧毕，对胡令宣道："这事我不能作主，须禀报总司令处，方可定议，你且回城候复！"胡令宣唯唯去讫。次日由总司令答复，允他三条，独张勋北上条不许。张勋怒吼上马，再拟背城借一，经张人骏、铁良劝阻，勉过一天。翌晨正拟出发，忽报四城火起，联军已进攻南门、神策门、太平门、仪凤门，及狮子山炮台。张人骏、铁良两人，避至日本领事馆，乞他保护出城。张勋令部兵白旗出迎，自己恰括尽库款，从旁

门走脱。等到联军入城，早已虚若无人了。张大帅有人有财，毫不吃苦。南京光复，因程督不能离苏，公举镇军都督林述庆，为南京临时大都督。适值黄兴到沪，拟集联军援鄂，在上海开会，由各省代表推他为大元帅，黎元洪为副元帅，正是：

郁之益久，发之益光。
师直为壮，我武孔扬。

小子著书至此，已九十九回了，下文只有一回，便要完卷。看官且再拭目！阅那结束的第一百回。

“将军欲以巧胜人，盘马弯弓故不发。”这两语正可移赠袁公。迟迟出山，又迟迟入京，处危疑交集之秋，尚属从容不迫，其才具已可概见。汉阳一役，明以示威，得汉阳而失南京，正袁公之所以巧为处置也。从字句间体察之，可以觇袁大臣之心，可以见著书人之识。

第一百回　举总统孙文就职
逊帝位清祚告终

却说黄兴既受了大元帅的职任，正拟派兵援鄂，忽闻清廷降旨，命袁世凯为议和全权大臣，料知停战在即，因此从缓。这袁大臣恰委任尚书唐绍仪，作为代表，南下议和。唐奉命至汉口，先由驻汉英领事，转告黎都督，黎不便力拒，允与熟商，当由双方暂时停战。唐绍仪进见黎都督，交换意见，议了两天，黎以黄兴在沪，已任为大元帅，一切取决，当就上海开议。于是唐绍仪又从汉口乘轮到上海来，是时上海各代表，已公推博士伍廷芳为外交总长，议和事亦委他主持。会议地点，就在上海英租界的市政厅。两下列座，除两大代表外，尚有参赞数员。晤谈后，各取委任书交阅，互验属实，然后讨论和议。议至四点多钟，伍代表提出四事：一，清帝退位。二，改行民主政体。三，给清帝年金。四，量恤旗民。唐代表瞧这四条，不便承认，只答称须电达内阁，方可定夺。当下散会。看官！你想“清帝退位”四字，简直是要将清室河山，归还民国，清廷王大臣，焉肯即日允从？袁大臣自然不能代允，但欲峻词拒却，必致决裂，弄得战祸绵延，终非良策。恰是两难。想了又想，只好把君主民主两问题，熟详利害，复电唐代表，令他再行辩驳。唐绍仪乃续约伍廷芳，申议两次，伍廷芳决立民主政体，方可休兵，彼此几至决裂。当由德领事出为调停，德领事名婆黎，系上海各领事的领袖，他奉驻京德使命，有意排解。遇开领事团会议，招集英美法日俄五领事，详述意旨，五领事自然乐从。那时德领事即将意见书，交与伍、唐两代表，其文云：

驻扎北京德国公使馆，曾奉本国政府训令，向各议和使陈述私见。德国政府，以为中国如果继续战争，不特有危于本国，并有危于外人之利益安宁。现德国政府，依旧严守中立，但不得不尽义，为私交上之忠告。愿两议和使设法将战事早日消灭，从两造之所自愿者，办理一切事宜，有厚望焉。

伍、唐两代表接书后，只得共表同情，再事磋商。会闻山东都督孙宝琦取消独立，山西省城太原府，又由清军占领。清廷一方面，似乎有些生色。嗣由革命党大首领孙文，航海归来，沪上各民军代表，个个欢迎，一片舞蹈声，喧呼声，与吴淞江水声相应，热闹的了不得。过了两三天，各代表遂开选举大总统会，投票选举。启箱后，孙文票数最多，应任为大总统。续举副总统，是黎元洪当选。大众遂欢呼“中华共和万岁”三声，随由各代表通电各处，于辛亥年十一月十三日，即西历一千九百十二年一月一号，组织中华临时政府于上海，建号中华民国，即以此日为民国元年元月元日。是民国一大纪念，故大书特书。孙文赴南京受任，火车上面，遍插国旗，站旁军队林立，专送孙总统上车。由沪至宁，每到一站，两旁皆列队呼万岁。午后抵南京，国旗招展，军乐悠扬，政学军商各界，统来站相迎。驻宁各国领事，亦到来迎接。各炮台，各军舰，各鸣炮二十一门，表示欢忱。别开生面。孙总统下车后，改坐马车至临时总统府，早有黄兴、徐绍桢等，站着左右，迎迓入内。是晚即在公堂行接任礼，各省代表，与海陆军代表，齐呼“中华民国万岁”，声振屋瓦。代表团报告选举情形，请临时大总统宣读誓词。孙文即朗声宣诵道：

颠覆满清专制政府，巩固中华民国，图谋民生幸福，此国民之公意，文实遵之。以忠于国，为众服务，至专制政府既倒，国内无变乱，民国卓立于世界，为列邦公认，斯时文当解临时大总统之职，谨以此誓于国民！

读毕，由代表团推举景帝召，捧呈大总统印信，由孙总统接受如仪。各代表又推徐绍桢读颂词，读后，孙总统答称：“誓竭心力，勉副国民公意。”

大众更欢呼而散。孙总统遂立中央政府，为行政总机关，中央设参议院，各省设省议会，为立法机关。并提议改用阳历，交参议院公决。参议院议员，暂以各省代表充选，即日通过改历议案，以十月十三日为正月一日，并为中华民国纪元，通电各省公布。又议定政府制度，暂仿美国成制，不设总理，但设各部总次长如下：

陆军总长黄兴、次长蒋作宾，海军总长黄钟瑛、次长汤芗铭，司法总长伍廷芳、次长吕志伊，财政总长陈锦涛、次长王鸿猷，外交总长王宠惠、次长魏宸组，内务总长程德全、次长居正，教育总长蔡元培、次长景耀月，实业总长张謇、次长马和，通总长汤寿潜、次长于右任。

南京政府成立，民军声焰愈张，遂创议北伐，传檄远迩。各省踊跃起应，连一班女学生，也想大出风头，组织北伐队。这也可以不必。上海名优阔妓，都借着色艺，募捐助饷，似乎直捣黄龙，指顾间事。各洋商见时势危急，恐碍商务，遂联名发电，直致清廷，要求早日改建国体，妥定大局。先是摄政王载沣，因袁大臣已任内阁总理，自己无权无勇，正好借此下台，辞退监国重任。经隆裕太后允准，令他仍醇王爵号，退归藩邸，不再预政。此后一切政务，都责成总理大臣。至保护幼帝的责任，归太保世续、徐世昌。此旨颁后，全副重担，都肩在袁总理身上。袁总理倒也不怕。有大受才。唯南北和战事宜，所关重大，且迭接南方各电，不得不与清皇族会商，遂奏请隆裕太后，开御前会议，把民军提出各条，令皇族自行酌夺。皇族多半反对，袁总理再电唐绍仪，征求意见。绍仪复称应速开临时国会，解决政体。袁总理复转达皇族，皇族仍是不从。唐遂辞职，议和事由袁总理自行直接。

会四川省杀了总督赵尔丰，新疆省杀了将军志锐，甘肃省杀了总督长庚，蒙古、西藏，也居然独立起来。袁总理未免着急，仍奏请隆裕太后，如前代表唐绍仪议。太后踌躇未决，袁总理也奏请辞职，愿退居间地。急得太后束手无策，只好温词慰留。袁总理仍是固辞，太后复封他一等侯爵。清已不腊，还有什体虚名虚位，可以笼络袁总理。袁复恳切上表，不愿就封。做作耶？真心耶？太后只得再与老庆商议，要他至袁总理邸第，竭力挽留。袁乃辞封就职，再与伍廷芳往返电商。奈民军得步进步，先争论国会地点，两方辩驳的

电文，差不多有数十通。至南方政府成立，竟将国会一说搁起，定要清帝退位，才肯甘休。山穷水尽，奈何奈何？

斯时清廷已无兵无饷，势难再战，只得由隆裕太后出场，再开御前会议。皇族等统已垂头丧气，隆裕太后也垂着两行酸泪，毫无主见。独军咨使良弼抗声道："太后万不能俯允民军，愚见决计主战。"只你一人主战，如何成事？太后道："兵不效力，饷无从出，奈何？"良弼道："宁可一战而亡，免受汉人荼毒。"皇族见良弼非常决裂，恰也胆大起来，随声附和。会议仍然无效，过了两三日，袁大臣出东华门，遇着炸弹，未被击中，恰拿着刺客三名，偏偏这良弼从外归家，突被炸弹击毙。拿住刺客，据供是民党彭家珍，也不知是真是假。家珍当时受戮，无从细询。自是清皇族个个惊慌，逃的逃，躲的躲，哪个还敢来反对逊位？在鄂统领段祺瑞，复联合北方将弁四十二人，电请逊位。隆裕太后不得已，授总理大臣袁世凯特权，电告民国代表伍廷芳，商议优待清室条件。彼此又辩论数日，适值汪兆铭等，释放回南，参赞和议，于优待清室事，恰主张从厚，才得磋商定局。袁总理禀明隆裕太后，且再请皇族议定。隆裕太后含泪道："他们都已拥资走避了，剩我母子两人，还有何说？你去拟旨便是。"言毕，痛哭一场。袁大臣却要暗笑。还是袁总理劝慰数语，才行退出。随即拟定三道谕旨，入呈太后瞧阅。太后只得钤印御宝，钤宝时，两手乱颤，一行一行的泪珠儿，流个不休，随把谕旨交与袁总理。袁总理也即署名，于宣统三年十二月二十五日，即中华民国元年二月十二日，颁布天下。第一道谕旨云：

朕钦奉隆裕皇太后懿旨：前因民军起事，各省响应，九夏沸腾，生灵涂炭，特命袁世凯遣员与民军代表，讨论大局，议开国会，公决政体。两月以来，尚无确当办法。南北暌隔，彼此相持，商辍于途，士露于野，徒以国体一日下决，故民生一日不安。今全国人民心理，多倾向共和，南中各省，既倡议于前，北方各将，亦主张于后，人心所向，天命可知。予亦何忍以一姓之尊荣，拂兆民之好恶。是用外观大势，内审舆情，特率皇帝将统治权公诸全国，定为共和立宪国体，近慰海内厌乱望治之心，远协古圣天下为公之义。袁世凯前经资政院选举为总理大臣，当兹新旧代谢之际，宜有南北统一之方，即由袁世凯组织临时共和

政府，与民军协商统一办法。总期人民安堵，海内乂安，仍合汉满蒙回藏五族完全领土，为一大中华民国，予与皇帝得以退处宽闲，优游岁月，长受国民之优礼，亲见郅治之告成，岂不懿欤？钦此。

第二道谕旨云：

朕钦奉隆裕皇太后懿旨：前以大局阽危，兆民困苦，特饬内阁与民军，商酌优待皇室各条件，以期和平解决。兹据复奏，民军所开优待条件，于宗庙陵寝，永远奉祀，先皇陵制，如旧妥修各节，均已一律担承。皇帝但卸政权，不废尊号，并议定优待皇室八条，待遇满蒙回藏七条，览奏尚属周到。特行宣示皇族，暨满蒙回藏人等，此后务当化除畛域，共保治安，重睹世界之升平，胥享共和之幸福，予实有厚望焉！钦此。

（甲）关于大清皇帝辞位之后，优待之条件：

今因大清皇帝，宣布赞成共和政体，中华民国于大清皇帝辞退之后，优待条件如下：

第一款　大清皇帝辞位之后，尊号仍存不废。中华民国以待各外国君主之礼相待。

第二款　大清皇帝辞位之后，岁用四百万两，俟改铸新币后，改为四百万元，此款由中华民国拨用。

第三款　大清皇帝辞位之后，暂居宫禁，日后移居颐和园，侍卫人等，照常留用。

第四款　大清皇帝辞位之后，宗庙陵寝，永远奉祀，由中华民国酌设卫兵，妥慎保护。

第五款　德宗陵寝未完工程，如制妥修，其奉安典礼，仍如旧制。所有实用经费，并由中华民国支出。

第六款　以前宫内所用各项执事人员，可照常留用，唯以后不得再招阉人。

第七款　大清皇帝辞位之后，其原有之私产，由中华民国特别保护。

第八款　原有之禁卫军，归中华民国陆军部编制，额数俸饷，仍如其旧。

（乙）关于清皇族待遇之条件：

（一）清王公世爵，概如其旧。（二）清皇族对于中华民国国家之私权及公权，与国民同等。（三）清皇族私产，一体保护。（四）清皇族免当兵之义务。

（丙）关于满蒙回藏各族待遇之条件：

（一）与汉人平等。（二）保护其原有之私产。（三）王公世爵，概仍其旧。（四）王公中有生计过艰者，设法代筹生计。（五）先筹八旗生计，于未筹定之前，八旗兵弁俸饷，仍旧支放。（六）从前营业居住等限制，一律蠲除，各州县听其自由入籍。（七）满蒙回藏原有之宗教，听其自由信仰。

第三道谕旨云：

朕钦奉隆裕皇太后懿旨：古之君天下者，重在保全民命，不忍以养人者害人。现在新定国体，无非欲先弭大乱，期保乂安。若拂逆多数之民心，重启无穷之战祸，则大局决裂，残杀相寻，势必演至种族之惨痛，将至九庙震惊，兆民荼毒，后祸何忍复言？两害相形，唯取其轻者，正朝廷审时观变，痌瘝吾民之苦衷。尔京外臣民，务当善体此意，为全局熟权利害，勿得挟虚憍之意气，逞偏激之空言，致国与民两受其祸。着民政部步军统领姜桂题、冯国璋等，严密防范，剀切开导，俾皆晓然于朝廷应天顺人，大公无私之意！至国家设官分职，以为民极，内列阁府部院，外建督府司道，所以康保群黎，非为一人一家而设。尔京外大小各官，均宜慨念时艰，慎供职守，应即责成各长官，敦切劝诫，毋旷职守，用副夙昔爱抚庶民之至意！钦此。

清帝退位，南北统一，临时大总统孙文，因袁世凯推翻清室，有功民国，至此点眼。特把大总统位置，完全让与。大众亦多半赞成。于是内阁总理袁大臣，遂任民国第二次临时大总统。至若副总统位置，当南京会议时，曾推黎都督元洪，不复再选。从此“帝德皇恩”的字样，一概删除。回应首回起笔。这位隆裕太后，自宣布共和后，寂居宫禁，抑郁寡欢，至次年冬间，积成胀疾，奄奄而逝。上谥为孝定景皇后，清室事从此了结。全部《清史通俗演义》，亦就此告终。

统计清自天命建号，至宣统退位，共二百九十六年，自顺治入关，至宣统退位，共二百六十八年。小子于此书告成后，拟再从各省光复起，至袁总统谢世止，把民国历年大事，演成小说，陆续出版，以供诸君续阅。但现在笔秃墨干，脑枯力敝，只好休息数天，与诸君期诸他日。诸君少待，还有几句俚词，作为全部小说的尾声：

清自摄政始，　复以摄政终。
顺治推早慧，　宣统亦幼聪。
孝庄与孝定，　权位毋乃同。
得国由吴力，　逊位本袁功。
一往又一复，　天道如张弓。
寄语后起者，　为国应效忠！
努力惩覆辙，　毋以私害公！
皇帝不足贵，　何苦效乃翁？此诗归结全书宗旨。

民国成立，自南京组织临时政府始。孙中山以二十载之苦心，始得躬逢其盛，不可谓非有志竟成之举。唯推倒清室，则实自袁项城成之。袁之才具智术，实出民党诸人上。而庆王弈劻、摄政王载沣，以及满廷诸皇族，更无一足与袁比。袁固乱世之雄哉！若隆裕太后之决计主和，下诏逊位，虽出于中外之逼迫，不得已而使然，然较诸固执成见，贻害生灵者，殆有间焉。著书人或详或略，若抑若扬，皆斟酌有当，非漫以铺叙见长，成名为小说，实侔良史。录一代之兴亡，作后人之借鉴，是固可与列代史策，并传不朽云。

历朝通俗演义 第十一部

民国通俗演义

（上）

蔡东藩 许廑父 著

中国书店

图书在版编目（CIP）数据

民国史通俗演义 / 蔡东藩著；—北京：中国书店，2012.6（2019.10重印）
（历朝通俗演义）
ISBN 978-7-5149-0386-7

Ⅰ.①民… Ⅱ.①蔡… Ⅲ.①章回小说－中国－现代 Ⅳ.①I246.4

中国版本图书馆 CIP 数据核字（2012）第 108398 号

责任编辑　辛　迪
策 划 人　张凌文
装帧设计　肖晋兴
制作统筹　陈　辉

民国史通俗演义
蔡东藩 著

出　版　中国书店
地　址　北京市西城区琉璃厂东街115号
邮　编　100050
发　行　全国新华书店经销
印　刷　天津东辰丰彩印刷有限公司
开　本　680毫米×980毫米 1/16
印　张　71.5
字　数　1,133,000
版　次　2012年8月第1版
印　次　2019年10月第11次印刷
书　号　ISBN 978-7-5149-0386-7
定　价　598.00元（全十一部，共二十一册）

出版说明

蔡东藩先生从1915年开始创作《清史通俗演义》。此后历经十年，先后完成《元史通俗演义》、《明史通俗演义》、《民国通俗演义》、《宋史通俗演义》、《唐史通俗演义》、《五代史通俗演义》、《南北史通俗演义》、《两晋通俗演义》、《前汉通俗演义》、《后汉通俗演义》。

蔡先生的小说除极具故事性、趣味性之外，还极其重视史料的真实性。不但可以作为一般的休闲读物，也可以作为历史爱好者的参考书。

本套书由上海会文堂新记书局陆续出版，至1926年9月全部出齐。初版11部全部是有光纸石印线装本。1935年5月，会文堂进行改版，全部改为铅印，分装44册，增加了许廑父续写的《民国通俗演义》后40回。全套书书名为《历朝通俗演义》，共11部，600余万字。

此次出版，是以会文堂1935年的铅印本为底本，将繁体竖排改为简体横排。在编辑过程中，尽量保持原书风貌，仅对个别的错字、标点等做了调整和修改。原书的一大特色，蔡东藩自己批注的注释、夹批和后批，全部按原文保留。

希望能带给读者原汁原味的阅读感受。

自序

治世有是非，浊世无是非。夫浊世亦曷尝无是非哉？弊在以非为是，以是为非，群言庞杂，无所适从，而是非遂颠倒而不复明。昔孔子作《春秋》，孟子距杨墨，笔削谨严，辩论详核，其足以维持世道者，良非浅鲜，故后世以圣贤称之。至秦汉以降，专制日甚，文网繁密，下有清议，偶触忌讳，即罹刑辟。世有明哲，亦何苦自拚生命，与浊世争论是非乎？故非经一代易姓，从未有董狐直笔，得是是非非之真相。即愤时者忍无可忍，或托诸歌咏，或演成稗乘，美人香草，聊写忧思，《水浒》、《红楼》，无非假托，明眼人取而阅之，钩深索隐，煞费苦心，尚未能洞烛靡遗，而一孔之士，固无论已。今日之中华民国，一新旧交替之时代也，旧者未必尽非，而新者亦未必尽是。自纪元以迄于兹，朝三暮四，变幻靡常，忽焉以为是，忽焉以为非，又忽焉而非者又是，是者又非，胶胶扰扰，莫可究诘，绳以是非之正轨，恐南其辕而北其辙，始终未能达到也。回忆辛亥革命，全国人心，方以为推翻清室，永除专制，此后得享共和之幸福，而不意狐埋狐搰，迄未有成。袁氏以牢笼全国之材智，而德不足以济之，醉心帝制，终归失败，且反酿成军阀干政之渐，贻祸国是。黎、冯相继，迭被是祸，以次下野。东海承之，处积重难返之秋，当南北分争之际，各是其是，各非其非，豆萁相煎，迄无宁岁，是岂不可以已乎？所幸《临时约法》，绝而复苏，人民之言论自由，著作自由，尚得蒙约法上之保障。草茅下士，就见闻之所及，援笔直陈，言者

无罪，闻者足戒，此则犹受共和之赐，而我民国之不绝如缕，未始非赖是保存也。窃不自揣，谨据民国纪元以来之事实，依次演述，分回编纂，借说部之体裁，写当代之状况，语皆有本，不敢虚诬，笔愧如刀，但凭公理。我以为是者，人以为非，听之可也；我以为非者，人以为是，听之亦可也。危言乎？卮言乎？敢以质诸海内大雅。

中华民国十年一月古越东骕自识于临江书舍。

自序

《民国通俗演义》，一至三集，吾友蔡子东藩所著。蔡子嗜报纸有恒性，蒐集既富，编著乃详，益以文笔之整饬，结构之精密，故成一完善之史学演义，出版后不胫而走遍天下。会文堂主人以蔡作断自民九，去今十稔，不可以无续，乃商之于余，属继撰四五两集，自民九李纯自杀案始，迄民十七国民政府统一全国为止，凡四十回为一集，每集都三十万言。余无似，年来奔走军政界，谋升斗之食，笔政久荒，俗尘满腹，而资料之采集，又极烦苦，率尔操觚，勉以报命，宁贻笑于大方，恐取诮于狗尾，蔡子闻之，得毋哂其谫陋?

民国十八年五月东越许廑父。

目　　录

第一回　揭大纲全书开始
乘巨变故老重来

鄂军起义，各省响应，号召无数兵民，造成一个中华民国。什么叫作民国呢？民国二字，与帝国二字相对待。从前的中国，是皇帝主政，所有神州大陆，但教属诸一皇以下，简直与自己的家私一般，好一代两代承袭下去。自从夏禹以降，传到满清，中间虽几经革命，几经易姓，究不脱一个皇帝范围。小子生长清朝，犹记得十年以前，无论中外，统称我国为大清帝国。到了革命以后，变更国体，于是将帝字废去，换了一个民字。帝字是一人的尊号，民字是百姓的统称。一人当国，人莫敢违，如或贤明公允，所行政令，都惬人心，那时国泰民安，自然至治。怎奈创业的皇帝，或有几个贤明，几个公允，传到子子孙孙，多半昏愦糊涂，暴虐百姓，百姓受苦不堪，遂铤而走险，相聚为乱，所以历代相传，总有兴亡。天下无不散的筵席，从古无不灭的帝家。近百年来，中外人士，究心政治，统说皇帝制度，实是不良，欲要一劳永逸，除非推翻帝制，改为民主不可。依理而论，原说得不错。皇帝专制，流弊甚多，若改为民主，虽未尝无总统，无政府，但总统由民选出，政府由民组成，当然不把那昏愦糊涂的人物，公举起来。况且民选的总统，民组的政府，统归人民监督；一国中的立法权，又属诸人民，总统与政府，只有一部分的行政权，不能违法自行，倘或违法，便是叛民，民得弹劾质问，并可将他捽去。这种新制度，既叫作民主国体，又叫作共和国体，真所谓大道为公，最好没有的了。原是无上的政策，可惜是纸上空谈，不见实行。

小子每忆起辛亥年间，一声霹雳，发响武昌，全国人士，奔走呼应，仿佛是痴狂的样儿。此时小子正寓居沪上，日夕与社会相接，无论绅界学界，商界工界，没一个不喜形于色，听得民军大胜，人人拍手，个个腾欢，偶然民军小挫，便都疾首蹙额，无限忧愁。因此绅界筹饷，学界募捐，商界工界，情愿歇去本业，投身军伍，誓志灭清，甚至娇娇滴滴的女佳人，也居然想做花木兰、梁红玉，组织什么练习团、竞进社、后援会、北伐队，口口女同胞，声声女英雄，闹得一塌糊涂。还有一班超等名伶、时髦歌妓，统乘此大出风头，借着色艺，醵赀助饷，看他宣言书，听他演说谈，似乎这爱国心，已达沸点，若从此坚持到底，不但衰微的满清，容易扫荡，就是东西两洋的强国，也要惊心动魄，让我一筹呢。中国人热度只有五分钟，外人怕我什么，况当时募捐助饷的人物，或且藉名中饱，看似可喜，实是可恨。老天总算做人美，偏早生了一个孙中山，又生了一个黎黄陂，并且生了一个袁项城，趁这清祚将绝的时候，要他三人出来作主，干了一番掀天动地的事业，把二百六七十年的清室江山，一古脑儿夺还，四千六百多年的皇帝制度，一古脑儿扫清。我国四万万同胞，总道是民国肇兴，震铄今古，从此光天化日，函夏无尘，大家好安享太平了。当时我也有此妄想。

谁知民国元二年，你也集会，我也结社，各自命为政党，分门别户，互相诋诽，已把共和二字，撇在脑后，当时小子还原谅一层，以为破坏容易，建设较难，各人有各人的意见，表面上或是分党，实际上总是为公，倘大众竞争，辩出了一种妥当的政策，实心做去，岂非是愈竞愈进么？故让一步。无如聚讼哓哓，总归是没有辩清，议院中的议员，徒学了刘四骂人的手段，今日吵，明日闹，把笔墨砚瓦，做了兵械，此抛彼掷，飞来飞去，简直似孩儿打架，并不是政客议事，中外报纸，传为笑谈。那足智多能的袁项城，看议会这般胡闹，料他是没有学识，没有能耐，索性我行我政，管什么代议不代议，约法不约法，党争越闹得厉害，项城越笑他庸骇，后来竟仗着兵力，逐去议员，取消国会。东南民党，与他反对，稍稍下手，已被他四面困住，无可动弹，只好抱头鼠窜，不顾而逃。袁项城志满心骄，遂以为人莫余毒，竟欲将辛苦经营的中华民国，据为袁氏一人的私产。可笑那热中人士，接踵到来，不是劝进，就是称臣，向时倡言共和，至此反盛称帝制。不如是，安得封侯拜爵？斗大的洪宪年号，抬出朝堂，几乎中华民国，又变作袁氏帝国。偏

偏人心未死，西南作怪，酝酿久之，大江南北，统飘扬这五色旗，要与袁氏对仗。甚至袁氏左右，无不反戈，新华宫里，单剩了几个娇妾，几个爱子，算是奉迎袁皇帝。看官！你想这袁皇帝尚能成事么？皇帝做不成，总统都没人承认，把袁氏气得两眼翻白，一命呜呼。祸由自取。

副总统黎黄陂，援法继任，仍然依着共和政体，敷衍度日。黄陂本是个才不胜德的人物，仁柔有余，英武不足；那班开国元勋，及各省丘八老爷，又不服他命令，闹出了一场复辟的事情。冷灰里爆出热栗子，不消数日，又被段合肥兴兵致讨，将共和两字，掩住了复辟两字。宣统帝仍然逊位，黎黄陂也情愿辞职，冯河间由南而北，代任总统，段居首揆。西南各督军，又与段交恶，双方决裂，段主战，冯主和，府院又激成意气，弄到和不得和，战无可战，徒落得三湘七泽，做了南北战争的磨中心，忽而归北，忽而归南，扰扰年余，冯、段同时下野。徐氏继起，因资望素崇，特地当选，任为总统。他是个文士出身，不比那袁、黎、冯三家，或出将门，或据军阀，虽然在前清时代，也曾做过东三省制军，复入任内阁协理，很是有点阅历，有些胆识；究竟他惯用毛锥，没有什么长枪大戟，又没有什么虎爪狼牙，只把那老成历练四字，取了总统的印信，论起势力，且不及段合肥、冯河间。河间病殁，北洋派的武夫系，自然推合肥为领袖，看似未握重权，他的一举一动，实有足踏神京、手掌中原的气焰。隆隆者灭，炎炎者绝，段氏何未闻此言？麾下一班党羽，组成一部安福系，横行北方，偌大一个徐总统，哪里敌得过段党。段党要什么，徐总统只好依他什么，勉勉强强的过了年余，南北的恶感，始终未除，议和两代表，在沪上驻足一两年，并没有一条议就，但听得北方武夫系，及辽东胡帅，又联结八省同盟，与安福系反对起来，京畿又做了战场，安福部失败，倒脸下台，南方也党派纷争，什么滇系，什么桂系，什么粤系，口舌不足，继以武力。蜂采百花成蜜后，为谁辛苦为谁甜。咳！好好一座中国江山，被这班强有力的大人先生，闹到四分五裂，不可究诘，共和在哪里？民主在哪里？转令无知无识的百姓，反说是前清制度，没有这般瞎闹，暗地里怨悔得很。小子虽未敢作这般想，但自民国纪元，到了今日，模模糊糊的将及十年，这十年内，苍狗白云，几已演出许多怪状，自愧没有生花笔，粲莲舌，写述历年状况，唤醒世人痴梦。篝灯夜坐，愁极无聊，眼睁睁的瞧着砚池，尚积有几许剩墨，砚池旁的秃笔，也跃跃欲动，令小子手中

生痒，不知不觉的检出残纸，取了笔，醮了墨，淋淋漓漓，潦潦草草的写了若干言，方才倦卧。明早夜间，又因余怀未尽，续写下去，一夕复一夕，一帙复一帙，居然积少成多，把一肚皮的陈油败酱，尽行发出。哈哈！这也是穷措大的牢骚，书呆子的伎俩，看官不要先笑，且看小子笔下的谰言！这二千余言，已把民国十年的大纲，笼罩无遗，直是一段好楔子。

话说清宣统三年八月十九日，湖北省会的武昌城，所有军士，竟揭竿起事，倡言革命。清总督瑞澂，及第八镇统制张彪，都行了三十六着的上着，溜了出去，逃脱性命。从革命开始，是直溯本源。革命军公推统领，请出一位黎协统来，做了都督，黎协统名元洪，字宋卿；湖北黄陂县人，曾任二十一混成协统领。既受任为革命军都督，免不得抵拒清廷，张起独立旗，打起自由鼓，堂堂整整，与清对垒。第一次出兵，便把汉阳占住，武汉联络，遂移檄各省，提出“民主”两字，大声呼号。清廷的王公官吏，吓得魂飞天外，急忙派陆军大臣荫昌，督率陆军两镇，自京出发，一面命海军部加派兵轮，饬海军提督萨镇冰，督赴战地，并令水师提督程允和，带领长江水师，即日赴援。不到三五日，又起用故宫保袁世凯为湖广总督，所有该省军队，及各路援军，统归该督节制，就如荫昌、萨镇冰所带水陆各军，亦得由袁世凯会同调遣。看官！你想袁宫保世凯，是清朝摄政王载沣的对头，宣统嗣位，载沣摄政，别事都未曾办理，先把那慈禧太后宠任的袁宫保，黜逐回籍，虽乃兄光绪帝，一生世不能出头，多半为老袁所害，此时大权在手，应该为乃兄雪恨，事俱详见《清史演义》。本书为《清史演义》之续，故不加详述，只含浑说过。但也未免躁急一点。袁宫保的性情，差不多是魏武帝，宁肯自己认错，闭门思过？只因载沣得势，巨卵不能敌石，没奈何退居项城，托词养疴，日与娇妻美妾，诗酒调情，钓游乐性，大有理乱不知、黜涉不闻的情状。若非革命军起，倒也优游卒岁，不致播恶。及武昌起义，又欲起用这位老先生，这叫做退即坠渊，进即加膝，无论如何长厚，也未免愤愤不平，何况这机变绝伦的袁世凯呢？单就袁世凯提论。因此书章法，要请此公作主，所以特别评叙。且荫昌是陆军大臣，既已派他督师，不应就三日内，复起用这位袁宫保，来与荫昌争权，眼见得清廷无人，命令颠倒，不待各省响应，已可知清祚不腊了。这数语是言清廷必亡，袁项城只贪天之功，以为己力耳。清廷起用袁公的诏旨，传到项城，袁公果不奉诏，复称足疾未愈，不能督师。载沣却也没法，只促荫昌南下，规复

武汉。荫昌到了信阳州，竟自驻扎，但饬统带马继增等，进至汉口。黎都督也发兵抵御，双方逼紧，你枪我弹，对轰了好几次，互有击伤。萨军门带着海军，鸣炮助威，民军踞住山上，亦开炮还击，萨舰从下击上，非常困难，民军从上击下，却很容易。突然间一声炮响，烟迷汉水，把萨氏所领的江元轮船，打成了好几个窟窿，各舰队相率惊骇，纷纷逃散，江元舰也狼狈遁去，北军顿时失助，被民军掩击一阵，杀得七零八落，慌忙逃还。两下里胜负已分，民军声威大震。黄州府、沔阳州、宣阳府等处，乘机响应，遍竖白旗。到了八月三十日，湖南也独立了，清巡抚余诚格遁去。九月三日，陕西又独立了，清巡抚钱能训，自刎不死，由民军送他出境。越五日，山西又独立了，清巡抚陆钟琦，阖家殉难。嗣是江西独立、云南独立、贵州独立、民军万岁、民国万岁的声音，到处传响，警报飞达清廷，与雪片相似，可怜这位摄政王载沣，急得没法，只哭得似泪人儿一般。

内阁总理庆亲王奕劻，内阁协理大臣徐世昌，本是要请老袁出山，至此越加决意，同在摄政王载沣前，力保老袁，乃再命袁世凯为钦差大臣，所有赴援的海陆各军，并长江水师，统归节制。又命冯国璋总统第一军，段祺瑞总统第二军，也归袁世凯节制调遣。老袁接着诏命，仍电复："足疾难痊，兼且咳嗽，请别简贤能，当此重任"等语。将军欲以巧胜人，盘马弯弓故不发。那时清廷上下，越加惶急，亟由老庆同徐世昌，写了诚诚恳恳的专函，命专员阮忠枢，赍至信阳，交与荫昌，令他亲至袁第，当面敦促。荫昌自然照办，即日驰往项城，与老袁晤谈，缴出京信，由老袁展阅。老袁瞧毕，微微一笑道："急时抱佛脚，恐也来不及了。"荫昌又提出公谊私情，劝勉一番，于是老袁才慨然应允，指日起程。荫昌欣然告别，返到信阳州，即电达清廷。略曰："袁世凯已允督师，乱不足平，唯京师兵备空虚，自愿回京调度，藉备非常"等语。清廷即日颁旨，令俟袁世凯至军，即回京供职。这道命令下来，荫昌快活非常，乐得卸去重担，观望数日，便好脱罪。偏是前敌的清军，闻袁公已经奉命，亲来督师，没一个不踊跃起来，大家磨拳擦掌道："袁宫保来了，我辈须先战一场，占些威风，休使袁公笑骂呢。"先声夺人。原来光绪季年，袁世凯曾任直隶总督，练兵六镇，布满京畿，如段祺瑞、冯国璋等，统是袁公麾下的将弁，素蒙知遇，感切肌肤，将弁如此，兵士可知。后来冯、段之推奉袁氏即寓于此。冯、段两人，当下商议，决定冯为前茅，段为

后劲，与民军决一胜负。冯国璋即率第一军南下，横厉无前，突入滠口，民军连忙拦截，彼此接仗，各拼个你死我活，两不相下。嗣经萨镇冰复率兵舰，驶近战线，架起巨炮，迭击民军，民军伤毙无数，不得已倒退下来。冯军遂乘胜追杀，得步进步，直入汉口华界，大肆焚掠，好几十里的市场，都变做瓦砾灰尘。这时候的冯军，非常高兴，抢的抢，掳的掳，见有姿色的妇女，便搂抱而去，任情淫乐。咎归于主，冯河间不得辞过。正在横行无忌，忽接到袁钦差的军令，禁止他非法胡行，冯军方才收队，静待袁公到来。不到一日，袁钦差的行牌已到，当由冯国璋带着军队，齐到车站恭迎。不一时，专车已到，放汽停轮，国璋抢先趋谒，但见翎顶辉煌的袁大臣，刚立起身来，准备下车，翎顶辉煌四字，寓有微意。见了国璋，笑容可掬，国璋行过军礼，即引他步下车台，两旁军队，已排列得非常整肃，统用军礼表敬。袁钦差徐步出站，即有绿呢大轿备着，俟他坐入，由军士簇拥而去。小子有诗咏袁钦差道：

奉命南来抵汉津，丰姿犹是宰官身。
试看翎顶遵清制，阃外争称袁大臣。

欲知袁钦差入营后事，且看下回说明。

前半回为全书楔子，已是借他人酒杯，浇自己块垒，满腹牢骚，都从笔底写出，令人开卷一读，无限唏嘘。入后叙述细事，便请出袁项城来作为主脑，盖创始革命者为孙、黎，而助成革命者为袁项城，项城之与民国，实具有绝大关系，自民国纪元，以迄五年，无在非袁项城一人作用，即无非袁项城一人历史，故著书人于革命情事，已详见《清史演义》者，多半从略，独于袁氏不肯放过。无袁氏，则民国或未必成立，无袁氏，则民国成立后，或不致扰攘至今，成也萧何，败也萧何，吾当以此言转赠袁公。书中述及袁氏，称号不一，若抑若扬，若嘲若讽，盖已情见乎词，非杂出不伦，茫无定据也。

第二回　黎都督复函拒使
吴军统被刺丧元

却说袁钦差世凯，既到汉口，当然有行辕设着，暂可安驻；入行辕后，不暇休息，即命冯国璋引导，周视各营，偶见受伤兵士，统用好语抚慰，兵士感激得很，甚至泣下。及袁钦差返寓行辕，各国驻汉领事，陆续拜会，谈及汉口焚掠情形，语多讥刺。袁钦差点首会意，待送客出营，便召国璋入辕，与他密语道："此次武汉举事，并不是寻常土匪，又不是什么造反，我闻他军律严明，名目正大，端的是不可小觑。眼光颇大。前日荫大臣受命南下，路过彰德，曾到我家探问，我已料此番风潮，愈闹愈大，不出一月，即当影响全国，所以与荫谈及，临敌须要仔细，千万勿可浪战。今果不出所料，那省独立，这省也独立，警报到耳，已有数起。似你带兵到此，夺还汉口，想必杀掠过甚，以致各国领事，也有不平的议论，可见今日行军，是要格外谨慎哩。"国璋闻言，不由的脸色一红，半晌才答道："革命风潮，闹得甚紧，汉口的百姓，也欢迎革命，不服我军，若非大加惩创，显见我军没用，恐越发闹得高兴了。"袁钦差拈须微笑道："杀死几个小百姓，似乎是没甚要紧，不过现在时势，非洪、杨时可比，满人糊涂得很，危亡在即，可不必替他出力，结怨人民，且恐贻累外交，变生意外。据我的意见，不如暂行停战，与他议和，若他肯就我范围，何妨得休便休，过了一年是一年，且到将来，再作计较。"前数语是项城本心，后数语乃暂时敷衍。国璋道："宫保所嘱，很是佩服，但我军未经大捷，他亦未必许和呢。"冯妇尚思搏虎。袁钦差

叹道："我本回籍养疴，无心再出，偏老庆老徐等，硬来迫我，没奈何应命出山。荫午楼脱卸肩仔，好翩然回京了。午楼即荫昌别字，卸事回京，由此带过。我却来当此重任，看来此事颇大费周折哩。"正说着，外面又递入廷寄，内称："庆亲王奕劻等，请准辞职，着照所请。庆亲王奕劻，开去内阁总理大臣，大学士那桐、徐世昌开去协理大臣。袁世凯着授为内阁总理大臣。该大臣现已前赴湖北督师，着将应办各事，略为布置，即行来京组织内阁"等语。袁钦差瞧毕，递示国璋道："没事的时候，亲贵擅权，把别人不放在眼里，目下时势日迫，却把千斤万两的担子，一层一层的，压到我们身上，难道他们应该安乐，我等应该吃苦么？"怨形于辞。言毕，咨嗟不已。国璋也长叹了好几声，心也动了。嗣见老袁无言，方才别去。

袁钦差踌躇一会，方命随员具折，奏辞内阁总理；并请开国会，改宪法，下诏罪己，开放党禁等情。拜疏后，复闻上海独立，江苏独立，浙江独立，又是三省独立。不禁眉头一皱，计上心来，当下令随员刘承恩，致书鄂军都督黎元洪，筹商和议。承恩与元洪同乡，当即缮写书信，着人送去。待了两日，并无复音；又续寄一函，仍不见答。清廷已下罪己诏，命实行立宪，宽赦党人，并拟定宪法信条十九则，宣誓太庙，颁告天下；且促袁世凯入京组阁，毋再固辞，所有湖广总督一缺，另任魏光焘。魏未到任以前，着王士珍署理。袁钦差得旨，拟即北上，启行至信阳州，再命刘承恩寄书黎督，缮稿已竣，又由自己特别裁酌，删改数行。其书云：

叠寄两函，未邀示复，不识可达典签否？顷奉项城宫保谕开：刻下朝廷有旨，一下罪己之诏，二实行立宪，三赦开党禁，四皇族不闻国政等因，似此则国政尚有可挽回振兴之期也。遵即转达台端，务宜设法和平了结，早息一日兵争，地方百姓，早安静一日。否则势必兵连祸结，不但荼毒生灵，糜费巨款，迨至日久息事，则我国已成不可收拾之国矣。况兴兵者汉人，受蹂躏者亦汉人，反正均我汉人吃苦也。弟早见政治日非，遂有终老林下之想，今因项城出山，以劝抚为然，政府亦有悔心之意，即此情理，亦未尝非阁下暨诸英雄，能出此种善导之功也。依弟愚见，不如趁此机会，暂且和平了结，且看政府行为如何？可则竭力整顿，否则再行设策以谋之，未为不可。果以弟见为是，或另有要求之

处，弟即行转达项城宫保，再上达办理。至诸公皆大才榱槃，不独不咎既往，尚可定必重用，相助办理朝政也。且项城之为人诚信，阁下亦必素所深知，此次更不致失信于诸公也。此三语想由项城自己添入。并闻朝廷有旨，谅日内即行送到麾下，弟有关桑梓，又素承不弃，用敢不揣冒昧，进言请教，务乞示复，诸希爱照！

此书去后，仍然不得复音，接连是广西独立，安徽独立，广东独立，福建独立，风声鹤唳，草木皆兵，自武昌革命以来，先后不过三十日，中国版图二十二省，已被民军占去大半。当时为清尽命的大员，除山西巡抚陆钟琦外，见前回。只有江西巡抚冯汝骙，闽浙总督松寿，余外封疆大吏，不是预先逃匿，就是被民军拘住，不忍加戮，纵他出走。还有江苏巡抚程德全，广西巡抚沈秉堃，安徽巡抚朱家宝等，居然附和民军，抛去巡抚印信，竟做民军都督；甚至庆亲王的亲家孙宝琦，本任山东巡抚，也为军民所迫，悬起独立旗来，东三省总督赵尔巽，籍隶汉军，竟为国民保安会长，成了独立的变相；直隶滦州军统张绍曾，又荷戈西向，威逼清廷速改政体；新授山西巡抚吴禄贞，且拥兵石家庄，隐隐有攫取北京的异图。真是四面楚歌。那时身入漩涡的袁钦差，恰也着急起来，再令刘承恩为代表委员，副以蔡廷干，同往武昌，与黎都督面议和约，自已决拟入都，整装以待。过了两日，方见刘、蔡二人，狼狈回来；急忙问及和议，二人相继摇首，并呈上复函，由袁披阅。其词云：

慰帅执事：袁字慰庭，故称慰帅。迩者蔡、刘两君来，备述德意，具见执事俯念汉族同胞，不忍自相残害，令我钦佩。荷开示四条，果能如约照办，则是满清幸福。特汉族之受专制，已二百六十余年，自戊戌政变以还，曰改革专制，曰预备立宪，曰缩短国会期限，何一非国民之铁血威逼出来？徐锡麟也，安庆兵变也，孚琦炸弹也，广州督署被轰也，满清之胆，早经破裂。以上所叙各事，俱见《清史演义》。然逐次之伪谕，纯系牢笼汉人之诈术，并无改革政体之决心。故内而各部长官，外而各省督抚，满汉比较，满人之掌握政权者几何人？兵权财权，为立国之命脉，非毫无智识之奴才，即乳臭未干之亲贵；四万万汉人之财产生

命，皆将断送于少数满贼之手，是而可忍，孰不可忍？即如执事，岂非我汉族中之最有声望、最有能力之人乎？一削兵权于北洋，再夺政柄于枢府，若非稍有忌惮汉族之心，己酉革职之后，险有性命之虑。他人或有不知，执事岂竟忘之？何曾忘记。自鄂军倡义，四方响应，举朝震恐，无法支持，始出其咸同故技，以汉人杀汉人之政策，执事果为此而出，可谓忍矣。嗣又奉读条件，谆谆以立宪为言，时至二十世纪，无论君主国、民主国、君民共主国，莫不有宪法，特其性质稍有差异，然均谓之立宪。将来各省派员会议，视其程度如何，当采何种政体，其结果自不外立宪二字。特揆诸舆论，满清恐难参与其间耳。即论清政府叠次上谕所云，试问鄂军起义之力，为彰德高卧之力乎？鄂军倘允休兵，满廷反汗，执事究有何力以为后盾？今鄂军起义只匝月，而响应宣告独立者，已十余省，沪上归并之兵轮及鱼雷艇，共有八艘，其所以光复之速而广者，实非人力之所能为也。我军进攻，窃料满清实无抵抗之能力，其稍能抵拒者，唯有执事，然则执事一身，系汉族及中国之存亡，不綦重哉！设执事真能知有汉族，真能系念汉人，则何不趁此机会，揽握兵权，反手王齐，匪异人任。即不然，亦当起中州健儿，直捣幽燕。渠何尝不作此想，特不欲显行耳。苟执事真热心满清功名也，亦当日夜祷祝我军速指黄河以北，则我军声势日大一日，执事爵位日高一日，倘鄂军屈服于满清，恐不数日间，飞鸟尽，良弓藏，狡兔死，走狗烹矣。早已见到，不烦指教。执事犯功高震主之嫌，虽再伏隐彰德而不可得也。隆裕有生一日，戊戌之事，一日不能忘也，执事之于满清，其感情之为如何？执事当自知之，不必局外人为之代谋。同志人等，皆能自树汉族勋业，不愿再受满族羁绊，亦勿劳锦注。顷由某处得无线电，知北京正危，有爱新氏去国逃走之说，果如是，则法人资格丧失，虽欲赠友邦而无其权矣，执事又何疑焉？窃为执事计，闻清廷有召还之说，分二策以研究之：一清廷之召执事回京也，恐系疑执事心怀不臣，藉此以释兵权，则宜援"将在外，君命有所不受"之例以拒之；二清廷果危急而召执事也，庚子之役，各国联军入京，召合肥入定大局，合肥留沪不前，趁机观变，前事可师。所惜者，合肥奴性太深，仅得以文忠结局，了此一生历史，李氏子岂能终无余憾乎？元洪一介武夫，罔识大义，唯此心除保民外，

无第二思想，况执事历世太深，观望过甚，不能自决，须知当仁不让，见义勇为，无待游移。《孟子》云：“虽有智慧，不如乘势，虽有镃基，不如待时。”全国同胞，仰望执事者久矣，请勿再以假面具示人，有失本来面目，则元洪等所忠告于执事者也。余详蔡、刘二君口述，书不尽言，唯希垂鉴！

袁钦差阅毕，毫不动色，唯点了好几回头，知己相逢，应该心照。嗣见刘、蔡二人尚站立在侧，便与语道：“他不肯讲和，也就罢了，我便要启程赴京，你两人收拾行李，一同北上，可好么？”二人正在听命，忽由随役递呈名刺，报称第一军统领段祺瑞求见，袁钦差即命传入。彼此相见，行过了礼，祺瑞先开口道：“闻宫保已拟北上，祺瑞特来恭送，并乞指教。”袁钦差道：“革命风潮，闹得这么样大，看来是不易收拾。中外人心，又倾向革命，冯军一入汉口，稍行杀掠，各领事已有烦言，你想现在的事情，还好任情办去么？”祺瑞道：“京中资政院，已奏请惩办前敌将帅，闻已交宫保查办，不知宫保究如何作复？”袁钦差微哂道：“一班老朽，晓得什么军情，华甫也太属辣手，我已向他交代过了。”冯国璋字华甫。老袁袒护袁国璋，已见言外。祺瑞道：“可笑这吴禄贞，是革命党中健将，朝廷不知为何令抚山西，他带了山西革命军，还到石家庄，把京中输运的军火子弹，多半截留，反说是仰体朝廷德意，消弭战祸，保全和平，并请诛纵兵烧杀的将帅，以谢天下，这真是出人意料的事情。现闻已在途被刺，连首级都无从着落呢。”吴禄贞被刺事，亦从老段口中带出。袁钦差不待说毕，便道：“这等人物，少一个，好一个，横直是乱世魔星，不足评论。”祺瑞听他言中有意，便不再说下去。袁氏何意？看官试猜。但听袁钦差又与语道：“芝泉，祺瑞字。你是我的故交，我此次被逼出山，又要赴京，你须要助我一臂哩。”祺瑞拱手道：“敢不唯命是听。”种种后文，均伏于此语中。袁钦差道：“如此最好，我已要起程了。”当下与祺瑞携手出辕，上舆告别。祺瑞仍在后送行，一直到了车站，俟袁钦差舍舆登车，一去一留，方才分手。

看官听着！小子前著《清史演义》，于吴禄贞事未曾详叙，此书既从段祺瑞口中叙出，应该将吴事表明，补我从前缺略，且与袁项城亦隐有关系，更不能不特别从详。本书于各省革命，俱从略笔，独详吴事者以此。吴禄贞，字绶

卿，湖北云梦县人，曾在湖北武备学堂肄业，由官费派学东洋。庚子拳乱，革命党人唐才常，发难汉口，禄贞方在日本学习士官，潜身归来，据住大通，为唐声援。唐败被杀，禄贞仍遁入日本，后投效东三省，大著才名，得操兵柄。寻为延吉厅边务大臣，与日本办理间岛交涉，精干明敏，日人不能逞，以功洊升副都统，未几任第六镇统制。他本蓄志革命，欲借着兵力，乘机举事，会鄂军起义，遂自请率军赴敌。清廷颇怀疑忌，令随荫昌南下，许荫昌便宜行事，如果察有异图，立杀无赦。禄贞以荫昌偕行，料知所愿难遂，乃托疾不往，嗣因滦州军威逼立宪，有旨令禄贞往抚，禄贞到了滦州，却在军前演说，大致谓："革命利益，满、汉均霑。"说得汉人非常赞成，就是军伍中有几个满人，也不觉被他感化，当下集众定议，入驻丰台，拟逼清帝逊位。不意清廷已有所闻，调集京奉路线列车，留京待命，一面令禄贞移剿山西。禄贞因计不得行，乃率部众赴石家庄，自己轻车简从，径入山西省城，与山西民军会商，拟纠合燕晋诸军，协图北京，且截取清军南下的辎重，做为自己的军需。匆匆返石家庄，偕詹随员在车中拟稿，只说是山西就抚，电达清廷。甫到车站，突有兵士上车，向禄贞屈膝道贺。禄贞见兵士肩章，书第十二协字样，坦然不疑；正欲启问，那兵士从靴内拔出匕首，向前直刺。禄贞忙离座格拒，詹又大呼乞救，不防兵士愈来愈众，各持枪攒击禄贞，禄贞虽然骁勇，究竟敌不住多人；况且枪弹无情，扑通扑通的数声，已将一位革命的英雄，送入鬼门关去，头颅都不知下落。詹随员逃避不及，也吃了好几个卫生丸，与吴统制同登冥箓。生死相随，可谓至友。看官！这第十二协军队，究系何人统辖？原来就是吴禄贞部下的军队，协统叫作周符麟，与禄贞含有宿嫌，禄贞本奏请黜周，公牍上陈，偏遭部驳，周仍虚与委蛇，至是竟遣旗兵刺死禄贞。或谓："由清军咨使良弼，遗周二万金，令他把禄贞刺死，免滋后患。"或谓："为袁钦差所忌，恐他先入京师，独操胜算，转令自己反落人后，无从做一番事业，所以密嗾周符麟，除去一个好敌手。"后人编著《民国春秋》，尝于辛亥年九月十六日，大书特书道："袁世凯使人暗杀吴禄贞于石家庄。"《民国春秋》曾载入《大同报》。小子也不暇深考。但有一诗吊吴军统云：

拼将铁血造中原，勇士何妨竟丧元？

但若暴徒非虏使，石家庄上太含冤。

吴军统已死，袁钦差即启程北上，京内的王公大臣，都额手称庆，差不多似救命王到来。欲知后事，试看下回。

冯、段二人，是项城心腹，故本书开始，即将二人特别提出。微冯、段，项城固无自逞志也。若与黎都督议和，项城不过暂时敷衍，并非当时要着，但黎督复书，实已如见项城肺腑，推项城之意，亦必谓黄陂实获我心，特未尝明言耳。刘书毫无精彩，不过与黎书互有关系，故特附录，明眼人自能知之。至吴禄贞之被刺，是否由项城主使，至今尚无实证，唯《大同报》所载之《民国春秋》，已归咎袁氏，想彼或有所见，并非曲意深文。吴谋若行，则北京早下，清帝亦早逊位，何待项城上台，今日之民国，或较为振刷，亦未可知，是著书人之特载吴禄贞，固具有微意，不第补前著《清史演义》之阙已也。

第三回　奉密令冯国璋逞威
举总统孙中山就职

却说京内官民，闻袁钦差到京，欢跃得什么相似，多半到车站欢迎。袁钦差徐步下车，乘舆入正阳门，当由老庆老徐等，极诚迎接，寒暄数语，即偕至摄政王私邸，摄政王载沣，也只好蠲除宿嫌，殷勤款待。请他来实行革命，安得不格外殷勤？老袁确是深沉，并没有什么怨色，但只一味谦逊，说了许多才薄难胜等语。语带双敲。急得摄政王冷汗直流，几欲跪将下去，求他出力。老庆老徐等，又从旁怂恿，袁乃直任不辞，即日进谒隆裕后，也奉了诚诚恳恳的面谕，托他斡旋。袁始就内阁总理的职任，动手组织内阁，选用梁敦彦、赵秉钧、严修、唐景崇、王士珍、萨镇冰、沈家本、张謇、唐绍怡、达寿等，分任阁员，并简放各省宣慰使，拣出几个老成重望，要他充选。看官！你想当四面楚歌的时代，哪个肯来冒险冲锋，担此重任？除在京几个人员无法推诿外，简直是有官无人。而且海军舰队，及长江水师，又陆续归附民军，听他调用，那时大河南北，只有直隶、河南两省，还算是没有变动。大江南北，四川又继起独立，完全为民军所有。只南京总督张人骏，将军铁良，提督张勋，尚服从清命，孤守危城。江苏都督程德全，浙江都督汤寿潜，又组织联军，进攻南京。上海都督陈其美，且号召兵民，一面援应江、浙联军，一面组合男女军事团，倡义援鄂。枕戈待旦，健男儿有志复仇，市鞍从军，弱女子亦思偕作。彼谈兵，此驰檄，一片哗噪声，遥达北京，已吓得满奴倒躲，虏气不扬。语有分寸，阅者自知。

袁总理迭接警耗，前称袁钦差，此称袁总理，虽是就官言官，寓意却也不浅。默想民军方面，嚣张得很，若非稍加惩创，民军目中，还瞧得起我么？我要大大的做番事业，必须北制满人，南制民军，双方归我掌握，才能任我所为。隐揣老袁心理，确中肯綮。计划既定，便与老庆商议，令他索取内帑，把慈禧太后遗下的私积，向隆裕后逼出，隆裕后无法可施，落了无数泪珠儿，方将内帑交给出来，袁总理立饬干员，运银至鄂，奖励冯国璋军，并函饬国璋力攻汉阳。国璋得了袁总理命令，胜过皇帝诏旨，遂慷慨誓师，用全力去争汉阳。汉阳民军总司令黄兴，系湖南长沙县人，向来主张革命，屡仆屡起，百折不挠。黎都督元洪，与他素未识面，及武汉鏖兵，他遂往见黎督，慨愿前驱，赴汉杀虏。是夕，即渡江抵汉阳，汉阳民军，与清军酣战，已有多日，免不得临阵伤亡，队伍缺额，就令新募兵充数。新兵未受军事教育，初次交锋，毫无经验，一味乱击，幸清军统冯国璋，守着老袁训诫，未敢妄动，所以相持不决。至袁令一下，他即率军猛进，围攻龟山。民军总司令黄兴，督师抵敌，连战两昼夜，未分胜负。不意冯军改装夜渡，潜逾汉江，用着机关大炮，突攻汉阳城外民军。民军猝不及防，纷纷倒退。黄兴闻汉阳紧急，慌忙回援，见汉阳城外的要害，已被清军占住，料知汉阳难守，竟一溜烟的逃入武昌。下一逃字，罪有攸归。龟山所有炮队，失去了总司令，未免脚忙手乱，一时措手不迭，便被冯军夺去。汉阳城内，随即溃散，眼见得城池失守，又归残清。等到武昌发兵往援，已是不及，黎都督不免懊悔，但事已如此，无可奈何，只得收集汉阳溃军，加派武昌生力军，沿江分驻，固守武昌。黄兴见了黎督，痛哭移时，拟只身东行，借兵援鄂，黎督也随口照允，听他自去。黄兴实非将才。

这时候的冯国璋，已告捷清廷，清廷封国璋二等男，国璋颇也欣慰，便拟乘胜再下武昌，博得一个封侯拜相的机会。当下派重兵据住龟山，架起机关大炮，轰击武昌。武昌与汉阳，只隔一江，炮力亦弹射得着，幸亏武昌兵民，日夕严防，就是有流弹抛入，尚不过稍受损伤，无关紧要；沿江上下七十余里，又统有民军守着，老冯不能飞渡。只汉阳难民，渡江南奔，船至中流，往往被炮弹击沉，可怜这穷苦百姓，断股绝臂，飘荡江流；还有一班妇女儿童，披发溺水，宛转呼号，无从乞救，一个一个的沉落波心，葬入鱼鳖腹中。马二先生，何其忍心。各国驻汉领事，见了这般惨状，也代为不

平，遂推英领事出为介绍，劝令双方停战。自残同类，转令外人出为缓颊，煞是可叹。国璋哪肯罢休，只说须请命清廷，方可定夺，一面仍饬兵开炮，蓬蓬勃勃的，放了三日三夜，还想发兵渡江，偏偏接到袁总理命令，嘱他停战，冯国璋一团高兴，不知不觉的，消磨了四五分，乃照会英领事，开列停战条件，尚称："民军为匪党。"并有"匪党须退出武昌城十五里，及匪党军舰的炮闩，须一概卸下，交与介绍人英领事收存"等语。英领事转达黎督，黎督复交各省代表会公决。

原来独立各省，已各举代表，齐集湖北，拟组织临时政府，以便对内对外，本意是择地武昌，因武昌方在被兵，不得安居，暂借汉口租界顺昌洋行，为各省代表会会所。各省代表，见了冯国璋停战条款，统是愤懑交加，不愿答复。嗣恐英领事面子过不下去，乃想出一个用矛制盾的法儿，写了几条，作为复词。内开虏军须退出汉口十五里以外，及虏军所据的火车，应由介绍人英领事签字封闭。极好的滑稽答复。这种绝对不合的条款，怎能磋磨就绪？唯老冯也不好再战，暂行停炮勿攻，待有后命，再定计议。乐得逍遥。忽接到江南急电，江督张人骏将军铁良提督张勋等，统弃城出走，南京被民军占去。接连又奉袁总理电命，停战十五日。于是按兵不动，彼此夹江自守，暂息烽烟。

小子且将南京战事，续叙下去。江督张人骏，本也是个模棱人物，只因铁良是满人，始终辅清，张勋虽是汉族，却因受清厚恩，不敢背德，定欲保全江宁，对敌民军，所以各省纷纷独立，唯南京服从清室，毫无变志。江南第九镇统制徐绍桢，时已反抗清廷，任为宁军总司令，发兵攻击南京，初战不利，退回镇江，旋经浙军司令朱瑞，苏军司令刘之洁，镇军司令林述庆，沪军司令洪承点，济军司令黎天才，齐集镇江，与宁军一同出发，再捣南京，张勋却也能耐，带着十八营防军，与联军交战数次，互有杀伤。嗣因联军分头进攻，一个效忠清室的张大帅，顾东失西，好似一个磨盘心，终日在南京城下，指麾往来，闹得人困马乏，急忙电达袁总理，请他速发援兵。谁知这袁总理并无复音，再四呼吁，终不见报。袁总理已叫你拱让，你何苦硬要支持？未几，济军占领乌龙山、幕府山，浙军亦占领马群孝陵卫一带，又未几，浙军复进夺紫金山，会同镇军沪军，攻克天保城。张勋屡战不利，反丧了统领王有宏，没奈何退入朝阳门，专令城内狮子山守兵，开炮击射联军。

哪知狮子山上的兵士，已有变志，所发诸炮，都是向空乱击，毫无效力，城外最要紧的雨花台，又被苏军夺去。张勋力竭计穷，先嘱爱妾小毛子，收拾细软，由部众拥护出城，自己亦率了残兵二千人，与张人骏、铁良等开了汉西门，乘夜走脱，联军遂拥入南京城，欢呼不已。南京踞长江下游，倚山濒水，向称为龙盘虎踞的雄都，民军席卷长江，必须攻克南京，才得作为根本重地。适值汉阳为清军所得，两方面胜负相同，各得对等资格，那时和议问题，方好就此着手了。实皆不能出老袁意中。

袁总理世凯，与清摄政王载沣，面和心不和，便乘此下手，欲逼载沣退归藩邸，但形式上不便强逼，只把重大的问题，推到载沣身上去，自己不肯作主。载沣实担架不起，情愿辞职归藩。庆亲王奕劻，虽已罢去总理，遇着紧要会议，总要召他与闻，他便在隆裕后面前，力保袁总理能当重任，休令他人掣肘。隆裕后究是女流，到了没奈何时候，明知袁总理未必可靠，也只好求他设法，索性退去摄政王，把清廷一切全权，托付袁总理。全权付与，还有什么清室江山。袁总理遂命尚书唐绍怡，做了议和代表，且与唐密商了一夜，方令启程南下。一夜密商，包括后来无数情事。各省代表会，闻北代表南来，公推伍廷芳为民军代表，酌定上海地点，与北代表会议。两下里只约停战，未及言和。那革命党大首领孙文，已从海外回国，来任临时总统，开创一个中华民国出来。笔大如椽。

孙文字逸仙，号中山，广东香山县人，少时入教会学堂读书，吸受欧化，目击清政日非，遂倡言革命；嗣复往来东西洋，结合中国游学生，组织同盟会，一心与满清为难，好几次运动革命，统归失败。俱见《清史演义》。至是民军起义，把中国二十二省的舆图，得了三分之二，不禁宿愿俱慰，奋袂回国。看官试想！中国革命，全是他一人发起的效力，此番功成回来，宁有不受人欢迎么？

先是黄兴到沪，拟召江、浙军援鄂，会因鄂军与清军议和，彼此停战，乃将援鄂事暂行搁起。至南京已下，各省代表，均自汉口移至南京，道出沪上，拟选举正副元帅，为他日正副总统根本。当下开会公举，黄兴得票最多，当选为大元帅，黎元洪得票，居次多数，当选为副元帅。哪知江、浙联军，啧有烦言，多半谓汉阳败将，怎能当大元帅的职任？况黎都督是革命功首，反令他屈居副座，如何服人？遂纷纷电达沪渎，不认黄兴为大元帅。此

即为军人干涉立法权之始。但各代表推选不慎，也是难免指摘。各省代表，束手无策，只好再行酌议，拟将黎、黄两人，易一位置。黄兴闻联军不服，即日离沪，只致书各省代表，力辞大元帅当选，并推举黎元洪为大元帅。各代表得了此书，乐得顺风使帆，以大元帅属黎，副元帅属黄，唯会议时有一转文，黎大元帅暂驻武昌，可由副元帅代行大元帅职权，组织临时政府。公决后，即由各代表派遣专足，欢迎副元帅移节江宁，一面与行政机关接洽，在江宁预设元帅府，专待黄副元帅到来。不意黄副元帅竟尔固辞，至再三敦促，仍然未至。有几个革命党人，与黄兴素来莫逆，竟跑入代表会所，狂呼乱叫，拍案痛詈，略称："举定的正副元帅，如何易置？显是看轻我会中好友，你等名为代表，试为设身处地，一位大元帅，骤然降职，尚有面目来宁，组织临时政府么？"此是政党纷争之始，愈见选举不慎之弊。说得各代表俯首无言，待他舌干口渴，方设词劝慰，将他请出。党人恨恨而去。

各代表忍气吞声，面面相觑，忽闻孙中山航海到来，已抵吴淞口，亏得他来解围。大众方转忧为喜，即开了一个欢迎会，去迓中山——中山于十一月初六日到沪；遂把大元帅副元帅的问题，搁过一边，一心一意的，推举孙中山为临时大总统。初十日开会投票，每省代表，一票为限。奉天代表吴景濂，直隶代表谷钟秀、张铭勋，河南代表李鎜，山东代表谢鸿焘，山西代表景耀月、李素、刘懋赏，陕西代表张蔚森、马步云，江苏代表袁希洛、陈陶怡，安徽代表许冠尧、王竹怀、赵斌，江西代表林子超、赵士壮、王有兰、俞应麓、汤漪，浙江代表汤尔和、黄群、陈时夏、陈毅、屈映光，福建代表潘祖彝，广东代表王宠惠、邓宪甫，广西代表马君武、章勤士，湖南代表谭人凤、邹代藩、廖名搢，湖北代表马伯援、王正廷、杨时杰、胡瑛、居正，四川代表萧湘、周代本，云南代表吕志伊、张一鹏、段宇清，联翩到会，依法投票。全是表面文章。开箱检视，总数只有十七票，倒有十六票中，端端正正的，写着孙文二字，大众欢呼中华共和万岁三声，自是中华民国临时总统，产生大陆，成为开辟以来第一次创局。大书特书。孙文辞无可辞，勉允就职，当准于辛亥年十一月十三日，即阳历新正月一日，为临时总统莅任，中华民国纪元的吉期。先是鄂军起义，用黄帝纪元，因黄帝为汉族远祖，兴汉排满，不得不溯源黄帝，所以檄文起首，称为黄帝纪元四千六百零九年；至造成民国，拟联合汉、满、蒙、回、藏五族，成一大中华，不应再存种族的

形迹，乃改用民国纪元。且因世界各国，多用阳历，也只好随众变通，藉便交际；可巧总统选出，又适当阳历残年，为此种种理由，才有此特别更改。话休烦叙。并非烦文，实为通俗教育起见。

且说中华民国元年元月元日，当选临时大总统孙文，由沪上乘着专车，赴宁受职，火车上面，遍悬五色旗，随风送迎。这五色旗寓着五族共和的意义，系江、浙联军光复南京后，由都督程德全，及湖南志士宋教仁等，创造出来，后来遂定为国徽。武昌起义，用铁血旗，即十八星旗。滇、黔、粤、桂独立，袭用同盟会之青天白日旗。各省独立，统用白旗。故本书特揭五色旗之缘起。是日午前，车抵南京，政学军商各界，统到车站欢迎，驻宁各国领事，亦到来迎接。各炮台，各军舰，各鸣炮二十一门，表示欢忱。孙文下车，便改乘马车至临时总统府，即日行就职礼。各省代表暨海陆军代表齐集，军乐声与欢呼声、舞蹈声，和成一片。待众声少止，乃由孙文宣读誓词，词曰：

倾覆满洲专制政府，巩固中华民国，图谋民生幸福。此国民之公意，文实遵之，以忠于国。至专制政府既倒，国内无变乱，民国卓立于世界，为列邦公认，文当解临时大总统之职，谨以此誓于国民。数语已载《清史演义》，因所关重大，用特复录。

各省代表，因他宣誓已终，遂捧授大总统印信，由孙文接受加仪，那时宁军总司令徐绍桢，又由各代表公推，令进箴颂，乃琳琳琅琅的宣读起来。正是：

元首退居公仆列，国民进作主人翁。

欲知所读何词，且至下回续叙。

本回所叙各事，多载入《清史演义》，而此复复述者，以事关重大，《清史演义》中不可无是文，《民国演义》中，尤不可无是文也。妙在事实从同，运笔不同，两两对勘，不嫌重复，反增趣味，且有彼详此略、彼略此详诸异点，置诸《清史演义》宜如彼，置诸《民国演义》宜如此，此妙手之所以不涉拘墟也，阅者鉴之，应不河汉余言。

第四回　复民权南京开幕
抗和议北伐兴师

却说宁军司令徐绍桢，因临时大总统孙文就职，遂由各省代表委托，转达民意，朗读颂词道：

维汉曾孙失政，东胡内侵，淫虐猾夏，帝制自为者垂三百年，我皇汉慈孙，呻吟深热，慕法兰西、美利坚人平等之制，用是群视众策，仰视俯画，思所以倾覆虐政，恢复人权，乃断头揕胸，群起号召，流血建义，续法、美人共和之战史。今三分天下，克复有二，用是建立民国，期成政府，拣选民主，推置总统。佥意能尊重共和，宣达民意，唯公贤；廓清专制，巩卫自由，唯公贤；光复禹域，克定河朔，举汉、满、蒙、回、藏群伦，共覆于平等之政，亦唯公贤。用是投匦度情，征压纽之信，众意所属，群谋佥同。既协众符，欢欣拥戴。要知我国民久困钤制，疾首蹙频，望民主若岁，今当公轩车莅任，苍白扶杖，子女加额，焚香拥彗，感激涕零者何也？忭舞自由，敦重民权也，用是不吝付四百兆国民之太阿，寄二亿里山河之大命，国民之委托于公者，亦已重哉。继自今唯公翼翼，毋违宪法，毋拂舆意，毋任威福，毋崇专断，毋昵非德，毋任非才，凡我共和国民，有不矢忠矢信，至诚爱戴，轩辕、金天，列祖列宗，七十二代之君，实闻斯言。代表等受国民委托之重，敢不尽意，谨致大总统玺绶，俾公发号施令，崇为符信，钦念哉！

读毕，由孙大总统答词，略谓："当竭尽心力，勉副国民公意。"各代表及海陆军代表，又欢呼中华民国万岁，中华民国共和万岁，中华民国四万万同胞万岁。两阶军乐，又鞺鞺的奏了一回，然后大众鞠躬告别。过了三天，再选举副总统，黎都督元洪当选；复著手组织内阁，暂仿美国成制，不设总理，先集各代表议定法度，分作九部，每部设总长一人，次长一人，由孙总统提出望重名高的人物，请代表团投票取决，得多数同意，乃经总统委任。此次是中华民国第一次组织内阁，当任黄兴为陆军总长，蒋作宾为次长，黄钟瑛为海军总长，汤芗铭为次长，伍廷芳为司法总长，吕志伊为次长，陈锦涛为财政总长，王鸿猷为次长，王宠惠为外交总长，魏宸组为次长，程德全为内务总长，居正为次长，蔡元培为教育总长，景耀月为次长，张謇为实业总长，马和为次长，汤寿潜为交通总长，于右任为次长。政府的行政机关，已经组成，乃由各代表组织参议院，每省中选出三人，公议法律，作为中华民国的立法机关。政法两项，并行不悖，先择民国最要紧的条件，提出施行。第一件是外交，由临时大总统咨照各国，凡革命以前，清政府所欠外债，归民国承认偿还，从前中外约款，仍然履行，各国侨民，一体保护，信教悉许自由，外人得此照会，却也悦服。第二件是内治，下剪辫令，改拜跪礼，所有从前大人老爷的称呼，以及山、陕教坊乐籍，与浙绍惰民丐籍及浙、闽棚民，广东蜒户等，一体革除，实行共和制度，撤消阶级。至若刑法一端，虽已设司法部，一时未及编制，且因军务未竣，暂行军律，由陆军总长颁布临时军律十二条，凡任意掳掠、强奸妇女、焚杀平民，及未奉长官命令，擅封民房财产、硬夺良民财物等五条，最为大罪，犯即枪毙。勒索强买，与私斗伤人，这二条论情抵罪。还有五条，是私入良民家宅、行窃赌博、纵酒行凶，及各种滋扰情形，均酌量罚办。此外一切政策，由各部总长颁布意见，逐渐进行。唯教育一项，至应改良，所有大小所堂，改名学校，各种教科书，饬各书局及各校教员，酌量编辑，小学校中准男女同学，期合共和宗旨。其余各节，亦略有变通，小子也不及细述了。此系民国创造的政治，不能不揭要叙明。

唯是满清政府，尚兀立北京，直隶、河南，未曾独立；山东旧抚孙宝琦，忽附和民军，忽服从清室，仿佛有两张面孔，两副心肠；还有辽东三省，也是首鼠两端；西域的新疆省，及内外蒙古、青海、西藏三部，路途遥

远，声息未通；就是一早光复的山、陕两省也被清军袭击，屡电达南京政府，火速乞援。临时大总统孙文，及九部阁员，不得不亟筹统一的办法。

时清议和代表唐绍仪，与民军代表伍廷芳，已会议了好几次，伍代表先提出和议大纲，约有四条：一是废除满清政府；二是建立共和政府；三是优给清帝岁俸；四是满人除在新政府效力外，凡年老穷苦的人，均优给赡养。这数条说将出来，与唐代表意不相合。唐代表受着清廷命令，南下议和，就是有志共和，一时也不便推倒满清，遂与伍代表辩驳数次，仍主张君主立宪。伍代表当然不允，嗣经彼此磋磨，定了一个通融的法儿，拟立时召集国会，将君主民主问题，付诸公决，当由双方签字。再议国会办法，及开会地点，伍主上海，唐主北京；伍主每省选派代表三人，唐初意未协，旋亦照允，唯地点尚未议定，电达袁总理定夺。袁总理复电，不特反对上海开会，并云："各省代表，只有三人，不足取信大众。唐使不候电商，径行允协，未免越权，本总理碍难承认"云云。无非为一己计。看官试想！唐使南来，明明是袁总理的全权代表，当两代表相见时，已经换验文凭，确有全权字样。乃因这国会人数，由唐签定，竟遭袁总理驳斥，还有什么全权可言？唐代表即日辞职，由袁总理致电伍廷芳，直接议和。正在辩论的时候，忽闻南京已组织新政府，选孙文为临时大总统，黎元洪为临时副总统，不由的惊动了老袁，正副总统，都被他人取去，安得不惊。立即电达南方，诘问伍代表。略云：

国体问题，由国会解决，现正商议正当办法，自应以全国人民公决之政体为断。乃闻南京忽已组织新政府，并孙文受任总统之日，宣示驱逐满清政府，是显与前议国会解决问题相背，特诘问此次选举总统，是何用意？设国会议决为君主立宪，该政府暨总统，是否立即取消？务希电复！

伍代表接到此电，亦拟就复稿，拍致袁总理道：

现在民军，光复十七省，不能无统一之机关，在国民会议未议决以前，民国组织临时政府，选举临时大总统，此是民国内部组织之事，为政治上之通例。若以此相诘，请还问清政府，国民会议未决以前，何以

不即行消灭，何以尚派委大小官员？又前与唐使订定，谓国民会议，取决多数，议决之后，两方均须依从。来电所诘问者，请还以相诘，设国会议决为共和立宪，清帝是否立即退位？亦希答复为盼！

袁总理瞧这电文，免不得气愤起来，当下四处拍电，饬新授山西巡抚张锡銮，速带三镇全军，往攻娘子关，进窥太原；故陕督升允，由甘肃募军，由平凉窥陕西乾州；再调河南清军，西薄陕西潼关；皖北清藩倪嗣冲，进驻颍亳；南京败逃的提督张勋，由徐州招集散军，攻入宿州，随处牵制民军，大有以力服人的威势。暗中却仍令唐绍怡，寓居沪上，作局外的调停，仍与伍代表密商，不使南北决裂。一面硬逼，一面软做，老袁确有手段。南京政府，颇有些为难起来，各省代表团，恐临时政府为和议所误，行文严诘，日促进兵。山西都督阎锡山，又飞书求救，接连是娘子关失守，太原失守，数次警电，络绎传来。陕西潼关民军，始挫终胜，虽幸得击退清军，究竟还是危险，也屡电告急，皖、徐一带，又有不安的消息，于是南京政府，揭示进兵的方法，派鄂、湘民军，为第一军，向京汉铁路前进；宁、皖民军为第二军，向河南前进，与第一军约会开封、郑州间；淮阳民军为第三军，烟台民军为第四军，向山东前进，约会济南；秦皇岛合关外各民军为第五军，山、陕民军为第六军，向北京前进，若第一二三四军，进行顺手，即与第五六军会合，共捣虏廷。再由临时大总统孙文，檄告北方将士，其文云：

民国光复，十有七省，义旗虽举，政体未立，凡对内对外诸问题，举非有统一之机关，无以达革新之目的，此临时政府，所以不得不亟为组织者也。文以薄德，谬承公选，效忠服务，义不容辞，用是不揣绵薄，暂就临时之任，藉维秩序而图进行，一俟国民会议举行之后，政体解决，大局略定，敬当逊位，以待贤明。区区此心，天日共鉴。凡我同胞，备闻此言。唯是和平虽有可望，战局尚未终结，凡我籍隶北军诸同胞，同是汉族，同为军人，举足重轻，动关大局，窃以为有不可不注意者数事，敢就鄙意，为我诸同胞正告之：此次战事迁延，亦既数月，涂炭之惨，延亘各地，以满人窃位之私心，开汉族仇杀之惨祸，操戈同室，贻笑外人，我诸同胞不可不注意者此其一；古语云：“民之所欲，

天必从之”，是知民心之所趋即国体之所由定也，今禹域三分光复逾二，虽有孙、吴之智，贲、育之勇，亦讵能为满廷挽既倒之狂澜乎？我诸同胞不可不注意者此其二；民国新成，时方多事，执干戈以卫社稷，正有志者建功树业之时，我同胞如不明烛几先，即时反正，他日者，大功既定，效用无门，岂不可惜？我诸同胞不可不注意者此其三。要之义师之起，应天顺人，扫专制之余威，登国民于衽席，此功此责，乃文与诸同胞共之者也。如其洞观大势，消释嫌疑，同举义旗，言归于好，行见南北无冲突之忧，国民蒙共和之福；国基一定，选贤任能，一秉至公，南北军人，同为民国干城，决无歧视。我诸同胞当审斯义，早定方针，无再观望，以贻后日之悔，敢布腹心，唯图利之！

为这一篇宣告书，北方将士，亦蠢蠢欲动，南方各省都督，更跃跃欲战，军书旁午，战电纷驰，北伐北伐的声音，喧腾大陆，且把袁世凯骂得一文不值，不是说他满奴，就是詈他汉贼；肄业学校的学生，也情愿抛书辍学，倡合一个北伐团；醉心文明的女子，又情愿浣粉洗脂，组成一党北伐队；还有学生卫兵，女子精武军，及男女赤十字会，名目繁多，数不胜数。就是梨园名角，楚馆歌娼，也想卸下这优孟衣冠，跳脱那平康贱里，投入什么北伐团、北伐队，去当一会北伐英雄、北伐英雌。端的是乘盾为荣，执桴而起，班超投笔，大丈夫安用毛锥？木兰从征，新国民休轻巾帼。仿佛一个大舞台。似乎直捣黄龙，指顾间事。各国侨商，见时势危迫，恐碍商务，大众联名发电，直致清廷，要求他早改国体，安定大局。偏清亲贵载涛、载洵、载泽、溥伟、善耆，与良弼、铁良等，结成一个宗社党，极端反对民军，一意主战，且有宁赠友邦，不给汉人的呆话。宗社党自此出现。当下开了几次会议，把变更国体的问题，暂不愿行，任他如何请求，如何决裂，只有背城借一，与国存亡。恐怕是大言不怍。良弼尤为激烈，力请隆裕太后，易和为战，并斥袁总理负国不忠，立应罢斥。隆裕后踌躇未决，袁总理已得着信息，即奏请辞职退居。复旨尚未下来，甘肃、新疆，已递到警报，甘肃总督长庚，新疆将军志锐，均被革命军杀死，接连是蒙古活佛、西藏喇嘛，也宣布独立，把清廷简放的驻守大臣，一律驱逐出境。看官！你想隆裕太后，生平虽几经患难，要没有这般危急，当此一夕数惊，哪得不令她吓煞？左思右想，

无可奈何，只好去请老庆商量。老庆心目中，只有一个袁世凯，仍是坚持原议，并把曾国藩封侯故事，引述一番。世凯是姓袁，并不姓曾。隆裕后以满清宗室，总要算老庆阅历最深，比不得一班粗莽少年，空说大话，毫无实用。少年原不足恃，老朽亦属无用。当下令老庆往留老袁，且封袁一等侯爵。袁总理不愿就封，并整顿行装，似乎要归去的模样，急得老庆苦口挽留，才得他勉强应允，唯侯爵决不肯受。想做总统，想做皇帝，岂侯爵所能羁留？俟老庆别后，沉吟了好半晌，乃自拟密电，飞寄唐绍怡，唐接电后，往谒伍代表，谈及老袁密电中事。伍代表复转电孙总统，孙总统微微一笑，遂命秘书拟好电文，即致袁总理道：

北京袁总理鉴：文前日抵沪，诸同志属组临时政府，文义不容辞，只得暂时担任。公方以旋乾转坤自任，即知亿兆属望，唯目前地位，尚不能不引嫌自避，故文暂时承乏，而虚位以待之心，终可大白于将来。望早定大计，以慰四万万人之渴望。

原来袁总理的密电中，是要孙中山让位与他，他才肯赞成共和，推翻清室，做一出民国开幕的新戏。孙中山顾全大局，竟坦白无私，甘心让位。于是这位袁总理，遂放胆做去，演出许多把戏来。曾记得古诗一首，很好移赠老袁，诗句便是：

周公恐惧流言日，王莽谦恭下士时。
若是当年身便死，一生真伪有谁知？

毕竟袁总理如何处置，且待下回表明。

南北议和，而孙中山航海来华，即组织临时政府，似乎行之太急，然非有此仓猝之组织，则选议员、开国会，待诸何时？延长一日，则中国即不安一日，且若国会果成，南北必大肆运动，不免有道旁筑室之嫌，此组织南京政府，不可谓非南方党人之捷足也。唐代表议和被斥，即行辞职，看似袁、唐暗中冲突，实仍一致进行。袁总理心中，本挟一唯我独尊之见，意欲借共和捷径，为皇帝之过渡，

既避篡逆之恶名，复得中外之美誉，种种作用，无非期达目的，唐代表辈，实为所利用耳。北伐一段，写得如火如荼，初不值老袁一哂。孙中山之甘心让位，亦知南北之未必相敌，经著书人一一叙来，不但事实了然，即如各人心理，亦跃然纸上。

第五回　彭家珍狙击宗社党
段祺瑞倡率请愿团

却说临时大总统孙文，致电袁世凯，有虚位以待等语。袁总理才放下了心，只表面上不便遽认，当复致一电道：

孙逸仙君鉴：电悉。君主共和问题，现方付国民公决，无从预揣。临时政府之说，未敢预闻。谬承奖诱，愧不克当。唯希谅鉴为幸！

这电文到了南京，孙总统又有复电云：

电悉。文不忍南北战争，生灵涂炭，故于议和之举，并不反对。虽君主民主，不待再计，而君之苦心，自有人谅之。倘由君之力，不劳战争，达国民之志愿，保民族之调和，清室亦得安乐，一举数善，推功让能，自有公论。文承各省推举，誓词俱在，区区此心，天日鉴之。若以文为诱致之意，则误会矣。

袁总理既得此电，料知孙文决意让位，并非虚言，遂至庆亲王私邸，密商多时。略谓："全国大势，倾向共和，民军势力，日甚一日，又值孙文来沪，挈带巨资，并偕同西洋水陆兵官数十员，声势越盛。现在南京政府，已经组织完备，连外人统已赞成。多半是乌有情事，老袁岂真相信？无非是恫吓老庆。

试思战祸再延，度支如何？军械如何？统是没有把握。前数日议借外款，外人又无一答应，倘或兵临城下，君位贵族，也怕不能保全，徒闹得落花流水，不可收拾。若果到了这个地步，上如何对皇太后？下如何对国民？这正是没法可施哩。”老庆闻到此言，也是皱眉搓手，毫无主意；随后又问到救命的方法。袁总理即提出“优待皇室”四字，谓：“皇太后果俯顺舆情，许改国体，那革命军也有天良，岂竟不知感激？就是百世以后，也说皇太后皇上为国为民，不私天下。似王爷等赞成让德，当亦传颂古今，还希王爷明鉴，特达宫廷。”前恫吓，后趋承，老庆辈安得不入彀中？老庆踌躇一会，方道：“事已至此，也没有别的法子，且待我去奏闻太后，再行定夺。”袁总理乃告别出邸。

过了一日，即由隆裕太后宣召袁总理入朝。袁总理奉命即往，谒见太后，仍把变更国体的好处，说了一番，太后泪落不止。袁总理带吓带劝，絮奏了好多时，最后闻得太后呜咽道：“我母子二人，悬诸卿手，卿须好好办理，总教我母子得全，皇族无恙，我也不能顾及列祖列宗了。”凄惨语，不忍卒读。袁总理乃退了出来，时已晌午，乘舆出东华门，卫队前拥后护，警备甚严；两旁站着兵警，持枪鹄立，一些儿不敢出声。至行到丁字街地方，忽从路旁茶楼上面，抛下一物，约离袁总理乘车数尺，一声爆响，火星直迸，晦气了一个卫队长，一个巡警，两匹坐马，轰毙地上。还有兵士十二人，行路三人，也触着烟焰，几乎死去。无妄之灾。袁总理的马车，幸尚不损分毫，他坐在马车上面，虽亦觉得惊骇，面目上却很镇静，只喝令快拿匪徒。卫队不敢少慢，即似狼似虎的，跑入茶楼，当场拿往三人，移交军警衙门，即日审讯，一叫杨禹昌，一叫张先培，一叫黄之萌，直供是抛掷炸弹，要击死袁总理。待问他何人主使，他却不发一语，随即正法了案。阅者细思此三人，果属何党？或谓由宗社党主使，或谓由革命党主使。迄今尚属存疑。

袁总理始终不挠，遂拟定优待皇室等条件，一份内呈，一份外达。隆裕太后再开皇族会议，老庆等已无异辞。独良弼愤愤不从，定要主战。那时袁总理得了此信，颇费踌躇，暗忖了半天，不由的自慰道：“如此如此，管教他死心塌地。”遂暗暗的设法布置，内外兼施。过了数天，忽由民政大臣赵秉钧，趋入通报道：“军咨使良弼，已被人击伤了。”袁总理道：“已死么？”开口即问他死否，其情可见。秉钧道：“现尚未死，闻已轰去一足，料也性命难

保了。”袁总理又道：“敢是革命党所为么？”秉钧道：“大约总是他们党人。”袁又问曾否捉住？秉钧又道：“良弼未死，抛掷炸弹的人，却已死了。”袁总理叹道：“暗杀党煞是厉害，但良弼顽固异常，若非被人击死，事体也终办不了。”言下明明有喜慰意。秉钧道：“此人一死，国体好共和了。”袁总理又道：“你道中国的国体，究竟是专制的好，共和的好？”秉钧道：“中国人民，只配专制，但目下情势，不得不改从共和，若仍用专制政体，必须仍然君主。清帝退位，何人承接？就是有承接的人也离不了莽、操的名目。依愚见想来，只好顺水推舟，到后再说。”袁总理不禁点首，又与秉钧略谈数语，彼此握手告别。赵秉钧系袁氏心腹，故特从此处插入。

看官！你道这清宗室良弼，究系为何人所击？相传是民党彭家珍。家珍四川人，曾在本省武备学堂毕业，转学东洋，归充四川、云南、奉天各省军官，久已有志革命，至武昌起义，他复奔走南北，鼓吹军士。既而潜入京师，赁居内城，购药自制炸弹，为暗杀计。适良弼统领禁卫军，锐意主战，乃决计往击良弼。自写绝命书一函，留存案上，然后改服新军标统衣饰，徐步出门，遥看天色将晚，径往投金台旅馆，佯称自奉天进京，有要公进内城，命速代雇马车，赴良弼家，投刺求见。阍人见名刺上面，写着“崇恭”两字，旁注“奉天标统”四字，当将名刺收下，只复称：“大人方入宫议事，俟明晨来见便了。”家珍道：“我有要事，不能少待，奈何？”一面说着，一面见阍人不去理保，复跃上马车，至东华门外静待。约过半小时，见良弼乘车出来，两旁护着卫队，无从下手，乃让良弼车先行，自驱车紧随后面，直至良弼门首，见弼已下车，慌忙跃下，取出“崇恭”名片抢步求见。良弼诧异道：“什么要公，夤夜到此？明日叙谈罢。”说时迟，那时快，良弼正要进门，猛听得一声怪响，不禁却顾，可巧弹落脚旁，把左足轰得乌焦巴弓，呼痛未终，已是晕倒。只有这些本领，何苦硬要主战。卫士方拟抢护，又是豁喇一声，这弹被石反激，转向后炸，火光乱迸，轰倒卫士数名，连家珍也不及逃避，霎时殒命。良弼得救始醒，奈足上流血不止，急延西医施救，用刀断足，血益狂涌，翌日亦死。死后无嗣，唯遗女子三人。且家乏遗赀，萧条得很。度支部虽奉旨优恤，赙金尚未颁发，清帝即已退位，案成悬宕，良女未得分文，后由故太守廉泉夫人吴芝瑛，为良女慰男请恤。呈词中哀楚异常，才博得数金赡养。良弼虽反抗共和，然究是清室忠臣，且廉洁可敬，故特笔表明。这且

搁下不提。

且说良弼被炸，满廷亲贵，闻风胆落，躲的躲，逃的逃，多半走离北京，至天津、青岛、大连湾，托庇外人租界，苟延生命；所有家资，统储存外国银行，经有心人确实调查，总数得四千万左右。不肯饷军，专务私蓄，仿佛明亡时形状。大家逍遥海上，单剩了一个隆裕太后，及七岁的小皇帝，居住深宫，危急万状。小皇帝终日嬉戏，尚没有什么忧愁。独隆裕后日夕焦烦，再召皇族会议，竟不见有人到来。接连又来了一道催命符，由内阁呈入，慌忙一瞧，但见纸上写着：

内阁军咨陆军并各王大臣钧鉴：为痛陈利害，恳请立定共和政体，以巩皇位而奠大局，谨请代奏事。窃维停战以来，议和两月，传闻宫廷俯鉴舆情，已定议立改共和政体，其皇室尊荣及满、蒙、回、藏生计权限各条件，曰大清皇帝永传不废；曰优定大清皇帝岁俸，不得少于四百万两；曰筹定八旗生计，蠲除满、蒙、回、藏一切限制；曰满、蒙、回、藏，与汉人一律平等；曰王公世爵，概仍其旧；曰保护一切私产，民军代表伍廷芳承认，列于正式公文，交万国平和会立案云云。电驰报纸，海宇闻风，率土臣民，罔不额手称庆，以为事机至顺，皇位从此永保，结果之良，轶越古今，真国家无疆之休也。想望懿旨，不遑朝夜，乃闻为辅国公载泽，恭亲王溥伟等，一二亲贵所尼，事遂中沮，政体仍待国会公决，祺瑞自应力修战备，静候新政之成。唯念事变以来，累次懿旨，莫不轸念民依，唯国利民福是求，唯涂炭生灵是惧；既颁十九信条，誓之太庙，又允召集国会，政体付之公决；又见民为国本，宫廷洞鉴，具征民视民听之所在，决不难降心相从。兹既一再停战，民军仍坚持不下，恐决难待国会之集，姑无论牵延数月，有兵溃民乱、盗贼蜂起之忧，寰宇糜烂，必无完土。瓜分惨祸，迫在目前。即此停战两月间，民军筹饷增兵，布满各境，我军皆无后援，力太单弱，加以兼顾数路，势益孤危。彼则到处勾结土匪，勒捐助饷，四出煽扰，散布诱惑。且于山东之烟台，安徽之颍、寿境界，江北之徐州以南，河南之光山、商城、固始，湖北之宜城、襄、樊、枣阳等处，均已分兵前逼。而我皆困守一隅，寸筹莫展，彼进一步，则我之东皖、豫即不自保。虽祺

瑞等公贞自励，死生敢保无他，而饷源告匮，兵气动摇，大势所趋，将心不固，一旦决裂，何所恃以为战？深恐丧师之后，宗社随倾，彼时皇室尊荣，宗藩生计，必均难求满志。即拟南北分立，勉强支持，而以人心论，则西北骚动，形既内溃；以地理论，则江海尽失，势成坐亡。祺瑞等治军无状，一死何惜，特捐躯自效，徒殉愚忠，而君国永沦，追悔何及？甚非所以报知遇之恩也。况召集国会之后，所公决者尚不知为何项政体？而默察人心趋向，恐仍不免出于共和之一途，彼时万难反汗，是徒以数月水火之患，贻害民生，何如预行裁定，示天下以至公？使食毛践土之伦，歌舞圣明，零涕感激，咸谓唐虞至治，今古同揆，不亦伟哉！祺瑞受国厚恩，何敢不以大局为念？故敢比较利害，冒死陈言，恳请涣汗大号，明降谕旨，宣示中外，立定共和政体，以现在内阁及国务大臣等，暂时代表政府，担任条约国债及交涉未完各事项，再行召集国会，组织共和政府，俾中外人民，咸与维新，以期妥奠群生，速复地方秩序，然后振刷民气，力图自强，中国前途，实维幸甚，不胜激切待命之至，谨请代奏！

隆裕太后一气览毕，已不知落了多少珠泪，及看到后面署名，第一个便是第一军总统官段祺瑞，随后依次署列，乃是尚书衔古北口提督毅军总统姜桂题，护理两江提督张勋，察哈尔都统陆军统制官何宗莲，副都统段芝贵，河南布政使帮办军务倪嗣冲，陆军统制王占元、曹锟、陈光远、吴鼎元、李纯、潘矩楹、孟恩远，河北镇总兵马金叙，南阳镇总兵谢宝胜，第二军总参议官靳云鹏、吴光新、曾毓隽、陶云鹤，总参谋官徐树铮，炮台协领官蒋廷梓，陆军统领官朱泮藻、王金镜、鲍贵卿、卢永祥、陈文运、李厚基、何丰林、张树元、马继增、周符麟、萧广传、聂汝清、张锡元，营务处张士钰、袁乃宽，巡防统领王汝贤、洪自成、高文贵、刘金标、赵倜、仇俊恺、周德启、刘洪顺、柴得贵，陆军统带官施从滨、萧安国一古脑儿有四五十人。到了结末几个姓名，已被泪珠儿湿透，连笔迹都模糊起来。隆裕后约略看毕，便把这来折掷在案上，竟返入寝宫，痛声大哭。一班宫娥侍女，都为惨然。又经窗外的朔风，猎猎狂号，差不多为清室将亡，呈一惨状。帝王末路，历代皆然，如清室之亡，尚是一个好局面。自是隆裕太后忧郁成疾，食不甘，寝不安，

镇日里以泪洗面，把改革国体问题，无心提起。一夕，正假寐几上，忽由太保世续，踉跄趋入，报称："太后，不好了，段祺瑞等要进京来了。"隆裕太后不觉惊醒，忙问道："段祺瑞么？他来京何事？"世续道："他有一本奏折，请太后明鉴。"隆裕后未曾瞧着，眼眶中已含了多少泪儿，及瞧完来奏，险些儿晕厥过去。看官！你道他是什么奏辞？待小子录述出来，奏云：

> 共和国体，原以致君于尧、舜，拯民于水火，乃因二三王公，迭次阻挠，以至恩旨不颁，万民受困。现在全局危迫，四面楚歌，颍州则沦陷于革军，徐州则小胜而大败，革舰由奉天中立地登岸，日人则许之，登州、黄县独立之影响，蔓延于全鲁，而且京、津两地，暗杀之党林立，稍疏防范，祸变即生。是陷九庙两宫于危险之地，此皆二三王公之咎也。三年以来，皇族之败坏大局，罪难发数，事至今日，乃并皇太后皇上欲求一安富尊荣之典，四万万人欲求一生活之路，而不见允，祖宗有知，能不恫乎？盖国体一日不决，则百姓之困兵燹冻饿，死于非命者，日何啻数万。瑞等不忍宇内有此败类也，岂敢坐视乘舆之危而不救乎？谨率全军将士入京，与王公痛陈利害，祖宗神明，实式凭之。挥泪登车，昧死上达。请代奏！

最后署名，除段祺瑞外，无非是王占元、何丰林、李纯、王金镜、鲍贵卿、李厚基、马继增、周符麟等一班人物，隆裕后也不及细阅，只觉身子寒战起来，昏昏沉沉，过了半晌，方对世续道："这，怎么好？怎么好？"世续支吾道："国势如此，人心如此，看来非改革政体，不能解决了。"隆裕后道："古语说得好，'养兵千日，用兵一时。'不料我国家费了若干金银，养了这班虎狼似的人物，偏来反噬，你想可痛不可痛呢？"并非将士之过，隆裕后也未免诬人。世续道："太后须保重玉体，勿过伤心！"隆裕后流泪道："我悔不随先帝早死，免遭这般惨局。"说至此，又把银牙一咬，便道："罢，罢！你去宣召袁世凯进来。"世续奉命去讫，约半日，即见心广体胖的袁总理，随世续入宫。心广体胖四字，形容得妙。这一来有分教：

> 一代皇图成过去，万年创局见今朝。

欲知袁总理入宫后事，且看下回再表。

统观本回各情事，无一非袁世凯所为，袁世凯之被炸，当时群料为良弼所使，吾谓实袁氏自使之耳。良弼之被炸，则谓由民党彭家珍，吾谓亦袁氏实使之。不然，何以袁氏遇炸而不死，良弼一炸而即死乎？或谓杨禹昌、黄之萌、张先培三人被逮以后，并未供言袁氏指使，岂死在目前，尚无实供求生之理？不知此正见袁氏之手段。袁氏后日，杀人多矣，即受袁氏之指使，而被人杀者亦多矣。问谁曾实供袁氏乎？闻袁氏平生举动，得达目的，不靳金钱，然则买人生命，以金为鹄，贪夫殉财，何所惮而不为也？若段祺瑞之领衔请愿，不待究诘，已共知为受命老袁，书中内外兼施四字，已将全情表明，寡言胜于多言，益令人玩味无穷云。

第六回　许优待全院集议 允退位民国造成

却说清太保世续，召袁总理世凯入宫，当由隆裕后问及优待条件，曾否寄往南方？袁总理答云："未曾。"明明是欺弄孤儿寡妇，安有外人尽知，尚说未曾寄往耶？隆裕后凄然道："这个局面，看来是难免了，烦你寄去交议罢。"袁总理道："事关重大，且再商诸近支王公，再行定夺。"何必做作。隆裕后道："近支王公，多半远扬，还有什么可议？"说罢，掩面悲啼，袁总理也顾不得什么，竟大踏步出宫，电致南方伍代表去了。已达目的，乐得趾高气扬。

是时南京各省代表团，已依临时政府组织大纲，召集参议员，于民国元年正月廿八日开参议院正式成立大会。开会前一日，适有数大问题发生，足为中华民国前途之障力。先是各省代表集会汉口，已有未曾独立的省份，如直隶、奉天等代表，有无表决权，应付讨论。卒因群议纷纭，仓卒不及表决，所以组织临时政府，选举正副总统，无论该省是否独立，既称代表，皆得投票，初无歧视，及参议院将要开会，议员中有提出原议，略言："直隶、奉天等议员，不得有表决权。"直隶议员谷钟秀，奉天议员吴景濂等，抗论不服，相继辞职，旋经各省议员调停，方彼此一律，权限从同。南北议和，已将就绪，不日即可统一，还要彼此龃龉，自生恶感，真正令人不解。次日开会，各省议员，联袂偕来，虽未满额，已过半数，临时大总统孙文，亦曾莅会，国旗招飐，军乐悠扬，大众欢欣鼓舞，俨然有一种共和的气象。嗣是逐日会议，倏逾兼旬，忽闻新政府未经院议，擅将汉冶萍煤矿公司，抵质借款，全院议员

大哗，严辞责问。原来临时政府成立，命将各省赋税暂行豁免，一些儿没有进款，那出款却格外浩繁。陆军财政两部，拟发军需八厘公债票，经参议院通过施行，未见成效。嗣商诸大公司内管理人，暂借国民名义，将私产抵押外国款项，转贷政府，于是苏路公司，及招商局，先后抵质，为短期借款的抵押品。参议院也无异议，唯新政府尚嫌未足，复将汉冶萍煤矿公司，抵借日本款五百万元，这汉冶萍公司的资本，是清邮传部大臣盛宣怀，要占大半，盛氏以铁路国有政策，激起民变，致兴革命军，详见《清史演义》。清廷已将他罢职，民军又拟将他资产籍没，急得老盛没法，竟去投效日本，愿与日人合办，想仗这日本商标，保护私产，复讨好临时政府，愿将该公司抵款五百万元，救济新政府的眉急。陆军总长黄兴，以军饷急需，不暇交参议院公决，只与临时大总统孙文商妥，径由大总统及陆军总长秘密签字，连财政总长陈锦涛，也未得与闻。此举未免违法。后被参议院察悉，立刻咨照政府，诘他："抵押借债，何故不付参议院议决，擅自签字"等语。政府答称："由私人押借，与国家无涉。且款项亦未缴齐。"潦潦草草的说了数语，参议院议员，竟责政府遁辞，愈觉不平，再请政府切实答复。政府复答称："汉冶萍公司，系由私人资格，与日本商订合办，尚赤通过股东会，先由该公司借日款五百万元，转借与临时政府，请求批准。现只交到二百万元，本总统正恐外人合股，不无流弊，正拟取消这事，所以未经交议"等因。湖北参议员刘成禺、张伯烈、时功玖等，攘臂起诉，极言政府擅断擅行，愤极辞职，立回湖北原籍，运动本省临时省议会，另行组织临时国会，与南京临时参议院抗衡。临时参议院成立，未及一月，即成决裂，此即中华民国不祥之兆。政府乃将汉冶萍公司罢押。临时参议院亦驳斥湖北省议会，为法外举动，当然无效。特举此数事，见得中国共和之难成。正在喧闹的时候，伍代表已交到优待清室等件，立待议妥，大众乃将余事搁起，专心致志的公议要项。但见第一行写着道：

（甲）关于大清皇帝优礼之条件。

大众瞧这十余字，各哗声道："清帝退位，清室已亡，还有什么大不大。说得有理。就是优礼的礼字，亦属不合。"一议员道："竟改作'清帝退位后优待之条件'便好了。"又有一议员道："退字不如逊字，俾他留点面目，何如？"当下大众赞成，遂由主稿员另纸写出，系（甲）关于清帝逊位后优待之条件，写毕，再将原稿看了下去，系是：

第一款，大清皇帝尊号，相承不替，国民对于大清皇帝，各致其尊崇之敬礼，与各国君主相等。

大众复道："不妥不妥。清帝已经退位，我辈国民，还要去尊崇他做什么？"乃经大众悉心参酌，改为："清帝逊位之后，尊号仍存不废，以待外国君主之礼相待。"再看第二款云：

第二款，大清皇帝岁用，每岁至少不得短于四百万两，永不得减额。如有特别大典，经费由民国担任。

大众磋议，改四百万两为四百万元，特别大典二语删去，乃复由主稿员写下道："清帝逊位之后，每岁用四百万元，由中华民国给付。"再看第三款列着：

第三款，大内宫殿或颐和园，由大清皇帝随意居住，宫内侍卫护军官兵，照常留用。

大众又道："清帝既已退位，大内宫殿，不应久居。"一议员应声道："何不叫他还居颐和园？"旁又有一议员道："颐和园规模弘敞，殿阁巍峨，令他居住，还是便宜了他。"连颐和园都不肯与居，清室末路，也属可怜。大众道："既议优待，就留些余地便是。"乃改为："清宽逊位之后，暂居宫禁，日后移居颐和园，侍卫照常留用。"至第四款是：

第四款，宗庙陵寝，永远奉祀，由民国妥慎保护，负其责任，并设守卫官兵，如遇大清皇帝恭谒陵寝，沿途所需费用，由民国担任。

大众道："清帝谒陵的费用，如何要民国担任？倘他借谒陵为名，日日嬉游，我民国当得起这许多供奉吗？此款前半截尚可通融，下三语尽可删却。"乃改定："清室逊位后，其宗庙陵寝，由民国妥慎保护。"复看第五款云：

第五款，德宗崇陵未完工程，如制敬谨妥修，其奉安典礼，仍如旧制，所有经费，均由民国担任。

这一款却没人反对，只酌改数字，作为："清德宗崇陵未完工程，如制妥修。其奉安典礼，仍如旧制，所有实用经费，均由中华民国支出。"至第六款云：

第六款，宫内所用各项执事人员，均由大清皇帝留用。

大众道："清宫旧用阉人，我民国尊重民权，当然不准有这腐竖，须要

载明方好。”即改为：“宫内所用各项执事人员，得照常留用，唯以后不得再招阉人。”再看下去：

第七款，凡属大清皇帝原有之私产，特别保护。

此款也没甚异议，不过窜易字句，变为：“清帝逊位之后，其原有私产，由中华民国特别保护。”及看到第八款，没有一人赞成，议决作废。看官！你道原稿第八款，是写着什么？乃是：

第八款，大清皇帝有大典礼，国民得以称庆。

依情理上论来，清帝已经退位，中国人民，不服清帝管辖，所有清室典礼，与国民何涉？应该将此款删去。到了第九款，大众又抗论起来，但见原稿上写着：

第九款，禁卫军名额俸饷，仍如其旧。

原来禁卫军是保护清宫，因有此制。清帝退位后，须移居颐和园，禁卫军理应裁去。但从前这班军人，靠着军饷过活，此时遽议裁汰，恐他游骑无归，转成寇盗。当经各议员裁酌，改为：“原有之禁卫军，归中华民国陆军部编制，其额数俸饷，仍如其旧。”统计甲种九款，改为八款，下文是：

（乙）关于皇族待遇之条件。

第一款，王公世爵，概仍其旧，并得传袭。其袭封时，仍用大清皇帝册宝，凡大清皇帝赠封爵位，亦用大清皇帝册宝。

大众议决，皇族的皇字，改作“清”字。条文中只用首二语，以下尽行删去。第二款云：

第二款，皇族对于国家之公权，与国民同等。

这条经大众增改，定为：“清皇族对于中华民国国家之公权及其私权，与国民同等。”再看下文第三四款。

第三款，皇族私产，一体保护。

第四款，皇族免兵役之义务。

这两条不加删改，唯于皇族上各加一“清”字。统计乙种共四款，下文为丙种条件，共计七款，原文云：

（丙）关于满、蒙、回、藏各族待遇之条件。

（一）与汉人平等；（二）保护其原有之私产；（三）王公世袭，概

存其旧；（四）王公中有生计过艰者，应设法拨给官产，作为世业，以资补助；（五）先筹八旗生计，于未筹定之前，八旗官兵俸饷，仍旧支放；（六）从前营业居住等限制，一律蠲除，各州县听其自由入籍；（七）满、蒙、回、藏原有之宗教，听其信仰自由。

七款均不必更改，但就第四款中删一“应”字，第五款中，改“官兵”为“官弁”。条件已终，全体议决，再由主稿员依次誊正。唯末文尚有结尾数语，又由各议员修正通过，原文为：“以上条件，列于正式公文，照会各国，或电达驻荷华使，知会海牙万国平和会存案。”改正为：“以上条件，除丙款各条另行宣布外，余均列于正式公文，由中华民国政府，照会各国驻北京公使。”全文俱已缮清，即咨照临时政府，转交伍代表电达北京。袁总理瞧阅一周，便呈入隆裕太后。隆裕后又召见各近支王公及各国务大臣，咨询优待条件事宜。应召的人，很是寥寥，唯醇王载沣等到来。会议多时，或谓：“皇室经费，必须四百万两，分文不能短少。”这是夺利。或谓：“皇帝尊号相承不替数字，定须增入。”这是争名。或谓：“各种条件，统应增损。”恼动了隆裕太后，不觉唏嘘道：“大事已去，只争了一些小节，亦属无益。咳！我列祖列宗创造经营，得了中国一统江山，煞是艰苦，不意传到我辈子孙，无材无力，轻轻的让与别人，教我如何对得住先人呢？”说毕，哽咽不已，载沣等亦愧悔交集，各带惨容。始终以一哭了之。隆裕后又道：“庆亲王到哪里去了？为何此时尚不见来？”正忆念间，忽见老庆伛偻趋入，脸上尚带烟容。想是大吸阿芙蓉膏，因此来迟。当由隆裕后与他商议，老庆细阅优待条件，亦没甚异议，不过于相承不替一语，亦主张加入。隆裕后乃转嘱袁总理，令他致电南京政府，争此四字。怎奈南方回电，坚不承认。袁总理入宫面复，请太后自行定夺。隆裕后道：“为这四字，决裂和议，倘或宗庙震惊，生灵涂炭，不更令我增罪吗？依他便了。”这却是仁人之言。袁总理道：“且再与近支王公熟商。”隆裕后不待说毕，便道：“他们多半不在京师，就是留着，也是不中用的人物，你不妨作主办理，日后必无异言。”袁总理唯唯退出，即欲拟旨，只因逊位的“逊”字，有碍清帝体面，且会议时候，皇族中亦有异论，乃酌改一“辞”字，与南方电议允洽，敦请老袁出山，总算争得此一字。便草定懿旨三道，呈入宫中，请隆裕太后及宣统帝盖用御宝。宣统帝不识不

知，当然由太后作主，含泪钤印，统共盖讫，就于清宣统三年十二月二十五日，即中华民国元年二月十二日，颁布天下。谕云：

朕钦奉隆裕太后懿旨，前因民军起事，各省响应，九夏沸腾，生灵涂炭，特命袁世凯遣员，与民军代表，讨论大局，议开国会，公决政体。两月以来，尚无确当办法。南北睽隔，彼此相持，商辍于途，士露于野，徒以国体一日不决，故民生一日不安。今全国人民心理，多倾向共和，南中各省，既倡议于前，北方各将，亦主张于后，人心所向，天命可知，予亦何忍以一姓之尊荣，拂兆民之好恶，是用外观大势，内审舆情，特率皇帝将统治权归诸全国，定为共和立宪国体，近慰海内厌乱望治之心，远协古圣天下为公之义。袁世凯前经资政院选举，为总理大臣，当兹新旧代谢之际，宜有南北统一之方，即由袁世凯组织临时政府，与民军协商统一办法，总期人民安堵，海内乂安，仍合汉、满、蒙、回、藏五族完全领土，为一大中华民国，予与皇帝得以退处宽闲，优游岁月，长受国民之优礼，亲见郅治之告成，岂不懿欤？钦此！

还有两道谕旨，一道是颁布优待条件，一道是饬文武官吏，各循职守，毋生异论。是日北京遍悬五色旗，民国南北统一，二百六十八年的清室，已成过去的历史。临时大总统孙文，复提出最后的协议五条，交伍代表转达北京，条款列着：

（一）清帝退位，由袁同时咨照驻京各国公使，请转知民国政府，现在清帝已经退位，或转饬旅沪领事转达亦可。（二）同时袁须宣布政见，绝对赞同共和主义。（三）文接到外交团或领事团通知清帝布告后，即行辞职。（四）由参议院举袁为临时总统。（五）袁被举为临时总统后，誓守参议院所定之宪法，乃能授受事权。

伍代表即日发电，由袁世凯接着，已是满意，自然没有意外的争执了。小子有诗咏道：

帝运告终清祚覆，中华一统共和成。
如何尚逐中原鹿，攫得全权始撤兵？

欲知老袁答复的电文，且从下回接阅。

此回为化板为活文字，优待清室等条件，已见《清史演义》，而此书亦万不能不录。经作者一番熔化，觉得各条文字，煞费磋磨；且于清室提出原稿，亦曾载及，愈见当时改正，不可谓非参议员之功。至叙及临时政府，与参议院之关系，是为南京组织政府三月内之举动，亦可留作一段话柄，固非漫无抉择，随笔铺叙已也。后文述及隆裕后盖印，以及孙总统提出协议，无非为老袁属笔，总结一诗，具见大意。皮里阳秋，可于此书证之。

第七回　请瓜代再开选举会　迓专使特辟正阳门

却说清内阁总理袁世凯，已奉隆裕太后懿旨，令他组织临时政府。上加清内阁总理五字，义微而显。后由南京临时总统孙文，交伍代表电达老袁，老袁心满意足，即日复电云：

南京孙大总统黎副总统各部总长参议院同鉴：共和为最良国体，世界所公认，今由帝政一跃而跻及之，实诸公累年之心血，亦民国无穷之幸福。大清皇帝既明诏辞位，业经世凯署名，则宣布之日，为帝政之终局，即民国之始基，从此努力进行，务令达到圆满地位，永不使君主政体，再行于中国。大众听着。现在统一组织，至重且繁，世凯极愿南行，畅聆大教，共谋进行之法。只因北方秩序，不易维持，军旅如林，须加部署，而东北人心，未尽一致，稍有动摇，牵涉全国。诸君皆洞鉴时局，必能谅此苦衷。至共和建设重要问题，诸君研究有素，成竹在胸，应如何协商统一组织之法，尚希迅速见教！

临时总统孙文，既接此电，当向参议院提出辞职书，其文云：

中华民国临时大总统孙咨：前后和议情形，前已咨交贵院在案，昨日伍代表得北京电云云，又接北京电云云。两电见前，均从略。本总统以

为我国民之志，在建设共和，倾覆专制，义师大起，全国景从。清帝鉴于大势，知保全君位，必然无效，遂有退位之议。今既宣布退位，赞成共和，承认中华民国，从此帝制永不留存于中国之内，民国目的，亦已达到。当缔造民国之始，本总统被选为公仆，宣布誓书，以倾覆专制巩固民国图谋幸福为任。誓至专制政府既倒，国内无变乱，国民卓立于世界，为列邦公认，本总统即行辞职。现在清帝退位，专制已除，南北一心，更无变乱，民国为各国承认，旦夕可期。本总统当践誓言，辞职引退，为此咨告贵院，应代表国民之公意，速举贤能，来南京接事，以便解职。附办法条件如下。

临时政府地点，设于南京，为各省代表所议定，不能更改。辞职后，俟参议院举定新总统，亲到南京受任之时，大总统及国务各员，乃行解职。临时政府约法，为参议院所制定，新总统必须遵守颁布之一切法律章程。此咨。

又有荐贤自代咨文，词云：

今日本总统提出辞表，要求改选贤能。选举之事，原国民公权，本总统原无容喙之地。唯前使伍代表电北京，有约以清帝实行退位，袁世凯君宣布政见，赞成共和，即当提议推让。想贵院亦表同情。此次清帝逊位，南北统一，袁君之力实多，其发表政见，更为绝对赞同共和。举为总统，必能尽忠民国。且袁君富于经验，民国统一，赖有建设之才。故敢以私见贡荐于贵院，请为民国前途熟计，无失当选之人，大局幸甚！此咨。

这两篇咨文，到了参议院，各议员一律可决，定于二月十五日，开临时大总统选举会。届期这一日，孙总统率各部总长，及各将校，共谒孝陵。孝陵即明太祖墓，在南京朝阳门外，当钟山南麓，由孙总统主祭，宣告汉族光复，民国统一。司祝官读罢祭文，两旁奏起军乐。悠扬中节，遐迩传声，军士数万，无不腾欢，各国领事，携手临观，亦啧啧称赏。祭礼已毕，再返临时总统府，行庆贺南北统一共和成立礼，先由军士开炮，鸣了一十七响，乃

由孙大总统就位，依次奏乐唱歌，各部总次长，随班就列，向孙总统鞠躬表敬，孙总统亦答礼如仪，随即向大众演说道："清帝退位，南北统一，这皆由无数志士，无数义师，用无数热肠铁血，掉换出来。但北京一方面，全赖袁公慰庭，惨淡经营，方得成功，是袁公实我民国至友，民国成立以后，不应将他忘怀。今日参议院选举总统，若果袁公当选，想必能巩固民国。况前日得他复电，曾有永不使君主政体再现中国之语，他是当代英雄，日后宜不食言。不要相信他，恐怕有些靠不住。唯临时政府地点，仍须设立南京。南京是民国开基，长此建都，好作永久纪念，不似北京地方，受历代君主的压力，害得毫无生气，此后革故鼎新，当有一番佳境。我虽解任，总是国民一份子，仍愿竭尽绵薄，为新政府效力，耿耿此心，还祈公鉴！"演说毕，但听得一片拍掌声，震动耳鼓。复奏军乐数通，益觉洋洋沨沨，响彻云霄。礼成，全体三呼民国万岁，方才散去。

下午参议院开会，选举总统，共得十七省议员，各投一票，计十七票，投票结果，统是"袁世凯"三字，全场一致，当选袁世凯为民国第二任临时大总统，随即电达北京，请袁来宁就职。孙总统亦以个人名义，电达北京，略谓："临时政府，已报告参议院，提出辞职书，并推荐袁为总统，唯袁公必须先至共和政府任职，不能由清帝委任组织。若虑北方骚扰，无人维持现状，尽可先举人才，电告临时政府，即当使为镇抚北方的委员"云云。看官！你想老袁的势力，全在北方，若要他南来就职，明明是翦他羽翼，他本机变如神，岂肯孤身南下，来做临时政府的傀儡么？语语见血。当下来一复电，由孙总统译阅云：

清帝辞位，自应速谋统一，以定危局，此时间不容发，实为唯一要图，民国存亡，胥赖于是。顷接孙大总统电开提出辞表，推荐鄙人，属速来宁，并举人电知临时政府，畀以镇安北方全权各等因。世凯德薄能鲜，何敢肩此重任？太属客气。南行之愿，前电业已声明，然暂时羁绊在此，实为北方危机隐伏，全国半数之生命财产，万难恝置，并非因清帝委任也。孙大总统来电所论共和政府，不能由清帝委任组织，极为正当，现在北方各省军队，暨全蒙代表，皆以函电推举为临时大总统，清帝委任一层，无足再论。此语隐隐自命。然总未遽组织者，特虑南北意

见，因此而生，统一愈难，实非国家之福。若专为个人责任计，舍北而南，则实有无穷窒碍。北方军民意见，尚多纷歧，隐患实繁。皇族受外人愚弄，根株潜长，北京外交团，向以凯离此为虑，屡经言及。又举外人，抵抗南京。奉、江两省，时有动摇，外蒙各盟，迭来警告，内讧外患，递引互牵。若因凯一去，变端立见，殊非爱国救世之素志。若举人自代，实无措置各方面合宜之人。明明谓舍我其谁。然长此不能统一，外人无可承认，险象环集，大局益危，反复思维，与其孙大总统辞职，不如世凯退居。盖就民设之政府，民举之总统，而谋统一，其事较便。今日之计，唯有南京政府，将北方各省及各军队妥筹接收以后，世凯立即退归田里，为共和之国民。当未接收以前，仍当竭智尽能，以维秩序。总之共和既定之后，当以爱国为前提，决不欲以大总统问题，酿成南北分歧之局，致资渔人分裂之祸，恐怕言不顾行，奈何。已请唐君绍仪，代达此意，赴宁协商。绍仪即绍怡。前避宣统帝溥仪名，因改仪为怡，此次清帝退位，仍复原名。特以区区之怀，电达聪听，唯亮察之为幸！

孙总统接电后，再赴参议院核定可否，全院委员长李肇甫，及直隶议员谷钟秀等，以"临时政府地点，不如改设北京，意谓临时政府，为全国视听所关，必须所在地势，可以统驭全国，方能使全国完固，且足维系四万万人心，我民国五大民族，从此联合，作为一个大中华民国。前由各省代表，指定临时政府地点，设在南京，系因当时大江以北，尚属清军范围，不能不将就办理；目今情异势殊，自应相时制宜，移都北方为要。"言亦有理。有几个议员与他反对，仍然主张南京，当用投票表决法，解此问题。投票后，主张北京的有二十票，主张南京的只有八票，乃从多数取决，复咨孙总统。无如孙总统的意见，总以南京为是，援临时政府组织条例，再交参议院复议。原来临时政府大纲中，曾有临时大总统，对于参议院议决事件，如未以为然，得于具报后十日内，声明理由，交会复议。组织临时政府大纲，前因暂行制，故特从略，此次为交议事件，因特别提出。参议院接收后，再开会议，除李肇甫、谷钟秀数人外，忽自翻前议，赞成南京，不赞成北京，彼此争论起来，很是激烈。旋经中立党调和两造，再行投票解决，结果是七票主张北京，十九票主张南京，似此重大问题，只隔一宿，偏已换了花样，朝三暮四，令人莫测。

中国人心之不可恃，一至于此。孙总统既接到复议决文，自然再电北京，请袁世凯即日南来，并言当特派专使，北上欢迎。袁乃复电云：

昨电计达。嗣奉尊电，惭悚万状。现在国体初定，隐患方多，凡在国民，均应共效绵薄。唯揣才力，实难胜此重大之责任。兹乃辱荷参议院正式选举，窃思公以伟略创始于前，而凯乃以铨材承乏于后，实深愧汗。凯之私愿，始终以国利民福为归，当兹危急存亡之际，国民既以公义相责难，凯敢不勉尽公仆义务？唯前陈为难各节，均系实在情形，素承厚爱，谨披沥详陈，务希涵亮！俟专使到京，再行函商一切。专使何人？并何日启程？乞先电示为盼。肃复。

又致参议院电文云：

昨因孙大总统电知辞职，同时推荐世凯，当经复电力辞，并切盼贵院另举贤能，又将北方危险情形，暨南去为难各节，详细电达，想蒙鉴及。兹奉惠电，惶悚万分，现大局初定，头绪纷繁，如凯衰庸，岂能肩此巨任？乃承贵院全体一致，正式选举，凯之私愿，始终以国利民福为归。当此危急存亡之际，国民既以公义相责难，凯何敢以一己之意见，辜全国之厚期？唯为难各节，均系实在情形，知诸公推诚相与，不敢不披沥详陈，务希涵亮！统候南京专使到京，商议办法，再行电闻。略去电而详复电，为下文伏笔。

当袁世凯电辞总统，又电受总统的时候，临时副总统黎元洪，也有辞职电文，拍致南京参议院。二月二十日，参议院又开临时副总统选举会，投票公决，仍举黎当选，全院一致。黎以大众决议，不便力辞，也即承认。袁、黎心术之分，可见一斑。于是南京临时政府，遂派遣教育总长蔡元培为专使，副以汪兆铭、宋教仁等。适唐绍仪来宁，知已无可协商，亦愿同专使北行。启程时，先电告北京，遥与接洽。自二月二十一日，使节出发，至二十七日，到了北京。但见正阳门外，已高搭彩棚，用了经冬不凋的翠柏，扎出两个斗方的大字，做为匾额。这两大字不必细猜，一眼望去，便见左首是“欢”

字，右首是“迎”字。欢迎两字旁，竖着两面大旗，分着红黄蓝白黑五色，隐寓五族共和的意思。彩棚前面，左右站着军队，立枪致敬，又有老袁特派的专员，出城迎迓，城门大启，军乐齐喧，一面鸣炮十余下，作欢迎南使的先声。极力摹写，都为下文作势。蔡专使带同汪、宋各员，与唐绍仪下舆径入，即由迎宾使向他行礼。两下里免冠鞠躬，至相偕入城，早有宾馆预备，也铺排得精洁雅致，几净窗明，馆中物件，色色俱备，伺役亦个个周到。外面更环卫禁军，特别保护。蔡专使等既入客馆，与迎宾使坐谈数语，迎宾使交代清楚，当即告别，唐绍仪也自去复命了。

是晚即由京中人士，多来谒候。寒暄已过，便说及老袁南下的利害，一方面为迎袁而来，所说大略，无非是南方人民，渴望袁公，袁能早一日南下，即早一日慰望等语。一方面是有所承受，特来探试，统说北京人心，定要袁公留住，组织临时政府，若袁公一去，北方无所依托，未免生变。且元、明、清三朝，均以北京为国都，一朝迁移，无论事实上多感不便，就是辽东三省，与内外蒙古，亦未便驾驭，鞭长莫及，在在可忧，理应思患预防，变通办理为是。双方俱借口人心，其实人民全不与闻，统是孙、袁两人意见。彼此谈了一会，未得解决，不觉夜色已阑，主宾俱有倦容，当即告别。蔡专使均入室安寝。翌晨起床，大家振刷精神，要去见那当选的袁大总统了。正是：

专使徒凭三寸舌，乃公宁易一生心。

毕竟袁世凯允否南行，且至下回再表。

孙中山遵誓辞职，不贪权利之心，可以概见，而必请老袁南下，来宁就职者，其意非他，盖恐袁之挟势自尊，始虽承认共和，日后未免变计耳。然袁岂甘为人下者？下乔入谷，愚者亦知其非，况机变如老袁者乎？蔡专使等之北上，已堕入老袁计中，老袁阳表欢迎，阴怀谲计，观其迭发数电，固已情见乎词，而南方诸人，始终未悟，尚欲迎之南来，吾料老袁此时，方为窃笑不置也。袁氏固一世之雄哉！

第八回　变生不测蔡使遭惊
喜如所期袁公就任

却说蔡专使元培，与汪兆铭、宋教仁二人，偕谒袁世凯，名刺一入，老袁当即迎见。双方行过了礼，分宾主坐定，略略叙谈。当由蔡专使起立，交过孙中山书函，及参议院公文，袁世凯亦起身接受，彼此还座。经老袁披阅毕，便皱着眉头道："我日思南来，与诸君共谋统一，怎奈北方局面，未曾安静，还须设法维持，方可脱身。但我年将六十，自问才力，不足当总统的重任，但求共和成立，做一个太平百姓，为愿已足，不识南中诸君，何故选及老朽？并何故定催南下？难道莽莽中原，竟无一人似世凯么？"听他口气，已是目无余子。蔡专使道："先生老成重望，海内久仰，此次当选，正为民国前途庆贺得人，何必过谦？唯江南军民，极思一睹颜色，快聆高谈，若非先生南下，恐南方人士，还疑先生别存意见，反多烦言呢。"老袁又道："北方要我留着，南方又要我前去，苦我没有分身法儿，可以彼此兼顾。但若论及国都问题，愚见恰主张北方哩。"这是老袁的定盘星。

宋教仁年少气盛，竟有些忍耐不住，便朗声语袁道："袁老先生的主张，愚意却以为未可。此次民军起义，自武昌起手，至南京告成，南京已设临时政府，及参议院，因孙总统辞职，特举老先生继任，先生受国民重托，理当以民意为依归，何必恋恋这北京呢？"老袁掀髯微哂道："南京仅据偏隅，从前六朝及南宋，偏安江左，卒不能统驭中原，何若北京为历代都会，元、明、清三朝，均以此为根据地，今乃舍此适彼，安土重迁，不特北人未服，

就是外国各使馆，也未必肯就徙哩。”宋教仁道：“天下事不能执一而论。明太祖建都金陵，不尝统一北方么？如虑及外人争执，我国并非被保护国，主权应操诸我手，我欲南迁，他也不能拒我。况自庚子拳乱，东交民巷，已成外使的势力圈，储械积粟，驻兵设防，北京稍有变动，他已足制我死命。我若与他交涉，他是执住原约，断然不能变更。目今民国新造，正好借此南迁，摆脱羁绊，即如为先生计，亦非南迁不可，若是仍都北京，几似受清帝的委任，他日民国史上，且疑先生为刘裕、萧道成流亚，谅先生亦不值受此污名呢。”语亦厉害。老袁听到此言，颇有些愤闷的样子，正拟与他答辩，忽见外面有人进来，笑对宋教仁道：“渔父君！你又来发生议论了。”教仁急视之，乃是唐绍仪，也起答道：“少川先生，不闻孔子当日，在宗庙朝廷，便便言么？此处虽非宗庙朝廷，然事关重大，怎得无言？”原来宋教仁号渔父，唐绍仪号少川，所以问答间称号不称名。蔡专使等均起立相迎。绍仪让座毕，便语道：“国都问题，他日何妨召集国会，共同表决。今日公等到此，无非是邀请袁公，南下一行，何必多费唇舌？袁公亦须念他远来，诚意相迓，若可拨冗启程，免得辜负盛意。”倒是一个鲁仲连。袁世凯乃起座道：“少川责我甚当，我应敬谢诸公，并谢孙总统及参议员推举的隆情，既承大义相勉，敢不竭尽心力，为国图利，为民造福，略俟三五天，如果北方沉静，谨当南行便了。”说毕，即令设席接风，盛筵相待，推蔡专使为首座，汪、宋等依次坐下，唐绍仪做了主中宾，世凯自坐主席，自不消说。席间所谈，多系南北过去的事情，转瞬间已是日昃，彼此统含三分酒意，当即散席，订了后会，仍由老袁饬吏送蔡专使等返至客馆。

汪兆铭语蔡专使道：“鹤卿先生，你看老袁的意思，究竟如何？”蔡字鹤卿，号孑民，为人忠厚和平，徐徐的答道：“这也未可逆料。”宋教仁道：“精卫君！你看老袁的行动，便知他是一步十计，今日如此，明日便未必如此了。”见识甚明，故为老袁所忌。蔡专使道：“他用诈，我用诚，他或负我，我不负他，便算于心无愧了。”纯是忠厚人口吻。宋教仁复道：“精卫君！蔡先生的道德，确是无愧，但老袁狡狯得狠，恐此番跋涉，未免徒劳呢。”汪兆铭亦一笑而罢。兆铭别号精卫，故宋呼汪为精卫君。各人别字，陆续点明，又是另一样文法。等到夜膳以后，闲谈片刻，各自安睡。正在黑甜乡中，寻那共和好梦，忽外面人声马嘶，震响不已，接连又有枪声弹声，屋瓦爆裂声，墙壁坍

塌声，顿时将蔡专使等惊醒，慌忙披衣起床，开窗一看，但见火光熊熊，连室内一切什物，统已照得透亮。正在惊诧的时候，突闻哗啦啦的一响，一粒流弹，飞入窗中，把室内腰壁击成一洞，那弹子复从洞中钻出，穿入对面的围墙，抛出外面去了。蔡专使不禁着急道："好厉害的弹子，幸亏我等未被击着，否则要洞胸绝命了。"汪兆铭道："敢是兵变吗？"宋教仁道："这是老袁的手段。"一针见血。正说着，但听外面有人呼喝道："这里是南使所在，兄弟们不要啰唣。"又听得众声杂沓道："什么南使不南使！越是南使，我等越要击他。"一宽一紧，写得逼肖。又有人问着道："为什么呢？"众声齐应道："袁大人要南去了。北京里面，横直是没人主持，我等乐得闹一场罢。"蔡专使捏了一把冷汗，便道："外面的人声，竟要同我等作对，我等难道白白的送了性命吗？"宋教仁道："我等只有数人，无拳无勇，倘他们捣将进来，如何对待？不如就此逃生罢。"言未已，大门外已接连声响，门上已凿破几个窟窿，蔡、汪、宋三使，顾命要紧，忙将要紧的物件，取入怀中，一起儿从后逃避，幸后面有一短墙，拟令役夫取过桌椅，以便接脚，谁知叫了数声，没有一个人影儿。分明是内外勾通。可巧墙角旁有破条凳两张，即由汪、宋两人，携在手中，向壁直捣，京内的墙壁，多是泥土叠成，本来是没甚坚固，更且汪、宋等逃命心急，用着全力去捣这墙，自然应手而碎，复迭捣数下，泥土纷纷下坠成了一个大窦，三人急不暇择，从窦中鱼贯而出，外面正是一条逼狭的胡同，还静悄悄的没人阻住。分明是畀他去路，否则还有何幸。

蔡专使道："侥幸侥幸！但我等避到哪里去？"宋教仁道："此地近着老袁寓宅，我等不如径往他处，他就使有心侮我，总不能抹脸对人。"汪兆铭道："是极！"当下转弯落角，专从僻处静走。汪、蔡二人，本是熟路，一口气赶到袁第，幸喜没人盘诘，只老袁寓居的门外，已有无数兵士站着，见他三人到来，几欲举枪相对。宋教仁忙道："我是南来的专使，快快报知袁公。"一面说着，一面向蔡专使索取名刺，蔡专使道："阿哟！我的名片包儿，不知曾否带着？"急急向袋中摸取，竟没有名片，急得蔡专使徬徨失措，后来摸到袋角，还有几张旧存的名片，亟取出交付道："就是这名片，携去罢。"当由兵士转交阍人，待了半晌，方见阍人出来，说了一个"请"字。三人才放下了心，联步而入，但见阶上已有人相迎，从灯光下望将过去，不是别人，正是候补总统袁世凯。三人抢步上阶，老袁亦走近数步，开口道："诸

公受惊了。”他却是步武安详呢。宋教仁即接口道：“外面闹得不成样子，究系匪徒，抑系乱军？”老袁忙道：“我正着人调查呢。诸公快请进厅室，天气尚冷得紧哩。”蔡专使等方行入客厅，老袁亦随了进来。客厅里面，正有役夫炽炭煨炉，见有客到来，便入侧室取茗进献。老袁送茗毕，从容坐下道：“不料今夜间有这变乱，累得诸公受惊，很是抱歉。”宋教仁先答道：又是他先开口。“北方将士，所赖唯公，为什么有此奇变呢？”老袁正要回答，厅外来了一人，报称：“东安门外，及前门外一带，哗扰不堪，到处纵火，尚未曾罢手呢。”老袁道：“究竟是土匪，还是乱兵？为什么没人弹压？”来人道：“弹压的官员，并非没有，怎奈起事的便是军士，附和的乃是土匪，兵匪夹杂，一时无可措手了。”老袁道：“这班混账的东西，清帝退位，还有我在，难道好无法无天么？”宋教仁又插嘴道：“袁老先生，你为何不令人弹压呢？”老袁答道：“我已派人弹压去了，唯我正就寝，仓卒闻警，调派已迟，所以一时办不了呢。”蔡专使方语道：“京都重地，乃有此变，如何了得，我看火光烛天，枪声遍地，今夜的百姓，不知受了多少灾难，先生应急切救平，方为百姓造福。”始终是忠厚之谈。老袁顿足道：“正为此事，颇费踌躇。”言未已，又有人入报道：“禁兵闻大人南下，以致激变，竟欲甘心南使……”说至“使”字，被老袁呵叱道：“休得乱报！”来人道：“乱兵统这般说。”老袁又道：“为什么纵火殃民？”来人又道：“兵士变起，匪徒自然乘隙了。”老袁遂向蔡专使道：“我兄弟未曾南下，他们已瞎闹起来，若我已动身，不知要闹到什么了结。我曾料到此着，所以孙总统一再敦促，我不得不审慎办理。昨日宋先生说我恋恋北京，我有什么舍不掉，定要居住这京城哩？”言毕，哈哈大笑。计划已成，安得不笑。宋教仁面带愠色，又想发言，由蔡专使以目示意，令他止住。老袁似已觉着，便道：“我与诸公长谈，几忘时计，现在夜色已深，恐诸公未免腹饥，不如卜饮数杯，聊且充腹。”说至此，便向门外，呼了一声“来”字，即有差役入内伺候。老袁道：“厨下有酒肴，快去拿来！”差役唯唯而退。不一时，就将酒肴搬入，由老袁招呼蔡专使等入座饮酒。蔡专使等腹中已如辘轳，不及推辞，随便饮了数杯，偶听鸡声报晓，已觉得天色将明。外面有人入报：“乱兵已散，大势平静了。”老袁道：“知道了，”显是皇帝口吻。差役又入呈细点，由宾主随意取食，自不消说。老袁又请蔡专使等，入室休息，蔡专使也即应允，由差役导入客寝去了。

次日辰牌，蔡专使等起床，盥洗已毕，用过早点，即见老袁踉跄趋入，递交蔡专使一纸，便道："蔡先生请看。天津、保定也有兵变的消息，这真是可虑呢。"蔡专使接过一瞧乃是已经译出的电报，大致与袁语相似，不由的皱动两眉。老袁又道："这处兵变，尚未了清，昨夜商民被劫，差不多有几千人家，今天津、保定，又有这般警变，教我如何动身呢？"蔡专使沉吟半晌道："且再计议。"老袁随即退出。自是蔡专使等，便留住袁宅，一连两日，并未会见老袁，只由老袁着人递入警信，一是日本拟派兵入京，保卫公使，一是各国公使馆，也有增兵音信。蔡专使未免愁烦，便与汪、宋二人商议道："北京如此多事，也不便强袁离京。"宋教仁道："这都是他的妙计。"蔡专使道："无论他曾否用计，据现在情势上看来，总只好令他上台，他定要在北京建设政府，我也不能不迁就的，果能中国统一，还有何求？"和平处事，是蔡使本旨。汪兆铭道："鹤卿先生的高见，也很不错呢。"是夕，老袁也来熟商，无非是南下为难的意旨，且言"保定、天津的变乱比北京还要厉害，现已派官往理，文牍往来，朝夕不辍，因此无暇叙谈，统祈诸公原谅，且代达南方为幸"。蔡专使已不欲辩驳，便即照允，竟拟就电稿，发往南京，略叙北京经过情形，并言："为今日计，应速建统一政府，余尽可迁就，以定大局"云云。已堕老袁计中，然亦无可奈何。孙中山接到此电，先与各部长商议，有的说是袁不能来，不如请黎副总统来宁，代行宣誓礼；有的说是南京政府，或移设武昌，武昌据全国中枢，袁可来即来，否则由黎就近代誓。两议交参议院议决，各议员一律反对，直至三月六日，始由参议员议决办法六条，由南京临时政府，转达北方，条件列下：

（一）参议院电知袁大总统，允其在北京就职。（二）袁大总统接电后，即电参议院宣誓。（三）参议院接到宣誓之电后，即复电认为受职，并通告全国。（四）袁大总统受职后，即将拟派国务总理及国务员姓名，电知参议院，求其同意。（五）国务总理及各国务员任定后，即在南京接收临时政府交代事宜。（六）孙大总统于交代之日，始行解职。

六条款项，电发到京，老袁瞧了第一条，已是心满意足，余五条迎刃而解，没一项不承诺了。三月初十日，老袁遂遵照参议院议决办法，欢欢喜喜

的在北京就临时大总统职。是日，在京旧官僚，都跄跄济济，排班谒贺。蔡专使及汪、宋二员，也不得不随班就列。鸣炮奏乐，众口欢呼，无容琐述。礼成后，由老袁宣誓道：

民国建设造端，百凡待治，世凯深愿竭其能力，发扬共和之精神，涤荡专制之瑕秽，谨守宪法，依国民之愿望，达国家于安全完固之域，俾五大民族同臻乐利。凡此志愿，率履勿渝。俟召集国会，选定第一期大总统，世凯即行辞职，谨掬诚悃，誓告同胞！

宣誓已终，又将誓词电达参议院，参议院援照故例，免不得遥致颂词，并寓箴规的意思。小子有诗咏道：

几经瘏口又哓音，属望深时再进箴。
可惜肥人言惯食，盟言未必果盟心。

毕竟参议院如何致词，且从下回续叙。

北京兵变，延及天津、保定，分明是老袁指使，彼无词拒绝南使，只得阴嗾兵变，以便借口。不然，何以南使甫至，兵变即起，不先不后，有此险象乎？追观于帝制发生，国民数斥袁罪，谓老袁用杨度计，煽动兵变，焚劫三日，益信指使之说之不诬也。本回演述兵变，及袁、蔡等问答辞，虽未必语语是真，而描摹逼肖，深得各人口吻，殆犹苏长公所谓想当然耳。至袁计得行，南京临时政府及参议院议员，不能不尽如袁旨，老袁固踌躇满志矣。然一经后人揭出，如见肺肝，后之视袁者，亦何乐为此伎俩乎？

第九回　袁总统宣布约法
唐首辅组织阁员

却说南京参议院，既得袁世凯电誓，遂公认他为大总统，又循例致词道：

共和肇端，群治待理，仰公才望，畀以太阿。筚路蓝缕，孙公既开其先；发扬光大，我公宜善其后。四百兆同胞公意之所托，二亿里山河大命之所寄，苟有陨越，沦胥随之。况军兴以来，四民辍业，满目疮痍，六师暴露，九府匮竭，转危为安，劳公敷施。本院代表国民，尤不得不拳拳敦勉者，《临时约法》七章五十六条，伦比宪法，其守之维谨！勿逆舆情，勿邻专断，勿狎非德，勿登非才。凡我共和国五大民族，有不致诚爱戴，皇天后土，实式凭之。谨致大总统玺绶。俾公令出唯行，崇为符信，钦念哉！

先是各省代表会，组织临时政府，曾议组织法大纲，共四章二十一条，此次军事告竣，应酌量修改，较前详备。向来中国史上，并没有民主政体，可以仿行，一旦创造起来，毫无依据，只好查照外洋的共和国，做了蓝本，参互考订。目下外国共和，要算法、美两国，制度最良。法国的法制，内阁分设各部，推老成硕望的人物，做内阁总理，负全国行政上的责任，总统是没有大责任的，政法家称他为内阁制。美国的法制，内阁也由各部组

成，只是没有总理，要总统自担行政上的责任，政法家称他为总统制。为一般国民输进普通法律知识。南京临时政府组织大纲，是采用美国制度，因为鄂军起义，各省联络，与美利坚十三州联合抗英，是差不多的形势，所以南京临时政府，不设内阁总理，专归总统担负责任。到了南北统一，须建为单纯的国家，美制殊不相合，乃改采法国的内阁制度，一来好集权中央，二来好翼赞元首，实欲箝制老袁，所以利用法制。大家视为良法，所以前次电约六款，已有拟派国务总理的条件。连前回条件中文亦补释明白，义不渗漏。且因袁总统就职在即，各议员协力修改，斟酌了二三十日，经两三次属草，方将全案修成，共得七章五十六条，函达老袁，老袁并无异言，此时只好承认。即于就职第二日，宣布出来。全文如下：

中华民国临时约法

第一章　总纲

第一条，中华民国，由中华人民组织之。第二条，中华民国之主权，属于国民全体。第三条，中华民国领土，为二十二行省、内外蒙古、西藏、青海。第四条，中华民国，以参议院、临时大总统、国务员、法院行使其统治权。

第二章　人民

第五条，中华民国人民，一律平等，无种族阶级宗教之区别。第六条，人民得享有下列各项之自由权：（一）人民之身体，非依法律，不得逮捕拘禁，审问处罚；（二）人民之家宅，非依法律，不得侵入或搜索；（三）人民有保有财产及营业之自由；（四）人民有言论著作刊行，及集会结社之自由；（五）人民有书信秘密之自由；（六）人民有居住迁徙之自由；（七）人民有信教之自由；第七条，人民有请愿于议会之权。第八条，人民有陈诉于行政官署之权；第九条，人民有诉讼于法院，受其审判之权；第十条，人民对于官吏违法损害权利之行为，有陈诉于平政院之权；第十一条，人民有应任官考试之权；第十二条，人民有选举及被选举之权。第十三条，人民依法律有纳税之义务；第十四条，人民依法律有服兵之义务；第十五条，本章所载人民之权利，有认为增进公益，维持治安，或非常紧急必要时，得依法律限制之。

第三章　参议院

第十六条，中华民国之立法权以参议院行之。第十七条，参议院以第十八条所定各地方选派之参议员组织之。第十八条，参议员，每行省、内蒙古、外蒙古、西藏各选派五人，青海选派一人，其选派方法由各地方自定之。参议院会议时每参议员有一表决权。第十九条，参议院之职权如下：（一）议决一切法律案；（二）议决临时政府之预算决算；（三）议决全国之税法币制及度量衡之准则；（四）议决公债之募集及国库有负担之契约；（五）承诺第三十四条、三十五条、四十条事件；（六）答复临时政府咨询事件；（七）受理人民之请愿；（八）得以关于法律及其他事件之意见建议于政府；（九）得提出质问书于国务员并要求其出席答复；（十）得咨请临时政府查办官吏纳贿违法事件；（十一）参议院对于临时大总统，认为有谋叛行为时，得以总员五分之四以上之出席，出席员四分三以上之可决弹劾之；（十二）参议院对于国务员认为失职或违法时，得以总员四分三以上之出席，出席员三分二以上之可决弹劾之。第二十条，参议院得自行集会开会闭会。第二十一条，参议院之会议，须公开之，但有国务员之要求，或出席参议院过半数之可决者，得秘密之。第二十二条，参议院议决事件，咨由临时大总统公布施行。　第二十三条，临时大总统对于参议院议决事件，如否认时，得于咨达后十日内声明理由，咨院复议。但参议院对于复议事件，如有到会参议员三分之二以上，仍执前议时，仍照第二十二条办理。第二十四条，参议院议长，由参议员用记名投票法互选之，以得票满投票总数之半者为当选，第二十五条，参议院参议员，于院内之言论及表决，对于院外，不负责任。第二十六条，参议院参议员，除现行犯及关于内乱外患之犯罪外，会期中非得本院许可，不得逮捕。　第二十七条，参议院法，由参议院自定之。第二十八条，参议院以国会成立之日解散，其职权由国会行之。

第四章　临时大总统副总统

第二十九条，临时大总统副总统，由参议院选举之，以总员四分之三以上出席；得票满投票总数三分之二以上者，为当选。第三十条，临时大总统，代表临时政府，总揽政务，公布法律。第三十一条，临时大总统，为执行法律，或基于法律之委任，得发布命令，并得使发布之。第三十二条，临时大总统，统率全国陆海军队。第三十三条，临时大总统，得制定官制官

规，但须提交参议院议决。第三十四条，临时大总统，任命文武职员，但任命国务员及外交大使公使，须得参议院之同意。第三十五条，临时大总统，经参议院之同意，得宣战媾和，及缔结条约。第三十六条，临时大总统，得依法律宣告戒严。第三十七条，临时大总统，代表全国，接受外国之大使公使。第三十八条，临时大总统，得提出法律案于参议院。第三十九条，临时大总统，得颁给勋章，并其他荣典。第四十条，临时大总统，得宣告大赦特赦，减刑复权，但大赦须经参议院之同意。第四十一条，临时大总统，受参议院弹劾后，由最高法院全院审判官互选九人，组织特别法庭审判之。第四十二条，临时副总统，于临时大总统因故去职，或不能视事时，得代行其职权。

第五章　国务员

第四十三条，国务总理及各部总长，均称为国务员。第四十四条，国务员辅佐临时大总统，负其责任。第四十五条，国务员于临时大总统提出法律案，公布法律，及发布命令时，须副署之。第四十六条，国务员及其委员，得于参议院出席及发言。第四十七条，国务员受参议院弹劾后，临时大总统应免其职，但得交参议院复议一次。

第六章　法院

第四十八条，法院以临时大总统及司法总长分别任命之法官组织之。法院之编制，及法官之资格，以法律定之。第四十九条，法院依法律审判民事诉讼及刑事诉讼，但关于行政诉讼，及其他特别诉讼，别以法律定之。第五十条，法院之审判，须公开之。但有认为妨害安宁秩序者，得秘密之。第五十一条，法官独立审判，不受上级官厅之干涉。第五十二条，法官在任中不得减俸或转职，非依法律受刑罚宣告，或应免职之惩戒处分，不得解职。惩戒条规，以法律定之。

第七章　附则

第五十三条，本约法施行后，限十个月内，由临时大总统召集国会。其国会之组织及选举法，由参议院定之。第五十四条，中华民国之宪法，由国会制定，宪法未施行以前，本约法之效力，与宪法等。第五十五条，本约法由参议院参议员三分之二以上，或临时大总统之提议，经参议员五分四以上之出席，出席员四分之三之可决，得增修之。第五十六条，本约法自公布之日施行。

约法颁布，临时政府组织大纲，当然废止。袁总统遂依约法第四十三条，任命国务总理，组织新内阁。当下留意选择，拟将国务总理一职，任用唐绍仪，可见唐是老袁心腹。唯临时约法第三十四条，总统任命国务员，须得参议院同意，袁总统不便违法，遂电致参议院议决。参议员闻任唐绍仪，多半赞成，当即通过，电复袁总统。袁即任唐为国务总理。唐亦直任不辞，当奉袁总统命令，由北京至南京，组织国务院。唐忽提出修改官制，拟易九部为十二部，除外交、内务、财政、陆军、海军、司法、教育七部，仍然照旧外，独分实业为三部，一是工业，一是商业，一是农林，交通却分作两部，一是交通，一是邮电。邮电即交通之二大部分，如何分析。两部分做五部，本来是没甚理由，不过南北统一，两方统有要人，各思垄断部职，仍然不脱升官发财的思想，如何改良政体？唐绍仪身为总理，不能单顾一方，反弄得左右为难。他于没法中想了一法，便拟添置几个部缺，位置南北人员。况提出官制，必须经过参议院议决，倘或议员反对，当然不能成立，自己亦可援为口实，免多怨望，这也是唐总理取巧的方法。开手便想取巧，如何办得美善。果然参议院不能通过，只准分实业为两部，一部是工商，一部是农林，邮电仍并入交通部，不必分离。自是九部改作十部，三月二十九日，唐绍仪莅参议院，宣布政见，并提出各部总长名单，请求同意。各议员取单公阅，但见上面开着：

外交总长	陆征祥	内务总长	赵秉钧	财政总长	熊希龄
陆军总长	段祺瑞	海军总长	刘冠雄	司法总长	王宠惠
教育总长	蔡元培	农林总长	宋教仁	工商总长	陈其美
交通总长	梁如浩				

这十部总长名单内，只有蔡长教育与前相同，王宠惠尚是旧阁人物，唯改外交为司法，其余一律易人。段祺瑞、刘冠雄、赵秉钧，纯是袁系人物，当然是老袁授意。陆征祥素无党派，熊希龄属新组的统一党，详见下文。宋教仁、陈其美两人与蔡、王向系同志，均入同盟会。唐绍仪本属旧官僚派，因思想颇趋文明，前次南下讲和，与同盟会中人，颇相融洽，至组织内阁时期，又新加入同盟会，时人遂称他为同盟会内阁。重要位置，俱属袁系，称为同盟会内阁，实不副名。嗣经参议院投票表决，只有梁如浩未得同意，余均多数

赞同。唐遂退出参议院，即日驰电北达。次日，即由袁总统正式任命。各部俱已得人，交通总长一缺，尚属虚位，暂命唐总理兼署。唐内阁算完全成立了。那时第一次临时总统孙文，应该践约辞职，便于四月初一日，亲至参议院，行解职礼，自然又有一番宣言。小子有诗赞孙中山云：

功成身退不贪荣，让位非徒践夙盟。
细数年来诸巨子，如公才算是真诚。

欲知孙中山如何宣言，容俟下回续录。

《临时约法》，为中华民国宪法之嚆矢，其间虽经袁氏废弃，然帝制隳，袁氏毙，而约法复活。是民国之尚得保存，全赖约法之力，故本书不能不备录全文，所以存国典也。唐绍仪奉袁氏命，组织新内阁，观其提出阁员名单，如内务，如陆海军，实握全国枢纽，而皆为袁氏心腹，教育司法农林工商四部，为袁氏所轻视，则属诸同盟会中。是唐氏固受袁指使，明明一袁系人物，谓为袁系内阁也可，谓为同盟会内阁，固不可也。老袁一登台，便已隐植势力，唐氏反为其鹰犬，我为唐氏计，殊不值得云。

第十回　践夙约一方解职
借外债四国违言

却说孙中山在南京，闻袁氏受职，唐阁组成，遂莅参议院辞职；又把生平积悃，及所有政见，宣布出来，作为临别赠言的表意。各议员分列座席，屏息敛容，各聆绪论，并令书记员出席登录，随听随抄，将白话译作文言道：

本大总统于中华民国正月一日，来南京受职，今日为四月一日，至贵院宣布解职，为期适三个月。此三月中，均为中华民国草创之时代。当中华民国成立以前，纯然为革命时代，中国何为发起革命？实以联合四万万人，推倒恶劣政府为宗旨。自革命初起，南北界限，尚未化除，不得已而有用兵之事。三月以来，南北统一，战事告终，造成完全无缺之中华民国，此皆全国国民，及全国军人之力所致。在本总统受职之初，不料有如此之好结果，亦不料以极短之时期，能建立如此之大业。本总统于一个月前，已提出辞职书于贵院，当时因统一政府未成，故虽已辞职，仍执行总统事务。今国务总理唐绍仪，组织内阁已成立，本总统自当解职，今日特莅贵院宣布。但趁此时间，本总统尚有数语，以陈述于贵院之前。中华民国成立之后，凡为中华民国国民，均有国民之天职。何谓天职？即促进世界的和平是也。此促进世界的和平，即为中华民国前途之目的。依此目的而行，即可以巩固中华民国之基础，盖中国

人民，居世界人民四分之一，中国人民，若能为长足之进步，则多数共跻于文明，自不难结世界和平之局。况中国人种，以好和平著闻于世，于数千年前，已知和平为世界之真理。中华民国有此民习，登世界舞台之上，与各国交际，促进和平，即是中华民国国民之天职。本总统与全国国民，同此心理，务将人民之智识习俗，及一切事业，切实进行，力谋善果。本总统解职之后，即为中华民国之一国民，政府不过一极小之机关，其力量不过国民极小之一部分，大部分之力量，仍全在吾国民，本总统今日解职，并非功成身退，实欲以中华民国国民之地位，与四万万国民，协力造成中华民国之巩固基础，以冀世界之和平。望贵院与将来政府，勉励人民，同尽天职。从今而后，使中华民国，得为文明之进步，使世界舞台，得享和平之幸福，固不第一人之宏愿已也。

词毕，大众相率拍手，毋容絮述。孙中山遂缴出临时大总统印，交还参议院，参议院议长林森，副议长王正廷，即令全院委员长李肇甫，接受大总统印信，一面由林议长做了全院代表，答复孙中山，大约亦有数百言，小子又录出如下：

中华建国四千余年，专制虐焰，炽于秦政，历朝接踵，燎原之势，极及末流，百度隳坏。虽拥有二亿里大陆，率有四百兆众庶，外患乘之，殆如摧枯拉朽，而不绝如缕者，仅气息之奄奄。中山先生，发宏愿救国，首建共和之纛，奔走呼号于专制淫威之下，濒于殆者屡矣，而毅然不稍辍，二十年如一日。武汉起义，未一月而响应者，三分天下有其二，固亡清无道所致，抑亦先生宣导鼓吹之力实多也。当时民国尚未统一，国人急谋建设临时政府于南京，适先生归国，遂由各省代表，公举为临时大总统。受职才四十日，即以和平措置，使清帝退位，统一底定，迄未忍生灵涂炭，遽诉之于兵戎。虽柄国不满百日，而吾五大民族所受赐者，已靡有涯涘；固不独成功不居，其高尚纯洁之风，为斯世矜式已也。今当先生解临时大总统职任之日，本院代表全国，有不能已于言者。民国之成立也，先生实抚育之；民国之发扬光大也，尤赖先生牖启而振迅之。苟有利于民国者，无间在朝在野，其责任一也。卢斯福解

职总统后，周游演述，未尝一日不拳拳于阿美利加合众国，愿先生为卢斯福，国人馨香祝之矣。

孙中山欢谢议员，鞠躬告退。各议员再表决临时政府地点，准将南京临时政府，移往北京，南京仍为普通都会。由袁总统任命前陆军总长黄兴，为南京留守，控制南方军队，一面召唐绍仪回京。唐以交通一席，不便兼理，复提出施肇基总长交通，交参议院议决，得多数同意，乃电请袁总统任命。十部总长已完全无缺，唐总理遂邀同王宠惠等，启程北行。唯陈其美曾为沪军都督，自请后行，闻他醉心杨梅，所以长愿南居。唐不能相强，即日北去。参议院各议员，亦于四月二十九日，联翩赴都。副总统黎元洪，亦请解大元帅职，另由袁总统改任，属领参谋总长事。所有前清总督巡抚各名目，一律改为都督。内而政府，外而各省，总算粗粗就绪。

唯蒙、藏两部一时尚不暇办理，但由袁总统派员赍书，劝令取消独立，拥护中央。是时英、俄两国，方眈眈逐逐，谋取蒙、藏为囊中物。活佛喇嘛毫无见识，一任外人播弄，徒凭袁总统一纸空文，岂即肯拱手听命，就此安静么？都为后文埋线。袁总统也明知无益，不得已敷衍表面，暗中却用着全力，注意内部的运用。第一着是裁兵，第二着是借债，这两策又是连带的关系。看官试想，各省的革命军，东也招募，西也招集，差不多有数十百万，此时中央政府，完全成立，南北已和平了事，还要这冗兵何用？况袁总统心中，日日防着南军，早一日裁去，便早一日安枕。裁兵原是要策，但老袁是从片面着想，仍未免借公济私。但是着手裁兵，先需银钱要紧，南京临时政府，已单靠借债度日，苏路借款，招商局借款，汉冶萍公司借款，共得五六百万，到手辄尽；又发军需八厘公债票一万万元，陆续凑集，还嫌不敷。唐绍仪南下组阁，南京政府已承认撤消，唯所有一切欠款，须归北京政府负担，南京要二三百万，上海要五十万，还有武昌一方面，也要一百五十万，都向唐总理支取，说是历欠军饷，万难迁延。唐总理即致电北京，嗣得老袁复电，并不多言，只令他便宜行事。无非要他借外债。急时抱佛脚，不得不向外国银行，低头乞贷，于是四国银行团，遂仗着多财善贾的势力，来作出借巨款的主人翁。什么叫作四国银行团呢？原来清宣统二年，清政府欲改良币制，及振兴东三省实业，拟借外款一千万镑。英国汇丰银行，法兰西银行，德华银行，

美国资本团，合资应募，彼此订约，称为四国银行团。嗣经日、俄两国出头抗议，交涉尚未办妥，武昌又陡起革命军，四国银行，中途缩手，只交过垫款四十万镑，余外停付。至民国统一，袁世凯出任临时总统，他本是借债能手，料知上台办事，非钱不行，正欲向银行团商借。巧值四国公使，应银行团请求，函致老袁，愿输资中国，借助建设，唯要求借款优先权。老袁自然乐从，复函慨许，且乞先垫款四十万镑，以应急需，过后另议。银行团即如数交来，会唐绍仪以南方要求，无术应付，也只好电商四国银行团，再乞垫款，数约一千五百万两，南方需求总数，不过五六百万两，乃乞借须加二倍，可见民国伟人，多是乱借乱用。银行团却也乐允，唯所开条件，既要担保，又要监督，还要将如何用法，一一录示。唐绍仪以条件太苛，不便迁就，遂另向华比银行，商借垫款一百万镑。比利时本是西洋小国，商民亦没甚权力，不过艳羡借款的利息，有意投资，遂向俄国银行，及未曾列入团体的英法银行，互相牵合，出认借款，议定七九折付，利息五厘，以京张铁路余利，作为抵押。唐绍仪接收此款，遂付南京用费二百三十万两，武昌一百五十万两，上海五十万两，其余统携至北京。不消几日，就用得滑塌精光，又要去仰求外人了。如此过去，何以为国。

哪知四国公使，已来了一个照会，略言：“唐总理擅借比款，与前时袁总统复函，许给借款优先权，显然违背，即希明白答复”等语。袁总统心中一想，这是外人理长，自己理短，说不出什么理由，只得用了一个救急的法儿，独求美公使缓颊，并代向英、德、法三国调停。美公使还算有情，邀了唐总理，同去拜会三国公使。唐总理此时，也顾不得面子，平心息气的，向各使道歉，且婉言相告道：“此次借用比款，实因南方急需，不得不然。若贵国银行团等，果肯借我巨资，移偿比款，比约当可取消。唯当时未及关照，似属冒昧，还求贵公使原谅。”英、德、法三使，还睁着碧眼，竖着黄须，有意与唐为难，美公使忙叽哩咕噜的说了数语，大约是替唐洗刷，各使才有霁容，唯提出要求三事：一是另订日期，向四国银行团道歉；二是财政预算案，须送各国备阅；三是不得另向别国，秘密借款。唐总理一一承认，各公使最后要求，是退还比款，取消比约二语，也由唐总理允诺，才算双方解决，尽欢而散。

袁总统兀坐府中，正待唐总理返报，可巧唐总理回来，述及各使会议情

形，袁总统道："还好还好，但欲取消比约，却也有些为难哩。"唐总理道："一个比国银行，想总不及四大银行的声势，我总教退还借款，原约当可取消。"袁总统点头道："劳你去办就是了。"唐总理退出，即电致华比银行，欲取消借款原约。比国商民，哪里肯半途而废？自然反唇相讥。唐总理出尔反尔，安得不免人讥骂？唐氏无可奈何，只得仍托美公使居间，代为和解，美使与英、德、法三国，本是一鼻孔出气，不过性情和平，较肯转圜。并非格外和平，实是外交家手段。他既受唐氏属托，遂与英、法两使商议，浼他阻止与比联合的银行，绝他来源，一面与比使谈判，逼他停止华比银行的借款。比公使人微言轻，自知螳臂当车，倔强无益，乐得买动美使欢心，转嘱比商取消借约。比商虽不甘心，怎奈合股的英法银行，已经退出，上头又受公使压力，不得已自允取消，但索还垫款一百万镑。唐总理乃与银行团接续会议，请他就六星期内，先贷给三千五百万两，以后每月付一千万两，自民国元年六月起，至十月止，共需七千五百万两，俟大借款成立，尽许扣还。不意银行团狡猾得很，答称前时需款，只一千五百万两，此番忽要加添数倍，究属何用？遂各举代表出来，竟至唐总理府中，与唐面谈。唐总理当即接见，各代表开口启问，便是借款的用途。唐总理不暇思索，信口答道："无非为遣散军队，发给恩饷哩。"各代表又问及实需几何？唐复答道："非三千万两不可。"各代表又问道："为何要这么样多？"唐总理道："军队林立，需款浩繁，若要一一裁并，三千万尚是少数，倘或随时酌裁，照目前所需，得了三五百万，也可将就敷衍哩。"这数语是随便应酬的口吻，偏各银团代表，疑他忽增忽减，多寡悬殊，中国之受侮外人，往往为口头禅所误。不禁笑问道："总理前日曾借过比款一百万镑，向何处用去？"唐将付给南京、上海、汉口等款额一一说明，并言除南方支付外，尽由北京用去。各代表又道："贵国用款，这般冒滥，敝银行团虽有多款，亦不便草率轻借，须知有借期，必有还期，贵国难道可有借无还吗？"应该责问。唐总理被他一诘，几乎说不出话来。德华银行代表，即起身离座道："用款如此模糊，若非另商办法，如何借得？"唐总理也即起立道："办法如何？还请明示。"德代表冷笑道："欲要借款，必须由敝国监督用途，无论是否裁兵，不由我国监督，总归没效。"唐总理迟疑半晌道："这却恐不便呢。"各代表都起身道："贵总理既云不便，敝银行团亦并非定要出借。"一着凶一着，一步紧一步。言毕，悻悻欲

行，唐总理复道："且再容磋商便了。"各代表一面退出，一面说着道："此后借款事项，也不必与我等商量，请径向敝国公使，妥议便了。"数语说完，已至门外，各有意无意的鞠了一躬，扬长竟去。借人款项，如此费力，何不自行撙节？唐总理非常失望，只好转达袁总统，袁总统默默筹划，又想了一计出来。看官道是何计？他想四国银行团，既这般厉害，我何不转向别国银行暂去乞贷呢？此老专用此法。计划已定，便暗着人四处运动，日本正金银行、俄国道胜银行，居然仗义责言，出来辩难。他说："四国银行团，既承政府许可，愿出借款，帮助中国，亦应迁就一点，为何率尔破裂？此举太不近人情了。"这语一倡，英、美两公使不免恐慌。暗想日、俄两国从中作梗，定是不怀好意，倘他承认借款，被占先着，又要费无数唇舌。只此借款一项，外人已各自属目，况比借款事，较为重大呢。当下照会临时政府，愿再出调停，袁总统也觉快意，只自己不便出面，仍委唐总理协议。唐总理惩前毖后，实不欲再当此任，只是需款甚急，又不好不硬着头皮，出去商办，正在徬徨的时候，凑巧有一替身到来，便乘此卸了肩仔，把一个奇难的题目，交给了他，由他施行。繄何人？繄何人？正是：

会议不堪重倒脸，当冲幸有后来人。

欲知来者为谁，且至下回说明。

孙中山遵约辞职，不可谓非信义士，与老袁之处心积虑，全然不同，是固革命史中之翘楚也。或谓中山为游说家，非政治家，自问才力不逮老袁，因此让位，是说亦未必尽然。顾即如其言以论中山，中山亦可谓自知甚明，能度德，能量力，不肯丧万姓之生命，争一己之权位，亦一仁且智也。吾重其仁，吾尤爱其智。以千头万绪棼如乱丝之中国，欲廓清而平定之，谈何容易？况财政奇窘，已达极点，各省方自顾不遑，中央则全无收入，即此一端，已是穷于应付，试观袁、唐两人之借债，多少困难，外国银行团之要挟，又多少严苛，袁又自称快意，在局外人目之，实乏趣味，甫经上台，全国债务，已集一身，与其为避债之周赧，何若为辟谷之张良，故人谓中山之智，不若老袁，吾谓袁实愚者也，而中山真智士矣。

第十一回　商垫款熊秉三受谤　拒副署唐少川失踪

却说国务总理唐绍仪，正因借款交涉，受了银行团代表的闷气，心中非常懊恼，凑巧来了一个阁员，看官道是何人？便是新任财政总长熊希龄。希龄字秉三，湖南凤凰厅人，素有才名，时人呼为熊凤凰，此时来京任职，当由唐总理与他叙谈，把借款的事件，委他办理。熊亦明知是个难题，但既做了财政总长，应该办理这种事情，诿无可诿，当即允诺。唐总理遂函告银行团，略说："借款办法，应归财政总长一手经理。"银行团复词照允，于是与熊总长开始谈判。熊总长颇有口才，凭着这三寸不烂的慧舌，说明将来财政计划，及大宗用途与偿还方法，统是娓娓动人。银行团代表，允先付垫款若干，再议大借款问题，唯遣散军队时，仍须选派外国军官，共同监督。说来说去，仍是咬定监督二字，外人之不肯少让，可见一斑。经熊总长再三辩论，再四磋商，方议定中外两造，各派核计员，每次开支，须由财政部先备清单，送交核计员查核，核计员查对无误，双方签押，始得向银行开支。唯银行团只允先付三百万两，分作南北暂时垫款，支放军饷，但亦须由洋关税司，间接监视，以昭信实。至大借款问题，须俟伦敦会议后解决，看官！你想这三百万两小借款，既须由核计员查对，又须由税务司监视，核计员与税务司，统是洋人参入，显见得洋人有权，中国无权。临时政府，两手空空，也顾不得什么利害，只好饮鸩止渴，聊救目前。借债者其听之！当下由熊总长至参议院，与各议员开谈话会，讲论此事。议员聚讼纷纭，未曾表决。熊总长返至内

阁，即受总统总理密嘱，与银行团草定垫款合同共七章，嗣为参议院闻知，即提出质问。唐总理与熊总长，不得不据情答复。略云：

垫款为借款之一部分，拨付垫款三百万，又为垫款中之一部分，既非正式借款，即不应有此条件。无如该团以拨付垫款，既已逼迫，伦敦会议，又未解决，深恐我得款后，或有翻悔，故于我急于拨款之际，要求载入七条于信函之后，当因南北筹饷，势等燃眉，本总理总长迫于时势，不得不循照旧例，两方先用信函签字拨款，所拨之三百万两，不过垫款之一部分，为暂时之腾挪，且信函草章，并无镑价折扣利息抵押之规定，不能即谓为合同，故于签字以前，未及提出交议，还希原谅！此复。

参议员接此复文，仍有违言，大致以此项条件，虽系草章，就是将来商订正式合同的根据，若非预先研究，终成后患；乃复提出请愿书，要求总统提出草合同，正式交议。袁总统允准，遂将草合同赍交参议院，咨请议决。议员会议三日，各怀党见，没甚结果。唐总理熊总长再出席宣言，略谓："垫款条件，参议院未曾通过，伦敦会议，亦无复信，虽尚有磋商的机会，唯外人能否让步，实无把握。贵院能先对大纲，表示同意，再行指出应改条文，本总理等必当尽力磋商，务期有济。"各议员一律拍掌，表示赞成。于是共同讨论，絮议了好多时，方由议长宣布意见，谓："垫款一节，既属目前要需，不能不表示同意。但所开草合同七条，如所订核计员查对，及税务司监视，有损国权，应由政府与银行团，再行磋商，挽回一分是一分，不必拘定某条某句，使政府有伸缩余地，当不致万分为难了。"唐、熊两人，巴不得参议院中，有此一语，遂将彼此为国的套语，敷衍数句，即行去讫。

过了数天，由江南一方面，来了两角文书，一角是达总统府，一角是交参议院，内称："垫款章程，不但监督财政，直是监督军队，万不可行，应即责令熊总长取消草约，一面发行不兑换券，权救眉急，并实行国民捐，组织国民银行，作为后盾"等语。书末署名，乃是南京留守黄兴。接连是江西、四川等省，均通电反对。袁总统置诸度外，参议院也作旁观，只有这位熊凤凰，刚刚凑着这个时候，不是被人咒骂，就是惹人讥评。做财政总长的趣味，应该尝些。他愤无可泄，也拟了一个电稿，拍致各省道：

希龄受职，正值借款谈判激烈，外人要求请派外国武官监督撤兵，会同华官点名发饷，并于财政部内选派核算员，监督财政，改良收支，两次争论，几致决裂，经屡次驳议，武官一节，乃作罢论，然支发款项，各银行尚须信证，议由中政府委派税司经理。至核算员，则议于部外设一经理垫款核算处，财政部与该团各派一人，并声明只能及于垫款所指之用途，至十月垫款支尽后，即将核算处裁撤，此等勉强办法，实出于万不得已，今虽拨款三百万两，稍救燃眉，然所约七款大纲，并非正式合同，公等如能于数月内设法筹足，或以省款接济，或以国民捐担任，以为后盾，使每月七百万之军饷，有恃无恐，即可将银行团垫款借款，一概谢绝，是正希龄之所日夕期之也。希即答复！

各省长官，接到熊总长这般电诘，都变做反舌无声，就是大名鼎鼎的黄留守，也变不出这么多银子，前时所拟方法，统能说不能行，要他从实际上做来，简直是毫无效果，因此也无可答复，同做了仗马寒蝉。近时人物，大都如此，所以无一足恃。熊总长复上书辞职，经袁总统竭力慰留，始不果行。再与银行团磋议，商请取消核计员，及税司监视权，银行团代表，以垫款期限，只有数月，且俟伦敦会议后，如何解决，再行酌改云云。看官听着！这伦敦会议的缘起，系是四国银行团，借英京伦敦为会议场，研究中国大借款办法，及日、俄加入问题，小子于前回中，曾说日俄银行，出来调解，他的本旨，并非是惠爱我国，但因地球上面，第一等强国，要算英、法、俄、美、日、德六大邦，英、法、美、德既集银行团，日、俄不应落后，所以与四国团交涉，也要一并加入。强中更有强中手。四国团不便力阻，只得函问中政府，愿否日、俄加入。中政府有何能力，敢阻日、俄，况是请他来的帮手，当然是答一“可”字。哪知俄人别有用意，以为此项借款，不能在蒙古、满洲使用，自己方可加入。明明视满、蒙为外府。日本亦欲除开满洲，与俄人异意同词。各存私意。四国团当然不允，且声言：“此次借款，发行公债，应由本国银行承当，英为汇丰银行，法为汇理银行，德为德华银行，美为花旗银行，此外的四国银行，及四国以外的银行，均不得干预。”这项提议，与日、俄大有妨碍，日、俄虽加入银行团，发行债票，仍须借重四国指定的银行，与未加入何异，因此拒绝不允，会议几要决裂了。法国代表，从中调停，要想

做和事佬，怂恿五国银行团代表，由伦敦移至巴黎，巴黎为法国京都，当由法代表主席。法代表亦自张势力。磋商月余，俄国公债票得在俄比银行发行，日本公债票得在日法银行发行。至日、俄提出的满、蒙问题，虽未公认，却另有一种条件订就，系是六国银行团中，有一国提出异议，即可止款不借，此条明明为日、俄留一余地，若对于中国，须受六银行监督，须用盐税抵押。

彼此议定，正要照会中国，适中政府致书银行团，再请垫款三百万两，否则势不及待，另筹他款，幸勿见怪。银行团见此公文，大家疑为强硬，恐有他国运动，即忙复书承认，即日支给。也受了中国的赚，但得握债权，总占便宜。中政府复得垫款。及挨过了好几天，六国银行团，遂相约至外交部，与外交总长陆征祥晤谈，报告银行团成立。越日，又与陆、熊两总长开议借款情形。陆总长已探悉巴黎会议，所定条件，厉害得很，遂与熊总长密商，只愿小借款，不愿大借款，熊总长很是赞成，当下见了银行团代表，便慨然道："承贵银行团厚意，愿借巨款，助我建设，但敝国政府，因债款已多，不敢再借巨项，但愿仿照现在垫款办法，每月垫付六百万两，自六月起，至十月止，仍照前约办理便了。"看官！你想六国银行团，为了中国大借款，费尽唇舌，无数周折，才得议妥，谁料中国竟这般拒绝，反白费了两月心思，这班碧眼虬髯的大人物，哪肯从此罢休，便齐声答道："贵政府既不愿再借巨款，索性连垫款也不必了。索性连六百万垫款，也还了我罢。"陆、熊两总长也自以为妙计，那外人的手段，却来得更辣。陆总长忙答辩道："并非敝国定不愿借，但贵银行团所定条件，敝国的人民，决不承认，国民不承认，我辈也无可如何，只好请求垫款，另作计划罢了。"银行团代表，见语不投机，各负气而去。陆、熊两总长以交涉无效，拟与唐总理商议一切。唐总理已因病请假，好几日未得会叙，两人遂各乘马车，径至唐总理寓所。名刺方入，那阍人竟出来挡驾，且道："总理往天津养病去了。"去得突兀。两人不禁诧异，便问道："何日动身，为何并不见公文？"阍人只答称去了两日，余事一概未知，两人方怏怏回来。

看官！你道这唐总理如何赴津，当时京中人士，统说是总理失踪，究竟他是因病赴津呢？还是另有他事？小子得诸传闻，唐总理的病，乃是心病，并不是什么寒热，什么虚痨。原来唐总理的本旨，以中国既行内阁制，所有国家重政，应归国务员担负责任，因此遇着大事，必邀同国务员议定，称为

国务会议。偏偏各部总长意见不同，从唐总理就职后，开了好几次国务会议，内务总长赵秉钧，未见到会，就是陆海军总长，虽然列席，也与唐总理未合，只有教育总长蔡元培、司法总长王宠惠、农林总长宋教仁，与唐总理俱列同盟会，意气还算相投。又有工商次长王正廷，因陈其美未肯到京，署理总长，也与唐不相反对。交通总长施肇基，与唐有姻戚关系，自然是水乳交融。此外如外交总长陆征祥，是一个超然派，无论如何，总是中立。财政总长熊希龄是别一党派，异视同盟会，为了借款问题，亦尝与唐总理龃龉，恐非全为党见。唐总理已是不安，而且总统府中的秘书员、顾问员，每有议论，经总统承认后，又必须由总理承认，方得施行，否则无效，那时这班秘书老爷，顾问先生，都说总统无用，全然是唐总理的傀儡。看官！试想这野心勃勃的袁项城，岂肯长此忍耐，受制于人？况前此总理一职，有意属唐，无非因唐为老友，足资臂助，乃既为总理，偏以背道分驰，与自己不相联属，遂疑他为倾心革党，阴怀猜忌。其实唐本袁系，不过为责任内阁起见，未肯阿谀从事，有时与老袁叙谈，辄抗争座上，不为少屈。老袁左右，每见唐至，往往私相告语道："今日唐总理，又来欺侮我总统么？"后来断送老袁的生命，也是若辈酿成。

一夕，唐谒老袁，两下里争论起来，老袁不觉勃然道："我已老了，少川，你来做总统，可好么？"唐本粤人，字少川，老袁以小字呼唐，虽系老友习惯，然此时已皆以总统总理相呼，骤呼唐字，明明是满腹怒意，借此少泄，语意尤不堪入耳，气得唐总理瞠目结舌，踉跄趋出，乘车回寓。冤冤相凑，距总统府约数百步，忽遇卫队数十人，拥护一高车驷马的大员，吆喝而来。唐车趋避稍迟，那卫队已怒目扬威，举枪大呼道："快走！快走！不要恼了老子。"唐不待说毕，忙呼车夫让避。至大员已过，便问车夫道："他是何人？"车夫道："他是大总统的拱卫军总司令段大人。"唐总理笑道："是段芝贵么？我还道是前清的摄政王。"牢骚之至。既而回至寓中，不由的自叹道："一个军司令，有这么威风，我等身为文吏，尚想与统率海陆军的大总统，计较长短，正是不知分量了。我明日即行辞职，还是归老田间罢。"乐得见几。继又暗忖道："我友王芝祥，将要到京，来做直隶都督，他一到任，我的心事已了，便决计走罢。"

原来北通州人王芝祥，曾为广西藩司，广西独立，芝祥为桂军总司令，

率兵北伐。及到南京，南北已经统一，唐绍仪南下组阁，旧友重逢，欢然道故，自不消说。直隶代表谷钟秀等，时在南京，愿举芝祥为本省都督，浼唐入白袁总统。唐返京，即与老袁谈及，袁已面许，乃电促芝祥入京。唐总理正待他到来，所以有此转念。过了数日，芝祥已在江南，遣还桂军，入京候命。唐总理与王见面，自然入询老袁，请即任王督直，发表命令。哪知袁总统递示电文，乃是直隶五路军界，反对王芝祥，不令督直。又是老袁作怪。唐总理微哂道："总统意下如何？"袁总统皱眉道："军界反对，如何是好；我拟另行委任便了。"唐总理道："军人干涉政治，非民国幸福。"老袁默然不答。唐总理立即辞出，到了次日，即由总统府发出委任状，要唐总理副署盖印。唐总理取过一瞧，系命王芝祥仍返南京，遣散各路军队，不由的愤愤道："老袁欺人太甚，既召他进京，又令他南返，不但失信芝祥，并且失信直人，这等乱命，我尚可副署么？"言已，即将委任状却还，不肯副署。嗣闻老袁竟直交王芝祥，芝祥即往示唐总理。唐总理益愤懑道："君主立宪国，所发命令，尚须内阁副署，我国号称共和，仍可由总统自主么？我既不配副署，我在此做什么？"芝祥去后，即匆匆收拾行囊，待至黎明，竟出乘京津火车，径赴津门去了。小子有诗咏唐总理道：

辞官容易做官难，失职何如谢职安。
双足脱开名利锁，津门且任我盘桓。

唐总理赴津后，如何结果，且看下回说明。

本回叙述垫款，为下文善后大借款张本。外款非不可借，但今日借债，明日借债，徒为一班武夫所垄断，满贮囊橐，逍遥自在，铁血之光，化作金钱之气，徒令全国人民，迭增担负。读史至此，转叹革命伟人，日言造福，不意其造祸至于如此也。袁总统心目中，且以依赖外债为得计，意谓外债一成，众难悉解，受谤者他人，而受益者一己，方将尽以英镑、美元、马克、佛郎为资料，买收武夫欢心，拥护个人权力，亦知上下争利，不夺不餍乎？唐总理就职，未及百日，即与老袁未协，飘然径去，唐犹可为自好士，然一番奔走，徒为袁总统作一傀儡，唐其未免自悔欤？

第十二回　组政党笑评新总理
嗾军人胁迫众议员

却说唐绍仪既赴天津，方具呈辞职，呈文中亦不说什么，但说："因感风寒，牵动旧疾，所以赴津调治，请即开职另任"云云。袁总统当发电慰留，并给假休养，暂命外交总长陆征祥代任总理，一面遣秘书长梁士诒，赴津劝驾。唐决意辞职，再具呈文，托梁带回。袁已与唐有嫌，还愿他做什么总理，不过表面上似难决绝，因做了一番挽留的虚文，敷衍门面。唐已窥袁肺腑，怎肯再来任事？老袁以为情义兼尽，由他自去，随即批准呈文，改任总理。

相传唐驻津门数月，乘舟南归，途中遇刺客黄祯祥，为唐察破，幸得免刺。唐问系何人所使？祯祥爽然道："我与君并无夙仇，今日奉极峰命，来此行刺，但看君来去坦白，我亦不忍下手，否则已早行事，恐君亦未能免祸呢。"此人尚有天良。唐乃答道："你既存心良善，我也不必深究，只烦你寄语极峰，休要行此鬼蜮伎俩。他欲杀人，人亦将杀他，冤冤相报，莫谓天道无知呢。"老袁果闻言改过，当不致有后日事。祯祥唯唯自去，唐始安然南下，语且休表。

且说国务总理一职，因唐已辞去，当然需人接任，袁总统属意陆征祥，仍援《临时约法》第三十四条，提出参议院，求议员同意。陆字子欣，江苏上海人，曾为广方言馆毕业生，嗣奉调出洋，才气飙发，为历任公使所倚重，不数年洊升参赞，继充荷兰公使，又继任海牙平和会专使。至民国第一

次组阁，因他是外交熟手，遂召他回国，令为外交总长。陆性和平，且无一定的党派，因此老袁欲令他继任。这时候的参议院中，议长林森回籍，副议长王正廷，署理工商次长，两人统已出院，乃改举奉天吴景濂为议长，湖北汤化龙为副议长，议员约数十人，却分作好几党。据政治家研究，以为外洋立宪国，没一国不有政党，没一国不有数政党，因为国家的政要，容易为一偏所误，所以政治家各张一帜，号召徒党，研究时政，彼有一是非，此亦有一是非，从两方面剖辩起来，显出一个真正的是非，方可切实履行，故外人有愈竞愈进的恒言。从前满清预备立宪，我国人已模仿外洋，集会结社，成一政党的雏形，什么宪友会，什么宪政实进会，已是风行一时。到了民国初造，最彰明较著的党员，就是革命党，革命党的起手，便是同盟会。同盟会中的重要人物，第一个是孙文，称作总理，第二个是黄兴，称作协理，其次即为宋教仁、汪兆铭等，统是会中的干事员。自革命告成，会中人变为政党，宣布党纲，共有九条：（一）是完成行政统一，促进地方自治；（二）是实行种族同化；（三）是采用国家社会政策；（四）是普及义务教育；（五）是主张男女平权；（六）是励行征兵制度；（七）是整理财政，厘定税则；（八）是力谋国际平等；（九）是注重移民开垦事业。依这九大党纲看来，俨然有促进大同的气象。

其后有浙人章炳麟、苏人张謇发起的统一党，还有宪友会化身的国民协进会，以及湖北人主动的民社，共计三部分，或是前清的硕学通儒，或是前清的旧官故吏，起初是各行各志，后来并合为共和党，也有一种党义，略分三则：（一）是保持全国统一，取国家主义；（二）是以国家权力，扶持国民进步；（三）是应世界大势，以平和实利立国。这三条党义，隐隐与同盟会反对，时人称同盟会为民权主义，共和党为国权主义。未几，又有统一共和党出现，即由滇人蔡锷、直人王芝祥等组织而成，他有十余条党纲：（一）是画定行政区域，实谋中央统一；（二）是厘定税则，务期负担公平；（三）是注重民生，采用社会政策；（四）是发达国民经济，采用保护贸易政策；（五）是画一币制，采用金本位制；（六）是整顿金融机关，采用国家银行制度；（七）是振兴交通，速设铁道干线；（八）是实行军国民教育，促进专门学术；（九）是振刷海陆军备，采用征兵制度；（十）是保护海外移民，励行实边开垦；（十一）是普及文化，融合国内民族；（十二）是注重外交，保持

国家对等权利。统观这十二条党纲，是国权与民权俱重，介在同盟会共和党的中间，仿佛是折衷主义，但总与两党若合若离。

参议院中的议员，就是由这三党中，选举出来。当时参议院内，除西藏议员尚未选派外，共一百二十一席，同盟会共和党，各得四十余席，统一共和党，也得三四十人。一百二十一席中，分了三个党派，若四万万人，不知要多少党派。此次由袁总统提出陆总理，同盟会中极端反对，自在意中，唯共和党人，已受袁总统笼络，愿表同意，且代为运动，把统一共和党员，也联为一致，因此全院投票，只同盟会议员否决，余皆投同意票。陆总理得多数赞成，当即通过。隔了一宿，即有大总统命令发出，特任陆征祥为国务总理。唐内阁变为陆内阁，所有从前的国务员，因与唐氏有连带关系，提出辞职。交通总长施肇基，第一个上辞职书，是唐氏戚属的关系。袁总统立即批准，教育总长蔡元培、司法总长王宠惠、农林总长宋教仁、未到任的工商总长陈其美，及署长王正廷，依次辞职。是唐氏同党的关系。袁总统概不慰留，一律准请，财政总长熊希龄，见阁员多半辞去，也不好恋栈，照例递呈辞职，偏亦邀老袁批准，只得卸职退闲。熊虽与唐氏绝无关系，但亦非袁系人物，故准他辞职。独内务及陆海军三部总长，依然就任，寂无变动。个中情由，不言而喻。

袁总统乃另索夹袋中人物，提交参议院议决，财政总长，拟任周自齐；司法总长，拟任章宗祥；教育总长，拟任孙毓筠；农林总长，拟任王人文；工商总长，拟任沈秉坤；交通总长，拟任胡维德，先将名单发交陆总理，令至参议院宣布，征求同意。陆总理不置可否，唯命是从，唐组织阁员，半由唐氏自己主张，至陆氏组阁，已全属老袁授意。当即乘了马车，至参议院。全院议员，共表欢迎，总道他是历任外交，必多经验，且才名卓越，应有特别政见，因此大家起敬。待陆登演说坛时，拍手声与爆竹相似，劈劈拍拍的有好几千声，到了声浪渐息，大家都凝神注意，侧着耳朵儿，恭聆伟论。形容尽致。哪知陆总理是善英语，不擅长国语，数典忘祖，中国的西学家，每蹈此弊。开口时已支支格格，说不出什么话儿，至表述阁员的时候，他却发出大声道：“有了国务总理，断不可无国务员，若国务员没有才望，单靠着一个总理，是断断不能成事的。鄙人忝任总理，自愧无才，全仗国务员选得能干，方可共同办事，不致溺职，现已拟有数人，望诸君秉公解决。譬如人家做生日，也须先开菜单，拣择可口的菜蔬，况是重大的国务员呢。”说至此，全院并没有

拍掌声，只听有人嬉笑道："总理迭使外洋，惯吃西餐，自然留意菜单，我等都从乡里中来，连鱼翅海参，都是未曾尝过，晓得什么大菜。"这边的笑语未绝，那边的笑语又起，复说道："想是总理的生辰，就在这数日内，我等却要登堂祝寿，叨光一餐。想总理府中的菜单，总是预先拣择、格外精美哩。"挖苦太甚。陆总理并非痴聋，听到这等讥评，不觉面红耳赤，暗想："外人何等厉害，却没有这般嘲笑，今到此地，偏受他们奚落，这真是出人意外呢。"事非经过不知难。当下无意演说，竟自下台，勉强把名单取出，交给议长，自己垂头丧气，踱出院门，乘舆竟去。总算跳出是非门。各议员由他自行，并没有一人欢送，反大家指手划脚，说短论长，统说："民国初立，草昧经营，全靠有才干的总理，才能兴利除弊，今来了这等人物，要做总理，此外还有何望？"同盟会员，格外愤激，便道："我等原是不赞成的，不知同院诸君，何多投同意票，莫非已受他买嘱么？"共和党及统一共和党，听了买嘱二字，自然禁受不起，便与同盟会员争闹起来，霎时间全院鼎沸，几成一个械斗场。好一班大议员。议长吴景濂，见秩序已乱，慌忙出来禁止，并摇铃散会，大众方一哄而散。

次日，复开会表决国务员，仍用投票的老法儿，取决可否。及开篋审视，纯是不同意票。同盟会员又出席道："今日同院诸君，完全投不同意票，显见得人心未泯，公论难逃。但总理已经任命，就是易人提出，恐仍是这等腐败人物，果欲改弦易辙，必须釜底抽薪，劾去老陆方好哩。"大众颇也赞成，遂提出弹劾总理案，公拟一篇咨文，送入总统府，老袁置诸高阁，陆征祥过意不去，呈请辞职。老袁不许，只另拟了几个人物，再交参议院议决，财政总长，改拟周学熙；司法总长，改拟许世英；教育总长，改拟范源濂；农林总长，改拟陈振先；工商总长，改拟蒋作宾；交通总长，改拟朱启钤；因恐参议院仍未通过，先遣人讽示议员。果然各议员不肯赞同，仍然拒绝，老袁智虑深沉，并没有一点仓皇，暗地里却布置妥当。不到一日，军警两界，遍布传单，大约说是："内阁中断，急切需人，参议院有意为难，反令我辈铁血铸成的民国，害得没政府一般，若长此阻碍政治，我等只有武力对待的一法。"这数语一经传布，都城里面，又恐似前次的变乱，吓得心胆俱裂。就是参议院中，也递入好几张传单，竟要请一百多个议员，统吃卫生丸。这议员是血肉身躯，哪一个不怕弹丸？镇日里缩做一团，杜着门，裹着

足，连都市上也不敢出头。只有这些肝胆，何如不做议员。

老袁暗暗欢慰，一面办好十多桌盛席，邀参议员入府宴会。始用硬力，继用软工，真好手段。各议员不好坚拒，又不敢径去。大众密议多时，方公决了一个“谢”字。袁总统料他胆怯，遂遣秘书长梁士诒往邀，各议员见梁到来，才敢应允。出院时由梁前导，大家鱼贯后随，一同到总统府。此时的梁财神，好似护法韦驮。袁总统也出来周旋，殷勤款待，到了就席的时候，却令梁秘书长等相陪，自己踱了进去。酒过数巡，由梁秘书长略略叙谈，表明总统微意，各议员哪敢再拒？自然唯唯连声，到了酒酣席散，又见袁总统出谈，说了几句费心的套话，各议员很是谦恭，并表明谢忱，乃一齐告别。徒令老袁暗笑。越宿，复投票表决阁员，除蒋作宾一人外，得多数同意。嗣又由总统府提出刘揆一，充任工商总长，又经参议院通过，遂俱正式任命，陆内阁乃完全成立了。唯陆征祥以日前被嘲，未免惭忿，因托病请假，自入医院，不理政务。自此国家重事，均由总统府取决，从前的国务会议，竟移至总统府去了。总统权力，日以加长。同盟会员，为军人所逼，不得已通过总理及阁员，但心中总是不服，未免发生政论，谓军警不应干预政治，且遍咨各省都督，浼他进陈利弊。袁总统乃颁发通令二道，一是劝诫政党，一是谕禁军警，本旨在注重前令。由小子次第录出。其劝诫政党云：

民国肇造，政党勃兴，我国民政治之思想发达，已有明征，较诸从前帝政时代，人民不知参政权之宝贵者，何止一日千里。环球各国，皆恃政党，与政府相须为用，但党派虽多，莫不以爱国为前提，而非参以各人之意见。我国政党，方在萌芽，其发起之领袖，亦皆一时人杰，抱高尚之理想，本无丝毫利己之心，政见容有参差，心地皆类纯洁。唯徒党既盛，统系或歧，两党相持，言论不无激烈，深恐迁流所及，因个人之利害，忘国事之艰难。方今民国初兴，尚未巩固，倘有动摇，则国之不存，党将焉附？无论何种政党，均宜蠲除成见，专趋于国利民福之一途。若乃怀挟阴私，激成意气，习非胜是，飞短流长，藐法令若弁髦，以国家为孤注，将使灭亡之祸，于共和时代而发生。揆诸经营缔造之初心，其将何以自解？兴言及此，忧从中来。凡我国民，务念阋墙御侮之忠言，懔同室操戈之大戒，折衷真理，互相提携，忍此小嫌，同扶大

局，本大总统有厚望焉！此令。

又谕禁军警云：

军人不准干预政治，迭经下令禁止在案，凡我军人，自应确遵明令，以肃军律。闻近日军界警界，仍有干涉政治之行为，殊属非是。须知军人为国干城，整军经武，日不暇给，岂可旷弃天职，越俎代庖，若挟持武力，率意径行，万一激成风潮，国家前途，曷胜危险？至警界职在维持治安，尤不应随声附和，致酿衅端。除令陆军内务两部传谕禁止外，特再申告诫，其各守法奉公，以完我军警高尚之人格！此令。

看官阅此两令，当时总以为言言金玉，字字珠玑，哪知袁总统的本意，却自有一番作用，小子也到民国五年，才知老袁命令，隐寓轻重呢。正是：

掩耳盗铃成惯技，盲人瞎马陷深池。

袁总统已胁服议员，又有一番手段，遣散各方军队，巩固中央政权，欲知详情，再阅下回。

政党二字，利害参半，若为智识单简，血气未定之人物，一经结党，必予智自雄，利未获而害先见。故政党之名，行于文化优美之国，或可收竞争竞进之效，否则难矣。我国人民，罕受教育，道德学问，多半短浅。致以政党之名，反为枭雄所利用，其反对者适受其侮弄而已。若夫内阁改组，易唐为陆，尚为老袁之过渡人物，袁之进步在此，政党之退步亦在此，逐回细阅，耐人寻味不少云。

第十三回　统中华厘订法规
征西藏欣闻捷报

却说民国初造的时候，独立各省，军队林立，一省的都督，差不多有三五人，江南越加纷扰。苏州都督程德全，是官僚革命，总算从前清蜕化而来；还有上海都督陈其美，镇江都督林述庆，清江都督蒋雁行，扬州都督徐宝山，统是独张一帜，好似多头政治一般。至南北统一，南京临时政府，已移往北京，南方的军队，应归裁并。袁总统即命前陆军总长黄兴，留守南京，办理撤兵事宜；且派遣王芝祥，助黄为理。于是各镇都督，次第撤消，黄留守也办理就绪，当即电请销职。袁总统却复令缓撤，并派陆军次长蒋作宾驰往商办。先遣王芝祥，继遣蒋作宾，纯是老袁的做作。嗣因黄去志甚坚，再电解职，乃派江苏都督程德全，到宁接收；并令黄留守计日来京，商议政要；且因孙中山游历各省，到处演说，鼓吹民生主义，也未免有些尴尬，遂亦致电相邀，令他入都备询。一面正式任命各省都督，兹将民国元年七月以后的都督姓名，列表如左：

直隶都督	冯国璋	奉天都督	赵尔巽
吉林都督	陈昭常	江苏都督	程德全
江西都督	李烈钧	福建都督	孙道仁
湖南都督	谭延闿	河南都督	张镇芳
陕西都督	张凤翙	新疆都督	杨增新

广东都督	胡汉民	云南都督	蔡锷
黑龙江都督	宋小濂	安徽都督	柏文蔚
浙江都督	朱瑞	湖北都督	黎元洪兼领
山东都督	周自	齐山西都督	阎锡山
甘肃都督	赵唯熙署	四川都督	尹昌衡
广西都督	陆荣廷	贵州都督	唐继尧署

这二十二省的都督，有易任的，有仍旧的，有几个是革命前的老官僚，有几个是革命后的新统领，这也不必细表。

袁总统又规定任官等级，援例公布，凡最高职员，如国务总理，暨各部总长，及各省都督等，均称特任。特任以下，分作九等，一二等为简任官，三四五等为荐任官，六七八九等为委任官。又制定勋章等级，大勋章为总统佩带，上刻日月星辰山龙华虫宗彝藻火粉米黼黻十二章，其下亦分作九等，均刻嘉禾，第以绶色为别。陆海军勋章，独用白鹰文虎两种，亦分作九等，视绶色为等差。勋章以外，又有勋位，大勋位为首，依次至勋五位为止。余如国务院官制，及各部官制，一一酌定，次第颁行。所有国徽，除以五色旗为国旗外，海军仍用青天白日旗，陆军曾用十八星旗，至此加列一星，变作十九星旗，商旗适用国旗，就是五色旗。所有礼节，男子礼为脱帽鞠躬，大礼三鞠躬，常礼一鞠躬，寻常相见，只用脱帽礼。女子礼大致相同，唯不脱帽，专行鞠躬礼。另订衣冠仪式，绘图晓示，唯军人警察，另有特别礼仪，不在此限。陆军官制分三等九级，上等称将官，中等称校官，初等称尉官，各分上中少三级，军士分上士中士下士，兵卒分上等兵一等兵二等兵，军队编制，每步兵十四人为一棚，三棚为一排，三排为一连，四连为一营，三营为一团，二团为一旅，二旅为一师，把前清镇协标队的名目，一律改称。师即镇，旅即协，团即标，营即队。海军官制，略有同异，如军医军需造械造舰等官，有总监主监上监中监少监等名目，与陆军不同。编制法以舰为别，亦与陆军异制。他如学校系统，分作四级，首大学，次中学，又次为高等小学，最下为小学。后改称国民学校。小学校四年毕业，高等小学校，三年毕业，中学校四年毕业，大学本科，三年或四年毕业，预科三年。旁系为师范学校，及实业学校，专门学校，大致为四年或三年毕业。至若法院规则，分作四级

三审，大理院为法院最高机关，下为高等审判厅、地方审判厅、初级审判厅，是为四级，由初级审判厅起诉，不服判决，得控诉地方厅，地方厅的判决，再或不服，得上告高等厅；高等厅判决，已成定案，不得再诉大理院。唯自地方厅起诉，不服判决，得经高等厅至大理院，是为三审。所应由初等厅起诉，或由地方厅起诉，法律上另有规定，不暇絮述。但诉讼条规，有刑事民事二种，刑事条件，是被告应该惩罚，不得不求国家惩罚，所以亦称为公诉。民事条件，是被告未必犯罪，但侵害个人利益，请求司法官代判赔偿，所以又称为私诉。刑法分主刑及从刑，主刑分五等，死刑最重，次为无期徒刑，又次为有期徒刑，又次为拘役为罚金。从刑分二等，（一）是褫夺公权，（二）是没收。这种制度，统是行政上司法上的关系，一般人民，应该晓得大略，小子不能不粗举大纲。是谓通俗教育。

还有立法机关，是共和国中最要的根本，从前由代表会组织参议院，是创始的暂行规模，此时国家统一，应由参议院改为国会，且《临时约法》中第五十三条，曾有限十个月内，召集国会的明文，袁总统不能违约，参议院也不能缓议，因此逐日开会，议决国会组织法及参议院众议院议员选举法。国会组织法共二十二条，大要用两院制，便是参议院及众议院。参议院议员，由各省省议会选出，每省十名。蒙古选举会，得选出二十七名，西藏选举会，得选出十名，青海选出三名，中央学会，也得选出八名，华侨得选出六名，共二百九十四人。众议院议员，由各地人民选举，每人口满八十万，得选一议员，人口多寡不一，议员也多寡不等，拟定直隶省四十六名，奉天省十六名，吉林省十名，黑龙江省十名，江苏省四十名，安徽省二十九名，江西省三十五名，浙江省三十八名，福建省二十四名，湖北省二十六名，湖南省二十七名，山东省三十三名，河南省三十二名，山西省二十四名，陕西省二十一名，甘肃省十四名，新疆省十名，四川省三十五名，广东省三十名，广西省十九名，云南省二十二名，贵州省十三名，蒙古二十七名，西藏十名，青海三名，共五百九十五人。参议员任期六年，每二年改选三分之一，众议员任斯三年。两院议员的职权，（一）是建议，（二）是质问，（三）是查办官吏纳贿违法的请求，（四）是政府咨询的答复，（五）是人民请愿的受理，（六）是议员逮捕的许可，（七）是院内法规的制定。至若预算决算，及议定宪法，概由两院合办。两院议员，须各有过半数出席，方得开议，议

案须得过半数同意，方得决定，可否同数，由议长取决。每岁会期，计四个月，若大事不及裁决，得以展期，这是国会组织法的大略。

唯两院议员的选举，统用单记名投票法，从多数取决。参议员由省议会选举会选出，毋庸细表，众议员由人民公选，分选举及被选举两种资格，选举人专属民国国籍的男子，年满二十一岁以上，备有四项资格的一项，才有选举权。看官道是哪四项资格呢？（一）是年纳直接税二元以上；（二）是值五百元以上的不动产；蒙、藏、青海得以动产计算；（三）是在小学校以上毕业；（四）是与小学校以上毕业的资格。被选举人亦属民国国籍的男子，唯年龄须满二十五岁以上。蒙、藏、青海更须通晓汉语。若适罹刑法褫夺公权，及宣告破产，并有精神病，吸鸦片烟，与不识文字，均不得有选举权及被选举权。现在陆海军充役的军人，与在征调期间的续备军人，现任行政司法及巡警，或僧道及其他宗教师，均停止选举权及被选举权。蒙、藏、青海唯军人停止选举权及被选举权，余项不用此例。小学校教员，各学校肄业生，停止被选举权。办理选举人员，于选举区内，亦停止被选举权。又分初选复选两项手续，初选以县为选举区，当选人名额，定为议员名额的五十倍，复选合若干初选区为选举区，即以初选的当选人为选举人，被选人却不以初选当选人为限。每届选举，无论初选复选，各设监督员。初选监督以各该区的行政长官充任，复选监督以全省的行政长官充任。蒙、藏、青海，只一次选举，不分初选复选。这是两院议员选举法的大略。还有省议会议员选举法，大致与众议院议员选举法略同。

各项选举法，经参议员议决，咨送袁总统，袁总统当即公布，且由内务部规定选举区，一一颁示，正在筹备进行，非常忙碌的时候，忽由四川都督尹昌衡，连电报称西藏乱耗，影响全局，自请督师西征。袁总统准如所请，命他出征西藏，所有川督印信，暂交胡景伊护理。尹督遂率二千五百人，向西出发，浩荡前进。想步年羹尧后尘。先是清光绪末年，西藏教主达赖喇嘛，曾入京觐见，受封为西天大善自在佛，并加诚顺赞化名号。会值光绪帝与慈禧太后，先后逝世，达赖讽经超荐，效劳了好几日。两宫安葬，达赖回藏，为俄人所诱，有意生乱，清廷将他削去封号，用兵撵逐，并命驻藏大臣，另立达赖喇嘛。这事尚未就绪，中国已起革命军。退位的达赖，手下有一参谋，系俄国人，素得达赖信任，前曾为达赖所遣，往俄京圣彼得堡，传递密

约事件，此次闻内地各省，大半独立，遂极力为达赖谋覆西藏。达赖乃回入藏境，逐去清廷简放的官吏，也居然独立起来，且欲尽杀驻藏的汉人。亏得陆军统领钟颖，率兵至拉萨，竭力保护，镇压藏番，达赖始不敢妄动。川督尹昌衡，从权委任，令钟颖为西藏行政使。后来华兵与藏人，屡生冲突，英兵以保护侨商为名，进兵藏边，尹督遂电告北京，请任钟颖为办事长官，俾专责成。袁总统即如言任命。但藏番总歧视华人，随你钟长官威权并用，始终不肯就范。华兵在拉萨开会，登场演说，不知如何得罪了藏人，竟致两造决裂，激动兵戈。藏人各处响应，把华兵困住拉萨，一面分道扬镳，西侵后藏，东寇里塘。后藏的江亚，竟被陷没。里塘在打箭炉西，虽为驻藏大臣往来驿道，奈与四川省会，相距遥远，守兵寥寥无几，猝遇藏人到来，慌忙敛兵固守，飞书乞援，谁知远水难救近火，镇日里待援未至，只好弃了里塘，奔还内地。藏人既将里塘占去，复乘势欲夺巴塘，川边大震。尹都督乃自请出师，奉命允准，并加授镇抚使。

尹遂率军西征，途次接巴塘捷报，心下稍慰。又行了两三日，克复里塘的喜信，也由探马报到。原来边军统领顾占文，因里塘失守，加意防备，四处派遣心腹，暗探藏人消息。到了七月初旬，探得藏人出攻巴塘，分两路进兵，一队从大路攻击，扬旗呐喊，堂堂皇皇，一队从小路潜行，越山过岭，似偷鸡吊狗一般。藏人颇也知兵。那时顾统领察破诡谋，当即将计就计，阳遣兵截住大路，自己却带着精锐，至小路旁看定要隘，分兵四伏。藏人那里防着，只从崇山峻岭中，绕越而来。大众争先恐后，毫无纪律，那边有几十人，这边也有几十人，但凭着两只脚，随路乱走，将到大朔山侧，天色将晚，遥望前面，只有参天的古木，遍地的蔓草，隐隐衔着一个夕阳，掩映满山秋色。烘染语亦不可少。此时也无暇流览，但蓄着一股锐气，急行上前，暗想越过了山，便是巴塘，好在沿途平稳，并没有华兵拦阻，此去出其不意，攻其无备，眼见得巴塘要隘，唾手得来。正在趾高气扬的时候，猛听得一声号炮，震得山谷俱鸣，木叶乱下，大众齐声叫道：“不好了！不好了！”言未毕，已见华兵四处杀来，枪声劈拍不绝，无从躲避。大众顾命要紧，觅路四窜。巴塘也不要了。不意窜到东边，竟遇着一阵枪弹，晕倒了好多人，折回西边，又碰着一队华兵，恶狠狠的过来，好象饿鹰逐鸡，猛虎噬羊，稍稍失手，便被他打倒地上，生擒活缚的拖了过去。有几个仗着蛮力，拼命突

围，总算死了一半，逃了一半。顾统领乘胜追赶，顺着路竟到里塘，里塘已虚若无人，当由顾军踹入，立将里塘收复。正拟出击大路上的藏兵，可巧藏人已闻小路败报，踉跄逃还。顾统领麾军杀出，吓得藏人没路乱跑，大路上的官军，又同时赶到，一场合剿，杀死藏人数百名，只有命不该绝的藏人，才得逃脱。顾统领即遣人告捷，当由尹都督接着，非常欣慰，遂至打箭炉驻节。打箭炉系四川西徼，为川藏往来孔道，清季已改为康定府治，藩汉杂居，相安成俗。尹都督就此驻扎，免不得游览风景，极目遐天；偶然见了许多蛮女，丑的丑，妍的妍，两两相较，有几个姿色秀媚的蛮姝，越觉得天然丰韵，面不粉而白，口不脂而红，眉不黛而翠，更有一种苗条态度，楚楚可人，或在藤峡棘穴旁，招集三数姊妹花，着吉莫小靴，低唱蛮歌，高扬巾帕，飘飘乎若神仙中人。看官！你想这豪宕不羁的尹都督，哪能不牵入情丝，触生美感，当下搜采数姝，令充下陈，几乎把这蚕丛路，变做了鸾栖林。乐不思蜀。小子有诗咏道：

犵花喻草也风流，别有柔情足解忧。
自古英雄多好色，小蛮尚在且勾留。

藏事未了，鄂中又出有异国。待小子下回续叙。

民国初年，为厘定法规时代，公布各法，自有专书，非本书所应殚述。但本书亦寓通俗教育，所有普通各法规，为一般人民所应略晓者，固不得不粗举一斑，揭而出之，俾阅者得助见闻，正灌输知识之嚆矢也。国会组织法，及各议员选举法，不略蒙藏，政府固为统一藩部起见，而著书人即随笔叙下，写入藏事，此又为文字中绾合之法。尹都督自请征藏，俨然有终军请缨气象，而一逢蛮女，即取充下陈，虽情场花月，无玷英雄，而于军纪上不无妨害，寓讥于褒，作者其固有隐旨乎！

第十四回　张振武赴京伏法　黎宋卿通电辨诬

却说各省的军队，自经袁总统通电裁并，给饷遣散，往往游骑无归，所在谋变。有几处尚未裁遣，即已秘密开会，再图革命，如南京驻扎的赣军，苏州的先锋三营，滦州的淮军马队，山条省城的防兵，奉天大北关外的旧混成协第三标，安徽北门外的先锋队第一营，芜湖屯驻的卢军，滁州第一团七八两连兵士，陆续哗变，幸经各处长官，立时剿抚，均归平定。

唯湖北为革命军发起地，余风未泯，喜动恶静，不但乱兵生事，甚至司令军官等，亦屡思自逞，尝谋独立。兵犹火也，不戢自焚，古人之所以三致意者在此。襄阳府司令张国荃，不服省垣编制，擅杀调查专员周警亚，拥兵为乱，经黎都督元洪派兵兜剿，国荃方自知不敌，窜向郧阳，沿途劫掠，蹂躏了好几处；复由官兵追剿，方才散逸。既而军官祝制六、江光国、滕亚纲等人又煽惑军界，托词改革政治，谋推翻军政民政二府，破坏各司，幸被黎都督察觉，即调集近卫军及警察分头缉捕，将祝、江、滕三人拿获，并搜出檄文布告、文书名册、徽章令旗、传单愿书等项，证据昭然，三犯无可抵赖，遂申行军律，一概枪毙。越日，复在汉口法租界搜获乱党多名，黎都督不欲深究，唯出示剀切劝告，并将搜出名册，立即销毁，免得株连。未几，又报省城兵变，第一镇二协三标军士，因刘协统勒令退伍，遂致大哗，统至军械房抢夺子弹，且击毙军官二名。楚望台军械所守兵，亦闻声响应，持械出所，拦守通湘、起义二城门。黎都督闻警，亟饬各军飞往弹压，把乱兵尽行

围住，一面派唐、黄两参谋，偕同黎统制，步入围中，剀切劝导，嘱将首犯指出，余均免罪，并允将刘协统撤换。乱兵方唯唯应命，当场指出首犯陈兆鳌，由黎统制饬兵缚住，讯实正法。

黎都督经此数变，自然格外小心，日夕侦察，旋闻军务司副司长张振武，及将校团团长方维，潜蓄异志，煽乱各军，前次祝制六、滕亚纲的变乱，亦由张、方二人主动，遂不动声色，宣召二人入署，嘱他调查边务。二人当面不好违慢，只得唯命是从。黎都督送客出厅即密电到京，拍致袁总统。袁总统亦即复电，任张振武为蒙古调查员，张、方是心腹至交，当密商了两三次，初意欲逗留鄂中，嗣因黎都督再三促行，虽明知他是调虎离山的计策，也一时不敢发难，便向督署辞行。不怕他不入死路。黎都督当命方维随往，适合张振武本意，遂邀同方维启程北上。

嗣复潜自回鄂，更邀将校十三人，一同到京，仍与方维聚会，就京城前门外西河沿旅馆寓宿。甫隔一宵，方维等在寓安居，张振武却入城游览。不意时方晌午，突有军警百余人，闯入旅馆，径至方维寓室，辟门竟入，方维惊问何事？一语未终，已是铁链上头，将他锁住。将校等各思抗拒，当由来兵与语道："君等无罪，罪止张、方。但奉命邀君同往，一经质证，保可无事，若君等定要反抗，莫怪枪弹无情。"语至此，各拔出手枪，向将校对着，作欲击状。将校等莫不畏死，忙说是情愿同行。方维还要喧嚷，军警等毫不理睬，但将他牵入内城，拘禁军政总执法处。其余将校分别解交外城军政执法两局。张振武尚在未知，正思回寓午餐，徐步从前门出来，刚刚望着城闉，不图兜头来了军官，猝然问道："你是张振武么？"振武方应声称"是。"那军官已将他扭住，更有兵弁过来，把他两手反缚，他连声诘问情由，军官答称："奉令前来，拿你到总执法处，你到后自有分晓。"振武无法可施，只好由他牵往。及至军政总执法处，见方维也被拘禁，越觉惊慌，正思详问颠末，那执法官已传令上堂。振武且走且呼，口中连称冤枉，但见执法官高坐堂上，拍案喝道："休要瞎闹！你自己犯法，尚称冤枉么？"振武道："我等所犯何罪？"执法官道："有黎都督电文到来，我读与你听，你且仔细听着！"黎电从此处叙出，前文妙有含蓄。语毕，即朗读黎电道：

张振武以小学教员，赞成革命，起义以后，充当军务司副司长，虽

为有功，乃怙权结党，桀骜自恣，赴沪购枪，吞蚀巨款。当武昌二次蠢动之时，人心惶惶，振武暗中煽惑将校团，乘机思逞，幸该团员深明大义，不为所惑。元洪念其前劳，屡与优容，终不悛改，因劝以调查边务，规划远谟，于是大总统有蒙古调查员之命。振武抵京后，复要求发巨款设专局，一言未遂潜行返鄂。观此数语，见得京、鄂两处已密布侦探，将张、方二人行踪，探得明明白白，张、方自己尚如睡在梦中。本书前文亦未尽说明，至此方才揭出。飞扬跋扈，可见一斑。近更蛊惑军士，勾结土匪，破坏共和，倡谋不轨，狼子野心，愈接愈厉，假政党之名义，以遂其影射之谋，借报馆之揄扬，以掩其凶顽之迹，排解之使，困于道途，防御之士，疲于昼夜。风声鹤唳，一夕数惊。赖将士忠诚，侦探敏捷，机关悉破，泯祸无形，吾鄂人民，胥拜天使，然余孽虽歼，元憝未殄，当国害未定之秋，固不堪种瓜再摘；以枭獍习成之性，又岂能迁地为良？元洪爱既不能，忍又不可，回腹荡气，仁智俱穷，伏乞将张振武立予正法，其随行方维，系属同恶相济，并乞一律处决，以昭炯戒。此外随行诸人，有勇知方，素为元洪所深信，如愿归籍者，请就近酌给川资，俾归乡里，用示劝善罚恶之意。唯振武虽伏国典，前功固不可没，所部概属无辜，元洪当经纪其丧，抚恤其家，安置其徒众，决不敢株累一人。皇天后土，实闻此言。元洪藐然一身，托于诸将士之手，阘茸尸位，抚驭无才，致令起义健儿，夷为罪首，言之赧颜，思之雪涕，独行踽踽，此恨绵绵。更乞予以处分，以谢张振武九泉之灵，尤为感祷。临颖悲痛，不尽欲言。

读毕，又宣布袁大总统命令，略云：

查张振武既经立功于前，自应始终策励，以成全人。乃披阅黎副总统电陈各节，竟渝初心，反对建设，破坏共和，以及方维同恶相济。本总统一再思维，诚如副总统所谓爱既不能，忍又不可，若事姑容，何以慰烈士之英魂？不得已即著步军统领军政执法处总长，遵照办理。此令。

命令宣毕，吓得张、方两人，面如土色，没奈何哀求道：“这是黎副总统冤诬我的，还求总长呈明总统，乞赐矜全。”执法官微笑道：“令出如山，还有什么挽回，想你两人总有异谋，所以黎副总统，电请大总统正法的。”言罢，即将两人掷出，同时枪毙。尚有将校十三人，一律释出，给发川资，仍令回鄂。十三人得了性命，即日离京南下，自不消说。唯张、方系革命党人，党员闻他正法，不免兔死狐悲，遂相率哗噪，声言：“张振武功大罪轻，就使逆谋昭著，亦当就地处决，何必诱他入京，立置死地，这明是内外暗合，有意苛求。”当时有杀非其道，杀非其时，杀非其地，共计三大诘难，电达全国。黎副总统几成怨府，也令秘书员撰成通电数篇，陆续发布。最后这一篇，洋洋洒洒，约有千余言，小子不忍割爱，录述如下。其文云：

连日函电纷驰，诘难群起，前电仓猝，尚未详尽。报告政府书，复未赍到，诚恐远道不察，真相愈湮，敢重述梗概，为诸公告。张振武初充军务司副长。汉阳失败，托词购枪，留函径去。当命参议丁复生，追至上海，配定式样，只限购银二十万两，乃擅拨买铜元银四十万，仅购废枪四千枝，子弹四百万，机关枪三十六枝，子弹二百万，枪械腐窳，机件残缺，有物可查，设有战事，贻害何堪设想？且除买械二十六万余外，另滥用浮报三十二万，无账二万，尚借谭君人凤五万，陈督复来电索款，均系不明用途，有账可稽，罪一；南北统一，战事告终，振武由沪返鄂，私立将校团，遣方维往各营勾串，募集六百余人，每名二十元，鄂军屡次改编，该团始终不受编制，兵站总监兵六大队，已预备退伍，伊复私收为护卫队，拥兵自卫，罪二；二月二十七日，串谋煽乱，军务部全行推倒，伊复独任方维，要挟留任，复谋杀新举正长曾广大，经元洪访查得实，始将三司长悉改顾问，罪三；冒充军统，黄夜横行，护卫队常在百人以外，沿途放枪，居民惶恐。每至都督府，枪皆实弹。罪四；护卫队屡遣解散，抗不遵命，复擅抢兵站枪枝粮饷，藐无法纪，罪五；强调铁路立中小火轮，勾串军队，黄夜来往，罪六；暗煽义勇团长梅占鳌，增加营数，诱命石龙岩往联领事团，许事成任为外交司长，该员等不为所动，谋遂无成，罪七；革命后广纳良女为姬妾，内嬖如夫人者，将及十人，叶某及鲁某，皆女学生，复伙串某报鼓吹，颠倒

黑白，破坏共和，罪八；民国公校开校，当众演说，革命非数次不成，流血非万万人不止，摇动国本，骇人听闻，罪九；亲率佩枪军队，逼迫教育司，勒索学款，挟之以兵，罪十；令逆党方维，勾串已革管带李忠义，及军界祝制六、滕亚纲、姜国光、谢玉山、刘起沛、朱振鹏、江有贵、黄耀生，暨汉口土匪头目王金标，分设机关，密谋起事，并另举标统八人，伊为原动，大众皆知，虽名册已焚，祝、滕正法，刘、朱尚寄监可质，罪十一；机关破露，移恨孙武，复密遣四十人，分途暗杀，罪十二；前次所购机关枪弹，除湖北实收外，近证之蓝都督报告，接济之账，尚匿交机关枪多枝，子弹三万粒，私藏利械，图谋不轨，罪十三；此次电促赴京，实望革心向善，乃叠据侦探报告，伊以委命未下，复图归鄂，密遣党羽，预归布置，复查悉函阻将校团，不得退伍，武汉一隅，关系全局，三摘已稀，岂堪四摘！罪十四；此外索款巨万，密济党援，朘削公家，扰乱秩序，种种不法，不胜枚举。元洪荐充大总统高等军事顾问，并有蒙古调查员之命，无非追录前功，冀挽将来，犹复要索巨款，议设专局，又在上海私文屯垦事务所，月索千余元，凡此诸端，或档案具在，或实地可查，揭其本末罪状，实属无可宽容。诸公老成谋国，保卫治安，素为元洪所钦佩，倘使元洪留此大憝，贻害地方，致翻全局，诸公纵不见责，如苍生何？

顾或有谓杀非其地，杀非其时，杀非其道者，责以法理，夫复何辞？然此中委曲，尚有万不获已之衷，为诸公未悉者。武昌当革命之余，丁裁兵之会，地势冲繁，军心浮动，振武暗握重兵，潜伏租界，一经逮捕，立召干戈，既祸生灵，更酿交涉，操切偾事，谁尸其咎？况北京为民国首都，万流仰镜，初非邻省，更异敌邦，明正典刑，昭示天下，揆诸名义，似尚无妨，此不获已者一；振武席军务长之余焰，凭将校团之淫威，取精用宏，根深柢固，投鼠忌器，人莫敢撄，卷土重来，拥兵如故，狼子野心，更无纪极，前此以往，杀既不敢，后此以往，杀更不能，千里毫厘，稍纵即逝，先此不谋，噬脐何及？况谋叛民国之犯，果有确据，随时皆可掩捕，此不获已者二；振武分遣党羽，密布机关，奸谋败露，应命赴京，更怀疑惧，居则佩刀盈室，出则荷枪载途，京鄂之使，不绝于道，心机叵测，消息灵通，一电遥

飞，全国窥变，联电请求，举兵要挟，虽有国典，亦无所施，况振武现参军政，遥领兵权，绳以军法，洵为允当，且北京军事裁判，尚未完全，南中军法会议，已非一次，询谋佥同，始敢出此，此不获已者三。

元洪数月以来，踌躇再四，爱功忧乱，五内交萦，回肠九转，忧心百结，宁我负振武，无振武负湖北，宁取负振武罪，无取负天下罪，封臂疗身，决蹯卫命，冒刑除患，实所甘心。夫汉高、明太，皆以自图帝业，屠戮功臣，越践、吴差，皆以误信谗言，戕害善类，藏弓烹狗，有识同悲。至若怀光就戮，史不论其寡恩，君集被擒，书不原其战绩，矧共和之国，同属编氓，但当为民国固金瓯，不当为个人保铁券。元洪念彼前劳，未忍悉行诛罚，安此反侧，复未稍事牵连，遂致日前两电，词多含蓄，迹似虚诬，又何怪诸公义愤之填胸，而责言之交耳也？伏思元洪素乏丰功，忝窃高位，爱民心切，驭将才疏，武汉蠢动，全楚骚然，商民流离，市廛凋敝，损失财产，几逾巨万，养痈成患，责在藐躬，亡羊补牢，泣将何及？洪罪一也；洪与振武，相从患难，共守孤城，推食解衣，情同骨肉，乃恩深法弛，背道寒盟，瘏口罔闻，剖心难谅，首义之士，忍为罪魁，同室弯弓，几酿巨祸。洪实凉德，于武何尤？追念前功，能无陨涕，洪罪二也；国基初定，法权未张，凡属国民，应同维护，乃险象环生，祸机迫切，因养指失肩之惧，为枉寻直尺之谋，安一方黎庶之心，解天下动肃之体，反经行政，贻人口实，洪罪三也。有此三罪，十死难辞，纵诸公揆诸事实，鉴此苦衷，曲事优容，不加谴责，犹当跼天踏地，愧悔难容；况区区此心，不为诸公所谅乎？溯自起义以来，戎马仓皇，军书旁午，忘餐废寝，忽忽半年，南北争议，亲历危机，蒙藏凶顽，频惊噩耗；重以骄兵四起，伏莽潜滋，内谨防闲，外图排解；戒严之令，至再至三，朽索奔驹，幸逾绝险。积劳成疾，咯血盈升，俯仰世间，了无生趣。秋荼尚甘，冻雀犹乐，顾瞻前路，如蹈深渊，自时厥后，定当退避贤路，伫待严谴，倘有矜其微劳，保此迟暮，穷山绝海，尚可栖迟，汉水不波，方城如故，虽死之日，犹生之年。世有鬼神，或容依庇，百世之下，庶知此心。至张振武罪名虽得，劳勚未彰，除优加抚恤，赡其母使终年，养其子使成立外，特派专员，迎柩归籍，乞饬沿途善为照料，俟灵柩到鄂，元洪当躬自奠祭，开会哀悼，以慰幽魂。并拟将该员事略，荟蕞成书，请大总统宣示天下，俾晓然于功罪之不掩，赏罚之有公，斗室之内，稍免疚心。泉

台之下，或当瞑目。临风悲结，不暇择言，瞻望公门，尚垂明教！

这电发出，张振武罪状确凿，就是他的同党，也不能替他强辨，渐渐的群喙屏息了。小子有诗叹道：

有功宜赏罪宜诛，不杀奸人曷伏辜？
试看鄂中传电后，胪陈劣迹岂全诬？

谣言既靖，京鄂无惊，前总统孙中山，由沪赴京，又有一番热闹的情形，且至下回再叙。

张振武首犯也，方维从犯也，张、方二人之被杀，后人多归狱袁、黎，亦以袁为主动，黎为被动。然观黎督通电，则张振武之劣迹昭彰，固有应杀之罪。方维虽附和党同，宜从末减，然除恶未尽，适为后患，杀之亦是也。他人徒阿徇所好，必以袁好杀，黎滥杀，目为寻仇诬陷，顾何以黎电传布，历述振武十四罪状，而他人不能为之一一辩驳乎？周公杀管、蔡，且无损元圣之名，于袁、黎乎何尤焉？故本回全录黎电，以见张、方之当诛，不得以此强诬袁、黎，论人必公，吾于此书见之。

第十五回　孙黄并至协定政纲
陆赵递更又易总理

却说孙文卸职后，历游沿江各省，到处欢迎，颇也逍遥自在。嗣接袁总统电文，一再相招，词意诚恳，乃乘车北上，甫到都门，但见车站两旁，已是人山人海，拥挤不堪。几乎把这孙中山吓了一惊。嗣由各界代表，投刺表敬，方知数千人士，都为欢迎而来。他不及接谈，只对了各界团体，左右鞠躬，便已表明谢忱。那袁总统早派委员，在车站伺候，既与孙文相见，即代达老袁诚意，并已备好马车，请他上舆。孙文略略应酬，便登舆入城。城中亦预备客馆，作为孙文行辕。孙文住了一宿，即往总统府拜会。袁总统当即出迎，携手入厅。彼此叙谈，各倾积愫。一个是遨游海外的雄辩家，满望袁项城就此倾诚，好共建共和政体，一个是牢笼海内的机谋家，也愿孙中山为所利用，好共商专制行为，两人意见，实是反对，所以终难融洽。因此竭力交欢，几乎管、鲍同心，雷、陈相契，谈论了好多时，孙文才起身告别。次日，袁总统亲自回谒，也商议了两三点钟，方才回府。嗣是总统府中，屡请孙中山赴饮，觥筹交错，主客尽欢，差不多是五日一大宴，三日一小宴的模样。好一比拟，就老袁一方面，尤为切贴。席间所谈，无非是将来的政策。

老袁欲任孙为高等顾问官，孙文慨然道："公系我国的政治家，一切设施，比文等总要高出一筹，文亦不必参议。但文却有一私见，政治属公，实业属文，若使公任总统十年，得练兵百万，文得经营铁路，延长二十万里，那时我中华民国，难道还富强不成吗？"孙中山亦未免自夸。袁总统掀髯微笑

道："君可谓善颂善祷。但练兵百万，亦非容易，筑造铁路二十万里，尤属难事，试思练兵需饷，筑路需款，现在财政问题，非常困难，专靠借债度日，似这般穷政府，穷百姓，哪里能偿你我的志愿呢？"孙文亦饶酒意，便道："天下事只怕无志，有了志向，总可逐渐办去。我想天下世间，古今中外，都被那银钱二字，困缚住了。但银钱也不过一代价，饥不可食，寒不可衣，不知如何有此魔力？假使舍去银钱，令全国统用钞票，总教有了信用，钞票就是银钱，政府不致竭蹶，百姓不致困苦，外人亦无从难我，练兵兵集，筑路路成，岂不是一大快事么？"袁总统徐徐答道："可是么？"

孙文再欲有言，忽有人入报道："前南京黄留守，自天津来电，今夕要抵都门了。"袁总统欣然道："克强也来，可称盛会了。"克强系黄兴别号，与孙文是第一知交，孙文闻他将到，当然要去会他，便辍酒辞席，匆匆去讫。袁总统又另派专员，去迓黄兴。至黄兴到京，也与孙中山入都差不多的景象，且与孙同馆寓居，更偕孙同谒老袁，老袁也一般优待，毋庸絮述。唯孙、黄性情颇不相同，孙是全然豪放，胸无城府，黄较沉毅，为袁总统所注目，初次招宴，袁即赞他几经革命，百折不回，确是一位杰出的人物。袁之忌黄，亦本于此。黄兴却淡淡的答道："推翻满清，乃我辈应尽的天职，何足言功？唯此后民国，须要秉公建设方好哩。"袁又问他所定的宗旨，黄兴又答道："我国既称为民主立宪国，应该速定宪法，同心遵守，兴只知服从法律，若系法律外的行为，兴的行止，唯有取决民意罢了。"后来老袁欲帝，屡称民意，恐尚是受教克强。老袁默然不答。黄兴窥破老袁意旨，也不便再说下去。

到了席散回寓，便与孙文密议道："我看项城为人，始终难恃，日后恐多变动，如欲预为防范，总须厚植我党势力，作为抵制。自唐内阁倒后，政府中已没有我党人员，所恃参议院中，还有一小半会中人，现闻与统一共和党，双方联络，得占多数，我意拟改称国民党，与袁政府相持。袁政府若不违法，不必说了，倘或不然，参议院中得以质问，得以弹劾，他亦恐无可奈何了。"黄兴却亦善防，哪知老袁更比他厉害。孙文绝对赞成。当由黄兴邀集参议员，除共和党外，统与他暗暗接洽。于是同盟会议员，及统一共和党议员，两相合并，共改名国民党。一面且到处号召，无论在朝在野，多半邀他入党。

袁总统正怀猜忌，极思把功名富贵笼络孙、黄两人，先时已授黄兴为陆

军上将，与黎元洪、段祺瑞两人，同日任命，且因孙文有志筑路，更与商议一妥当办法，孙意在建设大公司，借外债六十万万，分四十年清还。袁总统面上很是赞成，居然下令，特授孙文筹划全国铁路全权，一切借款招股事宜，尽听首先酌夺，然后交议院议决、政府批准等情。嗣复与孙、黄屡次筹商，协定内政大纲八条，并电询黎副总统，得了赞同的复词，乃由总统府秘书厅通电宣布。其文云：

民国统一，寒暑一更，庶政进行，每多濡缓，欲为根本之解决，必先有确定之方针。本大总统劳心焦思，几废寝食，久欲联合各政党魁杰，捐除人我之见，商榷救济之方。适孙中山、黄克强两先生先后莅京，过从欢洽，从容讨论，殆无虚日，因协定内政大纲；质诸国院诸公，亦翕然无间。乃以电询武昌黎副总统，征其同意，旋得复电，深表赞成。其大纲八条如下：

（一）立国取统一制度。（二）主持是非善恶之真公道，以正民俗。（三）暂时收束武备，先储备海陆军人才。（四）开放门户，输入外资，兴办铁路矿山，建置钢铁工厂，以厚民生。（五）提倡资助国民实业，先着手于农林工商。（六）军事外交财政司法交通，皆取中央集权主义；其余斟酌各省情形，兼采地方分权主义。（七）迅速整理财政。（八）竭力调和党见，维持秩序，为承认之根本。此八条者，作为共和、国民两党首领与总揽政务之大总统之协定政策可也。各国元首，与各政党首领，互相提携，商定政见，本有先例。从此进行标准，如车有辙，如舟有舵，无旁挠，无中专，以阻趋于国利民福之一途，中华民国，庶有豸乎！此令。

政纲既布，孙文以国是已定，即欲离京，便向袁总统辞行，启程南下。独黄兴尚有一大要事，不能脱身，因复勾留都门，稽延了好几日。看官！道是何事？原来陆总理征祥，屡次请假，不愿到任，袁总统以总理一职，关系重大，未便长此虚悬，遂与黄兴谈及，拟任沈秉坤为国务总理，否则或用赵秉钧。注意在赵。沈曾为国民党参议，黄兴因他同志，颇示赞成。旋与各党员商议，各党员言："沈初入党，感情未深，且系过渡内阁，总理虽是换过，

阁员仍是照旧，若为政党内阁起见，须要全数改易，方可达到目的，若只得一孤立无助的总理，济什么事？”黄兴听到这番言语，很觉有理，遂搁过沈秉坤，提及赵秉钧。赵是个极机警的朋友，当唐绍仪组阁时，他一面巴结袁总统，一面复讨好唐总理，竟投入同盟会中，做一会员。有此机变，所出后成宋案。黄兴明知他是个骑墙人物，但颇想因这骑墙二字，令他两面调停，免生冲突，所以也有意舁他上台。中了人家的诡计。各党员恰表赞同，乃共同议决，由黄兴转告老袁，袁得此信息，暗暗心喜，遂将赵秉钧的大名，开列单中，赍交参议院，表决国务总理的位置。院中议员，国民党已占了大半，还有一小半共和党，就使反对赵秉钧，也何苦投不同意票，硬做对头，因此投票结果，统是同意二字，只有两票不同意。这两票可谓独立。总理决议复咨袁总统，袁总统即正式任命，所有阁员，毫不变动。唯外交总长，初拟陆总理自兼，至此陆已解职，另选一个梁如浩，也得由参议院通过，令他任职。

黄兴乘势遍说各国务员，邀入国民党。司法总长许世英，农林总长陈振先，工商总长刘揆一，交通总长朱启钤，均填写入国民党愿书。教育总长范源濂，本隶共和党，至是闻黄兴言，左右为难，乃脱离共和党籍，声明不党主义。财政总长周学熙，亦赞成国民党党纲，唯一时未写愿书。黄兴又进告袁总统，劝他做国民党领袖。看官！你想这老袁心中，本与国民党有隙，令他入党，分明是一桩难事，但又不好当面决绝，左思右想，得了一个法儿，先遣顾问官杨度入党，阴觇虚实。

那杨度别号皙子，籍隶湖南，是个有名的智多星。他在前清时代，戊戌变法，常随了康有为、梁启超等，日谈新政，康、梁失败，亡命外洋，他也逃了出去，与康、梁等聚作一堆，开会结社，鼓吹保皇。到了辛亥革命，乘机回国，得人介绍，充总统府的顾问。特别表明，为后文筹安会张本。他仗着一张利口，半寸机心，在总统府中厮混半年，大受老袁赏识。就是从前蔡使到京，猝遭兵变，也是杨皙子暗中主谋，省得老袁为难。此番又受了老袁密嘱，令入国民党，他比老袁还要聪明，先与国民党中人，往来交际，讨论党纲。国民党员，抱定一个政党内阁主义，杨度矍然道：“诸君的党纲，鄙人也是佩服，但必谓各国务员，必须同党，鄙意殊可不必。试想一国之间，政客甚多，有了甲党，必有乙党，或且有丙党丁党，独中央政府，只一内阁，如必任用同党人物，必难久长。用了甲党，乙党反对，用了乙党，甲党反

对，还有丙党丁党，也是不服。胶胶扰扰，争讼不休。政策无从进行，机关必然迟滞，实是有弊少利，还须改变方针为是。”国民党员，不以为然。杨度又道：“诸君倘可通融，鄙人很愿入党，若必固执成见，鄙人也不便加入呢。”国民党员不为所动，竟以“任从尊便”四字相答。杨度乃返报袁总统，袁总统道：“且罢，他有他的党见，我有我的法门，你也不必去入他党了。”用软不如用硬。黄兴闻老袁不肯入党，却也没法，只在各种会所，连日演说，提倡民智。袁总统尝密遣心腹，伪作来宾，入旁听席，凡黄兴所说各词，统被铅笔记录，呈报老袁。老袁是阳托共和，阴图专制，见了各种报告，很觉得不耐烦，嗣后见了黄兴，晤谈间略加讥刺。就是赵内阁及各国务员，形式上虽同入国民党，心目中恰只知袁总统，总统叫他怎么行，便怎么行，总统叫他不得行，就不得行，所以总统府中的国务会议，全然是有名无实。后来各部复派遣参事司长等，入值国务院，组织一委员会。凡国务院所有事务，都先下委员会议，于是国务总理及国务员，上承总统指挥，下受委员成议，镇日间无所事事，反像似赘瘤一般。想是乐得快活。时人谓政党内阁，不过尔尔。黄兴也自悔一场忙碌，毫无实效，空费了一两月精神，遂向各机关告辞，出都南下。及抵沪，沪上各同志联袂相迎，问及都中情形，兴慨然道：“老袁阴险狠鸷，他日必叛民国，万不料十多年来，我同胞志士，抛掷无数头颅，无数颈血，只换了一个假共和，恐怕中华民国从此多事，再经两三次革命，还不得了呢。”黄克强生平行事，未必全惬舆情，但逆料老袁，确有特识。各同志有相信的，有不甚相信的，黄兴也不暇多谈，即返长沙县省亲。湘中人士，拟将长沙小南门，改名黄兴门。黄兴笑道：“此番革命，事起鄂中，黎黄坡系是首功，何故鄂中公民，未闻易汉阳门为元洪门呢？”辩驳甚当，且足解颐。湘人无词可答。不料过了两日，黄兴门三字，居然出现，兴越叹为多事。会值国庆日届，袁总统援议院议决案，举行典礼，颁令酬勋。孙文得授大勋位，黄兴得授勋一位，嗣复命兴督办全国矿务，兴又私语同志道：“他又来笼络我呢。”正是：

雄主有心施驾驭，逸材未肯就牢笼。

黄兴事且慢表，下回叙国庆典礼，乃是民国周年第一次盛事，请看官再

阅后文。

孙、黄入京，为袁总统延揽党魁之策，袁意在笼络孙、黄，孙、黄若入彀中，余党自随风而靡，可以任所欲为，不知孙、黄亦欲利用老袁，互相联络，实互相猜疑。子舆氏有言：“至诚而不动者，未之有也，不诚而能动者，亦未之有也。”袁与孙、黄，彼此皆以私意交欢，未尝推诚相待，安能双方感动乎？黄克强推任赵内阁，尤堕老袁计中，赵之入国民党，实为侦探党见而来，各国务员亦如之，黄乃欲其离袁就我，误矣。总之朝野同心，国必治，朝野离心，国必乱，阅此回可恍然于民国治乱之征矣。

第十六回　祝国庆全体胪欢　窃帝号外蒙抗命

却说武昌起义的时期，为阴历辛亥年八月十九日，就是阳历十月十日，民国既改用阳历，应以十月十日为纪念日。袁总统当将是案咨询参议院，经各议员议决，以阳历十月十日，为国庆日。南京政府成立，系阳历正月一日，北京宣布共和，系阳历二月十二日，两日为纪念日，均举行庆典。每岁届国庆日，即双十节。应举行各事如下：

（一）放假休息。（二）悬旗结彩。（三）大阅。（四）追祭。（五）赏功。（六）停刑。（七）恤贫。（八）宴会。

民国元年十月十日，国庆期届，即举行庆祝礼，是日改大清门为中华门，门外高搭彩楼一座，内悬清隆裕太后退位诏旨，赵总理秉钧派内外两厅丞，作为代表，行中华门开幕礼。各署各团体代表，均到场庆祝，兴高采烈，旗鼓扬休。一面在祈年殿建设祭坛，追祭革命诸先烈，由赵总理代表总统，临坛主祭。祭仪概照新制，祭文仍仿古体，其文云：

维民国元年十月十日，临时大总统袁世凯，谨遣代表赵秉钧，具牺牲酒醴，致祭于革命诸先烈曰："荆高之殁，我武不扬，沉沉千载，大陆无光。时会既开，国风丕变，帝制告终，民豪聿见，神皋万里，禹迹

所区，谁无血气，忍此濡需？娇首仰天，龙飞海啸，雷震电激，日月清照。蹉跎不遂，委骨荒圻，壮心未已，毅魄长留，嗟我新民，毋忘前烈！煜煜国徽，自由之血。革故既终，鼎新伊始，灵爽既昭，勗哉君子！尚饗。”

祭毕退班，再由袁大总统，亲行阅兵礼。兵队共到一万二千名，拱卫军六千，禁卫军三千，游缉队一千，补充队一千，就总统府门外设台。袁总统戎服佩刀，登台兀立，所有陆军总长以下，统在台下站定。各军士由东辕进，从西辕出，行列井井，毫不凌乱。历一时许，各队俱已过去，袁总统方才下台，入府休息。各员均退至国务院，国务院中设茶话会，就厅前搭一彩棚，饰以松柏，下列几案数十，茶点齐备。参议院议员、各行政机关上级官吏、各省代表、中外新闻记者及京城著名绅董等，均就席与会。就是各国公使及外宾，亦乘兴参观。还有内蒙古活佛章嘉，及甘珠尔瓦两呼图克图，呼图克图为大喇嘛名号，亦作胡克图，蒙、藏、青海皆有之。时适来京谒见总统，因亦得列入会中。可巧天朗气清，日高秋爽，宾僚联翩戾止，端的是国门集祜，全体胪欢。既而日光晌午，客兴犹浓，院中备有午席，便请大众同餐，饮的是旨酒，吃的是佳肴，虽称是寻常筵席，计算代价，差不多要费千金。里面虽是奇穷，外面总要阔绰。午后席散，宾僚陆续回去，那军警两界，却来继续宴会，夜餐又有数十席，统吃得醉饱欢呼，无情不惬。

前门外的琉璃厂工艺局一带地方，独辟一个共和纪念会场，乃是革命党人发起，会场左右门及正门，均扎松花牌楼，场内亦有彩棚数处，内设陈列馆、运动场、演剧场等。陈列馆内的物品，系革命时的图印旗帜，衣服关防文件，及诸烈士生前死后的照像。运动场内，施演竞走诸技。演剧场内，所演皆革命新剧。场中并设祭坛，供祀诸先烈牌位。最精雅的，是用五彩扎成，叠起一座黄鹤楼，高接云表，蔚为大观。无非皮相。除初十日正式会外，复继续开会两日。十一日章嘉活佛到会，令随从喇嘛讽经，追荐先烈。夜间有会员组织提灯会，备办各种花灯，募集青年童子，提灯出游，前导军乐，后护马队。先至中华门行鞠躬礼，嗣由大街直赴天坛，适四川公会，亦制成方式白灯，上书川省诸先烈姓名，同时并至。双方至天坛会齐，大放烟火。霎时间烟焰冲霄，就火光里面，现出各种革命战剧，仿佛枪林弹雨，依稀楚

界汉河。大众见所未见，诧为奇逢，无论男女老幼，一时麇集，几乎满城不夜，举国若狂，小子也说不胜说。

唯袁总统以民国创造，煞费经营，除追祭先烈外，所有留在的伟人，理应旌赏，特授前总统孙文，副总统黎元洪大勋位，唐绍仪、伍廷芳、黄兴、程德全、段祺瑞、冯国璋，均勋一位，孙武勋二位，给国务总理一等嘉禾章，各部总长二等嘉禾章。外如各省都督民政长及民国有功人士，都酌给勋章，或陆军衔秩有差。只闻赏功，未闻恤贫，总是百姓吃亏。且以武昌为起义地，特派代表朱庆澜，先日赴鄂，致祭先烈。参议院代表汤化龙，与朱同行。

既到武昌，巧值各省都督，也有代表派来，就前清万寿宫，改设会场，踵事增华，不亚首都。但见场中陈设，光怪陆离，彩楼广筑，四围组不老之松，巨额高悬，数字织长青之柏，还有五色电灯，五彩花朵，掩映增光，排叠成锦，中供诸烈士牌位，由各代表排班致祭。黎副总统，早派代表蔡济民，主持一切，祭礼告备，先后宣读祭辞，全场行三鞠躬礼。至奏过军乐，才行散班，统赴宴会场就宴。还有一种特别的纪念，系是从前受伤的军士，尚在病院养疴，至是令各穿军服，佩挂黄绫，标明姓氏，及某战受伤，伤在某处等字样，舁以彩扎椅轿，导以军乐，游行全城，俾士民参观，感念不忘。黎副总统，又有一篇演说辞，浼蔡济民在场宣读，大致是："共和未奠，责在后死。"说得非常痛切，小子因纸短言长，不遑殚述，看官如欲览全文，请向黎副总统文牍中，随时披阅，好在坊间都有专书出售，不烦小子费手了。可略即略，免惹人厌。

武昌以外，要算上海，此外各省，亦无不同时庆祝，随处悬着五色旗，各地挂着五彩灯，都道是五族一家，普天同庆。极盛难继，为之奈何？哪知西藏的独立，并未取消，外蒙古的独立，非但不肯取消，且居然在库伦地方，设立政府，推哲布尊丹巴为帝，改元共戴，立起一个蒙古帝国来。蒙古立国，成吉思汗有灵，恰也心慰，可惜国不成国，几同瞎闹。这哲布尊丹巴，系是何人？就是外蒙教主，居住库伦，向来扬名中外的活佛。活佛本没有什么枭雄，而且双目失明，差不多是个无知动物，不是活佛，直是死佛。唯他的妻室扣肯儿，具有三分姿色，心中又是多生一窍，格外比蒙人聪明。就中有个亲王杭达多尔济，素出入活佛帐中，与佛妻扣肯儿，很是莫逆。大约是结欢喜缘。扣肯儿哄动活佛，把政权委任杭达，杭达得了重权，遂主张联络俄人，反抗中国。

俄政府正窥伺蒙古，得了这个消息，格外心欢，当将国中土产，遗赠活佛及杭达，连扣肯儿处，也特地进送一份。活佛等自然惬意，便遣杭达至俄京，道达谢忱。俄政府又甚表欢迎，至杭达返至库伦，巧值武汉革命，当即怂恿活佛，宣布独立，并逐去清办事大臣三多。辛亥年十一月十日，活佛哲布尊丹巴，在库伦举行正式即位礼，自称皇帝，建元共戴，比袁皇帝著了先鞭。也仿袭前清官制，分设各都，并置内阁总理。总理一缺，本拟任杭达亲王，因杭达通晓外事，改任外部，别用松彦可汗为总理。松彦可汗本名海珊，系东蒙喀尔沁旗人，曾犯案奔俄，熟习俄语，嗣至库伦，为杭达所引用，又令陶什陶总统军事。陶什陶系东三省著名胡匪，东省悬赏缉捕，他遁入俄境，辗转至库伦，杭达闻他善战，因荐握军权。此外还有图什公、崔大喇嘛、达赖贝子、那木萨赖公等，分掌部务。统是一班好脚色。并聘俄员里斯克拂为军事顾问官，寻复延俄人马司哥顿为财政顾问官，一切措置，唯俄是从。一面派人游说各旗，劝令附和外蒙，喀尔喀四部，本归活佛管辖，当然服从。唯内蒙、东蒙、西蒙诸王公，与中国感情较密，尚未肯尽附外蒙。

杭达亲王，闻中国革命，将还罢手。南北有议和消息，恐和议成后，必加诘责，不如预先布置，结俄为援，当下呈明活佛，自充正使，另派奚林丹定亲王为副，带了贡献物品，起程赴俄。俄政府闻他到来，格外厚待，特派外部人员萨沙诺夫，殷情招接，并导他谒见俄皇。俄皇下座慰劳，握手言欢。好买卖来了！杭达即敬献金佛一尊，名马十头，作为贽仪。蒙古地图，何不尽行献出？俄皇收受后，再命外交大臣，陪他筵宴。席间谈及外蒙独立情形，当由杭达当面请求，一是要俄国接济军械，二是要俄国借给款项。萨沙诺夫一一承认，且愿为代致中国，通告北京政府，提出蒙古独立，不准中国干涉。杭达喜欢的了不得，恨不得在萨沙诺夫前拜跪下去，磕着几个响头，还是向扣肯儿前磕头，却赠你特别禁脔。若对俄外部磕头，简直是要你的命。于是谢了又谢。萨沙诺夫果有信实，一俟杭达等离俄，即电致驻华俄使，转达北京政府，提出三大要求，列款如下：

（一）中国许蒙古完全行政主权。（二）蒙古地方，中国不得驻兵设官及开垦。（三）抚慰此次服兵之华人。

这时候的中华民国，方在草创，南北尚未统一，自然无暇答复。至袁世凯就任总统，杭达已回库伦，当由蒙古国内阁大臣名义，电达北京，布告正式独立，并贺袁总统就任。袁总统得电后，两复活佛，劝令取消。活佛也两复发总统，一说是业经自主，如何取消？二说是请商诸邻邦，杜绝异议。袁总统以邻邦二字，分明是指俄罗斯，拟俟内事粗定，再与俄人协商。哪知活佛一方面，竟煽动西蒙各旗，攻占科尔多，复嗾使东蒙各旗，攻占呼伦城，且勾通科尔沁右翼前旗札萨克郡王乌泰，称兵内犯，侵扰洮南府。袁总统乃飞饬东三省各都督，派兵出剿。一场鏖战，始将乌泰逐窜索伦山，随即下令革去乌泰世爵，另任镇国公衔鹏束克，署理札萨克。

唯对于内外蒙古，仍用羁縻手段。国庆期内，内蒙活佛章嘉，与甘珠尔瓦呼图克图，翊赞共和，入京觐见；袁总统特别优待，即加封章嘉徽号，用"宏济光明"四字，且准他沿用前辈所得黄轿九龙座褥，并赏穿带膝貂褂，特给银一万元。甘珠尔瓦呼图克图，也得邀封"圆通善慧"名号，赏穿带膝貂褂，赏银与章嘉活佛同例。内蒙各旗，总算被袁总统笼络住了。老袁无非此术。袁总统又令蒙藏事务局总裁贡桑诺尔布，致书内外蒙古，及前后西藏，劝他归附民国，同造共和。前藏达赖喇嘛，恰也乖巧，暗思尹昌衡驻扎川边，巴塘、里塘等处得而复失，不如暂行答复，阳奉阴违为是，当下复函通款，声言内附。当经袁总统还给封号，仍封为诚顺赞化西天大善自在佛。接连是东蒙古十旗王公，也函复政府，愿发起蒙旗会议，解释共和真理，藉泯猜嫌。袁总统闻报，特派蒙古科尔沁亲王，兼任参议员阿穆尔灵圭，及吉林都督陈昭常，东三省宣抚使张锡銮，相偕赴会，会所在长春道署，各旗王公陆续到来，统共得四十人。会议了三四天，当由政府三委员，提出意见如下：

（一）请各王公赴各本旗劝慰，力陈五族共和之利益。（二）请内外蒙务即取消独立。（三）如能效忠民国，或从事宣慰，蒙古早日取消独立者，由政府格外奖叙。（四）请各王公宣告民国对于蒙古固有权利，概不剥夺。（五）凡蒙古所借外债，均归民国担保归还。

五条以外，还有议案十条，亦开列下方：

（甲）蒙边要隘地点，许政府派兵镇驻。（乙）蒙王无论向何国借款，非经中央政府允准，不得实行。（丙）取消独立后，请大总统颁发特别优待蒙人条件。（丁）蒙人不准私将产业抵押外人，以保领土。（戊）蒙人举办新政，准由政府许可。（己）创办华蒙联合会，以敦感情。（庚）组织蒙文报，以开民智。（辛）蒙人改用五色国旗，以符国体。（壬）蒙人应遵民国法律。（癸）蒙人练兵所需枪械，概由各省都督代购，不准私运。

各旗王公，均表同情。政府三委员，返报袁总统，满望从此进行，得将蒙、藏两大部收归宇下，实践五族一家的本旨。不意十一月九日，竟由驻京俄使，来了一个照会，说是正式通告。外交部接着，慌忙展阅，不瞧犹可，瞧着这照会中的全文，几把那外交总长梁如浩，吓得瞠目伸舌，险些儿成了痴呆病。小子有诗叹道：

莫言世界尽强权，胜负只争一着先。
试忆中西交涉事，昧机多半是迁延。

毕竟照会中有何紧要，且至下回交代。

民国第一届国庆日，举行祝典，号称极盛，自是而后，逐年减色，至民国四年双十节，袁氏欲行帝制，竟停止庆祝宴会。外人谓吾中国人，只有五分钟热诚。即以逐年之国庆日观之，已可觇华人程度。彼美利坚之七月四日，法兰西之七月十四日，全国庆祝，迄今犹昔，何吾国人之有初鲜终，一至于此乎？若夫蒙、藏两区为英、俄二国所播弄，向背靡常，反复不一，而袁氏且只事羁縻，仍袭用前清迁延政策。迨至一纸飞来，全国惊诧，始悔前此因循之失计，不亦晚乎？特揭之以儆将来。

第十七回　示协约惊走梁如浩
议外交忙煞陆子欣

却说驻京俄使，致照会与外交部，看官！道是何等公文？乃是数条俄蒙协约。其文云：

前因蒙人全体宣告，决意欲保存其国于历史上原有之治体，故华官华军，被迫退出蒙古境外，哲布尊丹巴被推为蒙古人之君主。前此之中蒙关系，于是断绝。现在怀念以上所述之事，并念俄、蒙人民，历年彼此和好之睦谊，且鉴于正确指定俄、蒙通商之必要，兹由全权俄使廓索维慈，与各全权蒙使，订定下开各款：

（一）俄政府愿帮助蒙古，俾得保存其所设之自治制度，与主有蒙古人军队之权利，及不许华兵入其领土，华人殖居其地之权利。

（二）蒙古君主与蒙古政府，仍往日之旧愿，于其主有之境内，准俄民与俄国商务，享附约内开之各种权利利益，又允此后他国人民之在蒙古者，如给以权利，不得多过俄民所享有者。

（三）倘蒙古政府，鉴于有与中国及其他别国，订立条件之必要，此项新约，无论若何，不得侵犯本约及附约内开各款，非有俄政府之允许，亦不得修正之。

（四）本协约自画押日起，发生效力。

据这四条约文，简直是将蒙古地方，完全为俄人势力圈，并与中华民国绝对脱离关系，还有附约十七条，更将蒙古种种利益，统为俄人所享有，小子本不愿再录，因关系国际上的大交涉，并以后迭经磋议，俄人终未肯取消协约，以致外蒙问题，始终未有结果，这是我中华民国的国耻，不能不录述全文。我国民听者！附约云：

第一条，俄人在所有蒙古各地，得自由居住移动，并经理商务制作及其他各事项。且得与各个人各货行及俄国、蒙古、中国暨其他各国之公私处所往来，协定办理各事。第二条，俄人无论何时，将俄国、蒙古、中国暨其他各国出产制作各货运出运入，免纳出入口各税，并自由贸易。无论何项税课捐，概免交纳。第三条，俄国银行，得在蒙古开设分行，与各个人各处所各公司会社，办理各种款目事项。第四条，俄人可用现钱买卖货物，或互换货物，并可商明赊欠。唯蒙古各王旗，及蒙古官帑，不能担负私人借款。第五条，蒙古政府不得阻止蒙人、华人与俄人往来，约定办理各种商业；并不得阻止其在俄人处服役。又蒙古域内，无论何种公私公司会社，或各处所，各个人，皆不得有商务制作专卖权。唯未定此约以前，已得蒙古政府许可，于定限未满前，仍得保存其权利。第六条，俄人得在蒙古境内，约定期限，租买地段，建造商务制作局厂，或修筑房屋铺户货栈，并租用闲地开垦耕种，唯不得以之作谋利之举。即买而转卖，所谓投机事业者是。此种地段，必须按照蒙古现有规例，与蒙古政府妥商拨给。其教务牧场地段，不在此例。第七条，俄人得与蒙古政府协商，关于享用矿产森林渔业，及其他各事业。第八条，俄国政府，得与蒙古政府协商，向须设领事之处，派设领事。第九条，凡有俄国领事之处，及有关俄国商务之地，均可由俄国领事，与蒙古政府协商，设立贸易圈，以便俄人营业居住，且专归领事管辖。无领事之处，归俄国各商务公司会社之领袖管辖。 第十条，俄人得自行出款，于蒙古各地，及自蒙古各地至俄国边各地，设立邮政，运送邮件货物。此事与蒙古政府协商办理，如须在各地设立邮站，以及别项需用房屋，均须遵照此约第六条定章办理。第十一条，俄国驻蒙古各领事，如须转递公件，遣派信差，或别项公事需用时，可用蒙古台站，唯一月所

用马匹，不过百只，骆驼不过三十只，可勿给费。俄领事及他办公员，亦可由蒙古台站行走，偿给费用。其办理私事之俄人，亦得享此利益，唯应偿费用，须与蒙古政府商定。第十二条，凡自蒙古域内，流至俄国境内各河，及此诸河所受之河流，均准俄人航行，与沿岸居民贸易。俄政府且帮助蒙古政府，整理各河航路，设置各项需用标识等事。蒙古政府，当遵照此约定章，于此河沿岸，拨给停船需用地段，以为建筑码头货栈，及预备柴木之用。第十三条，俄人于运送货物，驱送牲只，得由水陆各路行走，并可商允蒙古政府，由俄人自行出款，建筑桥梁渡口，且准其向经过桥梁渡口之人，索取费用。第十四条，俄人牲只，于行路时，得停息喂养，如停留多日，地方官并须于牲只经过路程，及有关牲只买卖地点，拨给足用地段，以作牧场。如用牧场过三月之久，即须偿费。第十五条，俄国沿界居民，向在蒙古地方，割草渔猎，业经相沿成习。嗣后仍照旧办理，不得稍有变更。第十六条，俄人与蒙人、华人往来，约定办理之事可用口定，或立字据，其立约之人，应将契约送至地方官查验，地方官见有窒碍，当从速通知俄领事，互商公判。总之关于不动产事件，务当成立约据，送往蒙古该管官吏，及俄国领事处，呈验批准，始生效力。如遇有争议，先由两造推举中人，和平解决，否则由会审委员会判决。会审委员会，分常设临时两项，常设会审委员会，于俄领事驻在地设置之，以领事或领事代表及外蒙古政府之代表，有相当阶级者组织之。临时会审委员会，于未设领事之处，酌量事件之紧要，始暂开之。以俄领事代表，及被告居留或所属蒙旗之蒙古代表组织之。会审委员会可招致蒙人、华人、俄人为会审委员会之鉴定人。会审委员会之判决，如关于俄人者即由俄领事执行，其关于蒙人、华人者，由被告所属或所居留之蒙王执行之。第十七条，本约自盖印日起，即发生效力，约章用俄、蒙两文作成二份，互行盖印，在库伦互行交换。

外交总长梁如浩，模模糊糊的看了一会，也无暇一一研究，只觉得满纸俄人，不但中国不在话下，就是外蒙古人，也一些儿没有主权，不禁呆呆的发了一回怔。继思如此大事，不先不后，偏在自己任内，闹出了这等案件，教我如何办理？当下搔头挖耳的想了多时，竟转忧为喜道；“有了！有了！”

外部人员，起初见他毫无主意，嗣闻得“有了！”两字，想他总有一番大经济、大政策，是以君子之腹，度小人心。只是不好动问，背地里瞧他行动。他却不慌不忙，取了俄使的通告，径向总统府中去了。已经成见在胸，自可不必着忙。

过了两天，都门里面，并不见梁总长的踪迹，旁人还猜他在总统府中，密商对俄方法，谁知他已托病出都，竟另寻一安乐窝，闭户自居。那总统府中，只有一纸辞职书，说是：“偶抱采薪，不能任事，请改命妥员继任”等语。亏他想了此计。袁总统付诸一笑，遂另简相当人物，百忙中觅不出人才，唯前任国务总理陆征祥，是个外交熟手，还好要他暂时当冲，因再令赵总理秉钧，提交参议院表决。各议员闻俄、蒙交涉正在紧迫，也一时不便否认，况除陆征祥外，并没有专对能员，不得已表示同意。前此否认国务总理，今此承认外交总长，彼议员自问，恐亦当失笑也。于是陆征祥复受任为外交总长办理俄、蒙交涉。方拟好对俄照会，不承认俄蒙协约，遣人递往俄国公使馆，忽接到热河都统昆源急电，开鲁县被蒙匪攻入，全城失守了。原来开鲁县在热河北境，旧系内蒙古阿鲁、科尔沁、东西札鲁特三旗地，自清光绪季年，收入版图，改为直隶属县，此次东札鲁特协理官保扎布，受外蒙古煽惑，勾结东西札鲁特、科尔沁各旗，攻占开鲁，驱逐汉民，且纵兵焚杀，惨无人道。热河都统昆源，飞电乞援，袁总统即派姜桂题率领毅军十四营，驰往援剿，一面令外交总长陆征祥，速与俄使交涉。看官！你想俄政府方怂恿外蒙，出兵内犯，怎肯出尔反尔，取消俄蒙协约，把外蒙送还中华呢？俗语所谓猫口里挖鳅？他自与外蒙活佛订约后，外蒙的军队，要依官教练，外蒙的国交，要俄官主持，外蒙的土地，作为借款的抵押，外蒙矿产，归俄公司开采，外蒙兵饷，归俄银行发放；还要设统监，逐华侨，割让乌梁海一带，种种要索，得步进步。哲布尊丹巴帝号自娱，毫无知识，所任用的杭达多尔济，甘心卖国，把俄人要约各条，有允诺的，有不允诺的，始终是恳俄人援助，且派陶什陶简率精锐，充作先驱，并拟定四路进兵，一路沿科布多阿尔泰山，直犯新疆，一路由东蒙廓尔罗斯，直犯吉、黑，一路向绥远、归化，直犯山西，一路向热河直冲北京，四路中以吉黑热河为主队，蒙兵不足，借用俄兵。螳螂捕蝉，不知黄雀之乘其后。开鲁失守，便是进兵热河的嚆矢。袁总统既派毅军北征，复命参谋陆军两部筹划防守事宜，并饬东三省边防及西域边防，与东蒙、西蒙、中蒙各处边防，一律戒严。此时奉天都督赵尔巽，已辞职回京，

想亦与梁如浩同意。当命宣抚使张锡銮续任，会同吉、黑两督整备军队，俟春暖冰融，酌量进行。嗣因内蒙古乌兰察布盟，偶有烦言，乃再由国务院申喻蒙旗道：

现在五族联合组织新邦，务在体贴民情，敷宣德化，使我五族共享共和之福。前据绥远城将军张绍曾电呈乌兰察布盟扎萨克等来文，以共和为扰害蒙古，抛弃佛教，破坏游牧，请民国内务部嗣后关于饬令遵行新政怪异各事件，暂行停止等语。查优待蒙回藏民族条件第七条，蒙、回、藏原有之宗教，听其信仰，是宗教申明信仰，何有抛弃之事？第二条保护原有私产，是产业申明保护，何有破坏游牧之事？又参议院议决公布待遇蒙古条例第一条，中央对于蒙古行政机关，不用殖民等字样，第二条各蒙古王公原有之管辖治理权一律照旧，是皆重在维持蒙古原有权利，何有扰害之事！又原电该盟呈内指除藩属名称为混乱蒙人种族一节，查宣布共和，迭经申明联合汉、满、蒙、回、蒙五大族为中华民国，名为蒙族何有诬为混乱？至不用理藩字样者，所以进为平等，免致待遇偏畸，中央刻又复封达赖，振兴黄教，各呼图克图来京及助顺者均加进封号，优予礼赉，蒙、回王公之赞同共和者亦并优进爵秩，民国优待蒙、回、藏各族，崇重宗教，实有确征，无非欲同我太平，安生乐业。唯该盟原呈，既多有误会，自应赶为宣播，以释群疑，即由国务院将优待蒙、回、藏各族条件，待遇蒙古条例，及复封达赖扎赉各呼图克图优进各王公爵秩等公布命令，译成各体合璧文字，刊刻颁发各旗各城，榜示晓谕，俾众周知。

岁月蹉跎，年关将届，中央政府，为了俄蒙问题，尚忙碌不了，叠开总统府会议，国务院会议，自袁大总统以下，及所有国务员，谈论了好几天，筹划不出什么妙计。最苦恼的是外交总长陆子欣，他既要想出议案，复要对付外使，焦思竭虑，瘏口哓音。小子当日，曾闻陆总长提议方法，共分甲乙两项如左：

（甲）对于俄蒙协约之交涉，共分四条：

（一）蒙古为中国领土，无与外国缔结条约之权。（二）库伦为外蒙之一部分，不能代表全蒙。（三）活佛专掌宗教，无与外人交涉之权。（四）取消俄蒙协约，另订中俄条约。

（乙）对于中俄交涉之提议，共分八条：

（一）蒙古之领土权，完全属于中华民国。（二）除前清时代已有之大员三人外，民国不再添派官吏。（三）民国得屯兵若干，保护该处官吏。（四）民国为保护侨居该处华人起见，得酌置警察队于该处。（五）将蒙古各官有之牧场，分赠蒙古王公，以示优待之意。（六）各国人不得在蒙古驻屯各种团体，且不得移民。（七）蒙古若未经民国许可，不得自由开垦开矿筑路。（八）蒙古与他国所订协约，一概作为无效，此后蒙古若未得民国政府同意，所缔之约，亦皆不能发生效力。

陆总长提议后，大众相率赞成，正拟往会俄使，开始谈判，不意驻京英使，复递照会至外交部，催复日前要求条件。怪不得梁如浩逃走。正是：

朔漠方愁尘雾黯，欧风又卷海涛来。

毕竟英使照会，为着何事，待至下回表明。

本回详录俄蒙协约，为国际上交涉之要案，即为国耻中重大之问题。相传俄、蒙交涉酝酿已久，民国元年九月间，我国政府中，已有主张提出抗议者，外交总长梁如浩，方才就任，托言事未确实，延不果行，迨协约发表，乃潜身出走，上书辞职，身任外交者果如是乎？既而俄、库相联发兵东犯，袁总统虽遣师防剿，而仍抱定一羁縻政策，名为慎重，实亦迁延。外交以兵力为后盾，徒恃一总长陆子欣，其果能折冲樽俎乎？民国初造，已泄沓如此，可为一叹！

第十八回　忧中忧英使索复文 病上病清后归冥箓

却说俄蒙交涉，尚无头绪，英公使又来一照会，催索要求条件。看官不必细猜，便可知是西藏交涉了。先是英国驻京公使，曾奉到英政府训令，向中政府提出抗议书，外交总长梁如浩，得过且过，并没有放在心里，因此未曾答复。至此英使又来催逼，俄要规取蒙古，英自然觊觎西藏。乃由外交部检出原书，内开五大条件云：

（一）中国不得干涉西藏之行政，并不得于西藏改设行省。（二）中国政府，不得派无制限之兵队，驻扎西藏各处。（三）英国现已认定中国对于西藏有宗主权，应要求中国改订新约。（四）英政府前曾遵据条约，特设通信机关，后经中国军队擅行截断，以杜绝印藏之交通。（五）如中国政府，不承认以上各条件，英国政府，亦绝不承认中华民国之新共和政府。

陆征祥览毕全文，暗想五条件中，只第三四条，尚可答辩，此外三条，关系甚是重大，虽比俄蒙协约，稍为简单，但欲争回西藏领土权，亦很费事。况中俄交涉，正当紧急，专顾一面，尚恐不及，偏又来了这道催命符，这正所谓祸不单至呢。当下皱着双眉，踌躇了好一会，才到总统府中，呈明袁总统。袁总统方阅外电，面上恰含有三分喜容，一见陆征祥入内，便起身

邀坐，征祥行礼毕，尚未开口，袁总统已笑语道：“日前科布多全境，已报克复，今又得热河来电，开鲁县也克复了。”说毕，即将电文递示。陆征祥接过一瞧，无非是各军会攻，毙匪颇众，余匪败走，复将开鲁克复等情。随笔带过蒙事，是省文之法。因将电文复缴案上，随答袁总统道：“东西蒙尚称得手，外蒙或容易办理，但英使又来要求藏事，为之奈何？”袁总统道：“日前有抗议书到来，我已与英使朱尔典说明，俟俄、蒙交涉就绪即当酌商，难道今又来催逼么？”袁与英使朱尔典氏交好颇密，故借口中叙出。陆征祥闻言，便即取出照会，呈与袁总统详阅。袁总统阅毕，便道：“他既如此催逼，我不能不答复了。明日开国务会议，酌定复词，可好么？”征祥唯唯而出。次日复至总统府，各国务员也陆续到来，会议半日，方裁决答复各词，大致如下：

（一）中国按照一千九百零六年之中英西藏条约，除中国外，其他国皆无干涉西藏内政之权，今谓中国无干涉西藏内政之权，理由甚无根据。至于改设行省一事，为民国必要之政务，各国既承认中华民国，即不能不承认中国改西藏为行省。况中国对于西藏，并无即时改设行省之意，此中颇有误会。唯现在中国认定不许其他一切外国，干涉西藏之领土权及其内政。（二）查中国并无派遣无制限军队驻扎西藏之事。唯按照一千九百零八年之通商条约，英国以市场之警察权及保护印、藏交通委任于中国，故中国于西藏紧要各处，当然派遣军队。（三）中英关于西藏之交涉，已经两次订立条约，一切皆已规定明确，今日并无改订新约之必要。（四）中国政府从前并无有意断阻英、藏交通之事，以后更当加意保护，断不阻碍英、藏交通。（五）承认中华民国是另一问题，不能与西藏问题，并为一谈，深望英国先各国而承认中华民国。

复书发出，交付英使馆，英使朱尔典氏，当去呈报英政府，一时未有复文。中国政府，乐得眼前清净。嗣由川边镇抚使尹昌衡来电，报称：川边肃清。政府诸公，越觉心慰。袁总统也放下了心，好安稳过年了。怎奈蒙、藏两区，风潮暗紧，哲布尊丹巴原顽抗如故，就是达赖喇嘛，已复原封，心下尚是未足，也想与库伦活佛，同做皇帝。皇帝是人人要做，怪不得汉高有言，今

而知皇帝之贵。外蒙得此消息，乘机遣使，到了西藏，先拟迎达赖至库，共商独立事情。达赖不肯应允，乃协议彼此联络，双方称帝。当订定蒙藏协约九条，其文云：

（一）西藏国皇帝达赖喇嘛，承认蒙古构成独立国，且将一千九百十一年十一月九日所宣言之黄教首领哲布尊丹巴喇嘛，认为蒙古国皇帝。（二）蒙古皇帝哲布尊丹巴喇嘛，承认西藏构成独立国，且承认达赖喇嘛为西藏国皇帝。（三）蒙、藏两国和衷共济，互行咨询，以讲求黄教繁荣之方法。（四）蒙、藏两国将来若有内忧外患时，互相援助，永矢不渝。（五）两国政府，对于游历领土之公私人，互相设法保护。（六）两国政府，自由贸易产物及家畜，从新设立商业机关。（七）所有商业上债权，以政府及商业机关所承认者，定为有效。若未经允许而争讼者，两国政府，决不考察。但缔结本条约以前之买卖，暨因本条约第七条结果被损害者，按照政府所规定，可以要求代偿。（八）若将本条约再行修订时，由两国简派代表，预先规定日期及地点，以便协商。（九）本条约自签约之日起，发生效力。

下文署明年月日，一是西藏子岁十二月四日，一是蒙古共戴二年十二月四日。原来西藏仍沿用阴历，民国元年，岁次壬子，所以西藏称为子岁。外蒙古已建年号，所以直书共戴二年。外国新闻纸上，已是刊录全文，明明白白，中国政府，尚谓未得确实报告，且过了新年，再作区处。于是全国舆论，多抱不平，有几省激烈的将士，也欲投袂请缨，通电全国，主张武力解决；今日说要征蒙，明日说要征藏，甚至招兵募饷，枕戈待命，那袁总统却从容镇静，不肯轻动；且令国务院电饬各省将吏，严戒躁率。又抬出总统名义，申令各都督，教他防范军人，毋惑浮言。当时热心边事的人物，统说袁总统专务羁縻，太属畏葸，其实老袁方面，也自有一种难处。自从六国银行团，与熊总长等会议借款，始终无效，连每月垫款数百万两，也未肯照允，借款谈判，竟至中止。应十一回。熊希龄旋即辞职，应十二回。袁总统虽已照准，乃命经理借款事宜，与继任总长周学熙等，向六国团声明别借，另外设法，暗托顾问洋员莫理逊，赴英运动，借到伦敦债款一千万镑，议定本年交

三百万镑，明年交七百万镑。以盐课作押，利息五厘，因此政府用款，才有来源，勉强度日。补出此条，才得归束第十一回文字，否则民国下半年如何过日，连我也生疑问了。唯借款陆续到手，即陆续用去，一些儿没有余积，哪里来的闲款，可拨付军饷征剿蒙、藏？这是袁总统自知为难，也似哑子吃黄连，说不出的苦衷，看官也须原谅三分呢。

熊希龄既办到借款，尚是留住都门，待至年暮，袁总统因热河紧急，恐昆源无能，办不下去，当将昆源召还，改任熊为热河都统，熊即告辞去讫。转瞬间已是民国二年，元旦这一日，系南京临时政府成立的纪念日，各处机关，统行休假，除悬旗结彩外，却也没有什么大典。南京成立政府，与北京却是无涉。过了数日，唯将各海关监督，各省司长，及司法筹备处长，任用了许多人员。又改府州厅为县，划一各省行政官厅、警察官厅，以及文官任免法、文官考试法与惩戒甄别各法，并外交官服制、陆海军服制，蒙、回、藏王公爵章等件，公布了许多规则，小子也不胜记忆，但略述数项名目，算作随录，挂一漏万，看官休笑。本书以演述大事为主，各种法规自有专书可稽，阅者应知分晓。唯山西观察使张士秀及旅长李鸣凤，盘踞河东，居然拥兵自卫，潜谋独立，经都督阎锡山委任南桂馨为河东筹饷局长，并令解散该处军队，劝导张、李二人。张、李不肯从命，反将南桂馨拘住严行拷掠。阎督闻报，即电报中央，经袁总统派委第一旅长孔繁蔚前往接管军队。张、李复抗不承认，竟将孔旅长逐出。张士秀自为民政长，李鸣凤自为都督，于年内宣言独立。袁总统乃饬参谋、陆军两部派兵往剿，正月初旬，由陆军部派驻保定第六旅长鲍贵卿，及驻潼关统领赵倜，各率所部军前往河东。看官！试想这河东一隅能有多大凭借？张、李二人，能有多大本领？螳臂当车，自不量力。后来赵军一到，张、李知不能抗，束手归命，被赵统领拘禁起来押解进京，褫职治罪，便算了案。河东事关系稍大，所以随事插入。就是蒙古问题，经陆总长提出议案，与俄使商榷一番，并无效果。不过双方议定，各不进兵，再期磋商就范，免至决裂。

一天过一天，已到二月十二日了，这日为北京政府成立期，也曾由参议院议决，作为纪念日。应十六回。各衙署放假休息，自不消说，唯袁总统纪念旧勋，特授梁士诒、胡唯德、姜桂题、段芝贵等，均勋二位；谭学衡、熙彦、王占元、曹锟、陈光远、李纯、倪嗣冲等，均勋三位；吴景濂、汤化龙

等，一第嘉禾章；那彦图、张勋等，亦一等嘉禾章；杨度、阮忠枢、叶恭绰等，二等嘉禾章。无非因声北统一，著有勋绩，所以酌量酬庸。何不于元旦赏功，必待至二月十二日耶？

又越三日，系阴历正月十日，为清隆裕太后万寿节，袁总统特遣梁士诒为道贺专使，赍送藏佛一尊，及联额数幅，并总统放大相片一座，相片上署"袁世凯敬赠"五字。这是何意？前用军役导着，后由梁士诒乘着黄舆，昂然前进，直至乾清门前，方才下舆，徐步入内，至上书房。清总管内务府大臣世续，出来迎接，导入乾清宫正门，殿宇依然，朝仪已改。梁财神至此，未知有今昔之感否？隆裕太后端坐殿上，两旁虽有侍女护着，并清室近支王公，两旁站立，怎奈望将过去，只觉得一片萧飒气象，更兼隆裕后形容憔悴，带着好几分病容，见了梁士诒，尤不禁触目心伤，几乎忍不住两行珠泪。梁士诒却从容不迫，行了三鞠躬礼，又呈递国书，内称："大中华民国大总统，谨致书大清隆裕太后陛下，愿太后万寿无疆。"前见某报中，载着慈禧太后万寿时，把无疆之疆字，训作疆土之疆，不料至此，竟成实践。隆裕太后答词，由世续代诵，略称："万寿庆辰，承大总统专使致贺，感谢实深"云云。世续念一句，隆裕太后泪下一行，等到世续念毕，隆裕太后的面上，已不啻泪人儿一般。梁士诒亦看不过去，当即退出。嗣闻隆裕太后，瞧着袁世凯相片，益觉怨恨交集，恸哭了一昼夜。次日即卧床不起。原来隆裕太后，自诏令退位后，心中悒悒不欢，尝谓："孤儿寡妇，千古伤心，每睹宫宇荒凉，不知魂归何所"等语。袁总统曾否闻知？以此积成肝郁，尝患呕逆。至民国二年正月中，胸腹更隆然高起，日渐肿胀，经御医佟质夫、张午樵二人诊治，稍觉轻减。二月十五日御殿受贺，起初却还有些兴致，嗣见梁使到来，用着外国使臣觐见礼节，免不得悲从中来。且宗室王公大臣，多半避匿，不肯入贺，既无赏赐，又无优差，贺他做什么？殿中不过寥寥数人。看官！你想人非木石，到这地步，能不格外伤心么？古人说得好："忧劳所以致疾"，况隆裕太后已有旧恙，自然愁上加愁，病中增病。或谓："万寿节内，天气晴暖，宫中所用薰炉，热气太高，感受炭气，因致病剧。"其实隆裕后致死原因，并不是伤热症，却是袁总统送她归阴的。直言不讳。

徐世昌尚为清室太保，因监督崇陵工程，崇陵即清德宗陵。久在京外，此次闻故后病笃，乃入宫谒见，且力辞太保职务。隆裕后再三慰留，甚至哽咽

不能成声了。徐亦陪了三四点老泪，至退出后，即往谒袁总统，备陈清后病重形状。袁总统再属徐为代表，入宫慰问，隆裕后闻了袁总统三字，几似勾命的无常，阿哟一声，昏晕过去。好容易叫她醒来，尚是喘个不住。徐世昌瞧这情形反一时不能脱身，只好与世续、绍英提议隆裕后身后处置，一面叫入宣统帝，令他侍立床侧。二月二十一日，隆裕后已是弥留，到了夜间，回光返照，开眼瞧见宣统帝在侧，不觉呜咽道："汝生帝王家，一事未喻，国已亡了，母又将死，汝尚茫然，奈何奈何？"说至此，喉间又哽咽起来，好一歇复发最后的凄声道："我与汝要永诀了。沟渎道涂，听你自为，我不能再顾你了。"言讫，已不能言。世续入省数次，但见隆裕后双目直视，口中很想说话，偏被痰塞住喉中，只用手指着宣统帝，眼眶间尚含泪莹莹，霎时间阴风惨栗，烛焰昏沉，有清末代的隆裕太后，竟两眼一翻，撒手归天去了。陆续写来，不忍卒读。小子有诗叹隆裕太后道；

孤儿寡妇总心伤，到死犹留泪两行。
让国终存亡国恨，徒劳后史费评章。

清后已逝，一切丧葬事宜，待小子下回再表。

蒙事方迫，藏事随之，一波未平，一波又起，难以袁总统之雄鸷，陆总长之才辩，卒不能屈服英、俄，弱国无外交，良可痛慨。若隆裕太后之病逝，实为袁总统一人逼死。石勒谓大丈夫行事当磊磊落落，不宜效曹孟德、司马仲达，欺人孤儿寡妇，狐媚以取天下，袁总统其有愧斯言乎？总之对内勇，对外怯，为中国人之陋习。阅蒙、藏诸要约而不变色者，凉血动物是也。阅隆裕太后之病逝，而不伤心者，吾谓与凉血动物，相去亦无几耳。

第十九回　竞选举党人滋闹
斥时政演说招尤

却说清隆裕太后病逝，乾清宫内当然料理丧仪，大殓后停柩体元殿。清宫内瑾、瑜、珣、瑨四妃于前晚闻信，均欲进宫询问，因神武门已闭，竟不得入。翌晨方得进宫，见故后遗骸已在体元殿停灵，并不哭泣，且指遗骸道："你也有今日么？"无非妇女心肠。言讫后，向世续等问话，多方诘责，百般挑剔。世续等莫明其妙，徒嗟叹了好几声。还有一班小太监，乘着丧乱机会，纷纷搬运珍宝物件，连夜不绝。世续也弹压不住，穷极计生，便声言道："袁总统已派段芝贵入宫，他系军人，看你等这般纷扰，将要军律从事呢。"宫监们听到此语，方渐平静，但检点宫中失物，约已值价洋十万元。世续一面治丧，一面请袁总统派员入宫，帮同料理。袁总统乃派荫昌、段芝贵、孙宝琦、江朝宗、言敦源、荣勋等数人，前往帮办，并命国务院发出通告二则，依次录述如下：

据清室内务府总管报称，二月二十二日丑时，隆裕皇太后仙驭升遐等语，当经派员查检，医官曹元森张仲元等所开脉方，俱称虚阳上升，症势丛杂，气壅痰塞，至二十二日丑时，痰壅薨逝。敬维大清隆裕皇太后，外观大势，内审舆情，以大公无我之心，成亘古共和之局，方冀宽闲退处，优礼长膺，岂图调摄无灵，宫车宴驾？此四语好似挽联。追思至德，莫可名言。凡我国民，同深痛悼。除遵照优待条件，另行订议礼节外，特此通告！

兹值大清隆裕皇太后之丧，遵照优待条件，以外国君主最优礼待遇，议定各官署，一律下半旗二十七日，左腕围黑纱。即民国制定丧礼。自二月二十二日始，至三月二十日止，以志哀悼，特此通告！

此外派员致祭，复令各部院长官，亦亲往祭奠，并开国务院特别会议，查照优待清室条例，所有崇陵未完工程，应如制妥修，需用经费，均由中华民国支出。隆裕后祔葬崇陵，更兼赞助共和，有功民国，一切丧葬礼节，务须从优，费用归民国担任。会议已定，提交参议院，当然通过。自是清宣统帝归瑾、瑜两太妃抚育，后事如何，后文再行记录，暂且慢表。隆裕后赞成共和，不忍以养人者害人，可算聪明妇女，故于病逝时，特别加详。

且说国会组织法，及各议员选举法，已公布多日，元年残腊，袁总统发布正式召集国会令，令曰：

正式国会召集之期，依照约法，以十个月为限。民国元年八月，业将国会组织法，暨参议院众议院议员选举各法，公布施行在案。民国正式国会，为共和建设所关，本大总统躬承我国民付托之重，迭经饬由国务总理内务总长督令筹备国会事务局，及各该参议院议员选举监督，众议院议员选举总监督，选举监督等，分别妥速筹备。并先后制定参议院众议院各选举日期令，俾各依限进行。自约法施行以来，现已十个月届满，据国务总理内务总长呈具筹备国会事务局呈称："众议院议员复选举，除据报延期各省份外，余均于民国二年一月十日遵令举行，其参议院议员选举，亦将次第遵令举行"等语，本大总统深维我中华民国缔造之艰难，夙夜兢兢，未敢以临时期内，稍涉暇逸。兹幸国会议员已如法选出，亟应依照约法，下令召集。自民国二年一月十日正式开会召集令发布之日起，限于民国二年三月以内，所有当选之参议院议员，及众议院议员，均须一律齐集北京，俟两院各到有总议员过半数后，即行同时开会。至关于国会开会之筹备事项，应由国务总理内务总长督饬筹备国会事务局，速为筹备完全。共和政治之良否，政府固有完全之责任，而尤以正式国会为筦枢。一德一心，共图盛业，斯则本大总统代表我汉、满、蒙、回、藏五大民族，所馨香祷祝以求之者也。此令！

又令各省行政长官，定期召集省议会议员，其文云：

各省省议会议员选举法，业经本大总统于民国元年九月公布施行，嗣复制定省议会议员第一届选举日期令，迭饬各该选举总监督，依限办理在案。现在各省省议会议员复选举，除据报延期各省份外，余均遵令举行，自应饬由各省行政长官，分别召集，为此通令各该省行政长官，自令到之日起，即先行发布省议会议员召集令，凡复选未经据报延期各省份，限于民国二年二月十日以前召集。其已经据报延期各省份，限于该省省议会议员复选举行后，由该省行政长官，酌定日期召集，各该省议会议员，均一律依令齐集省城，俟该省议会到有总议员三分之二以上时，即行开会。开会之翌日，即先举行参议员选举，以重要政。此令！

这两令公布后，各省办理选举事宜，有几区已了手续，有几区尚在未了，唯因党派不同，竞争甚烈，或用强力胁迫，或用金钱买嘱，或用情面恳托，选举人受这三种运动，不管他是什么党派，只好依着投票，有时强力相等，金钱相等，情面相等，反使选举人左右为难，往往因投了甲票，未投乙票，投了丙票，未投丁票，甲丙果然被选，乙丁竟致向隅，于是乙丁不肯罢休，当场哗扰，甚且强夺投票匭，或捣毁投票所，搅得他秩序紊乱，票纸散失，令他再行选举，非运动到手，总不甘心。当议决选举法时，亦曾料到此着，将选举诉讼事件，及选举犯罪条例，尽行规定，预为防范；偏中国是个章程国，形式上很觉严密，实际上绝少遵行，以致选举风潮，屡见叠出。中国人之无公德心，于此可见。说将起来，令人可叹。

看官试想！选举法为什么设立？原是国成民主，应归人民立法，但人民很多，不是个个能立法的，又不是个个好去立法的，由是令选举代表，拣出几个熟习政治、晓得利弊的人物，使他当选，作为全国或全省的立法员，凡是众望所归，定然有些才识，这是外洋立宪国的良法，偏被我中国仿行，第一届选举，便生出无数情弊。袁政府得此报告，因严命遵守法律，且令初复选监督，摘录刑律第八章，关于妨害选举之罪各条，揭示投票所，又就投票所周围，临时增派警兵，保持秩序，后来举正式总统，使用军警强迫，虽是老袁专制手段，也是各议员自己所致。各选举区，才得稍稍平静，只暗地里仍然运动，

各立党帜，各争党权。

其时国民党最占多数，次为共和党，另外又有两党出现，一叫做民主党，一叫做统一党。俗语说得好："寡不敌众"，民主统一两党，新近组织，人数尚少，敌不过国民党，就是共和党人，也不及国民党的多数，因此国会议员，至总选举后，多半是国民党当选。袁总统最忌国民党，探得参众两院中，国民党议员，占得十分的六七，逆料将来必受牵制，遂想出密谋，将国民党中的翘楚，赏他一颗卫生丸，免得他来作怪，这真古人所谓釜底抽薪的计策。痛乎言之！

看官你道何事？待小子续叙出来。前任农林总长宋教仁，卸职后，为国民党理事，主持党务，他本是湖南桃源人，字遯初，亦作钝初。别号桃源渔父。十二岁丧父，家甚贫窭，因有志向学，肄业武昌文普通学堂。在校时已蓄革命思想，联结同志，嗣被校长察觉，把他斥退，他遂筹借银钱，游学东洋。适值孙文、黄兴等组织同盟会，遂乘势入为会员，襄办民报，鼓吹革命。后与黄兴等潜入中国，一再举事，均遭失败，乃定议在湖北发难，运动军队，计日大举。武昌起义，实受革命党鼓吹，他便是党中健将，奔走往来，不辞劳苦，卒告成功。至孙文回国，设立南京政府后，曾受任为法制院院长，凡临时政府法令多是他一手编成。继念南北未和，终难统一，乃偕蔡元培、汪兆铭等同赴北京，迎袁南下。会值京津兵变，袁不果行，仍就职北京。唐绍仪出组内阁，邀他为农林总长，经参议院通过，就职不过两月，唐内阁猝倒，遂连带辞职。他经此阅历，已窥透老袁心肠，决意从政党入手，四处联络，把共和统一党员，引入同盟会中，携手联盟，同组为国民党，当由党员共举为党中理事。既而回籍省母，意欲退隐林泉，事亲终老，偏偏党员屡函敦劝，促他再往北京，维持党务。他本是个年少英雄，含着一腔热血，叠接同党来函，又不禁意气飙发，跃跃欲动；况自二次组阁，新人物多半退闲，满清官僚，死灰复燃，袁总统的野心，已渐渐发现出来，所有政府中一切行动，统不能慰他心愿。看官！你想这牢骚抑郁的宋先生，尚肯忍与终古么？略述宋渔父历史，笔下亦隐含愤慨。正拟别母启程，江南国民党支部，因南方当选国会议员，将启程北上，电请他到宁一行，筹商善后意见，他即匆匆摒挡行车，别了母妻，抽身而去。从此与家长诀。道出沪上，闻教育总长范源濂，辞职回杭，他欲探悉政府详情，即由沪至杭，与范相晤，范约略与

谈，已不胜感愤。嗣范约与作十日游，遂出钱塘门，涉西湖，登南高峰，东望海门，适见海潮汹涌，澎湃而来，即口占五绝二首道：

> 日出雪磴滑，山枯林叶空。徐寻屈曲径，竟上最高峰。
>
> 村市沉云底，江帆走树中。海门潮正涌，我欲挽强弓。

此诗大有寓意。

游杭数日，余兴未尽，催电交来，乃别范返沪，由沪至江宁。时民国二年三月九日，江南国民党支部，开会欢迎。借浙江会馆为会场，会员共到三千余人。都督程德全，到会为主席，程因口疾未愈，托人代为报告。略谓："宋君从事革命，已有多年，所著事迹，谅诸君应已洞鉴。此次宋君到此，本党特开会欢迎，请宋君发表政见，与诸君共同研究"云云。报告已毕，即由宋登台演说，大众除拍掌欢迎外，统静心听着，并由记录员一一笔述。宋所说的是俗语，记录员所述的是文言，小子将文言照录如下：

> 民国建设以来，已有二载，其进步与否，改良与否，以良心上判断，必曰不然。当革命之时，我同盟诸同志，所竭尽心力，为国家破坏者，希望建设之改良也。今建设如是，其责不在政府而在国民。我同盟会所改组之国民党，尤为抱极重之责任，断无破坏之后，即放任而不过问之理。现在政府外交，果能如民意乎？果能较之前清有进步乎？吾欲为诸君决断曰："不如民意之政府，退步之政府。"今次在浙江杭州，晤前教育总长范源濂君，范云："蒙事问题，尚未解决，政府每日会议，所有磋商蒙事者云，与俄开议乎，与俄不开议乎二语。"夫俄蒙协约，万无听其迁延之理，尚何开议不开议之足云？由此可见，政府迄今并未尝与俄开谈判也。各报所载，皆粉饰语耳。如此政府，是善良乎？余断言中华民国之基础，极为摇动，皆现在之恶政府所造成者也。今试述蒙事之历史：当民国未统一时，革命摇乱，各国皆无举动，盖庚子前，各强皆主分割，庚子后，各强皆主保守，即门户开放、机会均等、领土保全之主义。此外交方针，各强靡不一致，此证之英日同盟、日美公文、日俄、日清、英俄等协约，可明证也。

故民国扰攘间，各强并无举动，时吾在北京，见四国银行团代表，伊等极愿贷款与中国，且已垫款数百万镑，其条件亦极轻，不意后有北京兵变之事，四国团即取消前约，要求另议。自后内阁常倒，兵变迭起，而外人遂生觊觎之心矣。去年俄人致公文于外交部，谓："库伦独立，有害俄人生命财产，请与贵国协商库事。"外交部置之不答，而俄与库自行交涉，遂成协约。至英之与西藏，亦发生干涉事件，现袁总统方以与英使朱尔典有私交，欲解决之，此万无效也。盖蒙事为藏事之先决问题，蒙事能决，则藏事将随之能决。若当俄人致公文与外交部时，即与之磋商，必不致协约发现也。此后之外交，宜以机会均等为机栝，而加以诚意，庶可生好结果。内政方面，尤不堪问。前清之道府制，竟然发现；至财政问题，关于民国基础，当岁原议一万万镑，合六万万两，以一万万两，支持临时政府，及善后诸费。余五万万两，充作改良币制，清理交通，扩充中央银行，处理盐政，皆属于生利之事业。及内阁两次改组后，而忽变为二千五百万镑，主其议者，盖纯以为行政经费，其条件尤为酷虐。一盐政当用外人管理，到期不还，盐政即归外人经管，如海关例，盐债为唯一之担保品，今欲订为外人管理，则不能再作他次抵押，将来之借款，更陷困难。且用途尽为不生利之事业，幸而未成，万一竟至成立，则国家之根本财政，全为所破坏矣。现正式国会将成立，所最纷争之要点，为总统问题，宪法问题，地方问题。总统当为不负责任，由国务员负责，内阁制之精神，实为共和国之良好制也。国务员宜以完全政党组织之。混合超然诸内阁之弊，既已发露，无庸赘述。唐内阁为混合内阁，陆内阁为超然内阁。宪法问题，当然属于国会自订，无庸纷扰。地方问题，则分其权之种类，而为中央地方之区别，如外交、军政、司法、国家财政、国家产业及工程，自为中央集权，若教育、路政、卫生、地方之财政、工程产业等，自属于地方分权，若警政等，自属于国家委任地方之权。凡此大纲既定，地方问题，自迎刃而解。唯道府制，即观察使等官制，实为最腐败官制，万不能听其存在。现在国家全体及国民自身，皆有一牢不可破之政见，曰维持现状，此语不通已极，譬如一病人已将危急，医者不进以疗病药，而仅以停留现在病状之药，可谓医生之责任已尽

乎？且自维持现状之说兴，而前清之腐败官制、荒谬人物，皆一一出现。故维持现状，不啻停止血脉之谓，吾人宜力促改良进步，方为正当之政见也。余如各项实业交通农林诸政，不遑枚举，聊举一愚之词，贡诸同志。

总计演说时间，约二小时，每到言语精当处，拍手声传达户外。及宋已下坛，又有会中人物，亦登坛演说数语，无非说是："宋君政见，确切不移。"转瞬日暮，当即散会。驻宁数日，又复莅沪，随处演说，多半指斥时政，滔滔数万言。致死之由。北京即有匿名书，驳他演说各词。复有北京救国团出现，亦通电各省，斥他荒谬。统是袁政府主使。他又一一辩答，登报答复。未几来了袁总统急电，邀他即日赴京，商决要政。时人还道老袁省悟，将召宋入京，置诸首揆。就是他自己思想，亦以为此次北行，定要组成政党内阁，不负初衷，乃拟定三月二十日，由沪上启行，乘车北上。是时国会议员，次第赴京，沪宁车站中，已设有议员接待室。宋启行时，适在晚间十时许，沪上各同志，相偕送行。就是前南京留守黄兴，亦送至车站，先至议员接待室中，小憩片时。至十时四十分，火车已呜呜乱鸣，招客登车，宋出接待室，与黄兴等并行至月台，向车站出口处进行。甫至剪票处，猛闻豁拉一声，骨溜溜的一粒弹子，从宋教仁背后飞来，不偏不倚，穿入胸中。正是：

讵意沪滨遭毒手，哪堪湘水赋招魂。

未知宋教仁性命如何，且至下回续叙。

乡举里选，昉自古制，而后世不行，良由古时选举，已多流弊，后人不得不量为变通，非好事蔑古也。至近十余年间，因各国选举法之盛行，遂欲则而傚之，岂今人之道德，远胜古昔耶？观民国第一届选举，已是弊端百出，各党中人，往往号召同志，竞争选举，实则良莠不齐，多半口与心违。揣其愿望，除三数志士外，无非欲扩张势力、把持权利而已。宋教仁为国民党翘楚，观其行迹，颇热心政治，不同贪鄙者之所为。江宁演说，语多精到，然锋芒太露，英气未敛，言出而众怨随之，卒受刺于暴徒之手。读是回，乃叹先圣讷言之训，其垂戒固深且远也。

第二十回　宋教仁中弹捐躯　应桂馨泄谋拘案

却说宋教仁由沪启行，至沪宁铁路车站，方拟登车，行到剪票处门口，忽背后来了一弹，穿入胸中，直达腰部。宋忍痛不住，即退靠铁栅，凄声语道："我中枪了。"正说着，又闻枪声两响，有二粒弹子，左右抛掷，幸未伤人。站中行客，顿时大乱。黄兴等也惊愕异常，慌忙扶住宋教仁，回出月台，急呼车站中巡警，速拿凶手。哪知四面一望，并没有一个巡士，句中有眼。但见外面有汽车一乘，也不及问明何人，立即扶宋上车，嘱令车夫放足了汽，送至沪宁铁路医院。至站外的巡警到来，宋车已去，凶手早不知去向了。当时送行的人，多留住站中，还望约同巡士，缉获凶手；一面电致各处机关，托即侦缉。只国民党干事于右任，送宋至医院中。时将夜半，医生均未在院，乃暂在别室少待，宋已面如白纸，用手抚着伤处，呻吟不已。于俯首视他伤痕，宋不欲令视，但推着于首，流泪与语道："我痛极了，恐将不起，为人总有一死，死亦何惜，只有三事奉告：（一）是所有南北两京及日本东京寄存的书籍，统捐入南京图书馆。（二）是我家本来寒苦，老母尚在，请克强与君，及诸故人替我照料。（三）是诸君仍当努力进行，幸勿以我遭不测，致生退缩，放弃国民的责任。我欲调和南北，费尽苦心，不意暴徒不谅，误会我意，置我死地，我受痛苦，也是我自作自受呢。"直言遭难，古今同慨。于右任自然允诺，且勉强劝慰数语。未几医生到来，检视伤处，不禁伸舌，原来宋身受伤，正在右腰骨稍偏处，与心脏相近。医生谓伤势沉重，生

死难卜，唯弹已入内，总须取出弹子，再行医治。当经于右任承认，即由院中看护士，舁宋上楼，至第三层医室，解开血衣，敷了药水，用刀割开伤痕，好容易取出弹子，弹形尖小，似系新式手枪所用。宋呼痛不止，再由医生注射止痛药水，望他安睡。他仍宛转呻吟，不能安枕，勉强挨到黎明，黄兴等统至病室探问，宋教仁欷歔道："我要死了。但我死后，诸公总要往前做去。"热诚耿耿。黄兴向他点头，宋复令黄报告中央，略述己意。由黄代拟电文，语云：

> 北京袁大总统鉴：仁本夜乘沪宁车赴京，敬谒钧座，十时四十五分，在车站突被奸人自背后施枪，弹由腰上部入腹下部，势必至死。窃思仁自受教以来，即束身自爱，虽寡过之未获，从未结怨于私人。清政不良，起任改革，亦重人道，守公理，不敢有一毫权利之见存。今国基未固，民福不增，遽尔撒手，死有余恨。伏冀大总统开诚心，布公道，竭力保障民权，俾国家得确定不拔之宪法，则虽死之日，犹生之年，临死哀言，尚祈鉴纳！

稿已拟定，黄兴即出病室，着人发电去了。嗣是沪上各同志，陆续至病院探望，宋皱眉与语道："我不怕死，但苦痛哩。出生入死，我几成为习惯，若医生能止我痛苦，我就死罢。"各同志再三劝慰，宋复瞋目道："罢了罢了，可惜凶手在逃，不晓得什么人，与我挟着这等深仇？"是极痛语。各人闻言，统觉得酸楚不堪，遂与医士熟商，请多延良医，共同研究。于是用电话徧召，来了西医三四人，相与考验，共言肠已受伤，必须剖验补修，或可望生。于右任乃语同人道："宋君病已至此，与其不剖而死，徒增后悔，何如从医剖治罢。"各人踌躇一番，多主开割，于是再舁宋至第二层割诊室，集医生五人，共施手术。医生只许于右任一人临视，先用迷药扑面，继乃用刀解剖，取出大肠，细视有血块瘀积，当场洗去，再看肠上已有小穴，急忙用药线缝补，安放原处，然后将创口兜合，一律缝固，复将迷药解去。宋徐徐醒来，仍是号痛，医生屡用吗啡针注射，冀令神经略静，终归乏效，且大小便流血不止，又经医生检视，查得内肾亦已受伤，防有他变；延至夜间，果然病势加重，两手热度渐低，两目辄向上视。黄兴、于右任等均已到来，问

宋痛楚，宋转答言不痛，旋复语同人道："我所欲言，已尽与于君说过，诸公可问明于君。"语至此，气喘交作，几不成声。继而两手作合十形，似与同人作诀别状；忽又回抱胸际，似有说不尽的苦况。黄兴用手抚摩，手足已冰，按脉亦已沉伏，问诸医生，统云无救，唯顾宋面目，尚有依依不舍的状态。极力描写死状。黄兴乃附宋耳与语道："遁初遁初，你放心去罢，后事总归我等担任。"宋乃长叹一声，气绝而逝，年仅三十二岁。唯两目尚直视未瞑，双拳又紧握不开。

一班送死的友人，相向恸哭。前沪军都督陈其美，亦在座送终，带哭带语道："这事真不甘心，这事真不甘心！"大家闻了此语，益觉悲从中来，泣不可抑。待至哭止，彼此坐待天明，共商殓殡事宜，且议定摄一遗影，留作纪念。未几鸡声报晓，晨光熹微，当即饬人至照相馆，邀两伙到来，由黄兴提议先裸尸骸上身，露着伤痕，拍一照片。至穿衣后，再拍一照，方才大殓。此时党员毕集，有男有女，还有几个日本朋友，也同来送殓。衣衾棺椁，统用旧式。越日，自医院移棺，往殡湖南会馆。来宾及商团军队，共到医院门首，拥挤异常。时至午后，灵柩发引，一切仪仗，无非是花亭花圈等类，却也不必细述。唯送丧执绋，及护丧导灵，人数约至二三千名，素车白马，同遵范式之盟，湘水吴江，共洒灵均之泪。会值潇潇春雨，凛凛悲风，天亦同哀，人应齐哭，这也不在话下。

唯自凶耗传布，远近各来函电，共达沪上国民党交通部，大致在注意缉凶，兼及慰唁。袁总统亦叠发两电，第一电文云：

> 上海宋钝初先生鉴：阅路透电，惊闻执事为暴徒所伤，正深骇绝。顷接哿电，哿字是韵母，为简文计，即以韵母某数，作日子算。方得其详。民国建设，人才至难，执事学识冠时，为世推重，凡稍有知识者，无不加以爱护，岂意众目昭彰之地，竟有凶人，敢行暗杀，人心险恶，法纪何存？唯祈天相吉人，调治平复，幸勿作衰败之语，徒长悲观。除电饬江苏都督、民政长、上海交涉使、县知事、沪宁铁路总办，重悬赏格，限期缉获凶犯外，合先慰问。

越日致第二电，系由上海交涉使陈贻范，已电达宋耗，乃复致唁词云：

宋君竟尔溘逝，曷胜浩叹！目前紧要关键，唯有重悬赏格，迅缉真凶，彻底根究。宋君才识卓越，服务民国，功绩尤多，知与不知，皆为悲痛。所有身后事宜，望即会同钟文耀即沪宁铁路总办。妥为料理。其治丧费用，应即作正开销，以彰崇报。连录二电，亦具微意。

自是江苏都督程德全，民政长应德闳，通电地方官一体协拿，限期缉获。上海县知事，及地方检察厅，统悬赏缉捕。黄兴、陈其美等，又函致公共租界总巡卜罗斯，英国人。托他密拿，如得破案，准给酬劳费一万元。沪宁铁路局亦出赏格五千元。沪上一班巡警，及所有中外包探，哪个不想发些小财？遂全体注意，昼夜侦缉。天下无难事，总教有心人，渐渐的探出踪迹来了。先是宋教仁在病院时，沪宁铁路医院，忽得一奇怪邮信，自上海本部寄发，信外署名系铁民自本支部发八字，信内纯是讥嘲语。略云：

钝初先生足下：鄙人自湘而汉而沪，一路欢送某君，赴黄泉国大统领任。昨夜正欲与某君晤别，赠以卫生丸数粒，以作纪念，不意误赠与君，实在对不起了。虽然，君从此亦得享千古之幸福了。因某君尚未赴新任，本会同人，昨夜曾以钜金运动选举，选举结果，则君最占优胜，每票全额五千元，故同人等请君先行代理黄泉国大统领，俟某君到任后，自当推举你任总理。肃此恭祝荣禧，并颂千古！救国协会代表铁民启。

看这函中文字，已见得此案凶犯，不止一人，且仍匿迹租界中。函内误赠二字，实系乱人耳目。所云某君，亦并非有特别指定，意在恫吓国民党中要人，令勿再为政党竞争。或谓国民党首领就是孙、黄二人，是时孙文正往游日本，只黄兴留沪，函中所云某君，分明是暗指黄兴，也未可知。此数语为补叙孙文行踪，所以带及。总之，此案为政治关系，无与私怨，当日的明眼人，已窥测得十分之五了。故作疑案。

二十三日晚间，上海租界中，正在热闹的时候，灯光荧荧，车声辘辘，除行人旅客外，所有阔大少红倌人等，正在此大出风头，往来不绝，清和坊、迎春坊一带尤觉得车马盈途，众声聒耳。这一家是名娼接客，卖笑逞

娇，那一家是狎客登堂，腾欢喝彩。还有几家是贵人早降，绮席已开，不是猜拳喝酒，就是弹唱侑宾，管弦杂沓，履舄纷纭。突来了红头巡捕数名，把迎春坊三四弄口，统行堵住。旋见总巡卜罗斯，与西探总目安姆斯脱郎，带着巡士等步入弄中，到了李桂玉妓馆门首，一齐站住。又有一个西装人物，径入妓馆，朗声呼问。当由龟奴接着，但听得“夔丞兄”三字。龟奴道：“莫非来看应大老么？”那人向他点头，龟奴又道：“应老爷在楼上饮酒。”那人不待说毕，便大踏步上楼，连声道：“应夔丞君！楼下有人，请你谈话。”座上即有一人起立，年约四十余岁，面带酒容，隐含杀气，便答言：“何人看我？”那人道：“请君下楼，自知分晓。”于是联步下楼，甫至门首，即由卜总巡启口道：“你是应夔丞么？去！去！去！”旁边走过巡士，即将应夔丞牵扯出来，一同至总巡房去了。这一段文字，写得异样精彩。

这应夔丞究是何人？叙起履历，却也是上海滩上，大名鼎鼎的脚色。他名叫桂馨，却有两个头衔，一是中华民国共进会会长，一是江苏驻沪巡查长，家住新北门外文元坊，平素很是阔绰，至此何故被捕？原来就是宋案牵连的教唆犯。画龙点睛。宋案未发生以前，曾有一专售古玩的贩客，姓王名阿法，尝在应宅交易，与应熟识有年。一日，复至应家，应取出照片一张，令他审视，王与照片中人，绝不相识，顿时莫明其妙。应复言：“欲办此人，如能办到，酬洋千元。”王阿法是一个掮客，并不是暗杀党，哪里能做这般事？当即将照片交还，唯心中颇艳羡千金，出至某客栈，巧遇一友人邓某，谈及应事。邓系辽东马贼出身，颇有膂力，初意颇愿充此役，继思无故杀人，徒自增罪，因力却所请。两下里密语多时，偏被栈主张某所闻，张与国民党员，素有几个认识，遂一一报知。国民党员，乃诘邓及王，王无可隐讳，乃说明原委，且言自己复绝，并未与闻。当由国民党员，嘱他报明总巡，一俟破案，且有重赏。这王阿法又起了发财的念头，遂径至卜总巡处报告。卜总巡即饬包探侦察，返报应在迎春坊三弄李桂玉家，挟妓饮酒。总巡乃亲由出门，领着西探总目等，往迎春坊，果然手到擒来，毫不费力。应桂馨到了此时，任他如何倔强，只好随同前往。到了捕房内，冷清清的坐了一夜。回忆灯红酒绿时，状味如何？

翌日天明，由卜总巡押着应桂馨，会同法捕房总巡，共至应家，门上悬着金漆招牌，镂刻煌煌大字，便是江苏巡查长公署，及共进会机关部字样。

巡查长三字，是人人能解，共进会名目，就是哥老会改设。哥老会系逋逃薮，中外闻名，应在会中做了会长，显见得是个不安分的人物。卜总巡到了门前，分派巡捕多人，先行把守，入室检查，搜出公文信件甚多，一时不及细阅，统搬入箧内，由法总巡亲手加封，移解捕房。一面查验应宅住人，除该家眷属外，恰有来客数名，有一个是身穿男装的少妇，有一个是身着新衣，口操晋音的外乡人，不伦不类，同在应家，未免形迹可疑，索性将所有男客，尽行带至法捕房，所有女眷，无论主客，一概驱至楼上小房间中，软禁起来，派安南巡捕看守。原来上海新北门外，系是法国租界，所有犯案等人，应归法巡捕房理值，所以英总巡往搜应家，必须会同法总巡。英人所用的巡役，是印度国人，法人所用的巡役，是安南国人。解释语亦不可少。至应宅男客，到捕房后，即派人至沪宁车站，觅得当时服役的西崽，据言："曾见过凶手面目，约略可忆。"即邀他同入捕房，将所拘人犯，逐一细认，看至身着新服口操晋音的外乡人，不禁惊喜交集，说出两语道："就是他！就是他！"吓得那人面如土色，忙把头低了下去。小子有诗叹道：

昂藏七尺好身躯，胡竟甘心作暴徒？
到底杀人终有报，恶魔毒物总遭诛。

毕竟此人为谁，容至下回交代。

宋教仁为国民党翘楚，学问品行，均卓绝一时，只以年少气盛，好讥议人长短，遂深触当道之忌，遽以一弹了之，吾为宋惜，吾尤为国民党惜。曷为惜宋？以宋负如许之不羁才，乃不少晦其锋芒，储为国用，而竟遭奸人之暗杀也。曷为惜国民党？以党中骤失一柱石，而余子之学识道德，无一足与宋比，卒自此失败而不克再振也。若应夔丞者，一偎薄小人耳，为鬼为蜮，跖跻犹耻之，彼与宋无睚眦之嫌，徒为使贪使诈者所利用，甘心戕宋，卒之阴狡之谋，漏泄于一贩客之口，吾谓宋死于应，为不值，应败于贩夫，亦不值也。然于此见民国前途，殊乏宁日矣。

第二十一回　讯凶犯直言对簿
延律师辩讼盈庭

却说沪宁车站的西崽，审视捕房人犯，指出凶手面目。那人不禁大骇，把头垂下，只口中还是抵赖，自言："姓武名士英，籍隶山西，曾在云南充当七十四标二营管带。现因军伍被裁，来沪一游，因与应桂馨素来认识，特地探望，并没有暗杀等情。"法总巡哪里肯信，自然把他拘住。但武士英既是凶手，何故未曾逃匿，却在应宅安居呢？说将起来，也是宋灵未泯，阴教他自投网中，一命来抵一命。可为杀人者鉴。

原来武士英为应所使，击死宋教仁，仍然逃还应家。应桂馨非常赞赏，即于二十三日晚间，邀他至李桂玉家，畅饮花酒。此外还有座客数名，彼此各招名妓侍宴。有一李姓客人，招到妓女胡翡云。胡妓甫到，才行坐定，即有中西探到来，将应桂馨拘去。座客闻到此信，统吃了一大惊；内有武士英及胡翡云，越加慌张。武士英是恐防破案，理应贼胆心虚，那胡翡云是个妓女，难道也助应逞凶么？小子闻得胡应交情，却另有一番缘故。应素嗜鸦片，尝至胡妓家吸食。他本是个阔绰朋友，缠头费很不吝惜，胡妓得他好处，差不多有万金左右，因此亲密异常，仿佛是外家夫妇。此日胡妓应召，虽是李客所征，也由应桂馨代为介绍。李客闻应被拘，遂语胡妓道："应君被拘，不知何事？卿与他素有感情，请至西门一行，寄语伊家，可好么？"李客不去，想亦防有祸来。胡妓自然照允。武士英亦插嘴道："我与她同去罢。"自去寻死。于是一男一女，起身告辞，即下楼出弄，坐了应桂馨原乘的马车，

由龟奴跨辕，一同到了应宅。方才叩门进去，那法租界中西探二十余名，已由法总巡电话传达，说是由英总巡转委，令他们至应宅看管。他们乘着开门机会，一拥而入，竟将前后门把守，不准出入。胡翡云头戴瓜皮帽儿，梳着油松大辫，身穿羔皮长袍，西缎马褂，仿效男子装束，前回所说的男装女子，就是该妓。解明前回疑团。她与武士英同入应宅，报明桂馨被拘，应家女眷，还道是因她惹祸，且问明武士英，知她是平康里中人，越加不去睬她。她大是扫兴，回出门房，欲呼龟奴同去，偏为西探所阻，不令出门，她只得兀坐门房，也是冷清清的一夜。总算是遥陪应桂馨。次日，英法两总巡俱到，见门房内坐着少妇，不管她是客是主，竟驱她同上楼房，一室圈禁。胡翡云叫苦不迭，没奈何捱刻算刻；就是饮食起居，也只与应宅媪婢，聚在一处。真叫做平地风波，无辜受苦哩。受了应桂馨许多金银，也应该吃苦几日。

又过了一天，法总巡带了西探三名，华捕四名，并国民党员一人，又到应宅搜查，抄得极要证物一件，看官道是何物？乃是五响手枪一柄，枪内尚存子弹二枚，未曾放出，拆验枪弹，与宋教仁腰间挖出的弹子样式相同，可见得宋案主凶，已经坐实，无从抵赖了。主凶还不是应桂馨，请看下文便知。是日下午，即由法国李副领事、聂谳员，与英租界会审员关炯之，及城内审判厅王庆愉，列坐会审。凶犯武士英上堂，起初不肯供认，嗣经问官婉言诱供，乃自言本姓本名，实叫作吴福铭，山西人氏，曾在贵州某学堂读书，后投云南军伍，被裁来沪，偶至茶馆饮茶，遇着一陈姓朋友，邀我入共进会。晚上，同陈友到六野旅馆寓宿，陈言应会长欲办一人。我问他有何仇隙？陈言："这人是无政府党，我等将替四万万同胞除害，故欲除灭那厮，并非有什么冤仇。"我尚迟疑不决。次日，至应宅会见应会长，由应面托，说能击死该人，名利双收，我才答应了去。到行刺这一日，陈邀我至三马路半斋夜餐，彼此酒意醺醺，陈方告诉我道："那人姓宋，今晚就要上火车，事不宜迟，去收拾他方好哩。"说毕，即潜给我五响手枪一柄。陈付了酒钞，又另招两人，同叫车子到火车站，买月台票三张。一人不买票，令在外面看风。票才买好，宋已到来，姓陈的就指我说："这就是宋某。"后来等宋从招待室出来，走至半途，我即开枪打了一下，往后就逃。至门口见有人至，恐被拘拿，又从朝天放了两枪，飞奔出站，一溜风回到应家，进门后，陈已先至，尚对我说道："如今好了，已替四万万同胞除害了。"应会长亦甚赞我

能干，且说："将来必定设法，令我出洋游学。"我当将手枪缴还陈友，所供是实。问官又道："你行刺后，曾许有酬劳否？"武言："没有。"问官哼了一声，武又道："当时曾许我一千块洋钱，但我只拿过三十元。"问官复道："姓陈的哪里去了？叫什么名字？"武答道："名字已失记了。他的下落，亦未曾知道。"问官命带回捕房，俟后再讯。所获嫌疑犯十六人，又一一研讯，内有十一人略有干连，未便轻纵，余五人交保释出，还有车夫三人，也无干开释。

法总巡复带同探捕等复搜应宅，抄出外国箱及中国箱各一只，内均要件，亦饬带回捕房。越宿，再行复讯。又问及陈姓名字，武士英记忆一番，方说出"玉生"两字，余供与昨日未符，但说："与应桂馨仅见一面，刺宋一节，统是陈玉生教导，与应无涉等情。"这明是受应嘱托。问官料他狡展，仍令还押。胡翡云圈住应宅，足足三日三夜，亏得平时恩客，记念前情，替她向法捕房投保，才得释放。翡云到处哭诉，说是三日内损失不少，应大老曾许我同往北京，他做官，我做他家小，好安稳过日，哪知出此巨案，我的命是真苦了。这且搁过不提。

且说应桂馨被押英捕房，当下卜总巡禀请英副领事，会同谳员聂榕卿，开特别公堂审问，且令王阿法与应对质，应一味狡赖。英副领事乃将应还押，俟传齐见证，再行复讯。王阿法著交保候质。是时江苏都督程德全，以案关重大，竟亲行至沪，与黄兴等商量办法。孙文亦自日本闻警，航归沪渎，大家注意此案，各在黄公馆中，日夕研究。陈其美亦曾到座，问程督道："应桂馨自称江苏巡查长，曾否由贵督委任？"程德全道："这是有的。"黄兴插口道："程都督何故委他？"程德全半晌道："唉！这是内务部洪荫芝，就是洪述祖所保荐的。"黄兴点头道："洪述祖么？他现为内务部秘书，与袁总统有瓜葛关系，洪为老袁第六妾之兄，故黄言如此，详情悉见后文。我知道了。这案的主因，尚不止一应桂馨呢。"程德全道："我当彻底清查，免使宋君含冤。"黄兴道："但望都督能如此秉公，休使元凶漏网，我当为宋渔父拜谢哩。"说着，即起向程督鞠躬。程督慌忙答礼，彼此复细谈多时，决定由交涉使陈贻范函致各国总领事，及英法领事，略言："此案发生地点，在沪宁火车站，地属华界，所获教唆犯及实行犯，均系华籍，应由华官提讯办理，请指定日期，将所有人犯，及各项证据解交"等情。陈函交去，英领事

也有意承认，唯因目前尚搜集证据，羽党尚未尽获，且俟办有眉目，转送中国法庭办理，当将此意答复。陈交涉使也无可如何，只好耐心等着。法领事以应居文元坊，属法租界管辖，当提应至法廨会审。英领事不允，谓获应地点，在英租界中，须归英廨审讯，万不得已，亦宜英法会同办理。华人犯法，应归华官办理；且原告亦为华人，案情发生又系华地，而反令英法领事，互夺裁判权，令人感喟无穷。法领事乃允将凶犯武士英，转解至公共租界会审公堂，听候对质。当由法捕房派西捕五人，押着武士英，共登汽车，送至公廨。

武身穿玄色花缎对襟马褂，及灰色羊皮袍，头戴狐皮小帽，由两西探用左右手铐，携下汽车，入廨登楼，静候传讯，武并无惧色。反自鸣得意道："我生平未曾坐过汽车，此次为犯案，却由会审公堂，特用汽车迎我，也可算得一乐了。"送你归天，乐且无穷。那应桂馨愈觉从容，仗着外面的爪牙，设法运动，且延请著名律师，替他辩护。于是原告工部局代表，有律师名叫侃克，中政府代表，由程都督延聘到堂，亦有律师，名叫德雷斯，被告代表，且有律师三人，一名爱理司坦文，一名沃克，一名罗礼士。这许多律师，没一个不是西洋人。临审时，应武两犯，虽曾到庭，问官却不及讯问，先由两造律师，互相辩驳，你一句，我一语，争论多时，自午后开审，到了上灯，律师尚辩不清楚，还有什么工夫问及应武两犯，只好展期再讯。武仍还押法捕房，应亦还押英捕房。至第二次开审，宋教仁的胞叔宋宗润，自湘到沪，为侄伸冤，也延了两个律师，一名佑尼干，一名梅吉益，也统是西人，律师越请越多了。无非畀西人赚钱。

嗣是审讯一堂，辩诘一堂，原告只想赶紧，被告只想延宕，就是应武二犯，今朝这么说，明朝那么说，也没有一定的口供，应且百计托人，往法捕房买嘱武士英，叫他认定自己起意，断不致死，并以某庄存银，允作事后奉赠。武遂翻去前供，只说杀宋教仁乃我一人主见，并没有第二人，且与应并未相识，日前到了应家，亦只与陈姓会面。陈名易山，并非玉生。及问官取出被抄的手枪，令武认明，武亦答云："不是，我的手枪，曾有七响，已抛弃在车站旁草场上面。"至问他何故杀宋？他又说："宋自尊自大，要想做国务总理，甚且想做总统，若不除他，定要二次革命，扰乱秩序，我为四万万同胞除害，所以把他击死。他舍去一命，我也舍去一命，保全百姓，却不少哩。"只此数语供词，已见得是政府主使。问官见他如此狡辩，转诘应桂馨。应是

越加荒诞，将宋案关系，推得干干净净。那时未得实供，如何定案？程德全、孙文、黄兴等，乃决拟搜集书证，向法捕房中，索取应宅被搜文件。法捕房尚未肯交出，忽国务院来一通电，内述应桂馨曾函告政府，说是近日发现一种印刷品，有监督议院政府，特立神圣裁判机关的宣告文，词云：

呜呼！今日民国，固已至危险存亡之秋，方若婴孩，正当维护哺养，岂容更触外邪？本机关为神圣不可侵犯之监督议院政府之特别法庭，凡不正当之议员政党，必以四万万同胞公意，为求共和幸福，以光明公道之裁判，执行严厉正当之刑法，使我天赋之福权，奠定我庄严之民国。今查有宋教仁莠言乱政，图窃权位，梁启超利禄薰心，罔知廉耻，孙中山纯盗虚声，欺世误国，袁世凯独揽大权，有违约法，黎元洪群小用事，擅作威福，赵秉钧不知政治，罔顾责任，黄克强大言惑世，屡误大局；其余汪荣宝、李烈钧、李介人辈，均为民国神奸巨蠹。内则动摇国本，贻害同胞，外则激起外交，几肇瓜分。若不加惩创，恐祸乱立至，兹特于三月二十日下午十时四十分，将宋教仁一名，按照特别法庭，于三月初九日，第一次公开审判，由陪审员蒋圣渡等九员，一致赞同，请求代理法官叶义衡君判决死刑。先生即时执行，所有罪状，另行宣布，分登各报，以为同一之宋教仁儆，以上开列各人，但各自悛悔，化除私见，共谋国是而裕民生，则法庭必赦其既往，其各猛省凛遵！切切此谕。

这电文传到沪上，杯影蛇弓，愈滋疑议。无非是乱人耳目。既而国民党交通部，又接得匿名信件，约有数通，多半措词荒谬，不值一笑。内有一函略通文墨，节录如下：

敬告国民党诸君子！自内阁一翻，尔党形势，亦甚支绌矣。讵图不自销匿，犹生觊觎，教仁樗材，引类招朋，冀张其政党内阁之说，吾甚惑焉。夫吾人所欲甘心于尔党者，承宗指孙。与道周指黄。二人。一濂乌足？指宋。然非先诛濂，恐无以儆余子，爰遣奇士试其锋，设诸子悔祸有心，幡然改计，吾又何求？倘其坚抱政党内阁之旨，谬倡平民政治之

说，则炸弹手枪，行将遍及。水陆江海，坑尔多人，人纵不恤其私，犹不思既称巨子，当建伟业，苟留此身，终有树立。管夷吾不羞小节，曷不师之？至侈言议员多出尔党，南方不少民军，试问军警干涉之单朝传，参议员夕皆反舌，汉阳师徒之锋少挫，黄司令已遁春申。此四语全是老袁得意事，已不啻自供招状。凡此秽迹，独非尔党往日之事乎？总之殷鉴未遥，前车宜鉴，此时苟避匿以让贤，他日或循序而见举。诸子方在青年，顾不必叹河清也。吾人素乐金革，死且不厌，非欲效孔璋之檄，暴人罪状，乃姑说生公之法，冀感顽石。久闻尔党济济，当有达材，试念忠告，勿作金夫！

统观全书，无非是设词吓迫的手段，蛛丝马迹，隐隐可寻，大家揣测起来，已知戕宋一案，与袁政府大有关系。并由法捕房传出消息，所抄应宅文件，内与洪述祖往来信札，恰是很多。又经程都督邀同应民政长，共至沪上调查，电报局中取应犯送达北京电稿，一一校译，不但与洪述祖通同一气，就是国务总理赵秉钧，也与应时常通信，电文多从密码，且有含糊影响等词。程应两人，又会同地方检察厅长陈英，仔细研求，展细寻译，那密码中的语意，已十得七八，乃电致内务部，请将洪述祖拘留，事关嫌疑，须押至备质等语。谁知洪述祖已闻风飏去，部复到沪，又由程督电呈袁总统，请他饬令严拿。袁总统也居然下令，略言："内务部秘书洪述祖，携带女眷一人，乘津浦车至济南，由济南至浦口。此人面有红斑黑须，务饬地方官一体严拿！"其实是一纸空文，徒掩耳目，那阴谋诡计的洪杀胚，早已跑到青岛，托庇德胶州总督宇下，安心享福去了。谁令飏去，隐情可知。

此外有自北京来沪的人物，什么侦探长，什么勤务督察长，统说是考查宋案而来，亦未尝为宋尽力。恐是为应尽力。最注目的，是总统府秘书长梁士诒，及工商总长刘揆一，匆匆南下，又匆匆北去。刘与孙黄见了一面，返至天津，称疾辞职。或谓刘已洞悉宋案真相，不愿在恶政府中，再行干事，以此托故求归。彼此聚讼，疑是疑非，且不必说。唯程应孙黄等人，屡与领事团交涉，要求交出凶犯及一切证据。北京的内务部司法部，也电饬陈交涉使，嘱："援洋泾浜租界权限章程，凡中国内地发生事件，犯人或逃至租界，捕房应一体协缉，所获人犯，仍由中国官厅理处等情。照此交涉，定可将此

案交归华官，依法办理”云云。陈贻范接到此文，自然与英法领事，严重交涉。英法两领事，却也无从推诿，只好将全案人犯及证件，移解华官。当由上海检察厅接收，把凶犯严密看管。才过数天，即由看守所长呈报，凶手武士英即吴福铭，竟在押所暴死了。正是：

为恐实供先灭口，只因贪利便亡身。

欲知武士英身死情形，待至下回分解。

武士英一傀儡耳，应桂馨亦一傀儡也，两傀儡演剧沪滨，而主使者自有人在。武固愚矣，应焉得为智乎？不唯应武皆愚，即如洪述祖赵秉钧辈，亦不得为智者。仁者不枉杀，智者不为人利用而枉杀人。何物枭雄，乃欲掩尽天下耳目，嗾獒噬人耶？应犯所陈神圣裁判机关宣告文，夹入袁黎诸人，显是欺人之计。至若匿名揭帖之发现，借刺宋以儆孙黄，同是一手所出，故为此以使人疑，一经明眼人窥透，盖已洞若观火矣。故本回叙述，虽似五花八门，要无非一傀儡戏而已。傀儡傀儡，吾嫉之，吾且惜之！

第二十二回　案情毕现几达千言　宿将暴亡又弱一个

却说凶手武士英，自从西捕房移交后，未经华官审讯，遽尔身死，这是何故？相传武士英羁押捕房，自服磷寸，即自来火柴头。因致毒发身亡，当由程都督应民政长等，派遣西医，会同检察厅所派西医，共计四人，剖验尸身，确系服毒自尽。看官试想！这武士英是听人主唆，妄想千金，岂肯自己寻死？这服毒的情弊，显系受人欺骗，或遭人胁迫，不得已致死呢。但是他前押捕房，并未身死，一经移交，便遭毒手，可见中国监狱，不及西捕房的严密，徒令西人观笑，这正是令人可叹了。闲文少叙。

且说程德全、应德闳等，与检察厅长陈英，连日检查应犯文件，除无关宋案外，一律检出，共同盖印，并拍成影片，当下电请政府，拟组织特别法庭，审讯案犯，当经司法部驳还。孙文、黄兴等闻得此信，便请程应两长官，将应犯函件中最关紧要，载入呈文，电陈政府。程应不能推辞，即一一列入，电达中央道：

前农林总长宋教仁被刺身故一案，经上海租界会审公堂，暨法租界会审公堂，分别预审暗杀明确，于本月十六十七两日，先后将凶犯武士英即吴福铭，应桂馨即应夔丞，解交前来，又于十八日由公共租界会审公堂，呈送在应犯家内，由英法总巡等搜获之凶器，五响手枪一枚，内有枪弹两个，外枪弹壳两个，密电本三本，封固函电证据两包，皮箱

一个，另由公共租界捕房总巡，当堂移交在应犯家内搜获函电之证据五包，并据上海地方检察厅长陈英，将法捕房在应犯家内搜获之函电证据一大木箱，手皮包一个，送交汇检。当经分别接收，将凶犯严密看管后，又将前于三月二十九日，在电报沪局查阅洪应两犯最近往来电底，调取校译，连日由德全、德闳，会同地方检察厅长陈英等，在驻沪交涉员署内，执行检查手续。德全、德闳，均为地方长官，按照公堂法律，本有执行检查事务之职权，加以三月二十二日，奉大总统令，自应将此案证据逐细检查，以期穷究主名，务得确情，所有关系本案紧要各证据，共同盖印，并拍印照灯，除将一切证据，妥慎保存外，兹特撮要报告。查应犯往来电报，多用应川两密本。本年一月十四日，赵总理致应犯函："密码送请检收，以后有电，直寄国务院可也"等语。外附密码一本，上注国务院应密，民国二年一月十四日字样。应犯于一月二十六日，寄赵总理，应密，径电，有"国会盲争，真相已得，洪回面详"等语。二月一日，应犯寄赵总理，应密，东电，有"宪法起草，以文字鼓吹，主张两纲，一除总理外，不投票，一解散国会。此外何海鸣、戴天仇等，已另筹对待"等语。二月二日，应犯寄程济世转赵总理，应密，冬四电，有"孙、黄、黎、宋，运动极烈，民党忽主宋任总理，已由日本购孙黄宋劣史，警厅供钞，宋犯骗案，刑事提票，用照辑印十万册，拟从横滨发行"等语。又查洪述祖来沪，有张绍曾介绍一函，洪应往来案件甚多，紧要各件撮如下：二月一日，洪述祖致应犯函，有"大题目总以做一篇激烈文章，乃有价值"等语。二月二日，洪致应犯函，有"紧要文章，已略露一句，说必有激烈举动，弟须于题前径密寄老赵，索一数目"等语。二月四日，洪致应犯函，有"冬电到赵处，即交兄手，面呈总统，阅后色颇喜，说弟颇有本事，既有把握，即望进行等语，兄又略提款事，渠说将宋骗案及照出之提票式寄来，以为征信。弟以后用川密与兄"等语。二月八日，洪致应犯函，有"宋辈有无觅处，中央对此，似颇注意"等语。（辈字又似案字。）二十一日，洪致应犯函，有"宋件到手，即来索款"等语。二月二十二日，洪致应犯函，有"来函已面呈总统总理阅过，以后勿通电国务院，因智赵字智庵。已将应密电本交来，恐程君不机密，纯令归兄一手经理。请款务要在物

件到后，为数不可过三十万”等语。应犯致洪述祖：“川密，蒸电有八厘公债，在上海指定银行，交足六六二折，买三百五十万，请转呈，当日复”等语。三月十三日，应犯致洪函，有“民立报馆名，系国民党所设。记遯初在宁之说词，读之即知其近来之势力及趋向所在矣。事关大计，欲为釜底抽薪法，若不去宋，非特生出无穷是非，恐大局必为扰乱”等语。三月十三日，洪述祖致应犯：“川密，蒸电已交财政总长核办，偿止六厘，恐折扣大，通不过，毁宋酬勋位，相度机宜，妥筹办理”等语。三月十四日，应犯致洪述祖：“应密，寒电有梁山匪魁，四处扰乱，危险实甚，已发紧急命令设法剿捕之，转呈候示”等语。三月十七日，洪述祖致应犯：“应密，铣电有寒电到，债票特别准何日缴现领票，另电润我若干，今日复”等语。三月十八日，又致应犯：川密，寒电应即照办”等语。三月十九日，又致应犯电，有“事速照行”一语。三月二十日，半夜两点钟，即宋前总长被害之日，应犯致洪述祖：“川密，号电有二十四分钟所发急令，已达到，请先呈报”等语。三月二十一日，又致洪：“川密，个电有号电谅悉，匪魁已灭，我军无一伤亡，堪慰，望转呈”等语。三月二十三日，洪述祖致应犯函，有“号个两电均悉，不再另复，鄙人于四月七号到沪”等语。此函系快信，于应犯被捕后，始由邮局递到。津局曾电沪局退回，当时沪局已将此送交涉员署转送到德全处。（各函洪称应为弟，自称兄。）又查应犯家内证据中，有赵总理致洪述祖数函，当系洪述祖将原函寄交应犯者，内赵总理致洪函，有“应君领纸，不甚接头，仍请一手经理，与总统说定方行”等语。又查应自造监督议院政府神圣裁判机关简明宣告文，眷写本共四十二通，均候分寄各处报馆，已贴邮票，尚未发表，即国务院宥日据以通电各省之件，其余各件，容另文呈报，前奉电令，穷究主名，必须彻底讯究，以期水落石出，似此案情重大，自应先行撮要，据实电陈。除武士英一犯，业经在狱身故，由德全等派西医会同检察厅所派西医四人剖验，另行电陈，应桂馨一犯，迭经电请组织特别法庭，一俟奉准，即行开审外，余电闻。

这电去后，袁总统并未复电，连国务总理赵秉钧，也不闻答辩一辞。总

统总理，俱已高枕卧着，还要答复什么？于是上海审判厅开庭，传讯应犯，应犯仍一味狡赖。是时两造仍请律师，改延华人，原告律师金泯澜，到庭要求，必须洪述祖、赵秉钧两人，来案对簿，方得水落石出，洞悉确情。乃由检察厅特发传票，令洪、赵两人来沪质审。看官！你想洪述祖已安居青岛，哪肯自来投网？至若堂堂总理赵秉钧，更加不必说了。唯各处追悼宋教仁，如挽词演说等类，多半指斥政府，就是沪上各报纸，也连日讥弹洪赵，并及袁总统。赵秉钧自觉不安，呈请辞职，奉令慰留，宋案遂致悬宕，应犯仍羁狱中，唯所有株连的人物，讯系无辜，酌量取保开释。

国民党中，以老袁袒护洪赵，想从根本上解决，不单就宋案进行，正在大家筹议，忽北京又来一凶讣，前镇军统领加授陆军上将衔林述庆，又暴卒于京都山本医院中。国民党又弱一个。林述庆表字颂亭，福建人，曾在陆军学堂毕业，清季任南京三十六标第一营管带，有志革命，入为同盟会会员。辛亥夏，调驻镇江，武昌起义，上海光复，他亦率军响应，为上海声援，嗣被举为镇军都督，创立军政府，招集长江清舰队十余艘，助攻江宁，直扑天保城，猛攻七昼夜，身先士卒，亲冒矢石，卒将岩城据住。至江宁城破，又首先入城，各军共服他勇敢，推为南京都督，严饬军纪，不准滋扰。既而总司令徐绍桢入城，即固辞督篆，让位畀徐。自统军出驻临淮关，预备北伐，日夕绸缪。南京临时政府，任他为总制北伐各军。未几南北统一，决意归田，居闽数月，由袁总统策令，授陆军中将，旋加上将衔，召他进京，充总统府高等军事顾问。他已怀着功成身退的念头，复电告辞，嗣复得黎副总统来电，劝他北上，且说："国家多难，蒙事日亟，壮年浩志，幸勿消沉，请再为国立功，俟内外乂安，方可息肩"等语。数语也不啻催命符。这电一来，顿令血战英雄，跃然复起；遂摒挡行李，登程北上。既见袁总统，谈及蒙古问题，决意主战。在老袁的意思，无非是笼络人才，欲使天下英雄，尽入彀中，可以任所欲为，并不是决意征蒙，特地起用，故将委他重权。所以前席陈词，反多逆耳，表面上虽支吾过去，心理上却妒忌起来。他见老袁不甚合意，遂辞出总统府，本思即日南旋，因念外蒙风云，日迫一日，既已跋涉至京，应该做些事业，立些功名，当下奔走都门，号召同志，组织征蒙团及军事研究社，一面再上呈文，自请征蒙，袁总统束诸高阁，并不批答。同志举他为筹边会副会长，他暂住数日，旋即去职，另与王芝祥、孙毓筠等，建设

国事维持会，把一种忧国的思想，随时流露，无论诗酒游宴，及到会演说，统是慷慨激昂，饶有贾长沙、陈同甫的态度，又蹈宋渔父复辙。怎奈袁总统是最忌名豪，遇着关心政治，痛论时弊的人物，第一着是设法笼络，第二着是用计歼灭，宋教仁已催归冥箓，还有宋教仁第二，哪里肯听他自由呢？

四月初八日，林允梁士诒邀请，赴将校俱乐部会宴；酒酣耳热，畅谈衷曲，免不得醉后忘情，论及时事。今夕止可谈风月，谁教你论及时事？及至兴尽归来，便觉畏寒，次日加剧，即至山本医院调治，将过一星期，忽满身统起红泡，泡破即流血不止，四肢都是奇痛，次日病势尤笃，延请中外名医，入院诊视，大都束手无策。勉强捱延了一天，红泡变成紫色，未几又转成黑色，小便溺血，霎时弥留。孙毓筠适在侧探病，林握孙手，太息道："国势危险，一至于此，本想与诸共同心协力，保持国家，怎奈二竖为灾，竟致不起。"言至此，不禁涕泪满颐。孙尚再三劝慰，林又呜咽道："甫逾壮年，即要去世，我不过做了半个人，徒呼负负，君须为我遍告同志，努力支持为要。"孙又问及家事，他竟不能再言，奄然而逝。死后七窍流血，浑身皆黑，仿佛是中毒情形，享年亦只三十二岁。与宋渔父年龄适符，真是无独有偶。当由国事维持会员，替他成殓，讣告全国。其文云：

北京国事维持会本部孙毓筠、王芝祥、杨曾蔚、温寿泉，致黎副总统各都督并各师长旅长，各党本部，国事维持会支部，及孙中山、黄克强两先生各报馆电。本会理事林君述庆，体质坚强，志愿弘毅，比来尽瘁国事，未尝告劳，忽于本月初十日，感患痘症，即入山本医院诊治，病势险恶，药石无灵，竟于十五夜子刻长逝。林君十年前，在江南军界，提倡革命，备历艰险，百折不挠；前年九月，在镇江举义，联合各军，光复金陵，厥功最伟。南北统一后，自请解职，高风亮节，海内同钦。乃天不佑善人，竟罹暴疾，赍志以终。当此国基未固，人才消乏之秋，逝者如斯，将谁与支撑危局？泰山梁木，同人等悲不自胜，现定于二十六日，在湖广会馆开追悼大会，特通电告哀。凡我同志，谅无不失声一恸，但林君身后萧条，经毓筠等为之料理成殓，灵柩暂厝城外广慧寮中，如蒙赐赙，请寄东安门外本会本部事务代收，并以奉闻。

林去世后，时人多疑他中毒，特至山本医院，访问病状。据医生言："林自十三日入院，十五夜逝世，病名叫作天然痘。"访员又谓："死后惨状，究是何因？"医言："病菌有强弱，林君所染，系最强的病菌，冲裂血管，因致七窍流血，至若遍身皆黑，是染疫致死的常例，不足为奇。"访员又道："照此说来，林君的病症，果非中毒吗？"医生微笑道："林死后，来院访问，不止一人，统疑林是中毒。林症甚凶，种种谣言，原是难免，唯确系痘症，并无他项可疑的事情。即如陆军部方君，乃自美国归来的中医，多人诊断，统无异词，是已无可疑余地了。"小子以为死无对证，究竟中毒与否，也不敢妄断。以不断断之。唯稽勋局长冯自由，呈请政府，说他"勋劳卓著，现在京病故，请即照本局规则，优给恤金年金，并请将事迹宣付史馆立传"，总算邀老袁批准照行。小子有诗叹道：

赏功罚恶本常经，谁料无辜受暗刑？
自古人生谁不死，狂遭毒手目难瞑。

宋林相继逝世，京中正齐集议员，行国会开幕礼，一切详情，容后再表。

据程督应民政长电文，是戕宋一案，实由政府造意，已无疑义。即是以推，是林之暴亡，不为无因。刺死一宋，又毒死一林，亦何其辣手耶？或谓汉高、明太，得国以后，皆屠戮功臣，欲为子孙除害，不得不尔。讵知此系专制时代之君主，容或有是惨剧，业已承认共和，国成民主，正当推诚布公，与天下以更新之机，何苦为此鬼蜮情形，草菅人命乎？否则不愿民主，竟作君主，长枪大戟与反对者相角逐，成即帝王，败为寇贼，亦英雄豪杰之所为。且糜烂一时，治平百载，亿兆人或当忍此巨痛，交换太平。宁必不可，而竟出此下策，以求逞于一朝，卒之亦同归于尽，人谓其智，吾笑其愚！

第二十三回　开国会举行盛典
违约法擅签合同

却说中华民国的国会，自元年冬季，由袁总统颁布正式召集令，至是国会议员，统已选出，会集京都，准于二年四月八日，行国会第一次开会礼。参议院本有房屋，仍在原所设立，众议院乃是新筑，规模颇觉宏敞，足容千人。因此参议院议员，统至新筑的众议院中，静待开会。当由筹备国会事务局员，先行报告国会成立，参议员报到，共一百七十七人，众议员报到，共五百人，虽尚未达全数，已有大半到场，应如期行开会礼。当下高悬国旗，盛列军乐，自国务总理以下，凡所有国务员，尽行莅会。还有政府特派员，亦来襄礼。各人统至国旗下面，向国徽行三鞠躬礼。当推议员中年齿最长的杨琼，为临时主席，宣读开会词。词云：

维中华民国二年四月八日，为我正式国会第一次开院之辰。参议院众议院各议员，集礼堂，举盛典，谨为词以致其忱曰：视听自天，默定下民，亿兆有与于天下，权舆不自于今人。帝制久敝，拂于民意，付托之重，乃及多士。众好众恶，多士赴之；众志众口，多士表之。张弛敛纵，为天下控；缓急疾徐，为天下枢。兴欤废欤，安欤危欤，祸福是共，功罪之尸，能无惧哉？呜呼！多难兴邦，惕厉蒙椒，当兹缔造，敢伸吾吁。愿我一国，制其中权，愿我五族，正其党偏。大穰旸雨，农首稷先。士乐其业，贾安其廛，无政不举，无隐不宣。章皇

发越，吾言洋洋。逖听远慕，四邻我臧。旧邦新命，悠久无疆。凡百君子，孰敢怠荒？

宣读已竟，应由袁总统宣告颂词，偏这一日，袁总统说有要务，无暇到会，只遣秘书长梁士诒，来作代表，赍致颂词。第一届国会开幕，老袁即告回避，其厌弃国会之心，已属了然。梁乃宣读颂词道：

中华民国二年四月八日，我中华民国第一次国会，正式成立，此实四千余年历史上莫大之光荣，四万万人亿万年之幸福。世凯亦国民一分子，当与诸君子同深庆幸，念我共和民国，由于四万万人民之心理所缔造，正式国会，亦本于四万万人民心理所结合。则国家主权，当然归之国民全体。但自民国成立，迄今一年，所谓国民直接委任之机关，事实上尚未完备。今日国会诸议员，系由国民直接选举，即系国民直接委任，从此共和国之实体，借以表现，统治权之运用，亦赖以圆满进行。诸君子皆识时俊杰，必能各抒谠论，为国忠谋，从此中华民国之邦基，益加巩固，五大族人民之幸福，日见增进。同心协力，以造成至强大之民国，使五色国旗，常照耀于神州大陆，是固世凯与诸君子所私心企祷者也。谨致颂曰："中华民国万岁！民国国会万岁！"

颂词读毕，大礼告成，国务总理国务员，及政府特派员，统行辞去，各议员亦出了会场。依据《临时约法》第二十八条，将前时参议院解散，因即至参议院中，行解散礼。是日美利加洲的巴西国，电达国务院，承认中华民国，都下人士，欢欣鼓舞，统说是："民国创造，立法机关，至此成立，巴西承认民国，又适当国会成立的日期，为列强公认的先声，真是内治外交，渐臻完善，我中华民国的声威，将从此照耀神州，应了袁大总统的颂词呢。"人心无不望治，独有三数强有力者，尚在思乱，真是没法。两院议员，兴高采烈，统要选举正副议长，作为全院的主席。无如议员共分四党，一是国民党，一是共和党，一是民主党，一是统一党，各党员都想争长，哪一党肯落人后？国民党人数最多，几有压倒两院的气势，余三党不肯降服，势必与国民党为仇。民主党为前清时代老人物，如各省谘议局及联合会人员，统共凑集，多

是有些闻望，含有民党性质，与政府不相为谋。统一党是最近组织，就是袁政府手下健将，实不啻一政府党。至若共和党缘起，小子已于一三回中表过，他本抱定国权主义，与国民党人，向居反对地位。第一九回中，已将数党提明，唯各党宗旨，未曾悉叙，故再行表出。三党宗旨，虽是不同，但仇视国民党的心理，却是一致，因此互相联结，渐渐的合并拢来，加以统一党帮助政府，隐受袁氏密嘱，吸合余党，张大势力，得与国民党相抗，甚且欲推倒国民党。国民党昂然自大，哪知暗地密谋？开会这一日，统一党议员，尚不过二三十人，过了数天，议员陆续到来，补足全额，问将起来，多是统一党人员，几增至一百有余。自是众议院内，三党合并，与国民党声势相等。唯参议院中，还是国民党员占着多数。为了两院议长问题，运动至二十日，选举至两三次，方将议长选出。参议院的议长，是直隶人张继，本属国民党，众议院的议长，是湖北人汤化龙，本属民主党，国民党一胜一败。副议长一席，参议院中选定王正廷，众议院中选定陈国祥，倒也不在话下。

唯两院竞选议长的时候，袁总统趁他无暇，竟做了一种专制的事件，未经交议，骤行签字，于是两院议员，发生异议，议员与政府反对，议员又与议员反对，胶胶扰扰，几闹得一塌糊涂。看官道是何事？原来就是银行团的大借款。特别注重。承接一一回及一八回中文字。自伦敦借款贷入后，六国银行团啧有烦言，以盐课已抵还前清庚子年赔款，不应再抵与伦敦新借款，嗣经外交部答复，略言："前清所抵赔款的盐税，彼时每年所收，只一千二百万两，现已增至四千七百五十万两，是除一千二百万两外，羡余甚多。前为旧额，今为新增，两无妨碍。"六国银行团，乃再拟磋商，袁总统正苦无钱，巴不得借款到来，可济眉急。运动正式总统，原是要紧。因嘱财政总长周学熙，申议借款事宜，拟将原议六万万两，减作二万万。银行团复要求四事：（一）是从前垫款，暨现今大借款，应将中国全国盐务抵押，聘用洋人管理，除还本付利外，倘有余款，仍听中国自由支用。（二）中政府应请借款银团指定洋员，在财政商办处，期限五年，凡关财务岁入等事，须备政府顾问。（三）中政府应自行聘用洋人，与财务商办处代表洋人，于取银票面签字，随时取用借款，并聘用稽核专门洋人若干，稽核借款账目，分别公布中外，又借款兴办实业，应用银团所认为适当专门洋人，监理事业。（四）银行既代中国出售巨款债票，若票卖完，中政府不得另借他款，以致市面牵动。这四条要

请前来，周学熙因他条件过严，特开国务院会议，自拟借款大纲五条，提交参议院议决。大纲五条列下：

第一条 中国自行整顿盐务，唯制造盐厂及经收盐税之处，中国可酌量自聘洋人，帮同华人办理。所收盐税，可交存于最妥实之银行，以备抵还借款之本息。

第二条 借款用途，以经参议院议决之款目为准则，其表面之签字，应由财政总长自委一中国人，与六国团代表一人，会同签字。

第三条 稽核账目之事，归入中国审计院办理。中国对于借款一部分之用账，可兼备华洋文册据，华洋员同押。

第四条 中国以后兴办实业，如需借款，只可商聘洋技师，按照普通合同办理。

第五条 此项借款债票，未售完之前，倘中国续借款项，如六国团条款与别家相同，可先尽六国团承办。但在本合同以前所订之借款合同条件，仍得继续进行，不受本条件拘束。

参议院议员，看到这种条件，共说此是政府报告文，并非特别提案，有什么紧要，定需会议？嗣因周总长一再催迫，乃将五条大纲，逐一研究。尚可照此进行，无大损害，遂一律认可了事。谁知已堕入计中。周学熙复与银行团会议数次，始终无效。幸伦敦借款，逐月得数十万镑，还可勉强支持，所以挨延过去。哪知英使竟来一照会，声言如民国元年终日，中国不将从前赔款借款，一概解清，决将作抵的厘税厘金等，实行收没。好借人债者其听之！俄使亦主张同意，幸法使康悌，及日本银行代表小田切转圜，与中政府重开谈判。当由英使代表银行团，向赵总理周总长提出数条：（一）要委定办理借款的专员，（二）要取消伦敦新借款的优先权。新借款条约中，载有中政府如顺借款，本银行团与别团所开之条件相同，应得有优先权。赵周两人，转报老袁，袁总统即委周为办理借款专员，一面与伦敦新银行团，取消优先权成约。伦敦新银行团，怎肯应允，周却想出妙法，要求伦敦新银行团，于元年期内，再借一千万镑，还要将明年应付的七百万镑，并在年内拨付，才好偿还一切欠款，无庸与六国商借。且债票宜速即销完，免与他团借债有碍，否则请将明

年二月应付的二百万镑，尽年内付讫，其余五百万作罢，打消前约，并取消优先权，由中国予以赔偿。

看官！你想这种论调，明明是强人所难，伦敦新银行团，一时交不出这么巨款，又经英政府与他反对，处处掣肘，只得承认后一层办法。周总长乃与他磋商赔款的数目，无非畀他续给二百万镑中，多了一个折扣。总是中国吃亏。一面与六国银行团，正式开议，自元年十一月二十七日起，至十二月下旬，大致就绪，借额本定二千万镑，因伦敦新借款中，减去五百万镑，须转向六国银行团添借，乃拟定为二千五百万镑，共计二十一款。最紧要的，是第二款第五款第六款第十四款第十七款五条。第二款是指定用途；第五款是声明盐务稽核处办法；第六款是盐款未足以前，应加入他项，为暂时抵押品；第十四款是支款时，应照新定审计处规则办理；第十七款是续借或另借的限制。此外都是普通条件，大约是利息折扣等类。当由国务总理赵秉钧，运动参议院议员，商定秘密会议，借人款项，何须秘密。再令财政总长周学熙，到院报告，但将紧要条件交议，余只以普通二字含混过去，并无原文。议员已心心相印，还有什么反对。唯第五款须用华洋稽核员，汪议员荣宝提议，谓："本款可无删改，最为上策，否则作为附件；万一银行团不肯照允，亦只可随便将就罢了。至如普通条件，亦未尝详诘全文，但把无庸表决四字，作为全院通过的议案。"无论要件与非要件，总教随便通过，民国何必需此参议员。

周总长即报告袁总统，老袁自然惬望，将要与银行团订约签字。忽银行团以欧洲金融，偶遭紧急，须要加添利息，原议五厘，现要再加半厘。袁总统以吃亏太甚，又暂从迁延；另咨各国公使，要求赔款欠款等，一概展期，约有三种办法，或展期一年，或将积欠数目，作为短期公债，分五年清还，或俟大借款成立后，才行清偿。照会交去，俄公使首先拒绝，简直是无一承认。法使与俄使，本是一鼻孔出气，当然不从。独英使朱尔典氏，赞成末项，愿归入大借款下划付，各公使俱挟私见，并非英使爱我，不然，何以前日要悉数归还耶？并代为疏通俄法二使，决从此议。俄法二使已无违言，英使又函致中政府，先须聘定洋员，充任稽核，由六国公使通告六国团，然后借款合同，方可签押。于是由周总长出面，聘定洋员三名，一系意人，一系德人，一系丹麦人。法使又出来作梗，谓："意大利丹麦两国，并未列入银行团，在银行团中洋员，只一德人，既已拟聘非银行团的洋员，何为

延及德人？若延及德人，何以不聘我法人？且未聘及英俄美日人？”中政府又是一个漏洞，多被法使指摘。这数语照会政府，政府又撞了一鼻子灰，只好另提出再借问题，申告银行团。嗣美公使复出来调停，谓：“中国只聘一人为会办，由银行团推举，另用各国洋员为顾问，毋庸列入合同。既免纷竞，又易办到。”周总长很表赞成，奈五国公使不肯允诺，须各国各用一人，美使调停无效，竟电达本国，欲退出银行团，美总统威尔逊氏，竟如美使意见，宣布远近。略云：

美国资本团，曾应政府之请，加入中国借款，今复询问本政府，如仍愿该团加入，须明白申请，始允遵行。本政府以该借款条件，近于干涉中国行政之独立，且其中之抵押品及办法，陈废苛重，若本政府从而怂恿，则负责无有已时，实有背吾美立国主义。本政府不愿负此责任，决议不再提出申请，唯愿以合于中国自由进化，不背吾美素行主义之方法，扶助中华民国，凡可以裨益寓华美民之法制，本政府当竭力赞助也。特此宣言！

自此书宣布后，五国银行团，经一极大的打击，共疑美国脱离团体，必为单独行动起见，将来中国利益，恐被美国占尽，不由的惊上加惊，忧上加忧，甚至自相疑忌，竟欲解散。各公使顾全利益，亟命银行团自相联合，将承借股份，重行支配，且把要求条件，稍示让步。袁政府待款甚殷，也顾不得什么主权，除聘定德人为国债局员外，改聘英人为盐务稽核员；并用法人俄人为审计顾问官。双方会议，渐得允洽，利息仍照前五厘，债票价格，拟定百分之九十，由银行团扣去六成，付与中国净额，实得百分之八十四。利息在二分以上，较诸民间进出，还要加倍。期限定四十七年，还本由第十一年起，每年递还总额，至第四十七年偿清，合同上仍二十一款。条文琐碎，不及细载。袁总统不再交议院议决，即令国务总理赵秉钧，外交总长陆征祥，财政总长周学熙，于四月二十四日，在草合同上签字。越二日，在正合同上签字，又因急急需用，不及待各国发售债票，先向银行团商明，垫款二百万镑，另订垫款合同，利息七厘，即在大借款项下，尽先拨还。千波万折的大借款，至此成立，共计二千五百万镑，约合华币二万五千万元。小子有诗叹道：

不为埃及即波斯，监督重重后悔迟。

何故枭雄专借债？甘将国柄付人持。

借款已定，两议院俱未接洽，忽由袁总统发一咨文，传达议院，各议员共同瞧着，免不得惊诧起来。究竟咨文如何说法，且待下回表明。

国会初次成立，各议员即互生党见，至如举一议长，且需二三十日，倘政府中有重大议案，试问将议至何日，方可表决乎？议员如此倾轧，实为老袁所窃笑，而大借款即自此进行，未经议院表决，骤行签字，袁已目无国会矣。然袁之玩弄议员，固不啻掌中小儿，而对诸外人，则亦未免为所玩弄。且以此款巨息重之款项，经千波万折而成，乃由彼任意挥霍，毫不顾惜，一人之耗用无穷，四万万人之负担亦无穷，言念及此，窃不禁痛恨交并矣。

第二十四回　争借款挑是翻非
请改制弄巧成拙

却说袁总统既得大借款，所有订约签字诸手续，已经告竣，乃咨参众两议院，请他备案，国会是议案处，如何变作备案处。其文云：

临时大总统咨：本年四月二十六日，据国务总理赵秉钧、外交总长陆征祥、财政总长周学熙呈称：窃维六国银行团借款，先后磋商，已逾一年，上年九月间，曾经国务会议，拟定借款大纲，于十六十七两日，赴参议院研究同意，以为进行标准，唇焦舌敝，往复磋磨。直至岁杪，合同条议，大致就绪，当于十二月二十七日，出席参议院，先将特别条件，逐条表决，复将普通条件，全体表决，经均通过，正拟定期签字，该团忽以原议五厘利息，借口巴尔干战事，欧洲市场，银根奇紧，要求增加半厘，只得暂行停议。唯是赔洋各款，积欠累累，一再愆期，层次商展，追呼之迫，等于燃眉，百计筹维，无可应付。数月来他项借款，悉成画饼，美国既已出团，而其余五国，仍未变易方针，大局岌岌，朝不保夕，既无束手待毙之理，复鲜移缓就急之方。近接各省都督来电相迫，如江苏程都督电，毋局于一时之毁誉，转为万世之罪人，安徽柏都督电，借款监督，欠款亦监督，毋宁忍痛须臾，尚可死中求活等语，尤为痛切。迫不得已，而赓续磋商，尚幸稍有进步，利息一节，该银行团允仍照改为五厘，其他案件，亦悉如十二月二十七日通过参议院

之原议。事机万变，稍纵即逝，四月二十二日，奉大总统命令，五国银行团借款合同，任命赵秉钧、陆征祥、周学熙，全权会同签字，此令。等因，遵于二十四日，与该银行团双方签订草合同，复于二十六日，签订正合同，彼此分执存照，以免复生枝节。理合将华洋文合同各照备二份，并附用途单二份，呈请大总统鉴核，俯赐咨交议院查照备案，以昭信守等情。查此项借款条件，业于上年十二月二十七日，由国务总理暨财政总长，赴前参议院出席报告，均经表决通过，并载明参议院议事录内，自系当然有效，相应咨明贵院查明备案可也。此咨。

两院议员，看到这项咨文，都生惊异。参议院中是国民党声势最盛，专防袁政府违法擅行，此次遇着此案，不待再议，即复咨政府，谓："大借款合同，未经临时参议院议决，违法签字，当然无效。"众议院于五月五日开会，质问政府，请他解释理由。是时国务总理赵秉钧，以宋案既犯嫌疑，大借款又同签字，万不能免国会的攻击，即于五月一日，决然辞职，径赴天津。袁总统也知他微意，给他假期，暂令段祺瑞代理。

段任陆军总长，本与外交财政，不相干涉，至如签字命令，更觉是没有关系，不过已代任国务总理，无从趋避，只好出席答复。众议员当面责问，段言："财政奇绌，无法可施，不得已变通办理，还请诸君原谅！"各议员哗然道："我等并非反对借款，实反对政府违法签约，政府果可擅行，何需议院！何需我等！"原是无需你等。段亦不便强辩，只淡淡的答道："论起交议的手续，原是未完，论起财政的情形，实是困极，鄙人于借款问题，前不与闻，诸君不要怪我；如可通融办理，也是诸君的美意，余无他说了。"还是忠厚人口吻。言毕自去。众议员聚议纷纭，或说应退还咨文，或说应弹劾政府，有一小半是拥护政府，不发一言，当由议长汤化龙，提出承认不承认两条，付各议员投票表决，结果是不承认票，有二百十九张，承认票只五十三张。想总是统一党人所投。因即决议，不承认这大借款，拟将咨文退还。唯统一党系政府私人，暗替政府设法，与共和党民主党密商数次，劝他承认。两党尚觉为难，袁总统默揣人情，多半拜金主义，遂阴嘱统一党员，用了阿堵物，买通两党。果然钱可通灵，两党得了若干好处，遂箝住口舌，不生异议，且与统一党合并为一，统名进步党。想是富贵的进步，不是政治的进步。只国

民党议员，始终不受笼络，再三争执。进步党由他喧哗，索性游行都市，流连花酒，把国事撇诸脑后。得了贿赂，乐得使用。

国会中出席人数，屡不过半，只好关门回寓，好几日停辍议事。国民党忍无可忍，乃通电各省都督民政长，请他主持公论，勿承认政府借款。进步党也电致各省，说是："政府借款，万不得已，议院中反抗政府，不过一部分私见，未足生效。"就是财政总长周学熙，又电告全国，声明大借款理由，略言："政府借款，实履行前参议院议决的案件，未尝违背约法。"于是循环相攻，争论不已。各省都督民政长，有袒护政府的，有诋斥政府的，唯浙江都督朱瑞，有一通电，颇中情理。小子浙人，尚记在脑中，请录与看官一阅。电词云：

窃维共和国家，主权在民，国会受人民之委托，为人民之代表，畀以立法之权，使其监督政府。其责至重，其位弥尊。吾国肇建以后，几历艰难，始克睹正式国会之成立，国内人民，罔不喁望。盖以议院为一国大政所自出，凡政府之措施，必依院议为证据，两院幸已告成，则凡关于国家存亡荣悴诸大问题，皆可由院一一解决，以副吾民之意。自开会以来，所议者为借款一事，轩然大波，迄今未已。夫借用外债，关系国家之财政，国民之负担，其为重要，何俟申论？国会诸君，注意于兹，卓识可佩。唯是国基未固，时艰日亟，借款以外之重要事项，尚不一而足，有等于此者，且有远甚于此者，例如选举总统，制定宪法诸事，皆急待讨论，未可搁延，今以借款一案，争论不休，致使尺寸之时光，骎骎坐逝，揆诸时势，似有未宜。且借款一事，据院内宣言，并不反对，所研究者 唯在此次政府之签约，是否适法。夫欲知政府之签约，是否适法，但须详查前参议院之议事录，并证诸前参议院当事之议员，自可立为解决，无待烦言。此数语亦袒护政府。乃各持所见，异说蜂起，甲派以之为违法，乙派则以之为适法，迷离惝恍，闻者惊疑。且丙党议员通电，谓："政府违法签约，已经多数表决，勿予承认"，而丁党议员来电，则谓："不承认政府签约之议，并未经多数通过，不能生效。"于是此方朝飞一电，谓彼党故事推翻，而彼方复夕出一文，谓此党横加诬罪。一室自起干戈，同舍俨同敌国，非仅骇域中之观听，亦虑贻非笑于

外人。以国会居民具尔瞻神圣庄严之地，而言词之杂出如此，其何以慰人民属望之殷耶？尤有不能已于言者，院内之事件，须于院内解决之，不特法理之当然，亦为各国之通例。若夫院内之事，而求解决于院外，瑞诚不敏，未之前闻。应该驳斥。今两院议员诸君，以借款一事，纷纷电告各省都督民政长，意将诉诸公论，待决国人，在诸君各有苦衷，当为举世所谅，第各都督民政长，或总师干，或司民政，与国会权责各殊，不容干越，虽敬爱议院诸君，而欲稍稍助力，法律具在，其道无由。窃以院内各党，对于国家大事，允宜力持大体，取协商之主义，若唯绝对立于相反地位，则不能解决之事件，将继此而日出不穷。今日之事，特其嚆矢耳。夫院内之问题，而院内不能解决之，虽微两院诸君之诉告，窃虑将有院外之势力，起而解决之者。以院内之事，而以院外势力解决之，法宪荡然，国何以淑？循是以往，则国内之事，行见为国外势力所主宰矣。诚然，诚然。神州倘遂沦胥，政党于何托足？皮之不存，毛将安附？以我两院诸君之英贤明达，爱国如身，讵忍出此乎？窃愿两院诸君，念人民付托之殷挚，民国缔造之艰难，国会地位之尊崇，讨议大事，悉以爱国为前提，手段力取平和，出言务求慎重，各捐客气，开布公心。庶几国本不摇，国命有托，内无阋墙之举，外免豆剖之忧，则我全国父老子弟，拜赐无既矣。瑞身膺疆寄，职有专司，对于国会事件，本应自安缄默，第既辱两院诸君雅意相告，瑞赋性戆直，情切危亡，用敢以国民资格，谨附友朋忠告之谊，略贡愚者一得之言。修词不周，尚希亮察！

这道通电，虽是骑墙派的论调，但议案是立法根本，本与行政官无涉，如何要都督民政长，出去抗议，这正是多此一举呢。各都督中，唯江西都督李烈钧、安徽都督柏文蔚、广东都督胡汉民，索隶国民党籍，闻政府违法借款，极力指斥。为后文伏案。国民党议员，仗着三督声威，纷争益盛，不但驳政府违法，并摘列合同内容严酷的条件，谓为亡国厉阶，决不承认。无如政府既联络进步党，与国民党抗衡，众议院连日闭会，反致另外议案，层叠稽压。各省拥护政府的都督，又电告议院，斥他负职，国民党自觉乏味，乃与进步党协商，但教政府交议，表面上不侵害国会职权，实际上亦未始不可委

曲求全，否则全院议员，俱蒙耻辱等语。进步党员，独谓借款签字，已成事实，即使交议，亦是万难变更，不如姑予承认，另行弹劾政府，方为正当，国民党也无可奈何，只好模棱过去，承认了案。唯参议院强硬到底，终不肯承认借款，袁政府竟不去睬他，一味的独行独断，随时取到借款，即随时支付出去，乐得眼前受用，不管日后为难。

当时有一个湖北商民，名叫裘平治，他于宋案及大借款期内，默窥袁总统行为，无非是帝王思想，若乘此拍马吹牛，去上一道劝进表，得蒙老袁青眼，便是个定策功臣，从此做官，从此发财，管教一生吃着不尽。见地甚高，可惜还早一些。计划已定，只苦自己未曾通文，所有呈文上的说法，如何下笔，想了一会，竟一语也写不出，猛然想到有个知己朋友，是个冬烘先生，平日谈论起来，尝说要真命天子出现，方可太平，他既怀抱这种经济，定能做这种绝好文字，当下就去拜访，果然一说就成。那冬烘先生，颇知通变达权，却把皇帝两字，不肯直说，只把暂改帝国立宪，缓图共和政体两语，装在呈文上面，以下便说总统尊严，不若君主、长官命令，等于弁髦，本图共和幸福，反不如亡国奴隶，曷若酌量改制等语。却是一个老作手。最后署名，除裘平治外，又捏造几个假名假姓，随列后面。这便叫作民意。裘得了呈文，忙跑至邮政局中，费了双挂号的信资，寄达北京。自此日夕探望，眼巴巴的盼着好音，就是夜间做梦，俨然接到总统府征车，来请他作顾问员。挖苦得妙。

一日早晨，尚在半榻间沉沉睡着，忽有一人叫着道："裘君！裘先生！不好了，袁总统要来拿你了。"裘平治被他唤醒，才答道："袁总统来请我么？"还是未醒。那人道："放屁！是要拿你，哪个来请你？"裘平治道："我不犯什么罪，如何要来拿我？敢是你听错不成？"那人道："你有无呈文到京？"裘平治道："有的。"那人便从袋中取出新闻纸，掷向床上道："你瞧！"裘乃披衣起床，擦着两眼，看那新闻纸，颠倒翻阅，一时尚寻不着，经来人检出指示，乃随瞧随读道：

共和为最良之政体，治平之极轨，中国共和学说，酝酿于数千年前，只以压伏于专制之威，未能显著。近数十年来，志士奔呼，灌输全国，故义师一举，遂收响应之功，洵为历史上之光荣，环球所敬叹。本

大总统受国民付托之重，就职宣誓。深愿竭其能力，发扬共和之精神，涤荡专制之瑕秽，永不使帝制再见于中国，皇天后土，实闻此言。仿佛是猪八戒罚咒。乃竟有湖北商民裘平治等，呈称："总统尊严，不若君主，长官命令，等于弁髦，国会成立在即，正式选举，关系匪轻，万一不慎，全国糜烂，共和幸福，不如亡国奴隶，曷若暂改帝国立宪，缓图共和"等语。谬妄至此，阅之骇然。本大总统受任以来，自维德薄能鲜，夙夜兢兢，所以为国民策治安求幸福者，心余力绌，深为愧疚。而凡所设施，要以国家为前提，合共和之原则，当为全国人民所共信。不意化日光天之下，竟有此等鬼蜮行为，若非丧心病狂，意存尝试，即是受人指令，志在煽惑。如务为宽大，置不深究，恐邪说流传，混淆观听，极其流毒，足以破坏共和，谋叛民国，何以对起义之诸人？死事之先烈？何以告退位之清室？赞成之友邦？兴言及此，忧愤填膺，所有裘呈内列名之裘平治等，著湖北民政长严行查拿，按律惩治，以为猖狂恣肆，干冒不韪者戒。此令！

裘平治一气读下，多半是解非解，至读到严行查拿一语，不由的心惊胆战，连身子都战栗起来，便道："这……怎么好？怎么好？"末数语也未及看完，便把新闻纸掷下，复卧倒床上，杀鸡似的乱抖。谁叫你想做官发财？还是来人从旁劝道："三十六著，走为上著，袁总统既要拿你，你不如急行走避，或到亲友家躲匿数天，看本省民政长曾否严拿，再作计较。"裘平治闻言，才把来人仔细一望，乃是一个经商老友，才嘘了一口气道："承兄指教，感念不浅，但外面的风声，全仗你留意密报，我的家事，亦望老友照顾，后有出头日子，当重重拜谢呢。"那人满口应允，裘平治忙略略收拾，一溜烟的逃去了。后来湖北省中，饬县查拿，亦无非虚循故事，到了裘家数次，觅不着裘平治；但费了几回酒饭费，却也罢了。这是善体上意。小子有诗叹道：

一介商民敢上呈，妄图富贵反遭惊。
从知祸福由人召，何苦营营逐利名。

裘平治终未缉获，袁总统亦无后命，那参议院中，又提出一种弹劾案来。毕竟弹劾何人，容至下回分解。

违法签约，司马昭之心，路人皆知。为国会议员计，力争无效，不如归休，微特进步党趋炎附热，为识者所不齿，即如国民党员，叫嚣会场，无人理睬，天下事可想而知，尚何必溷迹都门，甘作厌物耶？朱督一电，未必无私，而指摘议员，实有独到处，特录之以示后世，著书人之寓意深矣。裘平治请改政体，实存一希倖之心而来，经作者描摹尽致，几将肺肝揭出，袁总统通令严拿，原不过欺人耳目，然裘商已几被吓死矣。是可为热中者戒！

第二十五回　烟沉黑幕空具弹章　变起白狼构成巨祸

却说河南地方，是袁总统的珂里，袁为项城县人氏，项城县隶河南省，从前鄂军起义，各省响应，独河南巡抚宝棻，是个满洲人，始终效顺清廷，不肯独立，学界中有几个志士，如张钟瑞、王天杰、张照发、刘凤楼、周维屏、张得成、冯广才、徐洪禄、王盘铭等，极思运动军警，光复中州。嗣被宝棻侦悉，密遣防营统领柴得贵，带着营兵，把所有志士，一律拘获，陆续枪毙。外县虽几次发难，亦遭失败。唯嵩县人王天纵，素性不羁，喜习拳棒，尝游日本横滨，遇一女学生毛奎英，为湖南世家子，一见倾心，愿附姻好，结婚后，携归砀山，共图革命，叙及王天纵，不没毛奎英，是寓男女平权之意。乃招集徒党，日加训练，每遇贪官污吏，常乘他不备，斫去几个好头颅，里人称为侠士，清廷目为盗魁。宣统三年七月，曾有南北镇会剿的命令，统领谢宝胜，亲率大兵，与王天纵鏖战数次，终不能越砀山一步。既而武昌事起，黎都督派人至砀山，约为声援。豫省诸志士，又奔走号呼，举他为大将军，他即整旅出山，往洛阳进发。沿途招降兵士数千人，声势大振。

嗣接陕西都督急电，以潼关失守，邀他往援，他又转辔西上，夺还潼关，再回军进河南界，拔阌乡，下灵宝、陕州，直达渑池，适清军云集，众寡悬殊，两下里血战六昼夜，不分胜负。忽得南北议和消息，有志士刘粹轩、姬宗羲、刘建中，及护兵徐兴汉等，愿冒险赴敌，劝导清军反正，谁知一去不还，徒成碧血。清军复巧施诡计，竟臂缠白布，手执白旗，托词

投诚，驰入王军营内，捣乱起来。王猝不及防，慌忙退兵，已被杀死二千多人，几至一蹶不振。幸退屯龙驹寨，重行招募，再图规复，方誓众东下，逾内乡、镇平各县，得抵南阳，闻清帝退位确信，乃按兵不动。寻因宛城一带，兵匪麕集，随处劫掠，复出为荡平，暂驻宛城。未几，袁总统已就职北京，饬各省裁汰军队，就是王天纵一军，亦只准编巡防两营，余均遣散。王乃酌量裁遣，退宛驻淅。插此一段，实为王天纵着笔。

唯河南巡抚宝棻，不安于位，当然卸职归田，继任的便是都督张镇芳。镇芳是老袁中表亲，向属兄弟称呼，袁既做了大总统，应该将河南都督一缺，留赠表弟兄，也是他不忘亲旧的好意。语中有刺。怎奈张镇芳倚势作威，专务朘削，不恤民生，渐致盗贼蜂起，白日行劫，所有掳掠奸淫等情事，每月间不下数十起，报达省中。那老张全不顾问，但在卧榻里面，吞云吐雾，按日里与妻妾们练习那小洋枪，水洋炮的手段。也算是留心军政。全省人民，怨声载道，无从呼吁。长江水上警察第一厅厅长彭超衡，目睹时艰，心怀不忍，乃邀集军警学各界，列名请愿，胪陈张镇芳六大罪案，请参议员提前弹劾。请愿书云：

为请愿事：河南都督张镇芳到任经年，凡百废弛，其种种劣迹，不胜枚举，特揭其最确凿者六大罪状，为贵院缕陈之：（一）摧残舆论。河南处华夏之中心点，腹地深居，省称光大，正赖舆论提倡，增进人民知识，而张镇芳妄调军队，逮捕自由报主笔贾英夫，出版自由，言论自由，皆约法所保障，该督竟敢破坏约法，其罪一。（二）甘犯烟禁。洋烟流毒，同胞沉沦，民国成立，首悬厉禁，皖之焚土，湘之枪毙，鄂之游街，普通人民，均受制裁，而镇芳横陈一榻，吞吐自如，不念英人要挟，交涉棘手，倚仗威势，醉傲烟霞，其罪二。（三）纵军养匪。河南土匪蜂起，民不堪命，镇芳手握重兵，不能克期肃清，亦属养匪殃民，况复纵抚标亲军在许、襄骚扰，巡防第一第八两营，在汝、川、襄、叶等处，私卖军火，与匪通气，兵耶匪耶，同一病民，其罪三。（四）任用私人。李时灿侵蚀学款，反对共和，人咸目为大怪物，迭经各界攻击，而镇芳初任之为秘书，继荐之长教育，恐学界有限脂膏，难填无穷欲壑；且反对共和之贼，厕身教育，不过教人为奴隶，为牛马，士林前

途，无一线光明，其罪四。（五）蔑视法权。镇芳有保护私宅卫队百名，系伊甥带领，倚乃舅威势，因向项城县知事关说私情，未准其请，胆敢带领卫队，捣毁官署，殴辱知事。夫知事一县之如官，行政之代表，伊甥竟以野蛮对待，而镇芳纵容不究，弁髦法令，其罪五。（六）草菅人命。袁寨炮队曾拿获行迹可疑之人七名，送项城县讯问，供系谢保胜溃军，并无他供。迨后病毙一名，逃脱二名。所有樊学才四名，仍然在押。朱春芳硬指为伊子朱树藩枪毙案中要犯，串通议员夏五云，贿赂张镇芳，竟下训令，饬项城知事，不问口供，枪毙樊学才四名，军民冤之。夫专制时代无确实口供，尚不轻斩决，而镇芳唯利是图，竟以三字冤狱，枉毙人命，其罪六。综以上六罪，皆代表等或出之目睹，或调查有据者也。素仰贵院代表全国，力主公论，不侵强权，是以代表羁住他乡，不忍乡里长此蹂躏，为三千万人民呼吁请命，伏祈贵院提前弹劾，张贼早去一日，则人民早出水火一日，不胜迫切待命之至。须至请愿者。

参议员览到此书，未免动了公愤，河南议员孙钟等，遂提出查办案，当由大众通过，寻查得六大罪案，凿凿有据，乃实行弹劾，咨交政府依罪处罚。看官！你想张都督是总统表亲，无论如何弹劾，也未能动他分毫；又兼袁总统是痛恨议员，随你如何说法，只有“置不答复”四字，作为一定的秘诀。张镇芳安然如故，河南的土匪，却是日甚一日，愈加横行。鲁山、宝丰、郏县间，统是盗贼巢穴，最著名的头目，叫作秦椒红、宋老年、张继贤、杜其宾，及张三红、李鸿宾等，统是杀人不眨眼的魔王。就中有个白狼，也与各党勾连，横行中州。闻说白狼系宝丰县人，本名阆斋，曾在吴禄贞部下，做过军官。吴被刺死，心中很是不平，即日返里，号召党羽，拟揭竿独立。会因南北统一，所谋未遂，乃想学王天纵的行为，劫富济贫，自张一帜。无如党羽中良莠不齐，能有几个天良未昧，就绿林行径中，做点善事；况是啸聚成群，既没有什么法律，又没有什么阶级，不过形式上面，推白为魁，就使他存心公道，也未能一一羁勒，令就约束，所以东抄西掠，南隳北突，免不得相聚为非，成了一种流寇性质。可见大盗本心，并非欲蹂躏乡闾，其所由终受恶名者，实亦为党羽所误耳。于是白阆斋的威名，渐渐减色，大众目为

巨匪，号他白狼。大约说他与豺狼相似，不分善恶，任情乱噬罢了。

白狼有个好友，叫作季雨霖，曾为湖北第八师师长，前曾佐黎都督革命，得了功绩，加授陆军中将，赏给勋三位。民国二年三月初旬，湖北军界中，倡立改进团名目，分设机关，私举文武各官，遍送传单证据，希图起事，推翻政府，嗣由侦探查悉，报知黎都督，由黎派队严拿，先后破获机关数处，拘住乱党多名，当下审讯起来，据供是由季雨霖主谋。黎即饬令拘季，哪知季已闻风远飏，急切无从缉获，由黎电请袁总统，将季先行褫职，并夺去勋位，随时侦缉，归案讯办。袁总统自然照准，季雨霖便做为逃犯了。当时改进团中，尚有熊炳坤、曾尚武、刘耀青、黄裔、吕丹书、许镜明、黄俊等，皆在逃未获，余外一班无名小卒，统自鄂入汴，投入白狼麾下。

白狼党羽愈多，气焰越盛，所有秦椒红、宋老年、李鸿宾等人，均与他往来通好，联络一气。会闻舞阳王店地方，货物山积，财产丰饶，遂会集各部，统同进发。镇勇只有百余名，寡不敌众，顿时溃散。各部匪遂大肆焚掠，全镇为墟，复乘夜入象河关，进掠春水镇。镇中有一个大富户姓王名沧海，积赀百余万，性极悭吝，平居于公益事，不肯割舍分文，但高筑大厦，厚葺墙垣，自以为坚固无比，可无他虑。这叫作守财奴。贫民恨王刺骨，呼他为王不仁，秦宋诸盗，冲入镇中，镇民四散奔匿，各盗也不遑四掠，竟向王不仁家围住。王宅阖门固守，却也有些能耐，一时攻不进去。秦椒红想了一策，暗向墙外埋好火药，用线燃着，片刻间天崩地塌，瓦石纷飞，王氏家人，多被轰毙。群盗遂攻入内室，任情虏掠，猛见室中有闺女五人，缩做一团，杀鸡似的乱抖。秦椒红、李鸿宾等，哪里肯放，亲自过去，将五女拉扯出来，仔细端详，个个是弱不胜娇，柔若无力，不禁大声笑道："我们正少个压寨夫人，这五女姿色可人，正是天生佳偶呢。"语未毕，但听后面有人叫道："动不得！动不得！"秦李二人急忙回顾，来者非谁，就是绿林好友白狼。秦椒红便问道："为什么动不得？"白狼道："他家虽是不良，闺女有何大罪？楚楚弱质，怎忍淫污，不如另行处置罢。"强盗尚发善心。李鸿宾道："白大哥太迂腐了。我等若见财不取，见色不纳，何必做此买卖？既已做了此事，还要顾忌什么？"说至此，便抢了一个最绝色的佳人，搂抱而去，这女子乃是沧海侄女，叫作九姑娘。秦椒红也拣选一女，拖了就走，宋

老年随后趋至，大声道："留一个与我罢。"全是盗贼思想。白狼道："你又来了，我辈初次起事，全靠着纪律精严，方可与官军对垒，若见了妇女，便一味淫掠，我为头目的，先自淫乱，哪里能约束徒党呢？"又易一说，想是因前说无效之故，但语皆近理，确不愧为盗魁。宋老年道："据你说来，要我舍掉这美人儿么？"白狼道："我入室后，寻不着这王不仁，想是漏脱了去，我想将这数女掳去为质，要他出金取赎，我得了赎金，或移购兵械，或输作军饷，岂不是有一桩大出息？将来击退官军，得一根据，要掳几个美人儿，作为妾媵，也很容易呢。"无非掳人勒赎，较诸秦李二盗，相去亦属无几。宋老年徐徐点首道："这也是一种妙策，我便听你处置，将来得了赎金，须要均分呢。"白狼道："这个自然，何待嘱咐。"说毕，便令党羽将三女牵出，自己押在后面，不准党羽调戏，宋老年也随了出来。那时秦李两部，早已抢了个饱，出镇去了。

白狼偕宋老年，遂向独树镇进攻。途次适与秦李二盗相遇，乃复会合拢来，分占独树北面的小顶山及小关口，谋攻独树镇。时南阳镇守使马继增，闻王店春水镇，相继被掠，急忙率队往援，已是不及，复拟进蹑群盗，适接第六师师长李纯军报，调赴信阳，乃将镇守使印信，交与营务处田作霖，令他护理，自赴信阳去讫。田闻独树有警，星夜往援，分攻小顶山小关口，一阵猛击，杀得群盗七零八落。白狼、李鸿宾先遁，宋老年随奔，秦椒红袒背跳骂，猛来了一粒弹子，不偏不倚，正中头部，自知支持不住，急令部匪挟着王氏女，滚山北走。官军奋勇力追，毙匪甚众。秦椒红虽得幸免，怎奈身已受伤，不堪再出，便改服农装，潜返本籍养病。不意被乡人所见，密报防营，当由防兵拿住送县，立处死刑。难为了王氏女。独白狼匿入母猪峡，与李鸿宾招集散匪，再图出掠，且挈着王氏三女，勒赎巨金。王氏父女情深，既知消息，不得已出金取赎。悖入悖出，已见天道好还，且尚有一女一侄女，陷入盗中，不仁之报，何其酷耶？白狼既得厚资，复出峡东窜，击破第三营营长苏得胜，径趋铜山沟。团长张敬尧，奉李纯命，往截白狼，不意为白狼所乘，打了一个大败仗，失去野炮二尊，快枪百余枝，饷银六千元，过山炮机关枪弹子，半为狼有。于是狼势大炽，左冲右突，几不可当，附近一带防军，望风生惧，没人敢与接仗，甚且与他勾通，转好坐地分赃，只苦了数十百万人民，流离颠沛，逃避一空。小子有诗叹道：

茫茫大泽伏萑苻，万姓何堪受毒逋。
谁总师干驻河上，忍看一幅难民图。

张督闻报，才拟调兵会剿，哪知东南一带，又起兵戈，第六师反奉调南下。究竟防剿何处，待至下回再详。

王天纵与白阆斋，两两相对。一则化盗为侠，一则化侠为盗，时机有先后，行动有得失，非尽关于心术也。即以心术论，王思革命，白亦思革命，同一革命健儿，而若则以侠著，若则以盗终，天下事固在人为，但亦视运会之为何如耳。虽有智慧，不如乘势，诚哉是言也。唯都督张镇芳，尸位汴梁，一任盗贼蜂起，不筹剿抚之方，军警学各界，请愿参议院，参议院提出弹劾案，而袁总统绝不之问，私而忘公，坐听故乡之糜烂，是张之咎已无可辞，袁之咎更无可讳矣。于白狼乎何尤?

第二十六回　暗杀党骈诛湖北
讨袁军竖帜江西

却说国会成立以后，就是大借款案、张镇芳案，接连发生，并不见政府有何答复，少慰人意；他如戕宋一案，亦延宕过去，要犯赵秉钧、洪述祖等，逍遥法外，都未曾到案听审。京内外的国民党，统是愤不可遏，跃跃欲动，恨不得将袁政府，即日推倒。奈袁政府坚固得很，任他如何作梗，全然不睬；并且随地严防，密布罗网，专等国民党投入，就好一鼓尽歼。为后文伏笔。相传赵秉钧为了宋案，到总统府中面辞总理，袁总统温言劝慰道："梁山渠魁，得君除去，实是第一件大功。还有天罡地煞等类，若必欲为宋报仇，管教他噍无遗种呢，你尽管安心办事，怕他什么？"处心积虑，成于杀也。赵秉钧经此慰藉，也觉放下了心，但总未免有些抱歉，所以托病赴津。那国民党不肯甘休，明知由老袁暗地保护，格外与袁有隙，两下里仇恨愈深。忽京中来了女学生，竟向政府声明，自言姓周名予儆，系受黄兴指使，结连党人，潜进京师，意欲施放炸弹，击死政府诸公；转念同族相残，设计太毒，因此到京以后，特来自首；并报告运来炸弹地雷硫黄若干，现藏某处。政府闻报，立派军警往查，果然搜出若干军火，并获乱党数名，当命监禁待质；一面由北京地方检察厅，转饬沪上法官，传黄兴来京对质，命令非常严厉，一些儿不留余地。这也是可疑案件，黄兴欲击毙当道，何故遣一女学生，令人不可思议。黄兴自然不肯赴京。南方传讯赵秉钧，北方传讯黄兴，先后巧对，何事迹相类若此。

既而上海制造局，发一警电，说道五月二十九日夜间，忽来匪徒百余人，闯入局中，图劫军械，幸局中防备颇严，立召夫役，奋力抵敌，当场击败匪徒，擒住匪官一名，自供叫作徐企文。看官记着！这夜风雨晦冥，四无人迹，徐企文既欲掩他不备，抢劫军火，也应多集数百名，为什么寥寥百人，便想行险侥幸呢？想是熟读《三国演义》，要想学东吴甘兴霸百骑劫曹营故事。况且百余个匪徒，尽行逃去，单有首领徐企文却被擒住，这等没用的人物，要想劫什么制造局。灯蛾扑火，自取灾殃，难道世上果有此愚人么？离离奇奇，越发令人难测。政府闻这警耗，竟派遣北军千名，乘轮来沪，并由海军部特拨兵舰，装载海军卫队多名，陆续到了沪滨，所有水陆人士，统是雄赳赳的身材，气昂昂的面目，又有特简的总执事官，系是袁总统得力干员，曾授海军中将，叫作郑汝成。大名鼎鼎。下如陆军团长臧致平，海军第一营营长魏清和，第二营营长周孝骞，第三营营长高全忠等，均归郑中将节制，仿佛是大敌当前，即日就要开仗的情形。都是徐企文催逼出来。

过了数天，袁总统又下命令，著将江西都督李烈钧，安徽都督柏文蔚，广东都督胡汉民，一体免职，另任孙多森为安徽民政长，兼署都督事，陈炯明为广东都督，江西与湖北毗连，令副总统黎元洪兼辖。这道命令，颁发出来，明明是宣示威灵，把国民党内的三大员，一律捽去，省得他多来歪缠，屡致掣肘。应二四回。当时海内人士，已防他变，统说三督是国民党健将，未必肯服从命令，甘心去位，倘或联合一气，反抗政府，岂不是一大变局？偏偏三督寂然不动，遵令解职，江西、安徽、广东三省，平静如常。

唯湖北境内，屡查出私藏军械等件，并有讨贼团、诛奸团、铁血团、血光团等名籍，及票布旗帜，陆续搜出。起初获住数犯，统是被诱愚民，及小小头目，后来始捕获一大起，内有要犯数名，就是刘耀青、黄裔、曾尚武、吕丹书、许镜明、黄俊等人，讯明后，尽行枪毙。未几，在武昌城内，亦发现血光团机关，派兵往捕，该犯不肯束手，齐放手枪炸弹，黑烟滚滚，绕做一团，官兵猝不及防，却被他击死二人，伤了一人。嗣经士兵愤怒，一齐开枪抵敌，方杀入秘室，枪毙几个党犯，有五犯升屋欲逃，又由兵士穷追，打死一名，捉住三名。当下在室内搜出文件关防，及所储枪弹等类，共计四箱，一并押至督署，由黎亲讯，立将犯人斩首。及检阅箱内文据，多半与武汉国民党交通部勾连，就是在京的众议员刘英，及省议

员赵鹏飞等，亦有文札往来，隐相联络。黎副总统，遂派兵监守国民党两交通部，凡遇出入人员，与往来信件，均须盘诘检查，两部办事人，已逃去一空，几乎门可罗雀了。

既而襄河一带，如沙场、张家湾、潜江县、天门县、岳口、仙桃镇等处，次第生变，次第扑灭。某日，黎督署中，有一妙年女子，入门投刺，口称报告机密。稽查人员，见她头梳高髻，体着时装，足趿革鞋，手携皮夹，仿佛似女学生一般，因在戒严期内，格外注意，遂先行盘诘一番，由女子对答数语，免不得有支吾情形。稽查员暗地生疑，遂唤出府中仆妇，当场搜检，那女子似觉失色，只因孤掌难鸣，不得不由他按搦。好一歇，已将浑身搜过；并无犯禁物件，唯两股间尚未搜及，她却紧紧拿住，岂保护禁脔耶？经稽查员嘱告仆妇，摸索裤裆，偏有沉沉二物，藏着在内。女子越发慌张，仆妇越要检验，一番扭扯，忽从裤脚中漏出两铁丸，形状椭圆，幸未破裂。看官不必细问，便可知是炸弹了。诡情已著，当然受捕，由军法科讯鞫，那女子却直供不讳，自称："姓苏名舜华，年二十二，曾为暗杀铁血团副头目，此次来署，实欲击杀老黎，既已被获，由你处治，何必多问。"倒也爽快。当下押往法场，立即处决，一道灵魂，归天姥峰去了。

嗣又陆续获到女犯两名，一叫周文英，拟劫狱反牢，救出死党，一叫陈舜英，为党人钟仲衡妻室，钟被获受诛，她拟为夫报仇，投入女子暗杀团，来刺黎督，事机不密，统被侦悉，眼见得俯首受缚，同死军辕。实是不值。嗣复闻汉口租界，设有党人机关，即由黎副总统再行遣兵往拿，一面照会各领事，协派西捕，共同查缉，当拘住宁调元、熊越山、曾毅、杨瑞鹿、成希禹、周览等，囚禁德法各捕房，并搜出名册布告等件，内列诸人，或是议员，或是军警，就是从前逃犯季雨霖，亦一并在内，只"雨霖"二字，却改作"良轩"，待由各犯供明，方才知晓。黎副总统乃电告政府，请下令通缉，归案讯办。曾记袁政府即日颁令道：

据兼领湖北江西都督黎元洪电陈乱党扰鄂情形，并请通缉各要犯归案讯办等语。此次该乱党由沪携带巨资，先后赴鄂，武汉等处，机关四布，勾煽军队，招集无赖，约期放火，劫狱攻城扑署，甚至时在汉阳下游一带挖掘盘塘堤，淹灌黄、广等七县，不惜拼掷千百万生命财产，以

逞乱谋，虽使异种相残，无此酷毒。经该管都督派员，在汉口协同西捕，破获机关，搜出账簿名册旗帜布告等件，并取具各犯供词，证据确凿，无可掩饰。查该叛党屡在鄂省谋乱，无不先时侦获，上次改进团之变，未戮一人，原冀其革面洗心，迷途思返，乃竟鬼蜮为谋，豺狼成性，以国家为孤注，以人命为牺牲，颠覆邦基，灭绝人道，实属神人所共愤，国法所不容。本大总统忝受付托之重，不获为生灵谋幸福，为寰宇策安全，竟使若辈不逞之徒，屡谋肇乱，致人民无安居之日，商廛无乐业之期，兴念及此，深用引疚，万一该乱党乘隙思逞，戒备偶疏，小之遭荼毒之惨，大之酿分割之祸，将使庄严灿烂之民国，变为匪类充斥之乱邦，谁为致之？孰令听之。本大总统及我文武同僚，将同为万古罪人，此心其何以自白？夷考共和政体，由多数国民代表，议定法律，由行政官吏依法执行，行不合法，国民代表，得而监督之，不患政治之不良。现国会既已成立，法律正待进行，或仍借口于政治改良，不待国会议定，不由国会监督，簧鼓邪词，背驰正轨，唯务扰乱大局，以遂其攘夺之谋，阳托改革之名，其实绝无爱国与政治思想。种种暴乱，无非破坏共和，凡民国之义，人人均为分子，即人人应爱国家，似此乱党，实为全国人民公敌。默念同舟覆溺之祸，缅维新邦缔造之艰，若再曲予优容，姑息适以养奸，宽忍反以长乱，势不致酿成无政府之惨剧不止。所有案内各犯，除宁调元、熊越山、曾毅、杨瑞鹿、成希禹、周览，已在汉口租界德法各捕房拘留，另由外交部办理外，其在逃之夏述堂、王之光、季良轩即季雨霖、钟勖庄、温楚珩、杨子鬯即杨王鹏、赵鹏飞、彭养光、詹大悲、邹永成、岳泉源、张秉文、彭临九、张南星、刘仲州等犯，著该都督民政长将军都统护军使，一体悬赏饬属严拿，务获解究，以彰国法而杜乱萌。此令！

此令一下，湖北各军界，格外严防，按日里探查秘密，昼夜不懈，黎副总统亦深居简出，非遇知交到来，概不接见，府中又宿卫森严，暗杀党无从施技。只民政长夏寿康，及军法处长程汉卿两署内，迭遇炸弹，幸未伤人。还有高等密探张耀青，为党人所切齿，伺他出门，放一炸弹，几成齑粉；又有密探周九璋，奉差赴京，家中母妻子女，都被杀死，只剩一妹逸出窗外，

报告军警，到家查捕，已无一人，但有尸骸数堆，流血盈地。自是防备愈密，查办益严，所有讨贼诛奸铁血血光各团，无从托足，遂纷纷窜入江西。

江西都督一缺，自归黎元洪兼任后，黎因不便离鄂，特荐欧阳武为护军使，贺国昌护民政长，往驻江西。除照例办事外，遇有要公，均电鄂商办。嗣由党人日集，谣言日多，江西省议会及总商会，恐变生不测，屡电到鄂，请黎莅任。这时候的黎兼督，不能离武昌一步，哪里好允从所请，舍鄂就赣呢？会九江要塞司令陈廷训，连电黎副总统，极言："九江为长江要冲，匪党往来如织，近闻挟持巨金，来此运动，克期起事，恳就近速派军队，及兵轮到来，藉资镇慑"等语。黎副总统，亟遣第六师师长李纯，率师东下，一面密报中央，请再增兵江西，藉备不虞。袁总统即命李纯为九江镇守使，并陆续调遣北军，分日南下。哪知护军使欧阳武，偏电达武昌，声言："赣地各处，一律安靖，何用重兵镇慑？现在北军，分据赛湖、青山、瓜子湖一带，严密布置，断绝交通，商民异常恐慌，请即日撤回防兵，且乞转达中央，务期休兵息民"云云。黎得此电，不禁疑虑交并。这种把戏，一时却看他不懂。只好复慰欧阳，说明陈司令告急，因派李司令到浔，既据称赣省无事，当调李回防，但船只未到，军队未回以前，仍希转饬浔军，并地方商民，毋徒轻信谣言，致生误会为要。这电文甫经发出，不意陈廷训又来急电，说："由湖口炮台报告，前督李烈钧带同外人四名，于七月八日晚间，乘小轮到湖口，会同九十两团，调去工程辎重两营，勒令各台交出，归他占据，并用十营扼住湖口，分兵进逼金鸡炮台，且有德安混成旅旅长林虎等，亦向沙河镇北进，闻为李烈钧后援。事机万急，火速添兵。"看这数语，与欧阳武所报情形，迥然不同，弄得黎副座莫明其妙。又电诘欧阳武，等他复电，竟有一两日不来。独镇守使李纯，却有急电请示，据言："李烈钧已占住湖口炮台，宣告独立。前代理镇守使俞毅及旅长方声涛，团长周璧阶等，俱潜往湖口，与李联兵，驻扎德安的林虎，亦前应李众，乱机已发，未敢骤退，请训示遵行。"那时江西兼督黎副总统，已经瞧破情形，飞电令李纯留驻九江，毋即回军，复电致政府，详报护军镇守两使情状。政府即严诘欧阳武，欧阳武复电到来，略言："李烈钧确到湖口，九十两团，虽为所用，幸两团以外，各处军队，未经全变。现已连日调集南昌，并开两团往湖口，竭力支持，荷蒙知遇，当誓死图报"云云。政府复据情电鄂，黎兼督又是动疑，忽传到讨

袁军檄文，为首署名，就是总司令李烈钧，接连列名的，乃是都督欧阳武，民政长贺国昌，兵站总监俞应鸿等，所说大旨，无非是痛詈老袁。黎亦瞧不胜瞧，但就紧要数语，仔细一阅，略云：

> 民国肇造以来，凡我国民，莫不欲达真正目的。袁世凯乘时窃柄，帝制自为；灭绝人道，而暗杀元勋，弁髦约法，而擅借巨款。金钱有灵，即舆论公道可收买，禄位无限，任腹心爪牙之把持。近复盛暑兴师，蹂躏赣省，以兵威劫天下，视吾民若寇仇，实属有负国民之委托，我国民宜亟起自卫，与天下共击之！

黎阅至此处，将来文掷置案上，暗暗叹道："老袁却也专制，应该被他讥评，但他们恰也性急。前年革命，生民涂炭，南北统一，仅隔一年，今又构怨弄兵，无论袁政府根地牢固，一时推他不倒，就是推倒了他，未必后起有人，果能安定全国，徒令百姓遭殃，外人干涉。唉！这也是何苦生事呢！我只知保全秩序，不要卷入漩涡，省得自讨苦吃罢。"好算明见。正筹念间，李烈钧又有私函到来，接连是黄兴、柏文蔚等，也有电文达鄂。黎俱置诸不理，未几，得九江镇守副使刘世钧要电，请催李纯速攻湖口，又未几，得欧阳武通电，说："由省议会公举，权任都督，且指北军为袁军，说他无故到赣，三道进兵，具何阴谋？赣人愤激得很，武为维持大局计，不得不暂从所请"云云。又未几，得李纯急电，已与林虎军开战了。正是：

帷幕不堪长黑暗，萧墙又复起干戈。

欲知李林两军胜负，容待下回表明。

是回为二次革命之发端，见得正副两总统，内外通筹，联为一体，专防国民党起事。周予儆之自首，得票传黄兴到京，所以抗宋案也，徐企文之攻制造局，得输运陆海军至沪，所以争先著也。赣皖粤三都督，尽令免官，所以报争款之怨，而弱党人之势也。一步紧一步，一着紧一着，此是袁总统无上兵略，而黎副总统即默承之，党人不察，徒号召党羽，散布鄂省，令几个好男女头颅，无端轻送。

至图鄂不成，转而图赣，曾亦闻李纯已至，北军南来，要险之区，俱已扼守，尚有何隙可乘耶？或谓三督在位，尚有兵权，何不乘免官令下之时，联合反抗，宣告独立，乃迟至卸职以后，再行发难，毋乃太愚。是不然。袁政府既能撤除三督，宁不能防备三督？三督正因老袁之注意，姑为此寂然不动，遵令解职，待事过境迁，乃跃然而起，掩其不备。彼以为老袁已弛戒心，而谁料老袁之防，转因此而益切。十面埋伏，专待项王。袁之计何其巧乎？故予谓周予儆、徐企文辈，实皆受袁之指使，试悉心钩考之，当知予言之非诬矣。

第二十七回　战湖口李司令得胜　弃江宁程都督逃生

却说旅长林虎，本与李烈钧同党，李至湖口，早已暗招林虎，令率军前来援助。林即率众北行，逾沙河镇，直赴湖口，偏被九江镇守使李纯，派兵堵住。至此见李纯一军，实是要着。李烈钧明知李纯前来，是个劲敌，早运动欧阳武，迫他撤回。李纯不肯回师，更兼北京政府，及武昌黎兼督，都饬他留驻防变，所以养兵蓄锐，专待林虎到来，与他角斗。林虎既到湖口，怎肯罢休，便直逼李纯军营，开枪示威，李纯手下的兵弁，已是持枪整弹，静候厮杀，猛闻枪声隆隆，即开营出击。两下交战多时，不分胜负，各自收兵回营，相持不退。当由李纯分电告警，越日，即电传袁总统命令云：

前据兼领湖北江西都督事黎元洪，先后电称："据九江要塞司令陈廷训电，因近日乱党挟带巨资，前来九江湖口，运动煽惑，约期举事，恳请就近酌派军队，赴浔镇慑，即经派兵前往；嗣据江西护军使欧阳武电阻，已谕令前往军队预备撤回各营等语；兹又据黎兼督暨镇守使李纯，先后电陈，李烈钧带同外国人四名，于本月八号晚乘小轮到湖口，约会九十两团团长。调去辎重工程两营，勒令各台交出，归其占领，以各营扼扎湖口，遍布要隘，分兵进逼金鸡炮台。德安之混成旅，并向沙河镇进驻。该镇南之赣军队，突于十二日上午八点钟开枪向我军进攻，且以湖口地方，宣布独立等情"，阅之殊深骇异。李烈钧前在江西，拥

兵跋扈，物议沸腾，各界纷纷吁诉，甚谓李烈钧一日不去，赣民一日不安。本大总统酌予免官，调京任用，所以曲为保全者，不为不致。且为赣省计，深恐兴师问罪，惊扰良民，故中央宁受姑息之名，地方冀获敉安之庆。不意逆谋叵测，复潜至湖口，占据炮台，称兵构乱，谓非背叛民国，破坏共和，何说之辞？可见陈廷训电称运动煽惑，约期举事，言皆有据。似此不爱国家，不爱乡土，不爱身家名誉，甘心畔逆，为虎作伥，不独主持人道者所不忍言，实为五大民族所共弃。值此边方多故，应付困难，虽全国协力同心，犹恐弗及，而乃幸灾乐祸，倾覆国家，稍有天良，宁不痛愤？李烈钧应即褫去陆军中将并上将衔，著欧阳护军使及李镇守使设法拿办，其胁从之徒，自愿解散，概不深究，如或抗拒，则是有心从逆，定当痛予诛锄。并著各省都督民政长，剀切晓谕军民，共维秩序，严加防范。本大总统既负捍卫国民之职任，断不容肇乱之辈，亡我神州。凡我军民，同有拯溺救灾之责，其敬听之！此令。

李纯阅罢，当将命令宣示军士，军士愈加愤激，即于是日夜间，磨拳擦掌，预备出战。到了天晓，一声令发，千军齐出，好似排山倒海一般，迫入林虎军前。林虎亦麾军出迎，你枪我弹，轰击不休，自朝至午，尚是死力相搏，两边共死亡多人，林军伤毙尤众。看看日将西昃，李军枪声益紧，林军子弹垂尽，任你著名闽中的林虎，也不能赤手空拳，亲当弹雨，只好下令退兵。这令一下，部众慌忙回走，遂致秩序散乱，东奔西散，好似风卷残云，顷刻而尽。李纯督军追了一程，方才回营，当即露布告捷，时袁总统已任段芝贵为第一军军长，整队南下，来助李纯，归黎副总统节制，并命为宣抚使，与欧阳武等妥筹善后事宜。欧阳武已自做都督，岂老袁尚在未知？黎闻此令，当将欧阳武情状，据实电达中央，袁总统又下通令道：

共和国民，以人民为主体，而人民代表，以国会为机关。政治不善，国会有监督之责，政府不良，国会有弹劾之例。大总统由国会选举，与君主时代子孙帝王万世之业，迥不相同。今国会早开，人民代表，咸集都下，宪法未定，约法尚存，非经国会，无自发生监督之权，更无擅自立法之理，岂少数人所能自由起灭？亦岂能因少数人权利之

争，掩尽天下人民代表之耳目？此次派兵赴浔，迭经本大总统及副总统一再宣布，本末了然。何得信口雌黄，藉为煽乱营私之具？今阅欧阳武通电，竟指国军为袁军，全无国家观念，纯乎部落思想，又称蹂躏淫戮，庐墓为墟等情，九江为中外杂居之地，万目睽睽，视察之使，络绎于途，何至无所闻见？陈廷训之告急，黎兼督之派兵，各行其职，堂堂正正，何谓阴谋？孤军救援，何谓三道进兵？即欧阳武蒸日通电，亦云李烈钧到湖口，武开两团往攻等语，安有叛徒进踞要塞，而中央政府，该管都督，撤兵藉寇之理？岂陈廷训、刘世均，近在九江之电不足凭，而独以欧阳武远在南昌之电为足信？岂赣省三千万之财产，独非中华民国之人民？李纯所率之两团，独非江西兼督之防军？欧阳武以护军使不足，而自为都督，并称经省会公举，约法具在，无此明条；似此谬妄，欺三尺童子不足，而欲欺天下人民，谁其信之？且与本大总统防乱安民之宗旨，与迭次之命令，全不相符。捏词诬蔑，称兵犯顺，视政府如仇敌，视国会若土苴，推翻共和，破坏民国，全国公敌，万世罪人，独我无辜之良民，则奔走流离，不知所届，本大总统心实痛之。**若非看到后来，则此等命令，真若语语爱民。**本大总统年逾五十，衰病侵寻，以四百兆人民之付托，茹苦年余，无非欲黎民子孙，免为牛马奴隶。此种破坏举动，本大总统在任一日，即当牺牲一切，救国救民，现在正式选举，瞬将举行，虽甚不肖，断不致以兵力攘权利。**总统已是囊中物，安得不争？**况艰辛困苦，尤无权利之可言。**由总统过渡，即成皇帝，安得谓无权利？**副总统兼圻重任，经本大总统委托讨逆，责有攸归，或乃视为鄂赣之争，尤非事实。仍应责成该兼督速平内乱，拯民水火，各省都督等同心匡助，毋视中华民国为一人一家之事，毋视人民代表为可有可无之人。**你不如此，谁敢如此？**我五大族之生灵，或不致断送于乱徒之手。查欧阳武前日电文，词意诚恳，与此电判若两人，难保非佥壬挟持，假借民意，俟派员查明，再行核办。此令！

令甲迭下，战衅已开，林虎军已经败走，李烈钧尚据湖口。段芝贵率兵南下，会同李纯军，一同进攻。黎副总统又拨楚豫、楚谦、楚同各兵舰，共赴九江，且委曹副官进解机关炮八尊，快枪五十支，子弹十万粒，径达军

前，接济军需。看官！你想湖口一区，并非天险，李烈钧孤军占据，随在可危，怎禁得袁黎交好，用了全力搏狮的手段，与他对待呢。李烈钧自取败征。黄兴、柏文蔚、陈其美等，急欲援应李烈钧，分头起事，黄图江宁，柏图安徽，陈图上海。为牵制袁军计，当湖口交战这一日，黄兴已自上海到浦口，运动江宁第八师，闯入督署，胁迫程德全，即日独立，手中各执后膛枪，矗立如林，声势汹汹，嚣张的了不得。程德全未免心慌，但又无从趋避，只好按定心神，慢腾腾的走将出来问明何事。军士举了代表，抗言袁违约法，迹同叛国，应请都督急速讨袁，驱除叛逆等语。程德全迟疑半晌，方道："诸君意思，亦是可嘉，但也须计出万全，方好起事，目下尚宜静待哩。"言未已，蓦见有一革命大伟人，踉跄趋入，竟至程都督前，跪将下去，程都督猝不及防，还疑是一时看错，仔细一瞧，确是不谬，当即折腰答礼。看官道来人为谁？就是前南京留守黄兴。突如其来。两人礼毕起来，方由程督问明来意。黄兴一面答话，一面流泪，无非是决计讨袁的事情。欲为伟人，必须具一副急泪。程督暗想，我今日遇着难题了，不允不能，欲允又不可，看来不如暂时让他，待我避至沪上，再作区处。计划已就，便对黄兴道："克强先生，有此大志，不愧英雄。但兄弟自惭老朽，眼前且有小恙，不能督师，这次起事，还是先生在此主持，我情愿退位让贤，赴沪养疴哩。"黄兴闻了此言，恰也心喜，假意的谦逊一回，至程德全决意退让，便直任不辞。程遂返入内室，略略摒挡行李，带了卫队数名，眷属数名，竟与黄兴作别，飘然而去。跳出是非门，最算聪明。黄兴便占据督署，总揽大权，除宣布独立外，凡都督应行事件，均由黄一手办理。陈其美、柏文蔚等，闻兴已经得手，随即独立。陈在上海设立司令部，悬帜讨袁，柏由上海至临淮关，亦张起讨袁旗来。又是两路。又有长江巡阅使谭人凤，及徐州第三师师长冷揞，均有独立消息，警报与雪片相似，纷达北京。袁总统即任张勋为江北镇守使，倪嗣冲为皖北镇守使，并特派直隶都督冯国璋为第二军军长，兼江淮宣抚使，指日南行。又恐两议院国民党员，导入党人，扰及都门，因特召卸任总理赵秉钧，命为北京警备地域司令官，陆建章为副，防护京师。前情后案，一笔勾销，赵秉钧又可出头。适程德全到沪，电达京师，报称江宁被逼情形。袁总统即指令程德全道：

据国务院转呈江苏都督程德全十七日电称：“十五日驻宁第八师等各军官，要求宣布独立，德全旧病剧发，刻难措拄，本日来沪调治。”又应德闳电称：“率同各师长移交都督府”等语。该都督有治军守土之责，似此称病弃职，何以对江苏人民？姑念该都督从前保全地方，舆情尚多感戴，此次虽未力拒逆匪，而事起仓猝，与甘心附逆者，迥不相侔。应德闳因事先期在沪，情亦可原。该逆匪等破坏性成，人民切齿，现在江西、山东两路攻剿，擒斩叛徒甚多，湖口指日荡平。张勋前队已抵徐州，著程德全、应德闳，即在就近地方，暂组军政民政各机关行署；并著程德全督饬师长章驾时等，选择得力军警，严守要隘，迅图恢复。一面分饬各属军警，暨商团民团，防范土匪，保护良民。该都督民政长职守攸关，务当维系人心，毋负本大总统除暴安良之本旨。一俟大兵云集，即当救民水火，统一国家。该都督民政长，尚有天良，其各体念时艰，勉期晚盖！此令。

程应两人，接到此令，就在上海租界中，暂设一个临时机关，办理事件。越宿即有江宁传来急报，南京四路要塞总司令吴绍璘、讲武堂副长蒲鑑、要塞掩护第二团教练官程凤章等，统被黄兴杀死。程应复联衔电达，袁总统即命将黄兴所受职位，一概褫去，连柏文蔚、陈其美二人，亦照例褫夺。并饬冯国璋、张勋两军，赶即赴剿，又有通令一道云：

前南京留守黄兴，自辞卸汉粤川路督办后，回沪就医，本月十二日，忽赴南京第八师部，煽惑军队，迫胁江苏都督程德全，同谋作乱。程德全离宁赴沪，黄兴捏用江苏都督名义，出示叛立，自称讨袁军总司令，其与湖口李逆烈钧电，有“江苏宣布独立，足为公处声援”之语。又迭派叛军攻击韩庄防营，遣其死党柏文蔚，盗兵临淮，陈其美图占上海，唆使吴淞叛兵，炮击飞鹰兵舰，在宁戕杀要塞总司令吴绍璘，讲武堂副长蒲鑑，要塞掩护团教练官程凤章等多人，并在沪声言外人干涉，亦所不恤，必欲破坏民国，糜烂生民而后快。逆迹昭著，豺虎之所不食，有昊之所不容。查黄兴亡命鼓吹，本以改良政治为名，乃凶狡性成，竟于已经统一之国家，甘心分裂，自南京留守取消以后，屡遣

叛徒，至武汉起事不成；又遣暗杀党至京行刺被获，侵蚀南京政府公款，以纠合暴徒，私匿公债票数百万，派人运动各省军队，政府虽查获证据，未经宣布，冀其良心未死，或有悔悟迁善之一日，乃政府徒蒙容忍之名，地方已遭蹂躏之祸，该黄兴、陈其美、柏文蔚等，明目张胆，倒行逆施，各处商民，怨恨切骨，函电纷纷，要求讨贼。比闻金陵城内，焚戮无辜，又霸占交通机关，敲诈商人财物，草菅人命。因一己之权利，毒无限之生灵，播徙流离，本大总统恻然心痛，凡我军民怒目裂眦，著冯国璋、张勋迅行剿办叛兵，一面悬赏缉拿逆首。其胁从之徒，有擒斩黄兴以自赎者，亦予赏金。自拔来归者，勿究前罪。本大总统但问顺逆，不问党类，布告远迩，咸使闻知。

是时冯国璋、张勋等，奉令登程，先后南下。张勋越加奋勇，星夜向徐州进发，他因辛亥一役，被南军驱出南京，时时怀恨，此次公报私仇，恨不得插翅南飞，把一座金陵城，立刻占住。一到韩庄，正与黄兴派来的宁军，当头遇着，他即麾令全军，一齐猛击，宁军也不肯退让，枪炮互施。两军酣战一昼夜，杀伤相当，恼动了张勋使，张勋已加勋位，故称勋使。怒马出阵，自携新式快枪，连环齐放，麾下见主将当先，哪一个还敢落后？顿时冲动宁军，奋杀过去。宁军气力渐疲，不防张军如此咆哮，竟有些遮拦不住，渐渐的退倒下来。阵势一动，旗靡辙乱，眼见得无法支持，纷纷败走。张勋追至利国驿，忽接到邮信一函，展开一阅，内云：

张军统鉴：江苏、江西，相率独立，皆由袁世凯自开衅端，过为已甚。三都督既已去职，南方又无事变，调兵南来，是何用意？俄助蒙古，南逼张家口，外患方亟，彼不加防，乃割让土地与俄，而以重兵蹂躏腹地，丧乱国民，破坏共和，至于此极，谁复能堪？九江首抗袁军，义愤可敬，一隅发难，全国同声。公外察大势，内顾宗邦，必将深寄同情，克期起义。呜呼！世凯本清室权奸，异常险诈，每得权势，即作好慝。戊戌之变，尤为寒心。前岁光复之役，复愚弄旧朝，盗窃权位，继以寡妇可欺，孤儿可侮，既假其名义以御民军，终乃取而代之。自入民国，世凯更无忌惮，阴谋满腹，贼及太后之身；贿赂塞途，转吝皇室之

费。世凯不仅民国之大憝，且为清室之贼臣，无论何人，皆得申讨。公久绾军符，威重宇内，现冷军已在徐州方面，堵住袁军，公苟率一旅之众，直捣济南，则袁军丧胆，大局随定，国家再造，即由我公矣。更有陈者：兴此次兴师，唯以倒袁为目的，民贼既去，即便归田。凡附袁者，悉不究问。军国大事，均让贤能。兴为此语，天日鉴之，临颖神驰，伫望明教。江苏讨袁总司令黄兴叩。

张勋阅毕，把来书扯得粉碎，勃然道："我前只知有清朝，今只知有袁总统，什么黄兴，敢来进言？混账王八！我老张岂为你诱惑么？"确肖口吻。遂命兵士暂憩一宵，明日下令出战。到了晚间，忽由侦卒走报，徐州第三师冷遹，来接应叛军了。张勋道："正好，正好，我正要去杀他，他却自来寻死了。"小子有诗咏张勋道：

奉令南行仗节旄，乃公胆略本粗豪。
从前宿忿凭今泄，快我恩仇在此遭。

欲知此后交战情形，且至下回续叙。

李烈钧发难江西，已落人后，黄兴、柏文蔚、陈其美等，更出后著，如弈棋然，彼已布局停当，而我方图进攻，适为彼所控制耳。袁恐九江之乱，先遣李纯以镇之，防上海之变，更派郑汝成以堵之，张勋扼江北，倪嗣冲守皖北，已足制党人之死命；加以段芝贵、冯国璋之南下，为夹击计，前可战，后可守，区区内讧，何足惧耶？且所遣诸人，无一非心腹爪牙，而又挟共和之假招牌，保民之口头禅，笼络军民，安有不为所欺者？彼李烈钧、黄兴、柏文蔚、陈其美等，威德未孚，布置未善，乃欲奋起讨袁，为第二次之革命，适足以取败耳。唯程德全之弃江宁，尚为袁所不料，袁于此亦少下一着，袁殆尚有悔心乎？

第二十八回　劝退位孙袁交恶
告独立皖粤联镳

却说徐州第三师师长冷遹，闻宁军败退利国驿，忙调兵赴援，凑巧与张勋相遇。当下交战一场，还没有什么损失，不意总兵田中玉，引济南军来助张勋，两路夹攻，杀得冷军左支右绌，只好弃甲曳兵，败阵下去。张田合兵追赶，正值徐州运到兵车，在利国驿车站下车，来援冷遹，冷遹回兵复战，又酣斗多时，才将张、田两军击退。张军田军，分营驿北，冷遹收驻驿南。次日张勋军中，运到野炮四门，即由张勋下令，向冷军注射，这炮力非常猛烈，扑通扑通的几声，已将冷营一方面，弹得七零八落，冷遹还想抵敌，偏值一弹飞来，不偏不倚，正中胁前，那时闪避不及，弹已穿入胁内，不由的大叫一声，晕倒地上；经冷军舁了就逃，立即四散。张勋见冷营已破，方令停炮，所有驿南一带，已经成为焦土，连车站都被毁去。当由张军乘胜直进，竟达徐州，徐城内外，已无敌踪，一任老张占住。辫帅大出风头。

这时候的九江口，北兵大集，宣抚使段芝贵，与李司令纯会商，用四面合攻计策，包围湖口，一面出示招抚，劝令叛军归诚，不念既往。李烈钧孤军驻着，几似身入瓮中，非常危险，好几次出兵进击，统被北军杀败，团长周璧阶，见势已危急，竟向北军投诚，烈军愈加惶迫，飞向各处乞援。宁沪一带讨袁军，方公举岑春煊为大元帅，欲借岑老三宿望，号召各省，从速响应，岑模棱两可，起初欲由沪赴宁，嗣闻徐浔两处，均已失败，也弄得进退两难。多入漩涡。国民党首领孙文，恐党人一败，无从托足，亦思借前此重

名，怂恿各省独立，当有通电拍发道：

北京参议院众议院国务院各省都督民政长各军师旅长鉴：江西事起，南京各处，以次响应，一致以讨袁为标帜，非对于国家而脱离关系，亦非对于北方而睽异感情，仅欲袁氏一人，辞大总统之职，并不惜牺牲其生命以求达之。大势至此，全国流血之祸，系于袁氏之一身。闻袁决以兵力对待，是无论胜败，而生民涂炭，必不可免，夫使袁氏而未违法，东南此举，谁为左袒？今袁氏种种违法，天下所知，东南人民，迫不得已，以武力济法律之穷，非唯其情可哀，其义亦至正。且即使袁氏于所谓违法，有以自解，亦决不致人民反对，遍六七省；人民心理之表见，既已如是，为公仆者，即使自问无愧，亦当谢职以平众怒，微论共和政体，即君宪国之大臣，亦不得不以人民好恶为进退。有如去年日本桂太郎公爵，以国家柱石，军人领袖，重出而组织内阁，只以民党有所不满，即翛然引去，以明心迹。大臣风度，固宜如是，何况于共和国之人民公仆，为人民荷戈以逐，而顾欲流天下之血，以保一己之位置哉！使袁氏而果出此，非唯贻民国之祸，亦且腾各国之笑。回忆辛亥光复，清帝举二百余年之君位，为民国而牺牲，当时袁氏实主其谋，亦以顾念大局，不忍生灵久罹兵革，安有知为人谋而不知自谋者？更忆当时，文受十七省人民之付托，承乏临时大总统，闻北军于赞成共和之际，欲举袁氏以谋自安，文即辞职，向参议院推荐袁氏，当时固有责文徇国民之意，而不顾十七省人民付托之重者。然文之用心，不欲于全国共和之时，尚有南北对峙之象，是以推让袁氏，俾国民早得统一。由是以观，袁不宜借口于部下之拥戴，而拒东南人民之要求，可断言矣。诸公维持民国，为人民所倚赖，当此存亡绝续之际，望以民命为重，以国危为急，同向袁氏劝以早日辞职，以息战祸，使袁氏执拗不听，必欲牺牲国家人民，以成一己之业，想诸公亦必不容此祸魁。文于此时，亦唯有从国民之后，义不返顾。临电无任迫切之至！孙文叩。

又电致袁总统云：

北京袁大总统鉴：文于去年北上，与公握手言欢，闻公谆谆以国家与人民为念，以一日在职为苦。文谓国民属望于公，不仅在临时政府而已，十年以内，大总统非公莫属，此言非第对公言之，且对国民言之。自是以来，虽激昂之士，于公时有责言，文之初衷，未尝少易。何图宋案发生，证据宣布，愕然出诸意外，不料公言与行违，至于如此。既愤且滤。而公更违法借款，以作战费，无故调兵，以速战祸，异己既去，兵衅仍挑，以致东南军民，荷戈而起，众口一词，集于公之一身。意公此时，必以平乱为言，姑无论东南军民，未叛国家，未扰秩序，不得云乱，即使云乱，而酿乱者谁？公于天下后世，亦无以自解。公之左右，陷公于不义，致有今日，此时必且劝公，乘此一逞树威雪愤。此但自为计，固未为国民计，为公计也。清帝辞位，公举其谋，清帝不忍人民之涂炭，公宁忍之？公果欲一战成事，宜用于效忠清帝之时，不宜用于此时也。说者谓公虽欲引退，而部下牵掣，终不能决。然人各有所难，文当日辞职，推荐公于国民，固有人责言，谓文知徇北军之意，而不知顾十七省人民之付托。文于此时，迄不为动，人之进退，绰有余裕，若谓为人牵掣，不能自由，苟非托辞，即为自表无能，公必不尔也。为公仆者，受国民反对，犹当引退，况于国民以死相拼？杀一不辜，以得天下，犹不可为，况流天下之血，以从一已之欲？公今日舍辞职外，决无他策。昔日为任天下之重而来，今日为息天下之祸而去，出处光明，于公何憾？公能行此，文必力劝东南军民，易恶感为善意，不使公怀骑虎之虑。若公必欲残民以逞，善言不入，文不忍东南人民久困兵革，必以前此反对君主专制之决心，反对公之一人，义无反顾，谨为最后之忠告，唯裁鉴之！孙文叩。

看官！试想这袁总统世凯，是想把中华民国，据为一人的私产，子孙万代，世世传将下去，岂肯中道退位，听那孙文的言语。况且赣徐告捷，民党失败，正好乘此机会，将这等反对人物，一古脑儿驱杀出去，他好威福自专，造成一个大袁氏帝国，孙文、黄兴等人无权无势，硬想与他作对，转弄

成螳斧当车，不自量力，区区几百个电文，济什么事？反足令老袁暗笑呢。果然电文一达，威令重来，撤消孙文筹办铁路全权，此外不置一词。好似不值答复。还有蔡元培、汪兆铭、唐绍仪等，冒冒失失，也电请老袁退位，袁总统乃答辩数语，略言："按照约法，及所宣誓言，须待正式总统选定，始能退位，不能照三数人私见，冒昧行事。"旋复下一通令，洋洋洒洒，约一二千言，小子因他言不由衷，不愿详录。但记得文中要语，很有几句好笔仗，大致谓："受事之日，父老既以此完全统一国家，托诸藐躬，受代之时，藐躬当以此完全统一国家，还诸父老，是用雪涕誓师，哀矜执讯，岂用黩武？实以完责。一俟凶慝荡平，国基奠定，行将自劾以谢天下"等语。大众见此通令，总道他语语真诚，言言痛切。而且正式总统，未知谁人？民国初造，元气未复，孙黄等无端发难，酿成南北战争，甘为戎首，真是何苦？所以一般人士都望这次乱事，迅速荡平，各省都督，也多詈孙、黄为乱党，李烈钧、柏文蔚等为国贼，情愿荷戈前驱，为袁效力，比那辛亥革命，直不啻天渊远隔呢。大家都睡在鼓中。

唯安徽署督孙多森，接到江宁独立消息，颇为骇异。寻复得下关来电，谓："宁已独立，公自忖无军事学识，可将都督一席，仍让柏公。公如无反对意思，尚可公认为省长"云云。当下密电江宁，探问虚实。嗣得电复，果属确凿，并劝令即日独立。乃请省议会议长，及各军官到公署集议。大众以宁皖相连，宁既生变，皖先当灾，不如随声附和，维持现状为是。孙本袁总统心腹，到了这个地步，亦拿不住一定主意，只好说是未曾统军，不便督师，众议推师长胡万泰为都督，孙仍任民政长，宣布独立，并任宪兵营长祁耿寰，为讨袁总司令，芜湖旅长龚振鹏，且先日揭独立旗，脱离中央关系，龚本瞧不起孙胡，所以省城尚未独立，他先独立起来。但皖省财政奇绌，饷项无着，芜湖独立，名义上虽是讨袁，心目中却是要钱。兵老爷致治不足，扰乱有余，吾为民国一叹。探得大通督销局，所存盐款，不下数十万金，便乘着黑夜，拔营尽起，齐向大通进发。督销局中的办事人员，已都到黑甜乡里，去做好梦，一声炮响，局门洞开，芜兵明火执仗，一拥而入，吓得全局司事，从睡梦中惊醒，只在被窝里乱抖，不知是什么盗贼。那芜兵却不要人物，专要金银，四处寻觅，得了一个铁箱，立即打开，里面藏着，却有一大束钞票，几十包银元，喜得芜兵眼笑眉开，你抢我夺，不到几分钟，已是搬得精光，呼啸一声，陆续出局。到了局外，忽有营兵前来拦截，差不多有二三百名。芜兵钱财到手，兴致勃然，当下勇气百倍，把手中所携的快枪，一齐放出，击死来兵一大半。有几个脚长寿长的，急奔了去。芜兵方扬长回营。原来大通督销局附近，本有一营兵防守，骤闻局中有变，急来救护，哪知吃了一场大亏，冤冤枉枉的丧了若干性命，只剩了几十人，逃回省中，报明孙胡两人。省城兵备本虚，骤闻此警，惶急万分，孙又不愿独立，自思身入阱中，性命难保，不如赶紧逃避，乃薙发易服，步行出城，想是从曹阿瞒处学来。竟乘兵舰下驶去了。胡万泰闻孙失踪，也是立脚不牢，索性也背人私逃。省城无主，越加扰乱，经军商学各界会议，暂推祁耿寰护理都督，兼民政长。祁恐人心不服，遍贴通告，只说是奉柏总司令所委，暂行代理。甫经接印视事，已有旅长柴宝山出来反抗。祁知不为众所容，也即逃去。

柴宝山等，正议改推都督，忽报柏文蔚到来。胡万泰亦随柏回省，乃出城欢迎，导柏入城。柏本在临淮关，自闻省城鼎沸，乘势南下，途次适遇胡万泰，遂相偕同行。一入省城，遂自任都督，兼掌民政长，调集军队，抵抗北军。孙多森逃至上海，电告北京。略称："被逼离皖，恳即另任都督，讨平乱党。"袁总统即将讨皖事务，责成倪嗣冲。倪是老袁旧部，自然奋力报效，督兵进攻去了。

安徽以外，又有粤东都督陈炯明，亦响应宁、皖、赣各军，宣告独立。陈炯明本与孙黄同党，闻黄兴已实行讨袁，即亲赴议会，演说袁总统罪状，拟即日出师北伐等语。议会中尚依违两可，不甚赞同。陈炯明勃然大怒，竟拔佩刀出鞘，掷置案上，声言不肯用命，立杀无赦。议员等被他一吓，那个敢轻试刀锋，只好唯唯从命。炯明回署，即自称粤总司令，派兵往宁、赣等处，援助黄兴、柏文蔚等。但因兵饷缺乏，迫令远近商人助饷，各商锱铢必较，怎肯无故出钱，畀他弄兵逞志？遂陆续电达政府，请速发兵南征，保救商民。袁总统遂命龙济光为广东镇抚使，乃弟龙觐光为副，两龙本驻扎粤边，就近派剿，较为便捷；一面下一通令道：

> 迭据新加坡槟榔屿侨商，广州总商会，香港澳门各政党各行业商民人等，屡电称："本月十八日，都督陈炯明在议会拔刀，威逼议员，宣告独立，乞派兵挽救，速讨逆贼"等语。情形迫切，众口一词。广东经

兵燹之后，疮痍未复，迭饬各师旅长等，严守秩序，保卫地方。不意陈炯明狼子野心，背国叛立，粤人水深火热，泣血椎心，披阅电文，不忍卒读。各该商民深明大义，任侠可风。陈炯明祸国祸乡，竟敢通电各省，措词狂悖，罪不容诛，应即褫去广东都督职官，并撤消陆军中将暨上将衔，着龙济光饬各师旅长，派兵声讨，悬赏拿办。其被胁之徒，但能立功自拔，概勿深究！此令。

此外还有湖南、福建二省亦相继独立。湖南都督谭延闿，福建都督孙道仁，本持中立态度无意决裂，怎奈军界欲起应孙、黄，同时胁迫。湖南举师长蒋翊武为总司令，福建举师长许崇智为总司令，害得谭孙两督，无法可施，只好暂时从众，也张起讨袁旗来。最后是重庆师长熊克武，亦宣示独立。正是：

彼让此争徒自扰，南征北讨几时休。

以上所述，独立的省份，计不下五六省，袁政府遣兵派将，日夕不遑，倒也忙碌得很。欲知成败，且看下回。

语有云："不可与言而与之言，失言。"孙文之劝袁退位，毋乃贻失言之讥乎？袁氏野心勃勃，宁肯退位？彼方为一网打尽之谋，而孙实堕其术，徒令撤消全权，目为乱党。假使袁氏后日，效曹操之欲为周文王，不思南面称帝，则假面目终未揭破，孙、黄逋逃海外，终为民国罪人，几何而不为天下笑也。柏文蔚、陈炯明辈，亦未免躁率取殃，意气之不可用事也如此。前车覆，后车鉴，愿执此书以告来者。

第二十九回　郑汝成力守制造局
陈其美战败春申江

却说袁政府派兵南下，首先注意是宁、赣两路。李烈钧已入围中，虽有欧阳武等遥应南昌，已被北军遮断，宣抚使段芝贵，及总司令李纯，步步进逼，还有陆军中将王占元，及海军次长汤芗铭，会同水陆各军，同时进攻。旅长马继增、鲍贵卿等，奉段芝贵等派遣，分道攻击。马军从新港一带，率兵猛进，连夺要隘，占领灰山。湖口西炮台，忙开炮轰击马军，马军仗着锐气，直薄炮台，前仆后继，冒烟冲突，又有外面军舰，连放巨炮，终将炮台轰破，守台各兵，除倒毙外，尽行逃去，马军遂占住西炮台。鲍军由海军掩护，从官牌夹渡，至湖口东岸，与李烈钧部众激战，大获胜仗，乘势进据钟山，扑攻东炮台。可巧西炮台攻毁，东炮台知不可守，立即溃散。李烈钧势穷力蹙，遂弃了湖口，乘舟逸去。总计李烈钧起事，偶得偶失，先后不过十多日，湖口一带，已完全归入北军了。袁总统闻捷大喜，即发犒赏银十万元，赉交段芝贵量功颁赉；并称："天不佑逆，人皆用命，得此骤胜。恐是天夺之鉴，并非助彼除敌。并饬悬赏缉获李烈钧，所有商民，应责成段芝贵设法安抚，以副救民水火的本旨。满口仁慈。又因陆军少将余大鸿，参谋汤则贤，前时奉公至赣，道经湖口，为李烈钧部将何子奇所拘，一并杀害，投尸江流，应特别抚恤，并在受害地方，建祠旌忠"云云。段芝贵等自然照办，一面从湖口南下，往捣南昌去讫。

这时候的沪军总司令陈其美，已连攻制造局，三战三北，纷纷退至吴淞口。原来江宁独立，传檄各属，陈其美同时响应，已见上文。外如松江军队，蠢然思逞，即推钮永建为总司令，招添新军，挑选精壮，派统领沈葆义、田嘉禄等为师团各长，先行开往沪南，与北军决战。一到龙华，即在制造分厂门外，开了一阵排枪，先声示威，嗣即整齐军队，陆续进厂，厂中没人抗拒，当由松军检点火药子弹等箱，贴上封条，并在厂前高悬白旗，嘱令厂长等严加防守，即刻拔队赴沪。

制造局督理陈榥，与海军总司令李鼎新，正接黄兴急电，请调北军离局，免致开衅，当已据实电达北京，请示办理。忽闻龙华药厂，又被松军占领，顿露惊慌景象，所有全局办事员，及工匠役夫等，走避一空。陈督理与李总司令筹商，急切不得良法，可巧郑汝成到来，见这情形，遂向李鼎新道："此处警卫全军，大总统本责成海军总司令，完全节制，现在枪械均足，又有兵舰驻泊，足资防守，应该如何对付，当由总司令发布命令，未便一味游移。"李鼎新迟疑半晌，方道："昨已电达政府，请示办理了。"郑汝成又道："依愚见想来，政府命公留此，当然要公防护，就是汝成奉命前来，也应助公一臂，何必待着复电，再行筹备。明日有了复音，当不出我所料。"李鼎新复道："兵不敷用，奈何？"汝成道："不瞒公说，我已有电到京，请速派兵到此，尽可无虑。"李鼎新尚是愁容满面，只恐缓不济急。汝成又道："昨日沪上领事团，已有正式通告，无论两方面如何决裂，不能先行动手，否则外人生命财产，应归先行开战一方面，担任保险。我处有此咨照，那边应亦照行，想一时不致打仗，不过有备无患，免得临时为难。"李鼎新尚是踌躇，汝成不觉急躁道："汝成今日与公定约，公守军舰，我守这局，若乱党来攻，我处对敌，公须开炮相助。成败得失，虽难逆料，但能水陆同心，未必不操胜着呢。"历叙郑汝成谋划，确是有些智略，故二次革命之平定，当以江西李纯、上海郑汝成为首功。但为袁尽力，还是有掩盛名。李鼎新方才欣允，彼此约定，李即到海筹军舰中，自行筹备，这且慢表。

且说陈其美树帜讨袁，就在上海南市，设一总司令部办事机关，所有旧部人员，次第到来，分任职务。且四处发出通告，遍贴街衢，大旨以起兵讨袁，义不得已，在沪商民，一应保护，并饬各营约束军队，严查匪类，另颁六言告诫，申定斩首等律，揭示军民人等，一体知悉。华界人民，多数搬入外国租界，期避兵锋。吴淞炮台官姜文舟，也受陈怂恿，宣布独立，划定战线，照会外国领事，一切军舰商舶，不得在战线内下椗，无论何人，亦不得入战线以内。战祸将开，风声日紧。至松军一到，自龙华药厂起，至日晖桥止，悉数布置，遍地皆兵。陈其美复商同商会董事李平书，令为保安团长，以王一亭为副，管理民政，保卫自安。上海城内各公署，无兵无饷，怎敢反抗陈其美，只好随声附和，独有郑汝成驻守制造局，及海军各舰，不受陈其美运动。北军逐日南来，统在局内屯驻，听郑汝成节制，局中原有的巡警卫队，俱被汝成遣出，免得生变。陈其美闻这消息，料他是个好手，不便轻敌，即与李平书、王一亭熟商，拟出三万金赆送北军，教他让给制造局。李平书本与郑汝成相识，便把这副担子，挑在自己身上，邀同王一亭往制造局，入见郑汝成，略说："北军兵单孤立，南军四路合围，眼见这制造局，要被南军夺去。平书为息战安民起见，已与陈其美商洽，愿馈北军三万金，统为赆仪，劝他北返。"说至此，猛听得一声呵叱道："我郑汝成奉大总统命令，来守此局，你奉何人命令，敢来逐我出境？我若不念旧交，先将你的头颅，枭示局门，为叛党鉴。混账糊涂，快与我滚出去罢！"李、王两人，碰了这个大钉子，不禁面目发赤，仓皇退出，返报陈其美。陈乃决意开战，调集南军，拟专攻制造局，可巧驻宁福字营司令刘福彪，将部众编作敢死队，带领至沪，与陈其美晤商，愿为攻击制造局的先锋。其美大喜，即令为冲锋队。还有镇江军、上海军，及驻防枫泾的浙江军，一古脑儿凑将拢来，约有三四千人。镇、沪两军，本无叛志，因黄兴借着程督名义，调拨该军，不得不奉命来前。浙江本未独立，所派枫泾防兵，实是防御沪党，不意为陈其美买通，也拨遣一队，助攻制造局。再加松江钮永建军，福字营的敢死队，共计得七千五百人，于七月二十二日夜间，由总司令陈其美发令，一律会齐，三路进攻，一攻东局门，一攻后局门，一攻西栅门。东局门最关紧要，即用敢死队猛扑过去。先放步枪一排，继即抛掷炸弹，蜂拥前进。局中早已预备，即开机关枪对敌，敢死队也用机关枪击射，相持不退。局内复续发步枪，继以巨炮，响震全沪，会西栅门外，又复起火，后局门外，亦起枪声，郑汝成分军堵御，连击不懈。正在两军开战的时候，海筹军舰的李司令，遵约开炮，向东西两面轰击，东轰镇军，西轰浙军，大半命中，镇、浙两军，本无斗志，立即溃散。只有松军沪军，及敢死队数百名，尚是死抗，未肯退回。转瞬间天已黎明，北军运机关炮过山炮等，一齐开放，松、沪军始不能支，逐渐退去。北军出局追击，因敢死队乱掷炸弹，异常猛烈，才停住不追。敢死队却自死了多人，总计敢死队六百五十名，战了一夜，伤亡了一大半。刘福彪大呼晦气，闷闷不已。

到了晚间，由吴淞炮台官姜文舟，拨调协守炮台的镇江军一营，到了上海，又由陈其美下令，再攻制造局，各军仍然会集，依了老法儿，三路并进，连放排枪，北军并不还击，直待敌军逼近，方将枪炮尽行发出，打得南军落花流水，大败而逃。刘福彪气愤填胸，当下收集溃兵，休息数小时，至二十四日午后，运到枪关大炮，猛攻制造局。北军亦开炮还击，福彪冒险直进，不防空中落下一弹，穿入左臂，自觉忍痛不住，只好逃往医院，向医求治去了。部下的敢死队，只剩了一二百人，无人统辖，统窜至北门外。北门地近法界，安南巡捕，奉法总巡命令，严行防守，偶见败军窜入，即猛放排枪一阵，把他击回，转入城内，抢劫估衣等店数家，由南码头凫水逃生，慌忙逸去。敢死队变作敢生队。

是日，有海舰一艘入口，满载华人，仿佛似铁路工匠模样，及抵沪登岸，统入制造局，外人才知是北军假扮，混过吴淞。局中得此生力军，气势愈盛。唯松军司令钮永建，迭接败报，即亲率部众二千名，直至沪南。郑汝成闻有松军续到，索性先发制人，立派精锐五百名，出堵松军。两下相见，无非是枪炮相遗。奋斗多时，互有伤亡，唯北军系久练劲旅，枪无虚发，松军渐觉不支，向西退去。北军方拟追袭，忽由侦卒走报，后面又有叛党来攻，乃急急回军，退入西栅。松军返身转来，复向西栅攻击，北军严行拒守。既而后面又迭起炮声，有一千余人新到，夹攻制造局。看官道此军何来？乃是讨袁总司令陈其美，由苏调来的第三师步兵，他由闸北河道，坐驳船到沪，随带机关枪炮，却也不少，所以一到战地，即枪炮迭施，隆隆不绝。北军并不与敌，只有海军舰上，开炮相击，亦没有什么猛烈。苏军大胆前进，甫逼局门，不料背后猝闻巨响，回头一望，弹来如雨，不是击着面部，就是击着身上，接连有好几十人，中伤仆地。苏军料知中计，急忙退避。时已昏暮，月色无光，不觉仓皇失措，那局内又迭发巨炮，前后夹攻。大众逃命要紧，顿致自相践踏，纷纷乱窜。原来郑汝成闻苏军到来，即遣精兵百人，带着机关炮，埋伏局后，俟苏军逼近局门，伏兵即在苏军背后，开起炮来，局中亦应声出击，遂吓退苏军，狂跑而去。西栅门外的松江军，尚在猛扑，更有学生军六十名，力斗不疲，几把西栅攻入，凑巧军舰上开一大炮，正射着学生军，轰毙学生三四十人，余二十人不寒而栗。没奈何携枪败走，松军为之夺气。北军正击退苏军，并力与松军激战，松军死亡甚众，他只好觅路逃走；途次又被法兵拦住，令缴军械，始准放行。该军无法，乃将枪杆军装，一齐抛弃，才得走脱二十名。学生军逃至徐家汇土山湾，困乏不堪，为慈母院长顾某所见，心怀矜恻，各给洋五元，饬令速返故里。唯所携枪械，当令交下。学生称谢去讫。自二十二日晚间开战，至二十五日，南军进攻制造局，已经三战三北，死的死，伤的伤，逃的逃，不复成军。亏得红十字会，慈善为怀，除逃兵外，所有尸骸，代为收殓，所有伤兵，代为收治，总算死生得所，稍免残惨。但商民经此剧战，已是流离颠沛，魂上九霄了。

陈其美迭接败报，不得已招集散兵，令赴吴淞效力。唯前时临阵先溃，有逃兵二十四名，押往地方检察厅，此次散兵拟赴吴淞，即向检察厅索还被押兵士，以便偕行。厅长也算见机，立命释出，不意散兵闯入厅署，持枪威吓，竟将所有讼案缴款，及存案物件，抢掠一空。该厅所属，有模范监狱，曾羁住宋案要犯应桂馨，至此也联络监犯，大起扰乱。狱官吴恪生力难镇慑，先偕应出狱，各犯亦乘势脱逃。城内秩序大乱，巡警亦无法拦阻。地方审判厅长，索性将看守所中，男女各犯，一齐释出，令他自去逃生。各犯都欢天喜地的携手同去。是时程都督德全，及民政长应德闳，驻沪已一星期，惊魂甫定，且闻党人多已失败，乃联名发电，作为通告。其文云：

德全德薄能鲜，奉职无状，光复以来，唯以地方秩序为主，以人民生命财产为重，保卫安宁，别无宗旨。不图诚信未孚，突有本月十五日宁军之变，维时事起仓猝，诚虑省城顷刻糜烂，不得不忍一时之苦痛，别作后图。苦支两日，冒死离宁。十七日抵沪后，即密招苏属旧部水陆军警，筹商恢复。众情愤激，询谋佥同，连日规划进行，布置均已就绪，兹于本月二十五日，即在苏州行署办事。近日沪上战事方剧，居民震骇，流亡在道，急宜首先安抚，次第善后，并在上海设立办事处，酌派人员就近办理。德闳遵奉中央命令，亦即在沪暂行组织行署，以便指挥各属，筹保卫而策进行。窃念统一政府，自成立以来，政治不良，固无可讳。唯监督之权，自有法定机关，讵容以少数之人，据一隅之地，诉诸武力，破坏治安？看他语意，全是首鼠两端。德全与黄兴诸人，虽非夙契，亦托知交，每见辄谆谆以国家大局为忠告。我未之闻。即党见之异同，个人之利害，亦皆苦口危言，无微不致。乃自赣军肇衅，金陵响应，致令德全两年辛苦艰难，经营积累，所得尺寸之数，隳于一旦。哀我父老，嗟我子弟，奔走呼号，流离琐尾，泣血椎心，无以自赎。德全等不知党派，不知南北，但有蹂躏我江苏尺土，扰乱我江苏一人，皆我江苏之同仇，即德全之公敌。区区之心，唯以地方秩序为主，以人民生命财产为重，始终不渝，天人共鉴。一俟乱事敉平，省治规复，即当解职待罪，以谢吾苏。敬掬愚诚，唯祈公鉴！程德全、应德闳叩。

自程督通电后，沪上绅商，已知陈其美不能成事，乃就南北两方面，竭力调停，要求罢战。且硬请陈司令部迁开南市，移至闸北。陈其美忿气满胸，声言欲我迁移，须将上海城内，一概焚毁，方如所请。红十字会长沈敦和，前清时为山西道员，曾婉却八国联军，壹意保护商民，晋人称他为朔方生佛。至此访陈其美，再三磋商，陈乃勉强允诺。适江阴遣来援兵二千余名，为陈所用，陈又遣令攻局。并雇用沪上流氓，及东洋车夫，悉数助战。流氓车夫，也出风头。偏局中无懈可击，更兼外面军舰，用了探海电灯，了照交战地点，测准炮线，猛击敌军。敌军冲突多时，一些儿没有便宜，反枉送了许多性命。自二十五日夜半，战至天明，一律遁去。陈其美方死心塌地，将总司令部机关，迁至闸北，只有钮永建倔强未服，尚欲誓死一战，到了二十八日，号召残军，且延聘日本炮兵，作最后的攻击。这次猛战，比前四次尤为剧烈，不但轰击制造局，并且轰击兵舰，炮弹所向，极有准则，竟把海筹巡洋舰，击一窟窿，就是守局的北军，也战死不少。北军未免着急，竟将八十磅的攻城大炮，接连开放，飞弹与飞蝗相似，打死钮军无数。流氓尽行溃散，钮军也立脚不住，仍一哄儿散去。沪局战事，方才告终。小子时寓沪上，曾口占七绝一首云：

风声鹤唳尽成兵，况复连宵枪炮声。
我愧无才空击楫，江流恨莫睹澄清。

郑汝成既战胜南军，连章报捷，北京袁政府，又有一番厚赉，容至下回表明。

上海宣告独立，除英美法租界外，只有一制造局，尚奉中央。孤危之势，可以想见，乃得郑汝成以守护之，卒能血战数日，战败敌军，是知用兵全在得人，得人则转危为安，不得人，虽兵多势盛无益也。犹忆前清拳匪之役，京中如载漪、董福祥等，用全力以攻使馆，不能损彼分毫，有识者知其必败。陈其美集数处之兵，攻一制造局，三战三北，甚至用流氓车夫为战士，欲以儿戏故技，恐吓北军，试思此时与袁军开仗，非清末可比，尚能以虚声吓退敌人乎？强弩之末，且不能穿鲁缟，况本非强弩，安能不折？是陈其美之弄兵，毋亦一董福祥之流亚欤？彼粗莽如刘福彪辈，徒有匹夫之勇，更不足道矣。

第三十回　占督署何海鸣弄兵
让炮台钮永建退走

却说袁总统闻沪上起衅，屡遣北兵至沪，助守制造局，且令郑中将汝成，及海军司令李鼎新，协力固守，如有将士应乱图变，立杀无赦等语。郑汝成本服从中央，立将此令宣布，又调开原有警卫军，专用北军堵御。果然内变不生，外患尽却，当即连章报捷。袁总统即任郑为上海镇守使，并加陆军上将衔，颁洋十万元，奖赏守局水陆兵士。两个十万元，压倒赣、沪军，其如债台增级何？郑汝成遵令任职，一面将赏洋分讫。嗣闻沪上败军，都逃至吴淞口，炮台官姜文舟，已经遁去，由要塞总司令居正管辖。居正与陈其美等，统同一气，自然收集败军，守住炮台。松军司令钮永建，与福字营司令刘福彪，先后奔到吴淞，与居正一同驻守。郑汝成、李鼎新等，因吴淞为江海要口，决意调遣水陆军队，往攻该处，嗣闻海军总长刘冠雄，由袁总统特遣，领兵南下，来攻吴淞炮台，于是待他到来，再议进取。暂作一结。

且说黄兴在宁，闻赣徐沪三路人马，屡战屡败，北军四路云集，大事已去，暗想此时不走，更待何时，当下号令军中，只说要亲往战地，自去督战，但却未曾明言何处。七月二十八日夜半，与代理都督事章梓，改服洋装，邀同日本人作伴，各手持电灯一盏，至车站登车，并拨兵队一连，护送出城，既到下关，赏给护送兵士洋二百元，兵士排队举枪，恭送黄兴等舍车登舟。俟他鼓轮下驶，才行回城。黄兴到了上海，拟与孙文、岑春煊等，商议行止。哪知上海领事团，已转饬会审公廨，总巡捕房，访拿乱党数人：第一名就是黄兴，余如李烈钧、柏文蔚、陈其美、钮永建、刘福彪、居正等统列在内。还有工部局出示，驱逐孙文、岑春煊、李平书、王一亭等，不准逗留租界，害得黄兴无处栖身，转趋吴淞口，与钮永建、居正会晤，彼此流涕太息。当由钮永建叙及：孙文、岑春煊，俱已南走香港，陈其美亦不能驻沪，即日当迁避至此。黄兴道："全局失败，单靠这个吴淞炮台，尚站得住么？"钮永建道："在一日，尽一日的心，到了危险的时节，再作计较。"黄兴又未免嗟叹。在钮营内暂住一宵，辗转思维，这孤立的炮台，万不足恃，不如亡命海外，况随身尚带有外国钞票，值数万金，足敷川资，怕他什么。主见已定，安安稳稳的游历睡乡，至鸡声报晓，魂梦已醒，他即起身出营，也不及与钮永建告辞，竟携着皮包，趋登东洋商船，航海去了。看官！这讨袁总司令黄兴，是与袁世凯有仇，并非与领事团有隙，为何上海租界中，也要拿他，他不得不航海出洋呢？原来旅京军界，恰有通电缉拿黄兴，袁总统愈觉有名，遂商准驻京各国公使，转令上海租界，一体协拿。小子曾记得军界通电云：

大总统副总统各省都督各使各军长旅长鉴：黄兴毫无学问，素不知兵，然屡自称总司令，俨然上级军官。凡为军人者，皆应有效死疆场之精神，而黄兴从前于安南边境，屡战屡逃，其后广州之役，汉阳之役，其同党多力战以死，而黄兴皆以总司令资格，闻炮先逃，其同党之恨之者，皆曰逃将军。其人怯懦畏死，可想而知。其以他人性命为儿戏，又极可恨。此次乘兵谋叛，彼非不知兵力不足以敌中央，不过其胸中有一条三十六计走为上计之秘诀，一旦事机不妙，即办一条跑路，而其同谋作乱者，则任其诛锄杀戮，不稍顾恤，其不勇不仁，一至于此。苟非明正典刑，不足惩警凶逆。我军各处将领，于并力攻剿之外，并当严防黄兴逃走，多设侦探，密为防范，无使元凶逃逸，以贻他日生民之患。旅京各省军界人同叩。

黄兴去宁，南京无主，师长洪承点，亦已遁走，代理民政长蔡寅，亟请第八师长陈之骥，第一师长周应时，要塞司令马锦春，宪兵司令茅乃葑，警察厅长吴忠信及宁绅仇继恒等，集议维持秩序，当议决七事：（一）取消独立字样；（二）通告安民；（三）电请程都督回宁；（四）电请程都督电达中央各省，转饬各战地一律停战；（五）电请由沪筹措军饷来宁；（六）军马暂不准移动，城内不准移出城外，城外不准移入城内；（七）军警民团责成分巡保卫城厢内外。七事一律宣布，人心稍定。当派参谋盛南苕，军务课长王楚二人，往迎程督。地方团体，亦举仇继恒代表迎程。哪知程督不肯回宁，且因第一师长洪承点，已经出走，特派杜淮川继任。其时宁人已公举旅长周应时，接统第一师，当有电知照程督。程不但不肯下委，反将周应时的旅长，亦一并取消。于是军民不服，复怀变志。

及杜淮川到任，正值张勋、冯国璋二军，由徐州而来，杜即往固镇欢迎。忽有沪上民权报主笔何海鸣，带领徒党百余人，闯入南京，竟占据都督府，宣布程德全、应德闳罪状，出示晓谕，恢复独立，只百余人，便可入城胡行，江宁城中的军吏，管什么事？自称为讨袁总司令。黄兴之后，不意又有此人。正在组织司令部，第八师长陈之骥，方才到署，何海鸣降阶迎接。陈之骥笑语道："何先生！有几多饷银带来？"目的全在饷银，无怪扰乱不已。何答道："造币厂中，取用不尽。"之骥又道："有兵若干？"所恃唯兵，所畏亦唯兵。何复道："都督的兵，就是我的兵。"之骥便回顾左右道："这厮乱党，真是胆大妄为，快与我捆起来。"你前时何亦欢迎黄兴？左右闻命，立将何海鸣拿下，又将何党数十人，亦一并拘住。之骥复指何海鸣道："此时暂不杀你，候程都督示谕，再行定夺。"于是将何海鸣等，羁禁狱中，再出示取消独立，全城复安。

既而南京地方维持会，向闻张辫帅大名，恐他军队到来，入城蹂躏，乃与商会妥议，公举代表，渡江谒冯军使，求保宁人生命财产，不必再用武力；且请转商张军，幸毋入城。冯军使国璋，任职宣抚，却也顾名思义，准如代表所请，一一允诺。代表即日回宁，转告陈之骥，之骥亦亲往谒冯，接洽一切。不意第一师闻之骥出城，竟去抢劫第八师司令部，与第八师交哄起来。第八师仓猝遇变，敌不住第一师，一拥而出。第一师放出何海鸣，引至督署，复宣告独立起来。第一师如此行为，定是受何党运动。城内商民，又吓得魂飞天外，大家闭市，连城门也通日阖住。何遂设立卫戍司令，并委任参谋各职，及旅团军官，又是一番糊糊涂涂新局面。仿佛戏场。阖城绅商，急得没法，只好邀集军人会议。怎奈军人纷纷索饷，声言有钱到手，便可罢休。是时宁城已罗掘一空，急切不得巨款，没奈何任他所为。何海鸣却用使贪使诈的手段，哄诱第一第八两师，扼守要害，有将来安乐与共等语。两师被他所惑，愿遵号令，只第八师的三十团，不肯附和，由何勒令缴械，资遣回籍。自是南京又抵抗北军，冯、张两使，率军到宁，免不得又启战争了。这皆是程督所赐。

且说海军总长刘冠雄督领水师南下，因吴淞口被阻，绕道浦东川沙东滩登陆，迂道至沪，暂驻制造局，会晤郑汝成、李鼎新等，修舰整队，决意进攻吴淞炮台。当于八月一日，密令海筹、海圻各军舰，驶抵吴淞，距炮台九英里许，开炮轰击，炮台亦开炮相答。居正亲自在台督战，约一小时，未分胜负，两下停炮，越二日又有小战，由海圻兵舰，连开数炮，炮台亦还击多门，寻即罢战。又越三日，复由海圻、海容、海琛三舰，齐击炮台，有数弹击中台内土墙，泥土及黑烟飞腾空中。台上稍受损伤，连放巨炮相答，三舰又复驶回。原来刘总长因吴淞一带，留有居民，如用猛烈炮火，不免毁伤住宅，且探悉炮台守兵，饷需缺乏，军无斗志，不如静待敌变，然后一举可下，所以数次攻击，无非鸣炮示威，并未尝实行猛扑；一面转致程督德全，速劝吴淞炮台居正等，反正效力。居正、钮永建，未肯听从，独刘福彪颇有异图，拟将炮台奉献，如何作敢死队头目？事被居正察悉，遽开炮轰击刘军，刘福彪仓皇溃遁，转投程督，情愿效劳。刘总长冠雄，得悉情形，遂调齐海陆大军，合作围攻计划。口外海军，由刘自为总司令，口内舰队，由李鼎新为总司令，江湾张华浜方面，派遣陆军进攻，由郑汝成为总司令，三路驰击，大有灭此朝食的形势。远近居民，逃避一空，就是沪渎一方面，距吴淞口四十余里，也觉岌岌可危，惊惶不已。红十字会长沈敦和，特挽西医柯某，乘红十字会小轮，驰赴战地，拟劝钮永建等罢兵息争。适钮永建据住宝山城，暂设司令部机关，居正因钮知兵，已让与全权，钮遂为吴淞总司令。柯医借收护伤兵为名，竟冒险入宝山城，投刺司令部，进见钮永建。钮问及伤兵若干？柯叹道："尸骸遍地，疮痍满目，商业凋敝，人民流离，几至暗无天日，公系淞人，独不为家乡计么？"钮亦太息道："事已至此，弄得骑虎难下，就是有心桑梓，奈爱莫能助，如何是好？"柯遂进言道："公非自命为讨袁司令么？袁未遇讨，故乡的父老子弟，已被公讨尽了。公试自问，于心安否？"单刀直入。钮不禁失声道："然则君今到此，将何以教我？"柯答道："现赣、宁、湘、皖诸省，都被北军占了胜着，近日四路集沪，来攻吴淞，将军虽勇，究竟寡不敌众，难道能持久不败么？从前百战百胜的项霸王，犹且垓下遇围，不能自脱，今日的吴淞，差不多与垓下相似，今为公计，毋效项王轻生，不如全师而退，明哲保身。并且淞、沪生灵亦免涂炭，一举两得，想尊意当亦赞成。"语语中人心坎，哪得不令人服从？钮闻言心动，徐徐答道："君言甚是。北军如能不杀我部下，我岂竟无人心，忍使江东父老，为我遭劫么？"柯即答道："公何不开一条件，交给与我，我当往谒刘总长，冒险投递，就使赴汤蹈火，亦所不辞。"钮乃亲书条约，函封授柯，且语柯道："我与刘总长颇有交情，劳君为我介绍，致书刘公，别人处不必交他。"柯连声应诺，告辞出城，当下仍登小轮，驶赴海圻军舰。正值炮弹纷飞，两造酣战，柯即手执红十字旗，摇动起来，指示停战。两下炮声俱息，柯乃得登海圻舰中，与刘总长协商。刘总长颇觉心许，遂将舰队驶回，复与李、郑两司令，商议了两小时，彼此允洽。柯遂返报沈敦和，一面驰书宝山，请钮践言。钮复称如约，柯即于八月十三日，率救护队入宝山城，四面察看，已无兵士。及至司令部中，钮已他去，只留职员四人，与柯交接，并出钮所留手书，由柯展阅，书云：

> 永建无状，负桑梓父老兄弟，罪大恶极，百身莫赎。前席呈词，畅闻明训，甘践信约，不俟驾临，率卫队三百人，退三十英里。炮台已饬竖海军旗，以坚北军之信。钮永建临行走笔。

柯医阅罢，即返身至吴淞口，张着红十字旗，至炮台前，所有军官兵士等，除居正远飏外，已尽遵钮永建密令，归服北军，遂一齐欢迎柯医，且将炮闩脱卸，炮门向内，枪枝尽释。柯复为奖劝数语，大家悦服。柯乃亲登炮台，竖起红十字旗，旋见海圻各舰，率鱼雷艇入口，派五十人登台。外如海筹各舰，亦陆续驶来，共计八艘，悉数停泊炮台前。原守各军，擎枪示敬。刘总长立即传令，每门派水兵四人把门，余扎重兵分道防守。原有守将守兵，仍准协同守护，候大总统命令，再行核办。乃将红十字旗卸下，易用海军旗，当易旗时，全体军队，均向红十字旗，行三呼礼道谢。柯医与救护员等，及水陆军合拍一照，留作弭兵的纪念，然后分途散去。柯医不愧鲁仲连。

刘总长即电告吴淞恢复情形，适值长江查办使雷震春，及陆军二十师师长潘矩楹，奉中央命令，带兵到沪，由郑镇守使接着，详述吴淞规复，雷、潘等自然欣慰。唯雷、潘两人南下，本拟助攻吴淞炮台，及闻炮台已复，乃电呈袁总统，候令遵行。嗣得复电，命刘冠雄兼南洋巡阅使，雷震春为巡阅副使，所有潘矩楹部下全师，仍令归雷节制，出发江宁助剿。雷乃带领潘军，乘轮上驶去了。郑汝成送别雷、潘后，复接袁总统电令，严拿陈其美、钮永建、居正、何嘉禄等人，郑乃复分饬侦探，密查钮等踪迹，期无漏网。那时陈、居等或匿或逃，无从缉获，只钮永建卖让炮台，由宝山退据嘉定，尚拟募兵防守。为久占计，当由海军司令李鼎新，及旅长李厚基，两路进击，钮永建始出走太仓，自知事不可为，竟乘美国公司轮船，飘然出洋。陈其美、居正等，也陆续航海，统到外洋避难。既而李烈钧自南昌出走，柏文蔚自安庆出走，辗转出没，结果是亡命外洋。就是欧阳武、陈炯明等，亦皆因政府悬赏缉拿，狼狈遁去。小子有诗咏道：

倏成倏败太无常，直把江淮作戏场。
毕竟谁非与谁是，好教柱史自评量。

欲知各党人出走详情，待至下回续叙。

徒以成败论人，原为一孔之见，不足共信，但如黄兴之所为，有奋迅心，无坚忍力。若程督德全，毋乃类是。至钮永建攻制造局不下，退据吴淞，犹能固守十余日，其毅力实可钦敬。独惜袁氏早存排除异己之见，在浔事未发之前，于沪、宁方面，已预为设防，致令未克成功，良可慨已！

第三十一回　逐党人各省廓清
下围城三日大掠

却说段芝贵、李纯等，既夺还湖口，即乘胜直捣南昌。适李烈钧收集败军，退守吴城，吴城系新建县乡镇，距南昌省城一百八十里，烈钧到此，即遣党人魏斯炅、曾经等，赴省城勒逼民财，输作军饷。省中商民，怨苦得了不得，统詈欧阳武勾引乱党，扰乱南昌，且因北京已传达命令，撤消欧阳武护军使，归段宣抚使李镇守使严行拿办。欧阳武不能安居，方拟出走，又值李烈钧的败信，陆续报到，他即收拾细软，一溜烟的遁去。哪知去了一个新都督，又来了一个老都督，老都督为谁？看官不必细问，就可晓得是李烈钧。李烈钧节节败退，竟至南昌，甫到城外，即令城外居民，立即迁移，意欲坚壁清野，实行扼守。南昌商民，越加惊慌，统说是李军入城，抗拒官军，势必全城糜烂，玉石俱焚，不得已浼商会总董，速派代表，往说李军，情愿集洋三十万元，为李军寿，请他不要入城。当由烈钧允诺，收了银元，移师万家浦，驻扎候战。李纯率同水陆各军，踊跃前来，烈钧下令迎击，免不得枪弹互施，无如兵已屡败，不能再振，一经战斗，好似秋风陨箨，旭日凌霜，烈钧支持不住，索性向南远窜。余众或逃或降，弄得干干净净。收束赣乱，且为前回补笔。李纯乃收军进城，出示安民，当下通电北京及各省道：

本月十八日，我军水陆进攻南昌，于聂家窑、罗口、高桥，与匪激烈战斗，其水道一股，击沉匪船七只，毙匪四百余人，俘获二十余人，陆路一股，毙匪六七百人，招降四营。余夺获小火轮三只，步枪五千余枝，山炮六尊。我军两路，共阵亡官兵数名，受伤一百余名，于是日晚完全占领南昌。我军入城，各界极表欢迎，现在一面安抚商民，一面分队追击溃匪，俾早全赣肃清，以安大局而慰廑系。特闻！李纯叩。

南昌既闻克复，安庆又报肃清。原来柏文蔚率同胡万泰，入据安庆，即在城外遍布兵队，严防倪军。寻闻倪嗣冲已攻克寿州，复下正阳关，直逼省城，胡万泰忽起变心，竟离了柏文蔚，自张一帜，且揭示柏文蔚五罪，函致议会商会，逐柏他去。统是一般墙头草。议会商会，乃公举代表数人，劝柏退让，柏已形神俱丧，没奈何应允出城，径趋芜湖。胡万泰即取消独立，并亲赴九江，往谒段芝贵。不谒倪而谒段，想是与段有交。段委他收复大通、芜湖等处，另派旅长鲍贵卿，往守安庆，段意亦不甚信胡。一面电告倪嗣冲。是时政府命令，已将安徽民政长兼署都督孙多森免官，特任倪嗣冲为安徽都督，兼民政长，催他晋省。倪乃电致胡万泰，说是不日就道，先派马统领联甲，率所部各营来省，一切军事计划，可与该统领商酌办理，胡即回省待马，并派旅长顾琢塘，带兵三营，往剿大通、芜湖等处，再与鲍贵卿商议，亦令他统率三营，前往接应。顾至大通，击逐乱兵，转攻芜湖，柏文蔚又自芜湖转赴南京，只留龚振鹏一军，夺力抗敌。顾琢塘、鲍贵卿等，先后到芜，相持未下。会马联甲已到安庆，复调旅长柴宝山，助攻芜湖，龚振鹏自知不敌，乃率众遁去。芜湖独立，亦从此消灭了。倪嗣冲安心至省，改任胡万泰为参谋长，把他师长一职取消，唯替他请命中央，给了二等文虎章，才算安了胡心。自此安徽平靖如常，不消细述。收束皖乱，亦是补叙之笔。福建都督孙道仁，闻赣、皖相继失败，马上转风，归罪许崇智，把他驱逐，即取消独立。当时袁总统已派员查办，既得取消独立的消息，便据实呈复，曾由袁总统下令道：

前据福建独立，当即饬员确切查明，兹据复称都督孙道仁，素明大义，倾向中央，唯师长许崇智，纠合乱党，冒孙道仁之名，妄称独立等情。查江宁乱党，冒程德全之名，安徽乱党，冒孙多森之名，均通称宣告独立。其实程德全、孙多森，并未与闻。闽省事同一辙，似此奸徒窃冒，眩惑观听，扰害治安，实属罪不容诛。著孙道仁督饬所部，迅平乱事，重悬赏格，将许崇智及其私党，严拿惩办，以伸法纪。仍责成该都督维持地方秩序，毋稍疏忽！此令。

孙道仁奉令后，益服从中央，解散讨袁同盟会，闽中也算无事。但闽、粤是毗连省份，闽省取消独立，粤东自受影响。第二师师长苏慎初，遂撵逐陈炯明，宣布取消独立。全城燃炮鸣贺，商会举苏为临时都督，方拟视事，忽军警不服，另举第一师长张我权为都督，苏即辞去。北京袁政府特任龙济光督粤，兼职民政长。龙遂督军东下，径赴省城。途次复接袁总统命令，以苏、张两师长各争权利，擅自督粤，着饬革军官军职，交龙济光认真查办，借儆效尤。当下传令至省，苏早远飏，张亦潜遁，军民等开城欢迎。龙即入城受任，粤东又安静了。闽、粤事也依次结束。

唯湖南军界，举蒋翊武为总司令，倡言北伐，首拟攻取荆、襄，开一出路，遂调动澧州、常德一带军队，进击荆属石首、公安二县。当由黎兼督元洪，檄令荆州镇守使丁槐，率兵抵御。湘军连战皆败，仍旧遁回。丁槐以职守所在，未便穷追，湖南独立如故。既而武昌城内的湖南旅馆，又隐设机关，暗图起事，复被侦探报告黎督，捕戮了好几十人，内多湖南派来的秘党，明枪暗箭，始终无效。黎兼督以湘、鄂相连，湘省多事，终为鄂患，乃致书湖南都督谭延闿，劝他撤消独立。谭复书极为圆滑，略言："独立并非本意，不过为军界所胁，暂借此名，保护治安。鄂、湘唇齿相依，决不自相残杀，现已竭力防乱，静图报命"等语。及赣事失败，北军将移师南向，蒋翊武自知惹祸，偕死党唐蟒等，微服潜逃。就是长江巡阅使谭人凤，也先机遁去，湖南又平。

于是长江上下游，除熊克武据重庆外，只有江南一区，尚由何海鸣占住，未肯罢手。却似硬汉。何委唐辰为省长，刘杰为警察厅长，唐、刘常语人道："做一刻算一刻，也管不到什么成败呢。"何海鸣也存此想，不过北军尚未合围，且乐得统领孤军，做了几日总司令，逞些威风，也不枉一生阅历。苦我民耳！况金陵虎踞龙蟠，素称险固，就使北军如何威武，也一时不能夺去，所以昂然自若，并不畏缩。冯、张二使，先派师长张文生、徐宝珍等，陆续进攻，鏖战数日，未能得手，反被狮子山上的大炮，击毙了好几百人。

徐师长部下，如团长赵振东，连长黄得胜、王建德等，先后阵亡。连徐师长亦受微伤，抱病回扬。张勋闻报大愤，亲率全队渡江，且檄调沪上各兵舰，赴宁会攻。当下水陆夹击，得将紫金山占住，紫金山系江宁保障，既由张军占领，城中倒也恐慌起来。何海鸣只能笔战，不能兵战，特商同兵队，另举张尧卿为都督，统兵扼守。

张勋饬军扑天保城，把守军驱散，完全占领；乘胜攻雨花台，并由张勋自开条款，劝何海鸣等速降。适值柏文蔚已到江宁，城中复得一助，应上文。暗遣宁军出城，抄出张军背后，掩袭天保城，击伤张军多名，复将天保城夺去。这事恼动了张辫帅，再催冯军渡江助战。徐宝珍病已痊愈，也即重临战地，续用巨炮烈弹，扑击天保城，由徐亲自督战，锐气无前，杀退宁军，又把天保城攻克。可巧冯军前队，亦渡江南来，齐集聚宝门外，拟攻雨花台。张、徐两军，亦进逼太平、朝阳两门。宁军更迭出战，都被击退。城外尸骸累累，不及掩埋，又经赤日薰蒸，臭烂扑鼻，真个是神人共恫，天地皆愁。张尧卿触目惊心，情愿卸职，将都督印信，让与柏文蔚。柏以兵单饷绌，不肯担任，经何海鸣从旁婉劝，勉强应允。但城中守兵，伤一个，少一个，城外的北军，却连日运至，昼夜围攻。紫金山及天保城的炮弹，纷纷向城内击射，似急风暴雨一般，猛不可当。城内兵民，一经触着，无不伤亡。何海鸣尚抖擞精神，镇日巡查，不敢少懈。怎奈军饷无着，按天向商会追索。看官！你想此时北兵压境，商旅不通，还有什么现银，供他使用？只因被逼不过，今朝凑集千元，明朝摒挡百元，移解督署，终不敷用。柏文蔚睹这情形，已知朝不保暮，且登城四望，强敌如林，不觉唏嘘太息，忧惧交并，便下城语何海鸣道："北军大队已到，将次合围，炮火又烈，城中乏饷，兵不应命，这是必败的形景，看来此城是万不可守了。"何海鸣勃然道："海鸣愿誓死守此，城存与存，城亡与亡。"言未毕，旁立张尧卿亦插口道："万一此城被陷，张勋入城，尚可与他巷战，并有炸弹队，可制敌命，想不致一败涂地呢。"柏文蔚默然不答，但摇首示意。越宿，即带领随从军队，潜出南门遁去。临行时仅留一函畀何海鸣道："金陵困守，终非久计，弟已出南门去了，君好自为之！"何海鸣见了此函，知他去意已坚，不再挽回，改推韩恢为都督，申誓死守。

既而冯国璋军，雷震春军，一齐到来，四面包围。雷军攻聚宝门，冯军攻水西门、旱西门，张军攻太平门，徐军攻仪凤门，还有下关停泊的兵舰，亦分两面助攻，枪声满地，炮火遮天，阖城绅商，统吓得魂不附体，只得仍举代表，劝何海鸣等让城，何及第八师兵士索银洋十万元，以八万助饷，二万作川资。可怜绅商已计穷力竭，一时筹不出十万金，再用全城公民名义，致书韩、何，略谓："若果筹款解散军队，自应陆续措交，或需补助军饷，亦应择地出城备战，不能闭城不出，使城内数十万生命，同归于尽。逐日搜括，人道何在？天理何存？"云云。何见书援笔批道："打一天要饷一天，打一年要饷一年，要活同活，要死同死，宁为共和死，不为专制活。"这批传出，大家又气又笑，顿时全城罢市，店门外面，多写着"本店收歇，人死财绝"八字。军士还疑他反抗，索性拣择殷实商民，斩门直入，抢掳一空。绅商急得没法，只好再浼商会代表，与何海鸣熟商，愿如前约筹赠十万元，令他退出江宁。何海鸣乃愿为担保，总教有了银钱，无论退让与否，决不骚扰居民，商会即次第挪集，次第缴入，果然钱可通灵，得免抢劫。

到了八月二十九日，北军攻城益急，张勋又开受抚条件，招降何海鸣，何仍置诸不理。张尧卿托词募兵，混出城外，韩恢亦避匿不见。海鸣见已垂危，只催令商会缴齐款项，以便出走。商会已缴过七万，尚缺三万金，实是急切难办，不得已宽约数天，何海鸣乃将所有兵队，移扎城南，专等解款到手，便好一麾出城，避开死路。挨到九月一日，款项尚未缴齐，北军已经攻入，江宁城垣，被大炮轰开数丈，张、雷二军，首先拥进，分占富贵山、狮子山、北极阁及朝阳、太平各门。何海鸣尚率军来争，奈各无斗志，不过瞎闹片时，旋即溃遁。何亦驰出南门，飞窜而去，性命总算逃脱，后来也航海出洋，与一班亡人逋客，同作外国侨民去了。

张、雷二军，就在城上遍插红旗，他也无暇追敌，竟借了搜剿的名目，挨门逐户，任情突入，见有箱笼等物，用刀劈开，无论银饼纸币，及黄白钗钿，统是随手取来，塞入怀中。老实得很。就是裘衣缎服，也挑取几件，包裹了去。倘或有人出阻，不是一刀，就是一枪。最可恨的，是探室入幕，遍觅少年妇女，一被瞧着，随即搂抱过来，强解衣带，污辱一番。宁人只望北军入城，可以解厄，不意火上添油，比前此何军在日，还要加几层淫凶，尤其是蓝衣辫发的悍卒，更属无所不为，于是大家眷属，多逃至西人教堂内，求他保护，西人颇加怜惜，允为收留，当时青年闺秀，半老徐娘，也顾不得抛头露面，相率奔入教堂。可奈堂狭人多，容不住许多妇女，先到的还好促膝并坐，后到的只有挨肩立着。是时天气尚炎，满堂挤着红粉，有汗皆流，无喘不娇，还防辫兵闯入，敢行无礼，偏辫兵不惜同胞，只畏异族，但至教堂外面，遥望窃视，究不敢进尝一脔。为渊驱鱼，为丛驱爵。此外是要杀就杀，要夺就夺，要抢就抢，要奸就奸，初一日已是淫掠不堪，初二日尤为厉害，至初三日简直是明目张胆，把民家商店的箱箧，尽行搬掠，甚至幼辈老媪，也受他糟踏一顿，总算是一视同仁，嘉惠同胞的盛德。有几个受害捐生，有几个见机殉节，香消玉碎，尽化冤魂，叶败花残，无非惨状。想当初扬州十日，嘉定三屠，也不过这般血幕呢！小子有诗慨道：

几经世变酿兵戈，猿鹤虫沙可奈何？
蒿目六朝金粉地，哪堪三日走淫魔。

张、雷二军，淫掠三日，方有飞骑入城，申明军律，严禁骚扰。这人奉谁命令，且看下回分解。

利不百，不变法，功不十，不易俗，以清季之政令不纲，激成革命，一时之意气用事者，均以革命为无上美名，趋之若鹜。洎乎清帝退位，成为民国，而人民所受之痛苦，较前尤甚。利不胜弊，功不补患，盖已皆视革命为畏途矣。李烈钧、柏文蔚、黄兴诸人，推倒满清，方期享革命之幸福。而偏为袁世凯之违法专权，于是重起革命，动兵十数万，兴师六七省，但未达数旬，即成瓦解。以视辛亥之役，适得其反。斯盖一由民心厌乱，不愿再遭惨剧，一由未能明察袁氏之真相，致彼为倡而此未和，党人反成孤立，俄顷即败耳。

第三十二回　尹昌衡回定打箭鑪　张镇芳怯走驻马店

却说张、雷二军，入南京城，淫掠三日，方有军令到来，严禁骚扰，违令者斩。何不早下此令。初三日傍晚，雷副使进城。淫掠少减。又越日，迎入张大帅，兵士俱遵约束，不敢胡行。当时江宁人民，疑张暗示兵士，劫淫三日，其实张在城外，并非没有军令，不过所有部众，阳奉阴违。至抢劫两日后，外国医院内，有一个马林医生，伤心惨目，乃至城外报告张勋，劝令尊重人道，严申军诫。张尚谓属部不致如此，唯派兵官入城弹压，再颁禁令。这时全城居户，已经十室九空，所有妇女人等，或死或逃，掠无可掠，淫无可淫，自然应令即止了。诠释透辟。冯国璋亦率军进城，当即会同张勋、刘冠雄、雷震春等，联衔告捷，去电朝发，复电暮来。当奉袁总统命令云：

据江北镇抚使张勋，江淮宣抚使冯国璋，长江巡阅使刘冠雄，副使雷震春电陈攻克江宁情形，并督饬军队搜剿余匪等语。前因乱党黄兴等潜赴金陵，煽诱军队，迫胁独立。当饬张勋、冯国璋分路督兵南下，会合进攻，迨大军进克徐州，黄兴闻风潜逃，叛军反正，本大总统因不忍地方人民惨罹锋镝，特饬程德全从宽收抚，免烦兵力，贻祸生灵。旋据程德全电称："八月八日，乱党何海鸣赴宁，再谋独立，业经击退。乃第一八两师，复被煽惑，何海鸣为伪总司令。又因第三十一团不肯附逆，互相激战，秩序大乱，请饬张勋、冯国璋速进，并派兵舰赴宁"各等情。随饬张勋督率所部，会合第四师进讨。该叛兵凭险抵抗，复敢先开炮轰击，各军连日血战，紫金山、天保城诸要隘，次第占领。八月二十五日，攻入朝阳门，匪军囊沙叠垒，阻碍进行，相持数日，柏逆文蔚，复率大股匪军助守，随由冯国璋、刘冠雄督饬陆海军队，分头进攻，雷震春率兵援击。三十一日，各军约会前进。越日，张勋督队，首先架梯登城，会合第四师，分克朝阳、洪武、通济等门。第三师支队，由太平门攻入，进克狮子山，占领下关等处，第五师支队，攻克神策门。混成第二十九、二十团相继入城，分占富贵、骆驼等山，进据北极阁。雷震春会合第四师占领雨花台，由南门攻入，匪势不支，纷纷溃逃，擒斩无算。遂于九月一号，克复江宁。该使等调度有方，各将士踊跃用命，旬余之内，克拔坚城，良堪嘉奖。张勋晋授勋一位，冯国璋给予一等文虎章，刘冠雄特授以勋二位，雷震春特授以勋三位，用彰劳勋。其余出力人员，由该使查明请奖。伤亡官兵，分别优恤。被难商民，妥筹安抚，一面严捕乱党各首要，务获惩治，仍督饬各军队，查剿溃匪，肃清余孽，以靖地方。此令。

接连又有二电，一是程德全免去江苏都督官，一是任命张勋为江苏都督。张勋喜如所愿，甚为快慰。唯江宁百姓，受了张军的荼毒，无从控诉，只好向隅暗泣。偏有日本商人三名，也被杀害，且有被掠情事，日本岂肯甘休，当向政府严重交涉，一要政府谢罪，二要严办凶犯及该管官，三要重金抚恤及悉数赔偿。袁总统忙令李盛铎南下，查明情形，酌量赏恤；并饬张勋速查凶手，从严治罪；其约束不严的军官，立即参办。一面向日使道歉，日使又谈及江宁惨状，百姓遭难，要外人代言，尚说是共和时代，适令人笑。袁总统乃复下令道：

自赣、宁倡乱以来，中央除暴救民，不得不派兵征讨。唯是行军首重纪律，所有各路军队，经过及驻扎处所，无论中外商民，生命财产，均须一律保护。其已被匪扰地方，目击疮痍，至可惨痛，尤应加意保卫，以重人道而肃军规。倘有残杀无辜，及肆意骚扰情事，不特败坏军人名誉，且大背本大总统救民水火之苦心。军律森严，断难宽贷。著各统兵大员，严申诫令，认真稽查！如敢违犯，立按军法从事，并将约束不严之该管官，分别参办，毋稍徇纵。此令。

这令一下，张勋也稍觉不安，且因冯军入城，秋毫无犯，宁人多慕冯怨张，免不得传入张勋耳中。于是张大帅也易威为爱，特派宣慰员十余人，挨门逐户，各去道歉，且出示晓谕军民，凡有收藏人民衣物等件，明明抢劫，如何说是收藏？限三日内缴至商会，逾限不缴，查出以军法从事。越日，即有衣物抛弃路隅，由团防界交商会。商会令失主认领，哪知所有各件，统是敝衣粗服，旧铜烂铁，不值多少钱文。小户人家，出去检认，还有几件寻着；富家大户，遣人往查，仍然一物没有，只好赤手空回。猫口里挖鳅，十得一二，已是幸事，还想什么完璧？冯国璋、刘冠雄两人，又奉命回任，雷震春代任巡阅使。江苏民政长，改任韩国钧，应德闳免官，并督办皖北、江北剿匪事宜，东南一带，暂时敉平。话分两头。

且说四川陆军第三师师长熊克武，响应东南，占据重庆，宣告独立，本拟顺流而下，联络湘军，进窥湖北，不意湘军已取消独立，湖北边防，亦很坚固，几乎无隙可乘，乃遣弟克刚，偕党徒多人，携款至鄂，运动宜昌、施南军队。行经巴东县，为驻防该处第十团二营军队所获。营长殷炯，即电达施、宜稽查使马骥云，又由马转报黎元洪。黎即复电，饬马讯实正法，于是克刚以下，统归冥府。未曾占一便宜，先把乃弟送终。是时袁总统闻熊克武已变，命黎调军西征，且会合滇、黔、湘三省，助剿重庆。川督胡景伊，又遣兵出击，区区一个熊克武，怎敌得住五省人马，只好电告川省，自请求和。川督勒令交出乱首，方准代为调停，克武不从，乱首就是自己，叫他交出什么？川军遂进逼重庆。黔督唐继尧亦派旅长黄毓成，率混成协一队援川。熊克武孤危得很，四处派人运动，终乏效果，只有川边经略使尹昌衡部下，充任军法局长张煦，被熊勾结，背尹起事。尹昌衡正出师驻边，留张煦驻丹巴县，照顾饷械。张煦竟鼓众应熊，自称川边大都督北伐司令，以第一团团长赵城为副都督，第二团团长王明德为招讨使，即将所部两营，及渝中党羽三千余众，编成混成旅，自丹巴兼程返炉，攻入观察使颜镗署中，劫掠一空。颜镗走免，尹昌衡的父母，及一妹一妾，尚留寓炉城，均被张煦软禁起来，一面致书昌衡，迫令反抗中央，声言如不见从，当将他全家屠戮。昌衡闻警，即率领数骑，驰回炉城，行近泸定桥，偏被张煦派兵截住，昌衡望将过去，该兵管带，系是周明镜，便大呼道："周管带，你如何反抗中央？"周明镜见是尹昌衡，却也不敢抗拒，便挺身上前，行过军礼，才答道："都督此来，莫非尚未闻独立么？"昌衡道："我正为独立而来，须知螳斧当车，不屈必折，试想东南数省，彼也讨袁，此也北伐，今闻已统归失败，难道我川省一隅，尚独立得住么？昌衡是本省人，做本省官，不忍我故乡父老，旧部弟兄，同归于尽，所以孤身来此，与诸君一白利害，听我今日，否亦今日，请你等自酌！"语颇动人。周明镜徐徐答道："都督嘱咐，敢不听从，请都督入营少憩。"昌衡便驰入军营，又谕兵士道："弟兄们来此当兵，在家的父母妻孥，都是期望得很，今朝望你做队长，明朝望你做团长，此后还望你连步升官，显扬门阀，岂可为了一时意气，自投死路，不顾家室。就是为义愤计，今日的事情，与前日亦大不相同，前日是满人为帝，始终专制，不得已起革命军；今日是共和时代，总统是要公举，做了总统，也是定有年限，任满便要卸职。况现在的袁总统，还是临时当选，不是正式就任，就是他违法行事，也不过几月而止，大家何苦发难，弄得身家两败。而且五省人马，相逼而来，眼见得众寡不敌，徒死无益，空落得父母悲号，妻孥痛泣呢。"说至此，几乎哽咽不能成声，泪亦为之随下。好一张口才，好一副容态。兵士闻言，不由的被他感激，统是垂头暗泣，莫能仰视。昌衡又朗声道："我言已尽于此，请弟兄们自行酌夺，从尹立左，从张立右。"居然欲摹效古人。大众都趋往左侧。昌衡即发令东进，并将所说的大意，录述成文，到处张贴。

行了五里，正到泸定桥，适值赵城、王明德率兵前来，扼住桥右。昌衡乃命周明镜出马晓谕，力陈利害。已有替身，不必再行冒险。赵城、王明德，不肯服从，即命部众开枪，哪知部众已经离心，多是面面相觑，不肯举手。至赵王再行下令，部众竟驰过了桥，投入昌衡军中。昌衡饬令归伍，拟督领过桥，不意骤雨倾盆，天复昏黑，从众声嘈杂中，猛听得有特别怪响，好似天崩地塌一般，急忙饬前队探视，反报桥梁木板，已被敌人拆断了。是时急雨少霁，昌衡即饬兵众修搭桥梁，渡桥追敌，且分三路搜寻。到了翌晨，竟得拿住两个要犯，就是副都督赵城，招讨使王明德，昌衡本是熟识，也不暇细问，竟将他两人斩首，枭示军前。当下赴至炉城，那川边大都督北伐司令张煦，已是逃之夭夭，不知去向了。幸亏父母家属，不曾被害，总算骨肉团圆，阖家庆幸。昌衡复悬赏万金，饬拿张煦，张煦不杀昌衡家属，还是顾念旧情，胡必悬赏缉拿，不肯稍留余地。一面电达北京，详陈炉城肇乱及戡定情形。当由袁总统复电道：

前因川边炉城逆首张煦倡乱，业经饬令通缉，兹复据川边经略使尹昌衡电，续陈该逆详情，尤堪痛恨。该逆历受荐拔，充当要职，竟敢不顾大局，公然背叛，响应熊逆克武，捏令回炉，私称独立，攻扑观察使署，击散卫兵，劫质该经略父母家属，迫之为逆。抢劫商民，逼迫文武，带匪在泸定桥拦截攻击。使非该经略单骑驰入，劝导官兵，去逆效顺，则边局何堪设想。张煦应将所得陆军上校少将衔四等文虎章，一律褫革，各省务饬速缉，无论在何处拿获，即讯明就地惩办。该经略定乱俄顷，殊堪嘉尚，所请严议之处，仍予宽免。该处地方陡遭劫害，眷念商民，愍焉如捣，务望绥辑拊循，毋令失所，用副禁暴安民之意。此令。

张煦遁去，川边已靖，熊克武失了臂助，愈加惶急。黔抚派遣的黄毓成，有意争功，不肯落后，遂步步进逼，转战直前，历拔綦江、熊家坪诸要隘，进捣重庆，川军亦自西向东，按程直达。黄毓成闻川军将到，昼夜攻扑，熊克武料难固守，竟夜开城门，潜自逃生。黔军一拥入城，除揭示安民外，立即电京报捷。袁总统自然心慰，免不得照例下令，令曰：

据贵州援川军混成旅旅长黄毓成电称，重庆克复等情，殊为嘉慰。此次熊逆克武倡乱，招诱匪徒，四出攻掠，蹂躏惨虐，殆无人理。该旅长督率所部，自入川境以来，与逆匪力战，先复綦江，进取熊家坪诸要隘，直抵重庆，匪徒惊溃，熊逆潜逃，地方收复，实属谋勇兼优，劳勩卓著。黄毓成应特授勋五位。此外出力员弁，一律从优奖叙，务令安抚商民，维持秩序，将地方善后事宜，商承四川都督胡景伊，妥为办理，期使兵燹遗黎，咸歌得所。师干所至，无犯秋毫，用副伐罪吊民之意。此令。前云救民水火，此又云伐罪吊民，老袁已自命为汤武矣，此即帝制发生之兆。

未几，又命黄毓成署四川重庆镇守使，川境亦一律肃清，这便叫作癸丑革命，不到两月，完全失败，所有革命人士，统被袁政府斥为乱党，下令通缉，其实都已远飏海外，借着扶桑三岛，作为逋逃渊薮去了。此外有河南新蔡县宣布独立，为首的叫作阎梦松，不到数日，即由省城派兵进攻，斗大孤城，支持不住，徒落得束手就擒，饮枪毕命。又有浙江省的宁波地方，由宁台镇守使顾乃斌，联络知事沈祖绵，及本地人前署浙江司法筹备处处长范贤方，倡言独立，响应民军，至赣、宁失败，顾等见风使帆，急将独立取消。时浙江都督朱瑞，与顾乃斌稔有感情，代顾呈请，顾竟得邀宽免。范、沈二人，归地方官严缉，幸早远飏，免及于祸，甬案也算了结。是时柳州巡防营统领刘古香，被帮统刘震寰胁迫独立，设立北伐司令，募军起事。经广西都督陆荣廷，飞调军队进剿，当有驻柳税务局长黄肇熙，团长沈鸿英，密约内应，俟各军进攻，即开城纳入，当场格杀刘古香，刘震寰遁去，先后不过五日，已雾尽烟消了。简而不漏，是叙事严密处。

独河南省内的白狼，本与党人不相联络，宗旨也是不同，只因黄兴据宁，却派人与他商议，约他一同讨袁，如得成事，即推他为河南都督，并给他军械，及现银二万两，白狼势力愈厚，更兼河南各军，纷纷迁调他处，防剿民党，他益发横行无忌。田统领作霖，献计张督，拟三路兜剿，张督不从，只信任旅长王毓秀，命为剿匪总司令，所有汝南一带防营，统归节制。王毓秀素不知兵，但知纵寇殃民，讳败为胜，因此白狼东驰西突，如入无人之境。还有什么会匪，什么捻股，什么叛兵，均纠合一气，专效那白狼行为，掳人勒赎，所掠男女，称为肉票，一票或值千金，或值万金，随家估值，贵贱不一，唯遇着娇娃，总须由盗目淫污过了，方准赎还。璧已碎了，赎去何用？河南妇女，尚仍旧俗，多半缠足，一遇乱警，娇怯难行，可怜那良家淑女，显宦少艾，不知被群盗糟蹋了多少。缠足之害，可为殷鉴。而且到处焚烧，惨不忍睹。张督镇芳，还讳莫如深，经河南议员彭运斌等，质问政府，方由老袁电饬张督，勒限各军平匪。张镇芳无可推诿，没奈何出城誓师，拟向驻马店进发。

白狼闻张督亲自督师，急忙招集悍党，会议行止。党目宋老年主战，尹老婆主退，独谋士刘生，攘臂直前道：“我等起事，已阅两年，名为劫富济贫，试问所济何人？徒令桑梓疾首，今唯速擒磔镇芳，谢我两河，然后南下皖、宁，联合民党，再图北伐，何必郁郁居此，苦我豫人。”此子颇具大志，可惜名字未传。白狼尚是迟疑，复由樊某卜易，南向西向俱吉，唯返里大凶。嗣后白狼之死，果蹈凶谶。狼意乃决，遂分悍党为三队，潜伏驻马店北面，专待张督到来。甫半日，果闻汽笛呜呜，轮机辘辘，有快车自南而至。前队的伏盗，望将过去，见车内统是官军，料知张督已至，一时急于争功，不待快车到站，便大放枪炮，遥击车头。那时烟霾蔽天，响声震地，吓得车内的张镇芳，魂不附体，幸亏卫队营长张砚田，急忙勒车倒退，疾驰如飞。群盗追了一程，那快车已去得远了，乃退还驻马店。白狼顿足叹道：“为何这般性急，竟失去张镇芳？”言毕，尚懊恨不已，嗣是率众东行，越西平、汝南、确山，进陷潢川、光山等县，乘势驰入皖境，捣破六安，拟由庐和下江宁；旋闻民党皆溃，第二师师长王占元，且约皖军堵击，不由的太息道：“我久闻黄兴大名，谁知他是百战百逃，不堪一试，直与妇人何异，能成什么大事呢？”乃返身东行，窜入湖北去了。张督镇芳，自被群盗吓退，一溜烟逃回省城，料知匪党难平，遂乞假进京。豫督一缺，改为田文烈署理。小子有诗咏张镇芳道：

管领中州已数春，况兼守土是乡亲。
如何坐豢潢池盗，全局罗殃反脱身？

白狼未平，袁总统也不遑顾及，唯一意的筹备私事，演出许多花把戏来，且看下回方知。

借尹昌衡口中，叙述二次革命之非计，盖斯时袁政府之真相未露，伪共和之局面犹存，徒欲以三数人之言论，鼓动亿兆人之耳目，谈何容易？尹昌衡片言而周明镜倒戈，黄毓成一至而熊克武出走，至如新蔡、宁波、柳州诸处，倏起倏灭，尤觉无谓，是岂不可以已乎？且白狼一匪徒耳，名为劫富济贫，而一无实践，扰攘二载，毒遍中州，黄兴急不暇择，且欲联络之，是尤计之失者也。

第三十三回　遭弹劾改任国务员　冒公民胁举大总统

却说赣、宁起事的时候，曾由袁总统运动国会，请他提出征伐叛党的议案。那时参议院院长张继，已受国民党连带的嫌疑辞职而去。此外国民党议员，因赣、宁起事，屡战屡败，害得大家没有面目，你也出京，我也回籍，于是国民党失势，进步党愈占胜着。袁政府本利用进步党，进步党也愿受指使，遂由汪荣宝、王敬芳两议员，提出议案，咨请政府。大致说是："临时政府，曾按照约法，组织正当机关，此外有潜窃土地，私立名号，与政府反抗，就是背叛民国，为四万万人公敌。政府为维持国家生存起见，应适用严厉方法，对待乱党。本议院代表民意，建议如右，相应咨大总统查照施行"云云。两个议员，即可代表民意，若一位大总统，应该作民意代表了。袁总统得此议案，越觉冠冕堂皇，竟饬北京检察厅，传讯国民党议员，谓："黄兴是否党魁？党中人如与联络，应由政府取缔，否则由党人自行宣布，立将黄兴除名。"国民党议员，无法可施，只好开会公决。有几个自愿脱党，有几个自愿去职，方在危疑交迫的时候，忽发现一种秘密条件，系是四月内的事情，至七月间才行宣露，为两院议员所得闻。

看官道是什么秘事？原来大借款未成立以前，政府却向奥国斯哥打军器公司，密借款项三千二百万镑，约合华币三千二百万元，实收额系是九二，担保品乃是契税，利息六厘。约中并附有特别条件，须以借款半数，由公司承购军械。赣军事未曾发生，已先借款购械，且严守秘密，老袁毕竟多智。双方早已签押，政府却讳莫如深，一些儿不露痕迹。等到百日以后，方由外人间接说起，传入议员耳内。议员闻这消息，无论是进步党，与非进步党，统说政府违法，不得不向政府质问。政府无词可辨，只有搁起不答的一法。偏议员不肯罢休，接连递交质问书，那时政府无可抵赖，不得已实行承认。议员不便弹劾袁总统，只好弹劾国务员。

是时国务总理，由陆军总长段祺瑞暂代，所有奥款交涉，尚在从前赵秉钧任内，与段无干；且因革命再起，军事彷徨，段任陆军总长，调遣兵将，日无暇晷，已由袁总统提出熊希龄，继任国务总理，咨交两院议决。熊隶进步党，当然经议院通过，遂正式下令，调熊入京，任为国务总理。熊亦直受不辞，竟卸了热河都统的职任，来京组阁，适值借款外露，质问以后，继以弹劾，国务员乘势辞职，袁总统亦乘势照准，于是外交总长陆征祥，财政总长周学熙，司法总长许世英，农林总长陈振先，交通总长朱启钤，均免去本官，教育总长范源濂，工商总长刘揆一，早已辞去，部务由次长代理，未曾特任。内务总长一缺，本由赵秉钧兼管，赵去职改官后，亦只由次长暂代。唯陆军总长段祺瑞，海军总长刘冠雄，专司军政，于借款上无甚关系，所以自问无愧，绝不告辞。梳栉明白。

熊凤凰既经上台，改组阁员，当下与袁总统商议，除陆海军两总长，一时不能易人，仍请段祺瑞、刘冠雄二人照旧连任外，外交拟任孙宝琦，内务拟任朱启钤，教育拟任汪大燮，司法拟任梁启超，农林拟任张謇，交通拟任周自齐，财政由熊自兼。即由袁总统提交议院，得多数同意，遂一一任命，只工商总长一缺，急切不能得人。特命张謇暂行兼任。张字季直，系南通州人，前清状元出身，向称实业大家，兼任工商，却也没人指摘，熊内阁便算成立了。

袁总统心中，以进步党本受笼络，偏亦因奥款发现，出来作梗，显见得两院议员，统是靠不住的人物，欲要自行威福，必撤消这等议院，方可任所欲为。洞见肺腑之谈。但此时不好双管齐下，只能一步一步的做去，先将国民党捽除，再图进步党未迟。乃通饬各省，如有国民党机关，尽行撤除；并因江西、广东、湖南三省议会，附和乱党，勒令解散，一面派遣侦骑，暗地探缉。适有众议院议员伍汉持，原籍广东，因受国民党嫌疑，愤然出京，行至天津，突被侦骑拿去，说他私通叛党，牵入军署，当即杀死。还有众议院议员徐秀钧，已回江西原籍，也被军人拘住，无非是罪关党恶，处死了案。就是参议院院长张继，也有通令缉拿，亏得他先机远引，避难海外，才得保全生命，涸迹天涯。袁总统又借着湖南会匪为口实，限制各省人民集会结社，特下一通令道：

> 湘省会匪素多，自叛党谭人凤设立社团改进会，招集无赖，分布党羽，潜为谋乱机关，于是案集如鳞之巨匪，皆各明目张胆，借集会自由之名，行开堂放票之实，以致劫案迭出，民不聊生。贻害地方，何堪设想。其余并有自由党人道会、环球大同民党诸名目，同时发生，举动均多谬妄。着湖南都督一律查明，分别严禁解散，以保公安。至此等情形，尚不止湖南一处，并着各省都督民政长，一体查禁。须知人民集会结社，本有依法限制之条，如有勾结匪类，荡轶范围情事，尤为法律所不容，切勿姑息养奸，致贻隐患。此令。

看官至此，稍稍有眼光的，已知袁总统心肠，是要靠着战胜的机会，变共和为专制，所有反对人物，统把他做匪类对待。从此民党中人，销声匿迹，哪一个敢向老虎头上去搔痒呢？唯一班袁氏爪牙，统想趁此时机，攀龙附凤，恨不得将袁大总统，即日抬上御座，做个太平天子，自己也好做个佐命功臣。可奈老袁的总统位置，还是临时充选，不是正式就任，倘或骤然劝进，未免欲速不达，就是袁总统自己，也未便立刻照允呢。袁氏果欲为帝，吾谓不若早为，何必踌躇。于是大家议定，请国会先举正式总统，把袁氏当选，然后慢慢儿的尊他为帝。两院议员，已都怕惧袁政府声威，乐得敲起顺风锣，响应国门。只是大总统已须选出，大总统选举法，还未曾制定，这却不得不急事研究，先将选举法宣布，方好选举正式总统。先是国会开幕，曾有先举总统后定宪法的计划，但参考西洋各国，多半是宪法规定，才举大总统，若要倒果为因，理论上殊说不过去，因此拟先定宪法，后举总统。两院中的议员，便组织两个特别机关，一个是宪法起草委员会，一个是宪法会议，草创的草创，讨论的讨论，彼此各有专责，正在筹议进行。偏值赣、宁乱事，生一波折，好容易平定内讧，改造时势，议员为势所迫，幡然变计，遂于九月五日，由众议院开会投票，解决先举总统的问题。至开箧检视，赞成先举总统的，有二百十三票，不赞成的只有一百二十六票。再由参议院公决，也是赞成先举总统。是即上文所云敲顺风锣。乃复开两院联合会，商立大总统选举法。原来总统选举法，本属宪法中一部分，宪法未曾制定，先将选举法提出另订，又是一种困难问题，但既有意迎合，索性通融到底，便决定由宪法起草委员会，草成宪法一部分的总统选举法。旋经宪法会议，各无异言，遂于十月四日，将总统选举法全案，宣布出来。其文如下：

中华民国宪法会议，谨制定大总统选举法，并宣布之。

大总统选举法

第一条 中华民国人民，完全享有公权，年满四十岁以上，并住居国内满十年以上者，得被选举为大总统。

第二条 大总统由国会议员，组织总统选举会选举之。

前项选举，以选举人总数三分二以上之列席，用无记名投票行之，得票满投票人数四分三者为当选。但两次投票，无人当选时，就第二次得票较多者二名决选之，以得票过投票人数之半者为当选。

第三条 大总统任期五年，如再被选，得连任一次。

大总统任满前三个月，国会议员，须自行集会，组织总统选举会，行次任大总统之选举。

第四条 大总统就职时，须为左列之宣誓。

余誓以至诚遵守宪法，执行大总统之职务，谨誓。

第五条 大总统缺位时，由副总统继任，至本任大总统任满之日止。

大总统因故不能执行职务时，以副总统代理之。

副总统同时缺位时，由国务院摄行其职务，同时国会议员，于三个月内，自行集会，组织总统选举会，行次任大总统之选举。

第六条 大总统应于任满之日解职，如届期，次任大总统，尚未选出，或选出后，尚未就职，次任副总统，亦不能代理时，由国务院摄行其职务。

第七条 副总统之选举，依选举大总统之规定，与大总统之选举，同时行之。但副总统缺位时，应补选之。

附则

大总统之职权，当宪法未制定以前，暂适用临时约法关于临时大总统职权之规定。

总统选举法，既经宣布，即于十月六日，依选举法定例，组织总统选举会，借宪法会议议场，选举正式总统。第一次投票，袁世凯得票最多，只投票人数，不满四分之三，作为无效。第二次投票，仍不足法定人数，虽票上多书“袁世凯”三字，终归无效。参议院议长，已改选王家襄，因两次投票，徒费手续，乃邀集两院议员，密与语道：“我看目下的时势，非举项城为总统，恐不得了。况项城左右，统思乘此立功，推他为帝，据我愚见，不如速举项城为正式总统，免得君权复活。诸君洞明时局，谅也不以为谬呢。”恐仍由袁氏授意。各议员随口应允，到了第三次投票，还是袁世凯、黎元洪二人，各占多数。再援照选举法第二条说明，行决选法。正拟写票投匭，忽有无数人士，拥入议场，服饰鲜明，形容威赫，差不多如军队一般。经会长问明来由，大众齐声道：“我等统是公民团，来观盛举，今日推选正式大总统，关系重大，总统贤良，统是诸君所赐，若选出一个不满人望的总统，将来国家扰乱，全是诸君的罪过，哼哼！我公民团是不应许的。与其后日遭灾，何如今日审慎。如或所举非人，诸君不得出议院一步，先此通告，休要见怪！”明明是袁氏团，竟自称为公民，无怪来强奸民意。数语说毕，遂轩眉抵掌的环绕拢来，竟把会场内议员，包围至数十匝。简直是十面埋伏。众议员睹这情形，已窥透政府作用，没奈何各握住了笔，草草书袁世凯三字，投入匭中。待至检票唱名，自然票票是袁世凯，遂当场呼出，袁世凯当选为中华民国正式大总统。这十数字声浪，传将出来，便有好几万人的应声，回答转去，应声中恰是“大总统万岁”五字。看官不必细问，便可知是公民团的应声了。公民团欢呼以后，一齐退出，又仿佛是得胜班师的形景。能够强迫议员，应推莫大功劳。越日，选举副总统，一次投票，即举出黎元洪。得票满法定人数，也没有什么公民团，来院强迫了。选举告终，当由国务院即日通电，布告全国道：

武昌黎副总统、各省都督、民政长、将军、都统、副都统、办事长官、经略使、镇边使、宣抚使、镇守使、宣慰使鉴：本日国会组织总统选举会，依法选举，临时大总统袁公，当选为大总统，特此通告，希转知省议会，并通电所属各县，一体知照。国务院印。

又由外交部长孙宝琦，照会驻京各公使道：

为照会事：中华民国二年十月六日，经国民议会，依大总统选举法选举大总统，兹据议长报告，现任临时大总统袁世凯，当选为中华民国大总统，定于十月十日行就职礼。相应照会贵署理公使大臣、署理大臣查照，即希转达贵国政府可也。须至照会者。

这次袁总统正式莅任，一切礼节，已由国务院预先订定，预先二字，亦用得妙。格外隆备。正是：

政客低头甘听令，枭雄得志又登台。

欲知袁总统就职情形，且至下回再阅。

熊凤凰就任总理，当时有人才内阁之称，其实袁总统意中，第借熊为过渡人物，并非实行信任，熊氏亦何苦身当其冲乎？况解散议会，杀害议员，种种违法举动，已露端倪，而熊氏适丁其时，将来为袁氏受过，已可预料。凤兮凤兮，何见几之不早也？至选举正式总统，再三迎合，尚受军队胁迫，若有洁身自好之议员，应亦先机远引，而乃甘入漩涡，沁沁伣伣，为国民羞，毋亦自轻声价耶？总之人生行事，多为利禄所误，恋恋于利禄中，必有当断不断之忧，迨至后来结果，仍然身名两隳，悔不可追，嗟何及乎！

第三十四回　踵事增华正式受任
争权侵法越俎遣员

却说中华民国二年十月十日，正值国庆令节，全国行庆祝礼，又经袁总统正式莅任，越觉锦上添花，喜气洋溢。老袁强迫选举，正为此日。当由国务院通告礼节，定于十月十日上午十时，前称国庆为双十节，此次应改呼三十节。大总统正式就职于太和殿。这太和殿的规模，很是弘敞，从前清帝登基，以及元旦诞辰，受百官朝贺，统在这殿中行礼，袁总统就此受任，分明是代清受命的意思。一语道破。是日，殿中已洒扫清洁，布置整齐，陈设华丽，一班伺候人员，早已穿好大礼服，趋向殿前，按班鹄立。好容易待至十时，方见大礼官入殿，导着一位龙骧虎步的袁总统，徐步而来。两旁奏起国乐，锵铿杂沓，谐成一片；接连是殿门外面，远远的鸣炮宣威，共计一百另一响。袁总统步上礼台，中立南向。侍从各官，联步随登，站立左右，国乐暂止。侍从官捧进誓词，由袁总统宣读告终，即有庆祝官趋至北面，行谒见礼，向袁总统一鞠躬，袁总统倒也答礼。侍从官再进宣言书，袁总统又照书宣读。读毕，庆祝官再行庆祝礼，向袁总统三鞠躬。袁总统也答礼如仪，乐又再作。掌仪官引导庆祝官退就接待室，大礼官引导袁总统还休息室，乐复暂止。既而大礼官出殿，接引外宾入礼堂，序次排立，复请袁总统出莅礼堂，南向正立。乐奏三成，袁总统再就礼台，由外交总长孙宝琦，邀同各国公使，及参随各员，至礼台前，行鞠躬礼，袁总统也鞠躬相答。领衔公使代表外交团，宣读颂词，满口是爱皮西提，经翻译员译作华文，方可作为本书的词料。词云：

君现被举中华民国大总统，本领衔公使代表外交团，来述庆贺之忱。新政体建设以来，此为第一次集会于中国正式庆日，借此各国公使，请大总统深信所祝，于此选举君为正式大总统，能为中国开始一新幸福时代之先步，且恪守条约及各项成例，不但能维持中国之平和，保持民国政府之稳健，并能保国内富饶之发达。各国于此举亦利助成，依中国情形如是，定望各本国政府与贵国政府，所有今日幸结接洽，将必日益亲密，谅于此情。各国公使，必承大总统贵重协助，外交团于今日欣祝大总统政治丕益，大总统福躬康乐！

领衔公使读毕颂词，袁总统亦亲诵答词道：

今日贵公使以本大总统被选为中华民国大总统，代表各公使惠临称贺，并承贵公使以被选正式总统，为中国开始新幸福之先步，致词推许。本大总统感谢之忱，实为无量。本大总统深愿履行条约，循守成例。与友邦敦睦，为唯一之基础，前在临时政府期内，固已早有明证，此后尤当竭其绵力，俾本国政府，与贵各国政府联络之感情，恳笃之交谊，日益亲密，有加无已。本大总统以保持和平，秩序发达，经济信用，为作新宗旨，贵各国公使热诚赞助，乐观厥成。本大总统深信彼此睦谊，即为他日永久不渝之征也。顺祝贵各国暨贵各公使绥福无疆！

袁总统读一句，翻译员亦译述一句，随读随译，一气读完。各公使均表满意，即率参随各员，复向袁总统鞠躬。袁总统答礼毕，各公使再行私觌礼，由大礼官依次引见，个个与袁总统握手，继以鞠躬。袁总统一一答礼，外交团退赴接待室。大礼官又导入清室代表世续，与袁总统相见，所有礼节，及彼颂此答，大致与各国公使相同。世续退后，大礼告成，伺候各官，循例三呼，国乐以外，杂以军乐，仿佛有凤凰来仪，百兽率舞景象，引用《虞书》，妙不可阶。袁总统缓步下台，退至休息室小憩。是时袁总统心中应该快乐，吾谓其尚未满意。约一小时，陆军总长段祺瑞，戎服趋进，请袁总统莅天安门阅兵；袁总统又嘱外交总长孙宝琦，邀请各国公使，及清室代表，同往校阅。各公使等自然乐从，于是袁总统前行，各公使等后随，还有一班伺候官员，鱼贯而出，统至天安门。门前早有座位设着，袁总统坐中，外宾坐左，陆军外交等坐右，一声令下，万卒齐来，先向上座参见，行过军礼，然后按着步伐，排齐行伍，把平时练习的技术，当场试演，俨然得心应手，纯熟无比。各公使却也称赏，袁总统格外嘉慰，越觉得笑容可掬，满面春风。骄态已露。至阅兵礼毕，座客尽散，袁总统即由天安门外，乘着礼车，返总统府去了。

到了下午，由总统府颁发命令，世续、徐世昌、赵秉钧，俱特授勋一位。世续系清室代表，如何也授勋一位。朱瑞、蔡锷、胡景伊、唐继尧、阎锡山、张凤翙，张锡銮、倪嗣冲、张镇芳、周自齐、陈宧、汤芗铭，均授勋二位。蒋尊簋、孙毓筠、庄蕴宽，均授勋三位。张绍曾、陆建章，均授勋四位。屈映光授勋五位。王家襄、章宗祥，均给予一等嘉禾章。王家襄身为议员，得给嘉禾章，可见前回拟举袁氏，寓有隐衷。林长民、张国淦、施愚、王治馨、治格，均给予二等嘉禾章。顾鳌给予三等嘉禾章。廕昌给予一等文虎章。赵唯熙、陈昭常、宋小濂、张广建、唐在礼、张士钰、袁乃宽、李进才、江朝宗，均给予二等文虎章。总算赏赉优渥，内外蒙恩。还有一种可喜的事件，自美洲各国，承认中华民国后，欧洲诸国，尚是彷徨却顾，不肯遽认，至此闻正式总统，已经就任，于是俄、法、英、德、奥、意、日本，及比、丹、葡、荷、瑞、挪等国，各于袁总统莅位这一日，赍致外交部照会，承认中华民国，愿敦睦谊；且由内务部农林部工商部交通部，特颁通告，凡公共游玩等所，一律开放三日，任人游览，免收券费，大约是与民同乐的意思。应加断语，均为后文改图帝制伏笔。嗣是黎副总统及各省都督、民政长、将军、都统、副都统、办事长官、经略使、镇边使、宣抚使、镇守使、宣慰使等，无不上书肃贺，各表欢忱。又由国务院电达武昌，道贺黎副总统正式就职。各省官吏，亦通电致贺。是时黎元洪已辞去江西兼督，保荐李纯署任，唯督鄂如故。他本是随遇而安，无心营兢，正式副总统一职，得不足喜，失不足忧，所以人家贺他，他只淡淡的答谢数语，也并没有什么隆礼举行，只是吾行吾素罢了！黎之卒得保身，全亏是著。

且说大总统选举法，自宪法会议议决，即直接宣布，并未经过袁政府手中。当时袁总统未免懊恼，以为国会专制，连自己的公布权，都被夺去，将来制定宪法，均须由国会取决，事事不能自主，反做一个傀儡，如何了得。

但因正式就职的期间，已预定在国庆日，倘或为此争议，势必选举延迟，辜负此良辰佳节，岂不可惜？自己尚未当选，已预定就职期间，真可谓满志踌躇。所以暂时容忍，就援照国会咨文，将总统选举法全案，刊登政府公报，即日宣布。至就任以后，遂咨照宪法会议，争回公布权，统共不下二千言，由小子节录如下：

为咨行事，查临时约法第十九条，内载参议院之职权，一，议决一切法律案；又第五十四条，内载中华民国之宪法，由国会制定；又第二十二条，内载参议院议决事件，咨由临时大总统公布施行，又第三十条，内载临时大总统公布法律各等语。凡此规定，均属前参议院在约法上议决法律，及制定宪法之职权范围。民国议会成立以来，依国会组织法第十四条之规定，民国宪法未定以前，临时约法所定参议院之职权，为民国议会之职权，则民国议会，无论系议决法律事件，抑系制定宪法事件，皆应以临时约法暨国会组织法所定程序为准，实无丝毫疑义。乃本年十月五日，准宪法会议咨开：大总统选举法案，业于十月四日，经本会议议决宣布，并公决送登政府公报，为此钞录全案，咨达大总统，即希查照饬登等因前来。本大总统当以民国议会，前经议决，先举总统，后定宪法，系为奠定民国国基起见。本月四日，宪法会议议决大总统选举法案，来咨虽仅止声明议决宣布，并公决送登政府公报等语，显与临时约法暨国会组织法规定不符。然以目前大局情形而论，内忧外患，纷至沓来，友邦承认问题，又率以正式总统之选举，能否举行为断，是以接准来咨，未便过以临时约法及国会组织法相绳，因即查照来咨，命令国务院饬局照登，唯此项咨达饬登之办法。既与约法上之国家立法程序，大相违反。若长此缄默不言，不唯使民国议会，蒙破坏约法之嫌，抑恐令全国国民，启弁髦约法之渐，此则本大总统于宪法会议之来咨，认为于现行法律及立法先例，俱有未妥，不敢不掬诚以相告者也。查民国立法程序，约法暨国会组织法，定有明文，一为提案，二为议决，三为公布，断未有但经提案议决，而不经公布，可以成为法律者，大总统选举法案，若为法律之一种，则依据临时约法第二十二条第三十条之规定，当然应由大总统公布。若为宪法之一部，则依据临时约法第五十四条之规定，虽应由民国议会制定，然制定权行使之范围，仍应以国会组织法第二十条之起草权，第二十一条之议定权为标准，断不能侵及于临时约法第二十二及第三十条之公布权。宪法会议，以此项宣布权，乃竟贸然行使，其蔑视本大总统之职权，关系犹小，其故违民国根本之约法，影响实巨。本大总统此次饬局照登，设我国民起而责以放弃职权之咎，固属百喙莫辞，而我最高立法机关，乃置现行约法及国会组织法于不顾，竟使本大总统不得不出于放弃职权之一途，恐亦非代表国民公意者所应出此也。何不早说？岂至此方才省悟乎？况民国肇造，二年于兹，宪法未施行以前，约法之效力，与宪法等。民国元年，前参议院议决临时约法时，业于是年三月十一日，咨送临时大总统公布有案。而临时约法第五十六条，并定有本约法自公布之日施行各明文。夫与宪法效力相等之约法，既经前参议院议决咨送大总统公布于前，则依照民国立法之先例，无论此次议定之大总统选举法案，或将来议定之宪法案，注意在此条。断无不经大总统公布，而遽可以施行之理。总之民国会议，对于民国宪法案，只有起草权及议定权，实无所谓宣布权，此为国会组织法所规定，铁案如山，万难任意摇动。究竟本月五日来咨所称饬登之大总统选举法案，是否即应依照约法公布施行之规定办理？将来民国会议制定宪法案，应否依照国会组织法第二十条第二十一条之规定，以起草议决为限。事关立法权限，亟应咨询国会，从速答复，相应咨行贵会查照，依法办理可也。此咨。

宪法会议中，接到此咨。统说是直接宣布，系各国通例，原无庸经过总统手续；且因宪法草案，正在裁定，大家悉心斟酌，忙碌得很，也无暇特别开议，答复总统。老袁静待两日，并不见有复文，遂欲越俎代谋，特饬国务院派员干涉。适值宪法起草委员会，开宪法草案三读会，突有八人陆续趋入，据言奉大总统令，来会陈述意见，并赍达总统咨文，请宪法会议查照施行。看官你道这八人为谁？就是施愚、顾鳌、饶孟任、黎渊、方枢、程树德、孔昭焱、余棨昌八人。一面递交咨文，由会中人员公阅，其文云：

查国会组织法，载民国宪法案，由民国会议起草及议定，迭经民国议会，组织民国宪法起草委员会，暨特开宪法会议。本大总统深唯我中华民国开创之苦，建设之难，对于关系国家根本组织之宪法案，甚望可以早日告成，以期共和政治之发达。唯查临时约法，载明大总统有提议增修约法之权，诚以宪法成立，执行之责，在大总统，宪法未制定以前，约法效力，原与宪法相等，其所以予大总统此项特权者，盖非是则国权运用，易涉偏倚。且国家之治乱兴亡，每与根本大法为消息，大总统既为代表政府总揽政务之国家元首，于关系治乱兴亡之大法，若不能有一定之意思表示，使议法者得所折衷，则由国家根本大法所发生之危险，势必酝酿于无形，甚或补救之无术，是岂国家制定根本大法之本意哉？本大总统前膺临时大总统之任，一年有余，行政甘苦，知之较悉，国民疾苦，察之较真。现在既居大总统之职，将来即负执行民国议会所拟宪法之责，苟见有执行困难，及影响于国家治乱兴亡之处，势未敢自己于言。况共和成立，本大总统幸得周旋其间，今既承国民推举，负此重任，而对于民国根本组织之宪法大典，设有所知而不言，或言之而不尽，殊非忠于民国之素志。兹本大总统谨以至诚对于民国宪法，有所陈述，特饬国务院派遣委员施愚、顾鳌、饶孟任、黎渊、方枢、程树德、孔昭焱、余棨昌前往，代达本大总统之意见：嗣后贵会开议时，或开宪法起草委员会，或开宪法审议会，均希先期知照国务院，以便该委员等随时出席陈述。相应咨明贵会，请烦查照可也。此咨。

会中人员阅毕，便语八委员道："民国立法，权在国会，不受行政部干涉。诸公来此，未免违法，还请转达总统，收回成命。"八委员齐声道："大总统尚有咨文在此，请诸君再阅，便可分晓。"言毕，又递交咨文一纸，由众议员续览一周，都不觉摇起头来。小子有诗咏袁总统道：

到底雄心未肯降，议围先遣五丁撞。
乃翁自命非凡品，国会从今莫语哤。

欲知咨文中如何说法，容待下回再详。

前半回叙袁氏正式就职，尽举当时礼节，揭出纸上，见得袁总统威仪烜赫，比前临时总统，已觉不同，即隐为后文帝制伏笔。后半回迭录两咨文，无非为推倒共和，改图专制张本。袁氏以国家宪法，定诸国会，一切不能自主，所以力争公布权，并遣八委员干涉立法，曾亦思今日之中华，固已为民主国体乎？既曰民主，则主权应操之于民，总统不过一公仆耳，乌得妄争主权耶？总之袁氏为帝之心，憧扰于中而不能自已，一经诸事顺手，便逐渐发现出来，作者不肯轻轻放过，故有闻必录，无隐不扬，若徒以抄胥目之，盖亦误矣。

第三十五回　拒委员触怒政府
借武力追索证书

却说众议员阅读袁总统咨文，又是长篇大论，洋洋洒洒的数千言，大致以《临时约法》，有好几条不便照行，须亟加修正。小子录不胜录，但记得当时有一清单，提出增修约法草案，就中有应修正者三条，应追加者二条，特照录如下：

应修正者三条。

（一）《临时约法》第三十三条　临时大总统得制定官制官规，但须提交参议院议决。

（修正）大总统制定官制官规。

（二）《临时约法》第三十四条　临时大总统得任免文武职员，但任命国务员及外交大使，须得参议院议员同意。

（修正）大总统任免文武职员。

（三）《临时约法》第三十五条　临时大总统经参议院之同意，得宣战媾和及缔结条约。

（修正）大总统宣战媾和及缔结条约。

应追加者二条。

（一）大总统为保持公安防御灾患，于国会闭会时，得制定与法律同效力之教令。

前项教令，至次期国会开会十日内，须提出两院，求其承认。

（二）大总统为保持公安防御灾患，有紧急之需用，而不及召集国会时，得以教令为临时财政处分。

前项处分，至次期国会开会十日内，须提出众议院，求其承诺。

是时宪法草案，已拟定十一章一百十三条，大旨已定，不便变更。况且袁总统提出各条件，全然是君主立宪国的法例，与民主立宪，毫不相容。看官！你想这宪法起草委员，及宪法会议中人，肯一一听命老袁，委曲迁就么？当下即向施愚、顾鳌等八人道："本会章程，宪法读草，只许国会议员列席旁听，此外无论何人，不得入席。今诸君来此，欲代大总统陈述意见，更与会章不符，本会但知遵章而行，请诸君自重。"施愚等再欲有言，那会员等已不去理睬，只管自己读法去了。施愚等奉命而来，趾高气扬，偏遭了这场白眼，扫尽面上光采，叫他如何不气？如何不恼？原是禁受不起。随即退出院中，回报袁总统，除陈述情形外，免不得添入数语，作为浸润。袁总统半晌道："我自有法，你等且退。"施愚等唯唯趋出，隔了一天，即由国务院发出袁总统电文，通告各省都督民政长，反对宪法草案，略云：

制定宪法，关系民国存亡，应如何审议精详，力求完善。乃国民党人，破坏者多，始则托名政党，为虎作伥，危害国家，颠覆政府，事实具在，无可讳言。此次宪法起草委员会，该党议员居其多数，阅其所拟宪法草案，妨害国家者甚多。特举其最要者，先约略言之：立宪精神，以分权为原则，临时政府，一年以内，内阁三易，屡陷于无政府地位，皆误于议会之有国务员同意权，此必须废除者；今草案第十一条，国务总理之任命，须经众议院同意，第四十三条，众议院对于国务院，为不信任之决议时，须免其职，比较临时约法，弊害尤甚。各部总长，虽准自由任命，然弹劾之外，又有不信任投票一条，必使各部行政，事事仰承意旨。否则国务员即不违法，议员喜怒任意，可投不信任之票，众议员数五百九十六人，以过半数列席计之，但有二百九十九人表决，即应免职，是国务员随时可以推翻，行政权全在众议员少数人之手，直成为国会专制矣。自爱有为之士，其孰肯投身政界乎？各部各省，行政事务，范围甚广，行政实依其施行之法，均得有相当之处分，今草案第八十七条，法院依法律，受理民事刑事行政及其他一切诉讼云云，是不遵约法，另设平政院，乃使行政诉讼，亦隶法院，行政官无行政处分之权，法院得掣行政官之肘，立宪政体，固如是乎？国会闭会期间，设国会委员会，美国两院规则内有之，而宪法上并无明文；今草案第五条，规定国会委员会，由参众两院选出四十人，共同组织之，会议以委员三分二以上列席，三分二以上同意决之，而其规定之职权，一咨请开国会委员会，一闭会期内，国务总理出缺时，任命署理，须得委员会同意，一发布紧急命令，及财政紧急处分，均须经委员会议决。此不特侵夺政府应有之特权，而仅四十委员，但得二十余人之列席，与十八人之同意，便可操纵一切，试问能否代表两院意见，以少数人专制多数人，此尤侮蔑立法之甚者也。文武官吏，大总统有任命之权，今草案第一百八、九两条，审计员由参议院选举之，审计院长，因审计员互选之云云。审计员专以议员组织，则政府编制预算之权，亦同虚设，而审计又用事前监督，政府直无运用之余地。国家岁入岁出，对于国会，有预算之提交，决算之报告，既予以监督之权，岂宜干预用人，层层束缚，以掣政府之肘？综其流弊，将使行政一部，仅为国会附属品，直是消灭行政独立之权。近来各省省议会，掣肘行政，已成习惯，倘再令照国会专制办法，将尽天下文武官吏，皆附属于百十议员之下，是无政府也。值此建设时代，内乱外患，险象环生，各行政官力负责任，急起直追，犹虞不及，若反消灭行政一部独立之权，势非亡国灭种不止。**推你为帝，想国必不亡，种必不灭。**此种草案，既有人主持于前，自必有人构成于后，设非借此以遂其破坏倾覆之谋，何至于国势民情，梦梦若是，**但你也未必昭昭，奈何？**征诸人民心理，既不谓然，即各国法律家，亦都訾驳，本大总统忝受付托之重，坚持保国救民之宗旨，确见此等违背共和政体之宪法，影响于国家治乱兴亡者极大，何敢缄默不言？临时约法，临时大总统有提议修改约法之权，又美国议定宪法时，华盛顿充独立殖民地代表第二联合会议议长，虽寡所提议，而国民三十万人出众议员一人之规定，实华盛顿所主张。法国制定宪法时，马克马洪被选为正式大总统，命外务大臣布罗利，向国民会议提出宪法案，即为法国现行之原案。此法、美二国第一任大总统与闻宪法之事，具有先例可援。用特派员前赴国会陈述意见，以期尽我保国救民之微忱。草案内谬点甚多，一面已约集中外法家，共同讨论，仍当随时续告。各该文武长官，同为国民一分子，且各负保卫治安之责，对于国家根本大法，利害与共，亦未便知而不言。务望逐条研究，共抒谠论，于电到五日内，迅速条陈电复，以凭采择。

原来宪法草案的内容，袁总统已探听得明明白白，他因所定草案，仍然由《临时约法》脱胎，不过增修字句，较为详备，并没有特别通融，所以极力反对。各省都督民政长，本是行政人员，当然不能立法，老袁并非不晓，但既为民选的总统，未便悍然自恣，不得不借重官吏，要他出来作梗，反抗立法机关，庶几借口有资，得以压倒国会。借刀杀人，是他惯技。各省都督民政长，见老袁正在得势，哪个不想望颜色，凑便逢迎？于是你上一篇电陈，我达一篇电复，或说是应解散国民党，或说是应撤消国民党议员，或说是应撤消草案，及解散起草委员会。就中有几个袁氏心腹，简直是主张专制，说是："国会议员，与逆党通同一气，莠言煽乱，颠倒黑白，不如一律解散，正本清源"云云。贡媚献谀，无所不致。袁总统接到这等电文，喜得心花怒开，忙邀入国务总理熊希龄，及各部长等，商议撤消议员等事宜。熊总理等依违两可，乃由袁总统决定，分条进行，先命解散国民党，及撤消国民党议员，于十一月四日下令道：

据警备司令官汇呈查获乱党首魁李烈钧等，与乱党议员徐秀钧等，往来密电数十件，本大总统逐加披阅，震骇殊深。此次内乱，该国民党本部，与该国民党国会议员，潜相构煽，李烈钧、黄兴等，乃敢据地称兵，蹂躏及于东南各省，我国民身命财产，横遭屠掠，种种惨酷情事，事后追思，犹觉心悸，而推原祸始，实觉罪有所归。综核伊等往来密电，最为我国民所痛心疾首者，厥有数端：一该各电内称李逆烈钧为七省同盟之议，是显以民国政府为敌国；二中央派兵驻鄂，纯为保卫地方起见，乃该各电内称国民党本部，对于此举，极为注意，已派员与黄兴接洽，并电李烈钧速防要塞，以备对待，是显以民国国军为敌兵；三该各电既促李逆烈钧以先发制人，机不可失，并称黄联宁、皖，孙连桂、粤、宁为根据，速立政府，是显欲破坏民国之统一而不恤；四该各电既谓内讧迭起，外人出而调停，南北分据，指日可定，是显欲引起列强之干涉而后快。凡此乱谋，该逆电内，均有与该党本部接洽，及该党议员一致进行，并意见相同各等语，勾结既固，于是李逆烈钧，先后接济该党本部巨款，动辄数万，复特别津贴该党国会议员以厚资。是该党员，及该党议员，但知构乱以便其私，早已置国家危亡，国民痛苦于度外，乱国残民，于斯为极。本大总统受国民付托之重，既据发现该国民党本部，与该党议员勾结为乱各重情，为挽救国家之危亡，减轻国民之痛苦计，已饬北京警备地域司令官，将该国民党京师本部，立予解散，仍通行各戒严地域司令官各都督民政长，转饬各该地方警察厅长，及该管地方官，凡国民党所设机关，不拘为支部分部交通部，及其他名称，凡现未解散者，限令到三日内，一律勒令解散。嗣后再有以国民党名义，发布印刷物品，公开演说，或秘密集会者，均属乱党，应即一体拿办，毋稍宽纵。至该国民党国会议员，既受李逆烈钧等，特别津贴之款，为数甚多，原电又有与李逆烈钧，一致进行之约，似此阳窃建设国家之高位，阴预倾覆国家之乱谋，实已自行取消其国会组织法上所称之议员资格，若听其长此假借名义，深恐生心好乱者，有触即发，共和前途之危险，宁可胜言？况若辈早不以法律上之合格议员自居，国家亦何能强以法律上之合格议员相待？应饬该警备司令官，督饬京师警察厅，查明自江西湖口地方倡乱之日起，凡国会议员之隶籍该国民党者，一律追缴议员证书徽章。一面由内务总长，从速行令各该选举总监督暨初选举监督，分别查取本届合法之参议院众议院议员候补当选人，如额递补，务使我庄严神圣之国会，不再为助长内乱者所挟持，以期巩固真正之共和，宣达真正之民意。该党以外之议员，热诚爱国者，殊不乏人，当知去害群即所以扶持正气，决不致怀疑误会，借端附和，以自蹈曲庇乱党之嫌。该国民党议员等回籍以后，但能湔除自新，不与乱党为缘，则参政之日月，仍属甚长，共和之幸福，不难共享也。除将据呈查获乱党各证据，另行布告外，仰该管各官吏，一体遵照。此令。

这令下后，不特国民党议员，惊愕异常，就是别党议员，也有兔死狐悲的感慨，拟援据议院法，凡议员除名，须经院议决定一条，与政府辩驳。还有新行组织的民宪党，系拥护宪法草案，抵制政府干涉，共说袁总统能战胜兵戎，不能战胜法律，誓共同心力，与宪法为存亡，彼此抖擞精神，要与袁政府辩论曲直。已经迟了。哪知迅雷不及掩耳，就是下令这一日，下午四时，军警依令执行，往来如梭，彻夜不绝。看官道是何因？乃是向国民党议员各寓中，追缴证书徽章。议员稍一迟疑，便经那班丘八老爷，拔出手枪，指示威吓。天下无论何人，没有不爱惜身命，欲要身命保全，不得不将证书徽章，缴出了事。到了夜半，已追索得三百五十多件，汇交政府。哪知老袁意尚未足，再令将湖口起事前，已经脱党人员，亦饬令勒缴证书徽章。军警们不敢少懈，只好再去挨户搜索，敲门打户，行凶逞威。直到天光破晓，红日高升，方一齐追毕，又得八十余件，乃回去销差。不意政府又复下令，叫他监守两院大门，依照追缴证书徽章的议员名单，盘查出入。凡一议员进院，必须经过查问手续，确是单内未列姓名，方准进去。看官！你想议院章程，必须议员有过半数列席，方得开议，起初追缴国民党议员证书徽章，尚止三百多件，计算起来，不过两院中的三分之一，及续行追缴八十余人，两院议员，已去了一半，照院章看来，已不足法定人数，如何开会议事？袁氏之所以必须续追，原来为此。因此立法部的机能，全然失去。就是命令中有递补议员一语，各省候补当选人，也相率视为畏途，不敢赴京。国会遂不能开会，徒成一风流云散的残局了。袁政府煞是厉害，见国民党议员，变不出什么法儿，索性饬令各省将省议会中的国民党议员亦一并取消，小子有诗叹道：

大权在手即横行，约法何能缚项城？
数百议员齐俯首，乃公原足使人惊。

欲知袁政府后事，且至下回续表。

八委员之被拒，为国会正当之举动，狡如老袁，岂见不到此？彼正欲借此八委员，以尝试国会，无论被拒与否，总有决裂之一日，业已战胜敌党，宁不能战胜国会乎？迨解散国民党，及追缴证书徽章，强权武力，陆续进行，于是拥护袁氏之进步党议员，亦抱兔死狐悲之感，欲起而反抗之，然已无及矣。观袁氏之令出如山，军警亦奉行唯谨。通宵追索，翌晨毕事，袁氏之威势，真炙手可热哉！然以力假仁，得霸而止，仁且未假，欲横行以逞己志，难矣。请看今日之域中，毕竟谁家之天下？

第三十六回　促就道副座入京　避要路兼督辞职

却说袁总统既削平异党，摧残议院，事事称心，般般顺手，当然有笼压全国，唯我独尊的气势。唯因云南都督蔡锷，于二次革命时，拟联合黔、桂等省，居间调停，主张两方罢兵，凭法理解决。事为袁氏所忌，遂召他入京，令黔督唐继尧兼署；还有湖南都督谭延闿，及福建都督孙道仁，曾附和独立，图抗中央，虽事后取消，归罪他人，也不过是掩耳盗铃的计策，瞒不住老袁心目，袁总统遂将他免职，把湖南都督一缺，特任了汤芗铭，福建都督一缺，令海军总长刘冠雄兼代，后来且将这缺裁去，只设一民政长罢了。三督既去，此外都俯首帖耳，不敢异词，只有国会中议员，还因法定人数，屡次缺席，未免啧有烦言。袁总统特创一新例，挑选了几个有名人物，组成议事机关，叫作政治会议，老袁既有言莫予违之意，何必设此机关，致多累赘。会长派任李经羲，又有梁敦彦、樊增祥、蔡锷、宝熙、马良、杨度、赵唯熙七人，同作襄议员，再由国务总理举派二人，每部总长举派一人，法官二人，蒙藏事务局，酌派数人，各省都督民政长，亦酌派数人，集中议政，算作国会的替身。一面授意各省长官，令他倡议遣散议员，取消国会，于是副总统兼领湖北都督事黎元洪，邀集各省都督民政长等，联名电致袁总统道：

大总统钧鉴：共和国家，以法治为归宿，当破坏之后，亟宜为建设之谋，所有应行法治，千端万绪，虽急起直追，犹恐不及。民国初创，以参议院为立法机关，而成立年余，制定法案，寥寥无几，唯以党争闻于天下，适为建设之障碍，决无进行之计划。中外士庶，乃移易其渴望之心，属诸国会，以为国会既成，必可将各项法制，依次制定。不意开会七阅月，糜帑数百万，而于立法一事，寂然无闻，欲仅如前参议院尚能立东鳞西爪之法，而亦不可得。民国前途，岂堪久待？盖因各议员被举之初，别有来由，多非人民公意之所推定，谓为代表，夫将谁欺？其有爱国思想者，固不乏人，而争权利，徇党见，置国家存亡人民死活于不顾者，反占优势。且人数过多，贤者自同寒蝉，不肖者如饮狂水，余旨盲从朋附，烟雾障天，虽有善者，或徒唤奈何，宁与同尽。上下两院，性质相同，无术调剂，因之立法成绩，毫无进步，中外援为诟病，国家日益阽危。上无道揆，下无法守。赖我大总统以救国为己任，毅然刚断，将乱党议员资格，一律取消，令候补当选人，以次挨补。顾候补人员，与前次人员，资格相同，无论一时断难如额，即使如额，而八百余人，筑室道谋，仍恐议论多而成功少。现在国本初定，重要法案，何止数百件？由今之道，以七阅月而未立一法，虽迟以百年，亦复何济？而强邻环伺，破产在即，岂从容高论之秋？我不自谋，必有起而代我者，欲不为人之牛马奴隶，何可得耶？元洪等行政人员，亦国民一分子，国苟不存，身于何有？苟利于国，遑论其他，用敢联名恳切大总统始终以救国为前提，万不可拘文牵义，以各国长治久安之成式，施诸水深火热之中华。历考中外改革初期，以时势造法律，不以法律造时势。美为共和模范，而开国之始，第一次宪法，即因束缚政府，不能有为，遂有费拉德费亚会议修正之举。是役也，全体会员，无不有政治之经验，其会议之所议决，多轶出原有宪法范围以外，而自操制定宪法之全权，论者不诋为违法，先例具在，可为明证。现在政治会议，已经召集，与美国往事由各州推举之例正同，请大总统饬下国务院，咨询各员以救国大计，若众意咸同，则共和政体之精神，即可因兹发轫。即例以南京政府以十四省行政官代表之参议院，其完缺大相悬殊，正与华盛顿修正宪法，若合一辙。元洪等承乏地方，深知民人心理，痛恶暴乱之议员；各国论调，亦极公允，我大总统何所顾忌而不为之所？文明国议员，无论何党，皆以扶持本国为宗旨，断无以破坏阻挠为能事者。现在国民党议员，悉经解散，其余稳健议员，素知自爱，闻已羞与哙伍，愤欲辞职。虽欲固结，已属无从。留此少数之人，既无成立之希望，应请大总统给资回籍，另候召集。各议员皆明达廉洁，决不恋恋于五千元之岁俸，而浮沉于不生不灭之间，以误国家大计。狂夫之言，圣人择焉，伏乞鉴核施行，民国幸甚！副总统兼领湖北都督事黎元洪，署湖北民政长吕调元，直隶都督冯国璋，直隶民政长刘若曾，奉天都督兼署吉林都督张锡銮，奉天民政长许世英，吉林民政长齐耀琳，吉林护军使孟恩远，黑龙江护军使兼署民政长朱庆澜，江苏都督张勋，江苏民政长韩国钧，江北护军使蒋雁行，安徽都督兼署民政长倪嗣冲，署江西都督李纯，江西民政长汪瑞闿，浙江都督朱瑞，署浙江民政长屈映光，福建民政长汪声玲，署湖南都督兼理民政长汤芗铭，署山东都督靳云鹏，署山东民政长田文烈，河南都督张镇芳，河南民政长张凤台，山西都督阎锡山，山西民政长陈钰，陕西都督张凤翙，署陕西民政长高增爵，护理甘肃都督兼护民政长张炳华，新疆都督兼署民政长杨增新，四川都督胡景伊，署四川民政长陈廷杰，护理川边经略使颜镡，广东都督龙济光，署广东民政长李开侁，广西都督陆荣廷，广西民政长张鸣岐，贵州都督兼署云南都督唐继尧，云南民政长李鸿祥，贵州民政长戴戡同叩。

看官阅此电文，已见得各省长官，统是仰承意旨，不消细述。唯黎元洪系起义首领，本意在推翻专制，建设共和，此次袁总统摧残国会，明明欲回复专制，如何也随声附和，反领衔电达呢？古语说得好，“识时务者为俊杰”，大众既赞成袁氏，他亦不便硬行出头，与袁反对，乐得同流合汙，做一个与时浮沉的俊杰呢。句中有眼。不意通电未几，即来了参议院院长王家襄，口称奉总统密令，邀副总统入京，面商要略。黎元洪也不推辞，立将任中各项文书，委任民政长暂管，草草的收拾行装，随王北上，尚恐部下有变，佯言因公渡江，事毕返署，所以出城就道，行踪诡秘，连黎氏左右，也未尝预知情事。待至黎已到京，方闻袁总统下令，有云兼领湖北都督事黎元洪，因公来京，著段祺瑞暂代兼领湖北都督事。当时中外人士，莫明其妙，共疑政府有何大事，必须这黎副总统到京呢。嗣由小子底细调查，方知黎氏入京，段氏出镇，统含有特别关系，不是无故调动的。说来话长，待小子叙述出来。

原来袁氏倚黎、段为左右手，黎长参谋，段长陆军，遇事必内外筹商，谋定后动。黎、段亦矢忠矢慎，不敢有违，所以二次革命，黎为外护，段为中坚，终能指日荡平，肃清半壁。袁总统得此奇捷，未免顾盼自豪，尝语左右道："我略用武装，约叛党相见，不到两月，尽已平定，论起功力，不在拿翁下。拿翁即法国拿破仑。唯拿翁自恃武功，觊觎大宝，改变民主，再行帝政，我虽很加羡慕，但不欲轻效拿翁，致蹈覆辙呢。"自知甚明，何后来利令智昏？左右等唯唯如命，未敢妄赞一词，就中有一位跃跃欲逞的贵公子，听到此言，便迎机而入，婉进讽词，老袁掀髯笑道："汝欲我做皇帝么？但为事必三思后行，倘或骑梁不成，反输一跌，岂不是欲巧反拙么？"意在言外。于是这位贵公子，垂首告退。看官道此人为谁？说是袁总统的长公子克定。画龙点睛。袁总统有一妻十五妾，子十五，女十四，唯长子克定，为正室于氏所出，机警不亚乃父，幼时除读书外，辄好武事，及弱冠后出洋，赴德国留学，卒业陆军学校，至是归国已久，常思化家为国，一展所长。居然想做唐太宗。凑巧民国成立，乃父得为总统，他便想趁这机会，劝父为帝，好把一座锦绣江山，据为袁氏私产，偏乃父不肯遽为，日日延挨过去，自思光阴易过，何时得达目的？踌躇再四，无可为计，猛然想到故友阮忠枢，与段祺瑞向称莫逆，段握陆军重任，倘得他鼓吹帝制，号召军民，那时便容易成功了。当下着人去招阮忠枢，忠枢为袁氏门下士，素与克定往来，一闻传召，立刻驰至。两下相见，当由克定嘱托一番，他即转往国务院，见段在列，乘间密语。谁料段不待词毕，便厉声道："休得妄言！休得妄言！"阮撞了一鼻子灰，返报克定，克定暗暗怀恨。段又出语人道："项城屡次宣言，誓不为帝，克定痴心妄想，一味瞎闹，岂不可笑？"这数语传入克定耳中，愈令懊恼，遂与袁乃宽密谋，挤排段氏。乃宽与克定，同姓不宗，平时殷勤趋奉，颇得老袁欢心，遂认老袁为叔父行，小袁为兄弟行。这是姓袁的好处。老袁屡加拔擢，累任至陆军次长，凡段氏一切行为，乃宽无不洞悉，所以吹毛索瘢，得进谗言。老袁虽然聪明，怎奈一个令子，一个爱侄，日事絮聒，免不得将信将疑。段祺瑞素性坦率，未曾防着，只知效忠袁氏，有时袁总统与谈湖北军情，赞美黎元洪，祺瑞独说黎仁柔有余，刚断不足，袁亦叹为知言。黎氏生平颇合此八字品评。既而袁克定以段不助己，变计联黎，复遣人示意元洪，元洪不肯相从，所答论调，与段略同。克定乃密结爪牙，撺掇老袁，调黎入京，出段镇鄂，一是软禁元洪，缓缓的令他熔化，一是驱开祺瑞，急急的撤他兵权。煞是好计。黎、段非无知识，但立人檐下只好低头奉令，一往一来，仆仆道途，同做个现成傀儡罢了。黎元洪倒也见机，一经入京，便上书辞职，袁总统即日照准，不过温语答复，竭力敷衍。彼此情词斐亹，可歌可诵，小子不忍割爱，一并照录。曾记黎元洪的呈文道：

敬呈者：窃元洪屡觐钧颜，仰承优遇，恩逾于骨肉，礼渥于上宾。推心则山雪皆融，握手则池冰为泮。驰惶靡措，诚服无涯。伏念元洪忝列戎行，欣逢鼎运，属官吏播迁之众，承军民拥戴之殷。王陵之率义兵，坚辞未获，刘表之居重镇，勉负难胜。洎乎宣布共和，混一区夏，荷蒙大总统俯承旧贯，悉予真除。良以成规久圮，新制未颁，不得不沿袭名称，维持现状。元洪亦以神州多难，乱党环生，念瓜代之未来，顾豆分而不忍。思欲以一拳之石，暂砥狂澜，方寸之材，权撑圮厦，所幸仰承伟略，乞助雄师，风浪不惊，星河底定，获托威灵之庇，免贻陨越之羞。盖非常之变，非大力不能戡平，无妄之荣，实初心所不及料也。夫列侯据地，周室所以陵迟，诸镇拥兵，唐宗于焉藐靡。六朝玉步，蜕于功人，五代干戈，贻自骄将。偶昧保身之哲，遂丛误国之愆。灾黎埴于壑而罔闻，敌国入于宫而不恤，远稽往乘，近览横流，国体虽更，乱源则一，未尝不哀其顽梗，懵莫惩嗟。前者章水弄兵，钟山窃位，三边酬诸异族，六省订为同盟，元洪当对垒之冲，亦尝尽同舟之谊。乃罪言弗纳，忠告罔闻，衷此苦心，竟逢战祸，久欲奉还职权，借资表率，只以兵端甫启，选典未行，暂忍负乘致寇之嫌，勉图扶杖观成之计。孤怀耿耿，不敢告人，前路茫茫，但蕲救国。今有列强承认，庶政更新，洗武库而偃兵，敞文园而蒴教。处四海困穷之会，急起犹迟，念两年患难之场，回思尚悸。论全局则须第一统，论个人则愿乞余年，倘仍恃宠长留，更或陈情不获，中流重任，岂忍施于久乏之身？当日苦衷，亦难襮诸无稽之口，此尤元洪所冰渊自惧，寝馈难安者也。伏乞大总统矜其愚悃，假以闲时，将所领湖北都督一职，明令免去。元洪追随钧座，长听教言，汲湖水以澡心，撷山云而链性。幸得此身健在，皆出解衣推食之恩，倘使边事偶生，敢忘擐甲执兵之报。伏门待命，无任屏营！谨呈。

袁总统的复书，也是俪黄妃紫，绮丽环生。词云：

来牍阅悉。成功不居，上德若谷，事符往籍，益叹渊衷。溯自清德既衰，皇纲解纽，武昌首义，薄海风从，国体既更，嘉言益著。调停之术，力竭再三，危苦之词，书陈累万。痛洪水猛兽之祸，为千钧一发之防，国纪民彝，赖以不坠。赣、宁之乱，坐镇上游，匕鬯不惊，指挥若定。吕梁既济，重思作楫之功，虞渊弗沉，追论㧑戈之烈。凡所规划，动系安危，伟业丰功，彪炳寰宇。时局初定，得至京师，昕夕握谭，快倾心腷。褒、鄂英姿，获瞻便坐。逖、琨同志，永矢毕生。每念在莒之艰，辄有微管之叹，楚国宝善，遂见斯人。迭据面请，免去所领湖北都督一职，情词恳挚，出于至诚，未允施行，复有此牍。语长心重，虑远思深，志不可移，重违其意，虽元老壮猷，未尽南服经营之用，而贤者久役，亦非国民酬报之心，勉遂谦怀，姑如所请。国基初定，经纬万端，相与有成，期我益友，嗣后凡大计所关，务望遇事指陈，以匡不逮。昔张江陵尝言："吾神游九塞，一日二三。"每思兹语，辄为敬服。前型具在，愿共勉之！此复。

复词以外，即老老实实下一令道："兼领湖北都督事黎元洪呈请辞职，黎元洪准免本官。"正是：

功狗未嗥先缚勒，飞禽已尽好藏弓。

鄂督已更，又免去张勋本官，改任为长江巡阅使，另调冯国璋都督江苏，赵秉钧都督直隶，是何用意，容待小子下回表明。

黎之于袁，可谓竭尽所事，始终不贰者矣。癸丑之役，微黎阴助北军，则安能顺流无阻，先发制人？甚至撤消国会之议，黎亦不恤曲徇袁意，领衔电请，黎之忠袁如是，而袁独潜图帝制，甘心舐犊，遣人南下，召黎入京，阳加优礼，阴即软禁，好猜至此，而欲望人心之不解体，其可得乎？虽然，黎欲见好于袁，而卒为袁所卖，假使袁得永年，黎岂终能免祸乎？吾阅此回，殊不禁为黎氏惜焉。

第三十七回　罢国会议员回籍
行婚礼上将续姻

却说张勋本党附袁氏，从前袁世凯任直督时，奉清廷命募练新军，所有冯、段一班人物，统是练军中的将弁，张勋亦尝与列，受袁节制。所以张勋平日，除清廷皇帝外，只服从一袁项城，辛亥革命，张勋退出南京，虽是孤城受困，敌不住江浙联军，但也由老袁授意，为此知难而退。癸丑革命，张又为袁尽力，督兵南下，战胜异党，攻入南京，老袁特任他为江苏都督，明明是报功的意思。补叙明白。但张勋为人，粗鲁中含着血性，他自念半生富贵，统由清朝恩典，不过因时势所趋，无法保全清朝，没奈何推戴老袁，老袁只做总统，不做皇帝，还是有话可说，并非篡逆一流，为此仍然效命，唯背后的辫发，始终不肯薙去，却是不忘清室的标示。弃旧事新，已成通习，张辫帅犹怀旧德，我说他是好人。但老袁却为此一着，有些疑忌张勋，预恐帝制一行，他来反对，所以将他撤去督篆，调任散职，特令冯出督江，赵出督直，作为南北洋的羽翼。自是京都内外，统已布置妥当，就好慢慢儿的变更政体，开拓皇图，偏这两院议员，尚是睡在梦中，迭据一张没用的临时约法，指摘政府，迭加质问。真是盲人。那国务院讨厌得很，索性简截了当的答复数语。看官道如何说法？他说："两院议员，既不足法定人数，当然停议，何能提出质问书？况大总统救焚拯溺，扶危定倾，确是当今第一位人杰，是非心迹，昭然天壤，更不便绳以常例"等语。简直视为汤、武。议员争他不过，只好将就过去。一日又一日，已是民国第三年元旦，总统府中，热闹异常，外宾内吏，均去觐贺，差不多有九天阊阖，万国衣冠的盛仪。袁总统又把五等勋位，及九等嘉禾文虎各章，给赏了若干功狗，算作良辰令节的点染品。受惠感德的人，讴歌不绝。独有人民向隅。转眼间过了十日，忽由袁总统颁下一令道：

本日政治会议，呈复救国大计咨询一案，据称：前兼领湖北都督黎元洪等原电，修正宪法一节，若指约法而言，应于咨询增修约法程序案内，另行议复，其对于国会现有议员，给资回籍，另候召集一节，应请宣布停止两院现有议员职务，并声明两院现有议员，既与现行国会组织法第十五条所载总议员过半数之规定不符，应毋庸再为现行国会组织法第二条暨第三条之组织。至如何给资之处，应由政府迅速筹划施行。是否回籍，可听其便，政府毋庸问及等语。本大总统详加披阅，该会议议复各节，与该前兼领都督黎元洪等，救国苦心，深相契合。原呈所陈大要，以为非速改良国会之组织，无以勉符尊重国会之公心，洵属度时审势，正当办法。查两院现有议员，既与现行国会组织法第十五条所载总议员过半数之规定不符，应即依照政治会议议决宣布停止议员职务，毋庸再为现行国会组织法第二条暨第三条之组织。所有民国议会，应候本大总统依照约法，另行召集，此次停止职务各议员，由国务总理财政总长，迅将如何给资之处，筹划施行，余如该会议所陈办理。至两院现有议员，自宣布停止职务之日起，既均毋庸再为国会组织法第二条暨第三条之组织，一应两院事务，应由内务总长督饬筹备国会事务局，分别妥筹办法，免滋贻误，以副本大总统尊重国会之初意。此令。

还有一篇布告，是详述黎元洪等电请原文，及政治会议中呈复，无非说是约法不良，议员未善，应全体撤换，改新国会等情。其实是骗人伎俩，借此取消立法机关，免得节外生枝，牵掣行政，哪里还肯再行召集呢？政治会议诸公，自李经羲以下，也有一两个明白事理，阴怀愤恨，但看到黎元洪等原电，及老袁交议情形，已知木已成舟，不如顺风使帆，博得个暂时安稳；只晦气了这班议员，平白地丢去岁俸五千元，徒领了几十元川资，出都回籍去了。双方挖苦。

是时袁大公子克定，默观乃父所为，明明是与自己的希望，一同进行，黎既软禁，段又外调，所有阻碍，已经捽去，但只少一个位高望重的帮手，终究是未能圆满。他又与段芝贵商议，想去笼络江苏都督冯国璋。冯国璋的势力，不亚段祺瑞，联段不可，转而联冯，也是一条无上的秘计。段芝贵的品行，清史上已经表见，他是揣摩迎合的圣手，敏达圆滑的智囊。既蒙袁公子垂询，便想了一条美人计来，与袁公子附耳数语。袁公子大喜过望，便托他竭力作成。看官试掩卷猜之，愈加趣味。段芝贵应命去讫。

原来袁总统府中，有一位女教授，姓周字道如，乃是江苏宜兴县人。她的父亲，曾做过前清的内阁学士。这女士随父居京，曾入天津女师范学校，学成毕业，雅擅文翰，喜读兵书，嗣因中途失怙，情愿事母终身，矢志不嫁。怎奈宦囊羞涩，糊口维艰，亲丁只有一弟，虽曾需次都门，也未能得一美缺，所以这位周小姐，不能不出充教席，博衣食资。袁总统闻她才学，特延入府中，充为女教员，不特十数掌珠，都奉贽执弟子礼，就是后房佳丽，亦多半向她问字，愿列门墙。袁三夫人闵氏，或云金氏，系高丽人，本末当详见后文。与周女士尤为投契，朝夕相处，俨同姊妹。书窗闲谈，偶及婚嫁事，三夫人笑语道："吾姊芳龄，虽已三十有余，但望去不过二十许人，摽梅迨吉，秾李余妍，奈何甘心辜负，落寞一生呢？"周女士年龄借此叙过。周女士道："前因老母尚存，有心终事，今母已弃养，我又将老，还想什么佳遇？"三夫人道："姊言未免失察了。男婚女嫁，自古皆然，况太夫人已经仙逝，剩姊一身，漂泊无依，算什么呢？"周女士丧母，亦随笔带过。这一席话，说得周女士芳心暗动，两颊绯红，不由的垂头叹息。三夫人又接着道："我两人分属师生，情同姊妹，姊有隐衷，尽可表白，当代为设法，玉成好事。"周女士方徐徐道："我的本意，不愿作孟德曜，但愿学梁夫人，无如时命不齐，年将就木，自知大福不再，只好待诸来生了。"三夫人道："哪里说来！当代觅蕲王，慰姊夙愿，何如？"周女士脉脉无言。

三夫人匆匆别去，即转告袁总统，袁亦愿作撮合山，但急切未得佳偶，因此权时搁起。可巧冯国璋在京，有时至总统府中，晤商要公，偶见一丰容盛鬋的周女士，不觉啧啧叹羡，讶问何人？袁总统触起旧感，即语国璋道："这是宜兴周女士，现在我处充女教习，博通经史，兼识韬钤，闻汝丧偶有年，我当为汝作伐，聘她为继室，倒也是一场佳话呢。"好一个冰上人。国璋答道："总统盛意，很是感佩，但国璋正室虽丧，尚有姬妾数人，豚儿亦已长大，自问年将半百，恐难偶此佳丽，为之奈何？"口中虽这般说，心中却早默认。袁总统道："周女士的年龄，差不多要四十岁了，与汝相较，亦不过相距十岁，你既如此说法，我待商诸周女士，再行定议便了。"国璋称谢而退。

未几，国璋出督江宁，各大吏祖饯都门，恭送行旌，段芝贵时亦在座，席间谈及周女士事，国璋掀髯笑道："讲到容貌两字，亦未必赛过西子、王嫱，可是人家学问，实在高出我一个武夫，我年已及艾，还有什么不满意的事？不过这胡子还长得住否，实在是一个大问题。"得意语。言毕，鼓掌大笑，众亦随作笑声。段芝贵却从旁凑趣道："当日刘备娶孙夫人，洞房中环列刀枪，把刘备吓得倒退，冯公虽统兵有年，若好事果成，雌威不可不防哩。"国璋复笑道："言为心声，段君想是惧内，自己有了河东狮，尽管小心奉承，不要向他人代虑呢。"大家诙谐一番，兴阑席散。越宿，国璋即别友出都，自行赴任去了。段芝贵记在心里，适逢克定垂询，遂将现成的美人计，敬谨奉献。一日，至总统府，便乘间禀明袁总统，袁总统道："我亦早有此想哩，只因国事倥偬，竟致忘怀，但两造的意思，究未知是否赞同？"段芝贵道："得大总统与他撮合，哪有不情愿之理？况两造感及玉成，将来总统有所指使，还怕他不内外效顺么？"袁总统频频点首。明人不必细说。一俟段芝贵退出，即嘱三夫人去作说客。三夫人笑着道："我已早代为说妥了。"袁总统即致函冯国璋，请践原约。国璋本已有心，自然返报如命，日择于民国三年一月十九日，行成婚礼。

到了一月十二日，袁总统即遣公子克定，及三夫人率领周家姻族，及主婚代表等，送周女士南下江宁。江宁铁路，特备花车欢迎，沿路排列兵队，气象巍然。下关、江口一带，热闹异常。轮渡码头，悬灯结彩，并有松柏牌楼一座，上悬匾额，署"大家风范"四大字。两旁分列楹联，左首八字，是"天上神仙，金相玉质。"右首八字，是"女中豪杰，说礼明诗。"待周女士等渡江而来，各乘大轿入江宁城，当以鼓楼前交涉局为坤宅，门前亦设着松枝牌楼，特用五色电灯，盘出"福共天来"四大字。宅中陈设一新，尤觉光怪陆离，色色齐备。室中环列武装兵队，层层拥护，又特置布篷岗位数十所，屯驻警察，刀枪森耀，与昼间日光，夜间灯影，掩映生辉。都督府中人员，又稔知新人尚武，多派军服侍者，窗前堦下，荷枪鹄立，端的是文经武纬，灿烂盈门。极力描摹。到了十八日下午二时，移置妆具，由坤宅启行至都督府，前导军乐，引以红绸彩门，横书四字为“山河委佗”，左右对联，上为“扫眉才子，名满天下”，下为“上头夫婿，功垂江南”，闻说为旅宁同乡所送。此外尚有直隶女师范学校，与高等女子小学教习学生，以及周女士闺友所赠诗章叙文颂词对联词曲，均用玻璃屏装饰，约计数十具。余如箱栊物件，却尚简朴，荆钗布裙，想见高风，不比那小家妇女，专从服饰上着想哩。好女不穿嫁时衣，想周小姐深得此旨。越日，即为婚期，坤宅因交涉局与都督府，相去太远，移驻都督府西首花园内，专候冯都督亲迎。时当午后，冯都督著上将礼服，佩挂勋章，乘舆出辕，由大总统代表人，介绍人，及司仪人，迎亲人等，拥着彩舆，并排着全副仪仗，偕冯都督同至坤宅。护兵杂沓，军乐喧阗，冯都督降舆入室，行过了亲迎礼，略用茶点，先行告别。过一小时，即由送亲人等，送彩舆至都督府，三星在户，百两迎门。司仪员先登礼堂，请冯都督出来，一面请新娘降车。舆门开处，但见一位华装炫饰，胡天胡帝的女娇娃，姗步下舆，身穿玄青色贡缎绣着八团五彩花的礼衣，下系绣金洒花的大红裙，宫额齐眉，遍悬珠勒，后面披着粉红纱，约长丈许，有侍女两人持着两端，随步而前。红纱上设一彩结，置于发顶，前悬两球，适垂前额，借以覆面。既入礼堂，与冯都督并肩立着，行文明结婚礼式，男女宾东西站立，先由大总统代表赍读颂词，新郎新娘，遣人代诵答词，继由男女宾分致颂词，新郎新娘，又遣人诵答如仪。司仪员乃唱新郎新娘行鞠躬礼，两下里对向鞠躬，至再至三，夫妇礼成。当由两新人对着代表介绍，鞠躬致谢。代表人、介绍人，依次答礼，然后男女亲族，各行相见礼，无非是按着尊卑，相向鞠躬。男女宾又各行贺礼，两新人亦依礼相答。笙簧并奏，鸾凤和鸣，两新人归入洞房，宾朋等俱退出礼堂，各至客厅中，欢宴喜酒去了。自此洞房叶好，合卺共牢，说不尽的枕席风光，描不完的伉俪恩爱。小子且作诗一首，作为本回的结束。诗云：

一番趣事话风流，尽有柔情笔底收。
为问江南新眷属，可将月老记心头？

袁克定等送亲毕事，相率返京，欲知后事，再阅下回。

立法机关，是民主国最要条件，此而可以停止，是已举民主政体，完全推翻，奚待筹安设会，洪宪纪元，方为鼓吹帝政乎？老袁行于上，小袁行于下，联黎联段，俱难生效，不得已转联老冯，周女士道如，守北宫婴儿之节，乃必为冯作伐，牵入政治漩涡中，枕席风光，虽饶趣味，然揆诸周女士之初志，毋乃未免渝节欤？一条美人计，究用得着否，试看后文便知。

第三十八回　让主权孙部长签约
失盛誉熊内阁下台

却说袁总统密图帝制，专从内政上着手，日事变更，亦无暇顾及外交，就中蒙、藏风云迄未解决，前藏达赖喇嘛，屡生异图，办事长官钟颖，亦连电乞援。袁总统饬令滇、蜀各军，相继进征，不防英兵亦陆续入藏，驻华英使，且向袁政府抗议，谓中国若增兵藏境，英政府非但不承认民国，且将派兵助藏，令他独立。全是强权。袁总统无法对待，只好停止滇、蜀各军，一面与达赖电商，撤还驻藏兵队，全藏应承认中国的宗主权。达赖总算照允。嗣是川、藏边境，暂息兵戈。尹昌衡亦奉召入京，撤去兵权。旋因尹擅纳蛮女，滋扰川边，竟加他罪名，拘禁起来，结果是褫职了案。总是一个刻薄手段。还有俄蒙协约，前经外交总长陆征祥，与俄使辩论数次，只争得一个领土权，另订中俄协约六条，并将俄蒙协约中所称附约十七条，作为中俄协约的附件，字句略加修改，所有外蒙古政府字样，均改为外蒙古地方官字样，算是保存国权的要点。当时政府曾提出国会，征求同意，众议院多进步党，赞助政府，权予通融；参议院多国民党，排斥政府，竟致否决。旋因赣、宁变起，不遑顾及此事。至民党失败，国会已成残局，俄使库朋斯齐，且提出协约四条，较原订六条，尤为严酷。库匪又连番南下，时来寻衅，防边各兵，屡与战争，互有胜负。会外交总长已改任孙宝琦，不得已与俄使交涉，另订协约五款，可巧国会停止，得由袁政府独断独行，款约如下：

（一）俄国承认中国在外蒙古之主权。

（二）中国承认外蒙古之自治权。

（三）中国承认外蒙古人享有自行办理自治外蒙古之内政，并整理本境一切工商事宜之专权。中国允许不干涉以上各节，是以不将兵队派驻外蒙古，及安置文武官员，且不办殖民之举。唯中国可任命大员，偕同应用属员，暨护卫队，驻扎库伦，此外中国政府，亦可酌派专员，驻扎外蒙古地方，保护中国人民利益，但地点应按照本文件第五款商订。俄国一方面，担任除各领事署拥卫队外，不于外蒙古驻扎兵队，不干涉此境内之各项内政，并不在该境有殖民之举动。

（四）中国声明承受俄国调处，按照以上各款大纲，以及一九一二年十月二十一日俄蒙商务专条，明定中国与外蒙古之关系。

（五）凡关于俄国及中国在外蒙古之利益，暨各该处因现势发生之各问题，均应另行商订。

此外又由外交总长孙宝琦，照会俄使，另加声明道：照得签定关于外蒙古问题之声明文件，本总长奉有本国委任，以政府名义，向贵公使声明各款如下：

（一）俄国承认外蒙古土地为中国领土之一部分。

（二）凡关于外蒙古政治土地交涉事宜，中国政府，允与俄国政府协商，外蒙古亦得参与其事。

（三）正文第五款所载随后商订事宜，当由三方面酌定地点，派委代表接洽。

（四）外蒙古自治区域，应以前清驻扎库伦办事大臣，乌里雅苏台将军，及科布多参赞大臣，所管辖之境为限。唯现在因无蒙古详细地图，而各处行政区域，又未划清界限，是以确定外蒙古疆域，及科布多、阿尔泰划界之处，应按照声明文件第五款所载，日后商定。

以上四款，相应照会贵公使查照，须至照会者。

照会去后，俄使也不复答复，是否承认，无从悬揣。不过外蒙古一部分，已不啻告朔饩羊，名存实亡了。回结前第十七回。老袁也没甚顾惜，但教皇帝做得成功，就是割去若干土地，亦所甘心，所以俄约告成，他尚喜慰，以为朔漠一带，免多顾虑，从此好一心一意的，改革内政，求吾大欲。当下令政治会议诸公，于立法机关以外，特设一造法机关。法可自造，何用机关。为增修约法，及各种法案的基础。议长李经羲以下，希旨承颜，即议定一约法组织条例，呈经袁总统裁夺，申令公布。凡约法会议的议员，仍参用选举方法，选举区画，取都会集中主义。选举资格，取人才标准主义。所以选举会只限都会。京师选举会，只准选出四人，选举监督，就是内务总长充任。各省选举会，每省只准选出二人，由各省民政长，充选举监督，蒙藏青海联合选举会，只准选出八人，由蒙藏事务局总裁，充选举监督。全国商会联合会选举会，只准选出四人，由农商总长，充选举监督。选举人及被选举人，资格很严。选举人分四等：（一）曾任或现任高等官吏，通达治术；（二）由举人以上出身，夙著闻望；（三）在高等专门学校三年以上毕业，研精科学；（四）有万元以上财产，热心公益。被选举人只分三等：（一）曾任或现任高等官吏，确有成绩；（二）在中外专门学校，习过法律政治学，三年以上毕业；或曾由举人以上出身，通晓法政，确有心得；（三）硕学通儒，著述宏富，确有实用。这三项人当选以后，还须经过中央审查会，查系合格，方得给予证书，实任约法会议议员，正副议长，由议员互选，各置一人。遇有议决事件，必咨请总统裁可，才得公布。政府且得派员出席，发表意见，唯以不得加入议决为限。这等条例，明明是限制民意，集权政府，一时不便擅作威福，就借这非驴非马的法子，掩饰过去。还是多事。

寻又修正法制局官制，订定法律编查会规则，统是责成官长，不采公议。未几，又取消地方自治制。曾记民国三年二月三日，有一通令云：

> 地方自治，所以辅佐官治，振兴公益，东西各国，市政愈昌明者，则其地方亦愈蕃滋。吾国古来乡遂州党之制，啬夫乡老之称，聿启良规，允臻上理，要皆辨等位以进行，决非离官治而独立，为社会谋康宁，决非为私人攘权利。乃近来迭据湖北、河南、直隶、甘肃、安徽、山东、山西等省民政长电呈，佥以各属自治会，良莠不齐，平时把持财政，抵抗税捐，干预词讼，妨碍行政，请取消改组等语，业经先后照准在案。兹又续据热河都统姜桂题，电称承德县头沟乡议事会，私设法庭，非刑拷讯。湖南都督汤芗铭，电称湘省各级自治机关，密布党

徒，暗中勾结，当乱党叛变，各会职员，跳荡诪张，或汙伪命，自任中坚。且平时弁髦法令，鱼肉乡民，无所不致，请即行解散以清乱源。山东民政长田文烈等，电称栖霞县乡民，因上下两级自治会，平日私受诉讼，滥用刑罚，集怨酿变，聚众围城，业已派队弹压。吉林民政长齐耀琳，呈称长春县议事会议决，不按法定人数，违反省行政官命令，把持税务，非法苛捐，冒支兼薪，并对于外交重事，公然侮辱。贵州民政长戴戡，电称黔省自治机关，由多数暴民专制，动称民权，不知国法，非廓清更始，庶政终无清肃之时。浙江民政长屈映光，电称浙省自治会，侵权违法，屡形自扰，请停止进行，另订办法各等情，本大总统深维致治之道，贵在无扰，革命以来，吾民两丁困厄，满目疮痍，每一念及，怒焉如捣。似此骫法乱纪之各自治机关，若再听其盘踞把持，滋生厉阶，吏治何由而饬？民生何由得安？著各省民政长通令各属，将各地方现设之各级自治会，立予停办，所有各该会经管财产文牍，及另设财务捐务公所等项，由各该知事接收保管。会员中如有侵蚀公款公物者，应彻底清查，按律惩办。其从前由各该会擅行苛派之琐细杂捐，诸凡不正当之收入，并著各该县知事，详晰查报内务部，酌量核定。至于自治不良，固由流品滥杂，亦由从前立法未善，级数太繁，区域太广，有以致之。著内务部迅将自治制度，从新厘订，务以养成自治人才，巩固市政基础，为根本之救治，庶符选贤与能之古旨，渐进民治大同之盛轨。其自治制未颁定以前，各该地方官，尤宜慎选公正士绅，委任助理，自治会员中，亦不乏贤达宿望，并宜虚衷延访，勤求民隐，不得误会操切，致违本大总统惩除豪暴，保良善之本意。此令。

地方自治，既已取消，各省都督民政长，又推赵秉钧领衔，呈请将各省议会议员，一律停止职务。恐仍由老肃授意。袁总统复有所借口，又续下一令道：

据署直隶都督赵秉钧署直隶民政长刘若曾等电称，各省议会成立，瞬及一年，于应议政事，不审事机之得失，不究义理之是非，不权利害之重轻，不顾公家之成败，唯知怀挟私意，壹以党见为前提。甚且当湖口肇乱之际，创省会联合之名，以沪上为中心，作南风之导火，转相联络，胥动浮言。事实彰明，无可为讳。有识者洁身远去，谨愿者缄默相安。议论纷纭，物情骇诧，而一省之政治，半破坏于冥冥之中。推求其故，盖缘选举之初，国民党势力，实占优胜，他党与之角逐，一变而演成党派之竞争，于是博取选民资格者，遂皆出于党人，而不由于民选。虽其中富于学识，能持大体者，固不乏人，而以扩张党势，攘夺权利为宗旨，百计运动而成者，比比皆是。根本既误，结果不良。现自国民党议员奉令取消以来，去者得避害马败群之谤，留者仍蒙薰莸同器之嫌。议会之声誉一亏，万众之信仰全失。微论缺额省份，当选递补，调查备极繁难，即令本年常会期间，议席均能足额，而推测人民心理，利国福民之希冀，全堕空虚。一般舆论，佥谓地方议会，非从根本解决，收效无期；与其敷衍目前，不如暂行解散，所有各省省议会议员，似应一律停止职务，一面迅将组织方法，详为厘定，以便另行召集，请将所陈各节，发交政治委员会议决等语。该都督所陈各节，自系实情，应如所请，交政治会议共同议决，呈候核夺施行。此令。

看官！你想政治会议诸公，都是一班明哲保身的人物，就时论势，已觉得各省议会，存立不住，索性撤掉了他，使老袁得称心如愿，因此呈复上去，只说各省电呈，实是不错。袁总统非常快活，遂名正言顺的将各省议会取消了。自是民意机关，摧残殆尽，就是司法一部分，也说因财政艰难，将初级审检厅，尽行裁去，并归县知事带管，于是行政权扩充极大，官僚派乘时得位，复借几种古圣先王的政治，缘饰成文，曲为迎合，如祭天祀孔制礼作乐等议论，盛倡一时。袁总统一一照准，说什么对越神明，说什么尊崇圣道。大祀典礼，概用拜跪，大有希踪虞夏，凌驾汉唐的规范。东施效颦，适形其丑。

唯内阁总理熊希龄，起初是一往无前，颇欲展施抱负，造成一法治国，所以一经就任，便草就大政方针宣言书，拟向国会宣布。偏偏国会停止，变为政治会议，熊复将大政方针，交政治会议审定。政治会议诸公，以内阁将要推倒，还有什么责任内阁政策，可以施行，随即当场揶揄，加以讥笑。京内外人士，又因袁总统种种命令，多半违法，熊总理不加可否，一一副署，既失去官守言责的义务，有何面目职掌首揆，侈谈政治？从此第一流内阁的名誉，又变做落花流水，荡灭无遗。熊亦心不自安，提出辞职呈文，极力请去。何不早去？迟了数日，反害得声名涂地。袁总统批示挽留，只准免兼财政，另调周自齐署财政总长，仍兼代陆军总长，所有交通总长一缺，命内务总长朱启钤兼理。熊希龄决计告退，再行力辞，袁总统乃准免本官，令外交总长孙宝琦，兼代理国务总理。司法总长梁启超，教育总长汪大燮，因与熊氏有连带关系，依次辞职。袁复改任章宗祥为司法总长，蔡儒楷为教育总长，余部暂行照旧。小子有诗咏熊凤凰道：

不经飞倦不知还，凤鸟无灵误出山。
古谚有言须记取，上场容易下场难。

煎内阁既倒，熊希龄相率出都，忽有一急电到总统府，说有一现任都督，竟致暴毙了。究竟何人暴亡，俟下回再行揭载。

中国兵力，战强俄则不足，平库伦则有余，当库伦独立之日，正民国创造之时，设令乘南北统一，即日发兵，远征朔漠，内以掩活佛之不备，外以制俄焰之方张，则库伦不足平，而俄入自无由置喙矣。乃专为自谋，竟忘外患，因循久之，卒致俄人着着进行，不惜弃外蒙为瓯脱地，与彼定约。夫老袁既欲取威定霸，何对于外人，畏葸若此？而对内则又悍然不顾，肆行无忌，自国会停止后，而地方自治，而省议会，诸民意机关，如秋风之扫落叶，了无孑遗。然凤凰身为总理，不能出言匡正，且又恋栈不去，以视唐少川辈，有愧色矣。一失足成千古恨，熊亦自知愧悔否耶？

第三十九回　逞阴谋毒死赵智庵　改约法进相徐东海

却说暴病身亡的大员，并非别人，乃是现任直隶都督赵秉钧。秉钧本袁氏心腹，自袁氏出山后，一切规划，多仗秉钧参议，及晋任国务总理，第一大功，便是谋刺宋教仁一案，回应第二〇回。他尝指示洪述祖，勾结应夔丞，实为宋案中的要犯。至赣、宁失败，民党中人，统已航海亡命，把这一桩天大的案件，无形打消，应夔丞也从上海监狱中，乘机脱逃。应在上海溷迹数月，不便出头，自思刺宋一案，有功袁氏，不如就此北上，谒见老袁，料老袁记念前功，定必给畀优差，还我富贵。但自己与老袁未曾相识，究不便直接往见，凑巧赵秉钧调任直隶总督，正好浼他介绍，作为进身地步。一函密达，旋得好音，赵秉钧已替他转达老袁，召使北上，于是这钻营奔走的应桂馨，遂放心安胆，整备行装，乘津浦火车北上。既至天津，与秉钧相见，秉钧很是优待，一住数日，宾主言欢，彼此莫逆。应欲进谒总统，当由赵用电话，先向总统府接洽，然后送应出署，且派卫队送至车站，待应上车北驶，卫队方回署销差。

不到半日，忽由京津路线的车站，传达紧急电话，到了直督署中，报称应夔丞被刺死了。赵秉钧得此消息，吃一大惊，急忙复电，问系何人大胆，敢尔行凶？现在曾否拿住凶手？不料回电又来，说系凶手势大，不便拿讯。赵秉钧闻到此语，已瞧料了十分之九，只因良心上忍不过去，乃复传电话至总统府，向袁总统直接问话。袁总统直捷答复，但有“总统杀他”四字。秉钧又向电话中传声道："自此以后，何人肯为总统府尽力。"连呼数声，简直是没人答应，秉钧亦只好掷下电筒，咨嗟不已。并非叹惜应夔丞，实是叹惜自己。原来袁总统惯使阴谋，仿佛当年曹阿瞒，有宁我负人，毋人负我的意思。他想应果来京，如何位置？不如杀死了他，既免为难，又可灭口，遂阴遣刺客王滋圃，乘了京津火车，直至津门，与应在车中相见，但说是奉总统命，特来欢迎。应夔丞快慰得很，那里还去防备。不料到了中途，啪的一声，竟送应一颗卫生丸，结果了他的性命，车中人夫相率惊惶，王滋圃竟抬出"总统"二字，作为护盾。当时京畿一带，听得袁总统大名，仿佛与神圣一般，哪个敢去多嘴？唯应夔丞贪慕荣利，害得这般收场，徒落得横尸道上，贻臭人间。渔父有知，应在泉下自慰曰："应该如此"。赵秉钧自应被刺后，免不得暗暗悔恨，抑郁成疾，好几日不能视事，便电向总统府中，去请病假。袁总统自然照准，且饬遣一个名医，来津视疾。秉钧总道他奉命来前，定是高手，便令他悉心诊治，依方服药，谁知药才入口，便觉胸前胀闷；过了半时，药性发作，满身觉痛，腹中更觉难熬，好似绞肠痧染着，忽起忽仆，带哭带号，急思诘问来医，那医生已出署回京。秉钧自知中毒，不由的恨恨道："罢了罢了。"说到两个"罢"字，已是支持不住，两眼一翻，呜呼毕命。好至阎王殿前，与宋教仁、应夔丞、武士英等一同对簿。死后的情形，甚是可怕，四肢青黑，七孔流血，比上年林述庆死状，还要加重三分。当下电讣中央，袁总统谈笑自若，只形式上发了一道命令，说他如何忠勤，给金治丧，算作了事。看官不必细问，便可知秉钧中毒，仍与应夔丞被刺一样的遭人暗算，不过夔丞被刺，是完全为宋案关系，杀死灭口，秉钧中毒，一半是为着宋案，一半是为着帝制。先是秉钧在京，尝恨东南党人，迭加诘责，曾语袁总统道："名为元首，常受南人牵制，正足令人懊恨，不如前时统领北洋，尚得自由行动呢。"袁总统点首无言。袁大公子克定，疑他言外有意，隐讽老袁为帝，所以密谋禅袭，首先示意秉钧，不料秉钧竟不赞成。克定亦从此挟嫌，至夔丞刺死，遂向老袁前进谗，说他怨望。袁信以为真，适秉钧命数该绝，生起病来，遂暗嘱医生，赴津治病，投药一剂，即将秉钧活活治死，真个是杀人猛剂，赛过刀锯呢，话休烦叙。

且说约法会议，组织告成，于三月十八日开会，推孙毓筠为议长，施愚为副议长，把民国元年的《临时约法》，逐条修改，壹意的尊重主权，划除民意，一面设平政院及肃政厅，规复前朝御史台规制，并组织海陆军大元帅统率办事处，将全国海陆兵柄，一古脑儿收集中央，于是召段祺瑞回京供职，另遣段芝贵署理湖北都督。是时白狼正驰突楚、豫，扰均州，窜淅川，勾结余党孙玉章、时家全、王成敬等，攻破荆紫关，意图西向。回顾第二十五回。袁总统既召祺瑞回京，复令他沿途缉匪，助剿白狼，这明是忌他督鄂，迫令交卸，又不愿他速回陆军本任，特令逗留京外，免来作梗。至护军使赵倜等，已将白狼逼入西北，阵毙悍匪千余人，白狼势焰已衰，然后段祺瑞返入京师，再任陆军总长。这时候的约法会议，已经修正约法，由袁总统核定，照例公布了。新约法共计十章，分列六十八条，就中所有文字，实是袁氏潜图帝制的先声，小子不能不录，约法如下：

第一章　国家

第一条　中华民国，由中华人民组织之。第二条　中华民国之主权，本于国民之全体。第三条　中华民国之领土，依从前帝国所有之疆域。

第二章　人民

第四条　中华民国人民，无种族阶级宗教之区别，法律上均为平等。第五条　人民享有下列各款之自由权：（一）人民之身体，非依法律，不得逮捕拘禁审问处罚；（二）人民之住宅，非依法律，不得侵入或搜索；（三）人民于法律范围内，有保有财产及营业之自由；（四）人民于法律范围内，有言论著作刊行，及集会结社之自由；（五）人民于法律范围内，有居住迁徙之自由；（六）人民于法律范围内，有信教之自由。第六条　人民依法律所定，有请愿于立法院之权。第七条　人民依法律所定，有诉讼于法院之权。第八条　人民依法律所定，有诉愿于行政官署，及陈诉于平政院之权。第九条　人民依法律所定，有愿任官考试及从事公务之权。第十条　人民依法律所定，有选举及被选举之权。第十一条　人民依法律所定，有纳税之义务。第十二条　人民依法律所定，有服兵役之义务。第十三条　本章之规定，与海陆军法令，及纪律不相抵触者，军人适用之。以上数条，多用法律二字，其时国会已废，即下文所定之立法院，后且未闻建设，徒以命令为法律，朝三暮四，民无适从，何民权之足言？

第三章　大总统提大总统于立法院之前，见得行政势力，重于立法。

第十四条　大总统为国之元首，总揽统治权。第十五条　大总统代表中华民国。第十六条　大总统对国民之全体负责任。第十七条　大总统召集立法院，宣告开会停会闭会。第十八条　大总统提出法律案及预算案于立法院。第十九条　大总统为增进公益，或执行法律，或基于法律之委任，发布命令，并得使发布之。但不得以命令变更法律。第二十条　大总统为维持公安，或防御非常灾害，事机紧急，不能召集立法院时，经参政院同意，得发布与法律有同等效力之教令，但须于次期立法开会之始，请求追认。若立法院否认时，即失其效力。第二十一条　大总统制定官制官规，并任免文武职官。第二十二条　大总统宣告开战媾和。第二十三条　大总统为陆海军大元帅，统率全国陆海军，并定陆海军之编制及兵额。第二十四条　大总统接受外国大使公使。第二十五条　大总统缔结条约，但变更领土，或增加人民负担之条款，须经立法院同意。第二十六条　大总统依法律宣告戒严。第二十七条　大总统颁给爵位勋章，并其他荣典。第二十八条　大总统宣告大赦特赦减刑复权，但大赦须经立法院同意。第二十九条　大总统因故去职，或不能视事时，副总统代行其职权。

第四章　立法

第三十条　立法以人民选举之议员组织立法院行之。（立法院之组织，及议员选举方法，由约法会议议决之。）第三十一条　立法院之职权如下：（一）议决法律；（二）议决预算；（三）议决或承诺关于公债募集及国库负担之条件；（四）答复大总统咨询事件；（五）收受人民请愿事件；（六）提出法律案；（七）提出关于法律及其他事件之意见，建议于大总统；（八）提出关于政治上之疑义，要求大总统答复；但大总统认为须秘密者，得不答复之；（九）对于大总统有谋叛行为时，以总议员五分四以上之出席，出席议员四分三以上之可决，提起弹劾之诉讼于大理院。第三十二条　立法院每年召集之会期，以四个月为限，但大总统认为必要时，得延长其会期，并得于闭会期内，召集临时会。第三十三条　立法院之会议，须公开之，但经大总统之要求，或出席议员过半数之可决时，得秘密之。第三十四条　立法院议决之法律案，由大总统公布施行。第三十五条　立法院议长副议长，由议员互选之，以得票过投票总数之半者为当选。第三十六条　立法院议员于院内之言论及表决，对于院外不负责任。第三十七条　立法院议员，除现行犯及关于内乱外患之犯罪外，会期中非经立法院许可，不得逮捕。第三十八条　立法院法由立法院自定之。

第五章　行政

第三十九条　行政以大总统为首长，置国务卿一人赞襄之。第四十条　行政事务，置外交、内务、财政、陆军、海军、司法、教育、农商、交通各部分掌之。第四十一条　各部总长，依法律命令，执行主管行政事务。第四十二条　国务卿、各部总长及特派员，代表大总统出席立法院发言。第四十三条　国务卿、各部总长，有违法行为时，受肃政厅之纠弹，及平政院之审理。

第六章　司法

第四十四条　司法以大总统任命之法官，组织法院行之。第四十五条　法院依法律独立，审判民事诉讼，刑事诉讼，但关于行政诉讼，及其他特别诉讼，各依其本法之规定行之。第四十六条　大理院对于第三十一条第九款之弹劾事件，其审判程序，别以法律定之。第四十七条　法院之审判，须公开之，但认为有妨害安宁秩序，或善良风俗者，得秘密之。第四十八条　法官在任中，不得减俸或转职，非依法律受刑罚之宣告，或应免职之惩戒处分，不得解职。

第七章　参政院

第四十九条　参政院应大总统之咨询审议重要政务。（参政院之组织，由约法会议议决之。）

第八章　会计

第五十条　新课租税，及变更税率，以法律定之。（现行租税，未经法律变更者，仍旧征收。）第五十一条　国家岁出岁入，每年度依立法院所议决之预算案行之。第五十二条　因特别事件，得于预算内预定年限，设继续费。第五十三条　为备预算不足，或于预算以外之支出，须于预算内设预备费。第五十四条　下列各款之支出，非经大总统同意，不得废除或裁减之：（一）法律上属于国家之义务者；（二）法律之规定所必需者；（三）履行条约所必需者；（四）海陆军编制所必需者。第五十五条　为国际战争或戡定内乱，及其他非常事变，不能召集立法院时，大总统经参政院之同意，得为紧急财政处分。但须于次期立法院开会之始，请求追认。第五十六条　预算不成立时，执行前年度预算。会计年度既开始，预算尚未议定时亦同。第五十七条　国家岁出岁入之预算，每年经审计院审定后，由大总统提出报告书于立法院，请求承诺。第五十八条　审计院之编制，由约法会议议决之。

第九章　制定宪法程序

第五十九条　中华民国宪法案，由宪法起草委员会起草。（委员会以参政院所推举之委员组织之，人数以十名为限。）第六十条　中华民国宪法案，由参政院审定之。第六十一条　中华民国宪法案，经参政院审定后，由大总统提出于国民会议议决之。（国民会议之组织，由约法会议议决之。）第六十二条　国民会议，由大总统召集并解散之。第六十三条　中华民国宪法，由大总统公布之。

第十章　附则

第六十四条　中华民国宪法未施行以前，本约法之效力，与宪法等。（约法施行前之现行法令，与本约法不相抵触者，保有其效力。）第六十五条　中华民国元年所宣布之清帝辞位后优待条件，清皇族待遇条件，满蒙回藏各族待遇条件，永不变更其效力。第六十六条　本约法由立法院议员三分二以上，或大总统提议增修，经立法院议员五分四以上之出席，出席议员三分二以上之可决时，由大总统召集约法会议增修之。第六十七条　立法院未成立以前，以参政院代行其职权。　第六十八条　本约法自公布之日施行，民国元年三月十一日公布之临时约法，于本约法施行之日废止。

旧约法既废，新约法施行，便靠着三十九条新例，请出一位老朋友来，做了国务卿，看官道是谁人？就是清末的内阁协理徐世昌。抬出他的旧官衔，未免太刻。徐字菊人，东海人氏，世人叫他徐东海。他与袁总统系是故交，民国新造，他虽未曾登场，尚是留住都门，隐备老袁顾问，至此奉到袁总统命令，起初是上书告辞，只说是年衰力绌，难胜巨任，后经孙宝琦、段芝贵两人，替总统代为劝驾，备极殷勤，那时这位徐菊老，幡然心动，也不暇他顾，居然来做国务卿了。当下将国务院官制，一律取消，特就总统府设一政事堂，由国务卿赞襄政务，承大总统命令，监督政事堂事务，国务卿以下，分设左右两丞，左丞任了杨士琦，右丞任了钱能训，并设五局法制局，机要局，铨叙局，主计局，印铸局。一所，各置长官，又选入参议八员，与议政事，这明明是置相立辅，唯王建国的意思。正是：

浊世复逢新魏武，泥人又见老徐娘。

国务卿以外，还有各部总长，亦略有更动，容待下回叙明。

应夔丞之被刺，与赵秉钧之暴亡，虽系由老袁辣手，然亦未始非赵、应之自取。杀人，何事也？与人无雠，而甘受主使，致人于死，我杀人人亦杀我，人能使我杀人，安知不能使人杀我？相去不过一间，赵秉钧特未之思耳。若废止旧约法，施行新约法，实是借此过渡，接演帝制。徐东海阅世已久，应烛几先，何苦受袁氏羁縻，甘居肘下耶？我为徐东海语曰：“太不值得。”

第四十回　返老巢白匪毙命
守中立青岛生风

却说各部总长，由袁总统酌量任命，外交仍孙宝琦，内务仍朱启钤，财政仍周自齐，陆军仍段祺瑞，海军仍刘冠雄，司法仍章宗祥，农商仍张謇，唯教育总长，改任了汤化龙，交通总长，改任了梁敦彦。大家俯首听命，毫无异言。袁总统又特下一令道：

现在约法业经公布施行，所有现行法令，及现行官制，有无与约法抵触之处，亟应克日清厘，著法制局迅行，按照约法之规定，将现行法令等项，汇案分别修正，呈候本大总统核办。在未经修正公布以前，凡关于呈报国务总理等字样，均应改为呈报大总统，关于各部总长会同国务总理呈请字样，均应改为由各部总长呈请；关于应以国务院令施行事件，均改为以大总统教令施行。余仍照旧办理。此令。

据这令看来，大总统已有无上威权，差不多似皇帝模样，就是特任的国务卿，也是无权无柄，只好服从总统，做一个政事堂的赘瘤，不过总统有令，要他副署罢了。令出必行，还要什么副署。嗣是一切制度，锐意变更，条例杂颁，机关分设，就中最注目的法令，除新约法中规定的审计院，参政院，次第组织外，还有什么省官制，什么道官制，什么县官制，每省原有的民政长，改称巡按使，得监督司法行政，署内设政务厅，置厅长一人，又分设总务、内务、教育、实业各科，由巡按使自委掾属佐理。道区域由政府划定，每道设一道尹，隶属巡按使，所有从前的观察使，一律改名，县置知事，为一县行政长官，须隶属道尹。且各县诉讼第一审，无论民事刑事，均归县知事审理。打消司法独立。至若各省都督，也一概换易名目，称为将军。都督与将军何异？无非因旧有名目，非经袁氏制定，所以有此更张。又另订文官官秩，分作九等：（一）上卿，（二）中卿，（三）少卿，（四）上大夫，（五）中大夫；（六）少大夫，（七）上士，（八）中士，（九）少士。不称下而称少，是何命意。此外又有同中卿，同上大夫，同少大夫，同中士，同少士等名称。秩同本官。少卿得以加秩，称为同中卿，故有同中卿之名。同上大夫以下，可以类推。他如各部官制，亦酌加修正，并将顺天府府尹，改称京兆尹。所有大总统公文程式，政事堂公文程式，及各官署公文程式，尽行改订。一面取消国家税地方税的名目。什么叫作国家税地方税？国家税是汇解政府，作为中央行政经费，地方税是截留本地，作为地方自治经费。此次袁氏大权独揽，已命将地方自治制，废撤无遗，当然取消地方税，把财政权收集中央，而且募兵自卫，加税助饷，新创一种验契条例，凡民间所有不动产契据，统要验过，照例收费；又颁三年国内公债条例，强迫人民出赀，贷与政府；还有印花税，烟酒税，盐税等，陆续增重，依次举行。民间担负，日甚一日，叫他向何处呼吁？徒落得自怨自苦罢了。

五月二十六日，参政院成立，停止政治会议，特任黎元洪为院长，汪大燮为副院长，所有参政人员，约选了七八十人，一大半是前朝耆旧，一小半是当代名流。袁总统且援照新约法，令参政院代行立法权，黎元洪明知此事违背共和，不应充当院长，但身入笼中，未便自由，只好勉勉强强的担个虚名儿，敷衍度日，院中也不愿进去，万不得已去了一回，也是装聋作哑，好象一位泥塑菩萨，静坐了几小时，便出院回寓去了。也亏他忍耐得住。袁总统不管是非，任情变法，今日改这件，明日改那件，头头是道，毫无阻碍，正在兴高采烈的时候，又接到河南军报，剧盗白狼，已经击毙，正是喜气重重，不胜庆幸，究竟白狼被何人击死？说来话长，待小子详叙出来：

白狼自击破紫荆关，西行入陕，所有悍党，多半随去，只李鸿宾眷恋王九姑娘，恣情欢乐，不愿同行，王成敬亦掠得王氏两女，此非王不仁女。左抱右拥，留寓宛东。当时白狼长驱入陕，连破龙驹寨、商县，进陷蓝田，绕长安而西，破盩厔，复渡渭陷乾县，全陕大震。河南护军使赵倜，急由潼关入陕境，飞檄各军会剿，自率毅军八营，追击白狼。白狼侦得消息，复窜踞郿县，大举入甘肃，甘省兵备空虚，突遭寇警，望风奔溃，秦州先被攻入，伏羌、宁远、醴县，相继沦陷，回匪会党，所在响应，啸聚至数万人。白狼竟露布讨袁，斥为神奸国贼，文辞工炼，相传为陈琳讨曹，不过尔尔。居然大出风头。嗣闻毅军追至，各党羽饱橐思归，各无斗志，连战皆败，返窜岷、洮。白狼乃集众会议，借某显宦宅为议场，狼党居中，南士居左，北士居右，其徒立门外。白狼首先发言道："我辈今日，势成骑虎，进退两途，愿就诸兄弟一决。有奇策，可径献。赞成者击掌，毋得妄哗！"当有马医徐居仁，曾为白狼童子师，即进言道："清端郡王载漪，发配在甘，可去觅了他来，奉立为主，或仍称宣统年号，借资号召。"此策最愚。言已，击掌声寥寥无几。白狼慨然道："满人为帝时，深仁如何，虐待如何？都与我无干。但他坐他的朝，我赶我的车，何必拉着皇帝叫姐夫，攀高接贵呢。"旁边走过一个独只眼，绰号白瞎子，也是著名悍目，大言道："还不如自称皇帝罢，就使不能为朱元璋，也做一个洪秀全。"此策却是爽快，然理势上却万不能行。狼党闻言，多半击掌。南士北士，无一相应。狼之谋士，且反对帝制。白狼笑道："白家坟头，也没有偌大气脉，我怎敢作此妄想？"颇还知足。谋士吴士仁、杨芳洲献议道："何不入蜀？蜀称天险，可以偏安，且前此得城即弃，实非良策，此后得破大城，即严行防守，士马也得安顿休息，养精蓄锐，静待时机，何必长此奔波呢？"为白狼计，要算上策。南士北士，全体击掌。唯狼党狼徒，相率寂然。芳洲又道："富贵归故乡，楚霸王终致自刎；且樊生占易，返里终凶，奈何忘着了？"白狼瞿然道："汝言极是，我愿照行。"语未毕，但听门外的狼徒，齐声哗噪道："就是到了四川，终究也要回来，不如就此回去罢。"士仁再欲发言，狼徒已竞拾砖石，纷纷投入，且哗然道："白头领如愿入川，尽请尊便，我等要回里去了。"恶贯已盈，不归何待？白狼连声呵止，没人肯听，乃恨恨道："都回去死罢。"乃径向东行。回匪会党，沿途散归，就是南北谋士，也知白狼不能成事，分头自去。狼众又各顾私囊，与白狼分道驰还。人心一散，便成瓦解。

白狼怏怏不乐，行至宁远、伏羌，遇着官军，再战再败，白瞎子等皆战死，唯白狼且战且走，驰入鄜县，又被赵倜追至，杀毙无算；转向宝鸡，又遭张敬尧截击；遁至子午谷，复被秦军督办陆建章攻杀一阵，那时白狼收拾残众，硬着头皮，突出重围，走镇安，窜山阳。鄂督段芝贵，豫督田文烈，飞檄各军堵剿，部令且悬赏十万元，购拿白狼。白狼越山至富水关，倦极投宿，睡至夜半，忽闻枪声四起，慌忙起床，营外已尽是官军，眼见得抵敌不住，只好赤身突围，登山逃匿，官军乘势乱击，毙匪数百人。比明，天复大雾，经军官齐鸣号鼓，响震山谷，匪势愈乱，纷纷坠崖。

看官道这支官兵，是何人统带？原来就是巡防统领田作霖。作霖奉田督命令，调防富水，随带不过千余人，既抵富水关附近，距匪不过十余里，闻镇嵩军统领刘镇华，驻扎富水镇，乃重资募土人，令他致函与刘，约他来日夹攻，土人往返三次，均言为匪所阻，不便传达。作霖正在惊疑，忽有一老翁携榼而来，馈献田军，且语作霖道："从前僧亲王大破长发贼于此，此地有红灯沟、红龙沟两间道，可达匪营，若乘夜潜袭，定获全胜。"乡民苦盗久矣。作霖大喜，留老翁与餐，令为乡导。黄昏已过，即令老者前行，自率军随后潜进。老翁夜行如昼，此老殆一隐君子。及至狼营，即由作霖传令，分千人为左右翼，冲突进去。果然狼营立溃，大获胜仗。嗣因兵力单弱，不便穷追，俟至天明，令军士击鼓，作为疑兵。连长鞠长庚，率左翼抄出山北，巧遇镇嵩军到来，正要上山擒狼，哪知毅军尾至，错疑镇嵩军为匪，开炮轰击。镇嵩军急传口号，禁止毅军，毅军攻击如故，恼动了刘镇华，竟欲挥众返攻。白狼乘隙遁去。至田作霖驰至，互为解释，各军复归于好，那白狼已早远飏了。

但狼众经此一战，伤亡甚众，及遁至屈原冈，白狼检点党羽，不过三四千人，杨芳洲喟然道："初入甘省，三战三胜，一行思归，四战四败。昔楚怀王不用屈原，终为秦掳，目今我等亦将被掳了。"白狼亦长叹道："诸兄弟固强我归，使我违占愎谏，以至于此，尚有何言？"乃与宋老年等，再行东窜。赵倜、田作霖二军，昼夜穷追，迭毙狼众。至临汝南半闸街东沟，与白狼相遇，飞弹击中狼腰，狼负伤入搭脚山，手下只百余人，又被官军围攻，越山北遁，返至原籍大刘庄，伤剧而亡。狐死正首邱，岂狼死亦复如是？党夥七人，把尸首掩埋张庄，狼有叔弟二人，知尸所在，恐被株连，潜向镇嵩军呈报。民国四年八月五日，分统张治功，掘斩狼首。特载年月日，为了结白狼一案。只说是派人投匪，乘间刺毙。对镇华忙据词电陈，袁总统喜出望外，即下令嘉奖。哪知赵倜的呈文，又复到来，声称白狼毙命情形，实系因伤致死，并非张治功部下击毙，田作霖、张敬尧禀报从同，乃再下令责罚张治功，褫去新授的少将衔及三等文虎章。刘镇华代为谎报，亦撤消新授的中将衔及勋五位，以示薄惩。所有余匪，着各军即日肃清。究竟白狼如何致死，尚没有的确凭证，无非是彼此争功罢了。论断甚是。

这时候的王成敬、李鸿宾，已被防营拿住，一体正法。王氏二女得生还，王九姑娘，已生有子女各一人，也在匪穴中拔出，送还母家。王沧海扑杀九姑娘的子女，将她改嫁汝南某富翁，作为继室。王沧海毕竟不仁。某富翁甘娶盗妇，想也是登徒子一流。段青山、尹老婆、孙玉章等，统遭击毙。只张三红就抚陆军，宋老年流入陕境，往投旅长陈树藩，缴枪五十枝，得为营长。三年流寇，至是铲除，可怜秦、陇、楚、豫的百姓，已被他蹂躏不堪了。谁尸其咎。

袁总统以剧寇荡平，内政问题，又复顺手，越加痴心妄想，要立子孙帝王万世的基业。但默念东西各邦，只承认中华民国，不承认中华帝国，倘或反对起来，仍不得了，再四图维，想出一法，拟腾出巨款，延聘几个外人，充总统府顾问员，将来好教他运动本国，承认帝制。可惜款项无着，所有国家收入，专供行政使用，尚嫌不足，哪里能供给客卿？于是又从筹款上着想，弛广东赌禁，设鸦片专卖局，又创行有奖储蓄票洋一千万元，储蓄票本，当时允三年后偿还，至今分毫无着，各省援以为例，仿造各种奖券，散卖民间，祸尤甚于赌博鸦片。作法于凉，弊将若何？真足令人慨叹。一面向法国银行商量，乞借法币一万五千万佛郎，情愿加重利息，并让给钦渝铁路权。自广东钦州，至四川重庆。款既到手，乃聘用日本博士有贺长雄，及美国博士古德诺等，入为顾问，加礼优待，正思借他作为导线，不料欧洲一方面，起了一个大霹雳，竟闹出一场大战争来。这场大祸，本与中国没甚关系，不过五洲交通，此往彼来，总不免受些影响。从理论上说将起来，欧洲各国，注力战争，不遑顾及中华，我中华民国，若乘他多事的时候，发愤为雄，静图自强，岂不是一个绝好机会？偏这袁总统想做皇帝，一味的压制人民，变革政治，反弄得全国骚扰，内讧不休，这正是中华民国的气运，不该强盛呢！绝大议论，声如洪钟！

且说欧洲战争的原因，起自奥、塞两国的交涉，奥国便是奥地利，与匈牙利合为一国，地居欧洲东南部，塞国便是塞尔维亚，在匈牙利南面，为巴尔干半岛中一小国。奥、塞屡有龃龉，暗生嫌隙，会当西历一千九百十四年，即中华民国三年六月二十八日，奥国太子费狄南，至塞国斯拉杰夫境内，被塞人泼林氏刺死。泼林氏实为祸首。奥皇闻这消息，怎肯甘休，当即严问塞国，要他赔偿生命，并有许多条件，迫塞承认，塞本弱小，不肯履行，奥遂向塞国致哀的美敦书，即战书。与他决裂。塞亦居然宣战，俄国亦下动员令，出来助塞。奥与德为联盟国，便请德帮助，抵制俄国。德皇维廉二世，夙具雄心，遂欲借此机会，战胜各国，雄长地球，当下出抗俄国，与俄宣战。法国与俄国，又夙缔同盟，当然助俄抗德，德复与法宣战，法、德两国的中间，夹一比利时国，向由列强公认，许他永久中立，此次德欲攻法，向比假道，比人不许，德军竟突入比境。英国仗义宣言，要求德皇尊重比利时中立，德皇全然不睬。那时英国亦欲罢不能，只好对德宣战。于是英、俄、法、塞四国，与奥、德两国，互动干戈，角逐海陆，争一个你死我活。日本与英联盟，也与德绝交。独美国宣告中立，其余各国，亦尚守中立态度，不愿偏袒。中国积弱已久，只好袖手旁观，严守局外中立，当由袁总统下令道：

我国与各国，均系友邦，不幸奥、塞失和，此外欧洲各国，亦多以兵戎相见，深为惋惜。本大总统因各交战国与我国缔约通商，和好无间，此次战事，于远东商务，关系至巨，且因我国人民，在欧洲各国境内，居住经商。及置有财产者，素受各国保护，并享有各种权利，故本大总统欲维持远东平和，与我国人民所享受之安宁幸福，对于此次欧洲各国战事，决意严守中立。用特宣布中立条规，凡我国人民，务当共体此意，按照本国所有现行法令条约，以及国际公法之大纲，恪守中立义务。各省将军巡按使，尤当督率所属，竭力奉行，遵从国际之条规，保守友邦之睦谊，本大总统有厚望焉。此令。

中立条规，共计二十四条，无非是对着交战国，各守领土领海界限，不相侵犯。所有彼此侨寓的兵民，不得与闻战事。各交战国的军队军械，及辎重品，不得运至中国境内，否则应卸除武装，扣留船员。这系各国中立的通例，中国亦不过模仿成文，无甚标异。造法机关，只能对内，不能对外。只中国山东省境内，有一青岛，素属胶州管辖。光绪二十四年，因曹州教案，戕杀德国二教士，德国遂运入海军，突将青岛占去。嗣经清政府与他交涉，把青岛租借德国，定九十九年的租约，然后了案。此番德人与各国开战，日本与德绝交，遂乘机进攻青岛，谋为已有。看官！你想青岛是中国领土，德人只有租借权，德既无力兼顾，应该归我国接收，如何日人得越俎代谋呢？袁总统壹心称帝，有意亲日，竟任他发兵东来，袖手作壁上观。日人遂破坏我国中立，从胶州湾两岸进兵。小子有诗叹道：

大好中原任手挥，如何对外昧先机。
分明别有私心在，坐使东邻炫国威。

日本恃强弄兵，袁总统挟权胁民，彼此各自进行，又惹出种种祸事。天未厌乱，事出愈奇，小子演述至此，禁不住伤心起来，暂时且一搁笔。后文许多事实，待至下回续述，看官少安毋躁；小子即日赓续，再行宣布。

吾尝谓权利二字，误人不浅。白狼之甘心为盗，扰攘至三载，蹂躏至四五省，卒至恶贯满盈，身首异处，谁误之？曰权利二字误之也。袁总统之热心帝制，不惮冒天下之不韪，举误国病民诸弊政，陆续施行，谁误之？曰权利二字误之也。即如欧洲之大战争，震动全球，牵率至十余国，鏖斗历四五年，肝脑涂地，财殚力痛，亦何莫非权利二字误之耶？呜呼权利！吾阅此，吾不忍言。

第四十一回　谋世袭内府藏名
恋私财外交启衅

前回书中，叙到欧战发生，中国宣告中立，日本兴兵至胶州湾，攻打德国租占的青岛。青岛原有德兵驻扎，约不过一二千人，明知众寡不敌，守不住这个青岛，但若拱手让人，殊不甘心。胶州总督，系管辖青岛的德将，职守所在，当即下令拒敌。德人虽败，勇力可嘉。日本兵舰，未能直入胶州湾，遂由龙口登岸，进兵潍县西境，抄入青岛背后，以便腹背夹攻。唯龙口、潍县等处，完全是中国领土，日兵进境，明是侵犯中立条规，袁政府与他交涉，他只自由行动，不肯撤回，但说是攻取青岛，仍为中国帮忙，俟得青岛后，当完全交还中国。看官！你想天下人有这等侠义么？同是中国人，尚且争权夺利，互阋不休，况中日不相联属，怎肯把处心积虑的青岛谋取到手，还要完璧归赵呢？透彻之至。袁总统聪明过人，岂有不晓得的道理？唯势力既不及日本，更且想仰仗日人，赞助帝制，那时只好模糊过去，不过与日人划一战线，让他数十里中立地面，听令出入，战线以外，不得运兵。日人得了运兵路径，已是心满意足，当与袁政府约定，仗着一股锐气，夹攻青岛。德兵多方防守，相持至三月有余，两造伤亡，恰也不少。毕竟德人势孤力弱，弄得饷尽援绝，无法可施，不得已悬旗乞降，好好一个青岛，由德人经营十多年，建筑完固，至此国际纷争，竟被日人乘间占去了。为好拓地者作一棒喝。

袁总统也无心过问，按日里收揽大权，规复专制，所有新颁章程，又增添了若干条。就中有立法院组织法，及地方自治试行条例，名目上是改良旧制，维持共和，其实是徒有虚名，掩饰人目。当时有一个在京人员宋育仁，居然倡议复辟，欲请出宣统帝来，仍登大宝。为文武二圣人先声。会被袁总统闻知，即下一申令，说他邪词惑众，紊乱国宪，著即驱逐回籍。就是王闿运、劳乃宣等，主张君主立宪，袁总统尚满口共和，自谓帝王总统，均非所愿。谁知他口是心非，暗地里却着着进行，到了三年十二月终旬，先改定大总统选举法，公布出来，录述如后：

大总统选举法

第一条 有中华民国国籍之男子，完全享有公权，年满四十岁以上，并居住国内满二十年以上者，有被选举为大总统资格。

第二条 大总统任期十年，得连任。

第三条 每届行大总统选举时，大总统代表民意，依第一条所定，敬谨推荐有被选举为大总统资格者三人。

前项被推荐者之姓名，由大总统先期敬谨亲书于嘉禾金简，钤盖国玺，密贮金匮于大总统府，特设尊藏金匮石室尊藏之。

前项金匮之管钥，大总统掌之。石室之管钥，大总统及参政院院长国务卿分掌之，非奉大总统之命令，不得开启。

第四条 大总统选举会，以下列各员组织之：

一 参政院参政 互选五十人。

二 立法院议员 互选五十人。

前项各款之互选，用记名连记投票法，以得票较多数者为当选，由内务总长监督之。

届组织大总统选举会，立法院在闭会期内时，以在京议员之名次在前者五十人，为大总统选举会会员。

第五条 大总统选举会，由大总统召集，于每届选举期前三日以内组织之。

第六条 大总统选举会，以参政院议场为会场，以参政院院长为会长。

参政院院长，如系副总统兼任，或有其他事故时，以立法院议长为会长。

第七条 选举大总统之日，大总统敬谨将所推荐有被选举为大总统资格者之姓名，宣布于大总统选举会。

第八条 大总统选举会，除就被推荐三人投票外，得对于现任大总统投票。

第九条 选举大总统，以会员四分之三以上到会，用记名单记投票法。得票满投票人总数三分之二以上者为当选。若皆不足当选票额时，就得票多数之二人行决选，以得票较多数者为当选。

第十条 每届应行选举大总统之年，参政院参政，认为政治上有必要时，得以三分之二以上之同意，为现任大总统连任之议决，由大总统公布之。

第十一条 大总统任期未满，因故去职时，应于三日内组织大总统临时选举会。

临时选举未举行前，大总统职权，由副总统依约法第二十九条之规定代行之。如副总统同时因故去职，或现不在京，及有其他事故，不能代行时，由国务卿摄行其职权。但第三条第一项第二项所规定之职权，不得代行或摄行。

第十二条 届行临时选举之日，由代行或摄行大总统之职权者，咨行大总统临时选举会会长，指任会员十人，监视开启尊藏金匮石室，恭领金匮到会，当众宣布。就被推荐三人中，依九条之规定，投票选举。

第十三条 现任大总统连任，或当选大总统继任，均应于就职时，为下列之宣誓。

余誓以至诚遵守宪法，执行大总统之职务，谨誓。

宪法未公布施行以前，前项誓词，须声明遵守约法。

第十四条 副总统之任期，与大总统同。任满时，由连任或继任之大总统推荐有第一条资格者三人，准用选举大总统之规定行之。

第十五条 本法自公布日施行。（本法施行之日，中华民国二年十月五日所宣布之大总统选举法废止之。）

依这选举法看来，是大总统一任十年，且得连任，或一次或两次三次，并未明定限制。试想做了大总统，已是年满四十，人生上寿，不过百年，若连任数次，便是终身为大总统了。释明上文第一，二，七，八，十三各条。后任的大总统，须由前任的大总统推荐三人，署名金简，密贮金匮，将来选举后任大总统时，除对于现任大总统，得票选举连任外，只有金简中所写的姓名，可以选举，此外不能羼入，照此制度，明明是总统得以世袭，如袁总统有子十余人，他若写着三个儿子的姓名，藏将起来，俟后任选举，总要把他三个儿子中，选出一人，否则唯有老袁永远活着，仍归他连任下去，别人是永世无望了。释明上文第三及十二各条。小子曾记前清雍正年间，雍正帝定立储法，默选储君，书名纳匣，藏在正大光明殿额的后面。袁总统做过前清大员，想是熟悉掌故，所以把雍正成制，抄袭了来。以袁总统比雍正帝，阴鸷相似，而胆略尚恐未逮。还有一篇告令，说明改正选举法，实为总统绝续时，预防争乱起见，小子也似信非信，只好付诸阙如。唯总统选举法，既已改定，袁总统应如法照行，他便就意中所爱的三人，书藏金匮，或说是黎元洪、徐世昌及袁大公子克定，或说是克定、克文、克良、克端等类，统是袁家公子。大约此说近是。但袁总统素好秘密，书藏时无人在旁，只由他一手做成，因此外人无从知晓，不过凭虚推测罢了。

隔了两天，复定出国玺条例。国玺分作三项，一为中华民国玺，凡遇国家大典礼大政事及国际交换国书等项，应用此玺；二为颁爵袭职，及封赠册轴等所用，叫作封策之玺；三为给予勋位勋章，及其他荣典文书等所用，叫作荣典之玺。此外加大总统印，陆海军大元帅印，一时不便称玺，仍然沿称为印，附入国玺条例中。改印为玺，非帝制而何？

光阴似驶，又是民国四年，元旦觐贺等礼仪，且不必说。唯袁总统把新颁官制，策令群僚，授徐世昌为上卿，杨士琦、钱能训为中卿，赵尔巽、李经羲加上卿衔，各部总长，除陆海军两部外，并授中卿，独章宗祥、汤化龙，资望稍轻，以少卿加中卿衔，梁士诒、周树模、汪大燮、贡桑诺尔布等，均授中卿，董康、庄蕴宽等，均授少卿。他如文官加给嘉禾章，武官加给文虎章，或酌授勋位，无非是施泽如春，有加无已的至意。语带双敲。一面令教育部整饬学校，提倡忠孝节义，所有小学校中，应读论、孟二书。列入科目，不得废经。一面颁附乱自首特赦令，凡在民国三年十二月前，所有附乱人等，或被胁，或盲从，均得向地方行政官署，悔罪自首，当由地方行政官呈请大总统特赦，给予免罪证书，回籍营业。总算皇恩浩荡。

是时白狼已平，余匪肃清，就是民党中人，亦无隙可乘，只有假借文字，诋毁老袁，也没有什么效力。欧洲各国，日务战争，旧有中外交涉，尽行搁置，无暇向中国寻隙，美国虽守中立，未曾与战，但距华较远，又素抱和平宗旨，与中国没甚龃龉。只有东邻日本，眈眈在侧，自攻取青岛后，屯兵不撤，日夕绸缪，不但青岛领土权，被他占去，就是青岛街市上，所有营业行政等权，亦归日人占领。袁总统得此消息，不由的吃了一惊。看官道是何故？原来青岛中有一德华银行，前由德人经理，老袁曾存着巨款，约计二千万马克，马克，德币名。预备将来恢复帝制，提出使用。此次闻日人干涉营业，恐他囫囵吞去，无从追索，岂不是白费金钱，破坏好事？领土权可以抛弃，私款是万难割舍的！当下情急智生，亟通牒英、德、日三国，宣告撤消山东战域，牒文内列着三种理由，一是青岛战事，现已完毕，二是胶、莱、龙口各处情形，已甚安靖，三是中国应设兵防海，阻禁匪徒，侵入胶、莱各处作乱，为此三大要件，不能不要求日本撤兵。哪知牒文才发，日本政府，却已有照会到来，他的照会中，却含混说着道："君有大志，何必亲近德意志，难道我大日本帝国，就不能作一帮手么？"隐隐约约，确是妙文！袁总统接阅照会，巧巧碰入心坎，踌躇了好一会，便邀请顾问员有贺长雄、西坂大佐等，秘密商议一番，托他电达本国政府，极力赞助，一面电嘱驻日公使陆宗舆，疏通日本内阁。

那时日本内阁首相，名叫大限重信，他本是个勋戚旧臣，外交能手，既得了这个消息，便视为奇货可居，当下提出元老院，议决二十一条件，向袁要索，作为日后的报酬。未曾出力帮助，先已要索酬金，求人者其鉴诸。看官曾否阅过清史？当中日战争以前，老袁曾任朝鲜公使，彼时屡与日本反对，遂酿成中日战事，害得丧师失律，割地赔款，才行了案。日人中岛端氏，且于民国二年冬季，著有《支那分割的命运》一书，日人称中国为支那。内述袁氏秘史，种种揶揄，几笑他一钱不值，难道老袁毫不记忆，毫无闻见，反欲向他求助么？若非利令智昏，何至于此？古语说得好："人必自侮，然后人侮。"袁氏为帝制起见，竟惹出二十一件大要挟来，小子有诗叹道：

欲成王道贵无私，知白何如守黑时。

只手难遮天下目，欺人反使别人欺。

毕竟二十一条件，说的什么？待小子下回表明。

总统与皇帝，原是不同，但据袁氏之总统选举法，是已得任终身总统，且为世袭总统矣，与皇帝几无区别，宁必称帝而后快乎？总之袁氏心目中，全然不脱俗念，念兹在兹，曰唯帝制，释兹在兹，亦曰唯帝制。夫既欲为帝，即自称为帝可也，何必鬼鬼祟祟，向人求助，反为东邻所轻视乎？呜呼袁氏！为了帝制二字，憧扰胸中，欲为帝则恐人反对，不为帝又难餍私心，人欲胜，天理汩，而心力为之交疲矣。人谓袁氏智，袁氏其果智乎哉！

第四十二回　廿一款恃强索诺
十九省拒约联名

却说日本政府，议决二十一条件，电致驻华日使。日使叫作日置益，接奉政府文件，即于民国四年一月十八日，亲至总统府，谒见老袁，彼此行过了礼，略叙寒暄，日置益便从袖中取出文件，当面呈递。袁总统接阅一周，不禁皱起眉来，摇首数次，口中却支吾道："这……这等条件，未免太酷，教敝国如何承认？"日置益从旁冷笑道："敝国上下，素疑总统为排日派，今始知言不虚传了。"故意翻跌。袁总统忙答辩道："敝国与贵国，是最近邻邦，同种同文，理应格外亲善，况我自受任总统，更思借重邻谊，作一臂助，为什么说我排日呢？"情见乎词。日置益笑了又笑道："总统既有意结好，何不将敝国要求，完全承认，借明亲善的本心？"口中有力。袁总统皱着眉道："这事我不便作主，我是民国的总统，不是帝国的元首，可以随便签约的。"若为帝国元首，难道把中国领土，完全送日么？日置益复道："总统大志，敝国亦已深悉，倘或此次条约，总统不愿允从，非但有碍总统利益，就是为中国计，亦觉岌岌可危。即如中国乱党，多半寓居敝国，现正竭力进行，敝政府虽未表同情，但若总统不肯从敝国要求，敝国即不能限制乱党，后事如何，非敝政府所能悬揣。窃谓为总统利益计，为中政府利益计，总统必须允诺，否则敝国疑总统不肯顾全邦交，或更提出严厉条件，亦未可知，还请总统三思！"数语是暗攻袁氏阴私，纯用威吓手段。袁总统迟疑半晌，方道："且与外交总长商议，再行答复。"日置益方起身告别。

隔了两天，日置益又访会外交总长孙宝琦，仍提交要求条件，且语孙总长道：“这事为两国利益起见，须守极端秘密，幸勿将条件内容，泄露别国。”孙总长问是何意？日置益正色道：“敝国人民，多言贵国用远交近攻的政策，亲近英、美，排斥敝国，所以极力反对，敝政府为顾全邦交起见，不忍决裂，为此命本驻使特进忠告，慎守秘密，毋得漏言。”袁氏惯用秘密，日本即以秘密二字作为要求，夫是谓之自取。孙总长无词可驳，只得唯唯如命，唯答言所交条件，应俟与总统熟商，方可定夺。日置益订明后会，告辞而去。看官！试想日本既野心勃勃，要求至二十一条件，何妨明目张胆，为什么要守秘密呢？我亦要问。原来日本雄长亚东，屡思并吞中国，奈因列强互峙，致多牵掣，眼看这锦绣江山，不能由他吞去，此次趁着欧洲战争，及袁总统谋帝乞助的时候，正好暗度陈仓，硬迫中国允约。等到他国闻知，生米已做成熟饭，干涉也来不及了，这正是倭人的妙计！

孙总长既接收条件，当向总统府请示。袁总统乃召集国务卿等，先开秘密会议，大家看到条件，统是面面相觑，不敢发言。独段祺瑞奋然道：“这项条件，绝对是不能承认，不如却还了他，省却许多疑议。”是激烈派。袁总统嗫嚅道：“我国积弱得很，倘若一条不依，定致邦交决裂，酿成战衅，这却如何是好？”徐世昌方接口道：“折冲樽俎，责在外交，应由孙总长往会日使，婉言解释，表明为难情形，要他改换条约，方便磋商。”是持重派。孙宝琦闻到此言，暗暗心急，忙向袁总统道：“宝琦不才，恐难胜任，请大总统另简材能，宝琦情愿辞职。”这是无上的善策！袁总统顾宝琦道：“你若解职，何人可代？”孙宝琦答道：“不如陆子欣。”袁总统徐徐点首，并语徐世昌道：“且叫陆子欣出去当冲，何如？”徐世昌随口赞成，因即散会。

越日，即调任孙宝琦为审计院长，改任陆征祥为外交总长。陆征祥也拟告辞，经袁总统召他入府，温言劝勉，并有许多密嘱，乃不得不勉为所难，即日就职，当下照会日使，约定二月二日，在外交部迎宾馆开非正式会议。外交总长陆征祥次长曹汝霖及翻译各官，先行守候。过了午牌，方见日本公使日置益，带着参赞书记官，到了迎宾馆，两下开议。陆征祥词甚简单，但请日置益转达日本政府，改换条文。日置益不肯照允。曹汝霖方插嘴道：“贵公使洞明时势，晓达政体，应知中国已成民主国，政府是国民的公仆，若果遽允要求，必致激起国民反对的风潮，将来双方均有不便，还请审慎为是。”日置益微哂道：“中外人士，哪个不晓得袁总统独揽大权？今日为了两国交涉，反把国民作为后盾，岂非可笑？”乐得奚落。曹汝霖被他一驳，几乎无可解嘲，还是陆征祥接口道：“敝国若承认贵国条件，岂不要惹起他国交涉？但望贵国顾全友谊，休使敝国为难，敝国当深感厚情。”日置益又答道：“陆总长对此谈判，是否担任全权？抑须请示总统？”陆总长道：“今日与贵公使开谈，前已声明为非正式会议，不过先行讨论罢了。”日置益道：“此项交涉，本驻使屡奉本国训令，要求贵国即予同意，今日既非正式会议，应请贵总长请命总统，速开正式谈判，以便早日解决，本驻使亦可复命销差了。”言至此，即起身离座道：“明日再会。”随与参赞书记官等，扬长去了。

过了三日，日置益复至外交部，与陆总长谈判多时，毫无结果，日置益乃去。嗣是又隔十多天，彼此未曾晤谈。看官道是何因？原来英、法、俄各国，曾与日本订立协约，在欧战期内，日本不得独谋利益，此次日本与中国交涉，当然要据约质问。日政府答复各国，只开了十一条件，还有十条严重的条文，一律瞒住。日置益闻这消息，所以暂时搁着，不来催促，至日政府答复各国后，复至外交部反复劝诱，陆总长等仍不承认，到了三月三日会议，已是第六次了。日置益气焰汹汹，对着陆总长道：“本驻使与贵总长磋商，已经数次，迁延至一月有余，仍然是茫无头绪，莫非轻视敝国不成？即如条文中第一款，就是山东方面的问题，请速承认原案，将历年中德条约范围以内的权利，一概转给敝国，另订中日山东条约，了结目前的要案。”陆征祥淡淡答道：“山东问题，应俟欧战解决，再行提议，今尚不便。”说到“便”字，日置益已跃起道：“这话未免欺人了！眼前要案，尚待迁延，岂他国理应尊重，我日本独可轻蔑么？”陆总长正思答辩，日置益掉头不顾，悻悻径去。强国公使，如是！如是！

次日，日本政府才将二十一条件，通告欧洲列强，大致说是：“中日议约，中国全无诚意，因此追加条件，严重交涉”云云。自有此番通告，于是日本二十一条件，登在外国新闻纸上。我国辗转译出，才识条件内容的真相。事关国耻，特全录原文如下：至此才录原文，著述者岂亦代守秘密耶？

中华民国四年一月十八日，日本公使日置益提出条件原文：分五号二十一款。

（第一号）日本国政府及中国政府，互愿维持东亚全局之和平，并期将现在两国友好善邻之关系，益加巩固，兹议定条款如下：（一）中国政府，允诺日后日本国政府拟向德国政府协定之所有德国关于山东省所得各种权利利益让与等项，概行承认。（二）中国政府，允诺凡山东省内，并其沿海一带土地及岛屿，概不让与或租与他国。（三）中国政府，允准日本建造由烟台或龙口接连胶济路线之铁路。（四）中国政府，允诺为外国人居住贸易起见，从速自开山东省内各主要城市，作为商埠。其应开地方，另行协定。

（第二号）日本国政府及中国政府，因中国向认日本国在南满洲及东部内蒙古，享有优越地位，兹议定条件如下：

（一）两订约国互相协定，将旅顺、大连租借期限，并南满洲及安奉两铁路期限，均展至九十九年为期。（二）日本国臣民，在南满洲东内蒙古，盖造商工业应用之房厂，或为耕作，可得其需要土地之租借权，或所有权。（三）日本国臣民，得在南满洲东内蒙古，任便居住往来，并经营商工业等各项生意。（四）中国政府，允将在南满洲及东内蒙古各矿开采权。至于拟开各矿，另行商订。（五）中国政府，允于下开各项，先经日本国政府同意，然后办理。（甲）在南满洲及东内蒙古，允准他国人建造铁路，或为建造铁路向他国借用款项之时。（乙）将南满洲及东内蒙古各项税课作抵，向他国借债之时。（六）中国政府，允诺如在南满洲及东内蒙古，聘用政治财政军事各顾问教习，必须先向日本国政府商议。（七）中国政府，允将吉长铁路办理经营事宜，委任日本国政府，其年限自本年画押日起，以九十九年为期。

（第三号）日本国政府及中国政府，因现在日本国资本家，与汉冶萍公司有密切关系，愿增进两国共同利益，兹议定条款如下：（一）两缔约国互相约定，俟将来相当机会，将汉冶萍公司作为两国合办事业，并允如未经日本国政府同意，所有属于该公司一切权利产业，中国政府，不得自行处分，亦不得使该共司任意处分。（二）中国政府允准，所有属于汉冶萍公司各矿之附近矿山，如未经该公司同意，一概不准该公司以外之人开采。并允此外有所措办，无论直接间接，对该公司恐有影响之举，必须先经该公司同意。

（第四号）日本国政府及中国政府，为切实保全中国领土之目的，兹订立专条如下：中国政府允准，所有中国沿岸港湾及岛屿，概不让与或租与他国。

（第五号）（一）在中国中央政府，须聘用有力之日本人，充为政治财政军事等各顾问。（二）所有在中国内地所设日本病院寺院学校等，概允其土地所有权。（三）向来中日两国，屡起警察案件，酿成争衅，故须将必要地之警察，作为中日合办，或在此等地方之警察官署，聘用多数日本人，筹划改良中国警察机关。（四）由日本采办一定数量之军械。（譬如在中国政府所需军械之半数以上。）或在中国设立中日合办之军械厂，聘用日本技师，并采买日本材料。（五）允将接连武昌，与九江、南昌路线之铁路，及南昌、杭州间与南昌、潮州间之铁路权，许与日本国。（六）在福建省内筹办铁路矿山及整顿海口（船厂在内）如需外国资本之时，先向日本国协议。（七）允认日本人在中国有布教之权。

如上所述，第一号分四款，是谋吞山东，第二号分七款，是谋占南满洲，及东部内蒙古，第三号分二款，是谋并汉冶萍公司，第四号专件，及第五号七款，简直是要将中国主权，让与日本，不啻为日本的保护国了。总括数语，以便国民记忆。中国人民，多至四百余兆，虽有一大半愚弱，究竟还有几个热心的志士，勇敢的国民，一经览到二十一条件，群以为亡国惨兆，就在目前，于是奔走呼号，力图挽救，有刺血上书的，有断指演说的，有情愿毁家纾难，储金救国的；什么抵制日货，什么组织民团，闹得全国不安，差不多有天翻地覆的景象。就是外国舆论，亦多诋斥日本，说他非理要求。独袁总统高坐中央，从容自若，今日授几个卿大夫，明日颁几条新法例，几似确有把握，毫不张皇。至三月五日以后，外交总长陆征祥等，邀日置益至署，开正式谈判。日置益咆哮如故，经陆总长等低首下心，愿将条款中第（一）（二）（三）号，酌量承认。日置益尚未肯甘休。各省人民，热度愈高，每日驰电到京，争请拒约。袁总统尚电饬各省官吏，令他严加取缔，所有议约事件，誓当力争，不轻承认。外交部亦电达各省，略言："日本条款，正在严重交涉，不肯放弃主权"等语。无如条约让步的消息，已约略传将出来，各省将军巡按使，亦有些忍耐不住，便由江苏将军冯国璋，联络十九省将军，一一具衔，电达中央。略云：

日款发生，亡国预兆。国家既处如此危险之地位，国璋等对于中华民国，同膺捍卫之责，义不容袖手旁观，一任神州之陆沉，且天下兴亡，匹夫有责，国璋等分属军人，必尽其军人救国之天职，凡欲破坏吾国领土之完全者，吾辈军人，必以死力拒之。诚能若此，何至亡国。中国虽弱，但其国民尚能投袂奋起，以身殉国，所望大总统与政府，群起严词峻拒，勿稍畏葸，我军民等当始终为后盾也。乞鉴察！

又电致外交部云：

中日交涉发生，各省人民，具爱国热心，纷纷电请拒绝，暨呈递条陈意见书者，计先后二百余起，不闻贵部一置可否于其间。在无知人民，议论纷纭，谓政府讳莫如深，甘心媚外。唯是外交公例，有应守秘密之义务，贵部核议之事件，固未便宣布国内，在贵部为国家代表，当交涉之冲，任交涉大事，应如何上保主权，下顾舆情，折冲樽俎，化干戈为玉帛，以慰京外人民之希望。迭据贵部宣言，亦明明自命为鞠躬尽瘁，严重交涉，不肯放弃主权之利。国璋等闻言之下，钦佩莫名，乃何以按之事实，迥不相同？全案尚未了结，而权利之丧失，已复不少，下此更不忍言。且国际交涉，为何等事？此次要索条件，又为何等事？岂得轻图一时之省事，贻中国将来莫大之隐忧？如果丧失主权，则日后国家沦于附属，所以为民国前途危，为大部当局惜，而不能无疑焉。目前讨论条件，尚可以口舌力争，为杜弊防患之本，如使条约成立，则将来日人之照约行为，尚不知有何能力，足以制止？况在修正期限之时，岂容一味退让？想贵部办理交涉之初，具何等毅力苦心，以情理度之，必不出此。然责备贤者，春秋之义，以贵部之明，或不致堕日人术中，质其条约上之精神，以为我允其要求，彼当为我保全领土之完全。然以中国水陆之广大，纵有事故，日人有何兵力，足以保我而无失？现邦交素睦，尚为此极酷烈之要求，一有微劳，势必无以复加，而问罪立至。用敢不揣冒昧，备词质问，并联合各省，联络防务，为外交后盾，望勿畏强御，按以公法，权以公理，和平解决，是所厚望。至内容如何办法，仍乞秘密示知，不胜翘企之至！

此外如长江巡阅使张勋，及广东惠州镇守使龙觐光等，亦均通电政府，决请拒约。还有陆军总长段祺瑞，且因中央电达各省，愤然主战。正是：

强权世界无公理，民国干城有武夫。

欲知袁总统如何主张，且至下回续叙。

日本公使日置益，提出二十一条件，不交我国外交部，竟面递袁总统，是已可见日人之用心，为袁氏称帝之交换条件，故直接与老袁交涉，不必依国际公法，须与外交部磋议也。迨袁氏以条件严酷，乃执外交部三字以相饷，而日使至外交部，即有秘密之嘱告，秘密秘密，此二字中，非含有极大关系欤？且日使嘱守秘密，而老袁果唯命是从，双方会议数次，而全国人士，尚未知条件之内容，迨经外报宣布，舆论哗然，即官僚派人，亦多极力反对。试观十九省将军之联衔拒约，见得人心未死，公道犹存，为老袁计，不即当看风转舵，临崖勒马耶？乃及此而犹不悟，而袁氏真愚矣，而日人之威吓胁迫，乃因此而益甚矣。呜呼哀哉！是正民国之气数！

第四十三回　榻前会议忍辱陈词
最后通牒恃威恫吓

却说十九省将军，及张巡阅使、龙镇守使等，联电中央，力请拒约。袁总统不得不答，当有复电宣布文：

电呈均悉。立国于此风云变态无常之世界，必具有一种自立不挫之精神，有自立不挫之精神，人虽谋我，焉能亡我？民国肇造，如初生之孩，资人扶助，庶无颠倒之患。各省将军受任以来，皆能以拥护共和为己任，热诚爱国为前提，洵民国之幸也。本大总统受国民之付托，唯有鞠躬尽瘁，死而后已，对于国家存亡重要之关系，讵敢忽略？仍是欺人语。日来中外对于中日交涉，尤多猜疑，忐忑不安，国民爱国之热诚，于此可见。唯天下自有公理，无论如何艰难解决之问题，持以公理，自能剖决。如金虽坚，炼之以火，未有不熔。但天下之大患，防不胜防，往往防之于此而漏之于彼，今日危难，不止一端，要唯同心相济，合力进行。而保护外人，尤宜谨慎，我尽东道之谊，斯无衅隙之生，误会消灭，国交巩固，各将军勿为疑似之言所动，是所至盼！

越数日，又有一告诫的电文云：

近来关于中日交涉，政府接到各省将军及师长等电报多起，均有所献替。此项电文，具征公忠。唯该将军既属军职，自应专致力于军事，越俎代谋，实非所宜。现在政府正殚精竭能，以解决此目前所遇之问题，虽不敢谓事事能取信于国民，但国家之利益，断无不保护唯谨。该将军等正宜尽心军事，不必兼顾外交。须可令尔秘密卖国！如有造谣生事者，仰该将军协同地方官禁止，至要勿误！

此外又有数电，无非说是："中日协商，渐就和平，可无他虞。各将军巡按使，总宜劝谕人民，持以镇静，一俟交涉解决，自当宣布内容"云云。就是外交部总次长，亦有公电传达，略称："前后会议，已历多次，现日使已允将条件寄回政府，请示修正，暂停谈判。昨至十三次会议，知全案确已修正，当即通融磋商，以期和平解决。京中报纸，及外间谣传，统属无凭，必待全案公布，是非乃定"等语。各省大吏，及全国志士，接阅此等电文，才把一种激昂愤勇的气概，稍稍恬退。究竟日本是否让步，政府能否力争，大家还是疑信参半。

嗣经交涉了结，才识当时会议的情形，由小子依次演述。自初次谈判以迄第七次谈判，彼此争辩，茫无头绪，上文已约略叙明。至第八次会议，乃是三月九日，谈判进行，逐条讨论。陆总长征祥，先提出第一号第一条，须俟至欧战平定，加入讲和大会，再行定议。且声言中国政府，如承认第一条，须以交还胶澳为对待条件。日使日置益道："我国用兵胶澳，损失颇多，理应如何解决？"陆征祥答道："自贵国用兵青岛，敝国人民，损失甚巨，应向贵国索偿，难道还转加敝国吗？且战事已平，所有税关邮电，应照向来办法办理，军用铁路电线，即行撤废，租界外军队，先行撤回。到胶济交还时，租界留兵，亦应尽行撤去。"日置益微笑道："有这许多条件么？现且暂从缓议。请问这第一号第二条，是否允诺呢？"议入第二条。陆征祥道："第二条么？敝国允自行声明，不将山东沿海及岛屿让与他国。"日置益道："第三条呢？"入第三条。陆征祥道："第三条所说烟、潍或龙潍铁路，倘德国允抛弃借款权利，当先向贵国资本家商借；就是第四条商埠问题，敝国允自行添开罢了。"第三、四条，接连表过。日置益道："第一号共计四款，据贵总长意见，当转达敝国政府，请示定夺。唯第二号的条件，须完全允诺为是。"陆总长道："旅顺、大连湾的租借期，及南满洲的铁路权，前清已有成约，当可商量。唯安奉铁路，与该数处情形不同，不能援以为例。”议及第二号第一条。日置益忿然道：“旅顺、大连等处，不过连类带及，此条注意，实为安奉铁路，若安奉铁路的租借期，不肯允诺，何容向贵国要求？”陆总长再三辩论，日置益只是不从，嗣且攘臂起座道：“此条不允，无须别论，当决诸兵力便了！”又肆恫喝。曹汝霖插口道：“贵公使何必动怒，总可和平议决。”日置益道：“这条不允，那条又不允，教我如何答复政府？且敝国上下，愤激得很，如不达目的，就使劳师费饷，亦所不惜。本驻使为全国代表，若事事通融，岂不要受全国唾骂么？”陆总长到了此时，只得答应下去。日置益方才复座，问及第二三条。陆总长道：“南满洲可添开商埠，贵国人民，可与敝国合办农垦公司，若欲内地杂居，及土地所有权，是与我主权有碍，贵国政府，向来声言保全中国领土，此条件似违初意。”日置益道：“我国并不要占你土地，不过令人民营业，较为便利罢了。”明是殖民，何得谓非占我领土？曹次长又应声道：“如贵国人民，欲杂居内地，须归敝国管辖，贵国应撤回领事裁判权。”日置益又复摇首。陆征祥道：“且先议下文各条。搁过第二条，转入第四、五、六、七各条。第四条的开矿权，除已探勘及开采各区，准可通融，唯须按照中国矿业条例办理，第五条略加更改，如敝国需借款造路，或抵借外债，可先向贵国资本家商议。第六条南满洲的顾问，尽先聘用贵国人，东部内蒙古，殊不适用。第七条吉长铁路，应改为全路借款，重订合同。”日置益闻言，又勃然道：“第二号的要点，实在二、三两条，余外尚是枝叶，贵政府不允照办，敝政府万难容忍。就是这第三号的汉冶萍公司问题，与敝国人民有密切关系，倘贵政府倡言充公，或提议国有，或借第三国为抵制，实与敝国投资家，生出无穷危险，贵国亦须绝对承认此约，方免后虑。”陆征祥道：“敝国政府，当声明不充公，不国有，不借用第三国外资，可好么？”说明第三号第一条。日置益道：“第二条应如何解决？”陆征祥道：“这条是又碍领土权，不便承认。”日置益复道：“第四号第五号呢？”陆征祥迟疑半晌道：“均不便承认。”撇去第四、五两号。日置益向外一望，天色已暮，便道：“贵国太无诚意，看来此事是难了呢。”言毕，即起身别去。

过了一两日，闻日政府调集海军，准备出发，一面借换防为名，增派陆兵至山东、奉天，大有跃跃欲试的形势。袁政府未免心慌，只得质问增兵理由，再请日置益商议，迭经三次，无非为南满洲、东内蒙及汉冶萍公司诸条件，双方仍然未决。日置益乘马驰回，马忽跃起，竟将日置益掀下地来。亏得马夫将马带住，日置益才保全性命，但左足已是受伤，由仆役舁入使馆，卧床呻吟去了。人不如马。袁总统闻日使受伤，当遣曹次长汝霖，向日本使署问疾，备极殷勤，日置益总算道谢，并言："日政府已停止派兵，只中政府须顾全邦交，毋再固执"等语。曹汝霖又道："贵公使近患足疾，且待痊后再商。"日置益道："敝国政府，日望贵国允诺，令我急速办了，我适患伤足，病不能行，还请贵政府原谅，会议地点，改至敝署方好哩。"曹汝霖道："且请示总统，再行报命。"于是珍重而别。

越二日，日置益请参赞小幡为代表，至外交部为非正式会议，且约至日使署续议期间。陆总长以为未便，小幡不从，乃订定三月二十三日，开第十三次会议。届期陆、曹二人，同往日本使馆。日置益尚高卧未起，两人忍气吞声，不得已至病榻前，与日置益晤商，世人称为榻前会议，便是此举。可耻！可叹！日置益坐在床上，向陆总长道："本驻使已奉政府训令，第一号准示通融，第二号应一律求允，但敝政府为友谊起见，亦格外让步。内地杂居的日人，可服从中国警章税课，唯须由敝国领事承认；若关于土地诉讼等项，可由两国派员会审；土地所有权，改为永租。这是已让到极点，不能再让了。"承情之至。陆征祥再请修正，日置益频频摇首，且要求三四五号允诺。陆征祥告辞道："且回去陈明总统，再议何如？"日置益点首示允。嗣后复在榻前会议两次，至日置益足疾渐愈，稍能起行，又在日使馆会议三次，都是因南满洲问题，中国允日人选采矿产九处，且开放满洲商埠，供日人贸易，并允杂居置地，唯关系诉讼案件，应归华官办理。日置益未肯允从。

转瞬间已是四月六日，日置益足疾全愈，乃重至外交部会议，所议仍为南满洲杂居问题，终未解决。越二日，又来会议，提出第五号问题。陆征祥因关系主权，婉词谢绝。又越二日，复开会议，仍要求解决第五号问题。陆征祥答言："贵国军械精良，不能受条约拘束，余难置议"云云。日置益终不肯少让。至四月十三日及十五日，复要索东蒙问题，应由中国予以南满相同的利益。陆征祥初未肯允，嗣允在东蒙开辟数处，日置益终未满意。临行时，且谓："讨论已毕，不消再议，本驻使当详复政府，候令施行罢了。"这已是第二十四次会议，自散会后，停议了八九天，至二十六日下午，日置益复气宇轩昂，乘着马车，径至外交部，由陆总长等迎入。略写日使状态，已觉气焰逼人。日置益大言道："现奉本政府训令，将所有全案，已加修正，若贵国再不允从，也无庸多谈了。"说至此，即取出日本政府修正案，递交陆总长，当由陆总长接阅，但见纸上写着：

第一号（第一款）仍前。（第二款）改为换文。彼此互换，因称换文。中国政府声明凡在山东省内，并其沿海一带土地及各岛屿，无论何项名目，概不让与或租与他国。（第三款）修正。中国政府允准自行建造由烟台或龙口接连胶济路线之铁路，如德自愿抛弃烟潍铁路权之时，可向日本资本家商议借款。（第四款）修正。中国政府允诺为外国人居住贸易起见，从速自开山东省内合宜地方为商埠。（附属换文）所有应开地点及章程，由中国政府自拟，与日本公使预先决定。第二号（第一款）仍前。唯附属换文，旅顺、大连租借期，至民国八十六年，即西历一千九百九十七年为满期。南满铁路交还期，至民国九十一年，即西历二千零二年为满期。其原合同第十二款所载开车之日起，三十六年后，中国政府可给价收回一节，毋庸置疑。安奉铁路期限，至民国九十六年，即西历二千零七年为满期。（第二款）修正。日本臣民在南满洲为盖造商工业应用之房厂，或为经营农业，可得租赁或购买其须用地亩。（第三款）仍前。唯附带声明。

前二款所载之日本国臣民，除须将照例所领护照向地方官注册外，应服从由日本国领事官承认警察法令及课税。至民刑诉讼，日本人为被告，归日本国领事官，中国人为被告，归中国官吏各审判。彼此均得派员到堂旁听。但关于土地之日本人与中国人民事诉讼，按照中国法律及地方习惯，由两国派员共同审判。俟将来该地方司法制度完全改良之时，如有关于日本国臣民之民刑一切诉讼，即完全由中国法庭审理。（第四款）改为换文。中国政府，允诺日本国臣民在南满洲左开各矿，除已探勘或开采各矿区外，速行调查选定，即准其探勘或开采。在矿业条例确定以前，仿照现行办法办理。（一）奉天省本溪县牛心台石炭矿，本溪县田什付沟石炭矿，海龙县杉松岗石炭矿，通化县铁厂石炭矿，锦县暖池塘石炭矿，辽阳县起至本溪县止，鞍山站一带铁矿。（二）吉林省南部，和龙县彩龙、岗石炭矿，吉林县缸窑石炭矿，桦甸县夹皮沟金矿。（第五款）第一项改为换文。中国政府声明，嗣后在东三省南部需造铁路，由中国自行筹款建造。如需外款，中国允诺先向日本国资本家商借。第二项改为换文。中国政府声明，嗣后将东三省南部之各种税课（除已由中央政府借款作押之关税及盐税等类）作抵，由外国借款之时，须先向日本资本家商借。（第六款）改为换文。中国政府声明，嗣后如在东三省南部聘用政治财政军事警察外国各顾问教官，尽先聘用日本人。（第七款）修正。中国政府，允诺以向来中国与外国资本家所订之铁路借款合同规定事项为标准，速从根本上改订吉长铁路借款合同。将来中央政府，关于铁路借款附于外国资本家，以致现在铁路借款合同事项为有利之条件时，依日本之希望，再行改订前项合同。（中国对案第七款）关于东三省中日现行各条约，除本协约另有规定外，一概仍旧实行。关于东部内蒙古事项：（一）中国政府，允诺嗣后在东部内蒙古之各种税课作抵，由外国借款之时，须先向日本国政府商议。（二）中国政府，允诺嗣后在东部内蒙古需造铁路，由中国自行筹款建造，如需外款，须先向日本国政府商议。（三）中国政府，允诺为外国人居住贸易起见，从速自开东部内蒙古合宜地方为商埠。其应开地点及章程，由中国自拟，与日本国公使商妥决定。（四）如有日本国人及中国人愿在东部内蒙古合办农业及附设工业时，中国政府应行允准。

第三号修正。日本国与汉冶萍公司之关系人，极为密切，如将来该公司关系人与日本资本家商定合办，中国政府，应即允准。又中国政府允诺，如未经日本资本家同意，将该公司不归国有，又不充公，又不准使该公司借用日本国以外之外国资本。

第四号修正。按左开要领，中国自行宣布，所有中国沿岸港湾及岛屿，概不让与或租与他国。换文。对于由武昌联络九江、南昌路线之铁路，又南昌至杭州及南昌至潮州之各铁路之借款权，如经明悉他外国并无异议，应将此权许与日本国。（换文第二案）对于由武昌联络九江、南昌路线之铁路，又南昌至杭州及南昌至潮州之各铁路之借款权，由日本国与向有关系此项借款之他外国，直接商妥以前，中国政府应允将此权不许与他外国。换文。中国政府，允诺凡在福建省沿岸地方，无论何国，概不允建设造船厂军用蓄煤处海军根据地，又不准其他一切军务上施设；并允诺中国政府，不以外资自行建设，或设施上开各事。

第五号改为陆总长言明如下：(一) 嗣后中国政府认为必要时，应聘请多数日人为顾问。(二) 嗣后日本国臣民，愿在中国内地，为设立学校病院，租赁或购买地亩，中国政府应即允准。(三) 中国政府，日后在适当机会，遣派陆军武官至日本，与日本军事当局，协商采办军械，或设立合办军械厂之事。日置益公使言明如下：关于布教权问题，日后应再行协议。

陆总长阅毕全文，便向日置益道："我看这修正案中，有几件还应酌商，最难承认的，是原文第五号，改为本总长言明。本总长前请撤消五号，不便开议，经贵公使要求说明理由，方由本总长约略说及，提出数条，声明不便允诺的情形。今贵政府修正案，断章取义，误为言明，本总长碍难承认。"日置益道："这已是敝国政府最后的修正，务请允诺。如果全体同意，敝政府即可交还胶济了。"仍是诱迫。陆总长道："这非本总长所能专擅。"日置益道："请即转达贵总统，指日答复为要。"陆总长点首示允，日置益起身去了。

是夕，即闻山东、奉天两方面，又有日本派兵到，且有日本军舰，游弋渤海口外，人心惶惑，谣言益盛。经袁总统与陆总长等会议，复再行让步，承认数条，拒绝数条，至第五号仍完全拒绝。当于五月一日提交日使，并说明无可再让的理由。日置益道："是否最后答复？"陆总长道："这已是最后答复了。"日置益狞笑道："照敝国的修正案，贵政府尚难承认，我国将行最后的手段了。请贵政府莫怪！"陆总长也无可置辞，彼此告别。不料日本果然厉害，竟提出最后通牒来了。这最后通牒，差不多是哀的美敦书。即战书译文。小子有诗叹道：

前车已覆后车师，来日大难只自知。
试看扶桑最后牒，挟强胁弱竟如斯。

欲知最后通牒的详情，请至下回再阅。

本回叙中日交涉之经过情形，历写口头辩论，及书面修正，简而能赅，不烦不漏，可为国民前车之鉴。且于外交总次长，忍辱状态，及日使日置益威吓手段，亦演写大略，跃然纸上。即如袁总统告诫电文，亦录叙篇首，中国不幸，遭此难题，极宜披示国民，共图抵制，而彼此鬼鬼祟祟，一私索，一私许，是何理由？岂民主国之政策，应如是乎？袁政府不足责，而吾国民之恇弱不振，或虚娇无能，亦当乘此反省，毋再蹈覆辙为也。

第四十四回　忍签约丧权辱国
倡改制立会筹安

却说日本政府，因中国未肯承认全案，竟用出最后手段，胁迫袁政府。自陆总长提交最后答复后，日本下动员令，宣言关东戒严。驻扎山东、奉天的日兵，预备开战，渤海口外的日舰，亦预备进行，各埠日商，纷纷回国，似乎即日决裂，各国公使，亦多至外交部署中，探听消息，劝政府和平解决，幸勿开战。强国总帮助强国。袁总统却也为难，唯面上犹持一种镇静态度。总教皇帝做得成，余事固无容过虑。五月六日，由日使派人到外交部，提出一种警告书，内言非完全承认日本修正案，决提交最后通牒。袁政府不能决答，当于是日夜间，遣曹次长汝霖，用个人名义，访会日使，商议交涉，又承认了好几款。日置益不允。俟曹汝霖回署后，即于次日下午，由日置益带同馆员，至外交部迎宾馆，晤见陆曹两人，亲递最后通牒。牒文写着：

今回帝国政府，与中国政府所以开始交涉之故，一则欲谋因日德战争所发生时局之善后办法，一则欲解决有害中日两国亲交原因之各种问题，冀巩固中日两国友好关系之基础，以确保东亚永远之和平起见，于本年一月向中国政府交出提案，开诚布公，与中国政府会议，至于今日，实有二十五回之多。其间帝国政府，始终以妥协之精神，解释日本提案之要旨，即中国政府之主张，亦不论巨细，倾听无遗。何时倾听，我未之见。其欲力图解决此提案于圆满和平之间，自信实无余蕴。自信已深，何肯退让？其交涉全部之讨论，于第二十四次会议，即上月十七日，已大致告竣。帝国政府统观交涉之全部，参酌中国政府议论之点，对于最初提出之原案，加以多大让步之修正，于同月二十六日，更提出修正案于中国政府，求其同意。同时且声明中国政府对于该案如表同意，日本政府即以因多大牺牲而得之胶州湾一带之地，于适当机会附以公正至当之条件，以交还于中国政府。五月一日，中国政府对于日本政府修正案之答复，实与帝国政府之预期全然相反。且中国政府对于该案，不但毫未加以诚意之研究，且将日本政府交还胶州湾之苦衷与好意，亦未尝一为顾及。查胶州湾为东亚商业上军事上之一要地，日本帝国，因取得该地，所费之血与财，自属不少。既为日本取得之后，毫无交还中国之义务。然为将来两国国交亲善起见，竟拟以之交还中国。何其客气？而中国政府不加考察，且不谅帝国政府之苦心，实属遗憾。中国政府，不但不顾帝国政府关于交还胶州湾之情谊，且对于帝国政府之修正案，于答复时要求将胶州湾无条件交还，并以日德战争之际，日本国于胶州湾用兵所生之结果，与不可避之各种损害，要求日本担任赔偿之责，其他关系于胶州湾地方，又提出数项要求，且声明有权加入日德讲和会议。明知如胶州湾无条件之交还，及日本担负因日德战争所生不可避之损害赔偿，均为日本所不能容忍之要求，而故为要求。且明言该案为中国政府最后之决答，因日本不能容忍此等之要求，则关于其他各项，即使如何妥商协定，终亦不觉有何等之意味，其结果此次中国政府之答复，于全体全为空漠无意义。且查中国政府对于帝国政府修正案中，其他条项之回答，如南满洲及东部内蒙古，就地理上政治上商工利害上，皆与帝国有特别关系，为中外所共认。此种关系，因帝国政府经过前后二次之战争，更为深切。然中国政府，轻视此种事实，不尊重帝国在该地方之地位，即帝国政府，以互让精神，照中国政府代表所言明之事，而拟出之条项，中国政府之答复，又任意改窜，使代表者之陈述，成为一篇空言，或此方则许，而彼方则否，致不能认中国当局者之有信义与诚意。此段直是训令。至关于顾问之件，学校病院用地之件，兵器及兵器厂之件，与南方铁道之件，帝国政府之修正案，或以关系外国之同意为条件，或只以中国政府代表者之言明，存于记录，与中国主权与条约，并无何等之抵触。然中国政府之答复，唯以与主权条约有关系，而不应帝国政府之希望。帝国政府，因鉴于中国政府如此之态度，虽深惋惜，几再无继续协商之余地，然终眷眷于维持亚东平和之帝国，务冀圆满了结此交涉，以避时局之纷纠，于无可忍之中，更酌量邻邦政府之情意，将帝国政府前次提出之修正案中之第五号各项，除关于福建互换公文一事，业经两国政府代表协定外，其他五项，可承认与此次交涉脱离，日后另行协商。因此中国政府，亦应谅帝国政府之谊，将其他各项，即第一号第二号第三号第四号之各项，及第五号中关于福建省公文互换之件，照四月二十六日提出之修正案所记载者，不加以何等之更改，速行应诺帝国政府。兹再重行劝告，对此劝告，期望中国政府至五月九日午后六时为止，为满足之答复，如到期不受到满足之答复，则帝国政府，将执认为必要之手段。合并声明。

陆曹两人，共同阅毕，不由的发了一怔，几乎目定口呆。怪他不得。还是曹汝霖口齿较利，便对日置益道："五号中所说五项，应即脱离，究竟是哪五项呢？"日置益道："就是聘用顾问，学校病院租用地，以及中国南方诸铁路，与兵器及兵器厂，暨日本人布教权。这五项允许脱离，容后协商便了。"容后协商四字，又是后来话柄。陆征祥道："敝国与贵国，素敦睦谊，难道竟无协商的余地么？"日置益道："通牒中已经说明，敝政府不能再让。就使本驻使有意修正，也是爱莫能助了。"乐得客气。说毕即行。曹汝霖随送道："贵驻使是全国代表，凡事尚求通融一点。"日置益稍稍点头。到了次日，又至外交部中，递交说明书，内开七款如下：

（一）除关于福建省交换公文一事之外，所谓五项，即指关于聘用顾问之件，关于学校用地之件，关于中国南方诸铁路之件，关于兵器及兵器厂之件，及关于布教权之件是也。

（二）关于福建省之件，或照四月二十六日日本提出之对案，均无不可。此次最后通牒，虽请中国对于四月二十六日日本所提出之修正案，不加改订，即行承诺，此系表示原则。至于本项及（四）（五）两项，皆为例外，应特注意。

（三）以此次最后之通牒要求之各项，中国政府倘能承认时，四月二十六日对于中国政府关于交还胶州湾之声明，依然有效。

（四）第二号第二条土地租赁或购买，改为暂租或永租，亦无不可。如能明白了解，可以长期年限。且无条件而续租之意，即用商租二字亦可。又第二号第四条，警察法令及课税承认之件，作为密约，亦无不可。

（五）东部内蒙古事项，中国于租税担保借款之件，及铁道借款之件，向日本政府商议一语，因其南满洲所定之关于同种之事项相同，皆可改为向日本资本家商议。又东部内蒙古事项中商埠一项，地点及章程之事，虽拟规定于条约，亦可仿照山东省所定之办法，用公文互换。

（六）日本最后修正案第三号中之该公司关系人，删除关系人三字，亦无不可。

（七）正约及其他一切之附属文书，以日本文为正，或可以中日两文皆为正文。

日置益递交此书，也不再置一词，匆匆去讫。袁总统即召集要人，连夜会议，未得要领。越日上午，续议一切，亦不能决定。至下午二时，又召集国务卿左右丞各部总长，及参政院长黎元洪，并参政熊希龄、赵尔巽、梁士诒、杨度、李盛铎等，开特别会议。由陆总长先行报告，然后袁总统出席开议。大众计无所出，唯陆海军总长，与参政中的激烈人物，尚主张拒绝，宁可决裂。袁总统只沉着脸，淡淡的答道："山东、奉天一带，已遍驻日兵，倘或交涉决裂，他即长驱直入，我将如何对待？实力未充，空谈何益？与其战败求和，不若目前忍痛，从前甲午的已事，非一般鉴么？"试问甲午之衅，谁实启之？今乃甘心屈辱，想是一年被蛇咬，三年怕烂稻索。徐世昌亦接着道："越能忍耻，才得沼吴，现在只可和平了事，得能借此交涉，返求自强，未始不可收效桑榆呢。"语虽近是，无如全国上下，未肯卧薪尝胆奈何？大众闻言，不敢主战，随即多数赞成，决定承认。当由袁总统饬令备文答复，复经再三讨论，方拟定复文，派外交部员施履本，赍交日使察阅。日置益尚要求第五项下，添入"日后协商"四字，且言万不能省。施履本不能与辩，带还原书，乃再行改正。其文云：

中国政府，为维持远东和平起见，允除第五项五款，应俟日后另议外，所有第一、二、三、四项各款，及第五项关于福建交换文书之件，照日本二十六日修正案，及通牒中附加七条件之解释，即日承诺，俾中日悬案，从此解决，两国亲善，益加巩固。中政府爰请日使择日惠临外交部，整理文字，以便早日签定。此复。

复文缮就，即于五月九日，由陆总长征祥，曹次长汝霖，赴日本使馆，当面送交。还要亲手送去，真正可怜。过了一天，日使日置益，赴外交部答谢。至十五日，日置益复至外交部迎宾馆，开条约会议，无非是照日本修正案，加入七条件解释，及各项来往照会，共同订定，作为中日合约。到了二十日，两边文书，统已办齐，乃商定二十五日，在外交部迎宾馆，彼此签字。约中署名，一面是大日本国大皇帝特命全权公使从四位勋二等日置益，一面是大中华民国任命中卿一等嘉禾勋章外交总长陆征祥，互相比较，荣辱何如？共计正文三份，换文十三件，换文即照会。小子前已叙录约文，看官即可复阅，毋庸一一重述了。应用简笔。袁总统恐丧失权利，或致众愤，除密电各省将军巡按使，劝令维持秩序，静图自强外，又下令约束军民云：

环球交通，凡统治一国者，莫不兢兢于本国之权利。其权利之损益，则视其国势之强弱以为衡。苟国内政治修明，力量充足，譬如人身血气壮硕，营卫调和，乃有以御寒暖燥湿之不时，而无所侵犯。故有国者诚求所以自强之道，一切疲玩之惰气，与虚憍之客气，有邱山之损，而无丝毫之益，所宜引为大戒。我中国自甲午、庚子两启兵端，皆因不量己力，不审外情，上下嚣张，轻于发难，卒至赔偿巨款，各数万万，丧失国权，尤难枚举。当时深识之士，咨嗟太息于国之将亡，使其上下一心，痛自刻责，涤瑕荡垢，发愤为雄，犹足以为善国，乃事过境迁，恬嬉如故，厝火积薪之下，而寝处其上，酣歌恒舞，民怨沸腾，卒至鱼烂土崩，不可收拾。予以薄德，起自田间，大惧国势之已濒于危，而不忍生民永沦浩劫，寝兵主和，以固吾圉。民国初建，生计凋残，含垢忍辱，与民休息，而好乱之辈，又各处滋扰，为虎作伥。予以保国卫民，引为责任，安良除暴，百计维持。不幸欧战发生，波及东亚，而中日交涉，随之以起。外交部与驻京日本公使，磋商累月，昨经签约，和平解决。所有经过困难情形，已由外交部详细宣告，双方和好，东亚之福，两祸取轻，当能共喻。虽胶州湾可望规复，主权亦勉得保全，然南满权利，损失已多，创巨痛深，引为惭憾。己则不竞，何尤于人？我之积弱召侮，事非旦夕，亦由予德薄能鲜，有以致之。顾谋国之道，当出万全，而不当掷孤注，贵蓄实力，而不贵骛虚声。近接各处函电，语多激烈，其出自公义者，固不乏人，亦有未悉实情，故为高论，置利害轻重于不顾，言虽未当，心尚可原。乃有倡乱之徒，早已甘心卖国，而于此次交涉之后，反借以为辞，纠合匪党，诪张为幻，或谓失领土，或谓丧主权，种种造谣，冀遂其煽乱之私。此辈平日行为，向以倾覆祖国为目的，而其巧为尝试，欲乘国民之愤慨，借簧鼓以开衅，极其居心，至为险狠。责人不责己，如公道何？若不严密防范，恐殃及良善，为患地方，尤恐扰害外人，牵动大局。着各省文武各官，认真查禁，勿得稍涉大意，致扰治安。倘各该地方，遇有乱徒借故暴动，以及散布传单，煽惑生事，立即严拿惩办，并随时晓谕商民，切勿受其愚惑。至于自强之道，求其在我，祸福无门，唯人自招。群策群力，庶有成功。仍望京外各官，痛定思痛，力除积习，奋发进行。我国民务扩新知，各尽义务，对于内则父诏兄勉，对于外则讲信修睦，但能惩前毖后，上下交儆，勿再因循，自可转弱为强，权利日臻巩固。切不可徒逞血气，任意浮嚣，甲午、庚子，覆辙不远，凡我国民，其共戒之！此令。

此外又有外交部通电，陈述交涉经过状况，及颁布条约全文，声言："征祥身任外交，奉职无状，一片爱国愚忠，未能表白于天下，特恳请大总统立予罢斥，另选贤能，以补前愆"云云。参政院长黎元洪，亦发一长电除自己引咎外，兼责典兵大吏，平日观望，且愿辞去参谋总长一职。还有陆军总长段祺瑞，复电言"始终主战，奈各部长及参政院诸公，多半主和，口众我寡，致蒙此耻，已呈请辞职避贤，免至积垢"等语。其他书函杂沓，不胜枚举，总之是民国以来第一种国耻，全体吏民，须时时记着，卧薪尝胆，发愤图存，我中华民国前途，或尚不致灭亡呢。大声疾呼，愿国民热度，勿再效五分钟！

自国家经此一蹶，总道袁总统惩前毖后，开诚布公，把一副鬼鬼祟祟的手段，尽行改变，一心一意的整顿起来。就是那当道诸公，也应激发天良，力图振刷，效那范蠡、文种的故事，生聚教训，徐图兴复。谁知总统府中，愈觉沉迷，京内外的文武官吏，依旧是攀龙附凤，颂德歌功，前时要求变政的人物，已尽作反舌鸟，呈请辞职的达官，又仍做寄生虫，转眼间桐枝叶落，桂树花荣，北京里面，竟倡出一个筹安会来。慨乎言之。这筹安会的宗旨，是主张变更国体，会中的发起人，乃是几个不新不旧、亦新亦旧的大名角，顿时惹起风潮，闹得四万万人民昏头磕脑，也不知怎样才好。小子有诗叹道：

亡羊思补已嫌迟，何事彼昏尚不知？
怪象日增名巧立，“筹安”二字向谁欺。

究竟这班大名角，是何等样人？待小子下回表明。

五九国耻之由来，孰使之？袁氏使之也。袁氏欲借日本以利己，日本即借袁氏以利国，出尔反尔，咎有攸归。观袁氏之约束军民，有云祸福无门，唯人自招。吾谓袁氏不必责人，第返而自责可耳。不然，约已成，权已丧，勉图补苴且不遑，尚欲潜图帝制为耶？观筹安会之发生，而袁氏之甘心媚外，其情弊愈不可掩矣。

第四十五回　贺振雄首劾祸国贼
罗文干立辞检察厅

却说筹安会发起，共有六人，这六人为谁？第一个姓杨名度，第二个姓孙名毓筠，第三个姓严名复，第四个姓刘名师培，第五个姓李名燮和，第六个姓胡名瑛。杨度是前清保皇党中翘楚，与康有为、梁启超等，向是好友，革命以后，复夹入民党里面，嗣复得老袁信任，充参政院的参政。孙毓筠是革命健儿，辛亥一役，曾在安徽地方，出过风头，癸丑后，组织政友会，与国民党脱离关系，也充参政院参政的头衔。严复是素通英文，兼长汉文，从前翻译西书，很有名望，因他是福建侯官县人，尝呼他为严侯官，此次袁总统创设参政院，采访通才，就把他网罗进去。刘师培前名光汉，博通说文经学，上海《国粹丛报》中，尝见他的著作，确是有些根底，袁总统也特地招徕，命他参政。李燮和乃陆军中将，革命时攻打南京，他曾与列。还有一个胡瑛，尝随宋教仁厮混几年，不知何故变志，也投入袁氏幕中。各叙履历，回应上文不新不旧亦新亦旧二语。这六人结做寅僚，镇日里聚首一堂，不是谈风月，就是论时事。可巧总统府中，有一位外国顾问官，系是美国有名的博士，叫做古德诺，他倡出一篇大文，历言民主政体，不及君主政体。何不条陈本国，乃来倡导中国耶？杨度见了此文，得着依据，正好随声附和，借酬宠遇，当与孙毓筠、严复等五人，秘密商量，乘此出点风头，做一回掀天震地的事业。孙毓筠、严复等，相率赞成，大家靠着十年芸窗的工夫，互凑几句强词夺理的文字，不到半日，已将宣言书及入会章程统行拟定，其词云：

我国辛亥革命之时，国中人民，激于情感，但除种族之障碍，未计政治之进行，仓猝之中，创立共和国体，于国情之适否，不及三思。一议既倡，莫敢非难，深识之士，虽明知隐患方长，而不得委曲附从，以免一时危亡之祸，故清室逊位，民国创始，绝续之际，以至临时政府正式政府递嬗之交，国家所历之危险，人民所感之困苦，举国上下，皆能言之，长此不国，祸将无已。近者南美中美二洲共和各国，如巴西、阿根廷、秘鲁、智利、犹鲁卫、芬尼什拉等，莫不始于党争，终成战祸。葡萄牙近改共和，亦酿大乱，其最扰者，莫如墨西哥，自爹亚士逊位之后，干戈迄无宁岁，各党党魁，拥兵互竞，胜则据土，败则焚城，劫掠屠戮，无所不致，卒至五总统并立，陷国家于无政府之惨象。我国亦东方新造之共和国，以彼例我，岂非前车之鉴乎？美国者，世界共和之先达也，美人之大政治学者古德诺博士，即言世界国体，君主实较民主为优，而中国则尤不能不用君主国体，此义非独古博士言之也，各国明达之士，论者已多，而古博士以共和国民，而论共和政治之得失，自为深切明著，乃亦谓中美情殊，不可强为移植。彼外人轸念吾国者，且不惜大声疾呼，以为吾民忠告，而吾国人士，乃反委心任运，不思为根本解决之谋，甚或明知国势之危，而以一身毁誉利害所关，瞻顾徘徊，惮于发议，将爱国之谓何？国民义务之谓何？我等身为中国人，民国之存亡，即为身家之生死，岂忍苟安默视，坐待其亡？用特纠集同志，组成此会，以筹一国之治安。将于国势之前途，及共和之利害，各摅所见，以尽切磋之义，并以贡献于国民。国中远识之士，鉴其愚诚，惠然肯来，共相商榷，中国幸甚。发起人杨度、孙毓筠、严复、刘师培、李燮和、胡瑛。

附筹安会章程

第一条 本会以发挥学理，商榷政论，以供国民之研究为宗旨。

第二条 愿充本会会员者，须具入会愿书，由本会会员四人以上之介绍，理事长之认可。

第三条 本会置理事六人，由发起人暂任，并互推理事长一人，副理事长一人。

第四条 本会置名誉理事若干人，参议若干人，由理事长推任。

第五条　本会置干事若干人，由理事推任之，其事务之分配，随时酌定。

事务所暂设北京石驸马大街。

宣言书及章程，统已备齐，当即推杨度为理事长，孙毓筠为副，严复、刘师培、李燮和、胡瑛四人为理事，就在预定地点，设立事务所，新开场面，悬起一块招牌，就是“筹安会”三大字。京内人民，还是莫明其妙，看那筹安会招牌，只道国中果然出了伟人，能把这风雨飘摇的民国，筹划的安安稳稳，倒也是千载一时的盛遇。后来看到宣言书，才识会中宗旨，要想改革国体，把袁大总统舁上台去，做一个革命大皇帝，于是一传十，十传百，统说这个筹安会，是产出皇帝的私窠子，将来是凶是吉，尚难分晓。正在疑义未定的时候，那京中已是警吏如林，不准他街谈巷议，稍一漏言，便牵入警局，请他坐在拘留所中，多则几十天，少亦三五天，小百姓营业要紧，自然不敢多言，免滋祸祟。想袁氏应曰，余能弭谤矣，乃不敢言。有一班痴心妄想的人物，纷纷入会，都想做点投机事业，希图后来富贵。还有京内的新闻纸，什么《民视报》，什么《亚细亚报》，统为筹安会鼓吹，煌煌大字，逐日照登。隔了几日，忽由《顺天时报》中，载出一篇贺振雄上肃政厅呈文，略云：

为扰乱国政，亡灭中华，流毒苍生，贻祸元首，恳请肃政厅长代呈大总统，严拿正法，以救灭亡而谢天下事。窃闻天下兴亡，匹夫有责，奸奴误国，人得而诛，我古神州四千余载，君主相传，干戈扰攘，万民涂炭，四海疮痍，稽披历史，至为寒心。自唐、虞揖让，天下讴歌，暨汤、武征诛，人民杀伐，国无宁岁，民无安时。七雄相并，五霸竞争，秦吞六国，汉约三章，王莽出，光武兴，曹操称雄，司马逞智，南北六朝，梁、唐五代，陈后主，隋炀帝，武则天，安禄山，宋太祖，元世宗，明朱氏，清觉罗，各代君主，而今安在？唯留祸害，传染中华。自古愚人，相争相夺，称帝称王，因一时昏迷不悟，徒博眼前虚荣，而遗子孙实祸，诚可怜而可哀也。在昔闭关时代，相争相夺，犹是一家，今则环海交通，群雄眈视，一召灭亡，万劫难复。叔宝全无心肝，何至于此？吾民国共和创造，未及五载，而沙场血渍，腥臭犹闻，人民痛苦，呻吟未已，我大总统手创共和，力任艰巨，四年以来，宵衣旰食，剑寝履皇，维持国政，整理军务，削平内乱，亲睦外交，不知耗多少心血，费几许精神，始克臻此治理。现方筹备国会，规定法院，整饬吏治，澄肃官方，唯日孜孜，不遗余力，民生国计，渐有秩序，四年之间，国是已经大定。内外官吏，诚能以国家为前提，辅弼鸿猷，绥厥中土，国力日见其发展，国基日见其巩固。而谓吾中国不适于共和，不能不用君主政体，真狗彘不食之语也。吾敢一言以告我同胞曰：有吾神圣文武之袁大总统，首任一期，规模即已大备，若得连任，国政即可完全，不十年间，我中华民国共和程度，必能驾先进之欧美，称雄地球。况我大总统高瞻远瞩，硕画伟谋，既铲除四千余载专制之淫威，开创东亚共和之新国，不独人民颂祷馨香，铜像巍峨，即世界各国，亦莫不钦仰其威信。何物妖魔，竟敢于青天白日之下，露尾现形，利禄薰心，荧惑众听，尝试天下，贻笑友邦。窥若辈之倒行逆施，是直欲陷吾元首于不仁不义之中，非圣非贤之类，蹈拿破仑倾覆共和，追崇帝制之故辙，贻路易十六专制魔王流血国内之惨状，其用心之巧，藏毒之深，喻之卖国野贼，白狼枭匪，其计尤奸，其罪尤大。呜呼！国之将亡，必有妖孽，妖孽者谁？即发起筹安会之杨度、孙毓筠、严复、刘师培、李燮和、胡瑛诸贼也。振雄生长中华，伤心大局，明知若辈毒势弥漫，言出祸至，窃恐覆巢之下，终无完卵，与其为亡国之奴，曷若作共和之鬼，故敢以头颅相誓，脑血相溅，恳请肃政厅长，代呈我大总统，立饬军政执法处，严拿杨度一干祸国贼等，明正典刑，以正国是，以救灭亡，以谢天下人民，以释友邦疑义。元首幸甚！国民幸甚！谨上。

越宿，又有一篇李诲上检察厅呈文，亦登载《顺天时报》，但见上面录著：

为叛逆昭彰，摇动国本，恳准按法惩治，以弭大患事。窃维武汉首义，全国鼎沸，我大总统不忍生灵涂炭，出肩艰巨，不数月间，清室退位，以统治权授之我大总统，组织政府，定为共和国体。人心之倾向，于以大定，南北统一，当时我大总统就职宣言，曾经郑重声明，不使帝制复活。迨正式政府成立，世界友邦，遂次第承认。民国三年五月公布中华民国约法，我大总统又谓谨当率我百职有司，恪守勿渝。三年十一月，宋育仁等倡为复辟之谬说，我大总统又经根据约法，严切申诫。国体奠定，既已炳若日星，薄海人民，方幸有所托命，虽内忧外患，尚未消弭，而我大总统雄才大略，硕画宏谋，期以十年，何患我国家不足比肩法、美？乃国贼孙毓筠、杨度、严复、刘师培、李燮和、胡瑛等，组织筹安会，其发词中，以共和国体，不适于吾国民情，历引中美南美诸邦，以共和酿乱之故，指为前鉴，主张变更国体，昌言无忌，似此谬种流传，乱党必将乘机煽动，势必危及国家，万一强邻伺隙，利用乱党之扰乱，坐收渔人之利，而祸何堪设想。当国体既定之后，忽倡此等狂瞽之说，是自求扰乱，与暴徒甘心破坏，结果无殊。虽自诩忠爱，实为倡乱之媒，其罪岂容轻恕？赣、宁之乱，虽为暴民专制之征，而我大总统命将出师，期月之内，一律肃清。迄今暴徒敛迹，政治悉循轨道，此岂中南美诸邦之所可企及？安得以此颠破共和。夫国体原无绝对的美恶，恒视时势为转移，吾国今后国体，果当何若，固不能谓其永无变更。但一日在共和国体之下，即应恪守约法，不能倡言君主，反对共和，以全国家之纲纪。且共和国家以多数之国民组织而成，即迫于时势之需要，有改弦更张之日，则国体之选择，当然由代表民意之机关，以大多数人民心理之所向决之。事势之所至，自然而然，决非少数妄人，所能轻议。今大总统德望冠于当世，内受国会之推戴，外受列强之承认，削平内乱，巩固国交，凡所以对内对外，不敢稍避险阻者，无非欲保全国家。今轻议变更国体，万一清室之中，或有一二无知之徒，内连乱党，外结强邻，乘机主张复辟，陷我大总统于至困难之地位，而国家亦将随之倾覆，该国贼等虽万死不足以蔽其辜。伏查三年十一月二十四日申令有云，“民主共和，载在约法，邪词惑众，厥有常刑。嗣后如有造作谰言，著书立说，及开会集议以紊乱国宪者，即照内乱罪从严惩办，以固国本而遏乱萌。”明令具在，凡行政司法各机关，允宜一体遵守。今杨度、孙毓筠等，倡导邪说，紊乱国宪，未经呈报内务部核准，公然在石驸马大街，设立筹安会事务所，传布种种印刷物，实属弁髦法纪，罪不容诛。检察厅代表国家，有拥护法权惩治奸邪之责，若竟置若罔闻，则法令等于虚设，法之不存，国何以立？诲凛匹夫有责之义，心所谓危，不敢安于缄默，用特据实告发，泣恳遵照民国三年十一月二十四日申令，立将杨度、孙毓筠等按照内乱罪，从严惩治，以弭大患。国民幸甚！民国幸甚！

看官，你道这贺振雄、李诲两人，是何等出身？原来两人都籍隶湖南，贺振雄曾加入革命，颇有文名，至是留寓都门，不得一官，因此郁愤得很，特借这筹安会，畅骂一番，借发牢骚。李诲是李燮和族弟，与燮和志趣，不甚相合，所以也上书弹劾，居然有大义灭亲的意思。两人先后进呈，眼巴巴的望着消息，且各抄录数份，分送各报馆。哪知《民视报》、《亚细亚报》中，非但不登载原文，反各列一条时评，冷嘲热讽，讥诮他不识时务，迂谬可笑。确是迂儒，确是谬论。只有《顺天时报》，照文登录，一字不遗。想是挂外国招牌。过了一日，筹安会的门首，竟站着许多警兵，荷枪鹄立，盘查出入，似替那会中朋友，竭力保护。贺振雄无权无力，只好闷坐寓中，长吁短叹。独李诲是曾任湖南省议员，且因他族兄列居显要，平时与京中大老，颇相往来，于是复上书内务部道：

孙毓筠等倡导邪说，紊乱国宪，公然在石驸马大街，设立筹安会事务所，如其遵照集会结社律，已经呈报贵部，似此显违约法，背叛民国之国体，贵部万无核准之理，如其未经呈报贵部核准，竟行设立，藐视法律，亦即藐视贵部，二者无论谁属，贵部均应立予封禁，交法庭惩治。顷过筹安会门首，见有警兵鹄立，盘查出入，以私人之会所，而有国家之公役，为之服务，亦属异闻。若云为稽察而设，则贵部既已明知，乃竟置若罔闻，实难辞无视法令之责。去岁宋育仁倡议复辟，经贵部递解回籍，交地方官察看。以此例彼，情罪更重，若故为宽纵，何以服人？何以为国？为此急不择言，冒昧上呈。

这呈文送入内务部，好几天不得音信，依然似石沉大海一般，唯闻总检察厅长罗文干，却挂冠去职，挈领眷属，出京回籍去了。洁身远引，吾爱之重之。原来罗文干身任厅长，平时颇守公奉法，备著廉勤，及闻筹安会设立，已骂杨度等为误国贼，有心讦发。可巧李诲的呈文，又复递入，他读一句，叹一语，至读完以后，竟愤激的了不得，到司法部中，去谒司法总长章宗祥，略叙数语，便将李诲原呈奉阅。章宗祥披览后，忽尔皱眉，忽尔摇首，到了看毕，向罗文干冷笑道："这等文字，睬他什么？"罗文干听了此语，不禁还问道："总长以筹安会为正当么？"章宗祥道："国家只恐不安，能筹安了，岂不是我辈幸福？"罗文干越忍耐不住，又道："他是鼓吹帝制的。"章宗祥道："我与你同任司法，老实对你说，你我只自尽职务罢了。昨日内务总长朱桂莘，朱启钤字桂莘。也曾说李诲多事，把他呈文撕毁。罗兄，你想这事可办么？"李诲呈内务部文，就章宗祥口中叙明。说得罗文干哑口无言，迟了半晌，方答出一个"是"字。随即告辞归寓，踌躇了一夜，竟于翌晨起床，缮就一封因病告假书，着人送至办公处，一面收拾行囊，整备启行。等到乞假邀准，遂带着眷属数人，夤夜出京，飘然自去。小子有诗赞道：

举世昏昏我独醒，出都从此避膻腥。
试看一棹南归日，犹见清风送客亭。

罗厅长去后，在京各官，有无变动情形，且至下回再叙。

读贺振雄呈文，令人一快，读李诲呈文，令人愉快。贺呈在指斥筹安会，骂得淋漓酣畅，令杨度等无以自容，足为趋炎附势者戒。李呈则引证袁氏申令，阳斥筹安会，隐攻袁总统，非特杨度等闻而知愧，即老袁闻之，亦当忆念前言，不敢自悖。然而杨度等之厚颜如故，袁总统之厚颜亦如故，即达官显宦，俱置若罔闻，几不识廉耻为何事。于此得一罗厅长，能皭然不滓，引身自去，较诸彭泽辞官，尤为高洁。斯世中有斯人，安得不极力表扬，为吾国民作一榜样耶？

第四十六回　情脉脉洪姨进甘言
语詹詹徐相陈苦口

却说罗文干辞职后，帝制风潮，愈演愈盛。筹安会兴高采烈，大出风头，都中人士，争称杨度等六人，为筹安六君子，他亦居然以君子自命，按日里放胆做去。看官！试想这六君子有何能力，敢把这创造艰难的民国，骤变为袁氏帝国？难道他不管好歹，不计成败，一味儿的卤莽行事么？小子于前数十回中，早已叙明袁氏心肠，隐图帝制，还有袁公子克定，主动最力，想看官谅俱阅悉。此次杨度等创设筹安会，明明是袁氏父子，嗾使出来，所以有这般大胆，但就中还有一段隐情，亦须演述明白，可为袁氏秘史中添一轶闻。别开生面，令人刮目。

老袁一妻十五妾，正室于氏，即克定生母，性颇端谨，克定欲劝父为帝，曾禀白母前，请从旁怂恿，不意被母谯呵，且密戒老袁，休信儿言。老袁有此妇，小袁有此母，却也难得。急得克定没法，转去求那庶母洪姨。洪姨是老袁第六妾，貌极妍丽，性尤狡黠，最得老袁宠爱，看官若问她母家，乃是宋案正凶洪述祖的胞妹。洪述祖字荫芝，幼年失怙，家世维艰，幸戚友介绍，投身天津某洋行写字间，作练习生。他资质本来聪明，一经练习，便觉技艺过人，洋行大班，爱他敏慧，特擢充跑街一席。适老袁奉清帝旨，至小站督练新军，需办大批军装，述祖福至心灵，便设法运动，愿为承办。袁乃姑令小试，所办物品，悉称袁意，嗣是有所购置，尽委述祖。述祖遂得与袁相接，曲意承颜，无微不致。袁亦非洪不欢，竟命他襄办军务。既而述祖因发给军饷，触怒某标统，标统系老袁至亲，入诉老袁，极谈彼短，老袁未免动疑，欲将述祖撤差。述祖闻此音耗，几把魂灵儿吓去，后来想出一法，把同胞妹子，盛饰起来，送入袁第，只说是购诸民间，献侍巾栉。美人计最是上著。老袁本登徒后身，见了这个粉妆玉琢的美人儿，哪有不爱之理？到口馒头，拿来就吞，一宵枕席风光，占得人间乐趣。是时洪女年方十九，秀外慧中，能以目听，以眉视，一张樱桃小口，尤能粲吐莲花，每出一语，无不令人解颐。袁氏有时盛怒，但教洪女数言，当即破颜为笑，以故深得袁欢，擅专房宠。起初还讳言家世，后来竟自陈实情，老袁不但不恼，反称述祖爱己，愈垂青睐。爱屋及乌，理应如此。总计袁氏诸妾，各以入门先后为次序，洪女为袁篷室，已排在第六人，本应称她为六姨，老袁诫令婢仆，不准称六姨太，只准称洪姨太，婢仆等怎敢忤旨，不过戏洪为红，叫她作红姨太罢了。

洪姨亦知人戏己，阴愬老袁，袁即欲斥退婢仆，偏洪姨又出来解劝，令婢仆仍得留着，婢仆等转怨为德，易戏为敬，因此袁氏一门，由她操纵，无不如意。洪女确有权术，我亦非常佩服。克定知洪姨所言，父所乐从，遂入洪姨室，语洪姨道："母知我父将为皇帝么？"开口便呼姨为母，确是洪姨太。洪姨不禁避座道："公子如何呼妾为母，妾何人斯？敢当此称？"克定道："我父为帝，我当承统，将来当以母后事姨，何妨预称为母。"洪姨复逊谢道："妾为君家一姬人，已属如天之福，何敢再作非分想？公子此言，恐反折妾的寿数，妾哪里承当得起？"克定道："我果得志，决不食言。"说至此，即向洪姨跪下，行叩首礼。洪姨慌忙跪答，礼毕皆起。克定又道："我父素性多疑，若非从旁怂恿，尚未肯决行帝制，还请母为臂助，方得成功。"又是一个母字，我想洪姨心中，应比吃雪加凉。洪姨道："这事不应操切，既承公子嘱委，当相机进言，徐图报命。"克定大喜，又连呼几声母娘，方才退出。

这时候的洪姨太，已是喜出望外，便默默的想了一番，打定主意，以便说动老袁，每届老袁退休，絮絮与谈前史事，老袁笑道："你不要做女博士，研究什么史料？"洪姨装着一番媚容，低声语袁道："妾有所疑，故需研究。"老袁道："疑什么？"洪姨道："汉高祖，明太祖，非起自布衣么？"老袁应声道："是的。"洪姨微笑道："他两人起自布衣，犹得一跃为帝，似老爷勋望崇隆，权势无比，何不为子孙计，乃甘作一国公仆，任他举废么？"用旁敲侧击法，转到本题，确是一个女说客。老袁闻言，不由的心中一动，便道："我岂不作此想？但时机未至，不便骤行。"洪姨道："胜会难逢，流光易逝，老爷年近六十，尚欲有待，究竟待到何时？"老袁默然不答，只以一笑相还。是夜，便宿在洪姨寝室，喁喁密语，竟至夜半，方入睡乡。

翌日起床，出外办公，宣召杨度入对。杨度不知何事，急忙进谒，但见老袁揽镜捻须，一时不便惊动，静悄悄的立在门侧，至老袁已转眼相顾，方近前施礼。老袁命他旁坐，悄语道："共和二字，我实在不能维持，你何不召集数人，鼓吹改制？"杨度愕然，半晌才答道："恐怕时尚未至。"英雄所见略同。老袁又问道："为什么呢？"杨度道："现在欧战未了，日本第五项要求，虽暂撤回，仍旧伺机欲动，我国若有所变更，将惹起外人注目，倘日本复来作梗，为之奈何？"老袁捻须笑道："日本果欲要挟，何事不可为口实，你亦太多虑哩。"杨度又道："就使日本不来反对，也须预筹款项，才得行事。"老袁道："这个自然，你明日再进来罢。"杨度奉命而出。

老袁复蹿入内室，见众妾在前，好似花枝招展，环绕拢来，不由的自言自语道："从前咸丰帝玩赏四春，我今日却有十数春哩。"满意语。众姨尚不知何解，独洪姨上前，竟跪称万岁。好做作。老袁一面扶起，一面大笑道："我未为帝，呼我万岁尚早呢！"洪姨道："势在必行，何必迟疑。"老袁又笑问道："你可说出充足的理由么？"洪姨道："理由是极充足了，万岁爷在前清时代，已位极人臣，今出为民国元首，威足服人，力足屈人，赣、宁一役，就是明证。今若上继清朝，立登大宝，哪个敢来反抗？这是从声势上解释，已无疑义，若讲到情理上去，也是正当。前日隆裕后使清帝退让政权，另组共和政体，到今已是三年，我国未尝盛强，且日多变乱，是共和政体，当然是不适用。万岁爷果熟察时变，默体舆情，实行君主立宪，料国民必全体赞成，且与隆裕后当日让位的初衷，亦未尝相忤，何必瞻前顾后，迟迟勿行呢？况现在欧战未定，各国方自顾未遑，日本交涉，又已办了，万岁爷乘此登基，正是应天顺人的时候，此机一失，后悔何追。"巧言如簧，委婉动人。老袁听她一番议论，煞是中意，又见她笑靥轻盈，娇喉宛转，越觉得无语不香，无情不到，恨不得拥她上膝，亲一回吻，叫她一声乖乖。只因碍着众人面目，但笑向洪姨道："算了，你真可谓女辩士了。"众妾见了此态，也乘风吹牛，叫着几声万岁，老袁还不屑理她，一心一意的爱那洪姨，是夜又在洪姨处留宿。想为她奏对称旨，颁赏特别雨露去了。妙语如珠。

且说杨度既奉密令，即于次日复入总统府，当由袁总统接见，面交发款凭条二纸，计数二十万两。杨度领纸出来，款项既有了着落，又得古德诺一篇文字，作为先导，便邀集孙毓筠、严复等人，开会定章，悬牌开市。贺振雄、李诲等，未识隐情，还要上呈文，劾六君子，真是瞎闹，反令杨度等暗中笑煞。嗣后闻贺振雄落魄无聊，反将他笼络进去，用了每月六十金薪水，雇他做筹安会中办事员。英雄末路，急不暇择，也只好将就过去。但前日吠尧，此日颂舜，人心变幻，如此如此，这也是民国特色了。拜金主义，智士所为，休要笑他。唯世道人心，究未尽泯，有几个受他牢笼，有几个仍然反对，旧国会议员谷钟秀、徐傅霖等，在上海发起共和维持会，周震勋、邹稷光等在北京发起治安会，接连是古伯荃上《维持中华民国意见书》，梁觉、李彬、刘世驺诸人，又纷纷弹劾筹安会员，朝阳鸣凤，相续不休。

还有参政严修，系老袁数十年患难至交，闻帝制议兴，不禁私叹道："我不料总统为人，竟尔如此。近来种种举动，令我越看越绝望了。"及筹安会发生，谒袁力阻，情词恳挚，几乎声泪俱下。老袁亦为动容，随即答道："究竟你是老朋友，他们实在胡闹，你去拟一道命令，明日即将他们解散便了。"严修唯唯而退，次日持稿请见，为总统府中司阍所阻。严修谓与总统有约，今日会谈，阍人大声道："今晨奉总统命，无论何人，概不传见，请明日进谒罢。"想又为洪姨所阻。严修恍然大悟，即日乞假去了。

又有机要局长张一麐，也是袁氏十余年心腹幕友，此次亦反对帝制，力为谏阻，谓帝制不可强行，必待天与人归。老袁不待说完，便问何谓天与？何谓人归？张一麐道："从前舜、禹受禅，由天下朝觐讼狱，统归向舜、禹所在处，舜、禹无可推辞，不得已入承大位，这是孟子曾说过的，就是'天与人归'一语，孟子亦曾解释明白，不待一麐赘陈。"老袁点首道："论起名誉及道德上的关系，我决不做皇帝，请你放心。"尚知有名誉道德，想是孟子所谓平旦之气。一麐接口道："如总统言，足见圣明，一麐今日，益信总统无私了。"言毕辞出，同僚等或来问话，一麐还为老袁力辩，且云："杨度等设立筹安会，无非是进一步做法，想是借此题目，组织一大权宪法，若疑总统有心为帝，实属非是，总统已与我言过了，决意不做皇帝呢。"哪知已被他骗了。

众人似信非信，又到徐相国府中，探问消息。凑巧肃政史庄蕴宽，从相国府中出来，与众人相遇，彼此问明来意。庄蕴宽皱着眉道："黑幕沉沉，我也是窥他不透，诸君也不必去问国务卿了。”大众齐声道：“难道徐相国也赞成帝制么？”庄蕴宽道：“我因李诲、梁觉等，屡进呈文，也激起一腔热诚，意欲立上弹章，但未知极峰意见，究竟如何，特来问明徐相国。偏他是吞吞吐吐，也不是赞成帝制，又不是不赞成帝制，令我愈加迷茫，无从摸他头脑。”大众道：“我等且再去一问，如何？”庄蕴宽道：“尽可不必。我临行时，已有言相逼，老徐已允我去问总统了。”大众听到此语，方才散归。

看官，你道这国务卿徐世昌，究竟向总统府去也不去？他与老袁系多年寅谊，平素至交，眼见得袁氏为帝，自己要俯伏称臣，面子上亦过不下去，况此次来做国务卿，也是朋情难却，勉强担任，若拥戴老袁，改革国体，非但对不住国民，更且对不住隆裕后、宣统帝。不过他是气宇深沉、手段圆滑的人物，对着属僚，未肯遽表已意，曲毁老袁，所以晤着庄蕴宽，只把浮词对付，一些儿不露痕迹，老官僚之惯技。待送庄氏出门，方说一句进谒总统的话头，略略表明意见。是日午后三下钟，即乘舆出门，往谒袁总统。既到总统府，下车径入。老袁闻他到来，当然接见。两下分宾主坐定，谈及许多政治，已消磨了好多时，渐渐说到筹安会，徐世昌即逼紧一句道：“总统明见究竟是民主好么？君主好么？”老袁笑着道：“你以为如何是好？”还问一句，确是狡狯。徐世昌道：“无论什么政体，都可行得，但总须相时而动，方好哩。”老袁道：“据你看来，目下是何等时候？”徐世昌道：“以我国论，适用君主，不适用民主。但全国人心，犹倾向民主一边，因为民国创造，历时尚短，又经总统定变安民，只道是民主的好处，目下且暂仍旧贯，静观大局如何，再行定议。”语至此，望着老袁面色，尚不改容，他索性尽一忠告道：“杨度等组织筹安会，惹起物议，也是因时候太早，有此反抗呢。”老袁不禁变色道：“杨度开会的意思，无非是研究政体，并未实行，我想他没甚大碍，那反对筹安会的议论，实是无理取闹，且亦不过数人，岂就好算是公论吗？况我的本意，并不想做什么皇帝，就是这总统位置，也未尝恋恋，只因全国推戴，不能脱身，没奈何当此责任，否则我已五十七岁了，洹上秋水，随意消遣，可不好么？”还要骗人。徐世昌道：“辱承总统推爱，结契多年，岂不识总统心意？但杨度等鼓吹帝制，外人未明原委，还道是总统主使，遂致以讹传讹，他人不必论，就是段芝泉等；随从总统多年，相知有素，今日亦未免生疑，这还求总统明白表示，才能安定人心。”这数语好算忠谏。老袁勃然道："芝泉么？他自中日交涉以来，时常与我反对，我亦不晓得他是什么用意。他若不愿做陆军总长，尽可与我商量，何必背后违言，你是我的老友，托你去劝他一番，大家吃碗太平饭，便好了。"言毕，便携去茶碗，请徐饮茶。前清老例，主人请客饮茗，便是叫客退出的意思，徐世昌居官最久，熟练得很，当即把茶一喝，起身告辞。为此一席晤谈，顿令这陆军总长段祺瑞，退职闲居，几做了一个嫌疑犯。小子有诗叹道：

多年友谊不相容，只为枭雄好面从。
尽说项城如莽操，谁知尚未逮谦恭。

欲知段总长退职情形，待至下回续表。

历朝以来诸元首，多自子女误之，而女嬖为尤甚。盖床笫之官，最易动听。加以狐媚之工，莺簧之巧，其有不为所惑者几希？袁氏阴图帝制，已非一日，只以运动未成，惮于猝发，一经洪姨之怂恿，语语中入心坎，情不自已，计从此决，于是良友之言，无不逆耳，即视若腹心之徐相国，亦不得而谏止之。长舌妇真可畏哉！一经著书人描摹口吻，更觉甘言苦口，绝不相同，甘者易入，苦者难受，无怪老袁之终不悟也。

第四十七回　袁公子坚请故军统
梁财神发起请愿团

却说段祺瑞自督鄂还京，虽仍任陆军总长，兵权已被大元帅摘去，他已怏怏不乐，屡欲辞职，至中日交涉，又通电各省，屡次主战，袁总统已加猜忌，至是闻徐世昌言，决意去段，只一时想不出替身，犹在踌躇未决。忽见长子克定，自门外趋入，向他禀白道："筹安会中，已通电各省，现已得几处复电，很加赞成，想此后办事，当不致有意外呢。他的原电，交儿带来奉阅，爷可一瞧。"说着，便从袖中取出电稿，双手捧呈，但见起首列着，统是各省长官的头衔，接连是某某商会，某某教育会，某某联合会，以及蒙古、青海、西藏等处，极至华侨处，亦俱列着。入后方叙及正文，词云：插入筹安会通电，笔法一变。

本会宗旨，原以讨论君主民主，何者适于中国。近月以来，举国上下，议论风起。本会熟筹国势之安危，默察人心之向背，因于日昨投票议决，全体一致，主张君主立宪。盖以立国之道，不外二端，首曰拨乱，次曰求治，今请逆其次序，先论求治，次论拨乱。专制政体，不能立国于世界，为中外之公言，既不专制，则必立宪，然共和立宪，与君主立宪，其义大异。君主国之宪政程度，可随人民程度以为高下，故英、普、日本，各不相同。共和国则不然，主权全在人民，大权操于国会，乃为一定不移之义，法、美皆如是也。若人民智识，不及法、美，而亦握此无上之权，则必嚣乱纠纷，等于民国二年之国会，不能图治，反以滋乱，若矫而正之，又必悬共和之名，行专制之实，如我国现行之总统制，权力集于元首一人，斯责任亦集于元首一人。即令国会当前，亦不能因责任问题，弹劾元首，使之去位。一国中负责任者，为不可去位之人，欲其政治进步，乌可得也？故中国而行前日之真共和，不足以求治，中国而行今日之伪共和，更不足以求治。**只此二语，颇中肯綮。**唯穷乃变，唯变乃通，计唯有去伪共和，行真君宪，开议会，设内阁，准人民之程度，以定宪政，名实相符，表里如一，庶几人民有发育之望，国家有富强之机，此求治之说也。或曰："民权学说，不必太拘，即共和，亦可准人民程度，以定宪政，何必因此改为君主。"不知政党不问形式如何，但使大权不在国会，总谓之伪共和。因恋共和之虚名，不得已而出于伪，天下岂有以伪立国，而能图存之理？又况祸变之来，并此伪者亦必不能保存，何以故？君主国之元首，贵定于一，共和国之元首，贵不定于一，即不能禁人不争。曩者二次革命，即以竞争元首而成大乱，他日之事，何独不然？无强大之兵力者，不能一日安于元首之位，数年一选举，则数年一竞争，斯数年一战乱耳。彼时宪法之条文，议员之笔舌，枪炮一鸣，概归无效。所为民选，变为兵选，武力不能相下，斯决之于相争。墨西哥五总统并立之祸，必试演于东方。中原瓦解，外力纷乘，国运于兹，斩焉绝矣。未来之祸，言之痛心，即令今日定一适宜之宪政，纲举目张，百度俱理，他日一经战乱，势必扫荡无遗，国且不存，何云宪政？救亡之法，唯有废除共和，改立君主，屏选举之制，定世袭之规，使元首地位，绝对不可竞争，将不定于一者，使定于一。是则无穷隐祸，概可消除，此拨乱之说也。本会以为谋国之道，先拨乱而后求治，我国拨乱之法，莫如废民主而立君主，求治之法，莫如废民主专制，而行君主立宪，此本会讨论之结果也。谨以所得布告于军政学商各界，及全体国民。筹安会。

老袁阅罢，掷置案旁，且沉着脸道："这等书呆子，徒然咬文嚼字，有什么功效？你以为各省军官，复电赞成，还道是天大的喜事？哪知我的身旁，如统领陆军的段祺瑞，尚且不肯助我，你想此事可能成功么？"克定正恨着老段，便道："陆海军权，已归属大元帅，谅老段亦无能为力，捽去了他，便易成事。"老袁道："我正为此踌躇，因恐把段撤去，继任非人，岂不要酿成兵变？"克定道："何不邀王聘卿出来，聘卿资格，较段为优，得他任陆军总长，何患军人不服？"老袁道："你说固是，倘他不肯出来，奈何？"克定道："待儿子亲往一邀，定当劝他受任。"老袁道："很好，你且去走一遭罢。"

看官，你道王聘卿是何等人物？他名叫士珍，与段同为北洋武备学生，唯段籍安徽，王籍直隶，籍贯不同，派系遂因之互异。前清时，士珍官阶，高出段上，嗣与段先后任江北提督，有王龙段虎的名称。唯当小站练兵时，王、段两人同为老袁帮办，因此与袁氏亦有旧谊。至清帝退位后，士珍却无意为官，避居不出。既已高卧东山，不应再为冯妇。此次克定奉命，径乘了专车，至正定县中，向王宅投刺，执子侄礼，谒见士珍。士珍不意克定猝至，本拟挡驾，转思克定远道驰至，定有要公，不能不坦怀相见。克定抱膝请安，士珍殷勤答礼，彼此坐定，先叙寒暄，继及国事。寻由克定传述父命，请他即日至京，就任陆军总长。士珍忙谢道："芝泉任职有年，阅历已深，必能胜任。若鄙人自民国以来，四载家居，无心问世，且年力亦日就衰颓，不堪任事，还乞公子转达令尊，善为我辞。"克定道："芝泉先生，现因多病，日求退职，家父挽留不住，只得请公出代，为恐公不屑就，特命小侄来此劝驾，万望勿辞。"段未有疾，克定偏会说谎，想是从乃父处学来。士珍只是不从，克定再三劝迫，一请一拒，谈论多时。士珍复出酒肴相待，兴酣耳热，克定重申父命，定要士珍偕行。士珍道："非我敢违尊翁意，但自问老朽，不堪受职，与其日后旷官，辜负尊翁，何如今日却情，尚可藏拙。"克定喟然道："公今不肯枉驾，想是小侄来意未诚，此次回京，再由家父手书敦请便了。"未几席散，克定遂告别返都，归白老袁，又由老袁亲自作书，说得勤勤恳恳，务要他出来相助。克定休息一宵，次日早起，复赍了父书，再行就道，往至士珍家。士珍素尚和平，闻克定又复到来，不敢固拒，重复出见。克定施礼毕，即恭恭敬敬的呈上父书，由士珍展阅，阅毕后，仍语克定道："尊翁雅意，很是感激，我当作书答复，说明鄙意，免使公子为难。"克定不待说毕，即突然离座，竟向士珍跪下，前跪洪姨，此跪士珍，袁公子双膝，未免太忙。急得士珍慌忙搀扶，尚是扯他不起，便道："老朽不堪当此重礼，请公子快快起来！”克定佯作泣容道：“家父有命，此番若不能劝驾，定要谴责小侄。况国事如麻，待治甚急，公即不为小侄计，不为家父计，亦当垂念民生，一为援手呢。”责以大义，可谓善于说辞。说着时，几乎要流下泪来。士珍见此情状，不好再执己意，只得婉言道：“且请公子起来，再行商议。”克定道：“老伯若再不承认，小侄情愿长跪阶前。”于是士珍方说一“诺”字，喜得克定舞蹈起来，忙即拜谢，起身后，士珍乃与订定行期，克定即回京复命。越日，即由老袁下令，免段祺瑞陆军总长职，以王士珍代任。士珍亦于此日到京，入见老袁，接篆履新了。千呼万唤始出来。

老袁既得了王士珍，军人一方面，自以为可免变动，从此无忧，独财政尚是困难，所有运动帝制，及组织帝制等事，在在需钱，非有大富翁担负经费，不能任所欲为。左思右想，尚在徘徊，凑巧有一位大财神登台，演一出升官发财的拿手戏，于是金钱也有了，袁老头儿也可以无恐了。唯这大财神何姓何名？看官可记得前文叙过的梁士诒么？如梁山泊点将，又是一个登台。梁本为总统府内秘书长，足智多才，能探袁氏私隐，先意承欢，所以老袁非常器重。他遂结识了几个要人，招集了若干党羽，更仗那神通机变的手段，把中央政府的财政权，一古脑儿收入掌握。历届财政总长，无论何人，总不能脱离梁系，都中人士，遂赠他一个绰号，叫作梁财神。但梁系粤人，附梁的叫作粤派，另有一派与他对峙，乃是皖派首领杨士琦。杨为政事堂左丞，势力颇大，联络多数旧官僚，与粤派分竖一帜，互相排挤。老袁素性好猜，忽而信梁，忽而信杨，杨既得志，梁渐失势，秘书长一职，竟至丢去。嗣又以搜括财政，不能无梁，复召为税务督办，梁仍靠着财力，到处张权。忽交通部中闹出一件大案来，牵连梁财神，梁正无法解免，常想寻个机会，迎合袁意，省得受罪，适闻老袁为财政问题，有所顾虑，他遂乘机而入，愿将帝制经费，一力承当。看官！你道梁士诒绰号财神，果有若干私财，肯倾囊取出，替袁氏运动帝制么？无非从百姓身上，想出间接搜括的手段，取作袁氏用费，就算是理财能手。财神亦徒有虚名，究不能点石成金。但袁氏生平挥霍，视金钱若泥沙，什么国民捐，什么救国储金，什么储蓄票价，还有种种苛税，种种借款，多被取用，消耗殆尽。此次梁财神出筹巨款，究从何处下手呢？原来京城里面，本有中国、交通两银行，归政府专办，平时信用，倒还不失，梁为罗括现款起见，竟令两银行滥发纸币，举所有准备金，多运入袁氏库中，供袁使用。老袁倒也不顾什么，但教有款可筹，便视为财政大家，佐命功臣，因此待遇梁士诒，比从前做秘书长时，还要优渥，所有参案的关系，早已无形消灭了。

梁士诒复进见老袁，献上一条妙计，乃是“民意”二字。老袁愕然道：“你也来说民意么？糊涂似费树蔚，昨来见我，亦说是要顾全民意，究竟‘民意’二字，是怎么解释？我驳斥了数语，他竟悻悻出去，弃职回籍，若非是克定的连襟，我简直是不肯恕他呢。”费树蔚辞职事，就从此销纳进去。士诒不慌不忙，从容说道：“总统所说的费树蔚，是否任肃政史？”官衔亦随手叙明。老袁答了一个“是”字。士诒道：“树蔚所说，是顾全民意，士诒所说，是利用民意，同是民意两字，用法却有不同呢。”老袁听了，不由的点首道“燕孙毕竟聪明，能言人所未言。”我说你也毕竟聪明，能识燕孙隐语。燕孙即士诒表字。士诒道：“就借这‘民意’二字，号召天下，不怕天下不从。”老袁道：“谈何容易。”士诒道：“据鄙意看来，亦没有什么难处。”老袁道：“计将安出？”士诒道：“总统今日，只管反对帝制，照常行事。士诒愿为总统效力，一面联络参政院，令作民意代表的上级机关，一面另设公民团，令作民意代表的下级机关，上下联合，民意便可造成。据士诒所料，不消数月，便可奏效。”老袁道：“我也并不欲为帝，无非因时局艰难，稍有举动，即遭牵制，你前日做过秘书长，所有外来文件，想亦多半过目，能有几件事不被反对吗？我现在所居的地位，差不多是骑虎难下，做也不好，不做也不好呢。”士诒道：“似总统英明圣武，何事不可为，要做就做，何必多疑。”一吹一唱，煞是好看。老袁道：“这便仗你帮忙呢。”士诒忙起身离座，应了几个“是”字，随即辞出，返至寓中，密请沈云霈、张镇芳、那彦图等到寓，会议了半日。沈云霈等统是赞成。

士诒又想了妙法，语沈云霈道：“足下系参政的翘楚，参政院中，目下已代行立法院，便是一个完全的民意机关，得足下提倡起来，怕不是全体一致么？”联合沈云霈便是此意。沈云霈道：“彼此都为公事，自当尽力。”公字应撇去右边。士诒又向张镇芳道：“公系贵戚，应比鄙人格外热心，我想现在的事情，最好是组织公民请愿团，无论官学商工，及男女长幼，统好入会，京内作总机关，外省作分机关，越多越好，不怕帝制不成。”张镇芳道：“闻筹安会中，现亦这般办法，向各省去立分会了。”士诒道：“要做皇帝，就做皇帝，还要说什么筹安，空谈学理。俗语说得好，‘秀才造反，一世不成。’这就是筹安会的定评。我等设立公民团，竟从请愿入手，岂不是直捷痛快么？”要想盖煞筹安会，所以极力批驳。沈云霈等齐声道：“梁公卓见，的是高人一着，我们就这么办去，只这会长须借重梁公。”士诒道：“会长一席，我却不能承认，不瞒诸公说，我是要内外兼筹，未便专任一事，还请诸公原谅。”张镇芳道：“照此说来，请何人做会长？”士诒道：“沈公责无旁贷，副会长就请张、那二公担任，便好了。”沈云霈道：“会长须由会员全体推举，兄弟亦不便私相承认。”士诒捻着几根胡髭微微笑道：“不是士诒夸口，士诒要举老沈，会员敢另举他人么？”势焰可畏。云霈道：“且待开会再议。”士诒道：“明后日就可开会了。”言讫，数人复闲谈片时，一同散去。

过了两日，士诒已邀集若干会员，寻个公共处所，开起成立大会来。开会结果，举定人才云霈为会长，张镇芳、那彦图为副会长，文牍主任，举了谢桓武，梁鸿志、方表为副，会计主任，举了阮忠枢，蒋邦彦、夏仁虎为副，庶务主任，举了胡璧城，权量、乌泽声为副，交际主任，举了郑万瞻，袁振黄、康士铎为副。大家各认定职任，协力进行。当由文牍员拟定宣言书，由会长等鉴定。正要刊布，忽闻有一位御干儿，从湖北回京，也来协助帝制。正是：

到底义儿应尽义，且看功狗互争功。

欲知来者为谁，俟小子下回报名。

王聘卿退归原籍，家居不出，是民国中一个自爱人物，偏袁公子一再固请，至于情不能却，再出为陆军总长。似为友谊起见，不应加咎，但泄柳闭门，干木踰垣，隐士风徽，何等高尚。若徒徇私谊，转违公理，毋乃所谓不揣其本而齐其末者？冯妇下车，难免士笑，王聘老殆有遗憾欤？梁财神之品格本出王氏下，而智谋则过之，以如此机变才，倘加以德性，何难立大业于生前，贻盛名于身后，乃热心富贵，不惜为袁氏作伥，身名两裂，何苦乃尔？总之利禄二字，最足误人。能打破此关，方不致与俗同汙，王聘卿且如此，而梁财神无论矣。

第四十八回　义儿北上引侣呼朋
词客南来直声抗议

却说上回所叙的御干儿，看官道是何人？就是当时署理鄂督的段芝贵。又是一个大名鼎鼎的人物。芝贵履历，前文亦已见过，为何叫他作御干儿呢？说来又是话长。小子援有闻必录的老例，把大略演述出来：相传老袁当小站练兵时，芝贵官衔，尚不过一个候补同知。他在直隶听鼓，未得差遣，抑郁无聊，意欲投效老袁麾下，挽某当道替他吹嘘。老袁虽然收录，仍然置诸闲散，不给优差。适阮忠枢为袁幕僚，总司文案，芝贵遂与他结识，求为汲引。忠枢替他想一方法，教他秘密进行，定可得志。看官道是何事？原来天津地方平康里，蓄艳颇多，韩家班尤为著名，阮忠枢备员军署，每当文牍余暇，辄邀二三友人，往韩家班猎艳，曾与歌妓小金红，结不解缘。小金红有一姊妹行，叫作柳三儿，色艺冠时，高张艳帜。阮得瞻丰采，也暗暗称羡，会老袁招阮私宴，醉后忘形，偶询及平康人物，阮即以柳三儿对。袁颇欲一亲颜色，只以身作达官，不便访艳。前清时犹有此碍，以视今日何如？当下与阮密商，拟乘夜阑人静时，微服往游。阮愿作导线，即与袁约定时间，届期先往韩家班，与柳三儿接洽，待到夜半，果见老袁易服而来，由阮呼三儿出见，佳丽当前，令人刮目。经老袁仔细凝视，果然是当代尤物，风韵绝伦。三儿亦眉挑目逗，卖弄风骚。月上柳梢头，人约黄昏后，差不多似此情景。两下倾心，一见如故。既而华筵高张，欢宴终夕，比至天明，袁偕阮返，犹觉余情未忘。嗣是暇辄过从，倍加恩爱，本欲替她脱籍，因恐纳妓招谤，或干吏议，所以迟迟未决。阮忠枢窥透隐情，遂叫段芝贵代为赎身，间接献纳，不怕老袁不堕入彀中，格外青睐。芝贵得此教益，即依计而行，黄金朝去，红粉夕来，又有阮为绍介，潜送袁寓。柳三儿得为袁氏四姨太，段芝贵亦竟获优差，由袁下札，委任全军总提调，杨翠喜之献奉，想亦由此策脱胎。袁、段情谊，日久愈亲。每日早起，段又必诣袁问安，老袁戏语芝贵道："我闻人子事亲，每晨必趋寝门问安，汝非我子，何必如此。"芝贵道："父母生我，公栽培我，两两比较，恩谊相同，如蒙不弃，愿作义儿。"乐得攀援，莫谓小段无识。老袁听到此语，不免解颐一笑。芝贵只道袁已承认，竟拜倒膝前，呼袁为父。老袁推辞不及，口中虽说他多事，但已受了四拜，仿佛是认做干爷了。

后来老袁被谴，芝贵亦为杨翠喜事，挂名参案，革职回籍。见《清史》。至清室已覆，袁为总统，他自然重张旗鼓，又复上台，癸丑革命，平乱有功，旋即出督武昌，继段祺瑞后任。此次闻京中倡言帝制，就赶忙离了湖北，只说是入觐总统，拼命驰来。当下邀集朱启钤、周自齐、唐在礼、张士钰、雷震春、江朝宗、吴炳湘、袁乃宽、顾鳌等，密议鼓吹帝制，与筹安会分帜争功。可巧公民请愿团，已经发现，料知梁财神势力不小，只好合拢一起，较为妥当。梁财神闻芝贵进京，亦知他是有名的义子，将来要升做御干儿，不得不与他周旋，融成一片。两情不谋而合，况是彼此熟识，一经会面，臭味相投，当即互相借重，定名为请愿联合会。那时请愿团的宣言书，已经印就，由段芝贵等审视，见书面写着道：

民国肇建，于今四年，风雨飘摇，不可终日。父老子弟，苦共和而望君宪，非一日矣。自顷以来，二十二行省及特别行政区域，暨各团体，各推举尊宿，结合同人，为共同之呼吁，其书累数万言，其人以万千计，其所蕲向，则君宪二字是已。政府以兹事体大，亦尝特派大员，发表意见于立法院，凡合于巩固国基，振兴国势之请，代议机关，所以受理审查以及于报告者，亦既有合于吾民之公意，而无悖于政府之宣言，凡在含生负气之伦，宜有舍旧图新之望矣。唯是功亏一篑，则为山不成，锲而不舍，则金石可贯。同人不敏，以为吾父老子弟之请愿者，无所团结，则有如散沙在盘，无所榷商，则未必造车合辙。又况同此职志，同此目标，再接再厉之功，胥以能否联合进行为断。用是特开广座，毕集同人，发起全国请愿联合会，议定简章，凡若干条。此后同心急进，计日程功，作新邦家，慰我民意，斯则四万万人之福利光荣，非特区区本会之厚幸也。

末附有请愿联合会章程，共十一条，条文如下：

第一条 本会以一致进行，达到请愿目的为宗旨。

第二条 凡已署名请愿者，皆得为本会会员。

第三条 本会设职员如左：（一）会长一人，副会长二人，由会员中公举之。（二）理事若干人，由会员公推之。但各团体请愿领衔者，当然为本会理事。（三）参议若干人，由会长及全体职员会公推之。（四）干事分为文牍会计庶务交际四科，各科主任干事一人，余干事若干人，由会长副会长合议推任之。

第四条 会长代表本会，主持办理本会一切事务。

第五条 副会长辅助会长，办理本会一切事务。会长有事故，副会长得代理之。

第六条 理事随时会商会长，办理本会特别要务。

第七条 参议随时建议本会，赞理一切会务。

第八条 干事商承会长，分科执行本会一切事务，其各科办事细则另定之。

第九条 本会开会，分为两种：（一）职员会得由会长随时召集之，（二）全体大会，遇有特别事故时，由会长召集之。

第十条 本会设事务所于安福胡同。

第十一条 本会章程，如有认为不适当时，得开大会，以过半数之议决修改之。

段芝贵等阅毕，便道："正副会长，可曾举定么？"梁士诒即申述沈云霈为会长，张镇芳、那彦图为副会长，余如文牍会计庶务交际等员，亦一一说明。段芝贵道："甚好，就照此进行罢。我即拟返鄂，凡事应由诸公偏劳。"梁士诒道："这也不必过谦，但参议干事等员，尚须推选若干人。"段芝贵道："章程中应由会长等主持，但请沈会长与在会诸公推选便是。"沈云霈时亦在座，忙接口道："这也须大家斟酌。但会名既称为全国联合，应该将各省官民，招集拢来，愈多愈妙。此事颇要费时日呢。”段芝贵笑道：“沈先生你真太拘泥了。各省官吏，哪一个不想上达？但用一个密电，管教他个个赞成。若是公民请愿，也很是容易，只叫各省官吏，用他本籍公民的名义，凑合几个有声望的绅士，联名请愿，便好算作民意代表了。老先生，你道真要令四万万人，悉数请愿么？”好简捷法子。梁士诒道：“这话还是费事。依愚见想来，在京官僚，多是各省的阔佬，若教他列名请愿，并把自己的亲戚朋友，添上几十百个名儿，便可算数。难道他们的亲友，因未曾通知，定要来上书摘释么？”说毕，哈哈大笑。梁财神的妙法，又进一层。段芝贵道：“话虽如此，但各省长官的推戴书，却也万不可少。还有各处报纸，乃是鼓吹舆情的机关，先须打通方好哩。”梁士诒道：“香岩兄，段芝贵字香岩。你是个长官巨擘，何妨作各省的领袖。”段芝贵忙回答道：“兄弟已密电各省将军，联衔请愿，唯复电尚未到齐，一俟组合，自当恭达上峰，只办事须有次序，先请改行君宪，后乃上书推戴，方是有条不紊呢。”梁士诒道：“这个自然。若讲到报纸一节，京报数家，已多半说通，只有上海一方面，略费手续，现极峰已派人往沪，买嘱各报，并拟向上海设一亚细亚分馆，专力提倡。天下无难事，总教现银子，还怕什么？”大家统鼓掌赞成。会议已毕，又由正副会长，推选参议干事数人。经彼此认定，方才散去。段芝贵入觐老袁，已不止一次，所有秘密商议，也不消细述，等到大致就绪，方出京还鄂去了。

嗣是以后，请愿书即联翩出现，都递入参政院。参政院中已由沈云霈运动成熟，自然陆续接收。参政院长黎元洪，本心是反对帝制，但自己已被软禁，不便挺身出抗，只好假痴假聋，随他胡乱。那时梁士诒、杨度等，已先后到总统府中，报告若干请愿书。老袁很是欣慰，意欲令黎院长汇书进呈，好做民意相同的话柄。当下嘱托梁士诒等，往说黎元洪。黎元洪不肯照允，且上书辞参政院长，及参谋总长兼职。经政事堂批示，不准告辞。是时武昌督军段芝贵已与各省将军联衔，电请变易国体，速改君主。这边方竭力请愿，那边忽现出一篇大文章，冷讽热刺，硬来作对。看官道是何人所作？乃是当代大文豪，即前任司法总长梁启超。梁自司法总长卸任，又由老袁任他为币制总裁，继复令入参政院参政。他见老袁热心帝制，不愿附和，即辞职出京，到了上海，即撰成一篇煌煌的大文，题目叫作异哉所谓国体问题者，综计不下万言。小子录不胜录，曾记有一段紧要文字，脍炙人口，特断章节录如下：

盖君主之为物，原赖历史习俗上一种似魔非魔的观念，以保其尊严。此种尊严，自能于无形中发生一种效力，直接间接以镇福此国。君主之可贵，其必在此。虽然，尊严者，不可亵者也。一度亵焉，而遂将不复能维持。譬诸笵雕土木偶，名之曰神，舁诸闳殿，供诸华龛，群相礼拜，灵应如响，忽有狂生，拽倒而践踏之，投诸溷牏，经旬无朕，虽复舁取以重入殿龛，而其灵则已渺矣。譬喻新颖。自古君主国体之国，其人民之对于君主，恒视为一种神圣，于其地位，不敢妄生言思拟议，若经一度共和之后，此种观念，遂如断者之不可复续。试观并世之共和国，其不患共和者有几？而遂无一国焉能有术以脱共和之轭，就中唯法国共和以后，帝政两见，王政一见，然皆不转瞬而覆也，则由共和复返于君主，其难可想也。我国共和之日，虽曰尚浅乎，然酝酿之则既十余年，实行之亦既四年。当其酝酿也，革命家丑诋君主，比诸恶魔，务以减杀人民之信仰，其尊严渐亵，然后革命之功，乃克集也。而当国体骤变之际，与既变之后，官府之文告，政党之宣言，报章之言论，街巷之谈说，道及君主，恒必以恶语冠之随之，盖尊严而入溷牏之日久矣。今微论规复之不易也，强为规复，欲求畴昔尊严之效，岂可更得？是故吾独居深念，亦私谓中国若能复返于帝政，庶易以图存而致强，而欲帝政之出现，唯有二途：其一则今大总统内治修明之后，百废俱兴，家给人足，整军经武，尝胆卧薪，遇有机缘，对外一战而霸，功德巍巍，亿兆敦迫，受兹大宝，传诸无穷；其二经第二次大乱之后，全国鼎沸，群雄割据，剪灭之余，乃定于一。夫使出于第二途耶，则吾侪何必作此祝祷？果其有此，中国之民，无孑遗矣，而戡定之者，是否为我族类，益不可知，是等于亡而已。独至第一途，则今正以大有为之宜，居可有为之势，稍假岁月，可冀旋至而立有效，中国前途一线之希望，岂不在是耶？故以为吾侪国民之在今日，最勿生事以重劳总统之廑虑，俾得专精壹志，为国家谋大兴革，则吾侪最后最大之目的，庶几有实现之一日。今年何年耶？今日何日耶？大难甫平，喘息未定，强邻胁迫，吞声定盟，水旱疠蝗，灾区遍国，嗷鸿在泽，伏莽在林，在昔哲后，正宜撤悬避殿之时，今独何心？乃有上号劝进之举。夫果未熟而摘之，实伤其根，孕未满而催之，实戕其母，吾畴昔所言中国前途一线之希望，万一以非时之故，而从兹一蹶，则倡论之人，虽九死何以谢天下？愿公等慎思之！《诗》曰："民亦劳止，汔可小息。"自辛亥八月迄今，未盈四年，忽而满洲立宪，忽而五族共和，忽而临时总统，忽而正式总统，忽而制定约法，忽而修改约法，忽而召集国会，忽而解散国会，忽而内阁制，忽而总统制，忽而任期总统，忽而终身总统，忽而以约法暂代宪法，忽而催促制定宪法。大抵一制度之颁行，平均不盈半年，旋即有反对之新制度起而推翻之，使全国民彷徨迷惑，莫知适从，政府威信，扫地尽矣。今日对内对外之要图，其可以论列者，不知凡几，公等欲尽将顺匡救之职，何事不足以自效？何苦无风鼓浪，兴妖作怪，徒淆国民视听，而贻国家以无穷之戚也。

如上所述，十成中仅录一二，已说得淋漓爽快，惹起国民注目，老袁高坐深宫，或尚未曾闻知，那梁士诒、杨度等人，已见到梁任公启超号任公。这篇文字，关系甚大，虽欲设法驳斥，奈总未能自圆其说，足以压倒元、白。于是京城里面，也把梁任公大文，彼此传诵，视作圣经贤传一般，渐渐的吹入老袁耳中。老袁恨不得将梁启超当即捉来，赏他几粒卫生丸，只一时不好发作，意欲悬金为饵，遣人暗刺，又急切觅不到聂政、荆卿。黄金也有失色的时候，莫谓钱可通神。没奈何与梁士诒等商量，先令参政院汇呈请愿书。至请愿书已上，却派左丞杨士琦，到参政院宣言，发表政见，竟反对帝制起来。小子有诗叹道：

分明运动反推辞，作伪心劳只自知。
南让者三北让再，许多做作亦胡为？

毕竟杨士琦如何宣言，待至下回说明。

文字之感人大矣哉！然亦有一言而令人感者，有数百言而终不足令人感者，盖情理二字，为之关棙耳。试观上回所录之筹安会宣言书，与本回之请愿联合会宣言书，毫无精彩，绝不足醒阅者之目。及梁任公所撰之文，仅录一斑，已觉戛戛生光，百读不厌，虽由文笔之明通，亦本理由之充足，故虽有御干儿之权力，及大财神之声势，反不敌一挂冠失职之文士。或谓任公之文，尚有保皇口吻，仍未脱前日私见，斯评亦似属允当。然观其譬喻之词，与推阐之语，实属颠扑不破，似此新旧互参之论说，无论何人，当莫不为之感动，是真一转移人情之妙笔也。惜乎言长纸短，犹未尽录原文耳。

第四十九回　竞女权喜赶热闹场
征民意咨行组织法

却说杨士琦奉袁总统命，到了参政院，发表政见。参政院诸公，也未识他如何宣言，有几个包打听的人物，似已晓得士琦来意，是代袁总统宣言，不愿赞成帝制的。是日黎院长元洪，亦得此消息，特来列席。诸参政亦都依席就位，专待士琦上演说台，宣讲出来。士琦既上演台，各席拍掌欢迎，毋庸细表。但见士琦取出一纸，恭恭敬敬的捧读起来，应该如此。其辞道：

本大总统受国民之付托，居中华民国大总统之地位，四年于兹矣。忧患纷乘，战兢日深。自维衰朽，时虞陨越，深望接替有人，遂我初服。但既在现居之地位，即有救国救民之责，始终贯彻，无可委卸，而维持共和国体，尤为本大总统当尽之职分。近见各省国民，纷纷向代行立法院请愿，改革国体，于本大总统现居之地位，似难相容。然本大总统现居之地位，本为国民所公举，自应仍听之国民。且代行立法院，为独立机关，向不受外界之牵掣，今大总统固不当向国民有所主张，亦不当向立法机关，有所表示。唯改革国体，于行政上有绝大之关系，本大总统为行政首领，亦何敢畏避嫌疑，缄默不言？以本大总统所见，改革国体，经纬万端，极应审慎，如急遽轻举，恐多窒碍。本大总统有保持大局之责，认为不合时宜。至国民请愿，不外乎巩固国基，振兴国势，如征求多数国民之公意，自必有妥善之上法。且民国宪法，正在起草，如衡量国情，详晰讨论，亦当有适用之良规，请贵代行立法院诸君子深注意焉。

杨士琦一气读完，当即退下演坛，仍归代表座席。黎元洪起向士琦道："大总统的宣言书，确有至理。"刚说到一"理"字，梁士诒已起立道："大总统的意思，无非以民意为从违，现在民意是趋向君宪，要大总统正位定分，所以纷纷请愿；本院主张，亦应当尊重民意呢。"说至此处，但听一片拍掌声，震响全院。黎元洪反说不下去，只好退还原座，默默无言。仍做泥菩萨。沈云霈接入道："大总统既有宣言书，本院自当宣布，倘国民仰体总统本意，不来请愿，也无庸说了，如或请愿书仍然不绝，还须想出一个另外法儿，作为最后的解决。否则群情纠纷，求安反危，如何是好？"梁士诒道："依愚见想来，不如速开国民会议，以便早日解决。"沈云霈道："国民会议，初选才毕，恐一时赶办不及呢。"仍是忠厚人口吻。士诒先向他递一眼色，然后申词解释道："事关重大，若非经国民会议，大总统亦不便轻易承认哩。"尚是伪言，休被瞒过。大众又多半拍掌，总算全院通过。杨士琦告辞而去，黎院长怏怏出门，乘车自回，余人陆续散归。

不到数天，请愿团又次第发生，除筹安会及公民请愿团外，还有商会请愿团，北京商会的发起人，叫做冯麟霈，上海商会发起人，叫作周晋镳。教育会请愿团，自北京梅宝玑、马为珑等发起，北京社政进行会，自恽毓鼎、李毓如发起，甚至北京人力车夫，及沿途乞丐，也居然举出代表，上书请愿，这真是想入非非，无奇不有。又有一个妇女请愿团，发起人乃是安女士静生。雌风又大振了。这安女士是何等名媛，也来赶热闹场？小子事后调查，她是个山东峄县人氏，表字叫做慈红，幼读诗书，粗通笔墨，及长，颇有志交游，不论巾帼须眉，统与她往来晋接。而且姿色秀媚，言态雍和，所有闻名慕色的人物，一通謦欬，无不倾倒，并替她极力揄扬，由是安名日噪。当民国创造时，她尝高谈革命，鼓吹共和，如平权自由等名词，都是她的口头禅。她又自言曾游历外洋，吸入新智识，将来女权发达，定当为国效劳，可惜今尚有待，无所展才云云。为全国女学生写影。旁人听到此言，愈觉惊羡。庸耳俗目，无怪其然。未几，北上到京，充任某女校校长，至帝制发生，她以为时机可乘，也拟邀合京中女学校学生，组织一妇女请愿团。有人诘她忽言民主，忽言君主，前后悬殊，不无可鄙。她却嫣然一笑道："我等身当新旧过渡时代，断不能与世界潮流，倒行逆施。我有时赞成民主，有时赞成君主，实是另具一番眼光。随时判断，能识时务，方为俊杰，迂儒晓得什么呢。"见风使帆，原是紧要。当下遂至交民巷中，觅了一间古屋，悬出一块木牌，上写中国妇女请愿会七字，并刊行一篇小启，颇说得娓娓可听。究竟是她手笔，抑不知是谁捉刀，小子也不必细查，但见她小启云：

吾侪女子，群居噤寂，未闻有一人奔走相随于诸君子之后者，而诸君子亦未有呼醒痴迷醉梦之妇女，以为请愿之分子者。岂妇女非中国之人民耶？抑变更国体，系重大问题，非吾侪妇女所可与闻耶？查《约法》向载中华民国主权在全国国民云云，既云全国国民，自合男女而言，同胞四万万中，女子占半数，使请愿仅男子而无女子，则此跛足不完之请愿，不几夺吾妇女之主权耶？女子不知，是谓无识，知而不起，是谓放弃。夫吾国妇女智识之浅薄，亦何可讳言？然避危求安，亦与男子同此心理，生命财产之关系，亦何可任其长此抛置，而不谋一处之保持也？静生等以纤弱之身，学识谫陋，痛时局之扰攘，嫠妇徒忧，幸蒙昧之复开，光华倍灿，聚流成海，撮土为山，女子既系国民，胡可不自猛觉耶？用是不揣微末，敢率我女界二万万同胞，以相随请愿于爱国诸君子之后，姊乎妹乎！盍兴乎来！发起人安静生启。

自这小启传布后，倒也有数十个女同志，联翩趋集，当拟定一篇请愿书，呈入参政院。唯妇女手续，未免少缓，因此请愿亦稍落人后了。接连又有妓女请愿团出现，为首的叫作花元春。好一个名目，应作花界领袖。花元春是京中阔妓，与袁大公子为啮臂交，大公子尝语元春道："他日我父践天子位，我当为东宫太子，将选汝入宫，充作贵人，比诸溷迹风尘，操这神女生涯，谅应好得多哩。"闭置宫中，有什么好处？元春微哂道："妾系路柳墙花，怎得当贵人重选？但大公子既为大阿哥，如蒙不弃贱陋，得充一个灶下婢，也光荣的多了。"大公子喜甚，自是鸨母鸨儿等，均呼他为大阿哥，大公子亦直受不辞。会各处请愿团，先后竞集，不下数十处，袁大公子遂嘱花元春，发起妓女请愿团，借备一格。花元春自命时髦，乐得借这名目，出点风头，当向大公子乞得缠头，浼人撰了一篇稿子，刊发出去，遍散勾栏中。各妓女都向元春问讯，元春道："车夫乞丐，也都集会请愿，我姊妹们虽陷入烟花，难道比车夫乞丐还不如么？况袁皇帝登极，记念我们亦有微劳，当亦特沛恩施，岂非一纸书可抵万金么？"众妓闻言，喜欢无似，且闻她结交大公子，应有好消息微示，这种机会，千载一时，如何不赞成呢？当即推元春领名，托平时相识的文士，著成一篇请愿书，也投入参政院去了。花花色色，无不完备。

参政院收集请愿书，又是数十件，重复开会，集众议事。黎院长告假不到，由副院长汪大燮主席。开议后，意见不一，有说的应提前召集国民会议，有说的应另筹征求民意妥善办法。两下里议论纷歧，当由汪大燮决定，将两说统行存录，咨送政府，请总统自择。大众倒也赞成，汪大燮即提出两种议案，备好咨文，赍递政府。越日得总统咨复，当提交国民会议，征求正确民意。这复文既到参政院，当有一个参政员顾鳌，出来反对道："我是主张另筹办法，不主张国民会议的，试思国民会议，是民国约法机关，不应解决国体。且国民会议，人数无多，也不得谓为多数真正民意，无论对内对外，均是不相宜的。"言毕趋出，即往访沈云霈，申述成见。云霈道："我原说过国民会议是不甚妥当的，燕孙主张此说，我亦只好依议。"如云霈言，足见财神势力。顾鳌道："我们同去见他，何如？"云霈应允，遂与偕行。既至梁士诒寓所，投刺入见。士诒迎入客厅，顾鳌即自述来意，士诒哈哈大笑道："我岂不知国民会议，是不能解决国体问题的？但总统既有命令，组织国民会议办法，应该将此层题目，先行做过，方不致自相矛盾。巨六兄，巨六即顾鳌字。你是个法律大家，谓国民会议，不宜解决国体，他人没有你的学问，总道是国体问题，当然属诸国民会议，否则设此何用。"一个乖过一个。云霈道："今总统已有咨复，说是要提交国民会议，你想国民会议的议员，尚需复选，辗转需时，恐今年尚不能到京开会呢。"梁士诒道："我有一个极妙的方法，现且不必发表，但教沈君就请愿联合会名义，要求参政院中，另订征求民意机关，且批驳国民会议为不合法，那时参政院总要续行开会，我好在会席间宣布意见。照我办法，今年内定可请极峰登位呢。"还想卖点秘诀，财神惯使机巧。沈云霈笑道："我却依你，看你有法无法。"梁士诒道："你且瞧着，决不欺你。"沈、顾二人，因即告别。

沈云霈即属文牍员，撰成最后请愿文，要求参政院另议办法，并说国民会议，未便解决国体。这篇文字，赍达参政院，院中又要开会议决，黎院长仍然告假，免不得耽延一天。哪知请愿书陆续递入，都主张另订办法，副院长汪大燮，本是个通变达权的智士，明知老袁意思，迫不及待，遂不俟黎院长销假，就召集诸人开会。梁士诒首先到院，沈云霈、顾鳌、杨度、孙毓筠等依次到来，当由汪大燮报告，说明接收请愿书件数，并言请愿书中，一致赞成另订征求民意办法。梁士诒起座道："最好是开国民大会，就把国民会议议员初选当选人，选出国民代表，决定国体，一则范围较广，二则手续不烦，岂非是一举两得么？"原来是这个秘计。杨度忙抢着道："梁参政所言甚是，不过由初选当选议员，选出国民代表，来京开议，仍需时日，这还该想一变通办法。"梁士诒道："何妨由各省当选人，在本籍自由投票，似此征求民意，既普及国民全体，且免得远道濡迟，这是最好没有的了。"确是妙法。大众齐拍掌道："好极，好极。"顾鳌道："这也应拟定一个组织法，由本院咨请施行。"法律家所言，处处不离一法字。梁士诒道："这个自然。"主席汪大燮亦插入道："这须先推起草委员，拟定国民代表组织法，方可咨送政府。"梁士诒道："这会名叫国民代表大会，会里的章程，就叫做国民代表大会组织法，可好么？"大众又拍手赞成。当下由主席推定起草委员，共计八人，便是梁士诒、汪有龄、施愚、陈国祥、江瀚、王劭廉、王树枏、刘若曾八大参政。八人认定起草，便即散会。不到三天，梁士诒等即到参政院，递交国民代表大会组织法的稿子，共十七条，由主席宣读后，又经诸人审查，略行参改，把十七条减为十六条，条文列下：

第一条 关于全国国民之国体请愿事件，以国民代表大会，代表国民全体之公意决定之。

第二条 国民代表，以记名单名投票法选举之，以得票比较多数者为当选。

第三条 国民代表大会，以左列当选人组织之：（一）各省各特别区域之代表人数，以其所辖现设县治之数为额；（二）内外蒙古三十二人；（三）西藏十二人；（四）青海四人；（五）回部四人；（六）满、蒙、汉八旗二十四人；（七）全国商会及华侨六十人；（八）有勋劳于国家者三十人；（九）硕学通儒二人。

第四条　各省及各特别行政区域之国民代表，由国民会议各县选举会初选当选之复选选举人，及有复选被选资格者选举之。

第五条　蒙、藏、青海、回部之国民代表，由国民会议蒙、藏、青海联合选举会之单选选举人选举之。

第六条　满、蒙、汉八旗之国民代表，由国民会议中央特别选举会，八旗王公世爵世职之单选选举人选举之。

第七条　全国商会及华侨之国民代表，由国民会议中央特别选举会，有工商实业资本一万元以上，或华侨在国外，有商工实业资本三万元以上者之单选选举人选举之。

第八条　有勋劳于国家者之国民代表，由国民会议中央特别选举会，有勋劳于国家者之单选选举人选举之。

第九条　硕学通儒之国民代表，由国民会议中央特别选举会，硕学通儒，或高等专门以上学校三年以上毕业，或与高等专门以上学校毕业有相当资格者，或在高等专门以上学校，充教员二年以上者之单选选举人选举之。（第五条至本条第一项之单选选举人，以依法经由全国选举资格审查会审查合格者为限。）

第十条　国民代表选举监督，依左列之规定：（一）各省以各该最高级长官，会同监督；（二）各特别行政区域地方，以该最高级长官监督之；（三）第三条第二、三、四、五款，以蒙藏院总裁监督之；（四）第三条第六、七、八、九款，以内务总长监督之。

第十一条　选举国民代表场所设于监督所在地，届选举日期，就报到之选举人由监督召集之，举行选举。（各省各特别行政区域，遇有必要情形，该监督得以关于国民代表选举事项，委托各县知事行之。）

第十二条　选举国民代表日期，由各监督定之。

第十三条　国民代表决定本法第一条事件，以记名投票结果，由各该监督报告代行立法院，汇综票数，比较其决定意见，定为国民代表大会之总意见。（前项之票纸，应于开票报告后，封送代行立法院备案。）（决定国体投票日期，由各监督定之。）

第十四条　决定国体投票之标题，由代行立法院议决，咨行政府，转知各监督于投票日，宣示国民代表。

第十五条 依本法所定，关于选举投票之筹备事宜，由办理国民会议事务局办理。

第十六条 本法自公布日施行。

这便是国民代表大会组织法全案，经全院通过，即添入一篇咨文，送交政事堂去了。这一咨有分教：

假托民权更国体，揭开面具见雄心。

未知袁总统曾否照允，容至下回再详。

前半回写安静生，下半回写梁士诒，余人皆宾也。安静生发起妇女请愿团，谓能识时务，方为俊杰，梁士诒则秘密设法，务使帝制之底成，是殆皆希宠求荣，投机营利者。夫礼时为大，能乘时而奋发，未始非一智士；然一存私见，则虽有时可乘，亦无非为揣摩迎合之流，不足为豪杰士。况袁氏之潜图帝制，固知其不可而为之者耶？民国成立，迄今未安，甚且日濒危险，盖由权利思想，中入人心，无论男妇，统挟一干利之念以行事，而于是气节扫地，廉耻道丧，国事从此泯棼矣。可悲可叹！

第五十回　逼故宫劝除帝号
传密电强胁舆情

却说袁总统接到参政院咨文，好似一服清凉散，把这盼望帝制的热心，安慰了许多，当命秘书员草定命令，颁布出来。有云：

参政院代行立法院，咨称：本院前据各直省各特别行政区域，内外蒙古、青海、回部、前后藏、满洲八旗公民、王公，暨京外商会、学会、华侨联合会等，一再请愿改革国体，当经本会开会议决，将请愿书八十三件，咨送政府，并建议根本解决之法，或提前召集国民会议，或另筹征求民意妥善办法。叠准大总统咨复，以国民会议议员复选报竣为期，以征求正确民意为准，以从宪法上解决为范围，具见大猷制治，精一执中，曷胜钦佩。而自本院咨送八十三件请愿书以后，复有全国请愿联合代表沈云霈等，全国商民冯麟霈，全国公民代表阿穆尔灵圭等，中国回教俱进会，回族联合请愿团，暨回疆八部代表王常等，哈密、吐鲁番回部代表马吉符等，锡林果勒盟代表程承铎等，云南迤西各土司总代表邓汇源等，新疆、蒙、回全体王公代表，暨宁夏驻防满蒙代表杨增炳等，北京二十区市民董文铨等，北京社政进行会恽毓鼎等，南京学界丁伟东等，贵州总商会徐治涛等，筹安会代表杨度等，暨全国商会联合会蔚丰厚各处票商等，前后请愿前来，咸以为中国二千余年，以君主制度立国，人民心理，久定一尊，辛亥以后，改用共和，实于国情不适，以致人无固志，国本不安，诚由共和制度，元首以时更替，国家不能保长久之经划，人民不能定专一之趋向。兼之人希非分，祸机四伏，或数年一致乱，或数十年一致乱，拨乱尚且不遑，政治何由可望？南美、中美十余国，坐此扰攘，几无宁岁，而墨西哥为尤甚。四稔纷竞，五年相残，人民失业，伤亡遍地，前车之覆，可为殷鉴。我国迭经变故，元气未复，国家政治，亟待进行，人民生计，亟待苏息，唯有速定君主立宪，以期长治久安，庶几法律与政治，互相维持，国基既以巩固，国势亦以振兴，全国人民，深思熟虑，无以易此。即外国之政治学问名家，亦多谓中国不适共和，唯宜君宪，足见人心所趋，即真理所在。全国人民，迫切呼吁，实见君主立宪，为救国良图，必宜从速解决，而国民会议，开会迟缓，且属决定宪法机关，国体未先决定，宪法何自发生？非迅速特立正大之机关，征求真确之民意，不足以定大计而立国本。再三陈请，众口一词。本院初以建议在前，复经大总统咨复，办法已定，不敢轻易变更。而舆论所归，呼吁相继，本院尊重民意，重付院议，佥谓兹事重大，自未便拘常法以求解决。国家者，国民全体之国家也，民心之向背，为国体取舍之根本。唯民意既求从速决定，自当设法提前开议，以顺民意，与本院前次建议，所谓另筹妥善办法，以昭郑重者，实属同符。即与我大总统咨复，所谓国家根本大计，不得不格外审慎者，尤相脗合。谨按约法第一章第二条中华民国主权，本之国民全体，则国体之解决，实为最上之主权，即应本之国民之全体，兹议定名为国民代表大会，即以国员会议初选当选人为基础，选出国民代表，决定国体。似此则凡直省及特别区域，满、蒙、回、藏均有代表之人。征求民意之法，普及国民全体，以之决大计而定国本，庶可谓正大机关。而真确之民意，可得而见，较之国民会议为尤进也。兹据《约法》第三十一条之规定，于十月六日开会，议决国民代表大会组织法，经三读通过。现在全国人民，亟望国体解决，有迫不及待之势，相应抄录全案，并各请愿书，咨请大总统迅予宣布施行等因。除将代行立法院议定之国民代表大会组织法公布外，特此布告，咸使闻知。此令。

又令云：

参政院代行立法院，议定国民代表大会组织法，特公布之，此令。

这令一下，老袁已心满意足，料得皇帝一席，稳稳到手，便将民国四年的双十节，停止国庆纪念庆祝宴会；一面召梁士诒、江朝宗二人，入总统府秘密会议室，嘱咐了许多言语，叫他作为专使，即日去走一遭。两人唯唯听命，就去照办。看官道是何事？乃是令两人去逼清宫，撤去清帝名号，来做那袁皇帝的臣仆。第一出逼宫，早已演过，此时要演第二出了。自隆裕皇太后病逝后，清宫里面，内事由瑾、瑜二太妃主持，外事由世续、奕劻、载澧等办理。宣统帝尚是幼年，除随着陆润庠、伊克坦等讲读汉、满文字外，无非踢皮球，滚铁圈，习那小孩子的顽意儿，晓得什么大事；不过表面上存着帝号，满族故旧尚称他一声万岁。其实是宫廷荒草，荆棘铜驼，回首当年，已不胜黍离之感。袁氏若果明睿，试看清室模样，应亦灰心帝制。幸亏皇室经费，还得随时领取，聊免饥寒。不意梁士诒、江朝宗两人，一文一武，奉着袁氏的命令，竟来胁迫清室，逼他撤消帝号。世续接着，与两人晤谈起来，世续依据优待条件，当然拒绝。恼动了江朝宗，竟用着威武手段，攘臂奋拳，似要赏他几个五分头，吓得世续倒退几步。还是梁士诒从旁解劝，教江朝宗不要莽撞，且请世续禀明两太妃，允否候复。财神脸总讨人欢。世续见梁士诒放宽一着，自然随声附和，说是禀过太妃，再行报命。两人方才回来，到总统府复旨。

老袁静待数日，不闻答复，正要遣原使催逼，忽见梁士诒报道："清庆王奕劻病殁了。"老袁道："何日逝世，我没有闻他生病，为何这般速死？"士诒道："闻他前日为废帝事件，入宫商议，大家哭做一团，想这老头儿伤心过甚，回家呕血，气竭身亡。"老袁道："莫非他拥护清室，不肯撤消帝号吗？"士诒道："他愿否撤消帝号，尚未曾探悉底细。"老袁道："我只教溥仪小子，撤消帝号，并不要抄他老头儿家产，伤心什么？"想是以己度人。士诒道："这也怪他不得。"老袁道："为什么呢？"士诒道："从前清帝退位，曾订有优待条件，说明清帝名号，仍不变更，今要他撤消帝号，未免有碍前约，帝号可废，将来各种条文，均恐无效，岂不要令他闷死吗。"老袁道："天无二日，民无二王，我若为帝，难道溥仪尚得称帝么？"士诒道："主子明鉴，天下事总须逐渐进行，现在令清室撤消帝号，不如令清室推戴主子，他既协同推戴，俟主子登了大宝，然后令他撤消帝号，那时名正言顺，还怕他反抗不成？”老袁闻言，不禁起座，抚士诒的右肩道：“你真是个智囊，赛过当年诸葛了。”士诒慌忙谢奖，几乎要磕下头去。老袁把他扶住，又密与语道：“这也要仗你去疏通呢。”士诒道：“敢不效力。”定策首功，要推此人。老袁又商及国民代表大会一事，士诒道：“这可令办理国民会议事务局，密电各省，指示选举及投票方法，定可全体一致，毋须过虑。”老袁点首，士诒乃退。

这办理国民会议事务局长，就是顾鳌，闻着这个消息，忙与梁士诒拟定秘密办法，禀明老袁，依次发电，通告各省将军巡按使，最关紧要的，约有数电，小子特摘录如下：

> 各省将军巡按使鉴：（中略）查关于国民会议议员初选机宜，前经本局密电，申明办法，请转饬各初选监督照办在案，想各该初选监督，当能体会入微，善为运用。目下情势，较前尤为紧要，应请贵监督迅即密饬所属各初选监督，对于该县之初选当选人，应负完全责任，尽可于未举行初选之前，先将有被选资格之人，详加考察，择其性行纯和，宗旨一贯，能就范围者，预拟为初选当选人，再将选举人设法指挥，妥为支配，果有窒碍难通，亦不妨隐加以无形之强制，庶几投票结果，均能听我驰驱。且将来选举国民代表，及选举国民会议议员，自可水到渠成，不烦缕解，此事实为宣布选举之最要关键，务希飞电各初选监督，慎密照办，其无通电地方，应即迅用密饬，加急星夜飞递，以免贻误。如实有赶办不及之处，即将初选酌量延期数日，亦无不可。倘或敷衍竣事，致令桀黠滥竽，则重咎所归，实在各该初选监督。再查国民代表选举，在各省系以各该最高级长官，会同监督之，此后凡关于国民代表选举事宜，如系军政同城，希即妥协密商办理，并饬知各该初选监督，一体遵照为要。办理国民会议事务局印。

这道密电，已将选举方法，指示明白。还有将国民代表大会组织法中，有关运用各条，分别密示。开列如下：

（一）本法第一条所称国体请愿事件，以国民代表大会决定之等语。查此次国体请愿，其请愿书不下百起，请愿人遍于全国，已足征国民心理之所同，故此次所谓以国民代表大会决定云者，不过取正式之赞同，更无研究之隙地。将来投票决定，必须使各地代表，共同一致，主张改为君宪国体，而非以共和君主两种主义，听国民选择自由。故于选举投票之前，应由贵监督暗中物色可以代表此种民意之人，先事预备，并多方设法，使于投票时，得以当选，庶将来决定投票，不致参差。

（二）本法第二条，国民代表，以记名单名投票法选举之，以得票比较多数者为当选等语。查此项代表，虽由各选举人选出，而实则先由贵监督认定。本条取记名单名主义，既以防选举人之支吾，且以重选举人之责任。唯既取多数当选主义，则必须先事筹维。贵监督应于投票之先，将所有选举人，就其所便，分为若干部分，随将预拟之被选举人，按各部分一一分配之，何部分选举何人，何人归何部分选举，均各于事前支配妥协，各专责成。更于投票时派员监视，更分别密列一单，密令照选，庶当选者，不致出我范围。

（三）本法第四条，各省各特别行政区域之代表，由国民会议各县选举会初选当选之复选选举人，及有复选被选资格者选举之等语。查本条所称复选选举人，与复选被选资格，实系两种资格，并非谓一人须兼有此两条件，本局曾于另电解释在案。本局之规定，其精神亦系为各监督留伸缩之微权。如果选举人报到甚少，不足以昭示大公，则由贵监督自行遴选合于复选被选资格之人，以充其数，庶决定投票日期，不致多所为难。

（四）本法第十一条，所称届选举日期，就报到之选举人，由监督召集之，举行选举等语。查本条之规定，系因此次决定国体，事关国家大计，初选举行以后，即不可过为迟延，故届选举日期，只就报到之选举人召集投票，而不及员额之限制。且各选举人人数过少，各监督尚可援本法第十条后段之规定，以增其额数。唯形式上必须力求普遍，庶于此次设立国民代表大会之真意相符。

（五）本法第十二条，选举国民代表日期，由各监督定之等语。查此项选举，必须运动成熟，而后可以举行，预定时期，反多窒碍，故由各监督自定，以期伸缩自如。唯此项选举，事关国本，不能不力取整齐。若各省日期，过于悬绝，不特将来代行立法院咨行投票，难于汇综，而全国各匭，参差不齐，亦不足以聳新观听。应请贵监督将办理此事情形，随时电知本局，以便通盘筹酌，免误事机。特此电闻，即希查照。办理国民会议事务局印。

这时候的筹安会，联合请愿会，都已成为明日黄花，上下一心，专注意国民代表大会，就中最占势力的，要算梁财神。财神应到处欢迎。因联合请愿会，及国民代表大会，统由他一力造成，所以他的一言一动，差不多是老袁代表。即如沈云霈、张镇芳、那彦图等，无一非附骥成名，时人称为十三太保，就是小子四十八回中所述，两派凑合的首领十三人。唯筹安六君子，除杨度、孙毓筠，依附梁财神，尚有余焰外，余子已渐渐失势，就是筹安会门首，也没人过问，几可张罗。杨度看不过去，把筹安会三字的招牌，取消了他，换了一个宪政协进会的牌号，悬将出来。大众厌故喜新，还道杨皙子多材多艺，又有什么好法儿，免不得再去结好。后来探悉内容，仍是换汤不换药，自又掉转了头，从热闹中钻营去了。小子有诗叹道：

万恶都从无耻来，朝秦暮楚算多才。
如何鼎革维新后，尚集蝇蛆酿祸胎？

钻营自钻营，恬退自恬退，有好几个袁氏私交，不愿在帝制漩涡中，厮混过去，竟先后递呈辞职书。欲知姓甚名谁，俟至下回报闻。

国民代表大会，开手组织，即停止国庆日庆祝，并遣梁、江二人，至清宫迫除帝号，老袁岂自知死期将至，迫不及待，急欲窃帝号以自娱，如当日吴三桂之所为耶？庆亲王奕劻，为清室罪臣，即为袁氏功人，老袁闻其已死，绝不怜念，卖主者可援为殷鉴。本回虽随笔叙入，已可于言外见意。至梁财神之见识，尤高出老袁，袁不若新莽，而梁则过于刘歆，至若操纵选举，指示机宜，几欲令全国舆情，都入财神掌握。财神之才力，固可谓不弱矣，特无如天人之未与何也？

第五十一回　遇刺客险遭毒手
访名姝相见倾心

却说袁政府盛倡帝制，有几个老成练达的人物，料知帝制难成，先后递呈辞职书，出都自去。第一个便是李经羲，第二个便是赵尔巽，第三个便是张謇，这三位大老，统是袁氏老朋友，张謇与老袁，且有师弟关系，小子走笔至此，更不得不特别表明。忘师蔑友，越见得利令智昏。袁总统世凯，籍隶项城，系前清河道总督袁甲三侄孙，侍郎保恒侄儿，父名保庆，也曾为江南道员。世凯少时，尝应童子试于陈州，府试考列前十名，到了院试，督学为瞿鸿礼，见他试文中不守绳墨，摈斥不录，世凯引为大恨。闻李鸿章总督直隶，即往投天津，执世家子礼，投刺进谒。李接见后，颇加赏识，给他差委。保恒得知消息，遂往见鸿章道："舍侄跅弛不羁，后恐败事，幸毋重用。"鸿章微哂道："尔何故轻觑尔侄？我看尔侄功名，将来定出尔我之上呢。"保恒乃退。两人所见。俱有特识。嗣是鸿章晤着世凯，奖励中兼寓劝勉，颇欲他陶冶成材，奈他是少年傲物，不肯就范。适吴军门长庆，驻师朝鲜，与袁氏向系世好，因此世凯复弃李投吴，吴又与语道："尔尚年少，应先读书，我幕府中多名士，尔可去问业，借聆教益。"世凯无奈，只好唯唯从命。看官！你道吴幕中是何等名流？一是海门周家禄，一就是通州张謇。周见世凯文字，颇多奖词，独张謇不稍假借，批示从严。世凯又郁郁不乐。后来入跻显要，竟任直督，尝延周入幕，与张竟不通闻问。至清廷创议变法，世凯力请立宪。张乃致书与论宪政，始通款好。至是世凯为民国总统，张入任农商总长，新例上似分主辅，旧谊上总属师生。叙入袁张历史，具有关系。自从帝制风潮，日益澎湃，张却怀着旧交，入内规谏。偏偏忠言逆耳，反碰了一鼻子灰，那时无可恋栈，不如掉转了头，你走你的阳关道，我走我的独木桥，就是李经羲、赵尔巽二人，也明知多言无益，索性归休。大家同一思想，遂密检行囊，混出京城，到了都门外面，方遣人赍送辞职书，婉言告别。只有国务卿徐世昌，一时不便脱身，权且捱延过去。

谁知都城里面的新闻，愈出愈奇，忽传段祺瑞有被刺情事，急遣人探听消息，回报段幸无恙，不过略受虚惊，所有刺客，也不知来历，无从究诘了。世昌暗暗点头，嗟叹不已。原来段祺瑞解职闲居，因恐为袁所忌，仍然留住都门，蛰伏不出。他素性向喜弈棋，除昼餐夜寝外，唯与一二知己，围棋消遣。某夕风雨凄清，旅居岑寂，他在书斋中兀坐，未免郁闷，随手就书架上，检出一本棋谱，借着灯光，留神展阅。约有一二小时，不觉疲倦起来，正思敛书就寝，忽听窗外的风声，愈加猛烈，灯焰也摇摇不定，几乎有吹灭形状，那门帘也无缘无故的揭起一角，仿佛有一条黑影，从隙窜入。说时迟，那时快，他身边正备着手枪，急忙取出，对着这条黑影儿，扑的一响，这黑影儿却闪过一边，接连又是一响，那黑影儿竟向床下进去了。人耶？鬼耶？他至此反觉惊疑，亟捻大灯光，从门外唤进仆役，入室搜寻，四觅无人。又由他自掌洋灯，从床下一照，不瞧犹可，瞧着后，不禁猛呼道："有贼在此！"仆役等便七手八脚，向床下牵扯，好容易拖了出来，却是一个热血模糊的死尸，大家统乱叫道："怪极！怪极！"再从尸身上一搜，只有手枪一支，余无别物。祺瑞亦亲自过目，勉强按定了神，踌躇半晌，才语仆役道："拖出去罢，明晨去掩埋便了。"仆役不知就里，各絮语道："这个死尸，不是刺客，便是大盗，正宜报明军警，彻底查究为是。"祺瑞道："你们晓得什么？现在的时势，多一事不如少一事，这死尸是为了金钱，甘心舍命，我今日还算大幸，不遭毒手。明晨找口棺木，把他掩埋，自然没事，倘有人问及，但说我家死了一仆，便好了结。大家各守秘密，格外加谨，此后有面生的人物，不许入门。如违我命，立加惩处，莫谓我无主仆情。"办法很是。仆役等方将死尸拖出院中，祺瑞申嘱仆役，不准多说，方携灯归寝去了。此夕想亦未必卧着。

翌日，仆役等奉命施行，舁出尸棺，就义冢旁掩埋了事。大家箝住了口，不敢多嘴。但天下事总不免走漏风声，段寓内出了此案，不消两三日，已传遍都中，唯刺客不知何人，从明眼人推测出来，已知他来历不小，暗地为段氏庆幸，且佩服段氏处置。段祺瑞经了此险，越发杜门谢客，遵时养晦，连几个围棋好友，也不甚往来了。过了数日，且托辞养病，趋至西山，觅室静处，不闻朝事。老袁还阴怀猜忌，密嘱爪牙，侦探他的行动。嗣闻他闭户独居，没甚变端，才稍稍放心。唯山东将军靳云鹏，素附段氏，段既去职，靳失内援，遂南结江苏将军冯国璋，为自卫计。当时谣诼繁兴，竞说靳为段氏替身，冯靳相结，不啻冯段相联，渐渐的传入老袁耳中，于是忌段忌靳，并忌及冯。内饬长子袁克定，自练模范军，抵制段氏，外借换防为名，调陆军第四师第十师屯驻上海，第五师中的一旅，驻扎苏州；安武军的第一路，倪嗣冲属部。驻扎南京，无非是防冯为变，预加钤制的意思。防东不防西，仍是失着。还有一位铁中铮铮的大人物，厕身参政，通变达权，惹起袁氏注目，日加疑忌，险些儿埋没英雄，坑死京中，这人非别，就是前云南都督蔡锷。绣幡开遥见英雄俺。锷自云南卸任，奉召入京，应三十六回。袁总统优礼有加，每日必召入府中，托言磋商要政，其实是防他为变，有意钤束。锷亦恐遭袁忌，自敛锋芒，每与老袁晤谈伪作呆钝，且自谓年轻望浅，阅历未深，除军学上略知一二外，余均茫昧，不识大体。老袁故意问难，锷亦假作失词，谁料老袁却善窥人意，暗地笑着，尝语左右道："松坡蔡锷字。的用心，也觉太苦了。古人说得好：'大智若愚，大巧若拙'，他想照此行事，自作愚拙，别人或被他瞒过，难道我亦受他蒙蔽么？"既是解人，何不推诚相与？左右凑趣道："谁人不愿富贵，但教大总统给他宠荣，哪一个不知恩报恩哩。"老袁点首无言，嗣是格外优待，迭予重职，初任为高等军事顾问，又兼政治会议议员，及约法议员，更任将军府将军，继复为陆海军统率处办事员，又充全国经界局督办，并选为参政院参政。满拟把各项荣名，各种要任，笼络这滇南人杰。偏他是声色不动，随来随受，得了一官，也未尝加喜，添了一职，也未尝推辞，弄得袁总统莫明其妙。

一日，复召锷入府，语及帝制，锷即避座起立道："锷初意是赞成共和，及见南方二次革命，才知我国是不能无帝，当赣、宁平定后，锷已拟倡言君主，变更国体，因鉴着宋育仁已事，不敢发言，今元首既有此志，那正是极好的了，锷当首表赞成。"老袁听到此语，好似一服清凉散，吃得满身爽快，但转念蔡锷是革命要人，未必心口如一，乃出言诘锷道："你的言语，果好作真么？如好作真，为什么赣、宁起事，你尚欲出作调人，替他排解呢？"这一问颇是厉害。锷随口答道："彼一时，此一时，那时锷僻处南方，离京很远，长江一带，多是民党势力范围，锷恐投鼠忌器，不得不尔，还乞元首原谅！"老袁听了，拈须微笑，随后与他说了数语，方才送客。这位聪明绝顶的蔡松坡，自经老袁一番诘问，也捏着一把冷汗，亏得随机答应，遮盖过去，免致临时为难。但羁身虎口，总未必安如泰山，归寓以后，满腹踌躇，自悔当时入京，未免卤莽，几不啻自投罗网，窜入阱中。况随身又带着家眷，若要微服脱逃，家眷势必遭害，左思右想，无可奈何，忽自言自语道："呆了，呆了，孙膑遇着庞涓，足被刖了，还能脱身自由，我负着七尺壮躯，一些儿未曾亏缺，难道就不能避害么？"言毕，复想了一会，打定主意，方得安枕。

自此以后，遇着一班帝制派的人物，往往折节下交，起初与六君子十三太保等，统是落落难合，后来逐渐亲昵，反似彼此引为同调，连六君子十三太保，也觉是错怪好人，自释前嫌，遂组织一个消闲会，每当公务闲暇，即凑合拢来，饮酒谈心。某夕，酒后耳热，大家乘着余兴，复谈起帝制来，蔡锷便附和道："共和两字，并非不良，不过我国人情，却不合共和。"说至此，即有一人接口道："松坡兄！你今日方知共和二字的利害么？"蔡锷闻声注视，并非别人，就是筹安会六君子的大头目，姓杨名度，表字晳子，再点姓名，令人记忆。当下应声道："俗语有云：'事非经过不知难'。蘧伯玉年至五十，才觉知非，似锷仅踰壮年，已知从前错误，自谓颇不弱古人，晳子兄何不见谅？"杨度又道："你是梁任公的高足，他近日已做成一篇大文，力驳帝制，你却来赞成皇帝，这岂不是背师么？"借杨度口中，回应四十八回，且插叙梁蔡师生旧谊。蔡锷又笑应道："师友是一样的人伦，从前晳子兄与梁先生，是保皇会同志，为什么他驳帝制，你偏筹安，今日反将我诘责，我先要诘问老兄，谁是谁非？"以矛刺盾，巧于词令。杨度还欲与辩，却经旁座诸友，替他两面解嘲，方彼此一笑而罢。

小子叙述至此，又不能不将梁、蔡两人，说明一段师生旧谊。原来蔡锷系湖南宝庆县人，原名艮寅，字松坡，髫年丧父，侍母苦读，十四入邑庠，旋至省城时务学校肄业。这时务学校，便是新会人梁启超所创办，梁见他聪慧能文，很加器重，他复喜读兵书，有志军学，尝自谓当学万人敌，不应于毛锥中讨生活。以此梁愈称赏，目为高弟。至戊戌变政，时务学校辍业，锷复借资往沪，就业南洋公学，毕业后，回至湖南，适唐才常遥应孙文，举义汉口，他颇与唐同志，竟去入党。不幸事机被泄，唐被逮戮，没奈何遁迹海外，径往东瀛。巧值梁在日本主撰新民丛报，闻高弟到来，殷勤接待，并为筹集学费，令入日本陆军学校。校中多中国人，半系膏粱子弟，见他衣服陋劣，均嗤为窭人子，他亦不屑与较，唯壹意求学。嗣是益通战术，到了卒业以后，复航海西归，闻前时唐氏案中，未被株连，遂放着胆趋至广西，投效戎行，得为下级军官，历著成绩。时李经羲正巡抚广西，调入抚署，一见倾心，即任为军事参谋，兼练军学堂总办。一切筹划，无不建功。嗣随李调任云南，就新军协统的职任。云南起义，因大众公推，进为都督，送李出省，临别依依。蔡松坡有再造共和之功，故补述履历，应亦从详。此次杨度诘问，尚是未释疑团，经他从容辩驳，反觉他理直气壮，无瑕可指。唯杨度尚是未服，慢慢的检出一张纸儿，递给蔡锷道："你既赞成帝制，应该向上头请愿，何不签个大名？"蔡锷接过一看，乃是一张请愿书，便道："我在总统面前，已是请愿过了，你要我签个名儿，有何不可？"遂趋至文案旁，提始湖南毛笔，信手一挥，写了蔡锷两字，又签好了押，还交杨度，大家见他这般直爽，争推他是识时俊杰，夸奖一番。是乃不入耳之谈。蔡锷复道："锷是一介武夫，素性粗鲁，做到哪里，便是哪里，不似诸君子思深虑远，一方面歌功颂德，一方面忧谗畏讥，反被人家笑作女儿腔，有些儿扭扭捏捏呢。"奚落得妙。杨度道："你何苦学那刘四，无故骂人，你既不喜这女儿腔，为何也眷恋着小凤仙呢？"点出小凤仙，叙笔不直。大众闻了小凤仙三字，多有些惊异起来，正欲转问杨度，但听蔡锷回应道："小凤仙么？我也不必讳言，现在京中的八大胡同，车马喧阗，昼夜不绝，无论名公巨卿，统借它为消遣地，就是今日在座诸公，恐也没一个不去过的。但我去赏识小凤仙，也是比众不同，小凤仙的脾气，人家说她不合时宜，其实她也是呆头呆脑，不惯作妓女腔，与人不合，与我却情性相投，所以我独爱她呢。"杨度笑着道："这叫作情人眼里出西施哩。"大众道："看不出这位松坡兄，也去管领花丛，领略那温柔滋味。"蔡锷也微笑道："人情毕竟相同，譬如诸公赞成帝制，我也自然从众。古圣有言：'好德如好色。'难道诸公好去猎艳，独不许我蔡锷结识一妓么？”对杨度言如彼，对大众言如此，绝妙口才。大众复道：“准你，准你，但你既赏识名姝，应该作一东道主，公请一杯喜酒。”语未毕，杨度又接口道：“应设两席，一是喜酒，一是罚酒。”蔡锷道：“如何要罚？”杨度道：“行动秘密，有碍大公，该罚不该罚？”蔡锷道：“秘密二字，太言重了，难道我去挟妓，定要向尊处请训。况你已经得知，如何算得秘密？不如缓一两天，公请一席罢。”大众拍手赞成，是时酒兴已阑，杯盘狼藉，便陆续离席，次第散归。

看官！欲知小凤仙的情由，小子正好乘间一叙。小凤仙是浙江钱塘县人，流寓京师，堕入妓籍，隶属陕西巷云吉班，相貌不过中姿，性情却是孤傲，所过人一筹的本领，是粗通翰墨，喜缀歌词，尤生成一双慧眼，能辨别狎客才华，都中人士，或称她为侠妓。蔡锷软禁京都，正具醇酒妇人计策，破掉那袁政府的疑心，既闻小凤仙侠名，遂易服为商贾装，至云吉班探访。小凤仙出来相见，便识他为非常人，略略应酬，即询及职业。蔡锷诡言业商，小凤仙嫣然道：“休得相欺，奴自坠入火坑，接客有年，未尝有丰采似君，令人钦仰，今日可谓仅见斯人了。”几不亚梁红玉。蔡锷道：“都门繁盛，游客众多，王公大臣，不知凡几，公子王孙，不知凡几，名士才子，不知凡几，我贵不及他，美不及他，才不及他，怎得谓仅见斯人？”凤仙摇首道：“如君所言，均非奴意。试思举国委靡，国将不国，贵乎何有？美乎何有？才乎何有？奴独重君，因君面目中有英雄气，不似那寻常人士，醉生梦死呢。”妓寮中有此特色，不愧仙名。蔡锷闻言，暗暗称奇，但恐为袁氏指使，未便实告，只好支吾对付。小凤仙竟叹息道：“细观君态，外似欢娱，内怀郁结，奴虽女流，倘蒙不弃，或得为君解忧，休视奴为青楼贱物呢。”蔡锷非常激赏，但初次相见，究未敢表示真相，经小凤仙安排小酌，陪饮数觥，乃起座周行，但见妆台古雅，绮阁清华，湘帘棐几，天然美好，回睹红颜，虽未甚妩媚动人，却另具一种慧秀态度，会被小凤仙瞧着，迎眸一笑，蔡锷颇难以为情，掉转头来，旁顾箱箧上面，皮阁卷轴，堆积如山，信手展阅，多是文士赠联，乃指小凤仙道：“联对如许，何联足当卿意？”小凤仙道：“奴略谙文字，未通三昧。但觉赠联中多是泛词，不甚切合，君系当世英雄，不知肯赏我一联否？”蔡锷慨允不辞。当由小凤仙取出宣纸，磨墨濡毫，随即镇纸下笔，挥染云烟，须臾即写好一联，但见联语云：

不信美人终薄命，古来侠女出风尘。

小凤仙瞧这一联，很是喜慰，便连声赞好；且云美人侠女四字，未免过誉。蔡锷不与多说，随署上款，写了凤仙女史粲正六字，再署下款。凤仙忙摇手道："且慢！奴有话说。"蔡锷停住了笔，听她道来。究竟凤仙所说何词，且至下回分解。

段祺瑞为袁氏心腹，相知有年，徒以帝制之反抗，至欲置诸死地，刺客之遣，非袁氏使之，谁使之欤？本回所述，虽未明言主使，而寓意自在言中，段氏之不遭毒手，正老天之使袁自省耳。袁氏不悟，复忌及蔡锷，杀之不能，乃欲豢之，豢之不足，乃更宠之。曾亦思自古英雄，岂宠豢所得羁縻乎？徒见其心劳日拙而已。然如蔡锷之身处漩涡，不惜自汙，以求有济，亦可谓苦心孤诣，而小凤仙之附名而显，尤足为红粉生色。巾帼中有是人，已为难得，妓寮中有是人，尤觉罕闻。据事并书，所以愧都下士云。

第五十二回　伪交欢挟妓侑宴　假反目遣眷还乡

却说蔡锷停住了笔，静听小凤仙的话儿。小凤仙却从容道："上款蒙署及贱名，下款须实署尊号。彼此溷迹都门，虽贵贱悬殊，究非朝廷钦犯，何必隐姓埋名，效那鬼蜮的行径。大丈夫行事当磊磊落落，若疑我有歹心，天日在上，应加诛殛。"袁皇帝专知罚咒，凤儿莫非学来。蔡锷乃署名松坡，掷笔案上。小凤仙用手支颐，想了一会，竟触悟道："公莫非蔡都督么？"蔡锷默然。小凤仙道："我的眸子，还算不弱，否则几为公所绐。但都门系龌龊地方，公何为轻身到此？"蔡锷惊异道："这话错了，现在袁总统要做皇帝，哪一个不想攀龙附凤，图些功名？就是女界中也组织请愿团，什么安静生，什么花元春，统趁势出点风头，我为你计，也好附入请愿团，借沐光荣，为什么甘落人后呢？"小凤仙嗤的一笑，退至几旁，竟尔坐下。蔡锷又道："我说如何？"小凤仙却正色道："你们大人先生，应该攀龙附凤，似奴命薄，想什么意外光荣，公且休说，免得肉麻。"蔡锷又道："你难道不赞成帝制么？"小凤仙道："帝制不帝制，与奴无涉，但问公一言，三国时候的曹阿瞒，人品何如？"蔡锷道："也是个乱世英雄。"小凤仙瞅着一眼道："你去做那华歆、荀彧罢，我的妆阁中，不配你立足。"锦心绣口，令人拜倒。蔡锷道："你要下逐客令了，我便去休。"言毕，即挺身出外。小凤仙也不再挽留，任他自去。蔡锷返寓后，默思：烟花队中，却有这般解人，真足令人钦服；我此次入京，总算不虚行了。

过了两天，又乘着日昃时候，往访小凤仙，凤仙见了，却故作嗔容道：“你何不去做华歆、荀彧，却又到这里来？”蔡锷道：“华歆呢，荀彧呢，自有他人去做，恐尚轮我不着。”小凤仙又道：“并不是轮你不着，只恐你不屑去做，你也不用瞒我呢。”可见上文所述，都是以假对假。蔡锷笑着道：“我也曾请愿过了，恐你又要讥我为华歆、荀彧呢。”小凤仙道：“英雄作事，令人难测，今日为华歆、荀彧，安知他日不为陈琳？”蔡锷一听，不由的发怔起来。小凤仙还他一笑道：“奴性粗直，挺撞贵人，休得见怪。”蔡锷道：“我不怪你，但怪老天既生了你，又生你这般慧眼，这般慧舌，这般慧心，为何坠入平康，做此卖笑生涯？”言至此，但见英宇轩爽的女张仪，忽变了玉容寂寞的杨玉环，转瞬间垂眉低首，珠泪莹莹。蔡锷睹此情状，不禁嗟叹道：“好个梁红玉，恨乏韩蕲王。”小凤仙哽噎道：“蕲王尚有，恨奴不能及梁红玉。”说到“玉”字，已是泣不成声，竟用几作枕，呜呜咽咽的哭起来了。感激涕零，宜作松坡知己。蔡锷被她一哭，也觉得无限感喟，陪了几点英雄泪。凑巧鸨母捧茗进来，还疑是凤仙又发脾气，与客斗嘴，连忙放开笑脸，向锷说道：“我家这凤儿，就是这副脾气不好，还望贵客包涵。”口里说着，那双白果眼睛，尽管骨碌碌的看那蔡锷上下不住。无非是要银钱。蔡锷窥透肺肝，便道：“你不要来管我们。”一面说，一面已从袋中，取出一个皮夹，就皮夹内检出几张钞票，递给鸨母道：“统共是一百元，今天费你的心，随便办几个小碟儿，搬将进来，我就在此夜餐，明天我要请客，你可替我办一盛席，这洋钱即可使用哩。”鸨母见了钞币，好似苍蝇叮血一般，况他初次出手，便是百元，正是一个极好的主顾，便接连道谢，欢天喜地的去了。

此时小凤仙已住了哭，把手帕儿揩干眼泪，且对着蔡锷道：“你明日要请何人？”蔡锷约略说了几个，小凤仙道：“好几个有名阔佬，可惜……可惜！”蔡锷道：“可惜什么？”小凤仙道：“可惜我不配做党家奴。”蔡锷道：“我有我的用意，你若是我的知己，休要使着性子。”小凤仙不待说完，便道：“这便是我们该死，无论何等样人，总要出去招接。”说至此，眼圈儿又是一红。蔡锷道：“不必说了，我若得志，总当为你设法。”小凤仙又用帕拭泪道：“不知能否有这一日？我只好日夜祷祝哩。”蔡锷正欲问她履历，适鸨母已搬进酒肴，很是丰盛，鸨母又随了进来，装着一副涎皮脸儿，来与蔡锷絮聒，一面且谆嘱凤仙道：“你也有十六七岁了，怎么尽管似小孩子，忽笑忽哭，与人呕气。”小凤仙听到此语，就溜了蔡锷两眼。蔡锷便向鸨母道：“你不要替她担愁，你有事尽管出去，不必在此费神。”鸨母恐蔡锷惹厌，乃不敢多嘴，转身自去。到了门外，尚遥语小凤仙道：“你要殷勤些方好哩，休得慢客，若缺少什么莱蔬，只管招呼便是了。”无非是钞票的好处。

小凤仙应了数声。蔡锷待她去远，竟屏退侍儿，立起身来，把门阖住。小凤仙道：“关了门儿，成什么样？”蔡锷随答道：“闭门推出窗前月，吩咐梅花自主张。”于是两人对酌，小语喁喁，复由蔡锷问及小凤仙履历，凤仙自言本良家子，因父被仇人陷害，乃致倾家破产，鬻己为奴，辗转入勾栏。起初负着志气，不肯接客，经鸨母再三胁迫，方与鸨母订约，客由自择，每月以若干金奉母。鸨母拗她不过，乃任她所为。不过随时监督，偶或月金不足，才与她唠叨数语罢了。小凤仙述毕，又不知流了若干泪珠，后复转询蔡锷意旨。蔡锷道：“来日方长，慢慢儿总好说明。”小凤仙懊恼起来，竟勃然变色道：“公尚疑我么！”语甫毕，竟忍痛一咬，嚼舌出血，喷出席上道：“奴若泄君秘密，有如此血。”仿佛《花月痕》中的秋痕。蔡锷道：“这又是何苦呢。我已知卿的真诚了，但属垣有耳，容待后言。”小凤仙乃徐徐点首，待至酒兴已阑，方由小凤仙启门，叫进两碗稀饭，蔡锷喝了几口，即便放下，当由侍儿绞给手巾，揩过了脸，随身掏出计时表仔细一阅道：“时不早了，我要回寓哩。”小凤仙慨然道：“儿女情肠，容易消磨壮志，我也不留你了。”至理名言，不意出于妓女。蔡锷道：“明日复要相见哩。”小凤仙向他点头，锷即出门去了。

次日傍晚，又复到云吉班，由小凤仙接着，即问酒席有无备就？小凤仙道：“已预备停当了，敢问贵客可邀齐否？”蔡锷道：“即刻就来。”小凤仙即令鸨奴等整设桌椅，办齐杯箸，一刹那间，电灯放光，四壁荧荧，外面已有车马声蹴踏而来。蔡锷料知客至，正要出迎，但听得一人朗声道：“松坡，你真是个诚实的君子，今宵践言设席哩。”蔡锷望将过去，乃是参政同僚顾鳌，便答道：“巨六兄！你首先到来，也是全信，也好算一个诚实人哩。”语毕，便导引入室。小凤仙也出来应酬，顾鳌正要称赏，接连便是杨度、孙毓筠、胡瑛、阮忠枢、夏寿田等数人，陆续报到，由蔡锷一一导入。杨度见了小凤仙，眼睁睁的看了一会，小凤仙反不好意思起来，只望蔡锷身边，闪将过去。蔡锷也已觉着，笑语杨度道：“你想是认错了，这是小凤仙，不是小赛花。”阮忠枢即插嘴道：“人家已吃醋了，皙子还要眈眈似贼，作什么呢？”杨度方转向忠枢道：“不信这个俏女郎，偏能笼络大蔡做一个臧文仲，真是匪夷所思。”蔡锷道：“狗口里无象牙，你何为被小赛花所迷，演出一出《穆柯寨》？”插入谐语，随笔成趣。胡瑛道：“我等是来吃喜酒，并不是来讨便宜，大家省说几句，还是事归正传为是。”于是相将入座。蔡锷随道：“梁公为了何事，到此时还不见来？”杨度笑道：“想是赴海龙王处借宝去了。”话未说完，外面已有人传入道，梁大人到了。财神爷到来，应另具一番笔墨。蔡锷忙自出迎。大家亦一律起座，但见硕大无朋的梁财神，大摇大摆的踱将进来，脸上已含着三分酒意，对着诸人道：“我与敝友谈心，多饮几杯，累得诸君久待，抱歉异常。”大家都谦词相答。因台面已经摆齐，遂公推梁士诒坐了首席，财神居首，煞有寓意。余人依齿坐定，蔡锷乃坐了主席，招呼龟奴，呈上局票。各人都依着熟识的名妓，写入票中，独杨度握住了笔，想了一会，大家都道：“皙子敢是怕羞，为何不写小赛花？”杨度不睬，随下笔写一“花”字，大众又道：“写错了，写错了，‘花’字在下，为何翻转头来？”正说着，杨度已接写“元春”二字。大众又道：“这是袁大公子的禁脔，花界请愿团的首领，哪肯轻易到来？”杨度道：“我去叫她，自然就来。”蔡锷亦凑趣道：“元春不致，怎显得这位杨大人？”一是筹安会的领袖，一是请愿团的领袖，彼此同志，应当就征。待至列坐写齐，方交与龟奴，随票征召去了。

小凤仙即携着酒壶，各斟一杯状元红。梁财神发言道：“我等在此吃喜酒，恐蔡夫人又在寓吃冷醋，我却要请教松坡，如何调停？”暗映后文。杨度道：“这又是松坡的故事了，我也微闻一二。”蔡锷道：“男儿作事，宁畏妇人？”梁财神道：“这也休说！对着外面如此硬朗，一入闺中，恐闻了狮吼，便弄得没主张，或转向床前作矮人呢。”蔡锷愤然道：“梁公且看！我不是这般庸懦，已准备与她离婚。”顾鳌道：“你是结发夫妻，为什么无缘无故，说起离婚两字来？若归我判断，简直不准。”胡瑛复插入道：“列位同来贺喜，为何说这扫兴话？且蔡君新得美人，正是燕尔的时候，我们应猜拳吃酒，贺他数杯呢。”孙毓筠、夏寿田等齐声赞成，遂由胡瑛开手，与蔡锷猜了数拳。余人挨次轮流，互有输赢。刚刚轮完，只听门帘一响，走进了好几个粉头，各打扮得异样鲜妍，仿佛如花枝儿一般，钗光鬓影，脂馥粉香，正是目不胜接，鼻不胜闻。各粉头均依着相识，在后坐下，独杨度所叫的花元春，还是未到。蔡锷笑道："这花姑娘想又请愿去了，皙子今日恐要倒霉呢。"杨度道："想不致此。"胡瑛道："还不如再行猜拳，既贺了蔡松坡，也须续贺凤姑娘。况她的姊妹们，来此不少，何不叫她敬酒呢？"小凤仙连忙推辞，胡瑛不从，当更摆好台杯，令各粉头猜拳。顿时呼五喝六，一片清脆声，振彻耳鼓，钗钏亦激得铿锵可听。小凤仙输了几拳，饮得两颊生红，盈盈春色，蔡锷恐她不胜酒力，便语小凤仙道："你素不善饮，我与你代几杯罢。"梁财神接口道："不准，不准。"说着时，外面已报"花小姐到了。"足见声价。杨度喜慰非常，几欲出座欢迎，大众也注目门外，但见一个很时髦的丽姝，大踏步跨进门槛，见首席坐着梁财神，便先踱至梁座旁，略弯柳腰，微微一笑道："有事来迟，幸勿见罪。"不向杨座前道歉，独至梁座前告罪，写尽妓女势利。梁亦拈须一笑，她乃慢慢的走至杨度身旁，倚肩坐下。杨度笑问道："你有什么贵干？"元春即接口道："无非为着请愿事，与姊妹们续议进行，若非你来召我，我简直要告假呢。"杨度闻了此言，似觉得格外荣宠，连面上都奕奕有光。大家听了"请愿"二字，又讲到帝制上去，如何推戴，如何筹备，各谈得津津有味。蔡锷也附和了数语。孙毓筠向杨度道："我等拳已轮遍，只有花小姐未曾轮过了。"杨度道："阿哟，我几忘记了。"一心佐命，怪不得他失记。花元春却也见机，便伸出玉手，与全席猜了一个通关，复与小凤仙猜了数拳，略憩片刻，便起身告辞，竟自去了。梁财神目送道："怪不得她这样身价，将来要备选青宫。应四十九回。今日到此，想还是皙子乞求来的。"杨度把脸一红，只托言酒已醉了。蔡锷随招呼进饭，一面令小凤仙斟酒一巡，算是最后的敬礼。大众饮干了酒，饭已搬入，彼此随意吃了半碗，当即散座。有洗脸的，有吸烟的，又混乱了一阵，各粉头陆续归去。自梁财神以下，也依次告归。蔡锷一一送出，仍返至小凤仙室中。小凤仙道："这等大人先生，有几个含着国家思想，令我也不胜杞忧哩。"蔡锷道："天下兴亡，匹夫有责，这为我辈男子说的，与汝等何干？"小凤仙正色道："我辈与汝辈何异？你莫非存着男女的界限，贵贱的等级么？但我闻现在世界，人人讲平等，说大同，既云平等，还有什么男女的界限？既云大同，还有什么贵贱的等级？你曾做过民国都督，岂尚未明此理？真正可笑。"蔡锷笑道："算我又说错了，又被你指斥哩。"言毕欲行，小凤仙道："夜已深了，不如在此权宿一宵。”蔡锷道：“我不如回去的好。”正要出房，那鸨母已抢入道：“我有眼无珠，不识这位蔡大人，现问明蔡大人的车夫，方才知晓，现已将车夫打发回去，定要蔡大人委屈一夜呢。”应上文蔡锷乔装。言至此，便将蔡锷苦苦拦住，锷乃返身入房，鸨母随入，向小凤仙道：“你也瞒得我好，今日贵客到临，我才料这位大人，不在人下，亏得问明车夫，方知来历。凤仙，我今年正月中，与你算命，曾说你是有贵人值年，不意竟应着这位蔡大人身上呢。”蔡锷对她一笑，她复接连是大人长，大人短，说个不了，惹得蔡锷讨厌，便道：“我就在此借宿，劳你费心一日，差不多到两句钟了，请去安睡罢！”鸨母乃去。未几，即令龟奴搬入点心数色，蔡锷复道：“我已饱了，你们尽管去睡罢！”龟奴去后，小凤仙掩户整衾，不消细说，这一夜间，两人密叙志愿，共倾肺腑，锦帐绾同心之蒂，红绡证啮臂之盟，苏小小得遇知音，关盼盼甘殉志士，这真所谓佳话千秋了。

且说蔡锷自结识小凤仙，时常至云吉班戏游，连一切公务，都搁置起来。袁氏左右，免不得通报老袁，袁总统叹道：“松坡果乐此不倦，我也可高枕无忧，但恐醉翁之意不在酒，只借此过渡，瞒人耳目呢。”适长子克定在侧，即向他嘱咐道：“闻他与杨皙子等日事征逐，你等或遇着了他，不妨与他周旋，从旁窥察。此人智勇深沉，恐未必真为我用，我却很觉担忧呢。”枭雄见识，确是高人一筹。克定唯唯从命。老袁又密遣得力侦探，随着蔡锷，每日行止，必向总统府报告。蔡锷早已觉着，索性花天酒地，闹个不休。并且与梁士诒商量，拟购一大厦，为藏娇计。凑巧前清某侍郎，赋闲已久，将挈眷返里，愿将住屋出售，梁即代为介绍，由锷出资购就。侍郎已去，锷即庀工鸠材，从事修葺，并索梁第的花园格式，作为模范，日夜监工，孳孳不倦。梁士诒密告老袁，老袁尚疑信参半，防闲仍然未懈。蔡锷乃再设一法，与娘子军商议密谋。看官可记得上文离婚的说话么？蔡夫人吃醋一语，不过是梁士诒戏言，蔡锷竟直认不讳，且云已准备离婚。其实蔡夫人并非妒妇，不过因蔡锷涸迹勾栏，劝他保身要紧，不应征逐花丛。锷佯为不从，与妻反目，蔡夫人却也不解，还是再三规劝。锷越发负气，简直是要与决裂。蔡夫人不敢违抗，只好向隅暗泣，自嗟薄命。一夕，蔡锷归寓，已过夜半，仆役等统入睡乡。只有夫人候着，锷一进门，酒气醺醺，令人难受。他夫人忍耐不住，又婉语道：“酒色二字，最足戕性，幸君留意，毋过沉溺。”蔡锷道：

“你又来絮聒了，我明日决与你离婚。”夫人涕泣道：“君为何人？乃屡言离婚么？妾虽愚昧，颇明大义，岂不知嫁夫随夫，从一而终？况君尚没有三妻四妾，妾亦何必怀妒，不过因君体欠强，当知为国自爱，大丈夫应建功立业，贻名后世，怎好到酒色场中，坐消壮志呢。”好夫人。蔡锷听了，不禁点首。随即出室四瞧，已是寂静得很，毫无声息，乃入室闭户，与夫人并坐，附耳密语，约莫有一两刻钟，夫人哑然失笑道：“我不会唱新剧，奈何教我作伪腔？”蔡锷道：“我知卿诚实，所以前次龃龉，不得不这般做作。现在事已急了，若非与卿明言，卿真要怪我薄幸。试想我蔡锷辛苦半生，赖卿内助，得有今日，岂肯平白地将你抛弃？不过卿一妇人，尚知为国，我难道转不如卿么？且醇酒妇人，无非为了此着，还乞卿卿原谅！”夫人道：“至亲莫若夫妇，你至今日，才自表明，你亦未免太小心了。古人云：‘出家从夫。’妾怎得不从君计？”不愧为蔡氏妇。蔡锷起座，向夫人作了一揖，夫人道：“你又要做作了。”是夜枕席谈心，格外亲昵，彼此统嘱咐珍重，才入黑甜。

翌晨，蔡锷起来，盥洗已毕，即乘车赴经界局，召集属吏，议派员分至各省，调查界线，草议就绪，略进早膳，复赶车至总统府，投刺求见。侍官答言总统未起，锷故意作懊丧状，且语侍官道：“我有要事面陈，倘总统起来，即烦禀报，请立传电话，召我到来。”传官应诺，锷乃自去。既而老袁起床，侍官自然照禀，老袁即命达电话，传至蔡寓。忽得回报云：“蔡将军与夫人殴打，捣毁什物不少，一时不便进言，只好少缓须臾。”老袁闻这消息，正在怀疑，可巧王揖唐、朱启钤进谒，即与语道：“松坡简直同小孩子一般，怎么同女眷屡次吵闹。汝两人可速往排解，问明情由。”王、朱二人奉命，径诣蔡宅，但见蔡锷正握拳舒爪，切齿痛骂。蔡夫人披发卧地，满面泪痕，室中所陈品物，均已掷毁地上，破碎不全。装得真象。他二人趋入，婉言劝解，蔡锷尚怒气未平，向着二人道：“我家直闹得不象了，二公休要见笑！试想八大胡同中，名公巨卿，足迹盈途，我不过忙里偷闲，到云吉班中，去了几次，这个不贤的妇人，一天到晚，与我争论，今日更用起武来，敲桌打凳，毁坏物件，真正可恶得很，我定要收拾这婆娘，方泄此恨。”说至此，尚欲进殴夫人。王、朱二人，慌忙拦阻，且道：“夫妻斗嘴，是寻常小事，为何斗成这种样儿？松坡！你也应忍耐些，就是尊夫人稍有烦言，好听则听，听不过去，便假作痴聋便了，如何与妇女同样见识？”随语蔡寓婢媪道：“快扶起你太太来。”婢媪等方走近搀扶，蔡夫人勉强起来，带哭带语道：“两位大人到此，与妾做一证人，妾随了他已一二十年，十分中总有几分不错，谁料他竟这般反脸无情？况妾并不要什么好吃，什么好穿，不过因他沉溺勾栏，略略劝诫，他竟宠爱几个粉头，要将妾活活打死，好教那恩爱佳人，进来享福！两公试想，他应该不应该呢？”两人口吻似绘，想都就床第中预备了来。王揖唐忙摇手道：“蔡夫人，你亦好少说两句罢。”蔡夫人道：“我已被他尽情痛殴，身上已受巨创，看来我在此地，总要被他打死，不如令我回籍，放条生路。况他朝言离婚，暮言离婚，他是不顾脸面，我却还要几分廉耻，今日我便回去，免得做他眼中钉。”言已，呜咽不绝。王、朱两人，仔细审视，果见她面目青肿，且间有血痕，也代为叹息。一面令婢媪搀进蔡夫人，一面复劝解蔡锷。蔡锷只是摇头，朱启钤道：“家庭琐事，我辈本不便与闻，但既目睹此状，也不应袖手旁观。松坡！你既与尊阃失和，暂时不便同居，不如令她回去。但结发夫妻，总要顾点旧情，赡养费是万不可少呢。”是教你说出此语。蔡锷方道：“如公所言，怎敢不遵？这是便宜了这婆娘。”朱启钤还欲答言，只听里面复说着道：“我今日就要回去哩。”蔡锷愤愤道：“就是此刻，何如？”里面复答应道：“此刻也是不难。”蔡锷即从怀中取出钞票数纸，交与一仆道：“你就送这泼妇去罢！这钞票可作川资。”王揖唐道：“女眷出门，应有一番收拾，不比我们要走便走，你且听她。总统召你进府，你快与我同去。”蔡锷又故作懊丧道：“我为了这泼妇，竟失记此事了。”言毕，即偕二人出门，各自乘车，径至总统府去了。蔡夫人乘这时候，草草整装，带了仆妇数名，出都南下。小子有诗咏蔡锷的妙计道：

一枰下子且争先，况复机谋策万全。
身未离都家已徙，好教脱壳作金蝉。

蔡夫人既去，不必再表，下回且将蔡锷谒见老袁事，续叙出来。

本回全为蔡锷写照，即写小凤仙处，亦无非为蔡锷作衬。小凤仙一弱妓耳，宁真有如此慧眼，如此细心？况蔡锷怀着秘谋，对于一二十年之结发妇，尚且讳莫如深，直待遣归时始行吐露，岂仅晤二三次之小凤仙，反沥肝披胆，无隐不宣乎？著书人如此说法，实借小凤仙，以显蔡锷，且托小凤仙以讥劝进诸人，中间插入请客一段，并非无端烘染，至遣归蔡夫人一事，尤为真实不虚。文生情耶？情生文耶？阅至此，令人击节称赏。

历朝通俗演义　第十一部

民国通俗演义

（中）

蔡东藩　许廑父　著

中国书店

第五十三回　五公使警告外交部
两刺客击毙镇守官

却说蔡锷至总统府，当由朱、王二人，先行入报，并谈及蔡寓情形。袁总统道："我道他有干练才，可与办国家大事，谁知他尚未能治家呢。"慢着，你也未必能治家。当下传见蔡锷，锷入谒后，老袁也不去问他家事，但云："早晨进来，我尚未起，究竟为什么事件，须待商议？"锷即以各省界画，亟待派员调查，应请大总统简派等情。老袁道："我道是何等重事，若为了经界事件，你不妨拟定数员，由我过印，便好派去。"锷乃应诺。老袁又顾及王、朱二人道："国民代表大会，究若何了？"朱启钤道："近接各省来电，筹备选举投票，已有端倪，不日当可蒇事了。"老袁又道："近省当容易了事，远省恐一时难了呢。"言已，向蔡锷注视半晌，王揖唐已从旁窥着，便道："省份最远，莫如滇南，松坡在滇有年，且与唐、任诸人，素称莫逆，何勿致书一催，叫他赶办呢。"蔡锷便接着道："正是，锷即去发一密电，催他便了。"老袁道："闻上海的亚细亚报馆，屡有人抛掷炸弹，馆中人役，有炸死的，有击伤的，分明是乱党横行，扰害治安，实在要严行缉办，尽力芟除方好哩。"杀不尽的乱党，为之奈何。王揖唐道："该报馆内总主笔薛子奇，曾有急电传来，该报于十月十日出版，次日晚间，即发生炸弹案，被炸毙命，共有三人，击伤约四五人，亏得没有重要人物。近日又发现二次炸弹，幸无伤害。该报馆日夕加防，中外巡捕，分站如林，想从此可免他虑呢。"亚细亚报馆炸弹案，借此略略叙过。老袁又道："上海各报，对着帝制问题，不知若何说法？”王揖唐道：“闻各报也赞成帝制，并没有什么异议呢。”老袁拈着须道：“人心如此，天命攸归，乱党其奈我何呢？”仿佛新莽。蔡锷听不下去，只托言出外发电，先行辞退。朱、王二人，又颂扬数语，随即告辞。

蔡锷既出总统府，忙到电局中发一密电，拍致云南将军唐继尧，及巡按任可澄两人，文中说是：“帝制将成，速即筹备”八字。这八字所寓的意思，是叫唐、任筹备兵力，并不是筹备选举，看官不要误会。只当时蔡锷发电，是奉袁氏命令，侦吏自然不去检查，况只说“筹备”二字，语意含糊得很，就使被人察觉，也没甚妨碍，自密电发出后，匆匆归寓，特属妥人王伯群，密诣云南，叫他面达唐、任，速即备兵举义，自己当即日来滇，赞助独立等语。伯群去后，他稍稍放下了心，专意伺隙出都，事且慢表。

且说国务卿徐世昌，见袁总统一意为帝，始终不悟，意欲继李经羲、张謇诸人的后尘，洁身出京，免为世诟。但恐老袁猜忌太深，疑有他志，反为不妙，因此于无法中想了一法，借着老病二字，作为话柄，向袁请假。袁总统不得不准，且命他出赴天津，静养数天，俟旧病全愈，再行来京供职。这数语正中徐氏心怀，乐得脱离秽浊，去做几口闲散的人物。袁氏之命徐赴津，恐其联段为变，否则何必替他择地。这国务卿的职务，遂命陆征祥兼代。陆本是个好好先生，袁总统叫做什么，他也便做什么。过了两三天，又由总统府中，派委董康、蔡宝善、麦秩严、夏寅官、傅增湘等，稽查国民代表选举事务，一面催促各省，速定选举代表投票日期，及决定国体投票日期。当时函电纷驰，内出外入，无非是强奸民意的办法。董康、蔡宝善等，且因各省复报投票期间，迟速不一，复商令办理国民会议事务局，电咨各省，限定两次投票期间，自十月二十八日起，至十一月二十日止，不得延误。至最关紧要的又有两电，文字很多，小子但将最要数语，分录如下：

按参政院代行立法院原咨，内称：本月十九日开会讨论，佥以全国国民前后请愿，系请速定君主立宪，国民代表大会投票，应即以君主立宪为标题，票面应印刷君主立宪四字，投票者如赞成君主立宪，即写“赞成”二字，如反对君主立宪，即写“反对”二字。至票纸格式，应由办理国民会议事务局拟定，转知各监督办理。当经本院依法议决，相应咨请大总统查照施行等因，奉交到局。除咨行外，合亟遵照电行各监督查照，先期敬谨将君主立宪四字，标题印刷于投票纸，钤盖监督印信，并于决定国体投票日期，示国民代表一体遵行。

前电计达，兹由同人公拟投票后，应办事件如下：（一）投票决定国体后，须用国民代表大会名义，报告票数于元首及参政院，（二）国民代表大会推戴电中，须有恭戴今大总统袁世凯，为中华帝国皇帝字样，（三）委任参政院为国民代表大会总代表电，须用各省国民大会名义。此三项均当预拟电闻。投票毕，交各代表阅过签名，即日电达。至商军政各界推戴电，签名者愈多愈妙。投票后，三日内必须电告中央。将来宣诏登极时，国民代表大会，及商军政各界庆祝书，亦请预拟备用，特此电闻。

各省将军巡按使，叠接各电，有几个敬谨从命，有几个未以为是，但也不敢抗议，乐得扯着顺风旗，备办起来。谁知国内尚未起风潮，国外已突来警耗，日、英、俄三国公使，先后到外交部，干涉政体，接连是法、意两国，亦加入警告，又惹起一场外交问题来了。天下本无事，庸人自扰之。相传五九条约，老袁违背民意，私允日本种种要索。应四十四回。他的意思，无非想日本帮忙，为实行帝制的护身符。所以帝制发现，日使日置益氏，动身归国，中外人士，多疑老袁授意日使，要他返商政府，表示赞同。但外交总长陆征祥，及次长曹汝霖，并未受过袁氏嘱托，与日使暗通关节，此次闻着谣言，曾在公会席间，当众宣言道："中日交涉方了，又倡出帝制问题，恐外人未必承认，这个难题目，我等却不能再做呢。"这一席话，分明是自释嫌疑，偏被袁氏闻知，即取出勋二三位的名目，分赏陆、曹，不值铜钱的勋位，乐得滥给。并宣召两人入内，密与语道："外交一面，我已办妥，你等可不必管了。"陆、曹二人，唯唯而出，总道是安排妥当，不劳费心，哪知十月二十八日午后一点钟，驻京日本代理公使，暨英、俄两公使，同至外交部，访会外交总长。陆征祥当然接见，彼此坐定，即由日本代理公使开口道："贵国近日，筹办帝制，真是忙碌得很，但里面反对的人，也很不少，倘或帝制实行，恐要发生事变。现在欧战未了，各国都静待和平，万一贵国有变乱情形，不但是贵国不幸，就是敝国亦很加忧虑。本代使接奉敝政府文件，劝告贵国，请贵政府注意。"言毕，即从袖中取出警告文来，当由陆总长接着，交与翻译员译作华文。英公使徐徐说道："日本代表的通告，本公使亦具同情。"俄公使也接入道："日代表及英公使的说话，本公使也非常同意。"陈总长正要答话，翻译员已译完日文，交给过来，但见纸上写着：

中国近时进行改变国体之计划，今似已猛进而趋入实现其目的之地步。目下欧战尚无早了之气象，人心惶虑，当此之时，无论世界何处，苟有事态，足以伤害和平安宁者，当竭力遏阻，借杜新纠纷之发现。中国组织帝制，虽外观似全国无大反对，然根据日政府所得之报告，而详察中国之实状，觉此种外观，仅属皮毛而非实际，此无可讳饰者也。反对风潮之烈，远出人意料之外，不靖之情，刻方蔓延全国。观袁总统过去四年间之政绩，可见各省之纷扰情状，今已日渐平靖，而国内秩序，亦渐恢复，如总统决计维持中国之政治现状，而不改其进行之方针，则不久定有秩序全复，全国安宁之日。但若总统骤立帝制，则国人反对之气志，将立即促起变乱，而中国将复陷于重大危险之境，此固意中事也。日政府值此时局，鉴于利害关系之重大，故对于中国或将复生之危险状况，不能不深虑之。且若中国发生乱事，不仅为中国之大不幸，且在中国有重大关系之各国，亦将受直接间接不可计量之危害，而以与中国有特殊关系之日本为尤甚。且恐东亚之公共和平，亦将陷于危境。日政府睹此事态，纯为预先防卫，以保全东方和平起见，乃决计以目下时局中大可忧虑之原因，通告中政府，并询问中政府能否自信可以安稳，达到帝制之目的。日政府以坦白友好之态度，披沥其观念，甚望中华民国大总统听此忠告，顾念大局，而行此展缓改变国体之良计，以防不幸乱祸之发作，而巩固远东之和平。日政府故已发给必要之训令，致驻北京代理公使。日政府行此举动，纯为尽其友好邻邦责任之一念而起，并无干涉中国内政之意，并此声明。

陆总长览毕，竟发了一回怔，半晌才发言道："敝国政体，正待国民解决，并非定要改变。就是我大总统，也始终谨慎，不致率行，请贵公使转达贵国政府，幸毋过虑！"日代使哼了一声道："袁总统的思想，本代使也早洞悉了。中国要改行帝制，与仍旧共和，都与敝国无涉，不过帝制实行，定生变乱，据我看来，还是劝袁总统打消此念。贵总长兼握枢机，责任重大，难道可坐观成败么？”应被嘲笑。陆总长被他讥讽，不由的脸上一红，英公使复接着道：“总教贵政府即日答复，能担保全国太平，各国自不来干涉了。”陆总长答声称“是。”日、英、俄公使，乃起座告辞。陆送别后，返语曹汝霖道：“总统曾说外交办妥，为何又出此大乱子？我正不解。”曹汝霖道：“既有三国警告，总须陈明总统，方可定夺。”陆征祥道：“那个自然，我与你且去走一遭，何如？”汝霖点首，遂相偕入总统府。

老袁正坐在怀仁堂，检阅各省电文，欢容满面，一闻陆、曹进谒，立即召见，便道：“各省决定君主立宪，已有五省电文到来了。”陆、曹两人，暗暗好笑，你觑我，我觑你，简直是不好发言。还是老袁问及，才说明三国警告事，并将译文递陈。老袁瞧了一遍，皱着眉道：“日使日置益，已经承认了去，为什么又有变卦呢？”陆征祥道：“他还要我即日答复哩。”老袁道：“答复也没有难处，就照现在情形，据实措词便了。且我也并非即欲为帝呢。”还要自讳。陆总长道：“是否由外交部拟稿，呈明大总统裁夺，以便答复？”老袁道：“就是这样办法罢。”陆、曹二人退出，当命秘书草定复稿，经两人略略修饰，复入呈老袁。老袁又叫他窜身数字，然后录入公牍，正式答复。其文云：

贵国警告，业经领会。此事完全系中国内政，然既承友谊劝告，因亦不能不以友谊关系，将详细情形答复。中国帝制之主张，历时已久。我国人民所以主张帝制者，其理由盖谓中国幅员广大，五族异俗，而人情浮动，教育浅薄。按共和国体，元首常易，必为绝大乱端，他国近事，可为殷鉴。不但本国人生命财产，颇多危险，即各友邦侨民事业，亦难稳固。我民国成立，已历四稔，而殷户巨商，不肯投资，人民营业，官吏行政，皆不能为长久计划。人心不定，治理困难，国民主张改革国体之理由，实因于此也。政府为维持国体起见，无不随时驳拒，乃近来国民主张之者，日见增加，国中有实力者，亦多数在内。风潮愈烈，结合愈众，如专力压制，不独违拂民意，诚恐于治安大有妨碍。政府不敢负此重责，唯有尊重民意，公布代行立法院通过之法案，组织国民代表大会，共同议决此根本问题而已。当各省人民，向立法院请愿改变国体时，大总统曾于九月六日，向立法院宣示意见，认为不合时宜。十月十日大总统申令，据蒙、回王公及文武官吏等呈请改定国体，又告以轻率更张，殊非所宜，并诫各选举监督，遵照法案，慎重将事。十月十二日，又电令各省选举监督，务遵法案，切实奉行，勿得急遽潦草各等因。足见政府本不赞成此举，更无急激谋变更国体之意也。本国约法主权，本于国民全体，国体问题，何等重大，政府自不得不听诸国民之公决。政府处此困难，多方调停，一为尊重法律，一为顺从民意，无非冀保全大局之和平也。大多数国民意愿，现既以共和为不适宜于中国，而问题又既付之国民代表之公决，此时国是，业经动摇，人心各生观望，政府即受影响，商务已形停滞，奸人又乘隙造谣，尤易惊扰人心。倘因国是迁延不决，酿成事端，本国人固不免受害，即各友邦侨民，亦难免恐慌。国体既付议决，一日不定，人心一日不安，即有一日之危险，此显而易见者也。当国体讨论正烈之际，政府深虑因此引起变做，一再电询各省文武官吏，能否确保地方秩序，该官吏等一再电复，佥谓国体问题，如从民意解决，则各省均可担任地方治安，未据有里面反对炽烈，情形可虑之报告，政府自应据为凭信。至本国少数好乱之徒，逋逃外国，或其他中国法权不到之处，无论共和君主，无论已往将来，纯抱破坏之暴信，无日不谋酿祸之行为。然只能造谣鼓煽，毫无何等实力。数年以来，时有小乱发现，均立时扑灭，于大局上未生影响。现在各省均加意防范，凡中国法权不到之处，尚望各友邦协力取缔，即该乱人等，亦必无发生乱事之余地矣。当贵国政府劝告之时，各省决定君主立宪者，已有五省，各省投票之期，亦均不远。总之在我国国民，则期望本国长治久安之乐利，在政府则并期望各友邦侨民，均得安心发达其事业，维持东亚之和平，正与各友邦政府之苦心，同此一辙也。以上各节，即希转达贵政府为荷。

越数日，日本代理公使，又到外交部，代表日本政府，声言中政府答复文，甚不明瞭，请再明白答复。当经陆总长面答道：“目下国体投票，已有十多省依法办理，总之民意所趋，非政府所能左右，敝政府如可尽力，无不照办，借副友邦雅意”等语。欺内欺外，全是说谎。日代使乃去。嗣复接法、意两国警告文，大致与三国警告相同，又由外交部答复，只推到民意上去，且言："政府必慎重将事，定不致有意外变乱，万一乱党乘机起衅，我政府亦有完全对付的能力，请不必代虑"云云。于是各国公使，乃暂作壁上观，寂静了好几天。各省投票，亦依次举行，全是遵照政府所嘱，硬迫国民代表，赞成君主立宪。袁总统方觉得顺手，快慰异常。

到了十一月十日晚间，忽来了上海急电，镇守使郑汝成被刺殒命，风潮来了。老袁不禁大惊。看官阅过前文，应知郑汝成为袁氏爪牙，老袁正格外倚重，为何忽被刺死呢？小子就事论事，但知刺客为王明山、王晓峰二人，当民国四年十一月十日，系日本大正皇帝登极期间，郑汝成为上海长官，例应向驻沪日本领事馆，亲往庆贺。是日上午十时，郑汝成整衣出署，邀了一个副官，同坐汽车，向日本领事馆进发。路过外白渡桥，但听得扑的一声，黑烟迸裂，直向汝成面旁扑过，幸还没有击着，慌忙旁顾副官，那副官也还无恙，仍勉强的坐着，正要开口与语，哪知炸弹又复掷来，巧巧从头上擦过，汝成忙把头一缩，侥幸的不曾中弹，那粒炸弹却飞过汽车，向租界上滚过去了。两击不中，故作反笔。副官也还大胆，忽向怀中取出手枪，拟装弹还击，不防那抛掷炸弹的刺客，竟跃上汽车，一手扳着车栏，一手用枪乱击，接着数响，那副官已受了重伤，魂灵儿离开身子，向森罗殿上，实行报到；还有一个掌机的人员，也跟着副官，一同到冥府中去；只有郑汝成已中一弹，还未曾死，要想逃遁，千难万难，看那路上的行人，纷纷跑开，连中西巡捕，也不知去向，急切无从呼救，正在惊惶万分的时候，复见一刺客跃入车中，用着最新的手枪，扳机猛击，所射弹子，好似生着眼睛，颗颗向汝成身上，钻将进去。看官！试想一个血肉的身躯，怎经得如许弹子，不到几分钟工夫，已将赫赫威灵的镇守使，击得七洞八穿，死于非命。了结一员上将。那时两个刺客，已经得手，便跃下汽车，觅路乱跑，怎奈警笛呜呜，一班红头巡捕，及中国巡捕，已环绕拢来！将他围住。他两人手中，只各剩了空枪，还想装弹退敌，无如时已不及，那红头巡捕，统已伸着蒲扇般的黑掌，来拿两人，两人虽有四手，不敌那七手八脚的势力，霎时间被他捉住，牵往捕房，当由中西谳官，共同审讯。两人直认不讳，自言姓名，叫作王明山、王晓峰，且云："郑汝成趋奉老袁，残害好人，我两人久思击他，今日被我两人击死，志愿已遂，还有什么余恨？只管由你枪毙罢了。"谳官又问为何人主使，两人齐声道：“是四万万人叫我来打死郑汝成的。”言已，即瞑目待死，任你谳官问长问短，只是一语不发。

当下由上海地方官等，飞电京都。老袁闻知，很是悲惜，即电饬上海地方官，照会捕房，引渡凶犯，一面优议抚恤，结果是王明山、王晓峰两犯，由捕房解交地方官问成极刑，枪决在上海高昌庙。郑汝成的优恤，是给费二万，赐田三千，又封他为一等侯爵。看官记着，这五等分封，便是郑汝成开始。小子有诗吊郑汝成道：

> 驻牙沪渎显威容，谁料雠人暗揕胸。
> 飞弹掷来遭殒命，可怜徒博一虚封。

郑汝成殒命后，隔了五六日，日本东京赤坂寓所，又有一个华人蒋士立，被击受伤。毕竟为着何事，且至下回表明。

五国警告，以帝制进行恐惹内乱为词，似为公义上起见，而倡议者偏为日本国。日使日置益氏，既与老袁订有密约，归国运动，何以日本政府，复命代理公使，严词警告耶？既而思之，各国之对于吾华，本挟一均势之见，袁氏独求日本为助，秘密进行，而英、俄已窃视其旁，默料日人之不怀好意，思有以破坏之，故必令日本之倡议警告，然后起而随之，此正各国外交之胜算也。袁政府方自信无患，而郑汝成之被刺，即接踵而来，刺客为王明山、王晓峰，虽未明言主使，度必为民党无疑。或谓由郑汝成之隐抗帝制，袁以十万金购得刺客，暗杀郑于上海，斯言恐属无稽。纣之不善，不如是甚，吾于袁氏亦云。而郑氏忠袁之结果，竟至于此，此良禽之所以择木而栖，贤臣之所以择主而事也。

第五十四回　京邸被搜宵来虎吏
津门饯别夜赠骊歌

却说蒋士立被刺东京，也因鼓吹帝制的缘故。当筹安会发生以后，不特中国内地，分设支部，就在日本国中，亦派人往设分会。蒋士立即为东京支部的头目，信口鼓吹，张皇帝政。看官！你想日本里面，是民党聚集的地方，他们统反对袁氏，自然反对蒋士立，当下有民党少年，寻至蒋士立寓所，赠他两粒卫生丸，一丸及胸，一丸及腹。幸亏蒋士立躲闪得快，只伤皮肤，未中要害，还算保全性命。侥幸侥幸。袁总统闻汝成刺死，士立受伤，不禁恨恨道："一下做，二不休，我便实行了去，看他一班乱党，究竟如何对待？"恐未能支持到底。正说着，忽见袁乃宽进来，乃宽与老袁同姓，向以叔侄相称，至是遂悄声低语道："侄儿特来报告一件要事。"老袁听不清楚，便厉声道："说将响来，亦属何妨。"乃宽尚柔声道："各省筹办投票，已统有复电，唯命是从，独滇省没有确实复电，闻蔡锷与唐、任二人勾通，叫他反抗帝制，这事不可不防呢！"老袁道："你有什么真凭实据？"乃宽道："凭据尚没有查着。"老袁不禁失笑道："糊涂东西，你既未得凭据，说他什么！"乃宽嗫嚅道："他的寓所，应有证据藏着，何妨派人一搜哩。"老袁道："若搜不出来，该怎样处？"乃宽道："就是搜检无着，难道一个蔡松坡，便好向政府问罪吗？"老袁被他一激，便道："既如此，便着军警去走一遭罢。"当下令乃宽传达电话，向步军统领及警察总厅两处，令派得力军警，往蔡寓搜查密件。

步军统领江朝宗，及警察总厅长吴炳湘，哪敢违慢，即选派干练的弁目，会同两方军警，夤夜往搜。巧值蔡锷寄宿云吉班，蔡寓中只留着仆役，闻了敲门声响，还道是蔡锷回来，双扉一启，即有两个大头目，执着指挥刀，率众趋入，吓得仆役等缩做一团，不晓得他什么来历。但见大众入门，并不曾问及主人，大踏步走近室内，专就那桌屉箱橱中，任情翻弄。那军警执着火炬，照耀如同白昼，忽到这处，忽到那处，目光灼灼，东张西顾，最注意的是片纸只字，断简残篇，约有两三个小时，并不见有什么取出，只箱橱内有一小凤仙摄影，及桌屉内几张请客单，袖好了去，那时一哄而出。

仆役等才敢出头，大家哄议道："京都里面，大约没有强盗，也差不多。若是强盗到来，何故把值钱的什物，并未劫去？这究竟是何等样人？"有一个老家人道："你等瞎了眼珠，难道不看见来人衣服，上面都留着符号，一半是步军，一半是警察么？"大家又说道："我家大人，并没有什么犯罪，为何来此查抄？"老家人道："休得胡说，我去通报大人便了。"当下飞步出门，竟往云吉班。适值蔡锷将寝，由老家人闯将进去。报称祸事，蔡锷吃了一惊，亟趿履起床，问明情由。经老家人略略说明，才把那心神按定，想了片刻，方道："寓中有无东西，被他拿去？"老家人答言："没有，只有一张照相片，被他取去，想便是这里的凤"，说到"凤"字，已被蔡锷阻住道："我晓得了，你去罢，不必大惊小怪，我俟明天就来。"老家人退出，小凤仙忙问道："为着何事？"蔡锷微笑道："想是有人说我的坏话，所以派人往搜。"一猜就着。小凤仙急着道："你寓内有无违禁文件？"蔡锷道："你休耽忧！我寓中只有几张《亚细亚报》，余外是没有了。"单说《亚细亚报》，妙极。小凤仙道："朋友往来的书信，难道也没有么？"顾虑及此，也是解人。蔡锷低声道："都付丙了。"预防久了。小凤仙道："你的家人，曾说将照片取去，莫非就是我的摄影？"蔡锷道："恐不是呢，如果取了去，我倒为你贺喜，此番要选入皇宫，去做花元春第二呢。"诙谐得妙。小凤仙啐了一声，随即就寝，蔡锷也安睡了。

到了次日，起身回寓，看那桌屉箱橱中，都翻得不成样儿，仔细检点，除小凤仙的小影外，却没有另物失去。请客单原不在话下。他正想赴军警衙门，与他理论，巧值内务总长朱启钤，着人邀请，遂乘车直至内务部。朱启钤慌忙出迎，彼此同入内厅，寒暄数语，便说起昨夜搜检的事情，实系忙中弄错，现大总统已诘责江、吴二人，并央自己代为道歉。蔡锷冷笑道："难得大总统厚恩。唯锷性情粗莽，生平没有秘密举动，还乞诸公原谅！"朱启钤又劝慰了数语，并将小凤仙的照片，取还蔡锷，便道："这个姑娘儿，面目颇很秀雅，怪不得坡翁见赏。"蔡锷道："这乃是锷的坏处，不自检束，有玷官箴，应该受惩戒处分的。"朱启钤笑道："现在已成了习惯，若为了此事，应受惩戒，恐内外几千百个官吏，都应该惩戒哩。"官吏都是如此，所以国不成国。说毕，又闲谈了一会，蔡锷随即告辞。后来探听得搜检事情，实是袁乃宽进谗，并与小凤仙有些关系。原来小凤仙经蔡锷赏识，名盛一时，袁乃宽亦思染鼎，三往不见，遂愤愤道："这个婆娘，不中抬举，你道蔡松坡年少多才，哪知他是个乱党呢。"当下越想越气，竟至袁氏前攻讦，不意落了个空，反被老袁训斥一顿。上文特揭小凤仙照片，便寓此意，但色为祸媒，不可不戒。蔡锷自经此搜查，极思摆脱樊笼，遂往与小凤仙密商。小凤仙正坐在卧室，手中执着一书，静心阅着，俟蔡锷入房，才将书放下，立起身来，问及搜检事情。蔡锷略述一遍，随从案上取书一瞧，乃是一本《意大利建国三杰传》，便问小凤仙道："此书的内容，你道可好么？"小凤仙道："好得很，好得很，非是文不足传是人。"蔡锷道："作书的人，便是前司法总长梁任公。"小凤仙道："我也晓得他，可惜我不能一见。"蔡锷道："他是我的师长哩。"小凤仙不禁大喜道："他现在哪里？既与你是师生，求你介绍，俾我一见。"爱才如命。蔡锷道："我师前日，曾到天津，畀我一书，说我若往津门，应过去叙谈一切。"小凤仙道："那是好极的了，我明日便同你去。"蔡锷听了，想："与他说明行径，转恐漏泄机关，致碍行动，不如到了天津，再说未迟。"随即接入道："我就同你去罢！但我师正反对帝制，明日往访，却不宜外人知道呢。"小凤仙点首称是。是晚蔡锷回寓，略略收拾，也不与家人说明，仍往云吉班住宿。

次日午前，竟雇着一乘摩托车，先给车资，挈小凤仙上车同坐，招摇过市。故意令人共睹。行至前门外面，望见一所京菜馆，便与小凤仙下车，至馆中午餐。餐毕，两人出门，不再上摩托车，竟自向市中买些食物，缓步儿行至车站。可巧车站中正当卖票，蔡锷挨入人丛，买了两张票纸，偕小凤仙趋出月台，竟上京津火车。才经片刻，钲声一响，车轮齐动，飞似的去了。

那时虽有侦探在旁，但是奉令密查，不便出来拦阻，只好眼睁睁的由他自去，转身去报袁总统。老袁确是厉害，复遣密探到津，监伺蔡锷行动。蔡锷到津后，往访梁任公，已是南去，乃投宿某旅社，夜间与小凤仙说明行踪，拟即乘此南下。小凤仙对着蔡锷，沉沉的望了一会，不觉的情肠陡转，眼眶生红，半晌才说道："我与你拟同生死，你去，我便随你同行。"蔡锷道："我是要去督兵打仗的。"小凤仙忙接口道："你道我是个弱女儿，不能随你杀贼么？"事虽难行，语颇雄壮。蔡锷道："卿虽具有壮志，但此行颇险，若与卿同行，不但于卿无益，并且与我有害；不但与我有害，且阻碍共和前途，卿何必贪爱虚名，致受实祸。"小凤仙忍不住泪，带哭带语道："依这般说，简直是把我撇弃吗？"蔡锷道："卿何必自苦，他日战胜回来，聚首的日子正长哩。奈何作此失意语？"小凤仙才道："我虽是儿女子，也知爱国，怎忍令英雄志士，溺迹床帏？但此去须要保重，免我远念。想你即日就要动身，我便借此客馆中，备着小酌，与你饯别罢。"说着，即呼馆佣入内，令叫几样可口的菜蔬，及佳酿一壶，佣夫遵嘱去讫，须臾即送入酒肴，由两人对饮起来。絮絮言情，语长心重，到了酒酣耳热的时候，小凤仙复道："本拟为君唱歌饯行，但恐耳目甚近，不便明歌，你可有纸笔带来吗？"蔡锷说一个"有"字，即从袋中取出铅笔，及日记簿一本，递与小凤仙，小凤仙即舒开纤腕，握笔书词，词云：

（柳摇金）骊歌一曲开琼宴，且将之子饯。蔡郎呵！你倡义心坚，不辞冒险，浊着一杯劝，料着你食难下咽。蔡郎蔡郎！你莫认作离筵，是我两人大纪念。

（帝子花）燕婉情你休留恋！我这里百年预约来生券，你切莫一缕情丝两地牵。如果所谋未遂，或他日呵，化作地下并头莲，再了生前愿。

（学士巾）蔡郎呵！你须计出万全，力把渠魁殄。若推不倒老袁呵，休说你自愧生前，就是侬也羞见先生面，要相见，到黄泉。

小凤仙写着，蔡锷是目不转睛的，瞧她写下。口中接连赞美，看到末两阕，连自己也眼红起来。及至写完，纸上已湿透泪痕，小凤仙尚粉颈低垂，沉沉不语，好一歇方抬起头来，已似泪人儿一般，勉强说道："班门弄斧，幸勿见笑。"蔡锷此时，也不觉心如芒刺，一面携了手巾，替小凤仙拭泪，一面与语道："字字沉痛，语语回环，不意卿却具此捷才，真不枉我蔡松坡结识一场呢。"小凤仙恐未必能此，但余观近人著有《松坡轶事》，亦载入此词，想作者未忍割爱，故选录及之。小凤仙道："我已早知有今日了。这数阕俚词，预备已久，将来赓续了去，为君谱一传奇，倒也是一番佳话。但自愧才疏，有志未逮，俟君成功后，同续何如？"蔡锷道："好极，但我意须较为雄壮，莫再颓唐。"小凤仙接着道："英雄语自然不同。我辈儿女子，笔底下要想沉壮，也觉为难呢。"蔡锷道："你第一阕也雄壮得很；第二三阕前半俱佳，后半结语，似嫌萧飒，难道你我竟无相见期么？"小凤仙道："功成名立，偕老林泉，这是我的夙愿，诚能得此，那是莫大的幸福了。"造物忌才，怎肯畀你如愿。说着时，外面的报时钟，已接连敲了三下。蔡锷惊道："夜已深了，快收拾睡罢。"将残肴冷酒，搬过一边，随即睡下。

越宿起来，盥洗才毕，但见窗棂外面，已有人前来探望。至开门出去，那探望的人，都扬长走了。蔡锷悄语小凤仙道："侦探又来了。"小凤仙道："这却如何是好？"蔡锷道："不要紧的，我自有计。"当下吃过点心，就取出纸笔。挥就一篇因病请假的呈文，用函固封，竟向邮局寄往京城。索性明报。他本有失眠喉痛诸症，索性借此机会，就日本医院医治，除每日赴院一次外，仍挟小凤仙作汗漫游。各侦探往来暗伺，了无他异，唯尚监伺左右，不肯放松。蔡锷佯作不知，背地里却与凤仙谋定，实行那金蝉脱壳的妙计。一夕，与凤仙对坐，狂饮室中，议论风生，津津有味。俄而有拍案声，痛骂声，远达户外。各侦探忙去窃听，前一套说话，是评论花丛，后一套说话，是詈及正室。忽喜忽怒，仿佛是醉后胡言。未几竟叫作腹痛起来，连呼如厕。侦探疾忙避开，他即出室，令馆佣前导，一手抠衣，一手捧腹，向厕所去了。侦探未及尾随，并以厕所中无关机密，自然散去。

翌晨往视，还是户阒深扃，高卧未起，迟至午刻，方觉有人走动，重复窃窥，只见小凤仙起床，云鬓蓬松，尚未梳沐，待午餐已过，又约有一两小时，小凤仙整妆出门，携了皮夹，掩户自去。到了晚间，亦并未回来，次日也不见返寓。各侦探往问账房，账房亦没有知晓，大家动了疑心，启户入视，什物已空，只桌上留着一函，由司账展开一阅，乃是钞票数张，并附有一条，谓作房饭代价，顿时面面相觑，莫明其妙。连我亦是不懂。司账人虽然惊诧，但教钱财到手，倒也不遑细究。唯各侦探奉命前来，急得什么相似，忙至车站探问，好容易查得小凤仙消息，已于昨晚返京，独蔡锷不知去向。奇极妙极。

看官！你道这蔡松坡究竟到哪里去了？他知侦探随着，万难南行，计唯东渡扶桑，迂道至滇，方可脱身，当日探得日本邮船，名叫山东丸，乘夜出口，遂借着腹痛为名，就厕后复退馆佣，即觑人不备，逸出后门，孤身赴港，登舟买票，竟往日本，真个是人不知，鬼不觉，安安稳稳的到了东瀛。其身虽安，其心甚苦。复续上呈文，电达京中。那时前呈已邀批发，给假两月。至续呈到京，老袁未免一急，但表面上不好指斥，只好批令调治就愈，早日回国，用副倚任等语。过了数天，又接到蔡锷手书，略云：

> 趋侍钧座，阅年有余，荷蒙优待，铭感次骨。兹者帝制发生，某本拟涓埃图报，何期家庭变起，郁结忧虑，致有喉痛失眠之症。欲请假赴日就医，恐公不许我，故微行至津东渡。且某之此行，非仅为己病计，实亦为公之帝制前途，谋万全之策。盖全国士夫，翕然知共和政体，不适用于今兹时代，固矣。唯海外侨民，不谙祖国国情，保无不挟反对之心，某今赴日，当为公设法而开导之，以执议公者之口。倘有所闻见，锷将申函钧座，敷陈一切，伏乞钧鉴！

老袁看毕，忍不住气愤道："瞒着了我，潜往东洋，还要来调侃我，真正可恨！我想你这竖子，原是刁狡极了，但要逃出老夫手中，恐还是不容易哩。"乃一面电给驻日公使陆宗舆，叫他就近稽查，随时报告，一面密派心腹爪牙，召入与语道："我看蔡锷东渡，托言赴日就医，其实将迂道赴滇，召集旧部，与我相抗，你等可潜往蒙自，留心邀截，他从海道到滇，非经蒙自不可，刺杀了他，免贻后患。"两路防闲，计密且毒，奈天不容汝何？遂厚给川资，遣他去讫。

是时杨度、阮忠枢等，闻小凤仙返京，即去探访详问蔡锷病况，及归国时期。小凤仙却淡淡答道："蔡老赴日养疴，早一日好，早一日归国，并没有一定期间。"阮忠枢道："闻你曾同赴天津，为何不偕往日本？"小凤仙道："他的结发夫妻，还要把他遣归，何况是我呢？"阮忠枢无词可答，遂与杨度同归，转报老袁，老袁道："同去不同来，分明是有别意，但我已摆布好了，由他去罢。”慢着！正是：

纵有阴谋如蝎毒，谁知捷足已鸿飞。

蔡锷已去，京中已产出一个短命皇帝来了。欲知详细，请看下回叙明。

蔡锷一行，为再造共和张本，故二十五回中，已全力写照，本回复将京寓被搜，及津门话别事，竟体演述，不肯少略。盖一以见蔡锷之智，一以见小凤仙之慧，英雄儿女，自有千秋，而三叠骊歌，并为后文伏笔。至潜身东渡时，尤写得惝恍迷离，非经揭破，几令人无从揣测。作者述小凤仙语，谓非是文不足传是人，吾还以赠诸作者。

第五十五回　胁代表迭上推戴书　颁申令接收皇帝位

却说民国四年十一月中，正各省将军巡按使，制造民意，纷纷投票的时候，结果是全国代表，选就了一千九百九十三人。至解决国体，却是全体一致，赞成君主立宪。当下由各省驰电到来，京中一班攀龙附凤的人物，统是欢喜不尽。老袁此时不知喜欢的什么相似。袁总统即命财政部连拨若干款项，寄交各省，作为各代表路费，即日到京，再由参政院中，举行全国国民代表大会，申决国体，及公上推戴书。哪知朱启钤、周自齐等，已早有密电传达外省，叫他预备国民推戴书。真会巴结。电文云：

各省将军巡按使鉴：国体投票解决后，应用之国民推戴文内，有必须照叙字样，曰：国民代表等，谨以国民公意，恭戴今大总统袁世凯为中华帝国皇帝，并以国家最上完全主权，奉之于皇帝。承天建极，传之万世，此四十五字，万勿丝毫更改为要。再此种推戴书，在国体未解决之前，希万分秘密，并盼先复。至奏折一切格式，均照旧例，唯跪奏改为谨奏。其他仪式，俟拟定再行通告。启钤、自齐、士诒、镇芳、忠枢、在礼、乃宽、士钰、震春、炳湘印。

自各省接到此电，便把那依样葫芦，描画起来，当将电文中四十五字，列入推戴书中，一字不易，再添了几句起末文，拍电进去。还有直隶巡按使朱家宝，居然首先称臣，于十一月二十八日，为着地方政务，上了三折，统是改呈为奏，起首称臣朱家宝，末称伏乞皇帝陛下圣鉴等语。未奉明令，即称帝称臣，可谓忠臣第一。老袁并不指斥，已是实行承认。转眼间又过十天，各省国民代表，均领了公文路费，陆续到京，各路火车，统有招待的专使，酬应非常周到。京城里面的招待所，更布置得装潢灿烂，目眩神迷。这等国民代表，趋入所中，几疑身到华胥，仿佛别有天地。到了十二月十一日上午九时，参政院中，召集全国代表一千九百九十三人，申决国体投票。各参政员全体到齐，只有黎元洪请假未到，院外大排军警，看似欢迎代表，实是监督代表。那一千九百九十三人，晓得什么玄妙，一个个鱼贯而入。到了会场，但见中间拥着两个大匭，左匭上贴着君宪两字，右匭上贴着共和两字，当有一班招待人员，与各代表附耳密谈。各代表均唯唯从命，大家领票照书，均向左匭投入，至开匭验票，左匭中一纸不少，足足有一千九百九十三票，统是赞成君宪。右匭中当然不必开验，便照例宣布：大众呼了三声“帝国万岁”。参政员杨度、孙毓筠，就乘此提议道：“全国代表，既一致赞成君宪，应即奉当今袁大总统为皇帝。”大众拍手赞成。杨度、孙毓筠又道：“本院由各省委托，为全国总代表，尤应用总代表名义，恭上推戴书。”大众又一齐拍手。于是推秘书员起草，那秘书员成竹在胸，才高倚马，立刻草成八九百字，即向大众朗读道：

奏为国体已定，天命攸归，全国商民，吁登大位，以定国基，合词仰乞圣鉴事。窃据京兆，各直省，各特别行政区域，内外蒙古、西藏、青海、回疆、满蒙八旗，全国商会，及华侨有勋劳于国家，硕学通儒各代表等，投票决定国体，全数主张君主立宪，业经代行立法院咨陈政府在案。同时据京兆，各直省，各特别行政区域，内外蒙古、西藏、青海、回疆、满蒙八旗，全国商会，及华侨有勋劳于国家，硕学通儒各代表等，各具推戴书，均据称：“国民公意，恭戴今大总统袁公世凯为中华帝国皇帝，并以国家最上完全主权，奉之于皇帝，承天建极，传之万世”等因。兼由各国民大会委托代行立法院为总代表，以全国民意，吁请皇帝登极前来。窃维帝王受命，统一区夏，必以至仁复民而育物，又必以神武戡乱而定功。《书》云：“一人有庆，兆民赖之。”《诗》曰：“燕及皇天，克昌厥后。”盖唯应天以顺人，是以人归而天与也。溯自清帝失政，民罹水火，呼吁罔应，溃决势成，罪已而民不怀，命将而师不武。我圣主应运一出，薄海景从，逆者革心，顺者效命。岌然将倾之国家，我圣主实奠安之。斯时清帝不得已而逊位，皇天景命，始集于圣主，我圣主有而弗居也。南京仓猝草创政府，党徒用事，举非其人，民心皇皇，无所托命，我圣主至德所复，迩安远怀，去暴归仁，若水之就下，孑然待尽之人民，唯我圣主实苏息之。斯时南京政府，不得已而解散，皇天景命，再集于我圣主，我圣主仍有而弗居也。民国告成，四方和惠，群丑窃柄，怙恶不悛，安忍阻兵，自逃复载。我圣主赫然震怒，临之以威，天讨所加，五旬底定，以至仁而伐不仁，盖有征而必无战。慕义向化者，先归而蒙福，迷复不远者，后至而洗心，皆我圣主实抚育而安全之。斯时大难既平，全国统一，皇天景命，三集于我圣主，我圣主固执谦德，又仍有而弗居也。夫唯煌煌帝谛，圣人无利天下之心，而天施地生，兆民必归一人之德。往者国家初建，参议院议员，推举临时大总统，斯时全国人心，咸归于我圣主，国运于以肇兴。继此国会成立，参议院众议员，推举大总统，全国人心，又咸归于我圣主，国基于以大定。然共和国体，不适国情，上无以建保世滋大之弘规，下无以谋长治久安之乐利，盖唯民心有所舍也，则必有所取，有所去也，则必有所归。今者天牖民衷，全国一心，以建立帝国，民归盛德，又全国一心以推戴皇帝。我中华文明礼义，为五千年帝制之古邦，我皇帝睿智圣武，为亿万姓归心之元首。伏维仰承帝眷，俯顺舆情，登大宝而司牧群生，履至尊而经纶六合。轩帝神明之胄，宜建极以承天，姒后继及之规，实抚民而长世。谨奏。

读毕，大众无不赞成，即刻通过，复齐呼“皇帝万岁”三声。自九点钟起，至十一点半钟，已经手续完备，大众当即散会，回寓午餐去了。下午一点钟，秘书员已缮好奏折，即刻进呈，哪知奏折才呈，申令即下，却教他另行推戴，把那推戴书发还。还要装腔。其文云：

（上略）查《约法》内载民国之主权，本于国民之全体。既经国民代表大会，全体表决，改用君主立宪，本大总统自无讨论之余地。唯推戴一举，无任惶骇。天生民而立之君，天命不易，唯有丰功盛德者，始足以居之。本大总统从政，垂三十年，迭经事变，初无建树，改造民国，已历四稔。忧患纷乘，愆尤丛集。救过不赡，图治未遑，岂有功业足以称述？前此隐迹洹上，本已无志问世，遭遇时变，谬为众论所推，不得不勉出维持，舍身救国。然辛亥之冬，曾居政要，上无裨于国计，下无济于民生，追怀故君，已多惭疚。今若骤跻大位，于心何安？此于道德不能无惭者也。致治保邦，首重大信，民国初建，本大总统曾向参议院宣誓，愿竭能力，发扬共和，今若帝制自为，则是背弃誓词，此于信义无可自解者也。本大总统于正式被举就职时，固尝掬诚宣誓，此心但知救国救民，成败利钝不敢知，劳逸毁誉不敢计，是本大总统既以救国救民为重，固不惜牺牲一切以赴之。但自问功业，既未足言，而关于道德信义诸大端，又何可付之不顾？在爱我之国民代表，当亦不忍强我以所难也。尚望国民代表大会总代表等，熟筹审虑，另行推戴，以固国基。本大总统处此时期，仍以原有之名义，及现行之各职权，维持全国之现状。除咨复代行立法院，并将国民代表大会，总代表推戴书，及各省区国民代表推戴书等件，送还代行立法院外，合行宣示俾众周知。此令。

杨度、孙毓筠二人，已预知申令即下，早已约定各省代表，再行到会，恭候圣旨。各代表似傀儡一般，随拨随动，到了傍晚，仍至参政院会齐。果然九天纶綍，宣布下来，大众恭读一遍，都有些疑惑不定。但听杨度宣言道："大总统盛德谦冲，所以有此申令，但全国民意，既趋一致，大总统亦未便过拂舆情，理应由本院再用总代表名义，呈递第二次推戴书。"大众复随声附和，仍推秘书起草。不料十五分钟的时候，便拟成二千六百多字的长文。圣主出世，应该有此奇才，曹子建且当拜倒。是时电灯四映，云集一堂，复由秘书朗声宣读，大众模模糊糊的听了一会，无非是什么功烈，什么德行，十成中只解一二，也都赞成了事，乃宣告散会，立即缮成第二次推戴书。次日即奉大总统申令云：

据全国总代表大会总代表代行立法院奏称：窃总代表前以众议佥同，

合词劝进，吁请早登大宝，奉谕推戴一举，无任惶骇等因。仰见圣德渊衷，巍巍无与之至意，钦仰莫名。唯当此国情万急之秋，人民归向之诚，几已坌涌沸腾，不可抑遏。我皇帝倘仍固执谦退，辞而不居，全国生民，实有若坠深渊之惧。盖大位久悬，则万几丛脞。岂宜拘牵小节，致国本于阽危？且明谕以为天生民而立之君，唯有功德者足以居之，而谓功业道德信义诸端，皆有问心未安之处，此则我皇帝之虚怀若谷，而不自知其扮冲逾量者也。总代表具有耳目，敢昧识知，请先就功烈言之：当有清末造，武备废弛，师徒屡熠，国威之不振久矣。我皇帝创练陆军，一授以文民国最精之兵法，铲除宿弊，壁垒一新。手订数条，洪纤毕备。募材选俊，纪律严明，魁奇杰特之才，多出于部下，不数年遂布满寰区，成效大彰，声威不著。当时外人之莅观者，莫不啧啧称叹，而全国陆军之制，由此权舆。厥后戡定四方，屡平大难，实利赖之，此功在经武者一也。及巡抚山东，拳匪煽乱，联军内侵，乘舆播迁，大局糜烂。唯我皇帝坐镇中原，屹若长城之独峙，匪乱为之慑伏，客兵相戒不犯，东南半壁，赖以保障。以一省之治安，砥柱中流，故虽首都沦陷，海内骚然，卒得转危为安，金瓯无缺。当是时也，构难虽曰乱民，而纵恶实由亲贵，不惩祸始，无从媾和，强邻有压境之师，客军无返旆之日，瓜分豆剖，祸迫眉睫，而元恶当国，莫敢发言。我皇帝密上弹章，请诛首罪，顽凶伏法，中外翕然，和局始克告成，河山得免分裂，此功在匡国者二也。寻授北洋大臣，其时风鹤尤惊，人心未靖，乃扫荡会匪，萑苻绝迹，廓清积案，民教相安。收京津于浩劫之余，返銮舆于故宫之内，遂复高掌远跖，厉行文明诸新政，无不体大思精，兼营并举，规模式廓，气象万千。论者谓我皇帝为中国进化之先河，文明之渊海，洵符事实，非等虚词，此功在开化者三也。革命事起，风潮剧烈，不数月间，四方瓦解，皇室动摇，天意厌清，人心思乱。清孝定景皇后，知大势之已去，满族之孤危，痛哭临朝，几不知税驾之何所。斯时我皇帝改步，为应天顺人之举，躬自践阼以安四海，夫谁得而议之者！乃犹恪恭臣节，艰难支拄，委曲维持，以一身当大难之冲，几遭炸弹而不恤。孝定景皇后，乃举组织共和政府之全权，与夫保全皇室之微意，悉挈而付托我皇帝，始有南北议和，优待皇室之条件。人知清廷逊位之易，结局之良，而不知我皇帝之苦心调剂，固竭其旋转乾坤之力也。于是南北复归于统一，清室获保其安全，四万万之生灵，弗陷于涂炭，二万万之疆围，得完其版图，于风雨飘摇之中，而镇慑奠安，卒成共和四年之政局。国家得与人民休养生息，不致沦胥以尽，此功在靖难者四也。民国初建，暴民殃徒，攘臂四出，叫嚣乎政党议会，隳突乎官署戎行，挑拨感情，牵掣行政。我皇帝海涵天覆，一以大度容之。彼辈野心弗戢，卒有赣宁之暴动，东南各省，再见沉沦，幸赖神算早操，三军致果，未及旬月，而逆氛尽扫，如拉枯朽，遂得正式礼成，大业克跻，列邦交庆。彼辈毒无可逞，犹复勾结狼匪，肆其跳梁，大兵一临，渠魁授首，神州重奠，戈甲载櫜，卒使闾阎安堵，区宇敉宁，以臻此雍洽和熙之治。盖自庚子拳匪之乱，辛亥革命之变，癸丑六省之扰，皆足以颠覆我中国，非我皇帝，孰能保持镇抚，使四千年神明之裔，食息兹土，不致沦亡？此则我皇帝之大有造于我中国，而我蒸黎子孙所共感而永矢勿谖也，此功在定乱者五也。不但此也，溯自通海以来，外交之失策，不可胜计，国际之声誉，几无可言。以积弱衰疲之国，孤立于群雄角逐之间，托势之危，莫此为甚。而意外变局，又往往无先例之可援，措置偶一失宜，后患不堪设想。唯我皇帝，睿智渊深，英谋霆奋，遇有困难之交涉，一运以精密之谟猷，靡不立解纠纷，排除障碍，卒得有从容转圜之余地。而远人之服膺威望，钦迟丰采者，亦莫不输诚结纳，帖然交欢。弭祸衅于樽俎之间，缔盟好于敦槃之际，此功在交际者六也。凡此六者，皆国家命脉之所存，万姓安危之所系；若乃其余政教之殷繁，悉由宵旰勤劳之指导，虽更仆数之，有不能尽，我皇帝之功烈，所以迈越百王也。请再就德行言之：我皇帝神功所推暨，何莫非盛德所滂流？荡荡巍巍，原无二致。至于一身行谊，则矩动天随，亦有非浅识所能测者。如今兹创业，踵迹先朝，不无更姓改物之嫌，似有新旧乘除之感。明谕引此以为惭德，尤见我皇帝慈祥忠厚之深衷，而不自觉其虑之过也。夫廿载以来，往事历历可征，我皇帝之尽瘁先朝，其于臣节，可谓至矣。无如清政不纲，晚季尤多瞀乱，庚子之难，一二童騃，召侮启戎，成千古未有之笑柄。覆宗灭祀，指顾可期，非赖我皇帝障蔽狂流，逆挽滔天之祸，则清社之屋，早在斯时。迨我皇帝位望益隆，所以为清室策治安者，益忠且挚。患满人之孱弱也，则首练旗兵；患贵胄之暗昧也，则请遣游历；患秕政之棼扰也，则厘定官制；患旧俗之锢蔽也，则订立宪章。凡兹空前之伟划，一皆谋国之前图。乃元辅见疏，忠谠不用，宗支干政，横揽大权，黩货玩戎，斲丧元气。自皇帝退休三载，而朝局益不可为矣。乃武昌难作，被命于仓皇之际，受任于危乱之秋，犹殷殷以扶持衰祚为念。讵意财力殚耗，叛乱纷乘，兵械两竭于供，海陆尽失其险。都城以外，烽燧时惊，蒙藏边藩，相继告警。而十九条宣誓之文，已自将君上之大权，尽行摧剥而不顾。谁实为之？固非我皇帝所及料也。后虽入居内阁，而祸深患迫，已有岌岌莫保之虞。老成忧国之衷，至于废寝忘餐，拊膺涕泣，然而战守俱困，险象环伏，卒苦于挽救之无术。向使冲人嗣统之初，不为谗言所入，举国政朝纲之大，一委元老之经营，将见纲举目张，百废俱举，治平有象，乱萌不生，又何至有辛亥之事哉？至万不得已，仅以特别条件，保其宗支陵寝于祚命已坠之余，此中盖有天命，非人力所能施。而我皇帝之极意绸缪者，其始终对于清廷，洵属仁至而义尽矣。夫历数迁移，非关人事，曩则清室鉴于大势，推其政权于国民，今则国民出于公意，戴我神圣之新君。时代两更，星霜四易，爱新觉罗之政权早失，自无故宫禾黍之悲。中华帝国之首出有人，庆睹汉官威仪之盛。废兴各有其运，绝续并不相蒙。况有虞宾恩礼之隆，弥见兴朝复育之量，千古鼎革之际，未有如是之光明正大者。而我皇帝尚兢兢以惭德为言，其实文王之三分事殷，亦无以加此，而成汤之恐贻口实，固远不逮兹。此我皇帝之德行，所为夐绝古初也。然则明谕所谓无功薄德云云，诚为谦抑之过言，而究未可以遏抑人民之殷望也。至于前此之宣誓，有发扬共和之愿言，此特民国元首循例之词，仅属当时就职仪文之一。盖当日之誓，根于元首之地位，而元首之地位，根于民国之国体，国体实定于国民之意向，元首当视民意为从违。民意共和，则誓词随国体为有效，民意君宪，则誓词亦随国体为变迁。今日者国民厌弃共和，趋向君宪，则是民意已改，国体已变，民国元首之地位，已不复保存，民国元首之誓词，当然消灭。凡此皆国民之所自为，固于皇帝渺不相涉者也。以上歌功颂德之词，尚可勉强敷衍，至把誓词抵赖，亏他说得出，亏他推得清。我皇帝唯知以国家为前提，以民意为准的，初无趋避之成见，有何嫌疑之可言？而奚必硁硁守仪文之信誓也哉？要之我皇帝功崇德茂，威信素孚，中国一人，责无旁贷。昊苍眷佑，亿兆归心，天命不可以久稽，人民不可以为主。伏冀㧑冲勉抑，渊鉴早回，毋循礼让之虚仪，久旷上天之宝命。亟颁明诏，宣示天下，正位登极，以慰薄海臣民喁喁之渴望，以巩我中华帝国有道之鸿基。代表不胜欢欣鼓舞恳款迫切之至，除将明令发还，本国民代表大会总代表推戴书，及各省区国民代表推戴书等件，仍行赍呈外，谨具折上陈，伏乞睿鉴施行等情。据此，天下兴亡，匹夫有责，予之爱国，讵在人后？但亿兆推戴，责任重大，应如何厚利民生？应如何振兴国势？应如何刷新政治，跻进文明？种种措置，岂予薄德鲜能，所克负荷？前此掬诚陈述，本非故为谦让，实因惴惕交萦，有不能自已者也。乃国民责备愈严，期望愈切，竟使予无以自解，并无可诿避。第创造宏基，事体繁重，洵不可急遽举行，致涉疏率应饬各部院就本管事务，会同详细筹备，一俟筹备完竣，再行呈请施行。凡我国民，各宜安心营业，共谋利福，切勿再存疑虑，妨阻职务，各文武官吏，尤当靖共尔位，力保治安，以副本大总统轸念生民之至意。除将国民代表大会总代表推戴书，及各省区国民代表推戴书，发交政事堂，并咨复全国国民代表大会总代表代行立法院外，合行宣示，俾众周知。此令。

小子随读随录，录毕后，禁不住渐愤起来，乃口占一绝道：

揖让征诛是昔型，六朝篡窃亦彰明。
如何下效河间妇，狎客催妆甘背盟？

老袁既接收帝位，遂有好几种做作施行出来，看官请续阅下回，便有分晓。

两次推戴书：统计不下三千余字，乃不到半日，即草缮俱竣，是明明预先备办，第临时揜人耳目而已。且袁氏尚未承认帝制，而我圣主我皇帝之词，连篇累牍，不识若辈何心，乃竟厚颜若此？袁氏半推半就，真似倚门卖娼，装出许多丑态。吾谓欲做皇帝，简直就做，何必许多做作，愈形其丑耶？作伪心劳日拙，我为诸参政羞，我并为袁皇帝羞。

第五十六回　贿内廷承办大典
结宫眷入长女官

却说袁世凯既承认为帝，紫城里面，热闹得什么相似。当由总统府传出消息，称说袁皇帝登极期间，便是民国五年一月一日。那时一班趋炎附热的官儿，及鬻贱贩贵的商人，都伸着项颈，睁着眼珠，希望那升官发财，有名有利。还有一千九百九十三个国民代表，统以为此番进京，佐成帝业，就使不得封侯拜相，总有一官半职，赏给了他；或另有意外金钱，作为特赐，于是朝朝花酒，夜夜笙歌，镇日在八大胡同中，流连忘返。全国代表，如是如是，几令国民羞杀。哪知一声霹雳，震响天空，政府中颁发命令，叫他各归故里，仍安本业。新妇已经登堂，还要媒人何用。看官！你想各代表到了京都，已将半月，所得川资，统已向楚馆秦楼中，花费了去，而且还有酒债饭债，及各种什物债，满望将来名利双收，了清债务，偏偏要他回里，他们统变做妙手空空，连回去的盘费，统是无着，哪里还好偿债？大家才知道着了道儿，叫苦不迭，至此方知，真是笨伯。没奈何吁告同乡，替他设法。还是杨度、孙毓筠等，脚力稍大，向办理国民会议局中，支出二万元款子，分给代表，每人百元，才得草草摒挡，溜出京城，回乡过年去了。只所有欠项，始终未曾还清，仍是酒店饭店，及各什物店中的晦气，这且休表。

且说帝位已定，明令送颁，一面用压制法，一面用笼络法，计匝旬间，除无关帝制外，约有好几道命令，小子也不胜抄录。节述如下：

十二月十三日申令，此次改变国体，全出国民公意，如有奸乱之徒，造谣煽惑，勾结为奸，当执法以绳，不少宽贷。

十五日策令，封黎元洪为武义亲王。黎固辞，申令不许。

十六日申令，清室优待条件，永不变更，将来制定宪法，继续有效。（因清室内务府咨照参政院，赞成袁氏称帝，乃有此令。）

同日申令，特任溥伦为参政院院长。（黎已封王，故改任清宗室溥伦以示羁縻。）

同日申令，关于立法院议员选举事宜，迅速筹办，准于来年以内召集。

同日教令，修正政事堂组织令，凡大总统发布之命令，由政事堂奉行，政事堂钤印，国务卿副署。（与清制内阁奉上谕同。）

同日批令，蒙古章嘉呼图克图等，奏请正位，实属倾诚爱国，深堪嘉尚，著交蒙藏院传奖。

十八日策令，特任冯国璋为参谋总长，未到任以前，著唐在礼代理，（因冯氏劝进较后，特欲调入京都，免生异志。）

同日申令，旧侣及耆硕数人，均勿称臣。

同日申令，满、蒙、回、藏待遇条件，继续有效。

十九日申令，著政事堂饬法制局将民国元年以来法令，分别存留废止，悉心修正，呈请施行。

同日批令，代理国务卿陆征祥等，奏请准设大典筹备处，已悉。

二十日申令，徐世昌、赵尔巽、李经羲、张謇为嵩山四友，颁给嵩山照影各一帧。

二十一日策令，特封龙济光、张勋、冯国璋、姜桂题、段芝贵、倪嗣冲为一等公，汤芗铭、李纯、朱瑞、陆荣廷、赵倜、陈宧、唐继尧、阎锡山、王占元为一等侯，张锡銮、朱家宝、张鸣岐、田文烈、靳云鹏、杨增新、陆建章、孟恩远、屈映光、齐耀琳、曹锟、杨善德为一等伯，朱庆澜、张广建、李厚基、刘显世为一等子，许世英、戚扬、吕调元、金永、蔡儒楷、段书云、任可澄、龙建章、王揖唐、沈金鉴、何宗莲、张怀芝、潘矩楹、龙覲光、陈炳焜、卢永祥为一等男，李兆珍、王祖同为二等男。

同日策令，特任陆征祥为国务卿，仍兼外交总长。

二十二日策令，追封赵秉钧为一等忠襄公，徐宝山为一等昭勇伯。

同日申令，永远革除太监等名目，内廷供役，改用女官。

二十三日策令，特封刘冠雄为二等公，雷震春为一等伯，陈光远、米振标、张文生、马继增、张敬尧为一等子，倪毓棻、张作霖、萧良臣为二等子，林葆怿、饶怀文、吴金标、王金镜、鲍贵卿、宝德全、马联甲、马安良、白宝山、昆源、施从滨、黎天才、杜锡钧、王廷桢、杨飞霞、江朝宗、徐邦杰、李进才、吕公望、马龙标、吴炳湘为一等男，吴俊升、王怀庆、吴庆桐、冯德麟、王纯良、李耀汉、马春发、胡令宣、莫荣新、谭浩明、周骏、刘存厚、叶颂清、张载阳、张子贞、刘祖武、石星川为二等男，石振声、何丰林、臧致平、吴鸿昌、王懋赏、唐国谟、方更生、张仁奎、陈德修、殷恭先、周金城、李绍臣、康永胜、常德盛、张殿如、马福祥、张树元、李长泰、许兰洲、朱熙、孔庚、方玉普、马龙潭、裴其勋、朱福全、隆世储、方有田、陈树藩、陆裕光、杨以德为三等男。（又予一二等轻车都尉世职，共七十余人，名不备录。）

这数令颁发出来，朝野注目，统说新天子登基在即，所以有此布置，就是老袁心中，也以为恩威并济，内外兼筹，布置得七平八稳，可以任所欲为了。唯筹备大典处，是筹备登极大典，相传于十一月初二日，即已密行设立，至十九日始见发表，尚是掩耳盗铃的计策。起初严守秘密，未敢动用国帑，左支右绌，办理为难。当有二姨太黄氏，与三姨太何氏，首先发起拟将家人私蓄拨出若干，作为筹备处的资本金。统计袁氏妻妾十六人，子十五人，女十四人，每人助一万元，可得四十五万元。他日皇帝登极，各得优先利益，仿佛如前清幕吏，先垫款项，称为带肚子一般。皇帝家中，亦沿此习，确是一段笑史。袁氏正室于夫人，与次子克文，三女淑顺，本未曾赞同帝制，且以为此等恶习，不应出自帝家，因此不愿入股。此外当一致赞成，当下凑集四十二万元，开手筹办，但须觅一亲信可靠的人物，充作处长，方免舞弊。女眷们的金钱，来处不易，所以格外审慎。这消息传达出去，即有人运动斯缺，情愿承认。看官道是何人，就是皇帝伯伯的爱侄儿，名叫乃宽。

他既与老袁认作叔侄，当然如骨肉至亲，无所嫌避，所以出入府中，无论袁氏姬妾，尽得相见。且因他语言柔媚，体态殷勤，容易得人欢心，往来无间，此次即至二姨太三姨太前，乞求推荐，愿先献番佛十万尊，作为孝敬。看官试想，两位姨太太，只携出了二万元，拼入优先股，今复得了十万元，除二万外，还有八万元好处，哪有不允之想？好一场赚钱生意。当下满口承认，即夕向老袁进言道："大典筹备处，已有四十余万元凑集，不日可开办了。但处长一席，总须择一心腹人，方可胜任。"老袁接口道："这个自然。"二姨太便道："据妾想来，莫如御侄乃宽。"三姨太又道："他本是同宗，办事又向来勤谨，真是所举得人了。"可见金钱之魔力。老袁笑道："卿等慧眼，想必不错，我便叫他任事罢。"次日，即召乃宽入内，令为大典筹备处处长。乃宽自然受命，拜谢鸿恩，一面复潜向两姨太处，申鸣谢悃。曾拜倒石榴裙下否？任事以后，第一件是筹办皇帝的龙袍，第二件是筹办后妃的象服；此时京城里面的绸缎绣货庄，要算是山东巨宦开设的瑞蚨祥。该肆闻信，料是一场大主顾，忙到筹备处设法运动，兜揽生意。处长袁乃宽亲与商议，先将回扣议妥，这一着最是要紧。然后与议龙袍的做法。先是袁皇帝授意乃宽，服制尚红，大约是火德主政的意思。乃宽便仰承圣意，拟用着赤金线，盘织龙衮，且通体须缀饰明珠，嵌入金钢钻，还要一顶平天冠，四周垂旒，每旒约用东珠一串，冠檐须缀饰绝大珍珠，才见光彩夺目。这两种代价，由店主人估算起来，差不多要五六十万元。乃宽暗想，现在只有四十万元，连一件龙袍的价值，还是不敷，如何好再办别种服饰？眉头一皱，计上心来，当下与店主人商量，教他垫款包办，一俟皇帝发极，算清账目。店主人乐得应允，便双方订约，再由店中恭绘衮冕格式，呈入御览。老袁很是合意，即嘱他照式织制。并限于阳历年终取用，该店奉旨承办，日夜赶制。

此外一切用品，但把要紧的物件，购办起来。不到数日，已将四十万元用罄。那时筹备处尚未正式批准，急得乃宽没法，只好再请教二姨太。二姨太究竟女流，一时想不出什么法儿，仍嘱乃宽代筹。乃宽道："非请财神爷上台，这事恐办不了。"二姨太笑着道："我知道了，你放心去罢。"财神大名，应该知道。乃宽退出后，不到两日，即由财神爷承认五百万元。既而筹备处正式成立，五百万果然拨到。袁皇帝又密与财神爷商妥，此后一切经费，归他筹拨，待登位后，愿把首揆一席，酬答丰功。财神拜相，恐非所长。财神爷颇也乐允。袁皇帝嘉慰非常，复命将前清三殿，募工修筑，也归袁乃宽一手承办。乃宽连得美差，感激无地，自不消说。

唯女官令下，一班妇女请愿团，也想去攀龙附凤，龙可攀，凤不许附，却也为难。显扬门楣，恐怕是要倒楣。但一时无门可入，未免望洋兴叹，空存这富贵的念头。独有安女士静生，本是请愿团的领袖，更兼腹中有点文墨，口才又很过得去，曾充某女校校长，资格完全，回应四十九回。闻到此令，不禁大喜道："佳运来了。新朝挑选女官长，舍我其谁？"于是淡扫蛾眉，往朝至尊，名刺上镌入妇女请愿团长，及某女校校长头衔，呈递进去。适袁皇帝办公无暇，令诸皇妃招待。那安女士不慌不忙，从容步入，见了各位皇妃，请安跪拜，无不如仪。诸皇妃虽备选六宫，究竟还是候补资格，未曾经过这般恭维，此时见安女士巧言令色，般般可人，遂格外谦恭，待以客礼。安女士固辞未获，勉强旁坐，彼问此答，真个舌上生莲，令人爱羡。渐渐说到女官一事，安女士据实禀陈，竟效毛遂自荐。诸皇妃道："这事须经过睿断，我等未敢作主，但得宸衷首肯，似汝才调，当然可作女官长，何患不成？"安女士道："天下未必无才女，如臣妾的菲材，恐未必上邀睿赏哩。"诸皇妃道："且待禀明后，再行通报。"安女士拜谢而退。

次日又去进谒，诸皇妃欢迎如昨，且与语道："昨夜已替你禀陈，御意拟召你接谈，方可酌夺施行。"安女士道："何时得蒙召见？"诸皇妃道："便在今夕，我等当为介绍人，不过须略待时刻，请少安毋躁便了。"安女士重复拜谢。待至天晚，竟蒙诸皇妃赐给晚餐。可谓富贵逼人来。餐毕，又过了两句钟，老袁才入室休息，诸妃即带着女士晋谒老袁，安女士三跪九叩，从容尽礼。老袁问了数声，应对无不称旨，便面谕道："你可出外待命罢。"越日，即密令心腹，调查安女士履历，所有请愿团长及某校长的头衔，的确无讹，并且都中人士，有口皆碑，遂据实禀复。老袁尚在迟疑，无非怕她是革命党。又经诸姬妾从旁怂恿，乃特选入宫，命为侍从女官长。这安女士得充是选，即日入内，提起全副精神，趋承意旨。除袁皇帝外，无论皇后妃嫔，及皇子公主等，一入安女士眼中，便能识他心性，揣摩迎合，靡不中彀。因此入值府中，上和下睦，差不多如家人妇子一般。袁皇帝即命她招选女官，定额一百二十人。安女士仗着材能，即恭拟招选女官章程，进呈睿鉴，当蒙批准，因将章程宣布，厘分八条，胪列如右：

（一）须身家清白，及品谊纯正。（二）年龄在十四岁以上，二十五岁以下。（三）略具姿色，又体质健全，无其他暗疾者。（四）未出室及未受聘之闺女。（五）或孀妇而未经生育者。（六）无烟酒赌博诸嗜好。（七）三年后即开放出宫，其有愿留者听。（八）三年期满后，由女官长奏请皇上，择尤优奖。

这章程颁布后，女界争先恐后，群来报名。安女士又增订新例，凡欲应选诸妇女，当报名时，须预缴银币十元，如不合格，此款不得索还，能合格当选，还要各缴一百元，叫作入宫费，这乃是安女士理财的妙法，好坐取这一、二万元，饱入私囊。又订定每月俸给，女官长月俸，计洋四百元，还有公费百元；女官分一、二、三、四等阶级，一等月俸二百元，四等六十元。安女士又有特别好处，按照八五成发给，余银也自己享受了。至若女官的膳餐费，衣服妆饰费，统要女官长经理，每月开具细账，向庶务处支领，免不得要浮报若干。统计安女士进账，实属不少，不过每月孝敬皇妃，却也要耗去一半。各皇妃爱她敏慧，都向老袁处说项，老袁晓得什么，还是自诩知人。小子有诗咏安静生道：

几生修得到宫廷，福至应教心独灵。
纵使皇纲悲短命，绣囊已贮万钱青。

岁月将阑，登极期日近一日，不料外面的鼙鼓声，竟动地而来。欲知何处兴兵，且至下回续叙。

本回专叙大典筹备处，及女官长二事，而于承认帝位后种种措置只汇叙一段，不复详说，阅者得毋嫌其太略乎？曰非略也。各种命令，具见明文，不特政府公报，记载特详，即如各处新闻纸，亦备列无遗，海内人士，无不闻知。独宫廷秘幕，非经揭述，鲜有识其隐者。观袁乃宽之谋得筹备处长，及安静生之乞得女官长，无在非打通内线，才得如愿。袁皇帝亦幸而短命耳？否则内嬖外宠，贻祸无穷，其不致覆国者几希。

第五十七回　云南省宣告独立　丰泽园筹议军情

却说京城里面，正演那大登殿的戏剧，那时江西、四川、广东诸省，却也有几个江湖草寇，羡慕老袁，曲为摹仿，悬着好几块皇帝招牌，居然称孤道寡起来。江西有两个草头王，一个是南康县人邱宝龙，一个是万年县人雷葆福。四川的草头王叫作王虎林，原籍广东香山县；还有他同帮李半仙，是羽客出身，遥应王虎林，组织保皇会，就在香山县中，拣一僻静所在，高搭仙棚，号召徒众，瞎闹了好几天。官兵奉了大将军令，前来搜剿，杀得这班草头王，东窜西逃，结果是捉到断头台，陆续毕命。皇帝下台，大都如此，袁皇帝何尚未悟？只有李半仙闻风逃走，不知去向。究竟是个羽士，有点法术？这本是幺幺小丑，不足挂齿。但也由老袁想做皇帝，引出这班草头王来。老袁闻着，暗想他无拳无勇，也想自称皇帝，真似癞虾蟆想吃天鹅肉，令人忍笑不禁。哪里及得来你。接连又有上海民党联络海军学生陈可钧，夺得黄浦江口的肇和兵舰，驶入江心，开起炮来，攻击制造局。海军司令李鼎新急督领海琛兵舰，放炮还击，党众势不能敌，只好窜去。独陈可钧无从奔逃，当被拿住，枪毙了事。另有一部民党，从陆路进攻制造局，也被护军使杨善德派兵防堵，不能得手。民党完全失败，李鼎新受谴议处，杨善德蒙奖叙功。陆海军官弁，又保举了好几人。袁皇帝以为平乱有余，毫不足虑，就是海外的华侨，及各项留学生，并海内反抗帝制的各种联合会，联电到京，诘责政府，老袁全不在意；甚且半途搁沉，未曾送达总统府中，连袁氏也未曾过目。到了十二月二十三日，忽由政事堂接到云南密电，翻阅以后，自国务卿下，统不胜惊愕起来。看官道是何电？乃是一篇严问老袁，差不多似哀的美敦书。其文云：

北京大总统钧鉴：自国体问题发生后，群情惶骇，重以列强干涉，民气益复骚然，佥谓大总统两次即位宣誓，皆言恪遵约法，拥护共和，皇天后土，实闻此言，亿兆铭心，万邦倾耳。记曰："与国人交，止于信。"又曰："民无信不立。"今失言背誓，何以御民？比者代表议决，吏民劝进，推戴之诚，虽若一致，然利诱威迫，非出本心，而变更国体之原动力，实发自京师，其首难之人，皆大总统之股肱心膂，盖杨度等六人所倡之筹安会，煽动于前，而段芝贵等所发各省之通电，促成于继，大总统知而不罪，民惑实滋。查三年十一月四日申令，有云："民主共和，载在约法，邪词惑众，厥有常刑，嗣后如有造作谰言，紊乱国宪者，即照内乱罪从严惩办"等语。今杨度等之公然集会，朱启钤等之秘密电商，皆为内乱重要罪犯，证据凿然，应请大总统查照前项申令，立将杨度、孙毓筠、严复、刘师培、李燮和、胡瑛等六人，及朱启钤、段芝贵、周自齐、梁士诒、张镇芳、雷震春、袁乃宽等七人，即日明正典刑，以谢天下。更为拥护共和之约言，涣发帝制永除之明誓，庶几民喦顿息，国本不摇。尧等夙蒙爱待，忝列司存，既怀同舟共济之诚，复念爱人以德之义，用敢披沥肝胆，敬效忠告，伏望我大总统改过不吝，转危为安，否则此间军民，痛愤久积，非得有中央拥护共和之实据，万难镇劝。以上所请，乞以二十四小时答复，谨率三军，翘企待命。开武将军督理云南军务唐继尧，云南巡按使任可澄叩。

政事堂以事关重大，不敢隐匿，只好转呈袁皇帝。袁皇帝览毕，却也皱起眉来，半晌才道："日前曾接云南各种电呈，并没有反叛形迹，这道密电，莫非乱党假冒不成？"便召入国务卿陆征祥，嘱咐道："你可用政事堂名义，电询云南，是否假冒才是。"陆征祥应命而出，即拟电拍发，大旨说是："顷悉来电，与前三日致统率办事处参谋部及本堂电，迥不相同，本堂决不信云南有此事，想系他人捏造代发，请另具邮书，亲笔署名"云云。电发后，竟没有复电到来。政事堂中，尚眼巴巴的望着邮音，谁知他已宣布独立，竖起讨袁旗帜来了。

小子于五十三回，曾说蔡锷遣王伯群至滇，密告唐继尧准备起义，拥护共和，唐遂遍谕军人赶紧预备，专待蔡锷到来，协力讨袁。适前江西都督李烈钧由日本至香港，亦有密电约唐，令他举事。唐亦复电相邀，请作臂助。十二月十七日，李偕熊克武、龚振鹏、方声涛到滇，与唐晤谈竟夕。越日，即在忠烈祠会议，巡按使任可澄，及军官黄毓成、赵复祥，罗佩金、邓大中、杨蓁、董鸿勋、黄永社等，统到会场，当由唐继尧邀同李烈钧，入会开议，讨论军事财政外交诸大端。计划已定，只有蔡锷未到，尚是按兵不动。又过两天，那蒙犯霜露、历经艰险的蔡将军，竟由海登陆，直抵云南。小子叙述至此，恐看官又要动疑，上文五十四回中，不曾叙过老袁密计，两路防备么？紧呼前文，笔法严密。难道蔡将军有飞行术，竟能凭空到滇，得免网罗？这是看官最要的疑问，由小子答述出来。原来蔡锷先到日本，参政戴戡亦与他有密约，踵迹东来，还有殷承瓛、刘云峰、杨益谦三人，与蔡锷向系故交，自遭民党嫌疑，遁迹东洋，此次悉行会晤，遂想迂道入滇。无如驻日公使陆宗舆，奉袁密令，随时侦查。蔡乃赴日本医院治病，且常寄函政府，报告民党行踪。至濒行时，预拟寄袁书十余通，密交契友，托他隔日一发，自与戴、殷、刘、杨四人登舟赴滇，不但老袁被他瞒过，连陆宗舆也无从觉察。及舍舟登陆，道经蒙自，恐刺客当路，各化装为窭人子，徒步偕行。忽前面遇一大汉，彪形虎躯，状极凶悍，猝问蔡锷道："你等到哪里去？"蔡锷诡言途次遇盗，银钱行李，俱被劫去，拟归龙州故里。言未毕，那大汉竟厉声道："你得毋为蔡锷么？"锷不动声色，力辩非是，暗中却取出手枪，枪栝一响，大汉即应声而倒。忽刺斜里又闪出数人，跳跃而前，锷又连发数枪，戴戡等亦出枪助击，约毙数人，只剩一人返身欲奔，被蔡锷追上一步，把他擒住。那人长跪乞饶，具言受袁密令，不得已来此。蔡锷笑道："饶便饶汝，但汝须传语老袁，此后勿再行此鬼蜮手段。"那人方拜谢去讫。既而阿迷县知事张一鹍，闻蔡入境，也想讨好中央，设法图蔡，可巧南防师长刘祖武，已接唐督来电，嘱他欢迎蔡锷，锷亦因刘是旧部，急往与会，两下相见，欢然道故，并就防营中宴叙一宵。翌晨，由刘军护送入省。张一鹍计不得逞，方才无事。

蔡锷既到省城，唐、任以下，出城郊迎，父老士女，争集道旁，欢声雷动。至入城后，略叙寒暄，即由蔡锷问及军备。唐继尧道："已预备多日了，专俟君来，以便举义。"蔡锷又问道："饷械可备就否？"唐继尧道："除本省库款及兵械外，南洋华侨，愿助款六十万元，安南也有若干枪炮运来，统共核算，足供半年。"蔡锷道："袁氏叛国，中外同愤，半年以内，当可除袁，唯事不宜迟，请早日宣布独立罢。"唐继尧道："海外饷械，明后日即可到齐，我等就在阳历年内，举起义旗，可好么？"蔡锷答言甚好。唐继尧乃请他休息一两天，才议行军事宜，蔡锷许诺。次日，由南洋运到华侨助款六十万元，并由安南运来枪炮多种，二十二日晚间，开全体大会，议定起义手续，先由唐、任两人名义，电迫袁氏取消帝制，诛除祸首。当下拟好电稿，于二十三日拍发，限他二十四小时答复。哪知复电到来，尚是假惺惺的问他真伪，于是决计讨袁，即于二十五日，宣告云南独立，复邀同贵州护军使刘显世，联名通电各省云：

各省将军，巡按使，护军使，镇守使，师长，旅长，团长，各道尹公鉴，并请转各报馆鉴：天祸中国，元首谋逆，蔑弃约法，背食誓言，拂逆舆情，自为帝制。卒召外侮，警告迭来，干涉之形既成，保护之局将定。尧等忝列司存，与国休戚，不忍艰难缔造之邦，从此沦胥，更惧绳继神明之胄，夷为皂圉，连日致电袁氏，劝戢野心，更要求惩治罪魁，以谢天下。所有原电，迭经通告，想承鉴察。何图彼昏，曾不悔过，狡拒忠告，益煽逆谋。夫总统者，民国之总统也，凡百官守，皆民国之官守也，既为背叛民国之罪人，当然丧失元首之资格。尧等深受国恩，义不从贼，今已严拒伪命，奠定滇黔诸地，为国婴守，并檄四方，声罪致讨，露布之文，别电尘鉴。更有数言，涕泣以陈诸麾下者，阋墙之祸，在家庭为大变，革命之举，在国家为不祥。尧等夙爱平和，岂有乐于兹役？徒以袁氏内罔吾民，外欺列国，有兹干涉，既濒危亡，苟非自今永除帝制，确保共和，则内安外攘，两穷于术。尧等今与军民守此信仰，舍命不渝，所望凡食民国之禄，事民国之事者，咸激发天良，申兹大义。若犹观望，或持异同，则事势所趋，亦略可预测。尧等志同填海，力等戴山，力征经营，固亦始愿所在，以一敌八，抑亦智者不为。麾下若忍于旁观，尧等亦何能相强，然量麾下之力，亦未必摧此土之坚，即原麾下之心，又岂必欲夺匹夫之志？长此相持，稍更岁月，则鹬蚌之利，真归于渔人，而萁豆之煎，空悲于铄釜。言念及此，痛哭何云。而尧等则与民国共生死，麾下则犹为独夫作鹰犬，坐此执持，至于亡国，科其罪责，必有所归矣。今若同申义愤，相应鼓桴，可拥护者为固有之民国，匕鬯不惊，所驱除者为民国之一夫，天人同庆。造福作孽，在一念之危微，保国复宗，待举足之轻重。敢布腹心，唯麾下实图利之。唐继尧、蔡锷、任可澄、刘显世、戴戡暨军政全体同叩。

通电既布，乃更议组织军队，前提及出师名义，或拟用共和军，或拟用滇、黔联合军，或拟用中华民国第一军，或拟用靖难军。独蔡锷起身说道："此次举义，系国民放逐独夫，不应沿用'共和'二字，至若其他各名称，非旗帜暗昧，即范围太隘。窃思军人以救国为天职，此时讨袁，仍不外一救国问题，或直称救国军，否则或称护国军，亦无不可。"唐继尧道："不如'护国'两字罢。"大众齐声称善。蔡锷又道："军队出发，必须有一统率机关，这名义却也要紧。"各军官道："应该称元帅府，或临时元帅府。"唐继尧道："元帅二字，名目太尊，似应缓待贤能，不若径称总司令。"蔡锷鼓掌赞成。唐继尧又道："鄙人不材，忝膺重任，好容易经过两年，今蔡公来滇，正是鄙人卸肩的日子，鄙人情愿督师出征，这将军一席，仍让蔡公复任。"蔡锷摇首道："锷来此地，欲保障真正共和，为诸同胞谋幸福，并非为自己谋名利。唐公此举，转予外人口实，疑锷来攫取此席，锷哪里承受得起，只好从此告别了。"唐固让德可风，蔡尤立言正大。言已，抽身欲行。唐继尧连忙挽住，且语道："公不愿为，继尧愿让李君。"李烈钧忙道："蔡公尚不肯受任，烈钧更不敢受了。"蔡锷又道："今日起义，目的在推倒袁政府，他事且慢慢计议。唯与唐公相约，阃以内专属唐公，阃以外属锷与李君分任罢。"唐继尧尚欲有言，军官齐声道："唐将军请勿过谦，还是从蔡公议为是。"唐乃承认下去，随即续议各军组织法及任务分配，分道进行。议定如左：

中华民国护国第一军总司令，归蔡锷担任，出发四川，进图湘、鄂。

中华民国护国第二军总司令，归李烈钧担任，出发广西，进图粤、赣。

中华民国护国第三军总司令，归唐继尧担任，防守云南本省。

先是云南有二师一旅，警备队四十营，至此统编作陆军，共计七师，分隶三军。第一第二两军，各率三师，还有一师属第三军，兵额不足，另设征兵局，添募新军。又各师均编成梯团，一梯团的兵力，约与混成旅相同。第一第二两军，各设四梯团，第三军设六梯团，各设司令参谋等官，俾专责成。一面布告人民，各安本业，一面照会各国领事，切实保护侨民，从前各项条约，继续有效。唯自帝制发生后，袁政府与各国所订条约等件，均不承认；且各国官民，如赞助袁政府，及战时禁制品，即当视同仇敌，没收该物。那时各国领事，接收照会，大都默认无言。二十七日，第一军总司令部，已经组成。自总司令蔡锷以下，总参谋长，用了罗佩金，参议处长就任殷承瓛，外如秘书李曰垓，副官长何鹏翔等，统系滇中名流。当日下动员令，饬第一梯团长刘云峰，率领所部，向四川进发去了。

警信迭达中央，老袁也惶急起来，忙就总统府内的丰泽园，作军事会议厅，连开御前会议，召集文武官属，筹议南征。大家都想望登极，领太平宴，奏朝天子乐，哪个肯出去打仗，便纷纷献议道："云南一省地方，僻处偏陲，能成什么大事？但教湘、蜀各省，集兵阨守，令他无路可出，自然束手待毙，不到数旬，便可平定了。"太看得容易。老袁道："话虽如此，恐他讹言煽惑，摇动邻省，倒也不可不防。"大家复道："癸丑一役，长江南北，统被传染，尚且数旬可平，区区唐继尧怕他什么！"狃胜而骄，便是败象。老袁道："蔡锷也到云南，这人却不可轻视，他托言养疴日本，前几天还有书函寄来，谁知他瞒得我好，竟潜往云南。昨寄电陆宗舆，叫他问明日本医院，据言已于十数日前，回国去了。你道他有这般诡谋，岂非是大患么？"言下非常懊怅。悔已迟了。经大众禀慰数语，方电命驻岳陆军第三师长曹锟，率师赴湘，据守要塞，候令征滇，旅长马继增，带领第六师的第十一旅，由鄂赴岳，与曹换防；并电饬四川将军陈宧，速派得力军队，固守叙州，力拒滇兵北上。还有最紧的一着，是谕饬邮政电报各局，凡自云南发出的函电，或与云南事互相关系，均严行搜查，不准拍发。老袁此策，以为可禁止煽惑，不知消息不灵，反致隔阂，兵贵神速，讵宜出此？一面再令政事堂，迭驳云南通电，逐渐加严。二十六日的电文，语意尚含规劝，略说："政见不同，尽可讨论，为虎作伥，智士不为，且列强劝告，并非干涉，总统誓言，亦视民意为转移，现既全国赞成君宪，云南前日，亦电表赞同，奈何出尔反尔，有类儿戏”等语。二十七日的电文，归咎蔡锷，说他：“潜行至滇，胁诱唐继尧，唐应速自悔罪，休为宵小所惑”云云。到了二十九日，方颁发明令，谓：“据参政院奏称，唐、任等有三大罪：（一）构中外恶感，（二）背国民公意，（三）诬国家元首，均着即行褫职，并夺去爵位勋章，听候查办。蔡锷行踪诡秘，诪张为幻，亦着褫职夺官，并夺去勋位勋章，由该省地方官勒令来京，一并听候查办。”另派张敬尧带领第七师，自南苑赴鄂，巩固鄂防；并加张子贞将军衔，暂代督理云南军务，刘祖武少卿衔，代理云南巡按使，令他排击唐、任，自相攻击的意思。

哪知张子贞、刘祖武两人，已在唐将军麾下，效力讨袁，张任将军署内的总参谋长，刘任第三军第四梯团司令官，不但不受袁令，并且声罪致讨，略言：“袁氏妄肆更张，僭称帝制，民情不顺，列强干涉，丧权辱国，亿兆痛心，本省举义，势非得已。子贞等忝总师干，心存爱国，近接京电，欲饵以利，要知子贞等为国忘身，既非威所能胁，亦岂利所可诱。”云云。老袁料不可遏，又运动英使朱尔典，转嘱驻滇英领事葛夫，规劝云南取消独立，并嘱托法使康悌，由安南妨害云南边防。两使言语支吾，始终不肯效力，气得老袁火星透顶，说不尽的忿恨。正在短叹长吁，忽由袁乃宽呈进龙袍一件，展将开来，却是五花六色，格外鲜妍，他又不禁转怒为喜，连声叫好。好象小儿得着新衣。乃宽便进谀道：“登极期已到了，月朔即要改元，如何年号尚未颁布？”老袁道：“年号是已经拟定了，可恨这云南无故倡乱，反弄得我动静两难呢。”乃宽道：“这也何妨。”老袁皱着眉，摇着头，半晌才说出数语来。正是：

不如意事常八九，可与人言无二三。

未知所说何词，且看下回续述。

云南举义，拥护共和，其致中央一电，已足褫袁氏之魄，嗣复通电各省，益足诛袁氏之心。而老袁含糊对付，先由政事堂迭发三电，尚未敢明言其非，及滇军出发，不得已下令褫职，倘或自反而缩，亦何至迁延若此？一则堂堂正正，一则鬼鬼祟祟，以视癸丑一役，其情形殊不相同。盖彼时之袁氏，虽有叛国之心，而无叛国之迹，至此则心迹俱彰，欲掩无自。宜乎一夫作难，而全局瓦解也。然袁氏之心苦矣，袁氏之心苦，而其术亦愈穷矣。

第五十八回　庆纪元于夫人闹宴
仍正朔唐都督誓师

却说袁氏叔侄，谈及登位事，老袁愀然道："我本拟改元登极，但据目前情势，只好暂从缓议。云南事我却不怕，但恐外交一方面，又惹起什么交涉，不得不慎重将事哩。"乃宽道："圣明洞鉴万里，臣侄非常钦佩，唯为了云南小丑，延迟大典，一恐叛徒玩视，愈长嚣陵，二恐改元无期，致多窒碍。试想云南辽远，劳动六师，就使一举荡平，也非数旬不可，那时明诏改元，转与历数未合，这却还求鉴察呢！"老袁道："我正为此事打算，想不出什么妥当法儿，现在也顾不得许多了，且改了元再说。"乃宽道："登极呢？"老袁道："这……这事且从缓办。"乃宽道："改了元，怎么不登极？"老袁道："我自有我的意见，你不必多言。"无非是贼胆心虚。乃宽唯唯而退。越宿，便是阳历除夕，早晨已过，并没有什么改元登极的消息，一班定策佐命的功臣，都往政事堂探听，也不见有何等举动，连国务卿陆征祥，都猜不透老袁的意思，大众乃回去午餐了。待至未牌以后，方颁出改元的申令道：

据大典筹备处奏请建元，著以民国五年，改为洪宪元年。

各官僚见了此令，复统去探问袁乃宽，曾否元旦登极？乃宽又将老袁所嘱，略述一遍，众情又未免诧异，但也不便入内申请，只好啧啧私议罢了。是夕，总统府中，照例守岁，老袁召集家人子女，共聚一堂，开团圆宴，叫作合家欢筵席。并因翌日改元，预表庆贺。当时候补皇妃，候补皇子皇孙，及候补皇女等，全体列席。中央设着两座，两旁依次陪侍。花团锦簇，玉绕珠环，小子叙至此处，爰将袁家眷属，一一指名，略载履历，借供看官闲览，胪述如下：

袁家姬妾

（一）闵氏朝鲜人，系闵氏养女，相传其本姓金氏，寄养朝鲜王妃母家，小名碧蝉。（二）黄氏绰号小白菜，与袁同里，系豆腐肆中黄氏女。（三）何氏系苏州商人女，小名阿桂。（四）柳氏小名三儿，系天津韩家班名妓，见四十八回。（五）洪氏即洪述祖妹，见四十六回。袁氏第五妾，名红红，亦勾栏中人，袁任鲁抚时，红红与仆私，为袁所杀，故不列入。（六）范氏与袁同里，系袁氏乳媪女，小名凤儿。（七）叶氏扬州人，父叶巽，候补河南知县。父殁家落，女鬻诸绅家，转赠袁为妾。（八）贵儿系盛氏婢女，小名贵儿，亦扬州人，姓名未详。（九）（十）大小尹氏初为第六妾洪氏使女，系同胞姊妹，籍贯未详。（十一）汪氏与袁同里，系榜人女。（十二）周氏本杭州名妓，能诗，别号忆秦楼。（十三）虞氏本袁家侍婢，小名阿香，姓氏未详。（十四）洪氏系洪述祖侄女，小名翠媛，与第五妾洪氏，有姑侄之称。

袁家子

（一）克定于夫人所出。（二）克文闵氏所出，或谓系黄氏子。（三）克良黄氏所出。（四）克端何氏所出。（五）克权第六妾洪氏所出。（六）克桓柳氏所出。（七）克齐何氏所出。（八）克轸叶氏所出。（九）克玖同上。相传与黎黄陂女结婚，即此子。（十）克坚（十一）克安（十二）克度（十三）克相（十四）克捷（十五）克和生母均未详。

袁家女

（一）淑贤闵氏所出，能诗工画，适张氏子。（二）淑顺何氏所出，适沈而寡，留居母家。（三）淑婉叶氏所出，所适未详。（四）淑贞柳氏所出，字杨氏子。（五）淑芳生母未详。（六）淑兰叶氏所出，相传以此女字宣统帝。（七）淑缇（八）淑瑾（九）淑珍（十）淑梅（十一）淑芸（十二）淑玲（十三）淑英（十四）淑□生母均未详。

附克定长子名家融系世凯长孙，余孙六人从略。

老袁坐了首位，左盼右顾，除长女淑贤，三女淑婉，已经适人外，其余统共列席。独于夫人尚未到来，当命人三请四邀，尚是足迹杳然。等到酒已数巡，还是虚左以待，老袁不觉懊恼，令婢仆等再行催逼。于夫人方缓步行来，甫至席间，即闻老袁厉声道："你有什么公干，挨到此时才来？"于夫人道："为什么大惊小怪？皇帝未曾做得，先摆起架子来了。须知你我是患难夫妻，就使你做皇帝，也不能向我呵斥哩。"老袁闻这数语，越觉愤不可遏，便怒气勃勃道："你这黄脸婆子，不中抬举，我若登了大位，先将你贬入冷宫。"于夫人也愤着道："你是个没良心人，不顾夫妻旧谊，倒也罢了，就是我袁家祖宗，世受清室厚恩，你也曾受清爵禄，官居极品，不思竭力报效，反乘着南军革命，逼清退位，妄思为帝，祖宗有灵，恐不容你，清朝的列祖列宗，如或有知，更不容你。你还要朝称皇帝，暮称皇帝，来吓我么？"借于夫人口中，痛骂老袁，令人浮一大白，然亦有据而谈，并非全体捏造。老袁听了，竟立起座来，把袖一卷，几欲以老拳相饷。于夫人又接着道："我已早知有今日了。你是姬妾满前，儿孙绕膝，还要我这老东西何用，我还是早死了罢。"说着时，已是涕泪满面，并欲拼着老命，向老袁前撞将过去。亏得众位候补皇妃，两边分劝，力为调解，才免争殴。于夫人负气自去，老袁恨恨不止，阖座为之不欢。就是不祥之兆。

洪姨乃献谀贡媚，举酒劝袁，周姨等相继把盏，老袁不忍拂意，勉勉强强的再饮数觥。怎奈闷酒入肚，最易致醉，更兼时逾夜半，禁不住睡眼矇眬，洪姨扶他入室，和衣安寝，复出室令撤酒肴，一面召入袁乃宽，密商了好多时，复与大众筹划一番，多半称为妙策，只克文、淑顺默不一言。乃宽去后，转眼间天已破晓，由洪姨手取龙袍，搀起老袁，替他穿着。老袁就醉梦中惊醒，问及何事？洪姨诡言："天气骤寒，应加重袭。"老袁含糊道："何不扶我去睡？"洪姨又诡词相应，当命侍从舁入肩舆，扶袁登舆而去。向来袁在府中，常以肩舆代步，此时老袁醉梦尤酣，还道是照常往来，无甚惊异，到了居仁堂，才觉醒了一半，开眼四瞧，但见国务卿以下，统已排班鹄立，伺候登基，堂上摆着一个宝座，两旁是檀香雕成的龙形，互相蟠绕，正中是红缎绣成的龙形，作为披垫，返顾自身，也已穿着一件赤龙遍体的帝服，不觉诧为异事。又向头上一摸，尚未戴着冕旒，却不禁暗笑起来，慢腾腾的下了肩舆，复觉背后有人随着，回头一瞧，乃是恭奉帝冕的御侄儿，当下微笑道："你们为什么演这把戏？"语未毕，忽听"皇帝万岁"的声浪，喧集一堂，绕梁不绝，那时不便承认，又不便不承认，只好向大众，说了几句套话，无非是德薄能鲜，容待异日等语。话才说完，大众复叫起"皇帝万岁"来，接连是六君子十三太保，拥到老袁面前，恭请升座。御侄儿且跪进帝冕，老袁却不敢接受，只走到宝座前面，踌躇片时，又徐徐的踱至座后，再徐徐的踱至座前，如是三次，乃决定意见，面谕群僚道："正朔虽颁，登极尚须择吉，尔等且静待后命罢！"究竟不敢登台。群僚乃鼓舞而散。

只御侄儿尚是随着，返至内室，再行诘问，才知是洪姨所为。可巧洪姨邀同诸妾，打扮得花枝招展，前来谒贺，老袁便笑语道："你等想册作妃嫔么？但此举未免太早了。"洪姨道："妾等特来朝贺，几曾见改元以后，尚未登极的天子么？"老袁道："你等晓得什么？"洪姨道："妾却有点分晓，陛下所虑，无非为了外交的关系，其实此事何足介怀。我袁家做皇帝，与他何干？况陛下做的是中国皇帝，不是想做外国皇帝，更觉与他无涉。今日为元旦令辰，妾等就此朝贺罢！"言毕，拥袁入座，就一同跪下，也是三呼万岁，满口臣妾。引起这位袁皇帝乐不可支，便垂拱南面，实受他三跪九叩首大礼。是谓骄其妻妾。群姬朝毕，袁皇帝兴味盎然，当即下令，改称总统府为新华宫，府内收文处，改作奏事处，府内总指挥处，改作大内总指挥处，复拟规复坛庙制度，并将袁氏历代祖茔，改为陵寝等情，饬大典筹备处敬谨议行。

看官记着，这是中华民国五年第一日，袁皇帝既自建年号，改为洪宪元年元旦，是已与民国断绝关系，论起理来，就是背叛民国，国民并未服从帝制，应该仍用民国正朔。断制谨严，好似洪钟震响。适云南军政府，也于是日成立，罢除将军巡按使名义，合并军巡两署，略照民国元二年旧制，组成都督府。都督一职，由大众公推，仍举了唐继尧，当由公民赵蕃等通电全国，其辞云：

北京各堂处部院局所，各省将军巡按使，都统办事长官，巡阅使，护军使，镇守使，全国各报馆商会鉴：袁氏谋覆民国，约法上之谋叛罪，业已成立，当然丧失总统资格。在新总统未经举定以前，云南公民，公举唐公继尧为云南都督，奉民国之正朔，守民国之疆土。昨闻电传伪令，尚有特任督理云南军务，及云南巡按使字样，当然认为无效。唐公与民国共存亡，吾滇千七百余万人，誓与唐公共生死，此为吾滇真确民意，不容元恶假借，合电奉闻。

唐继尧既任云南都督，当即偕蔡锷、李烈钧等，率领全军，于民国五年正月朔日，亲至校场，祭告天地，正式誓师。当由唐继尧亲读誓文，文云：

维中华民国五年元旦，继尧等谨以牺牲酒醴，昭告昊天后土。而誓于师曰：呜呼！民贵君轻，万邦是式，贼仁残义，一夫可诛。矧国是之久成，何逆谋之可宥？鲁连蹈海，尚耻帝秦。管宁适辽，不甘臣魏，岂有国步方艰，群情望治，遂乃妄侈边幅，效井底之蛙鸣，夷我华宗，戴冢中之枯骨者哉？粤自武昌首义，中土云从，五族一家，亿姓同德，扫除专制，创建共和，应世界之文明，为友邦所承认。乃者袁逆世凯，谋叛民国，复兴帝制，黄屋大纛，遽兴非分之思，砺山带河，无复未寒之约。移钟簴于反掌，家天下局势已成，输岁币以寻盟，小朝廷面目安在？急子孙万世之私计，误国家百年之远图。本都督服役民国，作镇滇疆，痛国家之将沉，恨独夫之不剪。爰整义旅，恭行天讨，击祖逖渡江之楫，誓清中原，问新莽指斗之杓，能持几日。嗟尔有众，尚其弼予！呜呼！尔唯克奋厥武，实乃无疆之休，予亦允报汝功，永有不次之赏。嗟尔有众，尚钦念哉！

誓文读毕，全军统呼“民国万岁！”声彻山谷。比皇帝万岁之声，多寡何如？及唐都督等返至督署，父老人民，及男女学生，齐集督署门首，手持鲜花，庆祝共和，复三呼“民国万岁！”真个是众志成城，大将军何等威武！义声载道，小百姓共表同情。眼见得人心不死，正气犹存，我中国一座锦绣江山，不容那袁氏并吞下去，这且不必细说。还有一道讨袁的檄文，也是民国五年元日所发，用着云南护国军名义，历数袁世凯十九大罪，小子欲叙述檄文，先口占一绝云：

揭破阴谋使共知，欲欺人处究难欺。

试看布檄宣袁罪，一纸书同十万师。

欲知檄文中如何说法，且至下回说明。

于夫人闹宴一出，虽未免含着醋意，而受清厚恩数语，却是名正言顺，直使老袁无可置喙。老袁之制造民意，作奸售伪，且不能信于其妻，况他人乎？况全国国民乎？迨至被异登堂，第绕龙座三匝，始终不敢登座，毋乃为黄脸婆数言，有以夺其气而怵其心欤？厥后闻洪姨言，又激起侈念，迭发数种改制之命令，憧憧往来，朋从尔思，可愤亦可悲也。唯袁氏改元，而民国正朔，应归云南护国军接收，故于唐继尧之正朔誓师，直接叙入，不敢少漏，看似寻常补叙，而用笔实寓有深意，阅者当于夹缝中求之可也。

第五十九回　声罪致讨檄告中原　构怨兴兵祸延邻省

却说唐继尧既正式誓师，复做了一篇讨袁的檄文，布告天下。这檄文中列着十九大罪，把袁世凯的隐情，和盘托出，比那陈琳讨曹操，骆宾王讨武曌，尤觉淋漓尽致，令人叫绝。小子特详录如下：

维中华民国五年元旦，云南中华民国护国军军政府，都督唐继尧，第一军司令官蔡锷，第二军司令官李烈钧檄曰：盖闻辅世之德，笃于忠贞，长民之风，高于仁让。使枭声雄夫，野心狼子，逞城狐之凶姿，弄僭窃之高位，则我皇王孝孙，并世仁让，谊承先烈，责护斯民。哀恫郁纡，成兹愤疾，大义敦敕，谁能任之？国贼袁世凯粗质曲材，赋性奸黠，少年放僻，失养正于童蒙，早岁狂游，习鸡鸣于燕市；积其鸣吠之长，遂入高门之窦。合肥小李，惊其谲智，谓可任使，稍加提擢，遂蒙茸泽，身起为雄。不意其浮夫近能，浅人侈志，昧道懵学，聘驰失轸，遂使颠蹶东国，覆公悚以招虎狼；狡诈兴戎，缺金瓯以羞诸夏。适清廷昏昧，致稽刑戮，犹包藏秽毒，不知愧耻，殚其暮夜之劳，妄窃虎符之重，黄金横带，卖孱主于权门，黑水滔天，引强敌以自重。虽奸逆著明，清廷知戒，犹潜伏羽势，隐持朝野。降及辛亥，皇汉之义，如日中天，浩气飚飞，喷薄宇宙，风云滂沛，集兴武汉之师，士马精妍，远响东南之鼓；造黄龙而会饮，纳五族于共和，大势坌集，指日可期。天不佑华，诞兴贼子，蠢彼满室，引狼自庇。袁乃凭借旧资，攀援时会，伪作忠良，牢笼将卒，胁逼孤寡，夺据朝权，复伪和民声，迷夺时贤，虚结鬼神，信誓旦旦，懦夫惧戒，过情奖许。维时南军渠帅，实亦豁达寡防，堕彼奸计，倒持太阿，豢此凶逆。迨大邦既集，势威益专，遂承资跋扈，肆行凶忒，贿通魑蜮，棋布阴谋，毒害勋良，摇惑众志，造作威福，淆撼国基，背法畔民，破败纲纪，癸丑之役，遂有讨伐之师。天未悔祸，义声失震，曾不警省，益复放横，骄弄权威，胁肩廊庙。是以小人道长，凶德汇征，私托外援，滥卖国权。弑害民会，私更法制，纵兵市朝，威持众论，布散金璧，诱导官邪，冀以其积威积恶之余，乘世风颓靡廉耻灭没之后，得遂其倒行逆施，僭登九五之欲。故四载以还，天无常经，国无常法，民无定心，官无定制，丹素不终朝，功罪不盈月，游探骄兵，睚眦路途，贪官污吏，黩乱朝野，以致庶政败弛，商工凋敝，尤复加抽房亩，朝夕敛征，假辞公债，比户勒索，淫刑惨苛，民怨沸腾，凶焰所至，道路以目，此真世道凌夷之秋，天人闭隐之会，四凶所不敢为，汤武所不能宥者矣。维皇汉九有，奠安东陆，时流漂荡，越在迍邅。缅维祖德，孰敢怠荒？复我邦家，义取自拯。故辛亥之役，化私为公，志在匡时，道维共济。袁乃睥睨神器，妄欲盗窃，内比奸邪，既多离德，外遂孱隤，甘为犬豚。是以四郊多垒，弗知惭悚，海陆空虚，弗思整训，财用匮竭，弗事劝徕，健雄失养，弗兴学艺，室如悬磬，野无青草，犹复养寇外蒙，削国万里，失驭东鲁，屡堕岩疆，遂使满、蒙多离散之民，青、徐有包羞之妇，扼我封疆，揕我心腹，皇皇大邦，苟为侮戮，日蹙百里，媚兹一人。觉我侠士雄夫，所怒目切齿，惊惧忧危，而不可一朝居者也。夫天道健乾，义唯精一，在德则刚，制行为纯，故士不贰节，女不贰行，廉耻之失，谥曰贱淫，四维不张，国乃灭亡。自民族国家，威灼五陆，雄风所扇，政骛其公，国竞以群，是以乾德精刚，宜充斥里闾，洋溢众庶，旁魄沆瀣，蔚为骏雄，故辛亥之役，黜君崇民，扬公尊国，所以高隆人格，发扬众志，义至精而理至顺，故虽旧德老成，去君不失忠，改官不降节。袁氏身奉先朝，职为臣仆，华山归放，仅及四纪，载瞻陵阙，犹宜肃恭，故主犹存，天良安在？顾藐然以槽枥余生，不自揣量，妄欲以其君之不可者而自为其可，是何异饰马牛之骨，扬溲勃之灰，以加臭乎吾民，以淫污乎当世，而令我令公先德，皆为其贱淫，白璧黄金，尽渲其瑕秽，此尤我元戎巨帅，良将劲卒，硕士伟人，所同羞共愤，深恶痛绝，而不能曲为之宥者也。汇此种种，袁氏之恶，实上通于天，万死不赦。军府奉崇大义，慨念民生，谨托我黄祖威灵，恭行天罚，辄宣兹义辞，告我众士，招我同德。今将历数其罪，我国民其悉心以听！夫国为重器，神严尊惮，覆载所同。建国之始，义当就职南京，明其所受；袁乃顾影自惭，妄怀畏惧，阴纵部兵，称变京邑，用以要吓国人，迁就受职，使国权出于遥授，玩视国家之尊严，其罪一也。活佛称异，势等毛羽，新国既成，鼓我朝锐，相机挞伐，举足可定；袁乃瞻顾私权，妄怀疑忌，全国请讨，置不听从，迁延养敌，废时失机，授他邦以蹈隙纵刃之间，失主权于外力纠纷之后，遂使巨蜿蜒嶂，弃此南金，万里边城，跃马可入，贻宗邦后顾之殷忧，损五族雄飞之资望，其罪二也。政体更新，荡涤瑕秽，私门政习，首宜改选，故内阁部首，须获议院同意，所以树公政之基，明众共之义；袁乃病其严责，阴图放佚，于第一次内阁联翩去职之后，尽登嬖宠，嗾使军警，围逼议员，索责同意，用以示威国人，开武力政治之渐，使民意机关，失其自由宣泄之用，其罪三也。国有大维，是曰法纪，信守不立，谥为国难，乱政亟行，于焉作俑，故侵官败法，为世大诟；袁为元首，尤宜凛遵，乃受事未几，即不依法定程序，滥用政府威权，诬杀建国勋人张振武，使法律信用，失其效能，国宪随以动摇，政本因而销铄，其罪四也。国宪之立，系以三权，共和之邦，主权在民，立法之府，谊尤尊显，地方三级，制实虚冗，建国除秽，亦既罢斥。袁乃急欲市恩，妄复旧制，不俟公决，辄以令行，使议院立法，失其尊严，国权行使，因以紊乱，其罪五也。财政担负，直累民福，外债侵逼，尤伤国权，议案成立，特事严谨，众院赞可，宪尤著明；袁乃私立外约，断送盐税，换借外赀二千五百万镑，厉民害国，不经众院，暧昧挥霍，不事报闻，蔑视通宪，为逆已甚，其罪六也。国有元首，政俗式凭，行系国华，止为民范；袁乃知除异己，不自爱重，阴遣死士，狙杀国党领袖宋教仁，以元首资格，为谋杀凶犯，既辱国体，又诒外讥，国家威严，因以扫地，其罪七也。共和之国，建础为公，民意所在，亦曰神圣，百尔职司，义宜退听，国会初立，人民望治；袁恐政制严明，不获罔逞，乃私拨国帑，肥养爪牙，收买议员，笼络政客，用以陷辱国会，迷夺众情，使议政要区，化为捣乱之场，法案迁延，借作独裁之柄，其罪八也。元首登选，国有常经，揖让讴歌，盛德固尔，抑共和定疑，国宪崇废，悉于是觇，世法懔懔，斯为第一；袁于临时任满正式更选之际，鄙夫患失，至兵围国会，囚逼议员，使强选总统，以就己名，致元首尊官，成于劫夺，共和大宪，根本动摇，国是益以危疑，后进难乎为继，其罪九也。国民代表，职司立法，非还诉民意，毋得断阏；袁于总统既获，复虑旁掣，辜恩反噬，遽为枭獍，乃假托危词，罗织党狱，滥用行政权，私削议员资格，用以鸩杀国会，并吞立法部，使建国约法，由是推翻，元首生身，等于孽子，其罪十也。国家组织，法系严明，苟非选民，焉能造法？袁于戕杀国会之后，妄以私意召集官僚，开政治会议，约法会议，冒称民意，更改约法，摹拟君主，独揽大权，使民国政制，荡然无存，澌澌新邦，悬为虚器，其罪十一也。民国肇造，本以图存，时风所迁，民强则兴，发挥群能，腾达众志，公私权利，宜获敬尊；袁乃倒行逆施，黜民崇吏，既吞立法，复尽灭各级地方议会，密布游探，诬扳党狱，良士俊民，任意捕杀，人民权利，全失保障，致群生股栗，海内寒心，毒吏得以横行，民业日以凋敝，民力壮盛，有如捕风，国势颓隤，益以卑下，其罪十二也。国局始奠，海内虚耗，财用竭蹶，义宜根本整理；袁乃专事虚缘，日以借债政策，利诱他邦为私托外援之计，断送利权，绝不顾惜，逐鹿争臭，坌集庙朝，遂妄以北中二部，横断铁道，分许外人，惹起国交之猜疑，增益宗邦之危难，其罪十三也。欧陆战争，义以严守中立，及时奋进；袁乃内骄外谀，折冲无状，既反复狼狈，贻羞东鲁，复徘徊雌伏，巽立要盟，失满、蒙矿权，至于九处，承他邦意旨，发布誓言，辱国辱民，倾海不涤，其罪十四也。民族虎争，领土强食，外债毒国，既若饮鸩，竭泽厉民，何异自杀？袁于欧战既发，外赀猝断，乃专事掊克，内为恶税，房亩烟赌，一再搜括，复先后发行内国公债，额逾万万，按省配摊，指额求盈，小吏承旨，比户勒索，等于罚锾，致富户惊逃，闾里嗟怨，国民信爱，斲伤无余，神州陆沉，殷忧可畏，其罪十五也。生利致用，民贵有恒，纵博浪游，谥曰败子，盗贼充斥，此为厉阶，修政明刑，首宜致谨；袁乃纵容粤吏，复弛赌禁，使南疆富庶之区，负群盗如毛之痛，苛政猛虎，同恶相济，清乡剿杀，无时或已，政以福民，今为陷阱，其罪十六也。烟害流离，久痼华族，张皇人道，仅获禁约，奋厉阙绝，犹惧不亟；袁乃恬其厚获，倚以箕敛，宠登劣吏，设局专卖，重播官烟，飞扬淫毒，失信害民，辱国贻讥，其罪十七也。民权政治，积流成海，国家公有，炳若日星，世室旧家，且凛兹盛谊，汲汲改进，华族后起，方发皇古训，追踪世法，断脰流血，久而后得，大义既伸，迕则不忠，乔木既登，返则不智；袁乃身为豪奴，叛国称帝，监谤饰非，悤然求是，狐假虎威，因以反噬，使凶德播流，戾气横溢，妖孽丧邦，甘为祸首，其罪十八也。易象系天，筮曰无妄，圣学传经，谊唯存诚，故忠信笃敬，保为民彝，衍为世德；袁乃机械变诈，崇事怪诡，貌为恭谨，潜藏祸谋，秘电飞词，转兴众口，涂刍引鹿，指称民意，欺世盗名，载鬼盈车，背食誓言，日月舛忤，使道德信义，全为废词，民质国华，尽量消失，其罪十九也。维我当世耆德，草野名贤，或手握兵符，风云在抱；或权领方牧，虎步龙骧；或道系乡间，鹤鸣凤翙，细瞩理伦，横流若此，起瞩国家，悲悯何如？凡属衣冠之伦，幸及斯文未丧，等是邦家之主，胡堪义愤填膺。谯彼昏逆，洵堪发指，修我矛戟，盍赋同仇？书到都府，勋耆便合聚众兴师，都邑子弟，各整戎马，选尔车徒，同我六师，随集义麾，共扶社稷。昆仑山上，谁非黄帝子孙？涿鹿中原，合洗蚩尤兵甲。军府则总摄机宜，折冲内外，张皇国是，为兹要约。曰：凡属中华民国之国民，其恪遵成宪，翊卫共和，誓除国贼，义一；改造中央政府，由军府召集正式国会，更选元首以代表中华民国，义二；罢除一切阴谋政治所发生，不经国会违反民意之法律，与国人更始，义三；发挥民权政治之精神，实行代议制度，尊重各级地方议会之权能，期策进民力，求上下一心全力外应之效，义四；采用联邦制度，省长民选，组织活泼有为之地方政府，以观摩新治，维护国基，义五。建此五义，奉以纲维，普天率土，罔或贰心。军府又为军中之约曰：凡兹官吏，粤若军民，受事公朝，皆为同德。义师所指，戮在一人，元恶既除，勿有所问。其有党恶朋奸，甘为逆羽，杀无赦！为间谍，杀无赦！抗义行，杀无赦！故违军法，杀无赦！如律令。布告天下，迄于满、蒙、回、藏、青海、伊犁之域。

檄语煌煌，钲鼓阗阗，云南护国三大军，次第组成。除唐督留守外，第一军总司令蔡锷，先向四川进发，第二军总司令李烈钧，亦向广西进发，分道扬镳，为国效力去了。写得有声有色。袁世凯迭闻警耗，料知非口舌所能平定，乃决计用兵进攻，即于一月四日，再开军事会议，首画定戒严区域，次规定攻击方略。戒严区域，分为三等，列表如下：

（一）紧急区　自百色、泗城经兴义、威宁及泸州、宁远，定为紧急区。

（二）临时区　自桂林经贵阳及重庆，定为临时区。

（三）预备区　由雷、琼、经辰、沅、荆、襄及汉中，定为预备区。

攻击方略，亦分作三路，照上例表明：

（一）由湖南进兵　用马继增为司令官，带领第六师，由湖南经贵州向滇进攻，以常德为根据地，并发飞机两架，由秦国镛统带，赴军候用。

（二）由四川进兵　用张敬尧为司令官，带领第七师，由川入滇，以重庆为根据地，并饬王鹗统带飞机四架，赞助军机。以上两路，特任第三师长曹锟为总司令，统辖川、湘两军，马、张以下，均归节制。

（三）由广西进兵　用龙觐光为总司令，召集粤、桂军，由广西百色县，向滇进击，以南宁为根据地。

筹议已定，又下一申令，略说："唐继尧、蔡锷等，权利薰心，造谣煽乱，予以薄德，忝受推戴，唯有速戡反侧，聊谢国人"云云。越日，再电饬近滇各省，一体严防。又越日，令龙济光、张勋、冯国璋、陆荣廷、段芝贵、赵倜、汤芗铭、李纯、倪嗣冲等，简选精锐，听候调用。又越日，令曹锟率第三师全部，及第七师一旅，速即入川，马继增率本部继进，所有岳州防务，另派第二师一部接管。应五十七回。再命湖北将军王占元，就汉口设立军事运输局，督办军需，接济征滇军队。老袁意中，以为着着筹备，非常严密，偌大云南，不值一扫。哪知曹锟所率的第三师，就是民国元年，袁避南来，嗾令变乱的军士，当时焚都市，嬲妇女，几闹得不可收拾，老袁反格外优待，不特未加惩处，反且密行超迁。他们骄淫成习，毫无纪律，自奉令入川后，沿途经过湘、鄂诸境，仍是淫杀抢掳，任所欲为，曹锟亦不能禁止，坐视骚扰，肃政厅据实弹劾，总算由老袁特颁军约，号令军前，但也只是官样文书，掩人耳目罢了。兵不可玩，玩则不震。一月十日，参政院代行立法院，复奏请速正大位，借弭内乱等情。老袁令大典筹备处复议，一面遣农商总长周自齐，出使日本，名目上是庆贺日皇加冕，赍赠高等勋章，暗中却馈送一份大礼，作为承认帝制的交换品。不意周自齐方衔命登程，那日使馆中，竟发出一个照会，递至外交部，害得老袁色沮神丧，魂散魄消，正是：

卖国且难逢受主，比邻竟尔拒行人。

毕竟照会中有何说话，请看官接阅下回。

阅云南檄文，义正词严，不得目为太过。盖袁氏之欺民久矣，一经檄告，方令全国人民，洞烛其私，所有种种伎俩，俱表襮无遗。足令后之好欺者，引为炯戒，亦有关世道之文也。袁氏决计兴师，种种筹划，缜密之至，清康熙帝平三藩之策，无以过之。然卒至于挠败者，由人心之已去，而兵气之不扬故也。况沿途所经，任情焚掠，以是行军，安往不败？要之袁氏成于欺，而亦败于欺。孟子有言，以德行仁者王，以力假仁者霸，德不必问，至若以力假仁，亦且未逮，何王霸之足云！

第六十回　泄秘谋拒绝卖国使 得密书发生炸弹案

却说周自齐奉命出使，本受老袁密嘱，要他联络日本，愿将从前中日悬案的第五款，再予让步，作为承认帝制的交换品。相传密嘱中有七种条件，（一）是将吉林割归日本，（二）是将奉天司法权让与日本，（三）是将津浦铁路北段，割归日本，（四）是将天津、山东沿海权，划归日本，（五）是聘日本人为财政顾问，（六）是聘日本人教练军队，（七）是中国枪炮厂，由中日合办。这七种条件，差不多是三国时候的张松，把益州地图献与刘备的模样。丧心病狂，一至于此！巧值日使日置益，仍到京都，复回原任，他本与老袁密商，订有口头契约，特地归国，向政府说明，大隈内阁，颇有承认交换的意思，因此日置益复任后，转语老袁，袁即遣周自齐为专使，赍送一份大礼券，献与日本政府。日置益已探悉行期，即于一月十四日，邀自齐至使署，备了盛馔，把酒饯行，宾主尽欢而散。自齐即遣农商视察团，先日启程，自己亦召集随员，正要东渡。不意十六日辰刻，由外交部接到日使照会，略云：

现因有若干之情，致日本天皇不便于此际接待中国专使，故帝国政府请中国政府，将周专使自齐之行期，暂为展缓，特此知照。

陆征祥接着照会，慌忙禀达老袁。看官！试想皇皇钦命的专使，被他半路撵回，这是国际上少有的怪事，就是老袁就任元首后，也是破题儿第一遭。老袁看了照会，几半晌说不出话来，惊疑了好一歇，方向陆征祥道："这……这是何故？"征祥道："闻得外人议论，却有三说：一说是俄日协约，正在磋议，无暇接待我国的专使。"老袁摇首道："恐未必为此。"我也说是不确。征祥复道："第二说是日皇离京，不便招待。"老袁又道："此语越离奇了。"甚是，甚是。征祥接着道："第三说是大隈被刺，国中恐有他变，所以却回我使。"老袁道："日本新闻纸中，却亦载着此事，据言本月十二日，大隈至丰明殿中，陪宴俄太公，宴毕归邸，途经山次町，猝遭弹击，幸尚未中。照此看来，大隈并未受伤，昨今两日东京新闻，也没有记着内变消息，如何拒却我使哩？"袁氏心目中只防日本，故于日本报纸，格外留意。征祥道："现在日本国中，也分党派，有几个是赞成陛下，有几个是首鼠两端的。"老袁怅然道："外交事真难办得很，我国明明自主，并不受外人节制，偏偏我要改革国体，他竟出来瞎闹。暗指五国警告。看他照会上面，还说是友好邻邦，并非干涉中国内政。为什么出年以来，投递各使馆文件，只为了洪宪元年四字，尽被却还。日使日置益，且说是总好商量，但教日本承认帝制，各国亦自然照行。今乃拒绝我国的专使，显是前后不符，自相矛盾，别国还不必怪他，日本真欺我太甚呢。"你要欺人，人亦欺你，这是人事循环，何必懊恨。借老袁口中，补出却还文件，及日使面允事，都是省文之法。征祥连声称是。老袁又道："你且去邀了日置益来，看他何说。"

征祥应命而去，即备柬去请日使，日使只说就来，偏偏待了一日，未见足音。翌日，复由老袁着人往邀，又是"就来"两字，做了回话手本；好容易盼到薄暮，才见日置益乘轩而来，既至新华宫，昂然直入。老袁与他相见，正要开口诘问，但见日置益已沉着脸儿，淡淡的说着道："秘密秘密，好似鸣锣击鼓一般，这样叫做秘密，我今日才得领教了。"老袁听着，几乎摸不着头脑，只好还问日置益，要他说明。日置益道："袁大总统，你既要我国帮忙，与我订定条约，彼此应各守秘密，为什么英、法诸国，均已知晓呢？"老袁被他一诘，不由的发怔起来。日置益又道："英、法、美、俄、意五国，将中日秘密结约，与前此密谈的话儿，统探听得明明白白，竟向我国政府提出质问。袁总统，你想我国政府，还是承认呢？还是不承认呢？"句句要他自答，煞是厉害。老袁听了许多冷语，才道："我处是严守秘密，并未曾走漏风声。”日置益又冷笑道：“照总统说来，简直是要归咎他人了。现在我国政府，已不想什么权利，所以请总统不必费心，周使不必过去。”这数句话，说得老袁愧愤交并，无词可答，只目炯炯的望着日置益。形容尽致。日置益又道：“本使拟效忠总统，费了一番跋涉，坏了若干唇舌，徒落得一事无成，这正叫作画饼充饥哩。”老袁才嚅嚅的说道：“贵使替我尽力，我是很感激的，但事体已办到这个地步，好歹总请帮忙。”日置益不俟说罢，便摇着首道：“这事莫怪！本使已爱莫能助了。”言至此，即出座告别，掉头自去。

老袁送出日使，只好饬止周自齐，但一时想不出那走漏秘密的原因。看官，你道这种密约，究竟是何人泄漏呢？古人说得好：“天下无难事，总教有心人。”今人说得好：“天下无难事，总教现银子。”当袁氏求好日使，秘密进行的时候，日使屡至总统府，不防法使康悌氏，冷眼相窥，已料有特别事故，至日置益无端回国，又无端复任，接连是袁氏派遣周自齐，蛛丝马迹，约略相寻，十成中已瞧料五六。螳螂捕蝉，黄雀随后。只没有探听虚实，总不能凭空揣摩。凑巧自己使馆中，有一个华人方璟生，当差有年，遂传召进来，嘱他暗中侦探，且说是得着实据，就使耗费数万金钱，也不足惜。方璟生得此美差，自然唯命是从，竭力报效。这是中国人的坏处，然此次探出秘密，反保全若干权利，却是反恶为善。他有两个莫逆的朋友，都在总统府办事，一是内史沈祖宪，一是内尉勾克明，当下就折柬相邀，请他到宅中小酌。沈、勾两人，自然到来，三人入席狂饮，你一杯，我一盏，相续不已，真个是酒逢知己，千杯嫌少。饮至兴酣且热，渐渐的谈到帝制，又渐渐的谈到赚钱的法儿。沈、勾两人，只恨是所入有限，不敷挥霍，那时方璟生便顺流使篙，竟将法公使嘱托事件，秘密告诉，要他两人代为效劳，将来总有若干金酬谢。两人听到金银两字，不觉垂涎，明知此事由老袁预嘱，不便宣布，但要想发点大财，正好乘此进行，管什么预嘱不预嘱呢。总是银钱要紧。于是共同商酌，先索重资。方璟生以十万为约，两人才承认而去。唯沈、勾两人，虽俱在总统府当差，沈是职司外事，若要探悉秘密，还须仰仗勾克明，勾又与沈酌定，办成此事，须要二八分赃，沈亦含糊答应。看官道勾是何人？他是袁府中乳媪的儿子。乳媪死后，只遗一儿，伶仃孤苦，老袁大发慈悲，将他收作家奴，待勾已长成，模样儿很是俊俏，性情儿又很伶俐，无论什么事件，但教他去办理，无不合老袁心理。老袁很是宠爱，就与他取名克明。居然排入皇子行。至帝制将成，特别加赏，竟封他一个内尉的职衔。那时新华宫中的秘密文件，勾克明多半知晓，有时却交勾收管，勾颇慎密行事，未生歹心，偏此次热心利欲，又受那方、沈二人的怂恿，竟暗将中、日秘密草约，偷录一份，邀同沈祖宪，回报方璟生。方璟生得着密件，喜从天降，急忙取出中法银行的纸币，约莫有一大卷，仔细检点，足足十万金。三人分起肥来，勾得十分之七，沈得十分之二，方只取了一成，总算是一注意外财。勾、沈喜气盈颐，收了此款，洋洋去讫。方璟生入报法使，只称这次用费，不下三四十万金，还算不辱使命，才得将此项底稿，窃取出来。法使见了中日草约，极口赞他灵敏，所有用费，悉听开销。方璟生又赚了二三十万的法币，面团团作富家翁了。能赚外人的金银，我亦赞他灵敏。唯法使既探出秘密，忙去通知英、美、俄、意四公使，四公使也留意此事，只恨无从窥探，今既得法使报告，哪有不喜之理？法使道："自欧战开手，我等协约国，曾有战事以内，不得与别国私行订约，日本政府，也曾愿入协约国团体，为何与中国秘密订约？"美使道："日本政府，向来主张暗度金针，我国虽尚守中立，未曾加入协约团体，但日本如此举动，本使也很不赞成。况袁世凯想行帝制，定要生出内乱，内乱一生，我等通商诸国，各有妨碍，不如赶紧去质问他罢。"各国之质问日本，具有绝大理由，法、英、俄、意固为协约上起见，美未加入协约，暗中却嫉视日本，故作者借笔下一一演述，俾看官一一接洽。大众同说道："我等先去质问日使，看他怎么对答？"说罢，便相偕至日本使馆，向日置益诘问起来。日置益不便承认，只推说未曾与闻，五公使冷笑而出，竟共同拍电去问那日本政府。日本政府领袖大隈伯，正因途中被刺，尚未拿住刺客，默料被刺缘由，多半为日本民党，反对政府默助老袁，所以有此暗杀行为，忽又接到五公使电文，便勃然变计，致电日使，叫他拒绝袁氏专使周自齐，一面电复五公使，否认中日秘约。可怜这踌躇满志的袁皇帝，陡遭这种打击，害得一场空欢喜，且一时想不出那泄漏秘密的叛徒，徒在室中叹息罢了。

谁知不如意事，竟相接而来，新华宫中，跑进了段芝贵，见了老袁，也不及施礼，只叫了一声陛下，何不叫御干爹？便从袖中掏出一封密信来。老袁接入手中，信面上署着姓名，乃是袁瑛密呈张作霖，急忙启视，系约张剋日举义，共讨袁逆等情。看官！你想老袁方惊疑未定，看了此书，能不惊上加惊，疑中生疑？便顾着段芝贵道："你去叫了袁乃宽来，怎么生出这种逆子，还要潜匿不报。"段芝贵领命去了。不一时，乃宽趋入，面上已带着几分灰色，行至老袁座旁，就扑通跪下，磕头请示。老袁恨恨道："袁瑛是你的爱子么？他去结连奉天将军张作霖，要来图我，你莫非纵子为恶，坐视不言？"袁瑛、张作霖履历，借此叙明。乃宽闻到此语，已吓得浑身发颤，仿佛似浇冷水一般，口中勉强答道："臣……臣侄并未知晓。"说到"晓"字，猛觉头上碰着一物，慌忙一摸，那物已随手落下，拾来细瞧，就是一纸逆书，分明是亲儿手笔，那时无可抵赖，只好拼作老头皮，向地毡上接连乱捣，且满口说着该死。胡不遄死？老袁复道："你的爱子，可曾在家否。"乃宽一面碰头，一面流涕道："逆子向来游荡，镇日不在家中，臣侄恐他闯祸，时常着人找寻，有时寻了回来，严加训斥，他总是不肯遵行，这几天内，又许久不见他面了，谁料他竟胆敢出此。若疑臣侄与子同谋，臣侄就使病狂，也不致丧心若此。试想陛下恩遇，何等高深，正愧无自报称，难道还敢大逆不道么？"说着时，竟鼻涕眼泪，一古脑儿迸将出来。可与言妾妇之道。老袁见他这副形容，怒气已平了三分，便掉转脸色道："我也料你未必知情，但我既与你联宗，简直如家人父子一般，今乃闹出这种大事，传将出去，岂非是一场大笑话？你去赶紧追问，休得再事纵容！"乃宽忙磕头谢恩，并面奏道："这等逆子，应该重惩，臣侄若寻着了他，立刻拘住送案，唯恐他避迹远飏，急切无从追获，还求陛下电饬近畿，一体严拿，休使漏网。"老袁愀然道："你难道还不知我的用意？我想保全袁家脸面，所以令你追问；你快回去照办。畿辅一带，你自去拍发密电，叫他缉获罢。"乃宽听了，越觉感激涕零，又碰了几个响头，起身驰去。

原来袁瑛字仲德，系乃宽次子，他与乃父宗旨不同，故自号不同，平时尝隐嫉老袁，蓄谋革命，外面却不露声色，有时随父入宫，拜谒老袁，竟以族祖相呼，至谒见老袁妻妾，也称她为族祖母及族庶祖母，彬彬有礼，屡蒙奖赏，其实他想借此入手，刺杀老袁，偏是老袁防卫甚严，无从下手，他竟怀着一不做二不休的心思，暗暗布置，确是袁氏同宗，厉害与袁相似。一面电致各省，令他外溃，一面运动京内模范军，令他内变。怎奈天不做美，奉天将军张作霖，竟将原函封寄段芝贵，托他告发，遂致密谋失败。老袁既打发乃宽出室，又加了一层疑团，暗想外交上的泄漏，尚未查出何人，接连又是这场逆案，莫非宫内的吏役，统是叛徒不成？左思右想，愈觉危险。可巧门外响了一声，不由的吓了一跳，亟令左右出视，返报是寂静无人。老袁不信，遍令搜查，谁知不查犹可，一经查勘，却查出一桩绝大的危险品来。看官，道是何物？乃是铁皮包裹，埋在地中的大炸弹。袁氏未该绝命，所以查出炸弹。这一案非同小可，闹得新华宫里，天翻地覆，你也掘，我也爬，等到宫里宫外，尽行搜勘，竟得了大小炸弹，好几十枚。那时大家诧异，不但袁皇帝惊疑得很，就是一班皇娘妃子，及太子公主等，统吓得魂飞天外，彼此忘餐废寝，只恐还有炸弹埋着，半夜爆裂。好容易过了一宵，忽由天津邮局，寄来一函，外面写着袁大总统亲启，书内却有一篇绝妙好词，略云：

伪皇帝国贼听者！吾袁氏清白家声，乌肯与操莽为伍，况联宗乎？余所以腼颜族祖汝者，盖挟有绝大之目的来也。其目的维何？即意将手刃汝，而为我共和民国，一扫阴霾耳。不图汝防范谨严，余未克如愿，因以炸弹饷汝，亦不料所谋未成，殆亦天助恶奴耶？或者汝罪未满盈，彼苍特留汝生存于世间，以待多其罪，予以显戮乎？是未可料。今吾已脱身远去，自今而后，吾匪唯不认汝为同宗，即对于我父，吾亦不甘为其子。汝欲索吾，吾已见机而作，所之地址，迄未有定，吾他日归来，行见汝悬首都门，再与汝为末次之晤面。汝脱戢除野心，取消帝制，解职待罪，静候国民之裁判，或者念及前功，从宽末减，汝亦得保全首领。二者唯汝自择之！匆匆留此警告，不尽欲言。

老袁阅毕，怒不可遏，又欲促召袁乃宽。巧值乃宽进来，奏称逆子袁瑛，已由天津警察厅拘住，即日解京来了。正是：

昨日搜宫忙未罢，来朝绑子戏重排。

欲知老袁如何答话，且看下回便知。

中国既为民主国，则袁氏之为总统，不过一民国代表，其实一民国公仆耳。

袁氏可以欺民，则沈、匀诸人，何不可欺袁氏？同一主仆名义，无惑乎其效尤也。袁乃宽甘作华歆，而其子袁瑛，偏欲作祢正平，是又一绝大怪事。然吾宁取袁瑛，不欲取乃宽，袁瑛犹知大义，乃宽直一小人而已矣。

第六十一回　争疑案怒批江朝宗
督义旅公推刘显世

却说袁乃宽入奏新华宫，正值老袁盛怒，听了袁瑛被拘的禀报，无名火越高起三丈，顿时怒目鹰视，恨不将那爱侄乃宽，也一口儿吞他下去。乃宽瞧着，就知道另有变故，慌忙跪下磕头。老袁用足蹴着道："你的逆子，真无法无天了。我与他有什么冤仇，竟要害死我全家性命。"说到"命"字，便掷下一纸，又向外面指示道："你瞧你瞧！"乃宽掉头一望，见外面堆着数十枚炸弹，复将纸面一瞧，便是那亲子寄袁世凯书，这一吓，几把乃宽的三魂六魄，统逃得不知去向，好一歇，答不出话来，仿佛是死人一般；描绘尽致。忽咬牙切齿道："教子不严，臣侄亦自知罪了，待逆子拘到，同至陛下前请死。"老袁厉声道："你也自知罪名么？若非念同宗情谊，管教你满门抄斩。"写尽虎威。言毕，起身入内。

乃宽此时，也不知怎样才好，转思跪在此地，也是无益，因即爬了起来，匆匆返家。一入家门，便大嚷道："坏了，坏了，祸及全家了。"那家人莫明其妙，过来问明底细，都被他呵斥了去，自己奔入卧室，躺在床上，不知流了若干眼泪。待至晌午，妻妾们请他午餐，也似不见不闻，忽觉外面有人语道："二少爷回来了。"他也不及问明，陡从床上爬起，趿着双履，三脚两步的走了出去。既至厅前，正值袁瑛当面，他口中只说"逆子"两字，手中已伸出巨掌，向袁瑛劈面击去。袁瑛见来势甚猛，闪过一旁，巧巧巨掌落空，几乎扑跌地上，亏得仆役随着，将他扶住。只听袁瑛高声道："要杀要刚，由我自去，一身做事一身当，与你老子何涉！”这数语，气得乃宽暴跳如雷，正要再击第二掌，那袁瑛已转身自行。乃宽忙连叫拿着，一面追出门首，但见外面立着警察数名，好几个将袁瑛拦住，又有一警吏模样，走至乃宽面前，行礼请安，复呈上名刺，由乃宽匆匆一瞧，具名是天津警察厅长杨以德，点清警察厅长姓名，用笔不直。当下吩咐警吏道：“你休使逆子远飏，快与我送至新华宫去，我就来了。”警察诺诺连声，押着袁瑛先行。乃宽即穿好双履，趋上马车，随至新华宫来。转眼间已到宫门，见袁瑛等已是待着，当即下车跑入，突被侍卫阻住，他又吓得面如土色。进出都不得自由，无怪吓杀。但听侍卫传旨道：“今上有命，着你将令郎袁瑛，送交军政执法处便了。”乃宽不知是好是歹，只得遵旨带领袁瑛，径至军政执法处。此时处长系雷震春，闻得袁瑛拘到，即传命处内人员，把袁瑛收禁，乃父无辜，任他归去。万宽得了此信，好似皇恩大赦，踉跄归家。放心一大半。

原来袁氏姬妾，素爱乃宽，自袁瑛发生逆案，都为乃宽捏一把冷汗，适见老袁负气入内，料他是迁怒乃宽，此时欲劝不敢，不劝又不忍，毕竟洪姨伶牙俐齿，竟挺身向前道：“陛下为了袁瑛，气坏龙体，殊属不值。他本是个无知竖子，也未敢胆大若此，据妾想来，定是受乱党唆使，想借此搅乱龙心，今已拘到，但把他收禁起来，已足断绝乱党导线。若讲到乃宽身上，想必未曾知情，陛下既待他厚恩，索性加恩到底，渠非木石，宁有不格外图报吗？”说得委婉动人。老袁佯笑道：“你敢是为乃宽做说客么？”这一语，打动洪姨心坎，几急得粉颊生红，一时说不下去。适背后有人接口道：“妾意是乃宽不当办，就是他逆子袁瑛，也不必急办。”进一步说法，比洪姨又过一筹。洪姨听着，乃是忆秦楼周氏声音，料她来作后劲，暗暗喜欢。猛闻得老袁道：“你等串同一气，来帮乃宽父子，莫非是与他同谋不成？”这句话更加沉重，几令人担当不起。哪知周姨竟转动珠喉，从容答道：“妾闻雍齿封侯，汉基乃定，陛下今日，正当追效汉高，借定众心。试思陛下延期登极，无非为外交方面，借口内变，时来牵制，今云南肇乱，尚未荡平，复生宫中的变案，越加滋人口实，陛下待至何时，方得登基呢？若陛下疑妾等同谋，妾等已蒙陛下深恩，备选妃嫱，现成的富贵，不要享受，还去寻那杀头的勾当么？”语语打入老袁心坎，亏作者描绘出来。老袁听了，不禁点首，便改怒为喜道：“女苏秦，依你该如何办法？”周姨道：“妾已说过了，乃宽不当惩办，袁瑛也不必急办。”伏一笔愈妙。老袁沉思一会，想不出另外妙法，竟从了女苏秦计策，转嘱左右，俟乃宽拘子到来，令他转解军政执法处，一面传语雷震春，只收禁袁瑛一人。雷震春也已喻意，所以奉旨照行。

隔了三四天，步军统领江朝宗，奉了密令，往拘沈祖宪、勾克明，密令中也不说出犯罪情由，朝宗只道他是袁瑛同党，忙带了似虎似貔的军役，跑至沈、勾两人寓中，巧巧两人俱未外出，一并捉住，并由军役严搜，查出盟单一纸，内列姓名，多系内外军政两界要人。朝宗徼功性急，查有数人寄住交通次长麦信坚宅内，便不分皂白，竟转至麦家，指名索犯。麦次长无可如何，只好令他带去。还有司法次长江庸弟尔鹗，名单上也曾列着，索性乘着便道，统行逮捕，一古脑儿带至步军统领衙门，亲自讯问。卤莽可笑。沈、勾二人先行上堂，当由朝宗坐讯道：“你等为何唆使袁瑛，叫他谋为不轨？”两人莫明其妙，便向他转诘道：“江统领！你如何诬我唆使袁瑛？我等与袁瑛，简直是素不相识呢。”朝宗复掷下盟单，令他自阅。两人阅罢，递交朝宗，齐声道：“名单上列着的，统是我两人旧交，称兄道弟，联为异姓骨肉，原是有的，但并未列着袁瑛姓名，为何凭空架害？”朝宗道：“你两人的拜把弟兄，何故有这般么样多呢？”沈祖宪先冷笑道：“今上并未有旨，禁止我等交结朋友，且试问你为官多年，难道是独往独来的？平日我与你亦时常会面，彼此也称兄道弟，不过名单上面，尚未列着大名罢了。”朝宗被他一驳，不觉怒气上冲，便道：“你等藐我太甚，我且带你等至军政执法处，看你等如何答辩？”沈、勾二人又齐声道：“去便去，怕他什么！”朝宗遂下座出堂，领着沈、勾诸人，竟至军政执法处，拜会雷震春。

这时候的雷处长，早已问过袁瑛，袁瑛供由克端主使，所有从前往来书信，也非自己手笔。这种供词，吓得震春瞠目无言，只好仍令收禁。看官曾阅过前回，克端是袁家四公子，系老袁爱妾何氏所生，面似冠玉，肤如凝脂，并且机警过人，素为老袁所爱，平时尝语人道：“此子他日，必光大袁氏门闾。”嗣是克端恃宠生骄，暗中已寓着传位思想，有时且入对老袁，诉说各弟兄短处，因此克定以下，屡遭呵责，甚至鞭挞不贷。克定正恐青宫一席，被他攘夺，所以时时戒备，平居阴蓄死士，作为护符。袁瑛出入宫中，早已瞧在眼里，此时便信口乱供，索性闹一回大乱子。幸震春颇具细心，饬令还禁，免他胡言瞎闹。新华宫内，不生喋血之祸，还亏老雷保全。正在打定主意，偏江朝宗领着若干人犯，奔至军政执法处来，两下相见，朝宗即欲将罪犯交清，归雷讯办。雷震春道："你可曾问出主乱的人么？"朝宗就将盟单取出，作为证据。震春看了一遍，便道："他是结盟弟兄，并不是什么乱党，况且袁瑛姓名，并未列着，怎得牵东拉西？"朝宗道："今上有密旨拘讯，你怎得违旨不究？"震春道："密旨中如何说法？"朝宗道："是从电话传来，叫我速拘沈、勾二人。"震春道："你敢是听错了？"朝宗道："并没有听错。"震春道："今上既嘱你速拘两人，你拘住两人便了，为何又拘了若干名？"朝宗道："名单上列着诸人，如何不立即往拿？否则都远飏去了。"震春微哂道："这是你的大勋，我且不便分功。"朝宗道："我只有逮捕权，讯办权握在你手，彼此同是为公，说什么有功不有功？"震春用鼻一哼道："你且去奏闻今上，交我未迟。"朝宗不觉性急道："这是关系重大的案件，你既身为处长，应该切实讯明，方好联衔奏闻，候旨处决。"震春仍是推辞，朝宗只管紧逼，顿时恼动了雷震春，拍的一掌，不偏不倚，正中江朝宗的嘴巴。不枉姓雷。朝宗吃了这个眼前亏，怎肯甘休，也一脚踢将过去。以脚还拳的是少林宗派。于是拳足互加，竟在军政执法处，演出一出《王天化比武》来了。幸亏朱启钤、段芝贵相偕趋入，力为解开，朝宗尚喧嚷不休，段芝贵带劝带问道："江宇兄！朝宗字宇澄。今上叫你传询沈、勾两人，你为何在此打架？"朝宗气喘吁吁道："兄弟正拘到这班罪犯，要他讯办，偏他左推右诿，我只说了一两句话儿，他便给我一个嘴巴，两公到来正好，应该与评论曲直。这种大逆不道的罪犯，应否由我速拘？应否由他速办？他敢是与逆犯同谋，所以这般回护吗？"朱启钤道："这是两案，不是一案。"朝宗闻这一语，方有些警悟起来，便道："如何分作两案？"朱启钤道："沈、勾一案，是为外交上泄漏嫌疑，并非与袁瑛相关。"朝宗发了一回怔，复嚷着道："就是我弄错了，也不应敲我嘴巴。"雷震春不禁狞笑道："我又未奉主子密令，不过据理想来，定然是不相牵连，所以劝你禀明主子，再行定夺，你偏硬要我讯办，还要唠唠叨叨，说出许多话儿，我吃朝廷俸禄，不吃你的俸禄，要你来训斥我吗？给你一掌，正是教你清头呢。"应该去掌。朝宗还要再嚷，朱、段两人，复从旁婉劝，且代雷震春陪了一个小心，朝宗方悻悻自去。剩下沈、勾等人，由段芝贵密语雷震春，嘱他略行讯问，如无实证，不如释放了案，免兴大狱。震春允诺，当即送客出门。是夕招集沈、勾等，略问数语，沈、勾两人，推得干干净净，便于翌晨释出，只袁瑛尚在羁中，一场大狱，化作冰消，都人士纷纷疑议，莫衷一是。又越日，见《亚细亚报》载着道：

沈、匀一案，与袁四无涉，沈、匀系有人诬指其有嫌疑情事，遂行传询，并非被捕，现已讯无他，故即于昨日释出。至袁四公子，素有荒唐之目，时与刘积学相往来，其致函某将军煽乱一事，查系刘某笔迹，迨经执法访缉刘某，早已远飏。既无佐证，故政府对于袁四，亦不复究，但均与犯上作乱者不同。

《亚细亚报》，名为御用报，这种词调，为袁氏讳，已可想而知。小子已于上文中叙述大略，谅阅者自能洞悉，无俟哓哓了。总结一段。

且说云、贵两省，地本毗连，自唐继尧调镇云南，贵州亦归他兼领，只有巡按使龙建章，留任省城，实行管辖地方政务。会护军使刘显世，通好云南，联名讨袁，他得了这个风声，料想兵戈一动，危在旦夕，自己又力不能制，只好筹一离身的法子，遂电呈政府，托言归视母疾，请假三月。也是一个好法儿。偏经政府电复，责他有意规避，应付惩戒，且督令出省视师，巡按使一职，暂由刘显潜署理云云。那时龙建章已预备行装，接了复文，便将计就计，把印信交与刘显潜，自借出巡为名，竟跑出省城，飘然径去。政务厅长及黔中、镇远两道尹，闻龙出走，也相继远飏，顿时贵阳城里，风声鹤唳，草木皆兵。军警两界，合电政府暨各省，请另行召集国民会议，表决国体，袁政府不加答辩，只饬令署理巡按使刘显潜，会同护军使刘显世，派兵分防，静待援军。两刘本系弟兄，老袁此策，还想把官爵利禄，诱他归诚，显世以滇兵未到，黔兵甚孤，一时未便独立，就拍发密电到京，要求兵费三十万，情愿率兵攻滇。老袁得电后，自幸密谋已遂，竟复电允准。哪知刘显世计中有计，想把袁政府的军费，取来讨袁，即以其人之财，还治其人之身。既接复音，遂按兵不动，专待军费汇来。

是时云南护国军第一梯团长刘云峰，带领第一支队长邓太中，第二支队长杨蓁，已入四川境内，川军司令伍祥祯，与滇有约，不战自退，刘军遂分两路进攻，直逼叙州。伍祥祯步步退却，眼见得叙州一城，被刘军占领了。总司令蔡锷，闻叙州已经得手，便命第四梯团长戴戡，率着步兵一营，炮兵一队，亟向贵阳进发，联络刘显世，会同北征，自率第二梯团长赵又新，第三梯团长顾品珍，随后继进。刘显世正望滇军到来，既与戴戡相晤，自然欣慰异常。可巧袁氏允准的军费，亦接连汇到，并接蔡锷军电，已至黔境威宁，于是军威既壮，声讨乃彰，当由公民一千七百余人，公推刘显世为都督，宣布黔省独立。刘显世接受都督印信，布告全省道：

为布告事！迩以袁氏背叛国家，窥窃神器，逞其凶焰，举兵逼黔，我父老昆弟，愤其僭窃，痛其凶残，以大义相责，重任相托。本都督顾念国家，关怀桑梓，不忍四方豪俊，无限头颅心血铸造之邦，沦于奸人之手；重以逆军溯湘流而上，咄咄逼人，亡国破家，迫于眉睫，爰于一月二十七日，宣告独立，所有各种文告，业已印发在案。当滇省宣布罪状，唤起国民救亡之初，本都督本于个人之良心，应即立举义旗，共讨叛贼，徒以战端一启，黔当其冲，仓卒举兵，颇难运转；且意袁氏向非至愚，一经忠告，或能悔祸，故不惜双方调处，委曲求全。何图凶心不死，逆焰愈张，曹锟等率师东下，着着进行，希图一逞。曹兵残暴，邦人所知，赣宁之役，淫掳烧杀，无所不致。倘使兵力集中，立即乘虚攻我，以达其分道进兵之计划，即令我以善意开门揖入，彼岂肯长驱直捣，进薄滇边，不疑我掊其后耶？则蟠踞我城垣，迫散我军队，掳掠我金粟，荼毒我人民，城社邱墟，宁复顾惜？故无论如何，断未有逆军入境，而不糜烂地方，亦决无听其来黔，蹂躏境土之理。唯查逆军情状，多所迟回，此不第直壮曲老之势，可以预决，即就其众叛亲离言之，亦决无可畏。袁氏纵其二三鹰犬，伪造民意，帝制自为，中外同羞，天人共愤，沿江各省，相约枕戈，或以时机未熟，虚与委蛇，或与逆师杂居，尚虞投鼠，云集响应，指顾间事。袁氏亦自知罪恶通天，为众所弃，杯弓蛇影，处处筹防，决不能抽提一军，以作曹兵之后。且从而分调畿辅重兵，麇集大江南北，以防各省之景从，情见势绌，亡无日矣。夫顺逆既分，胜负可决，黔唯有保守疆土，整备兵戎，以待联合各省义师，共诛独夫，巩固民国，以图生存于大地而已。所有地方治安，本都督自应率属，共负完全保护之责，各色人等，务望各安本业，勿得稍事纷扰，自召虚惊。为此通令，仰各该官长等，立即出示，晓谕人民，一体知照。

布告既颁，即日委任戴戡为中华民国护国第一军右翼总司令，联合滇军，共归蔡锷节制，率兵北伐。于是护国第一军部下，分作两翼，右翼为黔军，左翼为滇军。小子有诗咏道：

桴鼓声传远迩闻，滇黔共起讨袁军。
试看义旅联镳日，民意原来顺逆分。

滇黔既联合出兵，川湘边境，顿时大震。究竟孰胜孰败，且至下回再详。

袁氏生平，专喜秘密，故人亦即以秘密报之。袁瑛也，沈祖宪也，勾克明也，无在非以密谋报袁，转令老袁无所措手，亦只可模糊了事。江朝宗反欲张皇，而雷震春竟批其颊，雷其可为袁氏之知己乎？至若刘显世之请求军费，还而讨袁，计诚巧矣，吾谓亦从老袁处学来。袁惯以密谋饵人，人即密谋饵袁，报施之巧，无逾于此。故圣人言治国齐家，必以诚意为本云。

第六十二回　侍宴乞封两姨争宠 轻装观剧万目评花

却说滇、黔两军，联络北伐，黔军司令官戴戡，由遵义直趋重庆，驻师松坎，并遣第一团长王文华，第三团长吴嘐鸾，分攻湘境，牵制袁军。滇军总司令蔡锷，自威宁通道毕节，直达永宁。永宁为川南要塞，系四川第二师长刘存厚驻守地，刘原驻泸州，四川将军陈宧，闻刘有暗通滇军消息，特调驻永宁，至滇军一到，刘果弃了永宁，退至纳溪；途次接蔡锷来书，劝他即日起义，一同讨袁，他遂自称护国军四川总司令，通电各省，声明独立情状，略云：

袁氏不遵约章，悖戾民彝，昔当鼎革之时，即欲拥兵肆逞，同人本天下为公，乃概付以治权，冀其出精白不贰之忱，宏兹国脉。何图掌国以来，言夫内政，则征敛如此，言夫外交，则败辱如彼。任官吏辄引其所昵，选总统竟临之以兵；甚至立法权揽为已有，暗杀案实主其谋，妨功害能，殄民败国，综其暴戾，罄竹难书。同人惧摇国本，犹复沉吟不发，冀补救于将来，乃彼独夫天夺其魄，恣乱日厉，竟敢假民意以推翻共和，挥党徒而谋兴帝制。蝇营狗苟，上下若狂，劝进之电，出于官闱，选举之场，设于军府，势威利诱，无丑不陈，中外腾讥，群情愤激，卒召强邻之干涉，将陷民命于沦胥。凡有血气之伦，莫不仰天兴叹，滇黔首义，一檄遥传，薄海同钦，景从恐后。存厚不敏，外审大势，内问良知，痛此危亡，中心欲裂。爰整其旅，环甲出征，联合滇黔，挥旗北伐，誓拟盟成白马，重整五色之旗，行看痛饮黄龙，一扫群凶之焰。公等或为望重当时之俊彦，或系首造民宪之元勋，同领师干，身关治乱。岂于此日，遂负初心，宁以爵赏之羁，尽入奸雄之彀？呜呼！挥戈讨逆，事不同于阋墙，拨乱扶危，义实系乎救国。倘袁氏能及时徒窜，还我共和，则本府当卷此旌旗，不为已甚，皇天后土，实式凭之。

是时防泸司令冯玉祥，正进援叙州，泸城空虚，刘存厚遂乘隙攻泸，会玉祥自叙州败还，竟率师截击，玉祥遁去，部兵多半投降。适值蔡锷部下，第二梯团支队长董鸿勋，亦率队到来，两军会合，并力攻泸，一夕即下，于是川南一带，也入护国军范围了。这是陈宧速变之力。

袁世凯本拟于阴历元旦，即阳历二月三日。或阴历正月初四日，实行登极，阴历正月初三日立春，当时有大地回春，万象更新之义，故诹吉于初四日。偏是西南警报，络绎传来，又害得踌躇莫决，暗地愁烦，每日除阅视公文外，就与几位候补妃嫔，围坐宫中，小饮解闷。各位美人儿，还道他从容寻乐，定由诸事顺手，可以指日登极，所有候补妃嫔的资格，当然好正式册封，不过同辈中共有十数人，将来沐封时，总不免有一二三等阶级，阶级一定，反致高下悬殊，令人不平，因此大家一喜一忧，各自盼望荣封，免落人后，洪、周二姨，愈加着急。无非恃宠。某夕，洪姨见老袁微醉，含着三分喜色，便乘间进言道："陛下封赏群僚，凡各省将军巡按使，沐有五等勋爵，首列公侯，次为子男，如妾等入侍巾栉，亦已有年，独未得仰邀封典，徒令向隅。古人说的帝泽如春，还求陛下矜察！"老袁笑道："各省将军巡按使，统是外人，不得不先行加封，免他怨望，你等是一家人，何必这般性急，待我登极后，册封未迟。"周姨向袁一笑道："陛下此言，总不免厚外薄内呢。"一唱一和，总是二人起头。老袁也笑道："你等要我加封，何妨自拟封号。"周姨道："册封妃嫔，系何等大事，我等妇人女子，怎能自拟封号？就使拟议起来，得蒙陛下恩准，也不啻自封一般。试问各省将军巡按使，所有公侯伯子男荣典，还是陛下所定，还是他自行拟就，奏请陛下照封呢？若是他拟就请封，便似汉朝的韩信，请封假齐王的故事了，恐陛下未必照准，他亦未敢如此。

所以妾等想沐荣封，总须陛下颁赐名位，方为正当办法。”老袁又笑道：“女苏秦又引经据典，前来辩论了。”女苏秦三字，回应前回。周姨答道：“妾据理辩论，并非为个人争此虚荣，实为全体姊妹行正名定分哩。陛下果怜妾等相随多年，俯如所请，姊妹们都尽沐隆恩，怎止妾一人被泽呢？”假公济私，娓娓动听。老袁道：“要我加封，却也不难，但须有两种分别。”周姨问两种分别的理由，老袁捻着微髭道：“有生子与不生子的分别，如已生子，应照母以子贵的古例，加封为妃，若未曾生子，只好封作贵人罢了。”周姨听到此语，忽然变色，蛾眉渐蹙，蝤领低垂，一双俏眼中，几乎要流出泪珠儿来。洪姨瞧着，已料她未曾生子，所以变喜为愁，现出许多委屈的样子，当即代作调人道：“方今时代，与往古不同，陛下亦须变通办理。妾意封妃问题，应以随侍陛下的年数为定，年份较浅，名位或稍示等差，生子不生子，似不必拘泥呢。”语至此，忽有两人起座道：“妾等入府，不过两三年，但床上的呱呱小儿何莫非陛下一块肉？若使如洪姨太的议论，似于理上说不过去，还请陛下三思！”皇帝尚未曾做得，床头人已争论不休。洪姨视之，乃是十四、十五两姨，十五姨本是洪姨侄女，见第六十回。她竟也来争宠，不禁恼动洪姨，竟呼她小名道：“翠媛，你好休了！你得随侍陛下，还亏我一人作成，今日幸蒙上宠，便想将我抹煞，与我争论起来，就是你的血块儿，哼哼，我也不必明说了。”翠媛此时也变羞成怒，反唇相讥道：“谁不知你是红姨太，不过你侍陛下，我也侍陛下，没有什么红白的分别。你得封妃，难道我不得封妃吗？并且我的儿子，不是陛下生的，是哪个生的？”前时原是姑侄，此时已是平等，应该大家同封。香姨即十四姨。亦从旁插嘴道：“俗语说得好，有福同享，洪姨也乐得大度，何必损人利己哩。”洪姨闻言，竟将嘴唇皮一抿，向她冷笑道：“你今日尚得在此侍宴，总算是我的大度，否则连宫门外面，也轮你不着站立了。”又是一段隐语。老袁听双方争执，越说越不成话儿，急忙出言拦阻道：“你等休得相争，我自有处置，一经登极，便当正式册封，不致无端分级，你等且放心罢！”大家方才无言，仍旧团坐陪宴。

看官！你道十四、十五两姨，究竟有何秘史，令洪姨作为话柄呢？相传香姨自婢女当选，平日侍奉老袁，曲尽殷勤，但老夫少妇，感及枯扬，总不免惹人议论。香姨又起居未谨，尝与某卫士攀谈，事经洪姨察悉，密禀老袁，老袁疑信参半，托词戒备深宫，饬侍卫夤夜巡查。不到数日，果见某卫士蛰伏宫外，立刻鸣枪，将他击仆，捆缚起来，一面禀报老袁。老袁说是匪党唆使，即命枪毙，并拟斥逐香姨，洪姨又代她缓颊，阿香才得保全，未几即生一子，得宠如故。至若翠媛入侍，也由洪姨介绍，洪姨本欲增一心腹，厚己势力，不防翠媛暗怀妒意，竟与乃姑夺宠，那洪姨懊恨不及，竟想得一策，嘱使婢仆捏造蜚言，只说翠媛诱通皇嗣，将有聚麀的嫌疑。这话传入袁耳，遂诫诸子不许擅入，并且密诘翠媛，翠媛自誓无他。后来翠媛生子，状类老袁，老袁才得放心。洪姨媒孽侄女，犹且如此，安知香姨之事，不由洪姨播弄。然老袁纳妾甚多，恐亦难免作元绪公。这是洪宪宫闱中的轶闻，小子有闻必录，所以叙入略迹，证明洪姨的话柄。究竟是实是虚，小子不敢臆断，且俟他日有暇，往问白头老宫人便了，话体叙烦。

且说忆秦楼周氏，自伤无嗣，始终郁郁不乐。老袁见她玉容惨淡，泪眼模糊，转不禁怜惜起来，撤宴以后，即携住她的玉手，同赴寝室。袁氏平日，向有几口烟癖。每吃烟时，必至洪、周两姨房中，领略那福寿膏滋味。周姨既随老袁入房，当然取出烟具，给他过瘾，老袁一面吃烟，一面向周姨道："你也太多心了，我未曾正式册封，不过预先拟议，姑作此论，他日实行，自当妥行定夺，断不使你受屈的。"周姨凄然道："妾已想定主意，情愿媵妾终身，无论什么妃嫔，什么贵人，妾一概不敢领赐了。"妒意如绘。说着时，眼波儿又红了一圈。老袁忙劝慰道："你的福命很佳，忆自我得你后不久即出山任事，被选总统，可见你命实旺夫，安知日后不生贵子？常言道：'后来居上'，似你的福命，恐不止一妃嫔呢。"向爱妾拍马，总算善处宫闱。周姨瞅了老袁一眼。佯作笑容道："这是妾平日梦中，也未敢妄想哩。今日陛下登基，乞封为妃，尚不可得，他日上有皇后，下有储君，恐不免去作人彘，还有什么侥幸？"说到此句，喉中又哽噎起来，几乎说不成词。老袁道："你休担忧，我总不许人欺你，就是我册封诸姨，也不使你居人下；想你到此间，执掌内部书札，勤劳得很，即就此劳绩论来，也理应晋封，倘得天赐麟儿，那更是可庆可贺了。"周姨闻此，仍默不一言。老袁已吸毕福寿膏，自觉精神骤增，脑力充足，拈着须想了一会，便语周姨道："你且去磨墨展毫，待我手定几条内规，传与后人，你等便好安心了。"周姨奉命照行，当请老袁入座，递过纸笔。老袁即信手疾书，但见上面写着，"内训大纲"四大字，继即另行分条，逐项写下云：

第一条 母后不得佐治嗣帝，垂帘听政。

第二条 生前严禁册立储贰，且废除立嫡立长成例，但择诸皇子中有才德者，使承大统。如欲传某子，先书某名，藏诸金匮石室中，封固严密，俟其升遐后，由顾命大臣于太庙中，当众启视。

第三条 诸皇子不得封王，更不许参预政治，第厚给财货，俾享毕生安闲之福。

第四条 椒房之亲，不得位列要津。

老袁写罢，便掷笔向周姨道："你瞧！有这规条，皇后皇太子，都无从欺负你们，你能产下麟儿，果使福慧双全，那时凭我手中，写就名字，岂不是就好传位，你不是好做皇太后么？"你既痴心，还要代周姨妄想，真是一片邯郸梦境。周姨才转悲为喜，吐出娇媚的声音道："这还须效华封三祝，颂祷陛下，多福多寿多男子，贱妾方得叨恩哩。"不脱经史。老袁听了，也不觉兴会神来，随即拥着一枝解语花，同入罗帏，演一套龙凤呈祥的好戏；等到兴阑意倦，俱栩栩入睡乡中，去做皇帝梦皇后梦去了。翌日，老袁起床，取了手订的内训大纲，出示大公子克定。克定看到第二条，大为拂意，即欲出言反对。老袁先已窥着，便嘱道："这种条规，为后世子孙计，并非专指汝等言，我胸中自有成竹，你不必多疑。"对妾对子，总不脱一欺字。克定方才无语，怏怏自去。老袁也往政事堂，与国务卿等商议朝事，且不必说。

唯周姨暗地心欢，满望登极届期，皇妃的位置，总是拿稳，且享了几年快乐，再图后福。好容易盼到阴历过年，仍未得登极消息，越宿为阴历元旦，不过照例筵宴，又到了初四日，依旧寂静过去，她又禁不住烦恼起来。黄昏岑寂，坐对孤灯，正在百感交乘的时候，忽有一人牵动珠帷，翩然直入，仔细一瞧，乃是女官长安静生，当下欠身邀坐，安恭谨从命，两下里谈述琐事，甚觉投机。彼此胸中，俱含有几个文字，自然格外投契。继且各叙近怀，周姨未免叹息。安女士忽问道："妃子爱观新剧否？"周姨道："这是我生平第一嗜好，从前看过谭鑫培、梅兰芳等戏剧，犹觉印入脑中，至今未忘，端的是好戏哩。"安女士道："明日前门外同乐园中，敦请梅兰芳登台，演《黛玉葬花》新剧，妃子何不往观，借遣愁闷？"周姨摇首道："恐怕不便。"安女士道："妃子深居简出，外人本来罕见，若改装往观，谁识芳颜？宫内也无人敢说。明日下午，臣妾愿随妃子一行，可好么？”未免逢恶。周姨笑道：“这也是暗度陈仓的好计，我就与你同去。”安女士随即告别。

次日午餐毕，安女士即入会周姨，替她改装，扮做女官模样，潜导出宫。侍卫等见是女官，也不去查问，由她自去。两人乘舆偕行，转瞬间即至同乐园，园中已经开演，看客甚众，几乎无处容足，安女士入与园主商量，贳一包厢，园主与安女士，本有一点认识，且知她为女官长，不得不殷勤款待，遂与他客熟商，并让一特别包厢，导引入内，才有坐地。看了好几出，方见梅伶发场，一种神采，射将过来，几与忆秦楼斗艳。既而曼声度曲，袅袅动人，没一句不中调，没一字不合拍，惹得周姨目注神驰，低声喝彩。一时上下座客，也连声叫好，哄动全园。周姨密语安女士道：“梅伶色艺，与年俱增，较前日又有进步，我当出资重赏。”安女士不便旁阻，只好赞成，遂替周姨召过按目，由周姨取出纸币，约有数百元，慨然给付，令赏梅伶。老袁筹款维艰，反令爱妾好行其德，真是百姓晦气，梅伶交运。梅伶演戏既毕，亟趋前叩谢，座客皆为瞩目，互相私议道：“偌大女官，能有这般阔绰？莫非新华宫中，纯是金银么？”忽有一人遥视良久，才掉头语座客道：“这是袁皇帝的宠妃，怪不得有此挥霍。”座客听到此语，益觉惊异，并问他如何相识？那人便道：“我曾于万牲园中，一睹芳姿，友人告我是袁氏宠姬，所以认识。此次改装女官，想是掩人耳目呢。”座客再问那人姓名？那人不肯吐实，只说是在部中当差。也恐多言贯祸。于是一传十，十传百，就是园主与各伶人，也都闻知，共至周姨前长跽叩安。周姨知瞧破行踪，忙即摇手麾去，一面挈安女士衣袖，抢步出园，仍坐原舆回宫。耗去了数百元，还要累得惊慌，真是何苦？为此一事，都下传作新闻，各报章相率登载，连御用报亦采入新闻栏。老袁瞧着报语，大致说是新华宫宠妃，与女官长偕行观剧，竟不由的动起愤来，立召安女士入问。正是：

博得皇妃偿意愿，哪堪天子动猜凝。

未知安女士如何答复，下回再行说明。

当滇、黔起义以后，四川护军使刘存厚，亦起而响应，正战鼓鞺鞳之时，忽插入宫中数段轶闻，欲急反缓，好似锣鼓声中，接入金樽檀板，令人不可捉摸，此为用笔变换处，亦为叙事拗折处。若以实事论，则全回以洪、周二姨为主，而注重者尤为周姨，洪最狡黠，而周姨又济之以才，几玩老袁于股掌之上。老袁亦幸而不得为帝耳，若使为帝，宫闱中不知惹出若干衅隙，袁氏且覆宗矣。先圣谓女子小人为难养，诚哉是言！

第六十三回　洪宠妃卖情庇女党　陆将军托病见亲翁

却说安静生奉召入觐，偷眼一瞧，见袁皇帝面带怒容，慌忙屈着双膝，俯伏座前。老袁掷下御用报，叫她自阅，安女士已瞧过新闻栏，心下早经明白，不待再阅报章，便磕头道：“臣妾正来请罪，日前周妃欲观新剧，由臣妾随着同去，未曾奏闻圣上，还乞恩恕！”老袁叱道：“你为何这般荒唐？须知宫府内外，防范宜严，我任你为女官长，正因你年龄较长，见识较多，不致什么轻率，就使周姨等要你同去，你也应代为谏阻，谏阻不从，可来告我，为什么不顾名誉，竟尔妄行？你想是该不该呢？”周姨要去看戏，恐你也阻她不住。安静生被他一诘，无可答辩，只好靠着地毡，碰头不已。老袁又道：“看你也不配做女官长，你与我滚出去罢！”安静生不敢多嘴，只称谢恩，慢慢地立将起来，转身自去。侍卫等暗瞩花容，已是青一阵，白一阵，不胜变态了。如见其人。

早有人通报周姨。周姨已料定老袁，要来诘责，忙去邀了洪姨，在房待着。果然老袁发放了安静生，即刻走至周姨卧室中来。周姨起身迎接，洪姨亦起随后面，待老袁坐定，两人左右侍立，但见老袁目视周姨道：“你好你好！”周姨佯作不解，垂首无言。老袁又哼着道：“梅兰芳的戏剧，究竟如何？想你眼帘中还留着哩。”洪姨即在旁接入道：“她正为了此事，与妾商量，恐惹动主上怒意，要来请罪。妾以为陛下近日，政躬多事，区区失检，亦未必遂触天威。”说至“威”字，已闻老袁接口道：“你看得这般轻易，须知宫眷轻出，易失名誉，各报中已传作笑柄了。还说是区区失检么？”洪姨道：“今日失检，尚属不妨。”老袁问是何因？洪姨道：“陛下若已登极，妾等俱沐封为妃，那时宫禁森严，原不能自由出入呢。”还是她的理长。老袁道：“你又来强辩了。我想这事起因，总是由安静生巴结讨好，我且先把她撵出，省得你们被哄，有玷闺箴。”不能制服姬妾，却把别人出气。说至此，周姨已扑的跪下，抽着珠喉道：“妾情愿受罪，若说由安静生怂恿，未免冤枉了她。”竭力为安女士庇护，何其多情？洪姨亦随即跪下道：“妾愿为周妹乞恩，并愿为安女士乞恩，此次恕她初犯，下次若再轻出，妾亦连坐受罚。”老袁见她两人哀吁，心儿也就软了，便转嘱周姨道：“以后休要如此！我今日看洪姨面上，饶了你罢。”周姨复吁请道：“妾蒙陛下赦罪，感激万分，只安女士已撵去否？”说着，将头枕在老袁膝上，呜呜咽咽的哭将起来。好一个娇儿模样。老袁俯首一瞧，见她乌云般的灵蛇髻，光滑得很，一阵阵油香扑鼻，把胸中留着的余怒，都薰得不知去向；当下伸开两手，把两姨扶起，口中连声说着道：“算了，算了。”洪姨又道：“现在女学尚未发达，所有当选的女官，统不过粗识之无，毫无学问，自奉陛下命令，在宫中开设女校，由安女士为校长，指导有方，各女官才稍有进步，今日若把她撵出，不唯各女官没人督率，且亦没人教导，为此种种障碍，所以求陛下格外优容，唯须下一禁令，此后自女官长以下，不准私出，有犯必惩，那便足惩前毖后了。”面面圆到，善于饰辞。老袁点首，随即踱出房外，自行申禁去了。

周姨致谢洪姨，正在彼此谦逊，那安女士已跑了进来，泥首称谢。两姨将她扶住，方才起身，复谈了半小时，安始告退。是日即接奉禁令，略言：“宫中执役女官，无故不准自由外出，犯者严惩不贷，女官长一同坐罪”云云。各女官出入不便，未免怨恨安女士，但因安女士得有内援，势力雄厚，大家无法可施，也只得暗地讪谤罢了。安女士经此小挫，格外勤谨，每日传集女官，挨次分派，使有专责，夜间十二时后，必亲率各女官归寝，寝室系蟹形式筑就，东西对峙，门户相望，外面护着铁栅栏，由安女士手编号次，不得乱居。至逼近铁栅的居室，安自住着，亲司管钥，众入即锁，众出乃启，真是严肃得很。老袁偶往巡察，见她布置周密，井井有条，颇喜她因过知奋，温语嘉奖，从此安女士的权力，比从前更加巩固了。也好算只功狗。

唯安女士本有良人，曾住居前门外东茶食胡同薛家湾，姓张名景福，夫妻爱情颇深，从前禁令未下，不妨自由进出，每当暇时，免不得回去敦伦，此次申严宫禁，只好长住宫中。徐娘半老，未免有情，她竟想出一策，密请洪妃，为乃夫谋一宫中庶务司核账员一席。洪妃替她说项，竟如所请。这叫作妻荣夫贵。嗣是夫妻聚首，日夕相见，夜阑人静好合鸳俦，真个是怨女旷夫，各得其所了。未始非老袁仁政，但可惜只及安女士，未能普遍鸿恩。

一夕，安女士亲自夜巡，遥见有一男一女，喁喁私语；正要出言呵责，那男子已飞奔而去，只剩女子一人，急切无从奔避，站立一旁。安女士走近逼视，乃是女官中的金翠鸿，当下便唤她入室，私自讯问。翠鸿不能尽讳，只说是与侍从武官，向订姻好，现为宫中同事，所以相见谈心，恳女官长格外垂怜，幸勿举发等语。安女士佯作嗔怒道："这却不便，明日请你出宫。"翠鸿跪下哀求，愿罚三月俸金。安女士沉吟半晌，方道："我也不为已甚，但你须谨慎小心，一露破绽，连我俱要坐罪了。"投鼠本须忌器，况又有三月俸金，可入私囊，乐得秘密了事。翠鸿拜谢去讫。隔了月余，翠鸿忽抱病在床，委顿不起，安女士已瞧破机关，也不去问明底细，便令她请假养病，移居别室调治，经旬乃瘳。看官！你道她是什么病症呢？原来翠鸿是妓女出身，运动得选，充入女官，入值以后，巧遇侍从某官，与有旧好，遂不免偷寒送暖，倚翠偎红，安女士得贿卖放，两人仍私续旧欢，未几有娠，设法堕胎，遂至成病。病愈后，益感激安女士，格外报效，事极秘密，无人知觉。安女士也暗自欣幸。银钱到手，安得不喜？

既而宫中又出一奇闻，女官沈畹兰，竟自缢身亡，安女士闻着，慌忙奏闻，有旨令她督殓，舁葬郊外。各女官半多惊诧，连安女士也为叹息。看官听着！沈畹兰系天津女师范学校卒业生，年甫及笄，貌既出群，才亦迈众，为人又极和蔼，自应征女官时，得居首选，入宫承值，上下翕然。老袁亦爱她秀慧，特别宠遇，不到一月，即将自己的出纳账目，令她管核。为这一着，遂令绝世芳姝，送入枉死城中，做了冤鬼。先是老袁出纳，由洪姨掌管，每月用途极繁，多至数十万金。洪姨从中侵蚀，约可得百分的二三，无端被沈夺去，心殊不甘，但未便显然反对，只好设计中伤。常言道："明枪易躲，暗箭难防"，沈女官执掌的铁匣，骤失去钞票二百余元，那时捕风捉影，无从觅获，洪姨诬她监守自盗，竟嗾袁密饬心腹，搜检沈箧，果然原封不动，几如原额。沈女官无从辩冤，没奈何悬梁毕命。老袁只疑她畏法自尽，哪知种种陷害，统是洪姨一人所为。洪姨复得任原差，可怜那沈女官无故遭冤，死得不明不白，徒落得埋骨荒邱，衔恨地下罢了。塞翁得马，安知非祸，沈女官亦如是尔。小子未曾入新华宫，偏述及各种秘闻，看官或疑我杜撰，其实小子统有依据，试看近人所编《新华春梦记》，及《洪宪宫闱秘史》，统已详列无遗，就是新华宫中的故役，自袁氏死后，统已出宫，讲将起来，多说是有些确凿，看官也不必疑猜呢。话分两头。

且说袁皇帝日思登极，择定阴历元旦，或正月初四日，举行大典，偏值西南警报，络绎到京，不得已顺延过去。嗣闻湖南西境，如晃州、沅州一带，统被黔军攻入，着着进行，不禁惊愕道："刘显世是真反了。"你道他是假反？遂令第八师长李长泰，抽调劲旅，自津门南下，一面令湖南将军汤芗铭，立派军队，协同马继增一军，相机痛剿。又命唐尔锟督理贵州军务，褫去刘显世官职，听候查办。嗣复特任龙觐光为临武将军，兼云南查办使，速由粤西入滇，除带领所部外，即在南宁招兵十营，借扩军额，并饬广西将军陆荣廷，赶紧募兵二十营，助龙攻滇，饷械均由中央接济。小子叙到此处，又要把袁氏心理，推测一番。滇、桂本属毗连，就是滇省护国第二军，亦指定从桂进发，袁皇帝欲分道攻滇，应该将桂边一路，责成陆荣廷，如龙觐光等，只好备作后援，何故前后倒置，舍近求远呢？原来陆荣廷初入戎行，不过一寻常弁目，自经岑春煊督粤，方将他拔擢起来。民国肇造，陆任都督，粤西偏安。至癸丑一役，岑春煊曾为大元帅，与袁反抗，赣、宁失败，岑亦他避。老袁与岑有隙，遂忌及荣廷，只因桂省僻处西南，关系尚小，所以仍命镇边，未曾调动，不意滇事发生，川、湘、贵三路，变作要塞，倘或陆荣廷与滇通谋，岂非又增一敌？为此特任龙觐光攻滇，但命陆募兵协助。揭出老袁意思，标识特详。还有一着布置，龙子运乾，系陆荣廷女夫，彼此是儿女亲家，当然不致龃龉，既可借龙制陆，复可借龙劝陆，实是当日无上的妙计。计策固好，谁知偏不如所料。

龙觐光拟全拨粤军，奋力攻滇，可奈民党中人，都因滇、黔起义，相率遥应。前粤督陈炯阴，邀同柏文蔚、林虎、钮永建、熊克武、龚振鹏、谭人凤、李根源、冷遹、耿毅等，癸丑之变，多已见过。在南洋新嘉坡，设一总机关部，派军入粤，进攻惠州。粤军自顾不遑，哪里还好调拨？不过广东将军龙济光，是龙觐光弟兄，骨肉至亲，不得不极力腾挪，当派陆军第二旅第三团长李文富为先锋，虎门要塞司令黄恩锡为前敌司令，率军四千人，陆续出发。龙觐光自带卫队数十名，潜乘广利兵轮，至北海登岸，经过廉州，直抵南宁。南宁即粤西省会，将军陆荣廷，就此驻扎。前清以桂林为省会，民国始移至南宁。龙觐光已入省城，并未见荣廷出迎，至投刺入见，尚在客厅中坐候多时，好容易盼到主人，还是缓步进来，差不多有重病模样。当下行过常礼，略叙寒暄，但闻荣廷低声道："兄弟近日，适患心疾，昼不得安，夜不得眠，害得精神困惫，几难支持，亲翁此来，有失远迎，幸勿见罪！"龙觐光道："曾否延名医诊治？"荣廷道："医生亦诊过数次，可奈服药少效。"心病还须心药医，岂寻常医生可以疗治？龙觐光道："目下滇、黔谋变，粤西正当要冲，兄弟奉命西行，全仗亲翁协助，偏偏尊体违和，如何是好？"他正为你生病。荣廷答道："弟正为此事烦躁，益觉寝馈不安，添了好几分贱恙，医生说须静心调养，方可渐瘥。亲翁来得正好，一切军事，好凭大才调度，弟可向中央请假数旬。"觐光道："粤东亦有乱事，军队只堪自顾，兄弟带来的兵士，不过三四千名，奉中央命令，饬在此处招添十营，且闻亲翁处亦令招募，想亲翁总也接洽呢。"荣廷半晌才答道："命令是已经接到了，只因有病在身，不能亲募，现已托王巡按使代理，亲翁若有教言，请直接与他面谈罢。"说着，用手扪心，并皱着两眉，似有无限的痛苦。那时觐光不便多谈，只好起座告别道："亲翁且自休养，弟且到王巡按处，商议军情便了。"急惊风碰着慢医生，真也没法。荣廷也不挽留，随送出厅。觐光用手相拦，请他不必远送，荣廷也即止步，只道了"简慢"两字。待觐光出门，即展颜入内，自不消说。

觐光转至巡按使署，巡按使王祖同，忙即迎入，两下晤谈，述及募兵办法。王祖同道："粤西硗瘠，公所深知，欲要募兵，先需军费。前日陆将军召弟商议，委弟筹款垫发，且令弟代行招募，弟正为此事踌躇呢。"又是一个为难。觐光见他支吾情状，不由的躁急道："救兵如救火，不容迟缓，况政府已有明令，饷械由中央接济，尊处能筹款垫付，不消几日，便可由中央汇到，一律给还了。"王祖同道："兄弟也这般想，但急切提不出这种现款，也是没法，昨已驰电达京，催解汇款去了。"觐光道："募兵已有地点么？"祖同道："已借军械局开办。"觐光道："我且去一观，何如？"祖同说了"奉陪"二字，便与觐光一同出署，至局所中巡视一周。但见临武将军行辕，已经设着，觐光便就此寄居，祖同自行返署。

看官道这陆、王二人，究竟是什么意见呢？原来陆氏宗旨，是完全的保障共和，反对帝制，且已接着岑春煊及梁启超等密函，劝他联络滇、黔，勉图独立，他已怦怦欲动，只因饷械未足，不便冒昧举事，并且长子裕勋，在京为官，一或发难，未免投鼠忌器，所以托词心疾，请假养疴；独王祖同是骑墙人物，袁氏曾命他会办军务，监察老陆，他持着中立态度，两面敷衍，此次对付觐光，也是这番手段。最好是这种手段。觐光在局募兵，起初是京款未到，只好静坐以待，及款已汇至，赶紧招募，偏桂人不甚踊跃，每日来局报名，多不过百人，少仅数十人，任你龙将军如何劝导，也一时不能成军。忽一日，由贵来电，龙济光已击退乱党，解惠州围，中央加封济光为郡王。插入粤事，较省笔墨。觐光也为心喜，当即发电道贺，并商令酌拨粤军，由海道来南宁，以便即日赴滇等语。嗣得复电，略言："惠州虽然得捷，乱党仍然蔓延，随在需防，无兵可拨，赴滇军请自行募足"云云。于是觐光无援可恃，且又不便久留，只好把新募各兵，检点起来，约得四千名，加入前时带去的粤军，共计得八千人，新旧合组，得二十营，号称一万二千，分作五路，令李文富为前锋，率兵千五百名，由百色进发。黄恩锡率兵千五百名，间道出广南，会合李军，进攻剥隘，再令粤西军官张耀山、吕春绾，各率兵两千，作为前后两路的援应，并令侄儿体乾，统领两军，称为第三第四队；又另遣朱桂英率兵千人，入窥黔边，牵制黔军援滇。觐光仍驻节南宁，满望着旗开得胜，马到成功。小子有诗叹道：

士甘焚死不封侯，气节消磨一代羞。
争说两龙跨粤海，为何甘作顺风牛？

觐光既遣发各军，当然奏报中央，欲知后事，且看下回。

上半回是叙述内情，缴足上回文字，下半回是叙述外事，暗启下回文字。观内情之蒙蔽，已知袁氏之难乎为帝，观外事之溃散，尤知袁氏之不能为帝。洪姨爱姬也，而欺之，陆荣廷，良将也，而亦欺之，余如安女士之朋比为奸，王巡按之模棱两可，更不必问。内外交构，何事可成？故本回虽显分两撅，而暗中却自有相对处，是在阅者之静心体察可耳。

第六十四回　暗刺明讥冯张解体
邀功争宠川蜀鏖兵

却说袁皇帝接到龙觐光奏章，披阅以后，深喜他实心效忠，不负委任，桂边一路，似可无忧，川、湘一带，已是大兵迭发，当亦不致有意外情事；唯江宁将军冯国璋，前曾调他来京，任为参谋总长，偏他请假养疴，相隔数月，尚未到任，老袁愈觉生疑，特派遣蒋雁行，南赴江宁，调查防务，临行时且有密言相嘱。蒋衔命南下，与冯相见，谈了许久，冯只管无情无绪，淡淡的答了数声，有几语简直不答。雁行因奉着主命，未便敷衍过去，便进言道："极峰意见，要上将出任行军总司令，因未得尊意赞成，所以嘱弟转达。"无非要老冯离任。国璋哑然失笑道："我去岁入京觐见，谈及帝制问题，总统誓不承认；且言国人相逼，当挂冠航海，往游伦敦，目下欧战虽剧，伦敦尚是无恙，总统何不前往，还要兴什么大军？授什么总司令呢？"国璋入觐，借他口中补叙，并补述袁氏前言，以证其欺。雁行道："往事也不必重提了。但上将与总统相知有年，也应助他一臂，借尽友谊。"国璋道："我正为友谊相关，始终不敢背弃，无如抱病未痊，力不从心，还请代达总统，求他原谅！"陆既称病，冯亦如是，真是一个病夫国。雁行又道："总统亦系念贵体，特遣兄弟前来探望，并嘱令代阅防务，俾上将安心休养，早日告痊，得以销假视事。"国璋笑答道："多谢总统盛意，近日一切政务，也多委王镇守使代理，今又得足下代劳，兄弟不胜感激哩。"说罢，即呵欠了好几声。雁行料不便多言，遂即退出，向镇守使王廷桢处，会叙多时，至回寓后，即将冯国璋言动情形，叙入电稿，寄达中央。隔了一天，即由政事堂传出申令，因冯国璋尚在假中，着王廷桢暂行代理。是电一传，与冯交好的疆吏，多疑老袁将免冯职，致起违言。即后文所谓河间系。山东将军靳云鹏，江西将军李纯，电袁留冯，略谓："冯保障东南，关系大局，不应无故调动"等情，于是老袁改了初念，另派佐命功臣阮忠枢，至徐州来说张勋。张勋自任长江巡阅使后，以徐州为盘踞地，逍遥河上，花酒耽情，除宠妾小毛子外，复纳一个女优王克琴，端的是风流大帅，洪福齐天；唯他有一种特别的性格，终身不忘故主宣统帝，东海等人应输他一筹。所以袁氏要想登极，他虽阳示赞同，暗地里实是反对。滇、黔发难，竟上书直谏老袁，内有大不忍四则，能言人所未言，小子因胪述如下：

（甲）纵容长子，谋复帝制，密电岂能戡乱？国本因而动摇，不忍一。

（乙）赣、宁乱后，元气亏损，无开诚公布之治，辟奸佞尝试之门，贪图尊荣，孤注国家，不忍二。

（丙）云南不靖，兄弟阋墙，寡人之妻，孤人之子，生灵堕于涂炭，地方夷为灰烬，国家养兵，反而自祸，不忍三。

（丁）宣统名号，依然存在，妄自称尊，惭负隆裕，生不齿于世人，殁受诛于《春秋》，不忍四。

这四大不忍等语，呈将上去，袁皇帝却容受得住，并不加责。亏他耐得住。他知张大帅的性质，并非袒护滇、黔，不过系念故主，聊发牢骚，但教好言抚慰，虚名笼络，仍可受我约束，不致生变，因此派遣阮忠枢，来与张大帅商叙军情。张勋接入，便开口道："老斗，你来做什么？"阮字斗瞻，张大帅一经开口，便肖性情。忠枢道："闻大帅新纳名姝，特来贺喜。"张勋道："你怎么知道？"忠枢笑道："上海滩上第一个名伶，被你选取了来，已收尽江南春色，全国统已知晓，小弟也有耳目，难道不闻不知么？"张勋道："照你说来，你简直到此，来敲我几台喜席。我这里有酒有肉，任你吃，任你喝，可好么？"豪爽得很。忠枢道："这是蒙大帅的赏赐，还有何说？但小弟还有特别要求，未知大帅肯赏光么？"张勋道："你且说来！"忠枢笑道："要请贵姨太太出见，赏光一套西皮调，给我恭听，那是格外承情了。"

张勋笑道："老斗，你又来胡闹了。闲话少说，我吩咐厨役，备些可口的菜蔬，与你畅饮，你若有暇，请在此多逛几天，多年老友，难得常聚哩。"忠枢说声叨扰。张勋便嘱咐左右，传语厨子去讫。两人又闲谈了一时，外面已搬进酒肴，由张勋邀客入座，豪饮起来。酒至半酣，忠枢用言挑着道："长江一带，幸亏大帅坐镇雍容，才保无事。"张勋不待说毕，便接入道："百姓并不要造反，只外面的革命党，里面的袁项城，统是无风生浪，瞎闹一场，所以国家不能太平。"忠枢道："项城也只望太平哩。"张勋哈哈大笑道："你是十三太保中的领袖，怪不得有这般说。项城世受清恩，前时投入革党，赞成共和，硬逼故帝退位，已是铸成大错，此次要重行帝制，谅亦有些悔意了。但现成的宣统皇帝，尚在宫中，何不请他出来，再坐龙庭？他今朝要自做皇帝，哼哼，恐怕有些为难呢！"快人快语，如闻其声。忠枢闻言，不觉面上一红，勉强答应道："这也是出自民意，项城不能强辞，就是大帅前日，也曾推举项城，难道是贵人善忘吗？"以矛攻盾，却也能言。张勋顿时变色道："他屡次给我密函，要我向他劝进，我的秘书，也向我说着，不如顾全旧谊，休与反对，我才叫他写了几句，电复了事，横直将来人多意多，总有几个硬头子，出来反抗，我老张也不是真呆，何苦与他结怨。现在云南、贵州，已创起什么护国军，竟不出我所料，项城想我出去打仗，我为了项城的事情，惹人怨骂，还要我兜掉面子，向外国人赔礼，我已吃尽苦楚，此番不来上他的当了。"尽情出之，好似并剪哀梨。忠枢听说，尚未回答，张勋又道："我所以说了四大不忍，呈将进去，叫项城自去反省。"忠枢趁势探着道："云南、贵州的变事，大帅还是反对，还是赞成哩？"张勋道："我去赞成他做什么？我只晓得整顿军备，保卫地方罢了。"这两语亦太自夸。忠枢又进一步道："大帅高见，很足钦佩，但云、贵既已倡乱，应该如何对付，方得平和？"张勋沉着脸道："他闹他的云、贵，我守我的徐州，干我甚事？"又是快语。忠枢知不可喻，不得已据实相告道："项城本意，也不要调动大帅，不过想抽调军队，并添设长江上游巡阅使，敢问大帅意下如何？"张勋佯笑道："我料你是贵忙得很，断不致无因至此。你去回报项城，长江上游巡阅使，他欲要设，尽管去设，我老张不来多嘴，但恐增设一人，也是无益，若要抽调军队，我的兵士，素不服他人节制，调往他处，非但无益，反恐有损呢。"忠枢至此，已晓得张勋用意，不必再与多谈，便又借贺喜为名，敬了张勋数杯。张勋亦回敬数杯，随即吃过了饭，撤席散坐。是夕，复呼枭喝卢，极尽豪兴，最后仍央请张大帅，唤出新姬，果然是绝世尤物，倾国倾城，惹得这位阮钦使，也不禁目眩神迷，魂飞色舞。待王姨太太道了万福，转身进去，那时才对着张大帅道："大帅真好艳福，小弟一无所赠，未免惶愧得很。"说至此，即从怀中取出钞币十张，约得百元，双手奉上道："这便代作赠物罢。区区不腆，幸转送香闺，祈请赏收！"张勋道："又要老友破钞，谨代小妾道谢。"于是分手归寝；翌日起床，阮忠枢即拟辞别张勋，吃过早点，眼巴巴望着张勋出来，偏是望眼将穿，杳无消息，待至午餐，方见张大帅登堂陪客，忠枢有事在心，也不多饮，便于席间辞行，草草毕席，即告别出署，回京复命去了。也是一番空跑，犹幸得见艳姬，还算有些眼福。

老袁已遣阮南下，想不致虚此一行，便在统率办事处内，添设临时军务处，遥领军政，实行指挥。当拟组织征滇第二军，令张勋、倪嗣冲各出十营，驻鲁第五师，出步兵一团，防兵一营，驻陕军出一混成旅，驻奉第二十及第二十七第二十八师，各出一混成旅，余由他省选调骑兵数营，合成一师，限月终拔往战地。正在筹划的时候，那阮忠枢已回来了，当下听他禀报，已知张勋不肯从命，很是懊怅。再电致奉天、山东各省，陆续接复，多半是："防务吃紧，兵不敷用，职守所在，碍难遵命，否则本省有变，不负责任"云云。老袁急得没法，乃将调兵的政策，变为募兵，调兵已非善策，募兵更属无谓。拟由直隶、山东、河南三省，募兵二万，听候调遣，一面电催赴敌各军，速行进击，并调四川、两湖军队，协同接济。统计自正月中旬，至三月上浣，袁军运到川、湘，差不多有十万人。看官欲晓明大略，且由小子一一叙来：

在川各军。

（一）曹锟军，即第三师，约八千五百人。（二）张敬尧军，即第七师，约六千人。（三）李长泰军，即第八师，约七千八百人。（四）周骏军，即四川第一师时，嗣改编为第十五师，约六千人。（五）伍祥桢军，即第四混成旅，约四千人。（六）冯玉祥军，即第十六混成旅，约四千人。

在湘各军。

（一）曹锟军，即第三师之一部，约二千人。（二）马继增军，即第六师，约万人。（三）唐天喜军，即第七混成旅，约四千人。（四）李长泰军，即第八师之一部，约三千人。（五）范国璋军，即第二十师，约四千人。（六）张作霖军，即第二十七师，约三四千人。（七）倪毓棻军，即安武军十五营，约三四千人。（八）王金镜军，即第二师，约四千人。（九）胡叔麒军，即湖南混成旅，约四千人。（十）卢金山军。系湖北独立旅，约四千人。

这十万大军，云集川、湘，总有几个效忠袁氏的将吏，拼着了命，与护国军争个胜负，好博得几个勋章，几等勋位。只是滇、黔军乘着锐气，杀入川、湘，或合攻，或分攻。川路自叙州起，经泸州、重庆、万县、夔州，直达湖北的宜昌。湘路自沅州起，经麻阳、芷江等县，直趋宝庆、常德，战线延长，约有二千多里。总司令曹锟，先行筹防，分檄各路兵将，择要驻守，十万军中，已去了五成。尚有五万名作为战兵，大约自川中进攻，计二万人，自湘中进攻，计三万人。五万袁军压川、湘，当时已传遍天下，气焰亦可谓不弱。滇、黔两军，统共不过三万名，与袁氏战兵相比例，尚不及半数。曹锟因老袁催逼，乃简率精锐，会合冯玉祥、张敬尧各军，兼程前进，直指叙、泸，另檄第六师长马继增，驻扎湘西，抵御黔军。

此时云南护国第一军总司令蔡锷，早已由黔入川，闻曹锟等尽锐前来，急令刘云峰、赵又新、顾品珍等，分头拦截，哪知来兵很是凶勇，凭你如何截击，总是抵挡不住；并且顾左失右，得此失彼，眼见得主客异形，众寡不敌，一阵阵的向后退去。刘、赵、顾三人，无可如何，只得向总司令处告急。蔡锷闻报，踌躇一番，默想曹、张各军，用着全力，来攻叙、泸，若要与他死战，徒伤士卒，无济于事；且弹药等件，亦只能暂支目前，未能持久，计不如变攻为守，以逸待劳，一面联合粤西，调出李军，并力北向，再决雌雄，也为未晚。此即兵法所谓避实二字。乃即令刘、赵、顾各军，且战且退，自己亦退入永宁，准备固守。

曹锟遂分兵大进，自克綦江，冯玉祥克叙州，张敬尧克泸州，纷纷向中央告捷。四川形势，顿时大变。黔督刘显世，闻滇军撤归，也为一惊，亟檄总司令戴戡，调还一旅，驻守黎平。那时马继增跃跃欲逞，拟乘势攻入黔境，与川军并奏奇功，当下发令进兵，行了半日，因天色已晚，驻营辰州，到了夜半，除巡兵未睡外，余皆安寝。待至天晓，全营统已早餐，秣马厉兵，待令即发，不意这位马师长，竟长眠不起，由阎罗王请去作先锋了。小子有诗咏马继增道：

未曾前敌即身亡，暴毙营中也可伤。
自古人生谁不死，甘心助逆死无光。

毕竟马继增如何致毙，且至下回表明。

冯、张两人，宗旨不同，而其不满袁氏也则一。本回借冯、张之口，讥讽袁氏，足令袁氏，无颜对人，而张大帅粗豪率直，描摹口吻，尤觉逼肖，岂其尚有张桓侯之遗风欤?《民国演义》中有此人，亦足生色矣。夫以冯、张之为袁氏心腹，犹离心若此，彼川、湘一带之十万师，宁皆能效忠袁氏耶? 不过凭一时之勇气，直入叙、泸，转眼间即已告馁，乃知师直为壮，曲为老，一时之强弱成败，固不足以概全体也。

第六十五回　龙觐光孤营受困 陆荣廷正式兴师

却说马继增到了辰州，过了一夕，竟尔长眠不起，由队官等上前相呼，已是魂入冥乡，寂无声响了。大家惊讶不已，细检尸体，但见满身青黑，也不知是什么病症，大约是中毒身亡，一时无从究诘，只好飞电中央，另简主帅。为此一番转折，湘、黔两造，各按兵不动。唯龙觐光所遣各军，攻入滇边，应六三回。前锋李文富，先抵剥隘。剥隘系由桂入滇的要塞，滇兵驻守，只有两连，现时步兵编制法，步兵以十四人为一棚，三棚为一排，三排为一连，四连为一营。闻得敌军骤至，慌忙对仗，一面向总司令处求援。总司令李烈钧方驻扎土富州，距剥隘尚数百里，未免鞭长莫及。李烈钧到了此时，尚未出滇境一步，也不免迟滞。剥隘孤兵，敌不住李文富军，勉强对仗，伤毙军官一人，部众溃散。李文富据剥隘，即向龙觐光处报捷。龙体乾亦潜入滇境，联结土司，围蒙自，占箇旧，也自然飞递捷书。觐光连得捷报，喜欢的了不得，当即连电奏捷。老袁一再嘉奖，又颁给几个勋位勋章，作为赏赐。于是龙觐光以下，无不踊跃，乘势杀入云南，搏个你死我活。觐光也移驻百色，指挥进攻，几乎有灭此朝食的气势。哪知背后的广西省内，已是一声霹雳，响彻西南，险些儿把个龙将军，弄得不能进，不能退，把他龙筋龙脉，要抽将出来。

看官！可记得广西将军陆荣廷么？荣廷因病乞假，并函致长子裕勋，南来侍疾。裕勋得信，当然禀闻老袁，即拟南下。老袁也即照准，且命人伴送途中，慰他寂寞。到了汉口，裕勋竟得着急症，医治不及，霎时身亡，假惺惺的袁皇帝，反连电粤西，极表哀悼。专用此种手段，何其忍心？荣廷明知此事，由老袁预嘱同伴，将子毒死，但已不能重生，只好以假应假，复电称谢；自是决计独立，先向中央要求军饷百万，快枪五千支，自告奋勇，督师征黔。老袁如数发给，且授为贵州宣抚使，令他即日赴黔，相机剿抚，一面饬第一师长陈炳焜，暂代陆职，护理军务。荣廷既接京电，拟召集军事会议，决定行止，可巧来了梁启超，与荣廷晤谈起来，所有讨袁政策，很表同情。梁本受蔡锷密托，特地来见荣廷，做一个说客，应前回联合粤西语。不期荣廷已决心举义，无待多言，那得不喜出望外，当下邀入陈炳焜，与他密商。炳焜豪爽得很，简直是请陆独立，不必迟疑。于是召集全师，公议军事。陆荣廷为主席，把助袁助滇两事，宣告出来，待众解决。炳焜先起座道："袁氏欺人欺己，得罪全国，已不足责，即为将军代计，今日助袁为逆，对国不忠；公子裕勋，被袁无故毒毙，不思报复，对子不慈；岑云帅岑春煊字云阶。为将军故主，他已屡函劝勉，不闻相从，对主不义，将军今日，如即独立，尚可改过为功，否则军民解体，恐将军也成为民国罪人了。"荣廷怃然道："陈师长责我甚当，我就指日独立，自改前非，为问众弟兄可赞成否？"说声甫毕，但见大众统已起立，自第二师长谭浩明，及旅长莫荣新、马济以下，没一个不拍掌赞成。荣廷遂向天宣誓道："皇天后土，鉴临廷等，一德一心，驱逐国贼，保卫民生，如有违异，饮弹而死。"陈炳焜等应声道："谨如陆将军言。"是谓同德，是谓同心。宣誓已毕，即下动员令，饬马济率游击队六千，星夜前赴百色，托名攻滇，暗断龙军的后路，又亲率十二营，往扎柳州，阳言攻黔，其实欲取道桂林，进逼湖南。

龙觐光尚睡在梦里，檄令李文富等进攻土富州。李烈钧已密接桂军消息，令第一梯团司令官黄开儒，率军前敌，与桂军约就夹攻。又由滇督唐继尧，拨遣第三梯团司令官黄毓成，绕道黔境，由兴义出泗城，潜入西林，攻击龙军右面。三路议定，一齐动手。马济密嘱营长黄自新，先至龙军，佯称助战。龙觐光不知有诈，调赴军前。那时李文富等与黄开儒对垒交锋，两下里排成阵势，你枪我炮，互相冲击，正在难解难分的时候，忽龙军阵内，跃出黄自新一军，倒转枪枝，扑通扑通的几声，将龙军击了数十名。龙军顿时哗噪，自乱队伍，滇军趁势攻入，杀得龙军七零八落。李文富等连忙收兵，且战且退，不意后面喊声大起，炮弹随来。粤西旅长马济，复带了一支生力军，前来攻击。看官！你想此时的李文富、黄恩锡等，还能支持得住么？亏得龙觐光接闻军警，自率亲军援应，总算保全了一半，狼狈回营；当下飞调龙体乾还援。体乾弃了箇旧，急至百色，谁知张耀山、吕春绾两军，统已心变，不服约束，自率所部回粤西，桂人回桂，理之当然。剩得体乾身旁，只有数十个亲随，入百色营。

此时百色附近，已是密密层层，布满敌兵。营内只有一二千名残卒，眼见得保守不住，龙觐光满面愁容，一筹莫展，既见体乾，竟洒着泪道："我与你要死在此地了。可恨陆亲家背我，连电求援，并无复信。"你果死了，倒不愧袁氏忠臣。体乾也含着泪道："何不叫兄弟发一急电，向他丈母哀请？只说我辈死在目前，全仗援救，妇人总有爱惜儿女的心思，若得他转告老陆，我等才得有命哩。"觐光道："我一时神志慌乱，竟忘怀了。唯运乾不在军中，你赶紧电告运乾，叫他转电陆夫人，设法救我才是。"体乾立即照行，果然驰电到粤，不消两日，已接复电，说是："陆妻谭氏，已向陆说情，当有好音相报。"觐光稍稍放心，敌兵也不来紧逼。双方停战数日，方来了陆子裕光，传达父命，要龙军缴械投诚，才令滇、桂两军罢战。觐光急得没法，只好应允，但恳留卫队驳壳枪三百支。裕光以未奉父命，不肯勉从。那觐光顾命要紧，没奈何下令各军，缴出机关枪四十架，炮十四尊，步枪五十支，现银二十万元，军官遣回原籍，兵丁另行改编，直隶马济部下。于是贪功争宠的临武将军，遂俯首敌前，做了一位降将军了。蛟龙失水遭虾戏。

袁皇帝尚未闻悉，正为了洪姨生日，开筵庆贺。洪姨购得一副绝精巧的麻雀牌，统是羊脂白玉制成，大小厚薄，不差分毫，所刻的花纹字迹，乃是京内著名美术家宋小坡手笔，价值约五千元以上，此日正拟试新，各姬妾席终入局，叉万金一底的麻雀。洪姨赌运不佳，只管输去，看看要输至两底，老袁从外趋入，见洪姨所负过巨，便笑语道："我替你翻它转来。"洪姨乃让袁入座，自立在旁，约莫叉了一圈，一副都碰和不成，累得洪姨愈加着急，从旁说道："我道皇帝的财运，总是好的，谁意反比我不如哩。"老袁闻言，急得面红耳赤，要想做副大牌，反负为赢，偏偏牌风不佳，手气又是甚恶，顿时懊恼异常，口中呶呶不已；后来得了一副全万子，将要做成，只少九万一张，凑巧对面竟打了一张九万，他不禁拍手道："和了和了，这遭好翻本了。"哪知右旁坐着汪姨嘻嘻的笑道："且慢！我也是和了。"老袁还道她是顽话，至摊牌一瞧，果然是一幅平和，巧巧不先不后，被她拦去，便是帝制不成之兆。顿气得双目突出，胡须倒竖，把手中的牌尽行掷去，几乎击得粉碎。正在拍案狂呼，忽见一女官入奏道："外边有紧急公文，请万岁爷出阅！"老袁听了，乃起身外出，复至办公室，由秘书长呈上电文，说是广西发来，已经译出，随即瞧着，其文云：

前大总统袁公惠鉴：痛自强行帝制，民怨沸腾，云、贵责言，干戈斯起，兵连祸结，徂冬涉春，国命阽危，未知所届。远推祸本，则由我公数年来，殃民秕政，种怨毒于四民；近促杀机，则由我公数月来，盗国阴谋，贻笑侮于万国。查约法第四十六条，有总统对于国民负责任之规定，失政犯宪，万目具瞻，厉阶之生，责将谁卸？云、贵既扶义以兴，势无返顾，我公犹执迷不悟，何术自全？荣廷奉职岩疆，保安是亟，启超历游各地，蒿目滋惊。因念辛亥之役，前清以三百年之垂统，犹且不忍于生民涂炭，退为让皇，今我公徒以私天下之故，不惜戕亿万人之生命，以蹙国家于亡，以较胜朝，能无颜汗？况事终无成，徒见僇笑，名为智者，顾若此乎？荣廷等以数年来共事之情好，不忍我公终以祸国者自祸，谨沥诚奉劝，即日辞职，以谢天下。荣廷等当更任力劝云、贵同日息兵，则公志既可以自白，而国难亦可以立纾矣。事机安危，间不容发，务乞以二十四小时赐复，俾决进止，不胜沉痛待命之至！陆荣廷、梁启超、陈炳焜，谭浩明、莫荣新、马济、王祖同。

老袁览毕，气愤填胸，好似痰迷心窍，半晌说不出话来；到了神志渐清，才旁顾秘书长道："国务卿等到哪里去了？"秘书长道："早已归去，现在已过夜半哩。"老袁自阅金表，已一点多钟，乃踱出办公室，仍然入内，见里面也已散局，唯洪姨尚怏怏的留着，便启口问道："你在此做什么？"洪姨道："妾在此待着陛下，替妾还赌债哩。"老袁道："输了若干？"洪姨道："约四五万元。"老袁道："四五万元，值什么大事？你难道取不出么？"洪姨装娇撒痴，定要老袁代还。老袁道："算了罢，明日由我账内支付，我现在烦躁得很，你不要再向我絮聒了。"说罢，便挈着洪姨入房就寝，是夕无话。次日至办公室，无非邀了国务卿，及六君子、十三太保等，取示电文，会议对付粤西的法儿。有主战的，有主和的，发言盈廷，日中未决。还是老袁主议道："电文中虽列着王祖同，但我料祖同必不负我，大约是陆荣廷等，背地列入，现且先礼后兵，电致王祖同，叫他劝止荣廷，他能就此罢休，我也不去多事呢。"陆征祥道："郡王龙济光，与陆有亲戚关系，也应叫他转劝为是。"老袁点首道："这也是要着，快拟定电稿，分途拍发罢。"当下召入秘书长，拟就电文，略说是："四川、湖南，俱已击破逆军，一部叛徒，虚言护国，济什么事？因亟劝告陆荣廷等，毋从乱党，免贻后悔"等语。自己叛国，还目他人为叛徒，仿佛一只跖犬。老袁亲自鉴定，即日寄去。

是夕，才接到龙觐光军报，知已失败。又于次日开御前会议，大众都游移不定，左丞杨士琦，仍主张和解。老袁道："我与他和解，他不肯依我，如何是好？"大众听了，统面面相觑，不发一言。忽外面又呈入急电，由老袁瞧阅，系是王祖同的复奏，内称："陆已独立，无可挽回，请中央善自处置"云云。老袁阅罢，便宣示大众道："事已至此，料不能和平解决了。我的意见，只好责成龙济光罢。"遂不待大众议定，即致电龙济光，令严行戒备，先守后战，且须转饬肇罗镇守使李耀汉，分兵扼险，节节设防。一面令江西将军李纯，派兵拒守桂、赣交界，一面令湖南将军汤芗铭，移屯精锐，至永州把守，严拒桂军；且檄冯国璋、倪嗣冲等调兵入湘，借厚兵力。计划已定，会议复散。

是日为三月十六日，先一日已报广西独立，各省连接通电，第一电是广西军官，公推陆荣廷为都督，宣布正式独立；第二电是由陆荣廷出名，劝告各省协同讨袁。小子分录如下：

广西军官通电

民国成立，四载于兹，元首固无变更国体之权，人民应负拥护共和之责，乃袁氏伪造民意，帝制自为，吸吾脂膏，以供运动，禁吾言论，以遂阴谋，正气摧残，群邪竞进，大信全失，邦本动摇，我同胞艰苦缔造之中华民国，竟断送于袁氏之手，凡有血气，罔不痛心。比者滇、黔起义，全国风从，事尚可为，责无旁贷。炳焜徬徨瞻顾，欲罢不能，当经会议表决，即日宣布广西独立，公推我上将军为广西都督，事关民国存亡，应请都督力膺艰巨，督饬进行，誓歼民贼，以维国本。除通电京省各机关外，谨此电闻！陈炳焜、谭浩明、莫荣新暨军民全体同叩。

广西都督通电

自帝制发生，人心大惑，无信不立，荣廷早虑国家危亡，顾念改革以来，民力凋残，邦基杌陧，万不欲一夫作难，再致同室操戈。迩自滇中首义，黔阳从风，长江、川、湘，雷动响应，国民真意，昭若日星。袁氏宜幡然悔罪，削除伪号，尊重民意，以张四维，乃竟包藏祸心，离间将士，以金钱为买命之法，以名器为佣奴之酬。猛虎斑羊，蝇营狗苟，玩五族于股掌，希万世之帝王。此而可忍，宁谓有人？及今不图，其何能国？兹我三省父老兄弟，枕戈以待，投袂奋兴，洒涕中原，瞻言马首。荣廷虽身起草茅，尚知纲纪，不得不率此旧部，完我初心，誓除专制之余腥，重整共和之约法。除联合云、贵声罪致讨外，敬告各省文武忠勇志士，协心戮力，诛彼独夫，载宣国威，庶内慰四年死义之英魂，外固万国缔交之大信。仗兹正气，弹压河山，无任呕心沥血，传檄以闻！都督陆荣廷叩。

是时陆荣廷尚在柳州行营，应上文。省会中一切规划，统由陈炳焜代理，当改将军署为都督府，照会各国领事，谓所有交涉，仍照条约办理，并收管梧州、南宁、龙州等处海关。外人也未闻相拒，且说他理由充足，行为正当，啧啧有羡词。唯檄文传到百色，百色军民，硬迫龙觐光宣读。觐光战栗失色，勉勉强强的读完檄文，才保无事，但自己总未免心虚，不得已函达荣廷，乞全蚁命，放他回粤。荣廷乃遥馈赆仪，并饬马济派兵，护送出境。还有巡按使王祖同，自知留居不便，也请求回籍。荣廷也就准请，由他自去，随即拍电粤东，寄去一封哀的美敦书。正是：

声讨聿彰民意显，国家为重戚情轻。

欲知书中内容，请看官续阅下回。

粤西独立，为袁氏帝制之一大打击。当护国军小挫之时，帝制妖孽，余焰复张，非陆荣廷之起为后劲，滇、黔其曷自支持乎？但粤西地瘠民贫，陆之迟回审慎，不敢轻身发难者，尚欲求一自全之策，至长子被毒，梁启超、陈炳焜等，先后进言，方决计独立，是陆之铤而走险者，亦何莫非袁氏激之也。予昔读《春秋》，至楚灵王败于乾谿，自叹曰：“余杀人子多矣，能无及此乎？”袁氏毋乃类是。至若本回中插入聚赌一段，一以叙袁家之极奢，一以验袁氏将败，虽非独立标目，而内蠹外讧之情形，已可极见，袁氏之不腊也宜哉！

第六十六回　埋伏计连败北军
警告书促开大会

却说陆荣廷既通电各省，声明讨袁，复任梁启超为总参谋，先贻书粤东，劝龙济光一同举义。书中大意，差不多似哀的美敦书，文云：

广东龙上将军，张巡按使同鉴：张巡按即张鸣岐。前大总统袁世凯谋逆叛国，神人共愤，自滇、黔首义，湘、蜀奏功，舆情所趋，昭然可见。本都督曾会同本军总参谋联名电劝袁氏退位，以谢天下，乃袁氏怙恶不悛，顽勿见答，今已徇军民之请，出师讨贼。粤、桂比邻，谊同唇齿，伏望两公董率所属，载歌同胞，不胜欣幸。军机迫切，乞以十二小时赐复为盼。两广护国军总司令陆荣廷，总参谋梁启超。

看官！你想龙济光方受封郡王，威阔得很，哪里肯就依老陆，平白地将郡王衔丢去海外？因即悬搁不复。陆荣廷待了一日，杳无复音，便下令东指，逾柳江，入浔江，驰抵梧州，命第一师第二旅长莫荣新为先锋，进临肇庆，第二师长谭浩明，直趋钦、廉，是为攻粤兵；再命团长秦步衢，率第一师中的步兵一旅，炮兵一营，会同黔军，进逼衡州，是谓攻湘兵；又檄云南第二军总司令李烈钧，统领全师，径行北伐，珠江流域，鼓声渊渊，大有叱咤风云的状态了。也叙得如火如荼。云南护国第一军总司令蔡锷，闻粤西已经出师，东顾无忧，遂亲督左翼军，再入川境，进攻叙、泸。适张敬尧等驻守泸州，纵兵淫掠，难民相率逃避，沿途委顿，不堪寓目。蔡锷出资抚恤，并遗书张敬尧道：

两军争点，其目的在共和帝制二端。共和死，则同胞为帝制人民，帝制死，则同胞享共和幸福。无论谁胜谁负，苟无民何以为国？今贵军挟其势力，蹂躏群黎，吾窃为阁下所不取。矧迩来中外报纸，咸记载贵军野蛮，吾为阁下计，正宜一雪此耻，胡反加之厉乎？且也帝制未成，先屠百姓，自今以往，世界上又曷贵有皇帝耶？公身为大将，不思整饬军纪，但知媚兹一人，已属罪不容死；况更虐我同胞，人将不食尔馀矣。谨率义旅，北向待命，公如不悛，速决雌雄！

敬尧得书，又羞又怒，当即调集各军，与滇军决一死战，且令侦骑四出，探悉滇军行踪，准备截击。未几，即有警报络绎前来，江安、南川，相继失守，敌锋已到纳溪了。敬尧即督兵往援，途次来了一个土匪头目，自言姓名，叫作卢叫鸡，愿投麾下，作为前锋。敬尧召入，细诘一番，所有沿途地势，无不洞晓；并如滇军情形，亦说得了如指掌。敬尧大喜，遂命为向导，慰劳有加。卢叫鸡奉命拜谢，即引敬尧军前行。约经数十里，但见前面层山叠嶂，险恶异常，天色又将薄暮，敬尧颇有畏心，传令军士缓进。军士方拟小憩，忽由卢叫鸡返禀道："此山系纳溪间道，若越过此岭，不过十里，便到纳溪，大帅何不乘此前进，掩袭敌营，包管此夜可荡平敌军了。"敬尧道："你说虽是，但山势重复，倘遇他变，如何对付？"却也乖觉。卢叫鸡道："此路连土著乡民，尚少知晓，不瞒大帅说，叫鸡是个失业游民，平时尝窜迹山林，所以识此行径呢。"敬尧道："我军冒险前进，全仗你为耳目，成功应加重赏，否则不堪设想，你自问可有把握否？"卢叫鸡道："如或有失，就使叫鸡身为齑粉，也偿不了全军性命哩。"敬尧方才相信，唯暗中密嘱前队，注意卢叫鸡，休使脱逃；并嘱咐各军须要小心，不要躁率。自己仍停留山下，待前军得手，方定行止。亏有此着。

卢叫鸡便引军先行，一队一队的走进山口，已觉崎岖得很，入后愈进愈险，天色又昏黑起来，亏得各军携有火具，随手爇着，还能辨出路径；只北军不惯山行，走了一程，已是气喘交作，不胜困惫，正要择地休息，蓦闻炮声一响，四面八方，统是敌军杀来。各军料知中计，叫苦不迭。前队的队长，急将卢叫鸡捆住，麾兵倒退。可奈枪弹雨下，无从躲避，军士不是倒毙，便是受伤，还有陨崖坠谷的兵士，不计其数。忽听山上大叫道："北军听着！今日你等到此，已经走入绝地，本可一鼓就歼，但你我都是同胞，不应自相残贼；且助纣为虐的张敬尧，未曾入山，被他幸逃性命，特借你等口传，叫他速即悔过，免遭诛戮，你等亦休得再来。这次恕你，下次是不能留情了。"也学诸葛孔明擒纵之法。言毕，枪声渐止。各军士才得抱头鼠窜，回出山口，向外一望，并不见张敬尧踪迹，只剩数十百个尸骼，东倒西仆，大众统惊诧得很，只因死里逃生，已算万幸，还有何心顾及？匆匆的奔回泸州去了。

看官！道这种尸骼，是哪里来的？原来蔡锷知张军入山，急密遣劲卒，绕出间道，抄截张敬尧的归路。偏敬尧生得乖巧，起初是不肯随入，后闻山中炮声震响，料有他变，忙麾军退还，至滇军抄出山前，燃炮轰击，只打死张军后队百余名，张敬尧早已遁去，追赶不及，也收兵回营。纳溪守兵，闻张军败绩，自然不战而降，唯张敬尧奔回泸州，检集残兵，已伤亡大半，队官绑入卢叫鸡，恼得张敬尧怒眦欲裂，拍案痛詈道："狗强盗！你敢勾通逆军，来算计我吗？"卢叫鸡大笑道："我虽是个强盗，不似你狐群狗党，专知帮着袁贼，屠戮川民。蔡司令拥护共和，邀我相助，我感他热忱爱国，是以前来诈降，满望诱你入险，送你归天，谁知你还阳寿未绝，逃出天网，只晦气了同胞若干人。我已拼死而来，杀死了我，倒可流芳百世，省得人人骂我为盗魁呢。"蔡锷计遣卢叫鸡，即从卢口中说明。敬尧大怒，喝令左右乱刀齐下，霎时间砍成肉泥。卢系叙、泸间巨匪，作孽已多，该受身报，唯美名反借是以传，一死可无遗憾。

寻闻纳溪又失，忙向各处乞援。冯玉祥派兵驰至，还有伍祥祯军，也闻信赶到。敬尧乃会军固守，静待蔡军到来。蔡锷得卢叫鸡死信，很是叹息，即进兵直指泸州，将至城下，遥见前面深沟高垒，状颇坚固，急切料难攻入，乃挥兵少退，择险驻营。休息一天，得綦江出兵消息，他将营务交代刘云峰，暂行主持，自率轻兵五百人，前往掩袭。沿江一带，统是路转山回，不胜拗曲，他恐忙中有错，即向土民问讯，凑巧有一矍铄老翁，移步进前，当即下马婉询，并用好言抚慰。那老人自述姓王，名思孝，年已七十有奇，且云："北军近据綦江，骚扰得很，强买民间什物，奸淫良家妇女，小民怨苦得很，今得护国军到来，或者得重见天日了。"蔡锷道："此间与綦江相通，何处最为要道？"老人道："莫若松坎。"蔡锷道："松坎距此，约若干里？"老人道："不过十余里了。"蔡锷复问及路径，老人道："小民愿为前导。"蔡锷道："老翁尚健行么？"老人道："十余里路程，怕什么！"蔡锷大喜，便令老人前行，自率军后随，约一小时，即到了松坎，两旁皆山，只中间留一小径，可通行人。山上大松丛杂，蔽日干霄，就使埋伏千人，一时也无从窥悉。蔡锷语老人道："地号松坎，果然名实相符，但我军因留驻此间，老翁不如归休，免得多劳。"老人道："此处最便伏兵，倘或北军前来，即可掩杀过去，任他千军万马，也是死多活少了。"此老颇知兵法。蔡锷不胜惊异，还疑他是北军间谍，不由的迟疑起来。老人道："小民愿在军前，看将军杀贼哩。"说至此，便散步登山，甫上山腰，向綦江一面眺着，隐隐见有北军旗帜，飘动途中。老人忙抢下道："北军来了。"蔡锷也上冈一望，果然有大队北军，迤逦而来，急忙传令五百人，左右埋伏，俟有口令，即行杀下。各兵俱遵令四伏，蔡锷自与老人，据冈倚树，兀坐望着。

綦江军奋勇来前，势甚飘忽，不一时已入径中，蔡锷即引吭高呼，宣达口号。一声呼毕，顿时枪声交作，喊杀连天。蔡锷也无暇顾及老人，即下山指挥，鏖攻敌众。綦江兵虽有数千，到了窄径中间，好似鼠斗穴中，无从展技，前队逃避不及，尽被击毙，后队急忙退还，也已一半伤亡，剩了几百个长脚兵，一哄儿逃回綦江。蔡锷也不追赶，检查军士，五百个一人不少，只受伤了数十名，且夺得机关枪十余架，令军士带归。只有老人王思孝，不知去向，四处寻觅，方见他奄卧林间，额上涔涔血出，竟中弹毙命了。想是老命，应绝此地。蔡锷不觉流泪，并向他下拜道："王翁王翁！我得你立了战功，你为我死在战地，英灵未泯，随我归家，我总不令你虚死哩。"军士亦相率掩泣，随即由蔡锷嘱咐，舁着尸首，返至原处，查明家属，令他领尸，且出洋数百元，作为抚恤。蔡锷又沽酒亲奠，且拜且泣，乡民皆为动容，统说老人有福，得邀将军祭奠，死有余荣了。

蔡锷辞别老人家眷，驰回营中。刘云峰等接着，叙及战事，统是欢慰异常。翌日早起，蔡锷令军士饱餐，进扑泸城，敬尧也驱军出来，一场鏖战，互有杀伤。次日再战，两军互击一阵，蔡锷勒兵退后，作佯败状。冯、伍两军，乘胜追去，张军恐蹈故辙，不敢前行，只慢慢儿的随着后面。但见前军踊跃得很，霎时间已隔数里，远远有一丛林，那前军已趋入林间去了。张军知是不妙，代为前军担忧，果然炮声骤发，枪声继起，一片鼎沸声，从林间遥应过来。那时张军只好驰救，赶至林前，望将进去，顿令人心惊胆落。看官！道是何故？原来冯、伍二军，已被蔡锷军诱入垓心，四面围住，团团攻击，眼见得冯、伍军要同归于尽。张军一声呐喊，用机关枪猛击过去，方冲开蔡军一角，冯、伍各军，乘隙逃出，已只剩了一半。蔡军又拼力还攻，连张军也抵敌不住，转身逃回。有几百个晦气的兵士，也中弹丧命，好容易驰入泸城，统是狼狈不堪，连声叫苦。张敬尧经此一挫，尚望曹锟派兵救应，哪知曹军扎住綦江，为了松坎一役，多已气夺，不敢出援。敬尧无法，命尽毁城中大厦，开了旁门，率兵逃去。自己不能守城，徒借居民出气，是何居心？蔡锷挥军薄城，城门已经大开，百姓均伏道欢迎。护国军一拥而入，唯蔡锷亲自下骑，慰劳泸民，且因民多露宿，即出资分给，令暂买芦席，圈棚为屋，借免风寒。一面煮粥赈饥，百姓始稍免冻馁了。应该有此仁政，但较诸张军，已不啻天渊之隔。

泸城一下，川省复震，免不得有急电到京，老袁也觉惊惶。嗣又接湖广警报，李烈钧攻入湖南，陆荣廷攻入广东，顿时惊上加惊，愁上加愁；接连是日本公使日置益，又提出外交意见书，送达外交部，书中大意，说是："奉本国政府训令，因中国内乱蔓延，北京政府，既无平乱能力，滇、桂、黔方面，又系维持共和，不得视为乱党，本国政府，现已承认为交战团体"等语。未几，又有英、法、俄、美各公使，陆续至外交部，请老袁速即取消帝制，免得久乱。老袁正应接不遑，忽来了一道长电，急忙令秘书照译。起首二语，是为速行取消帝制，以安人心事。老袁见了，忙令译末尾数码，一经译出，顿令一位阴鸷险狠的袁皇帝，挫闪了腰，扑塌一声，向睡椅上奄卧下了。看官！你道这电是何人发来？原来是江苏将军冯国璋，山东将军靳云鹏，江西将军李纯，浙江将军朱瑞，及徐州将军张勋。这五位将军，本是大江南北的重要人物，平时又是袁氏心膂，此次为了帝制问题，已不免有些解体，老袁很为注意，陡然来了这道电文，哪得不令他丧气。秘书员见老袁躺倒，还疑他是昏晕过去，偷眼一瞧，只见他睁着双眼，竖起两眉，拳头又握得很紧，越发令人惊怕；他又不敢呼唤，但密令左右去请太子。不一刻，克定进来，走近老袁椅前，老袁忽挺身坐起道："你……你好！你一心一意的劝我为帝，你好将来承袭，我听了你，费尽心机，反惹出这种祸祟。现在人心已变，西崩东应，叫我如何下台呢？"克定支吾道："目下只有滇、黔、桂三省，起兵为逆，想也没甚要紧。"老袁道："你不看五将军电文么？"克定乃转至案前，见秘书所译，约有原文一大半。看了一遍，也吓得不敢作声。也只有这些胆量。老袁又道："你快去请了段芝泉来。"克定闻得段芝泉三字，暗想自己是他的对头，就使去请，如何肯来，便嗫嚅道："恐……恐他未必肯来哩。"老袁道："曹锟、张敬尧有密电前来，统说要起用老段，目今事已急了，只好请他出来罢。"克定不敢多嘴，没奈何硬着头皮，去请段祺瑞，果然闭门不纳，紧称挡驾，于是怏怏而返，仍旧来见老袁。老袁长叹道："多年交谊，一旦消磨，统是由儿辈淘气哩！"谁叫你听儿子语？克定道："徐老伯尚在天津，不如去请他罢。"老袁道："快去快去！"克定奉命趋出，竟向天津去讫。

老袁再阅五将军警告，看他语意，似乎帝制不撤，也要仿滇、黔、桂三省，宣告独立。这一急非同小可，不得不申召群僚，大开御前会议。除六君子、十三太保外，所有国务卿以下，如各部总长等，统共与会。老袁先取出五将军电文，晓示大众，随即唏嘘道："照五将军来电，是要我取消帝制，我本没有帝王思想，只因群情所迫，勉强出此。想欺人。今既有人不服，我也似不应拘执哩。"言未已，见朱启钤、梁士诒已出奏道："陛下如取消帝制，是威信俱堕，示人以弱了。臣等不敢从命。"说至"命"字，又有人抗声道："自帝制发生以来，愚意已暗抱悲观，不过京中人望，多表赞成，怎敢妄参异议？目今西南大势，十去八九，总统悔祸，虑及大难，计唯下令罪己，严惩首要，或足收拾人心，挽回万一。倘帝制取消，党人尚不肯罢兵，是曲在党人，不在总统。即如各国公使，也无从援为话柄，助逆畔顺，变乱自可立平了。大总统前日，尝谓宁牺牲子孙，救国救民，奈何恋恋这帝位呢？"袁廷中有此谠论，却是难得，但也只顾到一半。袁总统闻言一瞧，乃是署教育总长的张一麐，随淡淡的答道："仲仁，一麐字。你去岁曾劝阻帝制，我悔不从你的话呢。"晓得迟了。梁士诒等本欲与辩，奈老袁已有悔意，未便哓哓力争，唯说出"陛下慎重"四字，总算是最后良策。老袁又沉吟起来，到了散会，仍然未决。是夕满腹踌躇，眼巴巴的望着徐东海，替他解决一切。待至次日巳牌，尚未见克定转来，唯外面呈入一书，当即披览，看了第一句，已不免惊讶得很。正是：

破晓方回皇帝梦，展书惊得圣人言。

究竟书中写着何词，且到下回再说。

自护国军起义后，与袁军交绥，多半从略，独于蔡锷督师入蜀，连败张敬尧等，详述靡遗。盖一以嘉蔡之首义，二以见蔡之多才，民国中有此英雄，庶不愧为伟人耳。且滇、黔、桂发难于先，五将军警告于后，而袁氏智尽能索，不得已有取消帝制之议。再造共和，微蔡公之力不致此。若张一麐辈，虽抗直有声，要不过一成败论人之见，作者且不没其直，况蔡公乎？《春秋》之义在褒贬，吾知作者之意，亦此物此志云尔。

第六十七回　撤除帝制洪宪消沉
怅断皇恩群姬环泣

却说袁世凯展阅来书，看了第一句，即不免惊疑。看官！道是什么奇谈？原来是一封信。

慰庭总统老弟大鉴：总统下加入老弟二字，真是奇称。

老袁暗想道："为何有这般称呼？"正要看下，忽见克定趋入道："徐伯伯来了！"老袁把书信放下，连忙道一"请"字。克定即至门外传请，须臾，见徐世昌趋入，老袁忙起身相迎。徐世昌向前施礼，慌得老袁赶紧拦阻，且随口说道："老友何必客气，快请坐罢！"世昌方才入座。老袁也坐了主席。便道："你在天津享福，我在这里受苦，所以命克定前来邀请，烦你老友替我设法才是。"世昌道："不瞒总统说，世昌年已老了，既没有才力，又没有权势，只好做个废民罢了，还有何心问世？今因大公子苦口相邀，世昌不忍拂情，所以来此一行，乘便请安。若为政局起见，请总统转询他人，世昌不敢与闻。"乐得推诿。老袁笑答道："菊人，你我是患难故交，今复惠然肯来，足见盛情，还要说什么套话？好歹总替我想个法儿，凡事总可商量的。"世昌才说道："他事且不必论，现在财政如何？"开口即说财政，到底是老成人语。老袁皱着眉道："不必说了。现在各省的解款，多半延宕，所订外国借款，又被乱党煽惑，停止交付，总之由我做错，目下只仗老友挽回哩。"世昌未便急答，却从案上一望，但见有一叠信纸摊着，大约有十多张，便问老袁道："这是何人书信？"老袁道："我倒忘记了。我只看过一句，叫我做总统老弟，想是有点来历哩。”说着，便起身取下，与世昌同阅。世昌瞧着第一句，也是惊异，入后乃洋洋洒洒，历揭老袁行事的错处，且为老袁想了三策，上策是避位高蹈，中策是去号践盟，下策是将王莽的渐台，董卓的郿坞，作为比例，末后是说从前强学会中，彼此饮酒高谈，坐以齿序，我为兄，你为弟，交情具在，因此忠告。统篇约有一万字，好似苏东坡、王荆公的万言，署名乃是康有为。原来就是文圣人。两人看罢，由徐世昌偷瞧老袁，面上似不胜愠色，便道："这等书呆子，也不必尽去睬他，但世昌却有一言相质，究竟总统是仍行帝制呢，还是取消帝制？”老袁半晌才答道："但能天下太平，我亦无可无不可。”你亦想学圣人么？世昌道："总统如果随缘，平乱谅亦容易，但须邀段芝泉出来帮忙，他是北洋武人的领袖，或还能镇压得定呢。”老袁摇首道："我已去请他过了，他不肯来，奈何？”世昌道："他的意思，无非是反对帝制，若果把帝制取消，我料他非全然无情。”老袁道："别人去请，恐是无益，我又不便亲邀，若老友能代我一行，那是极好的了。”世昌想了一会，方起身道："我且去走一遭罢。”老袁道："全仗老友偏劳。”

世昌自去，老袁在室中待着，见克定复趋入道："徐老伯如何说法？”老袁道："他要我取消帝制，现在去邀请段芝泉了。”克定道："帝制似不便取消哩。”老袁道："楚歌四面，如何对待？”克定道："不如用武力解决。”老袁哼了一声道："靠你几个模范军，有什么用处？我自有主见，不必多言。”克定乃退。既而徐世昌转来，说是段芝泉已有允意，唯必须撤消帝制，方肯出来效力。老袁沉着脸道："罢！罢！我就取消帝制罢。明日要芝泉前来会议，我总依他便是。”世昌应了一声，又辞别出去。翌晨再开会议，徐世昌先至，段祺瑞亦接踵到来，余如国务卿等统已齐集。只六君子、十三太保，却有一大半请假。想是无颜再至。老袁也不欲再召，只把取消帝制的理由，约略说明，言下很有惋容。世昌道："大总统改过不吝，众所共仰，似无容疑议了。”大众统俯首无词，老袁道："菊人、芝泉统是我的老友，往事休提，此后仍须借着大力，共挽时艰。”段祺瑞道："大总统尚肯转圜，祺瑞何敢固执，善后事宜，唯力是视便了。”老袁乃命秘书长草拟撤消帝制命令，一面散会，一面邀徐、段两人，及王式通、阮忠枢留着，俟命令已经拟定，再令四人善为润色。段本是个武夫，阮又是个帝制派中的健将，两人不来多嘴，全凭那斲轮老手徐世昌，及倚马长才王式通，悉心研究，哪一句尚未妥适，哪一字还须修改，彼此评议了好多时，方才酌定，随将草稿呈袁自阅，但见稿中写着：

民国肇建，变故纷乘，薄德如予，躬膺巨艰。忧国之士，怵于祸至之无日，多主恢复帝制，以绝争端而策久安，癸丑以来，言不绝耳，予屡加呵斥，至为严峻；自上年时异势殊，几不可遏，佥谓："中国国本，非实行君主立宪，决不足以图存，倘有葡、墨之争，必为越、缅之续。"遂有多数人主张恢复帝制，言之成理，将士吏庶，同此悃忱，文电纷陈，迫切呼吁。予以原有之地位，应有维持之责，一再宣言，人不之谅。嗣经代行立法院议定，由国民代表大会，解决国体，各省区国民代表，一致赞成君主立宪，并合词推戴。中国主权，本于国民全体，既经国民代表大会，全体表决，予更无讨论之余地，然终以骤跻大位，背弃誓词，道德信义，无以自解，掬诚辞让，以表素怀。乃该院坚谓元首誓词根于地位，当随民意为从违，责备弥周，已至无可诿避，始以筹备为词，藉塞众望，并未实行。及滇、黔变作，明令决计从缓，凡劝进之文，均不许呈递，旋即提前召集立法院，以期早日开会，征求意见，以示转圜。越掬越臭。予本忧患余生，无心问世，遁迹洹上，理乱不知；辛亥事起，谬为众论所推，勉出维持，力持危局，但知救国，不知其他。中国数千年来，史册所载帝王子孙之祸，历历可征。予独何心，贪恋高位？乃国民代表，既不谅其辞让之诚，而一部分之人民，又疑为权利思想，性情隔阂，酿为厉阶。诚不足以感人，明不足以烛物，实予不德，于人何尤？辜我生灵，劳我将士，以致中情惶惑，商业凋零，抚衷内省，良用瞿然。屈己从人，予何惜焉？代行立法院转陈推戴事件，予仍认为不合事宜，着将上年十二月十一日，承认帝位之案，即行撤消，由政事堂将各省区推戴书，一律发还参政院代行立法院，转发销毁。呜呼痛哉！所有筹备事宜，立即停止，庶希古人罪己之诚，以洽上天好生之德，洗心涤虑，息事宁人。盖在主张帝制者，本图巩固国基，然爱国非其道，转足以害国；其反对帝制者，亦为发抒政见，然断不致矫枉过正，危及国家。务各激发天良，捐除意见，同心协力，共济事艰，使我神州华胄，免同室操戈之祸，化乖戾为祥和。总之万方有罪，在予一人。终不脱皇帝口吻。今承认之案，业已撤消，如有扰乱地方，自贻口实，则祸福皆由自召，本大总统本有统治全国之责，亦不能坐视沦胥而不顾也。仍自称大总统，未免厚颜。方今闾阎困苦，纲纪凌夷，吏治不修，真才未进，言念及此，终夜以兴。长此因循，将何以国？嗣后文武百官，务当痛除积习，黾勉图功，凡应兴应革诸大端，各尽职守，实力进行，毋托空言，毋存私见。予唯以综核名实，信赏必罚，为制治之大纲。我将吏军民，尚其共体兹意！此令。

老袁瞧毕，好一歇方道："算了罢！明日颁发便了。"徐、段诸人，统行退出。老袁又把这稿底，瞧了又瞧，暗想把这种文字，宣布出去，分明是自己坍台，但若捺住不发，将来大众离心，连总统都做不成。目下火烧眉毛，只好暂顾眼前，再作计较，乃咬定牙龈，将这命令交与秘书，携往印铸局排印。忽有一书呈入，当即启阅，乃是克定手笔，略云：

自筹安会发生，以迄于今，已历七阅月。此七阅月中，呕几许心血，绞几许脑力，牺牲几许生命，耗费几许金钱，千回百折，始达到实行帝制之目的。兹以西南数省称兵，即行取消帝制，适足长反对者要挟之心。且陛下不为帝制，必仍为总统，则今日西南各省，既不慊于陛下为帝，而以独立要挟取消帝制者，安知他日若辈不因不慊于父为总统，而又以独立要挟取消总统乎？窃恐其得步进步，或无已时也。料得正着。今为陛下计，不如仍积极进行之为愈。且西南各省，虽先后反抗，而北方军民，则固相安无事。陛下苟于此际正位，即使西南革党，兴兵北犯，然地隔万里，纵旷日持久，未必能直捣幽燕。况军力之强弱各殊，主客之劳逸迥别，胜败之结果，尚在不可知之数乎？就令若辈不肯归化，亦不过以长江或黄河南北，为鸿沟已耳，则陛下纵不能统一万方，亦胡不可偏安半壁哉？较今兹自行取消帝制，孰得孰失，何去何从，愿陛下熟思之。

老袁览到此书，又不禁动了疑心，便独自一人，踱入内厅，背着了两只手，在那厅室中打着磨旋，好似镬沿上的蚂蚁一般。蓦闻背后有人道：“万岁爷有请！”急忙回视，乃是女官长安静生，便道：“你不要叫我万岁爷，仍叫我大总统。”安静生道：“万岁自万岁，总统自总统，为什么做了万岁，又做总统呢？”却是奇怪。老袁道：“你晓得什么？你传何人的命令，敢来请我？”安静生道：“皇后娘娘及妃子等，统请皇上入内，有事相禀。”老袁乃随她进去。一入内室，但见一后十四妃，均聚集一堂，黑压压的立着。洪姨先抢前一步，运着娇喉，向老袁道：“陛下为什么要取消帝制？须知妾等朝盼夕望，刚刚有些望着了，哪知陛下反半途拆桥哩。”说着那泪珠儿已淌了下来。老袁瞧着，不由的心中一酸，好像万把钢刃，穿入心房，一时说不出苦楚。周姨又上前道：“取消帝制的命令，已宣布么？”老袁方逼出一语道：“已交到印铸局去了。”洪姨带哭带呼道：“安女官长，你快传出去，叫侍卫去收回成命。”安静生口虽应诺，却亦不敢径行。于夫人亦启口道：“前日我曾说过，皇帝是不容易做的，你等都想做什么妃嫔，反说我是黄脸婆，不中抬举，今日我这黄脸婆，已被你等抬举得够了，这个叫我国母，那个叫我皇娘，忽地儿又要取消这等名目，我的黄脸儿，却没处藏躲呢。”看官，听到此语，几疑于夫人何故变志，也想做皇后娘娘？原来徐东海夫人，及孙宝琦夫人，曾寄寓京师，与于夫人尝相往来，当是年阴历元旦，入宫贺年，居然行叩安礼，于氏亦觉得光荣无比，渐渐的热中起来，今又闻要取消帝制，自然忿懑异常，所以有此夹七夹八的话儿。富贵迷人，煞是厉害。洪姨听了，益觉胆大，催安静生去取回命令。安静生尚呆呆站着，老袁也拿不定主意，便嘱安静生道：“你叫侍卫去取，只说是篇中文字，尚有误处，须再加改正，方好排印哩。”安静生才奉命去了。不一时已将原稿取到，呈与老袁，老袁藏在袋中，默默坐着。各姬妾等破涕为笑，又在老袁前说长论短，老袁也无心听及，只管对人发怔。转瞬间已是天晚，姬妾等陪他夜膳，他也食不甘味，胡乱的吃了一顿。

食毕，又去过那老瘾，才吸数口，忽由安静生传入道：“外面有徐世昌求见。”老袁忙即出来，见了世昌，但闻他开口道：“世昌特来辞行，翌晨要仍往天津去了。”突如其来。老袁道：“你既承认帮忙，为何又要他去？”世昌道：“总统好变卦，难道不准世昌变卦么？”老袁知他语中有因，便道：“我明日准发取消帝制令，老友不必多疑。”世昌道：“闻得山东、浙江、湖南等省，统有独立消息，若要仍行帝制，恐不到两日，都发生变端了。”老袁愈加着急，忙从袋中掏出稿纸，交与左右，令印铸局连夜排印，一面语世昌道：“这国务卿一职，仍请老友复任。”世昌道：“陆子欣也没甚误事，否则改用段芝泉。”老袁不待说完，便道：“我意已定，请你勿辞，芝泉呢，任他作参谋总长便了。”世昌起座道：“且至明日再议。”老袁点首，世昌复去。

老袁退入内室，各姬妾复来问讯，老袁凄然道：“我到手的帝位，不料竟成泡影，我是德薄能鲜，无容多说了，你等也福命不齐，做了几十日的皇帝家眷，殊不值得。但我虽然不得为帝，总还好做大总统，倘或天缘辐辏，将来仍好恢复帝制，可惜我年老了，恐此生不能如愿了。”自知将死。言毕，竟泪下数行。各姬妾等见他状态颓丧，语言凄楚，无不掩面涕泣，就是能言舌辩的洪、周两姨，至此也不便再劝，空落得泪珠满面，变成了带雨梨花。一场空欢喜，却是难受。大家哭了一场，陆续的溜入房中，各自归寝。老袁也随择一室，做总统梦去了。

次日为三月二十二日，颁示取消帝制命令，并废止洪宪年号，仍称中华民国五年，收回洪宪公债，改为五年公债，谕禁各省官吏，不得再称皇帝圣上，自称臣仆奴才，一面解国务卿陆征祥兼职，仍令徐世昌复任，且就政事堂中，再开联席会议。徐、段等均来列席，筹议了小半日，始决定善后办法三条：

（一）电知驻外各公使，将帝制撤消事件，转告各国政府；驻京外使，由外交部次长曹汝霖面达。

（二）责令警厅谕示国民。

（三）通令各省大吏，销毁推戴书及代表名册，并征求其最后意见，限二十四小时答复。

三条件外，又召集代行立法院，开临时会，即以次日为会期。这代行立法院中的参政员，本有三派，一为帝制派，二为非帝制派，三为中立派。自帝制派得势，第二派多挂冠辞去，院中人数，已去了三分之一。至帝制撤消，第一派又无颜出席，所以二十三日开会，不过寥寥数人，未能如额，仍然散去。延至二十五日，再行召集，帝制派大半不到，唯非帝制派，却有好几人到会，勉强凑成个半数。徐世昌代表老袁，出席演述，略言："时局危急，务请各参政为国宣劳，筹议善后。"说至此，忽惹起一片喧嚷声，不是骂洪宪功臣，就是说共和蟊贼，大家瞎闹一场，经院长溥伦及梁士诒、王印川、陈汉第、江瀚、汪有龄、施愚、胡钧等，竭力维持，才算静了小半日，议了三案：（一）是咨请政府撤消国民代表大会公决的君主立宪案；（二）是取消参政院为国民代表大会总代表名义案；（三）是咨请政府恢复帝制中修改的民国法令案。三案议定，天已日昃，徐世昌出了院门，回报老袁，并请退还推戴书。老袁乃令朱启钤照行，将推戴书缴还代行立法院，自己懊闷得很，复检出宫中帝制文件，共有八百四十通，一古脑儿塞入炉中，付祝融氏收藏，再令袁乃宽检出各项御用品，也一并销毁。最后拟烧到新制的万岁牌，被乃宽双手抢住，不肯付火，还算保全。此外如价值五六十万元的衮龙袍，价值四十万元的檀香宝座，价值六十元的登极御袜等，统留贮后宫，作为袁皇帝的纪念品。可怜自民国四年十二月三十一日起，至五年三月二十二日止，统共八十三日，闹了一场屋里皇帝的大梦。小子有诗叹道：

一纸官书示百僚，新华王气黯然消。
早知世态沧桑变，何苦当时梦帝朝。

这八十三日的皇帝梦中，所有费用，核算起来，煞是惊人，待小子下回申明。

徐、段心中，只反对帝制，并非深恨老袁，故袁氏有撤消帝制之命，而两人即联翩登台，盖未知帝制撤消后之尚有余波也。袁克定作书阻父，颇有先见之明，但楚歌四逼，以项羽之勇，尚且自刎乌江，宁袁氏得偏安燕、蓟乎？袁氏撤消帝制，其死速，袁氏不撤消帝制，其死愈速，且恐不止一死而已，故有为袁氏计，谓撤消帝制为非策者，亦谬论也。观老袁之踌躇未决，取回成命，而其后卒决计宣布者，亦职是故耳。群姬何知大计？自不免以一哭了之，然老袁之死期，已于此兆矣。

第六十八回　迫退位袁项城丧胆
闹会场颜启汉行凶

却说帝制时代的费用，原定额数系六千万元，大典筹备处，约二千万元，登极犒军，约一千万元，余如收买国民代表，津贴请愿代表，贿嘱各地报馆，补助各处机关，以及各处联络，各种运动，总数为三千万。欲要问他财政的来源，无非是内外借款，救国储金，各项税则，以及中国、交通两银行的资本金。总言是民脂民膏。看官！你想大好的中华民国，无端生出帝制问题来，空令百姓加了无数负担，真是何心？是可忍，孰不可忍。到了帝制不成，大典筹备处，已将二千万元报销用尽，就是三千万元的杂费，也差不多是要合讫了。唯犒军费一千万，拨作川、湘、桂军饷，总算是易一用途，但尚且不敷甚巨。老袁撤消帝制，一大半为财政困难，无法久持，所以忍痛中断，并非全为五将军警告，及徐、段两人要求，看官想亦洞鉴呢。再加论断。闲话休提。

且说徐世昌既复任国务卿，段祺瑞亦接奉命令，任为参谋总长，一文一武，携手登台，第一着便是调和南北，当下由二人发起，邀入副总统黎元洪，联名拍电，分致蔡锷、唐继尧、陆荣廷诸人。略谓：“帝制取消，公等目的已达，务望先戢干戈，共图善后。”哪知此电拍去，似石沉海，绝不见复。唯各省大吏，奉到二十四小时答复公文，还算次第呈词，多主和平。应上文。江苏将军冯国璋，且谓：“撤消帝制，系现时救急良法，嗣后长江一带，可保无虞”云云。徐、段等稍稍安心。嗣复想了一策，因前时有康有为书，曾劝老袁取消帝制，此时帝制已罢，正好复函通问，并请他转劝梁启超顾全大局，首创和议，且令梁转告蔡锷，商议和解条件。从两代师生入手，也算苦心。和款共六条：（一）滇、黔、桂三省，取消独立；（二）责令三省维持治安；（三）三省添募新兵，一律解散；（四）三省战地所有兵，退至原驻地点；（五）即日为始，三省兵不准与官兵交战；（六）三省各派代表一人来京筹商善后。这六条和议传达粤东，康将原文电梁，梁亦将原文电蔡，蔡锷正进兵叙州，与西医汤根、鲁特，磋商停战事宜。汤、鲁二人，系由四川将军陈宧嘱托，浼他调停。蔡允停战一星期，嗣接到议和转电，不愿相从，乃径电黎、徐、段三人道：

北京黎副总统徐国务卿段总长鉴：奉来电，敬谂起居无恙，良慰远系。迩者国家不幸，至肇兵戎，门庭喋血，言之痛心。比闻项城悔祸，撤消帝制，足副喁望，逖听下风，曷胜钦感。唯国是飘摇，人心罔定，祸源不靖，乱终靡已。默察全国形势，人民心理，尚未能为项城曲谅，凛已往之玄黄乍变，虑日后之覆雨翻云，已失之人心难复，既堕之威信难挽。若项城本悲天悯人之怀，为洁身引退之计，国人轸念前劳，感怀大德，馨香崇奉，岂有涯量？公等为国柱石，系海内人望，知必有以奠定国家，造福生民也。临电无任惶悚景企之至。锷叩。

徐、段等接到此电，料他未肯就绪，再电令龙济光与陆荣廷婉商。龙正为粤东一带，党人蜂起，防不胜防，又闻桂军逼粤，焦急得很。应六六回。一奉中央命令，当即电告陆荣廷，说得非常恳切，并浼陆出作调人，陆本无和意，不得已转告滇、黔，滇督唐继尧，黔督刘显世，均不肯照允，且言：“如欲求和，应由中央承认六大条件。”也是六条。这六大条件，却非常严厉，由小子开述如下：

（一）袁世凯于一定期限内退位，可贷其一死，但须驱逐至国外。

（二）依云南起义时之要求，诛戮附逆之杨度、段芝贵等十三人，以谢天下。

（三）关于帝制之筹备费及此次军费约六千万，应抄没袁世凯及附逆十三人家产赔偿。

（四）袁世凯之子孙，三世剥夺公权。

（五）袁世凯退位后，即按照约法，以黎副总统元洪继任。

（六）文武官吏，除国务员外，一律仍旧供职。但军队驻扎地点，须听护国军都督之指命。

看官！你想这六条要求，与中央开出的六条款约，简直是南辕北辙，相差甚远，有什么和议可言？还有最要的声明，说是："袁氏一日不退位，和议一日不就范"云云。那老袁取消帝制，已是着末一出，若还要他辞去总统，就使护国军入逼京畿，他也是不肯承认的。天下事有进无退，老袁退了一步，便要驱他入瓮，正不出大公子所料。滇、黔既协商定议，遂电复陆荣廷，陆即电龙，龙即电北京。徐、段入报老袁，老袁又吃了一大惊，连忙转问徐、段，再用何法维持。徐、段沉吟一会，想不出什么良策，只好虚言劝慰，说了几句通套话，告别出来。老袁暗暗着急，想了一夜，复从无法中想出两法，一是嘱参政院长溥伦，要他运动参政，合词挽留；一是再派阮忠枢南下，运动冯、张，要他联合各省，一体拥护。谁料溥伦奉了密令，去向各参政商量，各参政多半摇头，不肯再蹈前辙。阮忠枢到了江宁，与冯密商，冯国璋也是推诿，转身跑到徐州，张辫帅颇肯效力，奈电询各省，只有朱家宝、倪嗣冲两人复电照允，他省是不置一词。于是袁氏两策，尽归失败。葫芦里的法儿，只可一用，第二次便无效了。老袁焦急得很，又召集那班帝制元勋，解决最后问题。帝制派人，复提出挞伐主义，要老袁继续用兵，一面联络倪嗣冲、段芝贵等，教他上书决战，自请出师。那老袁又胆壮起来，密电总司令曹锟等道：

蔡、唐、陆、刘、梁，迫予退位，予念各将士随予多年，富贵与共，自问相待不薄，望各激发天良，共图生存。万一不幸，予之地位，不能维持，尔等身家俱将不保。现时乱军要求甚苛，政府均未承认，各将士慎勿轻信谣传，堕人术中，务必准备军务，猛奋进攻，切切！特嘱。

这密电方拍发出去，外面又来了好几条密电，一电是四川将军陈宧发来，一电是湖南将军汤芗铭发来，统是主和不主战。至是冯国璋一电，比汤、陈两人所说，更进一层，略云：

> 南军希望甚奢，仅仅取消帝制，实不足以服其心。就国璋愚见，政府方面，须于取消而外，从速为根本的解决。从前帝制发生，国璋已信其必酿乱阶，始终反对，唯间于谗邪之口，言不见用，且恐独抒己见，疑为煽动。望政府回想往事，立即再进一步，以救现局。再进一步，便是要老袁退位。

老袁迭阅各电，料想武力难持，没奈何再电冯、陈，嘱他极力调停。冯电尚无复音，忽接到龙济光电文，乃是请命独立。看官！独立两字，是反抗政府的代名词，哪里有宣布独立，还要请命中央，这真是奇怪得很呢。我也称奇。看官不必惊异，由小子叙述出来，便晓得龙郡王独立的苦心。原来粤东方面，是革命党的生长地，前时陈炯明攻入惠州，被龙军击退，应六三回。他哪里就肯罢休，索性把新嘉坡总机关内的人物，尽行运出，来攻粤东，名目亦叫作护国军，总司令推戴黄兴。还有一派革命军，乃是孙文手下的老同志，也乘着热闹，进攻粤境。两派分道长驱，你占一城，我夺一邑，几把那粤东省中，割得四分五裂，就中最著名的约有数路，除陈炯明外，有徐勤军，有魏邦屏军，有林虎军，有朱执信军，有邓铿军，有叶夏声军，有何海鸣军，有李耀汉、陆兰卿军，有梁德、李华、刘少廷、梁廷桂、陈少怀、何克夫、林幹材、周其英、刘华良、叶谨各军，真是云集影从，数不胜数。既而团长莫擎宇，独立潮、汕，镇守使隆世储，道尹冯相荣，独立钦、廉，四面八方，陆续趋集，把一个夭矫不群的老龙王，逼得死守孤城，好象个瓮中鳖罐里鳅。还有陆荣廷率师压境，急得老龙无法摆布，只好哀告陆荣廷，求他顾念姻亲，放条生路。陆荣廷也觉不忍，但叫他脱离中央，速即独立，包管保全位置，并一族的生命财产。龙乃与鸦片专卖局长蔡乃煌熟商，暂行独立。这蔡乃煌系老袁私人，老袁曾派为苏、赣、粤专卖鸦片委员，筹款运动帝制，是民国四年四月中事。此时又嘱他监制老龙，他就替老龙想出一法，令向老袁处请训，一面由龙、蔡联衔，密请老袁速派劲旅，来粤协防。老袁得了请命独立的电文，颇也惊疑，转思龙济光定有隐情，径批了独立拥护中央六字。独立以下，加拥护中央四字，确与龙王针锋相对。

方才写毕，请兵的电文亦到，乃电令驻沪第十师，速行援粤，另调南苑第十二师赴沪接防。这电不能隐讳，旅沪粤民，先自鼓噪，拟阻止沪军赴粤，免得沪上空虚。粤中军民，也不愿客军入境，群起违言。四月四日，寄碇广州的宝璧、江大两兵舰，竟驶附民军，投入魏邦屏部下。魏邦屏遂统率舰队，驰抵海珠，预备攻城。城内人民，相率惊慌，吁请龙氏独立。军队亦高悬旗帜，上面写着，听候将军龙济光、巡按使张鸣岐宣布独立等字样。适袁氏批复独立的六字诀，也从京颁到，龙济光即于四月六日宣布独立，其布告云：

为布告事。现据广东绅商学各界，全体公呈，粤省连年灾患，地方已极凋零，近来各省多已反对袁氏，宣布独立。粤省危机四伏，糜烂堪虞，各界全体，为保持全省人民生命财产起见，集众公议，联请龙上将军，为广东都督，以原有职权，保卫地方，维持秩序，此系拥护共和，天经地义，请即刚断执行等情。查阅来呈，持议甚韪，本都督身任地方，自以维持治安为前提，刻经通电各省各机关各团体，及本省各属地方文武官，即日宣布独立，所有各地方商民人等，及各国旅粤官商，统由本都督率领所属文武官，担任保护，务须照常安居营业，毋庸惊疑。如有不逞之徒，假托民军，借端扰害治安，即为人民公敌，分明是指斥民军。本都督定当严拿重办，以尽除莠安良之责。其各同心协力，保卫安宁，有厚望焉！特此布告。

看这布告，并没有一字罪及老袁，不过是维持自己的职位，暂借这独立两字，揜人耳目罢了。魏邦屏闻龙已独立，驶回北江，嗣闻龙济光空言独立，毫无举动，且把寻常逮捕的国事犯，一个儿未曾释放，料他全是假意，哄骗民军，于是驰书质问，是否真诚独立？旋得答复，只说是："陆、梁来粤，当卸职他去。"魏邦屏似信非信，分电各处护国军，商议进止。陈炯明、朱执信等，统说老龙多诈，非勒令龙军缴械，不便与和。独护国军总司令徐勤，系梁启超同学，得梁来电，声言龙果独立，当和平对待，不必再用武力等语。梁之来电，仍是顾着陆氏姻亲。于是徐勤出为调人，作书致龙，商议善后事宜。龙济光即令顾问官谭学夔，及警察厅长王广龄，电邀徐勤，到海珠警察署，面议一切，词甚诚恳。徐勤放胆前行，到了海珠，谭、王两人，果来欢迎，延至署内，即由王广龄笑语道："此次独立，确出至诚，我当以全家性命，作为保证。"只要你的性命，不必牵及全家。徐勤答道："龙都督果出至诚，尚有何言。"王即电达督署，报称徐勤已到，当时即得复电，略云："徐君已至，着王厅长优待，务出至诚。现已在巡按署内设招待所，专待陆、梁诸公。徐君能早日来署，尤表欢迎"云云。徐勤即托王电复，说是："由陆、梁诸公到后，当同来谒见，畅聆雅教"等语。未几，由粤城内外官绅，陆续至海珠探问，力求徐勤维持治安，转檄护国军罢兵，免致地方糜烂。徐勤遂拟定函电数十通，分发各路，并电促陆、梁，即日来粤。

待了两天，陆荣廷派了代表汤叡，乘轮至海珠，并传述梁意，挽徐勤为代表。徐勤倒也允诺，谭、王两人与汤晤谈，备极殷勤，自不消说。晚间汤、徐共寝一室，汤睿密语徐勤道："今日险极，几与君不能相见。"徐勤惊问何故？汤叡道："我乘轮到此，路过海珠炮台，台上忽发开花炮四门，向我舰轰击，伤我水手一人，我舰上大声质问，方闻台官答言，疑是江大轮船到此，所以开炮误击。徐君！你想危险不危险呢？"你的生命，还有一天好活。徐勤尚未答复，汤睿道："我看龙济光鬼鬼祟祟，总有些靠他不住。我的友人，或劝我即行离省，不必与他会议，我想奉命前来，无论好歹，总须冒险一行，徐君以为如何？"然而死了。徐勤道："我亦这般想。今日闻龙济光部下各统领，如贺文彪、梁永燊、蔡春华、潘斯凯、颜启汉等，秘密会议，决定推戴龙济光，拟置我死地，我想眼见是真，耳闻是假，且此次会议，关系两粤生灵，若只知顾己，不知顾人，还是回去享福，何必出来问事呢。"宅心正大，所以得生。汤睿答了一个"是"字，随即就寝。

次日为四月十二日，两方代表，就在警察署内，会集议事。看官记着！这就叫作海珠会议。特别点醒。时至巳牌，商会团长岑伯铸、李戒欺、陈子贞、王伟、吕仲明等，共到会所，汤睿、徐勤二人，也携手入会。谭学夔、王广龄，时已在场接待，招呼很是周到。过了片刻，但见警卫军统领贺文彪、潘斯凯、蔡文华、何福桥等，带着卫队，携械而来，接着是浓眉大眼的颜启汉，也领了卫卒十名，荷枪入场。颜是主谋行凶，故特笔提出。数统领都面带杀气，映入汤、徐二人的眼中，也觉有些不妙，嗣经谭、王等替他介绍，不得不勉与周旋。王广龄复推举汤、徐为主席，汤睿乃起立道：“兄弟奉陆、梁二公的命令，特地来此，联络两粤感情，今龙督既已独立，又得各绅商各统领，共保治安。诚为万幸，兄弟实无任欣慰。”汤已说毕，徐勤继起道：“兄弟此次到来，只计公安，不问艰险，座中诸公，想亦见谅。若使今日帝制已成，周自齐卖国条件，统已实行，我国已变成高丽，还要会议什么？且或我等军舰到省，水陆并举，彼此交争，此地已变作瓦砾场，也没有诸公高会的地点。今得免此二害，与诸公相见一堂，岂非幸事？弟于昨日已通电各路护国军，即行停战，共决和平，在座绅商统领，均志存公益，如有宏谋伟论，幸即赐教。”语未已，贺文彪、潘斯凯齐声道：“两方既和平解决，护国军当然取消，应编入我警卫军内，请徐先生转达护国军，速即照行。”徐勤尚未开口，颜启汉即接入道：“贺、潘两君所说，很是正当，应请徐君入室修函。”一面说，一面即展开巨手，将徐勤扯入耳房。徐勤正要答辩，适有一卫卒持名刺入，口称将军请代表赴署。徐勤乘势出室，蓦闻枪声一响，弹子飞射过来，慌得徐勤无从躲避，竟向地下躺倒，直挺挺的卧着。小子有诗叹道：

拼将生命作牺牲，会所居然起变争。
怪底人心蛇蝎似，枪声一起可怜生。

未知徐勤性命如何，且至下回续表。

有袁世凯之为主，即有龙济光之为臣，袁好诈，龙亦奸诈，袁好杀，龙亦好杀，袁以好诈好杀而致败，故取消帝制之不足，且群起而攻之，龙岂未之闻，尚欲以好诈好杀，快一时之意志耶？海珠会议，颜启汉诱入汤、徐，竟尔举枪相向，非龙氏使之而谁使之欤？呜呼袁皇帝！呜呼龙郡王！

第六十九回　伪独立屈映光弄巧
卖旧友蔡乃煌受刑

却说徐勤仆倒地上，那弹子向身上擦过，险些儿击入腰膂，他却装着死尸，僵卧不动，但闻外面枪声四起，闹成一片，顿时呼喝声，哀号声，乱做一团糟。徐勤开眼偷觑，从烟尘缭乱中，仔细认明，觉身旁已无一人，他想此时不走，更待何时，当下爬将起来，拟从外闯出；偏外面尸体枕藉，桌椅颠倒，满地都是碍足物，料知一时难走，索性转身入内，向楼上暂避。楼上是警察寝处，留有衣服等件，他是情急智生，即将身上长衣，脱卸下来，把袋中的文件，尽行毁去，一面换得警察制服，穿在身上。改装毕，听外面已无喧声，他便轻轻的走向楼下，适遇一仆登楼，还道他是警吏，也不去细问，即让他下楼，三脚两步的趋至门口，见汤睿、谭学夔等尸身，血肉模糊，尚是摆着，他也顾不得伤心洒泪，竟一溜烟的跑出；行至海边，长堤上统插颜字旗帜，亏得身着警服，没人盘诘。到了长堤尽处，巧遇一只快船，也不暇问明底细，竟跃入舟中，慨畀舟子数十金，飞渡过江，恍如子胥离楚，遇着渔父模样。竟奔向香港去了。命不该绝，总有救星。翌日，得海军司令谭学衡电文，才识当场伤毙的人数，文云：

梧州探投陆都督、梁任公台鉴：今日海珠会议，汤君觉顿、汤睿字觉顿。舍弟学夔，当场受枪殒命，王君协吉、王广龄字协吉。吕君清吕仲明名清。受重伤，随后亦毙。当经力请龙、张两公，终始维持，毋使广东糜烂，均盼台从星夜来粤，安筹善后办法。全粤幸甚。学衡叩。

陆、梁二人接到此电，当然愤怒交迫，下令讨龙，正要发兵东下，突来了广东巡按使张鸣岐，替龙剖辩，把海珠一场惨变，统推在蔡乃煌、颜启汉身上。陆荣廷即问道："龙济光到哪里去了？"大约到龙宫里去。张鸣岐道："龙督本在署中，候汤、徐两君会议，不料蔡乃煌、颜启汉等，暗地设谋，拟害汤、徐，待龙督闻知，即派兵弹压，已不及了。"何人相信。梁启超接入道："龙济光的用意，简直要害我两人，偏汤、徐两君做了替身，徐君幸得脱逃，汤觉顿竟致毙命，还有王警长、谭顾问、吕会长等也同时遇难。坚白兄，张字坚白。你想王、谭两君，是他的麾下，不过主张和平，便一古脑儿死在会场，这老龙还有天理么？我等非诛逐龙济光，如何对得住汤君？就是王、谭、吕诸人，也对他不住呢。"理直气壮。张鸣岐忙答辩道："龙督实未与闻，现在专待两公到粤，和解粤局，断无异心。"梁启超冷笑道："我等还想多活几天，保障共和，休再用老法欺我。"张鸣岐又道："两公如不见信，鸣岐情愿为质，可好么？"竭力为龙帮忙。梁启超亦道："你休做第二个王协吉，着了龙王的道儿。"张鸣岐还要再辩，陆荣廷道："龙济光如无歹心，须要依我六款。"鸣岐即请陆宣示，荣廷道："第一条，须交出蔡乃煌、颜启汉；第二条，须分调警卫军出省；第三条，须整顿龙军军律，解散侦探；第四条，是我若来粤，寓所由我自择，龙须到我处会谈，我不往龙处；第五条，龙军将来，一半留龙自卫，一半须随护国军征赣；第六条，我军到粤，龙须让出东园，俾我军驻扎。这六条如果见从，我就不去驱逐老龙，若有一条不依，我也顾不得亲戚关系了。且与他争个高下，看他还能害我么？"总还顾着戚谊。鸣岐道："且先去电问，何如？"陆即允诺。

当自电陈六款，迫龙遵约，旋得复电，说是："悉如陆命，唯善后条件，请张面决。"张乃与陆、梁两人，协议善后，共有四款：（一）是查办海珠祸首，以明心迹；（二）是由陆、梁至粤，维持粤局；（三）是电请护国军总司令徐勤，通饬各路护国军，暂停进行，静待解决；（四）是严办土匪，保护地方；四款议定后，彼此依约办理。

张鸣岐方回粤去，不期粤东的独立，尚未就绪，浙江的独立，又闹出一番笑话。原来广东独立的消息，传到浙中，浙江将军朱瑞，及巡按使屈映光，亟向中央请兵，巩固浙防，一面将城内屯兵两旅，调驻城外。旅长童保暄，本是辛亥革命的发起人，朱瑞恐他为变，所以将他调出。还有叶焕华一旅，亦令移驻，无非是防童联络，所以一体迁移。是时驻沪第十师，本拟调粤，因浙事吃紧，由袁政府改令赴浙。且南苑第十二师，航海南来，亦有直接赴浙的消息。应上回。浙人大哗，纷纷电阻。那时有志共和的童旅长，复跃然奋起，入城见朱，请即独立。朱瑞集众会议，参谋长金华林，师长叶颂清，均反对童说，就是旅长叶焕华，也说是独立非宜。童保暄道："今日不独立，恐他日无暇独立了。"朱瑞道："本将军的意见，不必独立，也不必不独立，就是中立了罢。"此策却好，其难如愿何？大众才退。隔了一天，童保暄探得军署密谋，拟诱他入署，置诸死地，他乃想出先发制人的计策，号召二十三团二十四团，乘着四月十一日夜间，潜行入城，直攻军署。军署守卫，猝不及防，竟一哄儿散去。童保暄抢步当先，趋入署中，左右四顾，不见一人，一直跑进内室，将楼上楼下，尽行找寻，不但毫无人影，连鬼都没有了。看官！你道这将军朱瑞，及全署人员，统从哪里逃去？原来朱瑞乖巧得很，自闻桂、粤独立，早已防有他变，先将家眷运往上海，只自己留住署中，此次辕门遇警，即忙换了便服，走至后院，觑定墙角空隙处，有一枯树，便攀援上去，一脚跨到墙头，复解下腰带，挂在树梢，用手握住带端，把身子缒了下去，等到脚踏实地，便放开两腿，向北逸去。还有署中人役，正要入报将军，见朱瑞正在逾墙，大家也学了此法，次第出走。比军令还要灵捷。童保暄四觅无着，知已远飏，复转身出来，移兵至师长署，叶颂清也早走了。再往寻参谋长金华林，旅长叶焕华，统已不知去向。大难来时各自飞。乃复赴巡按使署，巡按使屈映光，倒还从容不迫，出来相迎，见面扳谈，却很是赞成独立，并极力褒奖童保暄，愿推他为都督。又是一种做品，比朱瑞高出一筹。保暄推让道："都督一席，当然推举屈公，如保暄资轻望浅，怎能胜任？今日此举，无非是舆情趋向，不得不然呢。"屈映光道："且集众公举便了。"当下召集长官，共同推举，结果是老屈当选。屈仍避去都督字样，只自称巡按使兼浙军总司令，与童会衔，电知各处镇守使吕公望、张载阳、周凤岐等。于是宁、绍、嘉、湖、台等处，也即日宣告与袁政府脱离关系。谁知老屈的私意，也是模仿龙郡王，当时晓谕人民，比龙王还要圆滑，他说是：

为出示晓谕事。照得省城十一夜，军民拥至军署，要求独立，将军失踪，本使为军政绅商学各界，以浙江地方秩序相迫，已于今日决定以浙江巡按使兼浙军总司令，维持全省秩序，主任军民要政。除总司令部人员另行组织外，所有在省文武机关部署，一律照常办事，不准擅离职守。传谕所属，一体遵照！

据这告示，连独立两字，都不敢说出，可知屈映光是全然作伪哩。果然一道密奏，电达九重，极陈不得已的苦衷，并乞鉴宥云云。他是两面讨好，总道是绝对妙法，可以安然无事，突来了宁台镇守使周凤岐急电，略言："省城、宁、绍，先后独立，人心欢忭，秩序井然。今公复沿旧称，群情迷惑。宁、绍众志成城，誓死讨逆，万无反复余地，务即明白赐复，凤岐等当严阵以待。"老屈接阅后，已是惊惶不定，忽闻北京政事堂中，又颁发一道申令，其文云：

据浙江巡按使屈映光电称："四月十一日夜四时，突有军民，拥至军署，将军失踪，当经密派警队防护本署，次早军官士绅，以地方秩序关系，强迫映光为都督，誓死不从，往复数四，午后旋有各机关官长暨绅商领袖，合词吁恳，最后即请以巡按使名义兼浙江总司令，借以维持地方秩序，固辞不获，于今日下午，始行承诺，以维军民而保治安。现在人心已定，秩序如恒"等语。该使职略冠时，才堪应变，军民翕服，全浙安然，功在国家，极堪嘉奖。着加将军衔，兼署督理浙江军务。当此时势艰危，该使毅力热心，顾全大局，既已声望昭彰，务当始终维持，共策匡定，本大总统有厚望焉。此令。

这道申令，竟将老屈的秘密奏闻，和盘托出，直令老屈无从自解。恐怕由老袁使乖。凤岐等遂通电各省，攻讦老屈道：

屈以巡按使兼总司令，布告中外，非驴非马，惊骇万状。论屈在浙四载，唯知竭民脂膏，以固一己荣宠，旋复俯首称臣，首先劝进。滇、黔事起，各省中立，独屈筹饷括款，进供恐后。祸害民国，厥罪甚深。

若复戴为本省长官，实令我三千万浙人，无面目以见天下。且通电输诚，伪命嘉奖，既誓死于独夫，奚忠诚于民国。反侧堪虞，粤事可鉴。宜速斥逐，勿俾贻祸。

屈映光连接这种文件，真是不如意事，杂沓而来。可巧商会中请他赴宴，他正烦恼得很，递笔写了一条，回复出去。商会中看他复条，顿时哄堂大笑。看官！道是什么笑话？他的条上写着道："本使向不吃饭，今天更不吃饭。"莫非是学张子房一向辟谷？这两句传作新闻，其实他也不致这样茅塞，无非是提笔匆匆，不加检点罢了。忠厚待人。是时浙省官绅，正组织参议会，共得二十六人，正会长举定王文卿，副会长举定张翘、莫永贞，四月十四日，在都督府开成立大会。屈映光乘机与商，托他代为斡旋，正副会长等，乃请他正式独立。屈尚沉吟未决，会接粤中来电，龙都督与粤西联盟，居然主张北伐，声讨老袁。那时屈映光才放大了胆，将巡按使的名目，革除了去，竟自称为都督了。

小子于浙事略行叙过，又要述及粤事。粤督龙济光，自承认陆荣廷条件，本应逐条照行，偏颜启汉闻风先遁，匿迹沪上。蔡乃煌又是济光旧友，一时不忍下手。第一条先难履约。他只有虚声北伐，自明真正独立的态度。陆、梁因六大条件，无一履行，遂统兵进至肇庆，迫龙遵约。龙又束手无策，只得仍央恳张鸣岐，偕谭学衡同行，往见陆、梁。陆荣廷道："坚白屡来调停，总算顾全友谊，但据我想来，粤督一席，子诚济光字。已做不安稳，不如另易他人，请岑西林即岑春煊。来上台罢。"张鸣岐道："他事总可商量，唯欲他交卸粤督，总难如命。"袁不肯舍总统，龙亦不肯舍粤督，两人心理又同。陆荣廷道："子诚号令，已不能出广州一步，难道许多民军，肯归他节制么？"张鸣岐道："粤中民军，尽可受广西节制，唯广东都督，仍令子诚挂名，这事可行得么？"梁启超从旁笑着道："这叫作儿戏都督，坚白兄果爱子诚，也不应叫他做个傀儡呢。"陆荣廷又道："坚白，他既承认我六大条件，应该即行，否则唯力是视，也无庸再说了。"斩钉截铁。张鸣岐告辞道："且与子诚熟商，再行报命。"陆复顾谭学衡道："海珠惨变，令弟遭难，君何不立索仇人，为弟报冤？古人有言：'兄弟之仇，不反兵而斗'，难道此言未闻么？"应该诘责。谭学衡无词可答，只好唯唯退去。

张、谭二人去后，陆荣廷即令莫荣新，率军五千，进抵三水。三水离广州不远，警报连达省城，龙济光知不能了，没奈何与张鸣岐，同至肇庆，双方再行协议，决定五款：（一）广东暂留龙为都督；（二）肇庆设立两广总司令部，举岑春煊为总司令；（三）处蔡乃煌死刑；（四）从速实行北伐；（五）各地民军，自岑入粤，设法抚绥，并自三水划清防界，以马口为鸿沟，西南以上，归魏邦屏、李耀汉、陆兰清防守，西南以下，归龙分派巡船防守，彼此均不得逾越，免致冲突。陆、梁又齐声道："这五条协约，是即日就要履行的。我等为亲友关系，竭力为君和解，你不要再事抵赖呢。"说得龙济光满面羞惭，没奈何喏喏连声，告别而去。一入省城，即与谭学衡密谈数语，学衡会意，便调了军士数百名，直至蔡乃煌寓所闯将进去。乃煌莫明其妙，尚与那新纳的篷室，对饮谈心，备极旖旎，猛见了谭学衡，知是不佳，急忙起身欲遁，哪经得谭学衡的武力，一把抓住，仿佛与老鹰攫鸡相似。可怜这个蔡老头儿，生平未尝吃过这个王法，吓得浑身乱颤，带抖带哭道："这……这是为着何事？"谭学衡也不与细说，一径拖出门外，交与军士，自己随押出城，行至长堤，喝一声道："快将杀人造意犯，捆绑起来，送他到地狱中去。"蔡乃煌才知死在目前，当向谭学衡道："我不犯什么大罪，就是罪应处死，也要令我一见子诚，如何你得杀我？"问你何故设计杀人？谭学衡道："你还说没有大罪么？往事不必论，就是现在海珠会议，你与颜启汉等通谋，害死多人，我弟学夔，也死在你手，问你该死不该死呢？"乃煌不禁大哭道："龙济光卖友保身，谭学衡替弟复仇，总算我蔡乃煌晦气，一古脑儿为人受罪，我不想活了六七十岁，反在此地处死呢。"谁叫你做到这般？语尚未毕，已被军士缚在柱上，一声怪响，枪弹洞胸，蔡乃煌动了几动，便一道魂灵，驰归故乡去了。堤上观看的行人，统说是这个贪贼，应该枪毙，并没有一个爱惜。蓦地里来了一位美人儿，行至乃煌身旁，总算哭了几声老头儿，老杀坯，后经军士说明，才晓得这个俏女郎，就是与乃煌对饮的美妾，还不过与乃煌做了半月夫妻。小子有诗咏乃煌道：

享尽荣华逞尽刁，长堤被缚泪潇潇。
贪夫一死人称快，只有多情泣阿娇。

乃煌处死后，龙济光即遵约北伐。欲知一切情形，容待下回分解。

本回以粤事为主体，而浙事附之。盖粤、浙先后独立，屈之举动，正以龙为师，故时人有粤、浙二光之目。济光、映光，似衣钵之相传，此作者之所以因粤及浙，连类并叙，非特为时日之关系已也。且朱、屈为故友，而屈负朱窃位，龙、蔡亦为故友，而龙杀蔡求和。朱非不可逐，蔡非不可杀，但朱去而屈继，蔡死而龙生，友道其尚堪问乎？要之假公济私，见利忘义，系近代一般人心之污点。二光固有光矣，鉴于二光者，盍亦为之反省耶？

第七十回　段合肥重组内阁
冯河间会议南京

却说龙济光既联络桂军，应该遵约北伐，当委段尔源为广东护国军第一军司令，马存发、李鸿祥为广东护国第二第三两军司令，扬言北伐。其实他的本心，仍然拥护中央，不过为陆、梁所迫，没奈何反抗老袁，虚张声势哩。实是舍不掉郡王衔。唯粤省独立，闽防吃紧，浙省独立，江防吃紧，老袁拟调的第十师，及第十二师，只能顾守江防，不能分管闽防，乃别调海陆各军，令海军总长刘冠雄统率南来，海军用海容、海圻两兵舰装载，陆军无船可乘，竟将天津寄泊的招商局轮船，扣住数艘，如新康、新裕、新铭、爱仁等船，强迫装兵，由津出发。行至浙江温州洋面，正值大雾迷蒙，茫不可辨，新裕商轮，向南行驶，不知如何与海容相撞，碰损机具，不到二十分点，全舰沉没，计死团长、团副各一人，兵士七百四十名，机师水手伙夫二十四名，损失军饷十万元，机关炮四架，山炮六尊，弹药五十万颗，军衣军械无数。余舰到了福州，与福建护军使李厚基布置防务，闽省少安。

刘冠雄电奏中央，备陈新裕沉没状，老袁不胜叹息，默思天意绝人，万难再战，只好再请徐、段二公，商议良策。徐、段仍提出冯、陈两人，要他东西协力，调停和议。应六八回。当下申电冯、陈，不到两日，得陈宧复电，略言："与蔡锷电商，先将总统留任一节，提作首项，已由蔡锷允达滇、黔，俟有成议，再行报命。"独冯国璋并无电复。原来江苏沿海，民党往来甚便，沪上一隅，华洋杂处，尤为党人溷迹地。陈其美系民党翘楚，自袁氏称帝，已由日本来沪，设立机关，潜图革命。虽与护国军宗旨不同，但推翻袁氏的意思，总是相合。独提出陈其美，为下文被刺张本。起初百计促冯，逼他独立，冯却寂然不动，但也未尝嫉视党人。陈知独立无望，遂派同志混入镇江，谋刺要塞司令龚青云。会机谋被泄，徒落得扰攘一宵，仍然退去；转至江阴，逐走旅长方更生，居然宣布独立，推举尤民为总司令，萧光礼为要塞司令。尤民本绿林出身，专事敲诈，不知抚恤，江阴人民，大起恐慌，连电江宁，向冯求救。冯国璋忙派兵往援，人民也群起逐尤，内应外合，任你尤民臂粗拳大，也只得推位让国，弃城远飏。萧光礼已闻风先走了。冯正恨老袁疑忌，绝不谅他拥护的苦心，几乎要与袁决裂，偏中央屡次发电，哀恳他竭力调停，他又顾念旧情，害得忐忑不定；嗣又得徐、段电文，略言："四川将军陈宧，已向蔡锷提出议和条件，仍戴袁为总统。"于是顺风使帆，依方加药，即提出调停意见八条：（一）应遵照清室遗言，交付袁氏组织共和政府全权，使仍居民国大总统地位；（二）慎选议员，重开国会，但须排除激烈分子；（三）惩办祸首；（四）各省军队，须以全国军队按次编号，不分畛域，并实行征兵制；（五）明定宪法，宪法未定以前，用民国元年约法；（六）照民国四年冬季的将军、巡按使，一概仍旧；（七）滇事发生后，所有派至川、湘各军一律撤回原地；（八）大赦党人。这八大纲通电传出，尚未接复，忽闻陈宧电达中央，说是蔡锷电商滇、黔，唐、刘未能满意，不由的愤愤道："袁项城专会欺人，今徐菊人、段芝泉，也来欺我么？"遂电致政事堂，劝袁退位。略云：

国璋耿直性成，未能随时俯仰，他人肆其谗构，不免浸润日深，遂至因间生疏，因疏生忌，倚若心腹，而秘密不尽与闻，责以事功，而举动复多掣肘，减其军费，削其实权，全省兵力四分，统系不一，设非平日信义能孚，则今日江苏已为粤、浙之续矣。顾国璋方以政府电知川省，协议和平，用意既复略同，敢弗赞助，以故力任调人，冀回劫运，乃报载陈将军致中央电，声明蔡锷提出条件后，滇、黔于第一条未能满意，桂、粤迄未见复，而此间接到堂转陈电，似将首段删去。值此事机危迫，尤不肯相见以诚，调人闇于内容，将何处着手？现虽照电川省，商论开议事宜，双方未得疏通，正恐煞费周折。默察国民心理，怨诽尤多，语以和平，殊难餍望，实缘威信既隳，人心已涣，纵挟万钧之力，难为驷马之追，保存地位，良非易易。若察时度理，已见无术挽回，毋宁敝屣尊荣，亟筹自全之策，庶几令闻可复，危险无虞，国璋不胜翘切待命之至。

国务卿徐世昌，接到冯电，暗想道："这遭坏了，华甫也有变志了。"急忙入报老袁，老袁亦惶急万分，徐世昌道："现在事已燃眉，还请总统放宽一步，挽回大局。"老袁皱着眉道："难道我真个退位不成？"世昌道："并非退位问题，但请总统规复内阁制，并用几个新党人物，或尚能调停就绪，也未可知。"老袁道："除要我退位外，总请老友替我作主，我已心烦意乱，不知所从了。"世昌即草拟阁员，陆军蔡锷，内务戴戡，农商张謇，教育汤化龙，司法梁启超，财政熊希龄，递交老袁酌阅。老袁虽然不愿，也只好略略点首。世昌乃出发各电，待至两日，一无覆音。再电请熊希龄、张謇、伍廷芳、唐绍仪、范源濂、蔡元培、王正廷、王宠惠等到京，商组内阁，哪知一班名流，电复世昌，统是要老袁退位，余无别言。世昌不禁长叹道："项城，项城，你搅到这个地步，叫我如何收拾呢？"遂筹思一会，入见老袁，略将外来各电，叙述一二，继复进言道："据我看来还是要芝泉组织内阁，芝泉是军阀中人，且与冯华甫很是莫逆，将来或战或和，较有把握，请总统即日照行。"老袁道："你既要芝泉出场，我亦不能不依，但你不可他去，一切善后方法，仍应替我商酌呢。"世昌道："谨遵钧命，我总在京便了。"把圈儿套与别人，不愧老练。老袁乃召入段祺瑞，嘱他组阁。段再三推让，经世昌从旁力劝，方允暂认，遂于四月二十一日，公布政府组织令，委任国务卿担任政务，称为责任内阁。越日，任段为国务卿，组织阁员。陆军由段自兼，外交仍任陆征祥，财政改任孙宝琦，内务改任王揖唐，海军仍任刘冠雄，交通改任曹汝霖，教育改任张国淦，农商改任金邦平，司法仍任章宗祥。各部总长，发表出来，都人士仍称为帝制内阁。什么叫作帝制内阁呢？看官试想！这部长中所列八人，哪一个不是帝制派，而且财政、交通两部统属梁士诒党系。财神始终得势。至若军务全权，仍操诸统率办事处，未曾交与段氏。段氏登台，不过取消政事堂，恢复国务院，改机要局为秘书厅，易主计局为统计局，修正大总统公文程式，总算是恢复国体的表示。此外目的，唯调停南北，主张和议罢了。但冯、段究系故交，段既为内阁领袖，冯应格外帮忙，为此一着，遂创出南京大会议来。当由冯国璋首先发起，通电各省道：

（上略）滇、黔、桂、粤，意见尚持极端，接洽且难，遑云开议。现就国璋思虑所及，筹一提前办法，首在与各省联络，结成团体，各守疆土，共保治安，一面贯通一气，对于四省与中央，可以左右为轻重，然后依据法律，审度国情，妥定正当方针，再行发言建议，融洽双方。我辈操纵有资，谈判或易就绪。若四省仍显违众论，自当视同公敌，经营力征。政府如有异同，亦当一致争持，不少改易。似此按层进步，现状或可望转机，否则沦胥迁就，愈滋变乱。一旦土崩瓦解，省自为谋，中央将孤立无援，我辈亦相随俱尽矣。看此两语，仍然是拥护中央。牖见如此，特电奉商。诸公或愿表同情，或见为不可，均望从速电复。临电激切，无任翘企！

电文去后，未曾独立的省份，陆续电复，均表同情。冯乃再就前日提出的八大纲，略加变更，仍分八条：（一）总统问题，仍当暂属袁总统，俟国会召集，再行解决；（二）国会问题，应提前筹办，慎定资格，严防流弊；（三）宪法问题，以民国元年约法为标准，视有未合事件，应斟酌修改，便利推行；（四）经济问题，当由中央将近来收支情形，明白宣布。滇、黔二省，筹办善后，亦宜声明需用实数，设法匀拨；（五）军队问题，南北各军，均调回旧驻地点，所有两方添招军队，一律遣散，借抒财力；（六）官吏问题，凡所有官制官规，均应暂守旧章，免致纷乱；（七）祸首问题，杨度等谬论流传，逼开战祸，应先削除国籍，俟国会成立后，宣布罪状，依法判决；（八）党人问题，由政府审查原案，咨送国会讨论，俟得同意，宣告大赦，方免抵触法律，贻祸将来。以上八问题电达各省，均无异议。唯旅沪二十二行省公民，如唐绍仪、谭延闿、汤化龙等，集得一万五千九百余人，抗议反对，于第一条尤驳斥无遗。冯国璋欲罢不能，竟至蚌埠见倪嗣冲，筹商了大半夜，又邀倪同至徐州，会晤张勋。倪、张本拥戴老袁，遂与冯国璋联络一气，发起南京会议，由徐州通告各省，略云：

川边开战以来，今已数月，虽迭经提出和议，顾以各省意见，未能融洽，迄无正当解决。当此时机，危亡呼吸，内氛时伏，外侮时来，中央已无解决之权，各省咸抱一隅之见，谣言传播，真相难知。而滇、黔各省，恣意要求，且有加无已，长此相持，祸伊胡底？国璋实深忧之。曾就管见所及，酌提和议八条，已通电奉布，计达典签；唯兹事体重大，关系非浅，往返电商，殊多不便。爰亲诣徐府，商之于勋，道出蚌埠，邀嗣冲偕行，本日抵徐，彼此晤商，斟酌再四，以为目今时局，日臻危逼，我辈既以调停自任，必先固结团体，然后可以共策进行。言出为公，事求必济，否则因循以往，国事必无收拾之望。兹特通电奉商，拟请诸公明赐教益，并各派全权代表一人，于五月十五日以前，齐集宁垣，开会协议，共图进止，庶免分歧而期实际。勋等筹商移晷，意见相同，为中央计，为国家计，谅亦舍此更无他策。诸公有何卓见，并所派代表衔名，先行电示，借便率循，无任盼祷。张勋、冯国璋、倪嗣冲印。

张、冯、倪三人，既发起南京会议，并电达中央，随即分手，订定后会。倪回蚌埠，冯归南京。是时广东方面，已在肇庆地点，设立两广司令部，举岑春煊为都司令，梁启超为总参谋，李根源为副参谋。岑自香港至肇庆，即日誓师北伐，有“袁生岑死，岑生袁死”等语。一面组织军务院，遥奉副总统黎元洪为民国大总统，兼陆海军大元帅。院设抚军，即以唐继尧、刘显世、陆荣廷、龙济光、岑春煊、梁启超、蔡锷、李烈钧、陈炳焜诸人充任。又由各抚军公推唐为抚军长，岑为副抚军长，于五月八日通告军务院成立。

适值浙督屈映光辞职，公举嘉湖镇守使吕公望继任。吕就职后，明目张胆，誓讨袁氏，任周凤岐、童葆暄为师长，列入护国军。与屈迥不相同。檄至粤东，军务院遂依着条例，请他就抚军职，于是滇、黔、两粤及浙江，并力讨袁。老袁闻知，又添了好几分愁恨，急召杨度、朱启钤、周自齐、梁士诒、袁乃宽等，密谋抵制。帝制要人，始终相倚。席间唯闻纸笔声，并没有什么谈论，后来转将所拟底稿，尽付一炬。越秘密，越坏事。看官！道是什么秘计？他不过电达外使，令转告各国政府，勿遽承认南军团体，一面向未曾独立各省，催他速至南京，解决时事。各处新闻纸，探出原电，即登载出来。

秘密何用？文云：

各省将军、巡按使、都统、护军使、镇守使鉴：接广东电开："革命首领宣告南方独立各省已组织成立新政府，以广州为首都，以黎元洪为大总统，及陆海军大元帅，废除北京政府。其宣告中并为设立军务院，定明权限，并兼理外交财政陆军各行政事务。云南都督唐继尧被举为军务院主任，岑春煊为副主任"各等语。查北京政府始而临时，继而正式，几经法律手续，始克成立，全国奉行，列邦承认，岂少数革命首领，所能废除？首都问题，系由国家议会决定，奠定业已数年，有约各国，驻使所在地点，载诸约章，国际关系最切，对内对外，岂少数革命首领，所能擅易？大总统地位，由全国人民代表，按照根本大法选举，全国元首，五族拥戴，又岂少数革命首领，所能指派？且黎公现居北京，谨守法度，又岂肯受少数革命首领之指派？广东距京数千里，强假黎之虚名，而由唐、岑等主其实权，不啻挟为傀儡，侮蔑黎公，莫此为甚。凡此种种，违背共和，划除民意，实系与国家为仇，国民为敌。政府方欲息事宁人，力谋统一，而少数革命首领，窃据一隅，以共和为号召，乃竟将共和原理，国民公意，一概蹂躏而抹煞之。此而可忍，国将不国。谁生厉阶，至今为梗。尊处如有意见，望迳电南京，请冯、张、倪三公，会同各省代表，并案讨论。院处电。

这电自五月十日发出，转眼间已是望日，南京会议，期限已届，各省代表，先后到宁，共得二十余人。计开：

直隶代表刘锡钧、吴焘。　奉天代表赵锡福、刘恩洪。
吉林代表张恕、戴艺筒。　黑龙江代表李莘林。
山西代表崔廷献、李骏。　山东代表孙家林、丁世峄。
河南代表毕太昌、叶济。　湖南代表陈裔时。
湖北代表冯賔、杨文恺。　江西代表何恩溥、程用杰。
福建代表贾文祥。　安徽代表万绳栻。
热河代表夏东骁。　察哈尔代表何元春。

绥远代表熊开光。　上海代表赵禅、王滨。

徐州代表李庆璋。　蚌埠代表裴景福。

还有中央特派员蒋雁行，及海军司令饶怀文、参谋长师景文等，也一律与会。唯陕西因乱未复，四川路远，所派代表张联棻、张轸援二人，均在途未至。五月十七日，南京会议第一次举行，由冯国璋主席，各省代表，统行列座，除蒋雁行并非代表，只能旁听外，各代表均有发言权。冯即宣言第一条总统问题，赞成冯说的，不过十分之二三，反对冯说的，却有十分之三四，其余各守中立态度，既不反对，又不赞成。论辩了好几时，第一争终不能通过。冯国璋不便强迫，只好说是改日再议，代表等当然散席。李庆璋、裴景福两人，即电达张、倪，竟尔告急。隔了一天，蚌埠倪将军，亲自带兵三营，直抵江宁。正是

全局已经成瓦解，将军还欲挟兵来。

欲知倪嗣冲到会情形，且从下回叙明。

冯、段两人，遭袁氏之疑忌，至于途穷日暮，再请他登场，重演一出压台戏，非谚所谓急时抱佛脚者耶？冯、段不念旧恶，犹为袁氏竭力帮忙，一组内阁，一开会议，平心论之，未始非友道可风。然内则帝孽具存，外则人心已涣，徒恃一二人之笔舌，亦安能骤事挽回？昔人有言：“小人之使为国家，菑害并至，虽有善者，亦无如之何矣。”况冯、段乎？而倪、张更无论已。

第七十一回　陈其美中计被刺
陆建章缴械逃生

却说倪嗣冲带兵至宁，意欲仗着兵力，迫胁各省代表，仍承认袁世凯为大总统。五月十九日，开第二次会议，倪昂然莅会，代表安徽，出席宣言道："总统退位问题，关系全局安危，倘或骤然易位，恐怕财政军政两方面，必有危险情事发现出来，所以愚见仍推戴袁总统，请他留任为是。"言甫毕，山东代表丁世峄起言道："倪将军的高见，鄙人非不赞成，但自袁总统热心帝制，种种行为，大失信用，即袁总统也自知错误，已有去意，难道中国除了袁总统，便没人维持大局么？"颇有胆识。倪嗣冲闻言变色道："项城下台，应请何人继任？"丁世峄尚未及答，与丁偕来的孙家林，便从旁答言道："自然应属副总统，何消多问。"明白爽快。倪怒目视丁、孙两人道："你两人是靳将军派来么？靳将军拥护中央，竭诚报国，为何派你二人到来？你二人莫非私通南军，来此捣乱不成？"不如你意，便硬指他犯上作乱。丁、孙两人正要答辩，那湖南代表陈裔时，已起立道："古人有言，君子爱人以德，倪将军毋太拘执，应请三思！"湖北代表冯贇，江西代表何恩溥等，亦应声道："敝代表等也有此意。"倪嗣冲见反对多人，怒不可遏，竟投袂奋臂道："袁总统离位一日，中国便捣乱一日，我只知挽留袁总统，若有异议，就用武力解决。"全是蛮话，试思袁总统尚然在位，何故扰乱至此，劳你会议耶？丁世峄、孙家林等冷笑道："既须凭着武力，何用开此会议哩？"冯国璋时在主席，睹这情形，恐惹出一场争闹，遂出为调人道："诸君不必徒争意气，须知能战然后能和，今南方五省，已极端反抗中央；就使项城退位，他也必有种种要求，继任的总统，恐也难一律应诺，将来仍不免相争。国璋始终主和，但欲和平解决，亦应先准备武力，免令南方轻觑，要挟不情，各代表诸公，以为何如？”这一席话，才引出燕、奉、吉、豫、热、夏诸代表同声赞成。冯复议及兵力财力二问题，燕、奉、吉、豫等代表，或愿出若干兵队，或愿认若干军饷，余代表多托词推诿。山东、江西、两湖各代表，且默不一言。冯国璋料难裁决，乃宣告散会，越宿再议。

次日复齐集会场，各代表多主和不主战，冯、倪也不便力辩。至提及总统问题，大众拟付国会表决，冯却游移两可，倪独不以为然。越日，再开第四次会议，仍无结果。徐州代表李庆璋，倡言南中虽然独立，并非自外中国，既为和平解决起见，不如令他派遣代表，同到此处议决，方期一劳永逸。这数语颇得多数赞成，遂由李主稿电达独立各省，静候复音。至散会后，他竟随着倪嗣冲，扬长去了。不数日，即有张辫帅一篇通电，其文云：

> 据敝处代表回徐报告，此次江宁之会，业经各代表次第宣言，知各省军民长官，多数以拥护中央、保存元首为宗旨，是退位问题，已属无可讨论。仍是你一人自说。且由冯上将军主张，欲求和平，非先以武力为准备不可，所有应备军旅饷项，并经各代表预先分别担任，敌忾同仇，可钦可敬。乃鲁、湘、鄂、赣诸代表，多方辩难，辗转波折，故甚其辞，显见受人播弄，暗中串合，故与南方诸省，同其声调，必非该本长官所授本意。况靳、汤、王、李诸将军，公忠国体，威信久孚，或军当困难，百折不回，或地处冲繁，一心为国，勋处屡接来电，莫不慷慨淋漓，令人起敬。而该代表竟敢擅违民意，妄逞词锋，实属害群之马，允宜鸣鼓而攻。虽现在电致南方各省，令派代表到宁与议，复电能否依从，尚难遽定，而我方内容，有不可不加整饬，以求一致。诚以退位问题，关系存亡，非特总统人才，难以胜任，即以外交军政财政而论，险象尤难罄述。如果国本轻摇，必沦胥俱尽。即使南方各省，果派代表到宁与议，亦当一意坚持，推诚相告，如不见听，即以兵戈。倘内容不饰，先馁其词，则国家之亡，有可立待。用此通电布告，愿我同胞，共相切磋。设有非此旨者，即以公敌视之可也。临电迫切，无暇择言。勋印。

张辫帅虽有此电，各省长官，仍然徘徊观望，不甚赞成。山东、两湖等省，且潜图独立，云、贵、两粤等，更不消说，简直是置诸不理罢了。唯当南京会议期间，却有一个革命党魁被刺上海，相传由袁皇帝贿嘱刺客，赴沪设法，用了若干心力，才得报功。究竟被刺的是何人？行刺的又是何人？待小子叙了出来，便有分晓。小子于前文中，曾说过沪上一带，多藏着民党踪迹，就中首领，要算陈其美。从前肇和兵舰的变动，与镇江、江阴的独立，都由他一人指使，不但袁政府视为仇敌，就是南京上将军冯国璋，也加意防备，随时侦探密查。陈其美却不肯罢休，仍拟伺隙进行，只因资财支绌，未免为难。凑巧党人李海秋，介绍两个阔客，一个叫作许谷兰，一个叫作宿振芳，统说是煤矿公司的经理。这煤矿公司，牌号鸿丰，曾在法租界赁屋数幢，暂作机关，形式上很是阔绰。两人与陈见面后，约谈了好几个时辰，真个彼此倾心，非常亲暱。嗣后常相过从，联成知己。陈有时与他晤谈，免不得短叹长吁，两人问他心事，他遂和盘托出，一一告知。两人顺口道："我等虽是商人，却也怀着公义，可惜所有私蓄，都做了公司的股本了。现在未知公司的股单，可否向别人抵押？如有此主顾，那就好换作现银，帮助民军起义呢。"陈其美不禁跃然道："两君为公忘私，真足令人起敬，我且与日商接洽，若可暂时作抵，得了若干金，充做军饷，等到成功以后，自当加倍奉还。"天下有几个卜式，陈其美何不小心？两人唯唯告别。

过了数日，陈已与日商洋行议定押款，即至鸿丰煤矿公司，与许、宿两人面洽。两人并不食言，约于次日送交股单，亲至陈寓签字。陈以午后为期，两人允诺，随邀陈入平康里，作狎邪游。由许、宿两人，作了东道主，他即坐了首席，开怀畅饮，猜拳行令，赌酒听歌，直饮到月上三更，方才回寓。这是送往阎家的饯行酒。翌日起床，差不多是午牌时候，盥洗既毕，便吃午餐，餐后在寓中守候，专待许、宿到来。俄听壁上报时钟，已咚咚的敲了两下，他暗中自忖道："时已未正了，如何许、宿两人，尚未见到？难道另有变卦么？"又过了二十分钟方有侍役入报道："许、宿二公来了。"陈忙起身出迎，但见两人联袂趋入，即含笑与语道："两君可谓信人。"一语未毕，忽觉得一声怪响，震入脑筋，那身子便麻木不仁，应声而倒。等到怪声再发，那陈其美已魂散魄荡，驰入鬼门关去了。许、宿二人，见已得手，一溜烟跑出门外，急向原来的汽车，一跃而上，开足了汽，好似风驰电掣一般，逃窜去了。是时陈寓内的侍役，闻声出视，见陈已僵卧地上，用手一按，已无气息，但见脑浆迸裂，尚是点滴不住，仔细瞧着，脑壳已被枪弹击破，弹子从脑门穿出，飞过一旁，圆溜溜的摆着，赶忙出外睁望，那凶手已不知去向，于是飞报党人，四处邀集。大家见陈惨死，不免动了公愤，一面购棺敛尸，一面鸣捕缉凶，好容易拿住许、宿两犯，由法捕房审讯，许、宿语多支吾，毫无实供。嗣经再三鞫问，许供由南京军官嘱托，宿供由北京政府主使，究竟属南属北，无从讯实，结果是杀人抵罪，把许、宿问成死刑罢了。南北统不免嫌疑。

袁世凯闻陈已刺死，除了一个大患，自然欣慰，不意陕西来一急电，乃是将军陆建章，及镇守使陈树藩联衔，略说是：

> 秦人反对帝制甚烈，数月以来，讨袁讨逆各军，蜂起云涌，树藩因欲缩短中原战祸，减少陕西破坏区域，业于九日以陕西护国军名义，宣言独立，一面请求建章改称都督，与中央脱离关系。建章念总统廿载相知之雅，则断不敢赞同，念陕西八百万生命所关，则又不忍反对。现拟各行其是，由树藩以都督兼民政长名义，担负全省治安，建章即当遄返都门，束身待罪，以明心迹。

老袁瞧到此处，把电稿抛置案上，恨恨道："树藩谋逆，建章逃生，都是一班负恩忘义的人物，还要把这等电文，敷衍搪塞，真正令人气极了。"你自己思想，能不负恩忘义否？嗣是忧愤交迫，渐渐的生起病来。小子且把陕西独立，交代清楚，再叙那袁皇帝的病症。原来陕西将军陆建章，本是袁皇帝的心腹，他受命到陕，残暴凶横，常借清乡为名，骚扰里闾，见有烟土，非但没收，还要重罚，自己却私运鲁、豫，贩售得值，统饱私囊。陕人素来嗜烟，探知情弊，无不怨恨。四月初旬，郃阳、韩城间，忽有刀客百余名，呼聚攻城，未克而去。既而党人王义山、曹士英、郭坚、杨介、焦子静等，据有朝邑、宜川、白水、富平、同官、宜君、洛川等处，招集土豪，部勒军法，举李岐山为司令，竖起讨袁旗来，陕西大震。陆建章闻报，亟饬陕北镇守使陈树藩往讨。树藩本陕人，辛亥举义，他与张钫独立关中，响应鄂师。民国成立，受任陕南镇守使，驻扎汉中。至滇、黔事起，陆建章恐他生变，调任陕北，另派贾耀汉代任陕南。树藩已逆知陆意，移驻榆林，已是怏怏不悦，此次奉了陆檄，出兵三原，部下多系刀客，遂进说树藩，劝他反正。树藩因即允许，乃自称陕西护国军总司令，倒戈南向，进攻西安。

陆建章又派兵两营，命子承武统带，迎击树藩，甫到富平，树藩前队，已见到来，两下交锋，约互击了一小时，陕军纷纷败退。树藩驱兵大进，追击至十余里，方收兵回营。承武收集败兵，暂就中途安歇一宵，另遣干员賫夜回省，乞请援军。哪知时至夜半，营外枪声四起，吓得全营股栗，大众逃命要紧，还管什么陆公子。陆承武从睡梦中惊醒，慌忙起来，见营中已似山倒，你也逃，我也窜，他也只好拼命出来，走了他娘。偏偏事不凑巧，才出营门，正碰着树藩部下的胡营长，一声喝住，那承武的双脚，好似钉住模样，眼见得束手受擒，被胡营长麾下的营弁活捉了去，捉住一个豚犬，没甚稀罕。当下牵回大营。陈树藩尚顾念友谊，好意款待，只陆建章闻着消息，惊惶的了不得，老牛舐犊。急遣得力军官，往陈处乞和，但教家人父子，生命财产，保全无碍，情愿把将军位置，让与树藩，且将所有军械，一概缴出。陈树藩总算照允，便于五月十五日，带着陆承武，竟入西安。陆建章出署相迎，一眼瞧去，承武依然无恙，树藩却格外威风，前后左右，统有卫军护着，比自己出辕巡阅，还要烜赫三分。看官！你想此时的陆建章，已是余威扫地，不得不装着笑脸，欢迎树藩。曾否自知惶愧？树藩乐得客气，下马直前仍向陆建章行了军礼。建章慌忙答让，彼此握手入署，承武亦随了进去。两下坐定，树藩将兵变情形，略述一遍，并言："胡营长冒犯公子，非常抱歉。"陆建章也婉词答谢。树藩复道："现在军心已反对中央，将军不如俯顺舆情，改任都督，与南方护国军联同一气，维持治安，树藩等仍可受教。"建章迟疑半晌，方道："我已决计让贤，此处有君等主持，当然不致扰乱了。"始终不肯背袁，也算好友。树藩道："将军既不愿就职，公子尽可任事。"建章道："儿辈无知，恐也不胜重任呢。"树藩方提及缴械问题，由陆建章允行，约于十七日照办。树藩退出，到了十七日，树藩复带兵至将军署，先与陆建章议定电稿，拍致北京，小子已录载上文，毋容赘说。电既发出，然后由建章出令，饬所部军队，一齐缴械，归陈军接受。缴械已毕，树藩仍委陆承武为护国军总司令，并编自己部属为二师，用曹士英为第一师长，李岐山为第二师长，自称陕西都督兼民政长，布告全省，宣言独立，秦中粗安。

陆建章收拾行装，共得辎重百余辆，即于五月二十日挈领全眷，退出西安。陈树藩派兵护送，才出东门，不意陈军中有一弁目瞧着若干辎重，未免垂涎起来，当下自语同侪道：“这等辎重，都是本省的民脂民膏，今被陆将军捆载了去，他好安享后福，我陕民真苦不胜言哩。”为这一句话儿，顿时激动全体，大家喧呼道：“何不叫他截留？他是来做将军，并不是来刮地皮，如何有这许多行李呢？”陆建章虽然听着，也只好装聋作哑，由他喧闹。偏是卫队数十名，闻言不服，竟与陈军争执起来。陆建章喝止不住，但听陈军齐呼道：“兄弟们快来！”一语才毕，大众一拥而上，把所有辎重百余辆，抢劫一空。还有陆氏的妻妾子女，也被他东牵西扯，任意侮弄。所戴的金珠首饰，统已不翼而飞。陆建章叫苦不迭，就是几十名卫队，也自知众寡不敌，只好袖手旁观，任他劫掠。小子有诗叹道：

悖入非无悖出时，临歧知悔已嫌迟。
小惩大诫由来说，到底贪官不可为。

欲知陆建章如何启行，且至下回续叙。

陈其美之被刺沪上也，全属袁政府之辣手，与宋渔父、林颂亭诸人，惨遭狙击，万众含悲，同可痛惜者也。陆建章为袁氏爪牙，加虐秦民，得赃累累，至树藩独立，彼为保全身家计，乃愿缴械辞官，若辈之目的，唯一金钱而已，金钱到手，余不足恤，或谓其为袁效忠，尚非确论。至于退出西安，辎重被劫，妻妾子女，亦受侮辱，眼前报应如此其速，奈何世之见利忘义者，尚沉迷而不之悟乎？揭而出之，为军阀戒，亦著书人之苦心也。

第七十二回　好迁怒陈妻受谴　硬索款周妈生嗔

却说陆建章出城被劫，数年蓄积，一旦成空，又累得妻妾子女，抛头露面，无端受辱，真是哑子吃黄连，说不出的苦楚。还亏陈树藩得知此信，忙饬兵官到来，夺还若干辎重，畀他启行，才得惘惘登程，挈眷去讫。袁世凯闻陕西独立，不得不发兵对付，可奈中央已无兵可遣，无饷可筹，所有中、交两银行，已被梁财神任意提用，现款殆尽。五月十二日，且有两行钞票，停止兑现的阁令，京中金融，大起恐慌，不但银币无着，连铜币也无从兑换，商民怨声载道，统归咎段国务卿，其实都是梁财神的计策。他因两行纸币，充塞街衢，倘或群来兑现，势必无从应付，所以先发制人，密拟停止兑现的命令，迫段盖印。段祺瑞明知不便，但上受袁制，下被梁迫，阁员又多半梁党，均附梁议，没奈何盖印颁行。当时都下相传，称为段内阁的经济政策。为梁受谤，似不能不替段鸣冤。但段既出组责任内阁，如何仍用帝制余孽？自诒伊戚，不得辞咎。

自此令发布，袁政府的信用，越觉扫地，一切调遣，多不奉命。老袁没法，不得不从外面着想，饬倪嗣冲转调倪毓棻军，自湘移陕，应五九回。倪嗣冲复电遵行。既而山东将军靳云鹏，迭致警电，一电说民党吴大洲等，入据周村，自称护国军山东都督，一电说革命党居正等，入据潍县，自称东北军总司令。着末又有一电，是劝老袁即日退位，免致糜烂等语。老袁忧愤益迫，遂令靳速即来京，面陈鲁事，将军一缺，命张怀芝暂行代理。是时段芝贵已出任奉天将军，袁复调他入鲁，为严劓计，一方面是待交卸，一方面是要启行，断非一日两日，可以照办；而且全国警电，纷达京师，不是痛骂，就是劝退，害得老袁又气又愁，急成一种尿毒症，每遇小便，非常痛苦，延医服药，毫不见效。虽是忧愤成疾，然未始非平时渔色所致。徐世昌系念朋情，入府探疾，袁与详述病源，徐即推荐前御医陈莲舫，劝袁召治。袁即如言召陈，至陈入京诊视，略言："脏腑伏毒，已是有年，今适暴发，为祸甚烈，些须药石，恐难奏功。"袁复乞问良方，陈医士乃写了数语，呈袁自阅。看官！道是什么方法？他说："现时救急良方，只有每次溲溺后，须用人口吮咂，舐去毒液。当未吮咂时，先用清水麻油漱口，除去口中热毒，方可吮含，徐徐舐去毒液，或可稍奏微效。"老袁点首无语。待陈医退出，即召众妾入室，令之如法施行。众妾都有难色，你看我，我看你，大家不发一言。有爱情者，其如此乎？令人一叹。老袁不禁懊恼起来，便道："你等太没良心，难道坐视我死么？"众妾仍然无语。此时洪、周两姨，何亦反舌无声？老袁顾着众妾，较量一番，又开口道："还是汪姨、香儿、翠媛三人罢。"何不叫洪、周两姨充役。三妾听到此语，都怏怏不悦，奈又不好推辞，只得勉强应命。每遇老袁溲溺，由三妾轮流吮咂。其味何如？舌舐稍重，老袁即痛彻肺腑，呻吟不已。有时痛到极处，且乱挞三妾，三妾无从呼冤，只把那陈医士的姓名，背地呼骂，稍稍泄忿。过了半月，老袁的尿毒症，果然少瘥，三妾私相庆幸，得免汙役。五月二十三日，轮着翠媛值差，自昼至夜，不劳吮咂。老袁因她逐日辛苦，加意温存，傍晚即在翠媛室中，闲谈一切，且就与翠媛共桌晚餐。

方两人对酌时，由安女官长送入电报一则，呈与老袁。老袁不瞧犹可，瞧了一遍，不觉怒发如雷，提起手中杯盏，向女官长掷了过去。安女士把头一偏，那杯子豁喇一声，跌得粉碎。翠媛莫明其妙，急忙起座，至老袁座侧，来阅电文。哪知老袁复随携一碗，向翠媛掷来。翠媛赶紧躲闪，已是不及，左额角间，被碗擦过，顿时皮破血流，痛不可耐。安女士时已溜出，传呼婢媪，趋入数人，一见翠媛受伤，忙取了创伤药，替她敷上，且乘便就翠媛腰间，扯出白方巾，代为包裹。扎束方就，被老袁瞧着，尚怒向婢仆道："我尚未死，你等便用了白布，与她缠首，莫非要呪我死么？"语已，竟起身四觅，得了一个门闩，左敲右击，把婢仆打得落花流水，方释手出室。可怜婢仆等无端受扑，多半头青肤肿，怨苦连声。唯转念老袁平日，待遇下人，尚属宽仁，此次忽尔反常，好似疯狂一般，又不由的猜疑起来。反常则死，此即袁氏死征。于是出室探查，侦得老袁高坐内厅，面含愠色，究不知为着何事？待过了一小时，忽来了一个命妇，约有三四十岁，踉跄入厅，跪谒老袁，大家从外遥望，见这命妇非别，乃是于夫人的义女，四川将军陈宧字二庵的正室。迭布疑团，令人莫测。原来陈宧生平，与正妻不甚和协，所以就职入川，只令二三姬妾随行，把正妻撇在京中。唯陈妻素性笃实，夙承于夫人宠爱，视同己女，因此时常入宫，聊慰岑寂，或至数日始返。宫中眷属，竟呼她为大小姐，各无闲言。此次老袁传召，自然奉命前来，一入内厅，仰见义父尊容，已觉可怕，不禁跪下磕头。老袁愤愤道："你知二庵近事否？"上文特书陈宧表字，便为此语埋根。陈妻答称未知。老袁厉声道："他已与西南各省的乱党，同一谋逆了。"你叛民国，莫怪人家叛你。陈妻惊讶失措，支吾答道："他……他受恩深重，当不致有此事，想系传闻错误的缘故。"老袁不待词毕，便从袖中取出一纸，掷向地上，并呵叱道："你尚为乃夫辩护么？他有电文在此，你去一瞧！"陈妻拾起电文，两手微颤，紧紧捧阅，但见上面写着：

北京国务院统率办事处鉴：宧以庸愚，治军巴蜀，痛念今日国事，非内部速弭争端，则外人必坐收渔人之利，亡国痛史，思之寒心。川省当滇、黔兵战之冲，人民所受痛苦极巨，疮痍满目，村落为墟。忧时之彦，爱国之英，皆希望项城早日退位，庶大局可得和平解决。宧既念时局之艰难，又悚于人民之呼吁，因于江日即五月三日。径电项城，恳其退位，为第一次之忠告，原冀其鉴此忱悃，回易视听，当机立断，解此纠纷。乃复电传来，则以妥筹善后之言，为因循延宕之地。宧窃不自量，复于文日即十二日。为第二次之忠告，谓退位为一事，善后为一事，二者不可并为一谈，请即日宣告退位，示天下以大信。嗣得复电，则谓已交由冯华甫在南京会议时提议。是项城所谓退位云者，决非出于诚意，或为左右群小所挟持。宧为川民请命，项城虚与委蛇，是项城先自绝于川，宧不能不代表川人，与项城告绝。自今日始，四川省与袁氏个人，断绝关系。袁氏在任一日，其以政府名义处分川事者，川省皆视为无效。至于地方秩序，宧有守土之责，谨当为国家尽力维持。新任大总统选出，即奉土地以听命，并即解兵柄以归田，此则区区私志，于私于公，以求无负者也。皇天后土，实闻此言，谨露布以闻！中华民国五年五月二十二日四川都督陈宧印。

陈妻阅毕，无词可答，禁不住流下泪来。妇女们惯作此腔。老袁又道："我改元洪宪时，他未尝独立，今我已取消帝制，他却独立起来，我不晓得他是什么用意？难道我的总统位置，他不肯承认吗？别人与我反对，还属可恕，你夫的功名富贵，统是我亲手拔擢，今竟宣布独立，太属负恩，我恨不手刃了他，泄我忿恨。现在他居四川，我不能拘他到京，只有将你为质，你若自己要命，即应发电至川，令他即日到来，束身归罪，否则你夫一日不来，你一日不得卸责。"言至此，即叫入女官道："你把她牵了出去，幽禁别室，休得放走！"女官领命，即将陈妻扶出，引至一间僻室中，令她居住。陈妻无奈，只好央告女官，通报于夫人，从旁解劝。女官倒也应允，遂向于夫人报告。于夫人颇出了一惊，立呼侍婢吩咐道："你快去传语陈夫人，只说是：我甚挂念，本拟代为缓颊，因我与老头儿不睦，恐难为力，不如转求洪姨太太罢。"皇后势力，不及妃子，这是古今通病。侍婢奉了主命，复去告知陈妻，陈妻复转托女官，向洪姨求情。洪姨一闻此事，便道："你放她回去罢了！"女官道："这……这事恐不便擅行呢。"洪姨道："有我担当，怕他什么！"毕竟要算红姨太。女官方应声而出，竟将陈妻释归。

翌日，洪姨竟报闻老袁。老袁怒道："你敢破坏我法令么？"洪姨却含笑道："妾闻罪不及孥，古有明训，就使陛下晋位为帝，亦当效法前王，况仍为民国元首呢？"老袁又怒道："我已有令，不准你等再称陛下，及万岁爷等名词，如何你又犯禁？"洪姨复笑道："古称皇帝为元首，今亦称总统为元首，元首可以并称，陛下亦何不可并呼？"老袁听了，颇属有理，便稍稍开颜道："你可为善辩了。"无非喜她恭维。洪姨又道："陈夫人伉俪不睦，人所共知，陈宧独立，夫人哪得与闻？陛下以为锢住了她，可以牵制陈宧，妾料陈宧闻妻受罪，方且感激不遑，陛下奈何为宧杀妇，令宧暗笑？"舌上生莲，我也佩服。老袁不觉点首，只口中尚大骂陈宧，闹个不休。洪姨复劝慰数语，老袁乃至办公室，召集段祺瑞等，商议四川事宜。结局是免去陈职，令周骏督理四川军务，曹锟督办四川防务，张敬尧帮办四川防务，当即拟定命令，盖印发出，然后还宫。

一入宫中，忽来了一个老婆子，说是从湖南到来，有要事面陈总统。老袁急忙召见，那老婆子便大模大样的走了进来，一见老袁，但把双手捧合，作了裣衽的模样，一面道了“总统万福”四字。老袁就询问道：“湘老可好？”老婆子旋答言：“仰托洪福。”两语说毕，便呈上一函，由老袁亲自展阅。小子乘老袁阅书，无词可述的时候，就把那老婆子的来历，略叙数言。这位老婆子姓周，乃是湘南名士王闿运的家人，朝侍案，暮荐枕，名义上唤作主仆，实际上不啻夫妻。王闿运表字湘绮，自称湘绮老人，前时在京，老袁曾令为国史馆长，后来选任参政，亦列入大名，唯他是前清老翰林，脑筋中尚怀着清恩，有心复辟，凡老袁一切举动，却是未曾赞成，尝戏撰总统府对联，上联云：“民犹是也，国犹是也，何分南北？”下联云：“总而言之，统而言之，什么东西！”确是妙句。这联语脍炙人口。到了帝制发生，他即乞假还乡，与这位周妈妈，消磨那清闲岁月。后来老袁强奸民意，凡政绅军商各界，无不有请愿书，独耆硕遗老，尚付阙如，老袁想到王闿运身上，意欲借重大名，列表劝进，遂密电湖南将军汤芗铭，嘱他与王关说。王索代价洋三十万元，方能从命。一定十万元，此老也会敲竹杠。汤芗铭以索价太奢，不敢作主，电复老袁，请示办法。老袁竟愿如所请，立电汤如数拨给，准就应解公款项下扣除。汤急切不能筹垫，勉强挪凑，只得十余万元，乃与王磋商，先付半数，余俟项城登极后，一并交清。王允如约，唯索得债券而去。后来帝制取消，王恐是款无着，即向汤处催索。汤谓帝制无成，当然废约。王不甘割舍，竟遣周妈入京，函致老袁，直接索款。哪知这位汤将军，早已报称全缴，并未言止给半数。老袁看了王函，不免惊疑，便语周妈道：“是款据汤将军报告，早已如数交清，奈何来函所称，还有一半未缴？难道是汤将军捏词虚报，还是你家主人，与我恶作剧么？”周妈道：“这又奇了。我家老王，若已如数收清，还要遣老妇来做什么？倘谓我老王另有别情，何不将已交半数，一并赖去呢？”语有芒刺。老袁急易说道：“既如此，待我电询汤将军，俟有复音，再行核夺。我与你主人多年老友，你在此闲逛数天，尽属无妨。”周妈方才称谢，老袁即命女官引导周妈，送至洪姨处住宿，并传语优礼相待。

周妈一见洪姨，也不暇施礼，便道："这位好姐姐，仿佛天仙一般，想是几世修来，才得住此。"洪姨也笑语相答，周妈又说短论长，语多滑稽，引人解颐，但鄙俗中却带着三分风雅，不似那《石头记》中的刘姥姥，一味粗鲁，想其受教于湘绮也久矣。因此洪姨与她叙谈，倒也不觉讨厌，且反引她至各处游玩。她到一处，赞一处。竟称新华王气，比众不同，唯见了袁氏姬妾，年纪较长的呼作嫂嫂，年纪较轻的呼作姐姐，各姬妾听她语无伦次，不禁暗笑，但由老袁传嘱优待，自然不敢怠慢；就是遇着于夫人，也以平辈相处，于夫人素来忠厚，周妈妈又悉本天真，两下相谈，颇称莫逆。自是日间与各人会叙，说也有，笑也有，娓娓不倦；又善谈乡曲遗闻轶事，耐人清听，夜间住在洪姨室中，安安稳稳的过了数日。

巧值老袁至洪姨室内，面目间很是懊丧，洪姨正欲启问，周妈却先开口道："汤将军有否复音？"老袁沉着脸道："他已独立了，我去问他，他简直没有答复。"湖南独立事，即从老袁口中带叙。周妈道："我家老王事，当如何裁处？"老袁道："无论此款是否交齐，就是有一半未缴，我事已完全失败，你主人何必斤斤计较？"周妈道："咦！大总统此语，未免欺人了。我家老王，前日列名劝进，不过敦促成事，并非担保成功。今日帝制不成，大总统就要食言，倘或竟登大宝，我老王能要求例外的权利么？况日前的请愿书，乃是大总统授意，并非我老王干请，大总统言出必行，怎忍反汗？今汤将军已经独立，总统更可晓得汤氏的心思，他得做将军，想总是总统的特恩，这且悍然不顾，昧金事更不必说了。且老妇住在宫中，未悉外间情事，今闻湖南独立，致起忧疑，我家老王，年越八旬，平时出入，必须老妇扶持，此次特遣老妇来京，本是万不得已，不料省中竟有变端，他不知急得什么相似，还乞大总统即日付款，俾老妇归遗老人，想老王也深感厚情呢。"不愧广长舌。老袁踌躇多时道："你既眷念主人，即欲回去，我亦不便强留，唯所索款项，现时尚难报命，容俟他日汇寄。"周妈道："老妇跋涉长途，来此取款，若徒手空回，如何对付老王？这事务求原谅！"老袁始终不肯，周妈再三固请。老袁不耐嘈聒，忿然作色道："我不给你主人款项，你将奈何？"周妈道："不给我款，宁死不去。"老袁道："你不肯去，我便逐你。"周妈道："你要逐我，我也弗怕。"老袁道："我将杀你，你可怕么？"周妈至此，不能再忍，竟厉声道："你要杀我，请你就杀，你要我主人劝进，许给若干金银，今我主人遣我来索，你不但靳款不付，反欲将我杀死，哼哼！你的手段，也算太辣了。你未做皇帝，就有这般威虐，他日做了皇帝，我湖南人统要灭族了。你既有此杀人手段，何不向西南各省，把什么唐继尧，什么蔡锷等，杀个净尽，得逞你愿？今乃欲甘心老妇，把我杀死，岂不是小题大做，欺软怕硬么？”说至此，更放声大哭，且哭且语，自言老王给我入京，使我一副老皮囊，葬身异地，真正可怜。老袁面前，只可用此手段对付。洪姨见她泼辣情状，恐闹得不成话儿，只得从旁解劝，婉言排解，老袁含怒出去。一生威福，反不行于老妇。众姬妾闻声走视，见周妈箕踞地上，尚是啼哭不止，大家做好做歹的劝了一回，方才收泪，且语诸姬道：“我在王家多年，曾见你总统的族祖袁甲三，与我老王为忘形交，老王至袁家饮宴，彼时总统尚是小孩子，嘻憨跳掷，何等活泼？我老王摩顶笑道：‘此儿他日必大贵。’不意今日果做了总统，且欲改做皇帝，众位嫂嫂姐姐们，试想袁、王两家，何等交情？就是老妇今日，受命前来，要向袁总统借若干万金，他亦应即日照付，何况是欠款不缴哩？”似有至理。众姬妾也不好与辩，无非说是再待数日，当拟缴清。周妈乃转悲为喜，复阅两三天，仍与洪姨商议，乞她筹划。洪姨本司老袁家账，没奈何支出纸币数万元，并给现银若干，畀作川资，周妈方告别南归。小子有诗咏此事道：

拼生争得巨金回，老妇居然一使才。
我为名流犹叹惜，累名毕竟自贪财。

周妈南归以后，究竟湖南曾否独立，且俟下回说明。

本回宗旨，在川、湘独立，却用陈妻、周妈两事掩映成文，此为旁敲侧击之法，所以避上文西南各省之重复，而别开生面，令人悦目者也。然陈妻之得释，由洪姨遣之，周妈之得款，亦由洪姨付之，洪姨太之势力，至于如此；幸袁氏不得为帝，且即病死耳，否则洪姨不为吕武，亦将为赵飞燕、杨玉环之流亚，袁氏虽欲不亡，亦不可得也。人第知袁氏之误由于六君子、十三太保，不知尚有一红姨太。阅者试前后参观，乃知哲妇倾城，其为祸固不亚宵小也已。

第七十三回　论父病互斗新华宫
托家事做完皇帝梦

却说湖南将军汤芗铭，与四川将军陈宧，本皆袁氏心腹，只因云、贵义师，直逼境内，不得不变计求安。陈于五月二十二日，宣布独立，汤犹在却顾中。是时零陵镇守使望云亭，已早与桂军联合，在永州宣告独立，自称湘南护国军总司令，且有电致汤，劝他速定大计，毋容瞻徇等语。汤正焦急万分，适宣慰使熊希龄到省，两下商议，想出一策，联名电达中央，要求撤退北军，免延战祸。老袁复电照准，既而又有悔心，仍令北军驻湘，且调倪毓棻军，回防湘境，另派雷震春赴陕。倪至岳州，汤执前说力争，倪不得入，乃率兵退去。五月二十四日，湘西镇守使田应诏，又在凤凰厅独立，自称湘西护国军总司令。于是汤芗铭为势所迫，不得已宣布独立，劝袁退位。第一电拍致老袁，其词云：

北京袁前大总统钧鉴：前接冯上将军通电，吁请我公敝屣尊荣，诚见我公本有为国牺牲之宣言，信我公之深，爱我公之挚，以有此电。循环三复，怦怦动心。国事棘矣，祸机丛伏，乃如万箭在弦，触机即发，非可以武力争也。武力之势力，可以与武力相抗，今兹之势力，乃起于无丝毫武力之人心。军兴以来，徧国中人，直接间接，积极消极，殆无一不为我公之梗阻。芗铭武人，初不知人心之势力乃至于此，即我公亦或未知其势力之遽至于此。既已至此，靖人心而全末路，实别无他术，出乎敝屣尊荣之上。我公所谓为国牺牲者，今犹及为之，及今不图，则我公与国家同牺牲耳。议者谓我公方借善后之说，以为延宕之计，诚不免妄测高深。顾我公一日不退，即大局一日不安，现状已不能维持，更无善后之可言。湘省军心民气，久已激昂，至南京会议，迄无结果，和平希望，遥遥无期，军民愤慨，无可再抑。兹于二十九日，已徇全湘众民之请，宣布独立，与滇、黔、桂、粤、浙、川、陕诸省，取一致之行动，以促我公引退之决心，以速大局之解决。芗铭体我公爱国之计，感知遇之私，捧诚上贡，深望毅然独断，即日引退，以奠国家，以永令誉。曾任干冒，言尽于斯。汤芗铭叩。

第二电更加愤激，直欲与老袁开战。其词云：

自筹安会发生，枢府大僚，日以叛国之行为，密授意旨，电书雨下，怵诱兼至，傀儡疆吏，奴隶国民，畴实使然？路人共见。芗铭忍尤含垢，眦裂冠冲，以卵石之相悬，每徘徊而太息。天佑中国，义举西南，正欲提我健儿，共襄大举，乃以瘠牛全力，压我湖湘，左掣右牵，有加无已。现已忍无可忍，于本日誓师会众，与云、贵、粤、桂、浙、陕、川诸省，取一致之行动。须知公即取消帝制，不能免国法之罪人。芗铭虽有知遇私情，不能忘国家之大义。前经尽情忠告，电请退位息争，既充耳而不闻，弥拊心而滋痛。大局累卵，安能长此依违？将士同胞，实已义无反顾。但使有穷途之悔悟，正不为萁豆相煎，如必举全国而牺牲，唯有以干戈相见。情义两迫，严阵上言。汤芗铭叩。

看官！你想陈宧、汤芗铭两人，受袁之恩，算得深重，至此尽反唇相讥，恩将仇报，哪得不气煞老袁？老袁所染尿毒症，至此复变成屎毒症，每届饭后，必腹痛甚剧，起初下浊物如泥，继即便血，延西医诊视，说他脏腑有毒，啖以药水，似觉稍宽。越日，病恙复作，腹如刀刺，老袁痛不可耐，连呼西医误我，隆裕以腹疾致死，老袁亦以腹疾亡身，莫谓无报应也。乃另聘中医入治。中医谓是症乃尿毒蔓延，仍当从治尿毒入手，老袁颇以为然，亟命开方煎服。服了下去，肠中乱鸣，亟欲大解，忙令人扶掖至厕，才行蹲坐，北方大小便，皆至厕所。忽觉一阵头晕，支持不住，一个倒栽葱，竟堕入厕中。侍役连忙扶起，已是满身污秽，臭不可近。各姬妾闻报往视，闻着一大阵臭气，连掩鼻都不来及，哪里还敢近前？独第八妾叶氏，不嫌腌臜，急替他换易衫裤，并用热水揩洗。老袁抚叶氏臂，吁吁叹息道："你平时沉默寡言，至今能独任劳苦，不怕臭秽，我才知你的心了。"叶氏之心，至此才知，无怪受人矇蔽，始终未能瞧破。叶氏为之泣下，老袁亦洒了几点痛泪。

至扶入寝室后，精神委顿不堪，闭目静卧，似寐非寐；但觉光绪帝与隆裕太后，立在面前，怒容可怖；倏忽间，变作戊戌六君子；又倏忽间，变作宋教仁、应桂馨、武士英、赵秉钧等；又倏忽间，变作林述庆、徐宝山、陈其美等；后来有无数鬼魂，面血模糊，统要向他索命的模样。这是心虚病魔，并非真个有鬼。他不觉大叫一声，吓得冷汗遍体，及启目四瞧，并无别人，只有叶氏在旁侍着，并低声问明痛苦，当即答言道："我不过精神恍惚，此外还没有什么痛楚，但你也很困乏了，如何不去休息？她们如何并不见来？"叶氏道："姊妹们都来过了，见陛下安睡，不敢惊动，所以退去。"老袁道："你何故未退？"叶氏忍着泪道："天下可无妾，不可无公，妾怎忍退休？"老袁不禁欷歔道："可惜我平日待卿，未尝稍厚，今日自觉愧悔哩。"

言未已，见闵姨进来，自思许多姬妾，唯闵氏资格最老，而且性情浑厚，从不闻她争论，只自己得了新欢，往往忘却旧爱，此时回溯生平，也觉抱歉得很。闵姨却近前婉询，很是殷勤，反惹起老袁许多怅触，便与语道："你随我多年，好算是患难夫妻，今日我已病剧，恐怕要长别了。"闵姨道："陛下何出此言？疾病是人生常事，静养数日，自然复原，何必过虑！"老袁道："我年已望六，死不为夭，但回忆从前，诸多错误，就是待遇卿等，也觉厚薄不均。我死后，卿等幸勿抱怨。"闵姨呜咽道："妾到此已二十多年，一衣一食，无不蒙恩，怎敢再生异想？但愿陛下逐渐安康，妾仍得托庇帷帝。万一不幸，妾……妾也不愿再生呢。"为下文自尽伏笔。说到末句，已是涕泪满颐，语不可辨。老袁此时，益觉悲从中来，痰喘交作。经叶、闵两姨，替他抚胸捶背，方略略舒服，蒙眬睡去。

既而诸子陆续入室，请安问疾，见老袁委顿情状，多半掩面涕泣。闵、叶两氏，恐惊扰老袁，嘱诸子退至外寝，静心待着。诸子退后，克文见乃兄形态，似乎不甚要紧，且面上亦并无泪容，不由的懊恼道："阿兄！你知父病从何而起？”克定道：“无非寒热相侵，因有此病。”克文摇首道：“论起病源，兄实祸首。”克定沉着脸道：“我有什么坏处？”克文道：“父亲热心帝制，都由阿兄怂恿起来，今日帝制失败，西南各省，纷纷独立，连日接到电报，都是明讥热刺，令人难堪，你想阿父年近花甲，怎能受此侮辱？古语有云：‘忧劳所以致疾’，况且郁愤交集，怎能不病？”克定道：“我曾禀告父亲，切勿取消帝制，他不从我，遂致西南革党，得步进步，前日反对我父为帝，今日反对我父为总统，他日恐还要抄我家、覆我族哩。我父自己不明，与我何干！”好推得干净。克文冷笑道：“兄不自己引咎，反要埋怨老父，可谓太忍心了。试思我父曾有誓言，决不为帝，为了阿兄想做太子，竭力撺掇，遂至我父顾子情深，竟背前誓。弟前日尝谏阻此事，不敢表示赞同，今日阿父抱病，弟亦何忍非议我父，致背亲恩。公义私情，各应顾到，兄奈何甘作忍人哩。”是时克端亦在旁座，他与克定素有芥蒂，亦勃然道：“大哥素无骨肉情，二哥说他什么？”克端性暴，故口吻如此。克定被二弟讥嘲，顿觉恼羞成怒，便大声道：“你两人算是孝子，我却是个不孝的罪人，你等何不入请父前，杀死了我？将来袁氏门楣，由你等支撑，袁氏家产，也由你等处分，你等才得快意了。”克文尚未答言，克端已喧嚷道：“皇天有眼，帝制未成，假使我父做了皇帝，大哥做了太子，恐怕我等早已就死。”克定不待说毕，竟恶狠狠的指着道：“你是什么人，配来讲话？”克端也不肯少让，极端相持，几乎要动起武来。猛听得内室有声，指名呼克定入内。克定闻是父音，方才趋入，但听床内怒骂道：“我尚未死，你兄弟便吵闹不休，你既害死了我，还要害死兄弟么？”说着，喘咳不止。克定见这情形，只好伏地认罪。待至老袁喘定，又指斥了数语，并召诸子入室，约略训责，挥手令退。

嗣是病势逐日加重，起初还传谕秘书厅，遇有紧要文件，必呈送亲阅，到六月初二三日，病不能兴，连文件亦不愿寓目。急得袁氏全眷，没一个不泪眼愁眉，就是向不和爱的于夫人，亦念着老年夫妻的情谊，镇日里求神拜佛，虔诚祷告，并愿减损自己寿数，假夫天年。虽是迷信，但也是一片至诚，可见老年人总尚足恃。各房姨太太，只与诸公子商量，不是请中医，就是请西医，结果是神佛无灵，医药无效，老袁不言亦不食，昏昏然如失知觉，鼾眠了一两天。到了六月五日辰刻，忽觉清醒起来，传命克定，速请徐东海入宫。克定即令侍卫往请，不一刻，东海到来，趋就病榻，老袁握住徐手，向他哽咽道："老友！我将与你永诀了。"徐东海尚强词慰藉，老袁长叹道："人生总有一死，不过我死在今日，太不合时。国事一误再误，将来仗老友等维持，我也顾不得许多了。只我自己家事，也当尽托老友，愿老友勿辞！"徐答道："我与元首系总角交，虽属异姓，不啻同胞，如有见委，敢不效劳。"老袁道："我死在旦夕，我死后，儿辈知识既浅，阅历未深，全赖老友指导，或可免辱门楣。"徐又答道："诸公子多属大器，如或询及老朽，自当竭尽愚忱，以报知己。"老袁闻言，命侍从召诸子齐集，乃一律嘱咐道："我将死了，我死后，你等大小事宜，统向徐伯父请训，然后再行。须知徐伯父与我至交，你等事徐伯父，当如事我一样，休得违我遗嘱！"诸子皆涕泣应命。老袁又顾徐东海道："老友承你不弃，视死如生，应受儿曹一拜。"徐欲出言推让，那克定等已遵着父命，长跪徐前。徐急忙挽起克定，并请诸子皆起。老袁道："一诺千金，一言百系，想老友古道照人，定不负所托呢。"

言至此，微觉气喘起来，好一歇不发一声。徐东海起身欲辞，老袁亟阻住道："老友且坐！我尚有许多事情，拟托老友，幸勿却去！"徐乃复坐。袁命诸子退出，令传召各姬妾入室，各姬妾依次毕集。去了一班，又来一班，东海老眼，恐被他惹得昏花了。老袁复指语道："这是我平生好友，我死后，你等有疑难情事，尽可请命老友，酌夺施行。如你等不守范围，我老友得代为干涉，诸子中有欺负你等，你等亦可禀白我友，静待解决，慎勿徒事争执，惹人笑谈！"既托诸子，又托诸妾，念念不忘家属，乌肯努力为公？只老徐无缘无故，代挑许多担子，却也晦气。各姬妾闻了此语，相对痛哭，老袁也不胜哽咽，连老徐也凄切起来。约过一二刻，老袁又命诸妾退出，悄语东海道："你看她们何如？"徐随口贡谀道："统是幽娴贞重的福相。"老袁微哂道："君太过奖了，这十数姬妾中，当有三种区别，周、洪二氏最号聪明，然性太阴刻，不足载福；你亦晓得么？闵氏、黄氏、何氏、柳氏，随我多年，当不致有他变，但性质庸柔，免不得受人欺弄，我颇为深虑；范氏、贵儿及尹氏姐妹，尚不脱小家气象，幸各有所出，将来或依子终身，不致中途改节；下至阿香、翠媛两人，年纪尚轻，前途难恃，我拟命我妇拿她回籍，加意管束，但我妇是否允负责任，她两人是否肯就钤制，这倒是一桩大难事，还乞老友开导我妇，曲为保全。"谁叫你年已望六，还要纳此少艾？徐亦随口允诺。老袁又道："我徧观诸姬中，唯第八妾叶氏，秉性纯良，得天独厚，且子嗣亦多，他日或得享受厚福。”徐即答道：“元首鉴别，当然不谬。”老袁复道：“老友！我死后，各姬妾等能相安无事，不必说了，万一周、洪两妾，生风作浪，凌逼他姬，还乞老友顾念旧情，代为裁处，似老友的威望，不怕她不慑服呢。”说着，又牵住徐衣，泣语道：“老友！我死后，我诸子必将分产，或将酿成绝大的争剧，我宗族中，没人能排难解纷，这事非老友不办。抑强扶弱，全仗大力。”徐嗫嚅道：“这……这事却不便从命！”老袁瞿然道：“老友！你的意思，我也晓得了，我当立一遗嘱，先令儿辈与老友面证，将来自不致异言。”语至此，命侍从取过纸笔，由老袁倚枕作书，且写且歇，且歇且写，好容易才算成篇，递交徐手。徐见上面写着：

> 予初致疾，第遗毒耳，想是熟读《三国演义》，尚记得刘先主遗嘱，故摹仿特肖。不图因此百病丛生，竟尔不起。予死后，尔曹当恪守家风，慎勿贻门楣之玷。对于诸母及诸弟昆无失德者，尤当敬礼而护惜之。须知母虽分嫡庶，要皆为予之遗爱，弟昆虽非同胞，要皆为予之血胤，万勿显分轩轾也。夫予辛苦半生，积得财产约百数十万磅，尔曹将来噉饭之地，尚可勿忧竭蹶，果使感情浃洽，意见不生，共族而居，同室而处，岂不甚善？第患不能副予之期望耳。万一他日分产，除汝母与汝当然分受优异之份不计外，其余约分三种：（一）随予多年而生有子女者；（二）随予多年而无子女者；（三）事予未久而有所出及无所出者，当酌量以与之。大率以予财产百之十之八之六依次递减。至若吾女，其出室者，各给以百之一，未受聘者，各给百之三。若夫仆从婢女，谨愿者留之，狡黠者去之。然无论或去或留，悉提百之一，分别摊派之，亦以侍予之年份久暂，定酬资之多寡为断。唯分析时，须以礼貌敦请徐伯父为中证。而分书一节，亦必经徐伯父审定，始可发生效力。如有敢持异议者，非违徐伯父，即违余也。则汝侪大不孝之罪，上通于天矣。今草此遗训，并使我诸子知之！

徐捧读毕，便向老袁道：“甚好甚好。”老袁又召入克定等，令徐宣读草嘱，俾他听受。于是用函封固，暂置枕畔，俟弥留时，再行交掷。老袁至此，已有倦容，徐亦告退，约于翌晨再会。适段国务卿等，也入内问病，袁已不愿多谈，由克定代述病状，袁第点首示意。徐、段等遂相偕退去。嗣是老袁鼾睡至晚，昏沉不省人事，是夕于夫人以下，统行陪坐，等到夜半时，袁又苏醒转来，见于夫人在侧，乃与语道："此后家事，赖汝主持，我因汝生平忠厚，恐不能驾驭全家，已将大事尽托徐东海了。"复顾众姬妾道："你等切须自爱！"再顾诸子道："我言已具遗嘱中。但我身后大殓，不必过丰，唯祭天礼服，不应废除。死欲速朽，何用此服？治丧以后，亟应带领全眷，扶柩回籍，葬我洹上，大家和睦度日，不宜再入政界，余事悉照遗嘱中履行。"诸子均伏地受命。老袁略饮汤水，复沉沉睡去。既而鸡声报晓，又不觉呻吟起来，忽瞪目呼道："快！快！"说了两个"快"字，觉得舌已木强，话不下去。克定听了，料已垂危，急命左右请徐、段入宫。不一时，段已到来，由老袁挣出最简单的声音，带喘带语道："可……可照新约法请黄陂代任，你快去拟了遗令来。"段慌忙趋出，徐亦赶到，见老袁脸上，大放红光，睁着眼，嘘着口，动了好一回嘴唇，方叫出"老友"两字。又歇了半晌，才作拱手模样，又说了"重重拜托"四字。徐不觉垂泪道："元首放心罢！"旋听老袁复直声叫道："杨度，杨度，误我误我。"两语说毕，痰已壅上，把嘴巴张噏两次，撒手去了。时正六月六日巳刻，享寿五十八岁。后来黄克强有一挽联，邮寄京师，联语云：

好算得四十余年天下英雄，陡起野心，
假筹安两字美名，一意进行，
居然想学袁公路。
仅做了八旬三日屋里皇帝，伤哉短命，
援快活一时谚语，两相比较，
毕竟差胜郭彦威。

老袁已死，全眷悲号，忽有一人大踏步进来，顿足道："迟了迟了！"究竟此人为谁，容至下回表明。

阅此回，可为世之多妻者鉴，并为世之多子者鉴，且为世之贪心不足，终归于尽者鉴。为人如袁世凯，可为富贵极矣，而不能长保其妻孥，至于弥留之际，再三嘱托老友，彼于热心帝制时，岂料有如此下场耶？夫不能治家，焉能治国？只知为私，安能为公？袁氏一生心术，于此回总揭之，即可于此回总评之。然人之将死，其言也善，观其种种悔悟，不可谓非良心之未死，然已无及矣。呜呼！袁氏固一世之雄也，而今安在哉。

第七十四回　殉故主留遗绝命书
结同盟抵制新政府

却说新华宫中的人物，正在哀号的时候，突有人入内来探望，自悔来迟，这人非别，便是国务卿段祺瑞。段已拟定遗命，想呈交老袁亲阅，不意袁已长逝，因此惊呼，当下递与徐世昌，请他酌夺。徐即忙取视，见遗令中云：

民国成立，五载于兹，本大总统忝膺国民付托之重，徒以德薄能鲜，心余力绌，于救国救民之素愿，愧未能发摅万一。溯自就任以来，蚤作夜思，殚勤擘划，虽国基未固，民困未苏，应革应兴，万端待理，而赖我官吏将士之力，得使各省秩序，粗就安宁，列强邦交，克臻辑洽，折衷稍慰，怀疚仍多。方期及时引退，得以休养林泉，遂吾初服，不意感疾，寖至弥留。顾念国事至重，寄托必须得人，依《约法》第二十九条大总统因故去职，或不能视事时，副总统代行其职权，本大总统遵照约法宣告，以副总统黎元洪代行中华民国大总统职权。副总统恭厚仁明，必能弘济时艰，奠定大局，以补本大总统之阙失，而慰全国人民之望。所有京外文武官吏以及军警士民，尤当共念国步艰难，维持秩序，力保治安，专以国家为重。昔人有言："唯生者能自强，则死者为不死"，本大总统犹此志也。此令。

徐已瞧罢，便道："说得圆到，就这样颁发出去便了。但现在是元首绝续的时候，须赶紧戒严，维持大局要紧。一面通知副总统，即日就任，免生他变。”段即答道：“这原是最要的事情，我就去照办罢。”言毕趋出。徐又劝止大众的哭声，准备棺殓，于是由袁克定作主，立召袁乃宽入内，命办理治丧事宜。乃宽唯唯从命，又是一种美差。当下遵了遗嘱，用祭天冕服殓尸。生不获端委临朝，死却得穿戴而去，老袁也可瞑目。自于夫人以下，统是哭泣尽哀，闵姨更带哭带诉，愿随老袁同去，旁人总道是一时悲感，不甚注意。待送殓已毕，徐回寓暂息，袁乃宽觅购灵柩，急切办不到上等材料，嗣向市肆中四处寻找，方得阴沉寿器一具，出了重价，购得回来。谁知前河南将军张镇芳，却进献了一具好棺材，说是百余年陈品，不知从何处采来？经克定再四审视，果与乃宽所购的材料，优劣不同。但只死了一人，却备着两口棺木，似觉预兆不祥，克定心中，很是怏怏，忽有人入报道：“大姨太太殉节了！”克定等不胜惊讶，克文更昏晕过去，好容易叫醒克文，才大家趋入闵姨房中，但见闵姨僵卧榻上，玉容不改，气息无存。枕旁置有一函，由克定取出，匆匆展阅，乃是一纸绝命书，其词云：

于后及诸姊妹公鉴：碧蝉闵姨名，见前。无状，当今上升遐之日，不能佐理丧务，分后及诸姊妹之劳，竟随今上而去，蝉虽死，亦弗能稍赎罪戾。然在蝉自揣，确有不可不死之势与理。忆今上在日，嫔妃满前，侍女列后，虽一饮一食，一步一履，悉赖人料量而承应之。今兹鼎湖龙去，碧落黄泉，谁与为伴？形单影只，索然寡欢，安得不凄然泪下者乎？蝉年甫及笄，即随今上，频年以来，早经失宠，然既邀一日雨露之恩，即当竭终身涓涘之报，无如毕生愿望，迄未克偿。辄尝自矢，蝉纵不能报效于生前者，终当竭忠于死后，兹果酬蝉素志矣。夫在天愿为比翼鸟，在地愿为连理枝，蝉当日读白香山长恨之歌，未尝不叹明皇与玉环，其爱情何如是之深且挚，蝉何人斯，既极愚陋，且又失宠，敢冀非分想哉？不过欲追随今上于地下者，聊尽侍奉之职务已耳。何况今上升遐，吾后与诸姊妹，讵忍以其龙章凤姿之体，消受夜台岑寂之况味？又岂无其人，与蝉有同志而欲接踵而去耶？然今蝉已着祖生先鞭矣，匪唯尽一己之义务，且为吾诸姊妹之代表，此后凡调护扶持之责任，尽属之于蝉一人，蝉纵极鲁钝，或不致有负委托也。即有继蝉而来者，窃恐不落蝉后，此着即蝉胜诸姊妹处也。零涕书此，罔知所云，尚乞矜而鉴之！

克定览到是书，忍不住一腔悲怀，泪如泉涌，就是于夫人及众姬妾，也不胜哀恸，比哭老袁时尤加凄惨，克文竟哭晕了好几次。袁氏诸子，要算克文最为大雅，且相传系闵姨所出，故特笔摹写。时适徐东海复行入内，得悉是耗，料知高丽姨太，定有特别苦衷，所以一死明志，及详问死状，知是吞金自尽，不禁称叹道："好一个贤妇！好一位节妇！"应该赞叹。待与克定、克文相见，又劝慰了好多语。克定凄然道："我正因有两具灵柩，恐致不祥，果然复出此变。"徐随答道："袁门中有此义妇，令人钦敬，不特令尊泉下，有人侍奉，且将来《列女传》中，亦应占入一席，岂不是千古光荣吗？但身后殓葬，亦须格外完备，好在寿具适另有购就，上品选制，足慰烈魂。据老朽想来，怕不是令尊有灵，阴为调遣么？"克定道："伯父有命，敢不敬从。"当将所购寿具，作为闵姨的灵柩，并用妃嫔礼为殓，停丧新华宫内偏殿中。自是大典筹备处，改作袁氏治丧所，挂灵守孝，唪经吹螺，另有一番排场。唯副总统黎元洪，即于六月七日就任，一切礼仪，因在前总统新丧期内，多半从略。黎既就职，迭下数令云：

元洪于本月七日就大总统任，自维德薄，良用兢兢。唯有遵守法律，巩固共和，造成法治之国，官吏士庶，尚其共体兹意，协力同心，匡所不逮，有厚望焉！此令。

现在时局颠危，本大总统骤膺重任，凡百政务，端资佐理，所有京外文武官吏，应仍旧供职，共济时艰，勿得稍存诿卸！此令。

民国肇兴，由于辛亥之役，前大总统赞成共和，奠定大局，苦心擘画，昕夕勤劳，天不假年，遘疾长逝，追怀首绩，薄海同悲。本大总统患难周旋，尤深怆痛，所有丧葬典礼，应由国务院转饬办理人员，参酌中外典章，详加拟议，务极优隆，用符国家崇德报功之至意！此令。

这三令联翩递下，当由各省将军、巡按使复电到京，并表贺忱，就是独立各省各都督亦一律电贺。陕西都督陈树藩，且即日取消独立，并请政府优礼袁氏，敬死恤生，这也是令人莫测的情态，小子特录述如下：

国务院段国务卿各部总长公鉴：鱼电奉悉。袁大总统既已薨逝，陕西独立，应即宣布取消。树藩谨举陕西全境，奉还中央，一切悉听中央处分。维持秩序，自是树藩专责，断不敢稍存诿卸，贻政府西顾之忧。抑树藩更有请者，独立虽得九省，而袁大总统之薨逝，实在未退位以前，依其职位，究属中华共戴之尊，溯其勋劳，尤为民国不祧之祖。何前倨而后恭？所有饰终典礼，拟请格外从丰，并议订优待家属条件，以慰袁总统不能明言之隐，以表我国民犹有未尽之思。此外关于大局一应善后事宜，恳随时电示遵行，至深感祷！陕西都督兼民政长陈树藩叩。

次日，四川都督陈宧，亦取消独立，有电到京云：

国务院转呈黎大总统钧鉴：川省前因退位问题，与项城宣告断绝关系，现在钧座既经就职，宧谨遵照独立时宣言，应即日取消独立，嗣后川省一切事宜，谨服从中央命令，除通告各省外，伏乞训示祗遵！陈宧叩。

还有广东都督龙济光，于十三日电达中央，内称粤东独立，已于六月九日取消，其文云：

北京国务院段相国钧鉴：我公总秉国钧，再造共和，旋乾转坤，重光日月。济光已于青日，率属开会庆祝，上下胪骥，军民一致，即日取消独立，服从中央命令，唯粤省党派纷歧，诸多困难，俟部署周妥，再电驰陈。龙济光叩。

政府连接各电，甚为欣慰，特授陈树藩为汉武将军，督理陕西军务，兼署巡按使，并优奖龙济光，说他：“具有世界眼光，急谋统一，热诚爱国，深堪嘉慰，该省善后事宜，统由该上将悉心筹划，妥为办理”等语。看官听着！这三省独立，原非本意，不过楚歌四逼，未便久持，没奈何暂时独立。

此时袁死黎继，段氏执政，所以立即取消，讨好政府，但也由段氏素有威权，所以得此效果。

唯帝制派尚蟠据国都，南方各省，仍处反对地位，一时未能统一。外面如张勋、倪嗣冲等，始终服从袁氏，正拟即日联合私党，自请出兵十万，开赴前敌，适因政局已变，方才改图。当由张辫帅深谋远虑，自思黎、段当国，定有一番变革，为自己地位计，不得不预先防患，绸缪未雨，乃即想出一法，把江宁会议的各省代表，截住归路，邀他暂留徐州，特开会议。这真叫作当道。可惜川、鄂、湘、赣、鲁、闽等处代表，从别路归省，无从拦阻，唯直隶、奉天、吉林、黑龙江、河南、山西数省，以及京兆、热河、察哈尔等代表，被他邀住，另有徐州镇守使张文生、徐海道尹李庆璋、安徽军署参谋长万绳栻三人，也同在会。六月九日，便在徐州军署会议，当由张勋主席，朗声宣言道："现在政局新更，黄陂继任，中央政见，或因或革，未可预知。但世事纠纷，尚无定局，我辈身总师干，不能坐视，所望同心协力，共保治安。南北不可不统一，中央不可不拥护，就是前清皇室，及袁大总统身后一切，均宜请新政府实心优待，不得侮慢。愚见如此，诸君以为何如？"各代表齐声赞成。张勋又道："既承列位赞同，不可不开列大纲，与众共守。"各代表又共答道："即求指教。"张勋随命秘书员，草录十大纲，传示众览。看官！你道是什么十大纲，请看小子抄写出来：

（一）尊重优待前清皇室各条件。念兹在兹，不愧清室忠臣。

（二）保全袁总统之家属生命财产，及身后一切荣誉。袁氏小站练兵，张曾为其部属，此条顾全袁族，亦不失为信义。

（三）要求政府，依据正当手续，速行组织国会，施行完全宪政。名目甚大。

（四）催促独立各省，取消独立，倘若固执成见，仍以武力解决。始终以武力吓人。

（五）绝对抵制迭次倡乱一般暴烈分子，参预政权。无非排除异己。

（六）严整兵备，保卫各本省区地方治安。意与第四条相同。

（七）抱持正当宗旨，维持国家秩序，设有用兵之处，军旅饷项，通力合筹。结党自固。

（八）嗣后中央设有弊政，并为民害者，务当合电力争，以尽忠告。干涉政治之动机。

（九）固结团体，遇事筹商，对于国家前途，务取同一态度。补前二条之不足。

（十）俟国事稍定，联名电请中央减政，罢除苛细杂捐，以苏民困。此与第三条所述，同一取悦人心，实非会议本旨。

各代表等本无成见，乐得随声附和，共表赞成。张勋大喜道："诸君统热心为国，见谅鄙忱，鄙人当感佩不置，此次回省，应请转达贵将军贵都统，互守此约，幸勿背盟！"各代表又喏喏连声。散会后，由张勋盛筵饯行，并分赠赆仪，欢然送别，各代表鼓舞而去。醉酒饱饭，自然快意。此次会议，时人称为七省同盟，就是直、皖、晋、豫及关东三省，称作七省。所有特别区域，不计在内。张勋因会议告成，乐不可支，亟通电各省，详述会议情形，及录示十大纲，要求同意，这便是武人干政的滥觞。从此军阀风潮，播及全国，稍有变动，即关大局，北京的大总统，好似傀儡一般，不似那袁总统得势时，一呼百诺，远近风从了。小子有诗叹道：

武夫当道势汹汹，一国三公谁适从。
尽说晚唐藩镇祸，谁知今日又重逢。

是时有一位大员，匍匐奔丧，比张辫帅的情谊，还要加添数倍。看官！道是谁人？且至下回再说。

闵姨自甘殉节，虽其中有特别苦衷，不得已而出此策，然烈妇殉夫，古今传为美谈，袁氏何修而得此妾乎？然闵姨生长高丽，有此烈性，以视吾国人之朝秦暮楚，反复无常者，殊不可同日语，揭而出之，所以风世也。（绝命书见近刊《秘史》，未知是否的笔。即如上回之隶氏遗嘱，亦从《秘史》中采来，著书人有见必录。是真是伪，待诸确查。）张勋不忘清室，并不忘袁氏，小忠小义，亦觉可风，但观其拥兵定卫，挟党联盟，启武夫干政之风，攘家国统治之柄，毋乃所谓跋扈将军耶？民国中有是人，欲其安定也难矣。

第七十五回　袁公子扶榇归故里　李司令集舰抗中央

却说袁氏治丧，已有数日，大小男妇，都在灵前伴着，并不缺少一人。突来了一个麻冕葛衣的大员，奔入灵前，抚棺大恸，连呼帝父不置。大众统是惊讶，及留神谛视，却是面熟得很，原来就是奉天将军段芝贵。久违了。段自奉老袁命，由奉调鲁，正拟积极进兵，大为君父效力，应七二回。偏途次得着凶耗，惊得形神沮丧，急忙星夜进京。到了新华宫，即向治丧所索取麻冕葛衣，到灵前悲号一番，几乎比袁氏诸子，还要哀戚数倍。后来闻及大丧典礼，已由政府特派曹汝霖、王揖唐、周自齐敬谨承办，才无异言。义儿的义字上，并可加一孝字。曹汝霖、王揖唐、周自齐三人，本是帝制派中首领，又适充大丧典礼承办员，自然恭拟典章，务极隆备。先定丧礼条目十三条，次定奠祭事项八条，列表如下：

关于前大总统丧礼议定条目。

（一）各官署军营军舰海关下半旗二十七日，出殡日下半旗一日，灵榇驻在所亦下半旗，至出殡日为止。（二）文武官吏，停止宴会二十七日。（三）民间辍乐七日，及国民追悼日，各辍乐一日。（四）文官左臂缠黑纱二十七日。（五）武官及兵士，于左臂及刀柄上，缠黑纱二十七日。（六）官署公文封面纸面，用黑边，宽约五分，亦二十七日。（七）官署公文书，盖用黑色印花二十七日。（八）官报封面，亦用黑边二十七日。（九）自殓奠之后一日起，至释服日止，在京文武各机关，除公祭外，按日轮班前往行礼；京外大员有来京者，即以到日随本日轮祭机关前往行礼。（十）各省及特别行政区域，与驻外使馆，自接电日起，择公共处所，由长官率同僚属，设案望祭凡七日。（十一）出殡之日，鸣炮一百零八响，官署民间，均辍乐一日。京师学校，均于是日辍课。（十二）新华公府置黑边素纸签名簿二本，一备外交团签名用，一备中外官绅签名用。（十三）军队分班，至新华门举枪致敬。前大总统大丧典礼奠祭事项。

（一）每日谒奠礼节，均着大礼服，不佩勋章，左臂缠黑纱，脱帽三鞠躬。（二）祭品用蔬果酒馔，按日于上午十时前陈设。（三）在京文武各机关，及附属各机关，每日各派四员，由各该长官率领，于上午九时三十分，齐集公府景福门外，十时敬诣灵筵前分班行礼。（四）单内未列各机关，有愿加入者，可随时赴府知照，亦于每日分班行礼。（五）外省来京大员，暨京外员绅谒奠者，可随时赴府签名，于每日各机关行礼时，另班行礼。（六）外宾及蒙、藏、回王公等谒奠者，即由外交部蒙藏院不拘时日，先期赴府知照，届时仍由外交部蒙藏院派员接待，导至灵筵前行礼。（七）清室派员吊祭时，应由特派接待员接待。（八）除各机关每日谒奠外，其各机关中如另有公祭者，先期一日赴府知照，另班上祭。

典仪既定，新华宫内吊客，日必数起，克定等终日应酬，几无暇晷。唯洪、周二姨已密议析产，商诸徐公。徐命克定略分现银，令她自行处置，才算无事。到了六月二十日左右，克定拟遵照遗嘱，扶柩回籍，当由恭办丧礼处，择定二十八日启行，先期发出通告云：

为通告事：本月二十八日，举行前大总统殡礼，所有执绋及在指定地点恭送人员，业经分别规定办法，合亟通告，俾便周知。

计开

（甲）赴彰德人员。

（一）大总统特派承祭官一员。

（二）文武各机关长官及上级军官佐。

（三）文武各机关派员。

（四）其他送殡人员。

（乙）送至中华门内人员。

（一）外交团。

（二）清皇室代表。

（丙）送至车站人员。

（一）国务卿、国务员暨其他文武各机关长官。

（二）文武各机关各派简任以下人员四员。

（丁）在中华门内恭送人员。

文武各机关人员，及绅商学各界。（不拘人数，在中华门内，指定地点恭送。）

附服式：凡执绋官员，均服制服，无制服者，准服燕尾服，均用黑领结黑手套。有勋章大绶者，均佩勋章，带大绶，左臂暨刀剑柄，均缠黑纱。其余各文武及绅商，准用甲种大礼服，及军常服，或乙种礼服，学生制服，均缠黑纱于左臂。

自经此通告后，京内外政界诸公，除馈赠厚赙外，又致送诔词挽联，计数日间，竟达千余件。语中命意，不是夸张功绩，就是颂祷将来，还要拍马。却也无甚可述。唯筹安会中首领杨皙子，独措词微妙，言人未言。首联云：“共和误民国，民国误共和，百世而后，再平是狱。”对联云：“君宪负明公，明公负君宪，九泉之下，三复斯言。”这两联用竟丈贡缎，极品京墨，写染出来，真足令灵帏生色，冠绝一时。老袁有知，恐要骂他嚼舌。承办丧礼员等，日夜筹备，凡纸车纸马纸船纸亭等类，以及一切仪仗，色色办到，专待届期启柩。至若袁氏家眷，更忙碌不了，所有宝贵物品，紧要箱笼，均收拾停当，编列号次，逐渐登载簿记中，就是一丝一缕，也没有遗失，纷扰数天，方得蒇事。还有一班女官，由袁克定嘱咐统行遣归，女官等亦摒挡行李，俟送柩出宫，才拟回去。安女士静生，因蒙死皇帝特宠，及各妃嫔厚爱，免不得依依难舍，一双俏眼中，泪珠儿已不知流了多少。刻画尽致，不肯放松一人，真是史公书法。

转眼间已是六月二十八日了，是日早晨，新华宫外，已是人山人海，拥挤不堪。到了辰牌，各项驺从舆卫，统已到齐，一队又一队，一排又一排，统执着器仗，舁着亭舆，鱼贯而行。就中凤旌凤翣，仙幡宝幢，锦幛花圈，彩幄香橱，都是异样鲜明，特别工致，差不多与赛会相似。所经诸地，断绝交通，前后左右，悉有军队荷枪拥护；行过了好几万人，方见皇子皇孙等，引柩前来，一片麻衣，弥望无际。后面有一极大的灵舆，用了花车装载，接连又是一柩，就是闵姨棺木，两旁护从的人物，多且如蚁。各外交团及清室代表，并国务卿以下文武各官，都坐着摩托车，在后恭送。最后的便是袁家女眷，及袁氏女戚，与女官婢媪等数百人，有坐汽车的，有坐马车的，有坐骡车的，多半是淡装素抹，秀色可餐，这也无庸细表。最注目的，是一个御乾儿，追随灵柩，泣涕涟涟，而且满身缟素，与外此送殡人员，异样不同，提出另叙，词笔亦令人注目。旁观统启猜疑，间有晓得他的历史，方说是义重情深，不愧孝子。既到车站，站长已备好专车，将所有锦幛花圈，一齐收集，悬挂车上，然后妥奉灵榇，安置车内。一班送殡人员，均鞠躬告退，唯特派承祭官蒋作宾，及各机关派往奠殡的官吏，与感情较深的袁氏亲友，也陆续登车。外如箱笼行李等物，尽行搬上，好容易安排停当，才吹起汽笛，传放汽管，准备开车。女官侍从等，至此也下车折回，霎时间轮机转动，似风掣电驰一般，南赴彰德去了。

袁家事从此收场，再表那承先启后的黎政府。黎素性长厚，就职时，中外颇庆得人，独帝制派栗栗危惧，蠢然思动，意欲推倒了他，巩固自己地位。一时人心浮动讹言百出，在京官吏纷纷移家天津，亏得段祺瑞竭力镇定，暂保无恙。至川、陕、粤取消独立，中央势力加厚一层。段氏不为无功。唯西南军务院抚军长唐继尧，电达政府，要求四大条件：（一）系恢复民国元年公布的旧约法；（二）召集民国二年解散的旧国会；（三）惩办帝制祸首十三人；（四）召集军事会议，筹商善后问题。副抚军长岑春煊，又通电中央及各省，略言："抚军长所言四事，系南中独立各省一致的主张，如政府一律照办，本院当克日撤消"云云。唐绍仪、梁启超等，更推阐四议，说得非常痛切，非常紧要。即如河南将军赵倜，南京将军冯国璋等，亦先后电京，力请恢复旧约法，召集旧国会。偏偏政府不理，杳无举动，于是旧议员谷钟秀、孙洪伊等，在上海登报广告，自行召集会员，除前时附逆外，所有各省议员，限期六月三十日以前，齐集上海，定期开会。约旬日间，议员到沪，已达三百人，这消息传达北京，段国务卿不便悬宕，乃致电南方各省，及全国重要各机关云：

黄陂继任，元首得人，半月以来，举国上下，所龂龂致辩争者，约法而已。然就约法而论，多人主张遵行元年约法，政府初无成见，但此项办法，多愿命令宣布，以期迅捷，政府则期期以为未可。盖命令变更法律，为各派法理学说所不容，贸然行之，后患不可胜言。是以迟回审顾，未敢附和也。或谓三年约法，不得以法律论，虽以命令废之而无足议，此不可也。三年约法，履行已久，历经依据，以为行政之准，一语抹煞，则国中一切法令，皆将因而动摇，不唯国际条约，关系至重，不容不再三审慎，而国内公债，以及法庭判决，将无不可一翻前案，如之何其可也？或又谓三年约法，出自约法会议，约法会议，出自政治会议，与议人士，皆政府命令所派，与民议不同，故此时以命令复行元年约法，只为命令变更命令，不得以变更命令论，此又不可也。三年约法，所以不餍人望者，谓其起法之本，根于命令耳。而何以元年约法，独不嫌以命令复之乎？且三年约法之为世诟病，佥以其创法之始，不合法理，邻于纵恣自为耳，然尚经几许咨諏，几许转折，然后始议修改，而今兹所望于政府者，奈何欲其毅然一令，以复修改以前之法律乎？此事既一误于前，今又何可再误于后？知其不可而欲尤而效之，诚不知其可也。如谓法律不妨以命令复也，则亦不妨以命令废矣。今日命令复之，明日命令废之，将等法律为何物？且甲氏命令复之，乙氏又何不可命令废之？可施之于约法者，又何不可施之于宪法？如是则元首每有更代，法律随为转移，人民将何所遵循乎？或谓国人之于元年约法，愿见之诚，几不终日，故以命令宣布为速。抑知法律争良否，不争迟速，法而良也，稍迟何害？法不良也，则愈速恐愈无以系天下之心，天下将蠭起而议其后矣。纵令人切望治，退无后言，犹不能不虑后世争乱之源，或且舞法为奸，援我以资为先例。是千秋万世，犹为国史增一汙痕，决非政府所敢出也。总之复行元年约法，政府初无成见，所审度者复行之办法耳。诸君子有何良策，尚祈无吝教言，俾资考镜。祺瑞印。

又致上海国会议员电云：

上海议员诸君鉴：约法问题，议论纷纭，政府未便擅断，诸君爱国俊彦，法理精邃，必能折衷一是，敢希详加讨论，示以周行，无任企盼！

这两电发表后，南方各省极端反对，唐绍仪、梁启超复电辩论，略云：

三年约法，绝对不能视为法律，此次宣言恢复，绝对不能视为变更。今大总统之继任，及国务院之成立，均根据于元年约法，一法不能两容，三年约法若为法，则元年约法为非法。然三年约法，非特国人均不认为法，即今大总统及国务院之地位，皆必先不认为法，而始能存在也。

段祺瑞仍然未允，只拟修正约法，参加手续，或仿行约法会议办法，或参照南京参议院成例，由各省长官派选委员三人，或指选该省国会议员三人，组织修正约法委员会。正在筹议举行，忽上海海军，宣告独立，推李鼎新为总司令，传檄远近道：

自辛亥举义，海上将士，拥护共和，天下共见。癸丑之役，以民国初基，不堪动摇，遂决定拥护中央。然保守共和之至诚，仍后先一辙，想亦天下所共谅。洎乎帝制发生，滇南首义，筹安黑幕，一朝揭破，天下咸晓然于所谓民意者，皆由伪造，所谓推戴者，皆由势迫，人心愤激，全国俶扰，南北相持，解决无日。战祸迫于眉睫，国家濒于危亡。海上诸将士，佥以丁此奇变，徒博服从美名，当与护国军军务院联络一致行动，冀挽危局。正在进行，袁氏已殂，今黎大总统虽已就职，北京政府，仍根据袁氏擅改之约法，以遗令宣布，又岂能取信天下，餍服人心？其为帝党从中挟持，不问可知。我大总统陷于孤立，不克自由发表意见，即此可以类推。是则大难未已，后患方殷。今率海军将士，于六月二十五日，加入护国军，以拥护今大总统保障共和为目的，非俟恢复元年约法，国会开会，正式内阁成立后，北京海军部之命令，断不承受，誓为一劳永逸之图，勿贻姑息养奸之祸！庶几海内一家，相接以诚，相守以法，共循正轨而臻治安矣。特此布闻，幸赐公鉴！海军总司令李鼎新、第一舰队司令林葆怿、练习舰队司令曾兆麟叩。

这海军向分三队，就是第一舰队，第二舰队，及练习舰队。第一舰队，与练习舰队，同泊沪滨，所以同时独立。只第二舰队，尚泊长江各埠，未曾与闻。但第一舰队势力最强，军舰亦最多，一经独立，惹起全国注目，这一着有分教！

海上洪波方作势，京中大老已惊心。

欲知海军独立以后，如何处置，请看官续阅下回。

本回叙袁氏丧礼，将送殡各节，依据官报，择要撮录，见得袁氏虽死，气焰犹生，帝制派之从中主持，不问可知矣。夫袁氏一生之目的，莫过于为帝，而袁氏一生之大误，亦莫甚于为帝。小言之，则有背盟之咎，大言之，则有畔国之愆，其得保全首领，死正首邱，尚为幸事。乃后起之政府，反盛称其功绩，加厚其饰终典礼，是奖欺也，是助畔也，何以为民国训乎？段虽非帝制派人，要亦未免为苏味道。袁家约法，犹欲维持，非经西南各省之抗争，与上海海军之独立，则以暴易暴，不知其非，犹是一袁家天下也。呜呼袁氏！呜呼民国！

第七十六回　段芝泉重组阁员　龙济光久延战祸

却说海军第一舰队，与练习舰队，同时独立，这警报传达中央，段国务卿未免惊心，亟电致南京将军冯国璋，及淞沪护军使杨善德，令他设法调停，挽回此举。哪知冯、杨二人，已接李鼎新等密函，请守中立，两不相犯。冯本请恢复旧约法，当然与海军同志，杨虽为段氏爪牙，但孑身处沪，前后被逼，也只好置身局外，作壁上观。段盼望回音，并不见答，偏国会议员二百九十九人，却联电国务卿道：

元年约法，与三年约法之争，端在先决二者孰为法律。如以三年约法为法律，当然不能以命令废止。唯查临时约法，为民国之所由成，议会总统，皆由兹产出，其效力至尊无上。在国会既成立以后，宪法未制定以前，如欲有所增修，依临时约法五十五条，及国会组织法十四条之规定，当由国会议员三分之二以上之提议，并经国会议员五分之四以上之出席，出席议员四分之三以上之可决，而后其所增修者，乃为合法，乃得有效。三年约法会议，其组织及程序，既与临时约法五十五条所载不符，则其所增修者，自不得称之为法律，实属违宪之行为。是临时约法，本来存在，原无所谓恢复，今日以命令废止三年约法，乃使从前违宪之行为，归于无效，更无所谓以命令变更法律。现在各省尚未统一，调护维持，唯有一致遵守成宪，否则甲以其私制国法，转瞬乙又以其私制而代甲，循环效尤，人持一法，视成宪为土苴，国法前途，何堪设想。请公坚持大义，力赞大总统，毅然以明令宣告，不依法律组织之约法会议所议决之《中华民国约法》，及其附属之大总统选举法，国民会议立法院组织法，均与民国元年《临时约法》国会组织法，并民国二年宪法会议制定之大总统选举法相违背，当然不生效力。此后凡百庶政，应与国人竭诚遵守真正国法，以固邦基而符民意。根本既决，大局斯安。特此电复。

段祺瑞接到此电，也有转意，并非畏惮议员，实仍是畏惮海军。乃入与黎总统商议，主张恢复约法。黎本反对袁制，只因段氏登台，挟有权力，一切规划，不得不归他取决，所以沉机观变，未尝独断独行，既闻段氏有心规复，哪有不允之理，便于六月二十九日，连下数令道：

（一）共和国体，首重民意，民意所寄，厥唯宪法。宪法之成，专待国会。我中华民国国会，自三年一月十日停止以后，时越两载，迄未召复，以致开国五年，宪法未定，大本不立，庶政无由进行，亟应召集国会，速定宪法，以协民志而固国本。宪法未定以前，仍遵用元年三月十一日公布之《临时约法》，至宪法成立时为止。其二年十月五日，宣布之大总统选举法，系宪法之一部，应仍有效。此令。

（二）兹依《临时约法》第五十三条续行召集国会，定于本年八月一日起，继续开会。此令。

（三）民国三年五月一日以后，所有各项条约，均应继续有效，其余法令，除有明令废止外，一切仍旧。此令。始终不肯尽废袁制。

（四）国民会议，业经续行召集，所有关于立法院国民会议各法令，应即撤消。此令。

（五）国会业经召集，内务部所属之办理选举事务局，应即改为筹备国会事务局，迅速筹备国会事务。此令。

（六）参政院应即裁撤，此令。

（七）平政院所属之肃政厅，应即裁撤，此令。

（八）特任段祺瑞为国务总理，此令。

数令迭下，全国人士欢呼雷动，争颂黎、段两人的功德，似乎民国共和，从此再造，当再不致似袁皇帝时代，有名无实了。嗟我国民，哪有这般幸福？唯段祺瑞受命组阁，再任国务总理，应该将旧有部员，酌量参换，方足一新面目，动人观听。换汤不换药，终属无益。他想老成硕望，莫如东海，当此新旧交替，遗大投艰的时候，正应向他妥商，免致再误，当下命驾至徐寓中，投刺求见。徐正为袁氏帮忙，闹得精疲力乏，卧床静养，忽闻祺瑞到来，料有要事相商，不便相拒，乃起身出室，迎段入厅。彼此闲谈数语，便由段述及组阁事情。徐答道："芝泉！你也任事多了，此次再出组阁，谅有特别把握，何必问我！"段又说道："论起今日的资望，莫如我公，公若肯出来组阁，祺瑞当面达总统，荐贤自代。"徐笑道："我为袁氏，惹人讥骂，难道尚不够揶揄么？今日若再出任事，不是冯妇，就是冯道了。"段复道："世上的议论，能有几语公正，如要面面讨好，连一事都不能做了。"徐即随口阻住道："芝泉，你的好意，我很感佩，但我已决定了心，誓不再做民国官吏。"隐以总统自任。段祺瑞听到此语，料已不便再劝，乃另提出一班人物，与徐东海密商起来。段说一姓名，徐答一"好"字，或答称"也好"。及段说出许世英三字，徐点首道："隽人是我的旧僚，与你也是莫逆，这人颇靠得住的，或令长内务，或令长交通，想总能胜任呢。"隽人即许世英字，徐之称许，为公耶？为私耶？段复说了多人，徐也不加评论，但总说一个"好"字，便算通过。至段问及行政要件，徐拈须半晌道："目前的要策，第一件是固结北洋团体，第二件是保守中央威信，第三件是解释民党宿嫌，三事并举，国家或尚能安静哩。"段拱手道："辱承指教，敢不如命。"说罢，便告辞而去。到了次日，即由黎总统下令道：

兼署外交总长交通总长曹汝霖、内务总长王揖唐、海军总长刘冠雄、司法总长兼署农商总长章宗祥、教育总长张国淦，呈请辞职。曹汝霖、王揖唐、刘冠雄、张国淦、章宗祥准免本职，此令。

特任唐绍仪为外交总长，许世英为内务总长，陈锦涛为财政总长，程璧光为海军总长，张耀曾为司法总长，孙洪伊为教育总长，张国淦为农商总长，汪大燮为交通总长，此令。

特任国务总理段祺瑞兼任陆军总长，此令。

此令下后，段内阁又复成立。总计此九部中，除陆军一席，向归段氏占有外，其余各部人员，分作三派，一民党，二官僚，三中立派，当时称为混合内阁。唯唐绍仪、孙洪伊、张耀曾，尚在南方，未即就职，于是外交由陈锦涛兼署，司法由张国淦兼署，教育由次长吴闿生权代。教育一事，视若虚设，未免舍本逐末。嗣因汪大燮不愿入阁，上呈固辞，乃改任许世英为交通总长，孙洪伊为内务总长，范源濂为教育总长。阁员既已凑齐，专俟国会开会，咨请追认，内外都无异言。段复从事外政，改定各省军民长官名称，武称督军，文称省长，所有署内组织及一切职权，暂仍旧制，唯另加任命，特请黎总统任定如下：

奉天督军张作霖。兼署省长。

吉林督军孟恩远，省长郭宗熙。

黑龙江省长毕桂芳。兼署督军。

直隶省长朱家宝。兼署督军。

山东督军张怀芝，省长孙发绪。

河南督军赵倜，省长田文烈。

山西督军阎锡山，省长沈铭昌。

江苏督军冯国璋，省长齐耀琳。

安徽督军张勋，省长倪嗣冲。

江西督军李纯，省长戚扬。

福建督军李厚基，省长胡瑞霖。

浙江督军吕公望。兼署省长。

湖北督军王占元，省长范守佑。

湖南督军陈宧。兼署省长。

陕西督军陈树藩。兼署省长。

四川督军蔡锷。兼署省长。

广东督军陆荣廷，省长朱庆澜。

广西督军陈炳焜，省长罗佩金。

云南督军唐继尧，省长任可澄。

贵州督军刘显世，省长戴戡。

甘肃省长张广建。兼署督军。

新疆省长杨增新。兼署督军。

嗣是颁爵条例、文官官秩令，及惩办国贼条例、附乱自首特赦令、纠弹法，均即废止。又将政治犯一律释放。并特赦前川督尹昌衡，俾复自由，所有统率办事处，军政执法处，亦尽行撤消。海内人民，喁喁望治。其时川、粤、湘、鲁各省，尚在未靖，又经过一番措置，才得平安。小子只有一支秃笔，不能并叙，只好依次叙来。

先是陈宧独立四川，袁世凯命重庆镇守使周骏，督理四川军务，另用王陵基镇守重庆。周奉命后，尚按兵不动，至袁逝世，他反出兵西上，进逼成都，自称四川将军，旋复改称蜀军总司令，委任王陵基为先锋。王率前队抵龙泉驿，成都戒严。周一面迫陈出省，一面截陈归路，陈不禁大愤，将与决战。绅商急电政府，请禁周、陈冲突，免祸生灵。政府乃任蔡锷督川，调陈宧督湘，周骏还任。陈、周犹相持不下，蔡锷已自叙州起程，先电致二人，劝他息争。略云：

二君之不惜兵连祸结者，乃为争川督一席，抑何所见之小也？窃谓吾侪生于斯世，当以国是为前提，不应存自私自利之见。某今衔命入川，盖收拾未了之局，俟部署既定，则自请辞职，或于二君中推毂一人，以承斯乏，不过累公稍候时日耳。用特驰电奉告，即请解甲息兵，如或不然，锷虽不愿效龌龊官僚口吻，以违抗中央命令相责，而扰乱治安之咎，锷当声罪致讨，务希从速裁夺，锷秣马厉兵以待，唯二君鉴之！

陈宧得书，即日束装就道，出省自去。周骏心尚未死，竟乘虚入踞成都，自称都督，且欲撤去四川护国军招讨右司令、兼兵工厂总办杨维官职。杨本陈宧部下，闻着这个消息，竟举兵相抗，与周军战于城外，杨兵败溃。统是权利思想，中国其能靖乎？蔡锷旧病复发，不便督师，因虑周骏猖獗，乃檄罗佩金、刘存厚两军，分道进攻。刘军先至城下，周骏自知不敌，方偕王陵基退出成都。存厚入城，维持秩序，川民乃定。越日，罗佩金亦到。又越数日，蔡锷亦带兵到来，成都父老，相率欢迎。锷慰劳有加，力疾视事，川人始共庆更生了。仍为蔡锷生色。

还有粤东变乱，亦无非为权利起见，前时龙济光宣告独立，本非真心，后来取消独立，仍然仇视滇、桂各军。滇军司令李烈钧方由肇庆出北江，驻扎韶关，粤军闭关锁渡，屡与滇军龃龉，几开战衅。龙济光袒护自己军队，且调兵添防，并就观音山左右，密伏地雷，一意挑战。看官！你想这个李司令，哪肯容忍过去？当下派兵前敌，力攻源潭，一场鏖斗，战败粤军。李复联约桂军司令莫荣新，自西路攻克三水，彼此会师观音山，拟与龙王决一最后的胜负。龙济光颇也惊惶，亟电告政府，托词李烈钧反抗中央，出兵图粤。政府正嘉许龙王，当然袒护，但又不便得罪李烈钧，乃特授他勋二位，并上将衔，令即来京候用，一面令龙济光暂署广东督军，俟陆荣廷到任，才得交卸。政府虽似苦心，实已显露形迹。而且还有特别调剂，陈宧未赴湘任以前，着陆荣廷就近往湘，暂署督军。汤芗铭为湘人所逐，令即卸任，派往广东查办。不能辨别功罪，乃东调西换，一何可笑？这种政策，多是掩耳盗铃。看官！试想滇、桂各军，如何肯服？袁政府之失权，便由此种酿成。于是仍进攻观音山，相持不懈。粤中士民，日夜不安，到处吁请，各愿去龙安粤。唐绍仪、梁启超、温宗尧、王宠惠等，统隶粤籍，有志保乡，遂急电政府道：

> 龙济光督粤三年，假国权为修怨，纵兵士为虎狼，视生命财产如草芥，以刀锯斧钺为儿戏，综计三年之中，其倾人之家，灭人之门，寡人之妻，孤人之子，直无十百千万之数可言，但闻哀哭诅咒之声不绝。袁氏既倚为爪牙，粤民遂无从呼吁。日者义师之起，滇、黔、桂、浙，皆以讨袁为唯一之名，唯吾粤民，则以去龙为切身之事。方民军之起于四方，计此贼可歼于一鼓，盗亦有道，竟假独立为护符，人望太平，又复原心而略迹。然桂军同一独立，治乱之势悬殊，桂则秩序井然，人民康乐，粤则闾里几尽邱墟，村邑至绝薪米。推求其故，盖龙济光知结不解之怨于人民，遂集全省之兵以自卫，乃使州县患匪，省城患兵，要其督粤三载，唯守观音一山。此山而外，虽举广东全省，化为灰烬，人民化为虫沙，固非该督所惜也。天幸袁殒，人庆昭苏，粤民茹痛之深，本难复忍须臾，徒以大总统就职之始，不忍遽以一隅为言。且计该督腥闻于

天，必为大总统烛照所及，因是隐忍，伫待后命。不意该督知难久安于其位，又以取消独立，取媚中央，一面大捕党人，复萌故智，近更横挑战祸，染血韶州，以该督三年所造孽，即令从此痛惩前非，人已不共戴天。该督且变本加厉，用敢迫切电陈，务乞将该督立予罢斥，解粤民之倒悬，仁惠既遍于一省，使贪虐者知儆，视听实动夫万方。倘蒙赏其知兵，师长之席固众，若或多其治绩，他省不难量移。万一论其取消独立之功，则有勋章诸等具在，粤民虽不敢望大总统伐罪以救民，大总统亦何忍驱粤民以示德？昔者所谓国家用人自有权衡一语，本为专制作威作福之言，已违自我民视民听之义。况以该督罪迹昭著，敢请派人遍询妇孺，除彼所亲一二狐鼠之外，但有举其毫发微末之功者，则诬罔之刑，某等所不敢避。此实千夫所指，咸以该督为寇仇，当蒙一线之仁，早出粤民于水火。大总统以共和为帜，当不以民意为嫌，仪等无凭借可言，敢先以哀词上请，无任翘企待援之至！

政府接到此电，大费踌躇，不期湖南军民，又拒绝陈宧，自举刘人熙为督军，请政府下令特任。那时大总统黎元洪，与国务总理段祺瑞，左右为难，也只好开起阁议来了。小子有诗叹道：

自古佳兵号不祥，干戈在握即强梁。
东崩西应成常事，从此朝纲渐不纲。

毕竟湘、粤两省，如何处置，且看下回叙明。

恢复旧《约法》，召集旧国会，并举袁氏恶制，大略更张，不可谓非段合肥之政绩。唯组织阁员，始终不离一调剂性质，民党居三之一，中立派居三之一，袁氏旧僚亦居三之一。政见不同，必有倾轧之虑，段氏更事已久，宁见不及此，而仍组此不伦不类之内阁耶？夫天下未有不任劳任怨，而可以当大事者，段氏第愿任劳，不敢任怨，故撮举三派而混合之，示无左袒之意，讵知将来冲突，万不能免，始基不慎，后患随之，此中外政法家言，所由以政党内阁为职志也。他若周、陈之争，龙、李之争，无非视政府之模棱，乃敢侥幸以图逞；迨至乱事粗平，而人民已受祸不浅矣。且曲者未见所谓曲，直者亦未见所谓直，曲直不明，但凭武力为解决，则后之强有力者，几何不挟权生变耶？故我尝为段氏谅，而又不禁为段氏惜。

第七十七回　撤军院复归统一
开国会再造共和

却说黎总统与段总理召集阁员，会议湘、粤乱事，各阁员或主张激烈，或主张调停，或主张先湘后粤，或主张先粤后湘，嗣经段总理以粤乱方殷，不如促陆荣廷速赴粤任，解决粤事，湖南督军一缺，暂从军民所请，归刘人熙署理。黎总统也以为然。议定后，随即下令，饬陆荣廷即日赴粤，特任刘人熙署湖南督军，兼湖南省长。原来湖南将军汤芗铭，当宣告独立时，曾由乃兄汤化龙，与民党议立五大条件：（一）民党承认汤芗铭为都督；（二）汤先拨军队三营或五营，交民党接收；（三）设民政府管理民政全权，民政长由民党公推；（四）组织北伐军总司令，由民党推任；（五）军事厅长，由民党推任。这约由化龙署押，转告芗铭接洽，芗铭并无异言。至袁氏死，芗铭即日背约，取消独立，绝不关照民党，民党如欧阳振声、赵恒惕、唐蟒、覃振等，本是署约中人，当然动了公愤，奋起逐汤。汤窜往岳州，由湖南护国军第一军总司令曾继梧代理都督，维持地方秩序。嗣闻政府令陈宧督湘，军民仍然不服。政府又命陆荣廷暂代，陆此时虽到衡州，终因事涉嫌疑，不肯赴任，并且自衡返桂。湖南军民，乃自推选刘人熙，请政府任命，政府勉强照允，自称留后者，即许为留后，湘事不无相类。湘祸少纾。后来改任谭延闿为督军，倒也相安无事。唯陆荣廷返驻桂林，因闻帝制派尚蟠踞京中，煽惑政府，袒龙抑李，一时不便赴粤，只好托词告病，逐日延挨。此公大约喜病。就是岑春煊、唐继尧等，亦为祸首未惩，时有违言，政府不得已，命谴罪魁，特下申令道：

自变更国体之议起，全国扰攘，几陷沦亡，始祸诸人，实尸其咎。杨度、孙毓筠、顾鳌、梁士诒、夏寿田、朱启钤、周自齐、薛大可，均着拿交法庭，详确讯鞠，严行惩办，为后世戒。其余一概宽免。此令。

看官！你想帝制派中的要人，差不多有几十个，当时远近闻名，系六君子、十三太保，就是西南各省的要求，也请戮杨度、段芝贵等十三人，以谢天下。乃政府命令，只有八名，如袁乃宽、段芝贵等，均不在列，显见得政府用心，不过敷衍了事；并且逮捕令下，罪犯均已出京，一个儿都没有拿着，转眼间便成悬案；又转眼间且彼此无罪，仍好出头，这是中国近来的弊政，怪不得人心思乱，至今未了呢。慨乎言之。但西南各省诸首领，已是得休便休，不愿坚持到底，乃决议撤消军务院，由抚军长唐继尧、副长岑春煊、政务委员长梁启超，及抚军刘显世、陆荣廷、陈炳焜、吕公望、蔡锷、李烈钧、戴戡、刘存厚、罗佩金、李鼎新等，一并联名，布告全国。其词云：

帝制祸兴，滇黔首义，公理所趋，舆情一致，桂、粤、浙、秦、湘、蜀，相继仗义，其时因战祸迁延，未知所届，独立各省，前敌各军，不可无统一机关，爰暂设军务院，为对内对外之合议团体，其组织条例第十条规定，本院俟国务院依法成立时撤消。今约法国会，次第恢复，大总统依法继任，与独立各省最初之宣言，适相符合。虽国务院之任命，尚未经国会同意，然当国会闭会时，元首先任命以俟追认，实为约法所不禁。本军务院为力求统一起见，谨于本日宣告撤废，其抚军及政务委员长外交专使军事代表，均一并解除。国家一切政务，静听元首政府与国会主持。为此布告天下，咸使闻知。

军务院既宣告撤消，复将布告原文，电达北京。黎总统与段总理，自然欣慰，当由黎总统即日复电云：

承电示撤消军院，爱国之忱，昭然若揭。溯自帝制议兴，波诡云谲，输赀造意，缘法饰非，举国皆喑，莫前发难。滇黔首义，薄海从风，合议机关，应时成立，披云见日，再缔共和，则是军院诸公，大有造于民国也。项城长逝，责在藐躬，猥承诸公拥护之殷，提撕之切，约法国会，获慰初心。虽幸免乎愆尤，犹自惭其濡滞，诸公乃主持正论，践履前盟，举重光之日月，还我国民，挈百战之山河，归诸政府。从此民有常轨，国无曲师，藩祸不兴，邻氛自戢，则是军院诸公，尤大有造于后世也。共和国家，匹夫有责，同舟共济，端赖群材，元洪忧患余生，久夷权位，布衣归老，于愿已偿，只以约法所推，责任攸寄，思与诸公左提右挈，宏济艰难，推诚以结邦交，虚己以从舆论，一日在位，万民具瞻。方今财政拮据，吏治霾靡，内忧外患，纷至沓来，补救之难，百倍畴曩。尚望不我遐弃，相与有成，毋以收拾军队，为天职已完，毋以召集国会，为人心已定，毋可恢复《约法》，为遂跻法治，毋以惩办祸首，为永绝官邪，率此临事而惧之心，或收通力合作之效，此则元洪早作夜思，愿与诸公共勉者也。军务院既已撤消，一切善后事宜，仍希随时电告，共筹结束。其有奇材懋绩，为国贤劳者，并希胪举事实，借备延揽。元洪印。

这复电中的大意，是从交际上着笔，并非正式公文。至七月二十一日，始颁正式命令道：

据唐继尧、岑春煊、梁启超、刘显世、陆荣廷、陈炳焜、吕公望、蔡锷、李烈钧、戴戡、李鼎新、罗佩金、刘存厚等寒日电称：军务院已于七月十四日宣告撤废，其抚军及政务委员长、外交专使、军事代表均一并解除。国家一切政务，静听元首政府国会主持各等语。慨自改革以来，迭经变故，矩矱不立，丧乱弘多，法纪凌夷，民生涂炭，本大总统继任于危疑震撼之际，遵行元年《约法》，召集国会，组织责任政府，力崇民意，勉任艰虞。该督军等顾念时危，力阏大义，撤消军务院及抚军等职，纳政务于一轨，跻国势于大同。义闻仁声，皦如日月，千秋万世，为国之光。唯念大局虽宁，殷忧未艾，宜如何栽培元气，收拾人心，永绝乱源，导成法治。补苴罅漏，经纬万端。来日之难，倍于往昔。所期内外在官，各深兢惕，同心协力，感致祥和，以成未竟之功，益巩无疆之业，本大总统有厚望焉。此令。

自是南北统一，北京政府算有代表全国的资格了。唯粤东方面，龙、李交争，尚且未息，各督军多承政府意旨，归咎李烈钧，隐袒龙济光，张勋、倪嗣冲专电通告，尤斥李烈钧违令横行，请加声讨。无非党同伐异。政府乃一再电桂，催陆赴粤，陆至此亦不能再延，乃约同省长朱庆澜，相偕赴任，电告政府，指日启行。于是黎总统又下令道：

迭据各方报告，广东纷扰，祸尤未已，生灵涂炭，外人复有烦言。长此迁延，靡知所届。龙济光未交卸以前，责在守土，自应约束将士，保卫治安。李烈钧统率士卒，责有攸归，着即严勒所部，即日停兵。该省督军陆荣廷，省长朱庆澜，现已星夜赴任，龙济光应将各项事宜，妥速预备交代，此后如再有抗令开衅情事，定当严行声讨，以肃国纪。此令。

令下后，复派萨镇冰为粤闽巡阅使，令他选调兵舰驶赴粤海，查办一切，并驻泊沙面等处，保护侨商。其实是震慑龙、李，隐示中央威力，教他知难而退。哪知龙济光尚不肯离粤，镇日里守住观音山，与李血战。陆荣廷到了肇庆，闻着消息，又复称病逗留，只遣朱庆澜到粤。朱亦颇有戒心，待至萨镇冰已到沙面，方启行至粤，先与萨会叙一番，然后携手入城。龙济光不便抗拒，只好迎入，将民政一部分，划归朱庆澜接管，一面索请巨款，但说是解散军队，必须先拨恩饷，方好办理。好容易筹了一宗款子，交给了他，方才把督军印信，付与朱庆澜，自己带了若干亲兵，向琼崖而去。阿堵物到手，才肯动身，这是现今军阀第一条秘诀。李烈钧闻龙已离粤，也即退兵，唯陆尚未肯到省，由朱庆澜饬人赍送印信，才行接收，粤事也就此作一结束。

小子于川、粤、湘三省，已经叙毕，就乘便叙入山东省了。山东民军，分作两党，吴大洲自称护国军，居正称东北军总司令，七二回中曾已提及，但两军势力，均属有限，不过占据了几个县城，与川、湘、粤情形不同。自张怀芝奉袁氏命，署理山东将军，本思效忠袁氏，把民军逐出境外，可巧袁死黎继，由政府电令停战，双方静候解决，吴大洲、居正两人乃按兵守候。偏张怀芝乘他不备，袭夺民军所据的长山、安邱、临朐等县。民军大愤，一面质问政府，一面招集党人，将与张怀芝死战。吴大洲部下，约七八千人，居正部下，约一万四五千人，并运到飞机两架，声焰甚盛。张怀芝料不能平，始派员与他议和，各不相犯。延至八月中旬，由国务院派出陆军中将曲同丰，驰往山东，会同张怀芝等办理军事善后事宜。曲同丰与民军商议，改编军制，归隶中央，办理粗有眉目，即回京复命去了。是时留沪各议员，已齐集京师，重开国会，八月一日，举行国会第二次常会开会礼，先期二日，由两院通告，并订定礼节如下：

（一）八月一日午前九时，参众两院议员，各服礼服，齐集众议院。

（二）午前十时，两院议员，入礼场就席。

（三）赞礼员引大总统及国务员入礼场就席奏乐。

（四）主席宣告开会，并致开会词。

（五）大总统暨国务员致颂词。

（六）赞礼员报告向国旗行三鞠躬礼，在场者咸行礼如仪。

（七）主席宣告开会式礼成词。

（八）主席宣告大总统宣誓。

（九）大总统宣誓奏乐。

（十）主席宣告退席。

（十一）摄影散会。

是日，参议院议员，共到一百三十八人，众议院议员，共到三百十八人。参议院中，仍由王家襄、王正廷为正副议长，众议院中，仍由汤化龙、陈国祥为正副议长，临时公推王家襄为主席。黎总统及国务总理兼陆军总长段祺瑞，财政总长兼外交总长陈锦涛，交通总长兼内务总长许世英，教育总长范源濂，农商总长张国淦，海军总长程璧光，同时莅会。黎总统依照民国二年公布之大总统选举法第四条，郑重宣誓。誓云：

余以至诚遵守宪法，执行大总统之职务。

誓毕，全体欢呼，连称中华民国万岁，中华民国国会万岁，中华民国大总统万岁。睹群情之雀跃，复旦重光；瞻胜令之鸾旗，共和无恙。观者如堵，望慰云霓；国是再安，心倾中外。燕云之气象又新，鲸海之波涛不沸。是谓国会开幕的第二次，就是民国再造的第一日。极力表扬，隐寓厚望。午后同拍一影，然后散会。政府即改定公文程式，并停止觐见大总统礼，另订觐见礼八条，由国务院呈准施行，所有谒见礼如下：

（一）特任简任各职之晋见大总统，均用谒见礼。

（二）谒见员诣大总统府时，须先向承宣司递职名柬，柬用大名片，居中直行写职衔及姓名，背面并写姓名履历，由承宣官入启，俟大总统临延见室，再行导入。

（三）谒见员入延见室，应向大总统行一鞠躬礼。大总统延坐询答毕，谒见员兴辞，行一鞠躬礼退出。

（四）谒见均用常私服，但初次晋见者，须着燕尾服，曾得勋章者，并佩带勋章。

（五）大总统传见，及因公请见，或介绍请见者，均用谒见礼。

（六）荐任职以下，除大总统传见者外，均无庸谒见。

（七）满王公世爵，及蒙、回、藏汗王公等之晋见者，均用谒见礼。

（八）凡谒见员预请示期，或临时请期，经大总统定期或改期，或派代见，或免谒见，承宣司均应随时通知谒见员。

至若公文程式，亦从简单，分作十三项类别，一是大总统令，二是国务院令，三是各部院令，四是任命状，五是委任令，六是训令，七是指令，八是布告，九是咨，十是咨呈，十一是呈，十二是公函，十三是批。大致仿民国元年定例，与袁氏后改的程式，繁简不同，无非是惩戒帝制，规复共和的用意。就是参议院中，亦照旧《约法》办理，于八月十四日开议各案，黎总统便提出国务总理，咨请同意，两院接到来咨，免不得有一番手续了。正是：

元首有心筹总轴，议员依样画葫芦。

欲知两院是否同意，请至下回看明。

军务院撤消，南北始归统一，两院重行开会，民国乃见中兴，当时海内人士，喁喁望治，交颂黎、段功德，黎以长厚称，段以勤练著，未始非足与有为者。但帝制派之罪魁，不闻捕戮，龙、李两人之互哄，未别是非，中央之目的在苟安，外省之目的在自固，盖犹是过渡时代，非致治时代也。如病痈然，不去其酿毒之源，但塞其流毒之口，将来必有溃决之一日。识者于黎、段当国，再造共和之日，盖已料其有初鲜终矣。

第七十八回　举副座冯华甫当选　返上海黄克强病终

却说两院议员，因接黎总统咨文，商及国务总理问题，当照例投票取决。众议院议员，已到四百十四人，投票检视，得四百另七票同意，当然通过复交参议院解决，亦得大多数赞成，于是总揆一席，仍属段祺瑞接任。所有阁员，除农商总长张国淦，调任黑龙江省长，改由谷钟秀继任外，余均照前列单，咨请两院追认，两院也多数通过。内阁一律就绪。孙洪伊、张耀曾，先后莅京供职，唯唐绍仪一再告辞，始终不致，暂归财政总长陈锦涛兼理。直至十一月中旬，方特任伍廷芳为外交总长。外省长官，只直隶添一曹锟为督军，朱家宝专任省长，这且慢表。

且说民国再造，中外胪欢，转瞬间已近双十节，应援照民国元二三年旧例，举行国庆典礼。民国四年，袁氏曾停止国庆典礼，故本届举行，特别提叙。黎总统系军阀出身，注重武事，先期数日，特谕参谋、陆军两部，在南苑举行阅兵式，其余一切事件，归各部筹议云云。各部乃援照元年公布国庆日大典，除大阅外，如放假休息，悬旗结彩，追祭，赏功，停刑，恤贫，宴会等项，均各照办。届期一律举行，概仿元年故事，毋庸细述。唯赏功一节，系随时论事，按照目前有功人物，分级酬庸。黎总统以创造民国应推孙、黄为首功，特授孙文大勋位，黄兴勋一位。蔡锷、唐继尧、陆荣廷、梁启超、岑春煊，再造民国，各授勋一位。荫昌、曹锟、刘显世、王占元、吕公望、柏文蔚、吴俊升、张敬尧、胡汉民，各授勋二位。新旧并容，似嫌夹杂。罗佩金、戴戡、朱庆澜、张怀芝、朱家宝、任可澄，陈炳焜、陈树藩、李根源、李长泰、周文炳、钮永建、陈炯明，各授勋三位。朱家宝第一称臣，受此勋位时，曾知愧否？李厚基、孟恩远、毕桂芳、张广建、王廷桢、刘存厚、熊克武，各授勋四位。段祺瑞、王士珍、冯国璋，各给一等大绶宝光嘉禾章。唐绍仪、马安良、曹锟、朱家宝、张作霖、阎锡山、陆荣廷、唐继尧、杨增新、姜桂题、蒋雁行，各授一等大绶嘉禾章。田文烈、齐耀琳、李纯、戚扬，各给二等宝光嘉禾章。蔡锷、郭宗熙、李根源、罗佩金、任可澄、程克均，各给二等大绶嘉禾章。赵倜、倪嗣冲、刘显世，各给二等嘉禾章。戴戡、沈铭昌、胡瑞霖、田中玉、潘矩楹、汪步端，各给三等嘉禾章。还有陈锦涛等一班阁员，或给二等宝光嘉禾章，或给二等大绶嘉禾章，或给二等嘉禾章，独张勋得给二等大绶宝光章。此外如萨镇冰、徐树铮、汤化龙、庄蕴宽、董康、周树模、贡桑诺尔布、孙宝琦、江朝宗等，均给二等嘉禾章，谭延闿等给三等宝光嘉禾章。又颁赏各等文虎章，人数众多，述不胜述。另有两令，系抚恤死难诸人，其文云：

> 自民国肇兴以来，患难相乘，义烈之士，蹈死不悔，糜躯断脰，前仆后继，再造玄黄，力回阳九。兹值国庆，宜慰忠魂，着陆军部查明五年以来死难将士各职名，及其后裔，各议所以抚恤之。此令。
>
> 前中国银行总裁汤叡等，奔走国事，惨遭海珠之变，着陆军部查明该次会议与难诸人，从优议恤。此令。

清室代表世续、载涛，及各国驻京公使，均至总统府祝贺。黎总统各赠给勋章，且授世续勋一位，大家欢声道谢，无不惬意。自黎总统就任以来，好算这一次是普天同庆，最称热闹了。如此数语，见得极盛难继。嗣是行政机关，与立法机关，相辅而行，不但国会开议，把重要议案，磋磨了好几次，就是各直省长官，亦奉政府命令，于十月一日，召集省议会议员，开议各省事宜，内外毕举，规模备具。唯副总统一席，尚未选定，应该早日补选，当经两议院提及，借符法制。小子曾就两议院议事日程，凡关系选举副总统案，汇录如下：

十月十二日，参议院议事日程：

提议选举副总统案。（议员蓝公武提出。）

提议请咨众议院定日期选举副总统案。（议员宋渊源提出。）

提议定期组织选举会选举副总统案。（议员刘光旭提出。）

同日众议院议事日程：

请依法速行补选副总统案。（议员陈纯修等提出。）

请议定日期，咨行参议院选举副总统案。（议员覃寿公等提出。）

请速组织总统选举会，补选副总统案。（议员仇玉珽等提出。）

请两院会合组织总统选举会补选副总统案。（议员米观玄等提出。）

议员呼声愈高，副总统产出乃速，当时全国人士，私下推测，得合副总统资格，不过寥寥数人。若论起老资格来，要算是段祺瑞、冯国璋，至讲到新资格上，要算是岑春煊、唐继尧。但岑、唐虽有再造民国的功劳，究不敌段、冯两人的势力，因此一般舆论，已料得副座当选，非段即冯了。待至十月二十四日，两院乃联合开会，续商选举副总统日期，择定在十月三十日，当下组织总统选举会，议决下列各条：

（一）以宪法会议议场，为总统选举会会场。

（二）总统选举会，以宪法会议议长为主席，以宪法会议副议长为副主席。

（三）两院各抽签八人，为开票检票发票员。

（四）开票时准人参观，参观人适用旁听规则。

（五）另设写票所，唱名写票。

原来民国宪法，未曾议定，此次重开国会，议员视此为重要事件，因即组织宪法会议，逐日筹商。适副总统问题发生，乃即就宪法会议中，作为选举场。届期投票，两院会合，共到七百二十四人。及票已投毕，开箧检视，冯国璋得五百二十票，最居多数，当即选冯为副总统，由选举会咨照黎总统算作决定。黎总统电达冯国璋，并仍令兼江苏督军。国璋当即就职，直任不辞。望之久了，如何肯辞？于是内自总理，外自督军，统传电道贺。小子曾闻冯受任后，电复段总理道：

段总理鉴：卅电奉悉。国璋自维能力，保障一隅，收效已仅，若重其负荷，胜任亦未易言。谬承两院公推，竟以此职见属，邦基再造，国步方平，责望者怀有加无已之心，受宠者切名实难副之惧。所幸密勿经纬，寄之我公，大总统力与其成，国务员相助为理，国璋菲材备位，亦得勉竭庸愚，彼此勖共济之迈征，内外本一心相维系。寰区底定，会有其时，区区所引为荣誉者，固在彼不在此也。远辱赐贺，悚愧交并，复贡悃忱，尚希垂察！国璋印。

看官听着！冯、段两人都是北洋派的领袖，自从李鸿章总督直隶，创立北洋武备学堂，储养人才，备作将弁，冯、段统是北洋武备学生，段且游学德国很有学识。至袁世凯练兵小站，多用北洋武备学生为军官，段与冯均得充选，两人本是同学，当然沆瀣相投，自是左提右挈，依次积功，相继擢为统领。冯生长河间，应属直派，段生长合肥，应属皖派，只因同学北洋，遂浑称为北洋派。北方人士，呼段为虎，拟冯为狗，无非以学识上的关系，隐示区别。民国成立，两人行事，迭见上文，段常在内，冯常在外，感情还算融洽。至袁氏去世，黎氏继任，定策首功，当推段氏，段亦未免以此自诩，目空一切，且因自己职居总揆，对于副总统一席，亦不甚介意。独冯氏联络长江各省，自植势力，且与民党亦晋接周旋，未尝失好，那民国第二次的副总统，遂由冯氏运动成熟，安然到手，段似反退居人后了。插入此段，为后文冯、段相忌伏笔。

贺电未终，悲电又起，勋一位陆军上将黄兴，竟于十月三十一日，病殁沪上。当黎黄陂就任时，首先招请孙、黄诸人，出为佐理，黄已于五月上旬，由美利坚东渡，返至上海，曾在虹口东洋旅馆，召集同志，秘密会议，誓死不再认袁为总统，愿恢复民国《约法》，请黎副总统继任，重行组织人才内阁。未几，袁即病死，黎电相邀，黄不欲遽入，仍寓沪待时。到了国庆纪念日，拟与同志会集味莼园，共申庆祝，早起散步，忽觉耳鸣目眩，支持不住，口鼻中忽喷出热血，竟致晕仆。长子一欧方侍侧，亟忙掖起，立延德医调治。医生用药剂灌入，才得救醒。味莼园遂不果行。午后，得京师来电，授他勋一位，他却喟然道："我奔走革命二十年，也是为国服务，算不得什么大功，今黎总统畀我勋位，我难道就此实受么？"乃就病榻间，口授一欧属稿，拍电政府，婉词却谢。嗣复得中央电复，请勿固辞。越数日，病似渐瘳，又越数日，病复丛起，肝部膨胀，夜不能眠。旋觉皮肤上发现一种黄色，医士谓胆汁流入血管，颇为难医。俄而失血不止，至三十日，病势愈剧。适孙文、唐绍仪均来探视，他已自知不起，便语两人道："我与二公交好多年，此番恐要长别了。但不知我死以后，民国前途，究竟如何？看来政海暗潮，迭起未已，距太平日子，尚远得多哩。二公才望，本出我上，还望极力维持，补我遗憾，我死亦瞑目了。"死不忘国，好算有心人。孙、唐两人，含泪应诺，更劝慰了数语，随即告别。越日辰刻，又咯血无算，复招医士，投服药水，终不见效。迭延数医，谓已无可疗治，一欧不觉大恸。徐闻榻上有声道："人生总有一死，你也不必过哀，且留此一腔热泪，为同胞哭，才算克强有子了。"言已，喘息不止。延至午后四时，竟尔逝世，享年四十三岁。克强尚有老母，与妻室及二三四诸子，寓居日本长崎，当由一欧电召归国，一面电讣中央政府，及各省军民两长。黎总统即日下令道：

勋一位陆军上将黄兴，缔造共和，首兴义族，数冒艰险，卒底于成，功在国家，薄海同瞩。乃以积劳遘疾，浸至不起，本大总统患难与共，夙资匡辅，骤闻溘逝，震悼尤深。着派王芝祥前往致祭，特给治丧费二万元，所有丧殡事宜，由江苏省长齐耀琳，就近妥为照料，并交国务院从优议恤，以示笃念殊勋之至意。此令。

是令下后，江苏省长齐耀琳，即派员赴沪，襄理丧仪。远近吊客，不下数千人。到了十一月十日，中央特派员王芝祥，已衔命南来，至黄宅致祭。翌晨，设奠灵前，献爵礼毕，由司礼官代读祭文。其词云：

维中华民国五年十一月十一日，大总统黎元洪，特遣王芝祥致祭于克强上将之灵前曰：呜呼！王纲解纽，海水横飞，国威不振，民命安归？天挺人豪，乘时而起，奋戈一麾，天日为靡。当其愤激，嚼齿皆空，云翻阵黑，血染波红。积二千年，专制余毒，一旦廓清，还归敦朴。江汉收功，金陵坐镇，文雅彬彬，施于有政。天不悔祸，国境再骚，四方豪杰，跂望旌旄。今者告宁，万邦咸喜，不有元勋，孰臻上理？方期举国，酬报丰功，云何疢疾，遽殒英雄。八表震惊，空巷走哭，矧在藐躬，夙同茵轂。抚今追昔，悲感百端，临风陨泪，绕室盘桓。牲帛椒浆，敬奠毅魂，灵爽式昭，永护民国。呜呼哀哉！尚飨！

读毕焚帛，致祭员奠爵告退，孝子匍匐谢宾。这种普通仪制，不必细表。越宿，王芝祥回京复命，谁知京中复接东瀛急电，又闻得一位再造共和的伟人，在日本福岗医院，也一病身亡了。小子有诗叹道：

才经湘水赋招魂，日上扶桑倏又昏。
偏是伟人多短命，人生天道两难论。

究竟何人相继逝世，待至下回再表。

段合肥之功绩，不在倒袁，而在拥黎，黎黄陂之得以安然就职，不生他变者，全由段氏一人之力。厥后更张弊政，统一南方，亦无非段氏所造成。以功绩言，副总统一席，应属段氏无疑，乃偏选出冯河间，岂虎能咥人，而狗尚秉义乎？迨经著书人从中揭出，乃知冯之得选副座，有由来也。民国无论何事，莫不由运动得来。若不运动，就令尧、舜复生，无由为元首，周、孔复出，无由为总揆，其下焉者更不待言矣。若夫创造民国之首功，应推孙、黄两人，黄克强生平行谊，容有未满人意之处，但视濒死时以国家为念，殆学未纯而志有足嘉者欤？特志其殁，亦隐寓悼惜之意，录及祭文，未始非借此阐扬也。

第七十九回　目断乡关伟人又殁　衅开府院政客交争

却说日本福岗医院，突有一人病逝，电讣到京，这人为谁？就是再造民国的蔡松坡。蔡本为四川督军，为什么东往日本呢？说来也觉话长，由小子撮要叙述：自蔡督四川后，川民渐安，但署中一切文件，已棼如乱丝，不得不认真料理，虽有罗佩金帮办，究竟不能不自行部署，又况军民两长，统归一身兼管，更觉忙碌得很，因此积劳过度，所有喉痛心疾，接连复发。适小凤仙自京致书，拟履行前约，愿来川中，他不免惹起情肠，增了若干愁闷，我是个多愁多病身，怎当你倾国倾城貌。踌躇了一夜，方裁笺作答道：

> 自军兴以来，顿膺喉痛及失眠之症，今兹督川，难却黄陂盛意，故勉为其难，俟各事布置就绪，即出洋就医。尔时将挈卿偕行，放浪重洋，饱吸自由空气，卿姑待之！

是书发后，过了数日，病愈沉重，自觉不支，乃电达政府，请假就医，并荐罗佩金自代。政府准如所请，当即束装启行，航行至沪。沪上军商学各界，闻他到来，相率开会欢迎。渠因喉痛失音，未能到会，遂作书婉谢，唯居沪上寄庐中养疴，或至虹口某医院治疾，所有访客，一概挡驾。时梁任公亦自粤到沪，被他闻知，却立刻拜会，相见时，仍执弟子礼甚恭。任公道："你也太过谦了，此地非从前学校可比，何妨脱略形迹。"松坡道："一日为师，终身为父，这是从古到今，相传不易的名言。锷略读诗书，粗知礼义，岂可效袁项城一流人物，漠视这张四先生么？”述此数语，为学生听者！任公亦对他微笑，且密与语道：“你在此地养病，还须谨慎要紧。帝制余孽，往来南北，他们恨我切骨，幸勿遭他毒手。”松坡又答道：“这是弟子所最注意的。自到上海后，除赴医院诊治外，镇日里杜门不出，谢绝交游，就是寻常食品，亦必先行化验，然后取食，想当不致有意外危险。且弟子留此数日，万一医治无效，决拟至日本一行，那东京的医院，较此地似靠得住哩。”任公徐答道：“这也好的，似你膂力方刚，正是经营四方的时候，千万珍重，为国自爱。”松坡太息道：“锷已过壮年，所有些须功业，统是先生一手造成，目下诸症百出，精神委顿，恐将来未必永年，不但有负国家，并且有负先生，为之奈何？”语中已寓将死之兆？任公听了，不禁凄然，半晌才道：“松坡，你如何作这般想？疾病是人生所常有的，如能安心休养，自可渐痊，奈何作此颓唐语？”松坡欲言未言，饮过了几口清茶，才答道：“锷到沪已约一旬了，起初医生亦说是可治，不出两旬，可收效果，怎奈这几天间，喉间似有一物，嚅嚅欲动，每届饮食，艰难下咽，就是语言亦很觉为难，到了夜间，终夕不能安枕，想是血枯津竭的绝症，如何能持久哩！”言毕，起身欲行。任公复劝勉数语，两下作别。

越日，任公正欲回视，巧值电话传来，略言：“锷拟东渡，决于今晚动身。”任公乃即往寄庐，叙谈了好多时。是夕，即送他下船，再三叮嘱而别。两别字前后相应，这一别是长别了。任公返寓后，过了五六天，接得蔡书，内言就医福岗医院，尚有效验，倒也稍稍放心。哪知到了十一月八号，竟由福岗医院来电，译将出来，乃是蔡松坡于本日下午四时去世十二字，这一惊非同小可，往外探问，已是传遍全沪，无论官商学界，统觉悲感得很。后来调查松坡寓日，病状依然，至日本国庆日天长节，就是我国十月三十一日，是日扶桑三岛，全体庆祝，举行提灯大会，松坡因侨寓无聊，特与二三友人，入市遨游，颇称尽兴。到了傍晚，接着上海急电，知是黄兴逝世，不由的顿足呼天道：“我中国又弱一个了。”自是愁闷益增，病亦愈剧。至十一月八日上午，势已垂危，东医束手，他闻病院外演试飞机，竟勉强起床，扶役夫肩，缓步出门。适飞机从空中驶过，翱翔自得，几似大鹏振翅，扶摇直上，望了一会，忽觉眼花缭乱，头痛异常，他即倚着役夫肩上，闭了双目，休息片时，复睁起病眼，向西遥望，欷歔说道："中华祖国，从此长离，就使驾着飞机，恐也不能西归了。"凄楚语不忍卒读。说毕，返身入内，卧床无语。延至下午四时，奄然长逝，年仅三十七岁。越二日，由黎总统下令道：

> 勋一位上将衔陆军中将蔡锷，才略冠时，志气弘毅，年来奔走军旅，维持共和，厥功尤伟。前在四川督军任内，以积劳致疾，请假赴日本就医，方期调理可痊，长资倚畀，遽闻溘逝，震悼殊深。所有身后一切事宜，即着驻日公使章宗祥，遴派专员，妥为照料，给银二万元治丧。俟灵榇回国之日，另行派员致祭；并交国务院从优议恤，以示笃念殊勋之至意。此令。

自经此令一下，全国均已闻知，相传小凤仙尚在京师，得此噩耗，悲恸终日，誓不欲生。鸨母再三劝解，哭声乃止。到了次日，凤仙闭户不出，至午后尚是寂然。鸨母大疑，排闼入室，哪知已香消玉殒，物在人亡。案上留有绝命书，语极悲惨，略谓："妾与蔡君，生不相聚，死或可依。或者精魂犹毅，飞越重洋，追随蔡君，依依地下，长作流寓伴侣。如或不能，妾愿化恨海啼鹃，望白云苍莽中，是我蔡郎停尸处，夜夜悲鸣罢了。"这数语传达都门，脍炙人口。究竟这小凤仙曾否殉义，绝命书是真是假，小子一时也无从确查，只好人云亦云，留作一场佳话。如果实有此事，岂不是红粉英雄，有一无二，从前绿珠、关盼盼等，也应出小凤仙的下风了。不肯下一断语，是史笔阙疑之法。

还有一段奇梦，出诸松坡友人的口中，谓系松坡生前自述：癸丑年间，二次革命，黄、李等相继失败，松坡虽未曾与事，心中却郁郁不乐，时常借着杯中物，痛饮解闷。某日，醉后假寐，恍惚身入宫阙，有一人衮冕辉煌，高坐堂上，既见松坡，竟下阶相迎，向他长揖。松坡急忙还礼，忽背后被人一拍，痛不可忍，回头顾视，背后立着两人，一似乞丐模样，一似和尚模样，不由的惊讶起来。追询及姓名，答称为李铁拐、唐玄奘，且由唐玄奘自述："西行取经，备尝艰苦，此行将返京城，恐被孽龙夺去，现闻君腰下，佩有神剑，特乞拐仙介绍，求君除害安民"云云。松坡性本任侠，慨然照允，便与二人同出。返顾宫阙，倏忽不见，他也莫名其妙，掉头径去。约数十步，但见前面一带，统是云雾迷离，不可测摸，耳中闻得风涛澎湃，骇地震天，料知前途险恶，不易过去，正拟问明前导二人，借定行止，不意两人又不知去向，空中却现出一团红云，云端里面，飞出一条火龙，口喷赤霞，惹得满天皆赤。说时迟，那时快，松坡拔剑在手，奋身上跃，得登龙背。尤犹矫首仰视，被松坡用剑拟喉，正要刺入，突觉豁喇一声，身似坠下，惊醒转来，乃是南柯一梦。松坡细思梦境，不知主何朕兆，至袁氏称帝，护国军起，方觉梦有奇验，龙应袁氏，衮冕即帝服，下阶相迎，是袁氏任松坡为军事顾问官，唐玄奘应唐继尧，李拐仙应李烈钧，西行取经，恐被龙夺，是唐、李学取欧化，有志共和，几为袁氏破坏的隐兆。经松坡拔剑乘龙，龙乃被制，已见得帝制无成了。松坡奇梦已验，料无他虞，哪知身即坠下，亦兆死征。所以倒袁功成，松坡也即归天，这可见冥冥中间，未始没有定数呢。可作新闻一则。

后来《国葬法》颁行，第一条中，载着中国人民，为国家立有殊勋，身故后，经大总统咨请国会同意，或国会议决，准予举行国葬典礼。黄兴创造民国，蔡锷再造民国，均与第一条相符，当由国会议决，应予举行国葬典礼，乃由黎总统指令内务部，着查照《国葬法》办理，内务部遵即照办。十二月五日，蔡公灵柩回国，道经沪上，各界相率往奠，素车白马，竞集沪滨。中央亦派员致祭，比那黄上将治丧时，更觉拥挤。两人相较，蔡似过黄一筹。生不虚生，死犹不死。及返乡归葬，依《国葬法》例，设立专墓，高树穹碑，迭镌生前功绩，垂光身后。黄上将返葬时，亦照此办法，不必细表。

且说段祺瑞主持国柄，拥护黄陂，表面上似两相融洽，无甚嫌隙，哪知内部却罩着黑幕，惹起暗潮，遂令府院两方面，无端生出恶感来。内务总长孙洪伊，籍隶天津，北洋军官，非亲即友，他本为同盟会健将，与孙、黄诸人，一鼻孔儿出气，所以平时议论，慷慨激昂，对于共和两字，尤主张积极进行。民国初造，两院成立，他因亲友推选，入为众议院议员，嗣复组织进步党，反对帝制，袁氏欲望正炽，时由他连电驳斥，且有一篇泣告北方同乡父老书，说得淋漓惨淡，差不多似击筑的高渐离，弹筝的李龟年，一面奔走南北，游说黎、冯，劝他早自定计，切勿承认帝制。黎、冯两人颇加信从。至共和再造，黎氏继任，他遂入为阁员，按日里在总统府，参预庶政，每当总统见客，必侍坐黎侧。黎宽厚待人，就使有言逆耳，也常容忍过去，独他偏越俎抗谈，雌黄黑白，旁若无人，因此大小人员，无不侧目。这是孙氏病根。有时当国务院会议，他也直遂径行，与段总理时有龃龉，段未免介意。可巧国务院秘书长，乃是段氏高足徐树铮。树铮铜山人，尝在日本士官学校毕业，年少气盛，自称为文武才，段亦目为大器，引作高弟。洪宪以前，他已厕入段门，预议军事，不过政变无多，不堪表现。及袁氏称帝，乃劝段洁身自去，段遂辞职。滇、黔倡义，犹阴为段划策，密嘱曹锟、张敬尧诸将帅迁延观变。曹、张依训而行，免不得多方延宕。就是陕西独立也由他嗾使出来，他与陆建章素有嫌隙，遂乘此借公济私。后来击毙陆建章亦伏于此。袁既病死，黎、段登台，拔茅连茹，弹冠相庆，徐遂入任为院秘书长。那时长才得展，视天下事如反掌，今朝陈一议，明朝献一策，都中段意。段即倚作臂助，甚至内外政策，均唯徐言是从。国务院中，尝称他为总理第二。挟权自恣，误段实多。偏遇着一个孙洪伊，也是个眼高于顶的朋友，闻徐树铮势倾全院，心中很是不平，凡遇院中公牍，送府用印，孙辄吹毛索瘢，见有瑕疵可指，当即驳还，或间加改窜，颁行出去。看官！你想这矫矫自命的徐秘书，怎肯低首下心，受那孙总长的批评？积嫌越深，衔怨愈甚。

一日，国务院又开会议，孙洪伊入参国政，又来作抵掌高谈的苏季子，正在说得高兴，突有一人出阻道："孙总长！你不要目中无人哩。须知智士千虑，不无一失，愚夫千虑，也有一得，难道除公以外，便不足与议么？"孙瞧将过去，正是这位徐秘书长，便冷笑道："足下的大材，我很佩服，但此处是阁员会议，俟足下入阁后，再来参议未迟。"徐树铮被他一嘲，不由的愤愤道："树铮不才，忝任国务院秘书，也总算是国家命吏，并非绝对无言论权；况且国体共和，无论何等人民，均得上书言事，孙总长平日，自命维新，奈何反效专制时代，禁人旁议呢？"棋逢敌手。孙洪伊哼了一声道："足下既有伟大的议论，何妨先向总理陈明，俟总理提出会议，果可利国利民，我等无不赞成。足下既免埋才，又免越职，怕不是一举两得么？"徐树铮听了，即易一说道："孙总长！你教我等不可越俎，你如何自行越俎呢？"孙洪伊忙问何事？树铮道："你勾通报馆，泄漏院中秘密，尚说不是越俎吗？"孙洪伊勃然道："你有什么证据？"树铮微哂道："证据不证据，你不必问我，你自思可有这事么？"洪伊怒上加怒，便向段总理道："总理如何用此狂人？若再纵容过去，恐总理也要失望了。"段总理本信任徐树铮，闻了此言，面色顿变。各阁员睹这形态，连忙出为排解。那孙、徐两人，还是互相丑诋，喧嚷不休。这时段总理也忍耐不住，竟沉着脸道："这里是会议场，并不是喧闹场，孙总长也未免自失体统了。"责孙不责徐，左袒可知。言毕，拂袖自去。阁员劝出孙洪伊，才得罢争。

越日，段总理负气入府谒见黎总统，述及孙、徐冲突事。黎总统淡淡答道："孙总长原太性急，徐秘书亦未免欺人。"袒孙之意，亦在言外。段总理见语不投机，更增怅闷，便信口答道："孙总长是府中要人，树铮不过一院内委员，总统如以树铮为欺人，不但树铮可去，就是祺瑞亦何妨辞职。"明是要挟。黎总统听到此语，忙道："国家多故，全仗总理主持，如何为他两人，弃我自去呢？"段复道："祺瑞本无心再出，不过为势所逼，暂当此任。现在南北统一，大局稍平，阁员中不乏人才，总统可择贤代理，何必定需祺瑞，祺瑞也暂得息肩了。"黎总统道："我也并不愿做总统，无非为国家起见，望总理不必多心。"段又无情无绪的答了数语，即行告退。

黎总统经此波折，心下很是不安，当召国务员入商。交通总长许世英，以此事必需调人，非请徐东海出来，恐难就绪。黎总统颇也首肯。适徐已返居辉县，即日遣使，写了一封诚恳的手书，敦促来京。凑巧段氏意思，不谋而合，也去函请徐东海。使节相望，不绝于道。这位三朝元老徐世昌，因顾着双方友谊，不忍坐视，遂自辉县起程，乘着京汉铁路，直达京师，一至正阳门，但见府院中人，已在车站两旁，欢迓行旌。正是

朝局又将成水火，都人胜似望云霓。

徐东海入京后，能否排难解纷，且至下回分解。

蔡松坡为推翻袁氏之第一人，即为再造共和之第一功，较诸黄克强之奔走革命，劳苦相等，而诣力实过之。黄少成而多败，蔡少败而多成，其优劣已可见一斑。即两人生平行谊，黄多缺憾，而蔡亦少疵，设令天假之年，使得展其骥足，保卫国家，未始非人民之福。乃年未强仕，即闻谢世，盗跖寿而颜子夭，古今殆有同慨欤？著书人于黄、蔡之殁，特从详述，铭其功也。彼夫孙、徐二人交争，无非意气用事，孙似有志而其质未纯，徐似有才而其心未正，两不相下，激成衅隙，而府院暗潮，遂由是酿成之。麟凤死而狐鼠生，华夏其何日靖乎？

第八十回　议宪法致生内讧　办外交惹起暗潮

却说徐东海入京以后，先谒黎总统，次见段总理，黎尚隐示通融，段却不甘退让，经徐苦口调停，方由段说出一言，先要孙洪伊免职，方令徐树铮辞差。太要顾全面目。徐东海再入总统府，与黎商及。黎似觉为难，徐喟然道："不照这么办法，恐祸起萧墙，势且波及全国，总统不如通权达变，暂歇风潮为是。"黎总统毕竟长厚，也就承认下去。于是十一月二十日，下令免孙洪伊职，越日，徐树铮始呈上辞职书，奉令照准，改任张国淦为秘书长。国淦自内务解职，令为黑龙江省长，他不愿就任，辞职留京，乃命继徐树铮后任。

树铮名虽去职，实仍在段氏幕中，段仍信任不疑。看官道是何因？小子前叙孙、徐冲突时，徐曾责孙泄漏机密，这也非凭空诬陷，最关重要的是中美实业借款一案。自中国、交通两银行，停止兑现后，商民怨声载道，吁请筹款维持。孙乃立主兑现，请黎总统速筹良法。黎与段熟商，段因国库如洗，只好从缓，偏黎已先入孙说，定要段设法筹款。看官！你想天下有几个点石成金的吕祖师，毁家纾难的楚令尹？国家没有的款，只好向外人商量，当由段总理委任财政总长陈锦涛，问各国乞贷。幸有美国资本团，愿贷美金五百万元，期限三年，利息六厘，每百元实收九一，以烟酒公卖税为抵押品，当由驻美华使，遵承中国财政总长委托全权的电报，代表政府，签立合同，一面由陈锦涛至两议院中，开秘密会议，要求通过。不料北京某报馆，偏已探悉底细，将中美借款合同，登载出来。

看官！你道彼此借贷何故要守秘密呢？原来民国二年曾有英、法、德、俄、日五国银行团与中国政府订定草约，此后政治借款，应归本团承借。应第二十四回。前时已惹起许多纠葛，此次向美国借款，恐五国啧有烦言，所以慎守秘密。向外借款，还有许多顾忌，真正可怜。偏被报章揭出，无从隐饰，段、陈诸人，已疑由孙洪伊泄漏机关，恐滋外议。果然不到两天，英、法、俄、日四国银行团提出抗议书质问财政部。经陈锦涛商诸段总理，据理答复，略言："此项借款，专供中国银行准备兑现的用途，本无政治性质。且民国二年的契约乃中国政府与五国银行团所缔结，今只四国银行团，系与德国分离的别一团体，敝政府不能承受抗议"云云。还亏德国久战未和，尚有借口之资。四国银行团，尚未肯甘休，段总理已将所借美款，划存中国银行，作为准备金，交通银行，尚是向隅。唯与外人交涉，还须笔舌，越觉迁怨孙洪伊，自从孙免职离阁，才出了胸中恶气。徐树铮是多年心腹，怎肯教他离开？这且慢表。

且说参众两院中，因草订民国宪法，连日会议，彼是此非，免不得又生党见。这是中国人特性。就中分作两大派，一派叫作宪法研究会，一派叫作益友社。有几个喜新厌故的人物拟加入主权、教育、国防神圣、省制、陆海军各问题，已审议了好几次，终因党见不同未曾议决。至十二月八日又复开议，为了省制大纲互起龃龉。直隶议员籍忠寅，主张守旧，湖北议员刘成禺，主张维新，彼此相持不下，竟互动手脚，就会议场中，打起架来。刘成禺一方面，人众势强，籍忠寅一方面，人少势弱，强的原是逞威，弱的也不甘退步。起初还是抛墨盒，掷笔杆，文绉绉的举动；后来骂得起劲，闹得益凶，竟扭成一团，拳打足踢，好象不共戴天的样儿。何苦乃尔？徒惹人笑。结果是籍忠寅、刘崇佑、陈光焘、张金鉴等，被殴受伤，害得皮破血流，痛不可耐，愤愤的出了会议场，做了一篇大文章，竟向总检察厅提起公诉，一面请政府咨行议会，查明曲直，依法惩办。

一事未了，一事又生，京城里面有自称公民孙熙泽等，发起宪法促成会，宣布意见书，并通电各省，无非说："两院议员，会议多日，并无成效，徒闻滋闹"等语。参议员闻这消息，因他毁损名誉，扰乱国宪，要求政府速即禁止。司法总长答称，已令总检察厅彻查，议员等犹有违言。只因阳历岁阑十二月二十五日，又是云南起义纪念日，曾经两院议定，总统公布，照例放假休息，悬旗宴贺。叙笔不漏。大家既要祝庆，又要贺年，闲暇中间，带着几分忙碌，自然把公事暂搁。转眼间已是民国六年了，各省督军省长及各特别区域都统等，于五年残腊，联名电告政府，由副总统兼江苏督军领衔，其文云：

民国建元，于今五载，中经变故，起伏无端。国势日危，民生日蹙，政务日以丛脞，已往之事，今不复道。自此次之国体再奠，天下望治更切，以为元首恭己，总揆得人，议会重开，惩前毖后，必能立定国是，计日成功。乃半岁以来，事仍未理而争益甚，近日浮言胥动，尤有不可终日之势。国璋等守土待罪，忧惶无措，往返商榷，发为危言，幸垂察之！我大总统谦德仁闻，中外所钦，固无人不爱戴，自继任后，尤无日不廑如伤之怀，思出民于水火。然而功效不彰，实惠未至，虽有德意，无救倒悬。推原其故，在乎政务久不振。政务久不振，在乎信任之不专。前因道路传闻，府院之间，颇生意见，旋经国璋电询，奉大总统复示，谓："虚己以听，负责有人"，是我大总统亦既推心置人腹中矣。皇天后土，实闻此言，国璋等咸为国家庆。以我总理之清心沈毅，得此倚畀，当可一心一德，竟厥所施。今后政客更有飞短流长，为府院间者，愿我大总统我总理立予摒斥。国璋等闻见所及，亦当随时参揭，以肃纲纪而佐明良。任贤勿贰，去邪勿疑，然后我大总统可责总理以实效，总理乃无可辞其责。有虚己之量，务见以诚，有负责之名，务征其实，献可替否，此国璋不敢不推诚为我大总统告者也。自内阁更迭之说起，国璋等屡有函电，竭力拥护，一则虑继任乏人，益生纷扰，陷于无政府；一则深信我总理之德量威望，若竟其用，必能为国宣劳，收拾残局，非徒空言拥护也。现在大总统既表虚己之诚，正总理励精图治之会，目下所急待施设者，军政财政外交诸大端，皆宜早定计划，循序实行。国璋等拥护中央，但求有令可奉，有教可承，事势苟有可通，无不竭力奉宣，以举统一之实。此大方针，非我总统不能定，阁员与总理共负责任，得此领袖，理宜协恭。近如中行兑现，实轻率急切，致陷穷境。前事之师，可为鉴戒。阁员必有一贯之主张，取钧衡于总理，勿以一部所主管，或迁就乎阁员。阁员苟有苦衷，不妨开示，公是公非，当可主持。孰轻孰重，尤当量衡。国璋等赤心为国，不恤乎他，此维持内阁之真意，不能不掬诚为我总理告者也。国会为国家立法机关，关系何等重大，举凡一切动作，必唯法律是循，始足以餍众望。此次两院恢复之初，原出一时权宜之计，其时政潮鼎沸，国事动摇，但期复我法规，故未过存顾虑，国璋极冀宪法早定，议政得平，不骛近功，不逞客气，予政府以可行之策，为国家立不敝之规，则此逾期再集绝而复续之国会，虽有未洽，天下之人，犹或共谅。不意开会以来，纷呶争竞，较胜于前，既无成绩可言，更绝进行之望。近则侵越司法，干涉行政，复议之案，不依法定人数，擅行表决，于是国民信仰之心，为之尽坠。谓前途殆已无所希冀，诟仇视之，不独国会自失尊严，即国璋等前此之主张恢复者，亦将因是而获戾。况《临时约法》，于自由集会开会闭会一切，无所牵掣，要须善用之耳。苟或矜持意气，专事凌越，则蓄意积愤，必有溃决之一日，甚且累及国家，国璋心实危之。我大总统我总理，至诚感人，望将此意为两院议员等切实警告，盖必自立于守法之地，而后乃能立法，设循此不改，越法侵权，陷国家于危亡之地，窃恐天下之人，忍无可忍，决不能再为曲谅矣。此国璋等对于国会之意见，不敢不掬诚入告者也。总之我总统能信任总理，然后总理方有负责之地。总理能秉持大政，然后国家方有转危之机。国会能持大经，巩固国基，则国存，国会乃有所附丽，否则非国璋等之所敢知，伏祈我大总统我总理兼察之。

看这等电文，原是持之有故，言之成理。但国会中的议员，方在意气相凌，怎肯和衷协议？就是段总理自信太深，也不免偏徇阿私，党同伐异。黎总统遇事优容，段意尚厌未足。民国六年一月一日，即免浙江督军兼省长吕公望本职，特任杨善德为浙江督军，齐耀珊为浙江省长，这道命令，虽由黎总统颁发，暗中却仍由段氏主张。杨善德素属段系，段长陆军部，极力援引，因得任松沪镇守使，嗣复擢松江护军使，倚若长城。适值浙江新任警察厅长傅其永，赴厅受事，各警察多半反对，致起风潮，甚至延及军队。督军吕公望无术镇驭，情愿辞职，段遂荐善德为浙江督军，破浙人治浙的旧习。

松沪护军使一缺，遂由护军副使卢永祥升任。卢亦段氏麾下的健将，浙人尚思抗杨，杨带着北军第四师，昂然南来，如入无人之境，一番大风潮，霎时平定，这真所谓兵威所及，如风偃草了。浙人无故逐吕，乃致段派乘间而入，木朽蛀生，非自取而何？

且说中美借款，由四国银行团抗议，就中的主动力，乃是日本国。日本自欧战发生后，极想趁这机会，扩张势力，做一个亚洲大霸王，原是个好机会，无怪东人。每遇中国交涉格外留意，所以中美借款合同甫经订定，即邀集英、法、俄三国，同来抗问。中政府亦知他来意，特令交通银行出面，也向日本兴业、朝鲜、台湾三银行，订借日金五百万元，仍说是准备兑现。三银行却也照允，当即签定合同，利息七厘五分，三年为限。英、法、俄何不抗议？外如吉长铁路案，兴亚实业借款案，厦门设立警察案，郑家屯交涉案，种种发生，闹得舌敝唇焦，终归他得我失。一、吉长铁路案，是由吉林至长春的铁路，前清末年，曾与日人订立借款自筑的约章，至是日人独要求改订，将该路归他代办。交通部没法拒绝，只好与他订约，即以本路财产及收入，担保借款限期四十年偿清，路权已一半让去了。二、五年九月间，财政、农商两部，向日商兴亚公司借款五百万元，以安徽太平山，湖南水口山两矿为担保，约三个月内交款。嗣经国会反对，原约担保一层，不生效力，当由财政部另提担保品，与日商开议。日商不肯照允，经财政部承认赔偿，另给兴亚公司洋三十万元，方得改约。无端耗去三十万元，可谓慷慨。且仍订明两山开矿时，如需借外款，该公司得有优先权。但此约的丧失，也不算少了。三、厦门系福建商埠，日人居然设立警察派出所，夺我行政权，叠经福建交涉员，向他交涉，终未撤退。及外交部照会日使，他却答称厦门设警，无非行使领事裁判权，与行政无涉，不得目为违约。外交部接到复文，以商埠居民，原归外国领事裁判，无从辩驳，没奈何延宕了事。四、至郑家屯一案，龃龉多日，事缘中日军警，互生冲突，日商吉本，受伤殒命，日本即自由增兵，要挟多端。外交部费尽心力，才得商定五类：（一）申斥第二十八师师长；（二）军官依法处罚；（三）出示告谕军人，礼遇日本侨民；（四）由奉天督军表示歉忱；（五）给与日商恤金五百元。五款全体实行，日本始允将郑家屯派添各兵撤回。这案自民国五年八月为始，直至六年一月终旬，彼此和平解决，方保无事。中日交涉各案，稍有头绪。那驻京德使辛慈，忽赍交一个通牒，内言德政府准于二月一日以后，采用海上封锁政策。所有中立国轮船，不得在划定禁制区域内，自由航行，否则一切危险，概不负责等语。外交部得了此牒，忙呈报总统、总理，为这一事，大费周折，又惹起府院冲突的暗潮。中国宣告中立，已历三年，彼时袁氏热心帝制，无暇对外，所以守着旁观态度。至黎氏继任，又为了内政问题，扰攘半年，也不遑顾及外事。但华工寄居外洋，往往受外人雇用，充当军役，或在外国商轮办事，一入战线，动被德国潜艇，用炮击沉，华人却也死得不少。此次德国复欲封锁海上，遍布潜艇，依万国公法上论将起来，德国实不应出此。美国曾向德国抗议数次，段总理乃亦欲仿行。黎总统秉性优柔，尚不欲与德构衅，经段总理再三怂恿，乃令外交部酌定复文，向德抗议。略云：

> 查贵国从前依潜航艇战策，敝国人民生命，损害甚非浅鲜。兹复更行滥用，欲实行采用新潜艇战策，危及敝国人民之生命财产，实属蹂躏国际公法之本义。若承认此项通牒，其结果将使中立诸国间，及中立诸国与交战诸国间之正当通商，悉被侵犯，而导专横无道之主义于国际公法上。故敝国政府，关于二月一日宣言之新策，特对贵国政府提及严重之抗议。且为尊重中立国之权利，维持两国之亲善关系，期望贵国政府，勿实行此新战策。若事出望外，此抗议竟归无效，使敝国不得已而断绝两国现存之外交关系，实属可悲。然敝国政府之执此态度，全为增进世界之和平，保持国际公法之权威起见，幸贵国熟审之！

公文去后，德国竟置诸不理，于是欲罢不能，只好再进一步，与德绝交。先由国务院中，特设外交委员会，除国务院全体及各部所派中立办事员均列席外，再邀陆征祥、夏诒霆、汪大燮、曹汝霖诸人，一同会议。巧值梁启超到京，主张绝德，著有意见书，段亦邀他入会，取决行止。梁善口才，详陈绝德与不绝德的利害，洋洋洒洒，颇动人听，各会员多半赞成。散会后，段总理入告黎总统，黎始终持重，不肯骤允。段总理道："前次抗议书中，已有抗议无效，断绝国交的预言，他至今不复，若非决定绝交，岂不令他藐视么？"此说甚是。黎总统迟疑半晌道："且商诸副总统，何如？"未免迂拘。段总理道："既如此说，当即发电，邀他到京面决为是。"黎总统点首无言，段即退出，拍电邀冯，速即北来。是时与德宣战诸协约国，闻中国有绝德消息，都来劝诱。且云："中国曾加入协约国，将来改正关税，收回领事裁判权，缓付赔款诸问题，均可磋商。"因此段总理意愈坚决。各政党复组织外交商榷会，国际协会外交后盾会等，讨论大体。两院议员，亦设一外交后援会，研究绝德问题。会冯副总统亦自宁到京与黎、段协商，大略以绝德为是。黎总统颇有动意，偏总统府中的秘书长饶汉祥，劝黎维持中立，不可绝德。饶本黎总统心腹，黎很信任，遂不愿与德绝交。三月四日，段总理进见总统，请电令驻协约国公使，向驻在国政府磋商与德绝交后条件。黎总统支吾道："这……这事须经国会通过，方好举行。"段总理道："现尚非正式绝交，不过向各国探明意旨，何必定要国会同意呢？"黎总统默然不答，恼动了段总理，不别而行，竟驰向天津去了。小子有诗咏段氏道：

直道何曾不足彰？过刚毕竟露锋芒。
一麾竟向津门去，盛气凌人乃尔狂。

段既出京赴津，一面令人赍呈辞职书，害得黎总统又着急起来。但看官且不要心焦，容小子暂时收憩，待至下回再详。

意气二字，是极端坏处，看本回所叙，皆意气之为厉，闹得内外不安，府院之冲突未已，而国会之党争起，国会之党争未休，而府院之冲突又生。国家公器也，乃挟私求逞，闹成一团糟，抑何可笑？无论孰是孰非，即此龃龉之迭出，已非治平气象，况对外怯而对内勇，其状态更属可鄙。家不和必败，国不和必倾，读此回，不禁为民国前途危矣！

第八十一回　绝邦交却回德使
攻督署大闹蜀城

却说国务总理段祺瑞，主张绝德，黎总统不肯照允，他遂负气退出，竟往天津，且遣人赍呈辞职书。黎总统未免惊惶，当即派员挽留。不意教育总长兼署内务总长范源濂，也居然送入辞职书来。显见是段氏嫡派。黎总统益加忧虑，乃亟延冯副总统入府，商议挽回的法子。应前回冯氏入京。冯国璋道："总统若要挽留段总理，除非与德绝交，否则国璋亦想不出什么良法。"黎总统尚沉吟未决，可巧派遣留段的委员，回府复命，报称段总理已决计南归，不愿再来任事。国璋听了，不禁微笑。旁观者清。黎总统向国璋道："他不肯再来，奈何？"国璋道："总统若依他计策，管叫他即日来京。"黎总统徐徐道："恐怕未必。"国璋道："国璋愿赴津一行，劝他回来，但请总统决意绝德便了。"黎总统尚是默然。国璋道："依愚见想来，我国尽可与德绝交，非但无害，且有大利。"黎总统道："利从何来？"国璋道："德犯众怒，已成公敌，就是与他联盟的意大利，亦加入协约国，对德宣战。古人说得好：'寡不敌众'。看来德国总不能持久的。这可见中国与他绝交，将来决不致有害。若从利益上起见，是现在协约各国，已允我修改各种条约，岂非是一种大利么？"黎总统道："改约的事情，果真靠得住吗？"国璋道："且待段总理回京，再去探询协约各国政府，如果实行承认，始提出照会，与德绝交。"黎总统道："既这般说，请台驾一行，留回段总理便了。"国璋当即退出，即乘专车赴津。

到了晚间，果然两人同回，相偕至总统府，投刺进见。黎总统也即出迎，免不得与段总理周旋一番，段亦谦逊数语，当下发电各国，令各使探问明白。寻得各使复电，略言："驻在国政府，大致承认，如果我国实行绝德，将来各种条约，可望修改"云云。于易黎、段两人，才表同情。冯国璋即日回宁。唯当时内外士绅，尚多异议，国会议员，如曹振懋、唐宝锷、丁世峄等，有对德抗议的质问书，马君武等且通电各省，反对绝德，外如张勋、倪嗣冲、王占元诸督军，统电请政府维持中立。还有孙文、唐绍仪、康有为、姚文栋、温宗尧等，也迭电政府国会，不应与德绝交。他如顺直省议会，奉天、上海、天津、山东、广东等各商会，暨他种商学团体，均电请仍守中立。段总理绝不为动，一意向前进行，特于三月九日，在迎宾馆开宴，延请议员，疏通意见。议员等多半聪明，乐得见风使帆，隐表同意。这是三酉儿好处。

到了翌午，参众两院各开秘密会，段总理及财政总长陈锦涛，教育总长兼内务总长范源濂，司法总长谷钟秀，外交部参事伍朝枢等，先至众议院，报告外交经过情形，并述对德绝交的宗旨，请议员表示赞助。众议员经讨论后，投票表决，同意票得三百三十一张，不同意票只八十七张，得大多数赞成，表示通过。段总理复至参议院，登堂报告，仍如前说。适值夕阳西下，不及投票，乃约于次日表决。越宿参议院投票，有一百五十票是同意，只三十五票不同意，也算大多数通过。绝德案已经决定，正拟草定照会，提交德使，凑巧德使辛慈，着人赍送照会至外交部，但见上面写着，本公使于本日即三月十日。午后七时，接奉帝国政府训令，着以下列复文，传达中华民国政府。文曰：

中华民国抗议德国新近宣告之封锁政策，而附以威吓，帝国政府，曷胜骇异。盖其他各国，仅仅提出抗议，中德邦交，素号亲睦，且中国于封锁区域以内，并无航业利益，则德之政策，于中国毫无影响，乃今于抗议之外，独附威吓之辞，以增抗议之力量，是尤不能不令人惊诧也。民国政府之抗议书中，谓："华人因战事而丧失生命者，已属不少"云云，然须知民国政府，绝未尝以关于此种损失之事实及申诉通知帝国政府，而就帝国政府所得报告，则知华人之丧失生命者，仅受人雇用，于前敌开掘战壕，及充当其他军役之辈，盖若辈已不啻为战斗员，因以冒此危险也。帝国政府尝一再抗议运送华工赴欧，充当军役，是德国即在此次战事中，亦未尝不示中国以友谊，而帝国政府，即因顾全此友谊故，以此种威吓为非出自正轨，因望民国政府，改正其见解。帝国政府，愿于中国之航业利益，力加注意。以此之故，德国今虽不能于敌人宣告封锁之后，取消其政策，而禁制实行无限制之潜艇战争，然已准备磋商民国政府关于保护华人生命财产之特别愿望。帝国政府以如此对待友邦者，盖谨依其平日见解，以如中国若与德断绝友谊，则将失却一真挚之友，而陷于纠结不解之局也。

末后，复附列一行道，本公使既将帝国政府的通牒，传达贵国政府，倘贵国欲提出保护航业的问题，本公使已由帝国政府授权，得与磋商一切云云。当由外交部递呈段总理。段以德国照会，虽有保护航业的示意，但封锁战略，仍然不肯取消，是我国提出抗议，终归无效，只好与他绝交，不必迟疑。黎总统此时，已将全权授与段总理，当然不再阻挠。段乃令外交部缮定照会，请黎总统盖过了印，并附发德使护照，送他出境。照会中的内容，大略说是：

关于德国施行潜水艇新计划一事，本国政府，本注重世界和平，及尊重国际公法之宗旨，曾于二月九日，照达贵公使提出抗议，并经声明，万一出于中国愿望之外，抗议无效，迫于必不得已，将与贵国断绝现有之外交关系等语在案。乃自一月以来，贵国潜艇行动，置中国政府之抗议于不顾，且因而致多丧中国人民之生命。至三月十日，始准贵公使照复，虽据称贵政府仍愿议商保护中国人民生命财产办法，唯既声明碍难取消封锁战略，即与本国政府抗议之宗旨不符，本国政府视为抗议无效，深为可惜。兹不得已，与贵国政府断绝现有之外交关系，因此备具贵公使并贵馆馆员暨各眷属离去中国领土所需之护照一件，照送贵公使，请烦查收为荷。至贵国驻中国各领事，已由本部令知各交涉员一律发给出境护照矣。须至照会者。

照会去后，再电令驻德公使颜惠庆，向德政府索取护照，克日归国，并由黎总统布告全国道：

此次欧战发生，我国严守中立，不意接本年二月二日德国政府照会，德国新定之封锁计划，使中立国商船，从是日起，在限定禁线内行驶，诸多危险等语。当以德国前此所行攻击商船之方法，损害我国人民生命财产，已属不少，今兹潜艇作战之计划，危害必更剧烈。我国因尊崇公法，保护人民生命财产起见，遂向德国提出严重抗议，并声明如德国不撤消其政策，我国迫不得已，将与德国断绝现有之外交关系。在我国深望德国或不致坚持其政策，仍保持向来之睦谊，不幸抗议已逾一月，德国之潜艇攻击政策，并未撤消，各国商船，多被击沉，我国人民因此致死者，已有数起，昨十一日据德国正式答复，碍难取消其封锁战略，实出我国愿望之外。兹为尊崇公法保护人民财产计，自今日始，与德国断绝现有之外交关系，特此布告。

同日复下一通令道：

现在我国已与德国断绝现有之外交关系，所有保护德国侨民及其他应办事宜，着各该管官署查照现行国际公法惯例，迅筹办法，颁布施行。此令。

为这一令，国务院中遂组织国际政务评议会，研究外交关系事项。正会长就是国务总理段祺瑞，副会长乃是外交总长伍廷芳，并函聘王士珍、陆征祥、熊希龄、孙宝琦、汪兆铭、汪大燮、曹汝霖、周善培、魏宸组、陆宗舆、张嘉森、夏贻霆、刘崇杰、丁士源、伍朝枢、张国淦等，为会中评议员。所应研究事件，共分七则：（一）处置国内德侨；（二）对于协约国应提条件；（三）华工招募；（四）物料供给；（五）关税改正；（六）巴黎经济同盟条文；（七）议和大会中各问题。各会员方共同讨论，逐条采行。

德使辛慈，已卸旗回国，各埠领事，亦相继出境，于是天津、汉口德租界，即令地方官收回。还有津浦北段铁路管理权，及在上海、厦门、广州等处德国商船，均先后归华官收管；就是供职路矿的德国工程师，亦一体解职。唯普通侨民，暂许仍旧侨居。德华银行，暂听照常营业。独上海法租界中，有一德人所办的同济医工大学，教育部拟收回自办。哪知法人先行逞强，由法租界工部局，勒令解散，把德人驱遣出境。看官可知租界的规例吗？租借权虽归外人，土地权仍属我国，所有德校处置，应由我国办理。经外交部援据法例，向法使抗议，法使不肯照允，只论强弱，不问公法。乃由教育部派员到沪，与该校董事协商善后办法，当将该校迁入吴淞中国公学旧址，由部另任校长，仍留德人为教员，照常开学。既已绝交，还要留住教员，也可不必。既而财政部复发出通告，停付欠德各款，将应解款项，暂存中国银行，俟欧战了结，再行定夺。偏英法各国，复出来反对，主张此款应存外国银行，又惹起一番交涉。而且驻京的荷兰公使，来一照会，自言受德使委托，所有在华利益，暂由本使代管。且中德虽已绝交，尚未宣战，不能适用待遇敌人的法例，遽将德国所有利益没收。那时段总理迭遭刺激，转滋懊恼，索性提出宣战问题，欲加入英法各国协约团，实行抗德，一来可满足协约国的希望，二来可免荷兰公使的牵掣，倒也是个贯彻始终的主张。唯黎总统以与德绝交，已属太甚，再拟宣战，更觉不情，因此决计缓进，不从段请。自是府院的意见，复致相左，免不得又生冲突，激成嫌隙。这是黎菩萨过柔之误。

正在双方龃龉的时候，忽来了四川警电，报称川、滇两军，寻衅鏖斗的事情，当由黎总统下令，着四川督军罗佩金，及川军第二师师长刘存厚，一律来京。看官！你道川乱何故发生？原来罗佩金署督四川，威望不及蔡锷，且所部滇军，驻扎川境，尝与川军有嫌。政府因川事平靖，电饬罗佩金裁撤各军。罗即拟将川、滇兵队，酌量裁遣。师长刘存厚、周道刚、钟体道、陈泽霈、熊克武等，暗地不服，意欲乘此逐罗，免不得反客为主。刘更跋扈异常，居然率领所部，径入成都，只说罗督军意分厚薄，遣派不均，来与罗督评理。罗佩金亦不甘坐让，饬阻刘军入城。刘军哪肯从命，一哄进去，竟向督军署扑来。说时迟，那时快，督军署内，竟发出大炮，轰击刘军。刘军开枪还击，遂闹成一片兵祸，把省城作为战场。可怜成都居民，茫无头绪，骤闻各种枪炮声，已吓得魂飞天外，突然间一弹飞来，将墙壁间击成窟窿，又突然间飞入数弹，碰着人体，顿时血肉模糊，昏晕倒地。既而东坍西倒，南毁北焚，爆裂声、倾塌声，与男女哀号声，并作一片，何罪至此！那两边的丘八老爷，还是兴高采烈，拼命相争。百姓都死，丘八老爷恐也难独生。嗣经商民举出代表，吁请休战，方才停了一两天。罗刘各电致中央，争辩曲直。黎总统尚欲笼络两人，特任罗佩金为超威将军，刘存厚为崇威将军，叫他即日来京，另命省长戴戡暂行兼代四川督军，刘云峰为暂编陆军第二师长，更派王人文为四川查办使，张习为查办副使，赴川查办。一面下令申告道：

四川自军兴以来，兵队增多，饷需支绌。上年叠经电商暂署督军罗佩金，酌定裁遣各军办法去后，本年三月，据川军师长刘存厚、周道刚、钟体道、陈泽霈、熊克武等电称，罗署督编遣军队，支配饷械，主客各军，显分厚薄等情。续据罗署督电称，刘存厚、陈泽霈收束军队，有意迟延。正拟派员查办间，即据罗署督电称刘存厚围攻督署，刘存厚则谓罗署督开炮攻击所部。并据各方电告，省城连日枪炮猛烈，人民生命财产，损伤甚巨，着派王人文、张习驰往彻查。川民叠经兵祸，疮痍未复，又遭此次重变，本大总统实痛于心，该查办使务须秉公据实查复，勿得稍存偏徇。在未经查复以前，责成戴兼督严饬在省川、滇各军官长，约束所部，勿论如何，不准再滋事端。其省外各军，各有维持地方之责，不准擅离防守，倘敢故违，军律具在，政府无所偏倚，即决无所姑息。所有此次被难商民，并着该省长迅即查明，妥为抚辑，勿任失所！此令。

王人文、张习两人，奉命登途，尚未到川，罗佩金已遵令交卸，将印信交与戴戡。可见罗直刘曲。戴戡即日就职，函商刘存厚，请他退兵出城。刘存厚仍然不睬，还是拥兵图逞，蟠踞城中，戴乃不得已电达政府，据实报告。小子有诗叹道：

尽说军人贵服从，如何同境不相容？
武夫跋扈从兹始，肇祸原来是滥封。

政府接得戴电，应该如何办理，且至下回说明。

与德绝交一事，自日后观之，似为段祺瑞之先见。然我国亦未尝得沾大利，徒令府院冲突，酿成他日之各种战衅，是岂不可以已乎？段失之太刚，黎又失之太柔，当断不断，反受其乱，吾不能不为黎氏咎焉。若夫川省之兵祸，曲在刘而不在罗，黎乃欲调停了事，至欲笼以虚名，无分彼此。试思刘之目的何在？乃欲以将军二字，敛彼野心得乎？况无罪者加赏，有罪者亦赏，是徒亵名器，益启武夫玩视之渐。尾大不掉，适滋国忧，虽曰观过知仁，而总统失权之弊，盖自此始矣。

第八十二回　托公民捣乱众议院
请改制哗聚督军团

却说黎政府接到川电，才知刘存厚拥兵自逞，不服命令，只好变软为刚，将他免职示惩，随即下令云：

> 前因川、滇两军在成都省城冲突，叠由院部电饬双方停止争斗，兹据戴兼督电称，刘存厚于中央停止争斗之命，置若罔闻，仍攻督署等语。崇威将军刘存厚，着即免职，听候查办。所有在省川、滇各军，责成该兼督严饬各该管官长，即日开拔出城，分别驻扎，恪遵前令，不得再滋事端。倘仍延抗，军法具在，定唯该管官长等是问。此令。

此令下后，才闻刘存厚有退兵消息。王、张两查办使，得安抵川境，实行调查，报告川民被难情形，由黎总统拨款赈济，且不必细表。唯外部兵祸，似觉少纾，内部纠葛，又闻迭起。财政总长陈锦涛，入陈总统，讦发次长殷汝骊，因炼铜厂事，有代人请托情弊。黎总统方拟核办，忽由炼铜厂商人柴瑞周等，具禀国务院，声言陈总长令渠借垫股款，并勒写字据等情。当派夏寿康、张志潭查办。复称事涉嫌疑，不无可议，因将陈锦涛、殷汝骊一并免职，交法庭依法审办。殷汝骊已逃匿无踪，只陈锦涛到案候质，留置看守所。接连又是交通总长被控案，交通部直辖津浦铁路管理局，曾向华美公司，购办机车，局长王家俭，总务处长童益临，纳贿舞弊，哄动京中，经交通部查明，将他撤差。总长许世英，自请失察处分，情愿免职。黎总统尚欲挽留，嗣经国务院派员查复，该局确有弊混等情，且与许总长亦涉嫌疑，因呈报黎总统。黎乃准许辞职，先将局长王家俭，及前副局长盛文颐，并交法庭审理。总检察厅且传讯许世英，亦将他羁住看守所。陈许同时被押，可谓无独有偶。司法总长张耀曾，动了兔死狐悲的观念，竟劾检察长杨荫杭，及检察官张汝霖，未得完全证据，遽传讯许世英等，实属违背职务，污损官绅，于是许世英遂得释放，连陈锦涛也保释出来。究竟官官相护。唯财政交通两席，暂由财政次长李思浩，及交通次长权量代理。嗣复提出李经羲，拟任为财政总长，经国会投票通过，老大的云南故督，又俨然出台来了。为后文伏笔。

国务总理段祺瑞，把阁务视若轻闲，唯一心一意的对付外交，定要与德宣战。当下电召各省督军，及各特别区域都统，赴京会议，解决宣战问题。山西督军阎锡山、河南督军赵倜、山东督军张怀芝、江西督军李纯、湖北督军王占元、福建督军李厚基、吉林督军孟恩远、直隶督军曹锟、安徽省长倪嗣冲、察哈尔都统田中玉、绥远都统蒋雁行、晋北镇守使孔庚等，奉召亲行，陆续晋京。此外各省，亦均派代表到会。四月二十五日，特开军事会议，由段总理主席，极言对德问题，非战不可。各督军都统等，统是雄赳赳的武夫，素奉段为领袖，段要绝德，大家均已赞成，段要战德，何人再来反对？孟恩远首先起座，呼出“赞成”二字，随后便大家附和，赞成赞成的声音，震动全院。推孟出头，为废国会张本。段祺瑞自然欣慰，俟散会后，即去报知黎总统。黎很是不乐，但又不便当面驳斥，只好淡淡的答道：“宣战不宣战，总须由国会议决，若但凭军人主张，何必虚设此国会呢？”段祺瑞道：“提交国会，是应当的手续，总统宜即日咨行。”黎总统呆了半晌，才道：“请总理代拟咨文便了。”满腹牢骚。段也不复再言，竟退出总统府，直至国务院，嘱秘书拟定咨文，赍送府中盖印。黎总统约略一瞧，文中有“本大总统为促进和平，维持公法，保护人民生命财产起见，认为与德国政府，有宣战必要”等语，不禁自笑道：“什么叫作必要？我国的内讧，尚是未平，难道还想与外人构衅么？”话原不错，但受人胁制奈何？说至此，愤愤的检取印信，向纸上盖讫，掷付来人。那来人接手后，便赍送众议院去了。

众议院接到咨文，免不得议论纷纷，有一大半是不主战的。次日由议员秘密讨论，无非是主战的少，不主战的多，结果是由议长宣言，俟两日后，开全院委员会，审查这种宣战案情。哪知这风声传将出去，顿有许多请愿书，似雪花柳絮一般，飘飘的飞入院中，有的是署着陆海军人请愿书，有的是署着五族公民请愿团，有的是署着政学商界请愿团，还有北京学界请愿团、军界请愿团、商界请愿团、市民请愿团，迷离惝恍，阅不胜阅，当由院中役夫，收拾拢来，一古脑儿掷入败字簏中。请愿团化作纸团儿，中国各种团体，也应如此处置。到了五月十日，众议院开会审查，甫经召集，门外忽啸聚数千人，各持一小旗帜，写着各种请愿团字样，每团有数十代表，手持传单，一拥入院，见了议员，便将传单分给。议员见他们无理取闹，不愿接收；或接单稍迟，他们即伸出如梃的手臂，似钵的拳头，向议员面前，猛击过来。议员急忙躲闪，身上已被捶数下。人必自侮，然后人侮之，试看上文集议宪法时，同是议员，尚且彼此互殴，何怪他人乘间侮弄。霎时间院中秩序，被他们捣乱。还是议长汤化龙，有些胆量，索性向前语众道："诸位都是爱国的志士，既已有志请愿，应该共同研究，如何动起蛮来？况我等为了宣战一案，方在审查，并未倡议反对，奈何便得罪列位呢！"言未已，只听一片哗声道："但将宣战案通过，我等自然罢休。"汤化龙又朗声道："诸君是来请愿，并不是来决斗，就使今日是决斗问题，也应守着秩序，举出代表，何必劳动许多人员。"这数语理直气壮，说得大众无可辩驳，乃当场选出六人，作为全体代表，进见议长。汤化龙接入后，六人各呈名片，一是赵鹏图，一是吴光宪，一是刘坚，一是白亮，一是张尧卿，一是刘世钧。化龙一一瞧毕，便问道："诸君有何见教？"赵鹏图应声道："闻贵院今日开会，是解决宣战问题，目下与德宣战，乃是万不得已的情形，要战便战，何待审查？今日如通过宣战案，是贵院俯顺舆情，我辈无不悦服，否则恐多不便。"白亮、吴光宪复接入道："如不通过此案，应请议长声明，不许议员出院。"这种要挟，还是袁世凯一人教之。汤化龙不觉微哂道："我却没有这般权力，唯列位既已到此，请入旁听席，少安毋躁，静待我等解决。"六人方才无言，退至旁听席坐下。

化龙即命将全院委员会，改作大会，自己退入后室，凭着电话，传入国务院，请国务总理、内务总长、司法总长，速即莅院弹压，国务院中复词照允。好容易挨过两小时，才见兼署内务总长范源濂，乘舆到来，又阅两小时，国务总理段祺瑞，始偕巡警总监吴炳湘，率领警察百名，荷枪至院。是何濡滞也？是时天已薄暮，夜色凄其，门首各种请愿团，尚是喧扰不休，声声口口的讥骂议员。段祺瑞看不过去，当令吴炳湘婉言晓谕，仍然无效，乃借院中电话，招集马队，仗了马上威风，将各请愿团陆续赶散。赵鹏图等六代表，也坐不安稳，溜了出去。待院内安静如初，差不多将二三更天了。议员有数人受伤，先行返寓，还有日本新闻记者，亦被误殴致伤，由警察总监吴炳湘，派警送回。段总理，范总长，也相继归去，议长议员等一并散归，翌日奉黎总统令云：

据内务部呈称："本月十日，众议院开全院委员会，有多数请愿团，麇集院门，发布印刷品，致有议员被殴情事。当即严令警察厅驰往解散，并将滋事之人查究"等语。著司法部交该管法庭从速检察，依法究办，并责成内务部随时饬警，妥为保护，毋得稍涉疏懈！此令。

司法总长张耀曾，接到此令，眼见得办理为难，竟上呈辞职。又有外交总长伍廷芳，及农商总长谷钟秀、海军总长程璧光，均提出辞职书，陆续送呈总统府中。看官听着！这几位总长，乃是国民党中要人，与段总理感情，本不甚融洽，当时得入阁任事，亦由段氏自欲罗才，特地化除畛域，采用几个异派的人物。但黎总统亦曾加入国民党，党同道合，自然沆瀣相投；就是众议院的议员，一半入国民党籍，他的党旨，不愿与德宣战，所以反对段氏，隐表同情。此次各种请愿团，胁迫议院，明明由主战派指使，无拳无勇的司法部，如何办理？且因党见未合，不能不辞职求去。伍、谷、程三总长，无非因同党关系，致有连带辞职的举动，偏黎总统并不批答，镇日里延宕过去。那提出辞职的总长，也不到国务院，乐得自由数天。统是心心相印。

只有这位段总理，自信甚深，硬要达到宣战目的，今朝催众议院开会，明朝催众议院议决。众议院寂然不动，挨过了七八天，始由议员褚辅成倡议，略谓："国务员已多数辞职，此案且从缓议，俟内阁全体改组，再行讨论未迟。"当经多数表决，咨复国务院。看官！你想段总理望眼将穿，恨不得即日宣战，偏经国会牵掣，不能由他作主，他如何不忿？如何不恼？当下与督军团密商，设法泄恨。三个缝皮匠，比个诸葛亮，况有二十余人，会议此事，应该想出一个绝妙的法儿，他不从宣战上着想，偏从宪法上索瘢，因即拟定一篇改制宪法的呈文，由吉林督军孟恩远领衔，赍交总统府，其文云：

窃维国家赖法律以生存，法律以宪法为根本，故宪法良否，实即国家存亡之枢。恩远等到京以来，转瞬月余，目睹政象之危，匪言可喻，然犹无难变计图善。唯日前宪法会议二读会通过之宪法数条，内有众议院有不信任国务员之决议时，大总统可免国务员之职或解散众议院，唯解散时须得参议院之同意；又大总统任免国务总理，不必经国务员之副署；又两院议决案与法律有同等效力等语，实属震悚异常。查责任内阁之制，内阁对于国会负责，若政策不得国会同意，或国会提案弹劾，则或令内阁去职，或解散国会，诉之国民，本为相对之权责，乃得持平之维系。今竟限于有不信任之决议时，始可解散。夫政策不同意，尚有政策可凭，提案弹劾，尚须罪状可指，所谓不信任云者，本属空渺无当，在宪政各国，虽有其例，究无明文。内阁相对之权，应为无限制之解散，今更限以参议院之同意，我国参众两院，性质本无区别，回护自在意中，欲以参议院之同意，解散众议院，宁有能行之一日？是既陷内阁于时时颠危之地，更侵国民裁制之权，宪政精神，澌灭已尽。且内阁对于国会负责，故所有国家法令，虽以大总统名义颁行，而无一不由阁员副署，所以举责任之实际者在此，所以坚阁员之保障者亦在此。任免总理，为国家何等大政，乃云不必经国务员副署，是任命总理时，虽先有两院之同意为限制，而罢免时则毫无牵碍，一唯大总统个人意旨，便可去总理如逐厮役。试问为总理者，何以尽其忠国之谋，为民宣力乎？且以两院郑重之同意，不惜牺牲于命令之下，将处法律于何等，又将自处于何等乎？至议决案与法律有同等效力一层，议会专制口吻，尤属显彰悖逆，肆无忌惮。夫议员议事之权，本法律所赋予，果令议决之案，与法律有同等效力，则议员之于法律，无不可起灭自由，与“朕开口即为法律”之口吻，更何以异？国家所有行政司法之权，将同归消灭，而一切官吏之去留，又不容不仰议员之鼻息，如此而欲求国家治理，能乎不能？况宪法会议近日开会情形，尤属鬼蜮，每一条文出，既恒阻止讨论，群以即付表决相哗请，又每不循四分之三表决定例，而辄以反证表决为能事。以神圣之会议，与儿戏相终始，将来宣布后谓能有效，直欺天耳。此等宪法，破坏责任内阁精神，扫地无余，势非举内外行政各官吏，尽数变为议员仆隶，事事听彼操纵，以畅遂其暴民专制之私欲不止。我国本以专制弊政，秕害百端，故人民将士，不惜掷头颅，捐血肉，惨淡经营，以构成此共和局面。而彼等乃舞文弄墨，显攫专制之权，归其掌握，更复何有国家？以上所举，犹不过其荦荦大者。其他钳束行政，播弄私权，纰缪尚多，不胜枚举。如认此宪法为有效，则国家直已沦胥于少数暴民之手。如宪法布而群不认为有效，则祸变相寻，何堪逆计？恩远等触目惊心，实不忍坐视艰辛缔造之局，任令少数之人，倚法为奸，重召巨祸，欲作未雨之绸缪，应权利害之轻重，以常事与国会较，固国会重，以国会与国家较，则国家重。今日之国会，既不为国家计，是已自绝于人民，代表资格，当然不能存在。犹忆天坛草案初成，举国惶骇时，我大总统在鄂督任内，挈衔通电，力辟其非，至理名言，今犹颂声盈耳。议宪各员，具有天良，当能记忆，何竟变本加厉，一至于此。唯有仰恳大总统权宜轻重，毅然独断，如其不能改正，即将参众两院，即日解散，另行组织。俾议宪之局，得以早日改图，庶几共和政体，永得保障，奕世人民，重拜厚赐。恩远等忝膺疆寄，与国家休戚相关，兴亡之责，宁忍自后于匹夫？垂涕之言，伏祈鉴察！无任激切屏营之至！

呈文上的署名，除领衔的孟恩远外，就是王占元、张怀芝、李厚基、赵倜、倪嗣冲、李纯、阎锡山及田中玉、蒋雁行等。又有浙江代表赵禅，奉天代表杨宇霆，黑龙江代表张宣、张发宸，陕西代表瞿寿禔，甘肃代表吴中英，热河代表冯梦云，湖南代表张翼鹏，新疆代表钱桐，江苏代表师景云，贵州代表王文华，云南代表叶荃，共得二十二人。一面递呈国务总理，及通电各省，这一场有分教：

苍狗白云多变幻，红羊浩劫又侵寻。

欲知黎总统曾否照准，且待下回分解。

有袁世凯之胁迫议会，勾结军阀，而段祺瑞乃欲踵而效之，彼请愿团之捣乱议会，果谁使之乎？督军团之纠劾议会，果谁使之乎？夫议会之一切举动，固不足尽满人意，然武夫专制之为祸，较甚于议会之专制。兵犹火也，不戢将自焚也，袁氏且毒人自毒，段智不袁若，乃亦起而效尤，宁非大误，国家多难，杌陧不安，顾尚堪一误再误耶？吾观段氏之所为，吾尤不能无憾于袁氏矣。

第八十三回　应电召辫帅作调人　撤国会军官甘副署

却说督军团递入呈文，待了两日，未见批答下来，料知黎总统不肯照允，遂向总理处告辞，陆续出京。行到天津，复在督军曹锟署内，开了一次秘密会议。适徐州张勋，亦有密电到津，邀各军长等同赴徐州，各军长又复南下，与张辫帅晤谈竟夕，彼此订定密约，方才散归，静听中央消息。葫芦里卖什么药。才隔两天，即闻黎总统下令，免国务总理兼陆军总长段祺瑞职，着外交总长伍廷芳，暂行代理国务总理，陆军次长张士钰，代理陆军部务。一个霹雳，响彻中原，各军长正防这一着，准备与中央翻脸，方拟传电质问，忽由总统府发出通电，略云：

段总理任事以来，劳苦功高，深资倚畀，前因办事困难，历请辞职，叠经慰留，原冀宏济艰难，同支危局。乃日来阁员相继引退，政治莫由进行，该总理独力支持，贤劳可念。当国步阽危之日，未便令久任其难，本大总统特依约法第三十四条免去该总理本职，由外交总长暂行代署，俾息仔肩，徐图大用，一面敦劝东海出山，共膺重寄。其陆军总长一职，拟令王聘卿继任。执事等公忠体国，伟略匡时，仍冀内外一心，共图国是，本大总统有厚望焉！

这道电文，颁发出来，各军长统皆愕然。看到电文的署名，除黎总统外，就是代理国务总理伍廷芳副署，大众更觉惊哗。未几即接到段祺瑞通电，略言："卸职出京，暂寓天津，唯调换总理命令，未经祺瑞副署，将来地方及国家，因此生何影响，祺瑞概不负责"云云。看官阅此，应知他言中寓意，明明是教外省督军，质问中央，诘他违法。于是长江巡阅使张勋，首先拍电，谓："此令由伍廷芳副署，不合法律。"此外各省军长，亦如张勋所言，陆续电诘。张非段派，乃首驳黎氏，无非欲收渔人之利。就是国会议员，亦不得不提出质问。聊复尔尔。当经伍廷芳依据约法，兼引民国以来任免总理的先例，通电解释，并向议会答复。议会中原是虚与委蛇，不再穷诘，唯各军长怎肯罢休，自然坚持到底，还要龃龉，申请黎总统收回成命。黎总统如何肯从，但将各军长电文置诸高阁，特派王士珍为京津一带临时警备总司令，江朝宗、陈光远为副司令，戒备非常。

正在内外争持的时候，突接宁夏护军使马福祥来电，报称："擒获伪皇帝吴生彦，即日正法"等语。原来吴生彦为甘肃匪首，也艳羡皇帝二字的美称，因即纠众千余，骚扰甘蒙边境，诈称为清室后裔达儿六吉，自号统绪皇帝，把光绪宣统二年号，凑合成名，可发一噱。封党徒卢占魁为大元帅，兴兵恢复。幸由马福祥所部军队，闻风剿捕，斩获百人，贼众究系乌合，纷纷骇散。伪皇帝与伪大元帅，一筹莫展，只有乱窜一法，结果是无处奔避，被官军四面兜拿，擒至护军使辕门，讯明情实，赏给几个卫生丸，送他归阴。袁氏想做皇帝，尚难成事，何况吴生彦。但亦袁氏引带出来，故特叙及。黎总统接得捷电，自然放心。唯伍廷芳系由黎氏任命，作为临时总理，未经国会通过同意，自未得继续下去；再加各军长交相诘难，廷芳也觉不安，屡向黎总统处告辞。黎总统焦思苦虑，想出一个老成重望的人物，请令上台。欲知他姓甚名谁，就是新命财政总长李经羲。

经羲系清傅相李鸿章从子，年已老朽，不堪大用。黎独追溯从前，谓祺瑞父尝从故军门周盛传麾下，周本淮军将领，隶属李氏，李氏为北洋系军阀旧家，借他余威，或可弹压北洋军人，免他滋扰。婚媾尚且反噬，遑论旧谊？适值李经羲奉命至津，正好畀他重任，维持危局。当下转咨国会，拟任李经羲为国务总理，请求同意。国会议员与黎氏通同一气，自然不致两歧，不过手续上总须投票，方可表决。等到开匦检票，自得多数同意，复告政府。黎总统便即下令，特任李经羲为国务总理，一面派员赴津，迎李入京。李经羲未肯遽允，复书辞谢，再经黎总统手书敦勉，经羲仍然模糊作答，不即启行。惹得黎总统望眼将穿，非常焦灼。

不意督军团的手段，煞是厉害，一声爆裂，首发淮上，安徽省长倪嗣冲，居然通电各省，宣告独立。略言："群小怙权，扰乱政局，国会议员，乘机构煽，政府几乎一空。宪法又系议院专制，自本日始，与中央脱离关系"云云。这电为民国六年五月二十九日拍发，越日，即扣留津浦铁路火车，运兵赴津，颇有晋阳兴甲的气象。嗣是奉天督军兼省长张作霖，陕西督军陈树藩，河南督军赵倜、省长田文烈，浙江督军杨善德、省长齐耀珊，山东督军兼署省长张怀芝，黑龙江督军兼署省长毕桂芳、帮办军务许兰洲，直隶督军曹锟、省长朱家宝，福建督军李厚基，山西督军阎锡山，第二十师师长范国璋，绥远旅长王丕焕，第七师师长张敬尧，第八师师长李长泰等，依次哗噪，与那倪嗣冲异口同声，倡言独立。那时苦口婆心的黎菩萨，真弄到魔障重重，没法摆布了。代理国务总理伍廷芳等，又统是无拳无勇，不能救急，没奈何再使秘书劳神，撰了数千百言，电发出去，劝告督军团，并派员分往宣慰。看官！你想这班督军团，手拥强兵，气焰极盛，岂是区区笔舌，所得挽回？当下独立各省，均派干员至天津，设立各省军务总参谋处，即用雷震春为总参谋，将设临时政府、临时议会，风声日紧一日，黎总统寝食不安，孤危得很。适安徽督军张勋，递入呈文，历陈时局危险，劝黎总统勿再固执，危及国家，言下并有自出斡旋的意思。黎总统还道他是个好人，巴不得他出来调停，急来抱佛脚，哪知他是个牛魔王。再电问李经羲，经羲亦主张召勋，因决计下令道：

> 据安徽督军张勋来电，历陈时局，情词恳挚，本大总统德薄能鲜，诚信未孚，致为国家御侮之官，竟有藩镇联兵之祸，事与心左，慨歉交深。安徽督军张勋功高望重，公诚爱国，盼即迅速来京，共商国是，必能匡济时艰，挽回大局，跂予望之！此令。

张勋接到此令，喜如所望，即复电到京，克日启程。别有肺肠，明眼人当能窥测。众议院议长汤化龙，蒿目时艰，料知前途必有大变，不如见机远祸，乃向院中陈请辞职。各议员表决许可，因即改选，另举吴景濂为议长。副议长陈国祥亦情愿去职，偏不得大众允许，只好仍然留任。此外如参众两院议员，有心趋避，联翩告辞，乐得离开烦恼场，回去享福。最惊人耳目的事情，乃是副总统冯国璋，亦电达参众两院，请辞中华民国副总统一职，并派员将原受证书，具文送缴两院，且通电中央及各省，声明时局险巇，无术救济，不能靦颜尸位等情。黎总统越觉焦急，慌忙复电慰留，一面敦促安徽督军张勋，及国务总理李经羲入都，挽救危局。江西督军李纯，却是有些热诚，意欲出为调停，特由赣省入京，窥探两造意见，竭力周旋。偏黎总统的心目中，专望那辫子大帅，天津的各省总参谋处，又是倚势作威，不容进言，李督军徒讨了一回没趣，只好扫兴自归。那辫帅张勋，于六月七日起行，随身带着精兵五千，乘车就道，越宿即至天津，与李经羲晤商。彼此密谈多时，定了密计，遂先派兵入京，作为先声，又电陈调停条件，第一项宜解散国会，第二项是撤消京津警备。意欲何为？黎总统接电后，明知这两项是都不可行，但事在燃眉，不得不依他一条，把王士珍、江朝宗、陈光远的警备总副司令，先行撤消，然后再复电张勋，商榷解散国会一事，似乎有不便依议的情形。偏张勋坚执己见，谓："国会若不解散，断无调停余地，自己亦未便晋京，拟即回任去了。"黎总统接到此电，又大吃了一惊。可巧驻京美公使，复来了一角公文，由伍廷芳亲自赍入。黎总统急忙启阅，但见上面写着：

美国政府，闻中国内讧，极为忧虑，笃望即复归于和好，政治统一。中国对德宣战，抑或仍守与德绝交之现状，乃次要之事件。在中国最为必要者，乃维持继续其政治之实验，沿已得进步之途径，进求国家之发展。美国所以关心于中国政体及行政人物者，仅以中美友谊之关系，美国不得不助中国。但美国尤深切关心者，在中国之维持中央统一与单独负责之政府。是以美国今表示极诚恳之希望，愿中国为自己利益及世界利益计，立息党争。并愿所有党派与一切人民，共谋统一政府之再建，共保中国在世界各国中所应有之地位。但若内讧不息，而欲占其以应得之地位，则必不可能也。

黎总统览到此处，见下文只有寥寥数字，料不过是起结套话，因此不暇细瞧，便将来文置诸案上，顾语伍廷芳道：“这原是友邦的好意，但目前危状，几乎朝不保暮，公可别有良策否？”廷芳踌躇多时，竟想不出什么法子，只得当面敷衍道：“总统高见，究应如何办法？”黎总统答道：“张勋所要求的二大条件，京津警备，已经撤消，只解散国会，事关重大，未便照行，偏他定要照办，如何是好？”廷芳道：“民国《约法》，并无解散国会的条件，此事如何行得？就是前日段总理免职，廷芳面奉钧命，勉强副署，那还有《约法》可援，已遭各军长反对，痛责廷芳，倘或解散国会，是要被全国唾骂了。”黎总统道：“这便怎么处？”廷芳道：“且再派一干员，赴津与张勋婉商，宁可改行别种条件罢。”黎总统点首无言，廷芳便即退出。当由黎总统派员往津，才阅一宵，便见该员返报。据言：“张勋意见，非解散国会，断不可了，现限定三日以内，必须颁发解散国会的命令。否则通电卸责，南下回任，恕不入谒了。”仿佛哀的美敦书。黎总统听着，直似哑子吃黄连，说不出的苦楚。又召伍廷芳等熟商，廷芳托辞有疾，但呈入一篇辞职书，不愿进见。此外有几位国务员，应召进来，也无非面面相觑，支吾了事。

光阴易过，倏忽三天，张辫帅所说的限期，已经到了，黎总统再召集文武各员，咨商国是，大家亦不肯作主，唯推到总统一人身上。就中有一个步军统领江朝宗，甫卸警备副司令的职衔，想乘此出些风头，竟说解散国会，并非今日创行，尚记得老袁时代么？总统为保全大局起见，何妨毅然决计，暂撤国会，再作计较。黎总统捻须道：“伍代揆为了副署一事，不便承认，所以称疾辞职，现有何人肯来担负呢？”朝宗道：“为国为民，义所难辞，但教总统另简一人，使他副署，便好解决了。”黎总统委实没法，只好商诸各部总长，请他担任此责。各总长同声推辞，黎总统仍顾江朝宗道：“看来此事只好属君了。”朝宗道：“此事本非朝宗所宜负责，但事已至此，也不能不为总统分忧，朝宗也不遑后顾，就此一干罢。”毕竟武夫胆大。黎总统也明知不妙，唯除此以外，别无救急的良方，没奈何把头微点，待到大众退出，即命秘书代缮命令，逐条颁发。第一道是准外交总长伍廷芳，免代理国务总理职；第二道是特任江朝宗暂行代理国务总理；第三道便是解散国会了。略云：

上年六月，本大总统申令，以宪法之成，专待国会，宪法未定，大本不立，亟应召集国会，速定宪法等因。是本届国会之召集，专以制宪为要义。前据吉林督军孟恩远等呈称："日前宪法会议及审议会通过之宪法数条，内有众议院有不信任国务员之决议时，大总统可免国务员之职，或解散众议院，唯解散时，须得参议院之同意；又大总统任免国务总理，不必经国务员之副署；又两院议决案，与法律有同等效力等语，实属震悚异常。考之各国制宪成例，不应由国会议定，故我国欲得良妥宪法，非从根本改正，实无以善其后。以常事与国会较，固国会重，以国会与国家较，则国家重。今日之国会，既不为国家计，唯有仰恳权宜轻重，毅然独断，将参众两院即日解散，另行组织，俾议宪之局，得以早日改图，庶几共和政体，永得保障"等语。近日全国军政商学各界，函电络绎，情词亦复相同，查参众两院，组织宪法会议，时将一载，迄未告成。现在时局艰难，千钧一发，两院议员纷纷辞职，以致迭次开会，均不足法定人数，宪法审议之案，欲修正而无从，自非另筹办法，无以慰国人宪法期成之喁望。本大总统俯顺舆情，深维国本，应即准如该督军等所请，将参众两院即日解散，克期另行选举，以维法治。此次改组国会本旨，原以符速定宪法之成议，并非取消民国立法之机关，邦人君子，咸喻此意！此令。

这道解散国会的命令，当然由江朝宗副署了。朝宗虽已副署，也恐为此招尤，特通电自解道：

现在时艰孔亟，险象环生，大局岌岌，不可终日，总统为救国安民计，于是有本日国会改选之命令。朝宗仰承知遇，权代总理，诚不忍全国疑谤，集于主座之一身，特为依法副署，藉负完全责任。区区之意，欲以维持大局，保卫京畿，使神州不致分崩，生灵不罹涂炭。一俟正式内阁成立，即行引退。违法之责，所不敢辞。知我罪我，听诸舆论而已。

发令以后，黎总统长吁短叹，总觉愤懑不安，意欲再明心迹，方可对己对人。小子有诗为证云：

　　文人笔舌武夫刀，扰扰中华气量豪。
　　一体如何左右袒，枉教元首费忧劳。

欲知黎总统如何自明，试看下回续叙。

段总理免职，首先反抗者为张勋，而后来宣告独立，乃让倪嗣冲、张作霖等出头，岂辫帅之先勇后怯耶？彼盖故落人后，可以出作调人，而自遂其生平之愿望。黎总统急不暇择，便引为臂助，一心召请，菩萨待人，全出厚道，安知伏魔大将军反为魔首也。至解散国会一事，伍廷芳不敢副署，因致辞职，独江朝宗毅然入请，愿为效劳，赳赳武夫，胆量固豪，其亦料将来之变幻否耶？而德不胜才之黎总统，则已不堪胁迫矣。

第八十四回　偕老友带兵入京 叩故宫黄夜复辟

却说黎总统解散国会，心中仍然愤闷，不得不表明心迹，因再嘱秘书草就一令，同日缮发。大略说是：

元洪自就任以来，首以尊重民意，谨守《约法》为职志，虽德薄能鲜，未餍舆情，而守法勿渝之素怀，当为国人所共谅，乃者国会再开，成绩尚尠，宪政会议，于行政立法两方权力，畸轻畸重，未剂于平，致滋口实。皖、奉发难，海内骚然，众矢所集，皆在国会，请求解散者，呈电络绎，异口同声。元洪以《约法》无解散之明文，未便破坏法律，曲徇众议，而解纷靖难，智勇俱穷，亟思逊位避贤，还我初服，乃各路兵队，逼近京畿，更于天津设立总参谋处，自由号召，并闻有组织临时政府与复辟两说，人心浮动，讹言繁兴。安徽张督军北来，力主调停，首以解散国会为请，迭经派员接洽，据该员复述："如不即发明令，即行通电卸责，各省军队，自由行动，势难约束"等语，际此危疑震撼之时，诚恐藐躬引退，立启兵端，匪独国家政体，根本推翻，抑且攘夺相寻，生灵涂炭。都门首善之地，受害尤烈，外人为自卫计，势必至始于干涉，终以保护，亡国之祸，即在目前。元洪筹思再四，法律事实，势难兼顾，实不忍为一己博守法之虚名，而使兆民受亡国之惨痛。为保存共和国体，保全京畿人民，保持南北统一计，迫不获已，始有本日国会改选之令，忍辱负重，取济一时，吞声茹痛，内疚神明。所望各省长官，其曾经发难者，各有悔祸厌乱之决心，此外各省，亦皆曲谅苦衷，不生异议，庶几一心一德，同济艰难，一俟秩序回复，大局粗安，定当引咎辞职，以谢国人。天日在上，誓不食言。

这令下后，两院议员，无可奈何，相率整装出都。督军团已得如愿，不战屈人，便都电告中央，取消独立。唯黑龙江督军毕桂芳，为帮办军务许兰洲所迫，卸职自去。许兰洲亦不待中央命令，但说由毕桂芳移交，居然就职。力大为王，还管什么高下？政府也不暇过问，由他胡行。唯广东督军陈炳焜，广西督军谭浩明，乃是国民党中的健将，素来扶持黎总统，不入督军团中，此次闻黎氏被迫，解散国会，已经愤不可遏，跃跃欲动，再经议员等出京抵沪，电致湘、粤、桂、滇、黔、川各省，谓："民国《约法》中，总统无解散国会权，江朝宗为步军统领，非国务员，更不能代理国务总理。且总统受迫武人，亦已自认违法，所有解散国会的命令，当然无效。"这电文传到两督军座前，便双方互约，暂归自主，俟恢复旧国会或重组新国会，依法解决时局，再行听命。两督联名传电，理由颇也充足。但两广僻处岭南，距京最远，就使加倍激烈，亦未足慑服督军团，所以督军团全然不睬，反暗笑他螳斧当车，不自量力。

还有这位张辫帅趾高气扬，竟与李经羲偕行入京，来演一出特别好戏。黎总统派员至车站前，恭迎二人入都，就是都中人士，拭目待着，也总道是两大人物，定有旋天转地的手段，可以易危为安。俟至汽笛呜呜，烟尘滚滚，京津火车，辘辘前来，车上悬着花圈，一望便知是伟人座处，不由的瞻仰起来。寻常时候，火车到站，非常忙乱，此时却格外镇静，车站两旁，统有兵队森列，严肃无声，但见辫子大帅，与李老头儿，联翩下车，即由总统府特派员，上前鞠躬，表明总统诚意。张辫帅满面春风，对他一笑，便改乘马车，由随来的一营兵士，拥护出站，偕李经羲同进都门去了。渲染声势，反跌下文。

看官记着！张、李入都的日子，乃是六月十四日，过了数天，尚未有什么举动，唯见都城内外，遍贴定武将军的告示，大略说是："此行入都，当力筹治安。"余亦没有意外奇语。有几个聪明伶俐的士人，看到定武将军四字，已不禁生疑，暗想定武将军，虽是张辫帅的勋衔，但他究任安徽督军，如何出示都门，敢来越俎？就中必有隐情，不可测度。仔细探听总统府中，但闻张、李二人，与总统晤谈数次，亦无非是福国利民的口头禅，没甚表异。大家无从揣摩，只得丢过一边。到了二十一日，天津总参谋处，由雷震春宣告撤消，倒也是一番佳象。二十四日，国务总理李经羲就职，奉令兼财政总长，亦未尝提出辞呈，不过他通电各省，自称任事期限，只三阅月，过此便要辞职，这是他格外鸣谦，无关重轻。二十五日，复由黎总统下令，任命李经羲兼盐务督办。二十六日，内务部因改选国会，特设办理选举事务局，局长派出杨熊祥。二十九日，准免司法总长张耀曾，及农商总长谷钟秀二人，改任江庸署司法总长，李盛铎署农商总长。这条命令，却是有些蹊跷。张、谷皆国民党，忽然免职，另任他人，想总是削夺国民党的面子，划除黎总统的心腹，此外当无甚关系了。逐层反跌。

谁料事起非常，变生不测，六月三十日的夜间，竟演就一场复辟的幻戏出来。确是奇闻。复辟二字，本是张辫帅念念不忘的条件，从前徐州会议，第一条即为尊重优待清室的成约，暗中已寓有复辟的意思；至第二次徐州会议，表面上仍筹议治安，其实是为了复辟计划，重复讨论。倪嗣冲素不赞成共和，冯国璋模棱两可，余皆奉张辫帅为盟主，莫敢异言。张辫帅部下，统皆垂辫，原是借辫发为标帜，待时复辟。此次黎、段龃龉，正是绝好机会，所以连番号召，要结同盟。看得透，写得出。直隶督军曹锟，本列入督军团内，闻着此议，忙去请教前清元老徐世昌。徐世昌摇首道："这事断不可行，少轩自谓忠清，我恐他反要害清了。"是极。锟领教后，方知张勋所议不合。少轩就是张勋表字。唯张勋曾有各守秘密的条约，故锟与徐说明，各不声张，坐观成败。

及勋既北上，阳作调人，暗中实为复辟起见。天下事若要不知，除非莫为，所以张勋到津，前国务总理熊希龄，就有反对复辟的通电，迭称复辟论调，具有五大危险：一关财政，二关外交，三关军政，四关民生，五关清室，说得淋漓痛切，毫无剩词。副总统冯国璋，阅熊电文，亦幡然觉悟，发一通电，与熊共表同情。实未免首鼠两端。黎总统览到熊、冯两电，很觉惊心，因此解散国会时，自明心迹，也曾将复辟二字提及，预先示惩。补前文所未详。就是张辫帅的好友，亦密电劝阻，略言："时机未熟，民情未孚，兵力未集，不宜轻举妄动。”张颇有所悟，复电谓：“俟大局粗定，内阁组成，便当南返徐州，所有复辟一说，自当取消，无庸再议。”于是远近安心，不复担忧了。

偏偏张勋参谋长万绳栻，热心富贵，希旨迎合，日夕在辫帅旁，微词挑拨，怂恿复辟，又去敦促文圣人到京，作一帮手。文圣人姓甚名谁？就是前清工部主事康有为。有为尝到徐州，谒见张勋，勋与他谈论时政，语多投机。彼此都是保皇派，自然契合。康尚文，张尚武，两人各诩诩自夸，故时论号为文武两圣人。至此康有为接奉密召，星夜到京，预拟诏书数纸，持入见张，张勋正往江西会馆中夜宴，时尚未归，当由万绳栻接着，与有为密议多时，差不多是二更天气了。绳栻急欲求逞，派人赴江西会馆，探望张勋，好容易才得使人还报，谓：“大帅在会馆中听戏，所以迟归。现在戏将演毕，想就可返驾了。”绳栻与有为又眼巴巴的竚候，约过了一二小时，方见辫子大帅，大踏步的进来。有为亟上前请过晚安，由张勋欢颜道谢，引他就座。彼此寒暄数语，绳栻已将左右使开，向有为传示眼色，令他进言。有为即将草拟诏书，从囊中取出一大包，持呈张勋。勋问为何因？有为道：“请大帅约略展阅，便见分晓。”勋启视一页，便捻须道：“这……这事恐不便速行。”有为尚未及答，绳栻便在旁接入道：“大帅志在复辟，已非一日，现在大权在手，一呼百诺，正是千载一时的机会，失此不图，尚待何时？”张勋尚有三分酒意，听了此言，不由的鼓动余兴，奋袂起座道：“有理有理，我便干一遭罢。”曲肖莽夫形容。当下唤入心腹侍从，分头往邀几个著名大员，商量起事。少顷，便有数人到来，一是陆军总长王士珍，一是步军统领江朝宗，一是警察总监吴炳湘，一是第二十师师长陈光远，陆续进见，启问情由。张勋便提出复辟两大字，请他数大员帮忙。王士珍老成持重，颇有难色。江朝宗乃是急性人，当即赞成。士珍嗫嚅道：“这……这事还应慢慢妥商。”回应张勋前语。笔法入神。张勋瞋目道：“要做就做，何必多商。事若不成，由我老张负责，不致累及诸公，否则休怪我不情哩！”士珍见他色厉词狂，不敢再言。张勋复顾吴炳湘道：“今夜便当开城，招纳我部下将士，明晨就好复辟了。”炳湘也未敢反对。张勋遂派人据住电报局，不许他人拍电，并放定武军入城。一面召入刘廷琛、沈曾植、劳乃宣、阮忠枢、顾瑗等，审查康有为所拟诏书，有无误点。大家检阅一番，心下各忐忑不定。有几个素主复辟，稍稍注视，但闻是康圣人手笔，当然不能笔削，乐得做个好好先生。

转眼间已是鸡声报晓，天将黎明了，张勋已命厨役办好酒肴，即令搬出，劝大家饱餐一顿。未几，即有侍从入报，定武军统已报到，听候明令。张勋跃起道："我等就同往清宫，去请宣统帝复辟便了。"说着，左右已取过朝衣朝冠，共有数十套。亏他当夜筹备。张勋先自穿戴，并令大众照服，不能如大帅有辫，总觉不象。出门登车，招呼部兵，一齐同行。到了清宫门首，门尚未启，由定武军叩门径入。张勋也即下车，招呼王士珍等，徒步偕进。清宫中的人员，不知何因，统吓得一身冷汗，分头乱跑，里面去报知瑾、瑜两太妃，外面去报知清太保世续。两太妃与世续诸人，并皆惊起，出问缘由。张勋朗声道："今日复辟，请少主即刻登殿。"世续战声道："这是何人主张？"张勋狞笑道："由我老张作主，公怕什么！"世续道："复辟原是好事，唯中外人情，曾否愿意？"张勋道："愿意不愿意，请君不必多问，但请少主登殿，便没事了。"世续尚不肯依，只眼睁睁的望着两太妃。两太妃徐语张勋道："事须斟酌，三思后行。"张勋不禁动恼道："老臣受先帝厚恩，不敢忘报，所以乘机复辟，再造清室，难道两太妃反不愿重兴吗？"瑜太妃呜咽道："将军幸勿错怪！万一不成，反恐害我全族了。"张勋道："有老臣在，尽请勿忧！"两太妃仍然迟疑，且至泪下。世续亦踌躇不答。俄而定武军哗噪起来，统请宣统帝登殿。张勋亦忍耐不住，厉声问世续道："究竟愿复辟否？"胁主退位，我所习闻，胁主复辟，却是罕见，这未始非张辫帅之孤忠。世续恐不从张勋，反有意外情事，乃与两太妃熟商，只好请宣统帝出来。两太妃乃返身入内，世续亦即随入，领出十三岁的小皇帝，扶他登座。此番却不哭了。张勋便拜倒殿上，高呼万岁。王士珍等也只得跪下，随口欢呼。朝贺已毕，即由康有为赍呈草诏，即刻颁布。诏云：

朕不幸，以四龄继承大业，茕茕在疚，未堪多难。辛亥变起，我孝定景皇后至德深仁，不忍生民涂炭，毅然以祖宗创垂之重，亿兆生灵之命，付托前阁臣袁世凯，设临时政府，推让政权，公诸天下，冀以息争弭乱，民得安居。乃国体自改革共和以来，纷争无已，迭起干戈，强劫暴敛，贿赂公行，岁入增至四万万，而仍患不足，外债增出十余万万，有加无已，海内嚣然，丧其乐生之气，使我孝定景皇后不得已逊政恤民之举，转以重困吾民。此诚我孝定景皇后初衷所不及料，在天之灵，恻痛而难安者。而朕深居宫禁，日夜祷天，彷徨饮泣，不知所出者也。今者复以党争，激成兵祸，天下汹汹，久莫能定，共和解体，补救已穷。据张勋、冯国璋、陆荣廷等，以国体动摇，人心思旧，合词奏请复辟，以拯生灵；又据瞿鸿机等，为国势阽危，人心涣散，合词奏请御极听政，以顺天人；又据黎元洪奏请奉还大政，以惠中国而拯生民各等语，真会捣鬼，大约是康圣人梦中瞧过。览奏情词恳切，实深痛惧。既不敢以天下存亡之大责，轻任于冲人微眇之躬，又不忍以一姓祸福之謷言，遂置生灵于不顾。权衡轻重，天人交迫，不得已允如所奏，于宣统九年五月十三日，是从阴历。临朝听政，收回大权，与民更始。而今以往，以纲常名教，为精神之宪法，以礼义廉耻，收溃决之人心。上下以至诚相感，不徒恃法守为维系之资，政令以惩毖为心，不得以国本为尝试之具，况当此万象虚耗，元气垂绝，存亡绝续之交，朕临深履薄，固不敢有乐为君，稍自纵逸。尔大小臣工，尤当精白乃心，涤除旧染，息息以民瘼为念，为民生留一分元气，即为国家留一息命脉，庶几危亡可救，感召天庥。所有兴复初政，亟应兴革诸大端，条举如下：（一）钦遵德宗景皇帝谕旨，大权统于朝廷，庶政公诸舆论，定为大清帝国，善法列国君主立宪政体。（一）皇室经费，仍照所定每年四百万数目，按年拨用，不得丝毫增加。（一）懔遵本朝祖制，亲贵不得干预政事。（一）实行融化满汉畛域，所有以前一切满蒙官缺，已经裁撤者，概不复设。至通俗易婚等事，并着所司条议具奏。（一）自宣统九年五月本日以前，凡与东西各国正式签定条约，及已付债款各合同，一律继续有效。（一）民国所行印花税一事，应即废止，以纾民困。其余苛细杂捐，并着各省督抚查明，奏请分别裁撤。（一）民国刑律，不适国情，应即废除，暂以宣统初年颁定现行刑律为准。（一）禁除党派恶习，其从前政治罪犯，概予赦免，倘有自弃于民而扰乱治安者，朕不敢赦。（一）凡我臣民，无论已否剪发，应遵照宣统三年九月谕旨，悉听其便。凡此九条，誓共遵守，皇天后土，实鉴临之！将此通谕知之！

这谕既发，康有为又取出第二三道草诏，谕设内阁议政大臣，并设阁丞二员。余如京外各缺，均暂照宣统初年官制办理。又封黎元洪为一等公，授张勋、王士珍、陈宝琛、梁敦彦、刘廷琛、袁大化、张镇芳为内阁议政大臣，万绳栻、胡嗣瑗为内阁阁丞，梁敦彦为外务部尚书，张镇芳为度支部尚书，王士珍为参谋部大臣，雷震春为陆军部尚书，朱家宝为民政部尚书，徐世昌为弼德院院长，康有为为副院长，张勋又兼任直隶总督北洋大臣，留京办事，冯国璋为两江总督南洋大臣，陆荣廷为两广总督。他如直隶督军曹锟以下，统改官巡抚。一时希荣求宠诸徒，无不雀跃，纷纷至热闹市场，购办翎顶蟒服，准备入朝，市侩遂竞搜旧箧，把从前搁落的朝臣服饰，一古脑儿搬取出来，重价出售，倒是一桩绝大利市，得赚了好许多银子。小子也乐得凑趣，胡诌几句歪诗道：

轻心一试太粗狂，偌大清宫作戏场。
只有数商翻获利，挟奇犹悔不多藏。

复辟已成，兴高采烈的张辫帅，还有若干手续，试看下回便知。

张勋以数年之心志，乘黎菩萨危急之余，冒昧求逞，遽尔复辟，此乃所谓行险侥幸之举，宁能有成？况清室已仆，不过为残喘之苟延，欲再出而号令四方，试问如许军阀家，尚肯低首下心，为彼奴隶乎？但观民国诸当局之各私其私，尚不若张辫帅之始终如一，其迹可訾，其心尚堪共谅也。彼康有为亦何为者？前清戊戌之变，操之过激，几陷清德宗于死地，此时仅余一十三龄之遗胤，乃又欲举为孤注，付诸一掷，名为保清，实则害清，是岂不可以已乎？若万绳栻诸人，固不足道焉。

第八十五回　梁鼎芬造府为说客
黎元洪假馆作寓公

却说张勋主张复辟，仓猝办就，诸事统皆草率，所有手续，概不完备。就是草诏中所叙各奏，都是凭空捏造，未曾预办，因此又劳那康圣人费心，先将自已奏折草就，补呈进去，再把瞿鸿禨等奏请听政的折子，亦缮定一分，作为备卷。其实冯国璋、陆荣廷、瞿鸿禨等，尚未接洽，全凭文武两圣人，背地告成。这数种奏折原文，小子无暇详录，唯当时张勋有一通电，宣告中外，录述如下：

自顷政象谲奇，中原鼎沸，蒙兵未解，南耗旋惊，政府几等赘旒，疲氓迄无安枕。怵内讧之孔亟，虞外务之纷乘，全国漂摇，靡知所届。勋唯治国犹之治病，必先洞其症结，而后攻达易为功；卫国犹之卫身，必先定其心君，而后清宁可长保。既同处厝火积薪之会，当愈励挥戈返日之忠，不敢不掬此血诚，为天下正言以告。溯自辛亥武昌兵变，创改共和，纲纪隳颓，老成绝迹，暴民横恣，宵小把持，奖盗魁为伟人，祀死囚为烈士，议会倚乱民为后盾，阁员恃私党为护符，以剥削民脂为裕课，以压抑善良为自治，以摧折耆宿为开通；或广布谣言，而号为舆论，或密行输款，而托为外交，无非恃卖国为谋国之工，借立法为舞法之具。驯至昌言废孔，立召神恫，悖礼害群，率由兽行，以故道德沦丧，法度凌夷，匪党纵横，饿莩载道。一农之产，既厄于讹诈，复厄于诛求，一商之资，非耗于官捐，即耗于盗劫。凡在位者，略吞贿赂，交济其奸，名为民国，而不知有民，称为国民，而不知有国。至今日民穷财尽，而国本亦不免动摇，莫非国体不良，遂至此极。即此次政争伊始，不过中央略失其平，若在纪纲稍振之时，焉有轇轕不解之虑？乃竟兵连方镇，险象环生，一二日间，弥漫大地。乃公亦局中人，何徒责人而不自责。迄今外蒙独立，尚未取消，西南乱机，时虞窃发，国会虽经解散，政府久听虚悬，总理既为内外所不承认，仍即靦然通告就职，政令所及，不出都门，于是退职议员，公诋总统之言为伪令，推原祸始，实以共和为之厉阶。且国体既号共和，总统必须选举，权利所在，人怀幸心，而选举之期，又仅以五年为限，五年更一总统，则一大乱，一年或数月更一总理，则一小乱，选举无已时，乱亦无已时。此数语颇亦动听。小民何辜，动罹荼毒，以视君主世及，犹得享数年或数十年之幸福者，相距何啻天渊？利病较然，何能曲讳？或有谓国体既改共和，倘轻予更张，恐滋纷扰，不若拥护现任总统，或另举继任总统之为便者。不知总统违法之说，已为天下诟病之资，声誉既隳，威信亦失，强为拥护，终不自安；倘日后迫以陷险之机，曷若目前完其全身之术？爱人以德，取害从轻，自不必佯予推崇，转伤忠厚。亏他自圆其说。至若另行推选，克期继任，讵敢谓海内魁硕，并世绝无其人？还是请辫帅登台何如？然在位者地丑德齐，莫能相下，在野者资轻力薄，孰愿率从？纵欲别选元良，一时亦难其选。盖总统之职，位高权重，有其才而无其德，往者既时蓄野心，有其德而无其才，继者乃徒供牵鼻，重以南北趋向，不无异同，选在北则南争，选在南则北争，争端相寻，而国已非其国矣。默察时势人情，与其袭共和之虚名，取灭亡之实祸，何如屏除党见，改建一巩固帝国，以竞存于列强之间，此义近为东西各国所主张，全球几无异议。中国本为数千年君主之制，圣贤继踵，代有留贻，制治之方，较各国为尤顺，然则为时势计，莫如规复君主，为名教计，更莫如推戴旧君，此心此理，八表攸同。伏思大清忠厚开基，救民水火，其得天下之正，远迈汉、唐，二祖七宗，以圣继圣，至我德宗景皇帝，时势多艰，忧勤尤亟，试考史宬载笔，如普免钱粮，叠颁内帑，多为旷古所无，即至辛亥用兵，孝定景皇后宁舍一姓之尊荣，不忍万民之涂炭，仁慈至意，沦浃人心，海内喁喁，讴思不已。前者朝廷逊政，另置临时政府，原谓试行共和之后，足以弭乱绥民，今共和已阅六年，而变乱相寻未已，仍以谕旨收回成柄，实与初旨相符。况我皇上冲龄典学，遵时养晦，国内迭经大难，而深宫匕鬯无惊，近且圣学日昭，德音四被，可知天佑清祚，特畀我皇上以非常睿智，庶应运而施其拨乱反正之功。祖泽灵长，于兹益显。勋等枕戈励志，六载于兹，横览中原，陆沉滋惧，比乃猝逢时变，来会上京。窃以为暂偷一日之安，自不如速定万年之计，业已熟商内外文武，众议佥同，谨于本日合词奏请皇上复辟，以植国本而固人心，庶几上有以仰慰列圣之灵，下有以俯慰群生之望。风声所树，海内景从。凡我同袍，皆属先朝旧臣，受恩深重，即军民人等，亦皆食毛践土，世沐生成，接电后，应即遵用正朔，悬挂龙旗。国难方殷，时乎不再，及今淬厉，尚有可为。本群下尊王爱国之至心，定大清国阜民康之鸿业。凡百君子，当共鉴之。

是时京城里面，俱经张勋传令，凡署廨局厂，及大小商场，一应将龙旗悬起，随风飘扬，仿佛仍是大清世界。总算北京的大清帝国。只总统府中，未曾悬挂龙旗，张勋还顾全黎总统面子，不遽用武力对待，但遣清室旧臣梁鼎芬等，清室旧臣四字，加诸梁鼎芬头上，却合身分。先往总统府中，入作说客。鼎芬见了黎总统，即将复辟情形，略述一番，并把一等公的封章，探囊出示。黎总统皱眉道："我召张定武入都，难道叫他来复辟吗？"鼎芬道："天意如此，人心如此，张大帅亦不过应天顺人，乃有这番举动，况公曾受过清职，食过清禄，辛亥政变，非公本意，天下共知，前次胁公登台，今番又逼公下场，公也可谓受尽折磨了，今何若就此息肩，安享天禄，既不负清室，亦不负民国，岂非一举两善么？"黎总统道："我并非恋栈不去，不过总统的职位，乃出国民委托，不敢不勉任所难，若复辟一事，乃是张少轩一人主张，恐中外未必承认，我奈何敢私自允诺呢？"鼎芬复絮说片时，黎总统只是不答。再经鼎芬出词吓迫道："先朝旧物，理当归还，公若不肯赞成，恐致后悔。"黎总统仍然无语。鼎芬知不可动，悻悻自去。黎总统暗暗着忙，急命秘书拟定数电，由黎总统亲自过目，因闻电报局被定武把守，料难拍发，乃特派亲吏潜出都城，持稿赴沪，方得电布出来：

（第一电）本日张巡阅使率兵入城，实行复辟，断绝交通，派梁鼎芬等来府游说，元洪严词拒绝，誓不承认。副总统等拥护共和，当必有善后之策。特闻。

（第二电）天不悔祸，复辟实行，闻本日清室上谕，有元洪奏请归政等语，不胜骇异。吾国由专制为共和，实出五族人民之公意，元洪受国民付托之重，自当始终民国，不知其他。特此奉闻，藉免误会。

（第三电）国家不幸，患难相寻，前因宪法争持，恐启兵端，安徽督军张勋，愿任调停之责，由国务总理李经羲，主张招致入都，共商国是。甫至天津，首请解散国会，在京各员，屡次声称保全国家统一起见，委曲相从。刻正组织内阁，期速完成，以图补救。不料昨晚十二点钟，突接报告，张勋主张复辟，先将电报局派兵占领。今日梁鼎芬等入府，面称先朝旧物，应即归还等语。当经痛加责斥，逐出府外。风闻彼等已发出通电数道，何人名义，内容如何，概不得知。元洪负国民付托之重，本拟一俟内阁成立，秩序稍复，即行辞职以谢国人。今既枝节横生，张勋胆敢以一人之野心，破坏群力建造之邦基，即世界各国承认之国体，是果何事，敢卸仔肩？时局至此，诸公夙怀爱国，远过元洪，伫望迅即出师，共图讨贼，以期复我共和而救危亡，无任迫切。临电涕泣，不知所云。如有电复，即希由路透公司转交为盼。

黎总统既派人南下，复与府中心腹商量救急的方法，大众齐声道："现在京中势力，全在张勋一人手中，总统既不允所请，他必用激烈手段，对付总统，不如急图自救，暂避凶威，徐待外援到来，再作后图。"黎总统沉吟道："教我到何处去？"大众道："事已万急，只好求助外人了。"黎总统尚未能决，半晌又问道："我若一走，便不成为总统了，这事将怎么处置？"大众听了，还道黎总统尚恋职位，只得出言劝慰道："这有何虑？外援一到，总统自然复位了。"黎总统慨然道："我已决意辞职，不愿再干此事，唯一时无从交卸，徒为避匿方法，将来维持危局，究靠何人主张？罢！罢！我记得约法中，总统有故障时，副总统得代行职权，看来只好交与冯副总统罢。"大众又道："冯副总统远在江南，如何交去？"黎总统也觉为难，为了这条问题，又劳黎总统想了一宵。大众逐渐散出，各去收拾物件，准备逃生。这原是第一要着。可怜这黎总统食不甘味，寝不安席，几乎一夜未能合眼，稍稍困倦，朦胧半刻，又被鸡声催醒，窗隙间已有曙光透入了。当即披衣起床，盥洗已毕，用过早膳，尚没有什么急警，唯闻有人传报，清宫内又有任官的上谕，瞿鸿机、升允并授大学士，冯国璋、陆荣廷并为参预政务大臣，沈曾植为学部尚书，萨镇冰为海军尚书，劳乃宣为法部尚书，李盛铎为农工商部尚书，詹天佑为邮传部尚书，贡桑诺尔布为理藩部尚书。此外尚有许多侍郎、左右丞，及都统、提督、府尹、厅丞诸名目，不胜枚举。随笔带过，较省笔墨。黎总统也无心细听，但安排交卸的手续，尚苦无人担承。

到了晌午，风声已加紧了，午后竟有定武军持械前来，声势汹汹，强令总统府卫队，一律撤换，并即日交出三海，不得迟延。陆军中将唐仲寅，为总统府卫队统领，无法抵推，亟入报黎总统，速请解决。黎总统本疑李经羲与勋同谋，不愿与议，至此急不暇择，便令秘书刘钟秀，往邀经羲，刘奉命欲行，可巧外面递入李经羲辞职呈文，并报称经羲已赴天津。走得好快。黎总统长叹道："我也顾不得许多了，看来只有仍烦老段罢。"便命刘钟秀草定两令，一是准李经羲免职，仍任段祺瑞为国务总理，一是请冯国璋代理职权，所有大总统印信，暂交国务总理段祺瑞摄护，令他设法转呈。两令草就，盖过了印，即将印信封固，派人赍送天津，交给段祺瑞，自己随取了一些银币，带着唐仲寅、刘钟秀二人，及仆从一名，潜出府门，竟往东交民巷，投入法国医院中。

时已天暮，院门虽开，里面只有仆从数人住守，问及院长，答称外出未归，无从见客，那时只好快快退出，折入日本使馆界内。沿途踯躅，穷无所归，好似倦鸟失巢，惶急无主。亏得唐仲寅记起一人，谓与日本公使武随员斋藤少将，尝相往来，不妨向彼求援，并托保护。当下驰入斋藤少将官舍，投刺请见。幸斋藤少将未曾出门，便即迎入，他本是认识黎元洪，总统印信，已经交出，不能再称总统了。又与唐仲寅交好，当然坦怀相待。仲寅即将避难情形，约略告知，并浼他至日本公使前，善为转达，恳请保护身命。斋藤少将一力担承，遂命役从取出茶点，供餉二人。黎元洪稍稍放心，且因夜膳尚无着落，不得已将东洋茶食，略充饥渴。好在斋藤少将，诚心帮忙，叫他两人坐待，自往日使馆中代为请命，少顷即回报道："敝公使已如所请，屈就营房数日，当予以相当保护，尽可无忧。"黎、唐二人，当即称谢。斋藤少将，便令卫兵腾出营房一间，导引两人栖宿，黎菩萨才得离开地狱，避入天堂了。还算不幸中之幸。越宿即由日本公使，通告驻京各国公使馆，并及清室道：

> 黎大总统带侍卫武官陆军中将唐仲寅、秘书刘钟秀及从者一名，于七月二日午后九时半，不预先通知，突至日本使馆域内之使领武随员斋藤少将官舍，恳其保护身命。日本公使馆认为不得已之事情，并顾及国际通义，决定作相当之保护，即以使馆域内之营房，暂充黎总统居所，特此告知。

总统避去，民国垂危，冯国璋远处江南，鞭长莫及，只有段祺瑞留寓天津，闻得京中政变，惹动雄心，即欲出讨张勋。可巧前司法总长梁启超，亦在津门，两下会议，由祺瑞表明己意，启超一力怂恿，决主兴兵。适陈光远在津驻扎，手下兵却有数千，段、梁遂相偕至光远营，商议讨张，光远却也赞同。又值李经羲到津，致书祺瑞，请他挽回大局，就是黎元洪所派遣的亲吏，亦赍送印信到津，交与祺瑞。祺瑞阅过来文，越觉名正言顺，当即嘱托梁启超，草拟通电数道，陆续拍发。梁本当代文豪，先已由自己出名，反对复辟，洋洋洒洒的撰成数千百言，通电全国，不过前时手无寸铁，但凭理想上立论，比张勋为董卓、朱温；好一个正比例。此次由段祺瑞出来兴师，更属理直气壮，乐得借那笔尖儿，横扫千人军。既而冯、段联约，瞿、陆辨诬，祺瑞自任共和军总司令，更靠那煌煌大文，鼓吹义旅，笔伐凶豪。小子有诗咏道：

> 笔锋也可作兵锋，文武兼优快折冲。
> 莫道书生无诣力，一枝斑管足褫凶。

欲知文中如何抒写，请看下回录叙。

康有为外，又有一梁鼎芬，是皆为清末之老生，脑筋中只含有事君以忠数语，而未知通变达权之大义者也。夫必有夏少康之英武，然后可以光夏物，必有周宣王之明哲，然后可以复周宗。彼宣统帝尚在冲年，宁能及此？况种族革命，已成常调，君主政体，不克再燃，即令英辟重生，亦未能违反民意，侈然自尊，更何论逊清之余裔乎？康有为出佐张勋，已同笨伯，而梁鼎芬复往说黎元洪，其愚尤甚。唯黎元洪引虎自卫，卒为虎噬，仓猝出走，日暮途穷，幸有日本使馆之营房，及斋藤少将之友谊，尚得借庇一枝，自全身命，否则不为所害者，亦几希矣。虽然，知人则哲，尧舜犹难，吾于黎氏何责焉？

第八十六回　誓马厂受推总司令 战廊房击退辫子军

却说梁启超草缮电文，凭着那生平抱负，随纸抒写，端的万言立就，一鸣惊人。首数电是分致冯国璋及陆荣廷、瞿鸿机诸人，不过问明真假，无甚闳议。另有一篇通告讨逆的电文，着笔不多，已觉得感慨淋漓。文云：

> 天祸中国，变乱相寻，张勋怀抱野心，假调停时局为名，阻兵京国，至七月一日，遂有推翻国体之奇变。窃唯国体者，国之所以与立也，定之匪易。既定后而复图变置，其害之中于国家者，实不可胜言。且以今日民智日开，民权日昌之世，而欲以一姓威严，驯伏亿兆，尤为事理所万不能致。民国肇建，前清明察世界大势，推诚逊让，民怀旧德，优待条件，勒为成宪，使永避政治上之怨府，而长保名义上之尊荣，宗庙享之，子孙保之。历考有史以来廿余姓帝王之结局，其安善未有能逮前清者也。今张勋等以个人权利欲望之私，悍然犯大不韪，以倡此逆谋，思欲效法莽、卓，挟幼主以制天下，竟捏黎元洪奏称改建共和，诸多弊害，恳复御大统，以拯生灵等语，擅发伪谕。横逆至此，中外震骇。若曰为国家耶，夫安有君主专制之政，而尚能生存于今之世者？其必酿成四海鼎沸，盖可断言。而各友邦之承认民国，于兹五年，今覆雨翻云，我国人虽不惜以国为戏，在友邦则岂能与吾同戏者？内部纷争之结局，势非召外人干涉不止，国运真从兹斩矣。若曰为清室

耶，清帝冲龄高拱，绝无利天下之心，其保傅大臣，方日以居高履危为大戒，今兹之举，出于迫胁，天下共闻，历考史乘，自古安有不亡之朝代？前清得以优待终古，既为旷古所无，岂可更置诸岩墙，使其为再度之倾覆以至于尽？祺瑞罢斥以来，本不敢复与闻国事，唯念辛亥缔造伊始，祺瑞不敏，实从领军诸君子后，共促其成。既已服劳于民国，不能坐视民国之颠覆分裂，而不一援。且亦曾受恩于前朝，更不忍听前朝为匪人所利用，以陷于自灭。情义所在，守死不渝。诸公皆国之干城，各膺重寄，际兹奇变，义愤当同。为国家计，自必矢有死无贰之诚，为清室计，当久明爱人以德之义。复望戮力同心，戡兹大难，祺瑞虽衰，亦当执鞭以从其后也。敢布腹心，伏维鉴察。

自数电发出后，冯国璋的讨逆电，陆荣廷的辨证捏名电，及瞿鸿机的表明心迹电，陆续布闻。还有岑春煊也来凑兴，声请讨逆，并致电与清太保世续，及陈宝琛、梁鼎芬两人，讽劝清室毋堕奸谋。此外如浙江、江西、湖南、湖北等省，一致反对复辟，声讨张勋。段祺瑞见众心愤激，料必有成，遂自称共和军总司令，亲临马厂，慷慨誓师，随即把梁任公第二道草檄，电告天下。任公系启超表字。大致说是：

共和军总司令段祺瑞，谨痛哭流涕，申大义于天下曰：呜呼！天降鞠凶，国生奇变，逆贼张勋，以凶狡之资，乘时盗柄，竟有本月一日之事，颠覆国命，震扰京师，天宇晦霾，神人同愤。该逆出身灶养，行秽性顽，便佞希荣，渐跻显位，自入民国，阻兵要津，显抗国定之服章，婪索法外之饷糈，军焰凶横，行旅裹足，诛求无艺，私橐充盈，凡兹稔恶，天下共闻，值时多艰，久稽显戮。比以世变洊迫，政局小纷，阳托调停之名，阴为篡窃之备，要挟总统，明令敦召，遂率其丑类，直犯京师。自其启行伊始，及驻京以来，屡次驰电宣言，犹以拥护共和为口实，逮国会既散，各军既退，忽背信誓，横造逆谋，据其所发表文件，一切托以上谕，一若出自幼主之本怀，再三胪举奏折，一若由于群情之拥戴，夷考其实，悉属訾言。当是日夜十二时，该逆张勋，忽集其凶党，勒召都中军警长官二十余人，列戟会议。勋叱咤命令，迫众雷同，旋即挈康有为阔入宫禁，强为拥戴。世中堂续，叩头力争，血流灭鼻。瑾、瑜两太妃，痛哭求免，几不欲生。与实情未必全符，但为清室解免，亦不得不如是说法。清帝孑身冲龄，岂能御此强暴？竟遭诬胁，实可哀怜。该伪谕中横捏我黎大总统、冯副总统，及陆巡阅使之奏词，尤为可骇。我大总统手创共和，誓与终始，两日以来，虽在樊笼，犹叠以电话手书，密达祺瑞，谓虽见幽，决不从命，责以速图光复，勿庸顾忌。我副总统一见伪谕，即赐驰电，谓为诬捏，有死不承。由此例推，则陆巡阅使联奏之虚构，亦不烦言而决。所谓奏折，所谓上谕，皆张勋及其凶党数人，密室篝灯，构此空中楼阁，而公然腾诸官书，欺罔天下。自昔神奸巨蠹，劝进之表，九锡之文，其优孟儿戏，未有若今日之甚者也。该逆勋以不忘故主，谬托于忠爱，夫我辈今固服劳民国，强半皆曾任先朝，故主之恋，谁则让人？然正唯怀感恩图报之诚，益当守爱人以德之训。昔人有言："长星劝汝一杯酒，世岂有万年天子哉？"旷观史乘，迭兴迭仆者几何代、几何姓矣，帝王之家，岂有一焉能得好结局？前清代有令辟，遗爱在民，天厚其报，使继之者不复家天下而公天下，因得优待条件，勒诸宪章；砺山带河，永永无极。吾辈非臣事他姓，绝无失节之嫌，前清能永享殊荣，即食旧臣之报，仁至义尽，中外共钦，自解处颇费心机。今谓必复辟而始为忠耶？张勋食民国之禄，于兹六年，必今始忠，则前日之不忠孰甚？昔既不忠于先朝，今复不忠于民国，刘牢之一人三反，狗彘将不食矣。谓必复辟而始为爱耶？凡爱人者必不忍陷人于危，以非我族类之嫌，丁一姓不再兴之运，处群治之世，而以一人为众矢之的，危孰甚焉？张勋虽有天魔之力，岂能翻历史成案，建设万劫不亡之朝代？既早晚必出于再亡，及其再亡，欲复求有今日之条件，则安可得？岂唯不得，恐幼主不保首领，而清室子孙，且无噍类矣。清室果何负于张勋，而必欲借手殄灭之而后快？岂唯民国之公敌，亦清室之大罪人也。两项是斩关直入语。张勋伪谕，谓必建帝号，乃可为国家久安长治之计。张勋何人？乃敢妄谈政治。使帝制而可以得良政治，则辛亥之役，何以生焉？博观万国历史，变迁之迹，由帝制变共和而获治安者，既见之矣，由共和返帝制而获治安者，未之前闻。法兰西三复之而三革之，卒至一千八百七十一年，拥立共和，国乃大定，而既扰攘八十年，国之元气，消耗尽矣。国体者，譬犹树之有根也。植树而屡摇其根，小则萎黄，大则枯死。故凡破坏国体者，皆召乱取亡之道也。防乱不给，救亡不赡，而曰吾将借此以改良政治，将谁欺？欺天乎？复辟之贻害清室也如彼，不利于国家也如此，内之不特非清帝自动，而孀妃耆傅，且不胜其疾首痛心。外之不特非群公劝进，而比户编氓，各不相谋而瞋目切齿，逆贼张勋，果何所为何所恃而出此？彼见其辫子军横行徐、兖，亦既数年，国人优容而隐忍之，自谓人莫敢谁何，遂乃忽起野心，挟天子以令诸侯，因以次划除异己，广布腹心爪牙于客省。扫荡有教育有纪律之军队，而使之受支配于彼之土匪军之下。然后设文网以抗贤士，箝天下之口。清帝方今玩于彼股掌之上，及其时则取而代之耳，罪浮于董卓，凶甚于朱温，此而不讨，则中国其为无男子矣。祺瑞罢政旬月，幸获息肩，本思稍事潜修，不复与闻政事，忽遘此变，群情鼎沸，副总统及各督军省长，驰电督责，相属于道，爱国之士夫，望治之商民，好义之军侣，环集责备，义正词严，祺瑞抚躬循省，绕室彷徨，既久奉职于民国，不能视民国之覆亡，且曾筮仕于先朝，亦当救先朝之狼狈。好笔仗。谨于昨日夜分，视师马厂，今晨开军官会议，六师之众，佥然同声，誓与共和并命，不共逆贼戴天。为谋行师指臂之便，谬推祺瑞为总司令，义之所在，不敢或辞，部署略完，克日入卫。查该逆张勋，此次倡逆，既类疯狂，又同儿戏，彼昌言事前与各省各军均已接洽，试问我国同袍僚友，果有曾预逆谋者乎？彼又言已得外交团同意，而使馆中人，见其中风狂走之态，群来相诘。言财政则国库无一钱之蓄，而蛮兵独优其饷，且给现银；言军纪则辫兵横行都门，而国军与之杂居，日受凌轹。数其阁僚，则老朽顽旧，几榻烟霞；问其主谋，则巧语花言，一群鹦鹉。似此而能济大事，天下古今，宁有是理？即微义师，亦当自毙。所不忍者，则京国之民，倒悬待解；所可惧者，则友邦疑骇，将起责言。祺瑞用是剑及屦及，率先勇进，为国民袪此蟊贼，区区愚忠，当蒙共谅。该逆发难，本乘国民之所猝未及防，都中军警各界，突然莫审所由来，在势力无从应付，且当逆焰薰天之际，为保持市面秩序，不能不投鼠忌器，隐忍未讨，理亦宜然。本军伐罪吊民，除逆贼张勋外，一无所问，凡我旧侣，勿用以胁从自疑。其有志切同仇，宜诣本总司令商受方略，事定后酬庸之典，国有成规。若其有意附逆，敢抗义旗，常刑所悬，亦难曲庇。至于清室逊让之德，久而弥彰，今兹构衅，祸由张逆，冲帝既未与闻，师保尤明大义，所有皇帝优待条件，仍当永勒成宪，世世不渝，以著我国民念旧酬功，全始全终之美。祺瑞一俟大难戡定之后，即当迅解兵柄，复归田里，敬候政府重事建设，迅集立法机关，刷新政治现象，则多难兴邦，国家其永赖之。谨此布告天下，咸使闻知。

大文炳炳，振旅阗阗，共和军总司令段祺瑞，已日夜部署，准备出师。会副总统冯国璋，又拍电至津，准与段祺瑞联合讨逆，乃复将两人署名，发一通电，数张勋八大罪状。其电云：

国运多屯，张勋造逆，国璋、祺瑞，先后分别通电，声罪致讨，想尘清听。逆勋之罪，罄竹难书，服官民国，已历六年，群力构造之邦基，一人肆行破坏，罪一；置清室于危地，致优待条件，中止效力，辜负先朝，罪二；清室太妃、师傅，誓死不从，勋胁以威，目无故主，罪三；拥幼冲玩诸股掌，袖发中旨，权逾莽、卓，罪四；与同舟坚约，拥护共和，口血未干，卖友自绝，罪五；捏造大总统及国璋等奏折，思以强暴污人，以一手掩天下耳目，罪六；辫兵横行京邑，骚扰闾阎，复广募胡匪游痞，授以枪械，满布四门，陷京师于糜烂，罪七；以列强承认之民国，一旦破碎，致友邦愤怒惊疑，群谋干涉，罪八。凡此八罪，最为昭彰，自余稔恶，擢发难数。国璋忝膺重寄，国存与存，祺瑞虽在林泉，义难袖手。今已整率劲旅，南北策应，肃清畿甸，犁扫贼巢，凡我同袍，谅同义愤。伫盼云会，迅荡霾阴，国命重光，拜嘉何极！冯国璋、段祺瑞同电。

冯、段相联，声威益振，浙江督军杨善德，直隶督军曹锟，第十六混成旅司令冯玉祥等，亦均电告出师，公举段祺瑞为讨逆军总司令。祺瑞乃改称共和军为讨逆军，就在天津造币总厂，设立总司令部，并派段芝贵为东路司令，曹锟为西路司令，分道进攻，一面就国务总理职任，设立国务院办公处，也权借津门地点，作为机关。就是副总统冯国璋，因段祺瑞转达黎电，请他代理总统职权，他因特发布告，略言："黎大总统不能执行职务，国璋依大总统选举法第五条第二项，谨行代理，即于七月六日就职"云云。还有外交总长伍廷芳，亦携带印信至沪，暂寓上海交涉公署办公，即日电告副总统及各省公署，并令驻沪特派交涉员朱兆莘，电致驻洋各埠领事，声明北京伪外务部文电，统作无效，应概置不理为是。

于是除京城外，统是不服张勋的命令，张勋已成孤立，还要乱颁上谕，饬各督抚每省推举三人，来京筹议国会，又授徐世昌为太傅，张人骏、周馥为协办大学士，岑春煊、赵尔巽、陈夔龙、吕海寰、邹嘉来、张英麟、铁良、吴郁生、冯煦、朱祖谋、胡建枢、安维峻、王宝田为弼德院顾问大臣，一班陈年脚色，统去搜罗出来，叫他帮助清室。可赠他一个美号叫做"张古董"。清太保世续等，忧多喜少，屡遣太监至东安门外，采购新闻纸，携入备览，借觇舆情向背。适伪任太傅徐世昌，电告世续，说是变生不测，前途难料，宜自守镇静态度，幸勿妄动，所以宣统帝复辟数日，世续等噤若寒蝉，不出一语。但听张辫帅规划一切，今日任某官，明日放某缺，夹袋中的人物，一古脑儿开单邀请，其实多半在千里百里外面，就使闻知，也未敢贸然进来。

张勋正在忧闷，蓦接军报，乃是曹锟、段芝贵两军，分东西两路杀入。西路的曹锟军，占去芦沟桥，东路的段芝贵军，占去黄村，当下恼动张辫帅，立令部兵出去抵拒。无如张军只有五千，顾东不能及西，顾西不能及东，此外无兵可派，只好一齐差去，使他冲锋。张军自知不敌，没奈何硬着头皮，前往一试。行至廊房，刚值段芝贵驱兵杀来，两下交锋，段军所发的枪弹，很是厉害，张军勉强抵挡，伤毙甚多。正在招架不住，又听得西路急报，曹锟及陈光远等，统领兵杀到，张军前后受敌，哪里还能支持？霎时间纷纷溃退，段芝贵等遂进占丰台。越日，即由冯代总统发令，褫夺长江巡阅使安徽督军张勋官职，特任安徽省长倪嗣冲兼署安徽督军，所有张勋未经携带的部兵，统归倪嗣冲节制，且命各省军队，静驻原防，不得藉端号召，自紊秩序。段祺瑞又促东西两司令，赶紧入京，扫除逆氛。张勋闷坐京城，连接各路警耗，且惊且愤，几乎把他几根黄须儿，一条曲辫子，也向上直竖起来，于是复矫托清帝谕旨，速命徐世昌入都，以太傅大学士辅政，自己开去内阁议政大臣，暨直隶总督兼北洋大臣各差缺，并电告各省，历述前此经过情形，大有恨人反复、不平则鸣的意思。小子有诗咏张辫帅道：

莽将无谋想用奇，欺人反致受人欺。

须知附和同声日，便是请君入瓮时。

究竟电文如何措词，容待下回再表。

张勋复辟，相传各军阀多半与谋，即冯河间亦不能无嫌，所未曾与闻者，第一段合肥耳。然由府院之冲突，致启督军团之要挟，因督军团之要挟，致召张辫帅之入京，推原祸始，咎有攸归。幸段誓师马厂，决计讨逆，方有以谢我国人，自盖前愆。梁启超出而助段，磨盾作檄，坊间所行之《盾鼻集》，备载讨逆大文，确是梁公一生得意之笔，阅者读之，固无不击节称赏，叹为观止矣。然梁为康有为之高足，康佐张辫帅而复辟，梁佐段总理而誓师，师弟反对，各挟其术以自鸣，意者其所谓青出于蓝欤？夫民国成立已十余稔，同舟如敌国，婚媾若寇仇，师弟一伦，更不暇问，吾读梁文，吾尤不禁忾然叹、泫然悲也。若张勋以区区五千人，遽欲推倒民国，谈何容易。彼方自谓历届会议，已得多数赞成，可以任所欲为，亦安知覆雨翻云者之固比比耶？张辫帅自作曲辫子，夫复谁尤！

第八十七回　张大帅狂奔外使馆
段总理重组国务员

却说张勋辞去议政大臣，及各种兼衔，自思从前徐州会议，诸多赞成，就是一二著名人物，亦无违言，今乃群起反对，集矢一身，不得不自鸣不平，通告全国，电文有云：

> 我国自辛亥以还，因政体不良之故，六年四变，迭起战争，海内困穷，人民殄瘁，推原祸始，罔非共和阶之厉也。勋以悲天悯人之怀，而作拯溺救焚之计，度非君主立宪政体，无以顺民心而回末劫，欲行君主立宪政体，则非复子明辟，无以定民志而息纷争，此心耿耿，天日为昭。所幸气求声应，吾道不孤，凡我同袍各省，多与其谋，东海、河间，尤深赞许，信使往返，俱有可征。特录此电，实是为此数语。前者各省督军聚议徐州，复经商及，列诸计划之一，使他自己直供，令人拍手。嗣以事机牵阻，致有停顿，然根本主义，讵能变更？现以天人会合，幸告成功，民不辍耕，商不易市，龙旗飘漾，遍于都城。单靠都城竖着龙旗，有何用处？万众胪欢，咸歌复旦，使各省本其原议，多数赞同，何难再见太平？不意二三政客，因处地不同，遂生门户之见；于是主张歧异，各趋极端，或故违本心，率以意气相向，或反持私见，而以专擅见规，遽启兵端，集于畿辅，人心惶恐，辇毂动摇。勋为保持地方治安起见，自不能不发兵抵御，战争既起，胜负难言，设竟以此扰及宫廷，祸延闾里，

甚且牵惹交涉，丧失利权，则误国之咎，当有任之者矣。唯念此次举义之由，本以救国济民为志，决无私毫权利之私，搀于其间，既遂初心，亟当奉身引退。况议政大臣之设，原以兴复伊始，国会未成，内阁无从负责，若循常制，仅以委诸总理一人，未免近于专断，不得已而取合议之制，事属权宜。勋以椎鲁武人，滥膺斯选，辞而后任，方切惭惶。何前倨而后恭？爰于本日请旨，以徐太傅辅政，组织完全内阁，召集国会，议定宪法，以符实行立宪之旨。仔肩既卸，负责有人，当即面陈辞职。其在徐太傅未经莅京以前，所有一切阁务，统交王聘老暂行经管，一俟诸事解决之后，即行率队回徐，可不必费心了。但使邦基永定，渐跻富强，勋亦何求？若夫功罪，唯有听诸公论而已。敢布腹心，谨谢天下！

话虽如此，但雄心究还未死，因复收集溃兵，屯聚天坛，所有天安门、景山、东西华门，及南河沿等处，各设炮位，严行扼守，将与讨逆军背城一战，赌决雌雄。驻京各国公使团，目睹京城危急，恐未免池鱼遭殃，遂相率照会清室，请劝令张勋解除武装，取消复辟。清宫上下，全无政柄，只得将各使公牒，交给张勋。张辫帅怎肯遽允？定要决一死战，于是京城大震，名为首善要区，简直是要做大战场了。

张镇芳、雷震春两人，见时局不稳，情愿弃去度支、陆军两部尚书，出京逃生；行至丰台，被讨逆军截住，把他拿下。还有一个冯德麟，本在奉天任事，他也来赶闹热场，想做个复辟功臣，不幸事机失败，求福得祸，所以潜逃出都，拟返入新民屯，途次亦为讨逆军所阻，截拿去了。当由冯代总统下令，褫去张镇芳、雷震春、冯德麟官职，暨前时所授勋位勋章，分交法庭依法严惩。余如康有为、万绳栻一流人物，统已准备逃走，背勋自去。早知今日，何必当初？独张勋未肯下台，自在天坛督兵，决最后的胜负。好容易到了七月十二日，讨逆军分三路进攻，直入各城，旅长冯玉祥、吴佩孚、张纪祥等攻击天坛，张军虽然负嵎，究竟寡不敌众，更兼枪弹未曾备足，怎能坚持到底？自从午前开战，两边枪声，陆续不绝。到了午后，讨逆军勇气未衰，张军已不能再支，枪声也中断了。张勋自知不妙，匹马遁入城中，部将失去主帅，除投降外无别策，只好竖起白旗，崩角输诚。讨逆军勒令缴械，方准免死，张军无奈，尽将手中枪交付讨逆军，然后得着生路，一齐出围。

唯张勋私宅，向在南河沿居住，勋妻本不赞成复辟，前时曾痛詈万绳栻道：“汝无故掀风作浪，将来使我张氏子孙，没有啖饭的地方，都是汝一人闯祸哩。”万绳划置诸不睬。张勋且蓄志有年，怎肯听那床头人，幡然早悟？况张勋姬妾甚多，平时本与正室不和，所以留居京第，未尝随从，此次张勋败还，勋妻恨不得向勋诘责，借出胸中恶气，但见勋非常狼狈，气喘吁吁，也不好火上添薪，自寻祸祟，唯问勋如何保身？如何保家？勋不遑答说，招集家中卫士，及留京守卒，尚有五百余人，又领将出去，据住中央公园，还想一战。辫帅到底不弱。讨逆军一拥进攻，就使五百人铜头铁额，也是不能求胜。再加讨逆军内的旅长王承斌，就南河沿附近，择一隙地，摆起机关炮来，对准张勋私宅，开放过去。张勋家内的眷属，统吓得魂不附体，慌忙外走。凑巧张勋亦顾家心切，由中央公园走归，急引妻子乘摩托车，开足汽机，驰往东交民巷，奔入荷兰公使馆中去了。

那南河沿私宅，已被炮火焚毁。张军悉数投降，遂于七月十二日傍晚，由讨逆军收复京城，当即驰电天津，向段祺瑞处告捷。祺瑞便拟乘车入都，适值徐世昌过访，密语祺瑞道：“此次复辟，本非清室本心，幸勿借此加罪清室。张勋甘为祸首，原是一个莽夫，但须念同袍旧谊，不为已甚。穷寇莫追，请君注意！”阅此语可知张勋前电，谓东海亦深赞许，并非虚诬。祺瑞答道：“优待清室条件，理应尽力保存，若少轩亦未必就逮。即无公言，我也不忍加害哩。”世昌乃拱手与别。越日，祺瑞入都，都中已定，因即到院视事，表面上不得不发一命令，缉拿张勋，一面派步军统领江朝宗，诣日本公使馆营舍中，迎黎元洪回府。这也是未免虚文。黎元洪已受过艰辛，当然不肯再来；唯寓居他人篱下，终非久计，乃谢过日本公使，及斋藤少将，迁回东厂胡同旧宅，即日通电全国，宣告去职。第一电是：

天相民国，赖冯总统、段总理，及前敌将士之力，奠定京畿，元洪已于本日移居东厂胡同，拟即赴津宅养疴。此次因故去职，负疚孔多，以后息影家园，不闻政治，恐劳远系，特此奉闻。

越日，又发出第二电，详述去职情由。文云：

昨电计达。顷闻道路流言，颇有于总统复职之说，穷加揣拟者，惊骇何极！元洪引咎退职，久有成言，皎日悬盟，长河表誓。此次因故去职，付托有人，按法既无复位之文，揆情岂有还辕之理？伏念元洪夙阙裁成，叨逢际会，求治太急，而蹶于康庄，用人过宽，而蔽于舆几，追思罪戾，每疚神明。国会内阁，立国兼资，制宪之难，集思尤贵。当稷下高谈之日，正沙中偶语之时，纵殚虑以求平，尚触机而即发。而元洪扬汤弭沸，胶柱调音，既无疏浚之方，竟激横流之祸，一也。解散国会，政出非常，纵谓法无明条，邻有先例，然而谨守绳墨，昭示山河，顾以惧民国之中殇，竟至咈初心而改选，格芦缩水，莫遂微忱，寡草随风，卒隳持操，二也。张勋久蓄野心，自为盟主，屡以国家多故，曲予优容，遂至乘瑕隙以激群藩，结要津以微明令，元洪虽持异议，卒惑群言，既为城下之盟，复召夺门之变，并蜂螫指，引虎糜躯，三也。大盗移国，都市震惊，撤侍卫于东堂，屯重兵于北阙，元洪久经骇浪，何惮狞飚？顾忧大厦之焚，欲择长城之寄，含垢忍辱，贮痛停辛，进不能登台授仗，以殄凶渠，退不能阖室自焚，以殉民国，纵中兴之有托，犹内省而滋惭，四也。轻骑宵征，拟居医院，暂脱身于塞库，欲奋翼于渑池，乃者阍人不通，侦骑交错，遄臻使馆，得免危机，自承复壁之藏，特懔坚冰之惧，亦既宣言公使，早伍平民，虽于国似无锱黍之伤，而此身究受羽毛之庇，五也。凡此愆尤，皆难解免。一人丛脞，万姓流离，睹锋镝而痛伤兵，闻鼓鼙而惭宿将，合九州而莫铸，投四裔以何辞？万一矜其本心，还我初服，唯有杜门思过，扫地焚香，磨濯余生，忏除夙孽，宁有辞条之叶，仍返林柯，堕溷之花，再登茵席？心肝倘在，面目何施？且夫谋国必忠，爱人以德，琴弛则弦改，车覆则轨迁，若必使负疚之身，仍尸高位，腾嘲裨海，播笑编氓，将何以整饬纪纲，折冲樽俎？稀瓜不堪四摘，僵柳不可三眠，亡国败军，又焉用此？抑元洪尚有进者，国定于一，师克在和，当兴亡继绝之交，为排难解纷之计，正宜恪守法律，蠲弃猜嫌。况冯总统江淮坐镇，夙得军心，段总理钟簴不惊，再安国本，果能举左挈右提之实，宁复有南强北胜之虞？至于从前兵谏，各省风从，虽言爱国之诚，究有溃防之虑。此次兴师讨贼，心迹已昭，何忍执越轨之微瑕，掩回天之伟绩，两年护国，八表齐功，公忠既已同孚，法治尤当共勉。若复絜短衡长，党同伐异，员峤可到，而使之返风，宣房欲成，而为之决水，茫茫惨黩，岂有宁期？鼎革以还，政争迭起，凡兹兄弟阋墙之事，皆为奸雄窃国之资。倘诸夏之皆亡，讵一成之能借？殷鉴不远，天命难谌，此尤元洪待罪之躯，所为垂涕而道者也。勉戴河间，奠我民国，惭魂虽化，枯骨犹生。否则荒山穴翳，纵熏穴以无归，穷海田横，当投荒而不返，摅诚感听，维以告哀。

黎元洪虽连电辞职，冯国璋总须带着三分客气，未便骤然登台，当时有一篇通电，谓："现在京师收复，应即迎归黎大总统，入居旧府，照前统理。国璋即将代理职权，奉还黎大总统，方为名正言顺"等语。黎元洪如何再肯接受，仍然固辞。段祺瑞再组织内阁，拟定相当人员，将任汪大燮为外交总长，汤化龙为内务总长，梁启超为财政总长，林长民为司法总长，张国淦为农商总长，曹汝霖为交通总长，范源濂为教育总长，刘冠雄为海军总长，祺瑞自兼陆军总长。只因冯、黎两人，彼此推让，总统尚为虚位，究归何人颁发任命，因此祺瑞未免踌躇。

祺瑞有一高足弟子，姓徐名树铮，乃是铜山人氏，曾赴东洋游学，在日本士官学校中毕业，归国以后，仍投段氏门下。洪宪前无甚表见，袁氏称帝，徐劝段极力反对，段乃下野。及蔡锷举义，云南独立，黔、粤等省，依次响应。袁氏派遣曹锟、张敬尧等，出兵南下，特设海陆军统率办事处，调度军机，徐又劝段从旁牵掣，阴嘱逗留。段为北洋军系领袖，如曹锟、张敬尧等，素来倾向祺瑞。祺瑞虽手无寸铁，一封书足敌千军，所以曹、张两人，不肯为袁效死，张敬尧且顿兵泸州，始终不进，任他统率办事处，如何催迫，全然不理。陕西将军陆建章，尽忠袁氏，徐又嗾动汉南镇守使陈树藩，兴兵独立，围攻长安，竟将建章逐去，代为陕督。为后文枪毙陆建章伏线。陕西一变，晋、豫动摇，四川将军陈宧，湖南将军汤芗铭，又皆宣告独立，坐令袁皇帝完全失败，活活气死。黎元洪依法继任，起段祺瑞为国务总理，段因徐树铮献策有功，格外亲信，便命他为国务院秘书长，兼领陆军次长，事必与商，乃演出府院冲突，种种变端。当时谓徐树铮势力，不亚徐世昌，世昌以资望见推，树铮以谋略见重，故特称树铮为小徐。成也萧何，败也萧何，我为段氏一叹。

至此段祺瑞复来组阁，为了元首问题，尚在绝续时候，未得命令为疑。树铮欲解主忧，便至黎元洪私第中，面谒元洪道："张、康谋逆，国体动摇，今幸段合肥在野兴师，入京讨逆，摧枯拉朽，再造民国，未知公将如何相待？"元洪愀然道："我不能事前弭患，乃至变生肘腋，震动京畿，尸位素餐，咎已难辞。今已通电辞职，继任当属冯河间，不日就可入都，信赏必罚，应归河间主张，我已身伍齐民，尚有何权处置国事哩？"树铮方才退出，转告段祺瑞。祺瑞即电告冯国璋，旋得国璋复电，组阁事悉凭裁夺。祺瑞遂将选定阁员，如数提出，好在国会已经解散，不必另费手续，咨求国会同意，因即称冯总统令，特任各部总长，复通缉复辟要犯康有为、刘廷琛、万绳栻、梁敦彦、胡嗣瑗等，着京内外各军警长官，留意侦拿。康有为等早已避至六国饭店，俟军事粗定，溜出都门，鸿飞冥冥，弋人何篡，眼见是无从缉获了。毕竟圣人多智。首犯张勋，安居荷兰使馆中，有人奉令探查，勋左手挟着快枪，右手持着书函一大包，哓哓与语道："徐州会议时，赞成复辟，相率签名，此等笔迹，俱在我掌握中，他好卖友，我将宣示国人，与他同死，休怪我老张无情呢。"于是探查的人员，料知此事难办，乐得退出了事，不愿再闻。

只徐州留驻的定武军，闻报张勋失败，蠢然思动，如四十四营五十五营的兵队，并皆勾结匪徒，突然哗变，四出焚掠。余如当涂、宿迁、南通及沭阳等处所驻张军，亦相继为乱。幸经徐州镇守使张文生、海州镇守使白宝山，率部剿伐，逐渐扫平。转风使舵，两镇守使总算聪明。段总理接报后，便传电宣慰道：

> 奉大总统令，徐州镇守使张文生、海州镇守使白宝山，当张勋倡乱之始，即经通电声明，未预逆谋，并约束军队，力维秩序，此次土匪新兵，裹胁为变，又复亲督所部，立予歼除，淮、徐一带，得以保持安宁，实属深明大义，克当职守。张文生、白宝山着照旧供职，并责成将所部军队，声明纪律，切实整顿，以卫地方。此令。

还有清宫上下，经此剧变，十三龄的冲人，被张辫帅强迫登台，又做了十一二日的北京皇帝，险些儿把饭碗都掷碎了。张勋一逃，段氏入京，急忙由内务府出名，函致段总理，历诉张勋强迫等情，段即命内务部电告冯国璋，主张优待条件，仍然如前。冯国璋自然同意，便托段总理传令道：

据清室内务府函称：本日内务府奉谕，前于宣统三年十二月二十五日，钦奉隆裕皇太后懿旨，因全国人民倾心共和，特率皇帝将统治权公诸全国，定为民主共和，并议定优待皇室条件，永资遵守等因。六载以来，备极优待，本无私政之心，岂有食言之理。不意七月一号，张勋率领军队，入宫盘踞，矫发谕旨，擅更国体，违背先朝懿训，冲人深居宫禁，莫可如何，此中情形，当为天下所共谅。着内务府咨请民国政府，宣布中外，一体闻知等因。查此次张勋叛国，矫挟肇乱，天下本共有见闻，兹据清室咨达各情，合亟明白布告，咸使闻知。此令。

侥幸侥幸，清室的优待条件，总算保住，不致撤消。小子有诗咏道：

亡国无如清室安，悲中尚觉有余欢。
如何平地风波起，险把遗宗一扫残？

欲知后事如何，且看下回分解。

张勋之妻，尚知复辟之不易成功，而勋独如病狂易，卒至孤军败走，入荷兰使馆以寄身，微特无以对民国，对清室，即对诸床头人，亦应有愧色矣。彼意以为各省军阀，赞成者已居多数，可以任所欲为，曾亦思人心难料，仲由、季布，当今尚有几人耶？勋一走而段氏入京，复为总理，是张勋之一番狂热，不啻代段氏作成位望。勋负大罪，段居大功，蚕丝作茧，自缚其身，何其愚也？而爱新觉罗氏之犹得苟延，抑亦仅矣。

第八十八回　代总统启节入都
投照会决谋宣战

却说国务总理段祺瑞，勘定乱祸，重造民国，中外已多数赞同，唯国民党中人物，仍拟扶持黎元洪。黎既去职，党人失主，势不能无所觖望，于是唐绍仪、汪兆铭等，同诣上海运动海军总司令程璧光、第一舰队司令林葆怿，否认国会解散后的政府，即于七月二十一日，宣告独立，电文如下：

中华民国海军总长程璧光、第一舰队司令林葆怿，谨率各舰队暨各将士，布告天下曰：自倪嗣冲首揭叛旗，毁弃《约法》，蹂躏国会，而中华民国之实亡；自张勋拥兵入京，公然僭窃，而中华民国之名亦亡。今张勋覆灭，中华民国之名，已亡而复存矣。然《约法》毁弃，国会蹂躏，国家纲纪，荡然已尽，岂中华民国仅以存其名为已足，而其实乃可置之于不问耶？夫纲纪陵夷，则奸宄横行，故一切假托名义者，乃得悍然无所顾忌，竟至罪恶贯盈之倪嗣冲，亦复当安徽督军之大任，益以南路司令之特权，颐指气使，叱咤四省，天下皆指为首祸，而顾以首义自居，天下皆指为元凶，而顾以元勋自居，循是以往，中华民国不复为国民之公器，特为权奸之面具而已。应加指摘。长此隐忍，何以为国？鱼烂之兆已见，陆沉之祸安逃？所为中夜斫剑，临流击楫者也。夫我海军将士，既以铁血构造共和，即以铁血拥护之，未免过夸。当丙辰之际，帝制已消，国命未续，我海军将士，以三事自矢，一曰拥护将士，二曰恢复国会，三日惩办祸首，盖所求者，共和之实际，非共和之虚名，耿耿此心，可质天日。今者以言《约法》，则已灭裂矣，以言国会，则已破散矣，以言祸首，则鸱张者凌厉而无前，蛰伏者呼啸而竞起矣，国基颠簸，人心震撼，愕眙相顾，莫敢谁何！呜呼！我海军将士，岂唯初心之已戾，亦唯责任之未尽也。用是援枹而起，仗义而言，必使已僵之《约法》，回其效力，已散之国会，复其原状，元恶大憝，为国蟊贼者，无所逃罪，然后解甲。自《约法》失效，国会解散之日起，一切命令，无所根据，当然无效，发此命令之政府，当然否认。谨此布告，咸使闻知。

自发表电文后，便率同舰队，开往广东，唐绍仪、汪兆铭相偕同行。广东督军陈炳焜，早与中央脱离关系，见八十四回。当然欢迎海军，无庸细表。唯段祺瑞闻海军独立，急电告冯国璋，请褫夺程璧光职。国璋也即允行，免璧光官，另派海军总长刘冠雄，暂行兼领，一面使人慰谕海军第二舰队司令饶怀文，及练习舰队司令曾兆麟，还算笼络得住，由饶、曾通电中外，谓："此次沪上海军宣言，我等绝不与闻，现在海军第二队暨练习队，一切行动，唯有禀承冯大总统意旨，以服从中央、保卫地方为职志。"段祺瑞稍稍放心，暗思海军宣言文中，未尝无理。唯第一条是惩办倪嗣冲等，这项是不便照行的。嗣冲为安徽颍州人，与祺瑞籍隶同省，本来是互通声气。及张勋得势，嗣冲乃与他联络，徐州会议，首表同情，勋既失败，又复向段输情，卖张助段，段意本不甚恨勋，自然不致恨倪，若非他一场复辟，段亦安得重任总理？其无憾也固宜。况系多年的同乡朋友，应该推诚相与，引为臂助。倪既攫得张勋遗缺，格外感激，服从段氏。段正要赖作外援，如何肯加罪示惩？只第二条大意，谓《约法》宜循，国会宜复，这乃是应行条件；但从前国会议员，与段反对，此时若仍然召集，必致照旧牵掣，许多为难，乃特想出一法，说是："国会已经解散，宪法尚未成立，今日仍为适用《约法》时代。《约法》上只有参议院，应该仍召集前时参议院各员，制定宪法，并修正国会组织法等，然后宪法可得施行，国会再当成立。"这番言语，明明是弄乖使巧，别有会心。当下通电各省，征集意见，除岭南反抗外，皆复电赞成。段祺瑞又故示大度，并未责及两粤，但任刘承恩为广东省长，朱庆澜为广西省长，且云：

"刘承恩未到任时，令陈炳焜暂行兼署。"

独四川兵乱未靖，特派周道刚代理四川督军，率兵平乱。原来戴戡兼署四川督军后，刘存厚暂时退出成都，应八十二回。至复辟事起，戴戡所部黔军，与刘存厚所部川军，复因争议北伐事，大起冲突，连日在成都激战，开放枪炮，焚毁民居。前总统黎元洪，尚主张和平办理，叫他双方息争，静候中央查办，未几元洪去职，京城且闹得一塌糊涂，还有何人去顾四川？戴、刘总相持不下，徒苦生灵，至此段总理已有余暇，所以特派周道刚就近代任，勒令刘存厚撤围成都，又免海军第一舰队司令林葆怿职，命林颂庄署第一舰队司令，升第二舰队饶怀文为海军总司令，另派杜锡珪署海军第二舰队司令，旋复任鲍贵卿为黑龙江督军，暂兼省长。他如陕西督军陈树藩，亦令暂兼省长；回应上文，故特别提叙。撤去讨逆军总司令部，所有未尽事宜，统归陆军部接办。并令张敬尧督办苏、皖、鲁、豫四省剿匪事宜。此外政令，犹难悉举，统由段祺瑞遥商冯国璋，共同议决。

转眼间已是七月将尽了，祺瑞屡促冯国璋入都，冯却迟迟吾行，心下含着许多疑虑。冯为直隶人，段为安徽人，冯有冯派，段有段系，本来是各分门户，自悬一帜。此次携手同登，无非为除去张勋，讨逆有名，一个可代任总统，一个可复任总理，以利相联，并非以诚相与。冯恐段系复盛，一或入都，仍不免蹈黎覆辙，为所牵制，因此欲前又却，备极踌躇，暗思江西督军李纯，前时常从征汉阳，隐相投契，辛亥革命，冯尝受清命攻汉阳，纯为北洋第六镇统制，随冯同行。现不若调令督苏，踵接后任，庶几长江下游，仍占势力，且可联络沿江诸省，为己后盾。计划已定，乃着心腹将弁，潜往江西，与李纯商量就绪，然后安排启行，随身带着十五师为拱卫军，渡江登车，北行入都。是时已是七月三十一日了，提要钩玄，为下文冯段交恶张本。越日即已抵京。京中大小官吏，共至车站迎候，由冯下车接见，偕入都门，便至黎元洪寓邸中，面请复职。虚循故事。黎当然辞谢，决意让冯。冯乃至国务院，与段祺瑞商议，言下犹有谦辞。段提出当仁不让四字，敦勉国璋，国璋才入总统府治事，由国务院电告各省，声明冯大总统莅府任职。各省统驰电称贺，唯两粤不肯附和，仍主独立，还有云南督军唐继尧，亦电致各省，拥护《约法》，不愿服从冯政府。略云：

民主政治，其运用在总统、国会、内阁，其植基在法律。自段氏免职以来，疆吏称兵，国会解散，元首引退，清帝复辟，数月之间，迭遘奇变，法纪荡然，国已不国。顾念大局阽危，不忍操之过蹙，冀其后悔，犹可徐图补救。乃日复一日，祸首趁势弄权，行动自由，奸邪并进，主器虚悬，民意闭塞，律以共和原则，不唯精神全失，亦已形式都非，来日悠悠，曷其有极？窃谓今欲民国之不亡，宜亟阐明数义：（一）总统有故不能执行职务时，当以副总统代行职权，唯故障既去，总统仍行复职，否则应向国会解职，照大总统选举法第九条第二项办理；（一）国会非法解散，不能认为有效，应即召集国会；（一）国务员非得国会同意，由总统任命，不能认为适法；（一）称兵抗命之祸首，应照内乱罪，按律惩办，以彰国法。凡此四义，一以《约法》为依据，不能意为出入。继尧以为国家不可无法，在宪法未成立以前，《约法》为民国唯一之根本法，本实先拨，则变本加厉，何所不致！自今以往，愿悉索敝赋，勉从诸公之后，以拥护国法者，保持民国之初基于不坠；有非法藐视，横来相干，道不相谋，唯力是视而已。忧危念乱，敢布区区，邦人诸友，实图利之！

冯政府甫经成立，大势粗定，也无暇顾及西南，并且滇、粤僻处南偏，与大局无甚关碍，所以暂时搁置，付作缓图。唯冯与李纯，既有密约，一经入京，便提及江苏督军一缺，商诸段祺瑞，要将李纯调任；又因陈光远亦属故交，拟令为江西督军。段祺瑞也知冯有意树援，心下不甚赞成，但因冯方任总统，彼此联为同气，究不便遽与相争，只好勉强承认。独提出一个傅良佐来，请冯任为湖南督军。良佐为段氏弟子，曾任陆军次长，与小徐为刎颈交，互相标榜。段祺瑞既信任小徐，因亦信任良佐，良佐且诩诩自矜，谓：“征服南方，当用迅雷飞电的手段，出它不意，然后能制它死命。”小徐击节称赏，尝在段氏面前，夸美良佐，几不绝口。段祺瑞牢记心中，适值冯国璋欲任李、陈，遂引荐良佐，使他督湘，一是好据住长江中权，抵制李、陈，二是好控御岭南一带，抵制滇、粤，这正是双面顾到的良谋。好似弈棋一样，你下一子，我亦下一子。冯亦不好忤段，因将李纯督苏，陈光远督赣，傅良佐督湘，同日任命，颁发出来。段又欲贯彻初衷，定要与德宣战，回应八十二回。

因特开国务会议，解决此事。国务员统由段氏组织，自然与段氏融合，段倡议宣战，哪个敢出来反对？当下随声附和，似乎有磨拳擦掌、气吞德意志帝国的形状。可笑。段祺瑞既得国务员同情，便以为众志成城，正可一战，遂即入告冯总统，请即下令。冯总统对着宣战问题，本无什么成见，前次入京调停，也未尝反对段议，应八十一回。明知中德辽远，彼此不能越境争锋，段要宣战，无非是虚张声势，何妨随口应允，免伤感情。比黎菩萨较为聪明。于是嘱秘书员撰就布告，与德宣战。文云：

我中华民国政府，前以德国施行潜水艇计划，违背国际公法，危害中立国人民生命财产，曾于本年二月九日，向德政府提出抗议，并声明万一抗议无效，不得已将与德国断绝外交关系等语。不意抗议之后，其潜水艇计划，曾不少变，中立国之船只，交战国之商船，横被轰毁，日增其数，我国人民之被害者，亦复甚众。我国政府不能不视抗议之无效，虽欲忍痛偷安，非唯无以对尚义知耻之国人，亦且无以谢当仁不让之与国。中外共愤，询谋佥同，遂于三月十四日，向德政府宣告断绝外交关系，并将经过情形，宣示中外。我中华民国政府，所希冀者和平，所尊重者公法，所保护者我本国人民之生命财产，初非有仇于德国。设令德政府有悔祸之心，怵于公愤，改为战略，实我政府之所祷企，不忍遽视为公敌者也。乃自绝交之后，已历五月，潜艇之攻击如故。非特德国而已，即与德国取同一政策之奥，亦始终未改其度。既背公法，复伤害吾人民，我政府责善之深心，至是实已绝望，爰自中华民国六年八月十四日上午十时起，对德、奥国，宣告立于战争地位，所有以前我国与德奥两国订立之条约，及其他国际条款，国际协议，属于中德、中奥之关系者，悉依据国际公法及惯例，一律废止。我中华民国政府，仍遵守海牙和平会条约，及其他国际协约，关于战时文明行动之条款，罔敢逾越。宣战主旨，在乎阻遏战祸，促进和局，凡我国民，宜喻此意。当此国变初平，疮痍未复，遭逢不幸，有此衅端，本大总统眷念民生，能无心恻，非当万无苟免之机，决不为是一息争存之举。公法之庄严，不能自我失之，国际之地位，不能自我圮之，世界友邦之平和幸福，更不能自我而迟误之。所愿举国人民，奋发淬厉，同履艰贞，为我中华民国保此悠久无疆之国命而光大之，以立于国际团体之中，共享其乐利也。布告遐迩，咸使闻知！

此令既下，又由外交部照会驻京各国公使，声明对德宣战，及对奥宣战，并令内外各官署，查照现行国际公法惯例，妥速办理宣战事宜。德使已早归国，独奥使尚在都中，因特致照会云：

为照会事。中国政府，前以中欧列强，施行潜水艇计划，违背国际公法，危害中国人民生命财产，曾于本年二月九日，向德政府提出抗议，嗣以抗议无效，于三月十四日向德政府宣告断绝外交关系，并经照达贵公使在案。现因中欧列强此项违背公法伤害人道之计划，毫无变更，中国政府，为尊重公法，保护人民生命财产起见，不能久置不顾。贵国现与德国既为同一之行动，则中国政府，对于德、奥两国，不能有所区分。兹向贵国政府声明，自中华民国六年八月十四日上午十时起，本国与贵国入于战争之状态，所有中奥两国于一八六九年九月二日所订中奥条约，及现在有效之其他条约合同或协约，无论关于何种事项者，均一律废止。至一九零一年九月七日所订之条款，及其他同类之国际协议，有涉及中奥间之关系者，并从废止。又中国政府对于海牙和平会条约，及其他国际条约，一切关于战时文明行动之条款，仍遵守不渝，合并声明。除电本国驻奥公使转达贵政府，并请发给出境护照外，相应备具贵公使并贵馆馆员，暨各眷属，离去中国领土，所需沿途保护之护照一件，照送贵公使，请烦查收为荷。至贵国驻中国各领事，已由本部令知各交涉员，一律发给出境护照矣。须至照会者。

奥使接到照会，亦有公文照复外交部，语多批驳。略云：

所来照会内容，本公使阅悉，应候本国政府训令。至公文所提宣战之各缘由，姑不具论，唯不得不声明此项宣战，本公使以为违背宪法，当视为无效，盖按前黎大总统之高明意见，此项宣战之举，应由国会两院，同意赞成，方可施行。特此照复。

这照会递到外交部，外交部将原文退回，意谓中、奥已成敌国，还要什么辩论，因此奥使亦卸旗回国去了。粤省督军省长，虽经宣告独立，但对着国际交涉，却取同一态度。中央与德、奥宣战，粤省亦钞录大总统布告，出示晓喻，并照会驻粤各国领事知照。正是：

虚语终嫌无实力，外强反使笑中干。

宣战以后，尚有一切手续，容至下回表明。

冯、段携手讨逆，甫经成功，即互生意见，暗启猜嫌，是欲其一德一心，保邦致治，宁可得乎？海军独立，与滇、粤反抗，尚非冯、段腹心之疾，所患者在冯、段之貌合神离，仍不免有冲突之祸耳。冯选李纯督苏，陈光远督赣，段选傅良佐督湘，即生出日后许多波折。民国之杌陧不安，何莫非争权夺利之军阀家，有以阶之厉也。至若与德宣战一事，已见八十一回总评中，而此时段之主战，尤有不得不然之势，主战则见好强邻，可作外援，借外债，平内患，自此无阻，段其可踌躇满志乎！然观于后来之专欲难成，而吾更不能不为段氏慨矣！

第八十九回　筹军饷借资东国
遣师旅出击南湘

却说中国政府，既与德、奥宣战，遂由内务部具呈冯总统，谓前时与德绝交，曾将天津、汉口的德国租界，收回自管，设立特别区临时管理局，后改特别区市政管理局，现既明令宣战，与前情势，又属不同，应将临时二字除去；且管理事务，类属市政范围，可将特别区临时管理局，改名特别区市政管理局，当奉指令照准。又天津奥租界，亦由内务部咨照直隶省长，饬该局一并接收管理。直隶督军兼省长曹锟，即照部咨施行，不在话下。

前总统黎元洪，自日使馆营舍还第，住居东厂胡同，屋旁向有卫队，驻扎花园中。嗣因队兵王德禄，发生疯疾，持刀砍人，斫死护卫马占成、正目王凤鸣、连长宾世礼等三人，并伤伍长李保甲、卫兵张洪品等二人，其余卫士，一拥齐上，方将王德禄戮毙。元洪恐尚有他变，复移居法国医院。至冯、段已组定政府，局势少定，乃偕眷属出京，好在天津尚有私宅，借此栖身，不再与闻国事，这也是逍遥自在的良法。后来何故再为冯妇？

唯岭南各省，总未肯服从中央。再加四川乱事，亦尚未靖，代理督军周道刚，留驻重庆，自奉中央命令后，就在重庆就职，正拟调集兵士，西赴成都，忽闻四川省长戴戡，被川军击毙，当即派人前往，探查确耗。原来刘存厚部下，尽是川军，不愿外兵入境，故前时罗佩金所带的滇军，与刘不协，致生冲突，后来戴戡所部的黔军，亦当然为刘所恨，力加排斥。毕竟黔军势孤，川军力厚，两下里争战多日，黔军卒不能支，退出成都，由刘存厚入城据住。戴戡又联络前督军罗佩金，及云南督军唐继尧，会师进击，复得夺还成都，驱出存厚。存厚怎肯甘休？收拾败兵，再攻戴戡，戡又向滇军乞援，与川军对敌，川军败退，戡拟夹攻川军，自督黔军出城，行抵秦皇寺附近，突与败退的川军相遇，彼此见了仇人，便即开枪相击，也是戴省长命已该绝，竟被流弹射来，伤及要害，连忙返身入城，医治无效，当即毕命。周道刚既悉详情，据实呈报中央，当由冯总统下令，追赠戴戡陆军上将衔，照阵亡例赐恤，着财政部拨银一万元治丧，并命周道刚查明川军统帅，谓："如由刘存厚主使，应该坐罪，不能曲贷"云云。此种命令，亦未免掩耳盗铃。试思川军统帅，除刘外尚有何人？旋复查闻四川财政厅长黄大暹，督军署参谋长张承礼，亦因川、黔两军交哄时，仓猝出走，饮弹身亡，中央政府，又复从优议恤。后来周道刚又与滇军相争，政府再行申令，饬在川军队，无论客主，统归周道刚管辖，且实授周道刚为四川督军，刘存厚会办四川军务，总算暂时维持，敷衍过去。

至若新近解散的国会议员，曾列国民党名籍中，都不赞成段总理。且段复任后，又不肯将议员一律召回，反提起从前组织《约法》的参议员，拟为召集，所以一班解散的议员，陆续赴粤，在粤东自行集会，称为非常会议，特借广州城外的省议会议场，会议时事，否认中央政府，另组出一个军政府来。当下投票公决，选举民国第一任总统孙文为大元帅。孙文闲居无事，就趁那选举的机会，再出就职。就职以后，免不得有一篇通告，无非指斥段祺瑞、倪嗣冲、梁启超、汤化龙等，违法党私，背叛民国，应该兴师北讨，伐罪吊民等语。段祺瑞闻到此信，恐怕别省闻声响应，引入漩涡，将来东一省，西一省，依次发难，岂不是酿成大患，不可收拾么？左思右想，除用武力解决外，苦无良策。但欲用武力，必须先筹军饷，国库早一空如洗，各省赋税，又不能源源进来，就使有些报解，平常尚不够应用，怎能腾挪巨款，接济军需？当下与小徐等商量，小徐等主张借款，暂救眉急。段祺瑞到了此时，也顾不得国家担负，便邀入财政总长梁启超，密商借债事宜。梁也知借债行军，利少弊多，无如段总理决意用武，自己方依段氏肘下，不好有违，唯将这副借债的担子，卸与财政次长李思浩，叫他出去张罗。李思浩素善筹款，接到密令，即与英、法、俄、日四国银行团，商借一千万元，名目上不便提出军需二字，只好仍称善后借款。银行团含糊答应，但英、法、俄三国，与德、奥连年交兵，耗费不可胜计，也未能舍己芸人，独日本远居亚东，虽是列入协约国内，反对德、奥，究不曾出发多少兵船，用过多少兵费，所以四国银行团中，只日本肯认借款，日本正金银行理事小田切万寿，出作日本银行团代表，愿借一千万元，与财政部订定契约。约中要点如下：

（一）名目。垫款。（二）金额。一千万元。（三）利息。七厘。（四）年限。一年。（五）折扣。百分之七。（六）担保。中国盐税余款。（七）用途。行政费。（八）用途稽核。依民国第一次善后借款条目办理。见第二十四回。（九）承借者。日本银行团。

契约既成，一千万元稳稳借到，折扣由两边经手分肥，无庸多说。山东督军张怀芝，因逐年垫付军需，总数颇巨，中央无力归还，乐得乘政府借款的时候，加添一些零头，可以拨充本省的用费，当下商明中央，代向中日实业银行，借到日金一百五十万元，议定年息一分，还期一年，以中央专税为担保，这好似穷民贷钱，但顾目前，不管日后如何清偿呢。段祺瑞既得借款，正要筹办军事，制服南方，不料部署尚未定绪，那湘南又突出一支独立军，与督军傅良佐抗衡，惹得长江中线，也致摇动起来。当良佐赴湘以前，湖南督军，本由省长谭延闿兼任，延闿是国民党中人，段祺瑞恐他联络滇、粤，所以特命良佐为督军，前往监制。良佐到了湖南，谭延闿不便抗拒，就将督军印信，交与良佐，一朝权在手，就把令来行，竟将署理零陵镇守使刘建藩，勒令撤任。这便是迅雷飞电的手段！刘建藩以无辜被斥，心下不甘，遂与湖南第一师第二旅旅长林修梅，暨零陵各区司令等，商定独立，通电中央及各省，宣告自主，脱离现政府关系；一面联络滇、粤，及海军总司令程璧光等，反抗良佐。良佐岂肯坐视，当即电达中央，详陈刘建藩罪状，特派第二师第三旅旅长李右文，率兵往攻零陵。段知戎机一发，势难中止，前次借到日款，只有一千万元，不过数月可持，欲达到平南目的，计非多借款项，不能成事，乃复暗嘱交通银行，令他出面借款，再向日本国的台湾、朝鲜、兴业三银行，商借日金二千万元。又经过许多磋磨，方得三银行允诺，订定契约七条：（一）为金额。计日金二千万元。（二）为期限。准定三年。（三）为利息。按年七厘半。（四）为折扣。总算免去。（五）为担保。即把中国国库证券一千五百万元，作为征信。（六）为用途。系是整理交通银行业务。仍是欺人。（七）为中国政府保证偿还本利；且在借款期限内向他国借款时，须先向三银行商议。此外并定由交通银行，聘请台湾、朝鲜、兴业三银行各一人为顾问。外人借了债，便着着进逼，段政府反视为得计，难道不可以已么？这番借款复得告成，连前共得三千万元。段总理可以指挥如意，乃请冯总统连下二令，一令是通缉广东军政府大元帅孙文，及非常国会的议长吴景濂，一令是通缉陆军中将蓝天蔚，说他受孙文伪令，勾结刘景双、顾鸿宾、马海龙、金鼎臣等，分途四扰，贻害西北，应即褫夺原官，着各省督军省长，务获严惩等语。复召集各省参议员到京，组织临时参议院，免人訾议。令文有云：

国会组织法，暨两院议员选举法，民国元年，系经参议院议决，咨由袁前大总统公布。历年以来，累经政变，多因立法未善所致，现在亟应修改，着各行省蒙、藏、青海各长官，仍依法选派参议员，于一个月内到京，组织参议院，将所有应改之组织选举各法，开会议决。此外职权，应俟正式国会成立后，按法执行，以示尊重立法机关之至意。此令。

又有一令同下，系著内务部筹备国会选举，略云：

依约法第五十三条，本有召集国会之规定，此次国体再奠，所有《约法》上机关，亟应完全设立，着内务部按照民国元年筹备国会事务局办理事宜，迅速筹办，预备选举。此令。

以上各种命令，统是段祺瑞一人主张，代任总统冯国璋，无非依言传令，签名盖印罢了。当时冯总统尚有一段悲情，乃是总统夫人周氏，得病甚重，竟于九月十日晚间，在总统府中逝世。周夫人就是周道如女士，前在袁总统府充当女教员，由袁总统作撮合山，配与冯河间为继室。见三十七回。五旬左右的武夫，得了四旬左右的淑女，正是伉俪言欢，非常恩爱。无如昙花命薄，晚菊香消，自从民国三年一月结婚，至民国六年九月病殁，先后只阅三年有奇。老头儿还有这般克星么？看官试想！这一再悼亡的冯河间，能不悲从中来，泣涕涟涟么？当下备极厚仪，为周夫人饰终，总统府中，未便久殡，乃择日发丧，回籍安葬。临丧时所有仪仗，当然繁盛，毋庸细表。周夫人死后有知，也不枉出嫁三年。

且说冯总统国璋，自悼亡后，免不得见物怀人，犹留余痛。偏这位好大喜功的段总理，时来絮聒，今日借款，明日调兵，说得天花乱坠，俨然有踏平南方的状态。冯总统本无心主战，不过碍着情面，未便龃龉，所以段说一件，冯依他一件，段说两件，冯依他两件，表面上似乎融洽，其实冯忌段，段亦忌冯，彼此各怀意见，暗地生嫌；再加近畿一带，水灾迭见，永定河决口，南运河又决口，天津、保定低洼等处，尽成泽国；津浦铁路北段，被水冲毁，火车不能通行，还有山东、山西，亦均报水溢，索款赈济。冯总统阅过来电，但委段总理筹办赈给，不复多言。段祺瑞锐意平南，正虑军饷未敷，偏老天不肯做美，又闹出许多灾荒案件，随在需赈。没奈何嘱托财政部，腾出数万元银钱，拨济灾区，某区拨若干，某区畀若干，多约万金，少约数千，可怜灾地甚广，灾民甚众，单靠着数千一万的赈款，济什么事？段总理也管不得许多，但教噢咻示惠，便算了案，唯一心一意的对待南方。哪知军情万变，不可预料，湖南督军傅良佐，所派遣的李右文一军，本要他去征服零陵，偏右文到了衡山，反全部投入零陵军，与刘建藩串同一气，向傅倒戈。傅良佐气得发昏，亟改派北军第八师师长王汝贤、第二十师师长范国璋，及湘军第二师师长陈复初，会师前进，再攻零陵。段总理接报，暗中运款接济，严促傅良佐即平湘南。复虑谭延闿从中作梗，密嘱良佐讽示延闿，使他退位。延闿明知冯、段猜疑，偏不肯提出辞职，但向政府请假。段准给延闿假期，另派周肇祥暂署湖南省长。周亦段氏心腹，与傅同事，应该沆瀣相投，同心协力，傅良佐且得京款接济，便运往前军，犒师作气，果然军心一奋，踊跃直前。北军旅长王汝勤、朱泽黄等，行至衡山、永丰境内，与零陵军队交锋，连得胜仗，拔衡山，下宝庆，直逼零陵。安徽督军倪嗣冲，又密承段氏意旨，出军援湘，也得攻克攸县。

湘、皖更迭报捷，段祺瑞欣慰异常，且拟向日本订购军械借款，可以军械济军，乘胜平南。当时风闻中外，竞起谣传，共谓："我国军械，将归日本主持，所有各省兵工厂，煤铁矿，亦归日本管理"云云。于是江苏督军李纯，江西督军陈光远，交章拍电，请政府声明真伪，免启群疑。冯派亦发作了。就是鄂、皖等省，亦有电向中央质问，要求政府明白宣示。是不过随声附和。旋由段总理复电，略谓："谣传全属子虚，不可妄信，现唯因与德、奥宣战，拟派兵赴助协约国，自制军械，不敷应用，势不得不购自外洋，现在唯西洋英国，东洋日本，尚有余械出售，我国与美迭商，迄无成议，急事不能缓办，始就近向日本购置军械一批，需款若干，购械若干，款未交清以前，量加利息，所订合同，仅限一次为止，纯是自由购办，毫无意外牵涉。中国历来所购外国军械，具有成案可稽，本届照前办理，与主权并不少损"云云。李、陈两督军，接得复电，见他理由充足，也不好再加诘问，只看他所购军械，是否给兵赴欧，再作计较。小子有诗叹道：

主战何如且主和，同居一室忍操戈。
况经国库中枵甚，借债兴兵祸更多。

段总理驳倒李、陈等电文，乐得放心做去。忽湖南又有急电，传达进来，由段总理取过一阅，又未免出了一惊。究竟为着何事，待小子下回叙明。

多一分外债，即增一分担负，失一分主权，甚矣外债之不可轻借也。袁政府专务借债，图逞私欲，所贷之款，尽付挥霍，而私愿亦终于无成，不意段总理亦尤而效之。财政部借日本款一千万元，交通银行又借款二千万元，名为善后之需，实为图南之用。夫南方各省之宣告独立，原有碍于中央统一之谋，然自来唯无瑕者可以戮人，段总理试抚躬自问，其胡为启南方之龃龉耶？不能推诚相与，徒欲以力服人，军需不足，贷诸强邻，即使南方果得告平，而所失已不赀矣。况平南之师未发，而湘省已起争端，用一傅良佐以控驭岭南，反挑动零陵之恶感，不能怀近，安能图远？徒酿成无谓之兵争而已，可慨孰甚！

第九十回　傅良佐弃城避敌
段祺瑞卸职出都

却说刘建藩据住零陵，与北军相持多日，寡不敌众，多败少胜，不得不向两粤乞援。段总理也恐两粤援刘，暗着人运动粤吏，使他反抗省政府，作为牵制。适值粤属惠州清乡总办张天骥，为省政府所黜，改任刘志陆为总办，天骥心怀怨望，遂对省政府宣告独立。已而刘志陆带兵进攻，惠州帮办洪兆麟、统领罗兆昌、帮统刘达庆等，联合陆军，共攻天骥。天骥独力难支，只好窜去。偏潮州镇守使莫擎宇，又复向省政府脱离关系，自言军政当直隶中央，民政仍商承李省长办理。好一个骑墙法子。旋又联结钦廉道冯相荣，及镇守使隆世储，气势颇盛。张天骥亦奔投潮州，与莫相依。莫擎宇遂电达中央，自述情状。段总理乐得请令，褫夺广东督军陈炳焜职衔，特任省长李耀汉兼署督军，即命莫擎宇会办军务。看官试想！民国纪元以来，各省虽号称军民分治，实际上全是军阀专权。自黎政府成立以来，虽改换名目，治军称督军，治民称省长，毕竟省长势力，敌不过督军，督军挟兵自重，对着一省范围，差不多是万能主义。段总理将陈炳焜褫职，即用李耀汉兼职，也是一条反间计。但陈炳焜怎肯依令？仍任督军如故，李耀汉势难代任，依然照前办事。陈炳焜且与广西联兵援湘，与刘建藩等并力作战，所向无前，夺回宝庆、衡山，复拔衡阳、湘潭，累得傅良佐日夕不安，又向段总理请援。段总理未免一惊，因恐远水难救近火，只好责成王汝贤、范国璋两人，令他效力图功，特派汝贤为湘南总司令，国璋为副司令，满望他感激思奋，扫平湘南自主军队。不意两人逗留不进，反通电中外及自主诸省，商请双方停战。略云：

天祸中国，同室操戈，政府利用军人，各执已见，互走极端，不惜以百万生灵，为孤注一掷，挑南北之恶感，竞权利之私图，借口为民，何有于民？侈言为国，适以误国。果系爱国有心，为民造福，则牺牲个人主张，俯顺舆论，尚不背共和本旨。汝贤等一介军人，鲜识政治，天良尚在，煮豆同心。自零陵发生事变，力主和平解决，为息事宁人计，此次湘南自主，以护法为名，否认内阁，但现内阁虽非依法成立，实为事实上临时不得已之办法，即有不合，亦未始无磋商之余地。在西南举事诸公，既称爱国，何忍甘为戎首，涂炭生灵？自应双方停战。恳请大总统下令，征求南北各省意见，持平协议，组织立法机关，议决根本大法，以垂永久而免纷争，是所至盼！特此电闻。

自王、范两人宣布此电，当然置身事外，引兵退归。那零陵自主军队，及两粤各军，未肯遽罢，仍旧扬旗击鼓，进逼长沙。湖南督军傅良佐，麾下亲兵，寥寥无几，专靠王、范两师，出去御敌，偏他两人宣告停战，且有倒戈消息，急得傅督军不知所为，只好与代理省长周肇祥，想出一条逃命的上策，夤夜同走，潜登兵舰出省，奔往岳州。这也好算得迅雷飞电的计策么？长沙失去主帅，亟由省城各团体，自组湖南军民两政办公处，暂时维持，适值王汝贤领兵回省，乃公推汝贤为主任，担任维持秩序。

傅良佐等退至岳州，不得不电达中央。段祺瑞接到此电，忍不住惭愤交并，慌忙驰入总统府，报明冯国璋，痛责王、范两人叛命的罪状。冯总统却默然不答。段始窥透隐情，料知王、范两人的行为，是由老冯暗中授意，遂作色与语道："总统主和，祺瑞主战，两不相谋，应有此变，祺瑞情愿免职，请总统另任他人。"冯总统才淡淡的答道："傅良佐所任何职，乃弃省潜逃，不为无罪。"祺瑞道："王、范两师，无故倒戈，良佐势成孤立，自然只好出走了。"冯总统又道："我何尝绝对主和，如果能戡定南方，就是我也自愿赴敌，请总理不必误会！"祺瑞起座道："祺瑞已不敢再干了。或战或和，请总统自主便了。"言毕即去，未几，即递入辞职呈文，又未几，复递入国务员辞职呈文。冯总统不便遽允，派人一一挽留，复通电各省云：

国事濒危，人心浮动，一隅生隙，全国动摇。兹将数日经历情形，暨失机可惜之点，通告于左：自复辟打消，共和再造，军人实为功首，此后军人团体，即为全国之中心点，生死存亡，有莫大之关系，此不但本国人所共知，亦外交团所共认。此次政府成立，所行政策，以改良民国根本大法为宗旨，故不急召集新国会，而为先设参议院之举，在法律上虽微有不同，而用心实无私意存于其内。西南二三省，起而反对，无理要求，中央屡为迁就，愈就愈远，不得已而用兵，只为达到宗旨而已，初非有武力压迫之野心也。兵事既起，胜负虽未大分，而川事则中央颇为得手，滇、黔在川之兵，不日可期退出川界。广东方面，陆、陈、谭虽有援湘之兵，因龙、李、莫倾向中央，暗中牵制，以是不能大举。是时也，湘南战事，我北军将士，稍为振奋，保持固有之势力，中央即可达完善之结果。不意我北军九死一生，最有名誉之健儿，误听人言，壮志消沮，虽系一部分之自弃，而掣动新胜，暨相持未败之众，于是合谋罢战，要求长官，通电乞和，不顾羞耻，虽曰其中有不得已之苦衷，而中央完全将成之计划，尽行打消矣。诸君闻之，能不惜哉！能不痛哉！特是通电求和，主持人道，欲达宗旨，亦必能战而后能和。假如占住势力，战胜一步，宣布调停，再进一程，征求同意，为中央留余地，保政府之威严，吾辈军人之名誉大张，国家人民之幸福是赖，乐何如之？乃不出此而为摇尾乞求，纵能达到和平目的，我军人面皮丧尽矣。国璋亦军人之一份子也，如此行为，万无下场余地，不为羞死，亦将气死。诸君皆爱国丈夫，有何高见，如何挽救，能否贾勇救国，振奋部下士卒精神，筹兵筹饷，以谋胜利，则大错虽已铸成，尚可同心补救。国璋代行权位，惶愧奚如！国将不存，身将焉附？如有同心，国璋愿自督一旅之师，亲身督战，先我士卒，以雪此羞。宣布事实，渴望答复！

这篇通电，辞旨隐闪，又主和，又主战，看似斥责王、范两人，却未曾提出姓名，不过含糊影响，但为段总理顾全面子，所以有此电文。湘军第二师师长陈复初，方改编为陆军第十七师，驻扎常德，他闻王汝贤入主长沙，居然代行督军职务，心下很是不服，竟在常德宣布独立，要来攻夺长沙，就是两粤援湘各军，也不肯听命汝贤，纷纷入扰，长沙很是危急。到了十月十七日夜间，城中忽然火起，烟雾漫天，秩序大乱。汝贤也只好弃城出走，潜赴岳州。是时傅良佐、周肇祥两人，已由京中召入，传令免官候惩，令云：

湖南督军傅良佐，代理省长周肇祥，擅离职守，着先行免职，听候查办！此令。

同时又有一令云：

据王汝贤等电称：傅督军于十四日夜，携印乘轮，不知去向，省长亦去，省城震动，人心惶恐。汝贤等为保护地方安全起见，会同在城文武，极力维持，现在秩序，幸保安宁等语。并据自请处分前来。傅良佐、周肇祥擅离职守，本日另有明令免职查办，长沙地方重要，不可主持无人，即派王汝贤以总司令代行督军职务，所有长沙地方治安，均由王汝贤督同范国璋完全负责。查王汝贤等，身任司令重寄，统驭无方，以致前敌败退，并擅发通电，妄言议和，本属咎有应得，姑念悔悟尚早，自请处分，心迹不无可原。此次维持长沙省城，尚能顾全大局，暂免置议。王汝贤等当深体中央弃瑕录用之意，严申约束，激励将士，将在湘逆军，迅予驱除，以赎前愆。倘再退缩畏葸，贻误戎机，军法俱在，懔之慎之！此令。

这令颁发，乃是十月十八日，与王汝贤弃城出走的时候，只隔一宵。京、湘相隔太远，汝贤又仓皇出奔，无暇拍电至京。所以京中尚未闻知，还令汝贤及范国璋，担任长沙治安职务。那段祺瑞自有意辞职后，虽非极端决裂，但对着湖南问题，不再入商，冯总统因得自由下令，轻轻将王、范二人罪状，豁免了事。唯段祺瑞览此令文，愈加不悦，自思老冯前电，已是态度不明，此次又仅罪及傅、周，不及王、范，明明是阿私所好，党同伐异的行为，因复决计辞去，不愿与冯共事。正拟二次递呈，复接得直、鄂、苏、赣四省通电，并请撤兵停战，这又是冯派联络，推倒段内阁的先锋。电文署名，一是直隶督军曹锟，一是湖北督军王占元，一是江苏督军李纯，一是江西督军陈光远，文中说是：

慨自政变发生，共和复活，当百政待理之际，忽起操戈同室之争，溯厥原因，固由各方政见参差，情形隔阂，以致初生龃龉，继积猜嫌，亦由二三私利之徒，意在窃社凭城，遂乃乘机构衅，而党派争树，因得以利用之术，为挑拨之谋，逞攘夺之野心，泄报复之私忿。名为政见，实为意见，名为救国，实为祸国，于是阋墙煮豆，一发难收。锟等数月以来，中夜彷徨，焦思达旦，窃虑覆亡无日，破卵同悲，热血填膺，忧痛并集。盖我国外交地位，无可讳言，欧战将终，我祸方始，及今补救，尚恐后时。至财政困难，尤达极点，鸩酒止渴，漏脯疗饥，比于自戕，奚堪终日？东北灾祲，西南兵争，人民流离，商业停滞，凡诸险状，更仆难志。大厦将倾，而内讧不已，亡在眉睫，而罔肯牺牲，每一思维，不寒而栗，中心愤激，无泪可挥。夫兵犹火也，不戢自焚矣，如项城覆辙可鉴，矧同种相残，宁足为勇？鹬蚌相持，庸足为智？即使累战克捷，已足腾笑邻邦，若复两败俱伤，势且同归于尽。今者北倚湘而湘不可倚，南图蜀而蜀未可图，仁人君子，忍复驱父老兄弟于冰天雪地枪林弹雨之中？且战局延长一日，即多伤一日元气，展伸一处，即多贻一处痛苦。公等诚心卫国，伟略匡时，其于利害祸福所关，固已洞若观火。况争点起于政治，知悲悯本有同情。锟等不才，抱宁人息事之心，存排难解纷之志，奔走啼泣，惨切叫号，而诚信未孚，终鲜寸效，俯仰愧怍，无地自容，唯希望之殷，始终未懈。故自政争以来，默察真正之民意，仰体元首不忍人之心，委曲求全，千回百折，必求达于和平目的，以拯国家之危难，而固统一之宏基。区区愚忱，当邀共谅。现在时势危迫，万难再缓，不得不重申前说，为四百兆人民，请命于公等之前。伏愿念亡国之惨哀，生灵之痛苦，即日先行停战，各守区域，毋再冲突，俾得熟商大计，迅释纠纷。鲁仲连之职，锟等愿担任之。更祈开诚布公，披示一切，既属家人骨肉，但以国家为前提，无事不可相商，无事不能解决。若彼此之隐，未克尽宣，则和平之局，讵复可冀？公等位望，中外具瞻，舆论一时，信史万世，是非功过，自有专归，而旋乾转坤，亦唯公等是赖，反手之间，利害立判，举足之际，轻重攸分，救国救民，千钧一发。临电迫切，不知所云。

停战停战，这种声浪，与段总理的心理，绝对是不能两容。偏长江三督军，一气贯穿，又推那直隶督军曹三爷为首，曹锟排行第三，时人号为曹三爷。同来反对段总理，叫老段如何不烦？如何不恼？当下递入二次辞呈，不但辞去总理，且把陆军总长的兼职，一并辞去。冯总统还阳为挽留，但准他辞去兼职，仍为总理如初。看官！你想这位段合肥，还肯留着么？段为国务总理，又兼陆军总长，所以有权有势，莫与比伦，若军权一卸，还要这国务总理头衔，有何用处？自然一概不受，出都下野去了。恐未必真肯下野。冯总统乐得准他免职，另任王士珍为陆军总长，所有国务总理一缺，且命外交总长汪大燮暂代。汪大燮是段内阁中人物，本有连带辞职的故例，怎好代任总理？因此决意不为，一再告辞。冯乃商诸王士珍，邀他组阁。士珍系直系正定人，资格最老，出段氏上，情性素来和平，没有什么党派，不过时人因他籍属直隶，共推为直派领袖，前时袁、黎两总统时，亦尝邀他为过渡总理，见前文。旋进旋退，无刺无非，老年人血气已衰，不堪再任烦剧，独冯意以为籍贯从同，派系无别，正好引为己助，抵制皖系，调和南方。王士珍固辞不获，乃承认暂署，于是段内阁遂倒，要改组王内阁了。小子有诗叹道：

携手登台谊似深，同袍何故忽离心？
堪嗟宦海漂摇甚，得失升沉两不禁。

王士珍既代署总理，旧有国务员，一并辞职，另换他人入阁。欲知所易何人，待至下回发表。

观于冯、段之倾轧，表面上似为和战之龃龉，实际上即为直、皖两派之纷争。傅良佐之督湘，冯意固未尝赞同，不过为李、陈两督军之交换条件而已。王汝贤、范国璋，与良佐相反对，其阴承冯意可知，拒良佐，即所以拒段氏也。良佐自命不凡，而实无干略，楚歌四逼，仓猝夜逃，名为党段，实则负段，段犹欲袒护之，得毋亦自信过深，而未知其用人之失当欤？迨直、鄂、苏、赣四督军，通电停战，而段氏之平南政策，复遭一大打击，势不能不辞职出都，此冯、段倾轧之第一幕也。而直、皖两派之恶，遂自是日深矣。

第九十一回　会津门哗传主战声
阻蚌埠折回总统驾

却说王士珍既代署总理，当然要改组内阁，所有从前阁员，多半换去，另任陆征祥为外交总长，钱能训为内务总长，王克敏为财政总长，江庸为司法总长，田文烈为农商总长，曹汝霖为交通总长，傅增湘为教育总长，海军总长仍用刘冠雄，士珍自兼陆军总长，已见前文。冯代总统撤去段总理，改用王士珍，明明是无意主战，特借王士珍为调人，笼络南方，使得和平统一。无如南军未肯退步，趁着王汝贤退出长沙，即乘隙直入，竟将长沙占住。汝贤退走岳州，见前回。俄而荆州有石星川，随县有王安澜，黄州有谢超，纷纷宣告自主，又与冯政府脱离关系。看官试想！前时段总理主战，南方各军阀，不服段总理，乃起冲突，明明反对段氏，无庸疑议，此次冯总统主和，南方各军阀，应该体谅冯总统苦心，休兵息战，为什么反加出石、王、谢三人，来与冯氏作对呢？说将起来，南方军阀家所主张，并不是专拒段合肥，实是并抗冯河间，冯总统的谋和政策，岂不是暗遭打击么？

还有一个前陆军次长徐树铮，为段氏暗中设法，奔走南北，仆仆道途。看官道为何因？原来他先至蚌埠，与安徽督军倪嗣冲，晤商机密。嗣冲方竭力助段，对着小徐的谋划，很表赞成，小徐既邀得一个帮手，还嫌未足，再向东北出山海关，竟去联络奉天张作霖。张作霖字雨亭，系辽阳人，向系绿林豪客，投入清故督张锡銮麾下，历年捕盗，积功至师长，袁氏欲引为羽翼，特擢为奉天督军。他本独立塞外，自张一帜，与冯、段不生关系，无甚好恶。小徐以为东南健将，莫如老倪，东北健将，莫如老张，能将两健将融成一片，为段帮忙，还怕什么冯河间？计策诚佳。于是间关跋涉，趋往奉天，凭着那三寸舌，说动那张雨帅。张本豪健绝俗，勇敢有为，不论谁曲谁直，但教片辞合意，臭味相投，便即慨然许诺，愿为护符；且留小徐在幕府中，参决军务，贯彻军谋。

会安徽督军倪嗣冲，邀同山东督军张怀芝等，共至天津，与直隶督军曹锟，会议时局，恢复段氏政策，对着西南，仍用武力解决。怀芝前为北洋武备学生，原是北洋系中一分子，与段祺瑞素来莫逆，且平时最嫉国民党，当然欲荡平西南，为段后盾。且曹锟镇守直隶，曾与长江三督军，即李纯、陈光远、王占元。联名通电，主张停战。见前回。此次倪、张两督至津，距前时电请停战的日期，不过旬月，为什么反复无常，忽然主和，忽然主战呢？就中也有一段情由，当时清室元老徐世昌，久驻天津，各军阀素相契重，遇有大策大疑，必向徐氏咨询。曹锟驻节天津，更与徐氏常相往来，情谊款洽。徐闻冯、段龃龉，政局未定，免不得从旁扼腕。一夕，与曹锟会叙，密语锟道："芝泉祺瑞字。原太觉自信，华甫国璋字。亦不应阴嗾范、王，倒戈失湘，两人并皆失策，不知将闹到如何地步，方能结束呢？"曹锟无词可答，只应了一个"是"字。徐世昌复掀髯笑道："君等若迎若拒，不为冯、段两人调和政见，恐从此以后，北洋团体，越致分裂，眼见是民党得势，将乘隙篡入了。"锟不禁失色道："这也可虑，公意以为何如？"世昌复进逼一句道："君为北洋弁冕，若听令北洋团体，四分五裂，君亦不能辞责呢！"徐也是为段帮忙。锟随口应声道："得公指教，锟似梦初醒了。"两人一笑而别。

嗣是锟变易初心，背了长江三督军的盟约，又欲联段，可巧倪、张两督，前来相邀，乐得敲着顺风锣，翕然同声。倪、张两督，复致书张作霖，请求同意。作霖正与小徐静待机缘，一经得书，立即答复，无不如命。吉林督军孟恩远，黑龙江督军鲍贵卿，本奉张作霖为领袖，作霖愿加入天津会议，孟、鲍自无异言，亦皆参入。再加山西督军阎锡山，陕西督军陈树藩，河南督军赵倜，福建督军李厚基，浙江督军杨善德，上海护军使卢永祥，及苏、皖、鲁、豫四省剿匪督办张敬尧等，均系段氏支派，各遣代表至天津，共同会议。就是热河、察哈尔、绥远三区，也各派代表来，到津列席。济济群英，会集一堂，曹锟为东道主，与倪、张两督表明意见，无非是“并力平南，反对和议”八字。各代表联袂入会，早已禀承各主帅命令，与结同盟，曹锟等一声倡起，各代表等齐声附和，接连是劈劈拍拍的手掌声，陆续相应。当下议决开战，誓绝调停，且分派同盟各省出师数目，由曹锟、张怀芝、倪嗣冲首先认定，次由各代表一一承认，复缮就一篇呈文，要求中央明令征南，然后散席。当时有人嘲讽曹锟，说他大人虎变，因他夙领虎威军，又善变动，所以引援古典，赠他一个佳号。其实那时将帅，原与墙头草相似，忽东忽西，没有定向呢。言不必信，也是大人行径。

唯冯总统本欲主和，竭力笼络南方，偏偏事不从心，迭遭冲突。石星川等擅谋自主，还是下级军官的瞎闹，无甚关碍；最恼人的是南倪北张，无端牵动诸军阀，会议天津，联名请战，明知个中主动，仍由老段授意，欲将他来呈批驳，又恐倪、张等与己翻脸，又似前黎总统在任时，纷纷宣告独立，与中央脱离关系，转害得不可收拾。左思右想，无术自全，不得不邀入国务总理王士珍，商决国是。王士珍全是暮气，不肯担任一些肩仔，遇着艰险时候，但知牺牲官职，浩然思归，所以叙议多时，并没有什么救急的良方，只有自称老朽，不堪胜任，情愿将国务总理及陆军总长的兼衔，让与贤能。自知干不下去，尚能牺牲禄位，还算自好之士。冯总统付诸一叹，俟士珍退出后，又与几个心腹人商量，大家说是段派势力，尚难骤削，压制过急，反恐生变，不如再请老段出山，畀他一个闲散位置，稍平彼愤，免得种种作梗，牵制中央。冯总统又复为难起来，暗思段非常人可比，除国务总理外，还有何职可授？如或授他别职，段亦断不肯受，反致弄巧成拙，越觉不佳。乃再经数人讨论，毕竟人多智众，想出一个新名目，叫做参战督办。参战是对外国立名，不是对着本国的南军，从前与德、奥宣战，全是段氏一人主张，此次叫他参入协约国，督办战务，也是一个无上的头衔；且与段氏本意不悖，当不致有推让情形。商议既定，因特派员至津门，先与段氏说明原委。段先辞后受，愿当此任。独言下表明微意，乃是：“做了参战督办，总须陆军总长联合，方可调度一切，若彼此不协，如何督率，如何办理”云云。这番言论，明是不悦王士珍，要他离开陆军总长的位置，然后受命登台。特派员依言复报，再由冯总统着人询段，段又谓请总统自酌。

可巧合肥嫡派段芝贵，自助段覆张后，但博了一个勋位，未列要职，在京闲居，他是有名的揣摩能手，雅善逢迎，不但与段祺瑞有关乡谊，情好密切，就是冯国璋入任总统，府中亦常见有段芝贵名刺，往来周旋。冯、段交恶，芝贵又曾为调停，只因双方各尚意气，不能从旁调洽，所以中止。此次冯意中忽想着了他，乃召入与商，并有委任陆军总长的表示。芝贵喜出望外，就自愿邀段入都，即日启行，往谒老段，见面时谈及冯意，段亦当然心慰，即与芝贵同车至京，复入见冯总统。两人虽未能尽去夙嫌，表面上似尚欢洽，再加段芝贵在旁凑趣，便各喜笑颜开，尽欢而散。越日，即有参战督办的特任，及陆军总长的改任，一并颁发。唯国务总理一职，仍归属王士珍，不过免去陆军总长兼衔罢了。王聘老可以去矣，何必为此赘旒？段既入京，仍然坚持一平南政策，不肯少改。却是个硬头子。段芝贵原是皖派，不能不与表同情。两下里朝夕叙谈，无非商议平南事宜，拟派曹锟为第一军总司令，张怀芝为第二军总司令，统兵入湘。当由参陆办公处，密电二督，赶先部署，克期出发。于是主战宣战的声浪，复传达中外，时有所闻。独冯总统尚未肯下令，不是说军饷无着，就是说阳历已将残年，容俟开年办理。段派亦无可如何，只好展缓兵期，俟至开正以后，再行催逼。光阴易过，转眼间已是民国七年了，岁阳肇始，总有一番俗例，彼此拜贺，忙碌数天。各机关统休假一星期，停止办公。至假期已过，又有许多隔年案件，须要办清，一日过一日，又是二十多天，主战派迫不及待，跃跃欲试，遂竞向总统府质问，请冯总统即日发兵。偏府中发出二十五日的布告，尚饬各省保境安民，共维大局。顿时主战派大哗，才阅一宵，冯总统带着卫队百名，突出正阳门外，乘着专车，竟往天津去了。段祺瑞等俱未预闻，就是各部总长，亦有一半儿在睡梦中，不知他为着何事，匆匆启行？但由国务院颁发一谕，通电中外道：

奉大总统谕：近年以来，军事屡兴，灾患叠告，士卒暴露于外，商民流离失业，本大总统衋焉心伤，不敢宁处，兹于本月二十六日，亲往各处检阅军队，以振士气。车行所至，视民疾苦，数日以内，即可还京。所有京外各官署日行文电，仍呈由国务院照常办理。其机要军情，电呈行次核办，并分报所管部长处接洽。凡百有位，其各靖共乃职，慎重将事，毋怠毋忽等因！特此转达。

奇哉！怪哉！是何主因，乃有此举？事前毫无表白，直至登程以后，方令国务院传达略情，难道总统出巡，不宜明目张胆，只好作此鬼鬼祟祟的举动么？句中有刺。当时中外人士，纷纷推测，各执一词，直到后来冯氏还京，方知他潜自出京，却有一种特别政策，如国务院代达论调，不过粉饰耳目，自衔美名，其实他何曾劳民？何曾阅兵呢？原来段主战，冯主和，主战是谋武力统一，主和是谋和平统一，似乎段好黩武，冯尚怀仁，实际上乃冯、段两派，互相抵抗，段要主战，冯定要主和，冯要主和，段越要主战，武夫得志，管什么海内苍生，但教折倒反对派，便算是扬眉吐气，予智自雄。怎奈两派势力，相持不下，段派去而复来，气焰膨胀，冯不得不虚与周旋，且又想出别法，欲去羁縻段派，合直、皖两系为一气，使他共卫自身，巩固权位，然后好不致受制，免得许多防备。就使段派不肯为所羁勒，也不如借出巡为名，亲赴长江流域，与李、陈、王三督军面商良法，抵制段派，可以维持势力。为此两种计策，急欲一行，又恐风声一泄，老段必来阻挠，所以除二三心腹外，俱未通知，竟出人不意，乘车南下。想法亦奇，但强中更有强中手，奈何？

一月二十六日启行，当晚即至天津，会晤那虎变将军曹锟，谈了半夜的机密。曹锟虽已与段派联络，合谋宣战，但究竟是个直系，对冯未免留情，他的主张，是欲要主和，必先主战，能将湘省收复，使南军稍惮声威，方可再申和议，冯也点头称善。不愧为虎变将军。就在天津督署中借寓一宵。越宿起床，食过早膳，复与曹锟申定密约，为后文征湘伏案。便即启程再往济南。他想山东督军张怀芝，与倪嗣冲互为党援，不如直趋蚌埠，说服嗣冲，不怕怀芝不为我用，所以济南未曾下车，竟直抵徐州，转赴蚌埠。

火车原甚快便，但尚不如电报的迅速，自从冯氏出都，段祺瑞诧为怪事，料知冯必有隐情，便即电达张、倪两督，叫他阻住冯踪，不使他再行南下。这叫狼防虎，虎防狼。张怀芝得电后，忙派员至车站竚候，适冯已至济南，不肯停车，竟尔过去，独倪嗣冲接到段电，距冯至蚌埠尚有数小时，他好从容布置，带着卫兵，赴车站迎接老冯。待至火车到站，由冯下车相见，倪即指挥卫队，拥冯入署。彼此寒暄未毕，倪嗣冲即掀髯笑语道：“总统为何微行至此？”冯总统道：“我也并不是微行，无非因公等为国宣劳，军队亦服役有年，所以特来慰问呢。”嗣冲道：“总统出巡，理应预先布告，为何内外各员，多未闻知。想总统必有高见，敢请明示。”冯答道：“我若预示出巡，沿途必多供张，反多烦扰，故不如潜行为是。”嗣冲冷笑道：“总统轸念民瘼，原是仁至义尽，但突然出京，反骇听闻，倘中途遇有不测，岂非大误？”冯总统道：“这且不必说了。唯我在京都，闻见有限，究竟各省军队，是否可用？若再如傅良佐辈贻误戎机，岂不是多添笑话么？”嗣冲作色道：“总统也不要徒咎良佐，试想王、范两人，何故倒戈？又复平白地让去长沙，两相比较，王、范罪恶，且过良佐，为什么不革职治罪呢？”冯总统被他一诘，好似寒天吃煨姜，热辣辣的引上脸来，勉强按定了神，再与他论及和战利害。嗣冲道：“南方猖獗至此，怎可再与言和？今日只有一战罢。”冯总统还想虚词笼络，偏倪坚执己意，随你口吐莲花，始终不肯承受。

既而山东督军张怀芝，四省剿匪督办张敬尧，亦皆到来，想是由嗣冲邀来。两人论调，与倪嗣冲一致从同，累得冯总统无词可答，即欲辞行，再往江南。倘嗣冲阻住道：“总统何必亲往，但教致一电信，叫李秀山来此会议，便好了。”秀山即李纯字。冯至此也觉没法，只好由倪拍电，去召李纯，隔了一宿，来了一个李纯的代表，莅席会议。李秀山却也乖巧，故不愿亲至。看官！你想一代表有何能力？只得随众同声。倪嗣冲且拍案道：“欲要与南方谋和，除非将总统位置，让与了他，若总统不欲去位，只有主战一法，主战必须仍用段合肥。如段合肥出为总理，军心一致，西南自可荡平，何论湘省？否则嗣冲愿牺牲身命，与南方一决雌雄。”说至此，声色俱厉，张怀芝、张敬尧两人，更鼓掌不已。冯总统乃随口敷衍道：“诸君同心，战必有功，我就回京下令罢。”倪嗣冲也不再挽留，便送冯上车。张怀芝偕冯同至济南，中途告别。冯总统乘兴而来，败兴而返，自回北京去了。正是：

不如意事常八九，可与言人无二三。

欲知冯总统回京后，如何举动，且看下回再表。

观当时之军阀家，好似博弈一般，列席之时，见甲顺手，则与甲合股，而与乙为仇，见乙顺手，又与乙合股，而与甲为仇，不论曲直，但争利益，虎变将军，即其明证也。冯河间欲并合甲乙两派，尽为己用，谈何容易。甲自甲，乙自乙，彼此立于反对地位，就使暂时允洽，亦必决裂而后已。况如蚌埠之跋扈将军乎？潜行出京，索然而返，冯亦自悔多事哉！

第九十二回　遣军队冯河间宣战
劫兵械徐树铮逞谋

却说冯总统国璋，白费了一番心思，空劳了一回跋涉，没情没趣的折回北京，趋入总统府中，闷闷坐着。有几个心腹人士，进来探问消息，他唯有相对唏嘘，长叹数声罢了。旋由陆军部呈入军报，多半是湖南不靖消息，到了二月初旬，复接到湖北督军王占元急电，报称："湘、粤、桂三省南军，攻陷岳州，驻岳总司令王金镜退保临湘，南军据岳州后，连扰郧阳、通城、蒲圻等处，声势甚盛，亟待援师"等语。冯看了此电，也不禁奋髯动怒道："真正了不得，看来只好决裂了。"乃实授曹锟、张怀芝、张敬尧为各军总司令，陆续出兵，由鄂赴湘，同日发出二令道：

> 上月二十五日布告，原期保境安民，共维大局，故不惮谆谆劝谕，曲予优容。中央爱护和平之苦衷，宜为全国所共谅。乃叠据王占元等电称："谭浩明、程潜所部军队，乘此时机，节节进逼。"石星川、黎天才等，复以现役军官，倡言自主，勾结土匪，扰害商民，而谭浩明等竟引为友军，借援助为名，四出滋扰；甚且枪击外舰，牵及交涉，兹复进逼岳州，窥伺武汉，拥众恣横，残民以逞。是前此布告，期弭战祸，为民请命者，反令吾民益陷于水深火热。本大总统抚衷内疚，隐痛实深。各督军、都统等，叠电沥陈，佥以衅自彼开，应即视为公敌，忠勇奋发，不可遏抑。本大总统深唯立国之道，纲纪为先，若皆

行动自由，弁髦法令，将致纷纷效尤，何以率下？何以立国？用特明令申讨，着总司令曹锟、张怀芝、张敬尧等，即行统率所部，分路进兵，痛予惩办。师行所至，务须严申纪律，无犯秋毫，用副除暴安良，拯民水火之至意！此令。

自军兴以来，在湘各路军队，动辄托故溃逃，长官督率无方，以致有治军守土之责者，效尤叛国，军纪久焉不张。本大总统殊深内疚，若再因循宽纵，必致酿成无政府之现象，其何以饬纲纪而奠民生？嗣后各路统兵长官，于所属官兵，遇有不遵节制，无故退却等情，着即以军法便宜从事，毋稍姑息，其各凛遵！此令。

两令既下，又特派曹锟为两湖宣抚使，张敬尧为攻岳前敌总司令，所有防鄂各项军队，统归节制调遣。于是虎变将军曹锟，首先出发，即于二月七日由津启程，张敬尧亦于十二日出发徐州，浩浩荡荡，率军赴鄂去了。未几，复由总统府发出数令，褫夺各军长官职，由小子汇述如下：

查湖北襄、郧镇守使兼陆军第九师师长黎天才，暨湖北陆军第一师师长石星川，分膺重寄，久领师干，宜如何激发忠诚，服从命令，乃石星川于上年十二月宣布独立，黎天才自称靖国联军总司令，相继宣告自主，迭次抗拒国军，勾结土匪，攻陷城镇，并经各路派出军队，奋力痛剿，将荆、襄一带地方，次第克复，而该两逆甘心叛国，扰害闾阎，实属罪无可逭。黎天才、石星川，所有官职勋位勋章，应即一并褫夺，仍着各路派出军队，严密追缉。务获惩办，以肃军纪而彰国法！此令。

谭浩明等，拥众恣横，甘为戎首，前已有令声罪致讨。谭浩明以现任督军，不思绥辑封圻，恪尽军寄之责，乃竟自称联军总司令，率领所部，侵扰邻疆，若再滥厕军职，何以申明纪律，警戒来兹？署广西督军陆军中将谭浩明，着即行褫夺官职暨勋位勋章，由前路总司令一体拿办。其他附乱军官，并着陆军部查明惩处，以彰国法而警效尤！此令。

这两令是声明挞伐，罪及自主军长，有讨叛惩逆的意思。还有二令，乃是惩办失律的长官，令云：

前因湖南督军傅良佐，代理省长周肇祥，擅离职守，曾令免职查办。两月以来，荆、襄叛变，岳州失守，士卒伤亡之众，人民流离之惨，深怆予怀，追论前愆，该前督等实难辞失律偾事之咎。傅良佐一案，着即组织军法会审，严行审办。周肇祥职司守土，遇变轻逃，并着交文官高等惩戒委员会依法惩戒，以肃纲纪而儆方来！此令。

陆军第八师师长王汝贤，前令以总司令代行湘督职权，督同第二十师师长范国璋，保守长沙，立功自赎，乃竟相继挫败，省垣不守。此次岳州防务，范国璋所部，又复先行溃退，总司令王金镜，身任军寄，调度乖方，以致岳城失陷，均属咎有应得。王汝贤、范国璋，均着褫夺军官勋位勋章，交曹锟严行察看，留营效力赎罪。王金镜着褫夺勋位勋章，撤消上将衔总司令，以示惩儆！此令。

看官阅此两令，便可窥透冯总统的本心，傅良佐与周肇祥，乃是段派中人，所以主张严办，王汝贤与范国璋，乃是自己叫他倒戈，所以让长沙，失岳州，失律偾事，不加重惩。但恐段派啧有烦言，乃不得不褫夺官阶，叫他留营效力，图功赎罪。后来傅良佐终不到案，且与冯氏反唇相讥，这明明是由段氏袒护，说他罪轻罚重，不服冯氏裁判。老冯的掩耳盗铃计策，终被段派看穿，仍归没效。还有江西督军陈光远，是密承冯氏意旨，主和不主战，赣、湘密迩，他却拥兵坐视，不去援湘，总统府中，虽已有令促援，光远料非冯总统本意，所以始终不动，此次由段派弹劾，至再至三，冯总统不得已下令道：

江西督军陈光远，于湖南战役，叠有电令进援，乃该督军托故延缓，致误湘局，殊难辞咎。陈光远着褫上将衔陆军中将，仍留督军本职，俾其奋勉图功，以策后效！此令。

投袂请缨的张怀芝，已受任第二军总司令，应该率军速发，不让人先，偏他徘徊观望，甘听曹锟、张敬尧二军，接连就道。自己故落人后，实尚欲要求一席，方肯前驱。都是利己主义。既而湘、赣检阅使的任命，果然颁下，怀芝乃欣然受任，带兵进行，先命第一师师长施从滨，取道九江，径往湖北，自乘津浦铁路火车南下，经过南京，会晤江苏督军李纯，谈了一番战策，然后西趋南昌，检阅赣省军队，援应曹、张两军去了。迂道苏、赣，无非自出风头。唯冯总统此次主战，纯然为段派所迫，没奈何出此一着，心中总不免芥蒂，且自觉和战反复，无以对人，因复仿古时罪己文，颁发布告一通，略云：

立国之道，纲纪为先，果顽梗不易强驯，则征讨自非得已。上年湖南事起，阁议主张用兵，国璋独轸念时艰，欲民小息，虽于内阁政策，亦复一致赞同，但冀以武装促进和平，而未尝以力征誓于有众，坚冰之渐，固有由来。迨前湖南督军傅良佐弃职轻逃，前援湘总司令王汝贤，副司令范国璋，接踵溃退，长江陷落，大损国威。前国务总理段祺瑞暨各国务员等，以军事失败，政策挠屈，引为己责，先后呈准辞职。国璋于此，正宜申明纪律，激厉戎行，奋一鼓之威，作三军之气，乃因湘有停止进兵之电，粤有取消自主之言，信让步为输诚，认甘言为悔祸。大约是片面思想。方谓干戈浩劫，犹可万一挽回，固料其非尽真诚，而终思要一信义，于是布告息争，以冀共维大局。孰意谭浩明等反复恣肆，攻破岳州，今则攘夺权利之私，实已昭然若揭，不得不大张挞伐，一翦凶残。然苦我商民，劳我师旅，追溯既往，咎果谁归？傅良佐等偾事失机，固各有应得之罪，而举措之柄，操之中央，循省藐躬，殊多惭德。兵先论将，往哲有言，泛驾之材，讵可轻敌。国璋不审傅良佐等之躁率而轻用之，是无知人之明也。念念不忘傅良佐。叛军幸胜，反议弭兵，内讧始凶，言之成理。国璋欲慰大多数人之希望而轻许之，是无料事之智也。思拯生灵于涂炭，而结果乃扰间阎，思措大局于安全，而现状乃愈趋棼乱，委曲迁就，事与愿违，是国璋之小信，未能感孚，而薄德不堪负荷也。耳目争属，责备难宽。既丛罪戾于一身，敢辱高位以速谤？唯摄职本属约法，讵容轻卸仔肩？鄂疆再起兵端，尤应勉纾筹策。所望临敌之将领军队，取鉴前车，各行省区域长官，共图后盾，总期大勋用集，我武维扬，俾秩序渐复旧观，苍赤稍苏喘息，国璋即当返我初服，以谢国人。耿耿寸心，愿盟息壤，凡百君子，其敬听之！特此布告。

看官听说，这种罪己布告，乃是说出不得已的苦衷，暗中仍有归咎段祺瑞的伏笔。段派虽已达到主战目的，但必欲拥段复位，使他战胜南方，得雪前耻，方不致贻老冯口实，各享荣名。当时段氏第一功臣，要算徐树铮，他既奔走南北，运动倪、张，能使失败的段祺瑞，仆而复兴，主战政策，又得复活，真是段幕中首出人物，巧为斡旋。唯见那老师段祺瑞，只出任参战督办，尚未复国务总理要职，总不免余恨未平。况目前宣战，乃是冯氏出头，将来若得顺手，收复湘省，再平两粤，岂不是统一威名，全归老冯？反显得从前段氏，实无能力，一战致败，马上倒阁，可羞不可羞呢？将小徐心事揭出，明若观火。想来想去，只有再怂恿那张雨帅，演出一出拿手戏，威吓冯河间，叫他不能不起用段氏，方得规复那老师威名，贯彻那平南政策。好在张雨帅已经信任，言听计从，乐得再献秘谋，从速进行。果然片言上达，即蒙雨帅首肯，决计照办，当下颁动员令，调遣军队，东入山海关，声言为援湘起见，派兵南下。前队到了秦皇岛，却逗留不行，镇日里逍遥海上，伺察往来各舰，几不知他探何秘密。

会由日本运到大批军械，经过秦皇岛，奉军从旁觑着，问明舟子，乃是中国政府向日本购办，装运东来。奉军哗然道："我军正少军械，今适凑巧，有这批枪弹运来，何妨借我一用呢。"说着，便一齐登舰，七手八脚，把军械搬运岸上。舟子如何阻挠？只好眼睁睁的由他劫取，约莫有一两小时，已将全船枪弹，悉数搬空，奉军也不称谢，竟将军械携至京奉铁路间，载上火车，派了弁目数名，运往奉天去了。这是民国七年二月二十五日间事。越日，即由张作霖电告中央，略谓："奉省派往南下各军，已开往滦州，唯枪械缺乏，事机紧迫，不得不变通办理，现已将中央所购军械运奉，除将军械开单呈请备案外，谨先奉电请领"云云。犹是绿林故智。冯总统得了此电，简直是莫明其妙，欲向张雨帅问罪，又恐他倔强不服，只得暂时容忍，且看他如何做作，再作计较。哪知这位张雨帅，真是敢作敢为，既将军械截取，遂分给部下各军，陆续遣入山海关，分驻京奉铁路沿线一带。就是秦皇岛、滦州、丰台、独流、廊房等处，统皆分扎军队，布置得层层密密。且在军粮城设起总司令部，张雨帅自任总司令，唯因京奉隔省，呼应尚恐未灵，特派徐树铮为副司令，代行总司令职权。所有军粮城旧存军粮三千石，本属陆军部掌管，小徐也未曾电请中央，竟拨充军食，居然有士饱马腾、踊跃待命的情状。

冯总统本忌老段，尤忌小徐，前次府院冲突，多半为小徐骄横，靠着那推倒张勋的功劳，拥护合肥的威力，凌轹政府，睥睨一切，为冯总统所难堪，所以用釜底抽薪的计策，撤消段内阁，改易王内阁。偏偏小徐寻出一条捷径，竟去邀请东北的张大帅，做了护身符，来与中央作难。冯总统当然忧烦，不得不派人婉问，他却口口声声的是要援湘，是要平南。及问他屯兵各隘、不遽南下的原因，他竟张目厉声道："我只知有段总理，但教段总理令我南下，我立即南下了。"俗语说得好："欲知言外意，尽在不言中。"小徐此语，明明是要段祺瑞复职，特地用着武装，胁迫冯河间。冯得报后，不由的满腹踌躇，欲再任段为总理，未免自失面子，欲不任段为总理，奈背后伏着小徐，仗那雨帅威风，前来胁迫，满怀抑郁，不堪言状。国务员虽有数人，大都庸庸碌碌，莫展一筹。王士珍屡次称疾，给假休养，寻常国务，还要内务总长钱能训代理。钱又是个圆通人物，与他商议，无非敬谢不敏，自愿去职，累得冯总统仓皇四顾，自觉孤危，没奈何再令秘书员，缮就一篇通电，咨询各省，筹商办法，解决种种困难问题。小子有诗叹道：

一波未了一波生，肘腋危机又暗呈。
莫怪人心多险诈，须知元首少推诚。

究竟通电中如何措词，容至下回录叙。

本回为段派复盛，冯派复挫之时期。主战固段派之本志也，冯之主战，原为段派所迫而成，但主战之初，尚未肯使段氏复职，是其心仍不欲用段氏，战而胜，则坐自张威，可收统一之效，战而不胜，仍可归咎段派，而再与南军谋和可耳。罪己布告，所以作军人壮往之气，而期达战胜之目的也。何物小徐，偏窥透冯氏之心腹，运动张大帅以扼其背，是真冯氏所不料，骤遭此意外之一击，而不得不声声叫苦者也。但冯段之争点，实自南北纷裂而起，北派固自起纷争，南军亦何为不顾生灵，徒贻人民以战祸平哉？

第九十三回　下岳州前军克敌　复长沙迭次奏功

却说徐树铮挟兵称雄，胁迫冯总统。冯总统无法自解，只好通电各省，咨询办法。电文不下一二千言，由小子录述如下：

各省督军、省长，武鸣陆上将军，广东龙巡阅使，汉口曹宣抚使、张总司令，九江张检阅使，承德、归化、张家口各都统，龙华、宁夏护军使，暨各省镇守使鉴：国步屯邅，日甚一日，内则蜩螗羹沸，干戈之劫难回，外则滲淡风云，边境之防日亟。剥肤可痛，措手无从。国璋代行职权，已逾半载，凡所设施，力与愿违，清夜扪心，能无愧汗？然国璋受国民付托，使国家竟至于此，负罪引慝，亦何必哓哓申诉，求谅国人。但揆其所以致此之由，与夫平日之用心，为事实所扞格，屡投而不得一当者，缘因复杂，困难万端。欲避贤求去，苦无法律之可循，欲忍辱求全，又乏津梁之可济。长此悠忽，必召沦胥。诸君子为国干城，同负责任，用特披肝沥胆，为一言之：溯自京畿变生，国祚半斩，元首播越，举国骚然，于是黄陂委托于前，段总理敦促于后，皆援副总统代职之规定，强国璋以北来，明知祸乱方殷，菲材绝难负荷，唯冀黄陂复职，主持有人，则不佞捍卫南疆，尚可分担艰巨。乃商请无效，各省区督军、省长，及文武官吏，分驰电牍，敦促入都。猥以藐躬，过承督责，汤火之蹈，且不容辞，矧安危不仅系个人，匡助可取资群力乎？惊涛共济，全恃同舟，初不料玺绶方承，而内部转愈趋纷扰也。国璋抵京，首先奉政黄陂，不获许可，而后受职。其时国会，早经解散，政府尚在权舆，继绝布新，有同草创。段前总理投艰遗大，独任贤劳，正宜共济时艰，中外一致，而西南诸省，忘再奠共和之绩，以非法内阁相攻，别挑衅端，遂开战祸。迨内阁改组，宜可息争，国会问题，又生枝节。对于中央之任命官吏，则啧有烦言，对于石、黎之扰乱荆、襄，则引为同志。是非乖忤，真相莫明。譬解百端，欲促返省，初不料唇舌俱敝，而结果仍诉诸兵戎也。民国元二之交，风雨飘摇，几毁家室，项城运其雄才大略，曾不数月，而七省同时戡定，大权集于中央。国璋能力，固不逮项城，然事前之师，不妨相袭，徒以观念所在，元气之凋残，民生之疾痛，实过元二年。佳兵不祥，古有明训，内讧宜息，人具同情。本无厉行专制之心，何取经营力征之举？以故军事初起，第望促进和平，不因败绩而求伸，反示包容而停战，无非欲融洽南北，尽释猜嫌。耿耿寸衷，可质天日。乃北则疑其寡断，兵气几为之不扬，南则信其易欺，骄蹇益难于就范。湘省各军，乘机陷岳，意在示威，予政府以难堪，激同胞之宿愤。中央纵无统驭，亦何至听命于地方，必背公德而矜强权，不留余地，以相让步，则最后解决，唯战乃成。因事制宜，绝非矛盾。更不料干城之寄，心膂之司，或竟观望不前而损声威，行动自由而滋谣诼也。凡此种种，皆事实上随时发生之障碍，足使国璋维持大局之希望，悉消灭而无余，而逆计未来应付之难，事变之巨，则更有甚于此者。国会机关，虚悬日久，颇闻旧议员麕集粤省，有自行开会之说。姑无论前此解散，是否合法，既经命令公布，已不能行使其职权，即各省区人民，亦断无承认之理。至于正式选举总统之期，转瞬即届，根本无着，国何以存？此大可忧者一。财政艰窘，年复一年，曩者政府每值难关，亦尝恃外债以为生活，然能合全国之财力，通盘筹划，犹得设法挹注，勉强撑持。乃者萧墙哄争，外省内解之款，大半截留，来源渐绝，而军政费之支出，复倍蓰于平时。罗掘久穷，诛求鲜应，主藏作仰屋之叹，乞邻有破产之虞，桑孔再生，亦将束手，此大可忧者二。内阁负责，取法最善，段前总理为国戮力，横被口语，托词政策挠屈，与各国务员相率引退，而总理一职，后来者遂视为畏途。聘卿王士珍字。暨今诸阁员，皆国璋平昔至契，迫于大义，碍于感情，暂允勛勷，初非本愿，满拟时局渐臻纯一，再行组织以符法治，心力相左，刺激尤深。今聘卿业已殷忧成疾而在假矣，钱代总理诸人，复谓事不可为，褰裳而去。强留则妨友谊，觅替则恨才难，推测其终，将陷于无政府之地位，此大可忧者三。至目前外交之情形，尤应发起吾人之警觉，个中利害，另电详闻。国璋一武夫耳，因缘时会，谬握政权，德不足以感人，智不足以烛物，抱救民之念，而民之入水火也益深，毖爱国之忱，而国之不颠覆者亦仅。澄清无术，空挥三舍之戈，和平误人，错铸六州之铁。驯至四郊多垒，群盗如毛，秦、豫之匪警频闻，畿辅之流言不息，虽名义同于守府，而号令不出国门。瞻望前途，莫知所届，何敢久居高位，自误以误国家？自应求卸仔肩，归还政柄。唯民国既无国会，而总理现属暂摄，又不能援《约法》条例，交其代行。追原入京受职所由来，实出诸君子之公意。国璋既备尝艰阻，竟不获补救于万一，坐视既有所不能，辞职又无从取决，只有向各省区督军、省长暨文武官吏，详述危殆情形，应请筹商办法，为国璋释重负，为民国求安全，宁使国璋负误国之咎于一身，而不使民国纪年，随国璋以俱去，不胜至愿。特此飞电布达，务希于旬日内见复。至统治权所寄，国璋在职一日，仍当引为己责，决不肯萌怠弛之心而自丛罪戾也。敢布诚悃，伫盼嗣音！

这种通电，实不过是纸上具文，世无诸葛，国少鲁连，何人能出奇斗智，排难解纷？那段派却同声鼓噪，坚请段祺瑞再为总理，冯总统到了此时，也只好虚心忍辱，重用段氏了。当时曹锟、张敬尧两军，先后到鄂，还有张怀芝亦拨军相助，差不多有数万雄师，一心对敌。王汝贤、范国璋等，由曹锟密授意旨，也觉得勇气勃勃，与从前退缩情形，大不相同。更有第三师旅长吴佩孚，由曹锟荐为师长，做前敌总司令，感激驰驱，身先士卒。任他湘、粤、桂三省联军，如何果敢，也唯有退避三舍，不敢争锋。因此湘、鄂各处，激战了好几次，自主军队，统皆败溃。再加海军第二舰队司令杜锡珪，亦来助战，水陆夹攻，节节进逼，如月塘嘴、羊楼市、通城、临湘、古米山、九岭、白葛岭、天岳关等处，并得胜仗，扫清南军。乃由曹、张两大帅，下总攻击令，规取岳州。岳州乃湖南要隘，南方联军，得据此地，不啻管领全湘的门户，怎肯得而复失，骤然退去？于是彼攻此守，你来我拒，相持了两三日，枪林弹雨，血肉纷飞，城内外的百姓，早已逃避一空，单剩得两军角逐，互相残杀。何苦何苦。结果是北胜南败，南军不能再支，纷纷出城，奔往长沙去了。北军得进踞岳州，便向中央报捷，当由冯政府下令道：

据第一路总司令两湖宣抚使曹锟，攻岳总司令张敬尧，海军第二舰队司令杜锡珪，迭次电呈，分路规复岳州，水陆兼进，所向有功，先后于月塘嘴、羊楼市、通城、临湘、古米山、九岭、白葛岭、天岳关等处，连次激战，迭获胜利，节节进逼。三月十七日，攻破岳州。逆军顽强抗拒，相持不退，经我军奋力攻击，并由舰队掩护，业于十八日将岳州克复各等语，此次出师攻岳，自开始攻击以来，为期不过旬日，屡夺要隘，遂克名城，实由该总司令等调度有方，各将士勇忠用命，用能迅奏肤功，拯民水火，览电殊深嘉慰。仍着该总司令等，遵照电令计划，督率所部，奋勇进取，并先查明此次在事出力各将士，分别等差，呈请优奖。其阵亡被伤官兵，并准优予议恤，以昭激劝而慰英魂。第念岳州、临湘一带，人民重罹兵燹，流离颠沛，弗安厥居，损失赀财，危及身命。哀我湘民，叠被荼毒，兴言及此，惨怛良深！应由宣抚使曹锟，迅派妥员，各路查明，加意抚恤，安集劳徕，各安生业，用副吊民伐罪之至意。此令。

岳州既下，主战派当然得势，无不兴高采烈，得意扬扬。独徐树铮在军粮城，电迫政府，速起用段祺瑞为总理，调度军事，一致平南，否则将引兵入京，仿佛有兴甲晋阳、入清君侧的气象。署国务总理王士珍，已早呈请辞职，此时复为环境所迫，苦口坚辞。冯总统乃准他辞去，再用段祺瑞为国务总理。段方组织参战事务处，就将军府特设机关，派靳云鹏为参谋处处长，张志潭为机要处处长，罗开榜为军备处处长，陈箓为外交处处长，并聘定各部总长为参赞，各部次长为参议，于三月一日始告成立，实任那督办事务。醉翁之意不在酒，故不妨迟迟办理。到了三月二十五日，国务总理的任命，又复发表，他亦并不多辞，便即受任。凡王内阁中的人员，多半仍旧，唯换去财政总长王克敏，由交通总长曹汝霖兼代，江庸亦已辞去，改任朱深为司法总长，这是段祺瑞第三次组阁了。

段氏前二次组阁，均自兼陆军总长，至此因段芝贵方长陆军，既属同乡，又且同系，乐得令他原任。芝贵亦遇事禀承，不敢擅断，所以段祺瑞虽不兼陆军，也与兼职无异。内总百揆，外对列强，段合肥不惮烦剧，躬自指挥，真所谓能人多劳，一时无两了。

徐树铮闻段任总理，志愿已遂，乃将滦州、丰台、独流、廊房等处所扎的奉军，陆续开拔，由津浦铁路南下，运往湘、鄂一带，协助曹、张各军，进攻南军。隐示解围微意。曹、张等军势益盛，遂复自岳州出发，分道进兵，连下平江、湘阴各城。湘、粤、桂三省联军，逐路分堵，总敌不过北军的厉害，只好步步退让。北军乘胜进逼，到了同山口，与南军鏖战一次，南军又败，都奔往长沙，婴城拒守。曹锟、张敬尧见前军得利，便饬后队，一齐向前，并攻长沙。南军连遭败衄，统不免胆战心惊，蓦闻北军大至，已觉得未战先慌，待至强敌压境，勉强出拒，哪里还能坚持到底？你也走，我也逃，大家弃枪抛械，向南窜去，好好一座长沙城，弄得空空洞洞，毫无人影。得之易，失之亦易。北军自然放胆入城，打起得胜鼓，鸣起行军乐，喜气洋洋，不消细说。冯政府已任张敬尧为湖南督军，至此敬尧驰入长沙，不待犒兵安民，即会同宣抚使曹锟，露布告捷。因复由中央下令道：

> 据第一路总司令两湖宣抚使曹锟，总司令湖南督军张敬尧等，迭次电称："各军自三月十八日克复岳州后，节节进攻，分途收复平江、湘阴两城。二十五日，由同山口进规长沙，逆军处处死抗，经我军协力痛击，星夜追逐，逆势不支，遂于二十六日将长沙省城完全克复"等语。此次各军激于义愤，忠勇奋发，由岳州取长沙，曾不数日，力下坚城。该总司令等督率有方，各将士忍饥转战，嘉慰之余，尤深轸念。所有在事出力官兵，着先行呈明，分别呈请优奖，仍即督饬各军，乘胜收复县邑，以奠全湘。所有地方被难人民，流离荡析，并着查明，妥为抚恤，用副国家绥辑劳徕之至意。此令。

古诗有云："一将功成万骨枯。"这次下岳州，克长沙，总算由曹、张两大帅的功劳，其实这样的劳绩，统是由腥血制成，脂膏造就。

看官试想民国肇基，公定《约法》，称为五族共和，彼满、蒙、回、藏，从前统当作外夷看待，说他是什么犬种，什么羊种，及共和政体宣告成立，居然翻去老调，视若同胞，这原是大同的雏形，不比那专制时代，贱人贵己，为什么迁延数年，战云扰扰，连汉族与汉族，还弄得一塌糊涂，不可收拾呢？大约开战一次，总要费若干饷糈，伤若干军士，还有一大班可怜的人民，走投无路，流离死亡，好好的田庐，做了炮灰，好好的妻女，供他淫掠，害到求生不得，求死不能，即如此次岳州一役，据宣抚使曹锟查报："岳州自罹兵劫，十室九空，逆军败退时，复焚掠残杀，搜劫靡遗，近城一带地方，人烟阒寂，现虽设法招集流亡，商民渐聚，而啼号之惨，实不忍闻"云云。至长沙一役，又由曹锟报称："逆军在湘，勒捐敲诈，搜索一空，败退后复纵兵焚杀，惨无人道，土匪又乘间劫夺，以致民舍荡然"等语。在曹锟主见，当然归罪南军，不及北军，试问北军果能纪律严明，秋毫无犯吗？就使秋毫无犯，确似虎变将军的口吻，湘民已经痛苦得彀了。慨乎言之。政府施行小惠，先着财政部拨银洋四万元，赈济岳州难民，继拨银洋六万元，赈济长沙难民。实则湘民被难，何止十万？果以十万计算，每人只得银洋一元，济什么事？又况放赈的人员，未必能自矢清廉，一介不取，暗中克扣，饱入私囊，小民百姓，所得有几？徒落得倾家荡产，财尽人空罢了。

国务总理兼参战督办段祺瑞，连接捷电，喜溢眉宇，以为湘省得手，先声已播，此后可迎刃而解，就好把平南政策，达到最终目的。唯尚有数种可虑的事情，一是恐前敌将士，既有朝气，必有暮气；二是恐国库空虚，只能暂济，不能久持；三是恐河间牵掣，乍虽宣战，终复言和，积此三因，尚未遽决。小徐等竭力撺掇，把段总理的三虑，一一疏解，俱说有策可使，不烦焦劳。再加安徽督军倪嗣冲，接得小徐等书报，立从蚌埠启行，驰入京都，谒见段总理，申请再接再厉，期在速成。约住了一个星期，把政治军事诸问题，统皆商决，然后辞行返皖。过了三五日，国务总理段祺瑞，即带了交通次长叶恭绰、财政次长吴鼎昌等，出都南行，竟驰往鄂省去了。正是：

人生胡事竟奔波，百岁光阴一刹那。
堪叹武夫终不悟，劳劳战役效如何？

毕竟段总理何故赴鄂，试看下回说明。

自曹、张两军至鄂后，但阅旬月，即下岳州，复长沙，似乎主战政策，确有效益，以此平南，宜绰有余裕，不烦踌躇者也。然观于后来之事变，则又出人意料，盖徒挟一时之锐气，以博旦夕之功，未始不足快意，患在可暂不可久耳。本回最后一段，历叙人民之痛苦，见得民国战事，俱属无谓之举动。军阀求逞于一朝，小民受苦于毕世，民也何辜，遭此荼毒乎？子舆氏有言，春秋无义战，又曰：我善为陈，我善为战，大罪也。彼时列强争雄，先贤犹有疾首痛心之语，今何时乎？今非称为民国共和时代乎？而奈何一战再战，且连战不已也。

第九十四回　为虎作伥再借外债　困龙失势自乞内援

却说段祺瑞南行赴鄂，借着犒师为名，到了武昌，与第一路总司令两湖宣抚使曹锟，湖北督军王占元，会商军务，共策进行。又召集河南督军赵倜，及奉、苏、赣、鲁、皖、湘、陕、晋各省代表等，同至汉口，列席聚议，大致以："长沙已下，正好乘胜平南，企图统一，但必须取资群力，方可观成，所以特地南来，当面商决，还望诸君一致图功，毋亏一篑"等语。大众虽各执己见，有再主战的，有不再主战的，但表面上只好唯唯从命，独曹锟捻须微笑道："欲平南方，亦并非真是难事，但用兵必先筹饷，总教兵饷有了着落，将士不致枵腹，才能效命戎行，不虑艰阻了。"已有寓意。段祺瑞答道："这原是必要的条件。如果军士用命，怎可无饷？我回京后，便去设法筹备，源源接济。总之外面督兵，责在诸公，里面筹饷，责在祺瑞，得能征服南方，同过太平日子，岂不是一劳永逸么？"难矣哉！曹锟不便再言，淡淡的答了一个"是"字。

会议既毕，一住数日，段乃偕豫督赵倜，由汉口启行，乘着兵轮，沿江东下。到了九江，会晤江西督军陈光远，又谈了许多兵机，光远也没有什么对付，只敷衍了一两天。段再由九江至江宁，与江苏督军李纯，安徽督军倪嗣冲，上海护军使卢永祥，叙谈半日。倪与段心心相印，何庸多嘱。卢亦段派中的一分子，当然唯命是从。李纯是冯氏心腹，到此亦虚与周旋，未尝抗议。段即北旋，与赵倜乘车至豫，倜下车自去，段顺道回京，不复他往。

看官可知段氏南下，无非欲固结军阀，指挥大计，一心一力，与南军决一最后的胜负，大有不平南军，不肯罢休的意思。既已回京，即日夕筹划军饷，怎奈司农仰屋，无术点金，不得已只好告贷邻邦，饮鸩止渴。东邻日本，素怀大志，专用老氏欲取姑与的政策，慷慨解囊，贷助中国。徐树铮等又为段氏划策，总教南北统一，区区借款，自可取偿诸百姓身上，无足深忧。就中尚有交通部长曹汝霖，乃是亲日派首领，与小徐为刎颈交，他却一口担承，愿为乞贷东邻的媒介。看官欲知他生平履历，及所以亲日的原因，待小子约略叙来：

曹系上海人氏，前清时游学东洋，肄业日本帝国大学，与日人日夕交游，免不得习俗移人，脑筋里面常含着东瀛色彩，其时前司法总长章宗祥，段氏第一次组阁时，章曾为司法总长。亦在日本留学，与曹最相契合。清贝子载振，奉命出洋，考察法政，道经日本，曹、章极诚欢迎，载振尝面许道："尔二人学成归国，有我在内，不怕不腾达飞黄，愿努力自爱！"二人闻言，非常感谢。已而曹先毕业归来，赴京运动，得受清相奕劻、那桐等知遇，厕职部僚。或谓他曾暗嘱阍中人，结欢那桐，因得通显，这语出自谣传，未可尽信。但不到数年，即由外务部额外司员，超任至右侍郎，可见他是个做官能手，干禄专家。中日间岛交涉，尝由曹出为调停，虽得将间岛索还，终把安奉安东至奉天。巡警权，吉长吉林至长春。铁路权，让给日本，人言啧啧，已说他为虎作伥，讨好东邻。革命以后，复迎合袁项城，得蒙信任，所有五月九日的密约，二十一条的酷律，曹亦预谋。五·九条约，俱见前文。不料段氏三番组阁，那曹汝霖又得两长交通部，处段门下，简直与段氏子弟相似，往来甚密，事必与商。他见段氏筹备军饷，急需巨款，遂出向日商中华汇业银行，贷洋二千万元，约款上不便说明充饷，但说是扩充西北电信，及修理旧有电台，与添设无线电的应用，议定利息八厘，偿还期计五个月，即将旧设电信收入金，作为担保，并预许将来关系电信事业，或需借款，该银行得有优先权。两下认定，彼此签约，段总理又得了二千万金，好酌量挪移，暂充军费了。

只是电信收入，前已作为丹、法两国的借款担保品，乃此番一物两押，岂不是失信外人？于是驻京丹麦公使，及法兰西公使，查悉情形，即提出抗议，并投照会，质问中国政府。政府不能不分别答复，但言："电信收入金，除抵偿丹、法两国外，饶有余裕，况现在是短期借款，五阅月即当还清，更与两国原约，不相抵触”等语。总有抵完的日子。两公使接到复文，见所言尚属有理，乃暂作罢议，且待他至五个月后，是否中日践约，再作计较。唯段氏得了借款二千万元，究不能全数移作军费，只好随时酌拨，接济各军。偏各路军电，纷纷索饷，第一路军总司令曹锟，催索尤迫，比讨债还要厉害，今朝拨去若干，尚嫌不足，明朝拨去若干，仍云未敷。有限金钱，填不满无穷欲壑，段总理无可如何，只得再要曹总长费心，续向日本政府借款二千万元。日政府问作何用？曹汝霖设词答复，谓：“将建筑顺济铁路，所以需款。”顺济铁路，是由直隶前顺德府，至山东前济南府的路线，前已勘定，无资筑造，故久成为悬案。曹遂借此立说，不管他践言与否，且贷了二千万元，救济眉急，徐作后图。唯日政府的贷与条约，格外苛严，不比那日商汇业银行，尚是贸易性质，但顾普通利息，不致例外苛求。曹汝霖要想借款，不能不暗吃大亏。商议了好几日，才得双方订约，年息七厘，实收只有八七扣，还要分四期交付，就以该路为抵押品，折扣虽巨，经手人总有好处。段总理也明知契约过苛，受损不少，但除此没有他法，一听汝霖所为。曹总长借债功劳，又好从优录叙了。

无如筹饷人员，办得十分吃力，前敌军官，却不肯十分起劲。自从长沙克复以后，曹锟、张敬尧等，俱按兵不动，变成一不和不战的局面。段总理致书催促，曹锟动以饷绌为辞，未几即引兵北归，坐索饷需。段总理方思诘责，不意冯总统反下一特命，加任曹锟为四川、广东、湖南、江西四省经略使，使镇保定，相机进止，惹得段总理气愤填胸，入问冯总统。冯却振振有词，谓：“川、粤、湘、赣四省，叛党未靖，因特任曹锟为经略，俾专责成。古人说的‘重赏之下，必有勇夫’，我意正要他感激思奋、扫清南方呢！”段总理也无词可驳，愤然退出。从此冯、段两人的恶感，日积日深了。

看官阅此，应记得曹锟前言，原拟收复湘省，再申和议，见九十一回中。南下攻湘，外似为段氏帮忙，内仍为冯氏效命。既将长沙收复，是已得了湖南省会，后事但付张敬尧处置，自己乐得北返，安闲过日了。冯河间喜他践约，因擢他为四省经略，看似仍为平南起见，实叫他坐镇保定，拥卫京畿。独段总理奔走指挥，还道是元首受制，三军听命，得能借款有着，饷源不绝，总可廓清南服，如愿以偿，谁知又堕入冯河间的计中，叫他如何不怒？

如何不恼？但段氏素性坚忍，终不肯为些须拂意，变易初心。暗想两广巡阅使龙济光，现在琼州，可扼粤背，福建督军李厚基，与粤毗连，可掎粤右，南军以粤省为尾闾，能将粤东占住，滇、桂等省，自无能为力。所以前此登台，已早致电龙、李，嘱令出兵，此次重复电促，允拨巨饷，托令攻粤，不再迟延。再令署浙江督军杨善德，发兵助闽，合力攻粤。

龙济光本与南军有嫌，袁氏失败，龙被撵逐，寓居琼州，段祺瑞执政，授龙为矿务督办，龙素乏矿学，如何办矿，况僻处琼崖，更难任事。至南北交讧，龙在南海特树一帜，依附段氏，断绝南军交通，段因撤去两广巡阅使陆荣廷职衔，转给济光。但济光部下，统皆疲兵羸卒，不能耐战，济光虽志在助段，终嫌力不从心，嗣因段氏一再催促，没奈何带领旧部，渡过琼州海峡，往攻阳江。阳江驻守的粤军，蓦见龙军攻入，未免慌张失措，仓卒抵敌，各无固志，更兼寡不抵众，情现势绌，没奈何弃去阳江，各自逃生。济光得入阳江城，又命司令李嘉白，分略高、雷二州境内。粤军方四处分防，一时不能召集，控御龙军，所以龙军得东冲西突，侵扰粤边。旋由粤军司令李烈钧，引众堵截，麾下都是锐卒，骁勇善战，非龙军所能与敌。龙军司令李嘉白，连战连败，逃得不知去向。或谓已被李军捕去，虚实未明。嗣经龙济光自往抵敌，至雷州境内，与李烈钧鏖战两次，毕竟李军厉害，龙军败衄。济光尚抵死不退，竟为所围。

龙军势成孤立，并没有什么外援，眼见是受困垓心，无从脱险。济光也焦急万状，苦守数日，尚望闽、浙联军，攻入粤境，或可牵掣李烈钧，使他分兵往堵。偏偏闽督李厚基，也是个庸碌无能的人物，部下皆淮、徐人，为厚基故乡子弟，但知剽掠，不守纪律。厚基虽然附段，满口主战，但平时无甚机谋，调度又未合法，徒借主战二字为口头禅，反致南军嫉视，预先动手。虚憍者辄犯此病。闽军尚未入粤，粤军先已入闽，闽右泉、汀、漳三州属邑，多遭蹂躏，经厚基发兵出御，多败少胜，不得已致书浙江，大声呼救。幸亏浙江派兵赴援，才将粤军驱出，保全境土。厚基尚欲进攻，粤军亦未肯甘休，两下里各添将士，再行角逐，汀、潮交界，彼来此往，激战多日。潮州本是粤属，汀州乃虽闽属，粤军守潮攻汀，与闽、浙联军相持，闽、浙联军，攻潮甚烈，粤军兀自守住，那汀州一方面，却被粤军侵入，又失去了好几县。累得闽、浙两军，奔走不遑，哪里能越境西行，去救龙王。袁氏欲为帝时，曾封龙济光为郡王。老龙陷入涸辙，展不出什么伎俩，没奈何硬着头皮，激厉亲卒数千人，冒险突围，总算天不绝命，得钻出一条生路，向南急奔。余众尚有数千，留驻雷州，叫他苦守待援，自己驰向广州湾，检点随兵，或死或逃，只剩了千余人。

唯广州湾在雷州南面，地濒南海，前清光绪二十四年间，被法人据作租借地，地方政治，全归法人主持。龙军如欲过境，必须先向法领事假道，待他允准，方可通过。当下备了文书，咨商法领事。法领事还算有情，允他假道，唯应照国际公法通例，外人入境，不能携带武装，须将军械先行缴出，然后放行。龙济光进退两难，只得俯首依令，嘱咐部下，悉数缴械，由法领事查明属实，乃许通过。蛟龙失水遭虾戏。龙军虽得生路，奔还琼州，但欲卷土重来，再出攻粤，实已乏此能力。济光无法可施，因欲亲自入京，向段总理面议军情，请他拨兵给械，为恢复计，乃将所有残军，交弟裕光管领，守着琼崖，自乘海道轮船，径往北京去了。

济光一走，雷州所留的孤军，镇日待援，杳无影响。粤军极力围攻，叫他如何支持？终落得援尽力竭，出降粤军。粤军遂逾海进攻琼州。龙裕光方安排守备，鼓众效力，哪知琼州警卫军第三十七营营长杨锦堂，忽然反变，竟对龙裕光宣告独立，且与粤军联络，引敌入境，先据琼东乐会县城，继占万宁、陵水各县，并分攻文昌、定安，直逼琼山。龙裕光虽尽力抵拒，怎奈粤军势大，实难招架，琼州只一孤岛，守兵又属寥寥，五日失一县，十日失两县，能经得几多失陷？乃兄济光，北去无音，地角天涯，望援不致，老龙的巢穴，要从此覆没了。虾兵蟹将已皆离散，龙王如何得安？

究竟龙济光赴京乞援，难道段总理坐视不救，竟听他巢穴仳离，欲归无路么？说来亦有许多难处。段总理只有一身，既要做国务总理，又要做参战督办，对内对外，日无暇晷，济光入京相见，非不当面许援，但琼崖是在极南，距北京路逾万里，鞭长莫及，一时如何达到？并且曹锟回京以后，前敌将士，统已观望不前。湘省扼长江中坚，比琼州加倍紧要，省会虽然收复，湘南一带，尚多南军踪迹，无人肯出去扫除，何况区区琼崖。所以济光一再催逼，段总理只好逐日敷衍，等到延宕日久，难以为情，乃檄令山东督军张怀芝，为援粤总司令，克日出发。怀芝自长沙已下，曹锟返京，也引兵退还山东，仍守督军本任，待至援粤总司令的任命，自京发表，免不得要部署将士，运集兵械，方好起程，临行时已是阳历六月下旬了。

当时参战督办事务处，又有一种军事协定条件，为中日两国双方密订，内有密约十二条，中国政府并不宣示，就是日本政府，亦守秘密。约文上载有中日两国，均不公布，按照军事上秘密事项办理等语，偏日本新闻纸上，漏泄内容，公然将此项条件，揭载出来。于是北京大学校学生，与高等师范学校，工业专门学校，法政专门学校诸学生，全体至总统府中，请愿废约，并求宣布条文，俾众共知。冯总统无可推诿，乃令学生举出代表，始准传见，当面与他解释，谓此系对外条约，并非对内事件。众学生方才无言，散归各校。旋由天津、上海、福州各处学生，亦各联结团体，谒见地方长官，请求代向政府，力争废约。正是：

屡向东邻求臂助，应教内部起疑猜。

究竟密约中有何关系，俟至下回发表。

外债有可借者，有不可借者。所借之债，用于实业上之经营，则将来可收巨效，足以偿人而有余，此则固尚可借也。若无后来之收入，但顾目前之急需，是与饮鸩止渴，漏脯救饥，亦何以异？一利百害，如何可借？况段合肥之借外债，全为平南起见，南方未必可平，而债台百级，何物清偿？徒受债权之压迫，增国民之担负，是岂真不可已乎？可已不已，而亲日派之曹汝霖，适承其乏，谓为虎伥，谁曰不宜？龙济光本非段系，乃以仇视民党之故，迫而赴段，高雷败绩，琼崖孤危，数年巢穴，覆于一旦，龙王龙王，其亦事后知悔否耶？

第九十五回　闻俄乱筹备国防 集日员会商军约

却说中日互订约章，为了军事协定，各守秘密，嗣经日报揭露，方俾国人知晓，内容底细，却是为对外问题，说将起来，实受外界刺激，因发生这种条约。自从欧战开始，连年不休，俄皇尼古拉二世，本与英、法诸国，订就协约，反抗德、奥，起初兵锋颇锐，突入普鲁士境内，略地甚广，后来屡战屡败，不但将占有普地，悉数失去，甚至属部波兰，亦为德所夺，就是对奥战争，胜败不一，也没有什么得手。就中更有一位俄国皇后，乃是德国非都西邦的王女，德系联邦组成，故非都西邦为德国之一部分。名叫亚尼都古司，颇有雌威，干预政治，德人侨寓俄都，往往恃为后援，愿入俄籍，得辗转充列贵官。俄、德两国，素来专制，合两派人士，掌握政柄，百姓还有何幸？众怒难犯，酝酿已深。会欧战事起，俄皇主战，俄后怀念祖国，未表同情，所以一切军机，暗遭牵掣；再加士心不一，民志益离，所以转战数年，迭遭败挫。俄后又屡次怂恿俄皇，停战言和。俄皇受英、法诸国的束缚，不能独宣和议，因此踌躇未决；唯议会人员，完全主战，免不得訾议俄皇，俄皇怎肯受责，勒令停会，舆论大哗。议员乘势号召，奋起革命。

时俄皇身兼总司令，方出次京南的朴次可地方，筹划军事，突闻京内暴变，急召前敌将士，返戈勤王。偏革命党气焰嚣张，云集影从，差不多有二十万众，一夕发难，全局推翻，凡俄京里面的各部院，各机关，所有重要人员，一古脑儿被他拘禁。他如邮局、电局，及铁路要塞等处，悉被占领。

就是俄后亚尼都古司，立后后，曾改名亚历山大扶约多罗妩娜。亦坐致幽囚，禁居兹亚鲁司古鸦西罗离宫。都城统为革命党蟠踞，遂蜂拥至俄皇行次，把他围住，迫令逊位。从古到今，最难做的就是皇帝，做得好时，人人尊敬，做得不好时，个个叛离，所以皇帝二字的反面，叫作独夫。想做皇帝者其听之。俄皇到了此时，已与独夫相似，没人听他号令，不得已宣布诏旨，让位于皇弟米哈尔大公。米氏尝恋一女优，私下结婚，同奔奥都维也纳，嗣复徙往伦敦，甘作田舍生涯。及闻俄、德宣战，却激起一腔忠愤，归国请缨，自陈悔过。俄皇也不念旧恶，擢任陆军最高等官，即令赴敌。果然骁勇无前，屡得战绩，威名大振，遐迩倾心，故一经俄皇诏下，全国兵民，欢声雷动。独米氏自知皇位难居，不愿就任，愿将国体问题，听从民意解决。于是下议院议决，下议院即中国之众议院。组织临时政府，建设新内阁，力反旧制。凡从前政治宗教各人犯，一概赦免，人民集会结社，均准自由办理。普及选举，削除一切阶级。旧有宪兵，统改为通常陆军，调赴战地。警察改为民团，团长由国民选举，隶属自治会。不到旬日，居然造成了一个共和政府，厘定秩序；不但前敌将士，连电赞成，即如英、法、美、意、日等国，亦皆投与公文，正式承认。唯俄皇尼古拉二世，与俄后俱被驱出，徙至西伯利亚，幽锢穷荒，不得自由行动。余若亲德派大臣，或杀或逐，扫尽无遗，比诸中国革命时，难易相去，几判天渊。新政府且发表政见，声言作战方针，举国一致，决不与德奥单独讲和，似乎俄国人士，一德一心，可以从此大定了。

哪知国家革命，断没有这种容易的事情，试看我国辛亥革命，各省人民，哪一个不欢欣舞蹈，极力鼓吹，统说是革命告成，大家可享共和幸福，就是内外官吏，无论文武，亦皆翊赞共和，推倒君主。为什么清室逊位，民国成立，扰扰多年，反害得七乱八糟，不可究诘。难道俄国人民，果皆高尚，绝无争权夺利、党同伐异的思想么？向来俄国分二党派，除旧政府外，一为下层阶级的急进派，系劳兵团、农民团所组成；一为中等阶级的保守派，乃立宪党系，及武人军官所组就。此次俄国革命，全是急进派倡起，保守派不过随势附和，略表同情。首任内阁总理尔伏夫，视事不过数旬，即受各界刺激，辞职自去。继任为克伦斯基，是急进派翘楚，当革命时，被举为司法总长，曾决议废止死刑，嗣改任陆军总长，进掌首揆，所有设施，纯主急进。陆军总长萨微柯甫，及将军柯尼洛甫，与彼不合，萨氏辞去，柯尼洛甫独与克氏竞争，致用武力解决，俄京复起战事。后虽柯氏失败，党争终未消灭，就中又有一派过激党，比克氏还要维新，竟将克氏推翻，另组新政府、新国会。所以俄京大乱，迭起争端。

内部不靖，外部当然懈体，德军得乘隙深入，步步进逼，俄国原是吃紧，还有我国的中央政府，更禁不住慌张起来。如此怯弱，奈何参战？中国西北一带，与俄接壤，万一俄人不能制德，被德人穿过俄境，由欧入亚，必且仇恨中国，乘势报复。中国加入参战团，本是徒慕虚名，怎可弄巧成拙，反遭实祸？参战督办段总理，为主战的发起人，并且亲操政柄，内外处置，丛集一身，哪得不暗暗着急，加添了一桩心事？亏得小徐等代为设法，想出了借助他山的政策，预备不虞。环顾列强，只有东邻日本，地处同洲，依为唇齿，况迭蒙贷款，情好正深，乐得援共同防敌的美名，与他结约。好在驻日公使章宗祥，素来亲日，必能出与协商，不致无效。当下电告章氏，令他速办。章公使不敢怠慢，即致书日本外务大臣，请他共同防敌。公文有云：

敬启者：中国政府鉴于目下时局，依下列纲领，与贵国政府协同处置，为贵我两国之必要。兹依本国政府之训令，特向贵国提议，本使深为荣幸。

（一）中国政府，及日本政府，因敌国实力之日见蔓延于俄国境内，其结果将使远东之平和安宁，受侵迫之危险。为适应此项情势，及实行两国参加此次战争之义务，不能不及早协同考量应行之处置。

（二）依前项所述，经两国政府合意后，因实行决定之事，凡两国陆海军，对于此次共同防敌战略之范围，应行协力之方法及其条件，由两国当局官宪协定之。该当局官宪，对于互相利害问题，互相慎重诚实，随时协议。并由两国政府核定，俟时机实行以上提议。相应函达，敬请见复为荷！兹本使对于阁下，特表敬意。敬具。

中华民国七年三月二十五日

中华民国特命全权公使章宗祥　印

外务大臣法学博士子爵本野一郎阁下

公文去后，即日接复，愿同办理。何其亲善乃尔？除公文外，又由日本外务大臣本野一郎，另附一函云：

敬启者：三月二十五日，贵我两国政府，因共同防敌，业经互换公文。帝国政府，以为该公文之有效期间，应由两国军事当局商定。再因共同防敌，日本军队在中国境内者，俟战事终了后，应一律由中国境内撤退。帝国政府，特此声明，相应函达。兹本大臣对于阁下，特表敬意。敬具。真好交情。

章宗祥得了这种文牍，不胜喜慰，便即电达政府，备述梗概。段总理即咨照驻京日使，彼此各派委员，在北京组织委员会，协议共同防敌的条件。日使自然照允，即日互派委员会议。所有两国派定的委员，姓名列下：

（中国委员长）上将衔参谋处处长靳云鹏

（中国委员）陆军中将曲同丰　司长丁锦　海军中将沈寿堃　陆军少将田书年　陆军少将刘嗣荣　陆军少将江寿祺　陆军少将童焕文　奉天督军代表秦华　吉林督军代表陈鸿达　黑龙江督军代表张济光　海军少将吴振南　海军少将陈恩焘　外交部参事刘崇杰

（日本委员长）陆军少将斋藤

（日本委员）陆军少将宇桓　海军少将增田　海军大伊集院　海军大佐桦山　陆军中佐本庄

各委员到了会场，列席公议，议出了十二条约章，约文如下：

第一条　中、日两国陆军，因敌国势力之日见蔓延于俄国境内，其结果将使远东全局之和平及安宁，受侵迫之危险，为适应此项情势，及实行两国参加此次战争之义务起见，取共同防敌之行动。

第二条　关于协同军事行动，彼此两国所处之地位与利害，互相尊重其平等。

第三条　中、日两国，基属于本协定开始行动之时，对于各自本国军队及官民，在军事行动区域之内，当命令或训告，使彼此推诚亲善，同心协力，以期达到共同防敌之目的。凡在军事行动区域之内，中国地方官吏，对于该区域内之日本军队，须尽力协助，使不生军事上之窒碍。日本军队，须尊重中国主权及地方习惯，使人民不感受不便。

第四条　为共同防敌，在中国境内之日本军队，俟战事终了时，即由中国境内，一律撤退。

第五条 中国境外派遣军队时，若有必要，两国协同派遣之。

第六条 作战区域及作战上之任务，适应于共同防敌之目的，由两国军事当局，量各自本国之兵力，另协定之。

第七条 中、日两国军事当局，在协同作战期间，为图谋协同动作之便利起见，应行下列事项：

（一）关于直隶作战上之机关，彼此互相派遣职员，充当往来联络之任。

（二）为图谋军事运动，及运输补充敏活确实起见，陆海运输通信事宜，须彼此共谋便利。

（三）关于作战上必要之建设，例如行军铁路电信电话等项，应如何设备，由两国总司令官临时协定之。俟战事终了，凡临时之建设工程，均撤废之。

（四）关于共同防敌所需之兵器，及军需品，并其原料，两国应互相供给。其数量应各自不害本国所需要之范围为限。

（五）在作战区域之内，关于军事卫生事项，应互相辅助，使无遗憾。

（六）关于直接作战上之军事技术人员，如有辅助之必要时，经一方之请求，应由他方辅助之，以供任使。

（七）军事行动区域之内，设置谍报机关，并互相交换军事所要之地图及情报。关于谍报机关之通情联络，彼此互相辅助，图其便利。

（八）协定共用之军事暗号。

第八条 为军事输送使用东清铁路之时，关于该铁路之指挥管理保护等，应尊重原来之条约。其输送方法，临时协定之。

第九条 本协定实行上所要详细事项，由中、日两国军事当局，指定各当事者协定之。

第十条 本协定及附属协定之详细事项，中、日两国，均不公布，按照军事之秘密事项办理。

第十一条 本协定由中、日两国陆军代表者签名盖印，经各自本国政府之承认，发生效力。其作战行动适当之时机，经两国最高统率部商定开始之。

第十二条 本协定以汉文及日文各缮二份，彼此对照，签名盖印，各保有一份为证据。

上列各条，但关系陆军部分，再就海军一方面，议定条文，大约与陆军部分相同。两国委员，俱表明满意，因即散席。日本委员长斋藤，自去递交日使，由日使电达本国政府，请示办理。中国委员长靳云鹏，亦将约文入呈国务院，国务总理段祺瑞，提出草约，交国务员会议可否。国务员当然赞许，再报明冯总统，即交参战督办处签字。那日本政府电复中国驻京日使，允准签定，彼此各守秘密。乃经日本报揭露以后，遂由中国京内外学生，纷纷异议。其实德军尚在俄国西境，距中国约千万里，所订中日军事协定条约，始终不闻履行，杯影蛇弓，徒添出一段疑论呢。小子有诗叹道：

预定边防费协商，焦思熟虑亦周详。
如何中外多疑议，只为条文太秘藏。

还有南方独立军队，亦由数首领署名，电致冯总统，诘问中日军事协定的约章。欲知详细，待至下回表明。

革命二字，传播全球。于是彼国革命，此国亦革命。经一次变革，即增一次危乱。愈革命而其国愈危，此系近今之一种传染症，不得医国手，鲜有能治安者也。俄国革命，亦蹈此病。唯此为外史上之事实，于本书尚无暇详叙。本回但因俄之内乱，叙及中日军事协定之原因，中国之加入参战团，全为环境所迫而成，有名无实，无庸讳言。段总理恐敌军入境，乃欲借助东邻，此尤不得已之苦衷，应为国人所共谅。而议者蜂起，互相诘责，盖由他事未满人意，无惑乎举一例百，疑议纷滋也。然观诸十二条约章，尚无损权之举，而必互守秘密，果属何意？明眼人其必有所鉴别乎？

第九十六回　任大使专工取媚　订合同屡次贷金

却说南方独立军队，本推伍廷芳、陆荣廷、唐继尧、林葆怿、刘显世、谭浩明等为领袖，与北方争论不休，至用武力相待。及闻中日有军事协定的密约，唯恐段祺瑞借口边防，借着日本军人，来图南方，所以电致中央，详叩约章内容；政府置诸不答，因复严电诘问。电文有云：

北京冯代总统鉴：闻段祺瑞与其左右二三武人，有与日本订立密约之说，中外喧腾，举国惊疑，奔走呼号，一致反对。廷芳等前已电请钧座，如有其事，应请严行拒绝，如确无之，则请明白宣布，以祛群疑。区区息事御侮之苦衷，谅邀洞鉴。窃以西南义旅，志在护法，但求有裨于国，断非意气之争。今段祺瑞及其私人，因坏法而用兵，因用兵而借款购械，因借款购械而有亡国条约，务求逞于国内，宁屈伏于外人。无论双方胜负若何，而国家主权，已陷于外人掌握之中。叱咤鞭笞，唯命是听，奴隶牛马，万劫不复。虽卖国之罪，责有攸归，而覆巢之下，宁冀完卵？国且将亡，法乎何有？皮之不存，毛将焉附？今与中央约。中央果开诚布公，声明不签亡国之约，而对于南北争持之法律政治诸问题，组织和平会议，解决一切，则我即当停战息兵，听我国人最后之裁判。倘忠言不纳，务逞其穷兵黩武之心，而甘以国家为孤注，则我国民宁与偕亡，断不忍为人鱼肉也。迫切陈词，伫候明教！

这种电文，本为段氏所不愿入目，冯总统一经阅过，偏把电文移送国务院，显示老段，激动段氏怒意，恨不得将南方军队，立即扫平。他想一不做，二不休，索性大借外债，筹足饷械，派遣十万雄师，与南方猛斗一场，如能就此荡平，方出胸中恶气。主见已定，遂授意曹、陆两人，再行借款。曹氏就是汝霖，现任交通总长兼财政总长。陆氏名叫宗舆，为浙江海宁人，前清尝领乡荐，游学日本，速成法政学校，归国后纳资为郎中，辗转迁擢，累居显要。民国成立，更得美差，历任国务院秘书，及驻日公使、币制局总裁等职，宦囊充裕，多财善贾，遂与日商品设中华汇业银行，做了该行中总理先生。这两人同是亲日派，为段帮忙。不啻为日本帮忙。在外又有驻日公使章宗祥，与曹总长一鼻孔出气，小子于九十四回中，已约略叙及，唯未曾表明详情。他既是个皇华专使，法学大家，应该把他详述履历，方不抹煞这民国通材。数语耐人寻味。他家住吴兴荻港镇，乃兄叫作章宗元，也曾向美国游学，归参政务，寻为唐山路矿学校校长，注重实业教育，与宗祥性情行迹，迥不相同，所以西洋毕业的兄长，反不及东洋毕业的阿弟较为阔绰。当宗祥学成归国时，曹汝霖已通显籍，为宗祥所垂涎，特上时务条陈万余言，作为进阶。偏清政府留中不报，急得宗祥抚髀兴嗟，非常侘傺。继思前时载振嘱语，允为援引，见九十四回。何勿就此营谋，寻条进路？当下挽一知友，先向振贝子处，代为先容，然后执刺往谒，好容易才得进见。振贝子虽与晤谈，却淡淡的问了数声，并未提及前言，推诚相示。毕竟贵人善忘。章宗祥不便相诘，只好说了几句套话，怅然回寓。

可巧有个床头人，见乃夫潦倒情状，询明大略，遂即放出手段，为夫求荣。又是一个曹夫人。相传章妻陈氏，芳名彦安，曾在沪上女学校肄业，籍隶姑苏，彼时宗祥亦为南洋公学学生，邂逅相遇，一见倾心，遂成为儿女交。后来陈氏亦游历日本，与宗祥订定婚约。至宗祥归国，就借沪上旅舍为青庐，行合婚礼。卿卿我我，相得益欢。未几相偕北上，满抱一夫荣妻贵的希望，挈艳同行，乃寓京多日，未遂雄飞，倒不如牝鸡振翼，还望高升。于是打通内线，入谒振贝子夫人，凭着那莺声百啭，博得贝子夫人的欢心，时常召入，青眼相待。陈氏知情识趣，竟拜贝子夫人为干娘。未知年纪相差几何？贝子夫人越加宠爱，遂向振贝子说项，邀同振贝子至乃翁前，极言陈氏夫妇的材能。乃翁便是庆亲王奕劻，便延陈氏入邸，教授孙儿孙女，并调宗祥入民政部当差，远大鹏程，从此发轫。巧值民政部尚书肃亲王善耆，自负知人，收揽名士，宗祥遂屡上条陈，大蒙鉴赏，当由肃王专摺力保，得赐进士。俄而派至参丞上行走，俄而充任宪政编查馆委员，俄而超补右丞，俄而调授内城巡警总厅厅丞。武汉兴兵，南北议和，宗祥亦列入清室议和代表，赴沪参议。至袁项城任民国总统，令宗祥为大理院院长，嗣且改长司法，兼署农商。袁氏筹办帝制，宗祥亦奔走效劳，寻见帝制无成，改投段氏门下。段二次组阁，仍使他为司法总长。旋即遣赴东洋，继陆宗舆为驻日公使。真是官运亨通。看官试想！他的法政学问，是从日本国造成的，大使头衔，是从段总理派与的，所以他心目中，只知日本国，只知段总理，所以段氏有命，无不遵从。此次曹、陆两人，奉命借债，当然电告宗祥，与同协力，内外张罗，多多益善。东邻日本，却是慷慨得很，但教曹、陆、章与他筹商，无不允诺，唯抵押品须要稳固，信贷契须要严密，两事办就，便一千万二千万三千万的银元，源源接济，如水沃流。究竟扶桑三岛，能有若干铜山金穴，可以取用不尽，挹注中国？大约也是效微生高的故智，乞邻而与。试问日本人的用意，果为何事，肯这般替我腾挪，苦心经营呢？不烦明言。总计民国七年六月为始，到了九月，共借日本款五次，由小子一一叙出，分作甲乙丙丁戊五项，胪列如下：

（甲）订借吉、黑林矿三千万元。财政总长曹汝霖，农商总长田文烈，商同中华汇业银行经理陆宗舆，向日本兴业、朝鲜、台湾三银行，借定此款，以吉林、黑龙江两省全境森林矿产为抵押。订定约文共十条：（一）借款为日金三千万元。（二）限期十年，期满后，得由双方协议续借。（三）经过五年后，无论如何，得于六个月前，预先知照偿还本借款金之一部分。（四）年息七厘五毫。若实行第二条续借时，利率当按时协定。（五）每届付息，须每个月前先付，限定每年一月十五日及七月十五日。但第一次及最末次，不满六个月，可按日计算，先行付清。（六）十足交款，并无回扣。（七）本借款之交付偿还付息，及其他一切授受，均在日本东京办理。（八）吉、黑两省金矿与国有森林，以及林矿所生之政府收入，作为担保品。（九）本合同有效期内，关于前条林矿及其收入，拟向他人借款，须先与本债权人商议，俟本债权人认可，方得另借。（十）俟本利偿清时，本合同作废。十条以外，尚有附约四条：（一）中国设立吉、黑两省采木开矿股份公司时，此次承受借款各银行，得投资达资本总额之半。（二）中日合资办法，由两国委员协定。（三）中国政府，如届时不能还款时，该借款即作为日本出借各银行在中国设立之林矿公司内股份。（四）中国政府，因募集该股份公司之股份券时，日本出借各银行，得代理发行该券全部或一部。

（乙）订借善后垫款一千万元。民国六年八月间，财政部曾向日本银行团借第二次善后借款垫款日金一千万元，以盐税余款为抵押。兹复由财政部总长曹汝霖，向日本正金银行代表武内金平氏商恳，由武内金平氏绍介日本银行团，再借日金一千万元，仍作为该借款垫款，为整理中国、交通两银行纸币之用，利息七厘，一年为限，仍以盐税余款为抵押，条约与前次相同。见八十九回。又因上年所借三千万元，期限将满，由财政部商妥日本银行团，展期一年，内容悉如前约办理。

（丙）订借吉会铁路款一千万元。自吉林达延吉南境及图们江以至会宁一带，勘定路线，前曾与日本约定，中国政府开办时，款项不敷，应向日本协同筹办。交通总长兼财政总长曹汝霖，乘隙入手，因与日本兴业银行及台湾银行、朝鲜银行，商订吉会铁路借款预备合同，共十四条：（一）由中国政府速拟定本铁路建筑费，及其他必需费用，征求该三银行同意，由三银行议定金额，代为发行中国政府五厘金币公债。（二）本公债期限为四十年，自公债发行日起算，第十一年开始还本，依分年摊还方法办理。（三）中国政府，俟吉会铁路正式借款合同成立，即着手建造铁路，期在速成。（四）中国政府，应与日本帝国朝鲜总督府铁路局，共同建造图们江铁桥，负担建造费半额。（五）中国政府，为本公债付还本息之担保，即为现在及将来本铁路所属之一切财产及其收入。（六）本公债之实收额，按照从前中、日所订之铁路借款合同，折衷规定。（七）以上各条所未规定之条项，准照清光绪三十三年订定之津浦铁路合同，双方协议决定之。（八）吉会铁路正式借款合同，以本预备合同为基础，限期六个月内，订定正式合同。（九）预备合同成立，即由日本三银行垫借日金一千万元，十足交款，并无回扣。（十）本垫款应交利息，为年息七厘半。（十一）本垫款依中国所发行国库证券贴现之方法交付。（十二）前项国库证券，每六个月换给一次，每次以六个月份之息金，支付该三银行。（十三）中国政府，于吉会铁路正式借款合同成立后，当以本公债募得之资金，优先付还本垫款。（十四）本垫款交付偿还付息，及其他一切授受，均在日本东京履行。

（丁）订借满蒙四铁路款二千万元。中华民国驻日公使章宗祥，与日本兴业银行副总裁并代表台湾、朝鲜二银行小野英二郎，订定满蒙四铁路借款预备合同，拟定四路路线：（一）由洮南至热河。（二）由长春至洮南。（三）由吉林经海龙至开原。（四）由洮南热河间，通至海港。俟双方勘定路线后，标明地点，作为起讫。共长一千余里，借款二千万元，预定合同十四条，即以四铁路所属之财产及其收入为担保品。年息八厘。余如吉会铁路借款预备合同，约略相同。

（戊）订借顺徐铁路款二千万元。由山东济南至直隶顺德间，及由山东高密至江苏徐州间之铁路，应需建筑各款，向日本兴业银行、台湾银行、朝鲜银行商借垫款二千万元，亦由驻日公使章宗祥，一手经理。日本三银行代表，就是兴业银行副总裁小野英二郎，订定预备合同十四条，与满蒙四铁路借款条约相似。唯首条中有该路路线，倘于铁路经营上，认为不利益时，得由双方协议，酌量变更是为该合同中特别声明的条文。一说与顺济铁路借款条约，同时协定。顺济铁路见九十四回。

以上各种借款契约，各备中、日文各二份，政府银行互执各一份。若至将来双方解释，发生疑义时，应取准日文条约，不适用中文条约。还称什么中日合同。曹、章、陆三人，但教借款到手，不管他后来隐患，所以日人如何说，他便如何依。此外闻尚有制铁借款、参战借款等，大约数十万至一二百万，或向日本借就，或向英、美诸国借来，还有少数借款，无从查明。实际开支，无非供给武人及所有政党的需索。什么森林，什么金矿，什么铁路，简直是搁过一边，毫不提起。指东话西，影戤过去，难道外人果肯受给么？总教土地奉献，亦可了局。段总理急不暇择，且把那借款移用，自逞那平南政策。偏南军坚持到底，誓与北方抗拒，一班军阀议员，联合拢来，先由议员择定会所，组织非常国会，与军阀沟通意见，订定军政府组织纲目，即按大纲第三条云：军政府应由非常国会中选出政务总裁七人，组织军政会议，行使职权。于是实行选举，投票取决，便有七人当选，姓名列后：

唐绍仪　唐继尧　孙文　伍廷芳　林葆怿　陆荣廷　岑春煊

自经政务总裁，选出七人，孙文辞去大元帅职任，办理交代，即离去粤东，自赴日本，不愿为政务总裁。唐绍仪亦有事他往，未曾就职，当由岑春煊、伍廷芳等，规定政务会议条例，及政务会议内部附属机关条例，免不得有一番手续。自民国七年五月二十日选出政务总裁，直至七月五日，始宣告军政府成立。从此南北两方，势成对峙，段总理越想统一，越致决裂了。小子有诗叹道：

欲求统一在开诚，但恃权威终不平。
我欲制人人制我，纷争忍尔苦苍生。

欲知南北冲突情形，且至下回再叙。

曹、章、陆三人，同为唯一之亲日派，即同为唯一之借债家，而章为驻日公使，其通信也尤便，故其效力也尤甚，特详履历，所以表其行迹之由来也。作者本无仇于曹、章、陆，但据报章之揭载，撮叙大略而已。然观五项借款合同，无一非授权日人之渐，即果为林矿铁路，及中国、交通两银行整理纸币之需，而日人垄断其间，已不足振兴实业，清理财政，况其为供给武人、政党之需要耶？大书而特书之，孰得孰失，固自有能辨之后。著书者应不忍下笔，阅书者亦不忍寓目矣。

第九十七回　逞辣手擅毙陆建章　颁电文隐斥段祺瑞

却说广东军政府已经组成，即借广东城外的士敏土厂，作为暂住机关，当由政务总裁唐继尧、伍廷芳、林葆怿、陆荣廷、岑春煊联名，发出通电云：

> 查本军政府组织大纲，以由国会非常会议选出之政务总裁七人，组织政务会议，行使其职权。现除唐少川、孙中山两总裁，因交通阻碍，未接有就职通告，经派员敦促外，计就职总裁，已居过半数。当此北庭狡谋愈肆，暴力横施，大局阽危，民命无托，护法进行，刻不容缓，谨于本月五日，宣布中华民国军政府依法成立，即开政务会议，特此通告。

自军政府成立后，更促将士进行，或攻闽，或攻湘，或攻琼崖，相继不绝。北方援粤总司令张怀芝，方统率炮步兵二十营，由鲁入鄂，由鄂赴赣，驻扎江西樟树镇，力图攻粤。粤军先发制人，进攻赣边，占去虔南县城。嗣被赣军克复，怀芝即拟鼓众入粤，偏偏二竖为灾，日相缠扰，没奈何停止进兵，自还汉口养疴。当时有个炳威将军陆建章，就是前镇陕西，被陈树藩赶走的逃将军，他恨段派左袒树藩，将已撵出，以致地盘失据，随俗浮沉，及见冯、段交恶，乐得联冯拒段，奔走赣、鄂，运动和议，隐为冯氏效劳，牵制段派。冯总统也喜得一助，故特任他为炳威将军。但段派亦嫉视建章，积不相容。徐树铮挟嫌尤甚，屡思扑灭此獠。是时树铮尚为奉军副司令，往来京、津，闻得建章寓驻津门，嗾动奉军驻津司令部，停战言和，遂即往津调查。果属事出有因，越觉怒冲牛斗，无名火高起三丈。当下缮就一书，饬投建章寓内，只说是候谈军情，诱令到来，暗中却埋伏武弁，秘密布置，专待建章入阱，好结果他的性命。忍心辣手。建章虽亦知树铮恨己，但想他总不敢擅自杀人，就昂然径往，趋入奉军司令部内。树铮还欢颜出迎，邀入营中，开筵相待。座中陪客，统是奉军军官，以及树铮左右私人，席间也未曾提及时事，只是猜拳行令，备极欢娱。至酒酣席撤，树铮乃起语建章道："此间内有花园，风景颇佳，请入内游玩一番，聊快胸襟。"建章尚不知有诈，随他进去。既入内园，树铮即目顾左右，掩住园门，当即翻过了脸，厉声语建章道："汝可知罪否？"建章失色道："我有何罪？"树铮道："汝为南方作走狗，东奔西跑，运动和议，破坏内阁政策，还得说是无罪么？"建章道："海内苦战，主和亦非失计，且今日主和，亦不止我一人，怎得归罪于我？"却还倔强。树铮怒目道："汝不必多说了。"说着，即令左右拿下建章，绑住园中树上。建章始软口乞免，愿为小徐帮忙。小徐置诸不理，自从囊中取出手枪，扳动机簧，扑通一响，已把这位陆将军送到冥府去了。当下草就电文，设词架罪，拍致国务院及陆军部道：

迭据本军各将领先后面陈，屡有自称陆将军名建章者，诡秘勾结，出言煽惑等情，历经树铮剀切指示，勿为所动，昨前两日，该员又复面访本军驻津司令部各处人员，肆意簧鼓，摇惑军心。经各员即向树铮陈明一切，树铮犹以为或系不肖党徒，蓄意勾煽之所为，陆将军未必谬妄至此。讵该员又函致树铮，谓树铮，曾有电话约到彼寓握谈。查其函中所指时限，树铮尚未出京，深堪诧异。今午姑复函请其来晤，坐甫定，满口痛骂，皆破坏大局之言。树铮婉转劝告，并晓以国家危难，务敦同胞气谊，不可自操同室之戈。彼则云我已抱定宗旨，国家存亡，在所不顾，非联合军队，推倒现在内阁，不足消胸中之气。树铮即又厉声正告，以彼在军资格，正应为国家出力，何故倒行逆施如此？纵不为国家计，宁不为自身子孙计乎？彼见树铮变颜相戒，又言："若然，即请台端听信鄙计，联合军队，拥段推冯，鄙人当为效力奔走。鄙人不敏，现在鲁、皖、陕、豫境内，尚有部众两万余人，即令受公节制如何”云云。树铮窃念该员勾煽军队，联结土匪，扰害鲁、皖、陕、豫诸省秩序，久有所闻，今竟公然大言，颠倒播弄，宁倾覆国家而不悟，殊属军中蟊贼，不早消除，必贻后戚，当令就地枪决，冀为国家去一害群之马，免滋隐患。除将该员尸身验明棺殓，妥予掩埋，听候该家属领葬外，谨此陈报，请予褫夺该员军职，用昭法典。伏候鉴核施行。

咄咄小徐，放胆横行，擅将陆建章枪毙，且并未自请处分，但声明建章情罪，一若杀了建章，尚有余功，真是权焰熏天，为民国时代所仅见。国务总理段祺瑞，陆军总长段芝贵，得着小徐报闻，且惊且喜，便替他设法回护，检查从前文牍，如张怀芝、倪嗣冲、陈树藩、卢永祥等，俱有弹劾陆建章的成案，遂汇成档册，并将徐树铮电陈详情，一并缴入总统府，请令办理。冯总统长叹数声，暗思建章已死，不可复生，欲责小徐擅杀，又恐得罪段氏，益启争端，没奈何下一指令道：

前据张怀芝、倪嗣冲、陈树藩、卢永祥等，先后报称陆建章迭在山东、安徽、陕西等处，勾结土匪，煽惑军队，希图倡乱，近复在沪勾结乱党，当由国务院电饬拿办。兹据国务总理转呈，据奉军副司令徐树铮电称，陆建章由沪到津，复来营煽惑，当经拿获枪决等语。陆建章身为军官，竟敢到处煽惑军队，勾结土匪，按照惩治盗匪条例，均应立即正法。现既拿获枪决，著即褫夺军职勋位勋章，以昭法典。此令。

令文虽如此云云，心下越仇视段派，势不两立了。唯陆建章也非善类，专好杀人，从前袁总统时，曾委建章为军警执法处处长，他承袁氏意旨，派遣私人，一味侦察反对党，捉一个，杀一个，捉两个，杀一双，往往有挟嫌谎报，谓某人有通敌阴谋，便即信为真情，妄加捕戮。后来复经他人入告，说是侦报未确，诛及无辜，他又召到原谍，邀他同食，食时尚谈笑甚欢，及食毕后，忽提前事，不容分辩，即命推出处死，或且并不提及，欢送出门，突从他背后，发一手枪，击毙了事。所居院落，辄陈尸累累，故都人见他请客红柬，多有戒心，号为阎王票子，且因他杀人甚众，如屠犬豕一般，因复赠一绰号，叫做屠夫。此次为小徐所诱，突遭枪决，虽似未免屈死，终究是天道好还，报施不爽呢。好杀者其鉴之！

但小徐诱杀建章，得快私忿，自以为一条好计，哪知也有得有失，徒多了一个仇家。陆妻冯氏，乃是旅长冯玉祥的姑母，或谓冯系陆甥，未知是否，待考。猝闻乃夫被杀，当然悲从中来，恸哭了好几场，且与玉祥商量，要玉祥代报夫仇。玉祥本皖中望族，乃父在前清时，为直隶候补知府，挈眷寓津，产下一男，就是玉祥。少长时曾至教会学堂读书，故投入基督教籍。嗣入保定军官学校，由该校保送至武卫右军，充当差遣，故浙江督军杨善德，见了玉祥，即许为大器，荐入段祺瑞幕中。段以为碌碌无奇，不加重用，玉祥乃与段相离，自寻门路。冯系皖人，其所以不入皖派者以此。后为第三镇步兵第五标第十团第三营管带，统率百人，驻扎房山县。未几，由陆建章代为谋划，改编为京畿宪兵营，扩充至兵士二千名。民国二年，第二师、三师、四师、六师、七师，移镇鄂、湘、苏、皖等地，北洋防务空虚，袁项城饬募新兵，编练混成旅十余部。冯营为陆军第十六混成旅，玉祥遂任旅长。越年拔营南下，驻扎武穴，及段氏三次组阁，一意主战，令冯玉祥率军援闽，旋复改命援鄂。玉祥本不附段派，观望不前，且有意服从冯总统，曾发出通告，请速罢兵，并有："元首力主和平，讨伐各令，俱出自胁迫"等语。段氏因他拥兵自大，也不便急切相待，只好付作缓图。哪知霹雳一声，建章毙命，玉祥顾念戚谊，当然惊心，再加姑母冯氏，泣令报仇，玉祥亦不禁呜咽道："姑父平日所为，我亦尝极端反对，屡劝他缓狱恤刑，哀矜勿喜，偏姑父习以为常，遂致怨家挟恨，陷害姑父，但今乃屈死小徐手中，殊不甘心。小徐靠了老段势力，横行不法，暴戾恣睢，我若不为姑父复仇，如何对得住姻戚？但目前尚难轻动，我部下不过数千人，势不能一举成功，我死也不足惜，死且无益，不如从缓为是。"他姑母听了此言，也觉没法，只有挥泪自去罢了。

唯玉祥经过此变，遂与段内阁决裂，自告独立。部下副官李铭钟，团长杨贵堂、何乃中等，亦愿为效力，累得段总理多一敌手，不得不格外加防。详叙冯玉祥事，俱为后文伏案。并且失意事层叠而来，大与前谋相左。湘南未平，闽军又败，龙裕光孤守琼崖，属地已失去大半，专望援粤总司令张怀芝一军，入粤牵制，或可解围。哪知张怀芝病倒汉口，连日未痊，留驻江西的张军，方移次醴陵，逍遥江上，偏被南方间谍，侦悉情形，竟潜从攸县进兵，猛向醴陵扑入。张军十数营，猝不及防，仓皇奔溃，吓得养疴汉口的张司令，出了一身冷汗，力疾起床，乘车北返。自问未免怀惭，情愿抛弃权利，辞去山东督军。是所谓张脉偾兴，外强中干。琼州失援，龙军保守不住，只好弃去巢穴，向北逃生。看官试想！这岂非段氏的平南政策，一齐失败么？

还有段氏背后的小徐，格外担忧，他本思推倒冯河间，奉段祺瑞为总统，举张作霖为副座，所以请张帮忙，合力同谋。唯段氏以为南方不平，威望未著，也不愿骤任元首，故小徐对着平南政策，非常注重。如何借债，如何调兵，多半由小徐献策，怂恿段氏进行。偏偏事不从心，谋多未遂，怎得不五内俱焚？踌躇四顾，愤不可遏，自思平南政策，不能贯彻，总由那冯派横生阻力，以致种种窒碍。今欲釜底抽薪，必须将老冯捽去，改拥段氏为总统，然后令出必行，军心一致，方得戮力平南。于是另生他计，即拟组成新国会，为选举总统的预备。好在各项借款，尚未用罄，不若移缓就急，将军事暂且搁置，一意运动议员，组合政党。当有帝制余孽梁财神士诒，王包办揖唐，乘机出头，来做小徐帮手，渐渐的三五成群，四五结队，凑齐了数十百人，迎合小徐，拥戴老段，复取了一个私党的美名，乃是“安福”两字。安是安邦，福是福国。名目却是动听，但一班安福系中的人物，究竟是为国家思想，是为自己思想，看官总应明了呢。

民国七年七月十三日召集新国会，约期开议，第一件问题，就是选举新总统。原来冯总统本是代任，期限不过一年。他自六年八月一日，入京就职，到了七年八月，任期已满，理应卸职另选，所以召集新国会的命令，当然由冯总统颁发。冯氏非不思续任，但有段派的对头，自知续选无望，唯欲与老段同时下野，前次联袂同来，此次亦要他蹇裳同去，若自己退位以后，反令段氏继任，这是梦寐中也不甘心。乃暗中嘱使同党，设法阻段。江南督军李纯，第三师师长吴佩孚，隐承冯意，一再通电，主和斥战。就是直隶督军兼四省巡阅使曹锟，亦屡开督军会议，不愿拥段。至若张雨帅为副总统，各督军都不赞成，就是段派中人，除小徐外，也多与雨帅反对，所以雨帅亦为夺气，不肯十分出力，替段效劳。转眼间已是八月，新国会议员，同集都下，不日就要开会了。冯总统独预先加防，颁一通电云：

国璋服务民国，于兹七年，变故迭更，饱尝艰苦。去岁邦基摇动，幸赖总理与各督军，群策群力，恢复共和。其时黎大总统辞让再三，元首职权，无所寄托，各方面以《约法》有代行职权之规定，大总统选举法有代理之明文，责备敦促，无可逃避。国璋明知凉德，不足以辱大位，但以尊重法律之故，不得不忝颜庖代。顾念《约法》精神所在，一曰中华民国之统一，一曰中华民国之和平，国璋挟此两大希望而来，以求与根本大法之精神相贯彻，非有一毫利己之私，唯期不背于法律，以自免于罪戾耳。今距就职代理之日，已逾一年，而求所谓统一和平，乃如梦幻泡影之杳无把握。推原其故，则国璋一人，实尸其咎。古人云："徒善不足以为政，徒法不能以自行。"又曰："苟非其人，道不虚行。"国璋虽自认《约法》精神，无有错误，而诚不足以动人，信不足以服众，德不足以驭世，惠不见以及民，致将士暴露于外，闾阎愁苦于下，举耳目所接触者，无往而可具乐观，虽有贤能之阁僚，忠勇之同袍，而以国璋一人不足表率之故，无由发展其利国福民之愿力，所足以自白于天下者，唯是自知之明，自责之切，速避高位，以待能者而已。今者摄职之期，业将届满，国会开议，即在目前，所冀国会议员，各本一良心上之主张，公举一德望兼备，足以复统一和平者，以副《约法》精神之所在，数语最为扼要。则国本以固，隐患以消。国璋方日夜为国祈福，为民请命，以自忏一年来之罪戾。皇天后土，实鉴此心。若谓国璋有意恋栈，且以竞争选举相疑，此乃局外之流言，岂知局中之负疚？盖国璋渴望国会之速成，以求时局之大定，则有之，其他丝毫权利之心，固已洗涤净尽矣。至若国之存亡，匹夫有责，国璋虽在田野，苟有可以达统一和平之目的，而尽国民一份子者，唯力是视，不敢辞也。敢布腹心，以谂贤哲。

这篇电文，看似引咎自责的谦词，实是阻挠段氏当选的压力。段主战，冯主和，战乃一般人民所痛嫉，和实一般人民所欢迎，试看电文中屡言统一，屡言和平，无非声明自己本意，素不愿战，所有此次调兵遣将，借债济师，种种挑拨恶感、毒害生灵的举动，都推到段氏身上，好教新国会人员，不便大拂民情，选举段氏。且复郑重提及，叫各议员存些良心，公举一统一和平的总统，这不是反对段氏，敢问是反对何人呢？看得真，说得透。小子有诗叹道：

> 党派纷争国是淆，但矜意气互相嘲。
> 同袍尚且分门户，天地何由叶泰交。

冯电既发，过了数日，南方也续发电告，好似与冯电相应。欲知文中底细，俟至下回录明。

刑人于市，与众弃之，是为中古之成制。彼时为君主政体，犹有与众共诛之意，况明明为革新政体之民国，昌言共和，宁有对一官高爵重之炳威将军，可以擅加枪毙乎？微特小徐无此权力，即令大总统处此，亦必审慎周详，不能擅杀。就使建章煽乱，应该由军法处决，不关司法，而小徐总不能背地杀人。共和共和，乃有此敢作敢为之小徐，吾未始不服其胆力，而对诸我中华民国，殊不禁蠹焉心伤矣。然未几而有冯玉祥之独立，又未几而有冯河间之通电，弄巧反拙，欲立转仆，小徐其奈何尚不知返乎？

第九十八回　举总统徐东海当选
申别言冯河间下台

却说南方自主军队，组成广东军政府，反抗北方，本来是各执己见，不相通融，但对着冯氏代理总统，原是依法承认，只与段氏的解散国会，主张武力，始终视若仇雠，所以冯总统颁一通电，广东军政府也续发一通电云：

溯自西南兴师，以至本军政府成立以来，于护法屡经表示，除认副总统代理大总统执行职务外，其余北京非法政府一切行为，军政府万无容认之余地。乃者大总统法定任期无几，大选在即，北京自构机关，号称国会，竟将从事于选举。夫军政府所重者法耳，于人无容心焉，故其候补为何人，无所用其赞否，赞否之所得施，亦视其人之所从举为合法与否而已。苟北京非法国会，竟尔窃用大权，贸然投匦，无论所选为谁，决不承认，谨此布告，咸使闻知。

南北两方，一呼一应，都是反对段氏，预先阻挠。段氏连番接阅，未免皱眉，暗想人众我寡，何苦硬行出头，还是与冯河间同去，较为得计，乃宣告大众，愿与冯氏一同下野。究竟老成持重。小徐等方此推彼挽，要将段氏扛抬上去。偏段氏思深虑远，不愿冒险一试，任他小徐如何怂恿，却是打定主意，决计不干。小徐等也觉扫兴。但冯氏下野，段氏又下野，将来究应属诸何人，难道中华民国就从此没有总统吗？于是小徐邀同梁士诒、王揖唐诸人，秘密会议，除冯河间、段合肥外，只有一位资深望重的大老官，寓居津门，足配首选。看官道是何人？原来就是前清内阁协理大臣，为袁项城的国务卿徐世昌。久仰久仰。

世昌从词苑出身，本非军阀，不过他在前清时，外任总督，内握军机，与军阀家往来已久，为武人所倾心，此次久寓津门，名为闲散，实则中央政事，无不预闻。自元首以至军阀，统因他老成重望，随时咨询，片言作答，奉若准绳，所以一介衰翁，居然为北方泰斗。小徐等主张举徐，无非因南北纷争，形势日恶，河间、合肥，既愿同去，不如拥戴老徐，或可制服异类，保持本派势力，因此决定计议，立派妥员向津劝驾。徐世昌素来圆滑，怎肯一请便来？免不得逊谢未遑，做一个谦谦君子。乐得如此。那小徐等尽管进行，促令新国会开议，选定王揖唐为众议院议长，组织总统选举会，克期举行。到了九月四日，即在议会中选举新总统，到会议员，共四百三十六人，午前十时，举行投票，午后开匦。徐世昌得四百二十五票，应即当选。当由议会备文，咨照国务院，国务院亦即通电各省，并通告全国。越日，又开副总统选举会，等到日中，两院议员，一大半不到会场。莫非逐胡同去了。议长当场计算，所有到会议员，不足法定人数，就使投票，也属无效，只好延期选举，徐作后图。嗣是逐日延宕，竟将副总统问题，搁置一边，简直是不复提议了。一班傀儡议员。徐世昌闻自己当选，尚未便承认下去，因复通电中外，自鸣得意道：

国会成立，适值选举总统之期，乃以世昌克膺斯选。世昌爱民爱国，岂后于人，初非沽高蹈之名，并不存畏难之见。唯眷念国家杌陧之形，默察商民颠连之状，质诸当世，返诸藐躬，实有非衰老之躯，所能称职者。并非谦让，实本真诚，谨为我国会暨全国之军民长官并林下诸先生一言，幸垂听焉！民国递嬗，变乱屡经，想望承平，徒存虚愿，但艰危状况，有十百于当时者。道德不立，威信不行，纪纲不肃，人心不定，国防日亟，边陲之扰乱堪虞，欧战将终，世局之变迁宜审。其他凡事实所发现，情势所抵牾，当局诸公，目击身膺，宁俟昌之喋喋？是即才能学识，十倍于昌，处此时艰，殆将束手，此爱国而无补于国，不能不审顾踌躇者也。国之本在民；乃者烽火之警，水潦之灾，商业之停滞，金融之停滞，土匪劫掠，村落为墟，哀哀穷民，无可告诉。吏无抚治之方，人鲜来苏之望，固无暇为教养之计划，并不能苏喘息于须臾，忝居民上，其谓之何？睹此流离困苦之国民，无术以善其后，复何忍侈谈政策，愚我编氓？此爱民而无以保民，更悚惕而不自安者也。然使假昌以壮盛之年，亦未尝无澄清之志，今则衰病侵寻，习于闲散，偶及国事，辄废眠食，若以暮齿，更忝高位，将徒抱爱国爱民之愿，必至心有余而力不足。精神不注，丛脞堪虞，智虑不充，疏漏立见，既恐以救国者转贻国羞，更恐以救民者适为民病，彼时无以对我全国之民，更何以对诸君子乎？吾斯未信，不敢率尔以从，心所谓危，谨用掬诚以告。唯我国会暨我全国之军民长官，盱衡时局，日切隐忧，所望各勉责任，共济艰难。起垂蹷之民生，登诸衽席，挽濒危之国运，系于苞桑。昌虽在野，祷祀求之矣。邦基之重，非所敢承，斡济艰屯，必有贤俊，幸全尘剻，俾遂初服。除致函参众两院恳辞，并函达冯大总统国务院外，特此电达。

是时国会仍照旧制，组成参众两院，既已由小徐等暗中运动，王揖唐竭力鼓吹，产出新总统徐东海，哪肯再畀他辞去，当下却还来函，仍由两院主名，坚请徐世昌出山。就是代任终期的冯河间，也恐东海不来，或致改选合肥，因即函复老徐，格外敦劝，词意备极诚挚。文云：

顷奉大函，以国会成立，选举我公为中华民国大总统，虞棼丝之难理，辞高位而不居。谦德深光，孤标独峻，即兹举动，具仰仪型。唯审察现在国家之情形，与夫国民感受之痛苦，倒悬待解，及溺须援。天下事尚有可为，大君子何遽出此？略抒胸臆，幸垂察焉！比年以来，迭更事变，魁杓既无所专属，法律几成为具文。内则斨斧相寻，外则风云日恶，以云险象，莫过今兹。然危厦倘易栋梁，或可免于倾圮，洪波但得舟楫，又何畏夫风涛？不患无位，而患无才，亦有治人，乃有治法。我公渊襟睿略，杰出冠时，具世界之眼光，蕴经纶于怀抱。与国记枢密之名姓，方镇多幕府之偏裨，一殿肖然，万流奔赴。天眷中国，重任加遗，所望握统驭之大权，建安攘之伟业，公虽卑以自牧，逊谢不遑，而欲延共和垂绝之纪年，当此固舍公莫属也。邦本在民，诚如明示。属者兵连祸结，所至为墟，士持千里之粮，民失一椽之庇。疮痍满目，饥馑洊臻，岂人谋之不臧，抑天心之未厌？我公仁言利溥，感人自深，纵博济犹病圣人，恩泽难遍于枯朽，而至诚可格天地，戾气或化为祥机，况旋转之功，匪异人任，恻隐之念，有动于中，必能嘘沟瘠以阳春，挽沉冥之浩劫。公谓教养匪易，虑远心长，实则彼呼号待尽之孑黎，此日已望公如岁也。夫以我公之忧国爱民也如彼，而国与民之相须于我公者又如此，既系安危之重，忍占肥遁之贞，平日以道义相期，不能不希我公之变计矣。至若虑蹉跎于晚岁，益足征冲淡之虚怀。但公本神明强固之身，群以整顿乾坤相属，虽诸葛素持谨慎，而卫武讵至倦勤，亦唯有企祝老成，发挥绪余，以资矜式耳。国璋行能无似，谬摄政权，历一稔之期间，贻百端之丛脞，清夜内讼，良用惭惶。瓜代及时，负担获弛。徒抱和平之虚愿，私冀收效于将来。我公为群帅所归心，小民所托命，切盼依期就职，早释纠纷，庶望治者得心慰延颈跂足之劳，而承乏者不致有接替无人之惧。耳目争属，心理皆同，谨布区区，愿言夙驾，耑肃奉复。

还有国务总理段祺瑞，已愿牺牲职位，同冯下野，乐得卖个人情，向东海致劝驾书。此外如黄河、长江两大流域，所有督军省长等，俱已一致拥徐，电音络绎，相属道中，无非请他如期就职，保我黎民等语。恐也是一个画饼。独广东军政府中，如岑春煊、伍廷芳两总裁，拍电致徐，劝勿就职。大略说是：

读歌日通电，歌字系是号码，借韵母以代五字。藉悉非法国会选公为总统。公既惕世变，复自谦抑，窃为公能周察民意，不欲冒居大位，至可钦佩。唯公之立言，虽咨嗟太息于国事之败坏，而所以致败坏之原则，公未尝言之，此春煊、廷芳所不能默尔而息者。致乱之故，虽非一端，救国之方，理或无二，一言以决之曰："奉法守度而已。"《约法》为国命所托，有悍然不顾而为法外之行动者，有托名守法而行坏法之实者，均足以召乱。自国会被非法解散，《约法》精神，横遭斫丧，既无以杜奸人觊觎之心，更无以平国民义愤之气。护法军兴，志在荡乱，北庭怙恶，视若寇仇，诪张为幻，与日俱积，以为民国不可无国会，而竟以私意构成之，总统不可无继人，而可以非法选举之。自公被选，国人深慨北庭无悔祸之诚，更无以测公意之所在。使公能毅然表示于众曰："非法之举，不能就也，助乱之举，不可从也。"如此国人必高公义，即仇视国会者，或感公一言而知所变计。戢乱止暴，国人敢忘其功？惜乎公虽辞职，而于非法国会之选举，竟无一词以正之也。窃虑公未细察，受奸人蛊惑，不能坚持不就职之旨，此后国事，益难收拾，天下后世，将谓公何？如有谓公若将就职，而某某等省，可以单独媾和者，国会可以取消，重新组织者，护法各省，如不服从，仍可以武力压制之者，此等莠言，皆欲踞公于炉火之上，而陷民国于万劫不复耳。愿公坚塞两耳，切勿妄听。公从政有年，富于阅历，思保令闻，宜由正轨。煊、廷忝列旧交，爱国爱公，用特忠告。幸留意焉！

古人有言，一傅众咻，终归无效。时徐东海当选总统，中国行省，几有十八九处，同表赞成，独粤东数省，劝勿就职，是明明叫做一傅众咻了。况中华民国大总统的职衔，系人人所欣羡，徐东海犹是人心，难道傥来富贵，不愿接受？实是好看不中吃的物件。不过临时手续，总有一番谦逊话头，敷衍人目。差不多三揖三让。及经各电到津，由老徐检阅一番，只有粤东军政府与他反对，默思寡不敌众，远难图近，岑、伍虽硬来拦阻，究竟人寡地远，怎能达得到北方？且待自己登台以后，可和即与言和，不可和，何妨再作计较。为人在世，能就此出些风头，也好作一生纪念，于是怦然心动，有意就职，唯一时尚未入京，且待各方面再来敦促，方可动身。是谓之老滑头。果然不到数日，京内外的促驾电，连番拍来，他乃提出"息事宁人"四字，作为话柄，允即赴京就职。好容易又挨过一二旬，已届民国第七周国庆日，方才束装赴都。冯国璋闻徐将至，特于十月七日，发出通电，陈述一年中经过情形，及时局现象，由小子录述如下：

督军、省长、各省议会、各商会、教育会、各报馆暨林下诸先生公鉴：国璋代理期满，按法定任期，即日交代。为个人计，法理尚属无亏，为国家计，寸心不能无愧。兹将代理一年中经过情形，及时局现象，通告国人，以期最后和平之解决。查兵祸之如何酝酿？实起于国璋摄职以前，而兵事之不能结束，则在国璋退职以后。其中曲折情形，虽有不得已之苦衷，要皆国璋无德无能之所致。兵连祸结，于斯已极。地方则数省糜烂，军队则遍野伤亡。糜烂者国家之元气，伤亡者国家之劲旅。而且军纪不振，土匪横行，商民何辜，遭此荼毒？人非木石，宁不痛心？以此言之，国璋固不能无罪于苍生。而南北诸大要人，皆以意见争持，亦难逃世之公论。吾辈争持意见，国民实受其殃。现在全国人民厌乱，将士灰心，财政根本空虚，军实家储罄尽，长此因循不决，亦不过彼此相持，纷扰日甚。譬诸兄弟诉讼，倾家荡产，结果毫无。即参战以后，吾国人工物产之足以协助友邦者，亦因内乱故而无暇及此。欧战终局，我国之地位如何？双方如不及早回头，推诚让步，恐以后争无可争，微特言战而无战可言，护法而亦无法可护。国璋仔肩虽卸，神明不安，法律之职权已解，国民之义务仍存。各省区文武长官，前敌诸将领，暨各界诸大君子，如以国璋之言为不谬，群起建议，挽救危亡，趁此全国人心希望统一之时，前敌军队观望停顿之候，应天顺人，一唱百和。国璋不死，誓必始终如一，维持公道。且明知所言无益，意外堪虞，但个人事小，国家事大，国璋只知有国，不计身家，不患我谋之不臧，但患吾诚之未至，亦明知继任者虽极贤智，撑拄为难，不得不通告全国人民，各本天良，以图善后。国家幸甚，人民幸甚。再此电表明心迹，绝非有意争论短长，临去之躬，决无势力，一心为国，不知其他。倘天意人心，尚可挽回，大局不久底定，国璋一生愿望，早已过量，绝无希望出山之意。天日在上，祈诸公鉴！

话虽如此，但对着总统府中值钱的物件，却是样样欢喜，一古脑儿搜括拢来，移出外府，据为己有。相传冯氏素性爱财，从前为江督时，已是贩运烟土，官商并营，此次总统卸任，所有公家贵重各物，乐得取去，何必客气，甚至南北海中的禁鱼，亦被卖罄，只剩下历年档册，移交后任罢了。小子有诗叹道：

满纸牢骚力辩护，谁知心口不相符。
试看载宝还乡去，可问身家计有无？

过了两宵，徐氏已至，冯国璋即就此卸职。欲知徐氏接任后事，且至下回再详。

民国成立以来，强有力之大总统，唯一袁项城，然彼以豢养武人，而自殖势力，旋且失败于武人之手。袁氏固自贻伊戚，而武人之势力，不肯随袁氏而俱逝，可胜慨哉！黎失之庸儒，冯失之贪狡，徐东海以文武相兼之资望，宜若胜任而无惭。然徐究非武人，妙手空空，讵能与武人相敌？况其为城府深沉，未肯坦然相与乎？岑、伍一电，已为南北不能统一之兆朕，且内有安福派之环集其旁，将视徐为奇货可居，充作傀儡，此座固未易居也。老翁多智，何亦薰心禄位，遽尔登台耶？

第九十九回　应首选发表宣言书 借外债劝告军政府

却说民国七年十月十日，正是第七周国庆纪念，都下人士，争迎新总统莅任。午前十时，来了皤皤黄发的老成人，制服登堂，行就职礼，一切仪注，统照历届总统就职的成例，所有誓词，亦踵袭旧文，不少更改。文武百僚，群来谒贺，当由新总统派委秘书长，代读莅任宣言书，全文如下：

世昌不敏，从政数十年矣。忧患余生，备经世变，近年闭户养拙，不复与闻时政，而当国是纠纷，群情隔阂之际，犹将竭其忠告，思所以匡持之。盖平日忧国之抱，不异时贤，唯不愿以衰老之年，再居政柄，耿耿此衷，当能共见。乃值改选总统之期，为国会一致推选，屡贡悃忱，固辞不获，念国人付托之重，责望之殷，已于本日依法就职。唯是事变纷纭，趋于极轨，我国民之所企望者，亦冀能解决时局，促进治平耳。而昌之所虑，不在弭乱之近功，而在经邦之本计，不仅囿于国家自身之计划，而必具有将来世界之眼光。敢以至诚极恳之意，为我国民正告之：今我国民心目之所注意，佥曰南北统一。求统一之方法，固宜尊重和平，和平所不能达，则不得不诉诸武力。乃溯其已往之迹，两者皆有困难。当日国人果能一心一德，以赴时机，亦何至扰攘频年，重伤国脉？世昌以救民救国为前提，窃愿以诚心谋统一之进行，以毅力达和平之主旨。果使阋墙知悟，休养可期，民国前途，庶几有豸。否则息争弭乱，徒托空言，或虞诈之相寻，致兵戎之再见，邦人既有苦兵之叹，友邦且生厌乱之心。推原事变，必有尸其咎者，此不能不先为全国告也。虽然，此第解决一时之大局耳，非根本立国之图也。立于世界而成国，必有特殊之性质，与其运用之机能。我国户口繁殖，而生计日即凋残，物产蕃滋，而工商仍居幼稚，是必适用民生主义，悉力扩张实业，乃为目前根本之计。盖欲使国家之长治，必先使人人有以资生，而欲国家渐跻富强，以与列邦相提挈，尤必使全国实业，日以发展。况地沃宜农，原料无虞不给，果能懋集财力，佐以外资，垦政普兴，工厂林立，课其优劣，加之牖导；更以国力所及，振兴教育，使国人渐有国家之观念，与夫科学之知能，则利用厚生，事半功倍，十年之后，必有可观。此立国要计，凡百有司，暨全国商民，所应出全力以图之者。立国之主要既如上述，但揆诸目前之状，土匪滋扰，户口流亡，商业凋零，财源枯竭，匪唯骤难语此，抑且适得其反，是必先去其障碍，以严剿盗匪，慎选有司，为入手之办法。然后调剂计政，振导金融，次第而整理之，障碍既去，而后可为，此又必经之阶级，当先事筹措者也。内政之设施，尚可视国内之能力，以为缓急之序。其最有重要关系，而为世界所注目者，则为欧战后国际上之问题。自欧战发生以来，我国已成合纵之势，参战义务所在，唯力是视，讵可因循？而战备边防，同时并举，兵力财力，实有未敷，因应稍疏，动关大局，然此犹第就目前情势言之也。欧战已将结束，世界大势，当有变迁，姑无论他人之对我何如，而当此漩涡，要当求所以自立之道。逆料兵争既终，商战方始，东西片壤，殆必为企业者集目之地。我则民业未振，内政不修，长此因仍，势成坐困，其为危险，什百于今。故必有统治之实力，而后国家之权利，乃能发展，国际之地位，乃能保持。否则委蛇其间，一筹莫展，国基且殆，又安有外交之可言乎？此国家存亡之关键，我全国之官吏商民，不可不深长思也。至于民德堕落，国纪凌夷，风气所趋，匪伊朝夕，欲挽回而振励之，当自昌始。是必以安敬律己，以诚信待人，以克俭克勤，为立身之则，以去贪去伪，为制事之方。凡有损于国，有害于民者，必竭力驱除之。能使社会稍息颓风，即为国家默培元气。而尤要在尊重法律，扶持道德，一切权利之见，意气之争，皆无所用其纷扰。赏罚必信，是非乃公。昌一日在职，必本此以为推行，硁硁之性，始终以之。冀以刷新国政，振拔末俗，凡我国民，亟应共勉。昌之所以告国民者，此其大略也。盖今日之国家，譬彼久病之人，善医者须审其正气之所在，而调护之。庶几正气之亏，由渐而复，假令培补未终，继以损伐，是自戕也，医者何预焉？爱国犹如爱身，昌敢以最诚挚亲爱之意，申告于国民！

宣言书读毕，就职礼成，大众皆陆续散去，于是冯政府告终，徐政府开始了。老徐既以息事宁人为口头禅，当然是主张和平，不愿再战，与段合肥的政策，绝对不同。段因主战无功，也有倦意，更兼前时曾宣告大众，与冯一同下野，冯已去位，自己若再恋栈，岂不是食言无信，坐失人格？合肥犹知信义。乃即提出辞职书，呈入总统府。徐总统虽无意留段，但表面上只好虚与周旋，派员慰留。旋经段祺瑞决意告辞，乃下令允准，改命内务总长钱能训，暂行兼代，唯参战督办一职，仍属老段，段亦不再鸣谦，专顾参战事务罢了。

徐总统与钱代总理，方互相筹商，设法息争，欲为南北统一的筹划，忽由北方递入军报，乃是俄国过激派新政府，见九十五回。与俄国远东总司令谢米诺夫，相争不已。谢是旧党，不服新政府命令，所以双方交战，已将两月，偏谢军连战连败，退至大乌里，拟退入蒙古境内。俄新政府的讨谢军，也随势追逼，势且轶入外蒙。所以驻扎库伦办事大员陈毅，电达中央，请兵防堵。徐政府乃命黑龙江吉林两省军队，并察哈尔特别区域戍兵，分道防边。先是俄领西伯利亚境内，有捷克斯洛伐克军，自组团体，举军官盖达为总司令，独立自治。闻他自主的原因，实由俄国与德、奥交战，已历四年，此四年中所得的俘虏，统充锢西伯利亚境内。会俄国内乱，不遑顾及囚犯，德、奥俘虏，如鸟脱笼，索性四处骚扰，大肆猖狂。捷克民族，本来是反对德、奥，及为德、奥俘虏所迫害，不得不设法加防，西顾俄京，已无出援的余力，只好自集兵民，独当一面，并且移文协约各国，请他援助。协约国闻报，多半派兵赴海参崴，声援捷克。中国居参战地位，亦得捷克军来文，前由参战事务处，拟派兵二千人往海参崴，与协约国一致进行，但须假道日本南满铁路，未得日人许可，因此迁延过去。及徐氏为总统时，已与日政府商妥，慨允借道，乃遣陆军第九师部下四营，作为先驱，余亦陆续出发，一面承认捷克军队为交战团体，特发出宣言书云：

捷克民族，欲组织独立国家，其志甚坚，经久勿懈，中国政府，素表同情。查该民族素以反对德、奥为宗旨，中国政府，因其举动与联盟各国一致，是以对于该民族军队之西进，曾经允其假道中东铁路，为种种之协助。现该民族军事局势，日益发展，中国政府，深冀该民族能以武力，达到抵御德、奥之能力，故特承认在西伯利亚作战之捷克军队，为对于德、奥正式从事之联盟交战团，并与各联盟国军队，为同等之待遇。中国政府，并承认捷克国民委员会，具有统御之能力，遇有必需事件，甚愿与该委员会交际。特此宣告！

这种对外处置，统是外交部与参战处，会同办理的条件，且尚是无关重要，不必大加计议，但教随时制宜，自不致有意外变端。只是南方军队，自组成军政府后，与北方对垒分峙，变做两头政治，却有些不易融和。徐总统乃先令钱代总理及各部总长，联名通电，传达南方，商量休兵息战的办法。电文有云：

比者四方不靖，兵祸相寻，苦我人民，劳我将士，追溯用兵之始，各有不得已之苦衷，而国力既殚，纷争未息，政治搁滞，百业凋零，仅就对内而言，已岌岌不可终日。况欧战现将结束，行及东亚问题，苟内政长此纠纷，大局何堪设想？夫欧西战祸，谊切同仇，犹复尊重和平，致其劝告，矧均属邦人，奚分南北？安危所系，休戚与同，岂忍以是非意见之争，贻离析分崩之患？试念战祸蔓延，穷年累月，凋残者皆我之国土，耗散者皆我之脂膏，伤亡者皆我之同胞，同室操戈，有识所痛。推其所至，适足以摧伤国脉，自蹙生机。当兹国步艰难，一发千钧，再事迁延，噬脐何及？迩者东海膺运，首倡和平，能训等谬忝政席，俱同斯旨，用掬诚悃，敬告群公。倘念民困已深，国家为重，不遗愚陋，相与筹维，各该省一切军政财政及用人诸端，无妨开诚布公，从容商榷。善后办法，更仆难详，大要在收束军队，励行民治，以劳来安集之政，收清净宁一之功，俾国脉渐苏，民生自厚。若法律问题，虽为当日争端所系，第是丹非素，剖决綦难。以今日外交吃紧，若舍事实而争言法理，势必旷日持久，治丝益棼，陆沉之忧，悬于眉睫。谓宜先就事实，设法解纷，而法律问题，俟之公议。凡兹愚虑，悉出真诚。诸公爱国夙殷，审时犹切，虑难匡济，当有同心，尚冀示我周行，俾资商洽。引领南望，翘伫德音！

看官阅过上文徐氏宣言书，及此次钱代总理等通电，应知徐氏心理，无非企望和平。但两文中统言欧洲战事，已将结束，这事厓略，小子未曾叙过，应该补叙出来：欧战详情，应归专史，不属本书范围，因事有牵涉，不得不表明大略，此即文法绵密处。自从奥、塞两国，启衅开战，已见前文。遂致全球各国，陆续牵入战潮。德皇威廉第二，素欲争霸欧洲，想乘势削平各国，因此极力助奥，决计用兵。初出兵时，原是锐气百倍，荡破比利时，直入法国北部，复分兵占夺俄属波兰，侵略俄罗斯西部等地。奥亦破灭塞尔维亚，甚至英、法、俄三大国，合力抵抗，尚挡不住德国凶锋。嗣经英、法、俄四面联络，招集世界中二三十国，同抗德、奥，于是德、奥势孤，反胜为败。当时英国外交大臣巴尔福，曾把历年加入战团，反抗德、奥诸国名，及宣战日月，列为一表，送交下议院备案。小子当将原表抄来，加注民国年计，载入本编如下：

俄罗斯	西历一千九百十四年八月一日宣战。即中华民国三年
法兰西	西历一千九百十四年八月三日宣战。同上
比利时	西历一千九百十四年八月三日宣战。同上
英吉利	西历一千九百十四年八月四日宣战。同上
塞尔维亚	西历一千九百十四年八月六日宣战。同上
门的内哥罗	西历一千九百十四年八月九日宣战。同上
日本	西历一千九百十四年八月二十三日宣战。同上
葡萄牙	西历一千九百十六年三月九日宣战。即中华民国五年
意大利	西历一千九百十六年八月二十八日宣战。同上
罗马尼亚	西历一千九百十六年八月二十八日宣战。同上
美利坚	西历一千九百十七年四月六日宣战。即中华民国六年

古巴	西历一千九百十七年四月七日宣战。同上
巴拿马	西历一千九百十七年四月十日宣战。同上
希腊	西历一千九百十七年六月二十九日宣战。同上
暹罗	西历一千九百十七年七月二十二日宣战。同上
利比里亚	西历一千九百十七年八月四日宣战。同上
中华民国	西历一千九百十七年八月十四日宣战。同上
巴西	西历一千九百十七年十月二十六日宣战。同上
海地	西历一千九百十八年四月二十二日宣战。即中华民国七年
危地马拉	西历一千九百十八年四月二十三日宣战。同上

此外尚有玻利维亚、尼加拉瓜、散多明各、哥斯德黎加、秘鲁、乌拉圭、厄瓜多诸国，亦与德、奥宣告断绝邦交，几乎五洲列国，统与德、奥反对。唯巴尔干半岛中有二孱国，一是土耳其，一是保加利亚，向在德人势力圈内，不能不听德人指挥，与众宣战。两孱国有何大力？简直是不足齿数。那奥国也自顾不遑，全仗德人帮助，勉力支持。照此看来，实是一个德意志帝国，抵当全球二十余邦，相持至四年有奇，德皇威廉第二，真好算是个欧洲霸王呢。却是罕有。但古人有言："佳兵不祥，过刚必折。"难道威廉第二，果能持久不敝，战胜群雄吗？当美国未曾宣战时，大总统威尔逊，屡思出作调人，劝双方休战言和，辗转通问，终归无效。嗣因德国潜艇政策，妨碍海上交通，美乃提出质问书，向德抗议。德仍操强硬手段，却还美牒，因激起美人公愤，加入战团，与德宣战。德之失策在此。德人与各国交哄，已将三年，正是兵疲粮尽的时候，怎堪加入一财厚兵雄的大国，与他争雄？而且美政府商决军情，派遣百数十万大军，直入欧洲，与联合国军队，并力进行，又输送军械食品，分助各国，使之再接再厉，联合国当然益奋，德意志当然益怯。更经过一年有余，保土两国境内，已被联合军冲入，相继降服。奥亦一败涂地，只好向联合国请和。德皇威廉第二，还想倔强到底，偏国内社会党勃发，昌言革命，推倒政府，竟将威廉第二父子，逐出国外，亡命荷兰，于是空前绝后的大战争，至此始止。当由联合国推举美总统威尔逊，为世界牛耳，开会议和，时正中华民国七年十月中，为徐东海当选就职的时期。小子有诗讥德皇道：

善败不亡善战亡，楚歌四面总难当。
要知中外原同辙，好向西欧鉴德皇。

欧战将了，徐氏因有此言论，欲借欧洲和局，劝示南方。欲知南方果否愿和，待至下回再叙。

历届新总统登台，必有一种政见，颁告大众。无论其言之匪艰，行之维艰，但观其发言之时，已别具一难言之希望，不过借普通论调，笼络舆情。始吾于人也，听其言而信其行，今吾于人也，听其言而观其行，圣言岂欺我哉？欧洲战史，于本编无甚关系，第有时牵及中国，如绝交参战，以及俄乱影响、侵入蒙古等情，不能不撮举大要，以晓阅者。故本编依次插叙，而本回于德、奥战败原因，尤简而不漏，作者固具有苦心也。

第一百回　呼奥援南北谋统一
庆战胜中外并胪欢

却说广东非常国会，闻北方新选总统，当然反对，曾于双十节前一日，特开两院联合会议，决定方针，暂委广东军政府代行国务院职权，所有总统选举，从缓举行，当下宣布议案道：

选举大总统，为国会议员之职责。依大总统选举法第三条第二项，大总统任满前三个月，国会议员，须自行集会，组织总统选举会，行次任大总统之选举。唯现值国内非常政变，次任大总统之选举，应暂缓举行。自民国七年十月十日起，委托军政府代行国务院职权，依大总统选举法第六条之规定，摄行大总统职权，至次任大总统选出就职之日为止。特此宣言，咸使闻知！

议案既定，复咨照广东军政府。军政府即开政务会议，承认国会议决案。当日通电布告，代行国务院职权，并摄行大总统职权，越日又发一通电云：

军兴以来，军政府及护法各省各军，对内对外，迭经宣言，其护法之职志，唯在完全恢复《约法》之效力，取消解散国会之乱令，以求真正之共和，为根本之解决，庶使奸人知所警惕，此后以暴力蹂躏法律之事，自不发生，民国国基，乃臻巩固。至具希望和平一切依法办理之心，尤为国人所共闻共见。军府及前敌将领，屡次通电，可复按也。及北京非法伪国会选举伪总统，本军政府于事前既通电声明非法选举，无论选出何人，均不承认，事后又致电徐世昌，劝其遵守《约法》，勿为人愚。乃闻徐氏已就伪总统，事果属实，何殊破坏国宪？以徐氏之明，甚盼及早觉悟，勿摇国本，而自陷于危。本军政府代行国务院职权，依法摄行大总统职务，护法戡乱，固责无旁贷也。特此布告，咸使闻知！

看官阅此两电，可想见南北论调，是绝对不能相容。就使北方的徐总统与钱代总理，如何劝告，也属枉然，徒落得舌敝唇焦，不见成功。徐总统未肯罢休，想从外交上着手，联络美、英、法、日、意各国，从中调停，力谋南北统一，也算苦心孤诣。且美大总统威尔逊，尝一再演说，力劝世界和平，中国为世界中一部分，理应如美总统所云，列入和会，唯南北自相争扰，内部尚且未和，怎好对外？所以穷思极想，呼求外援。外人却也赞成，愿效臂助，乃再由徐氏分饬前敌军队，一体罢战，且申颁一令云：

欧战以来，兵祸至烈，影响政治，震动全球。而立国久远之图，究未可悉凭武力，故欲保障人类之幸福，必先维持国际之和平。美大总统有鉴于斯，迭次宣言，咸以尊重和平为主旨。吾国政府，以逮士庶，莫不佩其悯世之诚，而大势所趋，即列邦亦多赞进行，以为世界和平之先导。吾国此次加入欧战，对德、奥宣战，原为维持人道，拥护公法，俾世界永保和平。苟一日未达此的，必当合国人全力，勷助协商诸邦，期收完全之效果。本大总统适以斯时，谬膺众选，亟当详审世局，用定设施。夫以欧西战祸，扰攘累年，所对敌者视若同仇，所争持者胥关公议，犹且佳兵为戒，倡议息争。况吾国二十余省，同隶于统治之权，虽西南数省，政见偶有异同，而休戚相关，奚能自外？本无南北之判，安有畛域之分？试数上年以来，几经战伐，罹锋镝者孰非胞与？糜饷械者皆我脂膏，无补时艰，转伤国脉，则何不释小嫌而共匡大计，蠲私忿而同励公诚？俾国本系于苞桑，生民免于涂炭。平情衡虑，得失昭然。唯是中央必以公心对待国人，而诚意所施，或难尽喻。长、岳前事，可为借鉴。故虞诈要当两泯，防范未可遽疏。苟其妨及秩序，仍当力图绥定。兹值列强偃武之初，正属吾国肇新之会，欲以民生主义，与协商诸邦相提挈，尤必粹国人之心思才力，刷新文治，恢张实业，以应时势而赴时机，以兹黾勉干济，尤虑后时，岂容以是丹非素之微，贻破斧缺斨之痛？况兵事纠纷，四方耗斁，庶政搁滞，百业凋残。任举一端，已有不可终日之势，即无国外关系，讵能长此掎持？所望邦人君子，戮力同心，幡然改图，共销兵革。先以图国家之元气，次以图政策之推行，民国前途，庶几有豸。以言政策，莫要于促进民智，普兴民业，而二者皆当具有世界之眼光。我国文教早辟，而民智蔀塞，进步转晚，是宜旁采列邦之文化以灌输之。吾国物力素丰，而兴业之资，母财尤乏，是宜兼集中外资力以辅助之。以国家为根本，以世界为步趋，务使人民智识，跂及于大同，社会经济，日臻于敏活。民智进则国权自振，民生厚则国力益充，夫如是乃可保文物之旧邦，乃可语共和之真谛。本大总统不惮哓音瘏口，以尊重和平之主旨，告我国人，固渴望我东亚一隅，与世界同其乐利。此时大局未定，保养为先，军民长官，各有捍卫地方之责，仍应遵照前令，力除匪患，用保公安。民瘼攸关，勿稍玩忽。唯兹有位，其共念之！此令。

令文云云，虽似明白剀切，语语皆真，但终是纸上空谈，怎能感动南方军队，使他幡然变计，愿息战争？嗣经美国公使，出来帮忙，电告驻粤美领事，向广东军政府提出说帖，劝他速息内争，自谋统一。于是广东军政府，乃通令前敌各军，一体休战。政务总裁岑春煊等，方有电文传达北京，寄与徐总统道：

徐菊人先生鉴：护法军兴年余，双方相持，国是莫由解决。比者欧战告终，强权消灭，吾国亦有顺世界潮流，而回复和平之必要。美总统威尔逊，于本年九月二十九号为开募第四次自由公债之演说，实为国际及国内解决一切政争之本据，无论何国，均可赖之以为保证。世界各国，方将崇正义而永息兵争，岂吾国独不可舍兵争而求和平之解决？执事既令所部停战，本军政府亦令前敌将士止攻，唯彼此犹未实行接近和平谈判，玩日废时，殊属无谓。煊等特开诚心，表示真正和平之希望，认上海租界为适中之中立地点，宜仿辛亥前例，由双方各派相等人数之代表，委以全权，克日开议。一切法律政治问题，不难据理而谈，依法公决，庶可富民利国，永保和平。特电表意，即希速复！

徐总统接到电文，喜如所望，因即致电作复：

广州岑云阶先生、春煊字云阶。伍秩庸先生、廷芳字秩庸。林悦卿先生、葆怿字悦卿。武鸣陆幹卿先生、荣廷字幹卿。毕节唐蓂赓先生、继尧字蓂赓。上海唐少川先生、绍仪字少川。孙中山先生即孙文。鉴：来电敬悉。生民不幸，遭此扰攘，兵革所经之地，膏血盈野，井里为墟，溯其由来，可深悯恻。欧战告终，此国彼国，均将偃戈以造和平，我以一国之人，犹复纷争不已，势必不能与世界各国，处于同等之地位。沦堕之苦，万劫不复。世昌同是国民，颠覆是惧。况南北一家人也，本无畛域可分，故迭次宣言，期以苦心谋和平，以毅力致统一。今读美总统威尔逊今年九月间之演说，所主张国际同盟，用知世界欲跻和平，必先自求国内息争，然后国际和平，乃有坚确之保证。爰即明令停战退兵，表其至诚，冀垂公听。固知诸君亦是国民之一分子，困心横虑，冒百艰以求一当，决无不可解决之端。令果同声相应，是我全国垂尽生机，得有挽救之一日也。世昌忧患余生，专以救世而出，但求我国依然比数于人，芸芸众生，得以安其食息，营其生业，此外一无成见。所有派员会议诸办法，已由国务院另电奉答，敢竭此衷，唯希明察！

又由国务院附致一电云：

读诸公致元首电，敬谂开诚表示，共导和平，至深佩慰。欧战告终，潮流方迫，元首鉴于世界大势，早经屡颁明令，申正义而弭兵争，当为国人所共见。近于通令停战之后，继以筹议撤防，积极进行，实出渴望和平之旨。会议办法，前已详细荩划，向李督秀山转商，兹承示双方各派代表，克日开议，筹谋所及，实获我心。所云代表人数，论省区版籍，不能无多寡之殊，唯为迅释纠纷，固可不拘成见，似可由双方各派同等代表十人，临时推定首席，共同协议。至会议地点，原定南京，本属适中之地，宁、沪同属国土，焉有中立可言？且会议商决内政，不宜在行政区域之外，鄙意仍在南京，最为适宜。至来电所举辛亥前例，辛亥系因国事问题，不幸同时而有两种国体，今则双方一体，论对内则同系国人，协商国政，固无畛域之分。论对外国交，只能有唯一政府，尤非辛亥之比。值此时局急迫，促进和平之意，彼此所同。亟当于会议办法，切实商决进行，其他枝节之论，宜从蠲弃，以免旷废时日。此间现在酌选代表，为先事之筹备。尊处遴派有人，即希电示，以便双方派定，克期组织，俾法律政治各问题，日趋接近，速图解决，民国幸甚。

如上电文，乃是北方和议，拟委任江苏督军李纯主持。李纯本服从河间，素来主和，联同赣督陈光远，鄂督王占元，称为长江三督，与主战派相龃龉。此次徐政府鼓吹和平，李纯当然同意，所以与中央往来文件，除例行公事外，多是筹商和平办法。唯一方欲在江宁议和，一方欲在上海议和，两方交争地点，尚未决定。不过和平空气，总算有些鼓动起来。中外人士，统以为和平在即，喁喁望治，再加欧战终了，协约国得了战胜的结果，中国亦居参战地位，虽未曾发兵临敌，亲获胜仗，也觉得借光他族，与有荣施。自民国七年十一月二十八日为始，至三十日为止，举行庆贺协约国战胜大会，居然有古时大酺三日的遗意。无非是张皇粉饰。大总统亲至太和殿前，行阅兵礼，凡京师所有军队，都排成队伍，各执枪械，鹄立东西两旁，听候总统命令。徐总统带同国务总理陆军部长等，序立殿阶，检校军队。又有外国公使及使馆中卫兵，亦由徐政府先期通知，彼此关系协约国，不能不请他参加，所以碧眼虬须的将弁，也来会集。端的是鹳鹅耀采，貔虎扬镳，约计有四五小时，各军队左入右出，纷纷告退，外兵亦皆散去，唯各公使同至总统府，相率留宴。宾主交错，中外一堂，大家欢饮至晚，兴尽始归。是日黄昏，商学界各发起提灯会，游行都市，金吾不禁，仿佛元宵，银火齐辉，依稀白昼，红男绿女，空巷来观，白叟黄童，胪欢踵集，几疑是太和翔洽，寰宇升平。就是各省奉到中央命令，亦如期庆贺，绿酒笙歌，唱彻太平曲子，红灯灿烂，胜逢熙世良辰。还有北京的克林德碑，乃是清季拳匪作乱，德使被戕，特约竖碑，垂为永远纪念。至此亦皆毁平，不留遗迹。唯是胜会不常，盛筵难再。小子叙到此处，转不禁忧从中来，随笔凑成一诗道：

自家面目自家知，粉饰徒能炫一时。

漫说邻家西子色，效颦总不掩东施。

三日大庆，忽成过去。各协约国将开议和大会，择定法国巴黎即法京。凡尔赛宫，为和会地点。中国当然要派遣专使，赴会修和。欲知所派何人，容至下回报明。

以本国之内讧，而乞援外人，出为调停，不可谓非徐东海之苦心。然中政府失权之渐，实自兹始。属在同种，谊本同袍，乃连岁战争，自相哗扰，东海登台，不能以诚相感，徒欲为将伯之呼，乞灵外族，其心可悯，其迹实可愧也。至若协约国之战胜，实由彼数年血薄而成，中国徒有参战之名，而无参战之实。外人之胜，于中国似无预焉？乃以各国之举行庆典，遂亦开庆贺大会，政府倡于前，各省踵于后，慷他人之慨，以为一己之光荣，得毋为外人所窃笑耶？虚憍之态，只可自欺，欺人云乎哉？

第一百一回　集灵囿再开会议
上海滩悉毁存烟

却说欧战已毕，各国将开议和大会，中国政府，不得不派遣专使，赴会议和，当下由徐总统择定一人，就是外交总长陆征祥。征祥曾因事请假，部务委次长陈箓暂行代理，此次奉使赴洋，不便逗留，便即束装起行，乘轮赴欧去了。是时英美法日意五国公使，统奉五国政府训令，愿为中国南北调停和议，先提出劝告书，递交北京政府。徐总统本是请他帮忙，当然心心相印，不烦琐复。五国公使，又电令驻粤领事，各向广东军政府，致书劝和，大略说是：

法、英、意、日本、美诸国政府，因见此二年内，中国内乱，已久不停，大有分崩景象，甚为悬系。此项纷乱情形，不特与外国利益有损，且致中国治安之惨祸，因此所生不靖之情，反足鼓励敌人之气，而与大战紧急之转机，妨碍中国与协和诸国实行会办之举。今该转机已成过时黄花，各国人民，正盼组织环球，以达各处人民平安公允之时，中国未能统一，则各国民应为之事，更属难为。兹法、英、意、日本、美诸国政府，对于中国大总统解决内乱之所设施，深滋冀望之怀；且对于南方各要人之态度，亦乐观其有欲和平了结，同等趋向。是以各该政府，就此声明对于北京政府及南方各要人，愿与废除个人私怀，及泥守法律之意见，一面谨慎从事，免除障碍议和之行为，一面迅以慷慨会商之行，而以法律暨顾及中国国民利益之热心为根据，寻一两造和息之路，始克使华境以内，平安统一，此各国政府同心暨殷盼之忱也。此时法英意日本美诸国政府，声明其切实赞同双方，欲解决向日分裂之争端。唯拟欲使知毫无最后干涉之策，亦无指挥或谏劝此次议和条件之意，故此项条件，必须由中国国人，自行规定所欲者。只系尽其所能，鼓励双方于所望所行各事上，达议和统一之目的。俾中国国民，对于各国，冀望重建之功所肩之责，于中国历史上更为扩充矣。特此劝告。

这篇劝告书，已经将西文译作华文，广东军政府，即用华文答复云：

两年以来，中国因内争而致国内治安及外国利益俱受损失，并使中国不能切实协助联盟国，为公道正义之竞争，军政府对此殊深痛惜。军政府对于此项协助尤为关切者，盖以其战争之主义，与法、英、意、日、美各联盟政府之主义若合符节。护法者非为个人意见，或法律细节而动干戈，实为反对武力主义，并求民主主义之得安全于中国也。国会被非法之解散（今幸仍正式开会于广州）宪法视为具文，武力派之横暴乱政，皆所以使护法者迫不得已，而以兵戎相见，伸张直道。今各友邦觉悟，欲缩短中国内争，回复和平之唯一善法，在停止供给款项于武力派，本政府极为感佩。本政府信武力派现有意言和，已经令所部各军停止进攻，且告知武力派所选出之首领，在适合地点，直接开和平会议矣。此种和平，不能苟且从事，无相当之保障，遗留势力，使将来随时复可扰乱国内和平。英、法、意、日、美各联合政府之意见，谓须根据法律及注重全国人民利益，以为调和之主旨，各政务总裁深表同情。然则此次和平，必为公正的和平，及永久的和平，庶几中国得以设立一适任及进步之政府，发展真正共和民主之政治，在国际会议上，占应得之地位。各政务总裁，感谢法、英、意、日、美各联合政府关切中国之幸福，而对于各政府希望中国在筹议世界善后，亦应列入。关注盛意，尤为深感。谨此布复。

先是徐总统与钱代总理，已得外人承认，许为调人，因即通电各省，召集督军等至京，会议办法。于是奉天督军张作霖，安徽督军倪嗣冲，直隶督军曹锟，吉林督军孟恩远，湖南督军赵倜，湖北督军王占元，江西督军陈光远，山西督军阎锡山，淞沪护军使卢永祥，绥远都统蔡成勋等，均先后到京。徐总统特在集灵囿四照堂中，作为会议场，带同全体国务员，暨参战督办段祺瑞，入堂开会。各督军联翩趋至，列席讨论，本来是党派不同，有主战的，有主和的，此番因内外交迫，主战派亦不便坚持前议，只好见风使帆，同声呼和。就是倡议平南的段督办，也以为久战无益，与徐总统表示同情。非服徐东海，实为外议所迫，不得不然。当时议定政策五条：（一）便是停战撤兵；（二）乃是应付外交；（三）是被兵各省的善后；（四）是收束军队的办法；（五）整理财政的用途。彼此讨论了大半日，即在四照堂开宴，饮酣乃散。越宿，便将议决各节，通电各省。各督军亦陆续出京，各回原任。嗣是禁募军队，饬守官方，各种弭乱求治的通令，蝉联而下。徒托空言。还有熊希龄、汪大燮等为联络协约国感情起见，特在京中发起协约国国民协会，组织就绪，推定熊希龄为会长，汪大燮及法人铁士兰为副会长。又由总统府中特设外交委员会，令汪大燮为会长，熊希龄等为委员，调查审议对外事项，凡各部署亦得派遣事务员，入会与议。此外如全国省议会、商会、教育会，亦皆推举代表，就京师组织全国和平联合会，于民国七年十二月十八日成立，宣告大众，略云：

本会联合全国省议会、商会、教育会，业于十八日开成立大会。各法团推定代表到会者，已逾过半数，本会实为完全成立，用特宣布本会进行宗旨，以告我国民。本会由全国法定团体组织而成，为真正民意机关，故对于南北和平会议，应实行共和国民应尽之职务，遇有双方冲突之点，及与大多数利益关系之处，实行发表国民真正意见，以立于第三者仲裁地位，此其一；本会对于南北双方，本无偏袒之见，唯此次南北会议，凡关于种种善后问题，均待解决，兹拟于本会内附设各种研究部，于事前预先讨论，以便将来发表民意，主张公道，不居国民会议之名，实行我第三者仲裁之本旨，此其二；本会既立于第三者仲裁地位，我国民责任之重可知，兹后计划进行，尤关重大。本会自当推出对内对外最负重望之人，主持一切，为会中之砥柱，并将本会一部分事务，移至南北会议地点，实相结合与贯彻我国民正大之主张，非达到南北真正根本和平之目的不止，此其三。凡此三大宗旨，均经本会评议部议决实行，用特宣布，深望于全国同胞，赞成本会，协同进行，除通告南北当局外，谨此宣言。

朝野上下，一致言和，饶有转危为安、悔祸求存的希望。差不多望梅止渴。但中国人往往有口无心，口中虽说得天花乱坠，心中却未必真能践言。又况各省军阀，统是意气自豪，不顾国家，专顾自己，所有逐月赋税，除拨作军饷外，多半纳入私囊，所以一做督军，便成富翁，多则千万，少即百万，百姓原不能过问，就是中央的财政部，也未敢彻底清查，只好听他一塌糊涂，迁延过去。此外如关卡征榷，局厂征收，又皆抵充外债，无从支取。看官试想，这中央政府，只有支出，没有收入，叫他如何支持？所以徐总统就职以后，仍然是借债度日，什么电话借款，什么纸币借款，表面上俱为整顿实业起见，由财政交通两总长出面，告贷东邻，暗中实多是指东话西，救济眉急。还有各种公债名义向人民借贷，不一而足。当时虽有一种定例，按期抽签，逐次还本，但也未能确昭信用。故民间所受的公债票，平时若有急需，转向他人抵押，不过三折四折，最多至五六折为止；而且中国人多不愿转受，有时反由外人出为承揽，吸收中国各种公债券，视为投机生意，以十易百，以千易万，将来好执券坐索，不怕中国政府，不将全数偿还。为渊殴鱼，总是中国人民晦气。但自中国加入欧战，外人格外帮忙，协约各国，许将庚子赔款，延期五年，然后交付。即清季拳匪时之赔款。独俄国只允延交三分之一，共计五年延交总数，约六千余万元，政府稍得暂纾困难。

但自民国成立以后，历年借债，除外款不计外，如积欠中国银行，及交通银行款项，多至八千万元以上，遂致该两银行转运不灵，钞价日跌，市面动摇。到了民国七年的残冬，简直是支撑不住。财政部无法可施，没奈何再向国民借贷，发行短期公债券，称为民国七年发交国家银行短期公债，额定四千八百万元，票面定为一万元，一千元两种，利息六厘，每年付息两次，仍用抽签法，分五年偿还，每年分作两度抽签，每届抽还总额十分之一。此项公债券，全数发给中交两银行，令他经募，募集诸款，即归还两行垫欠各账。所有公债本息，即指定每月延期赔款为基金，就中八成还本，二成付息；并援照三四两年公债办法，即将此项公债基金，按月拨交总税务司安格联存储备付。当下草定章程，提交国务会议，国务员当然通过，但教私囊无损，安往而不赞成？再呈与总统察阅。徐总统为救急计，也即指令照准。无如国库既空，民财亦尽，一国中有限脂膏，半被外人盘剥，半遭军阀搜括，穷民已不聊生，就使有几个豪绅富贾，亦怎肯毁家纾难，效那楚子文、汉卜式故事？坐是公债券无人过问，免不得硬行指派，骚扰民间，或且搭付官吏薪金。官吏统有父母妻孥，日需事畜，再加百物日昂，米珠薪桂的时候，哪堪承受这种公债券？有名无实，不能抵用，于是吏民俱困，都累得扼腕兴嗟，愁眉百结了。只有军阀各家，还算财星照临。

当时尚有一种鸦片烟，本在前清宣统三年间，由清政府与外人订约，限期戒绝，转眼间已有七八年，期限已届。上海洋商所储鸦片，数尚不少，民国七年一月间，苏省督军、省长，与英商公司妥商，立约收买，约中载明条件，乃是专供制药，并不转行销售。洋商已经允认，且愿把每箱定价，减短英洋二千元，悉数归苏省承买，统计得一千五六百箱。过了数月，驻京英美公使向外交部致书抗议，略云："苏省收买存土，不免有私下贩售，赚钱欺人等情。"又被外人查出瘢点。外交部看到来文，应归财政部理处，即将原书移交财政部。财政部调查苏省公文，已早备案，因即据实答复，具陈理由，内称："近年以来，政府对着烟禁，未尝不积极进行，只因沪滨洋商积存关栈的印药，为数甚多，不能令他过受损害，所以上年一月，由苏省督军省长与英商立约收买，专供药品，严杜吸售。今来文谓有转销等情，未免误会。查烟土制药，各国皆然，此次苏省收买存土，与宣统三年禁烟条约，并无违反情事，请即查照"云云。这项复文仍须先递外交部，然后由外交部转交英、美公使。英、美公使始终不甚相信，尚有微言。再经中国政府，特开国务会议，决定将所买存土，一并销毁，当由徐总统核准，下一指令道：

> 政府前次收买存土，专为制药之用，原为体恤商艰起见。顾虽慎加考订，限制綦严，而留此根株，诚恐易滋流弊，转于禁烟前途，不无影响。着内务财政两部，转饬查明此项存土现存确数，除已经领售者不计外，其余均由部派员督视，一律收回，汇集海关，定期悉数销毁。并候特派专员会同地方官及海关税务同等，共同监视，以昭慎重。此令。

越日，又复严申禁令道：

鸦片为害最烈，迭经明颁禁令，严定专条，各省实力奉行，已著成效。唯是国家挽回积习，备极艰难，设禁令之稍疏，愚民即怀侥幸，在稽察所不及，遗害仍恐潜滋。此次厉行烟禁，在国人固具毅力，在友邦并致热诚，倘复阳奉阴违，始勤终怠，将何以策内政之修明，而树国家之威信？兹当政治刷新，亟望荡秽涤瑕，共臻仁寿，所有前次收买存土，业经特令汇集上海地方，克期悉数销毁。国家不惜捐弃巨金，委诸一烬，凡以注重烟禁，力策进行者，当为中外所共喻。嗣后我中华人民，当益知鸦片流毒之酷，中于民生，政府禁令之严，不容尝试。凡曾犯吸食者，既经戒除，自应振作精神，力祛习染，至私种私运私售，均干厉禁，并当各懔刑章，勿贻伊戚。各地方长官，有督察之责，务各分饬所司，认真稽察，期在有犯必惩。其办理不力者，着随时纠劾，依法惩戒。本大总统以保民为重，不惮为谆谆之告诫，先哲有言："除恶务尽，"又曰："旧染污俗，咸与维新，"凡兹有众，其共勖之！此令。

两令既下，特派专员张一鹏赴沪监视焚土，一面再由外交部出名通告英、美公使。英、美公使得悉后，即电令沪上海关监督税务司，会同中国专员，督视存土焚毁。至张一鹏到沪，与江苏长官，调查买储烟土一千六百余箱，除已售出三百余箱外，尚剩一千二百余箱，悉数运至浦东，邀同海关监督税务司到场，并及地方各团体代表，统皆会齐，当场开箱查验，果非假冒，于是架薪纵火，陆续焚毁，共阅三日有奇，方将一千二百余箱的鸦片，尽付劫灰。沪上不乏烟鬼，到此可尽量一吸了。上海各国领事团，及地方长官绅商军学各团体，更组织万国禁烟会，主张限制烟土吗啡，务使除医药用途外，不得种销。乃即就销毁烟土的第一日，在沪北开会，严订条约，总道是中外同心，朝野合力，好把那数十年的毒蛊，从此永除。但究竟除绝与否，想看官具有见闻，自能察知隐情呢。只小子却有一首俚词，作为焚土的余慨，诗云：

欲除烟毒愿捐金，一炬成灰示决心。

可奈莠民偏不谅，私销私吸总难禁。

禁烟禁烟，仍旧有名无实，或包运，或偷销，时有所闻，政府不得不再行查缉，从严办理。欲知如何设法，待至下回表明。

议和足以安民，禁烟足以祛毒，两事俱为美政，徐东海上台之初，首先注意，着手进行，宜乎为中外所属望，交口赞同也。况集灵囿之会议，主战派亦有悔祸之心，上海滩之焚烟，领事团且有开会之助，祝南北之统一者在此，起斯民之膏肓者亦在此，岂非中华民国之一大转机，饶有革新之望乎？乃观于后来之结果，俱乏成效，屡次议和，而冲突如故，屡次禁烟，而吸售如故，徒见长官之忙碌而已，徒见存土之焚销而已，天岂未欲平治民国耶？何事与愿违若此？至若债务之日增，吏民之两困，元气已枵，如何持久？有心人固杞忧无已矣。

第一百二回　赞和局李督军致疾
示战电唐代表生瞋

却说徐总统有志禁烟，特命将上海存土，悉数毁去，再加万国禁烟会严禁种销，也算是竭诚办理。偏包运偷销的奸民，专知牟利，不顾大局，事为徐总统所闻，因复饬令严查道：

> 近今烟禁綦严，乃以厚利所在，莠民奸商，多方尝试，甚至有假冒军人，由各路包运销售情事，似此违禁营私，肆无忌惮，若不严行查缉，则禁烟要政，直同虚设，于国家前途，影响至巨。本大总统治军有年，凡隶军符，夙知国纪，岂容佥壬影射，玷我戎行？嗣后应责成各省督军省长，遴派专员，会同各税关严密查禁，无论是否假冒军人，但遇有包运烟土，亟应切实拿办，勿任漏网！其京奉、京汉、京绥、津浦各路，为近畿绾毂之地，尤应切实侦缉，着京师军警督察长马龙标，督饬所属干员，随时梭巡稽察，一面由交通部通饬各路警员，襄同认真办理。一经查获，即予尽法惩罚，查出烟土，悉数焚毁，仍当侦查明确，勿得扰累行旅。经此次通令之后，凡我邦人，当知令出唯行，除恶务尽，其各涤瑕荡秽，力袪旧染，用副保民除害之至意！此令。

未几，复有禁运吗啡的严令，大致与禁烟相同。但天下事，往往法立弊生，立法时均欲求效，偏效力未睹，弊已百出。各处铁路的站旁，环列警察，调查来往客商，镇日里翻箱倒箧，闹个不休，或且搜检身上，视客商如盗贼一般，客商稍有忤意，便即狐假虎威，任情凌轹。甚至私出鸦片烟，掷入旅客行箧，硬指他为偷带禁物，拘入警署，威逼苛罚，取财入私。可怜遭害的客商，不能与抗，只好忍气吞声，倾囊相赠，还要索得保人，方准释出。这真是行路艰难，荆天棘地，较诸前清时代，交通无阻，任从客便，试问是谁利谁不利呢？尤可恨的，是真带鸦片吗啡的人犯，反得贿通警察，由他过去。又有军队过境，借军阀作靠山，虽满身藏着鸦片吗啡，警察亦不敢过问。有几处乃是军警串通，联络一气，所赚厚利，彼此分肥。再加各省军官，多半染着盘龙癖，以芙蓉膏为性命，半榻横陈，吞云吐雾，虽经中央政府，禁令煌煌，彼且视若弁髦，毫不少悛。又或借此取利，暗中授意左右，包运包销。俗语说得好："袖大好做贼，"威灵显赫的军阀家，作奸舞弊，何人敢来侦查？试看徐总统所下禁令，尚说是佥壬影射，未敢显斥军官，如此军阀滔天，横行无忌，还要问什么烟禁有效无效呢？慨乎言之！这且搁过不提。

且说钱代总理能训，摄职两月，当由徐总统提出咨文，交与参众两院，征求同意。两院照例投票，钱得多数，因即复咨总统府。徐总统便下明令，特任钱为国务总理。钱既正式秉政，当然要重组内阁，自将内务总长的兼职，递呈告辞，此外一班国务员，连带辞职。旋经徐钱两人，商定后任国务员，再向参众两院咨问，是否同意，竟得相继通过，乃再经下令，仍使国务总理钱能训兼任内务总长。外交总长一缺，亦令陆征祥原任。唯因陆赴欧议和，未到任时，由次长陈箓，代理部务。司法总长朱深，教育总长傅增湘，海军总长刘冠雄，亦均继任。交通总长曹汝霖，本兼财政总长，此时免去兼职，但令曹主交通部，另授龚心湛为财政总长，独撤去陆军总长段芝贵，改用了一个靳云鹏。新内阁既皆任定，乃再从事内外和议，添派外交委员顾维钧、王正廷、施肇基、魏宸组四人赴欧，与前遣的外交总长陆征祥，同为巴黎和会见前回。全权委员。一面令朱启钤南下江宁，作为南北会议全权代表，会同江苏督军李纯等，开始议和。广东军政府，也推选政务总裁唐绍仪，做了南方总代表，行次上海，不肯过往江宁。两下争执和会地点，又费了一番笔舌，复经江苏督军李纯，曲为调停，请朱启钤移往上海，允从南方所请。朱为速和起见，因亦许诺，时已为民国八年二月间了。李督军因再发一通电，宣告中外道：

> 时局纠纷，垂及二稔，幸赖内外上下，一德一心，舍己从人，共谋宁息。护国者知法坏而国无由立，护法者知国坏而法亦罔存，遂以和平之公理，共谋善后之解决。纯与湖北王督军，江西陈督军，内承中央政府之指挥，外荷西林即岑春煊。武鸣即陆荣廷。诸公之启迪，黄陂、河间、合肥暨在位英俊，在野名贤，随时指导维持，经迭次之洽商，得各方之同意，议定开一会议，双方各派总代表，解决法律事实等项问题。比由朱桂莘、唐少川两总代表商定于本年二月二十日在上海开会。是纯与王、陈两督军二年以来，千回百折，所希望于护国护法两方面，有两全而无两伤者，幸已达其目的，遂其请求，凡所担任，已可告一结束。嗣后解决各项问题，总代表与各代表诸公，皆一时人望，必有可以慰吾侪之具瞻，副人民之心理者。纯唯当与居间诸君子，洗耳听之，拭目俟之。鲁仲连有云："所贵于天下之士者，为人排患释难，解纷乱而无所取也。"窃愿会议诸公，本良心上主张，从根本上救济，为国家谋长久，为人民谋福利，期有以善其后而已。浮图七级，重在合尖，为山九仞，功亏一篑。纯仔肩虽卸，愿望正殷，苟其义不容辞，力所当尽，敢不从诸君子之后。更愿当代弘达，布所蕴蓄，同力匡扶，弼成郅治，则尤纯所馨香祷祝也。谨布悃忱，伏唯鉴照！

看此一电，李督军的苦心孤诣，亦可想见。当下派定会议办事处干事数十人，充当朱总代表的差遣。各干事均来谢委，正由李纯出来接见。坐谈未竟，那朱总代表亦来拜会。复经李纯迎入别厅，略谈数语，复出与干事接洽。各干事并出厅站班，李纯向他摇手，似叫他不必客气，且口中方说出"各位"二字，不防脚下一绊，竟从第一层台阶，跌至第四层台阶，直挺挺的仰卧台阶面上，背骨被第一层台阶所硌，忍不住疼痛起来，一时不便呼号，只好闭目熬住。嗣经从役将他扶起，勉强在廊下缓行数十步，舒动筋骨。各干事见此情形，只得告辞。李纯复慢慢儿回入别厅，再与朱总代表谈话片时，朱始别去。

纯素性坚忍，尚以为稍稍痛苦，不必多虑，又往签押房批览文件。到了午刻，背骨越觉加痛，乃趋入内室，取饮舒筋和血的药酒，大约数杯，继以午膳，然后睡息了两三钟点。至起食夜餐，仍照午膳办法，是夕尚得安睡。越宿醒来，觉得腰背酸疼得很，再加两胁气痛，以致不能起床。麾下僚属，闻知督军有恙，自然前来请安。适警察厅中有张医官，素精按摩各术，大众统交口保荐，请李纯召入医治。纯乃将张医官召至军署，先令亲吏传述病状，与他讨论，嗣闻他确有心得，乃引入上房，嘱用手术疗治。张医官问及事前种种情状，并倾跌后种种感觉，纯历述无遗，即由张医官诊视脉象，并替他前后按摩，果然胁间气痛，较前舒快。张医官方说道："失足跌倒，七日内必发酸痛，这乃当然的事情。而且仓猝跌倒，因痛闷气，害得两胁气痛，亦是寻常病患，毋庸深忧。"纯不待说毕，便诘问道："此外果无别症吗？"张医官答道："此乃失足致跌，与风火痰三种症候，毫无关系，但教用止痛和血的药料，按穴敷治，再施运舒筋顺气的手术，逐日抚摩，待阅一星期，自然痊可了。"张医官颇有经验。李纯点首称善，遂命张医官如法施治，一面乞假静养。过了七日，疼痛虽已减轻，举动还未能复原，直延至旬月余，始得告痊，这也是翊赞和议中一段轶闻。恐即是不祥之兆。唯当李纯告假时，朱总代表启钤等，已赴上海，履行开会期约，借上海旧德国总会为会场。二月二十日上午，南北总代表各引分代表等，同莅会所，衣冠跄济，秩序雍容，相见无非旧识，两派并聚一堂，差不多与辛亥会议相似。彼时唐为北方代表，此次却易北为南。少川少川，可曾回忆七年前情事否？当时列席诸公，姓氏如下：

（北方总代表）朱启钤（分代表）吴鼎昌　王克敏　施愚　方枢　汪有龄　刘恩格　李国珍　江绍杰　徐佛苏

（南方总代表）唐绍仪（分代表）章士钊　胡汉民　缪嘉寿　曾彦　郭椿森　刘光烈　王伯群　彭允彝

开会伊始，不及议款，但两总代表依次表明宗旨，先由南总代表宣言云：

国内战争，至今日告一结束，但推厥祸源，外力实有以助长之。盖武人派苟不借助外力，则金钱无自来，军械无从购，兄弟阋墙，早言归于好矣。何至兵连祸结，延至今日，使人民痛苦，至于此极？今北方已经觉悟，开诚言和，舍旧谋新，请自今始！

南总代表宣言甫止，北总代表也即宣言道：

民国成立以来，国家政权，多提于武力派之手，故战争纷乱，迄无宁岁。迩者时势所趋，潮流所迫，将化干戈为玉帛，换刀剑以犊牛，一切干羽戈矛，皆应视为过去陈旧之骨董，后此战争，当无从再起，和平统一，请视诸斯。

宣言俱毕，两总代表与各代表均起座，向着国旗，欢呼中华民国万岁！和平统一万岁！极力为下文反射。嗣复闲谈数语，各随意取食茶点，便即散席。越日，始开正式会议。南方总代表唐绍仪，首先提出陕西问题，要求撤换陕督陈树藩。原来南方民党于右任，曾入陕西境内，纠合党徒，与陈树藩互相争论，致起战争。树藩本段派健将，不肯容留民党，占据片土，因此屡攻于军。于军亦不甘退让，相持未下。徐政府虽已通令停战，但于陕西一方面，不甚注意。且陈树藩靠着段氏势力，玩视中央命令，自由行兵，所以唐总代表首先质问，迫令将陕督撤换。此外尚有闽鄂冲突等情，亦曾连类谈及，但尚未及陕西的紧要。北方总代表朱启钤，愿转达中央，即席草就电稿，着人拍发，请政府速令陕督陈树藩停战。此外所议各件，如八年公债，参战借款，以及湘督张敬尧仇视民党等情，尚没有极大辨难。或拟电京问明，或拟电湘阻止，否则交付审查，决诸后议。越日，得徐政府复电，谓已特派妥员张瑞玑，赴陕监视，实行停战。于是两总代表又复会议，彼此商榷，决用和会名义，致函张瑞玑，催他即日赴陕，监束两方军队，以便和议早日结束。当下函电并发，约俟陕战实停，再申余议。两下便又散归。又越两日，再行开会，两总代表相见后，南方总代表唐绍仪，取出陕西于右任来电，声言陈树藩部下刘世珑，仍率众进攻于军，如此情形，显背和议，应归北方担负责任。朱总代表只好申电陈请，权词相答。又越二日，唐绍仪又邀朱启钤赴会，取示于军失去盩厔的警电，累得朱总代表无可容喙，但言政府如不速停陕战，自当辞职以谢。再越二日，已是二月二十八日了，唐总代表至会议席上，竟向朱总代表，抗议陕西战事，限期四十八小时答复，也是一篇哀的美敦书。说毕即去。朱总代表自觉中央理屈，未便议和，特与各分代表，全体电京。请即辞职，徐政府复电慰留，并令陕西一体停战。令文有云：

陕西兵燹频年，疮痍满目，眷言民瘼，轸念殊深。亟应促进和平，早谋安集。前由国务院依照协定办法，通饬停战划防。已派张瑞玑驰往，监视区分，务在一律实行，克期竣事。各该将领，自应共体斯意，恪遵办理。倘或奉行不力，职责所在，不得辞其咎也。此令。

徐政府虽决意停战，始终谋和，但陈树藩仍未遵令，备战不休。南方总代表唐绍仪，且得于右任亲笔书函，谓："陈树藩密奉参陆处电文，促令进攻，故北京运陕军械，或由参陆处，或由汉阳兵工厂，次第出发，络绎不绝"云云。唐总代表乃复提出宣言书，归咎北方，中止和议，是为第一次和议停顿。江苏督军李纯，得知消息，很是愤闷，因力疾起床，特拟定办法五条，电陈中央请行。徐总统原无他意，不过为安福系所牵掣，未能贯彻主张，既得李纯电请，自然照准。李纯又电达广东军政府，请求同意，随即通告全国云：

万急。北京国务院，各部院，广州军府各总裁，保定曹经略使，各省巡阅使，督军，省长，都统，护军使，海陆军各司令，南京朱总代表暨代表诸公，上海唐总代表暨代表诸公，永州谭月波、组庵两先生，衡州吴将军均鉴：近月以来，和平空气布满全国，因善后之解决，有会议之盛举。既经中央复准，各方赞同，双方各推总代表、代表，亦均先后分莅宁、沪。唯以中央颁布停战罢兵令，广东军府亦通令停战罢兵，各省虽皆奉行，而陕、闽、鄂西等处，尚有纠葛，经多次之协商，定简捷之办法：（一）陕、闽、鄂西双方，一律严令实行停战。（二）援闽援陕军队，即停住前进，担任后方剿匪任务，嗣后不再增援。（三）闽省、鄂西、陕南，由双方将领，直接商定停战区域办法。签字后，各呈报备案。（四）陕省内部，由双方总代表，公推德望夙著人员，前往监视区分。（五）划定区域，各担任剿匪卫民，毋相侵越。反是者国人共弃之。此上五条，均陈奉中央允准，电得广州军府同意，即日双方通令，按照实行。所有陕、闽等问题，指日解决，会议即可进行。知关廑念，特此布闻！

自经李督军通电后，上海和会又有复活的趋向。再经朱总代表启钤，函致陕西陈树藩，并及于右任，竭诚劝解，为赓续和议地步。就是中外舆情，也多方敦促，催令速议。只南方总代表唐绍仪，因未得陕省停战确闻，尚未便与北方议和，连日托词称疾，杜门不出。冤冤相凑，又有一种外交刺激，从海外传入中华，遂致群情大愤，竞起诋诽，东也噪，西也闹，反把上海和会，视为缓图。正是：

内地欃枪犹未靖，外洋波浪又重生。

究竟外交刺激，从何而生，容待下回再详。

督军如李秀山，尚为军阀中之有心人，故本回具述其求和之苦心，并及当时致仆情状，为世间之凉血动物，作一龟鉴。朱启钤之平时行谊，虽不甚卓著，然观其赴沪议和，犹非悍然不顾公议，自作主张。陕战未停，曲在陈树藩，陈无大过人之才力，乃敢违背中央命令，备战不休，此非有人煽使，谁其信之？天下方日望和平，而主战派乃好为播弄，必欲破碎河山，涂炭生灵而后快。甚矣其惑也！鸡鹜相争，终无了期，虽有文治派之徐世昌，亦奚补乎？而李督军则更枉费苦心矣。

第一百三回　集巴黎欣逢盛会
争胶澳勉抗强权

却说外交总长陆征祥，奉命赴欧，参与和会，嗣又有顾维钧、王正廷、施肇基、魏宸组，依次续发，同充巴黎和议全权委员。陆征祥到法国时，各协约国所派专使，先后驰集。既而顾、王、施、魏各委员，亦皆踵至，共计列席会议，得二十七国使人。全权大使，约有数十，代表及秘书等，不下数百，好算是五大洲中，空前绝后的盛会。当时会中议定各国列席委员，多寡不一。中国指定两人，除陆总长外，余四人得轮流出席。小子闻得和会组织的大略，开列如下：

美国专使列席得五人。英国同上。法国同上。意国同上。日本同上。比国三人。波利维亚一人。巴西三人。中国二人。古巴一人。厄瓜多尔一人。希腊二人。危地马拉一人。海地一人。汉志国二人。即阿剌伯国。哄都拉斯一人。里卑利亚一人。巴拿马一人。秘鲁一人。波兰一人。葡萄牙二人。罗马尼亚二人。塞尔维亚三人。暹罗二人。捷克斯洛伐克二人。乌拉圭一人。

和会中正副会长

会长　法人克勒孟沙

副会长　美人蓝辛　英人劳合乔治　意人欧兰都　日本人西园寺侯爵

协约国最高议会中会长会员

会长　法人克勒孟沙

会员　美总统威尔逊　蓝辛　英人劳合乔治　贝尔福　法人克勒孟沙毕勋　意人欧兰都　沙尼诺　日本人西园寺侯爵　牧野男爵

据上所列，已见得和会大权，实为美、法、英、意、日本五大国所把持。中国专使，虽得列席，已等诸自郐以下，无足重轻。就中对于德、奥两国，如何赔偿损失，如何割让土地，如何放弃权利，如何撤除兵备，统归五大国主张，中国专使，几无容喙余地。堂堂古国，如此倒霉，岂不可耻？唯关系中、德事件，始准中国与议，但也须由五大国决定，大致如下：

（一）德国对华，放弃由一九〇一年拳匪条约而得之各种特别权利与赔款，与其在天津、汉口德租界，及其他中国境内，除胶州外，所有之房屋码头营房炮台军火船只无线电台及其他产业，唯使署领署不在其内，并允将一九〇〇年与一九〇一年所夺取之所有天文仪器，一律归还中国。

（二）中国未经署名于拳乱条约之各国同意，不得施行处分北京使馆界内德人产业之计划。

（三）德国承认放弃汉口与天津之租界，中国允准两处租界，辟为万国公用。

（四）德国对于中国，或对于任何与国之政府，不得因在华德人被幽禁或被遣回，及因德人利益于一九一七年八月十四日被没收或被清理之故，而有所要求。

（五）德国放弃其在广州英租界内之国有产业，让与英国。并放弃上海法租界内德人学校之产业，让与中、法两国。

这五项条约，讲到平允二字，已不甚合。德国既放弃在华权利，为什么除开胶州？北京使馆内德人产业，例应归中国处分，为什么应得署约各国同意？汉口与天津租界，为什么要辟作万国公用？广州英租界及上海法租界内的德国产业，为什么让与英、法？这岂不是鹬蚌相争，渔翁得利的明证吗？大声疾呼。又有一种关系山东条件，由日本专使西园寺侯爵等提出和会，硬要占利。美、法、英、意诸国，明知日本恃强欺弱，但与自己无损，哪个肯替中国帮忙，代鸣不平？弱国无公法。当由日使拟定约文道：

（一）德国以胶州各项权利所有权特别权利，与因一八九八年三月六日与中国立约及其他关于山东条约而得之铁路矿产海底电线，让与日本。

（二）属于青岛至济南铁路之德国各项权利，连同器用矿权开掘权，一并让与日本。

（三）自青岛至沪及烟台之海底电线，亦让与日本，免偿其值。

（四）胶州德国国有之一切动产与不动产，亦归日本所有，免偿其值。

胶州是我中国的胶州，青岛是我中国的青岛，从前清光绪二十四年间，为了一个德国教士，在山东曹州地方，为华民所害，德国政府即派兵来华，占据胶澳，清政府无法拒绝，不得已将胶澳租与德国，定期九十九年。嗣是德人筑路开矿，竭力经营，至欧战开手，中国宣告中立，日本独不顾公法，破坏我中立国章程，竟出兵攻夺胶澳，且将德国所有路权矿权，悉数占领。彼时日人曾向中国声明，谓将胶澳租借地移交日本，以备日后交还中国云云。木屐儿专使此等伎俩。中政府一再抗议，均归无效。后来袁项城热心帝制，乞援东邻，驻京日使，遂提出二十一款的要求，包含胶澳全境在内。袁项城自讨苦吃，没奈何与他签约，但约文中尚有交还胶州湾，待诸战后解决字样。此次战事已了，各协约国为公道主义，组织和平大会，理应将德国租占地，归还中国，方算得公正无私，为何日使眈眈，竟视胶澳为囊中物？曩时尚声言交还，到此竟说出“让与”二字，不但有违公理，并且自食前言。美、法、英、意诸国，作壁上观。那时中国专使陆征祥等，忍无可忍，只好当场抗议，先提出山东问题说帖，缴入和会，凭诸公判。说帖中文字甚繁，小子不便直录，但撮举大要，胪列如下：

（甲）德国租借权，暨其他关于山东省权利之缘起及范围。

（一）租借之缘起。（二）租借地之范围。（三）德国之路矿权利。（四）中国之铁路警察权。（五）德国对于铁路借款之优先权。

（乙）日本在山东军事占领之缘起及范围。

（一）日本之对德宣战。（二）日本军队在租借地，及百里环界以外之龙口地方登岸。（三）中国宣言划出特别行军区域。（四）日本收管青岛之中国海关。（五）日本对中国二十一条之要求，暨一九一五年五月二十五日关于山东省之条约。（六）沿铁路之日本民政权。（七）一九一八年九月二十四日之铁路借款草合同及换文。即济顺及高徐两路草合同。

（丙）中国何以要求归还？

（一）胶澳租借地，素为中国领土中不可分拆之一部分。从前中德租借条约中，本有主权仍归中国之明文，今德国既放弃权利，当然归还中国，以彰公道。（二）胶澳居民，种族语言宗教，均完全属于中国，既得脱离德国关系，自不愿再属他国。（三）山东为中国文化所肇始，孔、孟两圣贤，诞生此地，人民称为圣域。胶澳为山东属境，既得由德国收回，何能辗转让人？（四）山东居民稠密，不能再容纳他国人民。前时德国逞横暴势力，据有胶澳，今彼既遭天忌，自弃权利，山东百姓，方庆其苏，不堪再受他国朘削。（五）山东一省，备具中国北部经济集权之要则。胶澳地居海口，尤关重要，将来必成为中国北部外货输入土货输出之要路。若植立外国势力范围，适与门户开放主义，互相背驰，中外通商，必交感不便。（六）胶澳为中国北部门户之一，胶济铁路，至济南接津浦，可以直达北京，即自旅顺大连至奉天，直达北京之铁路，亦与胶澳相近。中国政府为固圉计，久欲杜绝德人之蟠踞青岛，今经德人放弃，中国深愿收回此地，自巩国防。（七）和平大会中，以该租借地及附属权利之问题，悉还中国，不特德国肆意横行之罪恶，借以矫正，且各国在远东之公共利益，亦借以维护。否则山东人民，前拒后迎，势必不乐，或致激成剧烈之行动。即他国亦必与将来移转权利之国，互相龃龉，是与日本攻击青岛时，宣言巩固东亚长久稳固和局之用意，难以相容。亦与英日同盟之宗旨，所谓护中国之独立完整，守各国在华商工业机会之原则，亦不相符合。何以彰中外之大信？何以保远东之永久和平？

（丁）何以应直接归还？

（一）程序简单，不致滋生枝节。且中国参战以后，得向德国直接收回青岛，及山东权利，既足以增我国家之光荣，复足以彰友邦维持正义公道之原则。(二)中国政府，非不知日攻青岛所损失之生命帑款，为数亦巨。但日本固宣言战争之目的，在使远东和局，不为德人所危害，目的既完全达到，则虽有所牺牲，亦必不惜，宁有加惠中国反自取怨之理？(三)日本以军事占领青岛及所有权利，不过暂时办法，究不能因此而终得所占土地或产业之主权，以与共在战事中之中国权利相抗。(四)一九一五年五月二十五日，中国与日本订立关于山东省之条约，中政府本所不愿。经日本送递最后通牒，勉强承认，以待和平会议为最后之修正。况所订条文，日本并未获得关于山东租借地与铁路暨他项德国权利。不过得有保证，谓所有关于德国权利利益让与之处分，倘经日本与德国协定，中国即当承认云云。彼时中国尚为中立国，日本系设想中国始终中立，不能参与最后之和平会议而言。今中国早加入战局，有列席和议之权，则该约设想之情形，固已根本改变，不得视为有效。(五)中国宣言布告，曾声明从前中德所订之条约，一律废止，是德国所有租借地与一切权利，当然在废止之列。既已废止，领土权即回复于中国。且与德人订约租借时，本有不准转租之明文。即一九〇〇年之中德胶州铁路章程，亦有中国国家可以收回之规定，依约办理，德国无转让第三国之权。中国既得收回领土，亦当然不能让与他国。

最后又有一段总结云：

中国鉴于上列各理由，深信和平会议，对于中国要求胶澳租借地胶济铁路，暨关于山东省之他项德国权利之直接归还，必能认为合于法律公道之举。苟完全承认此项要求，则中国政府人民，对于诸国秉公好义之精神，必永永感激于无涯，而对于日本，必且加甚。此一举也，不特日本与诸友邦所愿维持之中国政治之独立，与领土之完整，借以巩固，而远东之长久和局，亦借此新保而益坚矣。

此项说帖，递入和会，会长克勒孟沙，方将说帖出示，日本专使西园寺侯爵等，怎肯退让，自述从前攻取青岛，如何损失，并讥评中国参战，并没有什么助力，不过办运些须粮食，派遣几个工役，便算了事。今日所得利益，不啻百倍，还想与我争回青岛，这真叫做不度德，不量力，妄事请求，不值一睬云云。在会诸人，见日使很是忿激，也不便参入异议。唯美总统威尔逊，略加劝解，援照德国前约，谓领土权应属中国。日使遂接口道："我国并不欲长据胶澳，自愿将胶澳领土权归还中国，唯行军所受损失，中国可能悉数偿还吗？中国既不能偿还，便应该将从前德人所有的权利，归与我国享受，这乃是公允办法，我国并没有意外要求哩。"英法各国专使，多随口赞成。以强护强，应有此态。美总统亦不便与争，付诸一笑罢了。

是时意国代表欧兰都等，为了亚得里亚海沿岸问题，与美总统意见不合，致有违言。亚得里亚海，在意大利东北，海口有阜姆一埠，为通商出入要枢，意国欲据为己有。唯美总统威尔逊，以为匈牙利、波希米亚、罗马尼亚、南斯拉夫诸国，均与阜姆相近，应该享有出入权利，不应专归意国。意使极力反对，甚至欧兰都等宣告退出和会。所以和会中主持，只有法、美、英、日本四国，主持各议。日本与中国互争胶澳，中国不能敌日，法、英又皆左袒日人，美总统虽略存公道，也因口众我寡，未便坚持，因此逐日延宕，竟把中国专使的说帖，置诸高阁。嗣经中国专使陆征祥，入会敦促，乃由会长克勒孟沙，与美总统威尔逊，英专使劳合乔治，作为领袖，再集议胶澳问题。日使西园寺侯爵等，坚执前议，一些儿不肯让步。法、美、英三国，乐得袖手旁观，任从日本自由处置。中国专使陆征祥等，智尽能索，不得已再向和会中提出抗议，申明意见。小子有诗叹道：

徒将笔舌抗凶锋，力薄如何望折冲。
益信外交唯铁血，一强一弱总难容。

欲知陆专使等如何说法，且至下回录叙。

巴黎会议，列席者得二十七国，而俄罗斯不在其列，良由俄国内乱，政府屡易，各国或承认于其前，未尝承认于其后，故遂为之阙席耳。胶澳之争，日本代表，借口于前日军事之损失，必欲承受德人之旧有权利而后快。然德国既已战败，屈服于和议之下，则从前即无日人之行军，亦当放弃固有之权利，将胶济归还中国，宁必待日人之占领乎？况日人固尝破坏我国之中立，乘机攫取，显违国际公法之惯例，所有牺牲，莫非自取，公法家固不应袒日也。中国专使之抗议，义所当然，而日人乃恃强而凌弱，英法亦欺弱而袒强，持公如威尔逊，尚不欲为不平之争，谁谓世界中尚有公理耶？国不竞亦陵，何国之为？我国人盍亟起反省，毋徒怨外人为也。

第一百四回　两代表沪渎续议　众学生都下争哗

却说胶澳问题，已由中国专使提出说帖，经法、美、英三国申议，仍不能使日本让步，反教日本自由处置，中国专使陆征祥等，不得不再行抗议，词意如下：

按德人之占据山东权利，始于一八九七年，当时普鲁士武人，借口小故，强迫中国让与，显系一种侵犯手段，华人至今不忘此耻。今三大国若以此项权利，移让于日，是承认侵犯手段为正当矣。况日本在南满与蒙古东部，业已十分猖獗，今若加以山东为日所有，则日本可在北京出口之水道，即直隶海湾之两岸，巩固其地位。且得霸据直达北京之三大路线，从此北京将为日本势力所环绕，不亦大可惧乎？中国于一九一七年向德、奥宣战，加入协约，所有中国与德、奥前订各约一律取消，然则德国权利，当然归还中国。且中国之宣战，曾经协约及共同作战各国政府正式承认。及今三国大会议，解决胶州与山东问题，反将前属于德人之权利，让给日本，由此可见大会议所让给与日本之权利，在今日已非德人所有，乃纯粹之中国权利。且中国亦协约之一，并非一敌国，中国在协约中，固较懦弱，但总不能以敌国待之。抑有进者，山东为中国之圣地，孔、孟之教深入人心，我中国人视山东为文化之发祥地，焉肯轻让于外人？至于三大国会议，既有归还中国之意，何以第一步，必将该地移让与一外国，然后由该外国自愿，再将该地归还原主？此种重叠手续，不知何所根据？代表等早知日本之要求，系根据一九一五年之中日条约，及一九一八年之交换文件。但一九一五年时，中国所以签约者，实为强权所迫，世人常忆日本提出哀的美敦书，强迫中国承认二十一条要求，否则大战立见于东亚。再一九一八年之交换文件，乃因日本允许撤退山东内地之日兵，并取消各民政署。代表等亦知三大国所以议定如此解决者，实以英法曾于一九一五年二月三日，允许日本在和会席上，助其夺得德人在山东之权利。然当时此等密约，双方订结，中国并未加入。其后协约国劝中国参战，亦未曾将密约内容，预先通告。及中国于加入协约之后，直至今日战争了结，和约告成，中国反为各大国之商议品与抵偿品，其何以堪？或曰：大会议之认可日本要求，乃所以保全国际同盟也。中国岂不知为此而有所牺牲？但中有不能已于言者，大会何以不令一强固之日本，放弃其要求，（其要求之起点，乃为侵犯土地。）而反令一软弱之中国，牺牲其主权？代表等敢言曰：此种解决方法，不论何方面提出，中国人民闻之，必大失望，大愤怒。当意大利为阜姆决裂，大会议且为之坚持到底，然则中国之提出山东问题，各大国反不表同情乎？要知山东问题，关于四万万人民未来之幸福，而远东之和平与利益，皆系于是也。

这一篇抗议书，比前次较为激烈，也是由中国专使陆征祥等，情不能忍，不得已有此文牒，为声明公理起见。无如世界中只论强弱，不论公道，任你舌敝唇焦，总敌不过强邻气焰，日本专使只付诸不睬，英、法、美各国，也袖手旁观，怎能如意国专使，为了阜姆问题，退出和会，几至决裂？后来仍由英、法、美三国代表，请意国代表再入和会，曲为调停，可见得中华积弱，事事逊人，为什么军阀政客，不思协力图强，尽管争权夺利，内讧不休哩？虽有晨钟，唤不醒军人痴梦，奈何？

即如上海南北和议，自从南方代表唐绍仪，宣言中止，停顿至一月有余。江苏督军李纯，苦心调护，提出办法五条，请令双方允准。见前回。唐代表尚因未得陕省确闻，逐日延宕。嗣经张瑞玑入陕报告，谓已确实停战，江督李纯，又邀同鄂、赣二省，迭电敦促。甚至上海五十三公团，联成一气，催迫南北总代表等，赶紧议定和局，方可一致对外。于是南方诸代表，也为环境所逼，未便再行停顿，乃于四月四日间，在唐总代表寓宅内，自开紧急会议，决定和议再开，函告北方总代表朱启钤等，约七日起，继续开谈。朱总代表当然照允。到了四月七日，两总代表及各代表，又复齐集，先开谈话会，核定会议程序，至晚未毕。越日，又复续核，大致粗了。代表中或主张扃门会议，免得人多语庞，徒滋纷扰，北代表多数赞成，唯南代表却多数反对。结果是双方协议，虽不必定要扃门，但除代表以外，闲人不得擅入。门外委警察严加逻守，慎重关防。自四月九日正式开议，南北代表，均将全部议题提出，互相讨论。当时各守秘密，未曾宣布。嗣逐日审查，集议了好几日，惹得上海一般社会，统想探听会议消息，是否就绪，怎奈会中讳莫如深，无从察悉。但据各通信社特别传闻，只说南代表所提，计十三项，另附悬案六项，北代表所提，计大纲两项，节目八项，讨论结局，双方议题，并作国会、军政、财政、政治、善后、未决等六项。究竟一切底细，无人能详，所有谣传，无非捕风捉影，想象模糊呢。

延至五月初上，尚没有什么确闻，大众诧为异事。公事不妨公言，何必守此秘密。忽由都中传出警电，乃是各校学生，为了巴黎和会中的山东问题，大起喧哗，演成一种愤激手段，对付那亲日派曹、章、陆三人。就中详情，应该表白一番。从前中日各种合同，多经曹、章、陆三人署名，海内人士，已共目他为汉奸。就是留学日本诸学生，亦极力反对章宗祥。此次巴黎会议，中国专使陆征祥等赴欧，道过日本，日人即向章问明陆意，章曾夸口道："陆与我素来莫逆，谅不致有何梗议哩。"日人满意而去。哪知征祥去后，政府又续遣委员数人，如王正廷、顾维钧等，轮流出席，在巴黎会议中，极力反抗山东问题，且致章与日本所订之山东两路合同，即济顺及高徐两路。亦遭打击。章恐无词对日，乃暗与曹汝霖通信，拟运动政府，召回顾、王，自去代充委员。曹得信后，即力为设法，并召章回国，章便拟起程西归。偏被上海时事新报，及东京时事新闻，探悉密情，骤然登出。留日诸中国学生，激起公愤，即欲发电攻章。因日本电报局不肯代拍，乃邮致上海各报馆各机关各团体，请他宣布，略云：

顷据上海时事新报，及东京时事新闻载，章宗祥此次回国，入长外交，出席巴黎和平会议，改善中日和会关系，同人闻之，不胜骇异。章宗祥自使日以来，种种卖国行为，罄竹难书。幸今日暴德已倒，强权屈服，正义人道，风靡全球，吾大中华民国全体国民，方期于欧洲和平大会，战胜恶魔，一雪国耻。苟两报所载不虚，则是我政府受日奴运动，倒行逆施，以卖国专家，充外交总长，兼欧洲和平会议代表，势非卖尽中国不止。同人一息尚存，极力反对，并将颈血溅之。贵报贵机关贵团体，素来仗义敢言，众所共仰，伏乞唤起舆论，一致反对，庶么魔小丑，不容于光天化日之下，俾东方德意志，亦得受最后之裁判。中华民国幸甚，世界和平幸甚。

上海各报馆，依电照登，曹、章两人的密谋，越致揭露。章经此一阻，又欲逗留。适政府已传电促归，暂命参事官庄景珂代理，章不得不行。且默思到了京都，总有良法可图，乃收拾行李，启程归国。至东京中央新桥车站，将挈爱妻陈氏登车，突有留学生数十人，踉跄前来，趋近章前，佯为送行，随口质问，历数章在任时，经手若干借款，订立若干密约，究有多少卖国钱带了回去？章宗祥连忙摇首，极口抵赖。无如留学生不肯容情，竟起而攻，好似鸣鼓一般。章虽脸皮老厚，也不禁面红颈赤，无词可答。难免天良发现。幸亏日警从旁排解，方将一对好夫妇，送入车中。留学生尚在后大呼道："章公使！章宗祥，汝欲卖国，何不卖妻？"妙语。章妻陈氏，听了此言，更不觉愧愤交并，粉脸上现出红云，盈盈欲泪，只因车中行客甚多，未便发作，没奈何隐忍不发。及车至神户，舍陆乘船，官舱内分门别户，彼此相隔。陈氏彦安，怀着满腔郁愤，不由的发泄出来，口口声声，怨及乃夫。章宗祥任她吵闹，置诸不答。陈氏且泣且詈道："我父母生了我身，本是一个清白女子，不幸嫁与了汝，受人污辱，汝想是该不该呢？"欲免人污，何如不嫁。章至此亦忍耐不住，反唇相讥道："人家同我瞎闹，还无足怪，难道汝为我妻，也来同我胡闹么？"陈氏道："汝究竟卖国不卖国？"宗祥道："汝不必问我。就使我是卖国，所得回扣，汝亦享用不少，何必多言。"不啻自招。陈氏尚唠唠叨叨的说了半夜，方才无声，但已为同船客人，约略听闻。及船已抵岸，陈氏而上，尚有愠色，悻悻上车去了。

章既入京，遂与曹汝霖、陆宗舆等，私下商议，还想调动顾、王，一意联日。相传曹汝霖计划尤良。竟欲施用美人计，往饵顾维钧。顾元配唐氏，即南方总代表唐绍仪女，适已病殁，尚未续娶，曹家有妹待字，汝霖因思许嫁维钧，借妹力笼络。或云系曹女。可巧梁启超出洋游历，即由曹浼梁作伐，与顾说合。梁依言，至法，急晤顾氏，极言："曹家小妹，貌可倾城，才更山积，如肯与缔姻，愿出五十万金，作为妆奁。"顾本来与曹异趋，听到美人金钱四字，也觉得情为所迷，愿从婚约。当时中外哗传，谓顾已加入亲日派，与曹女订婚。究竟后来是否如梁所言，得谐好事，小子也无从探悉，不过照有闻必录的通例，直书所闻罢了。已而留日学生界中，复有一篇声讨卖国贼电文，传达海内，原电如下：

欧洲议和大会，为我国生死存亡所关，凡我国人，应如何同心协力，共挽国权，乃专使方争胜于域外，而权奸作祟于国中，旬日以来，卖国之谋，进行益力。曹汝霖、陆宗舆、章宗祥、徐树铮、靳云鹏等，狼狈为奸，甘心媚日，迹其迩来所为罪状，足以制国家之死命，约有二端，而以往之借款借械，卖路卖矿不计焉。略陈如下，冀共声讨。一曰掣专使之肘以媚日也。此次我国所派专使，尚能不辱国命力争，日本因之大怀疑忌，始则用威吓手段，冀制顾、王之发言，继则行利诱主义，贿通曹、陆之内应。且使章宗祥回国运动，入长外交，以掣专使之肘。并预先商议改窜已订之中日秘约，以掩中外耳目，而彼诸贼，甘为虎伥。章氏既奉命西归，曹、陆更效忠维谨，日前竟请当局电饬专使，对日让步。夫中日之利害，极端相反，世所共知。吾国往日所被夺于日本之权利，方期挽救于坛坫。而乃遇事退让，自甘屈服，岂非承认日本之霸权，而欲自侪于朝鲜乎？卖国之罪，夫岂容诛？此其罪状一。二曰借边防之名以亲日也。年来北方军阀之跋扈横行，皆由徐树铮、靳云鹏等亲日政策之所致，举国权以易外款，杀同胞几如草芥。全国父老，疾首痛心，而若辈迄无悔祸之意。近且大肆阴谋，借边防为名，欲将参战军扩为九师十六混成旅，而与日人实行军械同盟，将各省铁路及兵工厂，抵借日款，并聘日人为教练官及技师。种种企图，无非欲达其武力统一之目的。无论世界潮流，趋向和平，此等背逆时势之举，有百害而无一利。即使果如诸贼计划，有万一之效，而军队训练之权，已操诸日人，兵器制造之厂，已属于敌国，我国家尚能保其独立耶？恐德人利用土耳其之故事，将复见于远东。二次大战，此其导火。既恣恶于现在，复贻祸于将来，诸贼之肉，其足食乎？此其罪状二。凡兹二事，仅举大端，其他违法不轨之行，谅为国人所共睹。同人等游学以来，鲜问内政，唯事涉对外，有损国权，则笔伐口诛，不遗余力。矧诸贼近日卖国之罪，彰明较著，良心所逼，安敢缄默。用特举其事实，诉诸国人，所望全国父老昆季，速筹对待国贼之法，安内攘外，咸系乎此。盖共和国家，民为主体，朝有奸人，而野无志士，将见国家遂即沦亡，而国民无力之讥，永蒙羞于历史矣。

为这一电，激起北京学生的公愤，纷纷聚议，计在严拒卖国贼，并保全青岛领土权，当由北京大学发起，即于五月三日下午，召集本校学生，全体会议。先是北京各学校已互相商议，定期在五月七日国耻纪念，会集天安门为大示威的运动，旋接得留学生通电，并闻青岛问题将让归日本，乃急不暇待，就由北京大学为首倡，群集法科大礼堂，会议进行办法四条：（一）是联合各界，一致力争。（二）是通电巴黎专使，坚持不签字。（三）是通电各省，于五月七日国耻纪念，举行游街示威运动。（四）是决定星期日即四日，齐集天安门，举行学界之大示威。当下有几个资格较深的学生，登台演说，慷慨激昂，声泪俱下。就中有法科学生谢绍敏，悲愤填胸，竟勃然登台，用中指放入口内，将牙一咬，指破血流，当即扯碎衣襟，取指血书成四大字，揭示大众，众目睽睽，望将过去，乃是“还我青岛”一语。彼此越加感动，鼓掌声，万岁声，相继迭起，表现一种凄凉悲壮的气象。嗣又遍发传单，知照各校，与约翌日上午，邀请各校代表，借法政专门学校为会议场，集议进行办法。各校接着传单，无不赞成。转眼间已隔一宵，法政专门学校已腾出临时会所，专候各校代表到来，霎时间各校代表，联翩趋至，共计得数十人。学校亦约十数，校名列后：

北京大学　法政专门学校　高等师范学校　中国大学　朝阳大学　工业专门学校　警官学校　农业学校　汇文大学　铁路管理学校　医学专门学校　税务学校　民国大学

数校代表齐集，当场会议，如何演说，如何散布旗帜，如何经过各使馆，表示请求，如何到曹汝霖住宅，与他力争。一面预定秩序，各守纪律。至日将晌午，已经议毕，随即分头散去，赶制小白旗，且约下午二时，至天安门会齐。未几已是午后，天安门桥南，先竖起一张大白旗来，上书一联语云：

卖国求荣，早知曹瞒遗种碑无字。
倾心媚外，不期章惇余孽死有头。

末行又写着一二十字，乃是北京学界挽卖国贼曹汝霖、章宗祥遗臭千古。这一张大旗下面，又有小白旗数十面，旗上写着或为“取消二十一款”，或为“誓死力争”，或为“保我主权”，或为“勿作五分钟爱国心”，或为“争回青岛方罢休”，或为“宁为玉碎，勿为瓦全”，或为“头可断，青岛不可失”。种种字样，不可胜纪。就是谢绍敏的“还我青岛”的血书，也悬挂在内。还有一班小学生，站立道旁，手中都高执白旗，大小不一，有用布质，有用纸质。旗上所书，无非是“卖国贼曹汝霖”，“卖国贼章宗祥”，小子有诗为证道：

甘将领土赠东邻，卖国奸徒太不仁。
莫怪青年多越俎，兴亡原系匹夫身。

各校学生，陆续驰集，差不多有三千人。欲知众学生行止如何，待至下回再表。

内地有上海之和议，外洋有巴黎之和会，全球人士，各有厌战求和之思想。而我国武夫，乃多以挑衅为得计，不愿言和，是何肺肠，甘令兵民之送死乎？上海和议，停顿至一月有余，重以环境之敦促，勉强续议。所有议案，各守秘密，识者已虑其不足示诚，无能为役矣。至若章、曹之一意亲日，为虎作伥，虽未必如传闻之甚，而作奸牟利，见好强邻，要不得谓其真无此事也。留日诸学界，及北京各校学生，或传电，或集会，奔走呼号，代鸣不平，人心未死，民气犹存，吾国之所以不亡者，赖有此耳。然徒争一时之意气，未能为最后之维持，宁非即五分钟之爱国心耶？学生勉乎哉！

第一百五回　遭旁殴章宗祥受伤
逾后垣曹汝霖奔命

却说各学生齐集天安门，总数不下三千人，当由学生界推出代表，对众宣言，主张青岛问题，坚持到底，决不忍为汉奸所卖。文云：

呜呼国民！我最亲爱最敬佩最有血性之同胞！我等含冤受辱，忍痛被垢于日本人之密约危条，以及朝夕企祷之山东问题，青岛归还问题，今日已由五国共管，降而为中日直接交涉之提议矣。噩耗传来，天暗无色。夫和议正开，我等之所希冀所庆祝者，岂不曰世界中有正义，有人道，有公理，归还青岛，取消中日密约，军事协定，以及其他不平等之条约。公理也，即正义也。背公理而逞强权，将我之土地，由五国共管，侪我于战败国如德、奥之列，非公理，非正义也。今又显然背弃山东问题，由我与日本直接交涉。夫日本虎狼也，既能以一纸空文，窃掠我二十一条之美利，则我与之交涉，简言之是断送耳，是亡青岛耳，是亡山东耳。夫山东北扼燕、晋，南控鄂、宁，当京汉、津浦两路之冲，实南北之咽喉关键。山东亡，是中国亡矣。我同胞处此大地，有此山河，岂能目睹此强暴之欺凌我，压迫我，奴隶我，牛马我，而不作万死一生之呼救乎？法之于亚鲁撒、劳连两州也，曰："不得之，毋宁死。"意之于亚得利亚海峡之小地也，曰："不得之，毋宁死。"朝鲜之谋独立也，曰："不得之，毋宁死。"夫至于国家存亡，土地割裂，问题吃紧之时，而其民犹不能下一大决心，作最后之愤救者，则是二十世纪之贱种，无可语于人类者矣。我同胞有不忍于奴隶牛马之痛苦，亟欲奔救之者乎？则开国民大会，露天演说，通电坚持，为今日之要着。至有甘心卖国，肆意通奸者，则最后之对付，手枪炸弹是赖矣。危机一发，幸共图之！

宣言书既经晓示，复有学生部干事数人，分发传单，见人辄给。传单上面写着：

现在日本在万国和会，要求并吞青岛，管理山东一切权利，就要成功了，他们的外交，大胜利了，我们的外交，大失败了。山东大势一去，就是破坏中国的领土，中国的领土破坏，中国就亡了。所以我们学界，今天排队到各公使馆去，要求各国出来维持公理，务望全国工商各界，一律起来，设法开国民大会，外争主权，内除国贼。中国存亡，就在此一举了。今与全国同胞立两个信条道：中国的土地，可以征服，而不可以断送。中国的人民，可以杀戮，而不可以低头。国亡了，同胞起来呀！

这项传单，多至数万张，一半被沿途巡警，拦截了去，口中说是代为散布，其实是到手即扯，撕毁了事。京师警察总监吴炳湘，得着学生暴动消息，急忙调派警队，到场弹压。就是教育部，亦派出司员，劝阻学生，嘱勿轻举，诸事有部中主张，当代众学生办理等语。如骗小儿。众学生哪里肯信，尽管照上午议案，自由行动。当下整顿队伍，拟赴东交民巷，往见各国驻京公使，请求协助中国，争还青岛。这也是无聊之极思。教育部代表，又向学生劝解，谓："事先未曾通知使馆，恐不能在使馆界内通行，尔等不如暂先归校，举出代表数人，方可往见外使。"学生团听了，又不肯认可，仍然向东前进。嗣由警察总监吴炳湘，坐了一部摩托车，亲来拦阻，口中所说，不外老生常谈，各学生全然不睬，反且踊跃前进，直向东交民巷。炳湘见他人多势盛，也不便自犯众怒，只好眼睁睁的由他过去。

学生团拥入东交民巷，至美国使馆前，排队伫立，特举罗家伦等四人为代表，进谒美使。适美使不在馆中，当有通事出来，问明意见，罗家伦略述情由，通事答称："今日礼拜，各公使俱不在馆，诸君爱国热诚、当代向美公使转陈"云云。罗家伦等鞠躬道谢，并取出意见书，交给了他，然后退出，转往英、法各使馆。果然各公使均已他出，无由进见，唯将意见书递交，随即行过日本使馆，突遇日本卫役，前来索取中政府护照，方准通行。偏是他来出头。学生团无可对付，又不便违法径行，乃由东向北，改道他往，穿过了长安街及崇文门大街，竟赴东城赵家楼，走至曹汝霖住宅，将抵门前，学生团全体大呼，统称卖国贼曹汝霖，速来见我！这声浪传入门中，司阍人当然惊惶，立将双扉掩住。附近警士，不得不为曹部长帮忙，奔集数十名，环门代守。学生团既已踵门，当然上前叩击。警士当场拦阻，哪里压得住学生锐气，两语不合，便起冲突。警士寡不敌众，也属无能为力。各学生绕屋环行，见屋后有窗数扇，统用玻璃遮住，当即拾起地上砖石，飞掷进去。砰砰硼硼，响了好几声，已将玻璃尽行击碎，留出窗隙，趁势抛入卖国旗，或把白旗纷投屋上，变成一片白色。唯叩门各学生，尚在门前乱敲乱呼，好多时不见开门。学生正拟另想别法，蓦听一声响亮，门竟大启。这是曹氏心计，请看下文便知。学生团乘势直入，鱼贯而进，到了前面大厅，呼曹出见。待了片刻，并没有一人出来，环顾左右，也不见有曹氏仆役，唯厅上摆设整齐，所陈桌椅，多是红木紫檀制成，学生免不得动怒，一齐喧声道："这都是卖国贼的回扣，得了若干昧心钱，制成这般物件，看汝卖国贼能享受几时！"道言未绝，已有数学生搬动桌椅，抛掷出外，一动百动，顿将厅上陈设，毁坏多件。厅旁有一甬道，学生即循道再进，里面乃是曹家花园，时正初夏，日暖风和，园内花木争荣，红绿相间，却似一座小洞天；并有汽车两辆摆着，益触众怒，七手八脚，打毁汽车，又将花木折损数株，再向里面闯入。里面系是内厅，有几个东洋人士，与一面团团的东洋装的中国人，怡然坐着，好象没事一般。学生皆趋前审视，有几个指着面团团的人物，顾语同侪道："他就是章宗祥。"到此尚靠着日人么？一语甫毕，即由众学生拥入，向章理论道："你就是章公使吗？久仰久仰。但问你是东洋人，中国人，为什么甘心卖国，愿作日奴？"章宗祥尚未及答，旁座的日本人，已起视学生，现出一副愤怒的面孔，非常难看。学生俱勃然道："章宗祥，你敢是请他来保驾么？你不要外人保驾，究竟是我中国官长，我等学生，只好向你起敬，你今要仰仗外人，明明是个卖国贼了。我等不好犯中国官，只不肯容你卖国贼。”章宗祥到了此时，尚自恃有日人保护，奋然起座道：“你等读书明理，为何纠众作乱？”说到“乱”字，便听得众声嘈杂，起初是一片卖国贼骂声，入后只熔成一个打字，打打打，竟由几个手快的学生，举起拳头，攒击过去。章宗祥无法挣脱，饱受了一顿老拳。数日人慌忙遮拦，左拥右护，始得将章扶往后面，寻门出奔。究竟是靠着外人得逃性命。众学生因有外人在侧，究不好任人殴击，惹起外交，因即放章走脱，自去寻觅曹汝霖。四处找到，并无曹汝霖踪迹，只有曹妾一人，躲在内房，此外不过妇女数名，统已吓得浑身发颤，面如土色。学生见纯是女流，不便相逼，唯见有宝贵什物，统说他是民脂民膏，不容卖国贼享受，乃随意毁坏几具。俄而吴炳湘进来，指挥警官，接出曹妾，并妇女数人，上了摩托车，由巡警武装卫护，奔向陆宗舆家。陆为汇业银行经理，该行与日人品股同开，本在东交民巷使馆界内，所以陆氏家眷，亦住居东交民巷，学生不能往闹，陆得逍遥自在，置身事外。曹家妾已饱受虚惊，幸得吴总监将她救出，登车避难，玉貌花容，已是委顿得很，不意行至半途，将入东交民巷，突被外国巡警拦住，叫她卸装，惹得曹家妾又吃了一惊，还道要她褫去衣饰，半晌答不出话来。外人并不姓曹，叫你褫去什么衣饰？及见护卫的巡士，卸除武装，外国巡警才让她过去，得至陆家。看官听着！外国使馆界内，向由外人定例，汽车行驶，不许过快，又不许军警武装，百忙中的吴炳湘，忘记嘱咐，巡士亦恃有主命，以为无妨，哪知外人不肯少容，徒剥去吴总监的面子，更把那曹家宠姬，惊上加惊，这都由曹汝霖一人，惹出这番孽障呢。

学生寻不出曹汝霖，便拟整队退出，忽见曹宅里面，烟雾迷蒙，火光迸射，也不知为何因，但顾着自己同侪，陆续出外。外面已是军警麕集，扑入救火，并对着学生，发放空枪，学生也觉着忙，冲出曹氏大门，分头归校。就中有年尚幼弱、不能速走的学生，如易克嶷、曹允、许德珩等十九人，竟被巡警抓去，拘入警察厅。及各学生回校后，自行检点，北京大学，失去最多，十九人中竟居大半，于是同侪愤激，又至法科大礼堂，续开会议，要去保那数人出来。校长蔡元培亦到，当由学生报告经过情形，略谓：“学生虽感动义愤，举止未免卤莽，若云犯法，学生实不甘承受，警察擅自捕人，殊属无礼。况曹、章两人，受此挫折，未必甘休，既与日本人勾结，又与军阀派有密切关系，必要借着外人压迫，与军队蛮横，罪我无辜学生，纳入刑网，恐被捕去的同学，将遭毒手，务请校长设法保全”云云。蔡校长亦不免踌躇。各学生或从旁计议，谓：“不若齐赴警察厅，与他交涉。”蔡校长摇首道：“这却不必。学生既非无礼，警察厅亦不能盲从权阀，违背公理，汝等且少安毋躁，待我往警察厅探明确信，极力转圜便了。”言毕，便出门自去。

小子叙到此处，应该将曹汝霖的踪迹，交代明白。阅者亦极待问明。汝霖本在家中，与章宗祥等密室叙谈，骤闻学生到来，呼喊声震动内外，料知来势不佳，难以排解，先令门役将大门阖住，暂堵凶锋，一面入探后门，拟从屋后逸出。偏后面已环绕学生，掷碎玻璃窗，投入小白旗，势更汹汹，势难轻出。他不禁暗暗着急，眉头一皱，计上心来，索性开了前门！放入学生，免得他管住后门，以便乘机逃逸。且内客厅有章宗祥，及日人数名坐着，乐得借他做了挡牌，自己好从容出走。计划已定，如法办理。及学生团已入前门，陆续闯进，随意捣毁，风头很是凶猛，遂欲挈着家眷，越出后门，又恐后门外，尚有学生阻住，不得已择一短墙，为逾垣计。可奈生平未习武技，不善跳墙，此次顾命要紧，勉强一试，毕竟跳法不妙，把腿摔伤，幸由家人依次越出，忙为扶掖，始得忍痛跛行。踯躅数十步，得着骡车一辆，奔往六国饭店中去了。曹妾不能跳墙，只好返入房中，暂时躲避。至学生殴伤章宗祥，章由日人保护，逃出曹宅后门送往日华医院疗治。唯曹宅起火原因，言人人殊，或说是由学生放火，或说是学生击碎电灯，溜电所致，或说是曹宅家人，自行放火，希图抢掠财物，或说由曹汝霖出走时，授意家人，令他择地纵火，既可架诬学生罪名，复可借此号召军警，赶散学生。究竟如何详情，小子也无从臆断。但自起火以后，曹宅附近的东堂子胡同，及石大人胡同一带，人山人海，拥挤不堪，一时保安警察队、步军游击队、消防队、各救火会等，纷纷驰往保卫，不到片时，火即停息。可知非由学生所为。学生团不得不走，巡警乘他解散，捕去了十九人，这也好算是一场大风潮了。此段说明，万不能省。

且说章宗祥到了医院，又气又痛，又愧又悔，好似哑子吃黄连，说不出的苦楚。他自日本归来，既受留学生的揶揄，复遭乃妻陈氏的吵闹，心中已很是不乐；抵天津时，陈氏尚与翻脸，不愿随入京师，故将家属安顿津门，乃妻不遭人殴，幸有此着。独自至京，暂寓总布胡同魏某住宅。连日忙碌得很，既要与曹、陆等密商隐情，复要应酬一班老朋友，正是往来不停，几无暇晷。五月四日，适应故人董康的邀请，作赏花会，因赴法源寺董家，与同午宴，宴毕作别。日长未暮，途次又得传闻，谓各校学生有大会等情，因即顺道至赵家楼，进见曹汝霖，商议抵制学潮方法。适有日本人在座，与曹互谈，彼此很是心照，正好加入席间，共同讨论，不意冤冤相凑，偏来了许多学生团，饷给老拳，竟代曹汝霖受罪。汝霖潜逸，自己替晦，害得头青面肿，腰酸背痛，白吃了一种眼前亏，教他如何不恨？如何不悔？旁人见他神志昏迷，不省人事，还道是身负重伤，已经晕厥，实在是满怀委屈，气到发昏第十二章，因致肝阳上升，痰迷心窍，好医案。好一歇才见活动；又经医生施用药物，外敷内服，渐渐的回复原状，清醒起来。当下有许多友人，入院探疾，宗祥对着几个好友，托他将被殴情节，呈报中央，且抚榻叹息道："中国近年以来，累借外债，岂止我章姓一人经手？而且主张借债，自有总统总理负责，我不过代为帮忙，怎得遂指我为卖国？但我平心自问，亦略有过处。我以为段合肥等，挟着武力政策，定能统一全国，所以热心借债，甘任劳怨，哪知一班武夫，拿钱不做事，除正饷外，今日要求开拔费若干，明日要求特别费若干，外款随借随尽，国家仍不能统一，遂至酿成今日的祸祟。讲到远因，实是武人所赐。若欲据事定罪，亦应由武人居首，为何各校学生，不去寻着浪用金钱的武夫，反来寻着手无寸铁的章某？岂非一大冤枉吗？"说到此句，两眼中含着泪痕，几乎堕下。诸好友连忙劝慰，宗祥又徐说道："这乃是我料事不明，误认武夫为有为，致遭此报。现在我已决意隐退了，是非曲直，待诸公论罢！"语亦近是，但不去经手借款，如何得着回扣，恐一念知悔，转念又不如是了。诸好友仍劝他静养，俟呈报政府外，自当严惩学生，代为泄忿。彼此解劝多时，才各退出，替他呈诉去了。还有奔往六国饭店的曹汝霖，亦因腿伤待医，移居日本同仁医院。当时即令部中僚属，将学生毁家纵火、殴人伤捕等情，叙述了一大篇，缮作两份，分递总统府及国务院。就是警察总监吴炳湘，亦早已呈报内务部，由内务部转达总统府中。这一番有分教：

才知众怒原难犯，到底汉奸应受灾。

欲看徐政府办法如何，待至下回续叙。

观北京学生团之暴动，不可谓其无理取闹。章、曹诸人之专借外款，自丧主权，安得诿为非罪？微学团之群起而攻之，则媚外者且踵起未已，既得见好于武人，复得自肥其私橐，何所惮而不为乎？唯毁物殴人，迹近卤莽，几致为曹、章所借口，砌词架诬，起火一节，未得确音，但必谓学生所为，实未足信。学生第执小白旗，并未随带火具，何有纵火情事？溜电一说，较为近理耳。曹汝霖得以潜逃，章宗祥独至遭殴，而陆宗舆且逍遥无事，我亦当为章仲和代呼晦气。然章固一局中人，受欧亦不枉也，哓哓自讼，亦何益哉？

历朝通俗演义 第十一部

民国通俗演义

（下）

蔡东藩 许廑父 著

中国书店

第一百六回　春申江激动诸团体　日本国殴辱留学生

却说徐总统迭接呈文，也知舆情愤激，罪有攸归，但曹宅被毁，章氏受伤，似觉学生所为，未免过甚，一时不便为左右袒，独想出一条绝妙的通令来，便即颁发出去。令云：

北京大学等校学生，纠众集会，纵火伤人一事，方事之始，曾传令京师警察厅调派警队，妥为防护，乃未能即时制止，以致酿成纵火伤人情事。迨经警察总监吴炳湘，亲往指挥，始行逮捕解散。该总监事前调度失宜，殊属疏误，所派出之警察人员，防范无方，有负职守，着即由该总监查取职名，呈候惩戒。首都重地，中外具瞻，秩序安宁，至关重要。该总监职责所在，务当督率所属，切实防弭，以保公安。倘再有借名纠众，扰乱秩序，不服弹压者，着即依法逮捕惩办，勿稍疏弛！此令。

这道命令，既不为曹、章伸冤，又不向学生加责，反把那警察总监吴炳湘，训斥数语，更要惩戒几个警察人员。徐总统实是使乖，故意下此命令，诿过到警察身上，免得双方更增恶感。哪知吴炳湘不肯任咎，又将学生如何滋扰，不服警察拦阻，明明是咎在学生，不在警察，申请内务部转达总统，严办学生云云。再经曹、章等一班好友，也替曹、章沥陈冤情，请政府依法惩办学生，逼得徐总统无乖可使，只得再下一令道：

据内务总长钱能训，转据京师警察厅总监吴炳湘呈称："本月四日，有北京大学等十三校学生，约三千余名，手持白旗，陆续到天安门前齐集，议定列队游行，先至东交民巷西口，经使馆巡捕拦阻，遂至交通总长曹汝霖住宅，持砖掷瓦，执木殴人。兵警拦阻，均置不理。嗣将临街后窗击破，蜂拥而入，砸毁什物，燃烧房屋，驻日公使章宗祥，被其攒殴，伤势甚重；并殴击保安队兵，亦受有重伤。经当场拿获滋事学生多名，由厅豫审，送交法庭讯办"等语。学校之设，所以培养人才，为国家异日之用。在校各生，方在青年，质性未定，自当专心学业，岂宜干涉政治，扰及公安？所有当场逮捕滋事之学生，即由该厅送交法庭，依法办理。至京师为首善之区，各校学风，亟应力求整饬，着该部查明此次滋事确情，呈候核办。并随时认真督察，切实牖导，务使各率训诫，勉为成才，毋负国家作育英髦之意！此令。

为这一令，又惹起学界风潮，不肯就此罢休。先是北京大学校长蔡元培，自往警察厅中，保释学生。总监吴炳湘出见，却是婉言相告："决不虐待学生，俟章公使病有起色，便当释出，尽请放心"云云。蔡校长因即辞归，慰谕学生，宽心待着。及炳湘受责，情有未甘，乃不得不加罪学生，为自己卸责地步。既而通令颁下，着将逮捕学生，送交法庭惩办。北京大学诸学生，当然要求蔡校长，再向警察厅交涉。蔡校长又亲赴警察厅，往复数次，俱由吴总监挡驾。于是蔡校长亦发起愤来，即提出辞职书，离校出京。教育总长傅增湘，亦因职任关系，呈请辞职。曹汝霖得知消息，还道是傅、蔡两人袒护学生，也愤然提出辞呈，自愿去职。汇业银行经理陆宗舆，时正受任币制局总裁，与曹、章等通同一气，学生概目为卖国贼，所以彼亦连带辞职。各呈文俱递入总统府，徐总统不得不着人慰留。曹汝霖尚一再做作，欲提出二次辞呈，就是章宗祥伤势略痊，也愿辞归。甚至钱内阁俱被动摇，相继提出总辞职呈文。徐总统倒也失惊，尽把呈文却还，教他勉持大局。国务员始全体留住，姑作缓图。且住且住，莫使权位失去。

当时交通次长曾毓隽等，本属段派范围，与曹、章共同携手，一闻学生闹事，即与陆宗舆联名，电邀徐树铮入京，商量严惩的方法。小徐应召入都，察看政府及各方面形势，多半主张缓办，并亲见章氏伤势，已经渐痊，所以不愿出头，免拂舆情。内阁总理钱能训，恐得罪段氏，独去拜访段祺瑞，请他出来组阁，段亦当面谢绝。他见徐东海主张和平，乐得让他去演做一台，看他能否达到目的，再作计较，因此置身局外，做一个冷眼旁观罢了。却是聪明。

五月七日，为民国四年日本强索二十一款的纪念日，国民或称五九纪念，便是此事。五七系日使递交最后通牒之日，五九乃袁政府签字之期。海内志士，吞声饮恨，此次青岛问题，又将被日人占据过去，再经北京学界风潮，相激相荡，传达各省，各省国民，越加动愤，或开大会，或布传单，口讲笔书，无非说是外交失败情形，应该由国民一致奋兴，争回青岛。就中要算上海滩上，尤为热闹，各团体各学校各商帮，借上海县西门外公共体育场，作为会址，特开国民大会。下午一时，但见赴会诸人，奔集如蚁，会场可容万人，还是不够站立。场外南至斜桥，北至西门肇周路民国路，统皆摩肩击毂，拥挤不堪。当场人数，约有二万以上，学生最多，次为各团体，次为各商帮。会中干事员，各手执白布旗一面，上书大字，字迹不同，意皆痛切。大约以“争还青岛”、“挽回国权”、“国民自决”、“讨卖国贼”、“誓死力争”诸语为最多。江苏省立第二师范学校本科学生钱翰柱，年甫十九，也仿北京学生谢绍敏成例，截破右手两指，沥血成书，就布旗上写明“还我青岛”四字，揭示会场。又有某校学生近百人，自成一队，人各一旗，旗上写着，统用成语，如：“时日曷丧”及“国人皆曰可杀”等类。又有一人，胸前悬一白布，自颈至踵，大书“我是中国人”五字，手中高持国耻一册，种种形色，不能尽举。可惜中国人专务外观。开会时，众推江苏教育会副会长黄炎培为主席，登台演说，最紧要的数语，乃是：

> 今日何日，非吾国之国耻日乎？凡我国民，应尽吾雪耻之天职，并望勿为五分钟之热度，时过境迁，又复忘怀，则吾国真不救矣。望吾国民坚忍勿懈，为国努力！

说毕下台，再由留日学生救国团干事长王宏实，报告开会宗旨，次由叶刚久、汪宪章、朱隐青、光明甫等相继演说，均极激昂。光明甫更谓：“目前要旨，在惩办卖国贼。”这语提出，台下拍掌声，响彻屋瓦。时报名演说，共有二十七人，有几人尚未及演说，主席因时间不早，报告演说中止，特宣示办法四条：

（一）电达欧洲和会我国专使，对于青岛问题，无论如何，必须力争，万不获已，则决不签字。

（二）电告英、美、法、意四国代表，陈述青岛不能为日有之理由，以我国对德宣战，本为划除武力主义，若以青岛付之日本，无异又在东方树一德国，非独中国受其祸，即世界各国之后患，亦正未有已。

（三）电致各省会，教育会，商会，请其一致电京，力争外交问题，营救被捕学生。

（四）由本日国民大会推代表赴南北和会，要求两总代表电京，请从速严惩卖国贼，释放学生。

预会诸人，听这四条办法，无不鼓掌赞成，且多愿全体整队，前往和会。主席乃对众宣告，全体出发，路过英、法租界，洋巡捕出来干涉，援照租界章程，谓：“人数过多，必先通知捕房，领给牌照，方许通行，否则不能违章”云云。全体会员，被他一阻，不得不改推代表，赴和会请求两代表。唯有数校学生，必欲前往，与洋巡捕辩论再三，洋巡捕乃令收去旗帜，听他过去。直至和会门首，全数尚有四百余人，即由代表光明甫、彭介石、黄界民、郑浩然等入见，可巧南北两代表，尚未散归，因即问明来意，随口与语道：“我等已有急电，传达中央了。”说着，即各取出电稿一页，递示光明甫等，但见唐总代表电文云：

北京徐菊人先生鉴：顷得京耗，学生为山东问题，对于曹、陆、章诸人，示威运动，章仲和受伤特重，政府将拟学生死刑，解散大学。果尔，恐中国大乱，从此始矣。窃意学生纯本爱国热诚，胸无党见，手无寸铁，即有过举，亦可原情。况今兹所争问题，当局能否严惩学生，了无愧怍？年来国事败坏，无论对内对外，纯为三五人之所把持，此天下之所积怨蕴怒，譬之堤水，必有大决之一日。自古刑赏失当，则游侠之风起，故欲罪人民之以武犯禁，必惩官吏之以文卖国，执事若不能以天下之心为心，分别泾渭，严行黜陟，更于学生示威之举，措置有所失当，星星之火，必且燎原，窃为此惧，不敢不告，幸熟裁之！

尚有朱总代表一电，乃是拍交国务院，文云：

钱总理鉴：北京大学等各校学生，闻因青岛问题，致有意外举动，为维持地方秩序计，自无可代为解说。唯青岛问题，现已动全国公愤，昨接山东省议会代表王者塾等来函请愿，今日和平会议，开正式会，已由双方总代表，联名电致巴黎陆专使，暨各专使，代陈国民公意，请向和会力争，非达目的，不可签字，已将原电奉达。各校学生，本系青年，忽为爱国思潮所鼓荡，致有逾越常轨之行为，血气戾事，其情可悯。公本雅尚和平，还请将被捕之人，迅速分别从宽办理，以保持其爱国之精神，而告戒其过分之行动。为国家计，为该生计，实为两得之策。迫切陈词，伏唯采纳，不胜企祷之至！

光明甫等看罢，即向两总代表道："两公电旨，正与众意相同，足见爱国爱民的苦心。但鄙人等尚有一种要求，请两公特别注意！就是惩办卖国贼，最为目前要着。"朱总代表道："待转告北京政府便了。"光明甫复接入道："北京卖国党，国民断不承认他为政府，今国民所可承认，唯本处和议机关，所望出力帮助，就在和会诸公。况事关国家存亡，何能再分南北？愿诸公勿存南北意见！"唐总代表听了，亦插口道："卖国两字，国人可言，如负有政治责任，却不便如此云云。试想有卖必有买，岂不多生纠葛？"唐君亦畏木屐儿么？光明甫又道："我等国民，但清内乱，并未牵涉外交。总之卖国贼不去，世界和会，决无办法。"唐绍仪踌躇半晌，方徐徐道："这也不必拘牵文义，但说是行政人员，办法不当，即令去位，便足了事。"光明甫等齐答道："唐公谓不必拘名，未始不可，总教除去国贼便了。唯请两公从速办理！"朱唐两代表，方各点首。光明甫等乃告别而退，出示大众，全体拍手，始各散会。

是晚国民大会筹备处，续开会议，召集各公团各学校代表，讨论日间未尽事宜，及将来对付方法。大众都说是："北京被捕学生，存亡难卜，应急设法营救，不如往见护军使卢永祥，要求电请释放学生。"各学校更存兔死狐悲的观念，主张尤力，统云："目的不达，即一律罢课。"此外如改国民大会筹备处，为国民大会事务所，并推起草员，速拟宣言书，传示国民大会的宗旨。议决以后，时已夜半，共拟明日依议进行，定约而散。古人有言："铜山西崩，洛钟东应。"这原是声响相感的原因，物且如此，人岂不如？内地各省，为了国耻纪念及青岛问题，集众开会，不甘默视。就是我国留学日本的学生，系怀故国，未忍沦胥，也迫成一腔公愤，应声如响。五月初上，留学生议择地开会，四觅会场，均被日本警察阻止。众情倍加愤激，改拟在我驻日使馆内开会，免得日人干涉，当时选派代表，往谒代理公使庄景珂，说明意见。庄颇有难色，唯当面不便驳斥，只好支吾对付。待代表去后，即通知日本报馆，否认留学生开会。

到了五月六日晚间，使馆内外，巡警宪兵，层层密布，仿佛如临大敌。留学生前往侦视，但听得使馆里面，笙箫激越，弦管悠扬，又复度出一种娇声，脆生生的动人耳鼓，是何情由？快乐至此。及问明究竟，乃是燕京名伶梅兰芳，赴日卖艺，即由使馆中人延聘，令唱《天女散花》，侑酒娱宾，所以这般热闹。中国官吏，尚得谓有人心么？留学生得此报闻，无不叹恨，料知使馆开会一节，定难如愿，乃当夜改议，决定分队游行，向各国驻日公使馆中，递送公理书。待至天晓，留学生约集二千余人，析为二组，一从葵桥下车，一从三宅坂下车，整队进行。三宅坂一路，遇着日本巡警，胁令解散，各学生与他辩论，谓无碍治安举动，奈何见阻？当即举起白布大旗，上书"打破军国主义"、"维持永久和平"、"直接收回青岛"、"五七国耻纪念"等字样。日警欲上前夺旗，因留学生不肯照给，竟去会同马队，截住去路，甚且拔剑狂挥，横加陵践。留学生冒死突出百余人，竟至英国使馆，进谒英代理大使。英使倒也温颜相见，且云："诸君热心国事，颇堪钦佩，我当代达敝国政府，及巴黎讲和委员。唯诸君欲往见他国公使，当举代表前往，倘或人数过多，徒受日警干涉，有损无益"等语。留学生即将陈述书交出，别了英使，再往法国使馆。法使所言，与英使略同。外人都尚优待，偏是同种同族，不肯相容。各学生又复辞出，时已为下午四时，因尚未知葵桥一路，情形如何，特往日比谷公园相候。不意行至半途，又有日本军警，杂沓前来，所有留学生的白布旗帜，尽被夺取。龚姓学生，持一国旗前行，亦为日警所夺，抵死不放，旁有学生吴英，朗声语日警道：“这是中华民国国旗，汝等怎得妄犯？”日警瞋目呵叱道：“什么中华民国！”中国人听着！说着，复召同日警数十名，攒击吴生，把他打倒，拳殴足踢，更用绳捆住两手，狂拖而去。还亏后队留学生，拼死赴救，猛力夺回。日警尚未肯甘休，沿路殴逐，又被捕去数名。余众奔入中国青年会内，暂免陵轹，但已是不堪困惫了。

同时葵桥一路，先至美国使馆，求见美使，美使适因抱病，未能面会，特令书记官出与接洽，亦许电达美国政府，暨巴黎会议委员。学生辞退，转至瑞士公使馆，为日警所阻，不得入内，因即举出代表，入递意见书。复循行至俄使馆，俄使出语学生道：“现在我国内乱方张，连巴黎和会中，且未闻代表出席，本使对着诸君举动，也表同情，可惜力不从心，势难相助，但仍当就正义人道上极力主张，仰副诸君热望。”说罢，为之欷嘘不已。彼亦得毋有同慨么？学生慨然辞退。到了馆外，统说是外国使馆，尚许我等出入，同声赞成，独我国使馆，反闭门不纳，太没情理，我等非再至使馆一行不可。乃各向中国使馆折回，将至使馆前面，忽来了无数军警，马步蹀躞，刀剑森横，恶狠狠地奔向留学生前队，夺取国旗。执旗前导的，是著名留学生山东人杜中，死力坚持，不肯放手。偏军警凶横得很，用十数人围住杜中，一面指挥众士，蹂躏学生，把全队冲作数段。可怜杜中势孤力竭，被他击仆，不但国旗被夺，并且身受重伤，被他拘去。此外各学生不持寸铁，赤手空拳，怎能禁得住马蹄？受得起剑械？徒落得伤痕累累，气息奄奄。有一湖南小学生李敬安，年才十龄左右，身遭毒手，倒地垂危，虽经众力救出，已是九死一生。各学生遭此凶焰，不得不各自奔回，陆续趋入中国青年会馆，当由青年会干事马伯援，代开一临时职员会，筹议办法，即派人赴代理公使庄景珂，及留学生监督江庸处，请他提出此事，与日本政府交涉。哪知使人返报，统受了一碗闭门羹。小子有诗叹道：

闭门不顾国颠危，宦迹无非效诡随。
笑骂由他笑骂去，眼前容我好官为。

毕竟留学生如何自救，待至下回表明。

青岛问题，纯为弱肉强食之见端，各界奋起，求还青岛，虽未能执殳前驱，与东邻争一胜负，然有此人心，犹足为一发千钧之系。假令有良政府起，教之养之，使其配义与道，至大至刚，则他日干城之选，胥在于是。越王勾践之所以卒能沼吴者，由是道也。乃北京各校倡于前，上海各界踵于后，留学生复同时响应，为国家力争领土，而麻木不仁之政府，与夫行尸走肉之官吏，不能因势利导，曲为养成，反且漠视之，摧抑之，坐致有用之材，被人凌辱，窃恐志士灰心，英雄短气，大好河山，将随之而俱去也。读是回，殊不禁有深慨云。

第一百七回　停会议拒绝苛条
徇外情颁行禁令

却说留学生遭了凌辱，欲诸驻日公使，及留学生监督，出为维持，借泄众忿，偏庄、江两人，置诸不理，好似胡越相视，无关痛痒一般，实恐得罪强邻。惹得众学生满腔怨愤，无处可泄。嗣由青年会干事马伯援，亲往日警署探问，共计学生被捕为三十六人，拘入麹町区警察署，约二十三人，拘入日比谷警察署，约十一人，尚有二人，受锢表町警察署。于是设法运动，得于次日午后六时，放还麹町区警署中二十三人，尚有十三人，未曾释出。日本各报，反言留学生胡俊，用刀砍伤日警，不能无罪，所以日比谷警署中，拘有胡俊在内，应该移入东京监狱，照律定刑。留学生看着报语，当然大哗，一面登报辩护，一面再函诘庄公使及江监督，词极迫切。庄景珂、江庸方电达北京政府，自称制驭无方，有辞职意。假惺惺的做什么。这消息传到上海，上海总会中，便复电慰勉，且决计不买日货，作为抵制。一经鼓吹，八方响应，就是广州人民，亦组织国民外交后援会，号召各界，于五月十一日大开会议，到会人数，几至十万，比上海尤为踊跃，演说达数十万言，传单约数十万纸，结果是张旗列队，至军政府递请愿书，要求岑春煊、伍廷芳等，力起与争。请愿书分三大纲：（一）宜取消二十一条件，及国际一切不平等条件，直接收还青岛。（二）应循法严惩卖国贼。（三）请北方释放痛击卖国贼因此被逮的志士。岑、伍等极口应许，大众才各散归。既有了这番要请，遂由岑春煊等致电上海，使总代表唐绍仪提出和会，严重交涉。上海和会中正彼此争论，凡各种条件审查，统有双方龃龉情事，相持已一月有余，再加入青岛问题，致生冲突，哪里还能融洽？唐绍仪即拟定八大条件，通告北方总代表朱启钤，作为议和纲要，条件列下：

（一）对于欧洲和会所拟山东问题条件，表示不承认。

（二）中日一切密约，宣布无效，并严惩当日订立密约关系之人，以谢国民。

（三）参战军国防军边防军，立即一律撤消。

（四）恶迹昭著，不协民情之督军省长，即予撤换。

（五）由和会宣布前总统黎元洪六年六月十三日解散国会令，完全无效。

（六）设政务会议，由和平会议推出全国负重望者组织之，议和条件之履行，由其监督，统一内阁之组织，由其同意。

（七）所有和会议决审查案，由政务会议审定之。

（八）北方果承认以上七条约款，悉数履行，则由和会承认徐世昌为大总统，执行职权，至国会选举正式总统之日为止。

看官试想！这八条要约，与北方都有关碍，就使末条中有承认老徐字样，也只得为短期大总统，不能正式承受，多约半年，少约数月，还要受政务会议的节制，这等无名无望的总统，何人愿为？显见是南方作梗，强人所难哩。朱总代表启钤，不待电问政府，便即复绝，然后报告中央，声言辞职。就是唐总代表绍仪，亦向广东军政府辞职。广东军政府尚有复电留唐，独北京政府，竟准朱启钤辞职，不再慰留，明令如下：

国步多艰，民生为重，和平统一，实今日救国之要图。本大总统就任以来，屡经殚心商洽，始有上海会议之举。其间群言哓杂，而政府持以毅力，喻以肫诚，所期早日观成，稍慰海内喁喁之望。近据总代表朱启钤等电称：“唐绍仪等于十日提出条件八项，经正式会议，据理否认。唐绍仪等即声明辞职，启钤力陈国家危迫情形，敦劝其从容协商，未能容纳，会议已成停顿，无从应付进行，实负委任，谨引咎辞职”等语。

所提条件，外则牵涉邦交，内则动摇国本，法理既多抵触，事实徒益纠纷，显失国人想望统一之同情，殊非彼此促进和平之本旨。除由政府剀切电商，撤回条议，续开会议外，因思沪议成立之初，几经挫折，哓音瘏口，前事未忘，既由艰难擘划而来，各有黾勉维持之责。在彼务为一偏之论，罔恤世棼，而政府毅力肫诚，始终如一，断不欲和平曙光，由兹中绝，尤不使兵争惨黩，再见国中。用以至诚恻怛之意，昭示于我国人，须知均属中华，本无畛域，艰危夙共，休戚与同。苟一日未底和平，则政治无自推行，人民益滋耗斁。甚至横流不息，坐召沦胥，责有攸归，悔将奚及？所望周行群彦，戮力同心，振导和平，促成统一。若一方所持成见，终戾事情，则舆论自有至公，非当局不能容纳。若彼此同以国家为重，凡筹虑所及，务期于法理有合，事实可行，则政府自必一秉夙诚，力图斡济，来轸方遒，泯棼何极！凡我国人，其共喻斯旨，勉策厥成焉！此令。

相传徐总统派遣朱启钤时，曾与启钤密约，除总统不再易人外，余事俱有转圜余地，就使牺牲国会，亦可磋商。玩这语意，可知徐东海上台，虽由安福派拥他上去，但心中却暗忌安福，意欲借南方势力，隐为牵制。朱氏受命至沪，果然南方总代表等，有反对北京国会的论调，经朱氏传达徐意，许为通融，所以二次周旋，未闻将国会问题，互生争论。唯北方分代表方枢、汪有龄、江绍杰、刘恩格等，统是安福系中人物，探知朱氏词旨，即电致北京本部，报告机密。安福派顿时大哗，众议院中的议员，几全受安福部卵翼，便即招请内阁总理钱能训出席质问。谓：“朱虽受命为总代表，究竟是一行政委员资格，不能有解释法律的特权。国会系立法最高机关，总统且由此产出，内阁须由此通过，若没有国会，何有总统？何有内阁？今朱在上海，居然敢议及国会问题，真是怪事，莫非有人畀他特权不成？”这一席话，说得钱总理无言可答，只好把未曾预闻的套话，敷衍数句，便即退还，报知老徐。老徐已是焦烦，偏偏变端迭出，内外不宁，南方提出八项条件，又是严酷得很，简直无一可行，自知统一希望，万难办到，不如召还朱总代表等，另作后图，为下文派遣王揖唐张本。一面令国务院出面，召集参众两议院议员，商及青岛问题，应该如何办法。各议员当然说出不宜承认，应仍电令陆使力争，决勿签字。国务院俟议员别去，即有电文遍致各省云：

青岛问题，迭经电饬专使，坚持直接归还，并于欧美方面，多方设法。嗣因日人一再抗议，协商方面，极力调停，先决议由五国暂收，又改为由日本以完全主权，归还中国，但得继续一部分之经济权，及特别居留地。政府以本旨未达，正在踌躇审议，近得陆使来电，谓："美国以日人抗争，英、法瞻顾，恐和会因之破裂，劝我审察；交还中国一语，亦未能加入条文。"但和约正文，陆使亦未阅及，尚俟续电。此事国人甚为注重，既未达最初目的，乃并无交还中国之规定，吾国断难承认。但若竟不签字，则于协商及国际联盟，种种关系，亦不无影响，故签字与否，颇难决定。本日召集两院议员，开谈话会，佥以权衡利害，断难签字为辞。并谓："未经签字，尚可谋一事后之补救。否则铸成定案，即前此由日交还之宣言，亦恐因此摇动。"讨论结果，众论一致，现拟以此问题，正式提交国会，一面电嘱陆使暂缓签字。事关外交重要问题，务希卓见所及，速赐教益，不胜祷企。近日外交艰棘，因之风潮震荡，群情庞杂，政府采纳民意，坚持拒绝，固已表示态度，对我国人，在国人亦当共体斯意，勿再借口外交，有所激动。台端公诚体国，并希于晤各界时，切实晓导，共维大局为要。

原来欧洲和会中，本有国际同盟的规定，为协约国和议草约第一条件。列席诸国委员，统入同盟会，应该签字。唯同盟虽另订约章，却与和约有连带关系，和约中若不签字，便是同盟会不得加入。所以中国专使陆征祥等，为了日人恃强，不肯将青岛交还，列入和约，更生出许多困难，屡与政府电文往还，政府也想不出完全方法。国民但为意气的主张，东哗西噪，闹成一片，惹得政府越昏头磕脑，无从解决。再加南北和议，又复决裂，安福派且横梗中间，这真是徐政府建设以后第一个难关。做总统与做总理的趣味，不过尔尔，奈何豪强还想争此一席？但中国到了这个地位，还亏有奔走呼号的士人，不甘屈辱，所以外人还有一点敬意，就是东邻日本，也未免忌惮三分。自从我国排日风潮，迭起不已，欧洲和会，颇受影响，日本代表牧野男爵，方发表山东主权归还陈述书，因此青岛始有交还的传闻。但日代表虽有此语，终未肯加入和约，故陆专使亦终未便签字。此次国务院通电各省，各省督军省长，多数麻木不仁，有几个稍具天良，也无非寄一复电，反对签约。独安福派中人物，还要替曹章二人出气，硬迫徐政府惩办学生。教育总长傅增湘，本为段氏所引重，恂恂儒雅，无甚党见，但为了京师学潮，满怀郁愤，无法排解，自递出辞呈后，不待批准，便匆匆离京，莫知所往。自好者应该如此。部务宽宕了半月，徐总统只好准令辞职，暂使次长袁希涛，代理部务。

于是北京各学校学生，公议罢课，发布意见书，大致分作三层，首言外交紧急，政府不予力争；次言国贼未除，反将教育总长解职，且连下训戒学生的命令，禁止集会自由；末言日本逮捕我国留学生，政府至今毫无办法，所以提出请求，向政府要求照办，特先罢课候令，非达到目的不止。一面布告同学，无论何人，不得擅自上课。又组织十人团，研究救鲁义勇队办法；并四出演说，促进国民对外的觉悟。既而京外各中学校，纷纷继起，先后宣告罢课，此外各界人士，排斥日货，力行不懈。日商各肆，无人过问，甚且华商预定各日货，都要退还，累得日人多受损失，当然去请求本国政府，设法挽回。日人素来乖巧，先由外务大臣通告中国驻日代理公使庄景珂，说出一派友善的虚词，笼络中国，略云：

> 观日本与中国之关系，中国官民中，往往对于日本之真意，深怀疑虑，且有误信日本此次于交还胶州湾德国租借地于中国之既定方针，将有变更之图。余闻之甚出意外，且深为遗憾。近如牧野男爵，为关于山东问题，说明日本之地位，曾发表其声明于新闻纸上，余于此确认此项之声明，即日本于所口约者，严正确守山东青岛连同中国主权，均须交还中国。而中日两国，为增进相互利益所缔结之一切协定，亦当然诚实遵行。其中国因参战结果，由联合国商得之团匪赔偿金之停付，关税切实值百抽五之加增，并根据讲和条约由德国取回之有利条件，日本对于此等事项，无不欣然维持中国正当之希望。且帝国政府，仍拟照余在前期议会所声明者，以公正协和之精神为根据，而确定对华之方针，以期实行，中国官民，固不必多滋疑虑也。

代理公使庄景珂，得了此信，立即电达政府。仿佛小儿得饼情形。政府也道他是改变风头，可望软化。哪知过了八九日，即由驻京日使，送达公文至外交部，略言：“近来北京多散布传单，不是说胶州亡，就是说山东亡，此种论调，传播各省，煽动四处人民，实行排斥日货，应请注意！”并指外交委员林长民，有故意煽惑人民的嫌疑，亦与邦交有碍等语。林长民闻知消息，不得不呈请辞职，就是政府亦只好勉徇所请，特下令示禁道：

近日京师及外省各处，辄有集众游行演说，散布传单情事，始因青岛问题，发为激切言论，继则群言氾滥，多轶范围，而不逞之徒，复借端构煽，淆惑人心，于地方治安，关系至巨。值此时局艰屯，国家为重，政府责任所在，对内则应悉心保卫，以期维持公共安宁，对外尤宜先事预防，不使发生意外纷扰。着责成京外该管文武长官，剀切晓谕，严密稽察。如再有前项情事，务当悉力制止。其不服制止者，应即依法逮办，以遏乱萌。京师为首善之区，尤应注重，前已令饬该管长官等认真防弭，着即恪遵办理。倘奉行不力，或有疏虞，职责攸归，不能曲为宽假也！此令。

越数日，又有一令，宣示青岛案情，并为曹、章、陆三人，洗刷前愆。文云：

国步艰难，外交至重，一切国际待遇，当悉准于公法，京外各处，散布传单，集众演说，前经明令申禁。此等举动，悉由青岛问题而起，而群情激切，乃有嫉视日人、抵制日货之宣言，外损邦交，内隳威信，殊堪慨喟。抑知青岛问题，固肇始于前清光绪年间，德国借口曹州教案，始而强力占据，继乃订约租借。欧战开始，英、日军队攻占青岛，其时我国，尚未加入战团，犹赖多方磋议，得以缩小战区，声明还付。迨民国四年，发生中日交涉，我政府悉力坚持，至最后通牒，始与订立新约，于是有交还胶澳之换文。至济顺、高徐借款合同，与青岛交涉截然两事，该合同规定线路，得以协议变更，又有撤退日军，撤废民政署之互换条件，其非认许继续德国权利，显然可见。曹汝霖迭任外交财政，陆宗舆、章宗祥等，先后任驻日公使，各能尽维持补救之力，案牍具在，无难复按，在国人不明真相，致滋误会，无足深责。唯值人心浮动，不逞之徒，易于煽惑，自应剀切宣示，俾释群疑。凡我国人，须知外交繁重，责在当局，政府于此中利害，熟思审处，视国人为尤切，在国人唯当持以镇静，勿事惊疑。倘举动稍涉矜张，转恐贻患国家，适乖本旨。所有关于保卫治安事项，京外各该长官，自应遵照迭次明令，切实办理，仍着随时晓导，咸使周知！此令。

这令一下，更与全国人士的心理，大相反背，国民怎肯服从命令，统做了仗马寒蝉？政府却还要三令五申，促使各校学生，即日上课。正是：

民气宁堪常受抑？学潮从此又生波。

欲知政府谕令学生诸词，且至下回录述。

自政党二字，出现于前清之季，于是世人反以朋党为美谈，甲有党，乙亦有党，丙丁戊无不有党，党愈多而意见愈歧，语言愈杂，欲其互相通融，各泯猜忌，岂不难哉？观南北两派之会议，俱各挟一党见以来，朱代表虽有求和之意，而安福党人，从旁牵掣，乌足语和？南方之所以痛嫉者，即为安福派，安福不去，和必无望，此八条苛约之所以出现也。夫和议既归无效，则鲁案当然不能解决。曹、章、陆三人，固安福派之旁系也，彼既亲日，日人亦何惮而不恃强？借交还之美名，迫中央之谕禁，毋乃更巧为侮弄乎？家必自毁而后人毁之，国必自伐而后人伐之，信然！

第一百八回　迫公愤沪商全罢市 留总统国会却咨文

却说学生罢课，已阅旬余，徐政府外迫日使，内顾曹章，不能不促令上课，令文有云：

国家设置学校，慎定学程，固将造就人才，储为异日之用。在校各生，唯当以殚精学业，为唯一之天职，内政外交，各有专责，越俎而代，则必治丝而棼。譬一家然，使在塾子弟，咸操家政，未有能理者也。前者北京大学等校学生聚众游行，酿成纵火伤人之举，政府以青年学子，激于意气，多方启导，冀其感悟，直至举动逾轨，构成非法行为，不能不听诸法律之裁制，而政府咎其暴行，悯其蒙昧，固犹是爱惜诸生意也。在诸生日言青岛问题，多所误会，业经另令详切宣示，俾释群疑。诸生为爱国计，当求其有利国家者，若徒公开演说，嫉视外交，既损邻交，何裨国计？况值邦家多难，群情纷扰，甚有挟过激之见，为骇俗之资，虽凌蔑法纪，破坏国家而不恤，潮流所激，必至举国骚然，无所托命，神州奥区，坐召陆沉，以爱国始，以祸国终，彼时蒿目颠危，虽追悔始谋之不臧，嗟何及矣！诸生奔走负笈，亦为求学计耳，一时血气之偏，至以罢课为要挟之具。抑知学业良窳，为毕生事业所基，虚废居诸，适成自误。况在校各生，类多勤勉向学，以少数学生之憧扰，致使失时废业，其痛心疾首，又将何如？国家为储才计，务在范围曲成，用宏作育，兹以大义，正告诸生：于学校则当守规程，于国家则当循法律。学校规程之设，未尝因人而异，国家法律之设，亦唯依罪科罚，不容枉法徇人。政府虽重爱诸生，何能偭弃法规，以相容隐？诸生劬业有年，不乏洞明律学之士，诚为权衡事理，内返良知，其将何以自解？在京着责成教育部，在外责成省长暨教育厅，督饬各校职员，约束诸生，即日一律上课，毋得借端旷废，致荒本业。其联合会、义勇队等项名目尤应切实查禁。纠众滋事，扰及公安者，仍依前令办理。政府于诸生期许之重，凡兹再三申谕，固期有所鉴戒，勉为成才。其各砥砺濯磨，毋负谆谆诰诫之意！此令。

各校学生，闻悉此令，当然不愿受命，罢课如故。并由学生联合会中派遣演讲团，分头至京城内外，举行露天演讲，数约千余人。这边说得慷慨激昂，那边说得淋漓感奋，甚至声泪俱下，引起一班行人的感情，统是倾耳静听。东一簇，西一团，好象听文明戏一般，越来越众。警察厅又出来干涉，特派保安马队若干人，到处弹压，先劝学生不得演讲，学生置诸不理，仍然侃侃而谈。嗣由警队动怒，拍动马头，竟向人多处冲突进去，听讲诸人，恐遭蹂躏，陆续奔散，只剩了演讲学生，被警队强加驱迫，押入北京大学，闭置法科理科各室，不准自由出入。且由警士环守学校大门，再从步军统领署内，派出兵士数百，竟在门前扎营，视学生如俘虏，日夜监束。还想加用压力。各校教职诸员，均向政府递呈，要求释放学生，撤退军警，政府并不批答。教育次长袁希涛，见学校风潮愈紧，未免左右为难，因亦慨然告辞，政府准令免职，另命傅岳棻为教育次长，摄行部务。北京各学校，不得不通电外省，声明曲直。上海滩头，学校最多，消息最灵，听得北京各学生一再被拘，自然愤气填胸，立即号召各界，续开大会，时已为六月初旬了。会场決议，以学界为首倡，以商界为后继，务要罢斥曹、章、陆三人，及释放北京被拘学生，然后了事。当下缮成一篇宣言书，分布如下：

鸣呼！事变纷乘，外侮日亟，正国民同心戮力之时，而事与愿违，吾人日夕之所呼吁，终于无毫发之效，前途瞻望，实用痛心。本会同人，谨再披肝沥胆，以危苦之词，求国人之听。自外交警信传来，北京学生，适当先觉之任，士气一振，奸佞寒心，义声所播，咸知奋发，而政府横加罪戾，是已失吾人之望，乃以此咎及教育负责之人，致傅、蔡诸公纷纷引去。夫段祺瑞、徐树铮、曹汝霖、陆宗舆、章宗祥等，迭与日本借债订约，辱国丧权，凭假外援，营植私利，逆迹昭著，中外共瞻，全国国民，皆有欲得甘心之意。政府于人民之所恶，则必百计保全，于人民之所欲，则且一网打尽，更屡颁文告，严惩学生，并集会演说刊布文字，公民所有之自由，亦加剥削，是政府不欲国民有一分觉悟，国势有一分进步也。爱国者科罪，而卖国者称功，诚不知公理良心之安在？争乱频年，民曰劳止，政府犹不从事于根本之改革，肃清武人势力，建设永久和平，反借口于枝叶细故，以求人之见谅。继此纷争，国于何有？此皆最近之事实，足以令人恐惧危疑，不知死所者。政府既受吾民之付托，当使政治与民意相符，若一意孤行，以国家为孤注，吾民何罪？当从为奴隶。呜呼国人！幸垂听焉。共和国家之事，人民当负其责，方今时机迫切，非独强邻乘机谋我，即素怀亲善之邦，亦无不切齿愤恨，以吾内政之昏乱，我纵甘心，人将不忍，生死存亡，近在眉睫，岂可再蹈故习常，依违容忍，慕稳健之虚名，速沦胥之实祸？夫政府之与人民，譬犹兄弟骨肉，兄弟有过，危及国家，固尝知无不言，言无不尽，终不见听，虽奋臂与斗，亦所不辞。何则？切肤之痛在身，有所不暇计也。吾人求学，将以致用，若使吾人明知祸机之迫不及待，而曰姑俟吾学业既毕，徐以远者大者，贡献于国家，非独失近世教育之精神，即国家亦何贵有此学子？吾人幸得读书问道，不敢自弃责任，谨自五月二十六日始，一致罢课，期全国国民，闻而兴起，以要求政府惩办国贼为唯一之职志。政治肃清，然后国基强固，转危为安，庶几在此。同人虽出重大之代价，心实甘之。所冀政府彻底觉悟，幡然改图，全国同胞，亦各奋公诚，同匡危难，中国前途，实利赖之。同人不敏，请任前驱，戮力同心，还期继起。

上海商民，为了学界宣言，都不知不觉的流露一种热诚，与学生共表同情。六月四日，南商会开会集议，各商人闻风前往，不下千余，偏警兵无理取闹，硬要把他拦阻，遂致众情大愤，以为如此压迫，非罢市不足对待，越宿便即实行。南市各商肆，先行罢市，法租界各商家，照样闭门，公共租界，一律照办。又俄而英租界中，如永安、先施两大公司，亦皆杜门谢客。到了午后，无论华租各界，所有大小商店，统已关门闭户，不纳主顾，街上只有学生奔走，分发传单，巡警往来，防备闹事，余外无非是各处行旅，侦探消息，好好一个大商埠，弄得烟云失色，箫鼓无声。过了一宵，商店仍旧闭市，华界一带，由警官挨户晓示，勒令开门，照常交易。商人早已将答语预备，说是卖买自由，不劳警官过问。好一个回话手本。警官倒也无词可驳，悻悻自去。租界中的洋巡捕，不过沿路巡查，维持秩序，却未曾硬行干涉。唯商肆各悬挂白旗，上面写着，无非是“万众一心，同声呼吁，力抗汉奸，唤醒政府”等语。全市旗布飘飏，做了一种特别的招牌。又越一日，华界租界，只有几家吃食店，半开半掩，略卖些饼饵糕粽，惠顾行人，此外依然抱着关门主义。警察署不能漠视，又派出武装警察，游行华市，用了一派威吓的厉词，逼令开市。商民或怕他凶焰，勉强除去排门，及警察去后，复将排门关好，拒绝买卖。再过两天，闭市如故。

看官你想上海一隅，是中外各国交通的埠头，行人似蚁，比户如鳞，怎能好几日不做买卖？华人为反对政府起见，就使受些困难，尚是甘心，那洋商岂肯无端受累，听他过去？当下由中外官吏，迭电中央，报明情状。政府至此，也不得不改变方针，就是安福派亦无法摆布，只好听令政府，自行处置。政府乃拟将曹、陆、章三人，一并免职，并释放先后拘禁的学生。这消息传到上海，闭市已经六日了。商会因遍发通告，传知各业，所有要求各事，目的已达，应即于次日开市交易等语。到了翌晨，各商人购阅新闻纸，尚未载有免除曹、陆、章三人命令，恐京中所传未确，仍然闭市，直到晚间，方得驻沪总领事法磊斯，转奉驻京英公使朱尔典氏来电，证明曹、章、陆三人免职命令，已由徐政府颁布，确凿无讹。电文由英公使寄沪，可知曹、陆、章之免职，还是假手外人。且由总领事劝告商学两界，开市上课。商界已有一星期停止交易，既已得遂一部分的请求，乃全体开市，照常营业，并在门首各挂五色国旗，作为民意胜利的庆贺。学生团又拍电至京，问明被拘学生情状，旋得京中各学校复电，已经一律释放。于是学生团选出代表，向大小商号道谢，自归各校上课去了。

是时南京、杭州、武昌、汉口、天津、九江、山东、厦门各处，因闻沪上罢市，亦皆先后相继，一致要求，或五日，或三日，连工界亦相约罢工，群起抵制，所以安福派不能坚持，徐政府方得行使命令，这也好算得众志成城，有此效果哩。唯曹汝霖既已罢职，交通总长一缺，暂任次长曾毓隽代理。徐总统尚恐得罪安福，且虑国民为了青岛问题，再有要求，因提出辞职咨文，送交参众两议院，一面通电各省，自述咨文内容。略云：

国步艰难，百度纠纷，世昌力绌能鲜，谨于昨日咨行参众两院辞职。其文曰："本大总统猥以衰年，谬膺众选，硁硁之性，本不承任。唯以邦人责望之殷，督以大义，固辞不获。其时欧会肇始，关系綦巨，而国内和平之望，亦甫在萌芽，一线曙光，万流跂瞩。私衷窃揣，以为此时对内对外，皆为贞元绝续之交，不乘兹着手，迅图挽救，后将无及，所以踌躇再四，不得不勉膺巨任者，固期有所匡救也。欧会成立以来，经过详情，业经咨达国会在案，原拟全约签字，唯提出关于胶澳各条，声明保留此项，原属不得已办法。但体察现情，保留一层，已难办到，即使保留办到，于日、德间应有效力，并不变更，而日人于交还一举，转可借端变计，是否于我有利，此中尚待考量。若因保留不能办到，而并不签字，不特日、德关系，不受牵制，而吾国对于草约全案，先已明示放弃，一切有利条件及国际地位，均有妨碍，故为两害从轻之计，仍以签字为宜。前此因胶澳交还，未有确证，政府亦深为顾虑。近日迭接全权委员等报告，日代表在三国会议中，已有宣言可证，英外部亦正式来函，声明日本将胶澳连同完全主权，交还中国一层，系属切实。日外部对于还付胶澳问题，亦已有半公式之声明，由驻京日使送达外部。凡兹各节，虽未列在草约，固已足资证明。即美总统前于保留办法，极表赞助，近亦谓须与公法家详慎考酌。此时内审国情外观大势，唯有重视英、美、法、日各国之意见，毅然全约签字，以维持我国际之地位。唯我国内舆论，坚拒签字如出一辙，在人民昧于外交情形，固亦在意计之中。而共和国家，民为主体，总统以下同属公仆，欲径情措理，既非服从民意之初衷，欲以民意为从违，而熟筹利害，又不忍坐视国步之颠踬，此自对外言之，不能不引咎者一也。至于和平计划，不外法律事实诸端，曩在就任之初，目睹兵氛未消，时局危迫，窃以为非促进统一，无以谋政治之进行，即无以图对外之发展，迭经往返商榷，信使交驰，始有会议之举。果其诚意言和，互谋让步，则数月以来，从容筹议，何难早图结束。乃沪议中辍，群情失望，在南方徒言接近，而未有完全解决之方，在中央欲进和平，而终乏积极进行之效，执成不悟，事势多歧，筑室道谋，蹉跎时日。循此以推，即使会议重开，而双方隔阂尚多，必至仍前决裂，一摘再摘，国事何堪？此皆本大总统德薄才疏，无统治国家收拾时局之智能，知难而退，窃慕哲人，此就对内言之，不能不引咎者一也。抑且民为邦本，古训昭然，本大总统来自间阎，深知疾苦，亦冀厉行民治，加惠群生，稍尽藐躬之责，乃以统一未成之故，阛阓凋零，萑苻四起，士卒暴露，老弱流离，每念小民痛苦之情，恻然难安寝馈，心余力绌，愧疚滋深。自维澹定本怀，原无名位之见，经岁以来，既竭疏庸，无裨国计，虽阁制推行，责任有属，国人或能相谅，而揆诸平昔律己之切，既未能挈领提纲，转移元会，犹冀以难进易退之义，率我国人。谨咨达贵院声请辞职，幸早日提议公决，另行选举，以重国政。至此项选举，手续纷繁，在未经选举新任大总统以前，本大总统一日在职，仍当尽一日之责，相应咨达贵院查照办理”等语。各该地方长官，务当督饬所属，保卫地方，毋稍疏虞，是为至要！

各省督军省长，得了徐电，正想复电挽留，旋接参议院议长李盛铎，及众议院议长王揖唐，通电各省云：

本日大总统咨送盖用大总统印文一件到院，声明辞职。查现行《约法》，行政之组织，系责任内阁制，一切外交内政，由国务院负其责任，大总统无引咎辞职之规定。且来文未经国务总理副署，在法律不生效力，当由盛铎、揖唐即日躬赍缴还，吁请大总统照常任职。恐有讹传，驰电奉闻，敬希鉴察！

自两议院有此电文，各省督军省长，越加向徐巴结，纷纷电达中央，挽留徐驾。徐东海原是虚与周旋，并非真欲去位，既得内外慰留，自然不生另议。唯国务总理钱能训，不得不呈请辞职。总理一辞，全体阁员，当然连带关系，一并告退。原来此时为责任内阁，一切政治，当由内阁负责，总统尚可推诿，所以老徐通电，也有阁制推行、责任有属的明文。钱总理无可诿咎，还是卸职自去，离开此烦恼场。总计钱内阁成立半年有余，至此似山穷水尽，不可复延了。小子有诗道：

揆席原来不易居，况经世变迫沦胥。
何如卸职归休去，好向家园赋遂初。

钱内阁既倒，徐总统亦许令归休，欲知继任为谁，下回再行表明。

古人有言："众怒难犯，专欲难成"，沪上罢市，即其见端也。夫曹、陆、章三人之亲日，非真欲卖国也，但欲见好于武夫，为之借资运械，竭尽机谋，顾目前而忘大局，误国适同卖国耳。老徐亦何尝爱此三人，无非因安福派之掣肘，不得不下禁令以顾邻谊，促上课以抑学潮，迨致激动公愤，全沪罢市，而各省又相继响应，于是安福派之计穷，而曹、陆、章免职之令乃下，此未始非武夫专擅之反动力，而亦由老徐欲擒故纵之谋有以致之也。然三人虽去，而安福系之势力犹张，徐乃复提出辞职咨文以免安福派之非议，此中之煞费苦心不足为外人道，然徐虽留而钱则已倒矣。

第一百九回　乘俄乱徐树铮筹边
拒德约陆征祥通电

却说钱能训辞去总理，当由徐总统下令照准，其余阁员，亦曾连带辞职，徐总统却不加批答，且令财政总长龚心湛，代任国务总理。所有内务总长一职，本由钱能训兼职，此时钱亦辞免，因特使司法总长朱深兼署，此外俱仍旧贯。唯币制局总裁陆宗舆，既已免去，后任乃是李思浩。大学校长蔡元培，不愿回京，改任胡仁源署理。内外风潮，总算少平。驻京英法日意美五国公使，以为风潮少靖，正当把上海的和会，继续进行，特由英使朱尔典氏，作为五国总代表，向徐政府提出说帖云：

> 兹由英、法、日本、意、美五国公使，对于上海和会停顿，致生中国国内纠葛，迟缓解决之情，深系不平之念，故拟声明其所希望，重行开会，以使会议之举，可以尽前妥为了结之意。查双方之目的，现既彼此说明，则似可早达于与各方公平，及与中国并国民共同利益相宜解决之方法，此时未及其时，而各本公使望无论何方面，必不以何方法而允重开战事。各国公使陈述此意时，并欲向中国国民及政府，声明其各本国政府与各本国国民存友睦良好之忱，且对于中国能恢复统一国内和好之状。并中国政府能完全施行其欲达国民普遍幸福所组织之权。届时各本国政府及国民，当必满意欢迎也。

徐总统接着说帖，免不得长叹数声。看官须知徐总统本意，原是极端求和，不过因总代表朱启钤，赴沪数月，毫无头绪，虽由南方不肯让步，终致无成，就中亦为安福派作梗，阴受牵制，所以老徐闻到“议和”二字，不能不一再唏嘘。安福作梗，已见一百七回中。安福派中的首领，名目上为段合肥，实是小徐背后捉刀，独力造成。故一个徐树铮，实足概括安福全部。徐树铮的意见，欲派选本系中人，作为议和总代表，故当和议停顿后，即密嘱心腹，向总统府中进言，老徐含糊答应。及五国公使说帖，递入总统府，遂使老徐踌躇再四，默思派一别员，仍归无效，不若将计就计，使安福系中推举一人，叫他前去一试，如能妥协和议，原是不必说了，否则亦使他亲尝艰苦，免得横生枝节，多来饶舌。当下授意段派，即令推荐妥员。偏有一位众议院议长王揖唐，愿当此任，徐总统毫不迟疑，即派令南下。

徐树铮又因南北停战，无从逞威，段合肥又不得秉政，内乏奥援，必且失职，乃更想出一条大名目来，居然欲效汉终军请缨故事。自从民国二年，俄人嗾使外蒙独立，迫我承认，中国政府因内乱未平，不遑兼顾，只好放弃一部分主权，听令自治，事见前文。蹉跎至四五年，虽尚有驻库办事员住着，但已徒有虚名，不能监制外蒙。外蒙唯借俄人为援，抵抗中国。至俄国革命，已失保护外蒙的能力，西伯利亚一带，乱党蜂起，且屡与外蒙为难，外蒙王公，颇悔从前错误，复思内向。小徐得了此信，乐得趁这机会，博取功劳，乃即呈入条陈，自请防边。徐总统以小徐好事，在内多患，还是调他出去，较为安静，因即准如所请，特令为西北筹边使。这西北筹边使的官名，乃是民国以来所创见，当时议定筹边使职权，颁行如下：

（一）政府因规划西北边务，并振兴各地方事业，特设西北筹边使。

（二）西北筹边使，由大总统特任，筹办西北各地方交通，垦牧，林矿，硝盐，商业，教育，兵卫事宜。所有派驻该地各军队，统归节制指挥。

关于前项事宜，都护使应商承筹边使襄助一切，其边事长官佐理员等，应并受节制。

（三）西北筹边使，办理前条事宜，其有境地毗连，关涉奉天、黑龙江、甘肃、新疆各省，及其在热河、察哈尔、绥远各特别行政区域内者，应与各该省军政民政最高长官，及各都统妥商办理。

（四）西北筹边使施行第二条各项事宜时，应与各盟旗盟长札萨克妥商办理。

（五）西北筹边使设置公署，其地址由西北筹边使选定呈报。

（六）西北筹边使公署之编制，由西北筹边使拟定呈报。

（七）本官制自公布日施行。

小徐既任筹边使，尚以为权力未足，再向中央要求，欲兼充西北边防总司令。徐总统拗他不过，索性也下一任命，使他如愿以偿。予取予求的徐树铮，方握虎符，拥兽旄，威风凛凛，驰往塞外去了。摹写有致。

且说青岛交涉，终未定夺，签约不签约两问题，各执一词，亦难解决。山东绅民，前曾在省城演武厅中，特开国民请愿大会，要求省长代电中央，请将青岛及路矿等，由和会公判，直接交还，并请惩办祸首，撤除非法密约。当经省长代为转电政府，政府搁置不答。嗣因日本恃强欺弱，陆专使等不能争回主权，乃再由山东省议会、省教育会、省商会、农会、报界联合会、学生联合会、济南商会等七团体，公举代表八十五人，入京呈递请愿书。书中总旨分三大纲：（一）系巴黎和约，关于山东三条，必须拒绝签字。（二）系高徐、顺济铁路草约，必须废除。（三）系卖国奸人，必须一律严惩。六月二十日，各代表亦皆到京，即至总统府中，要求谒见大总统。徐总统未允接见，各代表待至傍晚，方才散去。次日，又往总统府，坚求面谒。乃由龚代总理心湛，朱总长深，出来相见。各代表振振有词，定要亲见总统。龚代总理等，谓既有请愿书，且俟总统阅后，再行定夺。各代表始递交请愿书，由龚代总理转递进去。既而徐总统也亲莅居仁堂，传见各代表，各代表才得面陈民意，迫请总统代为主张。徐总统慰谕数语，教他出外候批，各代表乃一并退出。及国务院发出请愿书批示，语带游移，未见切实，各代表因复诣国务院，谒见龚代总理，声称奉阅批语，尚涉含糊，公民等名为代表，实不能归见父老，应请将原批收回，确实示明。龚代总理无语可驳，当允于二日内另行批复，各代表乃再出外守候。过了两日，国务院总算践言，发出批语如下：

据来呈均悉。该代表等关怀桑梓，注重国权，所述特为痛切。此次欧会和约，政府以关于山东问题各条，最为重要，迭经电饬专使，悉力争持，近据专使等电述保留一节，尚在多方进行，所有各代表等陈请，不能保留即拒绝签字等情，昨亦经电达专使，遵照在案。国家领土主权，断难丝毫放弃，政府与国民主张，初无二致，无论如何，必将胶澳设法收回，此则夙具决心，可为国民正告者也。所称高徐、顺济路约一节，查该路原系草约，自必多方磋议，力图收回，断不续订正约，以慰群望。至中日二十一条密约，及高徐、顺济路约，经过情形，案牍具在，前经择要宣布。共和国家，一切措施，悉当准诸法律，必有确实证据，乃受法律制裁。政府与国家利益，人民疾苦，无日不在注念之中，乃以国家多艰，致该代表等远涉京师，有妨本业，殊深轸念。其各归告父老子弟，俾晓然于外交真相，及政府维持国权之苦心，各持镇静，勿滋疑虑！此批。

各代表见了批示，比前批较为切实，虽未能尽如所求，也算得了三分之二，因各陆续出都，还乡去讫。未几，复由北京各团体公推代表五百余人，排队举旗，亦赴总统府请愿，备有公呈，要求三款：（一）不保留山东和约，决不应签字。（二）决定废除高徐、顺济两路草约。（三）立即恢复南北和会。徐总统闻报，又遣龚代总理，及教育次长傅岳棻，接见北京各代表。各代表求见总统，到晚未出，大众不肯散归，并在新华门外露宿一宵。翌日，始由徐总统召见，并即由国务院发出批词，略云："所陈三事，政府具有决心，亟应竭力进行，慰从众望。艰难困苦，当与国人共勉"等语。于是众代表不复多言，相率退归，静候解决。

到了七月二日，政府接到巴黎来电，乃是协约国对德和约，已经议决，即在凡尔赛宫正式签字。独中国专使，因山东问题，未得和约保留，只好拒绝签字，所以来电声明。先是各国代表，共至巴黎，开议对德条约，德亦派出代表议和，总代表为蓝超伯爵，余为内阁阁员蓝斯堡、吉斯白资，暨国会议长莱勒特，华白公司经理美尔恰，国际法学家休克金等，并至巴黎，共同谈判。协约国叠经磋磨，公定对德议和草约十余件，统计得八千字，大致可分为数纲：（一）割让和约指定的土地，（二）放弃欧洲以外一切殖民地及权利，（三）承认波兰、捷克斯洛伐克、南斯拉夫各国独立，（四）减少常备兵额，与所有军舰，不得沿用征兵制，及潜水艇，军用飞机，（五）惩罚前德皇威廉第二，（六）赔偿各国损失全数为墨银五百万万元，（七）协约国商货，得自由通过德国境内，尚有著名铁道运河水道等，归协约国管辖，（八）德国承认国际同盟，但一时不能加入，所有一切代管地，与国际公有地，均由国际同盟掌管。此外尚有细件，不及备载。此属西史范围，故从略叙。德国代表，当然不肯承认，提出抗议。旋经协约国再加修改，不过就割让土地部分间，稍从变换，余皆不肯更动。会长克勒孟沙，且严词语德国代表道："今无庸再来哓哓，大小各国，因汝德人违背公道，非常酷待，所以结成团体，各派代表到此。汝国若再不从，恐要与汝国大决算了。"可怜德国代表蓝超伯爵等，无由申说，不得已电告本国，请示定夺。战败国原是如此，但亦统由德人自取。德国新大总统爱培尔德，及内阁总理施特曼，俱不愿允此和约。施特曼内阁，遂全体辞职，就是议和总代表蓝超伯爵，亦连同告辞，乃由巴浮氏重组内阁，另派外交总长慕勒氏，殖民总长贝尔氏，继为议和代表。终因势孤力屈，抗不过协约国的威稜，且将协约国议案，付诸国会表决，投票结果，愿签字的二百二十八票，不愿签字的，只一百三十八票，大多数通过和约，电致议和总代表，勉强签约。德既签字，与会诸国代表，皆相继签字。唯中国代表陆征祥等，均不出席，声明为山东问题的障碍，碍难签约，一面报告中央。文云：

和约签字，我国对于山东问题，自五月二十六日正式通知大会，依据五月六日，祥在会中所宣言维持保留去后，迭向各方竭力进行，迭经电呈在案。此事我国节节退让，最初主张注入约内，不允；改附约后，又不允；改在约外，又不允；改为仅用声明，不用保留字样，又不允；不得已改为临时分函声明，不能因签字而有妨将来提请重议云云。岂知直至今日午时，完全被拒。此事于我国领土完全，及前途安危，关系至巨，祥等所以始终不敢放松者，固欲使此问题，留一线生机，亦免使所提他项希望条件，生不祥影响。不料大会专断至此，竟不稍顾我国纤微体面，曷胜愤慨！弱国交涉，始争终让，几成惯例，此次若再隐忍签字，我国前途，将更无外交之可言。内省既觉不安，即征诸外人论调，亦群谓中国决无可以签字之理，详审商榷，不得已当时不往签字，当即备函通知会长，声明保存我政府对于德约最后决定之权等语，姑留余地。窃唯祥等猥以菲材，谬膺重任，来欧半载，事与愿违，内疚神明，外惭清议，自此以往，利害得失，尚难逆睹，要皆由祥等之奉职无状，致贻我政府主座及全国之忧。乞即明令开去祥外交总长委员长，及廷、钧等差缺，一并交付惩戒。并一面迅即另简大员，筹办对于德奥和约补救事宜，不胜待罪之至！

这电自六月二十八日，由巴黎发出，是日即协约国对德和约共同签字的期间，途中不知何故淹留，至七月二日方才接到。政府正在着忙，会议善后办法，忽又接到陆专使续电云："德约我国既未签字，中德战事状态，法律上可认为继续有效，拟请迅咨国会建议，宣告中德战事告终，通过后即用明令发表，逾速逾妙，幸勿迟延！"政府因即复电云：

事势变迁，并声明亦不能办到，政府同深愤慨。德约既未签字，所谓保存我政府最后决定之权，保存后究应如何办理？此事于国家利害，关系至为巨要。该全权委员等责职所在，不能不熟思审处别求补救，未便以引咎虚文，遽行卸职。至所拟咨由国会建议，宣告中德战争状态告终，俟通过后，明令发表一节，片面宣布，究竟有无效力？抑或外交有此先例？所有对德种种关系，将来如何结束，统望熟筹详复。再奥约必须签字，务即照办。

重洋遥隔，一电往还，未能朝发夕至，免不得有稽迟情形。政府恐国民因此愤激，再起风潮，故不待陆专使等答复，便即由徐总统下令道：

巴黎会议对德和约，关系至巨，迭经电饬各全权委员审慎从事，顷据全权委员陆征祥等，六月二十八日电称："我国对于山东问题，自通知大会宣言维持保留后，最初主张，注入约内，不允；改附约后，又不允；改在约外，又不允；改为仅用声明，不用保留字样，又不允；改为临时分函声明，不能因签字而有妨将来提请重议，又复完全被拒。不得已当时不往签字，备函通知会长，声明保存我政府对于德约最后决定之权”等语。披览之余，良深慨惋。此次胶澳问题，以我国与日、德间三国之关系，提出和会，数月以来，乃以种种关系，不克达我最初希望，旷览友邦之大势，反省我国之内情，言之痛心，至为危惧。唯究此项问题之由来，诚非一朝一夕之故，亦非今日决定签字与不签字，即可作为终结。现在对德和约，既未签字，而和会折冲，势不能诎然中止，此后对外问题，益增繁重，尤不能不重视协约各友邦之善意。国家利害所在，如何而谋挽济，国际地位所系，如何而策安全，亟待熟思审处，妥筹解决。凡我国人，须知圜海大同，国交至重，不能遗世以独立，要在因时以制宜，各当秉爱国之诚，率循正轨，持以镇静，勿事嚣张，俾政府与各全权委员等，得以悉心筹划，竭力进行。庶几上下一体，共济艰危，我国家前途无穷之望，实系于此。用告有众，咸使周知！此令。

这令下后，嗣接陆专使复电，除奥约应该签字外，仍执前议，政府乃照来电进行。小子有诗叹道：

对外全凭后盾多，徒持公理漫言和。

试看炎日天骄甚，痯口无成恨若何？

欲知后来对日情事，容至下回续叙。

小徐才识，未尝不卓绝一时，惜乎其心术之不堪告人也。彼欲效战国策士之行，为纵横捭阖之谋，不知彼时七国分峙，各私其私，策士犹得乘势而操纵之，今岂犹是战国时耶？明明为共和政体，而乃专事破坏，不愿和平，至南北停战以后，即起攫西北边防使一席，名曰防边，实仍欲把持军权耳。民国有小徐，欲求安宁难矣。陆征祥等之出使巴黎，参入和会，始终欲保留胶澳，不肯签字，较诸曹、章、陆诸人，较为得体。然至于舌敝唇焦，卒不能挽回万一，岂不可叹！优胜劣败，已成公例，奈何军阀家犹专知内讧，不顾大局耶？

第一百十回　罢参战改设机关　撤自治收回藩属

却说山东问题，未曾解决，国民当然不服，屡有排日举动。山东齐鲁大学生，常在通商要港，调查日货出入，不许华商贩售。一日，见有车夫运粮，输往海口，学生疑他私济日人，趋往过问。偏被日人瞧见，号召日警，竟将学生拘去。事为学商各界闻知，即聚集数千人，共至省长公署，请向日本领事交涉。当由省长派员劝慰，许即转告日领，索回学生。大众待至晚间，未见释归，又向省长署中要求，直至次日始得将学生放归，众始散去。嗣又有乡民数千人，因日人在胶济铁路桥洞旁，抽收人畜经过税，亦至省长公署，要请与日人理论。经省长婉言劝导，教他少安毋躁，待政府解决青岛问题，自不致有此等情事。乡民无可奈何，只好退归。唯排斥日货，始终未懈。不但山东如是，各省亦皆如是。驻京日使，专用强力压迫我国政府，严行禁止，政府不得不通电各省，但说是："陆专使拒绝签字，正当统筹全局，亟谋补救，各省排斥日货，徒然意气用事，反损友邦感情，务希责成军警，实力制止"等语。各省长官，虽亦照式晓示，唯国民不买日货，乃是交易自由，并非犯法，所以禁令屡申，也是徒然。政府也不过虚循故事。既而上海租界内，有悬挂日皇形像，当众指詈等情。四川重庆境内，日本领事宴请中国官绅，轿夫马弁，群集领事署门，用泥土涂抹门首的菊花徽章。两事又经日使提出，请中国政府设法消弭，并查办犯人，严行惩罚云云。政府也只好通电各省，申谕人民，毋得再犯友邦国徽及君主肖像。此外尚有各种交涉，不胜枚举。唯巴黎和会中陆专使等，对德条约，已不签字。接连是对奥条约，亦由协约国与奥使议定，迫令承认。奥使伦纳尔等，起初也极力抗辩，终因兵败国危，无能为力，没奈何忍辱签字。协约国当然签约，陆专使等对着奥国，没甚关碍，也即签字。奥约与德约略同，无非是割让土地，裁损军队，放弃欧洲以外一切权利，承认匈牙利独立，奥、匈本联邦国，至此匈始独立。及捷克斯洛伐克、南斯拉夫新建诸国，并赔偿各国战争损失等情。中国专使既经签字，便即电达中央，时已为九月中旬了。徐总统乃连下二令道：

我中华民国于六年八月十四日，宣告对德国立于战争地位，主旨在乎拥护公法，维持人道，阻遏战祸，促进和平。自加入战团以来，一切均与协约各国，取同一之态度。现在欧战告终，对德和约，业经协约各国全权委员，于本年六月二十八日，在巴黎签字，各国对德战事状态，即于是日告终。我国因约内关于山东三款，未能赞同，故拒绝签字，但其余各款，我国固与协约各国，始终一致承认。协约各国对德战事状态，既已终了，我国为协约国之一，对德地位，当然相同。兹经提交国会议决，应即宣告我中华民国对于德国战事状态，一律终止。凡我有众，咸使闻知！此令。

对德战事状态终止，业于九月十五日布告在案，兹据专使陆征祥电称，奥约已于九月十日经我国签字等语，是对德、奥战争状态，业已完全解除。唯宣战后对德、奥人民所订各项章程，非有废止或修改之明文，仍应继续有效。此令。

还有广东军政府，比徐总统占先一着，也对德宣告和平，文云：

自欧战发生，德人以潜艇封锁战略，加危害于中立国，我国对德警告无效，继以绝交，终与美国一致宣战，当即声明所有中、德两国从前所订一切条约合同协约，皆因两国立于战争地位，一律废止。去年十一月十一日我协约国与德国订休战条约，随开和平会议于巴黎，我国亦派专员出席与会，唯对于和约中关系山东问题三款外，其他条款，及中、德关系各款，我国均悉表示赞成。今因我专使提出保留山东无效，未签字于和约，此系我国保全主权，万不获已之举。对于协约各国实非常抱歉。而对于德国恢复和平之意，则亦与协约各国相同，并不因未签字而有所变易。我中华民国希望各友邦对于山东问题三款，再加考量，为公道正义之主张，而为东亚和平永久的保障，实所馨香祷祝者也。特此通告！

看官阅过上文，应知中国与德、奥宣战本由段祺瑞首先主张，所以段祺瑞辞去总理，名为下野，实是仍任参战督办。德、奥约定易战为和，参战处应该撤消，所有参战处办事人员，统皆叙功，段祺瑞得受勋一位殊荣。唯段派不愿就此闲散，当然预先筹划，以便改设机关。徐树铮出任边防，就是保持权力的先声，好在俄、蒙交涉屡次发生，中国不能不积极筹备，小徐已做了前驱，中央应特任一督办大员，作为小徐的援应。督办大员的资格，当然非老段莫属了。于是由政府下令道：

现在欧战告竣，所有督办参战事务处，应即裁撤。唯沿边一带，地方不靖，时虞激党滋扰，绥疆固圉，极关重要，着即改设督办边防事务处，特置大员，居中策应，以资控驭而赴事机。其参战处未尽各事，并归该处继续办理，借资收束。此令。

这令后面，便是特任段祺瑞督办边防事务。好一篇改头换面的大文章，仍由段老一手做去。倚段奉段的人物，也得联蝉办事，权力依然，可喜可贺。语语生芒。先是俄国内乱，不遑外顾，西伯利亚一带，新旧各党，互生抵触，乱匪亦乘势蜂起，随处滋扰。我国除蒙古外，如吉林、黑龙江、新疆各界，均与俄境毗连，免不得为彼所逼，时有戒心。吉黑两省督军省长，屡次致电中央，请派海军舰队，驰往松花江为驻防计。当经海军部提出议案，咨交国务会议，国务员一体赞成，并援前清咸丰八年瑷珲条约作为证据。查瑷珲条约，为中、俄两国所协定，内载：“黑龙江、松花江左岸，由额尔古纳河至松花江口，为俄罗斯国属地；右岸顺江流至乌苏里河，为大清国属地。由乌苏里河往彼至海所有之地，此地如同接连两国交界明定其间地方，为大清国、俄罗斯国共管之地。由黑龙江、松花江、乌苏里河，此后只准大清国、俄罗斯国行船，各别外国船只不准由此江、河行走”等语。据此约文，既称由乌苏里河往彼至海，如同连接，是我船由海溯江，在黑龙江、松花江流域中，虽经过俄属江流，也是依据条约行事。况条约载明，只准中、俄两国行船，不准各别外国船只行走，是中国船只，显然可行。现在俄乱方亟，不暇顾及边境治安，我国若筹办黑龙江防，正是目前急务。且党匪所至，中、俄商民，并皆罹殃，如果我国江防成立，不但华民免祸，就是俄民也受益不浅。俄政府应该欢迎，不致抗议。国务员执此理由，因即决议进行，由海军部派出王崇文为吉黑江防筹办处处长，并饬海军总司令，调驶利绥、利捷、利通、利川、江亨、靖安等六舰，由沪北往松、黑二江驻防。各舰驶至海参崴，俄人提出抗议，不容中国舰队上驶，经海军代表林建章，与外交委员刘镜人等，一再理论，始得放行前进。将抵松花江口，暂泊达达岛，又为俄官所阻，不能径入。达达岛地旷人稀，无从购取煤粮，俄人且截断各舰的运输，几至坐困。林建章等一面与俄人交涉，一面自由驶入庙街，拟寻一避冷港内，寄泊御寒。不料西伯利亚俄军，竟不分皂白，放起炮来，连声轰响，向中国舰队激射。舰队慌忙退避，已有弁目三人受伤，当即拍电到京，一再告急。政府先已照会俄使，依照瑷珲条约，与他辩论。俄使倒也说不出理由，但言：“本使只能随本国政潮，从权办理，中国若据瑷珲条约，亦可自行上驶，各行其是。”照此口吻，也是由俄国内乱，故从柔软。政府得了此信，却放心了一半，至是接到告急电文，复向俄使严重责问，书面写着：

> 查瑷珲条约第一条第二项，载明中、俄船只，得以驶入松花江等，不受限制。中、俄在松、黑权利，原属平等，今俄舰炮击吾舰，殊出意外，应请从速允许我舰江亨、利捷、利绥、利川四艘，安全通过，否则吾国不得不执相当之对付，将以同样手段，加之贵国松、黑两江之舰艇。亦希速电海参崴当事者，以短小之时间，为满意之答复，是所至盼。不意中国亦有此强硬之公文！

除此责问书外，又电驻海参崴高等委员，与俄新政府直接交涉。其实俄政府尚徒拥虚名，未能统驭全国，就是驻京俄使传电通告，也没有确实表示。中国驶往松花江的舰队，只能暂避兵锋，退驻下流，静待解决便了。会驻库办事大员都护使陈毅，报称外蒙古王公，情愿取消自治，归附中华，这真算是民国难得的机会。政府自然去电奖励，并饬外交部蒙藏院等机关，会同商酌办理。陈毅复派属员王仁诩到京，面陈一切情形。原来外蒙自受俄人唆使后，名为自治，实不啻为俄人保护国，俄人屡给借款，盘剥外蒙，外蒙已不堪凌逼，自知为俄所欺，苦难悔约。及俄国革命乱党，又屡次入境，骚扰益甚。外蒙自治官府，乃复向中国乞援，当由外蒙亲王巴特玛多尔济领衔，呈请取消自治，凡历年所借款项归俄、蒙双方交涉，应由中央逐年归还若干。余如各王公等年俸，亦请中央承认等语。陈毅以为所损有限，所得实多，便替他殷勤呈报。还有西北筹边使徐树铮，正欲借此图功，可巧得了这个消息，乃是天上飞来的幸事，急忙电呈中央，说是："外蒙归化，怀德畏威，应速加慰抚"等语。明明是自己吹牛。徐总统连接呈文，因即颁发明令道：

据都护使驻扎库伦办事大员陈毅，电呈外蒙官府王公喇嘛等合词请愿呈文，内称："外蒙自前清康熙以来，即隶属于中国，喁喁向化，二百余年，上自王公，下至庶民，均各安居无事。自道光年间，变更旧制，有拂蒙情，遂生嫌怨。迨至前清末年，行政官吏秽污，众心益滋怒怨。当斯之时，外人乘隙煽惑，遂肇独立之举。嗣经协定条约，外蒙自治告成，中国空获宗主权之名，而外蒙官府丧失利权，迄今自治数载，未见完全效果，追念既往之事，令人诚有可叹者也。近来俄国内乱无秩，乱党侵境，俄人既无统一之政府，自无保护条约之能力，现以不能管辖其属地，而布里雅特等，任意勾通土匪，结党纠伙，迭次派人到库，催逼归从，拟行统一全蒙，独立为国。种种煽惑，形甚迫切。攘夺中国宗主权，破坏外蒙自治权，于本外蒙有害无利。本官府洞悉此情，该布匪等，以为我不服从之故，将行出兵侵疆，有恐吓强从之势。且唐努乌梁海，向系中国所属区域，始则俄之白党，强行侵占，拒击我中蒙官军，既而红党复进，以致无法办理。外蒙人民生计，向来最称薄弱，财款支绌，无力整顿，枪乏兵弱，极为困难。中央政府虽经担任种种困难，兼负保护之责，乃振兴事业，尚未实行。现值内政外交，处于危险，已达极点，以故本官府窥知现时局况，召集王公喇嘛等，屡开会议，讨论前途利害安危问题，冀期进行。咸谓近来中、蒙感情敦笃，日益亲密，嫌怨悉泯，同心同德，计图人民久安之途，均各情愿取消自治，仍复前清旧制。凡于扎萨克之权，仍行直接中央，权限划一。所有平治内政，防御外患，均赖中央竭力扶救。当将议决情形，转报博克多哲布尊丹巴呼图克图汗时，业经赞成。唯期中国关于外蒙内部权限，均照蒙地情形，持平议定，则于将来振兴事务，及一切规则，并于中央政府统一权，两无抵触，自与蒙情相合。人民万世庆安，于外蒙有益，即为国家之福。五族共和，共享幸福，是我外蒙官民共所祈祷者也。再前订中、蒙、俄三方条约，及俄、蒙商务专条，并中、俄声明文件，原为外蒙而订也。今既自己情愿取消自治，前订条件，当然概无效力。其俄人在蒙营商事宜，将来俄新政府成立后，应由中央政府负责，另行议订，以笃邦谊而挽回利权”等语。并据西北筹边使徐树铮，呈同前情，核阅来呈，情词恳挚，具见博克多哲布尊丹巴呼图克图汗及王公喇嘛等，声明五族一家之谊。同心爱国，出自至诚，应即俯如所请，以顺蒙情。所有外蒙博克多哲布尊丹巴呼图克图汗应受之尊崇，与四盟应享之利益，一如旧制。中央应当优为待遇，俾同享共和幸福，垂于无穷，本大总统有厚望焉！

同日又加封外蒙古呼图克图汗，令文有云：

外蒙古博克多哲布尊丹巴呼图克图汗，赞助取消自治，为外蒙谋永久治安，仁心哲术，深堪嘉尚，着加封为外蒙古翊善辅化博克多哲布尊丹巴呼图克图汗，以昭殊勋。此令！

两令既下，又由外交部照会驻京俄使，通报外蒙取消自治，凡前订中、俄、蒙条约及俄、蒙商约，并中、俄声明文件，一概停止效力，且将外蒙取消自治，仍复旧制各情形通告驻京各国公使。各国公使与外蒙均无甚关系，当无异言。俄使虽不愿赞成，但因本国内情非常扰乱，实不能顾及外蒙，自己侨寓中国，赤手空拳，徒靠着三寸舌根，究有什么用处，所以暂从容忍，俟新政府稳固后再与中国交涉。那西北筹边使徐树铮，尚在内蒙驻节，至此且受命为册封专使，得与副使恩华、李垣，睥睨自若，驰往库伦去了。小子有诗咏道：

本是无功冀有功，一麾出使竟称雄。
此君惯使刁钻计，如此机心亦太工。

欲知小徐赴库情形，且至下回叙明。

参战处成立以后，将及二年，未闻有如何大举，故外人时有不满意之论调。然使当时无段氏之主张，列入参战地位，则巴黎和议，中国当然不能列席，此后之外交困难，固不仅青岛问题已也。即斯以观，段氏不得谓无功，但段氏生平之误，在信任一小徐。小徐因参战之将罢，亟倡议边防，彼若为段氏效忠，而不知其处心积虑，无非为自己之权力起见。陈毅之取消外蒙自治，功已垂成，而小徐即起而乘之，欲夺陈毅之功为己有，巧固巧矣，亦知“人有千算，天教一算”之俚谚否耶？试观俄罗斯历来猖獗，谋攫外蒙，迫我认约，曾几何时，而国乱如麋，不遑兼顾，国且如是，况一人一身乎？小徐，小徐，汝谓己智，果何智之足云？

第一百十一回　易总理徐靳合谋
宴代表李王异议

却说徐树铮出任边防，无非为徼功起见，及外蒙取消自治，又得受中央任命，做了一个册封专使，便与副使恩华、李垣等，驰赴库伦。驻库办事员陈毅，也知小徐此来，不怀好意，但不得不出郊相迎。就是外蒙王公，既已归附中央，理应欢迎专使，相偕出迓，执礼颇恭。小徐昂然前来，意气扬扬，及与陈毅等相遇，乃下马晤谈，略道寒暄，便即上马入库伦城，当下将册书授与外蒙呼图克图。呼图克图依礼接受，摆宴接风，皆意中事，不消细叙。散宴后，小徐出寓陈毅公馆，便作色与语道："汝亦曾知我徐某的声名否？汝在库伦多年，没甚建树，今我奉使到此，为汝成立功劳，并非越俎代谋，汝勿疑我有他意，暂请汝勿与外界通问，俟我办理告竣，自当南归，否则与汝不利，汝宜留意。"骄态如绘。陈毅听了，也觉愤不可遏，但默思小徐凶横，未可与争，不如虚与周旋，还可敷衍过去，俟他复命，便可无事，因此含糊应允，听令小徐办理。小徐也乐得张威，即借库伦为行辕，安居起来。嗣是边防情事，均归小徐主张，陈毅毫无权力，不过虚有职位罢了。

是时财政总长兼代国务总理龚心湛，因为财政支绌，不敷分拨，屡受各方指摘，情愿卸去职任，免得当冲。乃即递上辞呈，襆被出都。徐总统无从挽留，只好准令免职，改任他人。向例总理缺席，当由外交、内务两总长代任，外交总长陆征祥赴欧未回，内务总长田文烈，因病乞假，当然不能任命，挨次轮流，应归陆军总长靳云鹏权代。靳为段合肥门生，资望尚浅，全靠老段一手提拔，始得累跻显阶，官至陆军总长，特授勋二位。老徐本阴忌段氏，如何肯令靳云鹏接手？他却另有一种意见，以为靳系武夫，头脑简单，容易就我约束，且靳为新进后辈，驾驭更易，若优加待遇，使他知感，当可引为己用，乐效指挥。就中尚有两件利益：一是使安福国会不致违言；二是使曹锟、张作霖互相联应。原来靳为段派嫡系，本与安福部同情，好在靳氏儿女，新近与曹、张两军阀联姻。曹、张两派本非段系，将来靳得重用，曹、张自必乐从，两方拥护，靳亦可乘势自展，免受段派牵掣。为靳氏计，为自己计，真是一举两得的计策。当即将靳氏提出，咨交国会。府秘书长吴笈孙，草定咨文，呈与老徐。徐总统阅后，复亲自援笔，把靳云鹏三字下，加写“才大心细，能负责任”两考语，然后再令吴笈孙缮正，盖过了印，着人赍交参众两院。院中投票表决，得大多数同意，因即通过。已如老徐所料之第一着。徐遂任命靳云鹏兼代国务总理，所有财政总长遗缺，便命次长李思浩摄行。既而川、粤、湘、赣四省经略使曹锟，东三省巡阅使张作霖，果有电文到京，力保靳氏，略云：“国家政治，须由内阁负责，龚代阁已经告退，闻已奉中央明令，着靳总长兼代。靳总长心地光明，操行稳健，令他代龚，众望允孚，即请令靳总长正式组阁，俾当内忧外患时候，付托得人”云云。老徐第二着所料又复中式。徐总统览到此电，免不得撚髯微笑，遂令靳云鹏正式就任，竟为国务总理。

靳既受命登台，可巧广东军政府有电到京，请取消八年公债，略谓：“八年公债条例，闻已公布，额定二万万，取田赋为担保品，得将所领债券，随时抵押卖买，某报中载有券额八十万元，已抵于某国商人，每百元只抵三十元，是直接为内债，间接即系外债，辗转抵押，自速危亡。况公债发行，抵及田赋，尤为世界所未有。全国人士，已一律反对，异口同声，请即取消明令，用孚舆情，并盼速复”等语。靳云鹏接电后，即复电与军政府，说是：“八年公债，系维持财政现状，所称押与某国一节，并无此事，幸勿误信。”这电既拍发出去，靳氏更通报老徐，且谈及财政奇窘，未易支持。徐总统亦皱眉道：“这都是军阀家的祸祟，试想近年军饷，日增一日，政府所入有限，怎能分供许多将弁？今日借外债，明日借内债，一大半为了武夫。如果武人有爱国心，固防息争，倒也不必说了。更可恨的，是吃了国家的粮饷，暗谋自己的权力，南争北战，闹得一塌糊涂，如此过去，怎么了？

怎么了呢！”靳云鹏答道：“看来非裁兵节饷不成。”徐总统道：“我亦尝这般想，但必须由军阀倡起，方不致政府为难，若单靠政府提议，恐这般军阀家，又来与政府反对了。”靳云鹏应了一个“是”字。徐总统复接入道：“目前曹、张两使，电呈到来，并言君才能大任，我看此事非君莫成，请君电告曹、张，烦他做个发起人，当容易收效哩。”云鹏复应声称是，因即告退自去，电致曹、张，如法办理。果然曹、张代为帮忙，分电各省督军省长，愿裁减军额二成，为节饷计。仅减去二成军额，所获几何？各省督军省长，闻是两大帅发起，当然赞成，便推曹、张为领袖，联名进呈，大纲就是“裁兵节饷”四大字。徐总统喜如所望，因即下令道：

军兴以来，征调频繁，各省经制军队，不敷分布，因之招募日广，饷需骤增，本年度概算支出之数，超过岁入甚巨，实以兵饷为大宗。此外各军积欠之饷，为数尚多。当此民穷财匮，措注为艰，即息借外资，亦属一时权宜之计，将来还本偿息，莫非取诸民间，纾须臾之急，适以增无穷之累。抑且治军之道，饷源为重，久饥之卒，循抚良难，统驭设有稍疏，则事变或难尽弭。本大总统受任伊始，力导和平，实发于为民请命之诚。现大局虽未底定，而停战久已实行，徒养不急之兵，虚耗有尽之饷，非所以奠民生，固邦本也。至若军饷支出，悉资赋税，比来国家多故，百业不兴，农成商通之数，已逊承平，益以整理失宜，岁入锐减，长此以往，固有饷源，涸可立待，被兵省份，更无论矣。本大总统兴念及兹，夙夜祗惧，计唯有裁减兵额，清厘税收，救弊补偏，暂资调节。兹据四川、广东、湖南、江西四省经略使直隶督军曹锟，东三省巡阅使奉天督军兼署省长张作霖，长江巡阅使安徽督军倪嗣冲，江苏督军李纯，湖北督军王占元，江西督军陈光远，署浙江督军卢永祥，时浙督杨善德病殁，由淞沪护军使卢永祥升调。署吉林督军鲍贵卿，吉督孟恩远调京，鲍由黑督调任。黑龙江督军孙烈臣，继鲍后任。山东督军张树元，山西督军阎锡山，河南督军兼署省长赵倜，湖南督军兼署省长张敬尧，福建督军兼署省长李厚基，陕西督军陈树藩，甘肃省长兼署督军张广建，新疆省长兼署督军杨增新，热河都统姜桂题，察哈尔都统田中玉，绥远都统蔡成勋，江苏省长齐耀琳，安徽省长吕调元，湖北省长何佩溶，浙江省长齐耀珊，江西省长戚扬，山东省长屈映光，陕西省长刘镇华，直隶省长曹锐，长江上游总司令吴光新等，联名电呈，称："中央财政奇绌，军费实居巨额，如各省徒责难于中央，于义未安，于事无济。权宜济变，势不外开源节流两端。如就军队裁减二成，以之镇慑地方，尚可敷用，约计岁省二千万元，一面由中央责成各省，督饬财政厅，于丁漕税契各项，暨一切杂捐，切实整顿，涓滴归公，增入之款，亦当有二千万元左右，确定用途，暂充军饷。一俟和平就绪，裁兵之议，首先实行"等语。该督军等明于大计，兼顾统筹，体国之忱，良深嘉许。所拟裁减军额二成及整顿赋税各办法，简要易行，与中央计划正合。即着各该管官署，会同各该督军省长总司令等，妥速筹议，确定计划，克日施行。经此次裁减之后，并应认真训练，以期饷不虚糜。至于清厘赋税，首重得人，着责成财政部暨各省长官，于督征经征官吏，严为遴选，仍随时留心考核，切实纠察，以祛积弊。总期兵无冗额，士可宿饱，减轻闾阎之疾苦，培养国家之元气，本总统实嘉赖焉。将此通令知之。此令！

看官！你道各省督军省长，联名呈请，果真是为国节财，通晓大计么？从前袁项城时代，只有一班国民党，与袁项城死做对头。后来项城一死，北洋军系，遂分作两派，一是皖系，一是直系。皖系就是段派，与民党不协，常欲挟一武力主义，划除民党，所以南北纷争，连年不解。直系本是冯河间为首，冯既下野，资格最崇的要算曹锟。锟尝与冯联合一气，嗣经徐东海从中调停，乃偶或助段，但终为直系中人，不过为片面周旋，究未愿向段结好。再加出一位张大帅来，据住关东三省，独抱一大蒙满主义，既不联直，又不联皖，前次为小徐诱动，谋取副总统一席，所以助段逼冯。及冯去徐来，副总统仍然没分，累得张大帅空望一场，于是心下怪及小徐，更未免猜及老段。阅者看过前文，当知前因后果。三派鼎立，尔诈我虞，哪里肯协力同心，经营国是？各省督军省长，如徐总统通令中所述，有直派的，有皖派的，有奉派的，彼此牵率入呈，无非表面上卖个虚名，粉饰大局，其实暗中倾轧，入主出奴，就是叫他实行裁兵，他亦未必从令。军阀家的威力，全靠着许多丘八老爷，若逐渐裁减，威力何存？所以他的呈文，简直是有口无心，随说随忘的。

唯这位老总统徐世昌，本来是翰苑出身，夙娴文艺，及出任东三省总督，始得躬膺节钺，结识了若干武夫。到了受任总统，逆料国民心理，厌乱恶兵，因此力主和平，提倡文治。如前清宿儒颜习斋、李塨两师生，并令入祀文庙，且就公府旁舍，辟前清太仆寺旧址，设立四存学会。四存名义，就是颜习斋所讲的存人、存性、存礼、存治四纲。有时政务少闲，或邀入樊樊山、易实甫、严范荪等遗老，评风吟月，饮酒赋诗，立了一个晚晴簃诗社，作为消遣。夹叙一段徐氏文治，也是忙中补笔。无如尚文的古调独弹，如何普及？尚武的积重难返，相率争权。老徐非不聪明，乃欲运用一灵敏手腕，驾驭武人。唯段派因老徐上台，全是安福部推戴，应居监督地位，故老徐有所举动，往往为所钤制。就是南北和议的决裂，也是为此。

后任北方总代表的，乃是王揖唐。见一百零九回。揖唐生平行事，多为舆论所不容，他敢贸然南下，实由小徐许为暗助，极力怂恿，所以直任不辞。偏偏沪上士商，不待揖唐到沪，便已群起反抗，登报相訾。揖唐视若无睹，道出江宁，入见江苏督军李纯。李为东道主人，自然开筵相待，酒过数巡，揖唐谈及议和方略，并乞代为疏通。说了数语，未见答辞，揖唐不禁发急道："公曾始终主和，奈何今日反噤若寒蝉，不肯以周行见示？"李纯才微微笑道："凤凰已鸣，我何妨且作寒蝉。"揖唐听了，越觉莫名其妙。原来揖唐出京时，曾由熊希龄编成一篇俳优词，隐讥揖唐。希龄常因地得名，时人号为熊凤凰，故李纯亦援此相嘲。独揖唐尚且未悟，更欲絮问。李纯直言道："熊凤凰已说过了，敢是君尚未闻么？"两语说出，揖唐也不觉自惭。还亏面上已略有酒容，尚得遮盖过去。与其献丑，何如藏拙。李纯自觉所言过甚，因复接入道："今欲议和，并非真正难事，总教北方诸公，果无卖国行为，且能推诚相与，便容易就绪了。"揖唐勉强相答道："我公久镇南疆，为南方空气所鼓荡，故所言若是。其实北方，也自有苦衷，公或未能悉知哩。"李纯又不禁愤愤道："人生在世，但求问心无愧，纯一武夫，知有正义罢了，他非敢知。公奉命南来，必有成竹在胸，得能和议早成，纯亦得安享和平，感公厚赐哩。"满腹牢骚，借此流露。揖唐乃不便多言，再勉饮了数觥，当即别去。

一到沪上，通衢大市，均有讥笑揖唐的揭帖，煌煌表示。揖唐非无耳目，也自觉进退两难，默思当今时势，钱可通灵，从前收买政党，包办国会，哪一件不是金钱做出？此番来沪议和，仍可用着故智，倚仗钱神，于是挥金如土，各处贿托。好在小徐亦密派心腹，运动南方领袖孙中山，及南方总代表唐少川，阳为说合，阴图反间，叫他与岑、陆诸人分张一帜，免为所制。那时南方七总裁，也分粤、滇、桂三派，貌合神离暗存党见，一经小徐设法浸润，唐总代表，却也略被耸动，欲与王揖唐聚首言和。一日，王、唐两人相遇席上，宴会周旋，各通款曲，唯终未及和议事件。两方分代表中亦有数人预席，互相惊异，窃窃私议。及散席后，南代表对了唐绍仪，各有违言，多说是："鱼行包办，何足议和，王有鱼行包办的绰号。我辈若与开议，便是自失声价了。"唐总代表虽有和意，究竟不好违众，乃向广东军政府，电告辞职。从此和议声浪，又变成一番画饼了。小子有诗叹道：

五洲和会犹成议，一国军人反好争。
南北纷纭无定局，难堪只是我苍生。

内忧未已，外衅又生，种种事变，待至下回再表。

龚靳同为段派中人，龚去而靳代，犹一段派也，但徐之用靳，恰含有一大命意，经本回直书其隐，乃知用靳之际，与用龚不同。钱内阁之倒，段派实排挤之，龚之起而暂代，原为徐之一番作用，非本意也。未几而易靳之令下，当时谓去一段派，来一段派，本是同根，何必参换，而亦安知老徐之别有智谋耶？裁兵节饷一事，为靳氏登台后之政策，实由老徐授意而成。果能军阀同心，逐渐进行，宁非一时至计，惜乎其言未顾行也。王揖唐之南下议和，本为老徐请君入瓮之策，而彼则有挟而来，盛装南下，李督军之面加规勉，犹不失为忠厚人本色，实则黑幕重重，李氏固尚未洞悉也。彼此诈力相尚，国家宁能有豸乎？

第一百十二回　领事官袒凶调舰队
特别区归附进呈文

却说各省抵制日货，一致进行，再接再厉。闽省学生，亦常至各商家调查货品，见有日货，便即毁去。日本曾与前清订约，有福建全省，不得让与外人的条文，因此日人视全闽为势力范围，格外注意。侨居闽中的日商，因来货趸积，不能销售，已是忿懑得很；更闻中国学生检查严密，越加愤恨，遂邀集数十人，持械寻衅。民国八年十一月十六日下午，游行城市，适遇学生等排斥日货，便即下手行凶，击伤学生七人。站岗警察，急往弹压，他竟不服解劝，当场取出手枪，扑通一声，立将警察一人击倒，弹中要害，呜呼毕命。还有路人趋过，命该遭晦，也为流弹所伤。警察见已扰事，索性大吹警笛，号召许多同事，分头拿捕，拘住凶手三名，一叫作福田原藏，一叫作兴津良郎，一叫作山本小四郎，当即押往交涉署，由交涉员转送日本领事署，并将事实电达政府，请向驻京日使，严行交涉。驻闽日本领事，袒护凶手，反电请本国政府，派舰至闽，保护侨民。日政府不问情由，即调发军舰来华。真是强权世界。闽人大哗，又由交涉员电告中央。政府连得急电，便令外交部照会日使，提出抗议。日使总算亲到外交部公署，声明闽案交涉，已奉本国训令，决定先派专员，赴闽调查真相，以便开始谈判。此项专员，除由外务省遴派一名外，并由驻京日使馆加派一名，会同前往。所有本国军舰，已经出发，碍难中止。唯舰队上陆，已有电商阻云云。外交部只好依从，唯亦派出部员王鸿年、沈觐扆等，赴闽调查。

为此一番衅隙，北京中学以上各校学生，全体告假，出外游行演讲，谓："日人无端杀人，蔑理已甚，应唤起全国同胞，一体拒日。"各省学生，先后响应，并皆游行演讲，表示决心。就是闽省学生，前已发行《学术周刊》，提倡爱国，至此复宣布戒严，示与日人决绝。官厅恐他酿成大祸，即取缔《学术周刊》，勒令停止，并将报社发封。各学生等，遂皆罢课，风潮沿及济南。济南学生联合会，正为着青岛问题，常怀愤激。此次闻闽中又生交涉，越觉不平，拟开国民大会，并山东全省学生联合会大会，誓抗日本。事被官厅阻止，也一律罢课，且拟游行演讲，致与军警发生冲突。有好几个学生，被殴受伤。学生以日人无理，尚有可原，军警同为国民，乃甘心作伥，实属可恶，决计与他大开交涉。官厅却也知屈，特浼教育会代作调人，允许学生要求，始得和平解决。唯闽中一案，明明是曲在日人，日领事恃强违理，非但不肯将凶手抵命，反去电请军舰，来闽示威。一经日政府派员调查，也觉得福田原藏等，所为不合，独未肯宣付惩戒，反令日舰，游弋闽江，逗留不归。中国外交部迭次抗争，乃始下令撤退，并在东京、北京、福州三处，声明一种理由，略云：

> 帝国政府，曩因福州事变突发之结果，该地形势，极为险恶，深恐对于我国侨民，仍频加迫害，侨民殴伤学生，击死警察，反说闽人要迫害侨民，理由安在？特不得已派遣军舰，前赴该地，以膺我侨民保护之责。唯最近按报告云，该地情状，渐归平稳，当无上述之悬念。帝国政府深加考量，特于此际决定先行撤退该地之帝国军舰，此由帝国政府考察实际情况，自进而所决行者也。帝国政府中心，切望中国官厅对于各地秩序之维持，与我侨民之保护，更加一层充分之尽瘁，幸勿再生事态，使帝国政府为保护我侨民利益之被迫害，再至不得已而派军舰焉。

看这口吻，好似日侨并未犯罪，全然为闽人所欺凌；并咎及中国官厅，不肯极力保护，所以派舰来华，为自护计。好一种强词夺理，是己非人！最后还说出再派军舰一语，明明是张皇威力，预示恫吓。中国虽弱，人心未死，瞧到这般语意，难道就俯首帖耳，听他架诬吗？各省民气，激昂如故，就是外交部亦调查确实，再向驻京日使，提出撤领、惩凶、赔偿、道歉四项，要他履行。日使一味延宕，反谓："我国各省官吏，不肯取缔排日人民，应该罢斥，并须由政府保证，永远不排日货。"两方面各执一词，茫无结果，时已为民国八年终期了。

政府东借西掇，勉过年关，正要预备贺岁，忽闻前代总统冯国璋病殁京邸，大众记念旧情，免不得亲去吊奠。就是徐总统也派员致赙，素车白马，称盛一时。原来冯下野后，仍常往来京师，猝然抱病，不及归乡，遂致在京逝世。冯虽无甚功业，究竟代理总统一年，故特叙其终。越二日，即系民国九年元旦，政府停止办公数日，一经销假，便由驻京日使递到公文，大略如下：

联合国对德讲和条约，业于本月十日交换批准，凡在该批准约文上署名之各国间，完全发生效力。日本依该讲和条约第四编第八款，关于山东条约，即第一百五十六条乃至第一百五十八条之规定，由日本政府完全继承胶州湾租借权，及德意志在山东所享有之一切利权。日本政府确信中国政府对于继承上列权利一节，必定予以承认。盖以大正四年五月二十五日所缔结之中日条约中，关于山东省部分之第一条，曾有明文规定云：中国政府允诺日后日本国政府拟向德国政府协定之所有关于山东省依据条约，或其他关系于中国政府享有一切权利利益让与等项处分，概行承认故也。以上权利，交还中国政府。至关于此事，大正四年五月二十五日两国所交还胶州湾换文中，曾言明：日本政府于现下之战役终结后，胶州湾租借地，全然归日本国自由处分之时，于下开条件之下，将该租借地交还中国。（一）以胶州湾全部开放为商港。（二）在日本国政府指定之地区，设置日本专管租界。（三）如列国希望共同租界，可另行设置。（四）此外关于德国之营造物，及财产之处分，并其他之条件手续等，于实行交还之先，日本政府应行协定。是以日本政府为决定交还关于胶州湾租借地，及其他在山东各种权利之具体的手续起见，提议中、日间从速开始交涉，深信必得中国政府之允诺也。

公文中既云交还，又云继承德国旧有一切权利，是明明欲占领胶澳，不过涂饰人目，以为日本承受权利，乃是一个租借权，并非绝对的领土权。然试问向人假物，辗转借用，原物未归故主，但声明由何人所借，便好算得交还吗？此时外交总长陆征祥等，尚在巴黎，因为保加利亚、匈牙利、土耳其诸国，和议尚未就绪，所以留待签字，不得遽归。外交部次长陈箓，当将日使来文，提交国务会议。国务员乐得推诿，统说待陆总长回国，再定办法，因此把来文暂行搁起，不即答复。广东军政府，闻悉此事，也电致北京，反对山东问题，由中、日直接交涉，文云：

迭据报载，日使向北京政府交涉声明协约国对德条约，已发生效力，日政府自己完全继承租借胶州权，并德国在山东各种权利等语。查我国拒绝签字和约，正当此点。如果谬然承认，则前此举国呼号拒绝签约之功，隳于一旦。即友邦之表同情于我者，至此亦失希望，后患何堪设想？如果日使有提出上列各节情事，亟应否认，并一面妥筹方法。再查此案我国正拟提出万国联盟申诉，去年盛传日使向北京政府直接交涉，当即电询，旋准尊处电复："青岛问题，关系至重，断不敢掉以轻心，现在并无直接交涉之事"等语。此时更宜坚持初旨，求最后胜利。究竟现在日使有无提出？尊处如何对付？国脉主权所关，国人惴惴，特电奉询，统盼示复！

南北政府，虽似对峙，唯为对外起见，仍然主张联络，所以对德和约，也尝以不签字为正当。前次通电声明，与北京政府论调相同，至此更反对中、日直接交涉，一再致电。当由北京政府答复，决计坚持。待到一月二十五日，外交总长陆征祥自欧洲乘轮回京，谒见徐总统，报称德奥和约经过情形，尚有余事未了，留同僚顾维钧等在欧办理。徐总统慰劳有加，并与谈及山东交涉。陆总长亦谓："不便与议，只好徐待时机，再行解决。"于是日使提案，仍复悬搁不理。

唯西北边防，日益吃紧，俄国新旧二党，屡在西伯利亚境内，交战不休。政府已将防边护路各要件，迭经讨论，适值陆总长回国，因再公开会议，决定办法。从前西伯利亚铁路，接入黑龙江、吉林两省，为俄人所筑，吉黑境内，称为中东铁路，铁路总办，当然归俄人主任。西伯利亚有乱，免不得顺道长驱，突入黑吉，故政府时为担忧。自经陆总长列席议决，即由外交部名义，备具正式公文，向协约国正式申明：（一）中东路属我国领土全权，不容第二国施行统治权。（二）俄员霍尔瓦特，仅为铁路坐办，无担负国家统治之权能。（三）按照铁路合同，公司俄员及沿线侨居中外人民，应由我国完全保护。除这三事宣告各国外，又分电奉天、吉林、黑龙江、新疆四省督军，及现驻库伦西北筹边使徐树铮等，令他厚集军队，极力防边。筹备的款，实行护路；并应监视中东路总办霍尔瓦特，勿任有逾轨举动。种种办法，无非是思患预防的要着。可巧呼伦贝尔特别区域，亦恐俄乱扰入，愿将特别区域的名目取消，归属中政府指挥。这呼伦贝尔地方，本在黑龙江西北，向属黑龙江省管辖，自俄人垂涎此地，硬要中国与他定约，承认呼伦贝尔为特别区域，以便逐渐染指。及俄乱一起，该地总管协领，自知站立不住，乃与暂护呼伦贝尔副都统贵福熟商，托使电请中央。贵福乃先咨呈东三省巡阅使张作霖，暨黑龙江督军孙烈臣，间接传递呈文，到了京师。与外蒙情形相似。徐总统当然欣慰，便即下令道：

据东三省巡阅使张作霖，黑龙江督军孙烈臣，呈称："据暂护呼伦贝尔副都统贵福咨呈：窃查呼伦贝尔，向属中国完全领土，隶黑龙江省管辖，自改置特别区域以来，政治迄未发达，自非悉听中央政府主持，不足以臻治理。兹据全旗总管协领左右两厅厅长帮办等会议多次，佥谓取消特别区域，并取消中俄会订条件，实为万世永赖之图，因推左厅厅长成德，右厅厅长巴嘎巴迪，索伦左翼总管荣安，索伦右翼总管凌升等，代表全体，吁恳转电中央，准将呼伦贝尔特别区域取消，以后一切政治，听候中央政府核定。其中华民国四年中俄会订呼伦贝尔条件，原为特别区域而设，今既自愿取消特别区域，则该条件当然无效，应请一并作废，伏乞鉴核转呈"等语。核阅来呈，情词恳挚，具见深明大义，应即俯如所请，以顺群情。所有善后一切事宜，着该使等会商主管各部院，察酌情形，分别妥筹，呈候核定施行。总期五族一家，咸沾乐利，用广国家大同之化，本大总统有厚望焉！此令。

令下数日，又任命贵福为呼伦贝尔副都统，张奎武为呼伦贝尔镇守使，钟毓督办呼伦贝尔善后事宜。嗣复经黑龙江督军孙烈臣电达中央，请援照旧制，设立呼伦、胪滨两县，并改吉拉林设治局为室韦县，当由政府交与内务部核办。从前光绪三十四年间，原设呼伦、胪滨两府，及吉拉林设治局，局址系唐时室韦国故都，因以名县。内务部看到黑督呈文，并没有什么关碍，当然赞同，即复呈总统府核准，下一指令，饬照呼伦贝尔原管区域，设置呼伦、胪滨、室韦三县，统归呼伦贝尔善后督办管辖，这且不必细表。

唯俄国新旧交争，两边设立政府，新党占住俄都彼得格勒，仍在欧洲东北原境。旧党失去旧都，移居西伯利亚，组织临时政府，暂就鄂穆斯克地方为住址，旋又迁至伊尔库次克。偏新党节节进取，旧党屡战屡败，几至不支，再经伊尔库次克境内的社会党，目睹旧党失势，竟与新党过激派联络，骤起革命，推翻旧政府。旧政府领袖柯尔恰克将军等，统皆逃散，不能成军。俄国新政府既占优势，自谓划除一切阶级，以农人为本位，故号为劳农政府。且因俄都彼得格勒偏据欧洲，改就俄国从前旧都莫斯科为根据地，一面声告各国，除旧有土地外，不致相侵。协约各国，本皆派兵至海参崴，出次西伯利亚，防御俄乱。事见前文。美国因俄新政府既已声明，不侵外人，当即将西伯利亚驻屯军，全数撤回。独日本政府不愿撤兵，反且增兵，别寓深意。遂牒告美国政府，略谓："日本处境，与美国不同。就俄国过激派现势观察，实足危及日本安全，故日政府决定增派五千补充队，驻防西伯利亚东端"云云。美国也不暇理论，撤兵自去。独中国前与日本协商，订定中日军事协定条件，所派军队，不能自由往返，屡经广东军政府通电反对，国务院乃电复广东，内称："军事协定，原为防止德、奥起见，现在各国驻俄军队，业经分起撤退，我国军队自当与各国一致行动，待至全队撤回，即为军事协定终止的期间。"但日本不肯退军，中国亦当被牵制，甚至日本二次宣言，谓西伯利亚的政局，影响波及满洲、朝鲜，危及日本侨民，所以不便撤兵。已视满洲为朝鲜第二了！必待满洲、朝鲜，脱除危险，日侨生命财产，可得安全，并由俄政府担保交通自由，方好撤回西伯利亚屯兵。中政府得闻宣言，也觉不能容忍，即由外交部出与抗议，略云：

贵国关于西伯利亚撤退之时机，有满洲、朝鲜并称之名词，查朝鲜系与日合邦者，本国不应过问，而满洲系东三省，系吾国行省之一部，岂容有此连续之记载？实属蔑视吾国主权，特此抗议！

这抗议书赍交日使，日使延宕了好几日，方致一复文，还说："由中国误解，或误译日文，亦未可知。我帝国宣言中，并述满洲、朝鲜，不过指摘俄乱影响，始及满洲，继及朝鲜，足危害我日本侨民，并无蔑视中国东三省主权。"看官试想，此等辩词，果有理没有理么？正是：

毕竟野心谋拓土，但夸利口太欺人。

为了日本种种恃强，遂致中国内地，常有排日风潮，欲知详情，且看下回便知。

日人殴伤学生，枪毙警察，尚欲调派军舰，来华示威，假使易地处此，试问日人将如何办理乎？夫俄与日本，皆强国也，前清之季，交相凭陵。迨民国纪元，又牵率而来，俄染指于北，日垂涎于东，中政府之受其要挟，穷无所诉，视俄固犹日也。乃俄乱骤起，土宇分崩，外蒙离俄而取消自治，呼伦贝尔亦离俄而取消特别区域，可见强弱无常，暴兴者未必不暴仆。况中、日两国，同文同种，又同处亚东，胡不思唇齿之谊，而屡与中国为难耶？日人日人，其亦可少休也欤！

第一百十三回　对日使迭开交涉 为鲁案公议复书

却说各省学潮，迭起不已，大半为了中日交涉，相率争哗。一是鲁案，一是闽案，两案俱未解决。大津学生，屡次求见省长，要请转电政府，与日本严重理论。省长不允接见，反派卫队驱散学生，甚至殴伤数名。天津各校，遂全体罢学。北京各校，亦依次响应，公举代表，谒见国务总理。靳云鹏虽未拒绝，但也不过支吾对付。学生等复游行演讲，被大队军警干涉，驱入天安门严守，待至天暮，始得释放。学生未肯罢休，仍然四处鼓吹，一意排日，有时为军警拘去，终不少屈。嗣是上海、安庆、杭州各校，亦往往因严查日货，发生冲突，政府不得已下一禁令，不许学生干政，令云：

近年以来，学潮颓靡，法纪不张，以诸生隽异之姿，动辄聚众暴行，自由行动，国家作育英髦，期望至切，迭经明令剀切诰诫，申明约束，深冀其濯磨砥砺，勉为异日致用之才，诸生等果知自爱爱国，当亦憬然愧悟。乃据京师警察厅报告，本月四日，京师各校学生，有在前门外排列演说，阻断交通，并有击毁车辆殴伤行人情事；而日前直隶省长，亦有学生包围公署，击伤警卫，不服制止之报告，似此扰乱秩序，显干法纪，菁莪之选，沦於榛棘，甚为诸生惜之！自来学生干政，例禁綦严，诚以向学之年，质性未定，纷心政治，适隳学业，抑且立法行政之责，各有专属，岂宜以少数学子，挟出位之思，为逾轨之举？在国家则有妨统驭，在诸生亦自败修名，在政府虽爱惜诸生，而不能不尊重法律。须知国家生存，全赖法律之维系，学生同属国民，即同在法权统治之下，负执行法律之责者，讵能以学生干法，置之不问？兹特依据法律，再为谆切之申告，自此次明令之后，应即责成教育部，督饬办学各员，恪遵迭令，认真牖导。凡学生有轶出范围之举，立予从严制止，总期消弭未萌，各循矩矱。其有情甘暴弃，希图煽乱者，查明斥退；情节较重，构成犯罪行为者，交由司法官厅，依法惩办。办学各员，倘有徇庇纵容，并予撤惩。总之国纪所在，不容凌蔑，政府以国家为重，执法以绳，决无宽贷，其共懔之！此令。

令下后，又饬京师警察厅，根据自治警察法条例，布告将北京中等以上学校学生联合会，暨北京小学以下学校教员联合会，一体解散。但压制自压制，哗噪自哗噪，终归没有了结。就是日人亦好来寻衅，屡有越境侵权、伤人毙命等事。除上文所述闽案外，类举如下：

（一）吉省日人越境逮捕韩人交涉。吉林省毗连韩境，韩人尝谋独立，被日本军警制压，往往窜入吉林省边境，日人遂屡有越境搜捕等情，经吉林督军电请政府，特向驻京日使抗议。

（二）日本军舰入内河交涉。日本宇治军舰，拦入江苏南通天生港，经江苏长官，电请外交部向驻京日使交涉。

（三）日兵占据满洲里车站交涉。日本兵队，占据满洲里车站，四面架机关枪，禁人出入，外交部因向驻京日使，质问理由。

（四）日人在苏枪毙兵士交涉。驻苏陆军第二师第五团兵士，在虎邱山旅行，被日人射放猎枪，擅将军士胡宗汉击毙。当经警察将凶手拘住，解至交涉公署，转送驻苏日领事，由交涉员向日交涉。

（五）海参崴日军伤害华人交涉。驻海参崴日本军队，与俄国新党军队冲突，日军击败俄军，占领海参崴及附近各地。我国旅崴侨民，多遭日军伤害，且被拘去十余人。当由驻崴委员李家鳌，向日军长官提出抗议。

（六）海拉尔日捷军冲突，伤害华兵交涉。中东铁路附近，日本军与捷克军，发生冲突，双方开枪轰击。中国护路军队在旁守视，致遭流弹击伤。中国外交部，又不得不与日捷两军，抗论曲直。

（七）日军占据哈尔滨华军营房交涉。日本突调大队军士至哈尔滨，占用中国营房多处，经吉林长官请外交部向驻京日使交涉。

（八）日本在中东路增兵交涉。日本在中东路线一带，增兵运械，自由行动。中国外交部因向驻京日使提出抗议，要求从速撤退。

（九）日军侵犯中东路权交涉。日本军队，屡在中东铁路旁，侵占中国军站营房，及扣留车辆等事。政府迭接东三省报告，特由外交部向驻京日使提出抗议。

（十）日人在山东内地设置电杆交涉。日人近在山东高密、古城一带，擅自设置电杆。山东交涉员，即向驻济日本领事抗议，日领并不答复。因由山东省长，电请外交部向日使交涉。

如上所述，统是民国九年五月以前情事，中国虽屡与交涉，往往没甚效果。唯苏州枪毙胡宗汉一案，凶犯叫做角间孝二，日本驻苏领事，也不能硬为辩护，乃正式道歉，且令凶犯赔偿恤费，便算了事。胡宗汉总是枉死。至若日、捷军伤害华兵，当经英、法军官调停，由日、捷两军，抚恤死伤，并向中国道歉，也即销案。唯山东问题，中政府因全国人民反对中、日直接交涉，所以迟迟不答。驻京日使又奉本国训令，照会外交部，催促从速开议，内容分三项：（一）谓日本驻德代理公使，已收到关系胶州各种文件，并送达东京。日本继承德人在山东权利，依照和约，有三强国批准，即生效力，现五国中已有四强国批准。只有美国尚未批准。故从前德人在山东权利，当然由日本继承，毫无疑义。（二）日本政府本善意与友谊，要求中政府与日本直接交涉，解决山东问题，图谋双方利益。不意日政府种种好意，不但中国人不肯原谅，反发生种种排日举动，日政府不得不切实声明，如中国依然抱持延宕政策，日本即视此种行为，为默认日本的要求。（三）因上述两种理由，故日政府请中国政府，速将方针决定，并定期与日本讨论，解决山东问题，不容再延。看官！你道这样的照会，是严刻不严刻么？外交部接着，就使陆子欣征祥字子欣。有专对才，也觉得瞠目结舌，无从应付；当下与国务总理靳云鹏等，共同商议。靳云鹏取出一篇电文，交与大众审视，但见纸上写着，系是湖北督军王占元领衔，联名共四十八人。电文略云：

山东问题，自接收日本通牒以来，叠经各界人士，集合研究，佥以拒绝直接交涉，提交国际联盟，为唯一之办法。讵道路传闻，有与希望相反之趋向。占元等庐墓所在，痛切剥肤，父老责言，似难缄默，敢进危言，幸垂听焉！外交重要，关系国本，详慎考虑，谁曰不宜？顾询谋既已佥同，方针依然未定，逆料钧座左右，必有谓直接交涉，不致有害，提交联盟，未必有利，持此说以荧惑聪听者，此非毫无知识，便是别有肺肠。一言丧邦，莫此为甚！大抵强国与弱国交涉，利在单独，不利于共同，利在秘密，不利于公开，至弱国外交，则适得其反。试问二十年来，我国利权，断送于密约者几何？此次彼以甘言诱我，非爱我也。果诚意亲善，则宜先将完全主权，径行交还，并即时撤退军警，以示退让，不必斤斤焉为条件磋商矣。故直接交涉，结果必与吾无利，可以断言。倘虑提交联盟，未必可恃，在欧会签字和约之时，或者尚属疑问，今则德约保留山东之款，已由美参议员通过，且英、法各国，对于保留案，亦表赞同。专欲难成，得道多助，利害明了，无待蓍龟。与其为条约之赠与，宁使为强力所占有。与其菁华尽弃，留空壳之地图，毋宁死力抗争，作国际之悬案。否则引狼入室，为虎作伥，群情愤激，铤而走险，祸变之来，将有不忍言者。心所谓危，不敢不告，伏祈俯鉴民意，断而行之，山东幸甚！国家幸甚！

大众看罢，暗想湖北督军王占元，平时本无甚表白，此次却独来领衔，居然有慷慨激昂的情势，倒也有些奇怪。其实这篇电文，王占元不过被动，那主动力却是第三师师长吴佩孚。平湘一役，吴氏已露头角，此次又重现锋芒。吴本山东蓬莱县人，幼丧父母，门祚衰微，单靠着兄嫂抚养，始得成人。及入塾读书，学为时艺，颇有成效。出应童子试，一战获售，即入黉宫。后来三试秋闱，偏皆落第，遂发愤改途，投入保定武备学堂，舍文习武。天下无难事，总教有心人，学满毕业，成绩最优，一介书生，忽变为干城上选。当时校中有一教员，便是后来的靳总理，夙垂青眼，特为吹嘘，荐诸江北提督王士珍麾下。士珍因情谊难却，权置幕右，命司传宣。既而士珍丁艰去任，佩孚随与俱北，辗转为第三师营弁，师长非别，就是曹锟。锟实非将才，得吴佩孚为属校，遇事与商，皆为锟智所未及，因此渐加倚重，由营长荐擢旅长。至曹锟统兵援湘，已密保佩孚署第三师长，任前敌总司令。岳州长沙，依次克复，应推佩孚为首功。锟既北返，受四省经略使职衔，留佩孚驻守湘南，于是佩孚权力所及，不止第三师全部，就是曹锟所有旧僚属，也悉听佩孚指挥。佩孚知恩感恩，愿为曹氏尽力。但曹系直派，与段派貌合神离，并见前文。佩孚向曹尽忠，当然反对段派。湘督张敬尧，为段氏心腹，竭力主战，独佩孚驻防以后，隐承直派意旨，舍战主和。两人宗旨，既已不同，更兼长沙收复，功由吴氏，张敬尧后来居上，竟将湘督一席，安然据去，佩孚心实不甘。嗣经段祺瑞意图笼络，表荐佩孚为孚威将军，促赴前敌，佩孚得了一个虚名头衔，有何用处？越恨段氏使诈，反对益甚。青岛交涉，段派或主张让步，为亲日计，佩孚既感念薰莸，复系情桑梓，所以一意抗日，特联结同乡军吏四五十人，同声劝阻。靳吴谊关师弟，平时信件，尝相往还，佩孚对内主和平，对外主强硬，已是说不一说，时有所陈，靳氏岂无感动？怎好专顾那亲日派，与日人直接交涉，坐将那青岛让去？故对着日使公文，初主延宕，至此延无可延，宕无可宕，不得不将王占元等一篇大文，取示大众，表明微旨。大众原多数拒日，便以为今日要着，莫如复绝，就使有几个亲日派在旁，也只好随声附和罢了。乃拟定复文，约略如下：

关于解决交还青岛及其山东善后问题一事，准四月二十六日照开等因。查此事前一月准贵公使面交节略，所述贵国因条约实施之结果，拟为交还青岛及胶济沿线之准备各节，本国政府，均已了解。无如中国对于胶济问题，在巴黎大会之主张，未能贯彻，因之对德和约，并未签字，自未便依据德约，径与贵国开议。且全国人民，对于本问题态度之激昂，尤为贵公使所熟悉。本国政府基于以上原因，为顾全中日邦交起见，自不容率尔答复。至续准送交改正节略释文，获见贵国政府愿将胶济沿线军队之撤退，本国政府与该地方官，筹商办法，从事编制警卫队以任保护全路之责。又准照开前因，当经本部长将上述本国政府不能遽行与贵国开议各情形，面达在案。唯根据目前事实上之情状，对德战争之状态，早经终止，所有贵国在胶济环界内外军事设施，自无继续保持之必要。而胶济沿路之保卫，从速恢复欧战以前之状态，实为本国政府及人民所最欣盼，自当于最短之期间，为相当之组织，以接贵国沿路军队维持沿路之安宁。此节与解决交还青岛问题，纯为两事，想贵国政府必不执定曾否开议，借以迟延其实行之期，致益滋本国人民及世界观听之误会也。贵国政府果愿将战时一切军事上之设施，从事收束，以为恢复和平之表示，本国政府自当训令地方官，随时随事，与贵国领事官等接洽办理，相应奉复，即希查照为荷！

看这复文，便知靳氏是采纳吴言，有此决心；还有统一南北政策，主张和平解决，也是依从吴议。曾先有通电促和，由小子补录如下：

近迭据各方来电，促进和平，具见爱国之诚。一年以来，中央以时局危迫，谋和至切，开诚振导，几于瘏口哓音，乃以西南意见殊歧，致未克及时解决，不幸而彼方变乱相寻，且有同室操戈之举，缺斨破斧，适促沦胥，蒿目艰虞，能无心痛！中央对于西南，则以其同隶中华，谊关袍泽，深冀启其觉悟，共进祥和，但本素诚，绝无成见。而对于各方，尤愿鉴彼纠纷之失，力促统一之成，戮力同心，共图匡济。诚以国家利害之切，人民休戚所关，苟一旦未底和平，则一日处于艰险。而以目前国势而论，外交艰难，计政匮虚，民困既甚，危机四伏，尤在迅图解决，不容稍事迂回。中央惓怀大局，但可以利国家福人民者，无不黾勉图之。而所以积极擘划，共策进行，仍唯群力之是赖。各军民长官，匡时幹国，夙深倚任，所冀共体斯情，以时匡翼，庶几平成早睹，国难以纾。功在邦家，实无涯涘！奉谕特达。

是时北方总代表王揖唐，寓沪多日，借爱俪园为行辕，名为议和专使，实是未曾开谈。南方总代表唐绍仪，前已向军政府辞职，军政府虽未照准，但南方各分代表，不愿与王揖唐开议，所以唐、王两人，有时或得相晤，不过略有议论，未得公开谈判。徐总统与靳总理，一再促和，哪知和议毫无端倪，王揖唐唯逍遥沪渎，作汗漫游。一夕，在爱俪园中，忽发现炸弹一颗，幸未爆裂，不致伤人。但王揖唐的三魂六魄，几被这一颗炸弹，驱向黄浦滩上去了。小子有诗叹道：

无情铁弹竟相遗，犹幸余生尚未糜。
为语世人休自昧，本来面目要先知。

王揖唐经这一吓，勉强按定了神，摄回魂魄，暗想此事必有人主使，想了一番，不禁私叹道："谅想是他，定归是他。"究竟推测何人？待小子下回报明。

本回举中日各案，依次胪叙，仅半年间，而已积案至十，虽似无关巨要，而无在非恃强凌弱之举。虎邱山及海拉尔两案，伤毙华民，不过以抚恤道歉了事。夫杀人抵命，中外同揆，若仅以抚恤之微资，道歉之虚文，即可置凶手于不问，彼亦何惮而不再为耶？弱国之外交，已可概见。至若山东问题，既已不签字于德约，自不能与日人直接交涉。愚夫犹知，宁待吴氏？但吴氏之联合同乡，推王占元为领衔，合力电阻，不可谓非爱乡爱国之热诚。因事属辞，亦作者之特笔也。

第一百十四回　挑滇衅南方分裂　得俄牒北府生疑

却说王揖唐遇着炸弹，侥幸不死，自思前至江宁，曾被江督李纯，当面揶揄，此次以炸弹相饷，定是李纯主使，遂不加考察，即致书李纯，责他有心谋害。李纯本无此事，瞧着来书，便怒上加怒，便亲笔作复，出以简词道：

公以小人之腹，度君子之心，仆即有恨于公，何至下效无赖之暗杀行为，况并无所憾于公乎？

这书复寄王揖唐，揖唐阅后，尚未释意，每与宾朋谈及，谓李秀山不怀好意，秀山即李纯字，见前。从此更与李纯有嫌。但前次朱使南下，李纯本极力帮忙，恨不见效，此次揖唐代任，派系本与李纯不同。况揖唐品格，不满人意，所以李纯原袖手旁观，坐听成败。揖唐孤立无助，又不见南方与议，叫他一个“和”字，从何说起？只好逐日蹉跎，因循过去。

沪上有犹太人哈同，素号多财，建筑一大花园，为消遣地。揖唐在沪无事，便去结纳哈同，做了一个新相知，镇日里在哈同花园宴饮流连。或谓揖唐到沪，挈一爱女，自与哈同为友，便嘱爱女拜哈同为义父，事果属实，揖唐行状，更不问可知了。意在言外。

唯西南各省亦各分派别，滇、粤、桂三派组成军政府，阳若同盟，暗却互相疑忌。岑春煊系是桂系，资格最老，陆荣廷亦桂系中人，向为岑属，当与岑合谋。江督李纯，屡次通信老岑，敦劝和议，就是徐总统亦密托要人说合岑、陆。岑、陆颇思取消自主拥戴北方，但粤派首领，为民党中坚，不愿奉徐为中国总统，且经小徐设法离间，使他自排岑、陆，免得直派联络西南，厚植势力，于是西南各派被直、皖两派分头运动，也不禁起了私见，各自为谋。中国人之无团结心，可见一斑。心志相离，事变即起。驻粤滇军第六军军长李根源，由云南督军唐继尧，派为建设会议代表，免除军长职务，所有驻粤滇军，直隶督军管辖，并令禀承参谋部长李烈钧办理。时广东督军为莫荣新，偏与唐继尧反对，电令滇军各师旅团长，仍归李根源统辖指挥。于是滇军各军官，一部分服从滇督命令，不属李根源，一部分服从粤督命令，仍留李根源为统帅。双方互起冲突，激成战衅，连日在韶州、始兴、英德、四会等处，私斗不休。唐继尧接得战电，不由的愤怒起来，以为驻粤滇军，应归滇督处分，莫荣新怎得无端干涉？当即通电西南海陆军将领，略谓："留粤滇军问题，滇省务持慎重。兹据报莫荣新派兵四出，公然开衅，日无滇省，甘为戎首，继尧不能坐视两师滇军，受人侵夺，决取必要手段，特行通电声讨"云云。因派遣乃弟唐继虞，为援粤总司令，率兵三师，由滇出发。陆荣廷特自广西出师，驻扎龙州，为莫声援。

旋经军政府总裁岑春煊等，出与调和，方得停战。唯经此一番龃龉，滇桂两派，已经决裂。广东军政府中，争潮日烈，政务总裁海军部长林葆怿，提出辞职，政务总裁外交兼财政部长伍廷芳，亦离粤赴香港，寻且移驻上海。在粤旧国会参议院议长林森，众议院议长吴景濂，副议长褚辅成，与一部分议员，先后离粤，通电攻击政务总裁岑春煊，说他潜通北方，有背护法宗旨，特与他脱离关系，另择地点开会。尚有一部分议员，仍留广州，照常办事，并另选主席，代理议长事务。军政府总裁岑春煊，遂免去外交财政总长伍廷芳职衔，改任陈锦涛为财政部长，温宗尧为外交部长。且因伍廷芳离粤时，携去西南所收关税余款，未曾交清，军政府又派员向香港上海法庭，实行起诉，一面咨照留粤议员，续举政务总裁，得熊克武、温宗尧、刘显世三人补充缺数。唯伍廷芳至沪后，与孙文、唐绍仪晤叙，主张另设军政府，屏斥岑、陆诸人，孙、唐也都赞成，再致电唐继尧询明意旨。继尧已与广州军政府反对，宁有不依的道理？随即复书允洽。廷芳遂与孙文、唐绍仪、唐继尧联名，通电声明道：

自政务总裁不足法定人数，而广州无政府。自参众两院同时他徙，而广州无国会。虽其残余之众，滥用名义，呼啸俦侣，然岂能掩尽天下耳目？即使极其诈术与暴力所至，亦终不出于两广，而两广人民之心理，初不因此而淹没。况云南、贵州、四川，固随靖国联军总司令为进止，闽南、湘南、湘西、鄂西、陕西各处护法区域，亦守义而勿渝。以理以势，皆明白若此，固知护法团体，决不因一二人之构乱而涣散也。慨自政务会议成立以来，徒因地点在广，遂为一二人所把持；论兵则唯知拥兵自固，论和则唯知攘利分肥，以秘密济其私，以专横逞其欲，护法宗旨，久已为所牺牲，犹且假护法之名，行害民之实。烟苗遍地，赌馆满街，吮人民之膏血，以饱骄兵悍将之愿，军行所至，淫掠焚杀，乡里为墟，非唯国法所不容，直人类所不齿。文等辱与同列，委屈周旋，冀得一当，而终于忍无可忍，夫岂得已？唯既受国民付托之重，自当同心戮力，扫除危难，贯彻主张，前已决议移设军府，绍仪当受任议和总代表之始，以人心厌乱，外患孔殷，为永久和平计，对北方提出和议八条，尤以宣布密约，及声明军事协定自始无效为要。今继续任务，俟北方答复，相度进行，廷芳兼长外交财政，去粤之际，所余关款，妥为管理，以充正当用途。其未收者，亦当妥为交涉。文、继尧倡率将士，共济艰难，苟有利于国家，唯力是视，谨共同宣言：自今以后，西南护法各省区，仍属军政府之共同组织，对于北方继续言和，仍以上海为议和地点，由议和总代表准备开议。广州现在假托名义之机关，已自外于军政府，其一切命令之行动，及与北方私行接洽，并抵押借款，概属无效。所有西南盐余及关余各款，均应交于本军政府，移设未完备之前，一切事宜，委托议和总代表分别接洽办理，希北方接受此宣言以后，瞭然于西南所在，赓续和议。庶几国难敉平，大局早日解决。不胜厚望，唯我国人及友邦共鉴之！

发电以后，即由唐绍仪另行备函，并宣言书缮录一份，送达北方总代表王揖唐。揖唐正因南方代表，不肯与议，愁闷无聊，既得唐绍仪正式公函，自应欢颜接受，复函道谢。语太挖苦。哪知广东军政府，因孙文、唐绍仪、伍廷芳、唐继尧四人，发表宣言，也即愤愤不平，即开政务会议，免去议和总代表唐绍仪，改派温宗尧继任，且电致北京，声明伍等所有宣言为无效。北京政府，接到此电，又即知照王揖唐，令他且停和议。王揖唐正兴高采烈，想与唐绍仪言和，偏又遭此打击，害得索然无味，真正闷极。但此尚不过王揖唐一人的心理，无足重轻。看官试想南北纷争，频年不解，海内人民，哪一个不望和议早成，可以安闲度日？偏是越搅越坏，愈出愈奇。起初只有南北冲突，渐渐的北方分出两大派，一直一皖，互相暗斗，遂致北与北争；继又南方亦分出两大派，滇粤系为一党，桂系自为一党，也是与北方情形相似，争个你死我活，这真是何苦呢！想是此生不死。还有四川境内，自周道刚为督军后，被师长刘存厚所扼，愤然去职，竟将位置让与存厚。存厚继任，又被师长熊克武等攻讦，退居绵州，成都由熊克武主持。克武得选为广东军政府政务总裁，却有意与岑、陆相连，反对云南唐继尧，就是滇军师长顾品珍，亦为克武所要结，竟与唐继尧脱离关系，于是川滇相争，滇与滇又自相争，五花八门，层出不穷，只苦了各省的小百姓，流离荡析，靡所定居。大军阀战兴越豪，小百姓生涯越苦，革命革命，共和共和，最不料搅到这样地步哩。痛哭流涕之谈。话分两头。

且说俄国劳农政府，自徙居莫斯科后，威力渐张，把俄国旧境，压服了一大半。外交委员喀拉罕，派人至中国外交部送交通牒，请正式恢复邦交，声明将从前俄罗斯帝国时代，在中国满洲及他处以侵略手段，取得的土地，一律放弃，并将中东铁路矿产林业权利，及其他由俄帝国政府，克伦斯基政府，即俄国革命时第一次政府。与霍尔瓦特、谢米诺夫，暨俄国军人律师资本家所取得各种特权，并俄商在中国内所设一切工厂，俄国官吏牧师委员等，不受中国法庭审判等特权，皆一律放弃，返还中国，不受何种报酬。并抛弃庚子赔款，勿以此款供前俄帝国驻京公使及驻各地领事云云。外交部接着此牒，并呈入总统府及国务总理。徐、靳两人召集国务员等，开席会议，大众以旧失权利，忽得返还，正是绝大幸事，但协约国对俄情形，尚未一致，就是俄国劳农政府，亦未经各国公认，中国方与协约国同盟，不便骤允俄牒，单独订约。只好将来牒收下，暂不答复，另派特员北往，与来使同赴莫斯科，先觇劳农政府情形，审明虚实，一面探听协约国对俄态度，再行定议。

嗣闻协约国各派代表到了丹麦，与劳农政府代表开议，因亦派驻丹代办公使曹云祥为代表，乘便交涉。曹代使复请详示办法，政府乃电示曹代使，令他将所定意见，转告俄国劳农政府的代表。略云：

中华民国对于俄国劳农政府前日提议将各种权利及租借地归还中国，以为承认莫斯科新政府之报酬，此种厚意，实感激异常。唯中国为协约国之一，所处地位，不能对俄为单独行动，如将来协约国能与俄恢复贸易与邦交，则中国政府对于俄政府此种之提议，自当尊崇。希望劳农政府善体此意，并希望即通令西伯利亚及沿海各省之官吏及委员，勿虐待中国人民及没收其财产，并令伊城即伊犁。及崴埠即海参崴。之劳农政府官吏，对于前日所没收中国商人之粮食及货物，以赈济西伯利亚之饥民，一律予以公平之赔偿，以增进中俄国民之友谊，是所至盼！

过了旬余，复接曹代使复电，谓已与劳农政府代表接洽，该代表已允斟酌办理，政府却也欣慰。这消息传到沪上，全国各界联合会等，统皆喜跃异常。从前俄国雄据朔方，屡为我患，所失权利，不可胜计，此次俄国劳农政府，竟肯一律返还，岂非极大机会？当即电达政府，请速解决中俄问题，收回前此已失权利，机不可失，幸勿稽迟等语。徐总统尚在迟疑，将来电暂从搁置。既而海参崴高等委员李家鳌，报称："崴埠俄国代表威林斯基，不承认有俄国通牒送达中国，恐就中有欺诈等情"，政府得报，又不禁疑虑丛生，诸多瞻顾。意外之利，却是可防。偏沪上各界联合会，疑政府无端延宕，错过机宜，免不得大声指摘，历登报端，且云政府难恃，不得不自行交涉。存心爱国，也不足怪。风声传到京师，政府又恐他激起政潮，急忙通电各省，饬令查禁。一年被蛇咬，三年怕烂稻索。电文如下：

查前次劳农政府通牒，虽有归还一切权利之宣言，唯旋据高等委员李家鳌电称："询据该政府代表威林斯基，此事恐有人以欺骗手段，施诸中国，危险莫甚。即使俄国人民，确与中国有特别感情，然必须将来承认统一政府时，各派代表，修改条约，方为正当，想中国政府，亦必酌量出之，弗为所愚"等语。是前通牒，果否可凭，尚属问题。现在熟加考察，如果该政府实能代表全权，确有前项主张，在我自必迎机商榷，冀挽国权。该全国各界联合会等，不审内容，率尔表决承受，并有种种阴谋，实属谬妄。是亦言之太过。除已电饬杨交涉员，时杨晟为上海交涉使。力与法领交涉，想是联合会机关，在上海法租界内。务令从速解散，并通行查禁外，希即饬属严密侦查，认真防范。遇有此类文件，并应注意扣留，以杜乱源，特此通告！

话虽如此，但西伯利亚所驻华军，亦已主张撤回，次第开拔，并向日本声明，从前中日军事协定，本为防德起见，并非防俄，现在德事已了，不必屯兵，所有俄日冲突事件，中国军队，无与日军共同动作的义务，所以撤还。日人却也不加抗辩，自去对付俄人罢了。此外一切中西交涉，如对匈和约、对保和约、对土和约，中国既无甚关系，亦不能自出主张，但随着协约国方针，共同签字。且因各国和议终了，多半添设使馆，外交部亦呈请增设墨西哥、古巴、瑞典、那威、玻利非亚五国使馆，以便交通。旋经徐、靳两人酌定，特派专使驻扎墨西哥，并兼驻古巴。瑞典、那威亦各派专使分驻，玻利非亚唯派员为一等秘书兼任代办。当下颁一指令，准此施行。最可忧的是支出日繁，收入日短，平时费用不能不向外人借贷。英、美、法、日见中国屡次借款，特组织对华新银行团，正式成立，为监督中国财政的雏形。中政府不遑后顾，但管目前，随他如何进行，总教借款有着，便好媮安旦夕，总有一日破产。得过且过，债多不愁。偏湘省又闹出一场战衅，遂致干戈迭起，杀运复开。小子有诗叹道：

革命如何不革心？仇雠报复日相寻。
三湘七泽皆愁境，唯有漫天战雾侵。

欲知湘省开战的原因，容待下回续表。

子舆氏有言："上下交征利，不夺不餍。"可见利之一字，实为启争之媒介。试观南北之战，其争点安在？曰唯为利故。南北之战未已，而直皖又互生冲突，其争点安在？曰唯为利故。南方合数省以抗北京，而滇桂又自启猜嫌，其争点安在？曰唯为利故。甚矣哉利之误人，一至于此！无怪先贤之再三诰诫也。彼俄国劳农政府之赍交通牒，愿返还旧政府所得之权利，诚足令人生疑，中国军阀家，方野心勃勃，自争私利之不遑，彼俄人乃肯举其所得而弃之，谓非一大异事乎？然俄人岂真甘心丧利，欲取姑与之谋，亦中国所不可不防也。

第一百十五回　张敬尧弃城褫职　吴佩孚临席摅词

却说张敬尧督湘以后，一切举措，多违人意，湘省为南北中枢，居民颇倾向南方，不愿附北，再加张敬尧自作威福，为众所讥，所以湘人竞欲驱张。就是湘中绅宦熊希龄，亦尝通电示意，不满敬尧。敬尧却恃有段派的奥援，安然坐镇，居湘三年，无人摇动。只第三师长吴佩孚，久戍湘南，郁郁居此，为敬尧做一南门守吏，殊不值得；且士卒亦屡有归志，此时不归，尚待何时？当下电告曹锟，请他代达中央，准使撤防北返。偏政府因南北和议，未曾告成，碍难照准，遂致吴氏志不得伸，闷上加闷，嗣是与敬尧常有龃龉，且对着段派行为，时相攻击，种种言动，无非为撤防计划。跅弛之材，原难驾驭，而况张敬尧。敬尧也忍耐不住，密电政府，保荐张景惠、张宗昌、田树勋三人，择一至湘，接办湘南防务，准吴北返。政府不肯依从，反屡电曹锟，转慰第三师，教他耐心戍守，借固湘防。

看官！你想这志大言大的吴佩孚，遭着两次打击，还肯低首下心，容忍过去么？过了数日，即由湘南传出一篇电文，声言张敬尧罪状，力图撵逐，署名共有数军，第三师亦灿然列着。明明是吴氏主张。敬尧偶阅报纸，得见此电，且忿且惧，自知兵略不及佩孚，湘南一带，亏他守着，故得安安稳稳的过了三年，倘若吴氏撤回，南军必乘隙进攻，转使自己为难，乃急电中央，取消吴氏撤防的原议。略谓："佩孚在湘，地方赖以乂安，所有湖南各团体，俱不愿他撤防，恳请政府下令慰留"云云。政府本不愿吴氏撤回，因复电致曹锟，代阻吴军北返。吴与张既不两立，恨不即日北还，乃复电政府，仍请曹锟转达，措词极为恳切，内称："湘鄂一役，几经剧战，各将士出死入生，伤亡的原宜悯恤，劳瘁的亦须慰安。迭据各旅长等呈请，或患咯血，或患湿疾，悲惨情状，目不忍睹。今戍期已久，日望北旋，大有急不能待的状态。断非空言抚慰，所能遏止"等语。不使督湘，怎忍久居？政府接着复电，不得已想一变通办法，准令驻湘吴军，三成中先撤退一成，以后陆续撤还。吴佩孚又不谓然，以为全部调回与一部调回，范围虽有广狭，但总须由他军接防，何必多费如许手续，遂再电达中央，说是："戍卒疲苦，万难再事滞留，准予全部撤回，以慰众望。"中央尚不欲遽准，复电曹锟，转饬阻止。哪知吴佩孚已决意撤防，竟不待曹锟后命，便已报明开拔日期，全营北返了。不可谓非跋扈将军。湘南商民，颇欲竭诚挽留，终归无效。

佩孚先遣参谋王伯相北上，料理驻兵地点，旋经伯相复电，谓旧有营房，早被边防军占据了去。佩孚不禁大愤，立电曹锟，促令退让，一面启程言旋。唯段仇视吴佩孚，说他自由行动，目无中央，因责成内阁总理靳云鹏，严加黜罚。靳、吴有师生关系，免不得隐袒吴氏，师生关系，已见一百十三回中。且自己虽为段派中人，与小徐独不相协。小徐出阁后，攫得外蒙归附的功劳，报知老段，老段益加宠爱，尝语靳云鹏道："又铮眼光，究竟比尔远大，尔勿谓我受制又铮，要想与他为难，须知我让他出一风头，实为储养人才起见，我看现在人物，无过又铮，能使他做成一个伟人，也不枉我一番提拔了。"老段此言，未免失之忠厚。云鹏听了，越加怏怏，从此与老段也觉有嫌。再加徐总统引用靳氏，寓有深心，前文已经说过，谅看官当已接洽。见一百十一回。徐、靳两人，合成一派，本想统一南北，连合南方人士，抵制段系，偏是和议不成，南方亦自相水火，因此靳氏另欲结合吴佩孚，树作外援。唯段祺瑞资格最老，俨然一太上总统，不但靳氏有所动作，必须报告，就是老徐作事，亦必向府学胡同请教。府学胡同，系是段祺瑞住宅，总统府中秘书吴笈孙，逐日往返，亦跑得很不高兴，常有怨言，彼徐、靳两人，怎能不心存芥蒂呢？

自吴佩孚撤防北返，段派归责靳云鹏，云鹏乃拟托疾辞职，先去谒见段祺瑞，但云病魔缠扰，不能办事。祺瑞冷笑道："果属有疾，暂时休养，亦无不可，唯不能谓被挤辞职，怨及他人。"语中有刺。云鹏碰了一鼻子灰，即起身别去。翌日提出辞职书，投入总统府。徐总统方藉靳为助，怎肯批准，只令给假十日，暂委海军总长萨镇冰代理。才阅数日，便接湘中警耗，乃是南方谭延闿军队，趁着吴佩孚撤防，攻入湘境，连破耒阳、祁阳、安仁防线，占去衡山、衡阳、宝庆等县。湘督张敬尧，不能抵御，飞使乞援，斯总理方在假中，萨镇冰虽然代理，终究是五日京兆，乐得推诿。徐总统本不愿张敬尧督湘，只因段派一力助张，没奈何令他久任，此次敬尧败报，到了京都，约略一瞧，便令送往府学胡同，听候老段解决。段祺瑞当然袒张，拟急派本系中的吴光新，率部援湘，复议陈入，徐总统又迟延了两天。那张敬尧实是无用，节节败退，如湘乡、湘潭、郴州等地方，均先后失守，甚至南军进逼长沙，敬尧又不能固守，竟把长沙让去，出走岳州。真是一个老饭桶。看官阅过上文，应知从前北军南下，费了无数气力，才得收复长沙，逐走谭延闿，张敬尧乘便入境，攫得湘督一席，全靠吴佩孚替他守门，他始享受了三年的民脂民膏。及吴氏一去，谭延闿乘机报复，他竟不堪一战，又不能久守，如此阘茸人物，尚算得是段氏门下的健将，段氏的用人智识，也可见一斑了。评论得当。张敬尧即退往岳州，不得已据实呈报，徐总统便即下令褫夺张敬尧职衔，令云：

> 迭据湖南督军兼省长张敬尧等电呈："谭延闿所部，乘直军换防之际，先后侵占耒阳、祁阳、安仁防线，并攻陷衡山、衡阳、宝庆等县，遂由湘乡、湘潭直逼省城，犹复进攻不已，我军不得已退出长沙"等语。查自七年十月停战和议以来，湘省防线，曾经划定，本极分明，久为中外所共见。此次谭延闿等乘机构衅，迭陷城邑，蓄谋破坏，事实昭然。该督军有守土之责，自应力营防守，以固湘局，何得节节退缩，置原划防区于不顾？又复擅离省垣，实属咎有应得。张敬尧着即褫去本兼各职，暂行留任，仍责成督饬所有在湘各军队，迅速规复原防。倘再不知奋勉，贻误地方，张敬尧不能当此重咎也。此令。

这令既下，再特派王占元为两湖巡阅使，吴光新为湖南检阅使，令他会同援湘，收复重镇。偏南军得步进步，煞是厉害，谭延闿尚是书生本色，稍谙军略，未娴戎马，独赵恒惕为南方健将，领兵逐张，横厉无前，既得占据长沙，又乘胜进攻岳州。丧师失地的张敬尧，中央方责他奋勉，不意他越加畏缩，一闻南军进迫，仍旧照着老法儿，逃之夭夭，撇烂污。岳州剩了一座空城，自然被赵恒惕军占去。敬尧遁入湖北，借寓鄂省嘉鱼县中，再将败状入报。于是徐总统又复下令道：

据暂行留任湖南督军张敬尧电呈："南军进攻不已，退出岳州，暂至嘉鱼收集候令"等语。张敬尧前经弃瑕留任，原冀其效力自赎，乃复退出湘境，实属咎无可逭。张敬尧着毋庸留任，所部军队，即刻交由两湖巡阅使王占元接管，切实考核整理。张敬尧于交卸后，迅速来京，听候查办。此令。

查办查办，也不过徒有虚名，张敬尧仍羁居湖北，并未赴京。好做傅良佐第二。唯吴光新得超任湖南督军兼署省长，接管张敬尧后任，去了一个段派，复来了一个段派，仍然是换汤不换药。吴光新的战略，亦非真胜过敬尧，岳州长沙，怎能骤然规复？就是驻湘的北方军队，亦陆续退出湘省，只湘西一部，尚有第十六师混成旅据守。后来益阳、沅江复被南军袭入，混成旅长冯玉祥，保守不住，也由常桃退至鄂境。湘南全省，统为南军所有了。暂作一束。

第三师师长吴佩孚，撤退北返，令部众暂驻洛阳，自往保定谒见曹锟，晤谈了好几次，议出了一个大题目来。看官道是什么问题？原来叫做保定会议。这会议的题目，名为曹锟主席，实是吴佩孚一人主张，曹锟并没有什么能耐，不过倚老卖老，总不能不推他出头。曹锟的身世履历，从前未曾详叙，正应就此补述大略。如曹三爷生平，例应表明略迹。曹锟籍隶天津，表字仲珊，乡人因他排行第三，呼为曹三爷，略迹已见前文。他家本来单寒，旧业贩布，素性椎鲁，但嗜酒色。相传曹锟贩布时，每得余利，即往换酒，既醉，又踯躅街头，遇有乡村间少年妇女，不论妍媸，均与调笑。往往有狡童随着，伺隙窃取钱布等物，曹虽酒醒，亦不与多较。或劝他自加谨护，曹反笑语道："若辈不过贪我微利，我所失甚微，快意处正自不少，随他去罢。"后来贿选总统，亦本此意。为了这番言语，遂博得一个曹三傻子诨名。既而舍贩卖业，投入军伍，庸人多厚福，竟得袁项城赏识，说他朴诚忠实，为可用才。嗣是年年超擢，得领偏师。洪宪时代，曹锟已为第三师长，奉袁令往攻云南。锟逗留汉皋，日拥名妓花宝宝，从温柔乡里耽寻幸福，并不闻陷阵摧锋，袁氏终至失败。及征湘一役，亏得吴佩孚替他效力，充作前驱，才得一往无前，马到成功，他却大唱凯歌，回任四省经略使。好在他亦粗知好歹，识得吴佩孚是健儿身手，好作护符，所以竭诚优待，言听计从。

此番吴氏北返，独倡保定会议，无非欲崭露头角，力与段派抗衡，只因名目上不便发表，但借追悼将士的虚词，号召各省区师旅长官，会集保定。各军官应召到来，先有八省联盟代表，开一谈话会，议定办法三条：（一）拥护靳内阁，不反对段合肥。（二）是各省防军，一律撤回原防地，唯南军暂从例外。（三）宣布安福系罪状，通电政府，请求解散安福部。越日，复于八省外加入五省，成为十三省同盟。总计长江流域七省，除出湖南，黄河流域六省，加入新疆，统已有军阀联合，与吴佩孚通同声气。孚威将军的势力，确是不弱。只京保间谣诼纷纭，安福派更加惊惶，索性造出种种流言，散布京华。徐总统得此谣传，也不禁心下大疑，默思直、皖两派愈争愈烈，一旦政变发生，与自己大为不利，不如预先浼一调人，从中和解，或得消融恶感，免致变生不测。此老无权无勇，只有调和一法，但独不忆黎菩萨之召张辫帅么？此时除直、皖两派外，要算东三省巡阅使张作霖，雄长三边好配与直、皖首领扳谈，因此发一密电，敦促张雨帅入京，调停时局。张雨帅眼光奕奕，常思染指中原，扩张势力，既得老徐密电，正好乘机展足，作作生芒。就中尚有一段隐情，乃是复辟祸魁张辫帅，屡向雨帅请求，托他代为斡旋，恢复原状。雨帅也为心动，意欲进京密保，俾洗前愆。为了两种奢望，遂毅然受命，乘车入都，一进都门即往总统府报到。徐总统当然接见，与谈直、皖两派冲突情形。张作霖不待说毕，便已自任调人，毫不推辞，唯言下已谈及张少轩，少轩即张勋字，见前。替他解释数语。徐总统支吾对付，无非说是直、皖解决，总可替少轩帮忙。于是张雨帅欣然辞出，立赴保定。曹锟闻雨帅远来，派员出迎，迨彼此相见，握手道故，两下里各表殷勤，时已傍晚。曹锟特设盛筵，为张洗尘，陪客就是吴佩孚及各省区代表等人。席间由张作霖提议，劝从和平办法。曹锟对答数语，尚是模棱两可的话头，独佩孚挺身起座道："佩孚并未尝硬要争战，不尚和平，但现在国事蜩螗，人心震动，外交失败，内政不修，正是岌岌可危的时候，乃一班安福派中人物，还是醉生梦死，媚外误国，但图一己私利，不顾全国舆论，抵押国土，丧失国权，引狼入室，为虎作伥，同是圆颅方趾的黄、农遗裔，奈何全无心肝，搅到这般地步？试想国已垂亡，家将曷寄？皮且不存，毛将焉附？存亡危急，关系呼吸。我等身为军人，食国家俸禄，当为国家干城，部下子弟，虽不敢谓久经训练，有勇知方，唯大义所在，却是奋不顾身，力捍社稷，岳州、长沙，往事可证。无论何党何派，如不知爱国，专尚阴谋，就使佩孚知守军人不干政的名义，不愿过问，窃恐部下义愤填胸，并力除奸，一时也无从禁止呢。”语非不是，但已稍涉矜张。作霖听着，徐徐答道：“吴师长亦太觉性急，事可磋商，何必暴动兵戈，害及生灵。”曹锟亦劝佩孚坐下，从容论议。佩孚乃复还座，且饮且谈。再经作霖劝解一番，佩孚终未惬意。到了酒阑席散，复由曹、张两人与各省代表，商决调停办法，一是挽留靳总理，二是内阁局部改组，三是撤换王揖唐议和总代表。四、五两条是安插边防军，与对付西南军。张作霖尚欲有言，佩孚复从旁截止道：“照这办法，仍属迂缓，如何能永息政争？譬如剜肉补疮，有何益处？愚见谓不从根本解决，终非良策。”作霖道：“如何叫做根本解决？”佩孚道：“不解散安福部，不撤换王揖唐，不罢免徐树铮，事终难了。佩孚亦誓不承认呢。”作霖道：“王揖唐已拟撤换，余两条尚须酌议。”佩孚奋然道：“段合肥的劣迹，唯误信安福部，安福部的党魁，就是一徐树铮。小徐不去，就使解散安福部，也似斩草不除根，一刹那间，仍然是滋蔓难图了。”作霖见他执拗难言，默然不答。曹锟乃插入道：“夜已深了，且待明日再议罢！”佩孚等因即告退。张作霖便在曹经略使署中，留宿一宵。正是：

乱世难为和事佬，客乡姑作梦中人。

一宵易过，旭日又升，欲知次日续议情形，且至下回再表。

长沙一捷，吴佩孚始露锋芒，长沙一失，吴佩孚尤关重要。盖吴佩孚镇湘三年，而南军不能动其毫末，一旦撤防北返，即为南军所攻入。昂然自大之张敬尧，节节败退，举长沙、岳州而尽弃之，何勇怯之不同如此乎？然正唯由张敬尧之无用，而吴佩孚之自信也渐深，即其蔑视段派之观念，亦因此渐进。保定会议，全然为倒段计。雨帅远来，曹氏接风，吴佩孚以陪座之主人，独挺身起座，大放厥辞，饶有王景略侃侃而谈之慨，彼时之孚威将军固已目无全虏矣。然张之忌吴，未始不因此伏案也。

第一百十六回　罢小徐直皖开战衅
顾大局江浙庆和平

却说张作霖下榻一宵，越宿起来，已近巳牌，盥洗以后，吃过早点，时将晌午，尚未见曹锟出来。作霖料他有烟霞癖，耐心守候，直至钟鸣十二下，午膳已进，方见曹老三入门陪客，肴馔等依然丰盛。彼此分宾主坐定，小饮谈心。作霖先说及吴佩孚态度，未免过刚，渐渐的谈到张辫帅，谓："帝制罪魁，事过即忘，近或仍作显官，何必苛待张勋。"却是说得有理。曹锟与张勋本无恶感，乐得随口赞成。其实张勋遁居荷兰使馆，靠着徐州会议的约文，抵抗冯、徐。冯、徐恐他露泄机缄，先后未曾过问，所以张辫帅仍得行动自由，逍遥法外。不过他旧有权利，已经丧尽，单靠着从前积蓄，取来使用，断难久持。因此急奔投路，请托张雨帅设法转圜。或谓："从前两张，曾有婚媾预约。"或谓："张勋尝辇巨金出关，为贿托计。"小子依同姓不婚的故例，似乎婚媾一层，未足凭信；如两张的粗豪，恐亦未必拘此。即如辇金一节，亦未曾亲眼相见，不便妄断。只张作霖回护张勋，乃是确事，就中总有一线情谊，牵结而来。自曹老三赞同张议，作霖却也欣然，所有谈论，愈觉投机。

待午餐已毕，吴佩孚及各省代表陆续趋集，再行会议。讨论了若干时，才议定办法六条：（一）是留靳云鹏继任总理，撤换财政总长李思浩，交通总长曾毓隽，司法总长朱深。（二）是撤换议和总代表王揖唐。（三）是湘事由和会解决。（四）是和会不能解决各条件，应另开国民大会，共同解决。

（五）是边防西北军，与南方军队，并及各省兵额，同时裁减。（六）是开复张勋原官。吴佩孚瞧这六条办法，尚未满意。谓必须罢免徐树铮。作霖道："待我入京返报，可将小徐罢去，自然最好了。"当下议决散会。作霖复勾留一宵，至次日辞别回京。看官阅此！应不能无疑：孚威将军吴佩孚，肯容张勋，何故不容徐树铮？哪知吴佩孚的心理，但主倒段，小徐为段氏第一腹心，绰号为小扇子，所以必欲罢免，若张勋与段氏，明系仇雠，何妨令复原官，多一个段家敌手。故张勋开复原官一条，吴氏并无异议。这可见吴氏心理，亦全然为私不为公。

张作霖既经返京，即将议定办法六条，面呈徐总统。徐总统阅毕，便语作霖道："翼青即靳云鹏表字。定要辞职，我已于昨日批准了。财政、交通、司法三总长当然连带辞职，可无庸议。此外数条我却不便作主，须要先通知段合肥，俟他认可，方得照办。"作霖也知老徐难办，因即应声道："且去与段氏一商何如？"徐总统道："别人无可差委，仍烦台驾一行。"作霖又慨然承认，起身即去。段祺瑞方出驻团河，由作霖前去晤谈，先说了许多和平的套话，然后将议案取阅。段祺瑞瞧了一周，不由的懊恼起来，再经作霖委婉陈词道："据吴佩孚意见，定要解散安福部，撤换王揖唐，罢免徐树铮，作霖亦曾劝解数次，终不得吴氏退步。公为大局起见，何必与后生小子，争此异点。否则作霖想作调人，看来是徒费跋涉，不能挽回了。"祺瑞作色道："吴佩孚不过一个师长，却这般恃势欺人，他若不服，尽可与我兵戎相见，我也未尝怕他呢。"作霖听了此言，说不下去，只好返报老徐。老徐再要他曲为周旋，作霖也出于无奈，再往与段氏婉商。偏段氏态度强硬，一些儿不肯转风，累得张雨帅奔走数次，毫无效果，乃向徐总统前告别返奉。老徐又苦苦挽留，坚嘱作霖设策调停。作霖乃再诣保定，劝曹、吴略示通融。吴佩孚勃然道："不解散安福部，不撤换王揖唐，事尚可以通融，唯不罢免小徐，誓不承认。"曹锟亦说道："老段声名，统被小徐败坏，难道尚不自知么？"作霖见两人言论，与段氏大相反对，遂续述段氏前语，不惮一战。佩孚更朗声道："段氏既云兵戎相见，想无非靠着东邻的奥援，恫吓同胞，我辈乃堂堂中国男儿，愿率土著虎贲三千人，鹄候疆场，若稍涉慌张，便不成为直派健儿了。"两派相争，纯是意气用事。作霖长叹道："我原是多此一行。"曹锟便即插口道："公以为谁曲谁直？"作霖道："我亦知曲在老段，但我为总统所迫，不得已冒暑驰驱，现双方同主极端，无法调和，我只好复命中央，指日出关了。”曹锟又道：“事若决裂，还须请公帮忙。”作霖点首道：“决裂就在目前，愿公等尽力指麾，待得一胜，那时再需我老张说和，也未可知，我就此告辞了。”隐伏下文。曹锟复把臂挽留，作霖不肯，且笑语道：“我已做了嫌疑犯，还要留我做甚？彼此相印在心，不宜多露形迹呢。”说毕，匆匆告辞，返京复命。徐总统具悉情形，复与作霖密商多时，方才定计。越两日，即由京城新闻纸上，载出徐树铮六大罪状，略述如下：

（一）祸国殃民。（二）卖国媚外。（三）把持政柄。（四）破坏统一。（五）以下杀上。（六）以奴欺主。

文末署名，为首的系是曹锟，第二人就是张作霖，殿军乃是江苏督军李纯。又越日，由徐总统发出三道命令，胪列下方：

（一）特任徐树铮为远威将军。

（二）徐树铮现经任为远威将军，应即开去筹边使，留京供职。西北筹边使，著李垣暂行护理。

（三）西北边防总司令一缺，着即裁撤，其所辖军队，由陆军部接收办理。

看官听说，当时徐树铮久住库伦，对着南北用兵，本常注意，既闻湘省失守，正拟密调西北军，分道援湘，但究因相隔太远，鞭长莫及，且恐直军中梗，急切不能通过，未免踌躇，忽又得辽东电报，乃是张作霖应召入都，愿作调人，他亦预料一着，只防直、奉两派相连，压迫皖系，于是不待中央命令，星夜南回，驰入都门，运动雨帅，愿以巨金为寿。并云：“事平以后，定当拥张为副总统。”作霖前次为小徐所绐，怎肯再为所欺？因此拒绝不答。树铮见运动无效，复怂恿东邻，阻止奉军入关，一面唆使东三省翳匪，扰乱治安，袭击作霖根据地。种种秘计，却是厉害。不料事机未密，所遣密使，竟被奉军查获，报知作霖。作霖当然大愤，即电告曹锟、李纯，联名痛斥小徐。曹锟正乞奉张为助，巴不得有此一举。李纯亦素恨段派，与曹锟不谋而合，同日复电，并表同情。作霖便发表声讨小徐的电文，并向总统府献议，请罢免徐树铮，撤消西北边防军。徐总统尚欲保全皖系面子，但调小徐为远威将军，并闻小徐已经来京，仍有留京供职的明文。唯将小徐的兵权，一律撤尽。叙入此段，为下文作一注脚。小徐不禁着忙，急赴团河见段合肥，涕泣陈词道："树铮承督办谬爱，借款练兵，效力戎行，今总统误信二三奸人，免树铮职，是明明欲将我皖系排去，排去皖系，就是排去督办，树铮一身不足惜，恐督办亦将不免了。"肤受之愬。

段祺瑞被他一激，禁不住怒气上冲，投袂起座道："我与东海交好，差不多有数十年，彼时改选总统，我愿与河间同时下野，好好把元首位置，让与了他，哪知他年老昏聩，竟出此非法举动，彼既不念旧情，老夫何必多顾，就同他算账便了。"说至此，即出门上车，一口气驱入京都，径至总统府中，见了老徐，说了几句冷嘲热讽的话儿，面目上含着怒容，更觉令人可怖。徐总统从容答道："老大哥何必这般愤怒？又铮筹边使，本与筹边督办，一事两歧，犯那重床叠屋的嫌疑，今将又铮调任，无非掩人耳目，暂塞众谤，一俟物议少平，便当另予位置，目前暂令屈居将军府，闲散一二月，想亦无妨。"老段闻言，怒仍未解，且反唇相讥道："曹锟、吴佩孚，拥兵自恣，何勿罢免？乃必罢徐树铮。"徐总统复道："曹吴两人，克复长沙，镇守湘南，全国舆论，一致推崇，若将他无故罢免，必致舆情反对，说我赏罚不明。况有功加罚，将来如何用人？难道曹、吴等果肯忍受，不致反动么？"老段见话不投机，悻悻起座道："总统必欲宠任曹、吴，尽管宠任，休要后悔！"说着，拂袖自去。好似乡曲武人，但事抢白，不顾体裁。老徐送了几步，见老段全不回头，只好叹息而返。

段祺瑞既出总统府，复回至团河，与小徐商决发兵，即由小徐带了卫队，入逼公府，迫令罢斥曹、吴，一面调动边防军第一第三第九各师，用段芝贵为总司令，向保定进发，与曹、吴一决雌雄。京、保一带，战云骤起。张作霖闻报，匆匆回奉，也去调兵入关，援应曹、吴。可怜京城内外的百姓，纷纷迁避，一夕数惊，这岂不足殃及池鱼，无辜遭害么？徒唤奈何。

京中方扰攘不安，东南亦几生战事，险些儿亦饱受虚惊，说将起来，也是与直、皖两派互生关系。江苏督军李纯，原是直派，署浙江督军卢永祥，乃是皖派，永祥本为淞沪护军使，自调署浙督后，仍念念不忘淞沪，但淞沪系江苏辖境，李纯欲收为己有，独永祥谓旧有护军使一职，不归江苏节制，应仍划出区域，由自己兼管。这问题互相抵触，争论不休。仍然是直皖之争。吴淞司令荣道一，与李、卢二督俱有师生情谊，特出为调停，渐得两方谅解，共保旅长何丰林充任。事早就绪，不意中央忽下一明令，特任卢永祥为浙江督军，裁撤淞沪护军使，改设淞沪镇守使，即命何丰林调任。何丰林虽系李督门徒，但得此护军使一席，全然由卢督帮护，一力造成，若叫他改任镇守使，是要归江苏节制，不但官职上显有升降，就是卢、何两人联络的作用，亦尽付东流，何丰林原不甘受屈，卢永祥亦岂肯甘休？当下由永祥授意丰林，令丰林代发通电道：

恭读大总统命令，特授卢永祥为浙江督军，淞沪护军使着即裁撤，改设镇守使，调任何丰林为淞沪镇守使，此令等因。当此南北争持之际，国是未定，人心未安，政府失其重心，大局日趋危险，淞沪地方重要，未便骤事更张，除电呈大总统外，现仍以卢永祥兼任淞沪护军使名义，由丰林代行，维持现状。谨此电闻，即请查照为荷。

何丰林复自发一电，转向中央辞职，文云：

大总统国务院参陆部钧鉴：恭读大总统令，淞沪护军使一缺，着即裁撤，改设淞沪镇守使，调任何丰林为淞沪镇守使此令等因。奉令之下，惶悚莫名。伏念淞沪地方重要，绾毂东南，自民国四年裁并上海、松江两镇守使，特设护军使一职，直隶中央，当时设官分职，用意至为深远。数年以来，迭经事变，用能本其职权，随机应付。至去岁卢督调任后，学潮震荡，工商辍业，人心摇动，闾里虚惊，丰林一秉成规，幸免意外。现方南北相持，大局未定，忽奉明令，改设镇守使，职权骤缩，地方既难维持，事机尤多贻误，对内对外，咸属非宜。丰林奉职无状，知难胜任，唯国家官制，必须因地制宜，不能因人而设。唯有退让贤路，仰恳大总统准予免去淞沪镇守使一职，以重旧制而维大局，不胜屏营待命之至。

两电既发，复嘱第四师第十师全体军官，拍电到京，吁请收回成命，并任何丰林为淞沪护军使。京中方为了直、皖决裂，两下里备战汹汹，连徐总统俱吉凶未卜，尚有何心顾及东南？一时未及答复，何丰林越疑到李纯身上，以为中央命令，定是李督嗾使出来，彼乘直、皖交争的时候，要想收回淞沪，扩充地盘，所以有此一举，遂不待探明确信，即电致李督一书，语多愤懑，并有解铃系铃、全在吾师等语。一面商令吴淞司令荣道一，亦拍电诘问李纯，内有："同人等群相诘责，无词应付，私心揣测，亦难索解，非中央欺吾师，即吾师欺学生"云云。当由李纯电复何丰林，略谓："中央命令，如果由兄指使，兄无颜见弟，无颜为人。"语本明白痛快，偏何丰林尚未肯信，联同浙督卢永祥，暗地戒严，密为防御。天下本无事，庸人自扰之，浙沪各军，既四处分布，如临大敌，免不得谣言百出，传入江苏。李纯也不得不疑，并因直、皖纷争愈竞愈烈，恐沪军亦趁势袭击江苏，为此先事预防，特派兵分布苏州、昆山一带，并掘毁黄渡至陆家浜一带铁道，阻截沪军。何丰林闻沪宁铁路被苏军拆断，越觉师出有名，遂也派军直上，与苏军相犄角。彼此列阵相持，摩拳擦掌，专待厮杀。只江苏一班士绅，已吓得心惊胆裂，慌忙奔走号召，结合各界团体，呼吁和平。再加外交团保护侨民，力为调解，电文络绎，送达江浙。李纯本无心开战，对着南北纷争，尚日日把和平二字，挂诸齿颊，怎有江、浙毗连反致轻自开衅？若卢、何二人目的但在淞沪，得能将淞沪一方，仍归掌握，此外自无他望。结果是李督让步，卢、何罢休，总算双方订约，江苏不侵淞沪，淞沪也不犯江苏，撤退兵备，易战为和。江浙人民，幸得苟安。后来中央亦收回成命，特任何丰林为淞沪护军使，这还是李督军爱惜苍生的厚惠。小子有诗咏道：

绾领军符贵保邦，如何仗戟自相撞？
罢兵独为宁人计，赢得仁声满大江。

东南幸不鏖兵，北京难免战祸，欲知谁胜谁负，且至下回叙明。

民国战争，无一非为私利而起，南北之战，公乎私乎？顾南方犹得以护法为借口。若直皖之战，全为私利起见，小徐之欲扩张安福部势力，私也；即吴佩孚之反对小徐，不惜一战，亦安得谓为非私？一则挑拨段氏，一则煽动曹使，各求逞志而已，与国家之凋敝，民生之痛苦，固视若无睹焉。张雨帅亦好动不好静，本以调人自居，反致激成战祸，是岂不可以已乎？若淞沪护军使一职，贻祸者为袁项城，袁因郑汝成有功于己，特划淞沪一隅，俾郑自主。而郑竟死于非命。及卢何之与李纯龃龉，几至宣战，微李纯之顾全东南大局，甘心让步，江浙人民，宁有幸乎？国民苦兵革久矣，好战者民之贼也，主和者民之望也，观乎江浙之言和，安得不感念夫李督军？

第一百十七回　吴司令计败段芝贵　王督军诱执吴光新

却说徐树铮带领卫队，直入京师，将演逼宫故事，一面至将军府，强迫各员，联衔进呈，请即褫夺曹锟、曹锳、吴佩孚官职，下令拿办。曹锳为曹锟第七弟，曾任近畿旅长，故小徐亦列入弹章，并推段祺瑞领衔，呈入总统府，大有咄咄逼人的气势。徐总统不便遽从，延搁一宵，未曾批准。那小徐确是厉害，竟率卫队围住公府，硬要老徐惩办曹吴，否则即不认老徐为总统。徐总统无奈，只好下一指令道：

> 前以驻湘直军，疲师久戍，屡次吁请撤防，当经电饬撤回直省，以示体恤。乃该军行抵豫境，逗留多日，并自行散驻各处，实属异常荒谬。吴佩孚统辖军队，具有责成，似此措置乖方，殊难辞咎，着即开去第三师师长署职，并褫夺陆军中将原官，暨所得勋位勋章，交陆军部依法惩办。其第三师原系中央直辖军队，应由部接收，切实整顿。曹锟督率无方，应褫职留任，以观后效。军人以服从为天职，中央所以指挥将帅者，即将帅所以控制戎行。近年纲纪不张，各军事长官，往往遇事辄托便宜，以致军习日漓，规律因之颓弛。嗣后各路军队，务当恪遵中央命令，切实奉行，不得再有违玩，着陆军部通令遵照。此令。

看官！你想这道命令，曹吴两人，尚肯听受么？当下由曹锟出面，联同东三省巡阅使张作霖，长江三督军李纯、王占元，陈光远等，发一通电，具论老段及小徐罪状，大略如下：

自安福部结党营私，把持政柄，挟其国会多数之势力，左右政局，而阴谋作用，辄与民意相反，实为祸国之媒，寖成舆论之敌。其尤影响国事者，政争所及，牵动阁潮，以致中枢更迭不定，庶政未由进行。甚至党派之后，武力为援，政治中心，益形杌陧。试察其行动之机，则发纵而指使者，多系徐树铮等主持，恣睢专横，事实昭然。元首明烛破奸，于是下令开去徐树铮筹边使之职，解其兵权，筹纾党祸，并因靳揆辞职，提出周少朴氏，即周树模，徐欲用周代靳，已送咨文至众议院，未得议员同意。方期从容组阁，以文治之精神，奠邦基于永固。讵倏传惊耗，变出非常，合肥方面，以段芝贵为总司令，派边防军，直趋保定，宣言与直军宣战，并计定攻苏攻鄂，攻豫攻赣，强迫元首，下令讨伐。近日元首已被其监视，举动均失其自由，假借弄权，唯出自一二奸人之手。此时政本已摇，发号施令，无非倒行逆施之举，似此专横谬妄，实为全国之公敌。夫元首有任免官吏之权，乃因免一徐树铮，彼竟敢遽行反抗，诉诸武力。以直军而论，自湘南久戍，奉准撤防，无非藉资休整，备国家御侮之用，既无轨外之行动，有何讨伐之可言？讵合肥欲施其一网打尽之计，是以有触即发，为徐树铮之故，为安福部之故，乃不惜包围元首，直接与曹锟等宣战，总施攻击。锟等素以和平为职志，对此衅起萧墙，无术挽救，迫不得已，唯有秣马厉兵，共伸义愤。纾元首之坐困，拯大局于濒危。扫彼妖氛，以靖国难。特此电闻。

通电喧传，全国鼎沸。再加张作霖回到奉天，立即派遣重兵，入山海关，也有一篇宣言书，说是："作霖奉令入都，冒暑远征，冀作调人，乃我屡重涕而道，人偏充耳勿闻。现闻京畿重地，将作战场，根本动摇，国何由立？且京奉铁路关系条约，若有疏虞，定生枝节。用是派兵入关，扶危定乱。如有与我一致，愿即引为同袍，否则视为公敌"等语。这是张雨帅独自出名，与上文联衔发电的文章，又似情迹不同，未尝指明讨段。其实乃是聪明办法，留一后来余地，看官莫要被他瞒过呢。谓予不信，试看后文。

曹锟得知奉军入关的消息，料知他前来援应，遂放胆出师，亲赴天津，当场行誓众礼，派吴佩孚为总司令，号各军为讨贼军，即就天津设大本营，高碑店设司令部，一意与段军对敌。段军分四路进兵，第一路统领刘询，第二路统领曲同丰，第三路统领陈文运，第四路统领魏宗瀚，均归总司令段芝贵调度。总参谋就是徐树铮。七月十四日，两军相距，不过数里，刁斗相闻，兵刃已接，眼见是战云四布，无法打消了。总统府中尚发出通令云：

民国肇造，于兹九年，兵祸侵寻，小民苦于锋镝，流离琐尾，百业凋残，群情皇皇，几有傀焉不可终日之势。本大总统就任之始，有鉴于世界大势，力主和平，比岁以来，兵戈暂戢，工贾商旅，差得一息之安，犹以统一未即观成，生业不能全复。今岁江浙诸省，水潦为灾，近畿一带，雨泽稀少，粮食腾踊，讹言明兴，眷言民艰，忧心如捣。乃各路军队，近因种种误会，致有移调情事，兵车所至，村里惊心，饥馑之余，何堪师旅？本大总统德薄能鲜，膺国民付托之重，唯知爱护国家，保乂人民，对于各统兵将帅，皆视若子弟，倚若腹心，不能不剀切申诫。自此次明令之后，所有各路军队，均应恪遵命令，一律退驻原防，戮力同心，共维大局，以副本大总统保惠黎元之至意。此令。

军阀相争，势不两立，还管什么大总统命令？大总统要他撤防，他却即日开战，冬冬的鼓声，拍拍的枪声，就在琉璃河附近一带发作起来。边防军第一师第一团马队，与第十三师第一营步军，进逼直军第十二团第二营，气势甚猛，悍不可当。直军也不肯退让，即与交锋，正在双方攻击的时候，忽见直军步步倒走，退将下去。边防军越加奋迅，趁势追逼，再加总司令段芝贵，性急徼功，下令军中，并力进击，不得瞻顾。小段号称能军，何并诱敌之谋，尚不知晓？边防军自然锐进。哪知直军退到第一防线，均避入深壕，伏住不动，所有边防军射来的枪弹，尽从壕上抛过，一些儿没有击中，空将弹子放尽。猛听得一声怪响，便有无数弹子，飞向边防军击来，烟尘抖乱，血肉横飞，边防军支撑不住，立即转身飞奔。直军返退为攻，统从壕沟中跃出，还击边防军，吓得边防军没路乱跑，纷纷四散。段芝贵顾命要紧，早已遁去。尚有西北军第二混成旅，及边防第三师步兵第二团，由张庄、蔡村、皇后店三路，分攻杨村的直军防线，激战多时，统为直军所败。杨村系曹锳驻守，与吴佩孚同日得胜，先声已播，可喜可贺。独段芝贵等未免懊恨，向段祺瑞处报告，但言为直军所袭，因致小挫。祺瑞乃欲鼓励戎行，特令秘书员草就檄文，布告中外，略云：

曹锟、吴佩孚、曹锳等，目无政府，兵胁元首，围困京畿，别有阴谋。本上将军业于本月八日，据实揭劾，请令拿办，罪恶确凿，诚属死有余辜。九月奉大总统令，曹锟褫职留任，以观后效，吴佩孚褫职夺官，交部拿办。令下之后，院部又迭电促其撤兵，在政府法外施仁，宽予优容，曹锟等应如何洗心悔罪，自赎末路。不意令电煌煌，该曹锟等不唯置若罔闻，且更分头派兵北进，不遗余力。京汉一路，已过涿县，京奉一路，已过杨村，逼窥张庄。更于两路之间，作捣虚之计，猛越固安，乘夜渡河，暗袭我军，是其直犯京师，震惊畿内，已难姑容，而私勾张勋出京，重谋复辟，悖逆尤不可赦。京师为根本重地，使馆林立，外商侨民，各国毕届，稍有惊扰，动至开罪邻邦，危害国本，何可胜言？更复分派多兵，突入山东境地，竟占黄河岸南之李家庙，严修备战，拆桥毁路，阻绝交通，人心惶惶，有岌焉将坠之惧。本上将军束发从戎，与国同其休戚，为国家统兵大员，义难坐视，今经明呈大总统，先尽京汉附近各师旅，编为定国军，由祺瑞躬亲统率，护卫京师，分路进剿，以安政府而保邦交，锄奸凶而定国是。歼魁释后，罪止曹锟、吴佩孚、曹锳三人，其余概不株连，其中素为祺瑞旧部者，自不致为彼驱役，即彼部属，但能明顺逆，识邪正，自拔来归，即行录用。其擒斩曹锟等，献至军前者，立予重赏。各地将帅，爱国家，重风义，遘此急难，必有屦及剑及、兴起不遑者，祺瑞愿从其后，为国家除奸慝，即为民生保安康，是所至盼。为此檄闻。

同日曹锟亦通电各省，说是开衅原由，当归边防军任咎，略述如下：

边防军称兵近畿，扰害商民，近仍进行不已，以众大之兵力，占据涿州、固安、涞水等处，于寒删两日，诗韵有十三寒，十五删两韵，电码即借作十三日十五日之省文。向高碑店方面分路进攻，东路则占据梁庄、北极庙一带，向杨村攻击，炮火猛烈，枪弹如雨。敝军力为防御，未及还攻，而彼竟愈逼愈紧，实为有意开衅，事实如此，曲直自在。唯有激厉将士，严阵以待，固我防圉而卫民生。特电奉闻，诸唯察照。

兵戈不足，济以笔舌，两造各执一是，互争曲直，这也是习见不鲜的常调，无足深论。公论自在人间，两造哓哓，何足取信？唯战事既开，势难收拾，最激烈的是徐树铮，他以为敌寡我众，敌弱我强，曹三庸夫，毫不足惧，吴子玉虽号知兵，究竟是个戎马书生，不惯力战。西北军身长胆壮，但藉那靴尖蹴踏，已足踢倒曹吴，不意一战即挫，前驱溃退，恼得小徐气冲牛斗，投袂奋起，自往督军，就将高碑店战事，尽交段芝贵主持，亲赴杨村一带，督同三路大军，进攻曹锳。一面电致鄂豫鲁等省，密令同党起事，响应京畿。

湖南督军吴光新，本是段氏嫡派，得继张敬尧后任，兼充长江上游总司令，已见前文。莅鄂已有多日，因见岳州、长沙为南军所占据，无隙可乘，不得已寓居湖北。张敬尧奉令查办，始终不肯到京，尚在湖北潜住。自经徐树铮密电到鄂，由吴光新接着，遂与张敬尧会商，图取湖北，助攻直军，并因旧部赵云龙驻守河南信阳县，好教他乘机发难，攻夺河南。当下发一密电，嘱告云龙，约期并举。鄂督王占元与曹吴联络一气，当然隐忌吴光新，时常派人侦查，防有他变。及直皖战起，侦察益严，所有吴光新暗地举动，竟被王占元察知，遂借请宴为名，备了柬帖，邀吴入饮。吴光新未曾防着，还道是密谋未泄，乐得扰他一餐，快我老饕。况临招不赴，乃是官场所忌，并足使王占元生疑，为此贸然前往，怡然入席。主客言欢，觥筹交错，畅饮了一二小时，已觉酒意微醺。突由王占元问及近畿战事，究系谁曲谁直？吴光新不觉一惊，勉强对答数语，尚说是时局危疑，不堪言战。假惺惺。王占元掀髯微笑道：“君亦厌闻战事么？如果厌战，请在敝署留宿数宵，免滋物议。”说着，即起身出外，唤入武士数名，扯出吴光新，驱至一间暗室中，把他软禁起来。吴光新孤掌难鸣，只好由他处置，唯自悔自叹罢了。得全性命，还是幸事。王占元既拘住吴光新，更派出鄂军多人，往收吴光新部曲，果然吴军闻信，乘夜哗变，当被鄂军击退，解散了事。独张敬尧生得乖巧，已一溜烟似的遁出鄂省，得做了一个漏网鱼。占元遂通电曹、吴，曹、吴亦为欣慰。嗣复接得广东军政府通电，也是声讨段氏，但见电文中云：

国贼段祺瑞者，三玷揆席，两逐元首，举外债六亿万，鱼烂诸华，募私军五师团，虎视朝左，更复昵嬖徐树铮，排逐异己，啸聚安福部，劫持政权。军事协定，为国民所疾首，而坚执无期延长；青岛问题，宜盟会之公评，而主张直接交涉；国会可去，总统可去，而挑衅煽乱之徐树铮，必不可去；人民生命财产，可以牺牲，国家主权，森林矿产，可以牺牲，而彼辈引外残内之政会，必不可以牺牲。凶残如朱温、董卓，而兼鬻国肥私，媚外如秦桧、李完用，而更拥兵好乱。综其罪恶，罄竹难书。古人权奸，殆无其极。军府恭承民意，奋师南服，致讨于毁法卖国之段祺瑞，及其党徒，亦已三稔于兹，不渝此志。徒以世界弭兵，内争宜戢，周旋坛坫，冀遂澄清。而段祺瑞狼心不化，鹰瞵犹存，嗾使其心腹王揖唐者，把持和局，固护私权，揖盗谈廉，言之可丑。始终峻拒，宁有他哉？乱源不清，若和奚裨。吴师长佩孚，久驻南中，洞见症结，痛心国难，慷慨撤防。直奉诸军，为民请命，仗义执言，足见为国锄奸，南北初无二致也。乃段祺瑞怙恶饰过，奖煽奸回，盘踞北都，首构兵衅，以对南黩武之政策，戕其同袍，以不许对内之边军，痛毒畿辅。天命不足畏，人言不足恤，但知异己即噬，不惜举国为仇，故曩诿为南北之争者，实未彻中边之论也。道路传言，佥谓该军有某国将校，阴为之助，某氏顾问，列席指挥，友邦亲善，知必讏言，揣理度情，当不如是。然而敬瑭犹在，终覆唐室，庆父不除，莫平鲁难。今者直省诸军，声罪致讨，大义凛然，为国家振纲纪，为民族争人格，挥戈北指，薄海风从。军府频年讨贼，未集全勋，及时鹰扬，义无反顾，是用奖率三军，与爱国将士，无间南北，并力一向，诛讨元凶。其有附逆兵徒，但知自拔，咸与维新。若更徘徊，必贻后悔。维我有众，壹乃心力。除恶务尽，共建厥勋。褫奸雄之魄，毋或后时，抉郿坞之藏，相偕饮至。昭告遐迩，盍兴乎来！

据这电文，明明是岑春煊主张，与曹、吴遥相呼应，直派联合岑、陆，已见一百十四回中。曹、吴大喜，颁示将士，遂令军心益奋，慷慨临戎。小子有诗叹道：

武夫本是国干城，御侮原应不爱生。
可惜局中差一着，奋身误作阋墙争。

欲知两军再战情形，请看下回便知。

绝交不出恶声，是谓之君子人。试观直、皖之争彼此相诟，无异村妪乡童之所为。试思同袍同泽，本有偕作偕行之义务，就使意见不合，偶与绝交，亦当为国家起见，各就本职，守我范围，岂可自相诋诽，自相攻击乎？况虚词架诬，情节支离，徒快一时之意气，甘作两造之讏言，本欲欺人，适以欺己。天下耳目，非一手可掩，何苦为此山膏骂豚之伎俩也。彼段芝贵之遭败，与吴光新之被拘，皆失之躁率，均不足讥，即胜人执人者，亦为君子所不齿。朝为友朋，暮成仇敌，吾不愿闻此豆萁相煎之惯剧也。

第一百十八回　闹京畿两路丧师
投使馆九人避祸

却说直、皖两军互相角逐，分作东西两路，西路就是高碑店，东路乃是杨村。徐树铮率同西北军，猛攻曹锳。曹锳仓猝抵敌，一时措手不及，竟为西北军所乘，枪似林攒，弹如雨注，不由曹军不走。曹锳只好号召兵士，退出杨村。树铮把杨村占住，很是得意，偏接高碑店战报，一再败衄，急得小徐又转喜为忧。原来段芝贵前次失败，收合余军，再图大举。七月十五日晚间，复向高碑店进攻，意欲乘他不备，得一胜仗。直军也曾防着，出阵接战。小段见直军严肃，料不可袭，便另生一计，密令部众散阵四趋，诱入直军。也欲作诱敌计么？直军踊跃直前，向敌阵中杀入。敌阵先散后聚，复一齐裹合拢来，拟把直军困在垓心。直军也觉情急，猛力冲突，各自为战。小段见直军中计，喜不自禁，便申令军中，再接再厉，要杀得他片甲不回。谁知阵后忽来了数百人，统执着新式快枪，接连击射，好似连珠一般，无从趋避。为首的统兵大员，不是别人，正是直军总司令吴佩孚，小段被他一扰，吓得方寸已乱，亟欲分兵对敌，偏偏兵不应命，相率溃去。直军前后夹攻，几把小段擒住。幸亏小段跨一骏马，跑走得快，才得逃脱，退至三十里外下营。小段经此两败，方知吴佩孚计中有计，不敢轻敌。

吴佩孚得胜收军，休息一宵。到了次日的夜间，令第三混成旅旅长萧耀南与第三补充旅旅长龚汉冶，合力向涿州进攻，再令补充旅旅长彭寿莘，作为后应。边防军第一师师长曲同丰，驻守涿州，正与萧耀南相值，两军接触，即劈劈拍拍的放起枪来。边防军屡遭败仗，未战先怯，勉强支撑了一小时，看直军来势益盛，便想退下。那龚汉冶部下补充旅，正从右边攻入，冲断边防军，彭寿莘又复继至，击毙边防军无数，俘获旅团长以下共五十余人。曲同丰带领残兵，遁入涿州。直军便至涿州城外安营，再图进取。诘旦有奉军到来加入，直军气焰益盛，曲军已失战斗的能力，眼见得支持不住，没奈何派员请和。吴佩孚只准乞降，不得提出和字。曲同丰保命要紧，就使丢掉面子，也不暇顾，只好依吴佩孚所言，与二十九旅旅长张国溶，三十旅旅长齐宝善，带同残军二千余人，向直军缴械投降。不愧姓曲。涿州遂由直军占住。边防军第三师师长陈文运，闻得曲军降敌，竟弃师遁去。蛇无头不行，兵无主自乱，大都弃械逃生，各走各路。段芝贵亦遁入京师，西路军完全失败。

徐树铮得此消息，方在忧患，蓦闻营外枪声大震，乃是曹锳领军杀到。从来出兵打仗，全靠着一鼓锐气，锐气一挫，虽有良将，不能为力。此时曹锳奋勇杀来，无非为了西路大捷，鼓动士气，前来夺还杨村。那小徐部下，正因西路覆没，垂头丧气，还有何心接战？顿时出营四溃。小徐到此，就使郁愤满腔，要想拼命一争，怎奈兵心已散，无可挽回，也唯有行了三十六策中的上策，一溜风跑入都门，窜匿六国饭店中，可巧与小段碰着。“愁人莫对愁人说，说起愁来愁煞人”，想两人当时情状，应亦如此，毋容笔下描摹了。这是好战的报应。段祺瑞迭接败耗，且愤且惭，当即取过手枪，意欲自戕。幸经左右夺去，劝他入京，求总统下停战令。祺瑞不得已还都，上书老徐，引咎自劾。徐总统冷笑道：“早知今日，何必当初？”遂令靳云鹏、张怀芝等往见曹、吴，商议停战，一面颁下通令道：

> 前以各路军队，因彼此误会，致有移调情事，当经明令一律退驻原防，共维大局。乃据近日报告，战事迄未中止，群情惶惧，百业萧条，嗟我黎民，何以堪此？况时方盛暑，各将士躬冒锋镝，尤属可悯。应责成各路将领，迅饬前方，各守防线，停止进攻，听候命令解决，用副本大总统再三调和之至意！此令。

天下不如意事，十常八九，自段氏四路大军一齐败溃，于是鲁、豫各省的段派军官，亦皆瓦解。山东德州方面，本被边防军统领马良攻入，守将商德全退走。嗣由奉军往援德全，复击败边防军，夺回德州，马良当然窜去。就是信阳戍将赵云龙，率领部下，与河南旅长李奎元激战，亦为所败，被逐出境。还有察哈尔都统王廷桢，起应曹吴，入驻康庄，就在居庸关附近，与边防军西北军，一场剧斗，边防军西北军均皆败降，解除武装，老段小徐的计策，无不失败。段祺瑞自欲解嘲，因电致直、奉、苏、赣、鄂、豫等省，大略说是：

顷奉主座电谕："近日叠接外交团警告，以京师侨民林立，生命财产，极关紧要，战事如再延长，危险宁堪言状？应令双方即日停战，迅饬前方各守界线，停止进攻，听候明令解决"等因。祺瑞当即分饬前方将士，一律停止进攻在案。查祺瑞此次编制定国军，防护京师，盖以振纲饬纪，并非黩武穷兵，乃因德薄能鲜，措置未宜，致召外人之责言，上劳主座之廑念。抚衷内疚，良深悚惶！查当日即经陈明，设有贻误，自负其责。现在亟应沥情自劾，用解愆尤，业已呈请主座，准将督办边防事务，管理将军府事宜各本职，暨陆军上将本官，即予罢免；并将历奉奖授之勋位勋章，一律撤消，定国军名义，亦于即日解除，以谢国人。谨先电闻。

投井下石，古今同慨，况段氏误信小徐，组织安福部，党同伐异，借债兴兵，究为舆论所未容，此次一败涂地，虽然返躬自责，情愿去官，毕竟众怒未消，谤言益甚。江苏督军李纯，发一通电，有"歼厥渠魁，指日可待，从此魑魅敛迹，日月重光"等语。又有南北海军将校林葆怿、蓝建枢、蒋拯、杜锡珪等，亦通电声讨安福党人，历数罪状，并称："南北实力提携，共济艰难"云云。最激烈的是吴佩孚，趁这全军大胜的机会与奉军同诣京师，驻扎南苑、北苑，请大总统诛戮罪魁。靳云鹏与张怀芝，到了吴军，与吴佩孚从容筹商，特提出四大条件：（一）惩办徐树铮。（二）解散边防军。（三）是解散安福部。（四）是解放新国会。这四条已经中央承认，劝吴即日罢兵。吴佩孚尚未肯甘休，再经靳、张两人苦口调解，才得吴最后答复，谓："当转达曹经略，佩孚不便作主"等语。靳、张乃往与曹锟商议。曹锟虽允停战，唯对着中央承认四事，尚嫌不足。靳、张虽各具三寸舌根，终未能妥为斡旋，只得回京复命。徐总统闻报，默忖多时，想此事非借重奉张，不能排解，因即电召张作霖，再作调人。一面派王怀庆收束近畿军队，兼任督办。怀庆奉令办理，尚称得手，所有边防军与西北军，或编入队伍，或给资遣散，近畿一带，总算粗安。

既而张作霖出为调停，与曹、吴商定条件：（一）为解散安福部。（二）为惩办罪魁十四人。（三）为取消边防军与西北军及其他属于该两军之一切机关。（四）为京畿保卫归直、奉军，永远驻扎，京城以内，由京畿卫戍总司令担负全责。（五）撤消安福包办之和议机关，驱逐王揖唐，另与西南直接办理和议。（六）解散新旧两国会，另办新选举。这六项为主要条件，尚有先决事件两项：（一）为政府速将三年以来，所借外债及用途，分布全国。（二）为褫免京师警察厅总监吴炳湘。议定以后，即由张作霖转呈徐总统。徐总统非不赞成，但尚欲稍示通融，顾全段氏面目，因复使靳、张二人电复张作霖，托他再为转圜。作霖乃复与曹、吴磋商，大致仍照前议，唯略改细目罢了。于是中央命令，蝉联而下，由小子汇录如下：

七月二十四日大总统令

准财政总长李思浩，司法总长朱深，交通总长曾毓隽免职，令财政次长潘复，司法次长张一鹏，代理部务。特任田文烈兼署交通总长。

准京畿卫戍总司令段芝贵免职，特派王怀庆兼署京畿卫戍总司令。

二十六日大总统令

据兼代国务总理萨镇冰呈称："师长吴佩孚等，所部军队，前次在豫暂驻，未能即时回直，证以曹经略使来电，始则因住兵房舍，一时难腾，继则因铁路车辆，未能即时应付，并非有意逗留，其情事既有不符，拟请将处分令撤消"等语。应准将本年七月九日，关于曹锟、吴佩孚处分命令，即行撤消，交陆军部查照。

准京师警察厅总监，兼督办京都市政事宜吴炳湘免职，令田文烈兼督办京都市政事宜，殷鸿寿为京师警察厅总监，并会办京都市政事宜。

准交通次长姚国桢免职，任命权量兼署交通次长。

二十八日大总统令

准督办边防事务，兼管理将军府事务段祺瑞免职。

前以沿边一带，地方不靖，当经令设督办边防事务处，以资控驭，现在屯驻边外军队，业已陆续撤退，该处事务较简，所有督办边防事务处，应即裁撤，其所辖之边防军，着陆军部即日接收，分别遣散，以一军制而节冗费。此令。

前有令将西北边防总司令一缺裁撤，其所辖军队，由陆军部即日接收办理，所有西北军名义，应即撤消，着责成该部迅速收束，妥为遣散，仍将办理情形，克日呈复。此令。

准大理院院长姚震免职，特任董康为大理院院长。

二十九日大总统令

国家大法，所以范围庶类，偭规干纪，邦有常刑。此次徐树铮等称兵畿辅，贻害闾阎，推原祸始，特因所属西北边防军队，有令交陆军部接收办理，始而蓄意把持，抗不交出，继乃煽动军队，遽启兵端。甚至迫胁建威上将军段祺瑞，别立定国军名义，擅调队伍，占用军地军械，逾越法轨，恣逞私图。曾毓隽、段芝贵等，互结党援，同恶相济，或参与密谋，躬亲兵事，或多方勾结，图扰公安，并有滥用职权，侵挪国帑情事，自非从严惩办，何伸国法而昭炯戒？徐树铮、曾毓隽、段芝贵、丁士源、朱深、王郅隆、梁鸿志、姚震、李思浩、姚国桢等，着分别褫夺官职勋位勋章，由步军统领、京师警察厅一体严缉，务获依法讯办。其财政交通等部款项，应责成该部切实彻查，呈候核夺。国家虽政存宽大，而似此情罪显著，法律具在，断不能为之曲宥也。此令。

统观以上命令，除为曹、吴洗刷外，所有免职各条都是对着段派的关系。唯免职二字，不过去官而止，与身家无甚碍处。至若上文严缉祸魁一令，乃是诖犯刑章，将加体罚，这是小徐等人特别畏忌的条件，不得不设法趋避。况直、奉各军，满布京畿，一被缉获，尚有何幸？当下统避匿东交民巷，作为京城里面的逋逃薮。东交民巷，是各国使馆所在地，政府不得过问。就是六国饭店，亦在东交民巷，故小徐、小段先就该饭店藏身。徐总统下此命令，主动力全在曹、吴，他虽然阴忌段派，但教段氏下台、段派失势，已算是如愿以偿，不欲再为已甚，所以命令中尚为段氏洗愆，唯罪及小徐等十人。所云缉获讯办，无非虚扬威名。看官试回溯民国以来，中央所颁惩办大员的命令，能有几人到案，如法办理么？这就是致乱原因。独此次曹、吴主见，本思乘着胜仗罚及老段。上文叙及罪魁十四人，必兼老段在内。旋因徐总统曲为调停，方将老段除出，且把小徐等尽法惩治，聊泄宿忿。

及闻小徐等避匿使馆界内，不能直接往拿，只得浼人疏通各国公使请他驱逐罪魁。各国公使团乃会议办法，磋商多时，英、美、法三国公使暗中帮助曹、吴，并在会场中发表政见，谓："此次小徐诸人扰乱京畿，贻害中外人民，不应照国事犯例保护。"国事犯即政治犯，各国公法，有容留国事犯通例。唯日本及意大利国公使，力持异议，所以东交民巷中只有英、美、法三国公使文告，通饬本国侨民不准容留中国男子，如有容留，限令即日迁出。徐树铮等瞧着告示，禁不住慌张起来。自思六国饭店，乃是各国公共寓所，势难久居，尚幸日、意两国无此禁令，留出一条活路，可以投奔，于是徐树铮、段芝贵、曾毓隽、丁士源、朱深、王郅隆、梁鸿志、姚震、姚国桢等九人，相偕计议，拟往日、意两公使馆乞请保护。转想日本感情，比意国为厚，不如同去恳求日使，较为妥洽。当下联袂偕行，共至日使馆中，拜会日使。可巧日使未曾外出，得蒙邀入，遂由徐树铮等当面哀求，仗着几寸广长舌，说得日使怦然心动，不由的大发慈悲，力任保护，便令九人居留护卫队营内，安心避难。好在九人各有私财，预储日本银行，一经挪移，依然衣食有着，不致冻馁。独李思浩生平，常在金融界中，主持办理，与日人往来更密，他闻惩办令下，早已营就兔窟，藏身有所，看官不必细猜，想总是借着日本银行，做了安乐窝呢。小子有诗叹道：

好兵不戢自焚身，欲丐余生借外人。
早识穷途有此苦，何如安命乐天真。

小徐等既得避匿，眼见中国政府，无从缉获，只好付作后图。此外尚有各种命令，容至下回续叙。

兵志有言："骄兵必败"，小段小徐之一再败衄，正坐此弊。彼吴佩孚方脱颖而出，挟其久练之士卒，与小段小徐相持，小段小徐，徒恃彼西北边防等军，即欲以众凌寡，以强制弱，而不知骄盈之态，已犯兵忌，曹操且熸师赤壁，苻坚尚覆军淝水，于小段小徐何怪焉？及战败以后，遁匿六国饭店中，坐视段合肥之丢除面子，一无善策。放火有余，收火不足，若辈伎俩，可见一斑。段合肥名为老成，奈何轻为宠信也。英、美、法三国公使，不愿容留小徐等人，而日使独出而保护之，其平日之利用段派，更可知矣。合肥合肥，安能不授人口实乎？

第一百十九回　日公使保留众罪犯
靳总理会叙两亲翁

却说徐总统迭下命令，黜免段系，至通缉罪魁以后，已与段系不留情面，遂又陆续下令，罢免湖南督军，兼长江上游总司令吴光新职，并将长江上游总司令一缺，饬令裁撤，所有吴光新旧辖军队，由王占元妥为收束，借节军费。同日，又褫夺吴炳湘原官，及勋位勋章，说他党附徐树铮等，不知远嫌，有背职务，虽经免职，未足蔽辜，应褫夺陆军中将原官，暨勋位勋章，以示惩儆云云。过了数天，已是八月三日，复由徐总统下令，解散安福俱乐部，令云：

政党为共和国家之通例，约法许集会结社之自由。安福俱乐部，具有政党性质，自为法律所不禁。近年以来，迭据各省地方团体，函电纷陈，历举该部营私误国，请予解散。政府以为党见各有不同，自可毋庸深究。乃此次徐树铮、曾毓隽等，称兵构乱，所有参与密谋，筹济饷项，皆为该部主要党员。观其轻弄国兵，喋血畿甸，肆行无忌，但徇一党之私，虽荼毒生灵，贻祸国家，亦若有所不恤。是该部实为构乱机关，已属逾越法律范围，断不能容其仍行存在。着京师卫戍总司令，步军统领，京师警察厅，即将该部机关，实行解散。除已有令拿办诸人外，其余该部党员，苟非确有附乱证据者，概予免究。其各省区，如设有该部支部者，并着各该省区地方长官，转饬一律解散。此令。

再进一步的办法，就是撤换王揖唐了。徐总统不遽下令，但使国务院电致江苏，将王揖唐的议和代表，即日撤消，改派江苏督军李纯，为南北议和全权总代表，与广东军政府接洽和议。李纯本与王揖唐有嫌，遂有一篇弹劾王揖唐文，电达中央。徐总统乃申令道：

据江苏督军李纯电呈："王揖唐遣派党徒，携带金钱，勾煽江苏军警及缉私各营。并收买会匪，携带危险物，散布扬州、镇江省城一带，以图扰乱，均有确凿证据，请拿交法庭惩办"等语。王揖唐经派充总代表职务，至为重要，乃竟勾煽军警，多方图乱，实属大干法纪，除已由国务院撤消总代表外，著即褫夺军官，暨所得勋位勋章，由京外各军民长官，饬属一体严缉务获，依法惩办。此令。

王揖唐寓居沪上，距京甚远，不比那小徐等人，留住京师，一时不能远飏，权避日本使馆中。所以命令虽下，一体严缉，他却四通八达，无地不可容身；就使仍居上海租界内，亦为中国官吏势力所不能达到的地点，怕什么国家通缉呢？这叫法外自由。但徐总统承认曹、吴要求，除新旧国会未见解散明文外，余已一律照办。更因段派中尚有数人为曹、吴所指劾，因复连下二令道：

前以安福俱乐部为扰乱机关，业有令实行解散，所有籍隶该俱乐部之方枢、光云锦、康士铎、郑蒬瞻、臧荫松、张宣，或多方勾煽，赞助奸谋，或淆乱是非，潜图不逞，均属附乱有据，着分别褫夺官职勋章，一律严缉，务获惩办。其余该部党员，均查照前令，免予深究，务各濯磨砥砺，咸与维新。此令。

边防军第一师师长曲同丰，第三师师长陈文运，陆军第九师师长魏宗瀚，第十五师师长刘询，谦威将军张树元，于此次徐树铮称兵近畿，甘心助乱，以致士卒伤亡，生灵涂炭，均属罪有应得。曲同丰、陈文运、魏宗瀚、刘询、张树元，着即褫夺军官军职暨所得勋位勋章，交陆军部依法惩办，以伸军纪。此令。

令申所布，徒有具文，各犯官统闻风避去，近走津门，远赴沪渎，津、沪均有外国租界，非中国法律所能及，鸿飞冥冥，弋人何篡？外人讥中国为纸糊章程国，端的是不谬呢。章程国尚有章程，现今中国朝令暮更，并章程国三字，尚有愧辞。唯曹、吴所最痛恨的乃是小徐，小徐与段芝贵、曾毓隽等匿居日本使馆，曹、吴必欲外人交出，按法惩办，因即迭呈徐总统请与日使馆严重交涉。徐总统申饬外交部照会外交团，索交祸魁徐树铮等十人。当经英、法、美三国公使分别复称引渡罪魁事，引渡二字系含有交出意义，语本《日本法典》。各使曾开会商议，意见不同，结果由各使自复，但称："本国使馆，并未收纳此项人等"云云。外交部乃直致文日本使馆，问他有无收留？日本公使竟据实答复，略云：

徐树铮、曾毓隽、段芝贵、丁士源、朱深、王郅隆、梁鸿志、姚震、姚国桢等九人，咸来本使馆恳求保护。本公使鉴于国际上之通义，及中国几多往例，以为事情不得已而予以承认，决定对于此等诸氏，加以保护。刻将此等诸氏，悉收容公使护卫队营内，并严重戒告，在收容所内，万不得再干预一切政治，且断绝与外部之交通。兹本使特通告于贵代理总长之前。此时外交总长陆征祥称病请假，由颜惠庆署理。本使此次之措置，超越政治上之趣旨，即此等诸氏所受之保护，决非基于附属政派之如何，而予以特别待遇，恰以该氏等不属于政派之故，是以本使馆不得拒绝收容。本使并信贵部对于此等衷意，必有所谅解也。八月九日。

外交部接到日使复文，又致书日使，与他辩论。略云：

敝国政府，不能承认贵使本月九日通告之件，至为抱歉。刻敝国政府，正从事调查各罪犯之罪状，一俟竣事，即将其犯罪证据，通知贵使，请求引渡，并希望贵使勿令诸犯逃逸，或迁移他处藏匿为荷。

日使得书，隔了数日，又复词拒绝道：

贵总长答复敝使，本月九日，关于收容徐树铮等于帝国使署兵营之通告回文，业已领悉。据称："贵国政府，不能承认敝使上次通告之件，且将以根据法律之罪状，通知敝使"云云。唯贵国大总统颁发捕拿该犯等之命令，系以政治为根据，故敝使署即视为政治犯，而容纳保护之。敝使并声明无论彼等将受何等刑事罪名之控诉，敝使不能承认贵总长所请，将彼等引渡也。

自经日使两番拒绝，徐总统亦无可奈何。就使曹、吴恨煞小徐，也不能亲到东交民巷中把他拿来，只好忍气吞声，暂从搁置。唯直、奉两派，既并力推倒段系，自然格外亲昵。当由两派军官，代为曹、张作撮合山，联为婚媾。张有庶子，为第二姨太太所生，曹有庶女，亦为第二姨太太所出，年均幼稚，好似一对金童玉女，先后下凡，特为两豪家隐绾红丝。后来张家行聘，曹家受聘，两造礼仪，非常华丽，比那帝王时代的王侯，还要加倍，中外报纸，传为艳闻，这且无容絮述。且看后来何如?

第三师师长吴佩孚，因时局纠纷，连年未定，特欲公诸国民，拟开国民大会，解决时局，草定大纲八条，胪列如下：

（一）定名。为国民大会。

（二）性质。由国民自行招集，不得用官署监督，以免官僚政客操纵把持。

（三）宗旨。取国民自决主义，凡统一善后，及制定宪法，与修正选举方法及一切重大问题，均由国民解决，地方不得借口破坏。

（四）会员。由全国各县农工商会各会各举一人，为初选所举之人，不必以各本会为限。如无工商会，宁缺勿滥。再出全省合选五分之一，为复选。俟各省复选完竣，齐集天津或上海，成立开会。

（五）监督。由省县农工商学各会长，互相监督，官府不得干涉。

（六）事务所。先由各省农工商学总会共同组织，为该省总事务所，再由总事务所电知各县农工商学各会，克日成立各县事务所。办事细则，由该所自订。

（七）经费。由各省县自由经费项下开支。

（八）期限。以三个月内成立，开会限六个月，将第三条所列诸项，议决公布，即行闭会。并主张将南北新旧国会，一律取消，南北议和代表，一律裁撤。所有历年一切纠纷，均由国民公决。

看吴佩孚这番论调，本来是一篇绝好章程，不但编书人绝对赞成，就是全国四万万同胞，也没有不赞成的心理。试想中国自革命以来，既已改君主为民主，应该将全国主权，授诸国民全体，为何袁项城要设筹安会，想做皇帝？为何徐树铮等要组安福部，想包揽政权财权军权？这种行动，都为全国民心所不愿。结果是袁氏失败，洪宪皇帝私做了八十三日，终归无成。徐树铮频年借款，频年练兵，也弄到一败涂地，寄身日本使馆。可见军阀家硬夺民权，终究是拗不过民心，民心所向，事必有成，民心所背，事无不败。不啻当头棒喝，奈何各军阀家尚然不悟？吴佩孚师长，既有此绝大主张，绝大议案，岂不是中华民国一大曙光？无如他曲高和寡，言与心违，所以国民大会四字，仍是个梦中幻想，徒托空谈。又况段派推倒，权归曹、张，曹、张也是武力主义，顾什么国民不国民？

更兼西南一带，党派纷歧，若粤系，若桂系，若滇系黔系，倏合倏分。哪一个不想扩充地盘？哪一个不想把持权利？四川全省，地肥美，民殷富，不啻一长江上源的金穴，三五军阀，你争我夺，搅得七乱八糟，周道刚为刘存厚所逐，刘存厚为熊克武所挤，已如上文所述。至直、皖战后，熊克武又被吕超排出，川军即推吕超为总司令。熊克武心有不甘，复向刘存厚乞得援兵，再入川境。川民连遭兵燹，倾家荡产，不可胜计。他如滇、黔、桂、粤各派，分裂以后，也是兵戈相见，互哄不休。此外各省督军师长，表面上虽没有如何争扰，暗地上实都是怀着私谋。天未悔祸，民谁与治？欲要实做到民权主义，恐前途茫茫，不知再历若干年，方好达此目的呢。慷慨而谈，仿佛高渐离击筑声。

且说段派失势，靳阁复兴，靳云鹏复由曹、张推举，徐总统特任，起署国务总理。阁员亦互有参换，外交总长陆征祥，内务总长兼署交通总长田文烈等，并皆免职，即任颜惠庆署外交总长，张志潭署内务总长，周自齐署财政总长，董康署司法总长，范源濂署教育总长，王乃斌署农商总长，叶恭绰署交通总长，靳云鹏自兼署陆军总长，内阁又算成立了。靳氏二次登台，更欲收揽时誉，力谋和平，特请徐总统不究既往，赦免安福部余支。徐总统乃有胁从罔治的赦文。靳氏复思履行前议，为南北统一计划，请命总统，召曹、张两使到京，商决时局问题。曹锟、张作霖并皆应召，各乘专车入都，与靳相见。三亲翁并会一堂，和气融融，自然欢洽。嗣经徐总统下令，裁撤四川、广东、湖南、江西四省经略使缺，改任曹锟为直鲁豫巡阅使，与张作霖职权相同，副使就令吴佩孚升任。张作霖与吴佩孚，虽未免猜忌，但此时尚没有什么恶感，所以中央超擢吴氏，张亦不加异词。独吴氏主张的国民大会，被张作霖极力批斥，谓政府自有权衡，用什么国民大会，因此靳氏转告吴佩孚，就把他一时伟议，无形打消。吴氏之与张反对，激成后来之武力统一政策，实自此始。只靳氏提议的南北统一，张作霖还表同情。曹锟是个无可无不可的人物，也即同声附和，尽令靳氏一力做去。两巡阅使驻京半个月，分电各省督军，采集时议。这是表面上的虚文。各督军派遣代表，趋集天津，曹、张就此出京，由靳云鹏送至津门，即与各省督军代表，晤商一宵。各代表统顺风敲锣，何人敢持异议？那时曹、张喜气洋洋，分道自归原镇，靳总理也即还京，各代表亦统回本省去了。

自靳总理还京以后，便想把南北统一计划，积极进行，无如南方军阀，已是党派纷歧，比前次议和时候，还要为难。滇、黔、粤、桂各成仇敌，旧国会一部分议员，离粤赴滇，自开国会，议决取消岑春煊政务总裁职务，补选贵州督军刘显世为政务总裁。一国中有三国会，如何致治？刘本为广东军政府选入，未曾就职，仍与唐继尧唇齿相依，不愿合入桂系，旋经北京靳总理，及南北议和总代表李督军，一再电劝，敦促和平，唐、刘二人乃通电各省，表明意见。文云：

西南护法，于今三载，止兵言和，业已二周。因法律外交两问题，迄无正当解决之法，以致和会久经停顿，时局愈益纠纷。夫维持法纪，拥护国权，此吾辈夙抱之主张，亦国民应尽之天职。顾大义所在，虽昭若日星，而时势变迁，则真意愈晦，是非莫辨，观听益淆。吾辈救国护法之初衷，将无以大白于天下，而佥壬假借，得以自便私图，恐国家前途，益败坏而不可挽救。吾辈为贯彻主张计，谨掬真诚，郑重宣言，以冀我全国父老兄弟之共鉴，特立条件如下：（甲）关于收束时局之主张。（一）南北和平办法，应由正式和会解决。（二）和议条件，以法律外交两问题，为国本所关，须有正当之解决。（乙）关于刷新政治根本救国之主张。（一）宜将督军以及其他特设兼辖地方之各种军职，一律废除，单设师旅长等统兵人员，直隶于陆军部，专任行兵及国防事务。（二）全国军队，应视国防财政情形，编为若干师旅，其余宂兵，一律裁汰。裁兵事宜，特设军事委员会，计划执行。（三）实行民治主义，虽在宪法未定以前，宜先筹办各级地方自治，尊重人民团体，以确立平民政治之基础，而实现国民平等自由之真精神。上列各条，继尧、显世，谨决心矢志，奉以周旋，邦人诸友，其有与我同志者乎？吾辈当祷祀以期。至地方畛域，党派异同，非所敢择也。

据这电文，似乎有条有理，一些儿不存私见，于是北方各省军阀家，也有复电相答，表示同情。正是：

岂必心中期实践，何妨纸上作高谈。

欲知复电中如何措词，持至下回录明。

刑赏为国家大典，无论若何政体，要不能有功无赏，有罪无刑。独自民国成立以来，法律已处于无权，冒功邀赏者，实繁有徒，而祸国殃民诸罪犯，则往往为法律所不逮，就使中央政府，煌煌下令，而逋逃有薮，趋避有方，乌从而缉捕之？试观日本公使之容留九人，拒绝引渡，无论日使之是否依法，但即中国之刑律而论，已等诸无足重轻之列，有罪不能加罚，何惮而不为乱耶？吴佩孚之主张国民大会，此时尚有意求名，故倡议正大，但言之非艰，行之维艰，即令吴氏坐言起行，恐未必能达目的，况掣肘者之群集其旁也。若夫靳翼青之主张统一，计非不善，滇黔二督之发表意见，语亦甚公，但终不得完满之结果者也。吾得而断之曰："言不顾行，行不顾言。"

第一百二十回　废旧约收回俄租界
拼余生惊逝李督军

却说北方各省军阀家，见了唐、刘两人的通电，就由曹锟、张作霖两使领衔，复电滇黔，也说得娓娓可听。文云：

接读通电，尊重和平，促成统一，语长心重，感佩良深。就中要点，尤以注重法律外交为解决时局之根本，群情所向，国本攸关。锟等分属军人，对于维持法纪，拥护国权，引为天职，敢不益动初心，勉从两君之后。所希望者，关于和议之进行，务期迅速，苟利于国，不尚空谈，精神既同，形式可略。此次西南兴师，揭橥者为二大义，一曰护法，一曰救国，南北当局，但能于法律问题，持平解决，所谓军职问题，民治问题，均应根据国会，及国会制定之宪法，逐渐实施，决不宜舍代表民意之机关，而于个人或少数人之意思，为极端之主持，致添纷扰。是法律问题之研究，当以国会问题为根本，即军职之存废，及民治之施行，亦当以国会为根本。现在新旧国会，怠弃职务，不能满人民之希望；复以党派关系，不足法定人数，开会无期，而时效经过，尤为法理所不许。值此时局艰危之际，欲求救济，舍依法改选，更无他道之可循。果能根据旧法，重召新会，护法之义既达，则统一之局立成，此宜注意者一也。至于中国国家，实因列强均势问题而存在，国际关系，与国家前途之兴亡，至为密切。前次沪会停滞，实以外交问题为主因，即北方内部之纷争，亦由爱国者，与专恃奥援，不知有国，只知有党之军阀，为公理与强权之决战。试问自己良心，果能爱国否？差幸公理战胜，违反民意之徒，业经匿迹销声。嗣后中央外交之政策，应以民意为从违。谈何容易？在南北分裂之际，无论对于何国所订契约，皆应举而诉诸舆论。国本既固，庶政始成，此应注意者二也。若夫和议方式，允宜以早日观成为旨归，军事收束，特设委员会，尤为施行时所必要。此皆中央屡征同意，期在必行，毋容过虑者也。总之时局日艰，民困已极，排难解纷，当得其道。凡我袍泽，果能及早觉悟，不事私争，所谓护法救国之宗旨，均经圆满解决，则同心御侮，共谋国是，人同此心，何敢自外？两公主持和议，情真语挚，敬佩之余，用敢贡其一得，希即亮察。

看这电文，也是斟情酌理，释躁平矜，南北两方，应该由此接近，可望和平。及细览语意，才知两造仍多扞格，未尽通融。北方的主张，拟解散新旧国会，新国会为段派所组成，南方原是反对。但旧国会分徙滇、粤，方思恢复立法权，怎肯被他解散？是当然做不到的事情。段氏的武力统一主义，南方向与抗争，此时段派虽去，曹、张犹是军阀家，怎能使南方信服？况徐总统为新国会所产出，南方未肯承认，欲要南北和平，还须改选总统，是又当然不易办到的。所以双方通电，仍是两不相下，怎能遽达和平呢？诠释甚明。

湖南第七师及暂编一旅炮兵各一营，突在武穴骚动，当由冯玉祥率兵弹压，始得平定，即令变兵缴械遣散。旅长张敬汤，系张敬尧兄弟，前曾在湘败逃，经中央明令通缉，至武穴兵变，敬汤适暗中煽动，因所谋未遂，匿居汉中，被湖北督军王占元察悉，派兵将敬汤拘住，讯明罪状，电呈中央，奉令准处死刑，当即就地枪毙。还有张敬尧旧部第二混成旅旅长刘振玉等，曾在宁乡、安化、新化等县，纵兵焚掠，被各处灾民告发，由湖南总司令部，遣兵拘获，审讯属实，亦即处死。叙此两事，证明张敬尧之不职。此外如保定、通县、兖州等境，偶有兵变，多是安福部余波，经地方长官剿抚，幸皆荡平。唯张勋已得脱然无罪，移住天津，因从前段氏檄文，有曹锟私勾张勋出京、重谋复辟一语，便在津门通电声辩。他由张雨帅保护，又想在军阀界中占据一席，所以有此辩论。其实是年力已衰，大福不再，还要干什么富贵呢？复辟原属非宜，但不忘故主，情犹可原，此次辩论，多增其丑，真是何苦？

且说外蒙古取消自治，已将一年，自徐树铮到了库伦，削夺前都护陈毅职权，见一百十回。陈毅也不愿办事，索性离库南归。及树铮还京主战，事败奔匿，不遑顾及外蒙，政府以陈毅驻库有年，素称熟手，仍令暂署西北筹边使，克日赴库。陈毅尚未到任，那外蒙又潜谋独立，竟于九月十三日夜间，大放枪炮，自相庆贺。幸驻库司令褚其祥，派队弹压，拘住首犯二人，驱散余众，一面电达巡阅使曹锟，详报情形。曹锟便转告中央，请拨饷济助，并促陈毅莅任，政府自然照办。唯闻得外蒙为变，仍由俄人暗地唆使，俄新政府虽已战胜旧党，国乱未平，列强均未承认，并因俄兵四出拓地，扰波兰，窥印度，尤为列强所仇视，所以列强劝告中国，与俄绝交，中政府恃有列强为助，乐得照允，遂由外交部出面，呈请徐总统。徐总统因即下令道：

据外交部呈称："比年以来，俄国战团林立，党派纷争，统一民意政府迄未组成。中、俄两国正式邦交，暂难恢复。该国原有驻华使领等官，久已失其代表国家之资格，实无由继续履行其负责之任务，曾将此意，面告驻京俄使，并请即日明令宣布，将现在之驻华俄国公使领事等，停止待遇"等语。查原呈所称各节，自属实在情形，唯念中、俄两国，壤地密迩，睦谊素敦，现虽将该使领等停止待遇，而我国对俄国人民固友好如初，凡侨居我国安分俄民，及其生命财产，自应照旧切实保护。对于该国内部政争，仍守中立，并视协商国之趋向为准。至关于俄国租界暨中东铁路用地，以及各地方侨居之俄国人民一切事宜，应由主管各部，暨各省区长官，妥筹办理。此令。

驻京俄使库达摄福，闻令以后，即致牒外交部，抗称：中国背约，并责成中政府妥护侨民。政府置不答复。但饬将各处所有俄国租界，一律收还，并向驻京各国公使处声明，各公使均无异言。俄使无可奈何，只得转恳法国公使，代管俄产，法使不允。嗣是俄国租界，陆续由中国长官收受。天津本有俄租界，俄国侨民，虽然不能力拒，却提出抗议条件，欲与中政府交涉。东三省、哈尔滨、海参崴各俄商，且纷纷改挂法旗。俄商道胜银行，亦托词归法国保护，不容中国接收。外交部因特照会法使，提出三事，请求法使履行，大纲如下：

（一）根据于九月二十四日法使拒绝俄使库达摄福请求法使代管俄产之事，证明法国并非希望接管俄产之意。

（二）哈尔滨之法旗，系出于俄人规避接管之一种作用，对于法政府，未为何等让渡之手续，故事实上不彻底。

（三）俄商滥用法旗，若吾国前往接收，转涉及法国国徽尊严，故先行声明，希望转告其撤收法旗，以免因俄人关系，损及中、法完全无缺之睦谊。

照会去后，再由交通总长叶恭绰，与华俄道胜银行经理兰德尔，改订关系中东铁路的合同。此后中东铁路，纯归商办，中国得加入管理，俟至俄国政府统一告成，经中政府承认后，方得另行议定。兰德尔即作该路代表，签字立约，于是哈尔滨道胜银行及中东路公司所悬挂的法旗，拟即撤去。法使亦有公文关照，令他撤下法旗。若俄国人民愿将法旗悬挂，仍听他自行决定。旋出驻京公使团，照会政府，正式承认中国对俄行动，得收回俄租界，唯议定将俄使馆之房屋，仍委前俄使库达摄福管理，外交部不得不允。因此俄使库达摄福，仍得寄居京师，不过国际上无代表资格，做了一个中国寓公罢了。

俄事方才就绪，那东南的江苏省中，忽出了一种骇闻，令人惊疑得很，看官道是何事？乃是李督军突然自戕。事固可惊，笔亦突兀。李督军纯，因和议历年未成，愤极成病，常患心疾，特保荐江宁镇守使齐燮元为会办。燮元方在壮年，曾任第六师师长，颇能曲承李意，李故引为心腹，遇有军国重事，往往召入密问，不啻一幕下参谋。至段系失败，安徽督军兼长江巡阅使倪嗣冲，亦为段系中人，迹涉嫌疑，年亦衰迈，自请辞职归休。徐总统乃命张文生暂署安徽督军，并将长江巡阅使一职，令李兼任。长江巡阅使，本来是徒有虚名，未得实权，李纯不愿就此职衔，遂派参谋长何恩溥赴京，晋谒总统，代辞长江巡阅使一席，且并议和总代表兼差，亦愿告辞，请徐总统另派重员。徐总统不允所请，但已窥透李纯隐衷，特将长江巡阅使裁去，改任李纯为苏、皖、赣巡阅使，齐燮元为副使，李纯始受命就任。但江西督军陈光远，本与李纯比肩共事，蓦闻李纯权出己上，并要听他指挥，当然心中不服，有“情愿归鄂，不愿归苏”的宣言。新署皖督的张文生，久绾兵符，向为张、倪部下的健将，亦抗辞不服李纯。苏省士绅，又谓：“李纯生平，素称不预民政”，因即乘机拍电，请他移驻九江、当涂等处。电文中语含有讽辞。李纯受了种种刺激，益觉烦懑不宁。高而益危。江苏财政厅长俞纪琦，为苏人所不喜，屡加讥议，省长齐耀琳，更与李纯意见相左，呈请中央乞许辞职。李纯因保王克敏为省长，苏人大哗，竞称克敏为嫖赌好手，如何得为江苏长官？遂极力反对，函电纷驰。政府顾全民意，不用王克敏，好在荐牍上面，另有王瑚作陪。王瑚曾为京兆尹，尚副民望，故政府特任王瑚为江苏省长，群议乃息。一波未平，一波又起，李纯以俞纪琦未孚物议，更保张文和为财政厅长，惹得苏人又复大哗。相传文和原籍江西，夙工谄媚，当李纯督赣时，文和得族人介绍，入谒督辕，参见后即呜咽不止。纯惊问原因，文和泣答道：“督帅貌肖先父，故不禁感触，悲从中来。”李纯还道他真有孝思，即认为义子，委任他为烟酒公卖局局长，寻复荐任两淮盐运使，至此复举为财政厅长。未免营私。苏人向工言论，并有苏人治苏的意见，乘此寻瑕指隙，大声呼斥，不但痛诟文和，并且力诋李纯，拍致府院的电文，络绎不绝。就中有两电最为激烈，由小子节录如下：

江苏公民致大总统国务院文云：直、皖战起，李督借词筹饷，百计敛财，其始违法越权，委议会查办劣迹昭著之俞纪琦为财政厅长，人民惊骇，一致反对；近又报载力保文和。查文和为李督干儿，其为人卑鄙龌龊，姑不具论，而秉性贪婪，擅长谄媚，若竟成为事实，以墨吏管财政，恃武人为护符，三千万人民生活源泉，岂可复问？报纸又迭载：“李督派员向上海汇丰银行等，借外债一百五十万，以某项省产作抵”等语。借债须经会议通过，为法律所规定，以省产抵借外债，情事何等重大？如果属实，为丧权玩法之尤，此而可忍，孰不可忍？用特明白宣告，中央果循李督之请，任文和为江苏财政厅长，文和一日在任，吾苏人一日不纳税。至借债一节，如果以江苏省产作抵，既未经过法定手续，我苏人当然不能承认。江苏人民，困于水火久矣，痛极唯有呼天，相忍何以为国？今李督方迭次托病请假，又报载其力保文和，以去就争，应请中央明令，准其休息，以苏民命而惠地方。江苏幸甚。

南汇公民致大总统、国务院、财政部云：报载李督力保文和财厅，以去就相要，苏民闻之，同深骇异。文和为李督干儿，卑鄙无耻，不惜谓他人父，人格如此，操守可知。财政关系一省命脉，岂堪假手贪鄙小人？如果见诸事实，苏民誓不承认。且江苏者，江苏人之江苏，非督军所得而私。李督身任兼圻，竟视江苏为个人私产，并借以为要挟中央之具，见解之谬，一至于此，专横之态，溢于言外！既以去就相要于前，我苏民本不乐有此夺主之喧宾，中央亦何贵有此跋扈之藩镇？应请明令解职，以遂其愿。如中央甘受胁迫，果徇其请，则直认江苏为李督一人之江苏，而非江苏人之江苏，我苏民有权，还问中央果要三千万人民为尽义务否？三千万人民为之豢养否？博一督军之欢心，失三千万人民，孰得孰失？唯中央图之！

以上两电，攻击李督，语语厉害，原令当局难受。但古人有言："笑骂由他笑骂，好官我自为之。"近今的热心利禄诸徒，多执此两语为秘诀，李督军果不蹈此习，独知自好，何妨改过不吝，就把张文和舍去，否则解组归田，尽可自适，为什么负气自戕，效那匹夫匹妇的短见呢？说得甚是。据督辕中人传言：李纯元配王夫人，为民家女，伉俪甚谐，嗣因叔父无子，由纯兼祧两房，因复娶孙氏为次妻。王夫人产女不育，孙竟无出，乃陆续纳入四妾，名为春风、夏雨、秋月、冬雪。就中唯春风为最宠，貌亦最胜，粗知文字，能佐纯治公事，四妾亦不闻生男。唯纯与元配王氏，始终和好，无诟谇声，苏、浙一役几至开战，亏得王夫人从旁解劝，才得让步罢兵。莫谓世间无贤妇。纯弟字桂山，得兄提拔，官至中将，平时友于甚笃，同床共被，有汉朝姜肱遗风。平时纯自奉俭约，颇好时誉，督赣时深得赣人爱戴，及移节江苏，却也按部就班，并不少改。每闻国家乱事，辄唏嘘不已，尤留心京、沪各报，谓报中所载，毁誉各词，可作诤友，不当屏诸不观。至保荐省长财长两席，大遭苏人反对，诟詈百出，并载报端，纯一阅及，往往泪下。十月初旬，乃弟桂山，由京返苏，纯与言家事，并将来产业布置，详嘱无遗。内弟王某，充某旅营长，由纯召他到署，呜咽与语道："我的督军不能做，你的营长，亦干不下去。现我令军需课拨洋七千元，给汝回家，汝购置田产，亦可过活，何必在此取咎呢。"王夫人在侧，听他语带跷蹊，不免琐问。纯叹息道："人心如此，世无公道，我命已活不了，何必多问。"王夫人不敢复言。唯看他气色，甚觉有异，不过随时防范罢了。

十一日上午，纯询左右，谓：“我有勃林手枪一枝，曾送机器局修理，现修好否？”左右奉谕，即电询机器局。少顷，即有局员将枪送来，经纯察视，收藏小皮箱内。下午三时，纯索阅上海各报，报上又载有评斥自己等事，即顿足大哭道：“我莅苏数年，抚衷自问，良心上实可对得住苏人，今为一财政厅长，这般毁我名誉，我有何面目见人？人生名誉为第二生命，乃无端辱我，我活着还有何趣呢？”王夫人闻言，料知自己不能劝慰，急命人请齐燮元等，到来苦劝。纯终不答一词，齐等辞退。黄昏后，纯又召入秘书，嘱拟一电，拍致北京，自述病难痊愈，保齐燮元暂代江苏督军。秘书应声退出。纯又自写书函多件，置诸抽屉，始入内就寝。至四下钟后，一声怪响，出自床中，王夫人从梦中惊醒，起呼李督，已是面色惨变，不省人事，只有双目开着，尚带着两行泪痕，急得王夫人魂魄飞扬，忙召眷属入视，都不知是何隐症，立派人延请军医诊治。医士须藤，至六时始到，解开纯衣，察听肺部，猛见衣上血迹淋漓，才知是中枪毕命。再从床中检视，到了枕底，得着一勃林手枪，即日间从机局取来的危险品，须藤验视脉息，及口中呼吸，已毫无影响，眼见得不可救药了。呜呼哀哉！年只四十有六，并无子嗣。小子有诗叹道：

无端拼死太无名，宁有男儿不乐生？
疑案到今仍未破，江南流水尚吞声。

李督殁后，谣传不一，或说是由仇人所刺，或说他妻妾中有暧昧情事，连齐帮办也不能无嫌。究竟是何缘由？容小子调查证据，再行续编。所有李督遗书，及中央恤典，俱待下回发表。看官少安毋躁，改日出书请教。

德租界收回后，又得收回俄租界，以庞然自大之俄公使，至此且智尽能索，无由逞威，是真中国自强之一大机会。假使国是更新，党争不作，合群策群力以图之，则三年小成，十年大成，张国权，雪国耻，亦非难事。奈何名为民国，权归武人，垄断富贵之不足，甚至互相仇杀，喋血不休，贫弱如中国，何堪屡乱？即使外人自遭变故，无暇瓜分，恐神州大陆，亦将有铜驼荆棘之叹矣。李纯虽不能无疵，要不得谓非军阀之翘楚，是何刺激，竟至自戕？就中必有特别情由，以致暴亡，若只为和议之无成，苏人之反对，遽尔轻生，想不尽然。然如李督军者，犹不得其死，而一般军阀家，亦可以自反矣！

第一百二十一回　月色昏黄秀山戕命
牌声历碌抚万运筹

上回书中说到李秀山巡阅使，因感于民国成立以来，军阀交哄，民不聊生，本人虽受北方政府委任，主持南北和议，却因双方意见，根本不能相容，以致和议徒有虚声，实际上却一无成绩，心中郁懑之极，不免常向部下一班将士，和巡署中幕僚们，吐些牢骚口气。凑巧为了撤换财政厅长，引起各界鸣鼓而攻，甚有停止纳税的表示，李纯益发懊恼异常。原来民国军阀中，李纯出身渔家，年轻时候，曾以挑贩鲜鱼为业，事业虽小，却比其他出身强盗、乐户、推车、卖药之辈，究有雅俗之判，高下之分。渔樵耕读，都是雅事，此李纯之所以为高尚也，说来绝倒。李纯生性忠厚，尚知爱国惜民，历任封疆，时经数载，也不过积了几百万家当，几百万犹以为少，是挖苦，不是恭维。比较起来，也可谓庸中佼佼、铁中铮铮的了。在李纯自己想来，各省军阀，何等横暴，怎样威福，多少人吃他们的亏辱，却都敢怒而不敢言，一般的有人歌功颂德，崇拜揄扬。本人出身清高，凡事不肯十分作恶，平心而论，总算对得住江南人民，江南人民得了我这样的好官长，难道还不算天大的福运？谁料他们得福不知，天良丧尽，为了一个财政厅长，竟敢和我反起脸来，函电文驰的，把我攻击得体无完肤。这等百姓，真可算得天字第一号的狡民了。早知如此，我李纯就该瞧瞧别人的样，任心任意的，多作几件恶事，怕不将江苏省的地皮，铲低个三四尺，我李纯的家产，至少也可弄它三五千万，难道这批狡民，还能赶上巡辕，把我咬去半斤五两的皮肉不成？

他想到这里，愈觉懊恨不堪，恨到极处，不免有几句厌世议论，发生出来。几句空话，竟作老齐栽诬的凭据，是以君子慎言语也。人家听了，也只有再三劝慰，说什么公道总在人心，巡帅国家柱石，也犯不着和这批无知无识的愚民，去计较是非。这等说话，也算善于劝谏的了，无奈李纯生长山水之间，久执樵渔之业，谑而虐。倒是一个耿直的汉子，心有所恨，一时间排解不开，凭他们怎样开导，也只当作耳边风，并不十分理会。他那方寸之间，兀自郁郁不乐的，不晓要怎样才好。这时，衙门中人，和他家中几位姨太太，见大帅如此烦恼，也都怀鬼胎儿似的，谁也不敢象平时般开心取乐，只弄得衙门内外，威仪严肃，寂静无哗起来。

岂知天人有感应之理，人的念头，往往和天的施行，互相联合。那李纯心有感触，对人便说点厌世自杀的话头儿。列公请想，民国以来，只有残民自肥的军阀，岂有因公自刎的长官，万一真有其人，不但开民国史的新记录，也且替各省军政长官，保存一点颜面，管他死得值与不值，该与不该，谁还忍心批评他的是非得失呢？慨乎言之！然而这到底还是不易碰到的事情，李纯虽贤，究竟未必有此爱国爱民的热忱，作者立誓不打一句诳言。原来李纯之死，的的确确，有一重秘密的黑幕在内。虽然李纯因有自刎的谣传，得了一个身后的盛名，但是大丈夫来要清，去要白，象李纯这等冤死，反加以自刎之名，究竟还是生死不明，地下有知，恐也未必能够瞑目咧。

按本书上回临了，说李纯自杀，原有许多物议，须待调查明白云云。如今在下却已替他调查得有点头绪，那些外面揣测之词，不止一种，实在都属无稽之谈，至于真正毙命原因，仍旧逃不出上回所说“妻妾暧昧之情，齐帮办不能无嫌”这两句话。缴应上回。列公静坐，且听在下道来。

上文不是说过，李纯因心中烦恨，常有厌世之谈。他既如此牢骚，别人怎敢欢乐，只有齐帮办燮元，因是李纯信用之人，又且全省兵权，在彼掌握，在情势上，李纯也不得不尊重他几分。那时大家都在恐怖时代，有那李纯身边的亲近幕僚，大伙儿对齐燮元说道：“巡帅忧时忧国，一片牢愁，万一政躬有些违和，又是江苏三千万人的晦气。大帅是执性之人，我们人微言轻，劝说无效，帮办和大帅交谊最深，何不劝解一言，以广大帅之意？不但我们众人都感激帮办，就是公馆中几位太太们，也要歌咏大德咧。”齐燮元听了，也自觉此事当仁不让，舍我其谁，于是拍拍胸脯子，大声道：“诸公莫忧！此事全在燮元身上，包管不出半天，还你一个欢天喜地的大帅。当为转一语曰：包管不出半天，还你一个瞑目挺足的大帅。诸位等着听信罢！”燮元说了这话，欣然来见李纯。李纯因是燮元，少不得装点欢容，勉强和他敷衍着。燮元也明知其意，却搦着李纯说：“大帅多日没有打牌，今儿大家闲着，非要请大帅赏脸，顽个八圈。”说着，又笑道：“不是燮元无礼，实在是大帅昨儿发了军饷，燮元拜领了一份官俸，不晓什么道理，这批钞票银元，老不听燮元指挥，非要回来侍候大帅。昨天晚上整整的闹了一夜，累得燮元通宵不曾安眠，所以今天特地带了他们来，仍旧着他们伏侍大帅。大帅要不允燮元的要求，燮元真个要给他们闹乏了。”却会凑趣。几句话，凑上了趣儿，把个李纯说得哈哈大笑，也且明知燮元来意，在解慰自己，心中也自感悦，于是吩咐马弁，快请何参谋长朱镇守使等人过来打牌。马弁们巴不得一声，欢欢喜喜的，分头去请。不一时，果把参谋长何恩溥、朱镇守使熙二人请到。说起打牌的话，二人自然赞成。这时，早有当差们将台子放好，四人扳位入座。这天，因大家意在替李纯解闷，免不得牌下留情，处处地方尽让着三分，哄孩子似的，居然把这位大帅，哄得转忧为喜，转怒为欢。可见厌世是假。他们打的本是万元一底的码子，到了傍晚时分，李纯已赢了两底有余。八圈打完，壁上挂钟，当当的打了九下，大家停战吃饭。饭后，李纯还有余兴，便说：“我是赢家，照例只有劝你们再打的，不晓大家兴致如何？”三人自然一例凑趣。燮元还笑说：“大帅已经把我的部下招回去伺候自己，难道还要招点新军么？”李纯也笑道：“中央已有明令，各省停止招兵，我们怎敢违抗呢？放心罢！要是我再想扩充军额，你们大可以拍几个电报，弹劾我一个违令招兵的罪状咧。”以中央命令为谑笑之资，尊重中央者果如此乎？几句话，说得大家又是一笑。何恩溥见李纯又说到国事上头，深怕惹起他的恨处，忙着用话支吾开去，一面，催着入席。大家这才息了舌争，再兴牌战。这一场，大家因李纯赢得够了，不愿再行让步，苦苦相持的，打了几圈。李纯却稍许输了一点，他便立起身来，瞧着他的秘书张某，正在写字台上，批什么稿咧，便笑着招手道：“这个时候，还弄什么笔头儿，快来替我打几圈罢！”张秘书只得搁笔而起，代他打牌。

李纯先在一边瞧着，后来见他拿的牌，不甚得手，便不看了。却觉肚子有点发痛，于是丢了牌局，独自一人，向上房走去，想到他最心爱的大姨太春风那边去大便。从此大得方便矣。谁知他命该告终，经过三姨太秋月房间时，猛然一阵笑声，从秋月房中出来，趁着那微风吹送，透入李纯耳鼓，十分清澈明白。李纯不觉大动疑心，连肚子中欲下犹含的一大泡大便，也缩回肠中，趣甚。竟忘了自己作什么进来了。于是蹑着手脚，索性走近秋月房门口，靠着门缝儿里，向内一瞧。果不其然，他那三姨太太拥着一个男子，断亲厮热的，正得趣咧。李纯这一气，才是非同小可，难为他急中有智，猛记得秋月的房，有一道后门，平时总不上闩的，不如绕道那门进去，看这奸夫淫妇，望哪里逃。心中如此想，两只脚，便不知不觉的，绕到后门，轻轻一推，果然没有闩着。李纯一脚跨了进去，却不料门口还蹲着一个什么东西，黑暗头里，把李纯绊了一下，一个狗吃屎，跌倒在地。这一来，不打紧，把里面一对痴男怨女，惊得直跳起来，异口同声的唤道："李妈！李妈！"原来李妈正是秋月派在门口望风的人，方才绊李纯一交的，便是这个东西。她因望风不着，得便打个盹儿，此之谓合当有事。做梦也想不到这位李大帅，会在她打盹头里，跑了进来，恰巧又压在自己身上，一时还爬不起来。比及秋月赶过来看时，才见李纯和李妈，滚在一处，兀自喘吁吁地骂人。秋月惊慌之际，赶着扶起李纯，李纯也不打话，顺手把她打了两个耳光，又怕奸夫逃走，疾忙赶到前面，才见那男子不是别人，正是自己一手提拔信任极专的一个姓韩的副官。说时迟，那时快，韩副官正在拔开门闩，想从前门溜去，后面李纯已经赶上，大喝一声："混账小子，望哪……"说到这个那字，同时但听砰的一声，可怜堂堂一位李巡阅使，已挨了一股冤气，并缩住未下的一团大便，奔向鬼门关上去了。涉笔成趣，妙不可言。李纯既死，这韩副官和秋月俩，只有预备三十六着的第一着儿，正商着卷点细软金珠，还要打发那望风打盹的老妈子。韩副官的意思，叫做一不做，二不休，索性送她一弹，也着她去伺候伺候大帅。倒是秋月不忍，还想和她约法三章，大家合作一下。韩副官急道："斩草不除根，日后终要受累，我们行兵打仗，杀人如草芥，一个老婆子，值得什么，不如杀了干净。"勇哉此公！说着，更不容秋月说话，又是砰砰的两枪。这一来，才把一场滔天大祸，算闯定了。

本来李纯的上房，都做在花园之内，各房相离颇远，可巧这天又刮着大风，树枝颤舞，树叶纷飞，加以空中风吼，如龙吟虎啸一般，许多声浪，并合起来，却把韩副官第一次枪声遮掩住了。那时候，他们大可以安安静静的，一走了事，偏偏要把无辜的老婆子，一例收拾，继续的发了两枪，这真是胆大妄为，达于极点。凑巧给外面一个马弁听见了，这马弁却又是齐帮办手下的人，此马弁当是老齐元勋。因燮元和李纯交情最密，本来穿房入户，都不避忌的，他见李纯进去，久不出来，未免心存疑惑，便也拉了一人代打，自己想到他上房去瞧瞧。这时花园中风云正黯，月色依稀，他那贴身马弁，忙取出手电筒照着，在先引路。这韩副官枪毙老妈的第二声，却先进了马弁的耳朵，不觉大惊住脚，回转身对燮元说道："帮办可听见么？这是枪声啦！"燮元相距较远，又被树木遮住，却也隐隐听得，似乎有点怪响。听了这话，忙问："你听清楚，这是哪儿来的声音？"马弁引手遥指道："那是大帅三姨太房子，枪声是从这边出来的。"燮元听了，也是他福至心灵，忙喝住马弁："不许多说，端的机警。跟我来！"又道："带了咱们的手枪没有啦？"马弁回说："带着呢。"燮元更不说话，向着秋月房，急急趱行。到了门口，就听见里面一阵历碌声音，燮元早闻李纯几位姨太，只有此人不妥，却还不明白奸夫是谁，此际心中雪亮，喝命马弁，拿手枪来。马弁依言，送上手枪，燮元吩咐他守住前门，自己握着手枪，也从后门而入。他是胸有成竹的人，自然不慌不忙的，蹑脚而入。可笑那一对男女，正在收拾细软，预备长行，忙得什么似的，绝不防背后有人暗算，连着那支行凶的手枪，也丢在李纯尸身上面，并没放好。燮元眼快，一进门，就瞧见室中死着两人，一个正是英名威望、李纯封英威将军，嵌英威二字趣而刻。坐镇江南的李大帅秀山将军，由不得心中一悲一喜。悲是应分，喜从何来？

且慢！作书的自己先要扳一个错头儿，实在那时候，齐帮办也到了生死荣辱关头，老实说：只怕他那心中，也未必再有这等悲喜念头儿。只见他跳出床前，一手擎住手枪，直指韩副官胸中，冷笑一声，说："好大胆，做得好大事！"这一来，才把一对男女，惊得手足无措，神色张皇，两个膝盖儿，不知不觉地，和那张花旗产的大红彩花地毡，作了个密切的接合，只一跪字，写得如此闹热，趣极。不住的向燮元磕起头来。那秋月究竟是女子性格，更其呜咽有声，哀求饶命。燮元见此情形，不觉心中一软，真乎？假乎？低声叹道："谁教你们作死？我看了你们这副情景，心里又非常难受的。也罢，我是一个心慈脸软的人，横竖大家都出名叫我滥好人儿，说不得，再来滥做一次好人，替你俩掮起这个木梢来罢！"二人巴不得这一句，两颗心中，一对石头，轰的一声，落下地去。正在磕头道谢，只见燮元又正色道："且慢！你俩要命不难，却须听我调度。胸中已有成竹。我叫你们怎么说，你们就得怎么说，要你们怎样办，就得怎样办，舛错了一点，莫怪我心硬。那其间，只怕我都要给你们连累呢，哪能再顾你们哪。"二人听了，不约而同的公应一声。燮元把手枪收了进去，喝道："还不起来，再缓，没有命了。"二人忙又磕了几个头，急忙起来。燮元把前门开了，放进那个马弁，附耳吩咐了几句。怕老韩掉皮也。又对韩副官笑道："拿耳朵过来！"韩副官依言，听燮元悄悄说道："不怕有人来么？"韩副官回说："已经三姨太太打发出去，一时不得进来。"秋月房中，安得如许时没人进出，着此一笔，方没漏洞，文心固妙。然事实亦必如此。燮元啐了一口，因附耳说道："如此，如此。"又对马弁道："你帮着韩副官，赶快把事情办好，就送韩副官出去，懂得么？"马弁和韩副官都答应晓得。燮元又指那老妈子说道："人家问起她呢，你们怎么回答？"韩副官忙道："那容易，只说大帅自尽的当儿，老妈子为要阻止他，大帅一急，就将她先杀了，这不完啦。"燮元点头称赞道："怪不得人说风流人的思想，比平常人深远得多呢。"比骂他还凶。韩副官听了，不觉脸上又是一红。燮元又再三叮嘱不要误事，方才从从容容地，缓步而出，仍旧回到牌场上，叫过一个马弁，又悄悄吩咐道："如此这般。"布置完备，想了想，没有什么事了，于是安安静静的，仍回原位打牌。

打到一副，蓦听得人声鼎沸，合署喧腾，来了！来了！燮元心中禁不住弼弼乱跳，入情入理。其余诸人，却都大吃一惊。入情入理。正待查问，那喧哗之声，已自远而近，各人耳鼓中，都已听得明明白白，是大帅自杀的一句话儿。燮元听了，猛可地把自己面前一副将和未和的万子清一色，都牺牲了。绝大的牌，已经和出，区区清一色，何足留恋？顺手一掳，立起身嚷道："了不得，真个做出来也！"妙语妙笔，语是机警语，笔是传神笔。说着，自己首先引导，带着众人，赶进内室去，才到半路，就有李纯的当差接着，回说："大帅已经归天，尸身在三姨太房内呢。"燮元带着大众又赶向三姨太房，早见房中黑压压地已站满了一屋子的人，有署中职员，有上房的太太、姨太太、奶奶、小姐，并一班马弁当差丫头老妈子，有纷纷猜论的，有伏尸大哭的，闹得个声震檐壁，人满香闺。燮元跨步上前，见了李纯尸身也禁不住一阵伤心，嚎啕挥泪。那李纯的正室太太，手中拿着一大张纸头，上面写着许多七歪八斜潦潦草草的字儿，哭得泪人儿似的，交与夑元手中，说道："齐伯伯！你瞧瞧，这上面说点什么？"夑元一瞧，只见一片模糊，也没有几个字可以辨识，大略瞧了一遍，便大嚷道："大家静一静儿，大帅还有遗言咧。"众人听了，果然鸦没雀静的，静听无哗。夑元大声道："大帅的字，很不容易辨清，大概这是他神经错乱之故，如今将大意宣布一番罢。大帅的意思，是说：'国事如此，自己身为封疆大吏，一点不能救正，现在南北相持，各走极端，中央派他做和议代表，也是一无结果，都是大帅心中久已引为恨事的。眼前因省中公事，不蒙地方人民原谅，实在气懑填膺，不但无心作官，更无颜处世，因此决心自杀，派夑元暂代巡阅使督军之职。以上是宾，此下是主。一面请张秘书拟稿，向中央保举夑元继任。至于遗产办法，大帅另有支配清单，除提出半数，分给太太和二大人及各位姨太外，以半数作南开大学基金，及直隶赈灾之用。'做死人家产不着。大帅遗言，已尽于此，只有派夑元代理继任的话，夑元委实万分惭愧，但既蒙大帅相知之雅，委托之殷，自当以地方大局为重，暂时担任维持，并盼各同人大家协助办理，莫丢了大帅身后的颜面，和殉国的苦心，才是正理。"说得如许冠冕，此公才不可及。说话时，不但署中僚属，陆续到齐，还有几位镇守使师长，如陈调元、朱春普等一班儿，也俱赶到。此外却有齐帮办的手下军官，都全副武装、带领兵士们，霎时布满了署内署外，和上房花园等处。尽在如此这般中。据说是齐帮办的参谋长，闻信派来，防备意外之事的。这等用兵，也可谓神速之极了。句中着眼，却说得刻薄。

当下大众听了齐帮办宣布的遗嘱，有深信不疑的，有心领神会的，间有少数怀疑的人，见齐帮办和几位军界领袖，都十分相信，他们又怎敢不信。下一敢字，句中有眼。于是又请三姨太太说明经过情形。尽在如此如此中。那三姨太是苏州妓院出身，娇声曼气，带泪含悲的，说："是大帅进来大便，何尝大便，简直未便。大便过后，坐在奴的床上，忽然朝奴滴下泪来，奴是再三再四的问他咧，谁知大帅一味伤心，总不说话，倒把奴急的没法安慰，奴想去报告太太哩，大帅又说，不许奴去，奴还有什么法子呢？连用几个奴字，真有娇声曼气的一种肉麻相，可谓绘声绘影之笔。只眼睁睁瞧着大帅，大帅忽然命奴拿出纸笔，写了这么一大篇，奴又不认得字，知道他写的什么呢？奴又不敢问他，只坐在一边闷想。如今奴想起来，奴可明白了，原来大帅为要写这东西，怕别的姊妹们，都是读书识字的，怎能由他舒舒齐齐的写呢，可不寻到奴这不识字的地方来了。”众人听了，都点点头，唯有齐帮办更摆头晃脑子的，表示赞许之意。深刻。正是：

山木自寇，象齿焚身，

恫哉李督！死不分明。

不知三姨太还有什么宣布，却听下回分解。

李督头脑，较清于其他军阀，所行各事，亦未必十分贪横，乃惨遭横死，死尚被诬，此有心人所为长太息也。然佳兵不祥，不戢自焚，民国以来，曷有军阀而得好结果者？与其害国殃民，遗臭千古，尚不若死于风流之为愈。人悲李督之遇，吾则谓同一不终，此尚差胜。

第一百二十二回　真开心帮办扶正　假护法军府倒楣

却说三姨太太秋月，又对众人说道："大帅写完了字，奴又到后面解手去了。一个为大便而死，一个以小解送终，相映成趣。谁知道他会走这条绝路儿呢！当时奴只听得李妈叫一声，大帅要不好了，奴本是提心吊胆的，一听这话，倒把奴急得手都解不出来了，正待问哩，就听大帅骂了一声，蠢东西，谁要你管。同时就听得砰的响了一声，已经把奴吓得胆都碎了。奴可来不及盖马子儿，拉了裤，趣极。就赶去看时，不道李妈已经躺在地下，奴只叫得一声啊呀，险些把裤子都吊下地来。趣而刻。才定了定神，啊唷，奴的天哪！谁道大帅更不怠慢，立刻又把枪机一扳，他！他！他！就阿唷唷！传神之笔。奴回想起来，真个说都不敢说下去了。"说到这里，三姨太太赶着赶着妙。逼紧了喉咙，一个倒栽葱，跌在李纯身上，哀哀大哭起来，还说："早晓得大帅这等狠心，奴是抵拚给你打死，老早请了太太过来了，奴也不致吃这等大惊慌了。"众人听了，料道没有什么可疑的了，也不便多嘴多舌的，于是由齐帮办宣布，人死不可复生，大帅身系东南安危，我们该赶紧商量，维持后事，电告中央，派员接替，注重在此。然后商量办理丧事。此言一出，大众一哄退出，齐到西花厅开起善后会议来。对于李纯自刎一案，至此却先告一段落，综计自韩副官行凶，至齐帮办设计，众人共听遗嘱为止，前后不过四五个钟头，却也办得细密周到，无懈可击。赞美一笔更妙。列公请想，这齐帮办的手腕，可厉害不厉害呢？

李纯死后，经全体幕僚和军界同袍，并家属代表，大开善后会议。到了次日午后，便是民国九年十月十二日，省长以下各官，和省议会的议长、议员、地方士绅，不下数百人，得了信息，陆续晋署探问，当由齐帮办会同何参谋长、齐省长，暨家属人等，共同发表李纯遗书并电报等，共计五件，兹为照录于下：

（一）致齐省长耀琳、齐帮办燮元

纯为病魔所迫，苦不堪言，两月以来，不能理事，贻误良多，负疚曷极。求愈无期，请假不准，卧视误大局，误苏省，恨己恨天，徒唤奈何。一生英名，为此病魔失尽，时有疑李督患梅毒，不能治愈，痛苦万状，而出于自杀者，即从遗书中屡言病魔，推想出来，其实于情理不合。尤为恨事。以天良论，情非得已，终实愧对人民，不得已以身谢国家，谢苏人，虽后世指为误国亡身罪人，问天良，求心安。至一生为军人，道德如何，其是非以待后人公评。事出甘心，故留此书，以免误会，而作纪念耳。李纯遗书。九年十月十日。

（二）致全国各界

和平统一，寸效未见。杀纯一身，爱国爱民，素愿皆空。求同胞勿事权利，救我将亡国家，纯在九泉，亦含笑感激也。李纯留别。十月十一日。

（三）关于身后的希望

纯今死矣，求死而死，死何足怨？但有四桩大事，应得预先声叙明白：（一）代江浙两省人民，叩求卢督军子嘉大哥，维持苏浙两省治安，泉下感恩。（二）代苏省人民，叩求齐省长，望以地方公安为重，候新任王省长到时，再行卸职。（三）苏皖赣三省巡阅使一职，并未受命，叩请中央另简贤能，以免遗误。（四）江苏督军职务，以齐帮办燮元代理，恳候中央特简实授，以维全省军务，而保地方治安。叩请齐省长、齐帮办及全体军政两界周知。李纯叩。十月十一日。

（四）致齐帮办及皖张督军

新安武军归皖督张文生管辖，其饷项照章径向部领，如十月十一日恐领不及，由本署军需课，代借拨二十万元接济，以维军心，而安地方。关于皖省，可告无罪。此致皖张督军、苏齐帮办查照办理。十月十一日。

（五）处分家事遗嘱致伊弟李桂山中将

桂山二弟手足：兄为病魔，苦不堪言，常此误国误民，心实不安，故出此下策，以谢国人，以免英名丧尽，而留后人纪念。兹有数言，挥泪相嘱：（一）兄为官二十余年，廉洁自持，始终如一，祖遗财产及兄一生所得薪公，并实业经营所得，不过二百数十万元，存款以四分之一捐施直隶灾赈，以减兄罪，以四分之一捐助南开大学永久基本金，以作纪念。其余半数，作为嫂弟合家养活之费。钱不可多留，须给后人造福。（二）大嫂贤德，望弟优为待遇，勿忘兄言。（三）二嫂酌给养活费，归娘家终养。（四）小妾四人，每人给洋二千元，交娘家另行改嫁，不可久留，损兄英名。（五）所有家内一切，均属弟妥为管理，郭桐轩为人忠厚，托管一切，决不误事。（六）爱身为主，持家须有条理，尤宜简朴，切嘱切嘱。兄纯挥泪留别。九年十月九日。

列公看了这几封遗书，须要明白，李纯死后，韩副官一人一手，怎么作得出如此长篇文章？当然这都是一班有关系的大人先生，禀承齐帮办意旨，在事后编撰出来的，这是无庸疑议的了。雪亮。再则其中还有许多说话，或和昨夜燮元所说不同，或竟为燮元所未曾道及，那也是斟酌情形，临时增改而成，本来难逃明眼人的洞鉴。入情入理。只有一桩，不能不替他下一个注脚，原来李纯的三省巡阅，本是自己向中央要索而得，后因江西督军陈光远，有“宁隶鄂省，不附李纯”的宣言，皖省张文生也有反抗李纯的表示，因此迟迟疑疑，未敢就职；而且也是李纯满口厌世的主要原因。现在李纯既死，论资格物望，和军队实力，除了齐帮办，无第二人。燮元当李纯初死之时，就对众宣称：“李大帅委他暂摄巡督两篆，并有电恳中央予以实授”的说话，但这是他一时的野心，想由师长帮办的衔头，一跃而为督军兼巡阅，真可谓志大言夸，而不顾利害的蠢主意。贪多嚼勿烂。

岂知李纯死耗发表之后，燮元虽持李纯遗言为升官的利器，而外面空气却十分紧张。不但把李纯遗嘱置之不理，并且还想趁此机会，要求废督，东也开会，西也集议，纷纷攘攘的，电请中央，大有不达目的不休之势。只这半天工夫，就接得许多不好的消息。齐燮元志在进取，已非朝夕，自然处处周备，着着设防。各方面消息，都是非常灵速，一边稍有风声，他这里也早得了报告。这时外面情形，尤其在他特别注意之中，更加多派侦探，四处八方的秘密探访，所以一到午前，就得了许多报告。燮元这才晓得出位之思，过分之望，是靠不住的。全国野心家听者！这才赶紧设法，先把遗嘱中代理巡阅一事，一笔勾销，却专从督军入手，待到根深蒂固，脚步站稳，然后再作进一步的计划。这是他心中的盘算，至于对外一方面，自己先实行代握军篆，并为见好邻封起见，赶紧把新安武军的军饷，尽先借拨；同时怕同事中尚有不服，趁着李纯治丧机会，施出全副拉拢手腕，和他们联络得如兄如弟，莫逆异常。

这时江苏共有七镇守使，论资格，也有比燮元更老的，但燮元新和直派联络，得了帮办位置，又加了上将衔，老实说一句，分明就是一个副督军，正死副继，自是正理。而且近水楼台，措置早妥，别人未必弄得过他。加以中央接到电报，已准李纯遗言，复电令燮元代理督军，有此许多原因，同时燮元又卑词甘言，转相俯就，大家也就没有法子，只好忍着一口气，尊他一声齐督军罢了。燮元得此机会，中心欣悦，不言可知，所不安者，只怕自己毛羽未丰，中央不肯实授。却不知中央对于此事，亦正煞费踌躇，当时为安靖地方，维持秩序起见，虽已电令燮元代理督军，同时苏人争请废督，甚嚣尘上，这等人民意思，原不在政府心目之中，所最难的，倒是一般有苏督希望的人，好似群犬争骨，哄然而起。十年来省政易人，未有不生骚扰者，中央威信失堕，此亦一大原因。有主张靳总理云鹏南下督苏，仍兼三省巡阅，而以周士模组阁，无奈老靳本人，并不十分愿意，此时全国军政大权，非曹即张，总统不过伴食而已，还是云鹏因和双方有亲戚关系，曹、张都还给一点面子，他说要做，别人果然不能侵夺，他如不愿，别人自更不能勉强。于是舍而求次，则有王士珍、王占元、吴佩孚、陈光远等，论资格以王士珍为最老，论实力以吴佩孚为最盛。占元、光远，各有地盘，亦非志在必得。王士珍老成稳健，不肯再居炉火，做人傀儡，所以数人之中，仍以吴佩孚一人，最为有望。可巧吴佩孚，此时正因奉张气焰日盛，心不能平，且自皖直开战，直方竭全力以相扑，奉军不过调遣偏师，遥为声援，而所得军实，反比直方为多，尤其使他愤恨，这还关于公事方面。最令佩孚难堪的，因前在保定会议，佩孚自恃资格才力，足以代表曹锟，侃侃争论，旁若无人，张作霖几乎为他窘住，因仿着《三国演义》袁术叱关羽的样儿，说他："人微言轻，不配多讲。"佩孚心高气傲，哪里耐得这等恶气？总因自己的主帅曹三爷，正在竭意和他交欢时候，不得不作投鼠忌器之想，暂把一口恶气，硬硬的咽了下去。但是这等怨毒，深印心胸，再也无法消灭。民国以来，许多战事，总因权利意气而起。所以直皖战后，他就着着布置，作直奉战争的预备。此番苏督缺出，明知齐燮元蓄志图谋，决不肯拱手让人，好在他十分知趣，自代理督军令下，即暗中派人，刻意交欢曹、吴。佩孚一想，彼既降心相从，也落得收他作个东南膀臂，因此索性做个好人，反替燮元竭力保荐。于是齐燮元苏督一席，才算完全到手，而苏省地域，也从此正式隶入直派。后来北方多少风云，每与苏、浙战事相间而生，互有关系，实也滥觞于此呢。如今将陆军部呈复总统，对于李纯的抚恤办法，录在下面：

为英威上将军在任身故，遵令议恤事。本年十月十五日，奉大总统令开上将军苏皖赣巡阅使兼江苏督军勋一位陆军上将李纯，奠定东南，勋勤夙著，比年邦家多难，该巡阅使坐镇江表，才略昭宣，群流翕洽，而于和平统一之大计，尤能多方赞导，悉力筹维。干国匡时，声施益懋。前以感疾日剧，屡电请假调理，只以时事艰难，东南大局，赖其主持，谕令在署医治，力疾视事，方冀调摄就痊，长资倚畀。乃本日据齐耀琳、齐燮元电呈："该巡阅使两月以来，卧病奄缠，每以时局纠纷，统一未成，平时述及，声泪俱下，近更疚忧愧恨，神经时复错乱。本月十一日，忽于卧室，用手枪自击，伤及右胁乳下，不及疗治，登时出缺。手写遗书，缕述爱国爱民素愿莫酬，不得已以身谢国，惓惓于苏省之治安，国家之统一，筹虑周密，语不及私。"披览之余，曷胜震悼！该故巡阅使年力未衰，猷为正远，乃以焦忧大局，报国捐躯，枉失长城，实为国家痛惜。着派齐耀琳即日前往致祭，给予治丧营葬费一万元，所有该故使身后事宜，着齐燮元、齐耀琳督饬所属，妥为办理。灵柩回籍时，沿途地方官，一体照料。生平政绩，宣付国史立传，并候特制碑文，刊立墓道，以彰殊绩。仍交陆军部照上将例从优议恤，用示笃念勋劳之至意。此令。等因。奉此，查本部历办成案，凡遇勋勤夙著，在职身故之员，均查照陆军平时恤赏暂行简章，分别给恤。此次英威上将军苏皖赣巡阅使江苏督军李纯，为国捐躯，业经奉令给与各项恤典在案，拟请从优依恤章第三条第四项之规定，按恤赏表第二号陆军上将因公殒命例，给予一次恤金七百元，遗族年抚金四百五十元，以三年为止，用彰荩绩。是否有当？理合具文呈复，伏乞，鉴核施行。谨呈。

呈文上去，当于九月二十八日奉批：

呈悉。准如所拟给恤。此令。

苏事至此暂且搁起，先谈西南方面的事情。看官们总该记得，中央因求南北统一，曾派李纯为议和总代表，虽然旷日久持，毫无成绩，不过李纯为人，颇有长厚之名，对于南北两方，都还能够接近，有这么一个缓冲人物，又巧处在南北之中，一般人心坎上，总还觉得南北有些微可和的希望。再则南北如此久持，既非国家之福，究竟当轴方面，也觉不甚相宜，双方面子上，尽是说的官话，暗地里谁不愿对方稍肯让价，这注统一国家的大生意，民国十年来全做的蚀本生意。就有成功的可能。所以两方和议，尽管不成，而李纯之见重于双方，却是不可掩的事实。如今李纯既死，失了和议中心，南北政府，都觉从此更难接近，未免互存可惜之意，这倒是李纯死后的一种真实风光呢。

却说西南政府自两李内变，滇桂失和，军政府的内幕，也和北方政府一般，但具虚名，毫无实际。军政府总裁岑春煊，虽有整顿之心，无奈权不在手，亦只有镇日躲在大沙头的农林试验场中，做他命令不出府门的总裁，得了空，向一班幕僚们，发几句牢骚话儿罢了。可怜。至于莫督方面，从广惠镇守使接陈炳焜的督军，又用毫无作为、百事不知的粤海道尹张锦芳护理广东省长，表面是军分民治，实在省长不过是督军一个二三等属吏，除了用几个秘书科长，委几个普通县缺之外，就是些小事情，不经督军许可，是一点不能发生效力的。可怜。好在张锦芳本人，原系出身绿林，充当书记，因他为人随和，好说话，给人瞧得可怜儿的；更凑着自己运气，由连营长而县知事，而道尹，如今索性做了一省长官，也算得心满志足，所谓始愿不及此，今及此，岂非天乎？这两句古书，大可移赠这位张省长咧。他既如此知足，又承莫督提拔之恩，自然唯唯诺诺，奉命唯谨。在任一年，倒也相安无事。是一个会做生意的人。

谁知这时却有一人，磨拳擦掌的，要过一过广东省长瘾头，这人非他，便是现任财政厅长杨永泰，字畅卿的。论广东现时官吏，出息顶好的，自推财政厅长，因为省中正在整顿市政，开辟马路，这市政督会办，照例是由财政警察两厅长兼办的。杨永泰以一个毫无势力的旧国会议员，因交欢莫督，得其宠信，才给他做这财政厅长，本来大可踌躇满志，得过且过。只因永泰为人，精明强干，是个心细才大之人，觉得区区财市两部分事情，未能展其骥足，于是竭力拉拢沈鸿英、刘志陆、刘达庆、林虎等一班将官，求他们向莫督说项，给他实授广东省长。也会做生意，可惜运气不好。莫督倒也无可不可，但广西陆荣廷方面，却因永泰是有名政客，又为政学会中坚人物，这政学会在两广，却似安福俱乐部的在北方一般，受人指摘，为各方所不满，所以永泰的省长梦，几乎被老陆一言打破，幸而莫督对他感情颇佳，又代他到军政府，请出岑春煊，替他讲话。同时张锦芳也知永泰志在必成，自己万万不是对手，倒也乖乖的，自请退职，仍回粤海道原任。是一个会做生意的人。至此永泰的省长，才算做成功了。却不晓因此累及陆、莫两方，大伤情感，连到桂派内部，都发生裂痕起来。他们决裂原因，虽不专为此事，要以此事为原因之最大者，这也是无庸讳言的事情呢。

谁知杨永泰才大命穷，就职不到几月，广东省内又发生一桩大战事。原来粤人特性，好动恶静，喜新厌故，论这八个字儿，未尝不是粤人争雄商业、操持海上霸权的大原因。然施之政治，则往往弄得骚扰反复，大局振动。可以作买卖营生，不能作官场生意。结果，还是粤人自己吃亏，粤人之自杀政策。所以光复以还，粤省的战事最多，几乎每易一次长官，便有一次战乱。长官年年调换，战事也年年都有，总算莫荣新做得最长，地方上也勉勉强强的安静了几年。论荣新本人，委实算得一个廉洁自爱、惜民护商的好长官，可惜所用非人，利用他的忠厚，欺侮他的无识，种种劣迹，书不胜书。荣新自己朴诚俭约，除了每月应支官俸之外，确实一文也没有妄取。然而他的部属，竟有发财至几千几百万的，这要从我们旁观的说来，自然这批部下，对不住荣新，荣新又对不住广东人，管他本人道德怎高，究竟又算得什么儿哩。公论。这等地方，都是无形中造成粤桂恶感的主因。因为这批人十九是桂派人物，广东人反只站在一边，眼瞪瞪的受他们侵蚀欺凌，一句也不敢声说，本来都是叫人难受的事情啊。总计荣新督粤五年，论维持地方，保护商业，其功固不可没，而纵容部曲，横行不法，其罪也自难逭。公论。再讲作官这桩营生，干的好，是他分内事，弄得不好，可就对不起地方人民，而地方人民，也未必因其功而原其罪，于是探本穷源，都说以外省人治本省，人人存一个乐得作恶之心，政事焉有不坏？为长治久安之计，非得粤人治粤，决乎不能收效。这等情态，差不多粤人已人同此心，心同此理，而荣新手下一班虾兵蟹将，兀自专欲妄为，一点不肯敛迹，于是粤人治粤之声浪，渐腾于社会，同时桂派防制粤人的手段，也越弄越严，双方交恶，达于极度。于是桂粤之战，乃一发不可遏止。桂人之自杀政策。这时粤人之较有实力者，在省中是广惠镇守使李福林，警察厅长魏邦平，在外面的，只有一个援闽总司令陈炯明，三人原无深交，只因桂派气焰，咄咄逼人，大有一网打尽之势，于是以利害关系，自然而然的互相结合。陈炯明虽远在漳州，既得二人声援，消息灵通，胆气十倍。且知滇桂分裂于前，桂派内讧于后，粤人治粤，声浪又一天高似一天，认为时不可失，遂于九年六月中，毅然决然，利用真正粤军的牌号，回师攻粤。此公本善投机。正是：

煮豆燃豆萁，豆在釜中泣。
粤桂如辅车，相攻何太急？

欲知战事真相如何，却待下回分解。

西南政府，以护法兴师，宣言独立，组织之始，非不正大堂皇，有声有色，曾几何时，而政府改组，真心为国之中山先生，竟被排挤以去；又继而滇桂失和，军府分离，更数月而桂系内部，亦告分裂，卒之李、魏内变，陈师反戈，护法无功，徒苦百姓，不亦大可以已哉！盖天下事，唯以真正血忱，辅以热心毅力，百折不回，始有成功之望。若稍存私利，竞夺事权，徒袭美名，不骛实际，与北方军阀之侈谈统一，提倡和平，有何分别？是故有皖直之交战于北，便有桂粤之互哄于南，有安福之专欲横行，便有政学之操纵不法，是真一丘之貉，无庸轩轾其间。所可惜者，一个护法救国大题目，竟被此辈做得一塌糊涂，不堪寓目耳。

第一百二十三回　莫荣新养痈遗患
陈炯明负义忘恩

却说陈炯明，字竞存，广东梅县人也。前清时候，也是秀才出身。民国以来，以秀才而掌大兵，握军篆，声势赫奕，焜耀一时者，北有吴子玉，南则陈竞存，所以有南北两个怪秀才之称。原是一对好货。这炯明在民国初元，也曾做过广东都督，后来便给人驱逐下台。至莫荣新作粤督，他的参谋长郭椿森，和炯明颇有交情，凑巧此时，又发生一件警卫军的交涉。广东原有八十营警卫军，自朱庆澜氏做省长时候，编制成立，向归省长统辖，直至陈炳焜督粤，以武力收为己有，因此粤人啧有烦言，说是桂派收占全粤兵权之表示。及莫督继任，不愿为已甚之举，原拟将警卫军设法改组，以平粤人之愤。正踌躇间，忽得间谍报称，福建李厚基，受中央密命，安福嗾使，将联络浙军童保暄、潘国纲、陈肇英等，大举攻粤。荣新得此消息，正拟派兵防御，郭椿森便乘机替炯明进言，说他是："粤军前辈，素有治军之名，又且熟于闽粤交界情势，不如派他做援闽总司令，乘李厚基未及发动之时，赶速进兵，既以贯彻护法事业，亦先发制人之计也。至炯明军队，本已散净，现正有警卫军不易处置的问题，索性就拨二十营归他节制，又可以间执粤人之口，此正一举三得之事，请督军切勿犹疑，赶快办理为妙。"荣新听他言之有理，又经椿森力保炯明忠忱无他，于是决计委他为援闽总司令。

公文待发，又发生一个小小趣闻：原因炯明为人，才干有余，心术难恃，伏下背主叛党事。而且高自期许，不肯屈居人下。在先，因蛰处省中，无事可为，一切皆愿迁就，比及闽事发生，荣新答应用他，他又为得步进步之计，要求荣新改用聘书，勿下委令。荣新胸无城府，任人颇专，对于这等地方，却视为细务末节，但愿他肯效力，乐得给他一个面子。却有幕府中人，再三坚持，非下委不可。他们的理由，是说："一用聘书，彼此便成敌体，不但有乖督军统一军权之旨，且恐将来不能指挥炯明，自是正理。分明牺牲二十营兵士，反在一省之内，自树一个大敌，督军千万莫上他这大当。"荣新听了这话，恍然大悟，从此也疑炯明野心太甚，不肯十分信用。等他出发之后，便密令潮、梅镇守使刘志陆，惠州绥靖督办刘达庆等，须要暗中防备着他，勿得大意等话。那刘志陆是莫督义子，从前跟随荣新出死入生，久共患难，倒也算得一个健将。近因安富尊荣，日久玩生，不免近于骄惰，得了这个密令，哪里放在心中，还说："陈某败军之将，有甚能为，督军也太胆小了。"骄兵岂有不败之理？桂系之败，刘为罪魁，宜哉！

一言甫毕，忽又接得督军急电，因琼州龙济光，大举内犯，林虎和他交战，先胜后败，所以调志陆军队，前去助剿。这龙济光却是一个狠货，前年屠龙之役，所有桂粤两军，都曾吃他的大亏，后来虽被桂军全力压迫，将他赶到琼州，究竟还不能消弭他的势力。此时得了北方补助军械，预备破釜沉舟的干他一下，来势甚凶，却也未可轻视。志陆正拟出发，又得省电后防空虚，适陈炯明军队，尚在半途，经过潮、梅，即暂令填防。志陆接得此电，心中却大不愿意，抵足恨恨道："这又是郭椿森栽培陈炯明的妙计，他们想得我潮、梅地盘么？只怕没有那么容易。"因即复电反对，甚有不许炯明军队过境之意。荣新已中了郭椿森之言，养虎自伤，莫氏太笨。回电申饬志陆。志陆没法，只得和幕府商量，留下若干劲旅，牵制炯明，而自率大军出发，会合林虎、沈鸿英之军，三方兜剿。济光果然不支，溃败而逃。

谁知这时广东事情越闹越凶，大有五花八门、离奇变幻之观。当刘、林在西部二次屠龙之际，正陈炯明在东部与闽浙军相持之日。炯明部下虽都是粤军，只因荣新心怀疑忌，所有良好器械，都靳而不予，兼之统率方新，指挥不便，刚到潮、梅，恰逢闽军臧致平和浙军陈肇英会师来犯，炯明与战于漳、泉之间，三遇三北，抵抗不住，节节后退，潮、梅大为震动。不是炯明无能，却是桂运未绝。又幸屠龙已了，刘志陆振旆还师，适值臧、陈不睦，肇英不战而退，志陆新胜之兵，锐气正盛，把臧军驱逐出境，炯明自然无颜留驻潮、梅，便以追臧援闽为名，进驻漳州，而对于莫、刘两方，和桂派的感情，也从此日趋恶劣。只因毛羽未丰，暂行蛰伏，一面简搜军实，积屯粮草，购买兵火，扩张军额，以为后日之图。有此远图，也自不凡。这都是民国七八年间的事情。著者因陈炯明是一个重要脚色，将来对于国民革命军，尚有多少纠葛情事，所以不惮烦琐，将他的前事，补述一番，以见此公人品不端，心术欠正，所以后来叛困孙大元帅，冒天下之不韪，为全国之罪人，端非偶然之事啊。闲言少说。

再讲陈炯明在漳数年，蓄锐养精，志不在小。至民国九年夏秋之交，得了李福林、魏邦平报告，知道桂派内部离心，将骄卒惰，粤人受侮多年，渴思自治，于是认为大好机会，确是好机会。顺着人民心理，揭橥粤人治粤的商标，返戈内向。出兵之始，曾有他的部下，向著名的一个星家卜了一卦，卦象如何，小子因非内行，不及记忆，但知他的批语，有“在内者胜”四字。迷信不足凭，但这四个字，实聪明之至。人人都道：“桂派蟠踞粤省，五羊城内，几成桂人私产，这个内字，分明指桂派而言。况且多寡悬殊，强弱不敌，以常理言，炯明此举，未免过于冒失，深恐一败涂地，必致退步为难哩。”这等议论，传入炯明耳中，炯明大怒，指为反间造谣，定要严行查究，倒晦气了那位星卜大家，得知消息，连夜卷卷行囊，逃到香港去了。炯明便出了一张告示，说明桂派横暴情形，和自己出师宗旨，劝喻人民，勿得轻信谣诼，一面亲督队伍，带同手下健将洪兆麟、许崇智，并参谋长邓铿等，兼程出发，一面派人进省，约会李、魏，待至相当时机，大家一齐动手，互为应援。

也是桂派气数合尽，消息传到省城，莫荣新不过痛骂郭椿森介绍匪人。悔之何及？其时椿森因一桩事情，触怒了陆荣廷，一道手谕，着莫荣新立即驱斥。荣新为顾全他颜面计，派他赴沪充议和代表，已经去得长久，尽你荣新痛骂，横竖于他无干了。此公始终受不知人之害。至于军界中人，早把陈炯明不放在眼内，一班领袖人物，没有一个不在东西两堤，征妓饮博，欢天喜地的任情胡闹。如此荒唐，便无陈氏，也必败亡。那刘志陆原在东堤讨了一位姨太，寓居香港。此时又看中了东堤长安寨里一个寮口婆子（苏人所谓娘姨大姊之类），叫做老四的，一个要娶，一个要嫁，温得胶漆一般，分拆不开（温者粤语言要好，犹苏人所谓恩相好也）。军署中人原有一个俱乐部，设在东堤探花酒楼一间大厅，志陆每到省城，也是天天前去，说是俱乐，其实这班人办公时间，还不及在俱乐部的时间更多。弄到后来，大家都以赌博冶游为重，公务为轻，即有重要公事，往往不在署中办理，反都赶到这个俱乐部中会议起来。如此荒唐，不亡何待？荣新因省内宴安，地方平静，也不去责备他们。此公实在做梦。

当炯明发难之前，炯明部下统领李炳荣，因小事被陈炯明当众斥责，怀恨在心，此时他却先得知了炯明阴谋，便和参谋谭道南商议。道南劝道："老陈虽然狠恶，究竟兵力有限，况且他既疑忌我们，即使打了胜仗，得了广东，我们也是沾不着光的，不如乘此机会，和老莫联络联络。"炳荣甚以为然，即派道南晋省，深夜到军署，求见参谋长傅吉士。吉士因事情紧急，连夜赶至东堤，和各军首领相见。这时刘志陆正和老四拥在一处谈心，吉士走近身去，笑道："伟军如此写意，可知陈竞存眈眈虎视，伺机待发，听说有即日出兵的消息呢？你倒还有心思温你老契么？还是快快回去，守你老家去罢！"伟军是志陆的字，志陆所了，呼的笑了一声道："吉士兄真是书生之见，陈竞存也有脑子，也有思想，好好的漳州皇帝不做，倒要来潮、梅送死，敢是活得不耐烦了？"吉士笑道："话虽如此，你也别太得意了。"说着，把李炳荣派人告变的话，诉说了。又道："尽你兵强马壮，胜过竞存，究竟事先提防，是不得有错的。"自是正论。志陆冷笑道："理他的胡说呢！我们的军队，见过多少战阵，还会上陈竞存的当么？"吉士未答，却有省署的政务厅长夏香孙，缓缓踱了过来，听他们说到这里，便点头插嘴道："刘镇守使是豪气胜人，傅参谋长是临事谨慎，二公之言，俱有道理。若说竞存那人，我和他也曾共事，深知其人狡诈阴鸷，精明强干。陈氏确评。听说他在军中，每日里和兵士们同甘共苦，躬亲庶务，一天到晚，耳朵边插着一枝铅笔，好似工人头儿监督工程一般，跛来报往的，川流不息。这等精神，果然为常人所难能，这种做派，又岂志小识隘的人所能几及？况他手下，还有……"自是正论，其如刘氏不悟何？说到这个"有"字，志陆已大不耐烦，抱着老四脸偎脸儿的，闻了一个香，口中说道："他们只是不经吓，一听陈炯明造反，就怕得那么鬼样儿，我们还是乐我们的，不要去理他们。"说着，立起身，拉着老四，说声打茶围去，头也不回的走了。随后一批老举，也都哄然一声，纷纷各散，倒把傅、夏俩说得大没意思，大家叹息了一回，各自走开，究竟也有明白人。各寻各的快乐去了。

谁知这天过后，不好的消息，一天天追逼上来。刘志陆手下第一位健将卓贵廷，曾在屠龙、攻臧两役，立过战绩，此时已升副司令官，率着部下三营健儿，镇扎汕头，事前也在省城大嫖大赌的尽兴儿顽。他是一个武人，原不晓什么叫做温存怜爱，什么叫做惜玉怜香，他要便不顽，顽起来，非要顽得个流血漂杵，娇啼宛转，说得上俗点，就是梳拢妓女，再村点，就是替姑娘们开宝。不是奇癖，是兽心。他这趟上来，因是新升显职，更其意气飞扬，兴致百倍，呼朋引侣的，闹了几夜，觉得都不尽兴，非要找一个琵琶仔（即苏之小先生）来梳拢一下，总之不得过瘾。他这意思，一经表示，就有那批不长进的东西，替他东找西觅，采宝也似的采着了一个绝色的姑娘。这人名叫爱玉儿，今年刚十四岁，年纪虽小，资格却是老练，凡是平康中应酬客人，灌迷汤，砍条斧，种种专门之学，却已全副精工。她本是苏州人，她娘小二嫂子，和天香楼老板四姑要好，所以带了爱玉，在天香落籍。小二嫂自己也是中年时代，徐娘半老，丰韵颇佳，她的营业方法，是用爱玉出条子，把客人拉了来，自己放出手段，和他下水，却把爱玉防护得非常严密，立意要拣一个有势有财，能够花个一万八千的，才许问爱玉的津。也是她花运高照，不上几时，就给她认识了这位卓副司令，一见垂青，千金不吝，竟由几位皮条朋友的撮合，轻转易易的，把爱玉一生的贞操，换了许多苏州阊门外面的产业。小二嫂果然可贺，爱玉未免可怜。趣语却说得人毛骨一耸。却不知更可怜的，还有那位副司令官卓贵廷先生。他自梳拢爱玉之后，早不觉英雄气短，儿女情长，流连温柔，乐而忘返，甚至把爱玉母女，带到先施公司的东亚旅馆，开了几个房间，闭户谈情，不问外事。此之谓该死。不但军政大计，置之不理，就连平日赌博征逐之交，以至最近拉马说亲的大冰先生们，也不晓他躲到什么地方去了。这等顽法，原是卓贵廷的老脾气儿，凡是他心爱的人，一经上手，就得顽个淋漓尽致，毫无剩义，方才一挥手儿，说声滚你妈的蛋罢。那时候，就想问他多要一个铜钱，也是万不可得的事情。从此一别，尔东我西，再见之时，也不过点头一笑，若说情殷故剑，回念旧情，重温一回好梦，那也是断乎没有的事。真是兽欲。

据闻他在潮、汕时候，曾有一个姑娘，蒙他爱赏，居然早夕不离的处有月余之久。这在他的嫖史中，已算是特别的新纪录了。一时外面的揣测，以为这姑娘大有升任卓姨太太的希望，甚至有许多求差谋缺、经手词讼的人，不走别路，都去找这姑娘。此皆上文所谓没出息者也。姑娘借此声势，居然于短时期内，也揽了千把块钱。比及一月之后，卓贵廷忽然翻转脸皮，下起逐客令来。姑娘怎晓他的性情，还当他是顽笑咧。少不得娇娇滴滴地，灌了许多迷汤，岂知这等声音，平时贵廷所奉为仙音法曲的，此时即觉变成鸱叫狼鸣，甚至见了那副温柔宛转的媚态，也觉万分讨人厌恶。因她唠叨不了，禁不住无名火起，举起皮鞋脚儿，向她小肚子下，猛不防的踢了一下，踢得那姑娘一阵疼痛，昏晕在地。贵廷愈加有气，拔出手枪就打，幸而有人劝止，方才悻悻而去，连客栈中一应房饭杂用都没有开销。可怜那姑娘除得了他一千块钱梳拢之费外，竟是一文也没有拿到，还要替他开销一个多月的账目，还要进医院去养伤，仔细算来，除了好处不着外，还赔出几百块钱的医费，白白赔了一个身体，陪了他一个多月，这也算得她十足的晦气了。谁教你不识相。如今这爱玉姑娘，却真有眼光，有见识，她已认定贵廷这人是靠不住的，趁他欢喜时候，陆续敲了他几千块钱，除了孝敬小二嫂外，余下的，托一个要好客人，存庄生息。过不多时，竟和小二嫂提起赎身问题来，小二嫂无可如何，只好准她。这爱玉不过一个小孩子家，竟有这等手段，这等知识。至今天香怡红各妓院中，谈起爱玉两字，还没有一个不啧啧佩服咧。这是后话。

再说贵廷迷恋爱玉之时，正刘志陆赏识老四之日，正副司令一对有情人。也正是陈炯明夜袭潮、汕之时。两位正副司令，同在省城，享着温柔之福，做梦也想不到这位久被轻视的陈炯明，竟如飞将军从天而下的，大干起来。几天中告急之电，雪片般飞来，才把一位风流儒雅的刘镇守使，急得走投无路，四处八方的，找寻卓副司令，好容易给他从爱玉被窝中寻了出来，大家一阵埋怨，可已无济于事。卓贵廷恋爱爱玉之心，实在未曾减杀，热火头里，硬生生将他们拆开，倒也鼻涕眼泪，千叮万嘱的，应有尽有。妙极，趣极。渔阳鼙鼓动地来，惊破霓裳羽衣曲。此情此景，却有七八分相像。刘志陆立在一边，想到自己和老四情形，不免心中有感，瞧着他俩这等难舍难分情状，妙极，趣极。又怕误了大事，急得只是顿足。好容易才把贵廷拉出旅馆，拖上火车，一拉一拖，想见匆忙着急情状。星驰电掣的赶到前方，那陈炯明大队人马，已如潮水般涌进汕头，卓贵廷匆匆赶到，急急调度，已经来不及了，给洪兆麟指挥的队伍，包围起来，那消一个时辰，全部人马，溃不成军，缴械的缴械，逃走的逃走，伤的伤，死的死。卓贵廷本人，中了一粒流弹，也就带着一段爱玉未了之情，悠悠忽忽地飘向阎罗殿上去了。趣而刻。

信息传到省城，有感叹他的忠勇的，有责他贻误戎机的，更有认识爱玉的人，作为一种滑稽论调，说女子的下身，原有一种特殊形态，男子们碰到了它，就会倾家荡产、身死名裂的。奇谈，却有这等俗语。爱玉的下体，颇似属于此类，卓司令却做了一个开天辟地的客人，无怪要性命丢脱，骸骨无存了。这等议论，谑而近虐，有识者不值一笑，迷信者奉为圭臬。大凡这等事情最易传说开去，于是一唱百和，街谈巷之义，当做一件正经新闻，不上几天，东堤一带，已是人人皆晓，个个尽知，每逢爱玉出来，人人要和她嘻嘻地笑个不止，急得爱玉红了脸儿，大骂杀千刀，倒路尸。幸而不久桂派失败，粤军进城，省河大乱，人心惶惶，不但没有冶游之人，就是两堤莺燕，也都站脚不住，纷纷携装挈伴，避地港沪。这爱玉业已自由，便不高兴再回省城，索性北上到青岛去了。后来还有许多北方健儿，关东大汉，颠倒在她的燕脂掌上，石榴裙下，因以造成多少有趣的民国趣史，那是后话。先提一句儿，作为文章的伏笔。正是：

大将风流，姑娘恩义。
可怜汕海冤魂，还在天香梦里。

欲知潮、汕失后，桂派情形如何，却待下回再讲。

凡事皆有定数，数之所定，人力难回。以桂军之横暴，能削尽粤人兵权，而独留一阴险狡诈、不忠不义之陈炯明，且助以兵，资以饷，因以养成尾大不掉之局，卒之覆亡于炯明之手，桂系不仁，应得此报，然以此而几陷中山先生于危险之域，则又非识者所能预料。当引史公语曰：“岂非天哉！岂非天哉！”

第一百二十四回　疑案重重督军自戕
积金累累巡阅殃民

却说粤桂战起，刘志陆逗留省垣，卓贵廷身死潮、汕，不上几天工夫，潮、梅全部已入陈炯明掌握之中。虽说炯明善于用兵，蓄谋有素，不难一战胜人，但刘志陆素有儒将之名，两次屠龙，战绩昭著，其才能势力，又岂不能于事先下手为强，歼灭一个势孤力弱的陈炯明？终因他恃胜而骄，把陈炯明不放在眼内，以致坐失时机，养痈贻患。及至炯明举兵相向，犹复恣情风月，贻误戎机，终至粤军势炽，贵廷败亡，而全省精华要害的潮、梅地盘，竟这般轻轻易易的拱手让人，这也是很可叹惋的。于是李、魏内应，全省动摇，桂派势力，一蹶不振，从此西南方面，又另换一副局面。军阀时代，起仆兴替，无是非功罪可言，吾人演述至此，亦唯归诸运数而已。慨乎言之。

潮、梅既失，省中大震，荣新以下各军事长官，相顾瞠目，始知陈炯明果非易与，追悔从前不该听郭椿森之言，资寇以兵，酿成今日局面。痛愤之下，少不得调兵派将，分道防堵。其一，林虎、马济，由惠州出三多祝，取海陆丰为右翼；其二，沈鸿英、李根源由惠州过河源，分紫金、老隆两道，会攻潮州。看官莫讲这等调度，表面上似乎没甚道理，不知荣新对此，也正煞费一番苦心。民国以来，军事长官，升得愈高，便愈难做人，往往如此。原来莫督在粤数年，地方感情，虽尚融洽，而广西陆荣廷，因他事事专主，目无长官，心中着实不快。因马济年少英俊，派他到粤办理兵工厂，其实想叫他乘机代莫。荣新自顾年老，又不肯负老陆提挈之恩，现既意见参差，倒也情愿及时下野，但对于马济继任，却极端反对。他的心目中，只有他亲家沈鸿英，最为相宜。而沈鸿英又为陆氏所深恶，马、沈相持，互不为下。其余诸将，只有林虎、李根源是无可无不可的。因此这番用兵，将林、李二人，分助沈、马，免得沈、马俩到了前方，忽生火并。真是苦心作用，究亦何益。这是他们历史上的关系，趁暇替他们补记一言，以见桂派内讧之剧烈，与失败之原由。

诸军出发之后，左翼沈、李两方，已得河源，便拟分道进攻。陈炯明连吃败仗，大为惊惶，于是遗书省中李福林、魏邦平，动以利害，责以约言。他俩因粤人势力太孤，久怀疑忌，兔死狐悲，应作此想。此届炯明一败，桂人排粤之心更甚。莫督虽无野心，部下诸将，功高望重，而无可位置，那时他俩的地位，便有点岌岌可危了。二人尽作此想，一面道听战况，比及接到炯明来信，邦平便去找到福林商议办法，福林道："桂军内讧日甚，老头子无法调融，失败是意中之事，但恐竞存不能久持，一旦溃散，各军还师省城，你我兵力有限，如何支撑呢？"邦平道："我也这般想，要做就立刻动手，否则终始效忠，听人支配。老头子心术纯正，或者未必更动你我。不说别的，单讲此番我向他要求几艘兵舰，他竟一口答应，完全派归节制。虽有申葆藩再三劝止，说魏某一得兵船，马上就会独立，而老头子竟不为动，可见他信我甚深。补笔灵便。讲到这等交谊，我们就要独立，也不能委屈老头子呢。"福林冷笑道："老莫原算好人，那批莫有先生，久已嫉视我们，岂能长久相安？况且我的观测，此番事平之后，老莫本人，或且未必能够久于其位，何况你我。依我之见，趁各军外出，省防空虚，更妙的省河兵舰，在你掌中，海军老林是向来不管闲账的，只要我去对他一说，请他严守中立，那时老莫无兵可调，无船可用，竞存攻于前，我们截于后，不怕那批莫有派不束手就擒？古人道得好：'无毒不丈夫。又道：'先下手为强。'莫有派宰制粤省，罪恶贯盈，我们都是本省人，不将自己计，就替本省人立点功绩，亦是应当的。语虽很毒，亦是实情。何必因老头子一点小仁小义，误却全粤大事呢。"原来广西人说话，没字读音如草，草有者，没有也。广东人深恨桂人，把莫有派三字，代表桂派，又特制一个冇字，即将有字中间，缺其两划，作为莫有二字。冇派者，即莫有派也。这原是一种轻薄之意，后来大家传说，竟把这个冇字成为广东一种特别字儿。当下邦平想了一想，点头道："这话不错，人不害虎，虎大伤人，我也顾不得许多了，大家拼着干一下子罢。”议妥之后，大家便分头进行。

那时外面传说纷纷，督署中也有了些风声。参谋长傅吉士、省长杨永泰、财政厅长龚政和桂派几个绅士，都请求荣新注意。荣新虽亦渐有觉悟，奈省防空虚，兵舰又被邦平骗去，即使晓得他们的秘密，一时也无从防备，因因循循的又是数天。至阴历八月十五中秋之夜，李、魏布置已完，宣告独立。省中人心大乱，秩序也整顿不起。李福林又用飞机向督省两署，丢掷炸弹，把督署门前炸了一个大地穴，又借中秋送礼为名，派人担礼，分送督军、省长、军府三机关，却把炸机做在箩子上，盖儿一揭，立刻爆发。幸而军府稽查最严，进门之际就被侍卫检查，当时炸死一个卫队长。督省两署，闻警戒严，却还没有闯祸，因之人心愈加恐慌。莫督却非常镇定，因前方迭得胜利，专候林、马、沈、李回师相援。李、魏兵力有限，未必遂敢相逼。谁知桂派气数合终，没兴事一齐都来，正当省城吃紧之时，那虎门要塞司令邱渭南，又被炯明等运动，倒戈相向。海军方面也被福林勾结，宣言不预内争，这等影响，却比李、魏独立，关系尤大。同时湖南方面，谭延闿又派陈嘉佑、李明扬，攻袭韶关，兵至砰石，沈鸿英在前方闻信，以本人大本营所在，断乎不肯放弃，便也不管什么是非利害，立刻调动队伍，星夜退回，赶到韶关去了。将领可以自由行动，大事安得不坏？鸿英既退，李根源为保存自己实力计，也只得逐步退下。于是林虎、马济也不愿再战，分道各退，所有夺回各地，仍被陈炯明得去。炯明又得李、魏电报，桂军危险情形，及内讧状况，一时军心大振，节节进逼，势如破竹。这为退下的兵，因主将失和，互争意气，再也不问自己部下的纪律，沿途劫掠奸淫，无所不为，劫夺既多，便把军器抛弃，枪械子弹，遗弃满道。有的发了财，四处逃散，这原是中国旧式军队的常态，能进不能退的。一退之后，立即溃散，再也不能成军，大概皆然，倒也不怪桂军。说破旧式军队通病，其实还是主将不良之故。不过桂军经此一役，精华损失殆尽，数年来蓄养扩充的实力，几于根本铲灭，就中华国运说，这等军阀恶势，铲得一分是一分，未尝不是前途的曙光，若在桂系自身着想，只怕事后回思，也不免懊恨当时互争意气不顾大局的失策呢。

再说各军退回之后，莫荣新只急得搓手顿足，连说“糟了糟了，万不料沈、马二人，误事至此，我七十衰翁，行将就木，还有什么希恋？只是这班人正在英年，将来失了这个地盘，看他们飘浮到什么地方去。”参谋长傅吉士在旁劝道：“事已如此，督军尽抱怨人，也是无用。现在各军齐集省垣，李印泉部属最称善战，此次退下来时，纪律颇好，军实无缺，可以调他守观音山大本营，其余各军，速请林、马二公，整理编配，同心作战，危局尚可挽回，也未可定。”荣新摇头道：“这等人还讲得明白么？我看大势已去，我在粤五年，以民国官吏比较起来，不可谓不久，既无德政及民，何苦糜烂地方，不如早早让贤，请竞存、丽堂等快来维持秩序罢。”此老毕竟尚有天良。说时，军府总裁岑春煊也缓步进来，荣新因把退让之意说了，春煊生性强项，还打算背城一战，经不得荣新退志已决，又苦劝春煊道：“老帅春秋已高，正好和荣新优游林下，以终余年，何苦再替这班不自爱的蠢奴作牛马傀儡呢。”春煊原无实力，见荣新如此坚决，只得点头道：“既如此，我却还有一言。我们组织军府，本以护法号召，法虽未复，最初和我们作对的皖派，现已推倒，上次李秀山提出和议，我本有心迁就，不料秀山一死，和议停顿，迁延至今，误事不少。如今既要下野，不可不有一个交代，我想拍电中央，说明下野之意，请中央派员接事，一面将军府文卷印信，赍送北京，你看如何？”一出大戏，如此终场，可谓滑稽。荣新知道春煊意思，不过为敷衍面子起见，自然点头乐从，一切照办。于是春煊先回上海，荣新也派人和魏、李接洽妥当，由北江出韶关，绕道江西，也到上海作他的寓公生涯。

据闻荣新到沪以后，在麦根路租了一幢小洋楼，安顿家属，日常生活之费，还得仰仗一班旧部接济。后来魏邦平打广西时，部下误烧莫氏桂平老屋，邦平心下大为抱歉，除申饬部下之外，还汇了五千块钱给荣新，赔偿他的损失。荣新得了这笔款项，好似出卖了一所房子，倒也借以维持了几年用度。从来督军下场要算此公最窘。却也可怜。也因有此一节，所以荣新的名誉，还比普通拥财害民的军阀差胜一筹，这倒也是一时的公论呢。

荣新既退，炯明入省，以废督为名，自任省长，又恐自己威望尚低，未能制服全省，对付北方，于是派员来沪，欢迎国民党总理孙先生回粤，组织大元帅府，稍事休养，再行对桂用兵，驱除陆、谭。这时炯明部下，回想出兵时，星家之言，他那“在内者胜”的“内”字，原指粤人而言。粤为本省，正合内字之义，但怪当时大家总没想到，事虽近于迷信，却也真觉可怪咧。这事且暂按下。

如今作者笔锋儿，又要指向北方去也。这时正当九、十月间，北方军阀，正在竞争权利的时候，乃忽然有李纯的自刎，已觉骇人听闻，不期相去数月，又有陕西督军阎相文的自杀，尤为出人意外。可谓无独有偶。先是陕督陈树藩为安福部下健将，皖系既倒，奉直代兴，树藩亦经政府命令褫职，而以阎相文继任。相文自知实力不逮树藩，深恐被树藩挡驾，拜命之下，且喜且悲。经政府一再催促，只得带了部下几营人马，前往接事。到了西安，树藩果不受命，厉兵秣马，出城迎敌。树藩在陕数年，势力深固，加之众寡不侔，劳逸互异，相文如何能够支持？接连打了几仗，损失甚多，只得电请政府，速派劲旅，前去救援。政府亦因树藩不除，终为西鄙大患，于是调遣大兵助战。相持许久，树藩力怯遁去，相文欣欣得意的，进了省城。可见他的自杀，决非为国为民。接了督篆，自己也搬进督署居住，不料时过半月，忽然又发生督军自杀的奇闻。这天上午，部下将校，齐集督署议事，相文平日颇有勤政之名，这天正是会议之期，大家等他出来主席，等了多时，不见出来，众人都觉奇怪。问着里边听差的，都道："督军不晓为甚，今天这般沉睡，尚未起身，我们又不敢去惊动他，怎么好呢？"众人只得再耐心等着，直到日色过午，里边却不备饭，众人都觉饥饿难当，有那脾气强悍的，早等得光火起来，喊那相文的马弁，厉声责问。马弁只得进去，请相文时，喊了几声，兀自声息全无，情知有异，撩起帐子一瞧，不觉吓得目瞪口呆，直声大喊道："督军完了！"一语未毕，相文的家属人等，一起赶入，大家向相文一看，只见他面色惨白，双目紧闭，抚他的身体，已是冰冷。再一细看，胁下有鲜血潺潺流出，旁边还放着一枝手枪，再观伤处，竟是一个小小的枪洞，才知他是受枪而死，但还不知他被害之故。大家哭着，把他血渍揩净，这才瞧见衣角儿上，露出一角纸头，抽来一看，只见上面写道：

> 余本武人，以救国为职志，不以权利萦怀抱，此次奉命入陕，因陈督顽强抗命，战祸顿起，杀伤甚多，疚心曷极？且见时局多艰，生民涂炭，身绾一省军府，自愧无能补救，不如一死以谢天下。相文绝笔。

众人见了，才知阎督早蓄自杀之志，却还追究不出他所以自杀的原因。因相文并非淡泊之人，此番新膺荣命，意气自豪，正丈夫得意之秋，何以忽萌厌世之心？即据他遗嘱看来，其中说话，也和他的行事多相矛盾。即使临时发生为难情事，似也不致自杀地步。所以他的自杀，比之李纯，更属令人费解。实在可怪。据著者所闻，内中却也含有暧昧性质。因相文有一爱妾，不晓和相文的什么亲人，有了不正行为，相文一时气愤，出此下策。又想同是一死，何妨说得光明一点，于是又弄出这张遗嘱，借以遮羞颜而掩耳目。也有人说："这张遗嘱，并非相文亲作，也和李纯一般，出于旁人代笔的。"以在下愚见，不管他遗嘱的真假，总之他肯为廉耻而自殊，究不失为负气之人，在此廉耻道丧的时代，这等人，又岂易多得哪？谑而刻。

相文既死，中央命冯师长玉祥代理督军任务。玉祥为直系健将，较之相文阘茸，相去何啻霄壤？这一来，不消说，直系势力，更要扩张得多。同时虎踞洛阳的吴子玉，却又得了两湖地盘，更有驰骋中原，澄清四海的奢愿。原来王占元本一无赖之徒，在鄂七年，除晋督阎锡山外，要算他在位最久的了。从来说官久必富，何况王占元是专骛侵刮，不惮民怨的人，积聚之厚，更属不可数计。我真不解他们要许多钱作什么用？非但鄂省人民，恨之切骨，甚至他所倚为长城的部属将校，以至全体士兵，也都积欠军饷，怨声载道。占元耳目甚长，信息很灵，也知自己犯了众怒，恐怕中央加罪，那时部下既不用命，绅商群起而攻，不但势位难保，还恐多年体面，剥削净尽，再四思维，只有联络实力领袖，互为声援，既令军民侧目，又不怕政府见罪。论眼前势力最大者，关外莫如张，北方唯有曹，为利便之计，联张又不如交曹，好在天津会议，正在开幕，曹、张二人，均在天津，因亦不惮修阻，亲自到津，加入议团。对张则暗送秋波，对曹尤密切勾结。足见大才，佩服，佩服。又见曹锟部下唯吴子玉最是英雄，不啻曹之灵魂，于是对于子玉尤格外巴结，竭意逢迎。此番却上当了。三人之中，唯吴子玉眼光最远，识见最高。况平日听得人说，王督如何贪酷，如何不法，心中早就瞧他不起。又且本人方有远图，未得根据，武汉居天下之中，可以控制南北，震慑东西，本来暗暗盘算，想逐占元自代。所以吴、王两方，万无联结之可能。偏这占元昏天黑地，还当他是好朋友，用尽方法，和他拉拢。吴氏自然不肯和他破脸，见曹、张二人，都受他牢笼，自己也落得假作痴呆，佯示亲善。这一来，把个王占元喜欢得无可不可，于是放大了胆子，跟着曹、张，一同入京，天天向总统和财部两处聒噪，逼讨欠饷六百万。他这用意，一是为钱，一则表示自己威力，免得中央瞧他不起，也是一种先发制人之计。果不其然，政府给他逼得无法可施，只得勉勉强强，挖肉补疮的筹给三百万元。占元方才欣欣得意的，出京回鄂。且慢欢喜，未卜是祸是福哩。正是：

爬得高，跌得重。心越狠，命越穷。

人生不知足，得陇又望蜀。饭蔬食饮水，乐亦在其中。

未知后事如何，且看下回分解。

庄子有言，山木自寇，旁火自煎，象有齿以焚其身，多积聚者每受累，吾真不解今之武人，往往积资千万而不餍，甚至死于财，败于利者，踵趾相接，而莫肯借鉴前车，人责其贪，我则深叹其拙矣。本回以莫始，以王终，同为失败之军阀，一则尚能得人原谅，一则全国欲杀。得人缘者，虽仇敌且为之佽助，至全国欲杀，则虽拥厚财，亦正不知命在何时耳。

第一百二十五回　赵炎午起兵援鄂
梁任公驰函劝吴

却说王占元威逼政府，得了欠饷三百万元，欣然回鄂，他本是贪鄙之徒，得此巨款，便把十分之七八，存入上海、大连等处外国银行，只拿出少数部分，摊给各军。自取灭亡。俗语说得好："黑乌珠瞧见白银子"，没有不被吸引的。占元只图自身发财，却不晓得军人衣食问题，比他发财更觉紧要。况且各军欠饷已久，生活维艰，今闻王督代索军饷，已得三百万元，虽然不能清还，究也可以暂维生计。当他未出京时，便已纷纷传说，嗷嗷待哺，都道督军回来，我辈就有生路了。岂知占元只顾私囊，不惜兵士，因此激成全体官军的公愤。自取灭亡。武昌、宜昌两处军队，首先哗变，焚烧劫掠，无所不为。可怜鄂省商民，年来受占元搜括勒索，已经叫苦连天，今又遭此浩劫，真个有冤难诉，有口难分，事后虽经占元派队剿平，然而两处商人，损失不下数千百万，却向谁人索偿？人民至此，实也忍难再忍，于是联合各界，公电中央，要求惩办王督。

中央见占元闹得太不像样，当派蒋作宾南下，调查兵变真相。作宾人颇正直，一到武昌，查得占元种种不法情状，心中大怒，见占元时，少不得劝戒几句。不料占元自恃有曹、张两方声援，竟敢反唇相稽。作宾也不和他多说，因尚有他事赴湘，会到湘督赵恒惕，谈起王占元祸鄂虐民情事，因劝恒惕出兵声讨。恒惕先谈兵力不足，作宾正色道："明公英名盖世，仁义为怀，湘鄂壤地相接，救灾恤邻，古人所许，何乃自馁若是？况且王氏罪恶贯盈，普天同愤，南北政府，均欲翦除，明公果有志救民，作宾不敏，必为公游说各方，共同援助，明公还怕什么？”恒惕正犹豫间，凑巧王占元因湖北省长问题，又与鄂人大起冲突。于是旅京、旅湘鄂同乡，为救护桑梓起见，分向南北政府，请愿驱王。原来恒惕本心，未尝不欲收鄂省于掌握，所以迟疑审慎者，却因南方内变，粤桂相持，此时莫荣新已退出广东，陈炯明又进兵广西，并且利用桂派将官沈鸿英、贲克昭等，倒戈逐陆。桂事关系较轻，如此带出颇巧。陆与赵有违言，战而胜，必进窥湘南，恒惕若攻占元，岂非双方受敌？所以不敢发兵。这时却得粤军平桂，陆氏遁逃的消息，对南之念既纾，而部下将士，多属鄂籍，痛恨王占元专横不法，一力怂恿恒惕，乘机出兵，既得义声，又享实利，的是好生意。正千载一时之机会等语，恒惕如何不动？因即派拨一二两师和一八两混成旅精兵，以宋鹤庚为援鄂总司令，鲁涤平为援鄂副司令，并饬财政厅长杨丙筹集军饷，并兼兵站总监。各军分道进攻，第一由岳阳、临湘，向鄂之蒲圻进攻，是为正面军，以鄂军团为先锋队，夏斗寅为先锋司令官。第二，由平江攻通城为右路，以第一混成旅叶开鑫为指挥。第三，从澧县进攻公安、松滋为左路，以第八混成旅旅长唐荣阳为指挥。分派停当，浩浩荡荡，齐向鄂南进迫。

王占元得报，大怒道：“赵炎午恒惕字。安敢无礼？我誓必剿灭了他。”因他三路进取，也分三道抵御，派孙传芳为前敌总司令，兼中路司令，刘跃龙、王都庆为左右路司令，刘、王二人本在前方，当催孙传芳携带山野重炮，并机关枪队，及工程电信救护各队，乘火车出发，至羊楼司，指挥作战。一面分电各方，说明赵恒惕起衅情形，请求援助。果然奉张、直曹和各省同盟，均有电来，允于相当时机，助兵助饷。直曹除嘱洛阳吴子玉速派萧耀南一师南下，加入作战外，吴氏并大慷其慨的，声电讨湘，并有亲自到鄂督师之表示。占元得报大喜，却慢开心。除赶发急电道谢外，并在署内西花厅为吴氏预备行辕。占元恃此强援，胆气愈豪，连催各路主将，反守为攻，大有灭此朝食之势。却慢拿稳。不料赵恒惕本是宿将，部下宋、鲁、夏等将官，也素负勇敢之名，况出师救鄂，名正言顺，一路而来，商农各界，皆箪食壶浆，慰劳军队，因此气势也自百倍。暴民害商之军阀听者！至七月二十九日，开始向鄂军攻击，在羊楼司地方，与孙传芳军奋战半天，那孙传芳也是一员名将，从前王占元攻白狼时候，传芳尚作营长，曾率所部，一日夜长跑二百余里，破白狼数千之众，出王占元于重围，从此为占元所信任，累加拔擢，今复委以方面专任，传芳感激图报，与夏斗寅之兵，死力相持。卒以后方布置未完，应援不致，退败数里，守住羊楼峒隘口。湘军哪肯相舍？努力追赶，至羊楼峒相近，幸传芳先命埋着两个地雷，轰死湘兵数百，夏斗寅才不敢追，暂且扎营相持。

过了一天，斗寅率敢死队百人，再行冲锋，与鄂军相见于赵李桥。传芳因昨日之败，愤怒不可遏止，亲率大兵，拼命搏战。不料南风大作，尘土飞扬，传芳所恃的炮队，竟失其效用。此之谓天夺其魄。湘军乘势猛攻，鄂军又败退十余里，湘军占住赵李桥，两方连日相持，互有胜负，但湘军素称慓悍，捷奔善走，往往鄂军大队到来，即四处奔散。鄂军正欲安营，他们又四远会集，多方扰乱。又善于晚间劫营，鄂军大受其累。占元闻报，便欲调回传芳，亲自督师，经众人力劝而止。一面却纷电各省，催促援兵，一面电令传芳，死守弗退，也不必进攻，候各处援军到齐，再行进取。这边赵恒惕也虑旷日持久，对方援军大集，胜负难定，因亦遣使入蜀，运动刘湘，由鄂西进兵攻取宜昌，刘湘也知直军得利，必将扰及川中，便出兵两师，派胡济舟、颜得庆分道入鄂，声明此次出兵，专为驱王援鄂，绝无权利思想，以博鄂人的同情。

王占元正因连失要隘，心中发毛，闻川省助湘，愈加恐惧，只得屡电吴氏求助。昏块。这时萧耀南驻扎刘家庙，占元又亲去求他出兵，耀南本奉上命援王，此时却按兵不动，虽经占元再三求告，又允他支给军饷十七万余，并在汉厂补助快枪三千杆。请他发点横财。耀南勉强敷衍，调度部属，分批装轮，出发至鲇鱼套地方，忽又逗留不进。其意可知。于是各处援鄂之军，如靳云鹗、赵杰等，皆不肯先发，互相观望。那边湘军又节节进迫，取蒲圻，攻咸宁，声势非常浩大，那蒲圻是武岳线最后的险要去处，从此直至省城，并无可守之地。王占元见救兵难恃，敌氛日恶，才把灭此朝食的气焰，推了下去。好笑。难为他知机如神，还要恭维他一句，刻甚。先把家眷并全部宦囊，专轮下驶，离了这个是非之地，又把司令部中预备发饷的现款五百余万，托由省城票号秘密汇往山东馆陶老家。这等作为，可也算他调度有方，应付得宜，不愧专阃之才了。还要恭维他一句，刻甚。措置既妥，才预备本人下台，作富家翁地步，于是连致中央两电，一系辞职让贤，第二电，尚作剖辨之语，大略道：

萧总司令按兵不动，靳旅不受调遣，业经电陈在案。前线鄂军因援军不肯前进，纷纷向后撤退，大局已不堪收拾。孙传芳、刘跃龙、宋大霈所部，困守十昼夜，无法再行维持。占元保境有责，回天乏术，请查照前电，任命萧耀南为湖北督军，或可挽回危局。萧总司令桑梓关怀，当有转移办法也。

电中语气，明窥曹、吴隐衷，说透耀南私衷，了了数言，既卸本人之责，又诿罪于别人，言中有物，话里有话，下台文字，如此婉曲冠冕，却也不可多得咧。这却是真恭维。此电到京，靳总理商同曹锟意旨，连下三道命令，一免王占元本兼各职，一任萧耀南为湖北督军，一特任吴佩孚为两湖巡阅使。至此吴氏计划，完全成功，原来上面许多事情，全是此公计划，一语点睛。声色不露，而得两湖地盘。王占元一番心机，徒然为人作嫁，人说这等地方，可觇人才的高下贤愚，在下却说民国以来，鸡虫得失，蜗角争持，闹得天翻地覆，日月无光，要其旨归，大概不过尔尔，虽一律作如是观可也。确论。闲言休讲。

再说湖北新旧两任，一个是掩袖出门，搭轮遁沪，再无颜面逗留，一方是走马履新，意气豪放。东院笙歌西院哭。当由吴氏亲自提出条件，派员与赵恒惕磋商息兵。本来湘中出兵，以援鄂民驱王督为名，今王督下野，吴氏又与省会商量，通电各省及中央，实行制宪，预备鄂人自治。又托蒋作宾向湘方调停，战事似可暂告结束。无奈民国军人作战目的，原为权利，今湘军血战多时，各大将领，无功可得，无利可图，便要就此歇手，他们各人的良心上，也觉对不住本身。此之谓良心。于是宋鹤庚首先表示，对于吴氏条件，概不容纳，余人兵力有限，却不能不受其节制。和议既裂，战祸重开，吴氏究竟不比占元无能，立刻通令部属，限一星期内，克复岳州，自己复亲至前方指挥，却把后方维持之责，付诸新督萧耀南。这时吴氏亲统之军，有第三第二十四第二十五等三师，皆久经战阵，素负勇名的精兵，吴氏为一鼓歼敌之计，统令开赴前线，一部在金口方面，一部扼住官埠桥，双方于八月十七日，同下总攻击令。湘军虽称善战，但一边却系生力军，器械服装，均非湘军可比。同时又有海军第二舰队司令杜锡珪，前来助吴，直取岳州，兼为陆军掩护。一时吴军声势大盛，赵恒惕原与吴氏交好，至此自知不敌，只得派人前来议和。因条件不能相容，吴氏一口拒绝，督师猛战。所有交界之处，如中伙铺、新堤、嘉鱼、簰州等要害地点，均入吴军之手，但南军尚死守簰州，不肯退让，吴氏因从某参谋之计，夤夜派工程队，将簰州北面横堤掘开，一时江水横溢，湘军溺死者不计其数，辎重粮草及一应军实，尽皆漂入江水。两岸无辜居民，正在睡梦中，忽然遭此大劫，淹死于不明不白中者，更属不可胜数。可怜。这一役，就叫吴佩孚水灌新堤，湘省人民从此痛恨吴氏，可恨。将前此捍卫湘南，主持公道的感情，完全抹倒。可惜。将来吴氏战史上，少不得添上这一段水淹三军的残酷纪录。可叹。吴氏常慕关、岳为人，又尝自比云长，云长因水淹曹军，后人讥其残忍，后来被擒孙吴，身首异处。现在吴子玉却不暇学他好处，先将坏事学会，究竟自己结局，未必胜于关羽，若照迷信家说来，岂非和美髯公一样的受了报应么？这等腐败之谈，顽固之论，作者自负文明，原不肯援为定论，所以烦絮不休的，也因深惜吴氏一世令名，半生戎马，值此国势阽危，外患交迫的时代，有多少安内攘外的大事业不好做，何苦要学那班不长进没出息的军阀样儿，尽作些内争自杀的勾当，到头来一事无成，只落得受人唾骂，何苦来呢？这是废话，不必多讲。

再说吴氏利用水神之力，连得胜仗，只待把汀泗桥和咸宁两处得到，便可直薄岳城，正在计划头里，忽见外面送进一信，原来是梁任公来劝他息兵安民的。此公久不出场，他的文章词令，又为一代崇仰，而此书所言，却与在下希望怜惜吴氏之微意相同。不过他的文章做得太好，比在下说得更为透辟明白，在下认为有流传不朽的价值，不敢惮烦，赶紧将他录在下面，给读者作史事观也好，作文章读也好，横竖是在下一番好意罢了。信内说道：

子玉将军麾下：窃闻照乘之珠，以暗投人，鲜不遭按剑相视者。以鄙人之与执事，夙无一面之雅，而执事于鄙人之素性，又非能灼知而推信，然则鄙人固不宜于执事有言也。今既不能已于言，则进言之先，有当郑重声明者数事：其一吾于执事绝无所求；其二吾于南军绝无关系；其三吾对于任何方面，任何性质之政潮，绝不愿参与活动。吾所以不避唐突，致此书于执事者，徒以执事此旬日间之举措，最少亦当与十年内国家治乱之运有关系，最少亦当与千数百万人生命财产安危有关系。吾既此时生此国，义不容默然而息。抑为社会爱惜人才起见，对于国中较有希望之人物如执事者，凡国人皆宜尽责善忠告之义，吾因此两动机，乃掬其血诚，草致此书，唯执事察焉！此书到时，计雄师已抵鄂矣。执事胸中方略，非局外人所能窥，而道路藉藉，或谓执事者将循政府之意，而从事于武力解决，鄙人据执事既往言论行事以卜之，殆有以信其不然。君果尔尔者，则不得不深为执事惜，且深为国家前途痛也。自执事挞伐安福，迅奏肤功，而所谓现政府者，遂托庇以迄于今日，执事之意，岂不以为大局自兹粗定，将以福国利民之业，责付之彼辈也。今一年矣，其成绩若何？此无待鄙人词费，计执事之痛心疾首，或更有倍蓰于吾侪者。由此言之，维持现状之决不足以谋自安，既洞若观火也。夫使现状而犹有丝毫可维持价值，人亦孰欲无故自扰，以重天下之难？今彼自身既已取得无可维持之资格，则无论维持者，费几何心力，事必无所救，而徒与之俱毙。如以执事之明，而犹见不及此，则今后执事之命运，将如长日衣败絮行荆棘之下，吾敢断言也。而或者曰："执事之规划，殆不在此。执事欲大行其威，则不得不以武力排除诸障。执事今挟精兵数万，投诸所向，无不如意，且俟威加海内以后，乃徐语于新建设也。"执事若怀抱此种思想者，则殷鉴不远，在段芝泉。芝泉未始不爱国也，彼当洪宪复辟两役，拯国体于飘摇之中。其为一时物望所归，不让执事之在今日，徒以误解民治真精神，且过恃自己之武力，一误再误，而卒自陷于穷途，此执事所躬与周旋，而洞见症结者也。鄙人未尝学军旅，殊不能知执事所拥之兵力，视他军如何？若专就军事论军事，则以虀粉湘军，谁曰不可能？虽然，犹宜知军之为用，有时不唯其实而唯其名，不唯其力而唯其气。若徒校实与力而已，则去岁畿辅之役，执事所部，殊未见其有以优胜于安福，然而不待交绥，而五尺之童，已能决其胜负者，则名实使然，气实使然。是故野战炮机关枪之威力，可以量可以测者也，乃在舆论之空气，则不可测量。空气之为物，乃至弱而至微，及其积之厚，而煽之急，顺焉者乘之，以瞬息千里，逆焉者则木可拔，而屋可发，虽有贲获，不能御也。舆论之性质，正有类于是。二年来执事之功名，固由执事所自造，然犹有立乎执事之后，而予以莫大之声援者曰舆论，此谅为执事所承认也。呜呼！执事其念之！舆论之集也甚难，去也甚易。一年以来，舆论之对于执事，已从沸点而渐降下矣，今犹保持相当之温度，以观执事对于今兹之役，其态度为何如？若执事之举措而忽反夫大多数人心理之预期，则缘反动之结果，而沸点则变零点，盖意中事也。审如是也，则去岁执事之所处地位，将有人起而代之，而安福所卸下之垢衣，执事乃拾而自披于背肩，目前之胜负，抑已在不可知之数耳。如让一步，即现政府所愿望仗执事之威，扫荡湘军，一举而下岳州，再举而克长沙，三举而抵执事功德夙被之衡阳，事势果至于此，吾乃不知执事更何术以善其后？左传有言：“尽敌而返，敌可尽乎？”试问执事所部有力几许，能否资以复满洲驻防之旧？试问今在其位，与将在其位者，能否不为王占元第二？然则充执事威灵所届，亦不过恢复民国七八年之局面而已，留以酝酿将来之溃决已耳，于大局何利焉？况眈眈焉碁执事之后者，已大有人在。以吾侪局外所观察，彼湘军者或且为执事将来唯一之良友，值岁之不易，彼盖最为能急执事之难。执事今小不忍而齑粉之，恐不旋踵而乃不胜其悔也。执事不尝倡立国民大会耶？当时以形格势禁，未能实行，天下至今痛惜。今时局之发展，已进于昔矣。联省自治，舆论望之若渴，颇闻湘军亦以此相号召，此与执事所夙倡者，形式虽稍异，然精神吻合无间也。执事今以节制之师，居形胜之地，一举足为天下轻重，若与久同袍泽之湘军，左提右挈，建联省的国民大会之议，以质诸国中父老昆弟，夫孰不距跃三百，以从执事之后者？如是则从根本上底定国体，然后率精锐以对外雪耻，斯乃真爱国之军人所当有事，夫孰与快阋墙之忿，而自陷于荆棘之中也。鄙人比来日夕淫于典籍，于时事无所闻问，凡此所云云，或早已在执事规划中，且或已在实行中，则吾所言，悉为词费，执事一笑而拉杂摧烧之，固所愿也。若于利害得失之审择，犹有几微，足烦尊虑者，则望稍割片晷，垂思鄙言。呜呼！吾频年以来，向人垂涕泣以进忠告，终不见采，而其人事后乃悔其吾言之不用也，盖数辈矣。吾与执事无交，殊不敢自附于忠告，但为国家计，则日祝执事以无悔而已。临风怀想，不尽欲言！

吴氏看完了梁任公的信，他正在啜茗，手中握着的茶杯，忽然跌落地上，当琅琅一声响喨，把吴氏惊得直跳起来，却还不晓得是茶杯落地，一时手足慌忙，神色大变。楚灵王乾溪之役，有此情形，惜吴氏之终不能放下屠刀耳。经马弁们进来伺候，吴氏把神色一定，再把那信回过味来一想，方才觉得自己衣襟上，统被茶汁溅湿。此时正当秋初夏末，天时还非常炎热，他还穿着一身里衣，没有穿军服，茶汁渗入皮肤，还是不觉，却有一个马弁低声说道："大帅身上都湿了！该换衣服。外面人伕已齐，伺候大帅亲去察勘地势咧。"吴氏听了，不觉长叹一声，吩咐"把任公的信，妥为保存，将来回去后，可好好交与太太，莫忘了！"可见吴氏原不敢忘任公之言。马弁应诺，把那信折叠起来，藏入吴氏平常收藏文书要件的一只护书中。吴氏自己也已换好衣服，穿上军装，亲至汀泗桥、官埠桥、咸宁一带，视察一回，各处地形，已了熟胸中，方才带了大队，亲至汀泗桥督战。恒惕也因求和不成，十分小心，亲率陈嘉佑、易震东和湘中骁将叶开鑫之军，在官塘驿地方应战。这次大战，是两军生死存亡的紧要关头，双方均用全力相搏，炮火所至，血肉横飞，自朝至夜，前仆后继，两边都不曾休息片时，这种勇猛的战法，不但湘鄂两军开战以来所未见，就是民国以来，各省战事也未尝有此拼命的情况。相持至夜，仍无胜负。这晚，月色无光，大地昏黑，恒惕命敢死勇士五百人，组成便衣军，从小道绕过汀泗桥侧，呐一声喊，手枪齐发，炸弹四飞，直军方面，却没有防到这着，吴氏未免粗心。一时手忙脚乱，仓卒迎敌。陈旅长嘉谟身受重伤，靳云鹗的第八师全军覆没，幸而董政国的一旅加入作战，才把防线挡住。湘军得胜，又在高处连放几个开花大炮，向直军阵中打来，直军自第三师以下，和豫军赵杰队伍，皆受重大损失，不得已退出汀泗桥。湘军随即进占。吴氏得信，飞马赶来，立将首先退兵的营长捉到，亲自挥刀，枭了他的首级，提在手中，大声喊道："今日之事，有进无退，谁敢向后，以此为例！"说罢，把一颗头颅，掷向半天，颈血四溅，全军为之骇然，亦殊勇壮。人人努力，向前返攻，吴氏大喜，正在持刀指挥，蓦的半空中轰然有声，飞来一弹，将吴氏身边卫队，炸成齑粉。正是：

巨款颁来，惹起萧墙之祸，
邮书飞降，惊回豪杰之心。

未知吴子玉性命如何，且看下回分解。

吴子玉、赵炎午，皆大将才，吴、赵之兵，又皆精锐之兵也，而子玉、炎午，又为旧交，使二人平意气，捐私心，合力对外，安知不为中国之霞飞、福煦也？乃见不及此，而竭全力于内争，败固含羞，胜亦何取？读任公书，不禁为二人惜事功，尤不禁为中华悲国运也。

第一百二十六回　取岳州吴赵鏖兵
演会戏陆曹争艳

却说吴佩孚正在汀泗桥指挥各军，猛烈进攻，蓦听得轰然一声，半空中飞来一粒弹子，正落在他的身边，着地开花，将吴氏身边卫队，尽行炸死。吴氏立处，尚差着十几步路，居然被他幸免。真是侥幸。好个吴佩孚，面上一点没有惊恐神色，他瞧得这等炮弹的力量，远不及梁任公一枝秃笔来得厉害，见他从从容容，若无其事的，照旧督阵。却也不易。他的部下，见他浑身血污，甚至面上也有许多斑斑点点的，望去似红，又似黄，又象灰黑色。原来尽是他卫士的鲜血，以及受炸高飞的灰尘沙土之类。他却毫不顾虑，也不肯稍稍移动地位，这一来，反把全体军心激厉起来，愈加抖擞精神，忘生舍命的向敌阵猛攻。苏老泉云："泰山颓于前而色不变，方可以为将。"吴氏足以当之。湘军方面，却也不肯示弱，兀自努力抵抗。到了后来，两边愈接愈近，索性舍了枪弹，拔出刺刀，互相肉搏。这才是比较气力，毫无躲闪的战法。在中国古时，没有枪炮以前，向来作战，总是这个样子。后来有了枪炮，便把这等笨法儿丢了。谁知欧战以还，又把这种拼命肉搏的方法，作为最新的战术。近来世事，往往新鲜之极，归于反古，万不料这性命相扑的顽意儿，也会回复古法起来。话虽说得轻松，究竟这等战法，却是死伤的多，幸免的少。不是极忠勇极大胆的兵士，谁肯搅这万无生理的顽儿？只恨这等好兵士，不象欧战时候的用于敌国，却拿来牺牲在这等无意识无作用的内争之中，真正是我们中国一桩大可痛心的事情哪！

这湘鄂两军，又相拼了几个小时，鄂军援兵大至，湘军死伤殆尽，且战且退。直军乘势夺回汀泗桥，统计两天战事，直军得了最后胜利，却失去旅长一人，团长团副各一人，营长二人，连排长以下，更属不可胜记。合到湘军方面，共死伤兵士官佐达七八千人。最可痛的，是两方主帅尽是开口爱国，闭口保民的英雄贤哲，弄得这批忠勇的部属，直到死亡俄顷，还不晓得自己为谁而死，为甚而亡。因为中外今古，从来没有听得同为爱国保民，反以兵戎相见，性命相扑的，别说当局者莫名其妙，就是作书的人，旁观之下，也还识不透他们的玄虚诡秘咧。言之慨然。

吴军既得胜利，又值廿四师长张福来，同时报告前来，说已联络海陆军，夺得城陵矶，从此直至岳州，险要全无。吴氏派探察勘前方，回报已无湘军踪迹。吴氏尚恐有诈，逐步前进，直簿岳城，早有城中绅商代表，带着满面惨容，前来欢迎吴氏入城。欢迎之上，系以惨容二字，是皮里阳秋之笔。吴氏才知赵恒惕已经退保长沙去了。吴氏进住岳州，见城内商民受灾状况，心中也觉有点难过。部下将士，请乘胜进窥长沙，戡定全湘，吴氏喟然道："人心不知足，得陇又望蜀，做了皇帝想登仙，同是中国人，何苦逼得人没处走。况我和赵炎午私交极深，此番之事，已出于万不得已，还能穷兵黩武，把他弄得无处容身么？依我之见，现在湘军已退出岳境，我们原来目的已算达到，趁此机会，还是和平解决为是。"吴氏此语，宛然仁人之言，造福湘民不浅。此言一出，三湘七泽间，登时布满了和平空气。湖北督军萧耀南，已经到了岳州，并有南北代表张一麟、张绍曾、张舫、孙定远、叶开鑫、王承斌等，均已到齐，便定本月三十一日，开了一个和平会议，公推吴氏主席，大家协定四事：

第一，岳州、临湘一带，归湖北军管辖。

第二，平江、临湘以南，归湖南军管辖。

第三，保留湖南总司令赵恒惕地位，援助湖南自治。

第四，两湖联防，照旧继续。

协议既定，干戈斯戢。湘、鄂人民，当水深火热之余，得此福音，借息残喘，倒也额手相庆，共乐昇平。那吴佩孚原主张联省自治，今既得两湖地方，作为根据，便想乘此时机，劝导各省，一致进行。不料鄂西方面，又被川军侵入宜昌，危在旦夕，声势十分浩大。吴氏只好把岳州防守事宜，暂归萧督兼理，自己带队赴宜。施宜镇守使开城迎接，里应外合的，杀退围城之兵。川军将领但懋辛、蓝文蔚等，听说吴氏亲到，不敢轻敌，一面电请刘湘派兵应援，一面召齐全队人马，共有万余，协力迎战。川军虽然骁勇，因久震于吴氏威名，见他自己督队，心中先存了怕惧。大凡作战，最贵是一股勇气，如今吴军是得胜之兵，气势正盛，川军却未战先馁，这等战事，不待交锋，而胜负已决。果然一场交锋，川军大溃，但懋辛率领残部，遁归重庆，吴氏却也不敢深追，只吩咐赵荣华好生防守，自己仍乘楚豫兵舰，整队而归。

这时的吴子玉威名四震，有举足重轻之势，本人心中，亦觉得意非凡。而且吴氏人格颇高，私人道德亦颇注意，政治虽非所长，至如寻常军阀的通病，如拥兵害民，贪婪无厌，以至吸大烟、狎女色、赌博纵饮之类，他却一无所犯。至于治军之严，疾恶如仇，尤为近时军人所罕见。治事之余，唯与幕府白坚武、杨云史等，饮酒赋诗，驰马试剑，颇有古来儒将之风。可惜他屡战屡胜，不免把武力看得太重，竟合了太史公论项王句，欲以力征经营天下，卒之一败涂地而不可收拾，恰恰给梁任公说得一个准着，这也真个可惜极了。

作者久仰吴氏是近代一位英雄，爱之望之，不殊梁公，故演义中对于吴氏，不时露出感喟之意，盖不但痛惜其宗旨之乖深，亦所以痛戒军阀中才德不如吴氏者，大家知所敛迹，莫再蹈吴氏之覆辙，亦犹任公劝吴氏以段派为殷鉴耳。再讲吴氏功高望重，威名日盛，不但关外的张作霖，忌疾甚烈，就是吴氏的主帅恩公曹三爷，也觉有尾大不掉之势，心中好生不快。不过曹本无能，但倚吴为魂魄，吴虽强盛，却也不敢忘曹，双方因此尚得互相维系，不见裂痕。至于两人门下，却免不了挑拨唆惑，对甲骂乙，对乙又说甲，如此不止一日，不仅一人。曹、吴心中，都免不得各存芥蒂，而双方表面上，却反觉格外客气起来。本来客气是真情的反面，所以古人说："至亲无文"。又道："情越疏，礼越多。"从前曹、吴情好有逾父子，谁也用不着客气，如今感情既亏，互相猜疑，猜疑之甚，自然要互相客气起来。可巧这年阴历辛酉十月廿一，是曹三爷六旬大庆，民国军政长官，借做寿以敛财，属吏借祝寿以阶进，十年以来，已成风气。现在曹锟已做了四省经略，名义上比巡阅又高一级，只差不曾爬上那张总统的交椅。又值川湘初定，北方宁谧，民国以来，象这等日子，就算太平时世。太平时世而冠以就算两字，辞似庆幸而实沉痛非常。以此老曹格外兴高采烈，预备热热闹闹的做他一个生平未有的荣庆。这等举动，若在平时，吴佩孚定要反对，此际却心存芥蒂，貌为客气，不但不敢讲话，还先期电贺，并将亲自到保祝嘏。曹三本也怕他讲话，今见他如此恭顺，不觉拈须长笑，对幕府中人说道："子玉生性古怪，却独能推尊老夫，也算前生的缘法咧。"众人听了，便都夺着贡谀说："吴帅无论怎样威望，怎比得上老帅的勋高望重，震古铄今？此中不但有缘，也是大帅德业所感召啊。"曹三听了，十分开心，即命他们好好拟了电报，欢迎子玉来保，说咱们自己人，祝寿可不敢当，不过好久不见，我正怀念得很，望他早日前来，咱俩可以痛谈几天。话要说得越恳切越好，越合咱俩的身分交况。曹氏才德，虽无足录，然亦颇爽直，与奸诈之流自异。

幕府遵命拟发，吴氏得电，知曹三对他仍极恳挚，倒也欣慰不置。到了寿期相近，他便真个赶到保定，和曹锟弟兄，及一班拜寿团员，尽情欢聚。吴氏并格外讨好，竟以两湖巡阅使、直鲁豫巡阅副使的身分，担任曹氏寿期内的总招待员，也可算得特别屈尊、十分巴结了。只是吴氏生平，为人绝不肯敷衍面子，此番如此作为，在老曹心中，果然百倍开心，嫌怨尽释，而以别人眼光瞧来，却不能不疑心吴氏变节辱身之故。神经过敏者，甚至认为吴氏内部组织妥当，第二步计划，即为对奉开战。曹、张系儿女亲家，感情虽伤，关系难断。吴氏为使老曹毅然绝张助己，对奉开战，不能不将自己对曹情感，比儿女姻亲更坚更厚。古人说："大丈夫能屈能伸"，吴氏此举，正合丈夫作用，其言虽似太早，却亦未为无见呢。这却慢提。

先叙曹锟此次寿域宏开，寿筵盛设，其繁华热闹，富丽堂皇，不但为千古以来所罕见，就论民国大军阀的寿礼，也可首屈一指。一星期前，就由经略署传谕北省著名男女优伶，来保堂会。此时叫天已死，伶界名人，自以梅兰芳的青衣花旦，堪称第一流人才，其次如余叔岩之老生，杨小楼之武生，以及程砚秋、尚小云、白牡丹、小翠花等四大名旦，也都日夜登台，演唱得意杰作。曹锟出身小贩，困苦备尝，而生性好淫，水陆并进；得意以后，京、津男女伶妓，受他狼藉者，不可数计。即如此次寿辰邀角，亦最注重名旦，赏赉之重，礼遇之隆，足使部下官兵，见而生妒，闻而咋舌。听说演戏七天，犒赏达二十万元。唯五旦所得，在半数以上，即此一端，可以想见曹之为人。小贩子总脱不了小贩子气。但闻曹锟心中，尚不十分满意，原因近来北京伶人，又有男盛于女之势，女伶中又鲜出色人才，曹锟抚今思昔，不禁回想起一个旧人儿来。巫山梦杳，故剑情深，自古英雄，未有不怜儿女，洪承畴为了一个满妃，助成清代三百年基业；吴三桂失了一位爱姬，断送有明三百年天下。象曹锟之所为，也算得深情之英雄，庶几媲美洪、吴，足为千秋佳话呢。佳话云者，恶之极而反言之也。

说起曹锟的情人，大概看官们都该晓得一点，其人非他，便是龙阳才子易实甫愿意做她的草纸月布、冀得常嗅余香的刘喜奎儿啊。北京某大学生，因一香面孔，拘罚五十元，喜谓价廉物美。喜奎大名久传，南北全盛时代，几乎压倒梅、程，推翻荀、尚，余子碌碌，更不足道。那时京、津坤伶势力，骎骎乎驾男伶而上之，其实所赖者，也不过一个喜奎而已。此外虽有鲜灵芝、绿牡丹等数人，究竟无甚出色，所以喜奎一嫁，转瞬坤伶声势，一落千丈，伶界牛耳，又让男伶夺去。莫说小小妮子，举足为伶界重轻，以视今日曹氏军界地位，也正未必多让啦。

喜奎原得陆军次长陆锦一力捧场，才得一鸣惊人，陆锦因此得为喜奎入幕之宾。其实喜奎心中，对于这位陆大人，只有厌恨而无恋爱可言。然而陆锦却哪能看出美人深心，尚且肉麻当有趣的夸耀大众，引为无上光荣。恰值上次曹锟寿辰，陆锦便亲送喜奎，前往祝嘏，并唱堂会戏三天。谁知动了曹锟的食指，赏赐之优厚且不消讲，还把她留进内院，唱了几出秘戏。这一来，才把个陆锦弄得求荣成辱，搔首彷徨。后来又听说曹大帅极爱喜奎，有纳充下陈之说，陆锦更弄得走投无路，如醉如疯，逢人便说："完了完了，糟透糟透。"人家见了，都暗暗匿笑，他也不觉得羞恶。等得寿期已过，人家都告辞回去，只有陆锦，舍不得喜奎，兀自托故逗留，探听消息。还算他的运气，此时忽然来了一个救星，却是曹三的正室太太。曹三生性长厚，得志后，不忘糟糠，仍旧敬畏太太，因此太太有权支配内政，查得曹氏暱嬖喜奎情形，心中大不为然。明知喜奎决不喜欢曹三，也不暇征求曹三同意，趁他出外之时，把喜奎喊来，问了几句。喜奎竟涕泣陈情，自言已有丈夫。曹太太问丈夫何人？喜奎一时回答不出，只得暂借陆锦牌头一用，说是："陆军部陆大人。”曹太太听了，回顾侍妾们冷笑道：“你们瞧瞧，老头儿越发荒唐得不成话了。一则是大员的姬人，二则大家还是朋友咧，亏他做出这等禽兽行为。”侍妾们也深愿太太作主，速把喜奎遣去，免她宠擅专房。大家你一言，我一句的，再三怂恿，曹太太竟大开方便，连夜把喜奎放出府门，还派了一个当差，押送回京。陆锦闻讯之下，喜欢得浑身骨头都轻飘飘的，好像站立不住一般，因为他曾几次三番向喜奎求婚，喜奎总是支吾搪塞，不肯允许，把个陆锦急得不晓要怎样改头换面，刮肤湔肠，才能博得美人欢心，相持至今，未得结果；如今听说喜奎在曹宅承认是自己的妻小，不用说，此番回京，必能三星百辆，姻缔美满，倒还十分感激曹三爷玉成之德，绾合之功。预备成婚之后，供他一个长生禄位，早烧香、晚点灯的，祝他千年不老，才能报答鸿慈，稍伸敬意。心中这么想着，一个身子却早糊糊涂涂的趁车回京。一到车站，来不及回家，立刻坐上一部汽车，赶至喜奎家中。谁知一进大门，就有喜奎跟班上来，打了个千，回说，姑娘刚才回来，辛苦得很，预备休养几天，才能见客，求大人原谅。陆锦万料不到会扫这一鼻子灰的，早不觉怔怔发起痴来。怔了多时，忽对喜奎家人说道：“你们姑娘难道不晓得是我来了。”家人笑回：“姑娘原吩咐过，什么客人一概挡驾。”陆锦还不识趣，又说出一句肉麻说话来。正是：

英雄原是多情种，美色怎教急雨催。

未知陆锦更有何言，且看下回分解。

战，气也，故古人有再衰三竭之语，吴、赵汀泗桥之战，吴氏之能胜，亦唯气盛而已。气愈盛则心愈虚，此成功之象也。从此屡胜而骄，遂欲以武力统一中国，而不知骄盈之极，即衰竭之征，迷梦未醒，事功已隳，读卿子冠军之语，不禁感慨系之矣。

第一百二十七回　醋海多波大员曳尾
花魁独占小吏出头

却说陆军次长陆锦，听得刘喜奎不肯出见，那时候凭他涵养再深一点，也万万受不住了，心中一忿，不禁厉声叱道："胡说！我是你们姑娘将来的老爷，又不是客人，难道还要你们姑娘怎样招待不成？肉麻。我和她既是自家人，原用不着你们通报的，还是自己进去，等我问清了你们姑娘，再打断你的狗腿子。"说罢，气匆匆地向着喜奎卧室便走。家人明受喜奎吩咐，单要拒绝陆大人，但这等说话，是断断不敢说出来的。如今见他自认为喜奎未来的男人，不待通报，径自进去，只得赔着笑脸，再三恳求说："陆大人既这么说了，小的原不晓得陆大人和姑娘已有婚姻之约，大家本是自己人，原不能当作客人看待，所以小的倒得罪了。但是姑娘的脾气，陆大人有什么不晓得？她既这样吩咐，小的吃她的饭，断不能违她命令，就是姑娘将来跟了大人，小的也还要跟去伺候大人和姑娘的。小的今日不敢背姑娘的命令。就是将来也不敢违抗大人的。大人是明白人，有什么不原谅小的。却也会说。如今这样罢，姑娘确因倦极，在里面休息，待小的再去通禀一声，说是陆大人到来，想姑娘一定急要见面的，她一定会起来迎接大人，那时却与小的责任无干了。"说罢，又打了一个千，含笑说："总要大人看在姑娘分上，栽培小的，赏小的一口饭吃。"陆锦见这人说话内行，本来自己深惧喜奎，怕她动怒。银样镴枪头。因亦乐得趁机收篷，便点点头说道："好！好！你快去对姑娘说，并叫她不必起来，大家一家人咧，还用得着客气么？"家人应命而去。

不一时，只听得里边似有开门送客之声，陆锦不觉大疑，正思进去一瞧，早见喜奎蓬着头出来，秋波微晕，粉脸呈紫，一面孔不高兴的神气，口也不开的，就在陆锦对面一张红木圈椅上一屁股坐了下去。陆锦见了这副情形，又是心爱，又是害怕，早将预备作她丈夫的热心，放低了一半。绝倒。却一时打叠不出一句话来作开场白儿，良久良久，才迸出一句话来，赔笑说道："我听说你回来了，心里急得什么似的，赶着来瞧瞧你。声容如绘。偏……"他这下半句，是说偏你又睡了，但是喜奎却不愿他多说，忙着大声截住道："哦！你倒急么？急什么啦？声口如画。我又不是你什么亲人，又没有给人抢了去，何必劳你陆大人这般发急。老实说：我喜奎现在还没有找到一个替我发急的资格的人咧。痛快。承你陆大人的情，倒居然替我发急得这个样子，我是委实感激得很，只可惜陆大人枉用了这番心机，因为陆大人只配做中华民国陆军部的次长，还不配做我刘喜奎发急的人咧。"骂尽一切，趣而刻。说着，两只秋水澄清的眼珠儿，似笑非笑，似睬不睬的，朝陆锦有意无意的这么一睃。

陆锦听了这番峭刻挖苦的说话，又回想到刚才对她家人说的牛皮，两两参证，觉得大不对缝了，绝倒。眼见着那家人还立在一旁笑嘻嘻地伺候，送茶送烟的正好忙咧。陆锦这一来，觉得比先时遭她拒绝不见的事情，更觉下不来台。本来自讨没趣。但他是多情的人，只会对家人摆大人架子，却没本领对喜奎行使丈夫的威权，受了这场排揎，还是满脸含着苦笑，一点不敢动怒。世间大人架子，唯有向此辈摆耳，若石榴裙固未有不拜倒者也。呆瞉多时，却亏好又想出一句话来。支支吾吾的说道："这个倒不是我有什么野心，况且我也不敢……但……但……"一语未曾说出，喜奎忙喝止道："但什么！但什么！昏你的糊涂蛋！本来谁许你有甚野心！你有野心，就该用点气力，替国家多做点有益之事，替国家东征西讨，在疆场上立点汗马功劳，也不枉国家重用你的大恩，谁许你把野心用到我们脂粉队中来了。此语出之妇人口中，足愧煞陆锦，而无如其颜之厚也。我们又不是中华民国的敌人，用不着你来征伐。"说到这里，又禁不住失笑道："我们又不是中华民国手握兵符经略几省的军阀大人，更用不着你这般蝎蝎螫螫的鬼讨好儿。"说完了话，笑得气都回不上来，拿块手帕子，掩住了她的樱桃小口，只用那一只手指儿，指着陆锦。

陆锦这才恍然大悟道："哦！了不得，原来姑娘为这事情恼我咧。可谓呆鸟。本来这是我的不是，谁教我拿着姑娘高贵之躯，送给那布贩子曹三开心去咧。”他一面说，一面早已上前向喜奎作了一个长揖，只道喜奎一定可以消气解冤，言归于好了。谁知喜奎猛可地放下脸儿，大声诧异道：“阿唷唷！你要死了，作这鬼样儿干什么？我一个唱戏的人，原是不值钱的身子，谁养我，谁就是我的老斗。曹三爷要我唱戏，那是曹三的权力，我去不去，是我刘喜奎本人的主意，与你陆大人什么相干？怎么是陆大人送与曹三开心的？这是什么怪话？这话真正从哪儿说起哪。”真是何苦。陆锦听了，只得又退至原位，怔了一歇，方才喟然长叹道：“罢！罢！总是我陆锦不好。本来姑娘吃这一趟大亏，全是我作成的，也怪不得姑娘生气。再说姑娘要不生气，倒反不见你我的交情了。”真是一派梦话，苦无术足以醒之。喜奎听了，不觉笑得打跌道：“你这个人哪，妙极了，妙极了，亏你从哪里学得这副老脸皮儿，又会缠七夹八的，硬把人家的话意，转换一个方向儿。我想象你陆大人做这陆军次长，也没有多大好处，还不如到上海、天津的几个游戏场中，做个滑稽派的独脚戏，或者还有人替你喝一声彩，那时候我刘喜奎，虽然未必引你为同志，却不妨承认你是一个游艺行中的同道。那就赏足了面子了。”索性痛骂。陆锦见她怒气已解，因也笑说：“能彀做姑娘的同道，谁说不是天大的脸子，强如做陆军次长多了。”太不要脸。喜奎正在没奈何他，喜奎其奈他何？却有天津戏园中派来和喜奎接洽唱戏条件的人，上门求见，喜奎乘机说一声：“对不住，陆大人！请你坐一歇，我有事情，失陪了。”不等陆锦回言，便向外而去。

陆锦见她姗姗出去，大有翩若游龙之概，不觉看得出神起来，良久良久，才自言自语的太息道：“唉！这小妮子恁地倔强，教我也没法子奈何她了，只有等将来嫁了过去，再慢慢地劝导她罢。”肉麻。说罢，抬起头来一看，只见原先那家人，还立在一边伺候呢。陆锦一张紫膛色的脸上，竟也会泛出一层红光。还算知耻。等了一会，见喜奎还没进来，自觉乏味，便立起身来，说道：“我走了。姑娘这几天兴致不好，你们都好好的伺候，将来过我家去，我都要重重提拔，像你这般内行，还得保举你做个县知事哩。”做国家名器地方人民不着，此之谓落得做人情。那人听了，赶着打个千，再三道谢。

陆锦回到部中，再想着喜奎相待情形，忽然记起喜奎在房中送出的客，不知究是什么人，不要真是自己一个情敌么？聪明极了。若照喜奎以前情形，和自己待她的许多好处，喜奎又有承认作我家眷的宣言，那么，断不致于再有外遇。然而事情究有可疑，非得彻底调查一下，断不能消此疑窦。何必多心。想了一会，忽然想到一个人来，心中大喜，忙唤当差的，快去警监衙门把李督察员请来。这李督察，原是陆锦私人，是一个专跑妓院、喜交伶人的有趣朋友。陆锦用到这人，可谓因才器使。不愧大员身分。当下李某到来，便把这事委托了他。这人却真个能干，不上三天，便给他侦查得详详细细，回来从直报告。陆锦才知喜奎心中，除了本人之外，还有一个情深义挚的崔承炽儿。何见之晚也。陆锦得了报告，心中大愤，恨不得立刻找到喜奎，问她一个私通小崔的罪状。有何罪名？并要诘问她小崔有甚好处，得她如许垂青。论势力，本人是陆军次长，小崔不过内务部一个小小司员。论财力，本人富可敌国，小崔是靠差使混饭吃的穷鬼。论过去历史，本人对于喜奎，确有维持生活，捧她成名大恩，肉麻。崔承炽对她有何好处，虽然无由而知，但是无论如何，总也越不过本人前头去。丑极。照常理论，喜奎有了本人，生活名望，地位声势，已经足彀有余，何必再找别人。想来想去，总想不出喜奎喜欢承炽的理由来。笨贼昏块。因又想到唱戏的人，免不得总有几个客人，那小崔儿是否和喜奎有特别交谊？喜奎待他的特别交谊，是否比本人更好？抑或介于齐楚，无所轩轾？再或小崔认识喜奎，还在本人之前，喜奎因历史关系，无法推却，不得不稍与敷衍，也未可知，千思万想，尽态极妍，作者如何体会出来？然则喜奎为什么又要讳莫如深的，不肯告诉我呢？何以喜奎和我处得这么久了，我却总没有晓得一点风声呢？种种疑团，愈加难以剖解，真是不说破倒还明白，说破了，更难明白了。绝倒。

陆锦从此也无心在部办公了，一天到晚，只在喜奎家鬼混。喜奎高兴时候，也不敢不略假词色，要是不高兴呢，甚至明明在家，也不肯和他相见。好个陆锦，他却真是一个多情忠厚之人，恭维得妙。这一下子，他已窥破喜奎和小崔儿的深情密爱，万万不是本人所能望其项背。太聪明了，怕不是福。心中一股酸气，大有按捺不住之苦，却难为他涵养功深，见了喜奎，总是勉强忍耐，不肯使她丢脸。如此相持了一个多月。喜奎要上天津去了，照例，应由陆锦侍卫，谁知喜奎此番却坚拒陆锦，劝他多办公事，少贪风流。绝倒。又道："你们做大官的人，应以名誉为重，不要为了一个刘喜奎，丢了数十年的官声。"陆锦见她尽打官话，心中摸不着她的头脑，但据陆锦之意，却有宁可丢官败名，不能不陪刘喜奎的决心，多情之至。因为喜奎艳名久噪，曾有一个北京大学的学生，为她发起色狂病来，寄了许多情书给喜奎，喜奎付之一笑，置之不理，那学生急了，竟于散戏之时，候在门口，等得喜奎出来，上车之时，竟自抢上前去，捧过她那娇嫩香甜的一张圆脸儿，使劲的闻了一个香，趣甚。只急得喜奎大喊救命，那学生还不放手，直等得喜奎的车夫跟包们，围将拢来，将他擒住，他才哈哈大笑的，说道："好幸运，好幸运，今儿才偿了我的心愿了也。"众人才晓得他是一个疯子，拉拉扯扯的，将他送到警署。警官问明原因，罚了他五十块钱，他还做了一篇文章，送登报上，说："刘喜奎香个面孔，只罚五十元，警官未免不公，因为喜奎是现代绝色，闻香面孔，虽然不比奸淫，也算一亲芳泽，区区五十金，罚得太轻了，未免轻视美人。至于本人，却算做了一桩本轻利重的生意"云云。绝倒。从此喜奎名气越大，喜奎也应感激他这种宣传工夫。而喜奎的戒备，也比较严密。此番陆锦必欲伴送去津，就是这个意思，他倒的确是一番爱惜保护的深心。自是好心。

无奈喜奎偏不中抬举，一定拒绝不受。陆锦心中，也觉诧异，不期脱口说道："那么，你这趟去津，是用不着人家护送了。那小崔哩，他可跟你同去不呢？"喜奎一听小崔两字，凭她胆子再大，意气再盛一点，也总有些不大得劲起来，登时粉脸飞红，秋波晕碧，期期艾艾的，一时对答不出。停有几秒钟时，方才冷冷的道："什么小菜大菜？你说的我全不懂呀。"陆锦见她情虚，益发深信喜奎和承炽真有密切关系，并料定喜奎赴津，承炽必定充当随从之职，太聪明了，怕不是福。不觉妒火大炽，五内如煎，但又不忍使喜奎难堪，只得轻轻点头说道："小菜自然比大菜好点。你带了小菜，本来不必再要大菜了。"难为他如此伶俐会说。陆锦一面说，一面瞧喜奎神色十分慌张，大非平时飞扬跋扈能说惯道的情形，便觉得她楚楚可怜，再不能多说一句。毕竟多情。却喜喜奎心中一虚，面色便和悦了许多，对于陆锦，也免不得勉强敷衍，略事殷勤。陆锦原是没脑子的东西，受此优遇，已是心满意足，应该感谢小菜。无所不可，哪怕喜奎对他说明要嫁给崔承炽了，烦他作个证婚，同时兼充一个大茶壶儿，谅他也没有不乐于遵命的了。趣而刻。这倒不是作者刻薄之谈。偏说不刻。只看他经过喜奎一次优待，当夜留他在家中睡了一晚，次日一早，便由着崔承炽护送出发，她俩竟堂堂皇皇亲亲热热的，同到天津去了。陆锦只大睁着眼儿，连送上火车的差使，都派他不着。可怜。要知这全是喜奎枕边被底一番活动之功，竟能弄得陆锦伏伏帖帖，甘心让步，此而可让，安知其他一定不可让呢？

这还罢了，不料从此以后，喜奎对于陆锦，愈存轻鄙之心，应得轻鄙。同时对于承炽，也越存亲爱之意。承炽本是寒士，喜奎常向陆锦索得孝敬，便转去送给承炽。老酿人偏喜讨年轻美妾，结果未有不如此如此。承炽得此，已比部中薪水体面得多，在他本意，这等差使，远胜内部员司。就是喜奎初意，也打算请承炽辞去内部职务，专替本人编编戏，讲讲话，也就够了。总因外间名誉有关，未敢轻易言辞，不道两边往来的日子久了，形迹浑忘，忌讳毫无，承炽穿着一件猞猁狲袍子，出入衙门，太写意了，也不是好事。常有同事们取笑他，说是刘喜奎做给他穿的。承炽一时得意忘形，竟老老实实，说是喜奎向陆次长要求，送给我的。同事们听了，有笑他的，有羡慕的，却有十分之九是妒忌他的。因为那时北京正大闹官灾，各大衙门，除了财、交两部是阔衙门，月月有薪水可领之外，其他各部，都是七折八扣，还经年累月的，不得发放。人人穷得淌水，苦得要命，偏这崔承炽，因兼了这个美差，起居日用，非常写意，早已弄得人人眼红，个个心妒。不是量小也，可怜。只因他的脸蛋子，原生得不差，年纪又轻，媚功又好，大似老天爷特别垂青，有意栽培，使他享这艳福财运一般。天之所定，谁能易之？掉文妙。因此大家虽有妒心，却也没法奈何他，此时见他公然说出陆锦赠袍一事，言下并有政府官吏，不及坤伶侍卫之意，不是小崔荒唐，却是作者深刻。把一班穷同事说得面红色恧，难以为情起来。于是有那深明大义的人，说：“承炽此举有大罪三：一是渎辱邻部长官；二是傲慢本部同事；三是轻蔑政府神圣。说得正大堂皇，妙甚。至于他本身的品行不端，人格堕落，犹其余事”等语。

他这题目，来得大了，惹起许多人的注意，一人唱说，千人附和，不上几天，早已传入陆次长的耳中，想到自己的衣服，经过意中人的手，间接而披于情敌之身，渎辱二字，可谓确切不移；而且实际上教自己无颜见人，如此一想，恨不得派遣卫队，将小崔捉来，立行正法，以为渎辱长官者戒。转念一想，自己和喜奎的事，也不是什么名正言顺的国家大事，更不是陆军部次长职务内应有之事，却有自知之明。小崔在这上头，欺侮本人，只能算是私人抢风，万万不能加他渎辱官长的罪名儿。况且此事一经声扬，小崔果然危险，然而充其极量，也不过削职而止，本人身为次长，位高望重，若因此而竟被牵动地位，不但事实上拼他不过，而从此名誉扫地，贻笑中外，终身留下一个污点儿，尤其犯不上算。然则要求伴送赴津时，所谓宁可丢官坏名者何耶？何况喜奎心中，只爱一个承炽，实际上本人却还叨着他的光儿。因为承炽之事发表以后，喜奎心中愧惧，反和本人要好得多，本人正想趁此机会，为得步进步之计，若将承炽攀倒，喜奎也和本人作对，那时再想博得美人一笑为欢，可比登天还难了。可怜。如此一想，又觉承炽的地位，不但不宜动他，还该设法保全他才是。这样两个相反的念头，交战胸中，万分委决不下，倒把个才大功高的陆次长，弄得如醉如痴，恰如染了神经病儿一般。有时虽在办公时间，也会自言自语的说出刘喜奎可怜、崔承炽可办的两句话来。可怜。惹得陆部全体员司，和陆锦一班同僚，都当作一件趣史，霎时传遍九城。幸而陆锦为人忠厚，大家不忍和他为难，也没有人去攻讦他。

却有一个司长，和他最有感情，勘透他的隐恨苦衷，替他想了一个借刀杀人之计，劝他到保定走一趟，向曹三爷声明："本人并没有娶喜奎为妾，本人也并无娶她为妾之意思。自从喜奎承大帅雨露之恩，本人身受栽培，尤其不敢在喜奎跟前，稍存非礼之行，致负大帅裁成之德。不料有内部员司崔某，混名小菜的，那厮自恃年轻貌美，多方诱惑喜奎，喜奎原不敢忘大帅厚恩，只因小菜屡说大帅身居高位，心存叵测，将来一定没有好结果，还有许多混账说话，他能说得出，某却传不来。耸之激之，劝之诱之，曹三应入其彀。因此喜奎息了嫁给大帅的念头，居然和小菜十分亲密起来。大帅军书旁午，政务劳神，本不敢以小事相告，只因这厮信口造谣，胆大妄为，不但于大帅名誉有关，且恐因此惹起政府误会，与大帅发生恶感。在大帅本身，固没甚关系，倒怕国家大局，发生不良影响，归根结底，大帅还是不能辞咎，所以专诚过来，禀报一声，大帅看该如何办法？"措词奇妙。这番说话，委实彀得上绝妙好词四字。一方面引起曹三的醋心，同时即借表本人之忠义，一方面为喜奎留出地步，同时又将曹三的地位，抬得十足。而且立言非常得体，措词十分大方，了了数言，面面俱到，不但无懈可击，简直无语不圆。评语亦妙，作者必是阅卷老手。陆锦受教之后，真有一百二十分的钦佩，难为他不敢怠慢，在部中请了要公赴保的短假，急急忙忙，赶到保定，会见曹三。

曹三自喜奎去后，郁郁不乐，忽忽如有所失，屡向各方打听，也已深悉喜奎未尝嫁给陆锦，不过假陆太太三字作个牌头，并知陆锦还吃着小崔的亏。心中正在痛恨承炽、怜念陆锦的当儿，可巧陆锦到来，便立刻延见，优予礼待。陆锦更是喜悦，便将那司长教给的一番话，说了出来，果然惹得曹三又羞又怒，又妒又感，羞是羞喜奎被夺，怒是怒喜奎上当，妒是妒承炽的艳福，感是感陆锦的忠义。不出所料，句句合笋。陆锦见曹三待言。但只对于喜奎方面，犹恐结怨太甚，不能见面。可怜。因复再三要求曹三，严守秘密。曹三也答应了，留陆锦在保玩了三天，比及陆锦辞别回京，早有家人报称曹经略等电请国务院重办小崔。不料小崔闻讯逃走，据闻已跟喜奎同上天津去了。陆锦听了，万不料如此一来，倒成全了他们，反而正式结合起来。弄巧成拙。喜奎此去，必定嫁与小崔，本人不成了陌路萧郎，竟连一面之缘，都不可得了么？心中一急，竟吐出一口血来。正是：

海棠不与梨花压，大菜何如小菜香？

未知性命如何，且看下回分解。

堂堂经略使，陆军次长，为了一个女伶，失败于小小内务司官之手，诚若辈所认为奇耻大辱，虽邻邦侵蚀，国事蜩螗，不足比其愤懑也。夫千古英雄，未有不多情者，千古有名美人，未有不倾心于真正英雄者。喜奎艳冠一时，名扬海外，洵可谓有名之美人，乃对于自负多情而英雄之曹、陆，鄙夷直同粪土，此无他，英雄固多情深，深情必先钟于国民，而后及于恋爱。曹、陆身为大员，而唯声色是尚，置国计民生于不顾，所谓多情，直是淫欲变相。安有淫欲之人，而能久于情者？则无宁偕寒士以共白首，犹得终身厮守不离也。嗟夫！曹、陆之失败情场，曹、陆自取之耳，于喜奎何尤？然而喜奎高矣。

第一百二十八回　澡吏厨官仕途生色
叶虎梁燕交系弄权

却说过不多日，崔承炽和刘喜奎结婚消息，传播京、津道上，各地报纸纷纷刊载二人的小照和结婚的消息、仪注等等。大家当作一件佳话珍闻，甚至有那消息灵敏的报馆，竟连带将曹、陆两方情场角逐，和失败于小菜之手的一段内幕，也尽情刊布出来。这样一来，不但陆锦丢尽颜面，就是身居保定，贵为经略的曹三爷，也觉面上无光，心中不乐。谁教你们不知自量，须知年纪不饶人，品貌自天生，倒不是次长、经略之威，所能压服和比拟的。但这是小事，他们既托庇于外人，匿身租界，也犯不着再去寻事，一幕三角恋爱公案，就从此作小结束，这是前数年的事情。如今曹三势力愈盛，身分愈高，此番宏开寿域，男女名伶，群集一堂，却独独见不到心上人儿刘喜奎，你教他如何不感伤追念咧？

曹三原是一个直爽长厚的人，恭维得妙。心有所思，面子上倒遮掩不住，登时长吁短叹的，郁郁不乐起来。这一来，别人倒还罢了，只有他那几位亲信人物，如高凌霨、王毓芝、李彦青等，早都慌做一团，大有主忧臣死的意态。好一班忠臣。还是彦青比较密切，他原是一个厨子的少爷，厨子而有少爷，此少爷之所以不值钱也。少爷之父而为厨子，厨子之所以为厨子也，殊比众不同。说起这厨子的来头，却也非同小可，因为他的东家，是外号智多星张志潭张部长的老太爷，曾有人见过他的名片，左角儿上，也写着一大批官衔，这官衔，却真威赫，凡是张氏父子两代，在清朝民国历任的各种衔头，全都抄了上去。

只于官衔之下，加了膳房主任四个小字，绝倒，此等人于今不少。下面便是这膳房主任领袖的姓名，列公别笑此公善于扯淡，委实除了少数之少数的几位真正阔人之外，那批热中朋友，谁不啧啧称羡，暗暗拉拢？希冀借此作个终南的捷径，可以亲近张氏，营谋差缺。可叹。后来这位李主任李老太爷，终于犯了招摇纳贿的罪名，被张老太爷驱逐出来，幸而他的少爷李彦青，亦已出山任事，在一家浴堂内充当扦脚专员，有此主任，才能出这等专员，虽非箕裘克绍，却也不愧象贤。还兼理擦背事宜，本来每月收入，亦颇可观，不料这位李专员的运气，却比他老太爷好得多，不晓以何因缘，见赏于这位四省经略大人曹三爷，一见倾心，三生缘订。曹三爷一度出浴，就把这李专员带回公馆，有此阔东家，少爷的名片，当比老爷更风光。两个人要好到了不得。不但曹三爷出浴时候，少他不得，甚至起居食息，随时随事，都有非他不可之势。是正文，也是伏笔。李专员得此际遇，正是平地一声雷的，大抖特抖起来，那时他的头衔，又换过了，本来是普通浴室的扦脚员，现在却升做经略府的洗澡主任。绝倒，深刻。另外还有曹大经略提拔他的什么副官咧，参议咧，处长咧，种种道地官衔，官衔而有道地，非道地之分，语刻而奇趣。那倒真的是中华民国的荐简职衔，并不是小子开的顽笑了。列公听到这里，或者有人奇怪，以为一个扦脚出身的人，怎么能彀置身仕版呢？殊不知英雄出身，原本越低越好。妙语。趣语。以李彦青一生事业而论，此时还不过发轫之始，将来的富贵功名，真是未可意料。若照列公这等小见，只怕还要惊骇欲绝咧。

再说李彦青做了曹大经略身边最最宠信之人，自有许多攀附的人，一般的称他李大人李老爷，称他老子是老太爷，还有和他同事之人，因求他在曹三面前吹嘘几句，也有和他拜把子，称兄弟的。彦青志得意满，自不消说，只有两处地方，还不能十分讨好，一个是吴大帅吴子玉，生性正直，最恨这等宵小之徒，太看轻这位主任了。常说曹大帅的事情，全是这班狐狗搅坏，言下之意，还不专指彦青一人。明知其无成，而抵死相从者，子玉之长处，也是子玉之短处。唯有曹三的正室太太刘夫人，骂得最为刻毒，她曾当着许多人的面，把彦青喊去，拍案大骂，说："老帅春秋已高，精神日坏，大帅身子坏，精神不济，自然只有夫人晓得，何意李主任也与有劳绩，此真奇妙趣史，以极不堪事，写得极干净，见得作者匠心。近来身子越衰，毛病越多，全是你这妖怪东西搅坏的。"妖怪东西，也是道地官衔么？彦青素知曹三天不怕，地不怕，单单敬怕这位太太，他也只得以曹三之心为心，跟着敬畏太太，受了骂，兀自不敢声辩，只有唯唯称是，诺诺连声。等曹太太气平了些，方说："小的不敢，小的原不肯的，怎奈老帅没人伺候，小的也叫没法儿罢了。"小的原不肯，小的没法儿，语极普通，掩卷一想，妙不可言。曹太太听了，更其怒不可遏，叱道："凭他再没伺候之人，也不配你这妖鬼跑在前头。老实告诉你，你要想在这府中吃饭，从此以后，就不许近着老帅的身体。要是不然，我就有本事，叫你死无葬身之地，你懂得么？"彦青只得叩了个头，含悲带泪的出去，见了曹三，不觉倒在怀里，大放悲声。曹三也知他吃了太太的亏，又见他哭得哽哽咽咽，凄凄恻恻，心中老大不忍，只得用尽老力，将他抱了起来，再三安慰道："好孩子！快别哭了！咱们爷儿似的，你有为难，咱全知道。好孩子！我也是敬重太太，此等地方，还见曹三古道。没法子替你出气，只有慢慢地赏你一个好差使，受了太太的亏，横竖好在众人面前讨回便宜，李主任这生意做着了。给你顽顽，这等人当差使，非顽顽而何？曹三妙语，作者趣笔。消消你这口气，不好么？"彦青只得收泪道谢。又道："大帅事情多，精神又不济，身子是应该保养的，小的原再三对大帅说了，大帅总是……"说到这里，不觉把脸儿微微一红，嫣然一笑。曹三见此情形，心中早又摇摇大动起来，恨不得立刻马上，要和他怎样才好。你要怎样。无奈青天白日的，还有许多公事没有办，只得将他捧了起来，下死劲的，咬了他几口，咬得那个彦青吃吃地笑个不住。过了一天，曹锟果然又下了一个手谕，着他老太爷去署理一个县缺，人人都晓得这是酬报李彦青受骂之功。后来这位厨子县令，调任别处，交代未清，人家问起这事，他便大模大样的说道："那容易，咱已交给儿子办去，咱儿子说，这些小事情，等大帅洗澡时，随便说一句，就得啦。"趣甚，据作者说，确曾听见有此一说。一时都下传为佳话，那都是后来的事，先带说几句儿，以见他们君臣相得之隆，遇合之奇，真不愧为千秋佳话也。如此佳话，真合千秋。

如今却说李彦青探明曹三意旨，知他故剑情深，不忘喜奎，若是别的事情，只消他一声吩咐，自有许多能干的人，夺着奉承，哪怕杀人放火，也得赶着替他办好。只因这喜奎，是曹三心爱之人，喜奎一来，却于彦青本身，有点关碍，碍他本身，妙不可言。因此倒正言劝谏道：正言劝谏，更有奇趣。"大帅身系天下安危，为时局中心人物，犯不着为了刘喜奎这个小狐媚子，一个妖怪东西，一个小狐媚子，迷住了一个老怪物儿。想坏了贵体。依理而论，喜奎虽已嫁人，亦可设法弄来，只消等她来华界时候，一辆汽车，迎接了来，还怕不是大帅的人？谅那崔家小子，也不敢怎样无礼。但闻喜奎嫁人以后，已得干血痨症，面黄肌瘦，简直不成人样儿了。此句吃重。大帅弄了回来，也不中意的，何必负着一个劫夺人妻的名声，弄这痨病鬼回来。而且太太晓得了，又是淘气。天下多美妇人，大帅若果有意纳宠，小的将来亲赴津、沪，挑选几个绝色美人，替大帅消遣解闷，那时候，大帅有了这许多美人，别说刘喜奎那黄病鬼儿，应当贬入冷宫，就是小的也可请个三年五载的长假，用不着再捱太太的骂了。"说罢，秋波微晕的，嫣然赸笑，又仰起头勾着曹三的颈项，软迷迷地，说道："我的亲老帅！亲老子！不堪至此，肉麻煞人。你瞧瞧！这话可是不是哪？"曹三不觉呸了一声，笑道："好胡说的小子，咱不过一句空话罢咧，又惹你唠叨个这一阵子，你要请假，咱就派你到上房，替太太擦地板去，看你可受得住这个磨折？"彦青听了，急得抱住了曹三，扭股糖儿似的，娇痴央告道："我的亲亲老子，要这样子狠心时，我的小性命儿也完了一半了。不堪至此，不忍卒读。我要死在太太口中，宁可死在死在哪里？死在……"只说了半句，忽把脸一红，指指曹三，妆了一个手势儿，什么手势？嗤的一声，笑起来了。缠勾多时，把个英雄领袖的曹虎威，搅得喘吁吁地，笑而叱道："小子！亏你说得出来，滚罢，咱要出去了。"说罢，振衣而起。亏他还能彀起身。彦青忙着伺候他穿衣，带帽，将他打扮好了。奇事奇文。这曹三自去干他的公事，从此再也不提刘喜奎三字。这曹三和喜奎的关系，总算断绝于李彦青之口，喜奎要是得知此事，还不晓要怎样感谢他咧。

书中暂时按下曹锟，却言北京政府，每逢年节，没有一次不是闹穷，虽然船到桥门，不过也得过去，然而闹穷的情形，也一年凶如一年。这时已届年终，外而各省索饷，内而各处索薪，号饥号寒，声振京邑。可称饿鬼道。兼之这时还有中、交两行兑现问题也闹得非常棘手。那靳总理云鹏，自知无术度岁，也唯是知难而退，这时最有总理希望的，自然要推金融界中握有经济势力，能彀拉动外债的人，顶为相宜。以借债为能事，此中国财政之所以越弄越糟也。并且除了这一流人，谁也不敢担这艰难的责任。若问那项资格，虽然不止一人，比较起来，尤以梁大财神梁士诒最为出色。论资格，他又做过总理，当过财长；论势力，眼前却有奉天的张作霖，竭力捧场。他本人又是一个热中仕宦、急欲上台之人，就是总统之意，也因年关难过，除了此公，实在也没有比较更妥的人，堪以胜任。于是梁内阁三字，居然在这腊鼓声中，轻松松地一跃而出，一面组织新阁，引用手下健将叶恭绰等，作自己党援，一面设法筹款预备过年。正在兴高采烈的当儿，忽然洛阳大帅吴子玉，因鲁案问题，拍来一个急电，攻讦梁阁，有限他七日去职之语。梁氏经此打击，真弄得上台容易下台难。问你还做总理不做？一个才大如山、钱可通神的梁上燕，竟被一电压倒，大有进退维谷之势。说者谓：吴氏之势力惊人，但据小子看来，要不是梁阁亲日有据，蹈了卖国之嫌，吴氏虽凶，亦安能凭着纸上数言，推之使去呢？

原来鲁案交涉，如此带起鲁案交涉，笔姿灵动。中日两方，相持已久，此次华府会议，中国代表施肇基、王宠惠、顾维钧三人前往出席，日人一面联络英、美列强，恫吓中国，大有气吞全鲁、唯我独尊之概。幸而中国三代表，在外交界上也还有点小小名气，中国人民，又怕政府力量薄弱，三代表畏葸延误，特地公推蒋梦麟、余日章二人，为人民代表，赴美为三代表作后盾。开会多日，各大议案，均已次第解决，只有中日两国间的鲁案，还是头绪毫无。在人民之意，以无条件收回胶济路为主要目的，万一日方不允，则愿以人民之力，备价赎回。无奈三代表因政府方面，宗旨游移，本人既为政府代表，一切须以政府之意旨，为交涉之目的，也自无可如何。一再迁延，至这年十二月十七日，蒋梦麟恐长此因循，愈难得有进步，因亲至王宠惠寓所，询其意见。宠惠原是一个学者，忠厚有余，而才干未足，对于蒋意，虽极赞同，仍以须请示政府为言，再往访施、顾二人，也都以游移两可之词相对付。此等手段，对外人尚不可，况于自己人乎？梦麟无法可施，看看闭会期近，各国代表都已纷纷治装，预备返国，梦麟只得一面拍电本国，报告情形，一面联络留美八大团体，公递觉书，为最后之奋斗。三代表不得已，才允即日提出交涉。不料到了议场，施肇基一开口，就提议赎路，并没提到无条件收回一说。一个代表，连生意人讨价本事，都没有，可怜。日人方面，本来得步进步，当时即答应赎路办法，但须向日本借债办理。三代表再三争持，又经各国调停，始于议妥，于十二年内，由中国分期赎路，但三年之后，中国得于六个月前，通知日本，一次赎回。又该路运输总管，须用日本人，案经议决，虽然损失不资，总算将来可有收回希望。

不料日本代表虽迫于公论，及三代表之交涉，允许赎路办法，同时政府方面，却暗暗运动梁阁，诱以直接交涉。此等手段，未免卑鄙，中国虽然失败，还不致如此丢脸。梁士诒为借款便利起见，竟于二十日密电三代表，令向日方让步。三代表得此电令，都惊得目瞪口呆，不知为计。明知服从政府，必为人民所攻击反抗，而代表为政府所简派，反对政府，即不啻取消本身代表资格。恰巧蒋梦麟和八团体代表过来，三代表因出示电报，问他们有何意见？众人见了，都大骂政府卖国，劝三代表切勿宣布，径将议案签字，再作道理。梦麟说话，尤为激昂。他说："与其得罪于真正的国民，宁可得罪于卖国政府。得罪政府，抵拼不做他的官，就完了，得罪国民，我们却连人都不能做了。"官可不为，人不能不做，快人快语。三代表亦奋然道："只得如此拼一下子，再看。但怕日政府方面，也有训示到来，他们代表，未必再肯签字呢。"众人听了，一个个愁颜相向，无计可施。果然到了开会之时，日代表劈头便问三代表："得了贵国训令没有？贵我两国，已经在北京讲妥，各种悬案，准在北京直接交涉，不再由大会议决了。本来中、日是近邻同种之国，贵国古人说：'兄弟阋墙，外御其侮，'如今倒为了我们弟兄之事，反和外人商量办法起来，岂非丢脸？如今贵政府既已觉悟，我们代表的责任已算终了，敝代表明后天即欲动身回国去也。"却亏他老脸说得出。三代表见说，面面相觑，一时说不出话来。还算顾维钧机伶，料道这事除了掩瞒以外，没有别法，只得毅然答道："贵代表所言，不晓是何内容？敝代表等并未奉有敝国政府何种训令。关于胶济一案，昨儿已经议定，今日何又出此反悔之言，不虑为各大国所笑么？"却也严正。日代表听了，倒也红了一红脸儿，但对于维钧之言，仍是半信半疑，总之无论怎样，他既奉到本国训令，自然不肯签约，于是三代表并全国人民代表，和八团体等折冲坛坫，费尽唇舌，所得的一丝儿成绩，几乎又要搁置起来。虽然后来仍赖人民督促，各国调停，与代表坚持之功，仍得照议解决，而全国人民，已恨不食梁燕之肉，而寝其皮。该该该。就是华会各国代表，也都暗笑中国积弱之余，好容易爬上台盘，对于偌大外交，兀自置棋不定，终为日人所欺。从此中国无能的笑话，愈加深印了外人脑筋中了。古人云："人必自侮也，而后人侮之，国必自伐也，而后人伐之。"像梁氏这等谋国，端的与自侮自伐何殊？这又何怪外人之腾笑不休，侵凌日甚呢！真是自取其辱。关于鲁案条约，后回另有交代，本回仍须说到梁阁方面。原来梁士诒上台第一步计划，专在联日本为外援，巩固他的势力，岂知全国上下，群起而攻，人民公论虽不在他意中，却不料触怒了这位洛阳太岁，急电飞来，全阁失色。梁燕之内阁命运，真成了巢梁之燕，岌岌乎不可终日起来。正是：

内阁忽成梁上燕，人民都作釜中鱼。

未知吴氏若何作对，且看下回分解。

曹三爷出身布贩，自致高位，心目中安有所谓国家？更安知所谓政治？毋怪厨子可作县官，澡役可充处长也。传曰："国家之败，由官邪也"，夫曰官邪，邪而不失其为官。若曹三之官，则真不成其为官矣。哀我人民，何冤何罪。而有此似官非官之官也。

第一百二十九回　争鲁案外交失败　攻梁阁内讧开场

却说梁阁由奉张保举，本为洛阳所忌疾，况梁有财神之名，财神为奉派所用，奉方有财神，洛方只得请天杀星下凡。洛吴怎不起邻厚我薄之感？爰趁鲁案机会，拍出一电，声讨梁阁。电文大旨，说：

害莫大于卖国，奸莫甚于媚外，一错铸成，万劫不复。自鲁案问题发生，展至数年，经过数阁，幸赖我人民呼吁匡救，卒未断送外人。胶济铁路为鲁案最要关键，华会开幕经月，我代表坛坫力争，不获已而顺人民请求，筹款赎路，订发行债票，分十二年赎回，但三年后得一次赎清之办法。外部训条，债票尽华人购买，避去借款形式，免受种种束缚，果能由是赎回该路，即与外人断绝关系，亦未始非救急之策。乃行将定议，梁士诒投机而起，突窃阁揆，日代表忽变态度，推翻前议，一面由东京训令驻华日使，向外交部要求，借日本款，用人由日推荐，外部电知华会代表，复电称：请俟与英、美接洽后再答。当此一发千钧之际，梁士诒不问利害，不顾舆情，不经外部，径自面复，竟允日使要求，借日款赎路，并训令驻美各代表遵照，是该路仍归日人经营，更益之以数千万债权，举历任内阁所不忍为不敢为者，梁士诒乃悍然为之。举曩昔经年累月人民之所呼号，代表之所争持者，咸视为儿戏。牺牲国脉，断送路权，何厚于外人？何仇于祖国？纵梁士诒勾援结党，卖国媚外，甘为李克用、张邦昌而弗恤。我全国父老兄弟，亦断不忍坐视宗邦沦入异族。袪害除奸，义无反顾，唯有群策群力，奋起直追，迅电华会代表，坚持原案。……

此电发于十一年一月五日，对于梁阁，可谓攻讦得体无完肤。电发后，直系各督军省长，如苏之齐燮元、王瑚，鄂之萧耀南、刘恩源，陕之冯玉祥、刘震华，鲁之田中玉，赣之陈光远、杨庆鋆等，以及附直之河南赵倜，安徽马联甲等，也一致通电，响应吴氏，于是奉天老张，乃也拍电中央，为梁阁辩护。略谓：

作霖上次到京，随曹使之后，促成内阁，诚以华会关头，内阁一日不成，国本一日不固，故勉为赞襄。乃以胶济问题，梁内阁甫经宣布进行，而吴使竟不加谅解，肆意讥弹，歌日通电，其措词是否失当，姑不具论，毋亦因爱国热忱，迫而出此，亦未可知。唯若不问是非，辄加攻击，试问当局者将何所措手？国事何望？应请主持正论，宣布国人，俾当局者得以从容展布，克竟全功。……

老张此电，不但替梁阁辩护，简直指驳吴氏，于是内阁问题，方才揭破真相，完全变成直奉问题。拍合一笔。此后吴氏为贯彻本人主张起见，联络各省，继续攻讦，非将梁阁推翻，誓不甘休。最厉害的说话，是限梁阁于七日内去职，分明与哀的美敦书无二。而老张方面，为保持势力维持颜面计，联络浙督卢永祥，亦扶助梁阁。卢氏已先有电到京，词旨较为婉转。至奉张续电，则仍阐发前电之意，唯临了处，也有以武力拥梁的说话。其词道：

窃维时局蜩螗，必须群策群力，和衷共济，扶持而匡救之，方足以支将倾之大厦，挽既倒之狂澜。作霖前此到京，诚危急存亡之秋也。外有华府之会议，内有交行之恐慌，而积欠京外各军队之饷项，并院部各衙门之薪俸，多至十余月，少亦数月不等，甚至囚粮亦不发放，京畿重地，军政法学各界，酿成此等奇荒，不但各国之所无，抑亦从来所未有。当此新旧年关，相继并至，人心惶骇，危险万分，谁秉国钧，孰执其咎？事实具在，可为痛心。作霖蒿目时艰，不忍坐视，故承钧座之意，随曹使而周旋，赞成组阁，以期挽救乎国家接济之交行，以冀维持夫市面。凡此为国为民之念，当在共闻共见之中。而对于梁君个人，对于交通银行，平日既无所谓异议，临时亦绝无丝毫成见。乃国事方在进行，而违言竟至纷起。夫以胶济铁路问题，关乎国家权利，筹款赎回，自是唯一无二之办法。若代表力争于华府，而梁阁退让于京师，天地不容，神人共怒，吴使并各督责其卖国，夫亦谁曰不宜，但事必察其有无，情必审其虚实，如果实有其事，即加以严谴，梁阁尚有何辞？倘事属子虚，或系误会，则锻炼周内以入人罪，不特有伤钧座之威德，且何以服天下之人心？况国务之有总理，为全国政令所从出，事烦责重，胜任必难，钧座特简贤能，当如何郑重枚卜？若进退之间，同于传舍，使海内人民，视堂堂揆席，一若无足轻重，则国事前途，何堪设想？今梁阁是否罢免，非作霖所敢妄议，继任者能否贤于梁阁，亦非作霖所能预知。假令继任产出之后，复有人焉，以莫须有之事出而吹求，又将何以处之？窃恐内阁永无完固成立之日，而国家将陷入无政府之地位，国运且以此告终，是直以爱国之热诚，转而为祸国之导线，以演出亡国之惨剧。试问与卖国之结果，其相去有何差别也？作霖受钧座恩遇垂二十年，始终拥护中央，不忍使神州陆沉之惨剧，由钧座而身经之。应请钧座将内阁总理梁士诒，关于胶济路案，有无卖国行为，其内容究竟如何，宜宣示国人，以安众心。如其有之，作霖不敏，窃愿为国驱除，尽法惩治。如并无其事，则言者无罪，闻者足戒，亦请明白宣示，以彰公道。至用人行政，钧座自有权衡，应如何以善其后？作霖不敢妄赞一词矣。抑作霖尤有进者：国家危弱，至斯已极，内阁关系郑重，早在洞鉴，伏愿钧座采纳卢督军主张有电所陈，“卖国在所必诛，爱国必以其道”二语，不致令以为国除奸为名者，反为巧宦生机会。尤伏愿钧座，饬纪整纲，渊衷独断，使天下有真公理，然后国家有真人才。倘彰瘅不明，是非不辨，国民人心不死，爱国必有其人。作霖疾恶素严，当仁不让，亦必随贤哲之后，而为吾民请命也。临电不胜屏营待命之至。诸公爱国热诚，素所敬佩，敬祈俯赐明教，幸甚！

此电语气极锐，而措词却稍为和婉，闻出某名士手笔。唯奉派内部，也有拥梁与联直两派，大概老成一派，谓："直、奉一家，则国事大定，民生可息，若两虎相争，必有一伤，不但非国家之福，于奉方也未必有利。自是正论。况梁、叶辈为旧交通系之首领，已往成绩，在人耳目，名誉既不见佳，何必被他利用，轻启战端，为国人所诟病。"主此说者，以察哈尔都统张景惠最为有力，附和者亦颇不少。无奈作霖正在盛怒头上，又素来瞧不起吴子玉，说他是后起的小辈，不配干预大政。坏事在此。一面梁、叶等人，复造作蜚言，说："吴氏练兵筹饷，目的专为对奉，司马之心，路人皆见，此次反对梁某，可知非为鲁案，实恐梁某助奉，为虎添翼，实于他的势力，加上一个重大打击，名为对梁，实即对奉，照此情形，奉、洛前途，终必出于一战。也是真话。与其姑息养痈，何如乘机扑灭。现在吴氏所苦，在饷不在兵，一经开战，某筹主持中央，可以扣其军饷，而对于奉派，则尽量供给，是不待兵刃相接，而胜负已分。只怕未必。大帅诚欲剪除吴氏，正宜趁此时机，赶紧动手，若稽延时日，一再让步，吴氏势力既张，羽翼愈盛，固非国家之福，而奉方尤属吃亏，那时再行追悔，只怕无济于事了。"张氏听两方说来，均有情理，终以梁阁为自己推荐，若凭吴氏一电，遽令下台，本人面子上，实在下不去。而且洛吴谋奉之心，早已显露，将来之事，诚如梁等所言，终必出于一战，不如及早图之为妙。于是不顾一切，竟将上电拍发，一面召集各军事长官，大开会议，决心派兵进关，并通知参谋处筹设兵站，准备军械，且令兴业银行尽先拨洋二十万元，充作军费，一面简搜师徒，调出两师团六混成旅，整装秣马，擦掌磨拳，专候张氏命令，立刻出发。

这时最为难的，却有两人：一个是高踞白宫的徐大总统，一个是雄镇四省的曹经略使。原因梁氏组阁，先得徐之同意，此时自不能不设法维持，且现在库空如洗，除了梁氏，谁也没有这等大胆，敢轻易尝试这内阁的风味。而且靳氏下台，虽有许多原因，其实还是吃金融界的挤轧。而左右金融界者，仍为旧交系梁、叶等人，若去梁而另用他人，梁氏意不能甘，势必再以金融势力倒阁。真是小人。如此循环报复，不但年关无法过渡，而且政治纠纷，愈演愈烈，自己这把总统交椅，也万万坐不下去了。所以为本人威信和体面计，为政局前途计，除了追随奉张、维持梁阁外，实无比较妥当的法子。但吴氏兵多将广，素负战名，也断不能不设计敷衍。徐氏本人和吴氏本无交谊，调停两字，也觉为难，想来想去，仍唯求救于曹三。曹和奉张原有姻亲，而无大恶感，对于吴氏之剑拔弩张，志在挑战，也觉太过激烈。但吴氏为本人爱将，本人以吴氏为灵魂，向来吴氏所作所言，自己从不加以反对。又因吴氏反梁，本为鲁案，题目极其正大，也未便加以制止，所以轻易不好讲话，可是鲁案因中代表否认曾受梁阁让步的训令，美国的舆论，也非常注意，以为美总统政策之能否成功，全看山东问题的能否解决。所以当时华盛顿的空气，也颇为紧张，因此美国人也有出任调停的。英人也希望华会早日结束，加入调停，所以中日代表在二月四日五日六日，接连开了三天会议，方才议定了几条大纲。还算运气。第一条，估定山东铁路的总价值，依照德国的估价为五千三百四十万六千一百四十一金马克，分十五年还清。第二条，规定在款子未偿清之前，须任日人为运输总管和总会计。第三条，规定铁路财政细则由中、日主管人员在六个月内协定。当时签字的，中国全权代表是王宠惠、顾维钧、施肇基三人，日代表加藤幣原和植原两人，美国是国务卿休士和专门委员马莱、皮尔三人，英国是贝尔福和专门委员林森格、惠生等三人。签字都用英文，全文在十一年一月三十一日方才签约，照录如下：

第一条 胶州租地。（一）日本以前属德国胶州租地，交还中国。（二）中日政府各派委员会同清理，移交胶州租地行政及公产等项事宜，并解决一切需乎清理之事。在本条约发生效力后，中日委员应立即齐集。（三）上述移交及清理应赶速办理完竣，无论如何，不能迟至本条约发生效力六个月以后。（四）日本政府愿将胶州租地行政机关之案卷，为移交上及后日行政所必要者，交付中国。此项交付在交付胶州湾土地后行之。

第二条 公产。（一）日本政府允以胶州租地内一切公产，包括土地建筑工程设置等等，无论前属德有或日本管有期内所购得建造者，一律交给中国，唯本条第二款所列者不在此限。（二）移交公产，中国不予任何项赔偿，唯（甲）日本官厅所购置建造者，（乙）日官所改修扩增者不在此限。属于（甲）（乙）两项者，中国政府，应按日本政府所支出之实费，斟酌继续损耗成数，酌给相当赔费。（三）胶州租地内此等公产，其属于设立日本领事馆所需要者，日本政府得保留之。日人社会所特需之学校寺院墓地等项，亦准日人社会保留之。此条详细事宜，由本条约所规定之中日委员联合办理。

第三条 日本军队。日本军队连同驻防胶济沿路之日本宪兵，应于中国派有兵警接防铁路时，赶即撤退。中国兵警之接防，日军之撤退，可以分段为之。分段撤除日期，应由中日得力官员协订。日军之全部撤清，应赶于签订本条约之三个月内为之，无论如何，不能迟至签订本条约之六个月以后。青岛日守备队，应于移交胶州租地行政权时，同时撤清。万一不及，至迟亦不能过移交行政权之三十日以外。

第四条 海关。（一）本条约发生效力后，青岛海关即完全成为中国海关之一部分。（二）一千九百十五年八月六日中日所订青岛海关临时合同，本条约发生效力后应即废止。

第五条 胶济铁路。日本以胶济铁路支路，及一切附属财产如码头货栈等项，交还中国。中国以上述铁路财产之确实价值，贴还日本。德人所留铁路财产之确实价值，现估定为五千四百万金马克，中国于贴还此数而外，并贴还日本管路时期中之重大增修实费，唯须酌除损耗计算。上述之码头等项产业，除为日人所增修者外，交还时不须贴费。日人曾作重大之增修者，中日政府各派委员三人共同组成铁路委员会按照上所规定，评定铁路财产价值，并办理移交此等财产事宜。此项移交，应赶速完成之，无论如何，皆当在本条约发生效力之九个月以内。中国在此项移交完成时，同时应以贴还日本之国库证券交给日本。此项证券，以此项铁路财产为担保，分期十五年清偿，但在发行此券满五年后，中国得一次清偿之，唯须于六个月前预为通知。在此项国库证券完全赎回之前，中国应选任一日人为事务长，一日人为会计长，会同中国会计长共同办事。此项日员，统归中国局长指挥管辖监察，有相当理由时得免其职。上述国库证券之详细条款，另定之。本条所列诸事，须由中日当局协定者，应赶速协订之。至迟当以本条约发生效力后六个月内为限。

第六条 胶济支路。高徐、济顺两支路之让权，归国际新银团接受，其余件由中国政府及银团自定之。

第七条 矿山。淄川、坊子、金岭镇矿山之采矿权，前由中国许与德国者，移交于中国政府特许之公司接办。日人在此公司之股本，不得超过中国股本之数。此等办法条件，由中日委员协定之。此项委员，在本条约发生效力后应即齐集。

第八条 开放前属德国之租地。日本政府表示无意设立日本专管或公共居留地于青岛。中国政府表示愿公开前属德国之胶州租地全部，准外人在此区域以内，自由居住经营工商业，及其他合法职业。凡外人在此区域合法公道取得之权利，无论在德国租借时期或日本军事占领时期取得者，皆尊重之。日人所得此等权利之效力与地位问题，由中日联合委员协定之。

第九条 盐场。制盐在中国为政府官业，日本公司日本人沿胶州湾所经营之盐场，统由中国政府备价收回。唯日人对于此等盐场所出者得购买相当数量。另定相当办法办理之。商订此等办法并实行移交盐场由中日委员赶速办理，至迟须本条约发生效力之六个月内竣事。

第十条 海电。日本表示凡前属德人之青岛至烟台及青岛至上海间海电权利之益，均归中国。唯此两线中有一部分为日本利用，作青岛佐世保间之海线者，不在此例。青岛佐世保海电之办法，由中日委员协定之，唯须尊重现在有效之中外条约。

第十一条 无线电台。青岛、济南之日本无线电台，应在该两处日军撤退时交给中国，中国给以相当赔偿，其数由中日委员协订之。

附约如下:（按附约电文缺一项）

（一）日本表示放弃德国依据一千八百九十八年三月中德条约所取得之供给人才资本材料之优先权。

（二）电灯、电话等事业，概皆交还中国，电灯、屠宰场、洗衣厂在市政机关成立时交还。按中国公司法酌立公司办理，归市政机关监督管理。

（三）电话事业交还中国政府。中国政府对于电话之扩张改进，有关公益者，外人如有请求，中国政府当酌量允行。

（四）中国政府表示凡道路、沟洫、自来水、公园、卫生设备等项公共工程，由日政府交还中国政府者，青岛外侨得举相当代表襄理。

（五）中国政府表示中国海关总税务司，准许青岛日商用日文向海关陈述，并依此趋向选用职员。

（六）胶济铁路中日委员会，对于条约应行协订之事宜，如不能协订者，应由两国政府以外交手续订之。在决定此等事时，必须参酌三国专门技师之同意。

（七）日本政府表示胶济支线之烟潍铁路，可由中国自行建筑，若用外资，国际新银团可以承借。

山东交涉，到了此时，方算告一段落，到六月二日，方才正式换文。此是后话，按下不提。

却说曹锟见鲁案问题已经解决，方才有些允许出作调人之意。恰好曹锳也来向曹锟关说，曹锟这时又碍于兄弟之情，只得派王承斌出关调停。这时徐世昌也托张景惠向奉张说和，两人便同向张作霖竭力斡旋。恰巧吴佩孚也派车庆云出关接洽，和议空气，一时充满。此之谓回光返照。正是：

弱国无外交，世事凭强力。

未知是否成为事实，且看下回分解。

民国成立以来，内阁军阀，往往利用外交为内争之武器，此等计划，在外国亦有之。然外人利用外交，决不失本国之体面，而吾国则不但丢脸，抑且丧失主权，于是引起战事，互相攻击，而人民又受其累。诚所谓内讧外患交迫之秋也。当此时代，唯有人民自身力量，还能震慑外人，鲁案即其明证。若信任政府，倚赖军阀，是直召亡而已，爱国云乎哉！

第一百三十回　强调停弟兄翻脸
争权利姻娅失欢

却说关外调人麇集，和平空气，弥漫沈辽。谁知张作霖受了梁、叶迷惑，以为有了倒吴的计划，所以不肯答应。而且新近得了广东和浙江方面的联络，已经订立三角同盟。据传三角同盟的内容，是以孙中山先生为总统，段祺瑞为副总统，梁士诒为总理，段芝贵督直，吴佩孚免去直、鲁、豫巡阅副使职，专任两湖巡阅。此事即使实现，亦非久长之计，因奉张与洛吴都是黩武派，中山先生岂能作他傀儡？且以先生之明，深知奉张作用，亦未必真肯登台也。条件的内容，曹锟也有些接洽，不过是否实在，却未可知。张作霖有了这些援助，愈加胆壮气豪，便决定用武力解决。到了二月中旬，梁士诒续假，张作霖便把原驻札在关内军粮城地方的奉军，一律调出关外，以示决绝。明明要派兵进关，却先把原在关内之兵，调出关外，此正所谓欲取姑与、欲前先却之法，局外人视之，真不知他葫芦里卖什么仙丹。这一来，吓得徐世昌十分不安，立刻派遣孟恩远赶出关去调解。曹锟也仍派王承斌出关，要求张作霖，不要把奉军调出关去，谁知两人到了关外，孟恩远竟连说话的机会也得不到，王承斌虽竭力向张氏挽留，也毫无效果。

这时吴佩孚因兵力散在陕西、两湖，准备未周，所以十分静默，并且屡次通电辟谣，说本人和奉张，决不开战。欲盖弥彰。徐世昌则鉴于国民不满梁氏，乐得去梁以媚吴，又因这时已由梁阁问题，而变为张、吴的本身问题，梁氏去留，反倒无关大计，所以在二月二十五日，拍发了一个通电，表示去梁士诒，而改任鲍贵卿组阁，因鲍张有亲，对直方也有好感，或能消弭战祸，也未可知。其实这等计划，并没多大效力。威信不孚，而徒欲借亲情以资联络，宁有济乎？却偏有张景惠、秦华、王承斌、曹锐、孟恩远这些人，竭力的拉拢。至于鲍贵卿呢，因为双方一经开火，自己的总理，便没了希望，更是起劲，也跟着张景惠这班人，去向张作霖恳情。一半为公，一半也带着探探老张对自己的意思如何。谁知老张毫不客气，依然表示强项。鲍贵卿这时仿佛兜头浇了一杓冷水，再也不敢妄想做什么总理，立刻便谢绝了徐世昌。

这时曹锐也在奉天，他对于吴佩孚，本来有些妒忌，所以挽留奉军的意思，十分诚恳，非但希望他不要撤出关外，并且要他增加实力，以保卫京、津治安。奉张因提出几个条件：第一，梁士诒复职；第二，吴氏免职；第三，段芝贵督直；第四，京、津地方完全划归奉军屯驻。一厢情愿，此老亦未免过分。果然把中山先生一说丢置脑后，可见此公非真能崇仰先生者。曹锐满口应承，当时回到保定，曹锟见了这条件，却也有些不高兴道："我现做着直、鲁、豫巡阅使，直督应当由我支配，京、津是我的地盘，怎的让他屯兵，倒不许我干涉？这不仅是倒子玉，简直是和我下不去了。"此语却不懵懂。曹锐道："当时我也是这样想，后来仔细研究了一下，方才悟到雨亭这两个条件，一半倒是为着哥的好。"曹锟道："奇了！这种条件，怎说倒是为我呢？"曹锐道："三哥试想！直系的兵权，差不多全在子玉手里，真可谓巧言如簧。但曹三毕竟不是小孩，岂能如此容易上当？现在要免他的职，如何肯依？假使翻过脸来，连三哥也不认了，三哥岂不要吃他的亏？要是奉军驻札在京、津一带，子玉肯听三哥的命令便罢，假使不服从时，我们便可派京、津的奉军，去剿除他，却不爽利。"真是哄孩子语，于此可见曹四不但不知爱国爱民，简直对于乃兄，亦不惜廉价拍卖。曹锟想了一想道："且等我斟酌斟酌再说罢！"曹锐不敢多说，就此搁过不谈。

那时张作霖和吴佩孚，均各扣留车辆，预备运兵。双方的情形，更是渐次露骨。各位调人，均已无力进言，一个个敬谢不敏，只得去请出几位老前辈来。两位是属于奉方的，赵尔巽、张锡銮，一位是直方的，王士珍。还有张绍曾、王占元、孟恩远三位，这几位先生，倒好象专作和事佬的，可惜成绩很不高明。也附着他们三位的骥尾，拍了一个调停的电报，给张作霖和曹锟，原电曰：

比年国家多故，政潮迭起，其间主持国是，共维大局实两公之力为多。近以阁题发生，悠悠之口，遂多揣测。又值双方军队，有换防调防之举，杯蛇市虎，益启惊疑，道路汹汹，几谓战祸即在眉睫。其实奉军入关，据闻仲帅原经同意，雨帅复有奉、直一家，当与曹使商定最后安全办法之谏电。两公和平之主旨，可见一斑。况就大局言之，胶澳接收伊始，正吾国积极整理内政之时，两公任重兼圻，躬负时望，固不肯作内争之导线，重残国脉，遗笑外人。即以私意言之，两公昔同患难，谊属至亲，亦不忍为一人一系之牺牲，自残手足。事理至显，无待烦言。现在京、津人情，震动已极，粮食金融，均呈险象，断非空言所能喻解。非得两公大有力者躬亲晤商，不足杜意外之风谣，定将来之国是。弟等息影林泉，惊心世变，思维匹夫有责之义，重抱栋榱崩折之忧，窃欲于排难解纷之余，更进为长治久安之计，拟请两公约日同莅天津，一堂叙晤，消除隔阂，披剖公诚。一面联电各省，进行统一，弟等虽衰朽残年，亦当不惮驰驱，赴津相候，本其一得之见，借为贡献之资。爱国爱友，人同此心，迫切陈词，敬祈明教。两公如以弟等谬论为然，并请双方将前线军队，先行约退。其后方续进之兵，务祈中止前进，以安人心而维市面。至于电报传论，暂请一概不闻不问，专务远大，是所切祷！

另外又拍了一个电报给吴佩孚，词意大略相类。各方接了这几个电报，也并没有什么表示，在吴佩孚一方，因见各方面情形，愈迫愈紧，知道非一战不能解决，便亲自赶到保定，来见曹锟，请曹锟召集一个会议，付之公决。曹锟也正想借会议来决定和战，便于四月十一日，召集全体军官，开军事会议于保定。吴佩孚、曹锐、曹锳、张福来、王承斌、冯玉祥、张之江等重要高级军官，均各列席。由曹锟亲自主席，吴佩孚、张福来等都主张作战，曹锐和曹锳都主张议和。讨论了许多时候，还没解决。曹锟意存犹豫，张福来愤然说道："老帅愿意仍作直系领袖，不受他人节制呢？还是愿作别人的附庸？如其愿做直系领袖，不受他人节制，除却努力作战，更有何法？如其愿作奉派附庸，也不必更说什么和不和，我们立刻投降了他们，岂不省事？"倒是他爽快。众人听了这几句话，都不禁失色。曹锐、曹锳大怒，一齐起立道：“你是什么人，敢说这反叛的话？难道不怕枪毙吗？”说着，都拔出手枪来。何至枪毙。曹四、曹七一味媚张，媚张即所以倒吴也。王承斌慌忙劝住。冯玉祥也起立道：“张氏通日卖国，举国痛恨，非声罪致讨，不足以蔽其辜。如不战而和，恐怕全国痛恨之心，将转移到我们身上来了。到了那时，老帅身败名裂，恐怕悔之晚矣。”冯氏善治军，明大体，而勇于有为，只此数言，公义私情，两面均到。曹锟之意稍动，回头看张国熔、吴心田、张锡元等诸将时，只见他们也一齐起立道：“非一战不足以尽守土之责，非驱张不足以安国家，谢天下，请老帅下令，我们情愿率领部曲，决一死战。”吴佩孚也道：“将士之气如此，请老帅弗再犹豫！”曹锟见众人都如此说，也有些醒悟，那曹锐、曹锳却依旧揎拳掳臂的，在那里和众人争论。曹锟见两位老弟如此，自觉不好意思，只得放出哥哥样子，把他们喝退，二人都气忿忿的走了。

曹锐久任直隶省长，因在气头上，便要提出辞职，经幕僚再三相劝，方才改辞职为请假，所有职务，都由警务处长杨以德代理。这里吴佩孚等见曹锐、曹锳已去，便从新讨论作战计划，先由他解释现在的形势道：“我们以前所以不敢立刻决裂者，第一，因为兵力都散在陕、鄂，二则恐怕粤中出兵攻扰江西、福建，使两省自顾不暇，无力牵制浙江。那时卢永祥之兵，得联络马联甲旧部，扰我后方。更有赵杰首鼠两端，亦可从河南响应奉方，为我们心腹之患。现在粤中孙、陈分裂，决无暇对外，闽、赣便可以专力对付浙江，浙江也决不敢轻易出兵了。马联甲旧部，没有卢氏援应，也就不敢妄动。至于赵杰，我已用优势的兵力，将他监视，料他也决不敢明白表示态度，何况陕西、湖北之兵，现已集中河南，陕西方面，已决意暂弃，如不能一战，哪里去抵补陕西的损失？再则我们财力不足，饷弹匮乏，不易久持，敌方有日本为后援，又经过多年的积蓄，倒皖时，又得了许多军资，饷械都极充足，利于持久，情势确然如此。恐怕日子愈久，局势便要愈坏了。”张福来也道：“不说别的，单说他们以前教梁士诒不要发饷给我们，使我们军士无粮，自己溃散的毒计，也无非注意在这上头。吴帅也为这上头，万万不能再忍。总之他们虽利于持久，我们偏要立刻作战，一鼓作气的战败他们，方为上计。”曹锟道：“急急应战，是不生问题了。现在你们却说应战的计划给我听。”吴佩孚见曹锟已经决定主张，便将进兵的计划，详细说了一遍。又道：“如此作战，使敌方处于三面包围之中，即使一时不能根本消灭，也不怕他们不卷甲而逃。老帅放心，这是有把握的。”此时确有把握，不道将来没把握的日子有咧。所以君子戒好战而慎用兵。曹氏大喜，便立刻下令，吴佩孚为总司令，张国熔为东路司令，王承斌为西路司令，冯玉祥为后方司令，所有直系各人部队，都听吴佩孚节制。会议决定之后，便各秣马厉兵，急急前进。

这时张作霖的兵，已经从四月九日起，以保卫京畿为名，不绝的向关内输送。明明说退，暗暗输进，真令人瞧不透葫芦中藏甚妙药。奉军原在关内的一师三混成旅，都集中在军粮城一带，到了四月初，张作相又率领二十七二十八两师入关，札在独流南面，四月十日，奉军暂编第七旅，又入关驻札津浦路良王庄，卫队旅亦进驻津浦路一带。四月十五日，奉军又进兵两旅，驻札塘沽、天津一带。次日，李景林又率领万余人开到独流。第二日张作霖又令炮兵四营带了五十四门大炮，进驻马厂，辎重兵进驻芦台。四月二十日，又派马队进驻通州。逐步写来，罗罗清疏。一时大军云集，弄得人民东逃西散，恐慌异常。直军第二十六师这时驻札马厂，原系曹锳所部，那曹锳因曹锟不听他们之言，反加叱责，心中十分气愤，所以在四月十七那天，探得奉军将要前进，便不等命令，竟自退回保定。有此兄弟，有此部属，曹三之不失败者天也。这一来，不觉把吴佩孚激的大怒，立刻禀明曹锟，要将他撤换惩办。正是：

兄弟阋墙，外御其侮。
蜗角纷争，唯利是务。

未知曹锳性命如何，且看下回分解。

人谓奉、直战争起于梁阁，固也。然不用梁而用直方所荐之人，则张氏对之，必不满意，亦犹洛吴之于梁阁也。即不然，而用双方均有关系，或两不相干之人，则结果仍不能讨双方之好。靳氏前车，亦可借鉴。总之身为总统，而无用人之权，弊之所及，往往如此，于藩镇又何责哉！

第一百三十一回　启争端兵车络绎
肆辩论函电交驰

却说曹锳退回保定，吴佩孚大怒，立刻回明曹锟，要依法惩办。曹锟也很不以曹锳为然，唯因碍于手足之情，只好马虎一点，仅免去曹锳二十六师师长职，委张国熔继任。吴佩孚见内部一切已妥，便即分遣军队，向北前进。这时直方的军队，有王承斌所辖的二十三师，原驻保定附近，张国熔的二十六师，回驻马厂之南，张福来的二十四师，在四月中开驻涿州，第十、第十五两混成旅第二、第三两补充团，本来驻在高碑店，也由吴佩孚令调北上，至琉璃河驻扎，其余如第三师和第十二、第十三、第十四三混成旅，都奉调北上，进驻涿州、良乡、清河等处。冯玉祥一方面，有冯玉祥自统辖的第十一师，胡景翼的暂编十一师，吴心田的第七师，刘镇华的镇嵩军，张之江的第二十二混成旅，张锡元的一旅，陕西陆军第一、第二两混成旅，也都出潼关进驻郑州一带，军势非常壮盛。上回写奉方派兵，此处纪直派遣将，遥遥对照，热闹中却极整齐。前卫哨兵，和奉军愈接愈近，大有一触即发之势。吴佩孚自己在保定指挥调度，也觉十分勤劳。一天，正在军书旁午之间，忽然接到张作霖四月十九日发出的一通电报道：

民国肇造，已逾十年，东北纷争，西南俶扰，兵戈水火，民不聊生，大好河山，自为分裂。党争借口，以法律事实为标题，军阀弄权，据土地人民为私有。扰攘不已，安望治平？谁生厉阶？至今为梗。况自华府会议以后，已为友邦视线所集，阋墙未息，外侮频来。匹夫横行，昔人所耻，作霖不敏，怒焉心捣。戎马半生，饱经忧患，数年内乱，无丝毫权利之心，一秉至诚，唯国家人民是念。睹邪说暴行之日甚，觉榱崩栋折之堪虞。窃谓统一无期，则国家永无宁日，障碍不去，则统一终属无期。是以简率师徒，入关屯驻，期以武力为统一之后盾。凡有害民病国，结党营私，乱政干纪，剽劫国帑者，均视为统一和平之障碍物，愿即执殳先驱，与众共弃。此心此志，海内贤达，谅必具有同情。至于统一进行，如何公开会议，如何确定制度，当由全国之耆年硕德，政治名流，共同讨论，非霖之愚，所能妄参末议，但以国利民福为心，或有起靡振颓之望。作霖此举，悉本于良心主宰，爱国热诚，共谋统一者为同志，破坏统一者为仇雠，决不背公义而庇护一人一党，亦决不挟私忿而仇视一党一人。耿耿此心，天日共鉴。倘使统一完成，国事宁息，甚愿解甲归田，享此共和幸福。唯国难未平，匹夫有责，披坚执锐，所不敢辞。兵发在途，远道传闻，恐多误会，用特披沥奉告，敬希鉴察是幸！

吴佩孚见了这个电报，笑道："胡贼欲以武力统一中国，可谓太不知自量。自古说，'兵凶战危'，照他这样好武黩兵，岂有不败之理？"可谓知言，然何以后日又蹈张之覆辙乎？因吩咐秘书白坚武道："咱们不必理他，那天直隶省议会不是也有一个电报吗？你只做一个回答省议会的电报，表明我们的态度就得啦。"那秘书便起了一个草稿，送给佩孚复核。佩孚看那电文道：

接直隶省议会电：以"奉军入关，谣言纷起，将见兵戈，民情惶恐，纷纷来会，恳代请命，务恳双方捐除成见，免启衅端，本会代表三千万人民，九顿首以请"等语。当复一电，文曰："兵凶战危，自古为戒。余独何心，敢背斯义。佩孚攻击梁氏，纯为其祸国媚外而发，并无他种作用，孰是孰非，具有公论。至对于奉军，佩孚上月蒸日通电，业已明白表示，是否退让，昭昭在人耳目。乃直军未越雷池一步，而奉军大举入关，节节进逼，孰为和平，尤为共见共闻之事。贵会爱重和平，竭诚劝告，佩孚与曹巡阅使，均极端赞同。但奉军不入关，战事无从而生。诸君企望和平，应请要求奉军一律退出关外。直军以礼让为先，对于奉军向无畛域之见，现双方既处于嫌疑，并应要求将驻京奉军司令部同时撤消，以谋永久之和平。至京师及近畿治安，自有各机关负责，无庸奉军越俎。从此各尽守土之责，各奉中央号令，直军决不出关寻衅。否则我直军忍无可忍，至不得已时，唯有出于自卫之一途。战事应由何方负责，诸君明哲，必能辨之。抑佩孚更有言者：年来中央政局，均由奉张把持，佩孚向不干涉，即曹巡阅使亦从无绝对之主张。此次梁氏恃有奉张保镳，遂不惜祸国媚外，倒行逆施。梁氏如此，而为之保镳者，犹不许人民之呼吁，他人之讦发，专与国民心理背道而驰，谁纵天骄，而壹意孤行若是？诸君应知中国之分裂，自洪宪始，洪宪帝制之主张，以梁氏为渠魁。丙辰以来，国库负债，增至十余万万，人民一身不足以负担，已贻及于子孙矣，乃犹以为未足，必庇护此祸国殃民之蟊贼，使实施其最后之拍卖，至不惜以兵威相迫胁，推其居心，直以国家为私产，人民为猪仔，必将此一线生机，根本铲除而后已。夫以人民之膏血养兵，复以所养之兵，保护民贼，为殃民之后盾。事之不平，孰有甚于此者？诸君代表直省三千万人民请命，佩孚窃愿代表全国四万万人请命也。敢布区区，唯诸君垂教焉。”等语，谨闻。

看毕笑道：“这电文很合我的意思，就教他们赶紧拍出去罢。张胡的电文，也不用我复他，不如请老帅回他几句就得了。”谈笑从容，与张胡之剑拔弩张不同，胜负之数，已兆于此。因又回顾参谋道：“咱们的兵，差不多已调齐了，应该赶紧决战才是。我想另外拟一个电稿，拍给江苏、江西、湖北、山东、河南、陕西各督和焕章，叫他们跟我连名拍一个通电，催张胡立刻和我们决战，你看对不对？”参谋秘书等都唯唯称是。佩孚便又教白秘书拟了一个电报道：

慨自军阀肆虐，盗匪横行，殃民乱国，盗名欺世，不曰去障碍，即曰谋统一，究竟统一谁谋，障碍谁属？孰以法律事实为标题？孰据土地人民为私有？弄权者何人？阋墙者安在？中外具瞻，全国共观，当必有能辨之者。是故道义之言，以盗匪之口发之，则天下见其邪，邪者不见其正。大诰之篇，入于王莽之笔，则为奸说。统一之言，出诸盗匪之口，则为欺世。言道义而行盗匪，自以为举世可欺，听其言而观其行，殊不知肺肝如见，事实具在，欲盖弥彰，徒形其心劳日拙也。佩孚等忝列戎行，以身许国，比年来去国锄奸，止戈定乱，无非为谋和平求统一耳。区区此心，中外共见。无论朝野耆硕，南北名流，如有嘉谟嘉猷而可以促进和平者，无不降心以从。其有借口谋统一而先破统一，托词去障碍而自为障碍者，佩孚等外体友邦劝告之诚，内拯国民水火之痛，唯有尽我天职，扶持正义。彼以武力为后盾，我以公理为前驱，得道多助，失道寡助，试问害民病国者何人？结党营私者何人？乱政干纪，剽劫国帑者又何人？舆论即为裁制，功罪自有定评。蟊贼不除，永无宁日。为民国保庄严，为华族存人格，凡我袍泽，责任所在，除暴安民，义无反顾。取布腹心，唯海内察之！

这电报拍出去后，不一日，冯玉祥和江西的陈光远，江苏的齐燮元，陕西的刘镇华，河南的赵倜，山东的田中玉，湖北的萧耀南，都纷纷复电赞同，这通电便于四月二十一日发了出去。一面分配兵力，这时直军动员的已有十二万人，在洛阳的是陆军第三师，在琉璃河的是第九师，在陇海东的是十一师，在洛、郑间的有第二十和二十四两师，二十三师在涿州、良乡一带，二十五师在武胜关，二十六师在德州、保定一带，第五混成旅在郑州、山东一带，十二、十三、十四三混成旅在保定、涿州等处，一、二、三、四四补充团在涿州、良乡等处，共计有八师五混成旅三团的兵力。吴佩孚因决定以洛阳为根据地，大队集中郑州，分作三路进兵：第一路沿京汉路向保定前进，迎击长辛店一路的奉军，以京、津为目的地；第二路侧重陇海路，联络江苏的兵力，以防制安徽马联甲的旧部和浙江卢永祥的袭击，却又分出一支沿津浦路北上，和东路张国熔联络，攻击奉军的根据地；第三路是冯玉祥的部队和陕军，集中郑、洛一带，坚守根据地，兼为各方援兵。

调度已毕，忽又接得间谍报告说：“奉军因战线太长，业已改变战略，大队集中军粮城，总司令部设于落垡，总司令由张作霖自己兼任，副总司令是孙烈臣，东路军在京奉、津浦一带，向静海前进，又分为三梯队：东路第一梯队司令张作相，率领的军队，就是自己的二十七师，集中廊房；东路第二梯队司令是张学良，率领的军队，除却自己的第三旅外，还有一个第四混成旅，集中静海，东路第三梯队司令李景林，所领的军队，除自己的第七旅外，还有一个第八旅，向马厂前进。西路军沿京汉路前进，兵力也分为三个梯队：第一梯队司令是张景惠，率领暂编奉军第一师，集中南苑，第十六师师长邹芬，率领自己的一部分步兵，和第六混成旅，集中长辛店，第二混成旅长郑殿升，率领本部兵马和第九混成旅为第三梯队，向芦沟桥前进。永定河一带，还有援军甚众，据闻有五个补充旅、九个混成旅之多。总算兵力，有十二万五千人，都打着镇威军的旗号，向南方前进。”此处又将双方兵力，作个总结，因事实烦复，不如此不能醒目也。吴佩孚见奉军已改变战略，自己也不得不将直军的布置，略为更动。正在沉吟斟酌之中，忽然曹锟又送来一个回答张作霖的电稿，令吴佩孚斟酌。吴佩孚只得先展开那通电报看道：

民国肇建，战祸频仍，国本飘摇，民生凋敝。华府会议以来，内政外交，艰难倍昔，存亡之机，间不容发。国内一举一动，皆为世界所注目。近者奉军队伍，无故入关，既无中央明令，又不知会地方官长，长驱直入，环布京、津。锟以事出仓卒，恐有误会，是以竭力容忍，多方迁让，乃陆续进行，有加无已，铁路左右，星罗棋布，如小站、马厂、大沽、新城、朝宗桥、惠丰桥、烧烟盆、良王庄、独流、杨柳青、王庆坪、静海以及长辛店等处，皆据险列戍，以致人民弃徙，行旅断绝，海内惊疑，友邦骇怪。锟有守土安民之责，何词以谢国家？何颜以对人民耶？向者国家多故，兵争迭起，人民痛苦，不堪言喻。设兵事无端再起，不唯我父老子弟，惨遭锋镝，国基倾覆，即在目前。言念及此，痛心切骨。顷据张巡阅使皓日通电，谓：“统一无期，则国家永无宁日，障碍不去，则统一终属无期，是以简率师徒，入关屯兵，期以武力为统一之后盾。”锟愚窃谓：统一专以和平为主干，万不可以武力为标准。方今人心厌乱已极，主张武力，必失人心，人心既失，则统一无期，可以断言。皓电又谓：“统一进行，如何公开会议，如何确定制度，当由全国耆年硕德，政治名流，共同讨论。”似此则解决纠纷，必须听之公论，若以武力督迫其后，则公论将为武力所指挥，海内人心，岂能悦服？总之张巡阅使若以和平为统一之主干，此正锟数年来抱定之宗旨，在今日尤为极端赞同。尤望张巡阅使迅令入关队伍，仍回关外原防，静听国内耆年硕德政治名流之相与共同讨论。若以武力为统一之后盾，则前此持武力统一主义者，不乏其人，覆辙相寻，可为殷鉴，锟决不敢赞同，抑更不愿张巡阅使之持此宗旨也。锟老矣！一介武夫，于国家大计，何敢轻于主张？诸公爱国之诚，谋国之忠，远倍于锟，迫切陈词，伫候明教。

吴佩孚见措辞很妥当，便命回复老帅，照此拍发，不必再有什么更改了。一面便继续调拨兵马，自己的总司令部，设在保定，自不必说。依照前次的军事会议，命张国熔为东路司令，率领本部的二十六师，葛豪的十二混成旅，彭寿莘的十四混成旅，董政国的十三混成旅，吴佩孚自己的第三师的一旅，防守子牙河、大城、任邱等处。命王承斌为西路司令，率领本部的二十三师，张福来的二十四师，孙岳的十五混成旅，张克瑶的第一混成旅，吴佩孚自己所部第三师的一部分，和直隶陆军三个混成旅，防守固安、琉璃河一带。命冯玉祥为后方司令，率领阎治堂所辖的两师，并河南、湖北各一师，一混成旅，保守郑、洛，为各方呼应。布置既毕，忽接大总统徐世昌来了一道命令，正是：

方看军将纷纭去，又见调和命令来。

未知命令中说的什么话，且看下文分解。

奉、直初战，直胜奉败，吴氏所持理由，亦颇合国人心理，故奉、直并列，而文字上则暗暗以吴为主，张为宾，非作者有私于吴，以作者为国民一份子，不得不以国民之是非为是非也。夫使吴氏能于一战胜奉之后，善保其兵凶战危之言，息事宁人，爱民爱国，扶助政府，处处向轨道上走去，则令誉益彰，民情爱戴，安知今日之吴佩孚，不犹曩时之华盛顿也？乃一战而骄，欲以力征经营天下，卒之旋踵之间，一败涂地，本人且不免为民国之罪人，不亦大可哀哉！

第一百三十二回　警告频施使团作对
空言无补总统为难

却说奉、直战事愈迫愈紧的时候，其中最着急的，要算河南北数千万小百姓，因禁不住军队的搅扰摧残，少不得奔走呼号，求免兵燹之苦。此外便是大总统徐世昌，因自己地位关系，倒也确实有些着急。军阀政客之言和平者，大率类此。还有各国公使，恐怕战事影响治安，累及外人，接连向外交部递了三个警告书，第一个警告，是四月十四日提出的，内容是：

外交团顷悉中国武装军队拟占据秦皇岛火车站，又塘沽警察长六号通知，该处奉军司令官拟占据该处火车站。查一九〇一年条约第九条，中政府让与各国驻兵某某数处之权利，以期维持北京至海通道。各公使以此系一种专独权利，故中国武装军队，如占据此种地点，即系破坏上述条约之规定。本公使声明此层时，又鉴于华盛顿会议第六号议决案之关于驻华军队问题，应同时请贵总长严重注意于因此破坏条约举动而发生之结果。并希将此种结果，警告有关系之司令部为盼！

第二个警告是四月二十日提出的，大约说：

外交团曾于一九二〇年七月八日，以领衔公使名义，致照会于外交总长，兹特抄附于此，应请贵总长注意。因中国北部及北京城附近，现有中国军队调动，外交团特再声明，必将坚持上述照会之条件，并向贵总长为最严重之申告。如因乱事致外侨生命财产，遭受损失，中国政府负其责任。为此外交团盼望中国政府，应有极严厉之设备，以杜武装军队拦入北京，及用飞机由空中袭击京城之事。为此照请贵总长查照。

第三个警告，也是四月二十日送出的，大概说：

兹因中国各省军队调动一事，外交团认为应请中国政府注意本公使一九二一年八月三十日致贵总长之照会。该照会内开："外交团特向中国政府提出警告。年来每次内战，必受外人多少讪笑责备，真是自取其辱。凡外人所受损失，无论其出于军队之行动，或因其放弃责任所致，定唯该管区之上级军官是问。各国必坚持请中国政府责令该上级军官，个人单独负其责任。"等因。兹特再为声明此态度，相应照请查照。

徐世昌一则逼于外人的警告，二则逼于国民的责备，怕外交团警告是真，怕国民责备是假。在无可如何之中，只得下了一道命令道：

近日直隶、奉天等处军队移调，遂致近畿一带，人情惶惑，闾阎骚动，粮食腾踊。商民呼吁，情急词哀。迭据曹锟、张作霖等电呈声明移调军队情形，览之深为怒然。国家养兵，所以卫民，非以扰民也，比岁以政局未能统一之故，庶政多有阙失，民生久伤憔悴，力谋拯救之不遑，何忍斫伤而不已？本大总统德薄能鲜，不能为国为民，共谋福利，而区区蕲向和平之愿，则历久不渝。该巡阅使等相从宣力有年，为国家柱石之寄，应知有所举动，民具尔瞻，大之为国家元气所关，小之亦地方治安所系。念生民之涂炭，矢报国之忠诚，自有正道可由，岂待兵戎相见？特颁明令着即各将近日移调军队，凡两方接近地点，一律撤退。对于国家要政，尽可切实敷陈，以求至中至当之归。其各协恭匡济，奠定邦基，有厚望焉！此令。

按自民国六年以后，历任总统的命令，久已不出都门。现当奉、直双方，兵连祸结之时，这等一纸空言，还有什么效力？此老亦自取其辱。何况这时奉、直虽然反对，至于痛恶徐氏之心，却不谋而合，不约而同，奉方想拥出段祺瑞，直方想捧起黎黄陂，为后文黄陂复职伏线。各有各的计划，谁还顾到徐大总统四个字儿？这命令下后的第二天，两军不但不肯撤退，而且愈加接近，同时张作霖宣战的电报也到了，大约说：

窃以国事纠纷，数年不解，作霖僻处关外，一切均听北洋团体中诸领袖之主张，向使同心合力，无论前年衡阳一役，可以乘胜促统一之速成，即不然，而团体固结，不自摧残，亦可成美洲十三洲之局。乃一人为梗，大局益棼，至今日而愈烈，长此相持，不特全国商民受其痛苦，即外人商业停顿，亦复亏损甚钜，啧有烦言。作霖所以隐忍不言者，诚不欲使一般自私自利之徒，借口污蔑也，不料因此竟无故招谤，遂拟将国内奉军，悉数调回，乃蒙大总统派鲍总长到奉挽留，曹省长亲来，亦以保卫京、津，不可撤回为请。而驻军地点商会挽留之电，相继而至，万不得已，始有入关换防，酌增军队，与曹使协谋统一之举。又以华府会议，适有中、交两行挤现之事，共管之声浪益高，国势之欺危益甚，作霖又不惜以巨款救济之，所以牺牲一切，以维持国家者，自问可告无罪。若再统一无期，则神州陆沉，可立而待，因一面为京畿之保障，一面促统一之进行，所有进兵宗旨暨详情，业于皓日漾日通告海内。凡有血气者，睹情形之危迫，痛丧乱之频成，应如何破除私见，共同挽救。乃吴佩孚者狡黠性成，殃民祸国，醉心利禄，反复无常，顿衡阳之兵，干法乱纪，致成慎于死，卖友欺心，决金口之隄，直以民命为草芥，截铁路之款，俨同强盗之横行。蔑视外交，则劫夺盐款，不顾国土，则贿卖铜山。逐王使于荆、襄，首破坏北洋团体，骗各方之款项，专鼓动大局风潮。盘踞洛阳，甘作中原之梗，弄兵湘、鄂，显为蚕食之谋。迫胁中、交两行，掠人民之血本，勒捐武汉商会，竭阛阓之脂膏。涂炭生灵，较闯、献为更甚，强粱罪状，比安、史而尤浮。唯利是图，无恶不作，实破坏和平之妖孽，障碍统一之神奸。天地之所不容，神人之所共怒。作霖当仁不让，嫉恶如仇，犹复忍耐含容，但得和平统一，不愿以干戈相见。不意曹使养电，吴氏马电，相继逼迫，甘为戎首，宣战前来，自不能不简率师徒，相与周旋，以励相我国家。事定之后，所有统一办法，谨当随同大总统及各省军民长官之后，与海内耆年硕德，政治名流，开会讨论公决。作霖本天良之主宰，掬诚悃以宣言，既不敢存争权争利之野心，亦绝无为一人一党之成见。皇天后土，共鉴血忱。作霖不敢以一人欺天下，披沥以闻，伏维公鉴！

张作霖这一个通电发出后，第二天夜里，西路便在长辛店开火了。接着东路马厂，中路固安，也一齐发生激战。吴佩孚因见战事重心在西路，便亲赴长辛店督战。前敌指挥董政国，见总司令亲来，格外猛烈进攻，士气也倍觉勇壮。奉军张景惠见直军勇猛，传令炮兵队用排炮扫射，却不料吴佩孚早已有了准备，教军士们都埋伏在树林之中。那炮火虽烈，却也不能怎样加直军以损害。双方鏖战了一日一夜，奉军把所有的炮弹，已完全放完，此次战役，西人观战，皆谓各国战争，从无用炮火如奉军此次之厉害者，可见奉军致败之因，而其炮火之猛烈亦可见。后方接济又没有到，炮火便突然稀少起来。吴佩孚因向董政国道："敌方的炮火已尽，我们不乘此机会进攻，更待何时？"董政国得令，便命掌号兵士，吹起冲锋号来。一时间直军都奋勇而进，奉军死命敌住，双方又战够多时。奉方看看抵敌不住，兵心已见慌张。直军见敌军阵线将破，加倍奋勇，奉军正要退却，恰好张作霖因恐张景惠有失，派遣梁朝栋带同大队援军赶到，奉军声势顿壮。梁朝栋令兵士用机关枪向直军扫射，直军死伤甚多。吴佩孚传令急退，奉军乘势追赶，追到良乡相近，直军早已退进城去。

奉军想过去抄击，不料刚到城边，忽然地雷炸发，把奉军炸死了好几百，伤的更众。以吴氏之勇，安得轻易退却，此中显然有诈，而奉军不知，冒昧追袭，宜有此役，此用兵所以贵知彼知己也。张景惠慌忙传令，退回长辛店。吴佩孚见奉军退去，正想反攻，恰巧援军赶到，不觉大喜，立即传令进攻，想不到奉军大队援军，又从侧面攻击过来。吴佩孚因唤董政国道："敌军气势正盛，炮火又烈，我们且暂时退回良乡，再设计破他罢！"又退兵，却是奇怪。董政国虽不知他什么意思，只是军令所在，怎敢违抗，自然遵令而退，改取守势。张景惠乘势进逼，吴佩孚又传令退军涿州。

这时恰好王承斌从中路赶到，原来王承斌虽是西路司令，因吴佩孚在西路督战，所以兼顾中路。这时听说西路屡退，连夜赶来。吴佩孚见了承斌，便笑道："我军正待胜敌，你来干什么？"从容谈笑，指挥若定，以此作战，安得不胜？王承斌怔了一怔，不觉也笑道："特来庆贺。"吴佩孚不觉大笑，因握着王承斌的手道："你道我何故屡退？因我探得敌军的军实弹械，都在三家店，所以诈退诱敌，一面却分兵去三家店，焚烧他的辎重，使他救应不及。我们再从正面向前急攻，岂有不能破敌之理？现在你来恰好，可代我当住正面，我自己领兵去破三家店。"此公毕竟多谋。承斌十分佩服，自己率领士兵，和张景惠接战，却让吴佩孚去打三家店。

张景惠以为直军屡败之余，涿州必然旦夕可下，进攻得十分猛烈。王承斌也是直方一员战将，自然竭力抵抗，不让奉军得一些便宜。支持了两日，忽见奉军急退，知道吴佩孚攻击三家店已经得手，张景惠要回去救援，故此急退，便传令追击。奉军支持不住，不觉大败，仍然退回长辛店。王承斌克复良乡，正要前进，忽见北面远远有一彪队伍到来，十分疑讶，连忙着人哨探，方知是吴总司令的军队，从三家店回来，不觉十分惊疑。两人见了面，承斌便问三家店事情如何？吴佩孚道："我军已围三家店，正要攻下，却不防敌军第二十七师全部从丰台开来，我军两面受敌，损失不少咧。攻三家店之计虽未售，而胜张景惠之计则已偿，可谓一半成功。且喜良乡已经克复，我军正好乘此战胜之威，分作三路进攻，以防敌军夹击。"商议已定，便命董政国率领本部队伍为左翼，进攻三家店，王承斌为右翼，进攻丰台，自己担任中锋，进攻长辛店。

这时张景惠率领一师之众，扼守长辛店，忽报吴佩孚亲自督队进攻，便和梁朝栋、邹芬奋勇抵抗。梁朝栋更是奋不顾身，指挥兵士冲击，想不到炮火无情，忽然一颗子弹飞来，向梁朝栋的前心穿进，自背后穿出，梁朝栋一声阿呀，就此哀哉尚飨。主将一死，队伍自乱，此中不无天意。吴佩孚乘势冲锋，奉军纷纷溃退。张景惠止遏不住，只得拍马而走。邹芬还想死战，不料左股也中了一弹，也便负伤而逃。直军大获全胜，占了长辛店。第一次直、奉战争，此次亦系战争最烈之事。张景惠退到芦沟桥扎住，查点将士，梁朝栋已死，邹芬带伤，其余士兵死伤的更多，十分伤感愤激，因又抽调了几旅援军，誓死要夺回长辛店。真是一人拼死，万夫莫当，一场恶战，果然把直军击退，克复长辛。吴佩孚退了几十里路，到大灰场扎住，探听左翼，还在相持之中，不能抽调，自己军队又少，怎生支持得住？若从别处调兵，又恐远水救不得近火，正在徘徊无计，忽报冯玉祥率领本部队伍到来，此中不无天意。不觉大喜。冯玉祥见了佩孚，动问战事情形，佩孚说了一遍，玉祥沉吟了一回道："敌军骁勇，非用抄袭之计不能胜，如敌军来攻，请总司令在对面抵抗，我率领所部，从侧面抄过去夹击，可好吗？"吴佩孚大喜道："如用抄袭之计，最好从榆垡过去，可惜那里的地势，我还不甚熟悉，最好你替我在这里应付一切，让我到榆垡察看形势，再作计较。"冯玉祥允诺。吴佩孚便至榆垡察看了一回，回到大灰场，双方已战了一日，这时刚才休息。吴佩孚因对冯玉祥道："榆垡形势很好，如由此渡河，包围奉军，必胜无疑，只可惜王承斌已由我派去援助中路张福来，上文只言左翼尚在相持之中，不及右翼，初疑漏笔，读此始恍然。一时不克调回，再则奉军炮火太烈，我军进攻亦很不容易，不知焕章可有万全之策么？"正是：

欲使三军能胜敌，全须大将出奇谋。

未知冯玉祥如何决策破敌，且看下回分解。

奉胜则必去徐而拥段，直胜亦必去徐而拥黎，故直、奉之战，无论孰胜，皆于徐不利，灼然可见也。徐既明知之，故处心积虑，必使奉、直免于一战，庶己得于均势之下，保留其地位，故其调停之念，实出至诚，然而私也。事势至此，竭忠诚之心，未必可以感人，况以公言济其私，而欲使悍将骄兵，俯首受命，宁非痴人说梦乎？徐氏素称圆滑，圆滑之极，往往弄得两不讨好，一败涂地，可笑亦正可怜也已。

第一百三十三回　唱凯旋终息战祸
说法统又起政潮

却说吴佩孚问冯玉祥有什么计策破敌？冯玉祥想了一想道："奉军炮火虽烈，然不能持久，我们不妨以计诱之，可令我带来之老弱残兵为先锋，敌人见了，必然轻进，等他们身入重地，炮弹不继，然后请大帅抄袭到他背后去，那时敌人前后不能救应，必然大败，我们乘势进攻，就可以复夺长辛了。"吴佩孚称善，当下依计而行。此时能用冯氏，后来又不能合作，何也？两军交绥，奉军见直军人甚少，战斗力又弱，果然仗着炮火之威，拼命前进，一点不作准备。直军且战且退，已退了好几十里。这边吴佩孚抄到奉军背后，前后夹攻，奉军大败，急急冲出重围，逃奔丰台。吴佩孚克复了长辛店，不想张作霖又加派了几旅救兵，使张景惠重夺长辛。吴佩孚奋勇抵御，一日之间，屡进屡退，长辛店得而复失者九次，终究因吴、冯二人都是武勇绝伦的大将，张景惠抵挡不住，仍复败退。恰好奉军中路失败，许兰洲阵亡，张作相虽称善战，终究不是王承斌、张福来的敌手，因此节节败退，西路也被牵动，不能复战。张景惠只得率领本部第一师，和第二十八师退往南苑，被驻京的一、九两师遣散。

还有奉军东路，初时虽屡次得利，连占大城、青县、霸县等处，无奈因张学良受伤，不能猛进，等到西路战事失败的消息到后，士无斗志，俱各溃散。李景林只得率领全军二万余人，退保良王庄、独流等处。不料直军进占落垡，乘势进攻，李景林支持不住，只得溃退，中途又遇直军用炮火截击，损失甚重，等到退回山海关时，已所余无几。张作霖见战事已一败涂地，民国以来，战事往往一败即溃，此非训练不精，实缘无主义之战，兵心不服，故胜则要功而猛进，败则一溃而难收，军阀家犹恃其武力，不知觉悟，可哀也。只得把司令部移到滦州，以图再举。以开平为第一道防线，令李景林扼守，古冶为第二道防线，令张作相防守，滦州为第三道防线，张作霖自己防守，昌乐为第四道防线，令孙烈臣扼守。一面收拾残军，一面补充军实。

吴佩孚探得消息，便也集中兵力，以胥吾庄为第一道防线，由彭寿莘担任，芦台为第二道防线，令穆旅担任，军粮城为第三道防线，由王承斌担任。前锋和奉军小接触了几次，阵阵胜利，滦州附近的地方，倒也占领了不少，一面又由海军总司令杜锡珪截击奉军的归路。原来杜锡珪本不决定助吴，后因萨镇冰南下，说蒋拯北上讨奉。蒋拯欣然答应，所以海军便加入了直方。前此奉方张宗昌想率兵乘舰，由青岛登陆，海军也曾帮助田中玉迎击，一面由田中玉通告日本，禁止奉军登陆。张宗昌的计策，方才完全失败。所以我国的海军力虽然很薄弱，然而在内战时，却也很有些用处。薄弱的海军，偏有利于内战，此二句言之痛心。闲话休提。

再说张作霖在没有战败以前，知道徐世昌屈伏于直军武力之下，与自己必无利益，便已通电独立，东三省政事，由东省人民自主，不受政府节制，与长江及西南各省取一致行动，一面又暗地联络河南赵倜、赵杰兄弟，教他们独立。赵倜因河南的直军尚多，恐怕画虎不成反类犬，一时不敢轻动，但是又怕将来直军战败，对不住奉方，不好见面。左思右想，只得宣告中立，以免得罪一方。不想刚在宣告中立的一日，奉军便已败退军粮城，赵倜十分懊悔，唯恐吴佩孚要和自己下不去，正在惶惑无主的时候，忽接报告说："中央查办奉、直战争中罪魁的命令已下。"打落水狗。赵倜不知查办的是些什么人，急忙要来一看，却有两道命令，第一道是敕令奉军出关的，原文道：

前以直隶、奉天等处，军队移调，至近畿一带，迭经令饬分别饬退，乃延不遵行，竟至激成战斗。近数日来，枪炮之声，不间昼夜，难民伤兵，络绎于道。闾阎震惊，生灵涂炭，兵凶战危，言之痛心。特再申令，着即严饬所部，停止攻击。奉天军队，即日撤出关外，直隶各军，亦应退回原驻各地点，均候中央命令解决，务各凛遵！此令。

第二道命令，才是查办罪魁的，原文道：

此次近畿发生战事，残害生灵，折伤军士，皆由于叶恭绰等构煽酝酿而成。祸国殃民，实属罪无可逭。叶恭绰、梁士诒、张弧，均着即行褫职，并褫夺勋位勋章，逮交法庭，依法讯办！此令。

赵倜看完，把命令一掷，叹了口气道：“事无曲直，兵败即罪，叶、梁等都是奉方的人，使直方战败，恐怕都是功臣了。”此公忽然作此公论，令人发笑。他话虽如此说，却已知奉方不足恃，竭力想和直派联络，因恐赵杰不知进退，有些意外的举动，以致挽回不来，便急忙拍了个电报给赵杰，教他不要妄动，想不到赵杰在前一天已经闯下了一场大祸。原来靳云鹗的军队，原驻郑州，因直、奉大战，形势吃紧，所以开拔北上助战，料不到刚到和尚桥地方，便遇着赵杰的军队，一阵邀击，靳云鹗出其不意，如何抵敌得住？抵抗了一阵，便败退待援。等到赵倜电报到时，已经不及。那靳云鹗败至武胜关后，立即电告曹锟、吴佩孚以及直系各督军乞援。吴佩孚见了这电报，便批交冯玉祥相机办理。其余田中玉、陈光远、张文生、齐燮元等，也分电冯玉祥和赵倜，愿出任调停。那冯玉祥知道赵氏兄弟已为奉方所收买，决不肯善罢甘休，所以一面请赵倜制止赵杰进攻，一面派兵救援靳云鹗。那赵倜见事已决裂，因和左右商议道：“冯玉祥如果真心调停，就不该派兵前来，这显然已不放心我了。却也聪明。要是由他削平老二，我的势力愈孤，他必然再行大举攻我，那时悔之何及。倒不如乘他不防，暗地在半路袭击，打他一个措手不及，岂不强如坐以待毙？”一厢情愿，所谓知己而不知人也。左右也都怂恿他用武力解决，赵倜意决，便派兵埋伏在中牟附近，专等冯玉祥的军队厮杀。冯玉祥原是近代智勇名将，如何不防？此所谓知彼知己也。他一面派兵前进，一方早已另派精锐，绕出中牟之后，以备万一。赵军如何知道？一见冯军，便枪炮齐发，不防冯军的别动队，从后包抄过来，两面夹攻，赵军抵挡不住，败回开封。这时曹锟、吴佩孚还不曾知道赵倜邀击冯军的事情，所以在电呈徐世昌的时候，并不曾说及。那徐世昌已在直军全权支配之下，见了电报，自然巴结，当即下了一个命令道：

> 据直、鲁、豫巡阅使曹锟电呈：“据驻郑旅长靳云鹗、王如蔚等报称：‘河南第一师师长赵杰，率领所部，袭攻郑州，职旅迫不得已，竭力抵御。’等情。查郑防向由该两旅驻守，赵杰竟敢声言驱逐，径行袭击，已电饬该旅长等，固守原防，弗得轻进，请即将赵杰褫夺官勋，并免去本兼各职，交河南督军，依法讯办。”等语。豫省地方紧要，该师长赵杰身为将领，岂容任意称兵，扰乱防境，着即行褫夺官职，并勋位勋章，交河南督军赵倜，依法讯办，以肃军纪。此令。

这命令刚才发表，赵倜截击冯玉祥的报告又到，徐世昌只得也下令查办。改任冯玉祥为河南督军，递遗陕西督军缺，由刘镇华兼署。查办张作霖的命令，也在同日颁布。蒙疆经略使、东三省巡阅使等职，一律裁撤。并调吴俊升为奉天督军，冯德麟为黑龙江督军，袁金铠为奉天省长，史纪常为黑龙江省长，至于河南方面，赵倜、赵杰的实力已完全消灭，自然毫无抵抗，逃之夭夭。所晦气的，只有开封商民，未免又要搜刮些盘费，给他使用，这原是近来普通之事，倒也用不着大惊小怪的。极沉痛语，偏作趣话，作者未免忍心。丢下这边。

再说张作霖虽然战败，在东三省的实力，并未消灭。奉方屡仆屡起，虽曰人谋，要亦地势使然。徐总统一纸公文如何中用？不到一天，东三省的省议会商会农会工会等团体领袖，因要巴结张胡，立刻发电，否认张作霖免职命令，那吴俊升、冯德麟、袁金铠、史纪常等，自不消说，当然也通电否认。可是张胡在滦州一方面，因前锋屡败，海军又图谋袭击后方，不敢逗留，支持了几日，便退出滦州。直军乘势占领古冶、开平、洼尔里等处，因吴佩孚此时目光，已从军事移到政治方面，也不大举进攻。倘能从此不用武力，岂不大妙？初时曹锟想请王士珍出来组阁，曾由曹锟领衔，和吴佩孚、田中玉、陈光远、李厚基、萧耀南、齐燮元、冯玉祥、刘镇华、陆洪涛等联名请王士珍出山，收拾时局。王士珍虽非绝意功名的人，因鉴于时局的纠纷，并未全解，吴佩孚又尚有别种作用，辞谢不允。吴佩孚因和左右商议，拥护黎元洪出山，以恢复法统为名，庶几可以号召天下。旧参议院议长王家襄，众议院议长吴景濂，见国会有复活的希望，自然欢喜。这班议员先生，也阴干得可怜了。他们在吴佩孚门下，活动已久，此时见他要恢复法统，王家襄便竭力撺掇道："南北的分裂，实起于法统问题，大帅主张恢复法统，实是谋国的不二妙计。国会恢复，黄陂复职，南方护法的目的已达，当然只好归命中央，那时统一中国的首功，除了大帅，谁还当得上？便算美国华盛顿的功劳，也不过如此罢咧。"吴景濂也道："大帅在战前本已想奉黄陂复位，因为外交团恐怕增加一重纠纷，表示反对，大帅才没有实行。现在奉军已一败涂地，中央的事情，只要大帅一开口，谁还敢说半个不字？何况恢复法统，原是为国为民，并不是为自己谋利益，国民正求之不得呢。大帅果肯做这样的义举，全国人民，竭力拥护还不够，谁还肯反对吗？"吴佩孚道："我早已想过，恢复法统有两件最重要的，一件是恢复国会，一件是请黄陂复职，只不知先做哪件才好。"吴景濂道："这不用说，自然要先恢复国会。自然公的地位顶要紧，一笑。总统是由国会产生的，不恢复国会，总统便没根据了。"吴佩孚道："这件事，我已示意长江上游总司令孙馨远，请他做个发起人，他已拍过一次通电，你们见过没有？"王家襄道："我是吴议长向我说的，却不曾见过原电。"吴佩孚便把孙传芳的原电找出来，递给王家襄，王家襄接来看道：

巩固民国，宜先统一，南北统一之破裂，既以法律问题为厉阶，统一之归来，即当以恢复法统为捷径。应请黎黄陂复位，召集六年旧国会，速制宪典，共选副座，非常政府，原由护法而兴，法统既复，异帜可消，倘有扰乱之徒，应在共弃之列。

家襄看完电文道："这也奇怪，馨远这电报，说得很切实，为什么竟一些响应也没有？"吴佩孚道："这也无怪其然。你想我们内部自己也没决定确当办法，怎样有人注意？既你们两位都赞成先复国会，等我禀命老帅，和各省督军，联名发一个通电，征求国民对于恢复国会的意见就是了。"吴景濂笑道："这是好事，谁肯不赞成？何必征及别人意见。"此公向来专擅。老毛病至今不改。吴佩孚道："话虽如此说，做总不能这样做。而且我主张发电时，还不能单说恢复国会，须要夹在召集新国会和国民会议联省自治一起说，方才不落痕迹。"王家襄、吴景濂都唯唯称是。王家襄又道："北方的事情，总算告一段落了，南方的事情，也须注意才好。在事实必有此语，在文章亦不可不有此伏笔。听说广东政府已下令，教李烈钧等实行攻赣，大帅也该电饬老陈加紧准备才好。”吴佩孚道：“不打紧，南政府免了陈炯明的职，陈炯明难道就此罢手不成？你看着，不要多久，广东必然发生内争，那时他们对内还没工夫，还能打江西吗？”吴氏料事雪亮，不愧能人。吴景濂忙答道：“大帅是料敌如神的，当然不得有错，我们哪里见得到呢。”家襄忙道：“你我要是见得到此，虽不能和大帅一般威震四海，也不致没没无闻了。”说得吴氏哈哈大笑。两个恭维得不要脸。一个竟居之不疑，都不是真正人才。彼此商议了一回。吴、王方才辞出，在一处商议道：“大帅不肯单提恢复国会，恐怕将来还有变卦，我们须要上紧设法才好。”两人商量多时，便决定再去见曹锟，请他先准议员自行集会。曹锟问子玉的意见怎样？吴景濂道：“吴大帅非常赞成，不过要我们先禀明老帅，老帅不答应，他是不敢教我们做的。”曹锟听了这话，欢喜道：“他就是我，我就是他，我俩原是不分彼此的。曹三一生做事，昏聩无能，偏能深信吴子玉，不可谓非绝大本领。既他这样说，你们只管先去集会便得，何必再来问我。”吴、王两人得了这两句话，十分欢喜，便又同去见吴佩孚，说老帅教我们先行集会。堂堂议长，一味奔走权门，谄媚军阀，如此国民代表，辱没煞人。正是：

反复全凭能拍马，纵横应得学吹牛。

未知吴佩孚如何回答，且看下回分解。

当奉、直初战之时，实粤中北伐之好机会也。乃陈炯明天良丧尽，叛国叛党，并叛身受提挈之中山先生，以致坐失事机，久羁革命，不免为吴佩孚所笑，此伧伧之肉，其足食乎？此中山先生所以深致恨于陈氏，盖非为私愤，而实为革命前途悲也。

第一百三十四回　徐东海被迫下野
黎黄陂受拥上台

却说吴景濂、王家襄对吴佩孚说曹锟叫他们先行集会，吴佩孚听说是老帅的意见，自然没有话说，叫他们到天津去自行召集了。这时李烈钧、许崇智、梁鸿楷、黄大伟等，奉了广东革命政府的命令，誓师北伐，可惜已迟。江西省内，被他们攻克的地方，已经不少。吴佩孚虽明知他们必有内争，也不敢十分大意，便根据陈光远告急的电报，请政府令蔡成勋为援赣总司令，率领本部军队南下。不过这种事情，吴佩孚并不怎样放在心上，骄气深矣。他所注意的，仍在政治方面。恰好孙传芳因五月十五的电报，无人注意，又打了一个电报给孙中山和徐世昌，原电大约道：

自法统破裂，政局分崩，南则集合旧国会议员，选举孙大总统，组织广东政府，以资号召，北则改选新国会议员，选举徐大总统，依据北京政府，以为抵制。谁为合法？谁为违法？天下后世，自有公论。唯长此南北背驰，各走极端，连年内争，视同敌国，阋墙煮豆，祸乱相寻，民生凋弊，国本动摇，颠覆危亡，迫在眉睫。推原祸始，何莫非解散国会，破坏法律，阶之厉也。传芳删日通电，主张恢复法统，促进统一，救亡图存，别无长策，近得各方复电，多数赞同。人之爱国，同此心理，既得正轨，进行无阻。统一之期，殆将不远。唯念法律神圣，不容假借，事实障碍，应早化除。广东孙大总统，原于护法，法统已复，功成身退，有何留连？北京徐大总统，新会选出，旧会召集，新会无凭，连带问题，同时失效。所望两先生体天之德，视民如伤，敝屣尊荣，及时引退，中国幸甚！

徐世昌接了这电报，还不十分注意，不想第二天又接江苏督军齐燮元，来了一个电报道：

我大总统本以救国之心，出膺艰钜，频年以来，艰难干运，宵旰殷忧，无非以法治为精神，以统一为蕲向。乃不幸值国家之多故，遂因应之俱穷，因国是而召内讧，因内讧而构兵衅，国人之苦怨愈深，友邦之希望将绝。今则关外之干戈未定，而西南又告警矣。兵连祸结，靡有已时，火热水深，于今为烈。窃以为种种痛苦，由于统一无期，统一无期，由于国是未定。群疑众难，责望交丛。旷观大势所趋，人心所向，对于政府，欲其鼎新革故，不得不出于改弦易辙之途，欲其长治久安，不得不谋根本之解决。今则恢复国统，已成国是，万喙同声，群情一致。伏思我大总统为民为国，敝屣尊荣，本其素志，倦勤有待，屡闻德音，虚己待贤，匪伊朝夕。若能俯从民意之请愿，仍本救国之初心，慷慨宣言，功成身退，既昭德让，复示大公，进退维公，无善于此。

徐世昌见了这两个电报，知道已不是马虎得过去的事情，便和周自齐商量办法。周自齐道："事已至此，总统要不声不响的过去，是万万办不到的了，不如借着孙传芳的电报，发一个通电，探探各督军的意见，各督军当然不能贸然决定办法，往返电商，交换意见，必然还要许多日子，挨得一天是一天。我们大可乘此转圜，现在便说得冠冕些，又怕什么。"徐世昌见他说得有理，便也发了一个通电道：

阅孙传芳勘电，所陈忠言快论，实获我心。果能如此进行，使亿众一心，悉除逆诈，免斯民涂炭之苦，跻国家磐石之安，政治修明，日臻强盛。鄙人虽居草野，得以余年而享太平，其乐无穷，胜于今日十倍。况斡旋运数，挽济危亡，本系鄙人初志。鄙人力不能逮，群贤协谋以成其意，更属求之而不得之举。一有合宜办法，便即束身而退，决无希恋。

徐世昌发这通电的时候，正是五月三十一日，第二天旧国会的宣言也到了，那宣言的原文道：

民国宪法未成以前，国家根本组织，厥唯《临时约法》。依据《临时约法》，大总统无解散国会之权，则六年六月十二日解散参、众两院之令，当然无效。又查《临时约法》第二十八条，参议院以国会成立之日解散，其职权由国会行之，则国会成立以后，不容再有参议院发生，亦无疑义。乃两院既经非法解散，旋又组织参议院，循是而有七年之非法国会，以及同年之非法大总统选举会。徐世昌之任大总统，既系选自非法，大总统选举会显属篡窃行为，应即宣告无效。自今日始，应由国会完全行使职权，再由合法大总统，依法组织政府，护法大业，亦已告成。其西南各省，因护法而成立之一切特别组织，自应于此终结。至徐世昌窃位数年，祸国殃民，障碍统一，不忠共和，黩货营私，种种罪恶，举国痛心，更无俟同人等一一列举也。六载分崩，扰攘不止，拨乱反正，唯此一途。凡我国人，同此心理，特此宣言。

当王、吴二氏率领一百多位议员，发表宣言的时候，冯玉祥和刘镇华也有电报请徐世昌辞职，把个徐世昌弄得六神无主，坐立不安，正在欲住不能，欲去不舍的时候，一尝鸡肋风味。忽保定方面，派张国淦来京，有要事见总统。世昌十分忧疑，急教请见。两人见了面，略谈了几句。国淦便开言道："近日孙馨远、冯焕章各督军的电报，和国会的宣言，徐先生都见到吗？"不称总统而称先生，不承认其为总统之意，在于言外，咄咄逼人。世昌讷讷的说道："都见到，都见到。"国淦道："既都见到，不知道尊意如何？"世昌勉强笑了一笑道："我久想辞职，苦于没有机会，今日能够脱卸仔肩，是最好没有的了。就是当初，我也何曾愿意负这个钜责；都只为曹、吴两帅和雨亭极力劝驾，所以勉强上台，这并非个人私言。张先生洞烛事理，想必知道。"国淦道："已往之事，可不必再提，徐先生既愿辞职，不知何日让出公府？"

咄咄逼人。世昌听了，不觉一怔，接着又笑道："我也很想早些出京，只恨尚有几件事情未了，待布置了再走何如？"国淦道："曹、吴两帅吩咐，说得异常响亮。愈速愈好，徐先生倘迟疑不决，多延时日，恐有不利。"一边卑词哀告，一边咄咄逼人。世昌道："决不过久，一两日内，必当离京。"至此亦决不能不说此语矣。国淦道："既然如此，明日再来讨取回信。"说毕辞去。

世昌忧愤交集，无法可施，因想现今掌兵权的，只有京畿卫戍司令王怀庆，彼此还有些交谊，不如请他来商量商量，看有什么计较，主意打定，便急忙派人把王怀庆请到公府里，把张国淦的说话，如此如彼的，说了一遍，请他代为想法。王怀庆想了半晌，方才说道："这件事，直方要人，都已接洽一致，实在已到无可挽回的地步，我看总统还是让步些，免得惹气。"世昌见王怀庆也如此说，更觉忧愤，想了一会，又忽然道："当初并不是我自己愿意干这牢什子的总统，原是他们怂恿我出来的，现在又这样逼我，其实难忍，此军阀之傀儡所以不易为也。我偏不走，看他们怎样奈何我？"王怀庆不做声，想当初亦在劝驾之列。半晌，方才冷笑道："我看菊老还是见机些罢。他们原不和你讲什么前情，你要不走，他们老实说，合法总统已经复位，用武力来对付你，你怎样抵挡得住，到那时仍免不了一走，还坏了感情，失了面子，何苦呢！倒不如趁早让位，倒冠冕得多了。"徐世昌仰首无语，良久，方才叹了一口气道："我走后，他们难保不仍要和我为难，为后文伏线。与其走而仍不讨好，倒不如现在硬挺了。"王怀庆道："总统如其果愿下野，所有生命财产，我当负保护全责。"世昌默然不语。王怀庆再三相劝，徐世昌方才答应，当日拟好了一道辞职命令道：

查大总统选举法第五条内，载大总统因故不能执行职务时，以副总统代理之。又载副总统同时缺位时，由国务院摄行其职务各等语。本大总统现因怀病，宣告辞职，依法应由国务院摄行职务。此令。

这命令用印发表后，便由王怀庆保护，悄悄出京去了。国务总理周自齐得了这道命令，便也下了一道院令道：

本日徐大总统宣告辞职，令由国务院依法摄行职务，所有各官署公务，均仍照常进行。京师地方，治安关系重要，应由京畿卫戍总司令督同步军统领、京兆尹、警察总监妥慎办理。此令。

一面，又由阁员联名致参、众两院一电，大略道：

自齐等遭逢世变，权领部曹，谨举此权，奉还国会，用尊法统，暂以国民资格，维持一切，听候接收。

黎元洪处，也去了一电道：

国事重要，首座不可虚悬，自齐等暂维现状，未便久摄，敬请钧座，即日莅京视事，并推恩洪明日来津迎迓。

谁知徐世昌虽去，黎元洪却并不曾允许复职。原来黎元洪隐居天津，日子已久，自从奉、直交恶，直方要人和旧国会议员，纷纷向他接洽，他门下的政客，也分头向各方活动。自从恢复法统之呼声一起，素来冷落的黎宅门口，顿时车马骈集，十分热闹起来。每日催他复职的电报，总有几十起。吴佩孚的电报尤多。各方的代表和国会议员，汽车马车，日夜往来不绝。黎氏因怕蹈覆辙，不肯轻易允诺。谁知在这万众欢迎的当儿，忽然接到一份出人意外的反对电报，那电报的原文道：

徐总统冬电，借悉元首辞职赴津，无任惶惑。大总统对于民国为公仆，对外为政府代表，决不因少数爱憎为进退，亦不容个人便利卸职任。虽约法上代理协行，各有规定，而按诸政治现状，均有未合。即追溯民国往事，亦苦无先例可援。项城大故，黄陂辞职，河间代任期满，系在国会解散，复辟乱平以后。以故新旧递禅，匕鬯不惊。今则南北分驰，四郊多垒，中枢尤破缺不全，既无副座，复无合法之国务院，则约法四十二条大总统选举法第五条，代行摄行之规定，自不适用。乃仅以假借约法之命令，付诸现内阁，内阁复任意还诸国会，不唯无以对国民，试问此种免职行动，何以见重于友邦？此不得不望吾国民慎重考虑者一也。闻有人建议以恢复法统为言，并请黄陂复位，国人善忘，竟有率尔附和者。永祥等反复思维，殊不得其解。盖既主张法统，则宜持有统系之法律见解，断不容随感情为选择。二三武人之议论，固不足变更法律，二三议员之通电，更不足代表国会。此理既明，则约法之解释援用，自无聚讼之余地。约法上只有因故去职，暨不能视事二语，并无辞职条文，则当然黄陂辞职，自不发生法律问题。河间为旧国会选举之合法总统，则依法代理，应至本任期满为止，毫无疑议。大总统选举法，规定任期五年，河间代理期满，即是黄陂法定任期终了，在法律上，成为公民，早已无任可复，强而行之，则第一步须认河间代理为不法。试问此代理期内之行为，是否有效？想国人决不忍为此一大翻案，再增益国家纠纷。如此则黄陂复位之说，适陷于非法，以黄陂之德望，若将来依法被选，吾侪所馨香祷祝，若此时矫法以梏之，诉诸天良，实有所不忍，此不得不望吾国民慎重考虑者又一也。迩者，民治大进，今非昔比，方寸稍有偏私，肺肝早已共见。伪造民意者，已覆辙相寻，骪法自便者，亦屡试不清。孙帅传芳删电："所谓以一人爱恶为取舍，更张不以其道，前者既失，后乱渐纷"云云，诚属惩前毖后之论。顾曲形终无直影，收获先问耕耘，设明知陷阱而故蹈之，于卫国则不仁，于自卫则不智。永祥等怵目横流，积忧成痗，夙有栋折榱崩之痗，敢有推抱敛手之心？临崖勒马，犹有坦途，倘陷深渊，驷追曷及？伏祈海内贤达，准法平情，各抒谠论，本悲悯之素怀，定救亡之大计。宁使多数负一人，勿使一人负多数。永祥等当视力之所及，以尽国民自卫之天职，决不忍坐视四万万人民共有之国家，作少数人之孤注也。

这电报是六月三日，卢永祥从浙江拍发的。其余如上海护军使何丰林，以及主张联省自治的褚辅成、孙洪伊等，也都纷纷表示反对。黎氏本人，因此愈加消极了。这时他门下的政客张耀曾等发起急来，也发了一个通电道：

约法及总统选举法之规定，总理在任期中，离职之情形，只有三种：一曰死亡缺位，二曰弹劾去职，三曰因故不能执行职务。三者有一，即为合法离职。三者以外，总统不让职于他人，他人不得以离职要总统，若其有之，是非法也。黎大总统于六年七月，被逼离职，尚余任期一年三月有余，其离职原因，与前述第一第二两事无关，即与因故不能执行职务，亦属毫不相涉。盖我大总统选举法第五条二项，所谓因故不能执行职务者，本师美宪前例，专指总统精神丧失而言。纵谓文义浑括，强为宽解，则所谓故者，当然依限于总统本身，所谓不能者，当然限于总统自动。譬如总统久罹重病，或因公远赴异国，援引适用，尚属可通。至于事故之生，出自他人，不能之原，由于压迫，如凭借兵威，使总统不能在职，不敢复职者，是私擅废黜总统耳，非法律上所谓因故不能执行职务也。私擅废除总统，本为法所不许，即当然不在法定因故不能执行职务之列。藉曰不然，则总统选举法第五条二项之规定，不啻明诏为副总统者，时时可驱除总统而代之。败纪奖乱，莫甚于此。立法本意，断断不然。故从法律上立论，自民国六年七月黎大总统之离职，推之法定三种原因，无一而当，是其离职，乃事实上之离职，非法律上之离职也。非法律上之离职，故不发生法律上之效力，唯其离职无效，故冯副总统之代理，乃事实上之代理，非法律上之代理也。非法律上之代理，故亦无法律之效力。在昔大法摧毁，事实相尚，舍法言权，夫复何说？今则尊崇法统，万事资以判断，而法律上固赫然昭示，黄陂黎公，仍在大总统之位，而其行使职权时间，尚有一年三个月有余也。黄陂离职无效，一旦障碍既去，当然继续开会。黄陂继任应竟其未尽之期，亦犹国会续开，应满其前此未满之任。法理彰明，决非曲解，此则愿吾人共加注意者也。兹事体大，解释疑义，权固属于国会，敷陈常理，责仍在于学人。耀曾依法言法，自信无他，国人崇法护法，谅有同感。

这电发表，各方的议论愈多，但在时势情理各方面说起来，黎元洪实有不能不复位之势。当时黎氏原有这样一个通电：

自引咎辞职，蛰处数年，思过不惶，敢有他念，以速官谤？果使摩顶放踵，可利天下，犹可解释，乃才轻力薄，自觉勿胜，诸公又何爱焉？前车已覆，来日大难，大位之推，如临冰谷。

可见他辞意本来很坚，无奈直方各人，已成欲罢不能之势，如国务院代表高恩洪，京兆尹刘梦庚，商界代表张维镛、安迪生，曹锟代表熊炳琦，吴佩孚代表李单率，以及各省代表，共四十余人，都纷纷赴黎宅请黎复职，正是：

大运忽回春气象，寒门又似市廛中。

未知黎氏肯答应否，且看下回分解。

黄陂起义武昌，首创民国，论革命之功，自属千秋不朽，即以人格而论，民国十余年来，自总统以迄军阀，亦未有洁身自好如黄陂者。故以功业言，以道德论，均不得不为民国完人。惜其才识稍短，不免受人利用，遂以退隐之身，再作一度傀儡，几致身名两败，性命不保。读史至此，不能不哀黄陂之长厚，而痛恨军阀政客之无赖也。

第一百三十五回　受拥戴黎公复职　议撤兵张氏求和

却说曹、吴和各团体各省的代表，纷纷赴黎宅请黎元洪复位。黎元洪被逼不过，只得说道："我亦是中华民国国民一份子，各方迫于救国热忱，要我出来复职，我亦岂能再事高蹈？但现在国事的症结，在于各省督军拥兵自卫，如能废督裁兵，我自当牺牲个人之前途，以从诸公之后。"措词却亦得体。因又发出一个长电，洋洋数千言，不但文辞很佳，意思亦极恳到。原电如下：

前读第一届国会参议院王议长众议院吴议长等宣言，由合法总统，依法组织政府。并承曹、吴两巡阅使等十省区冬电，请依法复位，以维国本。曾经复电辞谢，顷复奉齐督军等十五省区冬电，及海军萨上将各总司令等江电，京省各议会、教育会、商会等来电，均请旋京复职。又承两位议长及各省区各团体代表敦促，佥以回复法统，责无旁贷，众意所趋，情词迫至，人非木石，能无动怀？第念元洪对于国会，负疚已深，当时恐京畿喋血，曲徇众请，国会改选，以救地方，所以纾一时之难，总统辞职，以谢国会，所以严万世之防，亦既引咎避位，昭告国人。方殷思过之心，敢重食言之罪？纵国会诸公，矜而复我，我独不愧于心欤？抑诸公所以推元洪者，谓其能统一也。十年以还，兵祸不绝，积骸齐阜，流血成川，断手削足之惨状，孤儿寡妇之哭声，扶吊未终，死伤又至。必谓恢复法统，便可立消兵气，永杜争端，虽三尺童子，未敢妄信，毋亦为医者入手之方，而症结固别有在乎？症结唯何？督军制之召乱而已。民军崛兴，首置都督，北方因之，遂成定制。名号屡易，权力未移，千夫所指，久为国病。举其大害，厥有五端：练兵定额，基于国防，欧战既终，皆缩军备，亦实见军国主义，自促危亡。独我国积贫，甲于世界，兵额之众，竟骇听闻，友邦之劝告不闻，人民之呼吁弗恤。强者拥以益地，弱者倚以负嵎，虽连年以来，或请裁兵，或被缴械，卒之前省后增，此损彼益，一遣一招，糜费更多。遣之则兵散为匪，招之则匪聚为兵，势必至无人不兵，无兵不匪，谁实为之？至于此极，一也。度支原则，出入相权，自拥兵为雄，日事聚敛，始挪省税，终截国赋，中央以外债为天源，而典质皆绝，文吏以横征为上选，而罗掘俱穷。弁髦定章，蹂躏预算，预征至及于数载，重纳又限于崇朝。以言节流，则校署空虚，以言开源，则市廛萧条，卖女鬻儿，祸延数世，怨气所积，天怒人恫，二也。军位既尊，争端遂起，下放其上，时所有闻。婚媾凶终，师友义绝。翻云覆雨，人道荡然。或乃暗煽他人，先行内乱，此希后利，彼背前盟，始基不端，部属离贰。各为雄长，瓜剖豆分，失势之人，不图报复，阴结仇敌，济其欲心。祸乱循环，党仇百变。秦镜不能烛其险，禹鼎不能铸其奸，覆亡相寻，憯不怨悔，宰制一省，复冀兼圻。地过八州，权逾二伯，扼据要塞，侵夺邻封，猜忌既生，杀机愈烈，始则强与弱争，继则强与强争，终则合众弱与一强争，均可泄其私仇，宁以国为孤注。下民何辜，供其荼毒，三也。共和精神，首重民治，吾国地大物博，交通阻滞，虽有中枢，鞭长莫及，匪厉行民治，教育实业，皆难图功。自督军制兴，滥用威权，干涉政治，囊括赋税，变更官吏，有利于私者，弊政必留，有害于私者，善政必阻。省长皆其姻娅，议员皆其重儓，官治已难，遑问民治。忧时之士，创为省宪，冀制狂澜，西南各省，迎合潮流，首易为总司令，复拟易为军务院，隶属省长；北方明哲，亦有拟改为军长，直属中央者。顾按其实际，以为积重难返之势，今之总司令，固犹昔日之督军也。异日之省长、军长，亦犹今之总司令也。易汤沿药，根本不除，虽有省宪，将焉用之？假联省自治之名，行藩镇剽分之实，鱼肉我民，而重欺之，孑遗几何，抑胡太忍，四也。立宪必有政党，政党必有政争，果由轨道，则政争愈烈，真义愈明，亦复何害。顾大权所集，既在督军，政党争权，遂思凭借。二年之役，则政党挟督军为后盾，六年之役，则政党倚督军为中心。自是厥后，南与南争，北与北争，一省之内，分数区焉，一人之下，分数系焉。政客借实力以自雄，军人假名流以为重，纵横捭阖，各戴一尊，使全国人民，涂肝醯脑于三端之下，恶若蛇蝎，畏若虎狼，而反键飞箝，方鸣得计，卒至树倒猢散，城崩狐迁，军人身徇，政客他适，受其害者，又别有人。斩艾无遗，终于自杀，怒潮推演，可为寒心，五也。其余诸祸害，尚有不胜枚举者。元洪当首义之时，原定军民分治，即行废督，方其孑身入都，岂不知身入危地，顾欲求国家统一，不得不首解兵柄，为群帅倡。祸患之来，听之天命，轻车骤出，江河晏然。督军之无关治安，前事具在。项城不德，帝制自私，利用劝进，授人以柄，荏苒至今，竟成跤鳌。今日国家危亡，已迫眉睫，非即行废督，无以图存。若犹观望徘徊，国民以生死所关，亦必起而自谋。恐督军身受之祸，将不忍言。为大局求解决，为个人策安全，莫甚于此。或谓："兹事体大，旦夕难行，必须于一省军事，妥筹收束，徐议更张。"不知陆军一部，责有专司，各地独立，师旅皆自有长官统率，与督军存废，景向无关。督军果自行解职，但须收束本署，旬日已足，此外独立师旅，暂驻原地，直接中央，他日军制问题，悉听军部统筹，全局妥为编制，此不足虑者一。或谓："师旅直属，恐饷项无出，激成变端。"不知其军饷皆取国赋，非损私财，督军虽废，国赋自在，且漫无考核之军事费，先行消灭，比较今日欠饷，或不致若是之巨，此不足虑者二。或谓："仓卒废督，恐部属疑惧，危机立生。"不知督军易人，党系不得，恐遭遣散，心怀反侧，诚或有之。若督军既废，咸辖中央，陆军部为全国最高机关，昭然大公，何分畛域？万一他日裁兵，偶然退伍，军部亦易于安置，何惧投闲？督军果剀切劝导，当可涣然冰释，此不足虑者三。或谓："督军皆望重功高，国人托命，一旦废除，殊乖崇报。"不知所废者制，并非废人，督军多首创民国，与同休戚，投艰遗大，重任正多。望崇者，国人必有特别之报酬，功伟者，国人亦有相当之付托。果肯自行解职，国人更感激不暇，宁忍听其优游？否则民意所趋，发生误会，恐有不能相谅者。人情莫不去危而就安，避祸而求福，督军之明，抑岂见不及此？此不足虑者四。或谓："战事方剧，兵祸未平，猝言废督，必至统率无人，益形危险。"不知全军司令，并非尽倚重督军。且年来战争，皆此省与彼省，此系与彼系耳。即或号召名义，彼善于此，国人皆漠然视之，所谓春秋无义战也。若既求统一，中央当一视同仁，不分畛域，从前误解，悉可消融；万一怙恶不悛，征伐之权，出自政府，亦觉师直为壮，此不足虑者五。或谓："中央此时已无政府，稽留时日，牵动外交。"不知阁员摄行，已可负责，且法统中绝，已及五年，国人淡然若亡，久侪元洪于编户，此元洪法律不负咎也。元洪所述，论既至公，事犹易举，久延不决，责有所归，此元洪事实之不负责也。况华府会议，外人以友谊劝告，久有成言，各公使旁观既熟，高义久敦，当必恤此阽危，力为赞助，此不足虑者六。或谓："总统不负责任，废督与否，应俟内阁主持。"不知出处之道，不可不慎，量而后入，古有明箴。以今日积弱之政府，号令不出国门，使非督军自行觉悟，则废督之事，万非内阁所能奏功，彼时内阁可引咎辞职，总统何以自处？若督军自行觉悟，放刀成佛，指顾间耳，嗣后中央行政，亦易措施。此为内阁计，应先决者一。或谓："东海去位，京畿空虚，一再迟延，恐生他变。"不知国无元首，匪自今始，总统一职，名存实亡，空籍纵久，何关轻重？京畿责任，自有长官，必可以维持秩序，果有其变，元洪无一兵一卒，又何能为？若督军不废，他日京畿战祸，能保其不续见乎？此为地方计，应先决者二。或谓："督军爱戴，反欲废之，以怨报德，非所宜出。"不知督军请复位者，为有利国家也，元洪请废督军，亦为有利国家也，目的既同，肺腑互谅。元洪与各督军，分同袍泽，情逾骨肉，十年患难，存者几人？他日共治天下，胥各督军自赖，既倚重之，必保全之。此为督军计，应先决者三。督军诸公，如果力求统一，即请俯听蒭言，立释兵柄，上至巡阅，下至护军，皆刻日解职，待元洪于都门之下，共筹国是，微特变形易貌之总司令，不能存留，即欲划分军区，扩充疆域，变形易貌之巡阅使，尤当杜绝。国会及地方团体，如必欲敦促元洪，亦请先以诚恳之心，为民请命，劝告各督，先令实行。果能各省一致，迅行结束，通告国人，元洪当不避艰险，不计期间，从督军之后，慨然入都。且愿请国会诸公绳以从前解散之罪，以为异日违法者戒。奴隶牛马，万劫不复，元洪虽求为平民，且不可得，总统云乎哉？方将老死于津海之滨，不忍与世人相见。白河明月，实式凭之，废不能遍，图不能尽，觍然出山，神所弗福。救国者众人之责，非一人之力也，死无所恨。若众必欲留国家障碍之官，而以坐视不救之罪，责退职五年之前总统，不其惑欤？诸公公忠谋国，当鉴此心，如以实权为难舍，以虚号为可娱，则解释法律，正复多端，亦各行其志而已。痛哭陈词，伏希矜纳。黎元洪鱼叩。

通电发后，曹、吴复电，首先赞成，愿即废督裁兵，为天下倡，请黎早日赴京负责。其余如河南冯玉祥、陕西刘镇华、湖北萧耀南和孙传芳、四川刘湘、山东田中玉、安徽张文生、江西陈光远、江苏齐耀珊、海军杜锡珪、萨镇冰等，也纷纷复电赞成，此皆所谓今之投机家也。力请黎氏即日晋京。更兼黎派政家，也都纷纷催促，以为机不可失，于是黎元洪在六月十日连发两电，一电谓："各督复电允废督裁兵，谨于十一日入都。"一电谓："入都暂行摄行大总统职权，俟国会开会，听候解决。"到了次日，由各省代表人等，奉迎入都，摄行大总统职权，明令撤消六年六月十二日之解散国会令，兼国务总理署教育总长周自齐、外交总长颜惠庆、内务总长高凌霨、财政总长董康、陆军总长鲍贵卿、海军总长李鼎新、司法总长王宠惠、农商总长齐耀珊、署交通总长高恩洪等，均准免去本兼各职。特任颜惠庆为国务总理，兼外交总长，谭延闿署内务总长，董康署财政总长，吴佩孚署陆军总长，李鼎新署海军总长，王宠惠署司法总长，黄炎培署教育总长，张国淦署农商总长，高恩洪署交通总长。谭未到前，由张国淦兼代，黄炎培未到前，由高恩洪兼代。一切政事，也很有更张。国内报章腾载，全国欢呼，各省人民，顿时都有一种希望承平之象，以为从此可入统一太平时期。论到黎氏为人，虽则才力不足，却颇有平民气象，不说别的，单论公府中的卫队，以前总有这么二三营陆军，驻扎白宫内外。到了黎氏复职，便一律裁撤，只用一百多个警察维持。单举卫队一事，即为后文公府被围张本。即此一端，其他也可想见了。此自是持平之论。闲话休提。

却说黎氏复职以后，不但直派各督，一致拥戴，便是素持反对，如卢永祥、何丰林等，也都电京承认。这时直、奉战争，还未完全解决，东三省省议会联合会，特电黎氏，主张奉、直停战，并陈办法四条：一、请直军退驻留守营，奉军即开始撤退出关，于七日内撤尽，以保双方安全。二、请中央派一双方都有友谊的大员，并双方各派公正人，共同监视双方撤退，以期妥协。三、谓督军巡阅之废止，全国一致，东三省不能独异。四、撤兵后京奉路即恢复原状。黎氏接到这电报后，一面转交吴佩孚、曹锟，一面电复东三省，征求切实意见。那东三省联合会的电报，原由张作霖授意而发的，得了黎氏复电，自然还去和张作霖商议。

这时张作霖已改称东三省保安总司令，他自滦州退出后，因战争失败，影响到东省市面，不但人心恐慌，银根更十分吃紧，纸币的折扣，逐渐低落，因此张学良等，主张与直派议和，请英国传教师德古脱氏运动外交团出来调停。德古脱因张学良也是教徒，当然允许帮忙，想不到外交团反因怕受干涉中国内政嫌疑，大都不肯接受这个提议。张学良无法，只得仍请德古脱以私人资格，介绍自己和直军直接谈判。此时直军司令部已移至秦皇岛，吴佩孚自己却在保定，陆军总长一职，也未就任，司令部的事情，完全由彭寿莘在那里处理，所以德古脱氏先介绍张学良到秦皇岛和彭寿莘相会。两人谈了一回，意思非常接近。当下彭寿莘特电陈明吴佩孚，双方订定于六月十一日提议具体办法。学良回去和作霖说明，作霖当时也没有什么话说。

也是活该山海关附近小百姓的灾星未退，到了那日，奉、直两军又发生一次冲突，奉方偏得一个小小胜利，张宗昌等便撺掇张作霖乘胜反攻。作霖认为妙计，无论别人如何阻止，也不肯听，立刻加派大队，大举进攻。直军乘战胜余威，如何肯伏输，不消说，当然也是猛烈反攻。奉军究竟是丧败之余，如何抵抗得住？战了一昼夜，大败而退。直军长驱直进，正在得意非常，料不到震天价一声响，地雷触发，把前锋军士，炸死了几百，急忙退回阵线。奉军又乘势反攻，直军正抵抗不住，幸喜援军开到得快，没有失败。奉军也因人数尚少，不能取胜，又添了一师生力军队，两方就此剧战起来。相持了三日三夜，双方死伤，均达数千。吴佩孚此时已命张福来回防岳州，听这个消息，急忙和王承斌同到阵线上来观察。看了一会，便和王承斌定计道："如此作战，损失既多，胜利又不可必，不如派军队过九门口，绕到长城北面，攻敌军之背，敌军首尾受敌，可获大利。”王承斌欣然愿领兵前往，当日领了本部军队，悄悄过了九门口，来到奉军背后。

奉军正和直军死战，想不到一阵枪炮，纷纷从背后飞来，只道是自己军队倒戈，军心立刻涣散，纷纷溃退。副总司令孙烈臣，正在亲自督队，见了这情形，知道止遏不住，只得败退。想不到王承斌的军队沿途截击，不但士兵死伤极多，连自己也身中流弹，不能作战。张作霖经此大战，知道已届非讲和不可的时候，只得又叫张学良央求德古脱运动外交团调解。张学良不肯道：“当初原劝父亲暂时忍耐，息战讲和，也好养精蓄锐，等他们有隙可寻时，再图以逸待劳，必然可以报此大仇。父亲偏要听别人的话，要乘势反攻，才有今日之败。老张非执拗也，总是不服气耳。德古脱原和他们约定十一日，商订具体办法，我们已失了信，再去求他，如何肯答应？”张作霖变色道：“你是我的儿子，怎敢摘我短处？只好摆出老爹爹架子来了。没了你，难道我就不能讲和不成？”学良碰了一个钉子，只得仍和德古脱去商议。德古脱果然不肯答应，说：“已经失信了一遭，无脸再去见人。”学良回报张作霖，张作霖无法，这才授意东三省省议会联合会，向北京政府求和。方得到黎氏回电要提出切实办法，便又回电，愿派张学良、孙烈臣为代表，入关讲和。吴佩孚便派前线的王承斌和彭寿莘为代表。双方磋商了几日，方才订定和约，划出中立地点，双方各不驻兵，并请王占元、宋小濂监视撤兵。到了六月二十八日，双方军队，都撤退完毕，直军调回洛阳，秦皇岛的司令部，到七月四日撤消。第二日，京奉路完全通车，一场大战，就算从此了结。不过换了一个总统，几个阁员，双方除却损折些械弹粮饷和将士的生命而外，也并没什么大不了的利益，痛语可作军阀棒喝。却冤枉小百姓多负担了几千万的战债，几千万的战时损失，万千百条的性命，岂不可叹？沉痛之至。闲话休提。

却说吴佩孚自黎氏入京就职后，以为大功告成，南北之争，就此可免。因此电请孙中山、伍廷芳、李烈钧等北上，共议国事。正是：

要决国家大计，端须南北同谋。

未知中山先生等，究肯北上否，且看下回分解。

一场大战，极五花八门之观，自有中华民国以来，兵连祸结，未有若斯之盛也。究其开战之由，与战事结果，败者固垂头丧气，胜者亦所获几何。善夫，作者之言曰：双方除损兵折将丢械伤财外，都无利益可言，徒然为国家增负担，为小民毁身家而已。嗟夫！不亦大可已哉！不亦大可已哉！

第一百三十六回　围公府陈逆干纪
避军舰总理蒙尘

却说孙中山先生在广西预备对北用兵，屡次电嘱陈炯明筹饷，谁知陈炯明此时已暗和吴佩孚通款，不但不肯遵命，而且克扣饷械，布散流言，唯恐北伐军不败。中山虽念他以前的劳绩，不忍重惩，但为革命前途起见，又不得不将其停职，所以在四月二十一日那天，护法政府下令，罢免陈炯明广东省长及粤军总司令本兼各职，所遗广东省长一职，以伍廷芳继任，并将粤军总司令一职裁撤。陈炯明得了这个命令，便带领本部军队，连夜开到惠州驻扎，自己避到香港去了。第二天中山先生和许崇智、胡汉民等，回到广州，和伍廷芳诸人说起这件事，彼此嗟叹不已。此时陈炯明虽去，广州治安，并无变动，更兼中山自己回来布置了一回，越觉四平八妥。

有人说陈炯明军队，并未解决，恐怕接连北方军阀，为内顾之忧，须要根本铲除才好。却非过虑。中山先生向来是忠厚待人的，听了这话，便道："竞存虽然根性恶劣，决不致作反噬之事。此之谓以君子之心，测小人之腹。何况其部下不少明理的人，岂有异动？"因又和伍廷芳、廖仲恺等商议："内部的事情虽多，北伐却万不可中止，我意欲即令李协和率师攻赣，你们以为何如？"虽在危急多事之秋，而无一时忘却北伐，为国之忠，令人感泣。廖仲恺道："总统日夜忧勤，无非为着护法，想解除北方人民被军阀压迫的痛苦，北伐不成功，护法的目的不能贯彻，北方的人民不能解除痛苦，总统的计划，自是虑得重要。"伍廷芳也很赞成此说。中山大喜，便下令饬李协和攻赣，一面又派许崇智、梁鸿楷两军，同时出发，攻击赣南。许、梁奉令，当即厉兵秣马，纷纷出动，赣南的守备很弱，如何当得北伐军的精锐，一见北伐军的旗号，便相率溃退，因此许、梁两人，兵不血刃的，得了龙南、虔南两县，略为布置，便继续推进。

此时陈炯明部队，也陆续由桂返粤，到广州以后，便向护法政府提出要求，一要求恢复陈炯明的广东省长和粤军总司令两职，促其归国，二罢免胡汉民。中山先生见了这两项要求，想起陈炯明以前的功绩，很觉惋惜，便又令他办理两广军务，所有两广地方军队，均准节制调遣。象总统这样仁慈宽大，若在别人，不知道要如何的感激，知人则哲，唯帝其难。本来知人是最不容易的，但孙先生之于陈竞存，却不能以此相比，因先生非不知陈氏为人者，当时所以收容之故，必有难言之隐，不得已暂以相忍为政耳。谁知陈炯明受了吴佩孚的通款，竟忘了革命的天职，不但不肯就职，而且暗地嘱使部将叶举等通电请孙总统下野，一面派兵围攻总统府，占领行政各机关，并派兵进驻韶关，遏阻北伐军的归路。孙总统本是仁厚宽大之人，除却心心念念，在于革命救国外，其余的事情，不甚放在意中。近因叠报黄大伟占领崇义，许崇智占领信丰、南康、赣州，李烈钧占领大庾，十分高兴，因出师未久，江西已半入护法政府管辖之下，不能没有统辖的官吏，便下令任命谢远涵为江西省长，徐元诰为政务厅长。

后来又据报北政府所派的援赣总司令蔡成勋，虽于六月十三日到南昌，却和陈光远不睦，倾轧甚烈。陈光远愤而辞职，北政府已下令废除江西督军，以蔡成勋节制江西全省军队。江西省长杨庆鋆原是陈光远的私人，当然连带去职。北政府为要见好护法政府起见，不委别人，竟以谢远涵继任。也算苦心，一笑。这消息刚好和吴佩孚邀请中山先生北上的电报齐到，中山见了吴佩孚的电报，只付之一笑，并不回答，只催促北伐军赶紧前进。

想不到六月十五日的晚上十点钟，中山正在批阅军牍，忽然接到一个军官的电话报告，说今夜粤军将有变动，请总统赶紧离府。中山不信，原是不肯逆诈工夫。批阅军牍如故。又过了两个钟头，忽见秘书林直勉匆匆的进来，向中山行了一个礼，便忙忙的说道："报告总统，今夜消息很不好，请总统赶快离开公府，暂时避一避！"中山等他说完，很从容的说道："请你先说明白，怎样一个不好消息？"林直勉道："据确实的报告，粤军准定在今夜发动，围攻公府，请总统赶快暂避。”中山微笑道：“竞存便险恶，也决不致做出这种灭伦反常的事情，何况其部下又都是我久共患难的同志，就使竞存确有此心，他们也未见得肯助桀为虐。你听得的，莫非是些谣言罢？”正说着，参军林树巍也惊慌失色的走了进来。中山方要询问，林树巍已启口说道：“请总统赶紧离开公府，粤军要来围攻公府了。”中山道：“你们不必惊疑，这必是不逞之徒，在那里造谣，诸君万一信以为实，反使粤军生疑，倒是激之成变了。”林直勉道：“粤军素来蛮不讲理，总统决不可以常情度之。如其果有不利于总统时，总统将怎样办呢？”中山慨然道：“广州的警卫军，我已全部调赴韶关，即此便可见我并没有一点疑忌彼等之心，就使他们要不利于我，也何必出此下策。自是仁人长者，明哲之见，其如直勉所言，不可以常理度之何？如敢明目张胆，谋叛作乱，以兵力加我，则其罪等于灭伦反常，乱臣贼子，人人得而诛之。何况我身当其冲，岂可不重职守，临时退缩，屈服于暴力之下，贻笑中外，污辱民国，轻弃我人民付托的重任吗？性命轻而体制重，先生可谓见大持重。我在今日，唯有为国除暴，讨平叛乱，以正国典，生死成败，非所计也。”其言慷慨，可泣鬼神。林直勉、林树巍等见先生决心如此，不敢强劝，只得太息而退。

中山因时候已迟，便也退入私室就寝。谁知刚好睡倒，各处的电话，接连不断的，都来报告这事，请中山速速离开公府，中山神态镇定，一些也不变更。到了二点多钟，粤军又有军官潜自出来报告，说：“粤军各营，炊事已毕，约定两点钟出发，并备好现金二十万，以为谋害总统的赏金。并且约定事成之后，准各营兵士，大放假三日。”按大放假为粤军大抢劫之暗号。以大抢三天为攻击先生之报酬，先生足以千古，而陈氏之罪恶不法，上通于天矣。中山听了这话，还不肯十分相信，正待解说，忽听一声很尖厉的号声，远远的飞入耳里，接着到处也掌起号来，不一刻，号声由模糊而渐渐清楚，方知粤军确已发动，因即传令卫队，准备防御，那军官也告辞而去。这时已有三点多钟，林直勉、林树巍等，又来苦劝中山暂离公府。中山厉声道：“竞存果敢谋逆作乱，则戡乱平逆，是我的责任，岂可胆小畏避，放弃职守？万一力不从心，亦唯有一死殉国，以谢国民，怎说暂避的话？”数言可贯金石，今日读之，犹觉生气食虎。第一次慨然，第二次厉声，其意志愈坚矣。林直勉等再三相劝，中山只是执意不从。树巍见他坚决如此，知道不是言语所可争，也不管什么，便上前挽住中山的手，想用强力扶他老人家出去，一人作倡，人人应和，一时间七手八脚的把一位镇定不屈的中山先生四面扶住，用力挽出公府。中山先生挣扎不脱，只得和他们同走。先生不屈于强暴凶横的威势，却屈于忠义恳挚的武力，为之一笑。

这时路上已布满了粤军的步哨，见了中山一行人，莫不仔细盘诘。幸喜林直勉口才很好，才得通过。刚到财政厅前，粤军的大队已经到来，众人因被盘诘得厉害，不能通过，中山先生只得单身杂在粤军之中，一同行走。先生向来非常镇定，临到大事的时候，更是从容不迫，粤军只道是自己队伍中人，并不疑心，比及到了永汉马路出口，方才脱险，便走到长堤海珠的海军总司令部。海军总司令温树德听说中山到来，又惊又喜，惊的是粤军必然确已发动，喜的是总统幸脱虎口，当下忙忙的迎接到里面，谈了几句。树德道："此地无险可守，万一叛军大队攻击，必又发生危险，不如到楚豫舰上，召集各舰长，商议一个讨贼的计划罢。"中山然其言，便和他一同到楚豫舰上，召集各舰长商议平逆之策，各舰长不消说，自然义愤填膺，誓死拥护。十室之邑，必有忠信。

第三天，有人从公府逃出，向中山陈诉粤军的残暴。中山先问五十多个卫队的情形，那人道："卫队在观音山粤秀楼附近，对抗了三四个钟头，叛军冲锋十多次，都被卫队用手机关枪击退。死伤的数目，总在三四百以上。后来因为子弹缺乏，才被叛军缴械。还有守卫公府的警卫团，和叛军抵抗了十多个钟头，后来子弹告绝，全被缴械。缴械以后，叛军又用机关枪扫射，全都被害了。"真可谓竭狠毒之能事，尽残忍之大观。中山太息不已，那人又道："叛军初时用速射炮注射公府，后来恐总统还在粤秀楼，又用煤油烧断通公府的桥，以防总统出险。沿路伏着的叛军更多，专等总统的汽车出来，突出截击。后来始终没见总统出府，还仔细搜检了一回呢。"中山点头微喟，挥手令退。

那人去后，忽报外交总长伍廷芳和卫戍司令魏邦平来见。中山立刻传见，两人进内见了中山，便议论讨平叛逆的事情。中山令魏邦平将所部集中大沙头，策应海军进攻陆上的叛军，恢复广州防地。魏邦平唯唯遵命，中山又向伍廷芳道："今天我必须带领舰队，讨平叛军，否则中外人士，必定要笑我没有戡乱之方，而且不知我行踪所在，更易使革命志士涣散。始终见大持重，不斬斬于小节。假如畏惧暴力，蛰伏黄埔，不尽讨贼职守，徒为个人避难苟安之计，将怎样晓示天下呢？”伍廷芳听了非常赞服，立刻出舰登陆，通告各国驻粤领事，严守中立。魏邦平也告辞而去。

中山当即统率永丰、永翔、楚豫、豫章、同安、广玉、宝璧各舰出动，由黄埔经过车歪炮台，驶至白鹅潭，当令各舰对大沙头、白云山、沙河、观音山、五层楼等处的粤军发炮。粤军因没有障阻，不能抵抗，死伤的约达六七百人，大部顿时溃走。舰队沿长堤向东前进，不料魏邦平所部陆军，竟不能如期策应。粤军乘势复合，发炮抵抗。中山知道乱事不能即平，只得暂时率舰回至黄埔，商量第二次进剿方法。那陈炯明见海军拥护中山，知道不收买海军，决不能消灭中山的活动能力，便进行运动海军中立。因海军正在愤激的时候，急切未见效果，便勒军广州城内，实行其大放假的预约，抢掠烧杀，愈久愈烈，甚至白昼奸淫，肆无忌惮。有女子轮奸至五六次之多，腹胀如鼓而死者。残酷的情形，令人闻之发指。中山在舰上听见这些消息，愈加伤感，因陆军力量薄弱，当即写信给前敌李协和、许崇智、朱培德、黄大伟、梁鸿楷等，教他们迅速回粤平乱，有“坚守待援，以图海陆夹攻，歼此叛逆，以彰法典”等语。自己又从楚豫舰移到永丰舰办公。

此时各处起义的军队颇多，在黄埔一带的，有徐树荣、李天德、李安邦等所部约一千多人，军威稍振。中山正思攻取鱼珠、牛山各炮台，为扫灭叛军的预备。忽然有人进来报说：“伍总长廷芳逝世。”不觉吃了一惊，把手中的笔，跌落地上，因流泪向左右说道：“本月十四日，廖仲恺因赴陈炯明惠州之约，不想被扣石龙，生死未卜，已使我十分伤感，现在伍总长忽弃民众托付的重任，先我而逝，岂不可伤？”海军将士听了，也十分悲愤，誓必讨贼。廖仲恺被扣事，亦属重要，述诸总理口中，亦省笔之法也。并全体填写誓约，加入中华革命党，表示服从总统，始终不渝的决心。这时粤军运动海军，正在猛进，故各舰中的不良官长，已颇有不稳的举动，因此也有带兵来问中山道：“我们官长和叛军订立条约，是不是已得到总统的许可？”中山不好明言，又不愿追问，只微微点头而已。此等处不但显见中山之仁厚宽大，其智虑亦非常人所及。盖如一追问或明言已所不许，则事必立刻决裂矣。海圻各舰兵士，以此都疑心温司令有不利中山之举，要想拒绝司令回舰。中山闻知，再三调解，方才没有实现。其实这时的海陆军有显明从逆的，有态度暗昧，主张中立的，不过尚在酝酿之中，尚未完全成为事实。所以中山唯出以镇静，全以至诚示人，大义感人，以期众人感动，不为贼用。陈炯明此时本在暗中操纵指示叛军的行动，并不曾公然露面，但是舆论上已唾骂的非常厉害。陈炯明没法，只得差钟惶可带了自己的亲笔信，到永丰舰上，晋谒总统，恳求和解。原信道：

大总统钧鉴：国事至此，痛心何极！炯虽下野，万难辞咎。自十六日奉到钧谕，而省变已作，挽救无及矣。连日焦思苦虑，不得其道而行。唯念十年患难相从，此心未敢丝毫有负钧座，不图兵柄现已解除，此正怨尤语也。而事变之来，仍集一身，处境至此，亦云苦矣。现唯恳请开示一途，俾得遵行，庶北征部队，免至相戕，保全人道，以召天和。国难方殷，此后图报，为日正长也。专此即请钧安。陈炯明敬启。六月二十九日晚。

中山见了这封信，还没下什么断语，忽然魏邦平来见，中山便把这封信交给他看。魏邦平把信看了一遍道："看他这封信，也还说得很恳切，或者有些诚意，不知总统可准调解？"中山正色道："当初宋亡的时候，陆秀夫恐帝受辱，甚至负之投水而死。魏同志！今日之事，不可让先烈专美于前，我虽才疏，也不敢不以文天祥自勉。宋代之亡，尚有文、陆，明代之亡，也有史可法等，如民国亡的时候，没有文天祥、陆秀夫这样的人，怎样对得住为民国而死的无数同志，作将来国民的模范。既自污民国十一年来庄严璨烂的历史，又自负三十年来效死民国的初心，还成什么话？"声裂金石，语惊鬼神。魏邦平见中山说得十分严正，不觉勃然变色。正是：

正语忽闻严斧钺，厚颜应须冷冰霜。

未知他如何回答，且看下回分解。

以中山先生之仁厚宽大，而竟有利用其仁厚宽大，以逞其干法乱纪悖逆不道之事者，则信乎叔世人心之不足恃，而君子之不易为也。然而盘根错节，正以造成伟大人物之伟大历史，而最后胜利亦终操于伟大人物之手。彼阴贼险狠之小人，徒为名教罪人，天壤魔蠢而已。吾人观于先生与陈氏之事，乃又觉君子不易为而可为，小人可为而终不可为也。

第一百三十七回　三军舰背义离黄埔　陆战队附逆陷长洲

却说魏邦平听了中山先生一席说话，不觉变色逊谢。邦平去后，海军的消息，日渐恶劣，纷传海圻、海琛、肇和三大舰，将私离黄埔，任听鱼珠、牛山各炮台炮击各舰，不肯相助。一时人心极为惶恐，中山仍是处之泰然，非常镇定，在此危疑震撼之秋，吾不屑责陈炯明，又何忍责三舰，先生之意，殆亦如此。因此浮言渐息。过了几天，钟惶可又代陈炯明至永丰舰，向中山求和。中山笑道："陈炯明对我毫无诚意，求和的话，岂能深信？况且本系我的部队，此次举动，实是反叛行为，所以他只能向我悔过自首，决不能说求和。"名不正则言不顺，先生以正名为言，亦是见大务远。钟惶可还待再说，忽然魏邦平派人来见中山，中山传见，问其来意。来人道："魏司令对陈炯明愿任调停之责，拟定了三个条件，先来请总统的示下。"中山问他怎样三个条件？来人道："第一条是逆军退出省城，第二是恢复政府，第三是请北伐军停止南下。"中山斟酌了一会，方才答应。钟惶可见中山已经答应，便和魏邦平派来的代表，一齐告退。

两人去后，忽然又有粤军旅长李云复派代表姜定邦来见。中山回顾幕僚道："你们猜李云复派代表到这里来，是什么意思？"秘书张侠夫对道："大概是求和之意。"中山点头道："所见与我略同，就派你代表我见他罢！你跟我多年，说话必能体会我的意思，也不用我嘱咐了。"张侠夫应诺，便出来招待姜定邦，问其来意。姜定邦道："此次事件，实出误会，陈总司令事前毫未知情，近来知道了这件事，十分愧恨，情愿来向总统请罪，务乞张秘书转达总统海涵，狗对厕坑赌咒。李旅长愿以身家性命，担保陈炯明以后断无叛逆行为，也请转达总统。”张侠夫道：“李旅长如果能附义讨贼，则总统必嘉奖优容，毫无芥蒂，断无见罪之意。至陈炯明实为此次事变的祸首，亦即民国的罪魁，如可赦免，那么反复无常的叛徒，谁不起而效尤，还有什么典型法纪可言。”其言亦颇得体。姜定邦再三请张侠夫向总统进言劝解，侠夫道：“转言断没有不可以的，至于答应不答应，总统自有权衡，兄弟也不敢专擅。”定邦笑道：“只要张同志肯向总统善言，兄弟就感激不尽了。”说毕，又再三恳托而去。

张侠夫回报中山，中山道：“陈炯明请罪，既无诚意，却偏有许多人来说话，难免别有狡计，我们还当赶紧催促前敌各将士回粤平乱，不可中了他缓兵之计。”林直勉等，这时也在左右，当下插言道：“在目下状况之中，这回师计划，实在非常重要而且急迫。听说温司令因受败类何某等挟制，态度非常暧昧，海圻、海琛、肇和三大舰，也受了叛军运动，不日就要离开黄埔。如三舰果去，则其余各舰，直对鱼珠，都在炮台的监视之下，如炮台发炮射击，各舰没有掩护，必然不能再抗，那时前进既为炮台所阻，要绕离黄埔，则海心冈的水势又浅，各舰决不能通过，那时各舰即不为炮火所毁，也必被他们封锁，不能活动，束手待毙，总统也须预先布置才好。”中山微笑道：“我们既抱为国牺牲的决心，死生须当置之度外，方寸既决，叛军还有什么法子？种种谣言，何足尽信。处处出之以镇静，非抱极大智慧人，何足以语此？在此危疑震撼的时候，我们只有明断果决，支持这个危局，不必更问其他了。”

到了晚上，三大舰突然熄灯，人心倍加惶惑。看中山时，依旧起居如常，如屹立之泰山，不可摇动，尽皆叹服，心思也就略为安定，在危难之时，如主帅一有恐惧扰乱现象，则军心立散。然众人知此而未必能知戒而镇定，较上者亦属出之勉强，中山盖纯粹出之自然，故能成伟业也。单等魏邦平调停的条件实现。到了第二天，陈炯明的部将洪兆麟派陈家鼎拿着亲笔信来见中山。信中的意思，大概说：“自己拟与陈炯明同来谢罪，请总统回省，组织政府后，再任陈炯明为总司令。”中山当时便写了一封回信给洪兆麟，信中所写，无非责以大义，却一句也不提及陈炯明。这天，魏邦平又来见，中山问他，逆军为什么还不退出广州？魏邦平顿了一顿，方才说道："这事还没有十分接洽妥当，最好请总统发表一个和六月六日相同的宣言，责备陈军各将领，不该轻举妄动，那么陈军必然根据这个宣言，拥护总统，再组政府。"原来中山先生曾于六月六日在广州宣言，要求两件事情：一件是惩办民国六年乱法的罪魁，二件是实行兵工制，所以魏邦平有此请求。中山因他事出离奇，便道："魏同志的话，真令我不懂，陈军甘心叛逆，何必去责备他。如果他们确有悔祸的诚意，我自当另外给他们一条自新之路，可先教他们把广州附近的军队，退出百里之外，以免殃及百姓，把广州完全交与政府，方才谈到别的。"魏邦平默然。半晌，又说道："现今事机危迫，总统何妨略为迁就一点，庶几使陈军有拥护总统的机会，也未始不是民国之福咧。"中山正色道："如其不能先教逆军退出广州，则我也宁甘玉碎，不愿瓦全，我系国会选举出来的总统，决不能做叛军拥护的总统。请魏同志努力训练士兵，看我讨平叛逆。"魏邦平道："总统固执如此，恐有后悔。"中山断然道："古时帝王殉社稷，总统是应死民国，何悔之有？"先贤云："临难毋苟免"，能励行此语者其唯中山乎？魏邦平乃默然而去。

次日，林直勉听了这些话，不觉太息道："时局危迫如此，竭诚拥护总统者，究有几人，魏司令不足责也。只不知北伐军队，到什么时候才能南返咧。"正在感叹，忽然有人进来，仿佛很惊遽似的，倒使直勉吃了一惊。急忙看时，原来是林树巍。树巍见了直勉，卒然说道："林同志可知祸在旦夕吗？"直勉惊讶道："拯民兄为什么说这话？"树巍道："顷得可靠消息，三大舰决于今日驶离黄埔，留下的尽是些小舰队，我们前无掩护，后无退路，岂非危机日迫了吗？"林直勉道："这消息果然确实吗？"树巍正色道："这事非同儿戏，哪里有不确实的道理？"林直勉笑道："此事我早已料到，不过在今日实现，未免太早耳。"说着，便和林树巍一同来见中山。中山见了林直勉和林树巍，便拿了一封信及一个手令给他们看。两人看那封信时，原来是许崇智由南雄发来的。春云忽展，沉闷略消。大略道：

陈逆叛变，围攻公府，令人切齿痛恨。北伐各军，业已集中南雄，指日进攻韶关，誓必讨平叛逆。朱总司令所部滇军，尤为奋勇，业已开拔前进，想叛军不足当其一击也。

读完，不觉眉头稍展，说道："北伐军回省，叛军想不日可以讨平了。"中山道："最后胜利，自必在革命军队，叛逆的必败，何消说得。今日果应其言。你们且再看我的手令！"林直勉果然拿起手令一看，原来是令饬各舰由黄埔上游，经海心冈，驶往新造村附近，掩护长洲要塞的，不禁疑讶道："总统为什么要下此令？"中山道："此令还待斟酌，并非即刻就要发表的，你们可不必向人提及。"林树巍道："命令没有发表，我们如何敢泄漏。但总统还没知道三大舰已变节附逆，要离开黄埔了。"中山泰然道："我刚也接到这个报告，所以有驶往新造村的决心。"林直勉道："海心冈的水甚浅，舰队怎样通得过？"中山不答，两人怀疑而退。

到了晚上，海圻、海琛、肇和三大舰，果然升火起锚，驶离黄埔。中山得报，立刻下手令，教其余各舰经海心冈驶往新造村附近。各舰长得令，都派人来禀道："海心冈水浅，如何得过？"中山道："不必担心，我自有方法可以通过，否则我怎么肯下这令？"各舰长只得遵令前进。到了海心冈，果然安然而过，并不觉得水浅。众皆惊喜，不解其故。我亦不解，读者将谓中山有何法力矣。中山向他们解释道："我当时虽不信三舰即时叛变，然而早已防到退路，军事胜负，原难一定，深恐一有蹉跌，便被叛军封锁，所以暗地时时派人去测量海心冈的深浅，据报总在十五尺以上，所以我毫不在意。当时所以不告你们，恐怕万一泄漏，为逆军所知道，在海心冈一带，增加炮兵截击，则我们通过时，未免又要多费周折了。"见中山之镇定，原有计划，非一般忠厚有余，智力不足，所可比拟万一。众皆叹服。

中山到长洲后，即传令长洲要塞司令马伯麟戒备，以防叛军袭击。或请中山驶入省河，乘叛军之不备而攻之，可获胜利。中山叹道："我非不知此举可以获胜，但恐累及人民，于心何安？先看此句，则知后文中山之入省河，实出万不得已，而叛军之殃民，亦益觉可恶可恨。我们现在所应注意的，是叛军探知我们离开黄埔，必然派队来袭击，不可不防。"正说时，忽然枪炮之声大作，探报鱼珠炮台之叛军钟景棠所部，渡河来袭。我要塞司令所部，已出动应战。众皆骇然。中山即时出外眺望，并令各舰开炮助战。钟部因无掩护，死伤甚众，纷纷溃退。中山见马伯麟正在指挥部下追击，心中甚喜。忽见自己队伍中飘出几面白旗来，不觉心中大惊，急忙用望远镜仔细审视，只见几面白旗，在着海军陆战队的队伍中飞扬。可杀可恨。队长孙祥夫指挥部下兵士，反身向马伯麟冲击。钟景棠部乘势反攻，马伯麟抵御不住，兵士大半溃散。中山顿足道："不幸又伤我如许爱国士兵，真是可痛。"说着，便下令教各舰集中新造西方，收容要塞溃兵。

马伯麟登永丰舰向中山谢罪。中山抚慰他道："马同志忠勇可嘉，使人人皆如马同志，则叛军早已讨平。今日的败衄，由于孙祥夫的背叛，马同志何罪之有？"马伯麟逊谢。中山又道："今长洲要塞既失，我欲令各舰攻占车歪炮台，以为海军根据地，未知马同志以为如何？"马伯麟道："车歪炮台，形势非常险恶，炮队密布，要想攻克它果然很难，便想通过也绝不容易，似乎不如把舰队驶到西江去活动，还比较妥当。"中山笑道："马君只知其一，不知其二。我们如往西江，必须经过牛山、鱼珠各炮台，更兼三大舰驻在沙路港口，监视我们各舰行动，便算我们能够冲过牛山、鱼珠，三大舰也必阻止我们通过，到那时我们反而进退两难了。所以我们这时除出袭取车歪炮台，驶入省河一个计划之外，更没有别的妥当方法了。"众人听了，方才恍然，尽皆拜服。

于是中山率领永丰、楚豫、豫章、广玉、宝璧各舰，由海心冈开到三山江口，已经天色微明，各舰先向车歪炮台粤军的阵地。粤军发炮还击。当时舰队炮少，粤军布置既密，大炮又多，各舰长虽然进攻，而甚为惶恐，进退莫决。中山奋然曰："民国存亡，在此一举，今日之事，有进无退。"意气振山岳。说完，即令座舰先进，再令各舰继续往前奋勇冲突。不料舰队刚到炮台附近，粤军预先布置在那里的两营野炮队，立即炮弹齐发，向舰队注射。舰队猛攻多时，终因陆上的部队太少，只攻克东廊一岸。各舰通过时，都受微伤，只有座舰，连中六弹，受伤最重。士兵死伤更多，不能久持，只得直开到白鹅潭，准备召集各舰，以图再举。

恰好又有永翔、同安各舰来附义讨逆，中山甚喜。当时商人恐怕在此开战，颇生恐慌。税务司夏竹和西人惠尔来见中山，相见毕，夏竹先问道："总统来此，是否避难？"中山正容道："我是中华民国的总统，此地是中华民国的领土，我当然可以自由往来，怎么说是避难？以能持重，语自得体。你说的什么话，真使我丝毫不懂了。"题目正大。夏竹支吾道："并非多问，因此地是通商港，接近沙面，唯恐一旦发生战事，牵动外国战舰，发生交涉，所以我请总统不如暂时离开广州，可以不使商业发生影响。"此辈但知奉承资本家、帝国主义耳，他何所知！中山怫然道："这话是你所应说的吗？我生平只知公理和正义，不畏强权，不服暴力，决不怕无理的干涉的。"刚和夏竹卑鄙的心理相反。夏竹默然。惠尔在旁看了，不觉肃然起敬道："总统真中国人中之爱国奇男子，谁说中国没有人才呢！我今日才见总统的大无畏精神咧。"真心佩服。夏竹听了这话，更觉惭愧，便和惠尔一同致敬而退。两人去后，又有海军总长汤廷光来信，请求准予调解。中山当时便写了一封回信，大略说道：

专制时代，君主尚能死社稷，今日共和国家，总统死民国，分所应尔。如叛徒果有悔祸之心，则和平解决，吾亦所愿也。

第二天，中山正在慰劳海军将士，忽接汤廷光送来议和条件，完全以敌体相视，并以次日十二点钟为限。中山毅然令秘书起草，复绝调停。信内有最扼要的几句话道：

叶逆等如无悔过痛改的诚意，即如来函所称，准以明日十二时为限可也。

各士兵听了这事，十分愤激，争着要见中山，情愿出死力讨贼。中山慰谕道："昨天各舰通过车歪炮台时，忠勇奋发，殊堪嘉尚。中国海军，如都能够象昨天那样勇往直前，杀敌致果，则前途实有无穷希望。现在虽在危迫之中，还能如此勇敢向义，叛逆之徒，必然被我们讨平，不过时间问题。诸君何必急急于一战咧。"能使军人如此，先生之德行，岂易多见？各兵士始含愤而退。

此时又有水上警察厅所辖的广亨、广贞两舰，前来效顺。不料开到车歪炮台附近，被粤军炮火截住，两舰抵抗了几个钟头，因舰力薄弱，不能通过，只得和东廊附近陆上的各部队，一齐退到江门。中山得了这消息，正和幕僚谈论赞叹，忽然汪精卫来见，中山问他有什么事？精卫道："刚才得到一个确实的消息，据说叛军在韶关大败，我滇军确已占领芙蓉山、帽子峰等要害，推进甚速，所向无敌。……"精卫刚想说下去，忽然张侠夫匆匆进来说道："奇怪之至！刚来附义的永翔舰，不知如何，又升火要离开这里了。又不先来禀白一声，不知是何道理？”精卫道：“我刚进来时，听说是温司令来召他去的，不知道是否确实？”张侠夫道：“我们该截留住他，别让他离开为是。”中山道：“他既称有温总司令的命令，且由他去罢，不必阻当。”先生一味从容。又回顾精卫道：“你且说你韶关的消息。”精卫道：“我军的飞机队，听说也已经飞过韶关，在马霸、河头等地方抛掷炸弹，命中的很多。现在省城叛党，都有遁逃的现象，韶关大概指日便可被我军克复了。”正是：

岁寒方知松柏劲，世平安识忠臣心。

未知此说究竟可靠与否，且看下回分解。

智者每流于刻，仁者恒失之愚。中山处事，果敢敏决，待物尤极宽仁，而待物宽仁之中，又常含智计，而果敢敏决之中，亦常含宽仁，如言不究叶、李已往之罪，智计也，而有宽仁在焉，其不泥永翔之行，与含容温树德，不欲士兵拒之，宽仁也，而有智计在焉。读者苟能细细绎之，则虽不能亲炙中山，而其兼有智仁勇之伟大人格，亦可于想象中得之矣。

第一百三十八回　离广州乘桴论时务
到上海护法发宣言

却说李烈钧、许崇智、梁鸿楷、黄大伟、朱培德各部军队，在江西的战事，本来节节胜利，已经占领赣南各地，蔡成勋虽代陈光远节制江西军队，也无法抵抗。孙中山发信催促回军平乱的那日，李烈钧正在猛攻吉安，和沈鸿英的部队剧战，以后蔡成勋、周荫人等部队，也加入前线，北军陡然增加了许多生力军，气势大振，因此北伐军不能长驱直上。好在湖南陆军第六混成旅长陈嘉祐所部的一旅，也帮着李军助攻，还能维持个势均力敌，想不到广州政局变动的消息传来，顿时使北伐军生了内顾之忧，只得撤退回粤。陈氏之肉，真不足食也。周荫人部乘势追击，陈嘉祐部被打得大败亏输，因此回不得湖南，只得退入广东，助北伐军讨伐陈炯明。朱培德、李烈钧、许崇智等退到边境，大家商议：我军一齐撤退，北军乘势进逼，则腹背受敌，必难取胜。何况我们饷械的接济，已经断绝，势不能延久，不如留一部分军队，坚守赣南，分一部分军力去讨伐陈逆，方有救应。大家便决定先由朱培德、许崇智、黄大伟等部南下，其余暂留赣南，防北军追击。许崇智的部队担任中路，进攻仁化，黄大伟担任东路，进攻始兴，朱培德担任西路，进攻乐昌，双方剧战多日，互有胜负。李烈钧这时正在防守赣州，也和蔡成勋、周荫人等部剧战。李烈钧虽是智勇兼备的军事家，无奈人数既少，又是久战的疲卒，饷械又无处筹划，因此抵抗了半个多月，已是大不容易。便支持不住，被北军夺了赣州。

恰好这日听说许崇智等的军队，也吃了败仗。南雄、始兴等处，都被陈炯明占领，许崇智等残部，陆续由闽边退去，知道已不能退到韶关一带去，便分向湖南、广东交界的地方退却了。韶关那面，许崇智、黄大伟两部军队，战败退往闽边，朱培德、陈嘉祐等部，还在仁化、乐昌一带剧战，无如子弹缺乏，只得也同时退却，朱培德退向广西边境，陈嘉祐仍回湖南去了。所有北伐部队，到此总算已完全失败。大书特书，所以直诛陈氏之罪也。

这消息传到广州，中山还不肯深信，程潜、居正等都请中山离粤，中山不从道："这种战报，都出之敌方，岂可尽信？万一前方并未失败，而我先离广州，又将何以对前敌与舰队之将士？"苦心孤诣。如此者已非一日，到了八月九日那天，各处败耗，方才证实，中山当即召集各舰舰长，开军事会议，决定大计。各舰长齐声道："赣南既已失陷，南雄又复不保，前方腹背受敌，战事决难顺利。总统株守省河，有损无益，不如暂时到上海去，慢慢的再图讨伐叛逆之计，较为妥当。"中山深知在此无益，便决定离粤赴沪，一面又通告各国领事，说明总统即日离粤的事情，一面又叫人向商轮公司，预定舱位。幕僚一齐谏止道："总统一身，关系民国存亡，何可行此冒险之事？万一叛军有什么阴谋，岂不危险？"中山侃然道："我本中华民国之总统，一切当示人以公正伟大，仍是不肯言逃之意，读之令人起敬。岂可鬼鬼祟祟，学末路政客、失败军阀的样子，秘密动身吗？"是能见到大处，非专以大言欺人者比。幕僚再三婉谏，总未得中山许可。

众人正在为难，恰好英领事托人回报说："孙总统如果决意离粤，我可派炮舰摩汉号，护送总统往香港，不必另搭商轮。而且明天还有俄国皇后号邮船，由香港往上海，如孙总统往上海，请于下午三点钟趁摩汉炮舰到香港，我可以电知香港，预备舱位。"众幕僚听了，都大喜道："难得英领事盛意，总统不可辜负了他。"中山沉吟未答，那回报的人道："英领事此举，非常诚意，总统无论在邦交上着想，或友谊上着想，都不可辜负他。"中山方才应诺，到了下午三时，带了幕僚，登摩汉舰离开广州，舰队的善后事宜，委托秘书林直勉，和参军李章达两人代为办理，并发恩饷一月，以奖励官长士兵忠勇勤劳的功绩。

到了四点钟，摩汉号出发，七时出虎门要塞，中山在船上向众人说道："想不到我们今日竟得脱险，一息尚存，此志不懈，民国责任，仍在我们身上，万万不可轻弃，负了初心。”读之令人起敬，还令人下泪。林树巍道：“总统忠于为国，对于世界政治情形，观察得尤其透彻，不知道中国究要怎样才能富强，脱离次殖民地的地位？”中山素来是沉默庄严的，此日却和往日不同，议论风生，很有悲歌慷慨的样子，当时便回答道：“中国要求自由平等，脱离列强的压迫，除却革命而外，自然更没有第二条路可走。大声疾呼。至如联省自治之说，不过是军阀割据的一种变相，万万不可实行，而且是决不能实行的。”张侠夫道：“美利坚、德意志不都是联邦制吗？为什么在他们行之，便可以致富强，在中国便不能实行呢？”中山道：“你们可谓知一不知二。美德各国，本来没有军阀割据的事实，而且他们的领土较小，不能单独存在，所以可行。至于中国，不但土地比世界各国要大，就是人民也比各国为多，假使准许各省自治，则各省无论在财力兵力上以及其他，都可脱离中央而独立。军阀假自治之名，行割据之实，决不能免，所以不如分县自治，较为妥当。因为县的范围有限，一乡一县的事情，人民容易见到，该兴该革的地方，亦容易实行，可以不致如省自治制的大而无当也。”主联省自治者，未尝不言之成理，惜皆知其一不知其二耳。张侠夫道：“总统伟论，我们都明白了。但此是内政问题，若就外交而论，又当联络哪一国呢？”中山道：“这也未可执一而论，须看他们的情形。”众人齐声道：“请总统不妨把各国的情形，解释给我们听听，看中国该学哪一国？该联络哪一国？”中山道：“美国人素重感情，主持人道，法国尊重主权，又尚道义，英国外交，则专重利害，不过它的主张，中正不偏，又能识别是非，主持公理，所以对外态度，总不失其大国之风。现在我国的外交，该学英国公正的态度，美国远大的规权，法国爱国的精神，即尊重主权，盖尊重本国之主权，即爱国之表现也。以立我们民国千百年永久之大计。至于在国际地位上言之，和我们中国利害相同，又毫无侵略顾忌，而又能提携互助，策进两国利益的，却只有德国。可惜我国人不明白它的真相，因它大战失败，便以为不足齿列，不知道他们的人才学问，都可以资助我国，发展实业，建设国家之用。所以此后我国的外交，对于海军国，固然应当注重，不过对于欧、亚大陆的俄、德两国，更不能不特别留意。不可盲从他国，反被别人利用咧。”今日之外交家，应以此语为针言。众人听了，都各欣然。彼此往复讨论，直到后半夜两点钟，方才各自就寝。

天明六点钟，摩汉舰已到香港，香港政府即时派人来照料搬过俄国皇后邮船。到了正午十二时，邮船开行。次日，又接到广州英领事的无线电，报告白鹅潭海军，和保护人员离粤赴港的情形。中山复电感谢。一行人在邮船住了五天，无非讨论些国家世界的事情，和谈论广州的事变而已。到了八月十四上午，邮船开到上海，中山在吴淞口登陆。其时上海各团体代表在岸上欢迎的足有好几千人，中山听说他们在风雨中，已鹄候了好几日，真是难得。十分感谢。落了寓所后，在下半天便召集中华革命党的同志，讨论国会和时局问题，第二天便发表了一个护法宣言。这宣言的稿子，是中山在邮船上决定的。原文道：

六年以来，国内战争，为护法与非法之争，文不忍艰难创造之民国，隳于非法者之手，倡率同志，奋斗不息。中间变故迭起，护法事业，蹉跎数载，未有成就，而民国政府，遂以虚悬。国会知非行权无以济变，故开非常会议，以建立政府之大任，属之于文。文为贯彻护法计，受而不辞。就职以来，激励将士，出师北向，以与非法者战。最近数月，赣中告捷，军势远振，而北军将士，复于此时为尊重护法之表示，文以为北军将士有此表示，则可使分崩离析之局，归于一统，故有六月六日之宣言，愿与北军将士提携，以谋统一之进行。不图六月十六日，护法首都，突遭兵变，政府毁于炮火，国会遂以流离，出征诸军，远在赣中，文仅率军舰，仓卒应变，而陆地为变兵所据，四面环攻，益以炮垒水雷，进袭不已。文受国会付托之重，护法责任，系于一身，决不屈于暴力，以失所守，故冒险犯难，孤力坚持，至于两月之久，变兵卒不得逞。而军舰力竭，株守省河，于事无济，故以靖乱之任，付之各处援师，而自来上海，与国人共谋统一之进行。回念两月以来，文武将佐，相从患难，死伤枕藉，故外交总长伍廷芳，为国元老，忧劳之余，竟以身殉，尤深怆恻。文之不德，统驭无才，以至变生肘腋，咎无可辞。自兵变以来，已不能行使职权，当向国会辞职，而国会流离颠沛之余，未能集会，无从提出。至于此次兵变，文实不知其所由起，据兵变主谋陈炯明及诸从乱者所称说，其辞皆支离不可究诘。谓护法告成，文当下野耶？六月六日文对于统一计划，已有宣言，为天下所共见。文受国会付托之重，虽北军将士有尊重护法之表示，犹必当审察其是非与诚伪，为国家谋长治久安之道，岂有率尔弃职而去之理？陈炯明于政府中为内务总长，陆军总长，至兵变时，犹为陆军总长，果有请文下野之意，何妨建议，建议无效，与文脱离，犹将谅之。乃兵变以前，默无所言，事后始为此说，其为饰辞，肺肝如见。按当日事实，陈炯明于六月十五日，已出次石龙，嗾使第二师于昏夜发难，枪击不已，继以发炮，继以纵火，务使政府成为煨烬，而置文于死地。盖第二师士兵，皆为湘籍，其所深疾，果使谋杀事成，即将归罪以自掩其谋，而兼去其患。乃文能出险，不如所期，始造为请文下野之言。观其于文在军舰时，所上手书，称大总统如何，可证其欲盖弥彰已。陈炯明以免职而修怨，叶举等以饬回防地而谋生变耶？无论以怨望而谋不轨，为法所不容，即以事实言之，文于昨年十月，率师次于桂林，属陈炯明以后方接济之任。陈炯明不唯断绝接济，且从而阻挠，文待至四月之杪，始不得已改道出师，于陈炯明呈请辞职之时，犹念其前劳，不忍暴其罪状，仍留陆军总长之任，慰勉有加，待之岂云过苛？叶举等所部，已指定肇、阳、罗、高、雷、钦、廉、梧州、郁林一带为其防地，乃辄率所部，进驻省垣，骚扰万状。前敌军心，因以摇动，饬之回防，讵云激变？可知凡此种种，亦非本怀，徒以平日处心积虑，唯知割据以便私图，于国事非其所恤，故始而阻挠出师，终而阴谋盘据，不惜倒行逆施，以求一逞。诚所谓苟患失之，无所不致者。且即使陈炯明之对于文积不能平，至于倒戈，则所欲得而甘心者，文一人之生命而已，而人民何与？乃自六月十六日以后，纵兵淫掠，使广州省会人民之生命财产，悉受蹂躏，至今不戢；且纵其凶锋，及于北江各处，近省各县，所至洗劫一空。人民何辜，遭此荼毒？言之痛心。向来不法军队，于攻城得地之后，为暴于一时，已犯天下之大不韪，今则肆虐至于两月。护法以来，各省虽有因不幸而遭兵燹，未有如广东今日所处之酷者。北军之加兵于西南，军纪虽弛，有时犹识忌惮。龙济光、陆荣廷驻军广东，虽尝以骚扰失民心，犹未敢公然纵掠，而此次变兵，则悍然为之。闻其致此之由，以主谋者诱兵为变时，兵怵于乱贼之名，惮不敢应，主谋者窘迫无术，乃以事成纵掠为条件，兵始从之为乱。似此煽扬凶德，汩没人道，文偶闻野蛮部落为此等事，犹深恶而痛绝之，不图为此者，即出于同国之人，且出于统率之军队，可胜愤慨！文夙以陈炯明久附同志，愿为国事驰驱，故以军事全权付托。今者甘心作乱，纵兵殃民，一至于此。文之任用非人，诚不能辞国人之责督者也。此次兵变，主谋及诸从乱者所为，不唯自绝于同国，且自绝于人类，为国法计，固当诛此罪人，为人道计，亦当去此蟊贼。凡有血气，当群起以攻，绝其根本，勿使滋蔓。否则流毒所播，效尤踵起，国事愈不可为矣。以上所述，为广州兵变始末。至于国事，则护法问题，当以合法国会自由集会，行使职权为达到目的，如此则非常之局，自当收束。继此以往，当为民国谋长治久安之道。文于六月六日宣言中所陈工兵计划，自信为救时良药，其他如国民经济问题，则当发展实业，以厚民生，务使家给人足，使得休养生息于竞争之世。如政治问题，则当尊重自治，以发舒民力，唯自治者全国人民共有共治共享之谓，非军阀托自治之名，阴行割据，所得而借口。凡此荦荦诸端，皆建国之最大方略，文当悉其能力，以求贯彻。自维奔走革命，三十余年，创立民国，实所躬亲。今当本此资格，以为民国尽力。凡忠于民国者，则引为友，不忠于民国者，则引为敌。义之所在，并力以赴。危难非所顾，威力非所畏，务完成中华民国之建设，俾国民皆蒙福利，责任始尽。耿耿此诚，唯国人共鉴之！

此项宣言发表以后，南北人民，才晓然于广东兵变之内幕，都痛恨陈炯明，斥为国家之贼，社会之蠹，而对于中山先生的信仰心，却益发深切坚固，认他宣言的方略，为救国唯一之良猷，即认定先生为现代唯一救世主者。曾几何时，叛逆者终为世弃，而先生革命大业，不久即告成功。可见民心向背，端的关系匪轻。我人论史至此，唯有引用尚书“作伪作德，劳逸拙休”两语，为感叹奋励资料罢了。正是：

君子乐得为君子，小人何苦为小人。

南方兵变事，至此告一段落，同时北方也有几件大事，容俟下回分解。

民国以来，战争靡已，鸡虫得失，蜗角纷持，主事者认为大事，旁观者久已齿冷。寖至弹雨枪林，都成司空见惯，有识者且置为无足评论之问题。唯有一事，足予吾人以确当之教训者，则民心向背，可为胜败之标准，历试皆验，无一或爽。故以广东事变而论，自陈氏背叛，而国人对于中山先生之信仰愈坚，即为革命事业生色不少。是陈氏之所以害先生者，乃适以厚先生耳。小人作祟，虽能逞志一朝，结果每以成全君子之事功。若陈氏所为，不綦然与？不綦然与？嗟夫！彼野心军阀，可以悟矣。

第一百三十九回　失名城杨师战败 兴大狱罗氏蒙嫌

却说民国十一年，除却北方的奉直大战，和南方的陈炯明叛变以外，四川也正在枪林弹雨之中。逐回写来，令人目迷神眩，得此总束，精神百倍。这时四川督军兼省队刘湘，已经通电辞职，所有军民政务，交由他部下王陵基、向楚成两人代拆代行。至于他所以辞职的缘因，大概是由刘成勋逼迫之故。此时四川有实力的军阀，除出刘湘以外，还有川军第一军军长但懋辛，第二军军长杨森，第三军军长刘成勋，都势力很强，而尤以刘成勋的实力最为雄厚。如邓锡侯、赖心辉、田颂尧、刘斌等都听他指挥的。在本年七月初，杨森与但懋辛，又因防地冲突，发生意见。杨森自恃势力较强，竟率兵进迫忠州。忠州原是但懋辛的防地，见杨森大军临境，少不得派兵迎敌。无奈杨森兵多械精，但懋辛如何抵敌得住？只支持了一天，便败退梁山。那梁山是一个小县，在忠州的西北，地当群山之中，形势尚属险要。但懋辛退到梁山，当时便召集部下，开紧急军事会议，商议应付之策。部下军官齐声道："梁山地势险要，进攻不易，我们愿竭死力应战。"但懋辛道："现在我军兵少械缺，饷弹不继，决难持久，不如暂退绥定，一面电成都代表联络刘成勋，协同对杨，方能计出万全。如其困守梁山，再打一败仗，那就不可收拾了。"部下各军官听得有理，便立即开拔，退到绥定，一面电知成都代表，向刘成勋接洽一切。

刘成勋本来也怕杨森势力日渐膨胀，很想驱除他离开四川，无奈一时没有机会，只得隐忍。这时听说杨、但开战，第一军战败，立刻召集赖心辉、邓锡侯一班人，商议道："杨森若战败但懋辛，又得了忠州、万县等地方，势力益强，将来难免侵略我们，不如乘此时机，帮助但懋辛，攻击重庆、泸州，使他首尾不能救应，一则使但懋辛感激，此后可以收为我用，二则可以乘势占领重庆、泸州等地，也可多一筹饷之地，军阀争地以战之目的，不过如此而已，彼辈岂能知大义哉？三则去了腹心之患。"众人一致赞成，正待发电讨杨，恰好但懋辛的代表前来，接洽请救。刘成勋大喜，虚己接纳，十分优待。当由一三两军，共推刘成勋为川军总司令，讨伐杨森。刘成勋即日就职，分派邓锡侯、赖心辉、田颂尧、刘斌各军，往攻重庆、泸州各地，一面电知但懋辛。

此时但懋辛已退到遂宁，得到这个消息，便南下进攻泸州。杨森听说刘、但联军来战，不敢轻敌，在永川、泸州等处，严密防守。但懋辛一则报仇心切，二则得了刘成勋所胁饷弹，军势顿壮，三则杨森兵力已分，反成了此众彼寡，因此激战了几次，杨军节节败退，竟被但军占了泸州。杨森便集中兵力，在永川壁山一方面，并力攻击刘成勋的军队。刘军方面的前敌总指挥邓锡侯，是第三军中最善战斗的师长，本不难一鼓击败杨森，却因杨森把所有的兵力，大部都在这里，拼命的抵御，所以激战了几次，都不曾得手。

邓锡侯焦躁，思得一计，自己向壁山敌阵，猛扑了两次，却急忙退守铜梁去了。杨森只道他要渡嘉陵江，取包抄的战略，便分兵防守这一面。隔日果然探报第一军渡江的很多，杨森急忙把壁山的兵力，调到青木关，一方面却把永川方面的军队，退到来凤驿，使战线缩短，以便救应壁山，不料第三军渡嘉陵江的，不过一部分，大部还在全德场，得了调救青木关、麻柳坪一带的消息，便乘胜袭击。杨军防守人少，又不曾预备，支持不住，立刻溃退。等来凤驿的救兵来时，邓锡侯早已占了壁山。

在永川一方面的第三军，是赖心辉所部的队伍，得了邓锡侯的约会，也乘势猛攻。杨森这时，先得了壁山不守的消息，此时又得了这方面的报告，便又传令来凤驿的军队，退守白市，以便互相救应。

但懋辛自得了泸州后，随即进兵占领合江、江津、綦江等处，这时又下了南川，正待向涪州进攻。杨森恐怕后路有失，急忙分兵去救涪州。重庆方面的兵力，愈加薄弱，邓锡侯、赖心辉等乘势猛攻，杨森大败，退守忠州，连防守涪州的军队，也受了影响，连夜退到石硅去了。邓锡侯等得了重庆以后，立即领兵追击，探报田颂尧克了大竹，刘斌攻克东乡，前进更猛。杨森见忠州已在包围之中，知道难守，便又放弃阵地，退守万县。但懋辛得了石硅，并不休息，立刻前进，在涂井渡江，进扑万县，一、二两军又在怀渡开火，一方是累败之卒，一方仗战胜之威，只支持了半天，二军杨森所部，便大败而退。但懋辛乘势进攻，占了万县，第三军的大队，也陆续到来。休息了几天，又继续前进，和杨森的军队在庙基滩开火。杨森此时已存背城借一之心，所以勉励部下，努力死战，绝不退却。双方激战了几夜，终究众寡势异，渐渐抵挡不住。一、三两军乘势猛扑，杨森顿时大败，士兵纷纷溃散，一部退至湖北施南一带，杨森自己逃到宜昌，向长江上游总司令孙传芳要求收编。孙传芳不敢专擅，电询吴佩孚的意见。吴佩孚正因胜了奉天，陈炯明又逼走了中山，在那里做武力统一的迷梦，吴佩孚武力统一的迷梦，确由此时起。得了这消息，自然极愿收留杨森，为自己将来武力取川的向导，所以立刻电令孙传芳收编，不愿改编的，资遣回籍。孙传芳准此办理，共得了一混成旅之众。吴佩孚仍令驻防鄂边，听长江上游总司令节制调遣。

刘成勋、但懋辛、邓锡侯等自逐出杨森以后，便组织了一个省宪会议筹备会，自己担任筹备员，进行四川自治省宪事宜，以便永久割据。凡赞成或提倡联治者，除却希咽军阀余沥之政客而外，皆军阀之存此心理者也。然川、鄂边境一面，因追击杨军之故，时时有与鄂军开火之虑，所以形势也非常严重。后来经孙传芳和刘成勋各派代表，议定了三条和约：一，川、鄂军同时撤退，两不相犯。二，渝、宜交通，立即恢复。三，川、鄂联防条件，继续有效。方才双方撤兵，言归于好。

吴佩孚自收了杨森之后，教他积极训练士兵，一面又替他补充军械，以备再举，民国以来的失败军阀，只要有一成一旅的余众，不上几时，便又恢复势力，再成军阀。因此兵额虽少，力量倒还充实，吴佩孚自是欢喜。不过此时北方又有直、奉备战的消息，人心非常恐慌。幸喜鲍贵卿竭力调和，又经奉、直当局，通电否认，人心方安。想不到一波方平，一波又起，直、奉战争的谣言方息，北京又发生了一件惊天动地的大案子。却说民国十一年十一月十八日那天晚上，大总统黎元洪，正在批阅文件，忽有众议院议长吴景濂，副议长张伯烈，说有紧要机密事要见。黎元洪很是疑讶，即命请见。吴景濂见了黎元洪，走上前一步，悄悄的说道："有一件机密事儿，和总统接洽。"黎元洪诧问什么事？吴景濂道："财政总长罗文干，订立奥国借款合同，有纳贿情事，请总统即下手谕，命步军统领捕送地方检察厅讯办，以维官纪。这是众议院的公函，这件事情，完全由景濂等负举发之责。"黎元洪接过公函，看了一遍，不觉勃然大怒。黎氏本称廉洁，对于官吏受贿，自应震怒，但此事却不免又受人利用了。立刻下了一个手谕，给步军统领，着将罗文干逮交法庭讯办。步兵统领得了这个紧急手谕，当然不敢怠慢，立派排长王得贵，带领全排士兵，武装实弹的赶到罗文干的公馆里，把士兵四散埋伏了，自己只带了两个人，上去叫开了大门，只推说有要紧事要亲见总长，问总长可在家？门上不明就里，便老实告诉了他。王得贵更不说什么，竟冲将进去。门上拦不住，只得也跟了进来。

罗文干这时正抱着他的爱妾，在那里沉酣于好梦之中。忽听得房门外有人叫唤，不觉惊醒，怒道："什么人，这时候还有什么事？"王得贵道："总长果然在家，我们奉了大总统和统领的紧要命令，特来请总长去商议要事。"罗文干怒道："这早晚还有什么事？你去回复总统，说我明天早晨，再来商议罢。"王得贵道："这不行！统领说过，今天非请总长一到不行。"罗文干更怒道："什么话？我不去，他待怎样？"他的爱妾这时已被他惊醒，见罗文干发怒，忙劝道："人家这样要紧来请你，定有了不得的急事，你不去，岂不误了事啦？"罗文干闻着美人口中一丝丝的香气，吹到鼻孔中来，不觉酥了半边，立刻很温柔的笑道："一时生气，却把你惊醒了，这又是谁的不是啦？"他那爱妾也斜着眼道："别胡说啦，还不起来，别误了国家的紧要事呢！"罗文干被催不过，只得勉强着衣下床，开出门来，只见房门口立着三个军人，和自己一个门房。不觉又发怒，骂那门房道："什么人，也不问个明白，也不先来请示，就糊里糊涂的带进来。"门上应了几个是道："小的和他说过，再三拦他不住咧。"罗文干又很生气的看着王得贵道："你说有什么事？"王得贵行了一个军礼道："统领教咱来请总长即刻过去。"罗文干道："什么事？这样要紧，你回去说，夜深了，有什么事，请你们统领明天到部里来找我罢！"王得贵道："这不行，我们统领奉了大总统的命令，说非请到总长不可。"罗文干又怒又奇的说道："什么话！非去不可！你们统领奉了大总统的命令，干我什么？我又不奉到大总统什么命令，非去不可，这不是笑话吗？”王得贵道：“回总长的话，大总统的命令，就是教总长非去不可的。”罗文干道：“我不懂你的话，你说……”罗文干说到你说两个字，便沉吟着，看着王得贵，等王得贵回话。王得贵知道不和他说个明白，他是不肯去的，便掏出一张公文来道：“请总长瞧这一张公文，就知道了。”罗文干拿着公文看时，只见上面写着两行字道：“奉大总统手谕，准众议院议长吴景濂、副议长张伯烈函开：‘财政总长罗文干，订立奥国借款展期合同，有纳贿情事，请求谕饬步兵统领，捕送地方检察厅讯办。’等由，准此，仰该统领即便遵照，将该总长捕送京师地方检察厅拘押，听候讯办。此谕等因，奉此，合亟令仰该排长即便前往将罗文干一名拘捕前来，听候函送检厅讯办，切切毋延！此令。”罗文干看完，方才恍然大悟道：“好好！原来有这么一桩事，好好！我就和你同走。”说着，便叫人备汽车，和王得贵一同到了步军统领衙门里，步军统领连夜就备文把他送到地方检察厅里去了。还有一位财政部的库藏司长黄体濂，同时也被捕送检察厅。

第二天，国务总理王宠惠，外交总长顾维钧，内务总长孙丹林，陆军总长张绍曾，农商总长高凌霨，交通总长高恩洪等，得了这个消息，真是物伤其类，彼此备位阁员，却无端被总统捕去了一个，如何不愤怒着急？立刻相互打电话，商议了一回，便开了一个府院联席会议，在会议席上，先请黎总统宣布经过事实。黎总统把事情说过以后，高恩洪首先起立说道：“这件事实是总统违法，无论总长犯了什么罪，除却司法机关以外，总统怎么可以叫步军统领捕人？此却是据理而言。何况现行的是责任内阁制，假使大总统随意可以捕人，我们这阁员还干得了吗？”高恩洪坐下以后，孙丹林、顾维钧等也先后立起来发言，责备黎元洪，以为总统违法。黎总统原是个忠厚长者，被他们群起而攻的责备起来，竟一句也不会分辩。张绍曾看不过意，便立起来排解道：“事情已经过去，这时说也无益，不如大家讨论一个补救的办法罢！”高恩洪道：“怎样补救？我们内阁总辞职就完了。”顾维钧道：“现在也没别的法儿，吴、张既为告密，当然该负责任，只请总统下一个命令，叫法庭依法办理，实则严惩，虚则反坐，看他们敢不敢担当？”众皆赞成。当下便照此意拟了一个命令，请黎总统盖印发表。

联席会议刚散，这消息已给吴景濂、张伯烈知道，连忙又赶到公府里来，阻止黎总统盖印。黎总统这时，已弄得全无主见，听了这面好，听了那面也好。吴、张如此说，便把命令搁下不发表了。这件事别的不打紧，却触怒了一位太岁爷吴佩孚将军，立刻拍电痛斥黎总统违法。张绍曾先提出辞职，王宠惠、顾维钧、孙丹林、汤尔和、李鼎新、高恩洪等虽不辞职，却拍了一个通电，大略道：

> 总统违法，拘捕阁员，十九日府院联席会议所拟命令，又因议员包围总统，不令盖印。责任内阁制完全破坏，待罗案解决，即全体辞职，以谢国民。

罗文干在狱中，也呈请总统，将吴景濂告密案，下令交法庭办理。黎总统对于别的，到不甚注意，只有吴太岁爷这一电，却有些受不住。隔了一天，便派孙宝琦、汪大燮、黄开文、荫昌四位大老，亲到地方检察厅里，把这位罗总长从狱里迎接到公府礼官处居住。想不到这位太岁爷的恩主曹锟，偏似和这位太岁故意为难似的，反而发了一个电报，列举罗文干五罪，请中央组织特别法庭，或移转审讯，彻底根究。还有如王承斌、齐燮元、熊炳琦、马福祥、卢永祥等，也纷纷响应，发电攻击罗氏。黎总统有了这位曹老帅撑腰，胆气陡壮，立刻发了一个电报，指斥吴氏。吴佩孚见恩主曹老帅和许多督军的电报，都和自己的电报意思相反，正在懊悔事情做得太卤莽，偏又来了大总统指斥的电报，此时无可如何，只得又发电声明拥护总统，服从曹帅，对罗案不再置喙，所有太岁爷的威风，此时真减削了不知多少。此等地方，我却认老吴还算一个忠厚人。

黎元洪对于这件案子的真相，也曾发电声明，并且反对组织特别法庭，又因曹锟和各督，尽皆攻击罗氏，料道罗氏强不到哪里去，便又送到狱里去，教这位赫赫的总长，重去尝尝牢狱风味。王宠惠、顾维钧、孙丹林、李鼎新、汤尔和、高恩洪等人，便一齐提出辞职，并通电声明："各方举动，不由正规，无力维持，即行辞职，不到部院。唯罗案倘有牵涉之处，仍当束身待讯，决不游移。"黎元洪接了这个辞呈，当即批准，并即特任汪大燮为国务总理，王正廷为外交，高凌霨为内务，汪大燮又兼财政，张绍曾为陆军，李鼎新为海军，许世英为司法，彭允彝为教育，李根源署农商，高恩洪署交通，这件内阁的风潮，总算过去了。闲话少说，书归正传。

却说罗文干下狱以后，到了十二月十一日，经检察厅宣告罗文干案证据不足，免予起诉，方才和黄体濂一同出狱。无奈这件事又引起了议员方面的反对。此时的黎总统，真叫做四面楚歌，双方为难。此时的内阁总理汪大燮，已因军阀政客的反对而辞职，黎总统另任张绍曾为总理。施肇基为外交，高凌霨为内务，刘恩源长财政，张绍曾兼陆军，李鼎新长海军，王正廷长司法，彭允彝长教育，李根源长农商，吴毓麟长交通。一国的内阁总长，废置如弈棋，国事安得不坏。这几位新总长，因恐怕国会投同意票时，遭了否决，竭力拉拢讨好，免不得又询国会的意见，由彭允彝在阁议中提出议决，将罗文干再交法庭审讯，因此又激起了一次大学潮。北京大学校长蔡元培宣言彭允彝干涉司法，羞与为伍，辞职出京，北京于是发生了一个留蔡驱彭的运动，整整闹了两个月。正是：

国家之败由官邪，政以贿成世乃乱。

这次学潮结束的时候，孙中山已回广东，详细情形怎样，且看下回分解。

军阀之离合，大率以利害为断，利害相同则仇雠亦合，利害冲突则夙好亦离，刘成勋之助但懋辛，特以杨之力足为己敌也，使但强而杨弱，则杨可以不走。然则祸福相倚，盛衰相伏之理，岂虚言哉？

第一百四十回　朱培德羊城胜敌
许崇智福建鏖兵

却说广东自孙中山先生赴上海后，陈炯明便于八月十五日回广州，在白云山总指挥处开了一个军事会议。叶举、洪兆麟、尹骥和新近归附的林虎等都以筹饷为言。陈炯明因请接近银行界的陈席儒担任广东省长之职。到了第二个月，自己也恢复了粤军总司令的名称，以叶举兼参谋长。此时李烈钧已抛弃军事，绕道长沙，赴上海养病，陈嘉祐部在湖南已被宋鹤庚部改编，许崇智、黄大伟、李福林等部在福建联络王永泉、徐树铮、臧致平等图攻李厚基，李明扬、朱培德、赖世璜等部经湖南退入广西，梁鸿楷部降了陈炯明。至于广西那面的情形，也很复杂。刘镇寰既通电就广西各军总司令职，而广西自治军韩彩凤据柳州，梁华堂据桂林，陆福祥在桂边，都和刘氏不相统属。陆荣廷又在龙州，就广西边防督办职。沈鸿英也在赣南发出通电，班师回桂，这时西南的情形，真可谓乱得一团糟了。两广此时情形，真紊若乱丝，更过汉末群雄割据时候。

却说滇军朱培德，赣军李明扬、赖世璜等，自从江西退到湖南，湖南边防，顿时十分吃紧。赵恒惕派人敦劝，朱培德等明知久留湖南，也属非计，故于九月中，又退入广西，占领全县，向桂林进展。在桂林的梁华堂，得了这个消息，一面布置防线，一面联络柳州韩彩凤，协力抵抗。韩彩凤自从驱逐卢焘，占领柳州后，势力大张，得了梁华堂的联络，更觉气势十倍，以为朱赖屡败之军，不足以当一击，所以不甚经意。梁华堂等候韩彩凤的救兵不到，只得独力抵御。只一仗，便大败而退，把一座桂林城，轻轻送给朱、赖了。

恰好这时沈鸿英也班师回桂，假道湖南边境，到了桂林附近。讲起沈鸿英军，原和北军合作，抵抗北伐军的，这时因岑春煊蛰伏沪滨，愿和中山先生联络，所以冤家变为亲家，不但彼此合作起来，而且还加入了一个张开儒，彼此又暂时决定，先由沈鸿英向西南柳州进展，扫除韩彩凤。那韩彩凤见滇、赣军占了桂林，重新又来了一个沈鸿英，才觉有些恐惧，不等兵临城下，先自在雒容布防严守。沈鸿英的前队到了雒容，双方开火，因后队尚未赶到，人数很少，抵抗不住，传令后退。韩彩凤以为沈军如此不经战，何足畏惧，便乘势轻进。不料沈鸿英大队到来，奋勇反攻，韩彩凤不过是些乌合的民军，如何抵御，当即大败而走，退回柳州。沈鸿英派师长何才杰追击，又夺了柳州。

韩彩凤失了根据地，真个弄得无路可奔，只得以唇亡齿寒之说，向陆福祥告急。陆福祥知道韩彩凤失败后，自己也决不能免，不如先发制人，所以并不迟疑，立刻派兵和韩彩凤合军，复夺柳州。沈鸿英急忙带队来救，已是不及，只得又退守雒容。韩彩凤乘胜进攻雒容，何才杰接住剧战，沈鸿英早悄悄带了一团多人，绕到韩彩凤阵后，两面夹攻，韩军又大败而退。沈鸿英乘势前进，又占柳州。韩彩凤退到凤凰岭，依险而守，一面向割据南宁的陆云高求救。陆云高见梁华堂、韩彩凤等屡败，恐怕自己也不免，急忙派队驰救，倚仗人多，把沈军驱出柳州，重新占领。不料沈鸿英的退却，本属一种战略，出城时，城里早已埋伏了许多便衣兵士，韩彩凤黑夜进城，如何知道，刚才天色微明，沈鸿英已经反攻过来。韩彩凤正待出城抵御，忽然几处火起，沈鸿英的便衣军纷纷发作，和韩彩凤的自治军巷战起来。韩彩凤听说沈鸿英的军队已经入城，只吓得胆战魂飞，更不管三七二十一，早走上了三十六策的最上策。不料刚到南门，便被沈军的便衣队捉住，韩军无主，不战自溃，纷纷缴械。沈鸿英入城，部下解到韩彩凤，沈鸿英笑道："他已全军覆没，不过一个常人而已，何必杀他。"当下便传令释放。韩彩凤赧然感谢而去。沈鸿英一面布告安民，一面因陆福祥帮助韩氏，电陆荣廷请撤惩陆福祥和林廷俊，否则限十日退出南宁，陆荣廷也没有圆满答复。此老末路，也着实可怜。

其时朱培德正在运动驻扎梧州的粤军刘震寰，对广州宣告独立，讨伐陈炯明，并宣言拥护孙中山先生。在梧州粤军中，有一部分不愿讨陈的军队，连夜逃出梧州，退守封川口，以图反攻。陈炯明得了这个消息，急忙派参谋长叶举为总指挥，带领亲信军队三十营，由肇庆向梧州反攻，真是兵精势锐，十分了得。滇、桂、粤联军竭力抵抗还觉支持不住。朱培德情知不可力敌，变更战略，一方以攻为守，一面请沈鸿英带领所部，取道怀广，去攻陈军的侧面，一方面设法运动陈部在后方的军队和海军倒戈。那叶举正在向梧州猛攻，忽报沈鸿英部攻击四会，方才分兵去救，忽然又报后方梁鸿楷部已附联军，不觉大惊道："梁鸿楷断我们的后路，倘不急退，恐怕要求退而不可得了。"当下一面通知前军，一面急忙退到三水防守。在前敌的各军，得了撤退的命令，方想退时，后路早被沈鸿英、梁鸿楷等截断，当下溃散的溃散，缴械的缴械，只剩得少数部队，退往罗定等处了。叶举退到三水以后，急忙调集北江援军，折入河口，防阻滇、桂联军的东下。无奈军无斗志，屡战屡败，省城震动，一时人心非常恐慌，各团体纷纷派代表谒见陈炯明，请陈下野。到了十二年一月十五那天，情势更紧，部下都主张退保东江。陈炯明尚在犹豫未决，忽报海军总司令温树德已和滇、桂军取一致行动，魏邦平也态度不明，知道事已无可挽回，只得长叹一声道："大势至此，只好退保东江，一切事情，由你们斟酌做去，我就徇了人民之请罢！"亏他老面皮。当日便通电下野，领兵退出广州，往守惠州根据地，一部分退往北方韶关一带，以便和吴佩孚派往援闽、师次江西的孙传芳部队联络。综计六月十五通电请孙中山下野，到十二年一月十五，陈炯明自己通电下野，整整不过七个月，距八月十五复回广州，不过五个足月。真是何苦。设陈氏能预知如此短促，当亦不复甘冒此叛变之名矣。作者于此，特地将他日子细算一番，调侃不少。陈部洪兆麟的军队，原属湘军，并非陈氏嫡系，这时见陈氏失败，便在汕头宣告独立，欢迎孙中山、许崇智回粤。陈氏叛变，洪兆麟最为卖力，此时叛背陈氏，亦最起劲，此辈心目中，固未尝知有信义也。孙中山此时尚在上海，许崇智则在福州，他从韶关战败后，便和黄大伟、李福林等退入福建，因福建督军李厚基祸国害民，致电声讨，恰好这时徐树铮到闽，暗地运动李厚基部的旅长王永泉和许崇智联络，反对李厚基，并通告设立建国军制置府，限李厚基于二十四小时内退出福州。李厚基见了这个电报，勃然大怒，即刻率领亲信部队，到水口来和王永泉决战。双方支持了几天，未见胜负。许崇智探得福州空虚，便派黄大伟和李福林，连夜前往袭取，福州既无守备，自难抵御，因此黄、李两人，不费吹灰之力，便得了福州。李厚基听说福州已陷，无心作战，王永泉乘势进攻，李军抵抗不住，立刻溃散。李厚基急忙逃入日本籍的台湾银行，第二天又逃入中国军舰。海军中人，对李厚基原无好感，当时便把他监视起来了。他还有留下的亲信军队史廷飏部，想复夺福州，再去声讨王永泉，不想也敌不过黄、李部队，只一仗，便大败而退，也被海军陆战队，截留遣散。

许崇智与徐树铮、王永泉，进了福州，便商量建设计划，徐树铮毫不客气，何必客气。决定依照自己所著的《建国真诠》，设官分职，以制置府名义，任王永泉为福建总抚，统辖军民两政。这些消息，传入陈炯明和北京政府当局的耳朵里，尽皆担心。此时陈炯明虎踞广州，正是全盛时代，立刻便派洪兆麟为援闽总司令，尹骥为总指挥，率部讨伐许崇智。洪兆麟虽则接受此项命令，但到了汕头，便不肯前进，所以此路军队，和许崇智并未接触。北京政府所患的，却不在许而在徐，所以也派江西的常德盛师为援闽总司令，入闽讨伐徐树铮。常德盛进兵以后，又派李厚基为福建讨逆总司令，萨镇冰为副司令，高全忠为闽军总指挥。萨镇冰原属海军中人物，得北京政府的好处，便竭力为李厚基想法，因此李厚基得脱离海军监视，赴南京求援。

许崇智等在福州得了这个消息，便开会讨论。李福林道：“孙总统昨天电任我们为东路讨贼军一二三路司令，并说前福建第二师长臧致平，已经回到厦门，一定有所活动，南路可以无忧。常德盛未必肯死战，我们只派队堵截，也不必十分担忧。至于高全忠并无大不了实力，也不足虑。我们现在要留意的，只有海军一方面罢了。”许崇智等都称是，便决定防守西北路，一面向海军疏通，教他们不要帮助北京政府，至少的限度，要守中立。一面又通电，就东路讨贼军司令职。

许崇智部许济，奉了许崇智的命令，在杉关防守，常德盛的军队到了杉关，许济不战而退。常德盛兵占了杉关，又向光泽进展。许济接住，稍许抵抗了一会，便退守邵武，常德盛觉得非常奇怪，反而不敢轻进，竟在光泽逗留住，改攻势为守势了。许济得了这消息，立刻电报许崇智，许崇智大笑，和黄大伟又商量了一条密计，只过了两日，黄大伟便领着原部，投西北路上去了。

一日，忽然徐树铮来访，二人谈了一会军情，忽然说起制置府的事情。许崇智道：“制置府的存废，现在并无问题，只有总抚，闽人却非常反对。还是设法改变的好。”徐树铮默然，半晌，方道：“我改任王永泉为总司令，林森为省长，军民分治如何？”许崇智道：“这也是救急之法，不妨如此决定。”次日，徐树铮果然下令，裁撤总抚，改任王永泉为福建总司令，林森为省长。王永泉初时还不知是怎样一回事，后来听说是许崇智的意思，十分不悦，王永泉之反对许崇智，盖种因于此。对徐树铮的态度，也渐不如前。徐树铮见机，于十一月二日，离开福州去了。许崇智和王永泉，却仍似往日一般共事。

其时李厚基在南京得了齐燮元的帮助，携着巨款，到厦门和高全忠商量，要想反攻福州，谁料臧致平的旧部，已经接洽妥当，在夜间一齐发动，围攻高全忠。高全忠大败，和李厚基一齐逃到鼓浪屿去了。常德盛部此时已占领邵武，听了这个消息，一面又探报黄大伟已领兵到泰宁，将绕攻后路，便不战而退，竟连杉关也完全放弃。许济即跟踪前进，收复了杉关。吴佩孚听说援闽各军屡败，十分震怒，又令长江上游总司令孙传芳为援闽总司令，移兵入闽，一面又令驻扎江西的周荫人为总指挥。周荫人奉令，便带领一混成旅军队，开入邵武。孙传芳也运兵由武穴入赣，转入福建，准备厮杀。不料孙传芳军队，到得福建时，许崇智已由孙中山任命为广东总司令，拔队回粤。王永泉本已与许崇智不和，当时便联络萨镇冰、刘冠雄等，电致中央，声明拥护。孙传芳得了这报告，也电呈中央和曹、吴请示。吴佩孚知道他的意思，当即电请中央下令道：

> 迭据萨镇冰、刘冠雄电呈及臧致平、王永泉一再来电，详述前此不得已之情形，及拥护中央之赤忱，所有前此讨逆军总副司令名义，应即撤消，其援闽军队，着即停止进行。所有闽境主客各军善后事宜，即责成萨镇冰、刘冠雄、孙传芳妥为协商办理。总期彼此相安，毋再发生枝节，以重民生。此令。

除这一个命令以外，还有三道明令，同日颁布。一道是令李厚基来京，另候任用，一道是裁撤福建督军缺，一道是取消王永泉的通缉。比及孙传芳的军队到了福州，北京政府又下了一大批命令，一是特派沈鸿英督理广东军务善后事宜，一是特派杨希闵帮办广东军善后事宜，一是任命林虎为潮梅护军使，兼任粤军总指挥，一是任命陈炯明为广东陆军第一师师长，一是任命钟景棠为广东陆军第二师师长，一是任命黄业兴为广东陆军第一混成旅旅长，一是任命王定华为广东陆军第二混成旅旅长，一是任命温树德为驻粤海军舰队司令，一是特派孙传芳督理福建军务善后事宜，一是特派王永泉帮办福建军务善后事宜，任命臧致平为漳厦护军使。孙传芳等得了这命令，便通电就职，福建的事情，总算告了一个段落，暂且按下不提。

再说许崇智部不曾回到广东之前，广州各军，共同设立了一个海陆军警联合维持治安办事处，推魏邦平为主任。不料在海珠会议席上，朱培德因魏邦平前此曾经附和过陈炯明，言语之间，彼此发生冲突起来，滇、桂军恐怕他反动，索性将他扣留，一面将他所部陆军第三师缴械遣散，以前附和过陈炯明的粤军和刘震寰的部队，都离开广州去了。沈鸿英把自己的部队，也开到广州城外，通电欢迎孙中山先生回粤，主持善后，一面又电促许崇智急速回粤。许崇智率队到了大埔，不知怎样，和洪兆麟的军队，又发生冲突起来。洪兆麟不愿和许氏发生战祸，至危及自己的地位，传令部下退让。许崇智因此得通过饶平，到达潮州。这时尹骥的部队，驻扎汕头，正想派队堵截，忽又听说商会已接到许崇智的电报，勒令供饷二十万，不觉大怒，立刻派兵向许崇智进攻。因此许崇智军，不能直接回到广州。正是：

未见岭南弭战事，又睹闽海起风云。

未知后事如何，且看下回分解。

自陆、莫相继失败，孙先生回粤主政，不但西南人民，喁喁望治，即全国人心，亦深盼北伐早成，以遂来苏之愿。不图陈氏叛党，喋血省垣，致革命事业，为之停顿，孙先生亦不得已蒙尘离粤，暂避凶锋。数月之间，内乱复起，各派纷争，甚且蔓延桂闽湘赣，同受兵灾，主将既倏离倏合，各派亦忽战忽和，而究其离合和战之故，虽个中人且不能自解，遑论其他。要之害民伤财，折兵损械，则为不可掩之事实，谁为祸首，贻此鞠凶，诚不能不深恨陈逆之狼子野心，祸延各地也。

第一百四十一回　发宣言孙中山回粤
战北江杨希闵奏功

却说许崇智回到潮阳的时候，孙中山先生已由上海回到广东，重任大元帅，派胡汉民、孙洪伊、汪精卫、徐谦四人驻沪，为办理和平统一的代表，任命徐绍桢为广东省长，沈鸿英为桂军总司令，杨希闵为粤军总司令，一面又发表一篇宣言道：

文曩在上海，于一月二十六日宣言和平统一及裁兵纲要，并列举实力诸派，藉共提携，推诚相与，以酬国人殷殷望治之盛心。其后迭得芝泉、雨亭、子嘉、宋卿、敬舆诸公先后复电，均荷赞同。文亦以叛陈既讨，统一可期，虽滇、桂、粤海诸将及人民代表，屡电吁请还粤主持，文仍复迟回，思以其时为谋统一良好机会；又以沪上交通亦便利，各方接洽亦最适宜，故陈去已将弥月，而文之返粤，固尚未有期也。不图以统筹全国之殷，致小失抚宁一方之雅。江防司令部会议之变，即上回海珠会议决裂、魏邦平被扣之事。哄动一时，黠者妄思从而利用，间文心腹，飞短流长，以惑蔽国人耳目，以致黎、张南下代表，因而中止，全为浅薄，已可慨叹。文之谋国，岂或以一隅胜负，断其得失也？而直系诸将，据有国内武力之一，乃独于文裁兵主张，久付暗默，怀疑之端，亦无表示。报纸所传，竟谓洛吴于自治诸省，均欲以武力削平，以平昔信使往还，推之当世要贤，不容独有此迷梦。贤者固不可测，文于今日，犹未忍遽以不肖之心待之，而深冀其有最终之一悟也。抑文诚信尚未孚于国人，致令此唯一救国之谟，或反疑为相对责难之举。藉非然者，何推之浙卢、奉张而准，而于举国人心厌乱之时，复有一二军阀，乘此潮流而趋，而至于悍然不顾一切也？以文与西南护法诸将，讨贼伐暴之初志，固有大梗，何难重整义师，相与周旋？顾国人苦兵久矣，频年牺牲，已为至巨，而代价复渺然不可必得，文诚思之心悸。万不获已，唯有先行裁兵，以为国倡。古人有言："请自隗始。"以是之故，断然回粤，决裁粤兵之半，以昭示天下。文兹于今月二十一日（十二年二月），重莅广州矣，抚辑将士，绥靖地方外，首期践文裁兵之言。同时复从事建设，以与吾民更始。庶几文十余年来苦心经营之建国方略，一一征诸实现。以吾地广人众之中华民国，卒与列强共跻大同之域，共和幸福，乃非虚语。天相中国，能进而推之西南诸省，以暨全国，其为长愿岂以企伏？胜一隅之与全国，渐进之与顿改，其图功之利纯，收效之速缓，昭然未可同日而语，称铢而计。故文之愚，尤以纯一为能，立供国民以福利，遂不惜举当世所碍之武力，以为攘窃权利之具者，躬自减削，以导国人。亦冀拥节诸公，翻然憬悟，知今日而言图治，舍裁兵，实无二法。文倡于前，诸公继之，吾民馨香之祷，岂有涯涘？若必恃暴力以压国人，横决之来，殊可危怛。诸公之明，当不出此。披沥陈言，鹄候裁教。孙文敬印。

此时恰值李烈钧回粤，孙中山便任为闽、赣边防督办，并令他收编潮汕陈炯明旧部，移驻闽边，所遗潮汕防地，让给许崇智填驻。不久，北京政府又有特派沈鸿英、杨希闵等督理广东军务善后事务的命令，沈、杨此时既已归心中山，当然谢绝不受。初志未尝不佳。中山见他们不肯接受北京政府的命令，自是欢喜，但因广州城驻兵太多，未免骚扰地方，因此着沈鸿英移防西江。沈鸿英奉了中山命令，也自不容推诿，便在四月一日出动，把所部分次运到三水、肇庆等地。其实沈氏此次移防，并不愿意，很有反抗异谋，只因自己布置，并未十分周到，只得暂时隐忍。再则北方曹、吴之徒，唯恐中山在广东站住脚根，使他们地位发生危险，屡次派人向沈鸿英游说。主要的说词，是说："你们这些部队，并非孙氏嫡系，无论如何忠于孙氏，总未必能使孙氏信任，将来冲锋陷阵的苦差使，固然轮得着，至于权利，休想分润一点。只看中山对人谈论时，每说唯有许崇智的部队，才是我的亲信嫡系，其余都是靠不住的，就可见他的态度了。现在正好归顺中央，驱逐孙氏，自居广东督理，那时大权在握，岂不胜似寄人篱下？替人家拼死力的做事，还要听人家的指挥，受人家的闲气。”这种说话，不知在沈鸿英耳朵边，说了多少次。

沈鸿英原是个野心家，听了这话，如何不动心？苟此公坚贞如一，何能闻此荒谬之语？要之沈氏反复之流，不足以语大义也。便要求曹、吴的代表，转请洛吴帮助，洛吴哪有不肯之理？当时便派张克瑶、方本仁、岳兆麟等部队，驻扎赣南，相机援助。沈鸿英这才大喜，便借移防为名，把军队在韶关、新街一带集中，一面借与北军联络，一面作两面包围广州之计，设总司令部于新街。到了四月十六日，便在新街就北京政府所派的督理广东军务职，一面效法陈炯明故智，堪称陈逆第二。通电请孙中山离粤。这电报发出后，便由所部在广州攻击杨希闵的滇军。中山令杨希闵、朱培德等，滇、桂、粤各军，合力抵御。沈鸿英也加调大队救应，双方支持了几日，沈军不敌，败回新街。如此不经战，何苦作祟，亦唯此等专能作祟而不经战之军队，正该逐一刬除，方能成革命大功。杨希闵进兵追击，沈鸿英守不住新街，又退守源潭，和杨希闵相持。沈军留驻肇庆的张希栻部，也和孙中山系的陈天太部开战。一时间，各方的风云都紧急起来。

中山先生内拟建设，外应军事，十分忙碌。肇庆开战那一天，中山正在计划军事，忽报陈策、周之贞来觐，中山即令传见。二人行礼已毕，问起军情。中山道：“北江现有大军，只在月内，必能消灭沈鸿英的势力，只有肇庆一面，陈天太一人，现在虽报战胜，张希栻已退禄步，但天太为人素极躁直，部下反对已久，恐怕不是张希栻的对手。”中山先生可谓知人。陈策、周之贞齐声道：“既然如此，大元帅何不派策等率领本部军队，和张希栻一战。策等虽然不材，料想一个张希栻，只在期日之间，便可荡平。”中山大喜，即时令陈、周克日西征。陈、周各率所部，向肇庆进发，在路得报，陈天太被部下所逐，张希栻重占肇庆，便急电报中山。中山即批令兼程前进。陈、周两人奉令，火速前进，到了高要，正和张军接着。陈、周乘着一股锐气，奋勇猛攻。张希栻抵敌不住，只得放弃了肇庆，仍复退守禄步司。陈策和周之贞占了肇庆，又向禄步进迫。张希栻竭力抵御，正在危急之时，恰好梧州方面的援军开到，人多势众，又把陈、周战败，重复夺回肇庆。陈策、周之贞退守横槎，向中山求救。中山又派了一团人，前去助攻。陈、周得了援兵，又向肇庆进逼。双方在后沥汎先开了一次火，张希栻败退，入城固守。陈策、周之贞传令围攻，张希栻也竭力死守，维持了十多日，城内饷弹两竭，只得放弃肇庆，突围而出，带着残军，逃奔梧州去了。

杨希闵自从击走沈鸿英，在源潭又支持了多天，急切未能攻下，却是中山授与密计，教他分兵攻击清远，断他和西路张希栻军的联络。杨希闵得令，便派队占了清远，把守清远的沈荣光击溃，一面又联络桂、粤各部，先用全力，向沿粤汉路一带的沈军进攻。沈鸿英因听说清远被攻，急忙分了一大部队，前往夺回清远，因此花县一带，兵力甚为单薄。结果清远虽则夺回，沿铁路的部队，却被联军击得大败而退。联军乘胜进逼，连克源潭、英德、琵琶江等地。沈军大为失势，只得放弃前线，退保韶关。联军跟踪进逼，双方又激战了一日夜，沈军屡败之余，气势不振，自是支持不住，只得又放弃韶关，退保南雄，向北军方本仁等求救。

这方本仁原奉吴佩孚的命令，为援粤而来的，怎敢怠慢？当下派遣部队，帮助沈鸿英反攻。沈鸿英得了北军的援助，正待进兵，忽然粤军谢文炳，率领一师军队，前来助战。沈鸿英大喜，便令为右翼主军，自任中路，以北军为左翼。一时军势大振，沿路抢劫奸淫的，向韶关进攻。杨希闵等一面拒敌，一面电报中山，请示机宜。中山得了此电，便宣示左右，商议抵御之策。左右都道：“沈、谢屡败之余，必不能作战，北军虽勇，地势不熟，我军倘能奋勇进击，一鼓可服。”中山笑道：“话虽如此说，但是沈鸿英、谢文炳报仇心急，北军南来，气势正旺，如用力敌，胜负未可必，而我军损失已多。不如令杨希闵等暂时退守，不可力战，以骄敌军的气焰。等到敌军气衰，然后反攻，那时方一鼓可破。”左右都赞服。人人说孙先生是政治家，其实革命伟人，断无不兼擅军事者，观孙先生可知。中山便将此意电示杨希闵。杨希闵遵令，并不力战，全师而退。因此沈鸿英军又占领韶关，进占英德。

北军见屡次胜利，极其骄横，有时连沈鸿英和谢文炳的部下兵士，也受他们凌虐。谢、沈的部下，略有反抗，北军便道：“你们没有咱们来救，早做了广州的俘虏，打了靶咧。军队谓枪毙曰打靶，受伤曰戴花。现在不谢咱们，倒敢和咱们强嘴！”沈、谢的部下，回去禀告长官，长官又得了高级长官的命令，只教部下士兵退让，不准反抗，得罪北军。因此谢、沈部下士兵，十分怨望，都说：“这里既然只用几个北军便够了，何必再要辛苦我们作战，我们乐得舒服舒服，让北老拼命去。”这话一人传十，十人传百，大家都怀着怨愤之意，毫无斗志。却早在先生算计中。这消息被杨希闵探听了去，便召集将士讨论进攻。将士都请一战，杨希闵道：“敌军重兵，都在韶关一方，英德只有谢文炳部防守，我们不如先出其不意，攻破英德，解决了谢文炳，然后以全力进攻源潭、韶关，可操必胜。”知彼知己，也是将才。议定之后，当下领了本部军队，去袭英德，一来谢文炳不曾防备，二来士无斗志，所以杨军一到，谢军便不战而溃，纷纷缴械。谢文炳带领残军，由阳山、连山一带，退入湖南，谁知湘省政府，不许逗留，谢文炳只得把残部交与湘省改编，自己由长沙转赴上海去了。

杨希闵占领英德以后，又请部下师长赵成梁商议道：“韶关东面的平圃司，是韶关往南雄的要道，你可率领本部将士，走枫树坳小路，在平圃司左近埋伏，等我进攻韶关，敌军必然竭全力来和我激战，你那时可乘虚攻占平圃司，向大桥墟一面进逼。敌人见后方不妥，必然慌乱，我军乘势进逼，韶关不难一鼓而下。”赵成梁得令而去。杨希闵自己带领一万多人，向韶关进发。沈鸿英在韶关，听报英德已失，谢文炳溃入湖南，十分惊讶，连夜便在韶关南面掘壕备战，一面又把后路兵力，全部调到韶关，果然着了杨希闵的道儿。以备一战击退杨军。两军接触以后，杨军进攻甚猛，幸喜北军十分勇悍，虽大敌当前，绝不畏缩，支持了几日。赵成梁师已到平圃，就近地方虽还有些沈军，力量十分薄弱，如何够得赵成梁一击。沈军放弃了平圃、大桥一带，急忙飞报韶关。沈鸿英得报，惊讶道：“这倒是我失算了。”部将听说后方有失，都请回兵救应。沈鸿英道：“我若回救平圃，敌人乘势进攻，刚好中了他的计策，我们不如拼力死战，打败了杨希闵，赵成梁如何敢孤军深入？不必我们回救，自然退走咧。”却也有算计，鸿英固不如彩凤之愚。诸将信服，一齐奋勇进攻。

杨希闵刚才也得报，赵成梁占领平圃、大桥，方以为沈军必退，现在见他不但不退，反而反攻得十分猛烈，惊疑不置，和幕僚讨论了一会，都说：“必然沈鸿英想先行打破我们，再回去救援平圃、大桥，我们不如诈败而退，却留些部队埋伏在左近，他如进追，可用以抄袭敌人后路，如回救平圃，又可出其不意的袭取韶关，倒是一举两得之计。”杨希闵依言，便分派一部分人，在左近埋伏，自己率队向小坑方面且战且退。沈鸿英部下将士，见杨军败退，都主张追击。沈鸿英道：“放弃东面阵地，只一味前进，固然也是一种战略，但东路敌人如向韶关进逼，正面的敌人又伏兵抄我后路，则我军进退两难，必然全部败溃。不如派兵东去，名为回救平圃，且走小路在新岑塘扎住，如东路敌人听说正面战败，自己退去，不必说，要是向西进展，便可用作抄袭后路。如正面敌人乘我分兵回救，全力反攻，又可用以攻击敌人侧面，分一军而有两军之用，方是妙计。”确是妙计，其如天不能容，反以致败何？商议已定，便分拨一支军队，向东进发。

不料赵成梁得到正面败退的消息，既不退去，又不向西进攻，倒从大桥一路，来救应正面，想抄袭沈军的后方。到了新岑塘，刚好遇见了沈军，双方便开起火来。那杨希闵埋伏下的军队，见沈军向西移动，向韶关袭击。沈军接住激战，杨希闵重新反攻，一面派队去救应赵成梁。到了新岑塘，恰好赵、沈两军，在那里激战，当下便奋勇向沈军后方进攻。可笑这路沈军，本打算抄袭两路敌人的，谁知反被两面敌人夹攻，战不多时，便即溃退。赵成梁等乘势追击，来攻韶关的侧面。沈鸿英军知道东路军队战败，后路已绝，顿时军心大乱，不战而溃。沈鸿英只得率领残部，绕道仁化，退到南雄去了。杨希闵克了韶关，又向南雄进逼。沈鸿英军损失太重，情知不能再战，只得跟着北军，退入江西大庚去了。北江的战事，至此方算结束，但东江的战事，却正在十分激烈咧。正是：

皮之不存，毛将焉附？
师出无名，徒然自苦。

欲知究竟，且看下回分解。

军阀之势，易盛亦易倒者，何也？盖其盛也，非其力所能，徒以吸收杂色队伍而成，杂色队伍即所称乌合之众也，既无纪律，又不耐战，故不久即仍被他人吸收以去，而瓦解之势成矣。西南自陈逆背叛，各军效尤，纷攘杂作，互相雄长，此皆所谓乌合而杂色者也。使终隶孙先生部下，则孙先生亦不且近乎军阀也哉？天诱其衷，此属陆续叛变，使先生得假手嫡军，一一荡平，内部既清，方能对外，革命功成，实基于此。入谓陈、沈辈无良，吾谓天佑中国，实有以促其叛变而使之同归于尽，以造成先生之伟业也，于诸军乎何尤？

第一百四十二回　臧致平困守厦门
孙中山讨伐东江

却说陈炯明的部队，自从退出广州后，除却退北江的谢文炳一师外，其余大部俱在惠州。初时粤军因布置未周，不曾发动，到了五月九日（十二年），叶举通电诬斥中山在广州纵烟开赌，卖产勒捐，两军方才渐至实行接触。其时北方的反直一派，极望中山和陈炯明和平解决，合力反直，因此吴光新等，纷纷在广州、惠州两地活动，劝他们言归于好，共同北伐。双方虽未必听他的话，战局却和缓下来。不料陈氏乘孙军不备，袭取博罗，进窥石龙，一面又运动海军反孙。温树德因前此曾经附陈，现虽在孙中山部下，心中不安，受了陈炯明运动，立刻允许反孙，为里应外合之计。消息传入中山耳中，不觉震怒，立刻下令免温树德海军总司令职，并饬各炮台加紧戒备，并改换各舰长，由大元帅直接指挥。因此陈炯明的逆谋，完全失败。

中山把广州的事情，布置停当，立命各军向惠州进攻。其中只许崇智在潮州、汕头一带，被林虎战败，退守揭阳，此时并不在围攻惠州各军之中。这时陈炯明守惠州的是杨坤如，虽则屡次战败，却不肯放弃，只是一味死守，因此孙军急切未能攻下。中山集众将商议道："李烈钧收编的两旅，现在又为林虎所收，敌势愈强，好在厦门臧致平已联络许总司令的留闽余部，和闽南自治军，南图潮、汕，现在已克饶平、黄冈，如能攻克潮、汕，消灭林虎、洪兆麟等的势力，然后出其全力来攻惠州后方，则惠州腹背受敌，其亡可立而待。所以我们此时还是以攻为守，静待攻克潮、汕，再行猛攻不迟。”这计划虽是如此决定，不料滇军内部各派，竞争总司令地位，一部分竟发生通北嫌疑。其嫌疑最重的，当推师长杨如轩、杨池生两人。杨希闵不待他们谋逆，便下令驱逐。两杨立不住足，带领残部，投江西去了。

中山因滇军太纠纷了，下令废除总司令，将所有滇军，改编为四军，任杨希闵、范石生、蒋光亮、朱培德四人为一、二、三、四军长，这件事方算解决，只静候臧、许攻克潮、汕，便可以夹攻惠州。不料林虎、洪兆麟向饶平反攻，臧军竟被击退。林虎占了饶平，便向平和进展。臧致平一面派兵坚守平和、诏安、云霄一带，一面要顾北面王永泉部的南下，一面又要防备到海军杜锡珪、杨树庄等的袭击，十分吃力。此时臧致平确不易应付。其时孙传芳已在福州就督理职，吴佩孚屡次电令解决臧致平，孙传芳前次因初到福建，布置尚未十分周密，所以迟迟不发，等到臧致平实行对省独立，南图潮、汕，方才下了武力解决的决心，一面令王永泉南下夹攻，抚臧致平之背，一面请杜锡珪令杨树庄率舰队和陆战队进攻厦门。臧致平因此各方吃紧，不能专顾南路，被林虎攻入了平和，云霄、诏安也相继失守，漳州吃紧。臧致平正想派兵堵截，忽报海军陆战队，已在金门登陆，舰队已入嵩屿，厦门吃紧，不觉大惊道：“厦门为我根据地，如被海军占领，则此后饷械都无所出。我军虽不被攻击，也不能在福建立足了，我当自往救之，宁失十漳州，不可失一厦门也。”因尽领漳州的军队，来救厦门，一面派使，假与海军议和，一面乘各舰不曾防备，开炮轰击，命中的很多，各舰带伤的不少，要想发炮还击，又被外舰干涉，只得和陆战队一齐退出。

这一回虽侥幸胜利，那漳州因留下的只刘长胜一部，兵力十分单薄，林虎乘虚进攻，刘长胜素闻林虎勇悍善战，心中怯惧，不曾交锋，先自逃走。部下无主将指挥，不战而溃。林虎既得漳州，便进逼厦门，恰好王永泉军也从同安来攻，因此厦门数面受敌，形势甚危。臧致平连接警报，闷闷不乐的回到公馆里。他夫人见了他这忧愤的样子，知道一定是前方失利的缘故，着实慰解了一会。臧致平叹道：“你不知道现在厦门危险的情形，还是这般宽心。可知同安、漳州，俱已失守，王永泉、林虎，围攻厦门，海军虽暂退去，必然复来，厦门三面受敌，必不能坚守，你教我怎不忧愁？”臧夫人道：“既然如此，你何不索性放弃了厦门，带领家小，到上海去居住，也免得在这里惊恐担心。”臧致平道：“你们这些女子，未免太不懂事。你想！

我奉了孙中山先生的重托，把厦门一方的责任，全交与我负责，我现在既不能克敌，又不能死敌，见着危险，也不筹度一下，便带着家小，躲到上海去了。不但将来见不得人，便连死在前敌的将士，也如何对得住？古人说：'城存与存，城亡与亡'，这方尽得守土之责，我现在决定死守，决不轻易放弃。此一段话，颇有丈夫之气。至于你们这些人，并没有什么责任，可先送你们到租界上去居住。"臧夫人再三相劝，臧致平总是不肯。第二天，果然令人把家小送到租界上去，自己又召集了各团体的代表开会。各团体不敢不来，到齐以后，臧致平便向众人宣言道："现在王永泉、林虎夹攻厦门，我军虽不曾失战斗力，但亦不能在三五天内，击退敌人，希望敌人被我击退，不但是厦门一地之幸，也是国家之福。万一不能打退，我唯遵守古人城亡与亡、城存与存的两句话，决不轻言放弃。至于地方上治安，我当竭力维持，如有不守本分骚扰商民的兵士，一经查出，立即枪毙，以肃军纪。但军饷一事，却不能不希望地方上帮忙筹集。"各团体代表，面面相觑，不敢回答，唯唯而退。臧致平在军阀中犹为较佳者，而其威犹使人民结舌不敢言其所苦，则其他军阀可知，其他强梁悍恶之军阀更可知。

林虎和王永泉攻了很久，因臧致平一味死守，不能攻下，只得电请海军助战。马江方面的海军，因又带着大批舰队和陆战队，来攻厦门，先占领金门，作为根据地，然后向厦门进逼。臧致平少不得分兵拒敌，形势愈危，也是厦门人民，该多受几天战事影响。偏生陈炯明在惠州，被孙中山先生围攻，屡次战败，中山先生此时已将许崇智等部队，调到石龙一面，着着进逼。惠州情形，十分危逼，陈炯明心中十分忧急，一日数电，调攻厦门的军队回救。林虎、洪兆麟等见东江如此紧急，不敢逗留，只得放弃厦门阵地，回救惠州，因此厦门的形势，得略见松动。按下不提。

却说陈炯明自从听说惠州杨坤如被围，便亲从香港赶来指挥，已和中山先生激战多次，虽屡有胜负，而惠州之围，终不能解。吴佩孚派来救援的北军，又在南雄，被滇军赵成梁扼住，丝毫不能进展。孙中山见惠州久攻不下，便令右翼滇军猛攻，占领平山，向汕尾、海丰、陆丰等地进攻。惠州南面的交通，顿被隔断。陈炯明大惊，急忙抽调右翼军队，亲自带往救应汕尾，方得转危为安。同时中山先生听说林虎、洪兆麟等回救惠州，参加东江战事，便也把西北江的军队，尽行调到东江，全力猛攻，并率领古应芬、赵宝贤等亲自赴前敌指挥，设大本营于石龙，以大南洋轮船为座驾。这只轮船，本系内河小轮，十分湫隘，中山所居的办公室，只有几尺见方，在这阳历八月的天气中，正是溽暑，十分难熬，中山先生却披图握管，决策定计，昼夜不息，一些也不在意。到了石龙以后，许崇智从博罗前敌来谒，中山先询问了一会战情，方道："你却回去指挥部队进攻，明天我当亲自前来察看。"许崇智劝道："大元帅进止，关系重要，岂可冒险轻进？依崇智的愚见，还是在石龙驻跸为是。"中山笑而不答。许崇智因前方紧急，告辞而去。

第三天早晨，中山令轮船向博罗前方出动，将到博罗，许崇智得报，又带着滇军师长杨廷培来迎接。中山见了许崇智，又问起敌军情形，许崇智道："刚才接到警报，说逆军分三路来袭，李易标带领一千多人，已到汤村，离博罗只有二十里，陈修爵部也将赶到，双方开火在即，想不到大元帅竟冒险到这里来咧。"中山奖慰了一番，又授了一些应战机宜，两人方始辞去。中山办公到晚上十一点钟，方才就寝。

古应芬等见中山休息，也悄悄退到自己卧室里解衣而睡。正在朦胧入睡之际，忽觉有人在旁边喊他，急忙睁开眼睛看时，原来是许崇智和团长邓演达，因忙忙坐了起来，问许总司令有什么要紧事这时候还来？许崇智向四面瞧了瞧，又走近一步，握着古应芬的手，悄悄说道："大元帅已经就寝，我也不惊动他了。现在有一件要紧事，要和你说的，因为李逆易标的军队，已过汤村，我决定带着各部军队，用全力去攻击，一到天明，河沿两岸，便有炮火，你务必恳请大元帅离开这里。"古应芬点头道："好，我理会得。还有别的事没有？"许崇智道："还有一句话，大元帅整天劳苦，这时刚才睡下，不必去惊动他，让他稍为休息一会，养一养神，在四点钟左右开船也不迟，其余也没别的事了，我们再见罢！"说着走了。古应芬恐怕睡着失晓，误了时候，便坐着等到三点钟，悄悄的走到大元帅寝室门口，只见里面灯火很明，知道中山已在那里办公，想见其贤劳与治事之勤。便进去行了一个礼。中山问有什么事？古应芬道："十二点钟的时候，许总司令曾来过一次，因大元帅刚才就寝，不敢惊动，临去的时候，对应芬说：'天明就要开火，河岸两旁，不甚安全，务请大元帅离开此地'。"中山点头道："我也并非故意喜欢冒险，忘了重大的责任，只因本人不到前方，总觉心里不大安稳，既然他这样说，你可传我的命令，就把船开下去罢！"古应芬遵令办理。大南洋轮船便顺水开行，约莫过了三四里路，忽又停留不进了。古应芬诧异，忙出去查问，方知因水浅，被搁住了。众人想了许多法子，用了许多力量，方得继续驶进。博罗城下的枪炮声，已经连珠价由东南风送到耳边来。

到了十一点钟，轮船到了石龙，便接得两个报告，一是博罗因兵力单薄，退守飞鹅岭，请拨调救兵的，一是增城报告，林虎带领大队来攻，请求派队救应的。中山一面电令张民达旅猛攻平山，以分博罗之敌，一面又命用飞机传令广州滇军，去救增城。第二天，又接许崇智的急电道：

> 飞鹅岭失守，敌已占铜鼓岭、北岭一带高地，北门已被围，城中兵力单薄，粮弹将尽，请即派队救援。

中山见了这电报，急命拨飞机一架，飞往博罗城上巡视一周。古应芬道："大元帅为什么不发一个电报去？却放飞机巡视，是什么意思。"中山道："博罗待援甚急，就发电去，也未必可使守城将士，能够相信救兵便到。如见飞机飞到，他们必疑是救兵特地教去侦察形势的，才安心死守咧。"中山不但人格伟大，其处事之机智，亦不易及。应芬大服。中山又道："只有粮弹一项，却极重要，须派差遣舰冒险送去才好。这件事，你可以去办一办，我再备一封亲笔信，教舰长顺便带给许总司令，也可教他安心。"古应芬遵令而去。中山写好了信，也交给舰长带去。差遣舰上驶以后，古应芬仍来大元帅室，中山又嘱他再发电给广州滇军第三军军长蒋光亮，令他火速发兵。

一连发了几个电报，等了一日，还不见有功静，中山正在焦急，忽报博罗许总司令行营参谋陈翰誉，间道到石龙请见，报告军情。中山急教传见，问其详细。陈翰誉道："博罗东西北三门，都已受逆军包围，只有南岸还没有敌兵，可和惠州飞鹅岭按：飞鹅岭蜿蜒甚长，此是惠州城外之飞鹅岭，非博罗北门外之飞鹅岭也。刘总司令行营通点消息。城里粮弹两竭，情形较昨日更是危险，如再无救应，恐怕博罗不能再守了。"中山听了，沉思不语，半晌，方对古应芬说道："我已连发数电，催促援军火速前进，措词不为不切，为什么只有准备的回电，却总不见兵来？此地只滇军有一旅人在这里，你可曾催他前进吗？"古应芬道："如何不催他？他说不曾得到军长命令，不好前进哩。"中山又想了一想道："香芹！古应芬字。你可亲到广州去一趟，催促各部队伍，火速出动，要是蒋光亮定要有饷才出发，不能马上开拔，可先调福军和吴铁城的部队，即刻到前敌去，除拨出铁城一团，去救增城以外，其余可俱教去救博罗，万万不可再误。”应芬领诺，即时到广州去了。

中山教陈参谋也退下去休息，自己在办公室里办一会事，又站起来走一回，这天的风雨又非常之大，船身受了风浪的摆簸，时常摇动，水势也渐渐涨起来，潺潺作响。中山听了，倍觉忧虑。这天晚上，也没有好好的休息一回，只眼巴巴的望广州的援军到来。第二天早晨，古应芬赶回石龙复命，中山急问接洽情形怎样？古应芬道：“昨天四点钟到省，在一家洋行的楼上，见到蒋军长，他一见我，就说：‘博罗的危急，我已完全知道，即使大元帅没有命令，我的军队，也应赶去救应，所以我已决定在今天晚上出发，只不知道有没有火车咧。’我听了这话，即刻到大沙头车站去查问，知道各军的专车，都已预备妥当，立刻便派人去通知他。福军和吴铁城部，也都答应立刻出发了。”正说间，忽报福军前部，奉令开到，吴铁城部已开抵增城，并另外派了几十名马队来供侦察之用，军长李福林、朱培德财政次长郑洪年来觐。中山大喜，都即传见。谈了一会，李福林和朱培德先行辞去。中山问郑洪年筹办军饷的情形，郑洪年道：“各种财政权，都被各军霸占，财部已毫无收入，借债既难，费用又无从减省，近来前方军事紧急，需饷更殷，财部虽则东西罗掘，也属无法应付。昨天运使邓泽如解来一万元，因听说行营所带万元，已经用完，正想提解，谁知又被蒋军长光亮支完，连移动也不曾移动咧。”看此一事，见蒋氏不但霸占财权，而吸收中央固有收入之款，亦无微不致。中山听了摇头，想了一想，又回头向古应芬道：“他又得了一万元饷，曰又得者，见其得饷已非一次，既曰非得饷不来，则已得饷矣，何以又不来？见其不来，非为饷也，特托辞耳。不然，许、李各军何以战哉？总该出动了罢！”郑洪年辞去以后，等到天晚，还不见蒋光亮一兵一卒到来，那雨也越下越大，淅沥之声不绝。中山心头烦闷，依然坐下，计划军事，因刚好看到刘震寰从惠州飞鹅岭告急的电报，便亲自草了一个复电道：

> 敌人当然有计划，所幸其数不多，自易击灭。绍基已亲率五千精锐，出击淡水，兄之后方，断无危险。少泉闻博罗被围，非常焦急，已征集所有，赶紧出发，大约两日后可到。倍之亦以全部来援，大约三日

后，其他西北江各队，亦陆续调来。今日省城已运到米粮四十余万斤，当陆续运来。此次东江之事，无人不焦急万分，断无见危不救。孙公之为此语，非真不能知人也，盖其一，仁恕性成，不欲以不肖之心待人也；其二，深明兵法不欲使前敌将士，知内有不愿应救之兵，以懈其心也。想不出十日，贼必消灭，我俟各军出发后，当再来梅湖，亲督攻城，故望兄急调一队，渡白沙堆，一以绝敌人后路，一可保我航线。闻敌人粮食辎重，皆在风门坳附近，若兄能照此行事，可悉夺之，则博围可解，我军实亦加利莫大也。幸速图之！

中山草了这一封电信，交副官拿去拍发以后，便命大南洋开赴苏村。谁知风雨既大，水流又急，到了铁冈，便被阻不能前进。吴铁城部的马队和福军，也被风雨所阻，只得停止休息。到了第二天，方才到达目的地。镇天盼望的蒋光亮部，却只到了四百多人，蒋光亮自己不必说，当然没有来。好在博罗城外水深数尺，陈军不能逼近攻击，只能在北门外高地上，用大炮远远的射击，所以没有什么大损害。次日，又进至第七碉，已占地势上的优点，可惜蒋光亮部只到石龙，并不进前。前敌兵力单薄，未能计出万全，只得又派人到石龙督促。差人到得石龙，滇军第三军的大队已经开到，但是蒋光亮自己仍没有来。中山只得先传他的参谋禄国藩来商议军事。禄国藩进来谒见已毕，中山便催令前进。禄国藩道："兵行以粮饷为重，现在饷也没有，教我们如何前进？"桀傲可杀。中山道："你的话果然不错，但也须分个缓急，若在前敌不甚吃紧之时，要求发清全饷，也还有理，婉转之极。中山愈婉转，则愈觉蒋、禄之可杀。但现在博罗十分危急，倘固执要饷，岂不误了兵机？等到博罗一失，必然牵动全局战事，那时广州未必可保，何处再容索饷？恐怕连现在这般的支领，也未必可恃了。"不但词婉意严，而且理甚确当，虽蠢极之人，亦当领受，禄固犹人，而乃终不能听耶？此所以古人有"谈经可以点顽石之头，而操琴不足以回吴牛之听"之叹欤。禄国藩笑道："要是这样长久下去，还不如现在决撤了好。我们有了子弹就是粮，难道还愁拿不到饷？"可杀可杀，此辈因粮于民，固不愁开饷也。中山道："我现在还是要你前进，你肯去吗？我是大元帅，你敢违抗我的命令？硬一句。一味软，则失中山身分矣。你如肯去，我可更给你便宜指挥之权。动之以权。解了博罗之围，再额外给你重赏，歆之以利，小人非权利不行，中山盖审之熟矣。你去也不去？”禄国藩笑道：笑得可恶可杀。“正经的饷银也拿不到，还希望什么赏银？中山权利双许，而禄只着眼在利，盖此辈之要权，亦无非为利耳。便胜了敌，也不是一场空？我不去，我只要饷。”桀骜至此，可杀可杀。小人见权利必趋，至权利亦不能动，则必有非分异谋矣，蒋、禄之不能善终，已伏于此。中山怒道：“军法具在，何敢无礼？不得不硬。我今不要你去，教你的军长去，看你如何再违抗？”禄国藩道：“教我去要饷，不教我去也要饷。桀骜至此，可杀可剐。我又没说不肯去，只要把饷发齐，我自然开拔了，要饷许是不犯军法的。”偏有无理之理，益发可杀。

中山正待训斥，却早激怒了侍立的一位英雄，他瞧了这禄国藩那样的不驯样子，早已气破胸膛，此时忍耐不住，便走上几步，向禄国藩一指道："禄同志！请问你是不是大元帅部下的一员军官？是不是做的中华民国公职？是不是吃的全国国民的公禄？”禄国藩倒吃了一惊，问道：“你贵姓？”古应芬在旁介绍道：“这是参谋赵宝贤伺志。”禄国藩说道：“赵同志如何说这话？这样浅近的问题，还打量我不知道吗？”赵宝贤道：“你既然知道，就好说了，请禄同志想一想，国家为什么要用我们这班军人？人民为什么要把辛苦挣出来的钱，供给我们？大元帅令我们去作战，是替什么人做事？三个问题以后，又提出三个问题，遥遥针对，而又互相错落，气势滂沛，自足以折禄氏桀骜之气。须知大元帅并不是自己喜欢多事，甘冒危难，无非为着受了国民的托付，不得不戮力讨贼，为国除害，庶不有负重大职守。此一段先说中山之用兵不得已，是宾。我们所以相从至此，也无非为了大义。再综合一句，引起下文。既然彼此的结合行动，全为大义，就不能单在利害方面讲了。断定一句，意思渐显。然还不曾明白说出，是主中宾。有饷，我们固然作战，没有饷，我们也要作战。意思到此，方明白，是主。我们是为大义而听大元帅的指挥，并不是因私谊而受孙中山先生的命令。我们是为大义而战，并不是为饷而战。自己又作解释，意思倍显，为饷而战一句，极其尖刻。假如仅仅是为饷而战，我们将自处于何等地位？反跌一句，尖刻之至，使禄氏不能不折服。国家要我们这些军人何用？人民何必拿出这些钱来供给我们。又反问两句，一句逼紧一句。禄同志是深明大义熟知去就的人，所以甘从大元帅，从困难中致力，不愿附和陈氏，替北方军阀做走狗。现在单只替士兵在饷糈上面着想，忘了前线的吃紧，和自己的天职，岂不可惜？”既恭维他几句，使他不致因下不来台而决裂，又替他遮饰一句，使他得自己转圜，语语有分寸，所谓替他遮饰者，盖只饷糈上加士兵两字，盖替士兵争饷糈，亦将士分中之事也。一段说话，说得义理谨严，气势浩沛，使蓄异谋者丧胆。正是：

大义凛然严斧钺，丹心滂沛贯乾坤。

未知禄国藩听了这番说话，如何回答，且看下回分解。

赵宝贤之责禄国藩也，几于一字一泪，一字一血，不独当时闻者为之肃然起敬，慨然自奋已也，即今日有述及其当时为大义所激之状者，犹同此观念焉。嗟夫！人谁不欲为善，其不为善者，非真不能为，不欲为也，特为利害物欲所蔽，欲自救援而不可得耳。观于禄国藩骤闻赵君之语，未尝不怵然而惧，懑然而惭者，盖良知之说，确有可信者焉。然其虽能感悟一时，而终不克自拔者，则利害物欲之为蔽也。呜乎！惜哉！

第一百四十三回　战博罗许崇智受困　截追骑范小泉建功

却说禄国藩听了赵宝贤一番议论，一时良心激发，十分不安，便笑道："赵同志的话，自是不错，我也并非不愿前进，实在为着士兵没饷，不肯出发，也叫无可如何。就借士兵两字收场，方见饷糈上特加士兵二字妙处。现在大元帅既有命令，明天当先设法调一部分上前敌去，只是饷银一项，仍要请大元帅竭力筹划。"古应芬在旁说道："禄同志放心。大元帅自当令饬军需处竭力筹拨，贵部只请前进就得啦。"禄国藩欣然而去。古应芬私下和赵宝贤商议道："禄国藩虽一时被同志言语所激，答应出兵，过后必然翻悔，恐怕仍旧靠不住。"赵宝贤道："不独如此也，我看他今天这种狂悖桀骜的样子，目中哪里还有大元帅在？这分明是蒋光亮授意而来。要不然，一个参谋，如何敢在大元帅前这般放肆？就使他自己不翻悔，只怕蒋光亮也不见得肯答应呢。"见得很透，中山之所以不予以惩办者，亦为此耳。不然，中山虽仁厚，岂肯为军法曲宥？古应芬道："博罗被围已急，如再无救兵，必不能保，博罗一失，全局便都完了，如何是好？"赵宝贤也愁思无法。半晌，古应芬又道："我想滇三军是不必希望了，还是由我拍电给胡展堂总参议，飞檄调粤军第一师来候令，你看如何？"赵宝贤道："这也不见得妥当罢。刚才帅座因左翼指挥胡谦方来电告急，已经电第一师卓旅往救增城，现在再令开到石龙，如何办得到？"古应芬道："除此以外，也没有别的法子，只好照此试一试再说了。"

两人正在议论，忽传大元帅请赵参谋。赵宝贤到了大元帅室，中山见了他，便道：“现在水已大退，逆军必然乘势攻击，若再不赶紧去救，博罗一定难守，好在福军已全部开到，滇军第四师亦已到着，我想即日分三路攻击前进，你看可好？”赵宝贤道：“进兵救博罗，自是要紧，只未知淡水、平山方面的战事如何？倘然不得手，恐怕难免还要分兵助战咧。”中山道：“刚才张民达来过，说淡水方面战事大胜，平山方面，因受了雨水的影响，一时不能得手，现在天气晴正，水势已退，平山大概也旦夕可下，我们不必忧虑。”说完，便发令教禄国藩部为右翼，向雄鸡拍翼前进。福军为左翼，向义和墟前进，和博罗城内各军，取夹击之势，以滇军第四师为救应。

这命令刚下，忽报第四师，因索饷没有，已经全队退回广州去了，中山大惊，急忙传令制止，已经不及。中山大愤，投笔于地道：“此辈尚有面目对国人吗？”此辈久已不要面目，中山过虑矣。一面又传禄国藩和福军照旧进展，不可因第四师的退回而生怀疑不进之意。两军得令，分左右两路前进。右翼禄国藩部到了第七硐阵地，忽又不待命令，便退回石龙。这时右翼福军，未曾知道，依然从阵待敌。中山得这消息，十分懊丧，一回儿在室内踱来踱去，一回儿伏在案上，疾草命令，有时凝神苦想，想不出一个方法、一条头绪时，又时常用拳头在头上乱敲。古应芬、赵宝贤等，都从旁劝慰。中山叹道：“我所虑的，因水势既退，如逆军大举攻城，博罗必不能守，博罗失守则石龙危，广州也震动了。我的北伐事业，岂不大受影响？武侯南征，是为北伐，中山要北伐，亦先必东征，盖未有心腹之患未除，而能出师有功者也。两公殚心为国，鞠躬尽瘁而后已之概，亦仿佛。我决计亲自往第七硐察看一回，再定计较，或者还有个挽救。”古应芬、赵宝贤均竭力劝阻，中山道：“我一生累犯艰危，方才创成中华民国，今日情势更急，如我也退缩，则中华民国亡矣，我岂能策个人之安全，忘却国家的使命？我意已决，你们不必多言！”中山一生多冒险，武侯一生唯谨慎，谨慎难，冒险更难，盖谨慎守常，冒险达变也，二者易地则皆然。当下便传令，把轮船开到第七硐，命飞机出发侦察。到了傍晚，飞机回报，说逆军还在博罗东北角山地，并未和我军接触。中山稍为放心，便教把船泊在第七硐南岸。

入夜，中山带了古应芬等一众幕僚，上岸闲步，在危急中，犹有此逸兴，非学养功深，而又志行恬惔者，不能致也。见蔚蓝的天空上，众星罗列，一道银河，如烟似雾，平视则峰峦叠秀，烟树迷离。彼此走了几步，便在河边席地而坐。中山仰望天空道："古人说：'为将者必须知道天文'，诸君都深知军事，以为这句话有无意义？"众人都笑道："懂天文不懂天文，和军事有何关？古人说什么这是某分野的星，那又是某分野的星，如何有风，如何有雨，都是些迷信之谈，何足凭信？"中山笑道："古人说这句话，必有他的意思，决不是象诸君所说那样简单的。天文和军事，怎说无关系呢？"众人都道："不知有何关系？帅座何妨指教我们一些。"中山笑道："此理甚长，一时哪能讲得明白？我所说的，也不过几件小事而已。例如黑夜行军，失去了指南针的时候，往往分不出东西南北，找不到一条路径，假如懂得些天文，就可看星辰的所在，定出方向，程度稍高的，并可定出时间来。辛亥革命以前，我在两广，每至黑夜用兵，往往要借重星月，做我的指南针，从此看来，天文和军事，已经有许多密切的关系了。可见事无巨细，必有所用，特粗心人不曾理会耳。这不过据我所能说的而言，其事很小，此外还有许多关系，说它不完咧。"众人都各恍然，因笑道："这些地方，我们倒不曾留心。"中山却又指着北斗七星笑意："你们认识吗？这是什么星？"众人都笑说："不知道。"中山道："这就是北斗七星，你们只要辨得出它，方向便容易知道了。"接着彼此又谈了些军事，方才回船。极热闹中间，忽然来此一件清冷之事，可谓好整以暇。

第二天，义和墟福军已经和陈军千余人接触，田钟谷带着滇军三百人，和粤军第一师卓旅所部的张弛团一营，登雄鸡拍翼山岭，中山兼率侍从，登山督战。时左翼的福军，进到了义和墟，初时得些胜利，正在追击，不料陈军大队到来，乘势压迫。福军抵敌不住，只得退却。陈军趁机大进，沿义和墟赶向苏村，谋断义师归路。中山尚欲指挥部下死战，左右苦谏，始命大南洋座船退却。刚到苏村，只见一队兵士，列在河上，沿风飘展的旗帜，现出招抚使姚的四个大字。原来姚招抚使名雨平，中山由博罗回到石龙时，因其指陈援敌之策，颇有些见地，所以给他一个招抚使名义，令他发兵救应博罗。他的队伍开到苏村，便不曾前进，至今还在苏村驻扎。当时中山见姚雨平的部队，尚在这里好好儿的驻扎，知道敌军尚未压境，派人询问，果然尚不见敌人踪迹。古应芬急促轮船开回石龙，才到茎兰，又在昏黑中，见一艘艘的兵船，接连不绝的逆流而上。急忙探问，方知是粤军第一师所属的卓旅。中山大喜，急命加紧开赴苏村，探险登陆。大南洋船，仍然开回石龙驻泊。

第二天又带了杨廷培的一部，由石龙开拔，到了苏村时，卓旅和福军已联络追逐义和墟敌人，攻击前进。中山即令杨部加入作战，军势愈盛。陈军抵敌不住节节败退。中山登山了望，见卓旅、福军、杨部冲击甚勇，节节胜利，十分欢喜。博罗城内被围军队，见救兵大队已到，乘势冲出，合攻铜鼓岭的陈军，陈军大败，死伤甚众，向派尾、响水退却。铜鼓岭仍被城内的义军夺回，博罗之围已解。陈军三路俱败，闻风而逃。中山传令休息，自己入城抚慰军民，特奖滇军师长杨廷培部万元，彰其守城和破敌之功，其余也各论等行赏。一面又令卓旅五团追向派尾。邓演达攻师阳，福军攻击响水，只杨廷培的一师，因死伤太重，着回广州休息。分拨已毕，自己又到梅湖去看重炮阵地，亲发五弹。此时增城的敌军，也被朱、吴各部击退，前方各军，俱皆胜利，东江战事，总算转危为安，可告一小小结束。

中山因广州等他解决的事情很多，便趁机回去了一趟，只一日工夫，便又重行出发。在这一回一出之中，别的并无改动，只有他自己的幕僚中，却又添了马晓军、王柏龄等几个人。轮船到了白沙堆驻泊，中山亲自到飞鹅岭刘震寰营中，商议攻破惠州之策。桂军各上级军官，听说大元帅驾临，一齐来迎，先到炮兵阵地察看。这时惠州城上的陈军，用望远镜探看，见中山亲来察看阵势，便教炮兵瞄准中山开炮。颗颗炮弹，都向着中山飞来。有离开中山身前只有丈许光景的，轰然一声，地上的木石纷飞，地皮也乌焦了。众人见了，都替中山担心，劝中山不要再留。我亦代为担心。中山笑道：“你们不必惊恐，敌军的表尺已完全用尽，凡枪炮均有表尺，用以瞄准，测量远近之用。表尺用尽，则不能更远，虽密发不能及我矣。即使他密集注射，也决不能射及我们所立的地点咧。我们尽管商量破城的计划罢！”有见识，有胆量，有经验，岂庸流所能企及？桂军总司令刘震寰道：“逆军的杨坤如，最善于守城，我们屡次猛攻，都不能得手，真是没有办法。”不说自己不善攻，倒说别人善守，也算善于解嘲。中山道：“我此来带有一船鱼雷，可用此物作攻城之具，炸毁城基，如城基崩坏，惠州即日便可克复了。”刘震寰唯唯称是。中山又道：“我定今天仍回梅湖，特留程部长潜和参谋赵宝贤在这里，和兄商议一切。事不宜迟，明天便可下总攻击令了。”刘震寰领诺。

中山见布置已定，仍旧坐了大南洋轮船，回转梅湖。轮船刚到中途，忽听得轰然一声，仿佛船都震动，不知什么地方炸烈了东西。彼此正在惊讶，忽然侦缉员赶来报告道："驻泊白沙堆的轮船失事，所带鱼雷，完全爆炸。飞机队长杨仙逸，长洲要塞司令苏从山，鱼雷局长谢铁良，同时遇难。"中山大惊，悲痛不已。王柏龄等，齐声慰解，中山拭泪道："杨、苏、谢三同志，从我多年，积功甚伟，一旦为国牺牲，不但国家受了人才的损失，就是我们此番攻城的计划，也大受打击咧，使我如何不伤心呢？"当下命人仍至广州运带鱼雷等攻城之具，一面下令赠杨仙逸陆军中将，与谢、苏两人，均各厚恤，自己并亲赴遇难地点察着，只见血肉模糊，惨不忍睹，不禁加倍伤心，即令设坛致祭，亲自致奠。祭毕，仍回梅湖阵地。

广州的鱼雷既到，仍命程潜在飞鹅岭主持攻城之事，并定九月二十三日下总攻击令，于夜间十二时，先以鱼雷炸城基，各部队冲锋前进，飞机则在前敌侦察敌情，抛掷炸弹。布置既定，如期发动。前锋冲锋前进，一面发射鱼雷，鱼雷的炸力虽大，无奈惠州的城垣，建筑得十分牢固，一时如何攻得破。彼此炮往弹来，激战了许多时候，忽然轰的一声，城垣已被鱼雷轰坍了好几丈。城内的陈军大惊，杨坤如急令堵塞，那刘震寰的桂军，素来胆怯，在城垣没有攻破之前，倒还踊跃呐喊，谁知城已攻破，倒反怔住了，不敢冲进去。等到程潜得报知道，急来指挥时，已过了二小时之久，如此胆怯，尚可作战耶？陈军早筑好了一层新城，把缺口堵住了。因此白牺牲了许多士兵，毫无效果，城上倒反用机关枪密集扫射，桂军死伤甚众，只得退回。中山得了这个消息，十分不悦，只得鼓励将士，重作第二次总攻击，自己回到博罗。

许崇智听说中山在博罗，也从横沥来会商全部军事计划。中山即命为中央军总指挥，并以杨希闵为右翼总指挥，朱培德为左翼总指挥。部署既定，又回广州，只留程潜在博罗，支应一切。中山这一回广州，可不好了，没到两天，河源、平山两地，都被陈军攻陷，洪兆麟迫平湖，林虎攻柏塘、派尾。恰好许崇智这时，正在派尾，听说逆军来攻，便令部下各旅联合朱、李各军，奋勇逆击。林虎大败，兵士纷纷缴械的，足有千余。洪兆麟也被范石生击败，只有逗留石龙的蒋光亮部，因此时已和陈炯明默契，所以始终按兵不动，未曾作过一次战，应过一次敌。更可笑的，还有围攻惠州的桂军刘震寰，因平山、河源失守，防到后路被截，便急急的退出飞鹅岭，放弃了惠州阵地。中山听了这个消息，恐怕惠州袭攻博罗，倘又失陷，便要牵动全局。

二则又闻各军都逗留不进，未免耽误军机。急忙改乘专车，和参谋长李烈钧等，同到石龙，召集各军长胡思舜、卢师谛、范石生、蒋光亮等，会议军事。胡、卢、范等，都立刻应召而来，蒋光亮直到会议将完，方才来到。中山看着他入席以后，方道："贵部在石龙已久，现在前敌军事紧急，为什么不前进？"蒋光亮默然不答。中山道："现在的军事，较前更紧急了，你怎能按兵不动，自己不惭愧吗？限你今夜，必须出动，攻击惠州。"蒋光亮答道："今天我有紧要事情，必须返省，明天当再来。"中山怒道："今天只有军令，你若今天回省，我除以军法处你以外，决无第二句话。"蒋光亮又默然。胡思舜、李烈钧等忙着解劝，请求中山宽容，一面又向蒋光亮道："蒋同志就遵大元帅的命令，不必返省，立刻前进罢！"蒋光亮唯唯。此时不敢倔强矣，使人快然。众皆不欢而散。

次日天微明，中山传令各军出发，因蒋光亮已经回广州，卢师谛的部队素同儿戏，不足一战，所以只用范、胡、许、刘各部，以范石生部主力军，肃清沿铁路的敌人，向平湖进展。令胡思舜合东路一支队，溯河岸横达博罗，和许崇智、刘震寰各军联络。支配妥当后，正要出发，恰好敌将钟景棠、熊略，率领所部，来犯平山。范石生部奋勇迎击，激战了一个钟头，钟、熊抵敌不住，向后退去。范石生指挥部下追赶，到了张坑，钟、熊忽又回身接战，范石生所部奋勇冲突，正在激战之间，忽然背后枪声大起，原来是钟，熊的伏兵杀来。范石生两面受敌，正在着急，忽觉抄袭后路的敌军，纷纷溃散，不解其故。不一时，接到探报，方知是西江李根沄部开到。这消息报到中山那里，十分欢喜，亲自至前线，察看了一回，令各军继续追击，自己仍回石龙，才知胡思舜部尚不曾出发，中山也不深究，当下又令罗翼群从水路赴苏村，梁国一部出莑兰赴博罗。

布置刚毕，忽报林虎率领精兵一千，占领龙门，进犯增城。陈策、李天德部不战而退。中山大怒，急令朱培德、胡思舜赴援，一面电陈策、李天德严饬反攻。支配毕，因回顾李烈钧道："我本想回广州一转，不料增城的战况又复如此，未免令我忧虑。广州之行，只好暂缓了。"谋国之难如此，可为一叹。李烈钧也叹道："帅座军事计划，处处可操胜算，无奈各军不肯用命，至九仞之功，往往亏于一篑，前功尽弃，岂不可惜！东江之战，大率如此，令人慨叹。还有一事，卢师谛部虽不耐战，然用之亦足以壮威，帅座何以不令作战？”中山道：“此理我非不知，唯因其战斗力太弱，万一失利，必致牵动全局，所以我只令往驱除深州之敌，也非全置不用。”正讨论间，忽得博罗许崇智来电告捷，邓演达占回石龙，右翼已达樟木头。李根沄得鸭仔步，卢师谛克深州，中山大喜，即刻动身回到广州。

只隔了一日，忽报中路及左翼军为敌所乘，退出博罗，许崇智回石龙，滇、桂军相继退却。中山大惊，急和李烈钧乘车到石龙来指挥。此时滇军已退到狗仔潭，东西路许、刘各部已退到蓁兰，中山严令制止，一面召集开会，讨论反攻之计。李烈钧道：“刚才得报，范石生部已攻克鸭仔步，不如令鼓勇进攻惠城，牵制敌人的后方，使敌人不能专顾正面。”范石生亦颇饶勇善战。中山从之，赏范石生部万元，令向惠城进展。又赏杨希闵、朱培德部各五千元，令反攻。一面收容东西路溃兵，一面传令再退却者枪决。在此极忙极乱之中，而处置各方，井井有条，非好整以暇者不办。部署方毕，传令进驻石滩。恰巧逆将钟景棠、熊略、杨坤如、洪兆麟各率贼众，进犯蓁兰，中山令前锋暂取守势，定于明日分三路反攻，一面又令李济琛赴援增城。次日天微明，便听得增城方面炮声断续而起。中山恐怕中央军朱部的李师、王师不进，令古应芬前去催促。古应芬遵令赶到石滩村，方知李师已经出发，王师的参谋长凌霄，亦已上了马，正在督队前进。应芬大喜，又去和罗翼群向增城方面沿路探看。过了石滩村，大约有三五里光景，便是一座小山，有两三个滇军的步哨，在那里了望，应芬问他，此地可有敌人踪迹？步哨道：“敌人刚才已经逼近，后来被我军击退，现在我军正在向前追击哩。”古应芬和罗翼群侧耳细听，果然枪炮声渐渐自近而远，将大败，先有此小胜。心中甚喜。古应芬便寻路回转，路中只听得东北方面枪炮声极其激烈，知道蓁兰、铁墙方面，已在激战之中，急忙回到车站，报告中山。中山道：“此一路军事，虽然可以不忧，蓁兰、铁墙方面的战事，刚才得石龙、赵宝贤的报告，却有不能支持之势。我已令在石龙的李根沄部，向石湾前进，并令邓副官彦华，运了一车米去，分给各军，但不知结果究竟如何咧？”

正说间，忽报前方有兵数车，向这里很快的开来，不知是何人的部队？众人正在疑讶，那兵车已经开到站里，原来是李根沄所部的兵士。中山甚喜。李根沄随即晋谒中山，请示机宜。中山奖勉了几句，便令仍向石湾攻击前进。李根沄遵令，即时出动，刚到石湾，蓁兰、铁墙方面的各军，已纷纷溃退。李根沄的部队被他们冲动，不能驻扎，只得也跟着溃退，大部分都溃到石滩。中山得报，急忙和李烈钧、古应芬下车制止，只见沿铁路都是溃兵，既分不出是什么人的部队，也不知道他们因何而退，询问他们的长官在哪里，又都不知所在。各军溃兵初时溃奔得非常慌忙，此时见大元帅下令喝止，始各站住，不敢再逃。各兵亦尚能守令。不一时李根沄的全队亦退到，中山便和他说道："武城李根沄之字。你应当率队严守此间河岸，以图反攻。"李根沄唯唯遵令。

正说间，忽有溃兵所乘的火车开到，刚好和中山的座车，在同一条轨道上，因此座车也被他冲得逆行。中山刚好上车，便如风驰电卷的走了。古应芬等上车不及，只得沿铁路随着追赶。各溃兵见了这情形，便又大奔，中山派往石龙的副官邓彦华，见了这情形，不觉大惊，因听说范小泉的部队，尚在横沥，急忙赶到横沥，报告败耗，请其回军救应。范小泉正待举炊，听了这话，也不待吃饭，便急令部下开拔，赶到石龙。恰好陈军的先锋洪兆麟，紧紧追赶中山，已到石龙。范小泉也不待开枪，便令冲锋，自己奋勇前进。洪兆麟虽仗战胜之威，无奈范军勇悍难当，只一小时，便大败而溃。洪兆麟恐被追及，急急渡江，不料船小人多，到了江中，一震荡间，那只船已翻转身来，把洪兆麟等都溺在水里。读至此，为之一快。众人慌忙把他救过对岸时，已吃了好几口水，狼狈不堪，急忙带着残兵，向东退去。

却说古应芬等，因追兵被范军截住，安然到了新塘，上了火车时，方知中山已乘了机关车返省，心中甚觉安慰，只是想到此次溃退的士兵，不止一万，如一到省城，商民必受损失，又没法可以处置，甚是担心。到了省城时，市面竟安堵如常，大为奇异。打听之后，方知中山到省后，即派兵一部，在大沙头堵截，所有散兵，已全被缴械，所以广州毫无影响。综计此次东江战事，始于五月，至这时九月，已有四月之久，此次义师挫败，退回广州，总算告一小小结束。我这枝笔，便也要掉转来，写些别处的事情。要说北方在本年中，除却平常的政变和战争以外，还有一件惊天动地、震动全世界的大事情。正是：

战争喋血寻常时，别有奇峰天外来。

未知究系何事，且看下回分解。

中山从事革命事业数十年，生平历危涉险，不知凡几，苟举其荦荦大者而言，则除伦敦、白鹅潭两役而外，唯此次东江之战而已。盖当时可用之兵，唯许崇智部及少数之滇、粤军，若刘震寰、杨希闵、蒋光亮各部，则除索饷要械而外，其兵殆不堪一战，甚者与逆军通款协谋，以危中山，其处境之险，岂下于白鹅潭哉？然观其从容处事，未尝因消息之可惊而惶恐失措，处置困难而颓丧灰心，其学养工夫，与坚忍不拔之志，岂寻常人所能及其万一哉？

第一百四十四回　昧先机津浦车遭劫
急兄仇抱犊崮被围

却说民国十二年五月五日那一天，津浦路客车隆隆北上，将到临城的那一天，滕县忽然起了一个谣风，说抱犊崮的土匪，将到临城。滕县警备总队长杜兆麟，闻得这个消息，急忙赶到临城，想报告驻防于该地的陆军六旅一团一营营副颜世清。颜世清听说滕县警备总队长来见，不知道什么事，想正在酣睡中耳。不然，贼将临门，何尚弗知？写得梦梦，可笑。又不便拒绝，只得请见。杜兆麟一见颜世清，略为寒温了几句，便开口说道："有一个很重要消息，不知道营副已经知道没有？"颜世清问是什么消息？杜兆麟道："据敝队的侦探员报告，抱犊崮土匪，有大队将到临城，兄弟恐怕贵营还不曾知道，特地赶来报告，须设法堵截才好。"颜世清变色道："胡说！正不知是谁胡说？抱犊崮的土匪，现被官兵围得水泄不通，哪里能下山？便生着翅膀儿，未见得能飞到这里。若说真有这事，难道就只你有侦探，能够先知道，我便没有侦探，便不能知道了。"一味负气语，总是料其决不能来耳。杜兆麟道："不是如此说，抱犊崮虽则被围，难保没有和他联络的杆匪，再这或有秘密路儿可下山，怎说生了翅膀儿也飞不到这里？这是地方的公事，也是国家的公事，须分不得彼此，或许你没有知道，我先知道的，也许我没知道，你先知道的，大家总该互相通个消息才是。"颜世清怒道："我为什么要通报你？我也用不着你通报，料你几个警备队儿，干得甚事？敢在我面前吹牛！"杜兆麟见他不懂理，要待发作，却又忍住，因微微冷笑了一声道："我们几个警备队儿，本来没有什么用，哪里敢和老兄的雄兵作比。滕县有什么事，都要全仗老兄了。”说着，告辞而去。颜世清也不送客，只气呼呼的坐在一旁，瞧着他走了。又向站岗的兵士，和值日的排长发作道：“为什么让这妄人进来混闹？也不替我当一声儿驾。”

正闹着，忽报有个本村的乡人，又有紧要机密事来报告。颜世清怒道：“又有什么紧要机密事报告了，准定又是造谎，权且叫他进来，说得好时便罢，否则叫他瞧瞧老子的手段。”说着，喝令叫进来。不一会，乡人已到面前站下。颜世清没好气，喝问报告什么事？那乡下人见了颜世清这样子，早唬矮了半截，半晌说不出话来。颜世清愈加生气，骂道：“村狗子！问你怎么不说了？谁和你寻开心吗？”乡下人见军官生气，才吓出一句话来道：“抱犊崮的土匪，离这里只有七八里路了。”颜世清听了这话，立刻跳起来，向他当胸就是一拳，骂道：“混账王八蛋！你敢捏造谣言，来扰我的军心，我知道你是杜兆麟指使来的，你仗着杜兆麟的势力，当是我不敢奈何你吗？我偏要把你关起来，办你一个煽惑军心的罪名。”说着，又骂勤务兵，为什么不给我关起来。几个勤务兵应了一声，赶上前，如狼似虎的抓起这乡下人，先掌了几个嘴，又骂道：“王八羔子！你敢来诓我们的营副，吃了豹子胆了。”一行骂，一行打的，提到空房间里去关起来了。军阀时代，北军之蛮横，常有此种光景。

这是这日下午的事情，到了晚上十二点钟，北上的特别快车，开到临城的附近，一众客人，正在酣寝的时候，忽觉有极激烈巨大的砰的一声，火车立刻停止了，有几节车便倒了下来。一众乘客，从梦中惊醒，正在骇疑，忽然有拍拍辟辟的枪声，联珠价响起来，一时间把车里的乘客，吓的妇哭儿号，声震四野，男子之中，也有穿着衬衣，跳窗出去，躲在车子底下的，也有扒上车顶上去的，也有躲到床底下去的，一时间乱得天翻地覆。不多一会，枪声稍停，车中跳上了许多土匪，大多衣履破碎，手执军械，把众人的行李乱翻，只要稍值钱的东西，便都老实不客气的代为收藏了。抢劫了一会，所有贵重些的东西，已全入了土匪的袋儿里，方才把一众客人驱逐下车，把中西乘客分作两行排立，问明姓名、籍贯、年龄，一一记在簿上，又查明客票等级，分别记明，这才宣布道：“敝军军饷不足，暂请诸位捐助，三等客人每人二千元，二等客一万元，头等客三万元，西人每名五万元，请各位写信回家，备款来赎。”说完，便赶着众人教他们跟着同走。有走不动的，未免还要吃些零碎苦头。原来这些乘客，总计三百多个人，里面却有二十多个西人。

这乱子的消息，传到颜世清耳朵里，只吓得手足无措。此时不知是谁报告，亦曾饱以老拳，治以煽惑军心之罪否？急急令排长带领一排人，去截留乘客。排长不允道：“土匪有几千人，只一排人如何去得？何况这样泼天般大的事情，我也干不了，营副该亲自把这两连人全带了去才好。”颜世清怒道：“你说什么话？你敢不依？你敢不去吗？”那排长见营副发怒，不敢多说，只得退下来，抱着满肚皮的不愿意，带着本排兵士，慢吞吞的到了肇事地点，下令散开。其时土匪刚好押解着三百多肉票，向东缓缓而行，见了官兵，也不开枪。官兵见了土匪，也不追赶。盖此时匪之视兵，几如无物，兵之视匪，有若同行矣。不一时，驻扎韩庄的陆军第六旅，听了这个警报，派了大队士兵，前来邀击，这才和土匪开战起来。土匪带了肉票，一路上且战且走。官兵是紧紧追赶，倒也夺下了肉票不少。那些土匪一直奔逃到一座山顶，山顶外面有大石围绕，极易防守，这时土匪已经精疲力尽，只得坐下休息，并叫中西肉票，也列坐于围石之中。一面，各人都拿出掳来的赃物，陈列着，请肉票代为作价。

却说肉票当中有一个名叫顾克瑶的，和一个西人名叫亨利的，两人最为顽皮，见了这些东西，随口乱说，并无半句实话。有一个土匪，拿出一枚大钻戒，请亨利评价，亨利看那钻戒，原来是穆安素的，因操着英语，做着手势道：“这东西毫无价值，只值二三角钱。”土匪不懂，只顾看着他发怔。顾克瑶替他解释了一会，土匪方才领悟，甚是丧气道：“我想一枚金戒，也至少值三五块钱，这样一颗亮晶晶有亮光的东西，至少也值上八块十块，不料倒这么不值钱。”说着，没精打采的戴在指上，又叹了一口气。另一个土匪笑道：“你的是黄铜戒指，自然不值钱，这原是自己运气不好，何必叹气。”殆俗语所谓“运去黄金减色”欤？说着，又回头问顾克瑶道：“客人！土匪谓所绑之票曰客人。你是懂得外国话的，可代我们问问这位外国古董客人，评评我们这些东西，可不是我这手表顶值钱吗？”顾克瑶向亨利传译了，只听得亨利又做着手势，叽哩咕噜的说了一阵。顾克瑶向土匪笑道：“他说呢，这些东西，统都是没价值的。你的手表，虽则比他们的东西略贵，也不过值五块钱。”

众人听了，都十分扫兴，纷纷把东西捡了起来，口里却叽咕道："难为这些客人，都带着这么值钱的东西，也算我们晦气。"又一个站着的土匪道："得咧得咧，我们不提这话罢。"说着，又走近一步，指着亨利旁边的穆安素，向顾克瑶道："听说这胖大的洋人，是一个外国督军。中国有督军，外国亦必有督军，此辈心中固应有此想也。你懂得洋鬼子话，可知道他是不是？"顾克瑶笑道："他是外国的巡阅使呢。"有督军则又必有巡阅使，无巡阅使何以安插太上督军乎？顾君之言是也。说着，又指着密勒氏评论报的主笔鲍惠尔道："这位就是他的秘书长。你贵姓？"那土匪道："我姓郭，叫郭其才。"说着，向穆安素和鲍惠尔打量了一番，露出很佩服，又带着些踌躇满志的样子。一会儿，又向顾克瑶道："请你和外国督军说，叫他赶快写信给官兵，警戒他们，叫他们不要再攻击，若不是这样的话，我必得把外国人全数杀了，也不当什么外国督军、西洋巡阅咧。"中国之最贵者，督军巡阅也，外国又中国之所畏也，然则外国督军，外国巡阅，非世界至高无上之大人欤？土匪乃得而生杀之，则土匪权威，又非世界至高无极者乎？一笑。说到外国人的样子，虽则很象凛凛乎不可轻犯，然而一听到一个杀字，却也和我们中国人一样的害怕，所以顾克瑶替郭其才一传译，外国人就顿时恐慌起来，立刻便推鲍惠尔起草写信。想因他是报馆主笔喜欢掉文之故。同一动笔，平时臧否人物，指摘时政，何等威风，今日又何等丧气。又经顾克瑶译为华文，大约说道：

> 被难旅客，除华人外，有属英、美、法、意、墨诸国之侨民四十余人。全书中，此句最是重要，盖此次劫车，如无西人，则仅一普通劫案耳，政府必不注意，官兵亦必不肯用心追击也。盖衮衮诸公之斗大眼睛中，唯有外国人乃屹然如山耳，我数百小民之性命，自诸公视之，直细若毫芒，岂足回其一盼哉？警告官兵，弗追击太亟，致不利于被掳者之生命。

郭其才拿了这信，便差了个小喽啰送去，果然有好几小时，不曾攻击。匪众正在欢喜，不料下午又开起火来。郭其才依旧来找顾克瑶道："官兵只停了几小时，不曾攻击，现在为什么又开火了？你快叫外国巡阅再着秘书长写信去，倘官兵仍不停止攻击，我立刻便将所有外国人，全数送到火线上去，让他们尝几颗子弹的滋味，将来外国人死了，这杀外国人的责任，是要官兵负的。”妙哉郭其才。单推外人而不及华人，非有爱于华人，而不令吃几颗子弹也，盖官兵目中，初未尝有几百老百姓的性命在意中，土匪知之深，故独挟外国人以自重。盖政府怕外国人者也，如外国人被戕，必责在役之官兵，在役之官兵畏责，必不敢攻击矣。顾克瑶依言转达，书备好后，仍由郭其才差匪专送。

顾克瑶见书虽送去，不过暂顾目前，自己不知何日才能回家，心中十分烦闷，因在山边徬徨散步，暂解愁怀。忽见有一个八九岁的女孩，衣履不全，坐在石崖旁边，情致楚楚，十分可怜，禁不住上前问她的姓名。那女孩见有人问她，便哭起来道：“我姓许，叫许凤宝，我跟我的母亲从上海到天津去，那天强盗把我的母亲抢去，把我丢下，我舍不得母亲，跟强盗到这里来寻我的母亲，又不知道母亲在哪里。”真是可怜。一行说，一行哭，十分凄楚，听得的人，都代为流泪。众人正在安慰她，忽然一个外国人叫做佛利门的，走将过来，因不懂中国话，疑心众人在这里欺哄孩子。顾克瑶看出他的意思，便把详细情形告诉了他，佛利门点头道：“这孩子可怜得很，我带她到维利亚夫人那里去，暂时住着再说罢。”说着，便和顾克瑶两人带了许凤宝，同到维利亚夫人那里，给与她衣服鞋履。那许凤宝年幼心热，见顾克瑶等这般待她，十分感激，便赶着他们很亲热的叫着叔叔，这话按下不提。

却说这天晚上，兵匪又复开火，当时天昏地黑，狂风怒号，不一时，鸡卵一般的雹，纷纷从天上落将下来，打着人，痛不可当，更兼大雨交加，淋得众人如落汤鸡一般，十分苦楚。郭其才等知道这地不可久居，便带着一众肉票，度过山顶，奔了十多里路，转入山边一个村庄中躲避。一面叫老百姓土匪称不做强盗之居民为老百姓。打酒烧火，煎高粱饼，煮绿豆汤，分给各人充饥。那饼的质地既糙，味道又坏，十分难吃。一住两日，都是如此，甚是苦楚。顾克瑶觅个空，诈作出恭的样子，步出庄门，想乘机脱逃。刚走了几步，便遇着一中年村妇，忽然转到一个念头，便站住问道：“从这里去可有土匪？”那妇人向他打量了一番说道：“先生是这次遭难的客人，要想脱逃吗？”顾克瑶道：“正是呢，你想可得脱身？”那妇人摇头道：“难难难，我劝先生还是除了这念头罢。从这里去，哪里没土匪！你这一去，不但逃不出，倘然遇见凶恶些的土匪，恐怕连性命也没咧。”山东此时，可称之谓匪世界。顾克瑶听了这话，十分丧气，只得死了这条心，慢吞吞的踱将回来。刚想坐下，忽听说官兵来攻，郭其才等又命带着肉票，往山里奔逃。顾克瑶一路颠蹶着，拼命的跑，倒是那外国巡阅，十分写意，坐着一把椅子，四个土匪抬着走，好似赛会中的尊神。假外国巡阅，在土匪中尚如此受用，真督军下了台，宜其在租界中快活也。

奔了半日，方才又到一座山上。顾克瑶和穆安素、佛利门、亨利、鲍惠尔等，都住在一个破庙里，只有穆安素一人，睡在破榻上面，其余的人，尽皆席地而睡。那亨利十分顽皮，时时和郭其才说笑，有时又伸着拇指，恭维郭其才是中国第一流人，因此郭其才也很喜欢他，时常和顾克瑶说："亨利这人，很老实可靠，不同别的洋鬼子一样，倒很难得。"被亨利戴上高帽子了。土匪原来也喜戴高帽。顾克瑶也笑着附和而已。一天，郭其才特地宰了一头牛，大飨西宾。顾克瑶等因要做通事，所以得陪末座。英语有此大用处，无怪学者之众也。那牛肉因只在破锅中滚了一转，尚不甚熟，所以味道也不甚好，可是在这时候，已不啻吃到山珍海错了。彼此带吃带说之间，顾克瑶因想探问他们内中情形，便问他们的大首领叫什么名字？怎样出身？郭其才喝了一口酒，竖起一个拇指来道："论起我们的大当家，却真是个顶天立地的奇男子，他既不是穷无所归，然后来做土匪，也不是真在这里发财，才来干这门营生。多只因想报仇雪恨，和贪官污吏做对，所以才来落草。我们这大当家，姓孙名美瑶，号玉峰，今年只有二十五岁，本省山东峄县人，有兄弟五个，孙当家最小，所以乡人都称做孙五。他有个哥哥，名叫美珠，号明甫，也是我们以前的大当家，本是毛思忠部下的营长，毛思忠的军队解散以后，他也退伍回家。这也是他有了几个钱不好，信然哉，有了钱真是不好也。谩藏诲盗，古人先言之矣。因为有了几个钱，便把当地的军队警察看得眼红，时时带着大队人，到他家去敲诈，指他们是匪党。这么一门好好的世家财主，不上几月，便把七八顷良田，都断送在这些军警手中了。我读此而不暇为孙氏悲，何也？如此者不止一家也。现在的孙当家的大哥，这口气，几乎气得成病，当即召集了四位弟弟，向他们说道：'我们做着安分良民，反而要受官兵的侵逼欺凌，倒不如索性落草，还可和做官的反抗。左右我们的田产已光，将来的日子也未见得过的去。做了强盗，或者反能图个出身，建些功业，不知诸位兄弟的意思如何？'众人初时都默然不答。他们的大哥重又说道：'我不过这样和兄弟商量，万一有不愿意的，也不妨直说，我也决不勉强。'他这般声明过以后，二、三、四三位兄弟才都说：'不愿意落草，愿意出外谋生。'他们大哥不禁叹了口气道：‘想不到许多兄弟中，竟没有一个人和我志气相同的，也罢！我只当父母生我只有一个，我也不敢累你们，你们各自营生去罢。’此反激语也，然着眼不在老五一人。这句话，却激动了我们这位孙大当家，他年纪虽小，按孙美瑶此时，年仅弱冠。志气却高，当强盗有何志气，然在强盗口中，自不得不如此说也。立刻一拍胸膛，也是强盗样子。上前说道：‘大哥！诸位哥哥都愿别做营生，我却情愿跟哥哥落草，万死亦所不惧。’虽是强盗老口吻，然其志亦壮。初时不说，已在踌躇之中，经美珠说话一激，就直逼出来矣。他大哥听了他这几句话，顿时大喜，说道：‘我有这样一个英雄的兄弟，已经够了，比着别人，虽有十个八个兄弟，紧要时却没一个的，不知胜过多少咧。’半若为自己解嘲，半似为慰藉美瑶，而实乃是反映三弟也，美珠亦善辞令。当下变卖余产，得了四五千元，把房屋完全烧掉，亦具破釜沉舟之心。一面又拿出五百块钱，给他的妻子崔氏道：‘你是名门之女，总不肯随着我去的，我现在给你五百块钱，嫁不嫁，悉听你自己的便。总之，此生倘不得志，休想再见了。’做得决绝，颇有丈夫气概。把这些事情做好以后，便把剩下的几千元，仿着宋江的大兴梁山，招兵买马，两月之内，便招集了四千多人，占据豹子谷为老巢。那时兄弟已在他老大哥的部下，彼此公推他老大哥为大都督。现在的大当家，和周当家天伦为左右副都督，就是兄弟和褚当家思振等，也都做了各路司令。”不胜荣耀之至。说着，举起一杯酒来，一饮而空，大有顾盼自豪之概。

顾克瑶笑道：“后来呢？为什么又让给现在的孙大当家做总司令了？”郭其才慢慢放下杯子，微微叹了口气道：“真所谓大丈夫视死如归，死生也算不得一件大事。”顾克瑶忙又接口道：“想是你这位老大哥死了。”郭其才又突然兴奋起来道：“是啊！他在去年战死以后，我们因见兄弟们已有八千多人，枪枝也已有六千，便改名为建国自治军，推现在的孙大当家为总司令，周当家为副司令，誓与故去的孙大当家复仇，所以去年这里一带地方，闹的最凶，谁想到官兵竟认起真来，把个抱犊崮围得水泄不通，这倒也是我们始料所不及的呢。”此语由表面观之，乃是讶其现在剿治之认真，而骨子里，却包含着以前之放纵也。众西人不知道他们叽哩咕噜的说什么，我们见西人说话，以为叽哩咕噜，西人见我们说话，亦以我为叽哩咕噜也。都拉着顾克瑶询问，顾克瑶摇了摇头，也不回答，便笑着问郭其才道：“你们孙大当家，有了这么大的势力，大概也不怕谁了，为什么这次被围在抱犊崮，竟一筹莫展呢？”郭其才笑道："那是我们的总柜，所以不愿放弃。不然，带起弟兄们一走，他们也未见得能怎样奈何我们咧。"顾克瑶问怎样叫做总柜？郭其才道："你不知道我们绿林中的规矩，所以不懂了。我们这里的规矩和胡匪不同，胡匪做着生意，便立时分散走开，等到钱用完了，便再干一下子，我们的规矩就不是这样。兄弟们无论得一点什么，都须交柜，交柜者就是把财物交给首领，外面称做杆首，我们自己有时却自己称做为掌柜。柜有大小，小柜有得多时，须送交大柜，大柜有得多时，须送交总柜。抱犊崮就是我们总柜所在的地方，你懂了吗？"顾克瑶笑道："我懂得咧。你们首领里面，除却孙大当家以外，你老兄大概也算重要的了。但是我看你也不象干这门营生的人，定然也因着什么事，出于不得已，才投到这里来的。"郭其才听了这话，突然跳将起来，眼睛里几乎爆出火来。众人都吓了一跳，都疑心顾克瑶言语冒失，触犯了郭其才了。正是：

虎窟清谈提往事，亡家旧恨忽伤心。

未知顾克瑶是否有性命之忧，且看下文分解。

兵，外所以御侮，内所以平乱也。今中国之兵，外不足以御侮矣，内亦能平乱否耶？方其未乱也，则务扰之使为乱，方其无匪也，则务迫之使为匪。及其乱生而匪炽，则借其事以为利，如捕之养盗然，使之劫而分润其所得，仿佛兵之所以养也。匪来，则委其事若弗知，使得大掠而去，又岂但不能平乱已哉？然则颜世清之不知匪之来劫也，果不知耶？抑熟知之而故为弗知者耶？观其派兵而弗击，吾思过半矣。呜乎！

第一百四十五回　避追剿肉票受累
因外交官匪议和

却说郭其才听了顾克瑶的话，一时引起旧恨，不禁咬牙切齿，愤怒万分，突然跳起来，把胸膛一拍道："说起这件事来，真气死我也。诸位不曾知道，我父亲是滕县的大绅士，生平最恶土匪，创办警备队，征剿十分出力，因此引起了土匪的仇视。在大前年的元旦，乘着我父亲不曾防备，纠集三四百人，杀入敝村，把我一家十七人全行杀死，只剩我一人在外，不曾被害。我报官请求缉捕，当地官兵，不但不为缉捕，而且骂我不识时务。山东匪世界也，在匪世界中，而欲与匪为仇，岂非不识时务？诸位想想！这时家中只有我独自一个，如何不想报仇？东奔西走，务要请他们缉捕。他们不曾缉捕之前，先要赏号，我急于报仇，就不惜立刻把家产卖尽，拿来犒赏官兵。谁知白忙了一场，到头还是毫无着落。这时我仇既报不成，家产又都光了，想要低头下去，也是生活为难，我这才无可如何，投奔已故的孙大当家部下，充个头目，于今也总算做到了土匪中的大首领，可是杀父之仇，不知何日方能报得咧。"实迫处此情形，虽与孙美瑶不同，而同因官兵之逼迫则相似也。顾克瑶等几个中国人，听了这些话，都感叹不已。

在这山中住了两日，又搬到龙门关白庄，郭其才在途中和顾克瑶、亨利等人说道："这几天苦了你们，现在给你们找到了一个好地方了，那里的房子又大又好，比外国的洋房更不知道要好上多少倍呢？"众人听了，都不知道是怎样一个好去处，都巴不得立刻到了，好休息一下子。到了白庄以后，郭其才和他们一处走着，到了一所大庙门口，郭其才便踱将进去，穆安素、佛利门、鲍惠尔、亨利、顾克瑶等，也跟了进去。郭其才指着庙里，向顾克瑶笑道："你看！这庙宇多么大，多么敞朗，就是外国人住的大洋房，恐怕也赶不上咧。"此殆俗语所谓"小鬼不曾见过大馒头"乎？众人一看，只见屋虽高大，却因年久失修，破坏不堪，六七尊佛像，也是金落粉残，现出一种萧索气象，除此以外，就只有几垛墙壁了，不觉哑然失笑。其实可笑。郭其才也笑道："如何？我说的话不错吗？"亨利道："好是好，可惜没有床铺，一样还要席地而睡。"郭其才听了顾克瑶的传译，忙道："有有有，还不曾办到呢！等一会，就可送来了。"正说着，只见一个小喽啰，带着一个黑汉子寻将进来，郭其才问什么事？那小喽啰道："奉孙总司令的命令，把这姓郭的，也并入八连，听当家的发落。"郭其才道："知道了，就叫他住在这里罢。"顾克瑶看那姓郭的，手面俱极粗黑，下颔的胡子也足有寸许长，穿着破旧的短袄，神气竟和土匪一般无二，不禁暗暗称奇，为下文潜逃张本。因上前和他拉拉手，问他的名字、籍贯、职业。那黑汉道："我本地人，名叫鸿逵，就是这次津浦车车上的车手。"郭其才道："你能够写字吗？"郭鸿逵道："懂得些。普通文件，也还能写。"郭其才大喜道："我正少一个书记，你就住在这里，替我当个书记罢。"郭鸿逵领诺。

不一时，小喽啰们送进许多高粱梗来，铺作床垫，又搬进一只破锅，放在阶沿上。鲍惠尔笑道："我在村中时，恐怕山间没有茶壶，顺手牵羊，在庄家带了一只洋铁茶壶在此，诸君看还适用吗？"说着，果然掏出一只洋铁茶壶来，众皆大笑。亨利道："我虽没有这么的茶壶，却有四只茶杯在这里，正好配对。"他一面说，一面果然也掏出四只茶杯来。郭鸿逵笑道："你们这些东西，都不及我在山下拾得的破洋铁罐，用途更广。"说着，拿出一只破洋铁罐来。众都问何用？郭鸿逵道："用途多咧。平时可以贮清水，要吃饭时可以煮饭，要吃茶时可以燉开水，质地既轻，水容易滚，又省柴火，岂不是用途更广吗？"废物之用如此，在平时何能想到，甚矣忧患之不可不经也。众人听了，俱又大笑。

顾克瑶等在这破庙里住了数日，忽见一个小喽啰领着一个小女孩进来，众人看时，正是许凤宝，顾克瑶问她来做什么？凤宝道："今朝有个外国先生外国先生未知比外国巡阅如何？要到上海去，他们都叫带了我去呢。我怕妈妈在这里，找不到我，叔叔看见她，请告诉她一声，说我回上海去了，叫她别挂念。”真是孩子话，然而我奇其天真。顾克瑶诧异道：“我又不认识你妈妈，叫我和谁说去？”许凤宝呆了一呆，郭鸿逵也笑起来了。顾克瑶忙又抚摩着她的头，安慰了几句，方才依依不舍地，迟回而去。鲍惠尔等见了这情形，都问顾克瑶什么事？顾克瑶说了一遍，众人疑道：“不知是谁下山去了？为什么我们竟没知道？”顾克瑶道：“你们要知道谁下山去，也容易，只问郭其才便知道了。”说话时，恰好郭其才进来，顾克瑶便问他道：“听说有个外国人下山去了，那人叫什么名字？怎么可以随便下去的？”郭其才笑道：“他立誓在一星期内回山，才准他下山去的呢，怎说随便可以下去？那是个法国人，名字叫做什么斐而倍，我也记不清楚了。”顾克瑶便把这话传译给穆安素等人听。穆安素道：“我正想发一个电报给罗马意政府，催他们向中国政府严重交涉，只可惜没人能带下山去拍发。密斯脱顾能向郭匪商量，准我们这里也派一个人下去吗？”佛利门、鲍惠尔也忙道：“我们也很想和外面通个消息呢。无论如何，总要要求郭匪，派个人下去才好。”顾克瑶因回头和郭其才道：“这几位外国客人，都想和外面通个信，派个人下山去，干完了事情便回山，不知道可不可以？”郭其才想了一想道：“事情是可以的。但是下山去的人，须由我指定，不能由他们自己随意派的。”顾克瑶把这意思向穆安素等说明。穆安素等都道：“只要能够和外面通信就得了，谁下去我们可以不管。”众人写好了信和电报，再请顾克瑶和郭其才接洽。郭其才便指定顾克瑶和亨利一同下去，又再三吩咐明日务必回山。

亨利在路上和顾克瑶说道：“明天我们无论如何，必须回山去，不可失信于匪。”顾克瑶听了这话，一声不响，自己思量道：“土匪并不是讲什么信义的，就失信于他们，也并没有什么要紧。假使我的回去，能够使被难的同胞得益，倒也不去管他，可是我看土匪的情形，对于外人，因想假以要挟政府，所以十分重视，至于对我们本国人，少一个多一个，并不十分稀罕，我何必多此一举呢。至于亨利他是个外国人，一方面，有外交团竭力营救，一方面，中国政府因怕此案迁延不决，酿成国际上之重大交涉，不惜纡尊降贵，向土匪求和，所以外国人的释放，不过迟早问题，亨利回山，可保必无危险，象我们这些中国人，百十条性命，哪里值得政府的一顾？将来能否回家，尚属问题，我假如回山，真个是自投罗网的了。亨利所以定要我回去，无非为着我能说外国话，我假如走了，他们就要感着不便咧。……”他一面想，一面胡乱答应亨利，到了山下以后，各种事情办妥当以后，亨利屡次催促顾克瑶回山，顾克瑶委决不下，去和几家报馆里的记者商议。那些记者，都以为并无返山的必要，顾克瑶便决定南旋，先由枣庄乘车到临城，在临城车站买了张特别快车的票子，正在候车，忽见有两个人匆匆忙忙的赶来，向车站上的人乱问。车站上的人用手向自己一指，那两个人便向自己这边走来。顾克瑶正在怀疑，那两人已到了面前，打了个招呼道："这位就是顾克瑶先生吗？"顾克瑶一看，那两人并不认识，因请问他们尊姓。一个中材的道："我姓史，是交通部派来的代表。"顾克瑶问他有什么事？姓史的道："我们部长因听说顾先生已经南旋，所以赶派我们赶来，劝顾先生回去。"顾克瑶道："我已经下山，还要回去做什么？难道苦没有受够，还要再去找些添头吗？"姓史的笑道："并非如此说，现在政府和土匪，正在交涉之中，假使失信于他，一定要影响外交，无论如何，总要请顾先生保持信用，顾全大局。"到也亏他说得婉转。顾克瑶正色道："政府于国有铁道上，不能尽保护人民的生命财产安全的责任，以至出了这件空前劫案，国家威信，早已扫地无余，还靠我区区一个国民的力量，来弥补大局吗？"姓史的再三道歉，非促顾克瑶立刻回山不可。顾克瑶推却不得，只好回枣庄，和亨利一同回山。

恰好这天江宁交涉员温世珍和总统府顾问安迪生也要进山商量条件，彼此便一路同行。进山以后，郭其才见顾克瑶喜的握住他的手笑道："你两位真是信义之人，我想你假如不回来，这里便缺少一个翻译了，岂不糟糕？"几几乎做了不是信义之人，一笑。顾克瑶笑了一笑，也不回答。温世珍请郭其才介绍和孙美瑶商议释放外人条件，只提释放外人，果如顾君之语。彼此商议了好多时，还无结果。安迪生道："照这样讨论，很不易接近，不如双方早些各派正式代表，速谋解决方好。"孙美瑶道："这件事我个人也未便擅主，须等召集各地头目，各派代表，开会讨论，才好改派正式代表商议条件。"安迪生催他早些进行，孙美瑶答应在两日内召集。

温、安两人去后，顾克瑶把这消息去报告穆安素等，大家欢喜。正说话间忽见郭其才匆匆进来，叫众人赶紧预备搬场，众人吃了一惊。顾克瑶道："刚才双方商量的条件，不是已很接近了吗？为什么又要搬？"郭其才道："他们要我们释放外人，必须先解抱犊崮的围，现在抱犊崮的兵，依旧紧紧的围得水泄不通，谁相信他们是诚意的。”一面说，一面催他们快走。众人只得遵命搬到北庄。顾克瑶知道必有变卦，因装做不甚经意的和郭其才谈及条件问题。据郭其才的意思，必须官兵先撤抱犊崮之围，退兵三十里外，再将所有土匪编为国军，给发枪械，方可议和。倘官兵敢放一枪打我们，我们就杀一外国人，看他们怎样？顾克瑶探得他的意思，便和郭鸿逵去悄悄商议道：“匪首的态度，十分强硬，看来这和议一时必不能成功，我们不知何日方能出险，倒不如现在私下逃走了罢。”郭鸿逵道：“除此以外，也没第二个办法了，好在他们对我两个，素来不甚注意，更兼我的样子，又很象土匪，或者可以逃得出罢。”两人议定，便悄悄的步出庄门。顾克瑶走在前面，郭鸿逵把蒲帽遮下些，压住眉心，掮着一根木棍，在后面紧紧跟着，装做监视的样子。两人很随便大踏步往前蹚路，偶然给几个土匪看见，也误认郭鸿逵是自己队中人，绝不盘诘。走了半个钟头，已不见土匪的踪迹，方使出全身气力，往前狂奔，意急心慌，也不知跌了几个觔斗，一连奔跑了四个钟头，方才跑出山外，两人换过一口气来，休息了三五分钟，方才慢慢的走。

到了中兴煤矿公司的车站上，恰巧遇见那天催他回山的交通部代表，那姓史的见了顾克瑶，忙着贺喜道：“顾先生！恭喜脱险了。做事情要这样有头有尾，方不愧是个大丈夫。”顾克瑶道：“倘然不幸而至于有头无尾，你又有什么说？”姓史的嘿然。彼此又说了些别的话，姓史的方作别而去。报告总长大人去矣。顾克瑶两人到了枣庄，就有气概轩昂的军官来寻他们，说总长叫他们去问话。顾克瑶和郭鸿逵，就跟着那军官，到了一部辉煌宏丽的蓝色座车里面，只见坐着约有十多个人，都气度昂然，有不可一世之概。可惜只能在车子里称雄。顾克瑶、郭鸿逵两人暗暗估量，大概就是什么总长等等，现在政治舞台上的重要人物了。他俩一面想，一面向他们行了一鞠躬礼。那些人把手往旁边一伸，也不站起来，只向顾克瑶点了点头道：“你就是顾君吗？请坐下谈谈！”顾克瑶遵命坐下，郭鸿逵就站在顾克瑶的背后。那些人把山中的情形和匪首的态度，问了一个详细，也算难为他们能这样的费心。方令退出。真好威风的总长大人。顾克瑶到了临城，要搭津浦车南下，不怕再被俘耶？郭鸿逵住在济南，两人将要分手，想起共患难的情形，十分依依不舍，彼此大哭而别，此一哭，倒是真情。按下不提。

却说顾克瑶所见的十几个人，都是这时官匪交涉中的重要人物，就是田中玉、吴毓麟、杨以德、张树元、刘懋政、安迪生、陈调元、温世珍、钱锡霖、何锋钰、冯国勋这一批人。当顾克瑶出去以后，又商量一会招抚的办法。田中玉道："委任状我都已吩咐他们预备好了，明天可教丁振之、郭胜泰再去一趟，顺便把委任状带给他们，他们才不该再闹什么了。"众人都各无话。次日丁振之、郭胜泰二人，带了委任状进山，到了匪巢里面，只见孙美瑶、郭其才、褚思振等都高高坐着，并不理睬，也不说话。丁振之就把委任状交给褚思振，褚思振把委任状向旁边一丢，气忿忿的说道："兵也没有退，一纸空文，有什么用？老实说句话，你们非将军队退尽，决不能开议，今天可回去对田督说，限三天之内把兵退尽，否则就请田督下哀的美敦书，彼此宣战好咧。"丁振之、郭胜泰说不得话，只得把这情形回禀田中玉。田中玉大怒道："他妈的！我怕他吗？既这么说，我就剿他一个畅快。"众人劝阻再商量，田中玉犹自怒气不息。

这消息传入滕、峄两县的绅士的耳朵中，恐怕兵匪开战，累及平民，十分着急，当有刘子干、徐莲泉、金醒臣、梁子瀛、田冠五、刘玉德、陈家斗、陈正荣等二十多个人，开会讨论补救办法，或云此所谓皇帝不急急杀太监，然唯太监处处吃亏，乃不得不急耳。决定推刘玉德、陈家斗、陈正荣三个人为代表，入山和土匪商议就抚办法。谁知土匪依旧十分强硬，刘玉德等再三解释，褚思振才说："外国人已答应给款千万，所有的人，编成四混成旅，预先发饷六个月，明天由外人派代表向官厅交涉，用不着你们来说。"刘玉德等没法，只得又去见官厅方面的人物。其时田中玉已经免职，山东督军，已派郑士琦代理，所以刘玉德等便向郑士琦接洽。郑士琦道："他们既然这样强硬，不必再和他说什么招抚了。"刘玉德听了这话，吓了一大跳，忙道："打仗不要紧，岂不又苦了我们滕、峄两县的百姓？总求督理设法收抚才好。"可谓哀鸣。郑士琦笑道："也并非我要剿，实在那些土匪太刁诈可恶了。看在两县百姓脸上，暂时缓几天，你们试再说说看罢！"刘玉德等只得又进山去和匪首商议，这样闹了好多天，条件方才渐渐有些接近。最后由安迪生、陈调元两人入山交涉，孙美瑶等恐怕被剿，不敢再硬，只要求剿匪的主力军旅长吴长植入山一会。吴长植因恐谈判再决裂，遂也慨然答应入山，又商量了多天，方才决定编为一旅，以孙美瑶为旅长，周天伦、郭其才两人为团长，先放西票，后释华票，一件惊天动地的劫案方才解决。然而外交团到底还向中国政府提出了许多要求，中国政府对他道歉以外，还要赔偿损失。孙美瑶后来也仍被山东军队枪决，一场大案子，不过晦气百姓受些损失，国家丢个面子而已，说来岂不可叹？正是：

官家剿匪寻常事，百姓遭兵大可哀。

欲知后事如何，且看下回分解。

各国之为政也，为人民谋利益，于外人则损焉。我华侨在日，在菲，在南洋，在美，固尝受当地军警之虐杀，士民之攻击，匪徒之架劫矣，我国对之除一纸抗议空文而外，未尝见各国有何赔偿与保障，盖其保护本国人之利益，尝盛于保护外人也。我国则不然，于国人之兵灾匪劫，每视属无睹，倘涉及一二外人，则无有不张皇失措，竭力以营救之者。盖政府之畏外人，常过于国内之人民也。使抱犊崮中无外人，吾恐数百华票，至今犹在匪窟中，吾人且淡焉忘之矣。呜呼！中国之为政者！

第一百四十六回　吴佩孚派兵入四川
熊克武驰军袭大足

却说杨森自兵败退鄂，无日不想回川报仇，吴佩孚也很想联络他收服四川，完成他武力统一的一部分计划，所以暗令长江上游总司令王汝勤，竭力补助他的给养和军械。杨森因此得补充军实，休养士卒，如此数月，实力已经复原，便向吴佩孚献计收川，自己愿为前部。吴佩孚因川中局势稳定，认为时机未至，一面令他待机而动，一面令人暗地运动刘成勋部下的健将邓锡侯、陈国栋，和杨森联络，共倒刘成勋。邓锡侯等当时虽不曾完全答应，然而也未免稍事敷衍，双方时有信使往返，因而惹起了刘成勋的疑窦，因猜疑而成为嫌隙。到了十二年二月中，便因防地和军饷问题，双方竟至决裂起来。武人之反复无常，向来如此，而错综变化，无可究诘者，尤莫如四川之武人焉。邓锡侯一面和陈国栋向成都猛攻，一面又电催吴佩孚派杨森迅速入川，解决时局。有前此之助刘成勋猛攻杨森，又有此时之催杨森入川以攻刘成勋，武人反复，固未尝引为异事。吴佩孚认为时机已至，便立即电令杨森入川，攻击川东的但懋辛军，免得但军去攻邓、陈的后路。一面又令卢金山为援川军总指挥，王汝勤为援川军总司令，入川助杨攻刘。

但懋辛原不经战，如何当得起杨、卢的生力军队。几次接触，便由万县而退重庆。杨森克了万县，继续向重庆进展，但懋辛不敢迎战，只是死守，盼望刘成勋打败邓锡侯后，分兵来救。不料刘成勋初时虽然胜利，到底因军心不固，被邓锡侯一个努力反攻，便节节败退，困守成都。邓锡侯等四面攻打，彻夜不绝，两方枪炮并用，劈拍砰轰之声，吓得城内百姓，个个胆战心惊，哀求中立派军队刘文辉、陈洪范等出任调停。刘文辉为见好川民起见，当下派代表向两方接洽，请刘成勋自动退出成都，邓锡侯的军队也不曾追击。倒是个两全之法，成民大幸。但懋辛得了这消息，不禁大惊，又闻得敌军新加入赵荣华一旅北军，攻击更猛，料道重庆不能再守，只得放弃，退守泸州，一面派代表向杨森求和。杨森得了重庆，正待休息，所以也不追击，因此四川各方面的战事，忽然沉寂起来。

也是川民灾难未满，忽然潜伏多时的熊克武，也在这时候出现起来。他联络了周西成、汤子模、颜德基等军队，开到泸州，助但懋辛反攻杨森。此时邓锡侯已受同派军队的推戴，自任为川军总司令，驻兵成都，想不到熊克武忽然来攻。邓军开出抗御，双方战了一昼夜，却被赖心辉从侧面猛攻，因此支持不住，只得把刚从刘成勋手里夺得的成都，奉送给熊克武。驱刘氏而代之，尚不满两月，即已为人所驱，想来亦复何苦。川东方面，却互有胜负，旅进旅退的不知道牺牲了多少平民。可为长太息。这时川军的实力派，大可分为三派：第一派便是倾向南政府的熊克武派，占有成都、泸州等地，刘成勋，赖心辉、石青阳、周西成、汤子模、颜德基、但懋辛等，都是熊氏一派的。第二派是受吴佩孚嗾使的杨森派，如邓锡侯、陈国栋、袁祖铭、赵荣华、卢金山、王汝勤以及在川北的刘存厚、田颂尧等，都是这一派的。第三派如刘湘、刘文辉、陈洪范等，虽则号称中立，其实却接近杨森，所以后来也竟加入杨森一派，和熊克武实行宣战了。

熊克武原属老同盟会员，很信仰中山先生，所以在川中用兵的时候，就通款先生，先生便任他为四川讨贼军总司令。那面杨森一派，便也公推刘湘为四川善后督办，以为对抗之计。彼此战争了几个月，还没有得到解决。在七月中旬的时候，杨森曾经吃过一个大败仗，重庆被周西成围困了好几日，后来虽经击退，人心已经十分不安，所以不能大举进攻。至于熊克武一方面，有颜德基、汤子模、周西成各军，在南川、涪陵、垫江一带，和邓锡侯相持，也不能长驱直进。杨森方面主持前敌的是袁祖铭，见屡攻不能得手，十分焦急，便改变方针，分三路进攻成都：以杨森和其他川军任左翼，由叙州、嘉定进攻；自己所部的黔军任右翼，分四路由安岳、遂宁、邻水、武胜取道金堂，向成都进攻；以北军卢金山等任中路，在资州以下暂取守势。又恐怕大军进攻后，周西成再来抄攻后路，所以仍命邓锡侯坚拒周西成等，不使东下。为谨慎起见，更令赵荣华守重庆后路，以防意外。战略也可谓精密得巨细无遗了，然而终于战败者，盖智力尚未足为数氏之敌。原来这三路中间，从资、简进攻成都，须经过铜钟、河茶、店子、龙泉驿等险要，十分难攻，所以教卢金山暂取守势。左路仁寿、黄龙溪，右路雅州、金堂，都是平坦大道，进攻甚易，所以杨森自己进攻。到底还是有着私心。

这消息传到成都，熊克武忙召集部下讨论抗御之计。石青阳这时恰在成都，当下向熊克武献计道："敌人三路来攻，声势甚大，不易力敌，不如待我写信给杨森的旅长贺龙，使他倒戈攻杨，杨军回救后路，则此一路可以不忧，仅须专力对付北中两路，便不怕不能取胜了。"亦是一种计划，但犹属侥幸之计。熊克武笑道："此计虽妙，尚未美全。贺龙虽然和你交好，假如竟不听你的话，不肯倒戈，那时杨森得长驱而来，岂不全盘俱败？我现在有一万全之策，一面，只依你所言计划，去游说贺龙，使他倒戈攻杨，他肯听你的话，果然很好，不听你的话，也和我们的计划上，不生什么影响，岂不更觉妥当？"石青阳问是怎样一个计划？熊克武便把自己的战略，向他细细说了一遍。石青阳鼓掌道："此计妙极，我想袁祖铭虽能用兵，此一番，必然又教他倒绷孩儿了。"诚如尊论。计议已定，自去分头进行。

却说杨森带了本部军队，从叙州出发，连克犍为、嘉定等处，浩浩荡荡的，杀奔成都而来，直到合江场，中途并不曾遇到一个敌军，十分惊异。唯恐熊克武有计，不敢再进，只得暂且按兵不动，静待中右两路的消息，再定攻守之计。正扎下营，忽报周西成绕越合江，已从泸州方面，向我军后路逆袭，声势甚锐，不日便要来攻打叙州了。杨森得报大惊，急命分兵救应。部下参谋廖光道："周西成莫非是虚张声势，我们如分兵回救，岂不中了他的计策？"杨森道："我也知道他是虚张声势，然而总不能置之不理。假如我们一味前进，他也不妨弄假成真，真个逆袭，那时我军前后受敌，必败无疑，如何可以不回救？"正讨论间，忽然又报："赵荣华屡战屡败，重庆震动，请即回兵救应。"杨森顿足道："完了，我们现在须作速由威远、隆昌退回重庆，如仍去叙州，不但多费时日，而且周西成倘来堵截，未免又要多受损失了。"廖光称是，当下传令全军俱走威远，放弃嘉定，退回重庆去了。一面电知大足方面，教卢金山格外小心。

卢金山因北路袁祖铭军节节胜利，毫不在意，每日只在司令部中，征花侑酒，打牌消遣。一天晚上，正和幕僚中人，吃得醉醺醺的在那里打牌，忽然有人报说："熊克武已率领大队来攻，现在将到三驱场了。"卢金山怒道："袁总指挥现在金堂一带，节节胜利，熊克武哪里还有工夫到这面来？这话分明是敌人故意编出来的谣言，你如何敢代为散布，扰乱我的军心？吩咐捆起来。"幕僚代为讨饶，方才叱退。如此安得不败。以后别人有了什么消息，唯恐触怒获罪，都不敢禀报。如此安得不败。卢金山打牌打到天色微明，酒意已解，人也困倦了，正待散场睡觉，忽听得枪炮声一阵阵的自远而近，不觉大惊，急忙追问，这枪炮声是什么地方来的？已经迟了。众人不敢直说，都面面相觑，推做不知。其积威可想，治军如此，安得不败。卢金山怒道："你们干的什么事？问你的话，为什么都不做声了？"其中有一个幕僚道："听说熊克武只派了些小部队来袭，不知是真是假。"至此犹不敢实说，积威可想，如此治军，焉得不败？卢金山急教传值日营长问话，值日营长来到，卢金山见了他，十分生气道："敌人来攻城，如何不通报我？想是你不要这颗脑袋了。"值日营长道："报告总指挥，昨晚已经报告，因总指挥正在看牌，不曾理会，并非没有通报。"卢金山更怒道："你敢笑我好赌误公吗？吩咐捆起来，让我打退了敌人，恐怕难了。再和你算账。"这账恐怕不易算清。幕僚们再三谏阻，卢金山只是不听，传令遣下营长职务，由营副代理。

全营士兵知道了这件事，十分不平，卢金山如何知道，当下传令把所有军队，全数开拔出城御敌。出城只三四里，便和熊军接触，略略战了一两个小时，熊军忽然退去。卢金山回顾幕僚道："如何！我说川军极不耐战，果然一战就败了。"我亦曰：卢金山不善用兵，果然一战就败了。幕僚忙道："他们听了大帅的威名，早已吓走了，哪里还敢对敌？"卢金山大喜，传令尽量追击，追了十多里路，熊军忽然大队反攻过来，枪炮并发，势头非常猛烈。卢金山虽然无谋，却也是直军中一员战将，见了这情形，便令部下拼死抵抗。无奈熊军甚众，炮火又烈，战了二三个时辰，忽然左角上枪炮大震，熊军又从西南侧面攻击过来。卢军虽勇，因无心作战，刚撤换营长的一营人便退了下来，熊军便乘着此处阵线单薄，奋勇冲击，向卢军后面包抄过来。卢军抵敌不住，顿时大败。刚到得大足城边时，忽然城内又枪炮齐发，原来熊军别动队已入了城，正在扫除卢军的少数留守部队咧。卢金山不敢入城，带领少数残军，向北绕过城垣，逃奔重庆去了。果然一战就败了。

却说袁祖铭的北路，开到遂宁时，只遇见少数敌军，不曾一战，便已退出。袁祖铭兵不血刃的得了遂宁，也不休息，连夜便向射洪进展。不料防守射洪的熊军，依然甚少，仍复望风而退。如此一直到了中江，仍不见熊军大队。袁祖铭十分狐疑，猜不出他的主力军在哪一方面。部下也有疑心熊克武已退出成都的，也有疑心别有埋伏，诱我们进攻，却来两面夹击的。袁祖铭都不做理会。想了半天，忽然大悟道："是了！熊克武素称善能用兵，一定见我黔军气锐，不敢力敌，却用全力去压退中路，使我有后顾之忧，不敢不退，但是这算计如何瞒得过我？"却也瞒了几天。部下的将士道："倘然中路果然败退，我们倒也不能不退了。"应下文。袁祖铭道："卢金山素称勇悍，至少也必能守个十天半月，熊克武轻易如何败得他。我今绕道而进，攻下金堂后，只一天便可直攻成都，那时他根据地已经摇动，还能专顾中路吗？"部下称是。

袁祖铭正待下令进兵，忽报金堂现有大队敌军防守，工程极其完固，听是刘成勋的部队。袁祖铭击桌而起道："现在除却猛攻金堂而外，更没有他计。无论金堂守御如何坚固，我也务必攻克他了。"当下传令会集各军，向金堂猛扑。谁知熊军十分镇定，袁军屡次冲锋，都被用炮火和机关枪逼回。袁祖铭焦灼，正要传令死攻，忽报内江、富顺被赖心辉占领，此一段上文所无。贺龙在酆都叛变，归降熊氏。此一段上文所有。忠州的防军也响应贺龙，分兵去攻长寿了。此一段又上文所无。袁祖铭惊道："如此后方已危，如不急急攻下成都，恐怕全军俱要败绩了。"听了后方吃紧，又不但不肯退，反要进攻，袁氏亦勇。当下传令急攻。所部兵士几番冲锋，都被熊军猛烈的炮火逼退，不但不曾占得一分便宜，而且折了好些兵士，心中气闷，暂令停攻，拟想一条比较妥当的计策，再行攻击。正在沉吟之时，忽又接到报告，周西成乘邓锡侯回救长寿，后路空虚，回兵向杨森逆袭。此段一半上文所无，一半为上文所有。杨森已率军向威远方面急急退去，此段为上文所有。刘湘部队，因被但懋辛牵制，不能活动，南路又完全失败了。此段又上文所无。袁祖铭顿足道："如此一来，我原定三路齐进的计划，完全失败了。如中路再有意外，则我的后路，也将发生危险，事已如此，不能不先好好的防备了。"当下传令把军队分作三路，缓缓的退下五十里驻扎，以便进退。此时已作退计，不似前此之勇敢矣。熊军也不追赶，过了一日，忽报："熊克武自己带领大队生力军，袭败了卢金山军，占了大足，此一半是事实，上文所有。卢金山阵亡，所部已完全消灭了。"此一半是谣言，上文所无。以上一段虚一段实，互相错综，一半图省笔，一半却为要文章变化不板也。袁祖铭听了这话，立刻传令退兵，到了岳池、定远、合州一带驻扎，自己赶回重庆，商议战守计划。到得重庆时，只见城内军垒累累，攻城甚急，甚为吃惊，问杨森道："我在路时，听说周西成三次来袭重庆，却不知详细情形，和现在的胜负怎样？"杨森道："周西成初在泸州一带，因知道邓锡侯、陈国栋的军队，向下游长寿、酆都一带开拔，便集合了颜德基、汤子模等四团之众，乘虚袭取了南岸铜圆局，向城内猛扑。我军丧败之余，屡战不利，长寿方面又胜负未决，看来重庆决不能守。我意欲暂时放弃，因不曾和你商量，所以还不曾决定。"袁祖铭拍案道："你们未免太不耐战了。区区一周西成也不能击退他，还想平定四川全省，便你们要退，我决计主守。"杨森道："并非我主张退，实因兵无斗志，要想守也守不住了。"袁祖铭道："我在前敌时，听说卢师长已经战死，到了遂宁，方知此话不确。他现在还驻防璧山，如何不来助战？"杨森道："他也主张放弃重庆哩。"袁祖铭冷笑道："好，你们便都退尽，只剩了我一个，也务必把周西成击退。"说着，便回到自己司令部内，立刻电令前敌各军，即日回到重庆，和周西成激战。

周西成见袁祖铭的军队已回到重庆，知道暂时不能夺取，便全师而退。杨森、邓锡侯、卢金山、赵荣华，见周西成果然被袁祖铭打败，十分惭愧，当下公推袁祖铭为前敌总司令，支持一切。袁祖铭也老实不客气，即便就职了。此时袁祖铭大有睥睨一世之概。杨森因战事劳顿，又受了感冒，身子十分不适意，和袁祖铭商量，暂留重庆养病，不问军事。袁祖铭道："你大部军队，尚在泸州，要在重庆养病，也须先去整顿一下。现在刘文辉虽曾差人去求和，我看来熊克武未必肯依，你须作速回泸州去，提备着些。"正照后文。杨森领诺，当日便回泸州去了。按下不提。

却说熊克武因刘文辉屡次派人来调和，欲要应允他，又因中立派军，都是倾向杨森的，自己未免吃亏，欲待不应允他，又怕冒破坏和平的罪名。寻思多时，忽然得了一计，便对着刘文辉的代表，满口答应，教刘文辉只去富顺和赖心辉商议调和办法，自己无所不可。刘文辉得了代表还报，便亲自至富顺和赖心辉商量。赖心辉此时已接到熊克武的密令，一面敷衍刘文辉，一面调集三四师的兵力，向泸州进袭。恰好此时杨森已回泸州，因袁祖铭吩咐提备，所以准备得十分周到，这时一听赖心辉率兵来袭，立即派队应战。两军将要接触，刘文辉、陈洪范两人急急调集了三旅兵力，将双方的战线隔断，当即宣言，哪一方面先开火，便是哪一方面破坏和平，中立军队便先打他。熊克武见袭取泸州的计划失败，只得改变态度，当即派了两个代表，分头去见刘湘、刘文辉、陈洪范等人，说明此次冲突，实出误会，现在当把军队撤回成都，议和的事情，全听三位主持，鄙人等无不乐从。虽云兵不厌诈，然而也太诈的厉害了。刘湘等不能责难，只得罢了。熊克武一方面派代表向他们接洽，一方面令赖心辉率军北退，自己赶到内江等候。两人见了面，熊克武便秘密和他讨论军事计划，赖心辉道："中立各军，本来偏向杨森、袁祖铭一面，如果我们先发动，他们势必联络杨、袁，向我们攻击，岂不是平白地又要增加许多敌人？"熊克武笑道："话虽是如此说，但是我们先要看准刘湘等几个人，是否能够永久中立，不向我们攻击？他们果然能够永久维持中立，不攻击我们，我们这样顾虑，还有理由，可是在事实上说来，他们无论如何，总有加入敌方之一日，我们何必如此顾虑，失了目下千载难遇的好机会呢。"赖心辉问道："如何是千载难遇的机会？"熊克武道："这时正因日本轮宜阳丸有帮助敌人的举动，被周西成劫了宜阳丸，俘了日本船主和北军军官，累得驻扎重庆的卢金山、邓锡侯等各军，十分发急，用全力向涪陵周西成进攻，重庆十分空虚。黔军虽已移防大足，但人数尚不足两师，我们现在如调集三师以上的兵力，暗地往袭，可以一鼓而平，重庆城便在我们掌握之中了。敌人的根据地既失，便使刘湘等帮助敌人，亦何足惧哉？"熊氏战略，确非此中诸子所及。赖心辉大喜道："果然好计划，事不宜迟，我们便可前进，莫使黔军有了准备，不易攻克。"商议已定，便夤夜进兵，倍道而行。

大足的黔军，果然毫无准备，等到发觉时，已被熊军围了四五重，黔军四面受敌，死伤甚众。袁祖铭此时急得五脏生烟，两目生火，督率着部下，拚命的冲突，总不能脱。袁祖铭能料熊之攻泸，而不能料其攻己，岂谓熊无此胆量乎？何明于远而昧于近也？血战了好几日夜，子弹将竭，熊军又愈逼愈紧，袁祖铭把帽子向地下一掷，大呼道："我黔军素称勇悍善战，今日被熊克武围困在这里，冲突了五日五夜，竟还冲突不出，这黔军的威名何在？”反激得很好。部下将士，听得此话，传将开去，都十分气愤，一齐大呼道：“我们誓死须杀出重围，再和敌人见个高下。”一齐喊杀，全军士兵，便如潮水似的涌将出去。熊军的火线虽密，也拦挡不住，竟被他冲出重围，向铜梁败退。熊军随后紧紧追赶，一点不肯放松，黔军不敢再战，继续放弃铜梁，向璧山退却。熊军也紧紧的追来，袁祖铭教把队伍扎住，向众将士训话道：“祖铭自从和诸位入川以来，战无不胜，从未有过这等大败，不想今天被敌人追得这等狼狈，甚至不敢反攻一阵，黔军的威名，从此扫地无余，我还有什么面目和诸君相见？诸君只顾向重庆退却，我个人情愿留在璧山，被敌人打死，也见我是个英雄豪杰，不是怕死之辈。”一方说自己不是怕死之辈，明明是说别人是怕死之辈，反激得妙。部下的将士听了这话，又一齐大呼，情愿和敌军拼死。袁祖铭再三相劝，将士不肯，定要作战。袁祖铭道：“你们既然定要作战，可就此散开，杀他一个不提防。”将士们应诺，当即四散排开。等得熊军追到，反突起反攻，熊军也奋勇冲击，两下又死战起来。熊克武在高阜处望见，忙即传令退却，一面又令赖心辉如此这般。赖心辉领命而去。黔军见熊军退却，十分高兴，立即令军追击，约莫追了十多里。熊军又忽然反攻过来，气势较前更猛。黔军抵敌不住，只得退却。刚退了三四里，忽然后面枪炮大作，赖心辉已从后方攻击过来。袁祖铭大惊，急令拼命冲过时，士兵已死伤甚众。大家都不敢逗留，急急向重庆奔逃。正走之间，忽然前面一彪军队杀来，不觉把袁祖铭吓得胆战心惊。正是：

壁山才得脱重围，又遇敌兵扑面来。
进退两难行不得，而今惭愧济时才。

欲知袁祖铭性命如何，且看下回分解。

军阀在实力膨胀之时，无有不思扩展其势力于原有地盘之外者，况以武力统一为目的者乎？吴佩孚自一战胜皖，再战胜奉，遂谓强大若彼两军阀，犹不足当我一击，则若浙之卢，晋之阎，滇之唐，粤之孙，何能我抗？遂自谓无敌于天下。一方经营湖南，收赵恒惕为己用，一方利用杨森，以发展其势力，欲借川湘之兵，以定西南，其志诚不可为不壮，其计诚不可为不雄矣。而不知武力终不可恃，以战胜虎视天下者，终以战败而立足无地。观于杨森、刘湘，以数倍之兵，而卒败于熊克武之手者，已足悟武力之不可卒恃，何必至一逐于鄂，再逐于湘，漂流蜀境，始觉武力政策之非计哉！

第一百四十七回　杨春芳降敌陷泸州
川黔军力竭失重庆

却说袁祖铭正在奔逃之际，忽遇前面又有大队兵士，扑面而来，不觉大惊。急忙探询，方知是刘湘的军队，心中稍宽。两人见面以后，袁祖铭问刘湘何故来此？刘湘道："熊克武虽然答应讲和，未必真心，前次暗袭泸州，便是一个证据。我恐怕他假说退兵，暗地却来袭取重庆，果如所料。所以特地带领本部军队，到重庆来调查东面两军停战议和的情形。听说两军又在大足冲突，因此赶来，但不知何以又有此场血战呢？"袁祖铭把上项事情说了一遍，刘湘大怒道："此人果然毫无信义，便是不肯议和，也不该诈骗我们，他既然蓄意破坏和平，也难怪我助你定川了。兄请暂退重庆休息，让我来对付这厮。"卷入漩涡中了。观此语，可见熊克武如不诈骗调人，刘湘等或不致即行加入战团也。袁祖铭称谢不置。此时老袁亦大坍其台。又道："熊克武善能用兵，而且兵多势锐，兄宜小心，不可轻敌。"刘湘领诺，便命部下掘壕备战，袁祖铭自退回重庆去了。

却说熊克武正在追赶黔军，忽报刘湘率领本部全军，现在前面掘壕备战，急教军队停止前进，一面请赖心辉、但懋辛商议道："刘湘素称善战，现在又怀怒待我，不可轻敌，须用计胜之！袁祖铭防熊克武，熊克武亦防刘湘。你们两人可领队左右两路包抄，我由正面进攻，刘湘方在盛怒之下，必不防我算计他。盛怒最为坏事，刘湘此次之败，盖即坏在这个怒字上。三面夹攻，必然可获大胜。我们能够打败刘湘，刘文辉、陈洪范两人必不敢再动，重庆一城，便在我们掌握中了。”此着可谓莫遗刘、陈。赖心辉、但懋辛俱各赞成，当下分兵去了。

却说刘湘等了两日，见熊克武并不来攻，十分愤怒，传令拔队前进，先向熊军冲击。熊军自然照样回敬，彼此一来一往，炮火和枪弹齐发。双方鏖战多时，赖心辉和但懋辛已从侧面攻击前进。刘湘的兵力既薄，又处于四面包围之中，如何支持得住。便算支持一时，也恐蹈袁祖铭的覆辙，以此不敢恋战，急急败回重庆。袁祖铭见了，彼此愁闷。刘湘问袁祖铭有何计较？袁祖铭道：“为今之计，只有分电杨森、邓锡侯、卢金山等回救，一面请刘文辉、陈洪范、刘存厚等，分别在南北两面活动，敌兵前进既然不能克重兵守护的重庆，后路又须顾到刘存厚的北路和刘文辉的南路，必然不能持久。我们等他士气懈倦时，再行攻之，当可必胜。”袁祖铭非毫不知兵者，何竟作此单方面之算计？其殆以刘湘初加入，不欲使其遽尔灰心，乃出此万不得已之计划，聊以相慰乎？刘湘默然想了一会道：“这战略虽然很好，但在事实上还有许多困难，涪陵方面的邓、卢各军，现在方和周西成激战，如其撤回重庆，周西成必然联合汤子模等，再来攻袭铜圆局。杨军现守泸州，地位也极重要，假使回救重庆，赖心辉留在富顺的吕超所部，必然袭攻泸州。泸州倘然失去，则我们犄角之势失去，重庆更危险了。至于刘、陈两人，虽肯帮助我们，宗旨却未决定，现在见我们战败，必然更是犹豫，决不肯轻动。此种人最多，不独刘文辉、陈洪范而已。刘存厚在川北，毫无实力，也靠不住。刘湘亦颇能知兵，观此一席话，于各方面均一一料到，亦可想见。所以你的战略虽好，实行起来，必有阻碍。”岂止？袁祖铭道：“那么怎样办呢？敌军气势甚锐，兵力又厚，我军屡次战败，如何抵抗得住？”袁祖铭此时也急了。刘湘道：“就是如此说。现在实逼处此，除却用你这个战略，来救一救眼前之急，也无别法了。”火烧眉尾，且顾眼下。

正商议间，忽报杨军长率领本部军队，从泸州赶到。刘湘和袁祖铭俱各大喜。袁祖铭就把刚才自己两人的议论告诉了他，杨森道：“泸州方面，我现留有杨春芳在那里防守，可以放心，何况还有刘、陈的中立军在富顺一带，把双方的战线已经隔断，吕超便要攻泸，在事实上也行不过去。此亦就现在局势之常理论之耳。然事常有出于意外者，其将如之何？只有涪陵方面的周西成一路军队，却十分惹厌。”刘湘目视袁祖铭道：“他为什么要倒戈攻你？”袁祖铭摇头道：“你不要再提这话罢。人有良心，狗不吃屎，现在的人，哪里还有什么信义？”以国家所设职官，为私人割据争夺之利器，以人民膏血所养之士兵，为割据争夺之工具，上以危累国家，下以残虐百姓，公等所行如此，所谓信义者安在？孟子云：“万乘之国，弑其君者，必千乘之家，千乘之国，弑其君者，必百乘之家。”在上下相交争利之局面中，固必然之现象也。公既误国害民，又何能独责部下以信义。昧于责己，明于责人，至于如此乎？杨森道：“在眼前的局面看起来，战线愈短愈妙。邓、卢各军，总以调回重庆为上计。”此时欲求一中计而不可得，何处更可得一上计？刘湘道：“邓、卢两军，调不调回，在于两可之间，不必多所讨论，只须拍一电报给他，通知他目下重庆的战事形势，回不回来，还让他斟酌情形，自己决定为妥。我们现有三路军队，用以防守一个重庆，当不致再有闪失。”有袁祖铭之三路攻成都，乃有熊克武的三路攻重庆，有熊克武之三路攻重庆，乃有刘、袁、杨三路之守重庆，更不料攻重庆之部队，于熊、赖、但三路以外，更有周西成、胡若愚、何光烈三路，战局之变化，岂容易捉摸者哉？当下彼此决定，刘湘任中路，对付熊克武，好。袁祖铭任右翼，对付赖心辉，好。杨森任左翼，对付但懋辛。好。如此捉对厮杀，可谓不是冤家不聚头。等得熊克武军队赶到，双方便开起火来，一个是用全力猛攻，有灭此朝食之概，一个是誓死力拒，有与城俱亡之心。激战数日，未分胜负，按下不提。

却说邓锡侯、卢金山等，在涪陵方面和周西成激战，正恨未能得手，忽传熊克武留刘成勋守成都，刘成勋下落在此处补见。自己和赖心辉、但懋辛，率领三师兵力，暗袭重庆。黔军在大足方面，被熊军杀得大败，刘湘来救，也遭损失，现已退守重庆，形势十分吃紧，邓不觉大惊，急请卢金山商议：“涪陵尚未攻克，重庆偏又告警，根据要地，不能不救，烦兄独立对付周军，只要能坚守阵地，不望克城，等我击退熊军，再来助兄猛攻，不怕涪陵不下。未知我兄以为怎样？”卢金山道：“贺某军队，现在彭水、石柱之间，倘然绕道武隆，在涪陵之南。来攻我侧面，那时我兵力既薄，决不能兼顾，如之奈何？”邓锡侯道：“赵荣华现在忠州，贺军决不敢西进，万一你果然守不住，便退守乐温山也好。”在涪陵、重庆之间。卢金山应允。邓锡侯正待退军，忽接刘湘、杨森、袁祖铭三人来电道：

熊军进薄重庆，铭、湘均失利，森于今日申开到，议定誓必坚守。中路阵地白市，由湘防守，南路浮图关，由森防守，北路悦来场，由铭防守。地名在此处补出，为上文所无。兵力相当，想不致再挫。唯闻赵部在忠州，有退守万县之意，不悉确否？如确有其事，乞卢师长电阻。此又上文所无。顺庆方面第五师，自何光烈被监视后，全部已在旅长李伯阶之手，近闻其有南下助熊之意，殊为可忧。此又上文所无。我兄方面战情如何？是否回兵救后，希斟酌敌情而行！

卢金山见了这电报，便道："重庆既有杨、袁、刘三位在那里，兵力已不止三师，用以抵御久战远来的三师熊军，想来总不致再挫，兄似不必急急回救了。"想是不敢独力对付周西成。邓锡侯沉吟道："赵军退守万县，这消息不知道是从哪里来的？如果此说确实，重庆的后路空虚了。"卢金山道："来电原说闻他有这意思，并非说确有这举动，怕什么的？"邓锡侯道："话虽如此说，总该拍个电报给他，劝他坚守才是。"卢金山答应。邓锡侯又道："重庆一方面，看来电所说，似已十分吃紧，我无论如何，不能不去。"卢金山道："要退，大家齐退如何？"北军太不耐战。邓锡侯想了一想，只得答应，当下全军悄悄的退回重庆去了。周西成守了一日，见邓锡侯并不来攻，方知他已回救重庆，便也急急率军追赶，到了重庆南岸铜圆局，追个正着，邓锡侯也因铜圆局地方重要，不能不守，两军便就此激战起来。此时重庆南有周西成，西有熊克武，都扑攻得十分激烈，虽则守者较逸，也十分吃力。

刘湘、袁祖铭等因战局危险，十分烦闷，这时偏又有两桩不祥消息，接踵而来，第一件是泸州失守。若说泸州一地，虽只有杨春芳一人主持防守，却因和富顺敌人方面，还夹有中立军队，吕超虽勇，决不能学飞将军的自空而下，越过中立军，来攻泸州，所以在杨森一方面看来，总想到一时决不会有失陷之事。不料熊克武料定战局延长，刘文辉等中立军队，必将加入敌军，若是能够占领泸州，则南路局面已固，刘文辉必不敢动，此亦势所必然之事。所以使石青阳竭力运动杨春芳倒戈。那杨春芳一则碍于友谊，是宾。二则惑于利益，三则见杨、刘、袁等局势已危，是主。便决定投降吕超，白旗一竖，泸州便入了熊军之手。重庆的左臂既断，形势愈觉危险。刘文辉等又入了两面监视之中，更不敢轻动了。杨春芳之投降吕超，实重庆失守之一大原因。

这消息报到重庆，人心更觉浮动。杨森一面急电宜昌告急，一面请刘湘、袁祖铭、邓锡侯、陈国栋、卢金山等商议道："泸州既失，刘文辉等决不敢再动，我们原是希望坚守几日，等敌军后方发生变化，再行反攻的计划，已经完全失败了。刘存厚、田颂尧又始终未见发动，想来也决无希望了。照这种情形看起来，我们的援救已绝，而在顺庆的第五师，本来接近敌方，所以久不发动者，不过因看不定谁胜谁负，不敢冒昧耳。此种情形，亦和刘文辉仿佛。现在我们被围重庆，胜负之势已决，不久必然也来攻击。俗所谓看顺风行船，打落水狗也。久守于此，必非善策。我意欲暂时放弃，退守夔、万，和赵荣华的意见不谋而合，岂亦所谓英雄所见乎？等宜昌救到，再行反攻，似乎较有把握。"刘湘道："退之一字，万万说不得，多守几日，等真个守不住时，再行退却，也不见得会受更大的损失。"城破再逃，亦不为迟，刘湘之言是也。我真不懂近时武人闻风而逃者，系何心理？袁祖铭道："光是死守，也不能说是计之得者。"卢金山抢着道："我也不赞成守。"你老兄自然不赞成。刘湘问道："兄为什么也不赞成守？"为怕性命出脱耳。卢金山道："现在困守重庆，四面受敌，应付不易，一也；是。离宜昌太远，接济不便，中途有被劫夺之忧，二也；是。如旷日持久，顺庆的李伯阶，攻我于北，胡若愚所率滇军攻于南，贺龙截我退路，俱为后文伏线。那时必至欲退无路，势必至全军覆没不止，三也。是。说来又很有道理，我直无以难之。这是困守的三害。假如退守夔、万，却有三利：战线缩短，兼顾便利，一也；现在的战线，也未尝不短。接近宜昌，补充迅速，二也；此说似乎有理。敌军补充军实，反因远而不便，反客为主，我得乘其弊而攻之，三也。由渝至万，一苇可杭，也未见得补充不便。有此三利，所以我主张退守。"卢将军还漏说一利，我为补说曰：容易逃到湘北，四也。袁祖铭怒道："你怕战时，便可先退。"袁祖铭尚以谓拒周西成时事乎？可惜现在局势不同了。卢金山也怒道："我好意到这里助你，如何这样无礼？"须不道是奉吴帅之命而来。众人忙都劝解，只有邓锡侯默然，一句话也不说。刘湘问他为什么不说话？邓锡侯道："今日的局面，并非口舌争胜的时候，要战则战，要守则守，何必多说！"独不说退，已见其不赞成卢之主张。刘湘大笑。笑得奇怪。众人都觉奇怪，忙问他为什么大笑？邓锡侯未知亦问否？刘湘道："我现在想了一个三全之计，所以欢喜得大笑。"卢金山问怎样一个三全之计？想是要战者战，要守者守，要退者退乎？刘湘道："我今全依了各位主张，战、守、退，三者并用，所以称做三全之计。"陈国栋怀疑道："怎样三者可以并用？"果然可疑。刘湘道："一味死守，固然一时也未至失机，但是假使敌军再有增加，便难应付，不如以战为守。一件事当两件看。趁着李伯阶、胡若愚等没有来攻，拼力齐出，去攻熊军的北路，一路若败，则中南两路阵势摇动，奋力冲击，必然可破。熊军若败，则其余各路，俱不足虑了。此是战胜于守。如果战败，便不待胡、李两路来攻，可疾忙退守夔、万，此言战不胜，守不住，再退。岂非全依了各位主张？"其实只是战耳，守尚不用也，更何况于退，所谓全依了各位主张，不过敷衍之语而已，然因此而各军不致意见相左，则敷衍之功正不可没。袁祖铭道："这战略很好，我们就何妨依此而行。"众人俱各无话。议定，当即分遣部队，以卢金山守铜圆局，陈国栋防守后方，邓锡侯牵制住中南两路熊军，只要死守，不要进攻。只要守得住，便是胜算矣。袁祖铭为前锋，杨森、刘湘为左右翼，以全力突攻北路赖心辉。分拨既定，便悄悄出动。

赖心辉正因战事不能立刻得手，有些焦躁，在那里努力督促部下进攻，肉搏了几次，黔军渐有不能支持之势。赖心辉正然高兴，忽觉敌兵炮火突然猛烈起来，一声呼杀，便有大队敢死战士，向前冲击，如狂潮怒马，势不可当。赖心辉仗着战胜余威，哪里放在心上，当时亲自督阵，传令奋勇回击。机关枪的子弹，密如雨点一般。黔军冲锋队，便象潮水般倒了下来，袁祖铭大怒，亲自上前领队，士兵见了主将如此，个个奋勇，赖心辉也拼死抵抗，双方死战多时，不分胜负。忽然两旁炮响，杨森、刘湘两路军队，一齐在斜刺里冲杀过来。熊军的阵线，几被突破。赖心辉大惊，急急分兵抵御，一面差急足向熊克武求援。熊克武的军队还不曾到，右侧的阵线，已被刘湘突破，向北包抄过来。赖心辉只得下令退却。刘湘见熊军已败，心中大喜，急教杨森、袁祖铭追击，自己移兵向南，来攻熊军中路的侧面。刘湘确能用兵，其卒能击败熊氏，非偶然也。

却说杨森、袁祖铭正在追击赖心辉，忽然探马飞报，后方东北角有敌人来攻。杨森、袁祖铭不知是何处军队，心中大为惊疑，急由杨森率兵迎战，原来是顺庆李伯阶的军队来袭。双方前锋接触，便开起火来。袁祖铭因后方发生战事，不敢再追，便将阵线的正面移向西北，和杨森成犄角之势。赖心辉乘势反攻，双方又死战起来。同时熊克武见正面敌军的火线忽弱，知道兵力已减，防线单薄，便传令急攻，希望一战突破敌人阵线。谁知邓锡侯死不肯退，冲了十多次锋，终于不能攻破。邓锡侯亦颇难得。熊克武正在疑讶，忽然赖心辉的警报传来，方知刘湘之计，急教石青阳守住阵地，自己带了两团人，来救北路。恰好刘湘来袭击侧面，两人撞个正着，炮火隆隆的又冲突起来。铜圆局的周西成，听得西北方面的枪炮声甚密，知道正在激战，便也竭力扑攻。六处战事，都非常激烈，炮声如雷，几乎震破了重庆人民的耳膜。如此激战了三昼夜，尚且胜负未分。南面浮图关一方面，因邓锡侯的兵力较弱，但懋辛进攻甚猛，渐觉不支，邓锡侯着急，急教陈国栋指挥中路，自己赶到浮图关督战。双方激战愈烈，但懋辛见不得手，正在焦灼，忽报后方有大队滇军，前来助战，知道胡若愚已来，大喜，急忙差人迎接。两人见了面，胡若愚问起战事，但懋辛便把久攻不下的情形告诉了他。胡若愚道："我现带着精锐万余人在此，料此重庆城不难攻破，贵部久战辛苦，可稍稍休息，让敝军上前攻击。"但懋辛称谢。胡若愚即令滇军上前冲击，邓锡侯指挥的部队，都属久战的疲卒，如何当得住生力的滇军。战了半日，便支持不住，滇军渐渐进逼。邓锡侯大败，放弃了阵地，急急退走。这时卢金山已被周西成击败，失了铜圆局，南面的战事，已完全失败。西北各路军队，得了这不祥消息，如何还能作战？一齐渐有瓦解之势。刘湘已无力再战，便通知各军，放弃重庆，此方是不得已而退，果然全依了各位战守退的主张，一笑。自己急急退往垫江。在长寿东北。同时袁祖铭也退往长寿，在重庆东北。邓锡侯、陈国栋也率领残兵，退往邻水去了。杨森和卢金山，各率了自己的残部，先跟袁祖铭退到长寿，住了一日，恐怕熊军来追，正图再退万县，不料守忠州、酆都的赵荣华，听说重庆失利，早已退往夔、万，好将军。却被贺龙袭取了酆都。杨森、卢金山因此不敢沿江退走，只好绕垫江梁山小路投奔万县，真是好将军。一面电呈吴佩孚告急。正是：

争雄西土成春梦，好向东君乞救兵。

未知吴佩孚如何应付，且看下回分解。

武人多反复，非其本性然也，为物欲所蔽，利害所诱，虽欲贞一其志，而有所不能焉。是以反复变化，朝从乎秦而暮合乎晋，虽本人亦唯被造化播弄颠倒于利害物欲之中，而不能自知其何以至是，滋可悯也。抑武人固善反复，而唯四川之武人，则为尤甚。如邓锡侯，本逐杨森者也，而至此乃为杨森所用，刘湘，始与刘成勋相昵者也，终乃助杨而攻刘，而其后来之变化反复，虽川中之人，亦有莫知其所以然者。总而言之，为物欲利害所蔽，弗克自拔而已，政见主义云乎哉？爱国保民云乎哉？

第一百四十八回　朱耀华乘虚袭长沙
鲁涤平议和诛袁植

却说吴佩孚自决定武力统一的政策以后，没有一天不想贯彻他的主张。初时因见杨森入川，颇能制胜，心中甚喜，不料如今一败涂地，又来求救，不禁转喜为恼，问帐下谋士张其锽道："杨森这厮，真是不堪造就，我如此帮他的忙，却仍旧不够熊克武的一击，这般无用的人，有什么用处？只索由他去罢。"吴秀才发急了。张其锽道："我们既然助他在先，现在他失败了，又毫不在意，一些不顾念他，未免使别人寒心；二则怕他无路可走，降了熊克武，未免为虎添翼，增加敌人的力量；三则旁人或许要疑心我们无力援助，在大局上也有妨碍。如今之计，唯有作速令王汝勤入川援助，免得熊克武的势力，更为膨胀。"吴佩孚道："你的意思虽不错，计划却错了。他败一次，我们派一次援兵，这不是他被我们利用，倒是我被他利用了。他利用你，你也利用他，如今的世界，本是一利用的世界。如今我只嘱咐王汝勤，紧守鄂西，不准熊克武的川军，越雷池一步便得咧。"不肯多用力量，以疲自己，确是好计较。张其锽道："大帅难道对于川战，也和湘战一般的不顾问吗？"吴佩孚笑道："岂有不问之理？湖南一方面，你还不曾知道，我已派马济任两湖警备司令部参谋长，去代葛应龙管理入湘北军吗？"张其锽道："既然如此，大帅何不再派王汝勤到四川去？"吴佩孚道："川、湘的情形不同，川省僻在一隅，非用兵必争之地，湖南居鄂、粤之中，我们如得了湖南，进可以窥取两粤，退一步说，也足以保持武汉，倘然湖南为南方所得，则全局震动矣。"此湖南所以常为南北大战之战场欤？湖南地势之重要，湖南人民之不幸也。张其锽道："如此说，大帅对于川战，真个完全不管了。"吴佩孚笑道："川亦重地，哪有不管之理？张先生未知吴将军野心乎？野心未戢，岂有不管之理哉？我目下只教王汝勤给与杨森饷械，令其补充军实，再行反攻，能够胜利，四川我之有也，即使不胜，不过损失些饷械，在实力也毫无影响，岂不胜如再派兵入川吗？"比坐观蚌鹬之争，毫无损失者，已觉差了一点。张其锽大悟道："大帅用兵，果然神妙不可及。"奉浇麻油一斤。吴佩孚微笑道："神妙不敢当，不过比别人略能高出一筹耳，然而非兄亦不足知我。"一个炭篓子戴了去了。

正说着，恰好马济来请行期，吴佩孚命人接入，对他说道："湘战吃紧，吾兄宜赶紧赴任，倘能湖南得手，长驱南下，以抚粤军之背，广东政府，不难一鼓荡平也。"军阀所念念不忘者，独一孙中山而已。马济领诺，又请示了许多机宜，即日到湖南去了。原来湖南这次战争，先发生于湘西，因湘西的沅陵镇守使蔡巨猷，和前湖南督军、现在广东革命政府旗帜下的谭延闿素来接近，湖南省长赵恒惕眼光中最忌的，就只有谭延闿一人。恐地位不保耳，与吴秀才之忌孙总统，大致仿佛。其时适值有谭延闿回湘，蔡巨猷约期相应之谣，赵恒惕唯恐成为事实，遗祸将来，便作先发制人之计，下令调任蔡巨猷为讲武堂监督，沅陵镇守使一缺裁撤，所部军队由一、二两师长及宝庆镇守使分别收编。蔡巨猷明知是赵恒惕忌他，故有此举，如何肯低头接受，弃了一方之主不做，倒来赵恒惕矮檐下过生活，因此立刻分配军队，宣告独立，委刘序彝为中路司令，田镇藩为北路司令，周朝武为南路司令，实行讨赵。弄假成真了。赵恒惕大怒，即刻要武力讨伐，谁知第一师长宋鹤庚，第二师长鲁涤平，都一致反对，主张调和。赵恒惕无可如何，只得暂时按下一腔怒气。气闷杀赵恒惕矣。

这消息传到广东，孙中山见有机会可乘，便委谭延闿为湖南省长，兼湘军总司令职，克日率兵援湘，救湘民于水火之中。谭延闿奉令，便率队赶到湖南衡州就职，组织公署，预备北伐长、岳。赵恒惕闻报，更觉愤怒，当下以谭延闿破坏省宪为名，自称护宪军总指挥，委陈渠珍、唐荣阳、唐生智、贺耀祖、刘铏、叶开鑫、杨源浚为司令，分兵七路，来攻衡州。谭延闿派兵迎击，双方打了一仗，谭军人少，被赵恒惕夺了衡山。谭军退却，保守衡州，一面派人运动驻防湘潭的中立军团长朱耀华攻赵。朱耀华素来也恶赵氏阴险，听了谭氏代表的一席话，便即依允，立刻回兵进袭长沙。长沙这时除却几个警察而外，并无防军，因此朱耀华不费吹灰之力的占了长沙。赵氏听说长沙已失，正要退却，谭军已猛烈的反攻过来。赵军军心已乱，抵敌不住，大败而走。赵恒惕率领残部，逃到醴陵，向江西的北军萧安国乞援。请北军入湘，是省宪所许可的吗？

谭军乘势复夺衡山，一面令张辉瓒先入长沙。张辉瓒到了长沙以后，先请任命宋鹤庚的参谋长代理第一军军长，用宋氏名义，招抚西路贺耀祖、唐生智两旅。贺耀祖得了这个消息，拍电给唐生智商议道："刘铏和鲁涤平都是中立军队，决不致为谭利用，叶开鑫现率全军，已和赵省长在株洲会合，现已助谭的，只有唐荣阳一人，我军未见得没有复振的希望，不如暂时退却，以图再举。"唐生智复电赞成，遂即由桃源退军常德。刚把军队扎下，忽然又报唐荣阳来攻，部下两个团长大怒，便要接战。唐生智忙阻住道："长沙失守，士兵已无斗志，倘若恋战，徒受损失，不如全军而退，再作计较。"团长遵命。唐军便向益阳退却，到了中途，又报益阳已被刘序彝占据，只得又绕道退到湘阴。正在忙忙奔走之间，忽见又有一彪军队到来，急忙打探，方知是贺耀祖的军队，两人俱各大喜，当时合兵一处，到湘阴去了。

方鼎英得了这个消息，便与张辉瓒商议办法。张辉瓒道："这是很容易办的。他俩现在已经势穷力竭，我们派人去接收改编，大概没有什么问题了。"方鼎英道："这问题虽然容易解决，但是还有一个问题，也是要解决的。谭总司令现因布置军事，无暇到省，宋鹤庚、林支宇等又不肯来，鲁涤平那厮昨天还来电要求我军退出长沙三十里，这件事应该怎样办呢？"张辉瓒道："这问题也不甚要紧。鲁涤平虽有电报叫我们退出长沙，未见得便来攻击，倒是北军方面，我们要注意些。"方鼎英道："只要中立军没有问题，北军方面，大概是一时不会来的，现在且丢下再说罢。"

过了一天，派去收编贺、唐两旅的人，被贺、唐赶了回来，方鼎英问他详细情形。那人道："贺、唐两人听说我去收编，勃然大怒，便准备下令来攻长沙，把我赶出。临走时，他还对我说，教我转告军长，速速反正。不然，他们攻下长沙，不好相见。"方鼎英怒道："这厮也太倔强，我难道怕他们不成？"正说时，忽然张辉瓒很匆忙的走了进来，方鼎英见他很有些急遽之色，忙问何故？张辉瓒道："刚才谭总司令有电报来，叫我们支持两日，等东西两路兵到再说，不可便退。”方鼎英诧异道：“奇了！你这话我完全不懂，怎么支持两日，贺、唐的军队还没到哩。”一说东，一说西，各不接头，趣甚。张辉瓒忙道：“你说什么话？贺、唐，句。你个贺、唐？可是要攻长沙吗？”方鼎英更觉诧异道：“贺耀祖、唐生智不听收编，现已出动来攻长沙，你还不知道吗？”迷离惝恍之至。张辉瓒道：“这真奇绝了，我竟毫不知道。”

正说时，朱耀华也走了来，一见张、方两人，便道：“你们知道刘铏率着本部军队，前来攻击我们吗？”突兀之至。张辉瓒道：“我正为着这件事到这里来的，你也知道了吗？”方鼎英惊疑道：“什么话？刘铏是中立军队，为什么要来攻击我们？”张辉瓒道：“说来话长呢，他虽是中立军，实际上比较和赵恒惕接近，又因为听得吴佩孚已命萧耀南派第二十五师和江西的萧安国入湘援赵，恐怕北军一到，湘省的自治要受影响，所以想先来驱逐我们，好阻当北军的南下。”方鼎英道：“照现在的情形说来，长沙已处于四面围困之中了，我们应该要想法应付才好。”张辉瓒道：“我们在省的兵力很薄，分兵抵御，当然是做不到的，现在唯一的战略，只有采用各个击破的计划，先择紧急的一面，打破了他，再回军攻击别的部队，如此，或者还有点希望。此时除此以外，确无别法。要想守是守不住的，你知道东西两路的大军，什么时候能到？”也料得着。朱耀华道：“论起紧急来，当然要先攻刘铏了，一则他兵近势急，二则易与中路联络，贺、唐一路，只可暂时不顾了。”此时以为专对刘铏，放弃贺、唐一路耳，孰知西路之外，更有叶开鑫一路哉？方鼎英道：“这个战略很对，事不宜迟，我们就出发罢。”议定之后，当即分别预备，出发攻刘。刚到半路，忽然侦察队飞报，赵军叶开鑫所部蒋、刘两团精旅，已乘虚袭入长沙。得之毫不费力，失之亦毫不费力，可谓水里来，火里去，扯个平直，一若冥冥之中，确有主之者。张辉瓒等大惊，不敢再御刘铏，全军退往宁乡去了。

却说谭延闿到衡山以后，因赵恒惕尚在醴陵一带，即继续前进，恰好赵军精锐部队蒋、刘两团，已入长沙，留下的只鄂军夏斗寅部，如何当得谭军？所以谭军在一战之后，便连克攸县、醴陵，进迫浏阳。不料叶开鑫部的蒋、刘两团得了长沙后，却把长沙防务，交与贺耀祖、唐生智两人，自己仍赶回浏阳作战，击败谭军，夺回醴陵。谭军只得退守株洲，正要反攻，忽然接到刘铏、鲁涤平两人的联名来函，大略说道：

湘省自战，易启外侮，近闻北军将实行入湘，蚌鹬相争，为渔翁者已大有人在。我公爱护桑梓，可不悟乎？涤平等同念民艰，不忍坐视，窃愿两公俯念下悃，化干戈为玉帛，另附和议具体办法七条，务希采纳。至一切细情，已派代表面详，恕不具赘。

一、自九月二十二日下午起，至二十九日止，共一星期，为停战期间。

二、在停战期间内，双方军队各守原防，确定以湘江、渌江为界，彼此不得移动前进。

三、停战期间，由谢、吴、叶、贺各军长官，就近选派全权代表，先行交换意见。

四、指定湘潭县姜畲为双方代表交换意见场所，即由该地防军担任保护，所有代表及随从，不得携带武器。

五、双方代表交换意见后，如认为与事实不甚相远，再由双方会函通电约集和平会议，并继续停战若干日。

六、和平会议办法及地点，由双方代表定之。

七、第一第二两条规定之效力，由吴、谢、叶、贺担负责任，如有违反者以破坏和平论。办法亦颇切实。

谭延闿看过以后，问代表，北军入湘的详细情形。代表答道："赵恒惕失长沙时，曾向洛阳吴佩孚乞援，现在吴佩孚已决定派兵入驻岳州，设立两湖警备司令部，自任总司令，萧耀南任副司令，并以湖南人葛应龙为主任，兼军务处长。虽然并没有援湘的名义，实际上却是相机而动，希望窥取全湘，所以萧耀南部的四十九旅，已开到桃林黄沙街，五十旅也将入驻云汉，刘佐龙旅开到羊楼司，胡念先旅已到公安、石首，将入常、澧。江西萧安国旅已准备向株、醴进发，局势已十分危急，所以只得议和以图自救了。"持论甚是，惜不能推之国家耳。谭延闿道："这些事情，我也大略知道一些。谭公岂孤行一意者？但是我已声明仍继赵炎午办法，阻止北军南下。萧耀南也因鄂、湘两省的人民反对派兵，已经表示决不侵湘，吴佩孚的计划，或者不致实现，也未可知。"代表道："吴佩孚岂是讲信义的人？他如要扩展地盘，哪里肯顾到这些不关痛痒的事情？"谭延闿道："这办法上面要谢、吴、贺、叶四人负责，谢、吴当然是我前敌的谢国光和吴剑学了，贺、叶可是贺耀祖和叶开鑫？他两人对于这七条办法，可曾表示过什么意见没有？”鲁涤平的代表道：“已经另派代表去接洽，想来也决无问题。”

谭延闿请他先回，即时便有电复。一面命人去请谢国光、吴剑学，两人应召而至。谭延闿就把鲁涤平的信给两人观着，谢国光道：“我们刚都接了他的电报，据说贺耀祖、叶开鑫已经复电赞成，只要我们答应，便可正式接洽了。我们正要来请总司令的示。”谭延闿道：“刘铏前此驱逐长沙的张辉瓒部，明明已经倾向赵军，有他在内，这件却难凭信。”吴剑学笑道：“他前星期也为怕人疑他亲赵，特地联合鲁军长，电请赵军离省，让给中立军驻防，以解众疑。刘铏似亦颇具苦心。不料赵军全体反对，因此他又离开长沙，到汉口去了。这封信上虽写着他的名字，恐怕他自己还不曾知道咧。”谭延闿道：“既然如此，能够和平解决，更好，只要他们能福国利民，我没有不赞成之理，你们就复电赞成罢。”两人领诺。谢国光道：“湘阴方面的唐荣阳部，攻击长沙的刘序彝部，和张辉瓒、朱耀华各团，总司令都要电饬他们停战才好。”谭延闿道：“这个自然，不须你说。”

谢国光、吴剑学去后，谭延闿当即电饬各路停战，可谓勇于为善。谢、吴、叶、贺各派代表，交换了一次意见，尚极接近。一星期的限期易过，瞬息已满，鲁涤平又通电继续停战两星期，双方各派全权代表，开正式会议，讨论议和条件。当时举鲁涤平为正主席，刘铏为副主席，议定赵恒惕任总司令，谭任省长，省宪法也加以修正。叶开鑫得了这个报告，不觉大怒道：“省宪法是全省人民所议定的，代表如何可以擅定修改？说话未尝不是，但惜此省宪未必真出全民公意耳。我派他做代表，原只能代表我的意见，他倒代表起全省人民，来拟修改省宪了。蔑宪违权，莫此为甚。”此语虽未必全是，然颇足为但知个人不知民众，以一手掩天下目者讽也。当下立时撤回代表，另行改派，再延长停战期限，集会磋议。

鲁涤平见垂成的和议，中途又生波折，十分不悦，因和所部团长袁植道：“我为湘省三千万人民计，不能不出任艰难，倡导和议，不料偏有许多波折，令人可叹。”袁植道：“本来是多此一举，谭氏破坏省宪，罪有应得，赵军屡次战胜，平定全湘，已非意外之事，偏有什么和议出来，要推谭氏来做省长，便是大家赞成，我也不赞成。”一味偏护赵氏，岂得谓之公论？鲁涤平听了默然，袁植也自悔失言，即便告辞而出。鲁涤平亲自起身送他出门，格外比往日恭敬。心有所不忍欤？抑不认其为部将欤？袁植亦很觉诧异。走不多远，忽觉前面有人影一闪，袁植正要叱问，只听得拍的几声，子弹休休的直射前心，不觉啊呀一声，跌倒在地。随从马弁一齐大惊，急忙寻觅凶手时，已经无影无踪。众马弁无可如何，只得把他抬回团部里，急忙叫军医官来诊视时，早已呜呼哀哉。全团将士，不知被何人所刺，正在忙乱，忽然军号几声，四面的枪弹如雨点似的洒了过来。全团将士大惊，正待探问，枪声忽然停止了。接着跑过几个军官来，一声大喝道："缴枪！"众人这时因袁植已死，无人统领指挥，二则知道已处于四面包围之中，决难抵抗，只得一齐缴械，听其遣散，按下不题。

却说刘铏在姜畲忽然听得袁植被刺的消息，不知何故，十分惊讶。次日，忽报鲁涤平令吴剑学部一团和朱耀华团，袭占湘潭，解散袁植所部，在姜畲的赵方各代表，已都受监视，不觉大怒道："鲁涤平如何敢欺我？他能助谭，我便不能助赵吗？"全不讲顺逆，一味讲意气之争，也不能说是明智。说着，便起身赴省，去见赵恒惕。赵恒惕议和本非出于诚意，不过因兵力已疲，想借此休息补充而已，军阀在战争中而谈和议者，大率类此。所以一方面虽在讨论磋商，一方面却积极扩充军备，军阀行径，大率如此。把唐生智、贺耀祖、叶开鑫等都升为师长，所部团长，也都升为旅长，却以军长的空名义，给与宋鹤庚、鲁涤平两人。

这天因马济到湘，正在议论攻谭之事，刚好刘铏赶到，赵恒惕忙问其何故匆匆来省？刘铏就把鲁涤平如此可恶的情形说了一遍，赵恒惕大怒道："既然如此，我即日便进兵交战，看我能击退谭军否？"马济问现在各路的军事布置。赵恒惕道："我军主力，现在东路攸、醴、株洲一带，和敌军成对峙之势，北至湘阴，沿湘江一带，都有敌军，我军要防守的地方太多，军力单薄，尚望贵军助我一臂之力。"马济慨然应允，准定即日回岳，调一团人入长沙，代贺耀祖任防守之责，让贺耀祖到株洲去助唐生智。赵恒惕大喜，刘铏之驱谭军离长沙，借口阻止北军入湘也，今北军且入长沙矣，何以独无一言？当即传令各军向谭军总攻击。正是：

只因欲拒门前虎，无奈权亲户后狼。

未知胜负如何，且看下回分解。

鲁涤平之诛袁植也，时论多议鲁处事失当，吾以为是诚管窥蠡测之论也。夫谭之伐赵，赵有可伐之罪，而谭有可伐之权也。何则？赵本属谭，谭民党份子也，不利于野心者之所为，遂利用赵以去谭，谭去而湖南入于军阀之手矣，此赵有可伐之罪者也。中山为创立民国之元勋，而以救国救民为志者也，北伐不成，国不可救，民亦不得救也。赵氏不去，不能贯彻北伐之计划，故谭秉孙令，有伐赵之权也。鲁涤平为谭旧部，附谭而反赵，与情理正谊，皆所应尔，而袁植乃攻谭而附赵，不诛之将何为乎？孟子曰：“不揣其本而齐其末，方寸之木，可使高于岑楼。”若断章取义，责鲁不宜出谋诱杀之途，则吾复何言。

第一百四十九回　救后路衡山失守　争关余外使惊惶

却说谭延闿见和议破裂，又入战争时期，和鲁涤平等定下计划，等湘谭的鲁涤平军准备好后，便和长沙对岸的蔡巨猷军的刘序彝部，以及湘阴、赤竹、洙州各面的军队，齐进以夺长沙。到了赵军下总攻击令的那一天，因鲁军还不曾准备定妥，所以不能一齐发动。谭延闿自己在株洲方面，指挥谢国光部和从广东带来的湘军，攻击唐生智。战了一日，未见胜负。谭延闿因命谢国光部，绕攻唐生智的侧面，以收夹击之效，自己在正面冲击。唐生智自然也督率部下将士，奋勇反攻。两军正在战得起劲，忽然东面枪炮声大作，子弹如雨点一般的向唐生智军洒来。原来谢国光已从侧面攻到，唐生智大惊，急急分兵抵拒。正面的阵线既薄，抵抗力又弱，谭军进攻愈勇，唐生智虽则竭力抵御，当不起谭军三番五次的肉搏冲锋，看看支持不住，正待溃退，忽然后面一队援军，如风掣电卷的赶到，原来是贺耀祖部。唐生智吃惊道："你负着防守长沙的重责，如何到这里来？"贺耀祖道："防守长沙的任务，业已有马济率领一团北军担任，赵总指挥因听说这方面局面紧急，所以派我来助你。"唐生智大喜，请他担任正面，自己去攻侧面的谢国光。贺耀祖应允，便督队向谭军进攻。谭军战斗已久，况且冲锋多次，兵力已疲，如何还能攻破贺耀祖的阵线？因此本来很得势的战事，又渐渐的失势起来。北军不到长沙，贺耀祖不能调至株洲，则唐生智必败，唐生智败，则长沙危，一也。株洲方面战事不得手，则不能抽调刘、邹劲旅，击退蔡巨猷之兵，二也。谭、蔡两军不退，叶开鑫不能攻克湘潭，三也。湘潭不得，唐荣阳决不又反谭助赵，四也。在事实上言之，马济不过助赵以一团兵力担任防守耳，而在战局上，乃有如此重大影响，亦见军事之变化难知，而吴佩孚阻挠义师之罪，实浮于赵也。勉强支持了两日，谢国光部先被唐生智击败，唐军乘势来包抄谭军后路。谭军恐受包围，只得退却。贺、唐追击了一阵，忽然接着赵恒惕的密谕，大略说道：

> 闻东路得手，谭、谢俱各败退，甚喜。唯谭军实力，并未全失，湘潭、靖港即蔡巨猷所部军队。敌俱未退，不可远及，重劳后顾，可急令邹振鹏、刘重威两部秘密开省，俟退去蔡军，则湘潭势孤，不难一鼓而下。若得湘潭，东路亦不足忧矣。

贺、唐见了这个密谕，便停止追击，急令邹振鹏、刘重威两部开省。邹、刘遵令回到长沙，来见赵恒惕，恰好赵恒惕和马济在那里议事，见了邹、刘便道："你们来得很好。这几天湘江的雾很大，明天拂晓，你们可乘雾渡江袭击蔡巨猷军，今天暂时休息罢。"邹振鹏道："蔡巨猷部在对岸的军队，恐怕也不多罢。"马济道："你怎的知道？"邹振鹏道："我们在东路作战，俘获的敌人，里面有不少是蔡巨猷部，蔡部开到对岸的本来不多，现在又分兵去助东路，可见留下的也就有限了。只我所不解的，不知道这些军队，是几时开拔过去的？"赵恒惕道："你还不知道吗？蔡部的开拔到东路，是正在议和的时候哩。"刘重威道："议和的时候，规定各军不得调动，他如何通得过中立军的驻地？"赵恒惕道："鲁涤平原是亲谭的，岂有通不过之理？"此亦补笔，不必定看作邹振鹏等未知也。刘重威道："既然如此，也不必我们两部去，还是分一半去攻湘潭罢。"马济道："不必。湘潭方面，有叶部开鑫前去也够了，很用不着你们去，你们还是去休息休息，明天拂晓好渡江进攻。"邹振鹏、刘重威应诺，又道："叶师长何时进兵？"赵恒惕道："你们一得手，他便立刻进扑湘潭了。"

刘重威和邹振鹏等退出以后，各自回营布置。到了次日天未明，便集合渡江，马济亲自赶到炮台上来开炮，此时只听得两面的枪声，连续不绝，隔江的炮火，也非常激烈。邹振鹏等的兵船，几次三番，都被逼退回。马济好生着急，因观察炮火发来的所在，亲自瞄准，放了两炮，又向枪弹最密的所在开了几炮，隔岸的枪炮声便稀疏起来，邹振鹏、刘重威乘势又冲过江去。对岸的蔡军急待抵御时，邹、刘两部早已大半上岸。双方不能再用射击，便各装上刺刀，互相肉搏。邹、刘两部后临大江，不能即退，只得奋勇冲击，此之谓置之死地而复生欤？后队也陆续登陆。人数愈众，进攻愈猛。刘叙彝部，人数甚少，如何抵敌得住？不上三四小时，便大败而走。

叶开鑫得报，立刻从易家湾渡江，进扑湘潭，在湘潭北面，和鲁涤平军开起战来。双方战了一昼夜，兀是胜负未分。忽然西北角上枪炮声大作，邹振鹏旅从靖港赶来助战，向鲁军左侧进攻。鲁军人少势薄，又得了东西两路败退的消息，无心恋战，急急弃了湘潭，全军退走，正想率队去会谭军，忽然有大彪军开到，急加探询，方知谭军已来。鲁涤平大喜，急忙过去谒见谭延闿，动问放弃株洲防线的原因。谭延闿道："我本待反攻，只因接到大元帅的电报，说东江失利，博罗、河源，相继失守，令我即日回军讨伐陈逆；再则听说吴佩孚因赵军失利，令沈鸿英从赣边出郴州，截我后路。我军前线，已经不甚得手，如再后路被截，势必一败涂地，所以不得不急急回军先救宜章，如东江战事已有转机，我们便可反攻长沙，如东江战事紧急，便可即回广州破敌，似乎比较妥当。贵部和我同行？还是保守衡山？可请兄自己决定。"鲁涤平道："我如防守衡山，则你我兵分力薄，反无势力，不如同救宜章。"谭延闿称善。当下两人合兵到宜章来，赵军便乘势收复了衡山、衡阳。

唐荣阳部听说谭军失败，急又倒戈附赵，并派兵攻击常德蔡军，以赎前此暗袭贺、唐于常德之嫌。赵军之失守长沙也，唐荣阳攻贺、唐于常德以助谭，谭之失衡阳，唐荣阳又攻蔡、刘于常德以助赵，同一攻常德也，其用大异，武人之反复无信义，可胜慨哉！赵恒惕对于蔡巨猷军，向来不甚重视，他唯一的战路，是先行打倒湘南谢谢国光吴吴剑学鲁鲁涤平能战的军队，再行围迫湘西，所以没有把谭军尽行驱逐出湘。对于唐荣阳的举动，也不甚留心，鄙薄之至，唐荣阳亦自惭否？只仍然继续攻谭的工作。

其时郴州已被沈鸿英所袭，广州解来接济谭军的子弹饷械，也尽被沈鸿英截了去，因此谭方用全力夺回郴州，把沈军逐回赣边，一面急急召集鲁涤平、方鼎英、谢国光、吴剑学、朱耀华、刘雪轩等，会议此后应战方法。鲁涤平道："我们此时唯一的要着，就要维持湘南、湘西的联络，要维持湘西、湘南的联络，就不能不守永州、宝庆。郴州、宜章，虽然是和粤中来往的要道，却决不可作为根据地，反而和湘西失了联络。”谭延闿道：“宝庆已有黄耀祖部在彼防守，似乎一时可保无虞。永州地方，更为重要，不知哪一位愿去负责坚守？”刘雪轩欣然起立道：“雪轩愿负此责。”谭延闿道：“永州地方，最为重要，永州倘然失去，则和湘西的联络断绝，反攻和呼应，都有种种困难了。”刘雪轩道：“总司令放心，雪轩誓死坚守，决不致有些须闪失。”说大话人，往往不能实践。谭延闿道：“永州现在还不甚吃紧，暂时由你一人防守，到紧急时，我自调兵助你。”刘雪轩慨然答应，其余各人，也都认定防线，专候赵军前来厮杀。无奈这时子弹缺乏，粮饷又少，因粤方接济，被沈鸿英截留之故也。广州的风声又紧，因此军心不甚坚定。不多时，宝庆、耒阳、祁阳相继失守，刘雪轩见孤城难守，也不向谭氏求救，径集合部属，投降赵军了。可杀。说大话的，原来如此没用。

谭延闿见大势已去，孙大元帅回军救粤的命令，又一日数至，便令各军尽都退回粤边。鲁涤平、朱耀华、方鼎英、黄耀祖各部调乐昌，在广东韶关之北。谢国光调仁化，乐昌东。吴剑学部调九峰，乐昌东北，贴近湘边之一乡镇。陈嘉祐和蔡巨猷的一部调星子。粤境连州北，紧贴湘边之一乡镇。一面又电令沅陵蔡巨猷猛力冲出湘南，集合粤边。其时蔡巨猷、唐荣阳反戈附赵，陈渠珍又改变中立态度，派兵分攻辰、沅周朝武部，武人之看风使船，其刁猾处尤过于政客，可恨。形势十分吃紧。蔡巨猷自己在溆浦和贺耀祖相持，虽曾用计击破贺军，无奈大势已失，贺部依然集合反攻，不能挽回大局。周朝武屡被戴斗垣所破，提出向赵恒惕要求改编的条件。赵恒惕因他们不日便可消灭，也拒绝不允。后来到底被击败溃散，这些散兵无处可奔，都流为土匪。自此以后，湘西便成为土匪世界，人民被累不堪。此亦不能不谓为赵恒惕拒绝改编之罪。蔡巨猷不能再守，只得退入洪江，派代表和黔边黔军联络，以谋退步，此时得了谭延闿的命令，便又令陶忠澄、陈嘉祐出武冈，周朝武、刘叙彝出安化，奋勇冲突。赵恒惕哪里容得他冲过？立刻把湘南各重兵，分头包围，不令越过雷池一步。蔡巨猷勉强支持了月余，武冈、安化相继失守，大势更加穷蹙。蔡巨猷见形势已十分危急，便通电下野，当刘叙彝、陶忠澄、周朝武等，电请赵军弗再追击，赵恒惕哪里肯听，依旧派兵猛攻，到本年十二年。十二月三十一日，叶开鑫攻下洪江，蔡巨猷只得逃奔贵州，湘西军事，方算解决。

只是变为土匪的败兵，却并无收拾的办法，自己地位保住便罢了，土匪骚扰百姓，和自己有何干涉哉？此事却按下不提。

却说谭延闿因广州的战事紧急，奉孙大元帅的命令，即日率部回广州，讨伐东江的陈逆，便集合所部军官会议。鲁涤平、谢国光、吴剑学、朱耀华、方鼎英、张辉瓒等，都请即日回兵讨贼，只有黄耀祖、汪磊两人默然。谭延闿道："既各位都主张即日回军讨贼，希望即去预备一切，分头回广州破贼。"众皆领诺。黄耀祖起立道："讨贼要紧，边防也要紧，我们如全体开往东江，万一湘军来袭，如何抵御？"众人正要回答，汪磊也起立道："黄团长所说的话，确是很有理由，我们不可不防。磊虽不才，情愿和黄团长紧守粤边，以防意外。"其言甘者，其中必苦。谭延闿道："如此甚好，所有粤边的防守事宜，就请你们担任罢！"议定以后，众皆散去，只有吴剑学一人留在后面，有心人。悄悄向谭延闿道："我看黄耀祖和汪磊，说话虽然好听，恐怕其中还有秘密，总司令如何准他留守粤边？"谭延闿默然不答。吴剑学固问，谭延闿道："倘然必定要强迫他同走，他抗不受令，又将怎样办理？"吴剑学道："立刻派兵缴他的械。"谭延闿道："这样办就大失算了。他俩既有异心，如何不先做提备？万一攻之不克，兵连祸结，必致耽误东江战事。再则恐怕赵恒惕乘机来攻，更惹出一层外患，岂非失算之至？现在示以坦白，结以恩信，即使他俩果有异心，也决不肯为我们后方之患了。"此等处既仁且智，颇似中山。吴剑学拜服。

次日，大军一齐开拔，向广州进发，在半途便听说黄耀祖、汪磊两人集合部队，投湘南去了，果然不为后方之患。谭延闿唯有太息而已。到得广州时，广州情形已十分严重，谭延闿急急去见中山。中山见了谭氏回来，十分欢喜。谭延闿把湘中的情形，大略讲了一番，便问起战事失败的原因。中山叹息道："此次战事，本来已操胜算，不料石滩之战，刘震寰部忽然哗变，致牵动全局，遭此败衄。假使没有这次变故，惠州也早已攻下了。"致败的原因，至此方才补出。谭延闿道："已往之事，不必深究，只不知逆军在什么时候方能击退咧？"中山笑道："逆军此次作战有两大失计，现在危险时期已过，不出三日，必可反败为胜，再占石滩。"能说必能行，非如徒说大话而不能实行者。谭延闿道："何谓两大失计？"中山道："洪兆麟、杨坤如不等林虎进展，便占石龙，以致不能齐进，这是第一失计；既然得了石龙，又不急急前进，让我得整顿部队，布置防守，这是第二失计。当时退到广州的时候，滇军主张放弃广州，我早已料到逆军必不能立即进迫，所以不肯答应，只有李协和能深得我心，劝我坚守，现在樊钟秀既已反戈附义，已到广州，兄又领兵赶到，何愁逆军不退吗？”确有把握之谈，非豪无主见者。谭延闿尚沉吟未答。中山又道：“组庵谭延闿字。不必怀疑，逆军在三日内，我军便不攻击，他必自退。一则进无可取，二则粮食缺乏，香港又不肯运米接济，怎能持久？”谭延闿欣然道：“战事确不足虑了。但在军饷方面，也急宜措置方好。不然，即使东江荡平，而粮饷无着，也决不能完成北伐的工作。”中山道：“关于这一层，我已筹有办法，决计收回海关税权，将粤海关的关余，全数截留，在本月按此时为十二年十一月。五日，我已正式照会北京外交团，要求将这笔关余，应一例拨交本政府。”自是正当办法。中山一面说，一面命人将原文检出，交给谭延闿观看。照会的大意说道：

敝国关税，除拨偿外债外，所余尚多，此项关余，其中一部分为粤省税款，北政府以取自西南者为祸西南，北政府尝取此款以接济西南各省叛军，如陈炯明之类，以祸人民，故曰为祸西南。揆之事理，岂得为平？况当一九一九与一九二〇年间，因广东护法政府之请求，粤海关税余，应还抵押外债部分外，尝归本政府取用。今特援前例，要求外交团，此后所有关余，应一律由本政府取用，不得复拨交北政府，否则当用直接处决方法。唯在此期间，当静候两星期，以待答复。

谭延闿看完道：“外交团可曾答复？”中山道：“复文昨天刚由广州的领事团送到。”说着，也叫人检出，送给谭延闿观看。复文的内容，大意是这样：

关余为中国之所有，外交团不过受北京政府之委托，为其保管人，贵处如欲分润，当与北京政府协议，南北方为交战团体，岂有协议可得？复文殊觉滑稽。外交团无直接承诺要求之理。如任何方面果有干涉之举，则外交团为保护海关起见，只有采用相当强迫手段，以为办理。此文完全偏袒北京政府，外交团非有爱于北京政府也，特以南政府为革命政府，如革命成功，则列强即不能复肆侵略，故凡可以妨碍南政府之活动者，无不为之尔。

谭延闿看毕说道：“这复文真岂有此理极了。真是岂有此理。我们偏要干涉，看他们如何用强迫手段来办理？”中山道：“他们指外交团。现派了许多军舰在广州洋，升火示威哩，我也曾有过宣言，如海关不把关余交给本政府，则本政府当即行撤换税务司，便到万不得已，还可把南方各港，辟为自由贸易港，亦称自由市，一切货物出入，均不须纳税者。以为抵制。言出必行，不畏强御，此时中国唯一人而已。但在这时似乎还不必实行此种计划，且再过几天，等击破陈军以后再说罢。”两人又讨论了一会战事。方才分手。

次日，中山先生令谭延闿、许崇智、樊钟秀等，俱各分头向陈军反攻，又令范石生绕出增城，以断林虎的后路。布置定妥，便各分头进攻。陈军此时粮食不济，本来已有退心，再加各义师进攻甚猛，陈军哪里抵抗得住？战不一日，便纷纷败退。各军分头追击，洪兆麟、杨坤如等屡战屡败，石龙、石滩，相继克复。林虎听说中左两路都败，急忙退却，恰被范石生赶到，大杀了一阵。林虎带领残军，逃回增城，和围增城的陈军会合，军势又振，围城如故。不料范石生部蹑踪而来，许崇智部又从石滩来攻，城内被围的军队也乘势冲出，林虎三面受敌，死伤甚众，又大败而退，相度地势，凭险而守。其胜也忽然，其败也突然。陈炯明见战事着着失败，十分懊丧，急忙拍电到洛阳，向吴佩孚求救，陈氏是时，方倚吴佩孚为泰山，而不知吴氏已有冰山易倒之势矣。请吴立即令江西方本仁、湖南唐生智以及沈鸿英军，迅即入粤援助，攻中山之后。正是：

欲摧革命业，更遣虎狼师。

未知吴佩孚是否即令方、唐、沈入粤，方、唐、沈是否肯受命攻粤，且看下回分解。

中山为争关余而致牒于北京使团曰：北京政府，取西南人民所纳之赋税，以祸西南，揆之事理，岂得为平？痛哉言乎！夫帝国主义者，欲肆虐于中国，必先求中国时有内乱，不克自拔，乃得长保其侵略与借为要索权利之机会。欲助长中国之内乱，则非妨碍革命势力之进展，及保持军阀之势力不为功。而欲妨碍及保持两者之有效，则财力之为用尚焉。故务必取西南之关余，以纳诸北京政府之手，使得用之以为祸西南，虽盛派舰队，架炮威吓而亦有所不惮也。呜呼！中山以为事理之所不平者，岂知彼帝国主义者，乃方以为必不可变之手腕乎？

第一百五十回　发宣言改组国民党　急北伐缓攻陈炯明

却说陈炯明在广州被中山击败后，只得退守博罗等处，一面向吴佩孚乞救。吴佩孚虽然拥兵甚众，无奈鞭长莫及，不能立刻派队援助，只得电令沈鸿英、方本仁、陆荣廷等，火速入粤。那沈鸿英此时已有归附中山、回桂攻陆的意思，对于吴佩孚的命令，如何肯受？忽而叛中山，忽而顺中山，忽而又叛中山，忽而又欲降中山，沈鸿英之反复，在中国武人中，可谓罕与伦比。至方本仁目光，全在赣督一席，早有取蔡而代之之心。蔡成勋对他，也似防贼一般，十分留意。方本仁既不离开江西，至失了乘势而起的机会。蔡成勋更不能接济子弹饷械，为虎添翼。有了这两种原因，吴佩孚的电令，哪里还能发生效力？三路中又去了一路。陆荣廷在广西，不过占得一部分地方，实力有限，也无暇远征。三路全都没用了。三路援军，没有一路可为陈炯明实际上的援助。还有湖南的唐生智，也曾奉到吴令，助攻广东，谁知生智是新派人物，本来反对北军，因时局紧急，自己实力未充，不曾有露骨表示，如今却教他进攻广东，更办不到。这一路也没用了。陈炯明见盼不到救军，只得用离间引诱之法，此公反复小人，应善此等计划。运动杨希闵、刘震寰所部的滇、桂军停止进攻，或竟背叛中山，这一着倒颇有效力。原因中山此时正在全力改组中国国民党，作根本整顿之图，对于东江战事的进行，当然不能十分注意。有了这两层原因，战事便日趋沉寂，仿佛入于停顿之中了。至此将战局暂时搁起，以后本回全写国民党改组事情。

说到中国国民党改组的动机，却在去年民国十二年。秋间，那时有一个名叫高一涵的，在《努力》周报上发表了一篇文字，批评国民党的份子太复杂，和组织的不适当，主张加以改组。中山先生见了这个提议，十分满意，便派汪精卫等着手预备。一面在未改组之先，先在广州开一次谈话会，请党员发表意见，并规定在一月二十日，民国十三年。召集第一次全国代表大会。大会代表由各省党员各选举三人，由总理指派三人，其余如党纲党章以及改组手续等，则一切都俟大局决定，并由中山先生发表一篇改组宣言道：

吾党组织，自革命同盟会以至中国国民党，由秘密的团体而为公开的政党，其历史上之经过，垂二十年。其奋斗之生涯，荦荦大者，见于辛亥三月广州之役，同年十月武汉之役，癸丑以往倒袁诸役，丙辰以往护法诸役。党之精英，以个人或团体为主义而捐生命者，不可胜算。当之者摧，撄之者折。其志行之坚，牺牲之大，国中无二。然综十数年已往之成绩，而计效程功，不得不自认为失败。满清鼎革，继有袁氏；洪宪随废，乃生无数专制一方之小朝廷。军阀横行，政客流毒，党人附逆，议员卖身，有如深山蔓草，烧而益生，黄河浊波，激而益溷，使国人遂疑革命不足以致治，吾民族不足以有为，此则目前情形无可为讳者也。窃以中国今日政治不修，经济破产，瓦解土崩之势已兆，贫困剥削之病已深，欲起沉疴，必赖乎有主义有组织有训练之政治团体，本其历史的使命，依民众之热望，为之指导奋斗，而达其所抱政治上之目的。否则民众蠕蠕，不知所向，唯有陷为军阀之牛马，外国经济的帝国主义之牺牲而已。国中政党，言之可羞。朝秦暮楚，宗旨靡定，权利是猎，臣妾可为。凡此派流，不足齿数。而吾党本其三民主义而奋斗者历有年所，中间虽迭更称号，然宗旨主义，未尝或离。顾其所以久而不能成功者，则以组织未备，训练未周之故。夫意志不明，运用不灵，虽有大军，无以取胜。吾党有见于此，本其自知之明，自决之勇，发为改组之宣言，以示其必要。先由总理委任九人，组织临时中央执行委员会以始其事，行将召集海内外全党代表会议，以资讨论。关于党纲章程之草定，务求主义详明，政策切实，而符民众所渴望，而于组织训练之点，则务使上下逮通，有指臂之用。分子淘汰，去恶留良，吾党奋斗之成功，将系乎此，愿与同志共勉之！

到了一月十九日那天，光开了一次预备会，第二天才开正式的代表大会。会期共是十天，到一月三十日闭会。在开会的那一天，各省代表，纷纷出席，议决修改党章，决定政纲，并发表了一篇宣言。那宣言非常之长，共分为中国之现状，国民党之主义，国民党之政纲三大段。现在把中国之现状一段，择要摘录，政纲则全部都录在下面。至国民党之主义，则大家都知道是三民主义了。在这党治之下，大概已经没有不知道的人，在下也不容多费笔墨，来做抄书胥咧。那最前面中国之现状一段的大略道：

中国之革命，发轫于甲午以后，盛于庚子，而成于辛亥，卒颠覆君政。夫革命非能突然发生也，自满洲入据中国以来，民族间不平之气，抑郁已久。海禁既开，列强之帝国主义，如怒潮骤至，武力的掠夺，与经济的压迫，使中国丧失独立，陷于半殖民地之地位。满洲政府既无力以御外侮，而钳制家奴之政策，且行之益厉，适足以侧媚列强。吾党之士，追随本党总理孙先生之后，知非颠覆满洲，无由改造中国，乃奋然而起，为国民前驱，激进不已，以至于辛亥，然后颠覆满洲之举，始告厥成。故知革命之目的，非仅仅在于颠覆满洲而已，乃在于满洲颠覆以后，得从事于改造中国。依当时之趋向，民族方面，由一民族之专横宰制，过渡于诸民族之平等结合；政治方面，由专制制度过渡于民权制度；经济方面，由手工业的生产，过渡于资本制度的生产。循是以进，必能使半殖民地的中国，变而为独立的中国，以屹然于世界。

然而当时之实际，乃适不如所期。革命虽号成功，而革命政府所能实际表现者，仅仅为民族解放主义。曾几何时，已为情势所迫，不得已而与反革命的专制阶级谋妥协。此种妥协，实间接与帝国主义相调和，遂为革命第一次失败之根源。夫当时代表反革命的专制阶级者，实为袁世凯，其所挟持之势力，初非甚强，而革命党人乃不能胜之者，则为当时欲竭力避免国内战争之延长；且尚未能获一有组织，有纪律，能了解本身之职任与目的之政党故也。使当时而有此政党，则必能抵制袁世凯之阴谋，以取得胜利，而必不致为其所乘。夫袁世凯者，北洋军阀之首领，时与列强相勾结，一切反革命的专制阶级，如武人官僚辈，皆依附之以求生存。而革命党人，乃以政权让渡于彼，其致失败，又何待言！

袁世凯既死，革命之事业仍屡遭失败，其结果使国内军阀暴戾恣睢，自为刀俎，而以人民为鱼肉，一切政治上民权主义之建设，皆无可言。不特此也，军阀本身与人民利害相反，不足以自存，故凡为军阀者，莫不与列强之帝国主义发生关系。所谓民国政府，已为军阀所控制。军阀即利用之结欢于列强，以求自固，而列强亦即利用之，资以大借款，充其军费，使中国内乱纠缠不已，以攫取利权，各占势力范围。由此点观测，可知中国内乱，实有造于列强。列强在中国利益相冲突，乃假手于军阀，杀吾民以求逞。不特此也，内乱又足以阻滞中国实业之发展，使国内市场，充斥外货。坐是之故，中国之实业，即在中国境内，犹不能与外国资本竞争，其为祸之酷，不止吾国人政治上之生命，为之剥夺，即经济上之生命，亦为之剥夺无余矣。环顾国内，自革命失败以来，中等阶级，频经激变，尤为困苦。小企业家渐趋破产，小手工业者渐致失业，沦为流氓，流为兵匪，农民无力以营本业，至以其土地廉价售人。生活日以昂，租税日以重，如此惨状，触目皆是，犹得不谓已濒绝境乎？由是言之，自辛亥革命以后，以迄于今，中国之情况，不但无进步可言，且有江河日下之势。军阀之专横，列强之侵蚀，日益加厉，令中国深入半殖民地之泥犁地狱，此全国人民所请疾首蹙额，而有识者所以徬徨日夜，急欲为全国人民求一生路者也。吾国民党则夙以国民革命实行三民主义为中国唯一生路，兹综观中国之现状，益知进行国民革命之不可懈，故再详阐主义，发布政纲，以宣告全国。

政纲的全文道：

吾人于党纲，固悉力以求贯彻，顾以道途之远，工程之巨，诚未敢谓咄嗟有成。而中国之现状，危迫已甚，不能不立谋救济。故吾人所以刻刻不忘者，尤在准备实行政纲，为第一步之救济方法。谨列举具体的要求，作为政纲。凡中国以内，有能认国家利益，高出于一人或一派之利益者，幸相与辨明而公行之。

甲　对外政策。

一　一切不平等条约，如外人租借地，领事裁判权，外人管理关税权，以及外人在中国境内行使一切政治的权力侵害中国主权者，皆当取消，重订双方平等互尊主权之条约。

二　凡自愿放弃一切特权之国家，及愿废止破坏中国主权之条约者，中国皆将认为最惠国。

三　中国与列强所订其他条约有损中国之利益者，须重新审定，务以不害双方主权为原则。

四　中国所借外债，当在使中国政治上实业上不受损失之范围内保证并偿还之。

五　庚子赔款，当完全划作教育经费。

六　中国境内不负责任之政府，如贿选窃僭之北京政府，其所借外债，非以增进人民之幸福，乃为维持军阀之地位，俾得行使贿买侵吞盗用。此等债款，中国人民不负偿还之责任。

七　召集各省职业团体（银行界商会等）、社会团体（教育机关等）组织会议，筹备偿还外债之方法，以求脱离因困顿于债务而陷于国际的半殖民地之地位。

乙　对内政策。

一　关于中央及地方之权限，采均权主义。凡事务有全国一致之性质者，划归中央，有因地制宜之性质者，划归地方。不偏于中央集权制，或地方分权制。

二　各省人民得自定宪法，自举省长，但省宪不得与国宪相抵触。省长一方面为本省自治之监督，一方面受中央指挥以处理国家行政事务。

三　确定县为自治单位。自治之县，其人民有直接选举及罢免官吏之权，有直接创制及复决法律之权。

土地之税收，地价之增益，公地之生产，山林川泽之息，矿产水力之利，皆为地方政府之所有，用以经营地方人民之事业，及应育幼养老济贫救灾卫生等各种公共之需要。各县之天然富源，及大规模之工商事业，本县资力不能发展兴办者，国家当加以协助，其所获纯利，国家与地方均之。

各县对于国家之负担，当以县岁入百分之几为国家之收入，其限度不得少于百分之十，不得超过于百分之五十。

四　实行普通选举制，废除以资产为标准之阶级选举。

五　厘定各种考试制度，以救选举制度之穷。

六　确定人民有集会、结社、言论、出版、居住、信仰之完全自由权。

七　将现时募兵制度，渐改为征兵制度，同时注意改善下级军官及兵士之经济状况，并增进其法律地位，施行军队中之农业教育，及职业教育，严定军官之资格，改革任免军官之方法。

八　严定田赋地税之法定额，禁止一切额外征收，如厘金等类，当一切废绝之。

九　清查户口，整理耕地，调整粮食之产销，以谋民食之均足。

十　改良农村组织，增进农人生活。

十一　制定劳工法，改良劳动者之生活状况，保障劳工团体，并扶助其发展。

十二　于法律上、经济上、教育上、社会上，确认男女平等之原则，助进女权之发展。

十三　励行教育普及，以全力发展儿童本位之教育，整理学制系统，增高教育经费，并保障其独立。

十四　由国家规定“土地法”、“土地使用法”、“土地征收法”及“地价税法”，私人所有土地，由地主估价，呈报政府，国家就价征税，并于必要时得依报价收买之。

十五　企业之有独占的性质者，及为私人之力所不能办者，如铁道航路等，当由国家经营管理之。

以上所举细目，皆吾人所认为党纲之最小限度，目前救济中国之第一步方法。

一面通过国民政府的组织案，举出汪精卫、胡汉民、廖仲恺等二十四人为执行委员，以主持大会团会后，一年内党务的进行，另外选出监察委员五人，以监察党内的一切。这次改组的最大变化，就是容纳共产党和共产主义青年团加入本党。但是因为这样一改组，在精神固是焕然一新，而一般老党员如冯自由、谢英伯、刘成勋等，却大为反对，以致引起外面国民党赤化和国民党新旧冲突的谣言。中山因他们违背大会的决定，便是不守党纪，特向中央执行委员会提出控告。冯自由等不敢再强，只得在中央执行委员会出席声剖自己不曾违背党纪情形，事情便算就此解决了。

改组国民党的问题，既经解决，中山便又用全力来对付东西北三江战事。但因财政为难，同时还有一个关余问题，须尽先解决。为这问题，北京外交团虽曾派舰示威，武力胁迫，但中山先生坚持到底，并不曾因而减少反抗，百余年来，中国对外交涉，无不失败，皆因太怕外人，当局者每为外人武力屈服之故。若如中山先生之强毅不屈，据理力争，虽列强亦不能不降心以相从也。进行的更加激烈。外交团没法，只得由美使调停，和平解决。至于东路方面的军事，因蒋绪亮部滇军王秉钧师，受了陈炯明的运动，叛孙降陈，蒋氏军队本不可靠，王师之变，其或蒋氏亦有默契者乎？颇影响进行。西路方面，陈天太部也被粤籍各军缴械。北路方面，高凤桂旅既被诱北归，赵成梁部滇军也被北军诱去两团。从这几点看来，可见中山所部军队内部的团结力，非常缺乏。但是中山先生平生经过的忧患不知多少，如何肯因此灰心？好在此时陈炯明的内部，也非常不稳，洪兆麟、林虎均有离陈独立的消息。再有一位桂派旧人沈鸿英，困顿于广东北边，前进不能，退后无路，饷械的接济又缺乏，正在十分苦恼之时，想来想去，只有仍然归降中山，带兵回广西，推翻陆荣廷而代之的一计，以攫得广西地盘为目的，反正便非本心，日后复叛，何足异乎？因此屡次派代表和中山先生接洽投诚。若此所为，只可谓之投机，安得目为投诚？中山因他反复已非一次，不敢信任，恰因蒋介石奉了中山的命令，依照全国代表大会的决议案，在黄埔创办军官学校，这天回来有所禀白，中山便和他商量此事。蒋介石道："沈鸿英反复性成，他的说话，全不可信。但现在四面受敌，大有困兽走险之势，拒之太甚，则糜烂地方，不如答应他投诚，令他依照投诚的条件，克日西征陆荣廷，如此便可抽调西征的军队，去讨伐东江，等东江的战事一定，沈鸿英便再叛变，也不足忧咧。"中山笑道："我的意思，原是这般，你我意见既同，我便这样决定了。"蒋介石去后，中山便答应沈鸿英的代表，准他投诚，但须即日西征，不得在粤境逗留。沈鸿英俱一一遵从，事情定妥后，便拔队向梧州进发，声讨陆荣廷去了。陆荣廷有可讨之罪，而沈鸿英非讨陆之人，所以直书声讨者，重孙中山之命也。

中山见西路军事，已可无虑，便专意对付东江，计分三路出动。中路杨希闵的滇军，进攻博罗，刘震寰的桂军，则向广九铁路进展，谭延闿的湘军，进攻龙门。陈炯明因洪兆麟部在闽南与臧致平、杨化昭作战，所部兵力单薄，不敢恋战，稍为抵抗便走，杨希闵便乘势占领博罗，刘震寰军也连克樟木头、淡水各要隘，进占惠州城外的飞鹅岭，湘军也深入河源，把个惠州城，困于垓心之中。中山见战事顺手，很想一举破敌，便令杨希闵向惠州突进。刘震寰留一部分军队监视惠州外，其余军队直绕海陆丰，截断惠州的后路。计划自是周密，其如将士之不用命何？不料杨、刘占领各地，已觉心满意足，便顿兵观望，不肯前进，此种军队，真如儿戏。只让湘军孤军深入，向梅县方面进展。谭公自是忠勇。陈炯明却也料定杨、刘不肯再进，便把中左路的得力军队，抽调到北路来攻湘军。林虎又用诱敌之计，把湘军困在垓心。湘军奋勇冲出时，已经被敌军缴去一千多枪械。杨、刘能战，湘军何至于此？陈军乘势前进，经湘军奋勇反攻，勉力堵住。但是中山大包围的计划，未免受了影响，不能进行。幸而陈军力量薄弱，虽得胜利，仍然不能反攻。其后洪兆麟战胜臧、杨，班师回粤，也不肯加入力战，因此双方又成相持之势。到了九月中，东南战事爆发，卢永祥派代表到广东来请中山北伐，中山因反直同盟的关系，当然答应。并说："曹锟毁法贿选，我久已想出师北伐，便没有子嘉的催促，不久也必实行，何况子嘉屡次来电敦促呢。"卢永祥的代表，欣然而去。原来此时曹锟，已是逐去了黄陂，用重金贿赂国会，做了总统，卢永祥因反对贿选，通电讨曹。中山的目的，虽比卢氏更大，但是北伐不成，便不能贯彻救国救民的主张，自然也非讨曹不可，因此一得东南战事发动的消息，便亲自到韶关来指挥北伐事宜。正是：

只因救国怀宏愿，不惜从军受苦辛。

未知曹锟如何贿选，且看下回分解。

民国以来，军阀争雄，如唐代之藩镇，此仆彼起，不可完结，所异者藩镇之势，常亘数十年而不衰，军阀之力，往往盛于藩镇，而一击便破，一破即溃，溃即不能再振，其故何哉？盖军阀之所以成军阀者，非其力之所能，皆由兼并弱小军队而成。此等军队，即所谓杂色部队也。此属皆饥附饱飏之流，既无一定宗旨，更无所谓主义，以无主义无宗旨之军队，所造成之军阀。军阀之势力，尚足恃乎？本回记杨、刘得地以后，顿兵观望，遂令陈逆得乘机蓄养，专攻湘军，因得苟延残喘，贻患多时。此无他，杨、刘非革命基本队伍，只能供利用于一时，不能使作战于永久也。后此蒋氏专征，出师北伐，对于无宗旨主义，专事迎新送旧之杂色部队，概拒收编，而唯恃黄埔亲练之精锐，为战胜攻取之唯一军队，用能奏大功，成大业，革命军之所以统一中国者在此，所以异于军阀者亦如此而已。然使蒋氏稍存私利之心，略现军阀面目，则上行下效，纵有良好部队，正恐未必为用耳。

第一百五十一回　下辣手车站劫印　讲价钱国会争风

却说曹锟自吴佩孚击败奉军，拥黎复位，事实上差不多已成为太上总统，北方和长江一带的武人，除少数属于他系外，几乎尽归部下；中央政令，只要他说一句，政府就不敢不办。一个人到了这般地位，总可志得意满了。无奈曹三的欲望无穷，觉得光做太上总统，究竟都是间接的事情，还不能十分爽快；再则自己有了可以做大总统的力量，可以做大总统的机会，正该乘机干他一下，爬上这最高位置，也好替爷娘挣口气，便在家谱中讣告上面写着也风光得多。更兼门下一般进进出出、倚附为荣的蝇营狗苟之徒，莫不攀龙附凤，做大官，发大财，所以也竭其拍马之功，尽其撺掇之方，想把他捧上最高的位置，自己好从中取利，因此把个曹三捧得神智不清，想做总统之心，更加热烈。以为这般人都是自己的忠实心腹，一切事情，莫不信托他们去办。他们做你的忠实心腹，希图你什么？论理，黎氏的任期，已经快满，不过再挨几个月工夫，让他自己退职，再行好好的办理大选，也未始不可。无奈他的门下，如高凌霨、吴毓麟、王承斌、吴景濂、熊炳琦、王毓芝诸人，好功心急，巴不得曹三立刻做了皇帝，好裂土分封，尽量搜刮，图个下半世快活，哪里还忍耐得几月的光阴？小人无有不急功好利，若此辈其显著者也。无日不哄骗曹三，教他早早下手，赶走了黎氏，便可早日上台。

曹锟受了他们的包围，一点自主的能力也没有，东边献的计策也好，西边说的话儿更对。曹三之无用，于此可见。盖曹本粗人，毫无知识，未尝有为恶之能力，造成其罪恶者，皆此一批希图攀龙附凤之走狗也。吁可慨哉！见他们如此说，便满口答应，教他们便宜行事，斟酌进行。其中唯吴佩孚一人，对于他们这种急进办法，甚不满意，却怕触了恩主老帅之怒，不敢多说，唯吩咐自己门下的政客，不得参加而已。吴佩孚之头脑，究比曹三清晰得许多。因此洛派的政客，都没有参加大选运动，无从捞这批外快。津派和保派政客，一则妒忌洛派，二则怕吴佩孚阻止，着实在曹三面前，说吴佩孚许多不是。那王承斌更以军人而兼政客，说话比其余的政客更灵，因此保曹锟时居保定。洛吴佩孚时居洛阳。两方，渐渐有些隔膜，吴佩孚更不敢多说了。直系之失败，由于此次贿选，使吴氏敢言，失败或不致如此之速也。

吴景濂等见洛方已不敢开口，还有什么讳忌，道德的制裁，良心的责备，国民的反对，外人的诽笑，固皆不在此辈讳避之中。便定下计策，先教张绍曾内阁总辞职，以拆黎之台，使黎不得不知难而退。不料黎元洪看透了他们的计策，见张绍曾辞职，便强邀颜惠庆出来组阁，以遏止张绍曾的野心。熊炳琦等见第一个计划不灵，便又进一步，改用第二个计划，指使北京城内的步军警察总罢岗，涌到黎元洪的公馆里索饷，并且把黎宅的电话，也阻断至六小时之久。黎氏至此，实无办法，只得答应每个机关，先给十万元，其余再尽量筹拨，方才散去。不料这事发生之后，不但受人诽笑，而且因治安关系，引起了外交团的反对。这批人，虽然不怕道德的制裁，良心的责备，国民的反对，旁观的诽笑，而对于洋大人的命令，却十分敬畏，所以外交团照会一到，他们便恭恭敬敬的一体遵从，立刻便命全体军警，照旧复岗。于是这个计划，仍不能把这位黎菩萨迫开北京，因此又步武段祺瑞的老法，拿出钱来，收买些地痞流氓，教他们组织公民团，包围公府，请黎退位。

黎元洪被缠得颠颠倒倒，毫无主意，只得分电曹、吴，声明就任以来，事与愿违之困难，并谓已向国会提出辞职，依法而来，自当依法而去，对于公民团的事件，也要求他们说句公道话。此时之总统，仿佛曹、吴之寄生物。曹锟得了这个电报，询问王毓芝如何办法？毓芝道："老帅休睬他的话！这明明是捉弄老帅咧。"曹锟道："瞧这电中语意，也很可怜儿的，怎说是捉弄我咧？"曹三尚不失忠厚。毓芝道："老帅不用看他别的，只已向国会辞职和依法而来依法而去几句话，够多么滑头。他向国会辞职，不是还等国会通过，方能说依法而去吗？知道现在的国会，什么时候才能开得成。要是国会一辈子开不成，不是他也一辈子不退位吗？”也说得异常中听，无怪曹三信之也。曹锟道：“既这么，怎样答复他呢？”王毓芝道：“还睬他干吗？他要想老帅说话，老帅偏不要睬他，看他怎样干下去？”曹锟见说得有理，什么理？殆烧火老太婆脚丫中之理乎？果然依了他话，置之不理。包围公府的公民团，也连日不散。好辣手段。冯玉祥、王怀庆并且在此时递呈辞职，情势愈加险恶。黎氏只得设法召集名流会议，讨论办法。试想中华民国所称为名流的，本不是什么值钱的东西，大军阀既要驱黎，他们如何敢替黎帮忙？便肯帮忙，又有什么用？因此议了半天，依旧毫无结果。

到了第二日，索性连水电的供给也断了，黎氏这时知道已非走不可，便决定出京，先预备了几百张空白命令，把总统大小印十五颗，检了出来，五颗交给夫人带往法国医院，十颗留在公府；又发了五道命令，一道是免张绍曾职的，一道是令李根源代理国务总理，一道是任命金永炎为陆军总长，一道是遵照复位宣言，裁撤巡阅使、副巡阅使、检阅使、按检阅使者，陆军检阅使也，居此职者，唯冯玉祥一人。督军、督理各职。所有全国陆军，完全归陆军部统辖。一道是申明事变情形，及个人委曲求全之微意。此等命令，不过一种报复政策，即黎亦自知不能发生效力也。五道命令发表后，当即坐了一点十五分的特别快车，动身赴津。刚到天津车站，要想回到自己公馆里去，不料王承斌已在那里恭候。黎元洪见了王承斌，先吃了一惊，此时之黎元洪，仿佛逍遥津中，忽见曹操带剑上殿之汉献帝也。王承斌也更不客气，立刻向黎氏要印。黎元洪怒道：“我是大总统，你是何人？敢向我索印。”还有气骨，菩萨也发怒，其事之可恶可想。王承斌道：“你既是总统，如何不在公府办公，却到这里来？”黎元洪道：“我是中国的大总统，在中国的境内，有谁可以干涉？”是是。理直者，其气必壮。王承斌道：“我没工夫和你讲理，你只把印交给我，便万事全休。不然，休想……”语气未毕。黎氏怒道：“休想什么？休想活命吗？你敢枪毙我？”似乎比汉献帝硬朗得许多。王承斌笑道：“这种事，我也犯不着做。轻之之辞，也可恶。你把印交出便休，不然，休想出得天津车站。就是要到中华民国的任何地方，也是一万个休想休想。”说着，眼看着身边的马弁示意。马弁们会意，便退去了。去不多久，便拥进几十个丘八太爷来，都是执着枪械，雄赳赳，气昂昂的，站在黎氏面前，怒目而视。黎氏和随从尽皆失色。王承斌突然变色而起，逼近几步道：“印句。在哪里？句。你拿出来，句。还是不拿出来？”咄咄逼人，其可恶诚有甚于曹瞒者。黎氏默然不答。左右随从忙劝他道：“既然如此，总统就把印交给他罢！”先吓软了左右随从。黎元洪依然不做声。王承斌厉声道：“快缴出来！谁有这些闲工夫来等你？”咄咄逼人，曹瞒之所不为也。左右们忙道：“别发怒！印现不在这里。”王承斌道：“放在哪里？”左右们回说：“在公府中不曾带来。”次吓出印的下落。王承斌道：“这话，句。不说谎吗？”更逼紧一句，斩钉截铁。左右都道：“说什么谎？不信，可以到公府里去搜。”王承斌道：“好！句。如此，句。且请暂时住在这里，等北京搜出了印，再来送行。”说着，又叫过一个下级军官来，厉声吩咐道：“你带着一连人，替黎总统守卫。何尚称之曰总统？要是有点不妥当，仔细军法。”那下级军官诺诺的应了几声是。王承斌又向黎元洪道了声失陪，方才匆匆走了。

黎元洪走动不得，只得怀怒坐在车站里，过了一小时，方见王承斌匆匆的进来，把一通电报向黎氏面前一丢道：“公府里只有十颗印，还有五颗印呢？”黎氏冷笑不答。气极而冷笑也。王承斌又道：“明亮些！句。见机些罢！你不交出这五颗印，如何离得车站？”黎元洪愤然道：“好！你拿纸笔来！”王承斌命人拿出纸笔，黎元洪立刻拿起笔来，奋然写了几行字，把笔一丢道：“你这还不准我走吗？”可怜。王承斌把那几行字读了一遍，不觉一笑道：“好！你原来把印交给夫人带往法国医院了，也用不着拿这条子去要。要是把这条子送得去，一来一往，不是要到明天吗？便算我们不怕烦，谅情你也等不住，还是打电报通知她罢。”说话轻薄之至，可恨。黎元洪道：“怎样去拿，我不管，这样办，难道还不准我回去？”王承斌道：“不能。我知道你的话是真是谎？有心到这里，就请你多坐一会，让北京取得了印，复电到津，再送你回公馆罢。”一点不肯通融，对曹氏则忠矣，其如良心何？说着，又匆匆的去了。等到复电转来，已是深夜。黎元洪道：“印已完全交出，还不让我走吗？”王承斌笑道：“还有一个电报，请你签字拍发，便可回公馆休息了。”一步紧一步，一丝不漏，凶既凶极，恶亦恶极。黎元洪冷笑一声道：“你竟还用得着我签字发电吗？”亦问得很恶。一面说，一面拿过那电稿来看时，原来上面寥寥的写着几行字道：

北京国务院鉴：本大总统因故离京，此一故字，耐人深思。已向国会辞职，此却是事实。所有大总统职务，依法由国务院摄行。按：《临时约法》

规定大总统因故不能执行职务时，以副总统代之。副总统同时缺位时，由国务院摄行其职务，时无副总统，故依法应由国务院摄行。应即遵照！大总统黎寒印。按黎氏离京为十三日，（十二年六月）被迫补发此电时，已在十四日后半夜，故用寒字。

看毕，自思不签字，总不得脱身，便冷笑一声，毫不迟疑地挪起笔来签了字，把笔一掷，便大踏步走了。王承斌笑道："怠慢怠慢，后会有期，恕不远送。"一面说，一面吩咐放行。此时无异绑匪。那电报到京后，高凌霨等便据以通电各省，不过此时就在这一个通电上，又引起了许多纠纷。因为此电署名的是高凌霨、张英华、李鼎新、程克、沈瑞麟、金绍曾、孙多钰等七个人，当此电发出后，就有拥护张绍曾的一派人提出反对，谓国务院是以全体阁员组成的，现在张绍曾尚在天津，并未加入，此电当然无效。若说承认已准张辞，则势不能不连带承认李根源的署理，因此主张迎张绍曾入京。本承认十四日黎电为有效，而又否认其十三日所发之命令，时序已颠倒矣。事实不根据于法理，而又欲借法理以文饰其罪恶，适足以增纠纷，岂不谬哉！高凌霨正想独掌大权，如何肯允？自不免唆使出一批人来，拒绝张绍曾回京。其余各派，也都乘机窃动，各有所图。单就津、保两派中人而论，如张志潭是主张急进选举的，研究系因想谋参议院长，也主张急进。边守靖等则又主张缓进，当时以谓黎氏一走，大局便可决定的，不意反而格外闹得乌烟瘴气，比黎氏未走之前，更为纷乱。黎氏未去之前，各派方合力以驱黎，黎氏既走，则各图得其所欲得之权利矣，焉得不更纷乱？因此虽有人主张欢迎曹三入京，曹三却也不敢冒昧动身。在外交团一方，也很不直津、保各派所为，公文悉废照会而用公函，表示他们不承认摄阁的地位。津、保派之不洽人心如此。甚至请放盐余，也拒绝不肯答应。如此一来，把个财政部急得不亦乐乎。军人议员，又不肯体谅，索军饷，要岁费，比讨债的更凶。高凌霨等无可如何，只得抵借些零星借款，敷衍各方。除此以外，所谓摄政内阁者，简直不办事。中华民国何幸有此政府？在议员一方面，属国民党的，固然不肯留京，便是政学系及超然派的议员，也都别有所图，纷纷离开北京，有去广东、汉口、洛阳等处的，有转赴上海的，同时东三省方面，也撤回满籍议员，不许干涉选政，因此在京的议员，不但不能足大选的五百八十人之数，便连制宪会议，也不能进行。

黎元洪在天津，又通电否认寒日令国务院摄政的电报，甚而把向国会辞职的咨文也撤回，并通告外交团，声明离京情形，又在津继续行使职权，以俟法律解决的理由。一面又任命唐绍仪为国务总理，未到任前，以农商总长李根源兼署。国会议员褚辅成、焦易堂等又率领二百议员，在上海宣言不承认北京国会和政府。上海各团体也宣言否认。奉天、浙江和西南各省，尤其函电纷驰，竭力反对。高凌霨等却毫不在意。笑骂由他笑骂，好官我自为之，此辈脸皮之厚，有过之无不及。或有劝他们稍加注意的，高凌霨便说："黎菩萨十三日以后的命令，已经国会否认，还注意他怎的？国会原是一个猪窠，议员便是一群猪猡，有了武力，不怕猪猡没买处，人数足不足，也和我们何干。六月十六日参众两院联合会，通过十三日以后黎氏命令无效，次日，又有议员丁佛言、郭同等在天津宣言，十六日两院联合会，人数不足三分之二，以半数付表决，系属违法。至于东三省和浙江等各实力派，便要反对，料情都战不过吴大帅，怕他怎的？"燕雀处堂，不知大厦将倾。其余诸人，当然也是一鼻孔出气的，除却争地位权利外，便是竭力运动大选。可是在京的一批猪仔议员，只知要钱，不知其他，有些议员竟说，我们只要有钱，有了钱，叫我选谁便选谁。初时边守靖主张每票五百，议员哪里肯答应，最后由吴景濂向各方疏通，加到每票三千，一众猪仔，方才有些活动。此辈猪仔，自吾人民视之，不值一文，乃竟有价三千以收买之者，可谓嗜痂有癖。不料京中收买议员，正在讨价还价、斤斤较量之际，同时保定的候补总统曹三爷，却因大选将成，心窝里充满了欢喜快乐。他从娶刘喜奎一事，失败之后，另外又结识了一个女伶，叫金牡丹的，当有一班从龙功臣，为讨好凑趣起见，花了三万元，将金牡丹买来送与曹三。

再说以前刘喜奎嫁崔承炽的时候，京内外曾有承炽替曹三出面，代作新郎之言。并且传说喜奎身价是十万元，其实这等说话，确是好事人造作谣诼，全属乌有子虚。个中真相，以及各方情事，早在本书中叙得明明白白，读者总该记得。现在事过境迁，本无旧事重提之价值，不道这班议员，为要求增价起见，竟将新近嫁曹的金牡丹，和早经嫁崔的刘喜奎，一起拉将起来，作个比例，以为我们的身价，便比不上刘喜奎，何至连金牡丹也赶不上。曹老帅有钱讨女伶，怎么没钱办选举？我们当个议员不容易，也是花了本钱来的。曹老帅果然用着我们，我们也不敢希望比刘喜奎，说什么十万八万，至于三万块一票，是万不能少的了。自处于优伶妓妾之例，可丑之极。想诸位猪仔，尚自以为漂亮也。因此把这大选的事情，又搁了起来。

这时又有一事，使高凌霨等十分为难的，原因浙江方面，反直最急，卢永祥竟在天津组织国会议员招待处，运动议员南下，至上海开会。议员赴津报到、南下开会的，非常之多。同时，在京的议员愈弄愈少，高凌霨、吴景濂等非常着急，定了派军警监视的办法，不准议员离京，因此议员要想南下的，非乔装不可。手段之卑鄙，闻之使人欲呕。其实这时高凌霨等，虽然进行甚力，什么五百一票，三千一票，喉咙说得怪响，这五百三千的经费，不知出在哪里？曹三既然不肯自己掏腰包，各省答应报效的，也不过是一句空话，哪里抵得实用？因此有人向曹三建议，说老帅功高望重，做总统是本分事，这大选费当然可以列入国家岁出中，作为正式开支。丧心病狂，不复知人间有羞耻事。曹三听了这话，更为得意，弄得各位筹办大选的政客，更不敢向曹三开口要钱，忙不迭的叫苦连天，四处张罗，张罗不成，议借外债。外债被拒，方法愈穷。于是有那聪明人，想出一个不花本的办法，是不由选举，改为拥戴。偏偏势力最大的吴佩孚，因拥黎出于直派，不便过于反复，对于此次政变，始终不肯领衔。吴氏尚有人心，胜王承斌万万矣。最后还是由边守靖等，竭力张罗费用，一面决定先行制宪，中秋大选，但从事实上说来，议员南下的愈弄愈多，在上海的已有四百多人，在京的反居少数，万不能继续集会。因此温世霖等又主张和广东孙中山先生合作，一正一副，以图吸引南下的议员，由孙洪伊电征中山的同意。中山是何等伟大的人物，除却拥护《约法》而外，怎肯参加这种卑鄙的举动？当即复电谢绝，声明护法而外、他非所知的意思。高凌霨到了这时候，真个束手无策了。

不料在这将成僵局的时候，忽然齐燮元授意吴大头，谓自己可出资百万，办理大选，但有三个条件：一、选自己为副总统，二、齐兼苏、皖、赣巡阅使，三、以陈调元为山东督军，并须先行发表，始能交款。试想曹三既未入京，大选尚未举办，怎能发表？所以这笔款子，到头还是不能实收。在这时候，最着急的，莫过于吴景濂，跟着东奔西走，一直忙到九月底，方由边守靖筹到了大批现款，一面又向国会议员讲好，每票五千元。南下的议员，因在南方没有什么利益，听说北京有五千元可拿，又复纷纷回到北京，因此在十月五日，按：在十二年。勉强凑足人数，选出曹锟为大总统。十月八日止，制成了一百四十一条宪法，从此所谓国会议员，都被人人骂做猪仔，所得不过五千元的代价，比到刘喜奎十万之说，果然天差地远，就要和金牡丹的三万相比，也只抵到六分之一。人说这批议员，坍尽了我们须眉之台，我却说大批猪仔，丢足了我们人类的脸。思想起来，兀的教人可怜可笑，可叹可恨。正是：

选举精神会扫地，金钱魔力可回天。
堪怜丢尽须眉脸，不及优伶价卖钱。

未知曹锟何日就职，且看下回分解。

俗谚有云："吃了五谷想六谷，做了皇帝想登仙。"人类欲望之无穷，大抵然矣。曹锟自胜奉而后，中央政治之措置，率可以意裁夺。黎之总统，殆偶像而已。曹之为曹，岂尚不可以已哉？乃必欲求得最高位置，不惜以卑陋无聊之手段，逼当时所拥立之黎氏去位而代之。复以重金为饵，诱纳国会于污流之中，欲望之无餍如此，不重可叹哉？若王承斌者，始则拥黎复职，既则截车夺印，不恤笑骂，其诚所以为曹乎？观二次直奉战后，入新华宫劝曹退位者，又谁也？呜呼！人心如此，吾不暇责王而为曹哀矣。

第一百五十二回　大打武议长争总理　小报复政客失阁席

却说曹总统贿选成功后，到双十节入京，就职那一天，满路上都铺着黄沙，专制时代帝王所用之礼。步哨从车站一直放到总统府，行人车辆，都不准自由来往。欢迎的要人，一个个乘着汽车，中间夹着一辆曹锟坐的黄色汽车，两旁站着几对卫队，前面坐着两个马弁，后面也背坐着一个马弁，都执着实弹的木壳枪，枪口朝着外面，仿佛就要开放的样子。一路上好不威风热闹，和黎元洪入京时大不相同。又点黎氏入京。相形之下，使人慨然。就职之后，便下了一道谋和平统一的命令。那命令的原文道：

国于天地，所贵能群，唯宏就一之规，斯有和平之治。历稽往牒，异代同符。共和建国，十有二年，而南北睽张，纠纷屡启，始因政见之牴迕，终至兵祸之缠连。哀我国民，无辜受累，甚非所以强国保民之道也。不知何人使国不能强，民不能保也，出诸斯人之口，令吾欲呕。本大总统束发从戎，何不曰束须贸丝乎？即以保护国家为志。兹者谬膺大任，自愧德薄，深怄弗胜，甚欲开诚布公，与海内贤豪更始，共谋和平之盛业，渐入统一之鸿途，巩固邦基，期成民治。着由国务院迅与各省切实筹商，务期各抒伟筹，永祛误惑，庶统一早日实现，即国宪于以奠安。兼使邦人君子，共念本大总统爱护国家，老着脸皮说谎语。蕲望郅治之意。此令。

其次便是裁撤直隶督军，原系曹自兼。特派王承斌兼督理直隶军务善后事宜，以酬其夺印之功。隔了半个多月，又特派他兼任直、鲁、豫巡阅副使，真是连升三级，荣耀非凡。军人中除王承斌之外，如吴佩孚则升任为直、鲁、豫巡阅使，原系曹三自兼，吴为副使，免去了两湖巡阅使，也并没便宜。齐燮元为苏、皖、赣巡阅使，齐原江苏督军。萧耀南为两湖巡阅使，原系吴佩孚兼。杜锡珪为海军总司令，一切位置定妥，军人的酬庸，总算办得个四平八稳。只有政治人才，却不易安排。因为奔走大选的政客，非常之多，光是想做总理的，也有高凌霨、吴景濂、张绍曾、颜惠庆等四人之多。津、保派政客，在大选没有成功以前，第一个约定的是张绍曾，因那时张为国务总理，最早拆黎元洪的台，再则又叫他不反对，摄政内阁，所以这新总统就职后的第一位总理，就约定了他。两件都是大功，不能不约定他。后来又因高凌霨维持北京的功劳很大，所以又把第一任总理约了他。确是大功，又不能不约定他。但是那时最重要的，莫过于财政和外交，能够支持这两面的，除却颜惠庆外，又没有别人，所以第三个又约了他。确是要事，更不能不约定他。若在大选方面说起来，假使没有吴景濂，便也不易成功，所以又不能不把这把交椅约定给吴景濂，使他好格外卖力。确是非常重要，更不能不将这把交椅许他。上述四个人各有理由，乃见权利之不易支配也。四人都有了预约券，自然加倍用力，不肯落后，在着大选没有成功以前，各做各的事，倒还没有什么冲突，及大选成功以后，究竟谁应照约做总理，就大费周折了。小人之离合，大都以利害为归，在利益无冲突之时，或能合作，若在权利冲突之时，则不易措置矣。

从曹三一方面说起来，约不约，本来毫无问题，约者所以骗骗猪头三者也。于信义何有哉？只要看谁的能力大，就给谁做总理，谁的能力小，谁就没分。这四人里面，吴大头有几百猪仔罗汉给他撑腰，自然不易轻侮。这一个能力，大有做总理的资格。高凌霨呢，内阁还在他的手中，也还有相当的能力。这位也有做总理的资格。颜惠庆虽没有如他两人的凭借，然而在外交和财政上面，曹三确实还不能轻易撂下他。这位又有做总理的资格。只有张绍曾一个人，似乎没有什么大不了的能力，因此算来算去，只有他可以先牺牲，便先向他疏通，请他暂时退后。你想他当时牺牲了现成总理，希望些什么？如今吃了颗空心汤团，一场瞎巴结，反成全了别人的地位，如何气得过？但权力现在别人手里，没法抵抗，只得以不署名于摄政内阁总辞职为要挟。凡内阁总辞职，须全体阁员署名，而以总理为尤要。在实际上，张虽并未参加摄政，而在名义上，则张犹为国务总理，张如不署名，则总辞职之辞呈，将无效，故张得以为要挟耳。曹三派人疏通了几次，毫无结果，惹得曹三发恨，便也不顾一切的，发表高凌霨代阁的命令。张内阁复活的消息，便从此消灭了。

高凌霨既得了这代阁的命令，能力愈增，大有和吴、颜争长之势，可是洛阳的吴佩孚，南京的齐燮元，团河的冯玉祥，都主张请颜惠庆做第一任的总理，以排斥吴景濂。吴景濂久已怀着总理一席非我莫属的念头，而今竟被别人夺去，不觉又气又恨，一面大放其国会决不通过的空气，以显自己的能力，一面又向王承斌求援。王承斌当时因自己曾一口答应过他，免不得代他力争，并请曹锐进京和曹三强硬交涉。可是这般一做，倒反引起了曹三厌恶之心，发生了许多阻碍。那曹三除却派王毓芝赴津示意外，又把个王承斌连升三级，使他得点实利，免得再替吴大头帮忙，因此吴大头的总理梦，反倒近于天亮了。吴景濂当大骂曹三忘恩。在颜惠庆本人，虽也很想过一过总理的瘾，但怕国会不予通过，反而坍台，因此不敢争执，情愿退让。从表面言之，仿佛淡于荣利，而颜非其人也，盖其所以不敢争，由于情弱耳。所以四个人中，只剩了吴、高两个，尚在大斗其法。

吴景濂既以国会的势力，恐吓高凌霨，高凌霨便也利用取消国会的空气，以恐吓议员，使他们不敢助吴，并且即用以其人之道，还治其身之法，利用反对吴景濂的议员，运动改选议长以倒吴。在十月二十六日按：是时尚为十二年。那一天，众议院开临时会的时候，就有陈纯修提出依据院法，改选议长的意见，便把个吴景濂吓得不敢开会。太不经吓。曹三既然厌恶吴景濂，不愿意给他做总理，又恐怕高凌霨不能通过于国会，因此找出一个接近颜惠庆的孙宝琦来做试验品，提出国会，征求同意。吴景濂得了这个咨文，自不免通告议员，定于十一月五日投孙阁同意票，而吴派议员，便在前一日议定了办法。到第二天开会，反对吴派的议员，便指斥吴景濂任期已满，依法应即改选，不能再当主席，大发其通知书。吴派的议员，哪里肯让？始则舌战，既而动武，终至痰盂墨盒乱飞，混战一阵而散。经了这次争执以后，反对派时时集会讨论倒吴办法，和惩戒老吴的意见，并拟在众院自由开会，把个吴景濂吓得无办法，只得紧锁院门，防他们去自由集会；又恐怕他们强行开锁，不敢把钥匙交给院警，每天都紧紧的系在裤带上，一面又倩人疏通，以期和平了结。不料反对派由保派的王毓芝组合为宪政党，已成反吴的大团结，吴氏的疏通，如何有效？吴景濂没了办法，请王承斌补助款项，也想组织一个大政党，和他们对抗，这事还不曾成功，曹三催投孙阁同意票的公文又来。吴景濂不得不再召集会议，在议席上仍免不了争执，由争执而相打。吴景濂竟令院警和本派的议员拳师江聪，打得反吴派头破血流，并且把反对派的中坚份子，加以拘禁，一面又关起大门，强迫议员投同意票。恰好检察厅得了报告，派检察官来验伤，吴景濂因他验得不如己意，竟把检察官一同拘禁起来。这议长的威风，可谓摆得十足了。散会以后，反对派的议员，一面公函国务院，请撤换卫队，一面向检察厅起诉。高凌霨就趁此大下辣手，把众议院的警卫队，强迫撤换。吴景濂失了这个武器，已经胆寒，更兼检察厅方面，也以妨碍公务，毁坏文书，提起公诉，因此把吴大头吓得不敢在北京居住，忙忙带着众院印信，逃到天津去了。

高凌霨到了这时，已算大功告成，不料千虑一失，在十三年元旦，突然发表了一道众议院议员改选的命令，激起了多数议员的反感，要打破他们的饭碗，如何不激起反感？弄成大家联合倒阁的运动。孙宝琦署阁的同意案，便在众议院通过。高凌霨本来料定孙阁决不能通过，可以延长自己寿命，不料轻轻一道命令，竟掀翻了自已的内阁，促成了孙宝琦的总理，免不得出诸总辞职的一途，和吴大头同一扫兴下台。孙宝琦既被任为总理，阁员方面，则以程克长内务，王克敏长财政，吴毓麟长交通，顾维钧长外交，颜惠庆长农商，陆锦长陆军，李鼎新长海军，范源廉长教育，王宠惠长司法，除却王宠惠、范源廉外，大抵都是保派，或和保派有关系的人物。只有一个运筹帏幄之中的张志潭，却毫无所得。原来张志潭本已拟定农商，不料阁员名单进呈给曹三看的时候，却被李彦青一笔抹了，因此名落孙山，不能荣膺大部。

至于李彦青为什么要和张志潭作对？说来却有一段绝妙的笑史。原来李彦青的封翁李老太爷，原是张志潭府中的老厨役，本书早曾说过，读者诸君，大概还能记忆。曹三既然宠幸李彦青，就职之后，优给了他一个平市官钱局督办，李老太爷更是养尊处优，十分适意。可是有时想起旧主张老太太，却还眷念不忘，便和李彦青说："要到张公馆去拜望拜望，看看张老太太可还清健？"此等处颇极厚道，读者慎弗以其为李彦青之父而笑之也。李彦青虽则是弥子瑕一流人物，待他父亲，却很孝顺，此等人偏知孝顺父亲，亦是奇事。此是李彦青好处，不可一笔抹杀。见父亲执意要去，便命备好汽车，又叫两个马弁，小心伏侍。李老太爷坐了汽车，带了马弁，威威风风的来到张公馆门口停下车。李老太爷便自己走上前，请门上通报，说要见张大人。门上的见了李老太爷这门气派，不知是什么人，不敢怠慢，便站起来道："您老可有名片没有？"李老太爷道："名片吗？这个我可不曾带。不好再用往日的名片。好在我本是这边人，老太太和大人都是知道的，只请你通知一声，说有一个往年的老厨子要见便了。"不说李大人彦青的老太爷，而说一个往年的老厨子，只能说真诚实本色，不可笑其粗蠢。门上的道："大人已经出去了。"何不早说？管门人往往有此恶习，可恨。李老太爷道："大人既然出去，就见见老太太罢，好在老太太也是时常见面的，又不生疏，我好久不见她，也想念的紧，你只替我回说，本府里往年的老厨子，要见见老太太，问问安。"门上的见他口口声声说自己是厨子，又见他带着马弁，坐着汽车，好生诧异，暗想世上哪里有这么阔的厨子。可知现任曹大总统，还是推车卖布的呢。一面想，一面请他坐着，自己便到里面去通报。张老太太听说有如此这般一个人要见他，猜不出是什么人，哪里敢请见。一面命门上把李老太爷请在会客室里坐候，一面急忙命人去找张志潭回来。可巧张志潭正在甘石桥俱乐部打牌，只因风头不好，不到三圈牌，已经输了一底，恰好这副牌十分出色，中风碰出，手里发财一磕，八万一磕，四五六七万各一张，是一副三番的大牌，已经等张听和，正在又担心又得意之时，忽见家中的马弁，气呼呼的赶将进来，倒把众人都吃了一惊，忙问什么事？马弁气吁吁的道："公馆里有要紧事，老太太特地差小人来寻大人赶快回去。"张志潭忙问道："有什么要紧事？"不料这马弁是个蠢汉，只知道老太太叫他来找张志潭，却不知找他什么事，只得回说："这我不知道，不过老太太催得十分紧，叫大人即刻就去呢。"张志潭见他说得如此要紧，不知道出了什么事，只得托人代碰，自己坐着汽车，匆匆的回到家里。一径跑到上房，问老太太什么事？老太太道："有个老厨子要见你呢。……"刚说了一句，那张志潭见催他回来，是为着这般一件没要紧的事，心中十分生气，因在老太太面前，不敢发作，便也不等老太太说完底下的话，立刻翻身回到厅上，叫过马弁来，大骂道："混账王八！什么事情，也不问问明白，便急急催我回来，要是一个厨子我也见他，将来乌龟王八都来见我，我还了得。……"大骂了一顿，便气忿忿的回到甘石桥去了。好赌人行径，往往如此，张志潭其亦好赌者欤？李老太爷正在会客室中等得不耐烦，忽听得张志潭这般大骂，心中也很生气，不得不气。带去的两个马弁，便来扶他起来道："老太爷，我们回去罢！他们不见我们了。"李老太爷一声不作，慢慢的站了起来，走到门口，又对门上的道："我今日到这里来，并没什么事儿，不过来望望老太太，问问安罢了。老太太既然不见我，我就回去了，请你代我转致一声罢。"忠厚之至。说完，便坐了汽车回来。这时李彦青还在公馆里，因曹锟的马弁，打电话来喊他去替曹锟洗足，正要起身，恰好李老太爷回来。撞巧之至，可谓张志潭官星无气。李彦青见了父亲回来，免不得又坐下陪父亲谈几句天，见父亲的面上，带着不豫之色，说起话来，也是没甚兴致，暗暗诧异，因搭赸问道："老太爷今天到张公馆去，张大人可看待得好吗？"李老太爷被他这么一问，一时倒回答不出。同去的马弁，其时也在旁边，因心中气闷，便禁不住代答道："他们不见老太爷呢。"李彦青诧异道："呵！他们为什么不见？"马弁道："他们不但不见，还骂我们呢。"李彦青更觉骇疑道："呵！他们还骂我们，他们怎么骂的？你快给我说。"马弁正要告诉，忽然电铃大震起来，李彦青便自己过去接听，方知是公府中马弁打来的。李彦青问他什么事？只听那马弁道："督办！快些来！总统的洗脚水要冷了。"按：李彦青时为平市官钱局督办，总统的洗脚水要冷了，却叫督办，可笑。李彦青答道："我知道了，立刻就来了。"说完，便又把听筒挂好，叫马弁把张公馆里所骂的话说出来。那马弁积了满肚皮的闷气，正想借此发泄，便一五一十的，说了出来。李彦青听毕，不禁大怒道："我父亲好意望望他们，他们竟敢这般无理，要是我不报此恨，给外人知道了，不要笑我太无能力吗？"一面说，一面又安慰了他父亲几句。因恐曹三等得心焦，不敢再耽搁，便匆匆的到公府里来。

曹三等了好久，本来有些气急，比及见了他，一股怒气，又不知消化到哪里去了。等李彦青把脚洗好，才问他何故迟来？李彦青乘机说道："我听说总统叫，恨不得立刻赶来，不料家父忽然得了急病，因此缓了一步。"曹三道："什么急病？不请个大夫瞧瞧吗？"李彦青做出愁闷的样子道："病呢，也不算什么急病，因为今天家父到张志潭公馆里，望望他老太太，不料张志潭听说是我的父亲，不但不肯见，而且还骂了许多不堪听的话，还句句联带着总统，因此把他气昏了，一时痰迷了心呢。"曹三生气道："说什么话？你的父亲，他还敢这样怠慢？谁不知道你是我跟前的人，他敢骂你，不就是瞧不起我吗？居然是同床共命，贴心贴骨之语。那还了得，过几天让我来惩戒他。”正说着，孙宝琦送进阁员的名单来，曹三也不暇细看，想是认不完这些字。便交给李彦青道：“你斟酌着看罢。”李彦青一看，见张志潭也在内，便一笔勾去。可怜张志潭枉自奔走了数月，用尽了娘肚皮里的气力，只因得罪了一位老厨子，便把一个已经到手的农商总长，轻轻送掉。正是：

轻轻送掉农商部，枉自奔波作马牛。

欲知后事如何，且看下回分解。

孟子有言：“上下交征利而国危”，观于本回所记，岂不信然哉？曹氏欲为总统，既不惜雇用流氓，重金贿选，以偿其欲望矣，在其下者，效其所为，以争总理，固意中事也，而曹乃厌吴之所为而欲去之，亦可谓不恕之甚者矣。呜呼！求总统者如是，求总理者如是，国事前途，尚可问乎？

第一百五十三回　宴中兴孙美瑶授首
窜豫东老洋人伏诛

却说曹锟贿选成功，正在兴头，不料奉、浙和西南各省，都已通电反对，兵革之祸，大有一触即发之势，因此直系大将吴佩孚，十分注意，凡由各省来洛的人员，无不详细询问各该省情形，以便应付。吴氏亦大不易。一日，忽报马济回洛，吴佩孚立教传见，询问湖南情形。马济道："赵氏势力已经巩固，南军一时决难发展，军事方面，已不足忧，但有一层，大帅须加注意的，就是国民党改组和组织国民政府的事情，南方进行得非常努力，万一实现，为害不小。"马济倒有些见识。吴佩孚道："关于这两件事的消息，我已得到不少，但是详细情形，还不曾知道，你可能说给我听吗？"不先决定其能否为害，却先询详情，态度亦好。马济道："孙氏因中华革命党份子太杂，全没有活动能力，组织的情形，又和时代不适合，所以决心改组。加之俄国的代表越飞，到南方和他会晤后，他又决定和苏联携手。现在听说，俄国又派了一个人到广东来，那人的名字我倒忘记了。"说着，低头思想。吴佩孚也跟着想了一会，忽然道："可是叫鲍罗廷吗？这人的名字，倒听得久了。"不从马济口中说出，反是吴佩孚想出，奇诡。马济恍然道："正是正是。那人到了广东以后，又决定了几种方针：一种是容纳共产党员和共产主义青年团加入国民党；此条本列第三，马济却改作第一，见其主意独多。一种是国民党的组织，采用共产党的组织，略加变通；此条本为第一。一种是虽以三民主义为党纲，而特别注意与共产主义相通的民生主义。此条本为第二。并听得说中山已派廖仲恺到上海和各省支部接洽改组的事情，看来实现之期，也不远了。”伏线。吴佩孚道：“这是国民党改组的情形了。还有国民政府的事情呢？”马济道：“他所以要组织国民政府，动机就在争夺广东关税的一件事情。因为这次交涉的失败，全在没有得到各国承认的地位，因此想联络反直各派，组织一个较有力量的政府，再要求各国承认。听说现在也分派代表，到各处分头接洽去了。”吴佩孚笑道：“这两件事，你看以为如何？”故意问一句，自矜聪明。刚愎之人，往往如此。马济道：“以我之见，似乎不可忽视。”吴佩孚笑道：“秀才造反，三年不成，吴秀才自己忘了自己是秀才了，却看三年之后，果然如何？所谓党员者，无事则聚，有事则散，孙中山想靠着这批人来成他的功业，真可谓秀才计较了。”比你的秀才计较如何？马济道：“虽然如此，大帅也不可不防，他现在北联奉张，东联浙卢，势力也正未可轻侮呢。”吴佩孚之见识，未必不如马济，但以屡胜而骄，故其刚愎之性，乃随日俱炽耳。吴佩孚笑道：“决可无虑。奉张是盗匪一流人，只能勾结匪军罢了。老洋人部队，业已击溃，只有孙美瑶一人，尚属可虑，此外我们直系部队，尽是可靠的干城，哪里还怕他们进攻不成？”志矜气骄，至于如此，宜其败也。马济道：“不错。他在湖南听说老洋人受了奉张运动，给大帅知道，想调集江苏、山东、安徽、河南、陕西五省的一部分大军，以四万人去包围他，预备一举解决。不料事机不密，被他逃入宝丰、鲁山、南阳一带山中，据险顽抗。后来张督率领五万大军，包围痛剿，他又突围而出，谋窜鄂边，又被鄂军截回了。情形是这样吗？”吴佩孚叹道：“匪军原是最靠不住的。譬如山东的孙美瑶，自从劫车得官以后，土匪闹得更凶了。杀人放火，劫教堂，掳外人，来要求改编的不知多少，究竟他们是羡慕孙美瑶，所以起来效尤，还是妒嫉孙美瑶，借此和他捣蛋，都不能确定。不过无论他们是妒嫉，或是效尤，实在已到非杀孙不可的时候了。”此言之是非，极难评断。盖此种局面，虽由孙美瑶而起，究竟非孙美瑶自身所造成，不杀无以戡乱，杀之实非其罪也。马济道：“孙美瑶自改编后，很能认真剿匪，当初既已赦他的罪，又订约给他做官，现在恐怕杀之无名。”此言似较中理，盖孙既能认真剿匪，则其赎罪之心已甚切，固不必杀也。吴佩孚道：“不杀他，等他受了奉张运动，发生变乱时，要杀他恐怕不能了。”原来如此，使人恍然。马济默然。吴佩孚又道：“这件事，我已决定，无论如何，总不能如老洋人似的养痈遗患了。”马济道：“既然如此，大帅何不写一封信给郑督，郑士琦时任山东督理。

叫他相机而行就是了？”吴佩孚笑道：“此言正合吾意。”当下便写了一封信给郑士琦，大略道：

> 山东自收编匪军后，而匪祸益烈，非杀孙不足以绝匪望。否则临城巨案，恐将屡见，而不可复遏。此言不为无见，然要在警备得宜，亦何忧土匪？身为军事长官，不能戡祸定乱，而欲杀一免罪自效之人，以戢匪患，上之失信于列国，下之使匪党作困兽之斗，其计岂不左哉？老洋人部以不早图，至遗今日之患，一误何可再误？望一切注意及之！

郑士琦得了吴佩孚这道命令，和幕僚商议。幕僚道：“剿孙一节，现有吴团长可章在那里，只教他处处留意，察看动静，如有机会，再图未迟。”郑士琦然其言，便密电吴可章，教他察看孙美瑶的动静。这吴可章本是郑士琦所部第五师第十七团长，自从孙美瑶改编后，郑士琦就委他为孙旅的执法营务处长，教他监督该旅，办理一切。吴可章因是上级机关委来监督一切的，对于孙美瑶种种行为，不免随时防范。孙美瑶又是少年气盛的人，自己现为旅长，吴可章无论如何，总是自己的僚佐，也不肯退让，尤其是孙美瑶部下的人，向来跟他们头领胡闹惯了的，怎禁得平地里忽然弄出一个隔壁上司来？再则也替孙美瑶不服气儿，于是早一句、晚一句的，在孙美瑶面前，絮聒出许多是非来。孙美瑶愤怒益甚，时时想除去吴可章。吴可章见他行为日渐骄横，只得随时禀报省中，请示办法。孙美瑶之死，颇有疑吴可章专擅者，其实吴氏安有专杀之权？专杀之后，郑督又安得不惩办乎？本书所言，确是实情，足为信史。郑士琦得了他的密电，便密嘱他乘时解决。既已投诚，又萌故态，孙美瑶也该受其罪。

这次，孙氏因剿匪，得枪十七枝，不行呈请，居然自己留了下来。吴可章认为孙氏措置失宜，强逼他交出。此公倒是硬汉。孙氏大怒，坚决不肯交出。双方愈闹愈僵，几至武力解决。吴可章便把此事始末，星夜电禀郑氏，说孙旅全军，即将哗变，请即派大军防卫。郑士琦得了这电，急令衮州镇守使张培荣，率令本部全旅军队，前往相机处理。这事办得极其秘密，孙美瑶一点也没有知道。这时地方上的绅士，听说吴可章的军队，要和孙旅发生冲突，十分恐慌，人民可怜。少不得联合各公团，出来调解。一天风云，居然消歇，等得张培荣到时，事情已经了结。张培荣因得了郑士琦的授意，不好就此丢开，暗约吴可章赴行营商议，询问孙美瑶究竟可靠得住？吴可章便把孙美瑶如何骄横，如何不法，如何不遵命令情状，诉说一遍。又道："这个姑且不必问他，既有吴大帅的命令，他叫我们怎样办，我们就该怎样办。违了他的命令，也是不妥的。"在军阀手下办事，也是为难。张培荣道："据你的意见，要怎样办才是？"吴可章道："督理既派镇守使来，当然要请镇守使主持一切，我如何敢擅作主张？"张培荣默然想了一会道："我明天就假替你们调停为名，请他到中兴公司赴宴，就此把他拿下杀了如何？"吴可章道："这计甚妙，但是一面还要请镇守使分配部队，防止他部下哗变才妥。"张培荣称是。

次日布置妥帖，便差人去请孙美瑶赴宴。孙美瑶不知就里，带了十一个随从，欣然而来。可谓死到临头尚不知。张培荣接入，两人笑着谈了几句剿匪的事情，张培荣先喝退自己的左右，孙美瑶以为有什么秘密事和他商量，便也命自己的随从，退出外面去。半晌，不见张培荣开口，正待动问，忽见张培荣突然变色，厉声问道：颜色变得非常之快，大和做戏相类。"郑督屡次令你入山剿匪，你何以不去？"孙美瑶这时还不知自己生命已经十分危险，忙答道："怎说不去？实在因兵太少，不能包围他们，所以屡次被他们漏网。"此语也许是实情。张培荣拍案喝声拿下。孙美瑶大惊，急想去拔自己的手枪时，背后早已窜过八九个彪形大汉，将他两臂捉住，揶翻在地，用麻绳将他捆了起来。孙美瑶大呼无罪。张培荣道："你架劫外人，要挟政府，架劫华人，并不提起，可见若辈胸中无人民久矣，为之一叹。何得自称无罪？"孙美瑶道："那是过去之事，政府既已赦我之罪，将我改编为国军，如何失信于我？"却忘了自己投诚后种种不法行为。张培荣道："你既知赦你之罪，便当知恩图报，如何又敢暗通胡匪，指东三省。阴谋颠覆政府？"孙美瑶道："证据何在？"张培荣道："事实昭昭，在人耳目，何必要什么证据？"孙美瑶大声长叹道："我杀人多矣，一死何足惜？但是君等军符在握，要杀一个人，也是极平常之事，正不必借这莫须有的事情，来诬陷我耳。"张培荣不答，实在也不必回答了。喝命牵出斩讫。孙美瑶引颈就刑，毫无惧容，钢刀亮处，一颗人头早已滚落地上，这是民国十二年十二月十九日事也。

孙美瑶受诛后，随从十一人也尽都被杀。一连卫队，如时已被吴可章解散。那周天伦、郭其才两团人，得了这个消息，也并没什么举动。可见原是乌合的人马。隔了两日，方由张培荣下令，悉行缴械，给资遣散。这些人，也有回籍营生的，也有因谋生不易，仍去做土匪的。山东的匪祸，因此更觉闹得厉害了。这是后话，按下不提。

却说张培荣解决了孙美瑶，便分别电请郑士琦和吴佩孚。那吴佩孚正因老洋人攻陷鄂西郧西县，杀人四千余，以活人掷入河流，作桥而渡，很引起舆论的攻击，颇为焦急，听说孙美瑶已经解决，倒也少了一桩心事。那老洋人初时想冲入四川，和熊克武联络，共斗直军，因被鄂军截击，回窜陕西，又被陕军围困于商、雒之间，战了许久时候不能发展，只得又回窜鄂边，想由援川的直军后路，冲入四川，土匪竟做含有政治意味的事情，奇绝。一路上焚掠惨杀，十分残酷。如此行为，安得不死？郧西、枣阳等县，相继攻陷，直逼襄阳。襄阳镇守使张联升，因兵力不曾集中，不能抗御，只得闭城固拒，一面向督军萧耀南告急。萧耀南一面派兵救援，一面又电请河南派兵堵截。那老洋人虽有两万之众，却因子弹不足的缘故，不能持久，正在着急，忽报赵杰派人来见。老洋人的催命鬼来了。老洋人忙教传人，问他详细的情形。来人道："赵帅说：子弹尚有二十余万，现在豫东，但是不能运到这里来，如贵军要用，可以自己回去搬取。"老洋人大喜，打发他去讫，一面忙集合部下将领商议，主张即日窜回豫东。众皆默然。老洋人又道："现在大敌当前，最重要的便是子弹，子弹没有，如何用兵？所以我主张即日回河南去。"部将丁保成道："这话虽是实情，但是弟兄们奔走数十日，苦战月余，如何还有能力回去？"老洋人大怒道："别人都没闲话，偏你有许多噜嗦，分明是有意怠慢我的军心。不办你，如何警戒得别人？"说着，便喝左右拿下。众将领都代为讨饶，说了半天，老洋人的怒气方才稍平，命人放了丁保成。丁保成道了谢，忍着一肚皮闷气，和余人各率所部，又向河南窜了回去。

这一遭，所过地方的人民，都因被老洋人杀怕，听说老洋人又窜了回来，都吓得躲避一空，不但乡村之间，人烟顿绝，便是大小城镇，也都剩了几所空屋，就要找寻一粒米、一颗麦也没有。这批土匪，沿路上得不到一些口粮，忍饥挨饿，还要趱路，见了官军，还要厮杀，其苦不堪。因饿而病，因病而死的，不计其数。惨杀的报应，可称是自杀自。小喽啰的怨声，固然不绝，便是头领们，也十分不安，只有老洋人一人，因他是个大头领，一路上有轿坐，有马骑，两条腿既不吃苦，饿了又决不会少他的吃食，肚皮里也总不致闹甚饥荒，本身既然舒服，不但不知道体恤部下，而且无日不催促前进，更激起兵士们许多反感。

这日，到了京汉路线上，因探得有护路官军驻扎，便叫部下准备厮杀。将士们听了这命令，都不禁口出怨言道："跑来跑去的，不知走了多少路，每天又找不到吃，还叫我们厮杀。……"可是口里虽这样说着，又不敢不准备。谁料那些护路军队，听说老洋人率领大队土匪来到，都吓得不敢出头。好货。如此军队，还有人豢养他们，奇绝。又恐土匪劫车，酿成临城第二，自已担不起这罪过，便竭力劝阻来往车辆，在远处停止，让开很辽远的地方，不扎一兵，好让土匪通过。奇闻趣闻，阅之使人可笑可恨。土匪见此情形，莫不大喜，威威武武的穿过了京汉路，向东趱行。这时一路上虽然无人可杀，无物可劫，不过还有许多搬不动的房子，却大可一烧，因此老洋人所过的地方，莫不变成一片焦土。但是一个人最重要的就是饮食，饮食一缺，无论你有怎样大的通天本领，也便成了强弩之末，毫无用处。匪军虽然骁悍，却因一路上得不到饮食，早已饿得东倒西歪，只因逼于军令，不能不走。若在平时，大概一个个都要躺到地上去了。闲话少提。

却说匪军到了郏县时，都已饿到不能再走，好在城内军民人等，早已逃走一空，不必厮杀，便可入城驻扎。老洋人赶路性急，见天时尚早，不准驻扎，传令放起一把火，向前开拔。必须放火，不知是何心肝？那些匪军，见了屋宇，早已乱纷纷的钻进里面，也有一横身便倒下休息的，也有东寻西觅，想找些食物来充饥的，一时哪里肯走？老洋人传了三四次命令，还不曾集合。老洋人焦躁，把几个大首领叫到面前大骂了一顿。还说："如果再不遵令，便先要把他们几个枪毙。"他们不敢声辩，便按着大虫吃小虫为老例，照样吩咐小头目，谁不遵令，便要枪毙谁。小头目只得又用这方法去吓小喽啰，那些小喽啰十分怨恨，又不敢不走，只得随令集合，乱哄哄的开拔。写得全无纪律，确是匪军样子。刚到城外，忽然丁保成部下，有个小头目和小喽啰争吵相打起来，又是老洋人两个催命鬼。事情被老洋人知道了，立刻传去讯问。原来那小喽啰在一家天花板上老鼠窝中捉了三五只不曾开眼睛的小老鼠，可谓掘鼠而食。欢喜得了不得，急忙偷着拆了几块天花板，把他拿来烧烤。只因赶紧开拔，不曾耽搁多时，还只烤了个半生半熟。当时那小喽啰把几只半熟的烤老鼠，暗暗放在袋里，再把几块烧着的天花板，向板壁上一靠，那板壁便也烈烘烘的着了，火势顿时冒穿屋顶。这时里面一定有许多烤焦老鼠，可惜没人去受用，一笑。小喽啰没有可携带的东西，便拔脚走了。这时因袋里有了几只半熟的烤老鼠，仿佛穷儿暴富一般，十分得意，到得城外，觉得肚子里咕龙东咕龙东的实在响得厉害，便忍不住抓出一只来，想送到肚子里去，吓走了这咕龙东的叫声。刚咬了一口，那一阵阵的香气，早把众人都诱得回转头来望他。也有向他讨吃的，但是不曾到手。讨的人生气，便去怂恿小头目向他去要。小头目也正在饿得发慌，听了这话，如何不中意？果不其然，立刻便向他去要这烤鼠。那小喽啰如何肯与？一个一定要，一个一定不肯，两人便争吵起来。恰好他这一部，是保卫老洋人的，离老洋人很近，因此给他听见了，立刻传去，问明情由，不觉大怒，责小头目不该强要小喽啰的东西，立刻传令斩首。他要吃半熟烤小老鼠吃不成，老洋人却叫他吃板刀面，一笑。那些小喽啰一则都在妒嫉有小老鼠吃的小喽啰，二则小头目的事情，都是自己怂恿出来，因此都觉心里不服，都来丁保成处，请丁保成去告饶。丁保成想起旧恨，便乘势说道："你们的话，他哪里肯听？如肯听时，也不教你们饿着去拼死赶路了。老实说一句：他心里哪里当你们是人，简直连畜生也不如呢。杀掉一两个，算些什么？你们要我去说，不是嫌他杀了一个不够，再教我去凑成一对吗？"众人听了这话，都生气鼓噪道："我们为他吃了许多苦，他如何敢这样刻薄我？你既不敢去，让我们自己去说。他敢再刻薄我们，不客气，先杀了他。"丁保成故意拦阻道："这如何使得？你们这样去，不是去讨死吗？"众人愈怒，更不说什么，一声鼓噪，拥到老洋人面前，要求赦免小头目。老洋人见了他们混闹情形，一时大怒道："你们是什么人？也敢来说这话。再如此胡闹时，一并拿去杀头。"众人大怒，一齐大叫道："先杀了这狗男女再说，先杀了这狗男女再说。"呼声未绝，早有几个性急的人，向老洋人砰砰几声，几颗子弹，直向老洋人奔来。老洋人只啊呀了一声，那身子早已穿了几个窟窿，呜呼哀哉！一道灵魂，奔向黄泉路上，找孙美瑶做伴去了。众人见已肇祸，便要一哄而散。丁保成急忙止住道："你们如此一散，便各没命了，不如全都随着我去投降官军，仍旧让他改编，倒还不失好汉子的行为。"众人听了，一齐乐从。其余各部，听说老洋人已死，立刻散了大半。没有散的，便都跟着丁保成来投降官军。张福来一面命人妥为安置，一面申报洛阳吴佩孚。吴佩孚大喜，竭力奖励了几句，一面令将匪军给资遣散。正是：

莫言一鼠微，能杀积年匪。
鄂豫诸将帅，闻之应愧死。

欲知后事如何，且看下回分解。

孙美瑶山东积匪也，劫车要挟，其计既狡，其罪尤重，痛剿而杀之，则上不损国威，下不遗民害，岂非计之上哉？乃重以外人之故，屈节求和，不但赦其罪也，又从而官之，赏非其功矣。既已赦之，则不得复杀也。况孙既能尽力剿匪，是谓有功之人，法当益其赏，今乃诬以莫须有，从而杀之，又杀非其罪矣。赏罚之颠倒如此，政治之窳败，可胜言哉？虽然，中华民国之政刑，大抵如此，区区孙美瑶，何足论耶？

第一百五十四回　养交涉遗误佛郎案
巧解释轻回战将心

却说吴佩孚因老洋人已死，豫境内已无反动势力，便专意计划江、浙、四川、广东各方面的发展。正在冥思苦索，忽见张其锽和白坚武连翩而入，手里拿着些文书，放在吴佩孚的写字桌上。吴佩孚看上面的一页写道：

江浙和平公约。

一、两省人民，因江、浙军民长官，同有保境安民之表示，但尚无具体之公约，特仿前清东南互保成案，请双方订约签字，脱离军事漩涡。

二、两省军民长官，对于两省境内保持和平，凡足以引起军事行动之政治运动，双方须避免之。

三、两省辖境，军队换防之事，足以引起人之惊疑者，须防止之。两省以外客军，如有侵入两省或通过事情，由当事之省，负防止之责任，为精神上之互助。

四、两省当局，应将此约通告各领事，对于外侨任保护之责。凡租界内足以引起军事行动之政治问题，及为保境安民之障碍者，均一律避免之。

五、此项草约，经江、浙两省军民长官之同意签字后，由两省绅商宣布之。

吴佩孚道："这是八月二十日订立的江浙和平公约，好记性。过去得很久了，还拿来做什么？"白坚武道："近来浙、皖也订立了和平公约，所以顺便带这个来给大帅参考的。"吴佩孚道："浙皖和约的原文，也在这里么？"二人点头说是。他一面问，一面早已把江浙和平公约拿过一边，发见了浙皖和平公约。吴佩孚看那公约上面写道：

一、皖、浙两省，因时局不靖，谣言纷起，两省军民长官同有保境安民之表示，但尚无具体之公约，仍不足以镇定人心，爰请两省军民长官，俯从民意，仿照江浙和平公约成案，签订公约，保持两省和平。

二、皖、浙两省辖境毗连之处，所属军队，各仍驻原防，保卫地方，免生误会。

三、皖、浙两省长官负责，不令客军侵入，或驻扎两省区域，防止引起纠纷。

四、此项公约，经皖、浙两省军民长官之同意，签字盖印后，由两省绅商，公证宣布，以昭郑重。

吴佩孚看完，点头道："很好。浙江方面，果然能够和平解决，在我的计划上，反比较的有利。"张其锽道："话虽如此，人心难测，到底还要准备才好。"吴佩孚点头，想了一会，忽然说道："别的都不打紧，只有财政上真没办法了。光是关税，又不够用。"语意未完。白坚武道："法国公使命汇理银行扣留盐余这回事情，偏又凑在这时候，要是这笔款子能够放还，倒还可抵得一批正用。"吴佩孚听了这话，忽然回过头来，向张其锽道："这件事情，说起来，却不能不怪颜骏人颜惠庆字。太颟顸了。"颜氏良心不坏，而办事毫无识力，谥之曰颟顸，可谓确当不移。张其锽愕然不解。吴佩孚诧异道："你还不知道这件事的始末原由吗？"不是张其锽不知道，究是作者恐读者不知道耳。张其锽道："法使所以扣留盐余，不是为着要求我国以金佛郎偿还庚子赔款吗？但是这件事和骏人有什么相干？"此乃作者代读者问耳，非张其锽真有此问也。吴佩孚笑道："原来你真没知道金佛郎案的内容么？这件事的起因，远在前年六月，十一年六月二十一日。法使傅乐猷因为本国的佛郎价格低落，公函外部，请此后付给庚款，改用美国金元，并不曾说什么金佛郎。这种请求，本来可以立刻驳回的，不料这位颜老先生，也并不考量，爽爽快快的便转达财部。真是颟顸。华府会议时，王宠惠大发牢骚，顾维钧亦觉棘手，独施肇基抱乐观，与颜如一鼻孔出气，可发一笑。直等到法使自己懊悔抛弃国币而用美国的金元，未免太不留国家颜面，自己撤回，才又转达财部，岂不可笑？”张其锽笑道：“这位老先生真太糊涂了。这种事情，如何考量也不考量，便马马虎虎，会替他转达财部的。难道他得了法使什么好处不成？好在是他，平日还算廉洁，要是不然，我真要疑心他受贿了。”颜但昏聩耳，受贿之事，可必其无。白坚武笑道：“谁都知道，中国的外交家是怕外国人，这种小小的事情，岂有不奉承之理？”设无南方对峙，国民监督，中国四万万人民，恐将被外交家所断送，岂但奉承小事？张其锽道：“但这是金元问题，并不是金佛郎问题，这事情又是怎么变过来的？”吴佩孚道：“说起这话来，却更可气可笑。法使当时撤回的时候，原已预备混赖，所以在撤回的原文上说，对于该问题深加研究之后，以为历来关于该项账目所用之币，实无变易之必要，是以特将关于以金元代金佛郎之提议，即此撤回。这几句话，便轻轻把金元案移到金佛郎案身上去了。我国人旧称外人曰洋鬼子，其殆谓其刁狡如鬼乎？观此事刁狡不讲信义，岂复类人？偏这位颜老先生又是一味马马虎虎的，不即据理驳回，所以酿成了这次交涉，岂非胡闹？”张其锽笑道：“颜骏老是老实人，哪里知道别人在几个字眼儿上算计他的。”吴佩孚、白坚武俱各微微一笑。微微一笑，笑颜之无用，堪当此老实人三字之美号也。张其锽吸着了一支卷烟，呆看吴佩孚翻阅公事，白坚武坐在旁边，如有所思的，静静儿的也不说话。半晌，张其锽喷了口烟，把卷烟头丢在痰盂里道：“让我来算一算，现在中国欠法国的赔款，还有三万九千一百多万佛郎，若是折合规元，只要五千万元就够了，若是换金佛郎，一元只有三佛郎不到，若是折合起来算，啊呀，了不得，还要一亿五千万光景呢。假使承认了，岂不要吃亏一万万元。更有意、比等国，若再援例要求，那可不得了了。”真是不得了了。白坚武笑道：“好在还没承认呢，你着什么忙？”张其锽道：“虽没承认，承认之期，恐怕也不远了。”白坚武笑问：“你怎么知道不远？”是故意问，不是真问。张其锽道：“我前日听说中法银行里的董事买办们，说起几句。老实说，这些董事买办，也就是我们贵国的政治上的大人先生，他们听得法使要等中国承认，方准中法复业，还不上劲进行，好从中捞摸些油水吗？他们可不象我们这么呆，以前教育界里的人，反对得很厉害，现在这些大人先生们，已经和法使商量好了，每年划出一百万金佛郎，作为中、法间教育费。教育界有了实利，恐怕也不来多话了。”白坚武方要回答，吴佩孚突然回头问张其锽道：“你这话可真？”张其锽道：“本来早已秘密办好的，大约是从今年起，关平银一两，折合三佛郎七十生丁，不照纸佛郎的价格算，也不承认金佛郎之名。后来因为吴大头要倒阁，利用金佛郎案子，攻击老高，老高才慌了，教外部驳回的。这不过一时的局面，长久下去，怎有个不承认的？恐怕不出今年，这案子必然解决咧。”吴佩孚把笔向桌上一放，很生气道：“这真是胡闹极了。要是这案子一承认，中央不是又要减少许多收入了吗？照现在的样子，军费还嫌不够，你看他单单注意军费。再经得起这般折耗吗？”白坚武忙走近一步，在吴佩孚耳边，低低说了几句。吴佩孚轻轻哼了一声，便依旧批阅公事，不再说话了。葫芦提得妙。张其锽心疑，怔怔的看着白坚武，白坚武只是向他笑着摇头。张其锽不便再问，只好闷在心头，刚想出去时，吴佩孚忽然又拿起一个电报，交给张其锽道：“你看！齐抚万这人，多么不漂亮，这电报究竟是什么意思？”张其锽慌忙接过观看，白坚武也过来同看，那原电的内容，大略道：

浙卢之联奉反直，为国人所共知，长予优容，终为直害，故燮元主张急加剪除者，为此也。我兄既标尊段之名，复定联卢之计，诚恐段不可尊，卢不得联，终至贻误大局，消灭直系，此燮元所忧心悄悄、不敢暂忘者也。子产云：“栋折榱崩，侨将压焉。”我兄国家之栋，燮元倘有所见，敢不尽言。倘必欲联卢，请先去弟，以贯彻我兄之计。弟在，不但为兄联卢之阻力，且弟亦不忍见直系之终灭也。君必欲灭卢，窃恐卢虽可灭，而直系亦终不能不破耳。

张其锽看完，把电报仍旧放在吴佩孚的桌子上，道：“抚万齐燮元字。也未免太多心了。”白坚武道：“他倒不是多心，恐怕是为着已在口中的食品，被大帅搁上了，咽不下嘴去，有些抱怨哩。”便不被大帅搁住，轻易也不见得就吞得下。吴佩孚道：“这件事，他实在太不谅解我了。同是直派的人，他的实力扩张，就是直系实力的扩张，难道我还去妨碍他！看他只知有直系，不知有国家。至于我，本来抱着武力统一的主张，岂有不想削平东南之理？先说本心要削平。只为东北奉张，西南各省，都未定妥，所以不愿再结怨于浙卢，多树一个敌人。次说不欲即时动武的本心，是主。再则国民因我们频年动武，都疑我黩武，不替人民造福，所以我又立定主张，比奉、粤为烂肉，不可不除，比东南为肌肤，不可不护。这却一半是好听说话。三则上海为全国商务中心，外商云集，万一发生交涉，外交上必受重大损失，所以不能不重加考量。这几句，又是实在原因。抚万不谅我的苦衷，倒反疑心我妒嫉他，岂不可叹？”张其锽道：“现在东南的问题，还不只抚万一人哩。福建方面，馨远也不是跃跃欲动吗？”白坚武道：“假使抚万不动，料他也决不敢动。”料杀孙传芳也。张其锽道：“现在大帅主张怎么办？”吴佩孚道：“你先照我刚才所说的话，复一个电报给他，再派吴毓麟去替我解释一番罢。”张其锽领命草好了一个电报，恰巧吴毓麟匆匆的进来，白坚武见他很有些着紧的样子，便问他什么事？吴毓麟道：“有一样东西，要送给大帅看。”吴佩孚听了这话，忙回头问什么东西？吴毓麟不慌不忙的掏出几张信笺，上面都写满了字，递给吴佩孚。吴佩孚看道：

自辛亥革命，以至于今日，所获得者，仅中华民国之名。国家利益方面，既未能使中国进于国际平等地位，国民利益方面，则政治经济，荦荦诸端，无所进步，而分崩离析之祸，且与日俱深。穷其至此之由，与所以救济之道，诚今日当务之急也。夫革命之目的，在于实行三民主义，而三民主义之实行，必有其方法与步骤。三民主义能影响及于人民，俾人民蒙其幸福与否，端在其实行之方法与步骤如何。文有见于此，故于辛亥革命以前，一方面提倡三民主义，一方面规定实行主义之方法与步骤，分革命建设为军政、训政、宪政三时期，期于循序渐进以完成革命之工作。辛亥革命以前，每起一次革命，即以主义与建设程序，宣布于天下，以期同志暨国民之相与了解。辛亥之役，数月以内，即推倒四千余年之君主专制政体，暨二百六十余年之满洲征服阶级。其破坏之力，不可谓不巨。然至于今日，三民主义之实行，犹茫乎未有端绪者，则以破坏之后，初未尝依预定之程序以为建设也。盖不经军政时期，则反革命之势力，无由扫荡，而革命之主义，亦无由宣传于群众，以得其同情与信仰。不经训政时期，则大多数之人民，久经束缚，虽骤被解放，初不瞭知其活动之方式，非墨守其放弃责任之故习，即为人利用，陷于反革命而不自知。前者之大病，在革命之破坏，不能了彻，后者之大病，在革命之建设，不能进行。辛亥之役，汲汲于制定《临时约法》，以为可以奠民国之基础，而不知乃适得其反。论者见《临时约法》施行之后，不能有益于民国，甚至并《临时约法》之本身效力，亦已消失无余，则纷纷然议《临时约法》之未善，且斤斤然从事于宪法之制定，以为借可救《临时约法》之穷。曾不知症结所在，非由于《临时约法》之未善，乃由于未经军政、训政两时期而即入于宪政。试观元年《临时约法》颁布以后，反革命之势力，不唯不因以消灭，反得凭借之以肆其恶，终且取《临时约法》而毁之。而大多数人民，对于《临时约法》，初未曾计及其于本身利害何若。闻有毁法者，不加怒，闻有护法者，亦不加喜，可知未经军政、训政两时期，《临时约法》决不能发生效力。夫元年以后，所恃以维持民国者唯有《临时约法》，而《临时约法》之无效如此，则纲纪荡然，祸乱相寻，又何足怪？本政府有鉴于此，以为今后之革命，当赓续辛亥未完之绪，而力矫其失，而今后之革命，不但当用力于破坏，尤当用力于建设，且当规定其不可逾越之程序。爰本此意，制定国民政府建国大纲二十五条，以为今后革命之典型。建国大纲第一条至第四条，宣布革命之主义及其内容。第五条以下，则为实行之方法与步骤。其在第六、七两条标明军政时期之宗旨，务扫除反革命之势力，宣传革命之主义。其在第八至第十八条，标明训政时期之宗旨，务指导人民从事于革命建设进行。先以县为自治之单位，于一县之内，努力于除旧布新，以深植人民权力之基本，然后扩而充之，以及于省，如是则可谓自治，始为真正之人民自治，异于伪托自治之名，以行其割据之实者。而地方自治已成，则国家组织，始臻完密，人民亦可本其地方上之政治训练，以与闻国政矣。其在第十九条以下，则由训政递嬗于宪政所必备之条件与程序。综括言之，则建国大纲者，以扫除障碍为开始，以完成建设为归依。所谓本末先后，秩然不紊者也。夫革命为非常之破坏，故不可无非常之建设以继之。积十三年痛苦之经验，当知所谓人民权利，与人民幸福，当务其实，不当徒袭其名。倘能依建国大纲以行，则军政时代，已能肃清反侧，训政时代，已能扶植民治，虽无宪政之名，而人民所得权利与幸福，已非借宪法而行专政者，所可同日而语。且由此以至宪政时期，所历者皆为坦途，无颠蹶之虑。为民国计，为国民计，莫善于此。本政府郑重宣布，今后革命势力所及之地，凡秉承本政府之号令者，即当以实行建国大纲为唯一之职任。兹将建国大纲二十五条并列如左：

一、国民政府本革命之三民主义，五权宪法，以建设中华民国。

二、建设之首要在民生，故对于全国人民之食、衣、住、行四大需要，政府当与人民协力，共谋农业之发展以足民食，共谋织造之发展以裕民衣，建筑大计划之各式屋舍以乐民居，修治道路运河，以利民行。

三、其次为民权，故对于人民之政治知识能力，政府当训导之，以行使其选举权，行使其罢官权，行使其创制权，行使其复决权。

四、其三为民族，故对于国内之弱小民族，政府当扶植之，使之能自决、自治。对于国外之侵略强权，政府当抵御之。并同时修改各国条约，以恢复我国际平等，国家独立。

五、建设之程序，分为三期：一曰军政时期，二曰训政时期，三曰宪政时期。

六、在军政时期，一切制度悉隶于军政之下，政府一面用兵力以扫除国内之障碍，一面宣传主义以开化全国之人心，而促进国家之统一。

七、凡一省完全底定之日，则为训政开始之时，而军政停止之日。

八、在训政时期，政府当派曾经训练考试合格之员，到各县协助人民筹备自治。其程度以全县人口调查清楚，全县土地测量完竣，全县警卫办理妥善，四境纵横之道路修筑成功，而其人民曾受四权使用之训练，而完毕其国民之义务，誓行革命之主义者，得选举县官，以执行一县之政事，得选举议员，以议立一县之法律，始成为一完全自治之县。

九、一完全自治之县，其国民有直接选举官员之权，有直接罢免官员之权，有直接创制法律之权，有直接复决法律之权。

十、每县开创自治之时，必须先规定全县私有土地之价，其法由地主自报之。地方政府则照价征税，并可随时照价收买。自此次报价之后，若土地因政治之改良，社会之进步，而增价者，则其利益当为全县人民所共享，而原主不得而私之。

十一、土地之岁收，地价之增益，公地之生产，山林川泽之息，矿产水力之利，皆为地方政府之所有，而用以经营地方人民之事业，及育幼、养老、济贫、救灾、医病，与夫种种公共之需。

十二、各县之天然富源，与极大规模之工商事业，本县之资力，不能发展与兴办，而须外资乃能经营者，当由中央政府为之协助。而所获之纯利，中央与地方政府，各占其半。

十三、各县对于中央政府之负担，当以每县之岁收百分之几为中央岁费，每年由国民代表定之。其限度不得少于百分之十，不得加于百分之五十。

十四、每县地方自治政府成立之后，得选国民代表一员，以组织代表会，参预中央政事。

十五、凡候选及任命官员，无论中央与地方，皆须经中央考试、铨定资格者乃可。

十六、凡一省全数之县，皆达完全自治者，则为宪政开始时期。国民代表会得选举省长，为本省自治之监督。至于该省内之国家行政，则省长受中央之指挥。

十七、在此时期，中央与省之权限，采均权制度。凡事务有全国一致之性质者，划归中央，有因地制宜之性质者，划归地方，不偏于中央集权，或地方分权。

十八、县为自治之单位，省立于中央与县之间，以收联络之效。

十九、在宪政开始时期，中央政府当完全设立五院，以试行五权之法。其序列如下：曰行政院，曰立法院，曰司法院，曰考试院，曰监察院。

二十、行政院暂设如下各部：一内政部，二外交部，三军政部，四财政部，五农矿部，六工商部，七教育部，八交通部。

二十一、宪法未颁布以前，各院长皆归总统任免而督率之。

二十二、宪法草案，当本于建国大纲，及训政宪政两时期之成绩，由立法院议订，随时宣传于民众，以备到时采择施行。

二十三、全国有过半数省份达至宪政开始时期，即全省之地方自治完全成立时期，则开国民大会决定宪法而颁布之。

二十四、宪法颁布之后，中央统治权则归于国民大会行使之。即国民大会对于中央政府官员，有选举权，有罢免权；对于中央法律，有创制权，有复决权。

二十五、宪法颁布之日，即为宪政告成之时，而全国国民则依宪法行全国大选举，国民政府则于选举完毕之后三个月解职，而授政于民选之政府，是为建国之大功告成。

吴佩孚看完道："这东西，你从哪里得来的？"吴毓麟道："我有个香港朋友，用电报拍给我的，我怕大帅还不曾知道，因此急急的抄了，送给大帅看。"吴佩孚道："前此也听善堂约略说过，点前回马济。但那时还不过一句空话，现在可已经实行了吗？"吴毓麟道："这个原电，并不曾说清楚，我也不敢悬揣，以我的猜度，只怕还在进行中罢。"如此关连上文，天衣无缝。吴佩孚道："这却不去管他，我现在要派你到南京去一趟，你愿意吗？"吴毓麟笑道："大帅肯派我做事，就是看得起我，哪有不去的道理？只不知有什么事要做？"吴佩孚便将齐燮元的来电，给他看了一遍，一面又将自己的意思，说给他听。吴毓麟笑道："他现想做副总统哩。论理，这地位谁敢和大帅争夺，论功劳名誉，谁赶得上大帅。二则全国的人心，也只属望大帅一人，他也要和大帅争夺，岂不是笑话？"马屁拍得十足，而言词十分平淡，不由秀才不入彀中。吴佩孚忍不住也一笑，果然入了彀中。说道："我也不想做什么副总统。他要做，自己做去就得了，我和他争些什么。前几日，有人竭力向我游说，想是几个议员。说怎样怎样崇拜我，此次非选举我为副座不可，我当时就回答他们说：你们要选举副座，是你们的职权，可见确是几个议员。很可以依法做去，不必来征求我什么同意。敷衍话。至于我自己，资格本领，都够不上，也不想做。绝其献媚之路，敷衍之意甚显。老实说一句，现够得上当选资格的，也只有卢永祥一人。明是推崇一卢永祥，暗地里是骂尽齐燮元一批人。但是该选举哪个，也是国会的专有权，我也不愿多话。总而言之，我在原则上总推重国会，国会倘然要选举副座，我决不反对就是咧。"全是敷衍之语。吴毓麟拍手笑道："怪道他们在北京都兴高采烈的，说大帅推重国会呢，原来还有这么一回事咧。大帅虽然推崇卢子嘉，但以我的目光看来，子嘉资格虽老，倘以有功于国为标准，却和大帅不可同日语。平心而论，没有卢永祥，在国家并没什么影响，没有大帅，只怕好好一个中国，便有大帅，在中国也不见得好好。要乱得土匪窝似的，早经外人灭亡了呢。这帽子比灰篓更高了。大帅有了这样的功劳地位，反存退让之心，可见度量的宏大，便一千个子嘉，卢永祥字。一万个抚万，也赶不上了。”肉麻之至。吴佩孚笑道：“太过誉了，不敢当，不敢当。”其辞若伪谦，而实深喜之也。吴毓麟道：“但是照我的愚见，大帅不可过谦，失了全国人民属望之心。”吴佩孚笑而不答，笑而不答者，笑吴毓麟之不识风头也。到弄得吴毓麟怀疑不解，因又改口道：“万一大帅定要让给子嘉，我此次到南京去，就劝抚万休了这条心，免得将来又多增一件纠纷咧。”却也试探的不着痕迹。吴佩孚微笑道：“你就再许给他又打甚紧，谁该做副总统，谁不该做副总统，难道我们一两个人，自己可以支配的吗？”此情理中话也，出之以微笑，则尚有深意存焉。说着，又回顾张其锽、白坚武道：“你看！这话对吗？”白坚武、张其锽正听得出神，忽见吴佩孚问他，忙笑回道：“大帅的话，怎的有差？如果一两个人可以支配，还配称做民主国家吗？”此时也不见得可称为民主国家。虽不直接支配，也逃不了间接支配。吴毓麟听了这话，不知理会处，只得也笑了一笑，忙道：“既如此说，我怎么可以答应他呢？”吴佩孚笑道：“你答应了他，岂不容易讲话吗？”众人听了，都笑起来。当下吴佩孚又教了他许多说话，吴毓麟一一领命。

次日便带了吴佩孚亲笔手书，到南京来见齐燮元。那时齐燮元正因吴佩孚阻碍他并吞浙江，十分怨恨，一见吴毓麟，便大发牢骚。吴毓麟再三解释，齐燮元的怒气稍解，才问吴帅有什么话？吴毓麟先拿出吴佩孚的信来，齐燮元看那信道：

> 复电计达。浙卢非不可讨，但以东南为财赋之区，又为外商辐辏之地，万一发生战争，必致影响外交，务希我兄相忍为国，俟有机可图，讨之未晚。其余一切下情，俱请代表转达。

齐燮元看完，冷笑道：“子玉这话，说得太好听了，委实叫我难信。”好话不信，想以为当今军阀中无此好人耳。吴毓麟道：“这是实情，并非虚话，抚帅切弗误会！”齐燮元道：“如何是实情？”吴毓麟道：“若在从前时候，外交上的事件，自有中央负责，不但玉帅可以不管，就是抚帅也无费心之必要。

政府里外交办得好，不必说，假如我们认为不满意时，还可攻击责备。现在可大不同了，首当其冲的大总统，就是我们的老师，老师的地位动摇，我们全部的势力，随之牵动。在这时候，不但我们自己，不要招些国际交涉，就是别人要制造这种交涉，抚帅、玉帅，也还要禁止他呢。果然不错，果然动听，我们怕曹锟发生国际交涉耳，岂怕中国政府发生国际交涉哉？我临动身的时候，玉帅再三和我说，抚帅是个绝顶聪明的人物，这种地方，并非见不到，只因和浙江太贴紧，眼看着浙江反对我们的现象，深恐遗害将来，所以想忍痛一击，不比我们离北京近，离浙江远，只知道外交上困难的情形，不知道浙江跋扈形状，到底怎样，还得让抚帅斟酌，抚帅自能见得到的。”此一段言语，真乃妙绝，虽随何复生，陆贾再世，不能过也，宜乎抚万之怒气全释矣。说着，又走近几步，悄悄的笑道：“还有一件事，也要和抚帅商量的，就是现在的副座问题，我在洛阳时，曾用话试探玉帅，看玉帅的意思，虽然也有些活动，妙妙。如言其毫无此意，齐氏反不肯信矣。但如抚帅也要进行，他不但决不竞争，而且情愿替抚帅拉拢。抚帅雄才大略，物望攸归，此事既有可图，自应从速努力。如抚帅有命，定当晋京效劳。”又妙。不但替吴氏解释也，而且替自己浇上麻油矣。齐燮元此时颜色本已十分和平，听他这样说，便道：“这个，我如何可以越过玉帅前面去的，还是请玉帅进行罢。”尚不深信也。吴毓麟笑道：“有好多人都这样劝他呢。可是他却志不在此，一句也不肯听。我看他既有此盛意，抚帅倒不要推却，使他过意不去。再则别人不知抚帅谦让真心，倒说有心和他生分了。”又妙又妙，使他深信不疑，不致再推托。齐燮元笑道：一笑字，已解释许多误会。“这样说，我倒不好再说了。吾兄回洛时，请代为致意玉帅，彼此知己，决不因小事生分。浙江的事情，也全听他主持，只要他有命令，我决没有第二句话。”大功告成了。吴毓麟笑道：“玉帅不过贡献些意见罢了。一切事情，当然还要抚帅主持。”齐燮元大笑。吴毓麟回洛以后，齐燮元便把攻浙的念头，完全打消了。正是：

副选欲酬贪鄙志，称雄暂按虎狼心。

未知后事如何，且看下回分解。

齐燮元坐镇南京，不必如洛吴之驰驱于戎马之中，而其地位日隆，乃与洛吴相埒，为直系三大势力之一（吴佩孚、冯玉祥、齐燮元），亦可谓天之骄子矣。乃又欲鲸吞浙江，以扩展其武力，又欲当选副座，以增高其地位，野心之大，可为盛矣。洛吴既察知其隐而故作联卢之计，以妨碍其进行，齐既愤激而欲出于辞职，吴又饵之以副座，始得保江、浙之和平。齐之贪鄙粗陋，令人失笑，然吴氏所为，亦非根本办法，故不久而江浙之战，仍不能免。世亦安有交不以诚，而能持之久远也哉？

第一百五十五回　识巧计刘湘告大捷 设阴谋孙督出奇兵

却说吴毓麟回到洛阳，把南京的情形，向吴佩孚说了一遍。吴佩孚大加奖励。吴毓麟见左右无人，悄悄的问道："听说民国八年运到中国的那批军火，已经给人以四百八十万的代价买去，大帅可曾知道？"又突然发生惊人之事。吴佩孚佯作惊讶之状道："你听哪个说的，我不信。故意把问句颠倒，装得真相。那批军火，不是有公使团监视着吗？急切如何出卖？"装得象。吴毓麟道："大帅果然不曾知道吗？"吴佩孚道："知道……我还问你？"吴毓麟低头想了想，笑道："既然大帅不知道，我也不用说了。"意中固已深知此事，为吴氏所为矣。吴佩孚道："你不必说这消息从哪里来，却说对于这件事的意见如何？"问得妙。吴毓麟道："以我的愚见，倘然此项军火为大帅所得，则大可以为统一国家的一助，倘然被别人买去，则未免增长乱源咧。"回答得更妙。吴佩孚大笑，在他背上拍了两下道："可儿，可儿，你知道这批军火是哪个买的？"吴毓麟熟视道："远在千里，近在目前，想来眼前已在洛阳军队中了。"吴佩孚又大笑，因低声说道："果如我兄所料，这批军火，确是我所买进，正预备拿一部分去接济杨森呢。"瞒不住，只得实说，其实此时已无人不知，正不必瞒也。吴毓麟道："杨子惠杨森字。屡次败溃，接济他又有何益？"吴佩孚笑而不答。吴毓麟也不往下再说，因又转变辞锋道："听说孙馨远把兵力集中延平，不知道是袭浙，还是图赣？"吴佩孚道："浙江并无动静，江西督理蔡成勋，已经来过两次电报，请中央制止他窥赣，但我料馨远虽然机诈，似乎尚不致做如此没心肝的事情，想来必然还有别的用意。”知孙氏者其子玉乎？彼此又说了几句闲话，吴毓麟辞去。

吴佩孚命人去请张其锽和杨森的代表，张其锽先到，吴佩孚便告诉他接济杨森军械的事情。张其锽想了想，并不说什么话。吴佩孚道：“你怎么不表示意见？”张其锽笑道：“这也不必再说了，不接济他，等熊克武冲出了四川，仍要用大军去抵御。接济他，立刻便有损失。但是归根说起来，损失总不能免，与其等川军来攻湘北而损失，倒不如现在仅损失些军械，而仍为我用的好得多了。此即战国策均之谓也，吾宁失三城而悔，毋危咸阳而悔之意。吴佩孚听了这话，也不禁为之粲然。正在说话，杨森的代表已来，吴佩孚便当面允他接济军械，叫他们赶紧反攻的话。杨森的代表一一领诺，当日便电知杨森。杨森欢喜，复电称谢，电末请即将军械运川，以备反攻。吴佩孚命海军派舰运了来福枪三千枝，子弹百万发，野炮十尊，补助杨森。杨森得了这批军火，一面整顿部队，一面又分出一部分子弹，去接济刘湘、袁祖铭等，连合反攻。

这时杨森新得军火，枪械既精，兵势自盛，熊军久战之后，力气两竭，不能抵御，竟一战而败。胡若愚见熊克武战败，不愿把自家的兵，去代别人牺牲，也不战而退。刘湘、杨森、袁祖铭等入了重庆，开会讨论，刘湘道：“敌军中赖心辉、刘成勋等，勇悍难敌，好在他们并非熊克武的嫡系，所以服从他的命令者，不过逼于环境罢咧。我们现在最好一方追击熊军，一方通电主张和平解决川局，仅认熊克武、但懋辛的第一军为仇敌，对于熊军的友军，如刘成勋、赖心辉各部，都表示可以和平解决。刘、赖见熊克武要败，恐怕自己的势力跟着消灭，当在栗栗危惧之中，见我方肯与合作，必不肯再替熊氏出力，那时熊氏以一军当我们三四军之众，便有天大的本领，也不怕他不一败涂地咧。”杨森、袁祖铭均各称善，一面追击熊克武，一面通电主张和平解决。如此且战且和的战略，亦系从来所未有之战局。

其时刘存厚在北部也大为活动，熊克武左支右绌，屡次战败，心中焦灼，急急召集刘成勋、赖心辉、但懋辛等在南驿开军事会议，商量挽救战局的危机。熊克武先把最近的局势报告了一番，再征求他们的战守意见。但懋辛先起立发言道：“现在的局势我们已四面受敌，守是万万守不住了，不如拼命反攻，决一死战，幸而战胜，还可戡定全川。假使死守，则四面援兵已绝，日子一久，必致坐困待毙咧。”但懋辛此时亦十分着急。熊克武听了这话，点头道：“此言深得我心。”因又熟视刘、赖两人道：“兄弟意见如何？”两人不肯说话，其心已变。刘、赖两人面面相觑，半晌，赖心辉方起立道：刘成勋不说，而赖心辉说，此赖之所终能一战也。“现在局势危急，必须战守并进，方才妥贴，倘使全力作战，得胜固佳，万一相持日久，敌人绝我后路，岂不危险？”熊克武道：“兄的意思，该守哪里？”赖心辉道：“成都为我们根据地方，要守，非守成都不可。”自为之计则得矣，其如大局何？熊克武道：“派哪个负责坚守？”刘成勋、赖心辉齐声答应，情愿负责。不愿参加前敌，果中刘湘之计。熊克武道：“哪个担任前敌？”一面说，一面注视刘、赖。刘、赖低头默然，半晌不说。但懋辛奋然而起道：“前敌的事情交给我罢。”不得不担任，亦地位使然。熊克武嗟叹点头道：“很好，我自已也帮着你。”无聊语，亦冷落可怜。

散会后，刘、赖辞去。熊克武谓但懋辛道：“他们两人变了心了，我们不先设法破敌，打一个大胜仗，决不能挽回他们两人的心肠咧。”洞达世故之言。但懋辛默然太息，一言不发。颓丧如画。熊克武怕他灰心，忙又安慰他道：“你也不用太着急了。胜败兵家之常，我兵稍挫，尚有可为，眼前兵力，至少还有一万多人，更兼刘、赖、胡若愚。等，虽然不肯作战，有他们摆个空架子，敌军究竟也不能不分兵防守。可和我们对敌的，也不过一两万人，我们正可用计胜他。”熊君到底不弱。但懋辛忙道：“你已想出了好计策吗？请问怎样破敌？”心急之至。熊克武笑道：“你别忙！妙计在此。”说着，悄悄对他说道：“如此如此，好么？”但懋辛大喜道：“好计好计。刘湘便能用兵，也不怕他不着我们的道儿。”当下传令调集各路军队，一齐撤退，扬言放弃各地，死守成都，集中兵力，缩短战线，以备反攻。

这消息传入刘湘那边，急忙召集袁祖铭、杨森、邓锡侯等人商议。杨森笑道：“熊克武素称善能用兵，这种战略，真比儿戏还不如了。”刘湘笑道：“子惠兄何以见得？”笑得妙，笑其不能知熊克武也。杨森道：“现在的战局，是敌人在我军围攻之中，倘能扩大战线，还可支持，倘然局处一隅，岂非束手待擒？”别人早比你先知道了。刘湘又笑道：“那么，据子惠兄的意思，该当如何应付？”索性故意再问一句，妙甚。杨森道：“据兄弟的意见，可急派大队尾追，围攻成都，不出半月，定可攻下，全省战局可定了。”刘湘笑对袁、邓诸人道：“各位的意见如何？”还不说破，妙甚。袁祖铭道：“熊氏素善战守，这次退守成都，恐怕还有别的计较，以弟所见，宁可把细些，不要冒昧前进，反而中了他的狡计。”也只知道一半。刘湘又看着邓锡侯，想启口问时，邓锡侯早已起立说道：“老熊不是好相识，宁可仔细些好。”刘湘大笑道：“以我之见，还是即刻进兵为上策。”奇极奇极。袁祖铭惊讶道：“兄怎么也这样说？”我也为之吃惊。杨森道：“果然如你们这般胆小，省局何时可定，不但示人不武，而且何面见玉帅呢？”老杨可谓知恩报恩。袁祖铭怒道：“怎么说我胆小？你既然胆大，就去试试看罢。”杨森也怒道：“你料我不敢去吗？看我攻破成都，生擒熊克武给你看。”慢些说大话。刘湘见他们动气，连忙解劝道：“好好！算了罢。说说笑话，怎么就动了气？老实说一句罢，料事是袁君不错，战略还得要依子惠。”邓锡侯道：“这是何说？”刘湘笑道：“这是显而易见的。熊克武素称知兵，如何肯出此下策？我料他号称退守成都，暗地必然是把大军集中潼川，等我们去攻成都，却绕我们背后，袭我后路，使我们首尾不能呼应，必然大败，他却好乘势袭占重庆。熊克武之计，在刘湘口中说出。我们现在表面上只装做不知，径向成都进攻，到了半路，却分出大队，去袭潼川，敌军不提防我去袭，必然一鼓可破，这便叫做将计就计，诸公以为何如？”袁祖铭、杨森等都大服。议定之后，袁祖铭和杨森各带本部军队，向成都进攻，暗地却派邓锡侯替出他们两人，星夜袭攻潼川。

熊克武在潼川听说杨、袁领兵攻打成都，暗暗得计，正待打点出兵，去袭他后路，不料半夜中间，忽然侦探飞报，杨森、袁祖铭领着大队来攻，不觉大惊，急忙下紧急集合令，出城迎敌，走不上三五里路，前锋已经接触。熊军一则不曾防备，军心慌乱，二则屡败之余，军心不固，战到天明，杨、袁大队用全力压迫，熊军抵挡不住，大败而走。杨、袁乘势追击，熊军慌不择路，抛枪弃械，四散奔逃。熊克武急急逃回成都，和刘、赖商议抵敌之策，正待集合反攻，忽然东北面枪炮声大作，杨、袁大军已经追到。熊克武急令赖心辉出城迎战，赖心辉虽则不甚愿意，又不好意思不往，军心如此，焉得不败？怏怏的领兵出城，只战了两三个钟头，便抵御不住，败进城来。刘成勋便建议放弃成都，熊克武知道大势已去，长叹一声，传令各军一齐退出成都。但懋辛在路上向熊克武建议道：“刘湘和杨、袁等，都在前方，东南后路空虚，我军不如径袭重庆，以为根据之地。敌军倘然大队回救，我军以逸待劳，可操胜算。”熊克武寻思除此以外，已无别计，便率领各军，径向重庆前进。

刚到中途，忽然前面一彪军队拦住，原来是邓锡侯奉了刘湘的命令，在此堵截。熊克武大怒，传令猛扑。两军开火激战了半日，邓军先占好了地势，熊军进攻不易，更兼远来辛苦，不能久战，邓军乘势冲击，又复大败而退，到了中途扎驻，熊克武请刘、赖、但、石、陈诸人到自己营中，向众作别道："克武本图为国家宣劳，为人民立功，平定全川，响应中山，不料事与愿违，累遭败北，此皆我不能将兵之罪，决不能说是诸位不善作战之罪。现在大势已去，决难挽回，与其死战以困川民，不如暂时降顺以待时机。克武一息尚存，不忘国家，总有卷土重来之日。现在请把各军军权，交还诸位，望诸位善自图之！"其词不亢不随，颇见身分。众人听了这话，都觉十分感慨，竭力安慰。熊克武笑而不言。众人散后，次日早晨，正待出发，熊克武早已率所部军队退入黔边去了。盖熊氏此时，早已料定刘、赖不能一致行动矣。

刘成勋道："锦帆熊克武字。已经单独行动，我们此后应当如何？"赖心辉道："此时除了依锦帆的话，暂时降顺，也无第二个方法了。"但懋辛默然无语。良久，方握着赖心辉的手道："我们也分别了吧。"奇绝。赖心辉惊讶道："这是什么缘故？"但懋辛道："兄等都可与敌军讲和，唯有我决不能和敌人合作，而且有我在此，和议决不成功，反害了诸公的大事，我也只有追踪熊公，率军入黔，以图再举的一策，其余更无别议了。"刘、赖再三挽留，但懋辛都不肯听，第二天便也率部退走，追会熊克武的军队去了。

刘成勋和赖心辉只得派人与刘湘去议和，刘湘大喜，当即允准，一面和袁祖铭等连名电致洛阳，报告战事经过情形。吴佩孚见川战已定，四川全省已入掌握，十分高兴，论功行赏，拟定刘存厚为四川督理，刘存厚有何功劳？不过以其资格较老，与自己又接近耳。田颂尧为帮办，邓锡侯为省长，刘湘为川藏边防督防，袁祖铭为川滇边防督防，杨森为川东护军使，写好名单，送到北京内阁。内阁见是吴帅拟定的，自然没有话说，当时便在阁议席下通过。不料杨森自谓功不可当，早以省长自居，纷纷调换全省行政人员，一面发电报告情形。曹锟恐怕此令一下，又要发生纠纷，便把命令搁了下来，不曾发表。吴佩孚苦心经营，牺牲多少军械军粮，杀害多少无辜人民，所得的一点战功，还是一个了而不了的局面，这却按下不提。

却说川中用兵之日，正闽、赣交哄之时，上回书中曾说孙传芳顿兵延平，蔡成勋连电告急，因作者只有一支笔，难写双方事，所以搁到如今，现在就趁着四川战事结果，抽出一点空闲来，向读者报告一番。原来孙传芳素以机变著名，自从得了福建地盘以后，积极训练军队，补充军实，一年以来，势力日见强大，数日以前，把军队集中延平，一时布满了疑云。也有说他谋浙的，也有说他侵赣的，累得浙江调兵遣将，忙乱非常。蔡成勋发电求救，神魂无主；就是福建的人民，也不知他葫芦内卖什么药。那王永泉也是个阴谋专家，见了他这种举动，十分猜疑，他的兄弟王永彝也再四嘱咐王永泉小心。这天王永泉正在公馆中和一班姨太们调笑取乐，忽然孙传芳微服来访，王永泉不知何故，吃了一惊，急忙整一整衣服，出去迎将进来，同到会客室里坐下。孙传芳笑问在公馆中乐否？王永泉笑道："彼此心照不宣。"孙传芳也大笑，因把座位移近一步，低声说道："弟已决定本月二十七日十三年二月。出发，福建的事情，此后全仗老兄一人维持了。唯军饷一项，务请老兄竭力帮忙百万之数，并在弟出发以前，筹集四五十万，使弟可以支应开拔费用。彼此都是为国家办事，亏他有脸皮说得出。务请竭力，不要推却。"王永泉道："兄可把所有各部军队，全都带了去吗？"问得恶，亦把细。孙传芳道："这时还不能定。大概李生春、卢香亭两旅，可以暂留，助兄镇守省城，其余各部，非全都开拔不可，否则恐怕不够调遣。"说得不着痕迹。王永泉欣然答应。孙传芳大喜，又再三拜托，方才辞去。

王永彝听得这事，便问王永泉道："不知道他抱着什么意思，怎么肯轻易放弃福州？"王永泉笑道："福建事权不一，他外被群雄所困，内又见扼于我，伸展不得自由，所以想往外发展咧。"人言王永泉多阴谋善机变，然而到底不能识透孙传芳之机变，则亦虚有其名而已。次日，王永泉令财政厅尽量搜罗，凑集了四十万现款，解给孙传芳。到了二十六日，王永泉亲到孙传芳那里接洽移交各事。尚在梦中。读者将以为王氏必在此时，发生危险，不知在事实上决无此理也。盖果然可以如此解决，则两人相处甚久，何遂无类此之机会哉？孙传芳择最紧要的事情，都接洽了，渐渐谈到攻浙的事件。王永泉道："听说仙霞岭一带，卢永祥只派夏兆麟一旅人防守，兵力很单，只是仙霞岭地势险要，进攻不易，我兄还须谨慎才好。"不催其出发，反劝其谨慎，恶极。孙传芳微笑道："我也不一定图浙，如有机会，攻赣岂不也是一样？"王永泉道："蔡成勋虽然没用，然而军力尚厚，我兄所带的，虽然都是精锐，但以人数而论，恐还不足以操胜算。”更恶更恶。其意盖在怂恿其将李、卢两旅一同带去。孙传芳听了这话，踌躇了一会，装得很象。方才说道：“我兄所说的话，十分有理，但是另外又没有兵可添，奈何？”妙妙。看他撇开李、卢，毫不在意。王永泉也踌躇不答。王永泉倒是真的踌躇。孙传芳忽然笑道：“方法有一个在这里了。贵部李团，素称骁勇，现在城外，何不借给兄弟，助我一臂之力？”王永泉慨然答应。不由他不答应。

第二天。孙传芳发出布告和训令，大概说：“自己赴延平校阅军队，所有督理军务善后事宜，都由帮办王永泉代理”云云。一面整队出发。王永泉亲自出城送行，并命李团随往。孙传芳挽着王永泉的手，再三恳其源源接济。装得极象。王永泉满口允诺，送了几十里路，方才珍重而别。路上王永彝又问王永泉道：“哥哥如何教李团随往？他是哥哥部下的精锐，如何替别人去效力？”王永泉笑道：“你哪里知道我的意思？馨远素多机变，他的说话，至少也要打个三折，如何可以尽信？我要派人去侦探，又嫌不便，现在他借我的李团同行，我正可教李团在前方监视，乐得做个顺风人情。”人谓王永泉多机变，果然名不虚传。王永彝道：“你可和他说过。”王永泉笑道：“孩子话，岂有不嘱咐他之理？”说着话，回到福州，便到督理公署里去办公。

光阴易过，忽忽已是一个星期，这天正是三月四日，王永泉忽然接到孙传芳一个电报，请饬李、卢两旅，开赴延平。王永彝又不解是何用意，王永泉笑道：“这是馨远听得浙、赣增兵边境，恐怕兵力不够调遣，所以又调李、卢到前敌去咧。”因令人去请李生春和卢香亭，李、卢应召而来，王永泉便把那电报给他们看，李、卢齐声道：“我们也刚接到馨帅叫我仂开拔的电报，正想来禀督理。居然称之曰督理，使他不疑，妙甚。明天早晨，便好开拔，只是开拔费用，还请督理转饬财政厅，立刻筹拨才好。”又索开拔费，使其不疑，妙甚。王永泉应允，立刻便打电话知照财政厅，筹拨四万。两人欣然道谢而去。次晨，李、卢领了开拔费，各自率领全旅军队，出城而去。王永泉笑对王永彝道：“现在我眼前可清净了。”慢着，大不清净的要来了。当下便电泉州所部旅长杨化昭，速带所部开拔入省，守卫省城，以防意外。也可谓把细之极，其如孙氏机变更甚何？又隔了一日，是三月六日。忽然接到了周荫人的万急电报，不知是什么事，正在惊讶，立刻命人译了出来，谁知是宣布他的罪状，并限他在三小时内退出福州的哀的美敦书，不觉大怒，立刻命秘书复电痛骂。这谓之斗电报。一面传知洪山桥兵工厂中的驻军，加紧戒备，另外又赶调就近驻军，急来救应。讲到洪山桥的驻军，本来也有一旅多人，自从被孙传芳借去一团，便只剩了一团多人，兵力十分单薄，可见孙传芳计划之周到。此时得了王永泉的命令，十分惊疑，正在布置，忽然报称卢香亭、李生春以后队作前队，来攻兵工厂了。王军慌忙出动抵御，卢、李两旅，早已扑到营前，王军军心大乱，不敢恋战，俱各抛枪弃械，四散奔逃，兵工厂当时便为卢香亭军所占。王永泉的救军还未到，卢、李两军，又攻进城来。仓卒之间，调遣不灵，所部尽被缴械。王永泉和兄弟王永彝带领残部急忙逃出福州，向泉州路上奔逃。正走之间，忽然又一彪军马到了。王永泉大惊探询，却是自己所部，得了命令，特来救应。王永泉大喜，合兵而行。到了峡兜，捕了许多船只，正在渡江之际，忽然两只大军舰，自下流疾驶而来，浪高丈许，把所有的船只，尽皆打翻，兵士纷纷落水。王永泉大惊，急急逃过江时，所部三千多人，已大半落水，不曾落水的，也都被海军缴械。原来卢香亭攻进福州时，便即关照海军，请即派舰到峡兜堵截，所以王永泉又吃了这个大亏。他俩在峡兜逃出性命，只得百余残卒，也都衣械不全，急急向泉州奔逃。刚刚过了仙游，忽然前面尘头大起，又是一大队兵士到了。王永泉不知道是何处军队，不觉又是大惊。正是：

福无双至非虚语，祸不单行果又来。

未知王永泉性命如何，且看下回分解。

王永泉以机诈起家，雄踞福建者数年，督其地者，莫敢撄其锋，终亦败于孙传芳之机诈，天道好还，不其信哉！当王之讨李厚基也，与臧致平、许崇智合谋，团结甚坚，迨许去闽归粤，则又一变而降孙传芳，及孙传芳谋之，则又以攻臧者，再变而为附臧，饥附饱扬，其反复固不殊温侯。然一蹶不可复振，心劳不免日拙，于国既多贻害，于己又宁有得哉？

第一百五十六回　失厦门臧杨败北
进仙霞万姓哀鸣

却说王永泉、王永彝正在奔逃之间，忽然前面又有一军拦住去路，这路军队不是别人，正是部下的旅长杨化昭，率领本部全军，前来救应。王永泉大喜，当即传令扎下，防堵北来追兵，自己和王永彝、杨化昭回到泉州，召集各旅旅长开紧急军事会议，讨论反攻计划。杨化昭竭力主张联络臧致平，再图反攻。王永泉想来别无他法，只得如此决定了，想已忘却围攻厦门时矣。即日派代表去和臧致平接洽。那臧致平自从去年被围，洪兆麟等回粤以后，一面用金钱联络海军，使其不愿再动，一面运动各属民军，围攻泉州，王永泉不得不把围厦的军队调回救援，因此厦门得以解围，如今竭力补充整顿，兵力已大有可观，屡想攻克漳州，回复去年的旧观。无奈这时民军中最有势力的张毅，受了孙传芳联络，已由北京任为第一师长，兼厦门镇守使，无日不想窥取厦门。王献臣本来是宿世冤家，还有一位赖世璜，自由赣粤入闽，也和张毅、王献臣联络成一派，专和厦门做对，此等亦皆反复无常之武人。因此臧致平不能如愿。如今见王永泉派人前来联络，一口便允，绝不提往日围厦之事。代表还报，王永泉极为得意，便部署军队，准备反攻。

再讲卢香亭、李生春两人入了福州，急电周荫人入省主持。电报发出不久，周荫人已翩然到省。卢香亭急忙问他延平方面的情形，周荫人笑道："昨日三月五日。馨帅探得水口方面，王永泉有大批军械运过，立刻派谢鸿勋暗地截留，一面又派孟昭月把带去的李团缴械，都做得十分秘密，所以省中没有知道。补前文所未写，十分细到，不然，李团何遂一去无下落耶？现在馨帅有令，命我在省中主持一切，你们两人可急把分驻闽北一带王军残部，扫除干净，好请馨帅来省，替出我去攻打泉州。”李生春道：“馨帅仍在延平吗？”周荫人道：“他暂时不能来省，须等闽北王部肃清，方才可以来呢。”卢、李两人应诺，当即分遣部队，把王永泉留在闽北的残部全都肃清，电省告捷。周荫人得了报告，电请孙传芳来省，自己率队南下，去攻泉州。

王永泉在泉州得此消息，正待派兵迎击，忽然又报张毅、赖世璜奉了孙传芳的电令，率部来攻。王永泉急令所部旅长高义，率队防御，正在支配兵力之间，又见王永彝匆匆进来，见了这几条命令，便夹手夺过，掷于地下道：“哥哥还在睡梦之中吗？高义久已和张毅有了接洽，如何还派他去？现在军事形势，已十分危险，哥哥还留恋在这里做什么？万一哥哥必定要和他们死拼，做兄弟的可耐不住，便要辞了哥哥，到上海去咧。”王永泉听了这话，不觉长叹一声，掷笔而起，传令命杨化昭入内，对他说道：“我决意到上海去了，所有的军队，都请你代为统带，候臧致平来改编。高义不必叫他到前敌去，可留他守泉州罢。”杨化昭再三劝慰，王永泉笑道：不哭而笑，非真能笑也，哭不出来耳。“我在福建的势力不可为不厚，然而数日之间，一败涂地，可见这事情已非人力所能挽回，分明是有天意在内，此是从项公“天亡我也”一句化来。我便有本领战胜敌人，决战不胜天意。明明是人谋之不臧，偏要推说天意，将自欺欺天乎？人言王永泉多机诈，果然。我待不走怎的？”杨化昭见他去意已决，便慨然答应。王永泉便把这意思又吩咐了各旅长一番，然后电致臧致平，请其来泉改编。事情办妥以后，便和兄弟王永彝，潜行动身，到上海去了。

臧致平得了王永泉的电报，电令杨化昭放弃泉州，退守同安。杨化昭遵令全部开到同安，只留高义在泉州防守。这时高义的态度十分暧昧，所以杨化昭不曾教他同退。不数日，臧致平自己也到同安，恰好周荫人会合张毅、王献臣、赖世璜各部，来攻同安，臧、杨合力抵御，大战多日，不分胜负。卢香亭向周荫人献计道：“如此苦战，不易得胜，不如仍运动海军攻他们之后，一面令漳州方面的驻军，袭击江东、水头一带，断他和厦门的联络。臧、杨进退无路，必然成擒了。”周荫人然其计，当下派人暗地去运动海军和漳州的民军，同攻厦门。海军因两次攻击厦门，都未得手，现在见周荫人又来约他，生恐仍旧未能得手，大家讨论了一会，忽然思得一计，假意拒绝周荫人的请求，反向他索取截击峡兜时所许的利益。彼此在假意争执之时，暗暗地集合舰队，载着陆战队，星夜去袭厦门。此时臧军全体都在同安，留守厦门的，不过是些少部队，忽见海军来袭，抵敌不住，急忙电请臧致平分兵回救。臧致平大惊，立刻便派刘长胜率领本部军队，回去救援。刘长胜遵令，急急开拔，刚到灌口，前面已有军队截击。刘长胜大惊，赶即派人查明，却是漳州的民军，即令向前冲击。无奈民军甚多，冲突不过，反而损失了不少军士。民军乘势反攻，刘长胜大败，刘长胜变作刘长败矣，一笑。退到洋宅，作急报知臧致平。臧致平得此消息，拍案而起道："刘长胜如此无用，大事去矣。"因急召杨化昭吩咐道："厦门驻军单薄，已半日不得消息，此时必已失守，你可率领所部军队，急急前去击破漳州民军，乘势占领漳州，以备退步。"此时计到退步，殆已知不能抵御北军乎？杨化昭遵令，急忙领兵赶到灌口相近，已和漳州的民军接触。杨化昭大怒，更不放枪射击，立即传令肉搏冲锋。大队兵士，一齐大喊一声，便如潮水一般冲将过去。写得杨化昭勇悍之极。民军虽称勇悍，从来不曾见过这种战法，支持不住，大败而走。杨化昭略略追了数里路，便收兵扎住，打探厦门曾否失守。不多时，探员回报，厦门已入海军之手。杨化昭长叹一声，传令进攻漳州。漳州的民军被杨化昭追赶，急急奔逃，刚才过了长泰，将到安东，长泰城南之一小市镇。忽然前面有大军阻住，前锋相迫，交绥起来。原来这支军队，却是何成浚所部，他因探得漳州空虚，业已袭击占领，派兵来攻漳州民军的后路。杨化昭也赶到，两面夹攻，民军大溃，四散奔走，枪械弃了一地。杨化昭和何成浚见了面，大约谈了几句，杨化昭便要回军仍赴前敌，何成浚留守漳州，布置一切。杨化昭刚到坂头，长泰城东之乡镇。臧致平已因兵少，败了下来。杨化昭上前猛力反攻了一阵，方才把周荫人的军队击退。臧致平对杨化昭道："漳州既被我军占领，此时也只有退守长泰，让我整理队伍，才能反攻咧。"杨化昭称是。臧致平便令杨化昭、刘长胜守住长泰，自己率领残部，回到漳州，整理了几日，散走的溃兵，渐渐又来聚集，军势复振。何成浚因是生力军队，情愿开到长泰去作战。这时臧军前线虽然减少了臧致平自己的部队，却增加何成浚的生力军队，因和周荫人又成了相持之局。

周荫人见不能取胜，又想起去年与粤军夹攻的情形，回应二十三回。便派代表往潮、惠和洪兆麟商议，请其派兵北上，攻臧、杨之背。洪兆麟因臧致平占了漳州，也恐他往南发展来攻自己的背面，造成和中山系军队夹攻自己的局面，立即应允通电声讨臧、杨，臧、杨有何罪？可供声讨，不过与自己不利耳。率兵北上。好在这时东江的战局，已在停顿之中，滇、桂、黔、粤各军，时有内讧，不能直捣潮、惠，暂时抽调军队，谅还无妨，便拔队向漳州进攻。臧致平腹背受敌，支持不住，又和何、杨等退出漳州，冲过龙岩，占了汀州。周荫人等乘着战胜之威，又率队进迫汀州。臧、杨等都知汀州决不能守，因和何成浚商议道："汀州孤城，万不能坚守，浙江卢子嘉和我们素有接洽，不如冲过江西，从玉山入浙，不知我兄可肯同行？"何成浚寻思了一会，方道："我想到广东去投中山先生，拟即率队由江西入粤，不知两兄以为何如？"杨化昭道："人各有志，既兄志在投奔中山，我们也不敢相强，好在中山与子嘉，都在反直团体之内，何分彼此。"议定之后，便即拔队离汀，何成浚由会昌转入广东去了。

蔡成勋听说臧、杨入赣，便派人接洽改编。臧致平笑道："蔡成勋何物，岂是用我之人？"蔡成勋一庸材耳，宜乎为臧氏所轻。当时严词拒绝。使者道："两君现在势穷力竭，前无去路，后有追兵，如不归顺蔡督，更待何往？倘蔡督派兵兜截，两君虽欲归顺，也不可得咧。"臧致平笑道："我们人数虽只有五六千之众，然而转战千里，孙传芳竭全省之力来兜截我们，也被我们冲过，何怕什么蔡督？是实事，不是吹牛。蔡督如讲交情，不来拦阻我们，让我们通过到浙江去，我们当然感激不尽，将来总有报答之时。此是讲情理，见自己不是一味恃蛮者。倘必欲相厄，那时实迫处此，只好请蔡督莫怪了。"此是威之以硬，见自己是不怕兜截者。使者见他态度如此决绝，知道多说无用，怏怏而去。臧致平令全军一齐前进，走了一日，忽报前面有蔡军阻止前进。臧致平大怒道："蔡成勋太不量力，如何敢来阻我？"当下便令杨化昭为前锋，向蔡军猛冲。讲到江西军，在东南各省中，原属最阘茸的军队，自来不耐战斗，如今遇见这位惯玩肉搏的杨化昭，如何抵抗得住？一交绥，便即四散败走。不经战。杨化昭见蔡军很少，十分奇异，叫过捉住的俘虏来问，方知他们是因派来运送军械，并非派来堵截的。杨化昭听了这话，大喜道："我们正缺械弹，想不到竟有人送来。"当令把夺下的械弹，分发给兵士配用。

这消息报到南昌，江西省城。蔡成勋禁不住大怒道："臧、杨太无礼义了。

我好意接洽改编他们，不愿意也还罢了，如何又劫夺我的军械？此仇不报，有何面目见人？”当即调集大队陆军，在建昌、金豁方面堵截。臧、杨军前卫探得这事，便来向臧致平请示。臧致平得了此报，急和杨化昭商议道：“江西的地势，我们不熟，如敌人用抄袭之法，我们必中其计，现在不如分作三路，你任中锋，教刘长胜担任左翼，我自己任右翼，你如冲得过固好，冲不过，你可稍退，让我们左右两翼，攻击他的侧面，取三面包围之势，定可战胜。即使不能胜，也决不致被他抄袭了。”杨化昭应诺。三人分兵讫，杨化昭中锋先进，在新丰司地方和蔡军接触。蔡军还没见杨军的影子，便枪炮齐发，乱轰一阵。可发一笑。杨化昭却安然处之，并不还击。等到两军相距甚近，方令开枪。才是惯家作用。不一时，愈战愈近，相距不过十余密达，杨化昭便令上刺刀冲锋。又玩肉搏的老调儿了，此公真是狠货。兵士齐声大喊，奋勇向蔡军猛扑。蔡军起初还忙不迭的开枪，并乱用机关枪扫射，等到杨军冲过了十字火线，相距只有三四密达的光景，早已丢了枪械，纷纷奔逃。杨化昭哪里肯舍？竭力追击，追击蔡军枪械委弃了一地。臧致平、刘长胜又从左右杀来，杀得蔡军更无逃处，溃散得几不成军。臧、杨冲过了建昌、金豁，由江浒、胡坊、河口、广信、玉山，退入浙江的常山。

浙江人民，听说臧、杨的军队入境，恐怕引起战事，一齐电请卢永祥派军防堵。卢永祥哪里肯听？臧、杨轻蔡而重卢，亦知卢氏必能重视彼等也。浙江绅商，都借口饷项困难，情愿集资遣散，一面推代表去见卢永祥。卢永祥道：“我心上何尝不知道浙江财政困难，不能再供给军队的饷项，但我本与臧、杨有约，他今穷而归我，我如拒绝他，或者解散他，不但有乘人于危之嫌，良心上也如何过得去？”绅董们再三劝解，卢永祥总不肯听，绅董只得快快而出。卢永祥当即派人赴衢州常山改编臧、杨军队为一混成旅，并定名为浙江边防军，以臧致平为司令，杨化昭为旅长。

从此直派方面因攻浙联浙的主张不同，曾造成洛阳、南京两大实力派的意见大冲突。这时齐燮元便拿着这事去责备吴佩孚，吴佩孚也觉得有些说不过去，便即电致卢永祥，请其即将臧、杨两部遣散，一面电令苏、皖、赣、闽四省监视浙军的行动。浙江各团体也因一时盛传四省攻浙，解决臧、杨的风声，一天紧于一天，都纷纷吁请卢永祥解散臧、杨部队。这种电报，一时如云蒸霞蔚而起。现在把浙江省议会发给卢永祥的一个电报，录在下面，也见当时浙江人民反对之烈了。原电的内容，大意道：

臧、杨入浙，全省人民莫不惊惶失措。度以事理，揆以环境，其不可不另筹解决之理有四，敢为督办陈之。浙江虽为财赋之区，而历年供应浩繁，军费重积，频年以来，渐入窘境，国省各税所入，以应原有各军，已有竭蹶之虑，何能再增负担？一也。臧、杨以不容于闽，见逐于赣，始改就浙江。闽、赣皆与浙省为邻，万一进兵致讨，必致牵动大局，二也。前此和平公约及督办历次宣言，不容客军入境，今收容臧、杨，是实始破坏和平公约之咎，三也。浙江陆军，原有一二两师，益以第四第十，已达四师之数，以固边防，绰有余裕，收容改编，义无可取，四也。务乞俯顺民意，另筹解决之道，浙江三千万人民幸甚。

卢永祥见了这电报，便请省议长沈钧业到公署中去，向他解释道："兄弟自从到浙江以来，多蒙全浙父老兄弟诚意拥戴，兄弟也处处顾及民意，时时顾及地方。老实说：浙江也差不多可说是我第二故乡了。自从废督的潮流一起，兄弟当即适应潮流，自向全省人民辞职，又蒙全省人民付托我以军事善后督办的重任，半年期满之后，又坚留我继续担任，浙民之爱我如此，我岂有不爱浙民之理？兄弟所以定要收编臧、杨者，也是有我一番至理。馥荪兄沈钧业字。试看目今的直系，驱逐总统，公然贿选，是否是全国人民所共同切齿痛恨的？论理我既是中国国民一份子，当然要尽力反对，此言我不可以不反对。便是浙江人民，也并非居在中国版图之外。人同此心，心同此理，也该努力向这条路上去走。此言浙江人民也不可不反对。何况直系本抱着武力统一的主张，即使我们不反对他，他也决不能轻轻放过，当然还要派兵来攻。此言便不反对，也不能免于一战。我们不反对而仍免不了受战事的损失，何如爽爽快快正言反对，也教他们知道民心尚未全死，知所警惕。此言我们乐得反对。我们既处在不能不反对，不可不反对的地位，他们又处在不肯不攻浙的地位，是战事迟早总不能免。试想浙江现在的实力，怎能对付四省十余万的兵力？仅仅增一臧、杨，我尚嫌他太少，浙江人民，怎么反嫌兵多呢？此言不能不收容臧、杨。这番苦心，我又不能明白宣布。一宣布了这层意思，岂不立刻挑动了战事？此言所以不明白宣布之因。馥荪兄！你现为全省人民的代表，务请你代为解释！”一篇话，说得十分透彻。沈钧业原是个忠厚人，听得他如此说，不能辩驳，也是不敢辩驳。当时喏喏而出。

那齐燮元久已想并吞浙江，扩充自己的实力，可恨此次战事，实完全由齐氏一人引起。此时有口可借，便调集自己所部的第六师全师，黄振魁的第二混成旅，吴恒瓒的第四混成旅，陈调元的第五混成旅，杨春普的第十九师，白宝山的苏军，总计约有四万人的兵力，纷纷向沪宁路和太湖附近一带开动。安徽方面虽然和浙卢并无仇恨，也无野心，只是既同隶直系之下，自不得不派兵助战。江西的蔡成勋，因怕孙传芳压迫的缘故，本来竭力主张和平对浙，这次因臧、杨夺他的军械，又破他堵截之兵，因此迁怒到浙卢身上，也派定杨以来一师人，在玉山边境，乘机窥伺。孙传芳此时已将福建督理的位置，让给周荫人，自己只拥了个闽粤边防督办的虚衔，正想竭力向外发展，另外找一个地盘。他的本意虽在江西，却因名义上总算同隶直系之下，不能不有多少顾忌，所以迟迟未能实行。现在见浙江方面，大有可图，便带领孟昭月、卢香亭、谢鸿勋等六个混成旅，分兵三路，窥伺浙江。

浙江方面，防驻衢州的，原为夏兆麟。卢永祥因夏旅系北军精锐，想把他调到北境，攻击江苏，所以驻衢不久，便又令他开驻嘉兴。夏兆麟奉了这调防的命令，当下便令地方上拘集船只，开拔东下。这些民船，行驶很慢，衢州上游开到杭州，虽然说是顺水，每天也只能行驶百来里路，所以每天总在县治所在的地方驻泊。从衢州开到龙游，恰好只有一站路，一站路者，九十里也，浙江上游人，多如此称。将晚时分，夏兆麟到了龙游时，自有一批官绅人等，远远在那里迎接，夏兆麟上岸答访，就有当地绅士的领袖张芬，设筵款待。到了半酣时候，夏兆麟忽然动了征花之兴，主人少不得助助兴致，立刻命把沿岸的交白姝，不论船上岸上的，一律叫来。且住，交白姝究是什么东西？怎么又有船上岸上之别？读者不要性急，且听著书者慢慢道来。原来衢州上游一带的妓女，并没有什么长三么二之分，只有一种船妓，碰和吃酒，出局唱戏，一切都和长三相类，不过没有留客过夜的旧例，所以有卖嘴不卖身的谚语。这种船妓，俗名谓之交白姝。至于何所取义，却没人知道。初时交白姝只准在船上居住，不准购屋置产的，到了光复以后，民国成立，这种恶例取消，他们因舟居危险，而且又不舒畅，才有许多搬在岸上居住。至于交白姝之营业方法，则依然犹昔，并不因一搬到岸上而有什么不同。这龙游地方，原属小县，更兼县城离开水面，还有三四里的旱道，近水一带，只有一个二三百家的市镇，因此船妓的生涯，也并不十分发达。操此业的，总计也不过二十来人。此时听说夏旅长叫局，也有欢喜的，也有害怕的，欢喜的是以为夏旅长叫的局，一定可以多得些赏钱，害怕的是听说夏旅长是个北老，恐怕不易亲近。可是害怕欢喜，其情形虽不一致，至于不敢不来，来而且快的情形则一。所以条子出去不多时，所有的交白妹，便已一齐叫到。夏旅长虽是粗人，却知风月，少不得要赏识几人，替钱江上游，留点风流趣史。正是：

唯大英雄能本色，是真名士自风流。

未知夏兆麟究竟看中何人，如何发生趣史，且看下回分解。

臧、杨入浙而东南战事爆发，江、浙之争，其果以此为导火线乎？曰：否否。卢不附直，虽攻臧、杨而消灭其势力，直亦必出诸一战。纳臧、杨与不纳臧、杨，于东南战事固无与也。矧臧、杨与卢，同为反直份子之一，今臧、杨以势蹙而归卢，卢倘拒之出境，其亦何以对初心乎？更进一步言之，则东南战争，势必不免，与其拒之而自翦其羽翼，何如改编之以为反直之助也。然则吾人岂可以纳臧、杨为卢咎哉？

第一百五十七回　受贿托倒戈卖省
结去思辞职安民

却说夏兆麟在席散之后，先打了两圈扑克，输了二三十块钱。这时有个妓女叫阿五的，正立在夏兆麟的背后，夏兆麟因鼻子里闻着一阵阵的香气，忍不住回过头来一看，只见阿五中等身材，圆圆的面孔，虽非绝色，却有几分天真可爱，禁不住伸过手去，将她一把搂在怀中。讲这阿五，原是上回所说胆小意怯，畏惧北老之一人，受了这等恩遇，只吓得胆战心惊，不敢说话，又不敢挣扎，一时两颊绯红，手足无措，只把那一对又羞又怕的目光，盯着夏兆麟的面上，灼灼注视。夏兆麟见了这样子，更觉可爱，忍不住抱住她的粉颈，热烈地接了两个吻。短短的胡须，刺着阿五的小吻，痛虽不痛，却痒痒地使她接连打了两个寒噤。众人见了这样子，虽不敢大笑，嗤嗤之声，却已彻耳不绝。夏兆麟也觉得眼目太多，有些不好意思，便两手一松，把一个软洋洋、香喷喷、热烘烘的阿五，如此形容，使人发一大噱。放在地下。阿五这时突然离了他的怀中，倒有些坐立不安起来，蓬着头，只顾看着众人发怔。写得入情入理。夏兆麟不觉微微一笑，便伸手把刚才输剩放在台子上的七十块钱钞票，向她面前移了一移，分明是赏给她的意思。一吻七十元，在一般军阀视之，直细事耳，然在吾辈穷措大闻之，已觉骇人，奇矣。阿五虽然也猜得一二分，却不敢伸手去接，只是看着钞票，看看夏兆麟，又望望众人。众妓见了这情形，也有好笑的，也有妒忌的，也有歆羡的，也有代她着急的。这时又有一个妓女，名叫凤宝的，在妒忌之中，又带着几分歆羡，妒忌人未有不带歆美者，盖妒忌多由于歆羡而生也。正在无机可乘之时，忽见夏兆麟撮着一根卷烟，还没点火，便忙着走上前，划了根火柴，替他点着，又款款的喊了声老爷。夏兆麟点了点头，便在那七十块钱里，拈出两张拾元钞票，递给凤宝，凤宝连忙接过谢赏。凤宝比阿五乖得多了。夏兆麟又把其余五十块钱票，递给阿五，阿五还不敢接，这时旁边有一个绅士，瞧这情形，忙着向阿五道："阿五，你这孩子太不懂了。夏大人赏你的钱，为什么不谢赏？"阿五见有人关照她，才伸手接过道谢。接得迟了些儿，便少了二十块钱，应呼晦气。此刻时候已迟，夏兆麟不能多耽搁，便告辞而去。张芬等少不得恭恭敬敬的送到船上。

次晨开船到了兰溪，兰溪的官绅，少不得也和龙游一般竭诚欢迎。夏兆麟的船还在半路，便已整排儿的站在码头上迎接。他们以为这样虔诚，方能博夏司令的欢心。按是时夏兼任戒严司令。不料这天刚碰在夏司令不高兴头上，船到码头，不但众人请他的筵会，拒而不受，甚至请见也一律挡驾。兰溪人可谓触尽霉头。众人再三要求，方允出见。众人一见夏司令出来，在众人意中，固不敢直呼其名也。也有鞠躬的，也有长揖的，整排站着的人，高高下下，圆溜溜黑油油的头颅，七上八下的，一齐乱颠。夏司令嘤的一声，众人便似雷轰般应着。夏司令笑一笑，众人又七张八嘴的恭维。一时乱糟糟的几乎不曾把个夏兆麟缠昏了。旁边几个卫兵，知道司令有厌恶之心，也不等众人说话做个小结束，便一个左手，一个右手，如风也似的扶了进去。岸上整排儿站着的官绅，不见了夏司令的影子，兀自打阵儿高声颂祝，无非是夏司令是一路福星，夏司令全省柱石等等说话。话休烦絮，夏司令如此一站一站的到了杭州，见过卢永祥，卢永祥便令他即日开往嘉兴，夏兆麟即日遵令去了。

臧、杨入浙后，仙霞岭一带便由臧、杨防守，比及苏、皖、赣、闽四省，都把重兵纷纷调向浙边，卢永祥也少不得分调兵防御，令臧、杨开拔北上，防守黄渡，自己所部的第十师和何丰林所部的两混成旅俱在沪宁路一带守护。陈乐山所部的第四师，由长兴、宜兴之间进攻，天目山方面，则指定第十师的一部，防止皖军侵入。南部则由浙军潘国纲所部的第一旅郝国玺防守温州、平阳，张载阳所部的第四旅防守处州，潘国纲所部的伍文渊第一旅和张载阳的第三旅、张国威的炮兵团防守仙霞岭和常山，都取守势。第四、第十两师合称第一军，自兼总司令，何丰林的两混成旅及臧、杨部队为第二军，以何丰林为总司令。浙军第一、第二两师为第三军，以第二师长、省长张载阳为总司令，第一师长潘国纲为副司令。

潘国纲、伍文渊、张国威等防地，本来都在余姚、五夫一带，这次得了调守浙边的命令，当即拔队南行。当调遣军队之际，军务厅长范毓灵忽然得了一个消息，急忙来见卢永祥道："仙霞岭一带，督办派哪一部军队去守？"卢永祥道："孙传芳北侵，兵力不厚，军械也不甚齐全，不必用强有力的军队去，只派第一、第二两师的一旅去也足够应付了。至于江西的杨以来师，更是不必担心，只一团人便尽够对付了。"江西兵之无用，几乎通国皆知，用以作战则不足，用以残民则有余，吾人何幸有此军队。范毓灵道："浙军可靠得住？"卢永祥吃惊道："你得了什么消息？可怕是说浙军不稳吗？"范毓灵尚未回答，卢永祥又道："当时我也曾想到这层，因为浙军是本省部队，恐受了别人的运动，所以我前日已对暄初张载阳字。等说过，此次战争，无论胜败，已决定以浙江交还浙人，现在浙军差不多是替自己作战了，难道还肯带孙传芳进来吗？"子嘉亦是忠厚之人。范毓灵忙道："两位师长倒都是靠得住的，督办休要错疑，我今日得到一个消息，倒不是指他两人。"卢永祥道："是哪个？"范毓灵道："我刚才得到一个极秘密的消息，却是指这个人的。"说着，把声音放低，悄悄的说道："听说孙传芳派人送了二十万现款给夏超，夏超已嘱咐张国威乘机叛变了呢！是耶非耶？询之浙人，当有知者，吾不敢断。督办应该防备一二才是！"卢永祥怔了一怔，半晌方道："这话未必的确罢。"子嘉到底是位长者。范毓灵道："我也希望他不的确，不过有了这消息，我们总该有些防备，莫教牵动大局。"老范比老卢乖得多咧。

卢永祥半晌不语。范毓灵正待解释，恰巧潘国纲进来辞行，并请领军械子弹开拔费等类。卢永祥望着范毓灵委决不下。范毓灵会意，因向潘国纲笑道："子弹已饬照发，开拔费却一时为难。"潘国纲一怔道："不知什么时候才有。"范毓灵道："且看明天罢！"答得空泛。潘国纲道："且看的话，又是靠不住的，到底明天可有？"范毓灵道："这个……你不要着急，多少总该有些罢。"答得空泛。潘国纲道："军情紧急，饷项是第一要紧的事情，务请范厅长转饬财厅，克日照发。"卢永祥道："潘师长不必着急，范厅长既如此说，明天总可有了。"潘国纲刚要再说，恰巧陈乐山进来，见了潘国纲，便道："我们这边，已经接触了，你们那边怎样？"潘国纲还不曾回答，陈乐山又道："贵部现在可是暂由伍文渊节制吗？听说大队仍在江山，不曾扼守仙霞岭，不知道是什么缘故？”潘国纲惊疑道：“这是什么缘故？……恐怕还是因闽军的前锋尚远，或许是要兼顾江西罢？”潘国纲才力之薄弱，在此数语可见。陈乐山过潘远矣。陈乐山点头道：“我说伍旅长是熟谙军情的人，总不该如此大意，万一闽军偷过仙霞岭，那时岂不悔之已晚？”潘国纲忙道：“这话很是，我当即刻电令他赶紧扼守仙霞。”恐怕来不及了。卢永祥忙道：“这事如何可以这般疏忽？你赶快拍电给他罢！”潘国纲连忙答应，这时他自觉布置未周，有些内惭，坐不住，便辞了出去。

范毓灵望着他出去，方谓陈乐山道：“你看老潘为什么这般言词闪忽？难道有什么不稳吗？”陈乐山道：“我不曾听到这个消息。不过潘的为人，我很知道，看去不过能力薄弱些罢了，要说他有什么不稳，倒不是这类人。”卢永祥道：“你那面既已接触，又赶回来做什么？”陈乐山做了个手势道：“请督办再发十五万块钱，今天可有吗？”范毓灵忙道：“有有有，你自到财厅去支领就得咧。”潘无而陈则一索十五万，两面相映，使人暗悟。卢永祥道：“你领了钱，就到前线去，不要再耽搁咧。我明天也要到黄渡一带，视察阵线去咧。”陈乐山答应，到财厅领了军饷，便到长兴去了。

第二天卢永祥也到沪宁路一带前线，观察了一会，便仍旧回到杭州。两军在沪宁路及宜兴一带，激战多日，胜负未分。论兵力，苏齐虽比卢永祥要多一倍，无奈苏军不耐战的多，而能战的少。卢、何的军队，却非常勇敢，因此只能扯直，一些分不出高下。至于平阳方面，也是胜负未分。庆元方面，因浙军兵力单薄，被闽军战败，庆元已经失守，不过这一路并非主力，只要东西两路守住，闽军无论如何胜利，也决不敢孤军深入。常山、开化方面，浙军只有第五团一团，江西军虽有一师之众，因浙军素有老虎兵之号，不敢轻进，并不曾接触。这等军队，亏老蔡厚脸派得出来。江山方面，伍文渊正待进扼仙霞岭时，不料孙传芳军已经偷渡过岭，已在二十八都江山县南一市镇。掘壕备战，因此伍文渊不敢前进，只在江山城南的旷野上，掘壕防御。九月十三那天，孙军忽然来攻，伍文渊急急率部应战，约莫战了一天，左翼渐渐不济。原来浙军的战略，注重中锋，大约有一团之众，右翼有两营人，左翼却只有一营。孙军这次参加战事的，有三混成旅之众，因探得浙军左翼的防线单薄，便只用两团人牵制住中锋和右翼的兵力，却用全力去压迫左翼。左翼人数甚少，如何支持得住？战了一天，人数已不足一连，一面勉强支撑，一面急急打电话请伍文渊派兵救援。伍文渊又打电话请潘国纲派兵，潘国纲教他派第二团第一营上去，伍文渊只得又打电话给第二团团长，第二团团长又打电话给第一营营长，第一营营长回道："我虽愿意去，无奈我四个连长都不愿意去，请团长回复司令，另派别的队伍去罢！"真是放屁，养你们做什么用的？第二团团长急道："这如何使得？左翼现在十分要紧，怎么禁得再另行派兵？电话去，电话来，一个转折，又要费多少时候，如何还来得及？"营长道："四个连长不肯去，也叫没法、请团长派第二营或者第三营去罢。"倘第二、第三两营也象贵部一般不肯去，难道就不战了！第二团团长没法，只得回复伍文渊。伍文渊又急急打电话向潘国纲请示，潘国纲急令调第六团去接应。第六团又因不是潘国纲的直辖部队，不肯遵令。命令如此不统一，安得不败？按六团系张载阳所部。如此几个周折，前线左翼几个残兵，早已被孙军的炮火扫光。孙军乘机占了左翼阵地，向中锋的后面包抄过来。

那些炮兵中有几个士兵，见敌军抄袭过来，急忙向敌军瞄准，想发炮时，却巧被张国威望见，急忙亲自走上炮台去，喝退炮兵，把炮口瞄准自己浙军的前线，接连就是两炮。那些浙军正因自己发炮并没效力，正在惊疑，忽觉炮声发处，自己队伍中的人，就如潮水也似的倒了下去，再加审辨，才知炮弹是后面来的，知道已有内变，便齐喊一声，不听上官节制，纷纷溃退下去。中锋一溃，右翼也不敢再战，立刻跟着败走，连在后方的第六团也被溃兵冲散，跟着奔逃。浙军威名，扫地尽矣。第五团原是防守常山的，听说江山战败，后路已经被截，也不敢再留，急急绕到衢州，跟着溃逃。一天一夜，奔了一百六七十里，直到龙游，方才休息了三、五个钟头，重又撒腿飞跑。浙军威名何在？

此时卢永祥尚在杭州，浙军溃退的第二天，方才接到这个消息，只因电报电话俱已隔绝，得不到详细情形，都说："浙军全体叛变，倒戈北向，反替孙军做了向导。"卢永祥部下的几个高级军官听了这话，一齐大怒，约齐了来见卢永祥道："督办待浙江人总算仁至义尽，不料他们这般无良，下此辣手，他无情，我无义，现在我们也顾不得许多，督办千万不要再讲仁义道德的话！"浙军即叛变，与杭人何与？说得无理之极。卢永祥忙道："你们要怎样呢？"是故意问。众军官道："还有什么办法！老实说，事已至此，就是我们不干，部下士兵，也要自由行动了。"卢永祥冷笑道："哦！你们原来想这等坏主意，这不是糟蹋浙江，怕还是糟蹋我罢。我治军二十年，部下的兵士，从来不曾白要过民间一草一木，好好的名誉，料不到今天坏在你们手里，你们果然要这样办，请先枪毙了我再说罢！”卢氏治军之严明，在旧式军人中，确实不易多得。众军官听了这话，更觉愤怒，齐声道：“督办待他们如此仁义，他们可有一点好处报答督办？今天督办有别的命令，便是叫我们去死，我们也都情愿，只有这件事，我们只有对督办不住，要抗违一遭了。”说着，起身要走。卢永祥急忙立起身来，喝令站住。众人只得回头，看他再说些什么话，只见卢永祥沉着脸，厉声问道：“你们果然要这么办，非这么办不行么？”众人齐声道：“今天非这么办不可！”足见怨愤之极。卢永祥大怒，立刻掣出手枪，向自己心头一拍，厉声说道：“好好！请你们枪毙了我罢，我今天还有脸对人吗？”更说不出别的话，写得气愤之极。众人见卢永祥如此大怒，倒都站住脚，不敢动身了。里面有一两个乖巧的，反倒上前劝解道：“督办不必动气，既督办不愿意如此办，应该怎样处置，只顾吩咐就得咧。”卢永祥听了这话，才换过一口气来，喘吁吁的说道：“你们若还承认我是上官，今日便要依我三件事。”众人问哪三件事？卢永祥道：“第一件，各军军官，所有眷属，一例在今日送往上海；第二件，各军军官士兵，所欠商家的账项，一例须在今日还清，不准短少半文；第三件，各军官兵，一例在今夜退出杭州，开往上海。”众军官听了这话，都十分不服，却又不敢违抗，大家默然不语，怒气难平。

正在不能解决之时，恰巧张载阳得了这个消息，赶来请示。众人见了他，都眼中出火，纷纷拔出手枪来，要和他火并。卢永祥急忙拦住，众人虽则住手，却都气忿忿的指着张载阳大骂。张载阳却不慌不忙的向着卢永祥一弯腰便跪了下去。卢永祥慌忙把他扶起道：“暄初如何这样？这件事和你有什么关系？你又不在前敌，如何知道前线的情形？”卢永祥确不失为仁厚之人。张载阳大哭道：“浙人久受督办恩荫，哪个不想念督办的好处，哪个不想报答。不料浙军软弱，逆贼内乱，恶耗传来，令我肝肠寸裂。我职为总司令，不能节制各军，使他们效忠督办，至有此变，这都是载阳之罪，特来向督办请死。”亦是实情实理之言，但事卢如君，未免大失身分耳。卢永祥亦忍不住流下两点老泪，忙安慰他道：“暄初不必这样，当初我本有言在先，此次战事，无论胜败，必然把浙江还给浙人，浙军之变，不过自己捉弄自己而已，在我并没有什么损失，何必怪你。我现在仍当实践前言，辞去浙江军务善后督办的职务，将浙江交还浙人。暄初是浙江人，此后请好自为之，不要负我交还的一番苦心咧！”张载阳道：“我随督办来，仍随督办去，岂肯贪恋权位，受国人的唾骂？”此时除随卢俱去以外，实亦无术可以自辩。众人听了这话，都道：“很好，暄初兄，你能这样办，我们原谅你，我们并原谅浙江，想不到浙江还有你这么一个好人。”怨愤如画。张载阳听了这话，十分难受，便即设誓道：“张载阳如有一点对不住卢督办的心，将来总须死在敌人之手。”卢永祥忙道：“这何必呢。你一去，浙江教谁维持？”张载阳道：“无论有人维持，没人维持，我无论如何，总须随督办到上海去。”说着，便别了众人，回到省长公署里，令人去请夏处长夏超时任警务处长，兼省会警察厅长。和周总参议来。周凤歧时任警备队总参议。

两人到了省长公署，张载阳先对夏超道：“老兄想这省长一席，现在可以达到目的了，在气头上故有此话。现在我决计跟卢督办走了。这省长的事情，就交给你罢。但是据我想来，孙传芳也不是好对付的人，怕没有象子嘉那样仁厚罢。”夏超听了这话，不觉良心发现，惭愧道：“既然省长随督办去，我当然也去，如何说这话？”张载阳笑道：“你太谦了，不怒而笑，其鄙之深矣。何必客气。定侯兄！夏超字。你自己不知道，外人是怎样咒骂你？”夏超脸一红道：亏他尚能一红。“外人怎样骂我？我自己想来，也并没什么可骂之处哩。”你太夸了。张载阳冷笑道：“你自己怎得知道？既你问我，我少不得学给你听，你当初因想做都督，不惜和吕戴之吕公望前为浙江都督。火并，结果戴之虽给你撵走，却便宜了杨督。只因你一点野心，便把一个很好的浙江，送给外省人的手中去了。使现在的浙江成为北老殖民地，罪魁祸首，就是你定侯兄。现在你因想谋夺省长的位置，又不惜把人格卖给孙馨远。你须知道，督军省长，不过过眼云烟，二十万的款子，更是容易用完。”语音未完。夏超急忙打断他的话头道：“省长怎样骂起我来了？”张载阳冷笑道：“怎说我骂你？你自己问我，我才学给你听呢。妙妙，不意暄初公有此妙语。你以为这样就完了吗？还有呢！”妙妙，不意暄初公有此妙语。周凤歧初时不过静听，此时忙夹着说道：“两位却别说闲话，大家谈正经事要紧。”浙人议论谓张国威之倒戈，二团之不战，周亦有嫌疑。张载阳笑道：“什么叫正经话？好在我们都是知己朋友，有什么话不可说的？省长的事情，我决意交给定侯兄了。第二师长的事情，请恭选兄周凤岐字。担任了去。此后浙省的事情，全都要仗两位的大力维持，兄弟明天便要随卢督走了。”夏超、周凤岐齐声道：“省长既随卢督去，我们如何可以独留？”张载阳笑道：“这如何使得！你们也走，浙江岂不是没有人了吗？省城的秩序，还有谁来维持？”妙语妙语。夏超和周凤岐不好再辞，只得答应。意在此耳，何必客气。

次日，张载阳又到督军署中来见卢永祥，其时陈乐山已在那里，彼此见了，心头都有说不出的难过。张载阳问起长宜情形，陈乐山不曾答应，卢永祥替他代答道：“我已令他全部退回嘉兴了，将来还要退守松江。总之我无论如何，决不在浙江境内作战。卢公对浙江人则对得住矣，其如江苏人何？所有在省城里的兵，昨天一夜，也俱给我运完了，我定在今天下午走。暄初兄已决定同行吗？”从容之极。子嘉气度，似亦不易及。张载阳称是。陈乐山忽然问道：“暄初兄把省长的事情交给谁？”张载阳道：“定侯。”陈乐山见说起夏超，咬牙切齿的道：“这反复的逆贼，你怎么还把省长的事情交给他办？我见了他，不用手枪打他两个窟窿，不算姓陈。”张载阳怕他真个做出来，倒竭力劝解了一会。

到了下午，卢永祥令没有走的几个卫兵，先到车站上去等着。张载阳道：“督办怎么把兵运完才走？”卢永祥道：“我假使先走，你能保这些兵士不胡闹吗？”做好人便做到底，所谓送佛送上西天也。张载阳听了这话，十分感动。临走的时候，卢永祥独坐着一部汽车，也不跟卫兵。陈乐山忙道：“现在局势吃紧的时候，督办怎么可以这般大意？”卢永祥笑道：“乐山兄太过虑了，难道还有要谋害卢永祥的浙江人吗？”是深信浙江人之语乎？抑自负语也。说着，一径上车走了。众人都十分感动。张载阳、陈乐山等一行人，也随后上车，不一刻，夏超、周凤岐等都赶来送行。陈乐山一见了夏超，勃然大怒，立刻拔出手枪，要结果他的性命。张载阳急忙把陈乐山抱住，代为哀求。陈乐山大怒，指着夏超骂道：“反贼！嘉帅何负于你，你竟下这般辣手？干此卑鄙的事情？你以为孙传芳来了，你有好处吗？老实说，今天先要你到西天佛国去咧，看你可能享用那二十万作孽钱？”说着，便又挣扎着，夺开张载阳的手，掣出手枪，向夏超就放。亏得张载阳不曾放开握住他右臂的手，慌忙把他的右臂一牵，周凤岐便把他的手枪夺下。陈乐山怒气未息，又指着他大骂道：“反贼！反复的小人，你以为这样一反一复，便可以安居高位吗？只怕总有一天反复到自己身上来呢。你以为孙传芳是将来的大恩主吗？恐怕一转眼间，仍要死在他手里咧。”夏超本来总坐着，不曾开口，到此方才说道：“乐山兄！怎样知道我和孙氏有关系呢？你已找得了证据吗？”陈乐山听了这话，不觉又勃然大怒道：“你还强词夺理，我教你到阎罗殿上讨证据去。”说着，猛然摔开了张载阳、周凤歧，拾起手枪，一枪向夏超放去。张载阳赶紧夺住他的手时，早已砰的一声，一颗子弹，飞出枪口。一个人啊呀一声，应声倒地。正是：

未听军前鼙鼓声，先见同室操戈事。

欲知夏超性命如何，且看下回分解。

平心而论，浙江历任军事长官，均尚比较不坏，所以十七年来，各省糜烂不堪，唯浙江一隅，未被兵燹，西子湖边，几成世外之桃源。虽浙江地势，不宜于用武，究亦不能不归功于各军事长官之能顾大局也。卢氏去浙，浙中各界无不惋惜，即仇敌如孙馨远，亦有“嘉帅老当益壮，治军饶有经历，我侪分居后辈，允宜若萧曹之规随，庶不负嘉帅让浙之心”之语。故终孙氏之任，未有大苛政及民者，亦卢氏感化之功也。唯卢氏知有浙而不知有苏，岂真视浙为故乡、苏为敌国耶？抑何眼光之短浅也哉？

第一百五十八回　假纪律浙民遭劫
真变化卢督下台

却说陈乐山一时发怒，掣出手枪便向夏超开放，幸喜张载阳的手快，早把陈乐山的手扳住，因此枪口一歪，那子弹只射着旁边一个马弁的肩窝，应声倒地。可谓城门失火，殃及池鱼。陈乐山再要开手枪时，卢永祥早已过来拦阻。陈乐山不平道："嘉帅怎的也帮他说话？"卢永祥从容不迫的说道："乐山，你既要杀他，为什么不叫士兵洗劫杭州？"问得奇绝。陈乐山诧异道："这不是你不肯迁怒杭州人民，要特别成全他们吗？"确是奇异。卢永祥道："你以为这事应不应该这么办？"再问一句，还不说明，妙甚。陈乐山道："论理浙人负我，非我们负浙人，便洗劫了也不算罪过，但是嘉帅不忍罢咧。"卢永祥道："你既知我不忍，为什么要杀定侯？"还要再问，奇甚妙甚。陈乐山道："焚掠商民，谓之刑及无辜，当然应该存不忍之心。至于乱臣贼子，则人人得而诛之，有什么不忍？"卢永祥道："你难道说我是为着他个人吗？"陈乐山还不曾回答，卢永祥早又继续说道：至此不容他再回答，又妙。"你杀了他，原不要紧，可是他部下现在也有若干保安队，这种保安队，打仗虽不中用，叫他抢劫商民，可就绰然有余了。你杀了定侯，他们没了主帅，岂有不生变抢劫的道理？你既肯体恤我的不忍之心，不肯叫部下抢劫，怎么又要杀定侯，以累及无辜的商民呢？"叠用几个问句，而意思已极明显。张载阳、周凤岐两人也劝道："既然嘉帅不和他计较，请乐山兄恕了他罢！"陈乐山听了这话，半晌无语，手里的手枪，不觉渐渐的收了回来。周凤岐见事情已经解决，便起身告辞道："凤岐为维持省垣治安起见，只得暂留，等负责有人，当再到上海来亲领教诲。"卢永祥微笑道：微笑者，笑其言不由衷也。"这也不必客气。恭选兄只管请便罢。"周凤岐目视夏超，夏超会意，便起身同辞。陈乐山忽然变色阻止道："恭选尽管请便，定侯兄可对不住，还屈你送我们到上海去。我们相处了这么久，今天我和嘉帅离开杭州，不知道什么日子再和定侯兄相会，定侯兄难道连送我们到上海这些情分，也没有了不成？"其言硬中带软，软中有硬，定侯此时可谓难受。夏超无奈，只得又坐了下来。陈乐山又向周凤岐等人道："我们的车子立刻要开了。相见有期，诸位请回罢！"周凤岐等只得告辞而去。

陈乐山立即便命开车。定侯此时，亦危乎殆哉。夏超坐在一旁，不觉变色。此时也有些惧怕了。张载阳心中不忍，再四向陈乐山疏通。陈乐山并不回答，只有微笑而已。不一时，火车已经隆隆开动，夏超着急，向张载阳丢了几个眼色。张载阳忽然得了一计，因急去和卢永祥说道："定侯如不转去，保安队无人统辖，万一发生变乱，省城必遭糜烂，如之奈何？"卢永祥听了这话，瞿然变色道："暄初的话不错，万一保安队因不见定侯而发生变乱，岂不是我害了杭州人民吗？"因急对陈乐山说道："到了艮山门，快叫停车，让定侯下去罢！"卢永祥能处处以人民为念，宜乎浙人至今思之也。陈乐山见卢永祥有命令，不敢不依，只得教火车到艮山站时略停，好让夏超下车。到了艮山站时，车子停住，陈乐山因向夏超道："对不住得很，劳你送了这么一程，也不枉我们同事多年，更不枉嘉帅卵翼了你几年了，请从此回去罢！我们相见有期。"说得若嘲若讽，令听者难受。夏超默然，卢永祥、张载阳都催他下去，夏超这才下车，回到公署中，一面发电请孙氏即日来省维持。那些商民绅董，见卢氏已去，知道孙氏必来，乐得做个顺水人情，拍几个马屁，也好叫孙督开心，以后可以得些好处，此中山所以主张打倒土豪劣绅贪官污吏欤？盖贪官污吏土豪劣绅实导军阀残民者也。争先恐后的发电欢迎。所以孙氏后来开口就是浙民欢迎我来的。究之，欢迎者有几人乎？此时潘国纲还不曾晓得省中情形，到了七里垄中，正待整兵再战，忽然听说省局大变，卢氏已走，不觉大惊，知道作战无用，只得收拾残部退往五夫，保守宁、绍去了。少了许多战事，也未始非受卢氏即时出走之赐。

那孙传芳在福建动身时，曾夸下海口说：明年八月十五，请各位到浙江来观潮，想不到果然应了这话。此时见浙江官绅的欢迎电报，如雪片而来，怎不欢喜，然则只能说浙江官绅欢迎而来耳，决不能说浙人欢迎而来也。何也，浙江人民固不承认欢迎也。立刻电令进攻衢州的第一支队司令孟昭月，兼程而进。讲到孟昭月的部队，服装军械，都还完全，纪律也还不坏，所以孙传芳叫他担任前锋。临行时，又再三交待孟昭月和别的军官："卢氏在浙多年，纪律甚好，浙江人民对他的感情，也很不错，现在我们既要想在浙江做事，第一要顺人心，你们切须遵守纪律，要比卢永祥的兵更好，莫要胡乱抢劫，坍我的台！"因此孟昭月等都十分谨慎，不敢让士兵们在外妄动，除在福建胡乱捞些外快，到了浙江以后，果然不曾大烧大抢。可是零碎部队，却难免仍有不规则举动。

有些兵士，因衣服单薄，身上寒冷，便背着草荐上岸，宛然和叫化子一般，哪里配得上讲什么军容。更有几件可笑可恨的事儿，不能不趁便记述一下。一件是衢州乡下，有一家人家，正在娶亲，孙军部下，有三个散兵，因不敢在城内打劫，便向乡下捞些油水。恰巧听说这家有人娶亲，便老实不客气的跑了进去。那些客人亲族，以及帮忙打杂鼓吹等人，见了三尊恶煞降临，不敢逗留，立刻卷堂大散，溜之大吉，逃之夭夭，只剩着新娘一人，蒙着红布，呆坐在床沿上。新郎何以也不管？未免太放弃责任了，一笑。三位太爷先到新房里翻了一阵，把些金银首饰和押箱银等，都各塞在腰里，再除下了新娘的红巾，觉得品貌实在不错，便老实不客气，把她带到就近山中一个破庙里，爽爽快快的轮奸了三日三夜，还要她丈夫拿出五十块钱来赎回去。真是可恨可杀。她这丈夫也不知哪里晦气，损失财物还可，谁料到已经讨进门来的娘子，还要先让给野男子去受用。如在胡适先生言之，则如被三条毒蛇咬了几口而已，也不打紧，一笑。

一件是出在龙游交白妹的船上。原来那些交白妹因听说北兵到来，早已逃之夭夭，一个不留，只有几个七八十岁的老婆子，还住在船上照看什物。不料这天居然也有一位八太爷光降下来。那位八太爷在船上找花姑娘，北人称妓女为花姑娘。找了半天，只找到了一个鸡皮鹤发的老太婆，一时兽欲冲动，无可发泄，便要借她的老家伙来出出火。那老妇如何肯依，忙道："阿呀！我的天哪，我老了吓。"那八太爷笑道："你老了，你几岁？"老妇道："我今年五十六岁咧。"那八太爷笑道："很好很好，你五十六岁，我五十二，不是很好的一对吗？老怕什么？好在我又不要你生儿子。”可笑可恨。说着，便动起手来。那老妇原属行家出身，并不是怕羞的人，便杀猪般的大叫起来。好在这里是通商要道，往来的军官很多，恰巧有一个连长经过，听得叫救命之声，急忙赶将进去，才把这尊恶煞吓跑了。

还有一件是出在龙游城里的。这时龙游城内，因大兵过境，所有妇女，早已避往乡下，只有一家人家，母女两个，因自己托大，不曾走匿。有劝那妇人小心的，那妇人毫不为意。一天因为家中的米完了，这时男人怕拉夫，女人怕轮奸，左右邻舍，都已无人，只得自己出去设法。不料转来时候，就给两位八太爷碰到了。他们见这妇人虽已徐娘半老，却还白嫩可爱，便一直钉梢钉到她家里。不料又看见了她女儿，她女儿这时刚才十八九岁，正是俗语说的，“十八廿三，抵过牡丹”。龙游俗谚。那两个丘八，见了这么一个雪白滚壮的少女，如何不动心，便你争我夺的，把母女两个一齐按翻，干将起来。一次已毕，便又更调一个。两个丘八去后，母女俩方才着慌想躲避时，不料那两个丘八，又带领了七八个同类来。母女俩避之不及，只好听着他们播弄。一批去了一批来，竟把母女俩弄得腹大如鼓，一齐呜呼哀哉了。不但可笑可恨，而且可杀。

还有兰溪王家码头，有一个女子，已将出嫁，不料孙传芳的贵部到来，这些八太爷都如猎狗似的，东一嗅，西一闻的，寻觅妇女，想不到这位女郎，竟被他们嗅着了。第一次进去了三个丘八，那女子知道决不能免，便悉听他们所为。不料三个刚去，四个又来。四个未毕，又来了三个。床面前整排的坐着，莫不跃跃欲试。这女子知道自己必死，诈说要小解，那群野狗子性的混账丘八，见她赤着身子，料情她逃不到哪里去，便暂时放她起来。那女子竟开后门，赤身跳入钱塘江中溺死了。可杀可恨可剐。

这一类事情也不知有多少。总计这一次遇兵，兰溪妇女死得最多，约莫有三四十人，龙游也有十多个，衢州倒不曾听到有奸死的。建德以下，作者虽不曾调查，想来也不在少数。看官们想想，这类军队，还配得上纪律吗？可是孙传芳既处处向人夸口，自己的军队如何好如何好，这些所谓浙江的官绅们，本来只知大帅长、大帅短的拍马屁，哪里还敢说这些事情，只有顺着他的意思，随口恭维几句。那孙传芳真个如同丈八灯台，照不见自己，深信自己的部队，果然纪律严明，比卢永祥的部下更好了。

自从接到省中官绅的欢迎电报，即刻赶到杭州，不料他刚到的这一天，西湖中忽然发现了一件无大不小的事。西湖十景中雷峰夕照的雷峰塔，忽然平空坍倒，一时议论纷纷，也有说雷峰本名卢妃，该应在卢永祥倒的，也有人说孙传芳不吉利的，孙氏却毫不在意。这时杭州有几家报馆，孙军虽到，他们却仍旧做他拥护卢永祥、攻击直系的评论，各报几乎完全一致，而尤以浙江民报为最激烈。有一家叫杭州报的，因为做了一篇欢迎孙传芳的文章，顿时大受攻击，都骂为婊子式的日报，各处尽皆贴着不要看婊子妓女也。式的杭州报。杭州报的销路，竟因此一落千丈，也可见那时的人心向背了。这些官绅们，偏要借着公团的招牌，伪托人民的公意，欢迎孙氏，孙氏也是不怕肉麻，居然口口声声，说什么浙人欢迎我来，岂不可笑？非但可笑，而且可丑。

但在这时，却另有一桩小事，很值得记载的。那孙传芳到了杭州，到督办公署中一看，只见公家的东西，无论器具案卷，不曾少一些，连着案上的纸墨笔砚，以至一切什用之物，也都好好的放着。拿着簿册一对，居然一点不少，真是难得。不觉十分叹服。我也叹服。因回顾诸位侍从道：“卢嘉帅军界前辈，年纪这么大了，还能办得这么有精神，有操守，我们比他年纪轻，要是搅不过他，岂不受浙人的笑骂？以后我们务须格外留意才好。”孙氏在浙，其敷衍浙人之功夫，十分周到，如竟言浙江为其第二故乡，又处处抱定大浙江主义，皆其联络浙人之一斑也。推原其故，则大率皆受卢氏之教训者。侍从莫不肃然。孙传芳把事情大略布置了一布置，又和夏超碰了一次头，便到嘉兴去督战了。

这时卢军已退守松江，在那里指挥的是陈乐山部的旅长王宾，陈乐山自己率领夏兆麟旅在黄渡方面，协助杨化昭作战。不料松江的后路明星桥被孙传芳军所袭，王宾死战了一天，等得卢永祥派援兵打通明星桥的交通时，不知如何，王宾竟已弃了松江，逃回上海。卢永祥治军素严，见王宾没有得到命令，便自动退兵，认为不遵调度，即刻要将他枪决。虽经臧致平力保，仍然受了严重的处分，将他免职。陈乐山因王宾是自己十余年至好，卢永祥并未和他商量，便将他免职，十分不悦。恰巧这日他因回到上海来看他的姨太太金小宝，对她说起此事。金小宝冷笑道：“他要杀你的朋友，也不通知你，他的眼睛里，还有你吗？胡说！总司令要杀人，难道还要和部下人商量吗？依我说，你也不必再替他出什么死力了，乐得刮一票钱，和我同到外国去玩玩，岂不胜在炮火中冒危险？”陈乐山素来最宠爱这位姨太太，凡是她说的话，无有不听从的，这次又正衔恨卢永祥，渐有不服调度之心。

讲到陈乐山娶这位姨太太，中间却也夹着一大段趣史。据闻这位姨太太金小宝，原是上海堂子中人，有名的金刚队中人物。陈乐山爱她已久，正在竭力讨她欢心，想把她藏之金屋的时候，不料上海有一个姓成的阔大少爷，也和他同向一个目标进攻，这其间，两雄不并栖，当然时有争执。金小宝功夫甚好，两面都敷衍得十分到家。可是她在心坎儿上盘算起来，这面虽是师长，名誉金钱两项，却万万敌不过成少爷，因此也情愿跟成而不愿跟陈。不过对着陈氏面上，仍是十分敷衍，总催他赶紧设法。又说她母亲十分爱钱，万一不早为之计，被成少爷运动了去时，自己便也无法抵抗了。陈乐山听了这话，当然非常窝心，便抓出大批宦囊，在金小宝母亲面前，竭力运动。无奈成家的钱比他更多，因此白费了一番心，结果还是被成少爷夺了去。陈乐山如何不气，在着金小宝过门的那一天，几乎气得半死，甚至连饭也吃不下。不料不上一年，成少爷忽然为什么事，和金小宝脱离关系。金小宝空床难守，少不得还要找个对头。陈乐山得此消息，立刻托人运动，仍要娶她为妾。金小宝想：他到底是个师长，只要自己运气好些，或者竟由师长而督军，由督军而巡阅，由巡阅而大总统，那时不但自己可以享受总统夫人的荣耀，便是发个几十万几百万的小财，也不算什么稀罕，因此便决定嫁他。在陈乐山初心，以为佳人已属沙吒利，从此萧郎是路人，对于小宝的一段野心，早已冰消雪冷，谁知居然还有堕欢重拾、破镜再圆的日子，心中如何不喜，立刻在上海寻了一所洋房，挂灯结彩，迎娶新姨太太，而且特别加多仪仗，在成家的四面，兜一个圈子，气气成家，以吐昔日被夺的那口恶气。自从金小宝过门以后，一个英雄，一个美人，真个恩爱缠绵，十分甜蜜。现在陈乐山既然信了枕边情话，对于卢氏益发不服指挥。他部下的旅长夏兆麟，当然也跟着变心了。

最奇怪的，那杨化昭本属千生万死，奔到浙江，来投卢氏的，到了这时，竟也有些抗命起来。卢氏本是忠厚长者，并不曾知他们都已怀了二心，所以还在希望夺回松江，他一面连电催促广东的孙中山，奉天的张作霖，赶紧实行讨曹，使直系不能专对东南，一面派臧致平反攻松江，何丰林向莘庄进攻。又因黄渡方面战事，现在停顿之中，莘庄的形势吃紧，便令陈乐山部开到莘庄助战，不料乐山实行抗命起来。武人之不足靠也如此，一叹。卢永祥见一个忠心耿耿的陈乐山，忽然变了样子，还不晓是何缘故，十分诧异。当下想了一个方法，在龙华总司令部，召集各重要军官，开军事会议，决定战守的方针，何丰林、臧致平、陈乐山、朱声广、卢所部第十师之旅长。杨化昭、夏兆麟等一干重要军官，莫不到席。卢永祥报告战情毕，便征求各人对于战局的意见。臧致平先发言道："我军现在尚有四万余人，集中兵力，来防守上海附近的地方，无论如何，总不致失败。再则子弹方面，兵工厂中现在日夜赶造，决不致有缺少之虑。三则现在孙中山先生已联合唐继尧等，预备北伐，奉方张雨亭，也已向直隶动员，直系内失人心，外迫强敌，决不能持久。我军只要坚持到底，不出两三个月，直系内部，必然会发生内变，直系未发生内变，自己内部倒已发生内变，事之难料也如此。那时不但浙江可复，便是江苏也在我们掌握之中了。"惜陈乐山、杨化昭诸人不能从其计，否则东南半壁，何至落孙氏之手，以致累起战事哉？何丰林听了这话，也立起道："刚才臧司令所说的话，确是深明大局之谈，我们想到臧司令以数千之众，困守厦门，抗五路数万之众，竟能够维持到一年多之久，他的见识经验，必然在我们之上，因此兄弟主张遵照他所说的办法，坚持到底，诸位以为如何？"陈乐山、杨化昭、朱声广、夏兆麟俱各默然无语。卢永祥见他们不开口，便又问道："诸位不说，大概是没有疑义了。"一句话还不曾完，陈乐山突然起立道："坚持到底不打紧，只不知道可要作战？"也作假糊涂吗？卢永祥诧异道："你说什么话？坚持到底，当然是要作战，不作战，如何能坚持？"陈乐山道："既要作战，不知派谁去？"臧致平插口道："这何须问得，当然还是我们去，难道教老百姓去不成？"陈乐山冷笑道："你去，我是不去。"卢永祥、何丰林一齐变色道："乐山兄，你如何说这话？"陈乐山道："我的兵也打完了。兵是你的吗？怎么去得？老实说一句，诸位也不要动气，现在这战局，莫要说坚持到底，恐怕要坚持一日也难了。与其死战而多死些官兵，何如老实少战几次，可以多保全几条贱命呢。"也有他的理由。夏兆麟也跟着起立说道："奉天军队虽已出动，但是决不是直系的对手，这是谁都看得出来的。至西南方面，更是不济，天天嚷北伐，连个东江的陈炯明也打他不败，还想他们劳师千里的助我作战么？以我之见，也是不战为上。"杨化昭、朱声广也一齐附和，赞成不战。臧致平再三解释，众人都不肯听。卢永祥冷笑一声道："不论主战主和，都是一个办法，我也没什么成见，请诸位暂时各回防地，我只要对得住国家人民，对得住诸位就完了。”

众人散去以后，臧致平和何丰林都还不曾走。卢永祥见他们两人的神色也很颓丧，因笑道：“你两位有心事吗？其实这种事也很寻常，大不了我们即刻走路而已。”何丰林叹了一口气道：“还有什么话？这时除却走之一法，也没别的计划了。”臧致平默然。卢永祥道：“怎么？兄还不曾决定宗旨吗？我是已很坚决了。无论两位的主张怎样，我决意走了。”说着，便命人请秘书草下野通电。臧致平忙道：“我们三人去则同去，留则同留，哪里有让你独自下野之理？光是我们在这里，还有什么办法吗？”卢永祥道：“那更好了。”说着，又想了一想道：“那朱声广不知为什么，也变起心来？”臧致平道：“我是早已听说，小徐现在上海，很想利用我们队伍，出来活动一下，他们大概受了徐树铮的运动要拥护他做领袖呢。不然，乐山等对直系又无好感，何以态度决裂得恁快呢？”此是补笔兼伏笔。安知尚有枕边告状一幕趣剧呢？卢永祥笑了一笑，更不下什么断语。不一会，秘书把通电稿送来，卢永祥便和何、臧两人盖章拍发，三人便同时下野，假道日本，同到奉天去了。正是：

人情变化浑难测，昨日今朝大不同。

未知后事如何，且看下回分解。

谋及妇人宜其死，千古奉为至言。陈乐山追随卢氏，耿耿忠心，可贯金石，方其劫夏超于车中，慷慨奋发，何其忠且勇也？逮王宾案作，爱妾陈词，转瞬而态度遂变。虽不致于杀身，而人格丧失，名誉扫地，亦不可谓非爱妾之赐已。

第一百五十九回　石青阳团结西南
孙中山宣言北伐

却说卢永祥、何丰林、臧致平三人下野以后，战局的形势，大为变化。奉天和广东都是反曹助卢的，当然各有举动。那广东方面，东江的战事，因双方都已筋疲力尽，成了相持之局。吴佩孚见陈炯明不能得志，命广西的陆荣廷，江西的方本仁，克日攻粤，也俱没有效果。沈鸿英不但不能助阵，反又降了中山先生，回桂攻击陆荣廷，因此吴佩孚方面，不但失了一臂之助，而且增加了一个敌人。沈鸿英之反复，亦民国军阀中所罕见。至于广东方面，因财政困难，北伐的事业又极重要，不能不勉力筹措。这时财政当局，因拟统一马路旁铺业权，与改良马路起见，征办一种铺底捐，凡马路两旁的店铺，依照铺底价值，缴费二成，以作在马路旁营业的代价。此外又有租捐、特种药品捐、珠宝玉石捐、仪仗捐等，各商店一齐团结反对，并接洽以总罢市为对付。一面召集全市商团与附近各乡团，以联防为名，集中广州，向当局警戒。此时广东省长徐绍桢已经去职，但是对于国事，仍然十分当心。他听了这个消息，恐怕影响治安，急忙出任调停。商界方面，便提出七个条件：

一、永远取消统一马路业权案。

二、取消租捐。

三、取消特种药品捐。

四、取消其他一切拟办之苛捐。

五、军队出驻市外。

六、交回各江封用之轮船，以利交通。

七、免财政厅长陈其瑗职。

徐绍桢调停了几天，广东省长杨庶堪，方才发出布告，取消马路统一业权案。商界方面因没有永久两字，不肯承认，非要达到永久取消的目的不可。徐绍桢只得又向两方面竭力磋商，方才由杨庶堪答应增加永久取消字样，其他各项杂税，也一律取消。这风潮总算这样完结了。那些开到广州市的商团乡团，原是为总罢市的后援而来的，现在见事情解决，便各纷纷回防。这时各团代表，又开会设立联防总办事处，不料这一个举动，早已起了野心家利用之心，因前商会会长陈廉伯，私向挪威购买大批军械一案，遂酿成各地的大罢市，和商团与驻军的冲突，甚而牵动到外交，只看九月一日孙中山先生对外的宣言，就可以知道了。那宣言的原文道：

自广州汇丰银行买办，开始公然叛抗我政府后，予即疑彼之叛国行动，有英国之帝国主义为其后盾。但余不欲深信，因英国工党今方执政，该党于会议中及政纲中，曾屡次表示同情于被压迫之民族。故予当时常希望此工党政府，既已握权在手，或能实行其所表示，至少抛弃从前以祸害耻辱积压于中国之炮舰政策，而在中国创始一国际公道时代，即相传为英工党政治理想中之原则者。不意八月二十九日，英总领事致公文于我政府，声称沙面领团“抗议对一无防御的城市开炮之野蛮举动”。末段数语，则无异宣战。其文曰：“予现接上级英海军官通告，谓彼已奉香港海军总司令训令，倘中国当局对城市开炮，所有一切有用之英海军队，立即行动。”兹我政府拒绝“对一无防御之城市开炮之野蛮举动”之妄言。须知我政府对于广州全市，或因不得已而有此举动之处，只有西关郭外之一部，而此处实为陈廉伯叛党之武装根据地。此项妄言所从出之方面，乃包含新嘉坡屠杀事件，及阿立察（印度）、埃及、爱尔兰等处残杀行为之作者在内，故实为帝国主义热狂之总表现。他国姑勿论，最近在我国之万县英海军，非欲炮击一无防御之城市，直至我同胞二人被捕，不经审判，立即枪毙，以满足帝国主义之凶暴，而始免于一击乎？然则是否因此种暴举，可以行诸一软弱不统一之国家而无碍，故又欲施诸别一中国之城市当局欤？唯予觉此项帝国主义的英国之挑战，其中殆含有更恶之意味。试观十二年来，帝国主义各强国于外交上，精神上，以及种种借款，始终一致的赞助反革命，则吾人欲观此项帝国主义之行动，为并非企图毁坏吾之国民党政府，殆不可行。盖今有对我政府之公然叛抗举动，其领袖为在华英帝国主义最有力机关之一代理人。我政府谋施对付此次叛抗举动之唯一有力方法，而所谓英国工党政府者，乃作打倒我政府之恐吓，此是何意味乎？盖帝国主义所欲毁坏之国民党政府，乃我国中唯一努力图保持革命精神之政府，乃唯一抗御反革命之中心，故英国之炮欲对之而发射。从前有一时期为努力推翻满清，今将开始一时期为努力推翻帝国主义之干涉中国扫除完成革命之历史的工作之最大障碍。

这件风潮，后来由范石生、廖行超两人的调停，总算得到一个解决。后来又因被陈廉伯利用，曾经过一次大变，此是后话，按下不提。

却说中山先生因东南东北的战事，俱已爆发，时时召集各要人讨论北伐的计划。这一天正在开会之际，忽然传报石青阳来见。原来石青阳自从熊克武失败后，因在四川没有立足之地，不能不到别省去暂住。后来知道熊克武在云南、贵州边境，便也到云南去依唐继尧。那唐继尧本有图川之志，听说石青阳来滇，倒也很表欢迎，立刻请他到省城相会。石青阳到了省城，唐继尧已派代表来迎，石青阳到了唐继尧的署中，继尧立刻出来，一见青阳，便欢然若旧相识。坐下以后，青阳约略问了些云南现状，又大约把川中所以失败的原因说了一遍。唐继尧叹息道："锦帆兄是我们的老友，我无日不希望他能戡定全川，驱除北方的势力，为我西南各省张目，不料垂成的事业，又复失败，真是可惜！"石青阳笑道："桑榆之收，未必无期，尚须看锦帆的努力耳。"唐继尧也笑道："但能如此方好。"石青阳道："话虽如此，但以我的目光看来，熊君决不能重入四川，恐怕这天府之区，完全要入于吴佩孚的掌握之中咧。"妙妙。石青阳大有说士之风。唐继尧道："何以见得？"石青阳道："吴佩孚素抱武力统一主义，对于四川，早已处心积虑，希望并入他的版图。他现据有全国之半的地盘，实力雄厚，哪个是他敌手？以奉张之强，兵力之厚，不值他的一击，何况区区一旅之众，岂能抗半国之兵。所以我料熊君必不能再入四川，作云南各省的屏蔽，而吴佩孚的必然据有四川地盘，也在意料之中咧。”妙妙。石青阳大有说士之风。唐继尧愕然道：“此言恐怕也未必可靠。武力统一，不过是一句话罢咧，实际上怎能做得到呢？”石青阳笑道：“我们不必说他做得到做不到，却先把现在的大势来较论一下。吴佩孚现有的地盘，是直隶、山东、河南、陕西、甘肃、江苏、湖北、江西、福建等九省，还有热、察、绥、京兆等特别区域。四川与湖南，实际上也不啻他附庸。与吴为敌的，只有奉张，浙卢，粤孙，和黔、滇等省而已。浙卢现在受了苏、皖、赣、闽四省的监视，自保尚且不暇，哪里还讲得到向外发展？浙卢不能为吴之患一。奉张虽称雄关外，然而一直隶之兵，已足当之，要想入关，也是大难大难。奉张又不足为吴之患二。粤孙东江之乱尚不能平，更无暇北伐。粤孙更不足为吴之患三。吴现在只用河南、湖北、陕西三省的兵力，再加以亲吴的川军，已不止有二十万大兵，以图四川一省，何难一鼓而平？四川不难一鼓而平一。四川平定之后，出一支兵南入贵州，更由湖南出兵西趋，以夹击之势，攻一贫弱的贵州，何愁不能克日戡定？贵州又不足平二。川、黔俱平之后，合击云南，蓂赓兄虽然智勇冠天下，恐怕未必能抗豫、陕、鄂、川、湘、黔六省之兵。云南又不足平三。云南得手而后，由湘出兵，以拊广西之背，云南出兵，以捌广西之腹，广西也必不能抗。广西又不足平四。西南各省既定，一广东何能孤立？孙中山也唯有出国西游，再图机会了。此言广东又不足平五。西南全平之后，解决浙卢，更是不费吹灰之力。浙江又不足平六。那时竭全国之力以东趋，奉张又岂能独免？奉张又不足平七。蓂赓兄，你看这武力统一的计划，能不能够实现？”以上一大篇说词，三层说天下之大势，直已优胜，次论各省之削平，以鼓起滇唐之忧虑，甚妙。唐继尧默然半晌，又道：“如此说，我兄将如何对付？”不先决自己对付之策，而先问石青阳对付之策，亦妙。盖石青阳如有解决之法，则已亦不必忧矣。石青阳笑道：“我不过一光身而已，并没什么地盘，还讲什么对付的方法。能够在国内住一天，便住一天，在四川不能立足，可到别省，别省又不能立足，可去国外。所谓不在其位，不谋其政，何必计较什么对付。”妙甚，自己之不用计较对付，正是反激唐之不可不力谋对付也。唐继尧想了一会道：“吴佩孚能联合各省的力量，以实行他武力统一的政策，我们各省，也何尝不可联络起来以对抗吴氏？”渐渐上了道儿。石青阳笑道：“这也是一个很好的计划。但是言之非艰，行之维艰，结果也不过是一种空气而已。试看这次锦帆在四川失败，谁肯助他一臂之力，当他胜利时，胡若愚还肯卖力，等到一次战败，大家又都袖手旁观，想保全自己的实力了。其实北军方计划各个击破，想保全自己的实力，结果也不过是空想而已。”妙甚妙甚。唐继尧奋然说道：“哪有这话？我今偏要出人意料之外，竭全力来助锦帆重入成都，驱除北方势力。”上了道儿了。石青阳笑道：“兄果有此决心，也非独力能任之事，必须西南各省，大家团结起来，方能成为一种绝大势力呢。果然蓂赓兄这计划能够实现，不说是自己的计划，反说是唐的计划，使他格外努力，妙。不但可以保持西南的力量，而且还可以窥取中原，覆灭曹、吴咧。”又歆之以利。唐继尧道：“我的主张已经决定了，我兄能否助我一臂之力，代我和熊君与贵州刘君接洽，共同组织一个联军，以抗四川的侵略？”石青阳慨然道：“既然蓂赓兄肯做此大义之举，兄弟岂有不帮忙之理？我当即日到贵州，和锦帆兄接洽便了。”唐继尧大喜。

石青阳住了一日，便往贵州和刘显世磋商。刘显世当然也没有不赞成之理。滇、黔两省说妥以后，方来和熊克武说明，熊克武更是喜欢。当下便组织一个川滇黔联军总司令部，以图进占四川，向外发展。这计划告成以后，石青阳便又跑到广东来和孙中山先生接洽。孙中山先生原是只求国家人民有利，不讲私人权利如何的，见他们肯北伐曹、吴，立刻便引为同志，并推唐继尧为副元帅，以便率军北伐，便宜处理一切。这时因东南的形势紧张，所以石青阳又以川滇黔联军总司令代表的名义，来请师期。这时中山已决定北伐，当时便即拟定了一个北伐宣言，原文道：

> 国民革命之目的，在造成独立自由之国家，以拥护国家及民众之利益。辛亥之役，推倒君主专制政体暨满洲征服阶级，本已得所借手，以从事于目的之贯彻。假使吾党当时能根据于国家及民众之利益，以肃清反革命势力，则十三年来政治根本，当已确定，国民经济教育荦荦诸端，当已积极进行。革命之目的纵未能完全达到，然不失正鹄，以日跻于光明，则有断然者。

原夫反革命之发生，实继承专制时代之思想，对内牺牲民众利益，对外牺牲国家利益，以保持其过去时代之地位。观于袁世凯之称帝，张勋之复辟，冯国璋、徐世昌之毁法，曹锟、吴佩孚之窃位盗国，十三年来，连续不绝，可知其分子虽有新陈代谢，而其传统思想，则始终如一。此等反革命之恶势力，以北京为巢窝，而流毒被于各省。间有号称为革命分子，而其根本思想初非根据于国家及民众之利益者，则往往志操不定，受其吸引，与之同腐，以酿成今日分崩离析之局，此真可为太息痛恨者矣。反革命之恶势力所以存在，实由帝国主义卵翼之使然。证之民国二年之际，袁世凯将欲摧残革命党以遂其帝制自为之欲，则有五国银行团大借款于此时成立，以二万万五千万元供其战费。自是厥后，历冯国璋、徐世昌诸人，凡一度用兵于国内，以摧残异己，则必有一度之大借款，资其挥霍。及乎最近曹锟、吴佩孚加兵于东南，则久悬不决之金佛郎案即决定成立。由此种种，可知十三年来之战祸，直接受自军阀，间接受自帝国主义，明明白白，无可疑者。今者，浙江友军为反抗曹锟、吴佩孚而战，奉天亦将出于同样之决心与行动，革命政府已下明令出师北向，与天下共讨曹锟、吴佩孚诸贼，于此有当郑重为国民告，且为友军告者。此战之目的，不仅在覆灭曹、吴，尤在曹、吴覆灭之后，永无同样继起之人，以继续反革命之恶势力。换言之，此战之目的不仅在推倒军阀，尤在推倒军阀所赖以生存之帝国主义。盖必如是，然后反革命之根株乃得永绝，中国乃能脱离次殖民地之地位，以造成自由独立之国家也。中国国民党之最终目的，在于三民主义，本党之职任，即为实行主义而奋斗，故敢谨告于国民及友军曰：吾人颠覆北洋军阀之后，必将要求现时必需之各种具体条件之实现，以为实行最终目的三民主义之初步。此次暴发之国内战争，本党因反对军阀而参加之，其职任首在战胜之后，以革命政府之权力，扫荡反革命之恶势力，使人民得解放而谋自治。尤在对外代表国家利益，要求重新审订一切不平等之条约，即取消此等条约中所定之一切特权，而重订双方平等互尊主权之条约，以消灭帝国主义在中国之势力。盖必先令中国出此不平等之国际地位，然后下列之具体目的，方有实现之可能也。

一、中国跻于国际平等地位以后，国民经济及一切生产力得充分发展。

二、实业之发展，使农村经济得以改良，而劳动农民之生计有改善之可能。

三、生产力之充分发展，使工人阶级之生活状况，得因其团结力之增长，而有改善之机会。

四、农工业之发达，使人民之购买力增高，商业始有繁盛之新机。

五、文化及教育等问题，至此方不落于空谈。以经济之发展，使智识能力之需要日增，而国家富力之增殖，可使文化事业及教育之经费易于筹措。一切智识阶级之失业问题，失学问题，方有解决之端绪。

六、中国新法律更因不平等条约之废除，而能普及于全国领土，实行于一切租界，然后阴谋破坏之反革命势力，无所凭借。

凡此一切，当能造成巩固之经济基础，以统一全国，实现真正之民权制度，以谋平民群众之幸福。故国民处此战争之时，尤当亟起而反抗军阀，求此最少限度之政纲实现，以为实行三民主义之第一步。中华民国十三年九月十八日。

此外又下了三个命令道：

去岁曹锟骩法行贿，渎乱选举，僭窃名器，自知倒行逆施，为大义所不容，乃与吴佩孚同恶相济，以卖国所得，为穷兵黩武之用，借以摧残正类，消除异己，流毒川、闽，四海同愤。近复嗾其鹰犬，瞟突浙江，东南富庶，横罹锋镝，似此穷凶极戾，诚邦家之大憝，国民之公仇。比年以来，分崩离析之祸烈矣，探其乱本，皆由此等狐鼠凭借城社，遂使神州鼎沸，生民丘墟。本大元帅夙以讨贼戡乱为职志，十年之秋，视师桂林，十一年之夏，出师江右，所欲为国民剪此蟊贼，不图宵小窃发，师行顿挫，遂不得不从事扫除内孽，绥缉乱余。今者烽烟虽未靖于东江，而大战之机，已发于东南，渐及东北，不能不权其缓急轻重。古人有言：“豺狼当道，安问狐鼠？”故遂刻日移师北指，与天下共讨曹、吴诸贼。此战酝酿于去岁之秋，而爆发于今日，各方并举，无所谓南北之分，只有顺逆之辨。凡卖国殃民，多行不义者，悉不期而附于曹、吴诸贼。反之抱持正义，以澄清天下自任者，亦必不期而趋集于义师旗帜之下。民国存亡，决于此战，其间绝无中立之地，亦绝无可以旁观之人。凡我各省将帅，平时薄物细故，悉当弃置，集其精力，从事破贼，露布一到，即当克期会师。凡我全国人民，应破除苟安姑息之见，激励勇气，为国牺牲，军民同心，以当大敌，务使曹、吴诸贼，次第伏法，尽摧军阀，实现民治。十三年来丧乱之局，于兹敉平，百年治安大计，从此开始。永奠和平，力致富强，有厚望焉。布告天下，咸使闻知！九月五日。

本大元帅于去岁之春，重莅广州，北望中原，国本未宁，危机四布，而肘腋之地，伏莽纵横，乘隙思逞，始欲动之以大义，结之以忠信，故倡和平统一之议，以期销弭战祸，扶植民本。不图北方跋扈武人曹锟、吴佩孚等，方欲穷兵黩武，摧锄异己，以遂其僭窃之谋，乃勾结我叛兵，调唆我新附，资以饷械，嗾其变乱，遂使百粤悉罹兵燹，北江群寇，蜂拥而至，东江叛兵，乘时蠢动。西江南路，跳梁亦并进。当此之时，以一隅之地，搘四面之敌，赖诸将士之戮力，人民之同心，兵锋所指，群贼崩溃，广州根本之地，危而复安。在将士劳于征战，喘息不遑，在人民疲于负担，筋力易敝。然革命军不屈不挠之精神，已渐为海内所认识矣。曹、吴诸贼，既不获逞于粤，日暮途远，始窃名器以自娱，于是有骫法行贿，渎乱选举之事。反对之声，遍于全国，正义公理，本足以褫奸宄之魄，然天讨未申，元凶稽戮，转足以坚其盗憎主人之念。湖南讨贼军入定湘中，四川讨贼军规复重庆，形势甫展，而大功未就。曹、吴诸贼，乃益无忌惮，既吮血于福建，遂磨牙于浙江，因以有东南之战事。逆料此战事，且将由东南而渐及于东北。去岁贿选时代所酝酿之大战，至此已一发而不可遏。以全国言，一切变乱之原动力，在于曹、吴，其他小丑，不过依附以求生存，苟能锄去曹、吴，则乱源自息。以广东言，浙江、上海实为广东之藩篱，假使曹、吴得逞于浙江、上海，则广东将有噬脐之祸。故救浙江、上海，亦即以存粤。职此之故，本大元帅已明令诸将，一致北向讨贼，并克日移大本营于韶州，以资统率。当与诸军会师长江，饮马黄河，以定中原。其后方留守之事，责诸有司。去岁以来，百粤人民，供亿军费，负担綦重，用兵之际，吏治财政，动受牵掣，所以苦吾父老兄弟者甚至。然存正统于将绝，树革命之模型，吾父老子弟所有造于国者亦甚大，当此全国鼎沸之日，吾父老子弟，尤当蹈厉奋发，为民前驱，扫除军阀，实现民治，在此一举，其各勉旃！毋忽。九月五日。

最近数十年来，中国受列强帝国主义之侵略，渐沦于次殖民地，而满洲政府仍牢守其民族之特权阶级，与君主之专制政治，中国人民虽欲自救，其道无由，文乃率导同志，致力革命，以肇建中华民国，尔来十有三年矣。原革命之目的，在实现民有、民治、民享之国家，以独立自由于大地之上，此与帝国主义，如水火之不相容。故帝国主义，遂与军阀互相勾结，以为反动。军阀既有帝国主义为之后援，乃悍然蔑视国民，破坏民国，而无所忌惮。革命党人与之为殊死战，而大多数人民，仍守其不问国事之习，坐视不为之所，于是革命党人，往往势孤而至于蹉跌。十三年来，革命所以未能成功，其端实系于此。广东与革命关系最深，其革命担负亦最重，元年以来，国事未宁，广东人民亦不能得一日之安。九年之冬，粤军返旆，宜若得所借手，以完革命之志事，而曾不须臾，典兵者已为北洋军阀所勾引，遂以有十一年六月之叛乱。至十二年正月，借滇、桂诸军之力，仅得讨平，然除孽犹蜂聚于东江，新附复反侧于肘腋。曹锟、吴佩孚遂乘间抵隙，嗾赣军入寇北江一带。西江南路亦同时啸起，广州一隅，几成坐困。文率诸军，四围冲击，虽所向摧破，莫能为患。然转输供亿，苦我广东父老昆弟至矣。军事既殷，军需自繁，罗掘多方，犹不能给，于是病民之诸捐杂税，繁然并起。其结果人民生活，受其牵掣，物价日腾，生事日艰。夫革命为全国人民之责任，而广东人民所负担为独多，此已足致广东人民之不平矣。而间有骄兵悍将，不修军纪，为暴于民，贪官污吏，托名筹饷，因缘为利，驯致人民生命自由财产，无所保障，交通为之断绝，廛市为之雕败，此尤足令广东人民叹息痛恨，而革命政府所由彷徨夙夜，莫知所措者也。广东人民身受痛苦，对于革命政府，渐形失望，而在商民为尤然。殊不知革命主义为一事，革命进行方法又为一事。革命主义，革命政府始终尽力，以求贯彻，革命进行方法，则革命政府，不惮因应环境以求适宜。广东今日此等现状，乃革命进行方法未善，有以使然，于革命主义无与。若以现状之未善，而谤及于主义之本身，以反对革命政府之存在，则革命政府，为拥护其主义计，不得不谋压此等反对企图，而使之消灭。三十余年来，文与诸同志实行革命主义，不恤与举世为敌，微特满洲政府之淫威，不足撄吾怀抱，即举世之讪笑咒诅，以大逆无道等等恶名相加，亦夷然不以为意，此广东人民所尤稔知者也。故为广东人民计，为商民计，莫若拥护革命政府，实行革命主义，同时与革命政府，协商改善革命之进行方法。盖前此大病，在人民守其不问国事之习，不与革命政府合作，而革命政府为存在计，不得不以强力取资于人民，政府与人民之间，遂生隔膜。今者革命政府不恤改弦更张，以求与人民合作，特郑重明白宣布如左：（一）在最短时期内，悉调各军，实行北伐。（二）以广东付之广东人民，实行自治。广州市政厅克日改组，市长付之民选，以为全省自治之先导。（三）现在一切苛捐杂税，悉数蠲除，由民选官吏另订税则。以上三者，革命政府已决心实行，广东人民，当知关于革命之进行方法，革命政府不难徇人民之意向，从事改组。唯我广东人民，对于革命之主义，当以热诚扶助革命政府，使之早日实现，庶几政府人民，同心同德，以当大敌。十三年来未就之绪，于以告成。中华民国实嘉赖之。

各省人民，听说中山誓师北伐，都延颈盼望，巴不得革命军早到。正是：

大地干戈无了日，万民端望义师来。

未知后事如何，且看下回分解。

毒蛇螫手，壮士断腕。民国成立，经十余年，而民困益甚者，无他，革命之功，未能彻底，犹之毒蛇噬人，手已螫而腕不忍断，浸假且毒蔓全身，不可救药也。读孙先生北伐宣言及布告，所谓不忍黩武，而不得不用兵之苦衷，胥剖晰明白，人民无不爱和平，知北伐之目的端在和平，当无不憬悟奋起，共襄义师者，北伐成功，基于是矣。

第一百六十回　筹军饷恢复捐官法
结内应端赖美人兵

却说吴佩孚在洛阳，除练兵以外就是搜刮军饷，因他料到直、奉再战，决不能免，所以不能不未雨绸缪，先积蓄个数千数百万元，以备一有事情可作为战费。积蓄以为战费，较之积蓄以为私财者何如？所以那时的财长，除却筹措政费军费以外，还须筹一笔预备战费，委实也不易做。至于这时的内阁总理，还是孙宝琦，财政总长是王克敏，孙宝琦和王克敏，原有意见，共事少久，意见愈多，纠纷愈甚。双方借端为难，已非一日。如此政府，安望其能建设。讲到两人所以如此冲突的原因，却在孙阁成立之时，王克敏为保定派的中坚人物，高凌霨内阁刚倒的时候，王克敏立刻奔走洛阳，竭力拉拢，自以为内阁总理，无论属之何人，这财政总长一席，总逃不出自己掌握之中。俗话说的好："一朝天子一朝臣"，孙宝琦既做了总理，当然要拉拢他自己相信的人来担任这重要的财揆，才能放心，所以把王克敏维持阳历年关的功劳，完全抹杀不问，竟另外拉拢潘复、赵椿年一类人，教他们担任财政一部。幸而府方的王毓芝、李彦青两人竭力主张，非用王克敏入阁不可，孙宝琦不敢违拗，只得打消原来的主张，仍然用王克敏长财。幸臣之势力，如此可畏。

王克敏知道了这件事，心中如何不气，真是可气。当时向人宣言："孙阁这等胡闹，不肯用他，便是胡闹。非加以压迫不可。"一个要加以压迫。孙宝琦虽然是个没用的老官僚，对于政争，却也知道诀窍，于是想出一个抵制之法，指使吴景濂派津派。的议员，借金佛郎案，竭力向王克敏攻击。有提弹劾案的，有提查办案的，倒王的风声，真个一天紧似一天。议员们的摇旗呐喊，岂能倒幸臣所维持的财长？这时阁员中，以保派为最多，他们亦有一种团体。这等团体，可称糟团。王克敏和内务程克，交通吴毓麟，完全是保派，外交顾维钧，农商颜惠庆，虽则并非保派，却和保派也有一番渊源。他们见王克敏吃了人家的亏，不免发生兔死狐悲之念，为抵制外力之计，对于孙宝琦，当然也有一种报复行为。他们的政策，却舍议员而用本身占有多数的阁员。阁员议员，无非银元。在阁议席上，对于孙的提案，往往竭力反对，使他不能行使他所定的政策。如此互相倾轧，焉能望其建设？这原是一种制孙死命的计划。不料吴佩孚时时令内阁筹集军饷，王克敏不能不竭力设法，他的唯一方针，只有承认金佛郎案，立刻便可得一注大款子，无奈孙宝琦正借着这个题目，在那里讨好国人，所以不敢明目张胆的胡乱答应。可是除此以外，又无别法。吴佩孚却不管这些，因他们筹饷不力，时时有电报指斥。王克敏和程克、吴毓麟都非常着急。

有一天，程克忽然得了一个筹款的方法，便兴匆匆的跑到王克敏公馆里去商议进行的方法。恰好吴毓麟、颜惠庆、顾维钧和王克敏的妹子七姑太太，都在那里。程克和他们都是十分相熟的熟人，也不消客气；爽爽快快的向沙发上一横，向七姑太太笑道："你几时到杭州去？我有一个礼拜不见你了。只道你已经回南，真个牵记得很。"七姑太太白了他一眼道："你牵记我做什么？便把你这颗心零碎割开来，也牵记不到我呢。"吴毓麟拍手笑道："真的，老程是一部垃圾马车，便把他的坏心磨作虀粉，也不够支配呢。"说得众人都笑起来。王克敏也禁不住嗤的一笑。不怒而笑，其人可知。七姑太太便站起来要打他，吴毓麟忙着躲过，笑着告饶。七姑太太哪里肯听，赶上去就打。吴毓麟翻身就逃，不料一脚绊在痰盂上，把个痰盂滚了三五尺远，恰好那只脚跨上去时，又踏在痰盂上，痰盂一滚，吴毓麟站不住脚，立刻扑的一交，掼在地下，引得众人都大笑起来。七姑太太也忙着回身倒在一张沙发上，掩着口，吃吃的笑个不住。吴毓麟赶着站起来时，裤子上已渍了许多水。王克敏忙着叫佣人进来收拾。吴毓麟又要了一块手巾，揩了揩手面，再把裤子上的水，也揩干了，众人取笑了一会，渐渐又说到正经话上来。

只听颜惠庆说道："我想：要是二五附税能够实行，每年至少可得二千四百万的收入，拿来担保发行一笔巨额的公债，岂不一切问题都解决了？”惠庆此语，系承上而来，可见程克未到前，他们正在议论筹款办法，不假辞句而补出全文，此谓用笔神化，不落痕迹。王克敏皱眉道：“这事也不易办呢。在金佛郎案没有解决之前，他们如何肯开会讨论？”束手无策。顾维钧道：“非但此也，华府条约，明明规定须在该约施行后三个月内，方能召集特别关税会议，现在法国还没批准，哪里说得到实行？”王克敏道：“你是熟悉外交情形的，难道还不知道法国所以不肯批准华府条约，就为我们不肯承认金佛郎吗？他既借这个来抵制，在我们不曾承认金佛郎案以前，如何肯轻易批准？倘然不承认金佛郎案，这二五附税，岂非一万年也不能实行吗？”说着，又顿足道：“我说，这金佛郎案是非承认不可的，偏这孙老头处处为难，借着这个题目来攻击我，使我又不好承认，又不能不承认，真教我为难极了。”此时王克敏之处境，确也为难。众人还不曾回答，程克先插嘴问道：“你们可是在这里谈论筹款的方法吗？我倒想了一个计较，大家不妨讨论讨论，看使得使不得？”王克敏急问什么方法？当然是他第一个着急。程克笑道：“我说出来，你们不要笑。”众人都希奇道：“这有什么可笑？只要有款可筹，便被人笑骂，打什么紧。”诚哉诸君之言，当今之世，只要有钱耳，他何必问。程克道：“我今天偶然翻着义赈奖励章程，第二条上说，凡捐助义赈款银一万元以上者，应报由内务部呈请特予优加奖励。我想这一条，大可附会到简任、荐任的上面去，开他一个捐官的门路，倒也是一个源源不绝的生财之道咧。”王克敏忙道：“不错，这倒正是一个绝好的方法，怎说好笑？”颜惠庆道：“这事只怕国人要反对罢。”到底还是他怕招物议。吴毓麟道：“反对倒不必怕，好在我们又不是真个说捐官，在名义上说起来，国人也没有充分的反对理由。便算有人反对，我们不理他又有什么法子。”大有孤行一意的勇气，可佩之至。顾维钧道：“国人反对不反对，事前哪里料得到，现在何妨先做做看，等国人反对得真厉害时，取消不迟。”此所谓外交家之滑头手段也。王克敏道：“这话很不错，我们不妨先进行进行，看是个怎么样子再说。至于特别关税会议，也须竭力进行才好。”顾维钧道：“这问题我已和各国公使商量过好几次，都没有结果，看来暂时决不能即行召集了，所以我想先开预备会议，预备会议有了结果，便不怕正式会议开不成功了。”七姑太太初时只怔怔的听着，这时也插口道：“这方法倒很好，你们何妨就这样办呢。”颜惠庆道：“这照会应该怎样措辞？”顾维钧想了一会道：“让我自己来起个草，大家斟酌斟酌看。”众人都说："很好。"王克敏叫人拿过纸笔来，看顾维钧一面想，一面写，做了半天，方才完稿。众人读那原文道：

华会九国关于中国关税税则之条件，原定俟该约施行后三个月内，应由中政府择定地点，定期召集特别会议，议定撤除厘金，增收二五附加税，及各种奢侈品亦增加税率，并规定中国海陆各边界关税章程各节。查该约之精神，旨在救济中国财政，但至今已届两载，各签约国尚未完全批准，以致特别会议不能如期召集，中国财政上种种计划，无法进行，内外各债，亦无从整理，为此中政府不得不提议先行召集预备会议之举，为将来特别会议之准备。

众人都说："很好，就这样罢。"说着，忽见七姑太太看了看手表，说道："时候到了，再迟火车要赶不上了。"程克吃惊道："七姑太太今天回南边去吗？"七姑太太点头笑道："正是，趁今天的特别快车去呢。"一面说，一面叫人预备汽车。程克和王克敏两人，亲自送她到车站。吴毓麟和颜惠庆、顾维钧等也都散了，召集特别关税会议的照会，已由外交部送达各国公使。各公使都说要请示本国政府，不肯即时答复。不料各国的训令转来，都是拒绝召集，一场大希望，完全落了空，颜惠庆、顾维钧、王克敏等都十分扫兴。真是葡萄牙公使说的：多此一举。那捐官问题，外面的舆论不甚赞成，可是程、王等都因急于要钱，先由内务部上了一个呈文，大略说：

查民国九年改订义赈奖励章程第二条，载：凡捐助义赈款银，达一万元以上者，应报由内务部呈请特予优加奖励等语。所谓奖励，即指简、荐实职而言，特原文未经说明，且规定捐数过巨，致捐款者仍多观望。以今视昔，灾情之重，需款之殷，筹款之穷于术，势非更予变通，未由济事。明知国家名器，未可轻予假人，顾兹千万灾民，偏要推在灾民身上，其实灾民所受之实惠，有几许哉？颙望苏息，又不能不勉予通融。为此拟请将民国九年义赈奖励章程，再行修正，以劝义举。是否有当，理合呈请钧座核示祗遵。

曹锟得了这呈文，便批交法制局核议，法制局因舆论上颇为攻击，核定缓议。原文道：

> 查内务部修正要点，系将原章程第二条之特予优加奖励等语，改为以简任或荐任职存记。在部中修改之意，本欲以优加奖励，鼓舞人民好善之心，然事同于前清之赈捐，流弊甚大，应从缓议。

程克见本人政策，这等骗人方法，也说得上政策，惶恐惶恐。第一次被驳，少不得再行呈请，不过将原文第二条，改为应由内务部专案呈请特奖。所谓特奖者，就是以简任或荐任职存记，不过名词上之异同而已。这样一改，立刻指令照准，于是前清的捐官法，便又实行恢复了。通令下后，自有一班铜臭的人，掏出整万的款子来，报效政府，买一个简、荐衔头，荣宗耀祖，手腕灵些的，更可活动一个实授差使，捞回本钱，得些利息。在政府方面，总算是不费之惠，而且又可得一笔制造灾民的军费，名之曰义赈捐款，而实际乃以制造灾民，岂不可叹？岂非一举两得？这事情在没有发表之前，本来做得十分秘密，不料给孙宝琦晓得后，又大加攻击，以致外面舆论也沸沸洋洋，排斥程克，因此程克和王克敏，更觉对孙不满。

这时正值江、浙战事将要发生，孙宝琦因着浙江同乡的公电，请出任调停，少不得向各方疏通。又自恃洛方处处对他表示保护，若直向吴佩孚说话，也似较有把握。因与幕僚计议，请他拟稿电请吴佩孚制止。那幕僚半晌方说道："我也是浙江人，当然希望江、浙没有战事，但在我的目光看来，这个电报，竟是不必发的好。"又有一件公案。孙宝琦诧异道："这是什么原故？难道吴玉帅也主张攻浙了吗？"孙慕老此时尚不知耶？可谓懵懵。幕僚道："事情虽是一种谣传，不能认为十分确实，但所得消息，是极接近王克敏这边的人说出来的，这人又刚从浙江来，他这说话，当然是有几分可靠咧。"孙宝琦忙问是什么话？那幕僚笑道："话长呢！而且怪肉麻有趣的。慕老孙宝琦字慕韩。既然注意，少不得学给你听。四省攻浙，初时不过一种计划罢咧，现在却已十分确定，不但外面遣兵调将，一切布置妥洽，并且连内应也弄好了。"孙宝琦道："谁是内应？"幕僚道："还有谁？除却夏定侯，怕不容易找到第二个罢。他本来是个内应专家，内应也有专家，怪不得卖官可称政策了。第一次赶走吕戴之，内幕已无人不知，要是没有童保暄，戴之岂不是要大吃其亏吗？吴大帅因此看中了他，想送他，”句。说到这里，低头想了一会，方道：“那传说的人也记不清了，怕是二十万现款，叫他倒子嘉的戈，但是还怕他不答应，急切又找不到向他说话的人，又是王克敏献计，说自己有个妹子在杭州，教她去说，无有不成功的。”真是好计。孙宝琦笑道，“定侯是有名的色鬼，这不是用美人计吗？”幕僚笑道：“虽不敢说确是美人计，但从外面看来，多少总有一点关系。”孙宝琦笑道：“吴大帅怕未必肯听他这些鬼计罢。”那幕僚笑道：“怎么不听？人家可已进行得差不多了。那王克敏要巴结吴大帅，少不得写信给他的妹子七姑太太，请她赶紧进行。七姑太太看在哥哥面上，少不得牺牲色相，向定侯献些殷勤。这其间，句。这其间，句。果然一拍就合了。”何其容易也？一笑。孙宝琦道：“这怕是谣言罢。”那幕僚道：“在先我也这般想，更可笑的，还有一件大肉麻事，真叫我学说也学不上来。”孙宝琦急问又是什么话？幕僚道：“这种话，慕老不能当作真话听的。大概请七姑太太去运动定侯，是一件事实，他们既然接洽这么一件秘密大事，少不得要避避别人的目光，在暗地里秘密接洽进行，因此引起了别人的疑窦，造出了一大段谣言，不过我也不能不秉着阙疑的主张，向你学说一番。这实是作者之言耳，却借用恰当。据一般谣言说：七姑太太得了乃兄的手书以后，便以定侯为目标，着着进行。”七姑太太在西湖中，本已流传不少的风流艳迹，定侯早已十分留心，并且同席过好几次了，只因自己的丰韵不佳，不能动美人的怜爱，因此几次三番，都不能勾引到手。如今见她居然降尊纡贵，玉趾亲临，这一喜，真个非同小可，立刻问长问短，挤眉弄眼的，向她打撞。七姑太太原系有求于他而来，少不得假以词色，有说有笑的，十分敷衍着他。那种温柔和悦的态度，和往日的冷心冷脸，截然如出两人。定侯认为美人垂青，欢喜得手舞脚蹈，早不觉丑态毕露，肉麻得一个不知所云。从此以后，定侯便天天要到西湖去看七姑太太。七姑太太也不时进城来看定侯，两人竟一天比一天的要好起来。那天定侯又去看七姑太太，七姑太太见事机已熟，便向他说道：“你的心倒很平，年年做警务处长，也不想生发生发的，大概做一辈子的警务处长，也就心满意足咧。’这几句话，打动了定侯的心事，便慨然长叹起来。七姑太太又笑道：‘你叹什么气？难道还不满足吗？我劝你也别三心两意罢。论起你的才干来，固然。句。休说区区一个警务处长，便做一个督军巡阅，也并非分外。都只因你自己心太平了，不肯做，做到现在，还是一个警务处长，便再过三年五载，恐怕也还是这么一回事儿。既然自己不肯做，还怪谁？唉声叹气，又有什么用呢？'定侯这时触动心事，禁不住又叹了一口气道：'哪里是我自甘雌伏，不过没有机会，不能不这般耐守罢咧！'被女将军勾出真心话来了。七姑太太笑道：'你别吹牛，便有天大的机会到你眼前来，也不见得你会乘机发展呢。'恐其念之不坚，更作反激辞以试探之，可谓妙甚。定侯正色道：'胡说！你几时看我那般没出息？果真有机会，我难道是呆子，肯死守着小小前程，一点不动吗？'七姑太太笑道：'如此说，我就给你一个机会，看你敢动不敢动？'定侯以为她说的是笑话，便也笑道：'好，好，好，姑太太，就请你给我一个机会，看我敢不敢动？'七姑太太笑道：'你别乱吹，我这法子，不是卖给没出息人的，你真能用，我就讲出来，讲了出来，你要是不能用，不肯用，我这妙计，就算丢在粪窖里。这种天大的损失，谁负责任？'再敲一句，不怕不着实。定侯笑道：'你别瞎吹！要是你真有好机会给我，我不敢动，罚在你床前跪三千年如何？'七姑太太正色道：'我不是和你说笑话，真有个极好的机会给你呢！你瞧我虽是女子，可同那批专事胡调、不知大体的下流女子一般身分么？'定侯见她说得十分正经，连忙挨进一步，悄悄说道：'是了，姑太太，晓得你的厉害了，究是什么机会，请你说出来，让我斟酌斟酌，看行得行不得？'七姑太太笑道：'你看！一听说是正经话，便又变成那种浪样儿，什么斟酌不斟酌，要讲斟酌，仍是游移不定之谈罢了。老实说，我这机会，是必灵必效、无容迟疑的，你若有一丝一毫不信任之心，我就不肯说了。'定侯见她说得这样剪截，不觉又气又笑，因道：'你别尽闹玩笑，说真是真，说假是假，这样真不像真，假不像假，岂不令人难过？'真是难过。七姑太太笑道：'你别嚷！我就老实告诉你罢。'因凑过头去，悄悄的说了一阵。她说一句，定侯点一点头，说完了，一口应允道：'行，行，行！这很行！我有办法，你只管替我回复玉帅，我准定照办罢咧。'七姑太太道：'你别掉枪花，说过的话儿不应口，我可不依你呢。……'"那幕僚刚演说到这里，孙宝琦已忍不住笑着插嘴道："得咧得咧，别说了罢。这种秘密事儿，人家如何听得见？可见这些话，完全是造谣的了，你还是给我拟一个给玉帅的电稿罢。"那幕僚也禁不住笑道："那原是笑话，但是吴大帅教王克敏写信给七姑太太这件事，实在是千真万确的，就是电请吴大帅制止，也不过是尽尽人事而已。”孙宝琦道：“就是说人事也不可不尽。”那幕僚见孙宝琦固执要拟，当然不敢再说，当下拟了一个电稿，大略道：

东南形势，又日益紧张，人民呼吁无门，流离载道。宝琦顾念桑梓，忧怀莫释，务恳怜悯此凋敝民生，不堪重荷锋镝之苦，实力制止，使战事不致实现。庶东南半壁，犹得保其完肤。民国幸甚！人民幸甚！

这电报拍出以后。过了一个礼拜，方才得了洛阳的复电，大略道：

卢、何抗命，称兵犯苏，甘为戎首，虽佩孚素抱东南完肤之旨，而职责所在，亦岂能含垢忍辱，坏我国家纲纪，不稍振饬？倘卢、何果能悔祸，自戢野心，即日束兵待罪，则佩孚又何求焉？

电报到达的第二天，黄渡、浏河、长兴等处，都已接触，和平调停的声浪，也就由微而绝了。其时奉天方面，因为响应浙江，已有大举入关之势。吴佩孚方面，也少不得积极备战。直隶的人民，无日不在奔走呼号之中。东南战事实现后十天，奉、直两军，也在朝阳方面接触了。正是：

鼙鼓声声听不断，南方未已北方来。

未知究竟如何结果，且待以后详续。

本回所记，与上回江、浙之战，同时发生，而又互有关系，故为补记之笔。夫民国肇造，首在与民更始，而更始之道，尤莫先于革除秕政。卖官鬻爵，历代之秕政也。满清知之，而蹈其覆辙，毒尽天下，误尽苍生，不图时至民国，尚欲效其所尤，此真饮鸩止渴之下策，堂堂内阁，赫赫总统，竟敢放胆而行，肆无忌惮，何怪仕途愈滥，奔竞愈多。《传》曰：“唯器与名，不可以假人。”名器之不慎如此，国事尚可问乎？虽然，彼总统阁员，果以何项资格，登此高位？盖《语》有之曰：“己身不正，而能正人者，未之有也。”